JOURNAL DE LA FRANCE ET DES FRANÇAIS

JOURNAL

DE LA FRANCE ET DES FRANÇAIS

INDEX

Ouvrage préparé avec le concours
du Centre national du livre

QUARTO
GALLIMARD

TABLE GÉNÉRALE CHRONOLOGIQUE

ROIS
EMPEREURS
PRÉSIDENTS DE LA RÉPUBLIQUE
ET CHEFS DE GOUVERNEMENT

MÉROVINGIENS

Clovis (vers 481-511)

Thierry Ier (511-533) : Reims

Clodomir (511-524) : Orléans

Childebert Ier (511-558) : Paris

Clotaire Ier (511-561) : Soissons + (555-561) : Reims + (558-561) : Paris

Théodebert Ier (533-548) : Reims

Théodebaud (548-555) : Reims

Charibert (561-567) : Paris

Sigebert Ier (561-575) : Reims-Metz

Chilpéric Ier (561-584) : Soissons

Gontran (561-592) : Bourgogne

Childebert II (575-596) : Austrasie + Bourgogne (592-596)

Clotaire II (584-629) : Neustrie

Théodebert II (596-612) : Austrasie

Thierry II (596-613) : Bourgogne + Austrasie (612-613)

Clotaire II (613-629) : Neustrie (depuis 584) + Austrasie-Bourgogne

Dagobert Ier (629-639)

Sigebert III (639-656) : Austrasie

Clovis II (639-657) : Neustrie + Bourgogne

Childebert l'Adopté (656-662) : Austrasie

Clotaire III (657-673) : Neustrie + Bourgogne

Childéric II (662-675) : Austrasie + (673-675) : Neustrie-Bourgogne

Thierry III (673) puis (675-690/691) : Neustrie + Bourgogne
+ (681-690/691) : Austrasie

Clovis III (675-676) : Austrasie

Dagobert II (676-679) : Austrasie (vacance du trône d'Austrasie : 679-681)

Clovis IV (690/691-695) : Austrasie + Neustrie + Bourgogne

Childebert III (695-711) : Austrasie + Neustrie + Bourgogne

Dagobert III (711-715) : Austrasie + Neustrie + Bourgogne
puis (715-721) : Austrasie + Bourgogne

Chilpéric II (715-721) : Neustrie

Thierry IV (721-737) : Austrasie + Neustrie + Bourgogne

Vacance du trône : 737-743
Childéric III (743-751) : Austrasie + Neustrie + Bourgogne

CAROLINGIENS

Pépin le Bref (751-768)
Charlemagne (768-814)
Louis le Pieux (814-840)
Lothaire Ier (840-855)
Charles le Chauve (855-877)
Louis II le Bègue (877-879)
Louis III et Carloman (879-882)
Carloman (882-884)
Charles le Gros (885-887)
Eudes (888-892)
Eudes face à Charles III le Simple (893-898)
Charles III le Simple (898-922)
Robert Ier (922-923)
Raoul (923-936)
Louis IV d'Outremer (936-954)
Lothaire III (954-986)
Louis V (986-987)

CAPÉTIENS

Hugues Capet (987-996)
Robert II le Pieux (996-1031)
Henri Ier (1031-1060)
Philippe Ier (1060-1108)
Louis VI (1108-1137)
Louis VII (1137-1180)
Philippe II Auguste (1180-1223)
Louis VIII (1223-1226)
Louis IX/Saint Louis (1226-1270)
Philippe III le Hardi (1270-1285)

Philippe IV le Bel (1285-1314)
Louis X le Hutin (1314-1316)
Philippe V le Long (1316-1322)
Charles IV le Bel (1322-1328)

VALOIS

Philippe VI (1328-1350)
Jean II le Bon (1350-1364)
Charles V le Sage (1364-1380)
Charles VI (1380-1422)
Henry VI d'Angleterre (1422-1429)
Charles VII (1429-1461)
Louis XI (1461-1483)
Charles VIII (1483-1498)

VALOIS-ORLÉANS

Louis XII (1498-1515)

VALOIS-ANGOULÊME

François Ier (1515-1547)
Henri II (1547-1559)
François II (1559-1560)
Charles IX (1560-1574)
Henri III (1574-1589)

BOURBONS

Henri IV (1589-1610)
Louis XIII (1610-1643)
Louis XIV (1643-1715)
Louis XV (1715-1774)
Régence de Philippe d'Orléans (1715-1723)
Louis XVI (1774-10 août 1792)

(Ire RÉPUBLIQUE)

22 septembre 1792-18 mai 1804

Assemblée législative (1791-1792)
Convention (1792-1795)
Directoire (1795-1799)
Consulat (1799-1804) : Napoléon Bonaparte

PREMIER EMPIRE

Napoléon Ier (18 mai 1804-6 avril 1814)

BOURBONS

Louis XVIII (3 mai 1814-19 mars 1815) : première Restauration

PREMIER EMPIRE

Cent-Jours (20 mars-22 juin 1815) : Napoléon Ier

BOURBONS

Louis XVIII (8 juillet 1815-16 septembre 1824) : seconde Restauration
Charles X (16 septembre 1824-2 août 1830) : seconde Restauration

ORLÉANS

Louis-Philippe Ier (9 août 1830-24 février 1848) : monarchie de Juillet

IIe RÉPUBLIQUE

Gouvernement provisoire (24 février 1848-20 décembre 1848)
Louis-Napoléon Bonaparte (20 décembre 1848-2 décembre 1852)

SECOND EMPIRE

Napoléon III (2 décembre 1852-4 septembre 1870)

IIIe RÉPUBLIQUE

4 septembre 1870-10 juillet 1940

- Adolphe Thiers (28 août 1871-24 mai 1873)
- Patrice de Mac-Mahon (24 mai 1873-30 janvier 1879)
  - Albert de Broglie (25 mai-25 novembre 1873)
  - Albert de Broglie (26 novembre 1873-16 mai 1874)
  - Ernest Courtot de Cissey (22 mai 1874-11 mars 1875)
  - Louis-Joseph Buffet (11 mars 1875-10 mars 1976)
  - Armand Dufaure (10 mars-3 décembre 1876)
  - Jules Simon (13 décembre 1876-16 mai 1877)
  - Albert de Broglie (17 mai-21 novembre 1877)
  - Gaëtan de Rochebouët (22 novembre-14 décembre 1877)
  - Dufaure (14 décembre 1877-30 janvier 1879)
- Jules Grévy (30 janvier 1879-2 décembre 1887)
  - William-Henri Waddington (4 février-16 décembre 1879)
  - Charles de Freycinet (28 décembre 1879-19 septembre 1880)
  - Jules Ferry (20 septembre 1880-10 novembre 1881)
  - Léon Gambetta (14 novembre 1881-26 janvier 1882)
  - Charles de Freycinet (30 janvier-29 juillet 1882)
  - Charles Duclerc (7 août 1882-28 janvier 1883)
  - Armand Fallières (29 janvier-13 février 1883)
  - Jules Ferry (21 février 1883-30 mars 1885)
  - Henri Brisson (6 avril-29 décembre 1885)
  - Charles de Freycinet (7 janvier-3 décembre 1886)
  - René Goblet (11 décembre 1886-17 mai 1887)
  - Maurice Rouvier (30 mai-1er décembre 1887)
- Sadi Carnot (3 décembre 1887-24 juin 1894)
  - Pierre Tirard (12 décembre 1887-30 mars 1888)
  - Charles Floquet (3 avril 1888-14 février 1889)
  - Pierre Tirard (22 février 1889-13 mars 1890)
  - Charles de Freycinet (17 mars 1890-18 février 1892)
  - Émile Loubet (27 février-28 novembre 1892)
  - Alexandre Ribot (7 décembre 1892-10 janvier 1893)

Alexandre Ribot (11 janvier-30 mars 1893)
Charles Dupuy (4 avril-23 novembre 1893)
Jean Casimir-Perier (3 décembre 1893-22 mai 1894)
Charles Dupuy (29 mai 1894-17 janvier 1895)

- Jean Casimir-Perier (27 juin 1894-15 janvier 1895)
- Félix Faure (17 janvier 1895-16 février 1899)

Alexandre Ribot (27 janvier-28 octobre 1895)
Léon Bourgeois (1er novembre 1895-23 avril 1896)
Jules Méline (29 avril 1896-15 juin 1898)
Henri Brisson (20 juin-25 octobre 1898)
Jean Dupuy (3 novembre 1898-18 février 1899)

- Émile Loubet (18 février 1899-17 janvier 1906)

Jean Dupuy (18 février 1898-12 juin 1899)
René Waldeck-Rousseau (23 juin 1899-4 juin 1902)
Émile Combes (7 juin 1902-18 janvier 1905)
Maurice Rouvier (24 janvier 1905-9 mars 1906)

- Armand Fallières (17 janvier 1906-17 janvier 1913)

Maurice Rouvier (24 janvier 1905-9 mars 1906)
Jean Sarrien (13 mars-17 octobre 1906)
Georges Clemenceau (22 octobre 1906-20 juillet 1909)
Aristide Briand (24 juillet 1909-29 octobre 1910)
Aristide Briand (3 novembre 1910-27 février 1911)
Ernest Monis (2 mars-23 juin 1911)
Joseph Caillaux (27 juin 1911-10 janvier 1912)
Raymond Poincaré (14 janvier 1912-17 janvier 1913)

- Raymond Poincaré (17 janvier 1913-17 janvier 1920)

Aristide Briand (21 janvier-18 mars 1913)
Louis Barthou (22 mars-2 décembre 1913)
Gaston Doumergue (9 décembre 1913-2 juin 1914)
Alexandre Ribot (4-12 juin 1914)
René Viviani (13 juin-26 août 1914)
René Viviani (26 août 1914-29 octobre 1915)
Aristide Briand (29 octobre 1915-12 décembre 1916)

Aristide Briand (12 décembre 1916-17 mars 1917)
Alexandre Ribot (20 mars-7 septembre 1917)
Paul Painlevé (12 septembre-13 novembre 1917)
Georges Clemenceau (17 novembre 1917-18 janvier 1920)

- Paul Deschanel (17 janvier-21 septembre 1920)

Alexandre Millerand (19 janvier-21 septembre 1920)

- Alexandre Millerand (23 septembre 1920-11 juin 1924)

Georges Leygues (25 septembre 1920-12 janvier 1921)
Aristide Briand (16 janvier 1921-12 janvier 1922)
Raymond Poincaré (15 janvier 1922-26 mars 1924)
Raymond Poincaré (30 mars-1er juin 1924)
Frédéric François-Marsal (9-11 juin 1924)

- Gaston Doumergue (13 juin 1924-13 mai 1931)

Édouard Herriot (14 juin 1924-10 avril 1925)
Paul Painlevé (17 avril-28 octobre 1925)
Paul Painlevé (29 octobre-22 novembre 1925)
Aristide Briand (28 novembre 1925-5 mars 1926)
Aristide Briand (9 mars-15 juin 1926)
Aristide Briand (23 juin-17 juillet 1926)
Édouard Herriot (19-21 juillet 1926)
Raymond Poincaré (23 juillet 1926-6 novembre 1928)
Raymond Poincaré (11 novembre 1928-27 juillet 1929)
Aristide Briand (29 juillet-22 octobre 1929)
André Tardieu (3 novembre 1929-17 février 1930)
Camille Chautemps (21-25 février 1930)
André Tardieu (2 mars-4 décembre 1930)
Théodore Steeg (13 décembre 1930-22 janvier 1931)
Pierre Laval (27 janvier 1931-16 février 1932)

- Paul Doumer (13 mai 1931-6 mai 1932)

Pierre Laval (27 janvier 1931-16 février 1932)
André Tardieu (20 février 1932-10 mai 1932)

- Albert Lebrun (10 mai 1932-10 juillet 1940)

Édouard Herriot (3 juin-13 décembre 1932)

Joseph Paul-Boncour (16 décembre 1932-28 janvier 1933)
Édouard Daladier (31 janvier-23 octobre 1933)
Albert Sarraut (27 octobre-23 novembre 1933)
Camille Chautemps (27 novembre 1933-28 janvier 1934)
Édouard Daladier (30 janvier-7 février 1934)
Gaston Doumergue (9 février-8 novembre 1934)
Pierre-Étienne Flandin (8 novembre 1934-30 mai 1935)
Fernand Bouisson (1er-4 juin 1935)
Pierre Laval (6 juin 1935-22 janvier 1936)
Albert Sarraut (22 janvier 1936-4 juin 1936)
Léon Blum (4 juin 1936-21 juin 1937)
Camille Chautemps (22 juin 1937-13 janvier 1938)
Camille Chautemps (18 janvier-10 mars 1938)
Léon Blum (14 mars-8 avril 1938)
Édouard Daladier (10 avril 1938-20 mars 1940)
Paul Reynaud (21 mars 1940-16 juin 1940)
Philippe Pétain (16 juin-10 juillet 1940)

ÉTAT FRANÇAIS

• Philippe Pétain
(10 juillet 1940-20 août 1944)

FRANCE LIBRE, CNF, CFLN

• Charles de Gaulle
(18 juin 1940-3 juin 1944)

GOUVERNEMENT PROVISOIRE

25 août 1944-13 octobre 1946
Charles de Gaulle (25 août 1944-20 janvier 1946)
Félix Gouin (23 janvier-19 juin 1946)
Georges Bidault (23 juin-28 novembre 1946)
Léon Blum (12 décembre 1946-16 janvier 1947)

IVe RÉPUBLIQUE

13 octobre 1946-28 septembre 1958

- Vincent Auriol (16 janvier 1947-23 décembre 1953)
  - Paul Ramadier (22 janvier-19 novembre 1947)
  - Robert Schuman (22 novembre 1947-19 juillet 1948)
  - André Marie (24 juillet-28 août 1948)
  - Robert Schuman (31 août-7 septembre 1948)
  - Henri Queuille (11 septembre 1948-6 octobre 1949)
  - Georges Bidault (28 octobre 1949-24 juin 1950)
  - Henri Queuille (30 juin-4 juillet 1950)
  - René Pleven (12 juillet 1950-27 février 1951)
  - Henri Queuille (9 mars-10 juillet 1951)
  - René Pleven (8 août 1951-7 janvier 1952)
  - Edgar Faure (14 janvier-29 février 1952)
  - Antoine Pinay (6 mars-23 décembre 1952)
  - René Mayer (7 janvier-21 mai 1953)
  - Joseph Laniel (26 juin 1953-12 juin 1954)
- René Coty (23 décembre 1953-21 décembre 1958)
  - Joseph Laniel (26 juin 1953-12 juin 1954)
  - Pierre Mendès France (18 juin 1954-5 février 1955)
  - Edgar Faure (23 février 1955-2 janvier 1956)
  - Guy Mollet (1er février 1956-21 mai 1957)
  - Maurice Bourgès-Maunoury (12 juin-30 septembre 1957)
  - Félix Gaillard (6 novembre 1957-15 avril 1958)
  - Pierre Pflimlin (14-27 mai 1958)
  - Charles de Gaulle (1er juin-21 décembre 1958)

Ve RÉPUBLIQUE

28 septembre 1958-...

- Charles de Gaulle (21 décembre 1958-27 avril 1969)
  - Michel Debré (9 janvier 1959-14 avril 1962)
  - Georges Pompidou (14 avril 1962-10 juillet 1968)

Maurice Couve de Murville (10 juillet 1968-15 juin 1969)

• Georges Pompidou (15 juin 1969-2 avril 1974)

Jacques Chaban-Delmas (21 juin 1969-5 juillet 1972)

Pierre Messmer (5 juillet 1972-2 avril 1974)

• Valéry Giscard d'Estaing (19 mai 1974-10 mai 1881)

Jacques Chirac (27 mai 1974-25 août 1976)

Raymond Barre (27 août 1976-10 mai 1981)

• François Mitterrand (10 mai 1881-7 mai 1995)

Pierre Mauroy (21 mai 1981-17 juillet 1984)

Laurent Fabius (18 juillet 1984-20 mars 1986)

Jacques Chirac (20 mars 1986-8 mai 1988)

Michel Rocard (8 mai 1988-15 mai 1991)

Édith Cresson (15 mai 1991-2 avril 1992)

Pierre Bérégovoy (2 avril 1992-29 mars 1993)

Édouard Balladur (29 mars 1993-7 mai 1995)

• Jacques Chirac (7 mai 1995-...)

Alain Juppé (18 mai 1995-4 juin 1997)

Lionel Jospin (4 juin 1997-...)

INDEX

MODE D'EMPLOI

MODE D'EMPLOI

filiation

principales fonctions

Louis XII
1462-1515
Fils de Charles duc d'Orléans. Duc (Louis II) d'Orléans. Roi de France de 1498 à 1515.
• 1461 : *introduction Louis XI* • 1464 : 19 mai • 1483 : *introduction Charles VIII* • 1484 : 15 janvier ; *biographie* au 15 janvier ; 23 novembre ; autres événements • 1485 : 14 janvier ; dans *Les princes et la « Guerre folle »* au 2 novembre • 1486 : 16 décembre • 1487 : 9 mars • 1488 : 20 janvier ; 24 avril ; 27-28 juillet • 1491 : 28 juin • 1492 : 5 juillet • 1494 : juin ; 5 septembre • 1495 : dans *Les premiers humanistes : Gaguin, Fichet, Tardif* dans autres événements • 7 avril 1498-1er janvier 1515 • 1515 : *introduction François Ier* ; 4 février ; 16 octobre • 1518 : 27 janvier • 1521 : 28 avril ; autres événements • 1522 : 27 septembre • 1527 : juin-juillet • 1540 : 31 mai • 1547 : *introduction Henri II* • 1559 : 3 octobre • 1575 : novembre •

dates de début et de fin de règne ou de présidence

Elles sont soulignées et invitent le lecteur à lire le texte du *Journal* en continu durant cette période – ici : 7 avril 1498-1er janvier 1515, c'est-à-dire du 7 avril 1498 au 1er janvier 1515.

MODE D'EMPLOI

nom

prénom

état civil

principales fonctions

CLEMENCEAU
Georges
1841-1929
Journaliste. Homme politique. Président du Conseil.
• 1870: *introduction La IIIe République: De la chute du Second Empire à la Première Guerre mondiale* • 1901: 27 janvier • 1903: dans *Sangnier* au 1er juin • 1906: 6-9 mars; 10 mars-18 avril; 13 mars; *biographie* au 13 mars; 1er mai; 22 octobre; dans *Caillaux* au 22 octobre • 19 novembre; 11, 15 décembre • 1907: 6 janvier ; 8 mars; 9-10 juin; 17-26 juin; 2 juillet • 1908: 11 février; 9-28 mars; 13 mars; dans *L'affaire Rochette* au 21 mars; 4 juin; 11 juin; 30 juillet-4 août; 6 août; 2 décembre • 1909: 12-23, 26 mars; 13 mai; 20 juillet • 1912: 9-10 janvier; dans *Raymond Poincaré* au 14 janvier; 10 février; 17 juin-10 juillet • 1913: 6 mai • 1914: *introduction La IIIe République: D'une guerre à l'autre*; 7 octobre • 1915: 16 août; 5 novembre • 1916: 19-23 décembre • 1917: dans *Malvy et Le Bonnet rouge* au 7 juillet; 15 août; 17 novembre; 20 novembre; 11 décembre • 1918: 11 janvier; 18 janvier; 10 février-8 mars; 1er-2 mai; 22, 29 mai; 1er-3 juin; 3 juin; 27-30 septembre; 11 novembre; dans *« L'impôt du sang ». Les Anciens Combattants* au 11 novembre; 27 novembre; 30 novembre; 1er décembre; 8-10 décembre; 29 décembre • 1919: 18 janvier; 19 février; 1er-12 mars; 27-28 mars; 3 avril; 28 juin; 2 juillet; 26 août-24 septembre; 22 octobre • 1920: 10 janvier; 16 janvier; 17-22 janvier • 1929: dans *Tardieu* au 31 octobre; 24 novembre • 1938: dans *Georges Bonnet* au 9 juin • 1940: dans *De Gaulle* au 18 juin; 11 novembre • 1945: 26 juillet •

renvois au volume *Journal*

Les renvois correspondent non aux pages mais aux dates. On retrouve aisément celles-ci à l'aide des années qui figurent en haut de chaque page du volume *Journal*. On se reporte ensuite aux mois et jours signalés en caractères gras.

Les années précèdent toujours les jours et les mois. Elles sont séparées par le signe •

L'italique signale:
- soit l'introduction qui ouvre chaque période historique. - ici: *introduction La IIIe République: De la chute du Second Empire à la Première Guerre mondiale.*
- soit la biographie du personnage indexé - ici: *biographie* au 13 mars.
- soit la biographie d'un autre personnage - ici: dans *Sangnier* au 1er juin.
- soit un texte plus général - ici: dans *L'« impôt su sang». Les Anciens Combattants* au 11 novembre.

A

Aaron
Évêque d'Auxerre.
• 794-808 •

Abadie
Jules
Membre du CFLN.
• 1943: 3-7 juin; 3-7 septembre •

Abadie
Paul
1812-1884
Architecte.
• 1875: 16 juin •

Abancourt
Charles-Xavier-Joseph Franqueville d'
1758-1792
Ministre de la Guerre.
• 1792: 23 juillet •

Abate
Giulio Camillo dell'
Fils de Nicolo dell'Abate. Peintre.
• 1600: dans *La Seconde École de Fontainebleau* dans autres événements •

Abate
Nicolo dell'
vers 1509/1512-vers 1571
Peintre italien.
• 1530: dans *La Première École de Fontainebleau* dans autres événements • 1551: autres événements • 1552: autres événements • 1553: autres événements •

Abbas
Ferhat
1899-1985
Homme politique algérien.
• 1931: autres événements • 1943: 10 février • 1944: 14 mars • 1956: 22 avril • 1958: 23, 25 octobre • 1960: 25-29 juin • 1961: 24 août •

Abbatucci
Jacques Pierre Charles
1792-1857
Homme politique, ministre.
• 1852: 23 janvier • 1857: 16 novembre •

Abbatucci
Jean Charles
1816-1885
Homme politique.
• 1872: 9 juin •

Abbé Pierre
Henry Grouès, dit l'
Né en 1912
• 1946: *introduction La IVe République* • 1954: 1er février; *biographie* au 1er février • 1981: *introduction La Ve République: De la France mitterrandienne aux cohabitations politiques* • 1996: 18 avril •

Abbon
Évêque d'Auxerre à partir de 857.
• 857-860 •

Abbon de Fleury
vers 940-1004
Abbé de Fleury de 988 à 1004.
• après 965: dans *Les savants et le souvenir de l'empire* • 987: *introduction Hugues Capet* • 988: mai; *biographie* en mai • 991: 17-18 juin • 994: Pâques • 995-996 • 996: autres événements • 997: autres événements • 1004: 13 novembre; dans *Aimoin de Fleury* au 13 novembre •

Abbon de Saint-Germain
† vers 921
Moine. Auteur.
• 888-898 •

Abd al-Rhaman
vers 1790-1859
Sultan du Maroc de 1822 à 1859.
• 1830: *introduction La monarchie de Juillet* • 1844: 30 mai; 12 juin; 14 août; 10 septembre • 1847: 20-21 décembre •

Abd el-Aziz
vers 1880-1943
Fils de Moulay Hassan. Sultan du Maroc de 1894 à 1908.
• 1907: 12-13 novembre • 1908: 18 juin •

Abd el-Kader
1808-1883
Émir d'Algérie.
• 1830: *introduction La monarchie de Juillet* • 1832: avril • 1834: 26 février • 1835: avril; 26 juin; 26 novembre-21 décembre • 1836: 27 avril; 6 juillet • 1837: 12 février;

dans *Bugeaud* au 12 février; 30 mai; 1er-13 octobre • 1839: 20 novembre • 1840: 15 mars-8 juin • 1841: 21 février; 18 mai-3 juin • 1843: avril; 16 mai; 11 novembre • 1844: 30 mai; 10 septembre • 1845: 23-26 septembre; 18 octobre 1845-13 mars 1846 • 1846: 24 avril • 1847: 20-21 décembre; 23 décembre • 1849: dans *Lamoricière* au 29 janvier • 1852: 16 octobre; 21 décembre •

ABD EL-KRIM
1882-1963
Chef rifain.
• 1921: 19 septembre • 1924: 12 mai; 10 septembre • 1925: 4 février; 23 avril; 17 juin-11 juillet • 1926: 2 avril; 26 avril; 27 mai • 1947: 31 mai • 1948: 24 janvier •

ABDALKLA
Ibrahim
Terroriste libanais.
• 1986: 4-17 septembre •

ABD-ER-RHÂMAN Ier
Émir omeyyade de Cordoue de 756 à 788.
• 732 • 751: *introduction Pépin le Bref* • 759 • 777 • 778: 15 août • 781: autres événements • 793 •

ABD-ER-RHÂMAN II
Calife de Cordoue de 822 à 852.
• 849: août-septembre •

ABDUL-AZIZ Ier
1830-1876
Sultan ottoman de 1861 à 1876.
• 1870: *introduction La IIIe République: De la chute du Second Empire à la Première Guerre mondiale* •

ABDUL-HAMID II
1842-1918
Fils d'Abdulmecid Ier sultan ottoman. Sultan ottoman de 1876 à 1909.
• 1870: *introduction La IIIe République: De la chute du Second Empire à la Première Guerre mondiale* •

ABDÜLMECIT
1823-1861
Sultan ottoman de 1839 à 1861.
• 1830: *introduction La monarchie de Juillet* • 1839: 24 juin-4 juillet; 27 juillet • 1840: 15 octobre; 10 novembre; 25 novembre • 1853: février-juin; 4 octobre • 1854: 12 mars • 1861: juin •

ABEL
Jean-Baptiste
1863-1921
Ministre.
• 1914: 4 juin •

ABEL
Niels
1802-1829
Mathématicien norvégien.
• 1832: dans *Évariste Galois* au 31 mai •

ABÉLARD
• Voir Pierre Abélard •

ABELIN
Jean-Pierre
Né en 1950
Ministre.
• 1974: 28 mai •

ABELLIO
Georges Soulès, dit Raymond
1907-1986
Écrivain.
• 1962: mars •

ABERCROMBY
Ralph
1734-1801
Général britannique.
• 1799: 8 septembre •

ABERDEEN
George Gordon, comte d'
1784-1860
Homme politique et ministre britannique.
• 1843: 2-7 septembre • 1844: 26 juillet • 1845: 8 septembre •

ABETZ
Otto
1904-1958
Homme politique allemand.
• 1933: dans *Déat, du néo-socialisme au RNP* au 14-17 juillet • 1935: 22 novembre • 1939: 29 juillet • 1940: dans *De Gaulle* au 18 juin; 18 juin; 22 octobre; 13 décembre • 1941: 11 mai-6 juin • 1942: 18-20 avril; dans *Henri Giraud* au 26 décembre • 1944: 16 août • Voir aussi Otto, Listes •

Ableiges
Jacques d'
• Voir Jacques d'Ableiges •

Aboukir
Bataille d'
1798
• 1798: dans *L'expédition d'Égypte* au 5 mars; 1er août •

About
Edmond
1828-1885
Journaliste et écrivain.
• 1860: 26 mars •

Abraham
Karl
1877-1925
Psychanalyste allemand.
• 1966: novembre •

Abrantès
Laure Permon, duchesse d'
1784-1838
Épouse du général Junot. Duchesse d'Abrantès.
• 1831: 4 juin; *biographie* au 4 juin •

Abrial
André Joseph, comte d'
1750-1828
Homme politique, ministre.
• 1799: 11-22 novembre • 1802: 4 septembre •

Abrial
Jean
1879-1962
Amiral.
• 1940: août-septembre • 1942: 18 novembre • 1946: 12-24 août •

Abstraction-Création
Association d'artistes.
• 1930: *Abstraction-Création* en avril • 1946: 19 juillet •

Académie d'architecture
• 1667: dans *Les architectes de Louis XIV* au 14 mai • 1671: décembre • 1683: autres événements • 1717: février • 1775: novembre • 1791: 27 avril • 1792: 11 novembre • 1793: 8 août •

Académie de chirurgie
• 1731: autres événements • 1748: 2 juillet • 1751: 18 mars • 1800: dans *Une révolution médicale* en juillet •

Académie de danse
• 1661: mars •

Académie de France à Rome
• 1665: dans *La sculpture au Grand Siècle* dans autres événements • 1666: 11 février • 1672: autres événements •

Académie de médecine
• 1820: 20 décembre •

Académie de musique
• 1669: 28 juin • 1672: 13 mars • 1689: 11 janvier • 1697: 24 octobre; dans *Campra* au 24 octobre • 1778: 27 février • 1784: 13 mars •

Académie de peinture et de sculpture
• 1637: autres événements • 1647: autres événements • 1648: 1er février; autres événements • 1651: autres événements • 1663: 8 février; mars • 1665: dans *La sculpture au Grand Siècle* dans autres événements • 1667: autres événements • 1671: 12 juin; *La peinture selon l'Académie* au 12 juin • 1680: autres événements • 1687: février • 1690: 12 février • 1692: 25 mars • 1699: autres événements • 1777: 15 mars • 1792: 11 novembre • 1793: 8 août •

Académie de poésie et musique
• 1537: dans *Les Baïf* dans autres événements • 1560: *introduction Charles IX* • 1570: 10 novembre • 1571: 23 mai • 1574: autres événements • 1581: dans *Beaujoyeux* au 24 septembre • 1589: autres événements •

Académie de Saint-Luc
• 1648: 1er février •

Académie des beaux-arts
• 1816: 21 mars •

Académie des inscriptions et belles-lettres
• 1663: 3 février • 1687: dans *La querelle des Anciens et des Modernes* au 27 janvier • 1716: 4 janvier • 1816: 21 mars •

ACADÉMIE DES SCIENCES
• 1666: 22 décembre • 1676: 16 novembre • 1684: autres événements • 1686: dans *Fontenelle* dans autres événements • 1699: 31 mars • 1816: 21 mars •

ACADÉMIE DES SCIENCES MORALES ET POLITIQUES
• 1816: 21 mars • 1832: 26 octobre •

ACADÉMIE DU PALAIS
• 1574: autres événements • 1581: 24 septembre •

ACADÉMIE FRANÇAISE
25 janvier 1635
• 1598: dans *Malherbe, le législateur des lettres* dans autres événements • 1616: dans *Richelieu: du favori au ministre d'État* à fin juin • 1629: autres événements • 1635: 25 janvier; *L'Académie française* au 25 janvier • 1644: dans *Servien* en février-mars • 1684: dans *Bayle* en mars • 1685: 22 janvier; 10 juin • 1686: dans *Fontenelle* dans autres événements • 1687: 27 janvier; dans *La querelle des Anciens et des Modernes* au 27 janvier; février • 1694: 24 août • 1816: 21 mars • 1980 : mars •

ACADÉMIE GONCOURT
• Voir Goncourt, Académie •

ACARIE
Barbe Avrillot, Mme
1556-1618
Épouse de Pierre Acarie. Carmélite à partir de 1613 sous le nom de Marie de l'Incarnation.
• 1604: octobre • 1611: dans *Bérulle* au 11 novembre • 1618: 7 novembre; dans *Le siècle des saints* au 7 novembre • 1621: autres événements •

ACFRED
† 927
Frère de Guillaume II duc d'Aquitaine. Duc d'Aquitaine en 926.
• 926: autres événements • 927: été •

ACFRID
† 868
Comte de Bourges.
• 867: 25 octobre • 868: autres événements •

ACHARD
Jean-Louis
1908-1953
Ministre.
• 1941: 25 février •

ACHARD DE SAINT-VICTOR
† 1171
Chanoine. Évêque d'Avranches de 1162 à 1171.
• 1148: dans *Les Victorins* au 24 août •

ACHESON
Dean
1893-1971
Homme politique américain.
• 1947: 22 février •

ACHMET Ier
Empereur ottoman de 1603 à 1617.
• 1589: *introduction Henri IV* •

ACONTIUS
Giacomo Concio, dit Jacob
Humaniste italien.
• 1562: dans *Castellion* en février-mars •

ACQUI
Bataille d'
1799
• 1799: 13 août •

ACTARD
Évêque de Nantes.
• 850: août • 851: septembre-octobre •

ACTES ADDITIONNELS
• Voir Constitutions de l'Empire •

ACTES DE LA RECHERCHE EN SCIENCES SOCIALES
Revue.
• 1975: 27 février •

ACTION DIRECTE
Groupe terroriste.
• 1986: dans *Le terrorisme* au 4-17 septembre; 17 novembre •

ACTION FÉMINISTE (L')
Revue.
• 1907: autres événements •

ACTION FRANÇAISE
Ligue d'
1905-1936
• 1870: *introduction La IIIe République: De la chute du Second Empire à la Première Guerre*

mondiale • 1900: dans *Maurras* en juillet • 1905: 15 janvier • 1908: dans *Georges Sorel* au 7 mai; novembre • 1909: mai • 1911: 16 décembre • 1913: 29 janvier • 1918: dans *« L'impôt du sang ». Les Anciens Combattants* au 11 novembre • 1920: 25-30 novembre • 1925: dans *Doriot, du PC au PPF* au 4 février; 28 mars-11 avril; 26 mai • 1926: dans *Bernanos* en mars; 25 août-5 septembre; 20-29 décembre • 1927: 9 mars; 16 avril; 10 juin; août • 1930: avril • 1934: 9-12 janvier; 22 janvier; 6 février • 1936: 13-16 février; dans *Fascismes français* au 27-28 juin • 1937: 8 juillet • 1938: mai; dans *Munichois et antimunichois* au 4 octobre • 1940: *introduction État français et France libre* • 1950: dans *Les hussards* en septembre • Voir aussi Février 1934 •

ACTION FRANÇAISE (L')
1908-1944
Quotidien.
• 1908: 21 mars • 1923: 22 janvier • 1926: 20-29 décembre • 1927: 9 janvier; 9 mars • 1940: dans *Pétain* au 11 juillet; novembre •

ACTION LIBÉRALE POPULAIRE
• 1900: 17 novembre •

ACTION OUVRIÈRE (L')
Journal.
• 1909: juin •

ACTION RÉPUBLICAINE ET SOCIALE
• 1952: 4-6 juillet •

ACTUEL
Journal.
• 1970: 23 octobre • 1979: 29 novembre •

ACT UP
Association de lutte contre le sida.
• 1989: juin •

ADALARD
Sénéchal. Comte de Tours jusqu'en 844.
• 842: 13 décembre • 844: autres événements •

ADALARD
Abbé de Saint-Bertin. Sénéchal.
• 858: mi-août • 865: octobre •

ADALARD
Abbé de Corbie.
• peu après 1051 •

ADALBÉRON
920/930-989
Frère de Godefroi comte de Verdun. Archevêque de Reims de 969 à 988.
• 930: dans *Réformes et constructions religieuses au Xe siècle* dans autres événements • après 965: dans *Les savants et le souvenir de l'empire* • 969: autres événements • 972: mai • 974: 26 mai • 975: juillet • 979: 8 juin • 980: mi-juillet • 981: autres événements • 983: autres événements • 984: 26 mars; octobre • 985: mars; 11 mai • 987: 18 mai; *introduction Hugues Capet*; 3 juillet; 25 décembre • 989: 23 janvier •

ADALBÉRON
† 1030
Neveu d'Adalbéron archevêque de Reims. Évêque de Laon de 977 à 1030.
• 977: 16 janvier; *biographie* au 16 janvier • 984: octobre • 986: septembre • 988: mai • 991: janvier-mars; 29 mars • 996: 12 mars • 1026: autres événements •

ADALBÉRON Ier
Frère de Frédéric comte de Bar. Évêque de Metz de 929 à 962.
• vers 945 • 951: autres événements •

ADALBÉRON II
955/962-1005
Fils de Frédéric de Haute-Lorraine. Évêque de Metz de 984 à 1005.
• 930: *Réformes et constructions religieuses au Xe siècle* dans autres événements • 984: décembre • 1005: 13 décembre •

ADALBÉRON II
† 988
Fils de Godefroi l'Ancien comte de Verdun. Évêque de Verdun de 984 à 988.
• 944: autres événements • 986: mars-juin • 988: été •

ADALBÉRON IV
Évêque de Metz jusqu'en 1115.
• 1115: 28 mars •

Adalbert
Archevêque de Mayence de 962 à 966. Abbé de Wissembourg à partir de 966.
• 966: autres événements •

Adalbert
† 1047
Duc de Haute-Lorraine de 1046 à 1047.
• 1046: autres événements • 1047 •

Adalhard
Missus de Flandre occidentale.
• 802: octobre •

Adalhard
751/753-826
Abbé de Corbie de 780 à 814 et de 821 à 826.
• 814: 30 juillet-août • 822: autres événements • peu après 1051 •

Adaloul
† 933
Fils de Baudoin II comte de Flandre. Comte de Boulogne et de Ternois de 918 à 933.
• 918 • 933 •

Adam
Abbé de Saint-Denis.
• vers 1110-1112 •

Adam
Adolphe
1803-1856
Compositeur.
• 1841: 28 juin • 1846: dans *L'Opéra-Comique* au 9 novembre •

Adam
Juliette
• Voir Lamber, Juliette •

Adam
Lambert-Sigisbert
1700-1759
Sculpteur.
• 1741: 14 août •

Adam
Paul
1862-1920
Écrivain.
• 1889: 22 septembre-6 octobre •

Adam de la Halle
1240/1250-1288?
Auteur.
• 1276: [début]; *biographie* •

Adam de Perseigne
vers 1145-1221
Abbé de Perseigne. Auteur.
• 1195: autres événements; *biographie* dans autres événements • 1208: mars •

Adam de Saint-Victor
Chanoine de 1134 à 1150 environ. Auteur.
• vers 1134 • 1148: dans *Les Victorins* au 24 août •

Adam du Petit-Pont
Auteur.
• 1132 •

Adamov
Arthur
1908-1970
Écrivain.
• 1925: autres événements • 1946: 7 juin • 1947: 13 janvier • 1950: mars; novembre • 1952: 22 avril; 5 juin • 1955: 27 février • 1957: 17 mai • 1962: décembre 1962-juillet 1963 •

Adams
John Quincy
1767-1848
Président des États-Unis de 1825 à 1829.
• 1815: *introduction La seconde Restauration* •

Adanson
Michel
1727-1806
Botaniste.
• 1757: autres événements • 1763: autres événements •

Adélaïde
† 901
Épouse de Louis II le Bègue roi de Francie occidentale.
• 877: *introduction Louis II le Bègue* • 878: 7 septembre •

Adélaïde
Épouse de Robert le Fort marquis de Neustrie.
• 888: *introduction Eudes* •

ADÉLAÏDE
Fille de Rodolphe roi de Bourgogne transjurane et de Lotharingie. Épouse de Louis l'Aveugle roi de Provence.
• 888: printemps •

ADÉLAÏDE
Épouse de Charles de Lorraine.
• 954: *introduction Lothaire III* •

ADÉLAÏDE
Fille de Foulques II le Bon comte d'Angers. Épouse de: 1. Étienne de Gévaudan. 2. Raimond de Toulouse. 3. Louis V roi de Francie occidentale. 4. Guillaume d'Arles marquis de Provence.
• 960: autres événements • 975: autres événements • 980: printemps • 982-984 • 986: *introduction Louis V* •

ADÉLAÏDE
vers 931-999
Fille de Rodolphe II roi de Bourgogne. Impératrice. Épouse de: 1. Lothaire roi d'Italie. 2. Otton Ier.
• 954: *introduction Lothaire III* • 981: vers 27 mars-avril • 985: 18 juin • 986: 18 mai •

ADÉLAÏDE
vers 950/955-996
Fille de Guillaume Ier Tête d'Étoupe duc d'Aquitaine. Épouse de Hugues Capet.
• 963: autres événements • avant 970 • 987: *introduction Hugues Capet* • 996 *introduction Robert le Pieux* •

ADÉLAÏDE
Madame
1732-1800
Fille de Louis XV.
• 1715: *introduction Louis XV*; autres événements • 1791: 19 février; 24 février •

ADÉLAÏDE
de Maurienne
Fille de Humbert II. Épouse de: 1. Louis VI roi de France. 2. Mathieu de Montmorency connétable.
• 1108: *introduction Louis VI* • 1115: début août • 1131: 15 octobre • 1137: *introduction Louis VII*; fin août • 1150: septembre •

ADÉLAÏDE-ALIX
1160-1195
Fille de Louis VII roi de France. Épouse de Guillaume III de Ponthieu.
• 1137: *introduction Louis VII* • 1160: 13 novembre • 1180: *introduction Philippe Auguste* • 1183: 11 juin • 1186: autres événements • 1191: mars •

ADÉLAÏDE-AZALAÏS
† 1026
Comtesse de Provence.
• 1004: autres événements • 1005: avril? • 1019: 27 février-4 mars •

ADÉLAÏDE-WERRA
Fille de Gilbert duc de Bourgogne. Épouse de Robert de Vermandois et 2e épouse de Geoffroi Ier d'Anjou.
• 936: *introduction Louis IV d'Outremer* • 956: 8 avril • 960: autres événements •

ADÈLE
Comtesse du Poitou
• Voir Gerloc •

ADÈLE
Épouse de Thibaud Ier de Blois et Troyes.
• 1077: printemps • 1089: 29 septembre • 1101 •

ADÈLE
Fille de Robert Ier roi de Francie occidentale. Épouse d'Héribert II de Vermandois.
• 922: *introduction Robert Ier* •

ADÈLE
Fille de Robert II le Pieux. Épouse de: 1. Richard III de Normandie. 2. Baudoin IV de Flandre.
• 996: *introduction Robert II le Pieux* •

ADÈLE DE BLOIS
vers 1065-1138
Fille de Guillaume le Conquérant. Épouse d'Étienne-Henri de Blois.
• 1084 • 1085-1096 • 1101 • 1108-1109: dans *Les réformateurs de l'Ouest* • 1135: 1er décembre •

ADÈLE DE BLOIS-CHAMPAGNE
Fille de Thibaud IV/II de Blois-Champagne. Épouse de Louis VII roi de France.
• 1137: *introduction Louis VII* • 1160: 13 novembre • 1165: 21 août • 1180: *introduction Philippe Auguste* • 1180: 28 avril; 28 juin • 1190: début juin •

Agier
Pierre-Jean
1748-1823
Jurisconsulte. Homme politique.
• 1788: autres événements • 1795: 8 janvier •

Agilbert
† vers 680
Évêque de Dorchester de 648 à 665/667. Évêque de Paris de 665/667 à 680.
• 663: automne • vers 670 • vers 680 •

Agincourt
François d'
1684-1758
Compositeur.
• 1733: autres événements •

Agnadel
Bataille d'
14 mai 1509
• 1498: *introduction Louis XII* • 1509: mai •

Agnès
Épouse de Pierre d'Aragon.
• 1086 •

Agnès
Fille de Louis VII roi de France. Épouse d'Andronic Ier empereur byzantin.
• 1137: *introduction Louis VII* • 1180: 2 mars •

Agnès
Comtesse de Nevers-Auxerre. Épouse de Pierre de Courtenay.
• 1181: autres événements • 1184: autres événements •

Agnès
Fille de Louis IX roi de France. Épouse de Robert II duc de Bourgogne.
• 1226: *introduction Louis IX* •

Agnès
Belle-fille de Geoffroi Martel comte d'Anjou. Épouse d'Henri III empereur germanique.
• 1043: 1er novembre •

Agnès
1345-?
Fille de Jean II le Bon roi de France.
• 1350: *introduction Jean II le Bon* •

Agnès de Bourgogne
† 1068
Fille d'un comte de Mâcon. Épouse de: 1. Guillaume V duc d'Aquitaine. 2. Geoffroi Martel comte d'Anjou.
• 1032: 1er janvier • 1038 • 1040: 21 juin • 1046: autres événements • 1047 • 1049: 1er novembre • 1050: autres événements •

Agnès de Garlande
Fille de Guillaume de Garlande chancelier. Épouse d'Amaury IV de Montfort.
• 1127: autres événements •

Agnès de Meran
† 1201
Épouse de Philippe Auguste roi de France.
• 1180: *introduction Philippe Auguste* • 1196: autres événements • 1201: juillet; novembre •

Agnès de Poitiers
Épouse de Ramire II roi d'Aragon.
• 1135: autres événements •

Agnès de Vermandois
Épouse de Charles de Lorraine.
• 954: *introduction Lothaire III* •

Agnès Sorel
† 1450
Maîtresse de Charles VII roi de France.
• 1422: *introduction Charles VII* • 1535: dans *L'art du portrait* dans autres événements •

Agobard
769-840
Évêque de Lyon de 816 à 835.
• 798 • 814: *introduction Louis le Pieux* • 816: *biographie* dans autres événements • 835: 28 février •

Agostinelli
Alfred
† 1914
Secrétaire de Marcel Proust.
• 1913: dans *Proust* au 14 novembre •

Agoult
Marie de Flavigny, comtesse d'
1805-1876
Écrivain. Pseudonyme Daniel Stern.
• 1850: 23 mars; *biographie* au 23 mars •

Agrestin
Moine.
• 623 •

Aguesseau
Henri-François d'
1668-1751
Procureur général du Parlement. Chancelier. Garde des Sceaux.
• 1715: *introduction Louis XV*; 14 décembre • 1717: 3 février • 1718: 6 janvier; 28 janvier • 1720: 8 juin • 1722: 28 février • 1727: 20 février; 23 août • 1728: 24 avril; 10 novembre • 1729: 25 avril • 1730: 2 mai • 1731: février; 10 mars • 1732: 10 janvier • 1735: août • 1737: 20 février • 1738: 28 juin • 1745: dans *Machault d'Arnouville* en décembre • 1747: août • 1750: 27 novembre •

Aguesseau de Fresnes
Jean-Baptiste Paulin d'
1701-1784
• 1766: 3 mars •

Agulhon
Maurice
Né en 1926
Historien.
• 1947: dans *La nouvelle histoire* au 3 novembre •

Ahmed Ier
Sultan ottoman de 1605 à 1617.
• 1610: *introduction Louis XIII* •

Ahmed II
Sultan ottoman de 1691 à 1695.
• 1643: *introduction Louis XIV* •

Ahmed III
Sultan ottoman de 1703 à 1730.
• 1643: *introduction Louis XIV* •

Aides
Association de lutte contre le sida.
• 1989: juin •

Aighyna
Duc des Vascons.
• 636 •

Aiglon (L')
• Voir Napoléon II •

Aiguillon
Armand-Désiré Vignerot Duplessis de Richelieu, duc d'
1761-1800
Constituant.
• 1789: *introduction Louis XVI et la Révolution*; 4 août •

Aiguillon
Emmanuel-Armand de Vignerot du Plessis de Richelieu, duc d'
1720-1798
Gouverneur de la Bretagne. Secrétaire d'État aux Affaires étrangères.
• 1715: *introduction Louis XV* • 1763: avril • 1765: 11 novembre • 1768: 11 septembre • 1769: juillet; 22 décembre • 1770: 3 mars; 27 juin • 1771: 6 juin • 1774: 27 janvier; *introduction Louis XVI*; 2 juin •

Aiguillon
Marie de Vignerot, duchesse d'
1604-1675
Nièce de Richelieu. Marquise de Combalet, duchesse d'Aiguillon.
• 1614: dans *Hôpitaux et charités* dans autres événements • 1641: dans *Salons, mondains et précieuses* au 22 mai • 1644: dans *Servien* en février-mars • 1670: dans *Prédication et prédicateurs* en novembre •

Aillaud
Gilles
Né en 1928
Peintre et décorateur de théâtre.
• 1972: 16 mai •

Aimée
Nicole-Françoise Dreyfus, dite Anouk
Née en 1932
Actrice.
• 1961: mars •

Aimeric de Belenoi
† vers 1243
Troubadour.
• 1212: dans *Littérature et politique au temps de la croisade albigeoise* dans autres événements •

Aimeric de Peguilhan
avant 1195-1225
Troubadour.
• 1212: dans *Littérature et politique au temps de la croisade albigeoise* dans autres événements •

AIMOIN DE FLEURY
vers 970-après 1008
Moine de Fleury. Auteur.
• 1004: 13 novembre; *biographie* au 13 novembre • 1035-1040 • vers 1210-1230 •

AIMON
Archevêque de Bourges de 1030 à 1070.
• 1031: 1er novembre • 1034: autres événements •

AIMON DE VARENNES
Auteur.
• 1188: autres événements •

AINARD
Abbé de Saint-Remi de Reims.
• 1007: autres événements •

AIR FRANCE
Compagnie d'aviation.
• 1933: 30 août •

AIRBUS
• 1987: 22 février •

AIRY
Saint
Évêque de Verdun au VIe siècle.
• vers 1070 •

AISTULF
Roi des Lombards de 749 à 756.
• 755: printemps • 756 •

AIT
Association Internationale des Travailleurs
• Voir Internationale, Ire •

AÏT AHMED
Hocine
Né en 1926
Homme politique algérien.
• 1956: 22 octobre •

AIX
Union d'
1383
• 1383: autres événements •

AIX-LA-CHAPELLE
• 768: *introduction Charlemagne* • 790-799 • 801: autres événements • 807 • 809 • 814: 28 janvier • 817: 9 avril; juillet •

AIX-LA-CHAPELLE
Congrès d'
• 1818: 27 septembre-15 novembre •

AIX-LA-CHAPELLE
Prise d'
• 1794: 23 septembre •

AIX-LA-CHAPELLE
Traité d'
• 1668: 2 mai •

AIX-LA-CHAPELLE
Traité d'
• 1740: dans *La guerre de Succession d'Autriche* au 20 octobre • 1748: mars; 29-30 avril; 18 octobre •

AJALBERT
Jean
1863-1947
Écrivain.
• 1904: 18 avril • 1941: octobre •

ALAIN
Comte de Nantes.
• 990: début •

ALAIN
Émile Chartier, dit
1868-1951
Philosophe.
• 1903: 9 juillet; *biographie* au 9 juillet • 1917: dans *Paul Valéry* au 28 avril • 1925: autres événements • 1926: dans *Bernanos* en mars • 1927: 15 avril; dans *Les normaliens de l'entre-deux-guerres* au 15 avril • 1934: 5 mars • 1936: dans *Simone Weil* au 10 juin • 1938: 14 septembre •

ALAIN III
Duc de Bretagne de 1008 à 1040.
• 1027: 6 août •

ALAIN IV FERGENT
Duc de Bretagne de 1084 à 1114/1116.
• 1094: autres événements •

ALAIN BARBETORTE
† 952
« Duc » de Bretagne, comte de Nantes et Vannes de 936 à 952.
• 936: 14 janvier • 937: autres événements • 939 • 952: autres événements •

Alain Chartier
1385/1395-1430
Auteur. Secrétaire de Charles VII.
• 1416: autres événements • 1422: avant août; *biographie* avant août • 1425: autres événements • 1428: 30 décembre • 1432: autres événements •

Alain d'Albret
• 1475: 23 septembre • 1485: dans *Les princes et la « guerre folle »* au 2 novembre • 1487: 11 février •

Alain de Lille
vers 1128-1203
Auteur.
• 1160: autres événements • 1182-1183: *biographie* •

Alain de Luzarches
Évêque de Sisteron.
• 1263: printemps •

Alain le Grand
† 907
Comte de Vannes, puis « Duc » de Bretagne avant 907.
• 888: *introduction Eudes*; autres événements • 907 •

Alain-Fournier
Henri Alban Fournier, dit
1886-1914
Écrivain.
• 1913: juillet • 1914: dans *Écrivains et professeurs au combat* au 5 septembre •

Alaric
Bréviaire d'
• 506: 2 février • 768: juin •

Alaric II
† 507
Roi wisigoth de 484 à 507.
• vers 481: *introduction Clovis* • 484 • vers 486 • vers 490 • 498 • vers 500 • 505 • 506: 2 février; autres événements • 506-507 • 506-508 •

Albanie
• 1939: 7-8 avril •

Albe
Fernando Alvarez de Toledo, duc d'
1508-1582
Général espagnol. Gouverneur des Pays-Bas.
• 1552: 10 novembre • 1556: septembre; novembre; 24 novembre • 1557: janvier-février; mai-juillet; 23 août; 8-14 septembre; 22 septembre • 1558: octobre-novembre; 1560: *introduction Charles IX* • 1565: 15 juin-2 juillet • 1567: mai-août; août • 1568: 21 juillet • 1580: 31 janvier •

Albéric
† 967
Abbé de Saint-Èvre de Toul.
• 930: *Réformes et constructions religieuses au Xe siècle* dans autres événements •

Albéric de Pisançon
Auteur.
• vers 1135 •

Albéric de Reims
Chanoine. Auteur.
• 1072-1075 • 1107: dans *Les premiers « intellectuels »* dans autres événements •

Alberoni
Giulio
1664-1752
Cardinal. Premier ministre de Philippe V roi d'Espagne.
• 1716: autres événements • 1719: 5 décembre •

Albert
Alexandre Martin, dit l'ouvrier
1815-1895
Ouvrier mécanicien, membre du gouvernement provisoire en 1848.
• 1848: 24 février; *introduction La IIe République*; 26 février; 28 février; 13-15 avril; 23-24 avril; 15 mai • 1849: dans *Ledru-Rollin* au 27 janvier; 7 mars-2 avril •

Albert
Marcelin
† 1921
Cafetier. Leader du mouvement des vignerons.
• 1907: 9-10 juin; 17-26 juin •

Albert Ier
1875-1934
Roi des Belges de 1909 à 1934.
• 1870: *introduction La IIIe République: De*

Alexandre II
† 1073
Pape de 1061 à 1073.
• 1060: *introduction Philippe Ier* •

Alexandre II
1818-1881
Tsar de Russie de 1855 à 1881.
• 1852: *introduction Le Second Empire* • 1857: septembre • 1864: 1er février • 1867: 1er avril-novembre; 6 juin • 1870: *introduction La IIIe République* • 1880: 6 mars • 1881: 13 mars •

Alexandre III
• Voir Victor IV (antipape) •

Alexandre III
1845-1894
Tsar de Russie de 1881 à 1894.
• 1870: *introduction La IIIe République* • 1881: 13 mars • 1890: août • 1891: 24 juillet •

Alexandre III
(Rolando)
† 1181
Pape de 1159 à 1181.
• 1137: *introduction Louis VII* • 1158: dans *Thomas Becket* au 31 août • 1160: février-mars; 22 juillet • 1161: janvier; printemps; 17-20 mai; autres événements • 1162: 19 août; 30 août; automne • 1163: janvier-février; 3 mars; 19 mai; 30 septembre • 1166: printemps • 1171-1172 • vers 1173 • 1174: 18 janvier; autres événements • 1179: autres événements • 1180: *introduction Philippe Auguste* •

Alexandre IV
† 1261
Pape de 1254 à 1261.
• 1226: *introduction Louis IX* • 1246: dans *Guibert de Tournai* dans autres événements • 1254: autres événements • 1255: juin • 1256: 20 mars •

Alexandre V
† 1410
Pape de 1409 à 1410.
• 1380: *introduction Charles VI* • 1409: 25 mars-7 août • 1410: 23 juin •

Alexandre VI
(A. Borgia)
† 1503
Pape de 1492 à 1503.
• 1483: *introduction Charles VIII* • 1494: 25 janvier; 10 février; 18 avril • 1495: 15 janvier; 31 mars; 1er juin • 1496: 19 décembre • 1498: *introduction Louis XII*; 23 mai; 29 juillet; 17 décembre • 1499: mai • 1503: 12 août •

Alexandre VII
(Fabio Chigi)
Pape de 1655 à 1666.
• 1643: *introduction Louis XIV* • 1655: 5 janvier • 1664: 29 juillet • 1665: 15 février • 1729: 4 mai • 1739: autres événements •

Alexandre VIII
Pape de 1689 à 1691.
• 1643: *introduction Louis XIV* •

Alexandre de Hales
vers 1185-1245
Auteur.
• 1235: autres événements •

Alexandre du Pont
Auteur.
• 1258: autres événements •

Alexandre-Édouard
• Voir Henri III •

Alexandrie
Prise d'
2 juillet 1798
• 1798: 28 juin; 1er juillet •

Alexis
Tsar de Russie de 1645 à 1676.
• 1643: *introduction Louis XIV* •

Alexis Ier Commène
Empereur byzantin de 1081 à 1118.
• 1095: 1er-7 mars • 1096: 21 octobre • 1097: 26 avril •

Alexis II Comnène
† 1183
Fils de Manuel Ier Comnène empereur byzantin.
• 1137: *introduction Louis VII* • 1180: 2 mars •

Alexis III
Empereur byzantin de 1195 à 1203.
• 1203: 23 juin •

Alexis IV
Empereur byzantin de 1203 à 1204.
• 1203: 23 juin •

Al-Fayed
Emad, dit Dodi
1955-1997
Homme d'affaires égyptien.
• 1997: 31 août •

Alfonse Jourdain
Comte de Toulouse. Marquis de Provence.
• 1137: 25 juillet • 1141: 24 juin; autres événements • 1144: octobre • 1146: 29-31 mars •

Algérie
Dans le premier tiers du XIXe siècle.
• 1804: dans *Savary* au 21 mars • 1819: octobre • 1828: dans *Le saint-simonisme* en décembre • 1830: 31 janvier; 12 mars; 18 mai; 10 juin; 14-18 juin; 24-29 juin; 5 juillet •

Algérie
Sous la monarchie de Juillet.
• 1830: *introduction La monarchie de Juillet*; 2 septembre; 15-23 novembre; 15-16 décembre • 1831: 31 janvier; 21 février; 25 juillet-5 août; 26 décembre • 1832: 4 mars; avril • 1833: 24 avril • 1834: 26 février; 22 juillet • 1835: dans *Tocqueville* au 16 janvier; janviers-mars; avril; 26 juin; 8 juillet; 26 novembre-21 décembre • 1836: 14 avril; 27 avril; 10 juin; 6 juillet; 28 août; 9 novembre-1er décembre • 1837: 12 février; dans *Bugeaud* au 12 février; 30 mai; 1er-13 octobre; 1er décembre • 1840: 15 janvier; 15 mars-8 juin; 29 décembre • 1841: 21 février; 18 mai-3 juin • 1842: 1er février; 10 mars; dans *Ferdinand d'Orléans* au 13 juillet; 26 septembre • 1843: avril; 11 novembre • 1844: 1er février; 30 mai; 14 août; 10 septembre • 1845: 24 janvier; 15 avril; 25 juin; 9 août; 23-26 septembre • 1846: 24 avril; 28 mai; juin; novembre • 1847: 27 février; 7-21 mai; 30 mai; 2 juin; 1er-5 octobre; 20-21 décembre; 23 décembre •

Algérie
Sous la IIe République.
• 1848: 5 mars; dans *Eugène Cavaignac* au 28 juin • 1849: dans *Lamoricière* au 29 janvier • 1851: dans *Changarnier* au 3 janvier •

Algérie
Sous le Second Empire.
• 1852: 4 décembre • 1857: 24 juin • 1858: 24 juin; dans *Le prince Napoléon* au 24 juin • 1859: 24 mars; dans *Baraguey d'Hilliers* au 24 juin • 1860: 10 février; 17-20 septembre; dans *Chasseloup-Laubat* au 26 novembre • 1863: 6 février • 1865: 22 avril; 3 mai-7 juin; 20 juin; 14 juillet • 1866: 27 décembre • 1868: dans *Cluseret* en août-septembre • 1869: mai • 1870: 9 mars; 4 juin •

Algérie
Sous la IIIe République.
• 1870: 24 octobre • 1871: mars-juillet • 1872: dans *Le duc d'Aumale* au 28 mai • 1873: 28-29 septembre; dans *Bazaine* au 6 octobre-10 décembre • 1876: 11 avril • 1879: juin • 1881: 6 septembre • 1882: 6 avril; 26 avril • 1887: 13 avril • 1891: 6 mars • 1892: dans *Albert de Mun* au 6 mai • 1898: 23 janvier; 8-22 mai; 26 août • 1899: 8-25 mai • 1934: 3-5 août • 1935: 30 mars • 1936: 30 décembre • 1937: février • 1938: 8 février •

Algérie
Pendant la Seconde Guerre mondiale.
• 1940: dans *De Gaulle* au 18 juin • 1941: janvier • 1942: 10 février • 1943: 12 décembre 1943-7 mars 1944 • 1944: 14 mars • 1945: 8 mai •

Algérie
Sous la IVe République.
• 1946: 29 septembre • 1947: 20 septembre • 1948: 11, 12 février; 4, 11 avril • 1955: 20 décembre • 1956: 22 janvier; 31 janvier; 14 février; 23 mars; 11 avril; 21 avril; 26 mai; 15 novembre; 5 décembre • 1957: 9 janvier; 4 juillet; 26 juillet; 13 septembre; 30 septembre; 12 novembre; 29 novembre • 1958: 31 janvier; 13 mai; 26 avril; 9-10 mai; 13 mai; 14 mai; 19 mai; 20 mai; 23 mai •

ALGÉRIE
Guerre d'
1954-1962
• 1946: *introduction La IVᵉ République* • 1954: 1ᵉʳ novembre; *La guerre d'Algérie* au 1ᵉʳ novembre • 1955: 13-15 janvier; dans *Jacques Soustelle* au 26 janvier; 31 mars; 16 mai; 29 juillet; 20-21 août; 23, 29 août; 30 septembre; 2 décembre; 20 décembre • 1956: 22 janvier; 28 février; 18 mai; 23 mai; 1ᵉʳ juin; 30 septembre • 1957: 7 janvier; 16 janvier; 26 janvier; 28 mars; 29-30 mai; juin; 2 septembre; 12 septembre; octobre • 1958: 27 mars; dans *La torture sous la République* au 27 mars; 9 mai; dans *Raoul Salan* au 9-10 mai; 27 mai; 28 mai; *introduction La Vᵉ République: La République gaullienne*; dans *Michel Debré* au 19 juin; 23-25 octobre • 1959: 10 mars • 1960: 24 janvier-1ᵉʳ février; 24 février; 29 avril; 25-29 juin; 1ᵉʳ novembre • 1961: mars; 7 avril; 22-25 avril; *L'Algérie française et l'extrémisme* au 22-25 avril; 20 mai-13 juin; 17 octobre • 1962: janvier-février; 15 mars; 18 mars; 19 mars; 23 mars; 26 mars; juin-juillet; 17 juin; *Les rapatriés d'Algérie* au 1ᵉʳ juillet • 1999: 10 juin •

ALGÉRIE
Et la Vᵉ République.
• 1958: *introduction La Vᵉ République: La République gaullienne*; dans *Michel Debré* au 19 juin • 3 octobre; 23-25 octobre; 12 décembre • 1959: 10 mars; 16 septembre; 28 septembre • 1960: 24 janvier-1ᵉʳ février; 3-5 mars; 25-29 juin; 9-13 décembre • 1961: 8 janvier; 22-25 avril; *L'Algérie française et l'extrémisme* au 22-25 avril; 15 juillet • 1962: 15 mars; 18 mars; 19 mars; 23 mars; 26 mars; juin-juillet; 1ᵉʳ juillet • 1986: dans *Le terrorisme* en septembre • 1988: 6 octobre • 1991: 26 décembre • 1993: novembre • 1996: 27 mars; 1ᵉʳ août • 1997: 10 novembre •

ALGÉSIRAS
Convention d'
1906
• 1906: 16 janvier-7 avril • 1908: 15 janvier-18 février; 24 mai; 12 septembre • 1909: 20 juillet; 23 novembre • 1952: 27 août •

ALGRIN
Chancelier jusqu'en 1140.
• 1140: autres événements •

AL-HAKÎM
• 1009 •

ALHOY
Philadelphe Maurice
1802-1855
Littérateur, fondateur du Figaro.
• 1826: 15 janvier •

ALI
Louis-Étienne de Saint-Denis, dit
1788-1856
• 1840: 7 juillet •

ALIBAUD
Louis
1810-1835
• 1836: 25 juin •

ALIBERT
Raphaël
1887-1963
Homme politique, ministre.
• 1940: 17 juin; 18 juin; 12 juillet; 22 juillet • 1941: 27 janvier •

ALIÉNOR D'AQUITAINE
vers 1122-1204
Fille de Guillaume X d'Aquitaine. Épouse de: 1. Louis VII roi de France. 2. Henri II Plantagenêt roi d'Angleterre.
• 1094: dans *Guillaume IX d'Aquitaine* dans autres événements • 1137: 9 avril; 25 juillet; *introduction Louis VII* • 1144: 22 avril? • 1147: 8 juin • 1148: 19 mars • 1149: juin; 12 octobre • 1151: 25 décembre • 1152: 18-21 mars; *biographie* au 18-21 mars; 18 mai • 1153: dans *Le temps des cathédrales* dans autres événements • 1154: mai • 1155: dans *Les intellectuels de la Cour Plantagenêt* dans autres événements • 1173: mars • 1199: autres événements • 1202: juin • 1204: autres événements •

ALIGRE
Étienne d'
1550-1635
Garde des Sceaux. Chancelier.
• 1624: 6, 24 janvier; 1ᵉʳ-3 octobre • 1629: 1ᵉʳ-9 juin • 1635: 19 décembre •

Aligre
Étienne d'
1592-1677
Fils du chancelier Étienne d'Aligre. Garde des Sceaux. Chancelier.
• 1648: 9 juillet • 1649: 15 avril • 1672: 28 janvier • 1674: 8 janvier • 1677: 25 octobre •

Aligre
Étienne-François d'
1727-1798
Premier président du Parlement de Paris.
• 1770: 27 novembre •

Alincourt
Charles d'
• Voir Villeroy, Charles de Neufville •

Alix
1199-?
Fille de Guy de Thouars. Duchesse de Bretagne.
• 1206: novembre • 1209: autres événements • 1212: novembre •

Alix
de Vergy
Épouse d'Eudes III de Bourgogne.
• 1218: août •

Alix ou Aélis
1150-1183
Fille de Louis VII roi de France. Épouse de Thibaud V de Blois et Chartres.
• 1137: *introduction Louis VII* • 1164: autres événements • 1180: *introduction Philippe Auguste* •

Alix de Chypre
Fille d'Henri II de Champagne et roi de Jérusalem. Reine de Chypre.
• 1230: juillet-septembre • 1233: autres événements • 1234: septembre •

Allain
Jean-Pierre
Médecin.
• 1992: 23 octobre •

Allain
Marcel
1885-1969
Écrivain.
• 1907: dans *Les feuilletonistes modernes* dans autres événements •

Allain-Targé
François Henri René
1832-1902
Journaliste et homme politique. Ministre.
• 1868: 14 janvier • 1877: 28 mars • 1881: 14 novembre • 1885: 6 avril •

Allais
Alphonse
1854-1905
Écrivain.
• 1876: dans *Charles Cros* au 30 avril • 1881: autres événements • 1891: 5 juin; *biographie* au 5 juin •

Allais
Maurice
Né en 1911
Économiste.
• 1989: 18 octobre •

Allal el-Fassi
† 1974
Nationaliste marocain.
• 1948: 24 janvier •

Allard
Maurice
1860-1942
Homme politique.
• 1905: 21 mars •

Allarde
Pierre-Gilbert Leroy d'
1748-1809
Constituant. Économiste.
• 1791: 15 février; 2 mars; 14 juin •

Alleg
Henri
Né en 1921
Journaliste.
• 1957: 11, 12 juin • 1958: 27 mars; 15 avril •

Allègre
Claude
Né en 1937
Homme politique, ministre.
• 1997: 4 juin; 24 juin • 1999: 14-23 janvier • 2000: janvier; 27 mars •

Alquier
Charles-Jean-Marie
1752-1826
Avocat.
• 1789: 15 octobre • 1791: 19 mars •

Alsace
• 1643: dans *introduction Louis XIV* • 1648: dans *Les traités de Westphalie* au 24 octobre • 1681: 30 septembre; 23 octobre • 1684: 15 août • 1790: 11 février; 28 avril; 17 octobre; 28 octobre; 4 décembre • 1791: 28 janvier; 10 décembre • 1792: 16 décembre • 1798: 1er mars • 1939: 4 février; 24 avril; septembre; 24 septembre •

Alsace-Lorraine
• 1916: 10 janvier • 1917: 10 janvier; 15 août; 9 octobre • 1918: 17 novembre • 1919: 21 mars; 28 juin • 1922: 30 juillet-5 août • 1924: 2 décembre • 1925: 1er janvier; 2-3 février; 25 février; 17 mars; 17-21 avril; 20 septembre • 1926: 11 juin • 1928: 1er-24 mai • 1933: 15 janvier •

Alsace-Lorraine
Annexion par l'Allemagne de l'
1871-1914, 1940-1944
• 1867: janvier • 1870: 16 août; *introduction La IIIe République: de la chute du Second Empire à la Première Guerre mondiale*; 20-21 septembre • 1871: 16 février; 26 février; 10 mai; 3 juin • 1872: 1er octobre • 1940: 7 août; 15 décembre • 1942: *Les « Malgré-nous »* au 25 août • 1953: 12 janvier-19 février •

Altenkirchen
Batailles d'
• 1796: 4 juin; 19 septembre • 1797: 17 avril •

Althusser
Louis
1918-1990
Philosophe.
• 1965: 10 septembre; *biographie* au 10 septembre • 1970: dans *Les gauchistes* au 27 mai •

Altmann
Georges
Né en 1901
Journaliste.
• 1932: octobre •

Alvinczy
Joseph
1726-1810
Général autrichien.
• 1796: dans *La campagne d'Italie* au 10 avril; 2 novembre; 6 novembre; 7 novembre; 15-17 novembre; 19 novembre • 1797: 7 janvier; 14 janvier •

Amade
Albert d'
1856-1941
Général.
• 1908: 15-27 janvier; 9-28 mars •

Amalaire de Metz
775/780-après 850
Archevêque de Trèves de 809 à vers 813. Archevêque de Lyon de 835 à 838.
• 813: autres événements • avant 823 •

Amalaric
† 531
Fils d'Alaric II roi wisigoth. Roi wisigoth.
• vers 481: *introduction Clovis* • 506-508 • 531 •

Amandine
Née en 1982
Premier bébé-éprouvette français.
• 1982: 24 janvier •

Amar
Jean-Pierre-André
1755-1816
Député.
• 1793: 3 octobre; 30 octobre; 17 novembre; 5 décembre; 19 décembre • 1794: 13 janvier; 16 mars; 19 mars; 26 juillet; 29 août • 1795: 1er avril; 16 novembre • 1796: 30 avril • 1797: dans *La Conspiration des Égaux* au 26 mai •

Amat d'Oloron
† 1101
Évêque d'Oloron de 1073 à 1089. Archevêque de Bordeaux de 1089 à 1101. Légat.
• 1075 • 1079: autres événements • 1081: autres événements •

Amato
Giuliano
Né en 1938
Président du Conseil italien.
• 1981: *introduction La Ve République: De la*

• 1372: 17 juin; autres événements • 1373: autres événements •

Amédée VII de Savoie
† 1391
Fils d'Amédée VI de Savoie. Comte de Savoie de 1383 à 1391.
• 1388: septembre • 1391: autres événements •

Amédée VIII de Savoie
• Voir Félix V •

Amédée IX de Savoie
† 1472
Fils de Louis de Savoie. Duc de Savoie de 1465 à 1472.
• 1461: *introduction Louis XI* •

Ameline
Nicolas
† 1591
Avocat. Membre des Seize.
• 1585: janvier • 1591: octobre-décembre •

Amelot de Chaillou
Antoine-Jean
1732-1795
Secrétaire d'État à la Maison du roi.
• 1776: 12 mai • 1783: 18 novembre •

Amelot de Chaillou
Jean-Jacques
1689-1749
Secrétaire d'État aux Affaires étrangères.
• 1737: 20 février • 1743: 29 janvier • 1744: 26 avril •

Amet
Gouverneur général de Madagascar.
• 1942: 10 septembre-14 décembre •

Amette
Léon
1850-1920
Archevêque de Paris.
• 1909: 9 décembre •

AMGOT
(Gouvernement militaire allié pour les territoires occupés)
• 1940: dans *De Gaulle* au 18 juin • 1943: 17 juillet •

Ami du peuple (L')
1928
Journal.
• 1928: mai; dans *François Coty* en mai •

Amiens
Cathédrale d'
• vers 1220: dans *Les cathédrales gothiques* • avant 1375 • 1489-1530 • vers 1493 •

Amiens
Congrès d'
1906
• 1906: 13 octobre •

Amiens
Paix d'
• 1799: *introduction Napoléon Bonaparte* • 1801: 1er octobre • 1802: 25 mars; 20 octobre • 1803: 6 mars; 11 mai; dans *Cadoudal* au 20 août •

Amiens
Surprise d'
• 1597: 11 mars-25 septembre •

Amiens
Traité d'
1274
• 1274: 23 mai •

Ampère
André-Marie
1775-1836
Physicien et mathématicien.
• 1802: autres événements • 1815: 15 août • 1822: 16 février; *biographie* au 16 février •

Ampère
Jean-Jacques
1800-1864
Écrivain et historien.
• 1865: août •

Amrouche
Jean
1906-1962
Écrivain algérien.
• 1931: dans *Au-delà de la droite et de la gauche* en novembre • 1943: autres événements • 1949: février • 1951: avril • 1953: février •

• 1934: 6 février; 24 février • 1938: 11 octobre • 1939: 1er janvier • 1958: 13 mai • 1966: 16 avril •

ANCIENS ET MODERNES
Querelle des
• 1663: 3 février • 1686: dans *Fontenelle* dans autres événements • 1687: 27 janvier; *La querelle des Anciens et des Modernes* au 27 janvier • 1694: 30 août • 1697: 11 janvier • 1711: autres événements • 1714: autres événements •

ANCILLON
Jean-Pierre Frédéric
1766-1837
Historien.
• 1816: 27 juillet •

ANCRE
Maréchal d'
• Voir Concini, Concino •

ANCY-LE-FRANC
Château d'
• 1531: dans *La Première École de Fontainebleau* dans autres événements • 1540: autres événements • 1550: autres événements •

ANDELOT
Charles d'
1564-1632
Fils de Gaspard II de Coligny. Marquis d'Andelot.
• 1590: avril-août •

ANDELOT
François d'
1521-1569
Fils de Gaspard I de Coligny. Colonel général de l'infanterie.
• 1558: 18 mai • 1562: 7 novembre; 16 novembre • 1566: mai • 1567: mai-août; 7 octobre • 1569: mai •

ANDELOT
Traité d'
587
• 587: 28 novembre •

ANDERNACH
Bataille d'
876
• 876: 8 octobre •

ANDERNACH
Bataille d'
939
• 939 •

ANDERSON
John
1882-1958
Chancelier de l'Échiquier britannique.
• 1945: 27 mars •

ANDIGNÉ
Louis-Marie-Antoine-Fortuné comte d'
1765-1857
Général.
• 1799: 19 octobre •

ANDLER
Charles
1866-1933
Philosophe.
• 1900: dans *Péguy* au 5 janvier • 1904: 18 avril • 1912: 10 novembre • 1915: autres événements •

ANDRAULT
Michel
Né en 1926
Architecte.
• 1983: autres événements •

ANDRÉ
Antoine-Balthazar-Joseph d'
1759-1825
Député.
• 1791: 1er juin; 10 juin; 21 juin; 26 juin • 1792: 5 décembre • 1797: 1er mars •

ANDRÉ
Louis
1838-1913
Général. Ministre.
• 1900: 27 mai • 1902: 7 juin • 1903: 6-7 avril • 1904: 28 octobre; 4 novembre •

ANDRÉ
Pierre
Homme politique.
• 1949: 23-24 février • 1958: 15 avril •

ANDRÉ
Yves-Marie
1675-1764
Jésuite. Écrivain.
• 1741: autres événements •

André Beauneveu
avant 1340-après 1401
Sculpteur.
• 1364 : *introduction Charles V le Sage* • 1364-1366 • 1386 : autres événements •

André de Coutances
Auteur.
• vers 1200 •

André de Fleury
Moine. Auteur.
• 1041 : autres événements • 1042 •

André de Hongrie
† 1345
Roi de Naples. Époux de Jeanne d'Anjou.
• 1333 : autres événements • 1343 : avril • 1345 : 19 septembre •

André de La Vigne
• Voir La Vigne •

André de Longjumeau
Dominicain.
• 1245 : mars • 1248 : 20 décembre • 1249 : 27 janvier • 1251 : 25 mars •

André de Marchiennes
Moine. Auteur.
• 1200 : dans *Les intellectuels de Philippe Auguste* au 3 septembre •

André de Saint-Victor
† 1175
Chanoine. Auteur.
• 1140-1147 • 1148 : dans *Les Victorins* au 24 août • 1154-1163 •

André le Chapelain
Auteur.
• 1181-1186 ? • 1277 : 7 mars •

André-Deshayes
Claudie
Née en 1957
Médecin. Cosmonaute.
• 1996 : 17 août • 1999 : dans *Femme et parité* au 10 mars •

Andreotti
Giulio
Né en 1919
Président du Conseil italien.
• 1969 : *introduction La Vᵉ République : De l'héritage du gaullisme à la victoire de la gauche* • 1981 : *introduction La Vᵉ République : De la France mitterrandienne aux cohabitations politiques* •

Andrieu
Jules Louis
1820-1884
• 1871 : 20 avril •

Andrieu
Pierre-Paulin
1849-1935
Archevêque de Bordeaux. Cardinal.
• 1926 : 25 août-5 septembre • 1927 : 16 avril •

Andrieux
Librettiste.
• 1794 : 23 mai •

Andrieux
Louis
1840-1931
Directeur de presse et homme politique.
• 1876 : 15 octobre • 1892 : 16-22 décembre •

Andrinople
Traité d'
• 1829 : 14 septembre •

Andronic III Cantacuzène
Empereur byzantin de 1328 à 1341.
• 1339 : autres événements •

Andronic Comnène
† 1185
Empereur byzantin de 1183 à 1185.
• 1180 : 2 mars •

Andropov
Youri
1914-1984
Homme politique soviétique.
• 1981 : *introduction La Vᵉ République : De la France mitterrandienne aux cohabitations politiques* •

Androuet Du Cerceau
Baptiste
vers 1547-1590
Fils de Jacques I Androuet Du Cerceau. Architecte.
• 1576 : dans *Les Androuet Du Cerceau* dans autres événements •

ANDROUET DU CERCEAU
Jacques I
1510-1585
Architecte.
• 1576: autres événements; dans *Les Androuet Du Cerceau* dans autres événements •

ANDROUET DU CERCEAU
Jacques II
vers 1550-1614
Fils de Jacques I Androuet Du Cerceau. Architecte des bâtiments du roi Henri IV.
• 1576: dans *Les Androuet Du Cerceau* dans autres événements • 1589: *introduction Henri IV* •

ANDROUET DU CERCEAU
Jean
vers 1585-après 1649
Fils de Baptiste Androuet Du Cerceau. Architecte.
• 1576: dans les *Androuet Du Cerceau* dans autres événements •

ANÉMONE
Anne Bourguignon, dite
Née en 1950
Actrice.
• 1980: mars •

ANET
Château d'
• 1547: *introduction Henri II*; autres événements • 1566: 25 avril •

ANG DUONG
† 1869
Roi du Cambodge de 1845 à 1859.
• 1852: *introduction Le Second Empire*
• 1856: octobre •

ANGELELME
Évêque d'Auxerre de 807 à 824.
• 794-808 •

ANGÉLIQUE
Mère
• Voir Arnauld, Angélique-Marie de Sainte-Madeleine •

ANGÉLIQUE DE SAINT-JEAN
• Voir Arnauld d'Andilly, Angélique de Saint-Jean •

ANGELO CATO
Médecin et astrologue du roi Louis XI.
• 1489-1499 •

ANGENNES
Claude d'
Évêque du Mans. Cardinal.
• 1589: 13 mars •

ANGENNES
Julie d'
1607-1671
Fille du marquis et de la marquise de Rambouillet. Épouse de Charles de Montausier.
• 1641: 22 mai; dans *Salons, mondains et précieuses* au 22 mai •

ANGERS
Cathédrale d'
• 1020: dans *Cathédrales pré-romanes* •

ANGERS
Traité d'
1551
• 1551: 9 juillet •

ANGERS
Traité d'
1598
• 1598: 20 mars •

ANGERVILLIERS
Nicolas-Prosper Bauyn d'
1675-1740
Secrétaire d'État à la Guerre.
• 1728: juillet • 1740: février •

ANGEVILLE
Adolphe, comte d'
1796-1856
Écrivain. Homme politique.
• 1835: 2 mai •

ANGILBERT DE SAINT-RIQUIER
vers 750-814
Abbé de Saint-Riquier.
• 790-799 •

ANGIVILLER
Charles-Claude La Billarderie d'
1730-1810
Directeur général des Bâtiments du roi.
• 1774: autres événements •

Angleterre
Bataille d'
1940-1941
• 1940: août-septembre •

Ango
Jean
1480-1551
Financier et armateur.
• 1522: autres événements • 1523: autres événements • 1529: autres événements •

Angoulême
Cathédrale d'
• 573-576 •

Angoulême
Louis-Antoine de Bourbon, duc d'
1775-1844
Fils de Charles X.
• 1799: 10 juin • 1813: dans *Lainé* au 29 décembre • 1814: 12 mars; *introduction La première Restauration* • 1815: 6 mars; 8 avril; *introduction La seconde Restauration*; 19 juillet • 1819: 9 avril • 1823: 29 janvier; 5 avril; 23-24 mai; 17 août; 1er octobre; 2 décembre • 1824: 17 septembre • 1828: dans *Martignac* au 4 janvier • 1829: dans *Barthélemy* au 29 juillet • 1830: 29 juillet; 2 août • 1844: 3 juin •

Angoulême
Marie Thérèse Charlotte, dite Madame royale, duchesse d'
1778-1851
Épouse de Louis-Antoine de Bourbon, duc d'Angoulême.
• 1815: 2 avril • 1820: 16-18 février •

Anguier
François
1604-1669
Sculpteur.
• 1611: autres événements • 1651: autres événements • 1653: autres événements •

Anguier
Michel
1612-1686
Sculpteur.
• 1651: autres événements • 1656: autres événements • 1667: dans *Les architectes de Louis XIV* au 14 mai •

Anhalt
Christian d'
• 1591: fin août •

Anhalt-Bernbourg
Christian Ier, prince d'
1568-1630
Diplomate. Chef d'armées.
• 1610: 3 septembre •

Anjou
• Voir Blanche d'Anjou • Charles d'Anjou • Charles Ier d'Anjou • Charles II d'Anjou • Charles III d'Anjou • Foulques Ier le Roux • Foulques II le Bon • Foulques III Nerra • Foulques IV Réchin • Foulques V le Jeune • Geoffroi Ier Grisegonelle • Geoffroi II Plantagenêt • Geoffroi III le Barbu • Geoffroi IV • Geoffroi Martel • Geoffroi Plantagenêt • Henri II Plantagenêt • Jean sans Terre • Jeanne d'Anjou • Louis d'Anjou • Louis Ier d'Anjou • Louis II d'Anjou • Louis III d'Anjou • Marguerite d'Anjou • Marie d'Anjou • René d'Anjou • René II d'Anjou • Robert d'Anjou •

Annabella
Suzanne Charpentier, dite
Née en 1909
Actrice.
• 1934: octobre •

Annales d'histoire économique et sociale
1929
• 1929: janvier; *L'École des Annales* en janvier • 1946: janvier • 1947: dans *La nouvelle histoire* au 3 novembre • 1979: dans *François Furet* au 28 janvier •

Annales de l'Œuvre de la Sainte Enfance
• 1861: dans *L'audience de la presse sous le Second Empire* en août •

Annales de la charité
1845
• 1834: 20 septembre •

Annales de neurologie
1880
• 1873: dans *Charcot* au 20 septembre •

Annales médico-psychologiques
1843
• 1873: dans *Charcot* au 20 septembre •

Annam
Sous le Second Empire.
• 1856: octobre • 1858: janvier 1858-février 1861; août • 1862: 5 juin • 1866: juin • 1867: juin •

Annam
Sous la IIIe République.
• 1873: 20 novembre • 1874: 15 mars • 1880: dans *Ferry* au 25 septembre • 1883: 19 mai; 25 août; 16 novembre • 1884: 11 mai; 6 juin • 1885: 9 juin; 14 septembre • 1886: janvier • 1893: 20 juillet • 1898: 1er août • 1930: 9-10 février •

Annam
Et la IVe République.
• 1946: dans *La guerre d'Indochine* au 19 décembre •

Anne
Anna Pavlova Romanov
1795-1865
Fille de Paul Ier tsar. Grande-duchesse de Russie.
• 1809: 4 novembre •

Anne d'Autriche
1601-1666
Fille de Philippe III roi d'Espagne. Épouse de Louis XIII roi de France. Régente de 1643 à 1651.
• 1608: autres événements • 1610: *introduction Louis XIII*; dans *Marie de Médicis* au 15 mai • 1611: 30 avril • 1612: dans *Les images de la propagande* au 5-7 avril • 1614: dans *Les rebelles* au 10 février • 1615: 1er novembre; 25 novembre • 1616: 26-30 novembre • 1618: dans *Le siècle des saints* au 7 novembre • 1620: juillet-10 août; *biographie* en juillet-10 août • 1621: 31 mars • 1622: 14 mars; 6-18 décembre • 1624: dans *Gaston d'Orléans* au 20 mai • 1625: mai-juin • 1636: septembre • 1637: juillet-août; 5 décembre • 1638: dans *Le vœu de Louis XIII* au 10 février • 1640: 21 septembre • 1641: 21 novembre • 1643: 20 avril; *introduction Louis XIV*; 18 mai; dans *Mazarin* au 18 mai • 1644: 27 janvier; juillet • 1645: 7 septembre • 1647: 16 juillet • 1648: 15 janvier; 17 mai-20 août; 13-16 juillet; 29 juillet; 26-28 août; dans *Les traités de Westphalie* au 24 octobre • 1649: 5-6 janvier; dans *Cardinal de Retz* au 18-28 janvier; 11 mars; dans *Les frondeurs* au 11 mars; 16 mars; 18 août; 14 septembre • 1650: 18 janvier; juin-octobre; 16 novembre • 1651: 30 janvier-25 février; 5 février-25 mars; 11 avril; juin-août; 7 septembre; octobre • 1652: 20 janvier; 4 juillet; dans *Fouquet* au 31 juillet-7 août; 24-30 septembre • 1654: 23 juin • 1657: 1er mai • 1658: mars-juin • 1661: 17 août • 1661: 17 août • 1662: dans *Bossuet* au 26 février-9 avril • 1664: 29 janvier; 6-13 mai • 1666: 20 janvier • 1668: dans *Le Grand Condé* au 1er-19 février •

Anne de Beaujeu
1461-1522
Fille de Louis XI roi de France. Épouse de Pierre de Beaujeu.
• 1461: *introduction Louis XI* • 1483: *introduction Charles VIII*; 30 août; *biographie* au 30 août • 1484: dans *Louis II d'Orléans* au 15 janvier; fin septembre; autres événements • 1485: 14 janvier; 9 août; dans *Les princes et la « Guerre folle »* au 2 novembre • 1487: 11 février; 9 mars • 1488: 14-21 août • 1491: 28 juin • 1492: 5 juillet • 1494: 23 janvier • 1498: *introduction Louis XII* • 1521: 28 avril • 1522: novembre •

Anne de Bourgogne
† 1432
Fille de Jean sans Peur duc de Bourgogne. Épouse de Jean de Lancastre duc de Bedford.
• 1419: 2 décembre • 1422: 31 août • 1423: avril • 1432: 14 novembre •

Anne de Bretagne
1488-1514
Fille de François II duc de Bretagne. Duchesse de Bretagne à partir de 1489. Épouse de: 1. Maximilien Ier de Habsbourg. 2. Charles VIII roi de France. 3. Louis XII roi de France. Reine de France.
• 1461: *introduction Louis XI* • 1483: *introduction Charles VIII* • 1484: dans *Jean Bourdichon* dans autres événements • 1487: 23 septembre • 1488: 9 septembre • 1489: 10 février • 1490: 19 décembre • 1491: 27 octobre; 6 décembre • 1492: 5 juillet; 10 octobre • vers 1494-1495 • 1496: 8 septembre • 1498: *introduction Louis XII*; 19 août • 1499: 8 janvier • 1502: autres événements • 1503: 21 janvier • 1504:

22 septembre; 18 novembre • 1505: 14 mars; avril; 1er juin; fin octobre • 1506: 9 février • 1510: 26 septembre; 25 octobre • 1512: 21 janvier • 1513: 14 septembre • 1514: 9 janvier • 1515: *introduction François Ier*; 1er janvier • 1518: 27 janvier •

ANNE DE FRANCE
• Voir Anne de Beaujeu •

ANNE DE KIEV
† 1075/1089
Fille de Jaroslav Ier de Kiev. Épouse de: 1. Henri Ier roi de France. 2. Raoul IV de Crépy comte de Valois.
• 1031: *introduction Henri Ier* • 1051: printemps • 1060: *introduction Philippe Ier* • 1061: autres événements •

ANNE DE RUSSIE
Impératrice de Russie de 1730 à 1740.
• 1715: *introduction Louis XV* •

ANNE STUART
1665-1714
Fille de Jacques II, roi d'Angleterre. Reine d'Angleterre de 1702 à 1714.
• 1643: *introduction Louis XIV* • 1702: 19 mars • 1712: 31 décembre •

ANNEBAULT
Claude d'
† 1552
Maréchal puis amiral de France.
• 1542: juillet-septembre • 1543: 1er juin • 1544: février; juin-septembre • 1545: mars-juillet • 1547: 1er avril • 1552: 11 novembre •

ANNÉE SOCIOLOGIQUE (L')
Revue.
• 1894: dans *Durkheim* au 22 décembre • 1898: janvier •

ANNE-HENRIETTE DE FRANCE
1727-1752
Fille de Louis XV roi de France.
• 1715: *introduction Louis XV* •

ANNE-MARIE DE JÉSUS CRUCIFIÉ
Sœur (Anne de Goulaine)
1599-1653
Mystique.
• 1638: dans *Le vœu de Louis XIII* au 10 février •

ANNONA
Sac d'
1499
• 1499: 9 août •

ANONYME DE BÉTHUNE
Auteur.
• peu avant 1220 •

ANOUILH
Jean
1910-1987
Écrivain.
• 1938: autres événements • 1944: février • 1945: avril • 1953: 5 janvier; 14 octobre •

ANPE
(Agence nationale pour l'emploi)
Créée en 1967
• 1967: 12 juillet • 1997: 15 décembre •

ANQUETIL
Jacques
1934-1987
Coureur cycliste.
• 1964: juillet •

ANROUX
Barthélemy
† 1591
Membre des Seize.
• 1591: octobre-décembre •

ANSCHLUSS
13 mars 1938
Rattachement de l'Autriche à l'Allemagne.
• 1931: 5 septembre • 1933: 25 mars • 1934: 25 juillet • 1938: 11-14 mars; 10 avril •

ANSEGISE
Abbé de Saint-Wandrille.
• 816: autres événements • 827: autres événements •

ANSÉGISE
Abbé de Saint-Mihiel. Archevêque de Sens de 871 à 883. Primat des Gaules et de Germanie.
• 875: 25 décembre • 879: après le 15 septembre •

ANSÉGISE
Évêque de Troyes de 914 à 970.
• 959: 3 avril • 960: octobre-décembre •

ANSELME
Pierre de Guibours, dit le père
1625-1694
Généalogiste.
• 1726 : autres événements •

ANSELME ADORNO
Auteur.
• 1470 : autres événements •

ANSELME DE CANTERBURY
ou Anselme d'Aoste, ou du Bec
1033-1109
Abbé du Bec. Archevêque de Canterbury de 1093 à 1098. Auteur.
• 1078 : 26 août ; *biographie* au 26 août •

ANSELME DE LAON
vers 1050-1117
Chanoine. Auteur.
• 1107 : dans *Les premiers « intellectuels »* dans autres événements • 1121 : *Pierre Abélard* dans autres événements •

ANSERMET
Ernest
1883-1969
Chef d'orchestre suisse.
• 1920 : 18 mai • 1928 : 19 octobre •

ANSGARDE
† vers 880-882
Épouse de Louis II le Bègue roi de Francie occidentale.
• 877 : *introduction Louis II le Bègue* • 878 : 7 septembre •

ANSQUER
Vincent
Né en 1925
Homme politique, ministre.
• 1974 : 28 mai • 1976 : 27 août •

ANTELME
Robert
1917-1990
Écrivain.
• 1945 : dans *Rapatriement* au 19 juin • 1947 : avril ; *biographie* en avril • 1955 : 2 novembre •

ANTÉRIOU
Louis
1887-1931
Ministre.
• 1925 : 17-21 avril ; 29 octobre • 1928 : 9 novembre •

ANTHOINE
François
1758-1793
• 1791 : 29 juin •

ANTIER
Benjamin
1787-1870
Auteur dramatique.
• 1823 : 2 juillet •

ANTIER
Paul
Né en 1905
Ministre.
• 1951 : 8 août • 1955 : 23 février •

ANTILLES FRANÇAISES
• 1940 : *introduction État français et France libre* • 1943 : 13 juillet •

ANTIN
Antoine-Louis de Pardaillan de Gondrin, duc d'
1655-1736
Fils de Mme de Montespan. Président du Conseil du dedans.
• 1669 : dans *Mme de Montespan* dans autres événements • 1715 : 1er octobre •

ANTIOCHE
Siège d'
1097
• 1097 : 21 octobre •

ANTIQUITÉS NATIONALES
Musée des
1867
• 1867 : 12 mai •

ANTOINE
Fils de l'infant du Portugal Louis. Prieur de Crato.
• 1580 : 31 janvier • 1589 : *introduction Henri IV* •

ANTOINE
André
1858-1943
Acteur et metteur en scène.
• 1887 : 30 mars ; dans *Lucien Descaves* au 18 août • 1902 : autres événements • 1903 :

autres événements • 1906: autres événements •

Antoine
Jacques-Denis
1733-1801
Architecte.
• 1767: 18 septembre •

Antoine Ier
Roi de Saxe de 1827 à 1836.
• 1815: *introduction La seconde Restauration* •

Antoine Busnois
vers 1430-1492
Musicien.
• 1467: autres événements •

Antoine de Bourbon
1518-1562
Fils de Charles de Bourbon duc de Vendôme. Roi de Navarre.
• 1541: 14 juin • 1548: 21 octobre • 1553: avril; 13 décembre • 1558: mai; décembre • 1559: *introduction François II* • 1560: 5 décembre; 25 décembre; dans *Jeanne d'Albret* au 25 décembre • 1562: janvier-mars; mars; 26 octobre; 17 novembre • 1573: dans *Hotman* dans autres événements •

Antoine de Bourgogne
Fils de Philippe II le Hardi duc de Bourgogne. Duc de Brabant.
• 1369: 12 avril • 1402: autres événements • 1410: dans *Armagnacs et Bourguignons* au 15 avril •

Antoine de Chabannes
Conseiller de Charles VII.
• 1461: *introduction Louis XI* • 1463: 20 août •

Antoine de la Sale
1385/1386-vers 1460
Auteur.
• 1451: autres événements • 1456: autres événements •

Antoine de la Taverne
Auteur.
• 1435: 5 août •

Antoine de Lorraine
1489-1544
Fils de René II duc de Lorraine. Duc de Lorraine de 1508 à 1544.
• 1515: *introduction François Ier*; mars-avril • 1536: 25 juin • 1562: dans *L'Hospital* en février-mars •

Antoine de Vaudémont
• 1431: 30 juin •

Antoine le Moiturier
Sculpteur.
• 1443: autres événements •

Antoine Vérard
Imprimeur.
• 1444: autres événements • 1493: autres événements • 1494: autres événements •

Antoinette de Maignelais
Maîtresse de Charles VII roi de France.
• 1422: *introduction Charles VII* •

Antonelle
Pierre-Antoine d'
1747-1817
Député.
• 1793: 16 décembre • 1796: 30 mars • 1799: 6 juillet •

Antonescu
Ion
1882-1946
Maréchal. Dictateur de la Roumanie de 1940 à 1944.
• 1944: 23 août •

Antonetti
Raphaël
1872-1938
Homme politique.
• 1925: juillet •

Antonio Beccadelli
Auteur.
• 1469-1476 •

Antraigues
Emmanuel-Henri-Louis-Alexandre de Launay, comte d'
1753-1812
Député.
• 1788: autres événements; *biographie* dans autres événements • 1790: 27 février

• 1797: 21 mai; 1er juin; 24 juin; 21 juillet; 29 août •

ANVERS
Citadelle d'
• 1832: 1er octobre; 22 décembre •

ANZIEU
Didier
1923-1999
Psychanalyste.
• 1964: 21 juin • 1966: novembre • 1970: juin •

ANZIN
Mines d'
• 1717: autres événements • 1734: autres événements • 1757: 19 novembre • 1833: mai • 1878: juin • 1884: 21 février-17 avril •

AOF
(Afrique occidentale française)
• 1947: 4 août • 1955: 18 novembre • 1957: 13 janvier; 31 mars • 1958: 1er février; 21-26 août • Voir Defferre, Loi-cadre •

AOUST
Charles-Joseph d'
1763-1794
Général.
• 1793: 17 septembre; 12 décembre •

APOLLINAIRE
Guillaume Apollinaire de Kostrovitski, dit
1880-1918
Poète.
• 1905: février • 1907: dans *Les feuilletonistes modernes* dans autres événements • 1908: 14 novembre; dans *Le cubisme* au 14 novembre • 1909: autres événements • 1911: mars; 21 août • 1912: 10 octobre • 1913: 20 avril; *biographie* au 20 avril • 1914: dans *Écrivains et professeurs au combat* au 5 septembre • 1918: 23 janvier-15 février; mai • 1920: dans *Le Groupe des Six* au 16-23 janvier • 1924: janvier; dans *Les surréalistes* au 12-15 octobre • 1936: dans *Aragon* au 9 décembre • 1947: 3 juin •

APOSTOLIQUE (L')
Journal.
• 1829: 8 juin •

APPEL
Karel
1921-1988
Artiste néerlandais.
• 1948: 8 novembre •

APPERT
Nicolas
1794-1841
Inventeur.
• 1810: juin •

APPIEN
vers 95-160
Historien grec.
• 1559: dans *Amyot* dans autres événements •

AQUAVIVA
Claude
1543-1615
Général des jésuites.
• 1618: dans *Les jésuites* au 15 février •

AQUITAINE
• Voir Acfred • Aliénor d'Aquitaine • Ebles Manzer • Guillaume Fièrabrace • Guillaume Ier le Pieux • Guillaume Ier Tête d'Étoupe • Guillaume II le Jeune • Guillaume V le Grand • Guillaume VI le Gros • Guillaume VII Aigret • Guillaume VIII (Guy-Geoffroi-Guillaume) • Guillaume IX le Troubadour • Guillaume X •

ARAGO
Étienne
1802-1892
Écrivain et homme politique.
• 1843: 29 juillet • 1848: 24 février; 30 mars-2 avril; 23-24 avril; 10 mai; 11 mai • 1869: 21-22 novembre • 1870: 4 septembre; 5-7 novembre; 16 novembre • 1871: 3 février •

ARAGO
François
1786-1853
Astronome, physicien et homme politique.
• 1803: dans *Biot* au 26 avril • 1806: dans *Berthollet et Gay-Lussac* en septembre • 1822: 16 février; dans *Ampère* au 16 février • 1829: dans *L'invention de la photographie* au 5 décembre • 1840: 24 mai; juin • 1848: 24 février; 27 avril; *biographie* au 27 avril •

Aragon
Louis
1897-1982
Écrivain.
• 1915: dans *Adrienne Monnier* au 7 novembre • 1916: janvier • 1917: 15 mars • 1919: mars • 1920: 27 mars; dans *Paulhan* en juillet • 1921: février • 1924: 12-15 octobre; dans *Les surréalistes* au 12-15 octobre • 1930: juillet • 1931: juillet • 1932: 17 mars; octobre • 1933: juillet • 1935: dans *Les compagnons de route* au 21-25 juin; 4 octobre • 1936: 16-31 mai; 9 décembre; *biographie* au 9 décembre • 1941: avril; juillet • 1942: 19 février; autres événements • 1943: juillet; autres événements • 1944: 1er novembre • 1945: dans *Intellectuels: épurateurs et épurés* au 13 janvier; février; mars • 1948: 20 octobre • 1958: octobre • 1963: novembre • 1966: 14 février • 1968: septembre • 1969: *introduction La Ve République: De l'héritage du gaullisme à la victoire de la gauche* • 1971: février; mai • 1980: septembre • 1981: septembre •

Arande
Michel d'
† 1546
Prédicateur. Membre du Cercle de Meaux.
• 1521: dans *Le Cercle de Meaux* en avril •

Aranjuez
Traité d'
1801
• 1801: 21 mars •

Arapiles
Bataille de Los
22 juillet 1812
• 1812: 7 janvier-12 août •

Arbogast
Louis François Antoine
1759-1803
Député.
• 1793: 1er août •

ARC
(Association pour la recherche sur le cancer)
1962
• 1996: 2 janvier • 1999: 25 mai •

Arc
Philippe-Auguste de Sainte-Foix, chevalier d'
† 1779
Fils naturel du comte de Toulouse.
• 1756: autres événements •

Arc de Triomphe de l'Étoile
(Paris)
1806-1836
• 1806: 15 août • 1833: 27 juin; autres événements; dans *La sculpture romantique* dans autres événements • 1836: 29 juillet •

Archambaud de Sully
• 1137: 15 janvier •

Archambaud de Vermandois
† 967
Fils de Robert II comte de Troyes. Archevêque de Sens de 958 à 967.
• 958: juin • 962: avril •

Archipenko
Alexander
1887-1964
Sculpteur américain d'origine russe.
• 1912: 10 octobre •

Archives nationales
• 1790: 7 septembre • 1800: 28 mai • 1846: 5 janvier • 1855: 22 décembre • 1871: 25 mai • 1887: 14 mai •

Archives philosophiques, politiques et littéraires
Revue.
• 1817: juillet • 1819: 1er juin •

Arcis-sur-Aube
Bataille d'
1814
• 1814: 20-21 mars •

Arcole
Bataille d'
• 1796: dans *La campagne d'Italie* au 10 avril; 15-17 novembre •

Arcos
René
1881-1959
Écrivain.
• 1923: février •

Arcy
Jean d'
Né en 1913
Directeur de programmes de télévision. Fondateur de l'Eurovision.
• 1949 : dans *La naissance de la télévision publique* au 29 juin •
• 1945 : 15 août • 1946 : 1er juin ; 20-23 novembre ; 25 décembre • 1947 : 5 mars •

Ardant
Fanny
Née en 1949
Actrice.
• 1980 : dans *François Truffaut* au 17 septembre •

Ardennes
Bataille des
• 1944 : 16-26 décembre • 1945 : 2-3 janvier •

Ardon Smaragde
783-843
Abbé d'Aniane. Auteur.
• 822 : autres événements •

Ardres
Traité d'
7 juin 1546
• 1515 : *introduction François Ier* • 1545 : mars-juillet • 1546 : 7 juin • 1547 : août • 1549 : août • 1550 : mars-avril •

Aréna
Joseph Antoine
1771-1801
Officier.
• 1800 : 10 octobre • 1801 : 30 janvier •

Arendt
Hannah
1906-1975
Philosophe américaine d'origine allemande.
• 1933 : dans *Les réfugiés allemands* au 27 février • 1947 : novembre • 1951 : mars • 1954 : janvier • 1972 : octobre •

Arène
Emmanuel
1856-1908
Homme politique.
• 1892 : 16-22 décembre • 1893 : 27 janvier •

Argenlieu
Georges Thierry d'
1889-1964
Amiral.

Argens
Jean-Baptiste de Boyer d'
1704-1771
Littérateur.
• 1736 : autres événements • 1737 : autres événements • 1739 : autres événements • 1748 : autres événements •

Argenson
Marc-Pierre de Voyer de Paulmy, comte d'
1696-1764
Fils de Marc-René de Voyer de Paulmy d'Argenson. Lieutenant général de police. Secrétaire d'État à la Guerre.
• 1720 : début juillet • 1742 : 26 août • 1743 : 7 janvier ; 29 janvier • 1744 : 26 avril ; 19 novembre • 1745 : dans *Machault d'Arnouville* en décembre • 1748 : 11 avril • 1757 : 1er février •

Argenson
Marc-René de Voyer de Paulmy, marquis d'
1652-1721
Lieutenant général de police. Garde des Sceaux.
• 1692 : dans *Le second jansénisme* dans autres événements • 1697 : 22 janvier • 1709 : 29 octobre • 1715 : 24 octobre • 1717 : 26 août ; 4 décembre • 1718 : 28 janvier ; 2 juillet ; septembre • 1720 : 7 juin •

Argenson
René de Voyer de Paulmy, marquis d'
1694-1757
Fils de Marc-René de Voyer de Paulmy d'Argenson garde des Sceaux. Secrétaire d'État aux Affaires étrangères.
• 1743 : 29 janvier • 1744 : 19 novembre • 1745 : 27 mars • 1746 : 23 avril-8 juin • 1747 : 10 janvier • 1764 : autres événements •

Argenteau
Eugène d'
† 1819
Général autrichien.
• 1796 : dans *La campagne d'Italie* au 10 avril ; 12 avril •

Argenteuil
Bataille d'
898
• 898 : 28 décembre •

Argoud
Antoine
Né en 1914
Colonel.
• 1961 : 22-25 avril •

Argout
Apollinaire Antoine Maurice, comte d'
1782-1858
Homme politique, ministre.
• 1830 : 2 novembre • 1831 : 8 mars ; 13 mars • 1832 : 11 octobre ; 31 décembre • 1836 : 18 janvier ; 22 février • 1857 : 9 juin •

Arguments
1956-1962
Revue.
• 1956 : décembre •

Ariane
Fille de Théodoric roi ostrogoth. Épouse d'Alaric II roi wisigoth.
• vers 490 •

Arias Navarro
Carlos
1908-1989
Premier ministre espagnol.
• 1969 : *introduction La Ve République : De l'héritage du gaullisme à la victoire de la gauche* •

Ariès
Philippe
1914-1984
Historien.
• 1947 : dans *La nouvelle histoire* au 3 novembre • 1961 : mai • 1975 : décembre • 1979 : 21 février •

Arioste
Ludovico Ariosto, dit l'
1474-1533
Poète italien.
• 1600 : dans *La Seconde École de Fontainebleau* dans autres événements • 1664 : 6-13 mai •

Aristote
384-322
Philosophe grec.
• 1210 : 20 novembre • 1215 : dans *L'Université de Paris* en août • 1523 : dans *Lefèvre d'Étaples, l'Érasme français* dans autres événements • 1623 : dans *Gassendi* dans autres événements ; dans *Mersenne* dans autres événements • 1632 : autres événements • 1838 : mars •

Arkady
Alexandre
Né en 1947
Cinéaste.
• 1962 : dans *Les rapatriés d'Algérie* au 1er juillet •

Arland
Marcel
1899-1986
Écrivain.
• 1920 : dans *Paulhan* en juillet • 1924 : juin • 1929 : 4 décembre • 1933 : dans *Malraux* au 7 décembre • 1941 : 22 octobre • 1953 : janvier • 1967 : octobre • 1977 : février •

Arles
Abbaye Saint-Césaire d'
• 972 : autres événements •

Arles
Cathédrale Sainte-Marie d'
• 524 : 6 juin • 1032 : 13 septembre •

Arletty
Léonie Bathiat, dite
1898-1992
Actrice.
• 1929 : autres événements •

Armada
L'Invincible
• 1574 : *introduction Henri III* • 1588 : janvier-février ; juillet-août •

Armagnac
Georges d'
Cardinal.
• 1578 : autres événements •

Armagnac
Louis d'
• Voir Nemours Louis d'Armagnac, duc de •

Arman
Armand Fernandez, dit
Né en 1928
Sculpteur.
• 1956 : février • 1960 : 23 octobre ; 27 octobre ; dans *Le Nouveau Réalisme* au 27 octobre • 1967 : autres événements •

Armand
Chirurgien.
• 1794: 21 mars •

Armand
Louis
1905-1971
Haut fonctionnaire. Président de l'Euratom.
• 1958: 1er janvier •

Armand Colin
Librairie. Maison d'édition.
Fondée en 1870
• 1915: autres événements •

Armée française d'armistice
• 1942: 27 novembre •

Armée secrète
Organisation de résistance.
• 1943: 9 juin • 1944: 1er février; 1er juin •

Arméniens
Génocide des
1915
• 1915: 24 avril • 1920: 10 août • 1998: 29 mai •

Armistices
1918, 1940
• Voir Rethondes •

Armoire de fer
• 1775: dans *Mirabeau* dans autres événements • 1792: *introduction La République jacobine*; 20 novembre; 21 novembre; 2 décembre; 5 décembre •

Armstrong
Louis
1900-1971
Musicien de jazz.
• 1934: novembre •

Armstrong
Neil
Né en 1930
Cosmonaute américain.
• 1969: 21 juillet •

Arn
vers 740-821
Abbé de Saint-Amand. Évêque de Salzbourg de 785 à 821.
• 785 •

Arnaud
† 1081
Évêque du Mans de 1066 à 1081.
• 1065 • 1066: 29 septembre •

Arnaud
Antoine Jules
1831-1885
Membre de la commune de 1871.
• 1871: 28 avril-1er mai; 9 mai •

Arnaud
Henri Girard, dit Georges
1918-1987
Écrivain.
• 1957: octobre •

Arnaud Amalric
Abbé de Cîteaux. Légat.
• 1203: autres événements • 1204: autres événements • 1209: printemps • 1212: juin •

Arnaud de Brescia
• 1140: 2 juin •

Arnaud de Cervole
dit « l'Archiprêtre »
• 1357: autres événements • 1365: juin •

Arnaud de Corbie
Chancelier.
• 1380: *introduction Charles VI* •

Arnaud-Amanieu
Seigneur d'Albret.
• 1368: 26 janvier •

Arnauld
Henry
1597-1692
Fils de l'avocat Antoine Arnauld. Prieur de Saint-Nicolas d'Angers. Évêque d'Angers.
• 1644: dans *Servien* en février-mars • 1665: 8 juillet •

Arnauld
Isaac
Frère de l'avocat Antoine Arnauld. Secrétaire de Sully. Intendant des finances.
• 1611: 26 janvier •

Arnauld
Jacqueline Marie Angélique, en religion la mère Angélique
1591-1661
Fille de l'avocat Antoine Arnauld. Supérieure de Port-Royal.
• 1609: 25 septembre • 1615: dans *Antoine Arnauld, défenseur du gallicanisme* au 23 février • 1618: 7 novembre; dans *Le siècle des saints* au 7 novembre • 1637: dans *Port-Royal et les Arnauld* au 24 août • 1638: dans *Saint-Cyran* au 14 mai • 1648: 13 mai • 1650: dans *Les misères de la guerre pendant la Fronde* en juin-octobre •

Arnauld
Antoine II
1560-1619
Avocat.
• 1594: 12 juillet • 1602: autres événements • 1609: 25 septembre • 1615: 23 février; *biographie* au 23 février • 1637: dans *Port-Royal et les Arnauld* au 24 août •

Arnauld
Antoine III, dit le grand Arnauld
1612-1694
Fils de l'avocat Antoine Arnauld. Théologien.
• 1615: dans *Antoine Arnauld, défenseur du gallicanisme* au 23 février • 1637: dans *Descartes* en juin; dans *Port-Royal et les Arnauld* au 24 août • 1643: *introduction Louis XIV*; autres événements • 1655: janvier-septembre • 1656: 27 janvier; dans *La querelle janséniste* au 27 janvier • 1662: 6 juillet • 1667: autres événements • 1680: octobre • 1683: dans *Malebranche* en mai • 1687: dans *La querelle des Anciens et des Modernes* au 27 juillet • 1689: dans *Jurieu* dans autres événements • 1694: 30 août • 1739: autres événements •

Arnauld
Antoine
Fils de Robert Arnauld d'Andilly. Prêtre.
• 1637: dans *Port-Royal et les Arnauld* au 24 août •

Arnauld d'Andilly
Angélique, en religion Angélique de Saint-Jean
1624-1684
Fille de Robert Arnauld d'Andilly. Abbesse de Port-Royal.
• 1637: dans *Port-Royal et les Arnauld* au 24 août •

Arnauld d'Andilly
Robert
1585-1674
Fils de l'avocat Antoine Arnauld.
• 1615: dans *Antoine Arnauld, défenseur du gallicanisme* au 23 février • 1624: 22 août • 1637: dans *Port-Royal et les Arnauld* au 24 août; dans *Les Solitaires de Port-Royal* au 24 août • 1638: dans *Saint-Cyran* au 14 mai • 1649: dans *Mazarinades* au 20 juillet •

Arnauld de Luzancy
Charles-Henri
1623-1684
Fils de Robert Arnauld d'Andilly. Solitaire à Port-Royal.
• 1637: dans *Port-Royal et les Arnauld* au 24 août; dans *Les Solitaires de Port-Royal* au 24 août •

Arnauld de Pomponne
Simon
1618-1699
Fils de Robert Arnauld d'Andilly. Secrétaire d'État aux Affaires étrangères.
• 1637: dans *Port-Royal et les Arnauld* au 24 août • 1671: 1er septembre • 1672: 25 janvier; 11 avril, 6 mai • 1679: 18 novembre • 1691: 16 juillet • 1696: dans *Torcy* au 28 juillet • 1699: 26 septembre •

Arnauld de Villeneuve
Jules
1634-1657
Fils de Robert Arnauld d'Andilly.
• 1637: dans *Port-Royal et les Arnauld* au 24 août •

Arnault
Antoine-Vincent
1766-1834
Auteur dramatique.
• 1792: 4 mai • 1794: 6 mai; 11 décembre • 1798: 16 octobre • 1805: dans *Talma* au 3 janvier • 1813: 2 janvier; *biographie* au 2 janvier • 1816: 21 mars • 1817: 22 mars • 1821: dans *La légende napoléonienne* au 5 juillet •

Arnault
Lucien-Émile
1787-1863
Fils d'Antoine-Vincent Arnault. Auteur dramatique.
• 1805: dans *Talma* au 3 janvier • 1822: 14 juin • 1823: dans *Le romantisme* en juillet •

Arnaut Daniel
vers 1150-vers 1200
Troubadour.
• vers 1140: dans *Les premiers troubadours* • 1212: dans *Littérature et politique au temps de la croisade albigeoise* dans autres événements •

Arnaut de Comminges
† 1246
Troubadour.
• 1212: dans *Littérature et politique au temps de la croisade albigeoise* dans autres événements •

Arnaut de Mareuil
Troubadour de 1180 environ à 1190.
• 1212: dans *Littérature et politique au temps de la croisade albigeoise* dans autres événements •

Arnaut de Villeneuve
vers 1238-1311
Médecin. Auteur.
• 1299: autres événements; *biographie* dans autres événements •

Arnaut Vidal
1er quart du XIVe siècle
Auteur.
• 1318: autres événements •

Arnay-le-Duc
Bataille d'
27 juin 1570
• 1560: *introduction Charles IX* • 1570: mars-juillet •

Arnold
Georges Léon
1837-1912
Architecte. Membre de la Commune de 1871.
• 1871: 15 mai •

Arnoul
† vers 640
Évêque de Metz de 612/614 à 629.
• 612 • 623 •

Arnoul
Archevêque de Reims.
• 888: 29 février •

Arnoul
Fils du comte de Cambrai.
• 974: janvier •

Arnoul
960/967-1021
Fils naturel de Lothaire III. Archevêque de Reims de 989 à 1021.
• 954: *introduction Lothaire III* • 989: fin mars; août-septembre • 990: avril • 991: janvier-mars; 17-18 juin • 995: 2 juin • 997: février • 998: 22 avril • 1017: 9 juin • 1018: 6 avril • 1021: 5 mars •

Arnoul
vers 940-1003
Évêque d'Orléans de 963/971 à 1003. Comte de Vendôme.
• 981: vers 27 mars-avril • 988: dans *Abbon de Fleury* en mai • 989: autres événements • 991: 17-18 juin • 994: Pâques •

Arnoul
de Valenciennes
• 979: janvier •

Arnoul
Saint
Évêque de Soissons de 1081 à 1082.
• 1081: novembre • 1087: autres événements • 1120: autres événements •

Arnoul Ier de Flandre
vers 900-965
Comte de Flandre de 918 à 965.
• entre 900 et 907 • 918 • 933 • 934: autres événements • 936: *introduction Louis IV d'Outremer* • 942: 17 décembre • 943-946 • 944: été • 948: autres événements • 949: janvier • 952: autres événements • 962: 1er janvier • 965: 27 mars • 978-979 •

Arnoul II de Flandre le Jeune
vers 961-988
Petit-fils d'Arnoul Ier comte de Flandre. Comte de Flandre de 965 à 988.
• 965: 27 mars • 979: janvier • 986: autres événements • 987: 3 juillet • 988: janvier-mars •

Arnoul III de Flandre
† 1071
Comte de Flandre de 1070 à 1071.
• 1071: 22 février •

Arnoul Gréban
vers 1425-vers 1495
• 1450-1452: *biographie* •

ARNULF
794-vers 841
Fils naturel de Louis le Pieux empereur. Comte de Sens à partir de 817.
• 814: *introduction Louis le Pieux* • 817: juillet •

ARNULF « DE CARINTHIE »
vers 850-899
Fils de Carloman roi de Bavière. Roi de Francie orientale de 880 à 899.
• 888: *introduction Eudes*; printemps; août; 13 novembre • 894: printemps • 895: mai •

ARNUSTE
† 913
Archevêque de Narbonne de 896 à 913.
• 896: autres événements • 909: autres événements • 913 •

ARON
Jean-Paul
1925-1988
Philosophe et historien.
• 1987: dans *Génération sida* en avril-mai •

ARON
Max
Professeur de médecine.
• 1941: 29 novembre •

ARON
Raymond
1905-1983
Philosophe et sociologue.
• 1903: dans *Alain* au 9 juillet • 1927: 15 avril; dans *Les normaliens de l'entre-deux-guerres* au 15 avril • 1934: autres événements • 1936: 28 novembre • 1938: autres événements • 1939: 17 juin • 1940: dans *Les Français de Londres* au 7 août • 1944: *introduction Du Gouvernement provisoire à la IVe République* • 1945: octobre • 1946: *introduction La IVe République* • 1947: 21 septembre; novembre; 12 décembre • 1948: dans *Jean-Paul Sartre* au 2 avril; juillet • 1949: février • 1951: mars • 1954: janvier • 1955: mai; juin • 1956: 23 mai • 1957: mars; juin • 1979: 26 juin • 1983: 17 octobre; *biographie* au 17 octobre •

ARON
Robert
1898-1975
Historien, journaliste.
• 1931: novembre; dans *Au-delà de la droite et de la gauche* en novembre • 1954: octobre •

ARP
Jean
1887-1960
Sculpteur, peintre et dessinateur.
• 1925: 13 novembre; dans *Le surréalisme en peinture* au 13 novembre • 1930: avril • 1939: 23 mai-14 juin • 1946: 19 juillet •

ARPAILLANGE
Pierre
Né en 1924
Magistrat. Ministre.
• 1988: 8 mai • 1990: 2 octobre •

ARQUES
Bataille d'
1589
• 1589: *introduction Henri IV*; 21 septembre •

ARQUES
Paix d'
1326
• 1326: 10 avril •

ARRAS
Traité d'
1435
• 1422: *introduction Charles VII* • 1435: 5 août; 10 décembre • 1453: 17 juillet • 1463: septembre-octobre • 1465: avril •

ARRAS
Traité d'
1482
• 1461: *introduction Louis XI* • 1482: 23 décembre •

ARRIGHI
Pascal
Né en 1921
Homme politique.
• 1958: 24 mai •

ARRIGHI DE CASANOVA
Louis, duc de Padoue
1814-1888
Homme politique, ministre.
• 1859: 5 mai •

Arroyo
Eduardo
Né en 1937
Peintre espagnol.
• 1964: juillet-octobre • 1972: 16 mai •

ARS
(Action républicaine et sociale)
• 1952: 4-6 juillet •

Ars
Curé d'
• Voir Vianney, Jean-Marie •

Arsan
Emmanuelle
Née en 1938
Écrivain.
• 1974: 25 avril •

Art abstrait
• Voir Abstraction-Création •

Art brut
Compagnie de l'
• 1948: juin; *L'Art brut* en juin •

Art contemporain
Salon international d'
• 1974: autres événements •

Art moderne
Musée d'
• 1937: 24 mai; dans *L'Exposition internationale* au 24 mai • 1947: 9 juin •

Art Press
1973
Magazine.
• 1973: janvier •

Artagnan
Charles de Batz, sieur d'
1615-1673
Lieutenant. Capitaine des mousquetaires du roi.
• 1661: 5 septembre • 1700: autres événements •

Artaud
Moine de Saint-Remi. Archevêque de Reims.
• 931: été (avant octobre) • 936: 19 juin • 940 • 942: printemps • 946: avant le 1er juillet • 948: dans *Flodoard* dans autres événements • 954: 12 novembre • 958: 11 novembre •

Artaud
Antonin
1896-1948
Écrivain.
• 1920: 8 décembre • 1924: dans *Les surréalistes* au 12-15 octobre • 1925: juillet • 1926: autres événements • 1927: 7 avril • 1931: 6 mai-15 novembre • 1934: 13-28 avril • 1935: 6-22 mai • 1938: février • 1946: 7 juin • 1947: 13 janvier • 1948: 2 février • 1956: juin • 1962: décembre 1962-juillet 1963 •

Artevelde
• Voir Jacques d'Artevelde • Philippe d'Artevelde •

Arthaud
René
Né en 1915
Ministre.
• 1946: 19-26 juin •

Arthuis
Jean
Né en 1944
Ministre.
• 1995: 18 mai; 7 novembre • 1996: 24 juin •

Arthur
Chester
1830-1886
Président des Etats-Unis de 1881 à 1885.
• 1870: *introduction La IIIe République* •

Arthur de Bretagne
† 1203
Fils de Geoffroi duc de Bretagne. Duc de Bretagne de 1186 à 1203.
• 1180: *introduction Philippe Auguste* • 1186: août • 1199: 6 avril; 25 avril • 1200: 22 mai; 8 juin • 1202: 25 mars; 28 avril; juin; 30 juillet •

Arthur II de Bretagne
† 1312
Fils de Jean II de Bretagne. Duc de Bretagne de 1305 à 1312.
• 1209: dans *Les Montfort (1165-1265)* au printemps • 1305: autres événements •

Assignats
• 1796: 19 février; *Les assignats* au 19 février •

Assistance publique
• 1849: 10 janvier •

Association catholique de la jeunesse française
• 1886: 29 mars •

Association des amis de la Constitution
• 1849: 13-14 mai •

Association internationale des Travailleurs
• Voir AIT •

Association pour la défense du travail national
Première organisation patronale.
• 1846: autres événements •

Associations
Lois sur les
• 1834: 10 avril • 1870: *introduction La IIIe République: de la chute du Second Empire à la Première Guerre mondiale* • 1883: 8 mars • 1884: dans *Waldeck-Rousseau* au 21 mars • 1892: 18 février • 1895: 31 janvier • 1899: 14 novembre • 1901: 1er juillet •

Assolant
Jean
1905-1942
Aviateur.
• 1929: 14 juin •

Astier de La Vigerie
Emmanuel d'
1900-1969
Homme politique. Journaliste.
• 1941: juillet • 1942: octobre; 9-22 octobre • 1943: 9 novembre • 1944: 5 janvier; 2 septembre; 5 septembre • 1945: 7 juin • 1964: 21 septembre •

Astier de La Vigerie
Henri d'
1897-1952
Officier.
• 1938: dans *Munichois et antimunichois* au 4 octobre • 1942: 23 octobre •

Astorg
Bertrand d'
1913-1988
• 1940: 28 septembre •

Astrolabe
Fils d'Héloïse et de Pierre Abélard.
• 1138-1139: dans *Héloïse* •

Astronome (L')
Auteur.
• 814: *introduction Louis le Pieux* • 837: 22 mars-28 avril •

Astruc
Jean
1684-1766
Médecin.
• 1753: autres événements • 1756: 26 avril •

Atatürk
• Voir Mustafa Kemal •

Atelier (L')
Journal.
• 1840: septembre •

Ateliers nationaux
• 1820: dans *Lamartine* au 11 mars • 1848: *introduction La IIe République*; 26 février; 6 mars; 15 avril; 15 mai; 22 mai; 24 mai; 25 mai; dans *Trélat* au 24 mai; 30 mai; 7 juin; 14 juin; 15 juin; 18 juin; 23 juin; 3 juillet •

Athalaric
† 534
Roi ostrogoth d'Italie de 526 à 534.
• 536: décembre •

Athanagild
Roi wisigoth de 555 à 567.
• 561: *introduction De quatre à un royaume franc* •

Athènes
Prise d'
1827
• 1817: dans *Fabvier* au 3 septembre-3 novembre • 1824: mai • 1827: 5 juin •

Athis-sur-Orge
Traité d'
23 juin 1305
• 1305: 23 juin • 1307: 1er juin • 1308: jan-

vier • 1309: avril • 1312: 11 juillet • 1316: 1er septembre •

ATLAN
Jean-Michel
1913-1960
Peintre.
• 1946: 15 février-15 mars; 19 juillet •

ATTAC
Association fondée par Le Monde diplomatique.
• 1981: *introduction La Ve République: De la France mitterrandienne aux cohabitations politiques* •

ATTAINGNANT
Pierre
vers 1494-1552
Éditeur.
• 1502: dans *Josquin Des Prés, la musique sacrée et la musique profane* dans autres événements • 1515: dans *Janequin* dans autres événements • 1541: dans *Marot et son école* dans autres événements •

ATTLEE
Clement
1883-1967
Premier ministre britannique.
• 1940: *introduction État français et France libre* • 1945: 26 juillet • 1946: *introduction La IVe République* • 1947: 14 janvier •

AU PILORI
Hebdomadaire antisémite.
• 1940: 12 juillet •

AUBANEL
Théodore
1829-1886
Poète.
• 1854: 21 mai • 1879: mai •

AUBE
Hyacinthe Laurent Théophile
1826-1890
Homme politique, ministre.
• 1886: 7 janvier; 11 décembre •

AUBE (L')
1932-1940 puis 1944-1951
Quotidien.
• 1932: 1er mars • 1944: 25-26 novembre •

AUBER
Esprit
1782-1871
Compositeur.
• 1812: 19 mai • 1823: dans *Le romantisme* en juillet • 1846: dans *L'Opéra-Comique* au 9 novembre •

AUBERT
Jean
† 1741
Architecte.
• 1719: autres événements •

AUBERT
Louis
1877-1968
Compositeur.
• 1907: dans *Le renouveau musical* au 12 janvier •

AUBERT II D'IVRÉE
Roi d'Italie.
• 1002: 15 octobre •

AUBERT-DUBAYET
Jean-Baptiste
1757-1797
Ministre de la Guerre.
• 1795: 3 novembre • 1796: 8 février •

AUBERTIN
Aubertin Berckeim, dit
1837-?
• 1887: 10 décembre •

AUBIERS
Bataille des
1793
• 1793: 13 avril •

AUBIGNÉ
Constant d'
† 1647
• 1715: dans *Mme de Maintenon* au 25 août •

AUBIGNÉ
Françoise d'
• Voir Maintenon, Mme de •

AUBIGNÉ
Théodore Agrippa d'
1552-1630
Maréchal de camp. Vice-amiral de Guyenne. Auteur.
• 1559: *introduction François II* • 1573:

dans *Brantôme* dans février-avril • 1577: autres événements; *biographie* dans autres événements • 1617: autres événements • 1715: dans *Mme de Maintenon* au 25 août •

AUBRAC
Raymond
Né en 1914
• 1943: 21 juin • 1944: 2 septembre • 1945: 24 janvier •

AUBRAY
Claude d'
Notaire et secrétaire du roi.
• 1592: janvier • 1593: 16 janvier; dans *Le chant du cygne des libellistes* au 1er-9 août; 28 décembre •

AUBRI
Comte de Gâtinais.
• 1060: 14 mai •

AUBRI DE HUMBERT
Archevêque de Reims.
• vers 1220: dans *Les cathédrales gothiques* •

AUBRY
Henri
• 1943: 21 juin •

AUBRY
Martine
Née en 1950
Ministre.
• 1981: dans *Pierre Mauroy* au 21 mai • 1991: 25 mai • 1992: 2 avril • 1994: 4 novembre • 1997: 4 juin; 15 décembre • 1998: 10 février • 1999: 19 octobre •

AUBRY
Lois
1998
Sur les 35 heures.
• 1998: 10 février • 1999: 19 octobre •

AUCLERT
Hubertine
1848-1914
Militante féministe et journaliste.
• 1881: 13 février; *biographie* au 13 février • 1892: 20 avril • 1904: dans *Madeleine Pelletier* au 1er février •

AUDE
Jean
1755-1841
Auteur.
• 1796: octobre • 1797: 3 novembre •

AUDEFLÈDE
Fille de Childéric roi des Francs de Tournai. Épouse de Théodoric roi ostrogoth.
• vers 481: *introduction Clovis* •

AUDIBERT
Pierre
Journaliste.
• 1928: 4-7 décembre •

AUDIBERTI
Jacques
1899-1965
Écrivain.
• 1942: mai • 1947: 17 juin • 1964: novembre •

AUDIFFRET
Charles, marquis d'
1787-1878
Président du CIC.
• 1838: 31 mai • 1859: 7 mai •

AUDIFFRET-PASQUIER
Edme Armand Gaston, duc d'
1823-1905
Homme politique et économiste.
• 1872: 4 mai • 1873: 4-6 octobre • 1875: 12 mars • 1876: 8 mars •

AUDIJOS
Bernard d'
Chef de la révolte antifiscale de Chalosse.
• 1663: autres événements •

AUDIN
Maurice
† 1957
Assistant à la faculté d'Alger.
• 1957: 11, 12 juin; 21 juin; 2 décembre • 1962: dans *Les rapatriés d'Algérie* au 1er juillet •

AUDINOT
Nicolas Médard
1732-1801
Fondateur de l'Ambigu comique.
• 1769: autres événements •

AUDIOVISUEL
Haute Autorité de l'
1982
• 1982: 30 juillet • 1987: 23 février-4 avril • Voir aussi CNCL •

AUDOUIN-DUBREUIL
Louis
1887-1960
Membre de la Croisière noire et de la Croisière jaune.
• 1924: 28 octobre • 1931: 4 avril •

AUDOUX
Marguerite
1863-1937
Écrivain.
• 1910: autres événements •

AUDRAN
René
† 1985
Haut fonctionnaire.
• 1986: 17 novembre •

AUDREIN
Yves Marie
1750-1800
Évêque de Quimper.
• 1800: 19 novembre •

AUDRY
Colette
1906-1990
Écrivain.
• 1956: décembre •

AUDRY DE PUYRAVEAU
Pirre François
1773-1852
Homme politique.
• 1830: 29 juillet • 1833: 22 octobre • 1835: 11 mai •

AUERSTAEDT
Bataille d'
1806
• 1806: 5-27 octobre •

AUFFRAY
Jules
1887-1957
Homme politique.
• 1937: 16 mars •

AUGAGNEUR
Victor
1855-1931
Ministre. Gouverneur général de l'AEF.
• 1911: 23-27 juin • 1914: 13 juin; 26 août • 1925: juillet •

AUGER
Edmond
1530-1591
Jésuite. Confesseur d'Henri III roi de France.
• 1578: novembre • 1583: février •

AUGER
Louis Simon
1772-1829
Secrétaire perpétuel de l'Académie française.
• 1823: mars •

AUGER
Pierre
1899-1993
Physicien.
• 1931: autres événements •

AUGEREAU
Charles-Pierre-François, duc de Castiglione
1757-1816
Maréchal et pair de France.
• 1794: 1er mai; *introduction La République thermidorienne* • 1796: 11 avril; 13 avril; 14 avril; 16 avril; 25 avril; 19 juin; 20 juin; 7 juillet; 8 septembre • 1797: 27 juillet; 8 août; 4 septembre; 23 septembre; 9 décembre • 1799: 6 juillet • 1804: dans *Les maréchaux* au 18 mai •

AUGIER
Émile
1820-1889
Auteur dramatique.
• 1882: dans *Déroulède* au 12 mai •

AUGSBOURG
Confession d'
1530
• 1530: autres événements • 1571: 23 janvier •

AUGSBOURG
Diète d'
1530
• 1530: juin •

Augsbourg
Intérim d'
1548
• 1547: autres événements •

Augsbourg
Paix d'
1555
• 1555: 25 septembre • 1562: janvier-mars •

Auguste II de Pologne
† 1733
Roi de Pologne de 1697 à 1706 et de 1709 à 1733.
• 1715: *introduction Louis XV* • 1733: 2 février; dans *La guerre de Succession de Pologne* au 5 octobre • 1745: dans *Maurice de Saxe* au 11 mai •

Auguste III de Pologne
(Frédéric-Auguste II de Saxe)
† 1763
Fils d'Auguste II roi de Pologne. Roi de Pologne de 1733 à 1763.
• 1715: *introduction Louis XV* • 1733: 5 octobre; dans *La guerre de Succession de Pologne* au 5 octobre • 1735: 3 octobre • 1738: 18 novembre • 1740: dans *La guerre de succession d'Autriche* au 20 octobre • 1742: 11 juin • 1746: 21 avril • 1747: 9 février • 1763: 5 octobre •

Augustin
Saint
354-430
Théologien. Évêque d'Hippone. Père de l'Église.
• 1536: dans *Calvin et l'Institution de la religion chrétienne* en mars • 1616: autres événements • 1638: dans *Le jansénisme* au 6 mai; dans *Saint-Cyran* au 14 mai • 1656: dans *La querelle janséniste* au 27 janvier •

Aujoulat
Louis Paul
1910-1973
Ministre.
• 1954: 18 juin; 3 septembre •

Aulard
Alphonse
1849-1928
Historien.
• 1883: janvier; 10 mars • 1886: 12 mars; *biographie* au 12 mars; 4 décembre • 1901: mai • 1909: 9 décembre • 1927: dans *Gustave Gautherot* au 8 avril • 1939: juillet •

Aulard
Ernest
Éditeur.
• 1942: 19 février •

Aulenti
Gae
Née en 1927
Architecte décoratrice italienne.
• 1987: 1er décembre •

Aulnoy
Marie-Catherine Le Jumel de Barneville, dite comtesse d'
1650-1705
Auteur.
• 1697: 11 janvier • 1698: autres événements •

Aumale
• Voir Lorraine, Charles de, duc d'Aumale
• Claude de, dit le chevalier d'Aumale
• Claude II de, duc d'Aumale •

Aumale
Henri-Eugène-Philippe d'Orléans, duc d'
1822-1897
Fils de Louis-Philippe.
• 1841: 13 septembre • 1843: 16 mai • 1847: 11 septembre • 1848: 10 février • 1871: 20 mai; 8 juin; 19 décembre • 1872: 28 mai; *biographie* au 28 mai • 1873: 6 octobre-10 décembre • 1889: 7 mars •

Aumeran
Adolphe
Général.
• 1954: 29-30 août •

Aumode
Comtesse de Poitiers.
• 997-1005 •

Aumont
Antoine marquis de Villequier, duc d'
1601-1669
Maréchal de France.
• 1651: 20 juillet •

Aumont
Jean d'
1522-1595
Maréchal. Comte de Châteauroux.
• 1585: 21 avril • 1588: 13 mai • 1589: 15-29 septembre • 1590: mars; hiver • 1594: 17 décembre • 1595: août •

AURY
Dominique
1907-1998
Écrivain.
• 1953: janvier •

AUSCHWITZ-BIRKENAU
Camp d'extermination
• 1941: 3 septembre; 8 décembre 27 mars; dans *Drancy-Auschwitz* au 27 mars; novembre • 1944: 24 février • 1945: 27 janvier • Voir aussi Shoah •

AUSTERLITZ
Bataille d'
2 décembre 1805
• 1805: 25 septembre-26 décembre; septembre •

AUSTERLITZ
Pont d'
• 1806: dans *Les architectes* au 15 août • 1815: 6 juillet; 9 juillet •

AUSTRO-PRUSSIENNE
Guerre
1866
• 1866: 7 juin; 3 juillet; 4 juillet; 14 juillet; 26 juillet; 23 août •

AUTANT-LARA
Claude
1901-2000
Cinéaste.
• 1929: dans *Marcel Aymé* au 4 décembre • 1956: 26 octobre •

AUTICHAMP
Charles Marie Auguste Joseph de Beaumont d'
1770-1859
Homme de guerre.
• 1796: 24 mai • 1799: 15 septembre; 29 octobre •

AUTO (L')
Journal.
• 1865: autres événements •

AUTOMOBILE
• 1870: *introduction La IIIe République: De la chute du Second Empire à la Première Guerre mondiale* • 1895: dans *L'automobile* en juin • 1900: 4 janvier • 1914: *introduction La IIIe République: D'une guerre à l'autre* • 1916: dans *Les patrons de l'industrie et la Première Guerre mondiale* au 12 décembre • 1924: 28 octobre • 1931: 4 avril • 1938: 24 mars • 1939: 20 novembre • 1941: dans *Technocratie et synarchie* au 9-10 février • 1943: 17 septembre • 1946: 3-13 octobre • 1951: 4 octobre • 1956: dans *L'électroménager* dans autres événements •

AUTOMOBILE CLUB DE FRANCE
• 1895: dans *L'automobile* en juin • 1899: 5 juin •

AUTREAU
Jacques
1657-1745
Librettiste.
• 1745: 31 mars •

AUTREMENT
Revue.
• 1975: mai •

AUTRICHE
Guerre de Succession d'
1740-1748
• 1715: *introduction Louis XV* • 1740: 20 octobre; *La guerre de succession d'Autriche* au 20 octobre • 1741: 11 juillet • 1745: dans *Maurice de Saxe* au 11 mai • 1748: 18 octobre •

AUTRICHE
• 1914: 28 juin; 28 juillet • 1945: 13-20 avril; 27 avril •

AUVERGNE
Charles de Valois comte d'
• Voir Charles de Valois •

AUXERRE
Abbaye de Saint-Germain d'
• vers 493 • vers 601-622 • vers 654 • 841-865 • 859: début janvier • 930: dans *Réformes et constructions religieuses au Xe siècle* dans autres événements • 986: autres événements • 994: 11 octobre • 1003: autres événements •

AUXERRE
Cathédrale d'
• 794-808 • 816: autres événements • 857-860 • 1020: dans *Cathédrales pré-romanes* • vers 1220: dans *Les cathédrales gothiques* •

B

BABEAU
Albert
1835-1914
Historien.
• 1879: 15 février •

BABEL
Isaac
1894-1940
Écrivain russe.
• 1928: juin • 1935: 21-25 juin •

BABEUF
François-Noël, dit Gracchus
1760-1797
Théoricien politique et révolutionnaire.
• 1793: 31 décembre • 1794: *introduction La République thermidorienne*; 3 septembre; 5 octobre; 24 octobre • 1795: 1er février; 7 février; 10 septembre; 6 novembre; 30 novembre; 5 décembre • 1796: 16 mars; 30 mars; 10 mai; 27 août • 1797: 20 février; 26 mai; dans *La Conspiration des Égaux* au 26 mai • 1817: dans *Lamennais* au 20 décembre • 1828: autres événements; dans *Buonarroti* dans autres événements • 1840: dans *Socialismes et utopies* en juin • 1841: mai •

BABI YAR
Lieu d'extermination près de Kiev (Ukraine).
• 1941: 7 août • Voir aussi Shoah •

BABOU
Philibert
1484-1557
Trésorier de l'épargne. Contrôleur des Finances.
• 1523: 5 février • 1525: 24 février; mai •

BABUREN
Dirck van
vers 1590-1624
Peintre hollandais.
• 1613: dans *Les caravagesques français* à fin 1613 ou début 1614 •

BACCARAT
Verrerie Sainte-Anne.
• 1764: autres événements •

BACH
Charles Joseph Pasquier, dit
1882-1953
Chanteur populaire.
• 1914: 19 mars •

BACH
Jean-Chrétien
1735-1782
Fils de Jean-Sébastien Bach. Compositeur allemand.
• 1779: autres événements •

BACH
Jean-Sébastien
1685-1750
Compositeur allemand.
• 1725: 18 mars • 1925: autres événements • 1950: juillet • 1954: 13 janvier; dans *Le Domaine musical* au 13 janvier • 1968: décembre •

BACHAUMONT
Louis Petit de
1690-1771
Écrivain.
• 1777: autres événements •

BACHELARD
Gaston
1884-1962
Philosophe.
• 1910: autres événements • 1927: dans *Les normaliens de l'entre-deux-guerres* au 15 avril • 1938: autres événements; *biographie* dans autres événements • 1949: mars • 1957: mai • 1997: dans *Les gardiens de la nature* au 25 juin •

BACHELIER
Jean-Jacques
1724-1806
Peintre.
• 1766: autres événements •

BACON
Francis
1561-1626
Chancelier d'Angleterre. Philosophe.
• 1620: autres événements •

BACON
Francis
1909-1992
Peintre anglais.
• 1957: 12 février • 1982: novembre •

BACON
Paul Jean
1907-1999
Ministre.

• 1950: 7 février; 12 juillet • 1951: 8 août • 1952: 20 janvier • 1953: 7 janvier; 26 juin • 1955: 23 février • 1957: 6 novembre • 1958: 14 mai; 1er juin • 1959: 9 janvier • 1960: 5 février • 1961: 24 août • 1962: 14 avril; 15 mai •

Bade
Charles-Frédéric de
• Voir Charles-Frédéric de Bade •

Bade
Josse
Imprimeur.
• 1499: autres événements • 1536: dans *Les Estienne et l'imprimerie* dans autres événements •

Bade
Louis-Guillaume, dit le prince Louis de
1655-1707
Général des Impériaux.
• 1702: 15 août-23 octobre •

Baden-Baden
Entrevue de
1859
• 1859: 15-21 juin •

Badie
Vincent
1902-1989
Ministre.
• 1955: 6, 20 octobre • 1958: 14 mai •

Badina
Louis
Mutin de la mer Noire.
• 1922: 26 mars-20 juillet •

Badinter
Robert
Né en 1928
Avocat. Ministre.
• 1977: 22 janvier • 1981: 23 juin • 1983: 22 mars • 1984: 17-18 juillet • 1995: 22 février • Voir Peine de mort •

Badoglio
Pietro
1871-1956
Maréchal. Homme politique italien.
• 1939: dans *Les chefs d'état-major* au 3 septembre • 1940: 24 juin; *introduction État français et France libre* • 1943: 24-25 juillet •

Bagot
Jean
1591-1684
Jésuite.
• 1618: dans *Les jésuites* au 15 février •

Bagouet
Dominique
1951-1992
Danseur et chorégraphe.
• 1981: janvier • 1987: dans *Génération sida* en avril-mai; 22 juin •

Bagration
Piotr Ivanovitch, prince
1765-1812
Général russe.
• 1812: 24 juin-14 septembre •

Baïbars
Sultan.
• 1265: 27 février • 1268: 7 mars •

Baie d'Along
Accords de la
1947
• 1947: 6-7 décembre • 1948: 5 juin •

Baïf
Jean-Antoine de
1532-1589
Fils de Lazare de Baïf. Hélleniste et poète, membre de la Pléiade. Fondateur de l'Académie de poésie et de musique.
• 1537: dans *Les Baïf* dans autres événements • 1549: dans *La Pléiade* dans autres événements • 1560: *introduction Charles IX* • 1570: 10 novembre • 1574: autres événements • 1581: 24 septembre; dans *Beaujoyeux* au 24 septembre •

Baïf
Lazare de
1496-1547
Helléniste.
• 1537: autres événements; dans *Les Baïf* dans autres événements •

Baïhaut
Charles
1843-1917
Homme politique, ministre.
• 1886: 7 janvier; 17 juin; 4 novembre; 11 décembre • 1893: 9 janvier; 8-21 mars •

Bailleul
Jacques-Charles
1762-1843
Homme politique. Publiciste.
• 1797: 14 juin; 5 septembre; 8 septembre • 1798: 8 mai •

Bailleul
Nicolas de
† 1652
Baron de Château-Gontier. Surintendant des finances.
• 1643: 10 juin • 1647: 18 juillet •

Bailly
Guillaume
Président du Parlement de Paris.
• 1593: 16 janvier •

Bailly
Jean-Christophe
Né en 1949
Écrivain.
• 1992: 9 mars • 2000: mars •

Bailly
Jean-Sylvain
1736-1793
Astronome. Député. Maire de Paris.
• 1766: autres événements • 1775: autres événements • 1777: dans *La Fayette* en avril • 1779: autres événements • 1787: autres événements • 1789: 12 mai; *biographie* au 12 mai; 3 juin; 4 juin; 20 juin; 23 juin; 3 juillet; 15 juillet; 17 juillet • 1790: 20 janvier; 12 mai; 3 juillet; dans *La fête de la Fédération* au 14 juillet • 1791: 18 juin; 21 juin; 17 juillet • 1792: dans *Danton* au 11 août • 1793: 12 novembre •

Bainville
Jacques
1879-1936
Journaliste et historien.
• 1908: 21 mars • 1912: dans *Jeunes écrivains nationalistes* au printemps • 1919: 7 mai • 1936: 13-16 février •

Baker
Joséphine
1906-1975
Chanteuse américaine de music-hall.
• 1925: septembre •

Bakounine
Mikhaïl Alexandrovitch
1814-1876
Anarchiste russe.
• 1844: février • 1869: juillet • 1870: 5 septembre; 28 septembre • 1872: 2-7 septembre; novembre • 1882: dans *Le socialisme français* en septembre • 1885: dans *Malon* en janvier • 1931: dans *Au-delà de la droite et de la gauche* en novembre •

Bakst
Lev Samoïlevitch Rosenberg, dit Léon
1866-1924
Peintre et décorateur russe.
• 1912: 8 juin •

Balagny
Jean de Monluc, sieur de
vers 1543-1603
Fils de Jean de Monluc. Prince de Cambrai.
• 1581: 7 août • 1593: fin novembre • 1594: 12 août • 1595: août •

Balandier
Georges
Né en 1920
Anthropologue.
• 1957: mai •

Balard
Antoine Jérôme
1802-1876
Chimiste et pharmacien.
• 1825: dans *Kuhlmann et Péchiney* dans autres événements •

Balasko
Josiane
Née en 1950
Actrice.
• 1980: mars •

Balbastre
Claude-Bénigne
1727-1799
Organiste.
• 1759: autres événements • 1770: autres événements •

Baldwin
Stanley
1867-1947
Premier ministre britannique.
• 1914: *introduction La IIIe République: D'une guerre à l'autre* • 1927: 19 avril-24 mai •

Bâle
Concile de
1431-1433
• 1431: 23 juillet • 1432: 9 février; 26 février • 1437: 29 mai • 1438: 10 janvier; 5 juin-7 juillet • 1439: 25 juin; 17 novembre • 1440: 26 août-11 septembre •

Bâle
Traités de
1795
• 1794: *introduction La République thermidorienne*; 22 novembre • 1795: 12 janvier; 5 avril; *Le traité de Bâle* au 5 avril; 14 avril; 27 mai; 22 juillet •

Balibar
Étienne
Né en 1942
Philosophe.
• 1965: dans *Louis Althusser* au 10 septembre •

Balkans
Guerres des
1912-1913
• 1870: *introduction La IIIe République: De la chute du Second Empire à la Première Guerre mondiale* • 1876: 24 décembre • 1877: 20 janvier; 31 mars • 1881: 7 janvier; 12 février • 1912: 29 février; 10-16 août; 7 octobre; 18 octobre • 1913: 23 juin; 10 août • 1914: 5-6 juillet •

Balla
Giacomo
1871-1958
Peintre italien.
• 1912: dans *Le futurisme en peinture* au 5 février •

Balladur
Édouard
Né en 1929
Homme politique. Premier ministre.
• 1981: *introduction La Ve République: De la France mitterrandienne aux cohabitations politiques* • 1986: 20 mars • 1993: 29 mars; *biographie* au 29 mars • 1994: mars • 1995: janvier; 23 avril; dans *Jacques Chirac* au 7 mai • 2000: avril •

Ballanche
Pierre-Simon
1776-1847
Écrivain et philosophe.
• 1823: dans *Le romantisme* en juillet • 1834: septembre; *biographie* en septembre •

Ballard
Imprimeur.
• 1660: dans *Moulinié* au 2 février •

Ballard
Abbé Pierre
1728-1798
Député.
• 1789: 13 juin •

Ballard
Jean
1893-1973
Écrivain.
• 1925: autres événements •

Ballard
Robert
† 1575
Luthiste.
• 1568: dans *Adrian Le Roy* dans autres événements •

Ballets russes
• 1907: dans *Le renouveau musical* au 12 janvier • 1910: 25 juin; *Les Ballets russes* au 25 juin • 1913: 5 mai • 1920 dans *Le groupe des Six* au 16-23 janvier • 1922: 18 mai • 1923: 13 juin • 1924: 6 janvier •

Ballot de Sauvot
† 1761
Auteur dramatique.
• 1745: 31 mars •

Ballu
Théodore
1817-1885
Architecte.
• 1874: autres événements •

Balmat
Jacques
1762-1834
Alpiniste.
• 1786: 8 août •

Balmont
Constantin
1867-1942
Écrivain russe.
• 1926: dans *Les Russes en France* au 14 avril •

Baltard
Victor
1805-1874
Architecte.
• 1834: autres événements • 1853: dans *Haussmann et Paris* au 22 juin • 1854: autres événements • 1868: 28 mai •

Balthus
Balthasar Klossowski, dit
Né en 1908
Peintre.
• 1934: 13-28 avril; octobre • 1935: 6-22 mai • 1949: 27 octobre • 1950: juillet • 1960: 27 octobre • 1961: autres événements • 1965: octobre •

Baltrusaitis
Jurgis
1903-1988
Historien de l'art d'origine lituanienne.
• 1955: autres événements •

Balzac
Honoré de
1799-1850
Écrivain.
• 1800: 23 septembre • 1811: dans *Vidocq* au 25 mars • 1823: dans *Le drame historique* en mars; dans *Le romantisme* en juillet • 1829: avril • 1830: avril • 1831: dans *Laure d'Abrantès* au 4 juin; 1er août • 1833: 7 janvier • 1835: 2 mars; *biographie* au 2 mars • 1836: dans *La naissance de la presse* au 1er juillet; juillet; 23 octobre-4 novembre • 1837: février; 10 décembre • 1838: septembre • 1839: 13-26 avril; 28 octobre • 1840: 15 mars • 1841: mars • 1842: 10 avril • 1844: 3-21 décembre • 1846: 8 octobre-3 décembre • 1847: 18 mars-10 mai • 1848: 25 mai • 1850: 15 août • 1852: dans *Théophile Gautier* au 17 juillet • 1865: 29 avril • 1880: dans *Rodin* dans autres événements • 1889: 29 juin • 1898: dans *Zola* au 13 janvier •

Bancal des Issarts
Jean-Henri
1750-1826
Député.
• 1793: 30 mars; 1er avril • 1795: 26 décembre •

Bancel
Jean-Baptiste François Désiré
1822-1871
Homme politique.
• 1869: 23-24 mai, 6-7 juin •

Baner
Johan Gustafsson
1596-1641
Général suédois.
• 1632: 17 novembre • 1636: 29 septembre-14 novembre • 1638: mars-octobre • 1639: avril-octobre • 1641: 20 mai •

Banneville
Gaston Robert Morin, marquis de
1818-1881
Homme politique, ministre.
• 1877: 23 novembre •

Banque Bastide
• 1806: avril •

Banque Baudon
• 1837: autres événements •

Banque Béchet, Dethomas & Cie
• 1837: autres événements •

Banque Berr-Fould
• 1810: septembre 1810-mai 1811 •

Banque Bidermann
• 1810: septembre 1810-mai 1811 •

Banque Cusin, Legendre & Cie
• 1837: autres événements •

Banque de France
• 1799: 27 novembre • 1800: 13 février • 1803: 14 avril • 1805: septembre • 1806: 22 avril • 1820: 4 juillet • 1848: 15 mars; 27 avril-5 mai • 1850: 30 juin • 1852: 3 mars • 1857: 9 juin; 10 novembre • 1867: 22 juillet; 20 septembre • 1914: 5 août

• 1915: dans *Albert Thomas* au 19 mai • 1919: dans *Les Finances de la France* en mars • 1920: 29 décembre • 1924: 9-14 mars; 10 septembre; 12 novembre • 15 décembre; 18 décembre • 1925: 2 janvier; 10 février; 2 avril; 10 avril; 2-16 décembre • 1926: 21 juillet • 1927: 22 avril • 1928: 24-25 juin • 1931: 9 février • 1934: 4-15 avril • 1936: 12 janvier; 23-24 juillet • 1938: 25 et 28 juin; dans *Munichois et antimunichois* au 4 octobre; 12-13 novembre • 1940: 5 août • 1941: dans *Technocrates et synarchie* au 9-10 février • 1946: 2 décembre • 1952: 29 février • 1957: 24 juin • 1958: 15 avril •

Banque foncière de Paris
• 1852: 28 février •

Banque française pour le commerce et l'industrie
• Voir BFCI •

Banque générale
• Voir Banque royale •

Banque Gouin
• 1837: autres événements •

Banque nationale de Paris
• Voir BNP •

Banque royale
• 1716: 2 mai • 1718: 27 décembre • 1719: 22 avril • 1720: 24 février; 11 mars; 25 mai; 28 mai; 1er juin; 17 juillet; 15 septembre • 1721: 26 janvier • 1722: 17 octobre •

Banquet (Le)
1892
Revue.
• 1913: dans *Proust* au 14 novembre •

Banville
Théodore de
1823-1891
Poète.
• 1852: dans *Théophile Gautier* au 17 juillet • 1857: dans *Baudelaire* au 24 juin • 1866: 3 mars; dans *Les poètes parnassiens* au 3 mars; novembre •

Bao Dai
1913-1997
Empereur du Vietnam de 1932 à 1945. Chef de l'État vietnamien de 1949 à 1955.
• 1945: 9 mars; 19-25 août • 1946: dans *La guerre d'Indochine* au 19 décembre • 1947: 19 juillet; 6-7 décembre; 23 décembre • 1948: 7 janvier; 5 juin • 1949: 8 mars • 1953: 16 octobre •

Baour-Lormian
Pierre
1770-1854
Poète.
• 1801: autres événements • 1823: juillet; dans *Le romantisme* en juillet •

Bara
Joseph
1779-1793
Hussard.
• 1774: dans *David* dans autres événements • 1793: 28 décembre • 1794: 5 juin; 11 juillet •

Baraguey d'Hilliers
Achille
1795-1878
Maréchal de France.
• 1848: 20 mai • 1851: 9 janvier • 1859: 24 juin; *biographie* au 24 juin • 1871: 30 novembre • 1872: 5 mai •

Baraguey d'Hilliers
Louis
1764-1813
Général.
• 1796: 25 octobre • 1797: 15 mai •

Barail
François du
1820-1902
Général. Ministre.
• 1873: 25 mai; 26 novembre •

Barangé
Loi
1951
• 1946: *introduction La IVe République* • 1950: dans *René Pleven* au 12 juillet • 1951: 20-21 septembre • 1952: 7 janvier • 1956: 17 février •

Barante
Guillaume Prosper Brugière, baron de
1782-1866
Historien et homme politique.
• 1815: 14 juillet • 1820: 16 juillet • 1821: *biographie* dans *Les doctrinaires* en octobre • 1825: 22 janvier; dans *Le récit historique* au 7 mai • 1826: 28 mars-8 avril • 1890: 19 juillet •

Barbarossa
Opération
• 1940: 18 novembre • 1941: 22-27 juin •

Barbaroux
Charles-Jean-Marie
1767-1794
Député.
• 1792: dans *Les Girondins* en mars; 29 octobre • 1793: 2 juin; 18 juin • 1794: 25 juin •

Barbé
Henri
1902-1966
Homme politique.
• 1925: dans *Doriot, du PC au PPF* au 4 février • 1931: décembre • 1936: 27-28 juin; *dans Fascismes français* au 27-28 juin • 1938: dans *Munichois et antimunichois* au 4 octobre •

Barbé de Marbois
François
1745-1837
Homme politique, ministre.
• 1797: 1er mars; 20 mai; 5 septembre • 1801: 27 septembre; *biographie* au 27 septembre • 1805: septembre • 1806: 27 janvier • 1815: 24 septembre; 24 novembre; 23 décembre • 1816: 7 mai •

Barberet
Joseph
1837-1920
Dirigeant syndicaliste et publiciste.
• 1876: 2-10 octobre • 1879: 20 octobre •

Barberini
Francesco
1597-1679
Légat du pape.
• 1625: 21 mai •

Barberousse
Khaïr-ed-Dine
Vassal de l'Empire ottoman.
• 1515: *introduction François Ier* • 1534: novembre • 1535: 15 juin • 1543: août •

Barbès
Armand
1809-1870
Homme politique.
• 1829: dans *Auguste Comte* en novembre • 1832: dans *Auguste Blanqui* en janvier • 1835: décembre 1835-janvier 1836; *biographie* en décembre 1835-janvier 1836 • 1839: 12 mai; 27 juin-12 juillet • 1840: dans *Socialismes et utopies* en juin • 1848: *introduction La IIe République*; 17 mars; 13-15 avril; 23-24 avril; 8 mai; 15 mai • 1849: 7 mars-2 avril •

Barbey
Édouard Polydore Isaac
1831-1905
Homme politique, ministre.
• 1883: 12 février; 15 février • 1887: 30 mai • 1889: 10 novembre • 1890: 17 mars •

Barbey d'Aurevilly
Jules-Amédée
1808-1889
Écrivain.
• 1866: novembre • 1874: novembre; *biographie* en novembre • 1926: dans *Bernanos* en mars •

Barbeyrac
Jean
1674-1744
Auteur.
• 1724: autres événements • 1728: autres événements •

Barbezieux
Louis-François Le Tellier de Louvois, marquis de
1668-1701
Fils de Louvois. Secrétaire d'État à la Guerre.
• 1668: dans *Louvois* en novembre • 1691: 16 juillet • 1701: 5 janvier •

Barbie
Klaus
1913-1991
Responsable de la Gestapo à Lyon.
• 1942: dans *Jean Moulin* au 1er janvier

• 1944: 6 avril • 1981: *introduction La Vᵉ République: De la France mitterrandienne aux cohabitations politiques* • 1987: 11 mai •

Barbier
Edmond-Jean-François
1689-1771
Avocat au Parlement de Paris.
• 1718: autres événements •

Barbier
Henri-Auguste
1805-1882
Poète.
• 1830: 11 août •

Barbieri
Gina
Actrice.
• 1914: 7 février •

Barbin
Claude
† 1624
Surintendant des finances.
• 1616: mai • 1617: 12 février •

Barbizon
École de
• 1830: dans *Corot* dans autres événements •

Barbons
• 1610: 15 mai; dans *Marie de Médicis* au 15 mai; 22 mai; *Les Barbons* au 22 mai • 1613: dans *Les maréchaux d'Ancre* au 18 novembre • 1616: 26-30 novembre • 1617: 24 avril; 30 mai •

Barbu
Marcel
• 1965: 5 décembre •

Barbusse
Henri
1873-1935
Écrivain.
• 1916: 3 juillet; dans *Guerre et littérature* au 3 juillet • 1918: dans *« L'impôt du sang ». Les Anciens Combattants* au 11 novembre • 1919: 10 mai • 1926: 28 avril • 1927: 15 avril • 1928: 9 juin • 1930: 14 septembre • 1932: 27-29 août • 1933: juillet • 1935: 30 août •

Barcelone
Traité de
1493
• 1493: 19 janvier • 1498: juillet? •

Barcelone
Traité de
1529
• 1529: 29 juin •

Barclay
John
1582-1621
Auteur.
• 1636: 24 septembre-7 novembre •

Barclay de Tolly
Mikhaïl Bogdanovitch, prince
1761-1818
Général russe.
• 1812: 24 juin-14 septembre •

Bardèche
Maurice
1907-1998
• 1978: dans *Le négationnisme, une secte historique* au 16 novembre •

Bardet
Jean
1910-1978
Éditeur.
• 1945: octobre •

Bardi de Fourtou
Albert
Général.
• 1933: dans *L'affaire Stavisky* au 23 décembre •

Bardot
Brigitte
Née en 1934
Actrice.
• 1956: 4 décembre; dans *biographie* au 4 décembre • 1959: septembre •

Bardoux
Benjamin Joseph Agénor
1829-1897
Homme politique, ministre.
• 1877: 14 décembre 1881: 19 mai • 1885: 12 mai •

Bardoux
Jacques
1874-1959
Homme politique.
• 1938 : dans *Munichois et antimunichois* au 4 octobre •

Barentin
Charles-Louis-François de Paule de
1738-1819
Premier président de la Cour des aides. Garde des Sceaux.
• 1788 : 19 septembre • 1789 : 5 mai •

Barère de Vieuzac
Bertrand
1755-1841
Avocat. Président de l'Assemblée.
• 1774 : dans *David* dans autres événements • 1789 : 19 juin ; 7 juillet ; 11 décembre • 1790 : 6 août ; 3 octobre • 1791 : 19 mai ; 26 juin ; 16 juillet ; dans *Les Jacobins* au 16 juillet ; 28 septembre • 1792 : *introduction La République jacobine* ; 22-28 septembre ; 25 septembre ; 11 octobre ; 29 octobre ; 4 novembre ; 13 novembre ; 26 novembre ; 2 décembre ; 11 décembre ; 26 décembre • 1793 : 1er janvier ; 4 janvier ; *biographie* au 4 janvier ; dans *La Montagne* au 4 janvier ; 12 février ; 26 février ; 7 mars ; dans *La guerre de Vendée* au 10 mars ; 18 mars ; 23 mars ; 5 avril ; dans *Le Comité de salut public* au 6 avril ; 7 avril ; dans *Miranda* au 12 avril ; 18 mai ; 30 mai ; 1er juin ; 2 juin ; 6 juin ; 19 juin ; 1er juillet ; 10 juillet ; 19 juillet ; 28 juillet ; 1er août ; 12 août ; dans *Lazare Carnot* au 14 août ; 23 août ; 4 septembre ; 5 septembre ; 9 septembre ; 21 septembre ; 25 septembre ; 1er octobre ; 12 octobre ; 12 novembre ; 28 novembre ; 5 décembre ; dans *Camille Desmoulins* au 5 décembre ; 8 décembre ; 13 décembre ; 24 décembre • 1794 : 27 janvier ; 1er février ; 21 février ; 6 mars ; 11 mars ; 15 mars ; 19 mars ; 27 mars ; 30 mars ; 31 mars ; 11 mai ; 26 mai ; 1er juin ; 10 juin ; 12 juin ; 29 juin ; 4 juillet ; 9 juillet ; 14 juillet ; 16 juillet ; 20 juillet ; 22 juillet ; 23 juillet ; 25 juillet ; 26 juillet ; 27 juillet ; 28 juillet ; *introduction La République thermidorienne* ; 29 juillet ; 1er août ; 11 août ; 29 août ; 1er septembre ; 11 septembre ; 20 septembre ; 3 octobre ; 14 novembre ; 15 novembre ; 27 décembre • 1795 : 2 mars ; 22 mars ; 1er avril ; 26 mai ; 12 octobre ; 26 octobre • 1796 : 4 décembre • 1797 : 19 mai ; 20 mai • 1799 : 21 juillet ; 24 décembre • 1815 : 24 juillet • 1842 : 11 juin •

Bareste
Eugène
1814-1861
Saint-simonien
• 1848 : 24 février •

Baréty
Léon
1883-1971
Ministre.
• 1940 : 18 mai •

Bargeton
Paul
Haut fonctionnaire.
• 1938 : dans *Les hommes du Quai* au 20-25 juillet •

Barillon de Morangis
Antoine
Surintendant des finances.
• 1648 : 9 juillet • 1649 : 15 avril •

Barlaam le Calabrais
Moine.
• 1339 : autres événements •

Bar-le-Duc
Bataille de
1037
• 1037 : mai ; 15 novembre •

Barletta
Siège de
1502-1503
• 1502 : septembre • 1503 : 28 avril •

Barnabites
Ordre religieux.
• 1622 : mars •

Barnaud
Jacques
1893-1962
Ministre.
• 1937 : dans *Auguste Detœuf et les Nouveaux Cahiers* au 15 mars • 1941 : dans *Technocratie et synarchie* au 9-10 février •

Barnaud
Nicolas
Auteur.
• 1574: autres événements •

Barnave
Antoine
1761-1793
Avocat. Homme politique.
• 1788: juin • 1789: *introdution Louis XVI et la Révolution*; 9 février; 23 mai; 2 septembre • 1790: 8 mars; 28 mars; 19 mai; 21 mai; 22 mai; 1er août; 12 octobre; 22 novembre; 29 novembre • 1791: 15 mai; dans *Robespierre* au 16 mai; 27 mai; 21 juin; 22 juin; juillet; 15 juillet; 16 juillet; dans *Les Jacobins* au 16 juillet; dans *Les Feuillants* au 16 juillet; août; 11 août; 31 août; 5 octobre; 12 octobre • 1792: 5 janvier; 15 août; 19 août • 1793: 22 octobre; 29 novembre • 1843: 15 juillet •

Barnes
Albert C.
1878-1951
Médecin, collectionneur et écrivain d'art américain.
• 1904: dans *Matisse* au 1er-18 juin •

Barni
Jules
1818-1878
Philosophe.
• 1872: dans *Renouvier et Barni* au 15 août •

Barnier
Michel
Né en 1951
Ministre.
• 1993: 29 mars •

Baroche
Pierre Jules
1802-1870
Homme politique, ministre.
• 1850: 15 mars; 18 novembre • 1851: 9 janvier; 20 janvier; 11 avril • 1852: 30 décembre; *biographie* au 30 décembre • 1860: 22 novembre • 1863: 23 juin • 1865: 25 janvier • 1868: 1er février •

Barodet
Désiré
1823-1906
Homme politique, maire de Lyon.
• 1873: 27 avril • 1881: 31 mai; 5 septembre • 1882: 6 mars • 1884: 27 mars • 1888: 2 décembre • 1889: 4 août •

Baron
Jacques
1905-1986
Écrivain.
• 1924: dans *Les surréalistes* au 12, 15 octobre •

Baroncelli
Jean de
Écrivain.
• 1925: autres événements •

Barot
François-Odysse
1830-1907
Journaliste, historien, romancier et traducteur.
• 1865: 18 février •

Barral
Pierre
† 1772
Écrivain.
• 1754: autres événements •

Barraqué
Jean
1928-1973
Compositeur.
• 1968: 4 avril •

Barras
Paul-François de
1755-1829
Député à la Convention. Général en chef de l'armée de l'Intérieur. Membre du Directoire responsable de l'Intérieur et de la Police.
• 1792: *introduction La République jacobine* • 1794: 23 janvier; 28 juillet; *introduction La République thermidorienne*; dans *Les Muscadins* au 19 septembre • 1795: 5 octobre; 8 octobre; 26 octobre; 31 octobre; dans *Les Directeurs* au 4 novembre • 1796: 9 mars; 17 août; 12 novembre • 1797: 30 janvier; 3 février; 5 avril; dans *Leoben ou la paix malgré le Directoire* au 18 avril; 24 juin; 29 juin; 1er juillet; 20 juillet; 21 juillet; 26 juillet; 27 juillet; 4 septembre; 5 septembre • 1798: 23 janvier; 30 juin • 1799: 16 juin; 18 juin; 9-10 novembre •

BARRAULT
Jean-Louis
1910-1994
Acteur et metteur en scène.
• 1937: avril; 20 octobre • 1943: 27 novembre • 1948: décembre • 1949: 27 octobre • 1951: 2 février • 1954: 13 janvier; dans *Le Domaine musical* au 13 janvier • 1955: 2 novembre • 1959: 21 octobre • 1960: 22 janvier; 27 octobre • 1965: 1er décembre •

BARRAULT
Pierre Ange Casimir Émile
1799-1869
Professeur et écrivain.
• 1832: juillet •

BARRE
Raymond
Né en 1924
Économiste et homme politique. Premier ministre.
• 1969: *introduction La Ve République: De l'héritage du gaullisme à la victoire de la gauche* • 1974: dans *Valéry Giscard d'Estaing* au 19 mai • 1976: 12 janvier; 25 août; *biographie* au 25 août; 27 août; 22 septembre • 1977: 31 mars • 1978: janvier-1er février; 4-6 avril • 1979: 4 juillet • 1988: 16 janvier; 24 avril •

BARRÊME
François
1638-1703
Mathématicien.
• 1682: autres événements •

BARRÈRE
Igor
Né en 1931
Journaliste de télévision.
• 1959: 3 janvier •

BARRÈS
Maurice
1862-1923
Écrivain et homme politique.
• 1888: 3 mars • 1889: 22 septembre-6 octobre; décembre • 1897: 15 novembre • 1898: dans *Zola* au 13 janvier; février • 1899: 15 janvier; *biographie* au 15 janvier • 1900: dans *Maurras* en juillet • 1906: 6 mai • 1909: dans *Gide* en février; 30 mars • 1912: dans *Jeunes écrivains nationalistes* au printemps; 25 novembre • 1913: autres événements • 1917: 7 juillet • 1923: 5 décembre • 1925: 25 février •

BARRICADES
Journée des
12 mai 1588
• 1586: dans *Préparation d'une révolution* • 1587: 2 septembre • 1588: 12 mai • 1589: 5 février; 23 février •

BARRICADES
Semaine des
• 1960: 24 janvier-1er février •

BARRIÈRE
Jean-François
1786-1868
Littérateur.
• 1834: dans *Le siècle de l'histoire* au 18 juillet •

BARRIÈRE
Pierre
Batelier. Auteur d'un attentat contre Henri IV.
• 1610: dans *Qui a tué Henri IV?* en mai-juillet •

BARRIÈRE
Théodore
1823-1877
Auteur dramatique.
• 1849: 22 novembre • 1853: 17 mai •

BARROT
Ferdinand Victorin
1806-1883
Homme politique, ministre.
• 1849: 31 octobre • 1850: 15 mars •

BARROT
Jacques
Né en 1937
Ministre.
• 1978: 4-6 avril • 1979: 4 juillet • 1995: 18 mai; 7 novembre •

BARROT
Odilon
1791-1873
Homme politique, ministre. Président du Conseil.
• 1830: 20 août; 19 octobre; *biographie* au 19 octobre • 1831: 21 février; 14 mars; 2 avril • 1835: dans *Tocqueville* au 16 janvier • 1836: dans *Thiers* au 22 février • 1837: 4 novembre • 1839: 16 avril; 23 avril • 1842: 18-20 août • 1845:

25 décembre • 1846: 21 février • 1847: 9 juillet • 1848: 13 février; 19 février; 22 février; 24 février; *introduction La IIe République*; 23-24 avril; 17 mai-17 juin; dans *Crémieux* au 7 juin; 3 août; 4 septembre-27 octobre; 20 décembre; 27-28 décembre • 1849: dans *Hippolyte Carnot* au 5 janvier; 29 janvier; 16 avril; 9-11 mai; 2 juin; 31 octobre • 1851: dans *Le coup d'État du 2 Décembre: fin de la IIe République* au 2 décembre • 1852: *introduction Le Second Empire* •

BARRUEL
Augustin
1741-1820
Jésuite. Publiciste. Historien.
• 1798: autres événements •

BARRY
Jeanne Bécu, comtesse du
1743-1793
Maîtresse de Louis XV.
• 1730: autres événements • 1769: 22 avril • 1773: autres événements • 1793: 8 décembre •

BART
Jean
1650-1702
Corsaire.
• 1694: 27 mai-juillet • 1696: 18 juin •

BARTAUT
Jean
Poète.
• 1589: *introduction Henri IV* •

BARTH
Karl
1886-1968
Théologien suisse.
• 1931: dans *Au-delà de la droite et de la gauche* en novembre •

BARTHE
Félix
1795-1863
Homme politique, ministre.
• 1830: 27 décembre • 1831: 3 février; 13 mars • 1832: 11 octobre • 1837: 15 avril •

BARTHÉLEMY
Auguste Marseille
1794-1867
Poète.
• 1826: octobre • 1829: 29 juillet; *biographie* au 29 juillet •

BARTHÉLEMY
François-Marie, marquis de
1747-1830
Membre du Directoire.
• 1794: *introduction La République thermidorienne* • 1795: 12 janvier; dans *Le traité de Bâle* au 5 avril • 1797: 26 mai; 4 septembre; 5 septembre; 8 septembre • 1798: 3 juin • 1819: 20 février-23 mars •

BARTHÉLEMY
Jean-Jacques
1716-1795
Écrivain.
• 1788: autres événements; *biographie* dans autres événements •

BARTHÉLEMY
Joseph
1874-1945
Ministre.
• 1941: 27 janvier; 25 février; 3 juillet • 1942: 18-20 avril •

BARTHÉLEMY
Pierre
Écrivain. Homme politique.
• 1821: dans *La légende napoléonienne* au 5 juillet •

BARTHÉLEMY
Victor
Né en 1906
Homme politique.
• 1925: dans *Doriot, du PC au PPF* au 4 février • 1936: dans *Fascismes français* au 27-28 juin •

BARTHÉLEMY BUYER
Imprimeur.
• vers 1438: dans *Les débuts de l'imprimerie* •

BARTHÉLEMY D'EYCK
Peintre.
• 1435: dans *René d'Anjou* au 2 février •

Barthélemy l'Anglais
vers 1190-après 1250
Auteur.
• 1371-1375: dans *Les traducteurs de Charles V* •

Barthélemy-Saint-Hilaire
Jules
1805-1895
Philosophe. Homme politique, ministre.
• 1838: mars • 1848: 12 juillet • 1849: 5 janvier; 10 avril • 1880: 25 septembre • 1881: 7 janvier •

Barthes
Roland
1915-1980
Écrivain.
• 1953: mars • 1954: avril; 10 juin • 1955: dans *Claude Lévi-Strauss* en octobre • 1956: décembre; dans *L'électroménager* dans autres événements • 1957: février • 1963: avril • 1970: novembre • 1971: février • 1975: 27 février • 1977: 7 janvier • 1980: 26 mars •

Bartholdi
Frédéric Auguste
1834-1904
Sculpteur.
• 1875: autres événements • 1880: autres événements • 1886: autres événements • 1889: dans *Eiffel* au 6 mai • 1892: autres événements •

Barthou
Louis
1862-1934
Homme politique. Président du Conseil.
• 1894: 29 mai • 1895: 12 janvier; 14 janvier • 1896: 29 avril; 16 octobre • 1899: 8-10 février; 8-25 mai • 1906: 13 mars; 11-20 avril; 22 octobre • 1909: 24 juillet • 1912: 17-juin-10 juillet • 1913: 21 janvier; 22 mars; *biographie* au 22 mars; 2-8 décembre • 1914: 13 janvier; 3 février; 17 mars • 1917: 22 octobre; 2 novembre • 1918: dans *«L'impôt du sang». Les Anciens Combattants* au 11 novembre • 1921: 16 janvier • 1922: 15 janvier • 1926: 23 juillet • 1928: 9 novembre • 1930: 6-11 décembre; 13 décembre • 1934: 9 février; 17 avril-18 mai; 7 septembre; 9-11 octobre; 13 octobre •

Bartók
Bela
1881-1945
Compositeur hongrois.
• 1954: dans *Le Domaine musical* au 13 janvier • 1998: juillet •

Barye
Antoine Louis
1795-1875
Sculpteur.
• 1833: dans *La sculpture romantique* dans autres événements • 1865: 15 mai • 1868: 10 octobre •

Barzach
Michèle
Née en 1943
Médecin. Ministre.
• 1986: 20 mars •

Basch
Victor
1863-1944
Président de la Ligue des droits de l'homme.
• 1935: 21 juin • 1944: 11 janvier •

Basci
Matthieu de
Fondateur des Capucins.
• 1573: autres événements •

Basile IV
Tsar de Russie de 1606 à 1610.
• 1589: *introduction Henri IV* •

Basilica
Sampiero della, dit Corso
• 1553: juin •

Basin
Thomas
• Voir Thomas Basin •

Basire
Claude
1761-1794
Député à la Convention.
• 1792: 29 mai • 1793: 2 janvier; 14 octobre; 31 octobre; 13 novembre; 14 novembre; 17 novembre; 19 décembre • 1794: 16 mars; 19 mars; 2 avril •

Basly
Émile Joseph
1854-1928
Homme politique socialiste et syndicaliste.
• 1886: 12 mars; 27 mai •

Bassano
Bataille de
1796
• 1796: dans *La campagne d'Italie* au 10 avril; 8 septembre; 6 novembre •

Bassiano
Marguerite Caetani, princesse de
1880-1963
Mécène.
• 1924: août •

Bassompierre
François, marquis de
1579-1646
Maréchal de France. Mémorialiste.
• 1616: dans *Les libertins érudits* dans autres événements • 1623: autres événements •

Bassville
Nicolas-Jean-Hugon de
1753-1793
Ambassadeur à Rome.
• 1793: 13 janvier •

Bastard
Émile
Militant communiste.
• 1941: 22-28 août •

Bastid
Paul
1892-1974
Ministre.
• 1936: 4 juin • 1937: 11 février • 1942: juillet •

Bastide
Jules
1800-1879
Homme politique.
• 1848: 11 mai; 28 juin; 13 octobre; 31 octobre •

Bastié
Maryse
1898-1952
Aviatrice.
• 1930: dans *Les ailes françaises* au 1er-2 septembre • 1935: 12 mai • 1952: 6 juillet •

Bastien-Thiry
Jean-Marie
1927-1963
Lieutenant-colonel.
• 1962: 22 août •

Bastille
1370
• 1370: 22 avril •

Bastille
Pendant les guerres de Religion.
• 1588: 14 mai; 5 juillet •

Bastille
Prise de la
14 juillet 1789
• 1777: dans *La Fayette* en avril • 1789: *introduction Louis XVI et la Révolution*; 14 juillet; 16 juillet; dans *La Grande Peur* au 20 juillet; 5 août; 3 octobre • 1792: dans *Châlier* au 26 août • 1793: 12 juillet •

Bastille
• Voir Opéra-Bastille •

Bataclan
ou Ba-Ta-Clan
Café-concert.
• 1869: 2 mai • 1902: dans *L'âge d'or du Caf'Conc'* au 18 novembre •

Bataille
Gabriel
vers 1575-1630
Musicien.
• 1608: autres événements •

Bataille
Georges
1897-1962
Écrivain.
• 1928: mars • 1929: avril • 1937: 20 novembre • 1938: dans *Georges-Henri Rivière* au 21 juin • 1941: décembre • 1943: février • 1945: février • 1946: juin; octobre • 1949: février • 1956: 29 décembre • 1957: octobre; *biographie* en octobre •

Bataille
Nicolas
Né en 1926
Metteur en scène.
• 1950: 11 mai •

Bataille syndicaliste (La)
1911-1914
Quotidien.
• 1911: 27 avril •

Batbie
Anselme Polycarpe
1828-1887
Homme politique, ministre.
• 1873: 25 mai •

Bathori
Jeanne-Marie Berthier, dite Jane
1877-1970
Cantatrice.
• 1907: 12 janvier •

Batteux
Charles
1713-1780
Érudit.
• 1746: autres événements •

Baty
Gaston
1885-1952
Directeur de théâtre et metteur en scène.
• 1927: autres événements • 1936: 13 août •

Batz
Jean de
1756-1822
Conspirateur.
• 1793: 14 octobre; 17 novembre •

Baude
Henri
vers 1430-1496
Receveur des impôts royaux à Tulle. Auteur.
• 1486: autres événements •

Baudeau
Nicolas
1730-1792
Théologien. Écrivain.
• 1756: dans *Les physiocrates* dans autres événements • 1765: novembre • 1769: autres événements • 1775: janvier • 1787: mars •

Baudelaire
Charles
1821-1867
Poète.
• 1623: dans *Théophile de Viau* au 16 septembre • 1829: 31 décembre • 1845: avril • 1848: 4 mars; novembre • 1851: 9 avril • 1852: dans *Théophile Gautier* au 17 juillet • 1856: 12 mars; dans *Le réalisme littéraire* en novembre • 1857: 24 juin; *biographie* au 24 juin • 1860: mai • 1861: mars • 1862: 26 août-24 septembre • 1863: dans *Manet* au 15 mai; 2 septembre-22 novembre • 1866: 3 mars • 1874: dans *Barbey d'Aurevilly* en novembre • 1883: dans *Villiers de l'Isle-Adam* au 19 février • 1886: dans *Les symbolistes* au 18 septembre • 1924: dans *Les surréalistes* au 12, 15 octobre • 1942: autres événements •

Baudelocque
Jean-Louis
1746-1810
Médecin.
• 1775: autres événements •

Baudet Herenc
Auteur.
• 1432: autres événements •

Baudin
Jean-Baptiste Victor
1811-1851
Homme politique.
• 1851: 3 décembre • 1868: 13 novembre • 1888: 22 novembre; 2 décembre • 1889: 4 août •

Baudin
Pierre
1863-1917
Homme politique, ministre.
• 1899: 23 juin • 1913: 21 janvier; 22 mars •

Baudin des Ardennes
Pierre
1748-1799
Député.
• 1795: 18 août; 22 août; 30 août • 1796: 22 novembre • 1798: 27 avril •

Baudo
Serge
Né en 1927
Chef d'orchestre.
• 1965: 7 mai • 1970: juillet •

Baudoin
Paul Louis Arthur
1894-1964
Ministre.
• 1937: 5 mars; 15 juin • 1940: 21-22 mars;

5 juin; 16 juin; 12 juillet • 1941: dans *Technocratie et synarchie* au 9-10 février •

Baudoin Ier
Empereur de Constantinople.
• Voir Baudoin IX/VI •

Baudoin Ier Bras de Fer
† 879
Comte de Flandre.
• 855: *introduction Charles le Chauve* • 862: juin • 864: 25 octobre • 879: autres événements •

Baudoin II
† 1131
Roi de Jérusalem.
• 1124: juillet • 1131: 21 août •

Baudoin II de Courtenay
† 1273
Empereur latin de Constantinople de 1228 à 1261.
• 1237: 23 mars • 1239: 15 mai; 11-18 août • 1261: 15 août •

Baudoin II de Flandre
vers 863/865-918
Comte de Flandre de 879 à 918.
• 879: autres événements • 888: *introduction Eudes* • 891: 15 juillet • 892: avril? • 896: avant juillet; autres événements • 898: autres événements • 900: 17 juin • 918 •

Baudoin III de Flandre
† 962
Fils d'Arnoul Ier de Flandre.
• 962: 1er janvier •

Baudoin IV le Barbu
† 1035
Fils d'Arnoul II de Flandre. Comte de Flandre de 988 à 1035.
• 988: janvier-mars • 994: autres événements • 996: *introduction Robert II le Pieux* • 1006: été; septembre • 1007: printemps • 1008: autres événements • 1013 • 1023: début mai • 1024: 13 janvier •

Baudoin V de Lille
† 1067
Comte de Flandre de 1035 à 1067.
• 1036 • vers 1040: autres événements • 1047 • 1060: *introduction Philippe Ier* • 1067: 1er septembre •

Baudoin VI de Mons
1030-1070
Fils de Baudoin V de Flandre. de Flandre de 1067 à 1070.
• 1067: 1er septembre •

Baudoin VII la Hache
† 1119
Comte de Flandre de 1111 à 1119.
• 1111: août • 1119: juin •

Baudoin VIII de Flandre
V de Hainaut
† 1195
Comte de Hainaut. Comte de Flandre de 1191 à 1195.
• 1172: autres événements • 1190: 15 mars • 1191: 1er juin • 1195: 15 novembre •

Baudoin IX de Flandre
VI de Hainaut
† 1205
Fils de Baudoin VIII comte de Flandre. Comte de Flandre et de Hainaut de 1195 à 1205. Empereur Baudoin Ier de Constantinople de 1204 à 1205.
• 1171: autres événements • 1195: 15 novembre • 1196: juin • 1197: 17 août; 8 septembre • 1198: [début]; juin • 1199: mai • 1200: janvier; février • 1201: avril • 1204: 12 avril • 1206: juin •

Baudoin Balzo
Tuteur d'Arnoul II comte de Flandre.
• 965: 27 mars •

Baudoin d'Avesnes
Fils de Bouchard d'Avesnes.
• 1278-1281 •

Baudoin de Boulogne
1058-1118
Roi de Jérusalem de 1100 à 1118.
• 1096: vers 15 août-septembre; dans *Les hommes dans la croisade* dans mai-juin • 1098: mars • 1100: 18 juillet • 1104: autres événement •

Baudoin de Condé
Auteur.
• 1240-1280 •

Baudot
Anatole de
1834-1915
Architecte.
• 1904: autres événements •

Baudot
Marc-Antoine
1765-1837
• 1793: 10 juillet; 18 décembre •

Baudouin
Imprimeur.
• 1789: 29 juin •

Baudouin
Charles
• 1924: autres événements •

Baudri
Évêque de Noyon de 1098 à 1113.
• 1108-1111 •

Baudri de Bourgueil
1045-1130
Abbé de Bourgueil de 1080/1082 à 1106. Archevêque de Dol de 1107 à 1120. Auteur.
• 1096: dans *Les hommes de la croisade* en mai-juin • 1108-1109: [début]; dans *Les réformateurs de l'Ouest* •

Baudrier
Yves
1906-1988
Compositeur.
• 1936: 6 juin •

Baudrillart
Alfred
1859-1942
Cardinal. Historien.
• 1896: autres événements •

Bauer
Gustav
1870-1944
Chancelier allemand.
• 1919: 16-23 juin •

Baugé
Bataille de
1421
• 1421: 22 mars •

Baugin
Lubin
vers 1612-1663
Peintre.
• 1629: autres événements •

Baule (La)
1990
Sommet franco-africain.
• 1990: 19-21 juin •

Baumgartner
Wilfrid
1902-1978
Gouverneur de la Banque de France. Ministre.
• 1952: 29 février • 1960: 13 janvier; 5 février • 1961: 24 août • 1962: 18 janvier •

Baur
Harry
1880-1943
Acteur.
• 1943: autres événements • 1957: dans *Georges Simenon* dans autres événements •

Bausch
Philippine, dite Pina
Née en 1940
Chorégraphe allemande.
• 1998: juillet •

Bausset
Louis François de
1748-1824
Cardinal.
• 1815: 17 février • 1821: dans *La légende napoléonienne* au 5 juillet •

Bautain
Louis
1796-1867
Philosophe et théologien.
• 1835: 9 mai •

Bautzen
Bataille de
1813
• 1813: 29 avril-4 juin •

Bavent
Madeleine
• 1634: dans *Sorciers et sorcières* au 18 août •

Bavière
• Voir Dauphine, Marie-Anne de Bavière, dite Mme la • Joseph-Clément de Bavière • Joseph-Ferdinand de Bavière • Louis Ier • Louis II • Maximilien de Bavière • Maximilien-Emmanuel de Bavière • Maximilien-Henri de Bavière • Neubourg, Philippe-Guillaume de Bavière, comte de • Palatine, Charlotte Élisabeth de Bavière, dite la •

Bavière
Ferdinand-Maurice de
• Voir Léopold Ier •

Bavoux
François Nicolas
1774-1848
Homme politique. Préfet de Police.
• 1819: 1er juillet • 1830: 29 juillet •

Bayard
Jean François Alfred
1796-1853
Auteur dramatique.
• 1830: 11 août •

Bayard
Pierre de, dit le chevalier
1476-1524
Chef d'armées.
• 1515: 13-14 septembre • 1521: septembre-novembre • 1524: avril; *biographie* en avril • 1529: dans *Champier* dans autres événements • 1621: 27 mai-25 juin •

Bayet
Albert
1880-1961
Président de la Ligue française de l'enseignement.
• 1939: dans *Autour du pacte* au 22-23 août • 1944: 5 janvier • 1945: 7 juin • 1946: 15 mars; 6-8 avril •1947: février • 1949: dans *Le procès Kravchenko* au 24 janvier • 1956: 21 avril •

Bayezid II
1447 ou 1448-1512
Fils de Mehmed II sultan ottoman. Sultan ottoman de 1481 à 1512.
• 1498: *introduction Louis XII* • 1500: juillet • 1508: 10 décembre •

Bayle
Moyse
1755-1811?
Homme politique.
• 1793: 31 juillet • 1795: 5 avril •

Bayle
Pierre
1647-1706
Théologien et philosophe.
• 1636: dans *Peiresc* au 24 septembre-7 novembre • 1681: 9 juillet • 1682: autres événements • 1684: mars; *biographie* en mars • 1685: dans *La révocation de l'édit de Nantes* au 18 octobre • 1689: dans *Jurieu* dans autres événements • 1695: août •

Baylen
Capitulation de
1808
• 1808: 22 juillet • 1814: *introduction La première Restauration* •

Bayonne
Entrevue de
• 1565: 15 juin-2 juillet •

Bayonne
Traité de
1462
• 1462: 9 mai •

Bayrou
François
Né en 1951
Ministre.
• 1992: 29 mars • 1995: 18 mai; 7 novembre; 9 novembre • 1996: 20 mars •

Bazaine
Achille
1811-1888
Maréchal de France.
• 1863: 10 juillet • 1864: 12 juin • 1867: 5 février • 1870: 12 août; 14-18 août; 20 août; 21 août; *introduction La IIIe République: De la chute du Second Empire à la Première Guerre mondiale*; 27 octobre; 30 octobre • 1871: 15 septembre • 1872: 7 mai; dans *Le duc d'Aumale* au 28 mai; 24 juillet • 1873: 6 octobre-10 décembre; *biographie* au 6 octobre-10 décembre • 1874: 9 août •

Bazaine
Jean
Né en 1904
Peintre, auteur de vitraux et de mosaïques.
• 1941: 10 mai • 1946: 15 février-15 mars • 1948: autres événements • 1950: 4 août; dans *Le père Couturier et l'art sacré* au 4 août • 1990: 30 mars-28 mai •

Bazar
Conspiration du
1820
• 1820: 19 août • 1821: février; 7 mai-16 juillet •

Bazar de la Charité
Incendie du
1897
• 1897: 4 mai •

Bazard
Armand
1791-1832
Militant socialiste.
• 1825: juin • 1828: dans *Le saint-simonisme* en décembre • 1840: dans *Socialismes et utopies* en juin •

Baze
Jean-Didier
1800-1881
Homme politique.
• 1848: 20 mai •

Bazille
Frédéric
1841-1870
Peintre.
• 1863: dans *Manet* au 15 mai • 1870: 28 novembre • 1874: dans *L'impressionnisme* au 15 avril-15 mai •

Bazin
Hervé
1911-1996
Écrivain.
• 1948: mai •

Bazin
René
1853-1932
Écrivain.
• 1899: 15 février • 1901: octobre •

BCG
Vaccin antituberculeux.
• 1923: autres événements •

BCRA
(Bureau central de renseignement et d'action)
• 1940: *introduction État français et France libre*; dans *Les Français de Londres* au 7 août; dans *Le colonel Passy* au 7 août • 1942: octobre; 28 novembre • 1943: 27 février-10 mars • 1944: dans *Pierre Brossolette* au 22 mars; 21-23 juillet •

Beach
Sylvia
1887-1962
Libraire américaine.
• 1915: dans *Adrienne Monnier* au 7 novembre • 1921: 7 décembre • 1929: février •

Béarn
Rattachement à la France
1620
• 1620: 15-20 octobre •

Beatles (les)
Groupe de musiciens anglais.
• 1965: mars •

Béatrice
Comtesse d'Albon. Épouse de Hugues III duc de Bourgogne.
• 1183: autres événements •

Béatrice
Fille d'Héribert Ier comte de Vermandois. Épouse de Robert Ier roi de Francie occidentale.
• 896: autres événements • entre 900 et 907 • 922: *introduction Robert Ier* •

Béatrice
Fille de Hugues le Grand. Duchesse de Haute Lorraine. Épouse de Frédéric comte de Bar.
• 923: dans *Hugues le Grand* après le 27 août • 951: autres événements • 959: 3 avril • 985: 18 juin • 987: 29 mars • 987: *introduction Hugues Capet* •

Béatrice de Bourbon
Épouse de Robert comte de Clermont.
• 1226: *introduction Louis IX* •

Béatrice de Bourgogne
Fille de Renaud III comte de Bourgogne. Épouse de Frédéric Ier Barberousse empereur.
• 1156: 10 juin • vers 1176-1184 •

Béatrice de Provence
† 1267
Fille de Ramon Berenguer V comte de Provence. Épouse de Charles comte d'Anjou. Comtesse de Provence. Reine de Sicile de 1266 à 1267.
• 1226: *introduction Louis IX* • 1245: 19 août; novembre • 1246: 31 janvier • 1266: janvier • 1267: janvier •

Béatrice de Savoie
Épouse de Ramon Berenguer V comte de Provence.
• 1245: 19 août • 1256: novembre •

Beau de Rochas
Alphonse
1815-1893
Mécanicien et inventeur.
• 1895: dans *L'automobile* en juin •

Beaubourg
Centre Georges-Pompidou
1977
• 1966: dans *Les grandes expositions et les musées* en juin • 1971: juillet • 1977: 31 janvier; *Beaubourg* au 31 janvier • 1980: 4 septembre • 2000: 1er janvier •

Beaubrun
Charles-Henri
1654-1723
Traducteur.
• 1637: dans *Les solitaires de Port Royal* au 24 août •

Beauchamp
Pierre
1636-1719
Chorégraphe.
• 1700: autres événements •

Beaudouin
Eugène
1898-1983
Architecte.
• 1931: autres événements • 1933: autres événements •

Beaufort
François de Bourbon-Vendôme, duc de
1616-1669
Fils de César de Vendôme. Gouverneur de Bretagne. Frondeur.
• 1643: juillet-septembre • 1648: 31 mai • 1649: dans *Les frondeurs* au 11 mars • 1652: 4 juillet; 21-26 octobre • 1669: 27 septembre • 1690: dans *Tourville* au 10 juillet •

Beaufret
Jean
1907-1982
Philosophe.
• 1945: mars •

Beaugency
Collégiale Saint-Étienne de
• 1040-1060 •

Beauharnais
Alexandre de
1760-1794
Député. Général.
• 1791: 21 juin; 25 juin • 1793: 13 juin; 14 juin; 16 juin; 22 juin; 2 août • 1794: 23 juillet •

Beauharnais
Eugène de
1781-1824
Fils d'Alexandre et Joséphine de Beauharnais. Général. Vice-roi d'Italie.
• 1804: dans *Grands dignitaires* au 18 mai • 1805: 26 mai; *biographie* au 26 mai • 1809: 8 avril-12 juillet • 1812: 24 juin-14 septembre • 1813: 13 janvier; 4 mars • 1814: 16 avril •

Beauharnais
Hortense de
1783-1837
Fille de Joséphine de Beauharnais. Épouse de: 1. Louis Bonaparte. 2. Auguste de Flahaut.
• 1799: *introduction Napoléon Bonaparte* • 1802: 4 janvier • 1808: 20 avril • 1852: *introduction Le Second Empire* • 1854: dans *Morny* au 12 novembre •

Beauharnais
Joséphine de
• Voir Joséphine, Impératrice •

Beauvais
Hôtel de (Paris)
• 1658: autres événements •

Beauvau
Charles
1720-1793
Maréchal. Ministre sans portefeuille.
• 1789: 4 août •

Beauviller
François-Honorat de
• Voir Saint-Aignan, François-Honorat de Beauviller, duc de •

Beauvillier
Paul de Saint-Aignan, duc de
1648-1714
Gouverneur du duc de Bourgogne. Ministre d'État.
• 1661: dans *Colbert* au 12 septembre • 1689: 16-17 août; *biographie* au 16-17 août • 1691: 16 juillet • 1695: dans *Mme Guyon et le quiétisme* en mars • 1697: 12 février; dans *Le duc et la duchesse de Bourgogne* au 7 décembre • 1699: dans *Fénelon* en avril • 1700: 10 novembre • 1714: 21 août •

Beauvoir
Simone de
1908-1986
Écrivain.
• 1927: dans *Les normaliens de l'entre-deux-guerres* au 15 avril • 1945: octobre • 1948: dans *Jean-Paul Sartre* au 2 avril • 1949: avril; *biographie* en avril • 1954: 6 décembre • 1956: 8 novembre • 1964: mars •

Bebel
August
1840-1913
Socialiste allemand.
• 1870: 19 juillet • 1896: 22-25 juillet •

Beccaria
Cesare Bonesana, marquis de
1738-1794
Économiste italien.
• 1766: autres événements •

Beck
Jozef
1894-1944
Colonel. Homme politique polonais.
• 1938: dans *Les hommes du Quai* au 20-25 juillet •

Becker
Jacques
1906-1960
Cinéaste.
• 1943: 11 avril • 1952: 16 avril • 1954: 17 mars • 1958: avril •

Beckett
Samuel
1906-1989
Écrivain irlandais.
• 1929: février; juin • 1938: autres événements • 1942: octobre • 1946: décembre • 1951: mars • 1952: 15 février-10 mars; 22 avril • 1953: 5 janvier; *biographie* au 5 janvier • 1956: 17 septembre • 1957: 27 avril • 1963: octobre • 1969: 23 octobre • 1989: 19 octobre 1989-1er janvier 1990 •

Becquerel
Henri
1852-1908
Physicien.
• 1896: autres événements • 1899: dans *Curie* dans autres événements • 1903: 10 décembre; dans *Les Curie* au 10 décembre •

Béda
Noël
• Voir Bédier Noël •

Bédarida
François
Né en 1926
Historien.
• 1956: 23 mai •

Bède le Vénérable
673/674-735
Moine. Auteur.
• 668-669: hiver-avril •

Bedeau
Marie Alphonse
1804-1863
Général.
• 1848: 23 juin • 1851: dans *Le coup d'État du 2 Décembre: fin de la IIe République* au 2 décembre •

Bedford
Jean de Lancastre, duc de
1389-1435
Fils d'Henry IV roi d'Angleterre. Régent d'Angleterre et de France de 1422 à 1430.

• 1416: 15 août • 1419: 2 décembre • 1422: 31 août; 10 novembre; *introduction Charles VII*; 19 novembre; 5 décembre • 1423: février; avril • 1424: 17 août; 8 septembre; novembre; autres événements • 1425: décembre • 1427: avril • 1429: fin septembre • 1432: avril • 1433: 20 avril • 1434: décembre • 1435: 14 septembre • 1436: 1er décembre •

Bédier
Joseph
1864-1938
Critique.
• 1915: autres événements •

Bédier ou Béda
Noël
† 1536
Théologien. Syndic de la Sorbonne.
• 1515: *introduction François Ier* • 1521: 15 avril • 1533: mars; octobre-novembre • 9 juillet 1527 •

Bedouce
Albert
1869-1947
Ministre.
• 1936: 4 juin •

Beecher-Stowe
Harriet
1811-1896
Romancière américaine.
• 1853: 1er janvier •

Beeley
Harold
• 1958: 13-21 février; 15 avril •

Beethoven
Ludwig van
1770-1827
Compositeur allemand.
• 1784: autres événements • 1804: 26 août • 1828: février • 1916: dans *Romain Rolland* en décembre • 1987: 22 juin •

Beffroy de Reigny
Louis-Abel
1757-1811
Auteur.
• 1790: 7 novembre • 1794: 5 janvier • 1797: 3 juillet •

Béguin
Albert
1901-1957
Écrivain et critique suisse.
• 1937: autres événements • 1957: 21 juin •

Béhic
Louis Henri Armand
1809-1891
Homme politique, ministre.
• 1863: 23 juin •

Beineix
Jean-Jacques
Né en 1946
Cinéaste.
• 1986: avril •

Béjart
Armande
1642-1700
Comédienne. Épouse de Molière.
• 1664: dans *Molière* au 6-13 mai •

Béjart
Madeleine
1618-1672
Comédienne. Danseuse. Musicienne.
• 1664: dans *Molière* au 6-13 mai •

Béjart
Maurice
Né en 1927
Danseur et chorégraphe.
• 1928: 22 novembre • 1955: 30 juillet • 1967: juillet •

Bel
Jean-Jacques
1693-1738
Conseiller au parlement de Bordeaux.
• 1726: autres événements •

Belchite
Trêve de
1463
• 1463: 13 janvier •

Belgique
Pendant la Révolution française.
• 1789: 24 octobre • 1790: 27 juillet; 22 novembre • 1791: 12 janvier; 20 juin • 1792: dans Dumouriez au 15 mars; 28 avril; 13 juin; 7 octobre; 27 octobre; 4 décembre; 7 décembre • 1793: 26 janvier;

31 janvier; 1er mars; 8 mars; 15 mars; 20 mars • 1794: 29 avril; 2 octobre • 1795: 4 août; 31 août; 1er octobre • 1796: 1er septembre • 1797: 20 janvier; dans *Leoben ou la paix malgré le Directoire* au 18 avril; dans *La paix de Campo-Formio* au 17 octobre; 25 novembre • 1798: 12 octobre; 4 novembre •

BELGIQUE
• 1815: 9 juin • 1830: *introduction La monarchie de Juillet*; 25 août; 31 août; 7 septembre; 25 septembre; 4 octobre; 6 octobre; 4 novembre; 18 novembre; 22 novembre; 20 décembre • 1831: 27 janvier; 3 février; 17 avril; 10 mai; 4 juin; 26 juin; 3 août; 4 août; 6 août; 8 août; 12 août; septembre; 15 octobre • 1832: 22 décembre • 1833: 21 mai • 1838: mars •

BELGRADE
Prise de
1521
• 1521: août •

BELGRAND
Eugène
1810-1878
Ingénieur.
• 1853: dans *Haussmann et Paris* au 22 juin •

BELHAOUNE
Allala
Professeur tunisien.
• 1938: 9 avril •

BÉLIDOR
Bernard Forest de
1697-1761
Général et ingénieur.
• 1725: autres événements • 1729: autres événements • 1731: autres événements • 1737: autres événements •

BELIN
Jean-François Faudoas d'Averton, comte de
Gouverneur de Paris pour la Ligue.
• 1591: octobre-décembre • 1592: octobre • 1594: 3 janvier •

BELIN
René
1898-1977
Syndicaliste. Ministre.
• 1936: 7 juin • 1937: dans *Auguste Detœuf et les Nouveaux Cahiers* au 15 mars • 1938: dans *Munichois et antimunichois* au 4 octobre • 1940: 12 juillet; 20 juillet • 1941: dans *Technocratie et synarchie* au 9-10 février; 25 février •

BELKACEM KRIM
• Voir Krim, Belkacem •

BELL
Alexander Graham
1847-1922
Ingénieur et physicien américain.
• 1822: dans *Ampère* au 16 février •

BELLANGE
Jacques
vers 1575-1616
Dessinateur, graveur et peintre.
• 1600: dans *La Seconde École de Fontainebleau* dans autres événements • 1610: autres événements •

BELLARMATO
Jérôme
1490-1555
Ingénieur italien.
• 1517: 8 octobre •

BELLAY
Guillaume du
1491-1543
Fils de Louis du Bellay. Seigneur de Langey, chef militaire et diplomate.
• 1532: mai • 1536: 21 juillet • 1543: janvier • 1558: dans *du Bellay* dans autres événements •

BELLAY
Jean du
1498-1560
Fils de Louis du Bellay. Cardinal et diplomate.
• 1515: *introduction François Ier* • 1521: dans *Le Cercle de Meaux* en avril • 1532: dans *Rabelais* dans autres événements • 1536: 21 juillet • 1558: dans *du Bellay* dans autres événements •

BELLAY
Joachim du
1522-1560
Poète.
• 1536: 21 juillet • 1549: autres événements; dans *La Pléiade* dans autres événements • 1550: dans *Ronsard* dans autres événements • 1558: autres événements; *bio-*

graphie dans autres événements • 1571 : dans *de Lassus* en avril-mai • 1687 : dans *La querelle des Anciens et des Modernes* au 27 janvier •

BELLAY
Martin du
1485-1559
Fils de Louis du Bellay. Mémorialiste.
• 1524 : avril • 1536 : 21 juillet •

BELLAY
René du
1496-1545
Fils de Louis du Bellay. Évêque du Mans.
• 1536 : 21 juillet •

BELLE JARDINIÈRE (LA)
1824
Magasin.
• 1855 : autres événements •

BELLEAU
Rémi
1528-1577
Poète, membre de la Pléiade.
• 1549 : autres événements ; dans *La Pléiade* dans autres événements •

BELLEFOREST
François de
1530-1583
Auteur.
• 1585 : dans *Nouvellistes et conteurs* dans autres événements •

BELLEGARDE
Heinrich de
1756-1845
Général autrichien.
• 1799 : 20 juin ; 13 août •

BELLE-ÎLE
• 1759 : 20 novembre • 1761 : 7 juin •

BELLE-ISLE
Charles-Louis-Auguste Fouquet de
1684-1761
Maréchal. Ministre d'État. Secrétaire d'État à la Guerre.
• 1715 : *introduction Louis XV* • 1740 : dans *La guerre de Succession d'Autriche* au 20 octobre ; 11 décembre • 1741 : 11 février ; 5 juin • 1742 : 17 décembre • 1747 : février • 1756 : 16 mai • 1758 : 3 mars • 1761 : 27 janvier • 1780 : dans *Castries* au 13 octobre •

BELLEMARE
Edmond ou Édouard
vers 1833-?
Cordonnier. Compositeur.
• 1855 : 8 septembre •

BELLEVUE
Château de
• 1748 : autres événements •

BELLICARD
Jérôme-Charles
1726-1786
Architecte. Graveur.
• 1754 : autres événements •

BELLIÈVRE
Pomponne de
1529-1607
Premier président au Parlement. Surintendant des finances. Chancelier de 1599 à 1607.
• 1574 : *introduction Henri III* ; 14 juin ; début septembre • 1576 : 5 juillet • 1580 : juin • 1586 : 19 août • 1588 : 15-30 avril ; 13 mai ; 8 septembre • 1594 : 6 mars • 1596 : 4 novembre • 1597 : 21 mai • 1598 : 7 février • 1599 : 30 juillet • 1600 : 3 novembre • 1604 : décembre ; 8 et 12 décembre • 1607 : 5 septembre • 1614 : dans *Hôpitaux et charités* dans autres événements •

BELLINI
Giovanni
vers 1430-1516
Peintre italien.
• 1486-1487 •

BELLMER
Hans
1902-1965
Peintre.
• 1925 : dans *Le surréalisme en peinture* au 13 novembre •

BELLOC
Anne Louise Swanton, épouse
1796-1881
Traductrice.
• 1853 : 1er janvier •

BELLONTE
Maurice
1896-1984
Aviateur.
• 1930 : 1er-2 septembre •

Bellori
Giovanni Pietro
1613-1696
Auteur italien.
• 1672: autres événements •

Belloy
Pierre de
† 1613
Avocat au parlement de Toulouse.
• 1587: autres événements •

Belloy
Pierre-Laurent Buirette de
1727-1775
Poète et auteur dramatique.
• 1765: 13 février •

Belmondo
Jean-Paul
Né en 1933
Fils de Paul Belmondo. Acteur.
• 1960: 30 mars •

Belmondo
Paul
1898-1982
Sculpteur.
• 1942: mai •

Belsunce
Henri François Xavier de
1670-1755
Évêque de Marseille.
• 1720: 14 juin • 1878: 28-30 juin •

Belzec
Camp d'extermination
• 1941: novembre; 8 décembre • 1942: dans *Drancy-Auschwitz* au 27 mars •

Ben Ali
Né en 1936
Premier ministre puis président de la République tunisienne.
• 1949: dans *Habib Bourguiba* au 8 septembre •

Ben Arafa
Mohammed
vers 1890-1976
Sultan du Maroc de 1953 à 1955.
• 1953: 19-20 août • 1954: 26 août • 1955: 22-27 août; 5 septembre-31 octobre •

Ben Barka
Mehdi
1920-1965
Homme politique marocain.
• 1940: dans *De Gaulle* au 18 juin • 1965: 29 octobre •

Ben Bella
Ahmed
Né en 1918
Homme politique algérien.
• 1956: 20 octobre; 22 octobre • 1962: 18 mars •

Ben Gourion
David
1886-1973
Chef du gouvernement israélien.
• 1956: 22-24 octobre; 5 novembre •

Ben Jelloun
Tahar
Né en 1944.
Écrivain marocain.
• 1987: 14 novembre •

Ben Khedda
Youssef
Né en 1926
Homme politique algérien.
• 1961: 24 août •

Ben Youssef
Mohammed
• Voir Mohammed V •

Benabou
Marcel
Né en 1939
Professeur.
• 1960: dans *L'Oulipo* au 26 octobre •

Benda
Julien
1867-1956
Philosophe.
• 1927: août • 1935: 21-25 juin • 1945: dans *Intellectuels: épurateurs et épurés* au 13 janvier; autres événements •

Benedetti
Vincent, comte
1817-1900
Diplomate.
• 1870: 6 juillet; 13 juillet •

Benes
Edvard
1884-1948
Chef de l'État tchécoslovaque de 1935 à 1938.
• 1918: 22, 29 mai • 1938: 2-5 septembre; 17 septembre; 19 septembre; 20 septembre; 26 septembre; 27 septembre •

Bénévent
Bataille de
1266
• 1266: janvier •

Bénezech
Pierre
1745-1802
Ministre de l'Intérieur.
• 1795: 3 novembre • 1796: 28 janvier • 1797: 30 janvier; 17 mars; 16 juillet •

Bénichou
Paul
Né en 1908
Critique et historien de la littérature.
•1992: mars •

Benjamin
René
1885-1948
Écrivain.
• 1916: dans *Guerre et littérature* au 3 juillet •

Benjamin
Walter
1892-1940
Écrivain et philosophe allemand.
• 1915: dans *Adrienne Monnier* au 7 novembre • 1933: dans *Les réfugiés allemands* au 27 février • 1940: octobre • 1947: mai •

Benjamin de Tudèle
Voyageur. Auteur.
• 1165-1173 •

Benmussa
Simone
Metteur en scène.
• 1986: 17 février •

Bennigsen
Levin Leontievitch
1745-1826
Général russe.
• 1806: 10 novembre-26 décembre • 1807: 18 janvier-17 février; 4-21 juin •

Benoist
Charles
1861-1936
Député.
• 1909: 12-23, 26 mars •

Benoist
René
1521-1608
Curé de Saint-Eustache. Évêque de Troyes. Confesseur d'Henri IV roi de France.
• 1571: autres événements • 1572: 20 décembre; *biographie* au 20 décembre • 1595: janvier • 1608: décembre •

Benoist
Victor-Louis, baron de
1813-1896
Homme politique.
• 1869: 1er février •

Benoist-Méchin
Jacques
1901-1983
Historien.
• 1941: 30 juin • 1942: mars •

Benoit
Pierre
1886-1962
Écrivain.
• 1932: 24 novembre • 1953: février •

Benoît Ier
dit Bonose
† 578
Pape de 574 à 578.
• 561: *introduction De quatre à un royaume franc* •

Benoît III
† 858
Pape de 855 à 858.
• 840: *introduction Lothaire Ier* •

Benoît IV
† 903
Pape de 900 à 903.
• 893: *introduction Charles III le Simple* •

Benoît V
dit Grammaticus
† 965
Pape de 964 à 965.
• 954: *introduction Lothaire III* •

Benoît VI
† 973
Pape en 973.
• 954: *introduction Lothaire III* •

Benoît VII
† 984
Pape de 975 à 984.
• 954: *introduction Lothaire III* • 975: juillet • 978: autres événements • 981: vers 27 mars-avril •

Benoît VIII
† 1024
Pape de 1012 à 1024.
• 996: *introduction Robert II le Pieux* • 1014: février • 1016: 1er avril • 1021: avril •

Benoît IX
† 1046
Pape de 1033 à 1045.
• 1031: *introduction Henri Ier* •

Benoît X
(Jean Mincius)
Pape de 1058 à 1059.
• 1031: *introduction Henri Ier* •

Benoît XI
(Niccolo Boccasini)
† 1304
Pape de 1303 à 1304.
• 1285: *introduction Philippe IV le Bel* • 1304: 8 juin •

Benoît XII
(Jacques Fournier)
† 1342
Pape de 1334 à 1342.
• 1316: dans *Le Palais des Papes d'Avignon* au 7 août • vers 1320 • 1328: *introduction Philippe VI* • 1334: 20 décembre • 1337: autres événements •

Benoît XIII
(Orsini)
† 1730
Pape de 1724 à 1730.
• 1715: *introduction Louis XV* • 1724: 29 mai • 1730: 12 juillet •

Benoît XIII
(Pedro de Luna)
† 1424
Antipape d'Avignon de 1394 à 1423.
• 1130: dans *Papes, antipapes et schismes* au 25 mai • 1380: *introduction Charles VI* • 1394: dans *Les universitaires face au Schisme* en janvier; 16 septembre • 1395: 2-14 février • 1396: août • 1398: 22-27 mai; 27 juillet • 1400: octobre • 1403: 11-12 mars; 28 mai • 1404: autres événements • 1405: automne • 1406: mai; 18 novembre • 1407: 16 janvier • 1408: 18 avril; juillet • 1409: 25 mars-7 août • 1417: 26 juillet •

Benoît XIV
(Prospero Lambertini)
1675-1758
Pape de 1740 à 1758.
• 1715: *introduction Louis XV* • 1740: 17 août • 1751: 18 mai • 1755: 26 octobre • 1756: 16 octobre • 1758: 3 mai •

Benoît XV
(Giacomo Della Chiesa)
1854-1922
Pape de 1914 à 1922.
• 1914: *introduction La IIIe République: D'une guerre à l'autre*; 20 août • 1915: 6 janvier; 22 janvier • 1917: 15 août • 1920: 9 mai • 1922: 6 février •

Benoît Biscop
Moine.
• vers 653 • 668-669: vers hiver-avril • 716: avril •

Benoît d'Aniane
vers 750-821
Abbé.
• 779-780 • 814: *introduction Louis le Pieux*; autres événements • vers 815 • 816: août-septembre • 822: autres événements •

Benoît de Nursie
Saint
vers 480-vers 560
• 532-534 • 590-594: dans *Colomban* • 623 • 653 • 1041: autres événements • 1067-1080 •

Benoît de Nursie
Règle de saint
• 623 • 813: printemps • 814: *introduction Louis le Pieux* • 816: août-septembre • 818: autres événements • 832: autres événements • 977: 31 octobre • 1833: 11 juillet •

Benoît de Sainte-Maure
Auteur.
• 1155: dans *Les intellectuels de la Cour Plantagenêt* dans autres événements •

Bénouville
Pierre Guillain de
Né en 1914
Homme politique.
• 1938: dans *Munichois et antimunichois* au 4 octobre •

Benserade
Isaac
1613-1691
Poète.
• 1641 : dans *Salons, mondains et précieuses* au 22 mai • 1649: dans *Mazarinades* au 20 juillet • 1687: dans *La querelle des Anciens et des Modernes* au 27 janvier • 1689: autres événements •

Bentinck
Guillaume
1649-1709
Comte de Portland.
• 1697: janvier •

Benveniste
Émile
1902-1976
Linguiste.
• 1941: 29 novembre • 1966: juillet •

Béquignon
Odette
Professeur de droit.
• 1928: autres événements •

Berain
Jean
1637-1711
Dessinateur.
• 1672: autres événements •

Béral
Éloi Bernard
1838-1908
Homme politique.
• 1892: 16-22 décembre • 1893: 8-21 mars •

Béranger
Pierre-Jean de
1780-1857
Chansonnier.
• 1815: 7 décembre • 1821: dans *La légende napoléonienne* au 5 juillet • 1821: 9 décembre • 1825: 29 mai • 1826: dans *André-Marie et Charles Dupin* en janvier; octobre; *biographie* en octobre • 1828: 17 septembre • 1840: janvier • 1844: juillet • 1857: 16 juillet •

Bérard
Auguste Simon Louis
1783-1859
Homme politique.
• 1830: 4 août •

Bérard
Christian
1902-1949
Peintre et décorateur de théâtre.
• 1945: 12 octobre •

Bérard
Léon
1876-1960
Ministre.
• 1921: 16 janvier • 1922: 15 janvier • 1923: 3 mai • 1924: 9 août • 1931: 27 janvier • 1935: 6-7 juin • 1939: 2-27 février • 1952: 2 décembre •

Béraud
Henri
1885-1958
Écrivain et journaliste.
• 1935: 4 octobre • 1945: 13 janvier •

Berberova
Nina
1901-1993
Écrivain russe.
• 1926: dans *Les Russes en France* au 14 avril •

Berchaire
Beau-fils de Warraton maire du palais de Neustrie-Bourgogne. Maire du palais de Neustrie de 686 à 687.
• 686 • 687 •

Berchtold
Leopold
1863-1942
Ministre austro-hongrois.
• 1914: 7-8 juillet; 13 juillet; 19 juillet •

Bercy
Palais omnisports de
• 1983 : autres événements •

Berdiaev
Nicolas
1874-1948
Philosophe russe.
• 1926 : dans *Les Russes en France* au 14 avril •

Bérégovoy
Pierre
1925-1993
Homme politique. Premier ministre.
• 1981 : *introduction De la France mitterrandienne aux cohabitations politiques* • 1982 : 29 juin • 1983 : 22 mars • 1984 : 17-18 juillet • 1988 : 8 mai • 1991 : 25 mai • 1992 : 2 avril ; *biographie* au 2 avril • 1993 : 1er mai •

Bérenger
Comte de Rennes.
• 888 : autres événements •

Bérenger
† après 958
Comte de Rennes en 931.
• 939 •

Bérenger
Henri
Ambassadeur.
• 1926 : 29 avril •

Bérenger
Jean
1767-1850
Administrateur.
• 1799 : 27 novembre •

Bérenger
René
1830-1915
Homme politique, ministre.
• 1873 : 19 mai •

Bérenger Ier de Frioul
850/853-924
Fils d'Évrard de Frioul. Marquis de Frioul en 874. Roi d'Italie de 888 à 924. Empereur en 915.
• 890 : 6 juin • 905 : juillet •

Bérenger de la Drôme
Alphonse Marc Marcellin Thomas
1785-1866
Homme politique.
• 1820 : 19 août • 1843 : 15 juillet •

Bérenger de la Drôme
René
1830-1915
Magistrat. Homme politique.
• 1893 : 1er-5 juillet •

Bérenger de Tours
vers 1000-1088
Chanoine de Saint-Martin de Tours. Auteur.
• 1007 : dans *Fulbert de Chartres* au printemps • 1050 : autres événements ; *biographie* dans autres événements • 1054 : printemps • 1062 • 1064 • 1076 : autres événements • 1078 : autres événements • 1079 : 16 février •

Bérenger Raimon II de Provence
† 1145
Comte de Provence de 1131 à 1145.
• 1145 : autres événements •

Berenguer Ramon Ier de Barcelone
vers 1006-1035
Comte de Barcelone à partir de 1018.
• 1018-1026 •

Berezowski
Antoine
1846- ?
Réfugié polonais.
• 1867 : 6 juin •

Berg
Alban
1885-1935
Compositeur autrichien.
• 1920 : dans *Le Groupe des Six* au 16-23 janvier • 1952 : mai • 1954 : dans *Le Domaine musical* au 13 janvier • 1963 : 29 novembre • 1979 : 24 février •

Bergame
• 1797 : 11 mars •

Bergounioux
Pierre
Né en 1949
Écrivain.
• 1995: janvier •

Bergson
Henri
1859-1941
Philosophe.
• 1874: dans *Boutroux* au 28 novembre • 1889: 28 décembre; *biographie* au 28 décembre • 1897: 30 janvier • 1904: 7 novembre • 1910: autres événements • 1913: dans *Proust* au 14 novembre • 1915: autres événements • 1917: dans *Paul Valéry* au 28 avril • 1928: 13 novembre • 1934: autres événements • 1941: 4 janvier • 1980: janvier •

Berio
Luciano
Né en 1925
Compositeur italien.
• 1972: 6-11 novembre •

Berl
Emmanuel
1892-1976
Journaliste et écrivain.
• 1927: 15 avril • 1932: 25 février • 1940: 25 juin •

Berliet
Marius
1866-1949
Chef d'entreprise.
• 1895: dans *L'automobile* en juin • 1912: 22 mai •

Berlin
Blocus de
1948-1949
• 1948: 22 juin; 26 août • 1949: 12 mai •

Berlin
Conférence de
1885
• 1884: 15 novembre 1884-26 février 1885 •

Berlin
Conférence de
1890
• 1890: 15-29 mars •

Berlin
Congrès de
1878
• 1878: 13 juin-14 juillet •

Berlin
Décret de
1806
• 1806: 21 novembre • Voir Blocus continental •

Berlin
Isaiah
1909-1997
Philosophe et historien des idées anglais.
• 1951: mars •

Berlin
Mur de
1961-1989
• 1961: 12-13 août • 1962: 27 juin • 1989: 9 novembre •

Berlioz
Hector
1803-1869
Compositeur.
• 1807: 15 décembre • 1823: dans *Le romantisme* en juillet; 5 décembre • 1837: 5 décembre • 1838: 15 septembre • 1840: 28 juillet • 1846: 9 novembre; dans *L'Opéra-Comique* au 9 novembre • 1855: 1er mai-novembre • 1856: 21 juin • 1863: 4 novembre • 1886: dans *Saint-Saëns* dans autres événements • 1916: dans *Romain Rolland* en décembre •

Berlusconi
Silvio
Né en 1936
Homme d'affaires et homme politique italien.
• 1981: *introduction La Ve République: De la France mitterrandienne aux cohabitations politiques* • 1986: 20-22 février • 1987: 23 février, 4 avril •

Bernac
Pierre
Né en 1899
Baryton.
• 1946: 14 juin •

Bernadette Soubirous
Sainte
1844-1879
• 1858: 11 février-16 juillet; 28 août • 1933: 8 décembre •

Bernadotte
Charles Jean-Baptiste
1763-1844
Ministre. Maréchal de France. Roi de Suède et de Norvège sous le nom de Charles XIV de 1818 à 1844.
• 1796: 23 août • 1797: 23 mars; 1er avril; 21 mai • 1798: 8 février; 13 avril • 1799: 2 mars; 2 juillet; 14 septembre; 28 octobre • 1800: dans *Mme de Staël* en mai • 1802: 24 juin • 1804: dans *Les maréchaux* au 18 mai; *biographie* au 18 mai • 1807: 18 janvier-17 février; 14 juillet • 1809: 29 juillet • 1810: 25 juin; 21 août; octobre; 2 novembre; 2 décembre • 1812: 18 février • 1813: 3 mars; 9 juillet; 14 août-2 novembre; 15 décembre • 1814: *introduction La première Restauration* •

Bernanos
Georges
1888-1948
Écrivain.
• 1914: *introduction La IIIe République: D'une guerre à l'autre* • 1920: dans *Le Groupe des Six* au 16-23 janvier • 1926: mars; *biographie* en mars • 1929: 4 décembre • 1930: avril • 1931: 15 avril • 1936: dans *Simone Weil* au 10 juin; autres événements • 1938: mai • 1946: avril • 1947: février • 1951: 7 février • 1957: 21 juin • 1987: mai •

Bernard
Comte de Senlis.
• 943 •

Bernard
Charles
Historiographe du roi.
• 1643: dans *Les historiographes du roi* dans autres événements •

Bernard
Claude
1813-1878
Physiologiste.
• 1856: 29 février; *biographie* au 29 février • 1871: octobre • 1872: autres événements •

Bernard
Henry
1912-1994
Architecte.
• 1963: 9 décembre •

Bernard
Jean-Frédéric
† 1752
Libraire.
• 1738: autres événements •

Bernard
Martin, dit Martin-Bernard
1808-1883
Ouvrier imprimeur, dirigeant de la Société des saisons et homme politique.
• 1839: 12 mai •

Bernard
Paul, dit Tristan
1866-1947
Écrivain.
• 1897: 1er mai • 1899: 28 février • 1904: 18 avril •

Bernard
Raymond
1891-1977
Cinéaste.
• 1916: dans *Guerre et littérature* au 3 juillet •

Bernard
Simon
1779-1839
Général. Ministre.
• 1834: 10 novembre • 1836: 6 septembre • 1837: 15 avril •

Bernard VI d'Armagnac
† 1319
Fils de Mathe d'Armagnac.
• 1290: autres événements •

Bernard VII d'Armagnac
† 1418
Comte d'Armagnac. Connétable.
• 1410: dans *Armagnacs et Bourguignons* au 15 avril • 1415: 30 décembre • 1416: 12 février; 15 juin • 1417: novembre • 1418: 26 mai; 12 juin; dans *La France du dauphin Charles (futur Charles VII)* au 26 ou 30 décembre •

Bernard d'Angers
Écolâtre. Auteur.
• 1013 • 1020 • vers 1030 •

Bernard d'Italie
vers 797-818
Fils de Carloman-Pépin roi d'Italie. Roi d'Italie de 812 à 818.
• 810: 8 juillet • 812-813 • 814: 27 février • 817: décembre • 818: avril •

Bernard de Chartres
† vers 1126
Auteur.
• 1124: autres événements •

Bernard de Clairvaux
Saint
1090-1153
Fils du seigneur de Fontaines. Abbé de Clairvaux de 1115 à 1153.
• 1115: juin; dans *Saint Bernard et son entourage* en juin • 1118: autres événements • 1121: dans *Pierre Abélard* dans autres événements • avant 1125 • 1129: 19 ou 21 janvier; autres événements • 1129-1131 • 1133: autres événements • 1135: autres événements • 1137: *introduction Louis VII*; autres événements • 1138: printemps • 1140: 2 juin • 1141: janvier; 26 mai • 1142: janvier • 1143: 9 octobre • 1144: 22 avril? • 1145: 15 février • 1146: 1er mars; 29-31 mars; août; novembre; 25 décembre • 1147: 2 février; 16-18 février; mars; 21-22 avril; autres événements • 1148: 2 novembre • vers 1151 • 1151: août • 1152: autres événements • 1153: 20 août • 1174: 18 janvier • 1181: dans *Catharisme, Cathares et Albigeois* au printemps •

Bernard de Comminges
Comte
• 1204: 15 juin •

Bernard de Gordon
Médecin. Auteur.
• 1298: dans *Les chirurgiens de Philippe le Bel* dans autres événements •

Bernard de Gothie
Marquis de Gothie jusqu'en 878.
• 877: *introduction Louis II le Bègue* • 878: 11 août • 879: 2 février •

Bernard de Septimanie
avant 804-844
Comte de Septimanie de 828 environ à 844.
• 814: *introduction Louis le Pieux* • 827: janvier-février • 830: mai • 832: 13 octobre • 839: 1er septembre • 841: janvier • 844: février •

Bernard de Tiron
vers 1046-1117
Moine.
• 1108-1109: dans *Les réformateurs de l'Ouest* •

Bernard de Ventadour
2e moitié du XIIe siècle
Troubadour.
• vers 1140: dans *Les premiers troubadours* •

Bernard Délicieux
Franciscain.
• 1301: août •

Bernard des Portes
1080/1090-1157
Moine bénédictin.
• 1115: autres événements •

Bernard Gui
Auteur. Inquisiteur.
• 1311-1312 • 1324-1329 •

Bernard Plantevelue
841-885/886
Fils de Bernard de Septimanie. Comte d'Auvergne de 869 à 886. Marquis de Gothie. Comte de Mâcon.
• 865: autres événements • 868: autres événements • 872: mai • 877: *introduction Louis II le Bègue* • 878: 11 août • 879: fin avril; autres événements • 880: juillet-octobre • 881: automne • 882: septembre • 886: autres événements •

Bernard Saisset
Évêque de Pamiers de 1295 à 1301.
• 1301: juillet; octobre; 22 novembre; 5 décembre •

Bernard Silvestre
Auteur.
• 1148: autres événements • 1153: autres événements •

Bernardin de Saint-Pierre
Jacques-Henri
1737-1814
Écrivain. Intendant du Jardin du roi.
• 1625: dans *L'Astrée* au 1er juin • 1773: autres événements • 1784: autres événements; *biographie* dans autres événements • 1787: dans *Volney* dans autres événements • 1788: autres événements • 1791: 15 janvier; autres événements • 1792: 16 juillet •

Bernart Marti
Troubadour.
• vers 1140: dans *Les premiers troubadours* •

Berneri
Camillo
1897-1937
Anarchiste italien.
• 1937: dans *Les Fuorusciti antifascistes* au 9 juin •

Bernhardt
Henriette Rosine Bernard, dite Sarah
1844-1923
Comédienne.
• 1890: 3 janvier; *biographie* au 3 janvier • 1900: 7 mars • 1902: 22 avril • 1909: dans *Le cinéma: art et industrie* dans autres événements •

Bernier
Étienne
1762-1802
Prélat. Évêque d'Orléans.
• 1795: dans *La pacification de l'Ouest* au 17 février • 1801: 21 juin •

Bernier
Paul
1868-1957
Ministre.
• 1934: 29-30 janvier •

Bernin
Giovanni-Lorenzo Bernini, dit le
1598-1680
Sculpteur et architecte italien.
• 1628: autres événements • 1665: 4 juin; dans *La sculpture au Grand Siècle* dans autres événements • 1667: 14 mai; dans *Les architectes de Louis XIV* au 14 mai •

Bernis
François-Joachim de Pierre de
1715-1794
Abbé. Ministre d'État. Secrétaire d'État aux Affaires étrangères. Cardinal. Archevêque d'Albi. Ambassadeur de France à Rome.
• 1715: *introduction Louis XV* • 1755: 30 août • 1756: 1er mai; dans *La guerre de Sept Ans* au 9 juin • 1757: 2 janvier; 28 juin; 1er septembre • 1758: 2 octobre; 9 octobre; 13 décembre • 1790: 1er août • 1791: 1er février; 22 février; 15 mars •

Bernon de Cluny
Abbé de Cluny.
• 893-894 • 910: 11 septembre • 926-927: janvier •

Bernoulli
Daniel
1700-1782
Fils de Jean Bernoulli. Professeur de philosophie, sciences naturelles et médecine.
• 1738: autres événements •

Bernoulli
Jean
1667-1748
Mathématicien.
• 1727: autres événements •

Bernstein
Leonard
1918-1990
Compositeur et chef d'orchestre américain.
• 1950: juillet; autres événements •

Béroalde de Verville
François
Auteur.
• 1600: autres événements •

Béroul
Auteur.
• vers 1185 •

Berquin
Arnaud
1747-1791
Auteur.
• 1782: autres événements •

BERQUIN
Louis de
† 1529
Conseiller au Parlement. Écrivain et traducteur.
• 1515: *introduction François Ier* • 1523: 26 juin; 1er août; 3 août • 1526: janvier-novembre • 1529: mars-avril •

BERR
Berr-Isaac
Négociant. Auteur.
• 1806: 6 octobre •

BERR
Henri
1863-1954
Philosophe et historien.
• 1911: autres événements • 1920: autres événements • 1929: dans *L'École des Annales* en janvier •

BERRI
Claude
Né en 1934
Cinéaste et producteur.
• 1929: dans *Marcel Aymé* au 4 décembre • 1967: dans autres événements • 1990: décembre •

BERRUYER
Jean-François
1738-1804
Général.
• 1793: 23 mars; 22 avril; 30 avril •

BERRY
Charles de France, duc de
1686-1714
Fils de Monseigneur, Louis de France, le Grand dauphin.
• 1643: *introduction Louis XIV* • 1686: 31 mai • 1689: dans *Beauvillier* au 16-17 août • 1700: 2 octobre • 1712: 5 novembre • 1713: 15 mars • 1714: 4 mai • 1715: *introduction Louis XV* •

BERRY
Charles-Ferdinand de Bourbon, duc de
1778-1820
Fils du comte d'Artois, futur Charles X.
• 1814: *introduction La première Restauration* • 1815: 6 mars; dans *Decazes* au 7 juillet; *introduction La seconde Restauration*; dans *Richelieu* au 24 septembre • 1816: 17 juin • 1820: 13-14 février; dans *Voyer d'Argenson* au 19 août • 1821: dans *Les doctrinaires* en octobre • 1831: 14 février • 1836: dans *Thiers* au 22 février •

BERRY
Georges
Homme politique.
• 1904: 14 novembre • 1905: 21 mars •

BERRY
Louis, duc de
• Voir Louis XVI •

BERRY
Marie-Caroline de Bourbon-Sicile, duchesse de
1798-1870
• 1815: *introduction La seconde Restauration* • 1816: 24 avril; 17 juin • 1820: 13-14 février; 29 septembre • 1828: septembre • 1832: 29 avril; 23 mai; 4-5 juin; 7 juin; 7 novembre; 9 novembre; 29 décembre • 1833: 29 février; 10 mai; 8 juin • 1837: dans *Bugeaud* au 12 février •

BERRYER
Nicolas-René
1703-1762
Lieutenant général de police de Paris. Secrétaire d'État à la Marine. Garde des Sceaux.
• 1747: mai • 1749: 12 novembre • 1750: mai • 1757: 16 octobre • 1758: 31 octobre • 1761: 13 octobre; 15 octobre • 1762: 27 septembre •

BERRYER
Pierre-Antoine
1790-1868
Avocat. Homme politique.
• 1826: février • 1830: 24 janvier • 1832: 7 juin; 16 octobre • 1842: 18-20 août • 1843: 29 novembre • 1844: 26 janvier • 1848: *introduction La IIe République*; 23-24 avril • 1850: 26 août; *biographie* au 26 août • 1851: dans *Le coup d'État du 2 Décembre: fin de la IIe République* au 2 décembre • 1852: 12 février • 1862: 7 septembre • 1863: 31 mai-1er juin •

BERSTEIN
Serge
Né en 1934
Historien.
• 1944: *introduction Du Gouvernement provisoire à la IVe République* •

Bersuire
Pierre
• Voir Pierre Bersuire •

Bert
Paul
1833-1886
Physiologiste. Homme politique, ministre.
• 1879: 9 août; décembre • 1881: 25 juillet; 14 novembre; 28 novembre • 1883: 10 mars • 1886: janvier •

Berteaux
Maurice
1852-1911
Ministre.
• 1904: 4 novembre • 1905: 24 janvier • 1911: 2-6 mars; 20 mai •

Bertechramne ou Bertrand
Évêque de Bordeaux de 574 à 585 environ.
• 574 •

Berthaut
Jean Auguste
1817-1881
Général. Ministre.
• 1876: 13 décembre • 1877: 17 mai •

Berthe
Fille de Charibert roi de Paris. Épouse d'Ethelbert roi de Kent.
• 561: *introduction De quatre à un royaume franc* •

Berthe
779/780-après 829
Fille de Charlemagne.
• 768: *introduction Charlemagne* •

Berthe ou Bertrade
Épouse de Pépin le Bref roi des Francs.
• 751: *introduction Pépin le Bref* • 754: 28 juillet •

Berthe de Bourgogne
vers 965-après 1010
Fille de Conrad Ier le Pacifique. Épouse de: 1. Eudes Ier comte de Blois. 2. Robert II le Pieux roi de France.
• 975: 16 janvier • 996: 12 mars; *introduction Robert II le Pieux*; décembre? • 998: novembre; décembre • fin 1003-1004 • 1009-1010 •

Berthe de Hollande
Épouse de Philippe Ier roi de France.
• 1060: *introduction Philippe Ier* • 1072 • 1091 • 1108: *introduction Louis VI* •

Berthelot
Gilles
Président à la Cour des comptes.
• 1518: autres événements •

Berthelot
Henri
1861-1931
Général.
• 1918: 15 juillet •

Berthelot
Jean
Ministre.
• 1940: 6 septembre • 1941: 25 février •

Berthelot
Marcelin
1827-1907
Chimiste. Ministre.
• 1879: 10 décembre; *biographie* au 10 décembre • 1883: 10 mars • 1886: 11 décembre • 1887: 13 avril • 1895: 1er novembre • 1896: 28 mars • 1907: 25 mars • 1927: dans *Ferdinand Buisson* au 8 décembre •

Berthelot
Philippe
1866-1934
Diplomate.
• 1928: 2 mai • 1933: 5 mars • 1940: 6 septembre •

Berthet
Paul
Sculpteur.
• 1889: 3 février •

Berthezène
Pierre
1775-1847
Général. Gouverneur général en Algérie.
• 1831: 21 février; 26 décembre •

Berthier
Louis Alexandre
1753-1815
Maréchal de France. Ministre.
• 1797: 18 octobre; 8 décembre;

9 décembre • 1798: 11 janvier; 11 février; 17 février; 25 février; 26 février; dans *L'expédition d'Égypte* au 5 mars; 27 mars • 1799: 23 août; 11-22 novembre • 1800: 2 avril; 8 octobre • 1804: dans *Grands officiers civils* au 18 mai; dans *Les maréchaux* au 18 mai • 1806: 5 septembre • 1807: 9 août • 1813: 29 avril-4 juin •

BERTHOD
Adrien
1878-1944
Ministre.
• 1932: 3-7 juin • 1934: 29-30 janvier; 9 février; 11-13 mai; 8 novembre •

BERTHOIN
Jean
1893-1977
Ministre.
• 1954: 18 juin • 1955: 23 février • 1958: 9 mai; 1er juin • 1959: 9 janvier; 28 mai •

BERTHOLLET
Claude
1748-1822
Chimiste.
• 1785: autres événements • 1786: mai • 1787: 15 décembre; autres événements • 1789: avril • 1791: autres événements • 1798: dans *L'expédition d'Égypte* au 5 mars • 1799: 23 août • 1806: septembre; *biographie* en septembre • 1808: dans *Malus* au 12 décembre •

BERTHON
André
1882-1968
Avocat.
• 1928: 1er-24 mai •

BERTHOUD
Ferdinand
1727-1807
Horloger suisse.
• 1773: autres événements •

BERTIER DE SAUVIGNY
Louis-Bénigne-François
1737-1789
Intendant.
• 1789: 22 juillet •

BERTIER DE SAUVIGNY
Louis-Jean
1709-1788
Premier président du Parlement de Paris.
• 1766: 3 mars • 1771: 13 avril •

BERTILLON
Adolphe
1821-1883
Médecin, démographe et statisticien.
• 1896: 30 août •

BERTIN
Henri-Léonard-Jean-Baptiste
1719-1792
Lieutenant général de police de Paris. Contrôleur général des Finances. Secrétaire d'État.
• 1715: *introduction Louis XV* • 1758: 31 octobre • 1759: 23 novembre • 1763: 25 mai; 14 décembre • 1774: 2 juin • 1780: 30 mai •

BERTIN
Pierre
1751-1815
Littérateur.
• 1792: autres événements •

BERTIN D'ANTILLY
Auguste-Louis
1763-1804
Auteur dramatique.
• 1794: 15 octobre; 30 octobre •

BERTIN L'AÎNÉ
Louis François
1766-1841
Directeur de presse.
• 1814: 28 octobre • 1829: 10 août •

BERTOLUCCI
Bernardo
Né en 1940
Cinéaste italien.
• 1972: décembre •

BERTON
Germaine
1902-?
Militante anarchiste.
• 1923: 22 janvier •

Berton
Henri-Montan
1767-1844
Compositeur.
• 1790: 23 août •

Berton
Jean-Baptiste Breton, dit
1769- 1822
Général. Homme politique.
• 1822: 24 février; 20 mars; 26 août-13 septembre •

Bertrade de Montfort
vers 1070-après 1115
Épouse de: 1. Foulques Réchin comte d'Anjou. 2. Philippe Ier roi de France.
• 1060: *introduction Philippe Ier* • 1091 • 1096: 16 mars • 1099: autres événements • 1104: 30 juillet • 1105: 2 décembre • 1106: 10 octobre • 1108: *introduction Louis VI* •

Bertran
vers 1068-1112
Fils de Raimon IV de Saint-Gilles.
• 1105: 28 février •

Bertran d'Alamanon
† 1270
Troubadour.
• 1212: dans *Littérature et politique au temps de la croisade albigeoise* dans autres événements •

Bertran Ier de Provence
Comte de Provence de 1019 à 1051.
• 1031: printemps • 1032: 6 septembre • 1037: mai •

Bertran II de Provence
† 1090
Fils de Geoffroi/Joufré Ier. Comte de Provence de 1064 environ à 1090.
• 1065 • 1081: 25 août • 1090 •

Bertrand
Évêque du Mans de 586 à 626.
• 616 •

Bertrand
Antoine de
vers 1540-vers 1581
Compositeur.
• 1578: autres événements •

Bertrand
Antoine-Marie
1754-1796
Maire de Lyon.
• 1793: 5 mars •

Bertrand
Élie
1713-1797
Littérateur et savant suisse.
• 1763: autres événements •

Bertrand
Henri-Gratien, comte
1773-1844
Général.
• 1804: dans *Grands officiers civils* au 18 mai • 1840: 7 juillet •

Bertrand
Jean
Garde des Sceaux.
• 1551: 22 mai •

Bertrand
Louis Jacques Napoléon, dit Aloysius
1807-1841
Écrivain.
• 1843: 2 décembre •

Bertrand
William
1881-1961
Ministre.
• 1934: 5-8 janvier; 9 février; 11-13 mai; 8 novembre • 1935: 6-7 juin • 1936: 19-31 janvier • 1938: 18 janvier •

Bertrand Boysset
Auteur.
• 1373-1375 •

Bertrand de Bar-sur-Aube
Auteur.
• 1205-1225 •

Bertrand de Got
• Voir Clément V •

Bertrand de Molleville
Antoine-François
1744-1818
Ministre de la Marine.
• 1791: 6 octobre • 1792: 9 mars; 15 août •

Bertrand du Guesclin
vers 1320-1380
Connétable de France de 1370 à 1380.
• 1356: 3 octobre • 1364: 16 mai • 1365: 22 août • 1366: 5 avril • 1367: 3 avril; novembre • 1368: 17 janvier • 1369: 14 mars • 1370: 2 octobre; *biographie* au 2 octobre • 1372: 7 juillet; 8 septembre; 11 décembre • 1373: mars; avril; 24 mars • 1378: 20 avril • 1380: 24 janvier • 1389: 1er-6 mai •

Bertrand-Fontaine
Thérèse
Née en 1895
Médecin.
• 1930: autres événements •

Bertrandon de la Broquière
Auteur.
• 1430: dans *Gilbert de Lannoy* dans autres événements •

Bérulle
Pierre de
1575-1629
Fondateur de la congrégation de l'Oratoire. Cardinal.
• 1604: octobre • 1610: *introduction Louis XIII*; dans *Marie de Médicis* au 15 mai • 1611: 11 novembre; *biographie* au 11 novembre • 1618: 7 novembre; dans *Le siècle des saints* au 7 novembre • 1619: 12 mai • 1623: autres événements • 1627: 30 avril • 1638: dans *Le jansénisme* au 6 mai; dans *Saint-Cyran* au 14 mai; autres événements • 1670: dans *Prédication et prédicateurs* en novembre •

Berville
Saint-Albin
1788-1868
Magistrat et historien.
• 1834: dans *Le siècle de l'histoire* au 18 juillet •

Berwick
Jacques Fitz-James Stuart, duc de
1670-1734
Fils naturel de Jacques II Stuart. Maréchal de France.
• 1707: 25 avril • 1714: 12 septembre • 1715: *introduction Louis XV* • 1719: 20-21 avril; 19 août • 1733: dans *La guerre de Succession de Pologne* au 5 octobre •

Besançon
Alain
Né en 1932
Historien.
• 1994: avril •

Bescherelle
Henri
1804-1852
Grammairien.
• 1834: 12 juillet •

Bescherelle
Louis Nicolas
1802-1889
Grammairien.
• 1834: 12 juillet •

Besenval
Pierre-Joseph-Victor de
1721-1791
Baron.
• 1789: 12 juillet; 14 juillet; 22 juillet; 14 octobre •

Besnard
Armand Louis Charles Gustave
1833-1903
Vice amiral. Ministre.
• 1895: 27 janvier • 1896: 29 avril •

Besnard
René
1879-1952
Ministre.
• 1913: 11 janvier; 21 janvier • 1917: 12-19 septembre • 1930: 20-25 février •

Besoigne
Jérôme
1686-1763
Prêtre.
• 1737: autres événements •

Bessarion
1400-1472
Cardinal.
• 1472: 31 octobre • 1495: dans *Les premiers humanistes: Gaguin, Fichet, Tardif* dans autres événements •

Besse
Georges
1927-1986
Président de société, dont la Régie Renault.
• 1986: 17 novembre •

Besse
René
1891-1947
Ministre.
• 1936: 19-31 janvier •

Bessemer
Sir Henry
1813-1898
Industriel et ingénieur anglais.
• 1856: 21 août •

Bessières
Jean-Baptiste
1768-1813
Maréchal de France.
• 1804: dans *Les maréchaux* au 18 mai •

Besson
Luc
Né en 1959
Cinéaste.
• 1988: avril •

Béthisy
Charles, marquis de
1770-1827
Homme politique.
• 1815: *introduction La seconde Restauration*
• 1816: 2-12 janvier •

Béthisy de Mézières
Henri-Benoît-Jules de
1744-1817
Évêque d'Uzès.
• 1790: 19 avril • 1791: 7 juin •

Bethmann Hollweg
Theobald von
1856-1921
Chancelier allemand.
• 1914: 5-6 juillet; 28 juillet; 31 juillet •

Bethmont
Eugène
1804-1860
Homme politique, ministre.
• 1848: 24 février; 11 mai; 20 mai; 28 juin; 18 juillet; 13 octobre •

Béthouart
Antoine Émile
1889-1982
Général.
• 1944: 20 mars •

Béthune
Philippe de
Auteur.
• 1632: autres événements •

Bétolaud
Robert
1901-1985
Ministre.
• 1948: 11 septembre •

Bettelheim
Bruno
1903-1990
Psychanalyste américain.
• 1969: autres événements •

Bettencourt
André
Né en 1919
Ministre.
• 1968: 1er juin; 10 juillet • 1969: 21 juin •

Beugnot
Auguste
1797-1865
Homme politique.
• 1845: 11-12 juin • 1849: 18 juin; 24 décembre •

Beugnot
Jacques, comte de
1761-1835
Homme politique, ministre.
• 1814: 13 mai; 22 mai; 3 décembre
• 1818: 14-18 décembre •

Beulé
Charles
1826-1874
Archéologue. Homme politique, ministre.
• 1873: 25 mai •

Beullac
Christian
Né en 1923
Ministre.
• 1976: 27 août • 1977: 31 mars • 1978: 4-6 avril •

Beurnonville
Pierre de Riel de
1752-1821
Maréchal de France. Ministre.
• 1792: 19 septembre • 1793: 4 février; 30 mars; 1er avril; 4 avril • 1795: 26 décembre • 1796: 14 mars; 23 septembre; 8 décembre • 1814: 1er avril •

Beuve-Méry
Hubert
1902-1989
Fondateur et directeur du quotidien Le Monde.
• 1940: 28 septembre • 1944: 18 décembre • 1946: *introduction La IVe République* • 1947: juillet •

Beuvron
François d'Harcourt, marquis de
• 1627: dans *Le héros baroque et le duel* au 22 juin •

Bévezier
Bataille du cap Beachy-Head, dite de
1690
• 1690: 10 juillet; dans *Tourville* au 10 juillet •

Bevin
Ernest
1881-1951
Ministre britannique.
• 1947: 4 mars; 3 juillet •

Beyle
Henri
• Voir Stendhal •

Beyrouth
• 1840: 14 août; 11 septembre; 2 octobre •

Beysser
Jean-Michel
1739-1815
Commandant en chef de l'armée des Côtes-de-La-Rochelle.
• 1793: 12 juillet; 17 juillet; 27 juillet; 19 août; 21 septembre •

Bèze
Théodore de
1519-1605
Juriste. Théologien protestant.
• 1515: *introduction François Ier* • 1536: dans *Calvin et l'Institution de la religion chrétienne* en mars 1536 • 1550: 31 mai • 1560: *introduction Charles IX* • 1561: 24 août; 9 septembre-14 octobre • 1562: avril; dans *Goudimel* dans autres événements • 1564: 27 mai; *biographie* au 27 mai • 1574: autres événements • 1580: autres événements •

Bezout
Étienne
1730-1783
Mathématicien.
• 1779: autres événements •

BFCI
(Banque française pour le commerce et l'industrie)
• 1899: autres événements •

BHV
(Bazar de l'Hôtel de Ville)
• 1855: autres événements •

Biafra
Génocide du (Nigeria)
• 1970: 17 janvier •

Bianciotti
Hector
Né en 1930
Écrivain de langue française d'origine argentine.
• 1985: autres événements •

Bianco
Jean-Louis
Né en 1943
Ministre.
• 1991: 25 mai • 1992: 2 avril •

Biard le fils
Pierre
1592-1661
Sculpteur.
• 1639: 27 septembre •

Biart
Colin
1460-1516
Architecte.
• 1495-1496 • 1499: autres événements •

Bibliothèque nationale
(de France)
• 1717: 22 décembre • 1719: 15 septembre • 1720: janvier; mars; autres événements • 1721: 14 septembre • 1724: 16 mai

Bignon
Jean-Paul
1662-1743
Fils de Jérôme Bignon. Directeur de la Librairie. Bibliothécaire du roi de 1719 à 1742.
• 1689: dans *Pontchartrain* au 4 octobre • 1699: autres événements • 1719: 15 septembre • 1720: janvier; mars • 1721: 14 septembre •

Bignon
Jérôme
1589-1656
Avocat général au Parlement de Paris. Théoricien politique.
• 1589: *introduction Henri IV* • 1610: autres événements; dans *Deux théoriciens du pouvoir monarchique: Loyseau et Bignon* dans autres événements •

Bignon
Louis
1771-1841
Homme politique, ministre.
• 1830: 31 juillet; 1er août; 11 août •

Bigot
Trophime, dit le « Maître à la chandelle »
1579-après 1649
Peintre.
• 1613: dans *Les caravagesques français* à fin 1613 ou début 1614 •

Bigot de Préameneu
Félix Julien Jean
1747-1825
Juriste. Homme politique, ministre.
• 1804: dans *Le Code civil* au 21 mars • 1808: 4 janvier • 1810: 2 mars •

Bigot de Sainte-Croix
Louis
1743-1803
Ministre des Affaires étrangères.
• 1792: 23 juillet •

Bilal
Enki
Né en 1951
Auteur de bandes dessinées.
• 1990: décembre •

Billardon de Sauvignon
Louis-Edme
1730-1809
Auteur.
• 1791: 13 juillet •

Billaud-Varenne
Jacques-Nicolas
1756-1819
Avocat. Député.
• 1789: *introduction Louis XVI et la Révolution* • 1791: juillet; *biographie* en juillet • 1792: 29 janvier; 15 juillet; *introduction La République jacobine*; 19 septembre; 22 septembre • 1793: dans *Barère* au 4 janvier; 31 mai; 2 juin; 9 juin; 10 juillet; 15 juillet; 20 juillet; 29 juillet; dans *Lazare Carnot* au 14 août; 29 août; 2 septembre; 5 septembre; 6 septembre; 29 octobre; 18 novembre; dans *Les Cordeliers* au 17 décembre • 1794: 13 janvier; 12 mars; 14 mars; 16 mars; 20 avril; 25 juin; 26 juin; 29 juin; 26 juillet; 27 juillet; *introduction La République thermidorienne*; 29 juillet; 29 août; 1er septembre; 3 octobre; 3 novembre; 27 décembre • 1795: 2 mars; 22 mars; 1er avril; 26 mai; 26 octobre •

Billault
Adolphe
1805-1863
Homme politique, ministre.
• 1844: 19 janvier • 1854: 23 juin; *biographie* au 23 juin; 12 novembre • 1858: 7 février • 1859: 1er novembre • 1860: 22 novembre • 1863: 23 juin; 13 octobre •

Billé
Louis-Marie
Né en 1938
Ecclésiastique. Président de la conférence des évêques de France.
• 1996: 4-9 novembre •

Billetdoux
François
1927-1991
Écrivain.
• 1959: 26 janvier • 1964: 11 mars •

Billières
René
Né en 1910
Ministre.
• 1956: 1er février • 1957: 12 juin; 6 novembre • 1958: 9 mai •

BILLIORAY
Alfred Édouard
1841-1877
Artiste peintre. Membre de la Commune de 1871.
• 1871: 12 mai •

BILLOT
Jean-Baptiste
1828-1907
Général. Homme politique, ministre.
• 1882: 30 janvier; 7 août • 1883: 28 janvier • 1896: 29 avril • 1898: 13 janvier; 15 janvier •

BILLOTTE
Gaston
1875-1940
Général.
•1940: 21 mai •

BILLOTTE
Pierre
1906-1992
Général. Ministre.
• 1955: 6, 20 octobre • 1966: 8 janvier • 1967: 6-7 avril •

BILLOUX
François
1903-1978
Ministre.
• 1940: 20 mars-3 avril • 1944: 4 avril; 2 septembre; 5 septembre; 9 septembre • 1946: 23-29 janvier; 19-26 juin • 1947: 22 janvier; 4 mai •

BINEAU
Jean Martial
1805-1855
Homme politique, ministre.
• 1849: 31 octobre • 1852: 23 janvier •

BINET
Alfred
1857-1911
Psychologue et physiologiste.
• 1903: juin •

BINET
François
1880-1930
Ministre.
• 1926: 8 avril; 23 juin •

BINGEN
Jacques
1908-1944
Résistant.
• 1943: 21 juin •

BIOT
Jean-Baptiste
1774-1862
Physicien et astronome.
• 1803: 26 avril; *biographie* au 26 avril • 1806: dans *Berthollet et Gay-Lussac* en septembre • 1822: 16 février • 1848: dans *François Arago* au 27 avril •

BIR HAKEIM
Bataille de
1942
• 1942: 26-11 juin •

BIRAGUE
René de
1506-1583
Garde des Sceaux. Chancelier.
• 1560: *introduction Charles IX* • 1571: 17 mars; 12 septembre • 1572: 23 août • 1574: début septembre; 13 novembre • 1581: 4 juillet • 1583: autres événements • 1586: 19 août •

BIRON
Armand de Gontaut, baron de
1524-1592
Maréchal de France. Gouverneur de La Rochelle.
• 1569: octobre-décembre • 1570: 8 août • 1572: novembre • 1574: *introduction Henri III* • 1588: 13 mai • 1589: 21 septembre • 1591: 6 juin • 1592: 9 août •

BIRON
Armand-Louis de Gontaut de Lauzun de
1747-1793
Général.
• 1775: 9 mars • 1793: 30 avril; 12 juillet; 31 décembre •

BIRON
Charles de Gontaut, baron de
1562-1602
Fils d'Armand de Gontaut de Biron. Maréchal.
• 1589: *introduction Henri IV*; 21 septembre • 1593: 8-17 juin • 1595: 19 mars; 15, 22 et 28 mai • 1596: septembre • 1597: 11 mars-25 septembre • 1599: 13 septembre • 1600: juillet-novembre • 1601: sep-

tembre • 1602: mars-juillet; mai; 2 octobre; octobre-novembre • 1603: juin •

BIROTTEAU
Jean-Bonaventure Blaise Hilarion
1758-1793
Avocat. Député.
• 1793: 11 juillet •

BISMARCK
Otto von
1815-1898
Homme d'État allemand. Chancelier de 1871 à 1890.
• 1836: dans *Thiers* au 22 février • 1855: 8 février • 1863: 23-24 octobre • 1864: 16 janvier; 1er février • 1865: 4-12 octobre • 1866: 9 avril; 26 juillet; 5- 7 août; 17 août • 1867: 7-11 mai; 14 juillet • 1869: septembre • 1870: 24 février; 3 juillet; 13 juillet; 19 juillet; 16 août; *introduction La IIIe République: De la chute du Second Empire à la Première Guerre mondiale*; 6 septembre; 20-21 septembre; 1er-5 novembre • 1871: 3 février; 21-24 février; 25 mars; 6 mai; dans *Jules Favre* au 22 juillet; 24 novembre • 1875: avril-mai • 1884: 19 juin • 1887: 11 janvier; 30 mai •

BIXIO
Jacques Alexandre
1808-1865
Savant. Homme politique, ministre.
• 1848: 20 décembre; 27-28 décembre •

BIZERTE
• 1938: 8 janvier • 1939: 3-6 janvier • 1941: 11 mai-6 juin • 1943: 7-9 mai • 1957: 1er juin • 1958: 13-21 février; 15 avril •

BIZET
Georges
1838-1875
Compositeur.
• 1859: dans *La musique lyrique sous le Second Empire* au 19 mars • 1863: 30 septembre • 1866: dans *Daudet* au 27 novembre • 1875: 2 juin • 1894: dans *Massenet* dans autres événements • 1982: octobre •

BIZOT
Jean-François
Né en 1944
Journaliste.
• 1970: 23 octobre •

BLACAS D'AULPS
Pierre Louis Jean Casimir, duc de
1771-1839
Homme politique et diplomate.
• 1813: 1er décembre • 1814: *introduction La première Restauration*; 13 mai; *biographie* au 13 mai • 1815: 22 juin; 23 juin; 17 août • 1817: 28 juillet • 1820: 1er novembre •

BLAD
Claude-Antoine-Auguste
1764-1802
Député.
• 1795: 1er juillet; 27 juillet •

BLAINVILLE
Charles de
vers 1710-vers 1777
Compositeur.
• 1767: autres événements •

BLAIR
Anthony, dit Tony
Né en 1953
Premier ministre britannique.
• 1981: *introduction La Ve République: De la France mitterrandienne aux cohabitations politiques* •

BLAISOT
Camille
1881-1945
Ministre.
• 1931: 27 janvier • 1932: 20 février •

BLANC
Christian
Né en 1942
Haut fonctionnaire. Président de sociétés.
• 1988: 26 juin •

BLANC
Jean-Jacques
Typographe.
• 1863: 24 mai; 31 mai-1er juin •

BLANC
Jules
1881-1960
Homme politique.
• 1916: 24-30 avril •

Blanc
Louis
1811-1882
Historien. Réformateur social et homme politique.
• 1831: dans *Godefroy Cavaignac* au 6, 16 avril • 1834: avril • 1840: juin; *biographie* dans *Socialismes et utopies* en juin • 1841: 4 décembre • 1843: 29 juillet • 1847: 6 février • 1848: 24 février; *introduction La IIe République*; 25 février; 26 février; 28 février; 1er mars; dans *Caussidière* au 24 mars; 3 avril; 13-15 avril; 16 avril; 23-24 avril; 10 mai; dans *Flocon* au 11 mai; 15 mai; 31 mai; dans *Crémieux* au 7 juin; 3 août; 25 août • 1849: dans *Ledru-Rollin* au 27 janvier • 1850: 11 août • 1852: *introduction Le Second Empire* • 1870: *introduction La IIIe République: De la chute du Second Empire à la Première Guerre mondiale* • 1871: 8 février; 19 mars; 20 mars • 1872: dans *Renouvier et Barni* au 15 août; 22 septembre • 1873: 17 octobre • 1874: 2-4 juin • 1877: 16-18 juin • 1878: juin; 14 juillet • 1879: 19 février • 1880: 22 janvier; mai • 1881: 5 septembre •

Blanchard
Esprit
1696-1795
Compositeur.
• 1745: autres événements •

Blanchard
Georges Marie
1877-1954
Général.
• 1940: 21 mai •

Blanchard
Jacques
1600-1638
Peintre.
• 1624: autres événements • 1629: autres événements • 1634: autres événements • 1640: dans *La grande peinture: entre baroque et classicisme* au 17 décembre • 1671: dans *La peinture selon l'Académie* au 12 juin •

Blanchard
Jean-Pierre
1753-1809
Aéronaute.
• 1785: autres événements •

Blanche
Émile
1820-1893
Médecin psychiatre.
• 1883: dans *Maupassant* en avril • 1854: dans *Nerval* au 27 janvier •

Blanche
Francis
1919-1974
Acteur.
• 1955: dans *Europe n°1* au 3 avril • 1959: septembre •

Blanche
Jacques-Émile
1861-1942
Peintre et écrivain.
• 1924: juin •

Blanche d'Anjou
Fille de Charles II d'Anjou. Épouse de Jacques II roi d'Aragon.
• 1285: janvier •

Blanche d'Artois
Fille de Robert d'Artois. Reine de Navarre. Épouse de: 1. Henri III comte de Champagne et roi de Navarre. 2. Edmond d'Angleterre.
• 1226: *introduction Louis IX* • 1269: autres événements • 1274: novembre • 1275: mai; entre le 18 décembre 1275 et le 18 janvier 1276 • 1284: 17 mai •

Blanche de Bourgogne
Fille d'Otton IV. Épouse de Charles IV le Bel, roi de France.
• 1285: *introduction Philippe IV le Bel* • 1314: janvier • 1322: *introduction Charles IV le Bel*; 19 mai •

Blanche de Castille
† 1252
Épouse de Louis VIII roi de France. Régente de 1226 à 1234.
• 1199: 13 janvier • 1200: 23 mai • 1223: *introduction Louis VIII* • 1225-1230 • 1226: 3 novembre; *introduction Louis IX* • 1227: mars; 16 mars • 1228: autres événements • 1229: été • 1230: 3 mai; juillet-septembre • 1233: 27 juillet • 1236: autres événements • 1237: 7 juin • 1240: 24 juin • 1241: autres événements • 1243: janvier • 1245: 19 août; novembre • 1251: juin • 1252: 27 novembre ou 1er décembre •

Blanche de France
Fille de Louis IX roi de France. Épouse de Ferdinand de Castille.
• 1226 : *introduction Louis IX* • 1275 : août • 1276 •

Blanche de France
Fille de Philippe III le Hardi roi de France.
• 1270 : *introduction Philippe III le Hardi* • 1299 : 8 décembre •

Blanche de France
† 1348
Fille de Philippe V le Long roi de France.
• 1316 : *introduction Philippe V le Long* •

Blanche de France
1328-1393
Fille de Charles IV le Bel roi de France. Épouse de Philippe Ier d'Orléans.
• 1322 : *introduction Charles IV le Bel* •

Blanche de Navarre
Fille de Sanche VI roi de Navarre. Épouse de Thibaud III comte de Champagne.
• 1195 : autres événements • 1201 : 24 mai • 1205 : printemps • 1207 : autres événements • 1213 : 21 novembre • 1219 : avril •

Blanche de Navarre
Fille de Thibaud IV/Ier de Champagne roi de Navarre. Épouse de Jean Ier le Roux de Bretagne.
• 1236 : 8 juin •

Blanche de Navarre
† 1302
Reine douairière de Navarre.
• 1302 : 2 mai •

Blanche de Navarre
† 1398
Fille de Jeanne reine de Navarre. Épouse de Philippe VI roi de France.
• 1328 : *introduction Philippe VI* • 1350 : 19 janvier •

Blanche de Savoie
Fille d'Aymon comte de Savoie. Épouse de Galeazzo II Visconti.
• 1350 : autres événements •

Blanche de Valois
Demi-sœur de Philippe VI roi de France. Épouse de Charles IV empereur.
• 1328 : *introduction Philippe VI* •

Blanchot
Maurice
Né en 1907
Écrivain.
• 1930 : avril • 1946 : juin • 1947 : dans *Robert Antelme* en avril • 1949 : juin ; juillet • 1955 : juin • 1956 : 17 septembre • 1961 : dans *Emmanuel Levinas* au 30 mars ; mai • 1969 : novembre •

Blancmesnil
René Potier de
† 1680
Président au Parlement de Paris.
• 1643 : *introduction Louis XIV* • 1648 : 26-28 août •

Blancrocher
Luthiste.
• 1660 : dans *Moulinié* au 2 février •

Blancsubé
Marie Jules
1834-1888
Homme politique.
• 1882 : 19 juillet •

Blanqui
Louis-Auguste
1805-1881
Homme politique.
• 1832 : janvier ; *biographie* en janvier • 1835 : décembre 1835-janvier 1836 ; dans *Barbès* en décembre 1835-janvier 1836 • 1839 : 12 mai • 1840 : janvier ; juin ; dans *Socialismes et utopies* en juin • 1848 : *introduction La IIe République* ; 6 mars ; 17 mars ; 16 avril ; 23-24 avril ; 15 mai ; 22 mai • 1849 : 7 mars-2 avril • 1864 : 17 février • 1870 : 14 août ; 4 septembre ; 6-12 septembre ; 31 octobre ; 1er novembre • 1871 : 8 février ; 9-12 mars ; 17 mars ; 6 avril ; dans *Tridon* au 15 mai ; 26 mai • 1879 : 21 avril ; 11 juin ; 31 août • 1882 : dans *Le socialisme français* en septembre • 1888 : dans *Eudes* au 21 mars •

Blanzat
Jean
1906-1977
Écrivain.
• 1942 : autres événements •

Bléhaut
Henri
1889-1962
Amiral. Ministre.
• 1943: 26 mars •

Bléneau
Bataille de
• 1652: 6-7 avril •

Blenheim
Batailles de
• Voir Höchstädt, batailles de •

Blériot
Louis
1872-1936
Aviateur. Constructeur d'avions.
• 1870: *introduction La IIIe République: De la chute du Second Empire à la Première Guerre mondiale* • 1890: dans *Ader* au 9 octobre • 1909: 25 juillet • 1913: 23 septembre •

Bleustein-Blanchet
Marcel
1906-1996
Fondateur de Publicis.
• 1926: autres événements •

Blier
Bertrand
Né en 1939
Cinéaste.
• 1974: mars •

Blin
Roger
1907-1984
Écrivain, acteur et metteur en scène.
• 1946: 7 juin • 1947: dans *Saint-Germain-des-Prés* au 3 mai • 1952: 15 février-10 mars; 5 juin • 1953: 5 janvier • 1959: octobre • 1966: 16 avril •

Blin de Bourdon
Marie Louis Alexandre
1782-1849
Homme politique.
• 1844: 26 janvier •

Blitzkrieg
• Voir Guerre éclair •

Bloc national
1919-1924
• 1870: *introduction La IIIe République. D'une guerre à l'autre* • 1919: 22 octobre; 16 novembre • 1923: 14 octobre • 1924: 31 janvier-6 février; 12 mai; dans *Herriot* au 12-14 juin; 18 décembre •

Bloch
Jean-Richard
1884-1947
Écrivain.
• 1911: autres événements •

Bloch
Marc
1886-1944
Historien.
• 1914: *introduction La IIIe République: D'une guerre à l'autre* • 1915: 19 janvier • 1929: janvier; dans *L'École des Annales* en janvier • 1940: *introduction État français et France libre*; décembre • 1941: 29 novembre • 1946: mai • 1949: mai •

Bloch
Raymond
1914-1997
Historien.
• 1964: novembre •

Bloch-Lainé
François
Né en 1912
Haut fonctionnaire.
• 1940: 28 septembre • 1954: dans *Pierre Mendès France* au 12 juin • 1963: mars •

Block
Maurice
1816-1901
Économiste.
• 1861: autres événements •

Blocq-Mascart
Maxime
1894-1965
Conseiller d'État.
• 1943: 21 juin; 25 juin •

Blocus continental
• 1799: *introduction Napoléon Bonaparte* • 1806: avril; 16 mai; 21 novembre • 1807: 7 janvier; 19 février; 29 juillet; 23 novembre; 17 décembre • 1810: 6 janvier; 14 janvier;

25 juillet; septembre 1810-mai 1811 • 1811: 25 mars • 1812: 20 janvier •

BLOIS
• Voir Étienne-Henri • Eudes Ier de Blois • Eudes II de Blois • Thibaud le Tricheur • Thibaud II • Thibaud III de Blois/Ier de Champagne • Thibaud IV de Blois/II de Champagne • Thibaud V de Blois •

BLOIS
Château de
• 1499: 22 décembre • 1537: 28 décembre • 1544: 22 mai • 1547: *introduction Henri II* • 1560: février-mars •

BLOIS
Édit de
1547
• 1547: 8 octobre •

BLOIS
Édit de
1602
• 1602: avril •

BLOIS
Françoise-Marie de Bourbon dite Mlle de
1677-1749
Fille légitimée de Louis XIV et de Mme de Montespan. Épouse de Philippe II d'Orléans, Régent.
• 1643: *introduction Louis XIV* • 1669: dans *Mme de Montespan* dans autres événements • 1681: 14 novembre • 1692: 18 février • 1715: dans *Mme de Maintenon* au 25 août; *introduction Louis XV* • 1716: dans *Dubois* au 2 janvier •

BLOIS
Marie-Anne de Bourbon, duchesse de La Vallière, dite Mlle de
1666-1739
Fille légitimée de Louis XIV et de Mme de La Vallière. Épouse de Louis-Armand de Bourbon, prince de Conti. Duchesse douairière de Conti.
• 1680: 16 janvier •

BLOIS
Ordonnance de (Grande)
1499
• 1499: mars • 1510: juin •

BLOIS
Ordonnance de
1506
• 1506: 22 novembre •

BLOIS
Ordonnance de
1579
• 1574: *introduction Henri III* • 1579: mai •

BLOIS
Traité de
1499
• 1499: 9 février •

BLOIS
Traité de
1504
• 1498: *introduction Louis XII* • 1504: 22 septembre • 1505: avril •

BLOIS
Traité de
1572
• 1572: 19 avril •

BLONCOURT
Élie
1896-1978
Cofondateur du Populaire.
• 1941: décembre •

BLONDEL
François
vers 1617-1686
Architecte.
• 1666: autres événements • 1667: dans *Les architectes de Louis XIV* au 14 mai • 1671: décembre • 1673: autres événements • 1683: autres événements •

BLONDEL
Jacques-François
1705-1774
Architecte.
• 1737: autres événements • 1752: autres événements • 1771: autres événements •

BLONDEL
Maurice
1861-1949
Philosophe.
• 1900: dans *Maurras* en juillet • 1934: février •

BLONDET
André
Trésorier de l'épargne.
• 1547 : 1er avril •

BLONDIN
Antoine
1922-1991
Écrivain.
• 1950 : dans *Les hussards* en septembre • 1962 : mai •

BLOY
Léon
1846-1917
Écrivain.
• 1874 : dans *Barbey d'Aurevilly* en novembre • 1887 : 29 janvier ; *biographie* au 29 janvier • 1902 : juillet • 1905 : autres événements • 1914 : octobre • 1926 : dans *Bernanos* en mars •

BLÜCHER
Gebhard Leberecht, prince
1742-1819
Maréchal prussien.
• 1813 : 29 juin ; 14 août-2 novembre ; 15 décembre • 1814 : 1er janvier ; 24 janvier ; 4 février ; 10-18 février ; 1er mars ; 30 mars ; 31 mars • 1815 : 14-18 juin ; 23 juin ; 29 juin ; 1er juillet ; 3 juillet ; 6 juillet ; 9 juillet ; 10 juillet ; 20 juillet •

BLUM
Léon
1872-1950
Homme politique. Président du Conseil.
• 1904 : 18 avril • 1906 : dans *Caillaux* au 22 octobre • 1914 : *introduction La IIIe République : D'une guerre à l'autre* • 1920 : dans *Le congrès de Tours* au 25-30 décembre ; *biographie* au 25-30 décembre • 1924 : 2 juin • 1927 : dans *Daladier* au 27 octobre • 1930 : dans *Thorez* au 23 avril • 1925 : 18 août • 1926 : 10 janvier • 1932 : dans *Les fondateurs d'Esprit* en octobre ; 6 novembre • 1933 : 17 avril • 1934 : 7 février ; 16 février • 1935 : 15-31 mars ; 5-12 mai ; 6 décembre ; 17-28 décembre • 1936 : 13-16 février ; 26 avril-3 mai ; 4-5 mai ; 10 mai ; 31 mai ; 4 juin ; 5-6 juin ; 7 juin ; 9 juin ; 1er juillet ; 24-juillet-10 août ; 2 août ; 26 août ; 9 septembre ; 17 septembre ; dans *Les volontaires français* au 22 octobre ; 13-18 novembre • 1937 : 11 février ; 13 février ; 14 février ; 25-26 février ; 16 mars ; 15 juin ; 21-22 juin ; 11 juillet • 1938 : 13 janvier ; 16 janvier ; 8 février ; 10 mars ; 14 mars ; 4-6 avril ; 7-8 avril ; dans *Georges Bonnet* au 9 juin ; 17 septembre ; dans *Munichois et antimunichois* au 4 octobre • 1940 : 19-20 mars ; dans *Paul Reynaud* au 21-22 mars ; dans *Les quatre-vingts* au 10 juillet ; dans *Les Français de Londres* au 7 août ; 8 septembre-14 novembe ; 1er décembre • 1941 : 16 octobre ; 12 novembre • 1942 : 19 février ; 1943 : 15 mars ; 31 mars-5 avril • 1944 : avril ; *introduction Du Gouvernement provisoire à la IVe République* • 1945 : mars ; 20 mai ; 12 juin ; 1er novembre ; 13-19 novembre • 1946 : 28 mai ; 12 décembre ; 16 décembre • 1947 : janvier ; 14 janvier ; dans *Vincent Auriol* au 16 janvier ; 22 janvier ; 16 octobre • 1948 : dans *Jules Moch* au 7, 11 octobre • 1954 : dans *Pierre Mendès France* au 12 juin • 1981 : dans *François Mitterrand* au 21 mai •

BLUM-BYRNES
Accords
• 1946 : 28 mai •

BLUM-VIOLLETTE
Accord
• 1938 : 8 février •

BLUMEL
André
1893-1973
Avocat. Directeur de cabinet de Léon Blum.
• 1936 : 30 décembre • 1937 : 16 mars •

BMTP
1967
Groupe de peintres.
• 1967 : 3 janvier •

BNCI
(Banque nationale du commerce et de l'industrie)
• 1946 : 2 décembre • 1966 : mai •

BNP
(Banque nationale de Paris)
• 1859 : 7 mai • 1966 : mai • 1993 : 8 juillet • 1999 : 9 mars ; 5 juillet •

Bo
Jean-Baptiste-Jérôme
1743-1814
Député à la Convention.
• 1795: 9 août •

Boaistuau
Pierre
† 1566
Éditeur, auteur.
• 1585: dans *Nouvellistes et conteurs* dans autres événements •

Boat-people
• 1978: 27 novembre • 1979: 26 juin •

Bobet
Louison
1925-1983
Coureur cycliste.
• 1953: 26 juillet •

Bobin
Christian
Né en 1951
Écrivain.
• 1990: février •

Bobino
Café-concert.
• 1878: autres événements •

Boccace
† 1375
Auteur italien.
• 1414: autres événements • 1466: autres événements • 1371-1375: dans *Les traducteurs de Charles V et des Ducs* • 1335-1389 • 1395: autres événements • 1403: autres événements •

Boccador
Domenico Bernabei, dit Domenico da Cortona ou le
† 1549
• 1519: autres événements • 1533: autres événements •

Boccioni
Umberto
1882-1913
Peintre italien.
• 1912: dans *Le futurisme en peinture* au 5 février •

Bochart de Champigny
Jean
1561-1630
Surintendant des finances.
• 1624: 27 août •

Bochetel
Guillaume
Secrétaire des finances.
• 1550: mars-avril •

Bodard
Lucien
1914-1998
Reporter et écrivain.
• 1954: 7 mai •

Bodin
Jean
1529-1596
Juriste. Théoricien politique.
• 1563: 17 août • 1566: autres événements • 1568: autres événements • 1574: *introduction Henri III* • 1576: 6 décembre; autres événements; *biographie* dans autres événements • 1580: autres événements • 1588: autres événements • 1610: introduction *Louis XIII*; dans *Deux théoriciens du pouvoir monarchique: Loyseau et Bignon* dans autres événements • 1632: dans *Cardin Le Bret* dans autres événements • 1634: dans *Sorciers et sorcières* au 18 août •

Bodin
Louise
1877-1929
Militante féministe et pacifiste.
• 1917: 31 octobre •

Bodin de Boismortier
Joseph
1689-1755
Compositeur.
• 1724: autres événements • 1725: autres événements • 1729: autres événements • 1731: autres événements • 1732: autres événements • 1736: autres événements • 1737: autres événements •

Bodson
Joseph
1765-?
Compositeur.
• 1795: 10 septembre •

Boegner
Marc
1881-1970
Pasteur.
• 1942: 7-30 août •

Boers
Guerre des
1899-1902
• 1900: 10 avril •

Boesset
Antoine
1586-1683
Compositeur.
• 1602: dans *L'air de cour* dans autres événements •

Boffard
Gabriel
1667-1754
Architecte.
• 1736: autres événements •

Boffrand
Germain
1667-1754
Architecte.
• 1674: autres événements •

Bogart
Humphrey
1899-1957
Acteur américain.
• 1947: 23 mai •

Boghem
Loys van
vers 1470-vers 1540
Architecte flamand.
• 1513: autres événements •

Bogomolov
Alexandre
Diplomate soviétique.
• 1942: 6 juin • 1943: 2-9 octobre •

Bohémond III
Fils de Raimond de Poitiers prince d'Antioche.
• 1149: juin •

Bohémond de Tarente
1050/1058-1111
Fils de Robert Guiscard. Prince d'Antioche en 1098.
• 1060: *introduction Philippe Ier* • 1099: 7 janvier • 1106: 25 mars-26 mai; 25 juin • 1111: autres événements •

Bohier
Antoine
• 1554: février-août • 1555: mars-juin •

Bohier
Jacques
Général des finances de Normandie. Acheteur de la seigneurie de Chenonceaux.
• 1513: autres événements •

Böhm
Karl
1894-1981
Chef d'orchestre allemand.
• 1952: mai • 1973: 22 février •

Boïeldieu
François Adrien
1775-1834
Compositeur.
• 1797: autres événements • 1798: 11 mai • 1823: dans *Le romantisme* en juillet • 1846: dans *L'Opéra-Comique* au 9 novembre •

Boigues
Louis
1784-1838
Maître de forges à Fourchambault. Beau-père d'Adolphe Schneider.
• 1836: dans *Les « barons du fer » : Schneider, Wendel, de Dietrich* dans autres événements •

Boileau
Louis Auguste
1812-1896
Architecte.
• 1854: autres événements •

Boileau-Despréaux
Nicolas Boileau, dit
1636-1711
Poète.
• 1623: dans *Théophile de Viau* au 16 septembre • 1629: dans *Saint-Amant* au 27 février • 1635: dans *L'Académie française* au 25 janvier • 1653: dans *Lully* au 23 février • 1657: autres événements • 1666: autres événements • 1667: dans *Racine* au 7 novembre • 1668: dans *Le Grand Condé* au 1er-19 février; 31 mars • 1671: août • 1672:

17 août • 1674: 10 juillet; *biographie* au 10 juillet • 1677: 1er janvier • 1683: 2 mars • 1687: dans *La querelle des Anciens et des Modernes* au 27 janvier • 1689: autres événements • 1694: 30 août •

BOILEAU-NARCEJAC
Écrivains: Boileau Pierre (1906-1989), Narcejac Thomas (1908-1998)
• 1955: 29 janvier •

BOIREAU
Victor
Né en 1810
Ferblantier. Conspirateur.
• 1835: 28 juillet • 1837: 8 mai •

BOISDEFFRE
Raoul François Charles Le Mouton de
1839-1919
Général.
• 1896: juillet • 1898: 31 août • 1899: 5 mars •

BOIS-DU-FAY
Bataille de
680
• 680 •

BOISFLEURY
Robert de
Secrétaire de rédaction de L'Action française.
• 1908: 21 mars • 1927: 16 avril •

BOISGELIN DE CUCÉ
Jean-de-Dieu-Raymond de
1732-1804
Archevêque d'Aix-en-Provence.
• 1774: dans *Turgot* au 24 août • 1787: dans *Loménie de Brienne* au 1er mai • 1789: 31 janvier; 12 juin; dans *Les monarchiens* au 10 septembre • 1790: 1er février; 19 avril; 21 mai; 29 mai; dans *La constitution civile du clergé* au 12 juillet; 30 octobre; dans *L'exposition des principes sur la constitution civile du clergé* au 30 octobre; 3 décembre; 18 décembre; 26 décembre • 1791: 2 mai; 3 mai; 7 juin • 1792: dans *Les massacres de septembre* au 2 septembre •

BOISGUILBERT
Pierre Le Pesant de
1646-1714
Économiste.
• 1637: dans *Les Solitaires de Port-Royal* au 24 août • 1695: autres événements • 1707: autres événements •

BOISROBERT
François Le Metel
1589-1662
Auteur.
• 1623: dans *Charles Sorel* en janvier; dans *Théophile de Viau* au 16 septembre • 1629: autres événements • 1649: dans *Mazarinades* au 20 juillet •

BOISSET
Yves
Né en 1939
Cinéaste.
• 1962: dans *Les rapatriés d'Algérie* au 1er juillet •

BOISSISE
Jean de
Ambassadeur en Angleterre.
• 1598: 29 septembre •

BOISSY D'ANGLAS
François-Antoine de
1756-1826
Homme politique. Membre du Conseil des Cinq-Cents.
• 1788: dans *Rabaut Saint-Étienne* dans autres événements • 1793: 22 octobre • 1794: *introduction La République thermidorienne* • 1795: 21 février; 3 mars; 17 mars; 20 mars; 6 mai; 20 mai; dans *Une séparation de l'Église et de l'État* au 30 mai; 23 juin; 20 juillet; 10 décembre • 1796: 13 mars; 15 décembre • 1797: 1er mars; 27 avril; 11 juillet; 5 septembre • 1815: 24 juillet; 17 août • 1816: 7 décembre 1816-8 février 1817 •

BOISVILLERS
Camille
Militante féministe.
• 1915: autres événements •

BOITEUX
Marcel
Né en 1922
Haut fonctionnaire.
• 1965: dans *Pierre Guillaumat* en décembre •

BOKANOWSKI
Maurice
1879-1928
Ministre.

Bon Marché (le)
1852
• 1855: autres événements • 1889: dans *Eiffel* au 6 mai •

Bonal
François de
1734-1800
Évêque de Clermont.
• 1790: 14 avril; 1er juin; 11 octobre; 26 novembre; dans *Le serment: clergé constitutionnel et clergé réfractaire* au 27 novembre • 1791: 2 janvier; 7 juin •

Bonald
Louis de
1754-1840
Philosophe et homme politique.
• 1796: autres événements • 1802: novembre • 1814: 28 octobre • 1816: 21 mars • 1820: 5 avril • 1823: 23 décembre • 1826: mars; *biographie* en mars • 1887: dans *Léon Bloy* au 29 janvier •

Bonaparte
Caroline Murat, née
1782-1839
Fille de Charles-Marie Bonaparte. Épouse de Joachim Murat.
• 1799: *introduction Napoléon Bonaparte* • 1800: janvier • 1804: dans *Les maréchaux* au 18 mai •

Bonaparte (Buonaparte)
Charles-Marie
1746-1785
• 1799: *introduction Napoléon Bonaparte* •

Bonaparte
Jérôme
1784-1860
Fils de Charles-Marie Bonaparte. Roi de Westphalie de 1807 à 1813. Maréchal de France.
• 1799: *introduction Napoléon Bonaparte* • 1804: 18 mai; dans *Murat* eu 18 mai • 10 novembre-26 décembre 1806 • 1807: 9 juillet; 8 décembre • 1812: 24 juin-14 septembre • 1813: 30 septembre • 1847: septembre • 1848: 23-24 avril; 23 décembre • 1850: 1er janvier • 1852: 25 décembre • 1858: dans *Le prince Napoléon* au 24 juin •

Bonaparte
Jérôme-Napoléon
• Voir Napoléon, prince •

Bonaparte
Joseph
1768-1844
Fils de Charles-Marie Bonaparte. Roi de Naples de 1807 à 1808 puis roi d'Espagne de 1808 à 1813.
• 1797: 15 mai; 28 décembre • 1799: *introduction Napoléon Bonaparte* • 1803: 5 septembre • 1804: 18 mai; dans *Grands dignitaires* au 18 mai; dans *Les maréchaux* au 18 mai; 9 novembre • 1806: 5 août • 1807: 8 décembre • 1808: 4 juin; 9 juillet; 22 juillet; 6 novembre-4 décembre • 1810: 18 janvier • 1812: 7 janvier-12 août; 25 octobre • 1813: 15 mai-31 juillet • 1814: 23 janvier; 30 mars • 1860: dans *Persigny* au 26 novembre •

Bonaparte
Laetitia (née Ramolino)
1750-1836
• 1799: *introduction Napoléon Bonaparte* •

Bonaparte
Louis
1778-1846
Fils de Charles-Marie Bonaparte. Roi de Hollande de 1806 à 1810.
• 1799: *introduction Napoléon Bonaparte* • 1802: 4 janvier • 1804: 18 mai; dans *Grands dignitaires* au 18 mai; dans *Murat* au 18 mai • 1806: 24 mai • 1807: 4 septembre • 1810: 14 janvier; 3 juillet • 1821: dans *La légende napoléonienne* au 5 juillet • 1852: *introduction Le Second Empire* • 1854: dans *Morny* au 12 novembre •

Bonaparte
Louis-Napoléon
• Voir Napoléon III •

Bonaparte
Lucien
1775-1840
Fils de Charles-Marie Bonaparte. Homme politique. Président du Conseil des Cinq-cents.
• 1796: 9 février • 1799: 23 octobre; dans *Le 18 Brumaire* au 9-10 novembre; *introduction Napoléon Bonaparte*; 11-22 novembre • 1800: 1er novembre; dans *Fontanes* au 1er novembre; 6 novembre • 1802: 1er avril • 1804: 18 mai; dans *Les maréchaux* au 18 mai • 1810: 7 août • 1816: 21 mars • 1848: 23-24 avril • 1852: 25 décembre • 1870: 10 janvier •

Bonaparte
Maria-Anna, dite Élisa
1777-1820
Fille de Charles-Marie Bonaparte. Princesse de Lucques, de Piombino. Grande-duchesse de Toscane.
• 1799: *introduction Napoléon Bonaparte* •

Bonaparte
Marie, princesse
1882-1962
Psychanalyste. Traductrice de Freud.
• 1926: 4 novembre • 1927: 1er juillet; 1er septembre • 1932: mars • 1934: 10 janvier • 1938: 5 juin •

Bonaparte
Napoléon
• Voir Napoléon Ier •

Bonaparte
Napoléon François Joseph Charles
• Voir Napoléon II •

Bonaparte
Napoléon-Louis
• Voir Napoléon-Louis, prince impérial •

Bonaparte
Pauline
• Voir Borghèse, Pauline •

Bonaparte
Pierre-Napoléon
1815-1881
Fils de Lucien Bonaparte.
• 1870: 10 janvier; 27 mars •

Bonaparte (les)
• 1815: 8 décembre • 1830: 12 septembre • 1832: 10 avril • 1865: 15 mai •

Bonaventure de Bagnoreggio
Saint
vers 1217-1275
Ministre général des franciscains. Auteur.
• 1240: autres événements; *biographie* dans autres événements • 1246: dans *Guibert de Tournai* dans autres événements • vers 1248 • 1616: autres événements •

Boncerf
Pierre-François
1745-1794
Économiste.
• 1776: 23 février •

Bonchamps
Charles-Melchior-Artus de
1760-1793
Chef vendéen.
• 1793: 22 avril; 3 mai; 5 mai; 8 juin; 17 octobre •

Bondy
François
Né en 1915
Écrivain et journaliste suisse.
• 1951: mars •

Boniface
Saint (ou Wynfrith)
vers 674-754
Archevêque de Mayence de 722 à 754.
• 722 • 742-743: 1er mars • 751: automne •

Boniface II
† 532
Pape de 530 à 532.
• 511: *introduction De quatre à un royaume franc* •

Boniface III
† 607
Pape en 607.
• 561: *introduction De quatre à un royaume franc* •

Boniface IV
† 615
Pape de 607 à 615.
• 561: *introduction De quatre à un royaume franc* •

Boniface V
† 625
Pape de 619 à 625.
• 561: *introduction De quatre à un royaume franc* •

Boniface VIII
(Benedetto Caetani)
† 1303
Pape de 1294 à 1303.
• 1285: *introduction Philippe IV le Bel* • 1295: 7 juin • 1296: 24 février • 1297: 1er février; 28 février; 6 août • 1298: 26 juin • 1299: 8 décembre • 1301: octobre; 5 décembre • 1302: 10 avril; 2 novembre; 18 novembre; 24 novembre • 1303: janvier; avril; 7 septembre • 1311: 27 avril •

Boniface IX
† 1404
Pape de 1389 à 1404.
• 1380: *introduction Charles VI* • 1402: autres événements •

Boniface de Castellane
• 1178: autres événements • 1189: autres événements •

Boniface de Castellane
• 1261: autres événements • 1262: autres événements •

Bonjean
Louis Bernard
1804-1871
Homme politique, ministre.
• 1850: 9 mars • 1851: 9 janvier •

Bonnafous
Max
1900-1975
Ministre.
• 1942: 18-20 avril; 11 septembre •

Bonnaire
Jean Gérard
1771-1816
Général.
• 1816: 2-12 janvier •

Bonnaire
Sandrine
Née en 1967
Actrice.
• 1994: février •

Bonnard
Abel
1883-1968
Écrivain. Ministre.
• 1935: 4 octobre • 1941: 22 octobre • 1942: mars; 18-20 avril •

Bonnard
Pierre
1867-1947
Peintre.
• 1896: autres événements; dans *Les nabis* dans autres événements • 1901: 22 avril • 1912: autres événements • 1937: dans *L'Exposition internationale* au 24 mai • 1939: autres événements • 1950: 4 août • 1984: 23 février-21 mai •

Bonnaure
Gaston
Né en 1886
Avocat. Homme politique.
• 1933: dans *L'affaire Stavisky* au 23 décembre • 1934: 9-12 janvier •

Bonne d'Armagnac
Fille de Bernard VII d'Armagnac. Épouse de Charles d'Orléans.
• 1410: 15 avril • 1441: dans *Charles d'Orléans* en janvier •

Bonne d'Artois
Fille de Philippe d'Artois comte d'Eu. Épouse de Philippe III le Bon duc de Bourgogne.
• 1369: 12 avril •

Bonne de Bourbon
Fille de Pierre duc de Bourbon. Épouse d'Amédée VI comte de Savoie.
• 1355: 5 janvier •

Bonne de France
† 1360
Fille de Charles V roi de France.
• 1364: *introduction Charles V le Sage* •

Bonne de Luxembourg
ou Guta de Luxembourg
† 1349
Fille de Jean de Luxembourg roi de Bohême. Épouse de Jean II le Bon.
• 1332: 28 juillet • 1337: dans *Guillaume de Machaut* dans autres événements • 1338: 21 janvier • 1348-1349 • 1349: 11 septembre • 1350: *introduction Jean II le Bon*; 19 novembre • 1364: *introduction Charles V le Sage* •

Bonne de Savoie
Fille de Louis, duc de Savoie. Épouse de Galeazzo Maria Sforza duc de Milan.
• vers 1490 •

Bonnefous
Édouard
Né en 1907
Homme politique.
• 1952: 20 janvier • 1955: 23 février • 1957: 12 juin; 6 novembre • 1958: 14 mai •

BONNEFOUS
Georges
1867-1956
Ministre.
• 1915: 4 février • 1928: 9 novembre •

BONNEFOY
Yves
Né en 1923
Poète.
• 1915: dans *Adrienne Monnier* au 7 novembre • 1946: 3 octobre • 1951: 8 juin • 1953: septembre • 1958: 25 novembre • 1960: 27 octobre • 1961: autres événements • 1963: mai • 1964: décembre • 1967: janvier • 1969: novembre • 1971: février • 1975: janvier • 1977: janvier • 1981: 4 décembre • 1987: janvier • 1988: juillet •

BONNEFOY-SIBOUR
Adrien
Préfet de police.
• 1934: 3 février; 24 février •

BONNEMAINS
Marguerite de
1856-1891
• 1886: dans *Le général Boulanger* au 14 juillet • 1888: 19 août • 1891: 30 septembre •

BONNET
Bernard
Né en 1948
Préfet.
• 1999: 19-20 avril •

BONNET
Charles
1720-1793
Naturaliste.
• 1745: autres événements • 1754: autres événements • 1760: autres événements • 1762: autres événements • 1769: autres événements •

BONNET
Christian
Né en 1921
Ministre.
• 1966: 16 avril • 1974: 28 mai • 1976: 27 août • 1977: 31 mars • 1978: 4-6 avril •

BONNET
Georges
1889-1973
Ministre.
• 1914: *introduction La IIIe République: D'une guerre à l'autre* • 1925: 29 octobre • 1926: 18-19 juillet • 1930: 20-25 février; 13 décembre • 1932: 16 décembre • 1933: 31 janvier; 27 octobre; 23-27 novembre • 1935: 6-7 juin • 1936: 19-31 janvier • 1937: 21-22 juin; 29-30 juin; 30 juillet • 1938: 14 janvier; 18 janvier; 10 avril; 9 juin; *biographie* au 9 juin; 20-25 juillet; dans *Les hommes du Quai* au 20-25 juillet; 2-5 septembre; 18 septembre; 25 septembre; 27 septembre; 6-9 décembre; 11-14 décembre • 1939: 18 mars; 13-14 avril; 20 mai; 31 août; 13 septembre • 1941: dans *Technocratie et synarchie* au 9-10 février •

BONNET
Henri
1888-1978
Ministre.
• 1943: 3-7 juin; 9 novembre • 1944: 5 septembre • 1945: 28 février •

BONNET ROUGE (LE)
• 1917: 7 juillet; dans *Malvy et Le Bonnet rouge* au 7 juillet •

BONNETS ROUGES
Révolte des
• 1675: 9 juin; *Le soulèvement des paysans bretons* au 9 juin • 1676: 5 février •

BONNEVAY
Laurent
1870-1957
Ministre.
• 1921: 16 janvier • 1934: 24 février • 1940: dans *Les quatre-vingts* au 10 juillet •

BONNEVILLE
Nicolas de
1760-1828
Écrivain.
• 1789: 25 juin; 10 juillet • 1790: 13 octobre • 1791: dans *Paine* au 22 février •

BONNIER D'ALCO
Ange-Élisabeth-Louis-Antoine
1750-1799
Homme politique.
• 1797: 8 septembre • 1799: 28 avril •

Borel d'Hauterive
Petrus
1809-1859
Écrivain.
• 1830: 25 février • 1833: 2 mars •

Boret
Victor
1872-1952
Ministre.
• 1917: 17 novembre • 1930: 13 décembre •

Borges
Jorge Luis
1899-1986
Écrivain argentin.
• 1951: mars •

Borghèse
Marie-Paulette, dite Pauline
1780-1825
Fille de Charles-Marie Bonaparte. Princesse Borghese, duchesse de Guastalla.
• 1799: *introduction Napoléon Bonaparte* • 1808: dans *Le néo-classicisme* au 4 janvier •

Borgia
• Voir Alexandre VI •

Borgia
Cesare
vers 1475-vers 1507
Fils du pape Alexandre VI Borgia. Duc de Valentinois.
• 1498: *introduction Louis XII*; 29 juillet • 1499: mai; 10 juillet • 1501: 1er juin •

Bories
Jean Leclerc
1795-1822
L'un des quatre sergents de La Rochelle.
• 1822: 19 mars; 21 septembre •

Boris
Georges
1888-1960
Directeur de presse. Haut fonctionnaire.
• 1938: 4-6 avril • 1940: dans *Les Français de Londres* au 7 août • 1942: 28 juillet • 1954: dans *Pierre Mendès France* au 12 juin •

Borodino
Bataille de
• Voir Moskowa, Bataille de la •

Borotra
Franck
Né en 1937
Homme politique. Ministre.
• 1995: 7 novembre •

Borrell
† 992
Comte de Barcelone, « duc de Gothie » de 947 à 992.
• 947: autres événements • 967: autres événements • 971 • 972: autres événements • 986: janvier-février • 987: fin été-automne •

Borromée
Charles
• Voir Charles Borromée, Saint •

Bory
Jean-Louis
1919-1979
Écrivain et critique de cinéma.
• 1945: octobre •

Boscary-Monsservin
Roland
1904-1988
Syndicaliste. Ministre.
• 1957: 6 novembre • 1958: 14 mai •

Boscawen
Edward
1711-1761
Amiral britannique.
• 1748: 17 octobre • 1759: 19 août •

Bosco
Henri
1888-1976
Écrivain.
• 1945: autres événements •

Bosio
François Joseph
1768-1845
Sculpteur.
• 1808: dans *Le néo-classicisme* au 4 janvier •

Boson de Vienne
† 887
Beau-frère de Charles le Chauve empereur. Comte de Bourges. Comte de Vienne. Marquis de Provence. Vice-roi d'Italie de 876 à 878. Comte d'Autun. Roi de Provence de 879 à 882.

• 870: 24 décembre • 872: mai • 875: 12 août • 876: février • 877: 6 octobre • 879: fin avril; 15 octobre • 880: juillet-octobre • 881: 3 août; automne • 882: septembre • avant 887 • 887: 11 janvier • 921: 1er septembre •

Boson le Vieux
Comte de la Marche.
• 935: juin • 959: autres événements •

Bosquet
Alain
1919-1998
Écrivain.
• 1978: avril •

Bosquet
Pierre
1810-1861
Maréchal de France
• 1856: 18 mars •

Bossan
Pierre
1814-1888
Architecte.
• 1872: autres événements •

Bosse
Abraham
1602-1676
Graveur.
• 1629: autres événements • 1645: autres événements • 1648: autres événements • 1652: autres événements •

Bosson
Bernard
Né en 1948
Ministre.
• 1986: 13 août • 1993: 29 mars •

Bossuet
Jacques-Bénigne
1627-1704
Prédicateur. Précepteur du Grand Dauphin. Évêque de Meaux.
• 1632: dans *Cardin Le Bret* dans autres événements • 1635: dans *L'Académie française* au 25 janvier • 1641: dans *Salons, mondains et précieuses* au 22 mai • 1643: 19 mai • 1653: dans *Lully* au 23 février • 1657: autres événements • 1659: autres événements • 1662: 26 février-9 avril; *biographie* au 26 février-9 avril • 1665: 29 novembre-20 décembre • 1667: dans *Turenne* en mai • 1668: dans *Le Grand Condé* au 1er-19 février; 23 octobre • 1669: 16 novembre; dans *Mme de Montespan* dans autres événements • 1670: 21 août; 5 septembre; dans *Prédication et prédicateurs* en novembre • 1680: octobre • 1681: 2 mai; autres événements • 1682: 17 mars • 1683: dans *Malbranche* en mai; 30 juillet • 1685: 9 août; dans *La révocation de l'édit de Nantes* au 18 octobre • 1687: dans *La querelle des Anciens et des Modernes* au 27 janvier; 10 mars • 1688: autres événements • 1689: dans *Jurieu* dans autres événements • 1690: autres événements; dans *Le droit divin opposé à la théorie du contrat* dans autres événements • 1691: autres événements • 1694: autres événements • 1695: mars; dans *Mme Guyon et le quiétisme* en mars; 10 juillet • 1697: janvier • 1698: 26 juin • 1699: dans *Fénelon* en avril • 1704: 12 avril • 1709: autres événements • 1722: autres événements • 1756: autres événements • 1797: dans *Joseph de Maistre* dans autres événements •

Bossut
Charles
1730-1814
Mathématicien.
• 1768: autres événements • 1777: autres événements •

Boston Tea Party
1773
• 1773: 16 décembre •

Botero
Giovanni
1540-1617
• 1599: autres événements •

Bothereau
Robert
1901-1985
Dirigeant syndical.
• 1943: 17 avril • 1947: 18-19 décembre • 1948: 12-14 avril •

Botta
Mario
Né en 1943
Architecte et urbaniste suisse.
• 1994: autres événements •

Bottéro
Jean
Né en 1914
Historien.
• 1989: mars •

Botton
Pierre
• 1992: novembre •

Bouchard
Henri
1875-1960
Sculpteur.
• 1941: 22 octobre • 1942: 21 janvier •

Bouchard d'Avesnes
• 1278-1281 •

Bouchard de Montmorency
• 1101 •

Bouchard le Vénérable
vers 935-1005
Comte de Vendôme, Paris, Corbeil, Melun de peu après 956 à 1005.
• 981: vers 27 mars-avril • 991: 4 août • 1005: 10 novembre • 1058: autres événements •

Bouchardon
Edme
1698-1762
Sculpteur.
• 1739: autres événements • 1746: autres événements • 1750: autres événements • 1758: autres événements • 1763: 20 juin •

Bouche
Charles-François
1737-1795
Avocat. Député.
• 1789: 21 novembre • 1790: 16 août; 27 août • 1791: 21 avril •

Boucher
François
1703-1770
Peintre.
• 1715: *introduction Louis XV* • 1732: autres événements • 1733 autres événements • 1734: autres événements • 1735: autres événements • 1739: autres événements • 1740: autres événements • 1742: autres événements • 1745: autres événements • 1746: autres événements • 1749: autres événements • 1750: autres événements • 1752: autres événements • 1753: autres événements • 1755: autres événements • 1756: autres événements • 1757: autres événements • 1758: autres événements • 1759: autres événements • 1761: autres événements • 1763: autres événements • 1764: autres événements • 1765: autres événements • 1769: autres événements • 1774: dans *David* dans autres événements •

Boucher
Hélène
1908-1934
Aviatrice.
• 1930: dans *Les ailes françaises* au 1er-2 septembre • 1935: 12 mai •

Boucher
Henry Hippolyte Paul
1847-1927
Homme politique, ministre.
• 1896: 29 avril •

Boucher
Jean
† 1644
Curé de Saint-Benoît. Membre des Seize.
• 1574: *introduction Henri III* • 1587: 15 mai; 28 mai; 5 juin; 2 septembre • 1588: 15 juillet • 1589: juin; dans *La propagande ligueuse* en décembre • 1591: mai-juin • 1593: 16 janvier; 31 mai; 1er-9 août; dans *Le chant du cygne des libellistes* au 1er-9 août • 1594: 28 mars •

Boucher d'Argis
Antoine-Gaspard
1708-1791
Jurisconsulte.
• 1749: autres événements •

Boucher de Perthes
Jacques
1788-1868
Préhistorien.
• 1839: 31 août •

Boucher d'Orsay
Charles
Prévôt des marchands.
• 1592: octobre; 9 novembre •

Boucherat
Louis
1616-1699
Chancelier.
• 1685 : 30 octobre • 1699 : 2 septembre •

Boucheron
Jean-Michel
Né en 1948
Homme politique.
• 1992 : novembre •

Bouchet
André du
Né en 1924
Écrivain.
• 1951 : 8 juin • 1961 : mai ; autres événements • 1967 : janvier • 1982 : novembre •

Bouchet
Guillaume
Auteur.
• 1585 : dans *Nouvellistes et conteurs* dans autres événements •

Bouchinet-Serreulles
Claude
1912-2000
Résistant. Haut fonctionnaire.
• 1943 : 21 juin •

Bouchotte
Jean-Baptiste-Noël
1754-1840
Ministre de la Guerre.
• 1793 : 4 avril ; 14 avril ; 2 juin ; 12 juin ; 13 juin ; 14 juin ; 16 juin ; 26 juillet ; dans *Les Cordeliers* au 17 décembre • 1794 : 13 mars ; 21 juillet ; 10 décembre • 1799 : 6 juillet •

Boucicaut
Aristide
1810-1877
Fondateur du Bon-Marché.
• 1855 : autres événements •

Boucicaut
Jean le Meingre
1365-1421
Maréchal de France. Gouverneur de Gênes.
• 1391 : autres événements • 1401 : 23 mars • 1409 : septembre ; autres événements • 1415 : 25 octobre •

Boucourechliev
André
1925-1997
Compositeur d'origine bulgare.
• 1968 : 4 avril •

Boudet
Paul
1800-1877
Conseiller d'État, ministre.
• 1863 : 23 mars ; 23 juin •

Boudiaf
Mohammed
1919-1992
Homme politique algérien.
• 1956 : 22 octobre •

Boudin
Eugène
1824-1898
Peintre.
• 1865 : autres événements •

Boudon
Père
1624-1702
Archidiacre à Évreux. Théologien.
• 1618 : dans *Les jésuites* au 15 février •

Boué de Lapeyrère
Auguste
1852-1924
Ministre.
• 1909 : 24 juillet • 1910 : 2 novembre •

Bouëttin
Antoine François
† 1754
Curé.
• 1751 : 4 mars • 1752 : dans *Monarchie, parlements et refus de sacrements* au 23 mars 1752-2 septembre 1754 •

Boufflers
Louis-François, duc de
1644-1711
Maréchal de France.
• 1697 : janvier ; dans *Le duc et la duchesse de Bourgogne* au 7 décembre • 1698 : août-septembre • 1708 : août-décembre • 1709 : juillet-octobre •

BOUGAINVILLE
Hyacinthe de
1781-1846
Fils de Louis-Antoine de Bougainville. Navigateur et explorateur.
• 1821 : 15 décembre •

BOUGAINVILLE
Louis-Antoine de
1729-1811
Navigateur.
• 1766 : 5 décembre ; *biographie* au 5 décembre • 1771 : autres événements • 1774 : autres événements •

BOUGÈRE
Émile
1903-1964
Journaliste.
• 1944 : avril •

BOUGLÉ
Célestin
1870-1940
Sociologue.
• 1894 : dans *Durkheim* au 22 décembre • 1898 : janvier • 1927 : dans *Les normaliens de l'entre-deux-guerres* au 15 avril • 1935 : autres événements • 1936 : 28 novembre •

BOUGUER
Pierre
1698-1758
Hydrographe et mathématicien.
• 1729 : autres événements • 1735 : mai •

BOUGUEREAU
William
1825-1905
Peintre.
• 1904 : dans *Matisse* au 1er-18 juin •

BOUHEY
Jean
1898-1963
Homme politique.
• 1938 : 4 octobre •

BOUHOURS
Dominique
1628-1702
Jésuite. Auteur.
• 1676 : autres événements •

BOUILHET
Louis
1821-1869
Poète et auteur dramatique.
• 1856 : 6 novembre • 1883 : dans *Maupassant* en avril •

BOUILLÉ
François-Claude-Amour, marquis de
1739-1800
Général.
• 1777 : dans *La Fayette* en avril • 1790 : 6 août ; 31 août • 1791 : 21 juin ; 26 juin ; 30 juin ; 15 juillet •

BOUILLON
Frédéric-Maurice de La Tour d'Auvergne, duc de
1605-1652
Prince de Sedan.
• 1641 : 29 mars ; juillet-septembre • 1642 : 13 mars ; 29 août-1er décembre • 1649 : 8 janvier ; dans *Les frondeurs* au 11 mars • 1650 : 18 janvier ; juin-octobre • 1652 : 20 janvier •

BOUILLON
Henri de La Tour d'Auvergne, duc de
1555-1623
Maréchal de France.
• 1610 : 16-27 septembre • 1612 : 22 avril • 1613 : 18 novembre • 1614 : 28 janvier ; dans *Les rebelles* au 10 février • 1615 : 28 juin • 1616 : 10 janvier ; mai ; 1er septembre • 1617 : janvier • 1619 : 21-22 février • 1667 : dans *Turenne* en mai •

BOUILLON
Marie-Anne Mancini, duchesse de
• Voir Mancini, Marie-Anne •

BOUILLON
Maurice-Godefroy de La Tour d'Auvergne, duc de
1642-1721
Grand chambellan.
• 1656 : dans *Les nièces de Mazarin* en novembre-décembre •

BOUILLON
• Voir La Marck, Henri-Robert de • La Marck, Robert II de • La Marck, Robert IV de •

Bouilloux-Lafont
Marcel
Chef d'entreprise.
• 1930: dans *Les ailes françaises* au 1er-2 septembre •

Bouilly
Jean-Nicolas
1763-1842
Auteur.
• 1796: 20 septembre •

Bouisson
Fernand
1874-1959
Président du Conseil.
• 1934: 29-30 janvier; 8 novembre • 1935: 28-30 mai; 1er juin; 4 juin • 1936: 19-31 janvier •

Boulainvilliers
Henri de
1658-1722
Historien. Philosophe.
• 1727: autres événements • 1732: autres événements • 1734: autres événements • 1737: autres événements • 1748: dans *Montesquieu, un fondateur du libéralisme politique* dans autres événements • 1763: autres événements •

Boulanger
Ernest Théophile
1831-1907
Homme politique, ministre.
• 1894: 19 mars •

Boulanger
Georges
1837-1891
Général. Homme politique, ministre.
• 1868: dans *Rochefort* au 30 mai • 1870: *introduction La IIIe République: De la chute du Second Empire à la Première Guerre mondiale* • 1872: dans *Le duc d'Aumale* au 28 mai • 1875: dans *Naquet* au 20 décembre • 1882: dans *Déroulède* au 12 mai; dans *Le socialisme français* en septembre • 1886: 7 janvier; 16 janvier; janvier; 1er février; 14 juillet; *biographie* au 14 juillet; 14 novembre; 11 décembre • 1887: 11 janvier; 22 mars; 17 mai; 30 mai; 31 mai; 2 juin; 18 juin-6 juillet; 27 juin; 29 juin; 8 juillet; 14 juillet; juillet; septembre; 7 octobre; 13 octobre; 25-29 novembre • 1888: 26 février; 14 mars; 20 mars; 21 mars; 25 mars; 26 mars; 27 mars; 28 mars; 1er avril; 8 avril; 15 avril; 19 avril; 4 juin; 17 juin; 12 juillet; 13 juillet; 22 juillet; 19 août • 1889: 27 janvier; 29 janvier; 28 février; 7 mars; 17 mars; 30 mars; 1er avril; 4 avril; 12 avril; 28 juillet-4 août; 14 août; 4 septembre; 11 novembre • 1890: 14 mai; mai; 23 septembre; 20 octobre • 1891: 30 septembre; 3 octobre •

Boulanger
Louis
1806-1867
Peintre.
• 1824: dans *Le romantisme en peinture* en avril •

Boulanger
Nadia
1887-1979
Musicienne.
• 1907: dans *Le renouveau musical* au 12 janvier • 1943: 22 mars • 1943: 22 mars • 1950: autres événements • 1954: dans *Le Domaine musical* au 13 janvier • 1987: dans *Le renouveau de la musique ancienne* en janvier •

Boulanger
Servais-Baudouin
1756-1794
Commandant de la garde nationale de Paris.
• 1793: 1er mai •

Boulay de la Meurthe
Antoine
1761-1840
Magistrat. Homme politique.
• 1797: 24 septembre; 16 octobre; 20 octobre • 1799: 18 juin •

Boulay de la Meurthe
Henri Georges
1797-1858
Homme politique.
• 1849: 20 janvier •

Boulé
Frédéric
1843-?
Ouvrier du bâtiment, militant blanquiste.
• 1889: 12 janvier; 27 janvier •

BOULEZ
Pierre
Né en 1925
Compositeur et chef d'orchestre.
• 1941: dans *Olivier Messiaen* au 26 juin • 1950: 29 avril; 18 juillet • 1952: 4 mai • 1954: dans *Le Domaine musical* au 13 janvier; 2 décembre • 1955: 18 juillet • 1957: septembre • 1962: septembre • 1963: mai; 30 octobre; 29 novembre • 1966: 25 mai • 1974: septembre • 1976: août • 1979: 24 février • 1981: 15 décembre • 1994: 24 janvier • 1998: juillet •

BOULGAKOV
Serge
1871-1944
Économiste et théologien.
• 1926: dans *Les Russes en France* au 14 avril •

BOULGANINE
Nicolas
1895-1975
Maréchal. Président du Conseil des commissaires soviétiques de 1955 à 1958.
• 1946: *introduction La IVe République* • 1956: 5 novembre • 1958: 15 janvier •

BOULIN
Robert
1920-1979
Ministre.
• 1968: 1er juin; 10 juillet • 1969: 21 juin • 1972: 5 juillet • 1976: 27 août • 1978: 4-6 avril • 1979: 29 octobre •

BOULLE
André-Charles
1642-1732
Ébéniste.
• 1672: autres événements • 1677: dans *Versailles* dans autres événements •

BOULLE
Pierre
1912-1994
Ingénieur et écrivain.
• 1959: décembre • 1963: juillet •

BOULLÉ
Thomas
Vicaire du curé de Louviers.
• 1634: dans *Sorciers et sorcières* au 18 août •

BOULLÉE
Étienne-Louis
1728-1798
Architecte.
• 1786: autres événements •

BOULLIAU
Ismaël
1605-1691
Astronome.
• 1616: dans *Les libertins érudits* dans autres événements •

BOULLOCHE
André
1915-1978
Ministre.
• 1959: 9 janvier; 15-30 décembre •

BOULLONGNE
Bon
1649-1717
Peintre. Graveur.
• 1699: autres événements •

BOULLONGNE
Jean de
1690-1769
Contrôleur général des Finances.
• 1757: 25 août • 1759: 4 mars •

BOULLONGNE LE JEUNE
Louis de
1654-1733
Peintre. Graveur.
• 1699: autres événements •

BOULOGNE
Campagne de
• 1549: août • 1550: mars-avril; 15 mai •

BOULOGNE
Édit de
1573
• 1560: *introduction Charles IX* • 1573: juillet; 11 août •

BOULOGNE
Trêves de
1384
• 1384: 14 septembre •

Boulogne
Valentin de
1591-1632
Peintre.
• 1613: dans *Les caravagesques français* à fin 1613 ou début 1614 •

Bounine
Ivan
1870-1953
Écrivain russe.
• 1922: mars • 1926: dans *Les Russes en France* au 14 avril •

Bounoure
Gabriel
1896-1969
Critique littéraire.
• 1959: juin •

Bouquet
Martin
1692-1754
Bénédictin.
• 1738: autres événements •

Bouquier
Gabriel
1739-1810
• 1793: 19 décembre • 1794: 13 avril; 17 novembre •

Bourbaki
Charles Denis Sauter
1816-1897
Général.
• 1870: 6 décembre • 1871: 9 janvier; 18 janvier •

Bourbaki
Nicolas
Pseudonyme d'un groupe de mathématiciens logiciens.
• 1935: 10 juillet; *Le groupe Bourbaki* au 10 juillet • 1951: décembre •

Bourbeau
Louis Olivier
1811-1877
Homme politique, ministre.
• 1869: 17 juillet •

Bourbon
• Voir Angoulême, Louis-Antoine de Bourbon duc d' • Antoine de Bourbon • Berry, Charles-Ferdinand de Bourbon, duc de • Blois, Françoise-Marie de Bourbon, dite Mlle de • Blois, Marie-Anne de Bourbon, dite Mlle de • Chambord, Henri-Dieudonné de Bourbon, comte de • Charles Ier de Bourbon • Charles II de Bourbon • Condé, Henri I de • Condé Henri II de • Condé, Louis Ier de • Condé Louis II de, dit le Grand Condé • Conti, Armand de Borbon, prince de • Conti, François de Bourbon, prince de • Gilbert de Montpensier • Isabelle de Bourbon • Jean Ier de Bourbon • Jean II de Bourbon • Jeanne de Bourbon • Louis Ier de Bourbon • Louis II de Bourbon, dit le Bon • Maine, Louis-Auguste de Bourbon, duc du • Marguerite de Bourbon • Montpensier, François de Bourbon, duc de • Montpensier, Louis II de Bourbon, duc de • Soissons, Charles de Bourbon, comte de • Toulouse, Louis-Alexandre de Bourbon, comte de •

Bourbon
Antoinette de
1496-1583
Fille de François de Bourbon duc de Vendôme. Épouse de Claude Ier de Lorraine duc de Guise.
• 1547: *introduction Henri II* •

Bourbon
Catherine de
1558-1604
Fille d'Antoine de Bourbon roi de Navarre.
• 1595: 9 novembre • 1599: 31 janvier • 1604: 13 février •

Bourbon
Charles de
1489-1527
Fils de Gilbert de Montpensier. Comte de Montpensier. Connétable.
• 1515: *introduction François Ier* • 1521: 28 avril • 1522: avril • 1523: mars; juillet-octobre; 11 septembre; 20 décembre • 1524: janvier-mars; avril; mai; juillet-août; 29 septembre • 1525: mars-avril • 1526: janvier-mars; mars-mai • 1527: mai-juin; 12 mai; 24-27 juillet; 25 août • 1528: 26 avril • 1529: 3 août • 1530: mai • 1538: 10 février •

Bourbon
Charles de
1523-1590
Fils du connétable Charles de Bourbon. Cardinal.
• 1548: 9 janvier • 1557: 25 avril • 1561: 24 août • 1562: mars • 1572: 18 août • 1574: *introduction Henri III* • 1579: 1er janvier • 1584: septembre; 31 décembre • 1586: fin septembre • 1587: 24 mai-15 juin • 1588: 23 mai; 5 juillet; 4 août; 23-24 décembre • 1589: 31 janvier; 13 mars; *introduction Henri IV*; 5 août • 1590: avril-août • 1592: mars-avril • 1594: 30 juillet •

Bourbon
Charles de
1560-1594
Fils de Louis Ier de Condé. Cardinal de Vendôme, puis de Bourbon.
• 1589: novembre • 1592: mars-avril • 1594: 30 juillet •

Bourbon
Charles de
Fils de Louis de Bourbon. Prince de La Roche-sur-Yon.
• 1554: juin-juillet; juillet-août •

Bourbon
François de
† 1545
Comte de Saint-Pol. Duc d'Estouteville.
• 1528: juillet-septembre •

Bourbon
François de
† 1546
Fils de Charles de Bourbon duc de Vendôme. Comte d'Enghien.
• 1543: août • 1544: 14 avril • 1547: *introduction Henri II* •

Bourbon
Gaston-Henri de
27 octobre 1601
Fils d'Henri IV roi de France et d'Henriette d'Entragues. Marquis de Verneuil.
• 1601: 27 octobre •

Bourbon
Île
• Voir Réunion, Île de la •

Bourbon
Jean de
† 1557
Fils de Charles de Bourbon duc de Vendôme. Comte de Soissons puis comte d'Enghien.
• 1547: 29 mai • 1550: mars-avril • 1557: août •

Bourbon
Louise-Françoise de, Mlle de Nantes
Fille de Louis XIV et de Mme de Montespan. Épouse de Louis III de Bourbon prince de Condé.
• 1722: autres événements •

Bourbon
Louis-Henri de Bourbon-Condé, duc de
1692-1740
Fils de Louis III de Bourbon prince de Condé. Principal ministre de Louis XV roi de France. Président du Conseil de régence.
• 1715: *introduction Louis XV*; 2 septembre • 1716: dans *Fleury* au 1er avril; août • 1717: 14 mai; 6 juin • 1718: 26 août; 25 décembre • 1720: octobre • 1721: 26 janvier • 1722: 26 août • 1723: 2 décembre • 1724: octobre • 1725: 8 juin • 1726: 11 juin; 16 juin; 11 septembre •

Bourbon
Marguerite de
Fille de Charles de Bourbon. Épouse de Philippe duc de Savoie.
• 1521: 28 avril •

Bourbon
Suzanne de
† 1521
Fille de Pierre de Beaujeu. Épouse du connétable Charles de Bourbon.
• 1521: 28 avril • 1522: avril •

Bourbon-Condé
• Voir Condé, Henri II prince de • Condé, Louis-Joseph de Bourbon, prince de • Condé, Louis II de Bourbon, le Grand Condé • Longueville, Anne-Geneviève de Bourbon-Condé, duchesse de • Maine, Anne-Louise de Bourbon-Condé, duchesse du •

Bourbon-Condé
Charles de
Fils de Louis III de Bourbon prince de Condé. Comte de Charolais.
• 1716: août •

Bourbon-Condé
Louis de
1709-1771
Fils de Louis III de Bourbon prince de Condé. Comte de Clermont.
• 1758: 23 juin •

Bourbon-Conti
• Voir Conti, Armand de Bourbon prince de • Conti, François de Bourbon, prince de • Conti, Louis-Armand de Bourbon, prince de • Conti, Louis-Armand II de Bourbon, prince de • Conti, Louis-François de Bourbon, prince de •

Bourbon-Montpensier
• Voir Montpensier, Marie de Bourbon, duchesse de •

Bourbon-Montpensier
Louise de
† 1561
Fille de Gilbert de Montpensier. Épouse de Louis de Bourbon.
• 1530: mai •

Bourbon-Montpensier
Renée de
† 1539
Épouse d'Antoine duc de Lorraine.
• 1528: 26 avril • 1562: dans *L'Hospital* en février-mars •

Bourbon-Parme
• Voir Louis de Parme •

Bourbon-Parme
Sixte de
1886-1934
Officier.
• 1917: 24 mars •

Bourbon-Sicile
• Voir Berry, Marie-Caroline de Bourbon-Sicile, duchesse de • Marie-Amélie de Bourbon-Sicile •

Bourbon-Vendôme
• Voir Beaufort, François de Bourbon-Vendôme, duc de • Vendôme, Louis de Bourbon • Vendôme, Louis-Joseph de Bourbon •

Bourbotte
Pierre
1763-1795
Député.
• 1792: 16 octobre • 1795: 20 mai; 17 juin •

Bourdaloue
Louis
1632-1704
Jésuite. Prédicateur.
• 1670: novembre; dans *Prédication et prédicateurs* en novembre • 1707: autres événements •

Bourdan
Pierre Maillaud, dit Pierre
1909-1948
Ministre.
• 1940: dans *Les Français de Londres* au 7 août • 1947: 22 janvier •

Bourdeau
Pierre Alpinien Bertrand
1770-1845
Homme politique, ministre.
• 1829: 1er janvier; 14 mai •

Bourdeille
André de
Sénéchal du Périgord.
• 1573: dans *Brantôme* en février-avril •

Bourdeille
Henri de
Gouverneur du Périgord.
• 1595: septembre •

Bourdeille
Pierre de
• Voir Brantôme •

Bourdelle
Antoine
1861-1929
Sculpteur.
• 1902: autres événements • 1909: autres événements • 1913: 31 mars • 1915: 28 décembre • 1919: autres événements • 1989: autres événements •

Bourdelot
Pierre Michon, dit l'abbé
1610-1685
Médecin.

• 1616: dans *Les libertins érudits* dans autres événements •

Bourdet
Claude
1909-1996
Cofondateur du mouvement de résistance Combat. Homme politique.
• 1940: dans *Du MLN à Combat* au 30 août • 1943: 27 mai • 1947: 3 juin; dans *Albert Camus* au 10 juin • 1950: 13 avril • 1955: 13-15 janvier • 1956: 1er avril • 1958: dans *La torture sous la République* au 27 mars • 1960: 3 avril •

Bourdet
Édouard
1887-1945
Auteur dramatique. Administrateur de la Comédie-Française.
• 1936: 13 août •

Bourdichon
Jean
vers 1457-1521
Miniaturiste. Peintre du roi de 1484 à 1521.
• 1484: autres événements; *biographie* dans autres événements • vers 1490 • 1508: autres événements •

Bourdieu
Pierre
Né en 1930
Sociologue.
• 1965: janvier • 1975: 27 février • 1980: octobre •

Bourdin
Michel Ier
vers 1585-vers 1645
Sculpteur.
• 1609: autres événements •

Bourdoise
Père Adrien
1584-1655
Prêtre.
• 1610: *introduction Louis XIII* • 1618: dans *Le siècle des saints* au 7 novembre • 1637: 24 août •

Bourdon
Léonard
1754-1807
Homme politique.
• 1793: 16 mars; 6 août; 8 août; 18 août; 6 novembre; 16 décembre • 1794: 28 janvier • 1795: 1er avril •

Bourdon
Sébastien
1616-1671
Peintre.
• 1637: autres événements • 1647: dans *L'atticisme parisien* dans autres événements • 1650: autres événements •

Bourdon de l'Oise
François-Louis
1758-1798
Député au Conseil des Cinq-Cents.
• 1792: *introduction La République jacobine* • 1793: 10 juillet; 21 décembre; 22 décembre • 1794: 10 janvier; 11 janvier; 2 mars; 20 mars; 11 juin; 12 juin; 26 juillet; 3 août • 1797: 29 mai; 5 septembre •

Bourdon de Vatry
Marc-Antoine
1761-1828
Ministre.
• 1799: 29 juin; 11-22 novembre •

Bourgeade
Pierre
Né en 1927
Écrivain.
• 1967: 16 octobre • 1989: août •

Bourgelat
Claude
1712-1799
Vétérinaire.
• 1750: autres événements • 1761: 4 août • 1764: 3 juin • 1766: autres événements •

Bourgeois
Jean-Charles
1768-1794
Cordelier.
• 1794: 21 mars •

Bourgeois
Léon
1851-1925
Homme politique. Président du Conseil.
• 1890: 28 février; 17 mars • 1892: 27 février; 29 novembre-6 décembre; 7 décembre • 1893: 11 janvier • 1895: 4-10 avril; 1er novembre; *biographie* au

Bourgogne • Otte-Guillaume • Otte-Henri • Otton IV • Philippe de Bourgogne • Philippe de Rouvres • Philippe II le Hardi • Philippe III le Bon • Philippe V le Long, roi de France • Raoul roi de France • Richard le Justicier • Robert Ier le Vieux • Robert II •

Bourgogne
Louis de France, duc de
1682-1712
Fils de Louis de France, Monseigneur, dit le Grand Dauphin. Duc de Bourgogne. Dauphin.
• 1643: *introduction Louis XIV* • 1668: dans *La Fontaine* au 31 mars • 1682: 6 août • 1689: 16-17 août; dans *Beauvillier* au 16-17 août • 1693: dans *Vendôme* au 27 juin-4 octobre; dans *François Couperin* au 26 décembre • 1694: autres événements • 1696: 29 août • 1697: 12 février; 7 décembre; *Le duc et la duchesse de Bourgogne* au 7 décembre • 1698: août-septembre • 1699: avril; dans *Fénelon* en avril • 1708: 11 juillet • 1711: 14 avril; novembre • 1712: 18 février • 1715: *introduction Louis XV*; 2 septembre • 1727: autres événements •

Bourgogne
Marie-Adélaïde de Savoie, duchesse de
1685-1712
Fille de Victor-Amédée II de Savoie. Épouse de Louis, duc de Bourgogne, Dauphin.
• 1696: 29 août • 1697: 7 décembre; *Le duc et la duchesse de Bourgogne* au 7 décembre • 1707: 8 janvier • 1708: 11 juillet • 1710: 15 février • 1712: 12 février • 1715: *introduction Louis XV* •

Bourgoing
Philippe, baron de
1827-1882
Homme politique.
• 1874: 24 mai •

Bourgois
Christian
Né en 1933
Éditeur.
• 1962: autres événements • 1989: 15 février •

Bourguiba
Habib
1903-2000
Homme d'État tunisien.
• 1934: 2 mars • 1938: 9 avril • 1948: 24 janvier • 1949: 8 septembre; *biographie* au 8 septembre • 1950: 18 avril • 1951: 21 décembre • 1952: 18 janvier; 26 mars • 1954: 21 mai • 1955: 1er juin • 1956: 22 octobre • 1957: 1er juin; 20 juin; 13 août •

Bourguignon
Claude-Sébastien
1760-1829
Ministre de la Police.
• 1799: 23 juin; 20 juillet •

Bourmont
Louis-Auguste-Victor de Ghaisne de
1773-1846
Maréchal de France. Ministre.
• 1799: 15 septembre; 14 octobre • 1815: *introduction La seconde Restauration* • 1829: 8 août; 10 août • 1830: 18 mai; 5 juillet • 1832: 29 avril •

Bourrienne
Louis Fauvelet de
1769-1834
Conseiller d'État, préfet de police et ministre.
• 1799: *introduction Napoléon Bonaparte* • 1815: 12 mars; 16 mars • 1821: dans *La légende napoléonienne* au 5 juillet •

Boursault
Jean-François
1750-1842
Représentant en mission.
• 1795: 28 septembre •

Bourse de Paris
• 1724: 24 septembre • 1793: 27 juin • 1795: 3 mars; 11 décembre • 1796: 12 janvier; 21 février •

Boursier
Laurent-François
1679-1749
Théologien.
• 1731: autres événements •

Bourvil
André Raimbourg, dit
1917-1970
Acteur et chanteur.
• 1956: 26 octobre • 1966: décembre •

Bourzeis
Amable
1606-1672
Abbé de Saint-Martin-de-Cores. Auteur.
• 1687: dans *La querelle des Anciens et des Modernes* au 27 janvier •

Bousquet
Amédée
1867-1925
Syndicaliste.
• 1907: 7 juin •

Bousquet
Joë
1897-1950
Écrivain.
• 1914: dans *Écrivains et professeurs au combat* au 5 septembre • 1939: autres événements • 1945: autres événements • 1946: octobre •

Bousquet
Louis
1870-1941
Parolier.
• 1914: 19 mars •

Bousquet
René
1909-1993
Préfet, secrétaire général de la police sous Vichy.
• 1930: 3-24 mars • 1940: *introduction État français et France libre* • 1942: 4 juillet; 10 juillet; 4 août; 7-30 août; 14-26 août • 1943: 31 mars-5 avril; 30 décembre 1943-5 janvier 1944 • 1993: 8 juin •

Boussac
Marcel
1889-1980
Industriel.
• 1914: *introduction La IIIe République: D'une guerre à l'autre* • 1916: dans *Les patrons de l'industrie et la Première Guerre mondiale* au 12 décembre • 1978: août-septembre •

Boussingault
Jean-Baptiste
1802-1887
Chimiste et agronome.
• 1836: dans *J.-B. Dumas* au 11 avril •

Boussiron
Simon
1873-1958
Ingénieur.
• 1912: autres événements •

Boutemy
André
1905-1959
Ministre.
• 1953: 7 janvier; 11 février •

Bouteville
François, comte de Montmorency, seigneur de
† 1627
• 1627: 22 juin; dans *Le héros baroque et le duel* au 22 juin • 1672: dans *Le maréchal de Luxembourg* au 6 avril•

Bouthillier
Claude
1581-1652
Surintendant des finances.
• 1632: 27 juillet-4 août • 1634: 15 août •

Bouthillier
Léon
• Voir Chavigny, Léon Bouthillier, comte de •

Bouthillier
Yves
1901-1977
Ministre.
• 1940: 5 juin; 16 juin; 25 juin; 12 juillet • 1941: dans *Technocratie et synarchie* au 9-10 février; 25 février •

Boutmy
Émile
1835-1906
Écrivain, philosophe, fondateur de l'École libre des sciences politiques.
• 1872: 10 janvier •

Bouton
Georges Thadée
1847-1938
Ingénieur. Industriel.
• 1895: dans *L'automobile* en juin •

Boutreux
Jacques
Sieur d'Estran. Auteur.
• 1625: autres événements •

Boylesve
Marin de
1813-1892
Père jésuite.
• 1870 : 17 octobre •

Bradbury
Ray
Né en 1920
Écrivain américain.
• 1954 : mars •

Bramante
Donato d'Angelo, dit
1444-1514
Architecte italien.
• 1567 : autres événements •

Brame
Jules Louis Joseph
1808-1878
Homme politique, ministre.
• 1870 : 10 août •

Brancas
Louis, marquis de
1672-1750
Maréchal de France.
• 1715 : *introduction Louis XV* •

Brancusi
Constantin
1876-1957
Sculpteur d'origine roumaine.
• 1915 : 28 décembre • 1920 : dans *Modigliani* au 24 janvier ; 27 janvier • 1957 : 16 mars •

Brand
Sébastien
1458-1521
Auteur allemand.
• 1497 : autres événements •

Brandt
Groupe industriel.
• 1966 : 1er janvier • 1981 : 18 décembre •

Brandt
Willy
1913-1992
Chancelier allemand de 1969 à 1974.
• 1969 : *introduction La Ve République : De l'héritage du gaullisme à la victoire de la gauche* •

Branly
Édouard
1844-1940
Physicien.
• 1896 : 2 juin • 1901 : autres événements • 1903 : dans *Les Curie* au 10 décembre • 1911 : 23 janvier •

Brantôme
Pierre de Bourdeille, sieur de
vers 1540-1614
Chef d'armées. Auteur.
• 1555 : dans *Monluc* en février-avril • 1559 : *introduction François II* • 1573 : février-avril ; *biographie* en février-avril • 1678 : dans *Mme de La Fayette* au 8 mars •

Braque
Georges
1882-1963
Peintre.
• 1905 : dans *Le fauvisme* au 18 octobre • 1906 : autres événements • 1907 : dans *Picasso* en juillet • 1908 : 14 novembre ; dans *Le cubisme* au 14 novembre • 1910 : dans *Les Ballets russes* au 25 juin • 1911 : 21 avril-15 juin • 1912 : autres événements • 1913 : dans *Apollinaire* au 20 avril • 1918 : 15 mars • 1920 : 27 janvier ; dans *Paulhan* en juillet • 1924 : 19 janvier • 1929 : autres événements • 1932 : décembre • 1937 : dans *L'Exposition internationale* au 24 mai • 1943 : octobre • 1944 : 6 octobre • 1947 : 13 janvier • 1950 : 4 août ; dans *Le père Couturier et l'art sacré* au 4 août • 1963 : décembre • 1964 : dans *La Fondation Maeght* au 28 juillet •

Brasillach
Robert
1909-1945
Écrivain.
• 1935 : 4 octobre • 1936 : dans *Fascismes français* au 27-28 juin • 1938 : dans *Munichois et antimunichois* au 4 octobre • 1941 : 7 février ; 22 octobre • 1945 : dans *Intellectuels : épurateurs et épurés* au 13 janvier • 1957 : novembre •

Brassaï
Gyula Halász, dit
1899-1984
Photographe d'origine hongroise.
• 1932 : décembre • 1944 : 26 août • 1945 : 15 juin • 1963 : 7 mai •

Brassens
Georges
1921-1980
Auteur, compositeur, interprète.
• 1969 : *introduction La Ve République : De l'héritage du gaullisme à la victoire de la gauche* •

Brasseur
Jules Dumont, dit
1829-1890
Acteur.
• 1877 : autres événements •

Brasseur
Pierre
1905-1972
Acteur.
• 1946 : 13 décembre • 1948 : décembre •

Brauchitsch
Walther von
1881-1948
Maréchal allemand.
• 1939 : dans *Les chefs d'état-major* au 3 septembre • 1940 : 21 juin •

Braudel
Fernand
1902-1985
Historien.
• 1940 : dans *Les Prisonniers* au 12 juillet • 1946 : janvier • 1947 : 3 novembre ; dans *La nouvelle histoire* au 3 novembre • 1949 : avril • 1961 : mai • 1979 : 21 février •

Brauman
Rony
Né en 1950
Médecin.
• 1979 : dans *Humanitaire sans frontières* au 26 juin •

Braun
Théo
Né en 1920
Ministre.
• 1988 : 28 juin •

Brauner
Victor
1903-1966
Peintre roumain.
• 1925 : dans *Le surréalisme en peinture* au 13 novembre • 1960 : 29 avril •

Bravais
Auguste
1811-1863
Minéralogiste.
• 1822 : dans *Haüy* au 13 avril •

Brazza
Pierre Savorgnan de
1852-1905
Explorateur.
• 1876 : autres événements • 1880 : 10 septembre • 1883 : avril • 1905 : 1er mars •

Brazzaville
Conférence et déclaration de
• 1940 : dans *De Gaulle* au 18 juin • 1944 : 30 janvier-8 février •

Bréa
Jean-Baptiste Fidèle
1790-1848
Général.
• 1848 : 25 juin • 1871 : 27 avril •

Bréard
Jean-Jacques
1751-1840
Homme politique.
• 1793 : 7 avril • 1794 : 29 juillet •

Bréard
Jules Aimé
1826-1913
Général.
• 1881 : 12 mai •

Bréchet
André
Militant communiste.
• 1941 : 22-28 août •

Brecht
Bertolt
1898-1956
Poète et dramaturge allemand.
• 1933 : dans *Les réfugiés allemands* au 27 février • 1935 : 21-25 juin • 1947 : dans *Jean Vilar et le TNP* en juin • 1954 : 10 juin • 1968 : décembre •

Breda
Paix de
1667
• 1667 : 31 juillet •

BREDA
Siège de
1624-1625
• 1624: 6 décembre • 1625: 25 mai • 1627: autres événements •

BREDIN
Frédérique
Née en 1956
Ministre.
• 1991: 25 mai • 1992: 2 avril •

BREGUET
Jacques
• 1933: 30 août •

BRÉGUET
Louis
1804-1883
Horloger et inventeur.
• 1822: dans *Ampère* au 16 février •

BREGUET
Louis
1880-1955
Aviateur et constructeur d'avions.
• 1933: 30 août •

BRÉHIER
Émile
1876-1952
Philosophe.
• 1926: autres événements •

BREITENFELD
Bataille de
1631
• 1631: 17 septembre-20 décembre •

BREJNEV
Leonid
1906-1983
Homme d'État soviétique.
• 1958: *introduction La Vᵉ République: La République gaullienne* •1969: *introduction La Vᵉ République: De l'héritage du gaullisme à la victoire de la gauche* • 1971: 13-14 décembre • 1981: *introduction La Vᵉ République: De la France mitterrandienne aux cohabitations politiques* •

BREKER
Arno
1909-1994
Sculpteur allemand.
• 1942: mai •

BREL
Jacques
1929-1978
Acteur, auteur et chanteur belge.
• 1969: *introduction La Vᵉ République: De l'héritage du gaullisme à la victoire de la gauche* •

BRÉMOND
Henri
1865-1933
Prêtre. Critique littéraire et historien.
• 1916: 4 mai •

BRÉMULLE
Bataille de
1119
• 1119: 20 août •

BRESCIA
Occupation par la France.
• 1796: dans *La campagne d'Italie* au 10 avril; 27 mai; 29 juillet • 1797: 17 mars •

BRESDIN
Rodolphe
1825-1885
Dessinateur, graveur et lithographe.
• 1824: dans *Le romantisme en peinture* en avril •

BRESLAU
Traité de
• 1742: 11 juin •

BRESSON
Charles Joseph, comte
1798-1847
Homme politique, ministre et diplomate.
• 1834: 10 novembre • 1847: 18 août •

BRESSON
Robert
1901-1999
Cinéaste.
• 1945: 15 septembre • 1951: 7 février • 1957: juillet • 1974: septembre •

BRETAGNE
• Voir Alain Barbetorte • Alain III • Alain IV Fergent • Alain le Grand • Alix • Anne de Bretagne • Arthur de Bretagne • Arthur II de Bretagne • Arthur III de Richemont • Conan II • Conan III • Conan IV • Constance de Bretagne • François Iᵉʳ de Bretagne • François II de

Bretagne • Geoffroi Ier • Geoffroi II Plantagenêt • Henri II Plantagenêt Jean de Monfort • Jean Ier le Roux • Jean II de Bretagne • Jean III de Bretagne • Jean IV de Monfort • Jean V de Bretagne • Pierre II de Bretagne • Pierre Mauclerc • Salomon •

BRETAGNE
Duché de
• 1499: 8 janvier; 19 janvier • 1514: 27 octobre • 1532: août-septembre • 1540: 9 février •

BRETAGNE
Jacques de
Député de Bourgogne.
• 1560: autres événements •

BRETAGNE
Louis de France, duc de
1707-1712
Fils de Louis de France duc de Bourgogne Dauphin. Duc de Bretagne. Dauphin.
• 1643: *introduction Louis XIV* • 1707: 8 janvier • 1712: 8 mars • 1715: *introduction Louis XV* •

BRETÉCHER
Claire
Née en 1940
Auteur de bandes dessinées.
• 1959: dans *Astérix* au 15 octobre •

BRETEUIL
Émilie Le Tonnelier de
• Voir Châtelet, Mme du •

BRETEUIL
François-Victor Le Tonnelier de
1686-1743
Secrétaire d'État à la Guerre. Ministre d'État.
• 1723: 1er juillet; 10 août • 1726: 19 juin • 1740: février • 1741: mars • 1743: 7 janvier •

BRETEUIL
Louis-Charles-Auguste Le Tonnelier de
1730-1807
Secrétaire d'État à la Maison du roi.
• 1783: 18 novembre • 1784: mars • 1787: 29 août; 29 novembre • 1788: 26 juillet • 1789: *introduction Louis XVI et la Révolution*; 11 juillet; 18 juillet • 1791: 23 avril; 3 mai •

BRÉTIGNY
Traité de
1360
• 1360: 8 mai; 24 octobre • 1361: printemps • 1362: 19 juillet • 1364: 8 avril; *introduction Charles V le Sage* • 1371: janvier •

BRETON
André
1896-1966
Écrivain.
• 1907: dans *Picasso* en juillet • 1913: dans *Apollinaire* au 20 avril • 1914: mai • 1915: dans *Adrienne Monnier* au 7 novembre • 1916: janvier • 1917: 15 mars • 1919: mars • 1920: dans *Le dadaïsme* au 10 janvier; 27 mars; juillet • 1921: décembre • 1922: 1er mars • 1924: février; 25 février-8 mars; 12-15 octobre; dans *Les surréalistes* au 12-15 octobre; décembre • 1925: dans *Le surréalisme en peinture* au 13 novembre • 1927: 27 mai-15 juin • 1928: mars • 1929: janvier • 1930: 20 avril; juillet • 1932: autres événements • 1933: dans *Malraux* au 7 décembre • 1934: autres événements • 1936: dans *Aragon* au 9 décembre • 1937: 23-30 janvier • 1938: 17 janvier • 1940: octobre • 1946: 7 juin • 1947: 13 janvier; juin • 1948: juin; dans *L'art brut* en juin • 1950: 11 mai • 1951: 2 février; avril • 1952: avril; 1er mai • 1955: 2 novembre • 1956: 29 décembre • 1958: mars • 1971: mai • 1991: 25 avril •

BRETON
Jules-Louis
1872-1940
Ministre.
• 1905: 24 mars • 1920: 17-22 janvier •

BREUER
Marcel
1902-1981
Architecte et designer d'origine hongroise.
• 1958: mars •

BREUIL
Henri
1877-1961
Abbé. Préhistorien.
• 1940: 12 septembre • 1948: dans *L'art brut* en juin •

Brévié
Jules
1880-1964
Général. Ministre.
• 1942 : 18-20 avril •

Brézé
Louis de
† 1531
Sénéchal de Normandie.
• 1524 : janvier-mars • 1531 : 23 juillet •

Briand
Aristide
1862-1932
Avocat. Homme politique. Président du Conseil.
• 1890 : dans *Freycinet* au 17 mars • 1893 : septembre • 1899 : dans *Millerand* au 23 juin • 1903 : 11 juin ; *biographie* au 11 juin • 1904 : 18 avril ; 29 octobre • 1905 : 21 mars • 1906 : 6-9 mars ; 13 mars ; 22 octobre ; 28 octobre ; 20 novembre ; 11, 15 décembre • 1907 : 10-13 mai • 1908 : 4 janvier ; 28 janvier ; dans *L'affaire Rochette* au 21 mars • 1909 : 24 juillet ; 22-29 août ; 12 octobre • 1910 : 8 mai-28 juin ; 3-8 octobre ; 10-30 octobre ; 2 novembre ; 25 décembre • 1911 : 25-27 février • 1912 : 14 janvier • 1913 : 21 janvier ; 18 mars • 1914 : 13 janvier ; 3 février ; *introduction La IIIe République : D'une guerre à l'autre* ; 26 août • 1915 : 29 octobre • 1916 : 27-28 mars ; 5-7 juin ; 16-22 juin ; 28 novembre ; 12 décembre • 1917 : 17 mars ; 22 septembre • 1918 : dans *« L'impôt du sang ». Les Anciens Combattants* au 11 novembre • 1921 : 16 janvier ; 25 février-16 mars ; 5 avril ; 17 mai ; 30 juillet-11 août ; 6 décembre • 1922 : 5-12 janvier ; 15 janvier ; 15 décembre • 1925 : 17-21 avril ; 8 juin ; 5-16 octobre ; 29 octobre ; 23 novembre ; 28 novembre ; 2-16 décembre ; 20 décembre • 1926 : 12 février ; 9 mars ; 27 mai ; 15-16 juin ; 23 juin ; 9 juillet ; 17 juillet ; 23 juillet ; 8-10 septembre ; 18 septembre ; 10 décembre • 1927 : 19 janvier ; 7 avril • 1928 : 2 janvier-6 février ; 27 août ; 2 novembre ; 9 novembre • 1929 : 1er mars ; 27-29 juillet ; 28 août ; 5-9 septembre ; 22 octobre ; 31 octobre ; 26 décembre • 1930 : 20-25 février ; 2 mars ; 9 octobre ; 13 décembre • 1931 : 27 janvier ; 11 mai ; 13-27 mai ; 13-16 juin ; 5 septembre ; 27 septembre • 1932 : 12-13 janvier ; 7 mars • 1933 : 5 mars ; 11-13 novembre •

Briand-Kellogg
Pacte
1928
• 1928 : 27 août • 1929 : 1er mars •

Briare
Canal de
• 1604 : autres événements •

Briçonnet
Guillaume
† 1514
Évêque de Saint-Malo. Conseiller de Charles VIII. Archevêque de Reims. Cardinal.
• 1483 : *introduction Charles VIII* • 1498 : *introduction Louis XII* ; 27 mai ; dans *Les hommes de Louis XII* au 7 juillet •

Briçonnet
Guillaume
vers 1472-1534
Fils de Guillaume Briçonnet. Évêque de Meaux.
• 1498 : *introduction Louis XII* ; 27 mai ; dans *Les hommes de Louis XII* au 7 juillet • 1507 : 16 novembre • 1515 : *introduction François Ier* • 1518 : 13 octobre • 1520 : 8 octobre • 1521 : avril ; dans *Le Cercle de Meaux* en avril • 1523 : 12 avril ; 15 octobre ; dans *Lefèvre d'Étaples, l'Érasme français* dans autres événements • 1525 : juillet-novembre •

Bridoux
Eugène
1888-1955
Général. Ministre.
• 1942 : 18-20 avril •

Brienne
• Voir Loménie de Brienne •

Brienne
Bataille de
1814
• 1814 : 24 janvier •

Brière
Georges
Historien.
• 1834 : dans *Le siècle de l'histoire* au 18 juillet •

Brigard
François
Avocat. Procureur de la Ville de Paris.
• 1588 : 18-20 mai • 1591 : octobre-décembre •

Brik
Lili Iourevna
1891-1978
Sœur d'Elsa Triolet. Compagne du poète russe Maïakovski.
• 1936 : dans *Aragon* au 9 décembre •

Brillac
Bataille de
852
• 852 : 4 novembre •

Brillat-Savarin
Anthelme
1755-1826
Magistrat et écrivain.
• 1825 : 10 décembre •

Brillouin
Marcel
1854-1948
Physicien.
• 1907 : autres événements •

Brinon
Fernand de
1885-1947
Homme politique.
• 1940 : 18 décembre • 1947 : 7 mars •

Brinvilliers
Marie-Madeleine d'Aubray, marquise de
1630-1676
Empoisonneuse.
• 1676 : 17 juillet •

Brion
Bataille de
2 juillet 1359
• 1360 : 10 mars •

Briot
Pierre-Joseph
1771-1827
Député.
• 1798 : 17 septembre • 1799 : 14 octobre •

Brissac
• Voir Cossé-Brissac •

Brissac
Bataille de
1068
• 1068 : avril ? •

Brisset
Charles
1914-1984
Médecin psychiatre.
• 1961 : octobre •

Brisson
Barnabé
† 1591
Premier président du Parlement de Paris.
• 1587 : autres événements • 1589 : 30 janvier ; *introduction Henri IV* • 1591 : octobre-décembre • 1595 : 2 mars •

Brisson
Henri
1835-1912
Homme politique. Président du Conseil.
• 1871 : 8 février • 1873 : 17 octobre • 1875 : 11-12 février • 1881 : 28 octobre ; *biographie* au 28 octobre • 1882 : 10 janvier • 1885 : 6 avril ; 7 avril ; 28 décembre ; 29 décembre • 1892 : 21 novembre ; 29 novembre-6 décembre • 1894 : 27 juin ; dans *Casimir Perier* au 27 juin • 1895 : 17 janvier • 1898 : 20 juin ; 30 juin ; 9 juillet ; 25 octobre •

Brisson
Pierre
1896-1964
Directeur de presse.
• 1942 : 10 novembre •

Brissot
Jacques-Pierre
1754-1793
Député.
• 1784 : dans *Bergasse* dans autres événements • 1787 : mars • 1788 : 19 février • 1789 : *introduction Louis XVI et la Révolution* ; mai ; 28 juillet • 1790 : 21 janvier ; 12 mai ; 6 août ; 22 novembre • 1791 : 8 juillet ; dans *Les Jacobins* au 16 juillet ; 20 octobre ; 12 décembre ; 30 décembre • 1792 : 2 janvier ; 17 janvier ; février ; dans *Les Girondins* en mars ; 3 mars ; 10 mars ; dans *Dumouriez* au 15 mars ; 21 mars ; 25 avril ; 30 avril ; 20 mai ; 31 mai ; 28 juin ; 30 juin ; 9 juillet ; 26 juillet ; 1er août ; 8 août ; 10 août ; dans *Les massacres de Septembre* au 2 septembre ; 20 septembre ; 10 octobre ; 11 octobre ; 24 octobre ; 28 octobre ; 31 décembre • 1793 : 1er janvier ; dans *Condorcet et la Révolution* au 15-16 février ;

3 avril; 10 avril; dans *Miranda* au 12 avril; 17 mai; 22 mai; 2 juin; 28 juin; 8 juillet; 29 juillet; 1er octobre; 31 octobre; dans *Camille Desmoulins* au 5 décembre • 1794: 31 mars •

BRISSOT-THIVARS
Louis Saturnin
1792-1850
Publiciste.
• 1818: février •

BRITTEN
Benjamin
1913-1976
Compositeur anglais.
• 1952: mai •

BRIZON
Pierre
1878-1923
Député.
• 1916: 24-30 avril •

BRIZOUT DE BARNEVILLE
Entrepreneur.
• 1755: autres événements •

BROCA
Paul
1824-1880
Chirurgien et médecin.
• 1872: autres événements • 1873: dans *Charcot* au 20 septembre •

BROCH
Hermann
1886-1951
Écrivain autrichien.
• 1968: 4 avril •

BROCZ
Scientifique.
• 1859: 7 décembre •

BROD
Max
1884-1968
Écrivain tchèque d'expression allemande.
• 1945: juillet •

BRODULF
† 631
• 629: *introduction de Dagobert Ier* • vers 631 •

BROGLIE
Achille-Léonce-Victor, duc de
1785-1870
Homme politique, ministre. Président du Conseil.
• 1815: 4-6 décembre • 1819: octobre • 1821: *biographie* dans *Les Doctrinaires* en octobre • 1822: 28 mars • 1826: 28 mars-8 avril • 1830: 4 août; *introduction La monarchie de Juillet*; 11 août; 19 octobre; 2 novembre • 1832: 11 octobre • 1833: 16 décembre • 1834: 1er avril • 1835: 12 mars • 1836: 18 janvier; 4-5 février; 5 février; dans *Thiers* au 22 février • 1836: dans *Molé* au 6 septembre • 1839: 11-29 mars • 1844: 22 avril-24 mai • 1851: 31 mai • 1870: février •

BROGLIE
Albert, duc de
1821-1901
Fils d'Achille-Léonce-Victor, duc de Broglie. Homme politique, ministre. Président du Conseil.
• 1864: 8 décembre • 1870: février; *introduction La IIIe République: De la chute du Second Empire à la Première Guerre mondiale* • 1872: 12 mai • 1873: 5 mai; 23 mai; dans *Mac-Mahon* au 24 mai; 25 mai; 24 août; 2 novembre; 25 novembre; 26 novembre • 1874: 15 mai; 16 mai • 1875: 13 février • 1877: 17 mai; 29 mai; 16-18 juin; 14-28 octobre; 4 novembre; 6 novembre; 21 novembre • 1879: 8 mars •

BROGLIE
François-Marie de
1671-1745
Maréchal de France.
• 1743: avril •

BROGLIE
Jean de
1921-1976
Homme politique.
• 1962: 18 mars; 15 mai • 1976: 24 décembre •

BROGLIE
Louis de
1892-1987
Physicien.
• 1923: autres événements • 1924: autres événements • 1929: 10 novembre • 1930: mars • 1937: autres événements •

Broglie
Victor-François de
1718-1804
Fils de François-Marie de Broglie. Maréchal de France. Secrétaire d'État à la Guerre.
• 1759: 13 avril • 1760: juillet • 1789: 26 juin; 11 juillet; 18 juillet •

Broglie
Victor-Maurice, marquis de Senonches et Brezolles, dit le comte de
1647-1727
• 1703: janvier •

Brongniart
Alexandre Théodore
1739-1813
Architecte.
• 1783: autres événements • 1796: 26 décembre • 1806: dans *Les architectes* au 15 août •

Brook
Peter
Né en 1925
Metteur en scène britannique.
• 1960: 18 mai • 1972 6-11 novembre • 1974: octobre • 1982: octobre • 1985: mai •

Brossard
Sébastien de
1655-1730
Compositeur.
• 1693: 4 décembre • 1703: autres événements •

Brosse
Salomon de
vers 1571-1626
Neveu de Jacques I Androuet Du Cerceau. Architecte.
• 1576: dans *Les Androuet Du Cerceau* dans autres événements • 1616: autres événements • 1618: autres événements •

Brosses
Charles de
1709-1777
Auteur.
• 1739: autres événements • 1750: autres événements • 1756: autres événements •

Brossolette
Pierre
1903-1944
Journaliste. Homme politique. Résistant.
• 1942: dans *Jean Moulin* au 1er janvier • 1943: 27 février-10 mars; 26 mars • 1944: 22 mars; *biographie* au 22 mars •

Brotier
André-Charles
1751-1798
Prélat. Mathématicien.
• 1796: 25 février • 1797: 30 janvier; 1er mars; 5 septembre •

Brou
Couvent de
• 1480: autres événements •

Brouillet
René
1909-1992
Homme politique.
• 1958: 9 juin • 1959: 9 janvier •

Broussais
François
1772-1838
Médecin.
• 1800: dans *Une révolution médicale* en juillet •

Brousse
Paul
1844-1912
Dirigeant socialiste.
• 1882: septembre; *biographie* dans *Le socialisme français* en septembre • 1886: 11 juin •

Brousse
Pierre
Né en 1926
Ministre.
• 1976: 27 août •

Broussel
Pierre
† 1654
Prévôt des marchands.
• 1643: *introduction Louis XIV* • 1648: 26-28 août • 1652: 4 juillet •

Broussilov
Alexis
1853-1926
Général russe.
• 1916: 1er juillet; 1917: 2 juillet •

Brousson
Claude
† 1698
Avocat.
• 1698: 4 novembre •

Brout
Marcel
1887-1957
Homme politique.
• 1940: 21 juin •

Bruant
Aristide
1851-1925
Chansonnier.
• 1881: autres événements • 1889: 23 février •

Bruant
Libéral
vers 1637-1697
Architecte.
• 1670: 20 février • 1671: décembre •

Bruat
Armand Joseph
1796-1855
Amiral.
• 1844: mars •

Bruckberger
Raymond
1907-1998
Ecclésiastique. Homme de lettres. Cinéaste.
• 1957: 21 juin •

Brugère
Raymond
1885-vers 1968
Diplomate.
• 1940: 17 juin •

Bruges
Notre-Dame de
• 1483-1500 •

Bruges
Trêve de
1375-1376
• 1375: 27 mars • 1376: janvier-mars •

Brugghen
Hendrick Ter
1588-1629
Peintre hollandais.
• 1613: dans *Les caravagesques français* à fin 1613 ou début 1614 •

Brugin
Magistrat.
• 1928: 4-7 décembre •

Bruhier d'Ablaincourt
Jean-Jacques
† 1756
Poète. Médecin.
• 1742: autres événements •

Bruhnes
Jean
1869-1930
Géographe.
• 1910: décembre • 1925: autres événements •

Bruix
Eustache
1759-1805
Amiral. Ministre.
• 1798: 27 avril; 30 juin • 1799: 29 juin •

Brûlart
Pierre
† 1608
Secrétaire d'État.
• 1588: 13 mai; 8 septembre •

Brûlart de Léon
Charles Brulart, dit
1571-1649
Ambassadeur.
• 1630: juillet-août •

Brûlart de Puisieux
Pierre
• Voir Puisieux, Pierre Brûlart, marquis de •

Brûlart de Sillery
Nicolas
1544-1624
Garde des Sceaux. Chancelier.
• 1598: 7 février • 1599: février; 30 juillet • 1604: décembre • 1607: 5 septembre • 1610: 15 mai; dans *Les Barbons* au 22 mai • 1616: mai • 1617: 24 avril • 1623: 21 janvier • 1624: 6, 24 janvier; 1er, 3 octobre •

Brulon
Angélique Marie Josèphe (née Duchemin)
1772-1859
• 1851: 15 août •

Brumaire
Coup d'État du 18
(9 novembre 1799)
• 1787: dans *Volney* dans autres événements • 1788: dans *Sieyès* an novembre • 1794: *introduction La République thermidorienne* • 1798: dans *François de Neufchâteau* au 17 juin • 1799: 8 novembre; 9-10 novembre; *Le 18 Brumaire* au 9-10 novembre •

Brun
Charles Marie
1821-1897
Ingénieur de la Marine. Homme politique, ministre.
• 1883: 21 février; 9 août •

Brun
Jean
1849-1911
Général. Ministre.
• 1909: 24 juillet • 1910: 10-30 octobre; 2 novembre • 1911: 25-27 février •

Brune
Charles
1891-1956
Ministre.
• 1950: 7 février; 12 juillet • 1951: 8 août • 1952: 20 janvier; 6 mars • 1953: 7 janvier •

Brune
Guillaume
1763-1815
Maréchal de France.
• 1794: *introduction La République thermidorienne* • 1796: 28 avril • 1798: 27 janvier; 14 février; 2 mars; 6 mars; 27 mars; 13 avril; 30 août; 18 octobre; 1er novembre • 1799: 9 janvier; 8 septembre; 19 septembre; 2 octobre; 6 octobre • 1800: 27 novembre • 1804: dans *Les maréchaux au* 18 mai • 1815: 24 juillet; 31 juillet; 2 août •

Bruneau
Charles
1883-1963
Professeur d'histoire de la langue française.
• 1905: avril •

Brunehaut
† 613
Fille d'Athanagild roi wisigoth. Épouse de: 1. Sigebert Ier roi de Reims-Metz. 2. Mérovée fils de Chilpéric Ier.
• 561: *introduction De quatre à un royaume franc* • 566: printemps • 571 • 576 • 577 • 580 • 581 • 585-586 • 587: 28 novembre • 589-600 • 590-594: dans *Colomban* • 596: mars; trois royaumes francs (596-613) • 602: dans *Didier de Vienne* • 603-605 • 608 • 612 • 613 •

Brunel
Paul Antoine Magloire
1830-?
Officier. Membre de la Commune de 1871.
• 1871: 19 mars •

Brunet
Joseph Mathieu
1829-1891
Magistrat. Homme politique, ministre.
• 1877: 17 mai •

Brunet
Margueritte
• Voir Montansier, Mlle •

Brunet de Latuque
Pierre
1757-1824
Député.
• 1789: 21 décembre •

Brunetière
Ferdinand
1849-1906
Écrivain, critique littéraire et professeur.
• 1829: 1er juillet • 1880: 3 avril • 1906: 26 mars; 9 décembre •

Brunhoff
Jean de
1899-1937
Auteur de livres pour enfants.
• 1946: 14 juin •

Brüning
Heinrich
1885-1970
Chancelier du Reich de 1930 à 1932.
• 1914: *introduction La IIIe République: D'une guerre à l'autre* • 1931: 6 juin; 18 juillet; 27 septembre • 1932: 21 janvier •

Bruno
Giordano
1548-1600
Philosophe italien.
• 1600: 17 février •

Bruno
Mme Alfred Fouillée, dite G.
1833-1923
Écrivain.
• 1878: 13 avril •

Bruno de Cologne
Saint
vers 1030-1101
Fondateur de la Grande Chartreuse.
• 1072-1075: *biographie* • 1077: septembre •

Bruno de Segni
1040/1050-1123
Légat.
• 1106: 25 juin •

Brunon de Cologne
925-965
Fils d'Henri Ier l'Oiseleur roi de Germanie. Archevêque de Cologne et duc de Lotharingie de 953 à 965.
• 953: autres événements • 954: 10 septembre; *introduction Lothaire III* • 957: janvier-février • 959: 3 avril • 960: octobre-décembre • 962: septembre • 965: 2 juin; 11 octobre •

Brunon de Dabo
Évêque de Toul.
• Voir Léon IX •

Brunon de Montier-en-Der
Abbé de Montier-en-Der.
• 1034: 24 novembre •

Brunon de Roucy
956-1016
Évêque de Langres de vers 980 à 1016.
• 980-1016 • 982: autres événements • 989: 24 novembre • 1016: janvier •

Brunot
Ferdinand
1860-1938
Linguiste.
• 1905: avril • 1922: octobre •

Brunschvicg
Cécile
1877-1946
Militante féministe. Ministre.
• 1909: 13 février • 1936: 4 juin •

Brunschvicg
Léon
1869-1944
Philosophe.
• 1910: autres événements • 1927: autres événements •

Brunswick
Charles Guillaume, Ferdinand, duc de
1735-1806
Général prussien.
• 1760: 16 octobre • 1780: dans *Castries* au 13 octobre • 1786: 22 septembre • 1789: *introduction Louis XVI et la Révolution* • 1792: 7 mars; 25 juillet; 28 juillet; 3 août; 20 septembre; 1er octobre; 18 octobre • 1793: 25 mars; 29 décembre • 1796: 26 juillet • 1806: 5-27 octobre •

Brunswick
Ferdinand, duc de
1721-1792
Feld maréchal prussien.
• 1756: dans *La guerre de Sept Ans* au 9 juin • 1758: 23 juin • 1759: 13 avril; 1er août •

Brussol
Traité de
1610
• 1610: 25 avril •

Brusthem
Bataille de
1467
• 1467: 28 octobre •

Brustlein
Gilbert
Résistant.
• 1941: 20-23 octobre •

• 1521: autres événements • 1529: mars-avril; autres événements; *biographie* dans autres événements • 1530: mars • 1536: mars; dans *Calvin et l'Institution de la religion chrétienne* en mars • 1537: dans *Les Baïf* dans autres événements • 1547: autres événements •

BUDIC
Évêque de Nantes après 1041, déposé en 1049.
• 1049: 1er octobre •

BUEB
Député au Reichstag.
• 1896: 24-25 juillet •

BUFFET
Anne Joseph Paul André
1857-1909
Avocat. Homme politique.
• 1899: 30 octobre; 9 novembre 1899-8 janvier 1900 •

BUFFET
Louis
1818-1898
Homme politique, ministre. Président du conseil.
• 1848: 27-28 décembre • 1851: 11 avril • 1870: 2 janvier; 14 avril • 1873: 4 avril; 5 novembre • 1875: 11 mars; 12 mars • 1876: 20 février-5 mars; 23 février •

BUFFET
Marguerite
• 1920: 27 mars •

BUFFET
Marie-Georges
Née en 1949
Ministre.
• 1997: 4 juin •

BUFFON
Georges-Louis Leclerc de
1707-1788
Intendant du Jardin du roi.
• 1739: autres événements • 1749: autres événements • 1751: dans *Au cœur des Lumières: l'Encyclopédie* dans autres événements • 1753: autres événements • 1769: autres événements • 1770: autres événements • 1778: autres événements •

BUGEAUD
Thomas-Robert
1784-1849
Gouverneur général en Algérie. Maréchal de France.
• 1832: 7 novembre • 1834: 13 avril; 14 avril • 1836: 27 avril; 6 juillet • 1837: 12 février; *biographie* au 12 février; 30 mai • 1840: 15 janvier; 29 décembre • 1841: 21 février; 18 mai-3 juin • 1842: 1er février • 1843: dans *Louis Veuillot* en juillet • 1844: 14 août; 10 septembre; 16 novembre 1844-18 mars 1845 • 1845: 24 janvier; 15 avril; 25 juin; 9 août; 23-26 septembre • 1846: juin; novembre • 1847: 27 février; 30 mai; 1er-5 octobre • 1848: 23 février; 24 février; dans *Eugène Cavaignac* au 28 juin • 1849: dans *Lamoricière* au 29 janvier; 9 mai • 1851: dans *Changarnier* au 3 janvier •

BUISSON
Psychiatre.
• 1957: autres événements •

BUISSON
Ferdinand
1841-1932
Président de la Ligue de l'enseignement et de la Ligue des droits de l'homme. Homme politique.
• 1881: 28 novembre • 1883: 10 mars • 1902: 27 septembre-6 octobre; autres événements • 1906: juillet • 1909: 13 février • 1901: 25 janvier • 1924: 16 décembre • 1927: 8 décembre; *biographie* au 8 décembre •

BUISSON
Georges
1878-1946
Dirigeant syndical.
• 1943: 27 avril •

BUISSON
Suzanne
1883-vers 1943
Femme politique. Résistante.
• 1930: autres événements •

BULLET
Pierre
1639-1716
Architecte.
• 1667: dans *Les architectes de Louis XIV* au 14 mai • 1691: autres événements •

Bullion
Claude de
vers 1580-1640
Surintendant des finances.
• 1632: 27 juillet-4 août • 1634: 15 août • 1636: 17 février • 1644: dans *Servien* en février-mars •

Bülow von Dennewitz
Friedrich Wilhelm, comte
1755-1816
Général prussien.
• 1815: 14-18 juin •

Buloz
François
1804-1877
Journaliste et directeur de presse.
• 1829: 1er juillet; août • 1840: 8 mars • 1847: 29 août •

Bunel
Jacob
† 1614
Peintre.
• 1589: *introduction Henri IV* •

Buñuel
Luis
1900-1983
Cinéaste espagnol naturalisé mexicain.
• 1924: dans *Les surréalistes* au 12, 15 octobre • 1930: 28 octobre • 1932: 20 avril • 1951: 25 avril • 1964: mars • 1967: mai • 1969: mars • 1972: septembre • 1985: mai •

Buonarroti
Philippe
1761-1837
Révolutionnaire. Homme politique.
• 1795: 29 mars; 10 septembre; 16 novembre • 1796: 21 mars; 30 mars; 10 mai • 1797: dans *La Conspiration des Égaux* au 26 mai • 1820: dans *Voyer d'Argenson* au 19 août • 1828: autres événements; *biographie* dans autres événements •

Burdeau
Auguste Laurent
1851-1894
Homme politique, ministre.
• 1892: 11 juillet; 7 décembre • 1893: 3 décembre •

Burdeau
Georges
1905-1988
Juriste.
• 1949: mars •

Buré
Émile
1876-1952
Journaliste. Directeur de presse.
• 1940: dans *Les Français de Londres* au 7 août •

Bureau de la Rivière
Chambellan.
• 1380: *introduction Charles VI* •

Buren
Daniel
Né en 1938
Artiste plasticien.
• 1967: 3 janvier • 1972: 16 mai • 1986: autres événements • 2000: janvier-mai •

Buret
Eugène
1810-1842
Journaliste.
• 1835: 2 mai • 1840: juin •

Burguière
André
Né en 1938
Historien.
• 1947: dans *La nouvelle histoire* au 3 novembre •

Burke
Edmund
1729-1797
Homme politique britannique.
• 1789: *introduction Louis XVI et la Révolution* • 1790: novembre; *biographie* en novembre • 1791: dans *Paine* au 22 février • 1797: dans *Joseph de Maistre* dans autres événements •

Bürkel
Joseph
1895-1944
Autonomiste alsacien.
• 1940: 7 août •

Burkina-Faso
• Voir Haute-Volta •

Burlamaqui
Jean-Jacques
1694-1748
Juriste suisse.
• 1748: autres événements • 1751: autres événements •

Burnham
James
1905-1987
Sociologue.
• 1947: janvier; novembre •

Buron
Robert
1910-1973
Ministre.
• 1951: 8 août • 1952: 20 janvier • 1953: 7 janvier • 1954: 18 juin • 1955: 20 janvier • 1958: 9 juin • 1959: 9 janvier • 1960: 24 janvier-1er février • 5 février • 1961: 24 août • 1962: 18 mars; 14 avril; 15 mai •

Bury
Bernard de
1720-1785
Claveciniste.
• 1736: autres événements •

Bury
Pol
Né en 1922
Artiste.
• 1955: 6 avril •

Bush
George H.
Né en 1924
Président des Etats-Unis de 1989 à 1993.
• 1981: *introduction La Ve République: De la France mitterrandienne aux cohabitations politiques* •

Bush
George W.
Né en 1946
Fils de George H. Bush. Président des Etats-Unis depuis 2001.
• 1981: *introduction La Ve République: De la France mitterrandienne aux cohabitations politiques* •

Bussière
Amédée
1886-1953
Préfet de police.
• 1942: 10 juillet •

Busson-Billault
Jules Henry
1823-1888
Homme politique, ministre.
• 1870: 10 août •

Bussy
Chimiste et pharmacien.
• 1825: dans *Kuhlmann et Péchiney* dans autres événements • 1859: 22 janvier •

Bussy d'Amboise
Louis de Clermont d'Amboise, dit
1549-1579
• 1575: 28 septembre • 1578: 14 février • 1579: 19 août •

Bussy-Leclerc
Jean de
Procureur au Parlement de Paris. Membre des Seize.
• 1588: 15 avril; 27 avril; 14 mai • 1589: 16 janvier • 1591: octobre-décembre •

Bussy-Rabutin
Roger de Rabutin, comte de Bussy, dit
1618-1693
Auteur.
• 1624: dans *Gaston d'Orléans* au 20 juillet • 1649: dans *Mazarinades* au 20 juillet • 1671: dans *Mme de Sévigné* au 6 février •

Butor
Michel
Né en 1926
Écrivain.
• 1957: dans *Le Nouveau Roman* au 22 mai; décembre • 1960: 30 mars • 1967: octobre • 1971: février •

Buyster
Philippe de
1595-1688
Sculpteur.
• 1639: autres événements • 1642: autres événements • 1647: autres événements • 1656: autres événements •

Buzot
François
1760-1794
Député.
• 1789: 6 août • 1791: 15 juillet; 16 juillet; dans *Les Jacobins* au 16 juillet • 1792: 25 septembre; 8 octobre; 23 octobre; 4 décembre; 16 décembre; 28 décembre • 1793: 2 juin; 6 juin; 13 juin; 17 juillet • 1794: 26 juin •

Byrnes
James
1879-1972
Homme politique américain.
• 1946: 28 mai •

Byron
Georges Gordon, Lord
1788-1824
Poète et écrivain anglais.
• 1819: août • 1823: dans *Le romantisme* en juillet • 1825: 14 mai •

C

Cabana
Camille
Né en 1930
Ministre.
• 1986: 20 mars; 13 août •

Cabanis
Pierre Jean Georges
1757-1808
Médecin et philosophe.
• 1787: dans *Volney* dans autres événements • 1793: 25 août • 1802: dans *Les Idéologues* au 18 mars •

Cabarrus
Thérésa
• Voir Tallien, Mme •

Cabet
Étienne
1788-1856
Théoricien socialiste.
• 1832: 5 juin • 1833: 1er septembre • 1835: 9 septembre • 1839: 29 juin • 1840: *biographie* dans *Socialismes et utopies* en juin • 1841: 14 mars • 1842: 12 mars • 1848: 17 mars; 16 avril; 23-24 avril •

Caboche
† 1557
Régicide.
• 1557: septembre •

Cabral
Pedro Alvarez
1460-1526
Navigateur portugais.
• 1500: autres événements •

Cabu
Jean Cabut, dit
Né en 1938
Auteur de bandes dessinées.
• 1959: dans *Astérix* au 15 octobre •

Caccini
Compositeur italien.
• 1600: autres événements •

Cachin
Marcel
1869-1958
Homme politique.
• 1920: 21 juin; 3 octobre; dans *Le congrès de Tours* au 25-30 décembre • 1925: 27 juillet-12 octobre; dans *Ernest Mercier et le Redressement français* au 23 novembre • 1928: 12 janvier • 1931: 13-27 mai • 1946: 20 janvier •

Cadet de Gassicourt
Charles Louis
1769-1821
Pharmacien, médecin, écrivain politique.
• 1818: 30 septembre •

Cadiot
Olivier
Né en 1956
Écrivain.
• 1989: 10 juillet •

Cadix
François d'Assise, duc de
1822-1902
• 1846: 28 août; 25 septembre; 10 octobre •

Cadoudal
Georges
1771-1804
Chef chouan. Conspirateur royaliste.
• 1796: 19 juin • 1799: 15 septembre; dans *Fouché* au 11-22 novembre • 1800: dans *Moreau* au 25 avril-15 juillet • 1803: 20 août; *biographie* au 20 août • 1804: 21 janvier; 27 janvier-6 février; 15 février; 9 mars; dans *Les maréchaux* au 18 mai; 25 mai; 28 juin • 1814: *introduction La première Restauration 1814* • 1815: *introduction La seconde Restauration* • 1829: dans *Polignac* au 8 août •

Caen
Château de
• vers 1060 •

Caen
Saint-Étienne de
• 1059: autres événements •

Caen
Université de
• 1432: avril •

Caffarel
Louis Charles
1829-1907
Général.
• 1887: 7 octobre; 13 octobre; 9 novembre • 1888: 19 mars •

Caffieri
Jean-Jacques
1725-1792
Sculpteur.
• 1748: autres événements •

Cagoule
Comité secret d'action révolutionnaire (CSAR), dit la
1936-1941
• 1937: 9 juin; 11 septembre; 16 novembre 1937-26 janvier 1938 • 1941: dans *Les collaborationnistes* au 1er juillet; 26 juillet • 1943: dans *Joseph Darnand* au 30 janvier •

Cahier de Gerville
Bon-Claude
1751-1796
Ministre de l'Intérieur.
• 1791: 7 décembre • 1792: 5 février; 18 février; 24 mars •

Cahiers de la Pléiade
Revue.
• 1920: dans *Paulhan* en juillet • 1946: avril •

Cahiers du cinéma
Revue.
• 1951: avril •

Cahiers du Sud
Revue.
• 1925: autres événements •

Cahiers du témoignage chrétien
Publication de la Résistance.
• 1931: dans *Au-delà de la droite et la gauche* en novembre • 1941: novembre •

Cahiers franco-allemands
Revue.
• 1935: 22 novembre • 1939: 29 juillet • Voir aussi Abetz, Otto •

Cahiers internationaux de sociologie
Revue.
• 1946: octobre •

Cahors
Cathédrale de
• 630-656 •

Cahusac
Louis de
† 1759
Librettiste.
• 1748: 29 février • 1749: autres événements • 1754: autres événements •

Caillaux
Eugène
1822-1896
Homme politique, ministre.
• 1874: 22 mai • 1875: 11 mars • 1877: 17 mai; 24 juillet • 1899: 23 juin •

Caillaux
Joseph
1863-1944
Haut fonctionnaire. Homme politique. Président du Conseil.
• 1899: 23 juin • 1904: 1er-15 mars • 1906: 22 octobre; *biographie* au 22 octobre • 1907: 7 février • 1908: dans *L'affaire Rochette* au 21 mars • 1909: 9 mars • 1911: 2-6 mars; 23-27 juin; juillet-août; 4 septembre; 4 novembre; 5 novembre; 18 novembre; 18-20 décembre • 1912: 9-10 janvier; 17 juin-10 juillet • 1913: 18 mai; 16-18 octobre; 23 novembre • 9 décembre • 1914: 13-16 mars; 17 mars; 19 mars-1er avril; 2-4 juin; 24-25 juillet; 2 août • 1917: 29 septembre; 11 décembre • 1918: 14 janvier; 13 octobre • 1920: 17 février • 1924: 14 juillet • 1925: 17-21 avril; 12 juillet; 13-16 octobre; 26-27 octobre • 1926: 23 juin; 12 juillet; 17 juillet • 1927: 27 octobre • 1928: 6 novembre; 13 novembre • 1935: 1er juin • 1937: 21-22 juin •

Caillavet
Henri
Né en 1914
Ministre.
• 1955: 20 janvier •

Caillebotte
Gustave
1848-1894
Peintre.
• 1875: autres événements • 1894: autres événements •

Caillié
René
1799-1838
Explorateur.
• 1828: autres événements •

Caillois
Roger
1913-1978
Écrivain.
• 1925: autres événements • 1935: autres événements • 1937: 20 novembre • 1938: novembre • 1939: autres événements • 1944: autres événements • 1949: février • 1951: mars • 1957: mars; dans *Georges Bataille* en octobre • 1958: juillet • 1971: février; décembre • 1975: juin •

Caisse d'amortissement
• 1799: 27 novembre; dans *Mollien* au 27 novembre • 1816: 28 avril •

Caisse d'épargne et de prévoyance
• 1818: 29 mai • 1836: 5 juin •

Caisse des dépôts et consignations
• 1816: 28 avril •

Caisse générale du commerce et de l'industrie
• 1830: dans *Laffitte* au 2 novembre • 1837: autres événements •

Caix d'Hervelois
Louis de
1680-1760
Compositeur.
• 1726: autres événements •

Cajetan
Henri
Légat pontifical.
• 1590: janvier •

Calaferte
Louis
1928-1994
Écrivain.
• 1963: mai •

Calais
Prise de
1347
• 1346: 4 septembre • 1347: fin juillet; 4 août; 28 septembre •

Calais
Prise de
1558
• 1547: *introduction Henri II* •

Calais
Traité de
1520
• 1520: juillet •

Calas
Jean
† 1762
Négociant protestant.
• 1762: 10 mars • 1764: 4 juin • 1765: 9 mars • 1767: août •

Calas
Raoul
1899-1978
Homme politique.
• 1947: 1er décembre •

Calder
Alexandre
1898-1976
Sculpteur et peintre américain.
• 1946: 25 octobre-16 novembre • 1955: 6 avril • 1964: dans *La Fondation Maeght* au 28 juillet • 1967: 24 juin-14 juillet •

Calderón de la Barca
Pedro
1600-1681
Poète dramatique espagnol.
• 1947: dans *Jean Vilar et le TNP* en juin •

Calendrier grégorien
• 1582: autres événements •

Calendrier révolutionnaire
• 1793: 5 octobre; 24 octobre; 24 novembre •

Calet
Henri
1904-1956
Écrivain.
• 1935: autres événements •

CALIXTE III
† 1458
Pape de 1455 à 1458.
• 1422: *introduction Charles VII* •

CALLAGHAN
James
Né en 1912
Premier ministre britannique de 1976 à 1979.
• 1969: *introduction La Vᵉ République: De l'héritage du gaullisme à la victoire de la gauche* •

CALLE
Sophie
Née en 1953
Photographe.
• 1983: autres événements •

CALLEMIN
Raymond
1890-1913
Membre de la bande à Bonnot.
• 1911: 21 décembre •

CALLET
Antoine-François
1741-1823
Peintre.
• 1787: autres événements •

CALLIÈRES
François de
1645-1717
Diplomate.
• 1716: autres événements •

CALLOT
Jacques
1592-1635
Graveur.
• 1600: dans *La Seconde École de Fontainebleau* dans autres événements • 1620: autres événements • 1621: autres événements • 1624: autres événements • 1627: autres événements • 1633: autres événements • 1650: dans *Les misères de la guerre pendant le Fronde* en juin-octobre • 1943: juin •

CALMAT
Alain
Né en 1940
Sportif. Ministre.
• 1984: 17-18 juillet •

CALMENT
Jeanne
1875-1997
• 1997: 5 août •

CALMET
Antoine-Augustin
1672-1757
Bénédictin. Exégète.
• 1718: autres événements • 1720: autres événements • 1728: autres événements •

CALMETTE
Albert
1863-1933
Médecin bactériologiste.
• 1923: autres événements •

CALMETTE
Gaston
1858-1914
Journaliste. Directeur du Figaro.
• 1908: dans *L'affaire Rochette* au 21 mars • 1913: 23 novembre • 1914: 13-16 mars •

CALONNE
Charles-Alexandre de
1734-1802
Contrôleur général des Finances.
• 1766: 3 mars • 1774: *introduction Louis XVI*; dans *Vergennes* au 2 juin; dans *Miromesnil* au 24 août • 1775: dans *Mirabeau* dans autres événements • 1777: dans *Necker* au 29 juin • 1783: 26 février; 1ᵉʳ novembre; *biographie* au 1ᵉʳ novembre; 10 décembre • 1785: 14 avril; décembre • 1786: 20 août • 1787: 14 février; 22 février; 2 mars; 9 avril; 10 avril; 15 avril; dans *Loménie de Brienne* au 1ᵉʳ mai; 7 août; 13 août • 1788: février; septembre • 1789: 9 février; 5 avril • 1790: octobre • 1792: 2 janvier • 1796: mars • 1814: dans *Le baron Louis* au 13 mai •

CALONYMOS LE GRAND
Maître de l'école juive de Narbonne.
• vers 1130 •

CALUIRE
1943
• 1942: dans *Jean Moulin* au 1ᵉʳ janvier • 1943: 21 juin • 1947: 24 janvier •

CALVIN
Jean
1509-1564
Réformateur.
• 1509: 10 juillet • 1515: *introduction François Ier* • 1521: dans *Le Cercle de Meaux* en mars • 1530: mars • 1534: octobre-décembre • 1536: dans *Calvin et l'Institution de la religion chrétienne* en mars • 1544: 14 février • 1550: 31 mai • 1556: 20 novembre • 1557: 27 septembre • 1559: *introduction François II* • 1560: mars; 5 juillet; *introduction Charles IX* • 1561: 24 août • 1562: dans *Castellion* en février-mars • 1563: 17-19 mars • 1564: 27 mai • 1979: dans *François Furet* au 23 janvier •

CALVO SOTELO
Leopoldo
Né en 1926
Premier ministre espagnol de 1981 à 1982.
• 1981: *introduction La Ve République: De la France mitterrandienne aux cohabitations politiques* •

CALZABIGI
Ranieri
1714-1795
Librettiste italien.
• 1776: 23 avril •

CAMBACÉRÈS
Jean-Jacques Régis de, duc de Parme
1753-1824
Juriste. Homme politique, ministre. Consul.
• 1793: 19 mars; 4 juin; 19 juin; 9 août; 22 août; 2 novembre • 1794: 9 septembre; 8 décembre • 1795: 18 avril; 22 août • 1799: 20 juillet; 8 novembre; 11 novembre; 11-22 novembre; *biographie* au 11-22 novembre; 13 décembre • 1802: 2 août; 4 août • 1804: dans *Le Code civil* au 21 mars; dans *Grands dignitaires* au 18 mai • 1810: 29 janvier • 1814: 29 mars • 1815: 20 mars • 1816: 21 mars •

CAMBERT
Robert
1628-1677
Compositeur.
• 1671: 3 mars •

CAMBODGE
Au XIXe siècle.
• 1856: octobre • 1863: 23 avril • 1867: 25 juillet • 1893: 20 juillet • 1898: 1er août •

CAMBODGE
Au XXe siècle.
• 1941: 9 mai • 1945: 9 mars • 1946: 6-7 janvier; *introduction La IVe République*; dans *La guerre d'Indochine* au 19 décembre • 1953: 3 juillet • 1954: 26 avril •

CAMBON
Joseph
1756-1820
Député à la Législative et à la Convention. Président du comité des finances.
• 1792: 4 janvier; 10 octobre; 13 novembre; 10 décembre; *biographie* au 10 décembre; 15 décembre • 1793: 26 janvier; 19 mars; 2 avril; 7 avril; 19 août; 1er décembre • 1794: 26 juillet; 29 juillet; 24 août; 18 septembre • 1795: 22 janvier; 3 avril; 5 avril; dans *Une séparation de l'Église et de l'État* au 30 mai •

CAMBON
Jules
1845-1935
Gouverneur général en Algérie. Diplomate.
• 1891: 6 mars • 1911: juillet-août •

CAMBON
Paul
1843-1924
Diplomate.
• 1902: 6 août • 1904: 8 avril •

CAMBRAI
Cathédrale de
• 1020: *Cathédrales pré-romanes* • 1175 •

CAMBRAI
Déclaration de
• 1815: 26 juin; 27 juin •

CAMBRAI
Traité de
1508
• 10 décembre 1508 •

CAMBRAI
Traité de
1517
• 11 mars 1517 •

Campagne de 1807
En Pologne.
• 1806: 10 novembre-26 décembre • 1807: 18 janvier-17 février; 4-21 juin •

Campagnes napoléoniennes
En Espagne et Portugal.
• Voir Espagne, guerre d' •

Campagne de 1809
En Autriche, en Allemagne et en Italie.
• 1809: 8 avril-12 juillet •

Campagne de 1812
En Russie.
• 1812: 23 février; 8 avril; 21 juin; 24 juin-14 septembre; 19 octobre-13 décembre; 16 décembre •

Campagne de 1813
En Allemagne.
• 1813: 29 avril-4 juin •

Campagne de 1814
En France.
• 1799: *introduction Napoléon Bonaparte* • 1813: 15 décembre • 1814: 1er janvier; 3-4 janvier; 19 janvier; 24 janvier; 4 février; 7 février; 10-18 février; 22 février; 1er-7 mars; 5 mars; 8 mars; 9-10 mars; 13 mars; 19 mars; 20-21 mars; 28 mars; 29 mars; 30 mars; 31 mars; 23 avril •

Campagne de 1815
• 1815: *introduction Les Cents-Jours* • 1815: 14-18 juin •

Campana
Marcelle
Née en 1913
Ambassadeur.
• 1999: dans *Femmes et parité* au 10 mars •

Campenon
Jean-Baptiste
1819-1891
Général. Ministre.
• 1881: 14 novembre • 1883: 5 octobre • 1885: 3 janvier; 6 avril •

Campin
Robert
• Voir Maître de Flémalle •

Campinchi
César
1882-1941
Homme politique, ministre.
• 1937: 21-22 juin • 1938: 18 janvier; 14 mars; 10 avril • 1940: 21-22 mars •

Campion
Henri de
1613-1663
Mémorialiste.
• 1643: juillet-septembre •

Campistron
Jean Galbert de
1656-1723
Auteur.
• 1653: dans *Lully* au 23 février •

Campo Formio
Traité de
17 octobre 1797
• 1794: *introduction La République thermidorienne* • 1797: 17 octobre; *La paix de Campo Formio* au 17 octobre; 26 octobre • 1798: 18 janvier; 9 mars •

Campobasso
Condottiere.
• 1476: 7 octobre •

Campra
André
1660-1744
Compositeur.
• 1697: 24 octobre; *biographie* au 24 octobre • 1699: 20 janvier • 1702: 7 novembre • 1710: 17 juin • 1712: 12 janvier • 1718: autres événements • 1722: autres événements • 1729: autres événements • 1735: 23 août; autres événements •

Camps d'extermination
• Voir Auschwitz-Birkenau, Belzec, Chelmno/Ner, Maïdanek, Sobibor, Treblinka •

Camps d'internement
Sous la IIIe République.
• 1914: 1er septembre • 1916: dans *Les rigueurs de l'occupation* au 23 avril • 1939: 26-31 janvier; 27 février; 18 novembre •

CAMUS
Albert
1913-1960
Écrivain.
• 1936: dans *Simone Weil* au 10 juin • 1937: mai; dans *Martin du Gard* au 10 novembre • 1939: mai • 1942: juillet • 1943: 2 juin • 1944: 5 janvier; 19 mars • 1945: dans *Intellectuels: épurateurs et épurés* au 13 janvier; dans *Émeutes et répression en Algérie* au 8 mai; 26 septembre • 1946: mars; juin; octobre • 1947: 13 janvier; 3 juin; 10 juin; *biographie* au 10 juin • 1949: février; 27 octobre; 15 décembre • 1951: 8 juin; octobre; dans *Julien Gracq* au 3 décembre • 1955: 16 avril • 1956: 22 janvier; 25 juin; 20 septembre • 1957: 17 octobre • 1959: juin • 1969: novembre • 1972: avril •

CAMUS
Armand-Gaston
1740-1804
Avocat. Député. Secrétaire du bureau de la Convention.
• 1768: mai • 1775: 26 novembre • 1789: 13 mai; 4 août • 1790: 31 mai; 1er juin; 12 juin; dans *La Constitution civile du clergé* au 12 juillet; 7 septembre; 27 novembre; 23 décembre • 1791: 14 janvier; 8 février • 1792: 20 septembre; 30 novembre • 1793: 30 mars; 1er avril • 1795: 26 décembre • 1796: 2 janvier • 1800: 28 mai •

CAMUS
Marcel
1912-1982
Cinéaste.
• 1959: 31 mai •

CANARD ENCHAÎNÉ (LE)
Journal satirique.
1916
• 1915: 4 septembre • 1973: 4 décembre •

CANAVESIO
Peintre.
• 1485-1490 •

CANCER
Association pour la recherche sur le
• Voir ARC •

CANCER
Institut du
• Voir Villejuif, Hôpital de •

CANCLAUX
Jean-Baptiste-Camille de
1740-1817
Général.
• 1792: *introduction La République jacobine* • 1793: 23 mars; 30 avril; 29 juin; 1er octobre • 1794: 8 octobre • 1795: dans *La pacification de l'Ouest* au 17 février; 26 février •

CANCÚN
Sommet de
1981
• 1981: *introduction La Ve République: De la France mitterrandienne aux cohabitations politiques*; 17-23 octobre •

CANDALE
Louis-Charles Gaston de Nogaret de Foix, dit le duc de
1627- 1658
Fils de Bernard de Nogaret duc d'Épernon. Gouverneur d'Auvergne. Officier.
• 1653: mars-août •

CANDEILLE
Julie-Émilie
1767-1834
Fille de Pierre-Joseph Candeille. Actrice. Auteur.
• 1792: 27 décembre • 1793: 3 février • 1794: 28 novembre • 1795: 24 janvier •

CANDEILLE
Pierre-Joseph
1744-1827
Compositeur. Chanteur.
• 1793: 3 février •

CANDOLLE
Augustin Pyrame de
1778-1841
Botaniste suisse.
• 1806: dans *Berthollet et Gay-Lussac* en septembre •

CANE
Louis
Né en 1943
Artiste.
• 1969: dans *Support-Surface* en septembre •

CANGUILHEM
Georges
1904-1995
Philosophe.

• 1927: 15 avril; dans *Les normaliens de l'entre-deux-guerres* au 15 avril • 1950: mars •

CANLER
Louis
1797-1865
Chef de la Sûreté.
• 1849: 3 mars •

CANNES
Festival de
• 1946: 20 septembre •

CANNING
George
1770-1827
Homme d'État britannique.
• 1814: *introduction La première Restauration*
• 1825: mars •

CANOPE
Bataille de
1801
• 1801: 27 juin •

CANOSSA
• 1078: [début] •

CANOVA
Antonio
1757-1822
Sculpteur italien.
• 1791: dans *Quatremère de Quincy* dans autres événements • 1808: *biographie* dans *Le néo-classicisme* au 4 janvier •

CANROBERT
François Certain
1809-1895
Maréchal de France.
• 1854: 26 septembre • 1855: 17 mai
• 1856: 18 mars •

CANTILLON
Richard
vers 1690-1734
Banquier. Économiste.
• 1755: autres événements • 1818: 11 février •

CANUEL
Simon
1767-1840
Général.
• 1817: juin-novembre; 3 septembre-3 novembre • 1818: 22 mars; 6 juillet •

CAPA
Robert
1913-1954
Photographe américain.
• 1967: autres événements •

CAPDEVILLE
Homme politique.
• 1948: 19 juillet •

CAPELLANI
Albert
1870-1931
Metteur en scène.
• 1909: dans *Le cinéma: art et industrie* dans autres événements •

CAPELLE
Marie Fortunée
1816-1852
• 1852: 1er juin •

CAPITANT
René
1901-1970
Homme politique, ministre.
• 1943: 9 novembre • 1944: 2 septembre; 5 septembre; 9 septembre • 1949: 10-12 juin • 1968: 1er juin; 10 juillet •

CAPITATION
Impôt.
• 1643: *introduction Louis XIV* • 1689: dans *Pontchartrain* au 4 octobre • 1695: 18 janvier • 1697: 17 décembre • 1701: mars •

CAPITULATIONS
• 1535: février-novembre •

CAPPEL
Guillaume
Traducteur.
• 1576: autres événements •

CAPPELLE
Guillaume Antoine Benoît
1775-1843
Homme politique, ministre.
• 1830: 19 mai •

CAPRARA
Giovanni Battista
1733-1810
Cardinal. Légat du pape.
• 1802: 8 avril •

Capri
Sophie Rose Fridman, dite Agnès
1907-1976
Chanteuse et comédienne.
• 1950: février •

Capus
Joseph
1867-1947
Homme politique, ministre.
• 1924: 30 mars; 8-10 juin •

Cap-Vert
• 1857: 25 mai •

Capy
Marcelle, née Marquès
1891-1962
Militante féministe et pacifiste.
• 1917: 31 octobre •

Caquot
Albert
1881-1976
Ingénieur constructeur.
• 1928: autres événements •

Carafa
Carlo
1516-1561
Cardinal.
• 1556: mars-juillet; 5 septembre; 24 novembre • 1557: janvier-février; 12 décembre •

Carafa
Giampiero
• Voir Paul IV •

Caran d'Ache
Emmanuel Poiré, dit
1859-1909
Dessinateur.
• 1881: autres événements •

Caravage
Michelangelo Merisi, dit le
1571-1610
Peintre italien.
• 1613: fin 1613 ou début 1614; dans *Les caravagesques français* à fin 1613 ou début 1614 • 1640: dans *La grande peinture: entre baroque et classicisme* au 17 décembre • 1661: dans *Mazarin collectionneur* au 9 mars •

Carbon
François Jean
1756-1801
Chouan et conspirateur.
• 1801: 5 janvier •

Carbonari
• Voir Charbonnerie •

Carbonneau
† 1816
Écrivain public. Conspirateur.
• 1816: 26 avril •

Carcès
Jean de Ponteves comte de
1512-1582
• 1574: *introduction Henri III* •

Carco
François Carcopino-Tusoli, dit Francis
1886-1958
Écrivain.
• 1914: décembre • 1941: octobre •

Carcopino
Jérôme
1881-1970
Historien. Homme politique, ministre.
• 1915: 1er octobre • 1940: 11 novembre • 1941: 25 février •

Cardinal
Marie
Née en 1929
Écrivain.
• 1975: mai •

Caricature (La)
Journal.
• 1830: 4 novembre • 1835: 9 septembre •

Cariffa
Antoine
Acteur.
• 1914: 7 février •

Carignon
Alain
Né en 1949
Homme politique, ministre.
• 1986: 20 mars • 1993: 29 mars • 1994: 25 juillet •

CARL-GUSTAV X
Roi de Suède de 1654 à 1660.
• 1643: *introduction Louis XIV* • 1656: 1er septembre •

CARLIER
Pierre
1794-1858
Préfet de police.
• 1849: 8 novembre • 1851: 20 août; 17 octobre •

CARLO MALATESTA
• 1472: dans *Guillaume Dufay* dans autres événements •

CARLOMAN
avant 714-754
Fils de Charles Martel. Maire du palais d'Austrasie de 741 à 747.
• 741: 22 octobre • 741-742 • 742-743: 1er mars • 743 • 744: 3 mars • 745 • 746 • 747 •

CARLOMAN
751-771
Fils de Pépin le Bref roi des Francs. Roi d'Aquitaine de 768 à 771.
• 751: *introduction Pépin le Bref* • 754: 28 juillet • 768: *introduction Charlemagne* • 768: 9 octobre • 770-771 • 771: 4 décembre •

CARLOMAN
vers 830-880
Fils de Louis le Germanique roi de Bavière et de Francie orientale. Roi de Lorraine. Roi de Bavière de 876 à 880. Roi d'Italie de 877 à 880.
• 814: *introduction Louis le Pieux* • 877: 6 octobre • 880: après le 29 septembre •

CARLOMAN
vers 849/850-876
Fils de Charles II le Chauve empereur. Abbé de Saint-Médard de Soissons en 860, de Saint-Germain d'Auxerre en 866 et de Saint-Amand en 866-867.
• 855: *introduction Charles le Chauve* • 867: 9 janvier • 870: 18 juin; 9 octobre • 871: janvier; août • 873: janvier •

CARLOMAN
866-884
Fils de Louis II le Bègue roi de Francie occidentale. Roi d'Aquitaine et de Bourgogne de 879 à 882. Roi de Francie occidentale de 882 à 884.
• 877: *introduction Louis II le Bègue* • 879: *introduction Louis III et Carloman* • 879-884 •

CARLOMAN-PÉPIN
777-810
Fils de Charlemagne. Roi d'Italie de 781 à 810.
• 768: *introduction Charlemagne* • 781: 15 avril • 796: autres événements • 805 • 806: 6 février • 810: 8 juillet •

CARLOS
Don
• Voir Charles III/VII •

CARLOS
Don
1788-1855
Frère de Ferdinand VII, roi d'Espagne. Comte de Molina. Prétendant au trône d'Espagne.
• 1835: 17 mai • 1836: 18 mars • Voir aussi Espagne, révolte carliste •

CARLOS
Illitch Ramirez Sanchez, dit
Né en 1949
Terroriste vénézuélien.
• 1994: 15 août •

CARLSON
Carolyn
Née en 1942
Danseuse et chorégraphe américaine.
• 1974: mai •

CARLYLE
Thomas
1795-1881
Historien et homme de lettres écossais.
• 1865: 18 février •

CARMAUX
• 1892: 16 août • 1895: 1er août •

CARMONTELLE
Louis Carrogis, dit
1717-1806
Peintre. Architecte. Écrivain.
• 1730: autres événements • 1768: autres événements •

Carné
Marcel
1909-1996
Cinéaste.
• 1902: dans *L'âge d'or du Caf'Conc'* au 18 novembre • 1927: septembre • 1929: autres événements • 1937: 20 octobre • 1938: 17 mai • 1939: 9 juin • 1942: 5 décembre • 1943: 17 août • 1945: 17 mars • 1946: 13 décembre •

Carnot
Adolphe
1839-1920
Homme politique.
• 1901: 3 septembre •

Carnot
Lazare
1753-1823
Ingénieur militaire. Député à l'Assemblée législative puis à la Convention. Membre du Comité de salut public. Membre du Directoire. Ministre.
• 1792: 28 mai • 1792: *introduction La République jacobine* • 1793: dans *Barère* au 4 janvier; 14 février; 9 mars; *biographie* au 14 août; dans *Prieur de la Côte-d'Or* au 14 août; 16 octobre • 1794: 9 janvier; 4 mars; 1er avril; 26 avril; 27 mai; 29 juin; 13 juillet; *introduction La République thermidorienne*; 29 juillet; 3 octobre; 4 octobre; 6 octobre • 1795: 22 mars; 28 mai; 4 novembre; dans *Les Directeurs* au 4 novembre • 1796: 24 février; 4 mai; 10 mai; 10 septembre; 12 novembre; 30 novembre • 1797: 30 janvier; 1er mars; 5 avril; dans *Leoben ou la paix malgré le Directoire* au 18 avril; 16 juillet; 17 juillet; 19 juillet; 20 juillet; 24 août; 4 septembre; 5 septembre; 8 septembre; 25 décembre • 1799: *introduction Napoléon Bonaparte*; 24 décembre • 1800: 2 avril; 8 octobre • 1802: 12 mai • 1804: 3 mai • 1814: juillet; 4 octobre • 1815: 20 mars; 22 juin; 24 juillet • 1837: 31 août • 1888: 2 décembre • 1889: 4 août •

Carnot
Lazare Hippolyte
1801-1888
Fils de Lazare Carnot. Homme politique, ministre.
• 1842: 11 juin • 1848: 24 février; 27 février; 29 février; 8 mars; 11 mai; 28 juin; 30 juin; 5 juillet; 12 juillet • 1849: 4 janvier; 5 janvier; *biographie* au 5 janvier; 10 avril • 1850: 10 mars • 1851: dans *Le coup d'État du 2 Décembre: fin de la IIe République* au 2 décembre • 1852: 29 février • 1857: 21-22 juin • 1864: 21 mars; 5-6 août • 1869: 23-24 mai; 6-7 juin; 21-22 novembre • 1870: 4 septembre • 1888: autres événements •

Carnot
Marie François Sadi
1837-1894
Fils d'Hippolyte Carnot. Homme politique, ministre. Président de la IIIe République de 1887 à 1894.
• 1849: dans *Hippolyte Carnot* au 5 janvier • 1880: 25 septembre; dans *Ferry* au 25 septembre • 1885: 6 avril • 1886: 7 janvier; 17 juin • 1887: 3 décembre; *biographie* au 3 décembre • 3 décembre 1887-24 juin 1894 • 1894: 1er juillet • 1895: dans *L'anarchisme* au 16 novembre •

Carnot
Sadi-Nicolas-Léonard
1796-1832
Fils aîné de Lazare Carnot. Physicien.
• 1824: 12 juin •

Carol
Martine
1920-1967
Actrice.
• 1955: 23 décembre •

Caroli
Pierre
Théologien du Cercle de Meaux.
• 1521: dans *Le Cercle de Meaux* en avril • 1523: août • 1535: janvier-mai •

Caron
Antoine
vers 1527-1599
Peintre.
• 1566: autres événements • 1573: 16 septembre • 1580: autres événements •

Caron
Augustin-Joseph
1774-1822
Officier. Carbonaro français.
• 1820: 19 août • 1822: 18 septembre •

Caron
Christine, dite Kiki
Née en 1948
Sportive.
• 1964: juillet •

Caron
Gilles
Photographe.
• 1967: autres événements •

Caron
Pierre
1875-1952
Historien.
• 1834: dans *Le siècle de l'histoire* au 18 juillet •

Carpeaux
Jean-Baptiste
1827-1875
Sculpteur et peintre.
• 1863: mai • 1869: autres événements •

Carpentras
Elzéar Genet dit
• Voir Genet Elzéar •

Carpentras
• 1990: 8-9 mai •

Carra
Jean-Louis
1742-1793
Journaliste. Député à la Convention. Directeur de la Bibliothèque nationale.
• 1789: avril; 3 octobre • 1792: 19 août • 1793: 2 janvier; 2 août; 31 octobre •

Carrà
Carlo
1881-1966
Peintre italien.
• 1912: dans *Le futurisme en peinture* au 5 février •

Carré de Montgeron
Louis-Basile
1686-1754
Conseiller au Parlement de Paris.
• 1737: 29 juillet •

Carrefour
Éditions du
• 1933: dans *Les réfugiés allemands* au 27 février •

Carrefour du Développement
Affaire du
1986
• 1986: 28 avril • 1990: 4 avril • 1992: 1er avril • 1999: dans *Responsabilité, culpabilité et justice* au 9 février •

Carrel
Alexis
1873-1944
Physiologiste et chirurgien.
• 1912: décembre; *biographie* en décembre •

Carrel
Armand
1800-1836
Journaliste.
• 1821: dans *Saint-Simon* au 3 mars • 1822: août • 1830: 3 janvier; *biographie* au 3 janvier 15-31 août • 1831: janvier • 1832: 2 janvier; 8 septembre • 1834: 16 décembre • 1836: dans *Thiers* au 22 février; 1er juillet; 15 juillet; 22 juillet; dans *Girardin* au 22 juillet • 1840: 24 juillet •

Carrère d'Encausse
Hélène
Née en 1929
Historienne.
• 1987: 22 juin •

Carrier
Jean-Baptiste
1756-1794
Député à la Convention.
• 1793: 9 mars; 5 août; 17 novembre; 10 décembre • 1794: 21 février; 4 mars; 6 mars; *introduction La République thermidorienne*; 3 septembre; 8 septembre; 28 septembre; 14 octobre; 20 octobre; 23 octobre; 27 octobre; 29 octobre; 21 novembre; 16 décembre; 18 décembre •

Carrière
Jean
Né en 1928
Écrivain.
• 1972: novembre •

Carrière
Jean-Claude
Né en 1931
Scénariste.
• 1985: mai •

Cartan
Henri
Né en 1904
Mathématicien.
• 1935 : dans *Le groupe Bourbaki* au 10 juillet •

Carteaux
Jean-François
1751-1813
Général.
• 1793 : 25 août ; 3 novembre ; 22 décembre •

Cartel des gauches
1924-1926
• 1914 : *introduction La IIIe République : D'une guerre à l'autre* • 1923 : 14 octobre • 1924 : 31 janvier-6 février ; 11 mai ; 12 novembre ; 18 décembre • 1925 : 14 avril ; 26 juillet ; 25-26 novembre • 1926 : 21 juillet •

Cartellier
Pierre
1757-1831
Sculpteur.
• 1808 : dans *Le néo-classissisme* au 4 janvier •

Carthagène
Prise de
1997
• 1697 : 2 mai •

Cartier
Fondation
1994
• 1994 : 11 mai •

Cartier
Jacques
1491-1557
Navigateur.
• 1534 : avril • 1535 : mai • 1540 : 17 octobre • 1541 : avril • 1545 : autres événements • 1627 : dans *Les débuts de la colonisation* au 29 avril-4 mai •

Cartier
Raymond
1904-1975
Journaliste.
• 1956 : 18 août •

Cartier-Bresson
Henri
Né en 1908
Photographe.
• 1944 : 26 août • 1967 : autres événements • 1969 : autres événements •

Carton
Marcel
Diplomate.
• 1985 : 22 mars •

Cartouche
Jean-Dominique
1693-1721
Chef de bande.
• 1721 : 14 octobre ; 28 novembre •

Casabianca
François Joseph Xavier, comte de
1796-1881
Homme politique, ministre.
• 1851 : 26 octobre • 1852 : 22 janvier •

Casals
Pablo
1876-1973
Violoncelliste catalan.
• 1950 : juillet •

Casanova
Giacomo
1725-1798
Aventurier et mémorialiste italien.
• 1788 : autres événements •

Casanova
Laurent
1906-1972
Homme politique.
• 1946 : 23-29 janvier ; 19-26 juin • 1961 : 13-15 février •

Casanova
Madeleine
Psychanalyste.
• 1961 : octobre •

Casarès
Maria
1922-1996
Comédienne française d'origine espagnole.
• 1947 : dans *Albert Camus* au 10 juin ; 3 décembre • 1949 : 25 avril ; 15 décembre •

Casaulx
Charles de
† 1596
Chef des ligueurs marseillais.
• 1591 : février • 1596 : 17 février •

Caserio
Sante Ieronimo
1873-1894
Anarchiste italien.
• 1887 : dans *Sadi Carnot* au 3 décembre • 1894 : 24 juin ; 16 août •

Casimir-Perier
Auguste Perier, dit
1811-1876
Homme politique, ministre.
• 1871 : décembre • 1872 : 2 février • 1873 : 19 mai • 1874 : 15 juin ; 15 juillet ; 23-29 juillet •

Casimir-Perier
Jean
1847-1907
Président de la IIIe République de 1894 à 1895.
• 1870 : *introduction La IIIe République* • 1892 : 29 novembre-6 décembre • 1893 : 10 janvier ; 20 novembre ; 3 décembre • 1894 : 22 mai ; 27 juin ; *biographie* au 27 juin • 27 juin 1894-15 janvier 1895 •

Cassan
Louis Pierre Jean Aphrodise, baron de
1771-1852
Général.
• 1815 : 15 juillet •

Cassandre
Adolphe Jean Marie Mourou, dit
1901-1968
Affichiste et décorateur de théâtre.
• 1950 : juillet •

Cassel
Bataille de
1071
• 1071 : 22 février •

Cassel
Bataille de
1328
• 1328 : *introduction Philippe VI* ; 23 août •

Çassez
Émile
1871-1948
Homme politique, ministre.
• 1934 : 8 novembre •

Cassin
René
1887-1976
Juriste.
• 1940 : dans *Les Français de Londres* au 7 août • 1941 : 24-26 septembre • 1943 : 19 août • 1944 : 23 décembre ; *biographie* au 23 décembre ; 1958 : juin-août • 1968 : 9 octobre •

Cassini
Jacques
1667-1756
Astronome.
• 1715 : *introduction Louis XV* • 1720 : autres événements • 1724 : 22 mai • 1733 : autres événements • 1740 : autres événements •

Cassini
Jean-Dominique
1625-1712
Astronome.
• 1668 : autres événements • 1683 : 1er mai • 1684 : autres événements •

Cassini
Jean-Dominique
† 1845
Fils de César-François Cassini de Thury. Astronome.
• 1770 : autres événements •

Cassini de Thury
César-François
1714-1784
Fils de Jacques Cassini. Astronome.
• 1733 : autres événements • 1738 : autres événements • 1744 : autres événements • 1747 : autres événements • 1756 : 13 septembre •

Cassou
Jean
1897-1986
Écrivain et critique d'art. Conservateur de musée.
• 1935 : 21-25 juin ; dans *Les compagnons de route* au 21-25 juin • 1942 : 19 février • 1944 : 2 septembre •1947 : 9 juin • 1956 : 22 février-8 avril •

Castagna
Giambattista
• Voir Urbain VII •

Castel
Louis-Bertrand
1688-1757
Jésuite.
• 1724: autres événements •

Castelbajac
Marie-Barthélemy de
1776-1868
Homme politique.
• 1816: 2 décembre •

Castelfidardo
Bataille de
1860
• 1860: 18 septembre •

Castelin
André Louis
1858-1912
Homme politique.
• 1896: 17 novembre •

Castellane
Boniface, comte de
1788-1862
Maréchal de France.
• 1852: 2 décembre •

Castellane-Mazauges
Elléon de
1746-1806
Évêque de Toulon.
• 1790: 1er juillet •

Castellion
Sébastien
1515-1563
Humaniste.
• 1562: février-mars; *biographie* en février-mars •

Castelnau
Charles de
Baron de Castelnau.
• 1559: *introduction François II* • 1560: février-mars •

Castelnau
Édouard de Curières de
1851-1944
Général. Homme politique.
• 1915: 2 décembre • 1916: dans *Les généraux de la Grande Guerre* au 26 décembre • 1924: 18 décembre • 1925: 25 février •

Castelnau
François de
Neveu de Georges d'Amboise. Cardinal.
• 1503: 4 décembre •

Castelnau
Henri de
1814-1890
Général.
• 1866: 16 septembre •

Castiglione
Bataille de
• 1796: dans *La campagne d'Italie* au 10 avril; 5 août •

Castillon
Bataille de
1453
• 1435: 5 août • 1453: 17 juillet •

Castoriadis
Cornélius
1922-1997
Haut fonctionnaire. Philosophe.
• 1947: dans *La nouvelle histoire* au 3 novembre • 1949: mars •

Castricum
Bataille de
1799
• 1794: *introduction La République thermidorienne* • 1799: 6 octobre •

Castries
Armand-Charles-Augustin de La Croix, duc de
1756-1842
Officier. Député de la noblesse aux États généraux.
• 1790: 13 novembre •

Castries
Charles-Eugène-Gabriel de La Croix, marquis de
1727-1800
Secrétaire d'État à la Marine.
• 1756: dans *La guerre de Sept Ans* au 9 juin • 1760: 16 octobre • 1774: *introduction*

Catherine de Médicis
1519-1589
Fille de Laurent de Médicis duc d'Urbino et de Madeleine de La Tour d'Auvergne. Épouse d'Henri II roi de France. Reine de France de 1559 à 1589. Régente de 1574 à 1575.
• 1515: *introduction François Ier* • 1519: 13 avril • 1531: 24 avril; 14 juin • 1533: 28 octobre • 1534: 25 septembre • 1544: 19 janvier • 1546: 2 avril • 1547: *introduction Henri II*; 11 avril; mai; 12 novembre • 1548: 23 septembre • 1549: 3 février; 10 juin; 18 juin • 1551: juillet-octobre; 19 septembre • 1552: 12 février • 1553: 14 mai • 1554: janvier-septembre • 1555: mars-juin; 18 mars • 1556: 24 juin • 1558: 18 mars; octobre-novembre • 1559: *introduction François II* • 1560: février-mars; *introduction Charles IX*; 5 décembre • 1561: 9 septembre-14 octobre • 1562: janvier-mars; mars; novembre-décembre • 1563: 8 octobre; autres événements; dans *Palissy* dans autres événements • 1564: 24 janvier • 1565: 15 juin-2 juillet; autres événements • 1566: 24 janvier; 7 juillet; autres événements • 1567: 26-28 septembre • 1568: juin; juillet • 1569: 17 mai-3 juin; octobre-décembre • 1570: décembre; autres événements • 1571: 12 septembre • 1572: mars-avril; mai-juillet; 30 juillet; 4 août; 23 août • 1573: 29 novembre-2 décembre • 1574: avril-mai; 30 mai; *introduction Henri III*; 20 septembre; 25 novembre • 1575: 11 avril; 21 septembre; 30 septembre; 2 octobre; 21 novembre • 1576: autres événements • 1577: avril; 14 septembre • 1578: 2 octobre; 28 octobre; 22-23 novembre; 15 décembre • 1579: 28 février; avril; 22 juillet; 18 septembre; 18 novembre • 1580: 31 janvier; dans *Montaigne* dans autres événements • 1581: avril; 30 août • 1585: 9 avril • 1586: 1er juin; 19 août; décembre • 1587: 17 janvier-19 février; 24 mai-15 juin • 1588: 9 mai; 1er août; 1er septembre • 1589: 5 janvier • 1595: 31 décembre • 1596: 25 mars • 1606: 30 avril •

Catherine de Valois
Demi-sœur de Philippe VI roi de France. Impératrice de Constantinople. Épouse de Philippe prince de Tarente.
• 1328: *introduction Philippe VI* •

Catherine Labouré
Sainte
1806-1876
• 1830: novembre •

Catinat
Nicolas
1637-1712
Maréchal de France. Gouverneur de Casal.
• 1686: mai • 1690: 18 août; 12 novembre • 1691: 26 mars • 1693: 27 juin-4 octobre • 1696: 29 août • 1697: 7 juin • 1701: 1er septembre •

Catroux
Georges
1877-1969
Général. Ministre.
• 1940: dans *Les Français de Londres* au 7 août; 8 décembre • 1941: 8 juin • 1943: 31 mai; 3-7 juin; 1er juillet; 9 novembre; 22 décembre • 1944: 2 septembre; 5 septembre • 1955: 20 janvier; 5 septembre-31 octobre • 1956: 1er février; 6 février •

Cauchois-Lemaire
Louis François Auguste
1789-1861
Journaliste.
• 1814: 15 décembre • 1815: 15 juillet • 1816: mars • 1818: février; dans *La presse d'opinion sous la Restauration* en février • 1821: février • 1828: 12 janvier • 1830: 26 juillet • 1836: dans *Thiers* au 22 février •

Cauchy
Augustin, baron
1789-1857
Mathématicien.
• 1828: 24 mai •

Caulaincourt
Armand-Augustin, marquis de
1773-1827
Général. Diplomate, ministre.
• 1804: dans *Grands officiers civils* au 18 mai • 1807: 3 novembre; *biographie* au 3 novembre • 1810: 10 février • 1811: 5 février • 1813: 29 avril-4 juin; 20 novembre • 1815: 20 mars; 14 avril; 22 juin; 24 juillet • 1821: dans *La légende napoléonienne* au 5 juillet • 1826: dans *André-Marie et Charles Dupin* en janvier •

Caumartin
Louis Lefebvre de
1552-1623
Garde des Sceaux.
• 1622: 23 septembre • 1623: 21 janvier •

Caumery
• Voir Languereau, Maurice •

Caumont
Arcisse de
1801-1873
Archéologue. Historien de l'art.
• 1831: 5 février • 1833: juillet • 1834: 27 mai • 1861: novembre •

Caumont
François Nompar de
† 1572
Seigneur de Castelnau.
• 1572: 24-29 août •

Caumont
Jehan de
Avocat et auteur.
• 1585: autres événements • 1587: autres événements •

Caunes
Georges de
1919-2000
Acteur et journaliste de télévision.
• 1949: dans *La naissance de la télévision publique* au 29 juin •

Caurroy
Eustache du
vers 1549-1609
Compositeur.
• 1606: autres événements; *biographie* dans autres événements • 1610: mai-juillet •

Cause du peuple (La)
Journal.
• 1848: 4 mars •

Cause du peuple (La)
Hebdomadaire.
• 1948: dans *Jean-Paul Sartre* au 2 avril • 1970: 30 avril • 1971: 15 janvier • 1975: dans *Michel Foucault* au 27 février •

Causse
Médecin.
• 1955: 20 juillet •

Caussidière
Louis-Marc
1808-1861
Homme politique, conspirateur, préfet de police.
• 1847: octobre • 1848: 24 février; 24 mars; *biographie* au 24 mars; 16 avril; 23-24 avril; 11 mai; 16 mai; 4-5 juin; 3 août; 25 août • 1849: dans *Ledru-Rollin* au 27 janvier •

Caussin
Nicolas
1583-1651
Jésuite. Confesseur du roi Louis XIII.
• 1620: dans *Anne d'Autriche* en juillet-10 août • 1637: mai; 5 décembre; 10 décembre • 1638: dans *Le vœu de Louis XIII* au 10 février •

Cautru
Camille-Frédéric
1879-1969
Homme politique, ministre.
• 1930: 13 décembre •

Cauvet
Gilles-Paul
1731-1788
Sculpteur.
• 1777: autres événements •

Cavaignac
Godefroy Éléonore Louis
1801-1845
Frère de Louis-Eugène. Homme politique.
• 1830: 30 juillet • 1831: 6, 16 avril; *biographie* au 6, 16 avril; 9 mai • 1833: 22 octobre • 1834: avril • 1835: 12 juillet • 1836: dans *Girardin* au 22 juillet • 1843: 29 juillet •

Cavaignac
Jacques Godefroy
1853-1905
Fils de Louis Eugène Cavaignac. Homme politique, ministre.
• 1892: 27 février; 11 juillet • 1895: 1er novembre • 1898: 20 juin; 7 juillet; 10 juillet; 13-24 août; 30 août; 4 septembre •

Cavaignac
Louis-Eugène
1802-1857
Général. Homme politique, ministre. Chef du pouvoir exécutif en 1848.
• 1831: dans *Godefroy Cavaignac* au 6, 16 avril • 1847: 1er-5 octobre • 1848: *intro-*

duction La IIᵉ République; 25 février; 20 mars; 29 avril; 11 mai; dans *Flocon* au 11 mai; 17 mai; dans *Goudchaux* au 15 juin; 23 juin; 24 juin; 25 juin; 28 juin; *biographie* au 28 juin; 13 octobre; 26 octobre; 11 novembre; 10-11 décembre; 20 décembre • 1849: dans *Ledru-Rollin* au 27 janvier; dans *Lamoricière* au 29 janvier • 1851: dans *Changarnier* au 3 janvier; dans *Le coup d'État du 2 Décembre: fin de la IIᵉ République* au 2 décembre • 1852: 29 février; dans *Baroche* au 5 décembre • 1854: dans *Billault* au 23 juin • 1855: dans *Ronher* au 3 février • 1857: 21-22 juin • 1876: dans *Jules Simon* au 13 décembre • 1899: dans *Galliffet* au 26 juin •

CAVAILLÈS
Jean
1903-1944
Mathématicien et philosophe.
• 1927: 15 avril; dans *Les normaliens de l'entre-deux-guerres* au 15 avril • 1940: 1ᵉʳ décembre •

CAVALIER
Alain
Né en 1931
Cinéaste.
• 1986: septembre •

CAVALIER
Jean
1681-1740
Chef camisard.
• 1702: dans *Camisard* au 24 juillet • 1703: janvier; 30 avril • 1704: 16 mai •

CAVALIERI
Emilio dei
Compositeur italien.
• 1600: autres événements •

CAVALLI
Francesco
1602-1676
Compositeur italien.
• 1653: dans *Lully* au 23 février • 1662: 17 février •

CAVEAU
Société du
• 1733: autres événements •

CAVELIER DE LA SALLE
Robert
1643-1682
Explorateur.
• 1682: 9 avril; *biographie* au 9 avril • 1712: autres événements •

CAVENTOU
Joseph-Bienaimé
1795-1877
Chimiste et pharmacien.
• 1825: dans *Kuhlmann et Péchiney* dans autres événements • 1859: 22 janvier •

CAVOUR
Camillo Benso, comte de
1810-1861
Homme d'état italien.
• 1852: *introduction Le Second Empire* • 1856: 8 avril • 1858: 8 février; 20-21 juillet • 1859: 26 avril; 11 juillet • 1860: 20 janvier; 15 août-7 septembre • 1861: 20 avril; 6 juin •

CAYATTE
André
1909-1989
Écrivain et cinéaste.
• 1943: autres événements • 1969: 1ᵉʳ septembre •

CAYLEY
George
1773-1857
Inventeur anglais.
• 1890: dans *Ader* au 9 octobre •

CAYLUS
Anne-Claude-Philippe, comte de
1692-1765
Officier. Collectionneur.
• 1752: autres événements • 1764: autres événements •

CAYLUS
Jacques de Lévis, comte de (ou Quélus)
† 1578
Favori d'Henri III roi de France.
• 1574: *introduction Henri III* • 1578: 27 avril •

CAYREL
Homme politique.
• 1933: 5 novembre •

Cayrol
Jean
Né en 1911
Écrivain.
• 1947: septembre • 1956: 4 avril • 1959: novembre • 1960: 30 mars •

Cazaux
Mgr
Évêque de Luçon.
• 1950: 18 avril •

Cazeneuve
Jean
Né en 1915
Sociologue. Écrivain.
• 1940: dans *Les prisonniers* au 12 juillet •

Caziot
Pierre Louis Joseph
1876-1953
Ingénieur agronome. Ministre.
• 1940: 12 juillet • 1941: 25 février •

Cazot
Théodore-Joseph-Jules
1821-1913
Homme politique, ministre.
• 1879: 28 décembre • 1880: 18 septembre; 25 septembre • 1881: 14 novembre •

Cazotte
Jacques
1719-1792
Auteur.
• 1772: autres événements •

Cazy
Joseph Grégoire
1787-1862
Vice-amiral. Ministre.
• 1848: 11 mai •

CDJC
(Centre de documentation juive contemporaine)
1943
• 1943: 28 avril • 1953: 17 mai •

CDL
• Voir Comités départementaux de libération •

CDS
(Centre des démocrates sociaux)
• 1976: 21 mai •

Ce Soir
Quotidien.
• 1936: dans *Aragon* au 9 décembre • 1939: 25 août • 1940: dans *Communistes et occupants* au 19 juin • 1948: 11 novembre • 1953: 1er mars •

CEA
(Commissariat à l'énergie atomique)
1945
• 1939: dans *Raoul Dautry* au 13 septembre • 1945: 18 octobre • 1951: 28 avril • 1965: dans *Pierre Guillaumat* en décembre •

CECA
(Communauté européenne du charbon et de l'acier)
1951
• 1946: *introduction La IVe République* • 1947: dans *Robert Schuman* au 24 novembre • 1950: 9 mai; 20 juin • 1951: 18 avril; 10 septembre; 13 décembre • 1952: 1er janvier; 1er mai; 10 août • 1953: 10 mai •

Cecil
Robert
Secrétaire de la reine d'Angleterre.
• 1598: 22 février; 7 mars-10 avril •

Cécile
Fille de Philippe Ier roi de France. Épouse de: 1. Tancrède d'Antioche. 2. Pons de Saint-Gilles.
• 1060: *introduction Philippe Ier* • 1108: *introduction Louis VI* •

Cécile
A.-M.
1770-1804
Dramaturge.
• 1797: 4 novembre •

CED
(Communauté européenne de Défense)
• 1946: *introduction La IVe République* • 1951: 27 janvier; 15 février • 1952: 11 février; 27 mai; 17 octobre • 1953: 4 février; 25 février; 17-27 novembre • 1954: 31 mars; 7 avril; 29-30 mai; dans *Pierre Mendès France* au 12 juin; 13 août; 19-22 août; 29-30 août; 31 août; 29 septembre •

Cédile
Jean
Né en 1908
Homme politique.
• 1945: 23-25 septembre •

CEE
(Communauté économique européenne)
• Voir Europe •

Cehra
Friedrich
Né en 1926
Musicologue.
• 1979: 24 février •

Celan
Paul
1920-1970
Poète français d'expression allemande.
• 1959: octobre • 1963: mai • 1967: janvier •

Célestin II
† 1144
Pape de 1143 à 1144.
• 1115: dans *Saint Bernard et son entourage* en juin • 1137: *introduction Louis VII* • 1143: 9 octobre; novembre •

Célestin III
† 1198
Pape de 1191 à 1198.
• 1180: *introduction Philippe Auguste* •

Célestin IV
† 1241
Pape en 1241.
• 1226: *introduction Louis IX* •

Célestin V
(P. de Morrone)
† 1296
Pape en 1294 (renonce le 13 décembre).
• 1285: *introduction Philippe IV le Bel* •

Céline
Louis Ferdinand Destouches, dit Louis-Ferdinand
1894-1961
Écrivain.
• 1932: octobre; *biographie* en octobre • 1937: dans *La Grande Illusion* au 4 juin; 28 décembre • 1939: mai • 1941: dans *Les collaborationnistes* au 1er février; 11 mai • 1948: dans *Jean-Paul Sartre* au 2 avril; novembre • 1949: décembre • 1952: juin • 1957: juin •

Cellamare
Prince de
Ambassadeur.
• 1718: 9 décembre; 29 décembre •

Cellerier
Jacques
1742-1814
Architecte.
• 1804: dans *Les maréchaux* au 18 mai. • 1806: dans *Les architectes* au 15 août •

Cellini
Benvenuto
1500-1571
Orfèvre et sculpteur.
• 1515: *introduction François Ier* • 1540: autres événements • 1543: autres événements • 1545: autres événements • 1549: dans *L'Eva Prima Pandora de Jean Cousin père* au 18 juin •

Celor
Pierre
1902-1957
Homme politique.
• 1931: décembre • 1936: dans *Fascismes français* au 27-28 juin •

Celsius
Anders
1701-1744
Physicien et astronome suédois.
• 1737: novembre •

Cendrars
Frédéric Sauser, dit Blaise
1887-1961
Écrivain.
• 1907: dans *Les feuilletonistes modernes* dans autres événements • 1912; octobre • 1913: septembre • 1914: dans *Écrivains et professeurs au combat* au 5 septembre • 1919: mars • 1920: autres événements • 1923: 25 octobre • 1925: avril • 1945: autres événements •

Cent Ans
Guerre de
1337-1453
• 1328: *introduction Philippe VI* • 1350: *introduction Jean II le Bon* • 1364: *introduc-*

tion Charles V le Sage • 1380: *introduction Charles VI* • 1422: *introduction Charles VII* • mai 1337-17 juillet 1453 •

Cent Associés
• Voir Compagnie des Cent Associés •

Cent-Jours (Les)
1815
• 1815: 20 mars-22 juin; *introduction Les Cent-Jours*; 24 juin; 27 juin; *introduction La seconde Restauration*; 16 juillet; 24 juillet; 28 juillet; 27 septembre; 27 décembre • 1816: 2-9 janvier; 12 janvier; 13 avril • 1819: 5 mars; 21 novembre • 1822: dans *Joseph Fourier* au 16 février; dans *Champollion* au 27 septembre •

Centrafricaine
République
1960
• 1960: 2-4 juin • 1977: 4 décembre •

Centre d'études sociologiques
Laboratoire du CNRS.
• 1946: 15 mars •

Centre des nouvelles industries et technologies
• Voir CNIT •

Centre national d'études spatiales
• Voir CNES •

Centre national de la recherche scientifique
• Voir CNRS •

Ceolfrid
† 716
Abbé de Jarrow et de Wearmouth.
• 716: avril •

Ceracchi
Giuseppe
1751-1801
Sculpteur et conspirateur italien.
• 1800: 10 octobre • 1801: 30 janvier •

Cercamon
Troubadour.
• vers 1140: dans *Les premiers troubadours* •

Cercle constitutionnel
• 1797: 4 juin •

Cercle social
• 1790: 13 octobre • 1791: dans *Paine* au 22 février • 1792: dans *Les girondins* en mars •

Cerdan
Marcel
1916-1949
Boxeur.
• 1948: 21 septembre •

Cerea
Bataille de
1796
• 1796: 11 septembre •

Ceres
(Centre d'études, de recherches et d'éducation socialistes)
• 1971: 11-12 juin •

Cerf
Éditions du
• 1928: autres événements •

Cerfbeer de Medelsheim
Maximilien-Charles-Alphonse
1817-1883
Publiciste.
• 1845: 16 août •

Cérignole
Bataille de
28 avril 1503
• 1503: 28 avril •

Cérisoles
Bataille de
1544
• 1544: 14 avril • 1555: dans *Monluc* en janvier-avril •

CERN
(Conseil européen pour la recherche nucléaire)
• 1952: 12-15 février •

Cernay
Marquis de
• 1757: 19 novembre •

Cérolle
Jean
Directeur de l'Association catholique de la jeunesse française.
• 1906: 26 mars •

Cérou
Pierre
1709-1787
Auteur dramatique.
• 1740: autres événements •

Certon
Pierre
vers 1510-1572
Compositeur.
• 1541: dans *Marot et son école* dans autres événements • 1570: autres événements; *biographie* dans autres événements •

Cerutti
Joseph-Antoine-Joachim
1738-1792
Journaliste.
• 1789: 9 février • 1790: 30 septembre • 1791: 4 avril • 1792: 3 février •

Cervantès
Miguel de
1547-1716
Écrivain espagnol.
• 1937: avril •

Cervi
Gino
1901-1974
Acteur.
• 1952: 4 juin • 1957: dans *Georges Simenon* dans autres événements •

Cervini
Marcello
• Voir Marcel II •

Césaire
vers 469-542/543
Évêque d'Arles de 502 à 542/543.
• vers 502: *biographie* • 505 • 513: avant novembre; 6 novembre • 514: 11 juin • 529: 3 juillet; 5 novembre • 530 • 532-534: dans *Les clercs et les lettres* • 538: 7 mai •

Césaire
Aimé
Né en 1913
Écrivain et homme politique antillais.
• 1956: 19-22 septembre; dans *La négritude* au 19-22 septembre • 1964: 4 août •

César
César Baldaccini, dit
1921-1999
Sculpteur.
• 1954: octobre • 1960: 29 avril; mai; 27 octobre; dans *Le Nouveau Réalisme* au 27 octobre • 1965: mai • 1967: 24 juin-14 juillet • 1976: autres événements • 1989: autres événements • 1997: 10 juin-19 octobre •

Cesbron
Gilbert
1913-1979
Écrivain.
• 1954: février •

Cetelem
1953
• 1953: 6 mai •

Ceyrac
François
Né en 1912
Président du CNPF.
• 1972: décembre •

Cézanne
Paul
1839-1906
Peintre.
• 1874: *biographie* dans *L'impressionnisme* au 15 avril-15 mai • 1886: dans *Le post-impressionnisme* dans autres événements • 1901: 22 avril • 1902: autres événements • 1904: dans *Matisse* au 1er-18 juin; 15 octobre • 1905: 18 octobre; dans *Le fauvisme* au 18 octobre • 1907: 1er octobre • 1908: dans *Le cubisme* au 14 novembre • 1912: dans *Les débuts de l'art abstrait* en janvier • 1940: 5 novembre • 1943: juin •1993: 8 septembre 1993-2 janvier 1994 •

CFDT
(Confédération française démocratique du travail)
• 1964: 6-7 novembre • 1971: septembre; dans *Edmond Maire* en septembre • 1973:

18 juin • 1974: 12-13 octobre • 1979: 8-12 mai • 1992: 20 octobre • 1995: 28 novembre-fin décembre • 1996: 4 janvier; 1er octobre •

CFLN
(Comité français de libération nationale)
3 juin 1943-3 juin 1944
• 1940: dans *De Gaulle* au 18 juin; dans *introduction État français et France libre* • 1943: 3-7 juin; 18 juin; 24 juin; 30 juin; 14 juillet; 9 août; 31 juillet-4 août; 26 août; 3-7 septembre; 17 septembre; 8 novembre; 9 novembre; 16 novembre; 4 décembre; 12 décembre 1943-7 mars 1944 • 17 décembre • 1944: 1er février; 28 février; 4 avril; 15 mai •

CFTC
(Confédération française des Travailleurs chrétiens)
• 1909: février • 1919: 1er-2 novembre; dans *Gaston Tessier* au 1er-2 novembre • 1940: 9 novembre • 1941: 16 novembre • 1943: 27 mai • 1944: 27 juillet; 18 août; 27 août • 1945: 16-18 septembre 1948: 28 mai • 1964: 6-7 novembre •

CGPF
(Confédération générale de la production française)
• 1919: 31 août • 1936: 9 octobre •

CGPF
(Confédération générale du patronat français)
• 1936: 9 octobre • 1937: 11 septembre • 1940: 9 novembre •

CGQJ
(Commissariat général aux questions juives)
• 1940: 3 octobre 1940-2 juin 1941 • 1941: 29 mars; 29 novembre • 1942: 6-11 mai •

CGT
(Confédération générale du travail)
• 1882: dans *Le socialisme français* en septembre • 1886: 11-16 octobre • 1895: 22-28 septembre; dans *L'anarchisme* au 16 novembre • 1902: 22-27 septembre; dans *Un nouveau syndicalisme: l'action directe* au 22-27 septembre • 1906: 13 octobre • 1909: 12 juillet; dans *Jouhaux* au 12 juillet • 1911: 22 avril-23 mai • 1913: 25 février • 1916: janvier • 1920: 27 septembre-2 octobre • 1921: 13 janvier; 22 décembre 1921-13 janvier 1922 • 1934: 7 février • 1935: 6 juin; 24-27 septembre • 1936: 2-5 mars; 7 juin • 1938: dans *Munichois et anti-munichois* au 4 octobre; 14-17 novembre • 1940: 20 juillet; 26 août; 9 novembre • 1941: 17 mai • 1942: 22 septembre • 1943: 17 avril; 23 avril; 22 octobre; décembre • 1944: 15 mai; 18 août; 27 août; *introduction Du Gouvernement provisoire à la IVe République*; dans *Louis Saillant* au 10 septembre; décembre; 27 décembre • 1945: 27-29 mars; 8-12 avril; 4-5 septembre • 1946: 8-12 avril; 4 juillet; 16 juillet; *introduction La IVe République* • 1947: 8-9 novembre; 28 novembre; 18-19 décembre • 1953: 24 mars • 1967: 16 juin • 1968: 27 mai • 1999: 1er-5 février •

CGT-FO
(Confédération générale du travail-Force ouvrière)
• Voir FO •

CGTU
(Confédération générale du travail unitaire)
• 1922: 26 juin • 1935: 6 juin; 24-27 septembre • 1936: 2-5 mars • Voir aussi Février 1934 •

Chaban-Delmas
Jacques
1915-2000
Homme politique. Premier ministre.
• 1940: dans *De Gaulle* au 18 juin • 1951: 14 mars • 1954: 18 juin; 13 août; 3 septembre; 12 novembre • 1957: 6 novembre; 15 novembre • 1958: 1er octobre • 1969: *introduction La Ve République: De l'héritage du gaullisme à la victoire de la gauche*; 21 juin; *biographie* au 21 juin; 26 juin • 1971: 7 janvier • 1972: 5 juillet • 1974: 18 avril; 5 mai • 1995: dans *Jacques Chirac* au 7 mai •

Chabanon
Michel-Paul-Guy de
1730-1792
Écrivain.
• 1779: autres événements • 1785: autres événements •

Chabaud
Auguste
1882-1955
Peintre.
• 1905: autres événements •

Chabaud La Tour
François Henri Ernest
1804-1885
Général. Ministre.
• 1874: 15 juillet •

Chabauty
Claude
Mathématicien.
• 1951: décembre •

Chabot
Catherine
• 1625: dans *Racan* dans autres événements •

Chabot
François
1756-1794
Homme politique. Évêque constitutionnel de Blois.
• 1793: 8 juillet; 5 octobre; 14 octobre; 12 novembre; 13 novembre; 14 novembre; 17 novembre; 19 décembre • 1794: 13 janvier; 14 mars; 16 mars; 19 mars; 2 avril •

Chabot
Guy de
Comte de Jarnac.
• 1547: *introduction Henri II*; 10 juillet •

Chabot de Brion
Philippe
vers 1480-1543
Amiral de France.
• 1515: 4 février • 1525: 24 février • 1526: mars • 1536: janvier-juin • 1538: septembre-octobre • 1540: février • 1541: février-mars • 1542: mars; août • 1543: 1er juin • 1544: février •

Chabrier
Emmanuel
1841-1894
Compositeur.
• 1859: dans *La musique lyrique sous le Second Empire* au 19 mars • 1880: dans *Franck* au 17 janvier • 1885: autres événements; *biographie* dans autres événements • 1920: dans *Le Groupe des Six* au 16-23 janvier •

Chabrol
Claude
Né en 1930
Cinéaste.
• 1958: 6 juin • 1959: 31 mai • 1960: dans *Jean-Luc Godard* au 30 mars • 1991: mars •

Chabrol de Croussol
André Jean
1771-1836
Préfet de Lyon. Homme politique, ministre.
• 1817: juin-novembre; 3 septembre-3 novembre • 1821: 24-26 décembre • 1824: 4 août • 1828: 4 janvier; 3 mars • 1829: 8 août • 1830: 21 avril; 19 mai •

Chabroud
Jean-Baptiste-Charles
1750-1816
Avocat.
• 1790: 2 octobre •

Chack
Paul
1876-1945
Historien de la marine.
• 1942: 1er mars •

Chagall
Marc
1887-1985
Peintre.
• 1911: décembre • 1924: décembre • 1933: dans *Malraux* au 7 décembre • 1944: 6 octobre • 1946: 15 février-15 mars • 1950: 4 août; dans *Le père Couturier et l'art sacré* au 4 août • 1964: dans *La Fondation Maeght* au 28 juillet; 23 septembre • 1973: 3 juillet •

Chaillet
Pierre
1900-1972
Jésuite.
• 1941: novembre •

Chaillot
Palais de
1937
• 1878: 1er mai • 1937: 24 mai; dans *L'Exposition internationale* au 24 mai •

Chaillou
Michel
Né en 1930
Écrivain.
• 1967: octobre • 1982: décembre •

Chaillou de Pesstain
Auteur.
• vers 1322: dans *L'Ars nova* •

CHAISE-DIEU
Abbaye de La
• 1043-1052 • 1093: autres événements •

CHAISSAC
Gaston
1910-1964
Peintre et sculpteur.
• 1947: 11 juin-20 juillet • 1948: dans *L'art brut* en juin •

CHALAIS
Gaston Henri de Talleyrand, comte de
1599-1626
• 1610: *introduction Louis XIII* • 1624: dans *Gaston d'Orléans* au 20 mai • 1626: mai-juin • 1642: dans *Les conjurateurs* au 12 septembre •

CHALANDON
Albin
Né en 1920
Homme politique, ministre.
• 1958: 1er octobre • 1968: 1er juin; 10 juillet • 1969: 21 juin • 1986: 20 mars •

CHALGRIN
Jean
1739-1811
Architecte.
• 1767: autres événements • 1774: autres événements •

CHALIAPINE
Fédor
1873-1938
Ténor russe.
• 1910: dans *Les Ballets russes* au 25 juin •

CHALIER
Yves
• 1986: 28 avril • 1992: 1er avril •

CHÂLIER
Joseph
1747-1793
Président du tribunal de district de Lyon.
• 1792: 26 août; *biographie* au 26 août • 1793: 7 février; dans *Les Enragés* au 12 février; 26 mai; 30 mai; 21 juin; 16 juillet; dans *La déchristianisation* au 7 novembre; 21 décembre •

CHALLAYE
Félicien
1875-1967
Essayiste.
• 1936: 19-23 août •

CHALLE
Maurice
1905-1979
Général.
• 1958: 12 décembre • 1960: 24 janvier-1er février • 1961: 22-25 avril •

CHALLEMEL-LACOUR
Paul-Armand
1827-1896
Homme politique, ministre.
• 1868: 11 mai • 1883: 21 février; 20 novembre • 1893: 27 mars •

CHALLES
Robert
1659-1721
Écrivain. Voyageur.
• 1721: autres événements •

CHÂLONS-SUR-MARNE
Foire de
• 963: autres événements •

CHALVET
Matthieu de
Traducteur.
• 1604: autres événements •

CHAMANT
Jean
Né en 1913
Homme politique, ministre.
• 1967: 6-7 avril • 1968: 1er juin; 10 juillet • 1971: 7 janvier •

CHAMBEIRON
Robert
Né en 1915
Homme politique.
• 1946: 6-8 avril •

CHAMBERLAIN
Austen
1863-1937
Chancelier de l'Échiquier britannique.
• 1925: 8 juin; 5-16 octobre •

Chamberlain
Neville
1869-1940
Chancelier de l'Échiquier britannique. Premier ministre.
• 1914: *introduction La IIIe République: D'une guerre à l'autre* • 1937: 29 novembre • 1938: 20 février; 15-16 mars; 18-24 mars; 28-29 avril; dans *Georges Bonnet* au 9 juin; dans *Les hommes du Quai* au 20-25 juillet; 13 septembre; 15 septembre; 16 septembre; 18 septembre; 22 septembre; 27 septembre; 28 septembre • 1939: 23 mars; 31 mars-13 avril; 7 juin; 8 septembre • 1940: 10 mai •

Chambon
Nicolas
1748-1828
Maire de Paris.
• 1792: 30 novembre • 1793: 14 février •

Chambonas
Scipion-Charles-Victor de
1750-1830
Ministre des Affaires étrangères.
• 1792: 18 juin; 23 juillet •

Chambonnières
Jacques Champion, sieur de
vers 1601-1672
Compositeur. Claveciniste.
• 1653: dans *Couperin* au 9 avril • 1662: dans *D'Anglebert* dans autres événements •

Chambord
Château de
• 1509: dans *Architecture religieuse et architecture profane* dans autres événements • 1515: *introduction François Ier* • 1519: autres événements • 1522: 27 septembre • 1533: autres événements • 1589: *introduction Henri IV* •

Chambord
Henri-Dieudonné de Bourbon, duc de Bordeaux, comte de
1820-1883
Prince français. Fils posthume du duc de Berry. Petit-fils de Charles X. Dernier représentant de la branche aînée des Bourbons.
• 1815: *introduction La seconde Restauration*; dans *Mgr Frayssinous* au 15 août • 1818: dans *Mathieu de Montmorency* au 8 octobre • 1820: 29 septembre • 1821: 1er mai • 1830: 2 août; 3 août • 1832: 1er février; 29 avril • 1843: 29 novembre • 1844: 26 janvier; 3 juin • 1846: 7 novembre • 1850: 26 août • 1857: 5 février • 1870: *introduction La IIIe République: De la chute du Second Empire à la Première Guerre mondiale* • 1871: 30 juin; 6 juillet; 7 décembre • 1872: 25 janvier; *biographie* au 25 janvier; 17 février; dans *Le duc d'Aumale* au 28 mai • 1873: 8 février; dans *Mac-Mahon* au 24 mai; 27-28 mai; 5-6 août; 24 août; 14 octobre; 18 octobre; 25 octobre; 27 octobre; 30 octobre; 10 novembre • 1874: 2 juillet • 1877: 7 mars • 1883: 24 août • 1890: dans *Mgr Lavigerie* au 12 novembre •

Chambord
Traité de
1552
• 1552: 15 janvier; 12 février •

Chambre ardente
• 1547: 8 octobre • 1549: 19 novembre • 1573: dans *Hotman* dans autres événements •

Chambre bleu horizon
1919
• 1914: *introduction La IIIe République: D'une guerre à l'autre* • 1919: 16 novembre •

Chambre introuvable
1815-1816
• 1799: dans *Fouché* au 11-22 novembre • 1815: dans *Decazes* au 7 juillet; dans *introduction La seconde Restauration*; 14-22 août • 1816: 5 septembre • 1817: 20 septembre • 1821: dans *Les doctrinaires* en octobre •

Chambre retrouvée
février-mars 1824
• 1777: dans *La Fayette* en avril • 1815: *introduction La seconde Restauration* • 1824: 25 février-6 mars •

Chambre Saint Louis
Assemblée plénière des cours souveraines.
• 1648: 13 mai; 26 juin-8 juillet; 13-16 juillet; 29 juillet; 22 mars • 1649: 11 mars •

Chambrun
Pierre de
1864-1954
Homme politique.
• 1940: dans *Les quatre-vingts* au 10 juillet •

Chamfort
Sébastien-Roch Nicolas, dit
1740-1794
Écrivain. Directeur de la Bibliothèque nationale.
• 1770: autres événements • 1792: 19 août • 1794: 13 avril •

Chamillart
Michel
1652-1721
Contrôleur général des Finances. Secrétaire d'État à la guerre.
• 1689: dans *Pontchartrain* au 4 octobre • 1695: dans *La manufacture royale des glaces de Saint-Gobain* dans autres événements • 1699: 2 septembre • 1701: 5 janvier • 1708: 20 février • 1709: 9 juin •

Chamlay
Jules-Louis Bolé, marquis de
1650-1719
Diplomate. Officier.
• 1668: dans *Louvois* en novembre •

Chamoiseau
Patrick
Né en 1953
Écrivain antillais.
• 1992: novembre •

Champagne
Foires de
• 1321-1322 •

Champagny
Jean-Baptise de Nompère de, duc de Cadore
1756-1834
Homme politique, ministre.
• 1804: 8 août • 1807: 9 août • 1809: 18 août • 1811: 17 avril •

Champaigne
Philippe de
1602-1674
Peintre.
• 1630: autres événements • 1635: autres événements • 1647: dans *L'atticisme parisien* dans autres événements • 1650: autres événements • 1662: autres événements • 1671: 12 juin •

Champaubert
Bataille de
1814
• 1814: 10-18 février •

Champ-de-Mars
Fusillade du
• 1791: 17 juillet •

Champetier de Ribes
Jean
1882-1947
Président du Conseil.
• 1930: 2 mars • 1931: 27 janvier • 1938: 10 avril • 1940: dans *Les quatre-vingts* au 10 juillet • 1947: 16 janvier; 18 mars •

Champfleury
Jules François Félix Husson, dit
1821-1889
Écrivain.
• 1856: dans *Le réalisme littéraire* en novembre •

Champier
Symphorien
vers 1471-vers 1537
Médecin, historien.
• 1502: autres événements • 1527: autres événements • 1529: autres événements; *biographie* dans autres événements •

Champigny-sur-Veude
Trêve de
1575
• 1575: 21 novembre • 1576: 10 janvier •

Champion de Cicé
Jérôme-Marie
1735-1810
Archevêque de Bordeaux. Garde des Sceaux.
• 1774: dans *Turgot* au 24 août • 1789: 14 juillet; 4 août; dans *Les monarchiens* au 10 septembre • 1790: 11 février; 10 juillet; 28 juillet; 16 août; 10 novembre; 21 novembre •

Championnet
Jean-Étienne Vachier, dit
1762-1800
Général.
• 1794: 6 octobre • 1797: 17 avril • 1798:

CHAOURCE
Maître de sainte Marthe, dit le Maître de
Sculpteur.
• 1515: autres événements •

CHAPELAIN
Jean
1595-1674
Auteur.
• 1629: autres événements • 1641: 22 mai; dans *Salons, mondains et précieuses* au 22 mai • 1644: dans *Servien* en février-mars • 1656: autres événements • 1657: dans *Tallemant des Réaux* dans autres événements • 1667: dans *Racine* au 7 novembre • 1674: dans *Boileau* au 10 juillet • 1687: dans *La querelle des anciens et des Modernes* au 27 janvier •

CHAPERON
Nicolas
1612-1656
Peintre.
• 1640: dans *La grande peinture: entre baroque et classicisme* au 17 décembre •

CHAPLIN
Charles Spencer, dit Charlie
1889-1977
Cinéaste et acteur.
• 1925: autres événements • 1945: 5 avril • 1948: 16 janvier •

CHAPPE
Claude
1763-1805
Physicien. Inventeur du télégraphe.
• 1791: 2 mars • 1792: 22 mars • 1793: 26 avril •

CHAPPEDELAINE
Louis de
1876-1939
Homme politique, ministre.
• 1931: 27 janvier • 1932: 20 février • 1934: 29-30 janvier • 1936: 19-31 janvier • 1938: 10 avril •

CHAPPUYS
Gabriel
Traducteur.
• 1599: autres événements •

CHAPSAL
Fernand
1862-1939
Homme politique, ministre.
• 1926: 23 juin • 1937: 21-22 juin • 1938: 18 janvier •

CHAPTAL
Jean-Antoine
1756-1832
Chimiste. Homme politique, ministre.
• 1790: autres événements • 1800: *biographie* au 6 novembre • 1804: 8 août • 1806: dans *Berthollet et Gay-Lussac* en septembre •

CHAR
René
1907-1988
Poète.
• 1924: dans *Les surréalistes* au 12-15 octobre • 1930: 20 avril • 1945: février • 1946: mars; juin; octobre • 1948: septembre • 1950: 18 juillet • 1955: 18 juillet • 1964: août • 1969: novembre • 1971: février • 1981: mai •

CHARARIC
† 509/511
Roi des Francs de Tongres.
• 509-511 •

CHARASSE
Michel
Né en 1941
Homme politique, ministre.
• 1988: 28 juin • 1992: 2 avril •

CHARBIN
Paul
1877-1956
Homme politique, ministre.
• 1941: 12 août •

CHARBONNEL
Jean
Né en 1927
Homme politique, ministre.
• 1972: 5 juillet • 1973: 5 avril •

CHARBONNERIE
• 1777: dans *La Fayette* en avril • 1815: *introduction La seconde Restauration* • 1817: dans *Dupont de l'Eure* au 20 septembre • 1818: dans *Manuel* au 20 octobre • 1820: dans *Voyer d'Argenson* au 19 août • 1821:

février; 29 décembre 1821-10 janvier 1822 • 1822: 19 mars; 24 février; 2 mai; 10 juin; 22 juillet-30 septembre; août; 18 septembre • 1827: dans *Augustin Thierry* au 6 juin • 1828: dans *Le saint-simonisme* en décembre • 1830: dans *Armand Carrel* au 3 janvier; dans *Mérilhou* au 2 novembre • 1840: dans *Socialismes et utopies* en juin • 1848: dans *Flocon* au 11 mai • 1852: *introduction Le Second Empire* •

CHARCOT
Jean
1867-1936
Savant et explorateur.
• 1936: 16 septembre •

CHARCOT
Jean Martin
1825-1893
Médecin psychiatre et neurologue.
• 1873: 20 septembre; *biographie* au 20 septembre • 1903: autres événements •

CHARDIN
Jean
1643-1713
Voyageur. Auteur.
• 1711: autres événements •

CHARDIN
Jean-Baptiste-Siméon
1699-1779
Peintre.
• 1715: *introduction Louis XV* • 1722: autres événements • 1728: autres événements • 1731: autres événements • 1733: autres événements • 1737: autres événements • 1738: autres événements • 1739: autres événements • 1740: autres événements • 1748: autres événements • 1756: autres événements • 1757: autres événements • 1763: autres événements • 1765: autres événements • 1766: autres événements • 1771: autres événements •

CHARDONNE
Jacques
1884-1968
Écrivain.
• 1941: 22 octobre •

CHARENTON
Hospice de
• 1838: autres événements • 1841: 21 février •

CHARETTE
Hervé de
Né en 1938
Ministre.
• 1986: 20 mars • 1993: 29 mars • 1995: 18 mai •

CHARETTE DE LA CONTRIE
François-Athanase
1763-1796
Chef vendéen.
• 1793: dans *La guerre de Vendée* au 10 mars; 9 juin; *biographie* au 9 juin; 16 septembre; 12 octobre • 1794: 2 janvier; 17 janvier; 23 février; 28 avril; *introduction La République thermidorienne* • 1795: dans *La pacification de l'Ouest* au 17 février; 26 février; 25 juin; 28 novembre • 1796: 29 mars •

CHARIBERT
vers 606-632
Fils de Clotaire II. Vice-roi d'Aquitaine de 629 à 632. Roi délégué de Neustrie.
• 629: *introduction Dagobert I*er • 630-632 • vers 631 • 632: 8 avril •

CHARIBERT Ier
518/523-567
*Fils de Clotaire I*er *roi des Francs. Roi de Paris de 561 à 567.*
• 511: *introduction De quatre à un royaume franc* • vers 557 • 561: *introduction De quatre à un royaume franc* • 561-567 •

CHARITÉ
Hôpital de la
• 1614: autres événements; dans *Hôpitaux et charités* dans autres événements •

CHARIVARI (LE)
Journal.
• 1832: 1er décembre • 1836: dans *La naissance de la presse* au 1er juillet •

CHARLEMAGNE
747-814
Fils de Pépin le Bref roi des Francs. Roi des Francs de 768 à 800. Roi des Lombards de 774 à 814. Empereur de 800 à 814.
• 751: *introduction Pépin le Bref* • vers 751 • 754: 28 juillet • 766 ou 767: janvier-mars; août • 768-814 • vers 1140 • vers 1150 • 1165: autres événements • 1180-1190 • vers 1200 • 1200: 3 septembre

• 1205-1225 • 1230-1250 • 1384 : autres événements •

Charles
vers 845-863
Fils de Lothaire Ier empereur. Roi de Provence de 855 à 863.
• 840 : *introduction Lothaire Ier* • 855 : 28 août • 855 : *introduction Charles le Chauve* • 859 : juin • 861 : novembre-décembre • 863 : autres événements •

Charles
876-877
Fils naturel de Charles II le Chauve.
• 855 : *introduction Charles le Chauve* •

Charles
† vers 945
Fils de Louis IV d'Outremer, roi de Francie occidentale.
• 936 : *introduction Louis IV d'Outremer* •

Charles
1392-1401
Fils de Charles VI roi de France. Duc de Guyenne.
• 1380 : *introduction Charles VI* •

Charles
1522-1545
Fils de François Ier roi de France. Duc d'Anjou. Duc d'Orléans.
• 1515 : *introduction François Ier* • 1522 : 22 janvier • 1542 : juillet-septembre • 1544 : juin-septembre • 1545 : janvier-mars ; 9 septembre • 1547 : *introduction Henri II* •

Charles
Jacques
1746-1823
Aérostier.
• 1783 : 27 août ; 1er décembre •

Charles Ier
1887-1922
Petit-neveu de l'empereur François-Joseph. Empereur d'Autriche Hongrie de 1916 à 1918.
• 1914 : *introduction La IIIe République : D'une guerre à l'autre* • 1916 : 21 novembre • 1917 : 24 mars • 1918 : 14 février •

Charles Ier d'Anjou
† 1285
Fils de Louis VIII roi de France. Comte d'Anjou et de Provence. Roi de Naples. Roi de Sicile de 1266 à 1282.
• 1223 : *introduction Louis VIII* • 1226 : *introduction Louis IX* • 1232 • 1239 : 11-18 août • 1245 : 19 août ; novembre • 1246 : 31 janvier ; 27 mai • 1247 : 29 avril • 1248 : 12 juin • 1250 : 6 avril • 1251 : autres événements • 1252 : 26 juillet ; août • 1253 : 4 juillet • 1254 : janvier ; printemps • 1256 : 24 septembre ; novembre • 1257 : 2 juin • 1258 : autres événements • 1259-1260 • 1261 : autres événements • 1262 : autres événements • 1263 : printemps ; mai • 1265 : 21 juin ; 28 juin • 1266 : janvier • 1267 : janvier ; 24 mai • 1268 : 15 février ; 23 août ; novembre • 1269 : automne • 1270 : 25 août ; 30 octobre • 1276 : dans *Adam de la Halle* • 1277 : 15 janvier • 1278 : 24 septembre • 1281 : janvier • 1282 : 31 mars • 1285 : janvier •

Charles Ier de Bourbon
Fils de Jean Ier duc de Bourbon. Duc de Bourbon.
• 1435 : 20 janvier • 1437 : avril • 1440 : février-juillet • 1442 : mars •

Charles Ier de Savoie
fils d'Amédée IX duc de Savoie. Duc de Savoie
• vers 1485 •

Charles Ier Stuart
1600-1649
Fils de Jacques Ier Stuart, roi d'Angleterre et d'Écosse. Roi d'Angleterre et d'Écosse de 1625 à 1649.
• 1610 : *introduction Louis XIII* ; dans *Marie de Médicis* au 15 mai • 1611 : dans *Bérulle* au 11 novembre • 1612 : 22 avril • 1624 : 20 novembre • 1625 : 27 mars ; 11 mai ; mai-juin • 1627 : 21 juillet • 1629 : 24 avril • 1641 : 12 octobre • 1642 : 22 août • 1643 : *introduction Louis XIV* • 1648 : 17 août ; 1er décembre • 1649 : 9 février •

Charles II
1661-1700
Fils de Philippe IV roi d'Espagne. Roi d'Espagne de 1665 à 1700.
• 1643 : *introduction Louis XIV* • 1665 : 17 septembre • 1673 : mai-août • 1679 : 31 août • 1686 : 9 juillet • 1698 : 13 octobre • 1700 : 25 mars ; 2 octobre ; 1er novembre •

Charles II
1893-1953
Roi de Roumanie de 1930 à 1940.
• 1914: *introduction La IIIe République: D'une guerre à l'autre* •

Charles II d'Anjou
† 1309
Fils de Charles Ier d'Anjou comte de Provence, roi de Naples. Comte de Provence. Roi de Naples et de Sicile jusqu'en 1309.
• 1267: janvier • 1285: janvier • 1288: autres événements • 1289: 29 mai • 1290: 19 août • 1296: autres événements • 1309: 9 mars •

Charles II de Bourbon
Fils de Charles Ier duc de Bourbon. Légat d'Avignon.
• 1472: 13 août •

Charles II le Chauve
823-877
Fils de Louis le Pieux empereur. Roi d'Alemannia de 829 à 838. Roi de Neustrie à partir de 838. Roi de Francie occidentale de 840/843 à 877. Roi de Lotharingie de 869 à 877. Roi d'Italie de 875 à 877. Empereur de 875 à 877.
• 719 • 814: *introduction Louis le Pieux* • 823: 13 juin • 829: août • 830: avril • 831: octobre • 832: 18 avril; 13 octobre; Noël • 833: 24/30 juin • 837: décembre • 838: mi-septembre • 839: 30 mai; 1er septembre • 840: après le 11 février; 20 juin; *introduction Lothaire Ier*; [début]; juillet; août; octobre • 841: janvier; mars-avril; 13 mai; 25 juin; juillet; août; octobre-novembre; autres événements • 842: 14 février; mars; 15 juin; août; 13 décembre • 843: fin février; août; fin août; novembre; 13 novembre • 844: janvier; février; mai; 11 juin; août; octobre; novembre • 845: mars; avril; juin ou juillet; 22 novembre; Noël; autres événements • 846: juin; été; Noël • 847: 28 février-mars; décembre • 847-852 • 848: 24 février; mars; 6 juin; juillet; autres événements • 849: janvier; mars-avril; mai; juin; août-septembre; décembre • 850: janvier-février; juin • 851: mars; mai; 22 août; septembre-octobre • 852: avril; septembre; 9 octobre • 853: juin; novembre • 854: mars • 855: 28 août • 855-877 •

Charles II Stuart
1630-1685
Roi d'Angleterre et d'Écosse de 1660 à 1685.
• 1643: *introduction Louis XIV* • 1661: 31 mars; 10 octobre; dans *La diplomatie* au 10 octobre • 1662: 27 octobre • 1670: 1er juin • 1675: autres événements • 1677: 15 novembre • 1683: 26 octobre • 1685: 16 février •

Charles III
• Voir Charles VI •

Charles III d'Anjou
† 1481
Fils de Charles II d'Anjou, comte de Provence, roi de Naples. Comte du Maine à partir de 1472 et de Provence à partir de 1480.
• 1461: *introduction Louis XI* • 1474: 24 juillet • 1480: 10 juillet • 1481: été; 11 décembre; 29 décembre • 1483: *introduction Charles VIII* •

Charles III de Lorraine
1543-1608
Fils de François Ier duc de Lorraine. Duc de Lorraine de 1545 à 1608.
• 1515: *introduction François Ier* • 1547: *introduction Henri II* • 1552: avril-novembre • 1559: 20 janvier; *introduction François II* • 1560: *introduction Charles IX* • 1572: 30 juillet • 1573: fin octobre • 1574: mi-février; *introduction Henri III* • 1589: *introduction Henri IV* • 1590: janvier • 1593: août • 1594: 16 novembre • 1595: 12 mars • 1599: 31 janvier •

Charles III de Savoie
1486-1553
Fils de Philippe duc de Savoie. Duc de Savoie de 1504 à 1553.
• 1515: *introduction François Ier* • 1527: 11 mars; juin-juillet • 1549: juillet • 1553: juillet-septembre •

Charles III le Gros
839-888
Fils de Louis le Germanique, roi de Bavière et de Francie orientale. Roi d'Alémannie de 876 à 887. Roi d'Italie de 879 à 887. Empereur de 881 à 887. Roi de Lotharingie et de Francie orientale de 882 à 887. Roi de Francie occidentale de 885 à 887.
• 814: *introduction Louis le Pieux* • 877: *introduction Louis II le Bègue* • 881:

11 décembre • 1741: 5 juin; 26 novembre • 1742: 24 janvier • 1745: 20 janvier •

Charles VII de Naples
• Voir Charles III/IV •

Charles VIII
1470-1498
Fils de Louis XI, roi de France. Roi de France de 1483 à 1498.
• 1461: janvier; *introduction Louis XI* • 1470: 30 juin • 1475: janvier; 29 août • 1477: 21 avril • 1482: 21 septembre; 23 décembre • 1483: 25 août • 1483: *introduction* • 1483-1498 • 1498: *introduction Louis XII*; 7 avril; dans *Les hommes de Louis XII* au 7 juillet • 1499: 8 janvier; 18 juillet • 1500: 23 mai • 1547: *introduction Henri II* • 1553: mars • 1559: *introduction François II* •

Charles IX
1550-1574
Fils d'Henri II roi de France. Roi de France de 1560 à 1574.
• 1537: dans *Les Baïf* dans autres événements • 1547: *introduction Henri II*; 29 mai • 1550: 27 juin • 1553: dans *Jodelle* dans autres événements • 1559: dans *Amyot* dans autres événements • 5 décembre 1560-30 mai 1574 • 1574: *introduction Henri III*; 13 juillet • 1578: 2 avril • 1580: dans *Montaigne* dans autres événements • 1583: dans *Garnier* dans autres événements • 1590: mars • 1595: 31 décembre • 1599: 10 avril • 1602: mars-juillet • 1614: dans *Les rebelles* au 10 février •

Charles X
1757-1836
Fils de Louis de France dauphin. Frère de Louis XVI et Louis XVIII. Comte d'Artois. Roi de France de 1824 à 1830.
• 1715: *introduction Louis XV* • 1757: 9 octobre • 1765: 20 décembre • 1773: 16 novembre • 1774: *introduction Louis XVI* • 1775: dans *Beaumarchais* au 23 février; 9 mars • 1777: autres événements • 1779: autres événements • 1783: dans *Calonne* au 1er novembre • 1784: dans *Bergasse* dans autres événements • 1789: 19 juin; 16 juillet; 18 juillet; dans *Marat* au 16 septembre; 12 octobre • 1791: 20 mai; 15 juin; 10 octobre; 3 décembre • 1792: 2 janvier • 1793: 28 janvier • 1794: dans *Stofflet* au 1er février • 1795: 20 septembre • 1796: 6 septembre • 1797: décembre • 1799: 10 juin; dans *Fouché* au 11-22 novembre • 1803: 20 août • 1814: 2 avril; dans *Vitrolles* au 2 avril; 12 avril; 14 avril; 15 avril; 22 avril; *introduction La première Restauration*; 13 mai; 26 mai; 4 juin; 16 juillet; 29 août-3 septembre • 1815: 6 mars; 10 mars; *introduction Les Cent-Jours*; 1er juillet; dans *Decazes* au 7 juillet; *introduction La seconde Restauration*; 18 septembre; dans *La Bourdonnaie* au 14 novembre • 1816: 17 juillet • 1817: 6 septembre • 1818: 29 janvier; mai; 6 juillet; 26 juillet; 30 septembre; dans *Mathieu de Montmorency* au 8 octobre • 1820: 16-18 février • 1821: 11 décembre • 16 septembre 1824-19 août 1830 • 1831: 5 août • 1832: 10 avril; 9 novembre •

Charles XI de Suède
1655-1697
Roi de Suède 1660 à 1697.
• 1610: *introduction Louis XIII* • 1643: *introduction Louis XIV* • 1671: 1er septembre • 1672: avril-mai • 1679: 29 juin • 1686: 9 juillet •

Charles XII de Suède
1682-1718
Roi de Suède de 1697 à 1718.
• 1643: *introduction Louis XIV* • 1698: 19 juillet • 1718: autres événements •

Charles XIII
1748-1818
Roi de Suède de 1809 à 1818 et Roi de Suède et de Norvège de 1814 à 1818.
• 1799: *introduction Napoléon Bonaparte* • 1804: dans *Bernadotte* au 18 mai • 1809: 13 mars • 1810: 28 mai • 1814: *introduction La première Restauration* •

Charles XIV
• Voir Bernadotte •

Charles Borromée
Saint
1538-1584
Archevêque de Milan.
• 1566: 7 janvier • 1618: dans *Le siècle des saints* au 7 novembre •

Charles d'Albret
Connétable.
• 1410: dans *Armagnacs et Bourguignons* au 15 avril • 1411: 10 novembre •

Charles d'Angoulême
† 1496
Fils de Jean comte d'Angoulême. Comte de 1467 à 1496.
• 1483: *introduction Charles VIII* • 1485: dans *Les Princes et la « Guerre Folle »* au 2 novembre • 1487: 11 février; *biographie* au 11 février • 1515: *introduction François Ier* • 1515: 1er janvier •

Charles d'Anjou
† 1328
Fils de Robert d'Anjou, comte de Provence, roi de Naples. Duc de Calabre.
• 1328: *introduction Philippe VI* •

Charles d'Anjou
Fils de Louis II d'Anjou. Comte du Maine.
• 1422: *introduction Charles VII* • 1435: dans *René d'Anjou* au 2 février • 1437: avril •

Charles d'Autriche
• Voir Charles Quint •

Charles d'Autriche
• Voir Charles VI •

Charles d'Autriche
1771-1847
Archiduc d'Autriche.
• 1805: 25 septembre-26 décembre • 1809: 27 mars; 8 avril-12 juillet. •

Charles d'Orléans
1391-1465
Fils de Louis Ier duc d'Orléans. Duc d'Orléans de 1407 à 1465. Poète.
• 1380: *introduction Charles VI* • 1410: 15 avril • 1411: 10 novembre • 1412: fin janvier; 18 mai; 14 novembre • 1413: 31 août-1er septembre • 1415: 25 octobre • 1441: janvier; *biographie* en janvier • 1442: mars • 1446: autres événements • 1456: dans *François Villon* dans autres événements • 1472: dans *Gilles Binchois* dans autres événements • 1484: dans *Louis II d'Orléans* au 15 janvier • 1498: *introduction Louis XII*; 7 avril • 1511: 11 mars •

Charles de Blois
† 1364
Prétendant au duché de Bretagne.
• 1341: 30 avril; 7 septembre; novembre • 1342: printemps; fin juin • 1344: autres événements • 1347: 20 juin • 1353: 1er mars • 1356: 5 août • 1363: autres événements • 1364: 29 septembre • 1370: dans *du Guesclin* au 2 octobre •

Charles de Duras
Roi de Naples.
• 1380: 29 juin • 1381: 1er juin • 1382: 16-17 avril; 27 juillet • 1383: autres événements •

Charles de France
1446-1472
Fils de Charles VII roi de France. Duc de Berry de 1461 à 1465. Duc de Normandie de 1465 à 1469. Duc de Guyenne de 1468 à 1472.
• 1422: *introduction Charles VII* • 1442: dans *Jean Fouquet* dans autres événements • 1461: *introduction Louis XI* • 1465: avril; 27 ou 29 octobre • 1467: 16 août; 1er octobre • 1468: 25 janvier; 29 avril • 1469: 1er août • 1470: 30 juin • 1471: juillet; décembre • 1472: 24 mai •

Charles de France
1496-1496
Fils de Charles VIII, roi de France.
• 1483: *introduction Charles VIII* • 1496: 8 septembre •

Charles de France
• Voir Berry, Charles de France, duc de •

Charles de Habsbourg
1771-1847
Fils de l'empereur Léopold II. Archiduc d'Autriche. Général autrichien.
• 1796: 6 février; dans *La campagne d'Italie* au 10 avril; 15 juin; 10 août; 17 août; 23 août; 24 août; 8 décembre • 1797: 31 mars; dans *Leoben ou la paix malgré le Directoire* au 18 avril • 1799: 21 mars; 25 mars; 25 mai; 4 juin; 18 septembre •

Charles de Lorraine
vers 953-vers 993
Fils de Louis IV d'Outremer roi de Francie occidentale. Duc de Basse-Lorraine de 977 à 993.
• 936: *introduction Louis IV d'Outremer* • 987: *introduction Hugues Capet*; mai-juin • 988: mai; 4 juin • 989: 23 janvier; fin mars; août-septembre • 991: 29 mars; 17-18 juin • 954: *introduction Lothaire III* • 965: 2 juin • 976: avril • 977: dans *Adalbéron* au 16 janvier; 16 janvier; juin • 978: 1er octobre • 979: janvier; 8 juin • 984: 26 mars • 986: janvier •

Charles de Melun
† 1468.
• 1468: 22 août •

Charles de Valois
1270-1325
Fils de Philippe III le Hardi roi de France. Roi de Navarre.
• 1270: *introduction Philippe III le Hardi* • 1284: 21 février • 1285: *introduction Philippe IV le Bel* • 1291: autres événements • 1295: autres événements • 1300: janvier • 1301: 1er novembre • 1308: 9 juin • 1311: septembre • 1324: 22 septembre • 1325: autres événements • 1328: *introduction Philippe VI* •

Charles de Valois
1573-1650
Fils naturel de Charles IX roi de France. Duc d'Angoulême. Comte d'Auvergne. Grand prieur.
• 1573: 28 avril • 1590: mars • 1595: 31 décembre • 1599: 10 avril • 1602: mars-juillet; 2 octobre • 1603: juin; novembre • 1604: juin-décembre • 1605: janvier-octobre • 1606: 30 avril • 1617: février-avril •

Charles de Valois-Alençon
† 1525
Fils de René de Valois-Alençon duc d'Alençon. Duc d'Alençon.
• 1515: 4 février •

Charles d'Espagne
† 1354
Comte d'Angoulême. Connétable de 1351 à 1354.
• 1350: *introduction Jean II le Bon*; décembre • 1351: 11 août • 1354: 8 janvier • 1370: dans *du Guesclin* au 2 octobre •

Charles l'Enfant ou le Jeune
848/849-866
Fils de Charles le Chauve, empereur. Roi d'Aquitaine de 855 à 864.
• 855: *introduction Charles le Chauve*; mi-octobre • 858: juillet • 859: autres événements • 864: printemps • 866: 29 septembre •

Charles le Bon
1080/1086-1127
Fils de Cnut IV, roi de Danemark. Comte de Flandre de 1119 à 1127.
• 1119: juin • 1122: autres événements • 1126: été; autres événements • 1127: 2 mars; 6 avril •

Charles le Jeune
772/773-811
Fils de Charlemagne. Roi de Neustrie de 788 à 811. « Duc » du Maine de 790 à 811.
• 719 • 768: *introduction Charlemagne* • 790 • 799: printemps • 800: 25 décembre • 806: 6 février • 811: 4 décembre •

Charles le Mauvais
1332-1387
Fils de Philippe comte d'Évreux, roi de Navarre. Roi de Navarre de 1349 à 1387. Comte d'Évreux.
• 1328: *introduction Philippe VI* • 1337: dans *Guillaume de Machaut* dans autres événements • 1349: 6 octobre • 1350: *introduction Jean II le Bon*; décembre • 1352: 12 février • 1354: 8 janvier; 22 février; novembre • 1355: fin mars; 10 septembre; autres événements • 1356: 1er mars; 5 avril; 9 juin; juillet; 5 décembre • 1357: 9 novembre; 29 novembre; 12 décembre • 1358; 8 janvier; 26 février; 28 mai; 14 juin; 3 août • 1359: 21 août • 1360: 10 mars; 13 décembre • 1361: 21 novembre • 1363: fin août • 1364: *introduction Charles V le Sage*; 16 mai • 1365: 6 mars • 1366: 23 septembre • 1370: dans *du Guesclin* au 2 octobre • 1370-1374: dans *Nicole Oresme* • 1371: 29 mars • 1378: 20 avril •

Charles le Téméraire
1433-1477
Fils de Philippe III le Bon, duc de Bourgogne et Isabelle de Portugal. Comte de Charolais. Duc de Bourgogne de 1467 à 1477.
• 1369: 12 avril • 1422: *introduction Charles VII* • 1430: dans *Les ordres chevaleresques au XIVe-XVe siècle* au 7 janvier • 1461: *introduction Louis XI* • 1465: avril; 16 juillet • 1466: autres événements • 1467: 15 juin; 1er octobre; 28 octobre • 1468: 20-29 septembre; 9-14 octobre; 30 octobre • 1469: 9 mai • 1470: novembre; autres événements • 1471: 10 mars; 12 novembre; autres événements • 1472: 4 juin • 1473: 15 octobre; 30 octobre-25 novembre • 1474: janvier; 23 février; printemps; 31 mars-4 avril; 18 juin; 22 juin; 24 juillet; 25 juillet; 26 octobre • 1475: 30 janvier; 10 mai; 19 juin; 4-6 juillet; 29 août; 13 septembre; 17 novembre; 19 décembre • 1476: 11 janvier; 2 mars; 22 juin; 7 octobre • 1477: 5 janvier •

CHARLES MARTEL
688/689-741
Fils de Pépin de Herstal. Maire du palais d'Austrasie de 715 à 741.
• 714 • 715 • 716: mars • 716-720 • 717: 21 mars • 718 • 719 • 720 • 720-738 • 722 • 724 • 731 • 732 • 732: 17 octobre • 733-734 • 733-739 • 735 • 735-736 • 736 • 737 • 737-738 • 739 • 741: 22 octobre •

CHARLES-ALBERT
1798-1849
Roi de Sardaigne de 1831 à 1849.
• 1830: *introduction La monarchie de Juillet* • 1847: 16 août • 1848: 12-29 janvier; *introduction la IIe République*; 18-25 mars; 25 juillet; 7 août • 1849: 20 mars •

CHARLES-ALBERT DE BAVIÈRE
• Voir Charles VII de Bavière •

CHARLES-AUGUSTE
† 1810
Fils adoptif de Charles XIII de Suède.
• 1810: 28 mai •

CHARLES-CONSTANTIN
peu après 900-après 962
Fils de Louis III l'Aveugle, roi de Provence. Comte de Vienne de 926/930 à après 962.
• 924: 6 juillet • 931: début • 941: novembre-décembre •

CHARLES-EMMANUEL Ier DE SAVOIE
1562-1630
Fils d'Emmanuel-Philibert duc de Savoie. Duc de Savoie de 1580 à 1630.
• 1574: *introduction Henri III* • 1588: octobre • 1589: *introduction Henri IV* • 1598: 2 mai • 1599: 13 septembre • 1600: juillet-novembre • 1601: mars • 1602: mars-juillet; 12 décembre • 1603: 21 juillet • 1610: *introduction Louis XIII* • 1618: dans *Le siècle des saints* au 7 novembre • 1629: 6-16 mars • 1630: mars-septembre; 26 juillet •

CHARLES-EMMANUEL II DE SAVOIE
1634-1675
Fils de Victor-Amédée Ier duc de Savoie et de Christine de France. Duc de Savoie de 1638 à 1675.
• 1610: *introduction Louis XIII* • 1637: 8 septembre • 1643: *introduction Louis XIV* • 1659: 7 novembre •

CHARLES-EMMANUEL III DE SAVOIE
1701-1773
Fils de Victor-Amédée II duc de Savoie. Duc de Savoie. Roi de Sardaigne.
• 1715: *introduction Louis XV* • 1730: 3 septembre • 1733: 26 septembre • 1740: dans *La guerre de succession d'Autriche* au 20 octobre • 1743: 13 septembre • 1746: 8 mars •

CHARLES-EMMANUEL IV
1751-1819
Roi de Sardaigne de 1796 à 1802.
• 1799: *introduction Napoléon Bonaparte* •

CHARLES-EMMANUEL IV DE SAVOIE
1751-1819
Fils de Victor-Amédée III roi de Piémont-Sardaigne. Roi de Piémont-Sardaigne de 1796 à 1802.
• 1796: 16 octobre • 1797: 5 avril • 1798: 27 juin; 6 décembre •

CHARLES-FÉLIX
1765-1831
Roi de Sardaigne de 1821 à 1831.
• 1815: *introduction La seconde Restauration* •

CHARLES-FRÉDÉRIC DE BADE
1738-1811
Fils de Frédéric de Bade. Margrave de Bade.
• 1796: 22 août •

CHARLES-JEAN DE SUÈDE
• Voir Bernadotte •

CHARLES-LOUIS
† 1680
Fils de Frédéric V. Électeur palatin.
• 1647: dans *Les traités de Westphalie* au 24 octobre •

CHARLES-MAXIMILIEN
• Voir Charles IX •

CHARLES-ORLAND
1492-1495
Fils de Charles VIII roi de France.
• 1483: *introduction Charles VIII* • 1492: 10 octobre • 1495: 16 décembre •

CHARLES-ROUX
François
1879-1961
Diplomate.
• 1940: 19 mai •

Charlevoix
François-Xavier de
1682-1761
Jésuite. Historien.
• 1744: autres événements •

Charlier
Louis-Joseph
1754-1797
Avocat. Député.
• 1792: 5 juillet •

Charlier
Mathieu
Président au Parlement.
• 1591: octobre-décembre •

Charlieu
Abbaye de
• 858: 12 novembre •

Charlotte de France
1516-1524
Fille de François Ier roi de France.
• 1516: 23 octobre •

Charlotte de Savoie
† 1483
Fille de Louis duc de Savoie. Épouse de Louis XI roi de France.
• 1451: 9 mars • 1461: *introduction Louis XI* • 1483: *introduction Charles VIII* •

Charlotte de Saxe-Cobourg-Gotha
1840-1927
Épouse de Maximilien Ier empereur du Mexique.
• 1864: 29 mai-12 juin • 1866: août •

Charnacé
Hercule de
1588-1637
Envoyé de Louis XIII en Europe orientale.
• 1629: 26 septembre • 1630: 25-26 septembre • 1634: 15 août • 1635: 8 février •

Charost
Armand de Béthune de
1662-1747
Gouverneur de Louis XV roi de France.
• 1722: 10 août; 26 août •

Charpak
Georges
Né en 1924
Physicien.
• 1992: 13 octobre •

Charpentier
Antoine
Avocat. Membre des Seize.
• 1597: mars •

Charpentier
François
1620-1702
Auteur.
• 1687: dans *La querelle des Anciens et des Modernes* au 27 janvier; février • 1693: 4 décembre •

Charpentier
Gustave
1860-1956
Compositeur.
• 1900: 2 février •

Charpentier
Marc-Antoine
1643-1704
Compositeur.
• 1664: dans *Molière* au 6-13 mai • 1673: 17 février; *biographie* au 17 février • 1680: 17-19 février; dans *Les leçons des Ténèbres* au 17-19 février • 1682: autres événements • 1687: février • 1693: 4 décembre •

Charretier
Maurice
Né en 1926
Ministre.
• 1979: 4 juillet •

Charrière
Henri, dit Papillon
Bagnard. Écrivain.
• 1969: 30 juin •

Charroux
Assemblée de paix de
989
• vers 987: dans *La paix de Dieu* • 989: juin •

Charroux
Abbaye Saint-Sauveur de
• 769: autres événements • 989: juin • 1047 • 1096: janvier • 1099: autres événements •

CHARTE DE 1814
• 1802: dans *Les idéologues* au 18 mars; dans *Chateaubriand* au 14 avril • 1814: *introduction La première Restauration 1814*; 22 mai; 4 juin; 18 septembre • 1815: *introduction Les Cent-Jours*; 26 mars; 22 avril; 24 avril; 2 mai; 12 mai; 27 juin; *introduction La seconde Restauration*; 13 juillet; octobre; 24 novembre; 28 novembre • 1816: 22 mars; 10 avril; 27 mai; 5 septembre; 18 septembre; 4 novembre; 8 novembre • 1823: 17 août • 1824: 17 septembre; 31 décembre • 1825: 29 mai • 1829: dans *Polignac* au 8 août; 15 octobre • 1830: 6 juillet; 30 juillet; 3 août; 4 août •

CHARTE DE 1830
• 1830: 7 août; 9 août; *introduction La monarchie de Juillet*; 14 août; 31 août • 1831: 19 avril • 1835: 29 août • 1839: 7-19 janvier • 1846: 28 mai •

CHARTE DU TRAVAIL
1941-1944
• 1940: *introduction État français et France libre*: dans *Pétain* au 11 juillet • 1941: 4 juin; 4 octobre; 16 novembre • 1944: 27 juillet •

CHARTIER
Alain
Poète.
• 1571: dans *de Lassus* en avril-mai •

CHARTIER
Roger
Né en 1945
Historien.
• 1947: dans *La nouvelle histoire* au 3 novembre •

CHARTON
Édouard
1807-1890
Publiciste et homme politique.
• 1843: 4 mars •

CHARTRAN
Jean Hyacinthe Sébastien
1779-1816
Général.
• 1816: 2-12 janvier •

CHARTRES
Cathédrale de
• 962: 5 août • 1020: [début]; *Cathédrales pré-romanes* • 1134 • 1153: dans *Le temps des cathédrales* dans autres événements • vers 1220: dans *Les cathédrales gothiques* •

CHARTRES
Louis-Philippe, duc de
• Voir Orléans, Louis-Philippe-Joseph, dit Philippe Égalité, duc d' •

CHASLES
Michel
1793-1880
Mathématicien.
• 1807: mars •

CHASLES
Pierre-Jacques-Marie
1753-1826
Député. Fondateur de L'ami du peuple.
• 1794: 15 septembre • 1795: 1er avril •

CHASSAGNE
Yvette
Née en 1922
Préfet. PDG.
• 1999: dans *Femmes et parité* au 10 mars •

CHASSELOUP-LAUBAT
Justin Napoléon Samuel Prosper de
1805-1873
Homme politique, ministre.
• 1851: 11 avril • 1859: 24 mars • 1860: 26 novembre; *biographie* au 26 novembre • 1869: 17 juillet •

CHASSEPOT
Fusil
• 1866: autres événements • 1868: 3 novembre •

CHASSÉRIAU
Théodore
1819-1856
Peintre.
• 1824: dans *Le romantisme en peinture* en avril •

CHASSET
Charles-Antoine
1745-1824
Avocat.
• 1789: 9 août • 1790: 11 avril • 1793: 11 juillet •

CHASSIN
Charles-Louis
1831-1901
Historien.
• 1884: 9 juin • 1886: 4 décembre • 1893: 9 décembre •

CHASTEL
André
1912-1990
Historien de l'art.
• 1952: 15 février-10 mars • 1978: juillet •

CHASTEL
Jean
† 1594
Régicide.
• 1589: *introduction Henri IV* • 1594: 12 juillet; 27-29 décembre • 1605: autre événement • 1610: dans *Qui a tué Henri IV?* en mai-juillet • 1615: dans *Antoine Arnauld, défenseur du gallicanisme* au 23 février • 1618: dans *Les jésuites* au 15 février •

CHASTELLAIN
Georges
1404-1475
Poète.
• 1512: dans *Gringore et les Grands Rhétoriqueurs* au 24 février •

CHASTELLAIN
Jacques Georges Louis
1885-1965
Homme politique, ministre.
• 1950: 7 février • 1953: 26 juin •

CHAT NOIR
Cabaret.
• 1881: autres événements •

CHATAIGNEAU
Yves
Ambassadeur.
• 1948: 11, 12 février •

CHÂTEAU
René
1906-1970
Professeur, journaliste.
• 1903: dans *Alain* au 9 juillet •

CHATEAUBRIAND
François-René de
1768-1848
Écrivain. Homme politique, ministre.
• 1625: dans *L'Astrée* au 1er juin • 1789: 26-27 janvier • 1792: 15 juillet; 4 septembre • 1797: 18 mars • 1801: 3 avril • 1802: 14 avril; *biographie* au 14 avril • 1807: juillet • 1808: dans *Le néo-classicisme* au 4 janvier; 27 février • 1809: 27 mars • 1814: 5 avril; *introduction La première Restauration*; 4 octobre; 28 octobre • 1815: 12 mai; *introduction La seconde Restauration*; 17 août; dans *Hyde de Neuville* au 3 novembre • 1816: dans *Fiévée* en août; 18 septembre; 8 novembre • 1817: 25-29 janvier • 1818: 8 octobre • 1819: 1er juin; dans *L'Église à la reconquête des âmes* au 24-27 octobre • 1820: 18 mars • 1821: 15-27 juillet; dans *Villèle* au 14 décembre • 1822: 9 janvier; 31 octobre-14 décembre; 22-28 décembre • 1823: 18 janvier; 24 février; dans *Le romantisme* en juillet • 1824: mai; 6 juin; 16 août; 30 septembre • 1825: mai; juillet; 11 août; 28 novembre • 1826: 13 mars; 20 septembre; 30 décembre • 1827: 19 avril; 7 mai; dans *Augustin Thierry* au 6 juin; 18 juin; 30 juin • 1829: 30 août • 1831: 24 mars; 12 octobre • 1832: 7 juin; 29 décembre • 1833: 27 février • 1834: dans *Ballanche* en septembre • 1835: dans *Tocqueville* au 16 janvier • 1837: 28 janvier • 1838: 13 octobre • 1845: 22 février • 1848: 4 juillet; 19 octobre • 1851: dans *Hugo* au 11 décembre •

CHATEAUBRIAND
Jean-Baptiste de
1759-1794
Comte de Combourg. Maître des requêtes.
• 1794: 22 avril •

CHÂTEAUBRIANT
Alphonse de
1877-1951
Écrivain.
• 1942: décembre •

CHÂTEAUBRIANT
Édit de
27 juin 1551
• 1547: *introduction Henri II* • 1551: 27 juin •

Châteaubriant
Françoise de
† 1537
Maîtresse de François Ier roi de France.
• 1517: mars • 1526: autres événements •

Château-Gaillard
• 1195: novembre-décembre • 1196: janvier • 1203: mai; septembre • 1204: 6 mars •

Chateaumorand
Diane de
Épouse d'Honoré d'Urfé.
• 1625: dans *l'Astrée* au 1er juin •

Châteauneuf
Charles de l'Aubespine, marquis de
1580-1653
Directeur des finances. Garde des Sceaux.
• 1628: 26 avril • 1630: 14 novembre; décembre • 1633: 25-28 février • 1643: juillet-septembre • 1650: 2 mars • 1651: 3-13 avril •

Châteauroux
Marie-Anne de Nesles, duchesse de
1717-1744
Maîtresse de Louis XV roi de France.
• 1744: 8 juin; 13 août; 8 décembre •

Châtel
† 1789
Lieutenant de maire.
• 1789: 3 août •

Châtelain de Coucy
Trouvère.
• vers 1180-1200 •

Chatelet
François
1925-1985
Philosophe.
• 1983: 10 octobre •

Châtelet
Émilie Le Tonnelier, marquise du
1706-1749
Femme de lettres et de sciences. Amie de Voltaire.
• 1726: dans *Voltaire* au 17 avril • 1732: autres événements • 1733: juin • 1736: autres événements • 1738: autres événements • 1750: 12 janvier • 1759: autres événements •

Châtelet
Paul Hay du
• Voir Hay du Châtelet, Paul •

Châtelet
Théâtre du
• 1862: autres événements •

Chatenet
Pierre
1917-1997
Ministre.
• 1959: 28 mai • 1960: 5 février •

Châtillon
Bataille de
1793
• 1793: 3 juillet; 5 juillet; 10 juillet; 2 septembre •

Châtillon
Congrès de
1814
• 1814: 7 février; 19 mars •

Châtillon
François de
1557-1591
Fils de Gaspard II de Coligny. Gouverneur de Montpellier.
• 1577: juin-septembre • 1587: octobre • 1589: 18 mai •

Châtillon
Gaspard III de Coligny, dit le maréchal de
1584-1646
Maréchal de France.
• 1637: mai-octobre •

Châtillon
Odet de
1517-1571
Fils de Gaspard I de Coligny. Cardinal. Évêque de Beauvais.
• 1547: 1er avril • 1557: 25 avril • 1568: janvier-mars • 1571: 14 février •

Chatizel
Pierre-Jérôme
1733-1817
Curé.
• 1789: dans *Les curés font la Révolution* en juin •

Chatrian
Alexandre
1826-1890
Écrivain.
• 1865: 29 avril •

Chaudet
Denis Antoine
1763-1810
Sculpteur.
• 1809: dans *Le néo-classicisme* au 4 janvier •

Chaumet
Charles
1866-1932
Ministre.
• 1917: 12-19 septembre • 1925: 17-21 avril •

Chaumette
Pierre-Gaspard
1763-1794
Procureur syndic de la commune de Paris.
• 1784: dans *Sylvain Maréchal* dans autres événements • 1791: 3 décembre • 1792: 16 novembre; 2 décembre • 1793: 31 mars; 1er mai; 28 juin; 1er juillet; 4 septembre; 5 septembre; 21 septembre; 26 septembre; 10 octobre; 19 octobre; 28 octobre; dans *La déchristianisation* au 7 novembre; 21 novembre; 29 novembre; dans *Les Cordeliers* au 17 décembre • 1794: 18 mars; 13 avril; 11 juin •

Chaumié
Joseph
1849-1919
Ministre.
• 1902: 7 juin • 1904: 14 novembre • 1905: 24 janvier •

Chaumont
Pacte de
1814
• 1814: 8 mars • 1815: 25 mars; 20 novembre • 1818: 27 septembre-15 novembre •

Chaumont d'Amboise
• Voir Amboise Charles de Chaumont d' •

Chaumont de Castelnau
François de
Neveu de Georges d'Amboise. Cardinal.
• 1503: 4 décembre •

Chaumont de La Galaizière
Antoine-Martin
1697-1783
Chancelier du duché de Lorraine.
• 1737: 18 janvier; 13 février •

Chaumont-sous-Loire
Château de
• 1547: *introduction Henri II* • 1555: mars-juin •

Chaunu
Pierre
Né en 1923
Historien.
• 1947: dans *La nouvelle histoire* au 3 novembre • 1955: mai • 1964: novembre • 1979: 21 février • 1987: 22 juin •

Chausson
Ernest
1855-1899
Compositeur.
• 1890: autres événements; *biographie* dans autres événements • 1896: dans *Les Nabis* dans autres événements • 1907: dans *Le renouveau musical* au 12 janvier •

Chautemps
Camille
1885-1963
Homme politique. Président du Conseil.
• 1914: 4 juin • 1924: 12-14 juin • 1925: 29 octobre; 28 novembre • 1926: 18-19 juillet • 1930: 20-25 février; 13 décembre • 1932: 2 juin; 3-7 juin; 16 décembre • 1933: 31 janvier; 27 octobre; 23-27 novembre; dans *L'affaire Stavisky* au 23 décembre • 1934: 9-12 janvier; 18-19 janvier; 27 janvier; 28 janvier • 1936: 19-31 janvier; 4 juin • 1937: 21-22 juin; 11 juillet; 29 novembre • 1938: 13 janvier; 14 janvier; 18 janvier; 27 janvier; 30 janvier; 18 février; 10 mars; 10 avril; dans *Georges Bonnet* au 9 juin; dans *Munichois et antimunichois* au 4 octobre • 1940: 15 juin; 16 juin •

Chautemps
François Émile
1766-1832
Homme politique, ministre.
• 1895: 27 janvier •

Chauveau
Claude
1861-1940
Homme politique, ministre.
• 1932 : 20 février •

Chauveau
François
1613-1676
Graveur.
• 1668 : 31 mars •

Chauvelin
François Bernard, marquis de
1766-1832
Homme politique.
• 1817 : 20 septembre • 1821 : 10-12 février •

Chauvelin
Germain-Louis
1685-1762
Secrétaire d'État aux Affaires étrangères. Garde des Sceaux.
• 1727 : 23 août • 1732 : 31 mars • 1737 : 20 février •

Chauvelin
Henri-Philippe
1716-1770
Conseiller clerc à la chambre des enquêtes du Parlement de Paris.
• 1761 : 31 mars •

Chauvet
Grotte
• 1994 : 18 décembre •

Chauvin
Jeanne
1862-1926
Avocate.
• 1900 : 1er décembre •

Chavannes
Georges
Né en 1925
PDG. Ministre.
• 1986 : 20 mars •

Chavigny
Léon Bouthillier, comte de
1608-1652
Fils de Claude Bouthillier. Secrétaire d'État aux Affaires étrangères.
• 1632 : 27 juillet-4 août • 1636 : 17 février • 1643 : 10 juin • 1644 : dans *Servien* en février-mars • 1649 : dans *Les frondeurs* au 11 mars • 1651 : dans *Les partis* au 30 janvier-25 février •

Chavin
Henri
Fonctionnaire de police.
• 1941 : dans *Technocratie et synarchie* au 9-10 février •

Chayla
François Anglade de l'Anglade du
vers 1650-1702
Archiprêtre.
• 1702 : 24 juillet •

Chelmno/Ner
• 1941 : 8 décembre • 1942 : dans *Drancy-Auschwitz* au 27 mars •

Chelton
Tsilla
Actrice.
• 1952 : 22 avril •

Chemetov
Paul
Né en 1928
Architecte.
• 1989 : autres événements • 1994 : 21 juin •

Chemin de fer métropolitain de Paris
CMP
1898
• Voir Métropolitain de Paris •

Chemin des Dames
Offensive du
1917
• 1916 : dans *Les généraux de la Grande Guerre* au 26 décembre • 1917 : 9 avril ; 16 avril ; dans *Les chars* au 16 avril ; 17-19 avril ; 4 mai ; 5-15 mai ; dans *Malvy et Le Bonnet rouge* au 7 juillet • 1918 : 27-30 mai • 1919 : 10 octobre •

Chemin-Dupontès
Jean-Baptiste
1760-1852
Libraire.
• 1796 : 22 septembre • 1797 : dans *La théophilanthropie* au 15 janvier •

Chemins de fer
• 1833: 27 juin • 1835: 9 juillet • 1837: 14 mai • 1838: 10 mai • 1839: 22 juin; dans *Seguin* au 22 juin • 1842: 11 juin • 1843: mai • 1845: 30 mars; 15 juillet; octobre-novembre • 1846: 28 mai • 1847: autres événements • 1848: 17 mai; 22 juin • 1852: 5 janvier; 3 mars; 1er juillet; 18 novembre • 1857: 11 avril; 10 novembre • 1858: 4-8 août • 1859: 11 juin • 1861: juin; 3 août • 1864: 15 août • 1865: 12 juillet • 1869: 10 février; 27 avril • 1872: 3 février • 1875: 2-4 août • 1877: 28 mars • 1878: 15 mars; 27 mai • 1880: 11 juin; 7 juillet • 1881: 24 février • 1883: 20 novembre • 1885: 9 juin • 1895: 12 janvier; 5 février; 28 août; 28 octobre; 7 novembre; 10 décembre • 1896: 11-15 février • 1905: 15 juin • 1919: 22 janvier • 1920: 27 février-1er mars; 1er-11 mai; 21 mai • 1932: 26 octobre • 1936: 28 avril • 1937: 30 juillet • Voir aussi SNCF •

Chênedollé
Charles Lioult de
1769-1833
Poète.
• 1807: avril • 1823: juillet •

Chénier
André
1762-1794
Poète.
• 1790: 28 août • 1794: 25 juillet • 1819: 28 août •

Chénier
Marie-Joseph
1764-1811
Frère d'André Chénier.
Écrivain et homme politique.
• 1789: 5 juillet; 4 novembre • 1791: 7 juillet; 11 juillet • 1792: 9 février; 18 février • 1793: 27 janvier; 9 février; 2 octobre; 24 octobre; 5 novembre; 25 novembre • 1794: 8 juin; 14 juillet; 25 juillet; 11 septembre; 21 décembre • 1795: 8 mars; 10 avril; 1er mai; 24 juillet • 1796: 28 juillet; 16 août • 1797: 4 juin • 1802: dans *Les Idéologues* au 18 mars; dans *Chateaubriand* au 14 avril • 1805: dans *Talma* au 3 janvier • 1808: 27 février • 1819: 28 août • 1825: dans *Le récit historique* au 7 mai •

Chenonceaux
Château de
• 1509: dans *Architecture religieuse et architecture profane* dans autres événements • 1513: autres événements • 1547: juin • 1554: février-août • 1555: mars-juin •

Chenot
Bernard
Né en 1909
Homme politique, ministre.
• 1958: 9 juin • 1959: 9 janvier • 1960: 5 février • 1961: 24 août •

Chenu
Marie Dominique
1895-1990
Religieux.
• 1950: septembre • 1962: 11 octobre •

Cherasco
Armistice de
1796
• 1796: dans *La campagne d'Italie* au 10 avril; 28 avril •

Cherasco
Traités de
6 avril 1631
• 1631: 6 avril • 1644: dans *Servien* en février-mars • Voir Mantoue, guerre de succession •

Chéreau
Patrice
Né en 1944
Metteur en scène.
• 1973: 22 février • 1976: août • 1979: 24 février • 1983: mai • 1988: juillet •

Chérèque
Jacques
Né en 1928
Dirigeant syndical, ministre.
• 1988: 8 mai •

Chéron
Henry
1867-1936
Homme politique, ministre.
• 1913: 22 mars • 1922: 15 janvier • 1928: 8 septembre; 9 novembre • 1929: 31 octobre • 1930: 17 février; 6 novembre-11 décembre; 13 décembre • 1932: 16 décembre • 1934: 9 février •

Cherubini
Luigi
1760-1842
Compositeur italien.
• 1787: dans *Louvet de Couvray* dans autres événements • 1791: 18 juillet • 1792: 9 février; 18 février • 1794: 14 décembre • 1795: 3 août • 1801: 20 août • 1846: dans *L'opéra-comique* au 9 novembre •

Chesnelong
Pierre-Charles
1820-1899
Homme politique.
• 1873: 14 octobre; 18 octobre •

Chestov
Léon
1866-1938
Écrivain et philosophe russe.
• 1926: dans *Les Russes en France* au 14 avril • 1936: autres événements •

Cheval
Ferdinand, dit le facteur
1836-1924
Facteur.
• 1879: autres événements •

Chevalier
Jacques
1882-1962
Ministre.
• 1941: 25 février •

Chevalier
Michel
1806-1879
Économiste, banquier et homme politique.
• 1828: dans *Le saint-simonisme* en décembre • 1832: juillet • 1836: 26 novembre • 1855: dans *Le Play* au 21 juillet • 1859: septembre • 1860: 23 janvier; 5 juin • 1863: juillet • 1865: 14 juin •

Chevaliers de la foi
Société secrète royaliste.
• 1814: 1818: dans *Mathieu de Montmorency* au 8 octobre • 1819: dans *L'Eglise à la reconquête des âmes* au 24-27 octobre •

Chevaliers du poignard
Affaire des
• 1791: 28 février •

Chevalley
Claude
1909-1984
Mathématicien.
• 1935: dans *Le groupe Bourbaki* au 10 juillet •

Chevallier
Jacques
1911-1971
Homme politique, ministre.
• 1955: 20 janvier •

Chevallier
Jean-Jacques
Juriste.
• 1940: 28 septembre •

Chevance-Bertin
Maurice
1910-1996
Général.
• 1940: dans *Du MLN à Combat* au 30 août •

Chevandier de Valdrôme
Jean-Pierre Napoléon Eugène
1810-1878
Homme politique, ministre.
• 1870: 2 janvier •

Chevènement
Jean-Pierre
Né en 1939
Homme politique, ministre.
• 1967: octobre • 1971: 11-12 juin • 1981: 21 mai; 23 juin • 1982: 29 juin • 1984: 17-18 juillet • 1985: 12 novembre • 1988: 8 mai • 1991: 17 janvier • 1992: 20 septembre • 1997: 4 juin; octobre • 1998: 2 septembre • 2000: 21 juillet •

Chevert
François de
1695-1769
Général.
• 1742: 17 décembre •

Chevigné
Pierre de
Né en 1909
Officier. Homme politique.
• 1958: 14 mai •

CHEVILLARD
Camille
1859-1923
Chef d'orchestre.
• 1905: 15 octobre •

CHEVREAU
Julien-Théophile-Henri
1823-1903
Homme politique, ministre.
• 1870: 10 août •

CHEVREUSE
Charles-Honoré d'Albert, duc de Luynes, duc de
1656-1712
Gouverneur de Guyenne.
• 1661: dans *Colbert* au 12 septembre • 1689: dans *Beauvillier* au 16-17 août • 1695: dans *Mme Guyon et le quiétisme* en mars • 1697: dans *Le duc et la duchesse de Bourgogne* au 7 décembre • 1699: dans *Fénelon* en avril • 1711: novembre •

CHEVREUSE
• Voir Rohan, Marie de •

CHEVRIER
Jean Dufayard, dit Jean
1915-1975
Acteur.
• 1943: 27 novembre •

CHEVRY
• 1611: 26 janvier •

CHEYSSON
Claude
Né en 1920
Diplomate, ministre.
• 1981: 21 mai; 23 juin • 1983: 22 mars • 1984: 17-18 juillet •

CHIAPPE
Jean
1878-1940
Préfet de police.
• 1927: dans *Daladier* au 27 octobre • 1934: 3 février; 24 février •

CHICHERY
Albert
1888-1944
Ministre.
• 1940: 5 juin; 16 juin •

CHIGI
Fabio
1630-1693
Légat du Pape.
• 1664: 29 juillet •

CHILDEBERT Ier
† 558
Fils de Clovis. Roi des Francs de Paris de 511 à 558.
• vers 481: *introduction Clovis* • 511: *introduction De quatre à un royaume franc* • 511-558 • vers 1163 •

CHILDEBERT II
570-596
Fils de Sigebert Ier, roi d'Austrasie. Roi de Neustrie de 575 à 585. Roi d'Austrasie et de Bourgogne de 592 à 596.
• 561: *introduction De quatre à un royaume franc* • 575-596 •

CHILDEBERT III
678/679-711
Fils de Thierry III, roi de Neustrie-Austrasie-Bourgogne. Roi de Neustrie-Austrasie-Bourgogne de 695 à 711.
• 695-711 •

CHILDEBERT L'ADOPTÉ
† 662
Fils de Grimoald, maire du palais d'Austrasie. Roi d'Austrasie de 656 à 662.
• 656-662 • 662: 18 octobre-9 décembre •

CHILDEBRAND
Demi-frère de Charles Martel.
• 750-751 • 768: *introduction Charlemagne* •

CHILDÉRIC
† vers 481
Roi des Francs de Tournai de 457 à 481 environ.
• vers 481: *introduction Clovis* • vers 481 •

CHILDÉRIC II
vers 655-675
Fils de Clovis II, roi de Neustrie. Roi d'Austrasie de 662 à 675. Roi d'Austrasie-Neustrie-Bourgogne de 673 à 675.
• 639: dans *Deux royaumes francs* au 19 janvier • 657: 11 septembre/10 novembre • 662: 18 octobre-9 décembre • 662-675 •

Childéric III
† après 751
Fils de Chilpéric II, roi de Neustrie. Roi de Neustrie-Austrasie-Burgondie de 743 à 751
• 743-751 •

Chilpéric
† vers 480
Roi burgonde.
• vers 481 : *introduction Clovis* •

Chilpéric Ier
vers 537-584
Fils de Clotaire Ier, roi des Francs de Soissons. Roi des Francs de Soissons de 561 à 584.
• 511 : *introduction De quatre à un royaume franc* • 561 : *introduction De quatre à un royaume franc* • 561-584 • 596 : mars •

Chilpéric II
† 721
Fils de Childéric II, roi d'Austrasie-Neustrie-Bourgogne. Roi de Neustrie de 715 à 721.
• 714 • 715-721 •

Chinard
Joseph
1756-1813
Sculpteur.
• 1808 : dans *Le néo-classicisme* au 4 janvier •

Chine
Concessions occidentales en
• 1860 : 18 octobre ; dans *L'ouverture des ports de Chine au commerce occidental* au 18 octobre •

Chinon
Traité de
1214
• 1214 : 18 septembre • 1220 : autres événements •

Chirac
Jacques
Né en 1932
Président de Ve la République depuis 1995.
• 1969 : *introduction La Ve République : De l'héritage du gaullisme à la victoire de la gauche* • 1971 : 7 janvier • 1972 : 5 juillet • 1973 : 5 avril • 1974 : 1er mars ; dans *Valéry Giscard d'Estaing* au 19 mai ; 27 mai ; 28 mai ; 14 décembre • 1976 : 12 mai ; 21 mai ; 25 août ; octobre ; 5 décembre • 1977 : 25 mars • 1978 : 6 décembre • 1981 : 2 mars ; 26 avril ; *introduction La Ve République : De la France mitterrandienne aux cohabitations politiques* • 1986 : 20 mars ; 22 novembre-8 décembre • 1988 : 16 janvier ; 24 avril • 1991 : 21 septembre • 1993 : dans *Édouard Balladur* au 29 mars • 1994 : 4 novembre • 1995 : 1er mars ; 23 avril ; 7 mai ; *biographie* au 7 mai • 7 mai 1995-... •

Chizé
Bataille de
1373
• 1373 : 24 mars •

Chlodebert
† 580/581
Fils de Chilpéric Ier, roi de Soissons.
• 561 : *introduction De quatre à un royaume franc* • 580-581 •

Choart de Buzenval
Paul
Diplomate.
• 1607 : mai •

Choiseul
César de
• Voir Duplessis-Praslin •

Choiseul
Étienne-François de Stainville, duc de
1719-1785
Secrétaire d'État aux Affaires étrangères. Secrétaire d'État à la Guerre.
• 1715 : *introduction Louis XV* • 1727 : octobre • 1756 : dans *La guerre de Sept Ans* au 9 juin • 1758 : 3 décembre ; *biographie* au 3 décembre • 1760 : autres événements • 1761 : 27 janvier ; 13 octobre ; 15 octobre • 1763 : 10 février ; 14 mai • 1766 : 10 avril ; dans *Bougainville* au 5 décembre • 1770 : 24 décembre ; autres événements • 1771 : 26 janvier ; 6 juin • 1774 : *introduction Louis XVI* ; dans *Maurepas* au 20 mai ; dans *Vergennes* au 2 juin ; dans *Turgot* au 24 août • 1788 : dans *Abbé Barthélemy* dans autres événements • 1792 : dans *Dumouriez* au 15 mars •

Choiseul-Praslin
Altarice Sébastiani dite Fanny, duchesse de
† 1847
Fille du maréchal Sébastiani et épouse du duc de Choiseul-Praslin.
• 1830 : dans *Sébastiani* au 11 août • 1847 : 18 août •

Choiseul-Praslin
Charles Laure Hugues Théobald, comte de
1805-1847
Pair de France.
• 1847: 18 août • 1857: dans *Baudelaire* au 24 juin •

Choisy
Maryse
1903-1979
Directrice de la revue Psyché.
• 1946: novembre •

Choléra
Épidémies de
• 1832: 8 avril • 1849: mai • 1854: autres événements •

Cholet
Bataille de
17 octobre 1793
• 1792: *introduction La République jacobine* • 1793: dans *La guerre de Vendée* au 10 mars; dans *D'Elbée* au 19 juillet; 17 octobre •

Cholet
Traité de
1815
• 1815: 24 juin •

Cholières
Nicolas de
1509-1592
Auteur.
• 1585: autres événements; dans *Nouvellistes et conteurs* dans autres événements •

Choltitz
Dietrich von
1894-1966
Général allemand.
• 1944: 21 août; 25 août •

Chopin
Frédéric
1810-1849
Pianiste et compositeur.
• 1823: dans *Le romantisme* en juillet • 1846: dans *George Sand* au 8 août •

Chopinet
Anne
Née en 1954
• 1970: avril • 1999: dans *Femmes et parité* au 10 mars •

Choron
Alexandre Étienne
1772-1834
Musicien.
• 1838: dans *Rachel* au 12 juin •

Chostakovitch
Dimitri
1906-1975
Compositeur russe.
• 1992: février •

Chou En-lai
1898-1976
Premier ministre chinois.
• 1954: 23 juin •

Chouan
Jean Cottereau, dit Jean
1767-1794
• 1793: 23 octobre •

Chouans
• 1793: dans *La guerre de Vendée* au 10 mars; 27 octobre • 1794: avril; *introduction La République thermidorienne* • 1795: 17 février; 27 mai; 23 juin • 1796: 26 janvier; mai; juin; 19 juin • 1799: 14 octobre; 27 octobre; 28 décembre; 12 novembre • 1803: dans *Cadoudal* au 20 août • 1806: 23 août • 1818: juin •

Chramm
Fils de Clotaire Ier, roi des Francs de Soissons. Roi d'Aquitaine.
• 511: *introduction De quatre à un royaume franc* • 555 • 556 • 558: décembre • 560 •

Chrétien
Frère
Templier. Aumônier royal.
• 1193-1194 •

Chrétien
Jean-Loup
Né en 1938
Cosmonaute.
• 1988: 26 novembre •

Chrétien de Troyes
Auteur.
• 1155: dans *Les intellectuels de la Cour Plantagenêt* dans autres événements • 1168-1183 • vers 1188-1190 •

Chrétienne de France
• Voir Christine de France •

Christian II de Danemark
1481-1559
Fils de Jean Ier de Danemark. Roi de Danemark et de Norvège de 1513 à 1523. Roi de Suède de 1520 à 1523.
• 1498: *introduction Louis XII* • 1515: *introduction François Ier* •

Christian III de Danemark
1503-1559
Fils de Frédéric Ier de Danemark. Roi du Danemark et de Norvège de 1534 à 1559.
• 1515: *introduction François Ier* •

Christian IV
1577-1648
Roi du Danemark de 1588 à 1648.
• 1610: *introduction Louis XIII* • 1625: juin; décembre • 1626: avril-août • 1529: 7 juin •

Christian V
1646-1699
Roi du Danemark de 1670 à 1699.
• 1643: *introduction Louis XIV* •

Christian IX
1818-1906
Roi du Danemark de 1863 à 1906.
• 1852: *introduction Le Second Empire* • 1863: 15 novembre •

Christiani
Baron
• 1899: 4 juin •

Christian-Jaque
Christian Maudet, dit
1904-1994
Cinéaste.
• 1941: 14 février • 1945: octobre • 1952: mars • 1959: septembre •

Christie
William
Né en 1944
Musicien américain.
• 1987: janvier •

Christine de Danemark
Fille de Christian II roi de Danemark. Épouse de François duc de Lorraine.
• 1558: octobre-novembre •

Christine de France
1606-1663
Fille d'Henri IV roi de France et de Marie de Médicis. Épouse de Victor-Amédée Ier. Régente du duché de Savoie.
• 1606: 10 février • 1610: *introduction Louis XIII* • 1618: dans *Le siècle des saints* au 7 novembre • 1619: 3 janvier • 1622: 6-18 décembre • 1624: dans *Gaston d'Orléans* au 20 mai • 1630: 26 juillet • 1637: 8 septembre • 1638: mars-octobre • 1639: avril-octobre • 1640: juin-septembre • 1642: 14 juin •

Christine de Pisan
vers 1364-après 1429
Auteur.
• 1364: *introduction Charles V le Sage* • 1368: autres événements • 1399: autres événements • 1402: autres événements • 1404: janvier; décembre *biographie* en décembre • 1410: dans *Gontier Col* au 2 novembre • 1422: dans *Alain Chartier* avant août • 1429: dans *Jeanne d'Arc* au 8 mars • 1472: dans *Gilles Binchois* dans autres événements •

Christine de Suède
1626-1689
Reine de Suède de 1632 à 1654.
• 1610: *introduction Louis XIII* • 1634: 11 octobre • 1637: dans *Descartes* en juin • 1643: *introduction Louis XIV*; dans *Les historiographes du roi* dans autres événements • 1656: dans *Pascal* au 27 janvier; 1er septembre •

Christo
Christo Javacheff, dit
Né en 1935
Artiste.
• 1960: 27 octobre; dans *Le Nouveau Réalisme* au 27 octobre • 1962: 27 juin • 1985: septembre •

Christophe
Georges Colomb, dit
1856-1904
Botaniste, écrivain et dessinateur.
• 1889: autres événements •

Christophle
Albert-Silas-Médéric-Charles
1830-1904
Homme politique, ministre.
• 1876: 10 mars; 13 décembre • 1895: 7 novembre •

Chrodebert
Évêque de Paris de 656 environ à 663.
• 657 : 11 septembre/10 novembre •

Chrodegang
†766
Évêque de Metz de 742 à 766.
• 742 • 747 • vers 752 • 754-756 • 757 : autres événements •

Chtchoukine
Sergueï Ivanovitch
1880-1947
Collectionneur russe.
• 1910 : octobre •

Chuquet
Arthur
1853-1925
Historien.
• 1886 : 19 juin •

Chuquet
Nicolas
Auteur.
• 1483 : autres événements • 1484 : autres événements •

Church
Henry
1880-1947
Mécène américain.
• 1935 : 15 janvier •

Churchill
Winston
1874-1965
Premier ministre britannique. Homme d'État.
• 1914 : *introduction La IIIe République : D'une guerre à l'autre* • 1926 : 12 juillet • 1938 : dans *Les hommes du Quai* au 20-25 juillet ; 20 septembre ; dans *Munichois et antimunichois* au 4 octobre • 1939 : 8 septembre • 1940 : 10 mai ; 13-15 mai ; 16 mai ; 26 mai ; 11 juin ; 13 juin ; 16 juin ; 18 juin ; dans *De Gaulle* au 18 juin ; 22 juin ; 3 juillet ; *introduction État français et France libre* ; 30 juillet ; août-septembre ; 7 août • 1941 : 14 août ; 23 décembre • 1942 : 10 juin ; 18-19 juin ; 12-15 août ; 18-19 août • 1943 : 14-27 janvier ; 25 mai ; 1er novembre ; 28 novembre-2 décembre • 1944 : 28 septembre ; 9 octobre ; 10-11 novembre • 1945 : 2-3 janvier ; 1er-7 avril ; 17-25 juillet ; 26 juillet • 1946 : 5 mars ; *introduction La IVe République* •

Ciampi
Carlo
Né en 1920
Président du Conseil italien.
• 1981 : *introduction La Ve République : De la France mitterrandienne aux cohabitations politiques* •

CIC
(Crédit industriel et commercial)
• 1859 : 7 mai •

Cinéma
• 1895 : 22 mars ; *Le cinématographe* au 22 mars ; 28 décembre • 1897 : mars • 1909 : *Le cinéma : art et industrie* dans autres événements • 1936 : 2 septembre • 1940 : décembre • 1946 : mars •

Cinémathèque française (La)
• 1936 : 2 septembre • 1968 : 9 février •

Cinématographie
Centre national de la
• 1946 : 26 octobre •

Cingria
Charles-Albert
1883-1954
Écrivain suisse.
• 1948 : autres événements •

Cinq-Mars
Henri Coëffier de Ruzé d'Effiat, marquis de
1620-1642
Grand écuyer. Favori de Louis XIII.
• 1610 : *introduction Louis XIII* • 1624 : dans *Gaston d'Orléans* au 20 mai • 1626 : 1er-9 juin • 1638 : mars • 1642 : 13 mars ; 13 juin ; 12 septembre ; dans *Les conjurateurs* au 12 septembre ; 29 août-1er décembre • 1664 : dans *La Rochefoucauld* au 27 octobre •

Cintra
Capitulation de
30 août 1808
• 1808 : 1er août •

Cioran
Émile Michel, dit E. M.
1911-1995
Écrivain français d'origine roumaine.
• 1949 : septembre • 1956 : mai •

CIR
(Convention des institutions républicaines)
• 1964: 7 juin • 1965: 10 septembre • 1971: 11-12 juin • 1981: dans *François Mitterrand* au 21 mai • 1991: dans *Édith Cresson* au 25 mai •

CIRQUE D'HIVER
• 1852: 11 décembre • 1861: 27 octobre •

CISSEY
Ernest-Louis-Octave-Courtot de
1810-1882
Général. Ministre. Président du Conseil.
• 1871: 23 mai; 26 mai; 28 mai • 1873: 19 mai • 1874: 22 mai; 9 juin; 8 juillet • 1875: 11 mars • 1876: 10 mars; 24 juin • 1880: 23 novembre •

CISTERNAY DU FAY
Charles-François de
1698-1739
Chimiste. Physicien.
• 1733: autres événements •

CÎTEAUX
Abbaye de
• 1098: 21 mars • 1115: dans *Saint Bernard et son entourage* en juin •

CÎTEAUX
Ordre de
• 1115: dans *Saint Bernard et son entourage* en juin • 1119: 22-26 octobre • 1264: 22 mai • 1637: dans *Port-Royal et les Arnauld* au 24 août •

CITOYEN (LE)
1881
Journal.
• 1881: 28 septembre •

CITOYENNE (LA)
1881-1891
Journal.
• 1881: 13 février; dans *Hubertine Auclert* au 13 février •

CITROËN
André
1878-1935
Industriel.
• 1914: *introduction La IIIe République: D'une guerre à l'autre* • 1916: dans *Les patrons de l'industrie et la Première Guerre mondiale* au 12 décembre • 1924: 28 octobre • 1931: 4 avril •

CIXOUS
Hélène
Née en 1937
Écrivain.
• 1970: dans *Le Théâtre du Soleil* au 26 décembre • 1985: 11 septembre •

CLAIR
Jean
Critique d'art et conservateur de musée.
• 1983: février • 1996: octobre •

CLAIR
René Chomette, dit René
1898-1981
Cinéaste.
• 1924: 4 décembre • 1950: mars •

CLAIRAMBAULT
Pierre de
1651-1740
• 1792: 1er août •

CLAIRAUT
Alexis
1713-1765
Mathématicien.
• 1731: autres événements • 1741: autres événements • 1743: autres événements • 1746: autres événements • 1752: autres événements • 1761: autres événements •

CLAIRON
Claire-Josèphe Leris de La Tude, dite Mlle
1723-1803
Actrice.
• 1736: 8 janvier •

CLAIRVAUX
Abbaye de
• 1115: juin •

CLAPARÈDE
Édouard
1873-1940
Psychologue suisse.
• 1921: octobre •

Clapeyron
Émile
1799-1864
Physicien.
• 1824: 12 juin •

Clarac
Louise
1898-?
Militante communiste.
• 1927: 18 juillet •

Clarendon
Constitutions de
1164
• 1158: dans *Thomas Becket* au 31 août • 1164: 30 janvier; 2 novembre • 1205: 13 novembre •

Clark
Mark Wayne
1896-1984
Général américain.
• 1942: 23 octobre; 8 novembre; 13-22 novembre •

Clarke
Henri-Jacques
1765-1818
Maréchal de France. Directeur du Bureau topographique. Ministre.
• 1795: 18 août • 1796: 12 novembre • 1797: 16 janvier; 5 septembre • 1807: 9 août • 1815: 11 mars; 24 septembre • 1817: 12 septembre •

Clastres
Pierre
1934-1977
Anthropologue.
• 1974: octobre •

Claude
Duc wisigoth.
• 589: printemps •

Claude
Georges
1870-1960
Chimiste.
• 1901: autres événements •

Claude
Jean
1619-1687
Pasteur.
• 1686: autres événements •

Claude de France
1499-1524
Fille de Louis XII roi de France. Épouse de François Ier roi de France.
• 1498: *introduction Louis XII* • 1499: 13 octobre • 1501: 30 avril; août • 1504: 20 février; 22 septembre • 1505: avril; 31 mai; juillet • 1506: mai • 1514: 18 mai • 1515: *introduction François Ier*; 1er janvier; 26 juin; 15 août • 1524: 20 juillet • 1548: autres événements •

Claude de Valois
1547-?
Fille d'Henri II roi de France. Épouse de Charles III duc de Lorraine.
• 1547: *introduction Henri II*; 12 novembre • 1552: avril-novembre • 1559: 20 janvier • 1572: 30 juillet • 1599: 31 janvier •

Claudel
Camille
1864-1943
Sculpteur.
• 1893: autres événements • 1905: autres événements •

Claudel
Paul
1868-1955
Écrivain et diplomate.
• 1889: décembre • 1898: dans *Zola* au 13 janvier • 1899: 5 août • 1900: autres événements • 1901: juillet • 1906: septembre • 1909: dans *Gide* en février • 1910: autres événements • 1912: 23 décembre • 1914: janvier; juin • 1915: dans *Adrienne Monnier* au 7 novembre • 1916: juin • 1917: dans *Paul Valéry* au 28 avril • 1919: juin • 1920: dans *Le Groupe des Six* au 16-23 janvier • 1928: 2 janvier-6 février • 1943: 27 novembre • 1946: 11 juin • 1947: juin • 1948: 31 mai; décembre; autres événements • 1950: dans *Le père Couturier et l'art sacré* au 4 août; décembre • 1951: avril • 1952: 2 décembre • 1953: 21 mai • 1959: 21 octobre • 1965: janvier •

CLAUDIUS-PETIT
Eugène Petit, dit
1907-1989
Homme politique, ministre.
• 1943: 27 mai • 1948: 11 septembre • 1949: 28-29 octobre • 1950: 12 juillet • 1951: 8 août • 1952: 20 janvier; 6 mars; 14 octobre • 1954: 18 juin; 13 août; 31 août •

CLAUS DE WERVE
Neveu de Claus Sluter. Sculpteur.
• 1383: autres événements • 1406: autres événements • 1443: autres événements •

CLAUS SLUTER
vers 1340-vers 1405
Sculpteur.
• 1383: autres événements • 1406: autres événements •

CLAUSEL DE COUSSERGUES
Jean-Claude
1759-1846
Homme politique.
• 1821: 22-30 mai •

CLAUSEWITZ
Carl von
1780-1831
Général prussien. Théoricien militaire.
• 1955: avril • 1972: décembre • 1983: dans *Raymond Aron* au 17 octobre •

CLAUSTRE
Françoise
Ethnologue.
• 1977: 4 décembre •

CLAUZEL
Bertrand, comte
1772-1842
Maréchal de France.
• 1815: 2 avril • 1830: 2 septembre; 15-23 novembre • 1831: 31 janvier; 21 février • 1835: 8 juillet; 26 novembre-21 décembre • 1836: 14 avril; 10 juin; 28 août; 9 novembre-1er décembre •

CLAUZEL
Jean-Baptiste
1746-1803
Député.
• 1795: 26 janvier •

CLAVEILLE
André
1865-1921
Ministre.
• 1917: 12-19 septembre; 17 novembre •

CLAVEL
Maurice
1920-1979
Écrivain.
• 1947: juin • 1971: 18 juin; 13 décembre •

CLAVIER
Noël
Cofondateur de Franc-Tireur.
• 1940: décembre •

CLAVIÈRE
Étienne
1735-1793
Ministre des Finances.
• 1775: dans *Mirabeau* dans autres événements • 1784: dans *Bergasse* dans autres événements • 1787: mars • 1788: 19 février; 10 novembre • 1792: dans *Les Girondins* en mars; 24 mars; 13 juin; 18 juin; 20 juillet; 11 août • 1793: 2 juin; 13 juin; 8 décembre •

CLÉMENCE DE HONGRIE
† 1328
Épouse de Louis X le Hutin roi de France.
• 1314: *introduction Louis X le Hutin* • 1315: 3 août •

CLEMENCEAU
Georges
1841-1929
Journaliste. Homme politique, ministre. Président du Conseil.
• 1870: 4 septembre; *introduction La IIIe République: De la chute du Second Empire à la Première Guerre mondiale* • 1871: 8 février; 10 mars; 18 mars; 20 mars; 26 mai • 1876: 20 février-5 mars • 1880: 16 janvier; 11 avril • 1881: 29 juillet; 5 septembre; 5-8 novembre • 1882: 29 juillet • 1883: 6 mars; 30-31 octobre; 10 décembre • 1884: 2 février • 1886: 16 janvier; 21 janvier; dans *Le général Boulanger* au 14 juillet • 1887: dans *Pelletan* au 11 juillet; 19 novembre • 1891: 16 novembre • 1892: 19 novembre; 10 décembre; 16-22 décembre • 1893: dans *Reinach* au 15 mai; 20 août-3 septembre

• 1898: 13 janvier; 7-23 février • 1899: dans *Millerand* au 23 juin • 1901: 27 janvier • 1903: dans *Sangnier* au 1er juin • 1906: 6-9 mars; 10 mars-18 avril; 13 mars; *biographie* au 13 mars; 1er mai; 22 octobre; dans *Caillaux* au 22 octobre • 19 novembre; 11, 15 décembre • 1907: 6 janvier; 8 mars; 9-10 juin; 17-26 juin; 2 juillet • 1908: 11 février; 9-28 mars; 13 mars; dans *L'affaire Rochette* au 21 mars; 4 juin; 11 juin; 30 juillet-4 août; 6 août; 2 décembre • 1909: 12-23, 26 mars; 13 mai; 20 juillet • 1912: 9-10 janvier; dans *Raymond Poincaré* au 14 janvier; 10 février; 17 juin-10 juillet • 1913: 6 mai • 1914: *introduction La IIIe République: D'une guerre à l'autre*; 7 octobre • 1915: 16 août; 5 novembre • 1916: 19-23 décembre • 1917: dans *Malvy et Le Bonnet rouge* au 7 juillet; 15 août; 17 novembre; 20 novembre; 11 décembre • 1918: 11 janvier; 18 janvier; 10 février-8 mars; 1er-2 mai; 22, 29 mai; 1er-3 juin; 3 juin; 27-30 septembre; 11 novembre; dans *«L'impôt du sang». Les Anciens Combattants* au 11 novembre; 27 novembre; 30 novembre; 1er décembre; 8-10 décembre; 29 décembre • 1919: 18 janvier; 19 février; 1er-12 mars; 27-28 mars; 3 avril; 28 juin; 2 juillet; 26 août-24 septembre; 22 octobre • 1920: 10 janvier; 16 janvier; 17-22 janvier • 1929: dans *Tardieu* au 31 octobre; 24 novembre • 1938: dans *Georges Bonnet* au 9 juin • 1940: dans *De Gaulle* au 18 juin; 11 novembre • 1945: 26 juillet •

CLEMENCEAU
Michel
Homme politique.
• 1946: 26-28 avril • 1947: 16 janvier •

CLÉMENCET
Charles
1704-1778
Bénédictin.
• 1750: autres événements •

CLÉMENT
Augustin-Jean-Charles
1717-1804
Évêque constitutionnel de Versailles.
• 1792: 17 décembre •

CLÉMENT
Gilles
Né en 1943
Architecte. Paysagiste.
• 1992: autres événements •

CLÉMENT
Jacques
1567-1589
Moine. Assassin d'Henri III.
• 1574: *introduction Henri III* • 1589: 1er août • 1595: 5-10 janvier • 1596: 6 mai • 1599: autres événements •

CLÉMENT
Jacques, dit Clemens non Papa
vers 1510-vers 1556
Compositeur.
• 1502: dans *Josquin Des Prés, la musique sacrée et la musique profane* dans autres événements •

CLÉMENT
Jean-Baptiste
1836-1903
Chansonnier. Militant socialiste.
• 1871: 26 mars; 29 mars •

CLÉMENT
René
1913-1996
Cinéaste.
• 1946: 8 mars; 20 septembre • 1952: 9 mai •

CLÉMENT II
† 1047
Pape de 1045 à 1047.
• 1031: *introduction Henri Ier* •

CLÉMENT III
† 1191
Pape de 1188 à 1191.
• 1180: *introduction Philippe Auguste* •

CLÉMENT IV
(Gui Foulcois)
† 1268
Franciscain. Membre du Conseil du roi. Cardinal. Pape de 1264 à 1268.
• 1226: *introduction Louis IX* • 1261: décembre • 1264: 22 mai; 8 octobre • 1265: 28 juin • 1266: avril • 1268: 15 février •

CLÉMENT V
(Bertrand de Got)
† 1314
Archevêque de Bondeaux. Pape de 1305 à 1314.
• 1285: *introduction Philippe IV le Bel* • 1305: 5 juin • 1308: 26 mai • 1309: 9 mars • 1310: autres événements • 1311: 27 avril • 1312: 3 avril • 1314: 20 avril; *introduction Louis X le Hutin* •

CLÉMENT VI
(Pierre Rogier)
† 1352
Pape de 1342 à 1352.
• 1316: dans *Le Palais des Papes d'Avignon* au 7 août • 1328: *introduction Philippe VI* • 1342: janvier • 1344: autres événements • 1347: 19 mai • 1350: *introduction Jean II le Bon* •

CLÉMENT VII
(Julien de Médicis)
† 1534
Pape de 1523 à 1534.
• 1515: *introduction François Ier* • 1523: 19 novembre • 1524: octobre-décembre • 1527: mai-juin • 1529: 29 juin; autres événements • 1530: 22-24 février • 1531: 24 avril; 14 juin; novembre • 1533: 22 mars; 28 octobre; autres événements • 1534: 25 septembre • 1547: *introduction Henri II* •

CLÉMENT VII
(R. de Genève)
† 1394
Antipape de 1378 à 1394.
• 1130: dans *Papes, antipapes et schismes* au 25 mai • 1364: *introduction Charles V* • 1378: 20 septembre; 16 novembre • 1379: 20 janvier; 7 mai • 1380: 29 juin; *introduction Charles VI* • 1381: 17 mai • 1383: 3 février; 17 mai; 1er octobre • 1388: septembre • 1389: novembre 1389-février 1390 • 1390: décembre • 1391: 10 novembre • 1393: janvier • 1394: dans *Les universitaires face au Schisme* en janvier; 16 septembre •

CLÉMENT VIII
Antipape de 1424 à 1429.
• 1422: *introduction Charles VII* •

CLÉMENT VIII
(Ippolito Aldobrandini)
† 1605
Pape de 1592 à 1605.
• 1589: *introduction Henri IV* • 1592: 30 janvier; octobre • 1595: 30 août • 1596: 21 juillet • 1601: 27 septembre • 1605: 5 mars •

CLÉMENT IX
Pape de 1667 à 1669.
• 1643: *introduction Louis XIV* • 1668: octobre •

CLÉMENT X
Pape de 1670 à 1676.
• 1643: *introduction Louis XIV* • 1675: autres événements •

CLÉMENT XI
† 1721
Pape de 1700 à 1721.
• 1643: *introduction Louis XIV* • 1705: 16 juillet • 1713: 8 septembre • 1714: 5 février • 1715: *introduction Louis XV*; 14 décembre • 1716: avril; décembre • 1718: mai • 1721: 5 mai •

CLÉMENT XII
† 1740
Pape de 1730 à 1740.
• 1715: *introduction Louis XV* • 1730: 12 juillet • 1738: 28 avril •

CLÉMENT XIII
† 1769
Pape de 1758 à 1769.
• 1715: *introduction Louis XV* • 1758: 3 mai; 2 octobre • 1769: 18 mai •

CLÉMENT XIV
(Ganganelli)
† 1774
Pape de 1769 à 1774.
• 1715: *introduction Louis XV* • 1769: 18 mai • 1773: 21 juillet • 1774: *introduction Louis XVI* •

CLÉMENT DE RIS
Athanase Louis Marie, comte de
1782-1837
Homme politique.
• 1800: 23 septembre •

Clémentel
Étienne
1864-1936
Homme politique, ministre.
• 1905: 24 janvier; 1er mars • 1913: 22 mars • 1914: 4 juin • 1915: 29 octobre • 1916: 12 décembre • 1917: 20 mars; 20 avril; 12-19 septembre; 17 novembre • 1919: 31 août; 16 novembre • 1924: 12-14 juin; dans *Herriot* au 12-14 juin; 12 novembre • 1925: 10 février; 2 avril • 1929: 23-30 octobre •

Clérambault
Dominique
† 1704
Violoniste.
• 1710: autres événements; dans *Clérambault* dans autres événements •

Clérambault
Gaëtan Gatian de
1872-1934
Psychiatre.
• 1973: dans *Jacques Lacan* en février •

Clérambault
Louis-Nicolas
1676-1749
Fils de Dominique Clérambault. Organiste. Compositeur.
• 1710: autres événements; *biographie* dans autres événements • 1726: autres événements •

Clergé constitutionnel
• 1789: *introduction Louis XVI et la Révolution* • 1790: dans *La constitution civile du clergé* au 12 juillet; dans *Le serment: clergé constitutionnel et clergé réfractaire* au 27 novembre • 1791: 2 février; 24 février; 12 mars; 15 mars; 13 avril; 7 mai; *Liberté du culte et clergé constitutionnel* au 7 mai • 1792: 16 mai; dans *L'état civil et le divorce* au 20 septembre • 1793: 23 mars; dans *La déchristianisation* au 7 novembre; 22 novembre • 1794: *introduction La République thermidorienne* • 1795: 13 janvier; 15 mars; 1er mai; dans *Une séparation de l'Église et de l'État* • 30 mai • 1797: dans *La théophilanthropie* au 15 janvier; 15 décembre • 1798: 5 juillet •

Clergé réfractaire
• 1789: *introduction Louis XVI et la Révolution* • 1790: dans *La constitution civile du clergé* au 12 juillet; 24 octobre; dans *Le serment: clergé constitutionnel et clergé réfractaire* au 27 novembre • 1791: 7 février; 8 février; 12 mars; 7 mai; dans *Liberté de culte et clergé constitutionnel* au 7 mai; 1er juin; 7 octobre; 9 octobre; 21 octobre; 24 octobre; 26 octobre; 6 novembre; 29 novembre; 5 décembre; 19 décembre • 1792: 18 février; 26 février; dans *Les Girondins* en mars; 23 avril; 27 mai; dans *Les massacres de septembre* au 2 septembre; dans *L'état civil et le divorce* au 20 septembre • 1793: 14 février; 19 mars; 23 mars; 19 juillet; dans *La Terreur* au 5 septembre; 20 octobre • 1794: *introduction La République thermidorienne*; 21 décembre • 1795: 13 janvier; 1er mai • 1796: 6 mai; 16 octobre; 4 décembre • 1797: 26 juin; 14 juillet; 5 septembre •

Clermont
Émile
1880-1916
Écrivain.
• 1914: dans *Écrivains et professeurs au combat* au 5 septembre •

Clermont-Tonnerre
Aimé-Marie-Gaspard de
1780-1865
Général. Homme politique, ministre.
• 1821: 14 décembre • 1824: 4 août •

Clermont-Tonnerre
Anne-Antoine-Jules de
1749-1830
Évêque de Châlons-sur-Marne.
• 1790: 18 décembre •

Clermont-Tonnerre
Stanislas de
1757-1792
Constituant.
• 1789: 14 juillet; 27 juillet; dans *La Déclaration des droits de l'homme et du citoyen* au 26 août; dans *Les monarchiens* au 10 septembre; 23 décembre • 1790: 1er février; 18 décembre • 1791: 27 janvier •

Clerville
Louis-Nicolas, chevalier de
† 1677
Commissaire général des fortifications.
• 1662: dans *Vauban* au 2 décembre •

CLOTAIRE Ier
500-561
Fils de Clovis, roi des Francs. Roi des Francs de Soissons de 511 à 558. Roi des Francs de 558 à 561.
• vers 481: *introduction Clovis* • 511: *introduction De quatre à un royaume franc* • 511-561 • 561: *introduction De quatre à un royaume franc* •

CLOTAIRE II
582-629
Fils de Chilpéric Ier, roi des Francs de Soissons. Roi de Neustrie de 584 à 629. Roi de Neustrie, d'Austrasie et de Bourgogne de 613 à 629.
• 561: *introduction De quatre à un royaume franc* • 582: autres événements • 584-629 • 633-634 •

CLOTAIRE III
vers 649-673
Fils de Clovis II, roi de Neustrie. Roi de Neustrie-Bourgogne de 657 à 673.
• 639: dans *Deux royaumes francs* au 19 janvier • 657-673 •

CLOTILDE
474-544/548
Épouse de Clovis, roi des Francs.
• vers 481: *introduction Clovis* • vers 493 • 511: autres événements • 532-534: dans *Les clercs et les lettrés* •

CLOTILDE OU CHRODICHILDE
Fille de Clovis, roi des Francs. Épouse d'Amalaric roi wisigoth.
• vers 481: *introduction Clovis* •

CLOU
Saint
Fils de Clodomir, roi des Francs d'Orléans.
• 524: 25 juin • 1231-1232 •

CLOUÉ
Georges Charles
1817-1889
Homme politique, ministre.
• 1880: 25 septembre •

CLOUET
François
vers 1510-1572
Fils de Jean Clouet. Peintre.
• 1535: autres événements; dans *L'art du portrait* dans autres événements • 1541: autres événements • 1547: autres événements • 1550: autres événements • 1566: autres événements • 1570: autres événements •

CLOUET
Jean
vers 1475/1480-1541
Peintre.
• 1516: autres événements • 1526: autres événements • 1535: autres événements; dans *L'art du portrait* dans autres événements • 1541: autres événements •

CLOUZOT
Henri Georges
1907-1977
Cinéaste.
• 1942: 28 août • 1943: 28 septembre • 1947: 4 octobre • 1953: 15 avril • 1955: 29 janvier • 1956: dans *Brigitte Bardot* au 4 décembre • 1957: mai •

CLOVIS
vers 466-511
Fils de Childéric, roi des Francs de Tournai. Roi des Francs de 481 environ à 511.
• vers 481: *introduction Clovis* • vers 481-511 • 869: 9 septembre • 1340-1350 • 1837: 10 juin • 1896: autres événements •

CLOVIS II
633-657
Fils de Dagobert Ier. Roi de Neustrie et de Burgondie de 639 à 657.
• 629: *introduction Dagobert Ier* • 633-634 • 639-657 •

CLOVIS III
† 676
Fils de Clotaire III, roi de Neustrie-Bourgogne. Roi d'Austrasie de 675 à 676.
• 675-676 •

CLOVIS IV
vers 677-695
Fils de Thierry III, roi de Neustrie-Bourgogne-Austrasie. Roi de Neustrie-Austrasie-Bourgogne de 690/691 à 695.
• 690/691-695 •

CLUB BRETON
• Voir Club des jacobins •

CNCL
(Commission nationale de la communication et des libertés)
• 1987: 23 février, 4 avril • 1989: 23-24 janvier •

CNE
(Comité national des écrivains)
• 1927: dans *Mauriac* en février • 1936: dans *Aragon* en décembre • 1943: février • 1945: dans *Intellectuels: épurateurs et épurés* au 13 janvier • 1946: 23 novembre • 1948: 2 avril •

CNEP
(Comptoir national d'escompte de Paris)
• 1966: mai •

CNES
(Centre national d'études spatiales)
• 1961: 12 décembre •

CNF
(Comité national français)
septembre 1941-3 juin 1943
• 1940: dans *De Gaulle* au 18 juin; 16 novembre • 1941: 24-26 septembre; 24 octobre • 1942: dans *Jean Moulin* au 1er janvier; 28 février; 6 juin; 28 juillet; 7-30 août; 10 septembre-14 décembre • 1943: 9 février; 17 mars; 15 avril •

CNFF
(Conseil national des femmes françaises)
• 1901: 18 avril • 1915: octobre • 1922: autres événements •

CNIP
(Centre national des indépendants et paysans)
• 1951: 15 février • 1966: 2 février •

CNIT
(Centre des nouvelles industries et technologies)
• 1958: mars •

CNJA
(Centre national des jeunes agriculteurs)
Syndicat d'agriculteurs.
• 1990: 24 juin; dans *Les agriculteurs* au 24 juin •

CNL
(Centre national des lettres)
Ancienne Caisse nationale des lettres.
• 1946: 11 octobre •

CNPF
(Conseil national du patronat français)
• 1946: 12 juin • 1997: 3 octobre •

CNR
(Conseil national de la Résistance)
• 1940: dans *De Gaulle* au 18 juin; dans *Les quatre-vingts* au 10 juillet; *introduction État français et France libre*; dans *Du MLN à Combat* au 30 août • 1942: dans *Jean Moulin* au 1er janvier; juillet • 1943: 9 février; 27 février-10 mars; 15 mai; 27 mai; 21 juin; 25 juin; 26 novembre • 1944: 15 mars; dans *Pierre Brossolette* au 22 mars; 24 mai; 9 août; 21 août; 25 août; 4 septembre; dans *Pierre-Henri Teitgen* au 9 septembre; 10 septembre; dans *Louis Saillant* au 10 septembre; 28-29 octobre; 4 novembre; dans *Les nationalisations* au 13 décembre; 15-17 décembre • 1949: dans *Georges Bidault* au 28-29 octobre •

CNRS
(Centre national de la Recherche scientifique)
• 1939: 19 octobre • 1945: 2 novembre • 1946: 15 mars • 1995: décembre •

CNT
(Confédération nationale du Travail)
• 1946: 4 mai •

Cnut VI
Roi de Danemark de 1182 à 1202.
• 1180: *introduction Philippe Auguste* • 1192: [début] •

Coalition
• Voir Guerres de coalition •

Cobden
Richard
1804-1865
Économiste anglais.
• 1846: août • 1860: 23 janvier •

Cobenzl
Ludwig von
1753-1809
Chancelier d'Autriche.
• 1797: 26 septembre; 1er octobre; 5 octobre • 1798: 30 mai-7 juillet •

COBRA
1948
Mouvement artistique.
• 1948: 8 novembre; *Cobra* au 8 novembre • 1951: février • 1957: juillet • 1967: dans *Guy Debord* au 14 novembre •

COCARDE (LA)
1888
Journal.
• 1888: 13 mars • 1892: 19 novembre • 1899: dans *Barrès* au 15 janvier •

COCHEREL
Bataille de
1364
• 1364: 16 mai •

COCHERY
Adrien
Ligueur.
• 1591: octobre-décembre •

COCHERY
Georges
1855-1914
Homme politique, ministre.
• 1909: 24 juillet •

COCHERY
Louis Adolphe
1819-1900
Homme politique, ministre.
• 1870: 5 juillet; 6 juillet • 1879: 4 février; 28 décembre • 1880: 25 septembre • 1881: 14 novembre • 1882: 30 janvier; 7 août • 1883: 21 février • 1896: 29 avril •

COCHIN
Augustin
1876-1916
Historien.
• 1979: dans *François Furet* au 23 janvier •

COCHIN
Charles-Nicolas
1715-1790
Graveur. Historien de l'art.
• 1749: autres événements • 1751: autres événements • 1754: autres événements • 1756: autres événements •

COCHIN
Denys
1851-1922
Homme politique, ministre.
• 1896: 17 novembre • 1902: 27 juin • 1904: 1er-15 mars • 1915: 29 octobre • 1916: 1er avril; 12 décembre • 1917: 2 août •

COCHINCHINE
Sous le Second Empire.
• 1858: janvier 1858-février 1861; août • 1862: 22 mars; 5 juin • 1863: 14 avril •

COCHINCHINE
Sous la IIIe République.
• 1873: 20 novembre • 1874: 15 mars • 1876: 20 juillet • 1898: 1er août •

COCHINCHINE
Sous la IVe République.
• 1946: dans *La guerre d'Indochine* au 19 décembre •

COCHON DE LAPPARENT
Charles
1750-1825
Ministre de la Police.
• 1794: 1er septembre • 1796: 3 avril; 7 novembre • 1797: 30 janvier; 16 juillet; 5 septembre •

COCONAT
Annibal de
† 1574
Capitaine de la garde d'Henri duc d'Anjou.
• 1574: avril-mai •

COCQUEVILLE
François de
† 1568
• 1568: juillet •

COCTEAU
Jean
1889-1963
Écrivain et cinéaste.
• 1891: dans *Satie* dans autres événements • 1907: dans *Le renouveau musical* au 12 janvier; dans *Picasso* en juillet • 1913: dans *Apollinaire* au 20 mars; dans *Stravinski* au 29 mai • 1919: janvier • 1920: dans *Le Groupe des Six* au 16-23 janvier; 27 janvier; 21 février • 1923: 6 juillet; octobre • 1926: 17 juin • 1927: 30 mai • 1929: juillet

Cohen
Albert
1895-1981
Écrivain.
• 1968 : mai •

Cohen
Gustave
1879-1958
Historien de la littérature.
• 1945 : juin •

Cohen
Marcel
1884-1974
Linguiste.
• 1924 : autres événements •

Cohl
Émile Courtet, dit Émile
1857-1938
Créateur de dessins animés.
• 1909 : dans *Le cinéma : art et industrie* dans autres événements •

Cohn-Bendit
Daniel
Né en 1945
Leader de Mai 68. Député européen.
• 1968 : 27 avril ; 13 mai • 1970 : dans *Les gauchistes* au 27 mai • 1999 : 13 juin •

Coigny
François de Franquetot de
1670-1759
Maréchal.
• 1715 : *introduction Louis XV* • 1733 : dans *La guerre de succession de Pologne* au 5 octobre • 1744 : 1er juillet •

Cointat
Michel
Né en 1927
Homme politique, ministre.
• 1971 : 7 janvier •

Colard Mansion
• Voir Mansion •

Colas
Jacques
Gouverneur de La Fère.
• 1594 : 4 juin • 1596 : 22 mai •

Colasse
Pascal
1649-1709
Compositeur.
• 1668 : dans *La Fontaine* au 31 mars • 1689 : 11 janvier •

Colbert
Jacques-Nicolas
1654-1707
Fils du grand Colbert. Archevêque de Rouen.
• 1661 : dans *Colbert* au 12 septembre •

Colbert
Jean-Baptiste
1619-1683
Intendant des finances. Surintendant des bâtiments du roi. Surintendant général du commerce. Secrétaire d'État à la maison du roi et à la Marine. Contrôleur général des finances.
• 1627 : dans *Les débuts de la colonisation* au 29 avril-4 mai • 1629 : 15 janvier • 1634 : *Sorciers et sorcières* au 18 août • 1635 : dans *L'Académie française* au 25 janvier • 1643 : 11 avril • 1643 : *introduction Louis XIV* ; dans *Les historiographes du roi* dans autres événements • 1645 : janvier • 1652 : dans *Fouquet* au 31 juillet-7 août • 1653 : dans *Lully* au 23 février • 1661 : 8 mars ; dans *Guerre et souveraineté* au 25 juillet ; 17 août ; 12 septembre ; *biographie* au 12 septembre • 1662 : 6 juin ; autres événements • 1663 : 3 février ; 8 février ; mars ; septembre ; dans *Officiers et commissaires* en septembre • 1664 : 2 janvier ; 28 mai ; 4 août • 1665 : 26 mars ; 12 décembre ; dans *La sculpture au Grand Siècle* dans autres événements • 1666 : 18 février ; dans *Les protestants jusqu'en 1685* en avril ; octobre ; dans *Le canal des Deux-Mers* en octobre ; 22 décembre • 1667 : dans *La Reynie* au 15 mars ; 14 mai ; dans *Les architectes de Louis XIV* au 14 mai • 1668 : autres événements • 1669 : 7 mars ; août ; dans *La forêt française* en août • 1670 : 13 juillet ; dans *L'œuvre des Colbert : la marine royale* au 13 juillet • 1673 : 10 février ; mars ; 19 mars • 1674 : dans *Boileau* au 10 juillet • 1677 : dans *Versailles* dans autres événements • 1678 : autres événements • 1683 : 6 septembre ; *Le colbertisme* au 6 septembre • 1685 : mars • 1693 : dans *Les crises démographiques* dans autres événements • 1773 : 25 août • 1808 : dans *Le néo-classicisme* au 4 janvier • 1860 : 15 janvier •

COLBERT
Nicolas
1627-1676
Frère du grand Colbert. Évêque d'Auxerre.
• 1661: dans *Colbert* au 12 septembre •

COLBERT DE CROISSY
• Voir Croissy, Charles Colbert, marquis de •

COLBERT DE CROISSY
Charles-Joachim
1667-1738
Évêque de Montpellier.
• 1717: 1er mars •

COLBERT DE MAULÉVRIER
• Voir Maulévrier, Édouard Colbert, comte de •

COLBERT DE SAINT-POUANGE
Jean-Baptiste
1602-1663
Commis au secrétariat d'État à la guerre.
• 1661: dans *Colbert* au 12 septembre •

COLBERT DE SEIGNELAY
• Voir Seignelay, Jean-Baptiste Colbert, marquis de •

COLBERT DE TORCY
• Voir Torcy, Jean-Baptiste Colbert, marquis de •

COLBERT DE VILLACERF
• Voir Villacerf, Édouard Colbert, marquis de •

COLERIDGE
Samuel Taylor
1772-1834
Poète anglais.
• 1967: janvier •

COLET
Louise
1810-1876
Femme de lettres.
• 1839: 16 novembre • 1846: dans *George Sand* au 8 août •

COLETTE
Sidonie Gabrielle
1873-1954
Écrivain.
• 1900: mars • 1902: 22 janvier • 1906: 6-27 février • 1909: 16 novembre • 1920: 3 janvier-5 juin • 1925: 21 mars • 1931: 4 décembre • 1954: 6 décembre •

COLI
François
1881-1927
Aviateur.
• 1930: dans *Les ailes françaises* au 1er-2 septembre •

COLIGNY
• Voir Andelot Charles d' • Andelot François d' • Châtillon Odet de • Châtillon, Gaspard III de Coligny, dit le maréchal de •

COLIGNY
Gaspard II de
1519-1572
Fils de Gaspard I de Coligny. Gouverneur de Picardie. Amiral de France.
• 1547: 1er avril; août • 1550: mars-avril • 1552: 11 novembre • 1555: décembre • 1556: mars-juillet; 20 novembre • 1557: août • 1558: 18 mai • 1559: *introduction François II* • 1560: février-mars; mars; 25 décembre; *introduction Charles IX* • 1562: janvier-mars; 16 novembre • 1563: 18 février; 17-19 mars; 27 septembre • 1566: 24 janvier; août-octobre • 1567: mai-août; 7 octobre • 1568: janvier-mars; juin; 23 août; octobre • 1569: 13 mars; 25 juin; 13 septembre; octobre; 7 octobre; 22 novembre • 1570: mars-juillet; 26 novembre • 1571: 14 février; 12 septembre • 1572: 19 avril; mai-juillet; 30 juillet; 4 août; 22 août; 24-29 août • 1573: juillet • 1577: juin-septembre • 1579: dans *Duplessis-Mornay* dans autres événements • 1590: avril-août •

COLIGNY
Jean, comte de
1617-1686
Général.
• 1664: 1er août •

COLIN
André
1910-1978
Homme politique, ministre.
• 1946: 23-26 juin • 1948: 11 septembre • 1958: 14 mai •

COLLI
Michele
1760-1812
Général sarde.
• 1796: dans *La campagne d'Italie* au 10 avril; 16 avril; 21-22 avril; 25 avril •

COLLIARD
Pierre
1852-1925
Homme politique, ministre.
• 1917: 17 novembre • 1919: 16 novembre •

COLLIER
Affaire du
• 1784: 11 août • 1785: 15 août • 1786: 31 mai •

COLLIGNON
Charles Étienne
1802-1885
Ingénieur. Ministre.
• 1877: 23 novembre •

COLLIN D'HARLEVILLE
Jean-François
1755-1806
Auteur.
• 1780: autres événements • 1791: 4 mars • 1792: 24 février • 1794: 16 juin • 1796: 9 novembre; 22 novembre •

COLLIN DE BLAMONT
François
1690-1760
Compositeur.
• 1723: autres événements • 1726: autres événements • 1735: autres événements •

COLLIN DE SUSSY
Jean-Baptiste
1750-1826
Homme politique, ministre.
• 1812: 16 janvier •

COLLINET
Michel
1904-1977
Sociologue et historien.
• 1957: mars •

COLLOT D'HERBOIS
Jean-Marie
1749-1796
Auteur dramatique. Conventionnel. Membre du Comité de salut public.
• 1789: 7 décembre • 1790: 17 juillet • 1791: 26 juin; 18 décembre • 1792: 15 avril; 10 juillet; *introduction La République jacobine*; 19 septembre; 21 septembre • 1793: dans *Barère* au 4 janvier; 30 juin; 26 juillet; 17 août; 4 septembre; 6 septembre; *biographie* au 6 septembre; 18 septembre; 10 novembre; 4 décembre; dans *Les Cordeliers* au 17 décembre; 21 décembre; 22 décembre • 1794: 5 janvier; 26 février; 6 mars; 7 mars; 12 mai; 22 mai; 29 juin; 26 juillet; *introduction La République thermidorienne*; 29 juillet; 29 août; 1er septembre; 3 octobre; 27 décembre • 1795: 2 mars; 22 mars; 1er avril; 26 mai; 26 octobre • 1796: 8 juin •

COLOGNE
Bataille de
716
• 716: mars •

COLOMB
Christophe
vers 1450-1506
Navigateur.
• 1492: autres événements • 1498: autres événements •

COLOMBAN
Saint
vers 543-615
Moine.
• 590-594: *biographie* • 629: *introduction Dagobert Ier* • 632: 22 novembre • 643 •

COLOMBE
Jean
Peintre.
• vers 1485 •

COLOMBE
Michel
vers 1430-vers 1512
Sculpteur.
• 1490-1496 • 1502: autres événements •

Colombo
Emilio
Né en 1920
Président du Conseil italien.
• 1969 : *introduction La Vᵉ République : De l'héritage du gaullisme à la victoire de la gauche* •

Colomby
François de Cauvigny, sieur de
1588-vers 1648
Auteur.
• 1610 : *introduction Louis XIII* • 1631 : autres événements •

Colonna (les)
• 1556 : mars-juillet •

Colonna
Marcantonio
† 1585
Commandant de la flotte pontificale.
• 1557 : 27 juillet •

Colonna
Yvan
Né en 1959
Nationaliste corse.
• 1999 : 19-20 avril •

Colonne
• Voir Juillet, colonne de • Vendôme, colonne de •

Colrat
Maurice
1871-1954
Homme politique, ministre.
• 1926 : 18-19 juillet •

Colson
Louis
1875-1951
Général. Ministre.
• 1935 : 21 janvier • 1940 : 16 juin ; 12 juillet •

Coluche
Michel Colucci, dit
1944-1986
Acteur et humoriste.
• 1980 : octobre-novembre • 1985 : 18 décembre • 1988 : 12 octobre •

COMAC
(Comité militaire d'action)
État-major des FFI.
• 1944 : 1ᵉʳ février ; 24 mai ; 21 août ; 28 août •

Combalet
Mme de
• Voir Aiguillon, Marie de Vignerot, duchesse d' •

Combat
Réseau de résistance.
• 1932 : dans *Les fondateurs d'Esprit* en octobre • 1940 : *introduction État français et France libre* ; dans *Du MLN à Combat* au 30 août • 1947 : dans *Georges Bidault* au 28-29 octobre •

Combat
Revue.
• 1936 : autres événements •

Combat
Périodique puis quotidien.
• 1940 : dans *Du MLN à Combat* au 30 août ; décembre • 1944 : 21 août • 1945 : dans *Intellectuels : épurateurs et épurés* au 13 janvier • 1947 : 3 juin ; dans *Albert Camus* au 10 juin •

Combes
Émile
1835-1921
Homme politique. Président du Conseil.
• 1870 : *introduction La IIIᵉ République : De la chute du Second Empire à la Première Guerre mondiale* • 1887 dans *Pelletan* au 11 juillet • 1895 : 1ᵉʳ novembre • 1899 dans Loubet au 18 février • 1902 : 7 juin ; *biographie* au 7 juin ; 12 juin ; 27 juin ; 15 juillet ; 27 septembre-6 octobre • 1903 : 21, 28 mars ; 27 juin ; 8 décembre • 1904 : 1ᵉʳ-15 mars ; 10 juin ; 7 juillet ; 5 septembre • 1905 : 13-14, 18 janvier ; dans *Rouvier* au 24 janvier • 1915 : 29 octobre • 1928 : 28 octobre •

Comédie-Française
• Voir Théâtre-Français •

Comert
Pierre
Diplomate.
• 1938 : dans *Les hommes du Quai* au 20-25 juillet •

Compagnie de Jéhu
• 1795: 24 juillet •

Compagnie de Jésus
• Voir Jésuites •

Compagnie de l'Asiento
• Voir Asiento •

Compagnie des Cent Associés
• 1627: 29 avril-4 mai; dans *Les débuts de la décolonisation* au 29 avril-4 mai • 1682: dans *Cavelier de La Salle* au 9 avril •

Compagnie des Indes
1719-1769, puis 1785-1793
• 1719: 23 mai; 4 juin; 25 juillet; 27 août; 31 août; 13 septembre; 12 octobre; 9 décembre • 1720: 24 février; 11 mars; 19 mars; 28 mai; 27 septembre; 29 décembre • 1721: 5 janvier; 26 janvier; avril • 1723: 30 août • 1727: octobre • 1730: 19 mars • 1731: autres événements • 1738: juin • 1740: 1er janvier; dans *Dupleix* au 1er janvier • 1746: 30 septembre • 1747: juin • 1753: 29 octobre • 1754: 26 décembre • 1764: août • 1768: 28 juin • 1769: mars; 13 août; autres événements • 1774: *introduction Louis XVI* • 1777: dans *Necker* au 29 juin • 1785: 14 avril • 1790: 3 avril • 1793: 8 octobre; 17 octobre; dans *Fabre d'Églantine* au 24 octobre; 17 novembre; 19 décembre • 1794: 13 janvier; 16 mars •

Compagnie des Indes occidentales
• 1664: 28 mai • 1674: décembre •

Compagnie des Indes orientales
• 1664: août • 1666: autres événements • 1674: janvier • 1698: septembre •

Compagnie du Nord
• 1669: juin •

Compagnie du Soleil
• 1795: dans *La Terreur blanche* au 24 juillet •

Compagnie française des pétroles
• 1914: *introduction La IIIe République: D'une guerre à l'autre* • 1925: dans *Ernest Mercier et le Redressement français* au 23 novembre •

Compagnie générale des Omnibus
• 1825: avril • 1854: juillet •

Compagnie générale transatlantique
• 1861: autres événements •

Compagnies
• Voir Grandes Compagnies •

Compans
Jean de
† 1590
Marchand. Échevin de Paris. Membre des Seize.
• 1588: 18-20 mai •

Compère-Morel
Adéodat
1872-1941
Homme politique.
• 1912: autres événements • 1918: 28 juin, 2 juillet •

Compiègne
Camp de concentration.
• 1941: 12 décembre • 1944: 24 février •

Compiègne
Édit de
1547
• 1547: août •

Compiègne
Édit de
1557
• 1547: *introduction Henri II* • 1557: 24 juillet •

Compiègne
Ordonnance de
1553
• 1553: août •

Compiègne
Traité de
1635
• 1635: 28 avril • 1638: 6-15 mars •

Comtat Venaissin
• 1258: 11 mai • 1273: novembre • 1309: 9 mars •

Comtat Venaissin
Rattachement à la France.
• 1768: 1er juin • 1774: 10 avril • 1790:

22 juin • 1791: 21 avril; 4 mai; 14 septembre; 26 octobre • 1792: 26 mars • 1797: 19 février •

Comte
Auguste
1798-1857
Philosophe.
• 1793: dans *Esquisse d'un tableau historique* au 4 octobre • 1821: dans *Saint-Simon* au 3 mars • 1829: novembre; *biographie* en novembre • 1856: 22 novembre • 1889: dans *Bergson* au 28 décembre • 1945: dans *Le père de Lubac* en janvier • 1983: dans *Raymond Aron* au 17 octobre •

Comte
Charles
1782-1837
Publiciste et homme politique.
• 1814: juin • 1817: février; août; 1818: février • 1825: 29 octobre •

Conan
Comte de Rennes.
• 952: autres événements •

Conan Ier le Tors
† 992
Comte de Rennes de 970 environ à 992.
• vers 988 • 990: début • 992: 27 juin •

Conan II
† 1066
Duc de Bretagne de 1040 à 1066.
• 1066: autres événements •

Conan III
† 1148
Duc de Bretagne de 1112 à 1148.
• 1148: autres événements •

Conan IV
Duc de Bretagne de 1156 à 1166.
• 1156: autres événements • 1166: septembre •

Concini
Concino
1569-1617
Premier écuyer de la reine Marie de Médicis. Maréchal de France. Marquis d'Ancre.
• 1601: 5 avril • 1606: 11 mars • 1608: 10 janvier • 1610: *introduction Louis XIII*; dans *Marie de Médicis* au 15 mai; dans *Les Barbons* au 22 mai; 26 juillet; 16-27 septembre • 1611: 26 janvier; 9 février • 1612: 23 mai; 18 novembre; dans *Les maréchaux d'Ancre* au 18 novembre • 1614: dans *Les rebelles* au 10 février; 15 mai • 1615: 28 juin; 14 août • 1616: 3 mai; 19 juin; 23 juin • 26-30 novembre • 1617: 29 janvier; 31 janvier; 24 avril; 25 avril; 9 mai; 12 mai; mai-juin • 1542: dans *Les conjurateurs* au 12 septembre • 1656: dans *Les nièces de Mazarin* en novembre-décembre •

Concini (les)
• 1589: dans *La propagande ligueuse* en décembre •

Concordat de 1801
• 1799: *introduction Napoléon Bonaparte* • 1800: 5 juin • 1801: 21 juin; 28 juin; 15 juillet; dans *Portalis* au 10 août; 15 août; 11 octobre; 15 décembre • 1802: dans *Les Idéologues* au 18 mars; 1er avril; 8 avril; 18 avril; 24 mai • 1804: 29 octobre • 1806: 21 mars • 1807: 2 décembre • 1812: 23 février • 1814: août • 1816: 4 septembre • 1817: 28 juillet; novembre • 1819: 31 juillet • 1830: 7 août • 1903: 21, 28 mars • 1904: 5 septembre • 1925: 1er janvier; 2-3 février • Voir aussi Concordat de 1813, dit de Fontainebleau •

Concordat de 1813
dit de Fontainebleau.
• 1813: 19-25 janvier; 24 mars • Voir aussi Concordat de 1817 •

Concordat de 1817
• 1817: 11 juin; 28 juillet; 6 août; 5 novembre; novembre • 1818: février • 1819: 31 juillet •

Concorde
Avion supersonique
• 1962: 29 novembre • 1969: mars • 2000: 25 juillet •

Concorde
Place de la (Paris)
• 1748: 27 juin • 1754: autres événements • 1757: autres événements • 1763: 20 juin • 1793: 21 janvier • 1836: 25 octobre •

Condé
• Voir Maine, Anne-Louise de Bourbon-Condé, duchesse du • Bourbon, Louis-Henri de Bourbon-Condé, duc de • Bourbon-Condé, Louis de •

Condé
Louis Henri Joseph, prince de
1756-1830
• 1802: dans *Chateaubriand* au 14 avril • 1814: dans *Vitrolles* au 2 avril •

Condé
Henri I de Bourbon, prince de
1552-1588
Fils de Louis Ier de Bourbon prince de Condé. Prince de Condé. Gouverneur de Picardie.
• 1569: 13 mars • 1572: 8 juillet; 10 août; 24-29 août; 12 septembre • 1573: juillet • 1574: avril-mai; mai; juillet; 30 octobre; *introduction Henri III* • 1575: 11 avril; août; décembre • 1576: 2 février; 13 mars; août; 6 décembre • 1579: 29 novembre • 1580: 7 juillet-12 septembre • 1581: 24 mai • 1585: 10 août; 9 septembre; octobre • 1586: fin mai-juin; décembre • 1587: 13 septembre; 18 octobre • 1588: 5 mars • 1614: dans *Les rebelles* au 10 février •

Condé
Henri II de Bourbon, prince de
1588-1646
Fils d'Henri I de Bourbon prince de Condé.
• 1595: 8 décembre • 1609: 17 mai; 29 novembre • 1610: *introduction Louis XIII*; 15 mai; 30 mai • 1612: 26 janvier • 1613: 28 mai; dans *Les maréchaux d'Ancre* au 18 novembre • 1614: 13 janvier; 10 février; dans *Les rebelles* au 10 février; 18 février; 15 mai; 22-27 juin; 2 octobre • 1615: 1er mars; 28 juin; 17 août, 7 octobre • 1616: 10 janvier; 3 mai; 27 juillet; 1er septembre; 26-30 novembre • 1617: 25 avril • 1619: 20 octobre • 1622: 10 juin • 1629: mai-juin • 1636: 16 août • 1638: mars-octobre • 1639: avril-octobre • 1640: 6 janvier • 1641: 11 février; dans *Salons, mondains et précieuses* au 22 mai • 1646: 16 juillet; 26 décembre • 1648: 25 avril •

Condé
Louis-Joseph de Bourbon, prince de
1736-1818
• 1760: dans *Gossec* dans autres événements • 1772: 7 décembre • 1789: 18 juillet • 1791: 23 février; 11 juin • 1792: 2 janvier •

Condé
Louis Ier de Bourbon, prince de
1530-1569
Fils de Charles de Bourbon duc de Vendôme. Prince de Condé et marquis de Conti.
• 1547: *introduction Henri II* • 1554: juin-juillet • 1558: mai • 1559: *introduction François II* • 1560: février-mars; 31 octobre; novembre; 5 décembre; *introduction Charles IX*; 25 décembre • 1561: 24 août • 1562: mars; avril; juin; 20 septembre; novembre-décembre; 19 décembre • 1563: 17-19 mars • 1567: mai-août; 26-28 septembre; 7 octobre • 1568: janvier-mars; juin; 23 août; octobre • 1569: 13 mars • 1573: dans *Hotman* dans autres événements •

Condé
Louis II de Bourbon duc d'Enghien, dit le Grand Condé
1621-1686
Fils d'Henri II de Bourbon prince de Condé. Gouverneur de Guyenne.
• 1641: 11 février • 1643: 21 mars; *introduction Louis XIV*; 19 mai; août-septembre • 1644: fin juin-fin septembre; 4 décembre • 1645: juillet-août • 1646: juin-octobre; 16 juillet; 26 décembre • 1647: mai-juin • 1648: 17 mai-20 août; 20 août • 1649: 8 janvier; 16 février; dans *Les frondeurs* au 11 mars; 14 septembre • 1650: 18 janvier; 30 décembre • 1651: 30 janvier-25 février; dans *Les « partis »* au 30 janvier-25 février; 3-13 avril; 16 mai; juin-août; 7 septembre; octobre; novembre-décembre • 1652: 4 janvier; 22 février-14 mars; mars; 6-7 avril; 11 avril; 6-12 juin; dans *L'Ormée* au 24-25 juin; 4 juillet; 15 août; 13 octobre; 21-26 octobre; 13 novembre; 17 novembre • 1653: 9-30 septembre • 1654: 21-22 février; 28 mars; août • 1655: juillet-août • 1656: 16 juillet; juillet-septembre • 1657: mai-août • 1658: juin-septembre • 1659: janvier-avril; mai-juin; juillet-août; 7 novembre • 1660: 18-20 janvier • 1661: 17 août • 1662: dans *Bossuet* au 26 février-9 avril • 1663: dans *La Cour* au 15-22 septembre • 1665: dans *La sculpture au Grand Siècle* dans autres événements • 1667: dans *Turenne* en mai • 1668: 1er-19 février; *biographie* au 1er-19 février • 1670: mai • 1671: 14 avril • 1672: 6 avril; dans *Le maréchal de*

Conrad
Roi de Francie orientale de 911 à 918.
• 911: 1er novembre •

Conrad
Jozef Konrad Korzeniowski, dit Joseph
1857-1924
Écrivain anglais d'origine polonaise.
• 1918: mai •

Conrad Ier le Pacifique
931-993
Fils de Rodolphe II, roi de Bourgogne-Arles. Roi de Bourgogne-Arles de 937 à 993.
• 936: *introduction Louis IV d'Outremer* • 937: 11 juillet • 940 • 943: mars • 945: mai • 946: avant le 1er juillet • 947: 10 avril • 954: *introduction Lothaire III* • 961-964 • 962-963: 17 novembre • 964: avril • 967: octobre • 973: octobre • 981: vers 27 mars-avril • 986: 18 mai • 993: 19 octobre •

Conrad II le Salique
vers 990-1039
Empereur germanique de 1024 à 1039. Roi de Bourgogne de 1033 à 1039.
• 996: *introduction Robert II le Pieux* • 1024: 13 juillet • 1031: *introduction Henri Ier* • 1032: 6 septembre • 1033: 2 février; mai • 1034: 1er août • 1036 • 1037: mai •

Conrad III Staufen
† 1152
Empereur germanique de 1137 à 1152.
• 1137: *introduction Louis VII* • 1145: autres événements • 1146: 29-31 mars; novembre; 25 décembre • 1147: mars; 4 octobre • 1148: avril; septembre •

Conrad IV
† 1254
Fils de Frédéric II, empereur germanique. Empereur de 1250 à 1254.
• 1226: *introduction Louis IX* • 1243: juin • 1252: août •

Conrad d'Auxerre
Oncle de Charles le Chauve. Comte en Bourgogne.
• 839: 1er septembre • 841-865 •

Conrad de Lichtenberg
Évêque de Strasbourg.
• vers 1220: dans *Les cathédrales gothiques* •

Conradin
† 1268
Fils de Conrad IV, empereur germanique.
• 1268: 23 août •

Conrart
Valentin
1603-1675
Premier secrétaire perpétuel de l'Académie française.
• 1629: autres événements • 1635: dans *L'Académie française* au 25 janvier • 1641: dans *Salons, mondains et précieuses* au 22 mai • 1657: dans *Tallemant des Réaux* dans autres événements •

Consalvi
Ercole
1757-1824
Cardinal et homme politique romain.
• 1801: 21 juin • 1817: 28 juillet • 1819: 31 juillet •

Conseil d'État
• 1799: 13 décembre; 22 décembre • 1802: 4 aoûut • 1803: 9 avril • 1804: dans *Le code civil* au 21 mars • 1806: 11 juin • 1814: 29 juin • 1815: 23 août • 1824: 26 août • 1844: 22 avril-24 mai • 1848: 4 novembre; 28 décembre • 1849: 14 février; 3 mars • 1851: dans *Le coup d'État du 2 Décembre: fin de la IIe République* au 2 décembre • 1852: *introduction Le Second Empire*; 14 janvier • 1853: 25 novembre • 1866: 18 juillet • 1869: 8 septembre • 1870: 29 mai • 1871: 23 mai • 1888: 15 octobre •

Conseil de défense de l'Empire
• 1940: *introduction État français et France libre*; 27 octobre • 1941: 22 février • 1943: 3-7 juin •

Conseil de l'Europe
• 1947: dans *Robert Schuman* au 24 novembre • 1949: 5 mai; 8 juillet • 1950: 13 juillet •

Conseils de prud'hommes
• 1806: 18 mars • 1844: 29 décembre • 1892: 17 mars • 1907: 17 mars •

Conseil des Anciens
• 1795: 22 août; 28 octobre • Voir aussi Constitution de l'an III •

CONSEIL DES CINQ-CENTS
• 1795: 22; août; 28 octobre • Voir aussi Constitution de l'an III •

CONSEIL DES DUCS
• 1589: *introduction Henri IV* •

CONSEIL ÉCONOMIQUE ET SOCIAL
• 1925: 1er janvier •

CONSEIL NATIONAL
(Vichy)
• 1941: 22 janvier •

CONSEIL NATIONAL DE LA RÉSISTANCE
• Voir CNR •

CONSEIL NATIONAL DES FEMMES FRANÇAISES
• Voir CNFF •

CONSEIL SUPÉRIEUR DE L'AUDIOVISUEL
• Voir CSA •

CONSEILLER DES FEMMES (LE)
1833
Journal.
• 1833: 9 novembre •

CONSEILLER DU PEUPLE (LE)
1849-1851
Journal.
• 1849: avril •

CONSERVATOIRE DES ARTS ET MÉTIERS
• 1794: 10 octobre • 1843: autres événements •

CONSERVATOIRE NATIONAL DE MUSIQUE
• 1795: 3 août •

CONSIDERANT
Victor
1808-1893
Théoricien socialiste et homme politique.
• 1840: juin; *biographie* dans *Socialisme et utopies* en juin • 1843: 1er août • 1845: 16 août • 1848: 17 mai-17 juin • 1849: 13-15 novembre •

CONSPIRATION DES ÉGAUX
1796
• 1793: dans *Robert Lindet* au 7 avril • 1796: 30 mars; 20 avril; 30 avril; 4 mai; 7 mai; 10 mai; 3 juin; 17 août; 27 août • 1797: 20 février; 26 mai; *La Conspiration des Égaux* au 26 mai •

CONSPIRATION DES PATRIOTES
1816
• 1816: 26 avril •

CONSPIRATION DES POIGNARDS
1800
• 1800: 10 octobre • 1801: 30 janvier •

CONSPIRATION DES PRISONS
1794
• 1794: 5 avril; 7 avril; 13 avril; 27 avril; 7 juillet; 9 juillet; 10 juillet; 23 juillet; 24 juillet; 25 juillet; 26 juillet •

CONSPIRATION DU BAZAR
1820
• 1820: 19 août • 1821: février; 7 mai-16 juillet •

CONSPIRATION DU BORD DE L'EAU
1818
• 1818: 6 juillet •

CONSTANCE
Fille de Philippe Ier, roi de France. Épouse de: 1. Hugues, comte de Troyes. 2. Bohémond, prince d'Antioche.
• 1060: *introduction Philippe Ier* • 1105: Noël • 1106: 25 mars-26 mai • 1108: *introduction Louis VI* •

CONSTANCE
Épouse de: 1. Raimond de Poitiers, prince d'Antioche. 2. Renaud de Châtillon, régent d'Antioche.
• 1149: juin •

CONSTANCE
Fille de Louis VI, roi de France. Épouse de: 1. Eustache de Boulogne. 2. Raimon V, comte de Toulouse.
• 1137: *introduction Louis VII* • 1140: février • 1154: printemps • 1166: printemps •

CONSTANCE
† 1160
Fille d'Alphonse VII, roi de Castille. Épouse de Louis VII, roi de France.
• 1137 : *introduction Louis VII* • 1154 : printemps • 1160 : 13 novembre •

CONSTANCE
Fille de Robert II le Pieux, roi de France. Épouse de Manassès de Dammartin.
• 996 : *introduction Robert II le Pieux* •

CONSTANCE
Concile de
1414-1418
• 1391 : dans *Jean Gerson* au 6 janvier • 1414 : 1er novembre • 1415 : 2 mars ; 4 juillet • 1417 : 26 juillet ; 11 novembre • 1418 : avril •

CONSTANCE
Union de
1474
• 1474 : 31 mars-4 avril ; novembre •

CONSTANCE D'ARLES
vers 1003/1004-1034
Fille de Guilhem d'Arles. Épouse de Robert II le Pieux, roi de France.
• 996 : *introduction Robert II le Pieux* • fin 1003-1004 • 1008 : 16-17 mai • 1009-1010 • 1016 : 3 novembre • 1022 : 25-28 décembre • 1025 : 17 septembre • 1031 : *introduction Henri Ier* • 1031 • 1032 : 26 juin • 1033 : printemps •

CONSTANCE DE BRETAGNE
Fille de Conan IV, duc de Bretagne. Épouse de Geoffroi Plantagenêt, duc titulaire de Bretagne et de Guy, comte de Thouars.
• 1166 : septembre • 1202 : 30 juillet • 1206 : novembre •

CONSTANCE DE HOHENSTAUFEN
Fille de Manfred de Hohenstaufen. Épouse de Pierre III, roi d'Aragon.
• 1281 : janvier •

CONSTANS
Jean
1833-1913
Homme politique, ministre.
• 1880 : mai ; 18 septembre ; 25 septembre • 1886 : dans *Le général Boulanger* au 14 juillet • 1889 : 22 février ; 7 mars ; 16 mars ; 23 mars ; 3 avril • 1890 : 28 février ; 17 mars • 1892 : 5 janvier ; 18 janvier ; 19 janvier ; 19 novembre •

CONSTANT
Alphonse Louis
1810-1875
Écrivain.
• 1845 : 22 novembre •

CONSTANT
Benjamin
1767-1830
Philosophe, écrivain et homme politique.
• 1787 : dans *Louvet de Couvray* dans autres événements • 1795 : 25 mai • 1796 : 27 avril ; *Benjamin Constant et la défense républicaine de la Révolution* au 27 avril • 1797 : 30 mars ; 29 mai ; dans *Des effets de la Terreur* au 29 mai ; 4 juin ; dans *Joseph de Maistre* dans autres événements • 1798 : novembre • 1800 : dans *Mme de Staël* en mai • 1802 : dans *Les Idéologues* au 18 mars • 1809 : 26 janvier • 1814 : 30 janvier ; 24 mai ; 5 juillet • 1815 : 2 février ; 19 mars ; *introduction Les Cent-Jours* ; 14 avril ; 29 mai ; *introduction La seconde Restauration* ; 19 juillet • 1816 : mai ; 27 septembre ; *Benjamin Constant* au 27 septembre ; octobre • 1817 : 18 juin ; 20 septembre • 1818 : 14 février ; février ; 20 octobre • 1819 : 1er juin ; 11 septembre • 1820 : mars • 1822 : 12 janvier ; 3-5 août ; 13-20 novembre • 1823 : dans *Le romantisme* en juillet • 1824 : 26-27 mars ; juillet • 1825 : septembre • 1826 : 7-20 mars ; 11 mai ; 15 mai-14 juin ; 17 mai ; mai • 1828 : 14 mars • 1829 : août • 1830 : 10 décembre •

CONSTANT
Marius
Né en 1925
Compositeur.
• 1982 : octobre •

CONSTANTIN
« Donation » de
• 774 : 3 avril •

CONSTANTIN Ier
1868-1923
Fils de Georges Ier roi de Grèce. Roi de Grèce de 1913 à 1920 et de 1920 à 1922.
• 1915 : mars • 1917 : 28 juin •

Coopération des idées (La)
Première université populaire de Paris.
• 1900 : 2 mars •

Coornhert
Thierry Volckerszon
1522-1590
Graveur et humaniste néerlandais.
• 1562 : dans *Castellion* en février-mars •

Cop
Nicolas
Recteur de l'université de Paris.
• 1515 : *introduction François Ier* • 1533 : octobre-novembre • 1536 : dans *Calvin et l'Institution de la religion chrétienne* en mars •

Copeau
Jacques
1879-1949
Écrivain, acteur et directeur de théâtre.
• 1909 : février • 1913 : 23 octobre • 1914 : 7 février • 1917 : autres événements • 1920 : autres événements • 1924 : autres événements • 1937 : dans *Martin du Gard* au 10 novembre • 1940 : autres événements •

Copeau
Pascal
1908-1982
Homme politique.
• 1941 : juillet • 1943 : 27 mai ; 21 juin • 1944 : 5 janvier • 1945 : 7 juin •

Copenhague
Traité de
1660
• 1660 : mai-juin • Voir aussi Nord, Paix du •

Copernic
Attentat de la rue
• 1980 : 3 octobre •

Copernic
Nicolas
1475-1543
Mathématicien et astronome polonais.
• 1632 : autres événements •

Copland
Aaron
1900-1990
Compositeur américain.
• 1950 : autres événements •

Coppée
François
1842-1908
Poète.
• 1866 : dans *Les poètes parnassiens* au 3 mars • 1869 : 14 janvier • 1870 : *introduction La IIIe République : De la chute du Second Empire à la Première Guerre mondiale* •

Coquillart
Guillaume
1452-1510
Juriste. Auteur.
• 1490 : autres événements •

Coquille
Guy
1512-1603
Juriste.
• 1588 : autres événements • 1591 : autres événements • 1608 : autres événements • 1609 : autres événements • 1590 : autres événements •

Coquoin-Lenormand
Roger Coquoin, dit
Chimiste et physicien. Résistant.
• 1943 : 27 mai •

Corail
Bataille de la mer de
1942
• 1942 : 8 mai •

Corbeil
Siège de
1590
• 1590 : fin septembre ; 16 octobre •

Corbeil
Traité de
1258
• 1258 : 11 mai • 1264 : 25 mai •

Corbie
Abbaye de
• 657-661 • 659 • 716 : avril • 772-780 •

Corbie
1636
• 1636 : juillet-août ; 16 septembre ; 29 septembre-14 novembre •

CORBIE
Commune de
• 1123 •

CORBIÈRE
Jacques Joseph Guillaume Pierre, comte de
1767-1853
Homme politique, ministre.
• 1815: *introduction La seconde Restauration*; dans *Richelieu* au 24 septembre; 27 décembre • 1820: 21 décembre • 1821: 15-27 juillet; 14 décembre; dans *Villèle* au 14 décembre; 24-26 décembre • 1822: 22-28 décembre • 1824: 6 juin • 1828: 8-21 février •

CORBIÈRE
Tristan
1845-1875
Poète.
• 1886: dans *Les symbolistes* au 18 septembre •

CORBIN
Charles
Ambassadeur.
• 1938: dans *Les hommes du Quai* au 20-25 juillet •

CORDAY D'ARMONT
Marie-Anne-Charlotte
1768-1793
• 1789: dans *Marat* au 16 septembre • 1793: 13 juillet; 14 juillet; 17 juillet; dans *La déchristianisation* au 7 novembre •

CORDELIERS
• Voir Club des Cordeliers •

CORDELIERS
Collège des
vers 1258
• 1215: dans *L'Université de Paris* en août •

CORDIER
Daniel
Né en 1921
Secrétaire de Jean Moulin.
• 1940: dans *Du MLN à Combat* au 30 août • 1942: dans *Jean Moulin* au 1er janvier •

CORDIER
Henri
1882-?
Dirigeant syndical.
• 1936: 7 juin •

CORÉE
Guerre de
1950-1953
• 1945: 28 juillet-3 août • 1946: dans *La guerre d'Indochine* au 19 décembre • 1947: 5 juin • 1950: 25 juin; 1er juillet; 23 décembre • 1951: 27 novembre • 1952: juin • 1953: 27 juillet • 1954: 26 avril •

CORELLI
Arcangelo
1653-1713
Compositeur italien.
• 1693: dans *François Couperin* au 26 décembre • 1724: autres événements • 1725: 18 mars • 1726: autres événements •

CORETTE
Michel
1709-1795
Organiste.
• 1776: autres événements •

CORMENIN
Louis-Marie de Lahaye, vicomte de
1788-1868
Homme politique et écrivain.
• 1835: 11 mai • 1837: mars • 1838: 17 novembre; 30 décembre • 1848: 17 mai-17 juin; 30 août; 4 septembre-27 octobre •

CORNEILLE
Michel Ier
vers 1603-1664
Peintre.
• 1635: autres événements •

CORNEILLE
Pierre
1606-1684
Poète. Auteur dramatique.
• 1627: dans *Le héros baroque et le duel* au 22 juin • 1629: dans *L'Hôtel de Bourgogne et le théâtre du Marais* dans autres événements; autres événements • 1633: autres événements • 1634: autres événements • 1635: dans *L'Académie française* au 25 janvier • 1637: début janvier; *biographie* au début janvier • 1640: 19 mai • 1641: dans *Salons, mondains et précieuses* au 22 mai • 1642: dans *Les conjurateurs* au 12 septembre • 1642: autres événements • 1643: janvier • 1644: autres événements • 1650: autres événements • 1651: 15 novembre • 1662: 25 février • 1663: janvier • 1666: 28 février

• 1667 : 4 mars ; dans *Racine* au 7 novembre • 1670 : 21 novembre • 1671 : 17 janvier • 1674 : novembre ou décembre • 1684 : 23 novembre • 1686 : dans *Fontenelle* dans autres événements • 1805 : 3 janvier • 1838 : dans *Rachel* au 12 juin • 1951 : 23 juillet •

CORNEILLE
Thomas
1625-1709
Frère de Pierre Corneille. Auteur dramatique. Journaliste.
• 1672 : 26 février • 1684 : 23 novembre • 1686 : dans *Fontenelle* dans autres événements • 1687 : dans *La querelle des Anciens et des Modernes* au 27 janvier • 1693 : 4 décembre •

CORNEILLE DE LYON
1500/1510-vers 1575
Peintre.
• 1534 : autres événements • 1535 : dans *L'art du portrait* dans autres événements • 1551 : autres événements •

CORNET
Mathieu-Augustin
1750-1832
Homme politique.
• 1799 : 31 juillet ; 9-10 novembre •

CORNET
Nicolas
1592-1663
Syndic de la Sorbonne.
• 1649 : autres événements •

ÇORNIGLION-MOLINIER
Édouard
1898-1963
Général d'aviation. Ministre.
• 1955 : 23 février • 1957 : 12 juin • 1958 : 14 mai •

CORNUT-GENTILLE
Bernard
Né en 1909
Homme politique, ministre.
• 1958 : 1er juin • 1959 : 9 janvier • 1960 : 5 février •

CORNWALLIS
Charles
1738-1805
Général anglais.
• 1781 : 5 septembre ; 19 octobre •

CORNWALLIS
Sir William
1744-1819
Amiral anglais.
• 1805 : mars-août •

COROT
Camille
1796-1875
Peintre.
• 1830 : autres événements ; *biographie* dans autres événements • 1856 : dans *Le réalisme littéraire* en novembre •

CORRÈGE
Antonio Allegri, dit le
vers 1489-1534
Peintre italien.
• 1640 : dans *La grande peinture : entre baroque et classicisme* au 17 décembre • 1661 : dans *Mazarin collectionneur* au 9 mars • 1796 : 9 mai •

CORSE
Rattachement à la France.
• 1756 : 4 août • 1768 : 15 mai • 1769 : septembre • 1772 : 3 juillet • 1789 : 30 novembre • 1790 : 16 novembre • 1793 : 1er juillet • 1794 : 19 janvier ; 22 mai ; 21 juin ; 21 août • 1796 : 19 octobre •

CORSE
• 1931 : 8 novembre • 1938 : 11-14 décembre • 1939 : 1er janvier • 1943 : 9-13 septembre ; 26 novembre • 1944 : 25 octobre • 1958 : 24 mai • 1962 : dans *Les rapatriés d'Algérie* au 1er juillet • 1974 : 29 janvier • 1975 : 21-26 août • 1983 : 5 janvier • 1986 : dans *Le terrorisme* au 4-17 septembre • 1991 : 13 mai • 1992 : 5 mai • 1995 : octobre • 1996 : 12 janvier • 1998 : 6 février • 1999 : 19-20 avril ; 6-8 août ; 13 décembre • 2000 : 21 juillet •

Cortés
Hernán
1485-1547
Conquistador.
• 1519: autres événements • 1522: autres événements •

Cortois de Pressigny
Gabriel
1745-1823
Archevêque de Besançon.
• 1817: 28 juillet •

Cortone
Pierre de
1596-1669
Architecte italien.
• 1667: dans *Les architectes de Louis XIV* au 14 mai •

Corvetto
Louis Emmanuel, comte de
1756-1821
Homme politique, ministre.
• 1815: 24 septembre; 23 décembre • 1816: 14 novembre; novembre • 1817: 22 mars • 1818: 3 novembre; 7 décembre •

Corvisart
Jean-Nicolas
1755-1821
Médecin.
• 1800: dans *Une révolution médicale* en juillet •

Cossé-Brissac
Artus de
1512-1582
Maréchal de France.
• 1567: 10 novembre • 1568: juillet • 1574: avril-mai • 1575: 30 septembre; 2 octobre; 20-26 octobre; 21 novembre •

Cossé-Brissac
Charles de
1505-1563
Frère d'Artus de Cossé-Brissac. Maréchal de France.
• 1547: *introduction Henri II*; 11 avril; 9 septembre • 1555: mars • 1557: janvier-février • 1558: décembre • 1559: *introduction François II* • 1581: dans *Beaujoyeux* au 24 septembre •

Cossé-Brissac
Charles II de
vers 1550-1621
Fils de Charles de Cossé-Brissac. Maréchal de France. Gouverneur de Paris.
• 1594: 3 janvier; 14 mars; 22 mars • 1596: septembre • 1598: 12 février • 1613: 18 novembre •

Cossé-Brissac
Louis Hercule Timoléon de
1734-1792
• 1792: 29 mai •

Cossiga
Francesco
Né en 1928
Président du Conseil italien.
• 1969: *introduction La Ve République: De l'héritage du gaullisme à la victoire de la gauche* •

Costa-Gavras
Konstandinos Gavras, dit
Né en 1933
Cinéaste d'origine grecque.
• 1969: *introduction La Ve République: De l'héritage du gaullisme à la victoire de la gauche*; Noël • 1970: 30 avril •

Costantini
Pierre
1889-1986
Créateur de la Ligue française.
• 1941: dans *Les collaborationnistes* au 1er février •

Coste
Hilarion de
1595-1661
Auteur.
• 1621: autres événements •

Coste
Jacques
1798-1859
Journaliste.
• 1829: 15 octobre •

Coste
Pierre
1668-1747
Traducteur.
• 1700: autres événements •

Costeblanche
François
Marchand. Échevin de Paris.
• 1588: 18-20 mai •

Coste-Floret
Paul
1911-1979
Homme politique, ministre.
• 1946: 28-29 septembre • 1947: 22 janvier; 24 novembre • 1948: 24 juillet • 1952: 20 janvier • 1953: 26 juin •

Costes
Dieudonné
1892-1973
Aviateur.
• 1928: 14 avril • 1930: 1er-2 septembre •

Cot
Jean-Pierre
Né en 1937
Homme politique, ministre.
• 1981: 21 mai; 23 juin • 1982: 8 décembre •

Cot
Pierre
1895-1977
Ministre.
• 1927: 27 octobre • 1932: 27-29 août • 1933: 31 janvier; 30 août; 27 octobre; 23-27 novembre • 1934: 29-30 janvier; 7 février • 1936: 4 juin; 2 août • 1937: 21-22 juin • 1938: 18 janvier; 14 mars • 1940: dans *Pétain* au 11 juillet; dans *Les Français de Londres* au 7 août; dans *Du MLN à Combat* au 30 août; 1er décembre • 1942: dans *Jean Moulin* au 1er janvier • 1946: 6-8 avril; 19-20 avril • 1949: dans *Le procès Kravchenko* au 24 janvier •

Côte-d'Ivoire
• 1892: septembre • 1940: 26 juillet • 1949: 6 février • 1950: 28 janvier-3 février • 1960: 2-4 juin •

Coton
Pierre
1564-1626
Jésuite. Confesseur d'Henri IV roi de France.
• 1589: *introduction Henri IV* • 1603: mars • 1605: autres événements • 1609: décembre • 1618: dans *Les jésuites* au 15 février •

Cotta
Michèle
Née en 1957
Journaliste.
• 1982: 30 juillet •

Cottard
Pierre
† 1701
Architecte.
• 1667: dans *Les architectes de Louis XIV* au 14 mai •

Cotte
Robert de
1656-1735
Architecte.
• 1674: autres événements • 1677: dans *Versailles* dans autres événements • 1688: 22 janvier • 1699: autres événements • 1708: 8 mai • 1727: autres événements • 1736: autres événements •

Cottereau
Jean, dit Jean Chouan
• Voir Chouan, Jean Cottereau, dit Jean •

Cottin
Émile
1896-1936
Anarchiste.
• 1919: 19 février •

Cottu
Jean Marie Félix, baron
1821-?
Diplomate. Administrateur.
• 1892: 5 janvier; 16-22 décembre • 1893: 9 février; 8-21 mars •

Coty
François Sportuno, dit François
1874-1934
Industriel. Directeur de presse.
• 1925: dans *Valois* au 11 novembre • 1928: janvier; *biographie* en mai •

Coty
René
1882-1962
Homme politique. Président de la IVe République de1954 à 1958.
• 1930: 13 décembre • 1940: dans *De Gaulle* au 18 juin • 1946: *introduction La IVe République* • 1947: 24 novembre

• 1948: 24 juillet • 1951: 15 février • 1953: 15 novembre; 17-23 décembre • 23 décembre 1953-3 juin 1958 •

Coubertin
Pierre de
1863-1937
Fondateur des Jeux Olympiques modernes.
• 1896: autres événements • 1900: 14 mai; *biographie* au 14 mai •

Çoucy
Édit de
1535
• 1535: juin-juillet • 1538: décembre •

Coucy
Jacques de
† 1549
• 1549: 1er juillet •

Coucy
Tour de
• 958: 11 novembre •

Coudrette
Christophe
1701-1769
• 1760: autres événements •

Couldrette
Poète.
• 1392: autres événements •

Coulet
François
1906-1984
Diplomate.
• 1944: 14 juin •

Coulomb
Charles-Augustin
1736-1806
Ingénieur.
• 1777: autres événements • 1779: autres événements • 1784: autres événements • 1785: autres événements • 1786: autres événements • 1793: octobre •

Coulondre
Robert
1885-1959
Diplomate.
• 1938: dans *Les hommes du Quai* au 20-25 juillet; 30 septembre •

Coupat
Pierre
1860-?
Syndicaliste, ministre.
• 1920: 17-22 janvier •

Coupé
Jacques-Michel
1737-1809
Prélat. Homme politique.
• 1794: 28 janvier •

Couperin
Armand-Louis
1727-1789
Compositeur.
• 1751: autres événements • 1775: autres événements •

Couperin
François
1668-1733
Compositeur.
• 1663: dans *D'Anglebert* dans autres événements • 1680: dans *Les Leçons des ténèbres* au 17-19 avril • 1693: 26 décembre; *biographie* au 26 décembre • 1715: autres événements • 1717: autres événements • 1722: autres événements • 1724: autres événements • 1725: autres événements • 1726: autres événements • 1728: autres événements • 1730: autres événements • 1736: autres événements • 1751: autres événements •

Couperin
Gervais-François
1759-1826
Fils d'Armand-Louis Couperin. Organiste.
• 1775: autres événements • 1789: 2 février •

Couperin
Louis
1626-1661
Organiste. Compositeur.
• 1653: 9 avril; *biographie* au 9 avril •

Couperin
Pierre-Louis
1755-1789
Fils d'Armand-Louis Couperin. Organiste.
• 1789: 2 février •

Cour des comptes
• 1807: 16 septembre • 1815: 27 février; 12-19 juillet; 24 novembre • 1820: 4 novembre • 1850: 2 février • 1871: 23 mai •

Cour pénale internationale
• 1999: 6-29 avril •

Courant
Pierre
1897-1965
Homme politique, ministre.
• 1951: 8 août • 1952: 20 janvier • 1953: 7 janvier; 14 janvier •

Courbet
Amédée-Anatole-Prosper
1827-1885
Amiral.
• 1883: 18-20 août; 17 décembre • 1884: mars-juin; 23-24 août •

Courbet
Gustave
1819-1877
Peintre.
• 1842: autres événements • 1848: autres événements • 1850: autres événements; *biographie* dans *L'école réaliste* dans autres événements • 1853: 13 mai • 1855: 1er mai • 1856: dans *Le réalisme littéraire* en novembre • 1863: dans *Manet* au 15 mai • 1871: 26 mars; 10-13 avril; 6 mai; 15 mai •

Courcel
Geoffroy Chodron de
1912-1992
Aide de camp du général de Gaulle. Ambassadeur.
• 1940: 7 août • 1959: 9 janvier •

Courcy
Philippe Marie Henri Roussel comte de
1827-1887
Général.
• 1885: 14 septembre •

Courier
Paul-Louis
1773-1825
Écrivain.
• 1816: 10 décembre; *biographie* au 10 décembre • 1819: 10 juillet 1819 - 10 avril 1820 • 1821: 28 août • 1822: 16 juillet •

Courneuve (La)
• 1956: mars •

Cournot
Antoine Augustin
1801-1877
Mathématicien, juriste et philosophe.
• 1838: 14 juillet • 1841: 24 avril • 1851: 20 décembre • 1861: 11 mai • 1875: 6 février; *biographie* au 6 février •

Courrier français (Le)
1819
Journal.
• 1819: 1er juin • 1820: 5 avril • 1822: 17, 25 mars • 1823: 9-12 avril • 1824: 11 juin • 1825: 14 août • 1839: août •

Courrières
Catastrophe de
1906
• 1906: 10 mars-18 avril •

Court
Antoine
1695-1760
Ministre de l'Église réformé.
• 1715: 25 août •

Courtais
Armand Gaspard Henri
1790-1877
Général.
• 1848: 24 février • 1849: 7 mars-2 avril •

Courteline
Georges Moinaux, dit Georges
1858-1929
Écrivain.
• 1893: 27 avril • 1901: autres événements •

Courtilz de Sandras
Gatien de
1644-1712
Mousquetaire. Auteur.
• 1700: autres événements •

Courtin
René
1900-1964
Économiste.
• 1942: juillet • 1944: 18 décembre •

COURTOIS
Edme-Bonaventure
1754-1816
Homme politique.
• 1794: 17 août • 1795: 5 janvier •

COURTOIS
Stéphane
Né en 1948
Historien.
• 1964: mai • 1997: novembre •

COURTONNE
Jean
1671-1739
Architecte.
• 1720: autres événements • 1725: autres événements •

COURTRAI
Bataille de
1302
• 1285: *introduction Philippe IV le Bel* • 1302: 11 juillet • 1382: 1er décembre •

COURVOISIER
Jean Joseph Antoine
1775-1835
Homme politique, ministre.
• 1818: 14-18 décembre • 1829: 8 août • 1830: 21 avril; 19 mai •

COUSIN
Jean
vers 1490-vers 1560
Peintre.
• 1543: juillet • 1549: 18 juin; dans *L'Eva Prima Pandora de Jean Cousin père* au 18 juin; autres événements • 1551: dans *La place de la peinture dans l'art français du XVIe siècle* dans autres événements •

COUSIN
Victor
1792-1867
Philosophe et écrivain. Ministre.
• 1821: dans *Les doctrinaires* en octobre • 1822: 12 octobre • 1828: février; *biographie* en février • 1829: septembre • 1830: dans *Armand Carrel* au 3 janvier • 1838: 26 décembre • 1840: 1er mars • 1841: 10 mars • 1842: dans *Quinet* en mars; 30 juin • 1844: 22 avril-24 mai • 1863: dans *Renan* au 24 juin • 1872: dans *Renouvier et Barni* au 15 août •

COUSIN-MONTAUBAN
Charles Guillaume Marie Apollinaire Antoine, comte de Palikao
1796-1878
Général. Ministre. Chef du gouvernement en 1870.
• 1862: 22 janvier • 1870: 10 août; 3 septembre; 4 septembre •

COUSTEAU
Jacques-Yves
1910-1997
Océanographe.
• 1951: 24 novembre • 1956: 15 février • 1997: 25 juin; dans *Les gardiens de la nature* au 25 juin •

COUSTEAU
Pierre-Antoine
1906-1958
Journaliste.
• 1936: *dans Fascismes français* au 27-28 juin • 1941: 7 février • 1946: 17-18 novembre •

COUSTOU
Guillaume I
1677-1746
Sculpteur.
• 1665: dans *La sculpture au Grand Siècle* dans autres événements • 1715: autres événements • 1745: autres événements • 1758: autres événements •

COUSTOU
Guillaume II
1716-1777
Sculpteur.
• 1766: autres événements •

COUSTOU
Nicolas
1658-1733
Sculpteur.
• 1665: dans *La sculpture au Grand Siècle* dans autres événements • 1725: autres événements •

COUTANCES
Cathédrale de
• 1056: autres événements •

COUTHON
Georges-Auguste
1755-1794
Député. Membre du Comité de salut public.
• 1791: 5 octobre; 7 octobre • 1792:

29 février; *introduction La République jacobine*; 25 septembre; 17 décembre • 1793: 2 juin; 13 juin; *biographie* au 13 juin; 19 juin; 3 juillet; 10 juillet; 11 juillet; 2 août; 7 août; dans *La Terreur* au 5 septembre; 2 octobre; 8 décembre • 1794: 12 mars; 15 mars; 18 mars; 20 mars; 31 mars; 1er avril; 2 avril; 10 juin; 12 juin; 29 juin; 30 juin; 24 juillet; 26 juillet; 27 juillet; 28 juillet •

COUTRAS
Bataille de
20 octobre 1587
• 1574: *introduction Henri III* • 1587: 18 octobre; 20 octobre; 7 novembre • 1588: mi-juillet •

COUTROT
Jean
1895-1941
Industriel.
• 1934: 9 juillet • 1941: dans *Technocratie et synarchie* au 9-10 février •

COUTURE
Guillaume-Martin
1732-1799
Architecte.
• 1777: autres événements •

COUTURE
Thomas
1815-1879
Peintre.
• 1847: autres événements • 1848: 9 octobre • 1863: dans *Manet* au 15 mai •

COUTURIER
Marie-Alain
1897-1954
Prélat.
• 1950: 4 août; *Le père Couturier et l'art sacré* au 4 août •

COUVE
Benjamin
Président du Consistoire de Paris.
• 1904: 29 octobre •

COUVE DE MURVILLE
Maurice
1907-1999
Homme politique. Premier ministre.
• 1938: 1er novembre • 1943: 3-7 juin • 1958: 1er juin • 1959: 9 janvier • 1960: 5 février • 1961: 24 août • 1962: 14 avril; 7 décembre • 1966: 8 janvier • 1967: 6-7 avril • 1968: 1er juin; 10 juillet •

COUX
Charles de
1787-1864
Publiciste.
• 1830: 16 octobre • 1831: 7 mai •

COUYBA
Charles
1855-1931
Homme politique, ministre.
• 1911: 23-27 juin • 1914: 13 juin •

COYER
Gabriel-François
1707-1782
Abbé.
• 1756: autres événements •

COYPEL
Antoine
1661-1722
Fils de Noël Coypel. Peintre.
• 1671: dans *La peinture selon l'Académie* au 12 juin • 1715: autres événements • 1716: autres événements • 1736: 26 septembre •

COYPEL
Charles-Antoine
1694-1752
Fils d'Antoine Coypel. Premier peintre du roi et directeur de l'Académie royale de peinture.
• 1715: autres événements • 1727: autres événements • 1737: autres événements • 1742: autres événements • 1746: autres événements • 1747: autres événements •

COYPEL
Noël
1628-1707
Peintre.
• 1672: autres événements • 1676: autres événements • 1715: autres événements •

COYSEVOX
Antoine
1640-1720
Sculpteur.
• 1665: dans *La sculpture au Grand Siècle* dans autres événements • 1677: dans *Versailles* dans autres événements • 1681: autres événements • 1685: autres événe-

Crépeau
Michel
1930-1999
Homme politique, ministre.
• 1981 : 21 mai • 1983 : 22 mars • 1984 : 17-18 juillet •

Crépin
Jean
Né en 1908
Général.
• 1960 : 23 janvier •

Crépy-en-Laonnois
Traité de
18 septembre 1544
• 1515 : *introduction François Ier* • 1544 : juin-septembre • 1545 : janvier-mars ; 9 septembre •

Créqui
Charles Ier de Blanchefort, duc de
Vers 1578-1638
Maréchal de France.
• 1630 : mars-septembre • 1638 : mars-octobre •

Créqui
Charles III, duc de
1624-1687
Général. Diplomate.
• 1662 : 20 août •

Créqui
François de Blanchefort, dit le maréchal de
1629-1687
Maréchal de France.
• 1677 : 17 novembre • 1684 : avril •

Créquillon
Thomas
vers 1480-1540
Compositeur.
• 1502 : dans *Josquin Des Près, la musique sacrée et la musique profane* dans autres événements •

Crescens
Pierre de (Pietro de Crescenzi)
Auteur.
• 1486 : autres événements •

Cresson
Édith
Née en 1934
Premier ministre.
• 1981 : *introduction La Ve République : De la France mitterrandienne aux cohabitations politiques* ; 21 mai ; 23 juin • 1983 : 22 mars • 1984 : 17-18 juillet • 1988 : 8 mai • 1990 : 2 octobre • 1991 : 15 mai ; 25 mai ; *biographie* au 25 mai ; 7 novembre • 1992 : 2 avril • 1999 : dans *Femmes et parité* au 10 mars ; 15 mars •

Cresson
Guillaume-Ernest
1824-1903
Préfet de police.
• 1870 : 1er novembre •

Crétet
Emmanuel, comte de Champmol
1747-1809
Gouverneur de la Banque de France. Ministre.
• 1806 : 22 avril • 1807 : 9 août • 1809 : 29 juin •

Crétin
Guillaume
1461-1525
Historien.
• 1512 : dans *Gringore et les Grands Rhétoriqueurs* au 24 février •

Creton
• 1817 : 18 septembre •

Crèttiez
• 1904 : 19 juillet •

Creusot (Le)
• 1830 : autres événements • 1836 : autres événements ; dans *Les « barons du fer » : Schneider, Wendel, de Dietrich* dans autres événements • 1860 : autres événements • 1870 : janvier ; 7-13 août • 1871 : 26 mars • 1899 : septembre-octobre •

Creuzé-Latouche
Jacques-Antoine
1749-1800
Homme politique.
• 1792 : 8 décembre • 1798 : 27 avril •

CREVEL
René
1905-1935
Écrivain.
• 1924: juin; dans *Les surréalistes* au 12, 15 octobre •

CREYS-MALVILLE
• 1976: 15 avril • 1977: juillet-août • 1997: 2 février •

CRI DU PEUPLE (LE)
Journal.
• 1871: 22 février; 11 mars • 1878 dans *Vallès* en juin-août • 1883: octobre • 1886: 4 avril •

CRIMÉE
Guerre de
1854-1855
• 1852: *introduction Le Second Empire* • 1853: février-juin • 1854-1855 • 1856: 25 février-8 avril •

CRIMES CONTRE L'HUMANITÉ
• 1945: dans *Le procès de Nuremberg* au 20 novembre • 1987: 11 mai • 1992: 13 avril • 1993: 8 juin • 1994: 17 mars • 1998: 2 avril • 1999: 6-29 avril •

CRIMES DE GUERRE
• 1942: 17 octobre • 1943: 19 août; 1er novembre • 1945: 31 mai; 8 août; dans *Le procès de Nuremberg* au 20 novembre • 1952: 28 janvier • 1999: 6-29 avril •

CRISE DE 1929
• 1914: *introduction La IIIe République: D'une guerre à l'autre* • 1929: 24 octobre 1929-septembre 1931 • 1932: 3 mai •

CRISPI
Francesco
1818-1901
Homme d'État italien.
• 1887: 22 décembre • 1888: 28 juillet • 1891: janvier • 1896: 1er mars; 30 septembre •

CRITIQUE
1946
Revue.
• 1946: juin • 1957: dans *Georges Bataille* en octobre •

CROISADE
Première
1095-1099
• 1060: *introduction Philippe Ier* • 1095: 27 novembre • 1096: dans *Les hommes de la croisade* en mai-juin • 1097: avril à 21 octobre • 1098: 2 juin à 29 juin • 1099: 7 janvier; 7 juin; 8 juillet; 15 juillet; 22 juillet; 5 août •

CROISADE
Deuxième
1147-1149
• 1137: *introduction Louis VII* • 1145: 1er décembre; 25 décembre • 1146: 1er mars; 29-31 mars; 24 avril-12 juin; avant août; août; 25 décembre • 1147: 16-18 février; mars; 8 juin; 4 octobre • 1148: 19 mars; avril; 24 juillet; septembre • 1149: 3 avril; juin •

CROISADE
Troisième
1190-1192
• 1180: *introduction Philippe Auguste* • 1187: novembre • 1188: 21 janvier; autres événements • 1189: fin mai-début juin; été; 30 décembre • 1190: début juin; 24 juin; 4 juillet; août • 1191: 30 mars; 1er juin; • 12 juillet; 31 juillet • 1192: octobre; autres événements •

CROISADE
Quatrième
1201-1204
• 1199: 28 novembre • 1200: février • 1201: avril; septembre • 1202: novembre • 1203: 23 juin • 1204: 12 avril • 1209: dans *Les Monfort (1165-1265)* au printemps • peu après 1216 •

CROISADE
Cinquième
1217-1221
• 1217: autres événements • 1218: 28 mai • 1219: 5 novembre • 1221: 30 août •

CROISADE
Sixième
1228-1229
• 1229: 18 février •

Croisade
Septième
1248-1254
• 1226: *introduction Louis IX* • 1244: décembre • 1245: 3 janvier; 9 octobre; novembre • 1246: autres événements • 1248: 12 juin; 28 août; 17 septembre; 20 décembre • 1249: 30 mai; 5 juin; 20 novembre; 19 décembre • 1250: 8-9 février; 6 avril; 1er mai; 8 mai • 1251: 25 mars • 1252: fin de l'hiver; mai • 1254: 24 avril •

Croisade
Huitième
1270
• 1255: juin • 1261: 29 août • 1262: août • 1266: avril • 1267: 25 mars • 1268: 9 février; 8 octobre • 1270: 15 mars; 1er juillet; 15 juillet; 18 juillet; début août; 22 août; 25 août •

Croisade d'Aragon
• 1284: 16 août •

Croisade des Albigeois
• Voir Albigeois, Croisade des •

Croisade des barons français
• 1239: juillet; août; 13 novembre • 1241: mars •

Croisade des Enfants
• 1212: juin •

Croisset
Francis de
1877-1937
Écrivain français d'origine belge.
• 1906: 6-27 février •

Croissy
Charles Colbert, marquis de
1629-1683
Frère du grand Colbert. Secrétaire d'État aux Affaires étrangères.
• 1661: dans *Colbert* en 12 septembre; dans *La diplomatie* au 10 octobre • 1679: 18 novembre • 1691: 16 juillet • 1696: 28 juillet; dans *Torcy* au 28 juillet •

Croix (La)
Quotidien.
• 1883: 16 janvier • 1900: 22 janvier-31 mars • 1926: 20-29 décembre •

Croix-de-Feu
1927-1936
• 1912: dans *Alexis Carrel* en décembre • 1918: dans *« L'impôt du sang ». Les Anciens Combattants* au 11 novembre • 1928: janvier; *La Rocque et les Croix-de-Feu* en janvier • 1930: dans *Les ailes françaises* au 1er-2 septembre • 1934: 5 février; 6 février • 1935: 14 juillet; 16 novembre; 6 décembre • 1936: 18 juin • 1940: dans *Pétain* au 11 juillet •

Croix-Rouge
• 1863: 9 février • 1864: 22 août •

Croizat
Ambroise
1901-1951
Homme politique, ministre.
• 1945: 21 novembre • 1946: 23-29 janvier; 19-26 juin; 4 juillet • 1947: 22 janvier; 4 mai •

Cromwell
Olivier
1599-1658
Lord Protecteur de la République de 1653 à 1658.
• 1643: *introduction Louis XIV* • 1653: 16 décembre • 1655: 3 novembre • 1657: 23 mars • 1658: 13 août •

Cromwell
Richard
1626-1712
Lord Protecteur de la République 1658 à 1659.
• 1643: *introduction Louis XIV* • 1658: 13 août •

Cromwell
Thomas
† 1540
Chancelier d'Angleterre.
• 1530: autres événements •

Croquants
Révoltes des
• 1589: *introduction Henri IV* • 1593: automne • 1594: mars; 24 juin • 1595: septembre • 1636: avril-juin • 1637: mai-juillet • 1639: juin •

Cros
Charles
1842-1888
Inventeur et poète.
• 1876: 30 avril • 1879: 6 décembre; *biographie* au 6 décembre • 1886: dans *Les symbolistes* au 18 septembre •

CUJAS
Jacques
1522-1590
Jurisconsulte.
• 1557: autres événements; *biographie* dans autres événements • 1560: dans *Pasquier* dans autres événements •

CULLODEN
Bataille de
1746
• 1740: dans *La guerre de Succession d'Autriche* au 20 octobre • 1746: 27 avril •

CUMBERLAND
William Augustus, duc de
1721-1765
Général britannique.
• 1746: 27 avril • 1756: dans *La guerre de Sept Ans* au 9 juin • 1757: 26 juillet •

CUMONT
Arthur Timothée Antoine Victor, vicomte de
1818-1902
Homme politique, ministre.
• 1874: 22 mai •

CUNIN-GRIDAINE
Laurent Cunin, dit
1778-1859
Homme politique, ministre.
• 1839: 12 mai • 1840: 29 octobre • 1842: 26 octobre •

CUNNINGHAM
Merce
Né en 1919
Danseur et chorégraphe américain.
• 1972: 6-11 novembre •

CUNO
Wilhelm
1876-1933
Chancelier allemand.
• 1914: *introduction La IIIe République: D'une guerre à l'autre* • 1923: 13 août •

CUNY
Alain
1908-1994
Acteur.
• 1946: 7 juin • 1959: 21 octobre •

CURCHOD
Suzanne
• Voir Necker, Mme •

CURÉ
Louis Jean Ambroise Gustave
Homme politique.
• 1857: 21-22 juin •

CURIE
Marie (née Sklodowska)
1867-1934
Physicienne.
• 1899: autres événements • 1903: 10 décembre; dans *Les Curie* au 10 décembre • 1914: dans *Les femmes dans la guerre* au 18 août • 1995: 20 avril •

CURIE
Paul Jacques
1855-1941
Physicien.
• 1899: dans *Curie* dans autres événements •

CURIE
Pierre
1859-1906
Physicien.
• 1899: autres événements • 1903: 10 décembre; dans *Les Curie* au 10 décembre • 1911: 23 janvier • 1995: 20 avril •

CURIEL
Henri
1906-1978
• 1957: septembre • 1960: 24 février • 1978: 4 mai •

CURIEN
Hubert
Né en 1924
Ministre.
• 1984: 17-18 juillet • 1988: 8 mai • 1991: 25 mai • 1992: 2 avril •

CURIONE
Celio Secundo
1503-1549
Théologien réformé piémontais.
• 1562: dans *Castellion* en février-mars •

Curtiz
Michael
1888-1962
Cinéaste américain d'origine hongroise.
• 1947: 23 mai •

Curzon
George
1859-1925
Homme politique britannique.
• 1922: 5-11 octobre •

Curzon
Ligne
• 1943: 28 novembre-2 décembre • 1944: 24 novembre-10 décembre •

Cusset
Paix de
1440
• 1440: février-juillet •

Custine
Adam-Philippe de
1740-1793
Général.
• 1789: 21 décembre • 1792: 30 avril; *introduction La République jacobine*; 30 septembre; 4 octobre; 21 octobre; 23 octobre • 1793: 28 mars; 1er avril; 13 mai; 12 juin; 22 juillet; 28 juillet; 29 juillet; 7 août; 28 août • 1794: 10 janvier •

Custine
Astolphe, marquis de
1790-1857
Romancier et essayiste.
• 1843: 13 mai •

Custozza
Batailles de
1848, 1866
• 1848: 25 juillet • 1866: 24 juillet •

Cuvelier
Auteur.
• 1387: autres événements •

Cuvier
Georges, baron
1769-1832
Naturaliste.
• 1809: dans *Naissance de la théorie de l'évolution* en août • 1815: 15 août •

Cuvinot
Homme politique.
• 1908: 2 décembre •

Cuxa
Abbaye de
• Voir Saint-Michel-de-Cuxa •

Cuzin
Jean
Fondateur du réseau Socialisme et liberté.
• 1948: dans *Jean-Paul Sartre* au 2 avril •

Cyrano de Bergerac
Savinien de
1619-1655
Auteur.
• 1636: dans *Tristan L'Hermite* au printemps • 1643: *introduction Louis XIV* • 1649: dans *Mazarinades* au 20 juillet • 1654: autres événements; *biographie* dans autres événements •

Cysoing
Abbaye de
• 874: autres événements • 867: autres événements •

Czapski
Josef
1896-1993
Peintre polonais.
• 1944: 2 octobre •

Czerniakow
Adam
1880-1942
Président du conseil juif de Varsovie.
• 1943: 19 avril •

D

Dabit
Eugène
1898-1936
Écrivain.
• 1929: autres événements • 1935: dans *Les compagnons de route* au 21-25 juin •

Dabry
Jean
† 1936
Aviateur.
• 1930: 12-13 mai •

Dac
André Issac, dit Pierre
1893-1975
Humoriste.
• 1955: dans *Europe n°1* au 3 avril •

Dachau
Camp de concentration
• 1945: 29 avril; dans *Rapatriement* au 19 juin •

Dacie
Collège de
1275
• 1215: dans *L'Université de Paris* en août •

Dacier
Anne Lefebvre, Mme
1654-1720
Auteur.
• 1711: autres événements • 1714: autres événements • 1716: autres événements •

Dada
Revue.
• 1919: autres événements •

Dada
Mouvement.
• 1920: 10 janvier; *Le dadaïsme* au 10 janvier; 27 mars • 1921: décembre • 1923: 6 juillet • 1924: dans *Les surréalistes* au 12, 15 octobre • 1935: autres événements • 1936: dans *Aragon* au 9 décembre • 1963: mars •

Daffis
Jacques
† 1589
Avocat général au Parlement de Toulouse.
• 1588: 10 février •

Dagobert
† 580/581
Fils de Chilpéric Ier roi de Soissons.
• 561: *introduction De quatre à un royaume franc* • 580-581 •

Dagobert Ier
vers 608-639
Fils de Clotaire II roi de Neustrie, Austrasie et Bourgogne. Roi délégué en Austrasie de 623 à 629. Roi de Neustrie et Bourgogne de 629 à 639.
• 613: unité des royaumes francs • 623-629 • 629: *introduction Le royaume franc de Dagobert à Pépin* • 629-639 • après 717 • vers 1110-1112 •

Dagobert II
† 679
Fils adoptif de Sigebert III roi d'Austrasie. Roi d'Aquitaine de 632 à 679. Roi d'Austrasie de 676 à 679.
• 656: 1er février • 661 • 676-679 •

Dagobert III
vers 698-715
Fils de Childebert III roi de Neustrie-Austrasie-Bourgogne. Roi de Neustrie-Austrasie-Bourgogne de 711 à 715.
• 711-715 •

Daguerre
Louis-Jacques-Mandé
1787-1851
Inventeur de la photographie.
• 1829: 5 décembre; dans *L'invention de la photographie* au 5 décembre •

Dagulf
Copiste.
• 783-795 •

Dahomey
(futur Bénin)
• 1868: 19 mai • 1890: avril • 1892: septembre • 1897: juillet • 1960: 2-4 juin •

Daillon
Jean de
† 1585
Comte du Lude. Gouverneur de Poitou.
• 1548: mai-novembre •

DAIMBERT DE SENS
Archevêque de Sens de 1098 à 1122.
• 1098: 18 avril • 1108: lundi 3 août • 1111: 12 mars •

DAIVE
Jean
Né en 1941
Écrivain.
• 1967: janvier •

DAIX
Pierre
Né en 1922
Journaliste et critique d'art.
• 1949: 12 novembre • 1950: 25 novembre; dans *Procès Rousset-Daix* au 25 novembre • 1963: 28 février •

DALADIER
Édouard
1884-1970
Président du Conseil.
• 1914: *introduction La IIIe République: D'une guerre à l'autre* • 1918: 7-8 novembre • 1920: dans *Blum* au 25-30 décembre • 1924: 12-14 juin; dans *Herriot* au 12-14 juin; 16-28 octobre • 1925: 29 octobre; 28 novembre • 1926: 18-19 juillet • 1927: 27 octobre; *biographie* au 27 octobre; 27 décembre • 1928: dans *La Rocque et les Croix-de-Feu* en janvier; 6 novembre • 1929: 23-30 octobre • 1930: 20-25 février; 6-27 juin; 13 décembre • 1932: 3-7 juin; 26 octobre; 16 décembre • 1933: 31 janvier; 5 octobre; 23 octobre; 27 octobre; 23-27 novembre • 1934: 29-30 janvier; 1er février; 3 février; 6 février; 7 février; 24 février • 1936: 19-31 janvier; 22 mai; 4 juin; 5-7 septembre; 4 novembre • 1937: 23 avril; 21-22 juin • 1938: 14 janvier; 18 janvier; 21 janvier; 14 mars; 7-8 avril; 10 avril; 12 avril; 28-29 avril; 5 mai; 20-30 mai; dans *Georges Bonnet* au 9 juin; 11 juillet; 21-31 août; 7-8 septembre; 13 septembre; 17 septembre; 18 septembre; 23 septembre; 25 septembre; 29 septembre; 30 septembre; 25-27 novembre; 5 décembre; 8-9 décembre • 1939: 1er janvier; 3-6 janvier; 26 janvier; 18 mars; 29 mars; 20 mai; 12-19 juillet; 26-27 août; dans *Les armées françaises* au 3 septembre; 8 septembre; 13 septembre; 19 septembre; 30 novembre; 8 décembre • 1940: 14-15 mars; 19-20 mars; 21-22 mars; dans *Paul Reynaud* au 21-22 mars; 9 avril-9 juin; 18 mai; 21 juin; 8 septembre-14 novembre • 1941: 16 octobre; 12 novembre • 1942: 19 février; 3 mars • 1943: 31 mars-5 avril • 1946: 2 juin • 1952: 17 octobre • 1958: 2 mai; 28 mai •

DALAT
Conférence de
1946
• 1946: 6 mars; 11 mai-15 août; 6 juillet-14 septembre •

DALAYRAC
Nicolas
1753-1809
Compositeur. Librettiste.
• 1786: autres événements • 1789: 14 janvier • 1790: 29 mai; 10 juillet • 1791: 19 mars; 10 octobre; 28 décembre • 1793: 12 janvier; 2 mai; 14 octobre • 1794: 1er février; 23 mai; 18 novembre •

DALBARADE
Jean
1743-1819
Ministre de la Marine.
• 1793: 10 avril •

DALBERG
Karl Theodor Herrnsheim, baron von
1744-1817
Archevêque-électeur de Mayence, prince-primat de la Confédération du Rhin.
• 1806: 12 juillet • 1814: 1er avril •

DALBIEZ
Victor
1876-1954
Ministre.
• 1915: 4-26 juin • 1924: 12-14 juin •

DALBOUZE
Ernest
Président de la chambre de commerce de Paris.
• 1936: 7 juin •

D'ALEMA
Massimo
Né en 1949
Président du Conseil italien.
• 1981: *introduction La Ve République: De la France mitterrandienne aux cohabitations politiques* •

DALÍ
Salvador
1904-1989
Peintre espagnol.
• 1922 : 1er mars • 1924 : dans *Les surréalistes* au 12, 15 octobre • 1925 : dans *Le surréalisme en peinture* au 13 novembre • 1929 : 20 novembre • 1930 : 28 octobre • 1938 : 17 janvier • 1939 : février • 1950 : dans *Le père Couturier et l'art sacré* au 4 août •

DALIMIER
Albert
1875-1936
Président du Conseil.
• 1908 : dans *L'affaire Rochette* au 21 mars • 1932 : 3-7 juin ; 16 décembre • 1933 : 2 septembre ; 27 octobre ; 23-27 novembre ; dans *L'affaire Stavisky* au 23 décembre • 1934 : 5-8 janvier ; 9-12 janvier •

DALIO
Marcel Blauschild, dit
1899-1983
Acteur.
• 1937 : dans *La Grande Illusion* au 4 juin •

DALOU
Jules
1838-1902
Sculpteur.
• 1880 : autres événements • 1889 : 21 septembre • 1899 : 19 novembre •

DAMAS
Ange Hyacinthe Maxence, baron de
1785-1862
Homme politique, ministre.
• 1823 : 19 octobre • 1824 : 4 août •

DAMASE II
† 1048
Pape de 1047 à 1048.
• 1031 : *introduction Henri Ier* •

DAMBRAY
Charles-Henri
1760-1829
Homme politique, ministre.
• 1814 : *introduction La première Restauration* ; 13 mai ; 22 mai • 1816 : 7 mai • 1817 : 19 janvier •

DAMES
Paix des
• Voir Cambrai, traité de •

DAMES DE LA CHARITÉ
• 1618 : dans *Le siècle des saints* au 7 novembre •

DAMIENS
Robert-François
1715-1757
Régicide.
• 1752 : dans *Monarchie, parlements et refus de sacrements* au 23 mars 1752-2 septembre 1754 • 1757 : 5 janvier ; 12 février ; 28 mars •

DAMPIERRE
Auguste-Marie-Henri Picot de
1756-1793
Général.
• 1793 : 4 avril ; 11 mai •

DAMRÉMONT
Charles Denis, comte de
1783-1837
Général.
• 1830 : 15-16 décembre • 1836 : 9 novembre-1er décembre • 1837 : 1er-13 octobre •

DANCHET
Antoine
1671-1748
Poète.
• 1702 : 7 novembre • 1710 : 17 juin • 1712 : 12 janvier •

DANDIEU
Arnaud
1897-1933
Essayiste.
• 1931 : novembre ; dans *Au-delà de la droite et de la gauche* en novembre •

DANDRÉ
Antoine Balthazar Joseph d'André ou
1759-1825
Homme politique. Député à la constituante. Directeur général de la Police en 1815.
• 1814 : 3 décembre • 1815 : 12 mars •

DANDRIEU
Jean-François
1682-1738
Organiste.
• 1739 : autres événements •

Danès
Pierre
Helléniste.
• 1530: mars • 1536: dans *Calvin et l'Institution de la religion chrétienne* en mars • 1537: dans *Les Baïf* dans autres événements • 1543: dans *Ramus* dans autres événements • 1559: dans *Amyot* dans autres événements •

Dangeau
Philippe de Courcillon, marquis de
1638-1720
Mémorialiste.
• 1684: 1er avril; dans *Les mémorialistes de Versailles* au 1er avril •

D'Anglebert
Jean-Henri
1628-1691
Compositeur.
• 1662: autres événements; *biographie* dans autres événements •

Daniel
Gabriel
1649-1728
Jésuite. Historien.
• 1721: autres événements •

Daniel
Jean
Né en 1920
Directeur du Nouvel Observateur.
• 1964: 21 septembre •

Daniel-Lesur
Daniel Jean-Yves Lesur, dit
Né en 1908
Compositeur.
• 1936: 6 juin •

Daniélou
Charles
1878-1953
Ministre.
• 1930: 20-25 février; 13 décembre • 1932: 16 décembre • 1933: 31 janvier •

Daniélou
Jean
1905-1974
Cardinal.
• 1927: 30 mai • 1945: dans *Le père de Lubac* en janvier •

Daniel-Rops
Henri Petiot, dit
1901-1965
Écrivain.
• 1931: dans *Au-delà de la droite et de la gauche* en novembre • 1940: 18 juin •

Daniel-Vincent
Charles Augustin Daniel Vincent, dit
1874-1960
Ministre.
• 1917: 12-19 septembre • 1921: 16 janvier • 1924: 30 mars • 1925: 29 octobre; 28 novembre • 1926: 9 mars; 23 juin •

D'Annunzio
Gabriele
1863-1938
Écrivain italien.
• 1902: 22 avril • 1911: 21 mars •

Dante Alighieri
1265-1321
Poète italien.
• 1784: autres événements • 1823: dans *Le romantisme* en juillet • 1861: autres événements • 1880: dans *Rodin* dans autres événements •

Danton
Georges-Jacques
1759-1794
Avocat. Homme politique, ministre. Député à la Convention.
• 1789: *introduction Louis XVI et la Révolution* • 1790: 22 janvier; 10 novembre • 1791: 31 janvier; 21 juin; dans *Billaud-Varenne* en juillet; 18 juillet; 9 septembre; 6 décembre • 1792: 13 juillet; *introduction La République jacobine*; 11 août; *biographie* au 11 août; 28 août; dans *Les massacres de septembre* au 2 septembre; 4 septembre; 19 septembre; 21 septembre; 29 septembre; 6 octobre; 7 octobre; 11 octobre; 18 octobre; dans *Saint-Just* au 13 novembre; 30 novembre; 16 décembre • 1793: 31 janvier; 8 mars; 9 mars; 10 mars; 15 mars; 20 mars; 27 mars; 31 mars; 1er avril; 7 avril; dans *Robert Lindet* au 7 avril; 10 mai; 25 mai; 6 juin; 10 juillet; 1er août; 5 août; 12 août; 20 août; 29 août; 5 septembre; 6 septembre; 9 septembre; 12 octobre; dans *Fabre d'Églantine* au 24 octobre; dans *La déchristianisation* au 7 novembre; 17 novembre; 22 novembre; 26 novembre;

1er décembre; 3 décembre; dans *Camille Desmoulins* au 5 décembre; 13 décembre; dans *Les Cordeliers* au 17 décembre; 22 décembre • 1794: 5 janvier; 13 janvier; 2 février; 15 mars; 19 mars; 29 mars; 31 mars; 2 avril; 3 avril; 4 avril; 5 avril • 1798: dans *François de Neufchâteau* au 17 juin • 1830: *introduction La monarchie de Juillet* • 1886: dans Aulard au 12 mars • 1887: 11 novembre • 1891: 11 juillet •

DANTZIG
• 1914: *introduction La IIIe République: D'une guerre à l'autre* • 1919: 17, 22 mars • 1920: 28 décembre • 1936: 24 juin • 1939: 1er avril; 12-29 juin; 29 juillet; 25 août; 26-27 août; 28 août; 29 août; 31 août; 1er septembre •

DAQUIN
Louis
1908-1980
Cinéaste.
• 1929: dans *Marcel Aymé* au 4 décembre •

DAQUIN
Louis-Claude
1694-1772
Organiste.
• 1735: autres événements • 1739: autres événements •

DARBOY
Georges
1813-1871
Archevêque de Paris.
• 1863: 10 janvier; *biographie* au 10 janvier • 1871: 4 avril; 6 avril; 24 mai •

DARCY
Henri
1840-1926
Directeur du Comité des houillères.
• 1889: 9 octobre • 1900: 26 novembre •

DARDANELLES
Campagne des
1915
• 1915: 19 février; mars; 6 juillet • 1916: 8-9 janvier •

DARET
Jean
vers 1613-1668
Peintre.
• 1654: autres événements •

DARIAC
Adrien
1868-1949
Ministre.
• 1914: 4 juin • 1926: 18-19 juillet •

DARIEN
Georges
1862-1921
Écrivain.
• 1890: 22 février •

DARIMON
Louis
1819-1902
Homme politique et publiciste.
• 1857: 21-22 juin • 1858: 25 avril-10 mai • 1860: 12 juillet • 1864: 3 mars •

DARLAN
François
1881-1942
Amiral. Ministre.
• 1931: dans *Laval* au 27 janvier • 1940: 16 juin; 21 juin; 29 juin; *introduction État français et France libre*; 12 juillet; 25 décembre • 1941: 9-10 février; dans *Technocratie et synarchie* au 9-10 février; 10 février; 14 février; 25 février; 5 mai; 11 mai-6 juin; 12 août; 22 [14]-28 août; décembre; 1er décembre • 1942: 17 avril; 8 novembre; 10 novembre; 11 novembre; 13-22 novembre; 16 novembre; 28 novembre; 4 décembre; 24-26 décembre; dans *Henri Giraud* au 26 décembre •

DARLAN
Jean-Baptiste Joas
1848-1912
Homme politique, ministre.
• 1896: 29 avril • 1897: 2 décembre •

DARMANCOUR
Pierre
1678-1700
Fils de Charles Perrault. Auteur.
• 1697: 11 janvier •

DARMÈS
Marius Ennemond
1797-1841
Conspirateur.
• 1840: 15 octobre •

Darnand
Joseph
1897-1945
Homme politique. Chef de la Milice française.
• 1931: dans *Laval* au 27 janvier • 1936: dans *Fascismes français* au 27-28 juin • 1940: *introduction État français et France libre* • 1943: 30 janvier; *biographie* au 30 janvier; 6 novembre; 30 décembre 1943-5 janvier 1944 • 1944: 10-20 janvier; 14 juin; *introduction Du Gouvernement provisoire à la IVe République* •

Darquier de Pellepoix
Louis
1897-1980
Commissaire général aux Questions juives.
• 1941: 29 mars • 1942: 6-11 mai; 4 juillet •

Darrieux
Danielle
Née en 1917
Actrice.
• 1950: 27 septembre •

Darthé
Augustin-Alexandre-Joseph
1769-1797
Babouviste.
• 1796: 30 mars; 10 mai • 1797: 26 mai; dans *La Conspiration des Égaux* au 26 mai •

Darthenay
• 1748: autres événements •

Daru
Napoléon
1807-1881
Homme politique, ministre.
• 1870: 2 janvier; 20 avril •

Daru
Pierre Bruno, comte
1767-1829
Homme politique et historien.
• 1811: 17 avril •

Darwin
Charles
1809-1882
Naturaliste anglais.
• 1809: 26 août • 1862: 21 juin •

Dassault
Marcel Bloch, dit Marcel
1892-1986
Industriel.
• 1936: 12 décembre • 1952: 29 octobre; *biographie* au 29 octobre • 1957: 19 septembre •

Dassault
Société
• 1936: 8-14 mai; 12 décembre • 1952: dans *Marcel Dassault* au 29 octobre • 1981: 18 décembre •

Dasté
Marie-Hélène
1902-1994
Actrice.
• 1935: 22 novembre •

DATAR
(Délégation à l'aménagement du territoire et à l'action régionale)
• 1963: 14 février •

Daubenton
Louis
1716-1800
Naturaliste. Directeur du Muséum d'histoire naturelle.
• 1751: dans *Au cœur des Lumières: l'Encyclopédie* dans autres événements • 1767: autres événements • 1784: 21 avril; autres événements • 1785: autres événements • 1793: 10 juin • 1822: dans *Haüy* au 13 avril •

Daubie
Julie Victoire
1824-1874
Première bachelière.
• 1861: juillet •

Daubigny
Charles-François
1817-1878
Peintre.
• 1830: dans *Corot* dans autres événements •

Daudet
Alphonse
1840-1897
Écrivain.
• 1859: dans *La musique lyrique sous le Second Empire* au 19 mars • 1866: 18 août; 27 novembre; *biographie* au 27 novembre •

DAUDET
Ernest
1837-1921
Écrivain, historien et journaliste.
• 1886: 19 juin •

DAUDET
Léon
1867-1942
Journaliste et écrivain.
• 1892: 20 avril • 1894: juin • 1900: 7 avril • 1908: 21 mars • 1917: dans *Malvy et Le Bonnet rouge* au 7 juillet • 1920: 25-30 novembre • 1927: 16 avril; 10 juin • 1932: octobre • 1935: 4 octobre •

DAUGAN
Albert
1866-1952
Général.
• 1925: 24 mai •

DAUM
Antonin
1864-1930
Peintre.
• 1901: 14 février •

DAUMAL
René
1908-1944
Écrivain.
• 1928: juin •

DAUMET
Pierre Jérôme Honoré
1826-1911
Architecte.
• 1875: autres événements •

DAUMIER
Honoré
1808-1879
Illustrateur et peintre.
• 1823: 2 juillet • 1830: 4 novembre • 1832: 23 février • 1834: 14 avril • 1835: 5 mai • 1848: 9 octobre • 1850: *biographie* dans *L'école réaliste* dans autres événements • 1851: 25 septembre • 1856: dans *Le réalisme littéraire* en novembre •

DAUNOU
Pierre Claude François
1761-1840
Érudit, historien. Député et homme politique.
• 1788: dans *Monge* dans autres événements • 1793: dans *Esquisse d'un tableau historique* au 4 octobre • 1794: *introduction La République thermidorienne* • 1795: 3 avril; 6 mai; 23 juin; 20 juillet; 25 octobre • 1796: 4 novembre • 1797: 4 juin • 1798: 22 février; 18 mars • 1799: 1er novembre; 13 décembre; 27 décembre • 1800: 28 mai • 1802: 1er janvier; dans *Les Idéologues* au 18 mars • 1818: 20 octobre • 1822: 13-20 novembre •

DAUPHIN
Henri Albert
1827-1898
Homme politique, ministre.
• 1886: 11 décembre •

DAUPHINE
Marie-Anne de Bavière, dite Mme la
1660-1690
Fille de Ferdinand de Bavière. Épouse de Monseigneur Louis de France.
• 1670: dans *Prédication et prédicateurs* en novembre • 1680: 7 mars • 1681: 2 mai • 1682: 6 août • 1686: 31 mai •

DAUPHINE
Place (Paris)
• 1589: *introduction Henri IV* • 1607: février; 15 novembre •

DAUPHINE DE PUIMICHEL
Épouse d'Elzéar de Sabran.
• 1369: 15 avril •

DAURAT
Didier
1891-1969
Aviateur.
• 1930: dans *Les ailes françaises* au 1er-2 septembre •

DAUSSET
Jean
Né en 1916
Prix Nobel de Médecine.
• 1980: 10 octobre •

DAUTRESME
Auguste Lucien
1826-1892
Homme politique, ministre.
• 1887: 30 mai; 12 décembre •

DAUTRY
Raoul
1880-1950
Administrateur. Ministre.
• 1916: dans *Les patrons de l'industrie et la Première Guerre mondiale* au 12 décembre • 1935: 16 juin • 1939: 13 septembre; *biographie* au 13 septembre; 20 novembre • 1940: 21-22 mars • 1941: dans *Technocratie et synarchie* au 9-10 février • 1944: 13-14 novembre • 1945: 18 octobre •

DAUVET
Pierre
Sculpteur.
• 1609: autres événements •

DAUZAT
Albert
1877-1955
Linguiste.
• 1922: juin •

DAUZATS
Adrien
1804-1868
Peintre.
• 1824: dans *Le romantisme en peinture* en avril • 1838: 7 janvier •

DAVEZAC
Henry
• 1937: dans *Auguste Detœuf et les Nouveaux Cahiers* au 15 mars •

DAVEZIES
Robert
Né en 1923
Membre des réseaux de soutien au FLN.
• 1960: 24 février •

DAVID
Fernand
1869-1935
Ministre.
• 1912: 14 janvier • 1913: 21 janvier; 9 décembre • 1914: 13 juin; 26 août • 1917: 20 mars; 12-19 septembre • 1930: 2 mars •

DAVID
Jacques-Louis
1748-1825
Peintre. Député.
• 1767: autres événements • 1774: autres événements; *biographie* dans autres événements • 1781: autres événements • 1783: autres événements • 1784: autres événements • 1785: autres événements • 1787: autres événements • 1789: août • 1790: 28 octobre; 29 décembre • 1791: 28 septembre; dans *Quatremère de Quincy* dans autres événements • 1792: 19 septembre; 11 novembre • 1793: dans *Barère* au 4 janvier; dans *Dubois de Crancé* au 21 février; 7 juillet; 8 août; 14 novembre • 1794: 16 janvier; 14 mai; 8 juin; 31 juillet; 2 août; 5 septembre; 28 décembre • 1795: 4 août; octobre • 1801: autres événments • 1802: 2 septembre • 1808: 4 janvier; *biographie* dans *Le néo-classicisme* au 4 janvier • 1823: dans *Le romantisme* en juillet • 1824: dans *Le romantisme en peinture* en avril • 1825: 29 décembre • 1826: 17 mai • 1837: 31 août •

DAVID
Jean-Paul
Né en 1912
Haut fonctionnaire et homme politique.
• 1950: dans *René Pleven* au 12 juillet; 12 septembre •

DAVID
Jérôme Frédéric Paul
1823-1882
Homme politique, ministre.
• 1870: 10 août •

DAVID D'ANGERS
Pierre Jean
1788-1856
Sculpteur.
• 1820: dans *Le général Foy* au 16 juillet • 1824: dans *Le romantisme en peinture* en avril • 1833: dans *La sculpture romantique* dans autres événements • 1837: 31 août • 1842: 11 juin •

DAVIDOVITCH
Paul
1750-1820
Général autrichien.
• 1796: 19 novembre •

DAVIEL
Alfred
1800-1856
Homme politique, ministre.
• 1851: 26 octobre •

DAVILA
Arrigo Caterino
1576-1631
Historien italien.
• 1678: dans *Mme de La Fayette* au 8 mars •

D'AVILER
Augustin-Charles
1653-1701
Architecte.
• 1674: autres événements • 1691: autres événements •

DAVIOUD
Gabriel
1823-1881
Architecte.
• 1878: 1er mai •

DAVIS
Miles
1926-1991
Trompettiste de jazz américain.
• 1947: dans *Saint-Germain-des-Prés* au 3 mai •

DAVOUT
Louis Nicolas, duc d'Auerstadt et prince d'Eckmühl
1770-1823
Maréchal de France.
• 1798: dans *L'expédition d'Égypte* au 5 mars • 1804: dans *Les maréchaux* au 18 mai • 1806: 5-27 octobre; 10 novembre-26 décembre • 1812: 24 juin-14 septembre • 1813: 16 avril; 29 avril-4 juin • 1815: 20 mars; 24 juin; 1er juillet; 13 juillet; 24 juillet •

DAVY
Georges
1883-1976
Sociologue.
• 1946: 15 mars •

DAWES
Charles
1865-1951
Banquier américain.
• 1924: 9 avril • Voir aussi Dawes, Plan •

DAWES
Plan
1924
• 1919: dans *Les réparations* au 28 juin • 1924: 9 avril; 16 juillet-23 août • 1925: 7-14 janvier; 2 avril • 1938: 2 août •

DEAN
James
1931-1955
Acteur américain.
• 1955: 19 octobre •

DÉAT
Marcel
1894-1955
Fondateur du RNP. Ministre.
• 1925: dans *Doriot, du PC au PPF* au 4 février • 1927: dans *Les normaliens de l'entre-deux-guerres* au 15 avril • 1929: 13 avril • 1931: dans *Laval* au 27 janvier • 1933: 14-17 juillet; *biographie* au 14-17 juillet; 5 novembre • 1936: 19-31 janvier; dans *Fascismes français* au 27-28 juin • 1938: dans *Munichois et antimunichois* au 4 octobre • 1939: 28 septembre • 1940: dans *De Gaulle* au 18 juin; dans *Pétain* au 11 juillet; 10 septembre • 1941: 1er février; dans *Les collaborationnistes* au 1er février; 16 juin; 27 août; 16 novembre • 1944: 16 mars •

DEBELLE
Général.
• 1816: 2-12 janvier •

DEBENEY
Marie Eugène
1864-1943
Général.
• 1918: 8 août •

DEBIDOUR
Élie, dit Antonin
1847-1917
Historien.
• 1909: 9 décembre •

DEBON
Babouviste.
• 1796: 30 mars •

DEBORD
Guy
1931-1994
Écrivain. Fondateur de l'Internationale situationniste.
• 1957: juillet • 1967: 14 novembre; *biographie* au 14 novembre •

DEBRAUX
Paul-Émile
Chansonnier.
• 1835: 23 mai •

DEBRÉ
Jean-Louis
Né en 1944
Ministre.
• 1995: 18 mai; 7 novembre • 1997: 11 février-25 mars •

DEBRÉ
Lois
1959
Sur l'État et l'enseignement privé.
• 1958: dans *Michel Debré* en juin-août • 1959: 15-30 décembre •

DEBRÉ
Loi
1997
Sur le séjour des étrangers.
• 1997: 11 février-25 mars; août •

DEBRÉ
Michel
1912-1996
Premier ministre.
• 1938: 1er novembre • 1940: dans *De Gaulle* au 18 juin • 1944: 2 septembre • 1958: 16 avril; 1er juin; juin-août; *biographie* en juin-août; 1er octobre • 1959: 9 janvier • 1960: 30 mars • 1961: 22-25 avril; 24 août • 1962: 14 avril • 1966: 8 janvier • 1967: 6-7 avril • 1968: 1er juin; 10 juillet • 1969: dans *Georges Pompidou* au 15 juin; 21 juin • 1972: 5 juillet • 1981: 26 avril •

DEBREU
Gérard
Né en 1921
Économiste.
• 1983: 10 décembre •

DEBRU
Claude
• 1927: dans *Les normaliens de l'entre-deux-guerres* au 15 avril •

DEBRY
Jean
1760-1834
Député.
• 1792: 3 mars; 30 mars; 30 juin; 8 août • 1793: 7 avril • 1795: 14 juillet • 1799: 28 avril •

DEBÛ-BRIDEL
Jacques
1902-1993
Résistant.
• 1942: 20 septembre • 1943: 27 mai •

DEBUCOURT
Jean
1894-1958
Acteur.
• 1934: octobre •

DEBUREAU
Jean-Baptiste-Gaspard
1796-1846
Mime.
• 1842: autres événements • 1862: autres événements •

DEBUSSY
Claude
1862-1918
Compositeur.
• 1636: dans *Tristan L'Hermite* au printemps • 1886: dans *Les symbolistes* au 18 septembre • 1892: 22 décembre • 1894: 22 décembre; *biographie* au 22 décembre • 1902: 30 avril • 1905: 15 octobre; autres événements • 1907: dans *Le renouveau musical* au 12 janvier • 1910: 25 juin; dans *Les Ballets russes* au 25 juin • 1911: 21 mars • 1913: 5 mai; dans *Stravinski* au 29 mai •

DECAEN
Charles Mathieu Isidore
1769-1832
Général.
• 1803: 6 mars • 1810: juillet •

DECAMPS
Alexandre
1803-1860
Peintre.
• 1823: dans *Le romantisme* en juillet • 1824: dans *Le romantisme en peinture* en avril •

DECAUX
Alain
Né en 1925
Historien. Ministre.
• 1988: 28 juin •

Decaux de Blaquetot
Louis Victor
1775-1845
Homme politique, ministre.
• 1828: 4 janvier •

Decazes
Élie
1780-1860
Industriel. Homme politique, ministre.
• 1802: dans *Chateaubriand* au 14 avril • 1815: *introduction La seconde Restauration*; 24 septembre; dans *Richelieu* au 24 septembre; dans *De Serre* au 29 octobre; dans *La Bourdonnaie* au 14 novembre; 5 décembre; 23 décembre • 1816: 14 août; 18 septembre; 7 décembre; 7 décembre 1816-8 février 1817 • 1817: 11 juin; 18 juin; 6 août; 5 novembre • 1818: février; 6 juillet; 28 novembre; 21-26 décembre; 29 décembre • 1819: 16 mars; 10 mai; 1er juin; 23 octobre; 10 novembre; 20 novembre • 1820: 15 février; 16-17 février; 31 mars; dans *Voyer d'Argenson* au 19 août • 1821: dans *Les doctrinaires* en octobre • 1822: 9 janvier • 1826: 28 mars-8 avril • 1831: dans *Casimir Perier* au 13 mars • 1836: dans *Molé* au 6 septembre •

Decazes
Louis
1819-1886
Homme politique, ministre.
• 1873: 4-6 octobre; 26 novembre • 1874: 22 mai • 1875: 11 mars • 1876: 20 février-5 mars; 10 mars; 13 décembre • 1877: 17 mai •

Decazeville
• 1815: dans *Decazes* au 7 juillet • 1886: janvier; 4 avril • 1899: dans *Millerand* au 23 juin •

Décembre 1851
Coup d'État du 2
• 1823: dans *Le romantisme* en juillet • 1826: dans *André-Marie et Charles Dupin* en janvier • 1829: dans *Auguste Comte* en novembre; dans *Barrot* au 19 octobre • 1835: dans *Tocqueville* au 16 janvier • 1836: dans *Molé* au 6 septembre; dans *Schoelcher* au 28 décembre • 1840: dans *Socialismes et utopies* en juin • 1842: dans *Quinet* en mars • 1848: *introduction La IIe République*; dans *François Arago* au 27 avril; dans *Crémieux* au 7 juin • 1849: dans *Lamoricière* au 29 janvier • 1850: dans *Berryer* au 26 août • 1851: 20 août; 13 novembre; 2 décembre; *Le coup d'État du 2 Décembre: fin de la IIe République* au 2 décembre; 3 décembre; 3-4 décembre; 4-10 décembre; 11 décembre; dans *Hugo* au 11 décembre • 1852: 12-23 janvier; dans *Maupas* au 22 janvier; mars-juin; 27 mars; juillet; *introduction Le Second Empire*; dans *Baroche* au 30 décembre • 1854: dans *Billault* au 23 juin; dans *Morny* au 12 novembre • 1858: 19 février • 1859: dans *Baraguey d'Hiliers* au 24 juin • 1860: dans *Persigny* au 26 novembre; dans *Chasseloup-Laubat* au 26 novembre • 1861: dans *Fould* au 29 septembre • 1864: 11 janvier • 1865: 25 novembre • 1868: 11 mai • 1876: dans *Jules Simon* au 13 décembre • 1878: dans *Vallès* en juin-août • 1879: dans *Jules Grévy* au 30 janvier • 1888: 2 décembre • 1889: 4 août •

De Chirico
Giorgio
1888-1978
Peintre italien.
• 1912: autres événements • 1924: 1er décembre • 1925: 13 novembre; dans *Le surréalisme en peinture* au 13 novembre • 1928: 15 février •

Déclaration des droits de l'homme et du citoyen
1789, 1793, 1948
• 1789: *introduction Louis XVI et la Révolution*; 1er août; 4 août; 17 août; 18 août; 19 août; 20 août; 22 août; 26 août; *La Déclaration des droits de l'homme et du citoyen* au 26 août; 2 octobre; 15 octobre • 1790: 29 mars • 1791: dans *Liberté de culte et clergé constitutionnel* au 7 juin • 1793: 15 avril; 24 avril; 23 juin • 1797: dans *Joseph de Maistre* dans autres événements • 1944: dans *René Cassin* au 23 décembre • 1946: *introduction La IVe République* • 1948: 10 décembre • 1968: 9 octobre •

Décorations
Affaire des
1887-1888
• 1870: *introduction La IIIe République: De la chute du Second Empire à la Première Guerre mondiale* • 1879: dans *Jules Grévy* au 30 janvier • 1887: 7 octobre; 15 octobre;

5 novembre; 9 novembre; 10 novembre; 17 novembre; 2 décembre; 13 décembre • 1888: janvier; 1er mars; 19 mars; 26 mars •

DECOUFLÉ
Philippe
Né en 1961
Chorégraphe.
• 1992: 8-23 février •

DECOURDEMANCHE
Daniel
1910-1942
Résistant.
• 1942: 20 septembre •

DECOUST
Michel
Né en 1936
Compositeur.
• 1941: dans *Olivier Messiaen* au 26 juin •

DECOUX
Jean
1884-1963
Amiral. Gouverneur général de l'Indochine.
• 1941: 29 juillet •

DECRAIS
Albert Pierre Louis
1838-1915
Avocat. Haut fonctionnaire. Ministre.
• 1899: 23 juin •

DECRÈS
Denis
1761-1820
Amiral. Ministre.
• 1801: 2 octobre • 1815: 20 mars •

DÉCRET DE GRATIEN
• Voir Gratien, décret de •

DEFAUCONPRET
Auguste Jean Baptiste
1767-1843
Écrivain et traducteur.
• 1826: 22 avril •

DÉFENSE
Arche de la
• 1988: dans *Les chantiers du président* au 4 mars • 1989: 26 août •

DÉFENSE DE LA FRANCE
1941-1944
Journal de la Résistance.
• 1941: 15 août • 1944: 21 août •

DEFERMON
Jacques de Fermon des Chapelières ou
1752-1831
Président de la Convention. Ministre.
• 1791: 18 janvier • 1792: 26 décembre • 1793: 17 juillet • 1796: 9 mars • 1819: 17, 26 mai •

DEFERT
Daniel
• 1949: dans *Jean Genet* au 12 août •

DEFFAND
Marie de Vichy-Chamrond, marquise du
1697-1780
Femme de lettres.
• 1747: autres événements • 1764: autres événements •

DEFFERRE
Gaston
1910-1986
Ministre.
• 1946: 23-29 janvier • 1950: 12 juillet • 1956: 1er février • 1959: 26 avril • 1963: 19 septembre • 1964: 10 mai • 1965: 8 mai • 1969: 29 avril-12 mai; 1er juin • 1981: dans *François Mitterrand* au 21 mai; 21 mai; 23 juin • 1983: 22 mars • 1984: 17-18 juillet •

DEFFERRE
Loi
1982
Sur la décentralisation.
• 1981: *introduction La Ve République: De la France mitterrandienne aux cohabitations politiques* • 1982: 3 mars; dans *La décentralisation* au 3 mars •

DEFFERRE
Loi-cadre
1956
Sur les Territoires d'outre-mer.
• 1946: *introduction La IVe République*
• 1956: 23 mars • 1958: 1er février •

DEFOE
Daniel
† 1731
Écrivain britannique.
• 1720: autres événements •

DEFORGUES
François-Louis-Michel Chemin
1759-1840
Ministre des Affaires étrangères.
• 1793: 21 juin •

DEGAS
Edgar
1834-1917
Peintre.
• 1863: dans *Manet* au 15 mai • 1874: *biographie* dans *L'impressionnisme* au 15 avril-15 mai • 1886: dans *Le post-impressionnisme* dans autres événements • 1917: dans *Paul Valéry* au 28 avril • 1940: 5 novembre •

DE GASPERI
Alcide
1881-1954
Président du Conseil italien.
• 1940: *introduction État français et France libre* • 1946: *introduction La IVe République* •

DEGEYTER
Pierre
1848-1932
Compositeur.
• 1871: 26 mars •

DEGLANE
Henri
1855-1931
Architecte.
• 1900: 14 avril •

DEGOTTEX
Jean
Né en 1918
Peintre.
• 1952: octobre •

DEGOUTTE
Jean
1866-1938
Général.
• 1918: 15 juillet •

DEGRELLE
Léon
1906-1994
Homme politique belge.
• 1936: dans *Fascismes français* au 27-28 juin •

DEGUELDRE
Roger
† 1962
Membre de l'OAS.
• 1962: 14 juin •

DEGUY
Michel
Né en 1930
Poète.
• 1960: 30 mars • 1985: avril •

DEIDERIKSEN
Christian-F. Deiderrichsen, dit
1753-1794
Financier.
• 1794: 2 avril •

DEISS
Raymond
† 1943
Éditeur de musique. Résistant.
• 1941: 22 octobre •

DEIXONNE
Lois
1948, 1951
• 1948: 16, 22 mai • 1951: 11 janvier •

DEIXONNE
Maurice
1904-1987
Homme politique.
• 1958: 30 mai •

DEJEAN
Maurice
1899-1982
Diplomate. Ministre.
• 1940: dans *Les Français de Londres* au 7 août • 1941: 24-26 septembre •

DEJEAN
Pierre Charles
1807-1872
Général. Ministre.
• 1870: 20 juillet •

DEJEANTE
Victor-Léon
1850-1927
Homme politique.
• 1899: 14 juillet •

DEJOLY
Étienne-Louis-Hector
1756-1837
Ministre.
• 1792: 4 juillet •

DEJOUX
Claude
1731-1816
Sculpteur.
• 1810: 15 août •

DELACROIX
Charles
1741-1805
Député. Commissaire de la Convention. Ministre.
• 1792: 30 novembre; 16 décembre • 1793: 8 mars; 15 mars; 20 mars; 7 avril; 2 juin • 1794: 4 février; 12 juin • 1795: 3 novembre • 1796: 21 mars; 12 novembre • 1797: 16 juillet; 30 décembre • 1798: 22 janvier •

DELACROIX
Eugène
1798-1863
Peintre.
• 1804: septembre • 1822: 24 avril • 1823: dans *Le romantisme* en juillet • 1824: avril; *biographie* dans *Le romantisme en peinture* en avril • 1826: 17 mai • 1833: dans *La sculpture romantique* dans autres événements • 1848: 9 octobre • 1850: dans *L'école réaliste* dans autres événements • 1857: dans *Baudelaire* au 24 juin • 1863: 2 septembre-22 novembre • 1899: 8 avril • 1907: dans *Picasso* en juillet •

DELAGRANGE
Marcel
Homme politique.
• 1925: dans *Valois* au 11 novembre •

DELAHAYE
Jules
1851-1925
Homme politique.
• 1892: 21 novembre •

DELAIR
Suzy
Née en 1917
Actrice.
• 1947: 4 octobre •

DELAISI
Francis
1873-1947
Économiste.
• 1911: 20 mai •

DELALANDE
Michel-Richard
1657-1726
Compositeur.
• 1718: 15 février • 1721: 31 décembre • 1725: 18 mars • 1729: autres événements • 1667: dans *Racine* au 7 novembre • 1703: autres événements; *biographie* dans autres événements •

DELALOT
Charles François Louis
1772-1842
Homme politique.
• 1827: juin •

DELAMAIR
Pierre-Alexis
1676-1745
Architecte.
• 1709: autres événements •

DELAMARE
Nicolas
1639-1723
Commissaire de Police. Auteur.
• 1705: autres événements •

DELAMARRE
Georges
Syndicaliste.
• 1947: 18-19 décembre •

DELAMARRE-DEBOUTTEVILLE
Édouard
1856-1901
Industriel et inventeur.
• 1895: dans *L'automobile* en juin •

DELAMBRE
Jean-Baptiste Joseph
1749-1822
Astronome.
• 1792: avril; juin • 1793: 1er août • 1848: dans *François Arago* au 27 avril •

DELANGLE
Claude Alphonse
1797-1869
Homme politique, ministre.
• 1858: 11 juin • 1859: 5 mai •

DELANNOY
Jean
Né en 1908
Cinéaste.
• 1943: 13 octobre • 1957: autres événements •

DELANNOY
Marcel
1898-1962
Compositeur.
• 1937: autres événements •

DELAROCHE
Hippolyte, dit Paul
1797-1856
Peintre.
• 1823: dans *Le romantisme* en juillet • 1824: dans *Le romantisme en peinture* en avril •

DELAUNAY
Joseph
1752-1794
Député.
• 1791: 6 novembre • 1793: 9 juillet; 8 octobre; 17 novembre; 19 décembre • 1794: 16 mars; 19 mars; 2 avril • 1795: dans *La pacification de l'Ouest* au 17 février •

DELAUNAY
Robert
1885-1941
Peintre.
• 1904: 15 octobre • 1908: dans *Le cubisme* au 14 novembre • 1911: 21 avril-15 juin • 1913: 23 septembre • 1925: avril • 1932: 17 mars • 1935: avril • 1937: dans *L'Exposition internationale* au 24 mai; 30 juillet • 1945: 15 juin • 1946: 19 juillet •

DELAUNAY
Sonia (née Terk)
1885-1979
Peintre d'origine russe.
• 1913: septembre • 1937: dans *L'Exposition internationale* au 24 mai • 1945: 15 juin •

DELAUNE
Étienne
vers 1518-vers 1583
Orfèvre et graveur.
• 1561: autres événements •

DELAVIGNE
Casimir
1793-1843
Poète.
• 1805: dans *Talma* au 3 janvier • 1816: janvier; *biographie* en janvier • 1819: 23 octobre • 1840: 15 décembre •

DELAVIGNETTE
Robert
1897-1976
Haut fonctionnaire.
• 1957: 2 octobre •

DELAVILLE-LEROULX
René
1749-1797
Ministre des Contributions.
• 1792: 21 juillet •

DELAY
Achille
1886-1965
Général.
• 1943: 2 février •

DELAY
Florence
Née en 1941
Écrivain.
• 1980: janvier • 1986: mars •

DELAY
Jean
1907-1987
Médecin et psychiatre.
• 1946: novembre • 1952: autres événements; *biographie* dans autres événements • 1953: 8 juillet • 1957: autres événements •

Delbecque
Frédéric
Membre de l'Action française.
• 1908: 21 mars •

Delbos
Yvon
1885-1956
Ministre.
• 1925: 11 octobre; 29 octobre • 1927: autres événements • 1935: 4 juin; 17-28 décembre • 1936: 19-31 janvier; 4 juin; 2 août; 26 août • 1937: 21-22 juin; 29 novembre; 2 décembre • 1938: 18 janvier • 1939: 13 septembre • 1940: 5 juin; 16 juin; 21 juin • 1947: 4 mai • 1948: 24 juillet • 1949: 28-29 octobre • 1952: 7-14 janvier •

Delcassé
Théophile
1852-1923
Homme politique, ministre.
• 1890: novembre • 1893: 11 janvier; 4 avril • 1894: 29 mai • 1898: 20 juin; 3 novembre • 1899: 23 janvier; 23 juin; août • 1902: 7 juin; 3 juillet • 1904: 7 octobre • 1905: 24 janvier; 31 mars • 1909: 20 juillet • 1911: 2-6 mars; 23-27 juin • 1912: 14 janvier • 1913: 20 février • 1914: 2-4 juin; 4 juin; 26 août • 1915: 13 octobre •

Del Castillo
Michel
Né en 1933
Écrivain d'origine espagnole.
• 1977: septembre • 1981: novembre •

Déléage
André
1904-1944
Historien. Résistant.
• 1932: dans *Les fondateurs d'Esprit* en octobre •

Delebarre
Michel
Né en 1946
Ministre.
• 1984: 17-18 juillet • 1988: 8 mai; 28 juin • 1989: 22 février • 1990: 6 octobre • 1991: 25 mai • 1992: 2 avril •

Delelis
André
Né en 1924
Ministre.
• 1981: 21 mai; 23 juin •

Delerm
Philippe
Né en 1950
Écrivain.
• 1997: février •

Delescluze
Charles
1809-1871
Membre de la Commune de 1871.
• 1847: 7 novembre • 1848: 26 octobre; *biographie* au 26 octobre • 1849: 28 janvier • 1868: 13 novembre • 1870: 8 août; 4 septembre; *introduction La IIIe République: De la chute du Second Empire à la Première Guerre mondiale*; 27 septembre; 5-7 novembre • 1871: 4 janvier; 23 janvier; 8 février; 1er mars; 26 mars; 29 mars; 19 avril; 9 mai; 10 mai; 12 mai; dans *Tridon* au 15 mai; 16 mai; 22 mai; 25 mai • 1885: dans *Malon* en janvier • 1888: dans *Eudes* au 21 mars •

Delessart
Antoine Waldeck de Lessart, dit
1741-1792
Ministre des Finances. Ministre de l'Intérieur. Ministre des Affaires étrangères.
• 1790: 30 novembre; 24 décembre • 1791: 24 février; 31 octobre • 1792: 17 février; 10 mars; 15 mars •

Delessert
Jules Paul Benjamin
1773-1847
Industriel, philanthrope et banquier.
• 1812: janvier; *biographie* en janvier • 1817: 22 mars • 1831: 17-20 février •

Delestraint
Charles-Antoine
1879-1945
Général. Résistant. Chef de l'Armée secrète.
• 1942: dans *Jean Moulin* au 1er janvier; 9-22 octobre • 1943: 9 juin; 21 juin • 1944: 21-23 juillet •

Deleuze
Gilles
1925-1995
Philosophe.
• 1962 : février • 1964 : février • 1972 : mars • 1981 : novembre •

Delevoye
Jean-Paul
Né en 1947
Homme politique.
• 1999 : 4 décembre •

Delgrès
Louis
† 1802
Colonel.
• 1802 : 6 mai •

Delibes
Léo
1836-1891
Compositeur.
• 1870 : autres événements •

Deligne
Maurice
1861-1939
Ministre.
• 1931 : 27 janvier •

Delille
Abbé
1738-1813
Poète.
• 1813 : 6 mai •

Delisle
Guillaume
1675-1726
Premier géographe du roi.
• 1718 : 24 août •

Delisle de Sales
Jacques Claude Izouard, dit
1741-1816
Érudit.
• 1781 : autres événements •

Della Rovere
Giuliano
• Voir Jules II •

Deller
Alfred
1912-1979
Musicien anglais.
• 1987 : dans *Le renouveau de la musique ancienne* en janvier •

Delmas
André
1899-1979
Syndicaliste.
• 1934 : 10 novembre • 1938 : dans *Munichois et antimunichois* au 4 octobre •

Delmas
Jean-François-Bertrand
1751-1798
Général.
• 1793 : 7 avril ; 23 septembre • 1794 : 1er septembre •

Delombre
Paul
1848-1933
Avocat. Homme politique, ministre.
• 1898 : 3 novembre • 1899 : 18 mai •

Delon
Alain
Né en 1935
Acteur.
• 1969 : janvier •

Deloncle
Eugène
1890-1942
Cofondateur de la Cagoule.
• 1936 : dans *Fascismes français* au 27-28 juin • 1937 : 9 juin ; 16 novembre 1937-26 janvier 1938 • 1941 : dans *Les collaborationnistes* au 1er février • 1943 : dans *Joseph Darnand* au 30 janvier •

Delorme
Philibert
vers 1514-1570
Architecte. Surintendant des bâtiments royaux.
• 1547 : *introduction Henri II* ; 9 décembre ; autres événements • 1548 : autres événements • 1549 : 19 mai • 1567 : autres événements •

DELORS
Jacques
Né en 1925
Ministre.
• 1969 : dans *Jacques Chaban-Delmas* au 21 juin • 1981 : 23 juin • 1983 : 22 mars • 1984 : 17-18 juillet • 1988 : dans *Michel Rocard* au 8 mai • 1994 : 4 novembre • 1997 : dans *Lionel Jospin* au 4 juin •

DELOUVRIER
Paul
1914-1995
Haut fonctionnaire.
• 1940 : 28 septembre • 1954 : dans *Pierre Mendès France* au 12 juin • 1958 : 12 décembre ; *biographie* au 12 décembre • 1960 : 24 janvier-1er février •

DELPECH
Homme politique.
• 1903 : 21, 28 mars •

DELRIEU
Étienne-Joseph-Bernard
1763-1836
Auteur.
• 1793 : 15 août •

DELSARTE
Jean
1903-1968
Mathématicien.
• 1935 : dans *Le groupe Bourbaki* au 10 juillet • 1951 : décembre •

DELTEIL
Joseph
1894-1978
Écrivain.
• 1923 : autres événements • 1925 : autres événements •

DELUMEAU
Jean
Né en 1923
Historien.
• 1964 : novembre •

DELUNS-MONTAUD
Pierre
1845-1907
Homme politique, ministre.
• 1888 : 3 avril •

DELVAL
Diplomate.
• 1827 : 30 avril •

DELVAUX
Paul
1897-1994
Peintre.
• 1925 : dans *Le surréalisme en peinture* au 13 novembre • 1948 : 31 mai •

DELY
César
• 1840 : autres événements •

DEMACHY
Pierre-Antoine
1723-1807
Peintre.
• 1758 : autres événements • 1762 : autres événements • 1764 : 6 septembre •

DEMAR
Claire
1800-1833
Femme de lettres.
• 1828 : dans *Le saint-simonisme* en décembre •

DEMARCO
Richard
Né en 1930
Mécène et collectionneur britannique.
• 1960 : autres événements •

DEMERVILLE
Dominique
1767-1801
Conspirateur.
• 1800 : 10 octobre • 1801 : 30 janvier •

DÉMEUNIER
Jean-Nicolas
1751-1814
Homme politique.
• 1776 : autres événements • 1789 : 12 septembre • 1791 : 25 mai ; 27 juillet •

DE MITA
Ciriaco
Né en 1928
Président du Conseil italien.
• 1981 : *introduction La Ve République : De la France mitterrandienne aux cohabitations politiques* •

Démocratie (La)
1910-1914
Quotidien.
• 1910 : 20 juillet •

Démocratie libérale
Parti politique.
• 1997 : 19 juin •

Démocratie pacifique (La)
1843-1851
Journal.
• 1840 : dans *Socialismes et utopies* en juin • 1843 : 1er août • 1845 : 16 août • 1849 : 13 juin •

Démocrite
vers 460-vers 370
Philosophe grec.
• 1623 : dans *Gassendi* dans autres événements •

Demole
Charles Étienne Émile
1828-1908
Homme politique, ministre.
• 1885 : 6 avril • 1886 : 7 janvier •

Demoustier
Charles-Albert
1760-1801
Auteur.
• 1793 : 19 avril • 1795 : 23 avril •

Demy
Jacques
1931-1990
Cinéaste.
• 1961 : mars • 1964 : février • 1991 : mai •

Denain
Victor
1880-1952
Général. Ministre.
• 1934 : 9 février ; 8 novembre • 1935 : 1er juin ; 6-7 juin •

Deneuve
Catherine
Née en 1943
Actrice.
• 1980 : 17 septembre ; dans *François Truffaut* au 17 septembre •

Deniau
Jean-François
Né en 1928
Ministre. Écrivain.
• 1978 : 4-6 avril •

Deniker
Pierre
Né en 1917
Médecin psychiatre.
• 1952 : autres événements • 1957 : autres événements •

Denis
Ernest
1849-1921
Historien.
• 1915 : autres événements •

Denis
Maurice
1870-1943
Peintre.
• 1896 : dans *Les Nabis* dans autres événements • 1901 : 22 avril • 1913 : 31 mars • 1937 : dans *L'Exposition internationale* au 24 mai •

Denis
Philippe
Né en 1947
Poète.
• 1967 : janvier •

Denis Foulechat
Traducteur.
• 1371-1375 : dans *Les traducteurs de Charles V* •

Denoël
Jean
Poète.
• 1940 : autres événements •

Denoël
Robert
1902-1945
Éditeur.
• 1940 : 28 septembre •

Denon
Dominique Vivant
1747-1825
Écrivain. Graveur. Directeur du Louvre.
• 1798 : dans *L'expédition d'Égypte* au 5 mars • 1802 : 6 février ; 19 novembre •

Dentz
Henri Fernand
1871-1945
Général.
• 1941 : 8 juin •

Déols
Abbaye de
• 910 : 11 septembre • 926-927 : janvier • 930 : dans *Réformes et constructions religieuses au Xe siècle* dans autres événements • 942 : autres événements •

Déon
Michel
Né en 1919
Écrivain.
• 1950 : dans *Les hussards* en septembre • 1975 : août •

Depardieu
Gérard
Né en 1948
Acteur.
• 1980 : 17 septembre • 1990 : 28 mars •

Depardon
Raymond
Né en 1942
Photographe.
• 1967 : autres événements •

Départements
Organisation des
• 1789 : *introduction Louis XVI et la Révolution* ; 3 novembre ; 11 novembre ; 12 novembre ; 22 décembre ; *Les départements* au 22 décembre • 1790 : 15 janvier ; 26 février ; 16 novembre • 1792 : 3 octobre • 1793 : 4 février ; 15 mai ; 25 juin ; 1er juillet ; 12 août • 1795 : 22 août • 1797 : 4 novembre ; 7 novembre •

Deperthes
Pierre Joseph Édouard
1833-1898
Architecte.
• 1874 : autres événements •

Depeyre
Octave Victor
1825-1891
Homme politique, ministre.
• 1873 : 26 novembre •

Déportation
• 1940 : *introduction État français et France libre* • 1942 : *Drancy-Auschwitz* au 27 mars • 1943 : *Les déportés politiques* au 25 février ; 31 mars-5 avril ; 25 novembre • 1944 : 15 août ; 17 août • Voir aussi Rafles •

Depré
Guillaume
Médailleur.
• 1589 : *introduction Henri IV* •

Depreux
Édouard
1898-1981
Ministre.
• 1946 : 19-26 juin ; 16 décembre • 1947 : 22 janvier ; 30 juin ; 22 octobre • 1948 : 11, 12 février • 1960 : 3 avril •

Deprez
Marcel
1843-1918
Physicien et électricien.
• 1822 : dans *Ampère* au 16 février •

De Quincey
Thomas
1785-1859
Écrivain anglais.
• 1828 : octobre •

Derain
André
1880-1954
Peintre.
• 1901 : autres événements • 1904 : dans *Matisse* au 1er-18 juin • 1905 : février ; dans *Le fauvisme* au 18 octobre • 1907 : 1er octobre • 1908 : dans *Le cubisme* au 14 novembre • 1909 : autres événements • 1913 : dans *Apollinaire* au 20 avril • 1920 : 27 janvier • 1935 : 4 juin • 1937 : dans *L'Exposition internationale* au 24 mai • 1941 : 22 octobre • 1942 : 21 janvier •

Deraismes
Maria
1828-1894
Femme de lettres. Militante féministe.
• 1881 : dans *Hubertine Auclert* au 13 février •

Derand
François
1588-1644
Jésuite. Architecte.
• 1627 : autres événements •

Deray
Jacques
Né en 1929
Cinéaste.
• 1969 : janvier •

Dermée
Paul
1886-1951
• 1920 : autres événements •

Deroin
Jeanne
1805-1894
Femme de lettres. Militante féministe.
• 1850 : 29 mai •

Déroulède
Paul
1846-1914
Poète et homme politique.
• 1870 : *introduction La IIIe République : De la chute du Second Empire à la Première Guerre mondiale* • 1872 : 9 mars • 1882 : 12 mai ; *biographie* au 12 mai • 1886 : dans *Le général Boulanger* au 14 juillet ; 14 novembre • 1887 : 18 juin-6 juillet ; 27 juin • 1888 : 14 mars ; 17 juin • 1889 : 27 janvier ; 28 février ; 14 mars ; 3 avril ; 9 juin • 1890 : 20-21 janvier ; 20 octobre • 1892 : 16-22 décembre • 1898 : 8-22 mai ; septembre • 1899 : dans *Barrès* au 15 janvier ; 23 février ; 24 février ; 29-31 mai ; 4 juin ; 5 juin ; 12 août ; dans *Guérin* au 12 août ; 30 octobre ; 9 novembre 1899-8 janvier 1900 • 1900 : 2 janvier-3 février ; 22 avril • 1914 : 3 février • 1933 : 11-13 novembre •

Deroy
Henri
1900-1979
Haut fonctionnaire.
• 1937 : 5 mars •

Derrida
Jacques
Né en 1930
Philosophe.
• 1962 : avril • 1967 : octobre • 1969 : novembre • 1972 : novembre • 1983 : 10 octobre •

Deruet
Claude
1588-1660
Peintre.
• 1600 : dans *La Seconde École de Fontainebleau* dans autres événements •

Desailly
Jean
Né en 1920
Comédien.
• 1965 : 1er décembre •

Desaix
Louis Charles Antoine des Aix, dit
1768-1800
Général.
• 1793 : 27 décembre • 1794 : 15 octobre ; 18 octobre ; 22 octobre • 1796 : 6 février ; 24 juin ; 26 octobre • 1797 : 9 janvier ; 9 décembre • 1798 : dans *L'expédition d'Égypte* au 5 mars ; 25 août ; 7 octobre • 1799 : 1er février • 1800 : 25 avril-15 juillet • 1804 : dans *Savary* au 21 mars • 1810 : 15 août •

Desandrouin
Jean-Jacques
1682-1761
Entrepreneur.
• 1717 : autres événements • 1734 : autres événements • 1757 : 19 novembre •

Desanti
Dominique
Née en 1920
Journaliste et essayiste.
• 1948 : dans *Jean-Paul Sartre* au 2 avril ; 28 juin •

Desault
Pierre Joseph
1738-1795
Médecin.
• 1800 : dans *Une révolution médicale* en juillet •

DES AUTELS
Guillaume
Poète.
• 1549: dans *La Pléiade* dans autres événements •

DES BARREAUX
Jacques Vallée, seigneur
1602-1673
Auteur.
• 1623: dans *Théophile de Viau* au 16 septembre •

DESBORDES-VALMORE
Marceline
1785-1859
Poète.
• 1818: 26 décembre; *biographie* au 26 décembre • 1823: juillet; dans *Le romantisme* en juillet • 1833: 18 mai • 1839: 2 février •

DESBROSSES
• 1933: dans *L'affaire Stavisky* au 23 décembre •

DESCAMPS
Eugène
1922-1990
Dirigeant syndical.
• 1964: 6-7 novembre •

DESCAMPS
Jean-Baptiste
1714-1791
Peintre. Historien de l'art.
• 1759: autres événements •

DESCAMPS
Jean-Jacques
Né en 1935
Ministre.
• 1986: 20 mars •

DES CARS
Guy
1911-1993
Écrivain.
• 1941: octobre •

DESCARTES
René
1596-1650
Philosophe.
• 1611: dans *Bérulle* au 11 novembre • 1618: autres événements • 1619: 10 novembre • 1623: dans *Gassendi* dans autres événements; dans *Mersenne* dans autres événements • 1624: dans *Guez de Balzac* dans autres événements • 1630: autres événements • 1637: juin; *biographie* en juin • 1650: 11 février • 1654: dans *Cyrano de Bergerac* dans autres événements • 1656: dans *Pascal* au 27 janvier • 1662: dans *Bossuet* au 26 février-9 avril • 1671: août • 1683: dans *Malebranche* en mai • 1793: 2 octobre •

DESCAVES
Lucien
1861-1949
Journaliste et écrivain.
• 1887: 18 août; *biographie* au 18 août • 1900: 7 avril • 1916: dans *Guerre et littérature* au 3 juillet • 1932: octobre •

DESCHAMPS
Émile Deschamps de Saint-Amand, dit Émile
1791-1871
Poète.
• 1823: juillet; dans *Le romantisme* en juillet •

DESCHAMPS
Gérard
Né en 1937
Artiste.
• 1960: 27 octobre •

DESCHAMPS-DESTOURNELLES
Louis-Grégoire
1744-1795
Ministre des Contributions.
• 1793: 13 juin •

DESCHANEL
Paul
1855-1922
Président de la IIIe République en 1920.
• 1892: octobre • 1896: 11-27 juin • 1898: 22 mars • 1900: 1er février • 1905: 13-14, 18 janvier; 21 mars • 1914: 2-4 juin • 1920: 16 janvier • 17 janvier-21 septembre 1920 • 1940: dans *De Gaulle* au 18 juin •

DES CHAPELLES
† 1627
• 1627: 22 juin •

Deschizeaux
Louis
1897-1987
Homme politique.
• 1933: 5 novembre •

Descombes
Antoine
1765-1794
Cordelier.
• 1794: 21 mars •

Deseilligny
Alfred Nicolas Pierrot
1828-1875
Homme politique, ministre.
• 1873: 25 mai; 26 novembre •

Desfieux
François
1755-1794
Cordelier et jacobin.
• 1793: 14 octobre; 21 novembre • 1794: 21 mars •

Desfontaines
Abbé Pierre-François Guyot
1685-1745
Littérateur.
• 1726: autres événements •

Des Forêts
Louis-René
1918-2000
Écrivain.
• 1946: juin • 1954: dans *Le Domaine musical* au 13 janvier • 1955: 2 novembre • 1960: juillet • 1963: mai • 1967: janvier; octobre • 1997: janvier •

Desfosses
Joseph Romain, dit Romain-Desfossés
1798-1864
Homme politique, ministre.
• 1849: 31 octobre •

Des Garets
Nicolas Jean
1798-1871
Chanoine. Écrivain.
• 1841: 10 mars •

Desgrange
Henri
1865-1940
Coureur cycliste. Journaliste.
• 1893: 11 mai • 1903: 1er-18 juillet •

Desgraupes
Pierre
1918-1993
Journaliste.
• 1949: dans *La naissance de la télévision publique* au 29 juin • 1953: mai • 1959: 3 janvier •

Deshays de Colleville
Jean-Baptiste dit le Romain
1729-1765
Peintre.
• 1759: autres événements • 1761: autres événements •

De Sica
Vittorio
1901-1974
Acteur et cinéaste italien.
• 1949: 26 août •

Désir
Harlem
Né en 1959
Porte-parole de SOS Racisme.
• 1985: 15 février •

Desjardins
Paul
1859-1940
Écrivain.
• 1892: 11 janvier • 1910: autres événements •

Des Loges
Marie Bruneau, Mme
† 1641
• 1624: dans *Guez de Balzac* dans autres événements •

Desmarest
Charles
1763-1832
Chef de la police.
• 1802: 13 septembre •

Desmarets
Nicolas
1648-1721
Contrôleur général des finances.
• 1661 : dans *Colbert* au 12 septembre • 1663 : dans *Officiers et commissaires* en septembre • 1708 : 20 février • 1710 : 14 octobre • 1715 : 15 septembre ; dans *Law* au 24 octobre •

Desmarets de Saint-Sorlin
Jean
1595-1676
Auteur.
• 1641 : 22 mai ; dans *Salons, mondains et précieuses* au 22 mai • 1658 : autres événements • 1667 : dans *Racine* au 7 novembre • 1687 : dans *La querelle des Anciens et des Modernes* au 27 janvier •

Desmichels
Louis
1779-1845
Général.
• 1834 : 26 février •

Desmoulins
Anne-Louise Duplessis-Laridon, dite Lucile
1771-1794
Épouse de Camille Desmoulins.
• 1791 : dans *Les Roland* au 20 février • 1793 : dans *Camille Desmoulins* au 5 décembre • 1794 : 13 avril •

Desmoulins
Camille
1760-1794
Journaliste. Député.
• 1789 : 12 juillet ; 17 juillet ; septembre ; 28 novembre • 1790 : 31 juillet • 1791 : dans *Les Roland* au 20 février ; 12 décembre • 1792 : février ; 13 juillet ; *introduction La République jacobine* ; dans *Danton* au 11 août ; 19 septembre • 1793 : 17 mai ; dans *Fabre d'Églantine* au 24 octobre ; 5 décembre ; *biographie* au 5 décembre ; 10 décembre ; 14 décembre ; 21 décembre ; 22 décembre ; 31 décembre • 1794 : 5 janvier ; 7 janvier ; 8 janvier ; 10 janvier ; 11 janvier ; 23 janvier ; 2 mars ; 14 mars ; 31 mars ; 2 avril ; 5 avril • 1795 : 3 octobre •

Desnos
Robert
1900-1945
Poète.
• 1907 : dans *Les feuilletonistes modernes* dans autres événements • 1924 : dans *Les surréalistes* au 12, 15 octobre • 1929 : 29 mai • 1942 : 19 février • 1943 : avril •

Desnoyers
Louis
1802-1868
Journaliste et romancier.
• 1837 : 10 décembre •

Désormière
Roger
1898-1963
Compositeur et chef d'orchestre.
• 1924 : 4 décembre • 1935 : 6-22 mai • 1936 : 14 juillet • 1941 : 26 septembre • 1943 : 22 mars • 1950 : juillet ; 18 juillet •

Despans-Cubières
Amédée Louis
1786-1853
Général. Ministre.
• 1839 : 31 mars • 1840 : 1er mars • 1847 : 8-17 juillet •

Despeignes
Scientifique.
• 1896 : autres événements •

Des Périers
Bonaventure
vers 1510-vers 1544
Humaniste.
• 1537 : autres événements ; *biographie* dans autres événements • 1541 : dans *Marot et son école* dans autres événements •

Despiau
Charles
1874-1946
Sculpteur.
• 1937 : dans *L'Exposition internationale* au 24 mai • 1941 : 22 octobre • 1942 : mai •

Desplas
Georges
1865-1922
Ministre.
• 1917 : 20 mars •

Desplechins
Arnaud
Né en 1960
Cinéaste.
• 1997 : 11 février-25 mars •

Desportes
Philippe
1546-1606
Poète.
• 1550 : dans *Ronsard* dans autres événements • 1608 : dans *Régnier* dans autres événements •

Des Prés
Josquin
vers 1440-vers 1521
Compositeur.
• 1502 : autres événements ; *biographie* dans autres événements • 1570 : dans *Certon* dans autres événements •

Des Prés
Robert
Marchand. Échevin de Paris.
• 1588 : 18-20 mai •

Desprez
Médard
1764-1842
Banquier.
• 1805 : septembre • 1806 : avril •

Dessolles
Jean-Joseph-Paul-Augustin, marquis
1767-1828
Général. Homme politique. Président du Conseil.
• 1814 : 1er avril ; *biographie* au 1er avril ; 15 avril ; 13 mai • 1815 : 7 juillet ; *introduction La seconde Restauration* ; 18 septembre ; 9 octobre ; dans *La Bourdonnaie* au 14 novembre • 1818 : 24-26 décembre ; 29 décembre • 1819 : 10 novembre ; 20 novembre •

Dessoye
Arthur
1854-1927
Homme politique.
• 1914 : 4 juin •

Destouches
André Cardinal dit
1672-1749
Compositeur.
• 1697 : dans *Campra* au 24 octobre • 1721 : 31 décembre •

Destouches
Louis Camus, Chevalier
1668-1726
Commissaire général de l'artillerie.
• 1743 : dans *D'Alembert* dans autres événements •

Destouches
Philippe Néricault, dit
1680-1754
Auteur.
• 1732 : autres événements •

Destour
1920
Parti politique tunisien.
• 1920 : 25 mars • 1934 : 2 mars • 1938 : 9 avril • Voir aussi Néo-Destour •

Destrem
Hugues
1754-1804
Député.
• 1799 : 6 juillet ; 13 août •

Destutt de Tracy
Alexandre César Victor Charles
1781-1864
Homme politique, ministre.
• 1848 : 20 décembre • 1849 : 2 juin •

Destutt de Tracy
Antoine Louis Claude, comte
1754-1836
Philosophe.
• 1787 : dans *Volney* dans autres événements
• 1802 : dans *Les Idéologues* au 18 mars •

Desvignes
Yvonne
Éditrice. Résistante
• 1942 : 19 février •

De Tilly
• 1758 : autres événements •

Detœuf
Auguste
1883-1947
Chef d'entreprise.
• 1937 : dans *Auguste Detœuf et les Nouveaux Cahiers* au 15 mars •

Détroits
Convention des
1841
• 1841: 13 juillet •

Dettingen
Bataille de
1743
• 1715: *introduction Louis XV* • 1740: dans *La guerre de Succession d'Autriche* au 20 octobre • 1743: 27 juin •

Deutsch
Michel
Né en 1948
Dramaturge.
• 1997: 10 mars •

Deux-Mers
Canal des
• Voir Midi, canal du •

Deux Roses
Guerre des
1455-1485
• 1485: autres événements •

Deux tiers
Décrets des
• 1794: *introduction La République thermidorienne* • 1795: 22 août; 30 août; 23 septembre; 5 octobre; 21 octobre; 26 octobre • 1796: dans *Benjamin Constant et la défense républicaine de la Révolution* au 27 avril •

Devaquet
Alain
Né en 1942
Ministre.
• 1981: *introduction La Vᵉ République: De la France mitterrandienne aux cohabitations politiques* • 1986: 20 mars; 22 novembre-8 décembre •

Develle
Jules Paul
1845-1919
Homme politique, ministre.
• 1886: 7 janvier; 11 décembre • 1890: 17 mars • 1892: 27 février; 7 décembre • 1893: 11 janvier; 4 avril •

Devémy
1896-1981
Chanoine.
• 1950: 4 août •

Devereux
Georges
1908-1985
Psychiatre.
• 1970: autres événements •

Devereux
Robert
Comte d'Essex.
• 1591: fin août •

Devéria
Eugène
1805-1865
Peintre.
• 1824: dans *Le romantisme en peinture* en avril • 1826: 17 mai •

Devès
Pierre Paul
1837-1899
Homme politique, ministre.
• 1881: 14 novembre • 1882: 7 août • 1892: 16-22 décembre •

Devienne
François
1759-1803
Compositeur.
• 1794: 8 août •

Deviers-Joncour
Christine
Née en 1947
• 1997: 2 décembre •

Dévolution
Guerre de
1667-1668
• 1662: dans *Vauban* au 2 décembre • mai 1667-2 mai 1668 • 1667: dans *Turenne* en mai • 1668: dans *Le Grand Condé* au 1er-19 février • 1672: dans *Le maréchal de Luxembourg* au 6 avril• 1678: autres événements •

Dévots
Courant politique et religieux du XVIIᵉ siècle.
• 1630: *Les Dévots* au 10-12 novembre •

DEWASNE
Jean
Né en 1921
Peintre.
• 1946: 19 juillet • 1969: février •

DEWAVRIN
André
• Voir Passy, Colonel •

DEZALLIER D'ARGENVILLE
Antoine-Joseph
1680-1765
Naturaliste. Historien d'art.
• 1755: autres événements •

DEZEUZE
Daniel
Né en 1942
Artiste.
• 1969: *dans Support-Surface* en septembre •

DHAVERNAS
Henry
Fondateur des Compagnons de France.
• 1940: 30 juillet •

DHÔTEL
André
1900-1991
Écrivain.
• 1930: autres événements • 1943: autres événements • 1955: octobre • 1960: janvier •

DHUODA
Épouse de Bernard de Septimanie.
• 841: autres événements •

DIAGHILEV
Serge de
1872-1929
Mécène. Directeur des Ballets russes. Compositeur.
• 1907: dans *Picasso* en juillet • 1910: dans *Les Ballets russes* au 25 juin • 1912: 8 juin • 1913: dans *Stravinski* au 29 mai • 1914: juin • 1920: dans *Le Groupe des Six* au 16-23 janvier • 1924: 18 juin •

DIAGNE
Blaise
1872-1934
Homme politique sénégalais. Commissaire de la République pour l'AOF.
• 1914: 10 mai • 1918: 14 janvier •

DIAMANTS
Affaire des
• 1979: 10 octobre •

DIANA
Lady Diana Spencer, dite
1961-1997
Princesse de Galles.
• 1997: 31 août •

DIANE DE FRANCE
1537-1619
Fille naturelle d'Henri II roi de France. Épouse de: 1. Orazio Farnèse, petit-fils du pape Paul III. 2. François de Montmorency.
• 1547: *introduction Henri II*; 20 septembre •

DIANE DE POITIERS
1499-1566
Fille de Jean de Poitiers de Saint-Vallier. Épouse de Louis de Brézé. Duchesse de Valentinois. Maîtresse d'Henri II roi de France.
• 1524: janvier-mars • 1531: 23 juillet • 1532: dans *Rabelais* dans autres événements • 1538: septembre-octobre • 1547: *introduction Henri II*; 1er avril; 14 avril; 29 mai; juin; 10 juillet • 1548: 8 octobre • 1551: juillet-octobre • 1554: février-août • 1555: mars-juin • 1557: 23 octobre • 1558: octobre-novembre • 1566: 25 avril •

DIAS
Bartolomeu
vers 1450-1500
Explorateur portugais.
• 1498: autres événements • 1500: autres événements •

DIAZ
Porfirio
1830-1915
Homme d'État mexicain.
• 1865: février •

DIAZ DE LA PEÑA
Narcisse Virgile
1807-1876
Peintre.
• 1830: dans *Corot* dans autres événements •

DICKENS
Charles
1812-1870
Écrivain anglais.
• 1856: 15 février •

DIDEROT
Denis
1713-1784
Philosophe et encyclopédiste.
• 1715: *introduction Louis XV* • 1716: 18 mai • 1745: autres événements; *biographie* dans autres événements • 1746: juillet; autres événements • 1747: autres événements • 1748: autres événements • 1749: autres événements • 1750: octobre • 1751: autres événements; dans *Au cœur des Lumières: l'Encyclopédie* dans autres événements • 1752: 1er août • 1753: autres événements • 1754: autres événements • 1757: février • 1758: autres événements • 1759: autres événements • 1760: autres événements • 1761: autres événements • 1762: autres événements • 1765: autres événements • 1768: autres événements • 1769: autres événements • 1770: autres événements • 1771: autres événements • 1772: autres événements • 1773: autres événements • 1774: autres événements • 1775: autres événements • 1778: autres événements • 1781: autres événements • 1782: autres événements • 1797: autres événements • 1966: 1er avril •

DIDIER
Duc aquitain.
• 587: autres événements •

DIDIER
Roi des Lombards.
• 774: 5 juin •

DIDIER
Jean-Paul
1758-1816
Conspirateur.
• 1816: 4 mai-10 juin •

DIDIER
Paul
Magistrat.
• 1941: 27 janvier •

DIDIER DE CAHORS
peu avant 600-656
Trésorier de Dagobert Ier. Évêque de Cahors de 630 à 655.
• 629: *introduction Dagobert Ier* • 629: dans *Saint Éloi* • 630-655: *biographie* •

DIDIER DE VIENNE
† vers 607
Évêque de Vienne de 599 à 607 environ.
• 602: *biographie* •

DIDON
Évêque de Poitiers de 628 à vers 670.
• 661 • 663-vers 679: dans *Léger* • 676 •

DIDOT
Firmin
1764-1836
Imprimeur.
• 1797: 26 décembre •

DIDOT
François-Ambroise
1730-1804
Imprimeur.
• 1783: autres événements •

DIEBOLT
Georges
1816-1861
Sculpteur.
• 1856: 2 août •

DIÊN BIÊN PHU
Chute de
7 mai 1954
• 1940: dans *De Gaulle* au 18 juin • 1946: *introduction La IVe République*; dans *La guerre d'Indochine* au 19 décembre • 1953: 8 mai; 20 novembre • 1954: 2 février; 13 mars; 4 avril; 24 avril; 7 mai; dans *Pierre Mendès France* au 12 juin •

DIEPPE
Débarquement anglo-canadien
• 1942: 18-19 août •

DIETHELM
André
1896-1954
Ministre.
• 1940: dans *Les Français de Londres* au 7 août • 1941: 24-26 septembre • 1943: 3-7 juin; 9 novembre; 16 novembre • 1944: 5 septembre; 9 septembre •

Diodore de Sicile
• 1559: dans *Amyot* dans autres événements •

Dion
Albert, marquis de
1856-1946
Industriel.
• 1895: dans *L'automobile* en juin •

Dionis
Pierre
1643-1718
Chirurgien.
• 1690: autres événements • 1707: autres événements •

Diop
Ababacar
Informaticien. Leader du mouvement des sans-papiers.
• 1996: 23 août •

Diop
Cheikh Anta
1923-1986
Historien sénégalais.
• 1956: 19-22 septembre •

Dior
Christian
1905-1957
Couturier.
• 1916: dans *Les patrons de l'industrie et la Première Guerre mondiale* au 12 décembre •

Dior
Lucien
1867-1932
Ministre.
• 1921: 16 janvier • 1922: 15 janvier •

Directoire
31 octobre 1795-10 novembre 1799
• 1794: *introduction La République thermidorienne* • 1795: 31 octobre; *Les Directeurs* au 4 novembre • 31 octobre 1795-10 novembre 1799 • 1799: 9-10 novembre; dans *Le 18 Brumaire* au 9-10 novembre • Voir aussi Constitution de l'an III •

Divorce
• 1792: *introduction La République jacobine*; 20 septembre; *L'état civil et le divorce* au 20 septembre • 1793: 28 décembre • 1794: 23 avril • 1816: 8 mai • 1884: 27 juillet • 1924: 1er février • 1941: 2 avril • 1975: 11 juillet •

Dix-Huit
Collège des
• 1180: autres événements • 1215: dans *L'Université de Paris* en août •

Dix-huit articles
Traité des
1831
• 1831: 26 juin; 15 octobre •

Dixième
Impôt.
• 1643: *introduction Louis XIV* • 1710: 14 octobre •

Djem
† 1495
Frère du sultan Bajazet.
• 1495: 25 février •

Djian
Philippe
Né en 1949
Écrivain.
• 1986: avril •

Djibouti
• 1935: 4-7 janvier • 1960: 2-4 juin • 1966: 25 août-12 septembre • 1967: 19 mars • 1977: 27 juin •

Döblin
Alfred
1878-1957
Écrivain allemand.
• 1933: dans *Les réfugiés allemands* au 27 février •

Dobsent
Claude-Emmanuel
1743-?
Président du Tribunal révolutionnaire.
• 1794: 1er août • 1795: 8 janvier •

Doctrinaires
• 1815: *introduction La seconde Restauration*; dans *De Serre* au 29 octobre • 1818: février • 1821: *Les doctrinaires* en octobre •

• 1832: dans *Lacordaire et Montalembert* au 10 septembre • Voir aussi Inquisition •

DOMINICI
Affaire
1953
• 1953: 15 novembre • 1954: 6 décembre •

DOMINIQUE
Île de la
• 1756: dans *La guerre de Sept Ans* au 9 juin • 1759: avril-mai • 1763: 10 février • 1778: septembre • 1783: 3 septembre •

DOMINIQUE DE GUZMAN
Saint
vers 1172-1221
• 1206: autres événements • 1207: autres événements • 1215: autres événements •

DOMMANGES
René
1888-?
Homme politique.
• 1934: 9-12 janvier •

DOMPIERRE-D'HORNOY
Charles Marius Albert de
1816-1901
Ministre.
• 1873: 25 mai; 26 novembre •

DON II
† 974
Pape en 974.
• 954: *introduction Lothaire III* •

DONDEAU
Nicolas
1752-1834
Ministre de la Police.
• 1798: 13 février; 16 mai •

DONEN
Stanley
Né en 1924
Acteur et cinéaste américain.
• 1953: 7 septembre •

DONIOL-VALCROZE
Jacques
1920-1989
Codirecteur des Cahiers du cinéma.
• 1951: avril •

DÖNITZ
Karl
1891-1980
Amiral allemand.
• 1943: 24 mai • 1945: 30 avril •

DONIZETTI
Gaetano
1797-1848
Compositeur italien.
• 1859: dans *La musique lyrique sous le Second Empire* au 19 mars •

DONNADIEU
Gabriel
1777-1849
Général.
• 1816: 4 mai-10 juin • 1818: 6 juillet •

DONNEAU DE VISÉ
Jean
1638-1710
Auteur.
• 1672: janvier •

DONNEAUD
Maurice
Comédien.
• 1943: 27 novembre •

DONNISSAN
Gui-Joseph de
1737-1794
Général.
• 1794: 8 janvier •

DOPPET
François-Amédée
1753-1799
Général.
• 1793: 3 novembre •

DORAT
Jean (ou Daurat)
1508-1588
Poète, membre de la Pléiade.
• 1530: mars • 1549: dans *La Pléiade* dans autres événements • 1550: dans *Ronsard, « prince des poètes »* dans autres événements • 1558: dans *du Bellay* dans autres événements • 1581: dans *Beaujoyeux* au 24 septembre •

Dormelles
Bataille de
vers 600
• vers 600 •

Dormoy
Marx
1888-1941
Homme politique, ministre.
• 1936: 13-18 novembre • 1937: 21-22 juin; 23 décembre 1937-8 janvier 1938 • 1938: 14 mars • 1940: 26 septembre • 1941: 26 juillet •

Dors
Mirabelle
Peintre.
• 1978: autres événements •

Dorten
Autonomiste rhénan.
• 1919: 1er juin •

Dorva
Hyacinthe
1769-1859
Auteur.
• 1799: 17 mars •

Dorval
Marie Delaunay, dite Marie
1798-1849
Comédienne.
• 1835: 12 février; dans *Vigny* au 12 février •

Dorvigny
Louis Archambault, dit
1734-1812
Auteur.
• 1794: 14 août •

Dorylée
Bataille de
1097
• 1097: 30 juin-1er juillet •

Dorylée
Bataille de
1147
• 1147: 4 octobre •

Dos de Mayo
• Voir Madrid, Soulèvement • de •

Dos Passos
John
1896-1970
Écrivain américain.
• 1948: dans *Jean-Paul Sartre* au 2 avril •

Dostoïevski
Fedor
1821-1881
Écrivain russe.
• 1945: dans *Le père de Lubac* en janvier • 1950: dans *Nathalie Sarraute* en février •

Dotremont
Christian
1922-1979
Écrivain.
• 1948: 8 novembre • 1951: février •

Douanier Rousseau
Henri Rousseau, dit le
1844-1910
Peintre.
• 1886: septembre • 1907: 1er octobre • 1913: dans *Apollinaire* au 20 avril •

Douaumont
1916
• 1916: 21-25 février; 2 mars; 4 mars; 22-24 mai; 21-24 octobre • 1932: 7 août • 1940: dans *De Gaulle* au 18 juin • 1984: 22 septembre •

Doubin
François
Né en 1933
Ministre.
• 1988: 8 mai •

Double vote
Loi sur le
29 juin 1820
• 1815: *introduction La seconde Restauration* • 1817: dans *Dupont de l'Eure* au 20 septembre • 1820: 7 juin; 8 juin; 12 juin; 29 juin • 1830: 7 août •

Doubnov
Simon
1860-1941
Historien russe.
• 1933: juin •

Douce
Fille de Gerberge de Provence. Épouse de Ramon Berenguer III, comte de Barcelone.
• vers 1111 •

Doucet
Jacques
1853-1929
Couturier et mécène.
• 1901: autres événements • 1924: décembre •

Doudart de Lagrée
Ernest
1823-1868
Officier de marine.
• 1863: 23 avril • 1866: 5 juin • 1873: 20 novembre •

Doudeauville
• Voir La Rochefoucauld, duc de Doudeauville •

Douffiagues
Jacques
Né en 1941
Ministre.
• 1986: 20 mars •

Douglas
Louis
Danseur américain.
• 1925: septembre •

Douglas-Home
Alexander
1903-1995
Premier ministre britannique.
• 1958: *introduction La Ve République: La République gaullienne* •

Doulcet de Pontécoulant
Louis-Gustave
1764-1853
Homme politique.
• 1796: 19 mars •

Doumenc
Joseph Aimé
1888-1948
Général.
• 1939: 10 août •

Doumer
Paul
1857-1932
Président de la IIIe République de 1931 à 1932.
• 1888: 25 mars • 1895: 1er novembre • 1896: 21-26 mars; 28 décembre • 1905: 10 janvier • 1906: 17 janvier • 1912: dans *Jeunes écrivains nationalistes* au printemps • 1916: 20 avril • 1918: dans *«L'impot du sang». Les Anciens Combattants* au 11 novembre • 1921: 16 janvier • 1925: 23 novembre; 2-16 décembre • 1926: 5 mars • 1927: 14 janvier • 1931: 13-27 mai • 13 juin 1931-6 mai 1932 •

Doumergue
Gaston
1863-1937
Président de la IIIe République de 1924 à 1931.
• 1899: 5 juin • 1902: 7 juin • 1906: 13 mars; 22 octobre • 1908: 4 janvier • 1909: 24 juillet • 1913: 9 décembre • 1914: 10 mai; 2-4 juin; 26 août • 1915: 29 octobre • 1916: 12 décembre • 13 juin 1924-13 juin 1931 • 1934: 7 février; 9 février; 15 février; 22-27 février; 11-13 mai; 3 octobre; 8 novembre • 1940: dans *Pétain* au 11 juillet •

Douste-Blazy
Philippe
Né en 1953
Ministre.
• 1995: 7 novembre •

Doyen
Gabriel-François
1726-1806
Peintre.
• 1758: autres événements • 1767: autres événements •

Doyon
René-Louis
1885-1966
Libraire.
• 1933: dans *Malraux* au 7 décembre •

Drabovitch
• 1938: autres événements •

Dragonnades
• 1666: dans *Les protestants jusqu'en 1685* en avril • 1681: 18 mars •

DRAKE
Francis
vers 1540-1596
Navigateur et corsaire anglais.
• 1577: 13 décembre •

DRANCY
Camp de concentration
• 1941: 20-23 août • 1942: 27 mars; *Drancy-Auschwitz* au 27 mars • Voir aussi Déportation • Voir aussi Rafles •

DRANEM
Armand Ménard, dit
1869-1935
Chansonnier.
• 1902: dans *L'âge d'or du Caf'Conc'* au 18 novembre •

DRAP D'OR
Camp du
1520
• 1515: *introduction François Ier* • 1520: 7 juin •

DRAPEAU TRICOLORE
• 1789: *introduction Louis XVI et la Révolution* • 1790: 22 octobre •

DRAVEIL
• 1908: 2 mai; 2-4 juin • Voir aussi Villeneuve-Saint-Georges •

DRESDE
Bataille de
1813
• 1800: dans *Moreau* au 25 avril-15 juillet • 1813: 14 août-2 novembre •

DRESDE
Bombardement de
• 1945: 13 février •

DREUX
Bataille de
1562
• 1560: *introduction Charles IX* • 1562: 19 décembre •

DREUX
Siège de
1590
• 1590: début février; 28 février; mars; 12-13 mars; 8-17 juin • 1573: dans *Brantôme* en février-avril •

DREUX-BRÉZÉ
Pierre Simon Louis Marie de
1811-1893
Évêque de Moulins.
• 1865: 25 janvier •

DREYFUS
Affaire
1894-1906
• 1870: *introduction La IIIe République: De la chute du Second Empire à la Première Guerre mondiale* • 1881: dans *Brisson* au 28 octobre • 1882: dans *Déroulède* au 12 mai • 1884: dans *Waldeck-Rousseau* au 21 mars • 1886: dans *Aulard* au 12 mars • 1887: dans *Pelletan* au 11 juillet • 1892: 20 avril; dans *Drumont* au 20 avril; dans *Ribot* au 7 décembre • 1893: dans *Reinach* au 15 mai • 1894: 15 octobre; 29 octobre; 1er novembre; 28 novembre; 19 décembre; 22 décembre; 31 décembre • 1895: 5 janvier; dans *Félix Faure* au 17 janvier; 21 janvier; 13 avril • 1896: dans *France* au 23 janvier; mars; juillet; 15 septembre; 1er novembre; 6 novembre; dans *Bernard Lazare* au 6 novembre; 10 novembre; 17 novembre • 1897: mars; 30 octobre; 13 novembre; 16 novembre; 25 novembre; 4 décembre; 7 décembre; 14 décembre • 1898: 6 janvier; 13 janvier; dans *Zola* au 13 janvier; 14 janvier; 15 janvier; 16 janvier; 19 janvier; 22 janvier; 18 avril; 24 juin; 7 juillet; 9 juillet; 12 juillet; 13 juillet; 13-24 août; 29 août; 30 août; 31 août-12 septembre; 17 septembre; 21-22 septembre; 27 septembre; 23 octobre; 25 octobre; 29 octobre; 28 novembre • 1899: 8 janvier; 13 janvier; 15 janvier; dans *Barrès* au 15 janvier; 11 février; dans *Loubet* au 18 février; 31 mars; 2 mai; 5 mai; 3 juin; 4 juin; 5 juin; dans *Millerand* au 23 juin • 1er juillet; 14 juillet; 7 août; dans *Guérin* au 12 août; 14 août; 9 septembre; 19 septembre; 20 septembre; 21 septembre • 1900: 13 mars; 24 avril; 27 mai; 30 mai; 10-24 décembre • 1901: mars • 1903: 6-7 avril • 1906: dans *Clemenceau* au 13 mars; 12-13 juillet • 1913: dans *Proust* au 14 novembre • 1920: dans *Blum* au 25-30 décembre • 1927: dans *Ferdinand Buisson* au 8 décembre • 1937: dans *Martin du Gard* au 10 novembre • 1940: dans *De Gaulle* au 18 juin •

Dreyfus
Alfred
1859-1935
Officier.
• 1870: *introduction La IIIe République: De la chute du Second Empire à la Première Guerre mondiale* • 1881: dans *Brisson* au 28 octobre • 1887: dans *Pelletan* au 11 juillet • 1894: 15 octobre; 28 novembre; 19 décembre; 22 décembre; 31 décembre • 1895: 5 janvier; dans *Félix Faure* au 17 janvier; 21 janvier; 13 avril • 1896: dans *France* au 23 janvier; mars; juillet; 15 septembre; 1er novembre; dans *Bernard Lazare* au 6 novembre; 17 novembre • 1897: 30 octobre; 13 novembre; 16 novembre; 7 décembre; 14 décembre • 1898: 6 janvier; 15 janvier; 7 juillet; 9 juillet; 13 août; 29 août; 30 août; 31 août-12 septembre; septembre; 17 septembre; 21 septembre; 27 septembre; 25 octobre; 29 octobre; 28 novembre • 1899: 8 janvier; 13 janvier; 11 février; 2 mai; 3 juin; 4 juin; 5 juin; 1er juillet; 7 août; 14 août; 9 septembre; 19 septembre; 20 septembre • 1900: 13 mars; 24 avril; 27 mai; 30 mai; 10-24 décembre • 1902: 29 septembre • 1903: 6-7 avril • 1906: 12-13 juillet • 1907: 25 mars • 1908: 4 juin •

Dreyfus
Lucie
Épouse d'Alfred Dreyfus.
• 1898: 31 août-12 septembre •

Dreyfus
Mathieu
1858-1931
Frère d'Alfred Dreyfus.
• 1896: 6 novembre • 1897: 16 novembre •

Dreyfus
Pierre
1907-1994
Président de la Régie Renault. Ministre.
• 1955: 27 mars; *biographie* au 27 mars • 1981: 23 juin • 1982: 29 juin •

Driant
Émile
1855-1916
Officier.
• 1916: dans *Le bilan de Verdun* au 15 décembre •

Drieu la Rochelle
Pierre
1893-1945
Écrivain.
• 1909: dans *Gide* en février • 1916: janvier • 1919: mars • 1920: dans *Paulhan* en juillet • 1921: février • 1935: 4 octobre • 1936: 27-28 juin; dans *Fascismes français* au 27-28 juin • 1938: dans *Munichois et antimunichois* au 4 octobre • 1939: autres événements • 1940: 9 novembre • 1941: 22 octobre • 1942: mars • 1945: dans *Intellectuels: épurateurs et épurés* au 13 janvier • 1946: avril • 1950: dans *Les hussards* en septembre •

Drogon
801-855
Fils naturel de Charlemagne. Abbé de Luxeuil en 820. Évêque de Metz en 823. Archevêque et archichapelain de Louis Ier le Pieux de 834 à 840. Conseiller de Lothaire Ier.
• 768: *introduction Charlemagne* • 822: août • 823: 13 juin • 828: autres événements • 835: 28 février • 844: 15 juin • 844-855 •

Drogon
† 958
Fils d'Alain Barbetorte.
• 952: autres événements •

Droit de vote des femmes
21 avril 1944
• 1904: dans *Madeleine Pelletier* au 1er février • 1906: juillet • 1909: 13 février • 1922: 7-21 novembre • 1932: 12 février • 1935: 12 mai • 1944: 21 avril; *introduction Du Gouvernement provisoire à la IVe République*; 12 septembre • 1945: 29 avril • 1946: *introduction La IVe République* •

Droits de l'homme
Convention européenne des
1950
• 1950: 4 novembre •

Droits de l'homme
Déclaration des
• Voir Déclaration des droits de l'homme •

Droits de l'homme
Ligue des
• Voir Ligue des droits de l'homme •

Droits féodaux
Abolition des
• 1789: *introduction Louis XVI et la Révolution*; 4 août; 11 août; 13 août; 14 septembre; 18 septembre; 19 septembre • 1790: 15 mars • 1792: 29 février; 14 juin; 18 juin • 1793: 17 juillet; 8 septembre • 1797: dans *Joseph de Maistre* dans autres événements •

Drôle de guerre
1er septembre 1939-10 mai 1940
• 1939: octobre; 10 novembre; 18 novembre; 30 novembre • 1940: 1er mars; 28 mars; avril; 8 mai; 9 mai •

Drouais
François-Hubert
1727-1775
Peintre.
• 1758: autres événements • 1773: autres événements •

Drouet
Jean-Baptiste
1763-1824
Député.
• 1789: *introduction Louis XVI et la Révolution* • 1791: 21 juin • 1792: 15 décembre • 1793: 1er octobre • 1795: 16 novembre; 26 décembre • 1796: 30 avril; 10 mai; 11 juin; 25 juin; 12 août; 17 août • 1797: dans *La Conspiration des Égaux* au 26 mai • 1799: 6 juillet •

Drouet d'Erlon
Jean-Baptiste
1765-1844
Maréchal de France.
• 1815: 27 juin • 1816: 2-12 janvier • 1834: 22 juillet • 1835: 26 juin; 8 juillet • 1843: 9 avril •

Drouet de Dammartin
Architecte.
• 1371: autres événements • 1383: autres événements •

Drouin
Marcel
1871-1943
Écrivain.
• 1909: février •

Drouot
Antoine, comte
1774-1847
Général.
• 1816: 2-12 janvier •

Drouyn de Lhuys
Édouard
1805-1881
Diplomate, homme politique et ministre.
• 1848: 20 décembre • 1851: 9 janvier; 20 janvier • 1852: 28 juillet • 1862: 15 octobre • 1866: 11 juin; 5 juillet; 1er septembre •

Droz
François Xavier Joseph
1773-1851
Moraliste, historien et publiciste.
• 1818: février •

Dru
Gilbert
1920-1944
Militant chrétien. Résistant.
• 1944: 4 septembre •

Drucker
Jean
Né en 1941
Directeur de chaîne de télévision.
• 1987: 23 février, 4 avril •

Drude
Antoine
1853-1943
Général.
• 1907: 30 juillet; 6-7 août • 1908: 15 janvier-18 février •

Drummond
• Voir Dominici, Affaire •

Drumont
Édouard
1844-1917
Journaliste, écrivain et homme politique.
• 1881: dans *Hubertine Auclert* au 13 février • 1886: 15 mai • 1892: 20 avril; *biographie* au 20 avril; 6-18 septembre; 8 novembre; 19 novembre • 1894: 29 octobre • 1896: dans *Bernard Lazare* au 6 novembre • 1898: 8-22 mai • 1899: 8-25 mai; dans *Guérin* au 12 août • 1901: 3 août • 1926: dans *Bernanos* en mars • 1931: 15 avril •

Druon
Maurice
Né en 1918
Écrivain. Ministre.
• 1973 : 5 avril •

Drut
Guy
Né en 1950
Athlète. Ministre.
• 1995 : 18 mai •

Druzes
Révolte des
1925
• 1925 : 20 juillet-12 août ; 3 septembre ; 24 septembre ; 29 octobre ; 23 novembre • 1926 : 26 avril ; juillet •

Dubail
Auguste
1851-1934
Général. Gouverneur militaire de Paris.
• 1917 : 11 décembre •

Duban
Félix Louis Jacques
1797-1870
Architecte.
• 1833 : autres événements • 1843 : autres événements •

Dubarry
Albert
Directeur de presse.
• 1933 : dans *L'affaire Stavisky* au 23 décembre •

Du Bartas
Guillaume de Salluste
1544-1590
Poète.
• 1578 : autres événements ; *biographie* dans autres événements • 1584 : autres événements •

Dubief
Jean-Baptiste
1850-1916
Ministre.
• 1905 : 24 janvier ; 7 novembre ; 12 novembre ; dans *Épidodes des Inventaires* au 6-9 décembre •

Du Biez
Oudart
Gouverneur de Boulogne.
• 1549 : 1er juillet •

Dubillard
Roland
Né en 1923
Écrivain et comédien.
• 1961 : 16 octobre •

Dubois
Ambrosius Bosschaert, dit Ambroise
vers 1543-1614
Peintre.
• 1589 : *introduction Henri IV* • 1600 : dans *La Seconde École de Fontainebleau* dans autres événements •

Dubois
Amédée
Journaliste.
• 1914 : 22 septembre •

Dubois
Gilles
1713-1774
Céramiste.
• 1738 : autres événements • 1756 : autres événements •

Dubois
Guillaume
1656-1723
Secrétaire d'État aux Affaires étrangères. Archevêque de Cambrai. Cardinal. Principal ministre.
• 1715 : *introduction Louis XV* • 1716 : 2 janvier ; *biographie* au 2 janvier ; dans *Fleury* au 1er avril ; 2 juillet ; 21 juillet ; 9 août ; 24 août • 1717 : 4 janvier ; 26 mars ; 8 décembre • 1718 : septembre ; 24 septembre • 1720 : 6 mai ; 9 juin ; octobre • 1721 : 25 juillet ; septembre-octobre ; 10 septembre ; 21 novembre • 1722 : 8 février ; 22 août ; 26 août • 1723 : 22 février ; 10 août ; autres événements • 1725 : 8 juin •

Dubois
Louis-Nicolas
1758-1847
Préfet de police.
• 1800 : 17 février • 1802 : 13 septembre • 1810 : 14 octobre •

Dubois
Paul François
1793-1874
Homme politique. Publiciste.
• 1821: dans *Les doctrinaires* en octobre • 1824: 15 septembre • 1825: 26 juillet-2 août • 1828: dans *Le saint-simonisme* en décembre •

Dubois
Robert
1709-1769
Céramiste.
• 1738: autres événements • 1756: autres événements •

Dubois de Crancé
Edmond-Louis-Alexis
1747-1814
Député. Ministre de la Guerre.
• 1774: dans *David* dans autres événements • 1789: 12 décembre • 1790: 28 octobre; 29 décembre • 1791: 30 janvier; 28 avril • 1793: 1er janvier; 21 février; *biographie* au 21 février; 24 février; dans *L'armée de la Révolution* au 24 février; 7 juin; 2 octobre; 6 octobre; 8 décembre • 1794: 11 juillet; 25 juillet • 1795: 12 mai • 1799: 14 septembre •

Dubos
Abbé Jean-Baptiste
1670-1742
Auteur.
• 1719: autres événements • 1734: autres événements • 1746: autres événements •

Du Bos
Charles
1882-1939
Écrivain.
• 1910: autres événements •

Dubost
Henri Antoine, dit Antonin
1842-1921
Homme politique, ministre.
• 1893: 3 décembre •

Dubouchage
François Joseph de Gratet
1749-1821
Homme politique, ministre.
• 1792: 23 juillet • 1815: 24 septembre • 1817: 23 juin •

Du Bourg
Anne
† 1559
Juriste.
• 1547: *introduction Henri II* • 1559: 10 juin; *introduction François II*; 18 décembre; 23 décembre •

Du Bourg
Antoine
† 1538
Chancelier.
• 1538: septembre-octobre •

Dubreuil
Toussaint
vers 1558-1602
Peintre.
• 1589: *introduction Henri IV* • 1600: autres événements; dans *La Seconde École de Fontainebleau* dans autres événements •

Dubruel
Pierre-Jean-Joseph
1760-1828
Député.
• 1797: 18 février; 26 juin •

Dubuffet
Jean
1901-1985
Peintre, sculpteur et écrivain.
• 1932: décembre • 1944: 20 octobre • 1945: 26 octobre • 1947: 11 juin-20 juillet; octobre • 1948: juin; dans *L'art brut* en juin • 1962: autres événements • 1964: dans *La Fondation Maeght* au 28 juillet • 1972: 16 mai •

Dubuisson
Pierre Ulric
1756-1794
Homme de lettre. Cordelier.
• 1793: 14 octobre; 21 novembre; 29 décembre • 1794: 21 mars •

Duby
Georges
1919-1996
Historien.
• 1947: dans *La nouvelle histoire* au 3 novembre • 1953: mai • 1973: avril • 1982: mars • 1989: 31 mai • 1991: février 1991-mars 1992 • 1995: avril •

DUC
Joseph Louis
1802-1879
Architecte.
• 1843: autres événements •

DU CAMP
Maxime
1822-1894
Écrivain.
• 1848: 29 juillet • 1856: dans *Le réalisme littéraire* en novembre • 1882: 8 avril •

DUCARROY
Mme
Imprimeur.
• 1622: 23-30 janvier •

DUCASSE
Isidore
• Voir Lautréamont •

DUCASSE
Jean-Baptiste
1646-1715
Gouverneur de Saint-Domingue.
• 1697: 2 mai •

DUCATEL
Louis
• 1969: 29 avril-12 mai; 1er juin •

DUCHAMP
Marcel
1887-1968
Peintre et sculpteur.
• 1908: dans *Le cubisme* au 14 novembre • 1912: dans *Le futurisme en peinture* au 5 février; 10 octobre • 1915: juin • 1920: dans *Le dadaïsme* au 10 janvier • 1938: 17 janvier • 1946: 19 juillet • 1955: 6 avril • 1960: dans *Le Nouveau Réalisme* au 27 octobre • 1977: dans *Beaubourg* au 31 janvier •

DUCHÂTEL
Charles Marie Tanneguy
1803-1867
Homme politique, ministre.
• 1834: 4 avril; 4 novembre; 18 novembre • 1835: 12 mars • 1836: 6 septembre • 1839: 12 mai • 1840: 29 octobre • 1843: 29 novembre •

DUCHEMIN
René-Paul
Chef d'entreprise. Président de la CGPF.
• 1919: 31 août • 1936: 7 juin; 9 octobre •

DUCHÊNE
Mathilde Denise, dite Gabrielle
1870-1954
Militante féministe et pacifiste.
• 1915: octobre; autres événements •

DUCHÉS
Guerre des
1863-1864
• 1863: 18 octobre; 23-24 décembre • 1864: 12 janvier; 16 janvier; 1er février; 18 avril; 9 mai; 30 octobre •

DUCHESNE
André
1584-1640
• 1589: *introduction Henri IV* •

DUCHESNE
Michel-Jacques Saint-Denis, dit Jacques
Journaliste.
• 1940: dans *Les Français de Londres* au 7 août •

DUCHET
Roger
1904-1981
Ministre.
• 1951: 15 février; 8 août • 1952: 20 janvier; 6 mars • 1953: 7 janvier • 1955: 23 février •

DUCIS
Jean-François
1733-1817
Auteur.
• 1791: 28 juin • 1792: 26 novembre • 1795: 12 avril • 1797: juin •

DUCLERC
Charles Théodore Eugène
1812-1888
Homme politique, ministre. Président du Conseil.
• 1848: 24 février; 11 mai; 17 mai • 1882: 7 août • 1883: 28 janvier •

Duclos
Charles
1704-1772
Écrivain. Secrétaire perpétuel à l'Académie française.
• 1751 : autres événements •

Duclos
Jacques
1896-1975
Homme politique.
• 1920 : dans *Blum* au 25-30 décembre • 1928 : 12 janvier • 1931 : décembre • 1934 : 24 février • 1936 : 4 juin • 1938 : 13 janvier • 1939 : 1er-7 octobre • 1940 : 14 juin ; dans *Communistes et occupants* au 19 juin • 1943 : 21 juin ; 12 novembre • 1946 : 19-20 avril • 1947 : 22-27 septembre • 1952 : 28 mai ; 1er juillet ; 28 septembre • 1953 : 6 novembre • 1958 : 1er juin • 1959 : 26 avril • 1969 : 29 avril-12 mai ; 1er juin ; 2 juin • 1972 : dans *Georges Marchais* au 17 décembre •

Ducos
Hippolyte
1881-1970
Ministre.
• 1933 : 27 octobre ; 23-27 novembre • 1934 : 29-30 janvier •

Ducos
Jean Étienne Théodore
1801-1855
Homme politique, ministre.
• 1851 : 9 janvier ; 3 décembre • 1852 : 23 janvier •

Ducos
Jean-François
1765-1793
Député.
• 1791 : 26 octobre • 1792 : dans *Les Girondins* en mars • 1793 : 2 juin ; 31 octobre •

Ducos
Roger
1747-1816
Directeur.
• 1799 : 19 juin ; 23 octobre ; dans *Le 18 Brumaire* au 9-10 novembre •

Ducrocq
Georges
1874-1927
Écrivain.
• 1909 : 30 mars • 1912 : dans *Jeunes écrivains nationalistes* au printemps •

Ducroquet
Frédéric Pierre
1763-1794
Cordelier.
• 1794 : 21 mars •

Ducrot
Lazare
Auteur.
• 1625 : autres événements •

Dudon de Saint-Quentin
Auteur.
• 987 : 3 juillet • 1015-1026 • vers 1060 •

Du Fail
Noël
† 1591
Auteur.
• 1585 : dans *Nouvellistes et conteurs* dans autres événements •

Du Faur de Pibrac
Guy
• Voir Pibrac, Guy Du Faur de •

Dufaure
Jules Armand Stanislas
1788-1881
Homme politique, ministre.
• 1839 : 12 mai • 1846 : juin • 1848 : 23-24 avril ; 17 mai-17 juin ; 4 septembre-27 octobre ; 13 octobre • 1849 : 2 juin • 1871 : 19 février ; 2 septembre • 1872 : 28 novembre ; 29 novembre • 1873 : 19 mai ; 5 novembre • 1874 : 15 juin • 1875 : 11 mars • 1876 : 23 février ; 10 mars ; 14 mars ; 6 avril ; 3 décembre • 1877 : 2 décembre ; 14 décembre • 1879 : 16 janvier ; 30 janvier •

Dufay
• Voir Guillaume Dufay •

Duffour
Michel
Né en 1940
Ministre.
• 2000 : 27 mars •

Dufoix
Georgina
Née en 1943
Ministre.
• 1984: 17-18 juillet; 7 décembre • 1988: 8 mai • 1992: 19-20 décembre • 1999: 9 février •

Du Fossé
Pierre Thomas
1634-1698
Auteur.
• 1696: autres événements •

Dufrêne
François
1930-1982
Artiste.
• 1960: 27 octobre; dans *Le Nouveau Réalisme* au 27 octobre • 1972: 16 mai •

Dufresne
Bertrand
1736-1801
Directeur du Trésor.
• 1788: 27 août •

Dufresnoy
Charles-Alphonse
1611-1668
Peintre.
• 1635: autres événements • 1640: dans *La grande peinture: entre baroque et classicisme* au 17 décembre •

Dufresny de La Rivière
Charles
1657-1724
Auteur.
• 1715: autres événements •

Dufy
Raoul
1877-1953
Peintre, graveur et dessinateur.
• 1905: dans *Le fauvisme* au 18 octobre • 1906: autres événements • 1911: mars • 1937: dans *L'Exposition internationale* au 24 mai •

Dugazon
Jean-Baptiste-Henri Gourgaud, dit
1746-1809
Auteur.
• 1792: 25 octobre • 1793: 28 octobre •

Dugied
Pierre
1798-1879
Médecin, journaliste, homme politique, carbonaro.
• 1821: février •

Dugommier
Jacques-Christophe
1738-1794
Général.
• 1793: 3 novembre; 19 décembre • 1794: 1er mai; 27 novembre •

Dugoujon
Frédéric
Médecin. Résistant.
• 1943: 21 juin •

Du Gua
Pierre
Sieur des Monts. Explorateur.
• 1603: 8 novembre • 1604: autres événements •

Duguay-Trouin
René Trouin, sieur du Guay dit
1673-1736
Marin.
• 1707: 21 octobre • 1711: 9 juin; *biographie* au 9 juin; 21 septembre • 1712: 6 février •

Dugué de La Fauconnerie
Henri Joseph
1835-1914
Homme politique.
• 1892: 16-22 décembre • 1893: 8-21 mars •

Duguet
Jacques-Joseph
1649-1733
Prêtre. Écrivain.
• 1739: autres événements •

Du Haillan
Bernard de Girard, seigneur
1535-1610
Historien.
• 1570: autres événements • 1574: *introduction Henri III* • 1576: autres événements • 1589: *introduction Henri IV* •

DU HALDE
Jean-Baptiste
1674-1743
Missionnaire jésuite.
• 1735: autres événements •

DUHAMEL
Georges
1884-1966
Écrivain.
• 1906: octobre • 1916: dans *Guerre et littérature* au 3 juillet • 1924: juin • 1933: autres événements • 1937: 3 mai • 1941: autres événements •

DUHAMEL
Jacques
1924-1977
Ministre.
• 1969: 21 juin • 1971: 7 janvier • 1972: 5 juillet •

DUHAMEL
Marcel
1901-1977
Écrivain.
• 1945: septembre •

DUHAMEL DU MONCEAU
Henri-Louis
1700-1782
Ingénieur agronome. Inspecteur général de la Marine.
• 1739: autres événements • 1741: autres événements • 1747: autres événements • 1748: autres événements • 1750: autres événements • 1753: autres événements • 1755: autres événements • 1761: autres événements • 1765: 15 mars • 1769: autres événements •

DUHEM
Pierre-Joseph
1758-1807
Député.
• 1793: 18 mars; 12 décembre • 1794: 27 octobre; 10 novembre • 1795: 1er avril •

DUHESME
Philippe Guillaume
1766-1815
Général.
• 1808: février •

DUJARDIN
Édouard
1861-1949
Poète.
• 1885: février • 1929: février •

DUJARDIN-BEAUMETZ
Henri
1852-1913
Ministre.
• 1905: 24 janvier •

DUJARRIER
Louis
Directeur de presse.
• 1836: dans *La naissance de la presse* au 1er juillet •

DUKAS
Paul
1865-1935
Compositeur.
• 1897: autres événements • 1901: autres événements • 1902: 30 avril • 1907: dans *Le renouveau musical* au 12 janvier • 1910: 25 juin • 1913: dans *Stravinski* au 29 mai •

DU LAU
Jean-Marie
1738-1792
Archevêque d'Arles.
• 1790: 1er juin • 1791: 7 juin •

DULIN
André
1900-1973
Ministre.
• 1957: 12 juin •

DULLES
John Foster
1888-1959
Homme politique américain.
• 1956: 5 juin; 10 septembre; 12-26 septembre • 1957: 25 février •

DULLIN
Charles
1885-1949
Acteur et metteur en scène.
• 1914: 7 février • 1921: autres événements • 1927: autres événements • 1936: 13 août • 1940: autres événements • 1948: dans *Jean-Paul Sartre* au 2 avril •

Dulong
François Charles
1792-1834
Homme politique.
• 1837: dans *Bugeaud* au 12 février •

Du Marsais
Claude-César Chesneau
1676-1756
Grammairien. Philosophe.
• 1722: autres événements • 1730: autres événements • 1769: autres événements •

Dumas
Alexandre Davy de La Pailleterie, dit Alexandre
1762-1807
Père du romancier Alexandre Dumas. Général.
• 1793: 22 décembre • 1794: 8 octobre •

Dumas
Alexandre
1802-1870
Romancier.
• 1823: dans *Le drame historique* en mars; dans *Le romantisme* en juillet • 1827: 6 septembre • 1829: 10 février; août • 1831: 3 mai • 1832: 29 mai • 1836: dans *La naissance de la presse* au 1er juillet; 31 août • 1837: 8 juillet; 10 décembre • 1838: dans *Rachel* au 12 juin • 1842: dans *Ferdinand d'Orléans* au 13 juillet • 1844: 14 mars; *biographie* au 14 mars • 1845: 21 janvier; 22 février • 1846: 31 mai-6 juin • 1847: 20 février; 20 octobre • 1848: 4 mars; 29 décembre • 1851: 16 décembre • 1853: dans *L'impératrice Eugénie* au 20 janvier • 1854: 4 février; 25 mai • 1865: 29 avril • 1883: 4 novembre •

Dumas
Alexandre, dit Dumas fils
1824-1895
Fils du romancier Alexandre Dumas. Romancier et auteur dramatique.
• 1848: 29 juillet • 1851: 28 août • 1852: 1er février •

Dumas
Charles
1883-1955
Avocat. Journaliste. Résistant.
• 1941: décembre •

Dumas
Georges
1866-1946
Psychologue.
• 1923: autres événements •

Dumas
Jean-Baptiste
1800-1884
Chimiste et homme politique, ministre.
• 1836: 11 avril; *biographie* au 11 avril • 1849: 31 octobre • 1850: 9 mars •

Dumas
Mathieu
1753-1837
Militaire. Homme politique.
• 1792: 24 janvier • 1797: 1er mars •

Dumas
Pierre
Né en 1924
Ministre.
• 1962: 15 mai •

Dumas
Pierre
1875-1960
Syndicaliste.
• 1925: dans *Valois* au 11 novembre •

Dumas
René
1753-1794
Président du Tribunal révolutionnaire.
• 1794: 8 avril; 16 juin; 27 juillet; 1er août •

Dumas
Roland
Né en 1922
Avocat. Ministre.
• 1984: 17-18 juillet; 7 décembre • 1988: 8 mai • 1991: 25 mai • 1992: 2 avril • 1995: 22 février • 1997: 2 décembre • 1999: dans *Responsabilité, culpabilité et justice* au 9 février; 23 mars •

Dumay
Henry
Directeur de presse.
• 1924: 12 mai •

DUMAYET
Pierre
Né en 1923
Journaliste.
• 1949: dans *La naissance de la télévision publique* au 29 juin • 1953: mai • 1959: 3 janvier •

DUMBARTON OAKS
Conférence de
• 1944: 21 août-7 octobre; 29 septembre •

DUMESNIL
Jacques-Louis
1882-1956
Ministre.
• 1924: 12-14 juin • 1930: 2 mars • 1931: 27 janvier •

DUMÉZIL
Georges
1898-1986
Historien.
• 1939: juin • 1947: dans *La nouvelle histoire* au 3 novembre • 1949: mars • 1958: janvier; *biographie* en janvier • 1962: octobre •

DUMOLARD
Joseph-Vincent
1766-1819
Député.
• 1797: 1er mars; 30 juin; 5 septembre •

DUMON
Pierre Sylvain
1797-1870
Homme politique, ministre.
• 1843: 16 décembre • 1847: 9 mai •

DU MONT
Henry
1610-1684
Compositeur.
• 1670: autres événements •

DUMONT
André
1765-1838
Homme politique.
• 1793: 27 octobre • 1794: 20 octobre; 4 décembre •

DUMONT
Charles
1867-1939
Ministre.
• 1911: 2-6 mars • 1913: 22 mars • 1930: 20-25 février • 1931: 27 janvier •

DUMONT
Étienne-Louis
1759-1829
Pasteur et traducteur suisse. Secrétaire de Mirabeau.
• 1775: dans *Mirabeau* dans autres événements •

DUMONT
Louis
Né en 1911
Anthropologue.
• 1983: novembre •

DUMONT
René
Militant écologiste.
• 1974: 18 avril •

DUMONT D'URVILLE
Jules Sébastien César
1790-1842
Amiral.
• 1803: 9 août • 1817: autres événements • 1820: autres événements • 1821: 15 décembre • 1842: 8 mai •

DUMOUCHEL
Jean-Baptiste
1748-1820
Recteur de l'Université de Paris.
• 1791: 8 janvier •

DUMOULIN
Charles
1500-1566
Jurisconsulte, avocat.
• 1546: autres événements • 1564: autres événements •

DUMOULIN
Évariste
1776-1833
Publiciste.
• 1818: février •

DUMOULIN
Pierre
Polémiste protestant.
• 1623: dans *Garasse* en août •

DUMOURIEZ
Charles-François du Périer, dit
1739-1823
Général. Ministre.
• 1792: 15 mars; *biographie* au 15 mars; 13 juin; 14 juin; 15 juin; 18 juin; 19 juin; 20 juin; *introduction La République jacobine*; dans *Danton* au 11 août; 18 août; 19 septembre; 29 septembre; 27 octobre; 6 novembre; 14 novembre; 28 novembre; 30 novembre; 31 décembre • 1793: 17 février; 26 février; 1er mars; 8 mars; 14 mars; 18 mars; 20 mars; 21 mars; 23 mars; 27 mars; 28 mars; 30 mars; 31 mars; 1er avril; 2 avril; 3 avril; 4 avril; 10 avril; 11 avril; dans *Miranda* au 12 avril; 25 mai; 31 mai; dans *Les Cordeliers* au 17 décembre • 1794: 31 mars • 1795: 30 juin • 1830: *introduction La monarchie de Juillet* • 1832: 13 janvier •

DUNANT
Henry
1828-1910
Homme de lettres suisse. Fondateur de la Croix-Rouge.
• 1862: novembre • 1863: 9 février • 1864: 22 août • 1901: 10 décembre •

DUNES
Bataille des
1658
• 1658: juin-septembre • 1667: dans *Turenne* en mai •

DUNKERQUE
Bataille de
1940
• 1940: 28 mai-4 juin •

DUNKERQUE
Siège et rachat de
1658-1662
• 1658: juin-septembre • 1662: 27 octobre •

DUNLOP
John Boyd
1840-1921
Vétérinaire et inventeur écossais.
• 1895: dans *L'automobile* en juin •

DUNOIS
• Voir Jean de Dunois •

DUNOIS
Amédée
1878-1944
Publiciste. Résistant.
• 1941: décembre •

DUNOYER
Charles Barthelémy
1786-1862
Économiste et administrateur.
• 1814: juin • 1817: février; août • 1818: février • 1821: dans *Saint-Simon* au 3 mars • 1825: 29 octobre •

DUNOYER DE SEGONZAC
André
1884-1974
Peintre.
• 1942: 21 janvier •

DUNOYER DE SEGONZAC
Pierre
1906-1968
Général. Directeur de l'École d'Uriage.
• 1940: 28 septembre •

DUNS SCOT
John
vers 1266-1308
Franciscain. Auteur.
• 1304-1308 •

DUPANLOUP
Félix
1802-1878
Homme politique. Évêque d'Orléans.
• 1849: 16 avril; *biographie* au 16 avril • 1859: septembre • 1863: 31 mai-1er juin • 1864: 8 décembre • 1865: 25 janvier • 1869: novembre • 1871: décembre • 1874: 23 décembre • 1876: mai • 1878: 21 mai •

DU PARC
Thérèse de Gorla, marquise
1633-1668
Comédienne.
• 1667: 7 novembre •

Duparc
Henri
1848-1933
Compositeur.
• 1884: autres événements; *biographie* dans autres événements • 1907: dans *Le renouveau musical* au 12 janvier •

Duperré
Victor Guy, baron
1775-1846
Amiral. Ministre.
• 1830: 30 mai • 1834: 18 novembre • 1835: 12 mars • 1836: 22 février • 1839: 12 mai • 1840: 29 octobre • 1843: 7 février •

Duperrey
Louis Isidore
1786-1865
Navigateur.
• 1817: autres événements • 1821: 15 décembre •

Du Perron
Jacques Davy
1556-1618
Évêque d'Évreux. Cardinal.
• 1589: *introduction Henri IV* • 1595: 30 août • 1598: juillet • 1600: 4 mai • 1601: 10 juillet •

Dupes
Journée des
• 1630: 10-12 novembre; 11 novembre •

Dupetit-Thouars
Aristide Aubert
1760-1898
Amiral.
• 1785: 1er août • 1803: 9 août • 1841: autres événements • 1842: 9 septembre • 1843: 5 novembre • 1844: 26 février •

Duphly
Jacques
1715-1789
Claveciniste et compositeur.
• 1744: autres événements •

Duphot
Léonard
1769-1797
Général.
• 1797: 28 décembre •

Dupin
Aurore
• Voir Sand, George •

Dupin
François Pierre Charles, baron
1784-1873
Économiste, mathématicien. Homme politique, ministre.
• 1807: mars • 1826: *biographie* dans *André-Marie et Charles Dupin* en janvier; juillet • 1827: 14 juillet • 1830: *introduction La Monarchie de Juillet*; 11 août • 1832: 19 novembre • 1834: 10 novembre • 1837: 9 mars • 1839: 23 avril; 28 avril • 1842: 22 janvier • 1844: 19 mars • 1848: 23-24 avril; 17 mai-17 juin; 4 septembre-27 octobre • 1849: 28 mai •

Dupin
Jacques
Né en 1927
Poète et critique d'art.
• 1951: 8 juin • 1964: août • 1967: janvier • 1982: décembre •

Dupin
Simon-Philippe
1795-1846
Frère de Dupin l'aîné. Avocat.
• 1826: dans *André-Marie et Charles Dupin* en janvier •

Dupin de Chenonceaux
Claude
1684-1769
Économiste. Financier.
• 1745: dans *Maurice de Saxe* au 11 mai • 1746: autres événements • 1748: autres événements •

Dupin de Francueil
Marie-Aurore
1748-?
Fille naturelle de Maurice de Saxe maréchal de France.
• 1745: dans *Maurice de Saxe* au 11 mai •

Dupin l'aîné
André-Marie-Jean-Jacques
1783-1865
Avocat et homme politique.
• 1826: janvier; *biographie* en janvier • 1835: 3 janvier •

DUPLEIX
Joseph-François
1697-1763
Gouverneur de Pondichéry.
• 1740: 1er janvier; *biographie* au 1er janvier • 1748: 17 octobre • 1752: 13 juin • 1753: 29 octobre • 1754: 26 décembre •

DUPLEIX
Scipion
1569-1661
Scientifique. Historiographe.
• 1618: autres événements • 1643: dans *Les historiographes du roi* dans autres événements •

DUPLESSIS DE GRENEDAN
Louis Joseph Anne Marie, comte
1767-1842
Homme politique.
• 1815: 14 novembre •

DUPLESSIS-GUÉNÉGAUD
Élisabeth de Choiseul
† 1677
Épouse de Henri de Guénégaud.
• 1641: dans *Salons, mondains et précieuses* au 22 mai • 1664: dans *La Rochefoucauld* au 27 octobre •

DUPLESSIS-MORNAY
Philippe de Mornay du Plessis, dit
1549-1623
Théologien protestant. Homme politique.
• 1579: autres événements; *biographie* dans autres événements • 1585: 11 octobre • 1586: janvier • 1589: 4 mars; 15 mars; 3 avril; *introduction Henri IV* • 1590: 12-13 mars; autres événements • 1594: fin février • 1596: décembre • 1598: juillet • 1599: autres événements • 1600: 4 mai • 1614: dans *Pamphlets et libelles* au 27 octobre • 1620: dans *Les révoltes protestantes* en septembre-octobre •

DUPLESSIS-PASLIN
César de Choiseul, comte
1598-1675
Maréchal de France.
• 1649: 22 mars • 1650: 15 décembre •

DU PLESSYS
Maurice
1864-1924
Poète.
• 1890: décembre •

DUPLICE
Alliance austro-allemande
1879
• 1879: 15 octobre •

DUPONT DE L'ÉTANG
Pierre Antoine, comte
1765-1840
Général. Ministre.
• 1807: 17 octobre 1807-9 janvier 1808 • 1808: février; juin; 22 juillet • 1814: *introduction La première Restauration*; 13 mai; 3 décembre •

DUPONT DE L'EURE
Jacques-Charles
1767-1855
Homme politique, ministre. Président du gouvernement provisoire en 1848.
• 1817: 20 septembre; *biographie* au 20 septembre • 1821: février • 1830: 31 juillet; 1er août; *introduction La monarchie de Juillet*; 11 août; 19 octobre; 2 novembre; 27 décembre • 1848: 24 février; 23-24 avril •

DUPONT DE NEMOURS
Pierre-Samuel
1739-1817
Économiste.
• 1756: dans *Les physiocrates* dans autres événements • 1768: autres événements • 1769: autres événements • 1770: autres événements • 1774: dans *Turgot* au 24 août • 1778: 12 juillet • 1785: autres événements • 1788: 10 novembre • 1789: 14 novembre • 1793: 13 juillet •

DUPONT-SOMMER
André
1900-1983
Orientaliste.
• 1951: juin •

DUPORT
Adrien
1759-1798
Conseiller au Parlement de Paris.
• 1788: 10 novembre • 1789: *introduction Louis XVI et la Révolution* • 1790: 19 mai • 1791: 28 février; 17 mai; 27 mai; 10 juin; 26 juin; 14 juillet; 16 juillet; dans *Les Jacobins* au 16 juillet; dans *Les Feuillants* au 16 juillet; 19 décembre • 1792: 15 août •

Duportail
Antoine-Jean-Louis Le Bègue de Presle
1743-1802
Ministre de la Guerre.
• 1790: 16 novembre • 1791: 2 décembre • 1792: 15 août •

Duport-Dutertre
Marguerite-Louis-François
1754-1793
Ministre de la Justice.
• 1790: 21 novembre • 1792: 12 février; 15 mars • 1793: 29 novembre •

Duprat
Antoine
1463-1535
Juriste. Archevêque de Sens. Cardinal. Chancelier de 1515 à 1535.
• 1504: 24 juillet • 1515: *introduction François Ier*; 7 janvier; *biographie* au 7 janvier; 16 octobre • 1517: 5 février • 1520: 7 juin • 1524: 5 octobre • 1526: mars-mai • 1527: 24-27 juillet • 1528: février-octobre • 1535: juillet-novembre •

Duprat
Guillaume
Évêque de Clermont.
• 1556: 12 avril •

Duprat
Pierre Pascal
1815-1885
Homme politique.
• 1875: 11-12 février •

Du Pré
Jean
Imprimeur.
• 1483: autres événements • 1486-1487 • 1489: autres événements •

Dupré
Jules
1811-1889
Peintre.
• 1830: dans *Corot* dans autres événements •

Dupré de Saint-Maur
Nicolas-François
1695-1774
Économiste.
• 1746: autres événements •

Dupuis
Charles François
1742-1809
Homme politique.
• 1801: 11 octobre •

Dupuy
Charles
1851-1929
Homme politique, ministre. Président du Conseil.
• 1892: 7 décembre • 1893: 11 janvier • 1893: 4 avril; 21-25 novembre; 5 décembre • 1894: 29 mai; 24 juin; 27 juin; 2 juillet • 1895: 14 janvier • 1898: 3 novembre • 1899: 8-10 février; 18 février; 12 juin •

Dupuy
Claude
Conseiller au Parlement.
• 1616: autres événements •

Dupuy
Jacques
1582-1651
Fils de Claude Dupuy. Garde de la bibliothèque du roi. Fondateur de l'« Académie putéane ».
• 1616: autres événements; dans *Les libertins érudits* dans autres événements • 1619: autres événements •

Dupuy
Jean
1844-1919
Publiciste. Homme politique, ministre.
• 1876: 15 octobre • 1899: 23 juin • 1909: 24 juillet • 1910: 2 novembre • 1912: 14 janvier • 1913: 21 janvier; 2-8 décembre • 1914: 13 janvier; 2-4 juin; 4 juin •

Dupuy
Pierre
1586-1656
Fils de Claude Dupuy. Garde de la bibliothèque du roi. Fondateur de l'« Académie putéane ».
• 1616: autres événements; dans *Les libertins érudits* dans autres événements • 1619: autres événements • 1639: autres événements •

Dupuy Demportes
Jean-Baptiste
• 1761: autres événements •

Dupuy-Dutemps
Ludovic
1847-1928
Homme politique, ministre.
• 1895: 27 janvier •

Dupuytren
Guillaume
1777-1835
Chirurgien.
• 1800: dans *Une révolution médicale* en juillet •

Duquesne
Abraham
1610-1688
Chef d'escadre.
• 1672: 7 juin; *biographie* au 7 juin • 1673: mai-août • 1675: 11 février • 1676: janvier-juin • 1682: août-septembre • 1683: 26 juin • 1684: 17-23 mai • 1690: dans *Tourville* au 10 juillet •

Duquesnoy
Adrien
1759-1808
Député.
• 1789: dans *La Déclaration des droits de l'homme et du citoyen* au 26 août •

Duquesnoy
Ernest-Dominique-François-Joseph
1749-1795
Député.
• 1795: 20 mai; 17 juin •

Durafour
Antoine
1876-1932
Ministre.
• 1925: 17-21 avril; 29 octobre; 28 novembre • 1926: 9 mars; 23 juin •

Durafour
Michel
Né en 1920
Ministre.
• 1974: 28 mai • 1976: 27 août • 1988: 8 mai; 2 septembre • 1989: 11 décembre •

Durand
Gilbert
Né en 1921
Philosophe.
• 1938: dans *Bachelard* dans autres événements •

Durand
Jean
1865-1936
Ministre.
• 1925: 17-21 avril; 29 octobre; 28 novembre • 1926: 9 mars; 8 avril; 23 juin • 1930: 20-25 février •

Durand
Jules
1880-1926
Syndicaliste.
• 1910: 25 novembre •

Durand
Julien
1874-1973
Ministre.
• 1930: 20-25 février • 1932: 3-7 juin; 16 décembre • 1934: 9-12 janvier •

Durand
Marguerite
1864-1936
Féministe.
• 1903: octobre; *biographie* en octobre • 1904: 1er février • 1915: autres événements •

Durand de Maillane
Pierre-Toussaint
1729-1814
Secrétaire de la Convention.
• 1761: autres événements • 1770: autres événements • 1771: autres événements • 1789: 23 novembre • 1790: 20 mai; 18-20 novembre • 1792: dans *L'état civil et le divorce* au 20 septembre • 1793: 2 juin • 1794: 10 septembre • 1795: 6 mai •

Durand-Ruel
Paul
1831-1922
Marchand d'art et collectionneur.
• 1874: dans *L'impressionnisme* au 15 avril-15 mai •

Duranthon
Antoine
1736-1793
Ministre de la Justice.
• 1792: 15 mars; 18 juin; 4 juillet •

Duranti
Jean-Étienne
† 1589
Président du parlement de Toulouse.
• 1589: 10 février •

Duranty
Louis Émile Edmond
1833-1880
Écrivain.
• 1856: novembre; dans *Le réalisme littéraire* en novembre •

Duras
Emmanuel-Félicité de Durfort de
1715-1789
Gouverneur de Bretagne.
• 1768: 11 septembre •

Duras
Marguerite Donnadieu, dite Marguerite
1914-1996
Écrivain.
• 1943: autres événements • 1944; dans *Les tondues de la Libération* au 26 août • 1947: dans *Robert Antelme* en avril • 1950: septembre • 1956: 17 septembre • 1959: 31 mai • 1960: 18 mai • 1964: janvier • 1965: 1er décembre • 1975: juin • 1984: 16 octobre; 12 novembre •

Dürer
Albrecht
1471-1528
Peintre et graveur allemand.
• 1498: autres événements •

Duret
Louis
Conseiller des finances.
• 1611: 26 janvier •

Durey
Louis
1888-1979
Compositeur.
• 1920: dans *Le Groupe des Six* au 16-23 janvier • 1924: janvier •

Durieux
Bruno
Né en 1944
Ministre.
• 1990: 2 octobre •

Durkheim
Émile
1858-1917
Sociologue.
• 1855: *dans Le Play* au 21 juillet • 1883: 10 mars • 1894: 22 décembre; *biographie* au 22 décembre • 1897: 24 juillet • 1898: janvier • 1902: autres événements • 1915: autres événements • 1927: dans *Ferdinand Buisson* au 8 décembre • 1929: dans *L'École des Annales* en janvier • 1983: dans *Raymond Aron* au 17 octobre •

Duroc
Gérard Christophe Michel, duc de Frioul
1772-1813
Général.
• 1804: dans *Grands officiers civils* au 18 mai • 1813: 29 avril-4 juin •

Duroselle
Jean-Baptiste
1917-1994
Historien.
• 1938: dans *Les hommes du Quai* au 20-25 juillet • 1953: mars •

Du Roure
Antoine
Paysan.
• 1670: avril-juillet •

Duroy
Jean-Michel
1753-1795
Homme politique.
• 1795: 17 juin •

Du Rozoi
Farmian
1742-1792
Journaliste.
• 1789: 1er octobre • 1792: 25 août •

Durruti
Buenaventura
1896-1936
Anarchiste espagnol.
• 1936: dans *Les volontaires français* au 22 octobre •

DURRY
Marie-Jeanne
Née en 1901
Professeur de littérature.
• 1947: 1er janvier •

DURUFLÉ
Maurice
1902-1986
Compositeur.
• 1926: autres événements •

DURUY
Georges
1853-1918
Écrivain et homme politique.
• 1899: 5 mai •

DURUY
Victor
1811-1894
Homme politique, ministre.
• 1846: dans *Le Verrier* au 23 septembre • 1860: 31 mai • 1863: 23 juin; *biographie* au 23 juin • 1865: 15 février • 1867: 30 octobre • 1868: 31 juillet • 1883: 10 mars • 1893: dans *Lavisse* au 4 février •

DUSAPIN
Pascal
Né en 1955
Compositeur.
• 1987: 22 juin • 1989: 10 juillet •

DUSAULX
Jean-Joseph
1728-1799
Écrivain. Homme politique.
• 1793: 2 juin •

DU SEIGNEUR
Jean-Bernard, dit Jehan
1808-1866
Sculpteur.
• 1833: dans *La sculpture romantique* dans autres événements •

DU SOMMERARD
Alexandre
1779-1842
Archéologue.
• 1844: 17 mars •

DUSSAUSSOY
• 1906: juillet •

DUSSEAULX
Roger
Né en 1913
Ministre.
• 1962: 14 avril; 15 mai •

DUSSEIGNEUR
Édouard
Général. Aviateur. Cofondateur de la Cagoule.
• 1937: 16 novembre 1937-26 janvier 1938 •

DUTACQ
Armand Jean Michel
1810-1856
Fondateur du Siècle.
• 1826: 15 janvier • 1836: dans *La naissance de la presse* au 1er juillet •

DUTERT
Louis Ferdinand
1845-1906
Architecte.
• 1889: 6 mai •

DU THEIL
Agent royaliste.
• 1796: 6 septembre •

DUTHUIT
Georges
1891-1973
Critique d'art.
• 1947: mai •

DU TILLET
Jean
† 1570
Fils d'Élie Du Tillet. Greffier civil du parlement.
• 1547: 2 juillet • 1548: 22 décembre •

DUTILLEUL
François Ernest
1825-1907
Homme politique, ministre.
• 1877: 23 novembre •

DUTILLEUL
Roger
1873-1956
Marchand d'art.
• 1908: dans *Le cubisme* au 14 novembre •

Dutilleux
Henri
Né en 1916
Compositeur.
• 1966: 13 mai • 1970: juillet • 1978: 28 décembre • 1998: 20 mars •

Dutroux
Marc
• 1997: 17 juin •

Du Vair
Guillaume
1556-1621
Garde des Sceaux. Chancelier.
• 1593: 16 janvier; mai-juin • 1594: autres événements • 1598: dans *Malherbe, le législateur des lettres* dans autres événements • 1616: mai; 26-30 novembre • 1621: 3 août •

Duval
Alexandre-Vincent Pineu, dit
1767-1842
Auteur.
• 1796: 11 septembre; 26 décembre • 1798: 5 août •

Duval
André
1564-1636
Auteur. Théologien.
• 1621: autres événements •

Duval
Denise
Née en 1921
Cantatrice.
• 1959: 6 février •

Duval
Émile Victor, dit le général
1841-1871
Chef militaire de la Commune de 1871.
• 1870: 5 septembre • 1871: 19 mars; 3 avril •

Duval
Gaston
† 1918
Journaliste.
• 1917: dans *Malvy et Le Bonnet rouge* au 7 juillet •

Duval
Jean-Pierre
1753-1817
Ministre de la Police.
• 1798: 29 octobre • 1799: 23 juin •

Duval
Léon Étienne
1903-1996
Archevêque d'Alger.
• 1961: 15 juillet •

Duval
Maurice
1869-1958
Général.
• 1945: dans *Émeutes et répression en Algérie* au 8 mai •

Duval d'Éprémesnil
Jean-Jacques
1745-1794
Conseiller au Parlement de Paris.
• 1788: 6 mai; *biographie* au 6 mai; 5 décembre • 1790: 1er février • 1794: 22 avril •

Duvaux
Jules Yves Antoine
1827-1902
Homme politique, ministre.
• 1882: 7 août; 2 novembre •

Duveau
Georges
Historien.
• 1946: septembre •

Duvergier
Jean-Baptiste Marie
1792-1877
Homme politique, ministre.
• 1869: 17 juillet •

Duvergier de Hauranne
Prosper
1798-1881
Homme politique, historien et écrivain.
• 1838: novembre • 1847: 6 mars • 1848: 24 juillet-5 août; 4 septembre-27 octobre • 1857: 9 mai •

Duverne de Presle
Thomas-Laurent-Madeleine
1763-1844
Officier.
• 1796: 25 février • 1797: 1er mars; 5 septembre •

Duvernois
Clément Aimé Jean
1836-1879
Homme politique, ministre.
• 1870: 10 août •

Duvet
Jean
1485-vers 1570
Orfèvre et graveur.
• 1555: autres événements • 1560: autres événements •

Duveyrier
Henri
1840-1892
Voyageur.
• 1832: juillet • 1845: autres événements •

Duvignaud
Jean
Né en 1921
Sociologue.
• 1956: décembre •

Duvillard
Henri
Né en 1910
Ministre.
• 1967: 6-7 avril • 1968: 1er juin; 10 juillet • 1969: 21 juin •

Duvivier
Franciade Fleurus
1794-1848
Général.
• 1848: 25 février •

Duvivier
Julien
1896-1967
Cinéaste.
• 1937: dans *La Grande Illusion* au 4 juin • 1952: 4 juin •

E

EAUX ET FORÊTS
Législation sur les
• 1219: autres événements • 1669: août; dans *La forêt française* en août • 1675: dans *Le soulèvement des paysans bretons* au 9 juin •

EBBES OU EBBON
† 937
Fondateur de l'abbaye de Déols.
• 910: 11 septembre •

EBBON DE REIMS
Archevêque de Reims de 816 à 835 et de 840 à 841. Évêque d'Hildesheim de 844/845 à 851.
• 814: *introduction Louis le Pieux* • 816: autres événements • vers 820 • 822: autres événements • 833: 7 octobre • 835: 28 février • 840: août • 844: novembre • 845: avril • 847: 28 février-mars • 853: avril • 866: autres événements •

EBERT
Friedrich
1871-1925
Président de la République de Weimar de 1919 à 1925.
• 1914: *introduction La IIIe République: D'une guerre à l'autre* • 1919: 11 février •

EBLES
† 892
Fils de Ramnulf II comte de Poitou. Abbé de Saint-Denis. Archichancelier de 888 à 892.
• 890: août • 892: automne; 2 octobre •

EBLES DE ROUCY
Vicomte de Reims. Archevêque de Reims à partir de 1021.
• 1021: 5 mars • 1023: 8 septembre •

EBLES II DE ROUCY
Comte de Roucy.
• 1102-1103 • 1103 •

EBLES MANZER
† 934
Fils de Ramnulf II comte de Poitou. Duc d'Aquitaine et comte de Poitiers, de Limoges et d'Auvergne de 927 à 934.
• 890: août • 911: 20 juillet • 927: été • 936: 19 juin •

ÉBOUÉ
Félix
1884-1944
Administrateur. Gouverneur général de l'AEF.
• 1940: 26-30 août • 1944: 30 janvier-8 février •

EBROÏN
† vers 680
Maire du palais de Neustrie-Bourgogne de 658 à 673 et de 676 environ à 680.
• 657: 11 septembre-10 novembre • 658 • 663-vers 679: dans *Léger* • 664-665 • vers 667 • 673: 10 mars-15 mai; septembre • 675: 18 octobre-9 décembre • vers 676 • 676: 25 janvier • vers 677 • 677: septembre • 678 • 679: 23 décembre • 680 • 681 •

EBROÏN DE POITIERS
Évêque de Poitiers de 838 à 851/852.
• 839: 1er septembre • 841: août •

ECCARD
Comte d'Autun.
• 870: autres événements • 872: mai •

ÉCHENOZ
Jean
Né en 1947
Écrivain.
• 1987: décembre • 1999: novembre •

ÉCHO FRANÇAIS (L')
1829
Journal.
• 1829: 8 juin •

ÉCHO NATIONAL (L')
1929
Journal.
• 1929: dans *Tardieu* au 31 octobre •

ÉCHOGRAPHIE
1969
• 1969: mars •

ECKMÜHL
Bataille d'
1809
• 1809: 8 avril-12 juillet •

ÉCLUSE
Bataille de l'
1340
• 1340: 24 juin •

ÉCOLE PRATIQUE DES HAUTES ÉTUDES
6e section
• 1947: 3 novembre; dans *La nouvelle histoire* au 3 novembre • 1973: dans *Jacques Lacan* en février • Voir EHESS •

ÉCOLE PRATIQUE DES HAUTES ÉTUDES
(EPHE)
• 1868: 31 juillet • 1886: 30 janvier •

ÉCOLE ROYALE VÉTÉRINAIRE
• 1750: autres événements • 1761: 4 août • 1764: 3 juin • 1766: autres événements •

ÉCOLES CENTRALES
• 1794: 16 décembre • 1795: 25 février; 25 octobre •

ÉCOLES DE SANTÉ
• 1794: 4 décembre •

ÉCOUEN
Château d'
• 1547: *introduction Henri II* • 1560: *introduction Charles IX* • 1563: dans *Palissy* dans autres événements • 1570: autres événements •

ÉCOUEN
Lettres d'
2 juin 1559
• 1547: *introduction Henri II* •

EDEN
Anthony
1897-1977
Secrétaire du Foreign Office britannique.
• 1935: 16-24 mars • 1936: 9 mars; 1er avril • 1937: 29 novembre • 1938: 20 février; dans *Les hommes du Quai* au 20-25 juillet • 1940: 11 juin • 1943: 19 octobre • 1944: 25 août • 1945: 23 avril; 17-25 juillet • 1946: *introduction La IVe République* • 1956: 26 juillet; 12-26 septembre; 22-24 octobre; 30 octobre; 5 novembre •

EDF
(Électricité de France)
• 1944: dans *Les nationalisations* au 13 décembre • 1947: 25 mai • 1958: dans *Paul Delouvrier* au 12 décembre • 1969: 10-16 décembre • 1974: 3 mars • 1995: 28 novembre-fin décembre •

ÉDIMBOURG
Traité d'
1543
• 1543: 15 décembre •

EDISON
Thomas Alva
1847-1931
Inventeur américain.
• 1876: dans *Cros* au 30 avril • 1881: 11 août-20 novembre •

ÉDITIONS DE MINUIT
1942
• Voir Minuit, Éditions de •

EDMOND
Fils d'Henri III, roi d'Angleterre.
• 1275: entre le 18 décembre 1275 et le 18 janvier 1276 • 1284: 17 mai •

EDMOND BEAUFORT
Petit-fils de Jean de Gand duc de Lancastre. Duc de Somerset.
• 1449: 24 mars • 1450: 24 juin •

EDMONT
Edmond
Linguiste.
• 1909: autres événements •

ÉDOUARD Ier
† 1307
Fils d'Henri III, roi d'Angleterre. Duc de Gascogne jusqu'en 1272. Roi d'Angleterre de 1272 à 1307.
• 1269: autres événements • 1272: novembre • 1273: août • 1279: autres événements • 1285: *introduction Philippe IV le Bel* • 1286-1289 • 1293: 27 octobre • 1294: 19 mai; 31 août; autres événements • 1296: 1er janvier • 1297: 2 février; 23 août • 1298: 26 juin • 1299: 19 juin • 1303: 20 mai • 1304: 9 avril •

ÉDOUARD II
† 1328
Fils d'Édouard Ier roi d'Angleterre. Roi d'Angleterre de 1307 à 1327 (déposé le 7 janvier).
• 1285: *introduction Philippe IV le Bel* • 1294: 31 août • 1298: 26 juin • 1299: 19 juin • 1304: janvier • 1306: 22 mai • 1308: janvier • 1313: Pentecôte • 1316: *introduction Philippe V le Long* • 1320: autres événements • 1322: *introduction Charles IV le Bel* • 1325: 14 septembre •

ÉDOUARD II
Sire de Beaujeu.
• 1400: août •

ÉDOUARD III
Fils d'Édouard II roi d'Angleterre. Roi d'Angleterre de 1327 à 1377.
• 1302: 11 juillet • 1322: *introduction Charles IV le Bel* • 1325: 14 septembre • 1327: 31 mars • 1328: *introduction Philippe VI* • 1329: 6 juin • 1331: avril • 1332: 6 avril • 1336: avril; juillet; 12 août; décembre • 1337: mai; vers 15 juillet; autres événements • 1338: juillet • 1339: février; fin septembre • 1340: 6 février • 1341: 30 avril • 1342: octobre • 1342-1343 • 1343: 19 janvier; avril; • 1344: mars • 1345: juillet; 17 juillet • 1346: 12 juillet; 26 août; 4 septembre • 1347: fin juillet • 1350: *introduction Jean II le Bon*; 19 novembre • 1351: 6 novembre • 1353: 1er mars • 1354: 8 janvier; novembre • 1355: mi-octobre • 1357: 20 janvier; 5 avril • 1359: 24 mars; 21 août; 28 octobre • 1360: 11 ou 17 janvier; 10 mars; vers le 20 avril; 8 mai; 24 octobre • 1361: printemps; 1er juillet; 27 juillet • 1365: 6 mars • 1367: 26 mai • 1369: 3 juin • 1371: janvier • 1372: 19 juillet • 1375: 27 mars • 1377: 21 juin • 1430: dans *Les ordres chevaleresques au XIVe-XVe siècles* au 7 janvier •

ÉDOUARD IV
† 1483
Fils de Richard d'York. Roi d'Angleterre de 1461 à 1483.
• 1461: 4 mars; *introduction Louis XI* • 1471: 11 avril • 1472: 4 juin • 1474: 25 juillet • 1475: 4-6 juillet; 29 août • 1481: autres événements • 1483: autres événements •

ÉDOUARD VI
1538-1553
Fils d'Henry VIII roi d'Angleterre. Roi d'Angleterre de 1547 à 1553.
• 1515: *introduction François Ier* • 1547: mars; *introduction Henri II* • 1551: mai; 19 juillet • 1553: 6 juillet •

ÉDOUARD VII
1841-1910
Fils de Victoria reine de Grande-Bretagne et d'Irlande. Roi de Grande-Bretagne et d'Irlande de 1901 à 1910.
• 1870: *introduction La IIIe République: De la chute du Second Empire à la Première Guerre mondiale* • 1908: 24 mai •

ÉDOUARD VIII
1894-1972
Fils de George V roi d'Angleterre. Roi d'Angleterre en 1936.
• 1924: 7 juillet •

ÉDOUARD L'ANCIEN
† 924
Roi d'Angleterre de 901 à 924.
• 912-919 •

ÉDOUARD LE CONFESSEUR
† 1066
Fils d'Æthelraed II. Roi d'Angleterre de 1042 à 1066.
• 1044: autres événements • 1051: autres événements • vers 1064 • 1066: 5 janvier •

ÉDOUX
Félix Léon
1827-?
Ingénieur.
• 1867: 1er avril-novembre •

ÉDUCATION NATIONALE
• 1793: 26 juin; 29 juillet; 28 octobre; 5 novembre; 19 décembre • 1795: 25 février; 25 octobre •

EDWIGE
• Voir Ogive •

EFFIAT
Antoine Coëffier de Ruzé, marquis d'
1581-1632
Maréchal de France. Surintendant des finances.
• 1626: 1er-9 juin • 1628: 26 avril • 1632: 6 janvier-26 juin; 27 juillet-4 août • 1638: mars • 1642: 13 mars •

EFFIAT
Henri Coëffier de Ruzé d'
• Voir Cinq-Mars, Henri Coëffier de Ruzé d'Effiat, marquis de •

Égalité (L')
1877
Journal.
• 1877: 18 novembre • 1879: 12 juillet • 1882: dans *Le socialisme français* en septembre •

Égaux
• Voir Conspiration des Égaux •

Éginhard
Auteur.
• 768: *introduction Charlemagne* • 782: dans *Alcuin* • 817: autres événements • 828-830 •

Église réformée de France
• 1938: autres événements •

Églises réformées de France
Synodes
• 1559: 25-29 mai • 1659: 10 novembre •

Egmont
Lamoral, comte d'
1522-1568
• 1558: juin-septembre • 1567: août • 1568: 5 juin •

Egmont
Marguerite d'
Sœur de Lamoral comte d'Egmont. Épouse de Nicolas de Lorraine comte de Vaudémont.
• 1573: fin octobre •

Égypte
Expédition d'
1798-1801
• 1794: *introduction La République thermidorienne* • 1797: 3 juillet • 1798: 14 février; 23 février; 5 mars; *L'expédition d'Égypte* au 5 mars; 19 mai; 19 juin; 28 juin; 1er juillet; 7 juillet; 10 juillet; 13 juillet; 21 juillet; 23 juillet; 1er août; 22 août; 25 août; 4 septembre; 7 octobre; 21 octobre • 1799: 1er février; 25 février; 7 mars; 19 mars; 8 avril; 16 avril; 17 mai; 14 juin; 17 juillet; 19 juillet; 25 juillet; 23 août; *introduction Napoléon Bonaparte* • 1800: 20 mars • 1801: 21 mars; 5 avril; 27 juin; 30 septembre • 1802: 6 février •

EHESS
(École des hautes études en sciences sociales)
• 1947: dans *La nouvelle histoire* au 3 novembre • 1979: dans *François Furet* au 23 janvier •

Ehrenbourg
Ilya
1891-1967
Écrivain soviétique.
• 1935: 21-25 juin • 1957: septembre •

Ehresmann
Charles
1905-1979
Mathématicien.
• 1951: décembre •

Eichmann
Adolf
1906-1962
• 1942: 20 janvier; 29 mai • 1945: dans *Rapatriement* au 19 juin •

Eichthal
Gustave d'
1804-1886
Écrivain politique et économiste.
• 1828: dans *Le saint-simonisme* en décembre • 1839: 28 décembre •

Eiffel
Gustave
1832-1923
Ingénieur.
• 1875: autres événements • 1878: 1er mai • 1882: autres événements • 1886: 12 juin • 1889: 6 mai; *biographie* au 6 mai • 1893: 9 février; 8-21 mars •

Eiffel
Tour
• 1886: 12 juin • 1887: 8 janvier; 14 février • 1889: 6 mai; dans *Eiffel* au 6 mai • 2000: 10 juin •

Einaudi
Luigi
1890-1969
Président du Conseil italien.
• 1946: *introduction La IVe République* •

Einstein
Albert
1879-1959
Physicien américain d'origine allemande.
• 1928: 9 juin • 1939: dans *Autour du pacte* au 22-23 août •

Einstein
Carl
1885-1940
Écrivain allemand.
• 1933: dans *Les réfugiés allemands* au 27 février • 1938: dans *Georges-Henri Rivière* au 21 juin •

Eisenhower
Dwight
1890-1966
Général. Président des États-Unis de 1953 à 1961.
• 1942: 26 juillet • 1944: 6 juin; 6-12 juillet; 22 août; 25 août; 27 août • 1945: 2-3 janvier; 12 avril; 7-9 mai; 15 juin • 1945: 2-3 janvier • 1946: *introduction La IVe République* • 1950: 27 octobre; 19 décembre • 1951: 9 janvier; 24 janvier • 1952: 25 mai • 1956: 10 septembre • 1957: 25 février • 1958: 11 avril; *introduction La Ve République: La République gaullienne* •

El-Alamein
Bataille d'
1942
• 1942: 31 août; 23-30 octobre.

El-Arich
Prise d'
1799
• 1799: 20 février •

Elbe
Île d'
• 1801: 29 mars; 1er octobre • 1802: 26 août • 1814: 11 avril; 28 avril • 1815: *introduction Les Cent-Jours* •

Elbée
Maurice-Joseph-Gigost d'
1752-1794
Chef vendéen.
• 1793: 6 avril; 22 avril; 18 juin; 19 juillet; *biographie* au 19 juillet; 17 octobre • 1794: 9 janvier •

Elbel
Paul Marie Victor
1875-1940
Ministre.
• 1938: 18 janvier •

Elbène
ou del Bene, Albisse d'
† 1563
Surintendant des finances.
• 1550: janvier •

Elbeuf
Charles, duc d'
• Voir Lorraine, Charles de •

Elbeuf
Charles II, duc d'
1620-1692
Gouverneur de Picardie.
• 1649: dans *Les frondeurs* 11 mars •

Elbeuf
René, duc d'
• Voir Lorraine, René de •

Eldorado (L')
Café-concert.
• 1869: 2 mai •

Électeur de Brandebourg
• Voir Grand Électeur • Hohenzollern •

Électeur de Cologne
• Voir Joseph-Clément de Bavière • Maximilien-Henri de Bavière •

Électeur de Mayence
• 1658: 14 août •

Électeur de Saxe
• Voir Jean-Georges Ier •

Électeur de Trèves
• Voir Sötern, Philippe von •

Électeur palatin
• Voir Frédéric V • Neubourg, Charles-Louis de •

Électroménager
• 1953: 6 mai • 1956: autres événements; *L'électroménager* dans autres événements •

Éléonor de Habsbourg
Fille de Philippe le Beau roi de Castille. Épouse de : 1. Manuel roi de Portugal. 2. François Ier roi de France.
• 1515 : *introduction François Ier* • 1526 : janvier-mars • 1529 : 3 août • 1530 : juillet • 1531 : 5 mars • 1535 : juillet-novembre • 1541 : dans *Marot et son école* dans autres événements •

Éléonore
Épouse de Raoul de Vermandois, sénéchal.
• 1142 : janvier •

Éléonore
Sœur d'Élisabeth, comtesse de Flandre.
• 1182 : autres événements •

Éléonore
Fille d'Édouard Ier, roi d'Angleterre. Épouse d'Henri III, comte de Bar.
• 1297 : autres événements •

Éléonore de Navarre
• Voir Léonore •

Éléonore de Provence
ou Aliénor de Provence
Fille de Ramon Berenguer V, comte de Provence. Épouse d'Henri III, roi d'Angleterre.
• 1226 : *introduction Louis IX* • 1236 : janvier •

Elf-Aquitaine
• 1965 : dans *Pierre Guillaumat* en décembre • 1976 : 9 janvier • 1983 : 3 décembre • 1993 : 8 juillet • 1997 : 2 décembre • 1999 : 23 mars ; 5 juillet •

Éliade
Mircea
1907-1986
Écrivain et historien des religions d'origine roumaine.
• 1949 : avril •

Eliot
T. S.
1888-1965
Poète anglais.
• 1945 : juin • 1947 : juin •

Élisabeth
Fille de Guy Troussel de Montlhéry. Épouse de Philippe, comte de Mantes, fils de Philippe Ier, roi de France.
• 1060 : *introduction Philippe Ier* • 1108 : *introduction Louis VI* •

Élisabeth
† 1182
Fille de Raoul de Vermandois. Épouse de Philippe d'Alsace, comte de Flandre.
• 1159 : autres événements • 1182 : autres événements •

Élisabeth
Philippine Marie Hélène de Bourbon, Madame
1764-1794
Fille du dauphin Louis. Sœur de Louis XVI.
• 1764 : 3 mai • 1765 : 20 décembre • 1792 : *introduction La République jacobine* • 1794 : 10 mai • 1816 : 19 janvier •

Élisabeth Ire
1533-1603
Fille d'Henry VIII roi d'Angleterre. Reine d'Angleterre de 1558 à 1603.
• 1533 : autres événements • 1547 : *introduction Henri II* • 1558 : octobre-novembre ; 17 novembre • 1559 : *introduction François II* • 1560 : *introduction Charles IX* • 1562 : 20 septembre • 1566 : 8 février • 1568 : mai • 1570 : 25 février ; mars-juillet • 1571 : 31 juillet • 1572 : 27 octobre • 1573 : février-avril ; juillet • 1574 : *introduction Henri III* ; autres événements • 1581 : avril ; 30 août ; 24 octobre • 1586 : août • 1589 : *introduction Henri IV* ; 15-29 septembre • 1591 : fin août • 1596 : 9-24 avril • 1598 : 22 février • 1603 : 24 mars • 1629 : dans *Saint-Amant* au 27 février •

Élisabeth II
Née en 1926
Reine du Royaume-Uni de Grande-Bretagne et d'Irlande du Nord depuis 1952.
• 1946 : *introduction La IVe République* • 1953 : 2 juin • 1958 : *introduction La Ve République : La République gaullienne* • 1969 : *introduction La Ve République : De l'héritage du gaullisme à la victoire de la gauche* • 1981 : *introduction La Ve République : De la France mitterrandienne aux cohabitations politiques* • 1994 : 6 mai •

Élisabeth d'Autriche
1554-1592
Fille de Maximilien II empereur. Épouse de Charles IX roi de France.
• 1560: *introduction Charles IX* • 1566: 7 juillet • 1570: 14 janvier; 26 novembre • 1571: 25 mars • 1572: 27 octobre • 1578: 2 avril •

Élisabeth de Bohême
Princesse.
• 1637: dans *Descartes* en juin •

Élisabeth de Bourgogne
• Voir Isabelle •

Élisabeth de France
1602-1644
Fille d'Henri IV roi de France et de Marie de Médicis. Épouse de Philippe IV roi d'Espagne. Reine d'Espagne.
• 1602: 22 novembre • 1610: *introduction Louis XIII*; dans *Marie de Médicis* au 15 mai • 1611: 30 avril • 1612: dans *Les images de la propagande* au 5-7 avril • 1615: 19 mars • 1660: 9 juin •

Élisabeth de Hongrie
Veuve de Louis Ier, roi de Hongrie. Régente de Hongrie de 1382 à 1385.
• 1385: avril •

Élisabeth de Portugal
ou Isabelle de Portugal
Fille de Jean Ier roi de Portugal. Épouse de Philippe III le Bon, duc de Bourgogne.
• 1369: 12 avril • 1429: autres événements • 1474: avril •

Élisabeth de Russie
Impératrice de Russie de 1741 à 1761.
• 1715: *introduction Louis XV* • 1746: 22 mai • 1756: dans *La guerre de Sept Ans* au 9 juin • 1762: 5 mai •

Élisabeth de Valois
1546-1568
Fille d'Henri II roi de France. Épouse de Philippe II roi d'Espagne.
• 1546: 2 avril • 1547: *introduction Henri II* • 1551: 19 juillet • 1559: avril; juin-juillet • 1560: 31 janvier • 1565: 15 juin-2 juillet • 1568: 3 octobre •

Elle
Hebdomadaire féminin.
• 1945: 21 novembre •

Ellul
Jacques
1912-1994
Philosophe.
• 1947: novembre • 1954: mai •

Éloi
Saint
avant 600-660
Monétaire sous Dagobert Ier. Évêque de Noyon-Tournai de 641 à 660.
• 592: dans *Deux royaumes francs: 592-596* au 28 mars • 629: *introduction Dagobert Ier* • 629: automne; *biographie* en automne • 632: 22 novembre • 636 • 639-641 • 641: 13 mai • 660: 1er décembre • 1153: dans *Le temps des cathédrales* dans autres événements • 1157: autres événements •

Éluard
Eugène Grindel, dit Paul
1895-1952
Poète.
• 1918: juillet • 1919: mars • 1920: dans *Le dadaïsme* au 10 janvier; 27 mars • 1924: dans *Les surréalistes* au 12-15 octobre • 1926: septembre • 1929: 19 mars • 1930: 20 avril • 1932: 25 juin • 1936: autres événements • 1938: 17 janvier • 1940: octobre • 1942: 19 février; juin; septembre • 1943: 14 juillet • 1944: 1er novembre • 1945: février • 1947: novembre • 1949: 20-25 avril • 1969: 1er septembre •

Ély
Paul
1897-1975
Général.
• 1954: 14 mai • 1958: 9-10 mai; 18 mai •

Élysée
Palais de l'
• 1718: autres événements •

Elzéar de Sabran
Saint
† 1323
• 1369: 15 avril • 1371: autres événements •

EMMA
Fille de Thibaud le Tricheur comte de Blois. Épouse de Guillaume II Fièrabrace comte de Poitiers et duc d'Aquitaine.
• 963: autres événements •

EMMA
Comtesse de Poitiers.
• 989-990 •

EMMA
Fille de Richard Ier, duc de Normandie. Épouse de: 1. Æthelred II roi d'Angleterre 2. Cnut roi de Danemark et d'Angleterre.
• 1002: autres événements • vers 1040: autres événements •

EMMANUEL
Pierre
1916-1984
Poète.
• 1942: 19 février • 1944: 1er novembre • 1945: février •

EMMANUELLI
Henri
Né en 1945
Homme politique, ministre
• 1992: janvier • 1994: 12 juin • 1995: janvier •

EMMANUEL-PHILIBERT DE SAVOIE
1528-1580
Fils de Charles III duc de Savoie. Duc de Savoie de 1553 à 1580.
• 1527: juin-juillet • 1547: *introduction Henri II* • 1553: juillet-septembre • 1554: juin-juillet • 1555: 25-26 octobre • 1557: 23 juillet; août; 15 septembre; 24 octobre • 1558: octobre-novembre • 1559: avril; juin-juillet • 1574: *introduction Henri III* • 1579: 22 juillet •

EMMAÜS
Communauté d'
1950
• 1954: dans *L'abbé Pierre* au 1er février •

EMMERY
Jean-Louis
1742-1823
Magistrat. Homme politique.
• 1790: 6 août •

EMMO
† 675
Évêque de Sens.
• 660: 26 août •

EMMONOT
Jean
† 1591
Membre des Seize.
• 1591: octobre-décembre •

EMPAIN
Édouard, baron
Né en 1937
Industriel et ingénieur.
• 1898: 7 mars; 4 octobre •

EMPEREUR
Amendement
• 1903: 5 mars •

EMPRUNTS RUSSES
• 1904: 14 mai; *Les emprunts russes* au 14 mai • 1996: 26 novembre •

EMS
Dépêche d'
1870
• 1870: 13 juillet; 14 juillet •

ENA
(École normal d'administration)
• 1945: 22 juin • 1982: 20 décembre • 1991: 7 novembre •

ÉN-A
(Étoile nord-africaine)
1926-1937
Parti nationaliste algérien.
• 1929: novembre • 1937: 11 mars •

ENESCO
Georges
1881-1955
Compositeur roumain.
• 1907: dans *Le renouveau musical* au 12 janvier •

ENFANTIN
Barthélemy Prosper, dit le Père
1796-1864
Ingénieur et économiste.
• 1821: dans *Saint-Simon* au 3 mars • 1825: juin • 1828: dans *Le saint-simonisme* en décembre • 1829: dans *Auguste Comte* en

novembre • 1832: avril; juillet • 1840: dans *Socialisme et utopies* en juin • 1849: dans *Hippolyte Carnot* au 5 janvier • 1863: juillet •

Engelberge
Fille de Boson, roi de Provence. Épouse de: 1. Carloman, roi de Francie occidentale. 2. Guillaume Ier duc d'Aquitaine.
• 879: *introduction Louis III et Carloman* •

Engels
Friedrich
1820-1895
Théoricien socialiste allemand.
• 1845: 3 février • 1877: 18 novembre • 1882: dans Le socialisme français en septembre • 1885: 29 août • 1895: 6 mars •

Enghien
Louis Antoine Henri de Condé, duc d'
1772-1804
• 1802: dans *Chateaubriand* au 14 avril • 1804: 1er mars; 10 mars; 15 mars; 21 mars • dans *Caulaincourt* au 3 novembre 1807 • 1816: 19 janvier •

Enghien
Louis II de Bourbon, duc d'
• Voir Grand Condé •

Enguerrand III de Coucy
Sire de Coucy.
• vers 1225 •

Enguerrand IV de Coucy
Sire de Coucy.
• 1259: juillet •

Enguerrand de Marigny
† 1315
Chambellan.
• 1285: *introduction Philippe IV le Bel* • 1311: septembre; autres événements • 1313: autres événements • 1314: 19 janvier • 1315: 11 mars •

Enguerrand de Monstrelet
vers 1395-1453
Auteur.
• 1444: autres événements •

Enguerrand Quarton
Peintre.
• 1435: dans *René d'Anjou* au 2 février •

Enragés
• 1792: *introduction La République jacobine* • 1793: *Les Enragés* au 12 février; 1er mars; 28 juin; dans *Les Cordeliers* au 17 décembre •

Entente cordiale
1904
• 1870: *introduction La IIIe République: De la chute du Second Empire à la Première Guerre mondiale* • 1902: 6 août • 1904: 8 avril • 1907: 31 août • 1908: 24 mai •

Entente républicaine pour la liberté et le progrès social
• 1945: 31 juillet •

Entragues
François de Balzac d'
Gouverneur d'Orléans.
• 1599: 10 avril • 1603: décembre • 1604: juin-décembre • 1605: janvier-octobre •

Entragues
Henriette d'
1579-1633
Fille de François de Balzac d'Entragues. Marquise de Verneuil. Maîtresse d'Henri IV roi de France.
• 1599: 10 avril; 11 août; septembre-décembre • 1600: 3 novembre • 1601: 27 octobre • 1603: juin; décembre • 1604: avril; juin-décembre • 1605: janvier-octobre • 1610: dans *Qui a tué Henri IV?* en mai-juillet; *introduction Louis XIII* • 1636: dans *Tristan L'Hermite* au printemps •

Entrecasteaux
Joseph-Antoine Bruni d'
1737-1793
Navigateur.
• 1785: 1er août • 1791: 30 septembre •

Entresol
Club de l'
1726-1731
• 1731: autres événements •

Éon de Beaumont
Charles-Geneviève d'
1728-1810
Officier. Agent secret.
• 1774: autres événements •

Éon de l'Étoile
• 1144-1146 • 1148: 21 mars-avril •

ÉPÉE
Abbé Charles-Michel de l'
1712-1789
Pédagogue et philanthrope. Fondateur de l'Institut des sourds-muets.
• 1776: autres événements; *biographie* dans autres événements • 1790: 23 février •

ÉPERNON
Bernard de Nogaret de La Valette et de Foix, duc d'
1592-1661
Fils de Jean-Louis de Nogaret de La Valette duc d'Épernon. Gouverneur de Guyenne et de Bourgogne. Colonel général de l'infanterie.
• 1589: 15-29 septembre • 1638: mars-octobre • 1649: 30 mars-3 avril; dans *Les frondeurs* au 11 mars; 26 septembre • 1661: 25 juillet; dans *Guerre et souveraineté* au 25 juillet • 1664: dans *Molière* au 6-13 mai •

ÉPERNON
Jean-Louis de Nogaret de La Valette, duc d'
1554-1642
Amiral. Général. Gouverneur de Normandie, Angoumois, Aunis et Saintonge, Guyenne.
• 1574: *introduction Henri III* • 1581: 15 septembre; 21 septembre • 1584: 25 juin-6 août • 1585: décembre • 1587: 23 août; 7 novembre; 8 décembre • 1588: janvier; janvier-février; 26 avril; 15 juillet; 27 juillet • 1589: 4 août • 1594: 8 juillet • 1595: 22 septembre; 10 novembre • 1596: 24 février • 1610: dans *Qui a tué Henri IV?* en mai-juillet • 1611: dans *Bérulle* au 11 novembre • 1619: 21-22 février; 7 mars; 12 mai • 1620: juillet-10 août • 1621: 3 juillet-5 août • 1624: dans *Guez de Balzac* dans autres événements • 1626: 26 septembre •

ÉPICURE
vers 342-270
Philosophe grec.
• 1623: dans *Gassendi* dans autres événements •

ÉPINAC
Pierre d'
† 1599
Archevêque de Lyon.
• 1576: 6 décembre • 1588: 8 septembre; 23-24 décembre • 1589: 31 janvier; 13 mars •

ÉPINAY
Congrès d'
• 1971: 11-12 juin • 1981: dans *François Mitterrand* au 21 mai •

ÉPINAY
Louise Françoise Pétronille Tardieu d'Esclavelles, marquise d'
1725-1783
Écrivain.
• 1774: autres événements •

ERAP
(Entreprise de recherche et d'activités pétrolières)
• 1965: décembre; dans *Pierre Guillaumat* en décembre •

ÉRARD DE BRIENNE
Gendre d'Henri II, comte de Champagne.
• 1216: juillet • 1219: avril •

ÉRASME
Désiré
vers 1469-1536
Théologien et humaniste hollandais.
• 1495: dans *Les premiers humanistes: Gaguin, Fichet, Tardif* dans autres événements • 1498: autres événements • 1500: autres événements • 1511: août • 1515: *introduction François Ier* • 1517: 5 février • 1520: autres événements • 1522: autres événements • 1523: 26 juin; *biographie* dans *Lefèvre d'Étaples, l'Érasme français* dans autres événements • 1524: autres événements • 1525: mai • 1527: 17 décembre • 1536: 11-12 juillet • 1544: 14 février • 1557: autres événements • 1654: dans *Cyrano de Bergerac* dans autres événements •

ÉRASTE
Thomas
1524-1583
Théologien allemand.
• 1564: dans *Bèze* au 27 mai •

ERCHINOALD
Maire du palais de Neustrie de 641 à 657 et de Burgondie de 643 à 657.
• 639: dans *Deux royaumes francs: 639-673* au 19 janvier • 641: 13 mai • 649?: 24 octobre • 657: 11 septembre-10 novembre •

Erckmann
Émile
1822-1899
Écrivain.
• 1865: 29 avril •

Ère nouvelle (L')
1848
Journal.
• 1848: 1er mars; 19 avril; 11 novembre
• 1849: 1er juin •

Erfurt
Entrevue d'
1808
• 1808: 27 septembre-4 octobre •

Erhard
Ludwig
1897-1977
Chancelier de la République fédérale d'Allemagne de 1963 à 1966.
• 1958: *introduction La Ve République: La République gaullienne* •

Éric XIV
Roi de Suède de 1560 à 1568.
• 1559: *introduction François II* • 1560: *introduction Charles IX* •

Érignac
Claude
1937-1988
Préfet.
• 1998: 6 février • 1999: 19-20 avril; 6-8 août •

Erispoé
† 857
Fils de Nominoé. Comte de Rennes, Nantes et Retz de 848 à 851. « Duc » breton de 851 à 857.
• 843: 24 mai • 848: autres événements
• 851: mars; 22 août; septembre-octobre
• 856: été • 857: novembre •

Erkembald
Abbé de Marmoutier. Évêque de Strasbourg de 965 à 991.
• 930: *Réformes et constructions religieuses au Xe siècle* dans autres événements • 974: autres événements •

Erlach
Johan Ludwig von
1595-1650
• 1639: 16 juillet-9 octobre • 1649: 16 janvier •

Ermengarde
Épouse d'Aubri, comte de Gâtinais.
• 1060: Pentecôte •

Ermengarde
Épouse de: 1. Guillaume IX, duc d'Aquitaine. 2. Alain Fergent, duc de Bretagne.
• 1094: autres événements •

Ermengarde
† 851
Fille de Hugues, comte de Tours. Épouse de Lothaire Ier, empereur.
• 821: mi-octobre • 840: *introduction Lothaire Ier* •

Ermengarde
† 818
Épouse de Louis le Pieux, empereur.
• 814: *introduction Louis le Pieux* • 816: 5 ou 19 octobre •

Ermengarde
Fille de Louis II, empereur. Épouse de Boson, roi de Provence.
• 879: 15 octobre •

Ermengaud
Comte de Rouergue.
• 932: autres événements •

Ermentrude
† 869
Fille d'Eudes, comte d'Orléans. Épouse de Charles le Chauve, empereur.
• 842: 13 décembre • 855: *introduction Charles le Chauve* • 866: 25 août • 869: 9 octobre •

Ermentrude
Fille de Charles le Chauve, empereur. Abbesse de Hasnon en 877.
• 855: *introduction Charles le Chauve* •

Ermentrude de Roucy
Épouse de Otte-Guillaume, comte de Mâcon et duc de Bourgogne.
• 1002: 15 octobre •

Ermold le Noir
† après 838
Auteur.
• 824: autres événements • vers 826 •

Ernaux
Annie
Née en 1940
Écrivain
• 1996: décembre •

Ernest d'Autriche
1553-1595
Fils de Maximilien II empereur. Archiduc d'Autriche.
• 1591: avril • 1593: mai-juin • 1595: août •

Ernoul
Jean Edmond
1829-1899
Homme politique, ministre.
• 1873: 25 mai; 25 novembre • 1876: 20 février-5 mars •

Ernst
Max
1891-1976
Peintre d'origine allemande.
• 1925: 13 novembre; dans *Le surréalisme en peinture* au 13 novembre • 1933: dans *Les réfugiés allemands* au 27 février • 1938: 17 janvier • 1943: 27 mai •

Errard
Charles
vers 1606-1689
Peintre.
• 1666: 11 février •

Erro
Né en 1932
Artiste.
• 1960: 29 avril • 1985: 21 mars-21 mai •

Eschasseriaux
Joseph
1753-1823
Membre du Comité de salut public.
• 1794: 29 juillet • 1797: 11 juillet •

Eschyle
552-456
Tragédien grec.
• 1919: juin • 1961: 31 octobre • 1965: janvier •

Esclarmonde de Foix
Fille de Roger IV, comte de Foix. Épouse de Jacques de Majorque.
• 1275: autres événements •

Esclavage des Noirs
• 1627: dans *Les débuts de la décolonisation* au 29 avril-4 mai • 1685: mars • 1724: mars • 1738: 15 décembre • 1743: 1er février • 1777: dans *La Fayette* en avril • 1781: autres événements • 1790: 28 mars; 25 novembre • 1791: 15 mai • 1792: 28 janvier • 1793: 29 août • 1794: 4 février; 25 juin • 1799: 25 décembre • 1801: 7 octobre • 1802: 6 mai; 20 mai; 16 juillet • 1820: dans *Lamartine* au 11 mars • 1835: dans *Tocqueville* au 16 janvier • 1839: 28 décembre; dans *Schoelcher* au 28 décembre • 1844: mai • 1845: 18-19 juillet • 1846: mai; 21 juillet • 1848: *introduction La IIe République*; 4 mars; 27 avril; 22 mai • 1853: 1er janvier • 1884: 15 novembre 1884-26 février 1885 • 1890: 2 juillet • 1998: 27 avril • Voir aussi Traite des Noirs •

Escoubeau de Sourdis
François
Cardinal.
• 1598: 3 mars •

Espagnac
Marc René Sahuguet d'Amarzit, abbé d'
1752-1794
Homme d'affaires.
• 1794: 2 avril •

Espagne
Guerre de Succession d'
1702-1714
• 1643: *introduction Louis XIV* • 1661: dans *Guerre et souveraineté* au 25 juillet • 1693: dans *Vendôme* au 27 juin-4 octobre • 1696: dans *Torcy* au 28 juillet • 1701: 1er septembre; 7 septembre • 1702: 1er février • 15 mai 1702-6 mars 1714 • 1711: dans *Duguay-Trouin* au 9 juin •

Espagne
Guerre d'
1808-1813
• 1808: février-11 décembre • Voir aussi Baylen, Capitulation de, 1808 • Voir aussi Madrid, Soulèvement de, 1808 •

ESTE
Alphonse d'
1538-1597
Fils d'Hercule II d'Este duc de Ferrare. Duc de Ferrare.
• 1559: 3 octobre •

ESTE
Anne d'
• Voir Nemours, Anne d'Este, duchesse de Guise puis duchesse de •

ESTE
François-Marie d'
1698-1780
Duc de Modène.
• 1720: 12 février •

ESTE
Hercule Ier d'
Fils de Borso d'Este. Duc de Ferrare et Modène.
• 1502: dans *Josquin Des Prés, la musique sacrée et la musique profane* dans autres événements •

ESTE
Hercule II d'
† 1559
Fils d'Hercule Ier d'Este. Duc de Ferrare.
• 1527: juin-juillet • 1553: 3 avril • 1555: 15 novembre • 1556: mars-juillet • 1557: janvier-février • 1558: 18 mars • 1559: 3 octobre •

ESTE
Hippolyte d'
1509-1572
Fils d'Hercule Ier d'Este. Cardinal-légat. Lieutenant général de Sienne.
• 1552: juillet-novembre • 1553: août-octobre • 1554: janvier-septembre • 1555: 15 novembre • 1557: 23 octobre •

ESTERHAZY
Marie Charles Ferdinand Walsin
1847-1923
Officier.
• 1896: mars; juillet • 1897: 16 novembre; 3 décembre • 1898: 3 janvier; 6 janvier; 10-12 janvier; 15 janvier; 8 avril; 7 juillet; 13 juillet; 12 août; 13-24 août; 31 août-12 septembre • 1899: 13 janvier; 5 mars; 5 juin •

ESTEVA
Jean-Pierre
1880-1951
Amiral. Résident général en Tunisie.
• 1940: août-septembre • 1945: 13-18 mars •

ESTÈVE
Maurice
Né en 1904
Peintre.
• 1941: 10 mai •1943: juin • 1986: 18 octobre 1986-12 janvier 1987 •

ESTIENNE
Charles
Né en 1908
Critique d'art.
• 1948: mai • 1952: octobre •

ESTIENNE
Henri I
1460-1520
Imprimeur.
• 1510: autres événements; dans *Bovelles* dans autres événements • 1518: 13 octobre • 1536: dans *Les Estienne et l'imprimerie* dans autres événements •

ESTIENNE
Henri II
1528-1598
Fils de Robert Estienne. Imprimeur.
• 1536: dans *Les Estienne et l'imprimerie* dans autres événements •

ESTIENNE
Robert
1503-1559
Fils d'Henri I Estienne. Homme de lettres, imprimeur.
• 1532: autres événements • 1536: autres événements; dans *Les Estienne et l'imprimerie* dans autres événements • 1537: dans *Les Baïf* dans autres événements •

ESTIENNE D'ORVES
Honoré d'
1901-1941
Officier. Résistant.
• 1938: dans *Munichois et antimunichois* au 4 octobre • 1941: 29 août •

ESTOC
Antoine d'
Libraire.
• 1622: novembre •

ESTONIE
• 1914: *introduction La IIIe République: D'une guerre à l'autre* • 1918: 27 août • 1921: 29 janvier • 1939: 7 juin; 28 septembre • 1940: 14 juin •

ESTOUP
Joseph
Capitaine de parachutistes.
• 1958: dans *La torture sous la République* au 27 mars •

ESTOURNELLES DE CONSTANT
Paul Ballust d'
1852-1924
Homme politique.
• 1899: 8 décembre • 1909: 10 décembre •

ESTRADES
Godefroi-Louis, comte d'
1607-1686
Maréchal de France. Ambassadeur.
• 1661: 10 octobre •

ESTRÉES
Annibal d'
vers 1573-1670
Fils d'Antoine d'Estrées. Gouverneur de La Fère.
• 1596: 22 mai •

ESTRÉES
Antoine d'
Grand maître de l'artillerie.
• 1590: 10 novembre • 1596: dans *Sully* en juillet •

ESTRÉES
Gabrielle d'
1573-1599
Fille d'Antoine d'Estrées. Maîtresse d'Henri IV roi de France. Duchesse de Beaufort.
• 1535: dans *L'art du portrait* dans autres événements • 1590: 10 novembre • 1594: 22 mai; 27-29 décembre; autres événements • 1596: 25 mars; dans *Sully* en juillet • 1597: 10 juillet • 1599: février; 3 mars; 10 avril • 1610: *introduction Louis XIII* • 1614: dans *Les rebelles* au 10 février •

ESTRÉES
Jean, comte d'
1624-1707
Maréchal de France.
• 1672: 7 juin • 1676: 18 décembre •

ESTRÉES
Louis-Charles-César Le Tellier d'
1695-1771
Maréchal de France.
• 1757: 26 juillet •

ESTRÉES
Maréchal d'
• Voir Cœuvre, François-Annibal, marquis de •

ESTRÉES
Victor-Marie
1660-1737
Maréchal de France. Président du Conseil de Marine.
• 1715: 1er octobre •

ESTRESSE
Bataille d'
930
• 930: début •

ÉTAMPES
Anne de Pisseleu, duchesse d'
Fille de Guillaume de Pisseleu. Maîtresse de François Ier roi de France.
• 1515: *introduction François Ier* • 1526: autres événements • 1538: septembre-octobre • 1541: février-mars; juillet • 1547: mars; 14 avril; 10 juillet •

ÉTAMPES
Traité d'
1498
• 1498: 19 août •

ÉTAPLES
Traités d'
1492
• 1492: 3 novembre • 1498: juillet? •

ÉTAT CIVIL
• 1775: dans *Malesherbes* au 21 juillet • 1787: dans *Loménie de Brienne* au 1er mai; 29 novembre • 1791: 15 mars; 19 mai; 3 novembre • 1792: *introduction La République jacobine*; 20 septembre; *L'état civil et le divorce* au 20 septembre • 1793: 31 janvier •

vier; 12 novembre • 1906: 13 mars • 1913: 21 janvier; 22 mars •

Étienne de Sancerre
Fils de Thibaud IV/II, comte de Blois-Champagne. Comte de Sancerre à partir de 1152.
• 1152: 8 janvier •

Étienne II
† 757
Pape de 752 à 757.
• 751: *introduction Pépin le Bref* • 754: 6 janvier; 28 juillet • 757: autres événements •

Étienne II
Évêque de Clermont.
• 894: autres événements • 930: *Réformes et constructions religieuses au Xe siècle* dans autres événements • 950: 3 février • 958: septembre •

Étienne II de Sancerre
Fils d'Henri Ier le Libéral, comte de Champagne. Comte de Sancerre.
• 1181: été •

Étienne II de Troyes
† vers 1047
Fils d'Eudes II comte de Blois. Comte de Champagne de Troyes et de Meaux de 1037 à vers 1047.
• 1037: 15 novembre • 1041: [début] • 1044: 21 août • 1047 • 1048: 23 mai •

Étienne IV
† 771
Pape de 768 à 771.
• 751: *introduction Pépin le Bref* • 768: *introduction Charlemagne* • 770-771 •

Étienne V
† 817
Pape de 816 à 817.
• 814: *introduction Louis le Pieux* • 816: 2 octobre?; 5 ou 19 octobre •

Étienne VI
† 891
Pape de 885 à 891.
• 876: *introduction Charles le Gros* • 888: *introduction Eudes* •

Étienne VII
† 897
Pape en 897.
• 888: *introduction Eudes* • 893: *introduction Charles III le Simple* •

Étienne VIII
† 931
Pape de 929 à 931.
• 923: *introduction Raoul* •

Étienne IX
† 942
Pape de 939 à 942.
• 936: *introduction Louis IV d'Outremer* •

Étienne X
† 1058
Pape de 1057 à 1058.
• 1031: *introduction Henri Ier* •

Étienne Boileau
Prévôt de Paris. Auteur.
• 1258: autres événements •

Étienne Chevalier
vers 1410-1474
Trésorier de France. Conseiller de Charles VII.
• 1442: dans *Jean Fouquet* dans autres événements • 1452: autres événements • 1461: *introduction Louis XI* •

Étienne de Blois
vers 1096-1154
Fils d'Étienne-Henri, comte de Blois et Chartres. Comte de Boulogne et de Mortain. Roi d'Angleterre de 1135 à 1154.
• 1135: 1er décembre; 15 ou 22 décembre • 1137: mars; mai; automne • 1141: 24 juin; novembre • 1149: décembre • 1152: 6 avril • 1153: juillet; autres événements • 1154: novembre •

Étienne de Bourbon
Dominicain. Auteur.
• 1250-1261 •

Étienne de Cambrai
Évêque de Cambrai.
• 911: autres événements •

Étienne de Cloyes
Berger.
• 1212: juin •

Étienne de Fougères
† 1178
Auteur.
• vers 1170 •

Étienne de Gallardon
Officier du roi.
• 1212: autres événements •

Étienne de Garlande
Sénéchal.
• 1127: autres événements •

Étienne de Gévaudan
† vers 975
Comte de Gévaudan.
• 960: autres événements •

Étienne de Saint-Airy
Abbé de Saint-Airy.
• vers 1070 •

Étienne de Senlis
Évêque de Paris de 1124 à 1142.
• 1128: printemps • 1129: autres événements •

Étienne de Thiers
Moine. Fondateur de Grandmont.
• 1074: autres événements • 1124: autres événements •

Étienne de Tournai
Abbé de Sainte-Geneviève. Évêque de Tournai de 1191 à 1203.
• 1184: autres événements • 1191: 9 octobre •

Étienne de Vesc
• Voir Vesc •

Étienne de Vignolles
• Voir La Hire •

Étienne Harding
† 1134
Moine. Abbé de Cîteaux de 1109 à 1133.
• 1072-1075 • 1109: autres événements • 1113: autres événements • 1115: juin • 1133: autres événements •

Étienne Langton
Archevêque de Canterbury de 1206 à 1228.
• 1209: autres événements •

Étienne Marcel
1310-1358
Prévôt des marchands.
• 1356: 17 octobre-3 novembre; *biographie* au 17 octobre-3 novembre; 5 décembre; 12 décembre • 1357: 9 novembre; 29 novembre • 1358: 22 février; 26 février; 14 mars; 28 mai; 14 juin; 11 juillet; 31 juillet; 2 août •

Étienne Tempier
Évêque de Paris.
• 1270: 14 mars • 1277: 7 mars •

Étienne-Henri de Blois
vers 1047-1102
Fils de Thibaud, comte de Blois. Comte de Blois de 1089 à 1102.
• 1067: 4 avril • 1074: autres événements • 1084 • 1085-1096 • 1088: autres événements • 1096: dans *Les hommes de la croisade* en mai-juin • 1098: 2 juin • 1099: autres événements • 1100: autres événements •

Étienne-Martin
Étienne Martin, dit
1913-1995
Sculpteur.
• 1972: 16 mai •

Étigny
Traité d', ou paix de Monsieur
6 mai 1576
• 1574: *introduction Henri III* • 1576: mai-juin •

Étoile
Ordre de l'
• Voir Ordre de l'Étoile •

Étoile
Place de l' (Paris)
• 1767: autres événements •

Étoile nord-africaine
• Voir ÉN-A •

Être suprême
Culte de l'
• 1792: *introduction La République jacobine* • 1793: dans *La Terreur* au 5 septembre; dans *La déchristianisation* au 7 novembre; 21 novembre • 1794: 7 mai; 8 juin •

Ettlingen
Bataille d'
4 mai 1734
• 1733: dans *La guerre de Succession de Pologne* au 5 octobre •

Euclide
• 1523: dans *Lefèvre d'Étaples, l'Érasme français* dans autres événements • 1543: dans *Ramus* dans autres événements •

Eudes
Évêque de Beauvais de 1133 à 1144.
• 1114-1117 •

Eudes
Comte d'Orléans.
• 826: autres événements • 834: 24 mai • 858: mi-août • 859: juin •

Eudes
Abbé de Glanfeuil et de Saint-Maur-des-Fossés.
• 868-869 •

Eudes
Comte de Troyes. Comte de Bourgogne.
• 860: automne •

Eudes
† 898
Fils de Robert le Fort, marquis de Neustrie. Comte de Paris de 882 à 898. Marquis de Neustrie en 885. Abbé de Saint-Martin de Tours de 886 à 898. Roi de Francie occidentale de 888 à 898.
• 868: autres événements • 882: 9 septembre • 885: 24 novembre • 886: 12 mai • 887: octobre • 888: *introduction* • 888-898 •

Eudes
vers 945-965
Fils de Hugues le Grand, duc des Francs. Duc de Bourgogne de 956 à 965.
• 923: dans *Hugues le Grand* après le 27 août • 956: 8 avril • 961: janvier-7 avril • 965: 23 février • 987: *introduction Hugues Capet* •

Eudes
Fils de Robert II le Pieux.
• 996: *introduction Robert II le Pieux* • 1034-1037 • 1041: [début] •

Eudes
Moine de Saint-Maur.
• 1058: autres événements •

Eudes
Fils de Guillaume V d'Aquitaine. Duc de Gascogne.
• 1038 •

Eudes
Émile François
1843-1888
Militant blanquiste.
• 1870: 14 août; *introduction La IIIe République: De la chute du Second Empire à la Première Guerre mondiale*; 6-12 septembre • 1871: 19 mars; 26 mars; 3 avril; 9 mai • 1882: dans *Le socialisme français* en septembre • 1888: 21 mars; *biographie* au 21 mars; 19 juillet-17 août •

Eudes Ier de Blois
vers 950-996
Fils de Thibaud le Tricheur, comte de Blois et de Chartres. Comte de Blois et de Chartres. Vicomte de Tours de 975 à 996.
• 975: 16 janvier • 982: autres événements • 986: septembre • 987: mai-juin • 990: début • 991: 4 août • 993: 15 mai • 996: février; 12 mars •

Eudes II de Blois
vers 982-1037
Fils d'Eudes Ier, comte de Blois. Comte de Chartres, Blois et Tours de 996 à 1037. Comte de Troyes et de Meaux de 1023 à 1037.
• 996: 12 mars • 997: hiver • 1004: juillet • vers 1010-1015: novembre-décembre • 1012: 1er décembre • 1015: 22 avril • 1016: 6 juillet • 1018: 6 avril • 1019-1021 • 1021: 5 mars; 9 juin • 1023: 6-11 août; 8 septembre • 1025: 17 septembre • 1026: début juillet • 1031: *introduction Henri Ier*; [début] • 1032: 26 juin; 6 septembre; 31 octobre • 1033: printemps; mai • 1034: juin • 1036 • 1037: mai; 15 novembre •

Eudes III de Bourgogne
† 1218
Fils de Hugues III, duc de Bourgogne. Duc de Bourgogne de 1193 à 1218.
• 1218: août •

Eudes III de Troyes
Fils d'Étienne, comte de Troyes. Comte de Troyes.
• 1048: 23 mai • vers 1060 • 1063-1065 • 1066: 29 septembre •

Eudes IV de Blois
† 1093
Fils de Thibaud, comte de Blois et Troyes. Comte de Blois et Troyes de 1089 à 1093.
• 1089: 29 septembre • 1093: 1er janvier •

Eudes IV de Bourgogne
† 1349
Fils de Robert II, duc de Bourgogne. Duc de Bourgogne de 1315 à 1349.
• 1316: *introduction Philippe V le Long* • 1342: janvier • 1349: autres événements •

Eudes d'Aquitaine
† 735
« Roi » d'Aquitaine de 717 à 735.
• 717: 21 mars • 718 • 719 • 721 • 729 • 731 • 732 • 735 •

Eudes de Châteauroux
Franciscain. Membre du Conseil du roi. Cardinal. Légat.
• 1226: *introduction Louis IX* • 1240: 24 juin • 1245: 9 octobre • 1246: juillet • 1248: 15 mai •

Eudes de Corbeil
Comte de Corbeil.
• 1108: automne? •

Eudes de Lagery
• Voir Urbain II •

Eudes de Nevers
† 1266
Fils de Hugues IV, duc de Bourgogne. Comte de Nevers.
• 1266: 4 août •

Eudes de Sully
Évêque de Paris.
• 1198-1200 •

Eudes de Vermandois
vers 910-après 946
Fils d'Héribert II, comte de Vermandois. Comte de Vienne de 928 à 946 environ. Comte d'Amiens de 943 à 946 environ.
• 928: août-septembre • 943: 23 février • 944: été •

Eudes de Vermandois
Fils d'Albert de Vermandois. Comte de Meaux et de Troyes à partir de 984.
• 976: avril • 980: mi-juillet • vers 984 •

Eudes le Champenois
Fils putatif de Hugues, comte de Champagne. Comte de Vitry.
• 1143: printemps •

Eudes Rigaud
Franciscain. Membre du Conseil du roi. Archevêque de Rouen.
• 1226: *introduction Louis IX* • 1248: mars • 1260: juillet •

Eudistes
Ordre des
• 1611: dans *Bérulle* au 11 novembre • 1618: dans *Le siècle des saints* au 7 novembre • 1643: 25 mars • Voir aussi Jean Eudes •

Eugène
François Eugène de Savoie, dit le Prince
1663-1736
Fils d'Eugène de Carignan-Savoie. Maréchal autrichien.
• 1693: 27 juin-4 octobre; dans *Vendôme* au 27 juin-4 octobre • 1696: dans *Torcy* au 28 juillet • 1701: 1er septembre • 1702: 1er février; 15 août-23 octobre • 1704: août • 1705: 16 août-4 octobre • 1706: 7 septembre • 1707: 4 juillet-22 août • 1708: 11 juillet; août-décembre • 1709: juillet-octobre • 1710: juin-août • 1712: juillet; 24 juillet-2 août • 1713: 26 novembre • 1745: dans *Maurice de Saxe* au 11 mai •

Eugène II
† 827
Pape de 824 à 827.
• 814: *introduction Louis le Pieux* •

Eugène III
(Bernardo Pagnanelli)
† 1153
Pape de 1145 à 1153.
• 1115: dans *Saint Bernard et son entourage* en juin • 1137: *introduction Louis VII* • 1145: 15 février; 1er décembre • 1146: 1er mars; 29-31 mars; 24 avril-12 juin • 1147: 20 avril; 21-22 avril • 1149: 12 octobre •

Eugène IV
(Gabriele Condulmer)
† 1447
Pape de 1431 à 1447.
• 1422: *introduction Charles VII* • 1431:

23 juillet • 1432: avril • 1437: 29 mai • 1438: 10 janvier • 1439: 25 juin • 1440: 26 août-11 septembre • 1442: dans *Jean Fouquet* dans autres événements •

EUGÉNIE
Eugénie de Montijo de Guzmán
1826-1920
Épouse de Napoléon III empereur des Français.
• 1840: dans *Mérimée* au 1er juillet • 1852: *introduction Le Second Empire* • 1853: 20 janvier; *biographie* au 20 janvier • 1858: 14 janvier; 1er février • 1863: 10 juillet • 1869: 15 août; dans *Lesseps* au 15 août; 17 novembre • 1870: 12-13 juillet; 23 juillet; 10 août • 1873: 9 janvier •

EULER
Léonard
1707-1783
Mathématicien.
• 1748: autres événements • 1772: autres événements • 1788: dans *Lagrange* dans autres événements •

EURATOM
• 1946: *introduction La IVe République* • 1956: 26 juin; 11 juillet • 1957: 25 mars; dans *La construction de l'Europe* au 25 mars; 10 juillet • 1958: 1er janvier •

EURIC
† 484
Roi wisigoth.
• vers 481: *introduction Clovis* • 484 •

EURIPIDE
484-406
Auteur tragique grec.
• 1537: dans *Les Baïf* dans autres événements •

EURO
• 1999: 1er janvier •

EURODISNEY
(Marne-la-Vallée)
• 1985: 18 décembre • 1992: 12 avril •

EUROPE
1922
Revue.
• 1922: février •

EUROPE
Construction de l'
• 1946: *introduction La IVe République* • 1947: dans *Robert Schuman* au 24 novembre • 1948: 19 juillet • 1950: 9 mai • 1951: 10 septembre • 1955: 2 juin; 13 octobre • 1956: 26 juin • 1957: 22 janvier; 19-21 février; 25 mars; *La construction de l'Europe* au 25 mars; 10 juillet • 1958: 1er janvier; *introduction La Ve République: La République gaullienne*; 27 décembre • 1961: 10 février • 1962: 1er janvier; 15 mai • 15 décembre • 1965: 1er juillet • 1966: 30 janvier • 1970: 23 juin • 1972: 22 janvier; 23 avril • 1973: 1er janvier • 1976: dans *Raymond Barre* au 25 août • 1979: 10 juin • 1981: 1er janvier • 1986: 1er janvier • 1991: 9-10 décembre • 1993: 1er janvier • 1995: 1er janvier • 1999: 1er janvier • Voir aussi Amsterdam, Traité d' • CECA • CED • Conseil de l'Europe • Euratom • Maastricht, traité de • OECE • Rome, traité de • SME • UEM • UEO •

EUROPÉEN (L')
1831
Journal.
• 1840: dans *Socialismes et utopies* en juin •

EUSÈBE BRUNON
Évêque d'Angers de 1047 à 1081.
• 1050: autres événements • 1062 •

EUSTACHE
Jean
1938-1981
Cinéaste.
• 1973: mai •

EUSTACHE DE BEAUMARCHAIS
Sénéchal de Toulouse.
• 1275: mai •

EUSTACHE DE BOULOGNE
Comte de Boulogne.
• 1096: dans *Les hommes de la croisade* en mai-juin; vers 15 août-septembre •

EUSTACHE DE BOULOGNE
† 1153
Fils d'Étienne de Blois, roi d'Angleterre. Duc de Normandie.
• 1137: automne • 1140: février • 1153: juillet; autres événements •

Eustache de Laître
Président de la Chambre des comptes. Secrétaire du roi.
• 1410 : dans *Armagnacs et Bourguignons* au 15 avril •

Eustache Deschamps
1346-1407
Auteur.
• 1393 : *biographie* dans autres événements •

Eustache Marcadé
• Voir Marcadé •

Ève
Sœur de Guillaume le Pieux, « duc » d'Aquitaine. Abbesse de Sauxillanges.
• 910 : 11 septembre •

Éveil démocratique (L')
Bimensuel.
• 1910 : 20 juillet •

Événement (L')
1848
Journal.
• 1848 : 1er août • 1851 : 9 septembre ; dans *Hugo* au 11 décembre •

Evesham
Bataille d'
1265
• 1209 : dans *Les Montfort (1165-1265)* au printemps • 1265 : 4 août •

Évian
Accords d'
1962
• 1962 : 18 mars ; 26 mars ; 8 avril •

Évin
Claude
Né en 1949
Homme politique, ministre.
• 1988 : 8 mai •

Évolution
1926-1934
Revue.
• 1922 : dans *Victor Margueritte* au 12 juillet •

Évrard
Marquis de Frioul d'avant 836 jusqu'à sa mort.
• 814 : *introduction Louis le Pieux* • 839 : 1er septembre • 867 : autres événements • 874 : autres événements •

Évrard
Archevêque de Sens de 884 à 887.
• 886 : octobre •

Évrard
Raoul
1879-1944
Résistant.
• 1941 : décembre •

Évrard
Simone
1764-1824
Compagne de Marat.
• 1793 : 8 août •

Évrard de Tremaugon
Juriste. Auteur.
• 1326 : autres événements • 1376 : 16 mai •

Évry
Cathédrale d'
1994
• 1994 : autres événements •

Exelmans
Rémy Isidore, comte
1775-1852
Maréchal de France.
• 1814 : 20 décembre • 1815 : 19 mars ; 1er juillet ; 24 juillet • 1824 : 2 décembre •

Exodus
1947
• 1947 : 18 juillet •

Expansion (L')
1967
Magazine économique.
• 1967 : octobre •

Expédition des mille
1860
• 1860 : 5 mai ; 15 août-7 septembre ; 23 octobre • Voir Unité italienne, construction de •

EXPÉDITIONS POLAIRES FRANÇAISES
(EPF)
• 1947 : 27 février •

EXPILLY
Jean-Joseph
1719-1793
Géographe.
• 1762 : autres événements •

EXPILLY
Louis-Alexandre
1743-1794
Évêque constitutionnel de Quimper.
• 1790 : 20 mai ; 14-15 novembre ; dans *Le serment : clergé constitutionnel et clergé réfractaire* au 27 novembre • 1791 : 24 février ; dans *Liberté du culte et clergé constitutionnel* au 7 mai • 1793 : 19 juillet • 1794 : 21 mai •

EXPOSITION COLONIALE
1931
• 1914 : *introduction La IIIe République : D'une guerre à l'autre* • 1931 : 6 mai-15 novembre •

EXPOSITION INTERNATIONALE DE L'URBANISME ET DU LOGEMENT
1947
• 1947 : 10 juillet •

EXPOSITION INTERNATIONALE DES ARTS ET TECHNIQUES
1937
• 1907 : dans *Picasso* en juillet • 1937 : 13 mai ; 24 mai ; *L'Exposition internationale* au 24 mai •

EXPOSITIONS UNIVERSELLES DE LONDRES
1851, 1862
• 1830 : dans *Thimonnier* dans autres événements • 1852 : *introduction Le Second Empire* • 1855 : 1er mai-novembre • 1861 : octobre ; 17 octobre • 1862 : février ; 19 juillet-15 octobre •

EXPOSITIONS UNIVERSELLES DE PARIS
1855, 1867, 1878, 1889, 1900
• 1850 : dans *L'école réaliste* dans autres événements • 1851 : autres événements • 1852 : 27 mars • 1853 : dans *Haussmann et Paris* au 22 juin • 1855 : 1er mai-novembre • 1867 : 1er avril-novembre • 1878 : 1er mai • 1886 : 12 juin • 1889 : 29 septembre ; 6 novembre • 1896 : 17 mars • 1898 : 4 octobre • 1899 : 9 septembre • 1900 : 14 avril •

EXPRESS (L')
1953
Hebdomadaire.
• 1953 : 14 mai • 1954 : dans *Mendès France* au 12 juin • 1955 : 16 avril ; 13 octobre ; 20 décembre • 1958 : 27 mars • 1963 : 19 septembre • 1964 : 21 septembre • 1970 : dans *Jean-Jacques Servan-Schreiber* au 28 février •

EY
Henri
1900-1977
Psychiatre.
• 1952 : dans *Jean Delay* dans autres événements •

EYCK
Hubert Van
† 1426
Peintre.
• 1422 : dans *Les hommes du duc de Bourgogne* au 5 décembre •

EYCK
Jan Van
vers 1400-1441
Peintre.
• 1422 : dans *Les hommes du duc de Bourgogne* au 5 décembre • vers 1424 •

EYLAU
Bataille d'
1807
• 1807 : 18 janvier-17 février • 1808 : septembre •

EZAN
† 1936
Pilote.
• 1936 : 6 décembre •

F

Fabert
Abraham, marquis de
1599-1662
Maréchal de France.
• 1654: août •

Fabien
Pierre Georges, dit colonel
1919-1944
Résistant.
• 1941: 21 août; 22[14]-28 août • 1944: 3 septembre-28 octobre •

Fabius
Laurent
Né en 1946
Homme politique. Premier ministre, ministre.
• 1981: introduction *La Ve République: De la France mitterrandienne aux cohabitations politiques* • 1981: 21 mai; dans biographie *Pierre Mauroy* au 21 mai; 23 juin • 1983: 22 mars • 1984: 17-18 juillet; *biographie* au 17-18 juillet; 7 décembre • 1988: 23 juin • 1989: 18 juin • 1990: 15-18 mars • 1992: janvier; 19-20 décembre • 1999: 9 février; 2 novembre • 2000: 27 mars •

Fabre
Émile
1869-1955
Auteur dramatique. Administrateur de la Comédie-Française.
• 1915: autres événements •

Fabre
Jean-Henri
1823-1915
Entomologiste.
• 1880: 3 avril •

Fabre
Victor
Procureur.
• 1908: dans *L'affaire Rochette* au 21 mars • 1914: 17 mars •

Fabre d'Églantine
Philippe-François Nazaire, dit
1750-1794
Écrivain. Député à la Convention.
• 1789: 7 janvier; 22 février • 1791: 9 novembre; 3 décembre • 1792: 7 mars; 19 septembre • 1793: 3 août; 14 août; 8 octobre; 14 octobre; 24 octobre; *biographie* au 24 octobre; 29 octobre; 17 novembre; dans *Camille Desmoulins* au 5 décembre; 17 décembre; 19 décembre; 21 décembre; 22 décembre • 1794: 11 janvier; 12 janvier; 13 janvier; 2 février; 16 mars; 19 mars; 31 mars; 2 avril; 5 avril •

Fabre de l'Aude
Jean-Claude Fabre, dit
1755-1832
Député.
• 1797: 24 juin •

Fabrègues
Jean de
1906-1983
Directeur de revue. Écrivain.
• 1930: avril •

Fabre-Luce
Alfred
1899-1983
Essayiste.
• 1934: 9 juillet • 1936: *dans Fascismes français* au 27-28 juin • 1942: autres événements •

Fabry
Jean
1876-1968
Homme politique, ministre.
• 1924: 30 mars; 8-10 juin • 1934: 29-30 janvier; 3 février • 1935: 6-7 juin •

Fabvier
Charles-Nicolas
1782-1855
Général.
• 1817: 3 septembre-3 novembre; *biographie* au 3 septembre-3 novembre • 1818: 22 mars • 1820: 19 août • 1821: février • 1822: août • 1823: 26 janvier; 7 avril • 1824: mai • 1827: 5 juin • 1830: dans *Armand Carrel* au 3 janvier; 30 août •

Fachinetti
Giovanni Antonio
• Voir Innocent IX •

Fachoda
Crise de
1898
• 1870: *introduction La IIIe République: De la chute du Second Empire à la Première Guerre mondiale* • 1898: 10 juillet; 18 septembre; 3 novembre •

Facultés des Lettres et des Sciences de Paris
• 1808: 7 mars • 1809: 6 mai; 1er octobre •

Fagon
Guy-Crescent
1638-1718
Médecin.
• 1715: 10 août •

Fagon
Louis
Conseiller d'État.
• 1720: 28 mai •

Faidherbe
Louis Léon César
1818-1889
Général.
• 1854: décembre • 1871: 3 janvier •

Failly
Pierre-Charles de
1810-1892
Général.
• 1867: 3 novembre • 1870: 30 août •

Fainsilber
Adrien
Né en 1932
Architecte.
• 1986: 13 mars •

Faipoult
Guillaume-Charles
1752-1817
Ministre des Finances.
• 1795: 8 novembre • 1796: 14 février • 1799: 7 janvier; 26 janvier; 3 février; 6 février; 13 février •

Faisceau (le)
Mouvement politique
1925-1928
• 1925: 11 novembre; dans *Valois* au 11 novembre • 1927: dans *Les normaliens de l'entre-deux-guerres* au 15 avril • 1936: dans *Fascismes français* au 27-28 juin •

Faizant
Jacques
Né en 1918
Dessinateur de presse.
• 1970: 9 novembre •

Fajon
Étienne
1906-1991
Homme politique.
• 1943: 16 novembre • 1953: 6 novembre •

Falconet
Étienne-Maurice
1716-1791
Sculpteur.
• 1757: autres événements • 1763: autres événements • 1765: autres événements • 1766: autres événements •

Falconetti
Renée
1901-1946
Actrice.
• 1935: 22 novembre •

Falkenhayn
Erich von
1861-1922
Général allemand.
• 1915: 10 février • 1916: 11 juillet; 29 juillet; dans *Le bilan de Verdun* au 15 décembre •

Falla
Manuel de
1876-1946
Compositeur espagnol.
• 1925: autres événements • 1943: autres événements •

Fallières
André
1875-1968
Homme politique, ministre.
• 1926: 23 juillet •

Fallières
Armand
1841-1931
Président de la IIIe République de 1906 à 1913.
• 1882: 7 août; 13 septembre • 1883: 19 janvier; 25 janvier; 29 janvier; 1er février; 13 février; 20 novembre • 1887: 30 mai; 12 décembre • 1889: 22 février • 1890: 17 mars • 1899: 3 mars; 9 novembre 1899-8 janvier 1900 • 17 janvier 1906-18 février 1913 •

Fallois
Bernard de
Homme de lettres, éditeur.
• 1952: juin •

Falloux
Alfred, Frédéric, comte de
1811-1886
Homme politique, ministre.
• 1848: *introduction La IIe République*; 30 mai; 20 décembre • 1849: 4 janvier; 2 juin; 18 juin; 7 septembre; 31 décembre • 1851: dans *Le coup d'État du 2 Décembre: fin de la IIe République* au 2 décembre • 1871: 6 juillet • 1872: 25 janvier • 1873: 4-6 octobre • 1878: 25 octobre •

Falloux
Loi
1850
• 1832: dans *Lacordaire et Montalembert* au 10 septembre • 1848: *introduction La IIe République* • 1849: dans *Mgr Dupanloup* au 16 avril; 18 juin; 24 décembre • 1850: 14 janvier; 15 janvier; 15 mars • 1852: 9 mars • 1902: 27 septembre-6 octobre • 1993: 20 décembre •

Falstaff
• Voir John Falstaff •

Fancan
François Langlois, sieur de
vers 1576-1627
Auteur.
• 1614: dans *Pamphlets et libelles* au 27 octobre • 1643: *introduction Louis XIV* •

Fanfani
Amintore
1908-1999
Président du Conseil italien.
• 1946: *introduction La IVe République* • 1958: *introduction La Ve République: La République gaullienne* • 1981: *introduction La Ve République: De la France mitterrandienne aux cohabitations politiques* •

Fanon
Frantz
1925-1961
Écrivain.
• 1952: juin; *biographie* en juin • 1956: 19-22 septembre • 1961: 24 octobre •

Faraday
Michael
1791-1867
Physicien anglais.
• 1822: dans *Ampère* au 16 février • 1896: dans *L'invention de la TSF* au 2 juin •

Fardulf
Abbé de Saint-Denis. Missus en Neustrie.
• 802: octobre •

Farel
Guillaume
1498-1565
Réformateur.
• 1521: dans *Le Cercle de Meaux* en avril • 1523: 12 avril • 1525: autres événements • 1530: autres événements; *biographie* dans autres événements • 1535: autres événements • 1536: dans *Calvin et l'Institution de la religion chrétienne* en mars •

Farès
Abderahmane
Né en 1911
Homme politique algérien.
• 1962: 18 mars •

Faret
Nicolas
† 1646
Auteur.
• 1630: autres événements •

Farge
Arlette
Née en 1941
Historienne.
• 1947: dans *La nouvelle histoire* au 3 novembre •

Fargue
Léon-Paul
1876-1947
Poète.
• 1915: dans *Adrienne Monnier* au 7 novembre • 1924: août • 1929: février • 1939: autres événements •

Farman
Dick
Aviateur et industriel.
• 1933: 30 août •

FARMAN
Henri
1874-1958
Aviateur et industriel.
• 1870: *introduction La IIIe République: De la chute du Second Empire à la Première Guerre mondiale* • 1890: dans *Ader* au 9 octobre • 1907: 15 octobre • 1908: 30 octobre •

FARNÈSE
Alexandre
• Voir Paul III •

FARNÈSE
Alexandre
1520-1589
Cardinal.
• 1557: 23 octobre •

FARNÈSE
Alexandre
1543-1592
Fils de Marguerite de Parme. Duc de Parme. Gouverneur des Pays-Bas.
• 1578: octobre • 1581: 30 novembre • 1582: juillet • 1583: janvier-juin • 1584: 25 avril • 1585: 17 août • 1586: août • 1587: octobre • 1590: avril-août; 1er-2 septembre; 6 septembre; novembre; hiver • 1591: octobre-décembre • 1592: 3 décembre •

FARNÈSE
Antoine
† 1731
Duc de Parme.
• 1731: 22 juillet •

FARNÈSE
Élisabeth
1692-1766
Épouse de Philippe V roi d'Espagne.
• 1731: 22 juillet • 1739: 25 octobre • 1745: 25 février • 1759: 10 août •

FARNÈSE
Orazio
Fils de Piero-Luigi Farnèse duc de Plaisance et de Parme.
• 1547: 20 septembre •

FARNÈSE (LES)
• 1550: 27 mai • 1551: juillet-octobre • 1556: mars-juillet • 1557: mai-juillet •

FARON
Évêque de Meaux de 637 à 672.
• 629: *introduction Dagobert Ier* •

FARRE
Jean
1816-1887
Général. Ministre.
• 1879: 28 décembre • 1880: 18 septembre; 25 septembre •

FARRÈRE
Frédéric Charles Bargone, dit Claude
1876-1957
Écrivain.
• 1905: octobre •

FATYE
Charles
• 1609: autres événements •

FAUCHARD
Pierre
1678-1761
Chirurgien dentiste.
• 1728: autres événements •

FAUCHE-BOREL
Louis
1762-1829
Imprimeur suisse.
• 1795: 16 août • 1797: dans *Joseph de Maistre* dans autres événements •

FAUCHER
César
1760-1815
Général.
• 1815: 27 septembre •

FAUCHER
Constantin
1760-1815
Général.
• 1815: 27 septembre •

FAUCHER
Léon
1803-1854
Homme politique, ministre.
• 1839: août • 1848: 20 décembre; 27-28 décembre • 1849: 4 février; 2 mars • 1850: 31 mai • 1851: 11 avril; 14 octobre •

FAUCHET
Abbé Claude
1744-1793
Évêque constitutionnel du Calvados. Député à l'Assemblée législative.
• 1789: 30 mai; 10 juillet; 5 août; 31 août; 27 septembre • 1790: 23 février; 13 octobre • 1791: 18 avril; 21 août; 26 octobre • 1792: 17 février; dans *Les Girondins* en mars; 17 septembre; 10 octobre; 13 novembre • 1793: 4 février; 2 juin; 14 juillet; 31 octobre •

FAULKNER
William
1897-1962
Écrivain américain.
• 1948: dans *Jean-Paul Sartre* au 2 avril • 1956: 20 septembre •

FAURE
Edgar
1908-1988
Président du Conseil. Président de l'Assemblée nationale.
• 1945: dans *Le Procès de Nuremberg* au 20 novembre • 1946: *introduction La IVe République* • 1950: 12 juillet • 1951: 8 août • 1952: 7-14 janvier; 20 janvier; *biographie* au 20 janvier; 29 février; 1er-2 mars • 1953: 26 juin • 1954: 18 juin; 10 août • 1955: 20 janvier; 23 février; 31 mars; 21 juin; 23 juin; 9 octobre; 18 octobre; 28 octobre; 29 novembre; 1er décembre • 1958: 14 mai • 1959: 26 avril • 1966: 8 janvier • 1967: 6-7 avril • 1968: 1er juin; 10 juillet; 10 octobre • 1972: 5 juillet •

FAURE
Loi
1968
• 1952: dans *Edgar Faure* au 20 janvier • 1968: 10 octobre •

FAURE
Élie
1873-1937
Historien de l'art.
• 1910: février •

FAURE
Félix
1841-1899
Président de la IIIe République de 1895 à 1899.
• 1870: *introduction La IIIe République* • 1892: octobre • 1894: 29 mai • 1895: 17 janvier; *biographie* au 17 janvier • 17 janvier 1895-16 février 1899 • 1899: 23 février •

FAURE
Lucie
1908-1977
Journaliste. Écrivain.
• 1931: dans *Au-delà de la droite et de la gauche* en novembre •

FAURE
Maurice
1850-1919
Homme politique, ministre.
• 1879: mai • 1910: 2 novembre •

FAURE
Maurice
Né en 1922
Homme politique, ministre.
• 1957: 15 novembre • 1958: 9 mai; 14 mai; 17 mai • 1981: 21 mai • 1988: 8 mai • 1989: 22 février •

FAURE
Paul
1878-1960
Homme politique, ministre.
• 1915: 15 mai • 1920: dans *Blum* au 25-30 décembre • 1936: 4 juin • 1937: 21-22 juin • 1938: 14 mars; dans *Munichois et antimunichois* au 4 octobre • 1946: 6-8 avril • 1948: 13 avril •

FAURE
Sébastien
1858-1942
Agent d'assurance. Théoricien anarchiste.
• 1892: 11 mars • 1894: 6-12 août • 1895: 16 novembre •

FAURÉ
Gabriel
1845-1924
Compositeur.
• 1877: avril; *biographie* en avril • 1907: dans *Le renouveau musical* au 12 janvier •

FAURIEL
Claude
1772-1844
Erudit et critique.
• 1836: 7 mai •

Faurisson
Robert
Né en 1929
• 1978 : 16 novembre ; dans *Le négationnisme, une secte historique* au 16 novembre •

Fauroux
Roger
Né en 1926
Président de société. Homme politique, ministre.
• 1982 : 27 septembre • 1988 : 8 mai •

Fautrier
Jean
1898-1964
Peintre.
• 1920 : dans *Paulhan* en juillet • 1924 : autres événements • 1943 : novembre • 1945 : 26 octobre • 1957 : janvier •

Fauvet
Jacques
Né en 1914
Directeur du journal Le Monde.
• 1940 : dans *De Gaulle* au 18 juin •

Fauvisme
• 1904 : dans *Matisse* au 1er-18 juin • 1905 : *Le fauvisme* au 18 octobre • 1906 : 6 octobre ; autres événements • 1907 : 1er octobre • 1948 : dans *Cobra* au 8 novembre •

Favart
Charles-Simon
1710-1792
Directeur de l'Opéra-Comique.
• 1741 : autres événements ; *biographie* dans autres événements • 1755 : autres événements • 1761 : autres événements • 1762 : autres événements • 1763 : 14 mai • 1792 : 18 mai •

Favez-Boutonier
Juliette
† 1994
Psychanalyste.
• 1953 : 16 juin •

Favras
Thomas de Mahy, marquis de
1744-1790
Officier.
• 1789 : 24 décembre • 1814 : *introduction La première Restauration* •

Favre
Jules
1809-1880
Avocat. Homme politique, ministre.
• 1848 : 31 mai • 1851 : dans *Le coup d'État du 2 Décembre : fin de la IIe République* au 2 décembre • 1852 : *introduction Le Second Empire* • 1858 : 25-26 février • 1864 : 16 juin • 1867 : 2 mai • 1868 : 14 janvier • 1869 : 23-24 mai, 6-7 juin • 1870 : 3 septembre ; 4 septembre ; *introduction La IIIe République* ; 6 septembre ; 20-21 septembre • 1871 : 19 février ; 6 mai ; 26 mai ; 22 juillet ; *biographie* au 22 juillet ; 2 août • 1880 : dans *Ferry* au 25 septembre •

Faÿ
Bernard
1893-1978
Professeur au Collège de France.
• 1940 : 13-19 août •

Fayard
Éditions.
• 1887 : septembre • 1904 : autres événements •

Fayçal Ier
1883-1933
Émir de Syrie.
• 1920 : 18-26 avril ; 25 juillet •

Faye
Étienne Léopold
1828-1900
Homme politique, ministre.
• 1877 : 23 novembre • 1887 : 12 décembre • 1889 : 22 février •

Faye
Hervé
1814-1902
Astronome.
• 1843 : autres événements •

Faye
Jean-Pierre
Né en 1925
Philosophe.
• 1983 : 10 octobre •

Fayolle
Marie-Émile
1852-1928
Maréchal.
• 1916 : dans *Les généraux de la Grande Guerre* au 26 décembre •

Fazy
Jean-Jacob, dit James
1794-1878
Homme d'État et publiciste suisse.
• 1827 : 14 juillet •

FDES
(Fonds de développement économique et social)
• 1955 : 30 juin •

Febvre
Lucien
1878-1956
Historien.
• 1929 : janvier ; dans *L'École des Annales* en janvier • 1942 : octobre • 1946 : janvier ; 15 mars • 1947 : 3 novembre ; dans *La nouvelle histoire* au 3 novembre • 1953 : mai •

Fécamp
Abbaye de
• vers 990 • 1001 : autres événements • 1006 : 30 mai •

Fécamp
Palais de
• 1025 : autres événements •

Fechteler
William M.
1896-1967
Amiral américain.
• 1952 : 9 mai •

Fédération
Fête de la
14 juillet 1790
• 1777 : dans *La Fayette* en avril • 1789 : *introduction Louis XVI et la Révolution* • 1790 : 9 juin ; 8 juillet ; 14 juillet ; *La fête de la Fédération* au 14 juillet •

Fédération de l'Éducation nationale
• Voir FEN •

Fédération des socialistes indépendants
• 1899 : 14 juillet ; 3-8 décembre •

Fédération des travailleurs socialistes de France
• 1899 : 14 juillet ; 3-8 décembre •

Fédération nationale catholique
• 1925 : 25 février •

Fédération nationale des syndicats
• 1886 : 11-16 octobre • 1895 : 22-28 septembre •

Fédération nationale des syndicats d'exploitants agricoles
• Voir FNSEA •

Fédération nationale des syndicats d'instituteurs
• Voir SNI •

Fédération syndicale unitaire
• Voir FSU •

Fédérés
Mur des
• 1871 : 27 mai • Voir aussi Père-Lachaise •

Fédérés (les)
Fédération des gardes nationales
1871
• 1868 : dans *Cluseret* en août-septembre • 1871 : 1er-6 février ; 3 mars ; 15 mars ; 21-22 mars ; 29-31 mars ; 2 avril ; 3 avril ; 12-18 avril ; 15 avril ; 1er mai ; 8 mai ; 9 mai ; 21 mai ; 23 mai ; 24 mai ; 25 mai ; 26 mai ; 27 mai ; 29 mai • 1883 : 24 décembre •

Fédida
Pierre
Psychanalyste.
• 1966 : novembre •

Fedor Ier
Tsar de 1584 à 1598.
• 1574 : *introduction Henri III* • 1584 : 18 mars • 1589 : *introduction Henri IV* •

FEDOR II
Tsar en 1605.
• 1589: *introduction Henri IV* •

FEDOR III
1661-1682
Tsar de 1676 à 1682.
• 1643: *introduction Louis XIV* •

FÉGY
Camille
1902-1975
Journaliste. Homme politique.
• 1936: 27-28 juin •

FEJTÖ
François
Né en 1909
Historien.
• 1952: décembre • 1956: décembre •

FÉLIBIEN
André
1619-1695
Théoricien de l'architecture.
• 1612: novembre • 1666: autres événements • 1674: autres événements • 1676: autres événements •

FÉLIBIEN
Michel
1665-1719
Bénédictin. Auteur.
• 1725: autres événements •

FÉLIBRIGE
• 1854: 21 mai • 1879: mai; 9 août •

FÉLICE
Guillaume de
1803-1871
Pasteur.
• 1850: 26 octobre •

FÉLIX
Charles-François Tassy, dit
vers 1635-1703
Premier chirurgien du roi.
• 1686: 18 novembre •

FÉLIX III
† 492
Pape de 483 à 492.
• vers 481: *introduction Clovis* •

FÉLIX IV
† 530
Pape de 526 à 530.
• 511: *introduction De quatre à un royaume franc* •

FÉLIX V
(Amédée VIII de Savoie)
† 1451
Fils d'Amédée VII de Savoie. Comte puis duc de Savoie de 1391 à 1439. Antipape de 1439 à 1449 (abdique le 9 avril).
• 1401: autres événements • 1416: 16 février • 1417-1419 • 1422: *introduction Charles VII* • 1424: 28 septembre • vers 1428-1435 • 1430: 23 ou 24 mai • 1434: décembre • 1439: 17 novembre • 1440: 26 août-11 septembre • 1442: dans *Martin le Franc* dans autres événements • 1449: 16 avril •

FÉLIX DE NANTES
Évêque de Nantes de 550 à 582 environ.
• vers 576: dans *L'épiscopat sous les Mérovingiens* •

FEMME NOUVELLE
Association.
• 1935: 12 mai •

FEMMES
• Voir CNFF • Droit de vote des femmes • Femme nouvelle, association • Hite, rapport • MLF • Parité hommes-femmes, loi sur la •

FEN
(Fédération de l'éducation nationale)
• 1948: 23 mars • 1992: 6 mai •

FÉNELON
François de Salignac de La Mothe
1651-1715
Auteur. Précepteur du duc de Bourgogne. Archevêque de Cambrai.
• 1635: dans *L'Académie française* au 25 janvier • 1657: autres événements • 1662: dans *Bossuet* au 26 février-9 avril • 1680: octobre • 1683: dans *Malebranche* en mai • 1687: autres événements • 1689: 16-17 août; dans *Beauvillier* au 16-17 août • 1694: autres événements • 1695: 4 février; mars; dans *Mme Guyon et le quiétisme* en mars; 10 juillet • 1697: janvier; 1er août; dans *Le duc et la duchesse de Bougogne* au

7 décembre • 1698: 26 juin; 23 décembre • 1699: 12 mars; avril; *biographie* en avril • 1711: novembre • 1712: 8 février •

FER
Nicolas de
1646-1720
Géographe.
• 1694: autres événements •

FERAOUN
Mouloud
1913-1962
Écrivain algérien.
• 1962: 15 mars •

FÉRAUD
Jean-Bertrand
1759-1795
Député.
• 1795: 20 mai •

FÉRAUD
Jean-François
1725-1807
Linguiste.
• 1761: autres événements • 1787: autres événements •

FERDIÈRE
Gaston
1907-1990
Médecin psychiatre.
• 1946: 16-28 février •

FERDINAND
1609-1641
Fils de Philippe III roi d'Espagne. Cardinal-infant. Gouverneur des Pays-Bas.
• 1635: 19 mai • 1641: 9 novembre •

FERDINAND DE BOURBON
Duc de Parme.
1751-1802
Fils de Philippe de Bourbon. Duc de Parme et de Plaisance de 1765 à 1802.
• 1796: 9 mai; 5 novembre •

FERDINAND Ier
1503-1564
Fils de Philippe le Beau roi de Castille. Roi de Hongrie. Empereur de 1558 à 1564.
• 1513: novembre-décembre • 1515: *introduction François Ier* • 1531: 5 février • 1544: juin-septembre • 1545: janvier-mars • 1547: *introduction Henri II* • 1550: 27 juin • 1552: avril-novembre • 1556: 16 janvier • 1558: mai • 1559: *introduction François II* • 1560: *introduction Charles IX* • 1564: 25 juillet •

FERDINAND Ier
1751-1825
Roi des Deux-Siciles de 1816 à 1825 et roi de Naples sous le nom de Ferdinand IV.
• 1799: *introduction* • 1806: 14 février • 1814: *introduction La première Restauration* • 1815: *introduction La seconde Restauration* • 1820: 2-9 juillet; 23 octobre 1820-février 1821 • 1821: 12 janvier-22 février; 10 mars-8 avril •

FERDINAND Ier
1793-1875
Roi de Bohême et de Hongrie de 1830 à 1848. Empereur d'Autriche de 1835 à 1848.
• 1830: *introduction La monarchie de Juillet* • 1848: *introduction La IIe République*; 13 mars; 2 décembre •

FERDINAND Ier
1865-1927
Roi de Roumanie de 1914 à 1927.
• 1914: *introduction La IIIe République: D'une guerre à l'autre* •

FERDINAND II
1810-1859
Roi des Deux-Siciles de 1830 à 1859.
• 1830: *introduction La monarchie de Juillet* • 1845: 8 septembre • 1848: 12-29 janvier • 1856: octobre •

FERDINAND II
(Ferdinand de Styrie)
1580-1637
Roi de Bohême et de Hongrie. Empereur de 1619 à 1637.
• 1610: *introduction Louis XIII* • 1618: 16 mai; 23 mai • 1619: 17-28 août; 25 décembre • 1620: 3 juillet • 1625: juin; décembre • 1626: avril-août • 1627: 31 juillet • 1629: 28 mars; 7 juin • 1630: mars-septembre; juillet-août • 1631: 23 janvier • 1634: 25 février; 5-6 septembre; 24 novembre • 1635: 30 mai; 20 septembre • 1636: janvier; 22 décembre • 1637: 15 février •

FERDINAND II D'ARAGON
V de Castille, dit « le Catholique »
1452-1516
Fils de Jean II roi d'Aragon. Roi de Castille en 1474, d'Aragon en 1479, de Naples en 1503, de Navarre en 1512.
• 1475: janvier • 1478: 9 novembre • 1492: 6 janvier; 3 novembre • 1493: 19 janvier; 10 septembre; 13 septembre • 1495: 31 mars • 1496: 10 décembre • 1498: *introduction Louis XII*; juillet? • 1500: 11 novembre • 1503: 6 mai • 1507: 24-28 juin • 1508: février; 10 décembre • 1510: 24 février • 1512: août-septembre • 1513: 14 septembre; novembre-décembre • 1515: *introduction François Ier* • 1516: 23 janvier •

FERDINAND III
1608-1657
Roi de Hongrie. Empereur de 1637 à 1657.
• 1610: *introduction Louis XIII* • 1630: juillet-août • 1634: 25 février • 1636: 22 décembre • 1637: 15 février • 1640: 23 septembre 1640-10 novembre 1641 • 1641: 24 juillet • 1643: *introduction Louis XIV*; 4 décembre • 1645: 5 mars-5 mai • 1647: 14 mars • 1648: 17 mai-20 août; 22 octobre • 1657: 1er avril • 1658: 14 août •

FERDINAND III
IV de Bourbon
1747-1825
Fils de Charles III roi d'Espagne. Roi de Naples et roi de Sicile.
• 1759: 10 août • 1794: *introduction La République thermidorienne* • 1796: 5 juin • 1798: 6 décembre; 21 décembre • 1799: 7 février •

FERDINAND IV
de Naples
• Voir Ferdinand Ier •

FERDINAND VI
† 1759
Fils de Philippe V roi d'Espagne. Roi d'Espagne de 1746 à 1759.
• 1715: *introduction Louis XV* • 1746: 9 juillet • 1759: 10 août •

FERDINAND VII
1784-1833
Fils de Charles. Roi d'Espagne en 1808 et de 1813 à 1833.
• 1799: *introduction Napoléon Bonaparte* • 1805: 10 septembre • 1806: 14 février; 5 août • 1808: février; 18 mars • 1813: 11 décembre 1814: *introduction La première Restauration* • 1815: *introduction La seconde Restauration*; 9 juin • 1817: dans *Fabvier* au 3 septembre-3 novembre • 1820: 6 mars • 1822: 7 juillet; 31 octobre-14 décembre • 1823: 26 février-3 mars; 10 avril; 17 avril; 23-24 mai; 11 juin; 17 août 28 septembre; 29-30 septembre; 1er octobre; 13 novembre • 1830: *introduction La monarchie de Juillet* • 1835: 17 mai •

FERDINAND DE CASTILLE
† 1275
Fils d'Alphonse X roi de Castille.
• 1226: *introduction Louis IX* • 1275: août •

FERDINAND-MAURICE DE BAVIÈRE
• Voir Léopold Ier •

FERIA
Gomez Suarez de Figueroa, duc de
1587-1634
Gouverneur du Milanais.
• 1624: novembre • 1631: 6 avril •

FERIA
Laurent Suarez de Figueroa duc de
Duc de Feria. Ambassadeur extraordinaire de Philippe II.
• 1593: 9 mars; 2 avril; mai-juin •

FERMAT
Pierre de
1601-1665
Mathématicien.
• 1637: dans *Descartes* en juin •

FERMI
Enrico
1901-1954
Physicien italien.
• 1942: 2 décembre •

FERNANDEL
Fernand Contandin, dit
1903-1971
Acteur.
• 1952: 4 juin •

FERNANDEZ
Dominique
Né en 1929
Écrivain.
• 1975: janvier •

FERNANDEZ
Ramon
1894-1944
Écrivain.
• 1941: 22 octobre •

FEROUILLAT
Jean-Baptiste, dit Joannis
1820-1903
Homme politique, ministre.
• 1888: 3 avril • 1889: 5 février •

FERRAND
Antoine François Claude, comte
1751-1825
Homme politique et historien.
• 1814: *introduction La première Restauration*; 13 mai; 22 mai; 13 septembre •

FERRAND
Jean-Henri
1736-1813
Général.
• 1793: 23 septembre •

FERRAND Ier D'ARAGON
† 1494
Fils naturel d'Alphonse V, roi d'Aragon. Roi de Naples jusqu'en 1494.
• 1485: autres événements • 1489: 10 février • 1489-1491 • 1494: 25 janvier •

FERRAND II D'ARAGON
dit Ferrandino
† 1496
Fils de Ferrand Ier, roi de Naples. Roi de Naples.
• 1495: 28 janvier; 22 février • 1496: 7 octobre •

FERRAND
ou Ferdinand de Portugal
1188-1233
Neveu de Blanche de Castille. Comte de Flandre de 1211 à 1233.
• 1212: janvier; 20 juillet • 1213: 8 avril; 24 mai; 31 mai; 12 septembre • 1214: juin • 1226: 8 août • 1227: janvier • 1233: 27 juillet •

FERRARE
Concile de
1438-1439
• 1438: 10 janvier • 1439: 26 février •

FERRAT
André
1902-1988
Résistant.
• 1945: 23 mai •

FERRAT
Jean Tenenbaum, dit Jean
Né en 1930
Chanteur.
• 1969: dans *introduction La Ve République. De l'héritage du gaullisme à la victoire de la gauche* •

FERRAULT
Jean
Procureur fiscal.
• 1521: autres événements •

FERRÉ
Léo
1916-1993
Chanteur, compositeur.
• 1969: dans *introduction La Ve République: De l'héritage du gaullisme à la victoire de la gauche* •

FERRÉ
Théophile
1846-1871
Membre de la Commune de 1871.
• 1871: 26 mars; 29 mars; 24 mai; dans *Bilan de la Commune* au 29 mai •

FERRER
Francisco
1859-1909
Pédagogue libertaire.
• 1909: 14 octobre •

FERRI
Pierre
Né en 1904
Homme politique, ministre.
• 1953: 26 juin •

FERRI II
† 1213
Duc de Lorraine de 1206 à 1213.
• 1206: septembre •

Ferrié
Gustave
1868-1932
Général. Savant.
• 1903: autres événements •

Ferrières
Claude de
1639-1715
Avocat.
• 1682: autres événements •

Ferrières
Jean de
vers 1521-1586
Vidame de Chartres.
• 1572: 24-29 août •

Ferrières-en-Gâtinais
Abbaye de
• 816: autres événements •

Ferro
Marc
Né en 1924
Historien.
• 1947: dans *La nouvelle histoire* au 3 novembre • 1989: mai •

Ferron
Théophile Adrien
1830-1894
Général. Ministre.
• 1887: 30 mai; 13 octobre •

Ferroul
Ernest
1853-1921
Médecin. Maire de Narbonne.
• 1907: 9-10 juin; 17-26 juin •

Ferry
Abel
1881-1918
Homme politique.
• 1914: 31 juillet • 1916: 18 février; 5-7 juin • 1918: 9 septembre •

Ferry
Désiré
1886-1940
Ministre.
• 1924: 8-10 juin • 1930: 2 mars •

Ferry
Jules
1832-1893
Homme politique, ministre. Président du Conseil.
• 1863: 31 mai-1er juin • 1864: 5-6 août • 1865: 25 novembre • 1868: avril • 1869: 23-24 mai; 6-7 juin • 1870: 10 avril; 4 juin; 4 septembre • 1869: 23-24 mai; 6-7 juin; *introduction La IIIe République: De la chute du Second Empire à la monarchie de Juillet*; 6 septembre; 31 octobre; 16 novembre • 1871: 5 mars; 18 mars • 1872: dans Gambetta au 26 septembre • 1876: 13 août; Dans *Jules Simon* au 13 décembre • 1877: 16-18 juin • 1879: 4 février; mars; 16 juin; 8 décembre; 28 décembre • 1880: janvier; 21 février; 9 mars; 25 septembre; *biographie* au 25 septembre; 9 novembre • 1881: 23 mars; 4 avril; 21 juillet; 25 juillet; 21 août-4 septembre; dans *Henri Brisson* au 28 octobre; 4 novembre; 10 novembre • 1882: 30 janvier; 28 mars; dans *Déroulède* au 12 mai • 1883: 20 janvier; 21 février; 20 juin; 5 octobre 13-14 octobre; 30-31 octobre; 17 novembre; 20 novembre • 1884: dans *Waldeck-Rousseau* au 21 mars; 14 avril; 24 mai-14 août; 4 juin; 19 juin; 12 juillet • 1885: 26 mars; 30 mars; 4 juin; 28 juillet • 1886: dans *Le général Boulanger* au 14 juillet • 1887: 17 mai; dans *Camille Pelletan* au 11 juillet; 14 juillet; 24 juillet; 3 décembre; 10 décembre • 1888: dans *Méline* au 4 avril; 19 avril • 1889: 11 avril • 1891: 4 janvier • 1893: 24 février; 18 mars • 1899: 24 avril • 1915: mars • 1916: 18 février • 1927: dans *Ferdinand Buisson* au 8 décembre • 1950: 18 octobre •

Ferry
Lois
• 1870: *introduction La IIIe République: De la chute du Second Empire à la Première Guerre mondiale* • 1880: janvier; dans *Jules Ferry* au 25 septembre • 1881: 16 juin; 25 juillet • 1882: 28 mars •

Ferté
Abbaye de La
• 1113: autres événements •

Ferté-Alais
Siège de La
• 1108: automne? •

Fesch
Joseph
1763-1839
Cardinal.
• 1802: dans *Chateaubriand au* 14 avril • 1804: dans *Grands officiers civils* au 18 mai; 1er décembre • 1809: 31 janvier • 1811: 17 juin-20 octobre •

Fessard
Gaston
1897-1978
Jésuite. Philosophe.
• 1941: novembre • 1945: 29 octobre •

Feuerbach
Ludwig
1804-1872
Philosophe allemand.
• 1945: dans *Le père de Lubac* en janvier •

Feuillade
Louis
1873-1925
Cinéaste.
• 1907: dans *Les feuilletonistes modernes* dans autres événements •

Feuillants
• Voir Club des Feuillants •

Feuillère
Edwige Cunati, dite Edwige
1907-1998
Actrice.
• 1948: décembre •

Feuillet
Octave
1821-1890
Auteur dramatique.
• 1858: 22 novembre •

Feuillet
Raoul-Auger
vers 1659-1710
Chorégraphe.
• 1700: autres événements •

Feuquières
Manassès de Pas de
1590-1640
Gouverneur de Toul. Homme de guerre.
• 1639: avril-octobre •

Feutrier
Jean
1785-1830
Évêque. Ministre.
• 1828: 3 mars •

Féval
Paul
1817-1888
Romancier.
• 1844: 14 mars • 1866: 22 décembre •

Févet
Amédée
Journaliste.
• 1817: 18 septembre •

Février
André
1885-1961
Ministre.
• 1937: 21-22 juin • 1940: 16 juin •

Février 1934
Journée du 6
• 1914: *introduction La IIIe République: D'une guerre à l'autre* • 1920: dans *Blum* au 25-30 décembre • 1924: dans *Herriot* au 12-14 juin • 1925: dans *Doriot, du PC au PPF* au 4 février • 1927: dans *Daladier* au 27 octobre • 1934: 9-12 janvier; 22 janvier; 27 janvier; 29-30 janvier; 3 février; 5 février; 6 février; 7 février; 9 février; 12 février; 24 février • 1935: 6 février • 1936: dans *Fascismes français* au 27-28 juin •

Feydeau
Georges
1862-1921
Auteur dramatique.
• 1886: 17 décembre •

Feydeau de Brou
Paul-Esprit
1683-1767
Garde des Sceaux.
• 1762: 27 septembre • 1763: 3 octobre •

Feydeau de Marville
Claude-Henri
1705-1787
Lieutenant général de police de Paris.
• 1740: janvier •

FFI
(Forces françaises de l'intérieur)
• 1940: *introduction État français et France libre* • 1944: 1er février; 1er juin; 5 juin; 9 juin; 10-11 juin; 18 août; 20 août; 28 août; 1er-3 septembre; 3 septembre-28 octobre; 5 septembre; 7 septembre; 23 septembre • 1945: 18 janvier •

FFL
(Forces françaises libres)
• 1940: dans *De Gaulle* au 18 juin; *introduction État français et France libre*; 7 août • 1942: 26 mai-11 juin; 31 décembre 1942-13 janvier 1943 • 1943: 2 février; 9-13 septembre• 1944: 23 septembre •

FGDS
(Fédération de la gauche démocrate et socialiste)
• 1965: 10 septembre • 1966: 14-20 décembre •

FIAC
(Foire internationale d'Art contemporain)
• 1974: autres événements •

FIACRE
Moine augustin.
• 1637: 5 décembre • 1638: dans *Le vœu de Louis XIII* au 10 février •

FICHES
Affaire des
1904
• 1904: 28 octobre; 4 novembre • 1905: 13-14, 18 janvier •

FICHET
• Voir Guillaume Fichet •

FICHTE
Johann Gottlieb
1762-1814
Philosophe.
• 1793: juillet •

FICIN
Marsile
1433-1499
Philosophe.
• 1494: 9 novembre • 1499: autres événements • 1523: dans *Lefèvre d'Étaples, l'Érasme français* dans autres événements •

FIELD
Noël
1904-1970
Fonctionnaire de la SDN.
• 1936: dans *Les volontaires français* au 22 octobre •

FIELDING
Henry
1707-1754
Romancier anglais.
• 1743: autres événements • 1750: autres événements • 1765: autres événements •

FIESCHI
Giuseppe
1790-1836
Conspirateur.
• 1804: dans *Soult* au 18 mai • 1830: *introduction La monarchie de Juillet* • 1835: 28 juillet • 1836: 19 février •

FIÉVÉE
Joseph
1767-1839
Journaliste et écrivain.
• 1789: 8 février • 1790: 23 août • 1797: autres événements • 1816: août; *biographie* en août • 1818: dans *La presse d'opinion sous la Restauration* en février; mars; 8 octobre • 1820: 11 mars; avril • 1823: mars •

FIGARO (LE)
1826
Quotidien.
• 1826: 15 janvier • 1836: dans *La naissance de la presse* au 1er juillet • 1854: 2 avril • 1861: dans *L'audience de la presse sous le Second Empire* en août • 1866: 16 novembre • 1881: 29 juillet • 1892: 20 janvier; 10 décembre • 1897: 14 décembre • 1899: 31 mars • 1914: 13-16 mars • 1927: août • 1928: janvier; dans *François Coty* en mai • 1929: dans *Tardieu* au 31 octobre • 1942: 10 novembre • 1975: 30 juin • 1983: dans *Raymond Aron* au 17 octobre •

FIGON
Charles
Magistrat. Maître des comptes à Montpellier.
• 1579: autres événements •

FIGURATION LIBRE
1981
Mouvement artistique.
• 1981 : autres événements •

FILANGIERI
Gaetano
1824-1892
Érudit italien.
• 1822 : 12 janvier •

FILIPACCHI
Daniel
Né en 1928
• 1953 : février • 1955 : dans *Europe n°1* au 3 avril •

FILIP-LEFORT
• Voir Lefort, Georges •

FILIPPO VISCONTI
Fils de Gian Galeazzo Visconti, duc de Milan. Duc de Milan.
• 1435 : 2 février •

FILLIOL
Jean
Cofondateur de la Cagoule.
• 1937 : 9 juin ; 16 novembre 1937-26 janvier 1938 • 1943 : dans *Joseph Darnand* au 30 janvier •

FILLMORE
Millard
1800-1874
Président des États-Unis de 1850 à 1853.
• 1848 : *introduction La IIe République* • 1852 : *introduction Le Second Empire* •

FILLON
François
Né en 1954
Homme politique, ministre.
• 1993 : 29 mars • 1995 : 18 mai •

FINALY
Horace
1871-1945
Banquier.
• 1913 : dans *Proust* au 14 novembre •

FINÉ
Oronce
Mathématicien.
• 1530 : mars •

FINI
Léonor
1908-1996
Peintre.
• 1948 : 31 mai •

FIRMIN LE VER
Auteur.
• 1440 : autres événements •

FIS
(Front islamique du salut)
• 1991 : 26 décembre •

FITERMAN
Charles
Né en 1933
Homme politique
• 1981 : 23 juin • 1983 : 22 mars • 1992 : 31 décembre •

FITZGERALD
Francis Scott
1896-1940
Écrivain américain.
• 1915 : dans *Adrienne Monnier* au 7 novembre •

FITZ-JAMES
• Voir Berwick, Jacques Fitz-James Stuart, duc de •

FITZ-JAMES
Édouard, duc de
1776-1838
Homme politique.
• 1832 : 7 juin •

FITZ-JAMES
François de
1709-1764
Évêque de Soissons. Premier aumônier de Louis XV.
• 1744 : 13 août •

FIZEAU
Hippolyte
1819-1896
Astronome.
• 1849 : autres événements • 1896 : dans *L'invention de la TSF* au 2 juin •

Flagellation
Séance de la
3 mars 1766
Lit de justice.
• 1715: *introduction Louis XV* • 1766: 3 mars; 1er juillet • 1783: dans *Calonne* au 1er novembre •

Flahaut de la Billarderie
Auguste, comte de
1785-1870
Général et diplomate.
• 1854: dans *Morny* au 12 novembre •

Flamand
Paul
1909-1998
Éditeur.
• 1945: octobre •

Flammarion
Camille
1842-1925
Astronome.
• 1883: 10 mars • 1927: dans *Ferdinand Buisson* au 8 décembre •

Flandin
Étienne
1853-1922
Magistrat, avocat. Homme politique.
• 1904: 10 juin •

Flandin
Pierre-Étienne
1889-1958
Homme politique. Président du Conseil.
• 1922: 15 janvier • 1924: 8-10 juin; 6 novembre • 1929: 31 octobre • 1930: 2 mars • 1931: 27 janvier; 11 mars • 1932: 20 février; 3-6 avril • 1934: 9 février; 8 novembre • 1935: 1er-4 février; 11-17 avril; 28-30 mai; 6-7 juin • 1936: 19-31 janvier • 1938: 28 septembre; dans *Munichois et antimunichois* au 4 octobre • 1939: 2 septembre • 1940: 6 juillet • 1940: 13 décembre • 1941: 9-10 février • 1948: 7 février; 13 avril •

Flandre
• Voir Arnoul Ier • Arnoul II • Baudoin Ier Bras de Fer • Baudoin II • Baudoin III • Baudoin IV le Barbu • Baudoin V de Lille • Baudoin VI de Mons • Baudoin VII • Baudoin VIII • Baudoin IX • Charles le Bon • Ferrand de Portugal • Guillaume Cliton • Guillaume de Dampierre • Jeanne de Flandre • Louis de Male • Louis II de Nevers • Marguerite de Flandre • Marguerite II de Flandre • Philippe d'Alsace • Robert de Béthune • Robert Ier le Frison • Robert II le Hiérosolymitain • Thierry d'Alsace • Thomas de Savoie •

Flaochad
† 643
Maire du palais de Burgondie de 642 à 643.
• 639: 19 janvier • 642: mai •

Flaubert
Gustave
1821-1880
Écrivain.
• 1839: 16 novembre • 1848: 29 juillet • 1852: dans *Théophile Gautier* au 17 juillet • 1856: 1er octobre; dans *Le réalisme littéraire* en novembre; 6 novembre • 1858: 28 janvier • 1862: novembre • 1869: 17 novembre • 1874: 11 mars; avril; dans *Barbey d'Aurevilly* en novembre • 1877: 24 avril • 1880: janvier; 8 mai • 1883: dans *Maupassant* en avril • 1913: dans *Proust* au 14 novembre • 1971: mars •

Flavigny
Abbaye de
• 878: autres événements •

Flèche (La)
Collège jésuite de
• 1604: autres événements • 1764: 7 avril •

Flèche (La)
École militaire de
• 1805: 31 août •

Fléchier
Esprit
1632-1710
Prédicateur. Évêque de Nîmes.
• 1667: dans *Turenne* en mai • 1670: dans *Prédication et prédicateurs* en novembre • 1683: 30 juillet •

Fleix
Paix de
1580
• 1574: *introduction Henri III* • 1580: 26 novembre • 1581: 24 mai •

FLEMING
Jane
Maîtresse d'Henri II. Gouvernante de Marie Stuart.
• 1551 : mai •

FLESSELLES
Jacques de
1721-1789
Prévôt des marchands de Paris.
• 1789 : 28 avril ; 14 juillet •

FLEURET
Fernand
1883-1945
Écrivain.
• 1913 : dans *Apollinaire* au 20 avril •

FLEURIAU D'ARMENONVILLE
Joseph-Jean-Baptiste
1661-1728
Secrétaire d'État à la Marine. Garde des Sceaux. Chancelier.
• 1718 : 24 septembre • 1722 : 28 février • 1727 : 23 août •

FLEURIAU DE MORVILLE
Charles-Jean-Baptiste
1686-1732
Secrétaire d'État à la Marine. Secrétaire d'État aux Affaires étrangères.
• 1723 : 10 août •

FLEURIEU
Charles-Pierre Claret de
1738-1810
Ministre de la Marine.
• 1790 : 26 octobre • 1791 : 17 mars •

FLEURUS
Bataille de
1690
• 1672 : dans *Le maréchal de Luxembourg* au 6 avril• 1691 : 19 septembre •

FLEURUS
Bataille de
1794
• 1792 : *introduction La République jacobine* • 1794 : 26 juin ; 14 juillet •

FLEURY
Abbaye de (Saint-Benoît-sur-Loire)
• 651 : 27 juin • 653 • 845 : juin ou juillet • 865 : octobre • 930 : dans *Réformes et constructions religieuses au Xᵉ siècle* dans autres événements • 997 : autres événements • 1003 : autres événements • 1008 : juillet ; septembre • 1067-1080 • 1108 : 29 ou 30 juillet ? • 1218 : autres événements •

FLEURY
Claude
1640-1723
Précepteur du duc de Bourgogne. Auteur. Confesseur de Louis XV.
• 1697 : dans *Le duc et la duchesse de Bourgogne* au 7 décembre • 1716 : 14 novembre • 1722 : 31 mars •

FLEURY
Hercule-André de
1653-1743
Cardinal. Évêque de Fréjus. Précepteur puis ministre de Louis XV.
• 1715 : *introduction Louis XV* • 1716 : 1ᵉʳ avril ; *biographie* au 1ᵉʳ avril • 1717 : 15 février • 1720 : octobre • 1721 : septembre-octobre • 1722 : 17-18 août ; 26 août • 1723 : 2 décembre ; autres événements • 1724 : octobre • 1725 : 31 mars • 1726 : 16 juin ; 11 septembre • 1727 : août-septembre • 1728 : 4 mai • 1730 : 24 mars • 1731 : 15 juillet ; autres événements • 1732 : 29 janvier ; 31 mars ; 4 décembre • 1733 : dans *La guerre de succession de Pologne* au 5 octobre ; 24 novembre • 1737 : 20 février • 1738 : 28 avril • 1743 : 29 janvier • 1755 : 13 août •

FLN
(Front de libération nationale)
Parti algérien.
• 1947 : dans *Albert Camus* au 10 juin • 1952 : dans *Frantz Fanon* en juin • 1954 : 1ᵉʳ novembre ; dans *La guerre d'Algérie* au 1ᵉʳ novembre • 1955 : 20-21 août ; 12 septembre ; décembre • 1956 : 22 avril ; 26 mai ; 30 septembre ; 20 octobre ; 22 octobre ; 9 novembre • 1957 : 28 janvier ; 25 février ; 29-30 mai ; 4 juillet ; septembre ; 24 septembre ; octobre • 1958 : 19-21 janvier ; 27-30 avril ; 9 mai ; 23, 25 octobre • 1960 : 24 février ; 25-29 juin ; 5-6 septembre • 1961 : dans *L'Algérie française et l'extrémisme* au 22-25 avril ; 20 mai-13 juin ; 24 août ; 17 octobre • 1962 : janvier-février ; 11-18 février ; 17 juin • 1969 : dans *Georges Pompidou* au 15 juin • 1978 : 4 mai • 1991 : 26 décembre •

FMI
(Fonds monétaire international)
• 1944: 1er-22 juillet •

FN
• Voir Front national •

FNAC
(Fédération nationale d'achat des cadres)
• 1954: septembre •

FNLF
(Forces navales françaises libres)
• 1941: 29 août; 24 décembre • 1944: 1er août •

FNSEA
(Fédération nationale des syndicats d'exploitants agricoles)
• 1990: dans *Les agriculteurs* au 24 juin •

FO
(CGT-FO)
• 1909: dans *Jouhaux* au 12 juillet • 1945: décembre • 1948: 12-14 avril; 28 mai •

FOCCART
Jacques
1913-1997
Homme politique.
• 1958: 9 juin • 1959: 9 janvier • 1960: 2-4 juin • 1997: 19 mars •

FOCH
Ferdinand
1851-1929
Maréchal.
• 1916: 1er juillet; dans *Les généraux de la Grande Guerre* au 26 décembre • 1917: 5-15 mai • 1918: 26 mars; 3 avril; 1er-2 mai; 27-30 mai; 24 juin; 7 août; 21 septembre; 3 novembre; 4 novembre; 27 novembre; 30 novembre; 8-10 décembre • 1919: 10 janvier; 1er-12 mars; 1er juin; 14 juillet • 1928: dans *La Rocque et les Croix-de-Feu* en janvier • 1929: 20 mars • 1931: 22 janvier •

FOCILLON
Henri
1881-1943
Historien de l'art
• 1938: autres événements • 1942: juillet • 1955: autres événements • 1978: juillet •

FOCQ
Nicolas
• 1751: autres événements •

FOIRE INTERNATIONALE D'ART CONTEMPORAIN
• Voir FIAC •

FOISSIN
Robert
1896-1955
Avocat.
• 1940: dans *Communistes et occupants* au 19 juin •

FOIX
• Voir Gaston de Foix •

FOIX
Odet de
† 1528
Seigneur de Lautrec. Lieutenant général.
• 1515: *introduction François Ier*; 4 février •

FOIX-CANDALE
Frédéric de
Lieutenant général de Dax. Fondateur de la ligue catholique de Guyenne.
• 1563: mars • 1581: janvier-avril •

FOIX-CANDALE
Marguerite de
Fille d'Henri de Foix-Candale; Épouse de Jean-Louis de Nogaret duc d'Épernon.
• 1587: 23 août •

FOKINE
Michel
1880-1942
Danseur et chorégraphe russe.
• 1910: dans *Les Ballets russes* au 25 juin • 1912: 8 juin •

FOLARD
Jean-Charles de
1669-1752
Officier. Écrivain.
• 1727: autres événements •

FOLCUIN DE SAINT-BERTIN
Moine. Auteur.
• 961/964 •

Fontrailles
Louis d'Astarac, vicomte de
† 1677
Mémorialiste. Conjurateur.
• 1642 : 12 septembre •

Forbin
Claude, chevalier de
1656-1733
Marin.
• 1707 : 21 septembre •

Forbin
Louis Nicolas Philippe Auguste, comte de
1777-1841
Peintre, archéologue et administrateur.
• 1816 : 22 juillet •

Forbonnais
François Véron Duverger de
1722-1800
Économiste.
• 1753 : autres événements • 1754 : autres événements • 1755 : autres événements • 1758 : autres événements • 1767 : autres événements •

Forcade la Roquette
Jean Louis Victor Adolphe
1820-1874
Homme politique, ministre.
• 1860 : 26 novembre • 1867 : 20 janvier • 1868 : 17 décembre • 1869 : 6 janvier ; 17 juillet •

Force ouvrière
• Voir FO •

Forces françaises de l'intérieur
• Voir FFI •

Forces françaises libres
• Voir FFL •

Forces navales françaises libres
• Voir FNFL •

Forey
Élie-Frédéric
1804-1872
Maréchal de France.
• 1862 : septembre • 1863 : 5 juin ; 10 juillet •

Forfait
Pierre-Alexandre-Laurent
1752-1807
Ingénieur. Ministre.
• 1799 : 11-22 novembre •

Forgeot
Nicolas-Julien
1758-1798
Dramaturge.
• 1794 : 25 septembre •

Forgeot
Pierre
1888-1956
Homme politique, ministre.
• 1928 : 9 novembre •

Forget de Fresne
Pierre
Secrétaire du roi Henri IV.
• 1590 : 20-21 mars • 1598 : dans *L'Édit de Nantes* au 30 avril •

Formigny
Bataille de
• 1435 : 5 août • 1450 : 15 avril •

Formose
† 896
Pape de 891 à 896.
• 888 : *introduction Eudes* • 893 : *introduction Charles III le Simple* •

Fornoue
Bataille de
1495
• 1495 : 6 juillet ; autres événements •

Forqueray
Antoine
1672-1745
Compositeur.
• 1689 : 31 décembre •

Forqueray
Jean-Baptiste
1672-1745
Compositeur.
• 1747 : autres événements •

Forster
Albert
† 1948
Gauleiter de Dantzig.
• 1939: 1er septembre •

Forster
Georg
1754-1794
Jacobin allemand.
• 1792: 23 octobre • 1794: 10 janvier •

Fort
Paul
1872-1960
Poète.
• 1896: 3 juillet • 1915: dans *Adrienne Monnier* au 7 novembre • 1919: mai •

Forton
Louis
1879-1934
Auteur de bandes dessinées.
• 1908: 4 juin •

Fortoul
Hippolyte Nicolas Honoré
1811-1856
Homme politique, ministre.
• 1851: 26 octobre • 1851: 3 décembre • 1852: 23 janvier; 10 avril • 1865: 15 février •

Fosset
André
Né en 1918
Homme politique, ministre.
• 1976: 12 janvier •

Foucauld de Lardimalie
Louis marquis de
1755-1805
Député.
• 1790: 18 décembre • 1791: 28 février •

Foucault
Léon
1819-1868
Physicien.
• 1849: autres événements • 1896: dans *L'invention de la TSF* au 2 juin •

Foucault
Michel
1926-1984
Philosophe.
• 1949: dans *Jean Genet* au 12 août • 1954: avril • 1955: dans *Claude Lévi-Strauss* en octobre • 1961: mai • 1964: juin • 1966: 16 avril • 1969: dans *introduction La Ve République: De l'héritage du gaullisme à la victoire de la gauche* • 1971: 9 décembre • 1972: septembre • 1975: 27 février; *biographie* au 27 février • 1979: 26 juin • 1987: mars •

Fouché
Joseph
1759-1820
Député à la Convention. Ministre de la Police.
• 1777: dans *La Fayette* en avril • 1792: *introduction La République jacobine* • 1793: 19 septembre; 21 septembre; 26 septembre; 2 octobre; 10 octobre; 13 octobre; 19 octobre; dans *La déchristianisation* au 7 novembre; 10 novembre; 4 décembre • 1794: 10 avril; 11 juin; 13 juillet; 14 juillet • 1795: 9 août • 1798: 5 octobre; 18 octobre; 25 novembre • 1799: 20 juillet; 4 août; 13 août; 3 novembre; 7 novembre; 11-22 novembre; *biographie* au 11-22 novembre • 1800: 17 janvier; 23 septembre; 6 novembre; 24 décembre • 1802: 8 mai; 13 septembre • 1803: 5 septembre • 1804: 10 mars; 10 juillet • 1806: 23 août • 1807: 15 avril; octobre • 1809: 17 janvier; 27-28 janvier; 29 juin; 6 juillet; 29 juillet; 1er octobre; 30 novembre • 1810: 29 janvier; 5 février; 20 mars; 3 juin • 1813: 10 juin; 3 octobre • 1814: dans *Vitrolles* au 2 avril; 8 avril; 4 juin • 1815: 16 mars; 20 mars; *introduction Les Cent-Jours*; 24 mars; avril; 21 juin; 22 juin; 23 juin; 1er juillet; 4 juillet; 5 juillet; 6 juillet; 7 juillet • 1815: *introduction La seconde Restauration*; 24 juillet; 2 août; 12 août; 15 septembre • 1817: février • 1818: dans *Manuel* au 20 octobre •

Fouchet
Christian
1911-1974
Homme politique, ministre.
• 1954: 18 juin • 1962: 7 décembre • 1966: 8 janvier • 1967: 6-7 avril •

FOUCHET
Max-Pol
1913-1981
Écrivain et journaliste.
• 1939: juin • 1949: février • 1953: mai •

FOUGERON
André
1913-1998
Peintre.
• 1936: 16-31 mai; autres événements • 1937: dans *L'Exposition internationale* au 24 mai • 1941: 10 mai; autres événements • 1948: septembre • 1949: 20-25 avril; 20 décembre • 1951: 13-26 janvier •

FOUILLÉE
Alfred
1838-1912
Philosophe.
• 1890: 24 mai •

FOULD
Achille
1800-1867
Banquier. Homme politique, ministre.
• 1849: 31 octobre • 1851: 9 janvier; 11 avril; 3 décembre • 1852: 23 janvier; 28 février; 30 juillet • 1853: dans *Magne* au 23 juin • 1858: 1er février • 1860: 15 janvier • 1861: 29 septembre; *biographie* au 29 septembre; 14 novembre • 1867: 20 septembre •

FOULD
Achille
1890-1969
Ministre.
• 1932: 12-13 janvier •

FOULD
Bénédict, dit Benoît
1792-1858
Président du Crédit mobilier.
• 1852: 18 novembre • 1861: dans *Fould* au 29 septembre •

FOULLON DE DOUÉ
Joseph
1715-1789
Conseiller d'État.
• 1789: 22 juillet •

FOULQUE
Évêque d'Orléans jusqu'en 1012.
• 1008: juillet; septembre •

FOULQUE
Peintre.
• 1082-1108 •

FOULQUE DE NEUILLY
Prédicateur.
• 1198: août • 1198-1200 • 1201: septembre •

FOULQUES
Archichapelain. Abbé de Saint-Hilaire de Poitiers.
• 831: autres événements •

FOULQUES
† 900
Archevêque de Reims de 883 à 900. Archichancelier de 898 à 900. Abbé de Saint-Martin de Tours de 893/894 à 900.
• 888: *introduction Eudes* • 892: autres événements • 893: 28 janvier; autres événements • 893-894 • 895: autres événements • 896: avant juillet • 898: autres événements • 900: 17 juin •

FOULQUES Ier LE ROUX
Comte de Nantes à partir de 907. Vicomte d'Anjou. Comte d'Anjou à partir de 929.
• 907 • 929 •

FOULQUES II LE BON
† 960/961
Comte d'Anjou.
• 952: autres événements • 960: autres événements •

FOULQUES III NERRA
vers 970-1040
Fils de Geoffroi Ier Grisegonelle, comte d'Anjou. Comte d'Anjou de 987 à 1040.
• 987: 21 juillet • 992: 27 juin • 993: 15 mai • vers 994 • 996: février; 12 mars • 997: hiver • 1002: autres événements • 1003: autres événements • 1005-1006 • 1008: 16-17 mai • 1016: 6 juillet • 1016-1020 • 1016-1025 • 1026: début juillet • 1032: 1er janvier; 26 juin • 1034: juin • 1036 • 1040: 21 juin •

FOULQUES IV RÉCHIN
† 1109
Fils d'Aubri, comte de Gâtinais. Comte d'Anjou de 1067/1068 à 1109.
• 1060: 14 mai • 1061: 21 mars • 1062 • 1067: 25 février; 11 mars; 4 avril; août • 1068: avril?; juin • 1072 • 1081: autres événements • 1082 • 1091 • 1094: 24 juin • 1096: 16 mars • 1098: mai • 1100: 2 août • 1103 • 1106: 19 mai; 10 octobre • 1109: 14 avril •

FOULQUES V LE JEUNE
† 1143
Fils de Foulques IV Réchin, comte d'Anjou. Comte d'Anjou, Tours, Maine de 1109 à 1131. Roi de Jérusalem de 1131 à 1143.
• 1106: 19 mai • 1109: 14 avril • 1110: autres événements • 1114: autres événements • 1119: 22-26 octobre • 1122: mars • 1126: été • 1128: 10 juin • 1131: 21 août • 1137: [début] •

FOUQUE
Antoinette
Militante féministe
• 1974: 25 avril •

FOUQUES-DUPARC
Henri
1903-1976
Homme politique.
• 1955: 20 janvier •

FOUQUET
• Voir Jean Fouquet •

FOUQUET
Nicolas
1615-1680
Procureur du roi au Parlement de Paris. Surintendant des finances.
• 1614: dans *Hôpitaux et charités* dans autres événements • 1630: dans *Les dévots* au 10-12 novembre • 1637: dans *Corneille* au début janvier • 1643: *introduction Louis XIV* • 1644: dans *Servien* en février-mars • 1649: dans *Mazarinades* au 20 juillet • 1652: 31 juillet-7 août; *biographie* au 31 juillet-7 août • 1653: 8 février • 1656: 12 juin; autres événements • 1658: autres événements • 1659: 21 février • 1660: janvier • 1661: 8 février; 10 mars; 17 août; 5 septembre; dans *Colbert* au 12 septembre; novembre • 1664: 20 décembre • 1668: dans *La Fontaine* au 31 mars • 1678: autres événements • 1680: 23 mars • 1689: dans *Pontchartrain* au 4 octobre •

FOUQUIER-TINVILLE
Antoine-Quentin
1746-1795
Accusateur public du Tribunal révolutionnaire.
• 1794: 4 avril; 7 avril; 16 juin; 26 juin; 28 juillet; 1er août • 1795: 28 mars; 7 mai •

FOURASTIÉ
Jean
1907-1990
Économiste.
• 1946: *introduction La IVe République* • 1949: mars • 1951: janvier • 1958: *introduction La Ve République: La République gaullienne* • 1979: février; *biographie* en février •

FOURCADE
Jean-Pierre
Né en 1929
Homme politique, ministre.
• 1974: 28 mai; 12 juin • 1976: 27 août • 1977: 31 mars • 1978: 23 mars •

FOURCROY
Antoine-François de
1755-1809
Chimiste. Homme politique, membre du Comité de salut public.
• 1782: autres événements • 1784: autres événements • 1785: autres événements • 1787: autres événements • 1788: autres événements • 1789: avril • 1792: autres événements • 1793: 25 juillet • 1794: 1er septembre; 28 septembre; 4 décembre • 1795: 26 septembre • 1796: autres événements • 1802: 10 décembre; *biographie* au 10 décembre •

FOURICHON
Léon Martin
1809-1884
Vice-amiral. Ministre.
• 1870: 4 septembre • 1876: 10 mars; 13 décembre •

FOURIER
François-Marie-Charles
1772-1837
Théoricien socialiste.
• 1808: septembre; *biographie* en septembre • 1823: 22 février • 1829: 28 mars

• 1835: 19 septembre • 1840: dans *Socialismes et utopies* en juin • 1841: 4 décembre • 1849: 20 janvier • 1871: 22 juillet • 1941: 11 octobre •

FOURIER
Jean-Baptiste-Joseph
1768-1830
Mathématicien, préfet.
• 1822: 16 février; *biographie* au 16 février • 1848: dans *François Arago* au 27 avril •

FOURIER
Pierre
1565-1640
Fondateur de la congrégation de Notre-Dame et de l'ordre des chanoinesses de Saint-Augustin.
• 1597: autres événements • 1618: dans *Le siècle des saints* au 7 novembre •

FOURNIER
Claude, dit l'Américain
1745-1825
• 1792: 4 août •

FOURNIER
Jacques
Chef d'entreprise.
• 1963: dans *Le patronat de la grande distribution* au 15 juin •

FOURNIER
Marcel
1914-1985
Chef d'entreprise.
• 1963: 15 juin; dans *Le patronat de la grande distribution* au 15 juin •

FOURNIER
Pierre
1937-1973
Journaliste satirique, dessinateur et écologiste.
• 1972: 28 novembre •

FOURTOU
Marie François Oscar Bardi de
1836-1897
Homme politique, ministre.
• 1872: 7 décembre • 1873: 19 mai; 26 novembre • 1874: 22 mai; 10 juillet; 15 juillet • 1877: 17 mai; 29 mai; 15 août •

FOX
James
1749-1806
Secrétaire d'État britannique.
• 1790: dans *Burke et la Révolution française* en novembre • 1806: 13 septembre •

FOY
Maximilien
1775-1825
Général et homme politique.
• 1820: 16 juillet; *biographie* au 16 juillet • 1821: 7 février • 1822: 3-5 août • 1825: 28 novembre •

FOYER
Jean
Né en 1921
Juriste et ministre.
• 1961: 24 août • 1962: 14 avril; 7 décembre • 1966: 8 janvier • 1972: 3 juillet • 1973: 5 avril •

FRACHON
Benoît
1893-1975
Dirigeant syndical.
• 1909: dans *Jouhaux* au 12 juillet • 1931: décembre • 1936: 2-5 mars; 7 juin • 1941: 17 mai • 1942: 22 septembre • 1944: dans *Louis saillant* au 10 septembre • 1945: 8-12 avril; 4-5 septembre • 1946: 8-12 avril • 1953: 24 mars • 1967: 16 juin •

FRAGONARD
Jean-Honoré
1732-1806
Peintre.
• 1752: autres événements • 1756: autres événements • 1765: autres événements • 1766: autres événements • 1767: autres événements • 1769: autres événements • 1771: autres événements • 1775: autres événements • 1777: autres événements • 1778: autres événements • 1780: autres événements •

FRAGSON
Léon Pott, dit Harry
1869-1913
Chansonnier.
• 1902: dans *L'âge d'or du Caf'Conc'* au 18 novembre •

• 1548: autres événements • 1558: 13 juillet • 1564: 24 janvier • 1567: décembre • 1587: autres événements • 1589: *introduction Henri IV* • 1640: dans *La grande peinture: entre baroque et classicisme* au 17 décembre •

François Ier
† 1765
Duc François III de Lorraine. Grand-duc de Toscane. Empereur de 1745 à 1765.
• 1715: *introduction Louis XV* • 1733: dans *La guerre de succession de Pologne* au 5 octobre • 1735: 3 octobre • 1736: 12 février; 24 septembre • 1737: 13 février • 1740: 20 octobre; dans *La guerre de succession d'Autriche* au 20 octobre • 1745: 13 octobre • 1748: 18 octobre • 1757: 18 avril • 1765: autres événements • 1770: 16 mai •

François Ier
Roi des Deux-Siciles de 1825 à 1830.
• 1815: *introduction La seconde Restauration* •

François Ier de Bretagne
† 1450
Fils de Jean V de Bretagne. Duc de Bretagne de 1442 à 1450.
• 1442: autres événements • 1449: automne • 1450: autres événements •

François Ier de Habsbourg
• Voir François II •

François II
1544-1560
Fils d'Henri II roi de France. Roi de France de 1559 à 1560.
• 1544: 19 janvier • 1547: *introduction Henri II* • 1548: août • 1558: avril 1559: 20 janvier • 10 juillet 1559-5 décembre 1560 • 1560: *introduction Charles IX* • 1562: dans *L'Hospital* en février-mars • 1571: 8 mars •

François II
Électeur de Saxe.
• 1609: mars-juillet •

François II
Empereur de 1792 à 1806.
• 1792: 1er mars • 1796: 6 février •

François II
1768-1835
Roi de Bohême et de Hongrie de 1792 à 1804. Empereur d'Allemagne de 1792 à 1806. Empereur d'Autriche de 1804 à 1835 (sous le nom de François Ier).
• 1799: *introduction Napoléon Bonaparte* • 1803: 24 mars • 1804: 11 août • 1806: 12 juillet • 1809: 29 novembre • 1814: *introduction La première Restauration* • 1815: *introduction La seconde Restauration*; 2 octobre • 1830: *introduction La monarchie de Juillet* •

François II de Bretagne
† 1488
Neveu d'Arthur III de Richemont. Duc de Bretagne de 1458 à 1488.
• 1460: autres événements • 1461: *introduction Louis XI* • 1465: avril; 22 décembre • 1467: 16 août; 1er octobre; 15 octobre • 1468: 25 janvier; 10 septembre • 1471: juillet; autres événements • 1472: 15 octobre • 1475: 29 septembre • 1479: autres événements • 1481: autres événements • 1484: fin septembre; 23 novembre • 1485: 9 août; dans *Les Princes et la « Guerre Folle »* au 2 novembre • 1486: 10 février • 1487: 9 mars; 23 septembre • 1488: 20 janvier; 14-21 août; 9 septembre •

François III de Lorraine
• Voir François Ier empereur •

François d'Alençon
• Voir François de Valois duc d'Alençon puis duc d'Anjou •

François d'Angoulême
• Voir François Ier •

François d'Anjou
• Voir François de Valois duc d'Alençon puis duc d'Anjou •

François de France
† 1473
Fils de Louis XI, roi de France. Duc de Berry.
• 1483: *introduction Charles VIII* •

François de Neufchâteau
Nicolas-Louis
1750-1828
Écrivain. Ministre de l'Intérieur. Président du Sénat.

• 1792: 1er mai; 7 octobre • 1793: 2 septembre • 1794: *introduction La république thermidorienne* • 1795: 24 juillet • 1797: 16 juillet; 22 juillet; 8 septembre; 14 septembre • 1798: 15 mai; 30 mai-7 juillet; 17 juin; *biographie* au 17 juin; 6 septembre; 13 septembre; 17-21 septembre; 8 octobre; 1er novembre • 1799: 22 juin • 1804: 2 août •

François de Paule
Saint
vers 1416-1508
Fondateur de l'ordre des Minimes.
• 1492: 10 octobre • 1494: 18 avril • 1498: 17 décembre •

François de Sales
Saint
1567-1622
Évêque de Genève. Théologien.
• 1595: autres événements • 1597: autres événements • 1602: mars-avril • 1609: autres événements • 1610: *introduction Louis XIII*; 6 juin • 1616: autres événements • 1618: 7 novembre; dans *Le siècle des saints* au 7 novembre • 1637: dans *Port-Royal et les Arnauld* au 24 août • 1638: dans *Le jansénisme* au 6 mai • 1670: dans *Prédication et prédicateurs* en novembre •

François de Surienne
• 1449: 24 mars •

François de Valois
1555-1584
Fils d'Henri II roi de France. Duc d'Alençon puis duc d'Anjou.
• 1547: *introduction Henri II* • 1555: 18 mars • 1560: *introduction Charles IX* • 1566: 8 février; 7 juillet • 1571: 31 juillet • 1573: juillet; 29 novembre-2 décembre • 1574: janvier; mi-février; avril-mai; *introduction Henri III*; début septembre • 1575: 11 avril • 15 septembre • 18 septembre; 21 septembre; 23-24 septembre; 28 septembre; 30 septembre; 21 novembre • 1576: 13 mars; mai-juin; 6 décembre; dans *Bodin* dans autres événements • 1577: avril; mai-juin • 1578: 14 février; mars; 23 décembre • 1579: 6, 23 janvier; 17 août; 19 août • 1580: juin; 19 septembre; 26 novembre • 1581: janvier-avril; avril; 24 mai; 26 juillet; 7 août; 30 août; 7 septembre; 24 octobre; décembre • 1582: 8 février; juillet • 1583: janvier-juin; octobre • 1584: 25 avril; 10 juin • 1596: dans *Sully* en juillet •

François de Valois-Angoulême
1518-1536
Fils de François Ier roi de France.
• 1515: *introduction François Ier*; 15 août • 1518: 28 février; 14 décembre • 1526: janvier-mars • 1530: juillet • 1532: août-septembre • 1536: 10 août • 1547: *introduction Henri II* •

François Villon
1431/1432-après 1463
Poète.
• 1441: dans *Charles d'Orléans* en janvier • 1456: autres événements; *biographie* dans autres événements • 1571: dans *de Lassus* en avril-mai •

François Xavier
Saint
1506-1552
Jésuite espagnol. Missionnaire.
• 1552: autres événements • 1618: dans *Le siècle des saints* au 7 novembre •

François-Albert
François Albert, dit
1877-1933
Ministre.
• 1924: 12-14 juin; 9 août • 1933: 31 janvier •

François-Ferdinand
1863-1914
Neveu de François-Joseph empereur d'Autriche-Hongrie. Archiduc d'Autriche.
• 1914: 28 juin •

François-Hyacinthe de Savoie
1637-1638
Fils de Victor-Amédée Ier duc de Savoie et de Christine de France. Duc de Savoie de 1637 à 1638.
• 1610: *introduction Louis XIII* • 1637: 8 septembre •

François-Joseph Ier
1830-1916
Neveu de l'empereur Ferdinand Ier. Empereur d'Autriche de 1848 à 1916. Roi de Hongrie de 1867 à 1916.
• 1848: *introduction La IIe République*; 2 décembre • 1852: *introduction Le Second Empire* • 1854: 8 août • 1859: 11 juillet

• 1863: 10 juillet • 1867: 18-22 août; octobre • 1870: 20 juillet; *introduction La IIIe République: De la chute du Second Empire à la Première Guerre mondiale* • 1914: 5-6 juillet • 1914: *introduction La IIIe République: D'une guerre à l'autre* • 1916: 21 novembre • 1917: 24 mars •

FRANÇOIS-MARSAL
Frédéric
1874-1958
Ministre.
• 1920: 17-22 janvier; 15 avril • 1924: 30 mars; 8-10 juin • 1925: 10 avril •

FRANÇOIS-PONCET
André
1887-1978
Homme politique. Diplomate.
• 1924: 6 novembre • 1926: dans *Robert Pinot* au 24 février • 1938: dans *Les hommes du Quai* au 20-25 juillet; 28 septembre • 1949: 20 juin •

FRANCONI
Antonio
1737-1836
Directeur de cirque.
• 1791: avril • 1793: 21 mars •

FRANCONI
Victor
1810-1897
Écuyer. Directeur de cirque.
• 1862: autres événements •

FRANCO-RUSSE
Alliance
1894-1917
• 1870: *introduction La IIIe République: De la chute du Second Empire à la Première Guerre mondiale* • 1891: 24 juillet • 1892: 18 août • 1894: 14 janvier • 1899: dans *Émile Loubet* au 18 février • 1903: 23 janvier • 1912: dans *Raymond Poincaré* au 14 janvier •

FRANCO-SOVIÉTIQUE
Pacte
1932
• 1932: 29 novembre • 1933: 18 mai •

FRANCO-SOVIÉTIQUE
Pacte
1935
• 1935: 2 mai • 1936: 11-27 février •

FRANCQUEVILLE
Pierre de
1548-1615
Sculpteur.
• 1589: *introduction Henri IV* • 1604: autres événements • 1613: autres événements •

FRANC-TIREUR (LE)
Journal de la Résistance.
• 1940: décembre •

FRANC-TIREURS ET PARTISANS FRANÇAIS
• Voir FTPF •

FRANJU
Georges
1912-1987
Fondateur de la cinémathèque française.
• 1936: 2 septembre •

FRANK
Anne
1929-1945
• 1950: avril •

FRANK
Bernard
Né en 1929
Écrivain.
• 1953: autres événements •

FRANK
Hans
1900-1946
Dirigeant nazi.
• 1945: dans *Le procès de Nuremberg* au 20 novembre •

FRANK
Sébastien
1499-1542
Théologien spiritualiste allemand.
• 1562: dans *Castellion* en février-mars •

FRANKEL
Leo
1844-1896
Révolutionnaire hongrois.
• 1871: 20 avril •

FRANKLIN
Benjamin
1706-1790
Physicien. Homme d'État.

• 1756: autres événements • 1775: septembre •

Franquin
André
1924-1997
Créateur belge de bandes dessinées.
• 1946: décembre •

Frapié
Léon
1863-1949
Écrivain.
• 1904: octobre • 1916: dans *Guerre et littérature* au 3 juillet •

Fratellini
François
1879-1951
Clown.
• 1920: 21 février • 1953: 5 janvier •

Fratellini
Louis
1869-1909
Clown.
• 1920: 21 février • 1953: 5 janvier •

Fratellini
Paul
1877-1940
Clown.
• 1920: 21 février • 1953: 5 janvier •

Fraternité (La)
1841
Journal.
• 1841: mai •

Frayssinous
Denis Luc Antoine, comte
1765-1841
Prélat. Homme politique, ministre.
• 1814: 21 octobre • 1815: 15 août; *biographie* au 15 août • 1817: novembre • 1819: dans *L'Église à la reconquête des âmes* au 24-27 octobre • 1822: 1er juin • 1823: 22 août; dans *Le romantisme* en juillet • 1824: 26 août • 1826: 15 mai-14 juin; 4 juillet • 1827: 18-19 janvier • 1828: 4 janvier; 3 mars •

Frazer
George
1854-1941
Philosophe et ethnologue anglais.
• 1924: autres événements •

Fréart de Chambray
Roland
1606-1673
Auteur.
• 1647: dans *L'atticisme parisien* dans autres événements • 1650: autres événements • 1651: autres événements • 1662: autres événements •

Fréart de Chantelou
Paul
1609-1693 ou 1694
Mécène.
• 1640: dans *La grande peinture: entre baroque et classicisme* au 17 décembre • 1647: dans *L'atticisme parisien* dans autres événements • 1650: autres événements •

Fréculf de Lisieux
Évêque de Lisieux de 823 à 853 environ. Auteur.
• 825: autres événements •

Frédégonde
† 597
Épouse de Chilpéric Ier, roi de Soissons.
• 561: *introduction De quatre à un royaume franc* • vers 570 • 575: décembre; autres événements • 584: septembre • 586: Pâques • 590: printemps • 596: mars • 597 •

Frédéric Ier
1471-1533
Fils de Christian Ier. Roi de Norvège et de Danemark de 1523 à 1533.
• 1515: *introduction François Ier* •

Frédéric Ier
1657-1713
Électeur de Brandebourg (Frédéric III). Roi en Prusse de 1701 à 1713.
• 1643: *introduction Louis XIV* • 1688: 9 mai • 1701: 18 janvier • 1702: 15 mai •

Frédéric Ier Barberousse
† 1190
Empereur germanique de 1152 à 1190.
• 1130: dans *Papes, antipapes et schismes* au 25 mai • 1137: *introduction Louis VII*

• 1156: 10 juin • 1157: octobre; 18 novembre • 1160: février-mars; 22 juillet • 1161: printemps • 1162: août; 30 août • 1165: autres événements • 1171: autres événements • 1178: 30 juillet • 1180: *introduction Philippe Auguste* • 1187: mai; décembre •

FRÉDÉRIC Ier DE BAR
† 983
Beau-frère de Hugues Capet. Comte de Bar. Duc de Haute-Lotharingie de 959 à 983.
• 923: dans *Hugues le Grand* après le 27 août • 951: autres événements • 959: 3 avril • vers 960 • 965: autres événements • 977: juin • 983: 17 juin •

FRÉDÉRIC II
1712-1786
Fils de Frédéric-Guillaume Ier de Prusse. Roi de Prusse de 1740 à 1786.
• 1715: *introduction Louis XV* • 1726: dans *Voltaire* au 17 avril • 1732: autres événements • 1736: autres événements • 1740: 31 mai; dans *La guerre de succession d'Autriche* au 20 octobre; 16 décembre; autres événements • 1741: 5 juin; 9 octobre • 1742: 11 juin • 1744: 24 août • 1745: 27 mars; 4 juin; 30 septembre; 15 décembre; 25 décembre • 1750: 12 janvier • 1752: autres événements • 1756: dans *La guerre de Sept Ans* au 9 juin; 29 août; 1er octobre • 1757: 18 avril; 5 novembre; 5 décembre • 1758: 25 août; 10 octobre • 1759: 12 août • 1760: 15 août • 3 novembre • 1761: juin-septembre • 1762: 5 mai; 10 juillet • 1763: 15 février • 1771: 3 novembre • 1774: *introduction Louis XVI* • 1777: 30 décembre •

FRÉDÉRIC II DE HOHENSTAUFEN
† 1250
Empereur germanique de 1220 à 1250.
• 1180: *introduction Philippe Auguste* • 1212: 19 novembre; 5 décembre • 1219: avril • 1223: *introduction Louis VIII* • 1226: *introduction Louis IX* • 1229: 18 février • 1235: autres événements • 1238 • 1239: autres événements • 1242: juin • 1243: juin • 1244: autres événements • 1245: 3 janvier; novembre • 1247: printemps • 1263: mai •

FRÉDÉRIC III
1515-1576
Électeur palatin.
• 1568: janvier-mars •

FRÉDÉRIC III
1604-1670
Roi du Danemark de 1648 à 1670.
• 1643: *introduction Louis XIV* •

FRÉDÉRIC III
1831-1888
Fils de Guillaume Ier. Empereur d'Allemagne en 1888.
• 1870: *introduction La IIIe République: De la chute du Second Empire à la Première Guerre mondiale* •

FRÉDÉRIC III DE HABSBOURG
† 1493
Roi des Romains. Roi de Germanie à partir de 1440. Empereur germanique de 1452 à 1493.
• 1422: *introduction Charles VII* • 1443: 22 août • 1444: 26 août • 1461: *introduction Louis XI* • 1473: 30 octobre-25 novembre • 1475: 19 juin • 1483: *introduction Charles VIII* •

FRÉDÉRIC III DE HOHENZOLLERN
• Voir Frédéric Ier •

FRÉDÉRIC III DE TARENTE
† 1504
Fils de Ferrand Ier roi de Naples. Roi de Naples.
• 1496: 7 octobre • 1501: août •

FRÉDÉRIC IV
1671-1730
Roi du Danemark de 1699 à 1730.
• 1643: *introduction Louis XIV* •

FRÉDÉRIC V
1592-1632
Électeur palatin. Roi de Bohême.
• 1614: 10 novembre • 1619: 17-28 août • 1621: 21 janvier • 1632: 15 avril-23 août • 1640: 23 septembre 1640-10 novembre 1641 •

FRÉDÉRIC VII
1808-1863
Roi de Danemark de 1848 à 1863.
• 1852: *introduction Le Second Empire* • 1863: 15 novembre •

FRÉDÉRIC DE HESSE-CASSEL
1676-1751
Roi de Suède.
• 1718: autres événements •

Frédéric de Wurtemberg
† 1816
Fils de Charles-Eugène de Wurtemberg. Duc puis roi de Wurtemberg.
• 1796: 7 août • 1804: 7 décembre • 1805: 5 octobre; 10 décembre • 1813: 17 septembre •

Frédéric-Auguste III/Ier
1750-1827
Électeur de Saxe de 1763 à 1806. Roi de Saxe de 1806 à 1827.
• 1799: *introduction Napoléon Bonaparte* • 1806: 11-15 décembre • 1807: 9 juillet; 22 juillet • 1813: 21 avril • 1814: *introduction La première Restauration* •

Frédéric-Auguste de Saxe
• Voir Auguste III •

Frédéric-Dupont
Édouard
1902-1988
Homme politique.
• 1954: 3 juin •

Frédéric-Guillaume Ier
dit le Roi-Sergent
1688-1740
Roi de Prusse de 1713 à 1740.
• 1643: *introduction Louis XIV* • 1715: *introduction Louis XV* • 1725: 3 septembre • 1740: 31 mai •

Frédéric-Guillaume Ier de Hohenzollern
1620-1688
Électeur de Brandebourg. Duc de Prusse.
• 1641: 24 mai • 1643: *introduction Louis XIV* • 1648: dans *Les traités de Westphalie* au 24 octobre • 1660: mai-juin • 1661: dans *La diplomatie* au 10 octobre • 1665: 18 novembre • 1672: 11 avril, 6 mai • 1673: mai-août • 1674: juillet-août • 1675: 28 juin • 1679: 29 juin • 1685: 27 août; 8 novembre; dans *Le Refuge* au 8 novembre • 1686: 12 janvier • 1688: 9 mai •

Frédéric-Guillaume II
1744-1797
Fils d'Auguste-Guillaume de Hohenzollern. Roi de Prusse de 1786 à 1797.
• 1774: *introduction Louis XVI* • 1789: *introduction Louis XVI et la Révolution* • 1790: 3 décembre • 1791: 27 août • 1794: 22 novembre • 1795: dans *Le traité de Bâle* au 5 avril •

Frédéric-Guillaume III
1770-1840
Fils de Frédéric-Guillaume II. Roi de Prusse de 1797 à 1840.
• 1792: *introduction La République jacobine* • 1799: *introduction Napoléon Bonaparte* • 1806: 26 novembre • 1807: 25 avril; 25 juin • 1814: 31 mars; *introduction La première Restauration* • 1815: *introduction La seconde Restauration*; 10 juillet • 1830: *introduction La monarchie de Juillet* •

Frédéric-Guillaume IV
1795-1861
Roi de Prusse de 1840 à 1861.
• 1830: *introduction La monarchie de Juillet* • 1848: *introduction la IIe République*; 18 mars; 31 octobre • 1849: 18 juin • 1852: *introduction Le Second Empire* •

Frégier
Honoré-Antoine
1789-1860
Écrivain.
• 1840: juin •

Freisler
Roland
1893-1945
Président du tribunal du peuple.
• 1944: 20 juillet •

Frémicourt
Charles
1877-1967
Ministre.
• 1940: 16 juin; 8 juillet •

Frémiet
Emmanuel
1824-1910
Sculpteur.
• 1874: février •

Fréminet
Martin
1567-1619
Peintre.
• 1589: *introduction Henri IV* • 1600: dans *La Seconde École de Fontainebleau* dans autres événements • 1608: autres événements •

Frémiot de Chantal
Jeanne-Françoise
• Voir Jeanne-Françoise Frémiot de Chantal •

Frénaud
André
1907-1993
Poète.
• 1943: autres événements • 1962: février • 1973: avril • 1979: février •

Frenay
Henri
1905-1988
Officier. Fondateur du mouvement de résistance Combat. Ministre.
• 1940: 30 août; dans *Du MLN à Comba*t au 30 août • 1941: décembre • 1942: *dans Jean Moulin* au 1er janvier; octobre; 9-22 octobre • 1943: 9 novembre • 1944: 5 janvier; 2 septembre; 5 septembre; 9 septembre • 1945: 19 juin; *Rapatriement* au 19 juin •

French
John Denton Pinkstone
1852-1925
Maréchal britannique.
• 1914: dans *Les chefs-d'état major* au 11 août • 1915: 6 juillet •

Frère
Aubert
1881-1944
Général. Résistant.
• 1940: 22 mai • 1942: 27 novembre •

Frères Jacques (les)
Quatuor formé en 1944 par: André (né en 1914) et Georges (né en 1918) Bellec, François Soubeyran (né en 1919), Paul Tourenne (né en 1923).
• 1947: dans *Saint-Germain-des-Prés* au 3 mai •

Fréron
Élie-Catherine
1718-1776
Journaliste.
• 1752: 1er août • 1754: 26 janvier • 1760: autres événements • 1775: 2 avril •

Fréron
Louis-Stanislas
1754-1802
Fils d'Élie Fréron. Député.
• 1775: 2 avril • 1791: 12 décembre • 1793: dans *Camille Desmoulins* au 5 décembre • 1794: 23 janvier; 26 juillet; 3 septembre; 11 septembre; dans *Les Muscadins* au 19 septembre • 1795: 1er mars; dans *Les Directeurs* au 4 novembre •

Fréronne
† 917
Épouse de Charles III le Simple, roi de Francie occidentale.
• 893: *introduction Charles III le Simple* •

Freslon
Alexandre Pierre
1808-1867
Homme politique, ministre.
• 1848: 13 octobre •

Fresnel
Augustin-Jean
1788-1827
Physicien.
• 1896: 2 juin •

Fréteau de Saint-Just
Emmanuel-Marie-Michel-Philippe
1745-1794
Conseiller au Parlement de Paris.
• 1787: 23 novembre • 1788: 4 janvier • 1791: 11 juin •

Fréteval
Bataille de
1194
• 1194: 3 juillet •

Freud
Sigmund
1856-1939
Médecin autrichien. Fondateur de la psychanalyse.
• 1873: dans *Charcot* au 20 septembre • 1896: autres événements • 1903: autres événements • 1914: mai • 1921: octobre • 1922: janvier; 1er mars • 1923: juin • 1924: dans *Les surréalistes* au 12, 15 octobre • 1925: autres événements • 1926: dans *Bernanos* en mars; 4 novembre; autres événements • 1927: 1er juillet; 1er septembre • 1929: avril • 1932: mars • 1934: autres événements • 1937: dans *Martin du Gard* au 10 novembre • 1938: 5 juin • 1962: décembre 1962-juillet 1963 • 1964: mai • 1966: novembre • 1972: dans *Jacques Lacan* en février •

FREUND
Marya
1876-1966
Cantatrice d'origine polonaise.
• 1922 : 12 janvier •

FREUNDLICH
Otto
1879-1943
Peintre.
• 1948 : dans *L'art brut* en juin •

FREY
Emmanuel
1767-1794
Banquier.
• 1793 : 5 octobre ; 14 octobre • 1794 : 2 avril •

FREY
Junius
1759-1794
Banquier.
• 1793 : 5 octobre ; 14 octobre • 1794 : 2 avril •

FREY
Roger
1913-1997
Ministre.
• 1958 : 1er octobre • 1959 : 9 janvier • 1960 : 5 février • 1961 : 24 août • 1962 : 14 avril • 1962 : 7 décembre • 1966 : 8 janvier • 1967 : 6-7 avril • 1968 : 10 juillet • 1969 : 21 juin • 1971 : 7 janvier •

FREYCINET
Charles de
1828-1923
Ministre. Président du Conseil.
• 1877 : 14 décembre • 1878 : 2 et 15 janvier • 1879 : 4 février ; 28 décembre • 1880 : 16 janvier ; 15 mars ; 19 juin ; 18 août ; 18 septembre ; 19 septembre • 1882 : 30 janvier ; 10 juillet ; 19 juillet ; 20 juillet ; 29 juillet • 1885 : 6 avril • 1886 : 7 janvier ; 16 janvier ; 4 mars ; 27 novembre ; 3 décembre • 1888 : 3 avril • 1889 : 22 février • 1890 : 17 mars ; *biographie* au 17 mars • 1891 : 16-17 juillet ; 16 septembre • 1892 : 18 février ; 27 février ; 7 décembre • 1898 : 3 novembre • 1899 : 8 mars ; 6 mai •

FREYCINET
Charles de
1879-1962
Ministre.
• 1915 : 29 octobre •

FREYRE
Gilberto
1900-1987
Sociologue brésilien, écrivain.
• 1952 : octobre •

FREYSSINET
Eugène
1879-1962
Ingénieur.
• 1907 : autres événements • 1922 : autres événements • 1924 : autres événements • 1931 : autres événements •

FRÉZIER
Amédée-François
1682-1773
Architecte.
• 1737 : autres événements •

FRIBOURG
Paix de
1516
• 1515 : *introduction François Ier* • 1516 : 29 novembre • 1521 : 7 mai •

FRICK
Wilhelm
1877-1946
Dirigeant nazi. Ministre du Reich.
• 1945 : dans *Le procès de Nuremberg* au 20 novembre •

FRIDUGISE
† 834
Abbé de Saint-Martin de Tours de 808 à 834. Chancelier de 819 à 832.
• 819 : autres événements •

FRIED
Eugen
1900-1943
Émissaire permanent du Komintern.
• 1930 : dans *Thorez* au 23 avril • 1941 : 9-15 août •

FRIEDLAND
Bataille de
• 1807 : 4-21 juin •

FRIEDMANN
Georges
1902-1977
Sociologue.
• 1927: dans *Les normaliens de l'entre-deux-guerres* au 15 avril • 1939: dans génération *Autour du pacte* au 22-23 août • 1946: janvier; novembre • 1956: octobre •

FRIES
Emmanuel
1778-1850
Architecte.
• 1827: autres événements •

FRIESZ
Othon
1879-1949
Peintre.
• 1904: dans *Matisse* au 1er-18 juin • 1905: dans *Le fauvisme* au 18 octobre • 1906: autres événements • 1941: 22 octobre • 1942: 20 janvier •

FRISON-ROCHE
Roger
1906-1999
Écrivain.
• 1941: autres événements • 1943: autres événements • 1955: 16 avril •

FROCHOT
Nicolas Thérèse Benoît
1761-1828
Préfet de Paris.
• 1800: 17 février •

FROISSART
Jean
• Voir Jean Froissart •

FRÖLICH
Paul
1884-1953
Homme politique allemand.
• 1933: dans *Les réfugiés allemands* au 27 février •

FROMANGER
Gérard
Né en 1939
Peintre.
• 1964: juillet •

FROMENTIN
Eugène
1820-1876
Peintre et écrivain.
• 1824: dans *Le romantisme en peinture* en avril • 1857: 21 février • 1863: 31 janvier • 1876: 3 juin •

FROMOND
Frère de Renard, comte de Sens.
• 1034: juin •

FRONDE (LA)
1648-1653
• 1618: dans *Le siècle des saints* au 7 novembre • 1643: *introduction Louis XIII* • 1645: dans *Omer Talon* au 7 septembre • 15 janvier 1648-mars-août 1653 • 1658: mars-juin • 1660: 13 décembre •

FRONT COMMUN CONTRE LE FASCISME
• Voir Frontisme •

FRONT D'ACTION NATIONALE
Groupe d'extrême droite.
• 1958: 16 mai •

FRONT DE LIBÉRATION NATIONALE
• Voir FLN •

FRONT ISLAMIQUE DU SALUT
• Voir FIS •

FRONT NATIONAL
• 1972: 25 septembre • 1979: dans *La nouvelle droite* au 22 juin • 1981: *introduction La Ve République: De la France mitterrandienne aux cohabitations politiques* • 1983: 4-11 septembre • 1984: 17 juin • 1985: 4 avril • 1986: 16 mars • 1988: 5 novembre • 1989: 3 décembre • 1990: 13 mai • 1995: 11, 18 juin • 1997: 29-31 mars • 1998: 15 mars •

FRONT NATIONAL D'UNITÉ FRANÇAISE
• 1999: 23-24 janvier •

FRONT NATIONAL MOUVEMENT NATIONAL
• 1999: 23-24 janvier •

Front national pour l'indépendance de la France
• 1941: juin; 26 septembre; autres événements • 1942: 20 septembre • 1943: 11 janvier; 9-13 septembre • 1944: 5 janvier; 14-18 septembre; 28-29 octobre • 1945: 23-28 janvier; 7 juin •

Front populaire
1936-1937
• 1914: *introduction La IIIe République: D'une guerre à l'autre* • 1920: dans *Blum* au 25-30 décembre • 1927: 27 octobre • 1930: dans *Thorez* au 23 avril • 1934: 24 octobre • 1935: 5-12 mai • 1936: 22-25 janvier; 5-6 juin; 10 juin; 29 septembre-2 octobre • 1937: 11 février; dans *La Grande Illusion* au 4 juin; 21-22 juin; 11 juillet; 23 décembre 1937-8 janvier 1938 • 1938: 13 janvier; 21 novembre • 1981: *introduction La Ve République: De la France mitterrandienne aux cohabitations politiques* • 1982: 13 janvier • 1998: 10 février • Voir aussi Rassemblement populaire •

Front républicain
• 1955: 1er décembre • 1956: 2 janvier •

Frontenac
Louis de Buade, comte de Palluau et de
1620-1698
Gouverneur de la Nouvelle-France.
• 1672: autres événements • 1682: dans *Cavelier de La Salle* au 9 avril •

Frontisme
Mouvement politique.
• 1932: octobre; dans *Les fondateurs d'Esprit* en octobre •

Frossard
André
1915-1995
Journaliste et écrivain.
• 1957: octobre • 1958: dans *La torture sous la République* au 27 mars •

Frossard
Louis-Oscar
1889-1946
Homme politique, ministre.
• 1918: 6-10 octobre • 1920: 21 juin; 3 octobre; dans *Le congrès de Tours* au 25-30 décembre; dans *Blum* au 25-30 décembre • 1922: 15-19 octobre • 1923: 1er janvier • 1935: 1er juin; 6-7 juin; 9 juin • 1936: 19-31 janvier • 1938: 18 janvier; 14 mars; 10 avril; 21-31 août • 1939: 21-22 mars • 1940: 5 juin; 16 juin •

Frot
Eugène
1893-1983
Homme politique, ministre.
• 1933: 31 janvier; 27 octobre; 23-27 novembre • 1934: 5-8 janvier; 29-30 janvier; 1er février; 6 février; 7 février; 24 février •

Frothaire
† 848
Évêque de Toul de 813 à 848.
• 814: autres événements • 829: autres événements •

Frotté
Marie-Pierre-Louis de
1755-1800
Chef royaliste.
• 1796: 22 juin • 1797: décembre • 1799: 23 septembre; 28 décembre •

Fructidor
Coup d'État du 18
4 septembre 1797
• 1794: *introduction* • 1797: 17 août; 3 septembre; 4 septembre; 5 septembre; 17 octobre; 12 novembre • 1798: dans *Germaine de Staël* en novembre; 9 novembre • 1799: 25 juillet •

Fry
Varian
1907-1967
Fonctionnaire américain. Responsable du Emergency Relief Committee.
• 1940: octobre •

Frydman
René
Né en 1943
Médecin.
• 1982: 24 janvier •

FSU
(Fédération syndicale unitaire)
Syndicat d'enseignants.
• 1992: 6 mai •

FTPF, FTP-MOI
(Francs-tireurs et Partisans français, Francs-tireurs et Partisans-Main d'œuvre immigrée)
• 1940: introduction *État français et France libre* • 1942: 10 avril • 1943: 28 septembre; 1er octobre • 1944: 1er février; 19-21 février; 7-9 juin; 9 juin; 10-11 juin; 18 août; 24 août; *introduction Du Gouvernement provisoire à la IVe République*; 3 septembre-28 octobre •

FUITES
Affaire des
• 1954: 19 septembre; 3 décembre •

FULBERT DE CHARTRES
960/970-1028
Évêque de Chartres de 1006 à 1028.
• après 965: *Les savants et le souvenir de l'empire* • 1007: printemps; *biographie* au printemps • 1008: 16-17 mai • 1009 • vers 1020 • 1020 • 1021: 5 mars • 1023: début mai •

FULRAD DE SAINT-DENIS
† 784
Conseiller de Pépin le Bref. Abbé de Saint-Denis de 750 à 784. Archichancelier.
• 747 • 750 • 751: *introduction Pépin le Bref* • 775: 24 février •

FULTON
Robert
1765-1815
Ingénieur américain.
• 1803: 9 août •

FUMET
Stanislas
1886-1983
Écrivain. Journaliste.
• 1949: février •

FUNAMBULES (LES)
Théâtre.
• 1862: autres événements •

FUNCK-BRENTANO
Christian
Cofondateur du quotitien Le Monde.
• 1944: 18 décembre •

FUNÈS
Louis de
1914-1983
Acteur.
• 1956: 26 octobre • 1966: décembre •

FURET
François
1927-1997
Historien.
• 1947: dans *La nouvelle histoire* au 3 novembre • 1979: 23 janvier; *biographie* au 23 janvier • 1982: 27 septembre • 1995: janvier •

FURETIÈRE
Antoine
1620-1688
Lexicographe.
• 1657: dans *Tallemant des Réaux* dans autres événements • 1666: 5 novembre • 1668: dans *La Fontaine* au 31 mars • 1685: 22 janvier • 1690: autres événements • 1704: autres événements •

FURIANI
Catastrophe de
1992
• 1992: 5 mai •

FURNES
Bataille de
1297
• 1297: 20 août •

FÜRSTENBERG
Guillaume de
1629-1704
Archevêque de Strasbourg.
• 1688: 3 juin; 24 septembre; 27 septembre-novembre •

FUSTEL DE COULANGES
Numa Denis
1830-1889
Historien.
• 1864: 26 novembre •

FUTURISME
• 1912: 5 février; dans *Le futurisme en peinture* au 5 février •

FUZELIER
Louis
1672-1752
Auteur dramatique.
• 1718: autres événements • 1735: 23 août •

G

Galbraith
John Kenneth
Né en 1908
Économiste américain.
• 1947 : novembre •

Galeazzo
Visconti
• 1321 : autres événements •

Galeazzo II
Visconti
Fils de Matteo Ier Visconti. Seigneur de Milan de 1354 à 1378.
• 1350 : autres événements • 1372 : 17 juin ; autres événements •

Galeazzo Maria Sforza
• Voir Sforza •

Galeran de Meulan
Comte de Meulan.
• 1034-1037 • 1041 : [début] •

Galeswinthe
† vers 570
Fille d'Athanagild, roi wisigoth. 2e épouse de Chilpéric Ier roi de Soissons.
• 561 : *introduction De quatre à un royaume franc* • 566 : printemps • 568-569 • vers 570 • 571 •

Galey
Louis-Émile
• 1932 : dans *Les fondateurs d'Esprit* en octobre •

Galiani
Ferdinando
1728-1787
Économiste italien.
• 1749 : autres événements • 1770 : autres événements •

Galiber
Charles-Eugène
1824-1909
Homme politique, ministre.
• 1885 : 6 avril •

Galigaï
Leonora Dori, dite
1568-1617
Épouse de Concino Concini. Dame d'atour de Marie de Médicis reine de France.
• 1601 : 5 avril • 1606 : 11 mars • 1613 : dans *Les maréchaux d'Ancre* au 18 novembre • 1615 : 1er novembre • 1616 : 26-30 novembre • 1617 : 9 mai ; 12 mai ; 8 juillet •

Galilée
Galileo Galilei, dit
1564-1642
• 1609 : autres événements • 1623 : autres événements ; dans *Gassendi* dans autres événements ; dans *Mersenne* dans autres événements • 1632 : autres événements • 1633 : 12 avril-22 juin • 1636 : 24 septembre-7 novembre • 1637 : dans *Descartes* en juin •

Galiot de Genouillac
Jacques, dit
† 1546
Maître de l'artillerie.
• 1515 : 15 août • 1526 : mars • 1547 : 11 avril •

Galland
Antoine
1646-1715
Traducteur.
• 1699 : autres événements • 1704 : autres événements •

Galland
Yves
Né en 1941
Homme politique, ministre.
• 1986 : 13 août • 1995 : 18 mai •

Gallas
Mathias
1584-1647
Général des troupes espagnoles.
• 1633 : 25 septembre • 1634 : 25 février • 1635 : 4-11 novembre •

Gallé
Émile
1846-1904
Verrier, céramiste et ébéniste.
• 1901 : 14 février • 1903 : 1er mars ; 30 octobre •

Gallet
Claudius
1874-1936
Médecin. Homme politique, ministre.
• 1929 : 31 octobre • 1930 : 20-25 février •

GALLEY
Robert
Né en 1921
Homme politique, ministre.
• 1968: 1er juin; 10 juillet • 1969: 21 juin • 1972: 5 juillet • 1973: 5 avril • 1974: 1er mars; 28 mai • 1976: 27 août • 1977: 31 mars • 1978: 4-6 avril •

GALLIENI
Joseph
1849-1916
Maréchal de France. Ministre.
• 1896: 6 août; 15 octobre • 1901: 31 mai • 1914: 19 mars; 2 septembre • 1915: 29 octobre; 10 novembre • 1916: 16 mars; dans *Les généraux de la Grande Guerre* au 26 décembre •

GALLIFET
Joseph-François de
1663-1749
Jésuite. Auteur.
• 1733: autres événements •

GALLIFFET
Gaston Auguste de
1830-1909
Général. Ministre.
• 1870: *introduction La IIIe République: De la chute du Second Empire à la Première Guerre mondiale* • 1884: dans *Waldeck-Rousseau* au 21 mars • 1899: 23 juin; 26 juin; *biographie* au 26 juin; 21 septembre; 14 novembre • 1900: 27 mai •

GALLIMARD
Gaston
1881-1975
Éditeur.
• 1909: février • 1917: dans *Valéry* au 28 avril • 1931: dans *Au-delà de la droite et de la gauche* en novembre • 1933: dans *Malraux* au 7 décembre • 1937: dans *Martin du Gard* au 10 novembre • 1943: 22 mars •

GALLOIS
Jean-Antoine Gauvain, dit
1761-1828
Homme de lettres.
• 1791: 9 octobre •

GALLOWAY
Henri II de Massué, marquis de Ruvigny, lord Galway dit
1648-1720
Général commandant les troupes anglo-portugaises.
• 1707: 25 avril •

GALOIS
Évariste
1811-1832
Mathématicien.
• 1831: 9 mai; 15 juin • 1832: 31 mai; *biographie* au 31 mai •

GALON
Légat.
• 1208: mars • 1216: avril; 21 mai; 19 octobre •

GALTIER-BOISSIÈRE
Jean
1891-1966
Dessinateur et écrivain. Fondateur du Crapouillot.
• 1915: 19 janvier • 1937: 23-30 janvier • 1940: dans *Pétain* au 11 juillet • 1945: 28 avril •

GALVANO DE LEVANTO
Médecin génois. Auteur.
• 1295: autres événements •

GALY-GASPAROU
Georges-Pierre
1896-1979
Homme politique, ministre.
• 1955: 20 janvier •

GAMA
Vasco de
1469-1524
Explorateur portugais.
• 1498: autres événements •

GAMBETTA
Léon
1838-1882
Homme politique, ministre. Président du Conseil.
• 1868: 11 mai; dans *Rochefort* au 30 mai; 13 novembre • 1869: 23-24 mai; 6-7 juin; 6 novembre • 1870: 4 juin; 4 septembre • 1870: *introduction La IIIe République: De la chute du Second Empire à la Pemière Guerre mondiale*; 6-12 septembre; 7 septembre; 5 octobre; 7 octobre; 14 octobre;

30 octobre; 5 novembre; 20 novembre • 1871: 3 janvier; 28 janvier; 31 janvier; 3 février; 6 février; 8 février; 1er mars; 2 juillet; 7 novembre • 1872: 7 janvier; 7 avril; 27 avril; 14 juillet; 26 septembre; *biographie* au 26 septembre; 20 octobre; 10 décembre • 1873: 24 juin; 12 juillet; 28 septembre-3 octobre; dans *Bazaine* au 6 octobre-10 décembre; 17 octobre • 1874: 1er juin; 2-4 juin; 11 juin; 23-29 juillet; 5 août • 1875: 11-12 février; 23 avril; 25 octobre • 1876: 18 janvier; 10 février; 20 février-5 mars; 7-13 mars; 14 juillet; 27 octobre; 4 novembre; dans *Jules Simon* au 13 décembre • 1877: 4 mai; 17 mai; 16-18 juin; 15 août; 10 septembre • 1878: 21 mai; dans *Vallès* en juin-août • 1879: dans *Jules Grévy* au 30 janvier; 1er février • 1880: 13 janvier; 21 juin; 19 juillet; août • 1881: 20 janvier; 12 février; 23 mars; 19 mai; 31 mai; 29 juillet; 12 août; 16 août; 21 août-4 septembre; 5 septembre; 14 novembre; 15 décembre • 1882: 14 janvier; 19 janvier; 26 janvier; dans *Déroulède* au 12 mai; 31 décembre • 1883: 6 janvier • 1884: dans *Waldeck-Rousseau* au 21 mars; 14 avril • 1886: dans *Aulard* au 12 mars • dans *Goblet* au 11 décembre • 1888: 13 juillet • 1890: dans *Freycinet* au 17 mars • 1895: dans *Joseph Reinach* au 15 mai • 1897: dans *Juliette Lamber* au 13 novembre • 1899: dans *Galliffet* au 26 juin • 1901: 3 septembre • 1905: dans *Rouvier* au 24 janvier • 1920: 11 novembre •

GAMBIER
Îles
• 1841: autres événements • 1881: 13 mars •

GAMBON
Ferdinand
1820-1887
Membre de la Commune de 1871.
• 1871: 8 février; 9 mai •

GAMELIN
Maurice
1872-1958
Général.
• 1925: 3 septembre; 24 septembre; 29 octobre • 1931: 9 février • 1935: 21 janvier • 1936: 7-8 mars; 1er septembre; 13-18 novembre • 1938: 21 janvier; dans *Les hommes du Quai* au 20-25 juillet; 25 septembre • 1939: 6-8 juin • 1939: dans *Les chefs d'état-major* et dans *Les armées françaises* au 3 septembre; 8 septembre; octobre • 1940: dans *Paul Reynaud* au 21-22 mars; 9 mai; 10 mai; 16 mai; 17-19 mai; 18 mai; 19 mai; 21 mai; 8 septembre-14 novembre • 1941: 16 octobre; 12 novembre • 1942: 19 février • 1943: 31 mars-5 avril •

GAMMA
Agence
Agence de photographie.
• 1967: autres événements •

GAMPEL
† 1891
Explorateur.
• 1891: août •

GANAY
Jean de
† 1512
Chancelier.
• 1498: *introduction Louis XII* •

GANCE
Abel
1889-1981
Cinéaste.
• 1919: mars • 1920: autres événements • 1927: 7 avril •

GAND
Pacification de
• 1576: autres événements • 1577: autres événements •

GANDOIS
Jean
Né en 1930
Président du CNPF.
• 1997: 3 octobre •

GANEVAL
Jean
1894-1981
Général.
• 1958: 5 mai •

GANNE
Pierre
1904-1979
Écrivain et journaliste.
• 1941: novembre •

Ganteaume
Honoré Joseph Antoine
1755-1818
Amiral.
• 1805: mars-août •

Gantheret
François
Psychanalyste.
• 1970: juin •

Gao Xingjian
Né en 1940
Écrivain chinois naturalisé français.
• 2000: 7 décembre •

Gapone
Gheorghi Apollonovitch
1870-1906
Pope.
• 1905: 9 janvier •

Garasse
François
1585-1631
Jésuite. Auteur polémiste.
• 1623: août; *biographie* en août • 1625: autres événements •

Garat
Dominique Joseph
1749-1833
Homme politique, ministre. Écrivain.
• 1792: 9 octobre; 15 novembre • 1793: 22 janvier; 20 mars; 31 mai; 11 juin; 20 août • 1794: 30 octobre • 1797: 4 juin • 1802: *biographie* dans *Les Idéologues* au 18 mars •

Garat
Joseph
• 1933: dans *L'affaire Stavisky* au 23 décembre • 1934: 5-8 janvier •

Garaud
Marie-France
Née en 1934
Personnalité politique.
• 1980: octobre-novembre •

Garaudy
Roger
Né en 1913
Homme politique.
• 1970: 4-8 février • 1978: dans *Le négationnisme, une secte historique* au 16 novembre • 1996: 18 avril •

Garcia Lorca
Federico
1898-1936
Poète espagnol.
• 1946: janvier •

Garcia-Rossi
Horacio
Né en 1929
Artiste d'origine argentine.
• 1960: autres événements •

Garçon
Maurice
1889-1967
Avocat.
• 1957: 2 octobre; 29 octobre •

Gardey
Curé.
• 1905: dans *Épisodes des Inventaires* au 6-9 décembre •

Gardey
Abel
1882-1957
Homme politique, ministre.
• 1932: 3-7 juin; 16 décembre • 1933: 27 octobre •

Gare de l'Est
• 1852: autres événements •

Gare du Nord
• 1852: autres événements •

Gare Montparnasse
• 1852: autres événements •

Garet
Pierre
1905-1972
Homme politique, ministre.
• 1952: 6 mars • 1957: 6 novembre • 1958: 14 mai •

Garfield
James
1831-1881
Président des Etats-Unis en 1881.
• 1870: *introduction La IIIe République: De la chute du Second Empire à la Première Guerre mondiale* •

Garibaldi
Giuseppe
1807-1882
Homme politique italien.
• 1849: 3 juillet • 1852: *introduction Le Second Empire* • 1859: août-septembre • 1860: 5 mai; 15 août-7 septembre; 23 octobre • 1861: 20 avril • 1862: 29 août • 1867: 23 octobre; 3 novembre • 1868: dans *Cluseret* en août-septembre • 1870: 24 novembre • 1871: 21-23 janvier; 8 février; 12 février; 26 mai •

Garin
Abbé de Saint-Michel-de-Cuxa.
• vers 984 •

Garin
Maurice
1871-1957
Coureur cycliste.
• 1901: autres événements • 1903: 1er-18 juillet •

Garnier
Maire du palais de Bourgogne.
• vers 612 •

Garnier
Comte de Sens.
• 841: 25 juin •

Garnier
† 924
Comte de Troyes jusqu'en 924. Vicomte de Sens de après 895 à 924.
• 886: autres événements • 895: 8 juin • 924: 6 décembre •

Garnier
• Voir Opéra-Garnier •

Garnier
Charles
1825-1898
Architecte.
• 1861: autres événements • 1869: autres événements • 1887: 14 février •

Garnier
Francis
1839-1873
Marin et explorateur.
• 1866: 5 juin • 1873: 20 novembre •

Garnier
Octave-Albert
1889-1912
Membre de la bande à Bonnot.
• 1911: 21 décembre •

Garnier
Robert
1545-1590
Auteur dramatique.
• 1549: dans *La Pléiade* dans autres événements • 1583: autres événements; *biographie* dans autres événements •

Garnier
Sébastien
Auteur.
• 1594: autres événements •

Garnier
Tony
1869-1948
Architecte et urbaniste.
• 1917: autres événements • 1924: dans *Herriot* au 12-14 juin •

Garnier-Pagès
Étienne Joseph Louis
1801-1841
Homme politique.
• 1832: 5 juin • 1841: 23 juillet • 1849: dans *Ledru-Rollin* au 27 janvier •

Garnier-Pagès
Louis Antoine
1803-1878
Homme politique. Maire de Paris. Ministre.
• 1848: 14 janvier; 24 février; 5 mars; 9 mars; 16 mars; 19 avril; 23-24 avril; 10 mai • 1849: 13-14 mai • 1864: 21 mars; 5-6 août • 1865: 1er juin • 1869: 23-24 mai, 6-7 juin • 1870: 4 septembre • 1871: 3 février •

Garreau
Roger
Diplomate.
• 1941: 24-26 septembre • 1943: 2-9 octobre •

Garretta
Michel
Médecin.
• 1991: 21 octobre • 1992: 23 octobre •

10 février • 1624: 20 mai; *biographie* au 20 mai; 22 août • 1626: mai-juin; 1er-9 juin; 6 août • 1629: automne • 1630: 2 janvier • 1631: 31 janvier-28 avril; 30 mai; 18-19 juillet • 1632: 3 janvier; 12 juin-24 novembre • 1633: 25 septembre • 1634: 12 mai; 5 septembre • 1636: printemps; dans *Tristan L'Hermite* au printemps; juillet-août; septembre; 29 septembre-14 novembre • 1637: 8 février • 1638: 14 mai; 5 septembre • 1642: 13 mars; 12 septembre; dans *Les conjurateurs* au 12 septembre; 29 août-1er décembre • 1643: 20 avril; 18 mai • 1644: fin juin-fin septembre • 1645: juillet-août • 1646: juin-octobre • 1649: 5-6 janvier; dans *Cardinal de Retz* au 18-28 janvier; dans *Les frondeurs* au 11 mars • 1650: 5-20 février • 10 novembre • 1651: 30 janvier-25 février; dans *Les «partis»* au 30 janvier-25 février; 5 février-25 mars; 3-13 avril; juin-août • 1652: 4 janvier; mars; 6-12 juin; 25 juin; 2 juillet; 20 juillet; 21-26 octobre • 1658: mars-juin; avril-juin • 1660: 2 février • 1689: dans *Michel Lambert* dans autres événements •

Gaston du Lion
Sénéchal de Saintonge de 1461 à 1468.
• 1462: 10-21 juillet •

GATT
(General Agreement on Tariffs and Trade)
• 1948: 1er janvier •

Gauche prolétarienne
Mouvement maoïste.
• 1968: 31 octobre • 1970: 8 mai; 27 mai; 26 juin • 1972: 4 mars •

Gaucher
† 1138
Abbé de Morimond.
• 1125: autres événements •

Gauchet
Marcel
Né en 1946
Philosophe et historien. Responsable de revue.
• 1947: dans *La nouvelle histoire* au 3 novembre •

Gaudin
Jean-Claude
Né en 1939
Homme politique, ministre.
• 1995: 7 novembre •

Gaudin
Martin Michel Charles
1756-1841
Homme politique, ministre.
• 1799: 11-22 novembre; 15 novembre; dans *Mollien* au 27 novembre; *biographie* au 11-12 décembre • 1801: 27 septembre • 1815: 20 mars •

Gaudri
Évêque d'Auxerre de 918 à 933.
• 857-860 •

Gaudry
† 1112
Évêque de Laon de 1106 à 1112.
• 1110: 7 janvier • 1112: 18 avril; 25 avril • 1114: 6 septembre •

Gaufridy
Louis
† 1611
Curé à Marseille.
• 1611: 30 avril • 1634: dans *Sorciers et sorcières* au 18 août •

Gauguin
Paul
1848-1903
Peintre.
• 1886: *biographie* dans *Le post-impressionnisme* dans autres événements • 1896: dans *Les Nabis* dans autres événements • 1903: 31 octobre-6 décembre • 1904: dans *Matisse* au 1er-18 juin; 15 octobre • 1905: dans *Le fauvisme* au 18 octobre • 1906: 6 octobre • 1907: dans *Picasso* en juillet; autres événements • 1912: dans *Les débuts de l'art abstrait* en janvier •

Gaulle
Charles de
1890-1970
Général. Chef de la France libre. Président du CNF. Président du CFLN. Président du GPRF. Président de la Ve République de 1958 à 1969.
• 1912: dans *Jeunes écrivains nationalistes* au printemps • 1914: *introduction La IIIe République: D'une guerre à l'autre*; 13-

15 août; octobre-décembre • 1915: 18 janvier • 1916: 2 mars • 1917: 15 octobre • 1920: 16 août • 1926: dans *Bernanos* en mars • 1927: dans *Mauriac* en février • 1928: dans *La Rocque et les Croix-de-Feu* en janvier • 1930: dans *Thorez* au 23 avril • 1932: 22 juillet • 1933: dans *Malraux* au 7 décembre • 1934: 5 mai; dans *Débats stratégiques et tactiques* au 5 mai • 1935: 21 janvier; dans *Henri Dorgères* en mars; 15-31 mars • 1938: dans *Les hommes du Quai* au 20-25 juillet • 1940: dans *Paul Reynaud* au 21-22 mars; 17-19 mai; 30 mai; 5 juin 18 juin; dans *L'appel du 18 juin* au 18 juin; *biographie* au 18 juin; 19 juin; 23 juin; 26 juin; 28 juin-2 août; 3 juillet; *introduction État français et France libre*; dans *Pétain* au 11 juillet; 26 juillet; 30 juillet; août-septembre; 7 août; dans *Les Français de Londres* au 7 août; 29 août; 27 octobre; 11 novembre; 16 novembre; 8 décembre; 28 décembre • 1941: 5 janvier; 14 mars-septembre; 8 juin • 24-26 septembre 1941-3 juin 1943 • 3-7 juin 1943-3 juin 1944 • 3 juin 1944-20 janvier 1946 • 1946: 5 mai; 16 juin; 29 septembre; 13 octobre; *introduction La IVe République*; 1er novembre; 25 décembre • 1947: 30 mars; 7 avril; 27 juillet; 26 octobre • 1948: 4 janvier; 4, 11 avril; 16-17 avril; 1er octobre • 1949: 1er mai • 1950: 18 avril; dans *René Pleven* au 12 juillet; 10 décembre • 1952: 4-6 juillet • 1953: 25 février; 6 mai • 1954: 7 avril; 12 octobre; 25 octobre; dans *La guerre d'Algérie* au 1er novembre • 1955: dans *Jacques Soustelle* au 26 janvier; 30 juin • 1956: 20 juin • 1957: 20 juin • 1958: 22-23 mars; 16 avril; 5 mai; 9 mai; 11 mai; 13 mai; 14 mai; 15 mai; 16 mai; 19 mai; 22 mai; 25 mai; 26 mai; 26-27 mai; 27 mai; 28 mai; 29 mai; 30 mai; 31 mai; 1er juin; 3 juin; *introduction La Ve République: La République gaullienne*; 4-6 juin; 9 juin; juin-août; dans *Michel Debré* en juin-août; 21-26 août; dans *La Constitution de la Ve République* au 4 septembre • 28 septembre; 1er octobre; 3 octobre; 23, 25 octobre; dans *Paul Delouvrier* au 12 décembre • 21 décembre 1958-27 avril 1969 • 1969: *introduction La Ve République: De l'héritage du gaullisme à la victoire de la gauche*; dans *Georges Pompidou* au 15 juin • 1970: 9 novembre • 1974: dans *Valéry Giscard d'Estaing* au 19 mai • 1981: dans *François Mitterrand* au 21 mai • 1992: 16 juillet • 1995: dans *Jacques Chirac* au 7 mai; 16 juillet •

GAULMIN
Gilbert
1585-1665
Lieutenant de police en Bourbonnais.
• 1616: dans *Les libertins érudits* dans autres événements •

GAULOIS (LE)
Journal.
• 1868: 5 juillet •

GAULTIER
Denis
1603-1672
Luthiste.
• 1652: autres événements; dans *La musique pour luth au XVIIe: Gaultier* dans autres événements •

GAULTIER
Ennemond, dit le Vieux
1585-1651
Luthiste.
• 1652: autres événements; dans *La musique pour luth au XVIIe: Gaultier* dans autres événements •

GAUMONT
Léon
1864-1946
Industriel du cinéma.
• 1909: dans *Le cinéma: art et industrie* dans autres événements •

GAUSS
Homme politique allemand.
• 1926: 8-10 septembre •

GAUTHEROT
Gustave
1880-1948
Historien et homme politique. Directeur de revue.
• 1927: 8 avril; *biographie* au 8 avril •

GAUTHIER
Armand
1850-1926
Homme politique, ministre.
• 1905: 24 janvier • 1914: 13 juin •

Gautier
Émile Félix
1864-1940
Explorateur et géographe.
• 1883: 19 janvier •

Gautier
Jean Élie
1781-1858
Homme politique, ministre.
• 1839: 31 mars •

Gautier
Théophile
1811-1872
Écrivain.
• 1830: 25 février • 1833: 17 août • 1835: 28 novembre • 1837: 26 mai • 1841: 28 juin • 1848: 15 mai • 1852: 17 juillet; *biographie* au 17 juillet • 1854: dans *Nerval* au 27 janvier • 1857: dans *Baudelaire* au 24 juin • 1858: 9 octobre • 1863: 7 novembre • 1866: 3 mars •

Gautier Ier
Archevêque de Sens de 887 à 923.
• 888: *introduction Eudes*; 29 février • 895: 8 juin • 922: 30 juin • 923: 13 juillet •

Gautier Cornu
Archevêque de Sens à partir de 1222.
• 1220: autres événements • 1240: 3 mars •

Gautier d'Arras
2e moitié du XIIe siècle
Auteur.
• vers 1176-1184 •

Gautier de Bruges
Évêque de Poitiers.
• vers 1300 •

Gautier de Châtillon
Auteur.
• 1200: dans *Les « intellectuels » de Philippe Auguste* au 3 septembre •

Gautier de Coinci
Auteur.
• vers 1230 •

Gautier de Nemours
Chambellan.
• 1181-1186? •

Gauzbert
Chorévêque de Périgueux.
• 969-992 •

Gauzbert
Moine. Sculpteur.
• 952: autres événements •

Gauzlin
Comte du Maine.
• 890: autres événements •

Gauzlin
Évêque de Toul de 922 à 962.
• 930: dans *Réformes et constructions religieuses au Xe siècle* dans autres événements • 963: autres événements •

Gauzlin de Fleury
† 1030
Abbé de Fleury de 1004 à 1030. Archevêque de Bourges à partir de 1012.
• 1004: 13 novembre • 1012: 1er décembre • 1024: janvier-mars; 24 mai • 1042 •

Gavarni
Sulpice Guillaume Chevalier, dit
1804-1866
Dessinateur.
• 1830: 4 novembre •

Gaveaux
Pierre
1761-1825
Chanteur. Compositeur.
• 1795: 19 janvier; 1er février •

Gaxotte
Pierre
1895-1982
Historien, journaliste et écrivain.
• 1936: *dans Fascismes français* au 27-28 juin •

Gay
Désirée
1810-1890
Militante féministe.
• 1848: 17 mars •

Gay
Francisque
1885-1963
Homme politique.
• 1924: autres événements • 1932: 1er mars • 1946: 23-29 janvier; 19-26 juin •

GAY-LUSSAC
Joseph Louis
1778-1850
Physicien et chimiste.
• 1802: autres événements • 1803: dans *Biot* au 26 avril • 1806: *biographie* dans *Berthollet et Gay-Lussac* en septembre • 1825: dans *Kuhlmann et Péchiney* dans autres événements • 1859: 22 janvier •

GAYSSOT
Jean-Claude
Né en 1944
Homme politique, ministre.
• 1997: 4 juin •

GAYSSOT
Loi
1990
• 1990: 30 juin •

GAZETTE (LA)
• 1616: dans *Richelieu: du favori au ministre d'État* à fin juin • 1631: 30 mai; dans *Renaudot* au 30 mai •

GAZETTE DES TRIBUNAUX (LA)
Revue.
• 1825: novembre; 1er décembre • 1836: 1er juillet •

GAZIER
Albert
1908-1997
Ministre.
• 1944: 15 mai • 1946: 23-29 janvier • 1950: 12 juillet • 1956: 1er février • 1957: 12 juin • 1958: 17 mai •

GEAY
Pierre-Joseph
Évêque de Laval.
• 1904: 21 mai-30 juillet •

GEFFROY
Gustave
1855-1926
Écrivain et critique d'art.
• 1900: 7 avril •

GEILON
Évêque de Langres.
• 888: *introduction Eudes* •

GEISMAR
Alain
Né en 1939
Leader syndical en Mai 68.
• 1968: 13 mai • 1970: 27 mai; 22 octobre •

GÉLASE Ier
† 496
Pape de 492 à 496.
• vers 481: *introduction Clovis* • 823-825 •

GÉLASE II
† 1119
Pape de 1118 à 1119.
• 1108: *introduction Louis VI* • 1118: septembre; 15-30 novembre • 1119: 29 janvier •

GELLONE
Abbaye de
• 790-799 • 804 •

GÉMIER
Firmin Tonnerre, dit Firmin
1869-1933
Comédien et metteur en scène. Directeur de théâtre.
• 1901: autres événements • 1903: autres événements •

GÉNÉBRARD
Gilbert
vers 1530-1597
Bénédictin. Archevêque d'Aix. Membre des Seize.
• 1591: mai-juin • 1593: 16 janvier •

GÉNÉRAUX
Affaire des
1949
• 1949: août; 7 décembre • 1950: 28 novembre •

GÉNÉRAUX
Putsch des
1961
• 1958: dans *Raoul Salan* au 9-10 mai; *introduction La Ve République: La République gaullienne* • 1961: 22-25 avril • 1962: 13 avril •

GÊNES
Bataille de
1507
• 1506: 15 juin • 1507: 12 mars; 25 avril; 28 avril •

GENÈS
Évêque de Lyon de 657 à 678.
• 657: 11 septembre-10 novembre •

GENET
Elzéar, dit Carpentras
1470-1548
Compositeur.
• 1502: dans *Josquin Des Près, la musique sacrée et la musique profane* dans autres événements •

GENET
Jean
1910-1986
Écrivain.
• 1947: 19 avril • 1948: 31 mai • 1949: 12 août; *biographie* au 12 août • 1951: février; 8 juin • 1959: octobre • 1960: 18 mai • 1966: 16 avril •

GENÈVE
Accords de
1954
• 1930: dans *Hô Chi Minh* au 3-7 février • 1946: *introduction La IVe République*; dans *La guerre d'Indochine* au 19 décembre • 1954: 26 avril; *dans Pierre Mendès France* au 12 juin; 20-21 juillet; 23 juillet •

GENÈVE
Convention de
1864
• 1864: 22 août •

GENÈVE
Traité de
1798
• 1798: 26 avril •

GENEVIÈVE
Sainte
† vers 502
• vers 502 • 532-534: dans *Les clercs et les lettrés* • 1162: autres événements •

GENEVOIX
Maurice
1890-1980
Écrivain.
• 1916: dans *Guerre et littérature* au 3 juillet •

GÉNISSIEU
Jean-Joseph-Victor
1749-1804
Ministre de la Justice.
• 1795: 2 novembre • 1796: 5 janvier; 3 avril • 1799: 21 avril •

GENLIS
Stéphanie-Félicité du Crest de Saint-Aubin, Mme de
1746-1830
Maîtresse de Philippe Égalité et gouvernante des enfants Orléans. Femme de lettres.
• 1779: autres événements • 1782: autres événements • 1791: 15 décembre •

GENNES
Pierre-Gilles de
Né en 1932
Physicien.
• 1991: 10 décembre •

GENSONNÉ
Armand
1758-1793
Député à l'Assemblée législative et à la Convention.
• 1791: 9 octobre; 3 novembre • 1792: 14 janvier; dans *Les Girondins* en mars; 20 mai; 30 mai; 20 juillet; 11 octobre • 1793: 2 janvier; 10 avril; 2 juin; 31 octobre •

GENSOUL
Marcel
1880-1973
Amiral.
• 1940: 3 juillet •

GENT
Alphonse
1813-1894
Homme politique.
• 1851: août •

GENTIL-BERNARD
P.-J.
1708-1775
Librettiste.
• 1737: 24 octobre •

Gentileschi
Orazio
1563-1639
Peintre italien.
• 1624: autres événements •

Gentillet
Innocent
vers 1535-1588
Juriste et théologien protestant.
• 1576: autres événements •

Gentin
Fernand
1876-1946
Homme politique, ministre.
• 1938: 18 janvier; 14 mars; 10 avril •

Geoffrin
Marie-Thérèse
1699-1777
Femme de lettres.
• 1749: autres événements •

Geoffroi
Comte de Nevers.
• 935: juin •

Geoffroi
† 1158
Fils de Geoffroi Plantagenêt. Comte de Nantes.
• 1156: janvier-février • 1158: octobre •

Geoffroi
Plantagenêt
Fils illégitime d'Henri II Plantagenêt. Archevêque d'York.
• 1190-1200 •

Geoffroi Ier
Duc de Bretagne de 992 à 1008.
• 1008: autres événements •

Geoffroi Ier
(Joufré)
Comte de Provence de 1054 à 1063 environ.
• 1032: 6 septembre • 1037: mai • 1060: autres événements •

Geoffroi Ier Grisegonelle
† 987
Comte d'Anjou de 960 à 987.
• 960: autres événements • 966: 10 juin • 987: 21 juillet •

Geoffroi Plantagenêt
† 1151
Fils de Foulques V le Jeune. Comte d'Anjou de 1131 à 1151. Duc de Normandie de 1141/1144 à 1151.
• 1128: autres événements • 1131: 21 août • 1133: 23 mars • 1135: 1er décembre • 1136: après 21 septembre-octobre • 1137: mars; *introduction Louis VII* • 1140: février • 1141: 2 février; novembre • 1144: 19 janvier; fin avril • 1149: décembre • 1151: août; autres événements • vers 1165-1175 •

Geoffroi II Plantagenêt
† 1186
Fils d'Henri II Plantagenêt, roi d'Angleterre. Comte d'Anjou. Duc de Bretagne.
• 1156: autres événements • 1166: septembre • 1173: mars • 1185: autres événements • 1186: août •

Geoffroi III le Barbu
Fils d'Aubri, comte de Gâtinais. Comte d'Anjou de 1060 à 1067/1068.
• 1060: 14 mai • 1061: 21 mars • 1063 • 1064 • 1065 • 1066: 5 janvier • 1067: 11 mars; 4 avril; août • 1068: avril? •

Geoffroi IV
Fils de Foulques IV Réchin, comte d'Anjou.
• 1099: 7 juin • 1103 • 1104: novembre • 1105: autres événements • 1106: 19 mai •

Geoffroi de Beaulieu
Dominicain. Auteur. Confesseur de Louis IX de 1248 à 1268.
• 1226: *introduction Louis IX* •

Geoffroi de Mayenne
Évêque d'Angers de 1095 à 1101.
• 1101 •

Geoffroi de Monmouth
† vers 1155
Auteur.
• 1137: autres événements •

Geoffroi de Vendôme
vers 1070-1132
Abbé de Vendôme. Auteur.
• 1108-1109: dans *Les réformateurs de l'Ouest* •

Geoffroi de Villehardouin
Auteur.
• vers 1210-1212 •

Geoffroi Martel
1006-1060
Fils de Foulques III Nerra. Comte d'Anjou de 1040 à 1060. Comte de Tours et Touraine de 1044 à 1060.
• 1026: début juillet • 1032: 1er janvier • 1033: 20 septembre • 1036 • 1038 • 1040: 21 juin • 1041: [début] • 1042 • 1043: 1er novembre • 1044: 21 août • 1046: autres événements • 1047 • 1048: 23 mai; octobre • 1049: 1er octobre; autres événements • 1050: autres événements • 1051: autres événements • 1052: 15 août • 1053 • 1054: février • 1055: 15 octobre • 1056: autres événements • 1057: 19 janvier; août • 1058 • 1060: 14 mai •

Geoffroy
Étienne-François
1672-1731
Chimiste.
• 1718: autres événements •

Geoffroy
Louis-Étienne
1725-1810
Entomologiste.
• 1762: autres événements •

Geoffroy d'Auxerre
2e moitié du XIIe siècle
Auteur.
• 1115: dans *Saint Bernard et son entourage* en juin •

Geoffroy de Donzy
Prieur de La Charité-sur-Loire.
• 1212: autres événements •

Geoffroy de la Roche-Vaneau
Évêque de Langres.
• 1138: printemps • 1145: 25 décembre •

Geoffroy de Montbray
† 1093
Évêque de Coutances de 1048 à 1093.
• 1056: autres événements • 1060: autres événements •

Geoffroy Saint-Hilaire
Étienne
1772-1844
Naturaliste.
• 1798: dans *L'expédition d'Égypte* au 5 mars • 1809: dans *Naissance de la théorie de l'évolution* en août • 1822: dans *Haüy* au 13 avril •

George Ier
1660-1727
Roi de Grande-Bretagne et d'Irlande de 1714 à 1727.
• 1715: *introduction Louis XV* • 1716: 2 juillet • 1643: *introduction Louis XIV* •

George II
† 1760
Roi de Grande-Bretagne et d'Irlande de 1727 à 1760.
• 1715: *introduction Louis XV* • 1743: 13 septembre • 1756: dans *La guerre de Sept Ans* au 9 juin • 1760: 25 octobre •

George III
1738-1820
Roi de Grande-Bretagne et d'Irlande de 1760 à 1820. Roi de Hanovre.
• 1715: *introduction Louis XV* • 1756: dans *La guerre de Sept Ans* au 9 juin • 1760: 25 octobre • 1761: juin-septembre • 1774: *introduction Louis XVI* • 1775: 23 août • 1799: *introduction Napoléon Bonaparte* • 1814: *introduction La première Restauration* • 1815: *introduction La seconde Restauration* •

George IV
1762-1830
Roi de Grande-Bretagne, d'Irlande et de Hanovre.
• 1815: *introduction La seconde Restauration* •

George V
1865-1936
Fils d'Édouard VII roi de Grande-Bretagne et d'Irlande. Roi de Grande-Bretagne et d'Irlande de 1910 à 1921. Roi de Grande-Bretagne et d'Irlande du Nord de 1922 à 1936.
• 1870: *introduction La IIIe République: De la chute du Second Empire à la Première Guerre mondiale* • 1914: *introduction La IIIe République: D'une guerre à l'autre* •

George VI
1895-1952
Fils de George V. Roi de Grande-Bretagne et d'Irlande du Nord de 1936 à 1952.
• 1914: *introduction La IIIe République: D'une guerre à l'autre* • 1940: *introduction État français et France libre* • 1946: *introduction La IVe République* •

Georges
Joseph
1875-1951
Général.
• 1935: 21 janvier • 1939: dans *Les chefs d'état-major* au 3 septembre • 1940: 11 juin • 1943: 31 mai •

Georges
Pierre
• Voir Fabien, Colonel •

Georges Chastellain
Auteur.
• 1475: autres événements •

Georges de la Sonnette
Sculpteur.
• 1451: autres événements •

Georges de La Trémoïlle
Conseiller du roi.
• 1422: *introduction Charles VII* • 1425: dans *Arthur de Richemont* au 7 mars • 1432: 5 mars • 1433: juin •

Georges Trubert
• 1435: dans *René d'Anjou* au 2 février •

Géran
Évêque d'Auxerre de 910 à 914.
• 911: 20 juillet •

Gérando
Joseph-Marie, baron de
1772-1842
Philosophe.
• 1815: 16-18 juin •

Gérard
Moine. Auteur.
• vers 950 •

Gérard
Balthasar
• 1584: 10 juillet •

Gérard
Étienne-Maurice, comte de
1773-1852
Maréchal de France. Ministre.
• 1830: 29 juillet; 31 juillet; 1er août; 11 août; 17 août; 2 novembre • 1831: 4 août • 1832: 22 décembre • 1834: 18 juillet; 29 octobre • 1838: 11 décembre •

Gérard
François, baron
1770-1837
Peintre.
• 1798: août • 1801: autres événements • 1802: 2 septembre • 1808: dans *Le néo-classicisme* au 4 janvier •

Gérard Ier
† 1070
Frère d'Adalbert, de Haute-Lorraine. Duc de Haute-Lorraine de 1047/1048 à 1070.
• 1047 •

Gérard Ier
de Cambrai
vers 975-1051
Évêque de Cambrai de 1012 à 1051.
• 1023: début mai; autres événements •

Gérard de Brogne
† 959
Abbé de Brogne.
• 914 • 952: autres événements •

Gérard de Quierzy
† 1110
• 1110: 7 janvier •

Gérard Machet
Universitaire.
• 1418: dans *La France du dauphin Charles (futur Charles VII)* au 26 ou 30 décembre •

Gérardin
Charles
1843-1921
Employé. Membre de la Commune de 1871.
• 1871: 28 avril-1er mai •

Géraud
Fondateur de l'abbaye de La Sauve-Majeure.
• 1079: autres événements •

Géraud
Juriste.
• vers 1140 • vers 1165 •

Géraud
André, dit Pertinax
1882-1974
Publiciste.
• 1940: dans *Les Français de Londres* au 7 août •

Géraud d'Aurillac
vers 855-909
Comte d'Aurillac.
• 894: autres événements • 927: autres événements •

Géraud d'Ostie
Légat.
• 1073 • 1076: autres événements •

Gerbald
Évêque de Liège.
• 806-809 •

Gerbault
Alain
1893-1941
Navigateur. Écrivain.
• 1929: 24 juillet •

Gerbe (La)
Hebdomadaire.
• 1942: décembre •

Gerberge
vers 913-969
Épouse de: 1. Giselbert, duc de Lorraine. 2. Louis IV d'Outremer, roi de Francie occidentale.
• 936: *introduction Louis IV d'Outremer* • 939 • 944 • 946: avant le 1er juillet • 947: 11 avril • 949: 22 avril • 949-954 • 955: 15 avril • 958: 11 novembre • 965: 2 juin • après 965: *Les savants et le souvenir de l'empire* • 969: 5 mai •

Gerberge
Fille de Louis IV d'Outremer, roi de Francie occidentale. Épouse d'Albert de Vermandois.
• 936: *introduction Louis IV d'Outremer* •

Gerberge de Chalon
Fille de Lambert, comte de Chalon. Épouse de: 1. Aubert II d'Ivrée. 2. Otte-Henri, duc de Bourgogne.
• 965: 23 février •

Gerberge de Provence
• vers 1111 •

Gerberoy
Bataille de
1079
• 1079: 16 février •

Gerberoy
Bataille de
1435
• 1435: mai •

Gerbert d'Aurillac
(Silvestre II)
vers 950-1003
Écolâtre de Reims. Abbé de Bobbio de 982 à 999. Conseiller d'Adalbéron de Reims de 983 à 989. Conseiller d'Otton III. Archevêque de Reims de 991 à 995. Archevêque de Ravenne de 998 à 999. Pape (Silvestre II) de 999 à 1002.
• après 965: *Les savants et le souvenir de l'empire* • 967: autres événements • 971 • 972: autres événements • 981: autres événements • 983: autres événements • 984: 26 mars • 985: 11 mai • 986: mars-juin • 987: fin été-automne • 990: avril • 991: 17-18 juin; autres événements • 994: Pâques • 995: 2 juin; 1er juillet • 995-996 • 996: autres événements • 997: février • 997-998 • 998: autres événements • 999: 2 avril •

Gerbert de Gévaudan
• Voir Gilbert de Gévaudan •

Gerbert de Montreuil
Auteur.
• 1227-1229 •

Gerhardt
Charles-Frédéric
1816-1856
Chimiste.
• 1825: dans *Kuhlmann et Péchiney* dans autres événements • 1859: 22 janvier •

Géricault
Théodore
1791-1824
Peintre.
• 1759: autres événements • 1808: dans *Le néo-classissisme* au 4 janvier • 1819: 25 août • 1820: 19 août • 1823: dans *Le romantisme* en juillet • 1824: dans *Le romantisme en peinture* en avril •

Gerle
Dom Christophe-Antoine
1736-1801
Moine.
• 1790: 12 avril; 13 avril • 1794: 15 juin •

Gerlier
Pierre
1880-1965
Archevêque de Lyon. Cardinal.
• 1942: 5 octobre •

Gerloc ou Adèle
Fille de Rollon. Épouse de Guillaume Ier Tête d'Étoupe, comte de Poitou.
• 930: dans *Réformes et construction religieuses au Xe siècle* dans autres événements • 934: autres événements •

Germain
Charles-Antoine
1770-?
Militant révolutionnaire.
• 1796: 16 mars; 10 mai •

Germain
Henri
1824-1905
Banquier. Homme politique.
• 1863: juillet • 1871: 26 décembre •

Germain
Hubert
Né en 1920
Ministre.
• 1972: 5 juillet • 1973: 5 avril; 1er mars • 1974: 1er mars •

Germain de Paris
vers 496-576
Évêque de Paris de 555 à 576.
• 542-558 • 552-557 • 555 • vers 557 • 561: *introduction De quatre à un royaume franc* • 566: automne •

Germain-Martin
Louis Germain Martin, dit
1872-1948
Ministre.
• 1929: 31 octobre • 1930: 2 mars; 13 décembre • 1932: 3-7 juin • 1934: 9 février; 4-15 avril; 8 novembre •

Germano-soviétiques
Pactes
23 août, 28 septembre 1939
• 1920: dans *Blum* au 25-30 décembre • 1930: dans *Thorez* au 23 avril • 1933: dans Les réfugiés allemands au 27 février • 1939: 3-17 mai; 21-26 juillet; 12-14 août; 19-20 août; 21 août; 22-23 août; dans *Autour du pacte* au 22-23 août; 25 août; 17 septembre; 28 septembre; • 1940: 11 février • 1944: 2 octobre •

Germigny-les-Prés
Oratoire de
• 800: autres événements •

Germiny
Charles Gabriel Lebègue, comte de
1799-1871
Homme politique, ministre et administrateur.
• 1851: 21 janvier • 1857: 9 juin •

Gernet
Louis
1882-1962
Historien de l'Antiquité grecque.
• 1894: dans *Durkheim* au 22 décembre •

Gersende de Sabran
Petite-fille de Guillaume IV de Forcalquier. Épouse d'Alphonse d'Aragon comte de Provence.
• 1191: autres événements • 1196: autres événements • 1209: autres événements •

Gervais de Château-du-Loir
1005-1067
Évêque du Mans de 1035/1036 à 1055. Archevêque de Reims de 1055 à 1067.
• 1048: 23 mai • 1052 • 1055: 15 octobre • vers 1060 • 1060: *introduction Philippe Ier* • 1067: autres événements •

Gervais de Tilbury
Auteur.
• vers 1210 •

Gervais du Bus
Auteur.
• vers 1322: dans *L'Ars nova* •

Géry
†625
Évêque.
• vers 584-585 •

Gessain
Robert
1907-1986
Médecin, ethnologue, explorateur.
• 1947: 27 février •

Ghéon
Henri Vangeon, dit Henri
1875-1944
Écrivain.
• 1909: février • 1919: 28 juin • 1935: 4 octobre •

Giacobbi
Paul
1896-1951
Ministre.
• 1944: 5 septembre; 9 septembre; 13-14 novembre •

Giacometti
Alberto
1901-1966
Sculpteur et peintre suisse.
• 1925: dans *Le surréalisme en peinture* au 13 novembre • 1932: 20 avril • 1934: 13-28 avril; autres événements • 1946: 15 février-15 mars • 1951: 8 juin • 1952: 15 février-10 mars • 1964: dans *La Fondation Maeght* au 28 juillet • 1967: janvier • 1981: 4 décembre •

Gian Galeazzo
Visconti
† 1402
Fils de Galeazzo II Visconti, seigneur de Milan. Duc de Milan.
• 1350: *introduction Jean II le Bon* • 1360: 24 octobre • 1380: *introduction Charles VI* • 1387: 27 janvier • 1393: janvier • 1484: dans *Louis II d'Orléans* au 15 janvier •

Giap
Vô Nguyên
Né en 1912
Général vietnamien.
• 1946: dans *La guerre d'Indochine* au 19 décembre • 1952: 18 octobre •

Gibbon
Edward
1737-1794
Historien anglais.
• 1812: 28 mai •

Gibert-Desmolières
Jean-Louis
1746-1799
Député au Conseil des Cinq-Cents.
• 1797: 1er mars; 14 juin; 13 juillet; 5 septembre •

Gibraltar
Siège de
• 1704: août • 1705: mars •

Gibrat
Robert
1904-1980
Ministre.
• 1942: 18-20 avril •

Gicquel
Roger
Né en 1933
Présentateur de journal télévisé.
• 1976: 17 février •

Gicquel des Touches
Albert-Auguste, marquis
1818-1901
Homme politique, ministre.
• 1877: 17 mai; 23 novembre •

Gide
André
1869-1951
Écrivain.
• 1901: autres événements • 1909: février; *biographie* au 6 février; 21 décembre • 1910: autres événements • 1913: dans *Stravinski* au 29 mai • 1914: janvier • 1915: dans *Adrienne Monnier* au 7 novembre • 1917: dans *Paul Valéry* au 28 avril • 1918: mai • 1919: janvier; mars; mai • 1920: dans *Paulhan* en juillet • 1921: octobre • 1922: janvier • 1924: janvier • 1927: mars; juin • 1928: juillet • 1933: juillet; dans *Malraux* au 7 décembre • 1934: 30 avril • 1935: 21-25 juin; dans *Les compagnons de route* au 21-25 juin; 4 octobre • 1937: 3 mai • 1939: septembre • 1941: 21 mai • 1942: 19 février • 1944: 2 octobre • 1945: *Intellectuels: épurateurs et épurés* au 13 janvier • 1947: 13 janvier; 13 novembre • 1950: dans *Roger Stéphane* au 13 avril • 1951: avril; 2 novembre • 1958: mai •

Gide
Charles
1847-1932
Économiste.
• 1904: 29 octobre • 1909: dans *Gide* en février • 1910: 17 mars • 1925: 1er janvier •

Gié
Pierre de Rohan-Guéménée, maréchal de
Conseiller de Charles VIII puis de Louis XII.
• 1498: *introduction Louis XII*; dans *Les hommes de Louis XII* au 7 juillet • 1504: 20 février; avril; 6 juin; 24 juillet; 15 octobre; 30 décembre • 1505: 14 mars; 21 juin-19 juillet; 2 novembre • 1506: 9 février • 1509: 12 janvier •

Gigault de Bellefond
† 1746
Archevêque d'Arles puis de Paris.
• 1746: 13 mars •

Gignoux
Claude-Joseph
1890-1966
Président de la CGPF.
• 1935: 16 juin • 1936: 9 octobre • 1938: 27 janvier •

Gignoux
Paul
1930-1937
Écolier.
• 1937: 25 avril •

Gigny
Abbaye de
• 893-894 •

Gilbert
† 956
Fils de Manassès de Vergy. Gendre de Hugues le Noir, duc de Bourgogne. Comte d'Autun, de Chalon et de Troyes.
• 932: hiver-printemps • 956: 8 avril • vers 940 • 952: 17 décembre •

Gilbert
† 1009
Évêque de Meaux de 998 à 1009.
• 1009 •

Gilbert de Bourbon
• Voir Gilbert de Montpensier •

Gilbert de Gévaudan
† vers 1111
Comte de Gévaudan.
• vers 1111 •

Gilbert de la Porrée
Évêque de Poitiers de 1142 à 1154.
• 1115: dans *Saint Bernard et son entourage* en juin • 1141: janvier • 1147: 21-22 avril • 1148: 21 mars-avril • 1215: dans *L'Université de Paris* en août •

Gilbert de Lannoy
1386-1462
Chambellan de Philippe le Bon, duc de Bourgogne. Auteur.
• 1430: autres événements; *biographie* dans autres événements •

Gilbert de Montpensier
Fils de Louis Ier de Bourbon. Duc de Montpensier. Vice-roi de Naples.
• 1494: 2 septembre • 1495: 13 mai • 1496: février; 20 juillet •

Gilbert de Saint-Amand
Auteur.
• 1066: autres événements •

Gilbert de Voisins
Pierre
1684-1769
Avocat général.
• 1756: 13 décembre • 1757: 16 octobre • 1766: 3 mars •

Gilbert-Jules
Jean Gilbert Jules, dit
1903-1984
Ministre.
• 1956: 1er février • 1957: 12 juin •

Gilbert-Lecomte
Roger
• Voir Lecomte, Roger •

Gilduin de Joigny
Archevêque de Sens de 1032 à 1049.
• 1032: 26 juin • 1034: juin •

Gilles Aycelin
Juriste. Conseiller du roi.
• 1285: *introduction Philippe IV le Bel* •

Gilles Binchois
vers 1400-1460
Musicien.
• 1422: dans *Les hommes du duc de Bourgogne* au 5 décembre • 1472: *biographie* dans autres événements •

Gilles Clément
Conseiller du roi.
• 1182: autres événements •

Gilles de Paris
Auteur.
• 1200: 3 septembre; dans *Les « intellectuels » de Philippe Auguste* au 3 septembre •

Gilles de Rais
† 1440
Baron de Bretagne.
• 1440: 26 octobre •

Gilles de Rome
1243-1316
Précepteur de Philippe le Bel. Auteur. Archevêque de Bourges de 1295 à 1316.
• 1279: autres événements • 1285: *introduction Philippe IV le Bel* •

Gilles de Saumur
Garde du Sceau.
• 1226: *introduction Louis IX* •

Gilles Deschamp
Auteur.
• 1394: dans *Les universitaires face au Schisme* en janvier •

Gilles le Bouvier
dit le Héraut Berry
1386-1455
Héraut de France.
• 1455: autres événements; *biographie* dans autres événements •

Gilles Malet
Bibliothécaire du roi.
• 1368: autres événements •

Gillet
Jean R.
• 1957: 2 décembre •

Gillet
Louis
1876-1943
Écrivain.
• 1936: autres événements •

Gilliéron
Jean
1854-1926
Linguiste.
• 1909: autres événements •

Gilly
Jacques Laurent
1769-1829
Général.
• 1815: 18 juillet • 1816: 2-12 janvier • 1820: 11 février •

Gilon-Cornu
Archevêque de Sens.
• 1252: 15 novembre •

Gilot
Françoise
Née en 1921
Compagne de Picasso.
• 1907: dans *Picasso* en juillet •

Gilson
Étienne
1884-1978
Philosophe.
• 1923: octobre • 1948: mars • 1949: 2 mars •

Gimié
Léopold
† 1930
Aviateur radio.
• 1930: 12-13 mai •

Gin
Pierre Louis Claude
1726-1807
Avocat au Parlement. Écrivain.
• 1777: autres événements •

Gincestre
Jean
Curé de Saint-Nicolas-des-Champs.
• 1588: juin; 29 décembre •

Ginguené
Pierre-Louis
1742-1815
Publiciste. Homme de lettres.
• 1794: 29 avril • 1798: 27 juin • 1802: dans *Les Idéologues* au 18 mars •

GIONO
Jean
1895-1970
Écrivain.
• 1928: juillet • 1930: décembre • 1934: novembre • 1937: janvier • 1938: 14 septembre • 1939: 14 septembre; 28 septembre • 1941: février • 1942: décembre • 1943: janvier • 1944: 8 septembre • 1946: 23 novembre • 1947: avril • 1949: mars • 1951: avril • 1953: février • 1954: 6 décembre • 1958: mai • 1965: novembre • 1970: février •

GIORGIO D'AQUILA
• 1314: autres événements •

GIP
(Groupe information prison)
• 1971: 9 décembre •

GIRARD
Jean-Baptiste
1821-?
Ouvrier typographe. Coopérateur.
• 1861: octobre •

GIRARD
René
Né en 1923
Critique littéraire et philosophe.
• 1972: avril •

GIRARD
Théodore
1851-1918
Magistrat. Ministre.
• 1910: 2 novembre •

GIRARDET
Raoul
Né en 1917
Historien.
• 1953: mars •

GIRARDIN
Émile de
1806-1881
Publiciste. Homme politique.
• 1829: 8 juin • 1830: dans *Armand Carrel* au 3 janvier • 1836: 1er juillet; 22 juillet; *biographie* au 22 juillet • 1845: juin; autres événements • 1848: 25 juin • 1852: dans *Théophile Gautier* au 17 juillet • 1854: 4 février • 1874: 15 septembre; 24 novembre •

GIRARDIN
René-Louis, marquis de
1735-1808
Précepteur du duc de Lorraine. Auteur.
• 1730: autres événements • 1777: autres événements •

GIRARDIN
Stanislas de
1762-1827
Général et homme politique.
• 1819: 8 septembre • 1872: 12 mai •

GIRARDON
François
1628-1715
Sculpteur.
• 1654: 23 juin • 1656: autres événements • 1665: dans *La sculpture au Grand Siècle* dans autres événements • 1674: autres événements • 1677: autres événements • 1698: autres événements •

GIRART
† 879
Comte de Paris et de Vienne.
• 840: octobre • 841: 25 juin • 855: *introduction Charles le Chauve* • 858: 12 novembre • 861: novembre-décembre • 867: 25 octobre • 868: autres événements • 870: 8 août; 24 décembre • 872: mai •

GIRAUD
André
Né en 1925
Ministre.
• 1978: 4-6 avril • 1986: 20 mars •

GIRAUD
Charles
1802-1881
Homme politique, ministre.
• 1851: 21 janvier; 26 octobre •

GIRAUD
Henri
1879-1949
Général.
• 1940: 10 mai; 16 mai; dans *De Gaulle* au 18 juin; *introduction État français et France libre*; dans *Les Français de Londres* au 7 août • 1942: 17 avril; 8 novembre; 13-22 novembre; 26 décembre; *biographie* au 26 décembre; 28 décembre • 1943: 14-27 janvier; 27 février-10 mars; 14 mars-

21 avril; 17 mars; 18 mars; 26 mars; 15 avril; 6 mai; 15 mai; 27 mai; 30 mai; 31 mai; 3-7 juin; 16 juillet; 31 juillet-4 août; 9-13 septembre; 8 novembre • 1944: 20 mars; 14 avril •

GIRAUD
Michel
Né en 1929
Ministre.
• 1993: 29 mars •

GIRAUDOUX
Jean
1882-1944
Écrivain.
• 1921: autres événements • 1928: 2 mai • 1935: 22 novembre • 1937: 13 mai • 1939: mai; 29 juillet • 1946: 22 décembre •

GIROD DE L'AIN
Louis Gaspard Amédée, baron
1781-1847
Historien. Homme politique, ministre.
• 1831: 1er août • 1832: 27 avril • 1839: 31 mars •

GIRODET
Anne-Louis Girodet de Roucy, dit
1767-1824
Peintre.
• 1801: autres événements • 1802: 2 septembre • 1808: dans *Le néo-classicisme* au 4 janvier •

GIRONDINS
• 1792: *Les Girondins* en mars; 3 mars; *introduction La République jacobine*; dans *Danton* au 11 août; 25 septembre; 18 octobre • 1793: dans *La Montagne* au 4 janvier; 15 avril; 19 mai; 2 juin; 19 juin; 8 juillet; 15 juillet; 29 juillet; 9 septembre; 3 octobre; 24 octobre; 28 octobre; 30 octobre; 31 octobre; 20 décembre; 21 décembre • 1794: 2 mars; *introduction*; 4 octobre; 8 décembre • 1795: 8 mars; 9 mars; 3 octobre •

GIROS
Alexandre
1870-1937
Chef d'entreprise.
• 1916: dans *Les patrons de l'industrie et la Première Guerre mondiale* au 12 décembre •

GIROUD
Françoise
Née en 1916
Journaliste. Secrétaire d'État à la Condition féminine.
• 1953: 14 mai • 1970: dans *Jean-Jacques Servan-Schreiber* au 28 février • 1974: 16 juillet • 1978: 23 mars •

GISCARD D'ESTAING
Valéry
Né en 1926
Président de la Ve République de 1974 à 1981.
• 1962: 18 janvier; 14 avril; 15 mai; 7 décembre • 1963: 12 septembre • 1967: 10 janvier; 24 juillet; dans *Le Mouvement français du Planning familial* au 28 décembre • 1969: 14 avril; *introduction La Ve République: De l'héritage du gaullisme à la victoire de la gauche*; 21 juin • 1972: 5 juillet • 1973: 1er mars; 5 avril • 1974: 18 avril; 5 mai; 11 mai; 19 mai; *biographie* au 19 mai • 19 mai 1974-10 mai 1981 • 1988: 23 juin • 1989: 18 juin • 1991: 21 septembre • 1995: dans *Jacques Chirac* au 7 mai •

GISELBERT
† 939
Duc de Lorraine de 928 à 939.
• 928: autres événements • 936: *introduction Louis IV d'Outremer* • 939 •

GISÈLE
Fille de Louis le Pieux, empereur. Épouse d'Évrard, marquis de Frioul.
• 814: *introduction Louis le Pieux* • 839: 1er septembre • 874: autres événements •

GISÈLE
Fille de Pépin le Bref.
• 777 • 830: autres événements •

GISÈLE
† avant 885
Fille de Louis II le Bègue, roi de Francie occidentale. Épouse de Robert, comte de Troyes.
• 877: *introduction Louis II le Bègue* •

GISORS
Paix de
965
• 965: juin-juillet •

GISORS
Traité de
1180
• 1180 : 28 juin •

GISQUET
Henri Joseph
1792-1866
Préfet de police.
• 1831 : 13 mars •

GITTON
Marcel
1903-1941
Homme politique.
• 1935 : 6 juin • 1941 : 5 septembre •

GLAIS-BIZOIN
Alexandre Olivier
1800-1877
Homme politique.
• 1821 : dans *Les doctrinaires* en octobre • 1869 : 21-22 novembre • 1870 : 4 septembre •

GLAOUI
Al Hadjdj Thami al Glaoui, dit le
1875-1956
Pacha de Marrakech.
• 1953 : 21 mai ; 19-20 août • 1955 : 5 septembre-31 octobre •

GLASS
Philip
Né en 1937
Compositeur.
• 1950 : autres événements • 1976 : 25 juillet •

GLAVANY
Jean
Né en 1949
Homme politique, ministre.
• 2000 : 14, 21 novembre •

GLEIZES
Albert
1881-1853
Peintre.
• 1906 : octobre • 1908 : dans *Le cubisme* au 14 novembre • 1911 : 21 avril-15 juin • 1912 : 10 octobre • 1913 : dans *Apollinaire* au 20 avril • 1919 : autres événements • 1920 : 27 janvier • 1946 : 19 juillet • 1948 : dans *L'art brut* en juin •

GLIÈRES
Maquis des
• 1944 : 13-26 mars •

GLOBE (LE)
1824
Journal.
• 1824 : 15 septembre • 1825 : juin • 1827 : août • 1828 : dans *Le saint-simonisme* en décembre • 1830 : 15 février ; 27 juillet • 1831 : 18 janvier • 1840 : dans *Socialismes et utopies* en juin • 1849 : dans *Hippolyte Carnot* au 5 janvier ; dans *Sainte-Beuve* au 1er octobre •

GLOZEL
Affaire
1927
• 1927 : 23 décembre ; *L'affaire Glozel* au 23 décembre •

GLUCK
Ritter Christoph Willibald von
1714-1787
Compositeur allemand.
• 1760 : autres événements • 1761 : autres événements • 1764 : autres événements • 1767 : autres événements • 1774 : 19 avril ; août • 1775 : février ; août • 1776 : 23 avril • 1777 : 23 septembre • 1779 : 18 mai ; 24 septembre • 1784 : 26 avril • 1807 : 15 décembre •

GLUCKSMANN
André
Né en 1936
Philosophe.
• 1975 : juillet • 1979 : 26 juin •

GOASGUEN
Claude
Né en 1945
Homme politique, ministre.
• 1995 : 18 mai •

GOBEL
Jean-Baptiste
1727-1794
Évêque constitutionnel.
• 1790 : 1er juin ; dans *Le Serment : clergé constitutionnel et clergé réfractaire* au 27 novembre • 1791 : 2 janvier ; 24 février ; 15 mars • 1793 : 6 novembre ; 7 novembre ; dans *La déchristianisation* au 7 novembre • 1794 : 13 avril •

Gobelins
Manufacture des
• 1602: autres événements • 1662: 6 juin; autres événements • 1663: mars • 1664: autres événements • 1667: 15 octobre; autres événements •

Gobineau
Arthur de
1816-1882
Écrivain et diplomate.
• 1853: 10 septembre; *biographie* au 10 septembre • 1892: dans *Drumont* au 20 avril • 1934: dans *Mein Kampf en français* au 17 avril-18 mai •

Goblet
René
1828-1905
Journaliste et avocat. Homme politique. Président du Conseil.
• 1882: 30 janvier; 19 juillet • 1885: 6 avril • 1886: 7 janvier; 30 octobre; 11 décembre; *biographie* au 11 décembre • 1887: 7 mai; 17 mai; 22 juin • 1888: 3 avril • 1898: 21 mars •

Godard
Jean-Luc
Né en 1930
Cinéaste.
• 1956: dans *Brigitte Bardot* au 4 décembre • 1960: 30 mars; *biographie* au 30 mars • 1962: dans *Les rapatriés d'Algérie* au 1er juillet • 1965: 30 octobre •

Godart
Justin
1871-1956
Homme politique, ministre.
• 1924: 12-14 juin • 1925: 1er janvier; 25 février • 1932: 3-7 juin; 29 juin •

Godeau
Antoine
1605-1672
Poète.
• 1641: dans *Salons, mondains et précieuses* au 22 mai •

Godefroi
† après 987/1002
Frère d'Adalbéron, archevêque de Reims. Comte de Verdun et de Hainaut.
• 974: janvier • 979: janvier • 984: 26 mars •

Godefroi
† 1023
Duc de Basse-Lorraine de 1012 à 1023.
• 1018: 6 avril •

Godefroi de Bouillon
vers 1060-1100
Fils d'Eustache II de Boulogne. Duc de Lorraine (adopté par Godefroi IV en 1075) de 1087 à 1096.
• 1096: dans *Les hommes de la croisade* en mai-juin; vers 15 août-septembre • 1099: 22 juillet • 1100: 18 juillet •

Godefroi d'Harcourt
Seigneur d'Harcourt.
• 1343: avril •

Godefroi l'Ancien
Comte de Verdun à partir de 944.
• 944: autres événements •

Godefroi le Barbu
† 1069
Fils de Gozelon, duc de Haute et Basse-Lorraine. Duc de Haute-Lorraine de 1044 à 1046, de Basse-Lorraine de 1065 à 1069.
• 1044: autres événements • 1046: autres événements • 1047 • 1048: octobre • 1049: été • 1065 •

Godegisile
† 501
Roi des Burgondes de Genève.
• vers 500-501 •

Godeheu
Charles
Directeur de la Compagnie des Indes. Gouverneur des Indes.
• 1754: 26 décembre •

Godescalc
Moine. Copiste.
• 781-783 •

Godescalc
Évêque du Puy.
• 961: 18 juillet •

Godet des Marais
Paul
1647-1709
Évêque de Chartres.
• 1695: dans *Mme Guyon et le quiétisme* en mars •

Godfred
Roi de Danemark.
• 810 : autres événements •

Godin
André
1817-1888
Industriel. Réformateur social.
• 1871 : 22 juillet •

Godin
Jules
1844-1925
Homme politique, ministre.
• 1898 : 19 septembre •

Godomar
Fils de Gondebaud, roi des Burgondes. Roi des Burgondes de 523 à 534.
• 511 : *introduction De quatre à un royaume franc* • 523 • 532 •

Godounov
Boris
vers 1551-1605
Tsar de Russie de 1598 à 1605.
• 1584 : 18 mars • 1589 : *introduction Henri IV* •

Godoy y Alvares de Fario
Manuel
1767-1851
Homme d'État espagnol.
• 1808 : février ; 18 mars •

Goebbels
Joseph
1897-1945
Ministre de la Propagande du IIIe Reich.
• 1938 : 7-10 novembre • 1939 : dans *Autour du pacte* au 22-3 août • 1940 : 1er novembre • 1945 : 30 avril •

Goerg
Édouard
1893-1969
Peintre.
• 1941 : autres événements •

Goethe
Johann Wolfgang
1749-1832
Écrivain et poète allemand.
• 1776 : autres événements • 1823 : dans *Le romantisme* en juillet • 1824 : dans *Le romantisme en peinture* en avril • 1854 : dans *Nerval* au 27 janvier • 1897 : autres événements • 1916 : dans *Romain Rolland* en décembre • 1920 : dans *Blum* au 25-30 décembre • 1981 : septembre •

Goëzman
Louis-Valentin
1730-1794
Conseiller au Parlement de Paris.
• 1775 : dans *Beaumarchais* au 23 février •

Gogol
Nicolas
1809-1852
Écrivain russe.
• 1840 : dans *Mérimée* au 1er juillet • 1924 : décembre •

Goguel
François
1909-1999
Politologue. Membre du Conseil constitutionnel.
• 1946 : septembre •

Gohier
Louis-Jérôme
1746-1830
Directeur. Ministre de la Justice.
• 1793 : 20 mars • 1799 : 17 juin ; 16 octobre ; 22 octobre ; dans *Le 18 Brumaire* au 9-10 novembre •

Goiran
François
1847-1927
Général. Ministre.
• 1911 : 23-27 juin •

Goislard de Montsabert
Anne Louis François
• Voir Montsabert, Anne Louis François Boislard de •

Gold Exchange Standard
• 1922 : 18-19 avril •

Goldman
Pierre
1944-1979
Militant tiers-mondiste. Écrivain.
• 1975 : 27 novembre •

Goldmann
Lucien
1913-1970
Philosophe.
• 1955: 15 août • 1956: janvier •

Goldoni
Carlo
1707-1793
Acteur, metteur en scène et dramaturge italien.
• 1755: autres événements • 1761: autres événements • 1771: autres événements • 1784: autres événements • 1793: 6 février • 1983: 16 juin •

Golfe
Guerre du
• 1990: 2 août • 1991: 17 janvier; 5 avril •

Golovinski
Mathieu
Auteur du Protocole des sages de Sion.
• 1939: septembre •

Goltz
August Friedrich Ferdinand, comte de
1765-1832
Diplomate et homme d'État prussien.
• 1815: 20 novembre •

Gombauld
Jean Ogier
1570-1666
Auteur.
• 1657: dans *Tallemant des Réaux* dans autres événements •

Gombault
Georges
Directeur de presse.
• 1940: dans *Les Français de Londres* au 7 août •

Gombette
Loi
• vers 500-501 • 506 autres événements • 534 • 561: *introduction De quatre à un royaume franc* • 629: *introduction Dagobert Ier* •

Gombrowicz
Witold
1904-1969
Écrivain polonais.
• 1952: mai • 1969: octobre •

Gomez
Alain
Né en 1938
Dirigeant d'entreprise.
• 1967: octobre •

Goncourt
Académie
1902
• 1900: 7 avril •

Goncourt
Edmond de
1822-1896
Écrivain.
• 1856: dans *Le réalisme littéraire* • 1865: 21 janvier • 1887: 23 avril • 1900: 7 avril •

Goncourt
Jules de
1830-1870
Écrivain.
• 1856: dans *Le réalisme littéraire* • 1865: 21 janvier • 1887: 23 avril •

Gondebaud
† 516
Fils de Chilpéric, roi burgonde. Roi des Burgondes de 485 à 516.
• vers 481: *introduction Clovis* • 485 • 491 • vers 500-501 • vers 506 • 506: autres événements • 506-508 • 511: *introduction De quatre à un royaume franc* • 516 •

Gondi
Albert de, duc de Retz
1522-1602
Maréchal de France.
• 1572: 23 août • 1573: février-avril • 1574: 13 novembre • 1589: *introduction Henri IV* • 1596: mars • 1597: 21 mai •

Gondi
Henri de
1572-1602
Cardinal de Retz.
• 1618: dans *Le siècle des saints* au 7 novembre •

Gondi
Henri II de
1590-1659
Duc de Retz.
• 1629: dans *Saint-Amant* au 27 février •

Gondi
Jean-François de
1584-1654
Archevêque de Paris.
• 1643 : 11 décembre • 1654 : 21-30 mars •

Gondi
Jean-François-Paul de
• Voir Retz, Cardinal de •

Gondi
Jérôme de
† 1604
Financier.
• 1596 : mars •

Gondi
Philippe-Emmanuel de
1581-1662
Fils d'Albert de Gondi. Général des galères.
• 1618 : dans *Le siècle des saints* au 7 novembre •

Gondi
Pierre de
1533-1616
Évêque de Paris.
• 1599 : septembre-décembre •

Gondoin
Jacques
1737-1818
Architecte.
• 1769 : autres événements • 1806 : dans *Les architectes* au 15 août •

Gonse
Charles Arthur
1838-1917
Général.
• 1896 : juillet •

Gontaut
• Voir Biron, Armand de Gontaut de • Biron, Charles de Gontaut de •

Gontcharova
Natalia
1881-1962
Peintre russe.
• 1914 : juin • 1923 : 13 juin •

Gontier Col
1350/1352-1418
Juriste. Trésorier du roi.
• 1394 : dans *Jean de Montreuil et l'humanisme français* dans autres événements • 1402 : autres événements • 1410 : 2 novembre ; *biographie* au 2 novembre •

Gontran ou Gunthchramn
525-592
Fils de Clotaire Ier, roi des Francs. Roi de Bourgogne de 561 à 592.
• 511 : *introduction De quatre à un royaume franc* • 561 : *introduction De quatre à un royaume franc* • 561-592 •

Gonzague
• Voir Palatine, Anne de Gonzague de Clèves, dite Mme la • Nevers, Charles de Gonzague, duc de • Nevers Louis de Gonzague, duc de •

Gonzague
Charles Ferdinand de
1652-1708
Duc de Mantoue.
• 1696 : 29 août •

Gonzague
Ferrante
† 1557
Gouverneur du Milanais.
• 1548 : juin • 1557 : 15 novembre •

Gonzague
François de
† 1519
Marquis de Mantoue.
• 1495 : autres événements • 1498 : *introduction Louis XII* • 1503 : octobre • 1618 : dans *Le siècle des saints* au 7 novembre •

Gonzague
Guillaume
1538-1588
Duc de Mantoue. Marquis de Montferrat.
• 1559 : avril •

Gonzague
Louise-Marie de
vers 1612-1667
Fille de Charles de Gonzague duc de Nevers. Reine de Pologne.
• 1629 : dans *Saint-Amant* au 27 février • 1637 : dans *Port-Royal et les Arnauld* au 24 août •

GONZAGUE
Marie de
Épouse de Charles de Gonzague, duc de Rethel. Régente du duché de Mantoue.
• 1637 : mai-octobre •

GONZAGUE
Vincent II de
1594-1627
Duc de Mantoue.
• 1627 : 26 décembre •

GONZÁLEZ
Felipe
Né en 1942
Premier ministre espagnol.
• 1981 : *introduction La Ve République : De la France mitterrandienne aux cohabitations politiques* •

GONZALVE DE CORDOUE
1443-1515
Chef d'armées espagnol.
• 1498 : *introduction Louis XII* • 1501 : août • 1502 : 9 juin ; septembre • 1503 : 28 avril ; 6 mai ; fin octobre ; 29 décembre • 1504 : 1er janvier •

GORBATCHEV
Mikhaïl
Né en 1931
Secrétaire général du PCUS.
• 1981 : *introduction La Ve République : De la France mitterrandienne aux cohabitations politiques* •

GORDJI
Wahid
Diplomate iranien.
• 1987 : 27-29 novembre •

GORGULOV
Pavel
Émigré russe. Assassin de Paul Doumer.
• 1932 : 6 mai •

GORIA
Giovanni
1943-1994
Président du Conseil italien.
• 1981 : *introduction La Ve République : De la France mitterrandienne aux cohabitations politiques* •

GORIN
Cofondateur du groupe Réalités Nouvelles.
• 1946 : 19 juillet •

GÖRING
Hermann
1893-1946
Maréchal allemand. Ministre du IIIe Reich.
• 1935 : 9-16 mai • 1938 : 29 septembre • 1939 : dans *Les chefs d'état-major* au 3 septembre • 1940 : 21 juin ; août-septembre ; 5 novembre • 1946 : dans *Le procès de Nuremberg* au 20 novembre •

GORKI
Alexeï Pechkov, dit Maxime
1868-1936
Écrivain russe.
• 1901 : mars • 1916 : dans *Romain Rolland* en décembre • 1928 : 9 juin •

GORSAS
Antoine-Joseph
1751-1793
Journaliste. Député.
• 1789 : 5 juillet ; 3 octobre • 1793 : 7 octobre •

GORSE
Georges
Né en 1915
Homme politique, ministre.
• 1962 : 15 mai • 1967 : 6-7 avril • 1973 : 5 avril • 1974 : 1er mars •

GORT
John
1886-1946
Général britannique.
• 1939 : dans *Les chefs d'état-major* au 3 septembre •

GORVANT
Gendre d'Erispoé. Comte de Rennes.
• 874 : autres événements •

GORZE
Abbaye de
• vers 1015 •

GOSCINNY
René
1926-1977
Dessinateur et scénariste de bandes dessinées.
• 1959 : 15 octobre ; dans *Astérix* au 15 octobre •

GOSSEC
François-Joseph
1734-1829
Compositeur.
• 1725: 18 mars • 1760: autres événements; *biographie* dans autres événements • 1769: autres événements • 1774: autres événements • 1776: 23 avril • 1779: 3 juin • 1784: autres événements • 1790: 19 septembre • 1791: 11 juillet • 1792: autres événements • 1793: 27 janvier; 26 août • 1795: 3 août •

GOSSELIN
Jean
Bibliothécaire du roi.
• 1603: 24 décembre •

GOSSUIN
Eugène
1758-1827
Commissaire aux armées.
• 1792: 30 novembre •

GOTLIB
Marcel Gotlieb, dit
Né en 1934
Dessinateur et scénariste de bandes dessinées.
• 1959: dans *Astérix* au 15 octobre •

GOTTFRIED DE STRASBOURG
2e moitié du XIIe siècle
Auteur.
• 1155: dans *Les intellectuels de la Cour Plantagenêt* dans autres événements •

GOUAN
Antoine
1733-1821
Naturaliste.
• 1770: autres événements •

GOUBERT
Pierre
Né en 1915
Historien.
• 1947: dans *La nouvelle histoire* au 3 novembre • 1966: septembre •

GOUBIN
Charles-Paul
1797-1822
Conspirateur.
• 1822: 19 mars; 21 septembre •

GOUDCHAUX
Michel
1797-1862
Banquier. Homme politique, ministre.
• 1848: 24 février; 29 février; 5 mars; 14 juin; 15 juin; *biographie* au 15 juin; 28 juin; 3 juillet; 28 août; 13 octobre; 25 octobre • 1849: 13-14 mai • 1857: 21-22 juin •

GOUDE
Jean-Paul
Publicitaire.
• 1989: 8-14 juillet • 1992: 8-23 février •

GOUDIMEL
Claude
† 1574
Compositeur.
• 1562: autres événements; *biographie* dans autres événements •

GOUFFIER DE BOISY
Artus de
Grand maître de la Maison du roi.
• 1515: 4 février •

GOUFFIER DE BONIVET
Guillaume de
Maréchal de France.
• 1515: 4 février • 1519: 29 janvier • 1523: 12 août •

GOUGEARD
Auguste
1827-1886
Ministre.
• 1881: 14 novembre •

GOUGENOT DES MOUSSEAUX
Pamphlétaire.
• 1934: dans *Mein Kampf en français* au 17 avril-18 mai •

GOUGES
Marie-Olympe Aubry, dite Olympe de
1748-1793
Femme de lettres. Militante des droits de la femme.
• 1789: 28 décembre; *biographie* au 28 décembre • 1791: septembre • 1792: 15 décembre • 1793: 23 janvier; 4 novembre •

Gouin
Alexandre
1792-1872
Homme politique, ministre.
• 1838: 5 mai • 1840: 1er mars •

Gouin
Félix
1884-1977
Ministre. Président du GPRF.
• 1942: 15 mai • 1943: 9 août; 9 novembre • 1944: 8-12 novembre • 1946: 23-29 janvier; 19-26 juin •

Goujon
Jean
vers 1510-vers 1556
Architecte. Sculpteur.
• 1541: autres événements • 1546: 2 août • 1547: *introduction Henri II* • 1549: 16 juin •

Goujon
Jean-Marie-Claude-Alexandre
1766-1795
Homme politique. Marin.
• 1795: 20 mai; 17 juin •

Goulaine
Anne de
• Voir Anne-Marie de Jésus Crucifié •

Goulard
Marie Thomas Eugène de
1808-1874
Homme politique, ministre.
• 1872: 2 février; 23 avril; 7 décembre • 1873: 16 mai •

Goulart
Simon
1543-1628
Écrivain.
• 1573: autres événements •

Gounod
Charles
1818-1893
Compositeur.
• 1859: 19 mars; dans *La musique lyrique sous le Second Empire* au 19 mars • 1864: 19 mars • 1886: dans *Saint-Saëns* dans autres événements • 1887: 14 février • 1895: juin-août •

Goupil de Préfelne
Guillaume-François-Charles
1727-1801
Député.
• 1796: 26 août •

Goupilleau
Jean-François
1753-1823
Homme politique.
• 1793: 10 juillet • 1795: 3 août •

Gouraud
Henri Eugène
1867-1946
Général. Haut-commissaire en Syrie.
• 1912: 18 avril-8 juillet • 1918: 15 juillet; 26 septembre • 1920: 30 mai; 25 juillet •

Gourgaud
Gaspard, baron
1783-1852
Général.
• 1821: dans *La légende napoléonienne* au 5 juillet •

Gournay
Vincent de
1712-1759
Économiste.
• 1752: autres événements • 1770: dans *Turgot* dans autres événements • 1774: dans *Turgot* au 24 août •

Gouttes
Jean-Louis
1739-1794
Évêque constitutionnel. Député à l'Assemblée constituante.
• 1780: autres événements • 1789: dans *Les curés font la Révolution* en juin; dans *Abbé Grégoire* en juin; 9 août • 1790: 14 avril • 1794: 26 mars •

Gouvion Saint-Cyr
Laurent, marquis de
1764-1830
Maréchal de France. Ministre.
• 1794: 15 octobre; 22 octobre • 1798: 28 mars; 11 juillet • 1804: dans *Les maréchaux* au 18 mai; *biographie* au 18 mai • 1805: 18 octobre • 1815: 7 juillet; *introduction La seconde Restauration*; 16 juillet • 1817: 23 juin; 12 septembre • 1818: 14 janvier-5 février; 10 mars; 28 novembre;

29 décembre • 1819: 10 novembre; 20 novembre • 1821: dans *La légende napoléonienne* au 5 juillet; dans *Les doctrinaires* en octobre • 1836: dans *Molé* au 6 septembre • 1875: dans *Cournot* au 6 février •

GOYAU
Georges
1869-1939
Historien.
• 1906: 26 mars • 1923: mars •

GOZELON
† 1044
Duc de Basse-Lorraine de 1023 à 1044, de Lorraine de 1033 à 1044.
• 1033: mai • 1037: 15 novembre • 1044: autres événements •

GOZLIN
† 886
Abbé de Saint-Germain-des-Prés. Archichancelier à partir de 867. Évêque de Paris de 884 à 886.
• 856: 19 août • 867: autres événements • 879: fin avril • 884: janvier • 885: 24 novembre •

GPRA
(Gouvernement provisoire de la République algérienne)
• 1958: 23, 25 octobre • 1959: 28 septembre • 1961: mars; 20 mai-13 juin; 24 août • 1962: 18 mars •

GPRF
(Gouvernement provisoire de la République française)
3 juin 1944-13 octobre 1946
• 1933: dans *Malraux* au 7 décembre • 1940: dans *De Gaulle* au 18 juin; *introduction État français et France libre*; *dans Du MLN à Combat* au 30 août • 1943: 27 mai • 1944: 4 avril; 21 avril; 15 mai; 3 juin; 26 juin; 6-12 juillet; 9 août; 21 août; 25 août; 26 août; *introduction Du Gouvernement provisoire à la IVe République*; 2 septembre; 5 septembre; 9 septembre; 18 octobre; 23 octobre; 13-14 novembre • 1945: 24 mars; 5 avril; 1er mai • 1954: dans *Pierre Mendès France* au 12 juin • 1969: dans *Chaban-Delmas* au 21 juin •

GRACEY
Douglas
1894-1964
Général britanique.
• 1945: 9 septembre; 23-25 septembre • 1946: 6-7 janvier •

GRACQ
Louis Poirier, dit Julien
Né en 1910
Écrivain.
• 1903: dans *Alain* au 9 juillet • 1939: janvier • 1945: février • 1949: 25 avril • 1950: février • 1951: 3 décembre; *biographie* au 3 décembre • 1958: septembre • 1969: juin • 1976: octobre • 1980: janvier •1992: janvier •

GRAFIGNY
Françoise de
1695-1758
Femme de lettres.
• 1747: autres événements •

GRAINVILLE
Patrick
Né en 1947
Écrivain.
• 1976: septembre •

GRAMME
Zénobe
1826-1901
Électricien et inventeur belge.
• 1822: dans *Ampère* au 16 février •

GRAMMONT
Comte de
• 1723: dans *Leclair* dans autres événements •

GRAMMONT
Jacques Philippe Delmas de
1796-1862
Général. Homme politique.
• 1850: juillet •

GRAMONT
Antoine Alfred Agénor, prince de Bidache, duc de Guiche et de
1819-1880
Ministre.
• 1870: 15 mai; 6 juillet; 14 juillet; 15 juillet •

Grand Jeu (Le)
Revue.
• 1924: dans *Les surréalistes* au 12, 15 octobre • 1928: juin •

Grand Palais
• 1897: autres événements • 1900: 14 avril • 1944: 23 août • 1966: juin; dans *Les grandes expositions et les musées* en juin •

Grande Mademoiselle
Anne-Marie-Louise d'Orléans, dite la
1627-1693
Fille de Gaston d'Orléans et de Mme de Montpensier. Duchesse de Montpensier.
• 1624: dans *Gaston d'Orléans* au 20 mai • 1641: dans *Salons, mondains et précieuses* au 22 mai • 1652: 2 juillet • 1653: dans *Lully* au 23 février • 1660: dans *Moulinié* au 2 février • 1689: dans *Michel Lambert* dans autres événements •

Grande Peur
1789
• 1789: *introduction Louis XVI et la Révolution*; *La Grande Peur* au 20 juillet •

Grandes Compagnies
• 1360: 28 décembre • 1361: printemps • 1364: 8 avril; *introduction Charles V le Sage*; autres événements • 1365: juin; 22 août • 1369: octobre •

Grandier
Urbain
† 1634
Curé.
• 1634: 18 août; dans *Sorciers et sorcières* au 18 août • 1638: juillet •

Grandmont
Ermitage de
• 1074: autres événements • 1124: autres événements •

Grandperret
Michel Étienne Anthelme Théodore
1818-1890
Homme politique, ministre.
• 1870: 10 août •

Grandson
Bataille de
2 mars 1476
• 1476: 2 mars •

Grandval
Gilbert
1904-1981
Haut fonctionnaire. Ministre.
• 1955: 21 juin; 12 juillet; 14 juillet • 1962: 15 mai; 7 décembre •

Grandville
Jean-Ignace-Isidore Gérard, dit
1803-1847
Dessinateur.
• 1830: 4 novembre •

Granet
Félix Armand Étienne
1849-1893
Homme politique, ministre.
• 1886: 7 janvier; 11 décembre • 1887: 30 mai •

Granger de La Marinière
Louis René Antoine
Homme politique.
• 1848: 20 mai •

Granier de Cassagnac
Adolphe de
1806-1880
Historien, publiciste et homme politique.
• 1845: juin • 1851: 8 octobre • 1860: 21 avril • 1868: 31 janvier • 1877: 2 février •

Grant
Ulysses
1822-1885
Président des États-Unis de 1869 à 1877.
• 1852: *introduction Le Second Empire* • 1870: *introduction La IIIe République: De la chute du Second Empire à la Première Guerre mondiale* •

Grasse
François-Joseph-Paul de
1723-1783
Amiral.
• 1774: *introduction Louis XVI* • 1781: 21 mars; 2 juin; 5 septembre • 1782: 12 avril •

Grasset
Bernard
1881-1955
Éditeur.
• 1913: 14 novembre; dans *Proust* au 14 novembre • 1932: octobre • 1948: 20 mai •

Gratien
Décret de
• vers 1140 • 1158: dans *Thomas Becket* au 31 août •

GRAV
(Groupe de recherche d'art visuel)
1960-1968
• 1960: autres événements •

Grave
Jean
1854-1939
Anarchiste.
• 1893: 24 juin • 1894: 6-12 août • 1895: 4 mai •

Grave
Pierre-Marie de
1755-1823
Ministre.
• 1792: 10 mars; 8 mai •

Gravelle
Bataille de
1423
• 1423: 26 septembre •

Gravier
Jean-François
Économiste.
• 1947: 27 septembre •

Grebel
Conrad
† 1526
Anabaptiste zurichois.
• 1562: dans *Castellion* en février-mars •

Grèce
• 1815: dans *Hyde de Neuville* au 3 novembre • 1817: dans *Fabvier* au 3 septembre-3 novembre • 1821: 7 avril • 1823: dans *Le romantisme* en juillet • 1824: mai • 1825: juillet; septembre • 1826: 4 avril; 10 août; 25 septembre • 1827: 5 juin; 6 juillet; 20 octobre; 20 décembre • 1828: 26 avril; 17 juin; 16 juillet; 29 août; 6 octobre; 16 novembre • 1829: 22 mars; 14 septembre • 1830: 3 février • 1832: 7 mai •

Greco
Domenikos Theotokopoulos, dit le
1541-1614
Peintre.
• 1838: 7 janvier •

Gréco
Juliette
Née en 1927
Chanteuse et actrice.
• 1947: dans *Saint-Germain-des-Prés* au 3 mai • 1949: 22 juin •

Green
André
Né en 1927
Psychiatre et psychanalyste.
• 1966: novembre • 1970: juin •

Green
Julien
1900-1998
Écrivain américain d'expression française.
• 1926: juin • 1936: autres événements • 1960: mai • 1963: mars •

Greene
Graham
1904-1991
Écrivain britannique.
• 1949: janvier; 20 octobre •

Gregh
Fernand
1873-1960
• 1913: dans *Proust* au 14 novembre •

Grégoire
Évêque de Langres de 507 à 539 environ.
• 535: autres événements •

Grégoire
Abbé Henri-Baptiste
1750-1831
Prélat et homme politique. Député à l'Assemblée constituante. Évêque de Blois et d'Orléans.
• 1788: 25 août • 1789: 22 février; juin; dans *Les curés font la révolution en juin*; *biographie* en juin; 12 juin; 14 juin • 1790: 9 février; 28 mars; 11 avril; dans *Le serment: clergé constitutionnel et clergé réfractaire* au 27 novembre; 27 décembre • 1791: 2 février; 15 mai; 15 juillet; 16 juillet; dans *Les Jacobins* au 16 juillet; 11 août • 1792: 21 septembre; 15 novembre • 1793: dans

Hérault de Séchelles au 13 juin; 8 août; 28 septembre; 7 novembre; dans *La déchristianisation* au 7 novembre • 1794: 10 janvier; 4 juin; 31 août; 10 octobre; 21 décembre • 1795: 15 mars; dans *Une séparation de l'Église et de l'État* au 30 mai; 25 juin • 1797: 15 août; 15 décembre • 1801: 29 juin; 11 octobre • 1814: 4 juin • 1817: novembre • 1819: 11 septembre; 6 décembre • 1831: 30 mai • 1989: 11 décembre •

GRÉGOIRE
Marie, dite Ménie
Née en 1919
• 1968: 27 avril •

GRÉGOIRE Ier LE GRAND
† 604
Pape de 590 à 604.
• 561: *introduction De quatre à un royaume franc* •

GRÉGOIRE II
† 731
Pape de 715 à 731.
• 727 •

GRÉGOIRE III
† 741
Pape de 731 à 741.
• 739 • 744: 3 mars •

GRÉGOIRE IV
† 844
Pape de 827 à 844.
• 814: *introduction Louis le Pieux* • 840: *introduction Lothaire Ier* •

GRÉGOIRE V
(Brunon de Carinthie)
† 999
Pape de 996 à 999.
• 987: *introduction Hugues Capet* • 996: *introduction Robert II le Pieux*; autres événements • 997: autres événements • 998: avril; 22 avril; novembre •

GRÉGOIRE VI
(Jean Gratien)
† 1047
Pape de 1044 à 1046.
• 1031: *introduction Henri Ier* •

GRÉGOIRE VII
(Hildebrand)
† 1085
Pape de 1073 à 1085.
• 1050: dans *Bérenger de Tours* dans autres événements • 1060: *introduction Philippe Ier* • 1074: autres événements • 1076: autres événements • 1078: [début]; autres événements • 1079: autres événements • 1081: mai • 1085: autres événements • 1130: dans *Papes, antipapes et schismes* au 25 mai •

GRÉGOIRE VIII
(Alberto di Morra)
† 1188
Pape de 1187 à 1188.
• 1180: *introduction Philippe Auguste* •

GRÉGOIRE VIII
(Maurice Bourdin)
† vers 1126
Antipape de 1118 à 1121.
• 1108: *introduction Louis VI* • 1118: septembre •

GRÉGOIRE IX
† 1241
Pape de 1227 à 1241.
• 1226: *introduction Louis IX* • 1227: 25 mai • 1229: novembre • 1231: 31 janvier; autres événements • 1232 • 1233: autres événements • 1234: 7 novembre • 1235: autres événements • 1236: mars • 1239: 9 juin; autres événements •

GRÉGOIRE X
(Tedaldo Visconti)
† 1276
Pape de 1271 à 1276.
• 1226: *introduction Louis IX* • 1270: *introduction Philippe III le Hardi* • 1272: autres événements • 1273: novembre • 1274: 7 mai-17 juillet •

GRÉGOIRE XI
(Pierre Roger)
† 1378
Pape de 1370 à 1378.
• 1364: *introduction Charles V le Sage* • 1372: 17 juin • 1374: autres événements • 1377: 17 janvier • 1378: 8 avril •

Grégoire XII
(Angelo Correr)
† 1417
Pape de Rome de 1406 à 1409.
• 1380: *introduction Charles VI* • 1406: 18 novembre • 1409: 25 mars-7 août • 1415: 4 juillet •

Grégoire XIII
(Ugo Boncompagni)
† 1585
Pape de 1572 à 1585.
• 1560: *introduction Charles IX* • 1572: 1er mai; 8 septembre • 1574: *introduction Henri III* • 1582: autres événements • 1585: 10 avril •

Grégoire XIV
(Niccolo Sfondrati)
† 1591
Pape de 1590 à 1591.
• 1589: *introduction Henri IV* • 1590: 27 août • 1591: 24 février; 1er mars; 10 juin; 16 octobre •

Grégoire XV
Pape de 1621 à 1623.
• 1610: *introduction Louis XIII* • 1621: autres événements • 1622: 5 septembre • 1623: 7 février •

Grégoire XVI
(Bartolomeo Alberto Cappellari)
1765-1846
Pape de 1831 à 1846.
• 1817: dans *Lamennais* au 20 décembre • 1830: *introduction La monarchie de Juillet* • 1831: 2 février; 4 février; 7 mai; 3 juillet; 15 juillet; 15 novembre; 14 décembre • 1832: 19 janvier; 13 mars; 22-23 mars • 1833: 11 décembre • 1835: dans *Tocqueville* au 16 janvier • 1839: dans *Mgr Affre* au 31 décembre • 1846: 16 juin •

Grégoire de Tours
538-594
Évêque de Tours de 573 à 594.
• 561: *introduction De quatre à un royaume franc* • 565: dans *Venance Fortunat* en automne • vers 576: dans *L'épiscopat sous les Mérovingiens* • 580 • 589: autres événements •

Grégoire Muntaner
Abbé de Saint-Sever.
• 1065 •

Grégori
Syndic de la presse militaire.
• 1908: 4 juin •

Grégory
Affaire
• 1984: 16 octobre •

Grêlier
Victor Élie
1831-?
Membre de la Commune de 1871.
• 1871: 19 mars •

Grémillon
Jean
1901-1959
Cinéaste.
• 1944: février •

Grémonville
Jacques Bretel, commandeur de
1626-1686
Diplomate.
• 1668: 19 janvier • 1671: 1er novembre •

Grenade
Traité de
• 1500: 11 novembre •

Grenelle
Accords de
1968
• 1968: dans *Mai 68* au 3 mai; 27 mai •

Grenier
Fernand
1901-1992
Homme politique, ministre.
• 1940: dans *Les Français de Londres* au 7 août • 1943: 11 janvier; 25 août • 1944: 20 mars; 4 avril; 21-23 juillet; 2 septembre; 5 septembre •

Grenier
Paul
1786-1827
Homme politique.
• 1815: 22 juin •

Grenier
Roger
Né en 1912
Écrivain et éditeur.
• 1972: avril •

Grennwich
Traité de
• 1596 : 22 juin •

Grenoble
• 1816 : 12 janvier ; 4 mai-10 juin • 1821 : mars • 1822 : dans *Joseph Fourier* au 16 février ; dans *Champollion* au 27 septembre • 1824 : 17 septembre • 1832 : 12-15 mars •

Greppo
Louis
1810-1888
Canut et homme politique.
• 1848 : 31 juillet •

Gresley
Henri François Xavier
1819-1890
Général. Ministre.
• 1879 : 28 janvier ; 4 février •

Gresset
Jean-Baptiste
1709-1777
Poète.
• 1747 : autres événements •

Gressier
Edmond Valléry
1813-1892
Homme politique, ministre.
• 1868 : 17 décembre • 1869 : 17 juillet •

Grétry
André-Modeste
1741-1813
Compositeur.
• 1759 : autres événements • 1768 : 20 août ; *biographie* au 20 août • 1769 : autres événements • 1770 : autres événements • 1771 : autres événements • 1772 : autres événements • 1773 : autres événements • 1774 : autres événements • 1778 : autres événements • 1782 : 1er janvier ; 26 novembre • 1784 : 15 janvier ; 17 octobre • 1785 : autres événements • 1789 : 17 mars • 1790 : 13 janvier • 1791 : 9 avril • 1792 : 16 janvier ; autres événements • 1794 : 5 juin ; 23 août ; 2 septembre ; 19 septembre ; 7 décembre • 1795 : 3 août • 1797 : autres événements •

Greuze
Jean-Baptiste
1725-1805
Peintre.
• 1755 : autres événements • 1757 : autres événements • 1761 : autres événements • 1765 : autres événements • 1769 : autres événements • 1777 : autres événements •

Grève
Place de (Paris)
• 1141-1142 • 1190 : 15 mars •

Grévin
Musée
1882
Création.
• 1882 : autres événements •

Grévy
Albert
1824-1899
Homme politique.
• 1877 : 15 novembre • 1879 : dans *Jules Grévy* au 30 janvier ; mars • 1880 : 6 mars • 1881 : 5 novembre • 1892 : 16-22 décembre •

Grévy
Jules
1807-1891
Président de la IIIe République de 1879 à 1887.
• 1848 : 4 septembre-1er novembre • 1870 : *introduction La IIIe République* • 1871 : 16 février • 1872 : 20 janvier • 1873 : 4 avril ; 24 mai ; 5 novembre • 1876 : 8 mars • 1877 : 8 septembre • 1879 : 30 janvier ; *biographie* au 30 janvier • 30 janvier 1879-2 décembre 1887 • 1887 : dans *Sadi Carnot* au 3 décembre •

Griaule
Marcel
1898-1956
Anthropologue.
• 1931 : 19 mai • 1934 : avril • 1938 : dans *Georges-Henri Rivière* au 21 juin • 1948 : novembre •

Gribeauval
Jean-Baptiste Vaquette de
1715-1789
Inspecteur général de l'artillerie.
• 1765 : autres événements • 1770 : autres événements • 1774 : *introduction Louis XVI* • 1775 : 27 octobre • 1776 : 3 novembre •

Gribinski
Michel
Né en 1942
Psychanalyste.
• 1970 : juin •

Griffuelhes
Victor
1874-1922
Syndicaliste révolutionnaire.
• 1906 : 19 avril • 1908 : 30 juillet-4 août •

Grifon
vers 726-753
Fils de Charles Martel. « Duc du Mans ». Duc des Bavarois de 748 à 749.
• 719 • 741 : 22 octobre • 743 • 748 • 749 • vers 751 •

Grignion de Montfort
Louis Marie
• Voir Louis Marie Grignion de Montfort •

Grimal
Pierre
1912-1996
Historien de la Rome antique.
• 1964 : novembre •

Grimaud
Maurice
Né en 1913
Préfet de police de Paris.
• 1968 : dans *Mai 68* au 3 mai •

Grimaud
Yvette
• 1950 : 29 avril •

Grimm
Frédéric-Melchior
1723-1807
Écrivain.
• 1745 : dans *Diderot* dans autres événements • 1749 : autres événements • 1752 : 1er août • 1753 : autres événements • 1760 : autres événements • 1761 : autres événements • 1765 : autres événements • 1766 : mai • 1770 : autres événements • 1771 : autres événements •

Grimo
ou Remi
Fils de Charles Martel, maire du palais. Abbé de Corbie. Évêque de Rouen.
• 741 : 22 octobre • 751 : *introduction Pépin le Bref* • 760 •

Grimoald
† 662
Fils de Pépin de Landen, maire du palais. Maire du palais d'Austrasie de 642-643 à 662.
• 639 : dans *Deux royaumes francs (639-673)* au 19 janvier • 640 • 642-643 • 656 : 1er février • 661 • 662 : 18 octobre-9 décembre • 676 •

Grimoald II
† 714
Fils de Pépin de Herstal, maire du palais de Neustrie-Austrasie. Maire du palais de Neustrie de 703 à 711. Maire du palais d'Austrasie de 711 à 714. Comte de Paris de 710 à 714.
• 695 • vers 700 • 711 • 714 •

Grimod de la Reynière
Alexandre Balthazar Laurent
1758-1838
Gastronome.
• 1803 : mars •

Grinda
Édouard
1886-1959
Ministre.
• 1930 : 13 décembre •

Gringore
Pierre
vers 1475-vers 1538
Rhétoriqueur.
• 1498 : *introduction Louis XII* • 1512 : 24 février ; *biographie* au 24 février •

Gris
Juan
1887-1927
Peintre.
• 1907 : dans *Picasso* en juillet • 1908 : dans *Le cubisme* au 14 novembre • 1912 : 10 octobre • 1913 : dans *Apollinaire* au 20 avril •

Grisel
Georges
1765-1812
Militaire.
• 1796 : 4 mai •

Grisey
Gérard
1946-1998
Compositeur.
• 1941: dans *Olivier Messiaen* au 26 juin •

Grivart
Louis
1829-1901
Homme politique, ministre. Gouverneur du Crédit foncier.
• 1874: 22 mai •

Grmek
Mirko
1924-2000
Historien yougoslave.
• 1947: dans *La nouvelle histoire* au 3 novembre •

Groddeck
Walter Georg
1866-1934
Psychanalyste.
• 1966: novembre •

Groethuysen
Bernard
1880-1946
Philosophe d'origine allemande.
• 1927: mars • 1933: dans *Malraux* au 7 décembre •

Gromaire
Marcel
1892-1971
Peintre.
• 1921: avril • 1925: autres événements • 1932: 17 mars • 1936: 16-31 mai •

Gros
Antoine-Jean, baron
1771-1835
Peintre.
• 1801: autres événements • 1804: septembre • 1808: dans *Le néoclassicisme* au 4 janvier; septembre • 1824: dans *Le romantisme en peinture* en avril • 1826: 17 mai • 1835: 25 juin •

Grosjean
Jean
Né en 1912
Écrivain.
• 1969: mai • 1972: décembre •

Grotius
Hugo de Groot, dit
1583-1645
Juriste hollandais.
• 1609: autres événements • 1625: autres événements • 1724: autres événements •

Grotowski
Jerzy
1933-1999
Théoricien polonais du théâtre.
• 1997: 2 janvier •

Grouchy
Charlotte Félicité (Mme Cabanis)
Sœur du maréchal de Grouchy. Belle-sœur de Condorcet.
• 1802: dans *Les Idéologues* au 18 mars •

Grouchy
Emmanuel, marquis de
1766-1847
Maréchal de France.
• 1796: 24 décembre • 1804: dans *Les maréchaux* au 18 mai • 1815: 14-18 juin; 27 juin; 24 juillet • 1819: 21 novembre • 1824: 2 décembre •

Groupe des Six
1920
Mouvement musical.
• 1919: janvier • 1920: 16-23 janvier; *Le Groupe des Six* au 16-23 janvier •

Groupe information prison
• Voir GIP •

Groupe ouvrier et paysan
• 1939: 26 septembre; 1er-7 octobre • 1940: 10 janvier •

Grousset
Paschal
1844-1909
Publiciste. Membre de la Commune de 1871.
• 1870: 10 janvier • 1871: 11 mars; 19 mars; 29 mars; 20 avril • 1874: 19-20 mars •

Groussier
Arthur
1863-1957
Ingénieur et homme politique.
• 1899: 14 juillet •

GRUBER
Francis
1912-1948
Peintre.
• 1936: autres événements • 1943: juin • 1946: 15 février-15 mars •

GRUMBACH
Salomon
1884-1952
Journaliste. Homme politique.
• 1940: 26 septembre •

GRUSON
Claude
Né en 1910
Économiste. Haut fonctionnaire.
• 1950: 6 avril •

GRYNSZPAN
Herschell
1921-?
• 1938: 7-10 novembre •

GRYPHE
Sébastien
vers 1492-1556
Imprimeur.
• 1536: dans *Dolet « martyr de la Renaissance »* dans autres événements • 1541: dans *Marot et son école* dans autres événements •

GUADALAJARA
Prise de (Mexique)
1864
• 1864: 5 janvier •

GUADELOUPE
• 1792: 29 décembre • 1794: 20 avril; 3 juin; 11 décembre • 1797: 30 juin • 1798: 5 juin • 1802: 6 mai; 20 mai; 16 juillet • 1810: 6 février-3 décembre • 1818: 27 septembre-15 novembre • 1827: 9 février • 1833: 24 avril • 1873: 20 novembre • 1946: 19 mars • 1967: 26 mai •

GUADET
Marguerite-Élie
1755-1794
Député girondin à l'Assemblée législative et à la Convention.
• 1792: 14 janvier; dans *Les Girondins* en mars; 25 avril; 20 mai; 28 juin; 20 juillet • 1793: 1er janvier; 12 avril; 18 mai; 2 juin • 1794: 15 juin •

GUARESCHI
Giovanni, dit Nino
1908-1968
Écrivain italien.
• 1952: 4 juin • 1955: 16 avril •

GUARINI
Battista
1538-1612
Auteur italien.
• 1625: dans *l'Astrée* au 1er juin •

GUATTARI
Félix
1930-1992
Psychanalyste.
• 1972: mars •

GUBLER
Claude
Né en 1934
• 1992: 11 septembre • 1996: 18 janvier •

GUDERIAN
Heinz
1888-1954
Général allemand.
• 1940: 13-15 mai; 5-10 juin; dans *De Gaulle* au 18 juin •

GUÉBRIANT
Jean-Baptiste Budes, comte de
1602-1643
Maréchal de France.
• 1638: 17 décembre • 1639: 16 juillet-9 octobre • 1641: 20 mai • 1642: 17 janvier •

GUÉDRON
Pierre
1570-1620
Compositeur.
• 1602: autres événements; dans *L'air de cour* dans autres événements •

GUÉHENNO
Marcel, dit Jean
1890-1978
Écrivain.
• 1927: 15 avril • 1928: juillet; autres événements • 1935: dans *Les compagnons de route* au 21-25 juin; 14 juillet; 4 octobre; 8 novembre • 1940: *introduction État fran-*

çais et France libre • 1942 : 19 février • 1944 : 27 mai • 1945 : *Intellectuels : épurateurs et épurés* au 13 janvier •

GUELDRE
Philippa de
Duchesse de Lorraine.
• 1550 : autres événements •

GUÉMÉNÉ
• Voir Rohan, Anne de • Rohan, Henri-Louis de, prince de Guéméné •

GUÉNA
Yves
Né en 1922
Homme politique, ministre.
• 1967 : 6-7 avril • 1968 : 1er juin ; 10 juillet • 1973 : 5 avril • 1974 : 1er mars •

GUÊPES (LES)
1839-1847
Revue.
• 1836 : 1er juillet • 1839 : 16 novembre •

GUÉRANDE
Traités de
1365, 1381
• 1365 : 12 avril • 1381 : 4 avril •

GUÉRANGER
Dom Prosper
1805-1878
Religieux bénédictin, liturgiste.
• 1833 : 11 juillet •

GUÉRARD
Eugène
1859-1931
Syndicaliste.
• 1909 : juin •

GUÉRECH
† vers 988
Comte de Nantes.
• vers 988 •

GUÉRET
Jean
Jésuite.
• 1595 : 5-10 janvier •

GUÉRIN
† 1227
Conseiller du roi. Évêque de Beauvais de 1214 à 1227.
• 1180 : *introduction Philippe II Auguste* • 1223 : *Introduction Louis VIII* •

GUÉRIN
Camille
1872-1961
Vétérinaire. Médecin.
• 1923 : autres événements •

GUÉRIN
Charles
Pilote de la France libre.
• 1940 : dans *Les Français de Londres* au 7 août •

GUÉRIN
Daniel
1904-1988
Historien.
• 1946 : septembre •

GUÉRIN
Eugène
1849-1929
Homme politique, ministre.
• 1893 : 4 avril • 1894 : 29 mai •

GUÉRIN
Georges
1891-1972
Abbé. Fondateur de la JOC.
• 1927 : autres événements •

GUÉRIN
Gilles
1611-1678
Sculpteur.
• 1639 : autres événements • 1647 : autres événements • 1654 : 23 juin •

GUÉRIN
Guillaume
Avocat général.
• 1551 : 15 février •

GUÉRIN
Jules
1860-1910
Dirigeant de la Ligue antisémitique.
• 1882 : dans *Déroulède* au 12 mai • 1892 : dans *Drumont* au 20 avril • 1899 : 12 août ;

GUERRE MONDIALE
Seconde
1er septembre 1939-8 mai 1945
• 1er septembre 1939-2 septembre 1945 •

GUERRE-ÉCLAIR
• 1939: dans *Les armées françaises* au 3 septembre • 1940: 10 mai • Voir aussi Varsovie, Bataille de • France, Bataille de •

GUERRES DE LA PREMIÈRE COALITION
1792-1797
• 20 avril 1792-17 octobre 1797 • 1792: *introduction La République jacobine* • 1793: dans *L'armée de la Révolution* • 1794: *introduction La République thermidorienne* • 1795: *Le traité de Bâle* au 5 avril; dans *La première République sœur* au 16 mai • 1796: *La campagne d'Italie* au 10 avril • 1797: dans *Léoben ou la paix malgré le Directoire* au 18 avril; *La paix de Campoformio* au 17 octobre •

GUERRES DE LA DEUXIÈME COALITION
1798-1802
• 1794: *introduction La République thermidorienne* • 1798: *L'expédition d'Égypte* au 5 mars • 19 mai 1798-25 mars 1802 • 1799: *introduction Napoléon Bonaparte* •

GUERRES DE LA TROISIÈME COALITION
1805
• 1805: 8 avril •

GUERRY
André Michel
1802-1866
Statisticien.
• 1835: 2 mai •

GUESCLIN
Bertrand du
• Voir Bertrand du Guesclin •

GUESDE
Jules Basile, dit Jules
1845-1922
Journaliste. Homme politique, ministre.
• 1870: 27 juillet; *introduction La IIIe République* • 1876: 2-10 octobre • 1877: 18 novembre • 1879: 12 juillet; 20 octobre • 1881: 28 septembre • 1882: septembre; *biographie* dans *Le socialisme français* en septembre • 1893: 20 août-3 septembre • 1894: 22 mai • 1896: 11-27 juin • 1898: 19 janvier; 28 mars; 8-22 mai • 1901: 30 juin • 1902: 24 mars • 1906: 13 octobre • 1910: 26 mars-5 avril • 1914: 26 août • 1915: 29 octobre • 1916: 12 décembre •

GUEUX DE HOLLANDE
• 1560: *introduction Charles IX* • 1572: 1er avril; mai-juillet • 1573: février-avril •

GUEZ DE BALZAC
Jean-Louis
1597-1654
Auteur.
• 1610: *introduction Louis XIII* • 1623: dans *Charles Sorel* en janvier; dans *Théophile de Viau* au 16 septembre • 1624: autres événements; *biographie* dans autres événements • 1631: autres événements • 1641: dans *Salons, mondains et précieuses* au 22 mai • 1643: *introduction Louis XIV* • 1644: dans *Servien* en février-mars • 1649: dans *Mazarinades* au 20 juillet • 1687: dans *La querelle des Anciens et des Modernes* au 27 janvier • 1733: mars •

GUI
Évêque d'Auxerre de 933 à 961.
• 857-860 •

GUI DE DAMPIERRE
Connétable d'Auvergne.
• 1213: printemps •

GUI DE NESLE
Maréchal.
• 1352: août •

GUI DE SAINT-POL
Comte de Nevers-Auxerre à partir de 1221.
• 1221: autres événements •

GUI FOULCOIS
• Voir Clément IV •

GUI LE ROUGE
Seigneur de Rochefort. Sénéchal.
• 1108: automne? •

GUIART DE LAON
Chancelier de l'Université de Paris à partir de 1237.
• 1237: autres événements •

Guiart des Moulins
Auteur.
• 1295: autres événements •

Guibaud
Évêque d'Auxerre de 879 à 887.
• 857-860 •

Guibert
Hervé
1955-1991
Écrivain.
• 1983: mai • 1987: dans *Génération sida* en avril-mai • 1990: mars •

Guibert
Jacques-Antoine-Hippolyte de
1743-1790
Écrivain. Militaire.
• 1772: autres événements •

Guibert de Nogent
vers 1055-vers 1125
Abbé de Nogent. Auteur.
• 1096: dans *Les hommes de la croisade* en mai-juin • 1108-1109: [début] • vers 1110 • 1114-1117 • 1119-1120 •

Guibert de Tournai
† vers 1284
Franciscain. Auteur.
• 1246: autres événements; *biographie* dans autres événements •

Guiberteau
Paul
Né en 1924
Chanoine.
• 1988: 26 juin •

Guichard
Archevêque de Lyon.
• 1157: 8 novembre • 1173: autres événements •

Guichard
Olivier
Né en 1920
Homme politique, ministre.
• 1953: 6 mai • 1958: 9 juin • 1959: 9 janvier • 1963: 14 février • 1967: 6-7 avril • 1968: 1er juin; 10 juillet • 1969: 21 juin • 1971: 19 novembre • 1972: 5 juillet • 1973: 5 avril • 1974: 1er mars • 1976: 27 août •

Guide
Guido Reni, dit le
1575-1642
Peintre italien.
• 1661: dans *Mazarin collectionneur* au 9 mars •

Guidi
Albizzo
Financier florentin.
• 1285: *introduction Philippe IV le Bel*
• 1291: autres événements •

Guidi
Musciatto
Financier florentin.
• 1285: *introduction Philippe IV le Bel*
• 1291: autres événements •

Guido Mazzoni
• Voir Mazzoni •

Guido Parato
Médecin.
• 1459: autres événements •

Guieysse
Paul
1841-1914
Homme politique, ministre.
• 1895: 1er novembre • 1902: 14 octobre •

Guifré
† 1050/1051
Comte de Cerdagne.
• 1050-1051 •

Guifred
† 897
Comte d'Urgel à partir de 872. Comte de Barcelone à partir de 878.
• 877: autres événements • 888: *introduction Eudes* •

Guifred de Cerdagne
Archevêque de Narbonne de 1019 à 1079.
• 1043: 1er août • 1046: autres événements • 1079: autres événements •

Guignard
Jean
1563-1595
Jésuite. Bibliothécaire du Collège de Clermont.
• 1595: 5-10 janvier •

GUIGOU
Élisabeth
Née en 1946
Ministre.
• 1990: 2 octobre • 1992: 2 avril • 1997: 4 juin • 2000: 18 octobre •

GUIGUES
Comte de Viennois.
• 1043: autres événements •

GUIGUES
† 1333
Duc de Dauphiné.
• 1316: *introduction Philippe V le Long* • 1343: 23 avril •

GUIGUES Ier
1083-1136
Prieur de la Grande Chartreuse de 1109 à 1136. Auteur.
• 1109: autres événements •

GUIGUES II
† 1138
Comte de Forez.
• 1138: printemps •

GUIGUES III
Fils de Guigues II, comte de Forez.
• 1138: printemps •

GUILBERT
Yvette
1867-1944
Chanteuse.
• 1902: dans *L'âge d'or du Caf'Conc'* au 18 novembre •

GUILHEM II DE PROVENCE
† 993
Fils de Boson II de Provence. Marquis de Provence de 970 à 993.
• 960: autres événements • 972: 22/23 juillet • 982-984 • 993: 19 octobre •

GUILHEM III DE PROVENCE
† 1019
Fils de Guilhem II de Provence. Marquis de Provence de 993 à 1019.
• 993: 19 octobre • 1019: 27 février-4 mars •

GUILHEM VI
Comte de Montpellier.
• 1141: autres événements • 1143: autres événements •

GUILHEM VIII
† 1203
Comte de Montpellier de 1172 à 1202.
• 1174: autres événements • 1181: autres événements • 1182-1183: dans *Alain de Lille* • 1199: 12 juillet • 1202: 2 novembre • 1204: avril; 15 juin • 1215: dans *L'Université de Paris* en août •

GUILHEM IX
Fils naturel de Guilhem VIII. Comte de Montpellier.
• 1204: avril; 15 juin •

GUILHEM ANELIER
2e moitié du XIIIe siècle
Troubadour.
• 1212: dans *Croisade albigeoise* dans autres événements •

GUILHEM AUGIER
• 1209-1210 •

GUILHEM DE CABESTANY
† après 1215
Troubadour.
• 1212: dans *La croisade albigeoise* dans autres événements •

GUILHEM DE LODÈVE
Amiral de France.
• 1286: autres événements •

GUILHEM DE MONTANHAGOL
† 1258
Troubadour.
• 1212: dans *La croisade albigeoise* dans autres événements •

GUILHEM FIGUEIRA
2e moitié du XIIIe siècle
Troubadour.
• 1212: dans *La croisade albigeoise* dans autres événements •

GUILLAIN
Antoine Florent
1844-1915
Homme politique, ministre.
• 1898: 3 novembre •

GUILLAIN
Simon
1581-1658
Sculpteur.
• 1611: autres événements • 1626: autres événements • 1647: autres événements •

GUILLAUMAT
Marie Louis
1863-1940
Général. Ministre.
• 1926: 23 juin •

GUILLAUMAT
Pierre
1909-1991
Haut fonctionnaire, homme politique, ministre.
• 1958: 1er juin • 1959: 9 janvier • 1960: 5 février • 1961: 24 août • 1965: décembre; *biographie* en décembre •

GUILLAUME
Archevêque de Rouen de 1079 à 1110.
• 1096: février •

GUILLAUME
Comte de Ponthieu.
• 1180: *introduction Philippe Auguste* •

GUILLAUME
Comte de Blois.
• 826: autres événements • 834: 24 mai •

GUILLAUME
Fils d'Aubert duc de Hainaut.
• 1372: autres événements •

GUILLAUME
Augustin
Général.
• 1951: 28 août • 1956: 28 février •

GUILLAUME
François
Né en 1932
Leader syndical. Ministre.
• 1986: 20 mars •

GUILLAUME
James
1844-1916
Anarchiste.
• 1927: dans *Ferdinand Buisson* au 8 décembre •

GUILLAUME
Pierre
Né en 1940
• 1978: dans *Le négationnisme, une secte historique* au 16 novembre •

GUILLAUME Ier
Comte de Hainaut.
• 1320-1330 • 1323: début • 1328: *introduction Philippe VI* • 1337-1344 •

GUILLAUME Ier
1797-1888
Roi de Prusse et empereur d'Allemagne de 1871 à 1888.
• 1852: *introduction Le Second Empire* • 1859: 15-21 juin • 1867: 1er avril-novembre • 1869: septembre • 1870: 6 juillet; 10 juillet; 12-13 juillet; 13 juillet; 3 septembre; *introduction La IIIe République: De la chute du Second Empire à la Première Guerre mondiale* • 1871: 18 janvier •

GUILLAUME Ier DE NEVERS
Comte de Nevers, Tonnerre, Auxerre.
• 1065 • 1068: autres événements •

GUILLAUME Ier D'ORANGE-NASSAU
1772-1843
Roi des Pays-Bas de 1815 à 1840.
• 1813: 14 novembre • 1815: 9 juin; 15 juillet • 1816: 29-30 août • 1830: 7 septembre; 4 novembre • 1831: 10 mai; 3 août; 15 octobre; 14 décembre • 1833: 21 mai • 1838: mars •

GUILLAUME Ier LE PIEUX
886-918
Fils de Bernard Plantevelue. « Duc » d'Aquitaine de 886 à 918. Comte d'Auvergne.
• 879: *introduction Louis III et Carloman* • 881: automne • 886: autres événements • 888: *introduction Eudes* • 893: *introduction Charles III le Simple*; 28 janvier; 28 mai • 895: 8 juin • 898: mai • 910: 11 septembre • 916-918 • 918 •

GUILLAUME Ier TÊTE D'ÉTOUPE
vers 900-963
Fils d'Ebles Manzer, duc d'Aquitaine. Comte de Poitiers de 934 à 963. Comte de Limoges et d'Auvergne de 955 à 963. Duc d'Aquitaine.
• 927: été • 934: autres événements • 936: 19 juin • 938: avril • 942: août-septembre;

autres événements • 950: 3 février • 955: juin • 958: 11 novembre • vers 959 •

Guillaume II
1859-1941
Roi de Prusse et empereur d'Allemagne de 1888 à 1918.
• 1870: *introduction La IIIe République: De la chute du Second Empire à la Première Guerre mondiale* • 1890: 15-29 mars • 1899: 6 juillet • 1903: 6-7 avril • 1905: 31 mars • 1908: 13 mai • 1914: 5-6 juillet; 29 juillet; *introduction La IIIe République: D'une guerre à l'autre* • 1915: mars • 1918: 31 octobre; 9 novembre • 1920: 5 mars •

Guillaume II de Nevers
Comte de Nevers-Auxerre.
• 1147: 16-18 février • 1155: juillet •

Guillaume II Fièrabrace ou Fier-à-Bras
vers 937-995/996.
Fils de Guillaume Ier Tête d'Étoupe, comte de Poitiers et duc d'Aquitaine. Comte (Guillaume IV) de Poitiers et duc d'Aquitaine de 963 à 995/996.
• 963: autres événements • 987: été •

Guillaume II le Jeune
† 926
Duc d'Aquitaine, comte d'Auvergne et du Velay.
• 918 • 924: janvier; mars • 926: autres événements •

Guillaume III
Comte de Ponthieu.
• 1137: *introduction Louis VII* •

Guillaume III
1650-1702
Fils posthume de Guillaume II d'Orange. Roi d'Angleterre de 1689 à 1694.
• 1643: *introduction Louis XIV* • 1672: dans *Le maréchal de Luxembourg* au 6 avril; 29 juin-20 août • 1674: 11 août • 1677: mars-avril; 15 novembre • 1685: 27 août • 1688: 5 novembre; 28 décembre • 1689: 22 février • 1690: 10 juillet • 1692: 3 août • 1693: 27 juin-4 octobre • 1694: 28 décembre • 1695: 27 juillet-4 août • 1697: 21 septembre • 1698: 13 octobre • 1699: 6 février • 1700: 25 mars • 1701: 7 septembre; 16 septembre • 1702: 19 mars •

Guillaume III
1817-1890
Roi des Pays-Bas et grand-duc de Luxembourg de 1849 à 1890.
• 1852: *introduction Le Second Empire* • 1866: 20 août • 1867: 7-11 mai •

Guillaume IV
† 1093
Fils de Pons, comte de Toulouse. Comte de Toulouse.
• 1065 • 1080-1088 •

Guillaume IV
Comte de Nevers-Auxerre.
• 1165: novembre •

Guillaume IV
† 1209
Comte de Forcalquier.
• 1191: autres événements • 1196: autres événements • 1209: autres événements •

Guillaume V le Grand
† 1030
Fils de Guillaume IV d'Aquitaine. Comte de Poitiers. Duc d'Aquitaine de 995 à 1030.
• 997: hiver • 998: autres événements • 1009-1010 • vers 1020 • 1024: 13 juillet • 1025: fin mars • 1032: 1er janvier •

Guillaume VI
Comte d'Auvergne.
• 1122: mars •

Guillaume VI de Hesse
1629-1663
Landgrave de Hesse.
• 1658: 14 août •

Guillaume VI le Gros
† 1038
Fils de Guillaume V d'Aquitaine. Comte de Poitiers. Duc d'Aquitaine de 1030 à 1038 (associé en 1025).
• 1032: 1er janvier • 1033: 20 septembre • 1036 • 1038 •

Guillaume VII Aigret
Fils de Guillaume V d'Aquitaine. Duc d'Aquitaine de 1039 à 1058.
• 1038 • 1047 • 1049: 1er novembre • 1053 • 1058: [début] •

Guillaume VIII
(Guy-Geoffroi-Guillaume)
1024/1025-1086
Fils de Guillaume V d'Aquitaine. Comte (Guillaume VI) de Poitiers Duc d'Aquitaine de 1058 à 1086.
• vers 1060 • 1061: 21 mars • 1062 • 1063: autres événements • 1065 • 1068: juin • vers 1069 • 1076: autres événements • 1078: autres événements • 1079: autres événements • 1081: autres événements • 1094: dans *Guillaume IX d'Aquitaine* dans autres événements •

Guillaume IX le Troubadour
1071-1127
Fils de Guillaume VIII, duc d'Aquitaine. Comte (Guillaume VII) de Poitiers. Duc d'Aquitaine de 1086 à 1127. Comte de Toulouse de 1113 à 1123.
• 1094: autres événements; *biographie* dans autres événements • 1098: autres événements • 1100: 18 novembre • 1103 • 1104: novembre • 1106: 19 mai • 1108: lundi 3 août • 1113: autres événements • 1114: autres événements • 1119: printemps • 1126: été •

Guillaume X
1099-1137
Fils de Guillaume IX d'Aquitaine. Duc d'Aquitaine de 1127 à 1137.
• 1094: dans *Guillaume IX d'Aquitaine* dans autres événements • 1130: 25 mai • 1137: 9 avril •

Guillaume (Frédéric-)
1882-1951
Fils de Guillaume II empereur d'Allemagne. Kronprinz.
• 1914: 6-13 septembre • 1916: 9-10 avril •

Guillaume Adelin
† 1120
Fils d'Henri Ier Beauclerc, roi d'Angleterre. Comte du Maine.
• 1119: 22-26 octobre • 1120: janvier •

Guillaume d'Auvergne
vers 1180-1249
Évêque de Paris de 1228 à 1249. Auteur.
• 1225: autres événements •

Guillaume d'Auxerre
† 1231
Auteur.
• 1215-1220 • 1240: autres événements •

Guillaume aux Blanches Mains
Fils de Thibaud IV/II, comte de Blois-Champagne. Évêque de Chartres de 1163 à 1168. Archevêque de Sens de 1168 à 1176. Archevêque de Reims de 1176 à 1203.
• 1168: 22 décembre • 1176 • 1179: 1er novembre • 1182: autres événements • 1190: début juin • 1191: 9 octobre • 1193: 15 août; 5 novembre • 1195: dans *Adam de Perseigne* dans autres événements •

Guillaume Baraut
Secrétaire du roi.
• 1410: dans *Armagnacs et Bourguignons* au 15 avril •

Guillaume Briçonnet
• Voir Briçonnet •

Guillaume Budé
• Voir Budé •

Guillaume Cliton
1102-1128
Fils de Robert Courteheuse, duc de Normandie. Comte de Flandre de 1127 à 1128.
• 1106: 28 septembre • 1120: janvier • 1127: janvier; 2 mars • 1128: 6-10 mai; 27 juillet •

Guillaume Cousinot
Conseiller de Charles VII.
• 1429: autres événements • 1461: *introduction Louis XI* •

Guillaume d'Ercuis
† 1316
Conseiller du roi. Percepteur du roi.
• 1285: *introduction Philippe IV le Bel*; 3 décembre •

Guillaume d'Estouteville
Cardinal.
• 1452: autres événements •

Guillaume de Beaumont
Évêque d'Angers.
• 1202: hiver •

GUILLAUME DE BLOIS
Auteur.
• vers 1170 •

GUILLAUME DE CHALON
Prince d'Orange.
• 1475 : 10 juin •

GUILLAUME DE CHAMPEAUX
1070-1121
Abbé de Saint-Victor de Paris. Évêque de Châlons de 1113 à 1121. Auteur.
• 1107 : dans *Les premiers « intellectuels »* dans autres événements • 1108 : autres événements • 1113 : *biographie* dans autres événements • 1121 : dans *Pierre Abélard* dans autres événements •

GUILLAUME DE CHARTRES
† avant 1282
Dominicain. Auteur.
• 1226 : *introduction Louis IX* •

GUILLAUME DE DAMPIERRE
† 1253
Comte de Flandre.
• 1246 : juillet • 1253 : 4 juillet •

GUILLAUME DE DAMPIERRE
• 1310 : autres événements •

GUILLAUME DE DIGULLEVILLE
Cistercien. Auteur.
• 1330 : autres événements • 1338 : autres événements •

GUILLAUME DE DORMANS
Chancelier.
• 1364 : *introduction Charles V le Sage* • 1372 : 21 février •

GUILLAUME DE GELLONE
† 812
« Duc » de Toulouse.
• 789 : 23 mars • 804 • 995-1006 •

GUILLAUME DE HARANCOURT
Évêque de Verdun.
• 1469 : 23 avril •

GUILLAUME DE HOLLANDE
† 1256
Roi des Romains. Compétiteur de Conrad IV.
• 1253 : 4 juillet • 1254 : printemps •

GUILLAUME DE JOINVILLE
Évêque de Langres.
• 1216 : juillet •

GUILLAUME DE JOUVENEL
• Voir Guillaume Juvénal des Ursins •

GUILLAUME DE JUMIÈGES
vers 1000-vers 1070
Abbé de Jumièges. Auteur.
• vers 1060 • 1108-1109 : dans *Les réformateurs de l'Ouest* •

GUILLAUME DE LORRIS
Auteur.
• 1225-1230 • 1269 : autres événements •

GUILLAUME DE MACHAUT
1300-1377
Chanoine de Reims. Auteur. Musicien.
• 1337 : autres événements ; *biographie* dans autres événements • 1365 : autres événements • 1380 : dans *Jean Froissart* dans autres événements • 1393 : dans *Eustache Deschamps* dans autres événements •

GUILLAUME DE MELUN
Archevêque de Sens.
• 1347 : 9-14 mars • 1359 : 24 mars • 1364 : *introduction Charles V le Sage* •

GUILLAUME DE MENDE
Berger.
• 1429 : dans *Jeanne d'Arc* au 8 mars •

GUILLAUME DE NANGIS
vers 1250-1300/1301
Auteur.
• 1226 : *introduction Louis IX* • 1286 : autres événements • vers 1286 • 1286 : *biographie* dans autres événements • 1297 : autres événements •

GUILLAUME DE NOGARET
Juriste. Conseiller du roi. Garde des Sceaux.
• 1285 : *introduction Philippe IV le Bel* • 1303 : 12 mars ; *biographie* au 12 mars ; 7 septembre • 1307 : 22 septembre • 1308 : janvier •

GUILLAUME D'OCKHAM
Auteur.
• 1320 : autres événements • 1353 : autres événements •

GUILLAUME D'OSTREVANT
• 1369: 12 avril • 1385: 2 avril •

GUILLAUME DE PLAISIANS
Juriste. Conseiller du roi.
• 1285: *introduction Philippe IV le Bel* •

GUILLAUME DE RUBROUCK
Franciscain. Auteur.
• 1253: février-mars •

GUILLAUME DE SABRAN
• 1220: autres événements •

GUILLAUME DE SAINT-AMOUR
Auteur.
• 1252: autres événements • 1256: octobre •

GUILLAUME DE SAINT-ANDRÉ
Auteur.
• 1399: 1er novembre •

GUILLAUME DE SAINT-CLOUD
Auteur.
• 1270: *introduction Philippe III* •

GUILLAUME DE SAINT-PATHUS
Franciscain. Auteur.
• 1226: *introduction de Louis IX* • 1282: autres événements • 1302-1303 •

GUILLAUME DE SEIGNELAY
Évêque d'Auxerre jusqu'en 1220.
• 1210: autres événements • 1220: autres événements •

GUILLAUME DE SENS
Président du Parlement.
• 1380: *introduction Charles VI* •

GUILLAUME DE SEPTIMANIE
† 850
Fils de Bernard de Septimanie.
• 841: autres événements • 844: février • 849: août-septembre • 850: janvier-février •

GUILLAUME DE TUDÈLE
• 1212: dans *La croisade albigeoise* dans autres événements •

GUILLAUME DE VILLEHARDOUIN
Prince de Morée.
• 1267: 24 mai •

GUILLAUME DE VOLPIANO
962-1031
Abbé de Saint-Bénigne de Dijon de 990 à 1031. Abbé de Gorze.
• 987: *introduction Hugues Capet* • 990: autres événements • 1001: autres événements • vers 1015 • 1016: 3 novembre •

GUILLAUME DUFAY
vers 1400-1474
Musicien.
• 1422: dans *Les hommes du duc de Bourgogne* au 5 décembre • 1472: autres événements; *biographie* dans autres événements • 1954: dans *Le Domaine musical* au 13 janvier •

GUILLAUME DURAND
vers 1230-1296
Évêque de Mende de 1285 à 1296. Auteur.
• 1271-1272 •

GUILLAUME DURANT LE JEUNE
Évêque de Mende de 1296 à 1330.
• 1307: février •

GUILLAUME FICHET
1433-1480
Humaniste, imprimeur.
• 1394: dans *Jean de Montreuil et l'humanisme français* dans autres événements • vers 1438: dans *Les débuts de l'imprimerie* • 1469: autres événements • 1495: dans *Les premiers humanistes: Gaguin, Fichet, Tardif* dans autres événements • 1536: dans *Les Estienne et l'imprimerie* •

GUILLAUME FILLASTRE
vers 1400-1473
Évêque de Toul puis de Tournai de 1460 à 1473. Auteur.
• 1394: dans *Les universitaires face au Schisme* en janvier • 1422: dans *Les hommes du duc de Bourgogne* au 5 décembre •

GUILLAUME GRIMOARD
• Voir Urbain V •

GUILLAUME GUIART
Auteur.
• 1286 dans *Guillaume de Nangis* dans autres événements • 1307: autres événements •

GUILLAUME JULIEN
Orfèvre.
• 1306: 17 mai •

Guillaume Juvénal des Ursins
Fils de Jean Jouvenel. Chancelier à partir de 1445.
• 1431: dans *Jean Juvénal des Ursins* dans autres événements • 1442: dans *Jean Fouquet* dans autres événements • 1461: *introduction Louis XI* •

Guillaume le Bon
Comte de Bordeaux.
• 976: autres événements •

Guillaume le Bouteiller
• 1380: *introduction Charles VI* •

Guillaume le Breton
Auteur.
• 1200: dans *Les «intellectuels» de Philippe Auguste* au 3 septembre •

Guillaume le Conquérant
ou Guillaume le Bâtard
1027/1028-1087
Duc de Normandie de 1035 à 1087. Roi d'Angleterre de 1066 à 1087.
• 1035 • vers 1040 • 1041 • 1046-1047 • 1047 • 1049: autres événements • 1051: autres événements • 1052 • 1054: février • 1057: août • 1059: autres événements • vers 1060 • 1060: *introduction Philippe I*[er] • 1062 • 1063: autres événements • vers 1064 • 1066: 5 janvier; 29 septembre; 25 décembre • 1067: autres événements • 1076: septembre • 1078: dans *Anselme* au 26 août • 1079: autres événements • 1080 • 1082 • 1087: 9 septembre •

Guillaume le Maire
Peintre.
• 1383: autres événements •

Guillaume le Maréchal
Maréchal d'Angleterre.
• 1217: 22 avril •

Guillaume
le Roux
1056/1060-1100
Fils de Guillaume le Conquérant. Roi d'Angleterre de 1087 à 1100.
• 1078: dans *Anselme* au 26 août • 1087: 9 septembre • 1097: autres événements • 1098: début; mai • 1099: 10 avril; 7 juin • 1100: 2 août; autres événements • 1209: dans *Les Monfort (1165-1265)* au printemps •

Guillaume le Taciturne
• Voir Nassau, Guillaume de •

Guillaume Longue Épée
† 942
Fils de Rollon. Comte de Rouen et «duc» de Normandie de 927 à 942.
• 927: autres événements • 930: début; dans *Réformes et construction religieuses au X*[e] *siècle* dans autres événements • 933 • 935: autres événements • avant 936-940? • 936: *introduction Louis IV d'Outremer* • 940 • 942: août-septembre; 17 décembre •

Guillaume Pontis
Architecte.
• 1480: autres événements • 1486: autres événements •

Guillaume Romain
† 1475
Conseiller de Louis XI.
• 1461: *introduction Louis XI* •

Guillaume Rufus
• Voir Guillaume le Roux •

Guillaume Sanche
Comte de Gascogne.
• 976: autres événements • 977: autres événements • vers 988 •

Guillaume Tardif
vers 1440-vers 1500
Humaniste.
• 1495: dans *Les premiers humanistes: Gaguin, Fichet, Tardif* dans autres événements •

Guillaumin
Émile
1873-1951
Écrivain.
• 1904: autres événements • 1909: 21 décembre •

Guille
Pierre
• 1927: dans *Les normaliens de l'entre-deux-guerres* au 15 avril •

Guillem
Seigneur de Montpellier.
• 985: 26 novembre •

au 10 février • 1617: 30 mai • 1622: 27 octobre-3 novembre • 1627: janvier • 1641: juillet-1er août •

Guise
Claude de
1578-1657
Fils d'Henri Ier le Balafré, duc de Guise. Duc de Chevreuse.
• 1614: dans *Les rebelles* au 10 février •

Guise
Claude II de Lorraine
1578-1657
Fils d'Henri de Guise. Prince de Joinville.
• 1594: 6 avril •

Guise
François, duc de
1520-1563
Fils de Claude I de Lorraine duc de Guise. Lieutenant général.
• 1542: juillet-septembre • 1545: janvier-mars • 1547: *introduction Henri II* • 1548: mai-novembre • 1550: 12 avril • 1552: avril-novembre • 1553: 2 janvier • 1555: 15 décembre • 1556: novembre; 28 décembre • 1557: janvier-février; mars; 5 avril; 10 avril; mai-juillet; août; 20 septembre; 20 octobre • 1558: 5-6 janvier; 13-21 janvier; juin-septembre • 1559: *introduction François II* • 1560: 6 mars; mars; *introduction Charles IX* • 1561: 7 avril • 1562: janvier-mars; mars; 20 septembre; 26 octobre; 19 décembre • 1563: 5 février; 18 février; 24 février; 27 septembre • 1566: 24 janvier; mai • 1575: dans *Brantôme* en février-avril • 1596: 6 mai •

Guise
François de, dit le chevalier de Guise
1589-1614
Fils d'Henri Ier le Balafré, duc de Guise.
• 1614: dans *Les rebelles* au 10 février •

Guise
Henri, duc de, dit le Balafré
1550-1588
Fils de François duc de Guise. Duc de Guise. Chef de la Ligue.
• 1560: *introduction Charles IX* • 1563: 18 mars • 1569: 24 juillet • 1570: mars-juillet • 1573: septembre-octobre • 1574: mi-février; *introduction Henri III* • 1575: 10 octobre • 1576: 6 décembre • 1577: 22 juin-21 août • 1585: 9 avril • 1585: 10 août • 1586: dans *Préparation d'une révolution*; février-mai; fin septembre • 1587: 24 mai-15 juin; 12 septembre; octobre; 26 octobre; 24 novembre; 27 novembre • 1588: fin mars ou début avril; 1er-15 avril; fin avril; 5 mai; 9 mai; 12 mai; 18-20 mai; 23 mai; juin; 5 juillet; 1er août; 4 août; 1er septembre; octobre; 23-24 décembre • 1589: *introduction Henri IV*; autres événements • 1596: 6 mai • 1614: dans *Les rebelles* au 10 février •

Guise
Henri II
1614-1684
Archevêque de Reims. Duc de Guise. Prince de Joinville. Comte d'Eu.
• 1641: juillet-septembre •

Guise
Louis de
† 1621
Fils d'Henri Ier le Balafré, duc de Guise. Cardinal.
• 1614: dans *Les rebelles* au 10 février •

Guise
Louis de Lorraine, cardinal de
1527-1578
Fils de Claude I de Lorraine duc de Guise.
• 1547: *introduction Henri II* • 1549: 3 juillet • 1566: 24 janvier •

Guise
Louis de Lorraine, cardinal de
1555-1588
Fils de François de Lorraine duc de Guise. Archevêque de Reims.
• 1574: *introduction Henri III* • 1586: fin septembre • 1588: 4 août; 23-24 décembre •

Guise
Marie de
1515-1560
Fille de Claude I de Lorraine duc de Guise. Épouse de: 1. Louis d'Orléans duc de Longueville. 2. Jacques V roi d'Écosse. Reine douairière d'Écosse.
• 1542: autres événements • 1543: 15 décembre • 1547: juillet • 1548: août • 1550: 25 septembre • 1559: *introduction François II* • 1560: 11 juin •

GUISE
Marie de Lorraine, duchesse, dite Mlle de
1615-1688
Fille de Charles de Lorraine.
• 1673: dans *Charpentier* au 17 février •

GUIST'HAU
Gabriel
1863-1931
Homme politique, ministre.
• 1912: 14 janvier • 1913: 21 janvier • 1921: 16 janvier •

GUITON
Jean
1585-1654
Maire de La Rochelle.
• 1628: 28 octobre •

GUITRY
Alexandre, dit Sacha
1885-1957
Acteur et auteur dramatique.
• 1924: 6 mai • 1942: mars •

GUITTON
Jean
1901-1999
Philosophe.
• 1954: septembre •

GUIZOT
François
1787-1874
Historien et écrivain. Homme politique. Président du Conseil.
• 1812: 28 mai • 1814: 5 juillet • 1815: *introduction La seconde Restauration*; 14 juillet; dans *De serre* au 29 octobre • 1816: 27 juillet; 18 septembre • 1817: juillet; 20 septembre • 1818: février; 10 mars • 1819: 6 janvier; 18 février; 1er juin • 1820: 20 février; dans *Lamartine* au 11 mars; 16 juillet; octobre • 1821: 9 mars; 7 mai-16 juillet; septembre; octobre; dans *Les doctrinaires* en octobre • 1822: juin; 12 octobre • 1823: 29 mars • 1825: dans *Le récit historique* au 7 mai • 1826: dans *André-Marie et Charles Dupin* en janvier; 25 novembre • 1827: août • 1828: février; dans *Victor Cousin* en février • 1829: 1er juillet; septembre • 1830: dans *Armand Carrel* au 3 janvier; 24 janvier; 27 juillet; 28 juillet; 31 juillet; 1er août; 4 août; *introduction La monarchie de Juillet*; 11 août; dans *Villemain* au 13 août; 25 septembre; 19 octobre; dans *Barrot* au 19 octobre; 2 novembre • 1831: 17-20 février; 23 octobre • 1832: 11 octobre • 1833: 27 juin • 1834: 18 juillet; dans *Le siècle de l'histoire* au 18 juillet; 29 octobre; 4 novembre; 18 novembre • 1835: dans *Tocqueville* au 16 janvier; 12 mars • 1836: janvier; dans *Thiers* au 22 février; 10 juin; dans *Girardin* au 22 juillet; 6 septembre; dans *Molé* au 6 septembre • 1837: 9 mars; 14-29 mars; 29 septembre; novembre • 1838: février-octobre; 13-15 mars • 1839: 11-29 mars; 23 avril • 1840: 5 février; 25 avril; 24 juin; 20 octobre; 26 octobre; 29 octobre; 17-18 novembre • 1841: 10 mars • 1842: 22 janvier; 15 février; 10 mars; 18-30 août; 26 octobre; 9 novembre • 1843: 27 janvier; 2-7 septembre • 1844: 29 février-2 mars; 28 mai; 26 juillet; 3-5 août • 1845: 9 août; 8 septembre; 25 décembre • 1846: 31 janvier; 28 mai; 1er août; 28 août • 1847: 19 septembre • 1848: 21 janvier; 22 février; 23 février; *introduction La IIe République*; dans *Trélat* au 24 mai • 1849: janvier • 1850: 26 août • 1853: dans *Magne* au 23 juin • 1854: 18 mars; dans *Morny* au 12 novembre • 1858: 18 septembre • 1864: 23 juillet • 1873: 25 janvier •

GUIZOT
Loi
1833
• 1830: 14 février • 1833: 28 juin •

GUNDOLAND
Maire du palais de Neustrie.
• 613 •

GUNDOVALD
† 585
Fils prétendu de Clotaire Ier, roi des Francs.
• 582: décembre • 584: octobre • 585: février; juillet • 590: novembre •

GURS
Camp de
• 1940: dans *Les statuts des juifs* au 3 octobre 1940-2 juin 1941 •

GURVITCH
Georges
1894-1965
Sociologue.
• 1931: dans *Au-delà de la droite et de la*

gauche en novembre • 1935: autres événements • 1946: 15 mars; octobre • 1950: avril •

GUSMAN
Andres Maria de Guzman, dit
1753-1794
Aventurier.
• 1793: 14 octobre • 1794: 2 avril •

GUSTAVE Ier VASA
Roi de Suède et de Finlande de 1523 à 1560.
• 1515: *introduction François Ier* • 1542: juillet •

GUSTAVE II ADOLPHE
dit Gustave-Adolphe
1594-1632
Fils de Charles IX. Roi de Suède de 1612 à 1632.
• 1610: *introduction Louis XIII* • 1629: 26 septembre • 1630: 4-20 juillet; 25-26 septembre • 1631: 23 janvier • 1631: 20 mai; 17 septembre-20 décembre • 1632: 15 avril-23 août; 17 novembre • 1635: 27 octobre • 1662: dans *Vauban* au 2 décembre •

GUSTAVE III
† 1792
Roi de Suède de 1771 à 1792.
• 1792: 16 mars •

GUSTAVE IV ADOLPHE
1778-1837
Roi de Suède de 1792 à 1809.
• 1799: *introduction Napoléon Bonaparte* • 1804: dans *Les maréchaux* au 18 mai • 1809: 13 mars •

GUTENBERG
Jean Genfleisch, dit
Imprimeur.
• vers 1438: dans *Les débuts de l'imprimerie* •

GUVAN
Aydin
Architecte.
• 1983: autres événements •

GUY
Fils de Guillaume II, comte de Bourgogne.
• Voir Calixte II •

GUY
Comte de Ponthieu.
• 1108: *introduction Louis VI* •

GUY
Comte de Nevers.
• 1174: 30 avril •

GUY
† 894
Marquis de Spolète. Roi d'Italie. Empereur de 891 à 894.
• 888: *introduction Eudes* •

GUY
Seigneur de Brionne.
• 1047 •

GUY
Michel
Né en 1927
Secrétaire d'État à la Culture.
• 1972: 6-11 novembre •

GUY D'ANJOU
Fils de Foulques le Bon, comte d'Anjou. Évêque du Puy de 975 ou 976 à 996.
• 975: autres événements • 987: *introduction Hugues Capet* • vers 987: dans *La paix de Dieu* • 998: décembre •

GUY DE BAZOCHES
vers 1146-1203
Auteur.
• 1203: autres événements •

GUY DE BOULOGNE
Cardinal.
• 1354: 22 février •

GUY DE CHÂTILLON
• 1309: autres événements •

GUY DE CHAULIAC
vers 1290-1368
Médecin. Auteur.
• 1363: autres événements •

GUY DE DAMPIERRE
Comte de Flandre de 1279 à 1305.
• 1237: 23 mars • 1273-1285 • 1285: autres événements • 1294: 31 août • 1296: 1er avril; 29 juillet • 1297: 2 février; 20 août • 1300: début mai •

Guy de Joinville
Évêque de Châlons de 1161 à 1190.
• 1164: autres événements •

Guy de Lusignan
Roi de Chypre. « Roi » de Jérusalem.
• 1194: autres événements •

Guy de Montfort
† 1224
Fils de Simon IV de Montfort.
• 1209: dans *Les Montforts (1165-1265)* au printemps •

Guy de Penthièvre
Fils d'Arthur II, duc de Bretagne.
• 1341: 30 avril •

Guy de Thouars
† 1213
Comte de Thouars.
• 1202: 30 juillet • 1204: 6 mars • 1209: autres événements • 1213: janvier •

Guy le Rouge de Rochefort
Sénéchal. Seigneur de Rochefort.
• 1107: 9 mars • 1108: automne? •

Guyane
• 1809: 19 janvier-21 février • 1818: 27 septembre-15 novembre • 1833: 24 avril • 1873: 20 novembre • 1946: 19 mars • 1961: 12 décembre • 1967: 21 mai •

Guy-Geoffroi-Guillaume
• Voir Guillaume VIII, duc d'Aquitaine •

Guyon
Jeanne-Marie Bouvier de La Motte, dite Mme
1648-1717
Mystique.
• 1662: dans *Bossuet* au 26 février-9 février • 1685: autres événements • 1695: mars; dans *Mme Guyon et le quiétisme* en mars; 27 décembre • 1698: 4 juin • 1699: 12 mars; dans *Fénelon* en avril • 1703: 21 mars • 1720: autres événements •

Guyot
Gilles
• 1971: 9 février •

Guyot
Raymond
1903-1986
Dirigeant des Jeunesses communistes.
• 1939: 11 septembre • 1953: 6 novembre •

Guyot
Yves
1843-1928
Économiste. Homme politique, ministre.
• 1889: 22 février • 1890: 17 mars •

Guyot de Villeneuve
Homme politique.
• 1904: 28 octobre; 4 novembre •

Guyot Marchant
• Voir Marchant •

Guyotat
Pierre
Né en 1940
Écrivain.
• 1967: octobre • 1970: novembre • 2000: mars •

Guyot-Dessaigne
Jean François Edmond
1833-1907
Magistrat. Homme politique, ministre.
• 1889: 5 février • 1895: 1er novembre • 1906: 22 octobre • 1908: 4 janvier •

Guyton de Morveau
Louis-Bernard
1737-1816
Chimiste.
• 1773: autres événements • 1776: autres événements • 1787: autres événements • 1789: avril • 1793: 7 avril; dans *Prieur de la Côte-d'Or* au 14 août •

Gyp
Sybille Gabrielle Marie-Antoinette de Riqueti de Mirabeau, comtesse de Martel de Janville, dite
1849-1932
Arrière-petite-nièce de Mirabeau. Femme de lettres.
• 1894: 21 août •

H

Haardt
Georges-Marie
1884-1932
Collaborateur d'André Citroën. Explorateur.
• 1924: 28 octobre • 1931: 4 avril •

Habeneck
François-Antoine
1781-1849
Compositeur et chef d'orchestre.
• 1828: février • 1830: 5 décembre •

Haberer
Jean-Yves
Né en 1932
Haut fonctionnaire. Banquier.
• 1998: 23 septembre •

Habermas
Jürgen
Né en 1929
Philosophe et sociologue allemand.
• 1987: mars •

Habert
François
vers 1508-vers 1561
Traducteur et auteur.
• 1541: dans *Marot et son école* dans autres événements •

Habert
Marcel
1862-1937
Homme politique. Militant nationaliste.
• 1898: septembre • 1899: 23 février; 24 février; 29-31 mai; 5 juin; 20 décembre • 1900: 2 janvier-3 février •

Habert de Montmor
Henri-Louis
vers 1604-1679
Conseiller au Parlement de Paris.
• 1616: dans *Les libertins érudits* dans autres événements •

Haby
Réforme
1975
• 1975: mars •

Haby
René
Né en 1919
Ministre.
• 1974: 28 mai • 1976: 27 août • 1977: 31 mars •

Hácha
Emil
1872-1945
Homme d'État tchécoslovaque.
• 1939: 12-16 mars •

Hached
Ferhat
1914-1952
Leader syndical tunisien.
• 1952: 5-10 décembre •

Hachette
Louis
1800-1864
Éditeur.
• 1852: 1er juillet • 1861: 3 août • 1898: dans *Zola* au 13 janvier •

Hadamard
Jacques
1865-1963
Mathématicien.
• 1915: autres événements •

Hadrien Ier
† 795
Pape de 771 à 795.
• 768: *introduction Charlemagne* • 774: 3 avril • 781: 15 avril • 783-795 • 784-791 •

Hadrien II
† 872
Pape de 867 à 872.
• 855: *introduction Charles le Chauve* • 869: 9 septembre •

Hadrien III
† 885
Pape de 884 à 885.
• 879: *introduction Louis III et Carloman* • 884: *introduction Charles le Gros* •

Hadrien IV
(Nicolas Breakspear)
† 1159
Pape de 1154 à 1159.
• 1137: *introduction Louis VII* • 1157: octobre •

Hadrien V
(Ottobono de Fieschi)

† 1276
Pape en 1276.
• 1270: *introduction Philippe III le Hardi* •

HADRIEN VI
(Floriszoon)
1459-1523
Pape de 1522 à 1523.
• 1515: *introduction François Ier* • 1522: 9 janvier • 1523: 14 septembre •

HADVIDE DE SAXE
ou Hathui de Saxe
Fille d'Henri Ier l'Oiseleur, roi de Germanie. Épouse de Hugues le Grand, duc des Francs.
• 936: *introduction Louis IV d'Outremer*
• 937: mars-avril •

HADVISE
Fille de Robert II le Pieux.
• 996: *introduction Robert II le Pieux* • 1005: 10 novembre •

HADWIGE
Fille de Hugues Capet, roi de France. Épouse de Rainier IV, comte de Hainaut.
• 987: *introduction Hugues Capet* • 997: autres événements •

HAENDEL
Georg Friedrich
1685-1759
Compositeur allemand.
• 1725: 18 mars •

HAFID
Moulay
1875 ou 1880-1937
Fils de Moulay Hassan. Sultan du Maroc de 1908 à 1912.
• 1907: 6-7 août; 12-13 novembre • 1908: 15 janvier-18 février; 18 juin; 12 septembre • 1911: 22 avril-23 mai • 1912: 12-14 août •

HAGANON
Évêque de Chartres de 931 à 941 environ.
• 930: dans *Réformes et constructions religieuses au Xe siècle* dans autres événements •

HAIG
Douglas
1861-1928
Maréchal britannique.
• 1915: 19 décembre • 1918: 24-25 mars; 1er-2 mai •

HAÏLÉ SÉLASSIÉ
1892-1975
Empereur d'Éthiopie de 1930 à 1974.
• 1935: 10 décembre •

HAIMARD
Trésorier.
• 1180: *introduction Philippe Auguste* •

HAIMERIC
Chancelier du pape.
• 1115: dans *Saint Bernard et son entourage* en juin •

HAIMON
† 1024
Évêque de Verdun de 988 à 1024.
• 987: *introduction Hugues Capet* • 988: été • 990-1002 • 1011 •

HAINS
Raymond
Né en 1926
Artiste.
• 1960: 27 octobre; dans *Le Nouveau Réalisme* au 27 octobre • 1963: mars •

HAIPHONG
• 1946: 6 mars; *introduction La IVe République*; 20-23 novembre; dans *La guerre d'Indochine* au 19 décembre •

HAÏTI
• 1803: 28 novembre • 1825: 11 août • 1826: 7-20 mars • 1838: février • 1839: dans *Schoelcher* au 28 décembre •

HAJDU
Étienne
1907-1996
Sculpteur.
• 1937: dans *L'Exposition internationale* au 24 mai •

HALBWACHS
Maurice
1877-1945
Sociologue.
• 1894: dans *Durkheim* au 22 décembre • 1912: autres événements • 1915: dans *Albert Thomas* au 19 mai • 1929: dans *L'École des Annales* en janvier • 1930: mai • 1944: 15 août •

HALÉVY
Daniel
1872-1962
Historien et écrivain.
• 1904: 18 avril • 1913: dans *Proust* au 14 novembre • 1937: janvier • 1939: juillet •

HALÉVY
Élie
1870-1937
Écrivain politique.
• 1927: dans *Les normaliens de l'entre-deux-guerres* au 15 avril • 1936: 28 novembre • 1948: avril • 1983: dans *Raymond Aron* au 17 octobre •

HALÉVY
Florence
1877-1957
Épouse d'Élie Halévy. Femme de lettres.
• 1936: 28 novembre •

HALÉVY
Ludovic
1799-1862
Compositeur.
• 1846: dans *L'opéra-comique* au 9 novembre • 1859: dans *La musique lyrique sous le Second Empire* au 19 mars •

HALIFAX
Edward
1881-1959
Secrétaire au Foreign Office britannique.
• 1937: 29 novembre • 1938: 20 février • 1939: 20 mai; 12-29 juin; 28 août •

HALIMI
Gisèle
Née en 1927
Avocate.
• 1967: dans *Le Mouvement français du Planning familial* au 28 décembre •

HALITGAIRE
Évêque de Cambrai de 817 environ à 831.
• 816-830 • 828: autres événements •

HALLES (LES)
(Paris)
• 1190: 15 mars • 1853: dans *Haussmann et Paris* au 22 juin • 1854: autres événements • 1979: 4 septembre •

HALLEY
Comète dite de
• 1680: décembre •

HALLEY
Edmond
1656-1742
Astronome anglais.
• 1680: décembre •

HALLEY
Paul-Auguste
Né en 1907
Chef d'entreprise.
• 1963: dans *Le patronat de la grande distribution* au 15 juin •

HALLEY
Paul-Louis
Né en 1934
Chef d'entreprise.
• 1963: dans *Le patronat de la grande distribution* au 15 juin •

HALLIDAY
Jean-Philippe Smet, dit Johnny
Né en 1943
Chanteur.
• 1962: 1er juillet • 2000: 10 juin; *biographie* au 10 juin •

HALLIER
Jean-Édern
1936-1997
Écrivain.
• 1960: 30 mars •

HALPHEN
Éric
Juge d'instruction.
• 1996: 27 juin •

HALPHEN
Louis
1880-1950
Historien.
• 1926: autres événements •

HALS
Franz
1580-1666
Peintre hollandais.
• 1863: dans *Manet* au 15 mai •

Ham
Charles de
• 1604: 23 septembre •

Hamelin
Ferdinand
1796-1864
Amiral. Ministre.
• 1855: 19 avril •

Hamp
Pierre
1876-1962
Écrivain.
• 1908: septembre •

Hampton Court
Traités de
1526, 1562
• 1526: 20 août • 1562: 20 septembre; 3-6 octobre •

Hampton Court
Traité de
1603
• 1603: 9 août •

Hanau
Marthe
1886-1935
Femme d'affaires.
• 1914: *introduction La IIIe République: D'une guerre à l'autre* • 1928: 4-7 décembre •

Hangest
Jean de
Sieur de Genlis. Chef d'armées.
• 1572: mai-juillet •

Hanin
Roger Lévy, dit Roger
Né en 1925
Acteur et producteur.
• 1962: dans *Les rapatriés d'Algérie* au 1er juillet •

Hanot
Maurice, dit d'Hartoy
Cofondateur des Croix-de-Feu.
• 1928: janvier •

Hanotaux
Gabriel
1853-1944
Historien. Homme politique, ministre.
• 1890: novembre • 1894: 29 mai • 1895: 27 janvier • 1896: 29 avril • 1915: mars • 1920: 15 novembre •

Hanriot
François
1759-1794
Commandant de la garde nationale de Paris.
• 1792: *introduction La République jacobine* • 1793: 31 mai; 2 juin; août • 1794: 9 mars; 27 juillet •

Hans Hülz
Architecte.
• 1399: autres événements •

Hansi
Jean-Jacques Waltz, dit
1873-1951
Dessinateur.
• 1911: avril; *biographie* en avril • 1912: dans *Jeunes écrivains nationalistes* au printemps •

Hanska
Eveline Rzewuska, comtesse
1800-1882
Épouse d'Honoré de Balzac.
• 1835: dans *Balzac* au 2 mars •

Hantaï
Simon
Né en 1922
Peintre.
• 1969: dans *Support-Surface* en septembre •

Hara-Kiri
1960
Hebdomadaire.
• 1960: 3 avril • 1970: 9 novembre •

Harald
† 1066
Roi de Norvège de 1047 à 1066.
• 1066: 29 septembre •

Harald à la Dent Bleue
† vers 987
Roi de Danemark de vers 940 à 987.
• 945: avril •

Harald Keak
Roi de Danemark de 826 à 841.
• 826: juin •

Harcourt
Henri de Lorraine, comte d'
1601-1666
Fils de Charles de Lorraine, duc d'Elbeuf. Maréchal de France.
• 1637: mai-octobre • 1639: avril-octobre • 1640: juin-septembre • 1650: 5-20 février • 1651: novembre-décembre • 1659: janvier-avril; juillet-août •

Hardellet
André
1911-1974
Écrivain.
• 1958: mars • 1969: juin •

Hardenberg
Karl August, Fürst von
1750-1822
Diplomate prussien.
• 1811: 17-24 décembre •

Harding
Warren
1865-1923
Président des États-Unis de 1921 à 1924.
• 1914: *introduction La IIIe République: D'une guerre à l'autre* •

Hardouin-Mansart
• Voir Mansart, Jules Hardouin •

Hardy
Alexandre
vers 1572-vers 1632
Auteur dramatique.
• 1629: dans *L'Hôtel de Bourgogne et le théâtre du Marais* dans autres événements •

Hardy
René
1917-1987
Responsable de Résistance-Fer.
• 1942: dans *Jean Moulin* au 1er janvier • 1943: 9 juin; 21 juin • 1947: 24 janvier •

Hardy
Siméon-Prosper
1729-1806
Libraire. Mémorialiste.
• 1753: autres événements •

Hardy
Thomas
1840-1928
Écrivain anglais.
• 1901: mars •

Harispe
Jean Isidore, comte
1768-1855
Maréchal de France.
• 1851: 11 décembre •

Harlan
Veit
1899-1964
Cinéaste allemand.
• 1941: 14 février • 1943: 19 mars •

Harlay
Achille de
1536-1616
Premier président au Parlement du Paris.
• 1581: 4 juillet • 1583: 7 mars • 1589: 30 janvier; 14 août • 1595: janvier • 1607: 15 novembre •

Harlay de Champvallon
François de
1625-1695
Archevêque de Paris.
• 1683: 9 octobre • 1695: dans *Mme Guyon et le quiétisme* en mars; 19 août •

Harlay de Monglat
Robert de
Frère de Nicolas de Harlay de Sancy. Conseiller d'État.
• 1601: 19 septembre •

Harlay de Sancy
Nicolas de
1546-1629
Secrétaire d'État.
• 1590: 20-21 mars • 1596: 9-24 avril • 1601: 19 septembre • 1602: 12 novembre •

Harlé
Paul-Auguste
Directeur de La Cinématographie française.
• 1936: 2 septembre •

Harmel
Maurice
1884-1944
Militant syndical, journaliste. Résistant.
• 1940: 1er décembre •

Hauser
Henri
1866-1946
Historien.
• 1927: dans *Ferdinand Buisson* au 8 décembre •

Haussez
Charles Lemercier de Longpré, baron d'
1778-1854
Homme politique, ministre.
• 1829: 8 août •

Haussmann
Georges, baron
1809-1891
Administrateur et homme politique.
• 1833: dans *Rambuteau* en juin • 1852: 28 février • 1853: 22 juin; *biographie* au 22 juin • 1854: dans *Morny* au 12 novembre • 1868: avril • 1869: 27 février • 1870: 5 janvier • 1874: dans *L'impressionnisme* au 15 avril-15 mai. • 1880: dans *Jules Ferry* au 25 septembre •

Haussonville
Joseph de Cléron, comte d'
1809-1884
Homme politique.
• 1893: 20 janvier •

Hauteclocque
Jean de
1893-1957
Résident général en Tunisie.
• 1952: 18 janvier; 26 mars • 1953: 2 septembre •

Hautemer
Guillaume de
1538-1613
Seigneur de Fervacques.
• 1613: 18 novembre •

Haute-Volta
(futur Burkina-Faso)
• 1960: 2-4 juin •

Hautpoul
Marie Armand, marquis d'
1780-1854
Général. Ministre.
• 1849: 31 octobre • 1850: 10 octobre; 22 octobre •

Haüy
René-Just
1743-1822
Prêtre. Minéralogiste et cristallographe.
• 1784: autres événements • 1822: 13 avril; *biographie* au 13 avril •

Haüy
Valentin
1745-1822
Pédagogue.
• 1784: autres événements • 1786: autres événements •

Havas
Charles-Auguste
1785-1858
Fondateur de l'Agence Havas.
• 1835: décembre •

Havre (Le)
• 1517: 8 octobre • 1839: 9 avril •

Hawaii
• 1827: autres événements •

Hawkins
Coleman
1904-1969
Saxophoniste américain.
• 1947: dans *Saint-Germain-des-Prés* au 3 mai •

Haxo
Nicolas
1749-1794
Général.
• 1794: 3 janvier •

Hay du Châtelet
Paul
1592-1636
Auteur.
• 1614: dans *Pamphlets et libelles* au 27 octobre •

Haydn
Franz Joseph
1732-1809
Compositeur autrichien.
• 1725: 18 mars • 1784: autres événements • 1785: autres événements •

Hégivilde
Mère de l'impératrice Judith. Abbesse de Chelles.
• 825 : autres événements •

Heidegger
Martin
1889-1976
Philosophe allemand.
• 1927 : dans *Les normaliens de l'entre-deux-guerres* au 15 avril • 1953 : mars • 1955 : 15 août • 1961 : dans *Emmanuel Levinas* au 30 mars • 1969 : novembre • 1987 : mars •

Heine
Henri
1797-1856
Écrivain allemand.
• 1835 : 25 avril • 1842 : 27 août •

Heinsius
Antoine
1641-1720
Grand Pensionnaire de Hollande.
• 1696 : dans *Torcy* au 28 juillet • 1710 : juin-août •

Helbronner
Jacques
1873-1943
Conseiller d'État.
• 1939 : 21 avril •

Helgaud de Fleury
Moine. Auteur.
• 1031 : 20 juillet •

Hélias
Pierre-Jakez
1914-1995
Écrivain régionaliste.
• 1975 : 30 mai •

Hélie
Comte de Périgord.
• 1204 : autres événements •

Hélie du Maine
† 1110
Comte du Maine de 1090 à 1098, et à partir de 1100.
• 1090 • 1098 : mai • 1099 : 7 juin • 1100 : 2 août • 1110 : autres événements •

Hélinand
Évêque de Laon de 1052 à 1098.
• 1061-1073 •

Hélinand de Froidmont
Trouvère.
• vers 1180-1200 • 1194-1196 •

Héliodore
IIIe siècle ?
Auteur grec.
• 1559 : dans *Amyot* dans autres événements •

Hélion
Jean
1904-1987
Peintre.
• 1930 : avril ; dans *Abstraction-Création* en avril • 1932 : 17 mars • 1939 : 23 mai-14 juin •

Héliopolis
Bataille d'
1800
• 1800 : 20 mars •

Hélisachar
† avant 840
Chancelier de Louis le Pieux de 808 à 819. Abbé de Saint-Aubin d'Angers et de Jumièges.
• 814 : *introduction Louis le Pieux* • 825 : autres événements • 830 : avril • 831 : février •

Helleu
Yves
1910-1946
Délégué général français au Liban.
• 1943 : 8 novembre •

Héloïse
vers 1100-1164
• 1138-1139 : *biographie* • Voir aussi Pierre Abélard •

Helvétius
Anne-Catherine (née Ligniville d'Autricourt)
1719-1800
Épouse de Claude Adrien Helvétius. Femme de lettres.
• 1787 : dans *Volney* dans autres événements
• 1802 : dans *Les Idéologues* au 18 mars •

HELVÉTIUS
Claude-Adrien
1715-1771
Fermier général. Poète. Philosophe.
• 1733: autres événements • 1749: autres événements • 1751: dans *Au cœur des Lumières: l'Encyclopédie* dans autres événements • 1758: autres événements • 1765: 22 août • 1772: autres événements • 1773: autres événements • 1793: dans *Esquisse d'un tableau historique* au 4 octobre • 1802: dans *Les Idéologues* au 18 mars •

HEMINGWAY
Ernest Miller
1899-1961
Écrivain américain.
• 1915: dans *Adrienne Monnier* au 7 novembre • 1948: dans *Jean-Paul Sartre* au 2 avril •

HEMMING
Roi de Danemark.
• 811: autres événements •

HÉNARD
Eugène
1849-1923
Architecte.
• 1911: autres événements •

HÉNAULT
Charles-Jean-François
1685-1770
Historien.
• 1744: autres événements •

HENLEIN
Konrad
1898-1945
Président du parti allemand des Sudètes.
• 1938: 11-14 mars; 24 avril; 7-15 mai; 2-5 septembre; 13 septembre; 14 septembre; 15 septembre •

HENNEBIQUE
François
1842-1921
Architecte et décorateur.
• 1892: autres événements • 1900: autres événements •

HENNEQUIN
Aymar
Évêque de Rennes.
• 1589: 17 février •

HENNEQUIN
Pierre
Président à mortier au Parlement de Paris.
• 1576: mai-juin •

HENNEQUIN DE BRUGES
Jean Bondol, dit
Peintre du roi.
• 1371: autres événements • 1374-1382 •

HENNESSY
Jean
1874-1944
Ministre.
• 1928: 9 novembre • 1929: 31 octobre •

HENNIQUE
Léon
1851-1935
Écrivain.
• 1880: 1er mai • 1900: 7 avril •

HÉNON
Jacques
1802-1872
Homme politique.
• 1852: 29 février • 1857: 21-22 juin • 1858: 25 avril-10 mai •

HENRI
Évêque de Verdun de 923 à 925.
• 925: septembre •

HENRI
Duc de Haute-Lorraine.
• 1009 • 1011 •

HENRI
† 1125
Empereur germanique de 1106 à 1125.
• 1060: *introduction Philippe Ier* • 1107: 30 avril; mai; 23 mai • 1108: *introduction Louis VI* • 1113: autres événements • 1114: autres événements • 1118: septembre • 1119: 22-26 octobre • 1120: 25 novembre • 1124: août; 24 août •

HENRI
Fils de Louis VI. Évêque de Beauvais à partir de 1149. Archevêque de Reims à partir de 1152.
• 1108: *introduction Louis VI* • 1137: *introduction Louis VII* • 1146-1147 • 1159: début • 1160: 13 novembre • 1166: septembre •

Henri II Plantagenêt
1133-1189
Fils de Geoffroi Plantagenêt, comte d'Anjou. Duc de Normandie de 1149 à 1169. Comte d'Anjou et du Maine à partir de 1151. Duc d'Aquitaine et comte de Poitiers à partir de 1152. Roi d'Angleterre de 1153 à 1184. Duc de Bretagne de 1166 à 1181.
• 1133: 23 mars • 1137: *introduction Louis VII* • 1149: décembre • 1151: août; autres événements • 1152: dans *Aliénor d'Aquitaine* au 18-21 mars; 6 avril; 18 mai; juin • 1153: juillet; dans *Le temps des cathédrales* dans autres événements • 1154: printemps; mai; novembre; 19 décembre • 1155: 10 juin; dans *Les intellectuels de la Cour Plantagenêt* dans autres événements • 1156; janvier-février; 9 février; autres événements • 1158: 31 août; dans *Thomas Becket* au 31 août; octobre; 23 novembre • 1159: début; juin • vers 1160 • 1160: 15 mai; juin-début juillet; 22 juillet • 1162: automne; autres événements • 1164: 30 janvier; 2 novembre • 1166: 31 mai; 12 juin; septembre; novembre • 1170: 22 juillet • 1170-1171 • 1172: 21 mai • 1173: février; mars; mai; septembre • 1174: septembre • 1175 • 1177: juillet; 21 septembre • 1180: 28 juin • 1181: Noël • 1182: Noël • 1183: 11 juin • 1186: août; autres événements • 1187: mars; mai; 23 juin; autres événements • 1188: 21 janvier; juin; 18-20 novembre • 1189: fin mai-début juin; 4-11 juin; 4 juillet; 6 juillet • 1205: 13 novembre •

Henri III
1017-1056
Empereur germanique de 1039 à 1056.
• 1031: *introduction Henri Ier* • 1040: autres événements • 1043: 21 avril?; 1er novembre; autres événements • 1044: autres événements • 1046: autres événements • 1047 • 1048: octobre; décembre • 1049: été • 1054: 3 avril • 1056: 27 mai •

Henri III
† 1272
Fils de Jean sans Terre. Roi d'Angleterre de 1216 à 1272.
• 1209: dans *Les Montfort (1165-1265)* au printemps • 1216: 19 octobre • 1217: 24 août; 12 septembre • 1226: 8 août; *introduction Louis IX* • 1227: 25 mai • 1228: Noël • 1229: octobre • 1230: 3 mai; octobre • 1231: juin; 4 juillet • 1234: juillet-août; 4 novembre • 1235: autres événements • 1236: janvier • 1242: 20 mai; juin; 21-22 et 23 juillet • 1243: 12 mars • 1247: octobre • 1253: mars; septembre • 1254: autres événements • 1255: juin; autres événements • 1258: 28 mai • 1259: 4 décembre • 1260: janvier; juillet • 1263: mai; septembre; 13-16 décembre • 1264: 24 janvier; été • 1265: 4 août • 1272: novembre •

Henri III
Comte de Bar.
• 1297: autres événements • 1301: autres événements •

Henri III
1555-1589
Fils d'Henri II roi de France. Duc d'Anjou. Roi de Pologne de 1573 à 1574. Roi de France de 1574 à 1589.
• 1547: 29 mai • 1551: 19 septembre • 1559: dans *Amyot* dans autres événements • 1560: *introduction Charles IX* • 1565: 18 mai • 1566: 8 février; 7 juillet • 1567: 10 novembre • 1568: janvier-mars; juin • 1569: 13 mars; 3 octobre; 8 décembre • 1570: mars-juillet; décembre; autres événements • 1571: avril-mai; 31 juillet; 12 septembre • 1572: 30 juillet; 17 août; 23 août • 1573: février-avril; 11 mai; fin mai-6 juillet; août-septembre; 16 septembre; fin octobre; 12 novembre; 29 novembre-2 décembre • 1574: 18 février • <u>14 juin 1574-2 août 1589</u> • 1594: 1er septembre • 1597: avril • 1598: dans *Malherbe, le législateur des lettres* dans autres événements • 1602: septembre •

Henri III de Brabant
† 1261
Duc de Brabant de 1248 à 1261.
• 1226: *introduction Louis IX* • 1273-1285 •

Henri III de Champagne
Ier de Navarre
† 1274
Fils de Thibaud IV/Ier de Champagne-Navarre. Comte de Champagne et roi de Navarre de 1270 à 1274.
• 1269: autres événements • 1270: 4 décembre • 1274: 22 juillet •

Henri de Lausanne
Moine.
• 1145: 15 février • 1181: dans *Catharisme, Cathares et Albigeois* au printemps •

Henri de Lorraine
1563-1624
Fils de Charles III duc de Lorraine. Duc de Lorraine et de Bar.
• 1589: *introduction Henri IV* • 1599: 31 janvier •

Henri de Marcy
Cardinal. Légat.
• 1153: dans *Le temps des cathédrales* dans autres événements • 1178: août • 1181: printemps •

Henri de Mondeville
vers 1260-vers 1320
Chirurgien du roi. Auteur.
• 1298: dans *Les chirurgiens de Philippe le Bel* dans autres événements •

Henri de Trastamare
Fils d'Alphonse XI de Castille. Roi de Castille de 1366 à 1379.
• 1365: 22 août • 1366: 5 avril; 23 septembre • 1367: septembre • 1368: 20 novembre • 1369: 14 mars •

Henri Despencer
Évêque de Norwich.
• 1383: 17 mai •

Henri le Cardinal
Roi du Portugal de 1578 à 1580.
• 1574: *introduction Henri III* • 1578: autres événements • 1580: 31 janvier •

Henri le Jeune
† 1183
Fils d'Henri II Plantagenêt, roi d'Angleterre.
• 1137: *introduction Louis VII* • 1158: 31 août • 1160: 22 juillet • 1173: mars • 1180: *introduction Philippe Auguste* • 1181: autres événements • 1183: 11 juin •

Henriette d'Angleterre
1644-1670
Fille de Charles Ier d'Angleterre. Épouse de Philippe duc d'Orléans.
• 1643: *introduction Louis XIV* • 1661: 31 mars; 17 août • 1662: dans *Bossuet* au 26 février-9 avril • 1668: dans *La Fontaine* au 31 mars • 1670: 1er juin; 29 juin; 21 août • 1678: dans *Mme de La Fayette* au 8 mars •

Henriette de France
1609-1669
Fille d'Henri IV roi de France. Épouse de Charles Ier roi d'Angleterre.
• 1609: 27 novembre • 1610: *introduction Louis XIII*; dans *Marie de Médicis* au 15 mai • 1611: dans *Bérulle* au 11 novembre • 1612: 22 avril • 1624: 20 novembre • 1625: 11 mai • 1641: 12 octobre • 1648: 17 août • 1669: 16 novembre •

Henri-Hézilon le Querelleur
951-995
Neveu d'Otton Ier, empereur. Duc de Bavière.
• 983-984: hiver • 984: 26 mars; octobre; novembre • 985: février; 11 mai •

Henriot
Émile
1889-1961
Critique littéraire.
• 1957: 22 mai •

Henriot
Philippe
1889-1944
Député. Secrétaire général à l'information et à la propagande de Vichy.
• 1931: dans *Laval* au 27 janvier • 1934: 18-19 janvier • 1944: 6 janvier; 28 juin •

Henriot de Dijon
Peintre.
• 1383: autres événements •

Henri-Rousselle
Hôpital
• 1920: 8 décembre •

Henry
André
Né en 1934
Ministre.
• 1981: 21 mai; 23 juin •

Henry
Émile
1872-1894
Anarchiste.
• 1894: février-mars; 24 juin •

Henry
Hubert Joseph
1846-1898
Officier.
• 1870: *introduction La IIIᵉ République: De la chute du Second Empire à la Première Guerre mondiale* • 1887: dans *Camille Pelletan* au 11 juillet • 1896: 1ᵉʳ novembre; 14 novembre • 1898: 7 juillet; 13-24 août; 30 août; 31 août-12 septembre •

Henry
Patrick
Né en 1954
• 1976: 17 février • 1977: 22 janvier •

Henry
Pierre
Né en 1927
Compositeur.
• 1941: dans *Olivier Messiaen* au 26 juin • 1955: 30 juillet • 1967: juillet •

Henry IV
de Lancastre
† 1413
Fils de Jean de Gand, duc de Lancastre. Roi d'Angleterre de 1399 à 1413.
• 1380: *introduction Charles VI* • 1394: dans *Les universitaires face au Schisme* en janvier • 1399: 17 juin; 4 juillet; 30 septembre • 1401: juillet • 1402: 19 octobre • 1405: autres événements • 1411: septembre • 1412: fin janvier; 6 avril; 8 mai • 1413: 20 mars •

Henry V
† 1422
Fils d'Henry IV, roi d'Angleterre. Roi d'Angleterre de 1413 à 1422.
• 1380: *introduction Charles VI* • 1413: 20 mars; août • 1414: 10 février; 23 mai; août; décembre • 1415: février; 30 juin-début juillet; 12 août; 22 septembre; 8 octobre; 25 octobre • 1416: 7 mai; 15 août; 6 octobre • 1417: 1ᵉʳ août; novembre • 1418: juin; 29 juillet et août • 1419: début avril; 30 mai; 9 décembre • 1420: 20-21 mai; 1ᵉʳ décembre; 27 décembre • 1421: 4 juillet; septembre; 5 décembre • 1422: janvier-mai; juin; 31 août; 16 septembre •

Henry VI
1421-1471
Fils d'Henry V, roi d'Angleterre et de Catherine de France. Roi d'Angleterre de 1422 à 1461 (déposé). Roi de France de 1422 à 1429.
• 1421: 5 décembre • 1422: *introduction Charles VII*; 21 octobre • 1431: 2 décembre; 17 décembre • 1444: 28 mai • 1445: autres événements • 1448: 16 mars • 1461: 4 mars • 1470: 13 septembre • 1471: 11 avril •

Henry VII
Tudor
† 1509
Fils d'Edmond Tudor. Roi d'Angleterre de 1485 à 1509.
• 1485: autres événements • 1492: 6 octobre • 1496: autres événements • 1498: *introduction Louis XII* • 1509: 22 avril •

Henry VIII
† 1547
Fils d'Henry VII roi d'Angleterre. Roi d'Angleterre de 1509 à 1547.
• 1498: *introduction Louis XII* • 1509: 22 avril • 1510: 24 février • 1511: 13 novembre • 1512: mai • 1513: mai; juin • 1514: 10 août • 1515: *introduction François Iᵉʳ*; mars-avril • 1518: 2 octobre; 14 décembre • 1519: 31 mars • 1520: 26 mars; 7 juin • 1522: mai • 1523: juillet-octobre • 1524: mai; octobre-décembre • 1525: 23 décembre • 1526: mars-mai; 20 août • 1527: 29 mai • 1529: 3 août; autres événements • 1531: novembre • 1532: octobre • 1533: autres événements • 1534: autres événements • 1543: 12 février; 15 décembre • 1544: juillet-septembre; septembre-octobre • 1545: mars-juillet • 1546: 7 juin • 1547: autres événements • 1553: autres événements • 1558: 17 novembre •

Henry Beaufort
Fils de Jean de Gand, duc de Lancastre. Cardinal. Chancelier.
• 1425: décembre • 1435: 5 août •

Henry de Sully
Archevêque de Bourges.
• 1182-1183: dans *Alain de Lille* •

Henry-Larivière
Pierre-François-Joachim
1761-1838
Député.
• 1797: 1er mars; 14 juillet; 5 septembre •

Héracle de Montboissier
Archevêque de Lyon.
• 1157: 8 novembre •

Héraclius Ier
† 641
Empereur byzantin de 610 à 641.
• 561: *introduction De quatre à un royaume franc* • 629: *introduction Dagobert Ier* • vers 630 • 632-639 •

Hérault
René
1691-1740
Intendant de Tours. Lieutenant général de police de Paris.
• 1725: autres événements •

Hérault de Séchelles
Marie-Jean
1759-1794
Député.
• 1788: autres événements • 1793: dans *Condorcet et la Révolution* au 15-16 février; 2 juin; 10 juin; 13 juin; *biographie* au 13 juin; 23 juin; 10 juillet; 14 octobre; 5 novembre; 29 décembre • 1794: 17 mars; 31 mars; 2 avril •

~~**Héraut Chandos**~~
Auteur.
• vers 1385 •

Herbart
Pierre
1904-1974
Écrivain.
• 1935: dans *Les compagnons de route* au 21-25 juin • 1947: avril • 1958: mai •

Herbert
Claude-Jacques
1700-1758
Économiste.
• 1753: autres événements •

Herbin
Auguste
1882-1960
Peintre.
• 1930: dans *Abstraction-Création* en avril • 1932: 17 mars • 1946: 15 février-15 mars; 19 juillet •

Herculanum
Fouilles d'
• 1754: autres événements •

Hercule-François
• Voir François de Valois, duc d'Alençon puis duc d'Anjou •

Herder
Johann Gottfried
1744-1803
Philosophe allemand.
• 1842: dans *Quinet* en mars •

Hérédia
José-Maria de
1842-1905
Poète.
• 1866: 3 mars; dans *Les poètes parnassiens* au 3 mars; novembre •

Hérédia
Severiano de
1836-1901
Homme politique, ministre.
• 1887: 30 mai •

Hergé
George Rémi, dit
1907-1983
Créateur belge de bandes dessinées.
• 1946: décembre •

Hériat
Raymond Payelle, dit Philippe
1898-1971
Écrivain.
• 1939: octobre •

Héribald
Évêque d'Auxerre de 824 à 857.
• 816: autres événements •

Héribert
Écolâtre d'Orléans.
• 1022: 25-28 décembre •

HÉRIBERT
Fils naturel de Hugues le Grand, duc des Francs. Évêque d'Auxerre de 971 à 996.
• 971 • 986: autres événements • 987: *introduction Hugues Capet* •

HÉRIBERT Ier DE VERMANDOIS
avant 850-900/907
Comte de Meaux, Soissons. Comte de Vermandois de 896 à 900/907.
• 891: 15 juillet • 896: autres événements • entre 900 et 907 •

HÉRIBERT II DE VERMANDOIS
† 943
Fils d'Héribert Ier de Vermandois. Comte de Meaux, Soissons, Vermandois de 900/907 à 943. Comte de Laon de 929 à 943.
• entre 900 et 907 • 923: *introduction Raoul*; 13 juillet • 925: septembre • 927: autres événements • 928: mars-avril • 929 • 931: été • 932: hiver-printemps • 934: mars-septembre • 935: juin • 936: *introduction Louis IV d'Outremer* • 942: printemps; août-septembre • 943: 23 février •

HÉRIBERT III LE VIEUX DE VERMANDOIS
vers 910-980/984
Fils d'Héribert II de Vermandois. Comte de Soissons de 943 à 980/984. Comte de Troyes et de Meaux de 950 environ à 980/984. Comte des Francs de 968 à sa mort.
• 936: *introduction Louis IV d'Outremer* • 943: 23 février • vers 950 • 951: autres événements • 963: autres événements • 967-968 • 968 • vers 984 •

HÉRIBERT LE JEUNE
Comte de Vermandois à partir de 980/984.
• 986: septembre • 988: mai •

HÉRICAULT
Charles Joseph de Ricault, dit Charles d'
1823-1899
Historien et écrivain.
• 1883: janvier •

HÉRICOURT
Bataille d'
1474
• 1474: 13 novembre •

HERING
Pierre
1874-1963
Général.
• 1940: 16 mai •

HÉRISSON
Anne Charles
1831-1893
Homme politique, ministre.
• 1882: 7 août • 1883: 21 février • 1884: 14 octobre •

HERLING
Gustav
1919-2000
Écrivain polonais.
• 1956: 25 juin •

HERMAN DE LAON
Auteur.
• vers 1145 •

HERMAN DE LIMBOURG
• Voir Limbourg frères •

HERMANN
Martial-Joseph-Armand
1759-1795
Président du Tribunal révolutionnaire. Ministre de l'Intérieur par intérim en avril 1794.
• 1793: 28 août • 1794: 8 avril • 1795: 7 mai •

HERMANT
Abel
1862-1950
Écrivain.
• 1904: 18 avril •

HERMÉNÉGILDE
Fils du roi wisigoth Liuvigilde.
• 561: *introduction de quatre à un royaume franc* • 580 •

HERNU
Charles
1923-1990
Ministre.
• 1981: 21 mai; 23 juin • 1983: 22 mars • 1984: 17-18 juillet • 1985: 20 septembre •

HÉROARD
Jean
1551-1628
Médecin de Louis XIII roi de France. Mémorialiste.
• 1601: 27 septembre • 1610: *introduction Louis XIII* •

HÉROËT
Antoine
vers 1492-1568
Humaniste.
• 1529: dans *Champier* dans autres événements • 1541: dans *Marot et son école* dans autres événements •

HÉROLD
Jacques
1910-1987
Peintre.
• 1925: dans *Le surréalisme en peinture* au 13 novembre •

HÉROLD
Louis Joseph Ferdinand
1791-1833
Compositeur.
• 1846: dans *L'opéra-comique* au 9 novembre •

HÉRON
Louis-Julien
1746-1796
Agent du Comité de sûreté générale.
• 1793: 17 décembre • 1794: 20 mars; 2 août •

HERR
Lucien
1864-1926
Bibliothécaire. Germaniste et philosophe.
• 1896: 17 novembre • 1898: février • 1900: dans *Péguy* au 5 janvier • 1904: 18 avril • 1920: dans *Blum* au 25-30 décembre • 1927: dans *Les normaliens de l'entre-deux-guerres* au 15 avril •

HERRADE DE LANDSBERG
Abbesse du Mont Saint-Odile. Auteur.
• 1176: autres événements •

HERRENHAUSEN
Alliance de
• 1725: 3 septembre •

HERREWEGHE
Philippe
Né en 1947
Musicien belge.
• 1987: dans *Le renouveau de la musique ancienne* en janvier •

HERRIOT
Édouard
1872-1957
Homme politique. Président du Conseil.
• 1903: dans *Briand* au 11 juin • 1906: dans *Caillaux* au 22 octobre • 1916: 12 décembre • 1920: 25-30 novembre • 1924: 2 juin; 5 juin; 8-10 juin; 12-14 juin; *biographie* au 12-14 juin; 22 et 28 juin; 11 juillet; 16 juillet-23 août; 5 septembre-1er octobre; 16-28 octobre; 23 novembre-6 décembre; 9-20 décembre • 1925: 1er janvier; 10 février; 8 avril; 10 avril; 17-21 avril; 13-16 octobre; 25-26 novembre • 1926: 15-16 juin; 18-21 juin; 17 juillet; 18-19 juillet; 21 juillet; 23 juillet • 1927: 11 mai; dans *Daladier* au 27 octobre; 27 décembre; autres événements • 1928: 12 janvier; 2 mai; 28 octobre; 6 novembre • 1931: dans *Laval* au 27 janvier • 1932: 3-7 juin; 16 juin-14 juillet; 7 août; 9 octobre; 12-13 décembre; 16 décembre • 1933: 23 août; 5 octobre • 1934: 7 février; 9 février; 11-13 mai; 24 octobre; 8 novembre • 1935: 1er juin; 6-7 juin • 1936: 19-31 janvier; 5-6 juin; dans *Fascismes français* au 27-28 juin • 1938: 13 janvier; 14 janvier • 1939: 1er-7 octobre • 1940: dans *Paul Reynaud* au 21-22 mars; 21 juin; 10 juillet • 1942: 30 août • 1944: 10 août • 1946: 16 janvier • 1947: 21 janvier • 1948: 11 novembre-23 décembre • 1952: 17 octobre •

HERSANT
Paul
Avocat.
• 1928: 4-7 décembre •

HERSANT
Robert
1920-1996
Directeur de presse.
• 1975: 30 juin •

HERSCH
Jeanne
1910-2000
Philosophe suisse d'origine polonaise.
•1939: dans *Autour du pacte* au 22-3 août • 1948: juin •

HERTZ
Cornélius
Financier.
• 1892: 19 novembre; 16-22 décembre • 1896: 2 mai •

HERTZ
Heinrich
1857-1894
Physicien allemand.
• 1896: dans *L'invention de la TSF* au 2 juin; autres événements •

HERVÉ
† 922
Archevêque de Reims de 900 à 922. Notaire et chancelier du roi.
• 900: autres événements • 901: février • 909: 26 juin • 920 • 922: 30 juin •

HERVÉ
Évêque de Troyes.
• 1207: autres événements •

HERVÉ
Edmond
Né en 1942
Ministre.
• 1981: 21 mai; 23 juin • 1992: 19-20 décembre • 1999: 9 février •

HERVÉ
Édouard
1835-1899
Publiciste.
• 1873: 1er février •

HERVÉ
Gustave
1871-1944
Enseignant.
• 1901: 7 décembre; *biographie* au 7 décembre • 1914: 2 août • 1940: dans *Pétain* au 11 juillet •

HERVÉ
Pierre
• 1945: 7 juin • 1956: février •

HERVÉ DE BUZANÇAIS
† 1022
Chancelier-trésorier de Saint-Martin de Tours.
• 1001: autres événements • 1004: 13 novembre •

HERVÉ DE DONZY
Comte de Nevers à partir de 1199. Comte d'Auxerre à partir de 1218.
• 1199: autres événements • 1215: autres événements • 1218: autres événements •

HÉRY
Commandant.
• 1905: dans *Épisodes des Inventaires* au 6-9 décembre •

HERZL
Theodor
1860-1904
Écrivain juif d'expression allemande. Fondateur du sionisme.
• 1896: dans *Bernard Lazare* au 6 novembre •

HERZOG
Maurice
Né en 1919
Alpiniste.
• 1950: 3 juin •

HESNARD
Angelo
1886-1969
Psychanalyste.
• 1914: mai • 1926: 4 novembre •

HESS
Rudolf
1894-1987
Dirigeant nazi.
• 1945: dans *Le procès de Nuremberg* au 20 novembre •

HESSE
André
1874-1940
Ministre.
• 1925: 17-21 avril; juillet • 1926: 18-19 juillet • 1934: 9-12 janvier •

HETTIER DE BOISLAMBERT
Claude
1906-1986
Officier. Chancelier de l'Ordre de la Libération.
• 1940: 7 août •

Heurgon
Jacques
1903-1995
Professeur de lettres.
• 1956: 23 mai •

Hey
Jean
• Voir Maître de Moulins •

Heydrich
Reinhard
1904-1942
Dirigeant nazi.
• 1942: 20 janvier; 27 mai •

Heywood
Thomas
1574-1641
Dramaturge élisabéthain.
• 1913: 23 octobre •

Hiep Hoâ
Empereur d'Annam en 1883.
• 1883: 25 août •

Hilberg
Raul
Né en 1926
Historien américain.
• 1942: dans *Drancy-Auschwitz* au 27 mars •

Hildebert de Lavardin
1055-1133
Évêque du Mans de 1096 à 1125. Archevêque de Tours de 1125 à 1133. Auteur.
• 1108-1109: dans *Les réformateurs de l'Ouest* • 1121: autres événements • 1125: autres événements •

Hildegaire
Évêque de Meaux de 865 environ à 875.
• 868: autres événements •

Hildegaire
Écolâtre de Limoges. Auteur.
• 1028-1031 •

Hildegarde
† 783
Épouse de Charlemagne.
• 768: *introduction Charlemagne* •

Hildegarde
Fille de Charles le Chauve.
• 855: *introduction Charles le Chauve* •

Hildegarde
Épouse de Foulques III Nerra comte d'Anjou.
• 1005-1006 •

Hilduin
† 855/861
Abbé de Saint-Denis de 818 à 841. Archichancelier.
• 814: *introduction Louis le Pieux* • 816: autres événements • 818: autres événements • 830: avril • 831: février • 832: 1er novembre • 840: octobre • 841: autres événements •

Hilferding
Rudolf
1877-1942?
Économiste. Homme politique allemand.
• 1933: dans *Les réfugiés allemands* au 27 février •

Hillary
Edmund
Né en 1919
Alpiniste néo-zélandais.
• 1953: 29 mai •

Hilsz
Maryse
1903-1946
Aviatrice.
• 1946: 30 janvier •

Himmler
Heinrich
1900-1945
Dirigeant nazi.
• 1940: 1er novembre •

Hincmar
Évêque de Laon de 858 à 871.
• 871: août • 873: janvier •

Hincmar de Reims
vers 806-882
Archevêque de Reims de 845 à 882. Auteur.
• 816: autres événements • 845: avril; *biographie* en avril • 849: mars-avril • 852: autres événements • 853: juin; novembre • 855: *introduction Charles le Chauve* • 856: 1er octobre • 858: autres événements

HÔ CHI MINH
Nguyên Ai Quôc, dit
1890-1969
Homme d'État vietnamien.
• 1930: 3-7 février; *biographie* au 3-7 février • 1941: 10-19 mai • 1945: 7 août; 29 août-2 septembre • 1946: 6 mars; 6 juillet-14 septembre; 8 décembre; dans *La guerre d'Indochine* au 19 décembre • 1947: 26 avril; 12-26 mai; 19 juillet; 6-7 décembre • 1950: 14, 31 janvier • 1954: 9 mars •

HOARE
Samuel
1880-1959
Ministre britannique.
• 1935: 17-28 décembre •

HOBBES
Thomas
1588-1679
Philosophe anglais.
• 1637: dans *Descartes* en juin • 1651: autres événements • 1690: dans *Le droit divin opposé à la théorie du contrat* dans autres événements • 1755: dans *Un virage radical: la philosophie politique de Rousseau* dans autres événements • 1788: dans *Sieyès* en novembre •

HOCHE
Lazare
1768-1797
Général. Ministre de la Guerre.
• 1792: *introduction La République jacobine* • 1793: dans *La guerre de Vendée* au 10 mars; 22 octobre; 30 novembre; 26 décembre; 27 décembre; 29 décembre • 1794: 13 janvier; 10 mars; *introduction La République thermidorienne*; dans *Tallien* au 29 juillet; 21 août; 1er novembre • 1795: dans *La pacification de l'Ouest* au 17 février; 30 juin; 1er juillet; 21 juillet; 31 août; 28 novembre; 26 décembre • 1796: mai; juin; 22 juin; 6 juillet; 15 décembre; 23 décembre; 24 décembre • 1797: 24 janvier; 16 avril; dans *Leoben ou la paix malgré le Directoire* au 18 avril; 18 avril; 21 avril; 22 avril; 24 juin; 1er juillet; 16 juillet; 22 juillet; 23 juillet; 26 juillet; 31 juillet; 10 septembre; 23 septembre •

HOCHHUTH
Rolf
Né en 1931
Écrivain.
• 1963: 9 décembre •

HÖCHSTÄDT
Batailles de
1703, 1704
• 1703: 7-20 septembre • 1704: août •

HOCQUARD
Emmanuel
Né en 1940
Écrivain.
• 1990: mai •

HOCQUENGHEM
Guy
1946-1988
Journaliste.
• 1987: dans *Génération sida* en avril-mai •

HOCQUINCOURT
Charles de Monchy, marquis d'
1599-1658
Maréchal de France.
• 1651: 12-30 décembre • 1652: 22 février-14 mars; 6-7 avril •

HODZA
Milan
1878-1944
Président du Conseil tchécoslovaque.
• 1938: 20 septembre; 22 septembre •

HOËL
Fils naturel d'Alain Barbetorte.
• 952: autres événements •

HOFER
Andreas
1767-1810
Chef des indépendantistes tyroliens.
• 1809: 8 avril-12 juillet • 1810: 8 janvier •

HOFFMANN
F.I.J.
Imprimeur.
• 1792: 16 février •

HOFFMANN
François-Benoît
1760-1828
Librettiste.

dans *Turenne* en mai • 1668: dans *Le Grand Condé* au 1er-19 février; dans *Louvois* en novembre • 6 avril 1672-5 février 1679 • 1672: dans *Le maréchal de Luxembourg* au 6 avril; dans *Duquesne* au 7 juin • 1678: autres événements • 1689: dans *Beauvillier* au 16-17 août • 1690: dans *Tourville* au 10 juillet • 1693: dans *Vendôme* en 27 juin-4 octobre •

HOLLANDE
François
Né en 1954
Homme politique.
• 1997: 21-23 novembre •

HOLSTEIN
Duché de
• 1863: 23-24 décembre • 1864: 16 janvier; 30 octobre • 1865: 14 août • 1866: 23 janvier; 25 mai; 2 juin; 7 juin; 26 juillet • 1867: 12 janvier •

HOMME
Musée de l'
• 1937: dans *L'Exposition internationale* au 24 mai • 1938: dans *Georges-Henri Rivière* au 21 juin • 1941: 26 mars • 1955: dans *Claude Lévi-Strauss* en octobre • 1996: 7 octobre •

HOMME ENCHAÎNÉ (L')
Quotidien.
• 1914: 7 octobre • 1915: 16 août •

HOMME LIBRE (L')
Quotidien.
• 1913: 6 mai • 1914: 7 octobre •

HONDSCHOOTE
Bataille de
1793
• 1793: 8 septembre; 20 septembre •

HONEGGER
Arthur
1892-1955
Compositeur.
• 1913: dans *Apollinaire* au 20 avril • 1919: juin • 1920: dans *Le Groupe des Six* au 16-23 janvier • 1927: 7 avril • 1928: 19 octobre • 1931: 23 juin • 1934: 11 mai • 1935: autres événements • 1937: autres événements • 1938: autres événements • 1942: autres événements • 1949: 27 octobre • 1950: décembre •

HONEL
Maurice
1903-1977
Artisan. Homme politique.
• 1937: 16 mars •

HONGRIE
• 1849: 14 avril • 1914: *introduction La IIIe République: D'une guerre à l'autre* • 1920: 4 juin • 1936: 25 novembre • 1938: 7 octobre • 1939: 12-16 mars • 1940: 27 septembre • 1941: 22-27 juin; 8 décembre • 1947: 10 février • 1948: dans *Jean-Paul Sartre* au 2 avril • 1956: 23 octobre-1er novembre; 4-7 novembre; 8 novembre; 9 novembre; 21-22 novembre • 1957: janvier •

HONNORAT
André
1868-1950
Ministre.
• 1920: 17-22 janvier •

HONORIUS Ier
† 638
Pape de 625 à 638.
• 561: *introduction De quatre à un royaume franc* • 629: *introduction Dagobert Ier* •

HONORIUS II
† 1130
Pape de 1124 à 1130.
• 1108: *introduction Louis VI* •

HONORIUS III
(Cencio Savelli)
† 1227
Pape de 1216 à 1227.
• 1180: *introduction Philippe Auguste* • 1217: autres événements • 1218: 25 juin • 1219: autres événements • 1220: mai; autres événements • 1222: 22 octobre; autres événements • 1223: *introduction Louis VIII* • 1225: mai • 1226: *introduction Louis IX* •

HONORIUS IV
(Giacomo Savelli)
† 1287
Pape de 1285 à 1287.
• 1285: *introduction Philippe IV le Bel* •

Hotman
Antoine
• 1573 dans *Hotman* dans autres événements •

Hotman
François
1524-1590
Juriste.
• 1560: juin; *introduction Charles IX* • 1573: autres événements; *biographie* dans autres événements • 1585: 9 septembre • 1589: *introduction Henri IV* • 1609: autres événements •

Hotman
Nicolas
† 1663
Compositeur. Violiste.
• 1660: 2 février •

Hotman de La Rocheblond
Charles
† 1587
Chef de la Ligue parisienne.
• 1573: dans *Hotman* dans autres événements • 1585: janvier • 1587: décembre • 1588: 18-20 mai •

Hötze
† 1799
Général autrichien.
• 1799: 4 juin; 11 septembre; 25-27 septembre •

Hötzendorf
Conrad von
1852-1925
Maréchal autrichien.
• 1914: dans *Les chefs-d'État-major* au 11 août •

Houchard
Jean-Nicolas
1738-1793
Général.
• 1793: 13 juin; 22 juin; 1er août; 28 août; 8 septembre; 15 septembre; 20 septembre; 23 septembre; 24 octobre; 16 novembre •

Houdancourt
Philippe d'
• Voir La Mothe-Houdancourt, Philippe, comte de •

Houdar de La Motte
Antoine-Charles de
1672-1731
Poète.
• 1694: 30 août • 1697: 24 octobre • 1714: autres événements •

Houdet
Roger
1899-1987
Ministre.
• 1953: 26 juin • 1954: 18 juin • 1958: 9 juin • 1959: 9 janvier •

Houdon
Jean-Antoine
1740-1828
Sculpteur.
• 1764: autres événements • 1771: autres événements • 1773: autres événements • 1775: autres événements • 1777: autres événements • 1778: autres événements • 1780: autres événements • 1785: autres événements • 1787: autres événements •

Houellebecq
Michel
Né en 1958
Écrivain.
• 1998: novembre •

Houphouët-Boigny
Félix
1905-1993
Ministre français de 1956 à 1959. Président de la République de Côte-d'Ivoire de 1960 à 1993.
• 1946: octobre • 1950: 28 janvier-3 février • 1957: 6 novembre • 1958: 1er juin; juin-août • 1959: 9 janvier •

Hourdin
Georges
1899-1999
Journaliste catholique.
• 1931: dans *Au-delà de la droite et de la gauche* en novembre •

Hours
Joseph
Historien.
• 1941: novembre •

House
Edward Mandell
1858-1938
Colonel et homme politique américain.
• 1918: 26 octobre; 29 octobre •

Houssaye
Arsène Housset, dit
1815-1896
Écrivain et administrateur.
• 1847: 29 août • 1849: 15 novembre •

Houssaye
Henry
1848-1911
Historien.
• 1888: 23 juin •

Hozier
Charles d'
1640-1732
Généalogiste.
• 1717: 22 décembre •

Hozier
Louis Pierre
1685-1767
Généalogiste.
• 1738: autres événements •

Hruotgaud
Duc de Frioul.
• 776: printemps •

Huard
Serge
Médecin. Ministre.
• 1941: 12 août •

Huber
Louis, dit Aloysius
1815-1865
Ouvrier corroyeur.
• 1848: 15 mai •

Hubert
Élisabeth
Née en 1956
Ministre.
• 1995: 18 mai •

Hubert
Lucien
1868-1938
Ministre.
• 1929: 31 octobre •

Hubertsbourg
Traité de
1763
• 1756: dans *La guerre de Sept Ans* au 9 juin
• 1763: 15 février •

Hübmaier
Balthasar
† 1528
Anabaptiste zurichois.
• 1562: dans *Castellion* en février-mars •

Hucbald de Saint-Amand
vers 840-vers 930
Moine. Auteur.
• vers 880 • 893: autres événements • 907
• 930: autres événements •

Hue
Robert
Né en 1946
Homme politique.
• 1972: dans *Georges Marchais* au 17 décembre • 1994: 25-28 janvier; *biographie* au 25-28 janvier; 4 novembre •

Hué
(Vietnam)
• 1858: août • 1883: 18-20 août • 1885: 5 juillet •

Hué
Traités de
1862, 1884
• 1862: 5 juin • 1884: 6 juin •

Hugo
Charles
1826-1871
Fils de Victor Hugo. Écrivain.
• 1848: 1er août • 1851: 16 mai; 9 septembre • 1870: 8 août •

Hugo
François-Victor
1828-1873
Fils de Victor Hugo. Écrivain et traducteur.
• 1848: 1er août • 1851: 16 mai; 9 septembre • 1869: 13 mai • 1870: 8 août •

Hugo
Joseph
1773-1828
Père de Victor Hugo. Général.
• 1851 : dans *Hugo* au 11 décembre •

Hugo
Victor
1802-1885
Poète et écrivain. Homme politique.
• 1811 : dans *Vidocq* au 25 mars • 1821 : dans *La légende napoléonienne* au 5 juillet • 1822 : 24 juin • 1823 : 8 février ; dans *Le drame historique* en mars ; juillet ; dans *Le romantisme* en juillet • 1825 : 29 mai • 1826 : 30 janvier ; novembre • 1827 : 9 février ; 6 septembre ; 5 décembre • 1829 : 14 janvier ; 14 août • 1830 : 25 février ; 19 août ; 16 octobre • 1831 : 16 mars ; 11 août ; 1er décembre • 1832 : 15 mars ; 22 novembre • 1835 : 26 octobre • 1837 : 26 juin ; 10 décembre • 1838 : dans *Rachel* au 12 juin ; 12 novembre • 1840 : 16 mai ; 15 décembre • 1841 : 7 janvier • 1842 : dans *Ferdinand d'Orléans* au 13 juillet • 1843 : 7 mars • 1846 : 16 avril • 1848 : 4-5 juin ; 1er août • 1849 : 9 juillet ; dans *Sainte-Beuve* au 1er octobre • 1850 : 15 janvier • 1851 : 14-19 juillet ; dans *Le coup d'État du 2 Décembre : fin de la IIe République* au 2 décembre ; 11 décembre ; *biographie* au 11 décembre • 1852 : juillet • 1853 : 21 novembre • 1856 : 23 avril • 1859 : 26 septembre • 1862 : 30 mars-15 mai • 1865 : 29 avril • 1866 : 12 avril • 1868 : dans *Rochefort* au 30 mai • 1869 : 24 avril ; 13 mai • 1870 : 5 septembre ; 9-17 septembre • 1871 : 8 février ; 12 février ; 26 mai • 1872 : 7 janvier • 1874 : 19 février ; dans *Barbey d'Aurevilly* en novembre • 1876 : 16 janvier ; 21 mars • 1877 : 26 février • 1878 : 30 mai • 1880 : dans *Rodin* dans autres événements • 1881 : 27 février • 1885 : 22 mai ; 23 mai ; 26 mai ; 1er juin • 1887 : 25 juin ; dans *Camille Pelletan* au 11 juillet • 1916 : dans *Romain Rolland* en décembre • 1941 : 11 octobre • 1965 : 11 décembre •

Huguenin
Jean-René
1936-1962
Écrivain.
• 1960 : 30 mars •

Hugues
† 730
Évêque de Paris, Bayeux, Rouen.
• 716-720 •

Hugues
802/806-844
Fils naturel de Charlemagne. Abbé de Saint-Quentin à partir de 822/823. Comte de Tours vers 828. Abbé de Saint-Bertin à partir de 836. Archichancelier de Louis Ier le Pieux de 834 à 840.
• 768 : *introduction Charlemagne* • 814 : *introduction Louis le Pieux* • 822 : août • 821 : mi-octobre • 827 : janvier-février • 829 : août • 834 : 1er mars •

Hugues
vers 855/860-après 895
Fils de Lothaire II, roi de Lotharingie. Duc d'Alsace à partir de 867.
• 867 : autres événements • 885 : juin •

Hugues
Comte du Maine.
• 938 : avril •

Hugues
† 1025
Fils de Robert II le Pieux.
• 996 : *introduction Robert II le Pieux* • 1017 : 9 juin • 1024 : 13 juillet • 1025 : 17 septembre •

Hugues
Abbé de Fleury.
• 1041 : autres événements •

Hugues
Fils de Louis VI, roi de France.
• 1137 : *introduction Louis VII* •

Hugues
Évêque d'Auxerre.
• 1143 : 9 octobre • 1144 : 22 avril ? •

Hugues
Clovis
1851-1907
Poète. Homme politique.
• 1886 : 12 mars • 1894 : 27 janvier • 1895 : 25-27 mai •

Hugues
Émile
1901-1966
Ministre.
• 1954: 18 juin; 31 août •

Hugues
Victor
1762-1826
Commissaire du Directoire à la Guadeloupe.
• 1794: 3 juin; 11 décembre • 1798: 5 juin; 22 novembre •

Hugues Ier
Fils de Roger, comte du Maine. Comte du Maine de 897 à 900.
• 855: *introduction Charles le Chauve* •

Hugues Ier
Fils de Thibaud Ier, comte de Blois et Troyes. Comte de Troyes de 1093 à 1125.
• 1060: *introduction Philippe Ier* • 1093: 1er janvier • 1104: autres événements • 1105: Noël • 1107: 23 mai • 1114: autres événements • 1125: [début] •

Hugues Ier de Bourgogne
Petit-fils de Robert Ier de Bourgogne. Duc de Bourgogne de 1076 à 1078.
• 1075 • 1078: autres événements •

Hugues II de Bourgogne
Fils de Eudes Ier de Bourgogne. Duc de Bourgogne de 1101 à 1143.
• 1108: lundi 3 août •

Hugues III de Bourgogne
Fils d'Eudes II de Bourgogne. Duc de Bourgogne de 1162 à 1193.
• 1115: dans *Saint Bernard et son entourage* en juin • 1162: autres événements • 1172: autres événements • 1181: 14 mai; été • 1183: autres événements • 1186: autres événements •

Hugues IV de Bourgogne
Fils d'Eudes III de Bourgogne. Duc de Bourgogne de 1218 à 1272.
• 1218: août • 1230: juillet-septembre • 1237: autres événements •

Hugues IX de Lusignan
Comte de la Marche.
• 1200: 30 août • 1214: 16 février • 1224: 24 juin •

Hugues X le Brun de Lusignan
• 1200: 30 août • 1226: *introduction Louis IX* • 1226-1227 • 1227: 16 mars • 1241: 25 décembre • 1247: autres événements •

Hugues Aubriot
Prévôt de Paris de 1367 à 1381.
• 1364: *introduction Charles V le Sage* • 1381: 17 mai •

Hugues Candavène
Comte de Saint-Pol.
• 1131-1132 •

Hugues Capet
vers 940-996
Fils de Hugues le Grand, duc des Francs. Marquis de Neustrie. Duc de France de 960 à 987. Comte de Poitiers de 959/960 à 987. Roi des Francs de 987 à 996.
• 923: dans *Hugues le Grand* après le 27 août • 936: *introduction Louis IV d'Outremer* • 954: *introduction Lothaire III* • 958: 11 novembre • 958-960 • 959: décembre • 960: autres événements • 961: janvier-7 avril • 963: autres événements • 965: juin-juillet • 968 • avant 970 • 971 • 974: 26 mai • 977: dans *Adalbéron* au 16 janvier • 978: juin • 979: 8 juin; autres événements • 980: printemps; 2-3 juin • 981: vers 27 mars-avril • 985: 11 mai; 18 juin • 986: *introduction Louis V*; septembre • 987-996 • 1020: dans *Cathédrales préromanes* • 1031: 20 juillet? • vers 1358-1364? •

Hugues d'Arles
vers 880-947
Beau-frère de Raoul, roi de Francie occidentale. Comte de Vienne de 903/912 à 926/930 et de 936 à 947. Duc de Provence. Roi d'Italie de 926 à 946.
• 895: 8 juin • 905: juillet • 911: autres événements • 923: *introduction Raoul* • 924: mars; 6 juillet • 928: août-septembre • vers 933 • 936: décembre • 937: 11 juillet • 942: autres événements • 945: mai • 946: autres événements • 947: 10 avril; 11 avril •

Hugues de Beauvais
† 1008
Comte.
• 1008: 1er janvier •

Hugues de Breteuil
† 1050
Évêque de Langres de 1031 à 1049.
• 1032 : autres événements • 1049 : 1er octobre •

Hugues de Châlon
† 1039
Fils de Lambert, comte de Châlon. Comte de Châlon à partir de 978. Évêque d'Auxerre de 999 à 1039.
• 999 : mai • 1003 : autres événements • 1023 : autres événements •

Hugues de Chalon
• 1251 : autres événements •

Hugues de Die
† 1106
Évêque de Die de 1073 à 1081. Légat à partir de 1077. Archevêque de Lyon de 1081 à 1106.
• 1077 : 12 mai ; septembre • 1079 : autres événements • 1080 • 1081 : 18 mars ; novembre • 1082 • 1094 : 24 juin •

Hugues de Digne
Franciscain. Auteur.
• 1254 : 24 avril •

Hugues de Flavigny
1065-vers 1114
Auteur.
• 1103 •

Hugues de Fleury
† entre 1118 et 1135
Moine. Auteur.
• 1108-1109 : dans *Les réformateurs de l'Ouest* • 1122 : autres événements •

Hugues de Gournay
Moine. Auteur.
• vers 1120 •

Hugues de Grenoble
Saint
Évêque de Grenoble de 1080 à 1132.
• 1072-1075 : dans *Saint Bruno* • 1079 : autres événements •

Hugues de Mazinghem
• 1422 : dans *Les hommes du duc de Bourgogne* au 5 décembre •

Hugues de Morville
Évêque de Coutances.
• 1234 : autres événements • 1235-1240 •

Hugues de Noyers
Évêque d'Auxerre.
• 1182 : autres événements • 1199 : autres événements • 1207 : avril •

Hugues de Payns
vers 1080-1136/1137
Fondateur de l'Ordre du Temple.
• 1118-1119 • 1307 : dans *Les Templiers* au 22 septembre •

Hugues de Saint-Cher
Dominicain. Auteur.
• 1236 : autres événements •

Hugues de Saint-Victor
† 1141
Chanoine. Auteur.
• 1115 : dans *Saint Bernard et son entourage* en juin • 1148 : dans *Les Victorins* au 24 août •

Hugues de Savoie
Neveu de Hugues d'Arles, roi d'Italie. Comte de Savoie.
• 926 : autres événements •

Hugues de Toucy
Archevêque de Sens.
• 1168 : 22 décembre •

Hugues de Vermandois
Fils de Héribert II de Vermandois. Archevêque de Reims de 925 à 931, en 940 et de 942 à 948.
• 925 : septembre • 931 : été • 942 : printemps • 943 : 23 février • 948 : 7-8 juin • 962 : avril ; septembre •

Hugues des Baux
• 1162 : août •

Hugues du Puiset
• 1111 : 12 mars ; 21 mai ; fin mai-début août • 1118 : autres événements •

Hugues Farsit
Auteur.
• 1128-1143 •

HUGUES GÉRAUD
† 1317
Évêque de Cahors.
• 1317 : juillet •

HUGUES L'ABBÉ
† 886
Abbé de Saint-Martin de Tours de 868 à 886. Archichapelain.
• 867 : 9 janvier • 868 : autres événements • 877 : 6 octobre • 878 : mai • 879 : fin avril • 882 : 9 septembre • 886 : 12 mai •

HUGUES LE GRAND
vers 893-956
Fils de Robert Ier, roi de Francie occidentale. Marquis de Neustrie. « Duc » des Francs de 936 à 956. Duc de Bourgogne-Nord de 936 à 956. Duc de France de 943 à 956.
• 896 : autres événements • 914 • 922 : *introduction Robert Ier* • 923 : *introduction Raoul* ; après le 27 août ; *biographie* après le 27 août • 924 : janvier • 929 • 931 : été • 932 : hiver-printemps • 936 : 14 janvier ; *introduction Louis IV d'Outremer* ; 19 juin ; juillet ; décembre • 937 : mars-avril • 938 : avril • 941 : novembre-décembre • 942 : printemps ; août-septembre ; septembre-novembre • 943 : [début] ; 23 février ; décembre • 944 : été • 945 : avril ; 24 juin ; 13 juillet ; autres événements • 946 : avant le 1er juillet • 948 : 13 janvier ; septembre • 949 : janvier ; 22 avril • 950 : autres événements • 951 : 30 mars ; autres événements • 953 : 20 mars ; autres événements • 954 : *introduction Lothaire III* ; 11 décembre • 955 : 15 avril ; juin ; août ; octobre • 956 : 8 avril ; 16 ou 17 juin •

HUGUES LE GRAND
Saint
1024-1109
Abbé de Cluny de 1049 à 1109.
• 1063 : autres événements • 1088-1130 • vers 1120 • 1121 : autres événements •

HUGUES LE MAINSNÉ
Fils d'Henri Ier, roi de France. Comte de Vermandois.
• 1031 : *introduction Henri Ier* • 1096 : dans *Les hommes de la croisade* en mai-juin ; vers 15 août-septembre •

HUGUES LE NOIR
† 952
Fils de Richard le Justicier de Bourgogne. Duc de Bourgogne en 936. Comte de Vienne de 936 à 952.
• 923 : *introduction Raoul* • 932 : hiver-printemps • 936 : *introduction Louis IV d'Outremer* ; juillet ; décembre • 938 : autres événements • 952 : 17 décembre •

HUGUES NARDIN DE SAVARDIA
• 1388 : mi-juin •

HUIDOBRO
Borja
Né en 1936
Architecte d'origine chilienne.
• 1989 : autres événements •

HUILLET
Danièle
Née en 1936
Cinéaste.
• 1968 : décembre •

HULIN
Pierre-Auguste, comte
1758-1841
Général.
• 1804 : 21 mars • 1807 : 9 août • 1812 : 23 octobre •

HULL
Cordell
1871-1955
Homme politique américain.
• 1941 : 21 juin • 1943 : 19 octobre •

HUMANITÉ (L')
Quotidien.
• 1904 : 18 avril • 1926 : 28 avril • 1948 : 11 novembre • 1958 : 25 mai •

HUMANN
Jean Georges
1780-1842
Homme politique, ministre.
• 1832 : 11 octobre • 1834 : 4 novembre ; 18 novembre • 1835 : 12 mars • 1836 : 14 janvier ; 18 janvier • 1840 : 29 octobre • 1842 : 25 avril •

HUMBERT
Comte de Maurienne.
• 1043 : autres événements •

Humbert
Charles
1866-1927
Homme politique. Propriétaire du Journal.
• 1917: 29 septembre • 1918: 14 février • 1919: 8 mai •

Humbert
Georges Louis
1862-1921
Général.
• 1918: 8 août •

Humbert
Gustave
1822-1894
Homme politique, ministre.
• 1882: 30 janvier; 12 juin •

Humbert Ier
1844-1900
Fils de Victor-Emmanuel II, roi d'Italie. Roi d'Italie de 1878 à 1900.
• 1870: *introduction La IIIe République: De la chute du Second Empire à la Première Guerre mondiale* •

Humbert II
Comte de Maurienne.
• 1108: *introduction Louis VI* • 1115: début août •

Humbert II
Duc de Dauphiné de 1333 à 1349.
• 1339: autres événements • 1342: janvier • 1343: 23 avril • 1344: 7 juin • 1349: 30 mars; 18 juillet •

Humbert de Beaujeu
• 1228: avril • 1239: juin •

Humbert de Moyenmoûtier
Moine. Auteur.
• vers 1060 •

Humbert de Romans
vers 1200-1277
Dominicain. Auteur.
• 1266-1267 •

Humblot
Robert
1907-1962
Peintre.
• 1936: autres événements •

Humières
Charles d'
† 1595
Fils de Jacques d'Humières. Marquis d'Ancre. Maréchal.
• 1590: 12-13 mars • 1595: 20 juin •

Humières
Jacques d'
Gouverneur de Péronne.
• 1574: *introduction Henri III* •

Humières
Jean d'
† 1550
Gouverneur des enfants de France.
• 1550: 13 novembre •

Humphrey de Gloucester
Fils d'Henry IV roi d'Angleterre. Duc de Gloucester.
• 1424: novembre • 1425: décembre •

Hunald
Fils d'Eudes d'Aquitaine. Duc d'Aquitaine de 735 environ à 745.
• 735-736 • 741: 22 octobre • 741-742 • 743 • 745 •

Hunald
Fils de Waïfre, « duc » aquitain.
• 769: début; mai •

Hunfrid
Marquis de Gothie.
• 863: Noël •

Hunt
John
1910-1999
Alpiniste.
• 1953: 29 mai •

Huntziger
Charles
1880-1941
Général. Ministre.
• 1940: 13-15 mai; dans *De Gaulle* au 18 juin; 24 juin; 6 septembre • 1941: 25 février • 12 novembre •

Hurault de Cheverny
Philippe
1528-1599
Chancelier de 1583 à 1599.

I

19 août; novembre • 1246: novembre • 1248: mars; 12 juin • 1252: août • 1253: avril; autres événements •

INNOCENT V
(Pierre de Tarentaise)
† 1276
Dominicain. Archevêque de Lyon. Pape en 1276.
• 1270: *introduction Philippe III le Hardi* • 1272: 6 juin •

INNOCENT VI
(Étienne Aubert)
† 1362
Pape de 1352 à 1362.
• 1350: *introduction Jean II le Bon* • 1354: décembre • 1361: février •

INNOCENT VII
(Cosimo de'Migliorati)
† 1406
Pape de 1404 à 1406.
• 1380: *introduction Charles VI* • 1406: 18 novembre •

INNOCENT VIII
(Giovanni Battista Cybo)
† 1492
Pape de 1484 à 1492.
• 1483: *introduction Charles VIII* • 1485: autres événements • 1489: 10 février • 1489-1491 •

INNOCENT IX
(Giovanni Antonio Fachinetti)
† 1591
Pape en 1591.
• 1589: *introduction Henri IV* • 1591: 16 octobre •

INNOCENT X
† 1655
Pape de 1644 à 1655.
• 1637: dans *Port-Royal et les Arnauld* au 24 août • 1643: *introduction Louis XIV* • 1649: autres événements • 1652: 19 février • 1653: 31 mai • 1655: 5 janvier •

INNOCENT XI
Pape de 1676 à 1689.
• 1643: *introduction Louis XIV* • 1663: janvier • 1682: 17 mars • 1684: 5 mars • 1685: dans *La révocation de l'édit de Nantes* au 18 octobre • 1687: 16 novembre • 1688: 3 juin; 2 octobre •

INNOCENT XII
Pape de 1691 à 1700.
• 1643: *introduction Louis XIV* • 1693: 14 septembre • 1698: 23 décembre • 1699: 12 mars •

INNOCENT XIII
† 1724
Pape de 1721 à 1724.
• 1715: *introduction Louis XV* • 1721: 5 mai; 25 juillet • 1724: 29 mai •

INÖNÜ
Mustafa Ismet, dit Ismet
1884-1973
Président de la République turque de 1938 à 1950.
• 1914: *introduction La IIIe République: D'une guerre à l'autre* •

INQUISITION
• 1181: dans *Catharisme, Cathares et Albigeois* au printemps • 1232 • 1233: autres événements • 1235: octobre-décembre • 1236: 24 avril • 1239: 29 mai • 1242: 29 mai • 1244: début mars; autres événements • 1291: 21 avril • 1300: août • 1589: *introduction Henri IV* •

INRA
(Institut national de recherches agronomiques)
• 1946: 14 février •

INSEE
(Institut national de statistique et d'études économiques)
• 1946: 27 avril •

INSTITUT CARTOGRAPHIQUE NATIONAL
• 1817: autres événements •

INSTITUT CATHOLIQUE DE PARIS
• 1839: dans *Mgr Affre* au 31 décembre • 1845: autres événements • 1876: autres événements •

INSTITUT D'ETHNOLOGIE
• 1925: janvier •

INSTITUT DE FRANCE
• 1795: 25 octobre; 20 novembre • 1796: 4 avril • 1805: 20 mars • 1813: dans *Arnault* au 2 janvier • 1816: 21 mars • 1861: novembre •

IRCAM
(Institut de recherche et de coordination acoustique-musique)
• 1977 : dans *Beaubourg* au 30 janvier •

IRÈNE
Impératrice byzantine de 797 à 802.
• 768 : *introduction Charlemagne* • 798 • 801 : autres événements •

IRLANDAIS DE VINCENNES
Affaire des
1982
• 1982 : 9 août • 1999 : dans *Responsabilité, culpabilité et justice* au 9 février •

IRLANDE
• 1796 : 6 juillet ; 15 décembre ; 23 décembre ; 24 décembre • 1797 : 1er juillet ; 26 juillet • 1798 : 23 mai ; 6 août •

IRMINON
Abbé de Saint-Germain-des-Prés.
• 823 : autres événements •

ISAAC
Évêque de Langres de 859 à 880.
• 869 : autres événements •

ISAAC
Auguste
1849-1938
Ministre.
• 1920 : 17-22 janvier •

ISAAC
Jules
1877-1963
Historien.
• 1938 : 14 septembre •

ISABEAU DE BAVIÈRE
† 1435
Fille d'Étienne III, duc de Bavière. Épouse de Charles VI, roi de France.
• 1380 : *introduction Charles VI* • 1385 : 17 juillet • 1389 : 22-27 août • 1395 : 12 janvier • 1401 : décembre • 1402 : autres événements • 1405 : février ; 1er décembre • 1408 : 26 août ; 3 novembre • 1409 : 17 mars • 1413 : mai ; 22 mai • 1414 : 9 janvier • 1417 : novembre ; 23 décembre • 1418 : 14 juillet • 1419 : 30 mai •

ISABEAU DE VALOIS
Épouse de Pierre, duc de Bourbon.
• 1364 : *introduction Charles V le Sage* •

ISABELLE
Fille naturelle de Louis VI, roi de France.
• 1137 : *introduction Louis VII* •

ISABELLE
Reine de Jérusalem. Épouse d'Henri II, comte de Champagne.
• 1192 : autres événements •

ISABELLE
Fille de Jean sans Terre, roi d'Angleterre. Épouse de Frédéric II, empereur.
• 1226 : *introduction Louis IX* •

ISABELLE
1373- ?
Fille de Charles V roi de France.
• 1364 : *introduction Charles V le Sage* •

ISABELLE
Fille de Philippe II roi d'Espagne. Infante d'Espagne. Épouse de l'archiduc Albert d'Autriche.
• 1590 : avril-août • 1591 : avril • 1593 : mai-juin • 1598 : 15 novembre •

ISABELLE OU ÉLISABETH
Fille de Hugues IV, duc de Bourgogne. Épouse de Rodolphe Ier de Habsbourg, empereur.
• 1284 : autres événements •

ISABELLE Ire DE CASTILLE
† 1504
Épouse de Ferdinand II d'Aragon. Reine de Castille de 1474 à 1504.
• 1475 : janvier • 1478 : 9 novembre • 1493 : 13 septembre • 1495 : 31 mars • 1498 : *introduction Louis XII* ; juillet ? • 1504 : 24 novembre •

ISABELLE II
1830-1904
Reine d'Espagne de 1833 à 1868.
• 1830 : *introduction La monarchie de Juillet* • 1835 : 17 mai • 1843 : 2-7 septembre • 1845 : 8 septembre • 1846 : 19 juillet ; 28 août ; 25 septembre ; 10 octobre • 1852 : *introduction Le Second Empire* • 1869 : septembre • 1870 : 3 juillet •

Isabelle d'Angoulême
Épouse de : 1. Jean sans Terre, roi d'Angleterre. 2. Hugues X de Lusignan, comte de la Marche.
• 1200 : 30 août • 1202 : 25 mars • 1226-1227 •

Isabelle d'Aragon
† 1270
Fille de Jacques Ier, roi d'Aragon. 1re épouse de Philippe III le Hardi, roi de France.
• 1226 : *introduction Louis IX* • 1262 : autres événements • 1270 : *introduction Philippe III le Hardi* ; 15 novembre ; décembre •

Isabelle de Bourbon
† 1465
Fille de Charles Ier, duc de Bourbon. 2e épouse de Charles le Téméraire.
• 1465 : 26 septembre •

Isabelle de France
Fille de Louis IX, roi de France. Épouse de Thibaud V, comte de Champagne, roi de Navarre.
• 1226 : *introduction Louis IX* • 1255 : autres événements •

Isabelle de France
† 1270
Fille de Louis VIII, roi de France.
• 1223 : *introduction Louis VIII* • 1226 : *introduction Louis IX* • 1227 : 16 mars • 1243 : juin • 1245 : novembre • 1270 : 23 février •

Isabelle de France
† 1348
Fille de Philippe V le Long, roi de France. Épouse de Guigues, duc de Dauphiné.
• 1316 : *introduction Philippe V le Long* • 1343 : 23 avril •

Isabelle de France
† 1357
Fille de Philippe IV le Bel, roi de France. Épouse d'Édouard II, roi d'Angleterre.
• 1285 : *introduction Philippe IV le Bel* • 1298 : 26 juin • 1299 : 19 juin • 1304 : janvier • 1308 : janvier • 1313 : Pentecôte • 1316 : *introduction Philippe V le Long* • 1322 : *introduction Charles IV le Bel* • 1328 : *introduction Philippe VI* •

Isabelle de France
1348-1373
Fille de Jean II le Bon, roi de France. Épouse de Gian Galeazzo Visconti.
• 1350 : *introduction Jean II le Bon* • 1360 : 24 octobre •

Isabelle de France
1389-1409
Fille de Charles VI, roi de France. Épouse de : 1. Richard II, roi d'Angleterre. 2. Charles d'Orléans.
• 1380 : *introduction Charles VI* • 1395 : juillet ; août • 1396 : 9 mars ; 27 octobre • 1401 : juillet • 1401-1402 • 1441 : dans *Charles d'Orléans* en janvier •

Isabelle de Gloucester
Épouse de Jean sans Terre, roi d'Angleterre.
• 1200 : 30 août •

Isabelle de Hainaut
† 1190
Fille de Baudoin V, comte de Flandre. 1re épouse de Philippe II Auguste, roi de France.
• 1171 : autres événements • 1180 : *introduction Philippe Auguste* • 1180 : 28 avril ; 29 mai • 1184 : mars • 1187 : 5 septembre • 1190 : 15 mars •

Isabelle de Lorraine
Fille de Charles, duc de Lorraine. Épouse de René d'Anjou, roi de Naples.
• 1435 : 2 février ; dans *René d'Anjou* au 2 février •

Isabelle de Portugal
• Voir Élisabeth de Portugal •

Isabelle de Portugal
1503-1539
Épouse de Charles Quint.
• 1527 : autres événements •

Isabey
Jean-Baptiste
1767-1855
Peintre.
• 1802 : 2 septembre • 1808 : dans *Le néo-classicisme* au 4 janvier • 1817 : 16 juillet • 1820 : 19 août •

ISAMBERT
André
• 1937: dans *Auguste Detœuf et les Nouveaux Cahiers* au 15 mars •

ISARN
1022-1047
Abbé de Saint-Victor de Marseille.
• 1040: autres événements •

ISF
(Impôt de solidarité sur la fortune)
• 1986: 30 décembre •

ISLY
Bataille de l'
1844
• 1844: 14 août; 16 novembre 1844-18 mars 1845 •

ISMAÏL
Moulay
Sultan marocain de 1672 à 1727.
• 1699: 19 février •

ISMAÏL PACHA
1830-1895
Vice-roi puis khédive d'Égypte de 1863 à 1879.
• 1870: *introduction La IIIe République: De la chute du Second Empire à la Première Guerre mondiale* • 1878: août • 1879: 26 juin •

ISMAY
Hastings Lionel
1887-1965
Général anglais.
• 1940: 11 juin •

ISNARD
Henri-Maximin
1758-1825
Député.
• 1791: 25 décembre • 1792: 17 janvier; dans *Les Girondins* en mars; 15 mai • 1793: 5 avril; 18 mai; 25 mai; 2 juin •

ISORÉ
Jacques
1758-1839
Conventionnel.
• 1793: 17 août •

ISORNI
Jacques
1911-1995
Avocat.
• 1952: 1er avril • 1958: 1er juin •

ISRAËL
• 1948: 14 mai •

ISRAËL
Alexandre
1868-1937
Ministre.
• 1933: 23-27 novembre •

ISTIQLAL
1943
Parti nationaliste marocain.
• 1950: 26 décembre • 1951: 12 février • 1952: 5-10 décembre • 1958: 27-30 avril •

ISTRATI
Panaït
1884-1935
Écrivain roumain d'expression française.
• 1916: dans *Romain Rolland* en décembre • 1929: octobre •

ISVOLSKI
Alexandre
1856-1919
Diplomate russe.
• 1912: 3 décembre •

ITALIE
Guerres d'
1494-1559
• 13 mars 1494-avril 1509 •

ITALIE
Guerres d'
Sous Charles VIII.
• 1483: *introduction Charles VIII* • 13 mars 1494-25 février 1497 •

ITALIE
Guerres d'
Sous Louis XII.
• 1498: *introduction Louis XII* • 18 juillet 1499-11 novembre 1500 • 1501: juillet-1504: 22 septembre • 1509: mai-1513: 14 septembre •

J

J'ACCUSE
1971
Journal.
• 1971 : 15 janvier • 1975 : dans *Foucault* au 27 février •

JABÈS
Edmond
1912-1991
Poète.
• 1959 : juin • 1973 : février •

JABINEAU
Henri
† 1792
Doctrinaire.
• 1790 : 25 mars ; dans *La constitution civile du clergé* au 12 juillet •

JACCOTTET
Philippe
Né en 1925
Écrivain suisse.
• 1953 : décembre • 1961 : août •

JACKSON
Andrew
1767-1845
Président des États-Unis de 1829 à 1837.
• 1815 : *introduction La seconde Restauration* • 1830 : *introduction La monarchie de Juillet* • 1834 : 2 décembre •

JACOB
François
Né en 1920
Biologiste.
• 1965 : 14 octobre ; dans *Trois Nobel de médecine* au 14 octobre • 1970 : 16 octobre •

JACOB
Georges
1739-1814
Ébéniste.
• 1785 : autres événements •

JACOB
Louis Léon, comte
1768-1854
Homme politique, ministre.
• 1834 : 4 avril •

JACOB
Marius
1879-1954
Anarchiste.
• 1907 : dans *Les feuilletonistes modernes* dans autres événements •

JACOB
Max
1876-1944
Écrivain et peintre.
• 1901 : 21 juin • 1908 : dans *Le cubisme* au 14 novembre • 1911 : autres événements • 1913 : autres événements • 1917 : autres événements • 1919 : mars • 1922 : avril ; septembre • 1932 : 20 avril • 1933 : dans *Malraux* au 7 décembre • 1944 : 24 février •

JACOB OBRECHT
• Voir Obrecht •

JACOBINS
• Voir Club des Jacobins •

JACOBS
Edgar P.
1904-1987
Auteur de bandes dessinées.
• 1946 : décembre •

JACOMET
Robert
Haut fonctionnaire.
• 1938 : 21 janvier • 1942 : 19 février •

JACQUELINE DE HAINAUT
Épouse de Jean, duc de Touraine et de Berry.
• 1380 : *introduction Charles VI* •

JACQUEMARD
Claude
1739-1796
Député de la constituante.
• 1790 : 18-20 novembre •

JACQUEMART DE HESDIN
Enlumineur.
• vers 1375 • 1402 : autres événements • 1409 : autres événements •

JACQUEMART GIELÉE
Auteur.
• 1289 : autres événements •

Jacquerie
1358
• 1350: *introduction Jean II le Bon* • 1358: 28 mai •

Jacques
Édouard Louis Auguste
1828-1900
Homme politique.
• 1889: 7 janvier; 27 janvier •

Jacques Ier
Roi d'Aragon de 1213 à 1276.
• 1255: juin • 1258: 11 mai • 1262: autres événements • 1264: 25 mai •

Jacques Ier
1566-1625
Fils de Marie Stuart reine d'Écosse. Roi d'Écosse (Jacques VI) de 1567 à 1625. Roi d'Angleterre de 1603 à 1625.
• 1560: *introduction Charles IX* • 1567: 24 juillet • 1574: *introduction Henri III* • 1579: autres événements • 1589: *introduction Henri IV* • 1603: 24 mars • 1604: 28 août • 1605: autres événements • 1610: *introduction Louis XIII* • 1612: 22 avril • 1624: 20 novembre • 1625: 27 mars •

Jacques II
Fils de Pierre III, roi d'Aragon. Roi d'Aragon de 1291 à 1327.
• 1285: janvier • 1299: autres événements •

Jacques II
1633-1701
Fils de Charles Ier, roi d'Angleterre. Roi d'Écosse (Jacques VII) Roi d'Angleterre de 1685 à 1688.
• 1643: *introduction Louis XIV* • 1661: dans *La diplomatie* au 10 octobre • 1672: 7 juin • 1685: 16 février • 1688: 28 décembre • 1689: 22 janvier; 22 février; 12 mars • 1690: 10 juillet • 1692: 12-29 mai • 1701: 16 septembre •

Jacques III d'Écosse
Roi d'Écosse de 1460 à 1488.
• 1470: autres événements •

Jacques
Jacques Francis Édouard Stuart,
dit Jacques III
1688-1766
Fils de Jacques II d'Angleterre.
• 1701: 16 septembre •

Jacques V d'Écosse
† 1542
Fils de Jacques IV roi d'Écosse. Roi d'Écosse de 1513 à 1542.
• 1515: *introduction François Ier* • 1517: 26 août • 1536: 16 novembre • 1537: 1er janvier • 1542: 14 décembre • 1547: *introduction Henri II* • 1559: *introduction François II* •

Jacques VI d'Écosse
• Voir Jacques Ier •

Jacques Bretel
Auteur.
• 1285: autres événements •

Jacques Bruyant
Auteur.
• 1342: autres événements •

Jacques Cœur
vers 1395-1456
Grand Argentier du roi à partir de 1440.
• 1444: autres événements; *biographie* dans autres événements • 1447: mai • 1456: 25 novembre •

Jacques d'Ableiges
Juriste.
• vers 1385-1390 •

Jacques d'Armagnac
† 1477
Duc de Nemours. Comte de la Marche.
• 1461: *introduction Louis XI* • 1462: 10-21 juillet • 1476: 9 mars • 1477: 4 août •

Jacques d'Artevelde
† 1345
Drapier flamand.
• 1337: 28 décembre • 1338: avril • 1339: février • 1340: 6 février • 1345: 2 mai; juillet; 17 juillet •

Jacques de Besançon
Enlumineur.
• 1492-1498 • 1494: autres événements •

Jacques de Cessoles
Dominicain. Auteur.
• 1332-1350 •

Jacques de Châtillon
Amiral de France.
• 1408: autres événements •

Jallet
Jacques
1732-1791
Prêtre. Député.
• 1789: dans *Les curés font la Révolution* en juin; 13 juin •

James
Robert
• 1746: autres événements •

Jamet
Claude
1910-1993
Professeur. Journaliste.
• 1903: dans *Alain* au 9 juillet •

Jammes
Francis
1868-1938
Poète.
• 1899: 5 août; *biographie* au 5 août •

Jan Boorman
• Voir Boorman •

Jan Hus
vers 1370-1415
Réformateur tchèque.
• 1414: 1er novembre •

Jan Ockeghem
vers 1410-1497
Musicien flamand.
• 1453: autres événements • 1472: 23 novembre; dans *Gilles Binchois* dans autres événements • 1502: dans *Josquin Des Prés, la musique sacrée et la musique profane* dans autres événements •

Janequin
Clément
vers 1485-1558
Compositeur.
• 1515: autres événements; *biographie* dans autres événements • 1541: dans *Marot et son école* dans autres événements • 1589: autres événements •

Janet
Paul
1823-1899
Philosophe.
• 1899: janvier •

Janet
Pierre
1859-1947
Philosophe et psychologue.
• 1903: autres événements • 1922: janvier • 1935: autres événements •

Janin
Général.
• 1940: dans *Paul Reynaud* au 21-22 mars •

Janin
Jules
1804-1874
Écrivain et critique littéraire.
• 1853: 19 mars •

Jankélévitch
Samuel
1869-1951
Médecin et traducteur russe.
• 1933: juin •

Jankélévitch
Vladimir
1903-1985
Fils de Samuel Jankélévitch. Philosophe.
• 1910: autres événements • 1958: 25 mai • 1980: janvier •

Jannekeyn
Jean-François
1892-1971
Général. Ministre.
• 1942: 18-20 avril •

Janot
Raymond
Homme politique.
• 1958: 9 juin; juin-août •

Jansénisme
• 1615: dans *Antoine Arnauld, défenseur du gallicanisme* au 23 février • 1637: dans *Port-Royal et les Arnauld* au 24 août; dans *Les solitaires de Port-Royal* au 24 août • 1638: 6 mai; *Le jansénisme* au 6 mai • 1652: 31 mai • 1654: dans *La querelle janséniste* au 27 janvier • 1655: janvier-septembre • 1667: dans *Racine* au 7 novembre • 1668: octobre • 1692: dans *Le second jansénisme* dans autres événements • 1701: 20 juillet • 1705: 16 juillet • 1713: 8 septembre • 1715: *introduction Louis XV* • 1720: 13 mars • 1727: 1er mai; août-septembre; *Le janséniste*

nisme, du gallicanisme à la contestation politique en août-septembre • 1729: 4 mai • 1730: 24 mars • 1731: 25 juillet; autres événements • 1732: 29 janvier • 1733: 17 février • 1739: autres événements • 1742: 9 août • 1749: mai • 1752: dans *Monarchie, parlements et refus de sacrements* au 23 mars 1752-2 septembre 1754 • 1772: autres événements • 1775: 26 novembre • 1787: 29 novembre • 1789: autres événements • 1790: 1er juin; dans *La constitution civile du clergé* au 12 juillet • 1791: 14 janvier • 1849: dans *Sainte-Beuve* au 1er octobre •

Jansénius
Cornélius
1585-1638
Évêque d'Ypres.
• 1618: dans *Les jésuites* au 15 février • 1637: dans *Port-Royal et les Arnauld* au 24 août • 1638: dans *Le jansénisme* au 6 mai; 14 mai; dans *Saint-Cyran* au 14 mai • 1642: 1er août; 11 décembre • 1643: 19 juin • 1649: autres événements • 1653: 31 mai • 1654: mars • 1656: dans *La querelle janséniste* au 27 janvier • 1661: 13 avril • 1692: dans *Le second jansénisme* dans autres événements • 1701: 20 juillet • 1729: 4 mai • 1739: autres événements •

Janssen
Jules
1824-1907
Astronome.
• 1870: 2 décembre; *biographie* au 2 décembre • 1895: dans *Le cinématographe* au 22 mars •

Janvier
Édit dit de
• Voir Saint-Germain, édit de •

Jaquet
Gérard
Né en 1916
Ministre.
• 1957: 12 juin; 6 novembre •

Jaquette de Luxembourg
Épouse de Jean de Lancastre, duc de Bedford.
• 1433: 20 avril •

Jardillier
Robert
1890-1945
Ministre.
• 1936: 4 juin •

Jardin
Jean
1904-1976
Haut fonctionnaire.
• 1931: novembre •

Jarente de La Bruyère
Louis-Sextius de
1706-1787
Évêque de Digne. Évêque d'Orléans. Ministre de la Feuille.
• 1757: avril • 1771: 20 mars • 1790: dans *Le serment: clergé constitutionnel et clergé réfractaire* au 27 novembre •

Jarnac
Bataille de
1569
• 1560: *introduction Charles IX*; 25 décembre • 1569: 13 mars; 22 novembre • 1574: *introduction Henri III* •

Jarre
Maurice
Né en 1924
Compositeur.
• 1961: 14 mars • 1965: 11 décembre •

Jarretière
Ordre de la
• Voir Ordre de la Jarretière •

Jarrot
André
Né en 1909
Ministre.
• 1974: 28 mai •

Jarry
Alfred
1873-1907
Écrivain.
• 1889: décembre • 1896: 10 décembre; *biographie* au 10 décembre; dans *Les Nabis* dans autres événements • 1901: autres événements •

Jarry
Nicolas
Calligraphe.
• 1641 : 22 mai •

Jars
Antoine
1732-1769
Minéralogiste.
• 1769 : janvier • 1774 : autres événements •

Jaruzelski
Wojciech
Né en 1923
Général polonais.
• 1981 : 12-13 décembre •

Jaspers
Karl
1883-1969
Philosophe et psychiatre allemand.
• 1948 : juin • 1951 : mars •

Jaubert
Alexis
1879-1961
Homme politique.
• 1934 : 3 février •

Jaubert
François, comte
1758-1822
Administrateur.
• 1807 : 9 août •

Jaubert
Hippolyte François
1798-1874
Homme politique, ministre.
• 1840 : 1er mars •

Jaucourt
François Arnail, comte de
1757-1852
Homme politique, ministre.
• 1814 : 1er avril • 1815 : 7 juillet •

Jaucourt
Louis de
1704-1779
Encyclopédiste.
• 1730 : autres événements • 1751 : dans *Au cœur des Lumières : l'Encyclopédie* dans autres événements •

Jaufré Rudel
Troubadour de 1130 environ à 1170.
• vers 1140 : dans *Les premiers troubadours* •

Jaunaye (La)
Accords de
1795
• 1793 : dans *Charette* au 9 juin • 1794 : *introduction La République thermidorienne* • 1795 : 17 février ; dans *La pacification de l'Ouest* au 17 février •

Jauréguiberry
Jean Bernard
1815-1887
Amiral. Ministre.
• 1879 : 4 février ; 28 décembre • 1882 : 30 janvier ; 7 août • 1883 : 28 janvier •

Jaurès
Benjamin
1823-1889
Amiral. Ministre.
• 1889 : 22 février ; 19 mars •

Jaurès
Jean
1859-1914
Homme politique. Directeur de L'Humanité.
• 1870 : *introduction La IIIe République : De la chute du Second Empire à la Première Guerre mondiale* • 1882 : *biographie* dans *Le socialisme français* en septembre • 1889 : dans *Bergson* au 28 décembre • 1893 : 21 janvier ; juillet ; 20 août-3 septembre ; 21-25 novembre • 1894 : 22 décembre ; dans *Durkheim* au 22 décembre • 1895 : 1er août • 1896 : 21-26 mars ; 26 octobre • 1898 : 15 janvier ; 16 janvier ; 22 janvier ; 8-22 mai ; juin • 1899 : 11 juin ; dans *Millerand* au 23 juin ; 14 juillet • 1900 : dans *Péguy* au 5 janvier • 1901 : mai • 1902 : 24 mars • 1903 : 23 janvier ; 6-7 avril ; dans *Briand* au 11 juin • 1904 : 1er-15 mars ; 18 avril • 1906 : 6 mai • 1907 : 8 mars ; 10-13 mai ; 11 août • 1908 : 15 janvier-18 février ; 9-28 mars ; dans *L'affaire Rochette* au 21 mars • 1909 : 18 janvier ; 13 mai • 1910 : 14 novembre ; autres événements • 1912 : 24-25 novembre • 1913 : 27 avril • 1914 : 17 mars ; 2-4 juin ; 29 juillet ; 30 juillet ; 4 août • 1919 : 6 avril • 1920 : dans *Blum* au 25-30 décembre • 1924 : 31 juillet ; 23 novembre-6 décembre • 1981 : 21 mai ; dans *François Mitterrand* au 21 mai •

Javogues
Claude
1759-1796
Député.
• 1796 : 19 septembre •

Jay
Antoine
1770-1854
Publiciste et homme politique.
• 1814 : 28 octobre • 1815 : 8 août • 1818 : février •

Jayr
Hippolyte Paul
1801-?
Préfet.
• 1847 : 9 mai •

JC
(Jeunesses communistes)
• 1925 : dans *Doriot, du PC au PPF* au 4 février •

Jdanov
Andrei
1846-1948
Homme politique russe.
• 1936 : dans *Aragon* au 9 décembre •

Je suis partout
1930
Journal.
• 1936 : dans *Fascismes français* au 27-28 juin • 1938 : dans *Munichois et antimunichois* au 4 octobre • 1939 : 5 juin • 1941 : 7 février • 1942 : 3 octobre • 1945 : dans *Intellectuels : épurateurs et épurés* au 13 janvier • 1946 : 17-18 novembre •

Jean
Abbé de Landévennec.
• 937 : autres événements •

Jean
Abbé de Saint-Arnoul de Metz. Auteur.
• 976-984 •

Jean
† 1068
Évêque d'Avranches d'avant 1061 à 1068.
• 1060 : autres événements •

Jean
† 1232
Fils de Louis VIII, roi de France.
• 1223 : *introduction Louis VIII* • 1225 : juin • 1232 •

Jean
† 1248
Fils de Louis IX, roi de France.
• 1226 : *introduction Louis IX* •

Jean
1398-1417
Fils de Charles VI, roi de France. Duc de Touraine et de Berry. Dauphin de 1415 à 1417.
• 1380 : *introduction Charles VI* • 1415 : 18 décembre • 1417 : avril •

Jean
Renaud
1887-1961
Homme politique.
• 1925 : 27 mai • 1934 : 6 février •

Jean Ier
† 526
Pape de 523 à 526.
• 511 : *introduction de quatre à un royaume franc* •

Jean Ier d'Alençon
Duc d'Alençon de 1385 à 1415.
• 1412 : fin janvier • 1415 : 25 octobre •

Jean Ier d'Aragon
Roi d'Aragon de 1387 à 1396.
• 1379 : octobre •

Jean Ier d'Armagnac
Comte d'Armagnac.
• 1362 : 5 décembre • 1368 : 26 janvier •

Jean Ier de Bourbon
Duc de Bourbon.
• 1411 : 10 novembre • 1412 : fin janvier • 1415 : 25 octobre • 1456 : dans *François Villon* dans autres événements •

Jean Ier de Danemark
1455-1513
Fils de Christian Ier roi de Danemark. Roi de Danemark de 1481 à 1513. Roi de Norvège de 1483 à 1501.
• 1498 : *introduction Louis XII* ; octobre •

Jean Ier le Posthume
1316-1316
Fils posthume de Louis X le Hutin, roi de France. Roi de France en 1316.
• 1314: *introduction Louis X le Hutin* • 1316: *introduction Jean Ier le Posthume* •

Jean Ier le Roux
† 1286
Fils de Pierre Mauclerc. Duc de Bretagne de 1237 à 1286.
• 1236: 8 juin • 1237: novembre • 1239: autres événements • 1240: autres événements • 1279: autres événements • 1286: autres événements •

Jean II
† 1307
Comte de Dampierre.
• 1310: autres événements •

Jean II
† 535
Pape de 532 à 535.
• 511: *introduction De quatre à un royaume franc* •

Jean II d'Alençon
† 1476
Duc d'Alençon.
• 1429: 18 juin; 26 août • 1437: avril • 1440: février-juillet • 1442: mars • 1456: 21 mai • 1458: 10 octobre • 1467: 1er octobre • 1474: 18 juin •

Jean II d'Aragon
† 1479
Roi de Navarre (Jean Ier) à partir de 1425, roi d'Aragon de 1458 à 1479.
• 1462: 9 mai • 1473: 1er février • 1478: 9 novembre •

Jean II de Bourbon
† 1488
Fils de Charles Ier, duc de Bourbon. Comte de Clermont puis duc de Bourbon.
• 1422: *introduction Charles VII* • 1450: 15 avril • 1461: *introduction Louis XI* • 1465: 29 septembre • 1476: avril • 1483: *introduction Charles VIII* •

Jean II de Bretagne
† 1305
Fils de Jean Ier le Roux. Duc de Bretagne de 1286 à 1305.
• 1286: autres événements • 1297: septembre • 1299: autres événements • 1305: autres événements •

Jean II de Calabre
Fils de René d'Anjou. Duc de Lorraine et de Calabre.
• 1456: autres événements • 1458: 11 mai • 1459: 4 octobre • 1463: autres événements •

Jean II de Rohan
• 1485-1535 •

Jean II le Bon
1319-1364
Fils de Philippe VI, roi de France. Comte d'Anjou et du Maine. Duc de Normandie. Duc de Guyenne à partir de 1344. Roi de France de 1350 à 1364.
• 1328: *introduction Philippe VI* • 1332: 28 juillet; 29 septembre • 1332-1350 • 1333: autres événements • 1335: juin • 1337: mai • 1338: 21 janvier • 1342: janvier • 1344: mars; 16 avril; 7 juin • fin 1344 • 1346: mars • 1349: autres événements • avant 1350 • 1350: 22 août; *introduction* • 1350 [prisonnier des Anglais du 19 septembre 1356 au 24 octobre 1360] 1364 • 1364: *introduction Charles V le Sage*; 5 mai • 1364-1366 • 1392: 31 mars • 1430: dans *Les ordres chevaleresques au XIVe-XVe siècle* au 7 janvier •

Jean III
† 574
Pape de 560 à 574.
• 511: *introduction De quatre à un royaume franc* • 561: *introduction De quatre à un royaume franc* •

Jean III de Bretagne
† 1341
Fils d'Arthur II de Bretagne. Duc de Bretagne de 1312 à 1341.
• 1341: 30 avril •

Jean III de Navarre
Fils d'Alain d'Albret. Époux de Catherine reine de Navarre. Gouverneur de Champagne.
• 1484: autres événements • 1519: 29 janvier •

Jean III Vasa
Roi de Suède de 1568 à 1592.
• 1560: *introduction Charles IX* • 1574: *introduction Henri III* •

Jean IV
1604-1656
Roi du Portugal de 1640 à 1656.
• 1640: 1er décembre •

Jean IV d'Armagnac
† 1450
Comte d'Armagnac de 1418 à 1450.
• 1437: avril • 1443: décembre •

Jean IV de Montfort
† 1399
Fils de Jean de Montfort. Duc de Bretagne de 1341 à 1399.
• 1361: printemps • 1364: 29 septembre • 1365: 12 avril • 1366: 13 décembre • 1372: 19 juillet; octobre • 1373: avril • 1374: autres événements • 1378: 18 décembre • 1379: mi-avril; 3-6 août • 1381: 4 avril; 22 juin • 1382: 16 février • 1387: juin • 1391: 10 novembre • 1392: 26 janvier; 13 juin • 1399: 1er novembre •

Jean V d'Armagnac
† 1473
Fils de Jean IV d'Armagnac. Comte d'Armagnac à partir de 1450.
• 1455 • 1460: 13 mai • 1471: décembre • 1473: 5 mars •

Jean V de Bretagne
Fils de Jean IV de Bretagne. Duc de Bretagne de 1399 à 1442.
• 1380: *introduction Charles VI* • 1396: 2 décembre • 1399: 1er novembre • 1417: novembre • 1419: 30 mai • 1420: autres événements • 1421: 8 mai • 1423: avril • 1425: 7 octobre • vers 1425-1430 • 1427: mai • 1432: 5 mars • 1440: février-juillet • 1442: autres événements •

Jean VI
1767-1826
Roi du Portugal de 1808/1811 à 1826.
• 1815: *introduction La seconde Restauration* •

Jean VIII
† 882
Pape de 872 à 882.
• 855: *introduction Charles le Chauve* • 875: 12 août; 25 décembre • 876: 20 juin-16 juillet; 28 août • 877: printemps; début septembre; *introduction Louis II le Bègue* • 878: 11 août; 7 septembre; autres événements • 879: *introduction Louis II et Carloman* • 881: 12 février •

Jean IX
† 900
Pape de 898 à 900.
• 893: *introduction Charles III le Simple* •

Jean X
† 928
Pape de 914 à 928.
• 893: *introduction Charles III le Simple* • 922: *introduction Robert Ier* • 923: *introduction Raoul* •

Jean XI
† 936
Pape de 931 à 936.
• 923: *introduction Raoul* • 931-936 •

Jean XII
(Ottaviano)
† 964
Pape de 956 à 964.
• 954: *introduction Lothaire III* •

Jean XIII
† 972
Pape de 965 à 972.
• 954: *introduction Lothaire III* •

Jean XIV
(Pietro Canepanova)
† 985
Pape en 985.
• 954: *introduction Lothaire III* •

Jean XV
† 996.
Pape de 985 à 996.
• 954: *introduction Lothaire III* • 986: *introduction Louis V* • 987: *introduction Hugues Capet* • 991: 17-18 juin •

Jean XVII
(Siccone)
† 1003
Pape en 1003.
• 996: *introduction Robert II le Pieux* •

Jean XVIII
(Fasano)
† 1009
Pape de 1003 à 1009.
• 996: *introduction Robert II le Pieux* •

Jean XIX
(Romanus)
† 1033
Pape de 1024 à 1033.
• 996: *introduction Robert II le Pieux* • 1024: autres événements • 1031: *introduction Henri Ier* •

Jean XXI
(Pietro di Giuliano)
† 1277
Pape de 1276 à 1277.
• 1270: *introduction Philippe III le Hardi* •

Jean XXII
(Jacques Duèze)
† 1334
Pape de 1316 à 1334.
• 1316: *introduction Philippe V le Long*; 7 août; dans *Le Palais des Papes d'Avignon* au 7 août • 1316-1318 • 1317: 7 avril; juillet • 1319: août • 1321: autres événements • 1322: *introduction Charles IV le Bel*; 19 mai • 1324: autres événements • 1326: autres événements • 1328: *introduction Philippe VI* • 1330: 18 mars; 4 juillet; autres événements • 1331-1334 • après 1334 •

Jean XXIII
(Baldassare Cossa)
† 1419
Pape de 1410 à 1415.
• 1380: *introduction Charles VI* • 1410: 23 juin • 1414: 1er novembre • 1415: 2 mars •

Jean XXIII
(Angelo Giuseppe Roncalli)
1881-1963
Pape de 1958 à 1963.
• 1945: dans *Le père de Lubac* en janvier • 1958: *introduction La Ve République: La République gaullienne* • 1962: 11 octobre • 1963: 3 juin •

Jean Balue
† 1469
Cardinal.
• 1468: 22 août • 1469: 23 avril •

Jean Bapteur
Enlumineur.
• vers 1428-1435 •

Jean Bellechose
Peintre.
• 1416: autres événements •

Jean Bodel d'Arras
vers 1165-1210
Auteur.
• vers 1200 • 1202: autres événements •

Jean Bon Saint-André
André Jeanbon, dit
1749-1813
Pasteur. Député.
• 1793: 1er janvier; 12 juin; *biographie* au 12 juin; 10 juillet; dans *Prieur de la Marne* au 10 juillet • 1794: 29 juin •

Jean Bondol
• Voir Hennequin de Bruges •

Jean Boutillier
avant 1345-1396
Juriste. Conseiller du roi. Auteur.
• vers 1385-1390 •

Jean Buridant
avant 1300-après 1358
Recteur de l'Université de Paris. Auteur.
• 1344: autres événements; *biographie* dans autres événements • 1353: autres événements •

Jean Cabos
• 1285: autres événements •

Jean Castel
† 1476
Auteur. Historiographe du roi.
• 1464: autres événements •

Jean Chartier
† 1464
Auteur. Historiographe du roi.
• 1437: autres événements • 1464: autres événements •

Jean Chevrot
• 1422: dans *Les hommes du duc de Bourgogne* au 5 décembre •

Jean Cholet
Cardinal légat.
• 1289: 13 juillet •

Jean Commène
Empereur byzantin.
• 1137 •

Jean Corbechon
Chapelain du roi. Traducteur.
• 1371-1375: dans *Les traducteurs de Charles V* •

Jean Courtecuisse
vers 1350-1423
Traducteur.
• 1371-1375: dans *Les traducteurs de Charles V* • 1394: dans *Les universitaires face au Schisme* en janvier •

Jean Creton
Valet de Charles VI roi de France. Auteur.
• 1401-1402 •

Jean d'Albret
• Voir Jean III de Navarre •

Jean d'Amiens dit le Borgne
Copiste à l'abbaye de Corbie.
• 1164: autres événements •

Jean d'Anagni
Cardinal légat.
• 1189: fin mai-début juin •

Jean d'Angoulême
1399-1467
Fils de Louis Ier d'Orléans. Comte d'Angoulême.
• 1487: dans *Charles d'Angoulême* au 11 février •

Jean d'Anneux
Auteur.
• 1320-1330 • 1328: autres événements •

Jean d'Arras
Auteur.
• 1392: autres événements •

Jean d'Arras
Sculpteur.
• 1270: *introduction Philippe III le Hardi* •

Jean d'Estouteville
Capitaine de Vernon.
• 1387: autres événements •

Jean d'Harcourt
• 1423: 26 septembre •

Jean Daudin
† 1382
Traducteur.
• 1371-1375: dans *Les traducteurs de Charles V*
• vers 1378 •

Jean d'Avesnes
Comte de Hainaut.
• 1246: juillet • 1253: 4 juillet • 1255: novembre • 1465: autres événements •

Jean de Baerze
Sculpteur.
• 1383: autres événements •

Jean de Baudricourt
Gouverneur de Bourgogne à partir de 1483.
• 1483: avril •

Jean de Beaumetz
• 1383: autres événements •

Jean de Bellesmains
Archevêque de Lyon.
• vers 1173 •

Jean de Berry
1340-1416
Fils de Jean II le Bon, roi de France. Duc de Berry de 1360 à 1416. Comte de Poitiers de 1373 à 1316.
• 1350: *introduction Jean II le Bon* • 1360: 24 octobre • 1362: 21 décembre • 1364: *introduction Charles V le Sage* • 1370: 24 août • 1371: autres événements • 1371-1375: dans *Les traducteurs de Charles V* • 1372: 7 juillet; octobre; 11 décembre • vers 1375 • 1378: 6 janvier • 1380: *introduction Charles VI*; 19 novembre; 30 novembre • 1381: 3 ou 4 avril; juillet; 8 septembre; début novembre • 1382: 4 janvier; autres événements • 1384-1385 • vers 1385 • • 1386: autres événements • 1388: 8 juillet; autres événements • 1392: 5 août; autres événements • 1395: 2-4 février • 1399: autres événements • 1401: décembre • 1402: autres événements • vers 1404 • 1405: septembre; 1er décembre • avant 1408 • 1408: janvier; 26 août; 3 novembre; autres événements • 1409: autres événements • 1410: 15 avril; 2 novembre; dans *Gontier Col* au

2 novembre • 1411: 10 novembre; autres événements • 1412: fin janvier; 18 mai; 11 juin-12 juillet • 1413: mai; 20-28 juillet; autres événements • 1414: octobre-décembre; autres événements • 1416: 15 juin • 1418: dans *La France du dauphin Charles (futur Charles VII)* au 26 ou 30 décembre •

JEAN DE BORY
Confesseur de Catherine, reine d'Angleterre.
• 1420: 27 décembre •

JEAN DE BRABANT
• 1226: *introduction Louis IX* •

JEAN DE BRIE
Traducteur.
• 1371-1375: dans *Les traducteurs de Charles V* •

JEAN DE BRIENNE
• 1217: autres événements • 1218: 28 mai •

JEAN DE BRIENNE
Comte d'Eu.
• 1284: autres événements •

JEAN DE BUEIL
† 1477
Conseiller du roi Louis XI. Auteur.
• 1468: autres événements •

JEAN DE CAMBRAI
† 1438
Sculpteur.
• 1386: autres événements • vers 1404 • avant 1408 •

JEAN DE CHALON
† 1239?
Seigneur de Salins.
• 1237: autres événements • 1239: autres événements •

JEAN DE CHALON
Seigneur de la Bourgogne d'outre Saône.
• 1251: autres événements •

JEAN DE CHALON
Prince d'Orange.
• 1483: *introduction Charles VIII* • 1488: 27-28 juillet •

JEAN DE CONDÉ
Auteur.
• 1316: autres événements •

JEAN DE CONFLANS
† 1358.
Maréchal de Champagne.
• 1356: dans *Étienne Marcel* au 17 octobre-3 novembre • 1358: 22 février •

JEAN DE COURCY
Auteur.
• 1416-1422 •

JEAN DE CRÉQUY
Chambellan du duc de Bourgogne.
• 1422: dans *Les hommes du duc de Bourgogne* au 5 décembre •

JEAN DE CROŸ
Ministre de Philippe le Bon, duc de Bourgogne.
• 1465: autres événements •

JEAN DE DORMANS
Chancelier.
• 1364: *introduction Charles V le Sage* • 1372: 21 février •

JEAN DE DUNOIS
Fils naturel de Louis Ier, duc d'Orléans. Comte de Dunois.
• 1427: 5 septembre • 1451: 15 mai; 30 juin •

JEAN DE FOLLEVILLE
Conseiller de Charles VI. Prévôt de Paris.
• 1389: 27 janvier •

JEAN DE FRANCIÈRES
Auteur.
• 1458: autres événements •

JEAN DE GAND
Fils d'Édouard III, roi d'Angleterre. Duc de Lancastre.
• 1355: fin mars • 1356: juillet; 5 août; 3 octobre • 1359: 1er octobre • 1369: début août • 1373: fin juin • 1375: 27 mars • 1376: janvier-mars • vers 1385 • 1392: 31 mars • 1394: autres événements •

JEAN DE GARLANDE
vers 1195-vers 1272
Grammairien. Auteur.
• 1232: autres événements; *biographie*

dans autres événements • 1246: autres événements •

Jean de Garlande
Musicien. Auteur.
• vers 1230 •

Jean de Grailly
• 1364: 16 mai •

Jean de Grailly
† 1436
Comte de Foix.
• 1425: 6 janvier •

Jean de Grimaldi
• 1388: septembre •

Jean de Grouchy
Auteur.
• vers 1300 •

Jean de Haynin
Auteur.
• 1466-1477 •

Jean de Jandun
vers 1285-1328
Auteur.
• 1326: autres événements •

Jean de Joinville
vers 1224-1317
Sénéchal de Champagne. Auteur.
• 1226: *introduction Louis IX* • 1298: 25 août • 1309: autres événements • 1761: autres événements •

Jean de la Croix
Saint
1542-1591
Mystique espagnol.
• 1568: autres événements • 1618: dans *Le siècle des saints* au 7 novembre; autres événements •

Jean de la Grange
1325/1330-1401
Cardinal de 1375 à 1401.
• 1364: *introduction Charles V le Sage* • 1378: 20 septembre • 1380: *introduction Charles VI* • vers 1400 •

Jean de La Rochelle
† 1271
Franciscain. Auteur.
• 1242: autres événements •

Jean de Lancastre
• Voir Bedford •

Jean de Landshut
• Voir Landshut •

Jean de Lescun
Conseiller de Louis XI.
• 1461: *introduction Louis XI* •

Jean de Limbourg
Enlumineur.
• Voir Limbourg Frères •

Jean de Luxembourg
† 1346
Fils d'Henri VII, empereur. Roi de Bohême de 1310 à 1346.
• 1323: autres événements • 1330: autres événements • 1337: dans *Guillaume de Machaut* dans autres événements • 1363: autres événements •

Jean de Matha
1154/1160-1213
• 1198: 11 mai • 1200: autres événements •

Jean de Meun
Auteur.
• 1181-1186? • 1249: dans *Rutebeuf* dans autres événements • 1269: autres événements • 1284: autres événements • 1402: autres événements •

Jean de Mirecourt
† après 1349
Abbé de Royaumont. Auteur.
• 1347: autres événements •

Jean de Monfort
† 1345
Fils d'Arthur II de Bretagne. Comte de Montfort. Duc de Bretagne de 1341 à 1345.
• 1209: dans *Les Montfort (1165-1265)* au printemps • 1341: 30 avril; novembre • 1345: 26 septembre •

Jean de Montaigu
† 1409
Maître de l'Hôtel du roi.
• 1380: *introduction Charles VI* • 1409: 7 octobre; 17 octobre •

Jean de Montaigu
Archevêque de Sens.
• 1411: 10 novembre •

Jean de Montmartre
Enlumineur.
• 1352: autres événements •

Jean de Montreuil
1354-1418
Auteur.
• 1394: autres événements; dans *Jean de Montreuil et l'humanisme français* dans autres événements •

Jean de Murs
Auteur.
• vers 1322: dans *L'Ars nova* • 1344: autres événements •

Jean de Nevers
Petit-fils de Philippe le Hardi, duc de Bourgogne. Comte de Nevers.
• 1471: janvier • 1483: *introduction Charles VIII* •

Jean de Paris
Auteur.
• 1302-1303 •

Jean de Picquigny
Archevêque de Reims.
• 1357: 9 novembre •

Jean de Rély
Confesseur et conseiller de Charles VIII. Traducteur.
• 1483: *introduction Charles VIII* • 1492-1498 •

Jean de Saint-Victor
Auteur.
• 1308-1322 •

Jean de Salerne
Auteur.
• vers 945 •

Jean de Salisbury
Evêque de Chartres. Auteur.
• 1155: dans *Les intellectuels de la Cour Plantagenêt* dans autres événements • 1371-1375: dans *Les traducteurs de Charles V* •

Jean de Samois
• 1298: 25 août •

Jean de Sy
Traducteur.
• vers 1355 •

Jean de Vandières
vers 900-974
Abbé de Gorze de 968 à 974.
• 930: dans *Réformes et constructions religieuses au Xe siècle* dans autres événements • 953-956 • 976-984 •

Jean de Vaudetar
• 1371: autres événements •

Jean de Vienne
Amiral.
• 1374: 21 août • 1375: 3 juillet • 1377: été •

Jean de Vignay
Traducteur.
• 1332: 2 octobre • 1332-1350 •

Jean dit Cabaret, d'Orville
Auteur.
• 1417-1419 •

Jean Du Pré
• Voir Du Pré •

Jean Dupin
Auteur.
• 1337: autres événements •

Jean Eudes
Saint
1601-1680
Fondateur de la congrégation de Jésus et Marie.
• 1618: dans *Le siècle des saints* au 7 novembre • 1643: 25 mars • 1670: dans *Prédication et prédicateurs* en novembre •

Jean Ferron
Traducteur.
• 1332-1350 •

Jean Fouquet
vers 1415/1420-1478/1481
Miniaturiste. Peintre du roi.
• 1442: *biographie* dans autres événements • vers 1452 • 1452: autres événements • 1469: 1er août • 1509: dans *Architecture religieuse et architecture profane* dans autres événements • 1535: dans *L'art du portrait* dans autres événements •

Jean Franchois
Musicien.
• 1394: autres événements •

Jean Froissart
vers 1337-après 1404
Auteur.
• vers 1369 • 1380: autres événements; *biographie* dans autres événements • 1444: autres événements •

Jean Fusoris
Horloger. Auteur.
• 1424: autres événements •

Jean Galéas Visconti
• Voir Gian Galeazzo Visconti •

Jean Germain
Évêque de Nevers.
• 1451: autres événements •

Jean Gerson
1363-1429
Chancelier de l'Université de Paris. Auteur.
• 1391: 6 janvier; *biographie* au 6 janvier • 1394: dans *Les universitaires face au Schisme* en janvier • 1405: 7 novembre • 1429: dans *Jeanne d'Arc* au 8 mars •

Jean Gobi
† vers 1350
Dominicain. Auteur.
• 1323-1330 •

Jean Golein
Traducteur.
• 1371-1375: dans *Les traducteurs de Charles V* • 1372-1377 •

Jean Heylin de Steyn
• vers 1438: dans *Les débuts de l'imprimerie* • 1495: dans *Les premiers humanistes: Gaguin, Fichet, Tardif* dans autres événements •

Jean Jouvenel
Avocat du roi. Prévôt des marchands.
• 1413: 3 août • 1418: dans *La France du dauphin Charles (futur Charles VII)* au 26 ou 30 décembre •

Jean Juvénal des Ursins
1388-1473
Fils de Jean Jouvenel. Évêque de Beauvais. Archevêque de Reims de 1449 à 1473.
• 1431: autres événements; *biographie* dans autres événements • 1458: autres événements •

Jean L'Orfèvre
Traducteur.
• 1469-1476 •

Jean Lascaris
• Voir Lascaris •

Jean le Bel
Auteur.
• 1360: autres événements •

Jean le Fèvre
Procureur au Parlement.
• 1376: autres événements •

Jean le Marchant de Péronne
Auteur.
• 1252-1262 •

Jean le Meingre
• Voir Boucicaut •

Jean le Mercier
Grand maître de l'Hôtel du roi.
• 1380: *introduction Charles VI* •

Jean le Névelon
Auteur.
• avant 1191 •

Jean le Noir
Enlumineur.
• 1336: autres événements • 1348-1349 • vers 1355 • 1364-1370 • vers 1375 •

Jean Lefèvre de Saint-Rémy
dit Toison d'Or
Auteur.
• 1462: autres événements •

Jean Lemoine
Cardinal.
• 1215: dans *L'Université de Paris* en août • 1302: 24 novembre •

Jean Maillart
† 1322/1323
Auteur.
• 1316: autres événements • vers 1322: dans *L'Ars nova* •

Jean Majoris
Chanoine de Reims.
• 1461: *introduction Louis XI* •

Jean Malkaraume
Auteur.
• vers 1300 •

Jean Malouel
1365/1370-1415
Peintre.
• 1406: autres événements •

Jean Mansel
1400/1401-1473/1474
Receveur du duc de Bourgogne.
• 1422: dans *Les hommes du duc de Bourgogne* au 5 décembre • 1446-1451 •

Jean Michel
Auteur.
• 1450-1452: dans *Arnoul Gréban* • 1486: autres événements •

Jean Michel
Sculpteur.
• 1451: autres événements •

Jean Miélot
Traducteur.
• 1332: 2 octobre •

Jean Molinet
• Voir Molinet Jean •

Jean Muret
Chancelier pontifical.
• 1394: dans *Jean de Montreuil et l'humanisme français* dans autres événements •

Jean Petit
vers 1360-1411
Auteur.
• 1394: dans *Les universitaires face au Schisme* en janvier • 1406: mai • 1408: 8 mars; 11 septembre • 1414: 23 février •

Jean Pitart
† après 1327
Chirurgien du roi.
• 1298: dans *Les chirurgiens de Philippe le Bel* dans autres événements •

Jean Poyet
• Voir Poyet •

Jean Pucelle
Enlumineur.
• 1319-1324 • 1325-1328 • 1343: autres événements •

Jean Rapiout
Membre du Parlement.
• 1419: 30 mai •

Jean Rasteau
Architecte.
• 1443: autres événements •

Jean Régnier
† vers 1468-1472
Auteur.
• 1432: autres événements •

Jean Renart
Auteur.
• vers 1200 • vers 1230 •

Jean Rolin
† 1483
Fils de Nicolas Rolin, chancelier du duc de Bourgogne. Évêque d'Autun. Cardinal de 1449 à 1483.
• 1422: dans *Les hommes du duc de Bourgogne* au 5 décembre •

Jean sans Peur
1371-1419
Fils de Philippe II le Hardi duc de Bourgogne. Comte de Nevers. Duc de Bourgogne de 1404 à 1419.
• 1369: 12 avril • 1380: *introduction Charles VI* • 1385: 2 avril; autres événements • 1390: autres événements • 1394: dans *Jean de Montreuil et l'humanisme français* dans autres événements • 1396: 25 septembre • 1397: autres événements • 1404: 27 avril • 1405: mars; août; septembre; 16 octobre; 7 novembre; 1er décembre • 1406: 17 juillet

• 1407: 23 novembre; 25 novembre • 1408: janvier; 28 février; 8 mars; juillet; 11 septembre; 23 septembre; 28 novembre • 1409: 9 mars; 27 décembre • 1410: 15 avril; dans *Armagnacs et Bourguignons* au 15 avril • 1410-1419 • 1411: 14 juillet; septembre; fin septembre; fin octobre; autres événements • 1412: janvier; 6 avril; 22 août; autres événements • 1413: 28 avril; 22 mai; 20-28 juillet; 28 août; décembre; autres événements • 1414: 7-16 février; 10 février; 23 mai • 1415: 23 février; 10 septembre; 10 décembre; 18 décembre • 1416: 24 juin; 6 octobre • 1417: 25 avril; 16 septembre; novembre; 23 décembre • 1418: 26 mai; 8 juillet; 14 juillet; 20-21 août; 16 septembre; 24 novembre; 26 ou 30 décembre • 1419: 30 mai; 8-11 juillet; 31 juillet; 10 septembre; 12 septembre • 1420: 23 décembre • 1422: dans *Les hommes du duc de Bourgogne* au 5 décembre • 1443: autres événements • 1498: *introduction Louis XII* •

JEAN SANS TERRE
† 1216
Fils d'Henri II Plantagenêt. Duc de Normandie à partir de 1199. Roi d'Angleterre de 1199 à 1216. Comte d'Anjou à partir de 1200.
• 1173: mars • 1183: 11 juin • 1186: août • 1187: 23 juin; autres événements • 1193: printemps • 1194: janvier; printemps • 1195: dans *Adam de Perseigne* dans autres événements • 1197: 8 septembre • 1199: 6 avril; 25 avril; 18 août • 1200: 22 mai; 8 juin; 30 août • 1201: printemps; mai • 1202: hiver; 25 mars; 28 avril; mai; 30 juillet • 1202-1203 • 1203: 5/6 décembre • 1204: autres événements • 1205: printemps • 1206: juin-novembre; 26 octobre; décembre • 1208: mars • 1209: autres événements • 1211: septembre; autres événements • 1212: 4 mai; 20 juillet • 1213: 15 mai; 22 mai; 31 mai • 1214: 16 février; mars; mai; 2 juillet; 18 septembre; 13 octobre • 1215: début juin; juillet • 1216: avril; 21 mai; 19 octobre • 1223: *introduction Louis VIII* •

JEAN SCOT ÉRIGÈNE
Auteur.
• vers 859 • 860: autres événements •

JEAN SERVION
Auteur.
• 1464-1465 •

JEAN-SIGISMOND DE BRANDEBOURG
Duc-Électeur.
• 1609: mars-juillet •

JEAN SOBIESKI
1629-1696
Roi de Pologne de 1674 à 1696.
• 1683: 12 septembre • 1684: 5 mars •

JEAN STOLL
Imprimeur allemand.
• vers 1438: dans *Les débuts de l'imprimerie* •

JEAN STUART
† 1424
Connétable.
• 1424: 17 août •

JEAN TAURIN
Dominicain. Confesseur du roi.
• 1314: *introduction Louis X le Hutin* • 1322: *introduction Charles IV le Bel* •

JEAN WAUQUELIN
† 1452
Copiste.
• 1445: autres événements •

JEAN-ALBERT Ier
1459-1501
Roi de Pologne de 1492 à 1501.
• 1498: *introduction Louis XII* • 1501: autres événements •

JEAN-AUBRY
Gérard
1882-1950
Traducteur.
• 1918: mai •

JEAN-BAPTISTE DE LA SALLE
Saint
1651-1719
Fondateur de l'Institut des Frères des Écoles chrétiennes.
• 1681: 24 juin • 1703: autres événements •

Jean-Casimir de Bavière
1543-1592
Fils de Frédéric III Électeur palatin. Régent du Palatinat.
• 1568 : janvier-mars • 1575 : décembre • 1576 : 2 janvier ; 20 janvier ; 5 juillet • 1581 : 24 mai • 1587 : 11 janvier ; 18 septembre •

Jean-Frédéric de Saxe
Électeur de Saxe.
• 1541 : 5 juin-24 juillet • 1547 : 24 avril •

Jean-Galéas Ier
Duc de Milan.
• 1499 : 9 février •

Jean-Georges Ier
1585-1656
Électeur de Saxe de 1611 à 1656.
• 1648 : dans *Les traités de Westphalie* au 24 octobre •

Jean-Georges II
† 1680
Électeur de Saxe de 1656 à 1680.
• 1661 : dans *La diplomatie* au 10 octobre •

Jeanne
Épouse de Guillaume Cliton.
• 1127 : janvier •

Jeanne
Fille de Jean sans Terre, roi d'Angleterre.
• 1214 : 16 février •

Jeanne
Fille d'Henri II Plantagenêt, roi d'Angleterre. Épouse de Raimon VI, comte de Toulouse.
• 1196 : autres événements •

Jeanne
† vers 1271
Fille de Raimon VII de Toulouse. Épouse d'Alphonse, comte de Poitiers.
• 1226 : *introduction Louis IX* • 1229 : janvier • 1249 : 27 septembre • 1258 : 28 mai • 1271 : autres événements •

Jeanne
1343- ?
Fille de Jean II le Bon, roi de France.
• 1350 : *introduction Jean II le Bon* •

Jeanne
† 1366
Fille de Charles V, roi de France.
• 1364 : *introduction Charles V le Sage* •

Jeanne
1357-1360
Fille de Charles V, roi de France.
• 1364 : *introduction Charles V le Sage* •

Jeanne
1391-1433
Fille de Charles VI, roi de France. Épouse de Jean V duc de Bretagne.
• 1380 : *introduction Charles VI* • 1392 : 26 janvier • 1396 : 2 décembre •

Jeanne
Fille de Charles le Mauvais, roi de Navarre. Épouse de : 1. Jean IV, duc de Bretagne. 2. Henry IV, roi d'Angleterre.
• 1402 : 19 octobre •

Jeanne
† 1347
Fille de Philippe V le Long, roi de France. Épouse de Eudes IV duc de Bourgogne.
• 1316 : *introduction Philippe V le Long* •

Jeanne Ire
† 1382
Reine de Naples et de Sicile.
• 1382 : 17 janvier ; 16-17 avril ; 27 juillet •

Jeanne II
† 1349
Fille de Louis X le Hutin. Reine de Navarre. Épouse de Philippe d'Évreux.
• 1314 : *introduction Louis X le Hutin* • 1316 : *introduction Jean Ier le Posthume* • 1317 : juin-juillet • 1328 : *introduction Philippe VI* • 1343 : 16 septembre • 1349 : 6 octobre •

Jeanne II de Duras
Fille de Charles de Duras. Reine de Naples.
• 1423 : juin • 1435 : 2 février •

Jeanne d'Albret
1528-1572
Fille d'Henri d'Albret roi de Navarre. Épouse d'Antoine de Bourbon. Reine de Navarre de 1555 à 1572.
• 1515 : *introduction François Ier* • 1528 : 16 novembre • 1540 : 17 juillet • 1541 : 14 juin • 1547 : *introduction Henri II* • 1548 :

Jeanne de France
1464-1505
Fille de Louis XI, roi de France. Épouse de Louis XII.
• 1461 : *introduction Louis XI* • 1464 : 19 mai • 1483 : *introduction Charles VIII* • 1498 : *introduction Louis XII* ; 29 juillet ; 17 décembre • 1499 : mai • 1505 : 4 février •

Jeanne de Laval
Épouse de Bertrand du Guesclin.
• 1370 : dans *du Guesclin* au 2 octobre •

Jeanne de Navarre
1273-1305
Fille d'Henri III, comte de Champagne et roi de Navarre. Épouse de Philippe IV le Bel, roi de France.
• 1226 : *introduction Louis IX* • 1269 : autres événements • 1275 : mai ; entre le 18 décembre 1275 et le 18 janvier 1276 • 1276 • 1284 : 17 mai ; 15 août • 1285 : *introduction Philippe IV le Bel* • 1301 : mai-juin • 1305 : 10 février ; 4 avril •

Jeanne de Penthièvre
Fille de Guy de Bretagne. Épouse de Charles de Blois.
• 1341 : 30 avril • 1364 : 29 septembre • 1378 : 18 décembre • 1379 : 3-6 août •

Jeanne de Saint-Pol
Épouse d'Antoine de Bourgogne.
• 1369 : 12 avril • 1402 : autres événements •

Jeanne de Valois
Fille de Charles de Valois. Épouse de Guillaume Ier comte de Hainaut.
• 1320-1330 • 1328 : *introduction Philippe VI* •

Jeanne de Valois
† 1371
Fille posthume de Philippe VI, roi de France.
• 1350 : 19 janvier •

Jeanne des Anges
Prieure des ursulines de Loudun.
• 1634 : dans *Sorciers et sorcières* au 18 août •

Jeanne d'Évreux
vers 1310-1371
Épouse de Charles IV le Bel, roi de France.
• 1322 : *introduction Charles IV le Bel* • 1325-1328 • 1328 : 1er février ; *introduction Philippe VI* • 1339 : autres événements • vers 1340 • 1358 : 26 février •

Jeanne-Françoise Frémiot de Chantal
Sainte
1572-1641
Fondatrice de l'ordre des religieuses de la Visitation Sainte-Marie.
• 1610 : 6 juin • 1618 : dans *Le siècle des saints* au 7 novembre •

Jeanneney
Jean-Marcel
Né en 1910
Ministre.
• 1959 : 9 janvier • 1960 : 5 février • 1961 : 24 août • 1966 : 8 janvier • 1967 : 6-7 avril • 1968 : 10 juillet • 1969 : 31 janvier •

Jeanneney
Jules
1864-1957
Homme politique.
• 1934 : 29-30 janvier • 1935 : 4 juin • 1940 : 21 juin ; 10 juillet • 1944 : 9 septembre •

Jeanneret
Charles-Émile
• Voir Le Corbusier •

Jeannin
Pierre, dit « le président Jeannin »
1540-vers 1622
Magistrat. Surintendant des finances.
• 1589 : 17 février • 1590 : avril-août • 1591 : avril • 1592 : mars-avril • 1593 : 27 janvier • 1599 : 30 juillet • 1607 : mai • 1610 : 15 mai ; dans *Les Barbons* au 22 mai • 1611 : 11 janvier • 1614 : octobre • 1616 : mai • 1617 : 24 avril • 1619 : 6 septembre • 1620 : 3 juillet •

Jean-Paul
Johann-Paul Richter, dit
1763-1825
Écrivain allemand.
• 1854 : dans *Nerval* au 27 janvier •

Jean-Paul Ier
1912-1978
Pape en 1978.
• 1969 : *introduction La Ve République : De l'héritage du gaullisme à la victoire de la gauche* •

JOLAS
Betsy
Née en 1926
Compositeur.
• 1968: 4 avril •

JOLAS
Eugène
1894-1952
Écrivain américain.
• 1929: juin •

JOLAS
Tina
1929-1999
Traductrice.
• 1981: mai •

JOLIET
Louis
1645-1700
Explorateur.
• 1618: dans *Les jésuites* au 15 février • 1682: dans *Cavelier de La Salle* au 9 avril •

JOLIOT-CURIE
Frédéric
1900-1958
Physicien.
• 1903: dans *Les Curie* au 10 décembre • 1933: autres événements • 1935: 10 décembre • 1937: autres événements • 1939: dans *Autour du pacte* au 22-3 août; autres événements • 1945: 18 octobre • 1949: dans *Le procès Kravchenko* au 24 janvier; 20-25 avril • 1950: 28 avril • 1951: 28 avril • 1952: juin • 1957: 23 avril •

JOLIOT-CURIE
Irène
1897-1956
Physicienne.
• 1903: dans *Les Curie* au 10 décembre • 1933: autres événements • 1935: 10 décembre • 1936: 4 juin •1939: dans *Autour du pacte* au 22-3 août •

JOLIVET
André
1905-1974
Compositeur.
• 1934: autres événements • 1935: autres événements • 1936: 6 juin • 1938: autres événements • 1944: autres événements • 1950: 19 avril • 1951: juin • 1956: mai • 1965: 12 mars •

JOLY
Maurice
1829-1878
Pamphlétaire républicain.
• 1939: septembre •

JOLY DE FLEURY
Guillaume-François
1675-1756
Procureur général du Parlement de Paris.
• 1717: 3 février • 1754: 2 septembre •

JOLY DE FLEURY
Guillaume-François-Louis
1709-?
Fils de Guillaume-François Joly de Fleury. Procureur général du Parlement de Paris.
• 1746: juin •

JOLY DE FLEURY
Jean-François
1718-1802
Contrôleur général des Finances.
• 1766: 3 mars • 1781: 21 mai • 1782: juillet • 1783: 26 février; 29 mars •

JONAS
avant 780-843
Évêque d'Orléans de 818 à 843.
• 814: *introduction Louis le Pieux* • 827: autres événements • 829: juin • 841: août •

JONNART
Charles
1857-1927
Homme politique, ministre.
• 1893: 3 décembre • 1903: 5 mai • 1913: janvier; 21 janvier • 1917: 28 juin • 1917: 28 juin; 17 novembre • 1921: 17 mai •

JORDAN
Évêque de Limoges de 1020/1022 à 1051/1052.
• 1024: 24 mai • 1028-1031 •

JORDAN
Camille
1771-1821
Député.
• 1797: 17 juin; 26 juin; 8 juillet; 17 juillet; 5 septembre • 1817: 11-24 décembre • 1818: 10 mars; août • 1820: 15 mai-

1er juin; 16 juillet • 1821: dans *Les doctrinaires* en octobre •

JORDAN
Camille
1838-1922
Mathématicien.
• 1832: dans *Évariste Galois* au 31 mai •

JORIS
David
vers 1501-1556
Peintre verrier et anabaptiste flamand.
• 1562: dans *Castellion* en février-mars •

JORN
Asger
1914-1973
Peintre danois.
• 1948: 8 novembre • 1957: janvier; juillet •

JOSEPH
Père
1577-1638
Fondateur de la congrégation de Notre-Dame-du-Calvaire. « Éminence grise » du cardinal Richelieu.
• 1616: autres événements • 1620: 3 juillet • 1621: autres événements • 1630: juillet-août • 1631: dans *Renaudot* au 30 mai • 1638: dans *Le vœu de Louis XIII* au 10 février; 18 décembre •

JOSEPH Ier
1678-1711
Fils de Léopold Ier. Empereur de 1705 à 1711.
• 1643: *introduction Louis XIV* • 1696: *Torcy* au 28 juillet • 1705: 5 mai • 1711: 17 avril •

JOSEPH Ier DE PORTUGAL
1715-1777
Roi du Portugal en 1750.
• 1725: avril •

JOSEPH II
† 1790
Fils de François Ier empereur. Empereur de 1765 à 1790.
• 1715: *introduction Louis XV* • 1765: autres événements • 1774: *introduction Louis XVI* • 1777: 18 avril; 30 décembre • 1781: juillet-août • 1789: 12 octobre; 24 octobre • 1790: 30 septembre • 1792: 1er mars •

JOSEPH-CLÉMENT DE BAVIÈRE
Électeur de Cologne.
• 1688: 3 juin • 1702: 3 juillet •

JOSEPH-FERDINAND DE BAVIÈRE
1692-1699
Fils de Maximilien-Emmanuel, duc-électeur de Bavière.
• 1698: 13 octobre • 1699: 6 février •

JOSÉPHINE DE BEAUHARNAIS
Née Marie-Josèphe Rose Tascher de La Pagerie
1763-1814
Épouse de: 1. Alexandre de Beauharnais. 2. Napoléon Bonaparte. Impératrice des Français de 1804 à 1809.
• 1796: 9 mars • 1799: *introduction Napoléon Bonaparte* • 1802: 4 janvier • 1804: 25 mai; 1er décembre • 1805: dans *Eugène de Beauharnais* au 26 mai • 1808: 20 avril • 1809: 14 décembre • 1810: 9 janvier • 1814: 29 mai • 1852: *introduction Le Second Empire* • 1879: 15 novembre •

JOSPIN
Lionel
Né en 1937
Homme politique. Premier ministre.
• 1981: 24 janvier; *introduction La Ve République: De la France mitterrandienne aux cohabitations politiques* • 1984: dans Laurent Fabius au 17-18 juillet • 1988: 8 mai; dans *Michel Rocard* au 8 mai • 1990: 15-18 mars; novembre • 1991: 25 mai • 1992: mars • 1993: 3 avril • 1995: janvier; 5 février; 23 avril; 7 mai; dans *Jacques Chirac* au 7 mai; 14, 15 octobre • 1997: 4 juin; *biographie* au 4 juin; 5-18 juin; 19 juin; 20 juillet; août; 3 octobre; 21-23 novembre • 1998: 5 novembre • 1999: 14-23 janvier; 19-20 avril; 2 novembre; 12-13 novembre; 13 décembre • 2000: 27 mars; 18 octobre; 14, 21 novembre •

JOSQUIN DES PRÉS
• Voir Des Prés, Josquin •

JOSSE
Claude
Financier.
• 1598: 3 décembre •

JOSSE DE LONDRES
ou Jocelin de Londres
Marchand anglais.
• 1175 • 1180: 28 juin •

JOSSELIN
Évêque de Soissons.
• 1143: 9 octobre •

JOTSALD
† après 1051
Moine de Cluny. Auteur.
• 1049: autres événements • 1049-1052 •

JOUARRE
Abbaye de
• 635-640 •

JOUBERT
Barthélemy-Catherine
1769-1799
Général.
• 1788: dans *Sieyès* en novembre • 1794: *introduction La République thermidorienne* • 1796: 19 novembre • 1797: 28 janvier • 1798: 22 janvier; 14 octobre; 1er novembre • 1799: 22 janvier; 21 février; 18 juin; 5 juillet; 5 août; 13 août; 15 août; dans *Le 18 Brumaire* au 9-10 novembre •

JOUBERT
Guillaume
Juriste.
• 1526: 17 février •

JOUBERT
Jacqueline
Née en 1921
Présentatrice de télévision.
• 1949: dans *La naissance de la télévision publique* au 29 juin •

JOUBERT
Joseph
1754-1824
Écrivain.
• 1838: 13 octobre •

JOUBERT
Nicolas
vers 1796-1866
Employé. Carbonaro.
• 1821: février •

JOUFFROY
Théodore
1796-1842
Philosophe.
• 1825: 24 mai; 26 juillet-2 août • 1834: 8 mars • 1840: 29 décembre •

JOUFFROY D'ABBANS
Achille François Éléonore de
1785-1859
Journaliste, mécanicien et historien.
• 1821: dans *Les doctrinaires* en octobre •

JOUFFROY D'ABBANS
Claude-François
1751-1832
Ingénieur.
• 1778: autres événements • 1783: autres événements •

JOUHANDEAU
Marcel
1888-1979
Écrivain.
• 1934: mars • 1941: 22 octobre • 1942: 19 février • 1946: 23 novembre • 1951: avril •

JOUHAUD
Edmond
1905-1995
Général.
• 1961: 22-25 avril • 1962: 13 avril •

JOUHAUX
Léon
1879-1954
Dirigeant syndical.
• 1909: 12 juillet; *biographie* au 12 juillet • 1914: 4 août • 1919: 21-24 juillet; 15-21 septembre • 1921: 22 décembre 1921-13 janvier 1922 • 1925: 1er janvier • 1934: 7 février; 1er novembre • 1936: 7 juin • 1937: 11 février • 1938: dans *Munichois et antimunichois* au 4 octobre; 12-13 novembre • 1940: 20 juillet; 26 août; 9 novembre • 1942: 22 septembre • 1943: 31 mars-5 avril; août • 1945: 27-29 mars; 8-12 avril; 2 décembre • 1947: 18-19 décembre • 1948: 12-14 avril • 1951: 5 novembre •

JOURDAIN
Francis
1876-1958
Peintre.
• 1936: 16-31 mai • 1956: 22 novembre •

Jourdain
Frantz
1847-1935
Architecte.
• 1905: autres événements •

Jourdain
Paul
1878-1948
Ministre.
• 1920: 17-22 janvier • 1924: 8-10 juin • 1925: 28 novembre • 1926: 9 mars; 23 juin •

Jourdan Coupe-Têtes
• Voir Jouve, Mathieu •

Jourdan
Jean-Baptiste
1762-1833
Maréchal de France. Ministre.
• 1792: *introduction La République jacobine* • 1793: 23 septembre; 16 octobre • 1794: 9 janvier; 10 mars; 13 juin; 25 juin; 26 juin; 1er juillet; 8 juillet; 14 juillet; 23 septembre; 2 octobre • 1795: 6 septembre; 26 septembre; 12 octobre • 1796: dans *La campagne d'Italie* au 10 avril; 20 mai; 6 juin; 15 juin; 28 juin; 25 juillet; 11 août; 17 août; 24 août; 1er septembre; 3 septembre; 16 septembre; 23 septembre • 1797: 8 juillet; 11 juillet • 1798: 12 janvier; 5 septembre; 14 octobre • 1799: 1er mars; 2 mars; 13 mars; 21 mars; 25 mars; 3 avril; 17 avril; 18 juin; 27 juin; 13 septembre; 7 novembre • 1804: dans *Les maréchaux* au 18 mai • 1815: 9 novembre • 1830: 1er août •

Jourde
François
1843-1893
Homme politique. Membre de la Commune de 1871.
• 1871: 19 mars; 29 mars; 20 avril; 15 mai • 1894: 22 mai •

Journal des débats
1789-1944
Journal.
• 1789: 29 août • 1814: 28 octobre • 1815: 24 mars • 1820: 5 avril • 1824: 11 juin • 1829: 10 août • 1836: dans *La naissance de la presse* au 1er juillet • 1842: 22 juin • 1844: 14 mars • 1845: autres événements • 1881: 29 juillet •

Journault de La Dourville
Laurent
Seigneur de La Dourville. Maître des eaux et forêts en Guyenne.
• 1548: mai-novembre •

Journée des bricoles
• 1789: 26-27 janvier •

Journée des tuiles
• 1788: 7 juin •

Journée du guichet
• 1609: 25 septembre •

Jouve
Mathieu, dit Jourdan Coupe-Têtes
1746-1794
• 1791: 16 octobre • 1794: 27 mai •

Jouve
Pierre Jean
1887-1976
Écrivain.
• 1925: juin • 1935: 6-22 mai • 1942: autres événements • 1950: juillet • 1961: autres événements •

Jouvenel
Bertrand de
1903-1987
Économiste et politologue.
• 1927: 27 octobre • 1928: autres événements • 1936: 27-28 juin; *dans Fascismes français* au 27-28 juin • 1938: dans *Munichois et antimunichois* au 4 octobre • 1945: mars •

Jouvenel
Henry de
1876-1935
Ministre.
• 1924: 30 mars • 1925: 23 novembre; 20 décembre • 1926: 19 février • 1927: autres événements • 1934: 29-30 janvier; dans *Débats stratégiques et tactiques* au 5 mai •

Jouvenel
Renaud de
Né en 1907
Homme de lettres.
• 1948: 28 juin •

JOUVENEL
Robert de
1881-1924
Écrivain.
• 1914: mai •

JOUVENET
Jean
1644-1717
Peintre.
• 1661: autres événements • 1671: dans *La peinture selon l'Académie* au 12 juin • 1688: autres événements • 1703: autres événements • 1709: autres événements •

JOUVET
Louis
1887-1951
Acteur et metteur en scène.
• 1914: 7 février • 1922: autres événements • 1923: 15 décembre • 1927: autres événements • 1928: 2 mai • 1929: autres événements • 1934: autres événements • 1935: 22 novembre • 1936: 13 août • 1937: 13 mai; 20 octobre • 1939: 29 juillet • 1940: autres événements • 1945: 22 décembre •1947: 19 avril; 4 octobre • 1950: janvier •

JOUY
Victor Joseph Étienne, dit de
1764-1846
Écrivain.
• 1805: dans *Talma* au 3 janvier • 1807: 15 décembre • 1812: 4 juin • 1819: 1er juin • 1823: dans *Le romantisme* en juillet •

JOUY-EN-JOSAS
Manufacture de toiles.
• 1759: 21 janvier •

JOXE
Louis
1901-1991
Ministre.
• 1943: 30 juin • 1959: 15-30 décembre • 1960: 5 février • 1961: 20 février; 20 mai-13 juin; 24 août • 1962: 18 mars; 14 avril; 7 décembre • 1966: 8 janvier • 1967: 6-7 avril •

JOXE
Pierre
Né en 1934
Ministre.
• 1981: 21 mai • 1984: 17-18 juillet • 1988: 8 mai • 1991: 25 mai • 1992: 2 avril •

JOYCE
James
1882-1941
Écrivain irlandais.
• 1915: dans *Adrienne Monnier* au 7 novembre • 1921: 7 décembre • 1924: mars; août • 1929: février • 1953: dans *Samuel Beckett* au 5 janvier • 1965: novembre • 1982: novembre • 1983: janvier •

JOYEUSE
Anne de Bastarnay, duc de
1561-1587
Baron d'Arques. Grand amiral de France de 1582 à 1587. Favori d'Henri III.
• 1574: *introduction Henri III* • 1581: août; 24 septembre • 1582: 1er juin • 1587: 15 mai; juillet; 15 août; 11 septembre; 12 septembre; 30 septembre; 18 octobre; 20 octobre; 7 novembre •

JOYEUSE
Antoine-Scipion de
† 1592
Frère d'Anne de Joyeuse. Chevalier de Malte. Grand prieur de Toulouse.
• 1592: 19 octobre •

JOYEUSE
Claude de
† 1587
Frère d'Anne de Joyeuse. Baron de Saint-Sauveur.
• 1587: 20 octobre •

JOYEUSE
François de
† 1615
Frère d'Anne de Joyeuse. Cardinal.
• 1593: autres événements • 1595: 30 août • 1599: septembre-décembre • 1607: janvier-avril •

JOYEUSE
Guillaume de
† 1592
Père d'Anne de Joyeuse.
• 1590: hiver •

Juin 1793
Journée du 2
• 1787: dans *Louvet de Couvray* dans autres événements • 1788: dans *Rabaut Saint-Étienne* dans autres événements • 1792: dans *Les Girondins* en mars; *introduction La République jacobine* • 1793: dans *Condorcet et la Révolution* au 15-16 février; 2 juin; 9 juin; 13 juin; 14 juin; 21 juin; 24 juin; 8 juillet; dans *Prieur de la Côte-d'Or* au 14 août; 3 octobre • 1794: 20 septembre • 1795: 9 mars; 22 mars •

Juin 1849
Insurrection du 13
• 1848: *introduction La IIe République*; dans *Delescluze* au 26 octobre; 13-15 novembre • 1849: 13 juin • 1850: 8 février • 1851: dans *Changarnier* au 3 janvier • 1852: dans *Pyat* au 22 juillet •

Juin 1940
Appel du 18
• 1940: 18 juin; *L'appel du 18 juin* au 18 juin; dans *De Gaulle* au 18 juin; 19 juin; dans *Les Français de Londres* au 7 août •

Jules II
(Giuliano Della Rovere)
† 1513
Pape de 1503 à 1513.
• 1498: *introduction Louis XII*; dans *Les hommes de Louis XII* au 7 juillet • 1499: 10 juillet • 1503: 1er novembre; 4 décembre • 1506: 15 juin • 1508: février; 10 décembre • 1510: 24 février; août; septembre; octobre • 1511: mai; fin novembre • 1512: 24 février; 3 mai; 11 avril; mai • 1513: 11 mars • 1521: autres événements •

Jules III
(Maria Ciocchi del Monte)
† 1555
Pape de 1550 à 1555.
• 1547: *introduction Henri II* • 1550: 27 mai; 13 novembre; autres événements • 1551: 6 février; juillet-octobre • 1553: juin • 1555: 23 mars •

Julien
Charles-André
1891-1991
Historien.
• 1952: novembre •

Julien
Jules
1882-1977
Ministre.
• 1938: 10 avril •

Julien de Médicis
• 1461: *introduction Louis XI* •

Julien de Toulouse
Jean
1750-1828
Pasteur. Député.
• 1793: 14 octobre; 17 novembre; 19 décembre • 1794: 16 mars; 19 mars •

Jullian
Camille
1859-1933
Historien.
• 1924: 3 avril • 1927: novembre; dans *L'affaire Glozel* au 23 décembre •

Julliard
Jacques
Né en 1933
Historien.
• 1908: 30 juillet-4 août • 1947: dans *La nouvelle histoire* au 3 novembre • 1964: 6-7 novembre •

Jullien
Marc-Antoine
1775-1848
Publiciste.
• 1815: 8 août •

Jullien-Courtine
Robert
1910-2000
Journaliste.
• 1944: avril •

Jullienne
Jean de
1686-1766
Collectionneur.
• 1712: autres événements •

July
Pierre
1906-1982
Ministre.
• 1955: 23 février •

JULY
Serge
Né en 1943
Journaliste. Cofondateur de Libération.
• 1948: dans *Jean-Paul Sartre* au 2 avril •

JUMIÈGES
Abbaye de
• 590-594: dans *Colomban* • vers 654 • 841: 12 mai • 912: autres événements • 930: dans *Réformes et construction religieuses au Xe siècle* dans autres événements • 1001: autres événements •

JUMIÈGES
Église Saint-Pierre de
• 1332-1335 •

JUNG
Carl Gustav
1875-1961
Psychanalyste suisse.
• 1922: janvier •

JÜNGER
Ernst
1895-1998
Écrivain allemand.
• 1942: mars •

JUNOT
Jean-Andoche, duc d'Abrantès
1771-1813
Général.
• 1797: 14 avril • 1799: 8 avril • 1807: 17 octobre-9 janvier 1808; *biographie* au 17 octobre-9 janvier 1808 • 1808: 1er août • 1813: 10 juin • 1831: dans *Laure d'Abrantès* au 4 juin •

JUPPÉ
Alain
Né en 1945
Homme politique. Premier ministre.
• 1981: *introduction La Ve République: De la France mitterrandienne aux cohabitations politiques* • 1986: 20 mars • 1993: 29 mars • 1995: dans *Jacques Chirac* au 7 mai; 18 mai; *biographie* au 18 mai; 7 novembre; 14, 15 novembre; 28 novembre-fin décembre • 1996: 4 janvier • 1997: 25 janvier; 19 juin • 1999: dans *Femmes et parité* au 10 mars •

JUQUIN
Pierre
Né en 1930
Homme politique.
• 1987: 12 octobre • 1988: 24 avril •

JURIEU
Pierre
1637-1713
Ministre calviniste. Polémiste.
• 1681: 9 juillet • 1684: dans *Bayle* en mars • 1685: dans *La révocation de l'édit de Nantes* au 18 octobre; autres événements • 1689: autres événements; *biographie* dans autres événements • 1690: dans *Le droit divin opposé à la théorie du contrat* dans autres événements •

JUSSIEU
Antoine-Laurent de
1748-1836
Botaniste.
• 1788: autres événements; *biographie* dans autres événements • 1789: juillet •

JUSTE
Jean
1485-1576 ou 1577
Sculpteur florentin.
• 1507: autres événements • 1515: autres événements •

JUSTICE (LA)
1880-1944
Journal.
• 1880: 16 janvier • 1881: 29 juillet • 1887: dans *Camille Pelletan* au 11 juillet • 1892: 19 novembre; 16-22 décembre • 1899: dans *Millerand* au 23 juin • 1906: dans *Clemenceau* au 13 mars •

JUSTIN Ier
† 527
Empereur byzantin de 518 à 527.
• 511: *introduction De quatre à un royaume franc* •

JUSTIN II
† 578
Empereur byzantin de 565 à 578.
• 561: *introduction De quatre à un royaume franc* •

Justinien
Code de
• vers 1140 • vers 1150 • vers 1165 •

Justinien Ier
† 565
Empereur byzantin de 527 à 565.
• 511: *introduction De quatre à un royaume franc* • 536: décembre • 561: *introduction De quatre à un royaume franc* •

K

Kabylie
• 1847: 30 mai • 1853: mai-juillet • 1857: 24 juin • 1858: 24 juin • 1871: 28 février •

Kafka
Franz
1883-1924
Écrivain tchèque de langue allemande.
• 1924: août • 1928: janvier-mars • 1945: juillet • 1949: dans *Le procès Kravchenko* au 24 janvier • 1950: dans Nathalie Sarraute en février • 1962: décembre 1962-juillet 1963 • 1969: novembre •

Kagel
Mauricio
Né en 1931
Compositeur argentin.
• 1968: 4 avril •

Kahlenberg
• 1683: 12 septembre •

Kahn
Émile
1876-1958
Professeur et journaliste.
• 1940: dans *Les Français de Londres* au 7 août •

Kahn
Gustave
1859-1936
Poète.
• 1887: 6 août •

Kahn
Laurence
Psychanalyste.
• 1970: juin •

Kahnweiler
Daniel Henry
1884-1979
Marchand et critique d'art.
• 1908: dans *Le cubisme* au 14 novembre • 1911: 21 avril-15 juin • 1936: décembre • 1940: juin •

Kalatozov
Mikhaïl
1903-1973
Cinéaste russe.
• 1958: 30 avril •

Kaltenbrunner
Ernst
1903-1946
Dirigeant nazi.
• 1945: dans *Le procès de Nuremberg* au 20 novembre •

Kamenev
Lev Rozenfeld, dit
1883-1936
Membre de la direction du PCUS de 1924 à 1927.
• 1914: *introduction La IIIe République: D'une guerre à l'autre* • 1924: 20-24 janvier • 1936: 19-23 août •

Kaminski
Hans-Erich
1899-1961
Essayiste.
• 1937: 28 décembre •

Kammerer
Albert
1875-1951
Diplomate.
• 1938: dans *Les hommes du Quai* au 20-25 juillet •

Kanapa
Jean
Né en 1921
Homme politique.
• 1948: décembre •

Kandelaki
David
Représentant de Staline.
• 1939: dans *Autour du pacte* au 22-3 août •

Kandinsky
Wassily
1866-1944
Peintre d'origine russe.
• 1912: janvier; dans *Les débuts de l'Art abstrait* en janvier • 1929: janvier • 1930: avril • 1937: 30 juillet • 1939: 23 mai-14 juin • 1942: juin • 1945: 15 juin •

Kant
Emmanuel
1724-1804
Philosophe allemand.
• 1913: dans *Proust* au 14 novembre •

KARDEC
Léon Hippolyte Denizart Rivail, dit Allan
1803-1869
Écrivain et spirite.
• 1855: mai •

KARDIS
Traité de
• 1660: mai-juin • Voir aussi Nord, Paix du •

KARIKAL
• Voir Inde, Comptoirs français en •

KARR
Alphonse
1808-1890
Écrivain.
• 1836: dans *La naissance de la presse* au 1er juillet • 1839: 16 novembre •

KASPAR
Jean
Né en 1941
Dirigeant syndical.
• 1971: dans *Edmond Maire* en septembre • 1992: 20 octobre •

KASTLER
Alfred
1902-1984
Physicien.
• 1958: 25 mai • 1966: 3 novembre •

KATYN
Massacre de
1940
• 1943: 13 avril; 24 mai • 1945: dans *Le procès de Nuremberg* au 20 novembre •

KAUFFMANN
Jean-Paul
Né en 1944
Journaliste.
• 1985: 22 mars •

KAYSER
Jacques
1900-1963
Journaliste.
• 1927: 27 octobre • 1935: 14 juillet •

KAZAN
Elia
Né en 1909
Cinéaste américain.
• 1955: 19 octobre •

KEATS
John
1795-1821
Poète anglais.
• 1981: mai •

KEITEL
Wilhelm
1882-1946
Maréchal allemand.
• 1939: dans *Les chefs d'état-major* au 3 septembre • 1940: 21 juin • 1945: dans *Le procès de Nuremberg* au 20 novembre •

KELKAL
Khaled
1971-1995
Terroriste.
• 1995: 29 septembre •

KELLER
Émile
1828-1909
Homme politique.
• 1861: 13 janvier •

KELLERMANN
François Christophe, duc de Valmy
1735-1820
Maréchal de France.
• 1792: 23 août; 19 septembre; 20 septembre; 18 octobre • 1793: 7 juin; 8 août; 25 août; 10 septembre; 13 septembre • 1795: 31 août • 1796: dans *La campagne d'Italie* au 10 avril; 7 mai • 1804: dans *Les maréchaux* au 18 mai •

KELLOGG
Frank
1856-1937
Homme politique américain.
• 1928: 2 janvier-6 février •

KELLY
Gene
1912-1996
Acteur, chorégraphe et cinéaste américain.
• 1953: 7 septembre •

KENNAN
George
Né en 1904

Diplomate américain.
• 1947: novembre •

Kennedy
John F.
1917-1963
Président des États-Unis de 1961 à 1963.
• 1958: *introduction La Ve République: La République gaullienne* • 1962: 23-28 octobre • 1963: 22 novembre •

Kératry
Auguste, comte de
1769-1859
Homme politique.
• 1825: juillet •

Kératry
Émile, comte de
1832-1905
Homme politique.
• 1870: 4 septembre; 11 octobre •

Kerenski
Alexandre
1881-1970
Président du Conseil russe.
• 1914: *introduction La IIIe République: D'une guerre à l'autre* • 1917: 18 juillet; 3-19 septembre; 6-7 novembre • 1926: dans *Les Russes en France* au 14 avril •

Kergorlay
Louis Florian, comte de
1769-1856
Homme politique.
• 1816: 22 mars • 1832: 29 avril • 1835: dans *Tocqueville* au 16 janvier •

Kerguelen de Trémarec
Yves-Joseph de
1734-1797
Navigateur.
• 1772: autres événements •

Kérillis
Henri de
1889-1958
Journaliste et homme politique.
• 1927: autres événements • 1938: 4 octobre; dans *Munichois et antimunichois* au 4 octobre • 1940: dans *Les Français de Londres* au 7 août; 1er décembre •

Kermarrec
Joël
Né en 1937
Artiste.
• 1972: 16 mai •

Kessel
Joseph
1898-1979
Écrivain et journaliste.
• 1923: autres événements • 1940: dans *Le colonel Passy* au 7 août • 1959: mai • 1967: mai •

Keufer
Auguste
1851-1924
Dirigeant syndical.
• 1909: juin •

Keynes
John Maynard
1883-1946
Économiste britannique.
• 1920: 20 mars; *Keynes et la paix de Versailles* au 20 mars • 1936: autres événements • 1981: *introduction La Ve République: De la France mitterrandienne aux cohabitations politiques* •

Khider
Mohammed
1912-1967
Homme politique algérien.
• 1956: 22 octobre •

Khomeyni
Ruholla
1902-1989
Ayatollah. Dirigeant iranien.
• 1978: 10 octobre • 1989: 15 février •

Khrouchtchev
Nikita
1894-1971
Président du Conseil soviétique de 1958 à 1964.
• 1946: *introduction La IVe République* • 1956: 14 février • 1958: *introduction La Ve République: La République gaullienne* • 1962: 23-28 octobre •

Khrouchtchev
Rapport
1956
• 1956: 14 février; 6 juin; 9 novembre •

KIBALTCHICHE
• Voir Serge, Victor •

KIDERLEN-WAECHTER
Alfred von
1852-1912
Homme politique allemand.
• 1911 : juillet-août •

KIEJMAN
Georges
Né en 1932
Avocat. Ministre.
• 1990 : 2 octobre • 1992 : 2 avril •

KIENTHAL
Conférence de
1916
• 1916 : 24-30 avril •

KIERKEGAARD
Sören
1813-1855
Philosophe danois.
• 1931 : dans *Au-delà de la droite et de la gauche* en novembre • 1945 : dans *Le père de Lubac* en janvier •

KIESINGER
Kurt Georg
1904-1988
Chancelier de la République fédérale d'Allemagne de 1966 à 1969.
• 1958 : *introduction La Ve République : La République gaullienne* • 1969 : *introduction La Ve République : De l'héritage du gaullisme à la victoire de la gauche* •

KILLY
Jean-Claude
Né en 1943
Sportif.
• 1968 : 6-18 février •

KILMAINE
Charles-Édouard Jennings de
1751-1799
Général.
• 1793 : 7 août ; 28 août •

KING
Martin Luther
1929-1968
Pasteur. Leader politique américain.
• 1968 : avril •

KINSEY
Alfred C.
1894-1956
Sexologue.
• 1954 : octobre •

KIPPOUR
Guerre de
1973
• 1973 : 17 octobre •

KIROV
Sergueï
1886-1934
Secrétaire général du comité central du PCUS.
• 1934 : 1er-6 décembre •

KLARSFELD
Serge
Né en 1935
Avocat.
• 1941 : dans *Le Mont-Valérien* au 29 août • 1978 : 23 mai •

KLÉBER
Jean-Baptiste
1753-1800
Général.
• 1793 : dans *La guerre de Vendée* au 10 mars ; 6 septembre ; 19 septembre ; 6 octobre ; 17 octobre • 1794 : 17 janvier ; 17 septembre ; 4 novembre ; 14 décembre • 1795 : 26 septembre • 1796 : 1er juin ; 4 juin ; 7 juillet ; 16 juillet ; 4 août ; 7 août ; 1er septembre • 1798 : dans *L'expédition d'Égypte* au 5 mars • 1799 : 20 février ; 23 août ; *introduction Napoléon Bonaparte* • 1800 : 20 mars ; 14 juin •

KLEE
Paul
1879-1940
Peintre suisse.
• 1925 : 13 novembre ; dans *Le surréalisme en peinture* au 13 novembre • 1943 : 27 mai • 1946 : octobre •

KLEIN
Mélanie
1882-1960
Psychanalyste.
• 1966 : novembre •

KLEIN
Yves
1928-1962
Peintre.
• 1955: 15 octobre • 1957: 10 mai • 1960: 9 mars; 27 octobre •

KLEIST
Heinrich von
1777-1811
Écrivain allemand.
• 1951: 23 juillet •

KLINGSOR
Léon Leclère, dit Tristan
1874-1966
Poète.
• 1903: autres événements •

KLIPFFEL
Thérèse
• 1999: dans *Femmes et parité* au 10 mars •

KLOSSOWSKI
Pierre
Né en 1905
Écrivain.
• 1945: juillet • 1962: avril • 1964: juin • 1965: octobre •

KLOSTERCAMP
Bataille de
1760
• 1756: dans *La guerre de Sept Ans* au 9 juin • 1760: 16 octobre • 1780: dans *Castries* au 13 octobre •

KLOTZ
Louis
1868-1930
Ministre.
• 1910: 2 novembre • 1911: 23-27 juin • 1912: 9-10 janvier; 14 janvier • 1913: 21 janvier; 22 mars • 1914: 13 janvier • 1917: 12-19 septembre; 17 novembre • 1918: 20 octobre • 1919: dans *Les finances de la France* en mars; 29 décembre • 1928: 11 décembre •

KLUCK
Alexander von
1846-1934
Général allemand.
• 1914: 6-13 septembre •

KNOCHEN
Helmuth
Né en 1910
Dirigeant nazi.
• 1943: juin •

KNOX
John
1505 ou 1513-1572
Réformateur écossais.
• 1547: juillet •

KOCHNO
Boris
1904-1960
Chorégraphe.
• 1924: 19 janvier • 1945: 15 juin; 12 octobre •

KOCK
Paul de
1793-1871
Écrivain.
• 1834: 7 juin •

KOECHLIN
Charles
1867-1950
Compositeur.
• 1902: 30 avril • 1907: dans *Le renouveau musical* au 12 janvier •

KŒNIG
Pierre
1898-1970
Général.
• 1940: 7 août • 1942: 26 mai-11 juin • 1944: 1er juin; 10-11 juin; 25 août • 1945: 25 avril • 1946: octobre • 1954: 18 juin; 13 août • 1955: 23 février; 6, 20 octobre •

KOESTLER
Arthur
1905-1983
Écrivain hongrois d'expression anglaise naturalisé britannique.
• 1933: dans *Les réfugiés allemands* au 27 février • 1946: janvier; octobre • 1951: mars • 1955: 16 avril •

KOGON
Eugen
Historien.
• 1947: octobre •

KOHL
Helmut
Né en 1930
Chancelier de la République fédérale allemande de 1982 à 1998.
• 1981 : *introduction La Vᵉ République : De la France mitterrandienne aux cohabitations politiques* • 1984 : 22 septembre •

KOJÈVE
Alexandre
1902-1968
Philosophe.
• 1947 : avril •

KOLLIN
Bataille de
1757
• 1756 : dans *La guerre de Sept Ans* au 9 juin
• 1757 : 18 avril •

KOLTÈS
Bernard-Marie
1948-1989
Écrivain.
• 1983 : mai • 1987 : dans *Génération sida* en avril-mai •

KOMINFORM
Bureau d'information des partis communistes et ouvriers
1947-1956
• 1947 : 22-27 septembre • 1948 : 28 juin •

KOMINTERN
• Voir Internationale, IIIᵉ •

KOMINTERN
Pacte anti-
• 1939 : 1ᵉʳ avril •

KÖNIGSMARK
Marie-Aurore, comtesse de
1662-1728
Favorite d'Auguste II, roi de Pologne.
• 1745 : dans *Maurice de Saxe* au 11 mai •

KOSCIUSZKO
Tadeusz
1746-1817
Révolutionnaire polonais.
• 1794 : 24 mars ; 10 octobre • 1798 : 28 juin •

KOSMA
Joseph
1905-1967
Compositeur.
• 1945 : 15 juin •

KOSSUTH
Lajos
1802-1894
Homme d'État hongrois.
• 1849 : 14 avril •

KOUANG-TCHÉOU-WAN
Concession française en Chine.
• 1897 : novembre 1897-avril 1898 •

KOUCHNER
Bernard
Né en 1939
Médecin. Ministre.
• 1966 : 30 novembre • 1979 : dans *Humanitaire sans frontières* au 26 juin • 1992 : 2 avril • 1999 : 3 juin •

KOUPRINE
Alexandre
1870-1938
Écrivain russe.
• 1926 : dans *Les Russes en France* au 14 avril •

KOURSK
Bataille de
• 1943 : 5-13 août •

KOUTIEPOV
Alexandre
1882-1930 ?
Général russe.
• 1928 : 26 janvier •

KOUTOUZOV
Mikhaïl Illarionovitch Golenichtchev, prince de Solensk
1745-1813
Feld-maréchal russe.
• 1805 : 25 septembre-26 décembre
• 1812 : 24 juin-14 septembre •

KOYRÉ
Alexandre
1882-1964
Philosophe et historien des idées.
• 1914 : *introduction La IIIᵉ République : D'une guerre à l'autre* • 1936 : 22 octobre
• 1962 : novembre •

Kramer
Samuel Noah
1897-1990
Assyriologue.
• 1989: mars •

Krantz
Charles Camille Julien
1848-1924
Homme politique, ministre.
• 1898: 3 novembre • 1899: 6 mai •

Krantz
Jules François Émile
1821-1914
Amiral Ministre.
• 1888: 5 janvier; 3 avril • 1889: 19 mars; 10 novembre •

Kravchenko
Victor
1905-1966
Ancien fonctionnaire soviétique.
• 1947: avril • 1949: 24 janvier; dans *Le procès Kravchenko* au 24 janvier • 1955: 16 avril •

Kray de Krajova
Paul, baron de
1735-1804
Général austro-hongrois.
• 1800: 25 avril-15 juillet •

Kremer
• Voir Mercator •

Kreutzer
Rodolphe
1766-1831
Violoniste. Compositeur.
• 1791: 15 janvier; 1er août • 1792: 1er février; 14 novembre • 1794: 15 octobre; 30 octobre •

Kriegel
Annie
1926-1995
Historienne.
• 1964: mai •

Kriegel-Valrimont
Maurice
Né en 1914
Homme politique.
• 1944: 5 janvier • 1945: 7 juin •

Krim Belkacem
1922-1970
Homme politique kabyle algérien.
• 1961: 20 mai-13 juin • 1962: 18 mars •

Krisis
Revue.
• 1979: dans *La nouvelle droite* au 22 juin •

Kristeva
Julia
Née en 1941
Écrivain. Psychanalyste.
• 1960: 30 mars •

Krivine
Alain
Né en 1941
Homme politique.
• 1966: 30 novembre • 1970: dans *Les gauchistes* au 27 mai • 1974: 18 avril •

Kronprinz
Frédéric-Guillaume, dit le
• Voir Guillaume (Frédéric-) •

Kropotkine
Pierre Alexeïevitch, prince
1842-1921
Révolutionnaire russe.
• 1882: 21-22 octobre • 1883: 19 janvier •

Kuhlmann
Entreprise.
• 1966: mai • 1981: 18 décembre •

Kuhlmann
Frédéric
1803-1881
Chimiste et industriel.
• 1825: autres événements; *biographie* dans *Kuhlmann et Péchiney* dans autres événements •

Kuhlmann
Von
1873-1948
Diplomate et écrivain allemand.
• 1917: 9 octobre •

Kundera
Milan
Né en 1929
Écrivain d'origine tchèque et d'expression française.
• 1936: dans *Aragon* au 9 décembre • 1968: septembre • 1979: mai •

Kunersdorf
Bataille de
• 1756: dans *La guerre de Sept Ans* au 9 juin
• 1759: 12 août •

Kurdes
• 1991: 5 avril •

Kurosawa
Akira
1910-1998
Cinéaste japonais.
• 1955: 2 décembre •

Kütahya
Traité de
1833
• 1833: 5 mai • 1839: 21 avril •

L

La Barre
Jean-François Lefebvre de
1747-1766
• 1766: 1er juillet • 1767: août •

Labarrère
André
Né en 1928
Ministre.
• 1981: 21 mai; 23 juin • 1983: 22 mars • 1984: 17-18 juillet •

Labarthe
André
1902-1970
Homme politique.
• 1940: dans *Les Français de Londres* au 7 août; dans *Le colonel Passy* au 7 août •

Labat
Jean-Baptiste
1663-1738
Missionnaire. Auteur.
• 1722: autres événements • 1728: autres événements • 1730: autres événements •

Labé
Louise
vers 1520-1566
Auteur.
• 1544: dans *Scève* dans autres événements • 1555: autres événements; *biographie* dans autres événements •

La Bédoyère
Charles Angélique François Huchet, comte de
1786-1815
Général.
• 1815: 7 mars; 24 juillet; 2 août; 8 août • 1816: 2-12 janvier •

Labiche
Eugène
1815-1888
Auteur dramatique.
• 1851: 14 août • 1860: 10 septembre •

La Bicoque
Bataille de
29 avril 1522
• 1515: *introduction François Ier* • 1522: 29 avril •

Labisse
Félix
1905-1982
Peintre.
• 1925: dans *Le surréalisme en peinture* au 13 novembre • 1954: 13 janvier •

La Blache
Alexandre-Joseph de Falcoz, comte de
• 1775: dans *Beaumarchais* au 23 février •

La Boétie
Étienne de
1530-1563
Magistrat. Écrivain.
• 1574: autres événements • 1580: dans *Montaigne* dans autres événements •

Laboissière
Jean-Frédéric, comte Garnier de
1796-1873
Homme politique.
• 1832: 5 juin •

Labonne
Eirik
1888-1971
Haut fonctionnaire.
• 1944: 28 juin • 1947: 13 mai •

Laborde
Albert
Physicien.
• 1903: dans *Les Curie* au 10 décembre •

Laborde
Alexandre de
1773-1842
Archéologue et homme politique.
• 1807: juillet • 1816: mars • 1830: 29 juillet •

Laborde
Jean de
1878-1977
Amiral.
• 1942: 27 novembre • 1946: 12-14 août •

Laborde
Jean-Joseph
1724-1794
Banquier.
• 1730: autres événements •

La Borderie
Bertrand
Auteur.
• 1529: dans *Champier* dans autres événements •

Labori
Fernand
1860-1917
Avocat.
• 1898: 7-23 février • 1899: 14 août •

Labouchère
Pierre-César
1772-1839
Banquier.
• 1816: novembre •

La Bouillerie
Marie Joseph Mélite Roullet, baron de
1822-1894
Homme politique, ministre.
• 1873: 25 mai; 25 novembre •

Laboulaye
Édouard-René Lefebvre de
1811-1883
Écrivain et homme politique.
• 1863: 5 novembre • 1875: 28 janvier; 29 janvier •

La Bourdonnaie
François Régis de, comte de La Bretèche
1767-1839
Homme politique, ministre.
• 1815: *introduction La seconde Restauration*; 14 novembre; *biographie* au 14 novembre • 1819: 24 décembre • 1820: 4-13 novembre • 1821: 24-26 décembre • 1822: 7 juin • 1823: 26 février-3 mars • 1824: 14 juin; 12 juillet • 1829: 8 août; 10 août; 17-18 novembre •

La Bourdonnais
Bertrand-François Mahé de
1699-1753
Gouverneur des îles de France et de Bourbon.
• 1746: 6-7 juillet •

Laboureau
Jean-Baptiste
1753-?
Médecin. Hebertiste.
• 1794: 21 mars •

Labriola
Arturo
1873-1959
Économiste et homme politique italien.
• 1937: dans *Les Fuorusciti antifascistes* au 9 juin •

La Broue
Pierre de
1643-1720
Évêque de Mirepoix.
• 1717: 1er mars •

Labrousse
Ernest
1895-1988
Historien.
• 1947: 3 novembre; dans *La nouvelle histoire* au 3 novembre •

Labrouste
Henri
1801-1875
Architecte.
• 1843: autres événements • 1854: autres événements •

Labrusse
Roger
Haut fonctionnaire.
• 1954: 19 septembre •

La Bruyère
Jean de
Marchand. Membre des Seize.
• 1576: mai-juin •

La Bruyère
Jean de
1645-1691
Auteur.
• 1668: dans *Le Grand Condé* au 1er-19 février • 1688: mars; *biographie* en mars •

La Bruyère
Mathias de
Avocat. Lieutenant civil au Châtelet de Paris. Membre des Seize.
• 1576: mai-juin • 1588: novembre •

La Caille
Nicolas-Louis de
1713-1762
Mathématicien.
• 1741: autres événements • 1746: autres événements • 1750: autres événements •

La Calprenède
Gautier de Costes de
vers 1610-1663
Auteur.
• 1661: autres événements •

Lacan
Jacques
1901-1981
Médecin et psychanalyste.
• 1927: dans *Les normaliens de l'entre-deux-guerres* au 15 avril • 1953: 16 juin; 8 juillet • 1955: dans *Claude Lévi-Strauss* en octobre • 1956: mars • 1957: 18 avril • 1962: décembre 1962-juillet 1963 • 1964: 21 juin • 1966: novembre • 1973: février; *biographie* en février •

Lacave-Laplagne
Jean Pierre Joseph
1795-1849
Homme politique, ministre.
• 1837: 15 avril • 1842: 25 avril •

Lacaze
Albert
1885-?
Colonel.
• 1943: 21 juin •

Lacaze
Lucien
1860-1955
Amiral. Ministre.
• 1915: 29 octobre • 1916: 21 novembre; 12 décembre • 1917: 20 mars; 2 août •

Lacenaire
Pierre-François
1800-1836
Aventurier.
• 1836: 9 janvier •

Lacépède
Bernard-Germain-Étienne de La Ville-sur-Illon de
1756-1825
Naturaliste.
• 1788: autres événements • 1798: autres événements • 1815: 17 août •

La Chaise
François d'Aix de La Chaise, dit le père
1624-1709
Jésuite. Confesseur du roi.
• 1675: janvier • 1683: 9 octobre •

Lachal
Responsable de la Légion des Combattants.
• 1942: 4 juin •

La Chalotais
Louis-René-François de Caradeuc de
1701-1785
Procureur général du parlement de Rennes.
• 1763: avril; autres événements • 1765: 22 mai; 11 novembre • 1769: juillet • 1770: 20 janvier • 1783: dans *Calonne* au 1er novembre •

La Chambre
Guy
1898-1975
Ministre.
• 1934: 29-30 janvier • 1938: 18 janvier; 14 mars; 10 avril; 27 septembre; 5 décembre • 1942: 19 février • 1954: 3 septembre •

La Champmeslé
Marie Desmares
1642-1698
Comédienne.
• 1670: 21 novembre • 1671: 1er janvier; *biographie* au 1er janvier •

La Chapelle-Marteau
Michel
Membre des Seize.
• 1587: décembre • 1588: 18-20 mai; juin •

La Chassaigne
Françoise de
Épouse de Montaigne.
• 1580: dans *Montaigne* dans autres événements •

La Châteigneraie
François de Vivonne de
• 1547: *introduction Henri II*; 10 juillet •

La Châtre
Claude de
1536-1614
Ligueur. Baron de Maisonfort. Maréchal de France.
• 1588 : 8 septembre • 1610 : 3 septembre • 1613 : 18 novembre •

Lachaud
Charles
1818-1882
Avocat.
• 1873 : 6 octobre-10 décembre •

Lachelier
Jules
1832-1918
Philosophe.
• 1871 : 14 juillet • 1889 : dans *Bergson* au 28 décembre •

Lachenal
Pierre
1921-1955
Alpiniste.
• 1950 : 3 juin •

Lacheraf
Mostefa
Né en 1917
Homme politique algérien.
• 1956 : 22 octobre •

Laclos
Pierre-Ambroise-François Choderlos de
1741-1803
Auteur. Officier. Inspecteur général de l'artillerie.
• 1782 : avril ; *biographie* en avril • 1789 : mars • 1790 : 31 octobre • 1791 : dans *Les Jacobins* au 16 juillet • 1793 : 4 avril •

Lacombe
Claire, dite Rose
1765- ?
Actrice. Cofondatrice de la société des républicaines révolutionnaires.
• 1793 : dans *Les Enragés* au 12 février ; 10 mai ; 16 septembre • 1794 : 2 avril • 1795 : 20 août •

La Combe
François
1648-1715
Barnabite.
• 1695 : dans *Mme Guyon et le quiétisme* en mars •

Lacombe
Georges
1868-1916
Sculpteur.
• 1896 : dans *Les nabis* dans autres événements •

Lacombe
Jacques
1724-1811
Avocat. Libraire. Journaliste.
• 1752 : autres événements •

Lacombe de Prézel
Honoré
1725- ?
Avocat. Lexicographe.
• 1761 : autres événements •

La Condamine
Charles-Marie de
1701-1774
Mathématicien et littérateur.
• 1715 : *introduction Louis XV* • 1735 : mai • 1745 : autres événements • 1751 : autres événements •

Lacordaire
Jean-Baptiste Henri
1802-1861
Dominicain. Homme politique.
• 1817 : dans *Lamennais* au 20 décembre • 1830 : 16 octobre ; 18 décembre • 1831 : 7 mai ; 15 novembre • 1832 : 10 septembre ; *biographie* dans *Lacordaire et Montalembert* au 10 septembre • 1835 : 8 mars • 1840 : dans *Socialisme et utopies* en juin • 1848 : 1er mars ; 23-24 avril ; 17 mai • 1903 : dans *Sangnier* au 1er juin •

Lacore
Suzanne
1875-1975
Sous-secrétaire d'État.
• 1930 : autres événements • 1936 : 4 juin •

Lacoste
Élie
1745-1806
Député à la Convention.
• 1793 : 18 décembre •

Lacoste
Francis
Né en 1905
Diplomate.
• 1954: 20 mai • 1955: 21 juin •

Lacoste
Jean de
1730-1820
Ministre de la Marine.
• 1792: 9 mars; 20 juillet; 23 juillet •

Lacoste
Robert
1898-1989
Ministre.
• 1942: juillet • 1944: 5 septembre; 9 septembre • 1945: 10 février • 1946: 16 décembre • 1947: 22 janvier; 22 octobre; 24 novembre • 1948: 24 juillet; 4 octobre • 1949: 28-29 octobre • 1950: 7 février • 1956: 1er février; 6 février; 14 février; 29 octobre • 1957: 12 juin; 4 juillet; 30 septembre; 2 octobre; 6 novembre • 1958: dans *La torture sous la République* au 27 mars; 26 avril •

La Coste de Messelère
Benjamin-Éléonor-Louis Frotier, marquis de
1760-1806
Député.
• 1789: 8 août •

Lacouture
Jean
Né en 1921
Journaliste et biographe.
• 1940: dans *De Gaulle* au 18 juin •

Lacretelle
Jean Charles Dominique de, dit Lacretelle jeune
1766-1855
Historien et publiciste.
• 1818: février • 1828: février •

Lacretelle
Pierre Louis de, dit Lacretelle aîné
1751-1824
Avocat. Homme politique. Publiciste.
• 1796: 5 juillet • 1818: février • 1820: 5 avril • 1823: 4 décembre •

Lacroix
Jean
1900-1986
Philosophe.
• 1940: 28 septembre •

Lacroix
Marie-Sébastien-Bruno de
1768-1794
Publiciste.
• 1794: 31 mars; 2 avril •

Lacrosse
Théobald de
1796-1865
Homme politique, ministre.
• 1848: 27-28 décembre • 1849: 2 juin •

Ladislas
Fils de Casimir IV roi de Pologne. Roi de Hongrie de 1492 à 1516. Roi de Bohême de 1471 à 1516.
• 1498: *introduction Louis XII* • 1500: juillet • 1508: 10 décembre • 1515: *introduction François Ier* •

Ladislas IV Vasa
1595-1648
Roi de Pologne de 1632 à 1648.
• 1610: *introduction Louis XIII* •

Ladmiral
Henri
1735?-1794
• 1794: 22 mai •

Ladmirault
Louis-René-Paul de
1808-1898
Général.
• 1871: 12-18 avril •

Ladré
Chanteur.
• 1790: mai •

Ladvocat
Charles
1790-1854
Éditeur.
• 1826: 30 décembre •

LAENNEC
René Théophile Hyacinthe
1781-1826
Médecin.
• 1800: dans *Une révolution médicale* en juillet •

LA FARE
Anne-Louis-Henri de
1752-1829
Évêque de Nancy.
• 1789: 4 mai; dans *Abbé Grégoire* en juin; 23 décembre • 1790: 1er février; 13 février; 11 avril; 12 avril •

LAFARGE
Affaire
• Voir Capelle, Marie •

LAFARGUE
Laura
1846-1911
Fille de Karl Marx.
• 1882: dans *Le socialisme français* en septembre • 1885: 29 août •

LAFARGUE
Paul
1842-1911
Homme politique.
• 1882: dans *Le socialisme français* en septembre • 1883: 1er décembre • 1891: 8 novembre • 1899: 14 juillet; 3-8 décembre •

LAFAY
Bernard
1903-1977
Ministre.
• 1955: 23 février •

LA FAYETTE
Louise-Angélique Motier de
vers 1616-1665
Visitandine.
• 1637: 8 septembre • 1638: dans *Le vœu de Louis XIII* au 10 février •

LA FAYETTE
Marie-Joseph-Paul-Yves Roch Gilbert Mottier, marquis de
1757-1834
Homme politique.
• 1777: avril; *biographie* en avril • 1782: janvier • 1787: 21 mai; 29 novembre • 1788: 19 février; 10 novembre; dans *Rabaut Saint-Étienne* dans autres événements • 1789: *introduction Louis XVI et la Révolution*; 15 juillet; 17 juillet; 5-6 octobre; 10 octobre • 1790: 1er février; 12 mai; dans *La fête de la Fédération* au 14 juillet; 6 août; 15 décembre • 1791: 28 février; 18 avril; 22 avril; dans *Robespierre* au 16 mai; 21 juin; dans *Les Jacobins* au 16 juillet; dans *Les Feuillants* au 16 juillet; 17 juillet; 8 octobre; 16 novembre • 1792: avril; 20 avril; 24 avril; 25 avril; 16 mai; 18 juin; 20 juin; 28 juin; 29 juin; 30 juin; 6 juillet; 10 juillet; 13 juillet; 17 juillet; 8 août; dans *Danton* au 11 août; 18 août; 19 août • 1793: 10 avril; dans *Les Cordeliers* au 17 décembre; dans *Anacharsis Cloots* au 30 décembre • 1815: *introduction Les Cent-Jours*; *introduction La seconde Restauration* • 1816: dans *Benjamin Constant* au 27 septembre; octobre • 1817: 20 septembre; dans *Dupont de l'Eure* au 20 septembre • 1818: dans *Mathieu de Montmorency* au 8 octobre; 20 octobre • 1820: 19 août • 1821: février; 29 décembre 1821-10 janvier 1822 • 1822: août; 3-5 août; 13-20 novembre • 1824: mai; 13 juillet • 1827: juin • 1829: 8 juin; août-septembre • 1830: dans *Armand Carrel* au 3 janvier; 29 juillet; 30 juillet; 31 juillet; 3 août; *introduction La monarchie de Juillet*; 16 août; dans *Barrot* au 19 octobre; 25 décembre; 27 décembre • 1831: 14 mars • 1834: 20 mai • 1837: 31 août • 1868: dans *Cluseret* en août-septembre •

LA FAYETTE
Marie-Madeleine Pioche de la Vergne, comtesse de
1634-1693
Femme de lettres.
• 1641: dans *Salons, mondains et précieuses* au 22 mai • 1657: autres événements • 1671: dans *Mme de Sévigné* au 6 février • 1674: dans *Boileau* au 10 juillet • 1678: 8 mars; *biographie* au 8 mars •

LAFERRIÈRE
Édouard Julien
1841-1901
Juriste et administrateur.
• 1899: 8-25 mai •

La Ferronnays
Auguste de
1777-1842
Homme politique, ministre.
• 1828: 4 janvier • 1829: 1er janvier •

La Ferté-Milon
Siège de
• 1594: 10-28 janvier; février •

La Feuillade
François d'Aubusson, comte de
1623-1693
Maréchal de France.
• 1706: 7 septembre •

Laffemas
Barthélemy de
1545-vers 1612
Contrôleur général du commerce. Économiste.
• 1589: *introduction Henri IV* • 1596: 4 novembre • 1597: autres événements • 1598: autres événements • 1601: avril • 1602: autres événements • 1683: dans *Le colbertisme* au 9 septembre •

Lafferre
Antonin Baptiste Louis
1861-1929
Ministre.
• 1910: 2 novembre • 1917: 17 novembre • 1919: 16 novembre •

Laffitte
Jacques
1767-1844
Banquier. Homme politique. Président du Conseil.
• 1815: *introduction La seconde Restauration* • 1817: 22 mars; 20 septembre • 1818: 29 mai; dans *Manuel* au 20 octobre; 14-18 décembre • 1820: 16 juillet • 1822: 3-5 août • 1827: mars • 1830: 28 juillet; 29 juillet; 30 juillet; *introduction La monarchie de Juillet*; 11 août; 2 novembre; *biographie* au 2 novembre; dans *Mérilhou* au 2 novembre; 4 novembre; 1er décembre • 1831: 11 février; 16 février; 9 mars; 11 mars; 1er août • 1836: dans *Molé* au 6 septembre • 1837: autres événements • 1839: août •

Laffont
Robert
Éditions.
• 1941: mai • 1980: janvier •

Lafitau
Joseph-François
† 1740
Jésuite.
• 1724: autres événements •

Lafitte
Paul
Banquier et producteur de cinéma.
• 1909: dans *Le cinéma: art et industrie* dans autres événements •

Lafitte
Pierre
1872-1938
Directeur de presse.
• 1901: autres événements • 1902: autres événements • 1905: 15 juillet •

Lafleur
Jacques
Né en 1932
Homme politique.
• 1988: 26 juin • 1989: dans *Jean-Marie Tjibaou* au 4 mai •

Lafont
Louis Ernest
1879-1946
Ministre.
• 1923: 20 juin • 1933: 5 novembre • 1935: 1er juin; 6-7 juin •

Lafont de Saint-Yenne
• 1747: autres événements • 1750: autres événements •

Lafont de Savine
Charles de
1742-1814
Évêque de Viviers.
• 1790: dans *Le serment: clergé constitutionnel et clergé réfractaire* au 27 novembre •

La Fontaine
Jean de
1621-1695
Auteur.
• 1635: dans *L'Académie française* au 25 janvier • 1649: dans *Mazarinades* au 20 juillet • 1653: dans *Lully* au 23 février • 1657: dans *Tallemant des Réaux* dans autres événements • 1658: autres événements • 1665: 10 janvier • 1668: dans *Le Grand Condé* au 1er-19 février; 31 mars; *biographie* au 31 mars

• 1678: 3 mai • 1687: dans *La querelle des Anciens et des Modernes* au 27 janvier • 1689: autres événements • 1817: 6 mars • 1861: autres événements • 1863: dans *Taine* en décembre •

La Force
Charlotte-Rose de Caumont, dite Mlle de
1654-1724
Auteur.
• 1697: 11 janvier •

La Force
Henri-Jacques Nompar de Caumont, duc de
1675-1726
Membre du conseil de régence.
• 1718: 28 janvier •

La Force
Jacques-Nompar de Caumont, duc de
1559-1652
Maréchal de France.
• 1615: 28 juin • 1622: 20 mars-24 mai • 1634: 19 janvier-28 juillet; 11 octobre • 1635: 23 janvier •

Laforgue
Jules
1860-1887
Poète.
• 1886: dans *Les symbolistes* au 18 septembre • 1903: décembre •

Laforgue
René
1894-1962
Psychanalyste.
• 1922: janvier • 1924: juin • 1926: 4 novembre • 1927: 1er juillet •

La Fosse
Charles de
1636-1716
Peintre.
• 1658: autres événements • 1661: autres événements • 1671: dans *La peinture selon l'Académie* au 12 juin • 1688: autres événements •

La Fresnaye
Roger de
1885-1925
Peintre.
• 1908: dans *Le cubisme* au 14 novembre • 1911: 21 avril-15 juin • 1912: 10 octobre • 1913: 23 septembre • 1937: dans *L'Exposition internationale* au 24 mai •

Lagache
Daniel
1903-1972
Médecin et psychanalyste.
• 1927: dans *Les normaliens de l'entre-deux-guerres* au 15 avril • 1947: 9 mai • 1949: juin • 1953: 16 juin • 1956: 23 mai • 1964: 21 juin •

Lagaillarde
Pierre
Né en 1931
Homme politique.
• 1958: 13 mai • 1960: 24 janvier-1er février • 1961: dans *L'Algérie française et l'extrémisme* au 22-25 avril •

La Galissonnière
Roland-Michel Barrin de
1693-1756
Gouverneur du Canada.
• 1756: 18 avril; 20 mai •

Lagarde
Joseph-Jean
1755-1839
Secrétaire général du Directoire.
• 1795: 6 novembre •

Lagardelle
Hubert
1874-1958
Économiste. Ministre.
• 1925: dans *Valois* au 11 novembre • 1942: 18-20 avril • 1943: 21 novembre •

Lagny
Foire de
• 1137: *introduction Louis VII* • 1154: autres événements •

Lagos
Coup de filet de
27 juin 1693
• 1693: 27 juin-4 octobre •

Lagrange
Henri
Militant de l'Action française.
• 1911: 16 décembre • 1934: 9-12 janvier •

LAGRANGE
Joseph-Louis
1736-1813
Mathématicien.
• 1771: autres événements • 1772: autres événements • 1775: autres événements • 1788: autres événements; *biographie* dans autres événements • 1791: 19 mars • 1797: autres événements • 1798: autres événements •

LAGRANGE
Léo
1900-1940
Ministre.
• 1936: 4 juin • 1940: dans *De Gaulle* au 18 juin •

LAGRENÉE
Louis-Jean-François
1725-1805
Peintre.
• 1755: autres événements •

LAGROUA-WEILL-HALLÉ
Marie-Andrée
1916-1994
Médecin.
• 1956: janvier • 1967: dans *Le Mouvement français du Planning familial* au 28 décembre •

LAGUERRE
Georges
1858-1912
Homme politique.
• 1889: 16 mars; 9 juin • 1890: 20-21 janvier • 1903: dans *Marguerite Durand* en octobre •

LA GUICHE
Gabriel de
Chevalier de l'ordre de Saint-Michel.
• 1547: 29 mai •

LA GUICHE
Philibert de
Sieur de Chaumont. Gouverneur de Lyon.
• 1595: 13 août •

LAGUILLER
Arlette
Née en 1940
Personnalité politique.
• 1970: dans *Les gauchistes* au 27 mai • 1974: 18 avril; 5 mai • 1981: 26 avril • 1988: 24 avril • 1995: 23 avril •

LAHARPE
Amédée-Emmanuel-François
1754-1796
Général.
• 1796: 12 avril •

LA HARPE
Jean-François de
1739-1803
Critique et auteur dramatique.
• 1763: autres événements; *biographie* dans autres événements • 1770: autres événements • 1783: autres événements • 1786: 15 février • 1791: 7 novembre; 7 décembre • 1797: autres événements • 1799: 2 septembre •

LA HIRE
Étienne de Vignolles, dit
• 1427: 5 septembre •

LA HIRE
Jean de
1878-1956
Feuilletoniste.
• 1907: dans *Les feuilletonistes modernes* dans autres événements •

LA HITTE
Jean Ernest Ducos, vicomte de
1789-1878
Homme politique, ministre.
• 1849: 31 octobre •

LA HONTAN
Louis Armand de Lom d'Arce, baron de
vers 1666-vers 1715
Voyageur. Auteur.
• 1703: autres événements •

LA HOUGUE
Bataille de
2 juin 1692
• 1690: dans *Tourville* au 10 juillet • 1692: 12-29 mai; 2 juin •

LA HYRE
Laurent de
1606-1656
Peintre.
• 1635: autres événements • 1647: dans *L'atticisme parisien* dans autres événements • 1649: autres événements •

La Hyre
Philippe de
1640-1718
Fils de Laurent de La Hyre. Astronome. Mathématicien.
• 1695: autres événements •

Lainé
Joseph-Louis-Joachim
1767-1835
Homme politique, ministre.
• 1813: 29 décembre; *biographie* au 29 décembre • 1814: 11 juin • 1815: *introduction La seconde Restauration* • 1816: 21 mars; 4 mai-10 juin • 1817: 19 janvier; 5 février; dans *Dupont de l'Eure* au 20 septembre • 1818: 29 janvier; 28 novembre; 14-18 décembre; 21-26 décembre • 1819: dans *L'Église à la reconquête des âmes* au 24-27 octobre • 1820: 4 octobre; 21 décembre • 1823: 23 décembre • 1824: 25 février-6 mars • 1826: 4 juillet •

Laîné
Pascal
Né en 1942
Écrivain.
• 1974: novembre •

Lainez
Diego
1512-1565
Général des jésuites.
• 1560: *introduction Charles IX* • 1561: 9 septembre-14 octobre •

Laing
Ronald
1927-1989
Psychanalyste britannique.
• 1967: 21-22 octobre •

Laisant
Charles
1841-1920
Homme politique.
• 1888: 14 mars • 1889: 9 juin •

Laissez-les-vivre
1970
Association contre l'avortement.
• 1970: 26 novembre •

Laity
Armand-François-Rupert
1812-1889
Homme politique.
• 1838: 26 juin • 1848: 9-14 juin •

Lajard
Pierre-Auguste
1757-1837
Ministre de la Guerre.
• 1792: 18 juin; 23 juillet •

Lajoinie
André
Né en 1929
Homme politique.
• 1987: 12 octobre • 1988: 24 avril •

La Jonchère
Gérard-Michel de
1675-1750
Trésorier de la caisse de l'extraordinaire des guerres.
• 1723: 26 mai; 1er juillet •

La Jonquière
Pierre-Jacques de Taffanel de
1685-1752
Marin.
• 1747: 14 mai •

Lakanal
Joseph
1762-1845
Homme politique.
• 1793: 26 avril; 6 juin; 26 juin • 1794: 28 octobre; 30 octobre; 17 novembre; 16 décembre • 1795: 25 février; 30 mars; 5 novembre •

Lalaing
Charles de
Grand bailli de Hainaut.
• 1555: décembre • 1578: mars •

Lalande
Jean-Jérôme Lefrançois de
1732-1807
Astronome.
• 1759: autres événements • 1762: autres événements • 1764: autres événements • 1772: autres événements • 1773: autres événements • 1774: autres événements •

La Laurencie
Léon de
1879-1958
Général.
• 1940: dans *La France démantelée* au 12 juillet
• 1941: 13 décembre; 18 décembre •

Lalique
René
1860-1945
Artiste décorateur.
• 1913: 31 mars •

Lallemand
François-Antoine
1774-1839
Général.
• 1815: 7 mars • 1816: 2-12 janvier •

Lallemand
Henry-Dominique
1777-1823
Général.
• 1815: 7 mars • 1816: 2-12 janvier •

Lallemand
Nicolas
1797-1820
Étudiant en droit.
• 1820: 3 juin; 6 juin •

Lallemant
Georges
vers 1565-1636
Peintre.
• 1600: dans *La Seconde École de Fontainebleau* dans autres événements •

Lally-Tollendal
Thomas-Arthur de
1702-1766
Général. Administrateur en Inde.
• 1761: 16 janvier • 1766: 9 mai •

Lally-Tollendal
Trophime-Gérard de
1751-1830
Fils de Thomas-Arthur de Lally-Tollendal. Homme politique.
• 1761: 16 janvier • 1789: 7 juillet; 14 juillet; 20 juillet; 19 août; 31 août; dans *Les monarchiens* au 10 septembre; 7 octobre; 17 octobre • 1815: 24 avril • 1816: 2-12 janvier; 21 mars •

Lalo
Édouard
1823-1892
Compositeur.
• 1907: dans *Le renouveau musical* au 12 janvier •

Lalonde
Brice
Né en 1946
Ministre.
• 1981: 26 avril • 1991: 25 mai •

L'Alouette
François de
Auteur.
• 1595: autres événements •

Laloux
Victor
1850-1937
Architecte.
• 1900: 14 juillet •

Laloy
Pierre-Antoine
1749-1846
Membre du Comité de salut public.
• 1794: 29 juillet •

Lalumière
Catherine
Née en 1935
Ministre.
• 1981: 23 juin • 1984: 7 décembre •

La Luzerne
César-Guillaume de
1738-1821
Évêque réfractaire de Langres. Cardinal.
• 1787: 29 novembre • 1789: 9 septembre; dans *Les monarchiens* au 10 septembre • 1790: 1er février; 18 décembre • 1791: 15 mars • 1792: dans *L'état civil et le divorce* au 20 septembre • 1816: 18 septembre •

La Luzerne
César-Henri de
1737-1799
Secrétaire d'État à la Marine de 1787 à 1790.
• 1787: 25 août; 23 décembre • 1789: 11 juillet; 4 août • 1790: 26 octobre •

Lam
Wifredo
1902-1982
Peintre cubain.
• 1940: octobre •

La Malène
Christian de
Né en 1920
Ministre.
• 1968: 1er juin •

La Malfa
Ugo
1903-1979
Président du Conseil italien.
• 1969: *introduction La Ve République: De l'héritage du gaullisme à la victoire de la gauche* •

La Marche
Olivier de
Maître de l'Hôtel des ducs de Bourgogne. Auteur.
• vers 1490: *biographie* •

La Marck
Auguste-Henri-Raymond, comte de
1753-1833
Député aux États généraux.
• 1775: dans *Mirabeau* dans autres événements • 1790: dans *Le droit de déclarer la guerre* au 15 mai •

La Marck
Guillaume de
1517-1543
Duc de Juliers, duc de Clèves.
• 1540: 17 juillet; octobre • 1543: 24 août • 1560: dans *Jeanne d'Albret* au 25 décembre •

La Marck
Henri-Robert de
† 1574
Fils de Robert IV de La Marck duc de Bouillon. Duc de Bouillon. Prince de Sedan. Gouverneur de Normandie.
• 1574: 27-28 février • 1587: octobre • 1597: 14 juillet • 1602: mars-juillet; mai; octobre-novembre • 1603: juin • 1604: juin-décembre • 1605: janvier-octobre • 1606: mars-avril •

La Marck
Robert II de
† 1537
Duc de Bouillon.
• 1521: mars •

La Marck
Robert IV de
† 1556
Duc de Bouillon. Prince de Sedan. Maréchal de France.
• 1547: 29 mai • 1552: avril-novembre • 1553: juillet-septembre •

Lamarck
Jean-Baptiste de
1744-1829
Naturaliste.
• 1777: autres événements • 1789: autres événements • 1793: décembre • 1796: autres événements • 1797: autres événements • 1809: août; *biographie* dans *Naissance de la théorie de l'évolution* en août •

Lamarque
François
1753-1839
Député à la Convention.
• 1793: 30 mars; 1er avril • 1795: 26 décembre • 1796: 4 décembre • 1797: 8 février; 19 mai; 11 juillet; 16 juillet • 1799: 21 juillet •

Lamarque
Maximilien, comte
1770-1832
Général.
• 1777: dans *La Fayette* en avril • 1815: 20 juin • 1831: 2 avril • 1832: 5 juin •

La Martelière
Jean-Henri-Ferdinand
1761-1830
Auteur dramatique.
• 1792: 6 mars •

Lamartine
Alphonse de
1790-1869
Poète. Homme politique, ministre.
• 1817: dans *Lamennais* au 20 décembre • 1820: 11 mars; *biographie* au 11 mars; 5 avril • 1823: dans *Le romantisme* en juillet • 1825: 14 mai; 29 mai; 24 septembre • 1829: 5 novembre • 1830: 10 juin;

16 octobre; 15 décembre • 1831: octobre • 1833: 7 janvier • 1835: avril • 1836: février • 1838: 9 mai • 1839: 10 janvier; mars • 1840: 26 mai; août-septembre • 1841: mai • 1842: 15 février • 1843: 27 janvier • 1846: juin • 1847: 17 mars-19 juin • 1848: 21 février; 24 février; *introduction La IIe République*; 25 février; 26 février; 28 février; 4 mars; 6 mars; 18 mars; 18-25 mars; 16 avril; 23-24 avril; 7 mai; 10 mai; 15 mai; 25 août; 4 septembre-1er novembre; 26 octobre; 10-11 décembre • 1849: 2 janvier; dans *Ledru-Rollin* au 27 janvier; avril; 13-14 mai; 8 juillet • 1849: 14 juillet • 1870: 7 avril •

Lamballe
Marie-Thérèse-Louise de Savoie-Carignan, princesse de
1749-1792
Surintendante de la Maison de la reine.
• 1775: septembre •

Lamber
Juliette
1836-1936
Romancière.
• 1897: 13 novembre; *biographie* au 13 novembre •

Lambert
† vers 705
Évêque de Tongres-Maastricht.
• 673: septembre • 676: 25 janvier • vers 705: 17 septembre •

Lambert
Comte de Nantes.
• 845: 22 novembre; Noël • 846: été • 850: juin •

Lambert
Fils de Rainier III au Long Col, comte de Hainaut.
• 973: été • 974: janvier • 976: avril •

Lambert
Anne Thérèse de Marguenat de Courcelles, marquise de
1647-1733
Femme de lettres.
• 1710: autres événements • 1720: dans *Marivaux* au 17 octobre •

Lambert
Charles-Claude-Guillaume
1726-1794
Contrôleur général des Finances de 1787 à 1788.
• 1787: 31 août • 1788: 26 août • 1790: 30 novembre •

Lambert
Jean-Clarence
Né en 1930
Écrivain.
• 1958: juillet •

Lambert
Jean-Henri
1728-1777
Mathématicien.
• 1768: autres événements •

Lambert
Michel
1610-1696
Chanteur. Compositeur.
• 1602: dans *L'air de cour* dans autres événements • 1660: dans *Moulinié* au 2 février • 1680: dans *Les leçons des ténèbres* 17-19 avril • 1689: autres événements; *biographie* dans autres événements •

Lambert
Pierre Boussel, dit
Homme politique.
• 1970: dans *Les gauchistes* au 27 mai •

Lambert-Ribot
Président du Comité des forges.
• 1936: 7 juin •

Lambesc
Charles-Eugène de Lorraine, prince de
1751-1825
Militaire.
• 1789: 12 juillet •

Lambrecht
Félix
1819-1871
Homme politique, ministre.
• 1871: 19 février; 28 mai; décembre •

Lambrechts
Charles-Joseph-Mathieu, comte de
1753-1823
Homme politique, ministre.

• 1797: 24 septembre • 1799: 20 juillet • 1819: 6 décembre •

Lambrichs
Georges
1917-1992
Écrivain.
• 1967: octobre •

La Meilleraye
Charles de La Porte de
1602-1664
Cousin de Richelieu. Surintendant des finances. Maréchal de France.
• 1639: avril-octobre • 1648: 9 juillet • 1649: 15 avril • 1656: dans *Les nièces de Mazarin* en novembre-décembre •

Lamennais
Félicité-Robert de
1782-1854
Écrivain. Homme politique.
• 1808: autres événements • 1814: août • 1817: 20 décembre; *biographie* au 20 décembre • 1818: 8 octobre • 1820: 5 avril • 1823: dans *Le romantisme* en juillet; 22 août • 1825: mai • 1826: février; 26 mars • 1829: février; mars • 1830: 16 octobre; 17 octobre; 18 décembre • 1831: 29 juin; 15 novembre • 1832: 13 mars; 10 septembre; dans *Lacordaire et Montalembert* au 10 septembre • 1833: novembre; 11 décembre • 1834: 5 mai; 1er août • 1836: 5 novembre • 1837: 10 février-4 juin; décembre; 10 décembre • 1839: 2 février • 1840: 19-20 octobre; 26 décembre • 1841: 3 juillet • 1848: 27 février; 1er mars; 4 mars; 23-24 avril; 17 mai-17 juin; 11 juillet • 1854: 27 février • 1903: dans *Sangnier* au 1er juin •

Lamennais
Jean de
1780-1860
Prêtre.
• 1808: autres événements •

Lameth
Alexandre de
1760-1829
Député à l'Assemblée constituante.
• 1788: 10 novembre • 1789: *introduction Louis XVI et la Révolution*; 3 novembre • 1790: dans *Le droit de déclarer la guerre* au 15 mai; 19 mai • 1791: 28 février; 27 mai; 16 juillet; dans *Les Jacobins* au 16 juillet; dans *Les Feuillants* au 16 juillet; 5 octobre • 1792: 15 août; 19 août •

Lameth
Charles de
1757-1832
Député à l'Assemblée constituante.
• 1787: 10 novembre • 1789: *introduction Louis XVI et la Révolution* • 1790: 13 novembre • 1791: 16 juillet; dans *Les Jacobins* au 16 juillet; dans *Les Feuillants* au 16 juillet • 1792: 12 août •

La Mettrie
Julien Offray de
1709-1751
Médecin.
• 1745: autres événements • 1748: autres événements • 1750: 12 janvier; autres événements • 1752: autres événements •

Lamine
Bey
1882-1962
Bey de Tunis.
• 1948: 25 septembre • 1952: 26 mars; 26 juillet •

Lamirand
Georges
1899-1994
Secrétaire général à la Jeunesse sous Vichy.
• 1940: 30 juillet •

Lamoignon de Basville
Chrétien-François de
1735-1789
Garde des Sceaux.
• 1787: 8 avril; dans *Loménie de Brienne* au 1er mai; 19 novembre • 1788: 7 juin; 14 septembre; 23 septembre •

Lamoignon de Blancmesnil
Guillaume de
1683-1772
Premier président de la Cour des aides de Paris. Chancelier.
• 1750: 10 décembre • 1751: 24 mars • 1753: 20 juin • 1757: 1er septembre • 1762: 26 mars • 1763: 3 octobre • 1768: 14 septembre •

La Mole
Joseph de Boniface de
† 1574
Favori de François de Valois duc d'Alençon.
• 1574: avril-mai •

Lamoricière
Louis Juchault de
1805-1865
Général. Homme politique, ministre.
• 1832: 4 mars • 1837: dans *Bugeaud* au 12 février • 1841: 18 mai-3 juin • 1843: avril • 1846: novembre • 1847: 20-21 décembre; 23 décembre • 1848: 24 février; 23 juin; 28 juin; 13 octobre • 1849: 29 janvier; *biographie* au 29 janvier • 1851: dans *Le coup d'État du 2 Décembre: fin de la IIe République* au 2 décembre • 1860: 11 mai; 18 septembre; 29 septembre •

La Morlière
Claude de
Lieutenant criminel au Châtelet de Paris.
• 1588: novembre •

La Mothe Le Vayer
François
vers 1588-1672
Précepteur du roi Louis XIV.
• 1616: dans *Les libertins érudits* dans autres événements • 1623: dans *Mersenne* dans autres événements • 1630: autres événements • 1640: autres événements •

La Mothe-Houdancourt
Philippe, comte de
1605-1657
Maréchal de France.
• 1642: mars-mai •

La Motte
Jeanne de Saint-Remy, comtesse de
1756-1791
Aventurière.
• 1784: 11 avril • 1786: 31 mai •

La Motte-Picquet
Toussaint-Guillaume Picquet de La Motte, dit
1720-1791
Marin.
• 1779: décembre • 1781: 2 mai •

Lamour
Jean
1698-1771
Ferronnier.
• 1758: autres événements •

Lamourette
Antoine-Hadrien
1742-1794
Évêque constitutionnel de Rhône-et-Loire.
• 1792: 7 juillet • 1793: 29 septembre • 1794: 11 janvier •

Lamoureux
Charles
1834-1899
Chef d'orchestre.
• 1885: dans *Chabrier* dans autres événements • 1887: avril •

Lamoureux
Lucien
1888-1970
Ministre.
• 1926: 9 mars • 1930: 20-25 février • 1933: 31 janvier; 23-27 novembre • 1934: 5-8 janvier; 9 février; 11-13 mai • 1940: 21-22 mars •

Lancelot
Claude
1616-1695
Théologien.
• 1637: dans *Port-Royal et les Arnauld* au 24 août; dans *Les Solitaires de Port-Royal* au 24 août •

Lancken
Oskar von der
Diplomate suisse.
• 1917: 22 septembre •

Lancre
Pierre de
Magistrat.
• 1634: dans *Sorciers et sorcières* au 18 août •

Lancret
Nicolas
1690-1743
Peintre.
• 1735: autres événements •

Landé
Jean-Baptiste
Danseur.
• 1738: autres événements •

Landévennec
Abbaye de
• 485 • 818: autres événements • 937: autres événements •

Landon
† 914
Pape de 913 à 914.
• 893: *introduction Charles III le Simple* •

Landowska
Wanda
1879-1959
Musicienne d'origine polonaise.
• 1925: autres événements • 1929: 3 mai • 1987: dans *Le renouveau de la musique ancienne* en janvier •

Landowski
Marcel
1915-1999
Compositeur.
• 1956: 1er février • 1966: 25 mai •

Landowski
Paul
1875-1961
Sculpteur.
• 1942: 21 janvier •

Landremont
Charles-Hyacinthe Leclerc de
1739-1818
Général.
• 1793: 23 septembre •

Landri
† 1028
Comte de Nevers.
• 996: *introduction Robert II le Pieux* • 1003: autres événements •

Landru
Affaire
1921
• 1919: 13 avril • 1948: 16 janvier •

Landry
Abbé de Jumièges.
• 787 •

Landry
Adolphe
1874-1956
Ministre.
• 1920: 17-22 janvier • 1924: 8-10 juin • 1931: 27 janvier; 17 mars •

Landshut
Jean de
Architecte.
• 1495-1505 •

Lanessan
Jean-Marie Antoine de
1843-1919
Naturaliste, médecin. Homme politique, ministre.
• 1899: 23 juin •

Lanfranc
vers 1010-1089
Abbé du Bec. Archevêque de Canterbury de 1070 à 1089.
• 1050: dans *Bérenger de Tours* dans autres événements • 1059: autres événements • 1078: dans *Anselme* au 26 août •

Lanfranco
Giovanni
1582-1647
Peintre.
• 1630: autres événements •

Lang
Jack
Né en 1939
Ministre.
• 1971: mai • 1981: 21 mai; 21 juin; 21 novembre • 1983: 22 mars • 1984: 17-18 juillet • 1988: 8 mai • 1991: 25 mai • 1992: 2 avril • 2000: 27 mars; avril •

L'Ange
Jean
• 1655: 12 juin •

Lange
François-Joseph
1743-1793
Économiste.
• 1792: 9 juin •

Langeais
Château de
• 1491: 6 décembre •

Langeais
Marie-Louise Terrasse, dite Catherine
1923-1998
Présentatrice de télévision.
• 1949: dans *La naissance de la télévision publique* au 29 juin •

Langelier
Abel
Imprimeur-libraire.
• 1580: dans *Montaigne* dans autres événements •

Langevin
Paul
1872-1946
Physicien.
• 1918: autres événements • 1927: 15 avril • 1932: autres événements • 1934: 5 mars; autres événements • 1935: dans *Les compagnons de route* au 21-25 juin •

Langle
Pierre de
† 1724
Évêque de Boulogne.
• 1717: 1er mars •

Langlois
Henri
1914-1977
Fondateur de la Cinémathèque française de Chaillot.
• 1936: 2 septembre • 1968: 9 février •

Langlois
Isidore
1770-1800
Général.
• 1799: 2 septembre •

Langlois
Martin
Avocat.
• 1593: 16 janvier • 1594: 6 mars •

Langlois
Maurice
Syndicaliste.
• 1941: 17 mai •

Languereau
Maurice
1867-1941
Éditeur et auteur de bandes dessinées (sous le pseudonyme de Caumery).
• 1905: février •

Languet de Villeneuve de Gergy
Jean-Joseph
1677-1753
Archevêque de Sens.
• 1719: 6 septembre •

Laniel
Joseph
1889-1975
Président du Conseil.
• 1943: 27 mai • 1951: 15 février; 8 août • 1953: 26 juin; 4-25 août; 19-20 août • 1954: 2 janvier; 6 janvier; 31 mars; 4 avril; 29 avril; 9-12 juin •

Lanjuinais
Jean-Denis
1753-1827
Député à l'Assemblée constituante. Homme politique.
• 1789: dans *Abbé Grégoire* en juin; 7 novembre • 1790: 16 août • 1791: 8 février; 18 avril; 7 mai; dans *Les Jacobins* au 16 juillet • 1792: 17 décembre • 1793: 9 mars; 18 mars; 2 juin; 9 juin • 1795: 6 mai; 30 mai; dans *Une séparation de l'Église et de l'État* au 30 mai • 1815: 4 juin; 24 juillet; 17 août; 9 novembre • 1816: 7 décembre-8 février 1817 • 1817: novembre •

Lanjuinais
Victor Ambroise
1802-1869
Homme politique, ministre.
• 1849: 2 juin; 7 septembre •

Lannes
Jean, duc de Montebello
1769-1809
Maréchal de France.
• 1796: 26 mai • 1797: 28 mai; 6 septembre • 1798: dans *L'expédition d'Égypte* au 5 mars • 1799: 23 août • 1800: 25 avril-15 juillet • 1804: dans *Les maréchaux* au 18 mai • 1807: 15 avril; 4-21 juin • 1809: 8 avril-12 juillet • 1813: 16 avril •

Lannes
Napoléon Auguste, duc de Montebello
1801-1874
Diplomate. Ministre.
• 1839: 31 mars • 1847: 9 mai •

Lannoy
Charles de
Vice-roi de Naples.
• 1524: avril • 1526: janvier-mars; mars-mai •

Lannoy
Raoul de
Bailli d'Amiens.
• 1507: 28 avril •

La Noue
François de
1531-1591
Chef d'armées.
• 1572: mai-juillet; novembre • 1573: février-avril; juillet • 1574: mars; 29 août-22 septembre • 1587: autres événements • 1590: 12-13 mars •

Lanson
Gustave
1857-1934
Critique littéraire.
• 1904: 18 avril • 1915: autres événements •

Lanterne (La)
Journal.
• 1868: 30 mai; dans *Rochefort* au 30 mai; 13 août • 1877: 22 avril • 1881: 29 juillet •

Lanthenas
François-Xavier
1754-1799
Médecin. Député.
• 1792: 18 décembre • 1793: 2 juin •

Lanzmann
Claude
Né en 1925
Directeur des Temps modernes et cinéaste.
• 1985: 24 avril •

Laon
Cathédrale de
Reconstruction de 1155 environ à 1207.
• 1153: dans *Le temps des cathédrales* dans autres événements • vers 1180 •

Laon
Commune de
• 1108: *introduction Louis VI* • 1110: 7 janvier • 1112: 18 avril • 1115-1126 • 1128: 26 août •

Laos
• 1893: 20 juillet • 1898: 1er août • 1941: 9 mai • 1946: *introduction La IVe République*; dans *La guerre d'Indochine* au 19 décembre • 1948: 11 mai • 1949: 19 juillet • 1950: 29 janvier; août • 1953: avril; 8 mai; 3 juillet; 20 novembre; 25 décembre • 1954: 26 avril •

La Palice
Jacques de Chabannes de
† 1525
Maréchal de France.
• 1512: 11 avril; mai; octobre • 1515: 4 février • 1525: 24 février •

La Pérouse
Jean-François de Galaup de
1741-1788
Navigateur.
• 1785: 1er août • 1788: juin • 1791: 30 septembre •

La Peureuse
Hector de
Prévôt des marchands.
• 1588: 15 mai •

La Peyronie
François Gigost de
1678-1747
Premier chirurgien du roi.
• 1719: février •

Lapicque
Charles
1898-1988
Peintre.
• 1941: 10 mai •

Lapie
Pierre-Olivier
1901-1994
Ministre.
• 1934: 9 juillet • 1940: dans *Les Français de Londres* au 7 août; 1er décembre • 1950: 12 juillet • 1954: 29 septembre •

Lapipe
Marcel
Né en 1909
Inventeur.
• 1957 : autres événements •

Laplace
Pierre Simon de
1749-1827
Astronome, mathématicien et physicien. Ministre.
• 1773 : 10 février • 1774 : autres événements • 1776 : 20 novembre • 1779 : 16 juin ; 18 août • 1780 : 19 juillet • 1782 : autres événements • 1783 : 28 juin • 1784 : autres événements • 1785 : autres événements • 1787 : autres événements • 1789 : autres événements • 1791 : 19 mars • 1793 : dans *Condorcet et la Révolution* au 15-16 février • 1796 : autres événements • 1798 : autres événements • 1799 : 11-22 novembre • 1806 : dans *Berthollet et Gay-Lussac* en septembre • 1808 : dans *Malus* au 12 décembre • 1843 : autres événements • 1846 : dans *Le Verrier* au 23 septembre •

Laplanche
Jacques-Léonard
1755-1817
Député à la Convention.
• 1795 : 9 août •

Laplanche
Jean
Né en 1924
Psychanalyste.
• 1964 : 21 juin • 1967 : février •

Laponneraye
Albert
1808-1849
Historien et publiciste.
• 1832 : 8 septembre •

La Popelinière
Henri-Lancelot-Voisin de
1541-1608
Auteur.
• 1581 : juillet ; *biographie* en juillet •

Laporte
Arnaud de
† 1792
Intendant de la liste civile.
• 1792 : 23 août •

La Porte du Theil
Jean-Gabriel de
1683-1755
Premier commis.
• 1744 : 26 avril •

Lapouge
Gilles
Né en 1923
Écrivain et producteur de radio.
• 1975 : 10 janvier •

Laprade
Victor Richard de
1812-1883
Poète.
• 1861 : 25 novembre • 1872 : 9 mars •

La Quintinie
Jean-Baptiste
1624-1688
Agronome.
• 1666 : autres événements • 1690 : autres événements •

Larat
Bruno
Résistant.
• 1943 : 21 juin •

Larbaud
Valery
1881-1957
Écrivain.
• 1908 : 4 juillet • 1909 : 21 décembre • 1911 : mars • 1913 : autres événements • 1915 : dans *Adrienne Monnier* au 7 novembre • 1919 : mars • 1921 : 7 décembre • 1924 : janvier ; août • 1929 : février •

Larbi Ben M'Hidi
Mohammed
1923-1957
Homme politique algérien.
• 1957 : 25 février •

Larcher
Claude
† 1591
Conseiller au Parlement.
• 1591 : octobre-décembre • 1595 : 2 mars •

Larcy
Charles-Paulin-Roger de Saubert, baron de
1805-1882
Homme politique, ministre.
• 1844: 26 janvier • 1871: 19 février • 1873: 26 novembre •

La Renaudie
Jean Du Barry de
† 1560
« Cerveau » de la conjuration d'Amboise.
• 1559: *introduction François II* • 1560: février-mars •

La Révellière-Lépeaux
Louis-Marie de
1753-1824
Député à la Convention. Membre du Directoire.
• 1794: *introduction La République thermidorienne* • 1795: 6 mai; 31 octobre; dans *Les Directeurs* au 4 novembre; 20 novembre • 1796: 15 septembre • 1797: dans *La théophilanthropie* au 15 janvier; 3 février; 5 avril; dans *Leoben ou la paix malgré le Directoire* au 18 avril; 1er mai; 29 juin; 16 juillet; 24 août; 4 septembre; 13 octobre • 1798: dans *François de Neufchâteau* au 17 juin • 1799: 18 juin; 20 juin; 15 juillet; 18 août •

La Reynie
Nicolas de
1625-1709
Lieutenant général de Police de Paris.
• 1667: 15 mars; *biographie* au 15 mars • 1697: 22 janvier •

Large
Campagne dite du
1691
• 1691: juin-août •

Largillière
Nicolas de
1656-1746
Peintre.
• 1681: autres événements • 1682: autres événements • 1686: autres événements • 1703: autres événements • 1725: autres événements •

Largo Caballero
Francisco
1869-1946
Chef du gouvernement espagnol.
• 1937: 3 mai •

Lariboisière
Hôpital
1854
• 1854: mars •

Larionov
Mikhaïl
1881-1964
Peintre russe.
• 1914: juin • 1922: 18 mai •

La Rive
Charles Gaspard de
1770-1834
Physicien suisse.
• 1822: 16 février •

Larminat
René de
1895-1962
Général.
• 1940: dans *Les Français de Londres* au 7 août • 1947: 30 juin •

La Roche-Aymon
Charles-Antoine de
1697-1777
Archevêque de Reims.
• 1766: 31 juillet • 1771: 20 mars • 1777: autres événements •

La Rochefoucauld
Ambroise-Polycarpe de, duc de Doudeauville
1765-1841
Homme politique, ministre.
• 1824: 4 août • 1827: 29 avril •

La Rochefoucauld
François III de
† 1572
Gouverneur de Champagne.
• 1572: 24-29 août •

La Rochefoucauld
François IV de
† 1591
Chef d'armées.
• 1587: 18 octobre •

La Rochefoucauld
François VI, duc de
1613-1680
Frondeur. Moraliste.
• 1641: dans *Salons, mondains et précieuses* au 22 mai • 1649: dans *Mazarinades* au

20 juillet • 1650: 18 janvier; juin-octobre • 1651: octobre; novembre-décembre • 1664: 27 octobre; *biographie* au 27 octobre • 1678: dans *Mme de La Fayette* au 8 mars •

LA ROCHEFOUCAULD
Frédéric-Jérôme de Roye de
1701-1757
Archevêque de Bourges. Cardinal.
• 1755: 13 août • 1757: avril •

LA ROCHEFOUCAULD
Louis-Alexandre, duc de
1743-1792
Député à l'Assemblée constituante.
• 1790: 1er février • 1792: 4 septembre •

LA ROCHEFOUCAULD
Louis-François Sosthènes de, duc de Doudeauville
1785-1864
Homme politique, ministre.
• 1824: 4 août •

LA ROCHEFOUCAULD-LIANCOURT
François Alexandre Frédéric, duc de
1747-1827
Homme politique.
• 1785: autres événements • 1790: 1er février; 30 mai • 1817: 16 avril • 1819: dans *L'Église à la reconquête des âmes* au 24-27 octobre • 1827: 30 mars •

LA ROCHEJAQUELEIN
Henri du Vergier de
1772-1794
Général. Chef vendéen.
• 1793: 13 avril; *biographie* au 13 avril; 3 mai; 5 mai; 20 octobre; 25 octobre • 1794: 29 janvier; 1er février •

LA ROCHEJAQUELEIN
Henri-Auguste-Georges du Vergier, marquis de
1805-1867
Homme politique.
• 1844: 26 janvier •

LA ROCHEJAQUELEIN
Marie-Louise-Victoire, marquise de
1772-1857
Épouse de: 1. Louis Marie Lescure, 2. Louis de La Rochejacquelein.
• 1794: 8 janvier •

LA ROCHEPOSAY
Henri-Louis Chasteigner de
1577-1651
Évêque de Poitiers.
• 1614: 5 juillet-16 septembre • 1615: 17 août, 7 octobre •

LA ROCHEPOT
Antoine de
Lieutenant général de Paris.
• 1547: 1er avril • 1550: mars-avril •

LA ROCQUE
François de
1885-1946
Colonel. Fondateur des Croix-de-Feu. Homme politique.
• 1912: dans *Alexis Carrel* en décembre • 1918: dans *«L'impôt du sang». Les Anciens Combattants* au 11 novembre • 1928: janvier; *biographie* en janvier • 1934: 5 février; 6 février; dans *Débats stratégiques et tactiques* au 5 mai • 1935: 16 novembre • 1936: 18 juin; 4-8 octobre; 18-20 décembre • 1941: dans *Technocratie et synarchie* au 9-10 février; 27 août • 1942: 26 avril; 17 septembre • 1944: dans *Pierre Brossolette* au 22 mars •

LAROMIGUIÈRE
Pierre
1756-1837
Philosophe.
• 1815: 22 avril • 1828: dans *Victor Cousin* en février •

LAROQUE
Pierre
Né en 1907
Haut fonctionnaire.
• 1940: 20 juillet •

LA ROUËRIE
Armand-Charles Tuffin de, marquis de
1751-1793
Commandant des royalistes bretons.
• 1792: 12 mars; 29 mai; 11 juin • 1793: 4 juin •

LAROUSSE
Pierre
1817-1875
Éditeur et lexicographe.
• 1856: 29 mars • 1864: 12 mars •

Larpent
Georges
Membre de l'Action française.
• 1927 : 16 avril •

Larrey
Dominique-Jean, baron
1766-1842
Chirurgien.
• 1800 : dans *Une révolution médicale* en juillet • 1821 : dans *La légende napoléonienne* au 5 juillet •

Lartéguy
Jean
Né en 1920
Reporter et écrivain.
• 1954 : 7 mai •

Lartigue
Jacques-Henri
1894-1986
Photographe.
• 1913 : 23 septembre •

La Rue
Charles de
1643-1725
Jésuite. Prédicateur.
• 1704 : 12 avril •

La Rue
Pierre de
Tailleur.
• 1588 : mi-juillet •

Las Cases
Emmanuel de
1766-1842
Mémorialiste.
• 1821 : dans *La légende napoléonienne* au 5 juillet • 1860 : dans *Persigny* au 26 novembre •

La Sablière
Antoine de Rambouillet de
1624-1679
Auteur.
• 1689 : autres événements •

La Sablière
Marguerite Hessein, dame de Rambouillet de
1636-1693
Femme de lettre.
• 1668 : dans *La Fontaine* au 31 mars •

La Salle
Jean-Baptiste de
• Voir Jean-Baptiste de La Salle, Saint •

Lasalle
Robert
1882-1940
Ministre.
• 1938 : 18 janvier •

Lascaris
Jean
• 1494 : 9 novembre • 1537 : dans *Les Baïf* dans autres événements •

Lascaux
Grotte de
• 1940 : 12 septembre •

Lasies
Homme politique.
• 1905 : 7 novembre •

Lasource
Marie-David
1763-1793
Secrétaire du bureau de la Convention.
• 1792 : 20 septembre • 1793 : 1er avril ; 31 octobre •

Lassagne
André
Résistant.
• 1943 : 21 juin •

Lassurance
Pierre Cailleteau, dit
vers 1655-1724
Architecte.
• 1674 : autres événements •

Lassus
Jean-Baptiste
1807-1857
Architecte.
• 1844 : 11 mars •

Lassus
Roland (Orlando) de
1532-1594
Compositeur.
• 1571 : avril-mai ; *biographie* en avril-mai • 1581 : dans *Beaujoyeux* au 24 septembre •

LASTEYRIE
Charles de
1877-1936
Ministre.
• 1922: 15 janvier • 1924: 7 février •

LATARJET
Raymond
1911-1998
Médecin et explorateur.
• 1947: 27 février •

LATÉCOÈRE
Pierre
1883-1943
Ingénieur et industriel.
• 1930: dans *Les ailes françaises* au 1er-2 septembre • 1936: 8-14 mai •

LATHAM
Hubert
1883-1912
Aviateur.
• 1909: 5 juin •

LATOUCHE
Hyacinthe Thabaud de Latouche, dit Henri de
1785-1851
Écrivain.
• 1819: 28 août •

LATOUR
Maximilien de
† 1806
Général autrichien.
• 1796: 17 août; 24 août; 2 octobre •

LA TOUR
Georges de
1593-1652
Peintre.
• 1613: dans *Les caravagesques français* à fin 1613 ou début 1614 • 1620: autres événements • 1645: autres événements • 1650: autres événements •

LA TOUR
Pierre-François d'Arères de
1653-1733
Supérieur de l'Oratoire.
• 1720: 13 mars •

LA TOUR D'AUVERGNE
• Voir Bouillon, Henri de La Tour d'Auvergne, duc de • Turenne, Henri de La Tour d'Auvergne, vicomte de •

LA TOUR D'AUVERGNE
Théophile de
1743-1800
Officier. Surnommé « le premier grenadier de France ».
• 1889: 4 août •

LA TOUR D'AUVERGNE
Frédéric-Maurice
• Voir Bouillon, Frédéric-Maurice de La Tour d'Auvergne, duc de •

LA TOUR D'AUVERGNE
Madeleine de
Épouse de Laurent de Médicis duc d'Urbino.
• 1519: 13 avril • 1533: 28 octobre • 1547: mai •

LA TOUR D'AUVERGNE
Maurice-Godefroy
• Voir Bouillon, Maurice-Godefroy de La Tour d'Auvergne duc de •

LA TOUR D'AUVERGNE-LAURAGAIS
Henri Godefroy Bernard Alphonse, prince de
1823-1871
Homme politique, ministre.
• 1869: 17 juillet • 1870: 10 août •

LA TOUR DU PIN-GOUVERNET
Frédéric de
1727-1794
Secrétaire d'État à la Guerre.
• 1789: 4 août • 1790: 4 juin; 6 août; 31 août; 10 novembre; 16 novembre • 1794: 28 avril •

LATOUR-MAUBOURG
Marie-Charles-César de Fay de
1757-1831
Général.
• 1791: 22 juin • 1792: 19 août •

LATOUR-MAUBOURG
Marie-Victor-Nicolas de Fay, marquis de
1768-1850
Général. Ministre.
• 1819: 20 novembre • 1820: 20 février •

LATRAN
Concile du
5-31 octobre 649
• 649? : 24 octobre •

LATRAN II
Concile de
1139
• 1139: 3-8 avril •

LATRAN III
Concile de
1179
• 1179: autres événements •

LATRAN IV
Concile du
1215
• 1195: dans *Adam de Perseigne* dans autres événements • 1212: dans *Littérature et politique au temps de la croisade albigeoise* dans autres événements • 1215: 11-30 novembre •

LATRAN
Concile de
1512-1517
• 1511: 27 juin • 1512: 3 mai • 1513: 14 septembre; novembre-décembre • 1515: 6 mai • 1516: 19 décembre • 1517: 16 mars •

LA TRÉMOÏLLE
Charlotte-Catherine de
Fille de Louis III de La Trémoïlle. Épouse d'Henri I de Condé.
• 1595: 8 décembre •

LA TRÉMOÏLLE
Claude de
1566-1604
Duc de Thouars.
• 1587: 18 octobre • 1590: 12-13 mars • 1597: 11 mars-26 septembre; 14 juillet •

LA TRÉMOÏLLE
Georges de
• Voir Georges de La Trémoïlle •

LA TRÉMOÏLLE
Louis II de
† 1525
Fils de Louis I de La Trémoïlle. Premier chambellan. Gouverneur de Bourgogne. Conseiller de Charles VIII. Amiral de Guyenne et de Bretagne.
• 1488: 11 mars; 27-28 juillet • 1498: *introduction Louis XII* • 1500: février-mars; fin mars; fin mai • 1503: juillet; 12 août; octobre • 1505: avril • 1513: septembre; 14 septembre • 1515: 4 février • 1523: septembre; octobre-décembre • 1525: 24 février •

LA TRÉMOÏLLE
Louis III de
† 1577
Duc de Thouars.
• 1550: mars-avril • 1574: *introduction Henri III* •

LATTRE DE TASSIGNY
Jean-Marie de
1889-1952
Maréchal de France. Haut-commissaire en Indochine.
• 1943: 9 janvier • 1944: 15 août; *introduction Du Gouvernement provisoire à la IVe République*; 5 septembre • 1945: 2 février; 31 mars; 2 septembre; 14 septembre • 1946: dans *La guerre d'Indochine* au 19 décembre • 1948: 5 mai • 1950: 6, 15 décembre • 1951: 18 janvier; 19 avril • 1952: 11 janvier • 1958: dans *Raoul Salan* au 9-10 mai •

LAUBARDEMONT
Jean
vers 1590-1653
Magistrat.
• 1634: 18 août • 1638: juillet •

L'AUBESPINE
Claude de
† 1627
Secrétaire des finances.
• 1547: 1er avril; 10 mai • 1558: octobre-novembre • 1574: *introduction Henri III* •

L'AUBESPINE
Madeleine de
Fille de Claude de l'Aubespine. Épouse de Nicolas de Neufville de Villeroy, secrétaire d'État.
• 1547: 10 mai •

L'AUBESPINE (LES)
• 1547: *introduction Henri II* • 1574: *introduction Henri III* •

Laubreaux
Alain
1899-1968
Journaliste à Je suis partout.
• 1938: dans *Munichois et antimunichois* au 4 octobre • 1941: 7 février • 1946: 17-18 novembre •

Laudenbach
Roland
1921-1991
Éditeur et scénariste.
• 1945: avril •

Lauderdale
James Maitland, comte de
1759-1839
Homme d'État écossais.
• 1806: 5 août •

Laughton
Charles
1899-1962
Acteur britannique naturalisé américain.
• 1957: dans *Georges Simenon* dans autres événements •

Laugier
Henri
1883-1973
Professeur.
• 1939: 19 octobre •

Laugier
Marc-Antoine
1713-1769
Historien. Orateur.
• 1753: autres événements • 1754: autres événements •

Laumur
Michel
1731-1794
Général. Gouverneur de Pondichéry.
• 1794: 21 mars •

Launay
Bernard-René-Jordan de
1740-1789
Gouverneur de la Bastille.
• 1789: 14 juillet •

Launay
Mathieu de
Chanoine de Soissons. Ligueur.
• 1574: *introduction Henri III* • 1591: octobre-décembre •

Laur
Francis
1844-1934
Ingénieur et homme politique.
• 1888: 14 mars • 1891: 14 mars; 16-17 juillet • 1892: 19 janvier •

Laurain
Jean
Né en 1927
Ministre.
• 1981: 21 mai •

Laurat
Otto Maschl, dit Lucien
1898-1973
Économiste et journaliste d'origine autrichienne.
• 1934: 1er décembre •

Laurence
Bertrand Sévère
Évêque.
• 1862: 18 janvier •

Laurencin
Marie
1885-1956
Peintre.
• 1913: dans *Apollinaire* au 20 avril • 1924: 6 janvier •

Laurens
Camille
1906-1979
Agriculteur. Ministre.
• 1951: 8 août • 1952: 20 janvier; 6 mars • 1953: 7 janvier •

Laurens
Henri
1885-1954
Sculpteur.
• 1908: dans *Le cubisme* au 14 novembre • 1911: décembre • 1925: avril •

Laurent
Dominicain d'Orléans. Confesseur de Philippe III le Hardi. Auteur.
• 1270: *introduction Philippe III le Hardi* • 1279: autres événements •

Laurent
Augustin
1896-1990
Ministre.
• 1944: 9 septembre •

Laurent
Charles
Syndicaliste. Résistant.
• 1941: 17 mai • 1943: 27 mai • 1944: 20 mars •

Laurent
Jacques
1919-2000
Écrivain.
• 1946: dans *L'affaire Petiot* au 4 avril • 1950: dans *Les hussards* en septembre • 1971: novembre •

Laurent de Médicis
† 1492
• 1492: autres événements •

Laurent de Premierfait
Traducteur.
• 1371-1375: dans *Les traducteurs de Charles V* • 1394: dans *Jean de Montreuil et l'humanisme français* dans autres événements • 1405: autres événements • 1414: autres événements •

Laurent de Villedeuil
Pierre-Charles
1742-1828
Contrôleur général des Finances. Secrétaire d'État à la Maison du roi.
• 1787: 3 mai; 31 août • 1788: 26 juillet •

Laurent-Eynac
Laurent
1886-1970
Ministre.
• 1928: 14 septembre; 9 novembre • 1929: 31 octobre • 1930: 20-25 février; 2 mars • 1932: 16 décembre • 1933: 31 janvier; 27 octobre; 23-27 novembre • 1935: 1er juin; 6-7 juin • 1940: 21-22 mars •

Laurentie
Henri
Haut fonctionnaire.
• 1945: 28 février •

Laurette d'Alsace
Fille de Thierry d'Alsace, comte de Flandre.
• 1143: printemps •

Laurière
Eusèbe-Jacques de
1659-1728
Jurisconsulte.
• 1723: autres événements •

Lauriston
Jacques Alexandre Bernard Law de
1768-1828
Diplomate. Ministre.
• 1811: 5 février • 1820: 1er novembre • 1821: 14 décembre •

Lauriston
Jean Law de
Lieutenant de Dupleix.
• 1752: 13 juin • 1765: 11 avril •

Lausanne
Concile de
1449
• 1449: 16 avril •

Lausanne
Conférence de
1923
• 1923: 4 février; 24 juillet •

Lausanne
Conférence de
1932
• 1919: dans *Les réparations* au 28 juin • 1932: 16 juin-14 juillet • 1938: dans *Georges Bonnet* au 9 juin •

Lautréamont
Isidore Ducasse, dit
1846-1870
Écrivain.
• 1868: août • 1886: dans *Les symbolistes* au 18 septembre • 1924: dans *Les surréalistes* au 12, 15 octobre • 1949: juillet •

Lautrec
• Voir Foix Odet de •

Lauzanne
Stéphane
Journaliste.
• 1913: 25 décembre •

LAVARDIN
Henri-Charles de Beaumanoir, marquis de
1644-1701
Ambassadeur à Rome.
• 1687 : 16 novembre •

LAVAUDANT
Georges
Né en 1947
Metteur en scène.
• 1996 : 1er mars •

LAVEDAN
Henri
1859-1940
Écrivain.
• 1909 : dans *Le cinéma : art et industrie* dans autres événements •

LAVELLI
Jorge
Né en 1932
Metteur en scène.
• 1973 : 22 février •

LAVERAN
Alphonse
1845-1922
Bactériologiste.
• 1907 : 10 décembre •

LAVERDY
Clément-Charles-François de
1723-1793
Contrôleur général des Finances.
• 1715 : *introduction Louis XV* • 1763 : 14 décembre ; 23 décembre • 1764 : août • 1768 : 20 septembre ; 22 septembre • 1771 : novembre • 1793 : 24 novembre •

LAVERGNE
Philippe
Traducteur de Joyce.
• 1982 : novembre •

LAVICOMTERIE
Louis-Thomas de
1746-1809
Écrivain. Homme politique.
• 1790 : septembre • 1791 : autres événements • 1794 : 31 juillet •

LAVIDALIE
† 1936
Mécanicien de Jean Mermoz.
• 1936 : 6 décembre •

LA VIEUVILLE
Charles, marquis de
vers 1582-1653
Surintendant des finances.
• 1614 : dans *Pamphlets et libelles* au 27 octobre • 1623 : 6 janvier • 1624 : 20 mai ; 13 août ; octobre • 1644 : dans *Servien* en février-mars • 1651 : 8-9 septembre •

LAVIGERIE
Charles
1825-1892
Archevêque.
• 1870 : *introduction La IIIe République République : De la chute du Second Empire à la Première Guerre mondiale* • 1873 : 12 juillet • 1890 : 12 novembre ; *biographie* au 12 novembre • 1891 : 2 mars • 1892 : 20 janvier •

LA VIGNE
André de
• 1494 : autres événements •

LA VILLEHEURNOIS
Charles-Honoré Berthelot de
1750-1799
• 1797 : 5 septembre •

LA VILLEMARQUÉ
Théodore Claude Henri Hersart, vicomte de
1815-1895
Écrivain.
• 1839 : août •

LAVISSE
Ernest
1842-1922
Historien.
• 1876 : 29 janvier • 1883 : 10 mars • 1893 : 4 février ; *biographie* au 4 février • 1899 : janvier • 1915 : autres événements • 1927 : dans *Ferdinand Buisson* au 8 décembre •

LAVOISIEN
Jean-François
• 1764 : autres événements •

Lavoisier
Antoine-Laurent de
1743-1794
Chimiste. Fermier général.
• 1774: autres événements; *biographie* dans autres événements • 1777: autres événements • 1781: autres événements • 1783: 28 juin • 1784: 21 avril • 1785: autres événements • 1787: autres événements • 1789: avril; autres événements • 1791: autres événements • 1793: 30 novembre; dans *Anacharsis Cloots* au 30 décembre • 1794: 8 mai • 1802: dans *Fourcroy* au 10 décembre • 1806: dans *Berthollet et Gay-Lussac* en septembre •

La Vrillière
Louis Phélypeaux de
1705-1777
Comte de Saint-Florentin. Secrétaire d'État à la Maison du roi.
• 1749: 23 avril •

La Vrillière
Marquis de
1672-1725
Secrétaire d'État.
• 1715: 7 novembre • 1717: 4 décembre • 1718: 24 septembre •

Law
Andrew Bonard
1858-1923
Premier ministre britannique.
• 1914: *introduction La IIIe République: D'une guerre à l'autre* •

Law
John
1671-1729
Contrôleur général des Finances.
• 1715: *introduction Louis XV*; 24 octobre; *biographie* au 24 octobre • 1716: dans *Dubois* au 2 janvier; 1er mai; 2 mai; 20 mai; 26 mai • 1717: 10 avril; août; 12 septembre • 1718: 6 janvier; 28 janvier; avril; 11 juillet; 12 août; septembre; 4 septembre; 27 décembre • 1719: 23 mai; 8 juillet; 25 juillet; 21 décembre • 1720: 5 janvier; 11 mars; 22 mars; 26 mars; 21 mai; 28 mai; 2 juin; 7 juin; 14 juin; 17 juillet; 15 septembre; dans *Marivaux* au 17 octobre; 9 décembre; 14 décembre • 1721: 26 janvier; 14 septembre; autres événements • 1722: 15 juin • 1755: autres événements •

Lawfeld
Bataille de
• 1740: dans *La guerre de Succession d'Autriche* au 20 octobre • 1747: 2 juillet •

Lawrence
Geoffrey
Juriste britannique.
• 1945: 20 novembre •

Lawrence
T. E.
1888-1935
Écrivain britannique.
• 1950: dans *Roger Stéphane* au 13 avril •

Laya
Jean-Louis
1761-1833
Auteur.
• 1793: 2 janvier • 1796: 26 décembre • 1798: 25 mai • 1799: 15 février •

Laybach
Congrès de
1821
• 1820: 23 octobre 1820-février 1821 • 1821: 12 janvier-22 février; 10-12 février •

Lazare
Bernard
1865-1903
Écrivain et journaliste.
• 1870: *introduction La IIIe République: De la chute du Second Empire à la Première Guerre mondiale* • 1894: 22 septembre • 1896: 6 novembre; *biographie* au 6 novembre; 16 novembre •

Lazareff
Hélène (Gordon-)
Patron de presse.
• 1946: 21 novembre •

Lazareff
Pierre
1907-1972
Directeur de presse.
• 1959: 3 janvier •

Lazaristes
• 1611: dans *Bérulle* au 11 novembre • 1618: dans *Le siècle des saints* au 7 novembre • 1650: dans *Les misères de la guerre pendant la Fronde* en juin-octobre •

Lazitch
Branko
† 1998
Politologue.
• 1957 : mars •

Lazowski
Claude-François
1752-1793
• 1792 : 4 août •

Leahy
William D.
1875-1959
Amiral américain. Diplomate.
• 1940 : 22 novembre • 1941 : 5 janvier ; 9-10 février • 1942 : 18-20 avril •

Léautaud
Paul
1872-1956
Écrivain.
• 1903 : mars • 1913 : dans *Apollinaire* au 20 avril • 1942 : mars • 1951 : avril •

Le Bail
Jean
1904-1965
Homme politique.
• 1953 : 5 mars •

Lebas
Hippolyte
1782-1867
Architecte.
• 1806 : dans *Les architectes* au 15 août • 1831 : autres événements •

Lebas
Jean-Baptiste
1878-1944
Homme politique, ministre.
• 1916 : 16 janvier • 1936 : 4 juin • 1937 : 21-22 juin • 1938 : 14 mars •

Lebas
Philippe
1764-1794
Député à la Convention.
• 1793 : 18 octobre ; 31 octobre ; 2 novembre ; 5 novembre ; 30 décembre • 1794 : 27 juillet ; 28 juillet •

Lebeau
Jean-Louis Baux, dit
1780-1849
Général.
• 1836 : juin ; 12 août •

Le Beauclerc d'Achères
Charles
† 1630
Secrétaire d'État à la Guerre.
• 1630 : décembre •

Lebel
Fusil
1866
• 1866 : autres événements •

Le Blanc
Claude-Louis
1669-1728
Secrétaire d'État à la Guerre.
• 1718 : 24 septembre • 1723 : 1er juillet • 1726 : 19 juin • 1728 : juillet •

Le Blanc
Hubert
Prêtre. Musicien.
• 1740 : autres événements •

Leblanc
Henri
Industriel et collectionneur.
• 1916 : 4 août •

Leblanc
Jean-Bernard
1707-1781
Prêtre. Écrivain.
• 1749 : autres événements •

Leblanc
Louise
Industrielle et collectionneuse.
• 1916 : 4 août •

Leblanc
Maurice
1864-1941
Journaliste et écrivain.
• 1905 : 15 juillet • 1907 : autres événements ; dans *Les feuilletonistes modernes* dans autres événements •

LEBŒUF
Edmond
1809-1888
Maréchal de France. Ministre.
• 1869: 17 juillet • 1870: 2 janvier; 6 juillet; 20 juillet •

LE BON
Gustave
1841-1931
Médecin et sociologue.
• 1934: dans *Mein Kampf en français* au 17 avril-18 mai •

LEBON
Joseph
1765-1795
Député à la Convention.
• 1793: 1er juillet • 1794: 9 juillet; 2 août; 4 décembre • 1795: 18 février; 10 juillet; 16 octobre •

LEBON
Maurice Henri
1849-1906
Homme politique, ministre.
• 1893: 3 décembre • 1895: 27 janvier • 1896: 29 avril • 1898: 30 mai •

LEBON
Philippe
1767-1804
Chimiste.
• 1786: autres événements • 1789: janvier •

LEBOVICI
Gérard
† 1984
Producteur de cinéma.
• 1967: dans *Guy Debord* au 14 novembre •

LEBRANCHU
Marylise
Née en 1947
Ministre.
• 2000: 18 octobre •

LE BRAS
Gabriel
1891-1970
Sociologue et juriste.
• 1929: dans *L'École des Annales* en janvier • 1946: 15 mars •

LE BRET
Cardin
vers 1558-1655
Juriste. Auteur. Intendant des Trois Évêchés.
• 1610: *introduction Louis XIII* • 1632: autres événements; *biographie* dans autres événements •

LEBRET
Georges Adolphe
1853-1927
Homme politique, ministre.
• 1898: 3 novembre •

LE BRIS
Jean-Marie
1812-1872
Marin et pionnier de l'aviation.
• 1890: dans *Ader* au 9 octobre •

LE BRIS
Michel
Né en 1944
Écrivain.
• 1990: 25-27 mai •

LE BRIX
Joseph
1899-1931
Aviateur.
• 1928: 14 avril •

LE BRUN
Charles
1619-1690
Peintre. Directeur de l'Académie de peinture.
• 1637: autres événements • 1640: dans *La grande peinture: entre baroque et classicisme* au 17 décembre; autres événements • 1642: automne • 1647: autres événements • 1648: 1er févier; autres événements • 1650: autres événements • 1656: autres événements • 1661: dans *Mazarin collectionneur* au 9 mars; autres événements • 1662: 6 juin • 1663: 8 février; mars; autres événements • 1664: 1er juillet; autres événements • 1665: 4 décembre; dans *La sculpture au Grand Siècle* dans autres événements • 1666: dans *Le canal des Deux Mers* en octobre • 1667: dans *Les architectes de Louis XIV* au 14 mai; 15 octobre; autres événements • 1671: dans *La peinture selon l'académie* au 12 mai • 1672: 5 mai; autres événements • 1673: autres événements • 1675: autres événements • 1677: dans

Versailles dans autres événements • 1678: autres événements • 1680: autres événements • 1684: autres événements • 1687: dans *La querelle des Anciens et des Modernes* au 27 janvier • 1689: autres événements • 1690: 12 février • 1692: autres événements •

Le Brun
Pierre
Homme politique.
• 1945: 8-12 avril •

Lebrun
Albert
1871-1950
Président de la IIIe République de 1932 à 1940.
• 1911: 23-27 juin • 1912: 14 janvier • 1913: 11 janvier; 9 décembre • 1918: 26 novembre • 1932: 10 mai • 10 mai 1932-11 juillet 1940 • 1940: dans *Pétain* au 11 juillet •

Lebrun
Charles François, duc de Plaisance
1739-1824
Consul.
• 1799: 13 décembre • 1802: 2 août • 1804: dans *Grands dignitaires* au 18 mai •

Lebrun
Pierre
1754-1793
Ministre des Affaires étrangères.
• 1792: 11 août; 28 décembre • 1793: 2 juin; 21 juin; 28 décembre •

Lebrun-Tossa
Jean-Antoine
1760-1837
Sous-chef au ministère de la Police. Auteur dramatique.
• 1794: 23 janvier •

Lecacheux
Joseph
1880-1952
Homme politique.
• 1940: dans *Les quatre-vingts* au 10 juillet •

Lecanuet
Jean
1920-1993
Ministre.
• 1963: 26 mai • 1964: 10 mai • 1965: 5 décembre • 1966: 2 février • 1969: 3 février • 1974: 28 mai • 1976: 21 mai; 27 août • 1978: 23 mars •

Lecarlier d'Ardon
Marie-Jean-François-Philibert
1752-1799
Ministre de la Police.
• 1798: 16 mai; 29 octobre •

Le Caron
Louis, ou Loys Charondas
1536-1613
Juriste.
• 1563: 17 août •

Lecat
Jean-Philippe
Né en 1935
Ministre.
• 1974: 1er mars • 1978: 4-6 avril •

Lecesve
Abbé
1733-1791
Député du Poitou.
• 1789: 13 juin •

Lech
Bataille du
• 1632: 15 avril-23 août •

Le Chapelier
Isaac-René-Guy
1754-1794
Député à l'Assemblée constituante.
• 1789: 23 mai; 14 juillet; 12 septembre; 18 septembre • 1791: 8 février; 10 mai; 14 juin; dans *Les Jacobins* au 16 juillet; dans *Les Feuillants* au 16 juillet; 8 août; 29 septembre • 1794: 22 avril •

Le Chapelier
Loi
1791
• 1791: 14 juin • 1803: 12 avril • 1849: 27 novembre • 1862: 7 septembre • 1875: 2 août •

Le Charron
Jean
Prévôt des marchands.
• 1572: 23 août •

Lécluze de Thilloy
Louis
1711-1792
Acteur. Dentiste.
• 1778: autres événements •

Lecœur
Auguste
1911-1992
Homme politique.
• 1930: dans *Thorez* au 23 avril • 1946: juin •

Le Coigneux
Jacques
1588-1651
Abbé de Corbeil.
• 1624: dans *Gaston d'Orléans* au 20 mai • 1630: 2 janvier •

Lecoin
Louis
1888-1971
Anarchiste.
• 1903: dans *Alain* au 9 juillet • 1922: dans *Victor Margueritte* au 12 juillet • 1939: 28 septembre •

Lecointre
Laurent
1742-1805
Négociant. Député.
• 1792: 15 décembre • 1793: 19 décembre • 1794: 29 août; 3 septembre; 3 octobre • 1795: 19 mars; 5 avril •

Lecompte-Boinet
Jacques
1905-1974
Diplomate. Résistant.
• 1943: 27 mai; 25 juin •

Lecomte
Claude Martin
1817-1871
Général.
• 1871: 18 mars •

Lecomte
Pierre
1798-1846
Conspirateur.
• 1846: 16 avril •

Lecomte
Roger, dit Roger Gilbert-Lecomte
1907-1943
Écrivain.
• 1928: juin •

Leconte de Lisle
Charles Marie René, dit
1818-1894
Poète.
• 1852: 4 décembre • 1858: 28 août • 1866: *biographie* dans *Les poètes parnassiens* au 3 mars • 1887: 14 février • 1899: dans *Barrès* au 15 janvier •

Le Corbusier
Charles-Émile Jeanneret, dit
1887-1965
Architecte, urbaniste, peintre et écrivain suisse.
• 1908: dans *Le cubisme* au 14 novembre • 1918: 18 novembre • 1920: autres événements • 1925: avril • 1928: autres événements • 1947: 10 juillet • 1950: dans *Le père Couturier et l'art sacré* au 4 août • 1952: 14 octobre • 1955: juillet • 1958: janvier •

Lecourbe
Claude-Jacques
1759-1815
Général.
• 1799: 15 mars; 23 septembre; 25-27 septembre •

Lecourt
Dominique
Né en 1944
Philosophe.
• 1983: 10 octobre • 1999: septembre •

Lecourt
Robert
Né en 1908
Ministre.
• 1948: 24 juillet • 1949: 13 février; 6 juillet • 1957: 6 novembre • 1958: 14 mai • 1959: 9 janvier • 1960: 5 février •

Lecouvreur
Adrienne
1692-1730
Actrice.
• 1726: 17 avril • 1730: 15 mars • 1745: dans *Maurice de Saxe* au 11 mai •

Le Coz
Claude
1740-1815
Évêque constitutionnel d'Ille-et-Vilaine.
• 1792: 5 février •

Lécuyer
Jean
† 1556
Maître-verrier.
• 1544: autres événements •

Ledoux
Claude Nicolas
1736-1806
Architecte.
• 1772: autres événements • 1773: autres événements • 1775: autres événements • 1784: autres événements • 1806: dans *Les architectes* au 15 août •

Ledru-Rollin
Alexandre Auguste
1807-1874
Homme politique, ministre.
• 1831: dans *Godefroy Cavaignac* au 6, 16 avril • 1832: dans *Auguste Blanqui* en janvier • 1840: dans *Socialismes et utopies* en juin • 1841: 23 juillet • 1843: 29 juillet • 1847: octobre; 7 novembre • 1848: 24 février; *introduction La IIe République*; 25 février; 26 février; 12 mars; 17 mars; 18 mars; 24 mars; 8 avril; 13-15 avril; 16 avril; 23-24 avril; 10 mai; dans *Trélat* au 24 mai; dans *Eugène Cavaignac* au 28 juin; 3 août; 25 août; 26 octobre; dans *Delescluze* au 26 octobre; 10-11 décembre; 20 décembre • 1849: 27 janvier; *biographie* au 27 janvier; 9-11 mai; 13-14 mai; 11 juin; 12 juin; 13 juin; 13-15 novembre • 1850: 11 août • 1871: 26 mai • 1874: 7 février •

Le Duc
Gabriel
Architecte.
• 1645: 1er avril •

Leduc
Violette
1907-1972
Écrivain.
• 1964: mars •

Leenhardt
Maurice
1878-1954
Ethnologue.
• 1946: 15 mars •

Lefaucheux
Pierre
1898-1955
Industriel.
• 1916: dans *Les patrons de l'industrie et la Première Guerre mondiale* au 12 décembre • 1946: 3-13 octobre • 1955: dans *Pierre Dreyfus* au 27 mars •

Lefebvre
Eugène
Homme politique.
• 1920: 24 décembre •

Lefebvre
François Joseph, duc de Dantzig
1755-1820
Maréchal de France.
• 1797: 21 avril • 1799: 11 août • 1804: dans *Les maréchaux* au 18 mai •

Lefebvre
Georges
1874-1959
Historien.
• 1924: autres événements • 1929: dans *L'École des Annales* en janvier • 1932: autres événements •

Lefebvre
Henri
1901-1991
Philosophe et sociologue.
• 1958: février •

Lefebvre
Marcel
1905-1991
Cardinal.
• 1970: 1er novembre •

Lefebvre
Raymond
1891-1920
Fondateur de l'ARAC.
• 1918: dans *« L'impôt du sang ». Les Anciens Combattants* au 11 novembre •

Lefebvre de Vatimesnil
Antoine François Henri
1789-1860
Homme politique, ministre.
• 1828: 4 janvier •

Lefebvre du Prey
Edmond
1866-1955
Ministre.
• 1921: 16 janvier • 1924: 30 mars; 8-10 juin •

Lefebvre-Desnouettes
Charles, comte
1773-1822
Général.
• 1815: 7 mars • 1816: 2-12 janvier •

Lefebvre-Duruflé
Noël-Jacques
1792-1877
Homme politique, ministre.
• 1851: 26 octobre; 3 décembre • 1852: 23 janvier •

Lefèvre
Aviateur.
• 1929: 14 juin •

Lefèvre
André
1869-1929
Ministre.
• 1920: 17-22 janvier •

Lefèvre
Auguste Alfred
1828-1907
Vice-amiral. Ministre.
• 1893: 3 décembre •

Lefèvre d'Étaples
Jacques
vers 1450-1537
Théologien et humaniste, membre du Cercle de Meaux.
• 1490: autres événements • 1515: *introduction François Ier* • 1521: avril; dans *Le Cercle de Meaux* en avril • 1523: autres événements; *biographie* dans autres événements • 1525: 9 mars; juillet-novembre • 1526: avril • 1528: autres événements • 1544: 14 février •

Lefèvre d'Ormesson
Henri-François de Paule
1751-1808
Contrôleur général des Finances.
• 1783: 29 mars; 24 octobre; 1er novembre •

Le Flô
Adolphe Charles
1804-1887
Général. Ministre.
• 1870: 4 septembre • 1871: 19 février; 18 mars •

Lefort
Claude
Né en 1924
Philosophe.
• 1947: dans *La nouvelle histoire* au 3 novembre • 1949: mars • 1956: juillet • 1964: février • 1974: juin • 1981: avril •

Lefort
Georges Filip, dit
Résistant.
• 1944: 24 août •

Lefranc
Georges
1904-1985
Historien.
• 1927: dans *Les normaliens de l'entre-deux-guerres* au 15 avril •

Lefranc
Pierre
Né en 1922
Homme politique.
• 1958: 9 juin • 1959: 9 janvier •

Lefranc
Victor
1809-1883
Homme politique, ministre.
• 1871: 28 mai • 1872: 2 février; 30 novembre •

Lefranc de Pompignan
Jean-Georges
1715-1790
Archevêque de Vienne. Président de l'Assemblée nationale.
• 1789: 3 juillet; 4 août • 1790: 10 juillet; 20 septembre; 11 novembre; 29 décembre •

Lefranc de Pompignan
Jean-Jacques
1709-1784
Premier président à la Cour des aides de Montauban. Poète. Académicien.
• 1751: autres événements • 1760: autres événements •

Lefrançais
Gustave Adolphe Lefrançois, dit
1826-1901
Instituteur. Membre de la Commune de 1871.
• 1870: 1er novembre • 1871: 29 mars; 15 mai •

Lefuel
Hector
1810-1881
Architecte.
• 1857: 14 août •

Le Garrec
Jean
Né en 1929
Ministre.
• 1982: 29 juin •

Legay
Kléber
1889-1949
Dirigeant syndical.
• 1937: 1er septembre •

Legendre
Adrien-Marie
1752-1833
Géomètre.
• 1794: autres événements • 1798: autres événements •

Legendre
Louis
1752-1797
Boucher. Député à la Convention.
• 1793: 5 mars; 2 juin; 25 juin • 1794: 31 mars; 12 mai; 28 juillet; 1er août; 18 décembre • 1795: 1er avril •

Legendre
Nicolas
1619-1671
• 1656: autres événements •

Legendre de Saint-Aubin
Gilbert-Charles
1688-1746
Maître des requêtes. Historien.
• 1733: autres événements •

Legentilhomme
Paul
1884-1975
Général. Ministre.
• 1941: 24-26 septembre • 1942: 10 septembre-14 décembre •

Leger
Alexis
• Voir Saint-John Perse •

Léger
vers 616-678/679
Évêque d'Autun de 663 à 675.
• 639: dans *Deux royaumes francs* au 19 janvier • 657: 11 septembre-10 novembre • 663-vers 679: *biographie* • 673: 10 mars-15 mai; septembre • 675: Pâques; deux royaumes francs (675-680); 18 octobre-9 décembre • 677: septembre • 678 •

Léger
Fernand
1881-1955
Peintre.
• 1907: 1er octobre • 1908: dans *Le cubisme* au 14 novembre • 1911: 21 avril-15 juin; décembre • 1912: dans *Le futurisme en peinture* au 5 février; 10 octobre; autres événements • 1913: dans *Apollinaire* au 20 avril • 1919: février • 1920: 27 janvier; autres événements • 1923: 25 octobre • 1925: avril • 1930: avril • 1932: 17 mars • 1935: avril • 1936: 16-31 mai • 1937: dans *L'Exposition internationale* au 24 mai; 15 décembre • 1943: 27 mai • 1944: 6 octobre • 1946: 15 février-15 mars • 1949: 20-25 avril • 1950: 12 mai; 4 août; dans *Le père Couturier et l'art sacré* au 4 août • 1951: janvier • 1956: juin • 1964: dans *La Fondation Maeght* au 28 juillet • 1997: 29 mai-29 septembre •

Léger
François Pierre Auguste
1766-1823
Comédien. Auteur dramatique.
• 1792: 18 février •

Légion d'honneur
• 1802: 19 mai • 1803: 24 septembre • 1811: 18 octobre • 1851: 15 août •

Légion des volontaires français contre le bolchevisme
• Voir LVF •

Légion étrangère
• 1831: 9 mars •

Légion française des combattants
1940-1943
• 1928: dans *La Rocque et les Croix-de-Feu* en janvier • 1940: 29 août • 1941: 21 mai; 12 décembre • 1942: 26 avril; 4 juin • 1943: 28 avril; 6 mai; août •

Légion tricolore
juin-décembre 1942
• 1942: 22 juin • 1944: 26 août •

Le Goff
Jacques
Né en 1924
Historien.
• 1947: dans *La nouvelle histoire* au 3 novembre • 1957: février • 1964: novembre • 1996: février •

Legouvé
Ernest
1807-1903
Écrivain.
• 1849: 14 avril •

Legouvé
Gabriel
1764-1812
Auteur.
• 1792: 6 mars • 1795: 31 juillet •

Legrain
Paul Maurice
Sociologue.
• 1894: juillet •

Legrand
Jacques Guillaume
1743-1808
Architecte.
• 1791: autres événements • 1794: 1er février •

Legrand
Pierre
1834-1895
Homme politique, ministre.
• 1882: 7 août • 1885: 6 avril • 1888: 3 avril •

Le Gros
Nicolas
1675-1751
Théologien.
• 1716: autres événements • 1731: autres événements • 1733: autres événements • 1739: autres événements •

Le Gros
Pierre I
1629-1714
Sculpteur.
• 1665: dans *La sculpture au Grand Siècle* dans autres événements • 1677: dans *Versailles* dans autres événements •

Lehideux
François
1903-1998
Banquier et industriel.
• 1941: dans *Technocratie et synarchie* au 9-10 février; 18 juillet •

Lehn
Jean-Marie
Né en 1939
Chimiste.
• 1987: 14 octobre •

Le Hongre
Étienne
1628-1690
Sculpteur.
• 1665: dans *La sculpture au Grand Siècle* dans autres événements • 1685: autres événements •

Leibniz
Wilhem Gottfried
1646-1716
Philosophe. Savant.
• 1683: dans *Malebranche* en mai • 1691: autres événements •

Leidrade
† 816
Évêque de Lyon de 798 à 816. Missus dominicus.
• 798 •

Le Maistre
Jean
† 1601
Président au Parlement de Paris.
• 1589: 30 janvier 17 février • 1593: 16 janvier; 27 janvier; mai-juin • 1594: 6 mars •

Lemaître
Antoine
1608-1658
Fils d'Isaac Lemaître. Fondateur de la communauté des Solitaires.
• 1637: dans *Les Solitaires de Port-Royal* au 24 août • 1638: 14 mai • 1658: autres événements • 1667: autres événements •

Lemaître
Antoine Louis Prosper, dit Frédérick
1800-1876
Comédien.
• 1823: 2 juillet • 1840: 15 mars •

Lemaître
Isaac
† 1640
Maître des comptes.
• 1637: 24 août; dans *Les Solitaires de Port-Royal* au 24 août •

Lemaître
Jules
1853-1914
Écrivain. Homme politique.
• 1899: 15 janvier • 1909: dans *Le cinéma : art et industrie* dans autres événements •

Lemaître de Sacy
Louis-Isaac
1613-1684
Fils d'Isaac Lemaître. Solitaire de Port-Royal.
• 1637: dans *Les Solitaires de Port-Royal* au 24 août • 1667: autres événements • 1696: autres événements •

Lemaître de Séricourt
Simon
• Voir Séricourt, Simon Lemaître de •

Lemercier
Jacques
1585-1654
Architecte.
• 1626: autres événements • 1631: août • 1635: autres événements •

Lemercier
Louis-Népomucène
1771-1840
Poète.
• 1792: 20 avril • 1796: 31 mars • 1798: 22 décembre • 1823: dans *Le romantisme* en juillet •

Le Mercier de La Rivière
Pierre-Paul
vers 1719-1793
Économiste.
• 1756: dans *Les physiocrates* dans autres événements • 1767: autres événements •

Lemerer
Robert-Gaspard
1757-1820
Député au Conseil des Cinq-Cents.
• 1797: 1er mars; 5 septembre •

Lémery
Henry
1874-1972
Ministre.
• 1940: 12 juillet •

Lémery
Nicolas
1645-1715
Chimiste.
• 1675: autres événements • 1697: autres événements •

Lemierre
Antoine-Marin
1723-1793
Auteur.
• 1770: 30 juillet • 1790: 30 juin; 17 décembre •

Lemire
Abbé Jules
1853-1928
Homme politique.
• 1906: 6-9 mars •

Le Moine
Pierre
1602-1671
Jésuite. Auteur.
• 1630: 21-30 septembre •

LE MONNIER
Pierre-Charles
1715-1799
Astronome.
• 1741: autres événements • 1746: autres événements •

LEMOT
François Frédéric, baron
1772-1827
Sculpteur.
• 1808: dans *Le néo-classicisme* au 4 janvier •

LE MOYNE
François
1688-1737
Premier peintre du roi.
• 1733: autres événements • 1736: 26 septembre •

LEMOYNE
Jean-Baptiste
1751-1796
Compositeur.
• 1794: 5 janvier •

LE MOYNE DE BIENVILLE
Jean-Baptiste
1680-1768
Fondateur de La Nouvelle Orléans.
• 1718: autres événements •

LE MUET
Pierre
1591-1669
Architecte.
• 1623: autres événements • 1632: autres événements • 1645: 1er avril •

LE NAIN
Antoine
vers 1600-1648
Peintre.
• 1629: autres événements • 1648: 1er février •

LE NAIN
Louis
vers 1600-1648
Peintre.
• 1629: autres événements • 1648: 1er février •

LE NAIN
Mathieu
vers 1607-1677
Peintre.
• 1629: autres événements • 1633: autres événements • 1648: 1er février • 1677: autres événements •

LE NAIN DE TILLEMONT
Sébastien
1637-1698
Historien.
• 1693: autres événements •

LENCLOS
Anne, dite Ninon de
1620-1705
Courtisane.
• 1657: autres événements •

LENEPVEU
Jules-Eugène
1819-1898
Peintre.
• 1964: 23 septembre •

LÉNINE
Vladimir Ilitch Oulianov, dit
1870-1924
Président du Conseil des commissaires du peuple de la RSFSR puis de l'URSS de 1917 à 1924.
• 1908: dans *Georges Sorel* au 7 mai • 1911: dans *Merrheim* au 5 janvier • 1914: *introduction La IIIe République: D'une guerre à l'autre* • 1915: 5-8 septembre • 1916: 24-30 avril • 1917: 6-7 novembre; 26 novembre • 1919: 4 mars • 1920: dans *Le congrès de Tours* au 25-30 décembre • 1924: 20-24 janvier • 1930: dans *Hô Chi Minh* au 3-7 février • 1970: dans *Les gauchistes* au 27 mai • 1996: 26 novembre •

LENINGRAD
Siège de
1941-1944
• 1941: 9 septembre • 1944: 15 janvier •

LENOIR
Alexandre
1761-1839
Archéologue. Conservateur.
• 1791: 4 janvier • 1793: 10 août • 1794: 26 novembre • 1799: 15 juin • 1815: 20-27 septembre • 1817: 6 mars • 1844: 17 mars •

Lenoir
Étienne
1822-1900
Ingénieur.
• 1860: 24 janvier • 1895: dans *L'automobile* en juin •

Lenoir
Jean-Pierre
1732-1807
Lieutenant général de police de Paris. Administrateur de la Bibliothèque du roi.
• 1774: 11 octobre • 1775: 4 mai • 1776: 17 juin • 1784: 4 avril •

Lenoir
Pierre
• 1919: 8 mai •

Lenoir-Laroche
Jean-Jacques
1749-1825
Ministre de la Police.
• 1797: 16 juillet; 26 juillet •

Le Nordez
Mgr
Évêque de Dijon.
• 1904: 21 mai-30 juillet •

Lenormand
Henri-René
1882-1951
Écrivain.
• 1922: janvier •

Le Normant d'Étiolles
Charles-Guillaume
1717-1799
Fermier général des postes.
• 1745: février ou mars • 1775: dans *Beaumarchais* au 23 février •

Le Normant de Tournehem
Charles-François
1684-1751
Directeur des Bâtiments, arts et manufactures.
• 1746: autres événements • 1748: 27 juin •

Le Nôtre
André
1613-1700
Jardinier.
• 1640: dans *La grande peinture: entre baroque et classicisme* au 17 décembre • 1644: dans *Servien* en février-mars • 1661: 17 août • 1663: janvier • 1668: autres événements • 1673: autres événements • 1676: autres événements • 1677: dans *Versailles* dans autres événements •

Lens
Bataille de
20 août 1648
• 1648: 17 mai-20 août; 20 août; 26, 27, 28 août • 1668: dans *Le Grand Condé* au 1er-19 février •

Lenz
• 1953: 12 janvier-19 février •

Léobard
Moine. Fondateur de Marmoutier.
• vers 590 •

Leoben
Armistice de
18 avril 1797
• 1794: *introduction La République thermidorienne* • 1796: dans *La campagne d'Italie* au 10 avril • 1797: 7 avril; 13 avril; *Leoben ou la paix malgré le Directoire* au 18 avril; 22 avril; 30 avril •

Léon
Pauline
• Voir Leclerc, Pauline •

Léon
Xavier
1868-1935
Fondateur de la Revue de métaphysique et de morale.
• 1893: janvier •

Léon III
† 816
Pape de 795 à 816.
• 768: *introduction Charlemagne* • 796: autres événements • 798 • 799: été • 800: 23 décembre; 25 décembre • 814: *introduction Louis le Pieux* •

Léon III l'Isaurien
† 741
Empereur byzantin de 720 à 741.
• 727 •

Léon IV
† 780
Empereur byzantin de 775 à 780.
• 751 : *introduction Pépin le Bref* • 768 : *introduction Charlemagne* •

Léon IV
† 855
Pape de 847 à 855.
• 840 : *introduction Lothaire Ier* • 850 : 25 mai • 855 : *introduction Charles le Chauve* •

Léon V
Empereur byzantin de 813 à 820.
• 768 : *introduction Charlemagne* •

Léon V
† 903
Pape en 903.
• 893 : *introduction Charles III le Simple* •

Léon VI
† 928/929
Pape en 928.
• 923 : *introduction Raoul* •

Léon VI de Lusignan
Roi d'Arménie.
• 1384 : autres événements •

Léon VII
† 939
Pape de 936 à 939.
• 923 : *introduction Raoul* • 936 : *introduction Louis IV d'Outremer* •

Léon IX
(Brunon de Toul)
† 1054
Évêque de Toul. Pape de 1048 à 1054.
• 1031 : *introduction Henri Ier* • 1033 : mai • 1048 : décembre • 1049 : janvier-février ; 1er octobre • 1050 : 15 avril ; octobre ; autres événements • 1053 • vers 1060 •

Léon X
(Jean de Médicis)
† 1521
Pape de 1513 à 1521.
• 1498 : *introduction Louis XII* • 1499 : 17 décembre • 1512 : 3 mai • 1513 : 11 mars ; 6 avril ; novembre-décembre • 1515 : *introduction François Ier* ; 13 octobre ; 11 décembre • 1518 : 16 mars ; autres événements • 1519 : 11 février • 1521 : 1er décembre • 1547 : *introduction Henri II* •

Léon XI
(Alexandre de Médicis)
† 1605
Pape en avril 1605.
• 1589 : *introduction Henri IV* • 1596 : 21 juillet • 1605 : 5 mars •

Léon XII
(Annibale Sermattei Della Genga)
1760-1829
Pape de 1823 à 1829.
• 1815 : *introduction La seconde Restauration* • 1823 : 28 septembre • 1829 : 31 mars •

Léon XIII
(Vincenzo Gioacchino Pecci)
1810-1903
Pape de 1878 à 1903.
• 1870 : *introduction La IIIe République : De la chute du Second Empire à la Première Guerre mondiale* • 1878 : 7 février • 1880 : 6 avril • 1884 : 8 février • 1890 : dans *Mgr Lavigerie* au 12 novembre • 1892 : 11 février ; 16 février ; 6 mai ; dans *Albert de Mun* au 6 mai • 1893 : 19 avril •

León y Castillo
Fernando de
1842-1918
Ministre espagnol.
• 1904 : 7 octobre •

Léonard
Roger
1898-1988
Gouverneur général en Algérie.
• 1951 : 9 mars •

Léonard de Vinci
1452-1519
Artiste et savant italien.
• 1503 : autres événements • 1515 : *introduction François Ier* • 1516 : mars • 1519 : 2 mai ; autres événements • 1535 : dans *L'art du portrait* dans autres événements • 1651 : autres événements • 1911 : 21 août • 1917 : dans *Paul Valéry* au 28 avril • 1919 : octobre • 1927 : 1er septembre •

Leone
Giovanni
Né en 1908
Président du Conseil italien.
• 1958 : *introduction La Ve République : La République gaullienne* •

Leonhardt
Gustav
Né en 1928
Claveciniste hollandais.
• 1968 : décembre • 1987 : dans *Le renouveau de la musique ancienne* en janvier •

Léonore de Navarre
Épouse de Gaston IV, comte de Foix. Reine de Navarre en 1479.
• 1436 : autres événements •

Léopold Ier
1640-1705
Fils de l'empereur Ferdinand III. Empereur de 1658 à 1705.
• 1643 : *introduction Louis XIV* • 1657 : 1er avril • 1658 : 8 mars ; 14 août • 1665 : 17 septembre • 1668 : 19 janvier • 1671 : 1er novembre • 1673 : mai-août • 1679 : 5 février • 1683 : 12 septembre • 1684 : 5 mars ; 15 août • 1685 : 20 mai • 1686 : 9 juillet • 1688 : 3 juin • 1689 : 12 mai • 1697 : 21 septembre • 1698 : 13 octobre • 1699 : 26 janvier • 1700 : 25 mars • 1701 : 18 janvier ; 7 septembre • 1702 : 15 mai ; 3 juillet • 1703 : 7-20 septembre • 1704 : 9 mars • 1705 : 5 mai •

Léopold Ier
1790-1865
Roi des Belges de 1831 à 1865.
• 1830 : *introduction La monarchie de Juillet* • 1831 : 4 juin ; 26 juin • 1832 : 9 août •

Léopold Ier de Lorraine
1679-1729
Fils de Charles V de Lorraine. Duc de Lorraine.
• 1697 : 21 septembre •

Léopold Ier Joseph
1679-1729
Fils de Charles V Léopold duc de Lorraine. Duc de Lorraine de 1690 à 1729.
• 1718 : 19 février •

Léopold II
† 1792
Fils de François Ier empereur. Empereur de 1790 à 1792.
• 1774 : *introduction Louis XVI* • 1789 : *introduction Louis XVI et la Révolution* • 1790 : 30 septembre ; 4 décembre • 1791 : 28 janvier ; 3 mai ; 20 mai ; 6 juillet ; 27 août ; 10 décembre ; 31 décembre • 1792 : 14 janvier ; 17 janvier ; 1er mars • 1796 : 6 février •

Léopold II
1835-1909
Roi des Belges de 1865 à 1909.
• 1870 : *introduction La IIIe République : De la chute du Second Empire à la Première Guerre mondiale* • 1884 : 15 novembre 1884-26 février 1885 •

Léopold II
1797-1870
Grand-duc de Toscane.
• 1846 : 16 juin •

Léopold III
1901-1983
Fils d'Albert Ier, roi des Belges. Roi des Belges de 1934 à 1951.
• 1914 : *introduction La IIIe République : D'une guerre à l'autre* • 1940 : 28 mai •

Léopold d'Autriche
• 1609 : mars-juillet •

Léopold-Guillaume d'Autriche
Frère de l'empereur Ferdinand III. Archiduc d'Autriche.
• 1648 : 17 mai-20 août • 1650 : juin-août • 1652 : 2 août ; 10 septembre-21 octobre •

Léotade
Louis Bonafous, frère
1812-1850
Frère de la Doctrine chrétienne.
• 1847 : 18 août •

Léotard
François
Né en 1942
Ministre.
• 1986 : 20 mars • 1993 : 29 mars •

Lepage
Corinne
Née en 1951
Ministre.
• 1995: 18 mai; 7 novembre •

Le Paige
Louis-Adrien
1712-1802
Avocat. Écrivain.
• 1752: dans *Monarchie, parlements et refus de sacrements* au 23 mars 1752-2 septembre 1754 • 1753: autres événements • 1756: 14 février; 18 août; 22 août • 1760: autres événements • 1771: 31 janvier • 1790: dans *La constitution civile du clergé* au 12 juillet •

Lépante
Bataille de
7 octobre 1571
• 1571: 20 mai; 12 septembre •

Le Parc
Artiste.
• 1960: autres événements •

Lepautre
Antoine
1621-1691
Architecte.
• 1658: autres événements •

Le Peletier
Claude
1631-1711
Contrôleur général des Finances.
• 1683: 9 septembre • 1689: 4 octobre • 1691: 16 juillet •

Le Peletier
Claude
vers 1670-1743
Chanoine à Reims. Théologien. Moraliste.
• 1733: 25 avril •

Le Peletier de La Houssaye
Félix
1663-1723
Conseiller d'État. Contrôleur général des Finances.
• 1720: 28 mai; 11 décembre • 1722: 21 avril •

Le Peletier des Forts
Michel-Robert
1675-1740
Contrôleur général des Finances. Ministre d'État.
• 1726: 15 juin • 1730: 1er janvier; 19 mars •

Le Pelletier
François-Louis-Émile
1826-?
Homme politique, ministre.
• 1877: 23 novembre •

Le Pelletier de Saint-Fargeau
Félix
1767-1837
Banquier.
• 1795: 16 novembre • 1796: 30 mars • 1797: dans *La Conspiration des Égaux* au 26 mai • 1799: 6 juillet •

Le Pelletier de Saint-Fargeau
Louis-Michel
1760-1793
Président à mortier au Parlement de Paris. Député.
• 1774: dans *David* dans autres événements • 1791: 23 mai • 1793: 4 janvier; 20 janvier; 21 janvier; 24 janvier; 22 février; 29 juillet; dans *La déchristianisation* au 7 novembre •

Le Pen
Jean-Marie
Né en 1928
Homme politique.
• 1958: 15 avril • 1961: dans *L'Algérie française et l'extrémisme* au 22-25 avril • 1972: 25 septembre • 1974: 18 avril • 1981: *introduction La Ve République: De la France mitterrandienne aux cohabitations politiques* • 1987: 13 septembre; 12 octobre • 1988: 24 avril; 2 septembre • 1989: 19 mars; 11 décembre • 1994: 12 juin; 4 novembre • 1995: 23 avril • 1998: 2 avril; 6 décembre • 1999: 23-24 janvier •

Le Pensec
Louis
Né en 1934
Ministre.
• 1981: 21 mai • 1988: 8 mai; 28 juin • 1991: 25 mai • 1992: 2 avril • 1997: 4 juin •

Lepercq
Aimé
1889-1944
Ministre.
• 1944: 5 septembre; 9 septembre; 13-14 novembre •

Lepère
Charles
1761-1844
Architecte.
• 1806: dans *Les architectes* au 15 août •

Lepère
Edme Charles Philippe
1823-1885
Homme politique, ministre.
• 1879: 4 février; 1er mars; 28 décembre • 1880: mai •

Lépine
Louis
1846-1933
Préfet de police.
• 1893: 11 juillet • 1899: 25 juin • 1908: dans *L'affaire Rochette* au 21 mars •

Le Play
Frédéric
1806-1882
Ingénieur. Économiste.
• 1855: 21 juillet; *biographie* au 21 juillet • 1871: juin • 1889: 13-20 juin • 1926: dans *Robert Pinot* au 24 février •

Le Poitevin-Saint-Alme
Le Poitevin de L'Égreville, dit
1791-1854
Écrivain et journaliste.
• 1826: 15 janvier •

Le Pors
Anicet
Né en 1931
Ministre.
• 1981: 23 juin •

Le Prévost d'Iray
Christian-Siméon
1768-1849
Auteur dramatique.
• 1797: 27 décembre •

Le Prince
Nicolas
Sculpteur.
• 1560: autres événements •

Leprince
Engrand
† 1531
Peintre verrier.
• 1525: autres événements • 1560: autres événements •

Leprince de Beaumont
Jeanne-Marie
1711-1780
Femme de lettres.
• 1774: autres événements •

Lequinio
Joseph-Marie
1755-1814
Avocat. Juge.
• 1792: 4 novembre • 1793: 25 mai • 1794: 1er janvier • 1795: 8 août •

Le Ragois
Abbé
† 1681
Précepteur du duc de Maine. Historien.
• 1687: autres événements •

Leray
Roger
Né en 1921
• 1988: 26 juin •

Leredu
Georges
1860-1943
Ministre.
• 1921: 16 janvier •

Lérins
Abbaye de
• vers 502: dans *Césaire d'Arles* • 529: 3 juillet • vers 653 •

Leroi-Gourhan
André
1911-1986
Ethnologue et préhistorien.
• 1940: 12 septembre • 1948: dans *L'art brut* en juin •

Le Rouge
Gustave
1867-1938
Feuilletoniste.
• 1907 : dans *Les feuilletonistes modernes* dans autres événements •

Le Roux
Alfred
1815-1880
Homme politique, ministre.
• 1869 : 17 juillet •

Le Roux
Maurice
1923-1992
Compositeur.
• 1960 : 27 octobre •

Leroux
Gaston
1868-1927
Journaliste et écrivain.
• 1905 : 9 janvier • 1907 : autres événements ; dans *Les feuilletonistes modernes* dans autres événements •

Leroux
Pierre
1797-1871
Imprimeur. Journaliste. Homme politique.
• 1821 : février • 1824 : 15 septembre • 1828 : dans *Le saint-simonisme* en décembre • 1840 : juin ; *biographie* dans *Socialismes et utopies* en juin ; 1er décembre • 1846 : dans *George Sand* au 8 août • 1848 : 4 mars ; 23-24 avril ; 4-5 juin ; 15 juin ; 9 décembre • 1863 : dans *Renan* au 24 juin •

Le Roy
Adrian
vers 1520-vers 1598
Compositeur.
• 1568 : autres événements ; *biographie* dans autres événements • 1571 : dans *de Lassus* en avril-mai • 1602 : dans *L'air de cour* dans autres événements •

Le Roy
Guyon
Sieur Du Chillou.
• 1517 : 8 octobre •

Le Roy
Loys
1510-1577
Humaniste.
• 1563 : 17 août • 1570 : autres événements • 1574 : *introduction Henri III* • 1575 : autres événements •

Le Roy
Philibert
Architecte.
• 1631 : autres événements • 1677 : dans *Versailles* dans autres événements •

Le Roy
Pierre
Chanoine.
• 1593 : dans *Le chant du cygne des libellistes* au 1er-9 août •

Leroy
Julien-David
1724-1803
Peintre.
• 1758 : autres événements •

Leroy
Pierre
1717-1785
Horloger.
• 1766 : autres événements • 1770 : autres événements •

Le Roy Ladurie
Emmanuel
Né en 1929
Historien.
• 1947 : dans *La nouvelle histoire* au 3 novembre • 1976 : janvier • 1982 : mars •

Le Roy Ladurie
Jacques
1902-1988
Ministre.
• 1942 : 18-20 avril ; 11 septembre •

Leroy-Baulieu
Paul
1843-1916
Économiste.
• 1870 : *introduction La IIIe République : De la chute du Second Empire à la Première Guerre mondiale* • 1874 : 15 mars • 1881 : 29 janvier •

Le Royer
Philippe Élie
1816-1897
Homme politique, ministre.
• 1879: 4 février • 1893: 24 février •

Lersner
Kurt von
Diplomate allemand.
• 1920: 10 janvier •

Léry
Jean de
1534-1613
Pasteur et auteur.
• 1573: mars-août • 1578: autres événements; *biographie* dans autres événements •

Lesage
Alain René
1668-1747
Écrivain.
• 1707: autres événements • 1709: autres événements • 1715: autres événements •

Lesca
Charles
Rédacteur à Je suis partout.
• 1941: 7 février • 1946: 17-18 novembre •

Leschassier
Jacques
• 1609: autres événements •

Lescot
Pierre
1515-1578
Architecte. Directeur des bâtiments du Louvre.
• 1541: autres événements • 1546: 2 août • 1547: *introduction Henri II*; 14 avril • 1549: 16 juin • 1550: autres événements • 1576: dans *Les Androuet Du Cerceau* dans autres événements •

Lescot-Fleuriot
Jean-Baptiste-Edmond
1761-1794
Maire de Paris.
• 1794: 10 mai; 27 juillet •

Lescure
Louis-Marie de
1766-1793
Chef vendéen.
• 1793: dans *La Rochejaquelein* au 13 avril; 5 mai; 17 octobre; 4 novembre • 1794: 8 janvier •

Lescure
Pierre de
1891-1963
Écrivain et éditeur.
• 1942: 19 février •

Lescuyer
Nicolas Jean Baptiste
1747-1791
Notaire.
• 1791: 16 octobre •

Lesdiguières
François de Bonne, duc de
1543-1626
Gouverneur du Dauphiné. Maréchal. Connétable.
• 1575: décembre • 1585: juin-juillet; octobre; novembre • 1588: novembre • 1589: 13 septembre • 1590: octobre • 1594: 8 juillet • 1598: 2 mai • 1600: juillet-novembre • 1603: mai • 1613: 18 novembre • 1622: 7 juillet • 1626: 26 septembre •

Lespinasse
Julie de
1732-1776
Femme de lettres.
• 1743: dans *D'Alembert* dans autres événements • 1764: autres événements •

Lesseps
Charles de
1849-1923
Administrateur.
• 1892: 5 janvier; 16 décembre • 1893: 9 janvier; 9 février; 8-21 mars •

Lesseps
Ferdinand Marie de
1805-1894
Administrateur.
• 1854: 30 novembre • 1858: 15 décembre • 1862: 2 février • 1869: 15 août; *biographie* au 15 août; 17 novembre • 1874: autres événements • 1879: 8 juillet • 1880: 20 octobre • 1885: 27 mai • 1886: 17 juin • 1889: dans *Eiffel* au 6 mai • 1892: 5 janvier; 16-22 décembre • 1893: 9 février; 8-21 mars • 1894: 11 décembre • 1896: 23 janvier •

L'Estoile
Pierre de
1480-1537
Recteur d'université.
• 1536: dans *Calvin et l'Institution de la religion chrétienne* en mars •

L'Estoile
Pierre de
1546-1611
Grand audiencier à la Chancellerie. Mémorialiste.
• 1574: *introduction Henri III*; autres événements • 1577: juin • 1580: juillet • 1581: 4 juillet • 1585: juillet; 9 septembre • 1586: 26-31 mars; juillet; août • 1590: avril-août • 1591: 2 septembre; octobre-décembre • 1592: 9 novembre • 1596: 6 mai • 1598: 23 juin •

Le Sueur
Eustache
1616-1655
Peintre.
• 1640: dans *La grande peinture: entre baroque et classicisme* au 17 décembre • 1644: autres événements • 1645: autres événements • 1647: dans *L'atticisme parisien* dans autres événements • 1649: autres événements • 1650: autres événements •

Lesueur
Jean-François
1760-1837
Compositeur.
• 1796: 11 mai • 1846: dans *L'opéra-comique* au 9 novembre •

Le Tellier
François-Michel
• Voir Louvois, François Michel Le Tellier, marquis de •

Le Tellier
Michel
1603-1685
Secrétaire d'État à la Guerre. Chancelier.
• 1643: 11 avril; *introduction Louis XIV* • 1644: dans *Servien* en février-mars • 1645: janvier • 1650: 5-20 février • 1651: juin-août • 1652: dans *Fouquet* au 31 juillet-7 août • 1655: 14 décembre • 1661: dans *Guerre et souveraineté* au 25 juillet; dans *Colbert* au 12 septembre • 1665: 25 juillet • 1668: novembre; dans *Louvois* en novembre • 1670: dans *Prédication et prédicateurs* en novembre • 1677: 25 octobre • 1685: dans *La révocation de l'édit de Nantes* au 18 octobre; 30 octobre •

Le Tellier de Louvois
Louis-François
• Voir Barbezieux, Louis-François Le Tellier de Louvois, marquis de •

Le Theule
Joël
1930-1980
Ministre.
• 1968: 1er juin • 1978: 4-6 avril •

Letourneau
Charles
1831-1902
Anthropologue.
• 1901: août •

Letourneau
Jean
1907-1986
Journaliste et ministre.
• 1946: 23-29 janvier; 19-26 juin • 1947: 22 janvier; 4 mai • 1949: 28-29 octobre • 1950: 12 juillet; 18 novembre; 27 novembre; 6, 15 décembre • 1952: 20 janvier; 1er avril; 18 juin • 1953: 7 janvier; 26 mars •

Letourneur
Louis-François-Honoré
1751-1817
Directeur.
• 1795: 31 octobre; dans *Les Directeurs* au 4 novembre • 1796: 10 septembre • 1797: 1er mars; 5 avril; 26 mai •

Letourneux
François-Sébastien
1752-1814
Ministre de l'Intérieur.
• 1797: 14 septembre; 19 novembre • 1798: 17 juin •

Le Trocquer
Yves
1877-1938
Ministre.
• 1920: 17-22 janvier • 1921: 16 janvier • 1922: 15 janvier • 1924: 30 mars; 8-10 juin •

LE TROQUER
André
1884-1963
Ministre.
• 1943: 27 mai; 9 novembre • 1944: 2 septembre; 5 septembre • 1946: 23-29 janvier; 17 septembre; 16 décembre • 1957: 1er octobre • 1958: 22 avril; 28 mai •

LE TROSNE
Guillaume-François
1728-1780
Avocat du roi. Économiste.
• 1756: dans *Les physiocrates* dans autres événements • 1766: autres événements • 1777: autres événements •

LETTONIE
• 1914: *introduction La IIIe République: D'une guerre à l'autre* • 1921: 29 janvier • 1939: 7 juin; 28 septembre • 1940: 14 juin •

LETTRES FRANÇAISES
Journal.
• 1920: dans *Paulhan* en juillet • 1936: dans *Aragon* au 9 décembre • 1942: 20 septembre • 1945: dans *Intellectuels: épurateurs et épurés* au 13 janvier • 1949: dans *Le procès Kravchenko* au 24 janvier •

LEUDESIUS
Fils d'Erchinoald, maire du palais. Maire du palais de Neustrie-Bourgogne.
• 657: 11 septembre-10 novembre • 675: 18 octobre-9 décembre •

LEUGARDE
vers 915/920-après 979
Fille d'Héribert II de Vermandois. Épouse de: 1. Guillaume Longue Épée, duc de Normandie. 2. Thibaud le Tricheur, comte de Blois et Chartres.
• 936: *introduction Louis IV d'Outremer* •

LEULINGHEN
Pourparlers de
1394
• 1394: mars-juin •

LEULINGHEN
Trêves de
1384
• 1384: 14 septembre •

LEUREY
Homme politique.
• 1897: 29 mars •

LEUSSE
Pierre de
Diplomate.
• 1956: 22 octobre •

LEUTHEN
Bataille de
1757
• 1756: dans *La guerre de Sept Ans* au 9 juin
• 1757: 5 décembre •

LE VALOIS D'ORVILLE
Adrien-Joseph
Librettiste.
• 1745: 31 mars •

LEVASSEUR
Marionnettiste.
• 1749: autres événements •

LEVASSEUR
Marie-Thérèse
1721-1801
Lingère. Compagne de Jean-Jacques Rousseau.
• 1790: 21 décembre •

LEVASSEUR DE LA SARTHE
René
1747-1834
Chirurgien accoucheur. Député.
• 1794: 4 février • 1795: 5 avril •

LEVASSOR
Émile
1843-1897
Industriel.
• 1895: dans *L'automobile* en juin •

LE VAU
François
1613-1676
Frère de Louis Le Vau. Architecte.
• 1671: décembre •

LE VAU
Louis
1612-1670
Architecte. Ier architecte du roi.
• 1640: autres événements • 1644: dans *Servien* en février-mars • 1650: autres événements • 1655: autres événements

• 1656: autres événements • 1661: 6 février; autres événements • 1667: dans *Les architectes de Louis XIV* au 14 mai • 1669: juin • 1670: 11 octobre; autres événements • 1677: dans *Versailles* dans autres événements •

Le Veneur
Taneguy
Comte de Tillères.
• 1574: *introduction Henri III* •

Le Verrier
Urbain
1811-1877
Astronome. Homme politique.
• 1846: 23 septembre; *biographie* au 23 septembre •

Levinas
Emmanuel
1905-1995
Philosophe.
• 1961: 30 mars; *biographie* au 30 mars • 1969: novembre •

Lévinas
Michaël
Né en 1949
Compositeur.
• 1941: dans *Olivier Messiaen* au 26 juin •

Lévis
Anne de
† 1622
Duc de Ventatour. Lieutenant général du Languedoc.
• 1593: 12 décembre •

Lévis
Henri de
1596-1680
Duc de Ventadour. Fondateur de la Compagnie du Saint-Sacrement.
• 1628: autres événements • 1629: mai-juin • 1630: mars; dans *Les dévots* au 10-12 novembre •

Lévi-Strauss
Claude
Né en 1908
Anthropologue.
• 1927: dans *Les normaliens de l'entre-deux-guerres* au 15 avril • 1940: octobre • 1948: dans *L'art brut* en juin • 1949: mai • 1951: septembre • 1955: dans *Pierre Dreyfus* au 27 mars; octobre; *biographie* en octobre • 1957: 18 avril • 1958: mars • 1964: janvier •

Lévy
Albert
1871-1926
Syndicaliste.
• 1907: 7 juin •

Lévy
Armand
1827-?
Journaliste.
• 1861: octobre •

Lévy
Bernard-Henri
Né en 1948
Philosophe.
• 1994: mai •

Lévy
Jean-Pierre
Né en 1911
Cofondateur du Franc-Tireur.
• 1940: décembre •

Lévy
Louis
1895-1952
Homme politique.
• 1940: dans *Les Français de Londres* au 7 août •

Lévy-Bruhl
Henri
1884-1964
Professeur de droit.
• 1941: 29 novembre •

Lévy-Bruhl
Lucien
1857-1939
Philosophe, sociologue et ethnologue.
• 1903: septembre • 1925: janvier • 1928: janvier •

Lew
Henri
Médecin.
• 1925: autres événements •

Lewal
Jules Louis
1823-1908
Général. Ministre.
• 1885: 3 janvier •

Lewes
Bataille de
1264
• 1209: dans *Les Montfort (1165-1265)* au printemps • 1264: été •

Lewis
Jerry
Né en 1926
Acteur américain.
• 1987: décembre •

Leygues
Georges
1857-1933
Homme politique. Président du Conseil.
• 1894: 29 mai • 1895: 27 janvier • 1898: 3 novembre • 1899: 23 juin • 1901: 16 avril; 18 avril • 1904: 4 novembre • 1906: 13 mars • 1914: 3 février • 1917: 17 novembre • 1920: 23 septembre • 1921: 12 janvier • 1925: 28 novembre • 1926: 9 mars; 23 juin; 23 juillet • 1928: 9 novembre • 1929: 31 octobre • 1930: 13 décembre • 1932: 3-7 juin; 16 décembre • 1933: 31 janvier; 2 septembre •

Leymarie
Haut fonctionnaire.
• 1917: dans *Malvy et Le Bonnet rouge* au 7 juillet •

Leyris
Pierre
1907-2001
Traducteur.
• 1961: autres événements •

Lézardière
Marie Charlotte Pauline Robert de
1754-1835
Auteur.
• 1774: autres événements •

Lezay-Marnesia
Adrien de
1769-1814
Préfet.
• 1797: dans *Des effets de la Terreur* au 29 mai •

Lézénes
Gilbert
Architecte.
• 1987: novembre •

L'Herbier
Marcel
1889-1979
Cinéaste.
• 1944: 11 janvier •

Lhermitte
Thierry
Né en 1952
Acteur.
• 1980: mars •

Lhopiteau
Gustave
1860-1941
Ministre.
• 1920: 17-22 janvier •

L'Hospital
Jean de
Médecin.
• 1562: dans *L'Hospital* en février-mars •

L'Hospital
Louis de, baron de Vitry
Gouverneur de Meaux.
• 1591: mai-juin • 1593: 23 décembre • 1594: 4 janvier •

L'Hospital
Michel de
vers 1505-1573
Fils de Jean de L'Hospital. Juriste. Chancelier de 1560 à 1568.
• 1550: dans *Ronsard « prince des poètes »* dans autres événements • 1553: dans *Jodelle* dans autres événements • 1559: *introduction François II* • 1560: mars; mai; 5 juillet; *introduction Charles IX*; 13 décembre • 1561: 31 janvier; 24 août; 9 septembre-14 octobre • 1562: janvier-mars; *biographie* en février-mars • 1563: 13 mai; 17 août; 8 octobre • 1566: février • 1567: 26-28 septembre • 1568: juin; septembre; autres événements • 1574: mai • 1588: autres événements • 1590: autres événements • 1621: 27 mai-25 juin •

L'Hospital
Nicolas de
1581-1644
Baron de Vitry. Capitaine des gardes du roi Louis XIII. Maréchal de France.
• 1617 : 24 avril ; mai-juin •

L'Hoste
Nicolas
Diplomate.
• 1604 : avril •

Lhote
André
1885-1962
Peintre et critique d'art.
• 1908 : dans *Le cubisme* au 14 novembre • 1935 : 4 juin • 1936 : 16-31 mai • 1937 : dans *L'Exposition internationale* au 24 mai • 1938 : autres événements • 1948 : dans *L'art brut* en juin •

L'Huillier
Madeleine, comtesse de Sainte-Beuve
Protectrice des Ursulines en France.
• 1606 : autres événements •

Liabeuf
Jean-Jacques
1886-1910
• 1901 : dans *Gustave Hervé* au 7 décembre •

Liancourt
Mme de
• 1641 : dans *Salons, mondains et précieuses* au 22 mai •

Liancourt
Roger du Plessis, duc de
1598-1674
• 1637 : dans *Port-Royal et les Arnauld* au 24 août • 1652 : 9 juin • 1655 : janvier-septembre •

Liban
• 1918 : 30 octobre • 1920 : 10 août • 1925 : 23 novembre • 1941 : 8 juin ; 15 juillet • 1943 : 8 novembre ; 22 décembre • 1945 : 13 décembre • 1946 : 31 août • 1983 : 23 octobre • 1986 : 4, 17 septembre ; dans *Le terrorisme* au 4, 17 septembre •

Liban
Otages français du
1985
• 1985 : 22 mars • 1986 : 17, 20 mars • 1988 : 4-5 mai •

Libération
Journal de la Résistance.
• 1940 : 1er décembre • 1941 : juillet • 1944 : 21 août • 1964 : 21 septembre •

Libération
1973
Quotidien.
• 1948 : dans *Jean-Paul Sartre* au 2 avril • 1971 : 18 juin • 1973 : 18 avril •

Libertaire (Le)
Journal.
• 1892 : 11 mars • 1895 : 16 novembre •

Libertad
1875-1908
Anarchiste.
• 1905 : 13 avril •

Libertat
Pierre de
† 1597
Capitaine de la milice à Marseille.
• 1596 : 17 février •

Liberté de l'esprit
Cahiers mensuels.
• 1949 : février •

Libre Parole (La)
1892
Journal.
• 1892 : 20 avril ; dans *Drumont* au 20 avril •

Libres Propos
Revue.
• 1925 : autres événements •

Lichtenberg
André
1870-1940
Écrivain.
• 1912 : dans *Jeunes écrivains nationalistes* au printemps •

Liebermann
Rolf
1910-1999
Compositeur suisse allemand.
• 1973 : 22 février •

Liebig
Justus, baron de
1803-1873
Chimiste allemand.
• 1847 : mars •

Liebknecht
Wilhelm
1826-1900
Socialiste allemand.
• 1870 : 19 juillet • 1892 : 24 septembre •

Lieferinxe
Josse
Peintre.
• 1497 : autres événements •

Liénart
Achille
1884-1973
Évêque de Lille. Cardinal.
• 1953 : 23 septembre •

Liétaud
Gendre de Hugues le Noir, duc de Bourgogne. Comte de Mâcon et d'Outre-Saône à partir de 952.
• 952 : 17 décembre •

Liétry
† 1032
Archevêque de Sens de 999/1001 à 1032.
• 1015 : 22 avril • 1024 : janvier-mars • 1032 : 26 juin •

Lifar
Serge
1905-1986
Chorégraphe et danseur.
• 1928 : 22 novembre • 1936 : mars • 1937 : 15 décembre • 1943 : autres événements • 1950 : 14 juin •

Ligeti
Gyorgy
Né en 1923
Compositeur d'origine hongroise.
• 1968 : 4 avril • 1972 : 6-11 novembre •

Ligny
Bataille de
1815
• 1815 : 14-18 juin •

Ligny
Comte de
• Voir Luxembourg, Louis de •

Ligue parisienne
1585
• 1573 : dans *Hotman* dans autres événements • 1574 : *introduction Henri III* • 1580 : juillet • 1585 : janvier ; avril • 1586 : dans *Préparation d'une révolution* ; autres événements • 1587 : 21 février ; 15 mai ; 2 septembre ; 12 septembre ; décembre • 1588 : fin mars ou début avril ; 1er-15 avril ; 15 avril ; 14 mai ; 15 mai ; 18-20 mai ; juin ; novembre • 1589 : février ; 17 février ; *introduction Henri IV* ; décembre ; dans *La propagande ligueuse* en décembre • 1590 : 14 mars ; avril-août ; décembre • 1591 : 20 janvier ; 24 février ; avril ; octobre-décembre • 1592 : mars-avril • 1593 : 26 janvier ; mai-juin ; dans *Le chant du cygne des libellistes* au 1er-9 août • 1594 : 28 mars • 1596 : 6 mai • Voir Seize (les) •

Ligue
Sainte
1511
• 1511 : 5 octobre ; 13 novembre • 1512 : 11 avril ; 19 novembre • 1513 : 14 mars ; 5 avril ; novembre-décembre • 1515 : 30 août ; 11 décembre • 1516 : 3 décembre •

Ligue
Sainte
1609
• 1609 : autres événements •

Ligue arabe
1945
• 1947 : 10 avril •

Ligue communiste
• 1970 : dans *Les gauchistes* au 27 mai • 1973 : 21 juin •

Ligue d'Augsbourg
Guerre dite de la
1688-1697
• 1643 : *introduction Louis XIV* • 1661 : dans *Guerre et souveraineté* au 25 juillet • 1672 :

LIMOGES
Saint-Sauveur de
• 831 : autres événements •

LIMOSIN
Léonard
vers 1505-vers 1576
Émailleur.
• 1533: autres événements • 1547: autres événements • 1553: autres événements •

LINCOLN
Abraham
1809-1865
Président des États-Unis de 1861 à 1865.
• 1852: *introduction Le Second Empire* • 1865: 26 avril •

LINDBERGH
Charles
1902-1974
Aviateur américain.
• 1927: 20-21 mai •

LINDER
Gabriel Leuvielle, dit Max
1885-1925
Cinéaste.
• 1909: dans *Le cinéma : art et industrie* dans autres événements •

LINDET
Robert
1746-1825
Ministre des Finances. Membre du Comité de salut public.
• 1792: *introduction La République jacobine*; 10 décembre • 1793: 7 avril; *biographie* au 7 avril; 4 juillet; 10 juillet; 22 octobre • 1794: 29 juin; *introduction La République thermidorienne*; 29 juillet; 20 septembre; 6 octobre; 24 décembre • 1795: 22 mars; 20 mai • 1796: 10 mai • 1799: 20 juillet •

LINDET
Thomas
1743-1823
Député à la Convention. Évêque constitutionnel.
• 1792: novembre • 1793: dans *Robert Lindet* au 7 avril •

LINDON
Jérôme
Né en 1925
Éditeur.
• 1957: dans *Le Nouveau Roman* au 22 mai • 1969: 23 octobre •

LINGUET
Simon-Nicolas-Henri
1736-1794
Avocat.
• 1767: autres événements • 1775: 4 février • 1779: autres événements • 1788: 5 décembre •

LINHART
Robert
Né en 1943
Sociologue.
• 1978: 18 février •

LIONNE
Hugues de
1611-1671
Neveu d'Abel Servien. Secrétaire d'État aux étrangers.
• 1643: *introduction Louis XIV* • 1644: dans *Servien* en février-mars • 1651: juin-août • 1652: dans *Fouquet* au 31 juillet-7 août • 1656: juillet-septembre • 1658: 14 août; mai-juin • 1661: dans *La diplomatie* au 10 octobre • 1671: 1er septembre •

LIORÉ
Fernand
Constructeur d'avions.
• 1933: 30 août •

LIOTARD
André Franck
Né en 1905
Explorateur.
• 1947: 27 février •

LIP
Entreprise horlogère.
• 1973: 18 juin •

LIPCHITZ
Jacques
1891-1973
Sculpteur d'origine polonaise.
• 1950: dans *Le père Couturier et l'art sacré* au 4 août •

Lipkowski
Jean de
1920-1977
Ministre.
• 1976: 12 janvier •

Lippmann
Gabriel
1845-1921
Physicien.
• 1908: décembre •

Lippomano
Jérôme
Ambassadeur de Venise.
• 1574: *introduction Henri III* •

Lipse
Joost Lips, dit Juste
1547-1606
Humaniste flamand.
• 1574: autres événements •

Lisbonne
Émile
1876-1947
Ministre.
• 1933: 27 octobre • 1934: 29-30 janvier •

Lisiard de Crépy
Évêque de Soissons de 1108 à 1126.
• 1108-1109: [début] • 1120: autres événements •

Lissagaray
Prosper Olivier
1839-1901
Socialiste.
• 1882: septembre •

Lissner
Stéphane
Né en 1953
Directeur du festival d'Aix-en-Provence.
• 1998: juillet •

Liszt
Franz
1811-1886
Compositeur hongrois.
• 1823: dans *Le romantisme* en juillet • 1835: 3 mai-11 octobre • 1850: dans *Marie d'Agoult* au 23 mars • 1886: dans *Saint-Saëns* dans autres événements •

Littérature
1919-1924
Revue.
• 1919: mars • 1924: dans *Les surréalistes* au 12, 15 octobre • 1936: dans *Aragon* au 9 décembre •

Littré
Dictionnaire.
• 1953: autres événements • 1994: décembre •

Littré
Émile
1801-1881
Lexicographe.
• 1829: dans *Auguste Comte* en novembre • 1863: 21 février •

Lituanie
• 1914: *introduction La IIIe République: D'une guerre à l'autre* • 1920: 5-16 juillet • 1939: 28 septembre • 1940: 14 juin •

Litvinov
Maxime Vallakh, dit Maxime
1876-1951
Diplomate soviétique.
• 1934: 17 avril-18 mai • 1938: 21 septembre • 1939: 3-17 mai •

Liudewit
Prince croate.
• 825: mai •

Liudolf de Vermandois
† vers 986
Fils d'Albert de Vermandois. Évêque de Noyon de 978 à 986 environ.
• 978: autres événements •

Liutgarde
ou Liégeard ou Ledgarde
Fille de Gilbert comte d'Autun. Épouse d'Eudes duc de Bourgogne.
• 956: 8 avril •

Liutprand
Roi des Lombards.
• 739 •

Liuvigilde
Roi wisigoth.
• 580 •

Logerot
François-Auguste
1825-1913
Général. Ministre.
• 1887 : 12 décembre •

Loi des trois ans
Sur le service militaire.
• 1870 : *introduction La IIIe République : De la chute du Second Empire à la Première Guerre mondiale* • 1900 : dans *Péguy* au 5 janvier • 1913 : 25 février ; 4 mars ; 16 mars ; 15 mai ; 18 mai ; 19 juillet • 1914 : 10 mai ; 2-4 juin ; 5 juin •

Loi Gombette
• Voir Gombette •

Loi ripuaire
• Voir Ripuaire •

Loi salique
• Voir Salique •

Lois scélérates
Lois anti-anarchistes
1893-1894
• 1893 : 11-18 décembre • 1894 : 27 janvier ; 29 juillet • 1895 : 20 mai • 1898 : 28 mars • 1936 : 12 janvier •

Loisel
Antoine
1536-1617
Jurisconsulte.
• 1607 : autres événements •

Loisy
Alfred
1857-1940
Exégète.
• 1907 : 8 septembre ; *biographie* au 8 septembre •

Loizillon
Julien Léon
1829-1899
Général. Ministre.
• 1893 : 4 avril •

Lolme
Jean-Louis de
1741-1806
Publiciste.
• 1771 : autres événements •

Lombards
Collège des
1334
• 1215 : dans *L'Université de Paris* en août •

Lomellini
Ambrogio
Armateur génois.
• 1603 : février •

Loménie
Athanase-Louis-Marie de
1730-1794
Secrétaire d'État à la Guerre.
• 1787 : 29 août ; 23 septembre • 1788 : 30 novembre •

Loménie de Brienne
Étienne-Charles de
1727-1794
Archevêque de Sens. Cardinal. Chef du Conseil royal des finances et principal ministre de Louis XV.
• 1764 : dans *Morellet* dans autres événements • 1766 : 31 juillet • 1774 : *introduction Louis XVI* ; dans *Turgot* au 24 août • 1777 : dans *Necker* au 29 juin • 1783 : dans *Calonne* au 1er novembre • 1787 : 1er mai ; *biographie* au 1er mai ; 25 mai ; 5 juin ; 9 août ; 26 août ; 29 août • 1788 : février ; 28 avril ; juin ; 24 août ; 26 août ; 1er novembre ; autres événements • 1789 : dans *Les monarchiens* au 10 septembre • 1790 : 25 novembre ; dans *Le Serment : clergé constitutionnel et clergé réfractaire* au 27 novembre • 1791 : 23 février ; dans *Les Feuillants* au 16 juillet • 1793 : dans *Condorcet et la Révolution* au 15-16 février ; 19 août ; 26 décembre •

Loménie de Brienne
Henri-Auguste, comte de
1594-1666
Secrétaire d'État aux Affaires étrangères.
• 1643 : 10 juin • 1661 : 10 mars •

Loménie de Brienne
Louis-Henri, dit le jeune Brienne, comte de
1636-1698
Secrétaire d'État.
• 1661 : 10 mars •

London
Jack
1876-1916
Écrivain américain.
• 1923 : août •

Londres
Albert
1884-1932
Journaliste.
• 1925 : juillet •

Londres
Alliance de
1718
• 1715 : *introduction Louis XV* ; 8 décembre • 1718 : 2 août ; 9 décembre • 1720 : 16 février •

Londres
Conférence de
1831-1832
Sur la Belgique.
• 1831 : 17 avril ; 10 mai ; 6 août ; 15 octobre • 1832 : 7 mai ; 1er octobre • 1838 : mars •

Londres
Convention de
1841
Sur le droit de visite et la traite des noirs.
• 1841 : 20 décembre • 1842 : 22 janvier ; 20 février ; 10 mars ; 9 août ; 9 novembre • Voir aussi Traite des Noirs •

Londres
Traités de
1358, 1359
• 1358 : 1er janvier • 1359 : 24 mars ; 25 juin • 1360 : 8 mai •

Londres
Traité de
1518
• 1518 : 14 décembre •

Londres
Traité de
1829
Sur la Grèce.
• 1827 : 6 juillet • 1829 : 22 mars ; 7 août •

Londres
Traité de
1840
Sur la Question d'Orient.
• 1839 : 3 octobre • 1840 : 15 juillet ; 17 juillet •

Long
Marceau
Né en 1926
Haut fonctionnaire.
• 1987 : 22 juin •

Long
Marguerite
1871-1966
Pianiste.
• 1932 : 14 janvier •

Long
Maurice
1866-1923
Ministre.
• 1917 : 12-19 septembre •

Longchambon
Henri
1896-1969
Physicien. Ministre.
• 1939 : 19 octobre • 1946 : 23-29 janvier •

Longchamp
Hippodrome de
1857
• 1857 : 27 avril •

Longjumeau
Paix de
23 mars 1568
• 1560 : *introduction Charles IX* • 1568 : 23 mars •

Longueil
René de
1610-1677
Président à mortier au Parlement de Paris. Surintendant des finances.
• 1642 : autres événements • 1647 : autres événements • 1650 : 23 mai ; 19 novembre •

Longuet
Gérard
Né en 1946
Ministre.
• 1986 : 13 août • 1993 : 29 mars •

Longuet
Jean
1876-1938
Homme politique.
• 1904 : 18 avril • 1915 : 15 mai • 1918 : 28 juin, 2 juillet • 1920 : dans *Le congrès de*

Tours au 25-30 décembre • 1931 : dans *Laval* au 27 janvier •

LONGUET
Robert-Jean
1901-1987
Avocat.
• 1932 : 18 juin •

LONGUEVILLE
Anne-Geneviève de Bourbon-Condé, duchesse de
1619-1679
Fille d'Henri II de Bourbon prince de Condé. Sœur du duc d'Enghien, le Grand Condé. Frondeuse.
• 1637 : dans *Port-Royal et les Arnauld* au 24 août • 1641 : dans *Salons, mondains et précieuses* au 22 mai • 1643 : *introduction Louis XIV* • 1649 : 8 janvier ; dans *Les frondeurs* au 11 mars • 1650 : 30 avril • 1651 : octobre • 1652 : 13 novembre • 1660 : 13 décembre • 1664 : dans *La Rochefoucauld* au 27 octobre • 1667 : dans *Turenne* en mai •

LONGUEVILLE
Henri II d'Orléans, duc de
1595-1663
Gouverneur de Picardie. Frondeur.
• 1611 : 9 février • 1614 : 10 février ; dans *Les rebelles* au 10 février ; 18 février • 1615 : 28 juin • 1616 : 1er septembre • 1619 : juillet-10 août • 1625 : mai-juin • 1639 : 16 juillet-9 octobre • 1644 : dans *Servien* en février-mars ; 4 décembre • 1649 : 8 janvier ; dans *Les frondeurs* au 11 mars • 1650 : 18 janvier ; 30 décembre • 1651 : dans *« Les partis »* au 30 janvier-25 février • 1652 : 21-26 octobre •

LONGUEVILLE
Marie d'Orléans
Fille de Henri d'Orléans-Longueville. Épouse de Henri II de Savoie, duc de Nemours.
• 1651 : octobre •

LONGUEVILLE DE MONGLAT
Françoise de
Épouse de Robert de Harlay de Monglat. Gouvernante des enfants de France.
• 1601 : autres événements •

LOPIN
Geoffroy
Conseiller au Parlement.
• 1587 : 28 mai •

LORENCEZ
Charles Ferdinand Latrille, comte de
1814-1892
Général.
• 1862 : 9 avril-5 mai •

LORIENT
• 1666 : autres événements • 1670 : dans *L'œuvre des Colbert : la marine royale* au 13 juillet •

LORILLOT
Henri
Général.
• 1958 : 18 mai •

LORIOD
Yvonne
Née en 1924
Pianiste.
• 1943 : 10 mai • 1963 : 30 octobre •

LORIOT
Fernand
1870-1932
Syndicaliste.
• 1919 : 15-21 septembre • 1920 : 1er-11 mai ; 3 octobre ; dans *Le congrès de Tours* au 25-30 décembre • 1930 : dans *Thorez* au 23 avril •

LORRAINE
• 1670 : août • 1679 : 5 février • 1697 : 21 septembre • 1735 : 3 octobre • 1736 : 24 septembre • 1737 : 13 février • 1738 : 18 novembre • 1766 : 23 février • Voir aussi Alsace-Lorraine •

LORRAINE
• Voir Antoine, duc de Lorraine • Charles III duc de Lorraine • Charles IV de Lorraine • Charles V de Lorraine • François Ier, empereur • Guise, François de • Guise, Henri de • Guise, Louis de • Guise, Marie de • Harcourt, Henri de Lorraine comte d' • Henri, duc de Lorraine • Léopold Ier Joseph • Léopold Ier de Lorraine • Marguerite de Lorraine • Mayenne, Charles de Lorraine, duc de • Montpensier, Catherine de Lorraine, duchesse de •

Lorraine
Charles de
1524-1574
Fils de Claude I de Lorraine duc de Guise. Second cardinal de Lorraine. Archevêque de Reims.
• 1543 : dans *Ramus* dans autres événements • 1547 : *introduction Henri II* ; 26 juillet ; 27 juillet ; 20 septembre • 1548 : mars • 1551 : juillet-octobre • 1555 : 14 septembre ; 15 novembre ; 15 décembre • 1556 : 5 février ; novembre • 1557 : mars ; 25 avril • 1558 : octobre-novembre • 1559 : *introduction François II* • 1560 : juin ; *introduction Charles IX* • 1561 : 24 août ; 9 septembre-14 octobre • 1562 : dans *L'Hospital* en février-mars • 1565 : 8 janvier • 1567 : mai-août • 1568 : juin • 1569 : octobre-décembre • 1570 : mars-juillet • 1574 : 26 décembre •

Lorraine
Charles de, duc d'Elbeuf
† 1605
Fils de René de Lorraine marquis d'Elbeuf. Marquis puis duc d'Elbeuf.
• 1574 : *introduction Henri III* • 1589 : *introduction Henri IV* • 1594 : 16 novembre •

Lorraine
Charles de, duc d'Aumale
1554-1631
Fils de Claude II de Lorraine duc d'Aumale. Gouverneur de Picardie.
• 1574 : *introduction Henri III* • 1588 : janvier-février ; 5 mars ; 26 décembre • 1589 : 22 février • 1594 : 16 novembre •

Lorraine
Charles de
Fils de Léopold Ier duc de Lorraine. Général des armées impériales.
• 1757 : 18 avril •

Lorraine
Claude I de
1496-1550
Fils de René II duc de Lorraine. Duc de Guise. Gouverneur de Bourgogne.
• 1547 : *introduction Henri II* ; 1er avril • 1550 : 12 avril •

Lorraine
Claude II de, duc d'Aumale
1526-1573
Fils de Claude I de Lorraine duc de Guise. Marquis de Mayenne, comte puis duc d'Aumale.
• 1550 : mars-avril • 1552 : avril-novembre • 1554 : 28 avril ; juin-juillet • 1555 : août • 1557 : 10 avril ; 24 octobre • 1558 : juin-septembre •

Lorraine
Claude de, dit le chevalier d'Aumale
1564-1591
Fils de Claude II de Lorraine duc d'Aumale. Chevalier de Malte, général des galères.
• 1591 : 2 janvier •

Lorraine
François de
† 1525
Fils de René II de Lorraine.
• 1525 : 24 février •

Lorraine
François de
Comte de Vaudémont.
• 1594 : 16 novembre •

Lorraine
Françoise de
Fille de Philippe-Emmanuel duc de Mercœur. Épouse de César de Vendôme.
• 1598 : 20 mars •

Lorraine
Jean de
Fils de René II duc de Lorraine. Premier cardinal de Lorraine.
• 1537 : juillet-novembre •

Lorraine
Marguerite de
Épouse d'Anne de Joyeuse.
• 1581 : 24 septembre •

Lorraine
Nicolas de
Fils d'Antoine duc de Lorraine. Comte de Vaudémont. Régent de Lorraine.
• 1573 : fin octobre •

Lorraine
Nicolas-François
1609-1670
Frère de Charles IV duc de Lorraine. Duc de Lorraine.
• 1633: 25 septembre • 1634: 19 janvier-28 juillet •

Lorraine
François Ier de
Fils d'Antoine duc de Lorraine. Duc de Lorraine de 1544 à 1545.
• 1515: *introduction François Ier* • 1545: janvier-mars •

Lorre
Laszlo Lœwenstein, dit Peter
1904-1964
Acteur américain d'origine germano-hongroise.
• 1933: dans *Les réfugiés allemands* au 27 février •

Lorrin
Henri
• 1906: 26 mars •

Lorulot
André Roulot, dit
1885-1963
Anarchiste.
• 1905: 13 avril •

Loterie nationale
• 1933: 19 février • 1938: dans *Georges Bonnet* au 9 juin • 1976: 19 mai •

Loterie royale
• 1700: 11 mai •

Lothaire
† 865
Fils de Charles le Chauve, empereur germanique. Abbé de Saint-Germain d'Auxerre de après 861 à 865.
• 855: *introduction Charles le Chauve* • 865: Noël •

Lothaire Ier
795-855
Fils de Louis le Pieux, empereur germanique. Roi de Bavière de 814 à 855. Roi d'Italie de 822 à 825 et de 829 à 840. Empereur germanique de 840 à 855.
• 814: *introduction Louis le Pieux*; 27 février • 817: juillet; autres événements • 821: mi-octobre • 822: août • 823: 5 avril • 825: mai • 829: août • 830: avril; mai • 831: février; octobre • 833: janvier-février; 1er octobre; 7 octobre; décembre • 834: 28 février; début juillet; septembre • 836-837 • 838: août • 839: 30 mai; 1er septembre • 840: 20 juin; *introduction* • 840-855 •

Lothaire II
† 1138
Empereur germanique de 1125 à 1138.
• 1108: *introduction Louis VI* • 1136: [début] • 1137: *introduction Louis VII*; 13 décembre •

Lothaire II
vers 835-869
Fils de Lothaire Ier, empereur germanique. Roi de Lotharingie de 856 à 869.
• 840: *introduction Lothaire Ier* • 855: 28 août; *introduction Charles le Chauve* • 856: printemps • 857: 1er mars • 858: mi-août • 859: juin • 860: février • 861: [début] • 862: juin • 863: autres événements • 865: février • 865-869 • 866: autres événements • 867: autres événements • 868: juin • 869: 6 ou 8 août •

Lothaire III
941-986
Fils de Louis IV d'Outremer, roi de Francie occidentale. Roi de Francie occidentale de 954 à 986.
• 936: *introduction Louis IV d'Outremer* • 954: 10 septembre; *introduction* • 954-986 •

Loti
Pierre
1850-1923
Écrivain.
• 1883: 19 novembre • 1886: 26 juin; *biographie* au 26 juin •

Loto
• 1976: 19 mai •

Lotti
Aviateur.
• 1929: 14 juin •

LOUBET
Émile
1838-1929
Président de la IIIe République de 1899 à 1906.
• 1870: *introduction La IIIe République* • 1887: 12 décembre • 1892: 27 février; 3 novembre; 28 novembre; 7 décembre • 1899: 17 février; 18 février; *biographie* au 18 février • 18 février 1899-17 janvier 1906 •

LOUBRADOU
Paul
1883-1961
Homme politique.
• 1940: 10 janvier •

LOUCHARD
Jean
† 1591
Membre des Seize.
• 1591: octobre-décembre •

LOUCHEUR
Loi
Sur les logements sociaux.
• 1928: 4 juillet •

LOUCHEUR
Louis
1872-1931
Ingénieur et industriel. Ministre.
• 1914: *introduction La IIIe République: D'une guerre à l'autre* • 1916: 12 décembre; dans *Les patrons de l'industrie et la Première Guerre mondiale* au 12 décembre • 1917: 12-19 septembre; 17 novembre • 1918: 26 novembre • 1921: 16 janvier; 12 juin-27 août • 1924: 30 mars; 26 décembre • 1925: dans *Ernest Mercier et le Redressement français* au 23 novembre; 28 novembre; 2-16 décembre • 1926: 18-19 juillet • 1928: 4 juillet; 9 novembre • 1929: 31 octobre • 1930: 20-25 février; 13 décembre •

LOUCHEUR
Raymond
1899-1979
Compositeur.
• 1932: autres événements •

LOUIS
† 867
Petit-fils de Charlemagne. Abbé de Saint-Denis. Archichancelier de Charles II le Chauve de 840 à 867.
• 768: *introduction Charlemagne* • 841: autres événements • 856: 19 août • 858: avril • 867: 9 janvier; autres événements •

LOUIS
1244-1260
Fils de Louis IX, roi de France.
• 1226: *introduction Louis IX* • 1252: 27 novembre ou 1er décembre • 1255: novembre • 1260: janvier •

LOUIS
† 1276
Fils de Philippe III le Hardi, roi de France.
• 1270: *introduction Philippe III le Hardi* • 1276 •

LOUIS
Fils de Charles de Lorraine.
• 954: *introduction Lothaire III* •

LOUIS
† 1330
Fils de Philippe VI, roi de France.
• 1330: mi-juin •

LOUIS
Joseph-Dominique, baron
1755-1837
Homme politique, ministre.
• 1814: *introduction La Ire Restauration 1814*; 13 mai; *biographie* au 13 mai; 29 août-3 septembre • 1815: 7 juillet; dans *Decazes* au 7 juillet • 1818: 29 décembre • 1819: 4 mars; 20 novembre • 1830: 11 août; 21 août • 1831: 13 mars •

LOUIS
Victor
1735-1810
Architecte.
• 1773: autres événements • 1780: autres événements • 1781: autres événements • 1786: autres événements • 1793: 15 août • 1798: 16 décembre •

LOUIS Ier
1786-1868
Roi de Bavière de 1825 à 1848.
• 1815: *introduction La seconde Restauration* •

Louis II de Bourbon dit le Bon
† 1410
Fils de Pierre Ier, duc de Bourbon. Duc de Bourbon.
• 1364: *introduction Charles V le Sage* • 1369: autres événements • 1372: octobre; 11 décembre • 1380: *introduction Charles VI*; 30 novembre • 1388: 8 juillet • 1390: 1er juillet • 1394: 1er mars • 1400: août • 1401: décembre • 1405: septembre • 1408: 26 août; 3 novembre • 1417-1419 •

Louis II de Hongrie
† 1526
Roi de Hongrie et de Bohême de 1516 à 1526.
• 1515: *introduction François Ier* • 1526: autres événements •

Louis II de Nevers
† 1346
Fils de Robert de Béthune, comte de Flandre. Comte de Nevers. Comte de Flandre de 1322 à 1346.
• 1311: septembre • 1313: 14 avril • 1314: 25 juillet • 1316: *introduction Philippe V le Long* • 1317: printemps; septembre • 1320: juillet • 1322: septembre • 1323: [début] • 1336: 12 août • 1339: février • 1346: 26 août •

Louis II de Saluces
Marquis de Saluces.
• 1478-1480 •

Louis II le Bègue
846-879
Fils de Charles le Chauve, empereur. Roi de Neustrie de 856 à 877. Roi d'Aquitaine de 867 à 877. Roi de Francie occidentale de 877 à 879.
• 855: *introduction Charles le Chauve* • 856: été • 858: 21 mars • 860: novembre • 861: été • 862: janvier-mars • 865: autres événements • 866: 29 septembre • 867: 6 mars • 872: mai • 875: 12 août • 876: 8 octobre • 877: mai; 14 juin; *introduction Louis II le Bègue* • 877-879 •

Louis II le Germanique
vers 806-876
Fils de Louis le Pieux, empereur germanique. Roi de Bavière de 817 à 876. Roi de Francie orientale de 833 à 837 et de 840/843 à 876.
• 814: *introduction Louis le Pieux* • 817: juillet • 827: autres événements • 830: octobre • 831: octobre • 832: 18 avril; mai • 833: janvier-février; décembre • 834: 1er mars; mi-août • 835: juin • 837: décembre • 838: août • hiver 838-839 • 839: 30 mai • 840: après 11 février; [début] • 841: mars-avril; 13 mai; 25 juin; août • 842: 14 février; mars; 15 juin • 843: août • 844: octobre • 847: 28 février-mars • 849: mai • 851: mai • 854: mars • 855: 28 août; *introduction Charles le Chauve* • 857: 1er mars • 858: 21 mars; mi-août; 12 novembre; autres événements • 859: 15 janvier; 28 mai; juillet • 860: février; juin • 862: juin • 865: février • 867: autres événements • 868: juin • 869: 5 septembre • 870: 6 mars; mai; 8 août; 9 octobre • 871: août • 874: début décembre • 875: 1er septembre; novembre • 876: janvier; 20 juin-16 juillet; 28 août •

Louis III
863/865-882
Fils de Louis II le Bègue, roi de Francie occidentale. Roi de Neustrie de 879 à 882.
• 877: *introduction Louis II le Bègue* • 879: *introduction Louis III et Carloman* • 879-882 •

Louis III d'Anjou
† 1434
Petit-fils de Louis II d'Anjou. Comte de Provence.
• 1420: autres événements • 1423: juin; 20-23 novembre • 1435: 2 février; dans *René d'Anjou* au 2 février •

Louis III l'Aveugle
vers 887-928
Fils de Boson, roi de Provence. Roi de Provence de 890 à 928. Roi d'Italie de 901 à 905. Empereur de 901 à 928.
• 888: *introduction Eudes*; printemps • 890: 6 juin • 896: autres événements • 898: autres événements • 901: février • 905: juillet • 924: 6 juillet • 928: 5 juin •

Louis III le Jeune
vers 835-882
Fils de Louis II le Germanique, roi de Bavière et de Francie orientale. Roi de Francie orientale de 876 à 882 et de Basse-Lorraine de 876 à 882. Roi de Bavière de 879 à 882.
• 814: *introduction Louis le Pieux* • 853: décembre • 854: mars • 876: 28 août; septembre; 8 octobre • 877: *introduction Louis II le Bègue* • 878: 1er-2 novembre • 879: fin

avril; été • 880: février; juillet-octobre; après le 29 septembre • 882: 20 janvier •

Louis IV de Bavière
† 1347
Empereur germanique de 1328 à 1346.
• 1314: *introduction Louis X le Hutin* • 1322: *introduction Charles IV le Bel* • 1326: autres événements • 1328: 17 janvier; *introduction Philippe VI* • 1337: vers le 15 juillet • 1341: 15 mars •

Louis IV d'Outremer
920/921-954
Fils de Charles III le Simple, roi de Francie occidentale. Roi de Francie occidentale de 936 à 954.
• 893: *introduction Charles III le Simple* • 923: 13 juillet; dans *Hugues le Grand* après le 27 août • 936: 14 janvier; *introduction Louis IV d'Outremer* • 936-954 •

Louis IV l'Enfant
† 911
Fils d'Arnulf, roi de Francie orientale. Roi de Germanie.
• 911: 1er novembre •

Louis V
vers 966-987
Fils de Lothaire III, roi de Francie occidentale. Roi associé de 979 à 986. Roi d'Aquitaine de 982/984 à 987. Roi de France occidentale de 986 à 987.
• 954: *introduction Lothaire III* • 960: autres événements • 979: 8 juin • 980: printemps • 982-984 • 985: février • 986: 2 mars; *introduction* • 986-987 • 987: mai-juin •

Louis VI le Gros
1082-1137
Fils de Philippe Ier, roi de France. Roi de France de 1108 à 1137.
• 1060: *introduction Philippe Ier* • 1067-1080 • 1091 • 1092 • 1096: autres événements • 1097: autres événements • 1098: début • 1099: autres événements • 1100: autres événements • 1101 • 1101-1102 • 1102-1103 • 1103 • 1107: 23 mai; été • 1108: juin-juillet; *introduction* • 1108-1137 • avant 1144 •

Louis VII
1120-1180
Fils de Louis VI, roi de France. Roi de France de 1137 à 1180. Duc d'Aquitaine de 1137 à 1154.
• 1108: *introduction Louis VI* • 1115: dans *Saint Bernard et son entourage* en juin • 1118: dans *Suger* au 15-30 novembre • 1131: 15 octobre; 25 octobre • 1137: 9 avril; 1er juillet; 25 juillet; *introduction* • 1137-1180 • 1180: *introduction Philippe Auguste* •

Louis VIII
1187-1226
Fils de Philippe II Auguste, roi de France. Roi de France de 1223 à 1226.
• 1180: *introduction Philippe II Auguste* • 1187: 5 septembre • 1191: 12 juillet • 1199: 13 janvier • 1200: 23 mai; 3 septembre; dans *Les « intellectuels » de Philippe Auguste* au 3 septembre • 1209: dans *Les Montforts (1165-1265)* au printemps; autres événements • 1212: janvier; 19 novembre • 1213: 8 avril; juillet • 1214: janvier; 25 avril; 2 juillet • 1215: avril; septembre-octobre; autres événements • 1216: avril; 21 mai; fin juillet; 19 octobre • 1217: janvier; 22 avril; 24 août; 12 septembre • 1218: 25 juin; autres événements • 1219: mai • 1223: *introduction* • 1223-1226 • 1234: 25 avril • vers 1286 •

Louis IX (Saint Louis)
1214-1270
Fils de Louis VIII, roi de France. Roi de France de 1226 à 1270.
• 855: *introduction Charles le Chauve* • 1209: dans *Les Monforts (1165-1265)* au printemps • 1214: 25 avril • 1223: *introduction Louis VIII* • 1226: 3 novembre; *introduction* • 1226-1270 • 1270: 25 août • 1271: mai • 1272: autres événements • 1273: autres événements • 1274: autres événements • 1278: autres événements • 1282: autres événements • 1285: *introduction Philippe IV le Bel* • 1286: dans *Guillaume de Nangis* dans autres événements • 1297: 6 août • 1298: juin; 25 août • 1300: autres événements • 1302-1303 • 1306: 17 mai • 1308: 17 mai • 1309: autres événements • 1325-1328 •

Louis X le Hutin
1289-1316
Fils de Philippe IV le Bel, roi de France. Roi de Navarre de 1305 à 1316. Comte de Champagne

et de Brie de 1305 à 1316. Roi de France de 1314 à 1316.
• 1226: *introduction Louis IX* • 1285: *introduction Philippe IV le Bel* • 1305: 10 février; 4 avril • 1307: 1er octobre • 1309: autres événements • 1310: autres événements • 1314: *introduction* • 1314-1316 • 1316: 9 octobre •

Louis XI
1423-1483
Fils de Charles VII, roi de France. Roi de France de 1461 à 1483.
• 1422: *introduction Charles VII* • 1428: 30 décembre • 1440: février-juillet • 1442: dans *Jean Fouquet* dans autres événements • 1443: décembre • 1444: 26 août; 28 octobre • 1446: autres événements • 1447: autres événements • 1451: 9 mars • 1452: autres événements • 1453: autres événements • 1456: autres événements • 1461: 4 mars; *introduction* • 1461-1483 • 1483: *introduction Charles VIII*; 30 août; dans *Anne de Beaujeu* au 30 août • 1484: dans *Louis II d'Orléans* au 15 janvier • 1489-1499 • 1498: *introduction Louis XII*; septembre; 17 décembre • 1522: novembre • 1547: 29 mai • 1551: 22 mai • 1609: autres événements •

Louis XII
1462-1515
Fils de Charles, duc d'Orléans. Duc (Louis II) d'Orléans. Roi de France de 1498 à 1515.
• 1461: *introduction Louis XI* • 1464: 19 mai • 1483: *introduction Charles VIII* • 1484: 15 janvier; *biographie* au 15 janvier; 23 novembre; autres événements • 1485: 14 janvier; dans *Les princes et la « Guerre folle »* au 2 novembre • 1486: 16 décembre • 1487: 9 mars • 1488: 20 janvier; 24 avril; 27-28 juillet • 1491: 28 juin • 1492: 5 juillet • 1494: juin; 5 septembre • 1495: dans *Les premiers humanistes: Gaguin, Fichet, Tardif* dans autres événements • 7 avril 1498-1er janvier 1515 • 1515: *introduction François Ier*; 4 février; 16 octobre • 1518: 27 janvier • 1521: 28 avril; autres événements • 1522: 27 septembre • 1527: juin-juillet • 1540: 31 mai • 1547: *introduction Henri II* • 1559: 3 octobre • 1575: novembre •

Louis XIII
1601-1643
Fils d'Henri IV roi de France. Roi de France de 1610 à 1643.
• 1589: *introduction Henri IV* • 1595: 31 décembre • 1596: dans *Sully* en juillet • 1598: dans *Malherbe, le législateur* dans autres événements • 1601: 27 septembre • 1606: 14 septembre • 1607: 15 novembre • 1608: 27 février; autres événements • 15 mai 1610-14 mai 1643 • 1643: dans *introduction Louis XIV*; 18 mai; dans *Mazarin* au 18 mai; dans *Les historiographes du roi* dans autres événements •

Louis XIV
1638-1715
Fils de Louis XIII roi de France. Roi de France de 1643 à 1715.
• 1589: *introduction Henri IV* • 1610: *introduction Louis XIII* • 1617: dans *Le ballet de Cour* au 29 janvier • 1620: dans *Anne d'Autriche* en juillet-10 août • 1629: 15 janvier • 1635: dans *L'Académie française* au 25 janvier • 1637: dans *Corneille* au début janvier • 1637: 5 janvier • 1638: 5 septembre • 1640: autres événements • 1643: 21 avril; 14 mai • 14 mai 1643-1715 • 1715: *introduction Louis XV*; 1er septembre; 2 septembre; 3-4 septembre; 4 septembre; 6 septembre • 1716: 1er mars; dans *Fleury* au 1er avril; 1er septembre •

Louis XV
1710-1774
Fils de Louis de France, duc de Bourgogne, Dauphin. Arrière petit-fils de Louis XIV roi de France. Roi de France de 1715 à 1774.
• 1643: *introduction Louis XIV* • 1697: dans *Le duc et la duchesse de Bourgogne* au 7 septembre • 1703: dans *Delalande* dans autres événements • 1710: 15 février • 1712: 8 mars • 1714: 4 mai • 1715: 13 avril; 26 août; 1er septembre • 1er septembre 1715-10 mai 1774 • 1774: *introduction Louis XVI*; 10 mai; dans *Maurepas* au 20 mai • 1790: dans *Des juges élus* au 7 mai • 1795: dans *Le traité de Bâle* au 5 avril • 1814: *introduction La première Restauration* •

Louis XVI
1754-1793
Fils de Louis dauphin. Petit-fils de Louis XIV roi de France. Duc de Berry. Roi de France de 1774 à 1792.

• Monseigneur, Louis de France, le Grand Dauphin, dit •

Louis de France
1729-1765
Fils de Louis XV roi de France. Dauphin.
• 1715: *introduction Louis XV* • 1729: 4 septembre • 1745: 25 février; 11 mai • 1747: 9 février • 1750: 23 octobre • 1754: 23 août • 1765: 20 décembre • 1766: autres événements •

Louis de France
1751-1761
Fils de Louis, dauphin. Duc de Bourgogne.
• 1715: *introduction Louis XV* • 1751: 13 septembre • 1765: 20 décembre •

Louis de Guyenne
1397-1415
Fils de Charles VI, roi de France. Duc de Guyenne, dauphin de Viennois de 1401 à 1415.
• 1380: *introduction Charles VI* • 1397: 22 janvier • 1404: janvier • 1405: août • 1408: 26 août; 3 novembre • 1409: 9 mars; 27 décembre • 1412: 6 avril • 1413: 28 avril; mai; 3 août; 4 août; décembre • 1414: 9 janvier; 23 mai; 20 juillet-septembre; octobre-décembre • 1415: 18 décembre • 1417: avril •

Louis de Hongrie
Roi de Hongrie de 1342 à 1382.
• 1374: autres événements •

Louis de Luxembourg
† 1475
Comte de Saint-Pol. Chancelier. Connétable.
• 1436: mars • 1451: autres événements • 1461: *introduction Louis XI* • 1475: 19 décembre •

Louis de Male
1330-1384
Fils de Louis de Nevers, comte de Flandre. Comte de Flandre de 1346 à 1384.
• 1347: fin mars; 1er juillet • 1348: 13 décembre • 1367: 26 mai • 1369: 12 avril • 1375: 27 mars • 1382: 26 janvier • 1384: 30 janvier •

Louis de Parme
Louis de Bourbon-Parme, dit
1773-1803
Roi d'Étrurie sous le nom de Louis Ier de 1801 à 1803.
• 1800: 1er octobre • 1802: 9 octobre •

Louis de Rochechouart
† vers 1495
Évêque de Saintes.
• 1461: autres événements •

Louis de Savoie
Fils d'Amédée VIII de Savoie. Duc de Savoie.
• 1446: autres événements • 1452: 27 octobre •

Louis de Valois
• Voir Louis Ier d'Orléans •

Louis d'Évreux
1276-1319
Fils de Philippe III le Hardi, roi de France. Comte d'Évreux.
• 1270: *introduction Philippe III le Hardi* • 1276 • 1285: *introduction Philippe IV le Bel* • 1296: autres événements • 1318: 10 juillet •

Louis du Bas-Rhin
Jean-Antoine, dit
1742-1796
Député.
• 1795: 28 mai •

Louis le Jeune
† 882
Fils de Louis le Germanique. Roi de Francie orientale jusqu'en 882. Roi de Lorraine de 880 à 882.
• 879: fin avril; été • 880: février; juillet-octobre; après le 29 septembre • 882: 20 janvier •

Louis Marie Grignion de Montfort
Saint
1673-1716
Prédicateur. Prêtre.
• 1670: dans *Prédication et prédicateurs* en novembre •

Louis-Antoine de Bourbon
1775-1844
Fils de Charles X roi de France. Duc d'Angoulême.
• 1799: 10 juin •

Louise de France
1515-1518
Fille de François Ier roi de France.
• 1515: 15 août • 1516: 13 août •

Louise de Lorraine-Vaudémont
1554-1601
Fille de Nicolas de Lorraine comte de Vaudémont. Épouse d'Henri III roi de France. Reine de France.
• 1573: fin octobre • 1574: *introduction Henri III* • 1575: 15 février; 11 avril • 1581: 24 septembre • 1594: 20 janvier; fin février • 1595: 26 décembre • 1596: décembre • 1601: 29 janvier •

Louise de Marillac
Sainte
1591-1660
Nièce de Michel et de Louis de Marillac. Fondatrice de la congrégation des Filles de la charité.
• 1618: dans *Le siècle des saints* au 7 novembre • 1633: 29 novembre •

Louise de Savoie
1476-1531
Fille de Philippe duc de Savoie. Épouse de Charles d'Angoulême.
• 1487: dans *Charles d'Angoulême* au 11 février • 1504: avril; 10 juin; 24 juillet • 1505: avril • 1515: *introduction François Ier*; 1er janvier; 4 février; 26 juin • 1521: dans *Le Cercle de Meaux* en avril; 28 avril • 1522: avril; août; 7 octobre; novembre • 1523: 12 août • 1524: 5 octobre; 17 octobre • 1525: 24 février; mars-avril; juin-août; 10 juin; 28 juin; fin novembre; 4 décembre • 1526: janvier-novembre • 1527: 25 août • 1528: mai; novembre-décembre • 1530: autres événements • 1531: 22 septembre • 1549: juillet •

Louise-Fernande d'Espagne
Sœur d'Isabelle II reine d'Espagne. Épouse d'Antoine duc de Montpensier.
• 1845: 8 septembre • 1846: 28 août; 25 septembre; 10 octobre •

Louise-Marie d'Orléans
1812-1850
Fille de Louis-Philippe Ier. Épouse de Léopold Ier roi des Belges.
• 1832: 9 août • 1837: 27 avril •

Louise-Marie de France
1737-1787
Fille de Louis XV roi de France. Carmélite.
• 1770: 11 avril •

Louisiane
• 1717: janvier; août • 1724: mars • 1731: autres événements • 1762: 3 novembre • 1763: 10 février • 1800: 1er octobre • 1803: 30 avril •

Louis-Joseph-Xavier-François de France
1781-1789
Fils de Louis XVI roi de France. Dauphin.
• 1781: 22 octobre • 1782: 21-23 janvier • 1789: 4 juin •

Louis-le-Grand
Lycée
• Voir Collège de Clermont •

Louis-Napoléon
• Voir Napoléon III •

Louis-Philippe Ier
1773-1850
Fils de Philippe Égalité duc d'Orléans. Duc de Chartres. Roi des Français de 1830 à 1848.
• 1773: 6 octobre • 1793: 4 avril • 1777: dans *La Fayette* en avril • 1799: dans *Talleyrand* au 11-22 novembre • 1800: 13 février • 1804: dans *Savary* au 21 mars; dans *Les maréchaux* au 18 mai • 1806: 15 août; dans *Berthollet et Gay-Lussac* en septembre • 1807: dans *Les mathématiciens du Premier Empire* en mars • 1814: *introduction La première Restauration*; 16 mai • 1815: 6 mars; 10 mars; 22 mars; avril; *introduction La seconde Restauration*; 18 octobre • 1816: 4 mai-10 juin • 1817: 16 avril • 1822: dans *Champollion* au 27 septembre • 1826: dans *André-Marie et Charles Dupin* en janvier • 1828: dans *Victor Cousin* en février • 1830: dans *Armand Carrel* au 3 janvier; 28 juillet; 30 juillet; 31 juillet; 1er août; 2 août; 3 août; 7 août; 9 août; *introduction La monarchie de Juillet* • 11 août 1830-24 février 1848 • 1848: *introduction La IIe République*;

• 1643: *introduction Louis XIV* • 1655: 14 décembre • 1661: dans *Guerre et souveraineté* au 25 juillet • 1662: dans *Vauban* au 2 décembre • 1663: mars • 1668: novembre; *biographie* en novembre; 24 décembre • 1671: mars-avril • 1672: 4 février; dans *Le maréchal de Luxembourg* au 6 avril• 1674: juillet-août • 1681: 18 mars; 30 septembre • 1683: 6 septembre; 9 octobre • 1686: 18 novembre • 1687: dans *La querelle des Anciens et des Modernes* au 27 janvier • 1688: 29 novembre • 1689: janvier-juin • 1691: 16 juillet • 1695: dans *La manufacture royale des glaces de Saint-Gobain* dans autres événements •

LOUVRE
Musée du
• 1661: dans *Mazarin collectionneur* au 9 mars • 1768: autres événements • 1791: 26 mai • 1792: 19 septembre • 1793: 27 juillet; 10 août; 18 novembre • 1794: 16 janvier • 1800: 14 juillet • 1802: 19 novembre • 1806: dans *Les architectes* au 15 août • 1815: 20-27 septembre • 1816: 22 juillet • 1822: dans *Champollion* au 27 septembre • 1824: dans *Le romantisme en peinture* en avril • 1837: 10 juin • 1838: 7 janvier • 1848: 9 octobre • 1855: autres événements • 1857: 14 août • 1966: dans *Les grandes expositions et les musées* en juin •

LOUVRE
Palais du
• 1190: 15 mars • 1313: Pentecôte • après 1364 • 1509: dans *Architecture religieuse et architecture profane* dans autres événements • 1519: autres événements • 1528: autres événements • 1541: autres événements • 1546: 2 août • 1547: *introduction Henri II*; 14 avril • 1550: autres événements • 1560: dans *L'iconoclasme* dans autres événements • 1563: 8 octobre • 1576: dans *Les Androuet Du Cerceau* dans autres événements • 1589: *introduction Henri IV* • 1594: 6 mars; 22 mars • 1600: dans *La Seconde École de Fontainebleau* dans autres événements; autres événements • 1603: autres événements • 1606: autres événements • 1647: autres événements • 1648: 26, 27, 28 août • 1655: autres événements • 1661: 6 février • 1663: autres événements • 1665: 4 juin • 1671: 14 mai; dans *Les architectes de Louis XIV* au 14 mai • 1677: dans *Versailles* dans autres événements • 1692: 25 mars • 1695: dans *La manufacture royale des glaces de Saint-Gobain* dans autres événements • 1699: 31 mars • 1792: 12 août •

LOUVRE
Pyramide du
1988
• 1988: 4 mars •

LOUŸS
Pierre Louis, dit Pierre
1870-1925
Écrivain.
• 1896: 13 juin • 1901: juin • 1909: dans *Gide* en février • 1917: dans *Paul Valéry* au 28 avril •

LÖWENDAL
Ulrich-Frédéric de
1700-1755
Maréchal de France.
• 1747: 12 juillet-16 septembre •

LOWRY
Malcolm
1909-1957
Écrivain britannique.
• 1950: janvier •

LOYOLA
Ignace de
1491-1556
Fondateur de la Compagnie de Jésus.
• 1521: 20 mai • 1526: autres événements • 1528: février • 1534: 15 août • 1618: dans *Les jésuites* au 15 février; dans *Le siècle des saints* au 7 novembre •

LOYSEAU
Charles
1566-1627
Avocat au Parlement de Paris. Auteur.
• 1595: autres événements • 1608: autres événements • 1610: *introduction Louis XIII*; autres événements; dans *Deux théoriciens du pouvoir monarchique: Loyseau et Bignon* dans autres événements • 1632: dans *Cardin Le Bret* dans autres événements • 1790: dans *Des juges élus* au 7 mai •

LOYSET LIEDET
Enlumineur.
• 1422: dans *Les hommes du duc de Bourgogne* au 5 décembre •

LOYSON
Charles
1791-1820
Poète et journaliste.
• 1818: février •

LUBAC
Henri de
1896-1991
Père jésuite.
• 1941: novembre • 1945: janvier; *biographie* en janvier • 1962: 11 octobre •

LÜBECK
Paix de
• 1629: 7 juin •

LUBERSAC
Jean-Baptiste-Joseph de
1740-1822
Évêque de Chartres.
• 1788: dans *Sieyès* en novembre • 1789: dans *Les curés font la Révolution* en juin • 1790: 1er février; 18 décembre •

LUBIN
† 1794
Substitut de l'agent national de la commune de Paris.
• 1794: 19 mars; 28 mars •

LUBITSCH
Ernst
1892-1947
Cinéaste américain d'origine allemande.
• 1947: 21 mai •

LUC
Marquis de
1741-1814
Fils naturel de Louis XV roi de France.
• 1741: 2 septembre •

LUCE
Maximilien
1858-1941
Peintre.
• 1886: dans *Le post-impressionnisme* dans autres événements •

LUCERNE
Traité de
1499
• 1499: 16 mars •

LUCERNE
Traité de
1521
• 1521: 7 mai •

LUCHAIRE
Affaire
1987
• 1987: 9 novembre •

LUCHAIRE
Jean
1901-1946
Directeur de presse.
• 1940: 10 septembre •

LUCIEN DE SAMOSATE
vers 125-vers 192
Rhéteur et philosophe grec.
• 1896: 13 juin •

LUCIENNE DE ROCHEFORT
Fille de Gui de Rochefort, sénéchal. 1re épouse de Louis VI, roi de France.
• 1107: 23 mai • 1108: *introduction Louis VI* •

LUCIUS II
† 1145
Pape de 1144 à 1145.
• 1137: *introduction Louis VII* •

LUCIUS III
† 1185
Pape de 1181 à 1185.
• 1180: *introduction Philippe Auguste* •

LUCKNER
Nicolas de
1722-1794
Maréchal de France. Commandant de l'armée du Rhin.
• 1782: dans *Laclos* en avril • 1791: 27 décembre • 1792: 13 juin; 19 juin; 28 juin; 6 juillet; 23 août • 1794: 4 janvier •

LUÇON
Cardinal.
• 1927: 11 mai •

LUCQUES
Prise de
1799
• 1799: 4 janvier •

Ludendorff
Erich
1865-1937
Général allemand.
• 1914: *introduction La IIIe République: D'une guerre à l'autre* • 1916: 29 juillet • 1917: 21 mars • 1918: 15 juillet; 8 août; 13 août; 1er-26 octobre • 1923: 8-9 novembre •

Ludovic le More
• Voir Sforza Ludovic dit le More •

Lugné-Poe
Aurélien Lugné, dit
1869-1940
Acteur, metteur en scène, directeur de théâtre.
• 1912: 23 décembre • 1914: juin • 1920: 27 mars •

Luillier d'Orville
Jean
Maître des requêtes. Prévôt des marchands.
• 1592: 9 novembre • 1593: 16 janvier •

Luitgarde
† 800
Épouse de Charlemagne.
• 800: juin •

Lukacs
Georges
1885-1971
Philosophe et homme politique hongrois.
• 1956: janvier •

Lulle
Raymond
Mystique catalan.
• 1510: dans *Bovelles* dans autres événements • 1523: dans *Lefèvre d'Étaples, l'Érasme français* dans autres événements • 1529: dans *Champier* dans autres événements •

Lullier
Ernest Charles
1838-1891
Révolutionnaire.
• 1871: 18 mars •

Lullier
Louis-Marie
1746-1794
Procureur général syndic du département de Paris.
• 1792: 21 novembre; 30 novembre; 2 décembre • 1794: 2 avril •

Lullin de Chateauvieux
Charles Jean Marie
1752-1832
Agronome et publiciste.
• 1817: août •

Lully
Jean-Baptiste (Giambattista Lulli)
1632-1687
Compositeur.
• 1602: dans *L'air de cour* dans autres événements • 1653: 23 février; *biographie* au 23 février; 16 mars • 1661: dans *Mazarin collectionneur* au 9 mars • 1662: dans *D'Anglebert* dans autres événements • 1664: 29 janvier; dans *Molière* au 6-13 mai; autres événements • 1665: 14 septembre • 1668: dans *La Fontaine* au 31 mars; 18 juillet • 1669: 6 octobre • 1671: 17 janvier • 1672: 13 mars • 1673: dans *Charpentier* au 17 février; 24 avril • 1674: 11 janvier • 1675: 11 janvier • 1676: 10 janvier • 1677: 9 septembre • 1679: dans *Marin Marais* au 1er août • 1680: 3 février • 1686: 15 février • 1689: dans *Michel Lambert* dans autres événements • 1725: autres événements • 1748: autres événements • 1754: autres événements • 1987: janvier •

Lumière
Auguste
1862-1954
Biologiste et industriel.
• 1895: dans *Le cinématographe* au 22 mars; 28 décembre • 1909: dans *Le cinéma: art et industrie* dans autres événements •

Lumière
Louis
1864-1948
Inventeur du cinématographe.
• 1895: dans *Le cinématographe* au 22 mars; 28 décembre • 1909: dans *Le cinéma: art et industrie* dans autres événements •

Lunéville
Traité de
1801
• 1800: 20 octobre; 27 novembre • 1801: 9 février; 24 août •

Lurçat
André
1894-1970
Architecte.
• 1930: autres événements •

Lurçat
Jean
1892-1966
Peintre, peintre cartonnier, lissier.
• 1922: autres événements • 1936: 16-31 mai • 1939: autres événements • 1946: 15 février-15 mars • 1950: 4 août •

Lussy
Charles
1883-1967
Homme politique.
• 1940: 10 juillet •

Lustiger
Jean-Marie
Né en 1926
Archevêque de Paris.
• 1981: 2 février •

Lustucrus
Révolte des
Paysans du Boulonnais.
• 1662: mai-juillet •

Luter
Claude
Né en 1923
Musicien de jazz.
• 1945: février •

Luther
Hans
1879-1962
Chancelier allemand de 1925 à 1926.
• 1914: *introduction La IIIe République: D'une guerre à l'autre* • 1924: 16 juillet-23 août • 1925: 4 juin •

Luther
Martin
1483-1546
Réformateur.
• 1483: autres événements • 1515: *introduction François Ier* • 1517: 31 octobre • 1519: juillet; autres événements • 1520: autres événements • 1521: dans *Le Cercle de Meaux* en avril; 15 avril; juillet; autres événements • 1523: 16 mai; 26 juin; 15 octobre; autres événements • 1524: autres événements • 1532: 2 mai • 1534: 17 juin • 1536: dans *Calvin et l'Institution de la religion chrétienne* en mars • 1546: 18 février • 1561: dans *Présence réelle, présence spirituelle, présence symbolique* au 9 septembre-14 octobre •

Lüthy
Herbert
Né en 1918
Essayiste suisse.
• 1955: janvier •

Lutte ouvrière
1947
• 1970: dans *Les gauchistes* au 27 mai •

Lützen
Bataille de
1632
• 1632: 17 novembre •

Lützen
Bataille de
1813
• 1813: 29 avril-4 juin •

Luxembourg
François-Henri de Montmorency-Bouteville, duc de
1628-1695
Maréchal de France.
• 1672: 6 avril; *biographie* au 6 avril; décembre • 1677: mars-avril • 1678: 9-25 mars • 1690: 1er juillet • 1691: 19 septembre • 1692: 3 août • 1693: 27 juin-4 octobre; octobre-novembre • 1695: 4 janvier •

Luxembourg
Grand-duché de
• 1830: 4 novembre • 1831: 26 juin; 15 octobre • 1866: 26 juillet; 20 août • 1867: 7-11 mai • 1914: 2 août •

Luxembourg
Louis de
Comte de Ligny. Lieutenant général.
• 1499: 18 juillet • 1500: fin mars; fin mai •

Luxembourg
Palais du
• 1612: 2 avril • 1615: autres événements • 1621: autres événements • 1630: 11 novembre •

Luxembourg
Philippe de
† 1519
Évêque du Mans. Cardinal.
• 1498: 17 décembre •

Luxeuil
Abbaye de
590-594
• 590-594: dans *Colomban* •

Luynes
Charles d'Albert de
1578-1621
Favori du roi Louis XIII. Gouverneur d'Amboise. Connétable. Garde des Sceaux.
• 1610: *introduction Louis XIII*; dans *Marie de Médicis* au 15 mai • 1613: dans *Les maréchaux d'Ancre* au 18 novembre • 1614: dans *Les rebelles* au 10 février • 1615: 1er mars; 14 juin; 14 novembre • 1617: 29 janvier; mai-juin; 8 juillet • 1618: 7 avril • 1619: 7 mars; novembre • 1620: autres événements • 1621: 1er avril; 3 août; 15-24 décembre • 1622: 14 mars • 1623: dans *Théophile de Viau* au 16 septembre • 1643: *introduction Louis XIV* •

Luynes
• Voir Chevreuse, Charles-Honoré d'Albert, duc de Luynes, duc de •

LVF
(Légion des volontaires français contre le bolchevisme)
1941-1944
• 1925: dans *Doriot, du PC au PPF* au 4 février • 1928: dans *La Rocque et les Croix-de-Feu* en janvier • 1936: dans *Fascismes français* au 27-28 juin • 1941: dans *Les collaborationnistes* au 1er février; 5 août; 27 août • 1942: 22 juin; 30 août; 24-26 décembre •

Lwoff
André
1902-1994
Biologiste.
• 1965: 14 octobre; dans *Trois Nobel de médecine* au 14 octobre •

Lyautey
Hubert
1854-1934
Maréchal. Ministre.
• 1892: 11 janvier • 1907: 19-29 mars • 1909: 18 janvier • 1910: autres événements • 1912: 18 avril-8 juillet; 12-14 août • 1914: *introduction La IIIe République: D'une guerre à l'autre* • 1916: 12 décembre • 1917: 14 mars; 17 mars • 1921: 1er août • 1925: 23 avril; 24 mai; 17 juin-11 juillet; 3 septembre • 1931: 6 mai-15 novembre • 1939: dans *Raoul Dautry* au 13 septembre • 1940: 28 septembre •

Lycées
• Voir Écoles centrales •

Lynch
Jean-Baptiste
1749-1835
Maire de Bordeaux.
• 1814: 12 mars •

Lyon
Alfred
Professeur.
• 1941: 29 novembre •

Lyon
Cathédrale de
• 798 •

Lyon
Édit de
1542
• 1542: 30 août •

Lyon
Foires de
• 1461: *introduction Louis XI* • 1462: 20 octobre • 1463: 8 mars • 1467: autres événements • 1484: 8 mars • 1494: 6 mars •

Lyon
Grand Tric de
1539
• 1539: avril •

Lyon
Grande Rebeyne
1529
• 1529: avril-mai •

Lyon
Ordonnance de
1510
• 1510: juin • 1512: 21 avril •

LYON
Traité de
1601
• 1589: *introduction Henri IV* • 1601: 17 janvier; mars •

LYON
Sous la première et la seconde Restauration.
• 1814: 24 mars • 1815: 6 mars; 10 mars; dans *introduction Les Cent-Jours* • 17 juillet • 1816: 4 mai-10 juin • 1817: juin-novembre; dans *Fabvier* au 3 septembre-3 novembre • 1818: 22 mars • 1821: mars • 1822: 16 janvier •

LYON
Sous la monarchie de Juillet.
• 1831: 25-26 octobre • 21-23 novembre; 26 novembre • 1833: 22 octobre; dans *Marrast* au 22 octobre • 1834: février; 5 avril; 9-13 avril; 1er mai; autres événements • 1835: 5 mai; 11 mai; 13 août •

LYON
Sous la IIe République.
• 1848: 24 juin • 1849: 13 juin; 15 juin • 1851: août •

LYON
Sous le Second Empire.
• 1870: 28 septembre •

LYON
Sous la IIIe République.
• 1871: 22-25 mars • 1872: autres événements • 1878: autres événements • 1881: 10 février • 1924: dans *Herriot* au 12-14 juin •

LYON I
Concile de
1245
• 1245: 3 janvier •

LYON II
Concile de
1274
• 1274: 7 mai-17 juillet •

LYSSENKO
Trofim Denissovitch
1898-1976
Biologiste soviétique.
• 1948: 20 octobre •

M

M'HAMED CHENIK
Premier ministre marocain.
• 1950: 17 août • 1952: 26 mars •

MAAR
Dora Markovitch, dite Dora
1898-1976
Peintre et photographe.
• 1907: dans *Picasso* en juillet • 1951: 2 février •

MAASTRICHT
Siège de
• 1794: 17 septembre; 4 novembre •

MAASTRICHT
Traité de
1993
• 1957: dans *La construction de l'Europe* au 25 mars • 1991: 9-10 décembre • 1992: 23 juin; 20 septembre • 1997: 5-18 juin •

MABILAIS
Accords de La
20 avril 1795
• 1795: dans *La pacification de l'Ouest* au 17 février; 20 avril •

MABILLON
Jean
1632-1707
Auteur.
• 1681: autres événements • 1691: autres événements •

MABLY
Abbé Gabriel Bonnot de
1709-1785
Philosophe et historien.
• 1715: *introduction Louis XV* • 1734: autres événements • 1740: autres événements • 1746: autres événements • 1758: autres événements • 1763: autres événements • 1765: autres événements • 1766: autres événements • 1776: autres événements • 1777: autres événements • 1781: autres événements • 1783: autres événements • 1784: autres événements •

MAC CLOY
John
1895-?
Haut fonctionnaire américain.
• 1949: 20 juin •

MACARTHUR
Douglas
1880-1964
Général américain.
• 1942: 12 mars •

MACCANICO
Antonio
Né en 1924
Président du Conseil italien.
• 1981: *introduction La Ve République: De la France mitterrandienne aux cohabitations politiques* •

MACDONALD
Jacques Alexandre
1765-1840
Maréchal de France.
• 1798: 11 juillet • 1799: 13 février; 14 avril; 27 avril; 5 mai; 12 juin; 19 juin; 20 juin; 17 juillet • 1804: dans *Les maréchaux* au 18 mai • 1812: 24 juin-14 septembre • 1814: 4 février • 1815: 24 juillet • 1820: 4 juin •

MACDONALD
Ramsay
1866-1937
Premier ministre britannique.
• 1914: *introduction La IIIe République: D'une guerre à l'autre* • 1924: 1er-7 février; 22 et 28 juin • 1932: 3-6 avril; 16 juin-14 juillet • 1935: 11-17 avril •

MACÉ
Gérard
Né en 1946
Écrivain.
• 1967: octobre • 1991: février •

MACÉ
Jean
1815-1894
Publiciste.
• 1861: 21 décembre • 1866: autres événements •

MACEK
Stanislas
1892-1994
Général polonais.
• 1944: 14 août •

MACHAULT
Louis-Charles de
1667-1750
Lieutenant général de police.
• 1718: 28 janvier •

MACHAULT D'ARNOUVILLE
Jean-Baptiste
1701-1794
Contrôleur général des Finances. Garde des Sceaux. Secrétaire d'État à la Marine.
• 1715: *introduction Louis XV* • 1730: dans *Philibert Orry* au 19 mars • 1745: décembre; *biographie* en décembre • 1749: juin • 1750: 10 décembre • 1753: 29 octobre • 1754: 24 juillet; 30 juillet • 1756: 13 décembre • 1757: 1er février •

MACHIAVEL
Nicolas
1469-1527
Penseur politique.
• 1498: *introduction Louis XII* • 1521: autres événements • 1547: *introduction Henri II* • 1557: autres événements • 1576: autres événements; dans *Bodin* dans autres événements •

MACHORO
Éloi
† 1985
Militant kanak.
• 1985: 11 janvier • 1989: dans *Jean-Marie Tjibaou* au 4 mai •

MACIAS
Enrico
Né en 1938
Chanteur.
• 1962: dans *Les rapatriés d'Algérie* au 1er juillet •

MACIO DEI MACCI
Financier.
• 1331: août •

MACK
Karl, baron von Leiberich
1752-1828
Général autrichien.
• 1798: 22 novembre • 1805: 25 septembre-26 décembre •

MACKAU
Ange René Armand, baron de
1788-1855
Amiral. Ministre.
• 1843: 24 juillet •

MACKAU
Armand, baron de
1832-1918
Homme politique.
• 1887: 25-29 novembre •

MAC-MAHON
Edme Patrice Maurice de, duc de Magenta
1808-1893
Maréchal de France. Président de la IIIe République de 1873 à 1879.
• 1855: 8 septembre • 1858: 19 février • 1859: 4 juin • 1864: juin • 1865: 20 juin • 1870: 28 juillet; 6 août; 7 août; 12 août; 15 août; 21 août; 30 août; 31 août • 1870: *introduction La IIIe République: De la chute du Second Empire à la Première Guerre mondiale* • 1871: 7 avril; 22 mai; 25 mai; 28 mai • 1873: 5 mai; 24 mai; *biographie* au 24 mai • 24 mai 1873-30 janvier 1879 • 1879: dans *Jules Grévy* au 30 janvier • 1893: 22 octobre •

MACMILLAN
Harold
1894-1986
Premier ministre britannique.
• 1946: *introduction La IVe République* • 1958: *introduction La Ve République: La République gaullienne* •

MÂCON
• 585: avant 10 novembre • 585-586 • 1841: 8-9 septembre •

MAC ORLAN
Pierre Dumarchais, dit
1882-1970
Écrivain.
• 1927: 15 avril; septembre •

MACPHERSON
James
1736-1796
Écrivain écossais.
• 1777: autres événements •

MACQUER
Philippe
1720-1770
Avocat au Parlement.
• 1766: autres événements •

MADAGASCAR
Sous la IIIe République.
• 1880: dans *Jules Ferry* au 25 septembre • 1883: 16 mai • 1885: 24 novembre; 17 décembre • 1887: 14 janvier • 1890: 4 août; 17 novembre • 1894: 22 octobre; 22 décembre • 1895: 1er octobre • 1896: 23 avril; 6 août; 15 octobre • 1901: 31 mai • 1916: dans *Les généraux de la Grande Guerre* au 26 décembre • 1920: dans *Paulhan* en juillet • 1929: 19 mai •

MADAGASCAR
Pendant la Seconde Guerre mondiale, sous la IVe et la Ve République.
• 1942: 10 septembre-14 décembre • 1946: 21 février; *introduction La IVe République* • 1947: janvier; 29-30 mars; 2 avril; juillet • 1948: novembre • 1954: 25 janvier • 1955: 5 septembre-31 octobre; 18 novembre • 1957: 31 mars • 1958: 21-26 août; 28 septembre • 1959: 2-11 juillet • 1960: 2-4 juin •

MADAULE
Jacques
1898-1993
Écrivain.
• 1958: 25 mai •

MADELEINE DE FRANCE
1443-1495
Fille de Charles VII, roi de France. Épouse de Gaston de Foix.
• 1422: *introduction Charles VII* • 1461: *introduction Louis XI* •

MADELEINE DE FRANCE
1520-1537
Fille de François Ier roi de France. Épouse de Jacques V roi d'Écosse.
• 1515: *introduction François Ier* • 1520: 10 août • 1536: 16 novembre • 1537: 1er janvier •

MADELIN
Alain
Né en 1946
Ministre.
• 1986: 20 mars • 1993: 29 mars • 1995: 18 mai • 1997: 19 juin •

MADELIN
Louis
1871-1956
Historien.
• 1935: 4 octobre • 1948: 13 avril •

MADERNA
Bruno
1920-1973
Compositeur.
• 1954: dans *Le Domaine musical* au 13 janvier • 1968: 4 avril •

MADIER DE MONTJAU
Noël François Alfred
1814-1892
Avocat. Homme politique.
• 1851: dans *Le coup d'État du 2 Décembre: fin de la IIe République* au 2 décembre •

MADISON
James
1751-1836
Président des États-Unis de 1809 à 1817.
• 1815: *introduction La seconde Restauration* •

MADRID
Occupation française.
• 1808: 2-3 mai • 1823: 23-24 mai •

MADRID
Traité de
1526
• 1515: *introduction François Ier* • 1526: janvier-mars; mars-mai; juillet • 1527: 24-27 juillet; décembre •

MADRID
Traité de
1721
• 1721: 27 mars •

MAEGHT
Aimé
1906-1981
• 1964: dans *La Fondation Maeght* au 28 juillet •

MAEGHT
Fondation
• 1964: 28 juillet; *La Fondation Maeght* au 28 juillet •

MAETERLINCK
Maurice
1862-1949
Écrivain belge.
• 1886: dans *Les symbolistes* au 18 septembre • 1898: dans *Zola* au 13 janvier • 1901: mai • 1902: 30 avril • 1907: dans *Le renouveau musical* au 12 janvier •

MAGELLAN
Fernand de
1480-1521
Navigateur portugais.
• 1519: autres événements • 1520: autres événements • 1577: 13 décembre •

MAGENARD
Archevêque de Rouen. Missus.
• 802: octobre •

MAGENDIE
François
1783-1855
Physiologiste.
• 1856: dans *Claude Bernard* au 29 février •

MAGENTA
Bataille de
1859
• 1859: 4 juin •

MAGINARIUS
Attaché à la Chancellerie.
• 751: *introduction Pépin le Bref* •

MAGINOT
André
1877-1932
Ministre.
• 1917: 20 mars • 1918: dans *« L'impôt du sang ». Les Anciens Combattants* au 11 novembre • 1919: 2 octobre • 1921: 16 janvier • 1922: 15 janvier • 1924: 30 mars; 8-10 juin; 6 novembre • 1928: 9 novembre • 1929: 31 octobre • 1930: 2 mars • 1931: 27 janvier • 1932: 12-13 janvier •

MAGINOT
Ligne
• 1914: *introduction La IIIe République: D'une guerre à l'autre* • 1930: 4 janvier • 1939: dans *Les armées françaises* au 3 septembre • 1939: dans *Paul Reynaud* au 21-22 mars • 1940: 14 juin; dans *De Gaulle* au 18 juin; dans *Pétain* au 11 juillet •

MAGNAN
Bernard Pierre
1791-1865
Maréchal de France.
• 1851: 26 octobre • 1852: 2 décembre • 1862: 11 janvier •

MAGNE
Pierre
1806-1879
Homme politique, ministre.
• 1851: 9 janvier; 21 janvier; 11 avril; 3 décembre • 1852: 23 janvier; 28 juillet • 1853: 23 juin; *biographie* au 23 juin • 1855: 3 février; septembre • 1860: 22 novembre • 1863: 30 mars • 1867: 13 novembre • 1869: 17 juillet • 1870: 10 août • 1873: 25 mai; 26 novembre • 1874: 22 mai; 9 juin; 15 juillet •

MAGNELLI
Alberto
1888-1971
Peintre italien.
• 1946: 19 juillet •

MAGNIER
Pierre Joseph, dit Edmond
1841-?
Journaliste et homme politique.
• 1895: 28 août; 19 octobre; 10 décembre •

MAGNIEZ
Antoine-Guislain
1738-1823
Député à la Convention.
• 1793: 1er juillet •

MAGNIN
Pierre-Joseph
1824-1910
Homme politique, ministre.
• 1870: 4 septembre • 1879: 28 décembre • 1880: 25 septembre •

MAGNUM
Agence
• 1967: autres événements •

MAGNUS
Archevêque de Sens de 797/801 à 816. Missus.
• 802: autres événements •

MAGNY
Olivier de
Poète.
• 1549: dans *La Pléiade* dans autres événements •

MAGRITTE
René
1898-1967
Peintre belge.
• 1925: dans *Le surréalisme en peinture* au 13 novembre •

MAHAUT D'ARTOIS
† 1329
Fille de Robert II, comte d'Artois. Comtesse d'Artois. Épouse d'Otton IV, comte de Bourgogne.
• 1285: autres événements • 1302: 11 juillet • 1316: 9 octobre • 1317: autres événements • 1329: autres événements •

MAHAUT DE BEAUGENCY
• 1137: 15 janvier •

MAHAUT DE BOULOGNE
Fille de Renaud de Dammartin. Épouse de: 1. Philippe Hurepel, comte de Boulogne. 2. Alphonse II de Portugal.
• 1239: mai •

MAHAUT DE BRABANT
Épouse de Robert, comte d'Artois.
• 1226: *introduction Louis IX* • 1237: 7 juin •

MAHÉ
• Voir Inde, Comptoirs français en •

MAHI-ED-DINE
Père d'Abd el-Kader.
• 1832: avril •

MAHIEU
Albert
1864-1926
Ministre.
• 1932: 20 février •

MAHLER
Gustav
1860-1911
Compositeur et chef d'orchestre autrichien.
• 1952: mai •

MAHOMET OU MEHMET V
1844-1918
Sultan ottoman de 1909 à 1918.
• 1870: *introduction La III*e *République: De la chute du Second Empire à la Première Guerre mondiale* • 1914: *introduction La III*e *République: D'une guerre à l'autre* •

MAHY
François Césaire de
1830-1906
Homme politique, ministre.
• 1882: 30 janvier; 7 août • 1883: 29 janvier • 1887: 12 décembre • 1888: 5 janvier •

MAI 1793
Journée du 31
• 1793: 31 mai • 1794: 28 juillet; 20 septembre • 1795: 10 juin •

MAI 68
• 1947: dans *Robert Antelme* en avril • 1954: dans *Pierre Mendès France* au12 juin • 1958: *introduction La V*e *République: La République gaullienne* • 1965: 25-26 mars • 1966: 30 novembre • 1967: 22 mars; dans *Guy Debord* au 14 novembre • 1968: 15 mars; avril; 2 mai; 3 mai; *Mai 68* au 3 mai; 10-11 mai; 13 mai; 14 mai; 19 mai; 24 mai; 27 mai; 29 mai; 30 mai; 26-27 juillet; autres événements • 1969: 11 avril; *introduction La V*e *République: De l'héritage du gaullisme à la victoire de la gauche*; dans *Georges Pompidou* au 15 juin • 1970: dans *Les gauchistes* au 27 mai • 1975: dans *Michel Foucault* au 27 février • 1981: dans *François Mitterrand* au 21 mai •

MAÏAKOVSKI
Vladimir
1893-1930
Poète russe.
• 1920: dans *Le Groupe des Six* au 16-23 janvier • 1936: dans *Aragon* au 9 décembre • 1968: 14 mai •

MAÏDANEK
Camp d'extermination
• 1942: dans *Drancy-Auschwitz* au 27 mars • 1944: 22 juillet •

MAÏEUL
après 909-994
Abbé de Cluny de 954 à 994.
• 954: autres événements • 972:

22/23 juillet • 978: autres événements • 987: *introduction Hugues Capet* • 989: 24 novembre • 994: [début]; 11 mai • 995: juillet • 996: 24 octobre •

MAIGNET
Étienne Christophe
1758-1834
Avocat. Député.
• 1795: 5 avril •

MAILHE
Jean-Baptiste
1750-1834
Avocat. Député.
• 1792: 7 novembre; 13 novembre • 1795: 23 août • 1797: 5 septembre • 1830: dans *Barrot* au 19 octobre •

MAILLARD
Stanislas
1763-1794
Homme politique.
• 1793: 17 décembre •

MAILLEBOIS
Jean-Baptiste-François Desmarets de
1682-1762
Maréchal de France.
• 1742: septembre •

MAILLÉ-BRÉZÉ
Clémence de
1628-1694
Nièce de Richelieu. Épouse du Grand Condé.
• 1641: 23 janvier • 1650: juin-octobre •

MAILLÉ-BRÉZÉ
Jean-Armand duc de
1619-1646
Neveu de Richelieu. Surintendant général des mers.
• 1643: août-septembre • 1644: fin juin-fin septembre • 1646: juin-octobre; 16 juillet •

MAILLET
Benoît de
1656-1738
Diplomate. Voyageur.
• 1748: autres événements • 1768: mars •

MAILLOL
Aristide
1861-1944
Peintre et sculpteur.
• 1896: dans *Les nabis* dans autres événements • 1901: autres événements • 1905: autres événements • 1912: autres événements • 1937: dans *L'Exposition internationale* au 24 mai • 1942: mai •

MAILLOT
Henri-François
† 1956
Aspirant.
• 1956: 4 avril •

MAILLOT
Jacques
Fondateur de Nouvelles Frontières.
• 1967: 2 octobre •

MAILLY
Jean de
1911-1975
Architecte.
• 1958: mars •

MAINARD
Archevêque de Sens en 1032 et de 1049 à 1062.
• 1032: 26 juin • 1049: 1er octobre • 1050: 15 avril •

MAINE
Anne-Louise de Bourbon-Condé, duchesse du
1676-1753
Fille d'Henri-Jules prince de Condé. Épouse du duc du Maine.
• 1699: autres événements • 1718: 9 décembre; 25 décembre; 29 décembre •

MAINE
Louis-Auguste, duc du
1670-1736
Fils légitimé de Louis XIV et de Mme de Montespan. Prince de Dombes.
• 1643: *introduction Louis XIV* • 1669: dans *Mme de Montespan* dans autres événements • 1670: 31 mars • 1681: 14 novembre • 1694: 5 mai • 1697: autres événements • 1699: autres événements • 1714: 29 juillet; 2 août • 1715: 23 mai; dans *Mme de Maintenon* au 25 août; *introduction Louis XV*; 1er septembre; 2 septembre • 1717: 22 février; 28 février; 14 mai; 6 juin; 1er juillet • 1718: 26 août; 25 décembre; 29 décembre • 1723: 26 avril; 2 décembre •

Maine de Biran
François Pierre Gontier de Biran, dit
1766-1824
Philosophe.
• 1802: dans *Les Idéologues* au 18 mars; octobre •

Maineville
François de Roncherolles, seigneur de
† 1589
• 1574: *introduction Henri III* • 1584: septembre; 31 décembre • 1589: 17 mai •

Maintenon
Françoise d'Aubigné, marquise de
1635-1719
Épouse de Scarron. Épouse morganatique de Louis XIV.
• 1651: dans *Scarron* en septembre • 1653: dans *Lully* au 23 février • 1667: dans *Racine* au 7 novembre • 1669: autres événements • 1671: dans *Mme de Sévigné* au 6 février • 1674: 27 décembre • 1683: 9 octobre • 1686: 2 août; 18 novembre • 1687: 9 mai-7 juin • 1689: 26 janvier • 1695: dans *Mme Guyon et le quiétisme* en mars • 1697: dans *Le duc et la duchesse de Bourgogne* au 7 décembre • 1710: dans *Clérambault* dans autres événements • 1715: 25 août; *biographie* au 25 août • 1719: 15 avril • 1726: autres événements •

Maire
Edmond
Né en 1931
Dirigeant syndical.
• 1964: 6-7 novembre • 1971: septembre; *biographie* en septembre •

Mairet
Jean
1604-1686
Auteur.
• 1623: dans *Théophile de Viau* au 16 septembre • 1637: dans *Corneille* au début janvier • 1651: dans *Scarron* en septembre •

Maison
Nicolas Joseph,
1771-1840
Maréchal de France. Ministre.
• 1813: 29 avril-4 juin • 1828: 29 août • 1830: 2 novembre • 1835: 12 mars • 1836: 22 février •

Maisonneuve
Paul de
1612-1676
Explorateur. Fondateur de Montréal.
• 1627: dans *Les débuts de la colonisation* au 29 avril-4 mai • 1642: 8 mai •

Maisons de la culture
• 1933: dans *Malraux* au 7 décembre • 1935: avril •

Maistre
Joseph de
1753-1821
Écrivain et diplomate.
• 1793: 15 mai • 1797: autres événements; *biographie* dans autres événements • 1814: 26 novembre; • 1821: 26 février • 1834: dans *Ballanche* en septembre • 1874: dans *Barbey d'Aurevilly* en novembre • 1887: dans *Léon Bloy* au 29 janvier • 1912: dans *Jeunes écrivains nationalistes* au printemps •

Maistre
Xavier de
1763-1852
Écrivain.
• 1874: dans *Barbey d'Aurevilly* en novembre •

Maître de Boucicaut
Enlumineur.
• 1413: autres événements •

Maître de Créquy
Enlumineur.
• 1422: dans *Les hommes du duc de Bourgogne* au 5 décembre •

Maître de Flémalle
Robert Campin, dit
1378/1379-1444
Peintre.
• 1422: dans *Les hommes du duc de Bourgogne* au 5 décembre •

Maître de Jacques de Besançon
Peintre.
• 1492-1498 • 1494: autres événements •

Maître de Jean Rolin
Enlumineur.
• 1422: dans *Les hommes du duc de Bourgogne* au 5 décembre •

Maître de Jeanne de Laval
Peintre angevin.
• 1435: dans *René d'Anjou* au 2 février •

Maître de Moulins
Peintre.
• vers 1490 • vers 1492 • 1498: autres événements • 1535: dans *L'art du portrait* dans autres événements •

Maître de Sainte-Lucie
Peintre.
• vers 1489 •

Maître de Saint-Gilles
Peintre.
• 1495-1500 •

Maître du Mansel
Peintre.
• 1422: dans *Les hommes du duc de Bourgogne* au 5 décembre •

Maître Léonin
Musicien. Auteur.
• 1155-1201 • vers 1200 •

Maître Pérotin
• vers 1200 •

Major
John
Né en 1943
Premier ministre britannique.
• 1981: *introduction La Ve République: De la France mitterrandienne aux cohabitations politiques* •

Majorelle
Louis
1859-1926
Décorateur et ébéniste.
• 1901: 14 février •

Makhno
Nestor
1889-1934
• 1926: dans *Les Russes en France* au 14 avril •

Malakoff
Prise de
8 septembre 1855
• 1855: 18 juin; 16 août; 8 septembre •

Malaparte
Curzio
1898-1957
Journaliste et écrivain italien.
• 1931: mars • 1946: mai •

Malaud
Philippe
Né en 1926
Ministre. Homme politique.
• 1973: 5 avril •

Malcontents
Parti des
• 1560: *introduction Charles IX* • 1573: juillet • 1574: avril-mai; 14 avril; mai; *introduction Henri III*; 5 octobre • 1575: 15 septembre; décembre • 1576: mai-juin; 6 décembre; autres événements • 1577: avril-juin •

Mâle
Émile
1862-1954
Historien de l'art.
• 1917: autres événements • 1955: autres événements •

Malebranche
Nicolas
1638-1715
Philosophe.
• 1674: 2 mai • 1680: octobre • 1683: mai; *biographie* en mai • 1684: juin • 1715: autres événements •

Malenkov
Georges
1902-1988
Président du Conseil soviétique de 1953 à 1955.
• 1946: *introduction La IVe République* •

Malès
Gabriel
1755-1837
Homme politique.
• 1799: 29 janvier •

Malesherbes
Chrétien-Guillaume de Lamoignon de
1721-1794
Fils de Guillaume de Lamoignon de Blancmesnil. Premier président de la Cour des aides de Paris. Directeur de la Librairie. Secrétaire d'État à la Maison du roi. Avocat de Louis XVI.

dans *Les poètes parnassiens* au 3 mars • 1876: 3 juillet; *biographie* au 3 juillet • 1883: dans *Villiers de l'Isle-Adam* au 19 février • 1885: février • 1886: dans *Les symbolistes* au 18 septembre • 1887: 18 août • 1896: dans *Bernard Lazare* au 6 novembre • 1898: dans *Zola* au 13 janvier • 1904: dans *Matisse* au 1er-18 juin • 1907: dans *Le renouveau musical* au 12 janvier • 1909: dans *Gide* en février • 1917: dans *Paul Valéry* au 29 avril • 1924: dans *Les surréalistes* au 12-15 octobre • 1941: 25 février • 1962: septembre • 1972: novembre •

MALLE
Louis
1932-1995
Cinéaste.
• 1956: 15 février • 1959: janvier • 1974: février •

MALLERET-JOINVILLE
Alfred
1911-1960
Homme politique.
• 1945: 7 juin •

MALLET
Robert
Né en 1915
Poète.
• 1951: avril •

MALLET DU PAN
Jacques
1749-1800
Journaliste suisse.
• 1790: 1er février • 1793: août •

MALLET-JORIS
Françoise
Née en 1930
Écrivain.
• 1970: décembre •

MALLET-STEVENS
Robert
1886-1945
Architecte.
• 1923: autres événements • 1925: avril • 1929: 15 mai • 1937: dans *L'Exposition internationale* au 24 mai •

MALLEVILLE
Léon de
1803-1879
Homme politique, ministre.
• 1848: 20 décembre; 27-28 décembre •

MALO
Colonel.
• 1796: 10 septembre • 1797: 30 janvier •

MALON
Benoît
1841-1893
Journaliste et écrivain. Membre de la Commune de 1871.
• 1870: *introduction La IIIe République: De la chute du Second Empire à la Première Guerre mondiale*; 5 septembre • 1871: 8 février; 1er mars; 26 mars; 29 mars; 15 mai • 1885: janvier; *biographie* en janvier • 1890: 3 septembre •

MALOT
Hector
1830-1907
Écrivain.
• 1879: 18 janvier •

MALOUET
Pierre-Victor
1740-1814
Député à l'Assemblée constituante. Homme politique, ministre.
• 1789: 4 août; 31 août; dans *Les monarchiens* au 10 septembre; 10 octobre; 21 novembre • 1790: 1er février; 17 mai; 31 juillet; 18 décembre • 1791: 25 juin; août; 8 août • 1814: 13 mai; 3 décembre •

MALPLAQUET
Bataille de
11 septembre 1709
• 1709: juillet-octobre •

MALRAUX
André
1901-1976
Écrivain. Ministre.
• 1920: autres événements • 1933: 7 décembre; *biographie* au 7 décembre • 1935: 21-25 juin; dans *Les compagnons de route* au 21-25 juin; 4 octobre • 1936: 16-31 mai • 1940: dans *De Gaulle* au 18 juin • 1941: dans *Un du « Peuple né de l'ombre »* au 22 décembre • 1942: dans *Jean Moulin* au

1er janvier • 1945: 26 octobre; autres événements • 1947: mai • 1948: février; 5 mars • 1949: février • 1950: dans *Roger Stéphane* au 13 avril • 1951: octobre • 1953: 6 mai • 1954: 2 décembre • 1958: 15 avril; 1er juin • 1959: 9 janvier; 21 octobre • 1960: 5 février • 1961: 24 août; autres événements • 1962: 7 février; 14 avril; 7 décembre • 1964: 28 juillet; 23 septembre; 19 décembre • 1965: janvier; 7 mai • 1966: 8 janvier; 16 avril; 25 mai • 1967: 6-7 avril; octobre • 1968: 1er juin; 10 juillet • 1973: 3 juillet • 1996: 23 novembre •

MALRAUX
Clara (née Goldschmidt)
1897-1982
• 1933: dans *Malraux* au 7 décembre •

MALTERRE
André
1909-1975
Président de la CGC.
• 1953: 30-31 mai •

MALTHUS
Thomas-Robert
1766-1834
Économiste anglais.
• 1809: septembre • 1840: dans *Socialismes et utopies* en juin •

MALUS
Étienne-Louis
1775-1812
Physicien.
• 1806: dans *Berthollet et Gay-Lussac* en septembre • 1808: 12 décembre; *biographie* au 12 décembre •

MALVY
Louis
1875-1949
Ministre.
• 1913: 9 décembre • 1914: 17 mars; 13 juin; 2 août; 26 août • 1915: 29 octobre • 1916: 12 décembre • 1917: 20 mars; 7 juillet; *biographie* au 7 juillet; 7 septembre; 16 octobre • 1924: 14 juillet • 1926: 9 mars; 8 avril •

MAN
Henri de
1885-1953
Homme politique belge.
• 1929: avril • 1932: dans *Les fondateurs d'Esprit* en octobre •

MANASSÈS
Archevêque de Reims de 1070 environ à 1080.
• 1072-1075: dans *Saint Bruno* • 1077: 27 décembre • 1081: mai •

MANASSÈS
† 918
Comte de Dijon.
• 895: 8 juin •

MANASSÈS
† 962/963
Archevêque d'Arles en 914 puis de Milan vers 940.
• 947: 11 avril • 962/963: 17 novembre •

MANASSÈS
† 1037
Gendre de Robert II le Pieux roi de France. Comte de Dammartin.
• 996: *introduction Robert II le Pieux* •

MANCHETTE
Jean-Patrick
1942-1995
Écrivain.
• 1972: 28 novembre; dans *Le Néo-Polar* au 28 novembre •

MANCINI
Hortense
1646-1699
Nièce de Mazarin. Épouse du duc Mazarin.
• 1656: dans *Les nièces de Mazarin* en novembre-décembre •

MANCINI
Laure
1635-1657
Nièce de Mazarin. Épouse de Louis duc de Mercœur.
• 1656: dans *Les nièces de Mazarin* en novembre-décembre • 1693: dans *Vendôme* au 27 juin-4 octobre •

MANCINI
Marie
1640-1715
Fille de Lorenzo Mancini. Nièce de Mazarin. Épouse du comte Colonna.
• 1656: novembre-décembre; dans *Les Nièces de Mazarin* en novembre-décembre •

Mancini
Marie-Anne
1649-1714
Nièce de Mazarin. Épouse de Maurice-Godefroy de La Tour d'Auvergne, duc de Bouillon.
• 1656: dans *Les nièces de Mazarin* en novembre-décembre • 1674: dans *Boileau* au 10 juillet • 1677: 1er janvier • 1693: dans *Vendôme* au 27 juin-4 octobre •

Mancini
Olympe
vers 1638-1708
Nièce de Mazarin. Épouse d'Eugène de Carignan-Savoie, comte de Soissons. Comtesse de Soissons.
• 1656: dans *Les nièces de Mazarin* en novembre-décembre • 1693: dans *Vendôme* au 27 juin-4 octobre •

Mancini
Paolo
1638-1652
Neveu de Mazarin.
• 1652: 2 juillet •

Mancini
Philippe-Julien
• Voir Nevers, Philippe-Julien, duc de •

Mandats territoriaux
Monnaie-papier sous le Directoire.
• 1794: *introduction La République thermidorienne* • 1796: dans *Les assignats* au 19 février; 9 mars; 10-11 mars; 23 mai; 23 juillet; 31 juillet; 18 mars • 1797: 4 février •

Mandchoukouo
• 1932: 1er mars • 1933: 24 février-27 mars • 1936: 25 novembre • 1937: 6 novembre •

Mandchourie
• 1931: 18 septembre • 1932: 1er mars •1933: 24 février-27 mars • 1937: 6 novembre • 1938: 27-29 octobre • 1945: 8 août; 14 août •

Mandel
Georges
1885-1944
Homme politique, ministre.
• 1917: 17 novembre • 1923: 23 novembre • 1929: dans *Tardieu* au 31 octobre • 1934: 8 novembre • 1935: 1er juin; 6-7 juin • 1936: 19-31 janvier; 7-8 mars • 1938: 10 avril; 20 septembre • 1940: 21-22 mars; 18 mai; 12 juin; 16 juin; 17 juin; 21 juin; 8 septembre-14 novembre; 1er décembre • 1941: 7 février; 16 octobre • 1942: 20 novembre • 1943: 31 mars-5 avril • 1944: 7 juillet •

Mandelot
François de
1529-1588
Vicomte de Chalon. Gouverneur du Lyonnais.
• 1574: *introduction Henri III* • 1585: 5 mai •

Mandelstam
Ossip
1891-1938
Poète russe.
• 1924: août • 1967: janvier • 1981: mai •

Mandeville
Bernard de
1670-1733
Écrivain anglais.
• 1733: juin • 1736: autres événements •

Mandouze
André
Né en 1916
• 1941: novembre • 1956: 9 novembre • 1958: dans *La torture sous la République* au 27 mars •

Mandrin
Louis
1724-1755
Contrebandier.
• 1755: 26 mai •

Mandrou
Robert
1921-1984
Historien.
• 1961: mai •

Manent
Pierre
Historien.
• 1947: dans *La nouvelle histoire* au 3 novembre •

Manerius
Copiste.
• 1137: *introduction Louis VII* • vers 1170 •

Manessier
Alfred
Né en 1911
Peintre.
• 1941 : 10 mai • 1957 : janvier •

Manet
Édouard
1832-1883
Peintre.
• 1834 : dans *Ingres* dans autres événements • 1863 : 15 mai ; *biographie* au 15 mai • 1864 : 15 juin • 1865 : mai • 1866 : 27 avril • 1867 : 19 juin • 1870 : 28 novembre • 1907 : 6 janvier ; dans *Picasso* en juillet • 1957 : dans *Georges Bataille* en octobre •

Manfred de Hohenstaufen
† 1266
Fils de Frédéric II empereur.
• 1266 : janvier •

Manfredi
Bartolomeo
1587-1620
Peintre italien.
• 1613 : dans *Les caravagesques français* à fin 1613 ou début 1614 •

Mangin
Charles
1866-1925
Général.
• 1912 : 7 septembre • 1916 : 22-24 mai ; 21-24 octobre ; dans *Les généraux de la Grande Guerre* au 26 décembre • 1917 : 16 avril • 1918 : 9-13 juin ; 18 juillet ; 8 août • 1919 : 1er juin • 1941 : 11 octobre •

Mangin
Jean-Henri-Claude
1786-1835
Préfet de police.
• 1829 : 8 août • 1830 : 27 juillet •

Mangon
Charles François Hervé
1821-1888
Homme politique, ministre.
• 1885 : 6 avril •

Mangot
Claude
Président au parlement de Bordeaux. Garde des Sceaux.
• 1616 : mai ; 26-30 novembre •

Manguin
Henri
1874-1949
Peintre.
• 1904 : dans *Matisse* au 1er-18 juin • 1905 : dans *Le fauvisme* au 18 octobre •

Manhès
Henri-Frédéric
1889-1981
Colonel.
• 1943 : 27 mai •

Manicacci
Horace
1855-1965
Militant politique.
• 1942 : 15 mai •

Manifeste du peuple algérien
• 1943 : 10 février • 1944 : 14 mars •

Manin
Daniele
1804-1857
Patriote italien.
• 1867 : 2 novembre • 1868 : 20 mars •

Mann
Heinrich
1871-1950
Écrivain allemand.
• 1933 : dans *Les réfugiés allemands* au 27 février •

Mann
Thomas
1875-1955
Écrivain allemand.
• 1914 : *introduction La IIIe République : D'une guerre à l'autre* •

Mannoni
Maud
1923-1998
Psychanalyste.
• 1967 : 21-22 octobre •

Mantzikiert
Bataille de
1071
• 1095 : 1er-7 mars •

Manuel
Jacques Antoine
1775-1827
Homme politique.
• 1815 : *introduction La seconde Restauration* ; 12 août • 1816 : dans *Benjamin Constant* au 27 septembre ; octobre • 1817 : 20 septembre • 1818 : 20 octobre ; *biographie* au 20 octobre • 1820 : 19 août • 1821 : février • 1822 : 13-20 novembre • 1823 : 26 février-3 mars ; 4 mars • 1827 : 24 août •

Manuel
Pierre-Louis
1753-1793
Procureur de la commune de Paris. Député à la Convention.
• 1791 : 2 décembre ; 6 décembre • 1792 : 6 juillet ; 7 juillet ; 13 juillet ; 18 juillet ; 19 septembre ; 15 octobre ; 9 décembre • 1793 : 15 novembre •

Manuel Ier Comnène
Empereur byzantin de 1143 à 1180.
• 1146 : avant août •

Manuel II Paléologue
Empereur byzantin.
• 1401 : janvier •

Mao Tsé-toung
1893-1976
Dirigeant communiste chinois.
• 1968 : dans *Mai 68* au 3 mai • 1970 : dans *Les gauchistes* au 27 mai •

Maoïstes
• 1949 : dans *Simone de Beauvoir* en avril • 1960 : 30 mars • 1968 : 14 avril ; 31 octobre • 1970 : 30 avril • 1971 : 18 juin • 1972 : 25 février ; 4 mars ; 6 avril •

Maquet
Auguste
1813-1888
Écrivain.
• 1844 : dans *Dumas* au 14 mars •

Maracharius
Évêque d'Angoulême de 549 à 576.
• 549 : 28 octobre •

Marais
Jean Villain-Marais, dit Jean
1913-1998
Acteur.
• 1937 : 14 octobre • 1942 : mars • 1943 : 13 octobre • 1950 : dans *Roger Stéphane* au 13 avril •

Marais
Marin
1656-1728
Compositeur.
• 1679 : 1er août ; *biographie* au 1er août • 1717 : autres événements •

Maraldi
Giacomo-Felippo
1665-1729
Astronome.
• 1724 : 22 mai •

Marat
Jean-Paul
1743-1793
Journaliste. Député à la Convention.
• 1774 : dans *David* dans autres événements • 1789 : 7 août ; 13 août ; 16 septembre ; *biographie* au 16 septembre ; 28 septembre ; 8 octobre ; 13 décembre ; dans *Olympe de Gouges* au 28 décembre • 1790 : 8 janvier ; 18 janvier ; 22 janvier ; 18 mai ; 28 juillet ; 31 juillet ; 9 août ; 26 août ; 31 août • 1791 : 18 juillet ; 7 août ; 1er décembre • 1792 : 24 avril ; 3 mai ; *introduction La République jacobine* ; dans *Châlier* au 26 août ; dans *Les massacres de septembre* au 2 septembre ; 19 septembre ; 29 octobre ; 6 décembre ; 9 décembre ; 21 décembre ; 25 décembre ; 31 décembre • 1793 : 12 février ; dans *Les Enragés* au 12 février ; 12 février ; 26 février ; 20 mars ; 31 mars ; 2 avril ; 11 avril ; 12 avril ; 13 avril ; 20 avril ; 24 avril ; 19 mai ; 26 mai ; 2 juin ; 21 juin ; 4 juillet ; 13 juillet ; 14 juillet ; 15 juillet ; 16 juillet ; 17 juillet ; 20 juillet ; 21 juillet ; 22 juillet ; 25 juillet ; 26 juillet ; 8 août ; 5 novembre ; dans *La déchristianisation* au 7 novembre ; 14 novembre ; dans *Les Cordeliers* au 17 décembre • 1794 : 5 septembre • 1795 : 1er février ; 8 février •

Marbeuf
Yves-Alexandre de
1734-1799
Évêque d'Autun.
• 1777 : autres événements •

Marbode
vers 1035-1123
Évêque de Rennes de 1096 à 1123.
• 1108-1109 : dans *Les réformateurs de l'Ouest* •

Marbot
Antoine
1753-1800
Général.
• 1799 : 11 août •

Marbot
Jean Baptiste Antoine Marcelin, baron de
1782-1854
Général.
• 1819 : 17, 26 mai •

Marc
Alexandre
1904-1999
• 1931 : novembre ; dans *Au-delà de la droite et de la gauche* en novembre •

Marc Aurèle
121-180
Empereur romain.
• 1936 : dans *Simone Weil* au 10 juin •

Marcabru
Troubadour de 1130 à 1148.
• vers 1140 : dans *Les premiers troubadours* •

Marcadé
Eustache
† 1440
Auteur.
• 1415 : autres événements •

Marcé
Louis-Henri-François de
1731-1793
Général.
• 1793 : dans *La guerre de Vendée* au 10 mars ; 19 mars ; 23 mars ; 26 décembre •

Marceau
François-Séverin
1769-1796
Général.
• 1792 : *introduction La République jacobine* • 1793 : dans *La guerre de Vendée* au 10 mars ; 17 octobre ; 14 décembre • 1794 : 17 janvier ; 8 octobre ; 23 octobre • 1795 : 17 décembre • 1796 : 16 septembre ; 19 septembre •

Marcel
Gabriel
1889-1973
Philosophe.
• 1932 : dans *Les fondateurs d'Esprit* en octobre • 1935 : autres événements • 1945 : mars •

Marcel II
(Marcello Cervini)
† 1555
Pape du 9 avril au 1er mai 1555.
• 1547 : *introduction Henri II* • 1555 : 23 mars •

Marcella
Mgr
Nonce.
• 1953 : 23 septembre •

Marcellin
Raymond
Né en 1914
Homme politique, ministre.
• 1962 : 15 mai ; 7 décembre • 1966 : 8 janvier • 1967 : 6-7 avril • 1968 : 1er juin ; 10 juillet • 1969 : *introduction La Ve République : De l'héritage du gaullisme à la victoire de la gauche* ; 21 juin • 1972 : 5 juillet • 1973 : 5 avril • 1974 : 1er mars • 1986 : 22 novembre-8 décembre •

Marcère
Émile Deshayes de
1828-1918
Homme politique, ministre.
• 1876 : 11 mai • 1877 : 14 décembre • 1879 : 4 février ; 1er mars •

Marchais
Georges
1920-1997
Homme politique.
• 1942 : 22 juin • 1970 : 4-8 février ; 3 juin • 1972 : 17 décembre ; *biographie* au 17 décembre • 1978 : janvier ; 1er février • 1980 : 11 janvier ; 8 mars ; octobre-novembre • 1981 : 26 avril • 1994 : 25-28 janvier •

Marchand
François
vers 1500-vers 1553
Sculpteur.
• 1548: autres événements •

Marchand
Jean-Baptiste
1863-1934
Officier.
• 1898: 10 juillet; 18 septembre • 1899: 1er juin •

Marchand
Louis Joseph Narcisse, comte
1791-1861
Premier valet de chambre de Napoléon.
• 1840: 7 juillet •

Marchand
Philippe
Né en 1939
Homme politique, ministre.
• 1991: 17 janvier; 25 mai •

Marchandeau
Paul
1882-1968
Homme politique, ministre.
• 1933: 23-27 novembre • 1934: 3 février; 8 novembre • 1938: 18 janvier; 10 avril; 10 juin; 1er novembre • 1939: 21 avril • 1940: 27 août •

Marchant
Guyot
Imprimeur.
• 1485: autres événements • 1491: autres événements • 1493: autres événements •

Marché commun
• Voir Europe •

Marches de l'Est (Les)
Revue.
• 1909: 30 mars •

Marchiani
Jean-Charles
Né en 1943
Préfet.
• 1988: 4-5 mai •

Marciano
Bataille de
2 août 1554
• 1554: janvier-septembre •

Marcilhacy
Pierre
1910-1987
Homme politique.
• 1965: 5 décembre •

Marcillac
prince de
• Voir La Rochefoucauld, François VI de •

Marco Polo
1254-1324
Voyageur vénitien.
• 1298: autres événements •

Marcombes
Philippe
1877-1935
Homme politique, ministre.
• 1935: 6-7 juin •

Marcon
André
Acteur.
• 1984: 4 juillet •

Marconi
Guglielmo
1874-1937
Scientifique italien.
• 1896: 2 juin; dans *L'invention de la TSF* au 2 juin •

Marcourt
Antoine
Pasteur.
• 1515: *introduction François Ier* • 1534: octobre-décembre •

Marcoussis
Louis
1883-1941
Peintre français d'origine polonaise.
• 1908: dans *Le cubisme* au 14 novembre • 1912: 10 octobre •

Marcuse
Herbert
1898-1979
Philosophe américain d'origine allemande.
• 1948: 2 avril •

Mardyck
Prise de
1657
• 1657: 3 octobre •

Maré
Rolf de
1888-1964
Mécène suédois.
• 1923: 25 octobre •

Maréchal
Georges
1658-1736
Premier chirurgien du roi de 1703 à 1719.
• 1719: février •

Maréchal
Marcel
Né en 1937
Metteur en scène.
• 1964: novembre • 1967: 3 février •

Maréchal
Maurice
1882-1918
Fondateur du Canard enchaîné.
• 1915: 4 septembre •

Maréchal
Sylvain
1750-1803
Auteur et journaliste.
• 1784: autres événements; *biographie* dans autres événements • 1788: autres événements • 1791: 3 décembre • 1793: 17 octobre • 1794: 23 août; 2 septembre • 1796: 30 mars; 6 avril • 1797: dans *La Conspiration des Égaux* au 26 mai •

Marengo
Bataille de
14 juin 1800
• 1800: 25 avril-15 juillet • 1801: février • 1804: dans *Savary* au 21 mars •

Maret
Henri
1805-1884
Théologien français.
• 1841: 10 mars • 1848: 1er mars • 1869: novembre •

Maret
Henry
1838-?
Journaliste. Homme politique.
• 1897: 29 mars •

Maret
Hughes-Bernard, duc de Bassano
1763-1839
Homme politique. Président du Conseil.
• 1795: 26 décembre • 1799: 11-22 novembre; *biographie* au 11-22 novembre • 1811: 17 avril • 1813: 20 novembre • 1815: 20 mars • 1834: 10-13 novembre •

Marette
Jacques
1922-1984
Ministre.
• 1962: 14 avril; 7 décembre • 1966: 8 janvier •

Marey
Étienne Jules
1830-1904
Médecin et inventeur.
• 1895: dans *Le cinématographe* au 22 mars •

Margoline
Julius
• 1950: dans *Procès Rousset-Daix* au 25 novembre •

Margot
Reine
• Voir Marguerite de Valois •

Marguerite
Première vache clonée.
• 1998: 6 mars •

Marguerite
1158-1198
Fille de Louis VII, roi de France. Épouse de: 1. Henri le Jeune Plantagenêt. 2. Bela III, roi de Hongrie.
• 1137: *introduction Louis VII* • 1158: 31 août • 1160: 22 juillet • 1180: *introduc-*

tion Philippe Auguste • 1183: 11 juin • 1186: autres événements •

Marguerite
1347-?
Fille de Jean II le Bon, roi de France.
• 1350: *introduction Jean II le Bon* •

Marguerite d'Alsace
Fille de Thierry, comte de Flandre. Comtesse de Flandre. Épouse de Baudoin V de Hainaut.
• 1180: 28 avril • 1191: 1er juin •

Marguerite d'Angoulême
• Voir Marguerite de Navarre •

Marguerite d'Anjou
Fille de Charles II d'Anjou. Épouse de Charles de Valois.
• 1291: autres événements •

Marguerite d'Anjou
Fille de René d'Anjou. Épouse d'Henry VI, roi d'Angleterre.
• 1444: 28 mai • 1445: autres événements • 1448: 16 mars •

Marguerite d'Autriche
1480-1530
Fille de Maximilien Ier empereur. Épouse de: 1. Charles VIII roi de France. 2. Philibert duc de Savoie. Gouvernante des Pays-Bas.
• 1461: *introduction Louis XI* • 1482: 27 mars; 23 décembre • 1483: *introduction Charles VIII* • vers 1490 • 1491: 6 décembre • 1493: 23 mai • 1508: 10 décembre • 1515: *introduction François Ier* • 1525: juin-août • 1528: mai; novembre-décembre • 1530: autres événements •

Marguerite d'Écosse
† 1445
Fille de Jacques Ier Stuart, roi d'Écosse. 1re épouse de Louis dauphin futur Louis XI, roi de France.
• 1428: 30 décembre • 1461: *introduction Louis XI* •

Marguerite d'York
Épouse de Charles le Téméraire, duc de Bourgogne.
• 1474: 25 juillet •

Marguerite de Bar
• 1302-1316 •

Marguerite de Bavière
† 1424
Fille d'Albert, duc de Bavière. Épouse de Jean sans Peur, duc de Bourgogne.
• 1368: septembre • 1369: 12 avril • 1385: 2 avril • 1390: autres événements •

Marguerite de Béarn
Fille de Gaston VII de Béarn.
• 1290: autres événements •

Marguerite de Bourbon
† 1530
Épouse de Philippe, comte de Bar.
• 1480: autres événements •

Marguerite de Bourgogne
† 1315
Fille de Robert II, duc de Bourgogne. Épouse de Louis X le Hutin, roi de France.
• 1285: *introduction Philippe IV le Bel* • 1305: 10 février • 1314: janvier; *introduction Louis X le Hutin* •

Marguerite de Bourgogne
Fille de Philippe II le Hardi, duc de Bourgogne. Épouse de Guillaume d'Ostrevant.
• 1369: 12 avril • 1385: 2 avril •

Marguerite de Bourgogne
Fille de Jean sans Peur, duc de Bourgogne. Épouse de: 1. Louis dauphin, duc de Guyenne. 2. Arthur III, comte de Richemont.
• 1380: *introduction Charles VI* • 1409: 9 mars • 1425: dans *Arthur de Richemont* au 7 mars •

Marguerite de Brabant
Fille de Jean III, comte de Brabant. Épouse de Louis de Male, comte de Flandre.
• 1347: 1er juillet •

Marguerite de Flandre
Fille de Baudoin IX, comte de Flandre et empereur latin de Constantinople. Comtesse de Flandre.
• 1204: 12 avril • 1206: juin • 1208: septembre •

Marguerite de Flandre
Comtesse de Flandre de 1244 à 1279.
• 1240-1280 • 1255: novembre •

Marguerite de Flandre
† 1405
Fille de Louis de Male, comte de Flandre. Épouse de: 1. Philippe de Rouvres. 2. Philippe II le Hardi, duc de Bourgogne.
• 1369: 12 avril • 1383: décembre • 1386: 4 janvier • 1388: 8 juillet • 1405: 21 mars •

Marguerite de France
vers 1282-1318
Fille de Philippe III le Hardi roi de France.
• 1270: *introduction Philippe III le Hardi* • 1298: 26 juin • 1299: 19 juin •

Marguerite de France
† 1382
Fille de Philippe V le Long, roi de France. Épouse de Louis II de Nevers, comte de Flandre.
• 1316: *introduction Philippe V le Long* • 1320: juillet •

Marguerite de France
1523-1574
Fille de François Ier roi de France. Épouse d'Emmanuel-Philibert duc de Savoie.
• 1515: *introduction François Ier* • 1523: juin • 1527: juin-juillet • 1547: *introduction Henri II* • 1559: avril; juin-juillet • 1562: dans *L'Hospital* en février-mars •

Marguerite de Lorraine
et de Vaudémont
1615-1672
Sœur de Charles IV duc de Lorraine. Seconde Épouse de Gaston d'Orléans. Duchesse d'Orléans.
• 1624: dans *Gaston d'Orléans* au 20 mai • 1632: 3 janvier • 1634: 5 septembre • 1637: 8 février; 4 mai •

Marguerite de Navarre
1492-1549
Fille de Charles d'Angoulême. Sœur de François Ier roi de France. Épouse de: 1. Charles duc d'Alençon. 2. Henri d'Albret roi de Navarre. Humaniste et auteur.
• 1305: 4 avril • 1310: 1er juin • 1515: *introduction François Ier*; 4 février • 1521: dans *Le Cercle de Meaux* en avril • 1525: juillet-novembre • 1527: 30 janvier; autres événements • 1528: 16 novembre • 1531: autres événements; *biographie* dans autres événements • 1533: mars; octobre-novembre; autres événements • 1534: juin-juillet • 1541: 14 juin; dans *Marot et son école* dans autres événements • 1547: autres événements • 1548: 21 octobre • 1549: 21 décembre • 1559: dans *Amyot* dans autres événements •

Marguerite de Nevers
Fille d'Eudes de Bourgogne. Seconde épouse de Charles, comte d'Anjou et de Provence.
• 1226: *introduction Louis IX* • 1268: novembre •

Marguerite de Provence
vers 1221/1230-1285
Fille de Ramon Berenguer V, comte de Provence. Épouse de Louis IX, roi de France.
• 1226: *introduction Louis IX* • 1234: 8 juin • 1246: autres événements • 1258: 11 mai • 1260: autres événements • 1263: septembre • 1270: *introduction Philippe III le Hardi* •

Marguerite de Valois
Fille de Charles de Valois. Épouse de Guy de Châtillon.
• 1309: autres événements •

Marguerite de Valois
dite la reine Margot
1553-1615
Fille d'Henri II roi de France. Épouse d'Henri de Navarre.
• 1547: *introduction Henri II* • 1553: 14 mai • 1560: *introduction Charles IX* • 1566: 7 juillet • 1569: octobre-décembre • 1570: mars-juillet • 1571: avril-mai • 1572: mars-avril; 8 juillet; 18 août • 1574: *introduction Henri III* • 1578: 14 février; 2 octobre • 1581: dans *Beaujoyeux* au 24 septembre • 1589: *introduction Henri IV* • 1595: 31 décembre • 1599: février; septembre-décembre • 1605: janvier-octobre; août • 1606: 30 avril • 1618: dans *Les jésuites* au 15 février •

Marguerite Porete
Auteur.
• 1310: 1er juin •

Margueritte
Paul
1860-1918
Écrivain.
• 1900: 7 avril • 1922: dans *Victor Margueritte* au 12 juillet •

Margueritte
Victor
1866-1942
Écrivain.
• 1922: 12 juillet; *biographie* au 12 juillet • 1939: 28 septembre •

Margut-sur-Chiers
Traité de
• 980: mi-juillet •

Mariana
Juan
1536-1623
Jésuite espagnol. Auteur.
• 1599: autres événements •

Marianne
1932-1937
Journal.
• 1929: dans *Marcel Aymé* au 4 décembre • 1940: 25 juin •

Marie
Fille d'Henri Ier le Libéral, comte de Champagne.
• 1171: autres événements •

Marie
Fille de Philippe VI, roi de France.
• 1328: *introduction Philippe VI* • 1332: 29 septembre •

Marie
Fille de Jean II le Bon, roi de France. Épouse de Robert, comte de Bar.
• 1350: *introduction Jean II le Bon* • 1364: décembre •

Marie
1393-1438
Fille de Charles VI, roi de France. Dominicaine.
• 1380: *introduction Charles VI* • 1400: autres événements •

Marie
Fille de Charles d'Orléans. Épouse de Jean, comte de Foix.
• 1484: dans *Louis II d'Orléans* au 15 janvier •

Marie
Alexandre Marie de Saint-Georges, dit
1795-1870
Homme politique, ministre.
• 1848: 25-26 février; 10 mai; 18 juillet • 1849: 13-14 mai •

Marie
André
1897-1974
Président du Conseil.
• 1947: 22 janvier; 22 octobre; 24 novembre • 1948: 24 juillet; 28 août; 11 septembre • 1949: 13 février • 1951: 8 août • 1952: 20 janvier; 6 mars • 1953: 7 janvier; 26 juin •

Marie
Leszczynska
1703-1768
Fille de Stanislas Leszczynski, roi de Pologne. Épouse de Louis XV roi de France.
• 1693: dans *François Couperin* au 26 décembre • 1715: *introduction Louis XV* • 1725: 31 mars; 15 août; 5 septembre • 1738: 18 novembre • 1768: 24 juin •

Marie
Loi
1951
• 1950: dans *René Pleven* au 12 juillet • 1951: 20-21 septembre • 1952: 7 janvier •

Marie ou Marguerite
Fille de Louis IX, roi de France. Épouse de Jean de Brabant.
• 1226: *introduction Louis IX* •

Marie Ire Stuart
1542-1587
Fille de Jacques V roi d'Écosse. Épouse de François II roi de France. Reine d'Écosse de 1542 à 1567.
• 1515: *introduction François Ier* • 1542: 14 décembre • 1547: *introduction Henri II* • 1548: août • 1551: mai • 1558: avril • 1559: *introduction François II* • 1560: *introduction Charles IX* • 1567: 24 juillet • 1568: mai • 1579: autres événements • 1587: 18 février • 1603: 24 mars •

Marie II de Bragance
18191853
Reine du Portugal de 1826 à 1828, puis de 1833 à 1853.
• 1815: *introduction La seconde Restauration* • 1830: *introduction La monarchie de Juillet* •

Marie II Stuart
1662-1694
Fille de Jacques II roi d'Angleterre. Reine d'Angleterre de 1689 à 1694. Épouse de Guillaume III d'Orange.

• 1643: *introduction Louis XIV* • 1677: 15 novembre • 1689: 22 février • 1694: 28 décembre •

MARIE D'ANJOU
† 1463
Fille de Louis II d'Anjou. Épouse de Charles VII, roi de France.
• 1422: *introduction Charles VII* •

MARIE D'ANJOU
Fille de Charles d'Anjou, duc de Calabre.
• 1328: autres événements • 1333: autres événements •

MARIE D'ANTIOCHE
• 1277: 15 janvier •

MARIE DE BLOIS
Fille de Charles de Blois. Épouse de Louis Ier, duc d'Anjou.
• 1360: 24 octobre • 1374-1382 • 1384: 21 septembre •

MARIE DE BOURGOGNE
† 1482
Fille de Charles le Téméraire, duc de Bourgogne. Épouse de Maximilien Ier de Habsbourg, empereur.
• 1477: 9 janvier; 23 janvier; 11 février; 21 avril • 1479: 7 août • 1482: 27 mars • 1483: *introduction Charles VIII* • 1483-1500 •

MARIE DE BRABANT
2e épouse de Philippe III le Hardi, roi de France.
• 1270: *introduction Philippe III le Hardi* • 1273-1285 • 1276 • 1278: 30 juin •

MARIE DE CHAMPAGNE
1145-1198
Fille de Louis VII, roi de France. Épouse d'Henri Ier le Libéral, comte de Champagne.
• 1137: *introduction Louis VII* • 1153: autres événements • 1164: autres événements • 1168-1183 • 1180: *introduction Philippe Auguste* • 1195: dans *Adam Perseigne* dans autres événements •

MARIE DE CLÈVES
3e épouse de Charles d'Orléans.
• 1441: dans *Charles d'Orléans* en janvier •

MARIE DE FRANCE
1197/1198-?
Fille de Philippe II Auguste, roi de France. Épouse de: 1. Philippe, comte de Namur. 2. Henri, duc de Brabant.
• 1180: *introduction Philippe Auguste* • 1206: juin •

MARIE DE FRANCE
Auteur.
• 1155: dans *Les intellectuels de la Cour Plantagenêt* dans autres événements •

MARIE DE FRANCE
† 1341
Fille de Charles IV le Bel, roi de France.
• 1322: *introduction Charles IV le Bel* •

MARIE DE FRANCE
1371-?
Fille de Charles V, roi de France.
• 1364: *introduction Charles V le Sage* • 1372: autres événements •

MARIE DE HONGRIE
Fille d'Élisabeth, reine de Hongrie. Épouse de Sigismond de Bohême.
• 1385: avril; 3 septembre •

MARIE DE HONGRIE
Fille de Philippe le Beau, roi de Castille. Gouvernante des Pays-Bas. Épouse de Louis II roi de Hongrie.
• 1502: dans *Josquin Des Près, la musique sacrée et la musique profane* dans autres événements • 1535: juillet-novembre • 1537: juillet-novembre • 1539: novembre-janvier • 1555: 25-26 octobre •

MARIE DE L'INCARNATION
• Voir Acarie, Barbe Avrillot •

MARIE DE LUXEMBOURG
† 1324
Fille d'Henri VII empereur. 2e épouse de Charles IV le Bel, roi de France.
• 1322: *introduction Charles IV le Bel* •

MARIE DE MÉDICIS
1573-1642
Fille de François de Médicis grand-duc de Toscane. Épouse d'Henri IV roi de France.
• 1577: dans *d'Aubigné* dans autres événements • 1589: *introduction Henri IV* • 1599: février; autres événements • 1600: 25 avril;

5 octobre; 3 novembre; 9 décembre; autres événements • 1601: 4 février; 5 avril; 10 juillet • 1602: 22 novembre • 1607: 13 avril • 1609: 27 novembre; autres événements • 1610: 13 mai; *introduction Louis XIII*; 15 mai; *biographie* au 15 mai; dans *Les Barbons* au 22 mai; 26 juillet • 1611: 26 janvier; dans *Bérulle* au 11 novembre • 1612: 2 avril; dans *Les images de la propagande* au 5-7 avril; 20 août • 1613: 18 novembre; dans *Les maréchaux d'Ancre* au 18 novembre; autres événements • 1614: dans *Les rebelles* au 10 février; 15 mai; 22-27 juin; 2 octobre; dans *Pamphlets et libelles* au 27 octobre; dans *Hôpitaux et charité* dans autres événements • 1615: 1er novembre; autres événements • 1616: mai; dans *Richelieu: du favori au ministre d'État* à fin mai; 19 juin • 1617: 24 avril; mai-juin; 3 mai; 9 mai; 12 juin; 8 juillet • 1618: dans *Les jésuites* au 15 février; 7 avril • 1619: 21-22 février; 7 mars; 12 mai; 5 septembre • 1620: juillet-10 août; dans *Anne d'Autriche* en juillet-10 août • 1621: mai; autres événements • 1622: 31 janvier; 6-18 décembre • 1624: dans *Gaston d'Orléans* au 20 mai; autres événements • 1626: 26 octobre • 1629: 21 novembre • 1630: 10-12 novembre; dans *Les dévots* au 10-12 novembre; 11 novembre • 1631: 31 janvier-28 avril • 1637: 10 décembre • 1638: 1er septembre • 1641: 12 octobre • 1642: dans *Les conjurateurs* au 12 septembre • 1643: *introduction Louis XIV*; dans *Les historiographes du roi* dans autres événements • 1649: dans *Les frondeurs* au 11 mars •

MARIE DE MONTPELLIER
1181-1213
Fille de Guilhem VIII, comte de Montpellier. Épouse de: 1. Barral, comte de Marseille. 2. Bernard de Comminges. 3. Pierre II, roi d'Aragon.
• 1204: 15 juin •

MARIE DE PORTUGAL
† 1545
Fille de Jean III roi de Portugal. Épouse de Philippe II roi d'Espagne.
• 1526: janvier-mars •

MARIE DE VALOIS
Fille de Charles de Valois. Épouse de Charles d'Anjou, duc de Calabre.
• 1328: *introduction Philippe VI* •

MARIE-ADÉLAÏDE DE FRANCE
1732-1800
Fille de Louis XV.
• 1715: *introduction Louis XV* •

MARIE-AMÉLIE DE BOURBON-SICILE
1782-1866
Fille de Ferdinand IV, roi de Naples. Épouse de Louis-Philippe Ier.
• 1830: *introduction La monarchie de Juillet* • 1876: 9 juin •

MARIE-ANNE-VICTOIRE
1717-?
Fille de Philippe V roi d'Espagne. Épouse de Joseph Ier roi du Portugal.
• 1715: *introduction Louis XV* • 1721: 14 septembre; 25 novembre • 1722: 2 mars • 1724: octobre • 1725: avril •

MARIE-ANTOINETTE
1755-1793
Fille de François Ier empereur. Épouse de Louis XVI roi de France.
• 1760: dans *Noverre* dans autres événements • 1770: 16 mai • 1774: *introduction Louis XVI*; dans *Turgot* au 24 août • 1775: dans *Beaumarchais* au 23 février; septembre • 1777: 18 avril • 1779: autres événements • 1780: 29 novembre • 1781: juillet-août • 1784: 11 août • 1786: 31 mai • 1787: dans *Loménie de Brienne* au 1er mai • 1789: 19 juin; 12 octobre • 1790: 3 juillet; 8 juillet • 1791: 3 février; 20 juin; juillet; dans *Les Feuillants* au 16 juillet; 5 octobre; 12 octobre; 19 décembre • 1792: 1er mars; 29 juin; *introduction La République jacobine* • 1793: 4 janvier; 27 mars; 3 juillet; 1er août; 27 septembre; 3 octobre; 16 octobre • 1814: *introduction La première Restauration* • 1816: 19 janvier • 1819: dans *L'Église à la reconquête des âmes* au 24-27 octobre •

MARIE-CAROLINE DE NAPLES
1752-1814
Fille de François Ier empereur. Épouse de Ferdinand IV roi Naples.
• 1806: 14 février •

MARIE-CHRISTINE DE BOURBON
1806-1878
Régente d'Espagne.
• 1835: 17 mai • 1836: 18 mars; juin; 12 août •

Marie-Clotilde de Savoie
1843-1911
Fille de Victor-Emmanuel II. Épouse du prince Napoléon.
• 1858: dans *Le Prince Napoléon* au 24 juin • 1859: 30 janvier •

Marie-Isabelle de Valois
1572-1578
Fille de Charles IX roi de France.
• 1572: 27 octobre • 1578: 2 avril •

Marie-Josèphe de Saxe
1731-1767
Fille d'Auguste III de Saxe roi de Pologne. Épouse de Louis dauphin.
• 1747: 9 février • 1750: 26 août • 1751: 13 septembre • 1753: 8 septembre • 1754: 23 août • 1759: 23 septembre • 1764: 3 mai • 1766: autres événements • 1767: 13 mars •

Marie-Louise d'Autriche
1791-1847
Fille de François II empereur. Épouse de Napoléon Ier. Duchesse de Parme.
• 1799: dans *introduction Napoléon Bonaparte* • 1809: 29 novembre • 1810: 7 février; 1er-2 avril • 1813: 30 mars • 1814: 23 janvier; 29 mars; 11 avril • 1830: *introduction La monarchie de Juillet* • 1831: 4 février •

Marie-Louise de Parme
1754-1819
Épouse de Charles IV roi d'Espagne.
• 1808: 18 mars •

Marie-Louise-Élisabeth
1695-1719
Fille de Philippe II d'Orléans Régent. Duchesse de Berry.
• 1715: *introduction Louis XV* •

Marie-Louise-Élisabeth de France
1727-1759
Fille de Louis XV. Épouse de Philippe infant d'Espagne.
• 1715: *introduction Louis XV* • 1739: 25 octobre •

Marie-Thérèse d'Autriche
1638-1683
Fille de Philippe IV roi d'Espagne. Épouse de Louis XIV roi de France.
• 1643: dans *Mazarin* au 18 mai • 1658: novembre-décembre • 1659: 7 novembre • 1660: 9 juin; 26 août • 1661: 1er novembre • 1662: 17 février • 1667: mai • 1669: dans *Mme de Montespan* dans autres événements • 1670: dans *Prédication et prédicateurs* en novembre • 1680: 13 juillet-30 août • 1681: 23 octobre • 1683: 30 juillet • 1716: dans *Fleury* au 1er avril •

Marie-Thérèse d'Autriche
1717-1780
Fille de Charles VI empereur. Reine de Bohême et de Hongrie de 1740 à 1780. Impératrice de 1740 à 1745. Épouse de François III de Lorraine, grand-duc de Toscane puis empereur François Ier.
• 1715: *introduction Louis XV* • 1725: 1er mai • 1733: dans *La guerre de Succession de Pologne* au 5 octobre • 1731: 16 mars • 1736: 12 février • 1740: 20 octobre; dans *La guerre de succession d'Autriche* au 20 octobre; 11 décembre; 16 décembre • 1741: 5 juin • 1742: 11 juin • 1743: 12 mai; 13 septembre • 1744: 26 avril; 5 juin • 1745: 19 avril; 13 octobre; 25 décembre • 1746: 22 mai • 1748: 18 octobre • 1755: 30 août • 1756: dans *La guerre de Sept Ans* au 9 juin • 1765: autres événements • 1769: 16 mai • 1770: 16 mai • 1780: 29 novembre •

Marie-Thérèse d'Autriche-Este
1817-1886
Fille de François IV d'Autriche-Este duc de Modène. Épouse du comte de Chambord.
• 1846: 7 novembre •

Marie-Thérèse d'Espagne
1726-1746
Fille de Philippe V roi d'Espagne. Épouse de Louis dauphin.
• 1745: 25 février • 1746: 22 juillet • 1747: 9 février •

Marie-Thérèse-Charlotte de France
dite Madame Royale
1778-1851
Fille de Louis XVI. Épouse de Louis-Antoine de Bourbon duc d'Angoulême.
• 1774: *introduction Louis XVI* • 1778: 19 décembre • 1795: 30 juin; 26 décembre • 1799: 10 juin •

MARIE-THÉRÈSE-FÉLICITÉ DE FRANCE
1736-1744
Fille de Louis XV roi de France.
• 1715: *introduction Louis XV* •

MARIGNAN
Bataille de
13-14 septembre 1515
• 1499: 16 mars • 1515: *introduction François Ier*; mars-avril; 6 mai; 13-14 septembre •

MARIGNY
Abel Poisson de Vandières, marquis de
1727-1781
Directeur des Bâtiments, arts et manufactures.
• 1746: autres événements • 1749: autres événements • 1753: autres événements • 1754: autres événements • 1768: autres événements • 1773: autres événements •

MARIGNY
Augustin-Gaspard de Bernard de
1754-1794
Chef vendéen.
• 1794: 28 avril •

MARILLAC
Charles de
vers 1510-1560
Évêque de Vannes. Maître des requêtes.
• 1547: 9 septembre •

MARILLAC
Louis de
1573-1632
Frère de Michel de Marillac, chancelier. Maréchal de France.
• 1610: dans *Marie de Médicis* au 15 mai • 1630: 10-12 novembre; dans *Les dévots* au 10-12 novembre; 14 novembre • 1632: 8-10 mai •

MARILLAC
Michel de
1563-1632
Frère de Louis de Marillac. Chancelier.
• 1610: dans *Marie de Médicis* au 15 mai • 1624: 27 août • 1626: janvier; 1er-9 juin • 1629: 15 janvier • 1630: 10-12 novembre; dans *Les dévots* au 10-12 novembre • 1632: 8-10 mai •

MARILLAC
René de
Intendant du Poitou.
• 1681: 18 mars •

MARIN
Légat.
• 948: 7-8 juin •

MARIN
Giambattista Marino, dit le Cavalier
1569-1625
Poète napolitain.
• 1629: dans *Saint-Amant* au 27 février •

MARIN
Louis
1871-1960
Homme politique, ministre.
• 1910: 25 janvier • 1918: dans *« L'impôt du sang ». Les Anciens Combattants* au 11 novembre • 1924: 30 mars; 8-10 juin; 6 novembre • 1926: 23 juillet • 1930: 12 mars • 1934: 9 février; 8 novembre • 1935: 1er juin; 6-7 juin • 1938: 4 octobre; dans *Munichois et antimunichois* au 4 octobre • 1940: 10 mai; 12 juin; 16 juin •

MARIN
Maguy
Née en 1951
Chorégraphe.
• 1981: janvier •

MARIN Ier
† 884
Pape de 882 à 884.
• 879: *introduction Louis III et Carloman* •

MARIN II
† 946
Pape de 942 à 946.
• 936: *introduction Louis IV d'Outremer* •

MARINE
Musée de la
1937
• 1937: dans *L'Exposition internationale* au 24 mai •

MARINE ROYALE
• 1670: 13 juillet; *L'œuvre des Colbert: la marine royale* au 13 juillet • 1689: 15 avril •

Marinetti
Filippo Tomaso
1876-1944
Poète italien.
• 1912 : dans *Le futurisme en peinture* au 5 février •

Marinoni
Hippolyte
1823-1904
Constructeur mécanicien.
• 1867 : 1er avril-novembre •

Mario Sanudo
Auteur.
• 1321 : autres événements •

Marion
Paul
1899-1954
Homme politique, ministre.
• 1925 : dans *Doriot, du PC au PPF* au 4 février • 1934 : 9 juillet • 1936 : *dans Fascismes français* au 27-28 juin • 1938 : dans *Munichois et antimunichois* au 4 octobre • 1941 : 25 février ; 12 août • 1942 : 18-20 avril •

Mariotte
Edme
1620-1684
Abbé. Physicien.
• 1666 : 22 décembre • 1673 : autres événements • 1679 : autres événements •

Maritain
Jacques
1882-1973
Philosophe.
• 1912 : dans *Jeunes écrivains nationalistes* au printemps • 1932 : dans *Les fondateurs d'Esprit* en octobre • 1944 : 2 octobre •

Marivaux
Pierre Carlet de
1688-1763
Auteur dramatique.
• 1715 : *introduction Louis XV* • 1716 : 18 mai • 1717 : autres événements • 1720 : 17 octobre ; *biographie* au 17 octobre ; 16 décembre • 1721 : autres événements • 1722 : 3 mai • 1723 : 6 avril • 1724 : 5 février ; 8 juillet ; 2 décembre • 1725 : 5 mars ; 19 août • 1727 : 11 septembre ; 31 décembre • 1729 : 18 juin • 1730 : 23 janvier • 1731 : autres événements • 1732 : 12 mars ; 8 juin ; 25 juillet • 1733 : mars ; 6 juin • 1734 : 6 novembre • 1735 : 9 mai ; autres événements • 1736 : 8 janvier ; 11 juin ; autres événements • 1737 : 16 mars ; autres événements • 1740 : autres événements • 1743 : 4 février • 1744 : 19 octobre • 1749 : autres événements • 1755 : avril • 1797 : juin •

Marjolin
Robert
1911-1986
Haut fonctionnaire.
• 1955 : dans *Pierre Dreyfus* au 27 mars •

Markévitch
Igor
1912-1983
Compositeur et chef d'orchestre italien d'origine russe.
• 1932 : 20 avril •

Marlborough
John Churchill, duc de
1650-1722
Général anglais.
• 1702 : 29 octobre • 1704 : août • 1706 : 23 mai • 1708 : 11 juillet • 1709 : juillet-octobre • 1710 : juin-août • 1712 : 31 décembre •

Marly
Château de
• 1745 : autres événements •

Marmont
Auguste Frédéric Louis Viesse de, duc de Raguse.
1774-1852
Maréchal de France.
• 1799 : 23 août • 1804 : dans *Les maréchaux* au 18 mai • 1811 : 4 avril • 1812 : 7 janvier-12 août • 1814 : 30 mars ; 31 mars ; 5 avril • 1816 : 23 décembre • 1817 : 3 septembre-3 novembre ; dans *Fabvier* au 3 septembre-3 novembre • 1818 : 22 mars • 1830 : 25 juillet ; 28 juillet ; 29 juillet •

Marmontel
Jean-François
1723-1799
Écrivain. Historiographe du roi.
• 1744 : autres événements • 1748 : 5 février • 1749 : avril ; autres événements • 1751 :

dans *Au cœur des Lumières: l'Encyclopédie* dans autres événements; autres événements • 1755: autres événements • 1762: autres événements • 1763: autres événements • 1767: autres événements • 1768: 20 août • 1769: autres événements • 1770: autres événements • 1771: autres événements • 1773: autres événements • 1778: autres événements • 1787: autres événements • 1789: 14 janvier •

Marmousets
1380-1409
Conseillers de Charles VI.
• 1380: *introduction Charles VI* • 1385-1389 • 1390: 21 février • 1391: 6 janvier • 1392: 5 août • 1409: 17 octobre •

Marmoutier
Abbaye de
• vers 590 • 724 • 814 • 828: autres événements • 930: dans *Réformes et constructions religieuses au Xe siècle* • 982: autres événements • 1037: autres événements • vers 1130-1140 •

Marne
Batailles de la
6-13 septembre 1914
18 juillet-6 août 1918
• 1914: 6-13 septembre • 1916: dans *Les patrons de l'industrie et la Première Guerre mondiale* au 12 décembre; dans *Les généraux de la Grande Guerre* au 18 décembre • 1918: 18 juillet •

Maroc
Sous la IIIe République.
• 1906: 16 janvier-7 avril • 1907: 19-29 mars: 30 juillet; 6-7 août; 12-13 novembre • 1908: 15-27 janvier; 15-février; 9-28 mars; 18 juin • 1909: 18 janvier; 9 février; 23 novembre • 1910: 15 février • 1911: 4 novembre • 1912: dans *Raymond Poincaré* au 14 janvier; 18 avril-8 juillet; 1er juillet; 7 septembre • 1937: 2 septembre •

Maroc
Et la IVe République.
• 1946: *introduction La IVe République* • 1947: 7 avril • 1950: 8-15 octobre • 1951: 12 février; 25 février; 9 avril; 28 août • 1952: 14 mars; 27 août; 5-10 décembre • 1953: 21 mai; 13 août; 19-20 août • 1954: 26 août; 21 juin; 12 juillet; 14 juillet • 1955: 20 août; 22-27 août; 5 septembre-31 octobre; 6-16 novembre • 1956: 2 mars; 20 octobre; 22 octobre •

Marolles
Claudes-Eustache-François
1753-1794
Évêque constitutionnel.
• 1790: dans *Le serment: clergé constitutionnel et clergé réfractaire* au 27 novembre • 1791: 24 février •

Marolles
Michel de
1600-1681
Abbé de Villeloin.
• 1616: dans *Les libertins érudits* dans autres événements •

Maroselli
André
1893-1970
Ministre.
• 1947: 22 janvier • 1948: 24 juillet • 1958: 14 mai •

Marot
Clément
1495-1544
Fils de Jean Marot. Poète.
• 1486: autres événements • 1525: 24 février • 1535: janvier-mai • 1541: autres événements; *biographie* dans autres événements • 1544: dans *Scève* dans autres événements • 1549: dans *La Pléiade* dans autres événements • 1555: dans *Louise Labé* dans autres événements • 1562: dans *Goudimel* dans autres événements • 1571: dans *de Lassus* en avril-mai •

Marot
Jean
1619-1679
Architecte.
• 1667: dans *Les architectes de Louis XIV* au 14 mai •

Marot
Jean Desmaretz, dit
vers 1450-1526
Poète, historien.
• 1512: dans *Gringore et les Grands Rhétoriqueurs* au 24 février • 1541: dans *Marot et son école* dans autres événements •

MARQUET
Adrien
1884-1955
Ministre.
• 1933: 14-17 juillet; dans *Déat, du néo-socialisme au RNP* au 14-17 juillet; 5 novembre • 1934: 9 février; 21 mai • 1938: dans *Munichois et antimunichois* au 4 octobre • 1940: 20 juin; 27 juin; 12 juillet; 24 juillet •

MARQUET
Albert
1875-1947
Peintre.
• 1904: dans *Matisse* au 1er-18 juin • 1905: dans *Le fauvisme* au 18 octobre •

MARQUET
Mary
1895-1979
Actrice.
• 1943: 27 novembre •

MARQUETTE
Jacques
1637-1675
Jésuite. Explorateur.
• 1618: dans *Les jésuites* au 15 février • 1682: dans *Cavelier de La Salle* au 9 avril •

MARQUIS
Amiral.
• 1946: 12-14 août •

MARQUISES
Îles
• 1841: autres événements •

MARRANE
Georges
1888-1976
Homme politique, ministre.
• 1947: 22 janvier; 4 mai •

MARRAST
Armand
1801-1852
Journaliste. Homme politique.
• 1833: 22 octobre; *biographie* au 22 octobre • 1835: dans *Tocqueville* au 16 janvier; 12 mai; 12 juillet • 1843: 29 juillet • 1848: 24 février; 26 février; 5 mars; 16 avril; 23-24 avril; 11 mai; dans *Flocon* au 11 mai; 13 mai; 17 mai-17 juin; 19 juin; 30 juin; 18 juillet; 20 décembre • 1849: 9 mai; 13 14 mai •

MARRAUD
Pierre
1861-1958
Homme politique, ministre.
• 1921: 16 janvier • 1928: 9 novembre • 1929: 31 octobre • 1930: 2 mars • 1931: 13-27 mai •

MARROU
Henri-Irénée
1904-1977
Historien.
• 1954: novembre • 1955: 23 décembre • 1956: 10 avril • 1958: dans *La torture sous la République* au 27 mars •

MARS
Anne Françoise Hippolyte Boutet, dite Mlle
1779-1847
Comédienne.
• 1805: dans *Talma* au 3 janvier •

MARSEILLAISE (LA)
Hymne national.
• 1792: 25 avril • 1878: 25 janvier • 1879: 14 février; 30 juin •

MARSEILLAISE (LA)
1869
Journal.
• 1869: 19 décembre • 1877: 13 avril; 8 juillet •

MARSEILLE
Abbaye Saint-Victor de
• 814: autres événements • hiver 838-839 • 977: 31 octobre • 1005: avril? • 1040: autres événements •

MARSEILLE
Aux XVIIe et XVIIIe siècles.
• 1658: juillet • 1659: 16 octobre • 1660: 20 janvier-7 mars •

MARSEILLE
Sous le Premier Empire.
• 1801: 1er septembre • 1815: 24 juin; 25 juin; 26 juin •

Marseille
Sous la première Restauration.
• 1821: 29 décembre 1821-10 janvier 1822 • 1822: 16 janvier •

Marseille
Sous la monarchie de Juillet.
• 1832: 29 avril • 1842: 11 juin • 1843: mai • 1844: 14 novembre 1844-18 mars 1845 • 1847: mai •

Marseille
Sous la IIe République.
• 1848: 25-26 février; 22 juin; 10-11 décembre •

Marseille
Sous le Second Empire.
• 1852: 14 septembre-16 octobre • 1856: autres événements • 1861: autres événements •

Marseille
Sous la IIIe République et pendant la Seconde Guerre mondiale.
• 1870: 13 novembre • 1871: 23 mars • 1878: 28-30 juin • 1879: 20 octobre • 1881: 14 juillet • 1882: dans *Le socialisme français* en septembre • 1893: 1er-3 février; 5-9 novembre • 1916: 20 avril • 1934: 9-11 octobre • 1938: 28 octobre • 1942: 11 novembre • 1943 : 24 janvier • 1944: 17 août •

Marshall
George Catlett
1880-1959
Général américain.
• 1947: 5 juin •

Marshall
Plan
• 1947: 5 juin; 17 juin; 12 juillet • 1948: 7 janvier; 3 avril; 16-17 avril; 28 juin • 1949: 28 décembre • 1950: 7 juillet • 1951: 31 décembre • 1952: dans *L'antiaméricanisme* au 28 mai •

Marsile de Padoue
Auteur.
• 1326: autres événements •

Marsile Ficin
• Voir Ficin •

Marsin
Jean-Gaspard-Ferdinand, comte de Marcin, alias
1656-1706
Maréchal de France.
• 1704: août • 1706: 7 septembre •

Marsy
Balthasar
1628-1674
Sculpteur.
• 1665: dans *La sculpture au Grand Siècle* dans autres événements •

Marsy
Gaspard
1624-1681
Sculpteur.
• 1665: dans *La sculpture au Grand Siècle* dans autres événements •

Martainville
Alphonse Louis Dieudonné
1776-1830
Journaliste et écrivain.
• 1819: janvier •

Marteau
Michel
• Voir La Chapelle-Marteau, Michel •

Martel
Louis Joseph
1813-1892
Homme politique, ministre.
• 1871: dans *Bilan de la Commune* au 29 mai • 1876: 13 décembre •

Martel
Roger
• 1961: dans *L'Algérie française et l'extrémisme* au 22-25 avril •

Martellange
Étienne Ange Martel, dit
1559-1641
Architecte.
• 1627: autres événements •

Martial d'Auvergne
1430/1435-1508
Auteur.
• 1484: autres événements •

Martignac
Jean-Baptiste de
1776-1831
Homme politique, ministre.
• 1815: *introduction La seconde Restauration*; dans *Hyde de Neuville* au 3 novembre; dans *La Bourdonnaie* au 14 novembre • 1828: 4 janvier; *biographie* au 4 janvier; dans *Victor Cousin* en février • 1829: 9 février; 4-7 août; dans *Polignac* au 8 août •

Martin
Imprimeur.
• 1622: 23-30 janvier •

Martin
François
vers 1640-1706
Marchand.
• 1674: janvier •

Martin
Henri
1810-1883
Historien.
• 1865: 8 janvier •

Martin
Henri
• 1951: 19 juillet •

Martin
Thérèse
• Voir Thérèse de l'Enfant-Jésus, sainte •

Martin IV
(Simon de Brie)
† 1285
Garde des Sceaux. Cardinal. Pape de 1281 à 1285.
• 1226: *introduction louis IX* • 1261: décembre • 1270: *introduction Philippe III le Hardi* • 1281: décembre • 1282: autres événements • 1283: 27 août • 1284: 15 août • 1290: 11-29 novembre •

Martin V
† 1431
Pape de 1417 à 1431.
• 1380: *introduction Charles VI* • 1417: 11 novembre • 1418: 26 février; 26 mai • 1422: *introduction Charles VII* •

Martin Dauch
Joseph
1741-1801
Homme de loi. Député.
• 1789: 20 juin •

Martin du Gard
Roger
1881-1958
Écrivain.
• 1910: autres événements • 1913: octobre • 1914: 7 février • 1922: avril • 1933: dans *Malraux* au 7 décembre • 1936: novembre • 1937: 3 mai; 10 novembre; *biographie* au 10 novembre • 1955: 2 novembre • 1958: 15 avril •

Martin du Nord
Nicolas Ferdinand Marie Louis Joseph, dit
1790-1847
Homme politique, ministre.
• 1836: 6 septembre • 1837: 15 avril • 1840: 29 octobre • 1842: 26 octobre • 1847: 12 mars •

Martin le Franc
vers 1410-1461
Auteur.
• 1422: dans *Les hommes du duc de Bourgogne* au 5 décembre • 1442: autres événements; *biographie* dans autres événements •

Martinaud-Déplat
Léon
1899-1969
Ministre.
• 1934: 7 février • 1952: 20 janvier; 6 mars; 1er avril • 1953: 7 janvier; 26 juin •

Martineau
Louis-Simon
1733-1799
Avocat.
• 1790: 21 avril; dans *La constitution civile du clergé* au 12 juillet •

Martinet
Gilles
Né en 1916
Homme politique.
• 1950: 13 avril • 1955: 24 mars • 1960: 3 avril •

Martinet
Marcel
1887-1944
Écrivain.
• 1937 : 23-30 janvier •

Martin-Feuillée
Félix
1830-1896
Homme politique, ministre.
• 1883 : 21 février •

Martini
Simone
Peintre.
• 1316 : dans *Le Palais des Papes d'Avignon* au 7 août •

Martinique
• 1787 : 17 juin • 1789 : 17 septembre ; 14 octobre • 1790 : 3 juin ; 29 novembre • 1793 : 9 juin • 1794 : 23 mars • 1797 : 30 juin • 1802 : 20 mai • 1809 : 19 janvier-21 février • 1818 : 27 septembre-15 novembre • 1827 : 9 février • 1833 : 24 avril • 1839 : dans *Schoelcher* au 28 décembre • 1848 : 22 mai • 1873 : 20 novembre • 1946 : 19 mars •

Martinozzi
Anne-Marie
Nièce de Mazarin. Épouse du prince de Conti.
• 1649 : dans *Les frondeurs* au 11 mars • 1654 : 21 et 22 février •

Martonne
François de
1873-1955
Géographe.
• 1909 : décembre •

Marty
André
1886-1956
Homme politique.
• 1914 : *introduction La IIIe République : D'une guerre à l'autre* • 1922 : 26 mars-20 juillet • 1928 : 12 janvier • 1936 : dans *Les volontaires français* au 22 octobre • 1943 : octobre • 1945 : 28 avril • 1952 : 1er septembre • 1953 : 6 novembre •

Marty
Jean Antoine
1838-1916
Homme politique, ministre.
• 1893 : 3 décembre •

Marty-Tillon
Affaire
1952
• 1930 : dans *Thorez* au 23 avril • 1952 : 1er septembre •

Maruéjouls
Pierre Adolphe Émile
1837-1908
Homme politique, ministre.
• 1898 : 20 juin • 1902 : 7 juin •

Marx
Karl
1818-1883
Homme politique, philosophe et économiste allemand.
• 1840 : dans *Socialismes et utopies* en juin • 1844 : février • 1845 : 3 février • 1846 : 19 décembre • 1848 : 18 mars ; 10-11 décembre • 1852 : 20 mai • 1864 : 28 septembre • 1866 : 3-8 septembre • 1870 : *introduction La IIIe République : De la chute du Second Empire à la Première Guerre mondiale* • 1871 : 30 mai • 1872 : juillet ; 2-7 septembre • 1877 : 18 novembre • 1882 : dans *Le socialisme français* en septembre • 1885 : 29 août • 1891 : septembre • 1895 : 6 mars ; dans *L'anarchisme* au 16 novembre • 1914 : *introduction La IIIe République : D'une guerre à l'autre* • 1930 : autres événements • 1931 : dans *Au-delà de la droite et de la gauche* en novembre • 1965 : 10 septembre ; dans *Louis Althusser* au 10 septembre • 1970 : dans *Les gauchistes* au 27 mai • 1979 : dans *François Furet* au 23 janvier •

Marx
Wilhelm
1863-1946
Chancelier allemand : de 1923 à 1925 et de 1926 à 1928.
• 1914 : *introduction La IIIe République : D'une guerre à l'autre* • 1924 : 16 juillet-23 août •

Mary Tudor
Fille d'Henry VII roi d'Angleterre. 3e épouse de Louis XII roi de France.
• 1498 : *introduction Louis XII* • 1514 : 10 août ; 3 octobre ; 9 octobre •

Mary Tudor
1516-1558
Fille d'Henry VIII roi d'Angleterre. Reine d'Angleterre de 1553 à 1558. Épouse de Philippe II roi d'Espagne.
• 1518 : 14 décembre • 1547 : *introduction Henri II* • 1553 : 6 juillet • 1554 : 25 juillet • 1557 : 7 juin • 1558 : octobre-novembre ; 17 novembre •

Masaryk
Tomas Garrigue
1850-1937
Chef de l'État tchécoslovaque de 1920 à 1935.
• 1918 : 29 juin-28 septembre •

Mascara
Prise de
1835
• 1835 : 26 novembre-21 décembre •

Mascolo
Dyonis
1916-1997
Philosophe.
• 1953 : septembre • 1955 : 2 novembre • 1956 : décembre •

Mason
Raymond
Né en 1922
Sculpteur britannique.
• 1960 : autres événements •

Masparaulte
Guillaume
Conseiller au Parlement.
• 1593 : 16 janvier •

Maspéro
Gaston
1846-1916
Égyptologue.
• 1882 : autres événements •

Maspero
Henri
1883-1945
Sinologue.
• 1944 : 15 août •

Massé
Alfred
1870-1951
Ministre.
• 1911 : 2-6 mars • 1913 : 22 mars •

Masséna
André, duc de Rivoli, prince d'Essling
1758-1817
Maréchal de France.
• 1794 : 8 mai ; *introduction La République thermidorienne* • 1796 : 11 avril ; 12 avril ; 14 avril ; 14 mai ; 3 août ; 8 septembre • 1797 : 14 mars ; 27 mars ; 28 mars • 1798 : 23 février ; 25 février ; 13 mars ; 18 mars ; 9 décembre • 1799 : 2 mars ; 6 mars ; 12 avril ; 25 mai ; 4 juin ; 30 août ; 25-27 septembre • 1800 : 25 avril-15 juillet • 1804 : dans *Les maréchaux* au 18 mai • 1805 : 25 septembre-26 décembre ; 18 octobre ; 27 décembre • 1806 : 14 février • 1810 : 28 août • 1811 : 4 avril • 1813 : 16 avril •

Massenet
Jules
1842-1912
Compositeur.
• 1894 : autres événements ; *biographie* dans autres événements • 1901 : 20 novembre • 1907 : dans *Le renouveau musical* au 12 janvier •

Massiac
Claude-Louis d'Espinchal de
1686-1770
Secrétaire d'État à la Marine.
• 1758 : 31 mai ; 31 octobre •

Massieu
Jean-Baptiste
1743-1818
Député.
• 1795 : 9 août •

Massigli
René
1888-1988
Diplomate.
• 1933 : 2 février • 1935 : 1er-4 février

• 1938: dans *Les hommes du Quai* au 20-25 juillet • 1943: 5 février; 30 mai; 3-7 juin; 9 novembre • 1944: 25 août; 2 septembre; 5 septembre; 10-11 novembre •

MASSIGNON
Louis
1883-1962
Orientaliste.
• 1946: 15 mars • 1962: novembre •

MASSILIA
• 1927: dans *Daladier* au 27 octobre • 1940: 21 juin; 10 juillet; dans *Les quatre-vingts* au 10 juillet •

MASSILLON
Jean-Baptiste
1663-1742
Évêque de Clermont-Ferrand. Prédicateur.
• 1715: 1er septembre • 1718: 21 décembre; autres événements • 1720: 13 mars •

MASSINE
Léonide
1896-1979
Danseur et chorégraphe russe.
• 1907: dans *Le renouveau musical* au 12 janvier •

MASSIS
Henri
1886-1970
Écrivain.
• 1903: dans *Alain* au 9 juillet • 1912: dans *Jeunes écrivains nationalistes* au printemps • 1919: 19 juillet • 1935: 4 octobre •

MASSON
André
1896-1987
Peintre.
• 1924: 25 février-8 mars; 1er décembre • 1925: juillet; 13 novembre; dans *Le surréalisme en peinture* au 13 novembre • 1928: mars • 1936: décembre • 1937: avril • 1940: 8 mai; octobre • 1946: 15 février-15 mars • 1963: juin; 29 novembre • 1965: janvier • 1971: octobre •

MASSON
Antoine
1806-1858
Physicien.
• 1822: dans *Ampère* au 16 février •

MASSON
Jean
1907-1964
Ministre.
• 1954: 3 septembre •

MASSU
Jacques
Né en 1908
Général.
• 1940: dans *De Gaulle* au 18 juin • 1957: 7 janvier; 12 septembre • 1958: 13 mai; 23 mai • 1959: 10 mars • 1960: 23 janvier • 1968: 29 mai •

MAST
Charles
1889-1977
Général.
• 1949: août • 1950: 28 novembre •

MATA-HARI
Margaretta Zelle, dite
1876-1917
Danseuse et aventurière néerlandaise.
• 1917: 15 octobre •

MATFRID
Comte d'Orléans de 818 à 828.
• 814: *introduction Louis le Pieux* • 827: janvier-février; autres événements • 829: août •

MATHE
Fille de Gaston VII de Béarn.
• 1290: autres événements •

MATHÉ
Jean
1886-1973
Dirigeant syndical.
• 1938: dans *Munichois et antimunichois* au 4 octobre •

MATHIAS II
† 1619
Empereur de 1612 à 1619.
• 1610: *introduction Louis XIII* • 1618: 16 mai • 1619: 17-28 août •

MATHIEU
Claude
Confesseur d'Henri III roi de France.
• 1582: mars • 1583: février •

Mathieu
Georges
Né en 1921
Peintre.
• 1946: 19 juillet • 1948: mai •

Mathieu
Jacques Marie Adrien Césaire
1796-1875
Prélat et cardinal.
• 1865: 25 janvier •

Mathieu d'Escouchy
Auteur.
• 1444: autres événements •

Mathieu de Lorraine
Évêque de Toul de 1198 à 1210.
• 1202: autres événements •

Mathieu de Montmorency
Connétable.
• 1137: *introduction Louis VII* •

Mathieu de Vendôme
Auteur.
• vers 1175 •

Mathieu de Vendôme
Abbé de Saint-Denis. Membre du Conseil du roi.
• 1226: *introduction Louis IX* • 1270: 14 mars; *introduction Philippe III le Hardi*; 25 août •

Mathieu Levrien
Auteur. Historiographe du roi.
• 1476: autres événements •

Mathieu Paris
Moine. Auteur.
• 1248: 12 juin •

Mathieu-Bodet
Pierre
1816-1911
Avocat. Homme politique, ministre.
• 1874: 15 juillet •

Mathiez
Albert
1874-1932
Historien.
• 1917: autres événements • 1920: juillet • 1922: août • 1939: juillet •

Mathilde
1046-1115
Comtesse de Toscane.
• 1107: mai •

Mathilde
Fille de Roger de Sicile. Épouse de Raimon IV, comte de Saint-Gilles.
• 1065 •

Mathilde
Fille de Foulques V le Jeune comte d'Anjou. Épouse de Guillaume Adelin comte du Maine.
• 1119: 22-26 octobre •

Mathilde
† 1167
Fille d'Henri Ier Beauclerc, roi d'Angleterre. Épouse de: 1. Henri V, empereur germanique. 2. Geoffroi Plantagenêt, comte d'Anjou. Reine d'Angleterre.
• 1108-1109: dans *Les réformateurs de l'Ouest* • 1114: autres événements • 1120: 25 novembre • 1128: autres événements • 1133: 23 mars • 1135: 1er décembre; 15 ou 22 décembre • 1141: 24 juin • 1149: décembre •

Mathilde
Fille de Pierre de Courtenay. Épouse d'Hervé de Donzy.
• 1199: autres événements •

Mathilde
943-981/992
Fille de Louis IV d'Outremer, roi de Francie occidentale. Épouse de Conrad Ier le Pacifique, roi de Bourgogne.
• 936: *introduction Louis IV d'Outremer* • 954: *introduction Lothaire III* • 961/964 • 975: 16 janvier •

Mathilde
† 1033
Fille de Conrad II le Salique, empereur germanique.
• 1033: mai •

Mathilde
† 1044
Nièce d'Henri III, empereur germanique. Épouse d'Henri Ier, roi de France.
• 1031: *introduction Henri Ier* • 1043: 21 avril? • 1044: autres événements •

MATHILDE DE FLANDRE
† 1083
Fille de Baudoin V, comte de Flandre. Épouse de Guillaume le conquérant, roi d'Angleterre.
• 1051 : autres événements • 1059 : autres événements • 1067 : autres événements • 1087 : 9 septembre •

MATHURINS
Collège des
• 1215 : dans *L'Université de Paris* en août •

MATIGNON
Accords de
1936
• 1936 : 8 juin •

MATIGNON
Hôtel
• 1720 : autres événements •

MATIGNON
Jacques de Goyon de
1525-1597
Maréchal de France.
• 1580 : 7 juillet-12 septembre • 1594 : 22 mars ; octobre •

MATIN (LE)
Journal.
• 1884 : 26 février •

MATIN DE PARIS (LE)
1977-1988
Quotidien.
• 1977 : 1er mars • 1988 : 28 janvier •

MATISSE
Henri
1869-1954
Peintre.
• 1901 : autres événements • 1904 : 1er-18 juin ; *biographie* au 1er-18 juin ; 15 octobre • 1905 : février ; 18 octobre ; dans *Le fauvisme* au 18 octobre • 1907 : dans *Picasso* en juillet • 1910 : dans *Les Ballets russes* au 25 juin ; octobre • 1913 : 14-19 avril ; dans *Stravinski* au 29 mai • 1915 : 28 décembre • 1918 : 23 janvier-15 février • 1937 : dans *L'Exposition internationale* au 24 mai • 1945 : 7 décembre • 1946 : 15 février-15 mars • 1950 : 4 août ; dans *Le père Couturier et l'art sacré* au 4 août • 1951 : 25 juin • 1969 : dans *Support-Surface* en septembre • 1993 : 8 septembre 1993-2 janvier 1994 •

MATTA
Roberto Sebastian Matta Echaurren, dit
Né en 1911
Peintre chilien.
• 1960 : 29 avril •

MATTEO GIOVANETTI
Peintre.
• 1316 : dans *Le Palais des Papes d'Avignon* au 7 août •

MATTEO VISCONTI
• 1321 : autres événements •

MATTÉOLI
Jean
Né en 1922
Ministre. Homme politique.
• 1979 : 29 octobre • 1997 : 25 janvier • 1998 : 12 janvier • 1999 : 12-13 novembre •

MATTHIEU
Pierre
1563-1621
Historien. Poète.
• 1589 : *introduction Henri IV* ; dans *La propagande ligueuse* en décembre • 1606 : autres événements • 1678 : dans *Mme de La Fayette* au 8 mars •

MATURIN
Charles Robert
1780-1824
Écrivain irlandais.
• 1821 : 17 novembre • 1823 : dans *Le romantisme* en juillet •

MAUBUISSON
Abbaye de
• 1236 : autres événements • 1260 : autres événements •

MAUCHAMPS
Docteur
† 1907
Directeur du dispensaire français au Maroc.
• 1907 : 19-29 mars •

MAUCLAIR
Jacques
Né en 1919
Metteur en scène.
• 1952 : 22 avril • 1955 : 27 février •

MAUCROIX
François de
1619-1708
Auteur.
• 1657: dans *Tallemant des Réaux* dans autres événements •

MAUDUIT
Jacques
1557-1624
Compositeur.
• 1537: dans *Les Baïf* dans autres événements • 1589: autres événements •

MAUGIRON
Laurent de
1529-1589
Lieutenant général du Dauphiné.
• 1580: février-mars •

MAUGIRON
Louis de
† 1578
Favori d'Henri III roi de France.
• 1578: 27 avril •

MAUGUIN
François
1785-1854
Homme politique.
• 1830: 29 juillet • 1830: 29 septembre • 1831: 27 janvier •

MAULÉVRIER
Édouard François Colbert, comte de
1633-1693
Gouverneur de Tournai.
• 1661: dans *Colbert* au 12 septembre •

MAULNIER
Jacques Louis Talagrand, dit Thierry
1909-1988
Écrivain.
• 1930: avril • 1936: autres événements • 1938: dans *Munichois et antimunichois* au 4 octobre • 1951: novembre •

MAULTROT
Gabriel-Nicolas
1714-1803
Avocat.
• 1752: dans *Monarchie, parlements et refus de sacrements* au 23 mars 1752-2 septembre 1754; autres événements • 1772: autres événements • 1775: 26 novembre • 1778: autres événements • 1779: autres événements • 1789: autres événements • 1790: 25 mars; dans *La constitution civile du clergé* au 12 juillet •

MAUNOURY
Jacques Hyppolite Maurice
1863-1925
Général. Ministre.
• 1914: 4 juin • 1916: dans *Les généraux de la Grande Guerre* au 26 décembre • 1922: 15 janvier •

MAUPAS
Charlemagne-Émile de
1818-1888
Préfet de police. Ministre.
• 1851: 17 octobre; dans *Le coup d'État du 2 Décembre: fin de la IIe République* au 2 décembre • 1852: 22 janvier; *biographie* au 22 janvier; 17 février • 1853: 21 juin •

MAUPASSANT
Guy de
1850-1893
Écrivain.
• 1880: janvier; 1er mai • 1881: mai • 1883: avril; *biographie* en avril • 1887: mai • 1888: janvier • 1898: dans *Zola* au 13 janvier • 1945: octobre • 1952: mars •

MAUPEOU
Gilles de
Intendant des finances.
• 1611: 26 janvier •

MAUPEOU
René-Charles de
1688-1775
Premier président du Parlement de Paris. Vice-chancelier et garde des Sceaux.
• 1749: mai • 1751: 21 novembre • 1757: 22 septembre • 1763: 3 octobre • 1768: 18 septembre •

MAUPEOU
René-Nicolas de
1714-1792
Fils de René-Charles de Maupéou. Chancelier et garde des Sceaux.
• 1715: *introduction Louis XV* • 1738: janvier • 1763: 14 octobre • 1768: 18 septembre • 1769: 22 décembre • 1770: 18 février; 27 juin; 27 novembre; 7 décembre • 1771: 22 janvier; 31 janvier;

autres événements • 1773: autres événements • 1774: *introduction Louis XVI*; dans *Maurepas* au 20 mai; 24 août; dans *Turgot* au 24 août • 1775: dans *Beaumarchais* au 23 février; dans *Malesherbes* au 21 juillet • 1788: 3 mai; dans *Duval d'Éprémesnil* au 6 mai •

MAUPERTUIS
Pierre-Louis Moreau de
1698-1759
Mathématicien.
• 1715: *introduction Louis XV* • 1732: autres événements • 1737: novembre • 1742: autres événements • 1744: autres événements • 1745: autres événements • 1746: autres événements • 1748: autres événements • 1750: 12 janvier; autres événements • 1751: autres événements • 1752: autres événements • 1768: mars •

MAUPOIL
Henri
1891-1971
Ministre.
• 1935: 6-7 juin •

MAURDRAMNE
Abbé de Corbie.
• 772-780 •

MAUREPAS
Jean-Frédéric Phélypeaux, comte de
1701-1781
Fils de Jérôme Phélypeaux de Ponchartrain. Secrétaire d'État à la Marine et à la Maison du roi. Ministre d'État.
• 1715: 7 novembre • 1718: 24 septembre • 1723: 10 août • 1726: 17 avril • 1738: 6 janvier • 1743: 29 janvier • 1749: 23 avril • 1774: *introduction Louis XVI* • 1774: 20 mai; *biographie* au 20 mai; dans *Vergennes* au 2 juin; dans *Turgot* au 24 août; dans *Miromesnil* au 24 août • 1775: dans *Beaumarchais* au 23 février • 1776: 1er avril; 18 mai •

MAUREVERT
Charles de Louviers de
† 1583
• 1569: 7 octobre • 1572: 22 août •

MAURIAC
Claude
1914-1996
Journaliste et écrivain.
• 1949: février • 1974: février •

MAURIAC
François
1885-1970
Écrivain.
• 1927: février; *biographie* en février • 1931: dans *Au-delà de la droite et de la gauche* en novembre • 1933: dans *Malraux* au 7 décembre • 1937: 3 mai; 13 octobre • 1942: 19 février; autres événements • 1944: 2 octobre • 1945: dans *Intellectuels: épurateurs et épurés* au 13 janvier • 1951: avril; mai • 1952: 6 novembre • 1955: 13-15 janvier; 2 novembre; 23 décembre • 1957: 29 octobre; 2 décembre • 1958: dans *La torture sous la République* au 27 mars; 15 avril; octobre • 1969: mars •

MAURICE
† 602
Empereur byzantin de 582 à 602.
• 561: *introduction De quatre à un royaume franc* • 584 •

MAURICE DE SAVOIE
1593-1657
Fils de Charles-Emmanuel Ier duc de Savoie. Cardinal.
• 1637: 8 septembre • 1639: avril-octobre • 1642: 14 juin •

MAURICE DE SAXE
† 1553
Électeur de Saxe.
• 1547: 24 avril • 1552: avril-novembre • 1553: mars; juillet-septembre •

MAURICE DE SULLY
Évêque de Paris de 1160 à 1196.
• 1153: dans *Le temps des cathédrales* dans autres événements •

MAURICE-BOKANOWSKI
Michel
Né en 1912
Ministre.
• 1960: 5 février • 1961: 24 août • 1962: 14 avril; 7 décembre •

MAURIN
Louis
1869-1956
Général. Ministre.
• 1934: 8 novembre • 1935: 15-31 mars; 1er juin • 1936: 19-31 janvier; 7-8 mars •

MAURITANIE
• 1960: 2-4 juin •

MAUROIS
Émile Herzog, dit André
1885-1967
Écrivain.
• 1928: autres événements •

MAUROY
Pierre
Né en 1928
Homme politique. Premier ministre.
• 1972: dans *Georges Marchais* au 17 décembre • 1981: 21 mai; *biographie* au 21 mai; 23 juin • 1983: 22 mars • 1984: 17-18 juillet; dans *Laurent Fabius* au 17-18 juillet • 1988: dans *Michel Rocard* au 8 mai; 14 mai •

MAURRAS
Charles
1868-1952
Écrivain et théoricien politique.
• 1870: *introduction La IIIe République: De la chute du Second Empire à la Première Guerre mondiale* • 1879: mai • 1890: décembre • 1900: juillet; *biographie* en juillet • 1908: 21 mars • 1911: 16 décembre • 1913: 29 janvier • 1923: 1er juin • 1925: 8 juin • 1926: dans *Bernanos* en mars; 25 août-5 septembre; 20-29 décembre • 1927: 9 janvier; 9 mars; 16 avril • 1936: 21 mars • 1937: 8 juillet • 1938: dans *Munichois et antimunichois* au 4 octobre • 1945: 24 janvier • 1952: 6 mars •

MAURY
Jean-Siffrein
1746-1817
Archevêque de Nicée. Cardinal.
• 1789: 23 décembre • 1790: 1er février; 19 avril; 27 novembre • 1791: 2 mai; 24 mai; 7 juin • 1792: 1er mai • 1794: 21 février •

MAUSS
Marcel
1872-1950
Sociologue et anthropologue.
• 1894: dans *Durkheim* au 22 décembre • 1898: janvier • 1923: autres événements • 1928: janvier • 1931: dans *Au-delà de la droite et de la gauche* en novembre • 1934: autres événements • 1938: dans *Georges-Henri Rivière* au 21 juin • 1946: 15 mars • 1947: juin • 1948: dans *L'art brut* en juin • 1950: avril •

MAX DE BADE
Maximilien ou
1867-1929
Chancelier allemand.
• 1918: 1er-26 octobre; 7-8 novembre •

MAX-ANÉLY
• Voir Segalen, Victor •

MAXIMILIEN
(Ferdinand-Joseph de Habsbourg)
1832-1867
Archiduc d'Autriche. Empereur du Mexique de 1864 à 1867.
• 1852: *introduction Le Second Empire* • 1863: 10 juillet • 1864: 10 avril; 29 mai-12 juin • 1867: 13 février; 19 juin • 1873: dans *Bazaine* au 6 octobre-10 décembre •

MAXIMILIEN Ier DE BAVIÈRE
1573-1651
Duc de Bavière de 1596 à 1651.
• 1647: 14 mars • 1648: dans *Les traités de Westphalie* au 24 octobre •

MAXIMILIEN Ier DE HABSBOURG
1459-1519
Fils de Frédéric III empereur. Duc d'Autriche. Roi des Romains de 1486 à 1493. Empereur de 1493 à 1519.
• 1430: dans *Les ordres chevaleresques au XIVe-XVe siècles* au 7 janvier • 1477: 21 avril • 1479: 7 août • 1481: autres événements • 1482: 23 décembre • 1483: *introduction Charles VIII* • 1484: autres événements • 1485: dans *Les princes et la « Guerre folle »* au 2 novembre • 1486: 16 février; mai; 9 juin; 16 décembre • 1487: 9 mars; 23 septembre • 1488: 14-21 août; 9 septembre • 1490: 19 décembre • 1491: 6 décembre • 1492: 5 novembre • 1493: 19 janvier; 23 mai; autres événements • 1495: 31 mars

• 1496: août-novembre; 29 octobre • 1498: *introduction Louis XII*; octobre • 1499: 2 septembre • 1501: août; 3 octobre • 1504: 20 Février; 24 juillet; 22 septembre • 1505: avril • 1507: 24-28 septembre • 1508: février; 10 décembre • 1512: mai; 19 novembre • 1513: mai; juillet; septembre • 1515: *introduction François Ier*; 30 août • 1516: 3 décembre • 1517: 11 mars • 1519: 12 janvier •

MAXIMILIEN II
1527-1576
Fils de Ferdinand Ier empereur. Empereur de 1564 à 1576.
• 1550: 27 juin • 1560: *introduction Charles IX* • 1564: 25 juillet • 1570: 14 janvier • 1574: *introduction Henri III* • 1576: 12 octobre • 1596: autres événements •

MAXIMILIEN II DE BAVIÈRE
(Maximilien-Emmanuel de Wittelsbach)
1662-1726
Duc-Électeur de Bavière.
• 1686: 9 juillet • 1702: 3 août • 1703: 7-20 septembre • 1704: 9 janvier •

MAXIMILIEN III DE BAVIÈRE
1727-1777
Fils de Charles VII de Bavière empereur. Électeur de Bavière.
• 1745: 19 avril • 1777: 30 décembre •

MAXIMILIEN-HENRI DE BAVIÈRE
† 1688
Électeur de Cologne.
• 1651: 11 avril • 1658: 14 août • 1688: 3 juin •

MAXIMILIEN-JOSEPH Ier DE BAVIÈRE
1756-1825
Électeur puis roi de Bavière de 1799 à 1825.
•1799: *introduction Napoléon Bonaparte* • 1805: dans *Eugène de Beauharnais* au 26 mai • 1814: *introduction La première Restauration* • 1815: *introduction La seconde Restauration* •

MAXIMUM
Loi sur le
• 1792: *introduction La République jacobine* • 1793: 1er mai; 4 mai; 31 juillet; 4 septembre; 11 septembre; 29 septembre; 22 octobre • 1794: 21 février; 23 juillet; *introduction La République thermidorienne*; 7 septembre; 3 décembre; 9 décembre; 24 décembre • 1795: 17 mars •

MAXWELL
James Clerk
1831-1879
Physicien écossais.
• 1896: dans *L'invention de la TSF* au 2 juin •

MAYENNE
Charles de Lorraine, duc de
1554-1611
Fils de François de Lorraine duc de Guise. Grand amiral de France.
• 1574: *introduction Henri III* • 1577: 22 juin-21 août • 1580: 6 novembre • 1582: 1er juin • 1586: 10 avril; 29 avril; juin • 1587: 20 mars • 1588: 4 août; novembre • 1589: 30 janvier; 31 janvier; 17 février; 22 février; 13 mars; mai; 17 mai; *introduction Henri IV*; 5 août; 15-29 septembre; 21 septembre; novembre; dans *La propagande ligueuse* en décembre • 1590: 6 janvier; début février; 28 février; 12-13 mars; 14 mars; avril-août; fin septembre • 1591: février; 24 février; mai; 2 septembre; octobre-décembre • 1592: janvier; octobre; 4-6 novembre; 9 novembre • 1593: 5 janvier; 27 janvier; mai-juin; dans *Le chant du cygne des libellistes* au 1er-9 août; 15 octobre • 1594: 3 janvier; 6 mars; 28 mars; 16 novembre • 1595: 6 février; 5 juin; 23 septembre; novembre • 1596: janvier; 6 mai • 1597: 11 mars-25 septembre • 1602: mars-juillet • 1614: dans *Les rebelles* au 10 février •

MAYENNE
Henri, duc de
1578-1621
Fils de Charles de Lorraine duc de Mayenne. Duc de Mayenne.
• 1614: 13 janvier; dans *Les rebelles* au 10 février; 18 février • 1616: 10 janvier; mai • 1617: janvier; 25 avril • 1619: juillet-10 août • 1621: 18 mai •

MAYER
Cletta
1903-1976
Résistante.
• 1942: 15 mai •

MAYER
Daniel
1909-1996
Homme politique, ministre.
• 1941 : 9 mars • 1942 : 15 mai • 1943 : 13 juin • 1944 : *introduction Du Gouvernement provisoire à la IVe République* ; 2 septembre ; 10 septembre • 1946 : 16 décembre • 1947 : 4 mai ; 22 octobre ; 24 novembre ; 30 novembre ; 4 décembre • 1948 : 24 juillet • 1949 : 5 octobre • 1954 : 31 août •

MAYER
Eugène
Journaliste.
• 1877 : 22 avril •

MAYER
René
1895-1972
Président du Conseil.
• 1943 : 3-7 juin ; 9 novembre • 1944 : 5 septembre ; 9 septembre • 1947 : 24 novembre • 1948 : 7 janvier ; 24 juillet • 1949 : 28-29 octobre • 1950 : 12 juillet • 1951 : 8 août ; 16 novembre • 1953 : 7 janvier ; 26 mars ; 8 mai ; 21 mai ; 3 juin • 1955 : 2 juin • 1957 : 19 septembre •

MAYNARD
François
1582-1646
Poète.
• 1629 : dans *Saint-Amant* au 27 février •

MAYNIER D'OPPÈDE
Jean
Président du parlement de Provence.
• 1549 : 3 juillet • 1550 : 17 mars •

MAYNON D'INVAULT
Étienne
1721-1801
Contrôleur général des Finances de 1768 à 1769.
• 1768 : 22 septembre • 1769 : mars ; 22 décembre •

MAYOL
Félix
1872-1941
Chansonnier.
• 1902 : 18 novembre ; dans *L'âge d'or du Caf'Conc'* au 18 novembre •

MAYOTTE
Île de
• 1841 : autres événements • 1873 : 20 novembre • 1974 : 22 décembre •

MAYRISCH
Émile
1862-1928
Industriel luxembourgeois.
• 1926 : septembre •

MAZARIN
Armand-Charles, marquis de La Meilleraye, duc de
1632-1713
Fils de Charles de La Porte, duc de La Meilleraye.
• 1656 : dans *Les nièces de Mazarin* en novembre-décembre •

MAZARIN
Jules (Giulio Mazarini)
1602-1661
Cardinal. Principal ministre de Louis XIII roi de France et d'Anne d'Autriche régente.
• 1589 : *introduction Henri IV* • 1616 : dans *Les libertins érudits* dans autres événements • 1620 : dans *Anne d'Autriche* en juillet-10 août • 1624 : dans *Guez de Balzac* dans autres événements • 1630 : mars-septembre ; 28 octobre ; dans *Les dévots* au 10-12 novembre • 1631 : avril • 1637 : dans *Corneille* au début janvier • 1638 : 18 décembre • 1641 : 16 décembre • 1642 : 4 décembre • 1643 : 11 avril ; 21 avril ; *introduction Louis XIV* ; 18 mai ; *biographie* au 18 mai ; juillet-septembre ; dans *Les historiographes du roi* dans autres événements • 1644 : 27 janvier ; dans *Servien* en février-mars ; 4 décembre ; autres événements • 1646 : 15 mars ; autres événements • 1647 : juin 1647-avril 1648 • 1648 : 1er février ; 12avril-16 mai ; 17 mai-20 août ; 9 juillet ; 13-16 juillet ; 26-28 août ; dans *Les traités de Westphalie* au 24 octobre • 1649 : 5-6 janvier ; 8 janvier ; 16 janvier ; 18-28 janvier ; 11 mars ; dans *Les frondeurs* au 11 mars ; 16 mars ; dans *Mazarinades* au 20 juillet ; 18 août ; 8 novembre ; 26 décembre • 1650 : 18 janvier ; 5-20 février ; juin-octobre ; 10 novembre ; 1er-31 décembre • 1651 : 30 janvier-25 février ; 11 avril ; 7 septembre ; 12-30 décembre • 1652 : 4 janvier ; 20 janvier ; 4-29 mai ; 6-12 juin ; dans *L'Ormée* au 24-25 juin ; 2 juillet ; 11 juillet ; dans *Fouquet* au 31 juillet-7 août ; 10-12 août ; 22 août ; 21-

26 octobre • 1653: 30 janvier; mars-août • 1654: 21-22 février; 8 mai; septembre • 1655: 3 novembre • 1656: dans *La querelle janséniste* au 27 janvier; dans *Les nièces de Mazarin* en novembre-décembre • 1657: 1er avril; 1er mai • 1658: 8 mars; mars-juin; novembre-décembre • 1659: 13 août • 1660: mai-juin; 20 septembre; 13 décembre • 1661: 9 mars; dans *Mazarin collectionneur* au 9 mars; dans *Un hommage de Louis XIV à Mazarin* au 9 mars; dans *Colbert* au 12 septembre; autres événements • 1666: 18 février • 1667: dans *La Reynie* au 15 mars; dans *Les architectes de Louis XIV* au 14 mai • 1668: dans *Le Grand Condé* au 1er-19 février • 1678: autres événements • 1692: autres événements •

MAZEAU
Charles Jean Jacques
1825-1905
Homme politique, ministre.
• 1887: 30 mai •

MAZEAUD
Léon
1900-1970
Juriste. Dirigeant de la Fédération des déportés.
• 1945: dans *Rapatriement* au 19 juin •

MAZEL
Général.
• 1917: 16 avril •

MAZEL
Abraham
1675-1710
Chef camisard.
• 1702: dans *Les camisards* au 24 juillet • 1704: octobre • 1709: juin-juillet •

MAZIAU
Antoine
Officier.
• 1820: 19 août •

MAZIOL
Jacques
Né en 1918
Ministre.
• 1962: 14 avril; 7 décembre •

MAZUEL
Albert
1766-1794
Officier de l'armée révolutionnaire.
• 1794: 12 janvier; 21 mars •

MAZURIER
Martial
Prédicateur du Cercle de Meaux.
• 1523: août •

MAZZINI
Giuseppe
1805-1872
Patriote italien.
• 1834: 1er février • 1849: 25 avril • 1858: 8 février • 1916: dans *Romain Rolland* en décembre • 1933: dans *Déat, du néo-socialisme au RNP* au 14-17 juillet •

MAZZONI
Guido
Sculpteur.
• 1498: 8 avril •

MC SOLAAR
Claude M'Barali, dit
Né en 1969
Chanteur.
• 1991: avril; dans *Une culture née de la banlieue: le rap* en avril •

MCKINLEY
William
1843 à 1901
Président des États-Unis de 1897 à 1901.
• 1870: *introduction La IIIe République* •

MDRM
(Mouvement démocratique de rénovation malgache)
1946
• 1946: 21 février • 1947: janvier; 2 avril; juillet •

MEAUX
Cercle de
• 1498: dans *Les hommes de Louis XII* au 7 juillet • 1515: *introduction François Ier* • 1516: 31 décembre • 1518: 13 octobre • 1520: 8 octobre • 1521: *Le Cercle de Meaux* en avril • 1523: 12 avril; août • 1525: juillet-novembre; autres événements • 1530: mars • 1531: autres événements • 1533: mars • 1546: septembre-octobre •

Meaux
Marie Camille Alfred
1830-1907
Homme politique, ministre.
• 1875: 11 mars • 1876: 23 février • 1877: 17 mai •

Meaux
Surprise de
1567
• 1567: 26-28 septembre •

Meaux
Traité de
1229
• 1229: janvier •

Méchain
Pierre
1744-1804
Astronome.
• 1848: dans *François Arago* au 27 avril •

Méchin
Homme politique.
• 1823: dans *Le romantisme* en juillet •

Mecklembourg-Schwerin
Hélène de
† 1858
Épouse de Ferdinand, duc d'Orléans.
• 1837: 30 mai • 1838: 24 août •

Médard
Saint
vers 480- vers 556 (avant 561)
Évêque de Noyon de 540 environ à 556 environ.
• 532 • 556 •

Médecins du monde
1980
• 1979: dans *Humanitaire sans frontières* au 26 juin •

Médecins sans frontières
• Voir MSF •

Medef
(Mouvement des entreprises de France)
• 1999: 19 octobre •

Médicis
Alexandre de
Cardinal. Légat.
• 1596: 21 juillet •

Médicis
• Voir Catherine de Médicis • Julien de Médicis • Laurent de Médicis • Marie de Médicis • Pierre II de Médicis •

Médicis
Cosme de
1519-1574
Duc de Florence de 1537 à 1569. Grand-duc de Toscane.
• 1554: janvier-septembre • 1555: janvier-avril • 1557: janvier-février; mai-juillet; 19 juillet • 1558: 18 mars • 1570: février •

Médicis
Cosme II de
1590-1621
Grand-duc de Toscane.
• 1620: autres événements •

Médicis
Ferdinand Ier de
1549-1609
Fils de Cosme Ier de Médicis duc de Florence. Grand-duc de Toscane de 1587 à 1609.
• 1596: février • 1599: février; septembre-décembre •

Médicis
Jean de
• Voir Léon X •

Médicis
Jules de
• Voir Clément VII •

Médicis
Laurent de
Duc d'Urbino.
• 1518: autres événements • 1519: 13 avril • 1533: 28 octobre • 1547: *introduction Henri II* •

Médicis (les)
• 1462: 20 octobre • 1463: 8 mars •

Meerssen
Entrevue de
847
• 847: 28 février-mars • 851: mai •

Meerssen
Traité de
870
• 870: 8 août; 9 octobre •

MÉFANO
Paul
Né en 1937
Musicien.
• 1941: dans *Olivier Messiaen* au 26 juin •

MÈGE
Jacques-Philippe
1817-1878
Homme politique, ministre.
• 1870: 15 mai •

MÉGRET
Bruno
Né en 1949
Homme politique.
• 1997: 16 février • 1998: 6 décembre • 1999: 23-24 janvier •

MÉGRET
Catherine
Maire.
• 1997: 16 février •

MÉHAIGNERIE
Pierre
Né en 1939
Homme politique, ministre.
• 1977: 31 mars • 1978: 4-6 avril • 1986: 20 mars • 1993: 29 mars •

MÉHÉE DE LA TOUCHE
Jean-Claude-Hippolyte
1762-1827
Secrétaire de Tallien. Agent de la police impériale.
• 1794: 26 août; 28 septembre •

MEHEMET
Effendi
vers 1640-1735
Ambassadeur ottoman.
• 1721: 16 mars •

MÉHÉMET REZA BERG
Ambassadeur de Perse.
• 1715: 19 février; 13 août •

MÉHÉMET-ALI
1769-1849
Pacha d'Égypte de 1804 à 1849.
• 1815: *introduction La seconde Restauration* • 1824: mai • 1828: 29 août • 1830: *introduction La monarchie de Juillet* • 1833: 23 mars; 5 mai • 1836: 25 octobre • 1839: 21 avril; 24 juin-4 juillet; 27 juillet; 25-27 août; 3 octobre • 1840: 9-15 janvier; 26 janvier; 14-16 avril; 24 juin; 15 juillet; 14 août; 14 septembre; 2 octobre; 7 octobre; 9 octobre; 15 octobre; 10 novembre; 25 novembre • 1841: 31 janvier; 13 avril; 13 juillet •

MEHMET II
1784-1839
Sultan ottoman de 1808 à 1839.
• 1799: *introduction Napoléon Bonaparte* • 1814: *introduction La première Restauration* • 1815: *introduction La seconde Restauration* • 1830: *introduction La monarchie de Juillet* • 1833: 23 mars; 5 mai • 1839: 24 juin-4 juillet •

MEHMET III
Empereur ottoman de 1596 à 1603.
• 1589: *introduction Henri IV* •

MEHMET IV
Sultan ottoman de 1648 à 1687.
• 1643: *introduction Louis IV* • 1669: 5 décembre •

MEHMET V
• Voir Mahomet V •

MEHMET VI
1861-1926
Sultan ottoman de 1918 à 1922.
• 1914: *introduction La IIIe République: D'une guerre à l'autre* •

MÉHUL
Étienne Nicolas
1763-1817
Compositeur.
• 1783: autres événements • 1788: autres événements • 1790: 4 septembre • 1791: 15 février • 1792: 3 mai • 1793: 28 mars • 1794: 6 mai; 14 juillet; 11 septembre • 1795: 3 août • 1797: autres événements • 1799: 4 juin • 1846: dans *L'opéra-comique* au 9 novembre •

MEIGNAN
Guillaume-René
1817-1896
Archevêque.
• 1892: 4 février •

MEIJI TENNO
• Voir Mutsuhito •

MEILLET
Antoine
1866-1936
Linguiste.
• 1894: dans *Durkheim* au 22 décembre •

MEILLET
Antoine
1866-1936
Linguiste.
• 1924: autres événements •

MEILLET
Léo
1843-1909
Membre de la Commune de 1871.
• 1871: 28 avril-1er mai •

MEISTER
Jacques-Henri
1744-1826
Écrivain.
• 1753: autres événements •

MÉJEAN
François
• 1904: 29 octobre •

MÉJEAN
Louis
Haut fonctionnaire.
• 1904: 29 octobre •

MELANCHTON
Philippe Schwarzerd, dit
1497-1560
Réformateur.
• 1521: juillet; autres événements • 1523: 28 juin •

MELAS
Michael Friedrich Benedikt, baron von
1729-1806
Général autrichien.
• 1799: 14 avril; 4 novembre • 1800: 25 avril-15 juillet •

MELCHIOR BROEDERLAM
Peintre.
• 1383: autres événements •

MÉLÉAGRE
vers 140-vers 60
Poète grec.
• 1896: 13 juin •

MÉLENCHON
Jean-Luc
Né en 1951
Ministre.
• 2000: 27 mars •

MÉLIÈS
Georges
1861-1938
Cinéaste.
• 1897: mars • 1901: autres événements • 1902: autres événements • 1909: dans *Le cinéma: art et industrie* dans autres événements •

MÉLINE
Jules
1838-1925
Homme politique. Président du Conseil.
• 1871: 26 mai • 1883: 21 février • 1888: 4 avril; *biographie* au 4 avril • 1892: dans *Albert de Mun* au 6 mai • 1896: 29 avril • 1897: 30 octobre; 4 décembre • 1898: 15 janvier; 29 mai; 13-15 juin • 1899: 8-10 février; 18 février • 1900: 22 avril • 1915: 29 octobre •

MÉLINE
Loi
• 1894: 6 novembre •

MÉLINE
Tarif
• 1892: 11 janvier •

MÉLISENDE
† 1161
Fille de Baudoin II, roi de Jérusalem. Épouse de Foulques V, le Jeune comte d'Anjou.
• 1128: 10 juin •

MELLAN
Claude
1598-1688
Graveur.
• 1613: dans *Les caravagesques français* à fin 1613 ou début 1614 • 1624: mai • 1636: 24 septembre-7 novembre • 1647: dans *L'atticisme parisien* dans autres événements •

MELLET
Alain
Journaliste.
• 1929: 13 avril •

Mellin
Charles
vers 1597-1649
Peintre.
• 1630: autres événements •

Mellon
Andrew
1855-1937
Secrétaire d'État américain.
• 1931: 6 juillet •

Mellon-Bérenger
Accords
29 avril 1926
• 1926: 29 avril •

Melon
Jean-François
1675-1738
Avocat. Inspecteur général des fermes à Bordeaux.
• 1734: autres événements • 1736: autres événements •

Melun
Armand, vicomte de
1807-1877
Homme politique.
• 1834: 20 septembre • 1849: 9 juillet • 1851: 9 juillet • 1855: dans *Le Play* au 21 juillet • 1875: 27 juillet •

Melville
Herman
1819-1891
Écrivain américain.
• 1941: février •

Melville
Jean-Pierre
1917-1973
Cinéaste.
• 1940: dans *Le colonel Passy* au 7 août • 1949: avril • 1969: septembre •

Memling
Hans
Peintre.
• 1487: autres événements • 1488: autres événements •

Memmi
Albert
Né en 1920
Écrivain.
• 1957: avril •

Mémorial du Martyr juif inconnu
1953
• 1953: 17 mai •

Ménage
Gilles
1613-1692
Auteur.
• 1641: 22 mai; dans *Salons, mondains et précieuses* au 22 mai • 1644: dans *Servien* en février-mars • 1678: dans *Mme de La Fayette* au 8 mars • 1688: mars •

Ménageot
François-Guillaume
1744-1816
Peintre.
• 1777: autres événements •

Mende
Tibor
Économiste d'origine hongroise.
• 1954: juin •

Mendelssohn
Félix
1809-1847
Compositeur allemand.
• 1828: février •

Mendès
Catulle
1841-1909
Écrivain.
• 1866: dans *Les poètes parnassiens* au 3 mars • 1885: février •

Mendès France
Pierre
1907-1982
Homme politique. Président du Conseil.
• 1925: 28 mars-11 avril • 1938: 4-6 avril • 1940: 18 juin; dans *De Gaulle* au 18 juin; 21 juin; 1er décembre • 1943: 9 novembre • 1944: 1er-22 juillet; 2 septembre; 5 septembre; 9 septembre; 4-20 novembre; 17 novembre • 1945: 5 avril • 1946: *introduction La IVe République*; dans *La guerre*

d'Indochine au 19 décembre • 1950: 6 avril; dans *Paix et Liberté* au 12 septembre; 19 décembre • 1951: 26 décembre • 1952: dans *Edgar Faure* au 20 janvier • 1953: 3 juin • 1954: 9 mars; 12 juin; *biographie* au 12 juin; 17 juin; 18 juin; 23 juin; 7 juillet; 10 juillet; 31 juillet; 10 août; 13 août; 19-22 août; 26 août; 3 septembre; 9 septembre; 20 septembre; 12 octobre; 23 octobre; dans *La guerre d'Algérie* au 1er novembre; 12 novembre; 22 novembre; 3 décembre • 1955: 13-15 janvier; 20 janvier; dans *Jacques Soustelle* au 26 janvier; 5 février; 13 octobre • 1956: 23 mai • 1958: 28 mai; dans *Paul Delouvrier* au 12 décembre • 1960: 3 avril • 1966: 30 avril-1er mai • 1967: 27 février; 12 mars • 1968: 27 mai • 1970: dans *Jean-Jacques Servan-Schreiber* au 28 février • 1981: dans *François Mitterrand* au 21 mai • 1988: dans *Michel Rocard* au 8 mai • 1992: dans *Pierre Bérégovoy* au 2 avril •

MENESTRIER
Claude-François
1631-1705
Auteur.
• 1679: autres événements •

MENON
Louis de
• 1739: autres événements • 1746: autres événements •

MENOU
Jacques-François de
1750-1810
Général.
• 1791 4 mai; 24 mai; 14 septembre • 1795: 23 mai; 5 octobre • 1798: dans *L'expédition d'Égypte* au 5 mars • 1800: 14 juin • 1801: 21 mars; 27 juin •

MENTANA
Bataille de
1867
• 1867: 3 novembre •

MENTELIN
Imprimeur.
• vers 1438: dans *Les débuts de l'imprimerie* •

MENTHON
François de
1900-1984
Juriste. Homme politique.
• 1940: dans *Du MLN à Combat* au 30 août • 1942: juillet • 1943: 3-7 septembre; 9 novembre; 17 décembre • 1944: 9 août; 26 août; 4 septembre; 5 septembre; 9 septembre; 25-26 novembre • 1946: 19-26 juin •

MÉOBECQ
Saint-Pierre de
• 1048: autres événements •

MERCATOR
Gerhard Kremer, dit
1512-1594
Mathématicien et géographe.
• 1569: autres événements •

MERCIER
André
1901-1970
Homme politique.
• 1943: 27 février-10 mars; 27 mai •

MERCIER
Auguste
1833-1921
Général. Ministre.
• 1893: 3 décembre • 1894: 29 mai; 15 octobre; 28 novembre; 22 décembre • 1898: 13 janvier • 1899: 5 juin •

MERCIER
Ernest
1878-1955
Chef d'entreprise.
• 1916: dans *Les patrons de l'industrie et la Première Guerre mondiale* au 12 décembre • 1924: 28 mars • 1925: 23 novembre; *biographie* au 23 novembre • 1927: dans *Gautherot* au 8 avril • 1928: dans *La Rocque et les Croix-de-Feu* en janvier • 1937: dans *Auguste Detœuf et les Nouveaux Cahiers* au 15 mars •

MERCIER
Louis-Sébastien
1740-1814
Auteur.
• 1771: autres événements • 1775: autres événements • 1781: autres événements • 1789: 3 octobre • 1791: autres événements •

Mercœur
Louis de Bourbon-Vendôme, duc de
• Voir Vendôme, Louis de •

Mercœur
Philippe-Emmanuel de Lorraine, duc de
1558-1602
Fils de Nicolas de Lorraine. Gouverneur de Bretagne.
• 1574: *introduction Henri III* • 1579: 1er janvier • 1585: juin; octobre • 1587: 20 mars; 11 septembre; 12 septembre • 1589: *introduction Henri IV* • 1590: hiver • 1593: novembre • 1594: fin février; 16 novembre • 1595: 26 décembre • 1596: décembre • 1597: février; 30 septembre; 17 octobre • 1598: 20 mars •

Mercure de France
Revue.
• 1886: dans *Les symbolistes* au 18 septembre • 1889: novembre •

Mercure François (Le)
1611-1648
Première publication périodique française.
• 1611: autres événements; dans *Jean Richer* dans autres événements •

Mercy
François de
vers 1595-1645
Général des Impériaux.
• 1644: fin juin-fin septembre • 1645: juillet-août •

Mercy d'Argenteau
Florimond-Claude
1727-1794
Ambassadeur d'Autriche.
• 1790: mars; dans *Le droit de déclarer la guerre* au 15 mai • 1791: 3 février •

Méredieu de Naillac
Pierre-Paul de
1737-?
Ministre des Affaires étrangères.
• 1792: 13 juin; 18 juin •

Merejkovski
Dmitri
1866-1941
Écrivain russe.
• 1926: dans *Les Russes en France* au 14 avril •

Mérilhou
Joseph
1788-1856
Homme politique, ministre.
• 1830: 2 novembre; *biographie* au 2 novembre; 27 décembre • 1831: 8 mars •

Mérimée
Prosper
1803-1870
Écrivain.
• 1823: dans *Le romantisme* en juillet •1825: 14 mars • 1829: 5 mars; mai • 1830: février • 1831: 23 octobre • 1833: septembre • 1834: 27 mai • 1840: 1er juillet; *biographie* au 1er juillet • 1845: 1er octobre • 1858: dans *Viollet-le-Duc* dans autres événements • 1865: 25 janvier • 1875: 2 juin • 1880: janvier • 1953: mars •

Mérindol
Jules de
Architecte.
• 1985: autres événements •

Merklen
Léon
1875-1949
Directeur de La Croix.
• 1926: 20-29 décembre •

Merle
Robert
Né en 1908
Écrivain.
• 1949: 28 octobre •

Merleau-Ponty
Maurice
1908-1961
Philosophe.
• 1945: juillet; octobre • 1946: octobre • 1947: novembre • 1948: dans *Jean-Paul Sartre* au 2 avril • 1949: 12 novembre • 1953: 16 janvier • 1955: avril • 1957: 18 avril • 1964: février •

Merlin de Douai
Philippe-Antoine
1754-1838
Député à l'Assemblée constituante. Directeur. Ministre de la Police. Ministre de la Justice.
• 1790: 28 avril; 28 octobre • 1793: dans *La Terreur* au 5 septembre; 17 septembre • 1794: 12 juin; 20 juillet; *introduction La*

République thermidorienne; 1er août; 1er septembre; 23 octobre; 27 décembre; 28 décembre • 1795: 3 novembre • 1796: 4 janvier; 5 janvier; 3 avril • 1797: 16 juillet; 8 septembre; 24 septembre • 1799: 18 juin; 19 juin; 15 juillet; 18 août • 1815: 24 juillet • 1816: 21 mars •

MERLIN DE THIONVILLE
Antoine-Christophe
1762-1833
Avocat. Homme politique.
• 1792: 23 avril • 1793: 8 septembre • 1794: 7 janvier; 10 septembre; dans *Les Muscadins* au 19 septembre; 3 octobre •

MERMAZ
Louis
Né en 1937
Ministre.
• 1981: 21 mai • 1988: 8 mai • 1990: 2 octobre • 1991: 25 mai • 1992: 2 avril; 2 octobre •

MERMOZ
Jean
1901-1936
Aviateur.
• 1930: 12-13 mai; dans *Les ailes françaises* au 1er-2 septembre • 1936: 6 décembre •

MÉROVÉE
† 577
Fils de Chilpéric Ier, roi de Soissons.
• 577 •

MERRHEIM
Alphonse
1871-1925
Dirigeant syndical.
• 1911: 5 janvier; *biographie* au 5 janvier • 1915: 5-8 septembre •

MERS EL-KÉBIR
• 1940: 3 juillet •

MERSENNE
Marin
1588-1648
Philosophe. Mathématicien.
• 1616: dans *Les libertins érudits* dans autres événements • 1619: autres événements • 1623: dans *Gassendi* dans autres événements; autres événements; *biographie* dans autres événements • 1625: autres événements • 1627: autres événements • 1637: dans *Descartes* en juin • 1656: dans *Pascal* au 27 janvier •

MÉRY
Joseph
1798-1865
Écrivain.
• 1826: octobre • 1829: dans *Barthélemy* au 29 juillet •

MERYON
Charles
1821-1868
Graveur.
• 1824: dans *Le romantisme en peinture* en avril •

MESCHINOT
Jean
1422-1491
Poète.
• 1512: dans *Gringore et les Grands Rhétoriqueurs* au 24 février •

MESCHONNIC
Henri
Né en 1932
Écrivain.
• 1967: octobre • 1970: septembre •

MESMER
Franz-Anton
1734-1814
Médecin autrichien.
• 1779: autres événements; *biographie* dans autres événements • 1784: dans *Bergasse* dans autres événements •

MESMES
Claude de
1595-1650
Comte d'Avaux. Diplomate. Surintendant des finances.
• 1643: 10 juin • 1644: février-mars; dans *Servien* en février-mars; 4 décembre • 1649: 8 novembre • 1650: 23 mai; 19 novembre •

MESMES
Henri de, seigneur de Malassise
1531-1596
Conseiller du roi. Chancelier du roi de Navarre.
• 1570: 8 août •

Mesnager
Nicolas Le Baillif
1658-1714
Avocat.
• 1711: juillet •

Mesrine
Jacques
1936-1979
• 1978: 8 mai •

Messager
André
1853-1929
Compositeur.
• 1859: dans *La musique lyrique sous le Second Empire* au 19 mars • 1902: 30 avril •

Messagier
Jean
Né en 1920
Peintre.
• 1946: 15 février-15 mars •

Messali Hadj
Ahmed Mesli, dit
1898-1974
Nationaliste algérien.
• 1929: novembre • 1937: 11 mars • 1938: 8 février • 1945: dans *Émeutes et répression en Algérie* au 8 mai • 1946: 10 novembre • 1952: 14 mai • 1954: 1er novembre • 1957: 29-30 mai; 2 septembre • 1961: mars •

Messiaen
Olivier
1908-1992
Compositeur.
• 1931: 19 février; 6 mai-15 novembre • 1933: dans *Malraux* au 7 décembre • 1935: autres événements • 1936: 6 juin • 1937: 28 avril • 1940: dans *Les prisonniers* au 12 juillet • 1941: 26 juin; *biographie* au 26 juin • 1943: 10 mai • 1945: avril; autres événements • 1950: juillet • 1952: 4 mai • 1963: 30 octobre • 1965: 7 mai • 1975: 29 octobre • 1983: 28 novembre •

Messimy
Adolphe
1869-1935
Homme politique, ministre.
• 1905: 16 février • 1911: 2-6 mars; 23-27 juin; 28 juillet; 4 septembre • 1914: 13 juin •

Messmer
Pierre
Né en 1916
Homme politique, Premier ministre.
• 1940: dans *Les Français de Londres* au 7 août • 1960: 5 février • 1961: 24 août • 1962: 14 avril; 7 décembre • 1966: 8 janvier • 1967: 6-7 avril • 1968: 1er juin; 10 juillet • 1969: *introduction La Ve République: De l'héritage du gaullisme à la victoire de la gauche* • 1972: 5 juillet • 1973: 5 avril • 1974: 1er mars; 3 mars •

Mestayer
Fondateur de la Compagnie N'goko-Sangha.
• 1911: 27 avril •

Mestre
Philippe
Né en 1956
Homme politique, ministre.
• 1993: 29 mars •

Mesures
1935-1940
Revue.
• 1935: 15 janvier •

Mesureur
Gustave
1847-1925
Homme politique, ministre.
• 1895: 1er novembre • 1896: 23 février •

Metchnikov
Élie
1845-1916
Biologiste russe.
• 1908: décembre •

Métezeau
Clément
1581-1652
Frère de Louis Métezeau. Architecte.
• 1605: juillet • 1616: autres événements • 1627: 27 novembre • 1628: 28 octobre •

Métezeau
Louis
vers 1560-1615
Architecte.
• 1589: *introduction Charles IV* • 1605: juillet •

Metge
† 1801
• 1801 : 20 janvier •

Methuen
John
vers 1650-1706
Diplomate anglais.
• 1703 : 16 mai ; 27 décembre •

Métin
Albert
1871-1918
Ministre.
• 1913 : 9 décembre • 1915 : 29 octobre •

Mètre
• Voir Système métrique •

Métropolitain de Paris
• 1854 : juillet • 1887 : 21 juillet • 1898 : 7 mars ; 4 octobre • 1899 : autres événements • 1900 : 19 juillet ; autres événements • 1903 : 10 août • 1907 : autres événements • 1915 : 29 janvier • Voir aussi RATP •

Metternich
Klemens von
1773-1859
Homme d'État autrichien.
• 1808 : janvier • 1809 : 2 mars ; 18 août ; 29 novembre • 1813 : 9 novembre • 1825 : mars • 1828 : 16 juillet • 1831 : dans *Laure d'Abrantès* au 4 juin • 1848 : 13 mars •

Metz
• 1815 : 24 juillet • 1830 : 6 octobre • 1870 : 28 juillet ; 6 août ; 14-18 août ; 15 août ; 20 août ; 21 août ; 27 octobre • 1871 : 29 mai • 1872 : 5 mai ; 7 mai ; dans *Bazaine* au 6 octobre-10 décembre • 1892 : dans *Albert de Mun* au 6 mai •

Metz
Cathédrale de
• 930 : dans *Réformes et constructions au Xe siècle* dans autres événements • 1047 •

Metzinger
Jean
1883-1956
Peintre.
• 1908 : dans *Le cubisme* au 14 novembre • 1911 : 21 avril-15 juin • 1913 : dans *Apollinaire* au 20 mars •

Meudon
Château de
• 1547 : *introduction Henri II* •

Meulan
Pauline de (Mme Guizot).
1773-1827
Écrivain.
• 1812 : 28 mai •

Meunier
Pierre
Né en 1908
• 1943 : 27 mai • 1946 : 6-8 avril •

Meunier
Pierre François
1814-?
Ouvrier sellier. Conspirateur.
• 1836 : 27 décembre • 1837 : 25 avril ; 8 mai •

Meur
Vincent de
1629-1668
Fondateur du séminaire des Missions étrangères.
• 1618 : dans *Les jésuites* au 15 février •

Mexandeau
Louis
Né en 1931
Ministre.
• 1981 : 21 mai • 1983 : 22 mars • 1984 : 17-18 juillet •

Mexico
Prise de
1863
• 1852 : *introduction Le Second Empire* • 1862 : 9 avril-5 mai • 1863 : 5 juin •

Mexique
Guerre du
1863-1866
• 1852 : *introduction Le Second Empire* • 1853 : dans *L'impératrice Eugénie* au 20 janvier • 1861 : juillet ; 31 octobre • 1862 : 8 janvier ; 9 avril-5 mai ; septembre • 1863 : 16 mars-17 mai-1866 : 5 avril • 1867 : 14 janvier ; 5 février ; 13 février ; 19 juin •

MEY
Claude
1712-1796
Jurisconsulte.
• 1752: autres événements • 1772: autres événements •

MEYER
Léon
1868-1948
Ministre.
• 1932: 3-7 juin; 16 décembre •

MEYERBEER
Jakob Liebman Beer, dit Giacomo
1791-1864
Compositeur allemand.
• 1807: 15 décembre • 1812: 19 mai • 1831: 22 novembre • 1836: 29 février • 1846: dans *L'opéra-comique* au 9 novembre • 1850: dans *La musique lyrique sous le Second Empire* au 19 mars •

MEYSENBURG
Malwida von
1816-1903
Femme de lettres.
• 1916: dans *Romain Rolland* en décembre •

MÉZERAY
François Eudes de
1610-1683
Frère de saint Jean Eudes. Historien.
• 1610: dans *Marie de Médicis* au 15 mai • 1635: dans *L'Académie française* au 25 janvier • 1643: autres événements; dans *Les historiographes du roi* dans autres événements • 1678: dans *Mme de La Fayette* au 8 mars • 1732: 13 août •

MICHAUD
Général.
• 1925: 3 septembre •

MICHAUD
Jean-François
Historien.
• 1834: dans *Le siècle de l'histoire* au 18 juillet •

MICHAUD
Joseph
1767-1839
Journaliste et historien.
• 1814: 28 octobre • 1816: 4 septembre •1824: 11 juin • 1828: février •

MICHAUX
Henri
1899-1984
Peintre et poète.
• 1915: dans *Adrienne Monnier* au 7 novembre • 1924: juin • 1927: août • 1929: juillet • 1930: décembre • 1933: janvier • 1935: avril • 1937: 3-23 juin • 1941: 21 mai • 1942: 12 juin • 1944: autres événements • 1947: 13 janvier • 1954: dans *Le Domaine musical* au 13 janvier • 1957: novembre • 1960: 29 avril • 1963: mai • 1981: décembre • 1999: octobre •

MICHAUX
Pierre
Serrurier-charron. Inventeur du pédalier.
• 1865: autres événements •

MICHEL
Jean
• Voir Jean Michel •

MICHEL
Louise
1830-1905
Révolutionnaire.
• 1883: 9 mars; *biographie* au 9 mars; 23 juin • 1884: 12 juillet • 1886: 13 mars; 5 octobre • 1898: 27 août • 1904: dans *Madeleine Pelletier* au 1er février •

MICHEL Ier
Empereur byzantin de 811 à 813.
• 768: *introduction Charlemagne* • 812 •

MICHEL Ier
Né en 1921
Roi de Roumanie de 1927 à 1930 et de 1940 à 1947.
• 1914: *introduction La IIIe République: D'une guerre à l'autre* • 1944: 23 août •

MICHEL II LE BÈGUE
Empereur byzantin de 820 à 829.
• 827: septembre •

MICHEL III
(Michel Fedorovitch Romanov)
Tsar de Russie de 1613 à 1645.
• 1610: *introduction Louis XIII* • 1629: 12 novembre • 1643: *introduction Louis XIV* •

MIETTON
† 1816
Officier.
• 1816 : 2-12 janvier •

MIGNARD
Pierre
1612-1695
Peintre.
• 1635 : autres événements • 1640 : dans *La grande peinture : entre baroque et classicisme* au 17 décembre • 1657 : autres événements • 1663 : mars ; autres événements • 1671 : décembre • 1678 : autres événements • 1685 : autres événements • 1689 : autres événements • 1690 : 12 février •

MIGNE
Jacques-Paul, abbé
1800-1875
Ecclésiastique. Éditeur, érudit.
• 1833 : 5 octobre • 1837 : 2 septembre •

MIGNET
Auguste
1796-1884
Historien.
• 1821 : dans *Les doctrinaires* en octobre • 1824 : 8 mai • 1825 : dans *Le récit historique* au 7 mai • 1830 : 3 janvier ; dans *Armand Carrel* au 3 janvier ; 30 juillet • 1836 : dans *Thiers* au 22 février • 1842 : 27 août •

MIGNOT
Alexandre-Paul
1725- ?
Neveu de Voltaire. Abbé.
• 1778 : 30 mai •

MIGNOT
Étienne
1698-1771
Théologien.
• 1755 : autres événements •

MIGNOT DE BUSSY
† vers 1770
Prêtre.
• 1763 : autres événements •

MIGUEL
1802-1866
Roi du Portugal de 1828 à 1833.
• 1815 : *introduction La seconde Restauration* • 1831 : 8-14 juillet •

MIKLAS
Wilhelm
1872-1956
Président de la République autrichienne.
• 1938 : 11-14 mars •

MILAN
Pierre
1874-1945
Dirigeant syndical.
• 1936 : 7 juin •

MILET DE MUREAU
Louis-Marie-Antoine
1751-1825
Ministre.
• 1799 : 21 février ; 2 juillet •

MILHAUD
Darius
1892-1974
Compositeur.
• 1912 : 23 décembre • 1913 : dans *Stravinski* au 29 mai • 1919 : juin • 1920 : dans *Le Groupe des Six* au 16-23 janvier ; 21 février • 1922 : 12 janvier • 1923 : 6 juillet ; 25 octobre • 1924 : janvier • 1926 : autres événements • 1936 : mars • 1940 : 8 mai • 1948 : 31 mai • 1950 : 12 mai • 1953 : 21 mai •

MILHOMME
François Dominique Aimé
1758-1822
Sculpteur.
• 1808 : dans *Le néo-classicisme* au 4 janvier •

MILICE FRANÇAISE
1943-1944
• 1931 : dans *Laval* au 27 janvier • 1940 : *introduction État français et France libre* ; dans *Pétain* au 11 juillet ; 29 août • 1943 : 30 janvier ; dans *Joseph Darnand* au 30 janvier ; 28 avril ; 2 juin ; septembre ; 6 novembre ; 2 décembre ; 30 décembre 1943-5 janvier 1944 • 1944 : 11 janvier ; 27 janvier ; 18-26 mars ; 20 juin ; 28 juin ; 7 juillet ; 18 août ; 26 août ; *introduction Du Gouvernement provisoire à la IVe République* •

MILICES PATRIOTIQUES
• 1930 : dans *Thorez* au 23 avril • 1943 : 26 novembre ; décembre • 1944 : 24 mai ; 9 août ; *introduction Du Gouvernement provisoire à la IVe République* ; 28-29 octobre ;

1re novembre; 4 novembre • 1945: 21-23 janvier • 1946: dans *L'affaire Petiot* au 4 avril •

MILIOUKOV
Paul
1859-1943
Ministre russe.
• 1917: 8-15 mars • 1926: dans *Les Russes en France* au 14 avril •

MILLANGES
Simon
Imprimeur.
• 1580: autres événements •

MILLAUD
Édouard
1834-1912
Homme politique, ministre.
• 1886: 4 novembre •

MILLAUD
Moïse
1813-1871
Banquier. Directeur de journal.
• 1863: 1er février •

MILLER
1894-1937?
Général russe.
• 1937: 22 septembre •

MILLER
Henry
1891-1980
Écrivain américain.
• 1934: autres événements • 1946: mai •

MILLER
Jacques-Alain
Psychanalyste.
• 1973: dans *Jacques Lacan* en février •

MILLERAND
Alexandre
1859-1943
Président du conseil. Président de la IIIe République de 1920 à 1924.
• 1870: *introduction La IIIe République: De la chute du Second Empire à la Première Guerre mondiale* • 1882: dans *Le socialisme français* en septembre • 1884: dans *Waldeck-Rousseau* au 21 mars • 1889: 13 février • 1891: 1er mai • 1893: juillet; dans *Les travailleurs étrangers en France* au 16-17 août; 20 août-3 septembre; 21-25 novembre • 1895: 14 janvier • 1896: 30 mai; 2 juin; 27 juillet-1er août • 1898: 8-22 mai • 1899: 8-10 février; 23 juin; *biographie* au 23 juin; 26 juin; dans *Galliffet* au 26 juin; 14 juillet; 1er septembre; 1er octobre; 3-8 décembre; 20-22 décembre • 1900: 30 mars; 14 avril; 17 septembre • 1902: dans *Un nouveau syndicalisme: l'action directe* au 22-27 septembre; 14 octobre • 1904: 5 janvier; 4 novembre • 1909: 24 juillet • 1912: 14 janvier • 1913: 11 janvier • 1914: 13 janvier; 3 février; *introduction La IIIe République: D'une guerre à l'autre*; 26 août; 19 septembre; 20 septembre • 1915: 22 janvier; 10 février; 4-26 juin • 1918: dans *«L'impôt du sang». Les Anciens Combattants* au 11 novembre • 1920: 17-22 janvier; 23 février; 2 avril-14 mai; 20 juin; 20 juillet; 15-21 septembre • 23 septembre 1920-11 juin 1924 • 1924: 2 novembre; 6 novembre •

MILLET
Aimé
1816-1891
Sculpteur.
• 1861: 20 avril •

MILLET
Catherine
Journaliste et critique d'art.
• 1973: janvier •

MILLET
Jean-François
1814-1875
Peintre.
• 1848: autres événements • 1850: dans *L'école réaliste* dans autres événements • 1863: dans *Manet* au 15 mai •

MILLEVOYE
Charles Hubert
1782-1816
Poète.
• 1813: 6 mai •

MILLEVOYE
Lucien
1850-1918
Homme politique.
• 1890: 20-21 janvier • 1899: 23 février •

Milliard
Victor Édouard
1844-1921
Homme politique, ministre.
• 1897 : 2 décembre •

Millière
Jean-Baptiste
1817-1871
Homme politique.
• 1871 : 26 mai •

Milliès-Lacroix
Raphaël
1850-1941
Homme politique, ministre.
• 1906 : 22 octobre •

Millon
Charles
Né en 1945
Homme politique, ministre.
• 1995 : 18 mai ; 7 novembre • 1998 : 15 mars •

Milon
Légat.
• 1209 : 18 juin •

Milon de Dormeuil
Chancelier à partir de 1380.
• 1380 : 10 octobre ; 14 novembre •

Milosevic
Slobodan
Né en 1941
Dirigeant serbe.
• 1991 : 25 juin •

Milosz
Czeslaw
Né en 1911
Écrivain.
• 1951 : mars • 1953 : décembre •

Milton
John
1608-1674
Poète anglais.
• 1729 : autres événements •

Milza
Pierre
Né en 1932
Historien.
• 1944 : *introduction Du Gouvernement provisoire à la IVe République* •

Mimoun
Alain
Né en 1921
Athlète.
• 1956 : 8 décembre •

Minard
Antoine
† 1559
Président au Parlement de Paris.
• 1559 : 18 décembre •

Minc
Alain
Né en 1949
• 1978 : 23 mai •

Minimes
Ordre des
Ordre religieux (franciscains réformés).
• 1623 : dans *Mersenne* dans autres événements •

Minotaure
1933-1939
Revue.
• 1933 : 25 mai •

Minucchio
Jacobi da Siena
Orfèvre.
• 1330 : 18 mars •

Minuit
Éditions de
1942
• 1942 : 19 février ; septembre • 1943 : 14 juillet • 1945 : janvier • 1957 : dans *Le Nouveau Roman* au 22 mai •

Miollis
Sextius Alexandre François
1759-1828
Général.
• 1808 : 10 janvier • 1809 : 6 juillet •

Mique
Richard
1728-1794
Premier architecte du roi.
• 1730 : autres événements • 1775 : février • 1783 : autres événements •

MIRABEAU
André-Boniface-Louis de Riqueti de, dit Mirabeau-Tonneau
1754-1792
Fils de Victor Riqueti de Mirabeau.
• 1790: 15 août •

MIRABEAU
Gabriel-Honoré Riqueti de
1749-1791
Fils de Victor Riqueti de Mirabeau. Député à l'Assemblée constituante. Écrivain. Homme politique.
• 1775: dans *Beaumarchais* au 23 février; autres événements; *biographie* dans autres événements • 1782: autres événements • 1783: autres événements • 1787: mars; 6 juin • 1788: 19 février; 10 novembre; dans *D'Antraigues* dans autres événements • 1789: 8 février; 11 février; 6 avril; 2 mai; *introduction La monarchie constitutionnelle: Louis XVI et la Révolution*; 6 mai; 7 mai; 10 mai; 23 mai; 23 juin; 8 juillet; 9 juillet; 10 juillet; 9 août; 18 août; 22 août; 1er septembre; 18 septembre; 3 novembre; 6 novembre; 7 novembre; 14 novembre • 1790: mars; 10 mai; dans *Le droit de déclarer la guerre* au 15 mai; 19 mai; 20 mai; 21 mai; 22 mai; 1er juin; 3 juillet; dans *La fête de la Fédération* au 14 juillet; 2 octobre; 27 novembre; 30 novembre; 5 décembre; 15 décembre • 1791: 7 janvier; 14 janvier; 28 février; 29 mars; 2 avril; 4 avril; dans *Liberté du culte et clergé constitutionnel* au 7 mai; dans *Robespierre* au 16 mai; dans *Les Jacobins* au 16 juillet; dans *Les Feuillants* au 16 juillet; 7 octobre • 1792: 3 février; 5 décembre • 1793: 25 novembre • 1794: 31 mars • 1814: *introduction La première Restauration* • 1837: 31 août • 1894: 21 août •

MIRABEAU
Victor Riqueti, marquis de
1715-1789
Économiste.
• 1756: autres événements; dans *Les physiocrates* dans autres événements • 1760: autres événements • 1763: autres événements • 1775: dans *Mirabeau* dans autres événements •

MIRANDA
Francisco
1756-1816
Général.
• 1792: 29 novembre • 1793: 9 mars; 12 avril; *biographie* au 12 avril • 1797: 5 septembre •

MIRBEAU
Octave
1850-1917
Écrivain.
• 1888: 31 mars • 1889: décembre • 1898: dans *Zola* au 13 janvier • 1900: 7 avril; août • 1902: août • 1903: mai • 1904: 18 avril • 1964: mars •

MIREAUX
Émile
1885-1969
Ministre.
• 1940: 12 juillet •

MIRECOURT
Charles Jean Baptiste Jacquot, dit Eugène de
1812-1880
Écrivain.
• 1845: 22 février • 1854: 4 février •

MIRIBEL
Élisabeth de
Née en 1915
• 1940: 7 août •

MIRÓ
Joan
1893-1983
Peintre et sculpteur espagnol.
• 1921: avril; autres événements • 1925: 12-27 juin; 13 novembre; dans *Le surréalisme en peinture* au 13 novembre • 1929: 29 mai • 1932: décembre • 1937: 24 mai; dans *L'Exposition internationale* au 24 mai • 1944: 6 octobre • 1964: dans *La Fondation Maeght* au 28 juillet • 1971: février •

MIROMESNIL
Armand-Thomas Hue de
1723-1796
Garde des Sceaux.
• 1774: *introduction Louis XVI*; dans *Maurepas* au 20 mai; 24 août; *biographie* au 24 août • 1783: 26 février • 1787: 8 avril •

Miron
François
Prévot des marchands.
• 1589: *introduction Henri IV* • 1604: août-septembre •

Missiessy
Édouard Jacques Burgnes, comte de
1756-1837
Amiral.
• 1805: mars-août •

Mission
Congrégation de la
• Voir Lazaristes •

Missions
Sous la Restauration.
• 1815: 9 janvier; *introduction La seconde Restauration* • 1819: 24-27 octobre; dans *L'Église à la reconquête des âmes* au 24-27 octobre • 1827: autres événements •

Missoffe
François
Né en 1919
Homme politique, ministre.
• 1962: 7 décembre • 1966: 8 janvier • 1967: 6-7 avril •

Missolonghi
• 1824: dans *Le romantisme en peinture* en avril • 1825: 14 mai •

Mistler
Jean
1897-1988
Ministre.
• 1933: 27 octobre; 23-27 novembre • 1934: 29-30 janvier; 7 février •

Mistral
Frédéric
1830-1914
Écrivain.
• 1854: 21 mai • 1859: 5 mars • 1879: mai; 9 août • 1904: novembre •

Mitterrand
Danielle
Née en 1925
• 1996: 11 janvier •

Mitterrand
François
1916-1996
Homme politique. Président de la Ve République de 1981 à 1995.
• 1936: 9 janvier • 1941: 27 août • 1945: dans *Rapatriement* au 19 juin • 1946: *introduction La IVe République* • 1947: 22 janvier; dans *Robert Antelme* en avril; 24 novembre • 1950: 12 juillet; dans *René Pleven* au 12 juillet • 1953: 26 juin; 2 septembre; 23 novembre • 1954: 18 juin; 3 décembre • 1955: 13-15 janvier • 1956: dans *Guy Mollet* au 31 janvier; 1er février • 1958: 15 avril; 28 mai; dans *La Constitution de la Ve République* au 4 septembre • 1959: 26 avril; 15 octobre • 1960: 3 avril • 1965: 10 septembre; 5 décembre; 19 décembre • 1971: 11-12 juin • 1972: dans *Georges Marchais* au 17 décembre • 1974: 18 avril; 5 mai; 11 mai; 19 mai; dans *Valéry Giscard d'Estaing* au 19 mai; 12-13 octobre • 1977: dans *Beaubourg* au 31 janvier • 1978: 29 avril • 1980: octobre-novembre • 1981: 24 janvier; 2 mars; 26 avril; 10 mai; *introduction La Ve République: De la France mitterrandienne aux cohabitations politiques*; 21 mai; *biographie* au 21 mai • 21 mai 1981-7 mai 1995 • 1995: 16 juillet • 1996: 8 janvier; 11 janvier; 18 janvier • 1997: dans *Lionel Jospin* au 4 juin • 1998: 18 février • 1999: dans *Responsabilité, culpabilité et justice* au 9 février •

MLF
(Mouvement de libération des femmes)
• 1970: 26 août • 1974: 25 avril • 1999: dans *Femmes et parité* au 10 mars •

MLN
(Mouvement de libération nationale)
1940
• 1940: dans *Du MLN à Combat* au 30 août •

MLN
(Mouvement de libération nationale)
1944
• 1944: 5 janvier • 1945: 23-28 janvier; 7 juin; 21-25 juin •

MNA
(Mouvement national algérien)
• 1957: 29-30 mai • 1961: mars •

MOHEAU
Jean-Baptiste
1745-1794
Inspecteur des dénombrements au contrôle général.
• 1778: autres événements •

MOILLON
Louise
1610-1696
Peintre.
• 1672: autres événements •

MOINIER
Charles
1855-1919
Général.
• 1911: 22 avril-23 mai •

MOISSAN
Henri
1852-1907
Chimiste.
• 1825: dans *Kuhlmann et Péchiney* dans autres événements •

MOLA VIDAL
Emilio
1887-1937
Général espagnol.
• 1936: 18 juillet •

MOLÉ
Edouard
Procureur général.
• 1589: 30 janvier •

MOLÉ
François-René
1734-1802
Comédien.
• 1798: 25 mai •

MOLÉ
Louis-Mathieu de
1781-1855
Homme politique. Président du Conseil.
• 1813: 20 novembre • 1815: *introduction La seconde Restauration* • 1817: 12 septembre • 1818: 28 novembre; 21-26 décembre • 1826: 28 mars-8 avril • 1830: *introduction La monarchie de Juillet*; 11 août; 31 août • 1836: dans *Thiers* au 22 février; dans *La naissance de la presse* au 1er juillet; 6 septembre; *biographie* au 6 septembre • 1837: 12-17 janvier; 9 mars; 14-29 mars; 15 avril; 29 novembre • 1838: novembre • 1839: 7-19 janvier; 22 janvier; 8 mars; 26 novembre • 1848: 23 février; *introduction La IIe République*; 23-24 avril •

MOLÉ
Mathieu
1584-1656
Procureur général. Garde des Sceaux.
• 1623: 16 septembre • 1649: dans *Les frondeurs* au 11 mars • 1651: 3-13 avril; 8-9 septembre • 1652: 31 juillet-7 août • 1656: 3 janvier •

MOLÉ
Mathieu-François
1705-1794
Premier président du Parlement de Paris.
• 1757: 22 septembre • 1763: 14 octobre •

MOLESME
Abbaye de
• 1072-1075 • 1098: 21 mars •

MOLIÈRE
Jean-Baptiste Poquelin, dit
1622-1673
• 1620: dans *Anne d'Autriche* en juillet-10 août • 1623: dans *Théophile de Viau* au 16 septembre • 1636: dans *Tristan L'Hermite* au printemps • 1637: dans *Corneille* au 2 ou 7 janvier • 1644: 1er janvier • 1653: dans *Lully* au 23 février • 1654: dans *Cyrano de Bergerac* dans autres événements • 1656: 16 décembre • 1657: autres événements • 1660: 19 juillet • 1661: 20 janvier; 17 août • 1662: 26 décembre • 1663: 1er juin; 19? octobre • 1664: 29 janvier; 6-13 mai; *biographie* au 6-13 mai; 20 juin • 1665: 15 février; 14 septembre; 4 décembre • 1666: 4 juin; 6 août • 1667: 4 mars; 16 août; dans *Racine* au 7 novembre • 1668: 13 janvier; 18 juillet; 9 septembre • 1669: 6 octobre • 1670: 14 octobre; 21 novembre • 1671: 17 janvier; 24 mai • 1672: 11 mars; 13 mars • 1673: 17 février; dans *Charpentier* au 17 février • 1817: 6 mars • 1838: dans *Rachel* au 12 juin • 1913: 23 octobre • 1947: dans *Jean Vilar et le TNP* en juin • 1977: septembre •

Molière d'Essertine
François Hugues Forget, sieur de
†1624
Auteur.
• 1623: dans *Théophile de Viau* au 16 septembre •

Molina
Louis
1535-1600
Jésuite. Théologien espagnol.
• 1638: dans *Le jansénisme* au 6 mai •

Moline de Saint-Yon
Alexandre Pierre Chevalier
1786-1870
Général. Ministre.
• 1845: 10 novembre • 1847: 27 février •

Molinet
Jean
1435-1507
Poète, historien.
• 1475: autres événements • 1481: autres événements • 1494: 31 décembre • 1509: dans *Lemaire de Belges* dans autres événements • 1512: dans *Gringore et les Grands Rhétoriqueurs* au 24 février •

Molino
Lucien
Né en 1907
Dirigeant syndical.
• 1953: 24 mars •

Molinos
Jacques
1743-1831
Architecte.
• 1791: autres événements • 1794: 1er février •

Molinos
Miguel de
1628-1696
Théologien espagnol.
• 1695: mars; dans *Mme Guyon et le quiétisme* en mars • 1698: 26 juin •

Molitor
Gabriel Jean Joseph, comte
1770-1849
Maréchal de France.
• 1799: 25-27 septembre • 1823: 9 octobre •

Mollet
Claude
1660-1742
Architecte.
• 1718: autres événements •

Mollet
Guy
1905-1975
Homme politique. Président du Conseil.
• 1944: *introduction Du Gouvernement provisoire à la IVe République* • 1946: 29 août-1er septembre; *introduction La IVe République* • 1947: 14-17 août • 1952: 25-30 décembre • 1953: 13 septembre • 1954: dans *Pierre Mendès France* au 12 juin; dans *La guerre d'Algérie* au 1er novembre • 1955: 23 octobre • 1956: 31 janvier; *biographie* au 31 janvier; 1er février; 6 février; 28 février; 11 juillet; 12-26 septembre; 22-24 octobre; 23 octobre; 29 octobre; 30 octobre; 5 novembre; 20 décembre • 1957: 9 janvier; 25 février; 28 mars; 21 mai; 29 octobre • 1958: 15 mai; 16 mai; 25 mai; 30 mai; 1er juin; juin-août • 1981: dans *Pierre Mauroy* au 21 mai •

Mollien
Nicolas-François, comte
1758-1850
Financier. Homme politique, ministre.
• 1799: 27 novembre; *biographie* au 27 novembre • 1806: 27 janvier • 1814: dans *Le baron Louis* au 13 mai • 1815: 20 mars • 1825: mai •

Mollin
Capitaine.
• 1904: 28 octobre •

Molotov
Viatcheslav Skriabine, dit
1890-1986
Président du Conseil des commissaires du peuple.
• 1939: 3-17 mai; 12-14 août; 19-20 août; 30 octobre • 1942: 24 mai • 1943: 19 octobre • 1944: 24 novembre-10 décembre; 27-30 novembre • 1945: 23 avril •

Moltke
Helmuth Charles Bernard von
1800-1891
Maréchal prussien.
• 1870: 31 août •

MOLTKE
Helmuth Johannes von
1848-1916
Général allemand.
• 1914: 26 juillet; 31 juillet; 4 août; dans *Les Chefs d'État-major* au 11 août; 6-13 septembre •

MOLWICE
Bataille de
• 1740: dans *La guerre de Succession d'Autriche* au 20 octobre • 1741: 10 avril •

MOMORO
Antoine-François
1756-1794
Imprimeur. Membre du club des Cordeliers.
• 1793: dans *Les Cordeliers* au 17 décembre • 1794: 12 février; 4 mars; 6 mars; 7 mars; 13 mars; 21 mars •

MONACO
Principauté de
Rattachement à la France.
• 1793: 14 février •

MONARCHIE
Abolition de la
• 1792: 21 septembre •

MONARCHOMAQUES
Théoriciens politiques protestants.
• 1560: *introduction Charles IX* • 1573: dans *Hotman* dans autres événements • 1574: *introduction Henri III*; mai; autres événements • 1579: dans *Duplessis-Mornay* dans autres événements • 1587: 16 décembre • 1589: *introduction Henri IV* • 1599: autres événements •

MONATE
Gérard
Né en 1923
Policier, syndicaliste et homme d'affaires.
• 1989: 22 juin • 1992: janvier •

MONATTE
Pierre
1881-1960
Fondateur de La Vie ouvrière.
• 1906: 19 avril • 1909: 5 octobre • 1914: 6 décembre • 1919: 15-21 septembre • 1920: 1er-11 mai; dans *Le congrès de Tours* au 25-30 décembre • 1925: janvier • 1936: 24 mai • 1937: 23-30 janvier •

MONCEF
Bey
Bey de Tunis.
• 1948: 25 septembre •

MONCEY
Bon-Adrien de
1754-1842
Maréchal de France.
• 1804: dans *Les maréchaux* au 18 mai • 1807: 17 octobre 1807-9 janvier 1808 • 1808: juin • 1814: 15 avril •

MONCEY
Bon-Adrien Janot de
1754-1842
Général.
• 1794: 4 août; 17 août • 1795: 17 juillet; 31 août •

MONCHEL
† 1911
Homme politique.
• 1911: 22 octobre •

MONCLAR
Charles Raoul Magrin-Vernerey, dit
1892-1964
Lieutenant-colonel.
• 1940: 7 août •

MONCONTOUR
Bataille de
3 octobre 1569
• 1560: *introduction Charles IX* • 1569: 3 octobre; 22 novembre • 1570: 7 janvier • 1574: *introduction Henri III* •

MONCORNET
Bataille de
1940
• 1940: 17-19 mai; dans *De Gaulle* au 18 juin •

MONDE
1928-1934
Hebdomadaire politique et culturel.
• 1928: 9 juin •

MONDE (LE)
Quotidien.
• 1944: 18 décembre •

MONDON
Raymond
1914-1970
Ministre.
• 1969: 21 juin •

MONDONVILLE
Jean-Joseph Cassanea de
1711-1772
Compositeur.
• 1734: autres événements • 1735: autres événements • 1753: 9 janvier; *biographie* au 9 janvier • 1754: 4 novembre • 1758: autres événements • 1767: autres événements • 1769: autres événements •

MONDOR
Henri
1885-1962
Professeur de médecine et écrivain.
• 1941: 25 février •

MONDORY
Guillaume des Gilberts, dit
1594-1651
Comédien.
• 1629: dans *L'Hôtel de Bourgogne et le théâtre du Marais* dans autres événements; autres événements • 1636: printemps • 1637: début janvier •

MONDOVI
Bataille de
• 1796: dans *La campagne d'Italie* au 10 avril; 21-22 avril •

MONDRIAN
Piet
1872-1944
Peintre hollandais.
• 1912: janvier • 1930: avril • 1939: 23 mai-14 juin • 1945: 15 juin • 1946: 19 juillet •

MONEINS
Tristan de
† 1548
Lieutenant du gouverneur de Bordeaux.
• 1548: mai-novembre • 1549: 7 octobre •

MONESTIER
Clément Jean
1855-1925
Homme politique, ministre.
• 1899: 6 mai •

MONET
Claude
1840-1926
Peintre.
• 1863: dans *Manet* au 15 mai • 1874: dans *L'impressionnisme* au 15 avril-15 mai • 1886: dans *Le post-impressionnisme* dans autres événements • 1900: autres événements • 1904: mai • 1905: dans *Le fauvisme* au 18 octobre • 1905: autres événements • 1907: 6 janvier • 1912: dans *Les débuts de l'Art abstrait* en janvier • 1918: 11 novembre • 1927: 17 mai • 1940: 5 novembre •

MONFORT
Eugène
Critique littéraire.
• 1909: février •

MONGE
• 1989: 11 décembre •

MONGE
Gaspard, comte de Péluse
1746-1818
Mathématicien. Ministre de la Marine.
• 1768: autres événements • 1771: autres événements • 1786: mai • 1788: autres événements; *biographie* dans autres événements • 1789: avril • 1791: 19 mars • 1792: 11 août • 1793: 18 février; 10 avril • 1794: 6 février • 1797: 18 octobre • 1798: 22 février; dans *L'expédition d'Égypte* au 5 mars; 18 mars • 1799: 23 août; 16 octobre; autres événements • 1803: 5 septembre • 1806: dans *Berthollet et Gay-Lussac* en septembre • 1807: mars; dans *Les mathématiciens du Premier Empire* en mars • 1822: dans *Joseph Fourier* au 16 février • 1989: 11 décembre •

MONGIBEAUX
Paul
Magistrat.
• 1945: 9 mars •

MONIS
Ernest
1846-1929
Homme politique. Président du Conseil et du Sénat.
• 1899: 23 juin • 1908: dans *L'affaire Rochette* au 21 mars • 1911: 25-27 février; 2-6 mars; 20 mai; 23-27 juin • 1913: 9 décembre • 1914: 19 mars-1er avril • 1916: 19-23 décembre •

MONITEUR (LE)
Journal.
• 1799: 27 décembre • 1818: février • 1861: dans *L'audience de la presse sous le Second Empire* en août •

MONITEUR UNIVERSEL DU SOIR (LE)
Journal.
• 1863: 1er février •

MONLUC
Blaise de
1500-1577
Chef d'armées. Gouverneur de Guyenne.
• 1555: janvier-avril; *biographie* en janvier-avril; août • 1556: 5 septembre • 1557: 19 juillet • 1558: 18 mai • 1559: *introduction François II* • 1573: dans *Brantôme* en février-avril • 1592: autres événements • 1627: dans *Le héros baroque et le duel* au 22 juin •

MONLUC
Jean de
vers 1508-1579
Frère de Blaise de Monluc. Évêque de Valence.
• 1560: *introduction Charles IX* • 1561: 9 septembre-14 octobre • 1563: 8 octobre • 1572: 17 août • 1573: 11 mai; août-septembre • 1574: début septembre • 1581: 7 août •

MONLUC
Jean de
Sieur de Balagny.
• Voir Balagny •

MONMOUSSEAU
Gaston
1883-1960
Dirigeant syndical.
• 1919: 15-21 septembre • 1920: 1er-11 mai • 1926: 6 mars •

MONNEROT
Jules
1909-1995
Sociologue.
• 1937: 20 novembre • 1946: janvier • 1949: juin •

MONNERVILLE
Gaston
1897-1991
Président du Sénat.
• 1947: 18 mars • 1957: 1er octobre • 1958: 28 mai • 1962: 12, 19 septembre •

MONNET
Georges
1898-1980
Ministre.
• 1934: 9-12 janvier • 1936: 4 juin • 1937: 21-22 juin • 1938: 14 mars • 1940: 21-22 mars; 10 juillet •

MONNET
Jean
1888-1979
• 1938: dans *Les hommes du Quai* au 20-25 juillet; 5 décembre • 1940: 18 juin; dans *De Gaulle* au 18 juin; *introduction État français et France libre*; dans *Les Français de Londres* au 7 août • 1943: 14 mars-21 avril; 31 mai; 3-7 juin; 9 novembre • 1944: 2 septembre; 5 septembre • 1945: 28 février; 21 décembre • 1947: 5 juin; 27 septembre • 1950: 9 mai • 1951: 18 avril • 1952: 10 août • 1955: 2 juin; 13 octobre • 1958: dans *Paul Delouvrier* au 12 décembre • 1979: 16 mars • Voir aussi Plan •

MONNIER
Président du tribunal civil de la Seine.
• 1917: 29 septembre •

MONNIER
Adrienne
1892-1955
Libraire et écrivain.
• 1915: 7 novembre; *biographie* au 7 novembre • 1921: décembre; 7 décembre • 1935: 4 octobre • 1936: dans *Aragon* au 9 décembre •

MONNIER
Henri
1799-1877
Écrivain.
• 1852: 23 novembre •

MONNIER
Marie-Thérèse, dite Sophie de
1754-?
• 1775: dans *Mirabeau* dans autres événements •

Monnoyer
Jean-Baptiste
vers 1636-1699
Peintre.
• 1682 : autres événements •

Monod
Gabriel
1844-1912
Historien.
• 1834 : dans *Le siècle de l'histoire* au 18 juillet • 1876 : janvier • 1892 : 11 janvier • 1896 : 17 novembre • 1910 : autres événements •

Monod
Jacques
1910-1976
Biochimiste.
• 1948 : 20 octobre • 1965 : 14 octobre ; dans *Trois Nobel de médecine* au 14 octobre • 1970 : 16 octobre •

Monod
Sarah
Présidente du CNFF.
• 1901 : 18 avril •

Monod
Théodore
1902-2000
Naturaliste.
• 1997 : dans *Les gardiens de la nature* au 25 juin •

Monory
Jacques
Né en 1934
Artiste.
• 1964 : juillet-octobre • 1968 : décembre •

Monory
René
Né en 1923
Homme politique, ministre.
• 1977 : 31 mars • 1978 : 4-6 avril • 1986 : 20 mars ; 22 novembre-8 décembre • 1992 : 2 octobre •

Monroe
James
1758-1831
Président des États-Unis de 1817 à 1825.
• 1794 : 3 novembre • 1815 : *introduction La seconde Restauration* • 1824 : 13 juillet •

Mons
Jean
Secrétaire général à la Défense nationale.
• 1954 : 19 septembre •

Monseigneur
Louis de France, le Grand Dauphin, dit
1661-1711
Fils de Louis XIV. Dauphin de France.
• 1643 : *introduction Louis XIV* • 1661 : 1er novembre • 1662 : dans *Bossuet* au 26 février-9 avril ; 5-7 juin • 1668 : 31 mars • 1670 : 5 septembre • 1673 : dans *Charpentier* au 17 février • 1675 : 27 novembre • 1680 : 7 mars • 1682 : 6 août • 1683 : 19 décembre • 1686 : 28 mars ; 31 mai • 1688 : 27 septembre-novembre • 1691 : 8 avril ; 16 juillet • 1697 : dans *Le duc et la duchesse de Bourgogne* au 7 décembre • 1698 : 13 octobre • 1700 : 25 mars ; 10 novembre • 1711 : 14 avril • 1715 : *introduction Louis XV* •

Mons-En-Pevèle
Bataille de
18 août 1304
• 1304 : 18 août •

Monsieur
• Voir Artois, comte d' • François de Valois, duc d'Alençon, puis duc d'Anjou • Gaston d'Orléans • Philippe d'Orléans • Provence, comte de •

Monsieur
Paix de
• Voir Étigny, Traité d' •

Monsigny
Pierre-Alexandre
1729-1817
Compositeur.
• 1759 : autres événements • 1760 : autres événements • 1761 : autres événements • 1762 : autres événements • 1764 : autres événements • 1766 : autres événements • 1769 : 6 mars • 1772 : autres événements • 1777 : autres événements •

Mont Blanc
Ascension du
• 1786 : 8 août •

MONTAGNARDS
• 1792: dans *Les Girondins* en mars; *introduction La République jacobine*; 16 décembre • 1793: *La Montagne* au 4 janvier; dans *Les Enragés* au 12 février; 31 mai; 2 juin; 6 juin; 12 juin; 25 juin; dans *Les Cordeliers* au 17 décembre • 1794: 12 juin; *introduction La République thermidorienne* • 1795: 2 février •

MONTAGNE BLANCHE
Bataille de la
1621
• 1621: 8 novembre •

MONTAGNE PELÉE
Éruption (Martinique)
1902
• 1902: 7-8 mai •

MONTAGNIER
Luc
Né en 1932
Biologiste.
• 1957: 2 décembre • 1983: mai •

MONTAGNINI DI MIRABELLO
Cardinal.
• 1906: 11, 15 décembre •

MONTAGNON
Barthélemy
1889-1969
Homme politique.
• 1933: dans *Déat, du néo-socialisme au RNP* au 14-17 juillet; 5 novembre •

MONTAIGNAC
Louis Raymond de
1811-1891
Amiral. Ministre.
• 1874: 22 mai • 1875: 11 mars •

MONTAIGNE
Michel Eyquem de
1533-1592
• 1571: 28 octobre • 1574: autres événements • 1576: dans *Bodin* dans autres événements • 1577: novembre • 1580: autres événements; *biographie* dans autres événements • 1589: *introduction Henri IV* • 1592: 13 septembre • 1654: dans *Cyrano de Bergerac* dans autres événements • 1724: autres événements • 1774: autres événements • 1803: dans *Biot* au 26 avril •

MONTAIGU
Collège de
1314
• 1215: dans *L'Université de Paris* en août •

MONTALEMBERT
Charles Forbes, comte de
1810-1870
Homme politique.
• 1817: dans *Lamennais* au 20 décembre • 1830: *introduction La monarchie de Juillet*; dans *Villemain* au 13 août; 16 octobre; 18 décembre • 1831: 7 mai; 15 novembre • 1832: 10 septembre; *biographie* dans *Lacordaire et Montalembert* au 10 septembre • 1835: 14 mai • 1838: 15 mai • 1839: dans *Mgr Affre* au 31 décembre • 1842: 1er mars • 1843: juillet • 1844: 22 avril-24 mai; 25 mai; août • 1845: 11-12 juin • 1847: 24 juillet • 1848: 1er mars; 10 mars; 23 juin; 4 septembre-1er novembre • 1849: dans *Mgr Dupanloup* au 16 avril; 13-14 mai • 1851: 31 mai • 1852: 29 février; 22 juin; novembre • 1858: octobre • 1859: septembre • 1864: 8 décembre • 1869: novembre •

MONTALIVET
Jean-Pierre Bachasson, comte de
1766-1823
Homme politique, ministre.
• 1809: 1er octobre •

MONTALIVET
Marthe Camille Bachasson, comte de
1801-1880
Homme politique, ministre.
• 1830: 2 novembre • 1831: 16 février; 13 mars • 1832: 27 avril • 1836: 22 février • 1837: 15 avril • 1872: 21 décembre •

MONTAND
Yves
1921-1991
Chanteur et acteur d'origine italienne.
• 1937: dans *Les Fuorusciti antifascistes* au 9 juin • 1946: 13 décembre • 1953: 15 avril • 1957: avril • 1969: *introduction La Ve République: De l'héritage du gaullisme à la victoire de la gauche*; Noël • 1970: 30 avril • 1984: 22 février •

Montandon
George
1879-1944
Médecin et théoricien du racisme.
• 1940 : 28 septembre • 1944 : avril •

Montansier
Marguerite Brunet, dit Mlle
1730-1820
Comédienne.
• 1793 : 15 août • 1794 : 14 août •

Montargis
Bataille de
1427
• 1427 : 5 septembre •

Montargis
Traité de
1484
• 1484 : fin septembre •

Montauban
Siège de
1621-1622
• 1621 : 18 mai • 1622 : 23-30 janvier •

Montausier
Charles de Sainte-Maure, marquis de
1610-1690
Époux de Julie d'Angennes.
• 1641 : 22 mai ; dans *Salons, mondains et précieuses* au 22 mai •

Montbarrey
Alexandre-Marie-Léonor de Saint-Mauris de
1732-1796
Secrétaire d'État à la Guerre.
• 1777 : 27 septembre • 1780 : 19 décembre •

Montbel
Guillaume Isidore, comte de
1787-1861
Homme politique, ministre.
• 1829 : 8 août ; 17-18 novembre • 1830 : 19 mai •

Montbeton de Saint-Paul
Antoine
† 1594
Gouverneur de Champagne. Maréchal de France.
• 1594 : 28 avril •

Montbrun
Charles Du Puy
† 1575
Chef d'armées huguenot.
• 1574 : 16 novembre • 1575 : juillet-août ; décembre •

Montcalm
Louis-Joseph, marquis de
1712-1759
Général.
• 1756 : dans *La guerre de Sept Ans* au 9 juin ; juillet-août • 1757 : 2 août • 1758 : 18 juillet • 1759 : 17 septembre • 1766 : dans *Bougainville* au 5 décembre •

Montceaux
Château de
• 1547 : *introduction Henri II* • 1596 : 25 mars •

Montcheuil
Yves de
1900-1944
Religieux. Théologien.
• 1941 : novembre •

Montchrestien
Antoine de
vers 1575-1621
Économiste. Dramaturge.
• 1615 : autres événements • 1629 : *L'Hôtel de Bourgogne et le théâtre du Marais* dans autres événements • 1637 : dans *Corneille* au début janvier • 1683 : dans *Le colbertisme* au 9 septembre •

Mont-Couër
Bataille du
1033
• 1033 : 20 septembre •

Montebello
Bataille de
1859
• 1859 : 20 mai •

Montéclair
Michel Pinolet de
1667-1737
Compositeur.
• 1732 : autres événements •

Montecuccoli
Raimondo, prince
1609-1680
Général italien.
• 1664: 1er août • 1675: 7 juin •

Montéhus
Gaston Brunschwig, dit
1872-1952
Chansonnier.
• 1907: 17-26 juin •

Monteil
André
Né en 1915
Ministre.
• 1954: 3 septembre •

Montel
Pierre
Homme politique.
• 1958: 15 avril •

Montemayor
Jorge de
vers 1520-1561
Auteur espagnol.
• 1625: dans *l'Astrée* au 1er juin •

Monténégro
Indépendance du
• 1876: 31 octobre • 1878: 13 juin-14 juillet •

Montépin
Xavier de
1823-1902
Écrivain.
• 1885: 3 janvier •

Montereau
Bataille de
18 février 1814
• 1814: 10-18 février •

Montespan
Françoise Athénaïs de Rochepourt de Mortemart, dite Mme de
1640-1707
Épouse du marquis de Montespan. Surintendante de la Maison de la Reine. Favorite de Louis XIV.
• 1643: *introduction Louis XIV* • 1669: autres événements; *biographie* dans autres événements • 1670: 31 mars • 1674: dans *Boileau* au 10 juillet; 27 décembre • 1676: autres événements • 1678: 8 juin • 1679: 19 mars • 1681: 14 novembre • 1683: 18 novembre • 1704: dans *Delalande* dans autres événements • 1715: dans *Mme de Maintenon* au 25 août •

Montesquieu
Charles-Louis de Secondat, baron de La Brède et de
1689-1755
Philosophe.
• 1715: *introduction Louis XV* • 1716: autres événements • 1718: autres événements • 1721: autres événements • 1725: autres événements • 1729: octobre • 1734: autres événements • 1748: autres événements; *biographie* dans autres événements • 1750: autres événements • 1774: autres événements • 1789: dans *Les monarchiens* au 10 septembre • 1792: 10 février •

Montesquiou
Alfred de
† 1847
Pair de France.
• 1847: 18 août •

Montesquiou
Léon de
† 1915
Membre de l'équipe de L'Action française.
• 1908: 21 mars •

Montesquiou
Pierre de
1645-1725
Comte d'Artagnan.
• 1717: 21 décembre • 1718: 1er juillet; 7 juillet •

Montesquiou
Robert de
1854-1921
Écrivain.
• 1913: dans *Proust* au 14 novembre •

Montesquiou-Fezensac
Anne-Pierre de
1739-1798
Général. Député à l'Assemblée constituante.
• 1792: 8 septembre; 22-28 septembre •

Montesquiou-Fezensac
Élisabeth-Pierre de
1764-1834
Homme politique.
• 1804 : dans *Grands officiers civils* au 18 mai • 21 novembre •

Montesquiou-Fezensac
François-Xavier de
1756-1832
Abbé. Homme politique, ministre.
• 1814 : 1er avril ; 13 mai ; 22 mai ; 5 juillet ; 21 novembre •

Monteux
Pierre
1875-1964
Chef d'orchestre et violoniste français naturalisé américain.
• 1912 : 8 juin • 1913 : 29 mai • 1929 : 3 mai • 1952 : mai •

Monteverdi
Claudio
1567-1643
Compositeur italien.
• 1987 : dans *Le renouveau de la musique ancienne* en janvier •

Monteynard
Louis-François de
1713-1791
Secrétaire d'État à la Guerre. Gouverneur de la Corse.
• 1771 : 26 janvier • 1772 : 3 juillet • 1774 : 27 janvier •

Montfaucon
Bernard de
1655-1741
Moine.
• 1718 : autres événements • 1719 : autres événements • 1729 : autres événements •

Montfaucon en Argonne
Bataille de
24 juin 888
• 888 : 24 juin •

Montgolfier
Étienne
1745-1799
Aérostier.
• 1783 : 4 juin ; 19 septembre •

Montgolfier
Joseph
1740-1810
Aérostier.
• 1783 : 4 juin •

Montgomery
Bernard Law
1887-1976
Maréchal britannique.
• 1942 : 31 août •

Montgomery
Gabriel de Lorges, comte de
† 1574
Chef d'armées.
• 1547 : *introduction Henri II* • 1559 : juin-juillet • 1560 : *introduction Charles IX* • 1562 : 26 octobre • 1569 : octobre • 1573 : février-avril • 1574 : mars ; 26 juin • 1589 : avril •

Montherlant
Henry de
1895-1972
Écrivain.
• 1924 : octobre • 1941 : 22 octobre • 1942 : 8 décembre • 1946 : 23 novembre • 1972 : septembre •

Montholon
Charles Tristan, comte de
1783-1853
Général.
• 1821 : 11-25 avril ; dans *La légende napoléonienne* au 5 juillet •

Montholon
François de
† 1590
Garde des Sceaux.
• 1588 : 8 septembre •

Montier-En-Der
Abbaye de
• 930 : dans *Réformes et constructions religieuses au Xe siècle* dans autres événements • 967-968 • 998 : autres événements • 1034 : 24 novembre •

Montigny
Jean
Homme politique.
• 1939 : 12 décembre •

Montigny
Louis Charles de
Diplomate.
• 1856: octobre • 1858: janvier 1858-février 1861 •

Montil-lès-Tours
Ordonnance de
1454
• 1454: 15 avril •

Montlhéry
Bataille de
1465
• 1465: 16 juillet •

Montlosier
François de Reynaud, comte de
1755-1838
Publiciste et homme politique.
• 1825: novembre • 1826: février; 26 mars; juillet; 16 août • 1827: 18-19 janvier • 1838: 14 décembre •

Montmajour
Abbaye de
• 953: autres événements • 998: avril • 1016: autres événements •

Montmirail
Bataille de
1814
• 1814: 10-18 février •

Montmorency
Anne de
1492-1567
Fils de Guillaume de Montmorency. Connétable.
• 1524: octobre-décembre • 1525: 24 février • 1526: mars • 1530: mai • 1531: septembre • 1536: juillet-septembre • 1537: juillet-novembre • 1538: 10 février; septembre-octobre • 1540: octobre • 1541: juillet • 1542: mars; août • 1547: *introduction Henri II*; 1er avril; 10 avril • 1548: mai-novembre • 1549: 3 juillet; août • 1551: 2 juillet • 1552: avril-novembre • 1554: juin-juillet; juillet-août • 1555: mai-juin; 15 décembre • 1556: 5 février; mars-juillet; septembre; 5 octobre; novembre • 1557: août; 20 octobre • 1558: juin-septembre; octobre-novembre; décembre • 1559: *introduction François II* • 1560: *introduction Charles IX* • 1561: 7 avril; 19 octobre • 1562: mars; novembre-décembre; 10 décembre • 1563: dans *Palissy* dans autres événements • 1566: 27 juillet-12 août • 1567: début octobre; novembre • 1570: autres événements •

Montmorency
Charles de
1537-1612
Fils du connétable Anne de Montmorency. Seigneur de Méru.
• 1575: août •

Montmorency
Charlotte de
Fille d'Henri I de Montmorency. Épouse du prince Henri de Condé.
• 1609: 17 mai; 29 novembre • 1619: 20 octobre •

Montmorency
François de
1530-1579
Fils du connétable Anne de Montmorency. Gouverneur de Paris et d'Île-de-France. Maréchal.
• 1550: mars-avril • 1553: avril • 1560: *introduction Charles IX* • 1562: mars • 1565: 8 janvier • 1566: 24 janvier • 1567: début octobre • 1568: juin • 1570: mars-juillet • 1571: 20 décembre • 1574: janvier; mi-février; avril-mai • 1575: août; 30 septembre; 2 octobre; 11 octobre; 20-26 octobre; 21 novembre •

Montmorency
Guillaume de
1544-1591
Fils du connétable Anne de Montmorency. Seigneur de Thoré.
• 1574: avril-mai • 1575: août; 10 octobre • 1589: novembre •

Montmorency
Mathieu de
1767-1826
Homme politique, ministre.
• 1818: 8 octobre; *biographie* au 8 octobre • 1821: 14 décembre • 1822: 31 octobre-14 décembre; 22-28 décembre •

Montmorency
Philippe de
• Voir Hoorn, comte de •

Montmorency
Henri I de
1534-1614
Fils du connétable Anne de Montmorency. Comte de Damville puis duc de Montmorency. Gouverneur du Languedoc. Marquis de Saluces. Connétable.
• 1568: juin • 1570: mars-juillet • 1573: février-mars; juillet • 1574: 27-28 février; *introduction Henri III*; 18 juin; juillet; 20 septembre; 5 octobre; 13 novembre; 25 novembre; 8 décembre • 1575: septembre; 18 septembre; 2 octobre • 1576: 10 janvier; mai-juin • 1577: avril; juin-septembre • 1578: 28 octobre • 1585: mars; 10 août • 1590: hiver • 1593: 12 décembre • 1600: 3 novembre •

Montmorency
Henri II, duc de
1595-1632
Fils d'Henri de Damvillle, duc de Montmorency. Amiral général du Ponant. Gouverneur du Languedoc.
• 1621: 28 mars • 1623: dans *Théophile de Viau* au 16 septembre • 1624: dans *Gaston d'Orléans* au 20 mai • 1626: mai-juin; 24 août • 1632: 12 juin-24 novembre • 1642: dans *Les conjurateurs* au 12 septembre •

Montmorency-Bouteville
François de
• Voir Bouteville, François comte de Montmorency, seigneur de •

Montmorency-Bouteville
François-Henri de
• Voir Luxembourg, François-Henri de Montmorency-Bouteville, duc de •

Montmorency-Laval
Urbain de
1557-1629
Maréchal de France.
• 1613: 18 novembre •

Montmorin de Saint-Herem
Armand-Marc de
1746-1792
Secrétaire d'État puis ministre des Affaires étrangères.
• 1787: 14 février; 25 août • 1789: 11 juillet; 4 août • 1790: 14 mai; 15 mai; 3 décembre; 5 décembre; 24 décembre • 1791: 28 janvier; 1er février; 15 mars; 23 avril; 2 mai; 31 octobre • 1792: 28 mai •

Montoire
1940
• 1931: dans *Laval* au 27 janvier • 1940: *introduction État français et France libre*; dans *Pétain* au 11 juillet; 22 octobre; 24 octobre •

Montpellier
• 1801: 1er septembre • 1815: 26 juillet • 1823: 21 novembre •

Montpellier
Paix de
1622
• 1622: 19 octobre •

Montpensier
Antoine Marie Philippe Louis d'Orléans, duc de
1775-1807
Fils de Louis-Philippe Ier.
• 1845: 8 septembre • 1846: 28 août; 10 octobre •

Montpensier
Catherine-Marie de Lorraine, duchesse de
1554-1596
Fille de François de Guise. Épouse de Louis II de Bourbon duc de Montpensier.
• 1596: 6 mai •

Montpensier
Duchesse de
• Voir Grande Mademoiselle •

Montpensier
François de Bourbon, duc de
1539-1592
Fils de Louis II de Bourbon duc de Montpensier. Dauphin d'Auvergne.
• 1585: juin • 1588: 13 mai • 1589: avril • 1590: hiver •

Montpensier
• Voir Gilbert de Montpensier •

Montpensier
Louise-Élisabeth de
1709-1742
Fille de Philippe II d'Orléans Régent. Épouse de Louis prince des Asturies.
• 1715: *introduction Louis XV* • 1721: 28 septembre • 1722: 20 janvier •

Montpensier
Louis II de Bourbon, duc de
1513-1582
Fils de Louis de Bourbon prince de La Roche-sur-Yon. Prince de La Roche-sur-Yon puis duc de Montpensier.
• 1557: août • 1567: 10 novembre • 1575: 21 septembre • 1580: dans *Montaigne* dans autres événements • 1596: 6 mai •

Montpensier
Marie de Bourbon, duchesse de
1605-1627
Épouse de Gaston d'Orléans frère du roi Louis XIII. Duchesse d'Orléans.
• 1624: dans *Gaston d'Orléans* au 20 mai • 1626: mai-juin; 1er-9 juin; 6 août • 1632: 3 janvier •

Montréal
• 1756: dans *La guerre de Sept Ans* au 9 juin • 1760: 8 septembre •

Montrésor
Claude de Bourdeilles, comte de
1608-1663
Conseiller de Gaston d'Orléans. Mémorialiste.
• 1636: juillet-août • 1642: dans *Les conjurateurs* au 12 septembre • 1643: juillet-septembre •

Montrevel
Nicolas-Auguste de La Baume, marquis de
1645-1716
Maréchal de France.
• 1703: octobre-décembre • 1704: 16 mai •

Montrioux
Château de
• 1484: autres événements •

Montsabert
Anne Louis François Goislard de
1763-1814
Magistrat. Conseiller au Parlement de Paris.
• 1788: 6 mai •

Mont-Saint-Michel
• 930: dans *Réformes et constructions religieuses au Xe siècle* dans autres événements • vers 965 • 1023: autres événements • 1218: autres événements • 1418: dans *La France du dauphin Charles (futur Charles VII)* au 26 ou 30 décembre • 1424: 28 septembre • 1425: 16 juin • 1427: avril •

Montségur
Château de
1244
• 1244: début mars •

Montsoreau
Comte de
Grand veneur du duc d'Alençon.
• 1575: 28 septembre • 1579: 19 août •

Montucla
Jean-Étienne
1725-1799
Mathématicien.
• 1758: autres événements •

Mont-Valérien
Fort du
• 1941: 29 août; *Mont-Valérien* au 29 août •

Monuments français
Musée des
• 1793: 10 août • 1815: 20-27 septembre • 1844: 17 mars • 1937: dans *L'Exposition internationale* au 24 mai •

Monuments historiques
• 1830: octobre • 1837: 29 septembre • 1912: 21 mars; 25 novembre •

Monvel
Jacques-Marie Boutet, dit
1745-1812
Librettiste.
• 1793: 12 janvier; 14 octobre • 1796: 26 décembre • 1799: 27 juin •

Monzie
Anatole de
1876-1947
Ministre.
• 1918: dans *« L'impôt du sang ». Les Anciens Combattants* au 11 novembre • 1924: 16-28 octobre • 1925: 2 avril; 17-21 avril; 11 octobre; 29 octobre; 28 novembre • 1926: 25 février; 9 mars; 18-19 juillet • 1929: dans *L'École des Annales* en janvier • 1932: 3-7 juin; 16 décembre • 1933: 31 janvier; 27 octobre; 23-27 novembre • 1934: 18-19 janvier • 1938: 21-31 août; 27 septembre • 1940: 21-22 mars • 1941: dans *Technocratie et synarchie* au 9-10 février • 1945: dans *Intellectuels: épurateurs et épurés* au 13 janvier •

MONZON
Trêve de
1537
• 1537: juillet-novembre •

MOORE
John
1761-1809
Général anglais.
• 1808: 6 novembre-4 décembre •

MOORE
Traité de
1525
• 1525: juin-août; 23 décembre; 27 décembre • 1526: 20 août •

MORAND
Paul
1888-1976
Écrivain et diplomate.
• 1919: mars • 1921: janvier • 1932: décembre • 1933: dans *Malraux* au 7 décembre • 1941: septembre; 22 octobre • 1942: mars • 1957: 29 octobre • 1972: mars •

MORAT
Bataille de
1476
• 1476: 22 juin •

MORAZÉ
Charles
Né en 1913
Historien.
• 1946: janvier; avril • 1947: 3 novembre •

MORE DE COLLONGES
Thomas
1478-1535
Chancelier d'Angleterre. Écrivain.
• 1511: août • 1515: *introduction François Ier* • 1531: autres événements • 1537: autres événements •

MORÉAS
Jean
1856-1910
Poète.
• 1886: 18 septembre; dans *Les symbolistes* au 18 septembre • 1890: décembre •

MOREAU
Gustave
1826-1898
Peintre.
• 1896: dans *Les nabis* dans autres événements • 1904: dans *Matisse* au 1er-18 juin • 1905: dans *Le fauvisme* au 18 octobre •

MOREAU
Hégésippe
1810-1838
Écrivain.
• 1839: 15 janvier •

MOREAU
Jacob-Nicolas
1717-1804
Publiciste. Historiographe de France.
• 1757: autres événements • 1759: 31 octobre • 1763: mai • 1773: autres événements • 1775: autres événements • 1780: 30 mai • 1789: autres événements • 1790: 14 août •

MOREAU
Jean
1888-1972
Ministre.
• 1953: 7 janvier •

MOREAU
Jean-Baptiste
1656-1733
Compositeur.
• 1667: dans *Racine* au 7 novembre • 1689: 26 janvier • 1710: dans *Clérambault* dans autres événements •

MOREAU
Jeanne
Née en 1928
Actrice.
• 1962: 27 janvier • 1980: dans *François Truffaut* au 17 septembre •

MOREAU
Jean-Victor
1763-1813
Général.
• 1793: 23 septembre • 1795: 3 mars • 1796: 14 mars; dans *La campagne d'Italie* au 10 avril; 20 mai; 24 juin; 28 juin; 4 juillet; 9 juillet; 18 juillet; 10 août; 17 août; 19 août; 24 août; 2 octobre; 12 octobre; 26 octobre; 6 décembre • 1797:

dans *Leoben ou la paix malgré le Directoire* au 18 avril; 20 avril; 22 avril; 10 septembre; 23 septembre • 1799: 21 avril; 27 avril; 12 mai; 17 mai; 24 mai; 20 juin; 5 juillet; 17 juillet; 14 octobre; 22 octobre • 1800: 25 avril-15 juillet; *biographie* au 25 avril-15 juillet; 27 novembre • 1804: 27 janvier-6 février; 15 février; 9 mars; dans *Les maréchaux* au 18 mai; 25 mai • 1814: dans *Dessolle* au 1er avril •

MOREAU
Lucien
1873-1932
Directeur de L'Action française.
• 1908: 21 mars •

MOREAU DE SÉCHELLES
Jean
1690-1760
Contrôleur général des Finances. Ministre d'État.
• 1754: 30 juillet • 1755: 12 janvier • 1756: 24 avril •

MOREL
François de
Pasteur.
• 1559: 25-29 mai •

MOREL
Jean
1854-1927
Ministre.
• 1910: 2 novembre • 1913: 21 janvier; 22 mars •

MOREL
Jean-Marie
1728-1810
Architecte.
• 1730: autres événements • 1776: autres événements •

MOREL DE CHÉDEVILLE
Étienne
† 1814
Librettiste.
• 1784: 15 janvier • 1785: autres événements • 1789: 17 mars •

MORELLET
André
1727-1819
Abbé. Philosophe.
• 1749: autres événements • 1758: autres événements • 1764: autres événements; *biographie* dans autres événements • 1766: autres événements • 1769: autres événements • 1774: dans *Turgot* au 24 août • 1777: dans *Necker* au 29 juin • 1787: dans *Loménie de Brienne* au 1er mai •

MORELLET
François
Né en 1926
Artiste.
• 1960: autres événements •

MORELLY
Vers 1717-vers 1778
Philosophe.
• 1743: autres événements • 1755: autres événements •

MORÉLY
Jean
vers 1510-vers 1594
Théologien.
• 1562: avril • 1565: 25 décembre •

MORENO
Roland
Né en 1945
Inventeur de la carte à puce.
• 1990: 6 avril •

MOREO
Juan
Ambassadeur de l'Espagne.
• 1584: 31 décembre •

MORÉRI
Louis
1643-1680
Auteur.
• 1674: autres événements •

MORÈS
Antoine Manca de Vallombrosa, marquis de
1858-1896
Aventurier et homme politique.
• 1899: dans *Guérin* au 12 août •

MOREY
Pierre
1775-1836
Ouvrier sellier.
• 1835: 28 juillet • 1836: 19 février •

MORGAN
Banque américaine
• 1912: dans *Poincaré* au 14 janvier •

MORGAN
Claude Leconte, dit Claude
1898-1980
Directeur des Lettres françaises.
• 1945: dans *Intellectuels: épurateurs et épurés* au 13 janvier • 1950: dans *Procès Rousset-Daix* au 25 novembre • 1956: 8 novembre; 21-22 novembre •

MORGAN
Simone Roussel, dite Michèle
Née en 1920
Actrice.
• 1927: septembre •

MORGAN
Thomas
Instigateur d'un complot contre Henri IV roi de France.
• 1603: juin • 1604: juin-décembre • 1605: janvier-octobre •

MORGUES
Mathieu de
† 1670
Pamphlétaire.
• 1614: dans *Pamphlets et libelles* au 27 octobre • 1649: dans *Mazarinades* au 20 juillet •

MORICE
André
1900-1990
Ministre.
• 1951: 8 août • 1952: 20 janvier; 6 mars • 1953: 7 janvier • 1955: 23 février • 1956: 11 octobre • 1957: 12 juin; 2 octobre • 1958: 8 mai •

MORICE
Ligne
1957
• 1957: 1er-15 septembre •

MORILLON
Philippe
Né en 1935
Général.
• 1993: mars •

MORIMOND
Abbaye de
• 1114: autres événements • 1125: autres événements •

MORIN
Edgar
Né en 1921
Sociologue.
• 1955: 2 novembre • 1956: décembre •

MORIN
François
Membre des Seize. Sieur de Cromé.
• 1591: octobre-décembre • 1593: dans *Le chant du cygne des libellistes* au 1er-9 août •

MORIN
Guillaume
Procureur de la Ville de Paris. Ligueur.
• 1591: octobre-décembre •

MORIN
Louis
Médecin.
• 1676: autres événements •

MORISOT
Berthe
1841-1895
Peintre.
• 1871: autres événements •

MORIZOT
Martin
Avocat. Écrivain politique.
• 1776: autres événements •

MORLOT
Imprimeur.
• 1649: 20 juillet •

MORNET
André
Procureur général.
• 1945: 9 mars •

MORNY
Charles-Auguste-Louis-Joseph, duc de
1811-1865
Demi-frère de Napoléon III. Homme politique, ministre.
• 1849: 9 mai; 13-14 mai • 1851: 20 août; 3 décembre • 1852: 8 janvier; 23 janvier; 18 novembre; *introduction Le Second Empire*

• 1854: 12 novembre; *biographie* au 12 novembre • 1857: 27 avril; dans *Émile Ollivier* au 21-22 juin • 1859: 7 mai • 1865: 10 mars • 1866: dans *Daudet* au 27 novembre • 1869: dans *Lesseps* au 15 août • 1890: dans *Sarah Bernhardt* au 3 janvier •

MORO
Aldo
1916-1978
Président du Conseil italien.
• 1958: *introduction La Ve République: La République gaullienne* • 1969: *introduction La Ve République: De l'héritage du gaullisme à la victoire de la gauche* •

MORRIS
Gouverneur
1752-1816
Représentant des États-Unis.
• 1789: 3 février •

MORRIS
Maurice Bévère, dit
Né en 1923
Créateur belge de bandes dessinées.
• 1946: décembre •

MORSE
Samuel Finley Breese
1791-1872
Peintre et inventeur américain.
• 1822: dans *Ampère* au 16 février •

MORTEFONTAINE
Traité de
• 1800: 3 octobre •

MORTEMART
Casimir Louis Victurnien de Rochechouart, duc de
1787-1875
Général. Président du Conseil.
• 1830: 30 juillet •

MORTEMART
Louis de Rochechouart, duc de
Fils de Louis-Victor de Rochechouart, duc de Mortemart et de Vivonne.
• 1661: dans *Colbert* au 12 septembre •

MORTEMER
Bataille de
• 1054: février •

MORTIER
Édouard Adolphe Casimir Joseph, duc de Trévise
1768-1835
Maréchal de France. Président du Conseil.
• 1799: 25-27 septembre • 1804: dans *Les maréchaux* au 18 mai • 1806: 5-27 octobre • 1807: 18 avril • 1809: 16 septembre • 1834: 18 novembre • 1835: 20 février; 28 juillet •

MORVILLIER
Jean de
1506-1577
Surintendant des finances. Évêque d'Orléans. Chancelier.
• 1550: janvier • 1558: octobre-novembre • 1560: *introduction Charles IX* • 1563: 8 octobre • 1570: mars-juillet • 1571: 12 septembre • 1574: *introduction Henri III*; début septembre •

MOSCO
Mosco Boucault, dit
Cinéaste.
• 1944: 19-21 février •

MOSCOU
1812
Pendant la campagne de Russie.
• 1812: 24 juin-14 septembre •

MOSCOU
Procès de
1936-1938
• 1936: 19-23 août; 1937: 23-30 janvier; juin; 11 juin • 1947: novembre • 1952: 1er septembre •

MOSCOU
Bataille de
1941
• 1941: 16 novembre; 13 décembre •

MOSCOU
Conférence de
1943
• 1943: 19 octobre •

MOSCOVICI
Pierre
Né en 1957
Ministre.
• 1997: 4 juin •

MOSKOWA
Bataille de la
7 septembre 1812
• 1812 : 24 juin-14 septembre •

MOSSET
Olivier
Né en 1944
Peintre suisse.
• 1967 : 3 janvier • 1972 : 16 mai •

MOTCHANE
Didier
Né en 1931
Magistrat. Homme politique.
• 1967 : octobre •

MOUCHOTTE
René
1914-1943
Aviateur.
• 1940 : dans *Les Français de Londres* au 7 août •

MOUGEOT
Léon
1857-1928
Homme politique, ministre.
• 1902 : 7 juin •

MOUHY
Charles de Fieux de
1701-1784
Auteur.
• 1736 : autres événements • 1747 : autres événements • 1748 : autres événements • 1753 : autres événements •

MOULIN
Jean
1899-1943
Haut fonctionnaire. Résistant. Fondateur du CNR.
• 1940 : 17 juin ; dans *De Gaulle* au 18 juin ; *introduction État français et France libre* ; dans *Le colonel Passy* au 7 août ; dans *Du MLN à Combat* au 30 août • 1942 : 1er janvier ; *biographie* au 1er janvier ; avril ; juillet • 1943 : 9 février ; 15 mai ; 27 mai ; 21 juin • 1944 : dans *Pierre Brossolette* au 22 mars ; 21-23 juillet • 1947 : 24 janvier • 1949 : dans *Georges Bidault* au 28-29 octobre • 1964 : 19 décembre • 1981 : 21 mai •

MOULIN
Jean-François-Auguste
1752-1810
Général. Directeur.
• 1794 : 8 octobre • 1799 : 20 juin ; dans *Le 18 Brumaire* au 9-10 novembre •

MOULIN DE LABARTHÈTE
Henri du
1900-1946
Homme politique.
• 1941 : dans *Technocratie et synarchie* au 9-10 février •

MOULIN ROUGE
Music-Hall.
• 1890 : autres événements • 1902 : dans *L'âge d'or du Caf'Conc'* au 18 novembre •

MOULINIÉ
Étienne
1599-1676
Compositeur.
• 1602 : dans *L'air de cour* dans autres événements • 1660 : 2 février ; *biographie* au 2 février • 1689 : dans *Michel Lambert* dans autres événements •

MOULINS
Édit de
août 1546
• 1546 : août •

MOULINS
Grande Ordonnance de
février 1566
• 1566 : 24 janvier ; février ; 13 mai • 1567 : décembre •

MOULOUDJI
Marcel
1922-1994
Chanteur.
• 1947 : dans *Saint-Germain-des-Prés* au 3 mai •

MOUNET-SULLY
Jean Sully Mounet, dit
1841-1916
Acteur.
• 1909 : dans *Le cinéma : art et industrie* dans autres événements •

Mounier
Emmanuel
1905-1950
Philosophe.
• 1927: dans *Les normaliens de l'entre-deux-guerres* au 15 avril • 1932: dans *Les fondateurs d'Esprit* en octobre • 1935: 4 octobre; autres événements • 1938: dans *Munichois et antimunichois* au 4 octobre • 1940: novembre • 1941: 4 janvier • 1947: mars •

Mounier
Jean-Joseph
1758-1806
Député.
• 1784: dans *Bergasse* dans autres événements • 1787: dans *Louvet de Couvray* dans autres événements • 1788: 14 juin • 1789: mars; 24 juin; 7 juillet; 9 juillet; 14 juillet; août; 29 août; 4 septembre; dans *Les monarchiens* au 10 septembre; 10 octobre; 26 octobre; 15 novembre • 1790: 22 mai • 1791: dans *Les Feuillants* au 16 juillet •

Mourad III
Sultan ottoman de 1574 à 1596.
• 1574: *introduction Henri III* • 1589: *introduction Henri IV* •

Mourad IV
Sultan de 1623 à 1640.
• 1610: *introduction Louis XIII* •

Mourad V
1840-1904
Sultan ottoman en 1876.
• 1870: *introduction La IIIe République: De la chute du Second Empire à la Première Guerre mondiale* •

Mouret
Jean-Joseph
1682-1738
Compositeur.
• 1727: autres événements • 1729: autres événements • 1732: autres événements •

Mourey
Gabriel
1865-1943
Écrivain d'art et administrateur.
• 1904: mai •

Mourgue
Jacques-Augustin
1734-1818
Ministre de l'Intérieur.
• 1792: 13 juin; 18 juin •

Mousnier
Roland
1907-1993
Historien.
• 1956: 23 mai •

Moussais
• Voir Poitiers, Bataille de •

Mousset
Paul
1907-1981
Publiciste.
• 1941: octobre •

Moussinac
Léon
1890-1964
Historien du cinéma.
• 1932: 17 mars •

Moussinot
• 1748: autres événements •

Moussorgski
Modest Petrovitch
1839-1881
Compositeur russe.
• 1910: dans *Les Ballets russes* au 25 juin •

Moustier
Lionel, marquis de
1817-1869
Diplomate. Homme politique, ministre.
• 1866: 1er septembre •

Moutet
Marius
1876-1968
Homme politique, ministre.
• 1923: 1er juin • 1936: 4 juin • 1937: 21-22 juin • 1938: 14 mars • 1946: 23-29 janvier; 19-26 juin; 6 juillet-14 septembre; 16 décembre • 1947: 22 janvier •

Mouton
Charles
1626-1699
Luthiste. Compositeur.

• 1652: dans *La musique pour le luth au XVIIe siècle: Gaultier* dans autres événements •

MOUTON
Georges, comte de Lobau
1770-1838
Maréchal de France.
• 1819: 17, 26 mai •1830: 29 juillet; 25 décembre • 1832: 5 juin •

MOUTON
Jean
vers 1459-1522
Compositeur.
• 1502: dans *Josquin Des Près, la musique sacrée et la musique profane* dans autres événements •

MOUTON-DUVERNET
Régis-Barthélémy, baron
1769- 1816
Général. Homme politique.
• 1816: 2-12 janvier •

MOUVEMENT DE LIBÉRATION DES FEMMES
• Voir MLF •

MOUVEMENT DE LIBÉRATION NATIONALE
• Voir MLN •

MOUVEMENT DÉMOCRATIQUE DE RÉNOVATION MALGACHE
• Voir MDRM •

MOUVEMENT DES CITOYENS
• 1992: 20 septembre •

MOUVEMENT DES RADICAUX DE GAUCHE
• Voir MRG •

MOUVEMENT DU 22 MARS
• 1968: 22 mars • 1970; dans *Les gauchistes* au 27 mai •

MOUVEMENT DU TRIOMPHE DES LIBERTÉS DÉMOCRATIQUES
• Voir MTLD •

MOUVEMENT NATIONAL ALGÉRIEN
• Voir MNA •

MOUVEMENT RÉPUBLICAIN POPULAIRE
• Voir MRP •

MOUVEMENT SOCIAL RÉVOLUTIONNAIRE
Organisation collaborationniste.
• 1941: dans *Les collaborationnistes* au 1er février •

MOUVEMENT UNIFIÉ DE LA RÉSISTANCE FRANÇAISE
• Voir MURF •

MOUVEMENTS UNIS DE RÉSISTANCE
• Voir MUR •

MOUY
Artus de Maudray de
† 1569
• 1569: 7 octobre •

MOYSAN
Mme de
Supérieure de l'Hôpital général.
• 1749: mai • 1751: 20 juillet •

MOYSSET
Henri
1875-1949
Ministre.
• 1941: 25 février; 12 août •

MOZART
Wolfgang Amadeus
1755-1787
Compositeur.
• 1725: 18 mars • 1763: 24 décembre • 1801: 20 août • 1846: dans *L'opéra-comique* au 9 novembre • • 1916: dans *Romain Rolland* en décembre • 1950: juillet • 1973: 22 février • 1998: juillet •

MRG
(Mouvement des radicaux de gauche)
• 1972: 26 juin •

MRP
(Mouvement républicain populaire)
• 1944: *introduction Du Gouvernement provisoire à la IVe République*; 4 septembre; dans *Pierre-Henri Teitgen* au 9 septembre; 25-26 novembre • 1945: 13 mai; 25-26 août; 21 octobre • 1946: 19-20 avril; 2 juin; *intro-*

MURAT
Joachim
1767-1815
Maréchal de France. Roi de Naples et de Sicile sous le nom de Joachim Ier.
• 1795: 5 octobre • 1798: dans *L'expédition d'Égypte* au 5 mars • 1799: 23 août; dans *Le 18 Brumaire* au 9-10 novembre; *introduction Napoléon Bonaparte* • 1800: janvier; 25 avril-15 juillet • 1804: dans *Grands dignitaires* au 18 mai; dans *Les maréchaux* 18 mai; *biographie* au 18 mai; dans *Bernadotte* au 18 mai • 1806: 10 novembre-26 décembre • 1807: 15 avril • 1808: février; 18 mars; 2-3 mai; 9 juillet • 1809: 17 janvier • 1810: 29 janvier • 1812: 19 octobre-13 décembre • 1813: 13 janvier • 1814: 11 janvier; 20 décembre • 1815: 29 mars; 13 octobre • 1824: dans *Le romantisme en peinture* en avril •

MURAT
Lucien Charles, prince
1803-1878
Fils de Joachim Murat. Homme politique.
• 1848: 23-24 avril • 1852: 8 janvier • 1862: 11 janvier •

MURET
Bataille de
1213
• 1213: 12 septembre •

MURF
(Mouvement unifié de la Résistance française)
• 1945: 21-25 juin •

MURGER
Henri
1822-1861
Écrivain.
• 1845: 9 mars • 1849: 22 novembre •

MURILLO
Bartolomé Esteban
1618-1682
Peintre.
• 1838: 7 janvier •

MURPHY
Robert Daniel
1894-1978
Diplomate américain.
• 1941: 10 mars • 1958: 13-21 février •

MURRAY
Jean
Écrivain.
• 1940: dans *Les prisonniers* au 12 juillet •

MUS
Paul
1902-1969
Orientaliste.
• 1952: mai •

MUSCADINS
• 1794: 19 septembre; *Les Muscadins* au 19 septembre • 1795: 19 janvier; 1er février; 27 février; 1er avril •

MUSE FRANÇAISE (LA)
1823-1824
Revue.
• 1823: juillet; dans *Le romantisme* en juillet •

MUSELIER
Émile
1882-1965
Amiral. Ministre.
• 1938: dans *Les hommes du Quai* au 20-25 juillet • 1940: dans *Les Français de Londres* au 7 août • 1941: 24-26 septembre; 24 décembre • 1943: 1er juillet •

MUSÉUM D'HISTOIRE NATURELLE
• 1793: 10 juin •

MUSIDORA
Jeanne Rogues, dite
1889-1957
Actrice.
• 1920: 27 mars •

MUSIL
Robert
1880-1942
Écrivain autrichien.
• 1935: 21-25 juin • 1957: octobre •

MUSIQUE
Fête de la
1981
• 1981: 21 juin •

MUSSET
Alfred de
1810-1857
Poète et écrivain.
• 1815: *introduction Les Cent-Jours* • 1820:

dans *Lamartine* au 11 mars • 1821: dans *La légende napoléonienne* au 5 juillet • 1823: dans *Le romantisme* en juillet • 1828: octobre • 1829: décembre • 1830: 1er décembre • 1832: décembre • 1833: 15 mai • 1834: 1er janvier; 1er, 23 juillet • 1835: 15 juin • 1836: 1er février; *biographie* au 1er février • 1836: 1er juillet • 1842: 27 août • 1845: 1er novembre • 1846: dans *George Sand* au 8 août • 1847: 27 novembre • 1851: 14 juin • 1852: 12 février • 1947: dans *Jean Vilar et le TNP* en juin •

MUSSET
Paul de
1804-1880
Homme de lettres.
• 1846: dans *George Sand* au 8 août •

MUSSOLINI
Benito
1883-1945
Chef du gouvernement italien de 1922 à 1925. Duce de 1925 à 1943.
• 1908: dans *Georges Sorel* au 7 mai • 1914: *introduction La IIIe République: D'une guerre à l'autre* • 1921: 7 novembre • 1922: 16-28 octobre; 8-11 décembre • 1923: 8-9 novembre • 1925: 5-16 octobre; dans *Valois* au 11 novembre • 1928: dans *François Coty* en mai • 1930: 27 octobre • 1933: 25 mars • 1934: 14-15 juin; 25 juillet; 9-11 octobre • 1935: 4-7 janvier; 11-17 avril; 1er-3 octobre • 1936: 5-9 mai; dans *Fascismes français* au 27-28 juin • 1937: dans *Les Fuorusciti antifascistes* au 9 juin • 1938: 9 avril; 2 juin; 28 septembre; 29 septembre; 22 décembre • 1939: 25 août; 2 septembre • 1940: 14-15 mars; *introduction État français et France libre*; 10 juin; 12 septembre • 1941: 11 décembre • 1942: 19 février • 1943: 24-25 juillet • 1945: 28 avril •

MUSTAFA Ier
Sultan de l'Empire ottoman de 1617 à 1623.
• 1610: *introduction Louis XIII* •

MUSTAFA II
Sultan de l'Empire ottoman de 1695 à 1703.
• 1643: *introduction Louis XIV* • 1699: 26 janvier •

MUSTAFA IV
1778-1808
Sultan de l'Empire ottoman de 1807 à 1808.
• 1799: *introduction Napoléon Bonaparte* • 1807: 27 mai •

MUSTAFA KEMAL
(Atatürk)
1881-1938
Président de la République turque de 1923 à 1938.
• 1914: *introduction La IIIe République: D'une guerre à l'autre* • 1920: 30 mai; 10 août • 1921: 20 octobre •

MUTINERIES DE 1917
• 1917: 4 mai; 2 juin; 2 juillet; 3-19 septembre •

MUTINERIES DE LA MER NOIRE
1919
• 1919: 19-21 avril • 1922: 26 mars-20 juillet •

MUTSUHITO
dit Meiji Tenno
1852-1912
Empereur du Japon de 1867 à 1912.
• 1870: *introduction La IIIe République: De la chute du Second Empire à la Première Guerre mondiale* •

MUTTER
André
1901-1973
Résistant. Ministre.
• 1946: 26-28 avril • 1953: 26 juin •

MUY
Louis-Nicolas-Victor de Félix d'Ollières, comte du
1711-1775
Secrétaire d'État à la Guerre.
• 1774: 5 juin • 1775: 27 octobre •

M'UZAN
Michel de
Psychanalyste.
• 1960: 30 mars • 1966: novembre •

MYUNG WHUN CHUNG
Né en 1953
Chef d'orchestre coréen.
• 1990: 17 mars •

N

Nabis (les)
Groupe de peintres.
• 1896: *Les nabis* dans autres événements • 1901: 22 avril • 1905: 18 octobre •

Nabokov
Nicolas
1903-1978
Compositeur américain d'origine russe.
• 1932: 20 avril •

Nacht
Sacha
1901-1977
Psychanalyste.
• 1953: 8 juillet •

Nadar
Félix Tournachon, dit
1820-1910
Photographe.
• 1829: dans *L'invention de la photographie* au 5 décembre • 1874: 15 avril-15 mai •

Nadaud
Maurice
Né en 1911
Écrivain et éditeur.
• 1945: octobre •

Naegelen
Marcel-Edmond
1892-1978
Homme politique, ministre.
• 1946: 23-29 janvier; 19-26 juin; 16 décembre • 1947: 22 janvier; 22 octobre; 24 novembre • 1948: 11, 12 février; 4, 11 avril • 1951: 9 mars •

Nagasaki
• 1945: 9 août •

Nagy
Imre
1896-1958
Chef du gouvernement hongrois.
• 1956: 23 octobre-1er novembre; 4-7 novembre •

Nail
Louis
1864-1920
Ministre.
• 1917: 17 novembre •

Najera
Bataille de
1367
• 1367: 3 avril •

Nallet
Henri
Né en 1939
Ministre.
• 1985: 4 avril • 1988: 8 mai • 1990: 2 octobre • 1991: 25 mai •

Nancré
Louis-Jacques-Théodore de Dreux, marquis de
• 1715: *introduction Louis XV* •

Nancy
Conférence de
• 1574: *introduction Henri III* • 1588: janvier-février •

Nanterre
• 1965: 30 octobre • 1967: 22 mars • 1968: 22 mars; 2 mai; 12-19 décembre • 1970: janvier •

Nantes
Cathédrale de
• 566-573 • 897-910 •

Nantes
Château de
• 1491: autres événements •

Nantes
Édit de
30 avril 1598
• 1589: *introduction Henri IV* • 1598: 30 avril; dans *L'édit de Nantes* au 30 avril • 1599: 25 février • 1600: août • 1605: janvier-octobre • 1609: mai • 1610: *introduction Louis XIII*; 22 mai • 1620: septembre-octobre; dans *Les révoltes protestantes* en septembre-octobre • 1622: 19 octobre • 1626: 6 février • 1629: 28 juin • 1643: *introduction Louis XIV* • 1666: avril; dans *Les protestants jusqu'en 1685* en avril • 1669: janvier; 1er février • 1681: autres événements • 1685: 18 octobre; dans *La révocation de l'édit de Nantes* au 18 octobre • 1702: dans *Les camisards* au 24 juillet • 1998: 18 février •

NAQUET
Loi
1884
• 1875: dans *Naquet* au 20 décembre • 1884: 27 juillet •

NARBONNE
Conciles de paix de
• vers 990 • 1031-1032 • 1043: 1er août •

NARBONNE
Saint-Just de
• 1272: autres événements • 1285: 6 octobre •

NARBONNE
Trêve de
1228
• 1228: 21 novembre • 1229: janvier •

NARBONNE-LARA
Louis, comte de
1755-1813
Ministre de la Guerre.
• 1791: 19 février; 7 décembre • 1792: 11 janvier; 10 mars; 17 septembre •

NARVIK
Bataille de
1940
• 1940: 9 avril-9 juin •

NASSAU
• Voir aussi Orange •

NASSAU
• Voir Adolphe de Nassau •

NASSAU
Guillaume de, dit le Taciturne
1533-1584
Neveu d'Henri de Nassau prince d'Orange. Prince d'Orange. Stathouder.
• 1558: octobre-novembre • 1568: 5 juin; juillet; 21 juillet; août; 17 novembre • 1572: mai-juillet • 1576: autres événements • 1578: mars • 1583: janvier-juin • 1584: 10 juillet • 1591: fin août •

NASSAU
Henri le Grand, de
1483-1538
Prince d'Orange. Stathouder.
• 1521: octobre-novembre • 1536: juillet-septembre •

NASSAU
Justin de
Ambassadeur des Provinces-Unies.
• 1598: 7 mars-10 avril •

NASSAU
Ludovic de
1538-1574
Frère de Guillaume de Nassau.
• 1568: 21 juillet • 1571: juillet • 1572: mai-juillet • 1573: 29 novembre-2 décembre • 1574: 14 avril •

NASSAU
Maurice de
1567-1625
Fils de Guillaume de Nassau dit le Taciturne. Prince d'Orange. Stathouder de Hollande.
• 1591: fin août • 1637: dans *Descartes* en juin • 1643: *introduction Louis XIV* •

NASSER
Gamal Abdel
1918-1970
Président de la République d'Égypte de 1954 à 1970.
• 1954: dans *La guerre d'Algérie* au 1er novembre • 1956: 14 mars; 26 juillet; 10 septembre; 12-26 septembre •

NATANSON
Alexandre
1867-1936
Publiciste.
• 1889: décembre •

NATANSON
Alfred This, dit
1873-?
Auteur dramatique.
• 1889: décembre •

NATANSON
Thadée
1868-1951
Journaliste et collectionneur.
• 1889: décembre •

NATIONAL (LE)
1830
Journal.
• 1830: 3 janvier; dans *Armand Carrel* au 3 janvier; 15 février; 27 juillet • 1836: dans *Thiers* au 22 février • 1843: 29 juillet • 1848: 26 mars; 8 avril; 23-24 avril; 17 mai-

• 1781: 19 février; 19 mai • 1783: dans *Calonne* au 1er novembre • 1784: mai • 1786: 14 janvier • 1787: 22 février; 6 mars; 10 avril; 13 avril; 6 juin • 1788: février; mars; 26 août; 27 août; septembre; 14 septembre • 1789: 5 mai; *introduction La monarchie constitutionnelle: Louis XVI et la Révolution*; 19 juin; 20 juin; 22 juin; 23 juin; 11 juillet; 12 juillet; 13 juillet; 16 juillet; 30 juillet; 4 août; 7 août; 27 août; 24 septembre; 14 novembre • 1790: 18 janvier; 6 mars; 4 septembre • 1791: autres événements • 1792: mai; 3 septembre • 1793: dans *Condorcet et La Révolution* au 15-16 février • 1797: *Necker, analyste de la Révolution française* dans autres événements • 1798: novembre; autres événements •

NECKER
Suzanne Curchod, Mme
1739-1794
Épouse de Jacques Necker.
• 1777: dans *Necker* au 29 juin • 1780: 26 septembre • 1798: autres événements •

NECZAS
Jaromir
Diplomate tchèque.
• 1938: 17 septembre •

NEERWINDEN
Bataille de
1693
• 1672: dans *Le maréchal de Luxembourg* au 6 avril • 1693: 27 juin-4 octobre •

NEERWINDEN
Bataille de
1793
• 1792: dans *Dumouriez* au 15 mars • 1793: 18 mars •

NEF (LA)
1944-1978
Revue.
• 1931: dans *Au-delà de la droite et de la gauche* en novembre •

NEFFTZER
Auguste
1820-1876
Fondateur du Temps.
• 1861: 25 avril •

NÉGATIONNISME
• 1978: *Le négationnisme, une secte historique* au 16 novembre • 1979: 21 février • 1987: 13 septembre • 1990: 30 juin • 1996: 18 avril •

NÉGOCIANTS RÉUNIS
Compagnie des
• 1805: septembre; dans *Ouvrard* en septembre • 1806: 27 janvier; avril •

NEGRÍN
Juan
1892-1956
Chef du gouvernement espagnol de 1937 à 1939.
• 1937: 3 mai • 1939: 5 février •

NEIL
Alexandre Sutherland
1883-1973
Pédagogue anglais.
• 1971: 19 novembre •

NELSON
Horatio
1758-1805
Amiral anglais.
• 1798: dans *L'expédition d'Égypte* au 5 mars; 28 juin; 1er août • 1799: 19 juin • 1805: mars-août; 21 octobre •

NEMOURS
Anne d'Este, duchesse de Guise, puis duchesse de
1531-1607
Fille d'Hercule II d'Este duc de Ferrare. Épouse de: 1. François duc de Guise. 2. Jacques de Savoie duc de Nemours.
• 1547: *introduction Henri II* • 1566: mai • 1591: octobre-décembre •

NEMOURS
Charles-Emmanuel de Savoie, duc de
1567-1595
Fils de Jacques de Savoie duc de Nemours. Gouverneur du Lyonnais.
• 1588: 4 août • 1590: avril-août; octobre • 1593: 18-21 septembre • 1594: 8 février • 1595: 13 août •

NEMOURS
Henri de Savoie, duc de
1572-1632
Fils de Jacques de Savoie duc de Nemours. Marquis de Saint-Sorlin.

• 1809: 16 septembre • 1813: 14 août-2 novembre • 1815: 8 mars; 14 mars; 16 mars; 24 juillet; 3 août; 9 novembre • 1816: 2-12 janvier; dans *Les doctrinaires* au 26 décembre • 1826: dans *André-Marie et Charles Dupin* en janvier • 1850: dans *Berryer* au 26 août •

NEY
Napoléon-Joseph
1803-1857
Général. Compositeur et musicologue.
• 1830: dans *Laffitte* au 2 novembre •

NÉZIB
Bataille de
1839
• 1839: 24 juin-4 juillet •

N'GOKO-SANGHA
Compagnie
• 1909: 9 février • 1911: 27 avril; 4 novembre; 18 novembre •

NIBOYET
Eugénie
1796-1883
Militante féministe.
• 1833: 9 novembre • 1848: 17 mars •

NICE
• 1792: 29 septembre; 4 novembre; 25 novembre • 1793: 31 janvier; 4 février • 1796: 28 avril • 1860: 24 mars •

NICE
Trêve de
1538
• 1538: 18 juin •

NICÉE II
Concile de
787
• 787 • 791-792 •

NICÉPHORE Ier
Empereur de Constantinople de 802 à 811.
• 768: *introduction Charlemagne* • 803 • 811: autres événements •

NICOLAS
1856-1929
Grand-duc de Russie. Oncle du tsar Nicolas II.
• 1897: 29 avril •

NICOLAS Ier
† 867
Pape de 858 à 867.
• 855: *introduction Charles le Chauve* • 862: juin •

NICOLAS Ier
1796-1855
Fils de Paul Ier tsar. Tsar de Russie de 1825 à 1855.
• 1815: *introduction La seconde Restauration* • 1828: 26 avril • 1830: *introduction La monarchie de Juillet*; 22 novembre • 1852: *introduction Le Second Empire* • 1853: février-juin •

NICOLAS II
1868-1918
Fils d'Alexandre III tsar de Russie. Tsar de Russie de 1894 à 1917.
• 1870: *introduction La IIIe République: De la chute du Second Empire à la Première Guerre mondiale* • 1896: 5-9 octobre • 1898: 24 août • 1899: 23 janvier • 1901: 18 septembre • 1905: 9 janvier • 1912: 10-16 août • 1914: 29 juillet; *introduction La IIIe République: D'une guerre à l'autre* • 1916: 20 avril • 1917: 8-15 mars •

NICOLAS II
(Gérard de Bourgogne)
† 1061
Pape de 1059 à 1061.
• 1031: *introduction Henri Ier* • 1060: *introduction Philippe Ier* •

NICOLAS III
(Giovanni Gaetano Orsini)
† 1280
Pape de 1277 à 1280.
• 1270: *introduction Philippe III le Hardi* • 1278: 24 septembre; autres événements •

NICOLAS IV
(Girolamo Masci)
† 1292
Pape de 1288 à 1292.
• 1285: *introduction Philippe IV le Bel* • 1288: 15 mars; 25 septembre • 1289: 29 mai •

NICOLAS V
(Tommaso Parentucelli)
† 1455
Pape de 1447 à 1455.
• 1422: *introduction Charles VII* • 1442: dans *Martin le Franc* dans autres événe-

ments • 1447: autres événements • 1451: autres événements •

NICOLAS BATAILLE
Peintre.
• 1374-1382 •

NICOLAS BRAQUE
Conseiller du roi.
• 1350: *introduction Jean II le Bon* •

NICOLAS CHUQUET
• Voir Chuquet •

NICOLAS D'ANJOU
• 1461: *introduction Louis XI* •

NICOLAS DE CLAMANGES
Chancelier pontifical.
• 1394: dans *Jean de Montreuil et l'humanisme français* dans autres événements •

NICOLAS DE FRÉAUVILLE
Dominicain. Confesseur du roi.
• 1285: *introduction Philippe IV le Bel* •

NICOLAS D'ORLÉANS
1607-1611
Fils d'Henri IV roi de France.
• 1607: 13 avril • 1610: *introduction Louis XIII* •

NICOLAS FROMENT
Peintre.
• 1475-1476 •

NICOLAS GERHAERTS DE LEYDE
vers 1440-1473
Sculpteur.
• 1463: autres événements •

NICOLAS GRENON
Musicien.
• 1412: autres événements •

NICOLAS ROLIN
vers 1376-1461
Juriste. Chancelier de Jean sans Peur, duc de Bourgogne. Avocat de Philippe le Bon, duc de Bourgogne.
• 1419: 30 mai • 1422: dans *Les hommes du duc de Bourgogne* au 5 décembre • 1443: autres événements •

NICOLE
Pierre
1625-1695
Janséniste. Auteur.
• 1637: dans *Port-Royal et les Arnauld* au 24 août • 1662: 6 juillet • 1667: dans *Turenne* en mai; dans *Racine* au 7 novembre; autres événements • 1670: 2 janvier • 1671: autres événements • 1692: dans *Le second jansénisme* dans autres événements •

NICOLE DU BOSC
Conseiller du roi.
• 1380: *introduction Charles VI* •

NICOLE ORESME
vers 1322-1382
Traducteur. Auteur.
• 1356: autres événements • 1370-1374: *biographie* • 1371-1375: dans *Les traducteurs de Charles V* • 1393: dans *Eustache Deschamps* dans autres événements • 1488: autres événements • 1489: autres événements •

NICOLET
Jean-Baptiste
1710-1796
Entrepreneur de spectacles.
• 1759: autres événements •

NICOLLE
Charles
1866-1936
Bactériologiste.
• 1918: autres événements • 1928: 10 décembre; *biographie* au 10 décembre •

NICOLLE
Louis
1871-1942
Ministre.
• 1936: 19-31 janvier •

NICOT DE VILLEMAIN
Jean
vers 1530-1600
Diplomate.
• 1559: autres événements •

NICOUD
Gérard
Né en 1947
Dirigeant du CID-UNATI.
• 1969: 11 avril •

NIEL
Adolphe
1802-1869
Maréchal de France. Ministre.
• 1859: 25 mai, 5 juin • 1867: 20 janvier • 1868: 14 janvier • 1869: 17 juillet •

NIEL
Louis
1872-1952
Syndicaliste.
• 1909: juin •

NIEPCE
Joseph-Nicéphore
1765-1833
Physicien. Inventeur de la photographie.
• 1829: 5 décembre; dans *L'invention de la photographie* au 5 décembre •

NIETZSCHE
Friedrich
1844-1900
Philosophe allemand.
• 1916: dans *Romain Rolland* en décembre • 1931: dans *Au-delà de la droite et de la gauche* en novembre • 1945: *dans Le père de Lubac* en janvier; février • 1962: février • 1987: mars •

NIEUPORT
Édouard de Niéport, dit Édouard
1875-1911
Aviateur et constructeur d'avions.
• 1870: *introduction La IIIe République: De la chute du Second Empire à la Première Guerre mondiale* •

NIGER
• 1881: 24 février • 1890: 4 août • 1895: 22 janvier • 1898: septembre • 1960: 2-4 juin •

NIJINSKI
Vaslav
1890-1950
Danseur et chorégraphe russe.
• 1910: dans *Les Ballets russes* au 25 juin • 1913: 5 mai; 29 mai •

NIMÈGUE
Traités de
• 1675: autres événements • 1678: 10 août; 17 septembre • 1679: 5 février • 1686: 9 juillet • 1687: avril •

NÎMES
• 1815: 26 juin; 18 juillet; 12 novembre • 1830: 30 juillet •

NIMIER
Roger
1925-1962
Écrivain.
• 1949: février • 1950: septembre; dans *Les hussards* en septembre •

NIN
Anaïs
1903-1977
Écrivain américain.
• 1934: autres événements •

NISARD
Diplomate.
• 1904: 21 mai-30 juillet •

NITHARD
† 844
Petit-fils de Charlemagne. Auteur.
• 768: *introduction Charlemagne* • 841: autres événements • 842: 14 février • 844: 14 juin •

NITTI
Francesco
1868-1953
Président du Conseil italien.
• 1920: 10 janvier •

NIVELLE
Gabriel-Nicolas
1687-1761
Prêtre.
• 1757: autres événements •

NIVELLE
Robert
1856-1924
Général.
• 1916: 1er mai; dans *Les généraux de la Grande Guerre* au 26 décembre • 1917: 16 avril; 17-19 avril; 5-15 mai •

NIVERNAIS
Louis-Jules Mancini Mazzarini, duc de
1716-1798
Ministre d'État.
• 1787: juin •

Nivière-Chol
Maire de Lyon.
• 1792: dans *Châlier* au 26 août • 1793: 7 février; 5 mars •

Nixon
Richard
1913-1994
Président des États-Unis de 1969 à 1974.
• 1958: *introduction La Ve République: La République gaullienne* • 1969: *introduction La Ve République: De l'héritage du gaullisme à la victoire de la gauche* • 1971: 13-14 décembre • 1973: 1er juin •

Nizan
Paul
1905-1940
Écrivain.
• 1927: dans *Les normaliens de l'entre-deux-guerres* au 15 avril • 1931: janvier • 1933: juillet • 1935: 4 octobre • 1938: juillet; dans *Munichois et antimunichois* au 4 octobre • 1947: 1er juillet • 1948: dans *Jean-Paul Sartre* au 2 avril •

Noailles
Adrien-Maurice, duc de
1678-1766
Fils d'Anne-Jules de Noailles, maréchal de France. Secrétaire d'État aux Finances. Ministre d'État chargé des affaires militaires. Maréchal de France.
• 1715: *introduction Louis XV*; 1er octobre; 24 octobre; 23 décembre • 1717: 19 juin • 1718: 6 janvier; 28 janvier • 1733: dans *La guerre de Succession de Pologne* au 5 octobre • 1734: 14 juin • 1740: dans *La guerre de succession d'Autriche* au 20 octobre • 1743: 29 janvier; 10 mars; 27 juin • 1744: 26 avril; 1er juillet; 24 août • 1746: 23 avril-8 juin •

Noailles
Anne-Jules, comte d'Ayen, duc de
1650-1708
Maréchal de France.
• 1694: 27 mai-juillet •

Noailles
Charles, vicomte de
1891-1981
Mécène.
• 1923: autres événements • 1932: 20 avril •

Noailles
Louis Joseph Alexis de
1783-1835
Homme politique.
• 1826: 15 mai-14 juin •

Noailles
Louis-Antoine de
1651-1729
Fils d'Anne de Noailles. Cardinal. Archevêque de Paris. Chef du Conseil de conscience.
• 1695: 19 août • 1713: 9 octobre • 1714: 5 février; 25 février • 1715: *introduction Louis XV*; 1er octobre; 14 décembre • 1716: 18 août • 1717: 3 avril; 26 août • 1718: 16 septembre • 1720: 13 mars; 16 novembre • 1722: 31 mars • 1727: août-septembre • 1728: 16 mars; 23 octobre • 1729: 4 mai •

Noailles
Louis-Marie vicomte de
1756-1804
Général.
• 1789: *introduction Louis XVI et la Révolution*; 4 août •

Nodier
Charles
1780-1844
Écrivain.
• 1803: 25 décembre • 1820: 19 août • 1821: 17 novembre • 1822: 27 juillet • 1823: juillet; dans *Le romantisme* en juillet; 29 décembre; *biographie* au 29 décembre • 1831: 7 mai • 1832: 14 juillet •

Noël
Bernard
Né en 1930
Écrivain.
• 1976: juin •

Noël
Léon
1888-1987
Diplomate.
• 1935: 1er-4 février • 1938: dans *Les hommes du Quai* au 20-25 juillet • 1940: 19 juin •

Noël de Fribois
Notaire. Conseiller du roi. Auteur.
• 1459: juin •

NOGARET DE LA VALETTE
• Voir Épernon, Bernard Nogaret de La Valette duc d' • Épernon, Jean-Louis Nogaret de la Valette duc d' • La Valette, Louis de Nogaret, cardinal de •

NOGARO
Bertrand
1880-1950
Ministre.
• 1926: 23 juin •

NOGUÈRES
Louis
1881-1956
Homme politique.
• 1940: dans *Les quatre-vingts* au 10 juillet •

NOGUÈS
Charles
1876-1971
Général.
• 1942: 12-22 novembre •

NOGUEZ
Dominique
Né en 1942
Écrivain.
• 1997: novembre •

NOHAIN
Jean
1900-1981
Animateur de télévision.
• 1949: dans *La naissance de la télévision publique* au 29 juin •

NOIR
Michel
Né en 1944
Ministre.
• 1986: 20 mars • 1992: novembre •

NOIR
Yvan Salmon, dit Victor
1837-1870
Journaliste.
• 1868: dans *Rochefort* au 30 mai • 1870: 10 janvier; 12 janvier; 27 mars •

NOIRET
Joseph
Poète.
• 1948: 8 novembre •

NOIRS
• Voir Esclavage des Noirs • Traite des Noirs •

NOLLET
Charles
1865-1941
Général. Ministre.
• 1924: 12-14 juin •

NOLLET
Jean-Antoine
1700-1770
Abbé. Physicien.
• 1743: autres événements • 1746: autres événements • 1747: autres événements • 1749: autres événements • 1895: dans *Le cinématographe* au 22 mars •

NOMINOÉ
† 851
Missus en 831. « Roi » de Bretagne jusqu'en 851.
• 840: autres événements • 841: janvier • 843: novembre • 844: octobre • 845: 22 novembre • 846: été • 847: 28 février-mars • 848: autres événements • 849: février; juin • 850: juin; août • 851: mars •

NOMPAR DE CAUMONT
Auteur.
• 1419-1420 •

NONO
Luigi
1924-1990
Compositeur italien.
• 1954: 13 janvier; dans *Le Domaine musical* au 13 janvier • 1972: 6-11 novembre •

NORA
Pierre
Né en 1931
Historien, éditeur, directeur de publications.
• 1947: dans *La nouvelle histoire* au 3 novembre • 1984: 31 octobre; dans *Patrimoine et commémorations* au 31 octobre •

NORA
Simon
Né en 1921
Haut fonctionnaire.
• 1940: 28 septembre • 1954: dans *Pierre Mendès France* au 12 juin • 1969: dans *Jacques Chaban-Delmas* au 21 juin • 1978: 23 mai •

NORBERT
Fils de Bernard Plantevelue, comte d'Auvergne. Évêque du Puy de 881 à 900 environ.
• 881 : automne •

NORBERT DE XANTEN
1080-1134
Fondateur des Prémontrés.
• 1121 : autres événements •

NORD
Paix du
• 1643 : *introduction Louis XIV*; dans *Mazarin* au 18 mai • 1660 : mai-juin •

NORDLING
Raoul
1882-1962
Diplomate suédois.
• 1944 : 17 août •

NÖRDLINGEN
Bataille de
1634
• 1634 : 5-6 septembre • 1636 : 29 septembre-14 novembre • 1667 : dans *Turenne* en mai • 1668 : dans *Le Grand Condé* au 1er-19 février •

NORD-SUD
Revue.
• 1915 : dans *Adrienne Monnier* au 7 novembre • 1917 : 15 mars •

NORD-VIETNAM
• Voir Vietnam •

NORMAND
Évêque d'Angers de 1149 à 1153.
• 1153 : dans *Le temps des cathédrales* dans autres événements •

NORMANDIE
Bataille de
1944
• 1944 : 6 juin; 1er août; 14 août; *introduction Du Gouvernement provisoire à la IVe République* •

NORMANDIE
• Voir Guillaume le Conquérant • Guillaume Longue Épée • Richard Ier de Normandie • Richard II le magnifique • Richard III de Normandie • Robert Courtheuse • Robert le Magnifique •

NORODOM Ier
1835-1904
Roi du Cambodge de 1859 à 1904.
• 1852 : *introduction Le Second Empire* • 1863 : 23 avril •

NORODOM SIHANOUK
Né en 1922
Roi du Cambodge.
• 1945 : 9 mars • 1948 : 16 décembre •

NORVINS
Jacques Marquet, baron de Montbreton de
1769-1854
Historien.
• 1821 : dans *La légende napoléonienne* au 5 juillet •

NOTAT
Nicole
Née en 1947
Dirigeante syndicale.
• 1992 : 20 octobre • 1996 : 4 janvier; 1er octobre • 1999 : dans *Femmes et parité* au 10 mars •

NOTRE-DAME DE PARIS
Cathédrale
• 1153 : dans *Le temps des cathédrales* dans autres événements • 1155-1201 • 1180-1190 • 1215 : dans *L'Université de Paris* en août • vers 1245 • 1332 : autres événements • 1793 : 23 octobre; 9 novembre • 1795 : 11 août • 1844 : 11 mars • 1857 : dans *Viollet-le-Duc* dans autres événements • 1875 : 16 juin •

NOTRE-DAME-DE-TOUTE-GRÂCE (ASSY)
Église
• 1950 : 4 août; dans *Le père Couturier et l'art sacré* au 4 août •

NOUGUÈS
Jean
Écrivain, librettiste et musicien.
• 1906 : 6-27 février •

NOULENS
Joseph
1864-1944
Ministre.
• 1913 : 9 décembre • 1914 : 13 juin •

NOURISSIER
François
Né en 1927
Écrivain.
• 1965: novembre • 1981: décembre •

NOUVEAU
Germain
1852-1920
Poète.
• 1876: dans *Charles Cros* au 30 avril •

NOUVEAU RÉALISME
Mouvement artistique.
• 1960: 27 octobre; *Le Nouveau Réalisme* au 27 octobre • 1963: mars •

NOUVEAU ROMAN
• 1957: 22 mai; *Le Nouveau Roman* au 22 mai •

NOUVEAUX CAHIERS
1937-1940
• 1937: 15 mars; *Auguste Detœuf et les Nouveaux Cahiers* au 15 mars •

NOUVEL
Jean
Né en 1945
Architecte.
• 1987: novembre • 1994: 11 mars •

NOUVEL ÂGE
1934-1940
Revue.
• 1925: dans *Valois* au 11 novembre •

NOUVEL OBSERVATEUR (LE)
Hebdomadaire.
• 1964: 21 septembre •

NOUVELLE-CALÉDONIE
• 1853: 24 septembre • 1878: juillet; septembre-octobre • 1940: 31 août-2 septembre • 1981: *introduction La Ve République: De la France mitterrandienne aux cohabitations politiques* • 1983: 5 janvier • 1985: 11 janvier; 29 septembre • 1987: 13 septembre • 1988: 22 avril; 4-5 mai; dans *Michel Rocard* au 8 mai; 26 juin; 6 novembre • 1989: 4 mai; dans *Jean-Marie Tjibaou* au 4 mai • 1998: 21 avril • 1999: 6-29 avril •

NOUVELLE CRITIQUE (LA)
1948-1980
Revue.
• 1948: décembre •

NOUVELLE-FRANCE
• 1627: dans *Les débuts de la colonisation* au 29 avril-4 mai; autres événements • 1663: autres événements • 1664: 28 mai • 1672: autres événements • 1682: dans *Cavelier de La Salle* au 9 avril •

NOUVELLE GÉNÉRATION
Groupe de jeunes peintres.
• 1936: autres événements •

NOUVELLE HISTOIRE
• 1947: *La nouvelle histoire* au 3 novembre
• 1976: janvier •

NOUVELLE REVUE DE PSYCHANALYSE (LA)
• 1970: juin •

NOUVELLE REVUE FRANÇAISE (LA)
• Voir *NRF* •

NOUVELLE VAGUE
• 1939: autres événements • 1959: 31 mai
• 1960: dans *Jean-Luc Godard* au 30 mars
• 1980: dans *François Truffaut* au 17 septembre •

NOUVELLES FRONTIÈRES
• 1967: 2 octobre •

NOUVELLES GUÊPES (LES)
1853-1855
Revue.
• 1839: 16 novembre •

NOUVELLES-HÉBRIDES
• 1887: 24 octobre •

NOVARE
Batailles de
1500, 1513
• 1498: *introduction Louis XII* • 1500: janvier; février-mars; fin mars; 8 avril 1513: mai; juin •

NOVARE
Bataille de
1849
• 1849: 20 mars •

Novarina
Maurice
Né en 1907
Architecte.
• 1950: 4 août •

Novarina
Valère
Né en 1942
Fils de Maurice Novarina. Écrivain.
• 1984: 4 juillet • 1987: septembre •

Noverre
Jean-Georges
1727-1810
Chorégraphe. Maître de ballet de l'Opéra de Paris.
• 1760: autres événements; *biographie* dans autres événements •

Novi
Bataille de
• 1794: *introduction La République thermidorienne* • 1799: 10 mai; 15 août •

Noyon
Cathédrale de
• 1153: dans *Le temps des cathédrales* dans autres événements • 1157: autres événements •

Noyon
Traité de
1516
• 1516: 13 août • 1517: 11 mars •

NRF (La)
Maison d'édition.
• 1909: février • 1927: mars •

NRF (La)
Revue.
• 1909: février; dans *Gide* en février • 1913: 23 octobre • 1919: 1er juin • 1920: juillet; dans *Paulhan* en juillet • 1940: 9 novembre • 1946: avril • 1953: janvier • 1967: octobre •

Nucci
Christian
Né en 1939
Ministre.
• 1983: 22 mars • 1984: 17-18 juillet • 1986: 28 avril • 1990: 4 avril • 1992: 1er avril •

Nucléaire civil et militaire
• 1939: autres événements • 1945: 18 octobre • 1946: 10 janvier; 1er avril • 1948: 15 décembre • 1949: juillet • 1950: 18 mars; 2-6 avril; 28 avril • 1952: 12-15 février; 3 juillet • 1954: 3 octobre • 1956: 5 juin; 28 septembre; 3 décembre • 1957: 23 avril; 2 juillet; 3 juillet; 15 novembre • 1958: *introduction La Ve République: La République gaullienne*; dans *Paul Delouvrier* au 12 décembre • 1960: 13 février • 1961: 7 novembre • 1963: 14 janvier • 1965: *dans Pierre Guillaumat* en décembre • 1966: 25 août-12 septembre • 1967: 21 mai • 1969: mars • 1974: 3 mars; 16 juin • 1976: 15 avril • 1977: juillet-août • 1981: 26 novembre • 1983: 20 janvier • 1985: 10 juillet • 1995: 13 juin; 1er-5 septembre • 1998: 2 février •

Nuit de cristal
1938
• 1938: 7-10 novembre •

Nuit et Brouillard
Décret *Nacht und Nebel*
1941
• 1941: 7 décembre •

Nungesser
Charles
1892-1927
Officier et aviateur.
• 1930: dans *Les ailes françaises* au 1er-2 septembre •

Nu-Pieds
Révolte des
1639
• 1636: avril-juin • 1639: juillet • 1640: janvier •

Nuremberg
Tribunal international de
1945-1946
• 1944: dans *Le «parti des fusillés»...* au 28 août • 1945: 20 novembre; *Le procès de Nuremberg* au 20 novembre • 1952: dans *Edgar Faure* au 20 janvier • 1953: 28 janvier •

Nystadt
Paix de
1721
• 1721: 10 septembre •

O

O
François d'
† 1594
Surintendant des finances.
• 1574: *introduction Henri III* • 1588: 13 mai; 8 septembre • 1589: *introduction Henri IV*; novembre • 1594: 25 novembre • 1596: dans *Sully* en juillet •

OAS
(Organisation armée secrète)
• 1949: dans *Georges Bidault* au 28-29 octobre • 1954: dans *La guerre d'Algérie* au 1er novembre • 1958: dans *Raoul Salan* au 9-10 mai; *introduction La Ve République: La République gaullienne*; dans *Michel Debré* en juin-août • 1961: 7 avril; 22-25 avril; dans *L'Algérie française et l'extrémisme* au 22-25 avril • 1962: janvier-février; 7 février; 8-13 février; 15 mars; 19 mars; 23 mars; 26 mars; 14 juin; 17 juin; dans *Les rapatriés d'Algérie* au 1er juillet; 22 août • 1968: 7 juin •

OBALDIA
René de
Né en 1918
Écrivain.
• 1965: 29 novembre •

OBÉLISQUE DE LOUQSOR
• Voir Concorde, Place de la •

OBERG
Karl
1897-1965
Général allemand.
• 1940: *introduction État français et France libre* • 1942: 4 juillet; 4 août •

OBERKAMPF
Christophe-Philippe
1738-1815
Entrepreneur.
• 1759: 21 janvier •

OBERLÉ
Jean
1900-1961
Journaliste.
• 1940: dans *Les Français de Londres* au 7 août •

OBRECHT
Jacob
vers 1450-1505
Musicien.
• 1492: autres événements •

OBSERVATOIRE
Affaire de l'
1959
• 1959: 15 octobre • 1981: dans *François Mitterrand* au 21 mai •

OCCIDENT
Groupe d'extrême droite.
• 1968: 31 octobre •

OCHINO
Bernardino Occhini, dit
1487-1564
Prédicateur et réformateur italien.
• 1562: dans *Castellion* en février-mars •

OCHS
Pierre
1752-1821
Homme politique. Juriste. Historien suisse.
• 1797; 8 décembre • 1798: 16 juin •

OCKEGHEM
Jan ou Johannes
• Voir Jan Ockeghem •

OCTAVIEN
Cardinal. Légat.
• 1200: 8 septembre • 1201: mars •

OCTAVIEN DE SAINT-GELAIS
1468-1502
Évêque d'Angoulême. Auteur.
• 1497: autres événements •

ODÉON
Théâtre de l' (Paris)
• 1782: 9 avril • 1906: autres événements • 1959: 21 octobre • 1965: janvier • 1968: 3 mai • 1983: 16 juin •

ODET D'AYDIE
Bailli du Cotentin. Sénéchal de Carcassonne.
• 1461: *introduction Louis XI* • 1487: 11 février; 9 mars • 1488: 24 avril •

Odilon
† 748
Duc de Bavière de 737 à 748.
• 736 • 741-742 • 743 • 748 •

Odilon
961/962-1049
Abbé de Cluny de 994 à 1049.
• 994: 11 mai • 998: 22 avril • 1016: 6 juillet • 1026: autres événements • vers 1030 • 1040: autres événements • 1049: autres événements • 1049-1052 • 1063: autres événements •

Odin
Jean
1889-1975
Homme politique.
• 1940: dans *Les quatre-vingts* au 10 juillet •

Odoacre
vers 433-493
Roi en Italie de 476 à 493.
• vers 481: *introduction Clovis* • 491 • 493 •

Odon
† 942
Abbé de Cluny de 927 à 942.
• 926-927: janvier • 927: autres événements • 930: autres événements • 931-936 • 942: autres événements • vers 945 •

Odon de Brescia
Légat.
• 1160: 13 novembre •

Odon de Conteville
vers 1030-1097
Demi-frère de Guillaume le Conquérant. Évêque de Bayeux de 1049/1050 à 1097.
• 1077: 14 juillet • 1082 •

Odon de Metz
Architecte.
• 790-799 •

Odorannus de Sens
vers 985-1046
Moine. Auteur. Orfèvre.
• 1015-1018 •

OECE
(Organisation européenne de coopération économique)
• 1948: 16-17 avril • 1950: 7 juillet •

Oersted
Jean-Christian
1777-1851
Physicien danois.
• 1822: 16 février; dans *Ampère* au 16 février •

Œuvre (L')
Quotidien.
• 1915: 10 octobre • 1931: dans *Laval* au 27 janvier • 1940: dans *Les Français de Londres* au 7 août; 10 septembre • 1941: 1er février •

Offa
Roi de Mercie de 757/758 à 796.
• 796: 18 avril •

Offenbach
Jacques
1819-1880
Compositeur.
• 1859: dans *La musique lyrique sous le Second Empire* au 19 mars • 1864: 17 décembre • 1866: 31 octobre •

Office national du blé
• 1936: 14 août •

Offroy
Raymond
Diplomate.
• 1943: 30 juin •

Ogé
Vincent
† 1791
Homme politique haïtien.
• 1791: 26 février •

Ogier
Jean-Baptiste
1862-1932
Ministre.
• 1920: 17-22 janvier •

Ogier de Clugny
Jean-Étienne-Bernard
1729-1776
Contrôleur général des Finances.
• 1776: 21 mai; 21 octobre •

Ogive
Fille d'Édouard Ier de Wessex. Épouse de: 1. Charles III le Simple. 2. Héribert III le Vieux.

• 893: *introduction Charles III le Simple* • 923: 13 juillet • 936: 14 janvier; *introduction Louis IV d'Outremer* • 951: autres événements •

Ohana
Maurice
1914-1992
Compositeur.
• 1951: 2 février • 1954: 13 janvier •

Ohnet
Georges
1848-1918
Écrivain.
• 1882: 28 janvier •

Ohrdruf
Camp de concentration
• 1945: 12 avril •

Oldenbarnevelt
Johan van
1547-1619
Grand Pensionnaire des Provinces-Unies.
• 1598: 7 mars-10 avril • 1619: 13 mai •

Olier
Jean-Jacques
1608-1657
Curé de Saint-Sulpice.
• 1610: *introduction Louis XIII* • 1618: dans *Le siècle des saints* au 7 novembre • 1627: dans *Les débuts de la colonisation* au 29 avril-4 mai • 1641: 29 décembre • 1642: 8 mai •

Oliva
Traité d'
• Voir Nord, paix du •

Olivares
Gaspar de Guzmàn, duc d'
1587-1645
Premier ministre de Philippe IV roi d'Espagne.
• 1622: 7 octobre • 1634: 5-6 septembre • 1637: 15 février •

Olivetan
Pierre-Robert
† 1538
Traducteur.
• 1535: autres événements • 1537: dans *Des Périers et le Cymbalum mundi* dans autres événements •

Olivier
Fernande
Modèle de Picasso.
• 1907: dans *Picasso* en juillet •

Olivier
François
1497-1560
Chancelier du 18 mai 1545 au 28 mars 1560.
• 1545: 18 mai • 1547: 1er avril • 1551: 22 mai • 1560: mars; mai •

Olivier IV de Clisson
† 1407
Fils d'Olivier III de Clisson. Connétable. Seigneur de Clisson. Comte de Porhoët.
• 1372: 8 septembre • 1373: fin juin • 1380: *introduction Charles VI* • 1382: 12 novembre • 1387: juin • 1392: 26 janvier; 13 juin • 1399: 1er novembre •

Olivier de Coëtivy
Sénéchal de Guyenne.
• 1422: *introduction Charles VII* •

Olivier-Martin
Félix
Ministre.
• 1943: 26 mars •

Oller
Joseph
1839-1922
Inventeur du pari mutuel et organisateur de courses hippiques.
• 1891: 2 juin •

Ollier
Claude
Né en 1922
Écrivain.
• 1960: 30 mars •

Ollivier
Albert
1915-1964
Écrivain.
• 1945: octobre • 1946: juin •

Ollivier
Émile
1825-1913
Homme politique. Président du Conseil.
• 1848: 23-24 avril • 1852: *introduction Le Second Empire*; dans *Baroche* au 30 décembre

• 1853: dans *Haussmann et Paris* au 22 juin • 1857: 21-22 juin; *biographie* au 21-22 juin • 1858: 25 avril-10 mai • 1860: dans *Chasseloup-Laubat* au 26 novembre • 1861: 14 janvier; 14 mars • 1864: 16 juin • 1866: 19 mars • 1867: 5 janvier; 12 juillet • 1869: 27 décembre • 1870: 2 janvier; 5 janvier; 10 janvier; 11 janvier; 7 avril; 12 juillet; 9 août • 1874: 3 mars • 1876: dans *Jules Simon* au 13 décembre • 1880: dans *Jules Ferry* au 25 septembre •

OLYMPIA (L')
• 1890: autres événements •

O'MEARA
Barry Edward
1786-1836
Médecin irlandais.
• 1821: dans *La légende napoléonienne* au 5 juillet •

OMER
† 670
Évêque de Boulogne-Thérouanne.
• 638-639 • 651: 27 juin •

OM-VALENCIENNES
Affaire
• 1992: 23 mai •

ONG
(Organisations non gouvernementales)
• 1978: 27 novembre • 1979: *Humanitaire sans frontières* au 26 juin •

ONU
(Organisation des Nations unies)
• 1944: 29 septembre • 1945: 4-11 février; 25 avril; 15 mai; 14 août; 1er novembre • 1946: 10 janvier • 1948: 10 décembre •

OPÉRA-BASTILLE
(Paris)
• 1988: dans *Les chantiers du président* au 4 mars • 1989: 31 juillet •

OPÉRA-COMIQUE
(Paris)
• 1806: 8 juin • 1893: 11 février •

OPÉRA-GARNIER
(Paris)
• 1780: autres événements • 1857: dans *Viollet-le-Duc* dans autres événements • 1861: autres événements • 1863: mai • 1869: autres événements • 1875: 5 janvier • 1963: autres événements •

OPHULS
Marcel
Né en 1927
Cinéaste.
• 1971: 5 avril •

OPHULS
Max
1902-1957
Cinéaste et metteur en scène français d'origine allemande.
• 1950: 27 septembre • 1952: mars • 1955: 23 décembre •

OPPENHEIMER
Robert
1904-1967
Physicien américain.
• 1943: décembre •

ORA
(Organisation de résistance de l'armée)
1942
• 1940: *introduction État français et France libre* • 1942: 27 novembre • 1944: 1er février •

ORADOUR-SUR-GLANE
Massacre d'
1944
• 1944: 10-11 juin • 1953: 12 janvier-19 février; 28 janvier •

ORANGE
• Voir aussi Nassau •

ORANGE
Frédéric-Henri, comte de Nassau, prince d'
1584-1647
Fils de Guillaume d'Orange dit le Taciturne. Prince d'Orange. Stathouder.
• 1625: 25 mai • 1635: 8 février • 1637: mai-octobre • 1667: dans *Turenne* en mai •

ORANGE
Guillaume II de Nassau, prince d'
1626-1650
Fils d'Henri-Frédéric de Nassau. Prince d'Orange. Stathouder.
• 1635: 20 mai-26 juillet •

Orléans
Sainte-Croix d'
• 987: 25 décembre • 989: autres événements • 1020: dans *Cathédrales pré-romanes* •

Orléans
Siège d'
1428-1429
• 1428: 12 octobre; 30 décembre • 1429: dans *Jeanne d'Arc* au 8 mars; 28 mai; 8 mai • 1466-1477 •

Orlhac
Urbain d'
• Voir Noël, Bernard •

Ormée (L')
• 1652: 24-25 juin; *L'Ormée* au 24-25 juin • 1653: mars-août • Voir Fronde •

Ormesson
Henri IV François de Paule Lefebvre, marquis d'
1751-1808
Magistrat.
• 1792: 21 novembre •

Ormeteau-Ferré
Paix de L'
1113
• 1113: mars •

Ornano
Alphonse d'
1548-1610
Lieutenant général en Dauphiné.
• 1589: 13 septembre • 1593: 18-21 septembre • 1594: 8 février •

Ornano
Jean-Baptiste d'
1581-1626
Gouverneur de Gaston d'Orléans frère du roi Louis XIII. Maréchal de France.
• 1624: 20 mai; 22 août • 1626: mai-juin; 1er-9 juin •

Ornano
Michel d'
Né en 1924
Ministre.
• 1974: 28 mai • 1976: 27 août • 1977: 31 mars • 1978: 4-6 avril •

Ornano
Philippe Antoine, comte d'
1784-1863
Maréchal de France.
• 1861: 2 avril •

Orry
Philibert
1689-1747
Intendant de Flandre. Contrôleur général des Finances.
• 1715: *introduction Louis XV* • 1730: 19 mars; *biographie* au 19 mars; mai; 29 mai • 1731: autres événements • 1733: autres événements • 1736: 11 novembre • 1737: 18 janvier; 20 mars • 1738: 13 juin; autres événements • 1740: 1er janvier • 1741: 29 août; autres événements • 1743: 29 janvier • 1744: 14 janvier; 17 décembre • 1745: décembre; autres événements •

Orsay
Gare d'
• 1900: 14 juillet • 1986: 1er décembre •

Orsay
Musée d'
• 1966: dans *Les grandes expositions et les musées* en juin • 1986: 1er décembre •

Orseolo
Pierre
Doge de Venise. Moine à partir de 978.
• vers 984 •

Orsini
Felice
1819-1858
Patriote italien.
• 1852: dans *Pyat* au 22 juillet; *introduction Le Second Empire* • 1854: dans *Billault* au 23 juin • 1858: 14 janvier; 28 janvier; 8 février; 25-26 février; 12 mars; 13 mars; 11 juin •

Ortega y Gasset
José
1883-1955
Écrivain espagnol.
• 1937: autres événements •

ORTF
(Office de la radio-télévision française)
• 1964: 25 juin • 1969: 26 juin • 1972: 14 juillet • 1982: 30 juillet •

Ortiz
Joseph
Né en 1917
Partisan de l'Algérie française.
• 1960 : 24 janvier-1er février • 1961 : dans *L'Algérie française et l'extrémisme* au 22-25 avril •

Ortoli
François-Xavier
Né en 1925
Ministre.
• 1967 : 26-28 avril • 1968 : 1er juin ; 10 juillet • 1969 : 21 juin •

Orwell
George
1903-1950
Écrivain britannique.
• 1926 : dans *Les Russes en France* au 14 avril • 1947 : 15 octobre • 1950 : mai •

Ory
Mathieu
Inquisiteur.
• 1536 : 30 mai • 1540 : 23 juin •

Oscar II
1829-1907
Roi de Suède de 1872 à 1907.
• 1889 : autres événements •

Ossat
Arnaud d'
1536-1604
Cardinal.
• 1595 : 30 août • 1599 : 3 mars •

Ossian
Héros et barde légendaire écossais.
• 1801 : autres événements •

Osusky
Stefan
1919-1953
Diplomate tchèque.
• 1938 : 9 juin ; 20-25 juillet •

OTAN
(Organisation du traité de l'Atlantique-Nord)
• 1949 : 16 mars ; 4 avril ; 27 juillet • 1950 : 16 avril ; 27 octobre ; 19 décembre • 1952 : dans *L'anti-américanisme* au 28 mai • 1954 : 9 septembre ; 3 octobre ; 23 octobre • 1955 : 5 mai • 1966 : 7 mars • 1999 : 23 mars •

Othée
Bataille d'
1408
• 1408 : 23 septembre •

Othon
Maire du palais d'Austrasie à partir de 640.
• 640 •

Oton de Grandson
vers 1340/1350-1397
• 1397 : 7 août •

Ott
Carlos
Né en 1947
Architecte canadien.
• 1989 : 13 juillet •

Otte-Guillaume
† 1026
Fils d'Aubert II d'Ivrée, roi d'Italie. Fils adoptif de Otte-Henri. Comte de Mâcon. Duc de Bourgogne de 1002 à 1006.
• 1002 : 15 octobre • 1003 : autres événements • 1006 : autres événements • 1016 : janvier •

Otte-Henri
vers 948-1002
Fils de Hugues le Grand. Duc de Bourgogne de 965 à 1002.
• 923 : dans *Hugues le Grand* après le 27 août • 965 : 23 février • 971 • 974 : 26 mai • 978 : juin • 987 : *introduction Hugues Capet* • 1002 : 15 octobre •

Otto
Listes
• 1940 : 28 septembre •

Otto
Nicolas
1832-1891
Ingénieur.
• 1895 : dans *L'automobile* en juin •

Ottoman
Empire
• 1808 : janvier • 1821 : 7 avril • 1824 : mai • 1826 : 4 avril • 1827 : 6 juillet ; 8 septembre ; 20 décembre • 1828 : 26 avril ; 17 juin • 1829 : 7 août-14 septembre • 1839 : 25 mai ; 24 juin-4 juillet ; 27 juillet ; 25-27 août ; 14 septembre ; 25 novembre

• 1841: 31 janvier • 1853: 30 novembre • 1876: 31 octobre • 1877: 31 mars; 24 avril; 10 décembre • 1878: 13 juin-14 juillet • 1880: août • 1881: 7 janvier; 12 février; 27 avril • 1882: 25-29 mai; 15 juillet • 1886: 23 avril •

OTTON
Fils de Charles de Lorraine.
• 954: *introduction Lothaire III* •

OTTON
Fils de Lothaire III. Chanoine de Reims.
• 954: *introduction Lothaire III* •

OTTON Ier
912-973
Fils d'Henri Ier l'Oiseleur. Roi de Germanie. Roi des Francs et des Lombards de 951 à 973. Empereur germanique de 962 à 973.
• 936: *introduction Louis IV d'Outremer* • 937: 11 juillet • 939 • 940 • 942: printemps; septembre-novembre • 944: autres événements • 946: avant le 1er juillet • 947: 10 avril; 11 avril • 948: 7-8 juin; autres événements • 949: 22 avril • 950: autres événements • 951: 30 mars • 953: autres événements • 954: 10 septembre; *introduction Lothaire III* • 962: 2 février • 965: 2 juin • 966: autres événements • 967: octobre • vers 972 • 972: mai • 973: 7 mai •

OTTON Ier
1815-1867
Fils de Louis Ier de Bavière. Roi de Grèce de 1832 à 1862.
• 1815: *introduction La seconde Restauration* • 1832: 7 mai •

OTTON II
955-983
Fils d'Otton Ier. Empereur germanique de 973 à 983.
• 954: *introduction Lothaire III* • 972: autres événements • 973: 7 mai • 974: janvier; autres événements • 977: juin • 978: juin; 1er octobre; fin novembre • 980: mi-juillet • 981: vers mars-avril; autres événements • 982: autres événements • 983: 7 décembre •

OTTON III
980-1002
Empereur germanique de 983/995 à 1002.
• 954: *introduction Lothaire III* • 983: 7 décembre • 983-984: hiver • 984: 26 mars; octobre; novembre • 986: *introduction Louis V* • 987: *introduction Hugues Capet* • 990-1002 • 995: 2 juin • 996: *introduction Robert II le Pieux*; autres événements • 998: autres événements • 1001 •

OTTON IV
Comte de Bourgogne.
• 1285: autres événements • 1291: 12 juin • 1294: autres événements • 1295: 2 mars •

OTTON IV DE BRUNSWICK
† 1218
Empereur germanique de 1198 à 1218.
• 1180: *introduction Philippe II Auguste* • 1192: octobre • 1197: 8 septembre • 1198: juin • 1199: 13 janvier • 1208: 5 juin • 1210: janvier • 1211: septembre • 1212: 19 novembre • 1214: 27 juillet •

OTTON DE FREISING
vers 1112-1158
Auteur.
• 1131: 28 novembre •

OUBANGUI-CHARI
• 1940: 26-30 août •

OUDINEAU
Guillaume
Huissier aux comptes. Grand prévôt de l'Union.
• 1588: novembre •

OUDINOT
Nicolas Charles Victor
1791-1863
Général.
• 1849: 25 avril; 14 juillet; 7 août • 1851: dans *Le coup d'État du 2 Décembre: fin de la IIe République* au 2 décembre •

OUDINOT
Nicolas Charles, duc de Reggio
1767-1847
Maréchal de France.
• 1804: dans *Les maréchaux* au 18 mai • 1814: 15 avril • 1815: 9 octobre •

OUDOT
Nicolas
Auteur.
• 1618: autres événements •

OUDRI ODALRIC
† 969
Archevêque de Reims de 962 à 969.
• 962: septembre • 966 • 969: autres événements •

OUDRY
Jean-Baptiste
1686-1755
Peintre. Directeur de la manufacture de Beauvais, puis de celle des Gobelins.
• 1715: *introduction Louis XV* • 1725: autres événements • 1730: autres événements • 1733: autres événements • 1734: autres événements • 1746: autres événements • 1751: autres événements •

OUEN OU DADON
Saint
† 684
Évêque de Rouen de 640 à 684.
• 629: *introduction Dagobert Ier* • 629: dans *Éloi* • vers 634 • 641: 13 mai • 657: 11 septembre-10 novembre • 660: 1er décembre • vers 700 •

OUEST-FRANCE
Journal.
• 1899: autres événements •

OUFKIR
Muhammad
1920-1972
Général et ministre marocain.
• 1965: 29 octobre •

OULIPO
(OUvroir de LIttérature POtentielle)
• 1960: 26 octobre; *L'Oulipo* au 26 octobre •

OUSTRIC
Affaire
1930
• 1908: dans *L'affaire Rochette* au 21 mars • 1914: *introduction La IIIe République: D'une guerre à l'autre* • 1929: dans *Tardieu* au 31 octobre • 1930: 6 novembre-11 décembre; 4 décembre •

OUSTRILLE
† vers 626/627
Évêque de Bourges de 612 environ à 626/627.
• vers 612 •

OUVRARD
Gabriel Julien
1770-1846
Financier.
• 1798: 30 juin • 1801: dans *Barbé-Marbois* au 27 septembre • 1805: septembre; *biographie* en septembre • 1806: 27 janvier; 22 avril • 1816: novembre • 1823: 5 avril; 14 novembre • 1824: 2 janvier; 28-29 juin; 24 décembre • 1825: 2 mai; 19 décembre • 1826: 21 juillet •

OVERLORD
Opération
Débarquement allié en Normandie.
• 1943: 28 novembre-2 décembre • 1944: 6 juin; *introduction Du Gouvernement provisoire à la IVe République* •

OVERNEY
Pierre
1944-1972
Militant maoïste.
• 1972: 25 février; 4 mars •

OVIDE
43-16
Poète latin.
• avant 1328 • 1337: dans *Pétrarque* dans autres événements • 1646: autres événements •

OXENSTIERNA
Axel Gustavsson
1583-1654
Chancelier de Suède.
• 1634: 11 octobre •

OZANAM
Frédéric
1813-1853
Historien et écrivain.
• 1833: mai • 1848: 1er mars • 1903: dans *Sangnier* au 1er juin •

OZAWA
Seiji
Né en 1935
Chef d'orchestre.
• 1983: 28 novembre • 1998: 20 mars •

Ozenfant
Amédée
1886-1966
Peintre.
• 1908: dans *Le cubisme* au 14 novembre • 1918: 18 novembre • 1920: autres événements •

Ozenne
Jules-Antoine-Sainte-Marie
1809-1889
Homme politique, ministre.
• 1877: 23 novembre •

Ozeray
Madeleine
1910-1989
Actrice.
• 1937: 13 mai •

Ozouf
Jacques
Né en 1928
Historien.
• 1947: dans *La nouvelle histoire* au 3 novembre • 1979: dans *François Furet* au 23 janvier •

Ozouf
Mona
Née en 1931
Historienne.
• 1979: dans *François Furet* au 23 janvier •

P

Paalen
Wolfgang
1905-1959
Artiste.
• 1938: 17 janvier •

PAC
(Politique agricole commune)
• 1957: dans *La construction de l'Europe* au 25 mars • 1962: 14 janvier • 1965: 1er juillet • 1991: 28 septembre •

Paccard
Michel
1757-1827
Alpiniste.
• 1786: 8 août •

Pache
Jean-Nicolas
1746-1823
Ministre de la Guerre. Maire de Paris.
• 1792: 3 octobre; 31 décembre • 1793: 2 février; 4 février; 14 février; 15 avril; 1er juillet; 5 septembre; dans *Les Cordeliers* au 17 décembre • 1794: 19 mars; 10 mai; 10 décembre •

Pachet
Pierre
Né en 1937
Écrivain.
• 1967: octobre • 1988: février •

PACS
(Pacte civil de solidarité)
• 1981: *introduction La Ve République: De la France mitterrandienne aux cohabitations politiques* • 1998: mai • 1999: 31 janvier; 13 octobre •

Pacte à quatre
• 1933: 25 mars; 7 juin •

Pacte anglo-polonais
• 1939: 31 mars-13 avril; 25 août •

Pacte d'acier
• 1939: 21 mai •

Pactes de famille
1733, 1743, 1761
• 1733: 7 novembre • 1743: 25 octobre • 1761: 15 août •

Pacte de l'Atlantique Nord
• Voir OTAN •

Pacy-sur-Eure
Bataille de
• 1793: 2 juin; 13 juillet •

Paganon
Joseph
1880-1937
Homme politique, ministre.
• 1933: 31 janvier; 27 octobre; 23-27 novembre • 1934: 29-30 janvier • 1935: 1er juin; 6-7 juin • 1936: 19-31 janvier •

Pagès
Jean-Pierre
1784-1866
Publiciste. Homme politique.
• 1819: 1er juin •

Paget
Étienne
Trésorier de l'épargne.
• 1607: janvier-mars •

Pagnerre
Laurent Antoine
1805-1854
Homme politique et éditeur.
• 1848: 14 janvier; 24 février; 11 mai •

Pagnol
Marcel
1895-1974
Écrivain et cinéaste.
• 1914: *introduction La IIIe République: D'une guerre à l'autre* •

Paine
Thomas
1737-1809
Député à la Convention.
• 1791: 22 février; *biographie* au 22 février; 3 juillet; 6 juillet • 1792: 11 octobre; 21 novembre • 1794: 27 janvier; 3 novembre •

Painlevé
Paul
1863-1933
Président du Conseil.
• 1915: 29 octobre • 1917: 20 mars; 16 avril; 12-19 septembre; 22 octobre; 13 novembre • 1919: 10 octobre • 1924: 12-14 juin • 1925: 14 avril; 17-21 avril;

PARAY-LE-MONIAL
Abbaye de
• 930: dans *Réformes et constructions religieuses au Xe siècle* dans autres événements • 999: mai • 1130: 23 octobre •

PARAZ
Albert
1899-1957
Écrivain.
• 1948: novembre •

PARCHEMINEY
Georges
Psychanalyste.
• 1926: 4 novembre •

PARÉ
Ambroise
1509-1590
Chirurgien.
• 1559: juin-juillet • 1590: décembre • 1601: 27 septembre •

PARÉ
Jules-François
1755-1819
Ministre.
• 1793: 20 août • 1794: 1er février; 8 avril •

PARENT-DUCHÂTELET
Alexis Jean-Baptiste
1790-1836
Médecin.
• 1835: 2 mai •

PARIBAS
(Banque de Paris et des Pays-Bas)
• 1872: autres événements •

PARIEU
Loi
1850
• 1850: 11 janvier •

PARIEU
Marie Pierre Louis Félix Esquirou de
1815-1893
Économiste. Homme politique, ministre.
• 1849: 31 octobre; 13 décembre • 1851: 9 janvier • 1870: 2 janvier •

PARIJANINE
Maurice
1883-1937
Écrivain et journaliste.
• 1928: juin •

PARINAUD
André
Né en 1924
Journaliste et critique d'art.
• 1951: avril • 1952: avril •

PARIS
Accords de
1205
• 1205: 13 novembre •

PARIS
Auguste-Joseph
1826-1896
Avocat. Homme politique, ministre.
• 1877: 17 mai •

PARIS
Concile de
614
• 614: 10-18 octobre •

PARIS
Conférence de
1946
• 1946: 29 juillet •

PARIS
Libération de
• 1944: 19 août-25 août •

PARIS
Louis-Philippe-Albert d'Orléans, comte de
1838-1894
Petit-fils de Louis-Philippe Ier.
• 1838: 24 août • 1842: 13 juillet; dans *Ferdinand d'Orléans* au 13 juillet • 1848: 24 février; *introduction La IIe République* • 1850: 26 août • 1871: 30 juin • 1873: 5-6 août • 1883: 24 août • 1886: 15 mai; 22 juin • 1887: 15 septembre • 25-29 novembre • 1888: 6 juillet • 1889: 22 septembre-6 octobre • 1890: 7 février; 23 septembre • 1892: 11 février • 1893: 20 janvier • 1894: 8 septembre •

Paris
Philippe d'Orléans, comte de
1869-1926
Fils de Louis-Philippe d'Orléans, comte de Paris.
• 1830: *introduction La monarchie de Juillet*
• 1890: 7 février • 1899: 23 février •

Paris
Siège de
1590
• 1590: avril-août •

Paris
Traité de
1258
• 1209: dans *Les Montfort (1165-1265)* au printemps • 1258: 28 mai • 1259: 4 décembre • 1271: autres événements •

Paris
Traité de
1320
• 1320: autres événements •

Paris
Traité de
1355
• 1355: 5 janvier •

Paris
Traité de
1657
• 1657: 23 mars •

Paris
Traité de
1763
• 1762: 3 novembre • 1763: 10 février; 14 mai •

Paris
Traité de
1814
• 1814: 30 mai; juillet •

Paris
Traité de
1815
• 1815: 16 septembre; 20 septembre; 20 novembre; 28 décembre • 1818: 15 avril •

Paris
Traité de
1856
• 1852: *introduction Le Second Empire*
• 1856: 30 mars • 1870: 30 octobre •

Pâris
Antoine
1668-1733
Banquier.
• 1718: septembre • 1719: 27 août • 1721: 26 janvier • 1722: 21 avril • 1730: dans *Philibert Orry* au 19 mars •

Pâris
Claude, dit la Montagne
1670-1745
Banquier.
• 1718: septembre • 1719: 27 août • 1721: 26 janvier • 1722: 21 avril • 1730: dans *Philibert Orry* au 19 mars •

Pâris
François de
1690-1727
Diacre.
• 1715: *introduction Louis XV* • 1727: 1er mai • 1731: 15 juillet • 1732: 29 janvier; 30 janvier • 1737: 29 juillet •

Pâris
Jean, dit Montmarel
1690-1766
Banquier.
• 1718: septembre • 1719: 27 août • 1721: 26 janvier • 1722: 21 avril • 1730: dans *Philibert Orry* au 19 mars •

Pâris
Joseph, dit Duverney
1684-1770
Banquier.
• 1718: septembre • 1719: 27 août • 1721: 26 janvier • 1722: 21 avril • 1725: 8 juin
• 1730: dans *Philibert Orry* au 19 mars
• 1775: dans *Beaumarchais* au 23 février •

Pâris
Philippe-Nicolas de
1763-1793
Membre de la garde constitutionnelle du roi.
• 1793: 20 janvier •

Parti socialiste français
1902
• 1870 : *introduction La IIIe République : De la chute du Second Empire à la Première Guerre mondiale* • 1902 : 24 mars • 1905 : 23-26 avril •

Parti socialiste révolutionnaire
• 1899 : 3-8 octobre • 1901 : 30 juin •

Particelli d'Émery
Michel
1596-1650
Surintendant des finances.
• 1647 : 18 juillet • 1648 : 11-14 janvier ; 15 janvier ; 12 avril-16 mai ; 9 juillet • 1649 : 8 novembre • 1650 : 23 mai •

Pascal
Blaise
1623-1662
Fils d'Étienne Pascal. Mathématicien. Écrivain.
• 1616 : dans *Les libertins érudits* dans autres événements • 1618 : dans *Les jésuites* au 15 février • 1623 : dans *Mersenne* dans autres événements • 1637 : dans *Les Solitaires de Port-Royal* au 24 août • 1638 : 24 mars • 1640 : janvier ou février • 1641 : dans *Salons, mondains et précieuses* au 24 mars • 1642 : autres événements • 1643 : introduction Louis XIV • 1647 : autres événements • 1652 : autres événements • 1654 : 24 novembre ; dans *Cyrano de Bergerac* dans autres événements ; autres événements • 1656 : 27 janvier ; dans *La querelle janséniste* au 27 janvier ; *biographie* au 27 janvier ; 24 mars • 1657 : 6 septembre • 1659 : autres événements • 1662 : 18 mars • 1670 : 2 janvier • 1692 : dans *Le second jansénisme* dans autres événements • 1874 : dans *Boutroux* au 28 novembre • *Mauriac* en février ; autres événements • 1953 : 5 janvier •

Pascal
Étienne
† 1651
Mathématicien.
• 1623 : dans *Mersenne* dans autres événements • 1638 : 24 mars • 1656 : dans *Pascal* au 27 janvier •

Pascal
Jacqueline, en religion sœur Jacqueline Sainte-Euphémie
1623-1662
Fille d'Étienne Pascal et sœur de Blaise Pascal. Moniale à Port-Royal.
• 1652 : autres événements • 1656 : dans *Pascal* au 27 janvier •

Pascal Ier
† 824
Pape de 817 à 824.
• 814 : *introduction Louis le Pieux* • 817 : janvier • 823 : 5 avril ; 1er novembre •

Pascal II
(Rainier)
† 1118
Pape de 1099 à 1118.
• 1060 : *introduction Philippe Ier* • 1106 : 25 décembre • 1107 : 4-8 février ; 9 mars ; 24 mars ; 30 avril ; 23 mai ; autres événements • 1108 : *introduction Louis VI* • 1112 : autres événements •

Pascal III
(Guido di Crema)
† 1168
Antipape de 1164 à 1168.
• 1137 : *introduction Louis VII* •

Pascalis
† 1790
Homme de loi.
• 1790 : 14 décembre •

Paschase Radbert
Moine. Auteur.
• 836-852 •

Pas-de-Calais
Bassin houiller
• 1847 : autres événements •

Pasdeloup
Jules
1819-1887
Chef d'orchestre.
• 1861 : 27 octobre •

Pasqua
Charles
Né en 1927
Homme politique, ministre.
• 1986 : 20 mars ; 18 octobre • 1992 : 20 septembre • 1993 : 29 mars ; dans *Édouard Balladur* au 29 mars • 1995 : janvier ; dans *Jacques Chirac* au 7 mai ; dans *Alain Juppé* au 18 mai • 1999 : 9-16 avril •

Pasqua
Lois
Sur l'immigration et le séjour des étrangers.
• 1993 : 24 août • 1997 : août •

Pasquet
Louis
1867-1931
Ministre.
• 1926 : 18-19 juillet •

Pasqueten
Gendre de Salomon, « roi » de Bretagne.
• 874 : autres événements •

Pasquier
Commandant.
• 1904 : 28 octobre •

Pasquier
Étienne
1529-1615
Avocat, historien.
• 1557 : dans *Cujas* dans autres événements • 1560 : autres événements ; *biographie* dans autres événements • 1563 : 17 août • 1565 : autres événements • 1574 : *introduction Henri III* • 1587 : 7 novembre • 1589 : dans *La propagande ligueuse* en décembre • 1594 : autres événements • 1602 : autres événements • 1621 : autres événements • 1623 : dans *Garasse* en août •

Pasquier
Étienne Denis, baron puis duc
1767-1862
Homme politique, ministre.
• 1810 : 14 octobre • 1815 : 7 juillet • 1815 : *introduction La seconde Restauration* ; 14 juillet : 16 septembre ; 18 septembre ; dans *De Serre* au 29 octobre • 1816 : 4 novembre • 1817 : 19 janvier • 1818 : 28 novembre ; 21-26 décembre • 1819 : 20 novembre • 1820 : 15 février ; 20 février • 1826 : 28 mars-8 avril • 1830 : 3 août • 1837 : 27 mai •

Pasquini
Pierre
Né en 1921
Ministre.
• 1995 : 18 mai •

Passage du Rhin
12 juin 1672
• 1667 : dans *Les architectes de Louis XIV* au 14 mai ; autres événements • 1668 : dans *Le Grand Condé* au 1er-19 février • 1672 : 12 juin •

Passerat
Jean
Auteur.
• 1593 : dans *Le chant du cygne des libellistes* au 1er-9 août •

Passy
André Dewavrin, dit colonel
1911-1998
Résistant, chef du BCRA.
• 1940 : 7 août, *biographie* au 7 août • 1941 : 29 août • 1942 : dans *Jean Moulin* au 1er janvier ; octobre • 1943 : 27 février-10 mars • 1944 : dans *Pierre Brossolette* au 22 mars •

Passy
Frédéric
1822-1912
Économiste.
• 1901 : 10 décembre •

Passy
Hyppolyte Philibert
1793-1880
Homme politique, ministre.
• 1834 : 10 novembre • 1836 : 22 février • 1839 : 16 avril ; 28 avril ; 12 mai ; 14 mai • 1848 : 20 décembre • 1849 : 2 juin •

Passy
Louis
1830-1913
Économiste.
• 1895 : 28 octobre •

Pasternak
Boris
1890-1960
Écrivain russe.
• 1935 : 21-25 juin •

PAUL
Comte.
• 672 • 673 : septembre •

PAUL
Karageorgévic (prince)
1893-1976
Régent de Yougoslavie de 1939 à 1941.
• 1941 : 25-27 mars •

PAUL
Marcel
1900-1982
Ministre.
• 1945 : 21 novembre • 1946 : 23-29 janvier ; 29 mars-8 avril ; 19-26 juin •

PAUL Ier
† 767
Pape de 757 à 767.
• 751 : *introduction Pépin le Bref* • 760 •

PAUL Ier
1754-1801
Fils de Catherine II impératrice de Russie. Tsar de Russie de 1796 à 1801.
• 1782 : 20 mai • 1792 : *introduction La république jacobine* • 1796 : 7 novembre • 1799 : *introduction Napoléon Bonaparte* • 1801 : 20 janvier ; 24 mars •

PAUL II
(Pietro Barbo)
† 1471
Pape de 1464 à 1471.
• 1461 : *introduction Louis XI* • 1464 : 10 septembre • 1470 : autres événements •

PAUL III
(Alexandre Farnèse)
† 1549
Pape de 1534 à 1549.
• 1515 : *introduction François Ier* • 1534 : 13 octobre • 1536 : janvier-juin • 1538 : 18 juin ; 14 juillet • 1547 : *introduction Henri II* ; 20 septembre • 1548 : juin ; septembre • 1549 : 3 juillet ; 10 novembre •

PAUL IV
(Giampiero Carafa)
1476-1559
Pape de 1555 à 1559.
• 1547 : *introduction Henri II* • 1555 : 23 mars ; mai-juin ; 14 octobre • 1556 : mars-juillet • 1557 : janvier-février ; 9 avril ; 25 avril ; mai-juillet ; 12 décembre •

PAUL V
(Camillo Borghese)
Pape de 1605 à 1621.
• 1589 : *introduction Henri IV* • 1605 : 5 mars • 1606 : 16 avril ; 14 septembre • 1607 : janvier-avril • 1610 : *introduction Louis XIII* •

PAUL VI
(Giovanni Battista Montini)
1897-1978
Pape de 1963 à 1978.
• 1958 : *introduction La Ve République : La République gaullienne* • 1963 : 3 juin • 1968 : 29 juillet • 1969 : *introduction La Ve République : De l'héritage du gaullisme à la victoire de la gauche* •

PAUL DE VERDUN
• 629 : *Introduction Dagobert Ier* •

PAUL DIACRE
Auteur.
• 783-786 • 786-792 •

PAUL ÉMILE
Auteur.
• 1483 : *introduction Charles VIII* •

PAUL-BONCOUR
Joseph
1873-1972
Président du Conseil.
• 1911 : 2-6 mars • 1922 : 28 mars • 1927 : 3-7 mars ; 15 avril • 1932 : 3-7 juin ; 16 décembre • 1933 : 26-28 janvier ; 31 janvier ; 27 octobre ; 23-27 novembre • 1934 : 3 février ; dans *Débats stratégiques et tactiques* au 5 mai • 1936 : 19-31 janvier • 1938 : 14 mars ; 18-24 mars ; dans *Munichois et anti-munichois* au 4 octobre • 1940 : 14-15 mars ; 5 juillet ; 6 juillet ; dans *Les quatre-vingts* au 10 juillet •

PAULET
Charles
Financier.
• 1604 : 8 et 12 décembre •

PAULET
Jean-Jacques
1740-1826
Médecin. Botaniste.
• 1776 : autres événements •

PAULETTE
1604
• 1567: décembre • 1589: *introduction Henri IV* • 1598: juin • 1604: 8 et 12 décembre • • 1615: 23 février; 23 mai • 1617: 4 décembre • 1620: septembre-octobre • 1648: 12 avril-16 mai •

PAULHAN
Jean
1884-1968
Écrivain.
• 1916: autres événements • 1917: 15 mars • 1918: juillet • 1919: mars • 1920: juillet; *biographie* en juillet • 1924: juin • 1927: mars • 1933: dans *Malraux* au 7 décembre • 1935: 15 janvier • 1937: dans *Auguste Detœuf et les Nouveaux Cahiers* au 15 mars • 1938: février • 1941: septembre • 1942: 20 septembre • 1944: 20 octobre • 1945: dans *Intellectuels: épurateurs et épurés* au 13 janvier; octobre • 1946: avril; 23 novembre • 1947: 13 janvier; février; avril • 1948: juin; dans *L'art brut* en juin; autres événements • 1951: avril • 1952: février • 1953: janvier • 1956: 29 décembre • 1970: 22 janvier •

PAULMY
Antoine-René de Voyer, marquis de
1722-1787
Secrétaire d'État à la Guerre.
• 1757: 1er février • 1758: 3 mars •

PAULUS
Friedrich
1890-1957
Maréchal allemand.
• 1943: 31 janvier-2 février •

PAULUS
Paul Habans, dit
1845-1908
Chansonnier.
• 1902: dans *L'âge d'or du Caf'Conc'* au 18 novembre •

PAULYANTHE
Auteur dramatique.
• 1823: 2 juillet •

PAUMELLE
Philippe
1923-1974
Psychiatre.
• 1957: autres événements •

PAUMIER
Jean Serve, dit
Maître drapier.
• 1579: février • 1580: février-mars •

PAUVERT
Jean-Jacques
Né en 1926
Éditeur.
• 1953: juillet • 1956: 29 décembre •

PAVIE
Bataille de
1525
• 1515: *introduction François Ier* • 1524: octobre-décembre • 1525: 24 février • 1526: mars •

PAXTON
Robert Owen
Né en 1932
Historien américain.
• 1940: 22 juillet • 1973: 27 janvier •

PAYAN
Joseph-François
1759-1852
Agent national de la Commune de Paris.
• 1794: 28 mars; 14 juillet; 16 juillet; 27 juillet •

PAYE
Lucien
Né en 1907
Ministre.
• 1961: 20 février; 24 août •

PAYSANS
Guerre des
1524-1525
• 1524: autres événements •

PAYS-BAS
• 1815: 9 juin • 1830: 25 août; 7 septembre; 4 novembre • 1831: 10 mai; 3 août; 15 octobre • 1832: 22 octobre • 1833: 21 mai • 1838: mars • 1863: mars •

PAYS-BAS
États généraux des
• 1578: 31 janvier; mars • 1579: 6, 23 janvier •

PAZ
Magdeleine
1889-1973
Écrivain et essayiste.
• 1935: 21-25 juin • 1936: 19-23 août •

PC PUIS PCF
Parti communiste français
• 1920: dans *Le congrès de Tours* au 25-30 décembre • 1921: 25-31 décembre • 1922: 15-19 octobre; décembre • 1923: 1er janvier • 1924: 20-24 janvier • 1925: dans *Doriot, du PC au PPF* au 4 février • 1926: 6 mars • 1928: 17 juillet-1er septembre • 1930: dans *Thorez* au 23 avril • 1931: décembre • 1934: 23-27 juin; 27 juillet • 1935: dans *Les compagnons de route* au 21-25 juin • 1936: 22-25 janvier; dans *Aragon* au 9 décembre • 1938: dans *Munichois et antimunichois* au 4 octobre; 27-29 octobre; 21 novembre • 1939: 25 août; 11 septembre; 26 septembre; 10 novembre • 1940: 10 janvier; 20 janvier; 20 mars-30 avril; avril; 14 juin; *Communistes et occupants* au 19 juin; introduction *État français et France libre*; 13 juillet • 1941: 4 janvier; 18-19 mars; avril; juin; 9-15 août; 21 août; 20-23 octobre • 1942: 28 novembre; • 1943: 11 janvier; 21 juin; 24 juin; 25 août; octobre • 1944: 4 avril; 24 mai; dans *Georges Guingouin* au 17-24 juillet: 9 août; 25 août; 28 août; dans *Le «parti des fusillés»...* au 28 août; *introduction Du Gouvernement provisoire à la IVe République*; 3 septembre-28 octobre; 14-18 septembre; 28-29 octobre; 1er novembre; 4 décembre; 15-17 décembre; 21 décembre • 1945: 21-23 janvier; février; mars; 28 avril; 29 avril; 13 mai; 12 juin; 10-14 juillet; 29 octobre; 13-19 novembre; 21 novembre; 23 novembre • 1946: 20 janvier; 31 janvier; 6-8 avril; 19-20 avril; 2 juin • *introduction La IVe République* • 1947: 22-27 septembre; 16 octobre • 1948: 28 juin • 1951: 7 mai • 1954: 19 septembre; 3 décembre • 1956: 22 novembre • 1961: 13-15 février • 1963: 27 novembre, 7-8 décembre • 1964: 11 juillet • 1969: *introduction La Ve République: De l'héritage du gaullisme à la victoire de la gauche* • 1970: 4-8 février; dans *Les gauchistes* au 27 mai • 1972: 27 juin; 17 décembre; dans *Georges Marchais* au 17 décembre • 1976: 4-8 février • 1981: dans *François Mitterrand* au 21 mai • 1994: dans *Robert Hue* au 25-28 janvier •

PÉAN
Pierre
Né en 1938
Journaliste.
• 1981: dans *François Mitterrand* au 21 mai • 1994: septembre •

PECHINEY
• 1825: dans *Kuhlmann et Péchiney* dans autres événements •

PÉCOUR
Louis-Guillaume
1653-1729
Chorégraphe.
• 1700: autres événements •

PÉGUY
Charles
1873-1914
Écrivain.
• 1889: dans *Bergson* au 28 décembre • 1900: 5 janvier: *biographie* au 5 janvier • 1902: dans *Combes* au 7 juin • 1905: 22 octobre • 1913: 16 février; 27 avril • 1914: 5 septembre; dans *Écrivains et professeurs au combat* au 5 septembre • 1916: dans *Romain Rolland* en décembre • 1926: dans *Bernanos* en mars • 1931: dans *Au-delà de la droite et de la gauche* en novembre • 1932: dans *Les fondateurs d'Esprit* en octobre • 1939: juillet • 1940: 28 septembre •

PEI
Ieoh Ming
Né en 1917
Architecte sino-américain.
• 1988: 4 mars •

PEINE DE MORT
Abolition de la
1981
• 1981: *introduction La Ve République: De la France mitterrandienne aux cohabitations politiques*; 18, 30 septembre • 1982: 9-10 octobre •

PEIRE CARDENAL
vers 1180-1280
Troubadour.
• vers 1140: dans *Les premiers troubadours* •

Peire Vidal
† après 1204/1207
Troubadour.
• vers 1200 •

Péju
Élie
1901-1969
Fondateur du mouvement Franc-Tireur.
• 1940: décembre •

Pékin
• 1860: 18 octobre • 1861: 22 mars •

Pékin
Traités de
24-25 octobre 1860
• 1860: dans *L'ouverture des ports de Chine au commerce occidental* au 18 octobre •

Pélage Ier
† 560
Pape de 556 à 560.
• 511: *introduction De quatre à un royaume franc* •

Pélage II
† 590
Pape de 578 à 590.
• 561: *introduction De quatre à un royaume franc* •

Pelat
Roger-Patrice
† 1989
Homme d'affaires.
• 1989: 16 février • 1992: dans *Pierre Bérégovoy* au 2 avril •

Pèlerin (Le)
1873
Journal.
• 1873: 12 juillet •

Pelet de la Lozère
Jean Pelet, dit
1759-1842
Homme politique, ministre.
• 1836: 22 février • 1840: 1er mars •

Peletier du Mans
Jacques
1517-1582
Humaniste, membre de la Pléiade.
• 1549: dans *La Pléiade* dans autres événements • 1555: autres événements; *biographie* dans autres événements •

Péligot
Eugène Melchior
1811-1890
Chimiste.
• 1825: dans *Kuhlmann et Péchiney* dans autres événements •

Pélissier
Aimable Jean Jacques, duc de Malakoff
1794-1864
Maréchal de France.
• 1845: 25 juin • 1852: 4 décembre • 1855: 17 mai; 7 juin; 12 septembre • 1860: 26 novembre • 1863: 6 février • 1864: juin •

Pélissier
Jean
1883-1939
Journaliste.
• 1914: 26 avril •

Pella
Giuseppe
1902-1981
Président du Conseil italien.
• 1946: *introduction La IVe République* •

Pellegrin
Simon Joseph
1663-1745
Abbé. Librettiste.
• 1733: autres événements •

Pelletan
Camille
1846-1915
Homme politique, ministre.
• 1880: 16 janvier • 1881: 5 septembre • 1883: mars • 1887: 11 juillet; *biographie* au 11 juillet • 1888: 30 mars • 1889: 22 septembre-6 octobre • 1902: 7 juin •

Pelletan
Eugène
1813-1884
Homme politique, ministre.
• 1865: 13 juin • 1870: 4 septembre • 1871: 3 février •

Pelletier
Émile
1898-1975
Homme politique, ministre.
• 1958 : 1er juin •

Pelletier
Jacques
Né en 1929
Homme politique, ministre.
• 1988 : 8 mai •

Pelletier
Joseph
1788-1842
Chimiste.
• 1825 : dans *Kuhlmann et Péchiney* dans autres événements •

Pelletier
Madeleine
1874-1939
Aliéniste. Féministe.
• 1904 : 1er février ; *biographie* au 1er février •

Pelletier-Doisy
Georges
1892-1953
Aviateur. Général.
• 1924 : 9 juin •

Pellier
Manège.
• 1830 : 25 septembre •

Pellieux
Georges Gabriel de
1842-1900
Général.
• 1897 : 16 novembre ; 3 décembre • 1898 : 13 janvier • 1899 : 5 mars ; 5 juin • 1903 : 6-7 avril •

Pellisson-Fontanier
Paul
1624-1693
Écrivain.
• 1641 : dans *Salons, mondains et précieuses* au 22 mai • 1657 : dans *Tallemant des Réaux* dans autres événements • 1666 : dans *Les protestants jusqu'en 1685* en avril • 1676 : autres événements •

Pelloutier
Fernand
1867-1901
Syndicaliste libertaire.
• 1892 : 7-8 février • 1894 : 17-22 septembre •

Pelouze
Théophile Jules
1807-1867
Chimiste.
• 1825 : dans *Kuhlmann et Péchiney* dans autres événements •

Penancier
Eugène
1873-1955
Homme politique, ministre.
• 1933 : 31 janvier • 1934 : 29-30 janvier ; 1er février •

Pène
Henri de
1830-1888
Publiciste.
• 1868 : 5 juillet •

Pennac
Daniel Pennachioni, dit Daniel
Né en 1944
Écrivain.
• 1990 : janvier • 1992 : février •

Penni
Luca
vers 1500-1556
Peintre et graveur italien.
• 1530 : dans *La Première École de Fontainebleau* dans autres événements • 1547 : autres événements • 1550 : autres événements • 1556 : autres événements •

Penon
Mgr
Évêque.
• 1900 : dans *Maurras* en juillet •

Pensée (La)
1944
Revue.
• 1945 : janvier •

Pépin
† 761
Fils de Pépin le Bref, roi des Francs.
• 751 : *introduction Pépin le Bref* •

Pépin
† vers 865
Fils de Charles le Chauve.
• 855 : *introduction Charles le Chauve* •

Pépin de Herstal
640/650-714
Maire du palais d'Austrasie vers 680 à 687. Maire du palais de Neustrie-Austrasie et « duc des Francs » de 687 à 714.
• 678 • 679 : 23 décembre • 680 • vers 680 • 687 • 695 • vers 700 • vers 705 : 17 septembre • 711 • 714 •

Pépin de Landen
dit Pépin l'Ancien ou le Vieux
† 640
Maire du palais d'Austrasie.
• 613 • 623 • 629 : *introduction Dagobert Ier* • 639 : 19 janvier • 640 •

Pépin Ier d'Aquitaine
vers 797-838
Fils de Louis le Pieux, empereur. Roi d'Aquitaine de 814 à 838.
• 814 : *introduction Louis le Pieux* • 814 : 27 février • 817 : juillet • 819 : autres événements • 822 : août • 827 : autres événements • 828 : autres événements • 830 : avril ; octobre • 831 : octobre ; décembre • 832 : septembre ; 13 octobre ; Noël • 833 : janvier-février • 834 : 1er mars • 835 : juin • 837 : décembre • 838 : 13 décembre •

Pépin II
vers 823-après 864
Fils de Pépin Ier, roi d'Aquitaine. Roi d'Aquitaine de 838 à après 864.
• 814 : *introduction Louis le Pieux* • 838 : 13 décembre • 839 : 30 mai ; 1er septembre • 841 : janvier ; 25 juin ; juillet ; octobre-novembre • 842 : août • 843 : novembre • 844 : février ; 14 juin ; octobre • 845 : juin ou juillet • 846 : Noël • 848 : mars ; juillet • 849 : janvier • 850 : janvier-février • 852 : septembre • 854 : mars • 858 : juillet • 859 : autres événements • 864 : printemps •

Pépin le Bossu
Fils naturel de Charlemagne.
• 792 •

Pépin le Bref
714/715-768
Fils de Charles Martel, maire du palais. Maire du palais de Neustrie-Burgondie de 741 à 751. Maire du palais de Neustrie-Burgondie-Austrasie de 747 à 751. Roi des Francs de 751 à 768.
• 741 : 22 octobre • 741-742 • 743 • 744 : 3 mars • 745 • 747 • 749 • 750 • 751 : automne • 751-768 •

Pépin
Pierre Théodore Florentin
1780-1836
Révolutionnaire.
• 1835 : 28 juillet • 1836 : 19 février •

Perben
Dominique
Né en 1945
Homme politique, ministre.
• 1993 : 29 mars • 1995 : 7 novembre •

Perceau
Louis
1883-1942
Écrivain.
• 1913 : dans *Apollinaire* au 20 avril •

Percier
Charles
1764-1838
Architecte.
• 1806 : dans *Les architectes* au 15 août • 1811 : 7 mai •

Percin
Alexandre
1846-1928
Général.
• 1921 : 9 octobre •

Percy
Pierre François
1754-1825
Chirurgien.
• 1800 : dans *Une révolution médicale* en juillet •

Perdiguier
Agricol
1805-1875
Compagnon menuisier. Homme politique.
• 1839 : 7 décembre •

Pergaud
Louis
1882-1915
Écrivain.
• 1912: décembre • 1914: dans *Écrivains et professeurs au combat* au 5 septembre •

Pergolèse
Jean-Baptiste (Giambattista Pergollesi)
1710-1736
Compositeur italien.
• 1752: 1er août • 1753: 16 avril • 1920: 18 mai •

Peri
Jacopo
1561-1633
Compositeur italien.
• 1600: autres événements •

Péri
Gabriel
1902-1941
Journaliste et homme politique.
• 1935: 17-28 décembre • 1938: dans *Munichois et antimunichois* au 4 octobre • 1941: avril •

Perier
Casimir
1777-1832
Homme politique. Président du Conseil.
• 1815: *introduction La seconde Restauration* • 1817: 22 mars; 20 septembre • 1826: 15 mai-14 juin • 1830: 27 juillet; 28 juillet; 29 juillet; 31 juillet; 5 août; *introduction La monarchie de Juillet*; 11 août; 29 septembre; 19 octobre; dans *Mérilhou* au 2 novembre; 3 novembre • 1831: 13 mars; *biographie* au 13 mars; 18 mars; 30 mars; 1er août; 4 août; 7 septembre; 10 octobre • 1832: 31 janvier; 12-15 mars; 8 avril; 27 avril; 16 mai • 1836: dans *Molé* au 6 septembre •

Perier
Claude
1742-1801
Banquier et industriel.
• 1831: dans *Casimir Perier* au 13 mars •

Perier
Scipion
1776-1821
Banquier.
• 1818: 29 mai • 1831: dans *Casimir Perier* au 13 mars •

Périer
Auguste-Charles
• 1778: 28 août •

Périer
Jacques-Constantin
1742-1818
Mécanicien.
• 1778: 28 août • 1782: 18 décembre •

Périer
Marguerite
1620-1687
Nièce de Blaise Pascal. Épouse de Florin Périer.
• 1656: 24 mars •

Pérignon
Dom Pierre
1638-1715
Bénédictin.
• 1668: autres événements •

Pérignon
Dominique Catherine, marquis de
1754-1818
Maréchal de France.
• 1794: 27 novembre • 1795: 3 février • 1796: 18 août • 1804: dans *Les maréchaux* au 18 mai •

Périssol
Pierre-André
Né en 1947
Homme politique, ministre.
• 1995: 18 mai •

Pernéty
Antoine-Joseph
1716-1801
Bénédictin. Écrivain.
• 1757: autres événements •

Pernot
Georges
1879-1962
Homme politique, ministre.
• 1929: 31 octobre • 1930: 2 mars • 1934: 8 novembre • 1935: 1er juin • 1939: 13 septembre • 1940: 5 juin •

Pernoud
Laurence
• 1956: autres événements •

Péron
Alfred
• 1942: octobre •

Péronet Lamy
Enlumineur.
• vers 1428-1435 •

Péronne
Dit de
1256
• 1256: 24 septembre •

Péronne
Manifeste de
1585
• 1574: *introduction Henri III* • 1576: mai-juin • 1585: 31 mars • 1588: janvier-février •

Péronne
Traité de
1468
• 1468: 20-29 septembre; 9-14 octobre; 2 novembre • 1470: autres événements •

Perpetuus
Évêque de Tours de 458 à 489.
• 508: autres événements •

Perrault
Charles
1628-1703
Écrivain.
• 1635: dans *L'Académie française* au 25 janvier • 1643: *introduction Louis XIV* • 1674: dans *Boileau* au 10 juillet • 1687: 27 janvier; dans *La querelle des Anciens et des Modernes* au 27 janvier • 1694: 30 août • 1697: 11 janvier • 1698: autres événements •

Perrault
Claude
1613-1688
Architecte. Médecin.
• 1666: 22 décembre • 1667: 14 mai; dans *Les architectes de Louis XIV* au 14 mai • 1673: autres événements •

Perrault
Dominique
Né en 1953
Architecte.
• 1995: 30 mars •

Perrault d'Armancour
Pierre
• Voir Darmancour, Pierre •

Perréal
Jean
vers 1450-1530
Peintre.
• 1502: autres événements • 1513: autres événements • 1516: autres événements •

Perrée
Louis Marie
1816-1851
Publiciste.
• 1836: 1er juillet •

Perrégaux
Jean-Frédéric
1744-1808
Banquier.
• 1796: 29 juin • 1830: dans *Laffitte* au 2 novembre •

Perrenot de Granvelle
Antoine
1517-1586
Diplomate.
• 1555: mai-juin • 1558: octobre-novembre •

Perrenot de Granvelle
Nicolas
1486-1550
Chancelier de Charles Quint.
• 1530: autres événements •

Perret
Auguste
1874-1954
Entrepreneur et architecte.
• 1903: autres événements; dans *Les frères Perret* dans autres événements • 1913: 31 mars • 1922: autres événements • 1925: avril • 1945: autres événements •

PERRET
Claude
1880-1960
Entrepreneur et architecte.
• 1903: autres événements •

PERRET
Gustave
1876-1952
Entrepreneur et architecte.
• 1903: autres événements; dans *Les Frères Perret* dans autres événements •

PERRET
Jacques
1901-1992
Écrivain.
• 1940: dans *Les prisonniers* au 12 juillet •

PERREUX
Accords du
1943
• 1943: 17 avril •

PERRIER
François
1590-1650
Peintre.
• 1645: autres événements • 1647: dans *L'atticisme parisien* dans autres événements •

PERRIER
Léon
1873-1948
Homme politique, ministre.
• 1911: 2-6 mars • 1925: 29 octobre; 28 novembre • 1926: 9 mars; 23 juin; 23 juillet •

PERRIN
Francis
1901-1992
Physicien.
• 1946: 1er avril • 1951: 28 avril •

PERRIN
Jean
1870-1942
Physicien. Homme politique.
• 1926: 12 novembre • 1939: 19 octobre •

PERRIN
Pierre
vers 1625-1675
Poète.
• 1669: 28 juin • 1671: 3 mars • 1672: 13 mars •

PERRONET
Jean-Rodolphe
1708-1794
Directeur de l'École des Ponts et Chaussées. Architecte.
• 1747: 14 février • 1768: autres événements •

PERROS
Georges
1923-1978
Écrivain.
• 1960: mars • 1967: octobre; novembre •

PERROT
Benjamin Pierre
1791-1865
Général.
• 1851: 9 janvier •

PERROT
Michelle
Née en 1928
Historienne.
• 1947: dans *La nouvelle histoire* au 3 novembre • 1991: février 1991-mars 1992 •

PERROT D'ABLANCOURT
Nicolas
1606-1664
Écrivain.
• 1657: dans *Tallemant des Réaux* dans autres événements •

PERROUX
François
1903-1987
Économiste.
• 1943: autres événements • 1944: autres événements • 1949: février •

PERSHING
John
1860-1948
Général américain.
• 1917: 13 juin • 1918: 1er-2 mai • 1937: 1er août •

Persigny
Jean-Gilbert-Victor Fialin, duc de
1808-1872
Homme politique, ministre.
• 1848: 9-14 juin • 1849: 13-14 mai • 1851: 20 août • 1852: 23 janvier; *introduction Le Second Empire* • 1853: 21 juin • 1854: 23 juin • 1860: 26 novembre; *biographie* au 26 novembre •

Persil
Jean-Charles
1785-1870
Homme politique, ministre.
• 1834: 4 avril; 10-13 novembre; 18 novembre • 1835: 12 mars • 1836: 6 septembre •

Personnalisme
• 1931: novembre; dans *Au-delà de la droite et de la gauche* en novembre •

Pertinax
André Géraud, dit
1882-1974
Journaliste.
• 1935: 17-28 décembre • 1938: dans *Munichois et antimunichois* au 4 octobre • 1940: dans *Les Français de Londres* au 7 août •

Pesaro
Giovanni
Représentant de Venise à Paris.
• 1610: *introduction Louis XIII* •

Pesquet
Robert
Homme politique.
• 1959: 15 octobre •

Peste
• avant 600 • 1371-1373 •1630: juillet • 1693: dans *Les crises démographiques* dans autres événements • 1720: 14 juin; 14 septembre • 1721: 6 septembre •

Peste noire
ou Grande Peste
1347-1349
• 1328: *introduction Philippe VI* • 1347: novembre; dans *Les hommes de la Peste noire* en novembre • 1348: autres événements • 1350: *introduction Jean II le Bon* • 1361: avril-juillet •

Pétain
Philippe
1856-1951
Maréchal. Chef de l'État français de 1940 à 1944.
• 1901: dans *Gustave Hervé* au 7 décembre • 1906: dans *Caillaux* au 22 octobre • 1914: *introduction La IIIe République: D'une guerre à l'autre* • 1916: 21-25 février; 9-10 avril; 1er mai; 21-24 octobre; dans *Les généraux de la Grande Guerre* au 26 décembre • 1917: 16 avril; 30 avril; 5-15 mai; 2 juin • 1918: 24-25 mars; 1er-2 mai; 8-10 décembre; 15 décembre • 1920: dans *Blum* au 25-30 décembre • 1924: dans *Herriot* au 12-14 juin • 1925: 18 août; 3 septembre; dans *Ernest Mercier et le Redressement français* au 23 novembre • 1928: dans *La Rocque et les Croix-de-Feu* en janvier • 1931: 22 janvier; dans *Laval* au 27 janvier • 1932: 22 juillet • 1934: 9 février; 5 mai • 1935: dans *Henri Dorgères* en mars; 1er mars; 1er juin • 1938: dans *Georges Bonnet* au 21 juin • 1939: 1er-2 mars • 1940: dans *Paul Reynaud* au 21-22 mars; 18 mai; 21 mai; 11 juin; 12 juin; 15 juin; 16 juin; 17 juin; dans *De Gaulle* au 18 juin; 20 juin; 23 juin; 25 juin; 26 juin; 2 juillet; 4 juillet; 5 juillet; 6 juillet; 10 juillet; *introduction État français et France libre*; 11 juillet; *biographie* au 11 juillet • 11 juillet 1940-20 août 1944 • 1944: 7 septembre • 1945: 9 mars; 25 avril; 23 juillet-15 août • 1948: 13 avril • 1950: 18 avril • 1981: dans *François Mitterrand* au 21 mai •

Petiet
Claude-Louis
1749-1806
Ministre de la Guerre.
• 1796: 8 février; 3 juin • 1797: 16 juillet •

Pétion
Jérôme
1756-1794
Maire de Paris. Président du bureau de la Convention. Député à la Convention.
• 1789: *introduction La monarchie constitutionnelle: Louis XVI et la Révolution*; 1er septembre • 1790: 8 mars; 17 mai; 6 août • 1791: 28 avril; 10 juin; 22 juin; 8 juillet; 13 juillet; 15 juillet; 16 juillet; dans *Les Jacobins* au 16 juillet; 10 août; 16 novembre; 30 décembre • 1792: 29 février; 20 juin; 29 juin; 6 juillet; 7 juillet; 13 juillet; 14 juillet; 26 juillet; 3 août; 4 août; dans *La*

chute du trône au 10 août; 20 septembre; 11 octobre; 15 octobre; 13 novembre; 30 novembre; 3 décembre • 1793: 1er janvier; 3 janvier; dans *Miranda* au 12 avril; 3 mai; 2 juin; dans *Camille Desmoulins* au 5 décembre • 1794: 26 juin •

PETIOT
docteur
1897-1946
• 1946: 4 avril; *L'affaire Petiot* au 4 avril •

PETIT
Guy
1905-1988
Homme politique, ministre.
• 1953: 11 février •

PETIT
Olga
Première Française avocate.
• 1900: 1er décembre •

PETIT
Roland
Né en 1924
Chorégraphe.
• 1945: 15 juin; 12 octobre • 1948: 31 mai • 1950: 25 septembre •

PETIT COURRIER DES DAMES (LE)
1822
Journal.
• 1829: 8 juin •

PETIT JOURNAL (LE)
Journal.
• 1861: dans *L'audience de la presse sous le Second Empire* en août • 1863: 1er février • 1881: 29 juillet •

PETIT PALAIS
(Paris)
1897-1900
• 1852: 27 mars • 1897: autres événements • 1900: 14 avril •

PETIT PARISIEN (LE)
Journal.
• 1876: 15 octobre • 1881: 29 juillet •

PETIT-CLAMART
Attentat du
1962
• 1962: 22 août •

PETITE ACADÉMIE
• 1663: 3 février • 1687: dans *La querelle des Anciens et des Modernes* au 27 janvier • Voir aussi Académie royale des inscriptions et belles-lettres •

PETITE PRESSE (LA)
1866
Journal.
• 1863: 1er février •

PETITE RÉPUBLIQUE (LA)
Journal.
• 1881: 29 juillet • 1882: dans *Le socialisme français* en septembre • • 1893: juillet • 1898: juin • 1899: dans *Millerand* au 23 juin •

PETITE-ENTENTE
• 1924: 25 janvier • 1926: juin • 1931: 5 septembre • 1933: 5 mars •

PETITOT
Claude-Bernard
1772-1825
Auteur dramatique. Traducteur. Historien.
• 1798: 25 mai • 1799: 20 janvier • 1834: dans *Le siècle de l'histoire* au 18 juillet •

PETLIOURA
Simon
1879-1926
Chef du gouvernement ukrainien.
• 1926: 25 mai •

PÉTRARQUE
1304-1374
Poète.
• 1337: autres événements; *biographie* dans autres événements • 1371-1375: dans *Les traducteurs de Charles V* • vers 1378 • 1494: 9 novembre •

PÉTRONILLE-ADÈLE
Fille de Guillaume X, duc d'Aquitaine.
• 1142: janvier • 1143: printemps •

PETRUS CHRISTUS
Peintre.
• 1422: dans *Les hommes du duc de Bourgogne* au 5 décembre •

Petsche
Maurice
1895-1951
Homme politique, ministre.
• 1932: 20 février • 1949: 12 janvier; 28-29 octobre • 1950: 12 juillet •

Peugeot
Armand
1849-1915
Industriel.
• 1895: dans *L'automobile* en juin •

Peugeot
Eugène
1844-1907
Industriel.
• 1895: dans *L'automobile* en juin •

Peuple (Le)
1848
Journal.
• 1848: 1er avril; 2 septembre • 1849: 13 juin •

Peuple (Le)
1869
Journal.
• 1869: 4 février • 1876: 6 avril •

Peuple constituant (Le)
février-juillet 1848
Journal.
• 1848: 27 février; 4 mars; 11 juillet •

Pevsner
Antoine
1886-1962
Frère de Naum Gabo. Peintre et sculpteur d'origine russe.
• 1939: 23 mai-14 juin • 1946: 19 juillet •

Peyrat
Alphonse
1812-1891
Historien. Homme politique.
• 1842: dans *Quinet* en mars • 1865: 25 novembre • 1871: 8 février • 1873: 17 octobre •

Peyrat
Jacques
Né en 1931
Homme politique.
• 1995: 11, 18 juin •

Peyre
Marie-Joseph
1730-1785
Architecte.
• 1765: autres événements • 1782: 9 avril •

Peyré
Joseph
1892-1968
Écrivain.
• 1935: 5 décembre •

Peyrefitte
Alain
1925-1999
Ministre.
• 1962: 7 décembre • 1965: 8 janvier • 1967: 6-7 avril • 1973: 5 avril • 1974: 1er mars; 21 mars • 1977: 31 mars • 1978: 4-6 avril •

Peyrefitte
Roger
1907-2000
Écrivain.
• 1944: autres événements •

Peyrenc de Moras
François-Marie
1718-1771
Contrôleur général des Finances. Secrétaire d'État à la Marine.
• 1756: 24 avril • 1757: 1er février; 25 août • 1758: 31 mai •

Peyron
Alexandre Louis François
1823-1892
Vice-amiral. Homme politique, ministre.
• 1883: 9 août •

Peyronnet
Albert
1862-1958
Homme politique, ministre.
• 1922: 15 janvier • 1932: 16 février •

Peyronnet
Charles Ignace, comte de
1778-1854
Homme politique, ministre.
• 1821: 14 décembre • 1825: 20 avril • 1826: 8 février • 1827: 13 février-17 avril; 29 avril; 17 novembre • 1830: 19 mai; 6 juillet; 3-16 août; 27 août; 28 août; 27-

28 septembre; 15-21 décembre • 1836: 17 octobre-23 novembre •

Peyrouton
Marcel
1887-1983
Résident général en Tunisie. Ministre.
• 1934: 2-9 septembre • 1940: 6 septembre • 1941: 14 février • 1943: 3-7 juin •

Peytel
† 1839
Notaire.
• 1839: 28 octobre •

Peytral
Paul Louis
1842-1919
Homme politique, ministre.
• 1888: 3 avril; 30 octobre • 1893: 4 avril • 1898: 20 juin; 3 novembre •

Peytral
Victor
1874-1964
Homme politique, ministre.
• 1914: 2-4 juin; 4 juin • 1924: 12-14 juin •

Pflimlin
Pierre
1907-2000
Président du Conseil.
• 1940: dans *De Gaulle* au 18 juin • 1946: *introduction La IVe République* • 1947: 24 novembre • 1948: 24 juillet • 1949: 28-29 octobre • 1950: 12 juillet • 1951: 8 août • 1952: 6 mars • 1953: 28 janvier • 1954: dans *La guerre d'Algérie* au 1er novembre • 1955: 23 février • 1957: 5 juin; 6 novembre • 1958: 2 mai; 9 mai; 13 mai; 14 mai; 16 mai; 20 mai; 26-27 mai; 27 mai; 30 mai; 1er juin; juin-août • 1962: 14 avril; 15 mai •

Phalange française
Mouvement d'extrême droite.
• 1958: 16 mai •

Phalèse
1555-1589
Éditeur.
• 1502: dans *Josquin Des Prés, la musique sacrée et la musique profane* dans autres événements •

Pham Van Dong
1906-2000
Homme politique nord-vietnamien.
• 1946: 6 juillet-14 septembre •

Phélippeaux
Antoine Le Picard de
1768-1799
Officier.
• 1799: 19 mars •

Philibert de Savoie
Fils de Philippe duc de Savoie.
• 1499: mai •

Philidor
André, dit l'Aîné
vers 1647-1730
Musicien.
• 1703: autres événements; dans *Delalande* dans autres événements •

Philidor
Anne-Danican
1681-1728
Compositeur.
• 1725: 18 mars •

Philidor
François-André-Danican
1726-1795
Compositeur.
• 1748: autres événements • 1759: autres événements • 1761: autres événements • 1762: autres événements • 1763: autres événements • 1764: autres événements • 1765: autres événements • 1780: autres événements • 1786: autres événements • 1787: autres événements •

Philip
André
1902-1970
Homme politique, ministre.
• 1937: 23-30 janvier • 1938: 14 septembre • 1940: 18 juin; dans *Les Français de Londres* au 7 août • 1942: 28 juillet • 1943: 30 mai; 3-7 juin; 9 novembre • 1944: dans *Pierre Brossolette* au 22 mars; 2 septembre; 5 septembre • 1946: 23-29 janvier; 25 avril; 16 décembre • 1947: 22 janvier • 1958: 28 mai •

Philipe
Gérard Philip, dit Gérard
1922-1959
Acteur.
• 1945: 26 septembre • 1947: dans *Jean Vilar et le TNP* en juin; dans *Albert Camus* au 10 juin; 3 décembre • 1950: 27 septembre • 1951: 23 juillet • 1952: mars • 1958: avril • 1959: 25 novembre •

Philipon
Charles
1806-1862
Directeur de presse.
• 1830: 4 novembre • 1832: 1er décembre •

Philippa de Hainaut
Épouse d'Édouard III, roi d'Angleterre.
• 1380: dans *Jean Froissart* dans autres événements •

Philippa de Toulouse
Fille de Guillaume IV, comte de Toulouse. Épouse de: 1. Sanche Ramirez, roi d'Aragon. 2. Guillaume IX, comte de Poitiers, duc d'Aquitaine.
• 1094: autres événements; dans *Guillaume IX d'Aquitaine* dans autres événements • 1119: 20 octobre •

Philippe
Fils de Philippe Ier roi de France. Comte de Mantes.
• 1060: *introduction Philippe Ier* • 1108: *introduction Louis VI* • 1110: autres événements •

Philippe
1116-1131
Fils de Louis VI roi de France. Évêque de Paris en 1159.
• 1108: *introduction Louis VI* • 1120: 18 avril • 1125: autres événements • 1129: 14 avril • 1131: 13 octobre; 15 octobre • 1137: *introduction Louis VII* • 1150: septembre; octobre •

Philippe
1209-1218/1219
Fils de Louis VIII roi de France.
• 1215: autres événements • 1218: autres événements • 1223: *introduction Louis VIII* •

Philippe
Évêque de Beauvais.
• 1197: 17 août •

Philippe
Comte de Bar.
• 1480: autres événements •

Philippe
Fils de Philippe d'Évreux, roi de Navarre. Lieutenant d'Édouard III d'Angleterre.
• 1337: dans *Guillaume de Machaut* dans autres événements • 1357: 20 janvier •

Philippe
Charles-Louis
1874-1909
Écrivain populiste.
• 1900: autres événements • 1901: avril • 1909: 21 décembre •

Philippe
Emmanuel de la Villenie, dit
Comédien.
• 1824: 18 octobre •

Philippe
d'Orléans
1640-1701
Fils de Louis XIII roi de France. Duc d'Anjou puis duc d'Orléans. Monsieur.
• 1610: *introduction Louis XIII* • 1616: dans *Les libertins érudits* dans autres événements • 1620: dans *Anne d'Autriche* en juillet-10 août • 1640: 21 septembre • 1643: *introduction Louis XIV* • 1649: 5-6 janvier • 1651: octobre • 1660: dans *Moulinié* au 2 février • 1661: 17 août • 1664: dans *Molière* au 6-13 mai • 1670: 29 juin • 1671: 21 novembre • 1674: 2 août • 1677: mars-avril • 1691: 8 avril • 1701: 9 juin • 1715: *introduction Louis XV* •

Philippe Ier
vers 1052-1108
Fils d'Henri Ier, roi de France. Roi associé en 1059. Roi de France de 1060 à 1108.
• 1031: *introduction Henri Ier* • 1037: autres événements • 1059: 23 mai • 1060: *introduction* • 1060-1108 •

Philippe Ier d'Orléans
† 1375
Fils de Philippe VI de Valois, roi de France. Duc d'Orléans.
• 1322: *introduction Charles IV le Bel* • 1328: *introduction Philippe VI* • 1343: avril • 1344: 16 avril • 1375: autres événements •

Philippe Ier le Beau
1478-1506
Fils de Maximilien Ier empereur. Gouverneur des Pays-Bas. Roi de Castille de 1504 à 1506.
• 1482: 27 mars • 1493: 23 mai • 1495: 25 février • 1499: juillet • 1500: 24 février • 1501: août; 3 octobre • 1505: 22 septembre • 1519: 28 juin •

Philippe II
1527-1598
Fils de Charles Quint empereur. Roi d'Espagne de 1556 à 1598. Roi du Portugal de 1580-1598.
• 1527: 21 mai • 1540: 17 juillet; octobre • 1547: *introduction Henri II* • 1551: 19 juillet • 1554: 25 juillet • 1555: 25-26 octobre • 1556: 16 janvier; mai-juillet • 1557: janvier-février; 9 avril; août; octobre; autres événements • 1558: 18 mars; juin-septembre • 1559: avril; juin-juillet; *introduction François II* • 1560: 31 janvier; *introduction Charles IX* • 1568: juillet; 3 octobre • 1569: autres événements • 1572: mars-avril • 1574: *introduction Henri III*; autres événements • 1579: 6, 23 janvier • 1580: 31 janvier • 1581: 26 juillet • 1584: 31 décembre • 1588: 1er-15 avril; juillet-août • 1589: *introduction Henri IV* • 1590: avril-août • 1591: avril; 2 septembre • 1593: 9 mars; mai-juin • 1596: 22 juin • 1598: 13 septembre •

Philippe II Auguste
1165-1223
Fils de Louis VII roi de France. Roi de France de 1179 à 1223.
• 1137: *introduction Louis VII* • 1165: 21 août • 1171-1172 • 1179: août; 1er novembre • 1180: 16 février; 16 mars; *introduction* • 1179-1223 •

Philippe II d'Orléans
1674-1723
Fils de Philippe Ier d'Orléans. Duc de Chartres puis d'Orléans. Régent de 1715 à 1723.
• 1643: *introduction Louis XIV* • 1673: dans *Charpentier* au 17 février • 1674: 2 août • 1684: dans *Les mémorialistes de Versailles* au 1er avril • 1691: 8 avril • 1692: 18 février • 1697: dans *Le duc et la duchesse de Bourgogne* au 7 décembre • 1701: 9 juin • 1705: 7 septembre • 1707: 13 octobre • 1712: 5 novembre • 1713: 15 mars • 1714: 2 août • 1715: *introduction Louis XV* • 1715-1723 • 1723: 22 février; 10 août; 2 décembre • 1724: 4 février • 1745: dans *Maurice de Saxe* au 11 mai •

Philippe II le Hardi
1342-1404
Fils de Jean II le Bon, roi de France. Duc de Touraine de 1360 à 1363. Duc de Bourgogne de 1363 à 1404. Comte de Flandre de 1384 à 1404.
• 1350: *introduction Jean II le Bon* • 1356: 19 septembre • 1357: mai • 1359-1370 • 1360: 24 octobre • 1363: janvier; 27 juin; 6 septembre • 1364: *introduction Charles V le Sage*; 2 juin • 1368: septembre • 1369: 12 avril • 1372: 11 décembre • 1373: autres événements • 1375: 27 mars • 1378: autres événements • 1380: *introduction Charles VI*; 4 novembre; 30 novembre • 1383: 10-12 avril; décembre; autres événements • 1384: 30 janvier • 1385: 18 décembre • 1386: 4 janvier; autres événements • 1388: 8 juillet • 1390: 13 février; autres événements • 1391: dans *Jean Gerson* au 6 janvier; 24 février • 1392: 31 mars; 5 août; autres événements • 1394: 1er mars; autres événements • 1395: 2-14 février • 1395-1396 • 1396: 25 septembre • 1397: 9 octobre; autres événements • 1399: 1er novembre • 1401: décembre • 1402: 18 avril; 19 octobre • 1403: août; autres événements • 1404: janvier; 27 avril; dans *Christine de Pisan* en décembre • 1405: février •

Philippe III
1578-1621
Fils de Philippe II roi d'Espagne. Roi d'Espagne et du Portugal de 1598 à 1621.
• 1589: *introduction Henri IV* • 1602: mars-juillet • 1603: 27 février • 1604: 28 août • 1610: *introduction Louis XIII* • 1611: 30 avril • 1612: dans *Les images de la propagande* au 5-7 avril • 1620: dans *Anne d'Autriche* en juillet-10 août • 1621: 31 mars •

Philippe III le Bon
1396-1467
Fils de Jean sans Peur, duc de Bourgogne. Comte de Charolais. Duc de Bourgogne de 1419 à 1467.
• 1332: 2 octobre • 1369: 12 avril • 1409: 9 mars • 1410: dans *Armagnacs et Bourguignons* au 15 avril • 1419: 12 septembre; 18-20 octobre • 1420: 20-21 mai • 1422: dans *Alain Chartier* avant août; *introduction Charles VII*; 5 décembre; dans *Les hommes du duc de Bourgogne* au

5 décembre • 1423: avril • 1424: 28 septembre; novembre • 1425: autres événements • 1429: autres événements • 1430: 7 janvier; dans *Les ordres chevaleresques au XIVe-XVe siècle* au 7 janvier; 20 mai; 22 juillet; autres événements; dans *Gilbert de Lannoy* dans autres événements • 1431: 30 mai; 13 décembre • 1432: 14 novembre • 1433: juin • 1435: 20 janvier; 14 avril; 5 août • 1442: mars; autres événements • 1443: autres événements • 1444: 28 mai • 1451: autres événements • 1453: 23 juillet • 1454: 17 février • 1456: autres événements • 1457: 11 mars • 1459: autres événements • 1460: juillet • 1461: 4 mars; 15 août; 31 août; 30 septembre • 1463: septembre-octobre • 1465: avril • 1466: autres événements • 1467: 15 juin; autres événements • 1474: avril •

Philippe III le Hardi

1245-1285

Fils de Louis IX roi de France. Roi de France de 1270 à 1285.

• 1226: *introduction Louis IX* • 1262: autres événements • 1267: 5 juin • 1268: janvier-février • 1270: *introduction* • 1270-1285 • 1285: 3 décembre • 1286: 5 octobre • vers 1375 •

Philippe IV

1605-1665

Fils de Philippe III roi d'Espagne et du Portugal. Roi d'Espagne et du Portugal de 1621 à 1665.

• 1610: *introduction Louis XIII*; dans *Marie de Médicis* au 15 mai • 1611: 30 avril • 1612: dans *Les images de la propagande* au 5-7 avril • 1615: 19 mars • 1621: 31 mars • 1622: 7 octobre • 1626: 2 mai • 1631: 31 janvier-28 avril • 1634: autres événements • 1635: 19 mai • 1637: 15 février; juillet-août • 1640: juin-septembre • 1641: 23 janvier; 9 novembre • 1642: 13 mars • 1643: 17 janvier; *introduction Louis XIV* • 1652: 10 septembre-21 octobre • 1659: 7 novembre • 1661: 10 octobre • 1662: 24 mars; 27 avril • 1665: 17 septembre •

Philippe IV le Bel

1268-1314

Fils de Philippe III le Hardi roi de France. Roi de France de 1285 à 1314.

• 1270: *introduction Philippe III le Hardi* • 1279: autres événements • 1284: 15 août • 1285: *introduction* • 1285-1314 • 1314: 1er décembre •

Philippe V

1683-1746

Fils de Monseigneur Louis de France, le Grand dauphin. Duc d'Anjou. Roi d'Espagne de 1700 à 1746.

• 1643: *introduction Louis XIV* • 1683: 19 décembre • 1689: dans *Beauvillier* au 16-17 août • 1693: dans *Vendôme* au 27 juin-4 octobre • 1700: 2 octobre; 16 novembre • 1701: 1er février; 5-6 février; 18 février • 1702: 15 août-23 octobre • 1705: 16 août-4 octobre • 1706: 28 juin-3 août • 1707: 25 avril; 13 octobre • 1710: juin-août; 28 septembre; 10 septembre • 1711: 8 octobre-21 novembre • 1712: 5 novembre • 1713: 15 mars; 11 avril; 13 juillet • 1714: 4 mai • • 1715: *introduction Louis XV* • 1716: autres événements • 1717: 4 janvier; 9 juillet • 1718: 29 juin; 19 septembre; 25 décembre • 1719: 5 décembre • 1720: 16 février; 2 avril; 22 juin • 1721: 14 septembre; 28 septembre • 1722: 20 janvier • 1724: 10 janvier • 1725: 1er mai • 1731: 22 juillet • 1733: 7 novembre • 1734: 30 avril • 1739: 25 octobre • 1740: dans *La guerre de succession d'Autriche* au 20 octobre • 1745: 25 février • 1746: 9 juillet • 1759: 10 août •

Philippe V le Long

1294-1322

Fils de Philippe IV le Bel, roi de France. Comte de Poitiers. Comte de Bourgogne à partir de 1310. Régent en 1316. Roi de France et de Navarre de 1316 à 1322.

• 1285: *introduction Philippe IV le Bel* • 1310: 26 juin • 1313: novembre • 1316: [début]; *introduction Jean Ier le Posthume*; *introduction* • 1316-1322 •

Philippe VI de Valois

1293-1350

Fils de Charles de Valois. Comte de Valois de 1325 à 1328. Roi de France de 1328 à 1350.

• 1313: autres événements • 1325: autres événements • 1326: autres événements • 1328: *introduction* • 1328-1350 •

Philippe Berruyer
Saint
† 1261
Évêque d'Orléans. Archevêque de Bourges de 1236 à 1261.
• 1235: autres événements • 1236: mars; *biographie* en mars •

Philippe d'Alsace
† 1191
Comte de Flandre de 1168 à 1191.
• 1159: autres événements • 1168-1183 • 1171: autres événements • 1174: janvier • 1180: *introduction Philippe Auguste* • vers 1180 • 1181: 14 mai; été • 1182: autres événements • 1185: [début]; juillet • 1187: autres événements • 1191: 1er juin •

Philippe d'Artevelde
Fils de Jacques d'Artevelde. Capitaine général de Gand.
• 1382: 26 janvier; 3 mai; 20 octobre; 27 novembre •

Philippe d'Artois
† 1298
Fils de Robert II, comte d'Artois.
• 1298: autres événements •

Philippe d'Évreux
† 1343
Fils de Louis d'Évreux. Comte d'Évreux. Roi de Navarre de 1329 à 1343.
• 1314: *introduction Louis X le Hutin* • 1328: *introduction Philippe VI* • 1343: 16 septembre •

Philippe de Beaumanoir
Juriste.
• 1283: autres événements •

Philippe de Bourgogne
Fils de Philippe II le Hardi, duc de Bourgogne. Comte de Nevers.
• 1410: dans *Armagnacs et Bourguignons* au 15 avril •

Philippe de Commynes
1447-1511
Chambellan du duc de Bourgogne. Conseiller du roi. Chroniqueur.
• 1442: dans *Jean Fouquet* dans autres événements • 1458: 14 octobre • 1461: *introduction Louis XI* • 1483: *introduction Charles VIII* • 1488: autres événements • 1489-1499 •

Philippe de France
1730-1733
Fils de Louis XV roi de France. Duc d'Anjou.
• 1715: *introduction Louis XV* •

Philippe de Hesse
Landgrave de Hesse.
• 1541: 5 juin-24 juillet •

Philippe de Marigny
Archevêque de Sens.
• 1310: 12 mai •

Philippe de Mézières
1327-1405
Chancelier du roi de Chypre. Auteur.
• 1362: 31 mars • 1364: *introduction Charles V le Sage* • 1372: 2 février • 1385-1389 •

Philippe de Namur
Frère de Baudoin IX, comte de Flandre et empereur latin de Constantinople. Comte de Namur.
• 1180: *introduction Philippe Auguste* • 1204: 12 avril • 1206: juin •

Philippe de Nanteuil
Écrivain.
• 1241: mars •

Philippe de Remy
Sire de Beaumanoir
vers 1205-1266
Bailli du Gatinais. Auteur.
• 1230-1240 •

Philippe de Rouvres
†1361
Fils d'Eudes IV, duc de Bourgogne. Duc de Bourgogne, comte d'Artois, de Boulogne et d'Auvergne.
• 1349: autres événements • 1360: 10 mars • 1361: 21 novembre •

Philippe de Savoie
Archevêque de Lyon jusqu'en 1268.
• 1244: autres événements • 1245: novembre • 1268: janvier-février •

Philippe de Savoie
Fils de Louis, duc de Savoie. Gouverneur du Dauphiné. Duc de Savoie.
• 1487-1488 •

Philippe de Souabe
† 1208
Fils de Frédéric Ier Barberousse empereur. Duc de Souabe. Roi des Romains.
• 1197: 8 septembre • 1198: juin • 1208: 5 juin •

Philippe d'Espagne
Fils de Philippe V roi d'Espagne. Infant d'Espagne.
• 1739: 25 octobre • 1761: 15 août •

Philippe de Tarente
Fils de Charles II d'Anjou roi de Naples. Prince de Tarente.
• 1328: *introduction Philippe VI* •

Philippe de Vitry
vers 1291-1361
Secrétaire du roi. Évêque de Meaux de 1351 à 1361. Auteur. Musicien.
• vers 1322: [début]; dans *L'Ars nova* • 1332-1335 •

Philippe Hurepel
1201-1234
Fils de Philippe II Auguste roi de France. Comte de Boulogne.
• 1180: *introduction Philippe Auguste* • 1201: juillet • 1210: mai • 1226: *introduction Louis IX* • 1230: juillet-septembre • 1239: début •

Philippe Mousket
Auteur.
• 1243: autres événements •

Philippe Neri
Saint
1515-1595
Prêtre italien. Fondateur de l'Oratoire.
• 1611: dans *Bérulle* au 11 novembre • 1618: dans *Le siècle des saints* au 7 novembre •

Philippe Pot
Sénéchal de Bourgogne.
• 1484: 15 janvier •

Philippeaux
Pierre-Nicolas
1756-1794
Avocat. Homme politique.
• 1793: 6 décembre; 21 décembre; 22 décembre • 1794: 5 janvier; 7 janvier; 11 janvier; 21 février; 2 mars; 31 mars; 2 avril • 1795: 3 octobre •

Philippe-Dieudonné
• Voir Philippe II Auguste •

Philippe-Louis
Comte du Palatinat.
• 1609: mars-juillet •

Philippine de Flandre
Fille de Guy de Dampierre, comte de Flandre.
• 1294: 31 août •

Philippon
René
Président du syndicat des éditeurs.
• 1940: 28 septembre •

Philippoteaux
Félix
1815-1884
Peintre.
• 1850: autres événements •

Philosophie
Société française de
• 1960: dans *Emmanuel Levinas* au 30 mars •

Phocas
† 610
Empereur byzantin de 602 à 610.
• 561: *introduction De quatre à un royaume franc* •

Photographie
• 1829: 5 décembre; *L'invention de la photographie* au 5 décembre • 1879: dans *Charles Cros* au 30 avril •

Photographie
Maison européenne de la
• 1996: autres événements •

Physiocrates
• 1730: dans *François Quesnay* dans autres événements • 1756: *Les physiocrates* dans autres événements • 1765: novembre • 1776: 1er avril •

Piaf
Giovanna Gassion, dite Édith
1915-1963
Chanteuse.
• 1948: 21 septembre •

Piaget
Charles
Né en 1928
Syndicaliste.
• 1973 : 18 juin •

Piaget
Jean
1896-1980
Psychologue et pédagogue suisse.
• 1931 : dans *Au-delà de la droite et de la gauche* en novembre • 1952 : octobre •

Pialat
Maurice
Né en 1925
Cinéaste.
• 1987 : mai •

Piano
Renzo
Né en 1937
Architecte italien.
• 1971 : juillet •

Pianori
Giovanni
1827-1855
Patriote italien.
• 1855 : 28 avril •

Piat
Jean-Pierre, baron
1774-1862
Général. Homme politique.
• 1849 : 13-14 mai

Piat
Yann
1949-1994
Députée.
• 1994 : 25 février •

Piatniski
Ossip
1882-1939
Dirigeant du Komintern.
• 1934 : 1er novembre •

Pibrac
Guy Du Faur de
1529-1584
Magistrat. Poète.
• 1574 : 14 juin ; début septembre •

Pic de la Mirandole
Jean
1463-1494
• 1523 : dans *Lefèvre d'Étaples, l'Érasme français* dans autres événements •

Picabia
Francis
1879-1953
Peintre.
• 1908 : dans *Le cubisme* au 14 novembre • 1913 : dans *Apollinaire* au 20 mars • 1919 : autres événements • 1920 : dans *Le dadaïsme* au 10 janvier ; 27 janvier ; 27 mars • 1924 : 4 décembre • 1948 : mai •

Picard
Curé de Louviers.
• 1634 : dans *Sorciers et sorcières* au 18 août •

Picard
Général. Ministre.
• 1900 : 14 avril •

Picard
Charles
1883-1965
Professeur.
• 1956 : 23 mai •

Picard
Ernest
1821-1877
Homme politique, ministre.
• 1858 : 25 avril-10 mai • 1864 : 11 janvier ; 16 juin • 1870 : 4 septembre • 1871 : 19 février •

Picard
Jean
1620-1682
Astronome.
• 1669 : autres événements •

Picard
Louis-Benoît
1769-1828
Auteur dramatique.
• 1793 : 4 février • 1794 : 1er février ; 8 août ; 12 novembre • 1795 : 14 décembre • 1796 : 26 décembre • 1797 : juillet • 1798 : 19 novembre • 1799 : 15 juin • 1801 : 9 mai •

Picard
Raymond
Né en 1917
Critique littéraire. Spécialiste de Racine.
• 1963: avril •

Picasso
Pablo
1881-1973
Peintre, dessinateur, graveur et sculpteur espagnol.
• 1900: 1er juin • 1901: 21 juin • 1905: février • 1907: dans *Le renouveau musical* au 12 janvier; juillet; *biographie* en juillet; 1er octobre • 1908: dans *Le cubisme* au 14 novembre • 1911: 21 avril-15 juin; autres événements • 1913: dans *Apollinaire* au 20 avril; dans *Stravinski* au 29 mai • 1915: 28 décembre • 1918: 23 janvier-15 février • 1919: octobre • 1920: 18 mai • 1924: 18 juin; décembre; 1er décembre • 1925: 13 novembre; dans *Le surréalisme en peinture* au 13 novembre • 1932: 16 juin; décembre • 1933: 25 mai • 1934: 13-28 avril • 1936: 14 juillet • 1937: 26 avril; 24 mai; dans *L'Exposition internationale* au 24 mai • 1942: mars • 1943: 27 mai • 1944: 19 mars; 6 octobre • 1945: 15 juin • 1946: 15 février-15 mars • 1948: décembre • 1949: 20-25 avril; 20 décembre • 1950: dans *Le père Couturier et l'art sacré* au 4 août • 1953: 5 mars • 1956: 22 novembre • 1957: mai • 1966: dans *Les grandes expositions et les musées* en juin • 1969: *introduction La Ve République: De l'héritage du gaullisme à la victoire de la gauche*; 1er mai-30 septembre • 1973: 8 avril •

Piccoli
Michel
Né en 1925
Acteur.
• 1969: Noël •

Piccolomini
Enea Silvio
• Voir Pie II •

Piccolomini
Francesco Todeschini
• Voir Pie III •

Piccolomini
Ottavio
1600-1656
Chef de guerre au service de l'empereur.
• 1634: 25 février • 1639: avril-octobre • 1642: 2 novembre-4 décembre •

Pichegru
Charles
1761-1804
Général.
• 1788: dans *D'Antraigues* dans autres événements • 1793: 28 septembre • 1794: 9 janvier; 13 janvier; 30 mars; 26 avril; 29 avril; 17 juin; 4 juillet; 8 juillet; *introduction La République thermidorienne*; 10 octobre; 27 décembre • 1795: 17 janvier; 20 janvier; 22 janvier; 23 janvier; 3 mars; 1er avril; 16 août; 20 septembre; 21 novembre • 1796: 6 février; 14 mars • 1797: 22 avril; 20 mai; 1er juin; 19 juillet; 20 juillet; 21 juillet; 4 septembre; 5 septembre; 10 septembre • 1798: 3 juin • 1800: dans *Moreau* au 25 avril-15 juillet • 1803: 20 août • 1804: 27 janvier-6 février; 15 février; 27 février; 6 avril; dans *Les maréchaux* au 18 mai •

Pichette
Henri
1924-2000
Écrivain.
• 1947: 3 décembre •

Pichodou
† 1936
Pilote.
• 1936: 6 décembre •

Pichon
Édouard
1890-1940
Psychanalyste.
• 1922: janvier • 1926: 4 novembre • 1934: 10 janvier •

Pichon
Stephen
1857-1933
Homme politique, ministre.
• 1906: 22 octobre; 19 novembre • 1907: 12-13 novembre • 1908: 15 janvier-18 février • 1909: 24 juillet; 23 novembre • 1910: 2 novembre • 1913: 22 mars • 1916: 19-23 décembre • 1917: 17 novembre •

Pichonnat
Jean
Avocat. Membre des Seize.
• 1592: 9 novembre •

Pierre
de Courtenay
Fils de Louis VI roi de France. Seigneur de Courtenay.
• 1137: *introduction Louis VII* •

Pierre Ier
† 1356
Duc de Bourbon.
• 1364: *introduction Charles V le Sage* • 1390: 1er juillet •

Pierre Ier d'Aragon
Fils de Sanche Ramirez, roi d'Aragon. Roi d'Aragon de 1094 à 1104.
• 1086 •

Pierre Ier de Lusignan
Roi de Chypre et de Jérusalem.
• 1337: dans *Guillaume de Machaut* dans autres événements • 1362: 31 mars • 1363: 29 mars • 1365: autres événements •

Pierre Ier le Grand
1672-1725
Tsar de Russie de 1682 à 1725.
• 1643: *introduction Louis XIV* • 1684: 5 mars • 1715: *introduction Louis XV* • 1717: 22 avril; 7 mai; 21 juin •

Pierre II
Tsar de Russie de 1727 à 1730.
• 1715: *introduction Louis XV* •

Pierre II d'Aragon
1174-1213
Fils d'Alphonse II. Roi d'Aragon de 1196 à 1213.
• 1204: 15 juin • 1206: 27 octobre • 1209: autres événements • 1213: 12 septembre •

Pierre II de Bretagne
† 1457
Fils de Jean V, duc de Bretagne. Duc de Bretagne de 1450 à 1457.
• 1450: autres événements • 1451: 25 mai • 1455 • 1457: [début] •

Pierre II de Courtenay
† 1218
Fils de Pierre de Courtenay. Seigneur de Courtenay. Comte de Nevers, Auxerre et Tonnerre. Empereur latin de Constantinople en 1217-1218.
• 1184: autres événements • 1188: autres événements • 1199: autres événements • 1203: autres événements • 1212: autres événements • 1218: autres événements •

Pierre II de Médicis
Seigneur de Florence.
• 1494: 30 août; 9 novembre •

Pierre II de Savoie
† 1268
Comte de Savoie de 1263 à 1268.
• vers 1264 •

Pierre II Karageorgévic
1923-1970
Roi de Yougoslavie de 1934 à 1945.
• 1941: 25-27 mars •

Pierre III
Tsar de Russie en 1762.
• 1715: *introduction Louis XV* • 1756: dans *La guerre de Sept Ans* au 9 juin • 1762: 5 mai; 10 juillet •

Pierre III d'Aragon
Fils de Jacques Ier, roi d'Aragon. Roi d'Aragon de 1276 à 1285.
• 1281: janvier • 1282: 31 mars • 1283: 27 août •

Pierre IV
1798-1834
Roi du Portugal en 1826. Empereur du Brésil sous le nom de Pierre Ier de 1822 à 1831.
• 1815: *introduction La seconde Restauration* •

Pierre Abélard
1079-1142
Auteur.
• 1092 • 1107: dans *Les premiers « intellectuels »* dans autres événements • 1113: dans *Guillaume de Champeaux* dans autres événements • 1115: dans *Saint Bernard et son entourage* en juin • 1121: autres événements; *biographie* dans autres événements • 1138-1139: dans *Héloïse* • 1140: 2 juin; mi-juillet • 1215: dans *L'Université de Paris* en août •

Pierre Amiel
Archevêque de Narbonne.
• 1227: 28 janvier; mars-10 avril •

Pierre Auriol
vers 1280-1322
Franciscain. Auteur.
• 1316-1318 •

Pierre Bersuire
Auteur.
• 1350: *introduction Jean II le Bon* • 1486-1487 •

Pierre Cauchon
Évêque de Beauvais.
• 1410: dans *Armagnacs et Bourguignons* au 15 avril • 1429: dans *Jeanne d'Arc* au 8 mars • 1431: 9 janvier-30 mai • 1436: mars •

Pierre César
Imprimeur.
• vers 1438: dans *Les débuts de l'imprimerie* •

Pierre Charlot
vers 1205/1209-1249
Fils naturel de Philippe II Auguste, roi de France. Évêque de Noyon de 1240 à 1249.
• 1180: *introduction Philippe Auguste* • 1200: dans *Les intellectuels de Philippe Auguste* au 3 septembre •

Pierre Chastelain
Auteur.
• 1440: autres événements •

Pierre Dagobert
† 1232
Fils de Louis VIII roi de France.
• 1223: *introduction Louis VIII* •

Pierre d'Ailly
1351-1420
Aumônier du roi. Chancelier de l'Université de Paris.
• 1389: autres événements • 1391: dans *Jean Gerson* au 6 janvier • 1394: dans *Les universitaires face au Schisme* en janvier •

Pierre d'Auvergne
ou Peire d'Auvergne
vers 1150-1170
Troubadour.
• vers 1140: dans *Les premiers troubadours* •

Pierre d'Orgemont
Chancelier de du roi de 1373 à 1380.
• 1364: *introduction Charles V le Sage* • 1380: 10 octobre •

Pierre de Beaujeu
1438-1503
Fils de Charles Ier, duc de Bourbon. Comte de Clermont. Duc de Bourbon. Lieutenant général du royaume. Gouverneur de Guyenne.
• 1461: *introduction Louis XI* • 1473: 5 mars • 1476: avril • 1477: 4 août • 1482: autres événements • 1483: 25 août; *introduction Charles VIII*; 30 août; dans *Anne de Beaujeu* au 30 août • 1484: 18 avril; fin septembre; autres événements • 1485: 9 août; dans *Les princes et la « Guerre folle »* au 2 novembre • 1487: 9 mars • 1498: dans *Les hommes de Louis XII* au 7 juillet • 1508: dans *Lemaire de Belges* dans autres événements • 1512: dans *Gringore et les Grands Rhétoriqueurs* au 24 février • 1521: 28 avril • 1522: novembre •

Pierre de Belleperche
Juriste. Chancelier à partir de 1302.
• 1285: *introduction Philippe IV le Bel* •

Pierre de Brézé
Conseiller de Charles VII.
• 1461: *introduction Louis XI* •

Pierre de Bruis
Moine.
• vers 1138 • 1139-1140 • 1145: 15 février • 1181: dans *Catharisme, Cathares et Albigeois* au printemps •

Pierre de Capoue
Cardinal légat.
• 1199: 13 janvier • 1200: janvier •

Pierre de Cardona
Juriste.
• vers 1180 •

Pierre de Castelnau
† 1208
Légat.
• 1204: autres événements • 1207: autres événements • 1208: début janvier; 12 ou 15 janvier • 1211: mai •

Pierre de Celle
† 1183
Abbé de Saint-Remi de Reims de 1162 à 1183. Auteur.
• 1162: autres événements •

Pierre de Chambly
Chambellan du roi.
• 1316: autres événements •

Pierre de Chelles
Sculpteur.
• 1270: *introduction Philippe III le Hardi* •

Pierre de Chevreuse
Conseiller du roi.
• 1380: *introduction Charles VI* •

Pierre de Corbeil
Évêque de Cambrai. Archevêque de Sens de 1199 à 1222.
• 1199: autres événements •

Pierre de Cros
Archevêque d'Arles.
• 1378: 20 septembre •

Pierre de Foix
Cardinal.
• 1485: dans *Les Princes et la « Guerre Folle »* au 2 novembre •

Pierre de Fontaines
Juriste.
• 1226: *introduction Louis IX* • vers 1253 • 1254: autres événements •

Pierre de Giac
† 1427
Conseiller de Charles VII.
• 1425: dans *Arthur de Richemont* au 7 mars • 1427: 8 février •

Pierre de Hans
Évêque de Châlons de 1248 à 1261. « Comte » de Châlons de 1256 à 1261.
• 1256: autres événements •

Pierre de la Broce
† 1278
Conseiller de Louis IX.
• 1270: *introduction Philippe III le Hardi* • 1278: 30 juin •

Pierre de la Châtre
Archevêque de Bourges.
• 1141: 26 mai • 1142: janvier; été-automne •

Pierre de la Forêt
Chancelier.
• 1355: 2 décembre •

Pierre de Latilly
Juriste.
• 1285: *introduction Philippe IV le Bel* •

Pierre de Montaigu
Conseiller de Charles V roi de France. Cardinal de Laon.
• 1380: *introduction Charles VI* •

Pierre de Morvilliers
Conseiller de Louis XI.
• 1461: *introduction Louis XI* •

Pierre de Nemours
Évêque de Paris.
• 1219: autres événements •

Pierre de Pavie
Auteur.
• 774: 3 avril •

Pierre de Pavie
Légat.
• 1178: août •

Pierre de Savoie
Archevêque de Lyon.
• 1320: 21 juin •

Pierre de Tarentaise
Dominicain. Archevêque de Lyon de 1272 à 1276.
• Voir Innocent V •

Pierre de Villebéon
Chambellan.
• 1226: *introduction Louis IX* • 1270: 25 août •

Pierre des Essarts
† 1413
Prévôt des marchands de Paris.
• 1413: février; • 1er juillet •

Pierre des Vaux-de-Cernay
Abbé. Auteur.
• 1209: dans *Les Monfort (1165-1265)* au printemps • 1212: dans *Littérature et politique au temps de la croisade albigeoise* dans autres événements •

Pierre Dubois
Juriste.
• 1298 : dans *Les chirurgiens de Philippe le Bel* dans autres événements •

Pierre Flote
† 1302
Juriste. Conseiller du roi.
• 1285 : *introduction Philippe IV le Bel* •

Pierre Guillaume
Bibliothécaire de Saint-Gilles.
• 1120-1124 •

Pierre Hélie
Auteur.
• vers 1140 •

Pierre Jacob
Juriste.
• 1311 : autres événements •

Pierre Jean Olivi
Franciscain. Auteur.
• 1278 : autres événements •

Pierre Landais
Trésorier de Bretagne.
• 1481 : autres événements •

Pierre le Chantre
Auteur.
• 1191 : 9 octobre •

Pierre le Cruel
† 1369
Fils d'Alphonse XI, roi de Castille. Roi de Castille.
• 1365 : 22 août • 1366 : 5 avril ; 23 septembre • 1368 : 20 novembre • 1369 : 14 mars •

Pierre le Fruitier, dit Salmon
Auteur.
• 1409 : autres événements •

Pierre le Mangeur
Auteur.
• vers 1170 • 1295 : autres événements •

Pierre le Rouge
Imprimeur du roi.
• 1488 : autres événements •

Pierre le Vénérable
1092/1094-1156
Abbé de Cluny de 1122 à 1156. Auteur.
• 1115 : dans *Saint Bernard et son entourage* en juin • 1122 : autres événements • 1137 : *introduction Louis VII* • vers 1138 • 1138 : printemps • 1141 : autres événements • 1146 : 24 avril-12 juin • 1156 : autres événements •

Pierre l'Ermite
† vers 1115
Moine.
• 1096 : mai-juin ; dans *Les hommes de la croisade* en mai-juin ; 21 octobre •

Pierre Lombard
† 1160
Évêque de Paris de 1159 à 1160. Auteur.
• 1115 : dans *Saint Bernard et son entourage* en juin • 1137 : *introduction Louis VII* • 1148 : dans *Les Victorins* au 24 août • 1152 : autres événements • 1159 : autres événements • 1215 : dans *L'Université de Paris* en août • 1240 : dans *Thomas d'Aquin* dans autres événements • vers 1248 • 1347 : autres événements •

Pierre Mauclerc
† 1250
Comte de Dreux. Duc de Bretagne de 1213 à 1237. Chevalier de Braine de 1237 à 1250.
• 1212 : novembre • 1213 : janvier • 1216 : 21 mai • 1217 : autres événements • 1219 : mai • 1220 : 28 janvier • 1222 : autres événements • 1224 : 24 juin • 1226 : 8 août • 1226 : *introduction Louis IX* • 1226-1227 • 1227 : 16 mars • 1229 : octobre • 1230 : janvier ; 30 mai • 1234 : juillet-août ; 4 novembre • 1237 : novembre •

Pierre Maurand
Marchand.
• 1178 : août •

Pierre Plaoul
Auteur.
• 1394 : dans *Les universitaires face au Schisme* en janvier •

Pierre Poisson
Architecte.
• 1316 : dans *Le Palais des Papes d'Avignon* au 7 août •

PIERRE RIGA
Auteur.
• 1200: dans *Les «intellectuels» de Philippe Auguste* au 3 septembre •

PIERRE SAISSUN
Prévôt de Raimon V comte de Toulouse.
• 1188: 21 janvier •

PIERRE TUDEBODE
Auteur.
• 1096: dans *Les hommes de la croisade* en mai-juin •

PIERRE VALDÈS
ou Pierre Valdo
• Voir Valdès •

PIERRE-BLOCH
Jean
1906-1993
Homme politique. Président de la Ligue internationale contre le racisme.
• 1940: 1er décembre •

PIERREFONDS
Château de
• 1857: autres événements; dans *Viollet-le-Duc* dans autres événements •

PIERREPÂQUE
Charles
1902-1941
Résistant.
• 1941: 22 décembre; dans *Un du «peuple né de l'ombre»* au 22 décembre •

PIERRET-GÉRARD
Émile
Juriste.
• 1957: 2 octobre •

PIERRI
Giuseppe Andrea
1808-1858
Patriote italien.
• 1858: 14 janvier; 25-26 février; 13 mars •

PIÉTRI
François
1882-1966
Homme politique, ministre.
• 1929: 31 octobre • 1930: 2 mars • 1931: 27 janvier • 1932: 20 février • 1933: 27 octobre • 1934: 29-30 janvier; 3 février; 9 février; 8 novembre • 1935: 1er juin; 4 juin; 6-7 juin • 1936: 19-31 janvier • 1940: 12 juillet • 1944: dans *Pierre Brossolette* au 22 mars •

PIEYRE DE MANDIARGUES
André
1909-1991
Écrivain.
• 1946: décembre • 1971: février; juin •

PIGALLE
Jean-Baptiste
1714-1785
Sculpteur.
• 1744: autres événements • 1745: autres événements • 1748: autres événements • 1750: autres événements • 1753: autres événements • 1754: autres événements • 1756: autres événements • 1763: 20 juin • 1777: autres événements •

PIGENAT
Pierre-François
† 1590
Curé de Saint-Gervais à Paris.
• 1588: juin •

PIGNON
Édouard
1905-1993
Peintre.
• 1932: 17 mars • 1936: 16-31 mai; autres événements • 1941: 10 mai; autres événements • 1946: 15 février-15 mars • 1949: 20-25 avril •

PIGNON
Léon
1908-1976
Haut fonctionnaire.
• 1950: 6, 15 décembre •

PIGNON-ERNEST
Ernest
Né en 1942
Graphiste et peintre.
• 1971: mai •

PIIS
Antoine-Auguste de
1755-1832
Directeur du théâtre du Vaudeville.
• 1792: 12 janvier • 1795: 1er février •

Pilâtre de Rozier
Jean-François
1756-1785
Apothicaire. Aéronaute.
• 1783: 21 novembre •

Piles
Jean de
Abbé d'Orbais. Chanoine de Notre-Dame.
• 1593: 16 janvier •

Piles
Roger de
1635-1709
Peintre. Auteur.
• 1671: dans *La peinture selon l'Académie* au 12 juin •

Pillaudin
Roger
Né en 1927
Journaliste et animateur de radio.
• 1961: 14 mars •

Pillnitz
Déclaration de
1791
• 1783: dans *Calonne* au 1er novembre • 1791: 27 août •

Pilon
Germain
vers 1528-1590
Sculpteur.
• 1565: autres événements • 1566: autres événements • 1583: autres événements • 1585: autres événements • • 1611: autres événements

Pilote
Magazine.
• 1959: 15 octobre; dans *Astérix* au 15 octobre •

Pilsudski
Jozef
1865-1935
Maréchal. Président de la République polonaise de 1919 à 1922. Chef de l'État de 1926 à 1935.
• 1935: 9-16 mai •

Pinard
Ernest
1822-1909
Homme politique, ministre.
• 1867: 13 novembre •

Pinart de Cramailles
Claude
† 1605
Secrétaire d'État.
• 1588: 8 septembre •

Pinay
Antoine
1891-1994
Homme politique. Président du Conseil.
• 1946: *introduction La IVe République* • 1950: 12 juillet • 1951: 15 février; 8 août • 1952: 20 janvier; 6 mars; *biographie* au 6 mars; 12 avril; 3 mai; 20 juillet; 12 septembre; 8 octobre; 23 décembre; 25-30 décembre • 1955: 23 février • 1957: 5 juin • 1958: 22 mai; 1er juin; 27 décembre • 1959: 9 janvier • 1960: 13 janvier •

Pinay
Emprunt
1952
• 1946: *introduction La IVe République* • 1952: dans *Antoine Pinay* au 6 mars; 26 mai •

Pinchon
Joseph
1871-1953
Peintre et dessinateur.
• 1905: février •

Pincus
Gregory Goodwin
1903-1967
Médecin américain.
• 1961: janvier •

Pindare
518-438
Poète grec.
• 1550: dans *Ronsard, « prince des poètes »* dans autres événements •

Pineau
Christian
1904-1995
Homme politique, ministre.
• 1940: dans *De Gaulle* au 18 juin; 9 novembre; 1er décembre • 1941: 17 mai • 1945: 2 décembre • 1947: 24 novembre • 1948: 24 juillet • 1949: 28-29 octobre • 1950: 7 février • 1952: 7-14 janvier • 1955: 23 février • 1956: 1er février; 14 mars; 22 mai; 5 juin; 12-26 septembre • 1957: 25 février; 12 juin; 6 novembre;

15 novembre • 1800: dans *Une révolution médicale* en juillet •

PINEL
Philippe
1745-1826
Médecin aliéniste.
• 1793: 25 août •

PINGAUD
Bernard
Né en 1923
Critique littéraire.
• 1979: février •

PINGEOT
Anne
Née en 1942
• 1996: 11 janvier •

PINGEOT
Mazarine
Née en 1974
• 1996: 11 janvier •

PINGET
Robert
1919-1997
Écrivain.
• 1952: décembre • 1962: septembre •

PINGRÉ
Alexandre-Guy
1711-1796
Astronome.
• 1783: autres événements •

PINOCHET
Augusto
Né en 1915
Général chilien.
• 1973: 11 septembre • 1998: 2 novembre •

PINOT
Robert
1862-1926
• 1900: 17 septembre; 26 novembre • 1915: novembre • 1925: 1er janvier • 1926: 24 février; *biographie* au 24 février •

PINTON
Auguste
1901-1984
Cofondateur de Franc-Tireur.
• 1940: décembre •

PIOU
Jacques
1838-1932
Homme politique.
• 1871: dans *Bilan de la Commune* au 29 mai • 1890: mars • 1892: octobre • 1900: 17 novembre • 1906: 26 mars; 11, 15 décembre •

PIRANDELLO
Luigi
1867-1936
Écrivain italien.
• 1923: 23 avril • 1947: dans *Jean Vilar et le TNP* en juin •

PIRON
Alexis
1689-1773
Poète.
• 1728: 10 octobre • 1733: autres événements • 1738: 10 janvier •

PISANI
Edgard
Né en 1918
Homme politique, ministre.
• 1961: 24 août • 1962: 14 avril; 7 décembre • 1965: 8 janvier • 1967: 6-7 avril; 26-28 avril • 1985: 29 septembre •

PISANI
Marquis de
† 1645
Fils de Charles d'Angennes marquis de Rambouillet.
• 1641: dans *Salons, mondains et précieuses* au 22 mai •

PISCATOR
Erwin
1893-1966
Metteur en scène allemand.
• 1933: dans *Les réfugiés allemands* au 27 février •

PISE
Concile de
1409
• 1409: 25 mars-7 août •

Pisot
Charles
1910-1984
Mathématicien logicien.
• 1951 : décembre •

Pissarro
Camille
1830-1903
Peintre.
• 1863 : dans *Manet* au 15 mai • 1874 : dans *L'impressionnisme* au 15 avril-15 mai • 1886 : dans *Le post-impressionnisme* dans autres événements • 1904 : dans *Matisse* au 1er-18 juin •

Pistre
Jean
Né en 1951
Architecte.
• 1990 : juin •

Pitaux
Révolte des
1548
• 1548 : mai-novembre •

Pithiviers
Camp de concentration (Loiret)
• 1941 : 14 mai •

Pithou
Pierre
1539-1596
Avocat au Parlement de Paris.
• 1593 : dans *Le chant du cygne des libellistes* au 1er-9 janvier • 1594 : autres événements • 1609 : autres événements •

Pitié
Hôpital de la (Paris)
• 1614 : dans *Hôpitaux et charités* dans autres événements •

Pitoëff
Georges
1884-1939
Acteur et metteur en scène.
• 1922 : autres événements • 1923 : 23 avril • 1926 : 17 juin • 1927 : autres événements •

Pitoëff
Ludmilla
1895-1951
• 1923 : 23 avril •

Pitt
William
1708-1778
Premier ministre britannique.
• 1756 : dans *La guerre de Sept Ans* au 9 juin •

Pitt
William
1759-1806
Fils de William Pitt. Premier ministre britannique.
• 1792 : 21 décembre • 1793 : 28 juin ; 7 août ; 21 septembre •

Pivert
Marceau
1895-1958
Homme politique.
• 1920 : dans *Blum* au 25-30 décembre • 1936 : 11 juin • 1937 : 16 mars • 1938 : 4-8 juin •

Pivot
Bernard
Né en 1935
Critique littéraire de télévision.
• 1975 : 10 janvier • 1991 : 12 janvier •

Pixérécourt
René Charles Guilbert de
1773-1844
Auteur dramatique.
• 1800 : 2 septembre •

Pizzi
Pier Luigi
Né en 1930
Metteur en scène.
• 1990 : 17 mars •

Placards
Affaire des
1534
• 1515 : *introduction François Ier* • 1534 : *L'Affaire des Placards* en octobre-décembre • 1535 : janvier-mai • 1541 : dans *Marot et son école* dans autres événements • Voir Marcourt Antoine •

Placentin
† 1192
Juriste.
• vers 1163 • vers 1180 •

Plaignier
Jacques
† 1816
Corroyeur. Conspirateur.
• 1816 : 26 avril •

Plaine (la)
• 1792 : *introduction La République jacobine* • 1793 : dans *La Montagne* au 4 janvier • 1794 : *introduction La République thermidorienne* •

Planchon
Roger
Né en 1931
Metteur en scène.
• 1957 : 17 mai •

Planning familial
• 1956 : janvier • 1967 : *Le Mouvement français du Planning familial* au 28 décembre •

Plantin
Christophe
Imprimeur.
• 1536 : dans *Les Estienne et l'imprimerie* dans autres événements •

Plateau
Marius
† 1923
Camelot du roi.
• 1918 : dans *« L'impôt du sang ». Les Anciens Combattants* au 11 novembre • 1923 : 22 janvier •

Platon
429-347
Philosophe grec.
• 1623 : dans *Théophile de Viau* au 16 septembre • 1972 : novembre •

Platon
Charles
1886-1944
Amiral. Ministre.
• 1940 : 6 septembre • 1941 : 25 février •

Pléiade (la)
• 1536 : 21 juillet • 1537 : dans *Les Baïf* dans autres événements • 1549 : dans *La Pléiade* dans autres événements • 1571 : dans *de Lassus* en avril-mai • 1581 : dans *Beaujoyeux* au 24 septembre • 1598 : dans *Malherbe, le législateur des lettres* dans autres événements • 1608 : dans *Régnier* dans autres événements •

Plenel
Edwy
Né en 1952
Journaliste.
• 1985 : 20 septembre •

Plessis-lès-Tours
Entrevue de
1589
• 1574 : *introduction Henri III* • 1589 : 30 avril •

Pleven
René
1901-1993
Homme politique. Président du Conseil.
• 1940 : dans *De Gaulle* au 18 juin ; *introduction État français et France libre* • 1941 : 24-26 septembre • 1943 : 3-7 juin ; 9 novembre • 1944 : 30 janvier-8 février ; 2 septembre ; 5 septembre ; 9 septembre ; 13-14 novembre • 1945 : 27 mars ; 5 avril • 1947 : 25-26 mai • 1949 : 28-29 octobre • 1950 : 12 juillet ; *biographie* au 12 juillet ; dans *Paix et liberté* au 12 septembre ; 28 septembre ; 24-26 octobre ; 27 octobre ; 28 novembre ; 1er décembre ; 19 décembre • 1951 : 27 janvier ; 27 février ; 9 mars ; 8 août ; 31 décembre • 1952 : 7 janvier ; 5 mars • 1953 : 7 janvier ; 5 mars ; 26 juin • 1954 : 9 février ; 4 avril • 1957 : 5 juin • 1958 : 22 avril ; 28 avril ; 2 mai ; 6 mai ; 8 mai ; 14 mai • 1969 : 21 juin • 1972 : 5 juillet •

Pléville Le Pelley
Georges-René
1726-1805
Ministre de la Marine.
• 1797 : 16 juillet • 1798 : 27 avril •

Pleyel
Ignace
1757-1831
Musicien.
• 1793 : 10 août •

Pleynet
Marcelin
Né en 1933
Écrivain.
• 1969 : dans *Support-Surface* en septembre •

Plichon
Charles Ignace
1814-1888
Homme politique, ministre.
• 1870: 15 mai •

Plisnier
Charles
1896-1952
Écrivain belge.
• 1937: juin •

Plombières
Entrevue de
1858
• 1858: 20-21 juillet • 1859: 28 janvier •

Pluche
Noël-Antoine
1688-1761
Abbé. Savant et littérateur.
• 1732: autres événements • 1739: autres événements •

Plutarque
vers 50-vers 125
• 1523: dans *Lefèvre d'Étaples, l'Érasme français* dans autres événements • 1530: mars • 1559: autres événements; dans *Amyot* dans autres événements • 1560: *introduction Charles IX* • 1572: autres événements •

Pluvinel de La Baume
Antoine de
1555-1620
Sous-gouverneur du roi. Maître d'équitation.
• 1610: *introduction Louis XIII* • 1623: autres événements • 1661: dans *Guerre et souveraineté* au 25 juillet •

Poe
Edgar
1809-1849
Écrivain américain.
• 1856: 12 mars • 1857: dans *Baudelaire* au 24 juin • 1876: dans *Mallarmé* au 3 juillet • 1883: dans *Villiers de l'Isle-Adam* au 19 février •

Poerson
Charles
vers 1609-1667
Peintre.
• 1640: dans *La grande peinture: entre baroque et classicisme* au 17 décembre • 1642: autres événements •

Poher
Alain
1909-1996
Président du Sénat.
• 1969: 3 février; 27 avril; 29 avril-12 mai; 1er juin; 15 juin; dans *Georges Pompidou* au 15 juin • 1974: 2 avril •

Poimbœuf
Marcel
Dirigeant de la CFTC.
• 1943: 27 avril •

Poincaré
Henri
1854-1912
Mathématicien.
• 1889: autres événements; *biographie* dans autres événements • 1908: autres événements •

Poincaré
Raymond
1860-1934
Président de la IIIe République de 1913 à 1920.
• 1870: *introduction La IIIe République* • 1892: dans *Albert de Mun* au 6 mai • octobre • 1893: 4 avril • 1894: 29 mai • 1895: 27 janvier • 1898: 22 mars; 28 novembre • 1899: 8-10 février; 5 juin; dans *Millerand* au 23 juin • 1913: 25 février; 4 mars; 15 mai; 18 mai; 19 juillet • 1914: 5 juin; 18 juin • 1906: 13 mars • 1912: 14 janvier; *biographie* au 14 janvier; 10 février; 22-30 mars; 17 juin-10 juillet; 10-16 août; 7 octobre; 27 octobre; 3 décembre • 1913: 15-16 janvier • 17 janvier 1913-17 janvier 1920 • 1928: 24-25 juin • 1922: 15 janvier; 28 mars; 24-25 avril; 30 juillet-5 août; 5-11 octobre; 8-11 décembre; 15 décembre • 1923: 2-24 janvier; 27-31 mars; 15 juin; 20 juin; 20-22 juillet; 4-20 août; octobre; 23 novembre • 1924: 18 janvier; 7 février; 9-14 mars; 28 mars; 30 mars; 11 mai; 1er juin • 1925: 10 avril • 1926: 15-16 juin; 23 juillet; 27 juillet-3 août; 29 novembre • 1927: 8 mars; 10 juin; 11 novembre • 1928: 22-29 avril; 30 avril; 24-25 juin; 27 août; 6 novembre; 9 novembre • 1929: 13 janvier-8 février; 19 janvier; 11-20 juillet; 25 juillet; 27 juillet; dans *Tardieu* au 31 octobre

Poitiers de Saint-Vallier
Jean de
Père de Diane de Poitiers.
• 1524: janvier-mars •

Polanyi
Michael
1891-1976
Philosophe.
• 1951: mars •

Pole
Reginald
Cardinal. Légat d'Angleterre.
• 1555: mai-juin •

Poliakov
Léon
1910-1997
Historien.
• 1947: novembre • 1951: mai • 1979: 21 février •

Polignac
Armand-Jules de
1771-1847
Homme politique.
• 1804: 25 mai •

Polignac
Jules-Auguste Armand Marie, prince de
1780-1847
Homme politique. Président du Conseil.
• 1804: 25 mai • 1815: *introduction La seconde Restauration*; 17 août; dans *Hyde de Neuville* au 3 novembre; dans *La Bourdonnaie* au 14 novembre • 1827: 19 mars • 1828: dans *Martignac* au 4 janvier • 1829: 4-7 août; 8 août; *biographie* au 8 août; 10 août; 17-18 novembre • 1830: 18 mai; 29 juin; 3-16 août; 27 août; 27-28 septembre; 17-18 octobre; 15-21 décembre • 1836: dans *Thiers* au 22 février; dans *Molé* au 6 septembre; 17 octobre-23 novembre •

Polignac
Melchior de
1661-1741
Cardinal. Diplomate.
• 1710: juin-août • 1713: autres événements •

Polignac
Yolande de Polastron, duchesse de
1749-1793
Gouvernante des Enfants de France.
• 1775: septembre •

Polin
Pierre-Paul Marsalès, dit
1863-1927
Chansonnier.
• 1902: dans *L'âge d'or du Caf'Conc'* au 18 novembre • 1914: 19 mars •

Polin de La Garde
Antoine
Baron de La Garde.
• 1541: 3 juillet • 1545: janvier-mai • 1556: septembre; 5 septembre •

Politique
1928
Mensuel.
• 1928: autres événements •

Politique agricole commune
• Voir PAC •

Politiques
Parti des
• 1560: 5 juillet • 1562: dans *L'Hospital* et dans *Castellion* en février-mars • 1574: mai; *introduction Henri III* • 1575: 2 avril • 1577: avril; 14 septembre • 1586: dans *Préparation d'une révolution* • 1589: *introduction Henri IV* • 1591: février; 16-26 août; octobre-décembre • 1592: janvier; octobre • 1593: 16 janvier; 27 janvier; avril-mai; dans *Le chant du cygne des libellistes* au 1er-9 août; 28 décembre • 1610: *introduction Louis XIII* • 1622: 23-30 janvier •

Politzer
Georges
1903-1942
Philosophe d'origine hongroise.
• 1941: février •

Polk
James Knox
1795-1849
Président des États-Unis de 1845 à 1849.
• 1830: *introduction La monarchie de Juillet* • 1848: *introduction La IIe République*; 26 février •

Pollock
Jackson
1912-1956

Peintre américain.
• 1952: mars • 1982: autres événements •

POLOGNE
Au XIXe siècle.
• 1809: 4 novembre • 1810: 4 janvier; 10 février; octobre • 1812: 22-25 juin • 1815: 9 juin • 1830: 4 novembre; 22 novembre • 1831: 25 janvier; 7 septembre • 1848: *introduction La IIe République*; 7 mai; 13 mai; 15 mai; 24 mai • 1861: 8 avril • 1863: janvier 1863-août 1864; mars; 22 juillet • 1867: 6 juin •

POLOGNE
Au XXe siècle.
• 1914: *introduction La IIIe République: D'une guerre à l'autre* • 1918: 1er-3 juin • 1925: 5-6 octobre • 1928: 27 août • 1936: 7-8 mars • 1938: 20-25 juillet; 23 septembre • 1939: dans *Autour du pacte* au 22-23 août; 1er septembre; 6 septembre; 8 septembre; 17 septembre; 30 octobre • 1940: 4 janvier; dans *De Gaulle* au 18 juin • 1941: novembre • 1942: 10 juillet • 1943: 19 avril; 28 novembre-2 décembre • 1944: 22 juillet; 1er août; *introduction Du Gouvernement provisoire à la IVe République*; 2 octobre; 24 novembre-10 décembre; 27 décembre • 1945: 4-11 février; 1er-7 avril; 23 avril; 30 juin-5 juillet •

POLOGNE
Guerre de Succession de
1733-1738
• 1715: *introduction Louis XV* • 1733: 5 octobre; *La guerre de succession de Pologne* au 5 octobre; 10 octobre; 17 novembre; 24 novembre • 1736: février • 1737: 20 février • 1738: 18 novembre • 1745: dans *Maurice de Saxe* au 11 mai •

POLOGNE
Partages de la
• 1793: 23 janvier • 1795: 3 janvier; 3 août •

POLTROT DE MÉRÉ
Jean
† 1563
• 1560: *introduction Charles IX* • 1563: 18 février; 18 mars •

POLVEREL
Étienne
† 1795
Commissaire de la Convention à Saint-Domingue.
• 1794: 4 août •

POLYBE
vers 200-vers 120
Historien grec.
• 1559: dans *Amyot* dans autres événements • 1727: autres événements •

POLYNÉSIE FRANÇAISE
• 1967: 21 mai • 1974: 16 juin •

POLYSYNODIE
1715-1718
• 1715: *introduction Louis XV*; 1er octobre • 1718: 26 janvier; 28 janvier; 24 septembre •

POMARÉ IV
Aïmata
1813-1877
Reine de Tahiti.
• 1843: 5 novembre •

POMARET
Charles
1897-1984
Général. Ministre.
• 1938: 21-31 août • 1940: 16 juin; 18 juin •

POMBAL
Sebastian José de Carvalho e Mello, marquis de
1699-1782
Premier ministre du Portugal de 1755 à 1777.
• 1755: autres événements •

POMMIER
Jean
1797-1822
Sous-offcier.
• 1822: 19 mars; 21 septembre •

POMPADOUR
Jeanne-Antoinette Poisson Le Normant d'Étiolles, marquise de
1721-1764
Épouse de Charles-Guillaume Le Normant d'Étiolles. Maîtresse de Louis XV.
• 1715: *introduction Louis XV* • 1730: dans *Philibert Orry* au 19 mars; dans *François Quesnay* dans autres événements • 1744: autres événements • 1745: février ou mars; décembre • 1746: autres événements

• 1748: autres événements • 1749: 23 avril; autres événements • 1755: 30 août; autres événements • 1757: 1er février • 1758: dans *Choiseul* au 3 décembre; autres événements • 1764: 15 avril • 1774: dans *Maurepas* au 20 mai •

POMPIDOU
Centre
• Voir Beaubourg, centre •

POMPIDOU
Georges
1915-1974
Président de la Ve République de 1969 à 1974.
• 1958: 9 juin; dans *Michel Debré* en juin-août • 1961: mars • 1962: 14 avril; 15 mai; 4 octobre; 7 décembre • 1966: 8 janvier • 1967: 27 février; 6-7 avril • 1968: 2 mai; dans *Mai 68* au 3 mai; 27 mai; 1er juin; 10 juillet • 1969: 17 janvier; *introduction La Ve République: De l'héritage du gaullisme à la victoire de la gauche*; 29 avril-12 mai; 1er juin; 15 juin; *biographie* au 15 juin • 15 juin 1969-2 avril 1974 • 1974: dans *Valéry Giscard d'Estaing* au 19 mai • 1976: dans *Raymond Barre* au 25 août • 1993: dans *Édouard Balladur* au 29 mars • 1995: dans *Jacques Chirac* au 7 mai • 1997: 19 mars •

PONCE DE PROVENCE
• 1252: autres événements •

PONCELET
Jean-Victor
1788-1867
Mathématicien. Général.
• 1807: mars •

PONCET
Pierre
Chanoine de la Sainte-Chapelle.
• 1593: 16 janvier •

PONCHER
Étienne
1446-1524
Garde des Sceaux. Général des finances.
• 1498: *introduction Louis XII*; dans *Les hommes de Louis XII* au 7 juillet • 1525: 24 février •

PONDICHÉRY
• Voir Inde, Comptoirs français en •

PONGE
Francis
1899-1988
Poète.
• 1926: mars • 1935: 15 janvier • 1940: juin • 1942: 19 mai • 1944: 27 mai • 1946: avril • 1949: février • 1951: 8 juin • 1952: avril • 1960: 30 mars • 1961: novembre • 1963: mai • 1965: janvier • 1971: février •

PONIATOWSKI
Joseph, prince
1763-1813
Officier polonais. Maréchal de France
• 1804: dans *Les maréchaux* au 18 mai • 1806: 10 novembre-26 décembre •

PONIATOWSKI
Michel
Né en 1922
Homme politique, ministre.
• 1973: avril • 1974: 1er mars; 28 mai • 1976: 27 août •

PONIATOWSKI
Stanislas-Auguste
• Voir Stanislas-Auguste Poniatowski roi de Pologne •

PONS
Petit-fils de Raimon IV de Saint-Gilles.
• 1060: *introduction Philippe Ier* • 1108: *introduction Louis VI* •

PONS
Comte de Tripoli.
• 1124: juillet •

PONS
Abbé de Saint-Michel-de-Cuxa.
• 930: dans *Réformes et constructions religieuses au Xe siècle* dans autres événements •

PONS
Bernard
Né en 1926
Homme politique, ministre.
• 1986: 20 mars • 1995: 18 mai; 7 novembre •

PONS DE MELGUEIL
† 1126
Abbé de Cluny de 1109 à 1122.
• 1088-1130 • vers 1120 •

PONS DE TOULOUSE
Comte de Toulouse de 1024 à avant 1061.
• 1037: autres événements • vers 1040 • 1065 •

PONSARD
François
1814-1867
Auteur dramatique
• 1838: dans *Rachel* au 12 juin • 1843: 22 avril •

PONSON DU TERRAIL
Pierre Alexis, vicomte de
1829-1871
Romancier.
• 1859: 15 octobre •

PONSOT
Henri
• 1925: 23 novembre •

PONTALIS
J.-B.
Né en 1924
Psychanalyste, écrivain et éditeur.
• 1964: 21 juin • 1966: novembre • 1967: février • 1970: juin •

PONTARD
Pierre
1749-1832
Évêque constitutionnel.
• 1791: 24 octobre •

PONTCALLEC
Clément-Chrysogone de Guer de Malestroit, marquis de
† 1720
• 1718: 29 septembre • 1719: 24 juin; 27 juillet; octobre; 28 novembre • 1720: 26 mars •

PONTCHARTRAIN
Jérôme Phélypeaux, comte de
1674-1747
Fils de Louis de Pontchartrain. Secrétaire d'État à la Marine.
• 1689: dans *Pontchartrain* au 4 octobre • 1699: 2 septembre • 1715: 7 novembre • 1774: dans *Maurepas* au 20 mai •

PONTCHARTRAIN
Louis Phélypeaux, comte de
1643-1727
Ministre d'État. Secrétaire d'État à la Marine. Chancelier.
• 1663: dans *Officiers et commissaires* en septembre • 1689: 4 octobre; *biographie* au 4 octobre • 1690: dans *Tourville* au 10 juillet; 3 novembre; autres événements • 1691: 16 juillet • 1695: 18 janvier • 1696: dans *Torcy* au 28 juillet • 1697: 12 février • 1699: 2 septembre • 1700: 10 novembre • 1714: 2 juillet •

PONTECORVO
Gilo
Né en 1919
Cinéaste italien.
• 1962: dans *Les rapatriés d'Algérie* au 1er juillet •

PONT-GRAVÉ
François du
Explorateur.
• 1603: mars-août •

PONTIGNY
Abbaye de
• 1114: autres événements •

PONTIS
Guillaume
Architecte.
• Voir Guillaume Pontis •

PONTIVY
Château de
• 1485-1535 •

PONTLEVOY
Bataille de
1016
• 1016: 6 juillet •

PONT-NEUF
(Paris)
• 1576: dans *Les Androuet Du Cerceau* dans autres événements • 1589: *introduction Henri IV* • 1603: autres événements • 1607: 15 novembre • 1613: autres événements •

PONTOISE
Ordonnance de
1318
• 1318: 18 juillet •

PONTOISE
Paix de
1413
• 1413: 20-28 juillet; 1er août •

PONTOISE
Traité de
1312
• 1312: 11 juillet • 1316: 1er septembre •

PONTS ET CHAUSSÉES
• 1716: février • 1736: autres événements • 1743: 1er avril • 1744: 10 février • 1747: 14 février • 1760: autres événements • 1784: autres événements • 1790: 31 décembre •

PONTUS DE TYARD
1521-1605
Poète, membre de la Pléiade.
• 1544: dans *Scève* dans autres événements • 1549: dans *La Pléiade* dans autres événements •

POP ART
• 1963: 28 septembre •

POPEREN
Jean
1925-1997
Homme politique, ministre.
• 1960: 3 avril • 1988: 8 mai • 1991: 25 mai •

POPOV
Alexandre
1859-1906
Physicien russe.
• 1896: dans *L'invention de la TSF* au 2 juin •

POPULAIRE (LE)
1833
Journal.
• 1833: 1er septembre • 1835: 9 septembre • 1841: 14 mars •

POPULAIRE (LE)
1916-1927
Journal socialiste.
• 1916: 1er mai • 1925: 3 juin •

POPULAIRE (LE)
Journal socialiste clandestin.
• 1941: décembre • 1942: 15 mai •

POPULAIRE ROYALISTE (LE)
1837-1839
Journal.
• 1837: 28 janvier •

PORTAL
Guy
Physicien.
• 1927: dans *L'affaire Glozel* au 23 décembre •

PORTAL
Pierre Barthélemy, baron
1765-1845
Homme politique, ministre.
• 1818: 29 décembre • 1819: 20 novembre • 1820: 20 février •

PORTALIS
Jean Étienne Marie
1746-1807
Homme politique, ministre.
• 1797: 1er mars; 5 septembre • 1801: *biographie* au 10 août • 1804: dans *Le Code civil* au 21 mars; 10 juillet • 1808: 4 janvier •

PORTALIS
Joseph-Marie
1778-1858
Homme politique, ministre.
• 1810: 5 février • 1811: 5 janvier • 1828: 4 janvier • 1829: 1er janvier; 14 mai •

PORTE SAINT-ANTOINE
Combat de la
• 1652: 2 juillet •

PORT-ROYAL
Abbaye de
• 1618: dans *Le siècle des saints* au 7 novembre • 1625: 29 mai • 1637: dans *Port-Royal et les Arnauld* au 24 août; dans *Les solitaires de Port-Royal* au 24 août • 1638: dans *Le jansénisme* au 6 mai • 1648: 13 mai • 1664: 9 juin; 21 août • 1667: dans *Racine* au 7 novembre • 1670: 2 janvier • 1692: dans *Le second jansénisme* dans autres événements • 1709: 29 octobre • Voir aussi Jansénisme •

PORT-ROYAL
« Petites écoles » de
• 1646: autres événements • 1667: dans *Racine* au 7 novembre •

PORT-ROYAL
Solitaires de
• 1637: 24 août; *Les solitaires de Port-Royal* au 24 août • 1638: 14 mai; juillet • 1654: dans *La querelle des jansénistes* au 27 janvier • 1656: 24 mars • 1667: dans *Racine* au 7 novembre • 1692: dans *Le second jansénisme* dans autres événements •

PORTUGAL
• 1801: 21 mars; 20 mai • 1807: 19 juillet; 29 juillet; 15 octobre; 17 octobre 1807-9 janvier 1808 • 1808: février; 1er août • 1809: 16 septembre • 1810: 28 août • 1811: 4 avril • 1812: 7 janvier-12 août • 1831: 8-14 juillet •

PORTZAMPARC
Christian de
Né en 1944
Architecte.
• 1990: autres événements •

POSR
(Parti ouvrier socialiste révolutionnaire)
• 1892: 24 septembre • 1893: 1er mai • 1899: 14 juillet; 3-8 décembre •

POSSEL
René de
1905-1974
Mathématicien.
• 1935: dans *Le groupe Bourbaki* au 10 juillet •

POSTEL
Guillaume
1510-1581
Écrivain.
• 1530: mars •

POSTES ROYALES
• 1672: autres événements •

POST-IMPRESSIONNISME
• 1886: *Le post-impressionnisme* dans autres événements •

POT
Philippe
• Voir Philippe Pot •

POTEMKINE
Vladimir
Diplomate soviétique.
• 1935: 2 mai •

POTEZ
Henry
1891-1981
Ingénieur et industriel.
• 1933: 30 août •

POTHUAU
Louis
1815-1882
Amiral. Ministre.
• 1871: 19 février • 1873: 19 mai • 1877: 14 décembre •

POTIN
Félix
1820-1871
Homme d'affaires.
• 1859: autres événements •

POTTIER
Eugène
1816-1887
Révolutionnaire. Chansonnier.
• 1871: 26 mars •

POUCHKINE
Alexandre
1799-1837
Poète russe.
• 1840: dans *Mérimée* au 1er juillet •

POUGET
Émile
1860-1931
Syndicaliste.
• 1908: 30 juillet-4 août •

POUILLON
Jean
Homme de lettres.
• 1970: juin •

POUILLY-LE-FORT
Accord de
1419
• 1419: 8-11 juillet •

POUJADE
Pierre
Né en 1920
Papetier. Ministre.
• 1946: *introduction La IVe République* • 1953: 29 novembre; *biographie* au 29 novembre • 1955: 24 janvier; 20 février •

POUJADE
Robert
Né en 1928
Homme politique, ministre.
• 1971 : 7 janvier • 1972 : 5 juillet • 1973 : 5 avril •

POULAILLE
Henry
1896-1988
Écrivain.
• 1928 : juillet • 1937 : 23-30 janvier •

POULAIN
Charles
Collaborateur à Je suis partout.
• 1946 : 17-18 novembre •

POULAIN
Nicolas
Lieutenant de la prévôté de l'Île de France.
• 1585 : janvier • 1586 : dans *Préparation d'une révolution* • 1587 : 21 février • 1588 : 15 avril ; 22 avril ; 27 avril ; début mai ; 11 mai •

POULENC
Francis
1899-1963
Compositeur.
• 1913 : dans *Apollinaire* au 20 avril ; dans *Stravinski* au 29 mai • 1918 : mai • 1920 : dans *Le Groupe des Six* au 16-23 janvier • 1924 : 6 janvier • 1925 : autres événements • 1929 : 3 mai • 1932 : 20 avril • 1937 : autres événements • 1939 : autres événements • 1941 : 26 septembre • 1946 : 14 juin • 1947 : 3 juin • 1951 : juin • 1954 : dans *Le Domaine musical* au 13 janvier • 1957 : 21 juin • 1959 : 6 février •

POULET
Georges
1902-1991
Critique littéraire belge.
• 1963 : mai •

POULIDOR
Raymond
Né en 1936
Coureur cycliste.
• 1964 : juillet •

POULLAIN DE LA BARRE
François
1647-1723
Auteur.
• 1673 : autres événements •

POUM
(Parti ouvrier d'unification marxiste)
Parti révolutionnaire espagnol.
• 1936 : 18 février ; 3 mai •

POUND
Ezra
1885-1972
Poète américain.
• 1972 : novembre •

POURBUS
Frans II le jeune
1569-1622
Peintre flamand.
• 1609 : autres événements • 1618 : autres événements •

POURTALÈS
Frédéric de
1853-1928
Diplomate allemand.
• 1914 : 29 juillet •

POUSSIN
Nicolas
1594-1665
Peintre.
• 1600 : dans *La Seconde École de Fontainebleau* dans autres événements • 1624 : autres événements • 1627 : autres événements • 1628 : autres événements • 1630 : autres événements • 1634 : autres événements • 1635 : autres événements • 1640 : 17 décembre : dans *La grande peinture : entre baroque et classicisme* au 17 décembre ; autres événements • 1641 : novembre • 1642 : automne • 1643 : autres événements • 1647 : dans *L'atticisme parisien* dans autres événements • 1648 : autres événements • 1649 : autres événements • 1650 : autres événements • 1661 : dans *Mazarin collectionneur* au 9 mars • 1663 : mars • 1664 : autres événements • 1665 : 19 novembre • 1671 : dans *La peinture selon l'Académie* au 12 juin • 1677 : dans *Versailles* dans autres événements •

Poutine
Vladimir
Né en 1952
Président de la Fédération de Russie.
• 1981 : *introduction La Ve République : De la France mitterrandienne aux cohabitations politiques* •

Pouyer-Quertier
Auguste
1820-1891
Homme politique, ministre.
• 1871 : 19 février ; 6 mai • 1872 : 23 avril •

Poyet
Bernard
1742-1824
Architecte.
• 1806 : dans *Les architectes* au 15 août •

Poyet
Guillaume
1474-1548
Chancelier de 1538 à 1545.
• 1522 : août • 1538 : septembre-octobre • 1539 : 10 août • 1540 : février • 1542 : août • 1544 : 3 avril • 1545 : avril-juillet •

Poyet
Jean
Enlumineur.
• vers 1494-1495 •

Pozzo di Borgo
Membre de la Cagoule.
• 1937 : 16 novembre 1937-26 janvier 1938 •

Pozzo di Borgo
Charles-André
1764-1842
Homme politique corse. Ambassadeur de Russie.
• 1794 : 21 juin • 1815 : 5 juillet ; 20 novembre • 1816 : 28 février •

PPA
(Parti du peuple algérien)
1937
• 1937 : 11 mars • 1944 : 14 mars •

PPF
(Parti populaire français)
1936-1944
• 1925 : dans *Doriot, du PC au PPF* au 4 février • 1936 : 27-28 juin ; dans *Fascismes français* au 27-28 juin • 1938 : dans *Munichois et antimunichois* au 4 octobre • 1941 : dans *Les collaborationnistes* au 1er février ; 5 août • 1943 : dans *Joseph Darnand* au 30 janvier ; 6 juillet • 1944 : 26 août •

Prades
Jean
vers 1720-1782
Écrivain. Théologien.
• 1750 : 12 janvier • 1752 : 7 février •

Pragmatique Sanction de Bourges
1438
• 1438 : 5 juin-7 juillet • 1440 : 26 août-11 septembre • 1459 : autres événements • 1461 : 21 novembre • 1464 : 10 septembre • 1467 : autres événements • 1472 : 13 août • 1499 : mars • 1512 : 3 mai • 1515 : *introduction François Ier* • 1516 : 18 août •

Pragmatique Sanction
1713
• 1731 : 16 mars ; 22 juillet • 1740 : 20 octobre •

Prague
Défenestration de
1618
• 1618 : 23 mai •

Prague
Printemps de
1968
• 1968 : avril ; 20-21 août •

Praguerie
• 1440 : février-juillet •

Prairial
Journée du 1er
1795
• 1795 : 20 mai ; 21-22 mai ; 23 mai •

Praslin
César-Gabriel de Choiseul-Chevigny, duc de
1712-1785
Secrétaire d'État aux Affaires étrangères. Secrétaire d'État à la Marine.
• 1758 : dans *Choiseul* au 3 décembre • 1761 : 13 octobre • 1766 : 10 avril • 1770 : 24 décembre • 1771 : 9 avril •

Prat
Jean
Né en 1927
Réalisateur pour la télévision.
• 1961 : 31 octobre •

Prato
Giuseppe
1873-1928
Économiste et historien italien.
• 1912 : février •

Préault
Auguste
1809-1879
Sculpteur.
• 1833 : dans *La sculpture romantique* dans autres événements •

Précy
Louis-François Perrein de
1742-1820
Chef de l'armée royaliste lyonnaise.
• 1793 : 19 juillet •

Pré-la-Bataille
Bataille de
935
• 935 : autres événements •

Preljocaj
Angelin
Né en 1957
Chorégraphe.
• 1981 : janvier • 1990 : décembre •

Prélot
Marcel
Juriste. Fondateur du Politique.
• 1928 : autres événements •

Preminger
Otto
1906-1986
Cinéaste américain d'origine autrichienne.
• 1947 : 18 juillet •

Prémontré
Abbaye de
• 1121 : autres événements •

Prenant
Marcel
1893-1983
Scientifique et homme politique.
• 1948 : 20 octobre •

Presbourg
Traité de
1805
• 1805 : 25 septembre-26 décembre •

Présence réelle
• 1561 : *Présence réelle, présence spirituelle, présence symbolique* au 9 septembre-14 octobre •

Pressard
Georges
Magistrat.
• 1933 : dans *L'affaire Stavisky* au 23 décembre • 1934 : 21 février •

Presse
Législation sur la
• 1796 : 17 avril • 1814 : 4 juin ; 10 juin ; 5 juillet ; 21 octobre ; 28 octobre • 1815 : 22 avril ; *introduction La seconde Restauration* ; 20 juillet ; dans *De Serre* au 29 octobre • 1816 : 7 décembre • 1817 : 28 février ; 11-24 décembre • 1819 : 17, 26 mai et 9 juin • 1820 : 27 février ; 31 mars • 1821 : dans *Villèle* au 14 décembre • 1822 : 17, 25 mars • 1824 : 11 juin • 1827 : janvier ; 19 janvier ; 13 février-17 avril • 1828 : 18 juillet • 1830 : 25 juillet ; 29 novembre ; 14 décembre • 1835 : 29 août ; 9 septembre • 1848 : 9 août ; 11 août • 1849 : 21 avril ; 27 juillet ; 4 novembre • 1850 : 16 juillet • 1852 : 17 février ; *introduction Le Second Empire* • 1868 : 11 mai • 1870 : *introductio La IIIe République : De la chute du Second Empire à la Première Guerre mondiale : 1870-1914* ; 27 octobre • 1871 : 11 mars ; 28 mars ; 15 avril • 1875 : 29 décembre • 1877 : février ; 15 mai • 1878 : 21 mars • 1880 : dans *Jules Ferry* au 25 septembre • 1881 : 29 juillet • 1893 : 16 mars ; 11-18 décembre •

Presse (La)
Quotidien.
• 1836 : 1er juillet ; dans *La naissance de la presse* au 1er juillet • dans *Girardin* au 22 juillet • 1845 : juin ; autres événements • 1848 : 25 juin ; 7 juillet • 1852 : dans *Théophile Gautier* au 17 juillet •

PRESSENSÉ
Francis de
1853-1914
Président de la Ligue des Droits de l'homme.
• 1904: 18 avril •

PRÊT-BAIL
Loi
• 1941: 24 juin; 1er octobre; 11 novembre • 1943: 20 février • 1945: 28 février •

PRÉTELAT
André
1874-1969
Général.
• 1940: 13-15 mai •

PRÉTEXTAT
† 586
Évêque de Rouen de 550 environ à 586.
• 577 • 586: Pâques •

PRÊTRES-OUVRIERS
• 1946: mai •

PREUVES
1951-1969
Revue.
• 1951: mars •

PRÉVERT
Jacques
1900-1977
Écrivain.
• 1924: dans *Les surréalistes* au 12, 15 octobre • 1938: 17 mai • 1945: 15 juin • 1946: 10 mai; octobre; 13 décembre • 1950: mars • 1951: 19 juillet •

PRÉVOST
Antoine-François Prévost d'Exiles, dit abbé
1697-1763
Romancier. Traducteur.
• 1715: *introduction Louis XV* • 1728: autres événements • 1731: autres événements • 1733: autres événements • 1735: autres événements • 1740: autres événements • 1742: autres événements • 1743: autres événements • 1745: autres événements • 1746: autres événements • 1750: autres événements • 1751: autres événements •

PRÉVOST
Jean
Curé de Saint-Séverin. Ligueur.
• 1587: 9 juillet; 2 septembre •

PRÉVOST
Jean
1901-1944
Écrivain.
• 1915: dans *Adrienne Monnier* au 7 novembre •

PRÉVOST
Jean
Général des finances de Guyenne.
• 1523: 31 juillet • 1525: 28 juin; 4 décembre • 1526: 20 octobre •

PRÉVOST-PARADOL
Lucien Anatole
1829-1870
Écrivain. Homme politique.
• 1862: 18 janvier • 1866: 2 août • 1868: 18 juillet • 1870: 20 juillet •

PRICE
Richard
1723-1792
Philosophe britannique.
• 1790: dans *Burke et la Révolution française* en novembre •

PRIEUR
Barthélemy
1536-1611
Sculpteur.
• 1611: autres événements •

PRIEUR
Jean-Louis
† 1795
Dessinateur.
• 1795: 7 mai •

PRIEUR DE LA CÔTE-D'OR
Claude-Antoine Prieur-Duvernois, dit
1763-1832
Député à la Convention. Membre du Comité de salut public.
• 1793: dans *Barère* au 4 janvier; 9 juin; 5 août; 14 août; *biographie* au 14 août; 4 décembre • 1794: 29 juin; 29 juillet; 3 octobre; 6 octobre • 1795: 22 mars; 28 mai •

Prieur de la Marne
Pierre-Louis Prieur, dit
1756-1827
Député à la Convention. Membre du Comité de salut public.
• 1793: 10 juillet; *biographie* au 10 juillet; 31 octobre • 1794: 29 juin • 1795: 20 mai • 1799: 6 juillet •

Prigent
Robert
Né en 1910
Homme politique, ministre.
• 1946: 23-29 janvier; 19-26 juin • 1947: 4 mai •

Prim y Prats
Juan
1814-1870
Général. Homme politique espagnol.
• 1852: *introduction Le Second Empire* • 1869: septembre •

Primat
Moine de Saint-Denis. Auteur.
• 1274: autres événements •

Primatice
Francesco Primaticcio, dit
1504-1570
Peintre.
• 1515: *introduction François Ier* • 1530: *La Première École de Fontainebleau* dans autres événements • 1560: autres événements • 1570: autres événements • 1600: dans *La Seconde École de Fontainebleau* dans autres événements •

Primo de Rivera
Miguel
1870-1930
Dictateur espagnol de 1923 à 1930.
• 1914: *introduction La IIIe République: D'une guerre à l'autre* • 1936: *dans Fascismes français* au 27-28 juin •

Prince
Albert
1883-1934
Magistrat.
• 1933: dans *L'affaire Stavisky* au 23 décembre • 1934: 21 février •

Prince Noir
Édouard de Woodstock dit le
† 1376
Fils d'Édouard III, roi d'Angleterre. Prince de Galles. Duc de Guyenne.
• 1355: 20 septembre • 1356: 5 août; 19 septembre • 1357: mai • 1362: 19 juillet • 1363: autres événements • 1366: 23 septembre • 1367: 3 avril • 1368: 26 janvier; 2 mai; 16 novembre • 1370: 24 août • 1371: janvier • 1372: 28 septembre; octobre • 1376: 8 juin • vers 1385 •

Princip
Gavrilo
1894-1918
Terroriste bosniaque.
• 1914: 28 juin •

Printemps
Yvonne Wigniolle-Dupré, dite Yvonne
1894-1977
Actrice.
• 1924: 6 mai •

Printemps (Le)
(Paris)
Grand Magasin.
• 1855: autres événements •

Prisonniers de guerre
1940-1945
• 1940: 12 juillet, *Les prisonniers* • 1941: 26 juin • 1942: 16 juin; 22 juin • 1945 19 juin; dans *Rapatriement* au 19 juin •

Pritchard
George
1796-1883
Pasteur. Diplomate.
• 1843: 5 novembre • 1844: mars; 26 juillet; 3-5 août; 6 septembre •

Prittwitz
Max von
1848-1917
Général allemand.
• 1914: dans *Les chefs d'état-major* au 11 août •

Privatisations
• 1981: *introduction La Ve République: De la France mitterrandienne aux cohabitations politiques* • 1986: 31 juillet; 5 décembre; 24 décembre • 1987: 23 février; avril-mai

• 1993: 8 juillet • 1997: 8 septembre • 1998: 22-23 juillet; 23 septembre •

PRODI
Romano
Né en 1939
Président du Conseil italien.
• 1981: *introduction La Ve République: De la France mitterrandienne aux cohabitations politiques* •

PRODUCTEUR (LE)
1825-1826
Périodique.
• 1821: dans *Saint-Simon* au 3 mars • 1825: juin • 1828: dans *Le saint-simonisme* en décembre •

PROGRAMME COMMUN DE LA GAUCHE
1972
• 1969: *introduction La Ve République: De l'héritage du gaullisme à la victoire de la gauche* • 1972: 27 juin; 1er décembre; dans *Georges Marchais* au 17 décembre • 1977: 19 mai; 23 septembre • 1978: 19 mars • 1981: dans *François Mitterrand* au 21 mai •

PROGRÈS SOCIAL FRANÇAIS (LE)
• 1928: dans *La Rocque et les Croix-de-Feu* en janvier • 1942: 26 avril •

PROKOFIEV
Sergueï
1891-1953
Compositeur russe.
• 1990: décembre •

PROLY
Pierre-Jean-Bertchtold
1752-1794
• 1793: 14 octobre; 14 novembre; 17 novembre; 21 novembre; 29 décembre • 1794: 21 mars •

PROST
Henri
Architecte.
• 1911: autres événements •

PROST DE ROYER
Antoine-François
1729-1784
Avocat.
• 1781: autres événements •

PROTADIUS
† 605
Maire du palais d'Austrasie-Bourgogne.
• 596: dans *Trois royaumes francs (596-613)* à mars • 605 •

PROTOT
Eugène
1839-1921
Membre de la Commune de 1871.
• 1871: 20 avril •

PROUDHON
Cercle
1911-1914
• 1911: 16 décembre •

PROUDHON
Pierre-Joseph
1809-1865
Publiciste, théoricien socialiste et fédéraliste.
• 1840: juin; *biographie* dans *Socialismes et utopies* en juin • 1844: février • 1846: 19 décembre • 1848: 4 mars; 1er avril; 4-5 juin; 31 juillet; 2 septembre • 1849: 28 mars; 13 juin • 1850: 11 août; dans *L'école réaliste* dans autres événements • 1852: 14 août • 1856: dans *Le réalisme littéraire* en novembre • 1858: 28 avril • 1863: avril • 1864: 28 septembre • 1865: 24 juin • 1870: *introduction La IIIe République: De la chute du Second Empire à la Première Guerre mondiale*; 5 septembre • 1871: dans *Tolain* au 8 février • 1895: dans *L'anarchisme* au 16 novembre • 1897: dans *Juliette Lamber* au 13 novembre • 1931: dans *Au-delà de la droite et de la gauche* en novembre • 1932: dans *Les fondateurs d'Esprit* en octobre • 1939: juillet

PROUST
Antonin
1832-1905
Homme politique, ministre.
• 1881: 14 novembre • 1892: 16-22 décembre • 1893: 8-21 mars •

PROUST
Marcel
1871-1922
Écrivain.
• 1889: décembre • 1896: 12 juin • 1913: 14 novembre; *biographie* au 14 novembre • 1919: 10 décembre • 1921: janvier • 1924: janvier • 1931: dans *Au-delà de la*

droite et de la gauche en novembre • 1937: dans *Martin du Gard* au 10 novembre • 1952: juin • 1953: dans *Samuel Beckett* au 5 janvier •

PROUVÉ
Jean
1901-1984
Architecte.
• 1958: mars • 1983: autres événements •

PROUVÉ
Victor
1858-1943
Peintre, graveur, sculpteur.
• 1901: 14 février • 1903: 1er mars • 1904: 30 octobre •

PROUVILLE
Sieur de
† 1615
• 1615: 28 juin • 1616: 19 juin •

PROUVOST
Jean
1885-1978
Homme d'affaires. Ministre.
• 1940: 5 juin •

PROVENCE
Adélaïde-Azalaïs, comtesse de • Alphonse Ier, comte de • Alphonse II, comte de • Alphonse Jourdain, marquis de • Béatrice de • Bérenger Raimon II, comte de • Bertran Ier, comte de • Bertran II, comte de • Charles d'Anjou, comte de • Charles II d'Anjou, comte de • Charles III d'Anjou, comte de • Éléonore de Provence • Geoffroi Ier, comte de • Gerberge de Provence • Guilhem II, marquis de • Guilhem III, marquis de • Louis II d'Anjou, comte de • Louis III d'Anjou, comte de • Louis Ier d'Anjou, comte de • Louis XVIII • Marguerite de • Raimon Bérenger III • Raimon Bérenger IV • Raimon Bérenger V • Raimon IV de Saint-Gilles, marquis de • Ramon Berenguer III, comte de • Roubaud II, comte de • Sanche Ier d'Aragon •

PROVENCE
Débarquement de
• 1944: 15 août; *introduction Du Gouvernement provisoire à la IVe République* •

PROVERA
1740-1804
Général autrichien.
• 1796: dans *La campagne d'Italie* au 10 avril; 14 avril • 1797: 7 janvier; 16 janvier •

PROVINCES-UNIES
• 1648: 30 janvier •

PROVINCES-UNIES
Fondation des
• 1579: 6, 23 janvier • 1580: 19 septembre • 1581: 26 juillet •

PROVINS
Foire de
• 1137: *introduction Louis VII*; automne •

PRUD'HOMMES
Conseils de
• Voir Conseils de Prud'hommes •

PRUDENCE
Galindo dit
Évêque de Troyes de 846 environ à 861. Auteur.
• 835-861 • 861: autres événements •

PRUDHOMME
Guillaume
Trésorier de l'épargne.
• 1525: mai •

PRUDHOMME
Louis-Marie
1752-1830
Directeur de journal.
• 1791: 3 décembre •

PRUSSE
• 1848: 31 octobre • Voir aussi Franco-allemande, Guerre (1870-1871) •

PS
(Parti socialiste)
1971
• 1964: 7 juin • 1969: *introduction La Ve République: De l'héritage du gaullisme à la victoire de la gauche* • 1970: dans Jean-Jacques Servan-Schreiber au 28 février • 1971: 11-12 juin • 1972: 28 février; 27 juin; 5 juillet; dans *Georges Marchais* au 17 décembre • 1973: 4, 11 mars • 1974: 12-13 octobre • 1977: 23 septembre • 1978: janvier; 1er février; 12 mars; 29 avril • 1980:

Q

Quéribus
Citadelle de
1255
• 1255 : mai •

Qasdanovitch
Peter
Général autrichien.
• 1796 : 29 juillet ; 31 juillet ; 3 août •

Quant
Mary
Née en 1934
Couturière britannique.
• 1965 : mars •

Quantin
Philippe
vers 1600-1636
Peintre.
• 1613 : dans *Les caravagesques français* à fin 1613 ou début 1614 •

Quarante-cinq
Garde personnelle d'Henri III.
• 1584 : autres événements •

Quatorze points du président Wilson
1918
• 1914 : *introduction La IIIe République : D'une guerre à l'autre* • 1918 : 9 janvier ; 29 octobre •

Quatre Articles
Déclaration des
1682
• 1643 : *introduction Louis XIV* • 1682 : 17 mars • 1693 : 14 septembre • 1802 : 8 avril • 1810 : 17 février ; 2 mars • 1826 : février ; 26 mars •

Quatre Nations
Collège des
• 1661 : dans *Un hommage de Louis XIV à Mazarin* au 9 mars • 1661 : autres événements • 1667 : dans *Les architectes de Louis XIV* au 14 mai • 1684 : autres événements •

Quatremère de Quincy
Antoine-Chrysostome
1755-1849
Sculpteur. Historien de l'art. Homme politique. Député au Conseil des Cinq-Cents.
• 1791 : autres événements ; *biographie* dans autres événements • 1797 : 5 septembre • 1839 : 1er juin •

Québec
• 1589 : *introduction Henri IV* • 1608 : autres événements • 1756 : dans *La guerre de Sept Ans* au 9 juin • 1759 : 17 septembre •

Quelen
Hyacinthe Louis de
1778-1839
Archevêque de Paris.
• 1829 : février • 1831 : 30 mai ; 29 août • 1837 : 31 août • 1839 : 31 décembre ; dans *Mgr Affre* au 31 décembre • 1849 : dans *Mgr Dupanloup* au 16 avril •

Quélus
• Voir Caylus •

Queneau
Raymond
1903-1968
Écrivain.
• 1924 : dans *Les surréalistes* au 12, 15 octobre • 1929 : 13 avril • 1933 : 13 décembre • 1939 : juillet • 1942 : juillet • 1944 : 19 mars • 1947 : avril ; dans *Saint-Germain-des-Prés* au 3 mai • 1949 : 8 avril ; 22 juin • 1950 : 11 mai ; 25 septembre • 1951 : décembre • 1952 : 22 avril • 1959 : janvier • 1960 : dans *L'Oulipo* au 26 octobre • 1961 : 14 mars •

Quénisset
François, dit Papart
1814-1841
Ouvrier scieur de long.
• 1841 : 13 septembre •

Quentin de La Tour
Maurice
1704-1788
Peintre.
• 1741 : autres événements • 1747 : autres événements • 1748 : autres événements • 1755 : autres événements •

Quérelle
Nicolas
Conspirateur royaliste.
• 1804 : 21 janvier •

QUERELLE DES ANCIENS ET DES MODERNES
• Voir Anciens et Modernes, Querelle •

QUERELLE DES BOUFFONS
1752
• 1752: 1er août • 1753: 9 janvier • 1753: 15 novembre • 1754: autres événements •

QUESNAY
François
1694-1774
Médecin. Économiste.
• 1730: autres événements; *biographie* dans autres événements • 1736: autres événements • 1749: autres événements • 1751: dans *Au cœur des Lumières: l'Encyclopédie* dans autres événements • 1756: autres événements; dans *Les physiocrates* dans autres événements • 1758: autres événements • 1760: autres événements • 1763: autres événements • 1768: autres événements •

QUESNAY DE BEAUREPAIRE
Jules
Magistrat.
• 1892: 10 septembre; 5 novembre • 1898: 30 mars • 1899: 8 janvier; 28 janvier •

QUESNEL
Pasquier
1634-1719
Janséniste. Théologien.
• 1637: dans *Port-Royal et les Arnauld* au 24 août • 1671: autres événements • 1692: autres événements; dans *Le second jansénisme* dans autres événements • 1699: autres événements • 1713: 8 septembre • 1714: 5 février • 1726: 28 août • 1731: autres événements •

QUESTEMBERT
Bataille de
888
• 888: autres événements •

QUESTIAUX
Nicole
Née en 1930
Ministre.
• 1981: 21 mai; 23 juin • 1982: 29 juin •

QUÉTELET
Adolphe
1796-1874
Astronome et mathématicien.
• 1835: 2 mai •

QUÉTINEAU
Anne Maire Catherine Latreille, épouse
1759-1794
Épouse du général Quétineau.
• 1794: 21 mars •

QUÉTINEAU
Pierre
1756-1794
Général.
• 1793: 13 avril; dans *La Rochejaquelein* au 13 avril; 5 mai; 26 décembre • 1794: 16 mars •

QUEUILLE
Henri
1884-1970
Homme politique. Président du Conseil.
• 1924: 12-14 juin • 1926: 18-19 juillet; 23 juillet • 1930: 20-25 février; 13 décembre • 1932: 3-7 juin; 16 décembre • 1933: 31 janvier; 27 octobre; 23-27 novembre • 1934: 29-30 janvier; 9 février; 11-13 mai; 8 novembre • 1937: 21-22 juin; 30 juillet • 1938: 18 janvier; 10 avril; dans *Munichois et antimunichois* au 4 octobre • 1940: 21-22 mars; 16 juin; 10 juillet • 1943: 27 avril; 9 novembre • 1944: 5 septembre • 1946: *introduction La IVe République* • 1948: 11 septembre; 9 octobre; 24 novembre; 23 décembre • 1949: 12 janvier; 23-24 février; 16 mars; 5 octobre • 1950: 7 février; 30 juin-4 juillet; 12 juillet; 6 novembre • 1951: 9 mars; 27 avril; 17 juin; 10 juillet •

QUÉVAL
Jean
Écrivain.
•1945: dans *Intellectuels: épurateurs et épurés* au 13 janvier •

QUIDDE
Ludwig
1858-1941
Homme politique allemand.
• 1927: 8 décembre •

QUIÉTISME
• 1662: dans *Bossuet* au 26 février-9 avril • 1685: autres événements • 1695: mars; *Mme Guyon et le quiétisme* en mars • 1697: 1er août • 1698: 26 juin • 1699: 12 mars •

QUIGNARD
Pascal
Né en 1948
Écrivain.
• 1967: janvier • 1981: mars • 1992: 18 décembre • 1994: février • 2000: mai •

QUILÈS
Paul
Né en 1942
Homme politique, ministre.
• 1981: 23-25 octobre • 1984: 17-18 juillet • 1985: 20 septembre • 1988: 8 mai • 1991: 25 mai • 1992: 2 avril •

QUILICI
François
1905-1977
Directeur de presse.
• 1940: dans *Les Français de Londres* au 7 août •

QUILLET
Claude
1602-1661
Médecin.
• 1616: dans *Les libertins érudits* dans autres événements • 1657: dans *Tallemant des Réaux* dans autres événements •

QUILLIOT
Roger
1925-1998
Homme politique, ministre.
• 1981: 21 mai • 1983: 22 mars •

QUINAULT
Syndic de la Sorbonne.
• 1717: 1er mars •

QUINAULT
Philippe
1635-1688
Auteur.
• 1653: dans *Lully* au 23 février • 1668: dans *La Fontaine* au 31 mars • 1670: autres événements • 1671: 17 janvier • 1673: 24 avril • 1674: 11 janvier • 1675: 11 janvier • 1676: 10 janvier • 1680: 3 février • 1686: 15 février • 1687: dans *La querelle des Anciens et Modernes* au 27 janvier •

QUINET
Edgar
1803-1875
Philosophe et historien.
• 1821: dans *La légende napoléonienne* au 5 juillet • 1831: 15 juillet • 1832: 1er août • 1842: mars; *biographie* en mars • 1843: 20 juillet; 30 septembre • 1844: juillet • 1845: 8 mars • 1847: dans *Michelet* au 13 février • 1848: 6 mars • 1849: 5 janvier • 1858: 28 août • 1860: 21 avril • 1865: 25 novembre • 1875: 29 mars • 1923: 22 mars • 1979: dans *François Furet* au 23 janvier •

QUINETTE
Nicolas-Marie
1762-1821
Député à la Convention. Homme politique. Ministre de l'Intérieur.
• 1793: 30 mars; 1er avril • 1795: 26 décembre • 1799: 22 juin • 1815: 22 juin •

QUINSON
Antoine
1904-1966
Ministre.
• 1957: 6 novembre •

QUINZAINE (LA)
1955
Périodique.
• 1955: 4 février •

QUINZE-VINGTS (LES)
• 1841: 21 février •

R

Raban Maur
784-856
Abbé de Fulda de 822 à 847. Archevêque de Mayence de 847 à 856. Auteur.
• 814: autres événements • 836-837 •

Rabaud
Henri
1873-1949
Compositeur.
• 1902: 30 avril •

Rabaut-Pommier
Jacques-Antoine
1744-1820
Homme politique. Député.
• 1793: 5 décembre •

Rabaut Saint-Étienne
Jean-Paul
1743-1793
Secrétaire du bureau de la Convention.
• 1787: 29 novembre • 1788: autres événements; *biographie* dans autres événements • 1789: 1er septembre; 12 septembre • 1790: 6 mars; 5 décembre • 1791: 6 mai • 1792: février; 20 septembre; 28 décembre • 1793: 2 juin; 5 décembre • 1795: 8 octobre •

Rabbe
Alphonse
1784-1829
Poète.
• 1829: 31 décembre •

Rabelais
François
vers 1490-1553
• 1520: autres événements; 1532: autres événements; *biographie* dans autres événements • 1537: dans *Les Baïf* dans autres événements •

Rabier
Fernand
Avocat et homme politique.
• 1908: dans *L'affaire Rochette* au 21 mars •

Rabou
Charles
1803-1871
Écrivain.
• 1847: 18 mars-10 mai •

Racamond
Julien
1885-1960
Dirigeant synidical.
• 1944: dans *Louis Saillant* au 10 septembre •

Racan
Honorat de Bueil, seigneur de
1589-1670
Auteur.
• 1623: dans *Théophile de Viau* au 16 septembre • 1624: dans *Guez de Balzac* dans autres événements • 1625: autres événements; *biographie* dans autres événements • 1629: dans *L'Hôtel de Bourgogne et le théâtre du Marais* dans autres événements • 1641: dans *Salons, mondains et précieuses* au 22 mai •

Rachel
Élisabeth-Rachel Félix, dite
1821-1858
Comédienne.
• 1812: 19 mai • 1838: 12 juin; *biographie* au 12 juin • 1849: 14 avril • 1890: dans *Sarah Bernhardt* au 3 janvier •

Rachilde
Marguerite Eymeri, dite
1860-1953
Écrivain.
• 1889: novembre •

Racine
Jean
1639-1699
Auteur dramatique.
• 1635: dans *L'Académie française* au 25 janvier • 1636: dans *Tristan L'Hermite* au printemps • 1637: dans *Corneille* au début janvier; dans *Les solitaires de Port-Royal* au 24 août • 1653: dans *Lully* au 23 février • 1657: autres événements • 1664: 20 juin • 1665: 4 décembre • 1667: 7 novembre; *biographie* au 7 novembre • 1668: dans *Le Grand Condé* au 1er-19 février; 31 mars; novembre • 1669: 13 décembre • 1670: 21 novembre • 1672: 5 janvier • 1674: dans *Boileau* au 10 juillet; 18 août • 1677: 1er janvier; dans *La Champmeslé* au 1er janvier • 1683: 2 mars • 1687: dans *La querelle des Anciens et des Modernes* au 27 janvier • 1689: 26 janvier • 1691: 5 janvier • 1696: 4 septembre • 1715: dans *Mme de Maintenon* au 25 août • 1716: 3 mars • 1742: autres événements • 1755: avril • 1838: dans *Rachel* au 12 juin • 1963: avril •

Ragnachaire
† 509/511
Roi des Francs de Cambrai.
• vers 486 • 509-511 •

Ragon
Michel
Né en 1924
Écrivain et critique d'art.
• 1951 : février •

Raiberti
Flaminius
1862-1929
Ministre.
• 1922 : 15 janvier •

Raimbaud de Reillane
Archevêque d'Arles de 1030 à 1065.
• 1031-1032 • 1032 : 13 septembre • 1041 : 12 août • 1042-1044 : 4 septembre • 1060 : autres événements •

Raimbaut d'Orange
† 1173
Troubadour.
• vers 1140 : dans *Les premiers troubadours* •

Raimbaut de Vaqueiras
1157 ?-1210
Troubadour vers 1200.
• 1212 : dans *Littérature et politique au temps de la croisade albigeoise* dans autres événements • 1981 : mai •

Raimon
« Prince » des Goths.
• 944 •

Raimon
† entre 978 et 980
Comte de Toulouse.
• 960 : autres événements •

Raimon
Comte des Baux.
• 1131 : autres événements •

Raimon IV de Saint-Gilles
vers 1042-1105
Fils de Pons comte de Toulouse. Marquis de Provence de 1094 à 1105.
• 1060 : *introduction Philippe Ier* • 1065 • 1066 : 15 décembre • 1080-1088 • 1090 • 1096 : 5-15 juillet ; fin octobre • 1097 : 26 avril • 1098 : 29 juin • 1099 : 7 janvier • 1104 : autres événements • 1105 : 28 février •

Raimon V de Toulouse
† 1194
Fils d'Alfonse Jourdain de Toulouse. Comte de Toulouse de 1148 à 1194.
• 1137 : dans *introduction Louis VII* • 1153 : 10 octobre • 1154 : printemps • 1156 : autres événements • 1159 : début ; juin • 1166 : printemps • 1173 : février • 1177 : autres événements • 1186 : autres événements • 1188 : 21 janvier •

Raimon VI
† 1222
Fils de Raimon V de Toulouse. Comte de Melgueil à partir de 1176. Comte de Toulouse de 1194 à 1222.
• 1176 • 1194 : autres événements • 1195 : [début] • 1196 : autres événements • 1207 : autres événements • 1208 : début janvier ; 12 ou 15 janvier ; autres événements • 1209 : dans *Les Monfort (1165-1265)* au printemps ; 18 juin • 1211 : février ; mai • 1213 : 12 septembre • 1215 : 8 janvier ; 11-30 novembre • 1216 : avril • 1217 : autres événements • 1218 : 25 juin • 1222 : août •

Raimon VII
† 1249.
Fils de Raimon VI de Toulouse. Comte de Toulouse.
• 1216 : autres événements • 1222 : août • 1224 : autres événements • 1225 : 30 novembre • 1226 : avril • 1227 : 28 janvier • 1228 : avril • 1229 : janvier ; novembre • 1230 : autres événements • 1234 : autres événements • 1235 : autres événements • 1236 : 24 avril • 1239 : autres événements • 1240 : août-septembre • 1242 : 29 mai ; juin ; 17 août ; 5 octobre • 1243 : janvier • 1249 : 27 septembre • 1258 : 28 mai •

Raimon Bérenger III
† 1166
Comte de Provence de 1145 à 1166.
• 1145 : autres événements • 1147 : février • 1166 : printemps •

Raimon Bérenger IV
† 1181
Comte de Provence de 1168 à 1181.
• 1168: décembre • 1178: autres événements • 1181: 5 avril •

Raimon Bérenger V
† 1245
Fils d'Alphonse II, comte de Provence. Comte de Provence et de Forcalquier de 1209 à 1245.
• 1209: autres événements • 1212: dans *Littérature et politique au temps de la croisade albigeoise* dans autres événements • 1220: autres événements • 1226: *introduction Louis IX* • 1226-1227 • 1227: autres événements • 1229: octobre • 1230: autres événements • 1238 • 1239: autres événements • 1243: autres événements • 1245: 19 août •

Raimon d'Aguilers
Auteur.
• 1096: dans *Les hommes de la croisade* en mai-juin •

Raimon de Béziers
Médecin.
• 1313: autres événements •

Raimon Pons III
† 942
Comte de Toulouse.
• 932: autres événements • 936: novembre • 942: autres événements •

Raimon Trencavel
† 1167
Vicomte de Béziers.
• 1150: autres événements • 1153: 10 octobre • 1159: début • 1160: mai • 1167: octobre •

Raimon Trencavel
Vicomte de Béziers.
• 1240: août-septembre •

Raimond
Jean-Bernard
Né en 1926
Ministre.
• 1986: 20 mars •

Raimond Chalmel
Médecin.
• 1382: autres événements •

Raimond de Marseille
Astronome.
• vers 1140 •

Raimond de Poitiers
† 1149
Prince d'Antioche.
• 1148: 19 mars • 1149: juin •

Raimu
Jules Auguste César Muraire, dit
1883-1946
Acteur.
• 1946: 20 septembre •

Rainard
Vicomte d'Auxerre.
• 924: octobre •

Rainard
Comte de Sens.
• 977: 1er octobre •

Rainaud de Bar
Abbé de Cîteaux à partir de 1133.
• 1133: autres événements •

Rainbow Warrior
Affaire du
1985
• 1981: *introduction La Ve République: De la France mitterrandienne aux cohabitations politiques* • 1985: 10 juillet; 20 septembre • 1999: dans *Responsabilité, culpabilité et justice* au 9 février •

Rainfroi
† 731
Maire du palais de Neustrie-Bourgogne de 715 à 719. « Duc » du Mans.
• 714 • 715: dans *Deux royaumes francs (715-721)* • 716: mars • 716-720 • 717: 21 mars • 719 • 724 •

Rainier
Légat.
• 1199: 12 juillet •

Rainier III au Long Col
Comte de Hainaut de 957 à 973.
• 957: janvier-février •

RAINIER IV
Fils de Rainier III au Long Col, comte de Hainaut. Comte de Hainaut.
• 973: été • 974: janvier • 976: avril • 997: autres événements •

RAISON
André
† 1719
Organiste.
• 1710: dans *Clérambault* dans autres événements •

RAKOCZI
François II
1676-1735
Prince de Transylvanie de 1703 à 1711.
• 1703: 7-20 septembre •

RAKOCZI
Georges Ier
1593-1648
Prince de Transylvanie de 1630 à 1648.
• 1645: 16 décembre •

RALITE
Jack
Né en 1928
Homme politique, ministre.
• 1981: 23 juin • 1983: 22 mars •

RAMADIER
Paul
1888-1961
Homme politique. Président du Conseil.
• 1920: dans *Blum* au 25-30 décembre • 1930: dans *Thorez* au 23 avril • 1938: 18 janvier; 10 avril; 21-31 août • 1940: dans *Les Quatre-vingts* au 10 juillet • 1944: 13-14 novembre • 1946: *introduction La IVe République*; 16 décembre • 1947: 22 janvier; 28 janvier; 24 février; 4 mai; 4 juin; 10-13 août; 26 septembre; 22 octobre; 30 octobre; 19 novembre • 1948: 11 septembre • 1956: 14 février; 10 septembre •

RAMBAUD
Alfred
1842-1905
Historien. Ministre.
• 1896: 29 avril •

RAMBAUD
Marcel et Roger
Militants communistes.
• 1940: avril •

RAMBOUILLET
Catherine de Vivonne, marquise de
1588-1665
Épouse de Charles d'Angennes marquis de Rambouillet.
• 1641: 22 mai; dans *Salons, mondains et précieuses* au 22 mai • 1657: dans *Tallemant des Réaux* dans autres événements •

RAMBOUILLET
Charles d'Angennes, marquis de
† 1645
• 1641: dans *Salons, mondains et précieuses* au 22 mai •

RAMBUTEAU
Claude-Philibert Barthelot, comte de
1781-1869
Homme politique, préfet.
• 1833: juin; *biographie* en juin •

RAMEAU
Jean-Philippe
1683-1764
Compositeur.
• 1697: dans *Campra* au 24 octobre • 1706: autres événements • 1715: *introduction Louis XV* • 1722: autres événements • 1724: autres événements • 1726: autres événements • 1728: autres événements • 1731: autres événements • 1733: autres événements • 1735: 23 août • 1737: 24 octobre; autres événements • 1739: autres événements • 1741: autres événements • 1745: 31 mars; autres événements • 1747: 15 mars • 1748: 29 février; autres événements • 1749: 5 décembre; autres événements • 1750: autres événements • 1751: autres événements • 1752: 1er août • 1754: autres événements • 1757: 31 mai • 1759: autres événements • 1760: dans *Gossec* dans autres événements; autres événements • 1764: 12 septembre; autres événements •

RAMEL
Jean-Pierre
1768-1815
Général.
• 1797: 5 septembre • 1815: 17 août •

Ramel de Nogaret
Jacques
1760-1829
Ministre des Finances.
• 1794: *introduction La République thermidorienne* • 1795: 4 août • 1796: 14 février; août • 1797: 7 janvier; 8 février; 14 juin; 16 juillet; 30 septembre • 1799: 21 avril; 20 juillet •

Ramette
Arthur
1897-1988
Homme politique.
• 1938: 13 janvier •

Ramire Ier
† 1064/1069
Roi d'Aragon à partir de 1035.
• 1063: autres événements •

Ramire II le Moine
vers 1080-1157
Roi d'Aragon de 1134 à 1157.
• 1135: autres événements •

Ramnulf Ier
† 866
Petit-fils de Louis le Pieux, empereur. Comte de Poitiers de 839/844 à 866.
• 814: *introduction Louis le Pieux* • 866: 15 septembre •

Ramnulf II
845/850-890
Comte de Poitiers de 866/868 à 890.
• 889: février-mars • 890: août •

Ramon
Gaston
1886-1963
Biologiste et vétérinaire.
• 1924: autres événements •

Ramon Berenguer Ier
vers 1024-1076
Comte de Barcelone de 1035 à 1076.
• 1064 • 1068: autres événements • 1070 •

Ramon Berenguer II
vers 1053-1082
Comte de Barcelone de 1076 à 1082.
• 1082 •

Ramon Berenguer III
1082-1131
Comte de Barcelone de 1097 à 1131. Marquis de Provence de 1112 à 1131.
• vers 1111 • 1125: 16 septembre • 1131: autres événements •

Ramon Berenguer IV
Comte de Barcelone.
• 1147: février • 1159: début •

Ramon Borrell III
† 1018
Comte de Barcelone de 992 à 1018.
• 1018: 25 février •

Ramonet
Édouard
1909-1980
Ministre.
• 1958: 9 juin •

Rampon
Antoine-Guillaume
1759-1842
Officier.
• 1796: 12 avril •

Ramsay
André-Michel
1686-1743
Écrivain.
• 1719: autres événements •

Ramus
Pierre de La Ramée, dit
1515-1572
Humaniste.
• 1530: mars • 1543: autres événements; *biographie* dans autres événements • 1544: 10 mars • 1572: 24-29 août • 1555: dans *Peletier du Mans* dans autres événements • 1560: dans *Pasquier* dans autres événements •

Ramuz
Charles-Ferdinand
1878-1947
Écrivain suisse.
• 1911: autres événements • 1913: dans *Stravinski* au 29 mai •

Ranavalona III
1862-1917
Reine de Madagascar de 1883 à 1897.
• 1870 : *introduction La IIIe République : De la chute du Second Empire à la Première Guerre mondiale* • 1885 : 17 décembre • 1894 : 22 octobre • 1896 : 15 octobre • 1901 : 31 mai •

Ranc
Arthur
1831-1908
Homme politique.
• 1870 : 4 septembre • 1871 : 26 mai • 1873 : 19 juin •

Rancé
Armand-Jean Bouthillier, abbé de
1626-1700
Abbé de La Trappe. Réformateur.
• 1664 : 14 juillet • 1696 : autres événements •

Rancière
Jacques
Né en 1940
Philosophe.
• 1965 : dans *Louis Althusser* au 10 septembre •

Rancillac
Bernard
Né en 1931
Artiste.
• 1964 : juillet-octobre •

Randon
Jacques César, comte
1795-1871
Maréchal de France. Ministre.
• 1851 : 21 janvier ; 11 avril • 1852 : 11 février ; 4 décembre • 1856 : 18 mars • 1857 : 24 juin • 1858 : 24 juin • 1859 : 5 mai •

Randon
Laurent-Frédéric Ermel
† 1817
Conspirateur.
• 1817 : 6-23 mai •

Rangod
Alfred
1833-1916
Chimiste.
• 1825 : dans *Kuhlmann et Péchiney* dans autres événements •

Rantzau
Josias, comte de
1609-1650
Maréchal.
• 1643 : novembre-décembre •

Ranucci
Christian
1954-1976
• 1976 : 28 juillet •

Ranvier
Gabriel
1828-1879
Peintre. Membre de la Commune de 1871.
• 1870 : 6-12 septembre ; 5-7 novembre • 1871 : 28 avril-1er mai ; 9 mai •

Raoul
Archevêque de Tours de 1070 environ à 1087.
• 1070 •

Raoul
Duc de Thuringe.
• 639 : dans *Deux royaumes francs* au 19 janvier • 640 •

Raoul
Archevêque de Bourges de 845 à 866.
• 853-856 •

Raoul
Comte de Poitiers.
• 864 : printemps •

Raoul
† 896
Comte de Cambrai.
• 896 : autres événements •

Raoul
† 936
Fils de Richard le Justicier, « duc » de Bourgogne. Roi de Francie occidentale de 923 à 936.
• 916-918 • 921 : 1er septembre ; autres événements • 922 : mai ; *introduction Robert Ier* • 923 : *introduction* • 923-936 •

Raoul II de Brienne
† 1350
Comte d'Eu et de Guines.
• 1350: *introduction Jean II le Bon*; 19 novembre •

Raoul de Crépy
† 1074
Comte de Valois.
• 1034-1037 • 1041: [début] • 1061: autres événements • 1063: autres événements • 1074: 22 février •

Raoul de Presles
Juriste.
• 1285: *introduction Philippe IV le Bel* •

Raoul de Presles
Traducteur.
• 1371-1375: [début]; dans *Les traducteurs de Charles V* •

Raoul de Vermandois
Comte de Vermandois. Sénéchal.
• 1108: *introduction Louis VI* • 1128: printemps • 1130: octobre • 1137: *introduction Louis VII*; fin août • 1142: janvier • 1143: printemps; 9 octobre • 1147: 20 avril • 1148: 21 mars-avril • 1149: 8 mai •

Raoul Grosparmi
Garde du Sceau. Cardinal.
• 1226: *introduction Louis IX* • 1261: décembre •

Raoul Torta
• 944: été •

Raoult
Éric
Né en 1955
Ministre.
• 1995: 18 mai •

Raoulx
Marius Charles Bonaventure
1798-1822
Sous-officier.
• 1822: 19 mars; 21 septembre •

Rap
Mouvement musical.
• 1991: avril; *Une culture sortie de la banlieue: le rap* en avril •

Rapallo
Bataille de
1494
• 1494: 5 septembre •

Rapallo
Traité de
1922
• 1922: 16 avril; 18-19 avril •

Raphaël
Raffaello Sanzio, dit
1483-1520
Peintre et sculpteur italien.
• 1483: autres événements • 1518: autres événements • 1535: dans *L'art du portrait* dans autres événements • 1661: dans *Mazarin collectionneur* au 9 mars •

Rapin
Maurice
Peintre.
• 1978: autres événements •

Rapin
Nicolas
† 1608
Poète.
• 1593: dans *Le chant du cygne des libellistes* au 1er-9 août •

Rapinat
Jean-Jacques
1752-1818
Administrateur.
• 1798: 16 juin •

Rapondi
Dino
† 1415
Banquier lucquois.
• vers 1365 •

Rapondi
Jacques
Marchand italien.
• 1403: autres événements •

Rappel (Le)
Journal.
• 1869: 13 mai • 1870: 8 août • 1887: dans *Camille Pelletan* au 11 juillet • 1915: 10 octobre •

Rappeneau
Jean-Paul
Né en 1932
Cinéaste.
• 1990: 28 mars •

Rashi
† 1105
Auteur.
• 1105: autres événements •

Raspail
François-Vincent
1794-1878
Médecin. Écrivain. Homme politique.
• 1830: 30 juillet • 1832: janvier; dans *Auguste Blanqui* en janvier; *biographie* en janvier • 1834: 9 octobre • 1835: 9 septembre • 1848: *introduction La IIe République*; 25 février; 4 mars; 17 mars; 16 avril; 23-24 avril; 15 mai; 22 mai; 26 octobre; 10-11 décembre • 1849: 22 janvier; dans *Ledru-Rollin* au 27 janvier; 7 mars-2 avril • 1876: 20 février-5 mars; 21 mars •

Rassemblement démocratique africain
• Voir RDA •

Rassemblement démocratique révolutionnaire
• Voir RDR •

Rassemblement des gauches républicaines
• Voir RGR •

Rassemblement du peuple français
• Voir RPF •

Rassemblement national populaire
• Voir RNP •

Rassemblement populaire
1935-1938
Coalition des partis et organisations de gauche à l'origine du Front populaire.
• 1920: dans *Blum* au 25-30 décembre • 1934: 10 novembre • 1935: 5-12 mai; 21 juin; 25 juillet-21 août; 8 novembre • 1936: 12 janvier; 13-16 février • 26 avril-3 mai • 1938: 27-29 octobre • Voir aussi Front populaire •

Rassemblement pour la République
• Voir RPR •

Rassinier
Paul
1906-1967
Négationniste.
• 1978: dans *Le négationnisme, une secte historique* au 16 novembre •

Rastadt
Traité de
1714
• 1696: dans *Torcy* au 28 juillet • 1713: 26 novembre • 1714: 6 mars; 7 septembre •

Rastadt
Congrès de
1797-1799
• 1797: dans *Leoben ou la paix malgré le Directoire* au 18 avril; dans *La paix de Campo Formio* au 17 octobre; 27 octobre; 28 novembre; 1er décembre; 2 décembre • 1798: 9 mars; 14 mai; 30 mai-7 juillet; 17 septembre; 6 décembre • 1799: 2 janvier; 23 avril; 28 avril •

Ratbert
Évêque de Valence de 858 à 879.
• 858: 12 novembre •

Rateau
Jean-Pierre
1800-1887
Avocat. Homme politique.
• 1848: 28 décembre • 1849: 29 janvier; 14 février •

Rath
Ernst vom
1909-1938
Diplomate allemand.
• 1938: 7-10 novembre •

Rathenau
Walter
1867-1922
Ministre allemand.
• 1919: dans *Les réparations* au 28 juin • 1921: 21 juin-27 août • 1922: 24 juin •

Ratier
Antony
1851-1934
Ministre.
• 1913: 22 mars •1913: 22 mars • 1924: 8-10 juin •

Ratisbonne
Diète de
• 1630: juillet-août; septembre-octobre; 28 octobre •

Ratisbonne
Trêve de
1684
• 1684: 15 août • 1686: 5 mars •

RATP
(Régie autonome des transports parisiens)
1948
Création.
• 1948: 21 mars •1998: 15 octobre •

Ratton
Charles
1895-?
Collectionneur d'art africain.
• 1948: dans *L'art brut* en juin •

Raucourt
Françoise-Marie-Antoinette-Josèphe Saucerotte, dite Mlle
1756-1815
Comédienne.
• 1796: 26 décembre •

Rauline
Henri Pierre Marie
1846-?
Architecte.
• 1875: 16 juin •

Rausch
Jean-Marie
Né en 1924
Ministre.
• 1988: 28 juin •

Rauzan
Abbé David de
1772-1834
Prêtre.
• 1819: dans *L'Église à la reconquête des âmes* au 24-27 octobre •

Ravachol
François Claudius Koenigstein, dit
1859-1892
Anarchiste.
• 1892: *biographie* au 11 mars •

Ravaillac
François
1578-1610
Assassin d'Henri IV roi de France.
• 1589: *introduction Henri IV* • 1610: mai-juillet; dans *Qui a tué Henri IV?* en mai-juillet •

Ravaisson
Félix-Mollien
1813-1900
Philosophe.
• 1837: 21 octobre • 1839: 22 février • 1887: 12 novembre; *biographie* au 12 novembre • 1889: dans *Bergson* au 28 décembre •

Ravanel
Serge
Né en 1920
Fondateur de Libération-Sud.
• 1944: 14-18 septembre •

Ravechet
Hyacinthe
1654-1717
Syndic de la Sorbonne.
• 1715: 2 décembre • 1717: 1er mars •

Ravel
Maurice
1875-1937
Compositeur.
• 1877: dans *Fauré* en avril • 1903: autres événements • 1907: 12 janvier; dans *Le renouveau musica*l au 12 janvier • 1910: 25 juin; dans *Les Ballets russes* au 25 juin • 1912: 8 juin • 1913: dans *Stravinski* au 29 mai • 1916: 14 mars • 1920: 12 décembre • 1925: 21 mars • 1928: 22 novembre • 1932: 14 janvier •

Ravenne
Bataille de
avril 1512
• 1498: *introduction Louis XII* • 1512: 9 avril; 11 avril •

Ravenstein
Philippe de
Chef militaire.
• 1507: 28 avril •

Ravez
Homme politique.
• 1818: 14-18 décembre • 1822: 7 juin •

Ravoahangy
Joseph
1893-1970
Homme politique.
• 1947: juillet •

Rawlinson
Henry
1864-1925
Général britannique.
• 1918: 8 août •

Ray
Man
1890-1976
Peintre et photographe américain.
• 1915: juin • 1920: dans *Le dadaïsme* au 10 janvier • 1921: décembre • 1923: 6 juillet • 1924: 1er décembre • 1925: 13 novembre; dans *Le surréalisme en peinture* au 13 novembre • 1926: 26 mars • 1938: 17 janvier •

Raymond
Marcel
1907-1981
Critique littéraire suisse.
• 1958: janvier •

Raymond de Turenne
† 1412
• 1388: septembre • 1399: autres événements •

Raymond du Temple
• après 1364 •

Raynal
David
1840-1903
Homme politique, ministre.
• 1881: 14 novembre • 1883: 21 février • 1893: 3 décembre • 1895: 14 janvier; 5 février • 1896: 11-15 février •

Raynal
Guillaume-Thomas
1713-1796
Abbé.
• 1772: autres événements • 1790: 15 août •

Raynaldy
Eugène
1869-1938
Ministre.
• 1924: 12-14 juin • 1933: 23-27 novembre • 1934: 27 janvier •

Raynaud
Étienne
1867-1958
Ministre.
• 1910: 2 novembre • 1913: 9 décembre • 1914: 13 juin •

Raynaud
Henri
1890-1970
Syndicaliste.
• 1943: 15 avril •

Raynaud
Jean-Pierre
Né en 1939
Artiste.
• 1975: autres événements •

Rayneval
Joseph-Matthias Gérard de
1746-1812
Économiste.
• 1849: 31 octobre •

Raynssant de Viezmaison
Oudard
• 1591: autres événements •

Raysse
Martial
Né en 1936
Artiste.
• 1960: 23 octobre; 27 octobre • 1964: juillet-octobre •

RDA
(Rassemblement démocratique africain)
• 1946: octobre • 1949: 6 février • 1950: 28 janvier-3 février • 1957: 31 mars •

RDA
(République démocratique allemande)
• 1949 : 7 octobre •

RDR
(Rassemblement démocratique révolutionnaire)
• 1948 : 28 février •

RÉACTION
1930
Revue.
• 1930 : avril • 1936 : autres événements •

READ
Charles
1819-1898
Administrateur. Historien.
• 1850 : 26 octobre •

REAGAN
Ronald Wilson
Né en 1911
Président des États-Unis de 1981 à 1989.
• 1969 : *introduction La Ve République : De l'héritage du gaullisme à la victoire de la gauche* • 1981 : *introduction La Ve République : De la France mitterrandienne aux cohabitations politiques* ; 17-23 octobre •

RÉAL
Pierre-François
1757-1834
Substitut du procureur syndic de la Commune de Paris.
• 1792 : 2 décembre • 1796 : 31 décembre •

RÉAL DE CURBAN
Gaspard de
1682-1752
Sénéchal. Auteur.
• 1761 : autres événements •

REAL DEL SARTE
Maxime
1888-1954
Sculpteur.
• 1908 : novembre •

RÉALITÉS NOUVELLES
Comité des
1946
Groupe artistique.
• 1946 : 19 juillet • 1955 : 15 octobre •

RÉATTU
Jacques
1760-1833
Peintre.
• 1790 : octobre •

RÉAUMUR
René-Antoine Ferchault de
1683-1757
Physicien et naturaliste.
• 1720 : autres événements • 1722 : autres événements • 1730 : autres événements • 1734 : autres événements • 1742 : 22 août • 1749 : autres événements • 1752 : autres événements • 1761 : autres événements •

REBATET
Lucien
1903-1972
Écrivain.
• 1936 : *dans Fascismes français* au 27-28 juin • 1942 : 3 octobre • 1946 : 17-18 novembre •

REBECQUI
François-Trophime
1760-1794
Député.
• 1793 : 2 février •

REBEL
François
1701-1775
Compositeur.
• 1726 : autres événements •

REBEL
Jean-Ferry
1666-1747
Compositeur.
• 1737 : autres événements •

REBEYNE
Grande
avril-mai 1528
• 1529 : avril-mai ; dans *Champier* dans autres événements •

REBEYROLLE
Paul
Né en 1926
Peintre.
• 1957 : janvier • 1964 : dans *La Fondation Maeght* au 28 juillet •

Rebillot
Préfet de police.
• 1848: 20 décembre •

Rebuffat
Gaston
1921-1985
Alpiniste.
• 1950: 3 juin •

Récamier
Jacques-Rose
1751-1830
Banquier.
• 1796: 29 juin •

Récamier
Julie Bernard, Mme
1777-1849
• 1808: dans *Le néoclassicisme* au 4 janvier • 1834: dans *Ballanche* en septembre •

Reccarède
† 601
Roi wisigoth.
• vers 566 • 584 •

Reclus
Élisée
1830-1905
Géographe. Théoricien de l'anarchisme.
• 1875: 15 mai • 1896: 3 juin •

Recurt
Adrien-Barnabé-Athanase
1797-1872
Médecin. Homme politique, ministre.
• 1848: 11 mai; 28 juin; 13 octobre •

Réda
Jacques
Né en 1929
Écrivain.
• 1967: octobre • 1968: septembre • 1997: janvier •

Redon
Abbaye de
• 832: autres événements • 868: juin •

Redon
Odilon
1840-1916
Peintre.
• 1901: 22 avril •

Redressement français (Le)
1925
• 1925: 23 novembre; dans *Ernest Mercier et le Redressement français* au 23 novembre •

Reed
Carol
1906-1976
Cinéaste britannique.
• 1949: 20 octobre •

Réformateur (Le)
1834-1835
Quotidien.
• 1832: dans *Raspail* en janvier • 1834: 9 octobre • 1835: 9 septembre •

Réforme (La)
1843
Journal.
• 1839: dans *Schoelcher* au 28 décembre • 1843: 29 juillet • 1848: 24 février; 8 avril; dans *Flocon* au 11 mai • 1849: dans *Ledru-Rollin* au 27 janvier; 13 juin •

Régale
Affaire de la
1673-1693
• 1666: dans *Les protestants jusqu'en 1685* en avril • 1673: 10 février • 1675: 2 avril • 1693: 14 septembre •

Régent
1715-1723
• Voir Philippe II d'Orléans •

Reggiani
Serge
Né en 1922
Chanteur et acteur.
• 1946: 13 décembre • 1947: dans *Albert Camus* au 10 juin • 1949: 15 décembre • 1950: 27 septembre • 1952: 16 avril •

Réginon de Prüm
Auteur.
• 909: autres événements •

Régis
Emmanuel
1855-1918
Psychiatre.
• 1914: mai •

Religion
Quatrième guerre de
1572-1573
• 1572: 24-29 août • octobre 1572-11 août 1573 •

Religion
Cinquième guerre de
1574-1576
• 1560: *introduction Charles IX* • fin février 1574-mai-juin 1576 •

Religion
Sixième guerre de
1576-1577
• décembre 1576-14 septembre 1577 •

Religion
Septième guerre de, dite « guerre des amoureux »
1579-1580
• 29 novembre 1579-26 novembre 1580 •

Religion
Huitième guerre de, dite « guerre des trois Henri »
1585-1598
• mars 1585-30 avril 1598 •

Remarque
Erich-Paul Remark, dit Erich-Maria
1898-1970
Écrivain allemand.
• 1929: juin • 1933: dans *Les réfugiés allemands* au 27 février •

Rembrandt
Rembrandt Harmenszoon Van Rijn, dit
1606-1669
Peintre hollandais.
• 1623: autres événements •

Remi
• Voir Grimo •

Remi
Saint
vers 438-530
Évêque de Reims à partir de 460 environ.
• 498 ou 496, 497?: 25 décembre • 530 • 845: dans *Hincmar* en avril •

Remiremont
Abbaye de
• 590-594: dans *Colomban* • 935: autres événements •

Remistan
† 768
• 766 ou 767: août • 768: printemps •

Remizov
Alexeï
1877-1957
Écrivain russe.
• 1926: dans *Les Russes en France* au 14 avril •

Rémond
René
Né en 1918
Historien.
• 1954: février • 1955: 23 décembre •

Rémond de Saint-Mard
Toussaint de
1682-1757
Écrivain.
• 1741: autres événements •

Rémusat
Claire Élisabeth Gravier de Vergennes, comtesse de
1780-1821
• 1879: 15 novembre •

Rémusat
François-Marie-Charles, comte de
1797-1875
Homme politique.
• 1819: 18 février; 1er juin • 1821: *biographie* dans *Les doctrinaires* en octobre • 1840: 1er mars; 12 mai • 1847: 19-21 avril; 9 juillet • 1848: 23-24 avril • 1853: dans *Gobineau* au 10 septembre • 1860: 26 mai • 1871: 2 août • 1873: 17 mars; 27 avril; 19 mai •

Rémusat
Paul de
1831-1897
Homme politique.
• 1879: 15 novembre •

Rémy
Gilbert Renault, dit le colonel
1904-1984
Résistant, historien.
• 1940: dans *Pétain* au 11 juillet • 1942: 28 novembre • 1943: 11 janvier • 1950: 18 avril • 1944 dans *Pierre Brossolette* au 22 mars •

Renan
Ernest
1823-1892
Philosophe et historien.
• 1820: 23 juillet • 1862: 22 février • 1863: 24 juin; *biographie* au 24 juin • 1871: 16 décembre • 1883: 21 juillet • 1890: 8 avril • 1907: dans *Loisy* au 8 septembre • 1923: 22 mars • 1939: juillet •

Renard
† 1055
Fils de Fromond, comte de Sens. Comte de Sens.
• 1015: 22 avril • 1055: 15 octobre •

Renard
André
1861-1944
Ministre.
• 1917: 12-19 septembre •

Renard
Charles
1847-1905
Ingénieur.
• 1884: 9 août •

Renard
Jules
1864-1910
Écrivain.
• 1889: décembre • 1892: janvier • 1893: février • 1894: octobre • 1896: mars • 1897: 15 mars • 1899: mai • 1904: 18 avril • 1907: 12 janvier •

Renard
Marius
† 1953
• 1953: 27 janvier •

Renard
Victor
1864-1914
Syndicaliste.
• 1909: juin •

Renard le Vieux
† 997
Comte de Sens de 949 à 997.
• 949: 22 avril •

Renaud
Comte de Bar.
• 1113: autres événements •

Renaud
Comte de Nantes.
• 843: 24 mai •

Renaud
Évêque de Paris de 992 à 1016.
• 992: autres événements •

Renaud
Madeleine
1903-1994
Actrice.
• 1943: 27 novembre • 1954: dans *Le Domaine musical* au 13 janvier • 1963: octobre • 1965: 1er décembre • 1966: 16 avril •

Renaud II
† 1097
Fils de Guillaume II, comte de Bourgogne. Comte de Mâcon.
• 1119: 2 février •

Renaud d'Aubigny
Confesseur du roi.
• 1285: *introduction Philippe IV le Bel* •

Renaud de Bar
Évêque de Metz.
• 1302-1316 •

Renaud de Châtillon
Régent d'Antioche de 1149 à 1160.
• 1149: juin •

Renaud de Dammartin
Beau-père de Philippe Hurepel. Comte de Boulogne à partir de 1190.
• 1180: *introduction Philippe Auguste* • 1190: 16 septembre • 1198: [début]; avril; juin • 1199: 18 août • 1210: mai • 1211: septembre • 1212: 4 mai • 1214: janvier •

Renaud de Martigné
† 1138
Archevêque de Reims de 1128 à 1138.
• 1129: 14 avril • 1138: janvier •

Renaud de Roucy
Comte de Roucy.
• 936: *introduction Louis IV d'Outremer* • 966 •

Renaud de Vendôme
† 1016/1020
Évêque de Paris, comte de Vendôme et Melun.
• 992: autres événements • 1007: dans *Fulbert de Chartres* au printemps • 1016-1020 •

Renaudel
Pierre
1871-1935
Homme politique.
• 1933: 17 avril; dans *Déat, du néo-socialisme au RNP* au 14-17 juillet; 5 novembre •

Renaudin
Paul
1864-1947
Publiciste.
• 1894: 10 janvier •

Renaudot
Théophraste
1589-1653
Médecin. Fondateur de La Gazette.
• 1614: dans *Pamphlets et libelles* au 27 octobre • 1616: dans *Richelieu: du favori au ministre d'État* à fin juin; dans *Les libertins érudits* dans autres événements • 1629: autres événements • 1631: 30 mai; *biographie* au 30 mai • 1637: autres événements • 1762: autres événements •

Renault
Cécile
1774-1794
• 1794: 24 mai •

Renault
Léon Charles
1839-1933
Homme politique.
• 1892: 16-22 décembre •

Renault
Louis
1843-1918
Professeur de droit. Prix Nobel de la Paix.
• 1907: 10 décembre •

Renault
Louis
1877-1944
Ingénieur et industriel.
• 1895: dans *L'automobile* en juin • 1908: 10 novembre • 1912: 22 mai • 1916: dans *Les patrons de l'industrie et la Première Guerre mondiale* • 1918: 18 juillet • 1933: 30 août • 1940: dans *Technocratie et synarchie* au 9-10 février •1944: 15 novembre •

Renault
Usines, Régie
• 1916: dans *Les patrons de l'industrie et la Première Guerre mondiale* au 12 décembre • 1917: dans *Les chars* au 16 avril • 1942: 3 mars • 1944: 15 novembre; dans *Les nationalisations* au 13 décembre • 1946: 3-13 octobre • 1947: 1er mai • 1952: 2 octobre • 1955: 27 mars; dans *Pierre Dreyfus* au 27 mars; 15 septembre • 1962: 29 décembre • 1966: 1er janvier •1967: autres événements • 1968: 10-11 juin • 1969: 10-16 décembre • 1986: 17 novembre • 1992: 27-31 mars • 1997: 27 février •

René d'Anjou
1409-1480
Fils de Louis II d'Anjou. Roi de Naples (déposé le 12 juin 1442). Duc d'Anjou, de Lorraine et comte de Bar.
• 1422: *introduction Charles VII* • 1431: 30 juin • 1435: 2 février; *biographie* au 2 février • 1437: 7 février • 1438: autres événements • 1442: 2 juin • 1443: autres événements • 1444: 4 septembre • 1445: autres événements • 1448: autres événements • 1449: 10 novembre • 1453: autres événements • 1461: *introduction Louis XI* • 1471: autres événements • 1474: 24 juillet • 1475-1476 • 1476: 6 mars; 6 avril • 1479: autres événements • 1480: 10 juillet • 1489: autres événements •

René II d'Anjou
† 1508
Petit-fils de René duc d'Anjou, roi de Naples. Duc de Lorraine et duc de Bar de 1473 à 1508.
• 1461: *introduction Louis XI* • 1473:

15 octobre • 1474: 31 mars-4 avril; 24 juillet • 1475: 10 mai; 17 novembre • 1476: 22 juin; 7 octobre • 1477: 5 janvier • 1481: été • 1483: *introduction Charles VIII* • 1484: autres événements • 1547: *introduction Henri II* •

Renée de France
1510-1575
Fille de Louis XII roi de France. Épouse d'Hercule II d'Este duc de Ferrare. Duchesse de Ferrare.
• 1510: 25 octobre • 1513: 14 septembre • 1515: mars-avril • 1527: juin-juillet • 1547: *introduction Henri II* • 1553: 3 avril • 1559: 3 octobre • 1576: dans *Les Androuet Du Cerceau* dans autres événements •

Rennenkampf
Pavel
1854-1918
Général russe.
• 1914: 20 août •

Renner
Karl
1870-1950
Chancelier autrichien. Président de la République d'Autriche de 1945 à 1950.
• 1919: 16 février • 1945: 27 avril •

Rennes
• 1356: 3 octobre •

Rennes
Cathédrale de
• 1359: autres événements •

Renoir
Auguste
1841-1919
Peintre.
• 1904: 15 octobre • 1940: 5 novembre • 1966: dans *Les grandes expositions et les musées* en juin •

Renoir
Jean
1894-1979
Cinéaste.
• 1937: 4 juin; dans *La Grande Illusion* au 4 juin; août • 1939: autres événements • 1953: mars •

Renoir
Pierre
1885-1952
Acteur.
• 1928: 2 mai • 1935: 22 novembre • 1937: 13 mai • 1957: dans *Georges Simenon* dans autres événements •

Renoir
Pierre-Auguste
1841-1919
Peintre.
• 1874: dans *L'impressionnisme* au 15 avril-15 mai • 1886: dans *Le post-impressionnisme* dans autres événements •

Renoir
Rita
Comédienne.
• 1965: 29 novembre •

Renoult
René
1867-1946
Homme politique, ministre.
• 1908: dans *L'affaire Rochette* au 21 mars • 1911: 23-27 juin • 1913: 9 décembre • 1914: 17 mars; 13 juin • 1924: 12-14 juin • 1925: 28 novembre • 1926: 18-19 juillet • 1932: 3-7 juin • 1940: dans *Les quatre-vingts* au 10 juillet •

Renouvier
Charles
1815-1903
Philosophe.
• 1854: 19 août • 1872: 15 août; *biographie* dans *Renouvier et Barni* au 15 août •

Renouvin
Jacques
1905-1944
Avocat. Résistant.
• 1938: dans *Munichois et antimunichois* au 4 octobre • 1940: dans *Du MLN à Combat* au 30 août •

Renouvin
Pierre
1893-1974
Historien.
• 1957: septembre •

Renthe-Fink
Cecil von
1885-1964
Diplomate allemand.
• 1943: 18 décembre •

Réparations allemandes
• 1914: *introduction La IIIe République: D'une guerre à l'autre* • 1919: dans *Les finances de la France* en mars; 28 juin; *Les réparations* au 28 juin • 1920: 5-16 juillet • 1921: 12 janvier; 29 janvier; 5 avril; 5-15 mai; 12 juin-27 août • 1922: 5-12 janvier; 15 janvier; 10 avril-19 mai; 16 avril; 24 juin; 30 juillet-5 août; 1er septembre; 8-11 décembre • 1923: 2-24 janvier; 27-31 mars; 7 juin; 20-22 juillet; 30 novembre • 1924: 9 avril; 16 juillet-23 août • 1925: 7-14 janvier • 1926: 18 septembre • 1928: 3 juillet; 27 août; 22 décembre • 1929: 11-20 juillet • 1931: 6 juin; 20-26 juin; 6 juillet • 1932: 21 janvier • 1933: 15 janvier •

Représentant du peuple (Le)
Journal.
• 1848: 4 mars; 1er avril •

République (Ire)
1792-1804
• 22 septembre 1792-18 mai 1804 •

République (IIe)
1848-1852
• 25 février 1848-2 décembre 1852 •

République (IIIe)
1870-1940
• 5 septembre 1870-10 juillet 1940 •

République (IVe)
1946-1958
• 13 octobre 1946-28 septembre 1958 •

République (Ve)
1958-...
• 28 septembre 1958-... •

République (La)
1848-1851
Journal.
• 1848: 24 février •

République démocratique et sociale (La)
Journal.
• 1848: dans *Delescluze* au 26 octobre • 1849: 13 juin •

République française (La)
1871
Journal.
• 1871: 7 novembre • 1881: 29 juillet •

République politique et sociale (La)
1869
Journal.
• 1832: dans *Raspail* en janvier •

Républiques sœurs
Républiques batave, cisalpine, cispadane, helvétique, parthénopéenne, romaine.
• 1794: *introduction La République thermidorienne* • 1795: 3 février; 16 mai; *La première République sœur* au 16 mai • 1796: 1er mars; 16 octobre; 27 décembre • 1797: 27 mars; 9 juillet; 10 octobre • 1798: 14 février; 15 février; 21 février; 28 mars; 21 avril; 26 avril; 17 mai; 12 juin; 19 août • 1799: 26 janvier •

Requesens
Luis de
1528-1576
Gouverneur de Milan puis des Pays-Bas.
• 1576: autres événements •

RER
(Réseau express régional)
• 1958: dans *Paul Delouvrier* au 12 décembre • 1969: 14 décembre •

Résistance
Journal du réseau du musée de l'Homme.
• 1941: 26 mars •

Resnais
Alain
Né en 1922
Cinéaste.
• 1944: dans *Les tondues de la Libération* au 26 août •1956: 4 avril • 1959: 31 mai • 1961: octobre • 1962: dans *Les rapatriés d'Algérie* au 1er juillet • 1966: mai •

Restany
Pierre
Né en 1930
Artiste et critique d'art.
• 1960: 27 octobre; dans *Le Nouveau Réalisme* au 27 octobre •

Restauration (Première)
1814-1815
• 12 mai 1814-19 mars 1815 •

Restauration (Seconde)
1815-1830
• 9 juillet 1815-2 août 1830 •

Restaut
Pierre
1696-1764
Grammairien.
• 1739: autres événements •

Restif de la Bretonne
Nicolas-Edme
1734-1806
Compagnon imprimeur, romancier.
• 1767: autres événements • 1768: autres événements • 1769: autres événements • 1770: autres événements • 1775: autres événements • 1780: autres événements • 1781: autres événements • 1785: autres événements • 1788: autres événements • 1796: autres événements • 1797: autres événements •

Restos du cœur
1985
• 1981: *introduction La Ve République: De la France mitterrandienne aux cohabitations politiques* • 1985: 18 décembre •

Rethondes
Armistices de
1918, 1940
• 1918: 7-8 novembre; 11 novembre • 1919: dans *Les réparations* au 28 juin • 1940: 16 juin; 17 juin; 18 juin; 20 juin; 21 juin; 22 juin; 24 juin; 25 juin •

Rétoré
Guy
Né en 1924
Metteur en scène.
• 1963: 21 février •

Retraites
Législation sur les
• 1850: 18 juin • 1902: 14 octobre • 1906: 23 février • 1908: 2 décembre • 1910: 26 mars-5 avril; 3-8 octobre • 1981: *introduction La Ve République: De la France mitterrandienne aux cohabitations politiques* • 1983: 1er avril •

Retz
Henri II de Gondi, duc de
• Voir Gondi, Henri II de •

Retz
Jean-François-Paul de Gondi, cardinal de
1613-1679
Coadjuteur de l'archevêque de Paris. Archevêque in partibus de Corinthe. Frondeur. Mémorialiste.
• 1643: *introduction Louis XIV*; dans *Mazarin* au 18 mai • 1649: 8 janvier; 18-28 janvier; *biographie* au 18-28 janvier; dans *Les frondeurs* au 11 mars; dans *Mazarinades* au 20 juillet; décembre • 1651: 30 janvier-25 février; 3-13 avril; juin-août; septembre • 1652: 19 février; 11-12 septembre; 19 décembre • 1654: 21-30 mars; 8 mai; 12-14 décembre • 1657: dans *Tallemant des Réaux* dans autres événements • 1717: autres événements •

Reubell
Jean-François
1747-1807
Député à la Constituante et à la Convention. Directeur.
• 1788: dans *Sieyès* en novembre • 1791: 15 mai; 19 mai; 21 juin; 14 juillet • 1793: 8 septembre • 1794: *introduction La République thermidorienne*; 10 novembre • 1795: dans *La première République sœur* au 16 mai; 16 août; 31 octobre; dans *Les Directeurs* au 4 novembre • 1796: 21 janvier • 1797: 3 février; 5 avril; dans *Leoben ou la paix malgré le Directoire* au 18 avril; 29 juin; 4 septembre; 5 septembre; 8 septembre; 8 décembre • 1798: 16 juin • 1799: 16 mai; 15 juillet; 18 août; dans *Le 18 Brumaire* au 9-10 novembre •

Reuchlin
Johannes
1455-1522
• 1495: dans *Les premiers humanistes: Gaguin, Fichet, Tardif* dans autres événements •

Revue politique (La)
1868
• 1868 : 11 mai •

Revue socialiste (La)
1885
• 1885 : janvier •

Revue wagnérienne (La)
1885
• 1885 : février •

Rey
Étienne
1879-?
Écrivain.
• 1912 : dans *Jeunes écrivains nationalistes* au printemps •

Reybaud
Louis
1799-1879
Économiste et homme politique.
• 1840 : juin • 1842 : 12 novembre •

Reybaz
André
Né en 1922
Metteur en scène.
• 1952 : 12 janvier •

Reymond
Henri
1737-1820
Prélat.
• 1776 : autres événements •

Reynaud
• 1817 : 18 septembre • 1818 : février •

Reynaud
Colette
1879-?
Militante féministe et pacifiste.
• 1917 : 31 octobre •

Reynaud
Léonce François
1803-1880
Architecte. Ingénieur.
• 1845 : autres événements •

Reynaud
Paul
1878-1966
Homme politique. Président du Conseil.
• 1930 : 2 mars • 1931 : 27 janvier ; 6 mai-15 novembre • 1932 : 20 février • 1934 : dans *Débats stratégiques et tactiques* au 5 mai • 1935 : 15-31 mars ; 17-28 décembre • 1938 : 16 janvier ; 10 avril ; 20 septembre ; 28 septembre ; dans *Munichois et antimunichois* au 4 octobre ; 1er novembre ; 12-13 novembre • 1939 : 21 avril ; 25 mai ; 29 juillet ; 12 décembre • 1940 : 21-22 mars ; *biographie* au 21-22 mars ; 9 avril-9 juin ; 9 mai ; 10 mai ; 13-15 mai ; 16 mai ; 18 mai ; 21 mai ; 26 mai ; 5 juin ; 10 juin ; 11 juin ; 15 juin ; 16 juin ; 18 juin ; dans *De Gaulle* au 18 juin ; dans *Pétain* au 11 juillet ; 9 septembre-14 novembre • 1941 : dans *Technocratie et synarchie* au 9-10 février ; 16 octobre ; 20 novembre • 1945 : 23 juillet-15 août • 1946 : 2 juin • 1948 : 24 juillet ; 11 août • 1952 : 7-14 janvier ; 1er-2 mars • 1958 : juin-août •

Reynier
Jean-Louis
1771-1814
Général.
• 1799 : 20 février •

Reynolds
Debbie
Née en 1932
Actrice américaine.
• 1953 : 7 septembre •

Rezvani
Serge
Né en 1928
Écrivain.
• 1968 : novembre •

RFA
(République fédérale d'Allemagne)
1949
• 1949 : 8 mai ; 20 juin ; 21 septembre ; 22 novembre • 1950 : 13 juillet • 1954 : 3 octobre ; 22 octobre • 1955 : 5 mai •

RGR
(Rassemblement des gauches républicaines)
• 1944 : *introduction Du Gouvernement provisoire à la IVe République* • 1946 : 6-8 avril ; 27 avril • 1955 : 23 juin •

RHEINFELDEN
Bataille de
1638
• 1638: mars-octobre •

RHÉNANIE
• 1936: 7-8 mars •

RHÉNANIE
Occupation alliée et française
1919-1936
• 1919: 10 janvier; 1er-12 mars; 1er juin; 28 juin • 1920: 2 avril-14 mai • 1921: 25 février-16 mars • 1922: 5-12 janvier • 1923: 3 avril; 9-26 mai; 21 octobre • 1925: 4 juin; 8 juin; 5-16 octobre • 1926: 18 septembre; 13 novembre-11 décembre • 1927: 19 janvier; 26 octobre • 1928: 3 juillet; 27 août • 1929: 28 août; 25 septembre • 1930: 30 juin; 7 juillet •

RHIN-RHÔNE
Canal
• 1906: 15-17 août •

RHÔNE-POULENC
• 1928: 28 juin • 1993: 8 juillet • 1998: 30 novembre •

RIBBENTROP
Joachim von
1893-1946
Ministre allemand.
• 1935: 22 novembre • 1936: 1er avril • 1938: 30 novembre; 6-9 décembre • 1939: 19-20 août; 22-23 août; dans *Autour du pacte* au 22-23 août; 1er septembre • 1945: dans *Le procès de Nuremberg* au 20 novembre •

RIBEMONT-DESSAIGNES
Georges
1884-1974
Écrivain.
• 1920: 27 mars •

RIBÉRAC
Seigneur de
† 1578
• 1578: 27 avril •

RIBEYRE
Paul
1906-1988
Homme politique, ministre.
• 1951: 8 août • 1952: 20 janvier; 6 mars • 1953: 7 janvier; 11 février; 26 juin • 1957: 6 novembre • 1958: 14 mai •

RIBIER
Guillaume
1578-1663
Auteur.
• 1614: dans *Pamphlets et libelles* au 27 octobre •

RIBOT
Alexandre
1842-1923
Homme politique, ministre. Président du Conseil.
• 1890: 17 mars • 1892: 27 février; 7 décembre; *biographie* au 7 décembre • 1893: 10 janvier; 11 janvier; 30 mars • 1895: 27 janvier; 28 octobre • 1903: 23 janvier • 1904: 1er-15 mars • 1913: 2-8 décembre • 1914: 4 juin; 26 août • 1915: 2 mai; 29 octobre; 12 novembre • 1916: 29 octobre; 12 décembre • 1917: 20 mars; 5 mai; 7 septembre; 12-19 septembre; 22 septembre; 22 octobre • 1929: dans *Tardieu* au 31 octobre

RIBOT
Théodule
1839-1916
Philosophe et psychologue.
• 1896: 21 novembre •

RICAMARIE (LA)
1869
• 1869: 15-16 juin •

RICARD
Amable
1828-1876
Homme politique, ministre.
• 1876: 10 mars; 11 mai •

RICARD
Joseph-Honoré
1880-1948
Homme politique, ministre.
• 1920: 17-22 janvier •

RICARD
Louis Pierre Hippolyte
1839-1921
Homme politique, ministre.
• 1892: 27 février; 19 novembre • 1895: 1er novembre •

Richard
† 932/942
Fils de Garnier, vicomte de Sens. Vicomte de Sens et comte de Troyes de 924 à 932/942.
• 924: 6 décembre • 932: hiver-printemps •

Richard
† après 991
Fils naturel de Lothaire III, roi de Francie occidentale.
• 954: *introduction Lothaire III* •

Richard
Alain
Né en 1945
Homme politique, ministre.
• 1997: 4 juin •

Richard
Émile Paulin Charles
1843-1890
Journaliste.
• 1877: 8 novembre •

Richard
François
1819-1908
Cardinal archevêque de Paris.
• 1891: 2 mars • 1906: 7 décembre •

Richard
Jean-Pierre
Né en 1922
Critique littéraire.
• 1962: septembre • 1963: mai •

Richard
Marthe
1889-1982
Conseillère municipale.
• 1946: 11 avril •

Richard Ier Cœur de Lion
1157-1199
Fils d'Henri II Plantagenêt, roi d'Angleterre. Duc d'Aquitaine de 1169 à 1184. Duc de Normandie et roi d'Angleterre de 1189 à 1199.
• 1137: *introduction Louis VII* • 1152: dans *Aliénor d'Aquitaine* au 18-21 mars • 1159: début • 1169 • 1173: février; mars • 1180: *introduction Philippe Auguste* • 1183: 11 juin • 1186: autres événements • 1187: 23 juin; novembre; autres événements • 1188: 21 janvier; 18-20 novembre • 1189: fin mai-début juin; 4-11 juin; 20 juillet • 1190: 24 juin; 4 juillet • 1191: mars; 1er juin • 1192: octobre • 1193: printemps • 1194: 23 mars; printemps • 1195: [début]; novembre-décembre; dans *Adam de Perseigne* dans autres événements • 1196: janvier; autres événements • 1197: 17 août; 8 septembre • 1197-1198 • 1198: [début]; avril; juin • 1199: 13 janvier; 6 avril • 1212: dans *Littérature et politique au temps de la croisade albigeoise* dans autres événements •

Richard Ier de Normandie
932-996
Fils de Guillaume Longue Épée, duc de Normandie. Duc de Normandie de 942 à 996.
• 923: dans *Hugues le Grand* après le 27 août • 943 • 944: été • 946: avant le 1er juillet • 946-950 • 960: autres événements • 961: janvier-7 avril • 964: avril • vers 965 • 965: juin-juillet • 987: *introduction Hugues Capet*; 3 juillet • vers 990 • 996: 21 novembre •

Richard II le Magnifique de Normandie
† 1026
Fils de Richard Ier, duc de Normandie. Duc de Normandie de 996 à 1026.
• 996: 21 novembre • 996-997 • 1001: autres événements • 1002: autres événements • 1003: autres événements • 1006: 30 mai; septembre • 1014-1015 • 1015-1026 • après 1015 • 1023: début mai • 1024: 13 janvier • 1026: 23 août •

Richard II d'Angleterre
1367-1400
Fils du Prince Noir, prince de Galles. Roi d'Angleterre de 1377 à 1399 (déposé).
• 1377: 21 juin • 1380: *introduction Charles VI* • 1382: 14 octobre • 1391: 24 février • 1395: juillet • 1396: 9 mars; 27 octobre • 1399: 17 juin; 30 septembre • 1401-1402 •

Richard III de Normandie
† 1027
Fils de Richard II, duc de Normandie. Duc de Normandie de 1026 à 1027.
• 1026: 23 août • 1027: 6 août •

Richard III d'Angleterre
1452-1485
Roi d'Angleterre de 1483 à 1485.
• 1483: autres événements • 1484: autres événements •

Richard d'Albano
Légat.
• 1104 : 28 mars • 1111 : 11 juin ; 1er octobre •

Richard d'York
Petit-neveu de Jean de Gand, duc de Lancastre. Duc d'York. Prétendant au trône d'Angleterre en 1460.
• 1437 : janvier •

Richard de Cornouailles
Fils de Jean sans Terre, roi d'Angleterre. Comte de Cornouailles.
• 1225 : mai • 1228 : Noël • 1231 : 4 juillet • 1244 : janvier • 1254 : autres événements •

Richard de Fournival
1201-1260
Auteur.
• 1230-1250 •

Richard de Grandpré
Évêque de Verdun en 1107.
• 1106 : 10 octobre • 1107 : 23 mai •

Richard de Saint-Vanne
Abbé de Saint-Vanne de 1005 à 1046.
• 1005-1006 • 1008 : autres événements • 1013 • 1023 : début mai •

Richard de Saint-Victor
† 1173
Chanoine.
• 1148 : dans *Les Victorins* au 24 août • 1162 : autres événements •

Richard le Justicier
† 921
Frère de Boson, roi de Provence. Comte d'Autun de 880 à 921. « Prince » de Bourgogne de 887 à 918. « Duc » de Bourgogne de 918 à 921.
• 880 : juillet-octobre • 882 : septembre • 887 : 11 janvier • 888 : *introduction Eudes* • 893 : *introduction Charles III le Simple* ; 28 janvier • 895 : 8 juin • 898 : 28 décembre • 911 : 20 juillet • 921 : 1er septembre •

Richard Lescot
• 1358 : autres événements •

Richardson
Samuel
1689-1761
Auteur anglais.
• 1742 : autres événements • 1792 : 20 avril •

Richelet
Pierre
1626-1698
Lexicographe.
• 1680 : autres événements •

Richelieu
Armand-Emmanuel du Plessis, duc de
1766-1822
Président du Conseil.
• 1801 : dans *Barbé-Marbois* au 27 septembre • 1802 : dans *Chateaubriand* au 14 avril • 1805 : dans *Ouvrard* en septembre • 1815 : 7 juillet ; dans *Decazes* au 7 juillet ; *introduction La seconde Restauration* ; 19 septembre ; 24 septembre ; *biographie* au 24 septembre ; dans *De serre* au 29 octobre ; dans *La Bourdonnaie* au 14 novembre ; 20 novembre ; 5 décembre ; 8 décembre • 1816 : 2-12 janvier ; 14 août ; 14 novembre • 1818 : 29 janvier ; 25 avril ; 28 novembre ; 21-26 décembre ; 29 décembre • 1819 : 2 février ; 10 novembre • 1820 : 15-17 février ; 20 février • 1821 : 15-27 juillet ; 26 novembre ; 13 décembre ; dans *Villèle* au 14 décembre • 1823 : 10 mai • 1836 : dans *Molé* au 6 septembre •

Richelieu
Armand-Jean Duplessis cardinal-duc de
1585-1642
Fils de François de Richelieu. Évêque de Luçon. Cardinal. Principal ministre de Louis XIII de 1624 à 1642.
• 1608 : autres événements • 1610 : *introduction Louis XIII* ; dans *Marie de Médicis* au 15 mai • 1611 : dans *Bérulle* au 11 novembre • 1613 : dans *Les maréchaux d'Ancre* au 18 novembre • 1614 : 22-27 juin ; dans *Pamphlets et libelles* au 27 octobre • 1615 : 23 février ; 27 juillet ; 1er novembre • 1616 : fin juin ; *biographie* à fin juin ; 26-30 novembre ; autres événements • 1617 : janvier ; dans *Le ballet de Cour* au 29 juillet ; 12 février ; 3 mai ; 12 juin ; 26 octobre • 1618 : 7 avril • 1619 : 7 mars ; 12 mai ; 3 juillet ; juillet-10 août • 1620 : dans *Anne d'Autriche* en juillet-10 août • 1621 : mai ; 27 mai-25 juin ; autres événements • 1622 : 29 août ; 5 septembre ; 7 octobre • 1624 : 29 avril ; dans *Gaston d'Orléans* au 20 mai ; 13 août ; 27 août ; 1er, 3 octobre ; novembre ; dans *Guez de Balzac* dans autres événements • 1626 : 6-11 mars ; mai-juin ; 1er-9 juin ; 6 août ; 24 août ; 26 octobre • 1627 : janvier ;

dans *Richelieu et la mer* en janvier; 20 mars; dans *Le héros baroque et le duel* au 22 juin; 21 juillet; 25 novembre • 1628: 28 octobre • 1629: 21 novembre; 29 décembre; autres événements • 1630: mars-septembre; juillet-août; septembre-octobre; 10-12 novembre; autres événements • 1631: 8 mai; 30 mai; dans *Renaudot* au 30 mai; août • 1632: 27 juillet-4 août; dans *Cardin Le Bret* dans autres événements • 1633: autres événements • 1634: 18 août; 5-6 septembre; autres événements • 1635: dans *L'Académie française* au 25 janvier • 1636: juillet-août • 1637: dans *Corneille* au début janvier; 15 février; juillet-août; dans *Port-Royal et les Arnauld* au 24 août; 5 décembre; 10 décembre • 1638: dans *Le vœu de Louis XIII* au 10 février; mars; dans *Le jansénisme* au 6 mai; 14 mai; dans *Saint-Cyran* au 14 mai; 18 décembre • 1639: avril-octobre; 16 juillet-9 octobre; 27 septembre • 1640: 19 mai; 17 décembre; dans *La grande peinture: entre baroque et classique* au 17 décembre; autres événements • 1641: 11 février; 29 mars; juillet-septembre; 16 décembre • 1642: dans *Les conjurateurs* au 12 septembre; 4 décembre • 1643: 17 janvier; introduction Louis XIV; dans *Mazarin* au 18 mai • 1644: dans *Servien* en février-mars; 4 décembre • 1647: autres événements • 1656: dans *Les nièces de Mazarin* en novembre-décembre • 1658: 8 mars • 1660: dans *Moulinié* au 2 février • 1665: dans *La sculpture au Grand Siècle* dans autres événements • 1670: dans *L'œuvre des Colbert: la marine royale* au 13 juillet • 1672: dans *Duquesne* au 7 juin • 1677: autres événements • 1682: dans *Cavelier de La Salle* au 9 avril •

RICHELIEU
Armand-Jean, duc de
† 1715
Petit-neveu du cardinal.
• 1664: autres événements •

RICHELIEU
Emmanuel-Armand de Vignerot du Plessis de
• Voir Aiguillon, Emmanuel-Armand de Vignerot du Plessis de Richelieu, duc d'•

RICHELIEU
François IV du Plessis de
1548-1590
Grand prévôt de France.
• 1616: dans *Richelieu: du favori au ministre d'État* à fin juin •

RICHELIEU
Louis-François-Armand du Plessis de
1696-1788
Diplomate. Général.
• 1756: 6 mai • 1757: 26 juillet •

RICHEPANSE
Antoine
1770-1802
Amiral.
• 1802: 6 mai; 16 juillet •

RICHEPIN
Jean
1849-1926
Écrivain.
• 1874: dans *Barbey d'Aurevilly* en novembre •1879: dans *Charles Cros* au 6 décembre • 1884: 4 juin •

RICHER
Edmond
1559-1631
Théologien. Syndic de l'Université de Paris.
• 1608: décembre • 1611: autres événements; *biographie* dans autres événements • 1692: dans *Le second jansénisme* dans autres événements •

RICHER
Jean
1567-1627
Imprimeur. Fondateur du Mercure François.
• 1611: autres événements; *biographie* dans autres événements •

RICHER
Jean
1630-1696
Astronome.
• 1672: autres événements •

RICHER
Léon
1824-?
Écrivain.
• 1881: dans *Hubertine Auclert* au 13 février •

Richer d'Aube
François
1688-1752
Maître des requêtes.
• 1743: autres événements •

Richer de Reims
† après 998
Moine. Auteur.
• après 965: dans *Les savants et le souvenir de l'empire* • 995-996 • 997-998 •

Richer de Sens
Archevêque de Sens de 1062 à 1096.
• 1078: autres événements • 1085: 2 novembre •

Richer-Serizy
Jean-Thomas-Élisabeth
1754-1803
Journaliste.
• 1799: 2 septembre •

Richet
Denis
1927-1989
Historien.
• 1979: dans *François Furet* au 23 janvier •

Richier
Germaine
1904-1959
Sculpteur.
• 1950: 4 août; dans *Le père Couturier et l'art sacré* au 4 août •

Richier
Ligier
vers 1500-1567
Sculpteur.
• 1550: autres événements • 1554: autres événements •

Richilde
Épouse de: 1. Ramon Berenguer III, comte de Provence. 2. Raimon V, comte de Tououse.
• 1166: printemps •

Richilde
ou Richeut
† 910/914
2e épouse de Charles le Chauve empereur.
• 855: *introduction Charles le Chauve* • 869: 9 octobre • 870: 22 janvier • 877: début septembre; 30 novembre •

Richter
Hans
1888-1976
Peintre, graphiste et cinéaste.
• 1923: 6 juillet •

Ricklin
Eugène
1862-1935
Médecin et homme politique.
• 1928: 1er-24 mai •

Ricœur
Paul
Né en 1913
Philosophe.
• 1958: 25 mai • 1965: mai • 1975: avril •

Ricourt
Achille
Acteur. Directeur de théâtre.
• 1831: 25 février •

Rictus
Gabriel Randon de Saint-Amand, dit Jehan
1867-1933
Poète.
• 1897: 14 mai • 1900: mai •

Riculf
Évêque d'Elne de 947 à 960 environ.
• 930: dans *Réformes et constructions religieuses au Xe siècle* dans autres événements •

Ridgway
Matthew
1895-1993
Général américain.
• 1952: 25 mai; 28 mai; dans *L'anti-américanisme* au 28 mai •

Rieunier
Adrien
1833-1918
Homme politique, ministre.
• 1893: 11 janvier; 4 avril •

Rif
Guerre du
1925-1926
• 1914: *introduction La IIIe République: D'une guerre à l'autre* • 1921: 19 septembre • 1924: 12 mai; 10 septembre • 1925: 4 février; 23 avril; 24 mai; 27 mai; 8 juin; 17 juin-11 juillet; 23 juin-9 juillet; 5 juillet;

27 juillet-12 octobre; 18 août; 3 septembre; 12 octobre; 28 décembre • 1926: 2 avril; 26 avril; 27 mai •

Rigau
Antoine
1758-1820
Général.
• 1816: 2-12 janvier •

Rigaud
Hyacinthe
1659-1743
Peintre.
• 1681: autres événements • 1701: autres événements •

Rigault
Raoul
1846-1871
Journaliste. Membre de la Commune de 1871.
• 1870: *introduction La IIIe République: De la chute du Second Empire à la Première Guerre mondiale*; 5 septembre • 1871: 19 mars; 29 mars; 6 avril; 20 avril; 24 avril; 23 mai; 24 mai •

Rigault de Genouilly
Charles
1807-1873
Amiral. Ministre.
• 1858: août • 1867: 20 janvier • 1869: 17 juillet • 1870: 2 janvier; 10 août •

Rigny
Henri Gauthier, comte de
1782-1835
Amiral. Ministre.
• 1829: 8 août • 1830: 31 juillet • 1831: 13 mars • 1832: 11 octobre • 1834: 4 avril; 4 novembre; 18 novembre • 1835: 12 mars •

Rigonthe
Fille de Chilpéric Ier, roi de Soissons. Épouse de Reccarède, roi wisigoth.
• 561: *introduction De quatre à un royaume franc* • vers 566 • 584 •

Rigord de Saint-Denis
Moine. Auteur.
• 1200: dans *Les « intellectuels » de Philippe Auguste* au 3 septembre •

Rigout
Marcel
Né en 1928
Ministre.
• 1981: 23 juin • 1983: 22 mars •

Rilke
Rainer Maria
1875-1926
Poète allemand.
• 1905: septembre • 1907: 1er octobre • 1917: dans *Valéry* au 29 avril • 1967: janvier •

Rimbaud
Arthur
1854-1891
Poète.
• 1866: dans *Verlaine* au 17 novembre • 1871: 15 mai • 1873: octobre; *biographie* en octobre • 1886: dans *Les symbolistes* au 18 septembre; autres événements •

Rimski-Korsakov
Nikolaï
1844-1908
Compositeur russe.
• 1910: dans *Les Ballets russes* au 25 juin •

Rimsky-Korsakov
Général russe.
• 1799: 11 septembre; 25-27 septembre •

Rinaldi
Angelo
Né en 1940
Écrivain.
• 1971: avril • 1980: décembre •

Rincon
Antoño
Diplomate.
• 1534: novembre • 1541: mars; 3 juillet •

Rinteau
Marie
• 1745: dans *Maurice de Saxe* au 11 mai •

Rinuccini
Poète italien.
• 1600: autres événements •

Rio de Janeiro
1711
• 1711: 21 septembre • 1712: 6 février •

Riobé
Guy Marie
1911-1978
Évêque d'Orléans.
• 1974: 16 juin •

Riom
Procès de
février-avril 1942
• 1920: dans *Blum* au 25-30 décembre • 1927: dans *Daladier* au 27 octobre • 1940: 30 juillet; 8 septembre-14 novembre; 16 octobre • 1942: 19 février; 1945: 9 mars •

Riopelle
Jean-Paul
Né en 1923
Peintre.
• 1989: 13 juillet •

Rioux
Jean-Pierre
Né en 1939
Historien.
• 1944: *introduction Du Gouvernement provisoire à la IVe République* • 1948: 7 novembre •

Ripert
Georges-Louis
1990-1958
Homme politique, ministre.
• 1940: 6 septembre •

Ripert de Monclar
Pierre-François
1711-1773
Procureur général du parlement d'Aix-en-Provence.
• 1749: mai • 1753: 21 mai; 2 octobre • 1771: septembre •

Ripuaire
Loi
• 633-639 •

Riquet
Pierre-Paul
1604-1680
Ingénieur.
• 1666: octobre; dans *Le canal des Deux-Mers* en octobre •

Rist
Charles
1874-1955
Économiste.
• 1906: 1er mai • 1937: 5 mars; 15 juin •

Ritter
Julius
† 1943
• 1943: 28 septembre •

Riva
Emmanuelle
Née en 1927
Actrice.
• 1959: 31 mai •

Rivalz
Jean-Pierre
1625-1706
Peintre. Architecte.
• 1706: autres événements •

Rivarol
Antoine de
1754-1801
Écrivain. Traducteur.
• 1784: autres événements; *biographie* dans autres événements • 1788: dans *Sieyès* en novembre; autres événements • 1789: 2 novembre • 1790: 13 janvier • 1792: 17 juin; 5 décembre •

Rivarol
1951
• 1951: 18 janvier •

Rivaud
Albert
1876-1956
Ministre.
• 1940: 16 juin •

Rivaud
Olivier
1766-1839
Commissaire du Directoire à Milan.
• 1798: 25 novembre; 10 décembre •

Rivault de Fleurance
David
vers 1571-1616
Précepteur de Louis XIII. Auteur.
• 1596: autres événements •

Rive-de-Gier
• 1893: février •

Rivesaltes
Camp de
• 1940: dans *Les statuts des Juifs* au 3 octobre 1940-2 juin 1941 •

Rives-Henrys
André
• 1971: juillet •

Rivet
Jean, baron
1800-1872
Homme politique.
• 1871: 16 avril; 28 août; 31 août •

Rivet
Loi
1871
• 1871: 28 août; 31 août • 1873: 13 mars •

Rivet
Paul
1876-1958
Anthropologue.
• 1928: janvier • 1934: 5 mars; avril • 1935: 5-12 mai • 1937: 3 mai • 1938: dans *Georges-Henri Rivière* au 21 juin; dans *Munichois et antimunichois* au 4 octobre • 1945: 15 mars • 1956: 21 avril •

Rivette
Jacques
Né en 1928
Cinéaste.
• 1966: 1er avril • 1974: septembre • 1994: février •

Rivière
Albert
1891-1958
Ministre.
• 1936: 4 juin • 1937: 21-22 juin • 1938: 14 mars • 1940: 16 juin •

Rivière
Georges
1855-1943
Éditeur et critique d'art.
• 1877: autres événements •

Rivière
Georges-Henri
1897-1985
Ethnologue.
• 1934: avril • 1938: 21 juin; *biographie* au 21 juin • 1972: 2 février •

Rivière
Henri
1827-1883
Officier de marine.
• 1882: mars; 25 avril • 1883: 19 mai •

Rivière
Jacques
1886-1925
Écrivain.
• 1909: février • 1910: autres événements • 1919: 1er juin • 1920: dans *Paulhan* en juillet •

Rivoli
Bataille de
1797
• 1796: dans *La campagne d'Italie* au 10 avril • 1797: 14 janvier •

Rivoli
Traité de
1635
• 1635: 11 juillet •

Rivollet
Georges
1888-1964
Homme politique, ministre.
• 1934: 9 février; 8 novembre •

Riwalon
• 844: autres événements •

Rizzi
Bruno
1902-1977
Commerçant et essayiste italien.
• 1947: janvier •

RMI
(Revenu minimum d'insertion)
• 1981: *introduction La Ve République: De la France mitterrandienne aux cohabitations politiques* • 1988: 12 octobre •

RNP
(Rassemblement national populaire)
1941-1944
• 1925: dans *Doriot, du PC au PPF* au 4 février • 1933: dans *Déat, du néo-socialisme au RNP* au 14-17 juillet • 1941: 1er février; dans *Les collaborationnistes* au 1er février; 16 juin; 16 novembre •

ROBAIN
Paul
Journaliste à L'Action française.
• 1908: 21 mars • 1927: 16 avril •

ROBBE-GRILLET
Alain
Né en 1922
Écrivain.
• 1953: février • 1955: avril • 1957: 22 mai dans *Le Nouveau Roman* au 22 mai • 1961: octobre •

ROBERJOT
Claude
1752-1799
Homme politique. Diplomate.
• 1799: 28 avril •

ROBERT
Fils de Robert Ier, duc de Bourgogne.
• 1075 •

ROBERT
Évêque de Meaux de 1081 à 1085.
• 1081: novembre • 1085: 2 novembre •

ROBERT
Comte de Paris.
• 859: juin •

ROBERT
† 886
Comte de Troyes jusqu'en 886.
• 886: autres événements •

ROBERT
Fils de Richard Ier, duc de Normandie. Archevêque de Rouen.
• vers 990 •

ROBERT
Abbé de Saint-Denis.
• 972: mai • 988: autres événements •

ROBERT
Fils d'Henri Ier roi de France.
• 1031: *introduction Henri Ier* •

ROBERT
Fils de Robert de Béthune, comte de Flandre.
• 1320: juillet •

ROBERT
Abbé de Saint-Paul de Cormery de 1026 à 1040.
• 1054: autres événements •

ROBERT
Anne Jean
1758-1820
Mécanicien.
• 1783: 27 août; 1er décembre •

ROBERT
Camille
Compositeur.
• 1914: 19 mars •

ROBERT
Élias
1821-1874
Artiste.
• 1855: 1er mai-novembre •

ROBERT
Hubert
1733-1808
Peintre.
• 1730: autres événements • 1754: autres événements • 1765: autres événements • 1766: autres événements • 1767: autres événements • 1787: autres événements • 1802: 2 septembre

ROBERT
Léopold
1794-1835
Peintre.
• 1824: dans *Le romantisme en peinture* en avril •

ROBERT
Marthe
1914-1996
Écrivain.
• 1946: 7 juin • 1962: décembre 1962-juillet 1963 •

Robert
Nicolas
1610-1684
Peintre.
• 1641: 22 mai •

Robert
Nicolas Louis
1761-1828
Mécanicien.
• 1783: 27 août; 1er décembre •

Robert
Paul
1910-1980
Éditeur.
• 1953: autres événements •

Robert
Philippe
Architecte.
• 1985: autres événements •

Robert
Yves
Né en 1920
Metteur en scène et cinéaste.
• 1940: 28 septembre • 1949: 8 avril • 1962: avril •

Robert Ier
† 923
Fils de Robert le Fort, marquis de Neustrie. Comte de Paris de 888 à 923. Comte de Poitou de 892 à 893. Abbé de Saint-Martin de Tours. Abbé de Saint-Denis de 898 à 923. Marquis de Neustrie de 898 à 923. Roi de Francie occidentale de 922 à 923.
• 886: 12 mai • 888: *introduction Eudes*; 29 février • 892: autres événements • 893: octobre-novembre • 895: autres événements • 896: autres événements • 898: 1er-3 janvier • 900: autres événements • entre 900 et 907 • 903-918 • 911: 20 juillet • 912: autres événements • 914 • 916-918 • 921: autres événements • 922: 29 juin; *introduction Robert Ier* • 922-923 •

Robert Ier
Duc de Bar.
• 1364: décembre • 1368: 4 avril •

Robert Ier d'Artois
† 1250
Fils de Louis VIII, roi de France. Comte d'Artois.
• 1223: *introduction Louis VIII* • 1225: juin • 1226: *introduction Louis IX* • 1237: 7 juin • 1239: 11-18 août; autres événements • 1245: novembre • 1248: mars; 12 juin • 1250: 6 avril • 1317: autres événements •

Robert Ier le Frison
1029/1032-1093
Comte de Flandre de 1071 à 1093.
• 1071: 22 février • 1072 • 1074: 22 février • 1075 • 1085: autres événements • 1087: autres événements • 1089: autres événements •

Robert Ier le Vieux
vers 1007-1075
Fils de Robert II le Pieux. Duc de Bourgogne occidentale de 1031 à 1075.
• 996: *introduction Robert le Pieux* • 1025: 17 septembre • 1031: *introduction Henri Ier* • 1031 • vers 1050 • 1058 • 1075 •

Robert II
† 1306
Fils de Hugues IV, duc de Bourgogne. Duc de Bourgogne de 1272 à 1306.
• 1226: *introduction Louis IX* • 1272: autres événements • 1305: 10 février •

Robert II d'Artois
† 1302
Fils de Robert Ier, comte d'Artois. Comte d'Artois de 1250 à 1302. Régent de Sicile de 1285 à 1289.
• 1226: *introduction Louis IX* • 1289: 29 mai • 1296: printemps • 1302: 11 juillet •

Robert II de Vermandois
vers 910/915-967
Fils d'Héribert II de Vermandois. Comte de Meaux de 943 à 967. Comte de Troyes à partir de 956.
• 936: *introduction Louis IV d'Outremer* • 943: 23 février • 956: 8 avril • 957: janvier-février • 959: 3 avril • 963: autres événements •

Robert II le Hiérosolymitain
vers 1065-1111
Fils de Robert le Frison. Comte de Flandre de 1093 à 1111.
• 1096: dans *Les hommes de la croisade* en mai-juin; vers 15 août-septembre • 1099: 14 juillet • 1103 • 1111: août •

ROBERT II LE PIEUX
vers 970-1031
Fils de Hugues Capet, roi de France. Roi de France de 996 à 1031.
• 930: dans *Réformes et constructions religieuses au Xe siècle* dans autres événements • après 965: dans *Les savants et le souvenir de l'empire* • 977: dans *Adalbéron* au 16 janvier • 987: *introduction Hugues Capet*; 25 décembre • 988: janvier-mars; dans *Abbon de Fleury* en mai • 989-990 • 991: 4 août; 15 septembre • 994: 11 octobre • 995-996 • 996: 12 mars; 24 octobre; *introduction* • 996-1031 •

ROBERT III D'ARTOIS
1287-1342
Fils de Philippe d'Artois.
• 1302: 11 juillet • 1332: 6 avril • 1336: décembre •

ROBERT VII DE BÉTHUNE
• peu avant 1220 •

ROBERT CAMPIN
Peintre.
• Voir Maître de Flémalle •

ROBERT CHAMPART
† 1052
Abbé de Jumièges de 1040 à 1044. Évêque de Londres de 1044 à 1050. Archevêque de Canterbury en 1051.
• 1001: autres événements • 1010-1027 • 1044: autres événements • 1051: autres événements •

ROBERT COURTEHEUSE
vers 1054-1134
Fils de Guillaume le Conquérant, duc de Normandie, roi d'Angleterre. Duc de Normandie de 1087 à 1106.
• 1062 • 1067: autres événements • 1079: autres événements • 1087: 9 septembre • 1090 • 1096: dans *Les hommes de la croisade* en mai-juin; vers 15 août-septembre • 1098: mai • 1100: autres événements • 1106: 28 septembre •

ROBERT D'ANJOU
† 1343
Fils de Charles II d'Anjou, comte de Provence et roi de Naples. Comte de Provence. Roi de Naples jusqu'en 1343.
• 1309: autres événements • 1320-1324 • 1330: autres événements • 1333: autres événements • 1343: avril •

ROBERT D'ARBRISSEL
vers 1045-1116
Moine. Fondateur de Fontevraud.
• vers 1100 • 1108-1109: dans *Les réformateurs de l'Ouest* • 1119: 30 août-1er septembre •

ROBERT D'ESTOUTEVILLE
Prévôt de Paris.
• 1447: autres événements •

ROBERT DE BELLÊME
• 1102: autres événements • 1112: novembre •

ROBERT DE BÉTHUNE
† 1322
Fils de Guy de Dampierre, comte de Flandre. Comte de Flandre de 1305 à 1322.
• 1300: début mai • 1305: 23 juin • 1311: septembre • 1312: janvier; 11 juillet • 1313: début juillet; 20-22 juillet • 1314: 25 juillet • 1315: 12 juillet • 1316: *introduction Philippe V le Long* • 1319: août • 1320: avril; autres événements • 1321: 18 mars •

ROBERT DE BORON
Auteur.
• vers 1200 •

ROBERT DE CLARI
Auteur.
• peu après 1216 •

ROBERT DE CLERMONT
† 1317
Fils de Louis IX, roi de France. Comte de Clermont.
• 1226: *introduction Louis IX* •

ROBERT DE CLERMONT
† 1358
Maréchal de Normandie.
• 1356: dans *Étienne Marcel* au 17 octobre-3 novembre • 1358: 22 février •

ROBERT DE COURSON
Cardinal.
• 1212: autres événements • 1214: 18 septembre • 1215: août; dans *L'Université de Paris* en août •

Robertson
Général britannique.
• 1949: 20 juin •

Roberval
Gilles Personne de
1602-1675
Mathématicien. Physicien.
• 1637: dans *Descartes* en juin • 1666: 22 décembre • 1670: autres événements •

Roberval
Jean-François de La Roque de
Lieutenant général au Canada.
• 1541: avril •

Robespierre
Augustin
1767-1794
Avocat. Homme politique. Député de Paris à la Convention.
• 1792: 19 septembre • 1793: 19 décembre • 1799: *introduction Napoléon Bonaparte* •

Robespierre
Maximilien
1758-1794
Député d'Arras à l'Assemblée constituante. Accusateur public du tribunal criminel de Paris. Député de Paris à la Convention. Membre du Comité de salut public.
• 1787: dans *Louvet de Couvray* dans autres événements • 1789: *introduction La monarchie constitutionnelle: Louis XVI et la Révolution*; 21 octobre; dans *Olympe de Gouges* au 28 décembre • 1790: 25 janvier; 31 mars; 28 avril; 18 mai; dans *La municipalité de Paris* au 21 mai; 31 juillet; 5 octobre; 25 octobre; 18-20 novembre; 5 décembre • 1791: 7 avril; 21 avril; 28 avril; 9 mai; 15 mai; *biographie* au 16 mai; 27 mai; 30 mai; 8 juin; 10 juin; 26 juin; 13 juillet; 14 juillet; 16 juillet; dans *Les Jacobins* au 16 juillet; dans *Les Feuillants* au 16 juillet; 24 juillet; 1er août; 10 août; 11 août; 29 septembre; 28 novembre; 12 décembre • 1792: 2 janvier; 11 janvier; 14 février; 2 mars; avril; 20 avril; 24 avril; 25 avril; 30 avril; 1er mai; 17 mai; 31 mai; 8 juin; 13 juin; 28 juin; 11 juillet; 29 juillet; 5 août; *introduction La République jacobine*; dans *Danton* au 11 août; 17 août; dans *Les massacres de Septembre* au 2 septembre; 19 septembre; 25 septembre; 28 octobre; 29 octobre; dans *Saint-Just* au 13 novembre; 3 décembre; dans *Cambon* au 10 décembre; 16 décembre; 26 décembre; 28 décembre • 1793: dans *Barère* au 4 janvier; dans *La Montagne* au 4 janvier; 6 janvier; 21 janvier; dans *Les Enragés* au 12 février; dans *Dubois de Crancé* au 21 février; 25 février; 10 mars; 27 mars; 29 mars; 3 avril; 10 avril; 12 avril; 24 avril; 26 mai; 29 mai; 31 mai; 2 juin; 6 juin; 10 juin; dans *Jean Bon Saint-André* au 12 juin; 12 juin; dans *Couthon* au 13 juin; dans *Hérault de Séchelles* au 13 juin; 14 juin; 15 juin; 19 juin; 23 juin; 25 juin; 28 juin; 30 juin; 7 juillet; dans *Prieur de la Marne* au 10 juillet; 14 juillet; 16 juillet; 22 juillet; 26 juillet; 27 juillet; 29 juillet; 31 juillet; 1er août; 5 août; 8 août; 11 août; dans *Lazare Carnot* au 14 août; 25 août; 28 août; 29 août; 2 septembre; 4 septembre; dans *La Terreur* au 5 septembre; dans *Collot d'Herbois* au 6 septembre; 10 septembre; 18 septembre; 24 septembre; 25 septembre; 3 octobre; dans *La déchristianisation* au 7 novembre; 9 novembre; 17 novembre; 21 novembre; 28 novembre; 3 décembre; 5 décembre; dans *Camille Desmoulins* au 5 décembre; 9 décembre; 12 décembre; 14 décembre; 16 décembre; 19 décembre; 25 décembre; 26 décembre; 28 décembre; dans *Anacharsis Cloots* au 30 décembre • 1794: 5 janvier; 7 janvier; 8 janvier; 10 janvier; 23 janvier; 28 janvier; 5 février; 4 mars; 12 mars; 15 mars; 16 mars; 18 mars; 20 mars; 31 mars; 1er avril; 10 avril; 7 mai; 22 mai; 24 mai; 26 mai; 8 juin; 10 juin; 11 juin; 12 juin; 15 juin; 16 juin; 25 juin; 26 juin; 27 juin; 29 juin; 30 juin; 9 juillet; 11 juillet; 13 juillet; 14 juillet; 16 juillet; 22 juillet; 23 juillet; 25 juillet; 26 juillet; 27 juillet (9 thermidor); 28 juillet; *introduction La République thermidorienne*; dans *Tallien* au 29 juillet; 13 août; 17 août; 26 août; 8 septembre; 11 septembre • 1795: 5 janvier; 21 janvier; 23 février; 27 juillet; dans *Les Directeurs* au 4 novembre • 1796: 28 juillet • 1798: 27-28 juillet • 1822: dans *Joseph Fourier* au 16 février • 1828: dans *Buonarroti* dans autres événements • 1832: 8 septembre • 1848: dans *Flocon* au 11 mai • 1873: dans *Jules Simon* au 13 décembre • 1886: dans *Aulard* au 12 mars •

Robin
Armand
1912-1961
Écrivain et traducteur.
• 1945 : dans *Intellectuels : épurateurs et épurés* au 13 janvier • 1961 : autres événements •

Robinet
Jean-Baptiste René
1735-1820
Philosophe.
• 1777 : autres événements •

Rocamadour
• vers 1170 •

Rocard
Michel
Né en 1930
Homme politique. Premier ministre.
• 1960 : 3 avril • 1966 : 30 avril-1er mai • 1969 : 29 avril-12 mai ; 1er juin • 1971 : dans *Edmond Maire* en septembre • 1974 : 12-13 octobre • 1978 : 29 avril • 1980 : octobre-novembre • 1981 : *introduction La Ve République : De la France mitterrandienne aux cohabitations politiques* ; 21 mai ; 23 juin • 1983 : 22 mars • 1985 : 4 avril • 1987 : 12 octobre • 1988 : 8 mai ; *biographie* au 8 mai ; 26 juin ; 28 juin • 1989 : dans *Jean-Marie Tjibaou* au 4 mai • 1990 : 8-9 mai • 1991 : 15 mai • 1993 : 17 février ; 3 avril • 1994 : 12 juin • 1997 : dans *Lionel Jospin* au 4 juin •

Rocard
Yves
1903-1992
Physicien.
• 1988 : dans *Michel Rocard* au 8 mai •

Rocca d'Arezzo
Sac de
1499
• 1499 : 9 août •

Rochafort
Jean
vers 1480-1547
Compositeur flamand.
• 1502 : dans *Josquin Des Prés, la musique sacrée et la musique profane* dans autres événements •

Rochambeau
Jean-Baptiste-Donatien de Vimeur, comte de
1725-1807
Maréchal de France.
• 1780 : 2 mai • 1782 : 30 avril • 1791 : dans *Les Feuillants* au 16 juillet ; 27 décembre • 1792 : 28 avril ; 29 avril ; 13 juin • 1793 : 9 juin • 1803 : 28 novembre •

Rochat
Charles
1892-1975
Diplomate.
• 1939 : 1er-2 mars •

Roche
Daniel
Né en 1935
Historien.
• 1947 : dans *La nouvelle histoire* au 3 novembre •

Roche
Denis
Né en 1937
Écrivain.
• 1972 : novembre •

Roche
Émile
1893-1990
Homme politique. Président du Conseil économique et social.
• 1927 : 27 octobre •

Roche
Ernest
Homme politique.
• 1902 : 20 octobre •

Roche
Jules
1841-1933
Homme politique, ministre.
• 1882 : 15 mai • 1890 : 17 mars • 1892 : 27 février ; 16-22 décembre • 1893 : 27 janvier • 1898 : 9 avril ; 21 décembre •

Roché
Henri-Pierre
1874-1959
Écrivain.
• 1920 : 27 janvier • 1948 : dans *L'art brut* en juin •

Rochebouët
Gaëtan de Grimaudet de
1813-1899
Général. Président du Conseil. Ministre.
• 1877 : 23 novembre ; 14 décembre •

Roche-Derrien
Bataille de La
1347
• 1347 : 20 juin •

Rochefort
• 1666 : autres événements • 1670 : dans *L'œuvre des Colbert : la marine royale* au 13 juillet •

Rochefort
Guy de
† 1507
Chancelier de 1497 à 1507.
• 1499 : mars • 1504 : 10 juin • 1505 : avril •

Rochefort
Victor-Henri de
1831-1913
Journaliste. Homme politique.
• 1868 : 30 mai ; *biographie* au 30 mai ; 13 août ; 10 octobre • 1869 : 23-24 mai, 6-7 juin ; 7-8 juin ; 6 novembre ; 21-22 novembre ; 19 décembre • 1870 : 10 janvier ; 11 janvier ; 17 janvier ; 7 février ; 9 février ; 4 septembre ; *introduction La IIIe République : De la chute du Second Empire à la Première Guerre mondiale ;* 31 octobre • 1871 : 3 janvier ; 8 février ; 1er mars ; 11 mars ; 20 mai ; 20 septembre • 1874 : 19-20 mars • 1877 : 18 mars ; 22 avril • 1880 : 12 juillet ; 14 juillet ; 23 novembre • 1881 : 29 juillet ; 15 décembre • 1885 : 4-18 octobre • 1886 : 21 janvier ; 6 février ; dans *Le général Boulanger* au 14 juillet • 1887 : 30 mai ; 29 juin • 1888 : 14 mars ; 21 mars • 1889 : 16 mars ; 4 avril ; 12 avril ; 14 août • 1892 : 19 janvier • 1895 : 3 février •

Rochelle (La)
Affaire des quatre sergents.
• 1822 : 19 mars ; 21 septembre • 1830 : 21 septembre •

Rochelle (La)
Confession de
1571
• 1571 : avril •

Rochelle (La)
Sièges de
1572-1573, 1627-1628
• 1560 : *introduction Charles IX* • 1572 : novembre • 1573 : février-avril ; fin mai-6 juillet • 1610 : *introduction Louis XIII* • 1620 : dans *Les révoltes protestantes* en septembre-octobre • 1627 : 10 septembre ; 27 novembre • 1628 : 11-18 mai ; septembre-octobre ; 28 octobre •

Rochereau
Henri
1908-1999
Ministre.
• 1959 : 28 mai • 1960 : 5 février •

Rocheservière (La)
Bataille de
1815
• 1815 : 20 juin •

Rochet
Waldeck
1905-1983
Homme politique.
• 1930 : dans *Thorez* au 23 avril • 1958 : 28 mai • 1964 : 11 juillet • 1972 : dans *Georges Marchais* au 17 décembre •

Rochette
Affaire
• 1908 : 21 mars ; dans *L'affaire Rochette* au 21 mars • 1914 : 13-16 mars ; 17 mars ; 19 mars-1er avril •

Rochette
Henri
1878-1934
Financier.
• 1908 : 21 mars ; dans *L'affaire Rochette* au 21 mars •

Rochon de Chabannes
Marc-Antoine-Jacques
1730-1800
Auteur dramatique.
• 1762 : autres événements •

Rock
John
1890-1934
Médecin américain.
• 1961 : janvier •

ROCLORE
Marcel
1897-1966
Ministre.
• 1947: 22 octobre •

ROCROI
Bataille de
19 mai 1643
• 1643: 19 mai; août-septembre • 1668: dans *Le Grand Condé* au 1er-19 février •

RODEZ
Notre-Dame de
• 1277: autres événements •

RODIN
Auguste
1840-1917
Sculpteur.
• 1880: autres événements; *biographie* dans autres événements • 1900: 1er juin • 1904: mai • 1905: septembre • 1906: 21 avril • 1916: 14 septembre • 1917: autres événements •

RODINSON
Maxime
Né en 1915
Orientaliste.
• 1958: 25 mai •

RODITI
Georges
Né en 1906
Écrivain.
• 1934: 9 juillet •

RODNEY
George Brydges
1718-1792
Amiral.
• 1759: juillet •

RODOLPHE Ier
† 912
Fils de Conrad, comte d'Auxerre. Roi de Bourgogne transjurane et de Lotharingie de 888 à 912.
• 888: *introduction Eudes*; printemps • 912: 25 octobre •

RODOLPHE Ier DE HABSBOURG
† 1291
Roi de Germanie, roi des Romains de 1273 à 1291. Empereur germanique de 1273 à 1291.
• 1270: *introduction Philippe III le Hardi* • 1284: autres événements • 1285: *introduction Philippe IV le Bel* •

RODOLPHE II
880/885-937
Fils de Rodolphe Ier, roi de Bourgogne transjurane. Roi de Bourgogne transjurane de 912 à 937. Roi de Bourgogne-Arles de 933 à 937.
• 912: 25 octobre • 924: 6 juillet • 926: autres événements • vers 933 • 935: juin • 937: 11 juillet •

RODOLPHE II
1552-1612
Fils de Maximilien II empereur. Empereur de 1576 à 1612.
• 1574: *introduction Henri III* • 1576: 12 octobre • 1589: *introduction Henri IV* • 1591: avril • 1593: mai-juin • 1609: mai-juillet • 1610: *introduction Louis XIII* •

RODOLPHE III
vers 970-1032
Fils de Conrad Ier, roi de Bourgogne. Roi de Bourgogne de 993 à 1031.
• 993: 19 octobre • 1016: juin • 1018: février; 13 mai • 1032: 6 septembre •

RODRIGUES
Olinde
1794-1851
Économiste.
• 1828: dans *Le saint-simonisme* en décembre • 1832: juillet •

ROEDERER
Pierre-Louis
1754-1835
Procureur général syndic du département de Paris. Homme politique et écrivain.
• 1791: 20 mars; 25 juin; 29 juin; 16 juillet; 10 août; 11 août; 10 novembre; 5 décembre; 1792: dans *La chute du trône* au 10 août • 1796: 27 août • 1802: dans *Les Idéologues* au 18 mars; 10 décembre • 1803: 5 septembre • 1816: 21 mars • 1831: 29 janvier •

RŒMER
Ollaüs
1644-1710
Astronome danois.
• 1849: autres événements •

RŒNTGEN
William Konrad von
1845-1923
Physicien allemand.
• 1896: autres événements •

ROGER
Juriste.
• 1162: août •

ROGER
Châtelain de Lille.
• 1206-1230 •

ROGER
Comte du Maine.
• 855: *introduction Charles le Chauve* • 890: autres événements •

ROGER
Comte d'Amiens.
• 948: autres événements •

ROGER II
Évêque de Châlons de 1043 à 1065/1066.
• 1063-1065 •

ROGER II
Roi de Sicile de 1130 à 1154.
• 1137: autres événements •

ROGER II TRENCAVEL
Vicomte de Béziers.
• 1178: août • 1209-1210 •

ROGER-DUCASSE
Jean
1873-1954
Compositeur.
• 1907: dans *Le renouveau musical* au 12 janvier •

ROGERS
Richard
Né en 1933
Architecte.
• 1971: juillet •

ROGUET
François
1770-1846
Général.
• 1831: 21-23 novembre •

ROHAN
Anne de
Épouse de Louis de Rohan, duc de Montbazon. Princesse de Guéméné.
• 1637: dans *Port-Royal et les Arnauld* au 24 août • 1649: dans *Cardinal de Retz* au 18-28 janvier •

ROHAN
Armand Gaston Maximilien, cardinal de
1674-1749
Évêque. Grand aumônier du roi.
• 1722: 8 février • 1727: autres événements •

ROHAN
Benjamin de
• Voir Soubise, Benjamin de Rohan, duc de •

ROHAN
Françoise de
Épouse de Jacques de Savoie duc de Nemours.
• 1566: mai •

ROHAN
Henri, duc de
1579-1638
Colonel des Suisses et des Grisons. Chef huguenot. Mémorialiste.
• 1610: *introduction Louis XIII* • 1614: dans *Les rebelles* au 10 février • 1615: 28 juin • 1619: juillet-10 août • 1620: dans *Les révoltes protestantes* en septembre-octobre • 1622: 20 mars-24 mai; août • 1625: janvier; 15, 22 septembre • 1627: novembre • 1628: 28 octobre • 1629: printemps • 1637: mai-octobre •

ROHAN
Henri-Louis de, prince de Guéméné
1745-1807
Grand chambellan.
• 1775: 9 mars • 1782: octobre •

ROHAN
Louis VII, prince de Guéméné, duc de Montbazon, de
1599-1667
Grand veneur.
• 1650: 18 janvier • 1652: octobre •

ROHAN
Louis VIII dit le chevalier de
vers 1635-1674
Conspirateur.
• 1674 : 27 novembre •

ROHAN
Louis-René-Édouard de Rohan-Guéméné, cardinal de
1734-1803
Évêque de Strasbourg.
• 1784 : 11 août • 1785 : 15 août • 1786 : 31 mai •

ROHAN
Marguerite, duchesse de
Fille d'Henri de Rohan. Épouse d'Henri Chabot.
• 1628 : 28 octobre •

ROHAN
Marie de
1600-1679
Épouse de : 1. Charles d'Albert de Luynes 2. Claude de Lorraine duc de Chevreuse. Duchesse de Chevreuse.
• 1610 : *introduction Louis XIII* • 1614 : dans *Les rebelles* au 10 février • 1620 : dans *Anne d'Autriche* en juillet-10 août • 1622 : 14 mars • 1633 : 25-28 février • 1643 : juillet-septembre • 1649 : dans *Les frondeurs* au 11 mars • 1664 : dans *La Rochefoucauld* au 27 octobre • 1828 : dans *Cousin* en février •

ROHAN
René de
1550-1586
Fils d'Isabelle d'Albret. Vicomte de Rohan.
• 1547 : 29 mai •

ROHAN DE SOUBISE
Charles de
• Voir Soubise, Charles de Rohan de •

ROHAN-CHABOT
Guy-Auguste, chevalier de
• 1726 : 17 avril • 1734 : avril •

ROHAULT
Jacques
vers 1617-1672
Physicien.
• 1671 : autres événements •

ROHMER
Maurice Scherer, dit Éric
Né en 1920
Cinéaste.
• 1969 : 30 juin •

ROIGNY
Michel de
Imprimeur.
• 1587 : 15 mai •

ROIS CATHOLIQUES
• Voir Ferdinand d'Aragon • Isabelle de Castille •

ROLAND
Marie-Jeanne Phlipon, épouse
1754-1793
Épouse de Jean-Marie Roland de La Platière.
• 1791 : 20 février ; *biographie* au 20 février • 1792 : 21 mars ; 11 juin ; dans *Danton* au 11 août • 1793 : 2 juin ; 8 novembre •

ROLAND
Nicolas
Général des monnaies.
• 1588 : 18-20 mai •

ROLAND
Pauline
1805-1852
Institutrice.
• 1840 : dans *Socialismes et utopies* en juin • 1850 : 29 mai •

ROLAND DE LA PLATIÈRE
Jean-Marie
1734-1793
Inspecteur des manufactures. Ministre de l'Intérieur.
• 1787 : dans *Louvet de Couvray* dans autres événements • 1791 : 20 février ; *biographie* au 20 février • 1792 : dans *Les Girondins* en mars ; 21 mars ; 24 mars ; 23 avril ; 11 juin ; 13 juin ; 20 juillet ; *introduction La République jacobine* ; 11 août ; 18août ; 30 août ; dans *Les massacres de Septembre* au 2 septembre ; 4 septembre ; 17 septembre ; 22 septembre ; 29 septembre ; 21 novembre ; 25 décembre ; 31 décembre • 1793 : 21 janvier ; 22 janvier ; 28 mars ; 2 juin ; 10 novembre •

ROLAND WIDO
« Marquis » de Bretagne.
• 753 • 777-778 •

ROLLAND
Jacques-Francis
Né en 1922
Écrivain.
• 1956: 21-22 novembre •

ROLLAND
Romain
1866-1944
Écrivain.
• 1902: 20 mars • 1903: autres événements • 1904: février • 1912: autres événements • 1914: 22 septembre • 1916: décembre; *biographie* en décembre • 1919: 26 juin; 19 juillet • 1923: février • 1925: juin • 1927: 15 avril • 1932: 27-29 août • 1933: juillet • 1935: dans *Les compagnons de route* au 21-25 juin; 4 octobre • 1936: 14 juillet • 1938: dans *Munichois et antimunichois* au 4 octobre • 1939: 19 septembre •

ROLLIN
Charles
1661-1741
Historien.
• 1726: autres événements • 1731: autres événements • 1738: autres événements •

ROLLIN
Henri
1885-1955
Journaliste et haut fonctionnaire.
• 1939: septembre •

ROLLIN
Louis
1879-1952
Ministre.
• 1929: 31 octobre • 1930: 2 mars • 1931: 27 janvier • 1932: 20 février • 1934: 8 novembre • 1935: 1er juin; 6-7 juin •

ROLLON
Chef normand.
• 911: 20 juillet • 912: autres événements • 924: janvier •

ROL-TANGUY
Henri
Né en 1908
Dirigeant du COMAC.
• 1944: 5 juin; 18 août; 25 août •

ROMAIN
† 897
Pape en 897.
• 888: *introduction Eudes* •

ROMAINS
Louis Farigoule, dit Jules
1885-1972
Écrivain.
• 1922: janvier • 1923: 15 décembre • 1927: 15 avril; autres événements • 1929: février • 1932: novembre • 1934: 9 juillet • 1935: 4 octobre • 1946: 7 octobre • 1957: 29 octobre •

ROMANELLI
Giovanni Francesco
1610-1662
Peintre italien.
• 1646: autres événements • 1655: autres événements •

ROMANI
Roger
Né en 1934
Homme politique, ministre.
• 1995: 18 mai; 7 novembre •

ROMANO
Giulio
vers 1499-1546
Peintre italien.
• 1518: autres événements • 1530: dans *La Première École de Fontainebleau* dans autres événements • 1667: autres événements •

ROMANTISME
• 1823: *Le romantisme* en juillet • 1824: *Le romantisme en peinture* en avril • 1833: *La sculpture romantique* dans autres événements •

ROME
• 1810: 17 février; 7 août • 1848: *introduction La IIe République* • 1849: 25 avril; 7 mai; 9-11 mai; 12 juin; 3 juillet • 1852: *introduction Le Second Empire* • 1860: 11 mai • 1864: 15 septembre • 1865: 15 septembre • 1866: 13 décembre • 1867: 3 novembre • 1870: 1er août; 5 août •

RONSIN
Pierre
1771-1846
Prêtre.
• 1819: dans *L'Église à la reconquête des âmes* au 24-27 octobre •

ROOKE
George
1650-1709
Amiral anglais.
• 1702: 15 août-23 octobre • 1704: août •

ROOS
Karl
† 1940
Autonomiste alsacien.
• 1939: 4 février •

ROOSEBEKE
Bataille de
1382
• 1382: 27 novembre •

ROOSEVELT
Franklin Delano
1882-1945
Président des États-Unis de 1933 à 1945.
• 1914: *introduction La IIIe République: D'une guerre à l'autre* • 1932: 8 novembre • 1937: 1er août • 1938: 6-15 juillet; 5 décembre • 1940: 26 mai; 9 juin; dans *De Gaulle* au 18 juin; *introduction État français et France libre*; 5 novembre; 22 novembre • 1941: 10 mars; 27 mai-9 juin; 24 juin 14 août; 11 septembre; 23 décembre • 1942: 18-19 juin; 12-15 août; 13-22 novembre • 1943: 14-27 janvier; 14 juillet; 1er novembre • 28 novembre-2 décembre • 1944: 6-12 juillet • 1944: 7 novembre • 1945: 4-11 février; 1er-7 avril; 12 avril •

ROOSEVELT
Theodore
1858-1919
Président des États-Unis de 1901 à 1909.
• 1870: *introduction La IIIe République: De la chute du Second Empire à la Première Guerre mondiale* • 1907: 15 juin-18 octobre • 1918: 27 novembre •

ROQUES
Henri
Né en 1920
• 1978: dans *Le négationnisme, une secte historique* au 16 novembre •

ROQUES
Pierre
1856-1920
Général. Ministre.
• 1916: 16 mars; 14 juillet • 1918: dans *« L'impôt du sang ». Les Anciens Combattants* au 11 novembre •

RORGON
Comte de Poitiers.
• 839: autres événements •

RORGON
† 976
Fils naturel de Charles III le Simple, roi de Francie occidentale. Évêque de Laon de 949 à 976.
• 893: *introduction Charles III le Simple* • 949: janvier •

RORIC
Chef viking.
• 870: début janvier • 872: octobre •

ROSAMEL
Claude Charles Marie du Campe de
1774-1848
Vice-amiral. Ministre.
• 1836: 6 septembre • 1837: 15 avril •

ROSANVALLON
Pierre
Né en 1948
Historien.
• 1947: dans *La nouvelle histoire* au 3 novembre •

ROSAY
Françoise Baudy de Naliche, dite Françoise
1891-1974
Actrice.
• 1937: 20 octobre •

ROSBAUD
Hans
1895-1962
Chef d'orchestre autrichien.
• 1950: juillet •

Roscelin de Compiègne
vers 1060-vers 1122
Auteur.
• 1092 • 1107 : dans *Les premiers « intellectuels »* dans autres événements • 1121 : dans *Pierre Abélard* dans autres événements •

Rose
Guillaume
1542-1602
Évêque de Senlis.
• 1590 : autres événements •

Rosenberg
Affaire
1951-1953
• 1951 : 6 avril • 1952 : dans *L'anti-américanisme* au 28 mai • 1953 : 18 juin •

Rosenberg
Alfred
1893-1946
Dirigeant nazi.
•1945 : dans *Le procès de Nuremberg* au 20 novembre •

Rosenberg
Léonce
1879-1947
Marchand d'art.
• 1918 : mai • 1919 : février •

Rosenmark
Raymond
Avocat.
• 1936 : 19-23 août •

Rosenthal
Manuel
1904-1994
Chef d'orchestre et compositeur.
• 1941 : 26 septembre •

Rosette
(Égypte)
• 1798 : dans *L'expédition d'Égypte* au 5 mars
• 1799 : 19 juillet •

Rôskilde
Traité de
8 mars 1658
• 1658 : 8 mars • 1660 : mai-juin •

Rosmer
Alfred
1877-1964
Publiciste et historien.
• 1939 : *dans Autour du pacte* au 22-23 août •

Rosny
• Voir Sully, Maximilien de Béthune, baron de Rosny, duc de •

Rosny
Maximilien-François de Béthune, marquis de
1588-?
Fils de Sully.
• 1644 : dans *Servien* en février-mars •

Rosny aîné
Joseph-Henri Boex, dit
1856-1940
Écrivain.
• 1900 : 7 avril • 1911 : février •

Rosny jeune
Séraphin-Justin Boex, dit
1859-1948
Écrivain.
• 1900 : 7 avril •

Rosolato
Guy
Né en 1924
Psychanalyste.
• 1970 : juin •

Ross
James Clark
1800-1862
Navigateur anglais.
• 1803 : 9 août •

Rossbach
Bataille de
1757
• 1756 : dans *La guerre de Sept Ans* au 9 juin
• 1757 : 5 novembre •

Rossé
Joseph
1892-1951
Autonomiste alsacien.
• 1928 : 1er-24 mai •

Rossel
Louis-Nathaniel
1844-1871
Membre de la Commune de 1871.
• 1871 : 16 avril ; 1er mai ; 2 mai ; 9 mai ; dans *Bilan de la Commune* au 29 mai •

Rosselli
Carlo
1899-1937
Militant antifasciste.
• 1937 : 9 juin ; dans *Les Fuorusciti antifascistes* au 9 juin • 1943 : dans *Joseph Darnand* au 30 janvier •

Rosselli
Nello
1900-1937
Militant antifasciste.
• 1937 : 9 juin ; dans *Les Fuorusciti antifascistes* au 9 juin •

Rossi
André
Né en 1921
Homme politique, ministre.
• 1976 : 27 août • 1977 : 31 mars •

Rossi
Luigi
1597-1653
Compositeur.
• 1647 : 2 mars •

Rossif
Frédéric
1922-1990
Cinéaste.
• 1963 : 11 avril •

Rossignol
Jean-Antoine
1759-1802
Général.
• 1793 : 12 juillet ; 27 juillet ; 6 décembre • 1794 : 7 janvier ; 21 février ; 27 avril ; 2 août •

Rossini
Gioacchino
1792-1868
Compositeur italien.
• 1823 : dans *Le romantisme* en juillet ; novembre • 1879 : dans *Vincent d'Indy* dans autres événements •

Rossinot
André
Né en 1939
Homme politique, ministre.
• 1986 : 20 mars • 1993 : 29 mars •

Rosso
Giovanni Battista de Rossi, dit le
1495-1540
Peintre italien.
• 1515 : *introduction François Ier* • 1530 : autres événements ; dans *La Première École de Fontainebleau* dans autres événements • 1600 : dans *La Seconde École de Fontainebleau* dans autres événements •

Rostand
Edmond
1868-1918
Écrivain.
• 1897 : 28 décembre • 1900 : 7 mars • 1909 : dans *Le cinéma : art et industrie* dans autres événements • 1990 : 28 mars •

Rostand
Jean
1894-1977
Biologiste.
• 1939 : juillet • 1948 : 20 octobre •

Rostolan
Louis de
1791-1862
Général.
• 1849 : 7 août •

Rostopchine
Sophie
• Voir Ségur, Comtesse de •

Rostropovitch
Mistlav
Né en 1927
Voloncelliste russe.
• 1970 : juillet •

Rotella
Mimmo
Né en 1918
Artiste italien.
• 1960 : 27 octobre •

Rothard
Évêque de Cambrai.
• 980 : mi-juillet •

Rothari
† 652
Roi des Lombards.
• 643 •

Rothilde
Fille de Charles le Chauve, empereur. Épouse de Roger comte du Maine.
• 855: *introduction Charles le Chauve* •

Rothschild
Alphonse de
1827-1905
• 1857: 9 juin •

Rothschild
Banque
• 1823: 10 mai • 1847: mai •

Rothschild
Hôpital
• 1852: 26 mai •

Rothschild
James de
1792-1868
• 1852: 5 janvier •

Rothschild (les)
• 1845: 15 juillet • 1855: avril • 1864: 4 mai •

Rotrou
Jean de
1609-1650
Auteur.
• 1629: dans *L'Hôtel de Bourgogne et le théâtre du Marais* dans autres événements • 1651: dans *Scarron* en septembre •

Rotrude
Fille de Charlemagne.
• 768: *introduction Charlemagne* • 781: autres événements • 787 •

Rotrude
Fille de Charles le Chauve. Abbesse de Sainte-Radegonde de Poitiers.
• 855: *introduction Charles le Chauve* •

Rouan
François
Né en 1943
Peintre.
• 1966: autres événements •

Rouanet
Gustave
1855-1927
Homme politique.
• 1895: 25-27 mai • 1904: 18 avril •

Rouaud
Jean
Né en 1952
Écrivain.
• 1990: novembre •

Rouault
Georges
1871-1958
Peintre.
• 1904: dans *Matisse* au 1er-18 juin • 1905: dans *Le fauvisme* au 18 octobre • 1910: dans *Les Ballets russes* au 25 juin • 1944: 6 octobre • 1945: autres événements • 1949: 20-25 avril • 1950: 4 août; dans *Le père Couturier et l'art sacré* au 4 août •

Roubaud
Jacques
Né en 1932
Écrivain.
• 1960: dans *L'Oulipo* au 26 octobre • 1986: avril • 1989: janvier •

Roubaud
Louis
Journaliste.
• 1930: 9-10 février •

Roubaud II
† 1008
Comte d'Arles. Comte de Provence de 965/966 à 1008.
• 972: 22-23 juillet • 993: 19 octobre •

Roudaut
Jean
Né en 1929
Écrivain.
• 1963: mai • 1967: octobre •

Roudy
Yvette
Née en 1929
Ministre.
• 1981: 21 mai; 23 juin • 1983: 22 mars • 1984: 17-18 juillet •

ROUEN
• 1591: fin août; octobre-décembre • 1592: 20 avril •

ROUEN
Cathédrale de
• 1207: autres événements • 1486: autres événements •

ROUGE ET LE BLEU (LE)
Journal collaborationniste.
• 1941: 1er novembre •

ROUGEMONT
Denis de
1904-1985
Écrivain suisse d'expression française.
• 1931: novembre; dans *Au-delà de la droite et de la gauche* en novembre • 1949: février • 1951: mars •

ROUGET DE LISLE
Claude-Joseph
1760-1836
Officier.
• 1792: 25 avril • 1915: 14 juillet •

ROUHER
Eugène
1814-1884
Homme politique, ministre.
• 1848: 4 septembre-1er novembre • 1849: 31 octobre • 1851: 9 janvier; 20 janvier; 11 avril; 20 août; 3 décembre • 1852: 23 janvier; *introduction Le Second Empire*; dans *Baroche* au 30 décembre • 1854: dans *Morny* au 12 novembre • 1855: 3 février; *biographie* au 3 février • 1860: 23 janvier • 1863: 23 juin; 13-18 octobre • 1864: 11 janvier • 1866: 3 mai; 5 juillet • 1867: 19 janvier; 20 janvier; 29 mars; 12 juillet; 5 décembre • 1868: 1er février • 1869: 12 juillet • 1872: 11 février; 4 mai • 1873: 15 août • 1878: 31 janvier •

ROUILLÉ
Antoine-Louis
1689-1761
Secrétaire d'État à la Marine. Secrétaire d'État aux Affaires étrangères.
• 1749: 30 avril • 1751: août • 1753: 29 octobre • 1754: 24 juillet • 1757: 28 juin •

ROULAND
Gustave
1806-1878
Magistrat. Homme politique, ministre.
• 1856: 13 août • 1863: 13-18 octobre • 1865: 28 janvier •

ROULEAU
Raymond
1904-1981
Acteur et cinéaste français d'origine belge.
• 1946: 7 juin • 1957: avril •

ROULLET
François Gand-Le Blanc du
1716-1786
Librettiste.
• 1776: 23 avril •

ROULOT
André
• Voir Lorulot •

ROUMANIE
• 1877: 24 avril • 1878: 13 juin-14 juillet •

ROUMANILLE
Joseph
1818-1891
Écrivain.
• 1854: 21 mai •

ROUPNEL
Gaston
1871-1946
Écrivain.
• 1932: octobre •

ROUQUIER
Georges
Né en 1909
Cinéaste.
• 1947: 15 février •

ROURE
Rémy (pseudonyme Pierre Fervacque)
1885-1966
Journaliste et homme politique.
• 1940: dans *Du MLN à Combat* au 30 août • 1945: 21 novembre •

ROUS
Jean
1908-1985
Avocat et homme politique.
• 1948: 28 février •

ROUSSEAU
Henri, dit le Douanier
1844-1910
Peintre.
• 1886: septembre • 1907: 1er octobre • 1913: dans *Apollinaire* au 20 avril •

ROUSSEAU
Jean-Jacques
1712-1778
Philosophe. Écrivain.
• 1625: dans *l'Astrée* au 1er juin • 1715: *introduction Louis XV* • 1724: autres événements • 1726: dans *Voltaire* au 17 avril • 1742: 22 août • 1743: janvier • 1745: dans *Diderot* dans autres événements • 1746: autres événements • 1750: 9 juillet • 1751: dans *Au cœur des Lumières: l'Encyclopédie* dans autres événements • 1752: 1er août; 18 octobre • 1753: 15 novembre • 1754: autres événements • 1755: autres événements; *Un virage radical: la philosophie politique de Rousseau* dans autres événements • 1756: dans *Les physiocrates* dans autres événements; autres événements • 1758: septembre • 1761: janvier; autres événements • 1762: 9 juin; 20 août; autres événements; *L'œuvre de Rousseau: un tournant politique* dans autres événements • 1763: autres événements • 1764: autres événements • 1765: 22 août • 1767: août • 1768: dans *Grétry* au 20 août; autres événements • 1772: autres événements • 1776: 23 avril • 1778: 2 juillet • 1782: autres événements • 1784: dans *Bernardin de Saint-Pierre* dans autres événements • 1787: dans *Louvet de Couvray* dans autres événements • 1788: dans *D'Antraigues* dans autres événements • 1789: 29 octobre • 1790: 21 décembre • 1791: 7 octobre • 1794: 7 janvier; 14 avril; 11 octobre • 1819: dans *L'Église à la reconquête des âmes* au 24-27 octobre • 1823: dans *Le romantisme* en juillet • 1837: 31 août • 1876: dans Jules Simon au 13 décembre 1878: février; juin; 14 juillet • 1889: 3 février •

ROUSSEAU
Théodore
1812-1867
Peintre.
• 1830: dans *Corot* dans autres événements •

ROUSSEL
Albert
1869-1937
Compositeur.
• 1907: dans *Le renouveau musical* au 12 janvier • 1929: autres événements • 1930: autres événements •

ROUSSEL
Banque
• 1810: septembre-mai 1811 •

ROUSSEL
Gérard
vers 1480-1550
Membre du Cercle de Meaux.
• 1515: *introduction François Ier* • 1521: *Le Cercle de Meaux* en avril • 1525: juillet-novembre • 1533: mars • 1535: juin-juillet •

ROUSSEL
Ker Xavier
1867-1944
Peintre.
• 1901: 22 avril •

ROUSSEL
Raymond
1877-1933
Écrivain.
• 1910: avril • 1935: autres événements •

ROUSSEL DE LA TOUR
Conseiller au Parlement de Paris.
• 1763: mai •

ROUSSELET
André
Né en 1922.
Directeur de Canal Plus.
• 1984: 4 novembre •

ROUSSET
David
1912-1997
Écrivain. Co-fondateur du RDR.
• 1945: dans *Rapatriement* au 19 juin • 1946: juin • 1948: 28 février • 1949:

12 novembre • 1950: 25 novembre; dans *Procès Rousset-Daix* au 25 novembre •

ROUSSET-DAIX
Procès
1950
• 1950: *Procès Rousset-Daix* au 25 novembre •

ROUSSIN
Albin Reine, baron
1781-1854
Amiral. Ministre.
• 1831: 8-14 juillet • 1840: 1er mars • 1843: 7 février; 24 juillet •

ROUSSIN
Michel
Né en 1939
Homme politique, ministre.
• 1993: 29 mars •

ROUSSY
Gustave
1874-1948
Médecin.
• 1937: 24 septembre • 1940: 11 novembre •

ROUSTAN
Mario
1870-1942
Homme politique, ministre.
• 1931: 27 janvier • 1932: 20 février • 1935: 1er juin; 6-7 juin •

ROUVIER
Maurice
1842-1911
Homme politique. Président du Conseil.
• 1870: *introduction La IIIe République: De la chute du Second Empire à la Première Guerre mondiale: 1870-1914* • 1881: 14 novembre • 1884: 14 octobre • 1887: 17 mai; 30 mai; 22 juin; 11 juillet; 19 novembre; 24 novembre; 1er décembre • 1889: 22 février • 1890: 17 mars • 1892: 27 février; 19 novembre; 7 décembre; 10-14 décembre; 16-22 décembre • 1893: 11 janvier; 27 janvier • 1902: 7 juin • 1905: 24 janvier; *biographie* au 24 janvier; 31 mars; 21 juin; 7 novembre • 1906: 18 janvier; 6-9 mars •

ROUVRAY
Bataille du
1429
• 1429: 12 février •

ROUX
Dominique de
1935-1977
Directeur des Cahiers de l'Herne.
• 1969: octobre •

ROUX
Émile
1853-1933
Médecin.
• 1881: dans *Pasteur* au 13 juin •

ROUX
François de
Écrivain.
• 1935: 5 décembre •

ROUX
Jacques
1752-1794
Prêtre. Homme politique.
• 1792: 24 mai; *introduction La République jacobine*; 1er décembre; 2 décembre • 1793: 12 février; dans *Les Enragés* au 12 février; 12 février; 21 février; 25 février; 23 juin; 25 juin; 26 juin; 28 juin; 30 juin; 1er juillet; 4 juillet; 11 juillet; 16 juillet; 20 juillet; 22 juillet; août; 5 août; 8 août; 14 août; 18 août; 23 août; 27 août; 5 septembre; 13 septembre; dans *Les Cordeliers* au 17 décembre • 1794: 10 février •

ROUX
Jacques
Médecin.
• 1991: 21 octobre • 1992: 23 octobre •

ROUX
Paul de
Né en 1937
Poète.
• 1967: octobre •

ROUX
Pierre-Célestin
1802-1874
Publiciste. Historien.
• 1834: 11 janvier •

ROUXEL
Jacques
Né en 1931
Réalisateur de dessins animés.
• 1968: autres événements •

Rovère
Joseph-Stanislas
1748-1798
Membre du Conseil des Anciens.
• 1795: 22 février; 16 octobre • 1797: 5 septembre •

Roy
Antoine, comte
1764-1847
Homme politique, ministre.
• 1817: 4 février-6 mars • 1818: 7 décembre • 1819: 20 novembre • 1820: 20 février • 1821: 27 novembre • 1826: 28 mars-8 avril • 1828: 4 janvier; 12 mars •

Roy
Claude Orland, dit Claude
1915-1997
Écrivain.
• 1953: février • 1956: 8 novembre; 21-22 novembre • 1979: juin •

Roy
Henri
1873-1950
Ministre.
• 1934: 8 novembre •

Roy
Pierre
1880-1950
Peintre.
• 1925: dans *Le surréalisme en peinture* au 13 novembre •

Royal
Ségolène
Née en 1953
Ministre.
• 1992: 2 avril • 1997: 4 juin; 21-23 novembre •

Royale
Place (Paris)
• Voir Vosges, Place des •

Royallieu
Abbaye de
• 1303-1308 •

Royaumont
Abbaye de
1228
• 1228: autres événements •

Royer
Claude
Prêtre. Jacobin.
• 1793: 30 août •

Royer
Jean
Né en 1920
Ministre.
• 1974: 1er mars; 18 avril; 5 mai •

Royer
Paul Henri Ernest de
1808-1877
Homme politique, ministre.
• 1851: 21 janvier • 1857: 16 novembre •

Royer-Collard
Pierre Paul
1763-1845
Avocat, homme politique.
• 1797: 14 juillet • 1814: 5 juillet; 28 octobre • 1815: 15 août; 29 octobre; dans *De Serre* au 29 octobre • 1816: 10 avril • 1817: 25-29 janvier; juillet;; 11-24 décembre • 1819: août • 1820: 16 juillet • 1821: dans *Les doctrinaires* en octobre • 1822: 22 janvier • 1823: 24 février • 1827: 19 avril • 1828: dans *Victor Cousin* en février; 25 février • 1830: 16 mars •

Royou
Thomas-Marie
1743-1792
Prêtre. Publiciste.
• 1790: 1er juin; 18 décembre • 1792: 3 mai •

Rozala-Suzanne
Fille de Bérenger, roi d'Italie. Régente du comté de Flandre. Épouse de: 1. Arnoul II, le Jeune comte de Flandre. 2. Robert II le Pieux, roi de France.
• 988: janvier-mars • 996: *introduction Robert II le Pieux* •

Rozier
Arthur
1870-1924
Homme politique.
• 1918: 28 juin-2 juillet •

Rozier
Jacques
Né en 1926
Cinéaste.
• 1962: dans *Les rapatriés d'Algérie* au 1er juillet •

ROZIER
Jean
1734-1793
Prêtre. Agronome.
• 1771: autres événements •

ROZIÈRES
François de
Archidiacre de Toul.
• 1580: autres événements •

RPF
(Rassemblement du peuple français)
• 1933: dans *Malraux* au 7 décembre • 1940: dans *De Gaulle* au 18 juin • 1946: *introduction La IVe République* • 1947: 7 avril; 27 avril; 20 août; 14, 26 septembre; 16 octobre; 26 octobre • 1948: 5 mars; 4-11 avril; 16-17 avril; 18 septembre • 1949: février; 10-12 juin; 16 octobre • 1951: 7 mai • 1952: 6 mars; 4-6 juillet • 1953: 6 mai • 1956: 2 janvier •

RPR
(Rassemblement pour la République)
• 1958: 1er octobre • 1969: *introduction La Ve République: De l'héritage du gaullisme à la victoire de la gauche* • 1976: 5 décembre • 1993: dans *Édouard Balladur* au 29 mars • 1995: dans *Jacques Chirac* au 7 mai; dans *Alain Juppé* au 18 mai; 14-15 octobre • 1997: 19 juin • 1999: 9-16 avril; 4 décembre • 2000: avril •

RUAU
Joseph
1865-1923
Ministre.
• 1905: 24 janvier • 1906: 13 mars; 22 octobre • 1909: 24 juillet •

RUBENS
Pierre-Paul
1577-1640
Peintre.
• 1612: 2 avril • 1521: autres événements • 1636: dans *Pereisc* au 24 septembre-7 novembre • 1661: dans *Mazarin collectionneur* au 9 mars • 1671: dans *La peinture selon l'Académie* au 12 juin • 1750: autres événements •

RUBINSTEIN
Ida
1885-1960
Artiste et danseuse russe.
• 1931: 23 juin • 1934: 30 avril •

RUBYS
Claude de
• 1589: dans *La propagande ligueuse* en décembre • 1590: autres événements • 1604: autres événements •

RUCART
Marc
1893-1964
Ministre.
• 1936: 4 juin • 1937: 21-22 juin • 1938: 18 janvier; 14 mars; 10 avril • 1939: 26-31 janvier • 1943: 27 mai •

RUCHE POPULAIRE (LA)
1839-1849
Quotidien.
• 1839: décembre •

RUDE
François
1784-1855
Sculpteur.
• 1833: autres événements; dans *La sculpture romantique* dans autres événements • 1863: mai •

RUEFF
Jacques
1896-1978
Économiste et financier.
• 1935: 16 juin • 1937: 5 mars • 1938: 1er novembre • 1945: 9 novembre 1945-14 janvier 1946 •

RUEIL
Paix de
1649
• 1649: 11 mars • Voir Fronde •

RUFFO
Fabrice-Denis
1744-1832
Cardinal.
• 1799: 7 février; 9 mars; 19 juin •

Ruge
Arnold
1802-1880
Homme politique allemand.
• 1844 : février •

Rühl
Philippe
1737-1795
Homme politique.
• 1792 : 2 décembre ; 5 décembre ; 16 décembre • 1793 : 10 juillet ; 7 octobre • 1794 : 19 mars • 1795 : 20 mai •

Ruhlière
Claude Carloman de
1735-1791
Homme de lettre. Diplomate.
• 1787 : 29 novembre • 1790 : 1er février •

Ruhr
1923-1925
Occupation française de la
• 1903 : dans *Briand* au 11 juin • 1912 : dans *Raymond Poincaré* au 14 janvier • 1914 : *introduction La IIIe République : D'une guerre à l'autre* • 1919 : dans *Les réparations* au 28 juin • 1920 : 5-16 juillet • 1921 : 5-15 mai • 1922 : 11 mars • 1923 : 2-24 janvier ; 11 mars ; 27-31 mars ; 4-11 août ; 13 août ; 25 septembre ; 23 novembre • 1924 : 9 avril ; 22 et 28 juin ; 16 juillet-23 août • 1925 : 1er juillet • 1933 : 15 janvier •

Ruhr
1948-1952
Sous contrôle économique allié.
• 1947 : 24 janvier ; 1er février • 1949 : 22 novembre •

Rulhières
Joseph-Marcelin
1787-1862
Homme politique, ministre.
• 1848 : 20 décembre • 1849 : 2 juin •

Rumor
Mariano
1915-1990
Président du Conseil italien.
• 1958 : *introduction La Ve République : La République gaullienne* • 1969 : *introduction La Ve République : De l'héritage du gaullisme à la victoire de la gauche* •

Runciman
Walter
1870-1949
Diplomate britannique.
• 1938 : 20-25 juillet ; 16 septembre •

Rundstedt
Gert von
1875-1953
Général allemand.
• 1940 : 5-10 juin •

Ruricius
Évêque de Limoges de 485 environ à 507.
• vers 485-507 • 505 •

Rushdie
Salman
Né en 1947
Écrivain anglais d'origine indienne.
• 1989 : 15 février •

Ruskin
John
1819-1900
Écrivain anglais.
• 1913 : dans *Proust* au 14 novembre •

Russell
Tribunal
• 1966 : 30 novembre •

Russie
• 1876 : 31 octobre • 1877 : 24 avril • 1926 : *Les Russes en France* au 14 avril •

Russier
Gabrielle
Née en 1937
Professeur de philosophie.
• 1969 : 1er septembre •

Russo-japonaise
Guerre
1904-1905
• 1904 : 27 janvier •

Russolo
Luigi
1885-1947
Peintre italien.
• 1912 : dans *Le futurisme en peinture* au 5 février •

S

Sagan
Françoise
Née en 1935
Écrivain.
• 1954: mars • 1960: décembre •

Sage
Balthazard-George
1740-1824
Directeur de l'École royale des Mines.
• 1783: 19 mars •

Sagnac
Philippe
1868-1954
Historien.
• 1926: autres événements •

Saïd
Mohammed
1822-1863
Vice-roi d'Égypte de 1854 à 1863.
• 1852: *introduction Le Second Empire* • 1854: 30 novembre • 1869: dans *Lesseps* au 15 août •

Saige
Joseph
1735-1812
Avocat au Parlement de Paris.
• 1775: 30 juin •

Saillant
Louis
1911-1974
Dirigeant syndical. Président du CNR.
• 1941: 17 mai • 1942: 22 septembre • 1943: 17 avril; 27 mai; 21 juin; • 1944: 10 septembre; *biographie* au 10 septembre • 1945: 8 octobre •

Sainctyon
Louis de
Avocat.
• 1575: 19 décembre • 1588: 12 mai; autres événements • 1590: autres événements •

Sainneville
Préfet de police de Lyon.
• 1818: 22 mars •

Sainrapt-Brice
Affaire
1949
• 1949: 13 février •

Saint
Lucien
1867-1938
Résident général en Tunisie.
• 1953: 2 septembre •

Saint Empire
romain germanique
• 1803: 24 mars • 1806: 12 juillet •

Saint-Aignan
François-Honorat de Beauvillier, duc de
1610-1687
Premier gentilhomme de la chambre. Lieutenant général.
• 1661: mars •

Saint-Aignan
Paul de
• Voir Beauvillier, Paul de Saint-Aignan, duc de •

Saint-Albin
Mgr de
Archevêque de Cambrai.
• 1735: 18 février •

Saint-Amand
Abbaye de
• 952: autres événements •

Saint-Amand
Jean-Armand Lacoste, dit
1797-1885
Auteur dramatique.
• 1823: 2 juillet •

Saint-Amant
Antoine Girard, sieur de
1594-1661
Poète.
• 1623: dans *Charles Sorel* en janvier; dans *Théophile de Viau* au 16 septembre • 1629: 27 février; *biographie* au 27 février • 1649: dans *Mazarinades* au 20 juillet •

Saint-André
Jacques d'Albon de
1505-1562
Fils de Jean d'Albon de Saint-André. Maréchal de France. Favori d'Henri II roi de France.
• 1547: 11 avril; 29 mai • 1554: juillet-août • 1555: 16 juillet • 1556: mars-juillet • 1557: août • 1558: juin-septembre; octobre-novembre • 1560: *introduction*

SAINTES
Bataille de
• 1242: 21-22 et 23 juillet •

SAINTES
Cathédrale Notre-Dame de
• 1047 •

SAINT-ESTÈVE
Pascal de
Espion français.
• 1605: avril •

SAINTE-UNION
• 1574: *introduction Henri III* • 1589: 30 janvier; février; 5 août; 25 septembre • Voir Ligue parisienne • Seize •

SAINT-EXUPÉRY
Antoine de
1900-1944
Aviateur et écrivain.
• 1930: dans *Les ailes françaises* au 1er-2 septembre • 1931: 4 décembre • 1941: 22 janvier • 1943: 6 avril • 1944: 31 juillet • 1948: mars • 1953: février • 1955: 16 avril •

SAINT-FLORENTIN
Louis Phélypeaux de La Vrillière, comte de
1705-1777
Secrétaire d'État à la Maison du roi.
• 1749: 23 avril • 1751: août • 1757: 1er février • 1775: 21 juillet •

SAINT-FOND
Barthélemy Faujas de
1741-1819
Géologue.
• 1778: autres événements • 1783: 4 juin •

SAINT-GELAIS
Mellin de
1491-1558
Écrivain. Bibliothécaire de François Ier roi de France.
• 1537: 28 décembre • 1546: autres événements; *biographie* dans autres événements • 1550: dans *Ronsard* dans autres événements •

SAINT-GELAIS DE LANSAC
Louis de
Diplomate.
• 1552: juillet-novembre • 1556: septembre; 5 septembre •

SAINT-GENIS-LAVAL
Massacre de
• 1944: 20 août •

SAINT-GERMAIN
Claude-Louis, comte de
1707-1778
Secrétaire d'État à la Guerre.
• 1774: *introduction Louis XVI* • 1775: 27 octobre • 1776: 3 novembre • 1777: 27 septembre •

SAINT-GERMAIN
Édit de
17 janvier 1562
• 1560: *introduction Charles IX* • 1562: janvier-mars; 11 avril • 1575: 11 avril •

SAINT-GERMAIN
Paix de
8 août 1570
• 1555: dans *Monluc* en janvier-février • 1560: *introduction Charles IX* • 1570: 8 août • 1571: juillet; 20 décembre •

SAINT-GERMAIN
Traité de
1594
• 1594: 16 novembre • 1595: 12 mars • 1598: dans *L'édit de Nantes* au 30 avril •

SAINT-GERMAIN
Traité de
1919
• 1919: 27-28 mars; 2 juin; 10 septembre • 1920: 26 mai • 1921: 7 juin •

SAINT-GERMAIN-DES-PRÉS
Abbaye de (Paris)
• 542-558 • 756 • vers 820-830 • 823: autres événements • 845: mars • 858: autres événements • 861 • 862: juin • 1014: autres événements • vers 1163 • 1163: janvier-février •

SAINT-GERMAIN-DES-PRÉS
Quartier de Paris
• 1947: 3 mai; *Saint-Germain-des-Prés* au 3 mai •

SAINT-GERMAIN-EN-LAYE
Château de
• 1547: *introduction Henri II* • 1549: 19 mai • 1589: *introduction Henri IV* • 1600: dans *La Seconde École de Fontainebleau* dans autres

événements • 1663: dans *La Cour* au 15-22 septembre •

SAINT-GERMAIN-L'AUXERROIS
Sac de l'église de
14 février 1831
• 1830: dans *Barrot* au 19 octobre • 1831: 14 février; 16 février • 1837: 12 mai •

SAINT-GERVAIS
(Paris)
• avant 576 •

SAINT-GILLES
Abbaye de
• 878: autres événements • 1066: 15 décembre • 1096: 5-15 juillet •

SAINT-GOBAIN
Compagnie des glaces de
• 1695: autres événements; *La manufacture royale des glaces de Saint-Gobain* dans autres événements • 1702: 23 octobre •

SAINT-GOTTHARD
Bataille de
• 1664: 1er août •

SAINT-HILAIRE
Émile Marc Hilaire, dit Marco de
1793-1887
Page de Napoléon. Mémorialiste.
• 1821: dans *La légende napoléonienne* au 5 juillet •

SAINT-HILAIRE
Jules Barthélemy
• Voir Barthélemy-Saint-Hilaire, Jules •

SAINT-HURUGE
Victor-Amédée de la Fage, marquis de
1750-1810
Agitateur.
• 1789: 30 août; 2 septembre • 1794: dans *Les Muscadins* au 19 septembre •

SAINT-IBAR
Henri d'Escar de Saint-Bonnet, seigneur de
Conseiller du comte de Soissons.
• 1636: juillet-août • 1642: dans *Les conjurateurs* au 12 septembre •

SAINT-IGNY
Jean de
vers 1595-1649
Sculpteur. Architecte. Graveur. Peintre.
• 1600: dans *La Seconde École de Fontainebleau* dans autres événements •

SAINT-ILDEFONSE
Traités de
1796, 1800
• 1796: 18 août • 1800: 1er octobre • 1801: 21 mars •

SAINT-JAMES
• 1782: 18 décembre •

SAINT-JEAN-D'ACRE
• 1799: 19 mars; 16 avril; 17 mai • 1839: 3 octobre • 1840: 23 novembre •

SAINT-JEAN-D'ANGÉLY
Abbaye de
• 942: autres événements • vers 1010-1015: novembre-décembre •

SAINT-JOHN PERSE
Alexis Leger, dit
1887-1975
Diplomate et poète.
• 1924: janvier; août • 1933: 5 mars • 1935: 1er-4 février • 1938: dans *Les hommes du Quai* au 20-25 juillet • 1940: 19 mai • 1957: octobre • 1960: 10 décembre • 1963: décembre •

SAINT-JUST
Louis-Antoine de
1767-1794
Député à la Convention. Membre du Comité de salut public.
• 1791: juin • 1792: *introduction La République jacobine*; dans *Danton* au 11 août; 13 novembre; *biographie* au 13 novembre; 3 décembre • 1793: 12 février; 13 juin; dans *Hérault de Séchelles* au 13 juin; 8 juillet; 10 juillet; dans *Lazare Carnot* au 14 août; 10 octobre; 18 octobre; 31 octobre; 1er novembre; 2 novembre; 5 novembre; 11 novembre; 18 décembre; 30 décembre • 1794: 26 février; 3 mars; 6 mars; 12 mars; 13 mars; 17 mars; 31 mars; 1er avril; 4 avril; 15 avril; 26 avril; 29 avril; 25 mai; 13 juin; 28 juin; 29 juin; 23 juillet; 27 juillet; 28 juillet •

Saint-Priest
François-Emmanuel Guignard de
1735-1821
Ministre de l'Intérieur.
• 1788: 7 décembre; dans *D'Antraigues* dans autres événements • 1789: 11 juillet; 4 août • 1790: 10 novembre; 18 décembre; 24 décembre •

Saint-Quentin
• 814-826 •

Saint-Quentin
Bataille de
1557
• 1547: *introduction Henri II* • 1557: août; 23 août • 1558: 5-6 janvier •

Saint-Réjeant ou Saint-Régent
Pierre Robinault de, dit le Chevalier Pierrot
1768-1801
Conspirateur.
• 1801: 5 janvier •

Saint-Riquier
Abbaye de
• 790-799 • 831: autres événements • 845: mars • 974: 26 mai • 980: 2-3 juin • 1131-1132 • à partir de 1488 •

Saint-Sacrement
Compagnie du
• 1614: dans *Hôpitaux et charités* dans autres événements • 1630: mars; dans *Les dévots* au 10-12 novembre • 1652: dans *Fouquet* au 31 juillet-7 août • 1656: 27 avril • 1660: 20 septembre • 1663: juillet • 1699: dans *Fénelon* en avril •

Saint-Saëns
Camille
1835-1921
Compositeur.
• 1877: dans *Fauré* en avril • 1886: autres événements; *biographie* dans autres événements • 1907: dans *Le renouveau musical* au 12 janvier • 1909: dans *Le cinéma: art et industrie* dans autres événements •

Saint-Sever
Abbaye de
Reconstruction.
• 1065 •

Saint-Séverin d'Aragon
Alphonse-Marie-Louis, comte de
1705-1757
Ministre plénipotentiaire.
• 1748: 15 décembre •

Saint-Simon
Claude Henri de Rouvroy, comte de
1760-1825
Philosophe et économiste.
• 1814: 3 décembre • 1820: 9 septembre • 1821: 3 mars; *biographie* au 3 mars • 1825: juin • 1827: dans *Thierry* au 6 juin • 1828: *Le saint-simonisme* en décembre • 1829: dans *Auguste Comte* en novembre • 1830: dans *Armand Carrel* au 3 janvier • 1840: dans *Socialismes et utopies* en juin • 1849: dans *Hippolyte Carnot* au 5 janvier • 1852: *introduction Le Second Empire* • 1855: dans *Le Play* au 21 juillet • 1859: septembre • 1863: juillet •

Saint-Simon
Fondation
1982-1998
• 1979: dans *François Furet* au 23 janvier • 1982: 27 septembre •

Saint-Simon
Louis de Rouvroy, duc de
1675-1755
Mémorialiste.
• 1669: dans *Mme de Montespan* dans autres événements • 1677: dans *Versailles* dans autres événements • 1684: 1er avril; dans *Les mémorialistes de Versailles* au 1er avril; 15 août • 1691: autres événements • 1694: 5 mai • 1697: dans *Le duc et la duchesse de Bourgogne* au 7 décembre • 1698: août-septembre • 1714: 2 août • 1715: *introduction Louis XV* • 1716: février • 1718: 25 décembre • 1720: août • 1721: 25 novembre • 1739: autres événements • 1748: dans *Montesquieu, un fondateur du libéralisme politique* dans autres événements • 1749: autres événements •

Saint-Simon
Société historique
• 1883: 20 juillet •

Saint-Sulpice
Henri Ébrard de
† 1576
Fils de Jean Ébrard de Saint-Sulpice.
• 1574: *introduction Henri III* •

Saliège
Mgr Jules-Géraud
1870-1950
Archevêque de Toulouse. Cardinal.
• 1942: 7-30 août • 1956: 21 avril •

Salieri
Antonio
1750-1825
Compositeur italien.
• 1784: 26 avril • 1787: 8 juin •

Salimbene
† 1288/1289
Franciscain. Auteur.
• 1226: *introduction Louis IX* •

Salique
Loi
• 509-511 • 763-764 • 798 • 802 • 1358: autres événements • 1574: *introduction Henri III* • 1584: 10 juin •

Salis
Jacques Michel
1848-1919
Homme politique.
• 1894: 22 mai •

Salle
Jean-Baptiste
1759-1794
Député.
• 1791: 15 juillet; 23 juillet • 1792: 27 décembre • 1793: 6 janvier; 26 février; 2 juin • 1794: 15 juin •

Sallebert
Jacques
1920-2000
Journaliste de télévision.
• 1949: dans *La naissance de la télévision publique* au 29 juin •

Sallenave
Danièle
Née en 1940
Écrivain
• 1980: novembre •

Salles
Georges
1889-1966
Directeur des Musées de France.
• 1947: 9 juin •

Salluste
86-35
Auteur latin.
• 1559: dans *Amyot* dans autres événements •

Salmon
André
1881-1969
Écrivain.
• 1919: mars • 1920: 27 janvier • 1944: 24 février •

Salomon
† 874
« Roi » de Bretagne de 857 à 874.
• 857: novembre • 859: juin • 862: janvier-mars • 863: Noël • 864: 1er ou 25 juin • 867: 1er août • 874: autres événements •

Salomon
Ernst von
1902-1972
Écrivain allemand.
• 1950: dans *Roger Stéphane* au 13 avril •

Salomon de La Saugerie
Guillaume-Anne
1743-1795
Député à l'Assemblée constituante.
• 1789: 2 août •

Salpêtrière
Hôpital de la (Paris)
• 1614: dans *Hôpitaux et charités* dans autres événements •

Saluces
Louis marquis de
† 1504
Chef d'armées.
• 1503: octobre •

Saluces
Michel-Antoine marquis de
Lieutenant du roi de France en Milanais.
• 1524: 5 septembre • 1528: juillet-septembre •

Salvandy
Narcisse Achille de
1795-1856
Homme politique, ministre.
• 1817: mars • 1827: 12 juillet • 1830: dans *Villemain* au 13 août • 1837: 15 avril

• 1842: dans *Quinet* en mars • 1845: 1er février • 1847: 12 avril; 24 juillet •

Salvemini
Gaetano
1873-1957
Écrivain et homme politique italien.
• 1935: 21-25 juin •

Salviati
Francesco
1510-1563
Peintre.
• 1554: autres événements •

Samain
Albert
1858-1900
Poète.
• 1886: dans *Les symbolistes* au 18 septembre •

Samaritaine (la)
(Paris)
• 1855: autres événements • 1870: 1er janvier • 1905: autres événements •

Samo
† vers 660
Roi slave de Bohême-Moravie.
• 631 •

Sampaix
Lucien
1899-1941
Secrétaire général à L'Humanité.
• 1941: 22 [14]-28 août •

Samson de Mauvoisin
Archevêque de Reims à partir de 1139.
• 1145: 25 décembre • 1147: 20 avril •

San Francisco
Conférence de
1945
• 1945: 25 avril •

San Germano
Bataille de
1495
• 1495: 11 février •

San Stefano
Traité de
1494
• 1494: 30 août •

Sancerre
Siège de
1573
• 1573: mars-août • 1578: dans *Léry* dans autres événements •

Sanche
Fille de Raimon Bérenger V, comte de Provence. Épouse de Richard, comte de Cornouailles.
• 1244: janvier •

Sanche Ier d'Aragon
† 1223
Frère d'Alphonse II, roi d'Aragon. Comte de Provence de 1181 à 1185. Régent pour Raimon Bérenger V de 1209 à 1217.
• 1181: 5 avril • 1214: autres événements • 1226-1227 •

Sanche IV
Fils d'Alphonse X, roi de Castille. Roi de Castille de 1284 à 1295.
• 1275: août • 1289: 13 juillet • 1290: autres événements •

Sanche VII
† 1234
Roi de Navarre de 1194 à 1234.
• 1234: 8 mai •

Sanche Guillaume
Duc de Gascogne.
• vers 1010-1015: novembre-décembre •

Sanche le Grand
990-1035
Roi de Navarre de 1004 à 1035.
• vers 1010-1015: novembre-décembre • 1032: autres événements •

Sanche Ramirez
† 1094
Roi d'Aragon de 1064 à 1094.
• vers 1070 • 1094: autres événements •

Sancy
Achille de Harlay, baron de
1581-1646
Évêque de Saint-Malo. Ambassadeur.
• 1611: autres événements •

Sand
Aurore Dupin, dite George
1804-1876
Écrivain.

• 1745: dans *Maurice de Saxe* au 11 mai • 1832: mai • 1833: 18 juillet • 1835: 3 mai-11 octobre • 1836: dans *Musset* au 1er février; dans *La naissance de la presse* au 1er juillet • 1837: 18 février • 1840: 15 mai; dans *Socialismes et utopies* en juin; 1er décembre • 1846: 8 août; *biographie* au 8 août • 1848: 4 mars; 13-15 avril; 15 avril • 1849: dans *Ledru-Rollin* au 27 janvier; 4 août • 1850: 12 janvier • 1854: 4 novembre •

SANDEAU
Julien, dit Jules
1811-1883
Écrivain.
• 1846: dans *George Sand* au 8 août •

SANFÉDISTES
• 1799: 9 mars •

SANG CONTAMINÉ
Affaire du
• 1981: *introduction La Ve République: De la France mitterrandienne aux cohabitations politiques* • 1984: dans *Laurent Fabius* au 17-18 juillet • 1987: dans *Génération sida* en avril-mai • 1991: 21 octobre • 1992: 23 octobre; 19-20 décembre • 1999: 9 février; dans *Responsabilité, culpabilité et justice* au 9 février •

SANGNIER
Marc
1873-1950
• 1894: 10 janvier • 1899: 10 octobre • 1903: 1er juin; *biographie* au 1er juin • 1905: dans *Épisodes des Inventaires* au 6-9 décembre • 1910: 20 juillet • 1919: dans *Gaston Tessier* au 1er-2 novembre • 1923: 1er juin • 1927: dans *Mauriac* en février • 1944: 4 septembre; 25-26 novembre •

SANGUINETTI
Alexandre
1913-1980
Homme politique, ministre.
• 1966: 8 janvier •

SANJURJO
José
1872-1936
Général espagnol.
• 1936: 18 juillet •

SANNARAZ
1456-1530
Auteur italien.
• 1625: dans *l'Astrée* au 1er juin •

SANS-LEROY
Charles François
1848-1922
Homme politique.
• 1892: 16-22 décembre • 1893: 8-21 mars •

SANTER
Jacques
Né en 1925
Président de la Communauté européenne.
• 1999: 15 mars •

SANTERRE
Antoine-Joseph
1752-1809
Brasseur. Homme politique.
• 1792: 20 juin; 4 août; dans *La chute du trône* au 10 août • 1793: 1er mai; 17 juillet • 1794: 21 février •

SANTOS-DUMONT
Alberto
1873-1932
Aviateur brésilien.
• 1906: 12 novembre • 1909: 13 septembre •

SAPIN
Michel
Né en 1952
Homme politique. Ministre.
• 1992: 2 avril • 2000: 27 mars •

SAPINAUD DE LA VERRIE
Louis-Esprit
1738-1793
Chef vendéen.
• 1793: 4 avril; 6 avril; 26 juillet •

SAPORTA
Karine
Née en 1950
Chorégraphe.
• 1981: janvier •

SARAH-BERNHARDT
Théâtre
• 1862: autres événements •

SARAJEVO
Attentat de
1914
• 1914: 28 juin •

SARASIN
Jean-François
1614-1654
Poète.
• 1641: dans *Salons, mondains et précieuses* au 22 mai • 1649: dans *Mazarinades* au 20 juillet •

SARAZIN
Jacques
1592-1660
Sculpteur.
• 1628: autres événements • 1639: autres événements • 1640: dans *La grande peinture: entre baroque et classicisme* au 17 décembre • 1643: autres événements • 1647: autres événements • 1648: 25 avril • 1651: autres événements • 1655: 23 juin • 1656: autres événements • 1660: autres événements •

SARDOU
Victorien
1831-1908
Auteur dramatique.
• 1880: 6 décembre • 1890: dans *Sarah Bernhardt* au 3 janvier • 1891: 24 janvier • 1892: 18 janvier • 1893: 27 octobre • 1899: janvier •

SARETTE
Bernard
1765-1858
Capitaine de la garde nationale.
• 1795: 3 août •

SARKIS
Sarkis Zubunyan, dit
Né en 1938
Artiste d'origine arménienne.
• 1972: 16 mai •

SARKOZY
Nicolas
Né en 1955
Homme politique, ministre.
• 1993: 29 mars •

SARRAIL
Maurice
1856-1929
Général.
• 1915: 1er octobre • 1917: 28 juin • 1924: 28 novembre • 1925: 20 juillet-12 août; 29 octobre •

SARRAILH
Jean
1891-1964
Hispaniste.
• 1956: 21 avril •

SARRAUT
Albert
1872-1962
Homme politique, ministre.
• 1907: 17-26 juin • 1914: *introduction La IIIe République: D'une guerre à l'autre*; 26 août • 1920: 17-22 janvier • 1921: 16 janvier; 12 avril • 1922: 15 janvier • 1923: 20 juin • 1926: 23 juillet • 1927: 19 avril-24 mai • 1930: 20-25 février; 13 décembre • 1932: 3-7 juin; 16 décembre • 1933: 31 janvier; 2 septembre; 27 octobre; 11-13 novembre; 23-27 novembre • 1934: 9 février; 9-11 octobre • 1936: 19-31 janvier; 13-16 février; 7-8 mars; 4-5 mai; 10 mai • 1937: 21-22 juin • 1938: 18 janvier; 14 mars; 10 avril; 12 août • 1939: 26-31 janvier; 18 novembre • 1940: 20 mars-3 avril; 21-22 mars • 1957: 1er octobre •

SARRAUT
Maurice
1869-1943
Homme politique.
• 1927: 27 octobre • 1932: 30 mars • 1943: 2 décembre •

SARRAUTE
Nathalie
1900-1999
Écrivain.
• 1939: février • 1948: autres événements • 1950: février; *biographie* en février • 1956: mars • 1957: 22 mai • 1959: mai • 1975: 24 octobre • 1983: mars • 1986: 17 février • 1995: septembre •

SARRE
• 1934: 26 août; 7 septembre; 10 décembre • 1935: 13 janvier; 1er mars • 1946:

Sauveur
Joseph
1653-1716
Acousticien.
• 1726: autres événements •

Sauvy
Alfred
1898-1990
Démographe et économiste.
• 1938: 1er novembre • 1945: 24 octobre • 1952: mars • 1954: dans *Pierre Mendès France* au 12 juin • 1956: novembre •

Sauzet
Jean-Pierre, dit Paul
1800-1876
Homme politique, ministre.
• 1834: 10 novembre • 1836: 22 février • 1839: 28 avril; 14 mai •

Savall
Jordi
Né en 1941
Musicien catalan.
• 1992: 18 décembre •

Savang Vatthana
Né en 1907
Prince laotien.
• 1948: 11 mai •

Savary
† vers 715/719
Évêque d'Auxerre.
• 639: dans *Deux royaumes francs* au 19 février • vers 710-715 •

Savary
Alain
1918-1988
Homme politique, ministre.
• 1956: 20 octobre; 22 octobre • 1981: 21 mai; 23 juin • 1983: 22 mars • 1984: mars-avril; 17-18 juillet •

Savary
Jacques
1622-1690
Négociant. Membre du conseil du commerce.
• 1673: mars • 1675: autres événements •

Savary
Jean-Marie-René
1774-1833
Général. Ministre.
• 1804: 21 mars; *biographie* 21 mars; 6 avril • 1810: 3 juin • 1812: 23 octobre • 1831: 26 décembre • 1832: 4 mars •

Savary des Bruslons
Jacques
1657-1716
Inspecteur général des manufactures et de la douane. Économiste.
• 1723: autres événements •

Savary des Bruslons
Philémon-Louis
1654-1727
Chanoine. Écrivain.
• 1723: autres événements •

Savinien
† 606
Pape de 604 à 606.
• 561: *introduction De quatre à un royaume franc* •

Savoie
• Voir Amédée VI de Savoie • Amédée VII de Savoie • Amédée VIII de Savoie • Amédée IX de Savoie • Aymon de Savoie • Béatrice de Savoie • Bonne de Savoie • Bourgogne, Marie-Adélaïde de Savoie, duchesse de • Charles Ier de Savoie • Charles III de Savoie • Charles-Emmanuel Ier de Savoie • Charles-Emmanuel II de Savoie • Charles-Emmanuel III de Savoie • Charles-Emmanuel IV de Savoie • Charlotte de Savoie • Emmanuel-Philibert de Savoie • Eugène, François Eugène dit le Prince • Félix V • François-Hyacinthe de Savoie • Hugues de Savoie • Louis de Savoie • Louise de Savoie • Maurice de Savoie • Nemours, Charles-Emmanuel de Savoie, duc de • Nemours, Jacques de Savoie, duc de • Philibert de Savoie • Philippe de Savoie • Pierre II de Savoie • Victor-Amédée Ier de Savoie • Victor-Amédée II de Savoie • Victor-Amédée III de Savoie • Villars, Honorat de Savoie, comte de •

SAY
Jean-Baptiste
1767-1832
Économiste.
• 1802: dans *Les Idéologues* au 18 mars • 1803: août •

SAY
Léon
1826-1896
Homme politique, ministre.
• 1871: 7 juin • 1872: 7 décembre • 1873: 19 mai • 1875: 11 mars • 1876: 10 mars; 13 décembre • 1877: 14 décembre • 1878: 12 août; 18 septembre • 1879: 4 février; 22 mars • 1882: 30 janvier; 22-23 mai • 1883: 12 février; 15 février •

SAZONOV
Sergueï
1860-1927
Ministre russe.
• 1913: janvier; 23 novembre • 1914: 21-23 juillet; 24-25 juillet; 26 juillet; 29 juillet •

SCAPINI
Georges
1893-1976
Ministre.
• 1940: dans *Les prisonniers* au 11 juillet •

SCARRON
Paul
1610-1660
Auteur.
• 1641: dans *Salons, mondains et précieuses* au 22 mai • 1649: dans *Mazarinades* au 20 juillet • 1651: septembre; *biographie* en septembre • 1715: dans *Mme de Maintenon* au 25 août •

SCELBA
Mario
1901-1991
Président du Conseil italien.
• 1946: *introduction La IVe République* •

SCELLE
Georges
1878-1961
Juriste.
• 1925: 25 février; 28 mars-11 avril •

SCÈVE
Maurice
vers 1500-vers 1562
Humaniste, poète.
• 1544: autres événements; *biographie* dans autres événements •

SCHACHT
Hjalmar
1877-1970
Ministre allemand.
• 1936: 26 août • 1945: dans *Le procès de Nuremberg* au 20 novembre •

SCHAEFFER
Pierre
Biologiste.
• 1965: dans *Trois Nobel de médecine* au 14 octobre •

SCHAEFFER
Pierre
1910-1995
Compositeur.
• 1954: 2 décembre • 1955: 30 juillet; *biographie* au 30 juillet •

SCHAEFFNER
André
1895-1980
Musicologue.
• 1931: 19 mai • 1943: 10 mai • 1954: dans *Le Domaine musical* au 13 janvier •

SCHAFFNER
Franklin J.
1920-1989
Cinéaste américain.
• 1963: juillet •

SCHALIT
Jean
Cofondateur du Comité Vietnam.
• 1966: 30 novembre •

SCHAUENBOURG
Balthazar
1748-1832
Général.
• 1793: 14 septembre; 23 septembre • 1798: 14 février; 5 mars; 6 mars; 27 mars; 9 décembre •

SCHEFFER
Arnold
1796-1853
Journaliste.
• 1821: février; 29 décembre 1821-10 janvier 1822 •

SCHEFFER
Ary
1795-1858
Peintre.
• 1821: février • 1824: dans *Le romantisme en peinture* en avril • 1842: 13 juillet •

SCHÉHADÉ
Georges
1910-1989
Poète libanais.
• 1951: 2 février • 1954: 13 janvier • 1985: février •

SCHEIDEMANN
Philipp
1865-1939
Président du gouvernement de la République deWeimar.
• 1912: 17 novembre •

SCHERCHEN
Hermann
1891-1966
Chef d'orchestre.
• 1954: 2 décembre •

SCHERER
Barthélemy-Louis-Joseph
1747-1804
Général. Ministre de la Guerre.
• 1794: 24 août; 3 novembre • 1795: 31 août; 24 novembre • 1796: 4 février • 1797: 23 juillet • 1799: 21 février; 26 mars; 5 avril; 21 avril; 15 juillet; 18 août •

SCHEURER-KESTNER
Auguste
1833-1899
Industriel et homme politique.
• 1870: *introduction La IIIe République: De la chute du Second Empire à la Première Guerre mondiale* • 1897: 30 octobre; 13 novembre; 7 décembre; 14 décembre • 1898: 15 janvier • 1908: 11 février •

SCHEYERN
Traité de
mai 1532
• 1532: mai •

SCHICKELÉ
René
1883-1940
Écrivain.
• 1925: autres événements •

SCHILLER
Friedrich von
1759-1805
Poète allemand.
• 1792: 6 mars • 1823: dans *Le romantisme* en juillet • 1854: dans *Nerval* au 27 janvier • 1916: dans *Romain Rolland* en décembre •

SCHINER
Mathias
Cardinal de Sion.
• 1515: 10 septembre • 1517: 29 novembre •

SCHISME
1054
• 1054: autres événements •

SCHISME D'OCCIDENT
Grand
1378-1417
• 1378: 20 septembre • 1391: dans *Jean Gerson* au 6 janvier • 1394: janvier; dans *Les universitaires face au Schisme* en janvier • 1395: 22 mai • 1398: fin mars • 1408: janvier • 1409: 25 mars-7 août • 1417: 11 novembre •

SCHLAGETER
Léo
1894-1923
Nationaliste allemand.
• 1923: 9-26 mai •

SCHLEICHER
Kurt von
1882-1934
Général. Chancelier allemand de 1932 à 1933.
• 1914: *introduction La IIIe République: D'une guerre à l'autre* • 1933: 30 janvier •

SCHLESWIG
Duché de
• 1863: 18 octobre; 15 novembre • 1864: 16 janvier; 1er février; 30 octobre • 1865:

14 août • 1866: 23 janvier; 25 mai; 26 juillet • 1867: 12 janvier •

SCHLIEFFEN
Alfred von
1833-1913
Maréchal allemand.
• 1914: 4 août •

SCHLOEZER
Boris de
1881-1969
Écrivain et musicologue d'origine russe.
• 1926: autres événements •

SCHLUMBERGER
Jean
1877-1968
Écrivain.
• 1909: février •

SCHMIDT
Albert-Marie
1901-1966
Historien de la littérature et écrivain.
• 1960: dans *L'Oulipo* au 26 octobre •

SCHMIDT
Helmut
Né en 1918
Chancelier allemand.
• 1969: *introduction La Ve République: De l'héritage du gaullisme à la victoire de la gauche* • 1981: *introduction La Ve République: De la France mitterrandienne aux cohabitations politiques* •

SCHMITT
Florent
1870-1958
Compositeur.
• 1907: dans *Le renouveau musical* au 12 janvier •

SCHMITT
Jean-Claude
Né en 1946
Historien.
• 1947: dans *La nouvelle histoire* au 3 novembre •

SCHMITTLEIN
Raymond
1904-1974
Ministre.
• 1955: 20 janvier •

SCHNAEBELÉ
Incident
1887
• 1879: dans *Jules Grévy* au 30 janvier • 1887: 21-29 avril •

SCHNAPPER
Dominique
Née en 1934
Sociologue.
• 1991: mars •

SCHNEERSOHN
Isaac
1879-1950
Rabbin. Fondateur du Centre de documentation juive contemporaine.
• 1943: 28 avril • 1953: 17 mai •

SCHNEIDER
Adolphe
Industriel.
• 1836: dans *Les « barons du fer »: Schneider, Wendel, de Dietrich* dans autres événements •

SCHNEIDER
Antoine Virgile
1780-1847
Général. Ministre.
• 1839: 12 mai •

SCHNEIDER
Eugène
1805-1875
Industriel. Homme politique, ministre.
• 1836: *biographie* dans *Les « barons du fer »: Schneider, Wendel, de Dietrich* dans autres événements • 1851: 21 janvier • 1857: 9 juin • 1860: autres événements • 1864: 15 février; 4 mai • 1865: 10 mars • 1867: 29 mars • 1869: 1er décembre •

SCHNEIDER
Euloge
1756-1794
Philosophe, écrivain allemand.
• 1793: 18 décembre • 1794: 1er avril •

SCHNEIDER
Henri
Industriel. Fils d'Eugène Schneider.
• 1836: *biographie* dans *Les « barons du fer »: Schneider, Wendel, de Dietrich* dans autres événements •

SCHNEIDER
Romy
1938-1982
Actrice.
• 1956: 19 décembre • 1969: janvier; Noël •

SCHNEITER
Pierre
1905-1979
Homme politique, ministre.
• 1948: 24 juillet • 1949: 28-29 octobre • 1950: 12 juillet •

SCHNETZ
Victor
1787-1870
Peintre.
• 1824: dans *Le romantisme en peinture* en avril •

SCHNITZLER
Arthur
1862-1931
Écrivain autrichien.
• 1950: 27 septembre •

SCHOELCHER
Victor
1804-1893
Homme politique.
• 1839: 28 décembre; *biographie* au 28 décembre • 1848: 24 février; 4 mars; 27 avril • 1851: dans *Le coup d'État du 2 Décembre: fin de la IIe République* au 2 décembre • 1871: 8 février •

SCHOELLER
Guy
Né en 1915
Éditeur.
• 1980: janvier •

SCHOEN
Wilhelm von
1851-1933
Diplomate allemand.
• 1911: juillet-août •

SCHOENDOERFFER
Pierre
Né en 1928
Écrivain et cinéaste.
• 1954: 7 mai •

SCHOMBERG
Gaspard de
1540-1599
• 1575: décembre • 1578: 27 avril • 1589: 3 avril • 1590: 20-21 mars • 1594: 6 mars • 1597: 14 juillet •

SCHOMBERG
Henri, comte de
1575-1632
Maréchal de France. Surintendant des finances.
• 1619: 6 septembre • 1621: 15-24 décembre • 1623: 6 janvier • 1627: novembre • 1639: avril-octobre •

SCHÖNBERG
Arnold
1874-1951
Compositeur autrichien.
• 1920: dans *Le Groupe des Six* au 16-23 janvier • 1922: 12 janvier • 1954: dans *Le Domaine musical* au 13 janvier • 1955: 18 juillet • 1961: 23 février •

SCHONEN
Augustin Jean Marie de
1782-1849
Homme politique.
• 1830: 29 juillet •

SCHRAMECK
Abraham
1867-1948
Ministre.
• 1925: 17-21 avril; 8 juin; 29 octobre •

SCHRAMM
Jean-Paul, comte de
1789-1884
Général. Ministre.
• 1850: 22 octobre •

SCHRÖDER
Gerhard
Né en 1944
Chancelier allemand.
• 1981: *introduction La Ve République: De la France mitterrandienne aux cohabitations politiques* •

SCHUBERT
Von
Diplomate allemand.
• 1926: 8-10 septembre •

Schueller
Eugène
1881-1957
Industriel. Fondateur de L'Oréal.
• 1941: dans *Les collaborationnistes* au 1er février •

Schuhl
Jean-Jacques
Né en 1941
Écrivain.
• 2000: 30 octobre •

Schulenburg
Friedrich Werner von
1875-1944
Diplomate allemand.
• 1939: 19-20 août •

Schulenburg
Johann Matthias von der
1661-1747
Général allemand au service de la République de Venise.
• 1745: dans *Maurice de Saxe* au 11 mai •

Schulz
Roger
Né en 1915
Fondateur de la communauté de Taizé
• 1974: dans *Taizé* en août •

Schuman
Robert
1886-1963
Homme politique. Président du Conseil. Président du Parlement européen.
• 1946: 19-26 juin; *introduction La IVe République* • 1947: 22 janvier; 22 octobre; 24 novembre; *biographie* au 24 novembre • 1948: 19 juillet; 24 juillet; 5-7 septembre • 1949: 28-29 octobre • 1950: 9 mai; 11 juin; 20 juin; 12 juillet; 19 juillet • 1951: 8 août; 13 décembre; 15 décembre • 1952: 20 janvier; 6 mars • 1955: 23 février •

Schumann
Maurice
1911-1998
Homme politique, ministre.
• 1940: dans *Les Français de Londres* au 7 août • 1944: 25-26 novembre • 1962: 14 avril; 15 mai • 1967: 6-7 avril • 1968: 1er juin; 10 juillet • 1969: 21 juin • 1972: 5 juillet •

Schuschnigg
Kurt von
1897-1977
Chancelier autrichien.
• 1914: *introduction La IIIe République: D'une guerre à l'autre* • 1938: 12 février; 11-14 mars •

Schwartz
Laurent
Né en 1915
Mathématicien.
• 1950: 6 septembre • 1957: 2 décembre • 1958: 25 mai •

Schwartzbard
Samuel
1886-1938
Anarchiste juif ukrainien.
• 1926: 25 mai •

Schwartzenberg
Karl Philipp, prince von
1771-1820
Général autrichien.
• 1812: 24 juin-14 septembre • 1813: 14 août-2 novembre; 15 décembre • 1814: 1er janvier; 10-18 février; 13 mars; 30 mars; 31 mars •

Schwartzenberg
Léon
Né en 1923
Cancérologue.
• 1989: 28 juin • 1994: mai •

Schwartzenberg
Roger-Gérard
Né en 1943
Ministre.
• 2000: 27 mars •

Schwartzfeld
Émile
Colonel. Résistant.
• 1943: 21 juin •

Schweiger
Johann Salomo Christoph
1779-1857
Physicien allemand.
• 1822: 16 février •

Schweitzer
Albert
1875-1965
Pasteur et médecin.
• 1952: 10 décembre • 1957: 23 avril •

Schweitzer
Louis
Né en 1942
Directeur des usines Renault.
• 1997: 27 février •

Schwenkfeld
Caspar
Spiritualiste allemand.
• 1562: dans *Castellion* en février-mars •

Schwerer
Antoine
Contre-amiral. Membre de l'Action française.
• 1927: 16 avril •

Schwitters
Kurt
1887-1948
Peintre et poète allemand.
• 1939: 23 mai-14 juin •

Schwob
Marcel
1867-1905
Écrivain.
• 1894: 18 août • 1903: août • 1917: dans *Paul Valéry* au 29 avril •

Scott
Walter
1771-1832
Écrivain écossais.
• 1821: dans *La légende napoléonienne* au 5 juillet • 1823: dans *Le drame historique* en mars; dans *Le romantisme* en juillet • 1825: dans *Le récit historique* au 7 mai • 1826: mars • 1835: dans *Vigny* au 12 février •

Scribe
Eugène
1791-1861
Auteur dramatique.
• 1812: 19 mai • 1831: 22 novembre • 1838: dans *Rachel* au 12 juin •

Scudéry
Georges de
1601-1667
Frère de Madeleine de Scudéry. Auteur.
• 1629: dans *L'Hôtel de Bourgogne et le théâtre du Marais* dans autres événements • 1641: 22 mai; dans *Salons, mondains et précieuses* au 22 mai • 1651: dans *Scarron* en septembre •

Scudéry
Madeleine de
1607-1701
Sœur de Georges de Scudéry. Femme de lettres.
• 1625: dans *l'Astrée* au 1er juin • 1641: dans *Salons, mondaines et précieuses* au 22 mai • 1658: autres événements • 1664: dans *La Rochefoucauld* au 27 octobre • 1828: dans *Victor Cousin* en février •

SDN
(Société des Nations)
1920-1945
• 1914: *introduction La IIIe République: D'une guerre à l'autre* • 1918: 9 janvier • 1919: 14 février; 28 avril; 30 avril; 16-23 juin; 28 juin • 1920: 10 janvier; 16 janvier; 20 mars; 16 juin; 15 novembre • 1924: 5 septembre-1er octobre • 1925: 8-10 septembre; 5-16 octobre • 1929: 5-9 septembre; 26 décembre • 1933: 24 février-27 mars; 14 octobre • 1934: 7 septembre • 1935: 5 octobre-1er novembre • 1936: 7-8 mars; 1er juillet; dans *Les volontaires français* au 22 octobre • 1937: 11 décembre • 1939: 30 novembre • 1945: 10 avril •

Séailles
Gabriel
1852-1922
Professeur de philosophie.
• 1900: 2 mars •

Sébastiani
Horace François Bastien
1772-1851
Maréchal de France. Homme politique, ministre.
• 1826: janvier • 1830: 12-19 juillet; *biographie* au 11 août; 2 novembre; 6 novembre • 1831: 31 janvier; 13 mars • 1833: 23 mars • 1834: 1er avril • 1840: 5 février • 1847: 18 août •

SEGELLE
Pierre
1899-1960
Ministre.
• 1904: dans *Matisse* au 1er-18 juin • 1946: 16 décembre • 1949: 28-29 octobre • 1950: 7 février •

SÉGÉRIC
† 522
Fils de Sigismond, roi des Burgondes.
• 522 •

SEGHERS
Anna Netty Radvanyi, dite
1900-1983
Écrivain allemand.
• 1933: dans *Les réfugiés allemands* au 27 février •

SEGNI
Antonio
1891-1972
Président du Conseil italien.
• 1946: *introduction La IVe République* • 1958: *introduction La Ve République: La République gaullienne* •

SEGRAIS
Jean Regnauld de
1625-1701
Auteur.
• 1678: dans *Mme de La Fayette* au 8 mars •

ŞEGRIS
Émile Alexis
1811-1880
Avocat. Homme politique, ministre.
• 1870: 2 janvier; 14 avril •

SÉGUÉLA
Jacques
Né en 1934
Publicitaire.
• 1981: 2 mars •

SÉGUIER
Antoine-Louis
1726-1792
Avocat général au Parlement de Paris.
• 1771: 13 avril • 1789: 13 février •

SÉGUIER
Louise
• 1611: dans *Bérulle* au 11 novembre •

SÉGUIER
Pierre, duc de Villemor,
1588-1672
Garde des Sceaux. Chancelier.
• 1624: autres événements • 1633: 25-28 février • 1635: dans *L'Académie française* au 25 février; 19 décembre • 1636: dans *Tristan L'Hermite* au printemps • 1637: dans *Les Solitaires de Port-Royal* au 24 août • 1639: juin • 1640: janvier • 1642: 29 août-1er décembre • 1643: dans *Les historiographes du roi* dans autres événements • 1644: dans *Servien* en février-mars • 1649: dans *Les frondeurs* au 11 mars • 1650: 2 mars • 1651: dans *Les « partis »* au 30 janvier-25 février; 3-13 avril • 1656: 3 janvier; dans *Pascal* au 24 janvier • 1661: 10 mars • 1672: 28 janvier; 5 mai •

SEGUIN
Archevêque de Sens de 977 à 988.
• 930: *Réformes et constructions religieuses au Xe siècle* dans autres événements • 977: 1er octobre • 978: 17 février • 987: 25 décembre • 994: Pâques • 996: autres événements •

SEGUIN
Marc
1786-1875
Ingénieur.
• 1839: 22 juin; *biographie* au 22 juin •

SÉGUIN
Philippe
Né en 1943
Homme politique.
• 1986: 20 mars • 1992: 20 septembre • 1995: dans *Jacques Chirac* au 7 mai; dans *Alain Juppé* au 18 mai • 1997: 19 juin • 2000: avril •

SÉGUR
François de
Baron de Pardaillan. Gentilhomme de la chambre du roi.
• 1577: mars •

SÉGUR
Joseph-Alexandre-Pierre de
1756-1805
Auteur.
• 1792: 25 janvier • 1795: 17 mars • 1797: 13 février •

SÉGUR
Philippe de
1753-1830
Ambassadeur.
• 1791 : 2 mai •

SÉGUR
Philippe-Henri, marquis de
1724-1801
Secrétaire d'État à la Guerre.
• 1774 : *introduction Louis XVI* • 1780 : 19 décembre • 1787 : 29 août •

SÉGUR
Philippe-Paul, comte de
1780-1873
Général et historien.
• 1804 : dans *Grands officiers civils* au 18 mai • 1821 : dans *La légende napoléonienne* au 5 juillet •

SÉGUR
Sophie Rostopchine, comtesse de
1799-1874
Écrivain.
• 1858 : 15 mai •

SEIGNELAY
Jean-Baptiste Colbert, marquis de
1651-1690
Fils du Grand Colbert. Secrétaire d'État à la Marine. Ministre d'État.
• 1661 : dans *Guerre et souveraineté* au 25 juillet ; dans *Colbert* au 12 septembre • 1670 : dans *L'œuvre des Colbert : la marine royale* au 13 juillet • 1683 : 6 septembre ; *le Colbertisme* au 6 septembre • 1684 : 17-22 mai • 1689 : 4 octobre • 1690 : dans *Tourville* au 10 juillet ; 3 novembre •

SEIGNOBOS
Charles
1854-1942
Historien.
• 1915 : autres événements •

SEILLIÈRE
• 1836 : dans *Les « barons du fer » : Schneider, Wendel, de Dietrich* dans autres événements •

SEILLIÈRE
Ernest-Antoine
Né en 1937
Président du CNPF puis du Medef
• 1997 : 3 octobre • 1999 : 19 octobre •

SEIZE (LES)
Aile radicale de la Ligue parisienne.
• 1574 : *introduction Henri III* • 1589 : février ; *introduction Henri IV* ; 16 août ; dans *La propagande ligueuse* en décembre • 1590 : avril-août ; fin septembre • 1591 : février ; 24 février ; mai ; mai-juin ; 16-26 août ; 2 septembre ; octobre-décembre • 1592 : 11 mars ; octobre ; 9 novembre • 1593 : 16 janvier ; 25 janvier ; juillet ; dans *Le chant du cygne des libellistes* au 1er-9 août • 1594 : 3 janvier ; 6 mars ; 22 mars • 1596 : 6 mai • Voir Ligue parisienne •

SÉKOU TOURÉ
Ahmed
1922-1984
Chef d'État guinéen.
• 1958 : 28 septembre •

SELIM Ier
vers 1470-1520
Sultan ottoman de 1512 à 1520.
• 1498 : *introduction Louis XII* • 1515 : *introduction François Ier* •

SELIM II
1525-1574
Sultan ottoman de 1566 à 1574.
• 1560 : *introduction Charles IX* • 1566 : autres événements •

SELIM III
1761-1808
Sultan ottoman de 1789 à 1807.
• 1799 : *introduction Napoléon Bonaparte* • 1806 : 5 juin • 1807 : 27 mai •

SELLIER
Henri
1883-1943
Ministre.
• 1936 : 4 juin •

SELLIER
Louis
1885-1978
Homme politique.
• 1923 : 1er janvier • 1929 : 17 novembre • 1936 : 19-31 janvier •

SELVES
Justin de
1848-1934
Homme politique, ministre.

• 1908: 6 août • 1911: 23-27 juin; juillet-août • 1912: 4 janvier; 9-10 janvier • 1916: 19-23 décembre • 1924: 30 mars; 8-10 juin •

Semaine sanglante
22-28 mai 1871
• 1871: 21 mai; 22 mai; 23 mai; 24 mai; 25 mai; 26 mai; 27 mai; 28 mai; dans *Varlin* au 28 mai • 1878: dans *Vallès* en juin-août • 1880: 23 mai • 1885: 24 mai • 1888: dans *Eudes* au 21 mars • 1971: mai • Voir aussi Commune de Paris •

Semard
Pierre
1887-1942
Homme politique.
• 1924: 10 septembre • 1926: 6 mars • 1927: 10 juin •

Semat
Raymond
1896-1962
Dirigeant syndical.
• 1936: 7 juin • 1942: 22 septembre •

Sembat
Marcel
1862-1922
Avocat. Homme politique, ministre.
• 1897: 7 avril • 1904: dans *Matisse* au 1er-18 juin • 1914: 26 août • 1915: 29 octobre • 1916: 12 décembre • 1920: dans *Blum* au 25-30 décembre •

Semblançay
Jacques de Beaune de
† 1527
Surintendant des Finances.
• 1498: *introduction Louis Louis XII* • 1515: *introduction François Ier* • 1518: 27 janvier; *biographie* au 27 janvier • 1523: 17 janvier; 31 juillet • 1524: 11 mars; 6 juin • 1527: janvier-août •

Sémonville
Charles-Louis Huguet de
1759-1839
Diplomate.
• 1795: 26 décembre • 1827: 30 mars •

Semprun
Jorge
Né en 1923
Écrivain.
• 1994: septembre •

Sénac de Meilhan
Gabriel
1736-1803
Auteur.
• 1787: autres événements • 1795: autres événements • 1797: août; *biographie* en août •

Senancour
Étienne Pivert de
1770-1846
Écrivain.
• 1804: autres événements •

Sénard
Antoine
1800-1885
Homme politique, ministre.
• 1848: 14 juin; 28 juin •

Seneffe
Bataille de
1674
• 1668: dans *Le Grand Condé* au 1er-19 février • 1672: dans *Le maréchal de Luxembourg* au 6 avril • 1674: 11 août •

Sénégal
• 1833: 24 avril • 1840: 7 septembre • 1873: 20 novembre • 1881: 24 février • 1940: 23-24 décembre • 1960: 2-4 juin •

Sénèque
vers 4 avant J.-C.-65 après J.-C.
• 1604: autres événements •

Senghor
Léopold Sédar
Né en 1906
Écrivain africain. Président de la République du Sénégal.
• 1948: novembre • 1949: février • 1956: 19-22 septembre; dans *La négritude* au 19-22 septembre •

Seniofred
vers 800-849
Comte d'Urgel vers 834. Marquis de Septimanie de 844 à 849.
• 844: 11 juin • 849: août-septembre •

Seniofred
Comte de Cerdagne de 941 à 965.
• 930: dans *Réformes et constructions religieuses au* x*e siècle* dans autres événements •

Senlis
Cathédrale de
Reconstruction de 1150 environ à 1191.
• 1153: dans *Le temps des cathédrales* dans autres événements •

Senlis
Paix de
1493
• 1493: 23 mai •

Sennecy
baron de
Président de la députation de la noblesse.
• 1576: 6 décembre •

Sens
Abbaye Sainte-Colombe de
• 660: 26 août • 853: 22 juillet • 900: autres événements • 936: 14 janvier • 971 • 974: 26 mai •

Sens
Abbaye Saint-Pierre-le-Vif de
• vers 654 • 920-940 • 930: dans *Réformes et constructions religieuses au* x*e siècle* dans autres événements • 978: 17 février • 1015-1018 •

Sens
Cathédrale de
• 1153: dans *Le temps des cathédrales* dans autres événements •

Séparation de l'Église et de l'État
Sous la Révolution et au xix*e siècle.*
• 1794: *introduction La République thermidorienne* • 18 septembre • 1795: 21 février; 30 mai; *Une séparation de l'Église et de l'État* au 30 mai • 1817: dans *Lamennais* au 20 décembre • 1820: dans *Lamartine* au 11 mars • 1848: 4 septembre-27 octobre • 1864: 17 février • 1871: 2 avril • 1872: 7 avril • 1884: 8 février • 1886: 16 janvier • 1888: 18 mars • 1892: 18 février •

Séparation de l'Église et de l'État
1905
• 1870: *introduction La IIIe République: De la chute du Second Empire à la Première Guerre mondiale* • 1884: 8 février • 1901: 17 décembre • 1902: 20 octobre • 1903: 21, 28 mars; 11 juin • 1904: 5 septembre; 29 octobre • 1905: 10 février; 21 mars; 12 avril; 6-9 décembre; dans *Épisodes des Inventaires* au 6-9 décembre; 17 décembre • 1906: 18 février; 13 mars; 30 mai-7 septembre; 21 juin; 10 août; 11, 15 décembre • 1907: 2 janvier; 28 mars • 1925: 25 février • 1996: 19-22 septembre • Voir aussi École laïque/privée, querelle de l' •

Sepher
Charles-Guillaume
1753-1836
Général.
• 1793: 19 juillet •

Septembre
Massacres de
1792
• 1792: *introduction La République jacobine*; dans *Danton* au 11 août; 2 septembre; *Les massacres de septembre* au 2 septembre •

Serain
Claude
• 1593: 16 janvier •

Serbie
• 1876: 31 octobre • 1878: 13 juin-14 juillet •

Serge
Victor Kibaltchiche, dit Victor
1890-1947
Écrivain.
• 1905: 13 avril • 1909: dans *Gide* en février • 1935: 21-25 juin; dans *Les compagnons de route* au 21-25 juin • 1937: 23-30 janvier • 1940: octobre •

Serge II
† 847
Pape de 844 à 847.
• 840: *introduction Lothaire Ier* • 844: 15 juin •

SERGE III
† 911
Pape de 904 à 911.
• 893: *introduction Charles III le Simple* •

SERGE IV
† 1012
Pape de 1009 à 1012.
• 996: *introduction Robert II le Pieux* •

SERGENT
Pierre
Officier. Dirigeant de l'OAS.
• 1961: 22-25 avril •

SÉRICOURT
Simon Lemaître de
1611-1650
Solitaire de Port-Royal.
• 1637: dans *Les Solitaires de Port-Royal* au 24 août •

SÉRIGNY
Alain le Moyne de
Né en 1912
Directeur de L'Écho d'Alger.
• 1958: 11 mai •

SERLIO
Sebastiano
1475-vers 1554
Architecte italien.
• 1540: autres événements • 1545: 2 août •

SERMISY
Claudin de
vers 1490-1560
Compositeur.
• 1502: dans *Josquin Des Près, la musique sacrée et la musique profane* dans autres événements • 1541: dans *Marot et son école* dans autres événements •

SÉROL
Albert
1877-1961
Ministre.
• 1938: 14 mars • 1940: 21-22 mars; avril; 10 juillet •

SERPOLLET
Léon
1858-1907
Industriel.
• 1895: dans *L'automobile* en juin •

SERRE
Jean-Pierre
Né en 1926
Mathématicien.
• 1954: août •

SERRE
Louis
1873-1939
Ministre.
• 1933: 31 janvier •

SERRE
Philippe
Homme politique.
• 1934: dans *Débats stratégiques et tactiques* au 5 mai •

SERRE
Pierre François Hercule, comte de
1776-1824
Homme politique, ministre.
• 1815: *introduction La seconde Restauration*; *biographie* au 29 octobre • 1817: 19 janvier; 12 novembre • 1818: 29 décembre • 1819: 18 février; 23 octobre; octobre; 20 novembre • 1820: 24 janvier; 20 février • 1821: dans *Barante dans Les doctrinaires* en octobre •

SERRE
Lois de
1819
• 1819: 17, 26 mai et 9 juin • 1820: 31 mars •

SERRE DE SAINT-ROMAN
Alexis Jacques
1770-1843
Homme politique.
• 1816: 18 septembre •

SERREAU
Coline
Née en 1947
Cinéaste.
• 1985: 29 septembre •

SERREAU
Jean-Marie
1915-1973
Acteur et metteur en scène.
• 1950: novembre • 1964: 4 août •

Serres
Jean de
vers 1540-1598
Historiographe du roi.
• 1643: dans *Les historiographes du roi* dans autres événements •

Serres
Michel
Né en 1930
Philosophe.
• 1969: janvier •

Serres
Olivier de
Agronome.
• 1599: autres événements • 1600: autres événements •

Sérurier
Jean Philibert, comte
1742-1819
Maréchal de France.
• 1796: 21-22 avril; 23 novembre • 1799: 4 janvier • 1804: dans *Les maréchaux* au 18 mai •

Sérusier
Paul
1863-1927
Peintre.
• 1896: dans *Les nabis* dans autres événements • 1901: 22 avril • 1905: dans *Le fauvisme* au 18 octobre •

Servan
Joseph
1741-1808
Ministre de la Guerre.
• 1782: dans *Laclos* en avril • 1792: 8 mai; 10 juin; 13 juin; 20 juillet; 11 août; 23 août; 3 octobre •

Servandoni
Giovanni-Niccolo
1695-1766
Architecte.
• 1732: autres événements •

Servan-Schreiber
Jean-Jacques
Né en 1924
Directeur de presse et homme politique.
• 1953: 14 mai • 1957: mai • 1967: 30 novembre • 1970: 28 février; *biographie* au 28 février • 1974: 28 mai; 16 juin •

Servan-Schreiber
Jean-Louis
Né en 1937
Journaliste et directeur de presse.
• 1967: octobre •

Servet
Michel
1509-1553
Médecin, théologien espagnol.
• 1536: dans *Calvin et l'Institution de la religion chrétienne* en mars • 1553: 27 octobre • 1564: dans *Bèze* au 27 mai •

Service du travail obligatoire
• Voir STO •

Service militaire obligatoire
Suppression du
• 1996: 28 mai •

Servien
Abel
1593-1659
Secrétaire d'État à la guerre. Surintendant des finances.
• 1630: décembre • 1633: 25-28 février • 1635: dans *L'Académie française* au 25 janvier • 1636: 17 février • 1644: février-mars; *biographie* en février-mars; 4 décembre • 1648: 30 janvier • 1650: 5-20 février • 1651: juin-août • 1652: dans *Fouquet* au 31 juillet-7 août • 1653: 8 février; dans *Louis Couperin* au 9 avril • 1659: 21 février •

Servin
Louis
Avocat général au Parlement de Paris.
• 1623: dans *Garasse* en août •

Servin
Marcel
1918-1968
Homme politique.
• 1961: 13-15 février •

Seston
William
1900-?
Professeur d'histoire.
• 1956: 23 mai •

Sétif
Soulèvement de
1945
• 1940 : dans *De Gaulle* au 18 juin • 1945 : 8 mai ; dans *Émeutes et répression en Algérie* au 8 mai • 1947 : dans *Albert Camus* au 10 juin •

Séulf
† 925
Archevêque de Reims de 922 à 925.
• 923 : 13 juillet ; après le 27 août • 925 : septembre •

Seuphor
Michel
1901-1999
Peintre et écrivain.
• 1930 : dans *Abstraction-Création* en avril •

Seurat
Georges
1859-1891
Peintre.
• 1874 : dans *L'impressionnisme* au 15 avril-15 mai • 1886 : autres événements ; dans *Le post-impressionnisme* dans autres événements • 1904 : dans *Matisse* au 1er-18 juin • 1912 : dans *Les débuts de l'art abstrait* en janvier ; dans *Le futurisme en peinture* au 5 février • 1925 : dans *Le surréalisme en peinture* au 13 novembre •

Seurat
Michel
† 1985
Anthropologue.
• 1985 : 22 mars •

Seurre
Charles Marie Émile, dit Seurre le jeune
1798-1858
Sculpteur.
• 1832 : 28 juillet •

Séverin
† 640
Pape de 638 à 640.
• 629 : *introduction Dagobert Ier* •

Séverine
Caroline Rémy, Mme Guebhard, dite
1855-1929
Journaliste. Écrivain.
• 1878 : dans *Vallès* en juin-août • 1883 : octobre • 1892 : 20 avril • 1927 : 15 avril •

Severini
Gino
1883-1966
Peintre italien.
• 1912 : dans *Le futurisme en peinture* au 5 février •

Sévigné
Chevalier de
Officier de marine.
• 1637 : dans *Port-Royal et les Arnauld* au 24 août •

Sévigné
Marie de Rabutin-Chantal, marquise de
1626-1696
Épistolière.
• 1641 : dans *Salons, mondains et précieuses* au 22 mai • 1657 : autres événements • 1658 : autres événements • 1671 : 6 février ; *biographie* au 6 février ; 14 avril • 1675 : dans *Le soulèvement des paysans bretons* au 9 juin • 1677 : dans *La Champmeslé* au 1er avril • 1725 : autres événements

Séville
Traité de
• 1729 : 9 novembre •

Sèvres
Manufacture royale de
• 1738 : autres événements • 1756 : autres événements • 1757 : autres événements •

Seydoux
Jérôme
Né en 1934
Chef d'entreprise.
• 1986 : 20-22 février •

Seydoux
Roger
Né en 1908
Haut fonctionnaire. Diplomate.
• 1955 : 19 septembre •

Seymour
Jane
1509-1537
3e épouse d'Henry VIII roi d'Angleterre.
• 1547 : autres événements •

Seyssel
Claude de
vers 1450-1520
Évêque de Marseille. Archevêque de Turin. Écrivain.
• 1498: *introduction Louis XII* • 1513: novembre-décembre • 1570: autres événements •

Seyss-Inquart
Arthur
1892-1946
Dirigeant nazi autrichien.
• 1938: 12 février; 11-14 mars • 1945: dans *Le procès de Nuremberg* au 20 novembre •

Sézanne
Foire de
• 1137: *introduction Louis VII* •

Sèze
Raymond de
1748-1828
Avocat de Louis XVI roi de France.
• 1792: 17 décembre; 26 décembre •

SFIC
(Section française de l'Internationale communiste)
1920
• Voir PC •

SFIO
(Section française de l'Internationale ouvrière)
1905-1971
• 1882: dans *Jaurès* dans *Le socialisme français* en septembre • 1901: dans *Gustave Hervé* au 7 décembre • 1905: 23-26 avril; 29 octobre-3 novembre • 1907: 11 août • 1915: 15 mai; 14-15 juillet • 1918: 28 juin, 2 juillet; 6-10 octobre; 1920: 25-29 février; 25-30 décembre; dans *Le congrès de Tours* au 25-30 décembre; dans *Blum* au 25-30 décembre • 1926: 10 janvier • 1933: 14-17 juillet; 5 novembre 1934: 20 février; 27 juillet • 1935: 18 janvier • 1936: 4-5 mai • 1937: 16 mars • 1938: 4-8 juin; dans *Munichois et antimunichois* au 4 octobre • 1944: *introduction Du Gouvernement provisoire à la IVe République*; 10 septembre; 8-12 novembre; 25-26 novembre; 4 décembre • 1945: 13 mai; 12 juin; 21 octobre • 1946: 2 juin; 29 août-1er septembre; *introduction La IVe République* • 1951: 20-21 septembre • 1954: 29 septembre • 1955: 1er décembre • 1956: dans *Guy Mollet* au 31 janvier • 1965: 8 mai; 10 septembre • 1981: dans *Mitterrand* au 21 mai; dans *Mauroy* au 21 mai • Voir PS •

Sfondrati
Francesco
Duc de Monte-Marciano.
• 1591: 24 février •

Sfondrati
Niccoló
• Voir Grégoire XIV •

Sforza
Francesco
1401-1466
Duc de Milan de 1450 à 1466.
• 1451: 14 novembre • 1463: autres événements • 1483: *introduction Charles VIII* •

Sforza
François II
† 1535
Fils de Ludovic le More duc de Milan. Duc de Milan.
• 1515: *introduction François Ier* • 1521: septembre-novembre • 1528: 25 mai • 1535: juillet-novembre •

Sforza
Galeazzo Maria
Fils de Francesco Sforza duc de Milan. Duc de Milan de 1466 à 1476.
• 1465: juillet • 1472: 23 novembre • 1475: 30 janvier • 1492: 5 mai •

Sforza
Gian Galeazzo
Fils de Galeazzo Maria Sforza.
• 1492: 5 mai •

Sforza
Ludovic, dit le More
1452-1508
Duc de Bari. Duc de Milan à partir de 1494.
• 1483: *introduction Charles VIII* • 1491: 24 décembre • 1492: 5 mai • 1494: 27 juillet; octobre • 1495: 31 mars; 13 mai; 9 octobre • 1498: *introduction Louis XII* • 1499: 29 juillet; 2 septembre; 11 novembre • 1500: janvier; février-mars; 8 avril; 2 mai • 1512: 4 octobre; 29 décembre •

SFORZA
Maximilien
Fils de Ludovic le More duc de Milan. Duc de Milan.
• 1512: 29 décembre • 1515: *introduction François Ier* • 1515: 4 octobre •

SHAKESPEARE
William
1564-1616
Poète dramatique anglais.
• 1636: dans *Tristan L'Hermite* au printemps • 1821: 9 mars • 1822: 31 juillet • 1823: • dans *Le romantisme* en juillet • 1829: 24 octobre • 1839: dans *Stendhal* au 6 avril • 1890: dans *Sarah Bernhardt* au 3 janvicr; dans *Ernest Chausson* dans autres événements • 1916: dans *Romain Rolland* en décembre • 1934: octobre • 1947: juin • 1960: 27 octobre • 1961: autres événements • 1965: janvier • 1974: octobre • 1983: 16 juin •

SHAPE
(Supreme Headquarters of Allied Powers in Europe)
1950
• 1950: 27 octobre; 19 décembre • 1952: dans *L'anti-américanisme* au 28 mai •

SHELLEY
Mary Wolstoncraft, Mrs
1797-1851
Écrivain anglais.
• 1823: dans *Le romantisme* en juillet •

SHELLEY
Percy Bysshe
1792-1822
Poète anglais.
• 1935: 6-22 mai •

SHOAH
• 1941: 7 août; 3 septembre; novembre; 8 décembre • 1942: 20 janvier; mars; 3 mars; dans *Drancy-Auschwitz* au 3 mars; 29 mai; 7-30 août; 14-26 août • 1943: 19 avril; août; 7-27 août • 1944: 24 février; 6 avril; 17 août • 1945: dans *Rapatriement* au 19 juin • 7 août 1978: dans *Le négationnisme* au 16 novembre • 1996: 25 octobre •

SIBOUR
Marie Dominique
1792-1857
Archevêque.
• 1857: 3 janvier •

SIC
(*Sons Idées Couleurs*)
Revue.
• 1916: janvier •

SICARD
Maurice-Yvon
1910-2000
Publiciste collaborationniste.
• 1944: avril •

SICARD
Roch Ambroise Cucurron, dit l'abbé
1742-1822
Pédagogue.
• 1776: dans *Abbé de l'Épée* dans autres événements •

SICILE
(Débarquement allié en)
• 1943: 10 juillet; 17 juillet •

SIDA
• 1983: mai • 1987: avril-mai; *Génération sida* en avril-mai • 1996: 29 janvier • 1997: 18-24 août •

SIDNEY
Robert
Ambassadeur d'Angleterre.
• 1594: 14 janvier •

SIDOINE APOLLINAIRE
vers 430-486
Évêque de Clermont de 471 à 486.
• 486: *biographie* • 514: autres événements •

SIÈCLE (LE)
1836
Quotidien.
• 1836: 1er juillet; dans *La naissance de la presse* au 1er juillet • 1837: 10 décembre • 1845: juin; autres événements • 1861: dans *L'audience de la presse sous le Second Empire* en août • 1876: dans *Jules Simon* au 13 décembre •

Siegel
Maurice
Né en 1919
Reporter.
• 1955 : dans *Europe n°1* au 3 avril •

Siegfried
André
1875-1959
Historien et sociologue.
• 1951 : janvier •

Siegfried
Jules
1837-1922
Homme politique, ministre.
• 1889 : 17 décembre • 1892 : octobre ; 7 décembre • 1893 : 11 janvier • 1894 : 26 novembre •

Siemens
Werner
1816-1892
Physicien. Industriel allemand.
• 1822 : dans *Ampère* au 16 février •

Sieyès
Emmanuel-Joseph
1748-1836
Député à la Convention et à l'Assemblée constituante. Membre du Directoire. Homme politique.
• 1774 : dans *David* dans autres événements • 1788 : novembre ; *biographie* en novembre ; 10 novembre • 1789 : janvier ; dans *Qu'est ce que le tiers-état ?* en janvier ; mars ; *introduction La monarchie constitutionnelle : Louis XVI et la Révolution* ; 19 mai ; dans *Les curés font la Révolution* en juin ; 10 juin ; 17 juin ; 23 juin ; 7 juillet ; 14 juillet ; 9 août ; dans *La Déclaration des droits de l'homme et du citoyen* au 26 août ; dans *Les monarchiens* au 10 septembre ; 12 septembre • 1790 : 20 janvier ; mars ; 12 mai • 1791 : 18 avril ; 7 mai ; dans *Liberté du culte et clergé constitutionnel* au 7 mai ; 6 juillet • 1792 : 11 octobre • 1793 : 1er janvier ; dans *Lazare Carnot* au 14 août • 1794 : *introduction La République thermidorienne* • 1795 : 21 mars ; 22 mars ; dans *Le traité de Bâle* au 5 avril ; dans *La première République sœur* au 16 mai ; 20 juillet ; 12 août ; 31 octobre ; 2 novembre ; 4 novembre ; dans *Les Directeurs* au 4 novembre • 1797 : 4 juin ; 16 octobre • 1798 : 8 mai • 1799 : 16 mai ; 16 juin ; 14 juillet ; 10 août ; 14 septembre ; 14 octobre ; 23 octobre ; 1er novembre ; 7 novembre ; dans *Le 18 Brumaire* au 9-10 novembre ; 13 décembre • 1802 : dans *Les Idéologues* au 18 mars • 1814 : 4 juin • 1816 : 21 mars ; dans *Benjamin Constant* au 27 septembre •

Sigebert Ier
530/535-575
Fils de Clotaire Ier, roi des Francs. Roi d'Austrasie de 561 à 575.
• 511 : *introduction De quatre à un royaume franc* • 561 : *introduction De quatre à un royaume franc* • 561-575 •

Sigebert II
601/602-613
Fils de Thierry II, roi de Bourgogne et d'Austrasie. Roi de Bourgogne et d'Austrasie en 613.
• 613 •

Sigebert III
631-656
Fils de Dagobert Ier. Roi délégué d'Austrasie de 634 à 639. Roi d'Austrasie de 639 à 656.
• 629 : *introduction Dagobert Ier* • 630-656 : dans *Didier de Cahors* • vers 631 • 633-634 • 639-656 •

Sigebert le Boiteux
† 509/511
Roi des Francs rhénans jusqu'en 509/511.
• 509-511 •

Sigismond
† 524
Fils de Gondebaud, roi burgonde. Roi des Burgondes de 516/517 à 523.
• 491 • vers 500-501 • 506-508 • 511 : *introduction De quatre à un royaume franc* • 516 • 517 : 6-15 septembre • 518-519 • 522 • 523 • 532-534 : dans *Les clercs et les lettres* •

Sigismond Ier Jagellon
1467-1548
Fils de Casimir IV roi de Pologne. Roi de Pologne et grand-duc de Lituanie de 1506 à 1548.
• 1498 : *introduction Louis XII* •

Sigismond II Auguste Jagellon
† 1572
Roi de Pologne de 1548 à 1572.
• 1559 : *introduction François II* • 1560 : *introduction Charles IX* • 1572 : 17 août •

Sigismond III Vasa
1566-1632
Roi de Pologne de 1587 à 1632.
• 1610: *introduction Louis XIII* • 1629: 26 septembre •

Sigismond de Habsbourg
Duc d'Autriche à partir de 1446. Landgrave de Haute-Alsace.
• 1461: *introduction Louis XI* • 1466: 17 juin • 1469: 9 mai • 1473: 30 mars • 1474: 23 février; 31 mars-4 avril •

Sigismond de Luxembourg
† 1437
Roi des Romains, de Germanie, de Hongrie et de Bohême. Empereur germanique de 1433 à 1437.
• 1380: *introduction Charles VI* • 1385: 3 septembre • 1396: 25 septembre • 1414: 25 juin • 1416: 16 février; 1er mars; 7 mai; 15 août • 1417: 25 avril • 1422: dans *Alain Chartier* avant août; *introduction Charles VII* • 1425: autres événements • 1431: 23 juillet • 1433: 31 mai •

Signac
Paul
1863-1935
Peintre.
• 1886: dans *Le post-impressionnisme* dans autres événements • 1899: 8 avril • • 1904: dans *Matisse* au 1er-18 juin • 1905: dans *Le fauvisme* au 18 octobre • 1932: 17 mars • 1935: 4 juin

Signoret
Simone
1921-1985
Actrice.
• 1950: 27 septembre • 1952: 16 avril • 1957: avril •

Sihanouk
Norodom
• Voir Norodom Sihanouk •

Sikorski
Wladislaw
1881-1943
Général polonais.
• 1939: 3 septembre •

Silésie
• 1919: 16-23 juin • 1920: 20 mars •

Silhon
Jean de
1596-1667
Auteur au service de Richelieu.
• 1610: *introduction Louis XIII* • 1614: dans *Pamphlets et libelles* au 27 octobre • 1631: autres événements • 1643: *introduction Louis XIV* • 1649: dans *Mazarinades* au 20 juillet •

Silhouette
Étienne de
1709-1767
Contrôleur général des Finances.
• 1759: 4 mars; 17 avril; 20 septembre; 23 novembre •

Sillery
Charles-Alexis-Pierre de Brûlart de Genlis de
1737-1793
Officier. Député.
• 1793: 4 avril •

Sillon
Mouvement social d'inspiration chrétienne.
• 1903: 1er juin; dans *Sangnier* au 1er juin • 1910: 20 juillet •

Sillon (Le)
1894
Revue.
• 1894: 10 janvier • 1899: 10 octobre •

Silvère
† 538
Pape de 536 à 537.
• 511: *introduction De quatre à un royaume franc* •

Silvestre II
• Voir Gerbert d'Aurillac •

Sima
Joseph
1891-1971
Peintre.
• 1928: juin • 1937: dans *L'Exposition internationale* au 24 mai •

Simenon
Georges
1903-1989
Écrivain.
• 1957: autres événements; *biographie* dans autres événements •

SIMÉON
Joseph Jérôme, comte
1749-1842
Homme politique, ministre.
• 1797: 1er mars; 5 septembre • 1818: 21-26 décembre • 1820: 24 janvier; 20 février •

SIMIAND
François
1873-1935
Sociologue et économiste.
• 1907: autres événements • 1915: dans *Albert Thomas* au 19 mai •

SIMON
Neveu de Suger. Chancelier.
• 1150-1151 •

SIMON
Antoine
1736-1794
Savetier.
• 1793: 3 juillet •

SIMON
Claude
Né en 1913
Écrivain.
• 1957: octobre • 1960: septembre • 1971: février • 1985: 17 octobre • 1997: septembre •

SIMON
Édouard François
1769-1827
Général.
• 1802: 24 juin •

SIMON
Jacques-Henri
Résistant.
• 1943: 27 mai •

SIMON
John
Diplomate britannique.
• 1935: 11-17 avril •

SIMON
Jules-François-Simon Suisse, dit Jules
1814-1896
Homme politique. Président du Conseil.
• 1849: 5 janvier; 5 février; 8 février: 1851: 29 décembre • 1858: 25 avril-10 mai • 1865: 8 janvier • 1870: 4 septembre; introduction *La IIIe République: De la chute du Second Empire à la Première Guerre mondiale* • 1871: 3 février; 19 février; décembre • 1873: 16 mai; dans *Mac-Mahon* au 24 mai • 1876: 13 décembre; *biographie* au 13 décembre; 14 décembre • 1877: 23 avril; 5 mai; 15 mai; 16 mai; 17 mai; • 1879: 8 décembre • 1880: 9 mars; 21 juin; dans *Jules Ferry* au 25 septembre • 1881: 25 juillet; 29 novembre • 1883: 8 mars • 1888: dans *Méline* au 4 avril • 1889: 14 août •

SIMON
Michel
1895-1975
Acteur.
• 1923: 23 avril • 1928: 2 mai • 1937: 20 octobre • 1965: 29 novembre • 1967: autres événements •

SIMON
Paul
1886-1956
Homme politique.
• 1940: dans les *Quatre-vingts* au 10 juillet •

SIMON
Pierre-Henri
1903-1972
Écrivain et journaliste.
• 1931: dans *Au-delà de la droite et de la gauche* en novembre • 1958: dans *La torture sous la République* au 27 mars • 1957: mars •

SIMON
Richard
1638-1712
Oratorien.
• 1678: autres événements •

SIMON II DE MONTFORT
• 1209: dans *Les Monfort (1165-1265)* au printemps •

SIMON IV DE MONTFORT
† 1218
Vicomte de Béziers et Carcassonne à partir de 1209. Duc de Narbonne à partir de 1215. Comte de Toulouse à partir de 1215.
• 1209: printemps; dans *Les Monfort (1165-1265)* au printemps • 1211: mai • 1212: mai; 1er décembre; dans *Littérature et politique au temps de la croisade albigeoise* dans autres événements • 1213: 12 septembre

• 1215: 8 janvier; avril; 11-30 novembre • 1216: avril • 1217: autres événements • 1218: 25 juin • 1227: 28 janvier •

Simon V de Montfort
1208-1265
Fils de Simon de Montfort, comte de Toulouse. Comte de Leicester.
• 1209: dans *Les Monfort (1165-1265)* au printemps • 1253: mars • 1258: 28 mai • 1260: juillet • 1263: septembre; 13-16 décembre • 1264: été • 1265: 4 août •

Simon Caboche
• 1411: autres événements • 1413: 28 avril •

Simon de Brie
• Voir Martin IV •

Simon de Buci
Conseiller du roi.
• 1350: *introduction Jean II le Bon* •

Simon de Châlons
† 1562
Peintre.
• 1507: autres événements • 1551: dans *La place de la peinture dans l'art français du XVIe siècle* dans autres événements •

Simon de Cramaud
Chancelier du duc Jean de Berry.
• 1394: dans *Les universitaires face au Schisme* en janvier •

Simon de Crépy
• 1109-1113 •

Simon de Hesdin
Traducteur.
• 1371-1375: dans *Les traducteurs de Charles V* •

Simon de Nesle
Chevalier. Membre du Conseil du roi.
• 1226: *introduction Louis IX* • 1270: 14 mars; 25 août •

Simon de Pharès
Astrologue. Auteur.
• 1490: 1er novembre • vers 1496 •

Simon de Saint-Quentin
Dominicain.
• 1245: mars •

Simon de Valois
Fils de Raoul III. Comte de Valois.
• 1074: 22 février • 1077: printemps •

Simon Marmion
vers 1425-1489
Peintre.
• 1422: dans *Les hommes du duc de Bourgogne* au 5 décembre •

Simond
Philibert
1755-1794
Vicaire.
• 1793: dans *Hérault de Séchelles* au 13 juin • 1794: 17 mars; 5 avril; 13 avril •

Simone Martini
• Voir Martini, Simone •

Simoneau
Jacques-Guillaume
† 1792
Maire d'Étampes.
• 1792: 3 mars •

Simonetta
Giovanni
• 1483: *introduction Charles VIII* •

Simonin
Albert
1905-1980
Écrivain.
• 1954: 17 mars •

Simonnet de Maisonneuve
Louis-Jean-Baptiste
1745-1819
Écrivain.
• 1792: 5 juillet •

Simons
Banque
• 1810: septembre 1810-mai 1811 •

Simovic
Dusan
1882-1962
Général yougoslave.
• 1941: 25-27 mars •

Simplicius
† 483
Pape de 468 à 483.
• vers 481 : *introduction Clovis* •

Simpson
James Young
1811-1870
Médecin écossais.
• 1847 : mars •

Sinclair
Upton
1878-1968
Écrivain américain.
• 1928 : 9 juin •

Singier
Gustave
1909-1984
Peintre.
• 1941 : 10 mai •

Singlin
Antoine
1607-1664
Abbé. Directeur de conscience de Port-Royal.
• 1637 : dans *Les solitaires de Port-Royal* au 24 août • 1638 : 14 mai •

Sirmond
Jacques
1559-1651
Jésuite. Confesseur du roi Louis XIII.
• 1637 : 10 décembre •

Sirmond
Jean
1589-1649
Auteur.
• 1614 : dans *Pamphlets et libelles* au 27 octobre •

Sirven
Pierre-Paul
1709-1777
Arpenteur.
• 1771 : novembre •

Sisavang Vong
Roi du Laos.
• 1949 : 19 juillet •

Sisley
Alfred
1839-1899
Peintre.
• 1863 : dans *Manet* au 15 mai • 1874 : dans *L'impressionnisme* au 15 avril-15 mai • 1886 : dans *Le post-impressionnisme* dans autres événements • 1940 : 5 novembre •

Sismondi
Jean Charles Léonard Simonde de
1773-1842
Historien et économiste suisse.
• 1803 : mai • 1821 : 4 mai • 1825 : dans *Le récit historique* au 7 mai •

Situationnisme
• Voir Internationale situationniste •

Six Jours
Guerre des
1967
• 1967 : 5-10 juin •

Sixte IV
(Francesco Della Rovere)
† 1484
Pape de 1471 à 1484.
• 1461 : *introduction Louis XI* • 1472 : 13 août • 1478 : 15 septembre • 1483 : *introduction Charles VIII* • 1495 : dans *Les premiers humanistes : Gaguin, Fichet, Tardif* dans autres événements • 1498 : 17 décembre •

Sixte Quint
(Felice Peretti)
† 1590
Pape de 1585 à 1590.
• 1574 : *introduction Henri III* • 1585 : 10 avril ; 25 juillet ; 9 septembre • 1587 : 4 août • 1588 : 5 mai • 1589 : 6 janvier ; 26 mai ; *introduction Henri IV* • 1590 : 27 août • 1591 : 1er mars •

Skira
Albert
1904-1973
Éditeur suisse.
• 1933 : 25 mai •

Sluter
Claus
vers 1340-vers 1405
Sculpteur.
• 1515 : autres événements •

SMADJA
Henri
Homme d'affaires.
• 1947 : 3 juin •

SME
(Système monétaire européen)
• 1957 : dans *La construction de l'Europe* au 25 mars • 1972 : 24 avril • 1979 : 13 mars •

SMIC
(Salaire minimum interprofessionnel de croissance)
Ancien Smig (Salaire minimum interprofessionnel garanti).
• 1947 : 31 mars • 1950 : 11 février • 1955 : 2 avril • 1968 : 27 mai • 1969 : 1er octobre • 1973 : 21 juin • 1981 : *introduction La Ve République : De la France mitterrandienne aux cohabitations politiques* •

SMIRNOFF
Victor
Psychanalyste.
• 1970 : juin •

SMITH
Adam
1723-1790
Économiste écossais.
• 1788 : dans *Sieyès* en novembre • 1802 : dans *Les Idéologues* au 18 mars • 1803 : mai •

SMITH
Sidney
1764-1840
Commodore anglais.
• 1799 : 19 mars •

SMOLENSK
• 1812 : 24 juin-14 septembre ; 19 octobre-13 décembre •

SNCF
(Société nationale des chemins de fer français)
1938
• 1937 : 31 août • 1939 : dans *Raoul Dautry* au 13 septembre • 1951 : 26 novembre • 1982 : 22 septembre • 1989 : 20 septembre • 1996 : 10 juin •

SNECMA
(Société nationale d'étude et de construction des moteurs d'avion)
• 1936 : 11-13 août •

SNI
(Syndicat national des instituteurs)
• 1887 : 20 septembre • 1905 : 13 juillet • 1906 : 12 avril • 1934 : 10 novembre • 1938 : dans *Munichois et antimunichois* au 4 octobre • 1948 : 23 mars •

SOANEN
Jean
1647-1740
Évêque de Senez.
• 1715 : *introduction Louis XV* • 1717 : 1er mars • 1726 : 28 août • 1727 : août-septembre ; dans *Le jansénisme, du gallicanisme à la contestation politique* en août-septembre • 1728 : 16 mars • 1729 : 1er mars • 1730 : 2 octobre •

SOBIBOR
Camp d'extermination.
• 1941 : novembre ; 8 décembre • 1942 : dans *Drancy-Auschwitz* au 27 mars • 1943 : 19 avril ; 14 octobre •

SOBIESKI
Jean III
1624-1696
Roi de Pologne de 1674 à 1696.
• 1683 : 12 septembre • 1684 : 5 mars •

SOBOUL
Albert
1914-1982
Historien.
• 1958 : avril •

SOBRIER
Marie Joseph
1811-1854
Révolutionnaire.
• 1848 : *introduction La IIe République* ; 15 mai • 1849 : 7 mars-2 avril •

SOBRINO
Francisco
Né en 1932
Artiste espagnol.
• 1960 : autres événements •

SOCIALISME
• 1840 : *Socialismes et utopies* en juin • 1882 : *Le socialisme français* en septembre •

Solferino
Bataille de
24 juin 1859
• 1852: *introduction Le Second Empire* • 1859: 24 juin • 1862: novembre •

Solidarité française
1933-1936
Ligue d'extrême droite.
• 1928: dans *François Coty* en mai • 1936: 18 juin • Voir aussi Février 1934 •

Solidarnosc
• 1981: *introduction La Ve République: De la France mitterrandienne aux cohabitations politiques*; 12-13 décembre •

Soliman Ier le Magnifique
Sultan ottoman de 1520 à 1566.
• 1515: *introduction François Ier* • 1520: autres événements • 1526: autres événements • 1535: février-novembre • 1541: juillet; 3 juillet • 1542: mars • 1547: *introduction Henri II* • 1559: *introduction François II* • 1560: *introduction Charles IX* • 1566: autres événements •

Soliman II
Sultan ottoman de 1687 à 1691.
• 1643: *introduction Louis XIV* •

Soljenitsyne
Alexandre
Né en 1918
Écrivain russe.
• 1962: 28 février • 1974: juin •

Sollers
Philippe
Né en 1936
Écrivain, directeur de revues.
• 1958: octobre • 1960: 30 mars • 1969: dans *Support-Surface* en septembre • 1970: novembre • 1972: novembre • 1983: janvier • 1995: octobre •

Solti
Georg
1912-1997
Chef d'orchestre hongrois.
• 1973: 22 février •

Sombart
Werner
1863-1941
Économiste allemand.
• 1931: dans *Au-delà de la droite et de la gauche* en novembre •

Somerset
• Voir Edmond Beaufort •

Somerville
James
1882-1949
Amiral brtitannique.
• 1940: 3 juillet •

Somme
Offensive de la
1916
• 1915: 19 décembre • 1916: 1er juillet; 11 juillet; 15 septembre; 18 novembre; dans *Les généraux de la Grande Guerre* au 26 décembre •

Sonnerat
Pierre
1748-1814
Voyageur. Naturaliste.
• 1782: autres événements •

Sonthonax
Léger-Félicité
1768-1813
Commissaire de la Convention à Saint-Domingue.
• 1793: 29 août • 1794: 25 juin; 4 août • 1797: 22 août •

Sophie-Philippe-Élisabeth-Justine de France
1734-1782
Fille de Louis XV roi de France.
• 1715: *introduction Louis XV* •

Sophocle
vers 496-406
Poète grec.
• 1537: autres événements; dans *Les Baïf* dans autres événements • 1927: 30 mai •

Sorbières
Samuel
1615-1670
Régent de collège.
• 1616: dans *Les libertins érudits* dans autres événements •

Sorbonne
(Paris)
• 1215: dans *L'Université de Paris* en août • 1968: 3 mai •

Sorel
Charles
1602-1674
Auteur. Historiographe du roi.
• 1623: janvier • 1626: dans *Tabarin* dans autres événements • 1643: dans *Les historiographes du roi* dans autres événements • 1651: dans *Scarron* en septembre •

Sorel
Georges
1847-1922
Philosophe et sociologue.
• 1908: 7 mai; *biographie* au 7 mai • 1911: 16 décembre • 1931: dans *Au-delà de la droite et de la gauche* en novembre •

Soria
Pierre
1947-1998
Architecte.
• 1987: novembre •

SOS Racisme
1985
• 1985: 15 février •

Sotelo
Calvo
Né en 1926
Premier ministre espagnol.
• 1969: *introduction La Ve République: De l'héritage du gaullisme à la victoire de la gauche* • 1981: *introduction La Ve République: De la France mitterrandienne aux cohabitations politiques* •

Sötern
Philippe von
Électeur de Trêve. Archevêque.
• 1632: 6 janvier-23 février; 15 avril-23 août • 1635: 26 mars • 1645: 23 novembre •

Sotin de La Coindière
Pierre-Jean-Marie
1764-1810
Ministre de la Police.
• 1797: 26 juillet; 17 octobre • 1798: 13 février •

Soto
Jesus Rafael
Né en 1923
Artiste vénézuélien.
• 1955: 6 avril • 1967: 24 juin-14 juillet •

Soubeiran
Eugène
1797-1858
Pharmacien et chimiste.
• 1847: mars •

Soubeyran
Georges de
Sous-gouverneur du Crédit foncier.
• 1852: 28 février •

Soubirous
Bernadette
• Voir Bernadette Soubirous •

Soubise
Benjamin de Rohan, duc de
1583-1642
Frère d'Henri de Rohan. Chef des huguenots révoltés.
• 1610: *introduction Louis XIII* • 1620: dans *Les révoltes protestantes* en septembre-octobre • 1621: 27 mai-25 juin • 1622: 20 mars-24 mai; août • 1625: janvier; juin; 15, 22 septembre • 1628: 28 octobre •

Soubise
Charles de Rohan de
1715-1787
Maréchal de France. Ministre d'État.
• 1756: dans *La guerre de Sept Ans* au 9 juin • 1757: 5 novembre • 1758: 10 octobre • 1759: 18 février •

Soubrany de Bénistant
Pierre-Amable
1752-1795
Officier. Député.
• 1795: 20 mai; 17 juin •

Soudan
• 1881: 24 février • 1894: février •

Soudeille
Jean-Jacques
1899-1952
Cofondateur de Franc-Tireur.
• 1940: décembre •

SOUDY
André
1892-1913
Membre de la bande à Bonnot.
• 1911 : 21 décembre •

SOUFFLET
Jacques
1912-1990
Ministre.
• 1974 : 28 mai •

SOUFFLOT
Jacques-Germain
1713-1780
Architecte.
• 1741 : autres événements • 1749 : autres événements • 1754 : autres événements • 1757 : autres événements • 1760 : autres événements • 1764 : 6 septembre •

SOULAGES
Pierre
Né en 1919
Peintre et graveur.
• 1947 : autres événements • 1967 : 24 juin-14juillet •

SOULIÉ
Frédéric
1800-1847
Écrivain.
• 1836 : dans *La naissance de la presse* au 1er juillet • 1837 : 8 juillet •

SOULT
Jean de Dieu, duc de Dalmatie
1769-1851
Maréchal de France. Président du Conseil.
• 1799 : 30 août • 1804 : dans *Les maréchaux* au 18 mai ; *biographie* au 18 mai • 1809 : 16 septembre • 1810 : 18 janvier ; 28 août • 1811 : 4 avril • 1812 : 7 janvier-12 août • 1813 : 10 novembre • 1814 : 27 février ; 10 avril ; 3 décembre • 1815 : 11 mars ; 24 juillet • 1819 : 17, 26 mai et 9 juin • 1830 : *introduction La monarchie de Juillet* ; dans *Villemain* au 13 août ; 2 novembre ; 1er décembre • 1831 : 13 mars ; 26 novembre • 1832 : 11 octobre • 1834 : 1er mai ; 18 juillet • 1835 : dans *Tocqueville* au 16 janvier • 1836 : dans *Thiers* au 22 février • 1839 : 11-29 mars ; 12 mai ; 14 octobre • 1840 : 26 janvier ; 20 février ; 20 octobre ; 29 octobre • 1845 : 10 novembre • 1847 : 19 septembre •

SOUMET
Alexandre
1788-1845
Poète.
• 1823 : juillet ; dans *Le romantisme* en juillet • 1838 : dans *Rachel* au 12 juin • 1840 : 15 décembre •

SOUPAULT
Philippe
1897-1990
Écrivain et journaliste.
• 1916 : janvier • 1917 : 15 mars • 1919 : mars • 1920 : dans *Le dadaïsme* au 10 janvier ; 27 mars ; juillet • 1923 : 6 juillet • 1924 : dans *Les surréalistes* au 12, 15 octobre • 1929 : février • 1936 : dans *Aragon* au 9 décembre • 1946 : octobre •

SOUPHANOUVONG
Prince
1912-1955
Président du Laos de 1975 à 1986.
• 1950 : août •

SOUPLEX
Raymond Guillermain, dit Raymond
1901-1972
Acteur.
• 1958 : 1er janvier •

SOURBET
Jean
1900-1962
Ministre.
• 1955 : 23 février •

SOURDIS
Henri d'Escoubleau de
1593-1645
Archevêque de Bordeaux. Cardinal.
• 1637 : mai-octobre • 1638 : mars-octobre •

SOURIAU
Étienne
1892-1979
Philosophe.
• 1939 : autres événements •

SOUS-LE-VENT
Îles
• 1887 : 24 octobre • 1898 : 8 mars •

SOUSLOV
Mikhaïl
1903-1982
Secrétaire du PCUS.
• 1945: 8-12 avril •

SOUSTELLE
Jacques
1912-1990
Ethnologue. Ministre. Homme politique.
• 1940: dans *De Gaulle* au 18 juin; dans *Le colonel Passy* au 7 août • 1942: 28 juillet • 1944: 21-23 juillet • 1952: 7-14 janvier; 25-30 décembre • 1953: 6 mai • 1955: 26 janvier; *biographie* au 26 janvier; 28 mars; 26 septembre; 2 décembre • 1956: 6 février; 21 avril • 1958: 15 avril; 16 avril; 20 avril; 17 mai; 9 juin; 1er octobre • 1959: 9 janvier • 1960: 5 février; 25-29 juin •

SOUTOU
Jean-Marie
Né en 1912
• 1954: dans *Pierre Mendès France* au 12 juin •

SOUVARINE
Boris Lifschitz, dit Boris
1893-1984
Fondateur du PCF, essayiste et historien.
• 1920: 1er-11 mai; 3 octobre; dans *Le congrès de Tours* au 25-30 décembre • 1922: 15-19 octobre • 1924: 20-24 janvier • 1930: dans *Thorez* au 23 avril • 1932: mars • 1935: juin • 1936: dans *Simone Weil* au 10 juin • 1938: 14 septembre • 1939: 3-17 mai • 1950: 29 mars; dans *Paix et Liberté* au 12 septembre • 1957: mars; dans *Georges Bataille* en octobre •

SOUVESTRE
Pierre
1874-1914
Feuilletoniste. Écrivain.
• 1907: dans *Les feuilletonistes modernes* dans autres événements •

SOUVIGNY
Abbaye de
• 916-918 • 994: 11 mai • 995: juillet •

SOUVOROV
Alexandre-Wassiliewitch
1729-1800
Général russe.
• 1794: 10 octobre; 6 novembre • 1799: 31 janvier; 14 avril; 27 avril; 29 avril; 10 mai; 12 mai; 19 juin; 11 septembre; 23 septembre; 25-27 septembre •

SOUVRÉ
Gilles de
1542-1626
Maréchal de France.
• 1574: 14 juin • 1610: *introduction Louis XIII* •

SOZZINI
• Voir Socin •

SPA
(Société protectrice des animaux)
1846
• 1850: juillet •

SPAAK
Charles
1903-1975
Scénariste et cinéaste belge.
• 1937: dans *La Grande Illusion* au 4 juin •

SPADOLINI
Giovanni
Né en 1925
Président du Conseil italien.
• 1981: *introduction La Ve République: De la France mitterrandienne aux cohabitations politiques* •

SPEARS
Edward Louis
1886-1974
Général britannique
• 1940: 11 juin •

SPEER
Albert
1905-1981
Dirigeant nazi.
• 1942: 8 février • 1943: 17 septembre • 1945: dans *Le procès de Nuremberg* au 20 novembre •

SPEIDEL
Hans
1897-1984
Général allemand.
• 1942: mars •

Spencer
Herbert
1820-1903
Philosophe anglais.
• 1889 : dans *Bergson* au 28 décembre •

Spengler
Oswald
1880-1936
Philosophe allemand.
• 1931 : mars •

Sperber
Manès
1905-1984
Écrivain. Éditeur.
• 1951 : mars •

Spina
Giuseppe
1756-1828
Prélat italien.
• 1801 : 21 juin •

Spinasse
Charles
1893-1979
Homme polituqe. Ministre.
• 1936 : 4 juin • 1938 : 14 mars • 1940 : 6 juillet • 1941 : dans *Technocratie et Synarchie* au 9-10 février ; 1er novembre •

Spinola
Ambrogio, marquis de
1569-1630
Commandant des armées espagnoles.
• 1625 : 25 mai • 1630 : mars-septembre •

Spinoza
Baruch
1632-1677
Philosophe.
• 1936 : dans *Simone Weil* au 10 juin •

Spithakis
Olivier
Président de la MNEF
• 1998 : 9 septembre •

Spoerri
Daniel
Né en 1930
Artiste.
• 1960 : dans *Le Nouveau Réalisme* au 27 octobre •

Spoliation des biens juifs
• 1941 : 29 mars ; 22 juillet • 1996 : octobre • 1997 : 25 janvier • 1998 : 12 janvier • 1999 : 12-13 novembre •

Spontini
Gaspare
1774-1851
Compositeur italien.
• 1807 : 15 décembre • 1846 : dans *L'opéra-comique* au 9 novembre •

Spreckelsen
Johan Otto von
1929-1987
Architecte.
• 1989 : 26 août •

Spuller
Eugène
1835-1896
Homme politique, ministre.
• 1887 : 30 mai • 1889 : 22 février • 1893 : 3 décembre •

Stade de France
(Saint-Denis)
1998
• 1998 : 28 janvier •

Staël
Albertine de
1797-1838
• 1821 : dans *Les doctrinaires* en octobre •

Staël
Éric-Magnus
Ambassadeur du roi de Suède. Mari de Mme de Staël.
• 1800 : dans *Mme de Staël* en mai •

Staël
Germaine Necker, baronne de
1766-1817
Fille de Jacques Necker. Femme de lettres.
• 1777 : dans *Necker* au 29 juin • 1786 : 14 janvier • 1790 : dans *La fête de la Fédération* au 14 juillet • 1792 : 3 septembre • 1795 : 25 mai ; 4 septembre • 1796 : dans *Benjamin Constant et la défense républicaine de la Révolution* au 27 avril • 1798 : novembre • 1800 : mai ; *biographie* en mai • • 1803 : mars • 1807 : avril • 1813 : juin • 1816 : dans *Benjamin Constant* au 27 septembre ; octobre • 1817 : 14 juillet ; août • 1818 :

Starkoff
Véra
Militante féministe et pacifiste.
• 1917 : 31 octobre •

Starobinski
Jean
Né en 1920
Critique suisse de langue française.
• 1945 : juillet • 1958 : janvier • 1963 : mai • 1970 : juin • 1971 : février •

Stasi
Bernard
Né en 1930
Ministre.
• 1973 : 5 avril • 1984 : 8 décembre •

Statuts des juifs
1940, 1941
• 1940 : 3 octobre 1940-2juin 1941 : *Les statuts des juifs* au 3 octobre 1940-2 juin 1941 •

Stauffenberg
Claus Schenk von
1907-1944
Officier allemand.
• 1944 : 20 juillet •

Staurakios
Empereur byzantin en 811.
• 768 : *introduction Charlemagne* •

Stavisky
Affaire
• 1908 : dans *L'affaire Rochette* au 21 mars • 1933 : *L'affaire Stavisky* au 23 décembre • 1934 : 5-8 janvier ; 8 janvier ; 9-12 janvier ; 18-19 janvier ; 1er février ; 3 février ; 5 février ; 16 février ; 21 février • 1935 : 17 janvier •

Stavisky
Alexandre
1886-1934
Homme d'affaires d'origine russe.
• 1914 : *introduction La IIIe République : D'une guerre à l'autre* • 1933 : dans *L'affaire Stavisky* au 23 décembre • 1934 : 8 janvier ; 9-12 janvier •

Stavisky
Mme
• 1934 : 18-19 janvier •

Steeg
Théodore
1868-1950
Homme politique. Président du Conseil.
• 1911 : 2-6 mars ; 23-27 juin • 1912 : 14 janvier • 1913 : 21 janvier • 1917 : 20 mars ; 12-19 septembre • 1920 : 17-22 janvier • 1925 : 17-21 avril ; 3 septembre ; 11 octobre • 1930 : 20-25 février ; 6-11 décembre ; 13 décembre • 1931 : 22 janvier • 1938 : 18 janvier ; 14 mars • 1940 : 10 juillet •

Steeman
Stanislas-André
1908-1970
Écrivain.
• 1947 : 4 octobre •

Stefan
Jude
Né en 1930
Poète.
• 1967 : octobre .

Stein
Gertrude
1874-1946
Écrivain américain.
• 1904 : dans *Matisse* au 1er-18 juin • 1905 : février •

Stein
Léo
1872-1947
Collectionneur américain.
• 1904 : dans *Matisse* au 1er-18 juin • 1905 : février •

Steinbeck
John
1902-1968
Écrivain américain.
• 1946 : avril •

Steinkerque
Bataille de
1692
• 1672 : dans *Le maréchal de Luxembourg* au 6 avril • 1692 : 3 août • 1693 : dans *Vendôme* au 27 juin-4 octobre •

Steinlen
Théophile
1859-1923
Peintre et dessinateur suisse.
• 1881: autres événements • 1889: 23 février • • 1901: autres événements •

Stella
Jacques
1596-1657
Peintre.
• 1634: autres événements • 1641: novembre • 1647: dans *L'atticisme parisien* dans autres événements •

Stendhal
Henri Beyle, dit
1783-1842
Écrivain.
• 1625: dans *L'Astrée* au 1er juin •1817: 13 septembre • 1822: 17 août • 1823: mars; dans *Le drame historique* en mars; dans *Le romantisme* en juillet; novembre • 1828: 16 août • 1829: 5 septembre • 1830: 13 novembre • 1838: juin • 1839: 6 avril; *biographie* au 6 avril; 28 décembre • 1842: 23 mars • 1853: dans *Gobineau* au 10 septembre • 1855: 15 septembre • 1874: dans *Barbey d'Aurevilly* en novembre • 1876: 21 octobre • 1889: 23 février; 29 juin • 1892: septembre • 1950: dans *Roger Stéphane* au 13 avril •

Stéphane
Roger (pseudonyme de Roger Worms)
1919-1994
Écrivain et producteur de cinéma.
• 1950: 13 avril; *biographie* au 13 avril •

Stephenson
George
1781-1848
Ingénieur anglais.
• 1839: dans *Seguin* au 22 juin •

Stern
Daniel
• Voir Agoult, Marie d'•

Stern
Jacques
1882-1949
Ministre.
• 1933: 27 octobre • 1936: 19-31 janvier •

Sternhell
Zeev
Né en 1935
Historien israélien.
• 1983: 20 janvier •

Stewart
Jacques
Né en 1936
Pasteur.
• 1989: 26 juin •

Stiegler
Gaston
Journaliste.
• 1901: autres événements •

Stil
André
Né en 1921
Écrivain.
• 1951: mai • 1952: 25 mai • 1953: 24 mars •

Stirbois
Jean-Pierre
1945-1988
Homme politique.
• 1983: 4-11 septembre •

Stirbois
Marie-France
Née en 1944
Femme politique.
• 1989: 12 juin •

Stirn
Olivier
Né en 1936
Homme politique.
• 1988: 8 mai •

STO
(Service du travail obligatoire)
• 1942: 21 mars; 17 février • 1943: 5 juin •

Stockhausen
Karlheinz
Né en 1928
Compositeur allemand.
• 1954: 13 janvier; dans *Le Domaine musical* au 13 janvier • 1968: 4 avril • 1972: 6-11 novembre •

STREHLER
Giorgio
1921-1997
Metteur en scène italien.
• 1972: 6-11 novembre • 1973: 22 février • 1983: 16 juin •

STREICHER
Julius
1885-1946
Dirigeant nazi.
• 1945: dans *Le procès de Nuremberg* au 20 novembre •

STRESA
Conférence de
1935
• 1935: 11-17 avril •

STRESEMANN
Gustav
1878-1929
Chancelier allemand en 1923.
• 1903: dans *Briand* au 11 juin • 1914: *introduction La IIIe République: D'une guerre à l'autre* • 1923: 13 août; 23 novembre • 1924: 16 juillet-23 août • 1925: 5-16 octobre • 1926: 8-10 septembre; 18 septembre; 13 novembre-11 décembre; 10 décembre • 1928: 27 août • 1929: 5-9 septembre •

STROHEIM
Erich von
1885-1957
Acteur et cinéaste allemand.
• 1933: dans *Les réfugiés allemands* au 27 février •

STROMBOLI
Batailles navales de
• 1672: dans *Duquesne* au 7 juin • 1675: 11 février • 1676: janvier-juin • 1690: dans *Tourville* au 10 juillet •

STROZZI
Leone
1515-1554
Général des galères. Grand prieur de Malte.
• 1547: mai • 1550: octobre •

STROZZI
Lorenzo
Cardinal.
• 1557: mars •

STROZZI
Philippe
1541-1582
Fils de Piero Strozzi. Colonel général de l'infanterie.
• 1569: 25 juin • 1580: 31 janvier • 1581: 15 septembre • 1582: 26 juillet •

STROZZI
Piero
1510-1558
Maréchal de France.
• 1547: mai • 1553: 3 avril; août-octobre • 1554: janvier-septembre • 1555: janvier-avril • 1556: 5 septembre; septembre • 1557: janvier-février; mai-juillet • 1558: juin-septembre •

STRUTHOF
Camp de concentration
• 1942: dans *Les malgré-nous* au 25 août; 27 novembre • 1943: dans *Les déportés politiques* au 25 février; août •

STRUVE
Piotr
1870-1944
Économiste et historien russe.
• 1926: 14 avril; dans *Les Russes en France* au 14 avril •

STRYIENSKI
Casimir
1853-1912
Éditeur.
• 1889: 23 février • 1892: septembre •

STUART
Charles
1779-1845
Diplomate anglais.
• 1815: 20 novembre •

STUART
Charles-Édouard
1720-1788
Fils de Jacques-Édouard Stuart. Prétendant au trône d'Angleterre.
• 1745: 18 juillet • 1746: 27 avril • 1748: 18 octobre; 10 décembre •

Stuart
Jacques-Édouard, dit le chevalier de Saint-George
1688-1766
Prétendant au trône d'Angleterre.
• 1716: 24 août • 1717: 4 janvier; 6 février •

Stuart d'Aubigny
Béraud
Commandant d'armées.
• 1499: 18 juillet • 1501: 25 mai • 1503: 21 avril •

Stülpnagel
Karl-Heinrich von
1886-1944
Général allemand.
• 1942: mars • 1944: 20 juillet •

Stülpnagel
Otto von
1878-1948
Général allemand.
• 1940: 27 septembre; 1er novembre •

Stuttgart
Entrevue de
1857
• 1857: septembre •

Suard
Jean-Baptiste
1733-1817
Écrivain. Traducteur.
• 1778: autres événements •

Suarez
Adolfo
Né en 1932
Premier ministre espagnol.
• 1969: *introduction La Ve République: De l'héritage du gaullisme à la victoire de la gauche* •

Suarez
Georges
1890-1944
Directeur de presse.
• 1940: 10 septembre • 1944: 5 novembre •

Suavegothe
Épouse de Thierry Ier, roi des Francs de Cologne puis de Reims.
• vers 500-501 • 511: *introduction De quatre à un royaume franc* •

Subervie
Jacques-Gervais, baron
1776-1856
Général. Ministre.
• 1848: 24 février; 10 mars; 20 mars •

Sublet de Noyers
François
1588-1645
Secrétaire d'État à la Guerre. Surintendant des bâtiments.
• 1636: 17 février • 1639: autres événements • 1643: 11 avril •

Suchet
Louis-Gabriel, duc d'Albuféra
1770-1826
Maréchal de France.
• 1798: 27 décembre • 1800: 25 avril-15 juillet • 1804: dans *Les maréchaux* au 18 mai • 1811: 26 décembre • 1813: 15 mai-31 juillet • 1815: 17 juillet •

SUD
(Solidaires, unis et démocratiques)
1995
Syndicat.
• 1996: 4 janvier •

Sudètes
Crise des
1938-1939
• 1938: 7-15 mai; 20-30 mai; dans *Georges Bonnet* au 9 juin; 20-25 juillet; 2-5 septembre-28 septembre; 30 septembre •

Sudreau
Pierre
Né en 1919
Homme politique. Ministre.
• 1958: 9 juin • 1959: 9 janvier • 1960: 5 février • 1961: 24 août • 1962: 14 avril •

Sud-Vietnam
• Voir Vietnam •

Sue
Eugène
1804-1857
Écrivain.
• 1823: 2 juillet • 1836: dans *La naissance de la presse* au 1er juillet • 1837: 8 juillet • 1842: 22 juin • 1844: 14 mars; mars; 13 juillet • 1848: 4 mars • 1850: 28 avril

• 1907: dans *Les feuilletonistes modernes* dans autres événements •

Suez
Canal de
1859-1869
Construction.
• 1854: 30 novembre • 1858: 15 décembre • 1859: 25 avril • 1862: 2 février • 1866: mars • 1869: 15 août; dans *Lesseps* au 15 août; 17 novembre •

Suez
Canal de
Internationalisation.
• 1875: 25 novembre • 1876: novembre • 1882: 23 juin-14 août; 15 juillet; 29 juillet; 2 août; 14 août • 1885: 30 mars-15 juin • 1887: 24 octobre • 1888: 29 octobre; décembre •

Suez
Crise de
1956
• 1954: dans *La guerre d'Algérie* au 1er novembre • 1956: dans *Guy Mollet* au 31 janvier; 26 juillet; 10 septembre; 12-26 septembre; 30 octobre; 31 octobre; 5 novembre; 3 décembre •

Suffert
Georges
Né en 1927
Journaliste et essayiste.
• 1955: 23 décembre •

Suffolk
• Voir William de la Pole •

Suffren de Saint-Tropez
Pierre-André de
1727-1788
Amiral.
• 1774: *introduction Louis XVI* • 1781: 21 mars • 1782: 25 août • 1783: 20 juin •

Suger
1081-1151
Abbé de Saint-Denis. Conseiller de Louis VII.
• 1118: 15-30 novembre; *biographie* au 15-30 novembre • 1122: autres événements • 1123 • 1124: autres événements • 1125: autres événements • 1130-1145 • 1131: 15 avril • 1137: *introduction Louis VII*; fin août; automne • 1140: 9 juin • 1143: 9 octobre • avant 1144 • 1144: 22 avril? • 1147: 16-18 février; 20 avril • 1148: 24 août • 1149: 8 mai • 1150: 7 mai • 1166-1173 •

Suhard
Emmanuel
1874-1949
Cardinal.
• 1946: mai • 1953: 23 septembre •

Suisse
• 1813: 29 décembre • 1838: 1er août • Voir aussi Confédération des cantons suisses •

Şullerot
Évelyne
Née en 1924
Essayiste.
• 1967: 28 décembre •

Sully
Henry
1680-1728
Horloger du duc d'Orléans.
• 1726: autres événements •

Sully
Hôtel de (Paris)
• 1576: dans *Les Androuet Du Cerceau* dans autres événements •

Sully
Maximilien de Béthune, baron de Rosny, duc de
1559-1641
Fils de François de Béthune. Conseiller d'Henri IV. Surintendant des finances.
• 1572: 24-29 août • 1580: 1er janvier • 1586: fin mai-juin • 1589: *introduction Henri IV* • 1590: octobre • 1594: fin février; février-mars; 15 mars • 1596: *biographie* en juillet • 1597: juin; 17 septembre • 1599: 30 juillet • 1601: août • 1602: 26 janvier; 12 novembre • 1603: juin; novembre • 1604: mars; 8 et 12 décembre • 1605: janvier-octobre; 22 avril • 1606: février • 1607: janvier-mars • 1608: octobre • 1610: 13 mai; 15 mai; dans *Marie de Médicis* au 15 mai; dans *Les Barbons* au 22 mai • 1611: 26 janvier • 1620: dans *Les révoltes protestantes* en septembre-octobre • 1625: autres événements • 1627: dans *Richelieu et la mer* en janvier •

Sully-Prudhomme
René françois Armand Prudhomme, dit
1839-1907
Poète.
1866: dans *Les poètes parnassiens* au 3 mars • 1899: janvier • 1901: 10 décembre •

Sulpiciens
• 1611: dans *Bérulle* au 11 novembre • 1618: dans *Le siècle des saints* au 23 mai • 1627: dans *Les débuts de la colonisation* au 29 avril-4 mai • 1641: 29 décembre • 1642: 8 mai •

Sun Yat-sen
1866-1925
Homme d'État chinois. Président de la République chinoise de 1911 à 1925.
• 1870: *introduction La IIIe République: De la chute du Second Empire à la Première Guerre mondiale* • 1914: *introduction La IIIe République: D'une guerre à l'autre*

Superphénix
Centrale nucléaire.
• Voir Creys-Malville •

Supervielle
Jules
1884-1960
Poète.
• 1919: mai • 1922: avril • 1923: octobre • 1931: janvier • 1934: juillet; octobre • 1936: mars • 1948: juillet • 1949: juin • 1950: 12 mai • 1952: 22 avril • 1959: octobre • 1961: autres événements •

Support-Surface
1970
Groupe artistique.
• 1969: septembre; *Support-Surface* en septembre • 1972: 16 mai •

Surat
† 1871
Prélat.
• 1871: 27 mai •

Suresnes
Conférence de
1593
• 1593: 27 janvier; avril-mai •

Surin
Jean-Joseph
1600-1665
Jésuite. Théologien.
• 1618: dans *Les jésuites* au 15 février •

Surréalisme
• 1920: dans *Le Dadaïsme* au 10 janvier • 1921: 1er mars • 1923: 22 janvier 1924: 12-15 octobre; dans *Les surréalistes* au 12, 15 octobre; décembre; 1er décembre • 1925: 13 novembre; *Le surréalisme en peinture* au 13 novembre • 1926: 26 mars • 1930: juillet • 1932: 25 mai • 1935: autres événements • 1936: dans *Aragon* au 9 décembre • 1937: 30 juillet • 1938: 17 janvier • 1939: février • 1940: octobre • 1945: octobre • 1947: 7 juillet • 1948: dans *L'art brut* en juin; dans *Cobra* au 8 novembre • 1973: dans *Lacan* au 28 février •

Susini
Jean-Jacques
1933-1995
Responsable de l'OAS.
• 1961: dans *L'Algérie française et l'extrémisme* au 22-25 avril •

Suspects
Loi des
• 1792: *introduction La République jacobine* • 1793: 11 août; 12 août; 17 août; dans *La Terreur* au 5 septembre; 11 septembre; 17 septembre; 2 octobre; 10 octobre; 19 octobre; 26 décembre • 1794: 22 février; 1er novembre •

Swift
Jonathan
1667-1745
Auteur irlandais.
• 1727: autres événements •

Swinthila
Roi wisigoth.
• 632: été •

Syagrius
† vers 486
Maître de la milice jusque vers 486.
• vers 481: *introduction Clovis* • vers 486 •

T

TABARIN
Antoine Girard, dit
1584-1626
Bateleur.
• 1626: autres événements; *biographie* dans autres événements •

TABARLY
Éric
1931-1998
Officier de marine.
• 1964: juillet •

TABOUIS
Geneviève
1892-1985
Journaliste.
• 1940: dans *Les Français de Londres* au 7 août •

TABOUREAU DES RÉAUX
Louis-Gabriel
1718-1782
Contrôleur général des Finances.
• 1776: 21 octobre • 1777: 29 juin •

TABOUROT DES ACCORDS
Étienne
Auteur.
• 1585: dans *Nouvellistes et conteurs* dans autres événements •

TACCA
Pietro
1577-1640
Sculpteur.
• 1613: autres événements •

TACHISME
Mouvement artistique.
• 1948: mai •

TACITE
vers 55/57-117
Historien romain.
• 1559: dans *Amyot* dans autres événements • 1574: autres événements • 1582: autres événements •

TAEUBER-ARP
Sophie
1889-1943
Artiste suisse.
• 1939: 23-mai-14 juin •

TAFNA
Traité de la
1837
• 1837: 30 mai; 1er-13 octobre • 1839: 20 novembre •

TAFT
William
1857-1930
Président des États-Unis de 1909 à 1913.
• 1870: *introduction La IIIe République: De la chute du Second Empire à la Première Guerre mondiale* •

TAGLIACOZZO
Bataille de
23 août 1268
• 1268: 23 août •

TAGORE
Rabindranath
1861-1941
Écrivain indien.
• 1916: dans *Romain Rolland* en décembre •

TAHITI
• 1842: 9 septembre • 1843: 5 novembre • 1844: 26 février; 29 février-2 mars; mars; 26 juillet; 6 septembre • 1873: 20 novembre • 1880: autres événements • 1886: dans *Gauguin* dans *Le post-impressionnisme* dans autres événements • 1898: 8 mars • 1907: dans *Matisse* au 1er-18 juin; autres événements • 1929: 24 juillet • 1940: 31 août-2 septembre •

TAHUREAU
Jacques
Poète.
• 1549: dans *La Pléiade* dans autres événements •

TAILHAND
Adrien-Alfred
1810-1889
Homme politique, ministre.
• 1874: 22 mai •

TAILLEBOURG
Bataille de
1242
• 1242: 21-22 et 23 juillet •

Tailleferre
Germaine
1892-1983
Compositeur.
• 1920: dans *Le Groupe des Six* au 16-23 janvier •

Taillibert
Roger
Né en 1926
Architecte.
• 1972: autres événements •

Taine
Hippolyte
1828-1893
Philosophe, critique et historien.
• 1823: dans *Le drame historique* en mars • 1856: 15 février • 1857: 10 janvier • 1863: décembre; *biographie* en décembre • 1865: 1er août • 1866: janvier-novembre • 1870: avril • 1876: 4 mars • 1883: 21 juillet • 1889: 13-20 juin; dans *Bergson* au 28 décembre • 1939: juillet •

Taisho tenno
• Voir Yoshihito •

Taittinger
Jean
Né en 1923
Ministre.
• 1973: 5 avril; 1er mars •

Taittinger
Pierre
1887-1965
Homme politique.
• 1924: 23 novembre-6 décembre; 18 décembre • 1925: 23 avril • 1934: 6 février • 1936: 5-6 juin • 1940: 28 mars; 8 mai •

Taizé
Communauté de
• 1974: août; *Taizé* en août •

Tal Coat
Pierre Jacob, dit Pierre
1905-1985
Peintre.
• 1941: 10 mai • 1946: 15 février-15 mars • 1952: 15 février-10 mars • 1964: dans *La Fondation Maeght* au 28 juillet •

Talbert d'Arc
Jeanne
Épouse de Georges Bernanos.
• 1926: dans *Bernanos* en mars •

Talhouët
Auguste Élisabeth Joseph Bonamour, marquis de
1819-1884
Homme politique, ministre.
• 1870: 2 janvier •

Tallard
Camille d'Hostun de La Baume, duc de
1652-1728
Maréchal de France. Ambassadeur à Londres.
• 1703: 8-15 novembre • 1704: août •

Tallemant des Réaux
Gédéon
1619-1690
Auteur.
• 1641: dans *Salons, mondains et précieuses* au 22 mai • 1657: autres événements; *biographie* dans autres événements • 1668: dans *La Fontaine* au 31 mars • 1689: dans *Michel Lambert* dans autres événements • 1715: dans *Mme de Maintenon* au 25 août •

Talleyrand
Charles Maurice de
1754-1838
Évêque. Ministre des Relations extérieures. Homme politique. Ambassadeur.
• 1788: 10 novembre • 1789: 7 juillet; 14 juillet; 12 septembre; 10 octobre • 1790: 28 janvier; 9 mars; 12 mai; dans *La fête de la Fédération* au 14 juillet; dans *Le serment: clergé constitutionnel et clergé réfractaire* au 27 novembre • 1791: 20 janvier; 24 février; 19 mars; 18 avril; 7 mai; dans *Liberté du culte et clergé constitutionnel* au 7 mai; 10 septembre • 1792: 25 janvier; 5 décembre • 1795: 4 septembre • 1797: 4 juin; 3 juillet; 16 juillet • 1798: 3 janvier; 14 février • 1799: 20 juillet; dans *Le 18 Brumaire* au 9-10 novembre; *biographie* au 11-22 novembre • 1804: 10 mars: dans *Grands officiers civils* au 18 mai • 1805: 17 octobre • 1807: 9 août • 1808: 18 mars; 27 septembre-4 octobre • 1809: 17 janvier; 27-28 janvier • 1810: 29 janvier • 1813: janvier • 1er décembre • 1814: 29 mars; 30 mars; 31 mars; 1er avril; 2 avril; dans *Vitrolles* au 2 mai; *introduction La première Restauration*; 13 mai; dans *Le*

baron Louis au 13 mai; dans *Blacas* au 13 mai; 1er novembre • 1815: 9 juin; 22 juin; 24 juin; 26 juin; 4 juillet; 5 juillet; 6 juillet; 7 juillet; *introduction La seconde Restauration*; 9 juillet; 15 septembre; 19 septembre; 20 septembre; 20-27 septembre; dans *Richelieu* au 24 septembre • 1823: 3 février • 1830: 5 septembre; 25 septembre; 6 octobre; 4 novembre; 20 décembre • 1833: 16 décembre • 1834: 10 novembre • 1849: dans *Mgr Dupanloup* au 16 avril •

TALLEYRAND
Gaston Henri de
• Voir Chalais, comte de •

TALLIEN
Jean-Lambert
1767-1820
Député à la Convention.
• 1791: 28 août • 1792: *introduction La République jacobine*; 30 août; 15 décembre • 1794: 22 mai; 12 juin; 14 juin; 27 juillet; 29 juillet; *biographie* au 29 juillet; 3 septembre; 10 septembre; dans *Les Muscadins* au 19 septembre; 14 novembre • 1795: 9 mars; 1er juillet; 27 juillet; 16 octobre; 22 octobre • 1796: 9 mars; 9 juin • 1797: 4 juin; 14 juin •

TALLIEN
Thérésa Cabarrus, Mme
1773-1835
Épouse de Jean-Lambert Tallien.
• 1794: 22 mai; dans *Tallien* au 29 juillet •

TALMA
François Joseph
1763-1826
Comédien.
• 1790: 12 juillet • 1798: 25 mai • 1799: 27 juin • 1805: 3 janvier; *biographie* au 3 janvier • 1817: 22 mars • 1822: 14 juin • 1826: 3 juin; 19 octobre • 1838: dans *Rachel* au 12 juin •

TALMA
Louise-Julie Careau, dite Julie
1756-1805
• 1805: dans *Talma* au 3 janvier •

TALMON
Jacob Laib
1916-1980
Historien israélien.
• 1947: novembre •

TALON
Jean
1625-1694
Intendant.
• 1672: autres événements •

TALON
Omer
1595-1652
Avocat général au Parlement de Paris. Orateur.
• 1610: dans *Deux théoriciens du pouvoir monarchique: Loyseau et Bignon* dans autres événements • 1643: *introduction Louis XIV* • 1645: 7 septembre; *biographie* au 7 septembre • 1648: 15 janvier • 1649: 18 février •

TAMBOV
Camp de concentration soviétique
• 1942: dans Les «*Malgré-nous*» au 25 août •

TAMBRONI
Fernando
1901-1963
Président du Conseil italien.
• 1958: *introduction La Ve République: La République gaullienne* •

TANCRÈDE
† 1112
Prince d'Antioche.
• 1060: *introduction Philippe Ier* • 1108: *introduction Louis VI* • 1111: autres événements •

TANGUY
Yves
1900-1955
Peintre.
• 1925: dans *Le surréalisme en peinture* au 13 novembre • 1927: 27 mai-15 juin •

TANGUY DU CHÂTEL
Prévôt de Paris.
• 1418: 29 mai; dans *La France du dauphin Charles (futur Charles VII)* dans autres événements • 1419: 30 mai •

TANGUY II DU CHASTEL
• 1477: 4 août •

Tanguy-Prigent
François
1909-1970
Ministre.
• 1944: 5 septembre; 9 septembre • 1946: 23-29 janvier; 19-26 juin; 16 décembre • 1947: 22 janvier • 1956: 1er février •

Tapie
Bernard
Né en 1943
Homme d'affaires et ministre.
• 1992: 2 avril; 23 mai • 1999: dans *Responsabilité, culpabilité et justice* au 9 février •

Tapié
Michel
1908-1987
Peintre, sculpteur et critique d'art.
• 1945: 26 octobre • 1948: mai; dans *L'art brut* en juin •

Tarbé
Louis-Hardouin
1753-1806
Ministre des Finances.
• 1791: 7 décembre • 1792: 24 mars; 15 août •

Tarbé de Saint-Hardouin
Diplomate.
• 1942: 23 octobre •

Tard-Avisés
• 1707: janvier • Voir aussi Croquants •

Tarde
Alfred de
1880-1925
Écrivain.
• 1912: dans *Jeunes écrivains nationalistes* au printemps •

Tarde
Gabriel de
1843-1904
Sociologue.
• 1890: 27 décembre • 1901: juillet •

Tarde
Guillaume de
1885-1989
Maître des requêtes au conseil d'État.
• 1937: dans *Auguste Detœuf et les Nouveaux Cahiers* au 15 mars •

Tardieu
André
1876-1945
Président du Conseil.
• 1914: *introduction La IIIe République: D'une guerre à l'autre* • 1917: 15 avril • 1923: 23 novembre • 1926: 23 juillet • 1927: 1er octobre • 1928: 23 janvier; dans *François Coty* en mai; 9 novembre • 1929: 21 juillet; 15 septembre; 31 octobre; *biographie* au 31 octobre; 7-8 novembre; 27 décembre • 1930: 17 février; 20-25 février; 2 mars; 3-24 mars; 14 avril; 18 mai; 12 août; 4 décembre; 6-11 décembre • 1931: 27 janvier; dans *Laval* au 27 janvier • 1932: 12-13 janvier; 5 février; 12 février; 18 février; 20 février; 3-6 avril; 4 mai; 8 mai; 10 mai; 8 juin • 1933: 18 mai • 1934: 9 février • 1936: *dans Fascismes français* au 27-28 juin • 1940: dans *Paul Reynaud* au 21-22 mars •

Tardieu
Jean
1903-1995
Écrivain.
• 1947: 17 juin • 1950: février; 11 mai • 1951: avril • 1952: 22 avril • 1955: 11 juin • 1962: décembre 1962-juillet 1963 • 1968: juillet • 1971: février •

Tardif
Guillaume
• Voir Guillaume Tardif •

Tardif
Jean
• 1591: octobre-décembre • 1595: 2 mars •

Target
Guy-Jean-Baptiste
1733-1806
Magistrat.
• 1787: 29 novembre • 1788: 10 novembre • 1789: 20 juin; dans *Les monarchiens* au 10 septembre • 1792: 12 décembre; 13 décembre • 1810: 12-20 février •

Tarifs
Guerres des
1664-1667
• 1664: 18 septembre • 1667: 18 avril • 1678: 10 août •

Tartini
Giuseppe
1692-1770
Compositeur italien.
• 1725: 18 mars •

Tasca
Angelo
1892-1960
Journaliste et homme politique d'origine italienne.
• 1937: dans *Les Fuorusciti antifascistes* au 9 juin • 1950: dans *Paix et Liberté* au 12 septembre •

Tasca
Catherine
Née en 1941
Fille du précédent. Ministre.
• 1988: 8 mai • 2000: 27 mars •

Taschereau de Baudry
Gabriel
1673-1755
Lieutenant général de police.
• 1720: début juillet •

Taschereau de Linières
Claude-Bertrand
Confesseur de Louis XV de 1722 à 1743.
• 1722: 31 mars •

Taslitzky
Boris
Né en 1911
Peintre.
• 1936: autres événements • 1946: 15 février-15 mars • 1948: septembre • 1949: 20 décembre •

Tasse
Torquato Tasso, dit le
1544-1595
Poète italien.
• 1686: 15 février • 1702: 7 novembre •

Tassel
Jean
vers 1608-1667
Peintre.
• 1613: dans *Les caravagesques français* à fin 1613 ou début 1614 •

Tassi
Agostino
1580-1644
Peintre italien.
• 1635: autres événements •

Tassilon III
Fils d'Odilon, duc de Bavière. Duc de Bavière de 748 à 787/788.
• 749 • 757: 25 décembre • 763 • 781: autres événements • 787 • 794: autres événements •

Tassin
René-Prosper
1697-1777
Bénédictin. Érudit.
• 1750: autres événements •

Tati
Jacques Tatischeff, dit Jacques
1903-1982
Cinéaste.
• 1949: 4 mai • 1953: 27 février • 1958: 10 mai •

Taurianova
• 1503: 21 avril •

Tavannes
Jacques de Saulx, comte de
1620-1683
Lieutenant général. Mémorialiste.
• 1652: 4-29 mai •

Tavernier
René
1915-1989
Poète.
• 1941: juillet •

Taxis
Jean-Baptiste de
1530-1610
Ambassadeur d'Espagne.
• 1584: 31 décembre •

Taylor
Isidore-Justin-Séverin Taylor, baron
1789-1879
Inspecteur général des Beaux-Arts, écrivain.
• 1820: 19 août; *biographie* au 19 août • 1838: 7 janvier • 1840: 8 mars •

TAYLOR
Zacchary
1784-1850
Président des États-Unis de 1849 à 1850.
• 1848: *introduction La IIe République* •

TAYLORISME
• 1908: 10 novembre • 1912: 22 mai • 1914: *introduction La IIIe République: D'une guerre à l'autre* • 1916: dans *Les patrons de l'industrie et la Première Guerre mondiale* au 12 décembre •

TAZIEFF
Haroun
1914-1998
Vulcanologue.
• 1997: dans *Les gardiens de la nature* au 25 juin •

TCHAD
• 1927: juin • 1940: dans *introduction État français et France libre*; 26-30 août; 25 décembre • 1960: 2-4 juin • 1970: 11 octobre • 1977: 4 décembre • 1981: *introduction La Ve République: De la France mitterrandienne aux cohabitations politiques* •

TCHÉCOSLOVAQUIE
• 1914: *introduction La IIIe république: D'une guerre à l'autre* • 1916: 10 janvier • 1918: 22, 29 mai; 1er-3 juin; 29 juin; 14 octobre; 4 décembre •1939: 12-16 mars • 1945: 7-9 mai • 1968: 20-21 août •

TCHERNENKO
Constantin
1911-1985
Secrétaire du PCUS.
• 1981: *introduction La Ve République: De la France mitterrandienne aux cohabitations politiques* •

TCHERNIA
Pierre
Né en 1928
Journaliste de télévision.
• 1949: dans *La naissance de la télévision publique* au 29 juin •

TCHERNOBYL
Catastrophe nucléaire de
1986
• 1986: 25 avril •

TCHIANG KAÏ-CHEK
1887-1975
Homme politique et chef d'État chinois.
• 1914: *introduction La IIIe République: D'une guerre à l'autre* •

TCHIRSKOV
Boris
Scénariste soviétique.
• 1946: 20 septembre •

TÉHÉRAN
Conférence de
1943
• 1943: 28 novembre-2 décembre • 1944: *introduction Du Gouvernement provisoire à la IVe République* •

TEILHARD DE CHARDIN
Pierre
1881-1955
Jésuite, théologien et paléontologue.
• 1931: 4 avril • 1946: novembre • 1955: octobre •

TEISSERENC DE BORT
Pierre Edmond Teisserenc, dit
1814-1892
Homme politique, ministre.
• 1872: 23 avril • 1873: 19 mai • 1876: 10 mars; 13 décembre • 1877: 14 décembre •

TEITGEN
Paul
Secrétaire général de la police à Alger.
• 1957: 12 septembre • 1958: dans *La torture sous la République* au 27 mars •

TEITGEN
Pierre-Henri
1908-1997
Ministre.
• 1940: dans *Du MLN à Combat* au 30 août
• 1944: 4 septembre; 9 septembre; *biographie* au 9 septembre; 25-26 novembre
• 1946: 23-29 janvier; 7 février; 19-26 juin
• 1947: 22 janvier; 22 octobre; 24 novembre
• 1955: 23 février •

TEL QUEL
1960-1982
Revue.
• 1960: 30 mars •

TELEMANN
Georg Philipp
1681-1767
Compositeur allemand.
• 1725: 18 mars •

TÉLÉMAQUE
Hervé
Né en 1937
Peintre.
• 1964: juillet-octobre •

TÉLÉPHONE
• 1900: autres événements • 1901: autres événements • 1914: 16 mai • 1923: 30 juin • 1944: autres événements • 1975: 22 avril • 1995: janvier • 1996: 23 août; 18 octobre •

TÉLÉTHON
• 1987: décembre •

TÉLÉVISION
• 1935: 26 avril • 1948: 25 juillet • 1949: 29 juin; dans *La naissance de la télévision publique* au 29 juin • 1950: dans *Roger Stéphane* au 13 avril • 1958: *introduction La Ve République: La République gaullienne* • 1953: mai; 2 juin; octobre • 1954: 17-23 décembre • 1958: 1er janvier • 1959: 3 janvier • 1961: 31 octobre • 1964: 25 juin • 1965: 19 novembre • 1967: 1er octobre • 1968: autres événements • 1971: 13 décembre • 1974: 29 janvier; 11 mai • 1981: janvier; *introduction La Ve République: De la France mitterrandienne aux cohabitations politiques* • 1982: 30 juillet • 1984: 4 novembre • 1986: 20-22 février • 1987: 23 février; 4 avril • 1988: décembre • 1989: 31 mai • 1991: 23 janvier; 23-25 février • 1992: 12 avril; 28 septembre •

TELIGNY
Charles de
† 1572
Gendre de Coligny.
• 1572: 24-29 août •

TELLIER
Charles-Louis-Abel
1828-1913
Ingénieur.
• 1868: autres événements •

TEMPLE
Attentat du boulevard du
1835
• 1830: *introduction La monarchie de Juillet*
• 1835: 28 juillet •

TEMPLE
Emmanuel
1895-1988
Ministre.
• 1951: 8 août • 1952: 20 janvier; 6 mars • 1954: 18 juin; 13 août • 1955: 20 janvier •

TEMPLE
Ordre du
• 1118-1119 • 1125 • 1129: 19 ou 21 janvier • vers 1133 • 1158: autres événements • 1258: 28 mai • 1263: 5 janvier • 1295: autres événements • 1303: juillet • 1307: dans *Les Templiers* au 22 septembre; 13 octobre • 1308: 25 mars; mi-mai; 26 mai; 27 juin • 1309: 9 août • 1310: 12 mai • 1312: 3 avril • 1313: 21 mars • 1314: 11 mars •

TEMPS (LE)
1861-1942
Quotidien.
• 1816: dans *Fiévée* en août • 1829: 15 octobre • 1830: 27 juillet • 1861: 25 avril • 1887: 22 juin • 1899: 5 mars • 1942: 29 novembre •

TEMPS MODERNES (LES)
Revue.
• 1945: octobre •

TEMPS NOUVEAUX (LES)
Revue.
• 1895: 4 mai •

TENCIN
Claudine-Alexandrine Guérin, marquise de
1682-1749
Femme de lettres.
• 1720: dans *Marivaux* au 17 octobre • 1726: autres événements • 1735: autres événements • 1739: autres événements • 1743: dans *D'Alembert* dans autres événements •

Tencin
Pierre Guérin de
1679-1758
Archevêque d'Embrun. Cardinal.
• 1727: août-septembre; 28 décembre • 1742: 26 août • 1743: 29 janvier •

Ténot
Frank
Né en 1925
Journaliste.
• 1955: dans *Europe n°1* au 3 avril •

Tériade
Eustratios Eleuthériadis, dit
1897-1983
Éditeur d'origine grecque.
• 1933: 25 mai • 1937: décembre •

Termes
Paul de
Maréchal.
• 1558: juin-septembre •

Ternaux
Guillaume Louis
1763-1833
Manufacturier. Homme politique.
• 1818: 20 octobre; 14-18 décembre • 1819: 24 décembre •

Ternaux
Mortimer
1808-1871
Historien et homme politique.
• 1861: 16 novembre

Terrasson
Jean
1670-1750
Écrivain. Traducteur.
• 1715: autres événements •

Terray
Joseph-Marie
1715-1778
Contrôleur général des Finances. Directeur des Bâtiments, arts et manufactures.
• 1715: *introduction Louis XV* • 1769: 22 décembre • 1770: janvier; 18 février; 27 novembre; décembre • 1771: 9 avril; novembre • 1772: 14 août • 1773: autres événements • 1774: *introduction Louis XVI*; dans *Maurepas* au 20 mai; 24 août; dans *Turgot* au 24 août; autres événements •

Terray
Lionel
1921-1965
Alpiniste.
• 1950: 3 juin •

Terrenoire
Louis
1908-1992
Ministre.
• 1960: 5 février • 1961: 24 août •

Terreur
• 1792: *introduction La République jacobine*; dans *Danton* au 11 août; dans *Les massacres de Septembre* au 2 septembre; dans *Saint-Just* au 13 novembre • 1793: dans *Les Enragés* au 12 février; dans *Couthon* au 13 juin; 23 août; 30 août; 5 septembre; *La Terreur* au 5 septembre; 31 octobre; 26 novembre; 15 décembre • 1794: 26 février; 1er avril; 15 avril; 8 juin; *introduction La République thermidorienne*; 13 août; 21 novembre • 1795: 2 février; 3 octobre •

Terreur blanche
• 1794: *introduction* • 1795: 4 mai; 24 juillet; *La Terreur blanche* au 24 juillet • 1796: 9 janvier; 9 juin • 1797: 28 mai; *Des effets de la Terreur* au 29 mai •

Terrier
Jean-Jacques, Louis
1854-1895
Homme politique, ministre.
• 1893: 4 avril •

Terrier de Monciel
Antoine-René
1757-1831
Ministre de l'Intérieur.
• 1792: 18 juin; 17 juillet; 21 juillet •

Tertry
Bataille de
687
• 687 •

Tessier
Gaston
1887-1960
Dirigeant syndical.
• 1919: 1er-2 novembre; *biographie* au 1er-2 novembre • 1941: 16 novembre • 1943: 27 mai • 1950: 28 avril •

TESSIER
Valentine
1892-1981
Actrice.
• 1928: 2 mai •

TESTE
Jean-Baptiste
1780-1852
Homme politique, ministre.
• 1834: 10-13 novembre • 1839: 12 mai • 1840: 29 octobre • 1843: 16 décembre • 1847: 8-17 juillet; 18 août •

TESTELIN
Henri
1616-1695
Peintre.
• 1667: autres événements • 1680: autres événements •

TEULADE
René
Né en 1931
Ministre.
• 1992: 2 avril •

TEUTBERGE
Fille du comte Boson. Épouse de Lothaire II.
• 840: *introduction Lothaire Ier* • 860: février • 861: [début] • 865: février • 865-869 •

TEWFIK
Mohammed
1852-1892
Khédive d'Égypte de 1879 à 1892.
• 1870: *introduction La IIIe République: de la chute du Second Empire à la Première Guerre mondiale* • 1881: novembre 1881-février 1882 • 1882: 8 février •

TEXCIER
Jean
1888-1957
Résistant.
• 1940: 30 août; 1er décembre •

TEXIER
Père
• 1621: 27 mai-25 juin •

TEZÈNAS
Suzanne
Mécène.
• 1954: dans *Le Domaine musical* au 13 janvier •

TGV
(Train à grande vitesse)
• 1981: 22 septembre • 1986: 17-20 mars • 1989: 20 septembre • 1995: 25 juillet •

THAELMANN
Ernst
1886-1944
Homme politique allemand.
• 1933: dans *Les réfugiés allemands* au 27 février •

THALAMAS
Amédée
1867-1953
Enseignant.
• 1904: 14 novembre •

THARAUD
Jérôme
1874-1953
Écrivain.
• 1952: 2 décembre •

THATCHER
Margaret
Née en 1925
Premier ministre britannique.
• 1981: *introduction La Ve République: De la France mitterrandienne aux cohabitations politiques* •

THÉÂTRE DU SOLEIL
• 1970: 26 décembre; *Le Théâtre du Soleil* au 26 décembre •

THÉÂTRE NATIONAL POPULAIRE
• Voir TNP •

THÉÂTRE-FRANÇAIS
• 1680: 18 août • 1804: 17 avril • 1806: 8 juin • 1812: 15 octobre • 1823: dans *Le romantisme* en juillet • 1847: 29 août • 1849: 15 novembre • 1852: dans *Théophile Gautier* au 17 juillet • 1859: dans *La musique lyrique sous le Second Empire* au 19 mars • 1890: dans *Sarah Bernhardt* au 3 janvier • 1891: 24 janvier • 1892: 18 janvier •

THEGAN
Chorévêque de Trèves. Biographe de Louis Ier le Pieux.
• 800: 25 décembre • 814: *introduction Louis le Pieux* •

Théophraste
IVe-IIIe siècle
Auteur grec.
• 1523: dans *Lefèvre d'Étaples, l'Érasme français* dans autres événements •

Théot
Catherine
1716-1794
• 1794: 15 juin; 16 juin; 26 juin; 26 juillet; 27 juillet •

Thérèse d'Avila
Sainte
1515-1582
Mystique espagnole.
• 1568: autres événements • 1582: 4 octobre • 1611: dans *Bérulle* au 11 novembre • 1618: dans *Le siècle des saints* au 7 novembre •

Thérèse de l'Enfant-Jésus
Sainte
1873-1897
Carmélite.
• 1888: autres événements • 1986: septembre •

Thérèse de Lisieux
• Voir Thérèse de l'Enfant-Jésus •

Théret
Max
Né en 1913
Homme d'affaires.
• 1954: septembre •

Thermidor
Coup d'État du 9
(27 juillet 1794)
• 1794: 27 juillet; 28 juillet; dans *Tallien* au 29 juillet; 20 septembre • 1795: 21 janvier; 27 juillet; 25 octobre • 1797: dans *Joseph de Maistre* dans autres événements •

Théroigne de Méricourt
Anne-Josèphe Terwagne, dite
1762-1817
Femme de lettres.
• 1794: 27 juin •

Theudebaud
Évêque de Langres.
• 841: août •

Thévenard
Antoine-Jean-Marie
1733-1815
Ministre de la Marine.
• 1791: 17 mars •

Thévenet
François Marie
1845-1910
Homme politique, ministre.
• 1889: 22 février • 1892: 16-22 décembre • 1893: 27 janvier •

Thibaud
Jacques
1880-1953
Violoniste.
• 1953: 1er septembre •

Thibaud Ier de Champagne III de Blois
† 1089
Fils d'Eudes II, comte de Blois. Comte de Chartres et de Blois de 1037 à 1089. Comte de Troyes et de Meaux de 1063 à 1089.
• 1037: 15 novembre • 1041: [début] • 1042 • 1044: 21 août • 1048: 23 mai • 1049: 1er octobre; autres événements • 1054: février; 3 avril • 1058: [début]; 15 août • vers 1060 • 1063-1065 • 1066: 29 septembre • 1067: 4 avril • 1068: juin • 1074: autres événements • 1077: printemps • 1081: novembre • 1082 • 1089: 29 septembre •

Thibaud II de Blois
† 1004
Fils d'Eudes Ier, comte de Blois. Comte de Blois de 996 à 1004.
• 997: hiver • 1004: juillet •

Thibaud II de Champagne IV de Blois
† 1152
Fils d'Étienne-Henri, comte de Blois. Comte de Blois (IV)-Troyes-Champagne (II).
• 1107: été • 1111: août • 1115: dans *Saint Bernard et son entourage* en juin • 1115: 28 mars • 1116 • 1125: [début] • 1127: autres événements • 1128: printemps • 1133: 23 mars • 1135: 15 ou 22 décembre • 1137: *introduction Louis VII*; fin août; automne • 1138: fin mars-début avril • 1140: 2 juin; autres événements • 1141: 2 février; 26 mai; 24 juin • 1142: janvier;

été-automne • 1143: printemps; 9 octobre • 1152: 8 janvier •

Thibaud III de Champagne
† 1201
Fils d'Henri le Libéral. Comte de Champagne.
• 1192: autres événements • 1195: autres événements • 1198: autres événements • 1201: avril; 24 mai • 1216: juillet •

Thibaud IV de Champagne Ier de Navarre
1201-1253
Fils de Thibaud III de Champagne. Comte Thibaud IV de Champagne de 1222 à 1253. Roi Thibaud Ier de Navarre de 1234 à 1253.
• 1201: 24 mai • 1213: 21 novembre • 1216: juillet • 1219: avril • 1222: autres événements • 1225: autres événements • 1226: *introduction Louis IX* • 1226-1227 • 1227: mars • 1230: juillet-septembre • 1233: autres événements • 1234: 8 mai; septembre • 1236: 8 juin; juillet • 1239: août • 1252: 15 novembre •

Thibaud V de Blois
Fils de Thibaud II/IV de Blois-Troyes-Champagne. Comte de Blois et Chartres en 1152. Sénéchal en 1154.
• 1137: *introduction Louis VII* • 1154: autres événements • 1158: 23 novembre • 1164: autres événements • 1171: 26 mai •

Thibaud V de Champagne II de Navarre
† 1270
Fils de Thibaud IV/Ier de Champagne et roi de Navarre. Comte Thibaud V de Champagne et roi Thibaud II de Navarre de 1253 à 1270.
• 1226: *introduction Louis IX* • 1255: autres événements • 1258: autres événements • 1267: octobre • 1270: 4 décembre •

Thibaud le Tricheur de Blois
† 975
Comte de Blois et de Chartres de 940 environ à 975. Vicomte de Tours.
• 936: *introduction Louis IV d'Outremer* • 945: 13 juillet • vers 950 • 952: autres événements • 954: *introduction Lothaire III* • 958-960 • 959: 3 avril • 961: janvier-7 avril • 962: avril-mai • 975: 16 janvier •

Thibaudeau
Antoine-Claire
1765-1854
Homme politique.
• 1794: 3 décembre • 1795: 20 juillet; 22 octobre • 1797: 29 mai; 14 juillet; 1er août; 21 août • 1815: 24 juillet • 1831: 30 mai •

Thibaudet
Albert
1874-1936
Critique littéraire.
• 1921: octobre • 1927: autres événements •

Thibaudin
Jean
1822-1905
Général. Ministre.
• 1883: 29 janvier; 21 février; 5 octobre •

Thibault
Anne
1747-1813
Évêque constitutionnel du Cantal. Député.
• 1789: dans *Les curés font la Révolution* en juin •

Thibault de Courville
Joachim
vers 1535-1581
Fondateur de l'Académie de poésie et de musique.
• 1537: dans *Les Baïf* dans autres événements • 1570: 10 novembre •

Thibaut
Évêque d'Amiens.
• 975: juillet •

Thiébaut Ier
† 1220
Fils de Ferri II, duc de Lorraine. Duc de Lorraine.
• 1206: septembre • 1216: juillet •

Thièlement
Séraphin
Secrétaire du roi.
• 1593: 16 janvier •

Thienen
Renier Van
Sculpteur.
• 1483-1500 •

THIERRY
Abbé de Jumièges.
• 1001: autres événements • 1010-1027 •

THIERRY
Duc de Haute-Lorraine de 978 à 1026/1027.
• 1011 •

THIERRY
Moine de Fleury.
• 1010-1018 •

THIERRY
Évêque de Verdun de 1046 à 1089.
• 1046: autres événements •

THIERRY
Augustin
1795-1856
Historien.
• 1814: 3 décembre • 1820: 23 juillet • 1821: février; dans *Saint-Simon* au 3 mars • 1823: dans *Le drame historique* en mars • 1825: 7 mai; dans *Le récit historique* au 7 mai • 1827: 6 juin; *biographie* au 6 juin • 1834: octobre • 1840: 14 mars • 1842: 27 août • 1855: 7 juillet •

THIERRY
Joseph
1857-1918
Ministre.
• 1913: 22 mars • 1917: 20 mars •

THIERRY Ier
† 533
Fils de Clovis, roi des Francs. Roi des Francs de Cologne. Roi des Francs de Reims de 511 à 533.
• vers 481: *introduction Clovis* • vers 500-501 • 506-508 • 508: 24 juin • 511: *introduction De quatre à un royaume franc* • 511-533 •

THIERRY Ier
Comte de Bar.
• 1100-1103 •

THIERRY Ier DE METZ
965-985
Évêque de Metz de 965 à 984.
• 978: juin • 984: 26 mars •

THIERRY II
† 613
Fils de Childebert II, roi d'Austrasie et de Bourgogne. Roi de Bourgogne de 596 à 612. Roi de Bourgogne et d'Austrasie de 612 à 613.
• 590-594: dans *Colomban* • 596-613 •

THIERRY II DE METZ
Beau-frère d'Henri II, roi de Germanie. Évêque de Metz de 1006 à 1047.
• 1005: 13 décembre • 1009 • 1011 • 1047 •

THIERRY III
† 690/691
Fils de Clovis II, roi de Neustrie et Bourgogne. Roi de Neustrie-Bourgogne en 673, et de 675 à 690/691. Roi de Neustrie-Bourgogne-Austrasie de 681 à 690/691.
• 639: dans *Deux royaumes francs* au 19 janvier • 657: 11 septembre-10 novembre • 673 • 675-690/691 •

THIERRY IV
† 737
Fils de Dagobert III. Roi de Neustrie-Austrasie-Bourgogne de 721 à 737.
• 721-737 •

THIERRY D'ALSACE
Comte de Flandre de 1128 à 1168.
• 1128: 6-10 mai; 27 juillet • 1146: 29-31 mars • 1149: autres événements •

THIERRY DE CHARTRES
Auteur.
• 1150: autres événements •

THIERS
Adolphe
1797-1877
Historien. Président du Conseil. Président de la IIIe République de 1871 à 1873.
• 1821: dans *Les doctrinaires* en octobre • 1829: 1er juillet • 1830: 3 janvier; dans *Armand Carrel* au 3 janvier • 1830: 26 juillet; 30 juillet; *introduction La monarchie de Juillet*; 15-31 août; dans *Barrot* au 19 octobre; 4 novembre • 1832: 11 octobre; 31 décembre • 1833: 27 juin • 1834: 4 avril; 13 avril; 29 octobre; 4 novembre; 18 novembre; 1er décembre • 1835: 12 mars; 17 mai • 1836: 22 février; *biographie* au 22 février; 18 mars; juin; 10 juin; 12 août; dans *Molé* au 6 septembre; dans *Les « barons du fer » : Schneider, Wendel, de Dietrich* dans autres événements • 1837: 12-17 janvier; 29 novembre; 18 décembre • 1838: 13-15 mars • 1839: 11-29 mars; 16 avril;

23 avril; 28 avril; 14 mai • 1840: 9-15 janvier; 1er mars; 24 mars; 14-16 avril; 16 mai; 24 juin; août-septembre; 1er août; 2-7 octobre; 9 octobre; 20 octobre • 1841: 13 avril • 1842: 22 janvier; 18-20 août • 1843: dans *Louis Veuillot* en juillet • 1844: 13 juillet • 1845: 2-3 mai; 25 décembre • 1846: 21 février; 16 mars; 28 mai; 28 août • 1848: 13 février; 23 février; 24 février; *introduction La IIe République*; 23-24 avril; 2 mai; 4-5 juin; 24 juillet-5 août • 1849: 4 janvier; 12 juin; 18 juin; 24 décembre • 1851: 18 janvier; dans *Le coup d'État du 2 Décembre: fin de la IIe République* au 2 décembre • 1852: 20 août; *introduction Le Second Empire* • 1860: dans *Chasseloup-Laubat* au 26 novembre • 1861: dans *Fould* au 29 septembre • 1863: 31 mai-1er juin • 1864: 11 janvier • 1866: 3 mai; 2 juin • 1867: 5 décembre • 1868: dans *Rochefort* au 30 mai • 1869: 23-24 mai, 6-7 juin • 1870: 15 juillet; 17 août; 4 septembre • 1870: *introduction La IIIe République dela chute du Second Empire à la Première Guerre mondiale*; 12 septembre; 1er-5 novembre • 1871: 8 février; dans *Tolain* au 8 février; 17 février; 19 février; 21-24 février; 28 février; 10 mars; 15 mars; 17 mars; 25 mars; 27 mars; 5 avril; 6 avril; 16 avril; 25 avril; 29 avril; 10 mai; 22 juillet; dans *Jules Favre* au 22 juillet; 28 août • 28 août 1871-24 mai 1873 • 1973: 29 septembre • 1874: 26 mars; 23-29 juillet • 1876: 20 février-5 mars; dans *Jules Simon* au 13 décembre • 1877: 8 septembre; 26 septembre • 1878: 3 septembre • 1879: dans *Jules Grévy* au 30 janvier • 1880: dans *Jules Ferry* au 25 septembre • 1883: dans *Louise Michel* au 9 mars; 1892: dans *Alexandre Ribot* au 7 décembre • 1894: dans *Jean Casimir-Perier* au 27 juin • 1906: dans *Clemenceau* au 13 mars •

THIERS
Jean-Baptiste
1636-1703
Auteur.
• 1679: autres événements •

THIESSÉ
Léon
1793-1854
Journaliste.
• 1817: 18 septembre • 1818: février •

THIMONNIER
Barthélemy
1793-1857
Inventeur.
• 1830: autres événements; *biographie* dans autres événements •

THIRIOT
Jean
Architecte.
• 1627: 26 décembre •

THIROUX DE CROSNE
Louis
1736-1794
Lieutenant général de police de Paris.
• 1785: 11 août • 1794: 28 avril •

THIS
Bernard
Né en 1928
Médecin et psychanalyste.
• 1961: octobre •

THOM
René
Né en 1923
Mathématicien.
• 1958: août •

THOMAS
† 1133
Prieur de Saint-Victor.
• 1133: autres événements •

THOMAS
Albert
1878-1932
Ministre. Président du BIT.
• 1904: 18 avril • 1915: 19 mai; *biographie* au 19 mai • 1915: novembre • 1916: 22 avril; 12 décembre; dans *Les patrons de l'industrie et la Première Guerre mondiale* au 12 décembre • 1917: 17-18 janvier; 20 mars • 1926: dans *Robert Pinot* au 24 février •

THOMAS
Albert
1847-1907
Architecte.
• 1900: 14 avril •

THOMAS
Ambroise
1811-1896
Compositeur.
• 1846: dans *L'opéra-comique* au 9 novembre •

THOMAS
Clément
1809-1871
Général, Commandant de la Garde nationale.
• 1870: 1er novembre • 1871: 18 mars •

THOMAS
Eugène
Ministre.
• 1946: 16 décembre • 1949: 28-29 octobre • 1950: 7 février • 1958: 9 juin •

THOMAS
Henri
1912-1993
Écrivain.
• 1947: avril • 1951: avril • 1960: novembre • 1961: autres événements • 1963: mai • 1985: 11 septembre • 1992: novembre •

THOMAS
Pierre Émile
1822-?
Ingénieur et publiciste.
• 1848: 6 mars; 24 mai •

THOMAS BASIN
Auteur.
• 1484: autres événements •

THOMAS BECKET
Saint
1120-1170
Chancelier du roi d'Angleterre en 1154. Archevêque de Canterbury de 1161 à 1170.
• 1137: *introduction Louis VII* • 1158: 31 août; *biographie* au 31 août • 1164: 2 novembre • 1166: 12 juin; novembre • vers 1170 • 1170: 22 juillet; 29 décembre • 1172: 21 mai • 1179: août •

THOMAS BOSHAM
Auteur.
• 1148: dans *Les Victorins* au 24 août •

THOMAS D'AQUIN
Saint
1225-1274
Dominicain. Théologien.
• 1240: autres événements; *biographie* dans autres événements • 1258: autres événements • 1277: 7 mars • 1316-1318 • 1325: autres événements • 1369: fin janvier • 1638: dans *Le jansénisme* au 6 mai •

THOMAS DE LOCHES
Auteur.
• vers 1160 •

THOMAS DE MARLE
Sire de Coucy.
• 1102-1103 • 1103 • 1114: 6 décembre • 1115: 28 mars • 1130: octobre •

THOMAS DE MARLE
• 1239: juin •

THOMAS DE MONTAGU
† 1428
Comte de Salisbury.
• 1428: 12 octobre •

THOMAS DE SAVOIE
† 1259
Comte de Flandre et de Hainaut de 1233 à 1244.
• 1233: 27 juillet • 1255: 23 novembre •

THOMAS DE SAVOIE
1596-1656
Fils de Charles-Emmanuel Ier duc de Savoie. Prince de Carignan.
• 1622: 6-18 décembre • 1637: 8 septembre • 1639: avril-octobre • 1642: 14 juin • 1646: juin-octobre •

THOMELIN
Jacques
† 1693
Organiste.
• 1693: 26 décembre •

THOMSON
Gaston
1848-1932
Ministre.
• 1905: 24 janvier • 1906: 13 mars; 22 octobre • 1908: 22 septembre • 1914: 13 juin; 26 août •

THOREZ
Maurice
1900-1964
Homme politique.
• 1930 : 23 avril ; *biographie* au 23 avril • 1931 : décembre • 1933 : 15 janvier • 1934 : 24 octobre • 1935 : 6 décembre • 1936 : 22-25 janvier ; 17 avril ; 11 juin ; 23, 30 octobre • 1938 : 21 novembre • 1939 : 1er-7 octobre • 1940 : dans *De Gaulle* au 18 juin • 1944 : dans *Le « Parti des fusillés »...* au 28 août ; *introduction Du Gouvernement provisoire à la IVe République* ; 27-30 novembre • 1945 : 18 janvier ; 21-23 janvier ; 28 avril ; 21 juillet ; 13-19 novembre • 1946 : 22 janvier ; 23-29 janvier ; 6-8 avril ; 19-26 juin ; 4 décembre • 1947 : 22 janvier ; 1er mai ; 4 mai ; 22-27 septembre • 1949 : 23-24 février • 1950 : 2-6 avril • 1955 : mars • 1964 : 11 juillet •

THORIGNY
René François Élisabeth Tiburce de
1798-1864
Homme politique, ministre.
• 1851 : 26 octobre •

THOU
Augustin de
Avocat du roi.
• 1581 : 4 juillet •

THOU
Christophe de
1508-1582
Premier président au Parlement de Paris.
• 1581 : 4 juillet • 1583 : 7 mars • 1604 : dans *de Thou* dans autres événements •

THOU
François-Auguste de
1607-1642
Conseiller d'État.
• 1642 : 13 juin ; 12 septembre ; dans *Les conjurateurs* au 12 septembre •

THOU
Jacques-Auguste de
1553-1617
Fils de Christophe de Thou. Magistrat et historien.
• 1557 : dans *Cujas* dans autres événements • 1574 : *introduction Henri III* • 1586 : autres événements • 1588 : 12 mai • 1588 : mi-juillet • 1589 : février ; *introduction Henri IV* • 1594 : 6 mars • 1595 : janvier • 1604 : autres événements ; *biographie* dans autres événements • 1616 : autres événements ; dans *Les libertins érudits* dans autres événements •

THOUMYRE
Robert
1883-1947
Ministre.
• 1930 : 13 décembre •

THOURET
Anthony
1807-1871
Journaliste et homme politique.
• 1848 : 4 septembre-27 octobre •

THOURET
Jacques-Guillaume
1746-1794
Avocat.
• 1789 : dans *Les monarchiens* au 10 septembre ; 12 septembre ; 29 septembre ; 3 novembre • 1791 : 22 mars ; 5 août • 1794 : 22 avril •

THOUVENEL
Édouard-Antoine
1818-1866
Homme politique, ministre.
• 1860 : 4 janvier • 1862 : 15 octobre •

THOUVENEL
Pierre
1747-1815
Médecin.
• 1780 : autres événements •

THUREAU-DANGIN
Paul
1837-1913
Historien.
• 1884 : 10 mai • 1906 : 26 mars •

THURIOT
Jacques-Alexis
1753-1829
Avocat. Député.
• 1792 : 5 décembre ; 16 décembre • 1793 : 4 juin ; 25 juin ; 10 juillet ; 25 septembre ; 1er octobre ; 12 novembre ; 13 novembre • 1794 : 29 juillet • 1795 : 5 avril •

THURN VON VALSSASSINA
Heinrich-Mathias, comte de
1580-1640
Révolté tchèque.
• 1618: 23 mai •

TIBERI
Jean
Né en 1935
Homme politique.
• 1995: 16 mai • 1996: 27 juin • 2000: avril •

TIBERIUS II
† 582
Empereur byzantin de 578 à 582.
• 561: *introduction De quatre à un royaume franc* •

TIEN-AN-MEN
Massacre de la place
1989
• 1989: 6 juin •

TIEN-TSIN
Traités franco-chinois de
1884, 1885
• 1884: 11 mai • 1885: 9 juin •

TIERS PARTI
• Voir Politiques • Malcontents •

TILLAYE
Louis Charles
1847-1913
Homme politique, ministre.
• 1898: 20 juin; 17 septembre •

TILLION
Germaine
Née en 1907
Ethnologue. Résistante.
• 1957: juillet •

TILLON
Charles
1897-1993
Homme politique. Ministre.
• 1940: 10 avril • 1944: 9 septembre • 1946: 23-29 janvier; 19-26 juin • 1947: 22 janvier; 4 mai • 1952: 1er septembre • 1970: 3 juin •

TILLY
Jean Tserclaes, comte de
1559-1632
Commandant des armées impériales.
• 1610: *introduction Louis XIII* • 1620: 8 novembre • 1626: avril-août • 1630: juillet-août • 1631: 20 mai; 17 septembre-20 décembre • 1632: 15 avril-23 août •

TILSITT
Traités de
• 1806: avril •1807: 7 juillet; 9 juillet • 1810: 30 décembre •

TIMON
• Voir Cormenin •

TINCHEBRAY
Bataille de
1106
• 1106: 28 septembre •

TINÉE
Église Saint-Étienne de
• 1485-1490 •

TINGUELY
Jean
1925-1991
Peintre et sculpteur suisse.
• 1954: mai • 1955: 6 avril • 1960: 13 mai; 27 octobre; dans *Le Nouveau Réalisme* au 27 octobre • 1982: autres événements • 1989: 13 juillet •

TIRARD
Pierre-Emmanuel
1827-1893
Homme politique. Président du Conseil.
• 1879: 1er mars; 28 décembre • 1880: 25 septembre • 1882: 30 janvier; 7 août • 1883: 21 février • 1887: 12 décembre • 1888: 30 mars • 1889: 22 février; 4 septembre • 1890: 13 mars • 1892: 14 décembre •

TISO
Mgr Jozef
1887-1947
Président du conseil de Slovaquie.
• 1939: 12-16 mars •

TISSIER
Gustave
• 1933 : 23 décembre ; dans *L'affaire Stavisky* au 23 décembre •

TISSIER
Pierre
Haut fonctionnaire.
• 1940 : 16 novembre •

TISSIER
Raymond
Né en 1906
Officier.
• 1940 : 7 août •

TISSOT
Samuel
1728-1797
Médecin suisse.
• 1754 : autres événements • 1760 : autres événements • 1762 : autres événements • 1768 : autres événements • 1770 : autres événements •

TISZA
Istvan
1861-1918
Homme d'État slovaque.
• 1914 : 7-8 juillet •

TITE-LIVE
59 avant J.-C.-17 après J.-C.
Auteur latin.
• 1559 : dans *Amyot* dans autres événements •

TITIEN
Tiziano Vecellio, dit le
vers 1488-1576
Peintre italien.
• 1535 : dans *L'art du portrait* dans autres événements • 1538 : autres événements • 1612 : autres événements • 1661 : dans *Mazarin collectionneur* au 9 mars • 1671 : 12 juin •

TITO
Josip Broz, dit
1892-1980
Maréchal. Président de la Yougoslavie.
• 1940 : dans *De Gaulle* au 18 juin • 1948 : 28 juin • 1958 : *introduction La Ve République : La République gaullienne* •

TITON
Jean-Baptiste-Maximilien
Conseiller au Parlement.
• 1732 : 14 mai •

TITON DU TILLET
Evrard
1677-1762
Auteur.
• 1679 : dans *Marin Marais* au 1er août •

TIXIER
Adrien
1893-1946
Ministre.
• 1943 : 3-7 juin • 1944 : 2 septembre ; 5 septembre ; 9 septembre ; 27 décembre •

TIXIER-VIGNANCOUR
Jean-Louis
1907-1989
Avocat et homme politique.
• 1935 : dans *Henri Dorgères* en mars • 1939 : 12 décembre • 1943 : 3-7 juin ; 9 novembre • 1944 : 2 septembre ; 5 septembre ; 9 septembre • 1961 : dans *L'Algérie française et l'extrémisme* au 22-25 avril • 1964 : 10 mai • 1965 : 5 décembre •

TJIBAOU
Jean-Marie
1936-1989
Indépendantiste kanak.
• 1988 : 26 juin • 1989 : 4 mai ; *biographie* au 4 mai •

TNP
(Théâtre national populaire)
• 1947 : *Jean Vilar et le TNP* en juin • 1963 : 21 février •

TOBAGO
• 1803 : 22 juin •

TOCQUEVILLE
Alexis de
1805-1859
Écrivain et historien. Ministre.
• 1826 : 22 avril • 1833 : février • 1835 : 16 janvier ; *biographie* au 16 janvier • 1837 : novembre • 1840 : avril • 1842 : 18-20 août • 1843 : 5 juillet • 1846 : juin ; novembre • 1847 : 2 juin ; 9 juillet • 1848 : 29 janvier ; 23-24 avril ; 17 mai-17 juin • 1849 : 2 juin ; 12 juin • 1851 : 9 juillet ; dans *Le coup d'État*

TONE
Wolfe
1763-1798
Révolutionnaire irlandais.
• 1796: 24 février • 1798: 23 mai •

TONKIN
• 1883: 25 août; 16 novembre; 10 décembre • 1884: mars-juin; 11 mai; 6 juin; 15 juin; 12 juillet; 10-11 octobre • 1885: 13 février-28 mars; 26 mars; 30 mars; 31 mars; 4 avril; 4 juin; 24 novembre; 13 décembre • 1886: janvier; 27 novembre • 1898: 1er août • 1908: 6 juin • 1944: 29 octobre • 1945: 29-août-2 septembre • 9 septembre • 1946: 6 mars; dans *La guerre d'Indochine* au 19 décembre •

TOPINO-LEBRUN
François-Jean-Baptiste
1769-1801
Peintre.
• 1800: 10 octobre • 1801: 30 janvier •

TORCH
Opération
Débarquement allié en Afrique du Nord.
• 1942: 26 juillet; 8 novembre •

TORCY
Jean-Baptiste Colbert, marquis de
1665-1743
Fils de Charles Colbert de Croissy. Secrétaire d'État aux Affaires étrangères.
• 1661: dans *Colbert* au 12 septembre; dans *La diplomatie* au 10 octobre • 1684: dans *Les mémorialistes de Versailles* au 1er avril • 1696: 28 juillet; *biographie* au 28 juillet • 1700: 10 novembre • 1711: juillet • 1715: 22 septembre • 1721: 21 novembre •

TORFOU
Bataille de
1793
• 1793: dans *La guerre de Vendée* au 10 mars; dans *La Rochejaquelein* au 13 avril; dans *Charette* au 9 juin; dans *D'Elbée* au 19 juillet; 19 septembre •

TORNÉ
Pierre-Athanase
1727-1797
Évêque constitutionnel de Bourges.
• 1792: 28 avril •

TORONI
Niele
Né en 1937
Peintre.
• 1972: 16 mai •

TORRÈS
Henry
1899-1966
Avocat. Homme politique.
• 1926: 25 mai • 1936: 11-27 février •

TORRES-GARCIA
1874-1949
Peintre.
• 1930: avril; dans *Abstraction-Création* en avril •

TORRIGTON
Arthur Herbert, comte de
1647-1716
Amiral britannique.
• 1690: 10 juillet •

TORSTENSSON
Lennart
1603-1651
Commandant général des armées suédoises.
• 1632: 17 novembre • 1641: 20 mai • 1642: 2 novembre-4 décembre • 1643: 5 mars-5 mai •

TORT
Patrick
Né en 1952
Historien des sciences.
• 1996: janvier •

TOTAL-FINA
Société pétrolière.
• 1998: 30 novembre • 1999: 5 juillet • 2000: 12 décembre •

TOUBON
Jacques
Né en 1941
Homme politique, ministre.
• 1992: 29 mars • 1995: 18 mai; 7 novembre •

TOUCHET
Marie
1549-1638
Maîtresse de Charles IX roi de France. Épouse de François d'Entragues.
• 1573: 28 avril • 1599: 10 avril •

Toukhatchevski
Mikhaïl
1893-1937
Maréchal soviétique.
• 1937: 11 juin •

Toulon
• 1792: *introduction La République jacobine* • 1793: 12 juillet; 23 juillet; 27 août; 2 septembre; 19 décembre; 24 décembre • 1794: 1er février • 1795: 10 juin • 1799: *introduction Napoléon Bonaparte* • 1815: 24 juillet; 31 juillet • 1845: mars •

Toulon
Sabordage de la flotte à
• 1942: 27 novembre • 1946: 12-14 août •

Toulouse
Cathédrale de
• 1211: autres événements •

Toulouse
Église Saint-Étienne de
• 1272: autres événements •

Toulouse
Église des Jacobins de
• 1275: autres événements •

Toulouse
Édouard
Psychiatre.
• 1920: 8 décembre • 1932: 29 juin •

Toulouse
Louis-Alexandre, comte de
1678-1737
Fils légitimé de Louis XIV et de Mme de Montespan.
• 1643: *introduction Louis XIV* • 1669: dans *Mme de Montespan* dans autres événements • 1678: 8 juin • 1681: 14 novembre • 1683: 18 novembre • 1694: 5 mai • 1704: août; autres événements • 1711: 29 juillet • 1714: 29 juillet; 2 août • 1715: 23 mai; dans *Mme de Maintenon* au 25 août; *introduction Louis XV*; 1er octobre • 1717: 28 février; 14 mai; 6 juin; 1er juillet • 1723: 26 avril • 1756: autres événements •

Toulouse-Lautrec
Henri de
1864-1901
Peintre et lithographe.
• 1886: *biographie* dans *Le post-impressionnisme* dans autres événements • 1907: dans *Picasso* en juillet • 1920: dans *Modigliani* au 24 janvier •

Tour de France (le)
Course cycliste.
•1903: 1er-18 juillet • 1948: 25 juillet • 1953: 26 juillet • 1957: février • 1998: 8 juillet •

Touraine
Alain
Né en 1925
Sociologue.
• 1955: juin •

Tourgueniev
Ivan
1818-1883
Écrivain russe.
• 1840: dans *Mérimée* au 1er juillet • 1843: 13 mai • 1880: janvier •

Touring Club de France
• 1865: autres événements •

Tournefort
Joseph Pitton de
1656-1708
Botaniste.
• 1694: autres événements •

Tournier
Michel
Né en 1924
Écrivain.
• 1967: mars • 1970: novembre • 1975: avril •

Tournier
Nicolas
vers 1590-1667
Peintre.
• 1613: dans *Les caravagesques français* à fin 1613 ou début 1614 •

Tournon
François de
1489-1562
Cardinal.

TOUSTAIN
Charles François
1700-1754
Bénédictin. Érudit.
• 1750: autres événements •

TOUSTAIN DE RICHEBOURG
Gaspard François
1716-1800
Homme de lettres.
• 1800: 18 janvier •

TOUVIER
Paul
1915-1996
Milicien.
• 1943: septembre • 1944: 28 juin • 1972: 23 novembre • 1981: *introduction La Ve République: De la France mitterrandienne aux cohabitations politiques* • 1989: 24 mai • 1992: 13 avril •1994: 17 mars •

TRAFALGAR
Bataille de
• 1805: 21 octobre • 1806: avril • 1808: juin •

TRAITE DES NOIRS
• 1664: 28 mai • 1702: autres événements • 1713: 11 avril • 1716: 11 mars • 1788: 19 février • 1790: 21 janvier; 8 mars • 1815: 1er avril; dans *Hyde de Neuville* au 3 novembre; 20 novembre • 1817: 8 janvier • 1818: 15 avril •1822: 28 mars • 1827: 25 avril • 1831: 4 mars; 30 novembre • 1834: 8 août • 1841: 20 décembre • 1842: 20 février • 1843: 1er février • 1845: 29 mai • 1884: 15 novembre 1884-26 février 1885 • Voir aussi Esclavage des Noirs •

TRANS
Bataille de
939
• 939 •

TRANSNONAIN
Massacre de la rue
1834
• 1834: 14 avril •

TRAPANI
Comte de
• 1845: 8 septembre •

TRARIEUX
Jacques-Ludovic
1840-1904
Avocat et homme politique, ministre. Fondateur de la Ligue française pour la défense des droits de l'homme et du citoyen.
• 1895: 27 janvier • 1898: 6 janvier; 4 juin; 29 août •

TRASSARD
Jean-Loup
Né en 1933
Écrivain.
• 1967: octobre •

TRAUTMANN
Catherine
Née en 1951
Ministre.
• 1997: 4 juin • 2000: 27 mars •

TRAVERS
Nicolas
† 1750
Prêtre. Écrivain.
• 1744: autres événements •

TRAVOT
Jean-Pierre
1767-1836
Général.
• 1816: 2-12 janvier •

TRÉAND
Maurice
1900-1949
Responsable communiste.
• 1940: dans *Communistes et occupants* au 19 juin •

TRÉBIZONDE
Georges de
• 1523: dans *Lefèvre d'Étaples, l'Érasme français* dans autres événements •

TREBLINKA
Camp d'extermination
• 1941: novembre; 8 décembre • 1942: dans *Drancy-Auschwitz* au 27 mars • 1943: 19 avril •

TREILHARD
Jean-Baptiste
1742-1810
Avocat. Député à la Convention. Directeur.
• 1789: 17 décembre • 1790: 5 février; 30 mai; dans *La constitution civile du clergé* au 12 juillet; dans *Le serment: clergé constitutionnel et clergé réfractaire* au 27 novembre • 1791: 2 janvier; 1er mars; 7 mai; dans *Liberté du culte et clergé constitutionnel* au 7 mai; 19 mai; 9 août; 30 décembre • 1793: 1er janvier; 7 avril • 1794: *introduction La République thermidorienne*; 29 juillet • 1797: 4 juin; 8 septembre • 1798: 9 mars; 15 mai • 1799: 16 juin; 17 juin; 15 juillet; 18 août •

TRÉLAT
Ulysse
1798-1879
Médecin. Homme politique, ministre.
• 1830: 30 juillet • 1833: 22 octobre • 1835: 11 mai • 1848: 11 mai; 24 mai; *biographie* au 24 mai; 7 juin; 22 juin •

TREMBLAY-DUPRÉ
Thérèse
Pscychanalyste.
• 1961: octobre •

TRÉMINTIN
Pierre
1876-1966
Homme politique.
• 1940: dans *Les quatre-vingts* au 10 juillet •

TRENCAVEL
• Voir Raimon Trencavel.

TRENTE
Concile de
1545-1563
• 1543: janvier-juillet • 1545: 13 décembre • 1547: 15 mai • 1548: septembre • 1550: 13 novembre • 1551: juillet-octobre; autres événements • 1560: *introduction Charles IX*; dans *L'iconoclasme* dans autres événements • 1563: décembre • 1564: autres événements • 1566: septembre • 1568: juin • 1584: 31 décembre • 1589: *introduction Henri IV* • 1605: 5 décembre • 1610: *introduction Louis XIII*; 6 juin • 1615: 23 février; 24 mars; mai-août • 1618: dans *Le siècle des saints* au 7 novembre • 1627: dans *Le héros baroque et le duel* au 22 juin • 1638: dans *Saint-Cyran* au 14 mai •

TRENTE ANS
Guerre de
1618-1648
• 23 mai 1618-24 octobre 1648 • 1648: dans *Les traités de Westphalie* au 24 octobre • 1672: dans *Duquesne* au 7 juin •

TRENTE GLORIEUSES (LES)
• 1946: *introduction La IVe République* • 1958: *introduction La Ve République: La République gaullienne* • 1969: *introduction La Ve République: De l'héritage du gaullisme à la victoire de la gauche* • 1979: 24 février; dans *Fourastié* au 24 février •

TRÉPONT
Jean-Baptiste
Préfet du Nord.
• 1916: janvier •

TRESSO
Pietro, dit Blasco
1893-1943
Fondateur du parti communiste italien.
• 1943: 1er octobre •

TRÉZEL
Camille-Alphonse
1780-1860
Général. Ministre.
• 1835: 26 juin • 1847: 9 mai •

TRIBOULET
Raymond
Né en 1906
Ministre.
• 1955: 23 février; 6, 20 octobre • 1959: 9 janvier • 1960: 5 février • 1961: 24 août • 1962: 14 avril; 7 décembre •

TRIBUNAL RÉVOLUTIONNAIRE
• 1792: *introduction La République jacobine* • 1793: 9 mars; 10 mars; 17 mars; 27 mars; 5 avril; 6 avril; 4 juin; 10 juillet; 17 juillet; 31 juillet; 11 août; 25 août; 28 août; 5 septembre; dans *La Terreur* au 5 septembre; 17 septembre; 26 septembre; 3 octobre; 5 octobre; 6 octobre; 26 décembre • 1794: 26 février; 13 mars; 2 avril; 15 avril; 5 mai; 10 juin; 1er août; 1er novembre; 18 décembre; 28 décembre • 1795: 8 janvier; 31 mai •

Tribune des départements (La)
Journal.
• 1829: 8 juin •

Tribune du peuple (La)
Journal.
• 1849: 13 juin •

Tricot
Bernard
1920-2000
Haut fonctionnaire.
• 1958: 9 juin • 1959: 9 janvier •

Tridon
Gustave
1841-1871
Journaliste. Membre de la Commune de 1871.
• 1871: 29 mars; 15 mai; *biographie* au 15 mai •

Triolet
Elsa
1896-1970
Écrivain français d'origine russe.
• 1932: octobre • 1936: dans *Aragon* au 9 décembre • 1944: 1er novembre • 1945: 2 juillet •

Tripier
Jeanne
1869-1944
Brodeuse.
• 1948: juin •

Triple-Alliance (Triplice)
Alliance entre l'Italie, l'Autriche et l'Allemagne.
• 1870: *introduction La IIIe République: De la chute du Second Empire à la Première Guerre mondiale* • 1882: 20 mai • 1883: 30 octobre • 1891: 6 mai • 1892: 18 août • 1914: *introduction La IIIe République: D'une guerre à l'autre* • 1915: 26 avril •

Triple-Entente
Alliance entre la France, la Grande-Bretagne et la Russie.
• 1870: *introduction La IIIe République: De la chute du Second Empire à la Première Guerre mondiale* • 1907: 31 août • 1914: *introduction La IIIe république: D'une guerre à l'autre*; 7 septembre • 1915: 24 avril; 26 avril • 1917: 10 janvier •

Trissin
1491-1558
Auteur.
• 1637: dans *Corneille* au début janvier •

Tristan
Flora
1803-1844
Femme de lettres. Militante féministe.
• 1828: dans *Le saint-simonisme* en décembre • 1840: 16 mai; *biographie* au 16 mai • 1845: 22 novembre •

Tristan L'Hermite
François L'Hermite, dit
vers 1600-1655
Auteur.
• 1623: dans *Théophile de Viau* au 16 septembre • 1636: printemps; *biographie* au printemps • 1649: dans *Mazarinades* au 20 juillet • 1651: dans *Scarron* en septembre • 1654: dans *Cyrano de Bergerac* dans autres événements •

Triumvirat
• Voir Guise, François de • Montmorency, Anne de • Saint-André, Jacques d'Albon de •

Triumvirat
• Voir Aiguillon, Emmanuel-Armand de Vignerot du Plessis de Richelieu, duc d' • Maupeou, René-Nicolas • Terray, Joseph-Marie •

Triumvirat
• Voir Barnave, Antoine • Duport, Adrien • Lameth, Alexandre de •

Trivulce
Jean-Jacques (Giovanni Trivulzio)
Commandant d'armées.
• 1495: 6 juillet • 1499: 18 juillet • 1500: fin mars; fin mai • 1511: mai •

Trivulzio
Cristina, princesse de Belgiojoso
1808-1871
• 1842: 27 août •

Trocadéro
Palais du
• 1878: 1er mai •

TROCADÉRO
Prise de
1823
• 1823: 31 août •

TROCHU
Louis-Jules
1815-1896
Général.
• 1870: 17 août; 4 septembre; *introduction La IIIe République: De la chute du Second Empire à la Première Guerre mondiale*; 19-20 septembre; 31 octobre; 29-30 novembre • 1871: 4 janvier; 7 janvier; 19 janvier; 21 janvier; 8 février • 1876: dans *Jules Simon* au 13 décembre •

TROIS ÉVÊCHÉS (LES)
Metz, Toul, Verdun.
• 1547: *introduction Henri II* • 1552: avril-novembre • 1556: 16 janvier • 1559: avril • 1647: dans *Les traités de Westphalie* au 24 octobre • 1679: 5 février •

TROIS GLORIEUSES
• Voir Révolution de 1830 •

TROISFONTAINES
Abbaye de
• 1118: autres événements •

TROISIÈME FORCE
1932
Mouvement politique.
• 1932: octobre; dans *Les fondateurs d'Esprit* en octobre •

TROISIÈME FORCE
1947
• 1946: *introduction La IVe République* • 1947: 16 octobre: 30 octobre; 12 novembre • 1948: 25 août • 1951: 7 mai; 20-21 septembre •

TROLLOP
Sir Francis
• Voir Paul Féval •

TROMP
Maarten-Harpertzoon
1597-1653
Amiral hollandais.
• 1639: avril-octobre • 1646: juin-octobre • 1654: 15 avril •

TRONCHET
François-Denis
1726-1806
Avocat de Louis XVI roi de France. Jurisconsulte. Homme politique.
• 1789: 12 septembre • 1790: 27 août • 1791: 26 juin • 1792: 12 décembre; 13 décembre; 17 décembre • 1804: dans *Le Code civil* au 21 mars •

TRONCHIN
Théodore
1709-1781
Médecin suisse.
• 1756: 26 avril • 1806: dans *Berthollet et Gay-Lussac* en septembre •

TRONSON
Louis
1622-1700
Supérieur de Saint-Sulpice.
• 1699: dans *Fénelon* en avril •

TRONSON-DUCOUDRAY
Guillaume-Alexandre
1750-1798
Député.
• 1797: 1er mars; 5 septembre •

TROPPAU
Congrès de
1820-1821
• 1820: 23 octobre 1820-février 1821 •

TROPPMANN
Jean-Baptiste
1849-1870
• 1869: 20 septembre • 1870: 19 janvier •

TROTSKI
Lev Davidovitch Bronstein, dit Léon
1879-1940
Révolutionnaire russe.
• 1917: 6-7 novembre • 1924: 20-24 janvier • 1927: 15 novembre • 1933: 24 juillet • 1935: dans *Les compagnons de route* au 21-25 juin • 1970: dans *Les gauchistes* au 27 mai •

TROUILLOT
Georges
1851-1916
Homme politique, ministre.
• 1898: 20 juin • 1902: 7 juin • 1905: 12 novembre • 1909: 24 juillet •

TROUVÉ
Claude-Joseph
1768-1860
Commissaire du Directoire à Milan.
• 1795: 28 mars • 1798: 30 août; 5 octobre •

TROUVÉ-CHAUVEL
Ariste Jacques
1805-1883
Préfet. Ministre.
• 1848: 18 juillet; 13 octobre; 30 octobre •

TROY
François de
1645-1730
Peintre.
• 1671: dans *La peinture selon l'Académie* au 12 juin •

TROY
Jean de
1638-1691
Peintre.
• 1674: autres événement •

TROY
Jean-François de
1679-1752
Peintre.
• 1737: autres événements • 1748: autres événements •

TROYES
Cathédrale de
• 1451: autres événements •

TROYES
Collégiale Saint-Étienne de
• 1157: autres événements •

TROYES
Foire de
• vers 1000 • 1137: *introduction Louis VII* •

TROYES
Traité de
1420
• 1419: 2 décembre • 1420: 20-21 mai; 6-10 décembre • 1422: 21 octobre; 19 novembre •

TROYES
Traité de
1564
• 1564: 12 avril •

TRUDAINE
Charles
1660-1721
Conseiller d'État.
• 1720: 28 mai •

TRUDAINE
Daniel-Charles
1703-1769
Directeur des Ponts et Chaussées.
• 1743: 1er avril • 1744: 14 janvier; 10 février • 1745: dans *Machault d'Arnouville* en décembre • 1747: 14 février • 1756: 13 décembre •

TRUDAINE DE MONTIGNY
Jean-Charles-Philibert
1733-1777
Fils de Daniel-Charles Trudaine. Intendant des Finances. Conseiller d'État.
• 1768: 22 septembre •

TRUFFAUT
François
1932-1984
Cinéaste.
• 1959: 31 mai • 1960: dans *Jean-Luc Godard* au 30 mars • 1962: 27 janvier • 1964: mai • 1968: septembre • 1980: 17 septembre; *biographie* au 17 septembre •

TRUGUET
Laurent-Jean-François
1752-1839
Ministre de la Marine.
• 1795: 4 novembre • 1797: 16 juillet •

TRUMAN
Harry
1884-1972
Président des États-Unis de1945 à 1953.
• 1940: *introduction État français et France libre* • 1945: 12 avril •1946: *introduction La IVe République* • 1947: 5 juin •

TRUMBO
Dalton
1905-1976
Scénariste américain.
• 1947: 18 juillet •

Turin
Traité de
1860
• 1860: 24 mars •

Turnèbe
Adrien Tournebous, dit
1512-1565
Professeur de langues anciennes.
• 1560: dans *Pasquier* dans autres événements • 1584: dans *Turnèbe* dans autres événements •

Turnèbe
Odet
1552-1581
Magistrat. Écrivain.
• 1584: autres événements; *biographie* dans autres événements •

Turreau
Louis-Marie
1756-1816
Général.
• 1793: dans *La guerre de Vendée* au 10 mars; 29 novembre • 1794: 3 janvier; 17 janvier; 17 mai; 29 septembre •

Turrel
Adolphe Jean Eugène
1856-1945
Homme politique, ministre.
• 1896: 29 avril •

TVA
(Taxe à la valeur ajoutée)
• 1954: 10 avril •

Twombly
Cy
Né en 1928
Peintre américain.
• 1989: 13 juillet •

Tyler
John
1790-1862
Président des États-Unis de 1841 à 1845.
• 1830: *introduction La monarchie de Juillet* •

Tzara
Tristan
1896-1963
Poète.
• 1916: janvier • 1919: mars; autres événements • 1920: 27 mars • 1923: 6 juillet • 1924: dans *Les surréalistes* au 12, 15 octobre • 1946: octobre •

U

UBAC
Raoul
1895-1974
Peintre, sculpteur et photographe.
• 1964: dans *La Fondation Maeght* au 28 juillet •

UDCA
(Union de défense des commerçants et artisans)
1954
• 1953: 29 novembre; dans *Pierre Poujade* au 29 novembre • 1955: 24 janvier • 1956: 15 février •

UDERZO
Albert
Né en 1927
Dessinateur de bandes dessinées.
• 1959: 15 octobre; dans *Astérix* au 15 octobre •

UDF
(Union pour la démocratie française)
1978
• 1974: dans *Valéry Giscard d'Estaing* au 19 mai • 1978: janvier, 1er février; 23 mars • 1979: 10 juin • 1983: 4-11 septembre • 1988: 8 mai • 1989: 18 juin • 1998: 15 mars • 1999: 9-16 avril; 13 juin; 14 juillet •

UDR
(Union pour la défense de la République)
1968
• 1958: 1er octobre • 1968: 1er juin; 23, 30 juin • 1969: *introduction La Ve République: De l'héritage du gaullisme à la victoire de la gauche*; dans *Chaban-Delmas* au 21 juin • 1974: dans *Valéry Giscard d'Estaing* au 19 mai; 27 mai; 28 mai; 14 décembre • 1976: 5 décembre • 1981: 19 juillet •

UDSR
(Union démocratique et socialiste de la Résistance)
1945
• 1944: *introduction Du Gouvernement provisoire à la IVe République* • 1945: 21-25 juin • 1947: 28 janvier; 25-26 mai; 24 novembre • 1948: 11 septembre • 1949: 10-12 juin • 1950: dans *René Pleven* au 12 juillet • 1951: 8 août • 1953: 16 juin; 23 novembre • 1954: 31 août • 1955: 1er décembre • 1958: 15 avril •

UEM
(Union économique et monétaire)
• 1991: 9-10 décembre • 1999: 1er janvier •

UEO
(Union de l'Europe occidentale)
• 1948: 17 mars; 19 juillet; 4 octobre • 1954: 23 octobre • 1955: 5 janvier •

UGIF
• Voir Union générale des israélites de France •

UHDE
Wilhelm
1874-1947
Collectionneur et critique d'art.
• 1908: dans *Le cubisme* au 14 novembre •

UHRY
Jules
1877-1936
Avocat. Homme politique.
• 1928: 12 janvier; 1er-24 mai •

UKRAINE
Famine en
1932-1933
• 1933: 23 août •

ULGER
Évêque d'Angers.
• 1140: autres événements •

ULM
Traité d'
1647
• 1647: 14 mars •

ULRICH D'ENSIGEN
Architecte.
• 1399: autres événements •

ULRIQUE-ÉLÉONORE
1688-1741
Épouse de Frédéric de Hesse-Cassel. Reine de Suède de 1718 à 1720.
• 1718: autres événements •

ULVER
Henri
1901-1962
Ministre.
• 1954: 3 septembre •

• 1946: 6-7 janvier; 6 mars; 6 juillet-14 septembre; 21 septembre; *introduction La IVe République*; dans *La guerre d'Indochine* au 19 décembre • 1947: 12 juillet • 1948: 5 juin; 16 décembre • 1949: 8 mars; 19 juillet • 1951: 29 novembre • 1953: 3 juillet; 10 octobre; 16 octobre • 1954: 26 avril • 1956: 24 août • 1957: 1er octobre •

UNION FRATERNELLE DES FEMMES
• 1901: 31 décembre •

UNION GÉNÉRALE
Banque de l'
• 1882: 21, 28 janvier; dans *Drumont* au 20 avril •

UNION GÉNÉRALE DES ISRAÉLITES DE FRANCE
• 1941: 29 mars; 29 novembre •

UNION POPULAIRE FRANÇAISE
• 1939: 26 septembre •

UNION POUR LA DÉFENSE DE LA RÉPUBLIQUE
• Voir UDR •

UNION POUR LA DÉFENSE DES PEUPLES OPPRIMÉS
Association antisoviétique.
• 1952: 2 décembre •

UNION POUR LA DÉMOCRATIE FRANÇAISE
• Voir UDF •

UNION POUR LA NOUVELLE RÉPUBLIQUE
• Voir UNR •

UNION SACRÉE
• 1900: dans *Maurras* en juillet • 1901: dans *Gustave Hervé* au 7 décembre • 1903: dans *Briand* au 11 juin • 1909: dans *Jouhaux* au 12 juillet • 1911: 5 janvier • 1912: dans *Raymond Poincaré* au 14 janvier • 1914: 4 août; 26 août • 1918: 28 juin; 2 juillet • 1919: 22 octobre • 1920: dans *Blum* au 25-30 décembre •

UNION SOCIALISTE RÉPUBLICAINE
• 1933: dans *Déat, du néo-socialisme au RNP* au 14-17 juillet • 1936: 19-31 janvier • 1940: 21-22 mars •

UNITÉ SOCIALISTE RÉVOLUTIONNAIRE
• 1901: 30 juin •

UNIVERS (L')
1833
Quotidien.
• 1832: dans *Lacordaire et Montalembert* au 10 septembre • 1833: 5 octobre • 1841: 10 mars • 1843: juillet; dans *Louis Veuillot* en juillet • 1852: 17 février • 1860: 30 janvier • 1867: 19 février • 1874: 10 janvier; 20 mars • 1881: 29 juillet •

UNIVERSEL (L')
Journal.
• 1829: 8 juin •

UNIVERSITÉ DE PARIS
• 1170: autres événements • 1180: *introduction Philippe Auguste* • 1200: juillet • 1208-1209 • 1212: autres événements • 1215: août; dans *L'Université de Paris* en août • 1219: autres événements • 1222: autres événements • 1225: février • 1231: autres événements • 1235: autres événements • 1240: dans *Albert le Grand* dans autres événements • 1252: autres événements • 1253: autres événements • 1254: autres événements • 1255: 9 mars • 1257: autres événements • 1277: 7 mars • 1370: autres événements • 1378: 11 septembre • 1379: 7 mai • 1498: 31 août • 1515: avril • 1518: 25 avril • 1523: février • 1594: 22 avril • 1600: 18 septembre • 1608: décembre • 1766: autres événements • 1800: dans *Fontanes* au 1er novembre • 1806: 10 mai • 1808: 7 mars • 1811: 15 novembre • 1814: 22 juin • 1815: 17 février; *introduction La seconde Restauration*; 15 août; dans *Frayssinet* au 15 août • 1816: 29 février • 1819: 16 mars • 1822: 1er juin • 1828: 21 avril • 1830: dans *Villemain* au 13 août 1833: 28 juin • 1834: 23 mai • 1836: janvier • 1841: 10 mars • 1844: 2 février; 22 avril-24 mai; 13 juillet • 1846: 31 janvier • 1847: 12 avril • 1849: 18 juin; 24 décembre • 1850: 15 mars • 1893: dans *Ernest Lavisse* au 4 février • Voir aussi Mai 1968 •

UNKIAR-SKELESSI
Traité de
8 juillet 1833
• 1833: 5 mai • 1839: 25 mai •

UNR
(Union pour la nouvelle République)
• 1958: 1er octobre • 1962: 25 novembre •

URAS
(Union des républicains d'action sociale)
• 1953: 6 mai •

URBA
Affaire
1989
• 1989: 22 juin • 1992: janvier •

URBAIN II
(Eudes de Lagery)
† 1099
Pape de 1088 à 1099.
• 1060: *introduction Philippe Ier* • 1063-1114 • 1088: 12 mars • 1088-1130 • 1095: 15 août; 24-27 novembre; 27 novembre • 1096: janvier; 16 mars; dans *Les hommes de la croisade* en mai-juin; 5-15 juillet • 1099: autres événements •

URBAIN III
(Uberto Crivelli)
† 1187
Pape de 1185 à 1187.
• 1180: *introduction Philippe Auguste* •

URBAIN IV
(Jacques Pantaléon)
† 1264
Patriarche de Jérusalem. Pape de 1261 à 1264.
• 1226: *introduction Louis IX* • 1261: 29 août; décembre • 1262: août • 1263: mai •

URBAIN V
(Guillaume Grimoard)
† 1370
Pape de 1362 à 1370.
• 1350: *introduction Jean II le Bon* • 1362: 28 septembre; 16 novembre • 1363: 31 mars • 1364: *introduction Charles V le Sage*; autres événements • 1365: 6 mars; 11-22 octobre • 1366: 23 septembre • 1367: 9 janvier; 29 avril • 1369: 15 avril; octobre; autres événements • 1370: 16 septembre •

URBAIN VI
(Bartolomeo Prignano)
† 1389
Pape de 1378 à 1389.
• 1130: dans *Papes, antipapes et schismes* au 25 mai • 1364: *introduction Charles V le Sage* • 1378: 8 avril; 11 septembre; 20 septembre • 1379: 7 mai • 1380: *introduction Charles VI* • 1381: 1er juin • 1383: 17 mai •

URBAIN VII
(Giambattista Castagna)
† 1590
Pape en septembre 1590.
• 1589: *introduction Henri IV* • 1590: 27 août •

URBAIN VIII
Pape de 1623 à 1644.
• 1610: *introduction Louis XIII* • 1611: dans *Bérulle* au 11 novembre • 1628: autres événements • 1640: 23 septembre 1640-10 novembre 1641 • 1641: 16 décembre • 1643: *introduction Louis XIV*; dans *Mazarin* au 18 mai •

URFÉ
Claude d'
Gouverneur des enfants de France.
• 1550: 13 novembre •

URFÉ
Honoré d'
1567-1625
Auteur.
• 1625: 1er juin; dans *l'Astrée* au 1er juin •

URIAGE
École d'
• 1940: 28 septembre • 1942: 11 novembre •

URIS
Léon
Né en 1924
Écrivain.
• 1947: 18 juillet •

UTRECHT
Traité d'
1713
• 1696: dans *Torcy* au 28 juillet • 1711: 8 octobre-21 novembre • 1712: 29 janvier • 1713: 11 avril; autres événements • 1714: 6 mars • 1715: *introduction Louis XV* • 1717: 4 janvier •

UTRILLO
Maurice
1883-1955
Peintre.
• 1910: dans *Les Ballets russes* au 25 juin • 1921: autres événements •

V

Vacarius
Auteur.
• 1155 : dans *Les intellectuels de la Cour Plantagenêt* dans autres événements •

Vaché
Jacques
1895-1919
Écrivain.
• 1924 : dans *Les surréalistes* au 12, 15 octobre • 1936 : dans *Aragon* au 9 décembre •

Vache folle
Maladie de la
• 1990 : dans *Les agriculteurs* au 24 juin • 1996 : 20 mars • 1999 : juin • 2000 : 14, 21 novembre •

Vacherot
Étienne
1809-1897
Philosophe et homme politique.
• 1859 : 12 novembre • 1868 : 14 novembre • 1892 : 21 mai •

Vadier
Marc-Alexis-Guillaume
1736-1828
Membre du Comité de sûreté général.
• 1793 : 21 mars • 1794 : 12 janvier ; 13 janvier ; 5 avril ; 15 juin ; 26 juillet ; 27 juillet ; *introduction La République thermidorienne* ; 29 août ; 27 décembre • 1795 : 2 mars ; 1er avril • 1796 : 3 juin ; 4 décembre • 1799 : 24 décembre •

Vadim
Roger
1928-2000
Cinéaste.
• 1956 : 4 décembre ; dans *Brigitte Bardot* au 4 décembre •

Vaez
Gustave Van Nieuwenhuysen, dit
1812-1862
Écrivain.
• 1852 : 23 novembre •

Vailland
Roger
1907-1965
Écrivain.
• 1928 : juin • 1945 : autres événements • 1947 : dans *Saint-Germain-des-Prés* au 3 mai • 1956 : 8 novembre • 1957 : mars • 1964 : juin •

Vaillant
Auguste
vers 1861-1894
Anarchiste.
• 1893 : 9 décembre • 1894 : 7 février ; février-mars •

Vaillant
Auguste-Nicolas
1793-1858
Contre-amiral. Ministre.
• 1851 : 21 janvier •

Vaillant
Daniel
Né en1949
Ministre.
•1997 : 4 juin • 2000 : 21 juillet •

Vaillant
Édouard
1840-1915
Homme politique. Cofondateur de la SFIO.
• 1870 : 5 septembre • 1871 : 19 mars ; 26 mars ; 29 mars ; 20 avril ; 17 mai • 1882 : *biographie* dans *Le socialisme français* en septembre • 1896 : 11-27 juin • 1898 : 19 janvier • 1899 : 14 juillet ; 3-8 décembre • 1901 : 30 juin • 1902 : 24 mars • 1913 : 17 janvier •

Vaillant
Jean-Baptiste Philibert
1790-1872
Maréchal de France. Ministre.
• 1854 : 11 mars •

Vaillant-Couturier
Paul
1892-1937
Homme politique.
• 1918 : dans *« L'impôt du sang ». Les Anciens Combattants* au 11 novembre • 1927 : 10-12 mai • 1928 : 12 janvier • 1932 : 17 mars •

Vaïsse
Marc Antoine Henri Marius
1805-1874
Magistrat. Ministre.
• 1851 : 21 janvier •

Valabrègue
Catherine
Cofondatrice du Mouvement français pour le Planning familial.
• 1967: dans *Le Mouvement français du Planning familial* au 28 décembre •

Valadier
Jean Marie
1878-1959
Ministre.
• 1934: 29-30 janvier •

Valadon
Suzanne
1867-1938
Peintre.
• 1912: autres événements • 1921: autres événements •

Valay
Gabriel
1905-1978
Agriculteur. Ministre.
• 1949: 28-29 octobre •

Valazé
Charles-Éléonor
1751-1793
Député à l'Assemblée législative.
• 1792: dans *Les Girondins* en mars; 6 novembre • 1793: 2 juin; 4 juin; 30 octobre •

Valdès ou Valdo
Pierre
Marchand lyonnais. Réformateur religieux.
• vers 1173 • 1199: 12 juillet • 1540: 31 mai • Voir aussi Vaudois •

Valdez
Diego
• 1610: dans *Deux théoriciens du pouvoir monarchique: Loyseau et Bignon* dans autres événements •

Valée
Sylvain Charles, comte
1773-1846
Maréchal de France.
• 1837: 1er-13 octobre; 1er décembre • 1840: 29 décembre •

Valençay
Traité de
1813
• 1813: 11 décembre •

Valence
Jean-Baptiste-Cyrus de Thimbrune de
1757-1822
Général.
• 1793: 2 mars •

Valenciennes
Pierre Henri
1750-1819
Peintre.
• 1787: autres événements • 1830: dans *Corot* dans autres événements •

Valentin
† 827
Pape en 827.
• 814: *introduction Louis le Pieux* •

Valentin
François
1909-1961
Homme politique.
• 1940: 29 août • 1942: 4 juin • 1943: août •

Valentine Visconti
† 1409
Fille de Gian Galeazzo Visconti, duc de Milan. Comtesse de Vertus et d'Asti. Épouse de Louis duc d'Orléans.
• 1380: *introduction Charles VI* • 1387: 27 janvier • 1389: 27 janvier • 1407: 21 décembre • 1441: dans *Charles d'Orléans* en janvier • 1484: dans *Louis II d'Orléans* au 15 janvier • 1498: *introduction Louis XII* • 1499: 9 février • 1515: *introduction François Ier* •

Valentinov
Nicolas
1879-1964
Écrivain.
• 1957: mars •

Valéry
† 619
Moine.
• 619 •

Valluy
Jean
1899-1970
Général.
• 1947: 10 septembre •

Valmont de Bomare
Jean-Christophe
1731-1807
Naturaliste.
• 1761: autres événements • 1764: autres événements •

Valmore
François Prosper Lanchantin, dit
Comédien.
• 1818: dans *Marceline Desbordes-Valmore* au 26 décembre •

Valmy
Bataille de
1792
• 1792: dans *Dumouriez* au 15 mars; *introduction La République jacobine*; 20 septembre •

Valmy
François Étienne Kellermann, duc de
1770-1835
Général.
• 1844: 26 janvier •

Valode
Denis
Née en 1946
Architecte.
• 1990: juin •

Valognes
Traité de
1355
• 1355: 10 septembre •

Valois
Georges Gressent, dit Georges
1878-1945
Fondateur du Faisceau.
• 1909: mai • 1925: 11 novembre; *biographie* au 11 novembre • 1927: dans *Les normaliens de l'entre-deux-guerres* au 15 avril • 1936: dans *Fascismes français* au 27-28 juin •

Valois
• Voir Charles de Valois • Philippe VI de Valois •

Valois-Angoulême
• Voir Charles IX • François Ier • François II • Henri II • Henri III •

Valois-Orléans
• Voir Louis Ier d'Orléans • Louis XII •

Valtat
Louis
1869-1952
Peintre.
• 1904: dans *Matisse* au 1er-18 juin •

Van Buren
Martin
1782-1862
Président des États-Unis de 1837 à 1841.
• 1830: *introduction La monarchie de Juillet* •

Vandamme
Dominique René, comte d'Unebourg
1770-1830
Général.
• 1824: 2 décembre •

Van der Meersch
Maxence
1907-1951
Écrivain.
• 1936: 8 décembre •

Van der Meulen
Adam Frans
1632-1690
Peintre flamand.
• 1664: autres événements •

Vandervelde
Émile
1866-1938
Homme politique belge.
• 1912: 17 novembre • 1925: 5-16 octobre •

Van Doesburg
Théo
1883-1931
Peintre.
• 1930: dans *Abstraction-Création* en avril •

Van Dongen
Cornelis Theodorus Marie, dit Kees
1877-1968
Peintre d'origine néerlandaise.
• 1941: 22 octobre • 1942: 21 janvier; mai •

Vasseur
Philippe
Né en 1943
Ministre.
• 1995 : 18 mai ; 7 novembre •

Vasseur
Véronique
• 2000 : février •

Vatable
François
Membre du Cercle de Meaux.
• 1521 : dans *Le Cercle de Meaux* en avril • 1530 : mars •

Vatel
† 1671
Cuisinier.
• 1671 : 14 avril •

Vatican I
Concile
• 1869 : novembre ; 8 décembre • 1870 : 18 juillet •

Vatican II
Concile
• 1945 : dans *Le père de Lubac* en janvier • 1962 : 11 octobre • 1963 : 3 juin • 1965 : 8 décembre •

Vatimesnil
Antoine François Henri Lefebvre de
1789-1860
Homme politique, ministre.
• 1828 : 4 janvier ; 5 février •

Vatout
Jean
1792-1848
Historien.
• 1837 : 14-29 mars •

Vauban
Sébastien Le Prestre, sieur de
1633-1707
Ingénieur ordinaire du roi. Maréchal de France.
• 1653 : 25 novembre • 1654 : août • 1655 : 3 mai • 1661 : dans *Guerre et souveraineté* 25 juillet • 1662 : 2 décembre ; *biographie* au 2 décembre • 1665 : dans *La sculpture au Grand Siècle* dans autres événements • 1667 : dans *Les architectes de Louis XIV* au 14 mai • 1668 : novembre ; dans *Louvois* en novembre • 1673 : mai-août • 1678 : 4 janvier • 1684 : avril • 1685 : dans *La révocation de l'édit de Nantes* au 18 octobre • 1688 : 27 septembre-novembre • 1690 : dans *Tourville* au 10 juillet • 1691 : 8 avril • 1694 : 27 mai-juillet • 1698 : septembre • 1701 : autres événements • 1703 : 14 janvier • 1707 : 14 février • 1710 : 14 octobre • 1737 : autres événements • 1744 : 7 février • 1793 : dans *Lazare Carnot* au 14 août •

Vaublanc
Vincent-Marie Viénot de
1756-1845
Membre du Conseil des Cinq-Cents. Ministre.
• 1797 : 1er mars ; 29 mai ; 5 septembre • 1815 : 24 septembre • 1816 : 10 avril ; 7 mai •

Vaubois
Claude-Henri Belgrand de
1748-1839
Général.
• 1796 : 7 novembre • 1798 : 19 juin •

Vaucanson
Jacques de
1709-1782
Mécanicien.
• 1738 : autres événements • 1740 : autres événements • 1751 : autres événements •

Vaucelles
Trêve de
1556
• 1555 : décembre • 1556 : 16 janvier ; 5 février ; mars-juillet • 1557 : janvier-février •

Vaudois
• vers 1173 • 1181 : dans *Catharisme, Cathares et Albigeois* au printemps • 1199 : 12 juillet • 1207 : autres événements • 1487-1488 • 1498 : *introduction Louis XII* • 1501 : autres événements • 1507 : décembre • 1509 : 27 février • 1532 : décembre • 1535 : juin-juillet • 1538 : 2 mars • 1540 : 31 mai ; 18 novembre • 1541 : 13 février • 1545 : janvier-mai • 1549 : 3 juillet • 1551 : 15 février •

Vaudoyer
Jean-Louis
1883-1963
Écrivain et administrateur.
• 1940 : autres événements •

Vaudoyer
Léon
1803-1872
Architecte.
• 1843: autres événements • 1856: autres événements •

Vaugelas
Claude Fabre, sieur de
1585-1650
Homme de lettres.
• 1629: autres événements • 1635: dans *L'Académie française* au 25 janvier • 1641: dans *Salons, mondains et précieuses* au 22 mai • 1647: autres événements •

Vaugeois
Henri
1864-1916
Professeur de philosophie. Membre de l'équipe de L'Action française.
• 1899: 10 juillet • 1908: 21 mars •

Vaulabelle
Achille Tenaille de
1799-1869
Historien. Homme politique, ministre.
• 1844: 29 juin • 1848: 17 mai-17 juin; 5 juillet • 1849: 5 janvier •

Vaulx-en-Velin
• 1990: 6 octobre •

Vauquelin des Yveteaux
Nicolas
Poète.
• 1589: *introduction Henri IV* •

Vaure
Claude
Auteur.
• 1626: autres événements •

Vauthier
Jean
1910-1992
Écrivain.
• 1952: 12 janvier •

Vautier
René
Né en 1928
Cinéaste.
• 1962: dans *Les rapatriés d'Algérie* au 1er juillet •

Vautrin
Jean
Né en 1933
Écrivain.
• 1972: dans *Le Néo-Polar* au 28 novembre • 1989: novembre •

Vauvenargues
Luc de Clapiers, marquis de
1715-1747
Moraliste.
• 1746: autres événements •

Vaux
Fort de
• 1916: mars; 1er-7 juin; 2 novembre •

Vaux
Noël de Jourda, comte de
1705-1788
Inspecteur des troupes en Corse. Maréchal de France.
• 1768: 15 mai •

Vauxcelles
Louis
Critique d'art.
• 1905: dans *Le fauvisme* au 18 octobre • 1908: 14 novembre •

Vaux-le-Vicomte
Château de
• 1656: autres événements • 1658: autres événements • 1661: 17 août • 1663: janvier • 1677: dans *Versailles* dans autres événements •

Vauzelle
Michel
Né en 1944
Ministre.
• 1992: 2 avril •

Veber
Adrien
1861-1932
Homme politique.
• 1918: 28 juin, 2 juillet •

Védrine
Hubert
Né en 1947
Ministre.
• 1997: 4 juin •

Vendôme
Colonne
• 1800: 14 juillet • 1806: dans *Les architectes* au 15 août • 1815: 6 juillet • 1821: dans *La légende napoléonienne* au 5 juillet • 1823: dans *Le romantisme* en juillet • 1827: 9 février • 1831: 8 avril • 1832: 28 juillet • 1833: 22 juin; 28 juillet •

Vendôme
Louis de Bourbon
1612-1669
Fils de César de Vendôme. Duc de Mercœur et de Vendôme.
• 1656: dans *Les nièces de Mazarin* en novembre-décembre •

Vendôme
Louis-Joseph de Bourbon, duc de
1654-1712
Fils de Louis de Bourbon-Vendôme. Duc de Vendôme. Chef de guerre.
• 1693: 27 juin-4 octobre; *biographie* au 27 juin-4 octobre • 1697: 10 août; dans *Le duc et la duchesse de Bourgogne* au 7 décembre • 1702: 15 août-23 octobre • 1705: 16 août-4 octobre • 1706: 19 avril • 1708: 11 juillet • 1710: 28 septembre-10 décembre • 1712: 10 juin •

Vendredi
1935-1938
Hebdomadaire.
• 1933: dans *Malraux* au 7 décembre • 1935: 8 novembre •

Vénizelos
Elefthérios
1864-1936
Premier ministre grec.
• 1915: mars; 27 septembre •

Ventadour
Charlotte-Éléonore-Madeleine de La Mothe-Houdancourt, duchesse de
1656-1744
Gouvernante de Louis XV roi de France.
• 1715: *introduction Louis XV*; fin septembre • 1717: 15 février •

Ventadour
Henri de Lévis, duc de
• Voir Lévis, Henri de •

Ventavon
Louis Marie François Casimir Tournu de
1806-1879
Avocat. Homme politique.
• 1875: 21 janvier •

Vêpres siciliennes
31 mars-28 avril 1282
• 1282: 31 mars •

Vérard
Antoine
• Voir Antoine Vérard •

Verceil
Paix de
• 1495: 9 octobre •

Vercel
Roger
1894-1957
Écrivain.
• 1934: octobre •

Vercors
Maquis du
• 1940: *introduction État français et France libre* • 1944: 21-23 juillet •

Vercors
Pierre Bruller, dit
1902-1991
Écrivain et dessinateur.
• 1942: 19 février • 1943: autres événements • 1944: 1er novembre • 1949: avril • 1951: 19 juillet • 1955: 16 avril • 1956: 8 novembre •

Verdi
Giuseppe
1813-1901
Compositeur italien.
• 1823: dans *Le romantisme* en juillet •

Verdier
Jean
1864-1940
Cardinal. Archevêque de Paris.
• 1936: 6 juin •

Verdier
Robert
Né en 1910
Homme politique. Cofondateur du Populaire.
• 1941: décembre •

Vernant
Jean-Pierre
Né en 1914
Historien.
• 1947: dans *La nouvelle histoire* au 3 novembre • 1962: octobre •

Verne
Jules
1828-1905
Écrivain.
• 1863: 17 janvier; *biographie* au 17 janvier • 1865: 20 mai •

Vernet
Claude-Joseph
1714-1789
Peintre.
• 1753: autres événements • 1763: autres événements • 1773: autres événements • 1789: 3 décembre •

Vernet
Horace
1789-1863
Peintre.
• 1820: 19 août • 1823: dans *Le romantisme* en juillet • 1824: dans *Le romantisme en peinture* en avril •

Vernet
Mme
• 1793: 8 juillet •

Verneuil
Gabrielle-Angélique de
1603-1637
Fille d'Henri IV roi de France et d'Henriette d'Entragues. Dame de la reine Anne d'Autriche.
• 1622: 14 mars •

Verneuil
Henri
Né en 1920
Cinéaste.
• 1962: mai •

Verneuil
Henri-Gaston, comte de
1601-1682
Fils d'Henri IV roi de France et d'Henriette d'Entragues.
• 1610: *introduction Louis XIII* •

Verneuil-sur-Avre
Bataille de
1424
• 1422: *introduction Charles VII* • 1424: 17 août •

Verninac de Saint-Maur
Raymond Jean-Baptiste de
1794-1873
Homme politique, ministre.
• 1848: 13 octobre •

Véron
Louis Désiré, dit Docteur
1798-1867
Publiciste.
• 1836: dans *La naissance de la presse* au 1er juillet • 1844: mars •

Vérone
Congrès de
1822
• 1802: dans *Chateaubriand* au 14 avril • 1822: 31 octobre-14 décembre • 1823: 9 janvier •

Véronèse
Paolo
1528-1588
Peintre italien.
• 1612: autres événements • 1640: dans *La grande peinture: entre baroque et classicisme* au 17 décembre • 1661: dans *Mazarin collectionneur* au 9 mars •

Verrazano
Giovanni da
1484-1528
Navigateur florentin. Explorateur.
• 1523: autres événements • 1526: avril • 1627: dans *Les débuts de la colonisation* au 29 avril-4 mai •

Versaillais
• 1871: 25 mars; 3 avril; 5 avril; 7 avril; 20 avril; 30 avril; 8 mai; 9 mai; 10 mai; 13 mai; 21 mai; 22 mai; 23 mai; 24 mai; 27 mai; 28 mai; dans *Bilan de la Commune* au 29 mai • 1873: dans *Mac-Mahon* au 24 mai; 28-29 septembre •

Versailles
Château de
• 1623: autres événements • 1631: autres événements • 1643: *introduction Louis XIV*

• 1661 : janvier ; dans *La Cour* au 15-22 septembre • 1663 : mars • 1664 : août ; autres événements • 1665 : autres événements ; dans *La sculpture au Grand Siècle* dans autres événements • 1667 : dans *Les architectes de Louis XIV* au 14 mai • 1668 : 18 juillet ; autres événements • 1669 : juin • 1670 : 11 octobre ; autres événements • 1671 : 22 mai ; autres événements • 1674 : autres événements • 1676 : autres événements • 1677 : autres événements ; *Versailles* dans autres événements • 1678 : autres événements • 1684 : dans *Les mémorialistes de Versailles* au 1er avril ; autres événements • 1685 : autres événements • 1689 : autres événements • 1695 : dans *La manufacture des glaces de Saint-Gobain* dans autres événements • 1699 : autres événements • 1709 : autres événements • 1710 : autres événements • 1733 : autres événements • 1735 : autres événements • 1736 : 26 septembre • 1748 : autres événements • 1741 : 14 août • 1753 : autres événements • 1762 : mai • 1767 : autres événements • 1783 : autres événements • 1793 : 24 novembre •

VERSAILLES
Marche sur
5-6 octobre 1789
• 1789 : *introduction Louis XVI et la Révolution* ; 5-6 octobre •

VERSAILLES
Musée de
• 1833 : 1er septembre • 1837 : 10 juin • 1883 : 20 juin • 1889 : 5 mai ; 20 juin •

VERSAILLES
Traité de
1756
• 1756 : 1er mai •

VERSAILLES
Traité de
1783
• 1783 : 20 juin ; 3 septembre •

VERSAILLES
Traité de
1919
• 1899 : dans *Millerand* au 23 juin • 1914 : *introduction La IIIe République : D'une guerre à l'autre* • 1919 : 18 janvier ; 14 février ; 16 février ; 19 février ; 1er-12 mars ; 17, 22 mars ; 27-28 mars ; 24 avril ; 28 avril ; 30 avril ; 7 mai ; 29-30 mai ; 2 juin ; 28 juin ; dans *Les réparations* au 28 juin ; 21-24 juillet ; 26 août-24 septembre ; 2 octobre ; 20 novembre ; 8 décembre • 1920 : 10 janvier ; 26 janvier ; 18 février ; 19 mars ; 20 mars ; dans *Keynes et la paix de Versailles* au 20 mars ; 2 avril-14 mai ; 5-16 juillet ; 28 décembre • 1921 : 22-23 mars • 1922 : 16 avril ; 24-25 avril ; dans *Victor Margueritte* au 12 juillet • 1923 : 2-24 janvier • 1924 : 11 juillet ; 16 juillet-23 août • 1925 : 5-16 octobre • 1926 : 18 septembre ; 13 novembre-11 décembre • 1929 : dans *Tardieu* au 31 octobre • 1931 : dans *Laval* au 27 janvier • 1933 : 15 janvier • 1935 : 1er-4 février ; 16-24 mars • 1936 : 7-8 mars • 1937 : 30 janvier • 1938 : dans *Munichois et antimunichois* au 4 octobre • 1939 : 26-27 août ; 31 août ; 30 octobre •

VERSORIS
Jean
Avocat au Parlement de Paris.
• 1576 : 6 décembre •

VERVINS
Paix de
1598
• 1589 : *introduction Henri IV* • 1598 : 7 février ; 2 mai • 1599 : 13 septembre •

VÉSALE
André
1514-1564
Médecin.
• 1559 : juin-juillet •

VESC
Étienne de
Sénéchal de Beaucaire. Conseiller de Charles VIII.
• 1483 : *introduction Charles VIII* •

VESINS
Bernard de Levezen, comte de
Administrateur de L'Action française.
• 1908 : 21 mars • 1927 : 16 avril •

VEUILLOT
Louis
1813-1883
Journaliste. Directeur de L'Univers.
• 1832 : dans *Lacordaire et Montalembert* au 10 septembre • 1833 : 5 octobre • 1842 : mars • 1843 : juillet ; *biographie* en juillet • 1847 : dans *Michelet* au 13 février • 1848 :

1er mars • 1858: 28 août • 1860: 28 janvier • 1867: 19 février • 1873: 30 octobre •

Veyne
Paul
Né en 1930
Historien.
• 1971: mars • 1990: juin •

Vézelay
Abbaye de
• 858: 12 novembre • 930: dans *Réformes et constructions religieuses au Xe siècle* dans autres événements • 935: juin • 1096: autres événements • 1120-1145 • 1146: 29-31 mars • 1155: juillet • 1165: novembre • 1166: janvier; 12 juin • 1167: 9 avril (Pâques) • 1190: 4 juillet • 1267: 22 juillet •

Vézeronce
Bataille de
524
• 524: 25 juin •

Viala
Agricol
† 1793
Militant jacobin.
• 1793: 7 juillet • 1794: 11 juillet •

Vialatte
Alexandre
1901-1971
Écrivain.
• 1928: janvier-mars •

Viallat
Claude
Né en 1936
Artiste.
• 1969: dans *Support-Surface* en septembre •

Vian
Boris
1920-1959
Écrivain.
• 1946: novembre • 1947: mars; *biographie* en mars; dans *Saint-Germain-des-Prés* au 3 mai • 1956: dans *L'électroménager* dans autres événements •

Viannay
Philippe
1917-1986
Résistant. Fondateur du Centre de formation des journalistes et de l'école de voile des Glénans.
• 1941: 15 août • 1944: 5 janvier • 1945: février •

Viannet
Louis
Né en 1933
Syndicaliste.
• 1999: 1er-5 février •

Vianney
Jean-Marie Baptiste, le curé d'Ars
1786-1859
• 1823: 6 août • 1859: 4 août •

Viansson-Ponté
Pierre
1920-1979
Journaliste.
• 1958: *introduction La Ve République: La République gaullienne* • 1968: 15 mars • 1981: *introduction La Ve République: De la France mitterrandienne aux cohabitations politiques* •

Viard
Pompée
1836-1892
Membre de la Commune de 1871.
• 1871: 20 avril •

Viau
Théophile de
1590-1626
Auteur.
• 1621: autres événements • 1623: dans *Charles Sorel* en janvier; août; 16 septembre; *biographie* au 16 septembre • 1624: dans *Guez de Balzac* dans autres événements • 1629: dans *Saint-Amant* au 27 février; dans *L'Hôtel de Bourgogne et le théâtre du Marais* dans autres événements •

Vic
Merry de
† 1622
Garde des Sceaux.
• 1621: 15-24 décembre • 1622: 23 septembre •

VICHY
Régime de
• Voir État français •

VICO
Giambattista
1668-1743
Philosophe, historien et juriste italien.
• 1847: dans *Michelet* au 13 février •

VICQ D'AZYR
Félix
1748-1794
Médecin.
• 1774: 18 décembre; *biographie* au 18 décembre •

VICTOIRE
Madame
1733-1799
Fille de Louis XV roi de France.
• 1715: *introduction Louis XV* • 1791: 19 février; 24 février •

VICTOR
Claude-Victor Perrin, duc de Bellune, dit
1764-1841
Maréchal de France. Ministre
• 1797: 4 février; 9 février • 1804: dans *Les maréchaux* au 18 mai • 1815: 17 août • 1821: 14 décembre • 1823: 19 octobre •

VICTOR
Paul-Émile
1907-1995
Explorateur.
• 1947: 27 février • 1997: dans *Les gardiens de la nature* au 25 juin •

VICTOR II
(Gebhard, comte de Dollnstein-Hirschberg)
† 1057
Pape de 1054 à 1057.
• 1031: *introduction Henri Ier* •

VICTOR III
(Desiderio Da Montecassino)
† 1087
Pape de 1086 à 1087.
• 1060: *introduction Philippe Ier* •

VICTOR IV
(Gregorio Conti)
Antipape en 1138.
• 1130: dans *Papes, antipapes et schismes* au 25 ami • 1137: *introduction Louis VII* • 1160: février-mars; 22 juillet • 1161: printemps; 17-20 mai • 1162: 30 août • 1163: 19 mai • 1165: autres événements • 1166: printemps •

VICTOR V
(Ottoviano de Monticello)
† 1164
Antipape de 1159 à 1164.
• 1137: *introduction Louis VII* •

VICTOR-AMÉDÉE Ier
† 1637
Fils de Charles-Emmanuel Ier duc de Savoie. Duc de Savoie de 1630 à 1637.
• 1610: *introduction Louis XIII* • 1618: dans *Le siècle des saints* au 7 novembre • 1619: 3 janvier • 1622: 6-18 décembre • 1624: dans *Gaston d'Orléans* au 20 mai • 1630: 26 juillet • 1637: 8 septembre •

VICTOR-AMÉDÉE II DE SAVOIE
1666-1732
Fils de Charles-Emmanuel II duc de Savoie. Duc de Savoie de 1675 à 1730. Roi de Sardaigne de 1720 à 1730.
• 1643: *introduction Louis XIV* • 1686: mai • 1687: février • 1690: 18 août • 1693: 27 juin-4 octobre; dans *Vendôme* au 27 juin-4 octobre • 1696: 29 août • 1697: dans *Le duc et la duchesse de Bourgogne* au 7 décembre • 1703: 8-15 novembre • 1707: 4 juillet-22 août • 1713: 11 avril; 13 juillet • 1718: 24 octobre • 1720: 20 avril • 1730: 3 septembre •

VICTOR-AMÉDÉE III DE SAVOIE
1726-1796
Fils de Charles-Emmanuel III roi de Piémont-Sardaigne. Roi de Piémont-Sardaigne de 1773 à 1796.
• 1796: dans *La campagne d'Italie* au 10 avril; 28 avril; 16 octobre •

VICTOR-EMMANUEL Ier
1759-1824
Roi de Piémont de 1802 à 1821.
• 1799: *introduction Napoléon Bonaparte* • 1815: *introduction La seconde Restauration* • 1821: 10 mars-8 avril •

Victor-Emmanuel II
1820-1878
Roi de Piémont-Sardaigne de 1849 à 1861. Roi d'Italie de 1861 à 1878.
• 1848: *introduction La IIe République* • 1849: 20 mars; 22 août • 1852: *introduction Le Second Empire* • 1855: 25 janvier • 1858: 8 février; dans *Le prince Napoléon* au 24 juin • 1859: 30 janvier; 8 juin • 1860: 24 mars; 18 septembre; 29 septembre • 1861: 18 février • 1870: *introduction La IIIe République: De la chute du Second Empire à la Première Guerre mondiale* •

Victor-Emmanuel III
1869-1947
Fils de Humbert Ier roi d'Italie. Roi d'Italie de 1900 à 1946.
• 1870: *introduction La IIIe République: De la chute du Second Empire à la Première Guerre mondiale* • 1914: *introduction La IIIe République: D'une guerre à l'autre* • 1922: 16-28 octobre • 1940: *introduction État français et France libre* •

Victoria Ire
1819-1901
Reine de Grande-Bretagne et d'Irlande de 1837 à 1901. Impératrice des Indes de 1876 à 1901.
• 1830: *introduction La monarchie de Juillet* • 1840: 10 novembre • 1843: 2-7 septembre; 29 novembre • 1845: 8 septembre • 1846: 28 août • 1850: juillet • 1855: août • 1852: *introduction Le Second Empire* • 1870: *introduction La IIIe République: De la chute du Second Empire à la Première Guerre mondiale* • 1891: 21 août •

Victorins
• 1148: *Les Victorins* au 24 août •

Vidal
François
1812-1872
Journaliste. Homme politique.
• 1850: 10 mars; 28 avril •

Vidal de La Blache
Paul
1845-1918
Géographe.
• 1833: décembre • 1903: autres événements • 1921: autres événements • 1929: dans *L'École des Annales* en janvier •

Vidal-Naquet
Pierre
Né en 1930
Historien.
• 1947: dans *La nouvelle histoire* au 3 novembre • 1957: 2 décembre • 1958: dans *La torture sous la République* au 27 mars • 1971: 9 décembre • 1979: 21 février • 1981: janvier •

Vidocq
Eugène François
1775-1857
Aventurier et policier.
• 1811: 25 mars; *biographie* au 25 mars •

Vidor
Charles
1900-1952
Cinéaste américain.
• 1947: 30 mai •

Vie catholique (La)
Puis *Vie catholique illustrée*
1924
Hebdomadaire.
• 1924: autres événements • 1945: 8 juillet •

Vie intellectuelle (La)
1928
Revue.
• 1928: autres événements •

Vie ouvrière (La)
1909
Revue syndicale.
• 1909: 5 octobre •

Vieilleville
François de Scépeaux de
1510-1571
Maréchal de France.
• 1559: *introduction François II* •

Vien
Joseph-Marie
1716-1809
Peintre.
• 1767: autres événements • 1774: dans *David* dans autres événements • 1781: autres événements • 1783: autres événements •

VILLARD DE HONNECOURT
Architecte.
• vers 1230 •

VILLARET DE JOYEUSE
Louis-Thomas
1748-1812
Amiral.
• 1794: 1er juin • 1795: 23 juin • 1797: 5 septembre •

VILLARS
André de Brancas de
† 1595
Chef ligueur.
• 1594: février-mars; 15 mars; 29 mars • 1595: 10-25 juin •

VILLARS
Honorat de Savoie, comte de
1509-1580
Fils de Charles III duc de Savoie. Comte de Villars. Gouverneur de Guyenne.
• 1557: août •

VILLARS
Louis-Hector, duc de
1653-1734
Maréchal de France.
• 1635: dans *L'Académie française* au 25 janvier • 1702: dans *Les camisards* au 24 juillet; 15 août; 23 octobre • 1703: 9 mars; 7-20 septembre • 1704: 16 mai; août • 1709: juillet-octobre • 1712: 24 juillet-2 août • 1713: 31 octobre; 26 novembre • 1715: *introduction Louis XV*; 1er octobre • 1724: octobre • 1733: dans *La guerre de succession de Pologne* au 5 octobre • 1747: 11 janvier •

VILLEBOIS-MAREUIL
Georges de
1847-1900
Colonel.
• 1900: 10 avril •

VILLEDIEU
Marie-Catherine Desjardins, dite Mme de
† 1683
Auteur.
• 1678: dans *Mme de La Fayette* au 8 mars •

VILLEFOSSE
Louis de
1900-1984
Officier de marine. Écrivain.
• 1956: 8 novembre •

VILLEGAGNON
Nicolas Durand de
1510-1572
Navigateur.
• 1555: juillet • 1556: 20 novembre • 1578: dans *Léry* dans autres événements •

VILLÉGIER
Jean-Marie
Né en 1937
Metteur en scène.
• 1987: janvier •

VILLEGLÉ
Jacques
Né en 1924
Artiste.
• 1960: 27 octobre; dans *Le Nouveau Réalisme* au 27 octobre • 1972: 16 mai •

VILLEJUIF
Hôpital de
• 1930: 17 mars • 1937: 24 septembre • 1965: dans *Trois Nobel de médecine* au 14 octobre •

VILLÈLE
Joseph
1773-1854
Homme politique, ministre. Président du Conseil.
• 1802: dans *Chateaubriand* au 14 avril • 1815: *introduction La seconde Restauration*; dans *Richelieu* au 24 septembre; dans *De Serre* au 29 octobre; dans *Hyde de Neuville* au 3 novembre; dans *La Bourdonnaie* au 14 novembre • 1816: 10 avril; dans *Fiévée* en août • 1818: 8 octobre • 1819: 23 octobre; dans *L'Église à la reconquête des âmes* au 24-27 octobre; 10 novembre; 24 décembre • 1820: 5-9 février; dans *Le général Foy* au 16 juillet; 4-13 novembre; 21 décembre • 1821: 15-27 juillet; dans *Les doctrinaires* en octobre; 26 novembre; 14 décembre; *biographie* au 14 décembre; 24-26 décembre • 1822: 7 juin; 3-5 août; 31 octobre-14 décembre; 22-28 décembre • 1823: 18 janvier; 10 mai; dans *Le romantisme* en juillet • 1824: 5 mai; 6 juin; 11 juin; 28-29 juin; 12 juillet; 15 sep-

tembre; 30 septembre • 1825: mars; 27 avril; 6 août; 28 novembre • 1826: 9 février; 7-20 mars; 15 mai-14 juin; 16 mai; 17 mai; 20 septembre • 1827: 10 février; 13 février-17 avril; 19 mars; 19 avril; 29 avril; 16 juin; 18 juin; 19 novembre; 24 novembre; 29 novembre-16 décembre • 1828: 3 janvier; dans *Martignac* au 4 janvier; 31 janvier; 8-21 février; 9 mars; 12 mars; 14 juin • 1829: dans *Polignac* au 8 août • 1830: dans *Villemain* au 13 août • 1836: dans *Molé* au 6 septembre • 1848: dans *Trélat* au 24 mai •

VILLEMAIN
Abel-François
1790-1870
Professeur. Ministre.
• 1828: février; dans *Victor Cousin* en février • 1829: septembre • 1830: 13 août; *biographie* au 13 août • 1837: 10 décembre • 1839: 12 mai • 1840: 29 octobre • 1841: 10 mars • 1842: 30 juin • 1844: 2 février • 1845: 1er février •

VILLEMESSANT
Jean Hippolyte Auguste Cartier de
1812-1879
Publiciste.
• 1854: 2 avril • 1868: dans *Rochefort* au 30 mai •

VILLENEUVE
Anne-Clément-Félix
1748-1844
Ministre de l'Intérieur.
• 1792: 21 juillet • 1798: 1er août •

VILLENEUVE
Pierre Charles Jean-Baptiste Silvestre de
1763-1806
Amiral.
• 1805: mars-août; 21 octobre •

VILLENEUVE-BARGEMONT
Jean-Paul Alban, vicomte de
1784-1850
Homme politique.
• 1834: 20 septembre •

VILLENEUVE-SAINT-GEORGES
• 1908: 2 mai; 30 juillet-4 août • Voir aussi Draveil •

VILLEQUIER
René de
Gouverneur de Paris pour la Ligue.
• 1574: 14 juin • 1587: 15 mai • 1588: 22 avril •

VILLERMÉ
Louis-René de
1782-1863
Médecin.
• 1835: 2 mai • 1840: juin •

VILLEROY
Charles de Neufville de
vers 1560-1642
Fils de Nicolas II de Neufville de Villeroy. Marquis d'Alincourt. Gouverneur du Lyonnais.
• 1594: 2 janvier; 17 février •

VILLEROY
François de Neufville, duc de
1644-1730
Fils de Nicolas de Neufville de Villeroy. Maréchal de France. Gouverneur de Louis XV.
• 1693: dans *Vendôme* au 27 juin-4 octobre • 1695: 4 janvier • 1701: 1er septembre • 1702: 1er février • 1706: 23 mai • 1714: 21 août • 1715: 13 avril; *introduction Louis XV*; fin septembre; 1er octobre • 1716: 1er avril • 1717: 15 février • 1718: 26 août • 1722: 15 juin; 10 août •

VILLEROY
Nicolas de Neufville, sieur de
1526-1598
Fils de Nicolas de Neufville de Villeroy. Secrétaire d'État. Ministre d'Henri IV.
• 1574: *Introduction Henri III* • 1580: juin • 1586: 19 août • 1588: 13 mai; 8 septembre • 1589: 17 février • 1590: avril-août • 1592: mars-avril • 1593: 27 janvier • 1594: 2 janvier; fin septembre • 1599: 30 juillet • 1604: avril • 1610: 15 mai; dans *Les Barbons* au 22 mai • 1612: 23 mai • 1615: 24 mars • 1616: mai; 26-30 novembre • 1617: 24 avril •.

VILLEROY
Nicolas de Neufville de
1543-1617
Trésorier de France.
• 1547: 10 mai • 1570: 14 janvier • 1574: *Introduction Henri III* •

VILLEROY
Nicolas de Neufville, sieur de
1598-1685
Fils de Nicolas de Neufville de Villeroy. Président du Conseil royal des finances.
• 1661 : 12 septembre •

VILLERS-COTTERÊTS
Ordonnance de
1539
• 1515 : *introduction François Ier* • 1539 : 10 août •

VILLERS-COTTERÊTS
1918
• 1916 : dans *Les généraux de la Grande Guerre* au 14 octobre • 1918 : 18 juillet •

VILLETTE
Charles-Michel, marquis de
1736-1793
Officier.
• 1778 : 30 mars ; 30 mai • 1791 : 13 avril • 1793 : dans *Anarcharsis Cloots* au 30 décembre •

VILLETTE (LA)
• 1985 : autres événements • 1986 : 13 mars • 1987 : autres événements • 1988 : dans *Les chantiers du président* au 4 mars • 1990 : autres événements •

VILLIERS
Georges
Industriel. Président du CNPF.
• 1946 : 12 juin •

VILLIERS
Philippe de
Né en 1949
Homme politique.
• 1994 : 12 juin • 1995 : janvier ; 23 avril • 1999 : 9-16 avril •

VILLIERS DE L'ISLE-ADAM
Auguste
1838-1889
Écrivain.
• 1883 : 19 février ; *biographie* au 19 février • 1885 : février • 1886 : 15 mai • 1894 : 26 février •

VILLON
François
• Voir François Villon •

VILLON
Gaston Duchamp, dit Jacques
1875-1963
Peintre.
• 1908 : dans *Le cubisme* au 14 novembre • 1946 : 19 juillet •

VILLON
Roger Ginsburger, dit Pierre
1901-1981
Homme politique.
• 1943 : 27 mai ; 21 juin ; 26 novembre • 1944 : 24 mai ; 21 août •

VILMORIN
Pierre-Antoine Levêque de
1746-1804
Agronome.
• 1786 : autres événements •

VILNA
• 1812 : 24 juin-14 septembre ; 19 octobre-13 décembre ; 23 décembre •

VIMORY
Bataille de
1587
• 1574 : *introduction Henri III* • 1587 : 26 octobre •

VINÇARD
Louis Edme Jean-Baptiste, dit Jules
1796-?
Chansonnier.
• 1828 : dans *Le saint-simonisme* en décembre •

VINCENNES
Château de
• 1064 : *introduction Charles V le Sage* • vers 1361 • 1373 : autres événements •

VINCENNES
Édit du Bois de
1374
• 1374 : 14 août • 1380 : *introduction Charles VI* •

VINCENNES
Hippodrome de
• 1857 : 27 avril •

VINCENT
Baron de
Diplomate autrichien.
• 1815: 20 novembre •

VINCENT
François-Nicolas
1767-1794
Membre du club des Cordeliers. Secrétaire général du ministère de la Guerre.
• 1793: 14 avril; 5 août; 16 septembre; 17 décembre; dans *Les Cordeliers* au 17 décembre; 21 décembre; 22 décembre; 23 décembre • 1794: 12 janvier; 28 janvier; 2 février; 4 mars; 9 mars; 13 mars; 21 mars •

VINCENT DE BEAUVAIS
avant 1200-1264
Dominicain. Auteur.
• 1226: *introduction Louis IX* • 1246: autres événements • 1260: janvier •

VINCENT DE PAUL
Saint (dit Monsieur Vincent)
1581-1660
Fondateur d'Ordres religieux.
• 1611: dans *Bérulle* au 11 novembre • 1617: 8 décembre • 1618: 7 novembre; dans *Le siècle des saints* au 7 novembre • 1619: 8 février • 1625: 17 avril • 1627: *Les débuts de la colonisation* au 29 avril-4 mai • 1633: juillet; 29 novembre • 1638: dans *Le jansénisme* au 6 mai; autres événements • 1662: dans *Bossuet* au 26 février-9 avril • 1670: dans *Prédication et prédicateurs* en novembre •

VINCENT FERRIER
† 1419
• 1419: autres événements •

VINCHY
Bataille de
717
• 716-720 • 717: 21 mars •

VINCI
Léonard de
• Voir Léonard de Vinci •

VINNITSA
(Ukraine)
Charnier.
• 1943: 24 mai •

VINOY
Joseph
1800-1880
Général.
• 1871: 21 janvier; 23 janvier; 18 mars; 7 avril; 26 mai •

VINTIMILLE
Pauline-Félicité de Nesle de
1712-1741
Maîtresse de Louis XV roi de France.
• 1741: 2 septembre •

VINTIMILLE DU LUC
Charles-Gaspard de
1655-1746
Archevêque de Paris.
• 1715: *introduction Louis XV* • 1729: 4 mai • 1731: 10 janvier; 15 juillet; 30 juillet; 13 août • 1732: 30 janvier; 27 avril; 14 mai • 1746: 13 mars •

VIOLANTE
Fille de Robert Ier duc de Bar. Épouse de Jean Ier roi d'Aragon.
• 1379: octobre •

VIOLLET-LE-DUC
Eugène
1814-1879
Architecte.
• 1834: 27 mai • 1844: 11 mars • 1857: autres événements; *biographie* dans autres événements • 1863: autres événements • 1865: 15 mai • 1871: autres événements • 1883: 10 mars • 1904: autres événements • 1927: dans *Ferdinand Buisson* au 8 décembre •

VIOLLETTE
Maurice
1870-1960
Avocat. Ministre.
• 1917: 20 mars • 1923: 1er juin • 1925: 13 mai • 1935: 30 mars • 1936: 4 juin; 30 décembre • 1937: 21-22 juin • 1938: 8 février; 14 mars •

VIOLLIS
Andrée Françoise Caroline d'Ardenne de Tizac, dite Andrée
1879-1950
Journaliste.
• 1935: 8 novembre •

Virgile
• 1964 : juin •

Virieu
François-Henri de
1754-1793
Député aux États généraux.
• 1789 : dans *Les monarchiens* au 10 septembre •

Visconti
• Voir Filippo • Galeazzo • Galeazzo II • Gian Galeazzo • Matteo • Valentine •

Visconti
Louis
1791-1853
Architecte.
• 1857 : 14 août • 1861 : 2 avril •

Visé
Entrevue de
942
• 942 : septembre-novembre •

Visitation
Ordre de la
• 1618 : dans *Le siècle des saints* au 7 novembre •

Vital de Savigny
• 1108-1109 : dans *Les réformateurs de l'Ouest* • 1122-1123 •

Vital-Durand
Brigitte
Journaliste.
• 1996 : 25 octobre •

Vitaly
Vitaly Garkouchenko, dit Georges
1917-1985
Metteur en scène d'origine russe.
• 1947 : 17 juin ; 3 décembre •

Vitet
Louis, dit Ludovic
1802-1873
Écrivain. Homme politique.
• 1831 : 23 octobre • 1834 : 27 mai •

Vitez
Antoine
1930-1990
Metteur en scène.
• 1981 : septembre • 1989 : 18 mars •

Viticulteurs du Midi
Révolte des
1907
• 1907 : 1er avril ; 9-10 juin ; 17-26 juin ; 29 juin •

Vitrac
Roger
1899-1952
Écrivain.
• 1924 : dans *Les surréalistes* au 12, 15 octobre • 1926 : autres événements •

Vitrolles
Eugène-François-Auguste d'Arnaud de
1774-1854
Homme politique, ministre.
• 1814 : 2 avril ; *biographie* au 2 avril ; 15 avril ; *introduction La première Restauration* ; 13 mai • 1815 : 4 avril ; 24 septembre • 1816 : 25 mars • 1818 : mai •

Vitry
Nicolas de L'Hospital, duc de
• Voir L'Hospital, Nicolas de •

Vivant Denon
Dominique
• Voir Denon, Dominique Vivant •

Viviani
René
1862-1925
Journaliste et homme politique. Président du Conseil.
• 1882 : dans *Le socialisme français* en septembre • 1899 : 5 juin ; 14 juillet • 1904 : 18 avril • 1906 : 22 octobre • 1909 : 24 juillet • 1913 : 9 décembre • 1914 : 2-4 juin ; 13 juin ; 19 juillet ; 21-23 juillet ; 29 juillet ; 30 juillet ; 31 juillet ; 3 août ; dans *Les femmes dans la guerre* au 18 août ; 26 août ; 3 septembre • 1915 : 14 avril ; 27 mai ; 6 juillet ; 29 octobre • 1916 : 12 décembre • 1917 : 20 mars • 1920 : 15 novembre •

VIVIEN
† 851
Abbé de Saint-Martin de Tours. Comte de Tours de 844 à 851.
• 844: autres événements • 845: Noël; autres événements • 851: 22 août •

VIVIEN
Alain
Né en 1938
Homme politique.
• 2000: 7 février •

VIVIEN
Alexandre François
1799-1854
Homme politique, ministre.
• 1840: 1er mars • 1848: 17 mai-17 juin; 7 26 août; 13 octobre •

VIVIER-EN-BRIE
Ordonnance de
• 1320: janvier •

VIVONNE
Jean de
Marquis de Pisany.
• 1594: octobre •

VIVONNE
Louis-Victor de Rochechouart, duc de Mortemart et de
1636-1688
Maréchal de France.
• 1675: 11 février • 1676: janvier-juin •

VLAMINCK
Maurice de
1876-1958
Peintre.
• 1901: autres événements • 1904: dans *Matisse* au 1er-18 juin • 1905: dans *Le fauvisme* au 18 octobre • 1937: dans *L'Exposition internationale* au 24 mai • 1941: 22 octobre • 1942: 21 janvier •

VLASSOV
Andreï Andreïevitch
1900-1946
Général soviétique.
• 1945: 7-9 mai •

VOGÜÉ
Eugène Melchior de
1848-1910
Diplomate et écrivain.
• 1910: 24 mars •

VOGÜÉ
Jean de
1898-1972
Résistant.
• 1944: 24 mai •

VOIDEL
Jean-Georges-Charles
1758-1812
Avocat. Député aux États généraux.
• 1790: 12 avril; 26 novembre; 27 novembre •

VOILQUIN
Suzanne
1801-1877
• 1828: dans *Le saint-simonisme* en décembre •

VOIROL
Théophile
1781-1853
Général.
• 1832: 4 mars •

VOISIN
Catherine Deshayes, dite la
† 1680
Empoisonneuse.
• 1667: dans *Racine* au 7 novembre • 1669: dans *Mme de Montespan* dans autres événements • 1679: 19 mars •

VOISIN
Charles
1882-1912
Ingénieur et industriel.
• 1870: *introduction La IIIe République: De la chute du Second Empire à la Première Guerre mondiale* •

VOISIN
Gabriel
1880-1973
Ingénieur et industriel.
• 1870: *introduction La IIIe République: De la chute du Second Empire à la Première Guerre mondiale* •

VOITURE
Vincent
1597-1648
Poète.
• 1641 : dans *Salons, mondains et précieuses* au 22 mai • 1657 : dans *Tallemant des Réaux* dans autres événements • 1733 : mars •

VOIX DES FEMMES (LA)
1917
Journal.
• 1917 : 31 octobre •

VOIX DU PEUPLE (LA)
Journal.
• 1848 : 4 mars ; 1er avril •

VOIZARD
Pierre
1896-1982
Haut fonctionnaire.
• 1953 : 2 septembre •

VOLLARD
Ambroise
1868-1939
Marchand d'art. Éditeur.
• 1901 : 21 juin • 1904 : 1er-18 juin • 1905 : dans *Le fauvisme* au 18 octobre • 1907 : dans *Picasso* en juillet • 1924 : décembre •

VOLNEY
Constantin-François Chassebeuf, dit
1757-1820
Historien, philosophe et orientaliste.
• 1787 : autres événements ; *biographie* dans autres événements • 1788 : novembre • 1789 : 13 février ; 18 septembre • 1790 : 18 mai ; 22 mai • 1791 : septembre • 1793 : août • 1802 : dans *Les Idéologues* au 18 mars •

VOLPIANO
Siège de
1555
• 1555 : août •

VOLTAIRE
François-Marie Arouet, dit
1694-1778
Philosophe.
• 1715 : *introduction Louis XV* • 1717 : 16 mai • 1718 : 11 avril ; 18 novembre • 1720 : autres événements • 1723 : autres événements • 1724 : autres événements • 1726 : 17 avril ; *biographie* au 17 avril • 1727 : 1er mai • 1728 : autres événements • 1730 : 15 mars ; 11 décembre • 1731 : autres événements • 1732 : 13 août ; autres événements • 1733 : mars ; juin • 1734 : avril • 1736 : 8 janvier ; 27 janvier ; 10 octobre ; autres événements • 1738 : autres événements • 1740 : 8 juin ; autres événements • 1742 : 9 août • 1743 : 20 février • 1744 : autres événements • 1745 : 27 mars ; dans *Diderot* dans autres événements • 1746 : juillet ; autres événements • 1747 : septembre • 1748 : 29 août ; autres événements • 1750 : 12 janvier ; autres événements • 1752 : début ; autres événements • 1753 : autres événements • 1754 : 26 janvier ; autres événements • 1755 : 20 août ; 1er novembre ; autres événements • 1756 : dans *Les physiocrates* dans autres événements ; autres événements • 1758 : octobre • 1759 : février ; autres événements • 1760 : 3 septembre ; autres événements • 1762 : février ; 10 mars ; autres événements • 1763 : dans *La Harpe* dans autres événements ; autres événements • 1764 : juin ; autres événements • 1765 : 9 mars • 1766 : mai ; 1er juillet • 1767 : août ; autres événements • 1768 : mars ; autres événements • 1770 : autres événements • 1771 : novembre ; autres événements • 1773 : autres événements • 1774 : dans *David* dans autres événements • 1775 : dans *Beaumarchais* au 23 février • 1777 : autres événements • 1778 : 30 mars ; 30 mai • 1780 : autres événements • 1787 : dans *Volney* dans autres événements • 1788 : dans *D'Antraigues* dans autres événements • 1791 : 13 avril ; 30 mai ; 11 juillet • 1793 : dans *Anacharsis Cloots* au 30 décembre • 1794 : 23 janvier • 1819 : dans *L'Église à la reconquête des âmes* au 24-27 octobre • 1823 : dans *Le romantisme* en juillet • 1837 : 31 août • 1838 : dans *Rachel* au 12 juin • 1842 : 30 juin • 1844 : juillet • 1878 : février ; 21 mai ; 30 mai ; 1er juillet •

VONCK
Jean-François
† 1792
Patriote belge.
• 1792 : 1er décembre •

VOROCHILOV
Kliment Lefremovitch
1881-1969
Maréchal soviétique.
• 1939 : 12-14 août •

W

WACE
vers 1110-après 1165
Auteur.
• 1155: dans *Les intellectuels de la Cour Plantagenêt* dans autres événements •

WADDINGTON
William Henry
1826-1894
Archéologue. Homme politique. Président du Conseil.
• 1873: 19 mai • 1876: 10 mars; 23 mars; 20 juillet; 13 décembre • 1877: 14 décembre • 1879: 4 février; 22 mars; 21 mai; 12 juin; 2-16 décembre • 1883: 12 février; 15 février •

WAECHTER
Antoine
Né en 1949
Homme politique.
• 1988: 24 avril • 1995: janvier •

WAGENER
Alfred
1880-1930
Géophysicien allemand.
• 1947: 27 février •

WAGNER
Cosima
1837-1930
Fille de Franz Liszt et de Marie d'Agoult. Épouse de Richard Wagner.
• 1850: dans *Marie d'Agoult* au 23 mars •

WAGNER
Richard
1813-1883
Compositeur allemand.
• 1807: 15 décembre •1828: février • 1846; dans *L'opéra-comique* au 9 novembre • 1850: dans *Marie d'Agoult* au 23 mars • 1861: mars • 1885: dans *Chabrier* dans autres événements • 1887: 21-29 avril • 1890: dans *Ernest Chausson* dans autres événements • 1894: dans *Debussy* au 22 décembre • 1902: 30 avril • 1907: dans *Le renouveau musical* au 12 janvier • 1916: dans *Romain Rolland* en décembre • 1976: août •

WAGNER
Robert
1895-1946
Gauleiter en Alsace.
• 1940: 7 août •

WAGNER
Wolfgang
Né en 1919
Petit-fils de Richard Wagner. Metteur en scène.
• 1976: août •

WAGRAM
Bataille de
1809
• 1809: 8 avril-12 juillet • 1816: dans *Courier* au 10 décembre • 1837: 10 juin •

WAHL
François
Né en 1925
Éditeur.
• 1966: novembre •

WAHL
Jean
1888-1974
Philosophe et poète.
• 1910: autres événements • 1938: autres événements • 1947: février • 1949: décembre • 1951: décembre • 1958: 25 novembre •

WAHLAFRID STRABON
vers 808-849
Abbé de Reichenau jusqu'en 849.
• 829: août • 849: 18 août •

WAÏFRE
† 768.
Frère de Hunald, duc d'Aquitaine. Duc d'Aquitaine de 745 à 768.
• 745 • 752 • 760 • 763 • 765 • 766 ou 767: août • 768: printemps; juin •

WAILLY
Charles de
1730-1798
Architecte.
• 1782: 9 avril • 1783: autres événements •

WALA
vers 773 836
Abbé de Corbie de 826 à 831.
• 814: *introduction Louis le Pieux* • 830: avril

• 831: février • 836: mai • 836-852 • vers 851 •

WALCHER
Jacob
1887-1970
Homme politique allemand.
• 1933: dans *Les réfugiés allemands* au 27 février •

WALCHEREN
Bataille de
1253
• 1253: 4 juillet •

WALDECK
Georges-Frédéric, prince de
1620-1692
Chef des armées de la ligue d'Augsbourg.
• 1672: dans *Le maréchal de Luxembourg* au 6 avril • 1690: 1er juillet • 1691: 19 septembre •

WALDECK-ROUSSEAU
Loi
1884
• 1884: 21 mars •

WALDECK-ROUSSEAU
René
1846-1904
Homme politique. Président du Conseil.
• 1870: *introduction La IIIe République: De la chute du Second Empire à la Première Guerre mondiale* • 1881: 14 novembre • 1882: dans *Le socialisme français* en septembre • 1883: 21 février • 1884: *biographie* au 21 mars • 1885: 24 mars • 1892: dans *Albert de Mun* au 6 mars • 1898: 22 mars • 1899: 27 février-1er mars • 1899: 23 juin; dans *Millerand* au 23 juin; 26 juin; dans *Galliffet* au 26 juin; 14 juillet; 16 novembre • 1900: 22 avril • 1901: 17 décembre • 1902: 4 juin; 7 juin; dans *Combes* au 7 juin • 1903: 27 juin • 1912: dans *Raymond Poincaré* au 14 janvier • 1921: 9 octobre •

WALEWSKA
Marie Laczynska, comtesse
1789-1817
Maîtresse de Napoléon Ier.
• 1809: 4 novembre •

WALEWSKI
Alexandre-Florian-Joseph Colonna, comte
1810-1868
Fils naturel de Napoléon Ier. Diplomate. Ministre. Homme de letttres.
• 1855: 7 mai • 1860: 4 janvier; 24 novembre • 1865: 1er septembre • 1867: 29 mars •

WALLENSTEIN
Albert de
1583-1634
Chef d'armées de l'Empire.
• 1610: *introduction Louis XIII* • 1626: avril-août • 1629: 7 juin • 1630: juillet-août • 1632: 17 novembre • 1634: 25 février •

WALLIS ET FUTUNA
• 1841: autres événements •

WALLON
Amendements
1875
• 1875: 1er-3 février; 24 février •

WALLON
Armand
Historien.
• 1947: dans *La nouvelle histoire* au 3 novembre •

WALLON
Henri
1812-1904
Historien. Homme politique, ministre.
• 1873: dans *Mac-Mahon* au 24 mai • 1874: 15 juin; 15 juillet • 1875: 29 janvier; 30 janvier; 17-18 février; 19 février; 24 février; 11 mars •

WALLON
Henri
1879-1962
Psychologue.
• 1945: mars • 1946: 15 mars • 1956: 22 novembre •

WALPOLE
Robert
1676-1745
Premier ministre britannique.
• 1721: 4 avril •

Walter
Homme politique.
• 1928: 1er-24 mai •

Walter
Bruno
1876-1962
Chef d'orchestre américain d'origine allemande.
• 1952: mai •

Walter
Marie-Thérèse
Née en 1910
Modèle et compagne de Picasso.
• 1907: dans *Picasso* en juillet •

Wamba
Roi wisigoth.
• 672 • 673: été; septembre •

Wandrille
Saint
† 668
• 629: *introduction Dagobert Ier* • 649: mars • vers 700 •

Wangen
Bataille de
610
• 610 •

Wannsee
Conférence de
1942
• 1942: 20 janvier •

Warin
Comte de Paris.
• 673: 10 mars-15 mai •

Warlimont
Walter
Général allemand.
• 1940: 13 décembre •

Warnachaire
† 626/627
Maire du palais de Bourgogne.
• 613: dans *Unité des royaumes francs (613-629)* au 19 février • 614: autres événements • 626-627 •

Warraton
Maire du palais de Neustrie de 680 à 686 et de Neustrie-Bourgogne de 683 à 684.
• 676 • 680 • 683-684 • 686 •

Warren
Amiral anglais.
• 1795: 23 juin; 20 septembre •

Warwick
Richard Neville, comte de
† 1471
Maréchal d'Angleterre.
• 1470: 13 septembre • 1471: 11 avril •

Washington
George
1732-1799
Président des États-Unis.
• 1775: 23 août • 1777: dans *La Fayette* en avril • 1785: autres événements •

Wassy
Massacre de
1562
• 1560: *introduction Charles IX* • 1562: janvier-mars; mars •

Watelet
Claude-Henri
1718-1786
Écrivain. Peintre. Sculpteur. Graveur.
• 1760: autres événements • 1774: autres événements •

Waterloo
Bataille de
1815
• 1815: *introduction Les Cent-Jours*; 14-18 juin; 24 juin; *introduction La seconde Restauration* • 1816: janvier; 2-12 janvier • 1829: 10 août • 1865: 29 avril • 1888: 23 juin •

Watteau
Antoine
1684-1721
Peintre.
• 1712: autres événements • 1715: autres événements • 1716: autres événements • 1717: autres événements • 1719: autres événements • 1721: autres événements •

WATTEAU
Louis, dit Watteau de Lille
1731-1798
Peintre.
• 1786: autres événements •

WATTEVILLE
Charles, baron de
† 1670
Diplomate au service de l'Espagne.
• 1661: 10 octobre •

WATTIGNIES
Bataille de
1793
• 1792: *introduction La République jacobine*
• 1793: 16 octobre •

WEBER
Max
1864-1920
Économiste, philosophe et sociologue allemand.
• 1927: dans *Les normaliens de l'entre-deux-guerres* au 15 avril •

WEBERN
Anton
1883-1945
Compositeur autrichien.
• 1920: dans *Le Groupe des Six* au 16-23 janvier • 1954: dans *Le Domaine musical* au 13 janvier •

WEIL
André
1906-1998
Mathématicien.
• 1935: dans *Le groupe Bourbaki* au 10 juillet
• 1951: décembre •

WEIL
Éric
1904-1977
Philosophe.
• 1946: juin •

WEIL
Julien
1873-1950
Grand rabbin de Paris.
• 1939: 10 février •

WEIL
Patrick
Né en 1956
Sociologue.
• 1997: août •

WEIL
Simone
1909-1943
Philosophe.
• 1903: dans *Alain* au 9 juillet • 1933: dans *Les réfugiés allemands* au 27 février • 1936: 10 juin; *biographie* au 10 juin • 1937: dans *Auguste Detœuf et les Nouveaux Cahiers* au 15 mars • 1938: 14 septembre • 1946: mars
• 1949: février • 1969: novembre •

WEISS
Général.
• 1944: 20 mars •

WEISS
André
1858-1928
Juriste.
• 1915: autres événements •

WEISS
Louise
1893-1983
Journaliste. Militante féministe.
• 1935: 12 mai •

WEISSBERG
Alexandre
1901-1964
Physicien.
• 1939: dans *Autour du pacte* au 22-23 août •

WEISSENFELS
Bataille de
1813
• 1804: dans *Les maréchaux* au 18 mai
• 1813: 29 avril-4 juin •

WELCHE
Charles
1828-?
Homme politique, ministre.
• 1877: 23 novembre •

Wellers
Georges
1905-1994
Déporté. Historien.
• 1942 : 29 mai •

Welles
Orson
1915-1985
Cinéaste américain.
• 1946 : 6 juillet •

Welles
Sumner
1892-1961
Diplomate américain.
• 1940 : 11 février •

Wellington
Arthur Wellesley, duc de
1769-1852
Général. Homme politique anglais.
• 1808 : 1er août • 1809 : 16 septembre • 1810 : 28 août • 1811 : 4 avril • 1812 : 7 janvier-12 août • 1813 : 15 mai-31 juillet • 1814 : dans *Blacas* au 13 mai • 1815 : 14-18 juin ; 23 juin ; 24 juin ; 26 juin ; 29 juin ; 1er juillet ; 4 juillet ; 5 juillet ; 12 août • 1818 : 11 février ; 25 avril • 1828 : 16 juillet •

Wells
Herbert George
1866-1946
Écrivain britannique.
• 1901 : avril •

Wenceslas
• Voir Charles IV empereur •

Wenceslas
† 1383
Duc de Brabant.
• 1383 : décembre •

Wenceslas de Luxembourg
† 1419
Fils de Charles IV empereur. Roi des Romains. Roi de Bohême à partir de 1363. Empereur de 1378 à 1400 (déposé).
• 1364 : *introduction Charles V le Sage* • 1378 : 4 janvier • 1398 : fin mars • 1402 : 18 août •

Wendel
Charles de
1809-1870
Industriel. Cofondateur du Comité des forges.
• 1836 : dans *Les « barons du fer » : Schneider, Wendel, de Dietrich* dans autres événements •

Wendel
François de
1779-1825
• 1836 : dans *Les « barons du fer » : Schneider, Wendel, de Dietrich* dans autres événements •

Wendel
François de
1874-1949
Industriel. Homme politique.
• 1836 : dans *Les « barons du fer » : Schneider, Wendel, de Dietrich* dans autres événements • 1938 : dans *Munichois et antimunichois* au 4 octobre •

Wendel
Ignace de
1741-1795
Industriel.
• 1782 : 18 décembre • 1836 : dans *Les « barons du fer » : Schneider, Wendel, de Dietrich* dans autres événements •

Wendel
Jean-Martin
1665-1737
• 1836 : dans *Les « barons du fer » : Schneider, Wendel, de Dietrich* dans autres événements •

Wénilon
Archevêque de Sens de 840/841 à 865.
• 841 : août • 848 : 6 juin • 858 : mi-août • 859 : juin ; novembre-décembre •

Wernher
Évêque de Strasbourg de 1001 à 1029.
• après 1015 •

Weroc
Chef breton.
• 575 : autres événements •

Werth
Jean de
vers 1600-1652
Général de l'Empire.
• 1636 : juillet-août ; 16 août •

WILDENSTEIN
Georges
1892-1963
Marchand d'art.
• 1938: dans *Georges-Henri Rivière* au 21 juin •

WILFRID
Saint
634-709/710
Moine. Évêque de Northumbrie.
• 655-658 • 678-679 •

WILHELMINE
1880-1962
Reine des Pays-Bas de 1890 à 1948.
• 1914: *introduction La IIIe République: D'une guerre à l'autre* •

WILLAERT
Adriaan
vers 1480-1562
Compositeur flamand.
• 1503: dans *Josquin Des Prés, la musique sacrée et la musique profane* dans autres événements •

WILLERMOZ
Jean-Baptiste
1730-1824
Philosophe et occultiste.
• 1834: dans *Ballanche* en septembre •

WILLIACHAIRE
Duc de Tours et de Poitiers.
• 556 •

WILLIAM DE LA POLE
Comte de Suffolk.
• 1423: 26 septembre • 1429: 12 juin • 1472: dans *Guillaume Dufay et Gille Binchois* dans autres événements •

WILLIBRORD
Saint
658-739
Moine. Évêque d'Utrecht de 695 à 739.
• 687 • 695 •

WILSON
Daniel
1840-1919
Homme d'affaires et homme politique.
• 1879: dans *Jules Grévy* au 30 janvier • 1883: 5 octobre • 1887: 15 octobre; 9 novembre; 10 novembre; 17 novembre; 2 décembre; 13 décembre • 1888: janvier; 1er mars; 26 mars; 26 novembre •

WILSON
Georges
Né en 1921
Acteur et metteur en scène.
• 1929: dans *Marcel Aymé* au 4 décembre • 1963: 21 février •

WILSON
Harold
1916-1995
Premier ministre britannique.
• 1958: *introduction La Ve République: La République gaullienne* • 1969: *introduction La Ve République: De l'héritage du gaullisme à la victoire de la gauche* •

WILSON
Horace
Ministre britannique.
• 1938: 27 septembre •

WILSON
Robert
Né en 1941
Metteur en scène américain.
• 1971: mai • 1972: 6-11 novembre • 1976: 25 juillet •

WILSON
Thomas Woodrow
1856-1924
Président des États-Unis de 1913 à 1921.
• 1870: *introduction La IIIe République: De la chute du Second Empire à la Première Guerre mondiale* • 1914: *introduction La IIIe République: D'une guerre à l'autre* • 1916: 24 novembre; 18 décembre • 1917: 10 janvier; 22 janvier; 24 janvier; 3 février-12 mars; 2-6 avril • 1918: 9 janvier; 14 février; 22, 29 mai; 1er-3 juin; 1er-26 octobre; 23 octobre; 26 octobre; 29 octobre; 27 novembre; 1er décembre; 14 décembre • 1919: 18 janvier; 14 février; 27-28 mars; 28 avril; 2 juillet •

WIMPFFEN
Félix-Louis de
1744-1814
Général.
• 1793: 30 avril; 13 juin; 13 juillet; 19 juillet •

WINCKELMANN
Johann-Joachim
1717-1768
Archéologue.
• 1766: autres événements •

WING
Wallace
Peintre américain.
• 1962: dans autres événements •

WINKELMAN
Henri
1876-1952
Général néerlandais.
• 1939: dans *Les chefs d'état-major* au 3 septembre •

WINNICOTT
Donald Woods
1896-1971
Pédiatre et psychanalyste britannique.
• 1966: novembre •

WINOCK
Michel
Né en 1937
Historien.
• 1978: mai • 1997: septembre •

WIRTH
Joseph
1879-1956
Chancelier allemand de 1921 à 1922.
• 1922: 10 avril-19 mai •

WISMAR
Traité de
1636
• 1636: 30 mars • 1638: 6-15 mars • 1641: 30 juin •

WISSEMBOURG
Bataille de
1870
• 1870: 4 août • 1909: 17 octobre •

WITT
Jean de
1625-1672
Grand pensionnaire de Hollande.
• 1672: 29 juin-20 août •

WITTGENSTEIN
Ludwig
1889-1951
Philosophe.
• 1962: avril • 1976: septembre •

WITTIG
Monique
Née en 1935
Écrivain.
• 1964: 30 octobre •

WOGATISBURG
Bataille de
631
• 631 •

WOJTYLA
Karol
• Voir Jean-Paul II •

WOLFF
Christian
1679-1754
Philosophe et mathématicien allemand.
• 1736: autres événements • 1758: autres événements • 1772: autres événements •

WÖLFLI
Adolph
1864-1930
Artiste.
• 1948: dans *L'art brut* en juin •

WOLLMAN
Élie
Biologiste.
• 1965: dans *Trois Nobel de médecine* au 14 octobre •

WOLMAR
Melchior
Théologien luthérien.
• 1564: dans *Bèze* au 27 mai •

WOLOWSKI
Louis
1810-1876
Économiste, banquier et homme politique.
• 1852: 28 février • 1871: 26 décembre •

WOLS
Wolfgang Schultze, dit
1913-1951
Dessinateur et peintre allemand.
• 1945: 26 octobre • 1948: mai •

WOLSEY
Thomas
Cardinal. Chancelier d'Angleterre.
• 1520: 7 juin; juillet • 1521: août • 1530: autres événements •

WORMS
Concordat de
1122
• 1122: autres événements • 1130: dans *Papes, antipapes et schismes* au 25 mai •

WORMS
Paix de
984
• 984: octobre •

WORMS
Roger
• Voir Stéphane, Roger •

WORMS
Traité de
• 1740: dans *La guerre de Succession d'Autriche* au 20 octobre • 1743: 13 septembre •

WORTH
Charles-Frédéric
1825-1895
Couturier.
• 1857: autres événements •

WRANGEL
Karl-Gustav van
1613-1676
Général suédois.
• 1641: 20 mai • 1646: juin-octobre • 1648: 17 mai-20 août •

WRANGEL
Pierre de
1878-1928
Général russe.
• 1920: 11 août •

WRIGHT
Orville
1871-1948
Aviateur américain.
• 1890: dans *Ader* au 9 octobre •

WRIGHT
Wilbur
1867-1912
Aviateur américain.
• 1890: dans *Ader* au 9 octobre • 1908: 21 septembre •

WULFOALD
Maire du palais d'Austrasie.
• 676 • 679: 23 décembre •

WURMSER
Dagobert-Sigismond de
1724-1797
Général autrichien.
• 1793: 26 décembre • 1796: dans *La campagne d'Italie* au 10 avril; 27 juin; 29 juillet; 30 juillet; 5 août; 30 août; 8 septembre; 11 septembre; 15 septembre; 23 novembre • 1797: 2 février •

WURTEMBERG
Catherine de
1783-1835
Fille de Frédéric, roi de Wurtemberg. Épouse de Jérôme, roi de Westphalie.
• 1799: *introduction Napoléon Bonaparte* •

WURTEMBERG
Frédéric
Prince de Wurtemberg.
• 1590: 20-21 mars • 1601: mars •

WURTZ
Charles-Adolphe
1817-1884
Chimiste.
• 1825: dans *Kuhlmann et Péchiney* dans autres événements •

X

XANTHEN
Traité de
1614
• 1610: 3 septembre • 1614: 10 novembre •

XAVIER
1753-1754
Fils du dauphin Louis. Duc d'Aquitaine.
• 1715: *introduction Louis XV* •

XENAKIS
Iannis
Né en 1922
Compositeur français d'origine grecque.
• 1941: dans *Olivier Messiaen* au 26 juin
• 1968: 4 avril • 1972: 6-11 novembre
• 1989: 10 juillet •

Y

Yalta
Conférence de
1945
• 1940: dans *De Gaulle* au 18 juin • 1944: *introduction Du Gouvernement provisoire à la IVe République* • 1945: 25 janvier; 4-11 février •

Yanaon
• Voir Inde, Comptoirs français en •

Ybarnegaray
Jean
1883-1956
Ministre.
• 1919: 2 octobre • 1934: 9-12 janvier; 16 février • 1935: 6 décembre • 1940: 10 mai; 16 juin; 12 juillet •

Yeiwéné
Yeiwéné
† 1989
Canaque. Vice-président du FLNKS.
•1989: 4 mai •

Yersin
Alexandre
1863-1943
Bactériologiste.
• 1881: dans *Pasteur* au 13 juin •

Yolande
Fille d'Eudes, comte de Nevers. Comtesse de Nevers-Auxerre-Tonnerre. Épouse de Jean-Tristan, comte de Valois.
• 1226: *introduction Louis IX* • 1266: 4 août •

Yolande d'Aragon
† 1442
Épouse de Louis II d'Anjou.
• 1422: *introduction Charles VII*; dans *Alain Chartier* à avant août • 1442: autres événements •

Yolande de Flandre
Épouse de Philippe de Navarre.
• 1337: dans *Guillaume de Machaut* dans autres événements • vers 1355 •

Yolande de France
1434-1478
Fille de Charles VII, roi de France. Épouse d'Amédée IX, duc de Savoie.
• 1422: *introduction Charles VII* • 1461: *introduction Louis XI* •

Yolande de Montfort
Épouse d'Arthur de Bretagne.
• 1209: dans *Les Montfort (1165-1265)* au printemps •

Yorck
Ludwig, comte de Wartenburg
1759-1830
Feld-maréchal prussien.
• 1812: 24 juin-14 septembre • 1814: 10-18 février •

York
Frédéric, duc d'
1762-1827
Fils de George III d'Angleterre. Officier.
• 1793: 2 août; 8 septembre •

Yorktown
Bataille de
1781
• 1777: dans *La Fayette* en avril • 1781: 19 octobre • 1981: 17-23 octobre •

Yoshihito
Taisho tenno
1879-1926
Empereur du Japon de 1912 à 1926.
• 1870: *introduction La IIIe République: De la chute du Second Empire à la Première Guerre mondiale* • 1914: *introduction La IIIe république: D'une guerre à l'autre* •

Yougoslavie
• 1914: *introduction La IIIe République: D'une guerre à l'autre* • 1917: 10 janvier; 20 juillet • 1918: 22, 29 mai; 1er-3 juin • 1919: 24 avril; 8 juin; 10 septembre • 1920: 4 juin • 1924: 25 janvier • 1926: juin • 1927: 11 novembre • 1933: 5 mars • 1941: 25-27 mars; 6 avril; 13 avril • 1943: 28 novembre-2 décembre •

Yougoslavie (Ex-)
• 1991: 25 juin • 1992: 28 juin • 1993: mars • 1994: mai • 1995: juillet; 29 août • 1998: 1er août • 1999: janvier; 23 février; 23 mars; avril; 3 juin •

Young
Arthur
1741-1820
Agronome anglais.
• 1793: avril •

YOUNG
Owen D.
1874-1962
Banquier américain.
• 1928: 22 décembre •

YOUNG
Plan
1929
• 1919: dans *Les réparations* au 28 juin • 1928: 22 décembre • 1929: 11-20 juillet; 28 août • 1930: 20 janvier; 12-29 mars • 1931: 6 juin • 1938: 2 août •

YOURCENAR
Marguerite de Crayencour, dite Marguerite
1903-1987
Écrivain. Académicienne.
• 1925: autres événements • 1951: octobre • 1968: mai • 1980: mars • 1999: dans *Femmes et parité* au 10 mars •

YOUSSEF
Moulay
† 1927
Demi-frère de Moulay Hafid. Sultan du Maroc de 1912 à 1927.
• 1912: 12-14 août •

YVARAL
Jean-Pierre
Artiste.
• 1960: autres événements •

YVES DE CHARTRES
vers 1040-1115/1116
Évêque de Chartres de 1090 à 1115/1116. Auteur.
• 1037: autres événements • 1078: autres événements • 1093-1094 • 1108-1109: dans *Les réformateurs de l'Ouest* •

YVETOT
Georges
1868-1942
Typographe. Syndicaliste.
• 1908: 30 juillet-4 août •

Z

Zacharie Ier
† 752
Pape de 741 à 752.
• 749 • 751 : automne; *introduction Pépin le Bref* •

Zadkine
Ossip
1890-1967
Sculpteur russe naturalisé français.
• 1935 : 4 juin • 1937 : dans *L'Exposition internationale* au 24 mai •

Zaïre
• 1978 : 19 mai • 1997 : 19 mars •

Zairnko
Jan
Peintre-graveur polonais.
• 1612 : 5-7 avril •

Zaitsev
Boris
1881-1972
Écrivain russe.
• 1926 : dans *Les Russes en France* au 14 avril •

Zamiatine
Eugène
1887-1937
Écrivain russe.
• 1926 : dans *Les Russes en France* au 14 avril •

Zao Wou-ki
Né en 1921
Peintre français d'origine chinoise.
• 1981 : 13 juin-10 août •

Zay
Jean
1904-1944
Homme politique. Ministre.
• 1936 : 4 juin; août • 1937 : 21-22 juin • 1938 : 18 janvier; 14 mars; 10 avril • 1939 : 13 septembre • 1940 : 21 juin; 1er décembre • 1944 : 20 juin •

Zehrfuss
Bernard
1911-1996
Architecte.
• 1958 : mars •

Zeller
André
1898-1979
Général.
• 1956 : 28 février • 1961 : 22-25 avril •

Zénon
† 491
Empereur byzantin de 474/476 à 491.
• vers 481 : *introduction Clovis* •

Zervos
Christian
1889-1970
Fondateur des Cahiers d'art.
• 1926 : autres événements • 1932 : 16 juin • 1938 : dans *Georges-Henri Rivière* au 21 juin • 1947 : juin •

Zetkin
Clara
1857-1933
Révolutionnaire allemande.
• 1920 : 25-30 décembre •

Zévaco
Michel
1860-1918
Professeur de lettres. Écrivain.
• 1902 : autres événements • 1907 : dans *Les feuilletonistes modernes* dans autres événements •

Zévaès
Alexandre Bourson, dit
1873-1953
Historien, journaliste. Homme politique.
• 1896 : 10 novembre •

Zimmerman
Télégramme
• 1917 : 3 février-12 mars •

Zimmerwald
Conférence de
1915
• 1911 : dans *Merrheim* au 5 janvier • 1915 : 5-8 septembre •

Zinnemann
Fred
Né en 1907
Cinéaste américain.
• 1952 : 23 juillet •

ZINOVIEV
Grégori Radomyslski, dit
1883-1936
Homme politique soviétique.
• 1914: *introduction La IIIe République: D'une guerre à l'autre* • 1924: 20-24 janvier • 1927: 15 novembre • 1936: 19-23 août •

ZIRNHELD
Jules
1876-1940
Dirigeant syndical.
• 1919: 1er-2 novembre •

ZISLIN
Henri
1875-1958
Dessinateur alsacien.
• 1911: avril; dans *Hansi* en avril • 1912: dans *Jeunes écrivains nationalistes* au printemps •

ZLATIN
Sabine, dite Yanka
1907-1996
Résistante.
• 1945: dans *Rapatriement* au 19 juin •

ZOG
1895-1961
Roi d'Albanie.
• 1939: 7-8 avril •

ZOLA
Émile
1840-1902
Écrivain.
• 1856: dans *Le réalisme littéraire* en novembre • 1863: dans *Manet* au 15 mai • 1864: 24 décembre • 1866: 27 avril • 1867: 7 décembre • 1870: *introduction La IIIe République: De la chute du Second Empire à la Première Guerre mondiale* • 1871: octobre • 1874: dans *L'impressionnisme* au 15 avril-15 mai; dans *Barbey d'Aurevilly* en novembre • 1875: 27 mars • 1877: février; 22 avril • 1879: octobre • 1880: janvier; 1er mai; 4 décembre • 1882: 12 avril • 1883: 17 mars; dans *Maupassant* en avril • 1884: 21 février-17 avril • 1885: 27 mars • 1886: dans *Les symbolistes* au 18 septembre • 1887: 30 mars; 18 août; 15 novembre • 1890: 26 mars • 1892: 24 juin • 1894: 11 août • 1895: dans *Anatole France* au 23 janvier • 1896: dans *Bernard Lazare* au 6 novembre • 1897: 25 novembre • 1898: 6 janvier; 13 janvier; *biographie* au 13 janvier; 22 janvier; 7-23 février; 2 avril; 8 avril; 23 mai; 18 juillet; 5 août • 1899: 28 octobre • 1900: 13 mars; 30 mai; 10-24 décembre • 1901: mars; avril • 1902: 29 septembre; autres événements • 1906: 12-13 juillet • 1908: 4 juin • 1912: dans *Jeunes écrivains nationalistes* au printemps • 1932: dans *Céline* en octobre • 1971: 15 janvier •

ZOLI
Adone
1887-1960
Président du Conseil italien.
• 1946: *introduction La IVe République* • 1958: *introduction La Ve République: La République gaullienne* •

ZOLLVEREIN
Union douanière des États allemands.
• 1834: 1er janvier • 1852: novembre • 1862: 29 mars • 1865: 11 avril •

ZUCCARELLI
Émile
Né en 1940
Ministre.
• 1992: 2 avril • 1997: 4 juin • 2000: 27 mars •

ZUNIGA
Don Balthasar de
† 1622
Favori de Philippe IV roi d'Espagne.
• 1604: juin-décembre • 1622: 7 octobre •

ZURBARÁN
Francisco
1528-1662
Peintre espagnol.
• 1838: 7 janvier •

ZURICH
Batailles de
• 1794: *introduction La République thermidorienne* • 1799: 25 mai; 4 juin; 25-27 septembre •

ZURICH
Traité de
1859
• 1859: 10 novembre •

ZURLINDEN
Émile Auguste François Thomas
1837-1929
Général. Ministre.
• 1895: 27 janvier • 1898: 31 août-12 septembre; 17 septembre • 1899: 7 juillet •

ZUSMARSHAUSEN
Bataille de
1648
• 1648: 17 mai-20 août •

ZWEIG
Stefan
1887-1968
Écrivain.
• 1922: 1er mars •

ZWENTIBOLD
Fils naturel d'Arnulf, roi de Francie orientale. Roi de Lotharingie de 895 à 900.
• 895: mai •

ZWINGLI
Ulrich
1484-1531
Réformateur suisse.
• 1561: dans *Présence réelle, présence spirituelle, présence symbolique* au 9 septembre-14 octobre •

ZYROMSKI
Jean
1890-1975
Homme politique.
• 1938: dans *Munichois et antimunichois* au 4 octobre •

LISTE DES BIOGRAPHIES ET « GÉNÉRATIONS » PAR ORDRE ALPHABÉTIQUE

à l'exception des rois et empereurs dont les biographies figurent dans les introductions qui ouvrent leurs règnes

DANS
LA MÊME COLLECTION

Louis Aragon,
Henri Matisse, Roman., 1998, 868 p., 551 doc.

René Char,
Dans l'atelier du poète, 1996, 1064 p., 350 doc. Œuvres poétiques, écrits sur l'art, correspondances, édition de M.-C. Char

André Chastel,
Renaissance italienne 1460-1500. Renaissance méridionale, Le Grand Atelier 1999, 952 p., 320 doc.

Chateaubriand,
Mémoires d'outre-tombe, 1997, 2 vol., 3696 p., 386 doc.
Avant-propos de Jean d'Ormesson.
Édition de Jean-Paul Clément

Cioran,
Œuvres, 1995, 1820 p., 87 doc.
Sur les cimes du désespoir • *Le Livre des leurres* • *Des larmes et des saints* • *Le Crépuscule des pensées* • *Bréviaire des vaincus* • *Précis de décomposition* • *Syllogismes de l'amertume* • *La Tentation d'exister* • *Histoire et utopie* • *La Chute dans le temps* • *Le Mauvais Démiurge* • *De l'inconvénient d'être né* • *Écartèlement* • *Exercices d'admiration* • *Aveux et anathèmes*

Robert Desnos,
Œuvres, 1999, 1400 p., 226 doc.
Édition établie par Marie-Claire Dumas

Georges Duby,
Féodalité, 1996, 1568 p.
Guerriers et paysans • *L'An mil* • *Les Trois Ordres ou L'Imaginaire du féodalisme* • *Le Dimanche de Bouvines* • *Guillaume le Maréchal* • *Le chevalier, la femme et le prêtre* • *«Les jeunes dans la société féodale»* • *«Que sait-on de l'amour en France au XIIe siècle?»* • *«À propos de l'amour que l'on dit courtois»* • *«Le Roman de la rose»* • *Des sociétés médiévales*
Introduction par Jacques Dalarun

Alexandre Dumas,
La San Felice, 1996, 1736 p.
Édition par Claude Schopp

Alexandre Dumas,
Les Mohicans de Paris, 1998, 2 vol., 2856 p., 72 doc.
Édition par Claude Schopp

Alexandre Dumas
Olympe de Clèves, 2000, 924 p.,
Édition par Claude Schopp

Georges Dumézil,
Mythe et épopée I, II, III, 1995, 1484 p.
Édition intégrale en un volume, préface de Joël H. Grisward

Marguerite Duras,
Romans, cinéma, théâtre, un parcours, 1943-1993, 1997, 1764 p., 200 doc.
La Vie tranquille • *Un barrage contre le Pacifique* • *Le Boa* • *Madame Dodin* • *Les Chantiers* • *Le Square* • *Hiroshima mon amour* • *Dix heures et demie du soir en été* • *Le Ravissement de Lol V. Stein* • *Le Vice-Consul* • *Les Eaux et Forêts* • *La Musica* • *Des journées entières dans les arbres* • *India Song* • *Le Navire Night* • *Césarée* • *Les Mains négatives* • *La Douleur* • *L'Amant de la Chine du Nord*

Witold Gombrowicz,
Moi et mon double, 1996, 1400 p., 187 doc.
Souvenirs de Pologne (extraits) • *Bakakaï* •

Ferdydurke • *Les Envoûtés* • *Trans-Atlantique* • *Cosmos*

Ernest Hemingway,
Nouvelles complètes, 1999, 1232 p., 36 doc.
Toutes les nouvelles organisées selon la volonté d'Hemingway.
Un choix de lettres, Vie et œuvre. Filmographie

Inventaire Voltaire,
1995, 1484 p., 84 doc.
Dictionnaire sous la direction de Jean M. Goulemot, André Magnan, Didier Masseau.
1368 articles originaux classés de A à Z, avec de nombreuses citations

Ernst Kantorowicz,
Œuvres. Frédéric II. Les Deux Corps du Roi,
2000, 1372 p., 95 doc.

Michel Leiris,
Miroir de l'Afrique, 1995, 1484 p., 363 doc.
L'Afrique fantôme • *Message de l'Afrique* • *La Possession et ses aspects théâtraux chez les Éthiopiens de Gondar, précédée de La Croyance aux génies zar en Éthiopie du nord* • *Encens pour Berhané* • *Préambule à une histoire des arts plastiques de l'Afrique noire* • *Afrique noire : la création plastique*
Correspondances, textes et documents inédits.
Édition établie par Jean Jamin

Les Lieux de Mémoire,
sous la direction de Pierre Nora,
1997, 3 vol., 4760 p., 189 doc.
La République, La Nation, Les France.
Édition intégrale

Joanot Martorell,
Tirant le Blanc, 1997, 644 p.
Traduction et adaptation en français par le comte de Caylus (1737).
Préface de Mario Vargas Llosa. Postface de Marc Fumaroli. Édition de Jean-Marie Barberà

Si les lions pouvaient parler. Essais sur la condition animale,
sous la direction de Boris Cyrulnik,
1998, 1540 p., 80 doc.

Jacques Le Goff,
Un autre Moyen Âge, 1999, 1400 p.
Pour un autre Moyen Âge • *L'Occident médiéval et le temps* • *L'Imaginaire médiéval* • *La Naissance du Purgatoire* • *Les Limbes* • *La Bourse et la vie* • *Le Rire dans la société médiévale*

Luigi Pirandello,
Nouvelles complètes. Nouvelles pour une année,
2000, 2240 p., 36 doc.
Préface de Giovanni Macchia.
Postface par Georges Piroué. Vie et œuvre.

Marcel Proust,
À la recherche du temps perdu, 1999, 2408 p.
Texte intégral en un volume
établi sous la direction de Jean-Yves Tadié

Simone Weil,
Œuvres, 1999, 1288 p., 36 doc.
Impressions d'Allemagne 1932 • *Réflexions sur les causes de la liberté et de l'oppression sociale* • *Expérience de la vie d'usine* • *Méditation sur l'obéissance et la liberté* • *Lettre à Georges Bernanos* • *Réflexions sur la barbarie* • *Réflexions sur les origines de l'hitlérisme* • *L'Iliade ou le poème de la force* • *À propos de la théorie des quanta* • *L'Amour de Dieu et le malheur* • *Autobiographie spirituelle* • *Cahier de Marseille* • *Cahier de New York* • *Lettre à un religieux* • *L'Enracinement*
Édition établie par Florence de Lussy

Document de couverture
Extrait de *Psautier de Westminster*. British Library, Londres.
DICOD/ECPA FRANCE
Georges de La Tour, *Le Tricheur à l'as de carreau* (détail).
Musée du Louvre, Paris. Photo © RMN-G. Blot.
Ballet royal de la Nuit, 23 février 1653 : Louis XIV habillé en Soleil.
Bibliothèque nationale de France, Paris. Photo © BNF.
François Truffaut, mars 1978. Photo © Hulton-Getty/Stone.

Document Logo Quarto
Jacques Sassier

Édition
Françoise Cibiel
Antoine Jaccottet • Brigitte de la Broise • Cécile Meissonnier • Jean-Louis Panné
et
Bénédicte Delorme-Montini • Julie Gazier • Nicolas Sauvage

Maquette
Cécile Meissonnier

Achevé d'imprimer
par Maury-Eurolivres S.A.,
45300 Manchecourt
le 20 février 2001.
Dépôt légal : février 2001.
Numéro d'imprimeur : 72212.
ISBN 2-07-073756-X / Imprimé en France.

67154

JOURNAL DE LA FRANCE ET DES FRANÇAIS

JOURNAL

DE LA FRANCE ET DES FRANÇAIS

CHRONOLOGIE POLITIQUE
CULTURELLE ET RELIGIEUSE
DE CLOVIS À 2000

Ouvrage préparé avec le concours
du Centre national du livre

QUARTO
GALLIMARD

AUTEURS

Le *Journal de la France et des Français* est un ouvrage collectif.
De nombreux spécialistes y ont contribué.
Chaque contribution, une fois l'armature bien définie, est une œuvre d'auteur.
Nous avons respecté l'écriture, la personnalité de chacun.

GUY LOBRICHON — de Clovis à Charles VIII — 481-1498

Guy Lobrichon est maître de conférences au Collège de France. Longtemps collaborateur de Georges Duby, il a enseigné aux universités de Paris, Poitiers, Genève et Edmonton. Parmi ses publications, on retiendra *La Religion des laïcs en Occident, XIe-XVe siècles* (Hachette, 1994), *Le Moyen Âge aujourd'hui* (en codirection avec Jacques Le Goff, Le Léopard d'Or, 1998) et *1099. Jérusalem conquise* (Le Seuil, 1998).

ÉLIE BARNAVI — de Louis XII à Henri IV — 1498-1610

Élie Barnavi est professeur titulaire d'histoire de l'Occident moderne à l'Université de Tel-Aviv et directeur du Comité scientifique du Musée de l'Europe en cours d'édification à Bruxelles. Il s'est intéressé aux guerres de Religion en France (*Le Parti de Dieu*, Louvain, 1980; *La Sainte Ligue, le juge et la potence*, en collaboration avec Robert Descimon, Hachette, 1985), à la Réforme radicale en Europe (*Le Périple de Francesco Pucci*, en collaboration avec Miriam Eliav-Feldon, Hachette, 1988), à la pensée politique (*L'Émergence de l'État moderne*, Tel-Aviv, 1995, en hébreu; *Au nom de la liberté et de l'égalité. Recherches sur la Révolution française*, en collaboration avec Moshé Zuckermann, Jérusalem, 1989), à l'histoire contemporaine de l'État d'Israël et du peuple juif.

HÉLÈNE DUCCINI | de Louis XIII à Louis XIV | 1610-1661

Hélène Duccini, agrégée de l'université, maître de conférences à l'Université Paris X-Nanterre, a publié une biographie du maréchal d'Ancre, *Concini, grandeur et misère du favori de Marie de Médicis* (Albin Michel, 1991) et une *Histoire de la France au XVII*e *siècle* (Sedes, 2000). Partant de sa thèse sur *La Littérature pamphlétaire sous la régence de Marie de Médicis* et de ses travaux sur les gravures au XVIIe siècle, elle prépare une histoire de la propagande sous Louis XIII.

FRANÇOIS LEBRUN | le règne personnel de Louis XIV | 1661-1715

François Lebrun est professeur émérite d'histoire moderne à l'Université de Haute-Bretagne-Rennes II. Depuis sa thèse, *Les hommes et la mort en Anjou aux XVII*e *et XVIII*e *siècles* (EHESS, 1971), il s'est intéressé à la fois à la démographie et aux comportements collectifs dans la France d'Ancien Régime. Il a publié notamment *La vie conjugale sous l'Ancien Régime* (Armand Colin, 1975), *Se soigner autrefois* (Le Seuil, 1983), et récemment *La puissance et la guerre, 1661-1715* (Le Seuil, 1997), tome IV de la «Nouvelle histoire de la France moderne». En outre, il a dirigé avec Jean Carpentier une *Histoire de France* (Le Seuil, 1987), une *Histoire de l'Europe* (Le Seuil, 1990) et une *Histoire de la Méditerranée* (Le Seuil, 1998).

YANN FAUCHOIS | de la Régence à la Révolution | 1715-1799

Chargé des acquisitions en histoire de France pour la Bibliothèque nationale de France, spécialiste du XVIIIe siècle et de la Révolution française, Yann Fauchois a contribué au *Dictionnaire critique de la Révolution française* (Flammarion, 1988) sous la direction de François Furet et Mona Ozouf, et a notamment publié *Religion et France révolutionnaire* (Herscher, 1989).

PATRICE GUENIFFEY du Consulat à la IIIe République 1799-1899

Patrice Gueniffey est spécialiste de l'histoire politique des XVIIIe et XIXe siècles. Maître de conférences à l'EHESS, il a collaboré au *Dictionnaire critique de la Révolution française* (Flammarion, 1988) dirigé par François Furet et Mona Ozouf et publié deux ouvrages : *Le Nombre et la raison. La Révolution française et les élections* (EHESS, 1993) et *La Politique de la Terreur. Essai sur la violence révolutionnaire* (Fayard, 2000).

JEAN-LOUIS PANNÉ la première moitié du XXe siècle 1900-1946

Jean-Louis Panné est historien et éditeur. Il est l'auteur d'une biographie, *Boris Souvarine* (Robert Laffont, 1993), et co-auteur du *Livre noir du communisme* (Robert Laffont, 1997).

FRÉDÉRIC GUGELOT la IVe République 1946-1958

Frédéric Gugelot est agrégé d'histoire et maître de conférences à l'Université de Reims. Il a publié *La Conversion des intellectuels au catholicisme en France, 1885-1935* (CNRS, 1998).

JEAN LOIGNON la Ve République 1958-2000

Jean Loignon est agrégé d'histoire et a longtemps exercé dans l'enseignement secondaire. Il a travaillé en collaboration avec Jean-Jacques Becker sur la IVe République et mené un DEA d'histoire contemporaine sur *La Gauche Prolétarienne* à l'Institut d'Études Politiques de Paris. Titulaire d'une maîtrise de médiation culturelle, il en applique les principes à la mémoire et au patrimoine du protestantisme français.

Ont également contribué à ce volume :

Annette Becker, professeur à l'Université de Paris X-Nanterre, a été l'interlocutrice des auteurs pour l'ensemble du XXe siècle.
Hélène Frappat, pour des biographies d'auteurs et de philosophes du XXe siècle.
Antoine Jaccottet, pour des notices littéraires et musicales aux XVIe, XVIIe et XXe siècles.
Shoshana Jaccottet-Rappaport, pour des biographies littéraires du XXe siècle.
Georges Liébert, pour la musique au XIXe siècle.
Bruno Marnot, pour l'essentiel des notices de chefs d'entreprise à partir du Second Empire.
Cécile Meissonnier, pour des biographies d'auteurs et de philosophes aux XVIIe et XXe siècles.
Louis Peyrusse, pour l'art au XIXe siècle.
J.-B. Pontalis, pour ses conseils sur la psychanalyse.
Jacques Postel, pour la psychiatrie au XXe siècle.
Hélène Prigent, pour des notices d'histoire de l'art aux XVIe, XVIIe et XXe siècles.
Claude Schopp, pour la littérature populaire au XIXe siècle.
Ruxandra Vulcan, pour la préparation de notices en littérature, beaux-arts et musique aux XVIe et XVIIe siècles.
Enfin, Clément Balta et Vincent Puymoyen, pour la révision de notices.
Cette liste ne saurait être exhaustive. Il faudrait y ajouter tous ceux qui, à un moment ou à un autre, nous ont généreusement apporté leur aide ou leurs conseils : François Caron, Joël Cornette, Dominique Férault, Arlette Jouanna, Maurice Kriegel, Jean-Marc Lambert.

Nous sommes largement redevables aux chronologies publiées par la revue *Le Débat* (*Les Idées en France, 1945-1988, une chronologie* ; repris en Folio, 1989), auxquelles nous nous sommes souvent référés pour la deuxième moitié du XXe siècle ; et à celle qui la complète de 1989 à 2000, parue dans le numéro 111 du *Débat* (septembre 2000).

À Teresa Cremisi, pour son soutien permanent, va le témoignage de notre gratitude.

Nous remercions enfin tout particulièrement Antoine Gallimard pour la confiance qu'il nous a accordée durant les années qui ont été nécessaires à la réalisation de ces volumes.

AVERTISSEMENT

Les deux volumes du *Journal de la France et des Français* représentent l'aboutissement d'un long chantier de plus de sept ans, sans cesse remis sur le métier, comme l'exige le genre encyclopédique auquel ils appartiennent. D'emblée, il faut saluer l'enthousiasme, le courage et la patience méticuleuse des auteurs qui se sont attelés à une tâche aussi ardue. Cependant, la réflexion qui a présidé à la mise en route de cet ambitieux projet est bien antérieure. Depuis de nombreuses années, nous recherchions cette somme : une forme relativement nouvelle de l'Histoire de France, méthodique et organisée, qui permette de la saisir dans sa continuité, tout en faisant la synthèse des différents champs que couvre la discipline comprise dans sa plus large dimension. Non pas seulement une histoire politique, bien que ce soit le fil conducteur le plus déterminant, mais aussi une histoire religieuse et culturelle, sociale et économique. L'École des Annales nous a appris que tous ces éléments sont indissociables.

Notre culture historique ressemble trop souvent à un puzzle, à une sorte de rébus indéchiffrable et accablant auquel manqueraient telles ou telles pièces essentielles, dont l'absence compromet la formation du tableau final. Nous ne la saisissons, au gré de nos goûts, de nos lectures, des hasards de l'existence, que par des ensembles d'événements déconnectés les uns des autres. Nos connaissances sont généralement éparses, disloquées, sans liens entre elles, brisées par la discontinuité, souvent flottantes, lacunaires, avec des points assurés, fixés à jamais dans notre mémoire personnelle. Pourquoi telle période plutôt que telle autre ? C'est le mystère de l'attraction qu'exerce sur chacun d'entre nous l'histoire nationale.

Ici, il ne s'agit pas d'une accumulation de savoirs, d'une banque de données parmi d'autres qui s'intitulerait « chronologie » et d'une navigation à l'intérieur de ces différents réseaux de savoirs. Il s'agit au contraire d'une somme impressionnante d'informations corrélées entre elles de manière à faire sens.

Les historiens nous ont enseigné que, dans leur discipline, il n'y a guère de faits bruts, que l'événement, tel que nous le connaissons et qu'il nous est transmis, est déjà le fruit d'une élaboration de la pensée et de la mémoire. Une élaboration qui renvoie pourtant à

un noyau factuel irréductible. Certains trouveront que c'est là enfoncer une porte ouverte ; à quoi nous répondrons que c'est justement *là* que le bât blesse. Que nous reste-t-il en effet de l'événement, ce fondement préalable à toute réflexion, à toute méditation ? Trop souvent, ce qui nous en reste, c'est un profond sentiment d'insécurité...
L'événement constitue la trame du volume *Journal*. Jusque-là, rien de très original : une date, un fait. Mais l'idée forte, assez étrangère au principe des chronologies antérieures, a été de croiser plusieurs types de données : soit analytiques, soit factuelles (celles-ci organisées tantôt sur le mode diachronique, tantôt à l'aide de coupes et de regroupements synchroniques), soit biographiques.

Les données analytiques : chaque ouverture de règne, chaque régime ou période significative commence par un texte qui donne une interprétation de ce qui va suivre et une vision globale de ce qui sera ensuite développé point par point dans le déroulement chronologique. Ces ouvertures sont là pour donner une première approche du sens. Un sens que l'accumulation seule ne suffirait pas à dégager.

Les données factuelles : classiquement, elles fournissent une date associée à un événement et, dans la mesure du possible, le sens qu'il faut attribuer à cet événement ou à une séquence d'événements du même ordre.

Les données synchroniques : c'est ce que nous considérons comme des générations. Qu'est-ce qu'une génération ? Pour nous, c'est une série d'événements ou un groupe d'individus qui, en tant qu'acteurs privilégiés de l'histoire, en deviennent le moteur ; un groupe d'individus qui est représentatif ou déterminant à un moment clé de la politique, de la culture, d'une révolution dans un domaine de la pensée ou de la technique, de la science ou des arts, de la littérature. On trouvera des exemples aussi différents que « Le temps des cathédrales », « Les chirurgiens de Philippe le Bel », « Les Estienne et l'imprimerie », « La Seconde École de Fontainebleau », « Les maréchaux d'Empire », « Les Idéologues », « L'automobile », « Les Ballets russes », « Les Anciens Combattants de 14-18 », « Le groupe des Six », « Le Nouveau Roman »...

Les biographies : elles sont délibérément nombreuses. Ce sont souvent les hommes qui font les événements mais aussi parfois l'inverse. De leur rapprochement naît une notion forte de synchronie qui renforce l'effet de génération. Dans ces portraits enlevés, les parcours individuels veulent suggérer aussi le tracé d'une aventure collective.

Où ? Comment ? En même temps que qui ? Avant ou après quoi ? Autant de questions qui peuvent paraître simplistes, mais n'en sont pas moins décisives pour qui veut tenter de s'y retrouver. Comment comprendre le monde dans lequel nous vivons sans comprendre, dans le même mouvement, celui d'où nous venons ? La mise en relation, à l'intérieur d'une même période, d'événements qui relèvent à la fois de multiples disciplines, généralement abordées indépendamment les unes des autres, est le nerf de cette Chronologie. La multitude des champs qu'elle couvre justifie son titre de *Journal*. Et dans ce journal, les événements se télescopent, au risque de choquer le lecteur. S'il y a eu des « bénéfices » dans la longue équipée des guerres d'Italie, ce n'est pas dans les gains territoriaux pour lesquels elles avaient été lancées. Le gain est ailleurs : dans l'importation du goût italien qui donnera la première Renaissance française, bientôt suivie d'une seconde. Et ce courant d'artistes italiens commandités par les rois va entraîner un courant inverse. Ce sont les artistes français qui partent se former en Italie. Comment, au cœur des guerres de Religion, le ballet acquiert-il une telle importance ? Que cela nous laisse rêveurs, c'est notre affaire. L'important est de saisir qu'en pleine guerre civile, la culture suit son propre chemin.

L'ambition qui a présidé à l'élaboration du volume *Journal* peut donc paraître démesurée. Pourtant l'objet final y répond par la multiplicité de ses contenus et la manière dont ils sont organisés, à la pointe des connaissances historiques les plus actuelles. Voici une Histoire de France pas comme les autres. Pourquoi, en effet, renoncer à tous les apports de la « Nouvelle Histoire » ? Nous avons tenté de les intégrer tout au long de notre trame et d'introduire, en les croisant, histoire longue et histoire courte. D'aucuns nous jugeront ambitieux. Qu'importe, nous avons voulu l'être. Il nous a semblé que le moment était venu de marier les deux approches : celle traditionnelle de l'histoire courte, événementielle, et celle de l'histoire longue, interprétative.

« L'histoire que j'invoque est une histoire neuve, impérialiste et même révolutionnaire, capable pour se renouveler et s'achever de mettre à sac les richesses des autres sciences sociales ses voisines, une histoire, je le répète, qui a beaucoup changé, qui s'est singulièrement avancée, quoi qu'on en dise, dans la connaissance des hommes et du monde, en un mot dans l'intelligence même de la vie. Je dirais une *grande*, une *profonde* histoire. Une *grande* histoire cela signifie une histoire qui vise au général, capable d'extrapoler les détails, de dépasser l'érudition et de saisir le vivant, à ses risques et périls et dans ses plus grandes lignes de vérité. [...] *Grande* histoire, mais aussi histoire profonde..., j'entends par là une histoire des hommes vue dans ses réalités collectives, dans l'évolution *lente*

des *structures* selon le mot à la mode aujourd'hui.» Ces lignes sont de Fernand Braudel, l'un des pionniers de l'École des Annales alors prisonnier dans un Oflag après la terrible défaite de 1940, et livrant à des officiers désœuvrés et démoralisés par la brutalité de la déroute ses réflexions sur l'histoire. Cette somme leur doit beaucoup.
Seule la fin du XXe siècle fait l'objet d'un traitement particulier. Le recul parfois manque pour faire œuvre d'historien : on y trouvera donc, *a contrario*, des faits bruts qui relèvent davantage de l'histoire immédiate.

Le genre de la chronologie se réfugie couramment dans une écriture et un savoir assez neutres. C'est le parti inverse que nous avons retenu. Pour la raison, délibérée, qu'il s'agit avant tout de contributions d'auteurs animés de fortes convictions quant à la période dont ils sont les spécialistes, car pour eux c'est de matière vivante qu'il s'agit. Il faut souligner combien l'entreprise a été, pour les auteurs, laborieuse, minutieuse et contraignante. En particulier l'effort pour dater au plus juste en fonction de l'état le plus récent de la recherche. Aucun ne s'est contenté, en matière de dates, de compiler des chronologies déjà existantes. L'esprit de l'entreprise était de retourner à la source et cette recherche d'exactitude a été menée à bien. Pour les périodes hautes, cela signifiait une longue manipulation des récents catalogues des manuscrits de la Bibliothèque nationale qui ont bouleversé la datation ; pour les périodes modernes et contemporaines, retourner à la consultation de la presse quotidienne, du *Journal officiel* ou de la *Revue politique et parlementaire.* Travail de fourmis qui a demandé d'incessants croisements : il nous met à l'abri de nombre d'erreurs trop souvent répétées sans, bien sûr, nous en garantir. Dater est une entreprise difficile. On verra des points d'interrogation quand l'incertitude demeure. Et en dépit des innombrables relectures, révisions et remords, il restera inévitablement quelques erreurs ou incohérences qui n'échapperont pas au lecteur avisé. Le *Journal* n'est pas un objet froid. Que de passions suscite l'histoire chez ceux qui la méditent... Ils ont leurs sympathies, leurs tenaces détestations, leurs idées fixes parfois : autant d'éléments qui peuvent donner prise à contestation, car si l'auteur ne se dissimule plus, il devient suspect de parti pris idéologique. C'est la rançon du pari.
Néanmoins, le *Journal* se veut un usuel, un ouvrage que l'on consulte par une sorte d'automatisme parce que l'on sait que l'on va trouver la réponse à la question que l'on se pose, et même au-delà si l'on se laisse aller au plaisir de ses curiosités – cherchant un homme politique, on rencontrera un peintre – qui nous mènera à une École – dont nous igno-

rions qu'ils étaient contemporains, puis un compositeur dont nous reconnaissons certaines œuvres dès les premières mesures, sans avoir soupçonné que le moindre lien les unissait – selon le même réflexe qui conduit à ouvrir un dictionnaire.

C'est à cette vocation que répond le volume Index. Le principe de l'Index est le suivant : les personnages bien entendu y figurent. Y figurent aussi nombre de lieux, d'événements et de mouvements considérés comme décisifs. Chaque personnage y est désigné par son (ou ses) nom, ses dates d'état civil, ses fonctions. On trouvera systématiquement datées toutes les fonctions ministérielles. L'Index renvoie exclusivement à des dates et non à des pages. Ces dates figurent, comme dans un Dictionnaire, en haut de chaque page du volume *Journal*. Ce système original facilite considérablement le repérage. Dans le cas d'un personnage, l'Index indique ses différentes occurrences : s'il fait l'objet d'une biographie, elle est clairement indiquée ; s'il participe d'une génération, on trouvera un renvoi à cette génération. L'ampleur de ce volume Index fait de la Chronologie un outil sans précédent. Il devrait apporter au lecteur le moyen de trouver rapidement la réponse à la question qu'il se pose.

Il faut souligner enfin qu'il y a plusieurs usages possibles du *Journal*. L'un, cursif, qui conduit à lire en continu telle ou telle période. L'autre, ponctuel, qui consiste, en consultant d'abord l'Index, à se cantonner à une seule information ou à une séquence d'événements. Un autre encore, et nous croyons qu'il prévaudra, où chacun se laissera guider, au gré de ses curiosités, par le plaisir de la lecture et de la découverte.

Françoise Cibiel

DE LA GAULE ROMAINE À LA GAULE FRANQUE

*U*ne centaine de cités réparties en 17 provinces, celles-ci formant au total deux diocèses : telle était la Gaule qu'avaient construite les Romains. L'administration demeure en place, même si le dernier empereur romain d'Occident a été déposé en 476 : Syagrius, le maître de la milice commandant l'armée romaine de Gaule septentrionale, qui réside à Soissons, ne détient plus cependant la réalité du pouvoir qu'au nord de la Loire – entre la Loire, la Haute-Bretagne, la Manche, la Somme, le massif ardennais, la Moselle, le plateau de Langres, le Morvan et le nord du Massif central. Le réseau des routes romaines est entretenu, porte toutes les communications terrestres jusqu'au IXe, voire le Xe siècle où l'on commence de le densifier.

Depuis le milieu du IIIe siècle, des tribus germaniques se sont regroupées le long du Rhin moyen et inférieur sous le nom de Francs. Avec les Burgondes venus de Pologne et les Alamans de Germanie centrale, les Francs poussent des incursions périodiques en Gaule (268-278, vers 290, 357, et surtout le grand franchissement du Rhin en 406). Rome – après 476 Constantinople – doit composer avec les Barbares dont le flot a submergé les défenses fortifiées. En 410, des Wisigoths venus des Balkans se sont emparés de Rome ; certains d'entre eux sont passés en Espagne, d'autres obtiennent en 418 un traité qui les autorise à constituer en Aquitaine le royaume de Toulouse (418-507). À partir de 436, la vague des Huns, venus de Pannonie, l'actuelle Hongrie, chasse les Burgondes, qui sont établis par l'administration romaine en 443 dans le Genevois et le sud du Jura français. Le danger hunnique est tel qu'une coalition des Gallo-Romains avec les Alains installés dans la région d'Orléans, les Francs, les Burgondes et les Wisigoths se forme et anéantit en 451 l'armée d'Attila dont l'empire s'effondre en 454. La mosaïque des peuples occupant le territoire de la Gaule est alors extraordinairement complexe, bouleversant les attitudes traditionnelles.

Les Gallo-Romains se ressaisissent, en exploitant tour à tour le potentiel de chacun des peuples fédérés avec Rome, en privilégiant toutefois les Francs moins dangereux pour eux. En 463, Syagrius a pu repousser les Wisigoths à Orléans, grâce à l'aide du Franc Childéric. Les Francs s'établissent dans les zones déjà mises en valeur. Vers 450, les cimetières « par rangées » de fosses orientées (tête à l'Ouest, pieds à l'Est), caractéristiques de la culture franque avec l'inhumation habillée et les dépôts d'armes dans la tombe, se répandent entre la Moselle et la Somme. Les évêques, appartenant presque tous à l'aristocratie gallo-romaine au début du Vᵉ siècle, ont eu du mal à s'accoutumer aux Barbares. Les Francs sont en effet païens ; les Burgondes et les Wisigoths sont chrétiens, mais ariens, considérés donc comme des hérétiques par les Romains (l'arianisme, doctrine chrétienne pour qui Jésus n'était pas Dieu par nature, mais a été prédestiné dès les origines, a été condamné en 325 au concile de Nicée). Les évêques ont cependant franchi le pas en faveur des Francs dans les années 480-490 ; ils prêteront la main à Clovis le moment venu, et très particulièrement à partir de sa conversion. Vers 500, une véritable culture mixte, belgo-gallo-franque, se met en place.

Les habitants de la Gaule du Nord s'habituent au mode de vie des nouveaux maîtres (port d'armes, vêtement) ; mais inversement les nouveaux arrivants ont été séduits par la qualité de la culture gallo-romaine et imitent leurs nouveaux sujets. Clovis reprend ainsi le droit romain qui veut que toute terre inculte soit tenue pour terre du fisc, de l'empereur : il s'approprie les fiscs impériaux ainsi que les terres en friche n'ayant jamais appartenu à un citoyen romain.

CLOVIS

Né vers 466-Mort le 27 novembre 511

Règne: vers 481-511 (30 ans)

Roi à 15 ans

Clovis, «Chlod-weg» («célèbre par ses combats»), «Hlodovicus», est le fils aîné de Childéric, roi des Francs de Tournai depuis 457 environ († vers 481) et de la Thuringienne Basine. Il a trois sœurs: Lantechilde, élevée dans le christianisme arien qu'elle abjure en même temps que Clovis, Audeflède (donnée en 493/494 au roi ostrogoth Théodoric), et Alboflède, païenne, qui se convertit à la même occasion. Il a une première épouse païenne, franque de Rhénanie, puis prend la Burgonde Clotilde, une chrétienne (474-544/548). Il a quatre fils, Thierry sans doute de sa première femme, puis de Clotilde naissent Ingomer (494, mort peu après), Clodomir (495-524), Childebert († 558), Clotaire (500-561), et une fille, Chrodichilde (ou Clotilde), qui est donnée en mariage à Amalaric, fils et successeur du roi wisigoth Alaric II. «Roi», chef d'un peuple barbare, il est aussi le chef d'une armée fédérée, «associée» à Rome par un traité qui prépare l'intégration à l'Empire romain.

Francs, Burgondes et Wisigoths sont les trois peuples qui dominent en Gaule à la fin du règne de Clovis. Clovis commande les Francs du Nord, dont le centre semble être Tournai sous le père de Clovis. D'autres Francs, ceux du Rhin, ont installé leur capitale à Cologne vers 445 et commencent de s'étendre vers la Moselle (vers 475, Trèves, Metz et Toul sont entre leurs mains).

Les Burgondes fédérés à l'Empire romain s'appuient vers 457 sur deux pôles, Lyon et Genève, d'où ils progressent vers 470 en direction du plateau de Langres et de la Provence (entre Alpes, Provence, Massif central, et une ligne Nevers-Langres-Bâle). En 477, leur roi Chilpéric a été nommé par l'empereur Zénon maître de la milice des Gaules, qui fait de lui le véritable représentant de l'Empire en Gaule, mais il n'exerce la réalité de ce pouvoir que dans son royaume; son fils Gondebaud (485-516), outre le même titre ronflant, a reçu celui de patrice.

Les Wisigoths occupent l'Espagne du Nord et remontent dans le sud-ouest de la Gaule entre 468 et 476. Leurs rois Euric († 484) et Alaric II (484-507) ont conquis la zone entre les Pyrénées et la Loire, de l'Atlantique au Massif central, ainsi que la Septimanie (Roussillon et Languedoc actuels) et la Provence; avant 484, Euric a donné à ses peuples

la « Loi des Wisigoths ». Pour le compte de l'Empire romain, les Francs de Childéric combattent les Wisigoths sur la Loire en 468, puis les Saxons venus de mer du Nord par l'Angleterre, qui assiègent Angers.
La prise du pouvoir par Clovis est un véritable coup d'État, longuement préparé par son père, contre l'administration romaine de Syagrius. Mais l'objectif n'est pas d'anéantir la puissance romaine, il est au contraire de se l'approprier et de se concilier les élites gallo-romaines. Clovis et ses successeurs utilisent donc les cadres gallo-romains, et leur cour suit les modèles offerts dans celle de Ravenne, où se sont retirés, sous la protection du roi Odoacre et de ses successeurs ostrogoths, les derniers fidèles à l'Empire.
Une première alliance, avec les Francs rhénans, permet d'engager sans risques l'opération : le fils aîné de Clovis, Thierry Ier, semble être né d'une princesse de Rhénanie, puisqu'il hérite en 511 du royaume de Cologne. Pour mener à bien sa stratégie, Clovis doit encore contrôler le danger que représentent au Sud-Est les Burgondes, au Sud les Goths, ceux de l'Est (Ostrogoths) comme ceux de l'Ouest (Wisigoths), qui maintiennent une tradition d'alliance entre eux. Son mariage avec la Burgonde Clotilde, celui de sa fille Clotilde avec le Wisigoth Amalaric servent ses desseins. Sa conversion au christianisme romain est un atout majeur dans une stratégie de conciliation avec les aristocraties locales, qui marquent une opposition constante à l'arianisme des Goths et des Burgondes, méfiantes aussi à l'égard des Francs. Le roi, sans intervenir dans les élections des évêques, encore aux mains de l'Église locale, commence de veiller sur la nomination des prélats (notamment à Sens, Paris et Auxerre).
À partir de 500, Clovis se lance dans des guerres de conquête de l'espace gaulois. Trois guerres successives aboutissent à une mise au pas des Burgondes, des Alamans et des Wisigoths. À sa mort, en 511, Clovis a réuni entre ses mains un immense royaume ; la mémoire de l'unité franque grâce à lui ne disparaîtra pas.

Papes

Simplicius, 468-483 ; Félix III, 483-492 ; Gélase Ier, 492-496 ; Anastase II, 496-498 ; Symmaque, 498-514.

Souverains

Empereurs de Constantinople : Zénon, 474, seul empereur, 476-491 ; Anastase Ier, 491-518.

vers 481

Clovis est élu roi des Francs de Tournai à la mort de son père Childéric; il règne en maître sur l'actuelle Belgique et les territoires au nord de la Somme.

484

Le roi wisigoth Euric meurt en Arles; lui succède Alaric II. Son royaume s'étend alors sur la majeure partie de l'Espagne, jusqu'à la Loire, au Rhône et à la Durance.

485

Gondebaud devient roi des Burgondes (485-516). L'abbaye de Landévennec est fondée en Bretagne occidentale (par des réfugiés celtes de Grande-Bretagne?).

vers 485-507

Ruricius occupe le siège épiscopal de Limoges; il entretient une correspondance importante, dont 82 lettres sont conservées.

vers 486

Clovis lance l'offensive contre les Gallo-Romains de Syagrius, maître de la milice. Avec l'aide de son parent Ragnachaire, roi des Francs de Cambrai, il remporte la victoire de Soissons, s'empare sans doute de Paris. Syagrius se réfugie à Toulouse, mais le roi wisigoth Alaric II le livre à Clovis qui le fait exécuter. Désormais l'autorité du roi franc s'exerce sur tout le nord de la France jusqu'à la Loire, c'est-à-dire les provinces de Belgique (autour de Reims) et de la Sénonie réunissant autour de la capitale, Sens, les riches cités de Chartres, Orléans, Auxerre, Troyes, Meaux et Paris; la cité de Nevers, conquise sans doute par les Burgondes, échappe encore aux Francs. Le Sud appartient aux Wisigoths d'Alaric II; ceux-ci ont installé des Africains sur les sièges épiscopaux d'Albi (Eugène) et de Rodez (Quintien).

486

L'évêque de Clermont, Sidoine, meurt.

SIDOINE APOLLINAIRE

Sidoine Apollinaire (vers 430-21 août 486), né à Lyon d'une famille sénatoriale de l'aristocratie gallo-romaine, est gendre d'un empereur. Il est le plus ardent défenseur en Gaule de la culture romaine, par ses poèmes panégyriques et sa remarquable correspondance. Il se fait baptiser peu après 460, sur le conseil de l'évêque Fauste de Riez. En 468, il est préfet de la ville de Rome. Puis en 471, il est élu évêque de Clermont d'Auvergne. Il penche en faveur des Francs plutôt que des Wisigoths ariens. Il se choisit pour successeur au siège épiscopal de Clermont Aprunculus († 490), évêque de Langres, chassé de son siège par les Burgondes qui semblent l'avoir à juste titre soupçonné d'être favorable aux Francs.

vers 490

Clovis parvient à se rendre maître des cités d'Auxerre et de Nantes. Un rapprochement a lieu entre Wisigoths et Ostrogoths; le Wisigoth Alaric II envoie des secours militaires à l'Ostrogoth Théodoric pour lutter contre les Byzantins d'Italie; il épouse peu après Ariane, fille de Théodoric.

491

Gondebaud, roi des Burgondes, qui a été nommé patrice par l'empereur prétendant Olybrius, et a reçu du concurrent Odoacre (le roi vassal des Huns qui a envahi l'Italie en 476, † 493) le titre de maître de la milice des Gaules, intervient en Italie en faveur d'Odoacre, aux prises avec les Ostrogoths de Théodoric. Il retourne son alliance en faveur de l'Ostrogoth, et donne en épouse à son fils Sigismond Théodegothe, une fille de Théodoric.

491-492

Les Francs sont en guerre contre les Thuringiens, qui se sont installés le long du Rhin inférieur et pillent les côtes occidentales de la Gaule.

vers 493

Clovis épouse la princesse burgonde Clotilde. Peu après, celle-ci fait construire une basilique à Auxerre en l'honneur de saint Germain († 445/448).

493

L'Ostrogoth Théodoric, vainqueur d'Odoacre, s'établit à Ravenne qui devient la capitale du puissant royaume d'Italie.

494-496

Clovis franchit la Loire, entame une première conquête de l'Aquitaine, par Tours jusqu'à Saintes.

495/496

Clovis arrête par sa victoire de Tolbiac (Zulpich, au sud de Cologne ?) la poussée alémanique, menaçante pour le royaume franc de Cologne.
Le royaume des Burgondes occupe l'espace de la Champagne Sud à la Durance et aux Alpes-Maritimes.

496

Les Wisigoths du royaume de Toulouse reprennent Saintes et Tours, dont l'évêque Volusien est banni pour avoir collaboré avec les Francs. Ils font une incursion en Espagne.

498

Les Francs entreprennent une nouvelle attaque contre les Wisigoths, prétextant peut-être les persécutions de ceux-ci contre les chrétiens catholiques. Ils reprennent Bordeaux. Mais Clovis doit se retirer bientôt, apprenant l'imminence d'une intervention de l'Ostrogoth Théodoric. Celui-ci organise une rencontre de paix entre le Wisigoth Alaric II et Clovis, qui a lieu près d'Amboise.

498 ou 496, 497 ?

11 novembre
Clovis aurait fait promesse à Vérus, évêque de Tours, de se faire baptiser.

25 décembre
Clovis reçoit le baptême des mains de l'évêque Remi (à Reims, ou à Tours ?). En 498/499, l'évêque Avit de Vienne, du royaume burgonde, écrit une lettre célébrant le baptême de Clovis.

début VIe siècle

Des évêchés sont créés en pays franc, à Arras (Vaast, † 540) et Tournai (Éleuthère, † 531).

vers 500

Le roi wisigoth Alaric II doit dévaluer le sou d'or qu'il faisait frapper dans son royaume à l'effigie de l'empereur de Constantinople.

vers 500-501

Le frère du roi des Burgondes Gondebaud, Godegisile (roi à Genève sous l'autorité de Gondebaud), appelle Clovis à l'aide contre son frère. Clovis entreprend une campagne infructueuse contre les Burgondes : il défait Gondebaud sous Dijon, le pourchasse jusqu'en Avignon, et finit par traiter avec lui. Libéré des Francs, Gondebaud reprend Vienne conquise par Godegisile ; mais soucieux de préserver son alliance avec Clovis, il libère les prisonniers francs, qu'il envoie à Toulouse. Pour sceller l'amitié entre les deux lignages, Gondebaud donne sa petite-fille Suavegothe au fils aîné de Clovis, Thierry.
Il promulgue alors la « Loi Gombette », collection juridique connue par son inclusion dans le code de Sigismond (517-523), et dont les lois datées ne sont pas antérieures à 501.

vers 502

Geneviève, une aristocrate qui symbolise la résistance des Gallo-Romains de Paris devant la menace des Huns (vers 452), meurt (à Nanterre ?) ; elle est inhumée dans un mausolée construit par Clovis sur l'actuelle montagne Sainte-Geneviève.
Le moine Césaire est élu évêque d'Arles. Il écrit son *Bréviaire de la Foi*, un traité violemment anti-arien.

Césaire d'Arles

*Césaire d'Arles (vers 469-542/543), né à Chalon-sur-Saône, entre peu avant 490 au monastère de Lérins, alors en plein éclat. Son ascétisme militant le fait exiler en Arles par l'abbé Porcaire. Il étudie là sous la direction de Julien Pomère. Vers 502, il devient évêque d'Arles. Dans une région sous domination wisigothe, il anime l'opposition catholique à l'arianisme lors de plusieurs conciles réformateurs (Agde, 506 ; Arles, 524 ; Orange et Vaison, 529 ; Marseille, 533). Outre ses traités doctrinaux, marqués par la controverse anti-arienne (*Sur le mystère de la sainte Trinité, Abrégé contre les hérésies *et* Sur la grâce*), il compile les deux premières règles monastiques de Gaule, sous l'influence de saint Augustin, de Jean Cassien et des moines de Lérins, et publie plusieurs centaines de sermons très riches en informations sur son temps.*

505

Le Wisigoth Alaric II fait déporter à Bordeaux Ruricius de Limoges et Césaire d'Arles, deux évêques opposés à sa politique arienne.

505-506

Une deuxième campagne est lancée contre les Alamans: Clovis les repousse au-delà du Rhin supérieur, entre le Danube et les Alpes.

vers 506

Le roi des Burgondes Gondebaud se convertit secrètement au christianisme romain. Il esquisse un rapprochement des Burgondes et des Francs, dans l'espoir sans doute d'annexer la Provence ostrogothique.

506

2 février
Le roi wisigoth Alaric II publie à Toulouse son *Bréviaire (Lex romana wisigothorum)*, abrégé du Code Théodosien qui doit régir les sujets romains du royaume wisigoth, dans l'espoir de se concilier les chrétiens gallo-romains; le *Bréviaire d'Alaric* demeure la source principale de la connaissance du droit romain dans les royaumes francs jusqu'au Xe siècle.

autres événements
• Les évêques catholiques du royaume wisigoth se réunissent en concile à Agde avec le consentement d'Alaric II, qui est de confession arienne.
• La « Loi romaine des Burgondes » (complément à la « Loi Gombette ») est promulguée par Gondebaud (ou vers 517 ?).
• Une réunion d'évêques provençaux en Arles déclare inaliénables les biens offerts aux églises, position inadmissible pour les rois francs.

506-507

L'évêque de Lescar (Pyrénées-Atlantiques) incite ses ouailles à la rébellion contre le Wisigoth Alaric II.

506-508

Clovis part en campagne contre les Wisigoths dont l'expansion nuit à ses projets. Il passe l'hiver 506-507 à Bordeaux. Il s'engage à assurer la protection des biens des églises dans une lettre aux évêques du royaume.
Clovis s'est assuré la neutralité de l'empereur Anastase Ier, qui doit retenir en Italie, par une diversion, les Ostrogoths de Théodoric. Il a passé d'autre part une alliance avec les Burgondes et avec les Francs de Cologne.
Au printemps 507, il reprend Tours, épargne la ville pour s'attirer les bienfaits de saint Martin, puis Poitiers.
Près de Vouillé, une bataille oppose les alliés francs et burgondes aux Wisigoths dont les forces sont augmentées d'Arvernes (Auvergne) et d'Aquitains, de Gallo-Romains rétifs à la férule des Francs. Alaric II est tué, le royaume wisigoth de Toulouse est anéanti. Clovis annexe alors au royaume franc l'Auvergne et la majeure partie de l'Aquitaine conquise par son fils Thierry Ier, sauf la Gascogne, le Pays basque et la Septimanie, qui restent aux Wisigoths.
Le roi décide d'interdire aux Francs d'emmener dans le Nord les esclaves des églises d'Aquitaine. Pendant ce temps, le fils d'Alaric II, Amalaric, s'est enfui vers le Sud.
Clovis confie donc à son fils aîné Thierry Ier la tâche de pacifier l'Auvergne avec l'aide de son beau-père le Burgonde Sigismond (fils du roi Gondebaud) et de descendre en Septimanie.

508

24 juin
L'armée de Thierry Ier échoue en Provence. Des secours ostrogoths sont en effet arrivés, qui chassent les Burgondes et occupent Marseille, délivrent Arles et Carcassonne. Arles devient le siège d'une préfecture soumise au roi ostrogoth. Les pays burgondes du sud de la Drôme sont désormais aux mains des Ostrogoths.

autres événements
• Entre-temps, Clovis s'empare de Toulouse, puis revient à Tours. Il fait une entrée triomphale dans la cité de saint Martin, depuis la basilique – reconstruite par l'évêque Perpetuus (458-489) pour abriter le corps du saint – jusqu'à la cathédrale.
• Une ambassade de l'empereur de Constantinople Anastase Ier lui confère la distinction de consul, qui fait de Clovis comme un vice-empereur.

vers 509

Clovis semble déplacer son palais de Soissons à Paris, auprès des sanctuaires de saint Denis (une première construction est achevée vers 475) et de sainte Geneviève; la cité devient la capitale du royaume.

509-511

Clovis entreprend de réduire les trois autres rois francs. Il se débarrasse de Sigebert le Boiteux, roi des Francs rhénans, en le faisant assassiner par le fils de celui-ci, Clodéric.
Il emploie le même procédé contre Chararic, roi des Francs de Tongres, qui a refusé en 486 d'intervenir à ses côtés contre Syagrius.
Il se fait livrer enfin Ragnachaire, roi des Francs de Cambrai, avec ses deux frères, Régnier et un autre régnant au Mans, et les tue tous trois.
Il fait promulguer le *Pactum legis salicae* («Loi salique» en 65 titres), une loi de paix, qui vise essentiellement à substituer à la justice privée un code de compensations dont la mise en œuvre est du ressort désormais de la justice publique.

vers 510

Clovis est proclamé roi des Francs du Rhin, qui l'élèvent sur le bouclier et reconnaissent ainsi se donner librement au chef de tous les Francs.
Une poussée des Ostrogoths depuis la Provence atteint l'Aquitaine.

511

10 juillet
Les évêques du royaume franc de Clovis et ceux des régions soustraites aux Wisigoths se réunissent en concile à Orléans (les évêques de la zone germanique – nord et est de la Gaule notamment – en sont absents). Clovis inaugure là une politique qui sera poursuivie des siècles durant, qui confie aux conciles, réunions d'évêques et de fonctionnaires royaux convoquées sur ordre du roi et placées sous sa présidence, la tâche de légiférer pour la construction d'un véritable système politique franc. Les évêques deviennent des pièces maîtresses du royaume, hors de l'influence du pape de Rome. Le concile précise les relations entre le roi, les églises et les évêques, entre les évêques et les abbés des monastères (les évêques sont placés au sommet de la hiérarchie, les abbés doivent se soumettre à eux), et entre les laïcs catholiques du royaume franc. Les églises ariennes sont fermées.

27 novembre
Clovis meurt à Paris après avoir partagé son royaume entre ses fils (premier partage du royaume franc). Il est inhumé dans la basilique des Saints-Apôtres, dans le mausolée qu'il avait fondé pour abriter ses restes, près du tombeau de sainte Geneviève (Saint-Étienne-du-Mont).

autres événements
• Clotilde, veuve de Clovis, se retire au monastère Saint-Martin de Tours, d'où elle continue d'exercer une forte influence sur la politique religieuse de ses fils; elle fait élire successivement sur le siège épiscopal de Tours trois évêques expulsés de Burgondie (Théodore, Procule et Difinius). Elle meurt à Tours en 544 (548?) et est inhumée à Paris, aux Saints-Apôtres.

DE QUATRE À UN ROYAUME FRANC : 511-561

Thierry Ier (511-533) : Reims
Clodomir (511-524) : Orléans
Childebert Ier (511-558) : Paris
Clotaire Ier (511-561) : Soissons

*L*e premier partage de la Gaule à la mort de Clovis crée quatre royaumes. Les réalités politiques l'exigent, le droit privé aussi. Le pouvoir et le royaume de Clovis passent à ses descendants comme un bien hérité restant au sein de la famille ; un principe supérieur est cependant admis désormais : on voit que les fils de Clovis portent chacun le titre de *rex Francorum*, et légifèrent à la manière de l'empereur romain, en situant leur autorité au-dessus des grands. Le partage respecte l'intégrité des deux peuples francs de l'origine, et va de pair avec le sentiment d'une unité qui justifie les réunifications ultérieures. Il faut en fait distinguer plus simplement trois entités : le royaume franc dans sa dualité Francs de Tournai et Francs de Cologne (du Rhin jusqu'au sud du Languedoc et à la Provence), et les acquêts.

L'ancien royaume de Cologne ainsi qu'une partie du premier royaume de Clovis avec Reims sont donnés au fils aîné, Thierry Ier (né d'un premier lit, demi-frère de Clotaire), avec le titre de roi de Reims. Thierry Ier, uni à Suavegothe, a un fils, Théodebert (roi de 533 à 548), et une fille, Théodechilde, donnée au roi Hermégiscle puis à Charibert Ier, fils aîné de Clotaire Ier. Au fils aîné de Clovis vont donc les terres patrimoniales : les pays d'entre Meuse et Rhin (soit Cologne, Zulpich, Trèves, Metz, Verdun, Chalon-sur-Saône, et Reims pour capitale), avec l'Auvergne et une grande part de l'Aquitaine que Thierry Ier avait conquises lui-même en 507. Sa part – la future Austrasie – est destinée à dominer longtemps le monde franc.

L'aîné des trois fils de Clovis et Clotilde, Clodomir, devient roi d'Orléans (avec les cités de Sens, Orléans, Bourges et sans doute Chartres, Troyes, Auxerre), Childebert Ier roi de Paris (de la Meuse à la Somme et la Manche, plus les cités de Paris et peut-être Meaux, ainsi que la Bretagne), et Clotaire Ier roi de Soissons (avec Laon, Cambrai, Noyon et Maastricht). Le premier royaume de Clovis, de Tournai à la Loire, est donc réparti entre les deux frères issus du second lit, Childebert Ier et Clotaire Ier. Clodomir, roi d'Orléans (511-524), meurt tôt. À son décès (524), on reprend le partage : Troyes, Sens et Auxerre vont à

Thierry Ier et en 533 à son fils Théodebert; Orléans, Chartres et une partie de la cité de Sens à Childebert Ier; Tours et Poitiers à Clotaire Ier.

Childebert Ier, roi de Paris (511-558), a épousé Vultrogothe, dont il a deux filles, Chrodesinde et Chroberge; après la mort de Childebert Ier en 558, Clotaire Ier les expulse toutes trois de Paris, jusqu'à ce que Charibert, devenu roi de Paris en 561, les recueille auprès de lui.

Clotaire Ier est roi de Soissons (511), roi des Francs (558): il n'exerce la charge royale sur la totalité des royaumes francs que pendant quatre ans. Clotaire a un premier fils, Chramm, sans doute d'une concubine (Chunsia?). Il épouse ensuite Ingonde († avant 538), dont il a Gontran et Sigebert; il la répudie pour s'unir à Arégonde (ou Arnégonde, sœur d'Ingonde) dont naît Chilpéric; il prend enfin pour femme Radegonde (518-587), fille du roi des Thuringiens Berthaire ou Berthachar, dont il n'a pas d'enfants. Une fille de Clotaire Ier, Chlodoswinde, a été donnée pour épouse au roi des Lombards Alboin, celui qui conduit les Lombards de Pannonie en Italie en 568.

Fort distincts des quatre royaumes francs, il y a encore le pays goth (la Septimanie aux Wisigoths, la Provence aux Ostrogoths entre 508 et 536) et le royaume burgonde. La Bourgogne (avec la future Franche-Comté) est dirigée par Gondebaud († 516), puis ses fils Sigismond (516-523) et Godomar (523-?). Ces deux pays restent marqués très profondément par la civilisation romaine, et sont régis par des droits propres.

Papes

Symmaque, 498-514; Hormisdas, 514-523; Jean Ier, 523-526; Félix IV, 526-530; Boniface II, 530-532; Jean II, 532-535; Agapet Ier, 535-536; Silvère, 536-537; Vigile, 537-555; Pélage Ier, 556-560; Jean III, 560-574.

Souverains

Empereurs de Constantinople: Anastase Ier, 491-518; Justin Ier, 518-527; Justinien Ier, 527-565.

QUATRE ROYAUMES FRANCS : 511-524

REIMS : Thierry Ier
ORLÉANS : Clodomir
PARIS : Childebert Ier
SOISSONS : Clotaire Ier

511-520

Les évêques de Tours, Angers et Rennes adressent une lettre d'admonestation à deux prêtres bretons, originaires probablement de Domnonée (région de Carhaix), dont ils contestent la vie apostolique errante.

511-534

Le monogramme royal apparaît sur les monnaies de Thierry Ier, qui est en effet le plus puissant des fils de Clovis.

513

avant novembre
Césaire d'Arles se rend à Ravenne, sur convocation de Théodoric, pour se disculper d'un manquement (dont la nature est inconnue).

6 novembre
Le pape Symmaque confirme les privilèges de l'église d'Arles au profit de Césaire.

514

11 juin
Le pape Symmaque confère le pallium à Césaire d'Arles, faisant de lui son vicaire pour les églises de Gaule. Le roi d'Italie Théodoric, soucieux de se concilier l'aristocratie romaine, nomme le patrice Libère, un catholique, à la préfecture d'Arles.

autres événements
• En Auvergne, le siège épiscopal de Clermont est l'objet d'une compétition. L'évêque africain Quintien, en exil à Clermont, a été élu par le clergé et une partie de l'aristocratie. Mais le clan de l'ancien évêque Sidoine Apollinaire intrigue pour donner le siège à l'un de ses fils, fidèle des Wisigoths. Celui-ci meurt opportunément quelques mois plus tard, et le roi Thierry Ier rétablit Quintien sur son siège.

516

Le roi des Burgondes Gondebaud meurt ; son fils Sigismond se convertit avec son peuple au christianisme romain.

517

6-15 septembre
Le roi Sigismond imite l'exemple de Clovis en convoquant les évêques des régions sous contrôle burgonde au concile d'Epaone (Agaune ?), qui se tient sous la présidence des deux métropolitains Avit de Vienne et Viventiole de Lyon. Le concile se montre tolérant envers les ariens, qui dominent dans l'aristocratie burgonde ; il renforce d'autre part l'autorité du métropolitain, à la différence du concile d'Orléans de 511.

AVIT DE VIENNE

Avit de Vienne (vers 450-518), issu d'une puissante famille sénatoriale de Vienne, où son père était évêque, devient lui-même évêque de sa cité vers 490. Il a laissé une correspondance de grande importance historique (en particulier une lettre à Clovis sur sa conversion), des sermons et une Geste de l'histoire spirituelle, *long poème biblique sur les livres de la Genèse et de l'Exode.*

22 septembre
Le monastère de Saint-Maurice d'Agaune est inauguré. Sa règle institue la psalmodie perpétuelle.

518-519

Un concile est tenu à Lyon ; il trouve un accommodement avec le roi burgonde Sigismond sur un problème de mariage.

522

Ségéric, fils de Sigismond, est assassiné sur ordre de son père qui, pris de remords, se retire au monastère d'Agaune.

523

Le frère de Sigismond, Godomar, lui succède sur le trône des Burgondes. Les trois fils de Clovis et Clotilde lancent une première expédition contre la Bourgogne qu'ils considèrent comme l'héritage de leur mère.

524

6 juin
Le concile d'Arles rassemble les évêques de la province ostrogothique d'Arles, à l'occasion de la consécration de la cathédrale Sainte-Marie.

TROIS ROYAUMES FRANCS : 524-555

REIMS: Thierry Ier, puis son fils Théodebert Ier, puis son fils Théodebaud
PARIS: Childebert Ier
SOISSONS: Clotaire Ier

25 juin
La mort de Clodomir lors de la bataille de Vézeronce contre les Burgondes pousse Childebert Ier et Clotaire Ier à se détourner du dépeçage de la Bourgogne pour se partager le royaume d'Orléans. Ils font assassiner deux des fils de Clodomir; le troisième fils entre au monastère (le futur saint Clou).
Childebert Ier reçoit ainsi Bourges.
Clotaire Ier s'octroie Tours et Poitiers.
Thierry Ier met la main sur Berry, Auxerrois et Sénonais, afin de relier l'Auvergne à son royaume rhénan.

avant 525

Thierry Ier fait une expédition en Aquitaine, pour y créer un parti francophile.

526

La mort de Théodoric sonne l'agonie du royaume ostrogoth d'Italie-Provence.

529

3 juillet
Le concile d'Orange résout la question du « semi-pélagianisme » des moines méridionaux (Marseille et Lérins), qui valorisent la liberté humaine en réduisant l'effet du péché originel. La doctrine opposée, défendue par Césaire d'Arles, est empruntée à saint Augustin ; son adoption à Orange marque définitivement la tradition médiévale.

5 novembre
Le concile de Vaison, réuni par Césaire d'Arles, met fin au monopole épiscopal de la prédication.

vers 530

Childebert Ier envahit l'Auvergne, en s'appuyant sur le parti francophile suscité par les Francs.

530

L'évêque Remi de Reims meurt; il laisse un testament important, l'un des premiers grands actes de donation par un évêque ou un haut dignitaire en faveur de son église, constituant son patrimoine en biens fonciers et en orfèvrerie. On conserve ainsi les testaments des évêques Césaire d'Arles, Didier d'Auxerre, Yrieix de Limoges, et du patrice Abbon.

531

Avec l'aide de son frère roi de Soissons Clotaire Ier, le roi de Paris Childebert Ier s'attaque au royaume wisigoth d'Amalaric (la légende franque veut même qu'il descende jusqu'à Saragosse). Il pille Narbonne, et reprend sa sœur qu'il avait donnée à Amalaric ; celui-ci est tué. Les Wisigoths déplacent alors leur capitale de Narbonne à Barcelone.
Thierry Ier, roi de Reims, allié à son demi-frère Clotaire Ier et aux Saxons, écrase le royaume des Thuringiens, qui est partagé entre les vainqueurs.

532

Rentrant de Thuringe, Thierry Ier affronte une révolte de l'Auvergne et entreprend sa pacification; contre l'aristocratie rétive, il impose une administration franque.
Les deux frères Clotaire Ier et Childebert Ier se jettent sur la Bourgogne, dont le roi Godomar est vaincu. Clotaire Ier rattache l'évêché de Tournai au siège épiscopal de Noyon, dirigé par Médard.

532-534

Benoît de Nursie (saint Benoît) dicte sa Règle des moines, rapidement connue en Gaule.

LES CLERCS ET LES LETTRES

Les ecclésiastiques des Gaules entreprennent la rénovation de deux genres littéraires, l'hagiographie, qui relate la vie des saints, et la chronique. Un moine ermite compose en Bourgogne les Vies des Pères du Jura *(512-514), sur les mérites des moines établis dans le royaume de Bourgogne, suivant le modèle des* Vies des Pères du désert.

Peu après est constitué le cycle des saints militaires (saint Maurice et la Légion thébaine), à Saint-Maurice d'Agaune (Valais), monastère fondé par Sigismond, fils du roi des Burgondes Gondebaud, là où Maurice et ses compagnons de la Légion thébaine avaient subi le martyre en 303/312 ; vers 520 est publiée la première Vie de sainte Geneviève, *sur commande de la reine Clotilde, et entre 542 et 549, la* Vie de Césaire d'Arles. *La* Chronique du comte Marcellin *émane d'un grand officier royal, qui achève sa rédaction vers 534.*

533

23 juin

Un concile se tient à Orléans. Dans la mouvance du roi de Paris Childebert Ier, il rassemble néanmoins des évêques de toutes les parties des royaumes francs, hormis l'Auvergne, mise à feu et à sang. Il est l'occasion pour les trois fils survivants de Clovis de reprendre l'épiscopat en main et de réaffirmer leur politique en faveur du catholicisme. Il rappelle en particulier les devoirs des évêques.

autres événements

• Thierry Ier charge son fils Théodebert d'occuper définitivement les cités méridionales de l'Aquitaine (Rodez, Lodève, Nîmes, mais Théodebert ne peut prendre Arles), qui étaient encore sous contrôle des Goths.
• À la fin de l'année, Thierry Ier meurt ; Théodebert doit rentrer à Reims.
• Théodebert Ier (533-548) hérite de son père Thierry Ier le royaume de Reims, ainsi que les possessions d'Aquitaine. Il rétablit le pouvoir de l'ancienne aristocratie romaine en Aquitaine. En outre, son oncle Childebert Ier l'adopte : il est alors associé au partage de la Bourgogne en 534. Grâce aux enclaves qu'il obtient ainsi, il renforce la continuité de ses terres aquitaines jusqu'à son royaume de Reims. Théodebert Ier jouit d'une bonne image chez ses contemporains, qui louent son sens de l'équité et sa générosité. Il est en réalité l'homme fort du moment, alors que Clotaire Ier est le plus faible des trois rois. La capitale de Théodebert Ier est Reims, mais le siège de Cologne paraît conserver une importance majeure. Théodebert Ier épouse en 534 sa concubine Déoterie, Gallo-Romaine de haut rang, originaire de Septimanie (Théodebaud naît de cette union), puis Wisigarde.

534

Les trois rois Childebert Ier, Clotaire Ier et Théodebert Ier achèvent de soumettre le royaume de Bourgogne et le partagent entre eux.
Théodebert Ier obtient de ses oncles Childebert Ier et Clotaire Ier une partie des territoires burgondes (d'une ligne Allier-Loire au lac de Constance, avec Nevers sans doute, Langres, Besançon, Avenches, Windisch, Sion, Autun, Chalon, Vienne et Viviers).
Childebert Ier a Mâcon, Lyon et Genève.
Clotaire Ier tient Grenoble, Die et les cités voisines. La loi burgonde (« Loi Gombette ») est admise cependant dans les royaumes francs.

535

8 novembre

Le concile de Clermont est réuni avec l'autorisation du roi de Reims Théodebert Ier. Il entreprend une réforme de l'épiscopat, redéfinit les biens d'Église, mis à mal par la dispersion des patrimoines entre les trois royaumes.

autres événements

• L'évêque Grégoire de Langres consacre à Dijon une basilique construite sur le tombeau de saint Bénigne.

536

décembre

Rome assiégée par les Goths est dégagée par l'armée de l'empereur Justinien Ier ; l'État ostrogothique se désagrège. Théodebert Ier intervient militairement en Italie, officiellement pour venger l'assassinat d'Amalaswinthe, sa cousine germaine, nièce de Clovis, mère du roi ostrogoth Athalaric (assassiné lui-même le 2 octobre 534).
De même que les autres rois francs, il signe avec l'empereur de Constantinople Justinien Ier un traité dirigé contre les Ostrogoths.

537

À la faveur des difficultés des Ostrogoths, les Francs annexent la Provence, qui est partagée.
Le roi de Reims Théodebert Ier obtient Aix, Digne, Glandèves, Senez, Avignon, Cavaillon et Uzès.
Le roi de Paris Childebert Ier reçoit Arles, Marseille, Toulon, Fréjus, Antibes, Nice et Vence.
Le roi de Soissons Clotaire Ier a Embrun, Gap, Sisteron, Saint-Paul-Trois-Châteaux, Carpentras, Vaison et Orange.

Cependant, la Provence ne paraît présenter qu'un intérêt fiscal et symbolique: ses évêques restent absents des conciles des royaumes francs.
Aux Ostrogoths, Théodebert Ier prend aussi l'Alémannie méridionale et la Rhétie (Suisse actuelle) avec la Bavière, confirmant ainsi sa prééminence. Dès 537, la Germanie est presque entièrement entre les mains des rois francs.

538

7 mai
Un nouveau concile se tient à Orléans, qui poursuit la réforme religieuse inaugurée à Orléans en 511. Il rassemble les évêques des royaumes de Childebert Ier et de Théodebert Ier. Les évêques Aubin d'Angers (529-550) et Lubin de Chartres, qui ont consulté en Provence Césaire d'Arles, transmettent aux régions septentrionales des royaumes la législation provençale, qui est adoptée dans les terres de Théodebert Ier, de l'Auvergne au Rhin. La génération des petits-fils de Clovis voit s'accroître l'influence méridionale sur la culture franque.

autres événements
• Clotaire Ier épouse (de force) la Thuringienne Radegonde à Soissons.

539-540

Le roi de Reims Théodebert Ier prend Marseille et étend sa domination vers la Ligurie, l'Émilie du Nord et la Vénétie. Il substitue sa propre titulature à celle de l'empereur de Constantinople sur ses monnaies d'or, provoquant la colère des Byzantins.

541

14 mai
Un quatrième concile d'Orléans tente d'unifier la date de la célébration de Pâques dans le royaume, et organise la répartition des biens des paroisses rurales en plein développement. Les évêques de la province d'Arles y interviennent pour la première fois. Une innovation importante est la décision de publier les actes du concile dans toutes les paroisses.

autres événements
• Le roi de Paris Childebert Ier et le roi de Soissons Clotaire Ier font une tentative d'invasion en Espagne wisigothique; ils franchissent le col de Roncevaux, prennent Pampelune et assiègent Saragosse, mais sont repoussés. La version franque des événements dit que les Francs font reculer les Wisigoths hors de Septimanie.

542

Une première épidémie de peste noire apparaît en Gaule; elle remonte de la Méditerranée jusqu'à Clermont.

542-558

Le roi de Paris Childebert Ier fonde la basilique de Sainte-Croix et Saint-Vincent à Paris (futur Saint-Germain-des-Prés); celle-ci doit être la nécropole royale et jouit du privilège de libre élection de l'abbé, sur les conseils de l'évêque de Paris Germain qui y aura lui-même sa sépulture en 576.

544

La cité de Tours obtient une exemption complète de l'impôt, arguant de la présence du corps révéré de saint Martin.

548

À la mort de Théodebert Ier, son fils Théodebaud (Thibaud) devient roi de Reims (548-555); il est le premier souverain gallo-franc, issu d'un Mérovingien et d'une Gallo-Romaine, Déoterie (la fusion des aristocraties franque et gallo-romaine atteint désormais le sommet de la société). Mais Théodebaud Ier ne parvient pas à conserver la puissance acquise par son père. Il subit même de graves défaites en Italie lorsqu'il tente de profiter de l'écroulement du royaume ostrogoth. Il a épousé Vuldetrade, dont il n'a pas d'héritier.

549

28 octobre
À l'initiative du roi de Paris Childebert Ier, un cinquième concile d'Orléans fait figure de concile national franc pour la première fois depuis 511 (74 participants, de 12 provinces ecclésiastiques). L'épiscopat de Gaule s'érige en chef de file des Églises d'Occident, en exigeant du pape qu'il condamne les thèses d'un recueil favorable à Nestorius, insistant sur la nature humaine de Jésus (les « Trois Chapitres », dont plusieurs défenseurs sont des évêques de Provence et du nord de l'Italie).
En 553, le concile de Constantinople donne raison aux évêques gaulois. Ceux-ci affirment leur soumission au souverain, en prévoyant son assentiment

aux élections épiscopales avant la consécration de l'élu. Pour la première fois, un Franc est élu évêque en Aquitaine (le comte Maracharius, à Angoulême).

550-555

Le roi de Reims Théodebaud Ier convoque un concile où il fait casser l'élection de l'évêque Caton de Clermont par les évêques de son royaume.

551

Le métropolitain d'Eauze (Gers) réunit ses évêques pour légiférer en matière disciplinaire: sa province, qui a été longtemps disputée entre Francs et Wisigoths, échappe à l'autorité des conciles nationaux et des rois.

551-552

Un concile convoqué par le roi de Paris Childebert Ier, réunissant à Paris 27 évêques des royaumes de Childebert Ier et du roi de Reims Théodebaud Ier, dépose l'évêque du lieu.

552-557

La reine Radegonde (épouse du roi de Soissons Clotaire Ier) fonde un couvent de femmes à Poitiers, avec le soutien de l'évêque Germain de Paris (appelé plus tard Sainte-Croix en raison des reliques que Radegonde y fait venir de Constantinople en 569).

554

28 juin
Un concile provincial réuni en Arles renforce le pouvoir des évêques sur leur clergé, et leur soumet moines et moniales.

vers 555

Les Francs imposent leur protectorat aux Bavarois.

DEUX ROYAUMES FRANCS: 555-558

PARIS: Childebert Ier
SOISSONS + REIMS: Clotaire Ier

555

Clotaire Ier hérite (555-558) du royaume de son neveu Théodebaud Ier, mort sans enfants. Il confie l'Aquitaine à son fils Chramm, qui négocie la reconstitution d'un royaume d'Aquitaine avec le roi de Paris Childebert Ier, à l'encontre de son propre père Clotaire Ier.
Germain devient évêque de Paris (555-576).

555-558

Un pacte entre les deux frères Clotaire Ier et Childebert Ier précise le partage de l'ancienne Bourgogne.

556

Le roi de Paris Childebert Ier ravage le Rémois.
Le fils de Clotaire Ier, Chramm, destitue le duc de Tours et Poitiers, et met à sa place son beau-père Williachaire; il tente d'accélérer la fusion entre Francs et Aquitains en autorisant ses fidèles à enlever les filles des sénateurs gallo-romains.
Clotaire Ier remporte une victoire sur les Saxons.
À sa mort, l'évêque de Noyon saint Médard est inhumé sur ordre de Clotaire Ier dans un fisc royal (bien du domaine public) proche de Soissons; vers 560, un monastère est fondé sur le site.

vers 557

Charibert Ier, fils de Clotaire Ier, est excommunié pour polygamie.

558

décembre
Le roi de Paris Childebert Ier, mort à Paris, est inhumé dans l'église Sainte-Croix et Saint-Vincent.

UNITÉ DES ROYAUMES FRANCS: 558-561

SOISSONS-REIMS + PARIS: Clotaire Ier

Par la mort de son frère Childebert Ier, Clotaire Ier devient roi des Francs (558-561) et reconstitue l'unité du royaume éclaté depuis Clovis. Son fils Chramm s'allie aux Bretons pour tenter de recouvrer l'Aquitaine à son profit; les Bretons accentuent à cette époque leur immigration des îles Britanniques en Bretagne, en raison d'une nouvelle offensive anglo-saxonne dans les îles.

558-561

Clotaire Ier, dans un capitulaire, confirme les donations faites aux églises par ses frères et assure leur protection.

559

L'incendie de la grande basilique abritant le corps de saint Martin de Tours († 397), dédicacée en 471, provoque une restauration complète; Clotaire Ier finance la nouvelle toiture d'étain.

560

Clotaire Ier élimine son fils Chramm en pays vannetais.

561

décembre
Clotaire Ier meurt et est inhumé à Saint-Médard de Soissons.

DE QUATRE À UN ROYAUME FRANC : 561-629

Charibert (561-567) : Paris
Sigebert Ier (561-575) : Reims-Metz
Chilpéric Ier (561-584) : Soissons
Gontran (561-592) : Bourgogne

Lorsque Clotaire Ier meurt en 561, son royaume unifié est divisé en quatre puissances : les trois royaumes traditionnels des Francs, et celui de Bourgogne qui est entré dans le patrimoine franc, sont aux mains des quatre fils de Clotaire, Charibert, Sigebert, Gontran et Chilpéric. L'autorité du prince s'effrite lentement devant le pouvoir de l'aristocratie franque.

Paris, Senlis et Chartres restent en indivision, comme formant le cœur du royaume franc. Radegonde, veuve de Clotaire Ier, retirée dans le monastère féminin qu'elle a fondé à Poitiers, exerce de là une forte influence sur ses beaux-fils Charibert, Chilpéric, Gontran et Sigebert, qu'elle s'évertue à maintenir en paix les uns avec les autres.

Charibert, l'aîné des fils de Clotaire Ier, tient l'ancien royaume romain de Syagrius ; il est roi sur l'ouest de la Gaule, de la Bresle aux Pyrénées, avec sans doute Paris (Tours, Poitiers, Limoges, Bordeaux, Toulouse, Comminges, Beauvais, Meaux, Rouen, Bayeux, Lisieux, Évreux, Avranches, Sées, Coutances, Rennes, Nantes, Le Mans, Angers, Auch, Saintes, Angoulême, Périgueux, Bazas, Lectoure, Dax, Aire, Eauze, Béarn, Oloron, Couserans). Il a bonne réputation, protège les femmes de la famille (notamment la veuve de Childebert) et l'Église de son royaume contre les manœuvres de la haute aristocratie. Charibert a épousé Théodechilde, qu'il abandonne. Pour avoir répudié sa deuxième femme Méroflède et épousé la sœur de celle-ci, la nonne Marcovèfe, il a été excommunié pour polygamie et sacrilège par Germain, évêque de Paris. Il semble avoir eu une quatrième épouse, Ingoberge. Sa fille Berthe est mariée au roi de Kent Ethelbert.

Sigebert Ier hérite du royaume oriental, l'ancien royaume de Thierry Ier et de Théodebert Ier : roi de la future Austrasie, il domine sur l'Est, les vallées du Rhin et de la Meuse, avec Reims pour capitale, mais il déplace bientôt son palais à Metz (plus proche de la Germanie où le protectorat franc s'étend jusqu'à l'Elbe), plus l'ancienne part de Thierry Ier en Auvergne (Clermont, Le Puy, Javols, Rodez), et une partie de la Provence (Viviers, Uzès, Antibes, Cavaillon, Nice, Fréjus). Son royaume est le premier à prendre une indi-

vidualité, sous le nom d'Austrasie (à proprement parler, pays rhénans, Alsace, Lorraine et Champagne orientale), avec deux annexes, l'Aquitaine austrasienne (Auvergne, Gévaudan, Rouergue) qui est jointe à la Provence austrasienne par Uzès et Viviers.
Sigebert prend pour femme Brunehaut, fille du roi wisigoth Athanagilde. Alliance flatteuse : le demi-frère de Sigebert, Chilpéric, qui craint la formation d'un axe Tolède-Metz, demande aussitôt la main de Galeswinthe, la sœur aînée de Brunehaut. Quand il met à mort Galeswinthe, Sigebert entre en lutte contre lui. Guerre impitoyable, qui mène Frédégonde, la concubine bénéficiaire de l'assassinat de Galeswinthe, à faire assassiner Sigebert en 575. La vengeance de Brunehaut ne s'éteint qu'avec sa propre mort : des trois enfants qu'elle a eus de Sigebert, Childebert II devient roi d'Austrasie et poursuit la « faide royale » (vendetta) contre Chilpéric, tandis qu'Ingonde est donnée à Herménégilde, prince wisigoth.
Chilpéric Ier tient le premier royaume de Clovis. Il n'a plus rien en Aquitaine. Il détient la Flandre, l'Artois, le Cambrésis et le Hainaut (Amiens, Boulogne, Thérouanne, Tournai, Cambrai, Arras, Noyon). Sa capitale est Soissons, mais Sigebert Ier s'en empare jusqu'en 573, où Chilpéric reprend la cité ainsi que Beauvais et Senlis.
Après Audovère, Chilpéric a épousé en deuxièmes noces Galeswinthe, fille aînée du roi wisigoth Athanagilde et sœur de Brunehaut. Après l'avoir fait assassiner, il prend pour épouse Frédégonde, dont il a Chlodebert, Dagobert, Clotaire II et Rigonthe. Pour Grégoire de Tours, il est à la fois le Hérode et le Néron de son temps. Il met la main sur les évêchés de son royaume, qu'il remet à des fonctionnaires contre finances. Il représente un monothéisme jaloux, qui lui paraît indispensable à la royauté franque : en interdisant de nommer la Trinité dans les prières officielles, il se heurte à l'opposition ferme de Salvy, évêque d'Albi (vers 571-584).
Gontran ou Gunthchramn est roi de Bourgogne de 561 à 592 : il tient les territoires de la Durance à la Saône, vers le Berry et l'Orléanais (Orléans, Melun, Sens, Troyes, Langres, Auxerre, Nevers, Bourges, Autun, Besançon, Chalon-sur-Saône, Mâcon, Belley, Lyon, Valence, Avenches, Sion, Tarentaise, Vence). De l'Aquitaine dépecée, il n'a que Bourges. En 567, la mort de Charibert et la redistribution générale qui s'ensuit déplacent son royaume de Bourgogne vers le Sud-Est, avec des annexes au Sud-Ouest. Sa capitale est d'abord à Orléans, puis est déportée au cœur de l'ensemble burgonde, à Chalon-sur-Saône. Il réprime une révolte dans le Midi en faveur du prétendant Gondovald ; il confirme la « Loi Gombette ». Il entretient de bonnes relations avec l'épiscopat et est célé-

bré par Grégoire de Tours ; il recourt fréquemment aux conciles pour régler les problèmes régionaux, et en 573 demande même au concile de Paris d'arbitrer son différend avec son frère Sigebert Ier ; en 589 il soumet encore à un concile ses accusations contre la reine Brunehaut.

Gontran a épousé Austrechilde.

Papes

Jean III, 560-574 ; Benoît Ier, 574-578 ; Pélage II, 578-590 ; Grégoire Ier le Grand, 590-604 ; Savinien, 604-606 ; Boniface III, 607 ; Boniface IV, 607-615 ; Adéodat Ier, 615-619 ; Boniface V, 619-625 ; Honorius Ier, 625-638.

Souverains

Empereurs de Constantinople : Justinien Ier, 527-565 ; Justin II, 565-578 ; Tiberius II, 578-582 ; Maurice, 582-602 ; Phocas, 602-610 ; Héraclius Ier, 610-641.

561-562

Roi de Soissons, Chilpéric Ier tente de mettre la main sur la totalité du royaume de son père Clotaire Ier.
Le concile de Paris tente de soustraire les évêchés à l'influence royale: il interdit le sacre d'un évêque contre la volonté des autres évêques. Il s'en prend vigoureusement à l'évolution récente de la donation des biens publics en usufruit vers la pleine propriété, et décide la rétroactivité des canons sur la restitution des biens enlevés aux églises.

562

Roi de Reims-Metz, Sigebert Ier remporte une victoire près de Ratisbonne contre les Avars.
Chilpéric Ier s'empare de la Champagne de son demi-frère Sigebert Ier, tente de s'approprier Soissons, mais doit y renoncer au retour de Sigebert Ier.

565

automne
Venance Fortunat s'établit en Gaule.

VENANCE FORTUNAT

Venance Fortunat (530/540-avant 610), poète italien éduqué à Ravenne, s'est exilé en Gaule pour des raisons inconnues – l'invasion des Lombards en Italie du Nord sans doute –, mais il paraît agir en émissaire de l'empereur de Constantinople auprès des Cours franques. Il s'installe auprès de la reine Radegonde à Poitiers. Bientôt il entre en amitié avec Grégoire de Tours, dont il partage l'attachement au royaume d'Austrasie.

vers 566

Rigonthe, fille de Chilpéric Ier, roi de Soissons, est donnée en mariage au roi wisigoth Reccarède (qui se convertit de l'arianisme au catholicisme en 587).

566

printemps
Sigebert Ier épouse à Metz Brunehaut, fille du roi wisigoth d'Espagne Athanagild. Venance Fortunat prononce l'épithalame, le discours nuptial, lors des noces.
Le roi de Soissons Chilpéric Ier obtient en mariage la sœur de Brunehaut, Galeswinthe. Le mariage est célébré à Rouen en 568-569. Galeswinthe reçoit en *Morgengabe* (douaire) les cités de Bordeaux, Limoges, Cahors, Bigorre et Béarn (Lescar).

automne
Venance Fortunat prononce à Paris les panégyriques du roi Charibert et de l'évêque Germain de Paris.
La neige subsiste cinq mois durant.

566-573

La cathédrale de Nantes, reconstruite sur ordre de l'évêque Eumère, est dédicacée (on conserve des chapiteaux et marbres de cette église).

567

18 novembre
Un concile national du royaume de Charibert se tient à Tours.

autres événements
• Le roi de Paris Charibert meurt sans héritiers, provoquant une redistribution des royaumes francs entre ses trois frères, Gontran, Chilpéric et Sigebert: chacun de ceux-ci obtient une portion du royaume de Charibert.

TROIS ROYAUMES FRANCS: 567-592

AUSTRASIE: Sigebert Ier, puis son fils Childebert II
SOISSONS: Chilpéric Ier, puis son fils Clotaire II
BOURGOGNE: Gontran

Le roi de Soissons Chilpéric Ier a l'Ouest (Bretagne, Anjou, Normandie) et une partie de l'Aquitaine (Bordeaux, Cahors, Limoges, Béarn, Bigorre).
Le roi de Bourgogne Gontran reçoit Saintes, Angoulême, Périgueux, Viviers, Carpentras, Sisteron, Digne, Saint-Paul-Trois-Châteaux, Riez, Grenoble, Orange, Arles, Avignon, Vence, Senez, Glandèves, Vaison et Toulon, mais doit abandonner à Sigebert Ier Avignon, Aix, la moitié de Marseille.
Le roi d'Austrasie Sigebert Ier obtient Tours et Poitiers ainsi que le nouveau comté de Châteaudun, puis prend à Gontran Avignon, Aix et une partie de Marseille.
Le royaume de Charibert est transformé profondément: à l'ensemble Flandre-Artois-Cambrésis-Hainaut, s'ajoutent la future Normandie (Évreux,

Rouen), le duché du Mans (Le Mans et Angers), la Bretagne, Bordeaux, Limoges, Cahors, le Béarn et la Bigorre.
Paris redevient toutefois la capitale commune.

567-570

Le concile de Lyon, convoqué par le roi de Bourgogne Gontran, interdit pour la première fois de réduire un homme libre en esclavage.

568

Les Avars attaquent à nouveau. Le roi d'Austrasie Sigebert Ier se porte contre eux, mais est capturé et conclut un traité d'alliance.

569

Le roi d'Austrasie Sigebert Ier prend Arles aux Wisigoths.
Une légation envoyée par la reine Radegonde à Constantinople, avec le soutien de Sigebert Ier, rapporte à Poitiers des reliques de la Vraie Croix.

vers 570

Galeswinthe est assassinée sur ordre du roi de Soissons Chilpéric Ier et de sa concubine Frédégonde. Ce meurtre sonne le début de la « faide royale » (vendetta).
Les monnaies wisigothiques circulent en Aquitaine (jusqu'au début du VIIIe siècle).
Le duc franc Launebolde fait construire à Toulouse une basilique en l'honneur de saint Saturnin.

570-571

Une peste ravage l'Auvergne jusqu'à Bourges (Clermont est dépeuplée).

571

Un arbitrage du roi de Bourgogne Gontran ordonne de rendre à Brunehaut le douaire de sa sœur Galeswinthe. Le roi de Soissons Chilpéric Ier doit verser au roi d'Austrasie Sigebert Ier la part aquitaine de son héritage de Charibert en prix du sang (en réparation de l'assassinat de Galeswinthe) : la Bigorre, Aire, le Béarn, Bordeaux, Cahors, Limoges.

571-572

Les Lombards s'avancent jusqu'à Embrun, Digne et Riez.

573

11 septembre
Le roi de Bourgogne Gontran convoque à Paris un concile national des évêques de son royaume.

autres événements
• Le roi de Soissons Chilpéric Ier reprend les hostilités contre le roi d'Austrasie Sigebert Ier : il fait envahir et piller par son fils Théodebert Tours, Poitiers, le Limousin et le Quercy.

573-576

La nouvelle cathédrale d'Angoulême est inaugurée, remplaçant celle du Ve siècle, détruite lors de la prise de la ville par Clovis.

574

Le roi d'Austrasie Sigebert Ier fait appel à des troupes d'outre-Rhin pour attaquer le roi de Soissons Chilpéric Ier. Radegonde parvient à réconcilier ses beaux-fils Sigebert Ier et Gontran avec Chilpéric Ier.
Le siège épiscopal de Bordeaux, jusqu'alors tenu par des Gallo-Romains, passe pour la première fois à un Franc, Bertechramne.

vers 575

Les royaumes mérovingiens renoncent définitivement au modèle de la monnaie byzantine, et créent leur propre type (le tiers de sou d'or, ou « trémissis »), avec mention de l'atelier qui fabrique les monnaies. Toutefois, entre 574 et 613, des sous d'or impériaux sont émis à Marseille, Arles, Uzès et Viviers.

575

Le roi d'Austrasie Sigebert Ier fait son entrée à Paris, mettant en péril le royaume de Chilpéric Ier.

décembre
Le roi de Soissons Chilpéric Ier et son épouse Frédégonde font assassiner Sigebert Ier dans sa villa de Vitry-en-Artois, afin de garder le royaume occidental (la future Neustrie).

autres événements
• Le chef breton Weroc lance des raids depuis la région de Vannes contre les Francs.
• Après l'assassinat de Sigebert Ier, Chilpéric Ier récupère plusieurs cités méridionales (mais il

semble qu'Aix, Marseille et Avignon continuent d'appartenir au royaume d'Austrasie; Arles reste une enclave bourguignonne). Lui échappe l'Austrasie, dont les grands, réunis à Metz, ont aussitôt reconnu pour roi le fils de Sigebert Ier et Brunehaut, Childebert II (né en 570), qui devient donc roi d'Austrasie (575-596).

• Les manœuvres de Frédégonde, femme de Chilpéric Ier, divisent bientôt l'aristocratie d'Austrasie; deux factions s'y forment alors: l'une alliée à Chilpéric Ier, l'autre soutenant le roi de Bourgogne Gontran dont Childebert II doit hériter.

avant 576

L'église Saint-Gervais de Paris est fondée.

vers 576

Venance Fortunat publie à la demande de son ami l'évêque Grégoire de Tours sa *Vie de saint Martin* en vers. Une première édition de ses poèmes (livres I-VII) paraît.

L'épiscopat sous les Mérovingiens

Dans la deuxième moitié du VIe siècle, la Gaule bénéficie encore d'une authentique unité culturelle, grâce à l'épiscopat, issu principalement de la vieille aristocratie gallo-romaine, qui se transmet les sièges de père en fils (les règles n'interdisent pas en effet que les évêques soient mariés, mais qu'ils s'abstiennent de toute relation conjugale durant leur épiscopat). L'activité de ces grands prélats n'est pas seulement religieuse, culturelle, littéraire et oratoire (quoique depuis 529, l'évêque délègue la prédication), puisqu'ils sont les représentants de la puissance publique dans leurs cités: ils sont des constructeurs (Félix de Nantes fait canaliser l'Erdre), des restaurateurs et embellisseurs du patrimoine des églises, voire des princes territoriaux, comme ceux de Lyon, Autun et Auxerre.

Grégoire de Tours (538-594), d'une puissante lignée sénatoriale, est élu évêque de Tours (573-594), avec le consentement du roi de Reims-Metz Sigebert Ier; il est consacré à Reims. Il rédige à partir de 575 son Histoire des Francs *– source majeure pour l'histoire de ce siècle –, qu'il poursuit jusqu'à sa mort en 594. Entre 575 et 582, il compose son* Livre au sujet des temps ecclésiastiques. *Il est un adversaire acharné du roi de Soissons Chilpéric Ier, mais entretient d'excellentes relations avec le roi de Bourgogne Gontran et Childebert II. Il meurt en 594.*

Marius, évêque d'Avenches, entreprend en 574 la rédaction d'une chronique, précieuse pour l'histoire des royaumes burgonde et franc (574-593).

576

Chilpéric Ier, roi de Soissons, met la main sur Paris qu'il considère désormais comme sa capitale, et envoie Brunehaut, veuve de Sigebert Ier, en exil à Rouen.

L'évêque Avit de Clermont demande aux juifs de sa cité de choisir entre la conversion et l'exil, suivant une interprétation restrictive de la législation en cours dans l'Empire byzantin.

577

Une entrevue a lieu à Pompierre (Vosges) entre le roi de Bourgogne Gontran, sans héritiers, et Childebert II, roi d'Austrasie, qu'il vient d'adopter pour perpétuer son royaume de Bourgogne.

Mérovée, fils royal (légitime) du roi de Soissons Chilpéric Ier et de sa première épouse Audovère, marié en 576 (à Rouen) à Brunehaut, meurt. Le roi de Soissons Chilpéric Ier convoque un concile à Paris pour juger le métropolitain de Rouen Prétextat, à qui il reproche d'avoir marié Mérovée à Brunehaut, veuve de Sigebert Ier.

Le parti favorable à Gontran, roi de Bourgogne, l'emporte en Austrasie, et exige de Chilpéric Ier qu'il restitue les parts du roi d'Austrasie Childebert II qu'il a usurpées, dont les forteresses de la Loire.

578-579

La pression des Bretons s'accentue, vers la Rhénanie inférieure, et dans l'actuelle Bretagne: ils prennent Vannes et envahissent la région entre Rennes et Nantes. Le roi de Soissons Chilpéric Ier envoie une armée qui stabilise leur avancée.

vers 579

Le recueil de formules d'Angers (modèles d'actes juridiques) montre la persistance des coutumes romaines.

579

Les Limousins se soulèvent contre les nouveaux impôts levés par Chilpéric Ier, qui vient de faire mettre à jour les registres du cadastre et du recensement.

580

Accusé d'avoir médit de Brunehaut, Grégoire de Tours doit se disculper devant une assemblée royale à Berny-la-Rivière (Aisne).
Le roi de Soissons Chilpéric Ier donne sa fille Ingonde, née en 567 de Galeswinthe, en mariage à Herménégilde, fils du roi des Wisigoths Liuvigilde.

580-581

La peste décime à nouveau la Narbonnaise, la Gaule, et notamment Paris où elle emporte la femme du roi de Bourgogne Gontran et deux fils de Chilpéric Ier, Chlodebert et Dagobert: le roi d'Austrasie Childebert II devient seul héritier de son oncle le roi de Soissons Chilpéric Ier.

581

Childebert II passe alliance avec Chilpéric Ier. Le parti austrasien du roi de Bourgogne Gontran perd son chef Gogon, et l'aristocratie favorable à Chilpéric Ier prend le dessus en Austrasie; le patrice Mummole trahit Gontran. Le duc de Champagne, Loup, au service de la reine Brunehaut (mère de Childebert II), met sa femme en sécurité à Laon avant de se rendre à la Cour du roi des Burgondes Gontran. Mais une révolte du peuple contre les princes, fomentée par Brunehaut, met fin à l'alliance des Austrasiens et de Chilpéric Ier; l'évêque de Reims Egidius et ses partisans doivent prendre la fuite.
L'évêque Cybard d'Angoulême s'éteint.

582

Le roi de Soissons Chilpéric Ier achève la conquête des cités d'Aquitaine (sauf Bourges, dont la ville est presque détruite).

décembre
Gundovald, un fils prétendu de Clotaire Ier non reconnu par celui-ci et accueilli en exil par l'empereur de Constantinople, revient en Limousin à l'instigation d'un parti austrasien et de comploteurs aquitains, dans le but de s'emparer du royaume de Chilpéric Ier.

autres événements
• La naissance de Clotaire II, fils de Chilpéric Ier, suscite le rapprochement du roi de Bourgogne Gontran et de son neveu le roi d'Austrasie Childebert II.

584

Avec l'aide financière de l'empereur de Constantinople Maurice, le roi de Soissons Chilpéric Ier fait une descente en Italie contre les Lombards qui ont durci leur pression sur l'exarchat de Ravenne.
Il organise le mariage de sa fille Rigonthe avec le roi wisigoth Reccarède.

septembre
Chilpéric Ier meurt assassiné (à Chelles, sur ordre de Frédégonde?); il est enseveli à Paris (Sainte-Croix et Saint-Vincent).
Clotaire II, fils mineur de Chilpéric Ier, devient roi de Neustrie (584-629). Sa mère Frédégonde l'a placé sous la tutelle de Gontran, qui régit ainsi les deux royaumes de Neustrie et de Bourgogne. Le tuteur répare les violences faites aux églises par Chilpéric Ier. Clotaire II a pour épouse Bertetrude († 618).

automne
Le roi de Bourgogne Gontran, agissant comme tuteur de son neveu le roi de Neustrie Clotaire II, fait main basse sur Paris, Chartres, Tours et l'Aquitaine.

octobre
Gundovald, fils prétendu de Clotaire Ier, se fait proclamer roi à Brive.

autres événements
• Année de sévère sécheresse. Un tremblement de terre dévaste ce qui restait de Bourges.

vers 584-585

Géry († 625), Ardennais d'origine gallo-romaine, est consacré évêque et fédère les territoires de Bavai et Arras en un seul évêché qu'il installe à Cambrai.

585

Le roi de Bourgogne Gontran remet à son neveu le roi de Neustrie Childebert II les biens du père de celui-ci, Sigebert Ier.

février
Les troupes de Gontran assiègent Saint-Bertrand-de-Comminges, où s'est réfugié le fils prétendu de Clotaire Ier, Gundovald.

juillet
À Orléans, le roi de Bourgogne Gontran rencontre les évêques d'Aquitaine, qui obtiennent le pardon

des anciens partisans de Gundovald. Il mène une expédition en Gaule wisigothique (Nîmes, Carcassonne), mais échoue à reconquérir la Septimanie.
Le roi de Neustrie Childebert II mène une armée en Italie.

avant le 10 novembre
Un concile important se tient à Mâcon, réunissant les évêques des deux royaumes de Neustrie et de Bourgogne (un seul évêque du royaume de Childebert II s'y trouve). Il impose le repos du dimanche, étend la juridiction des évêques à la protection des esclaves affranchis, aux veuves et aux orphelins; ses actes sont confirmés, et entrent donc dans la loi civile par un édit du roi Gontran le 10 novembre.

autres événements
- Une disette provoque la tombée en esclavage de nombreux hommes libres.
- À la fin de l'année, un incendie ravage Paris.

585-586

Le gouverneur qui avait été placé par les grands auprès de Childebert II pendant sa minorité meurt sans successeur; Brunehaut assure elle-même une tutelle sur son fils pourtant majeur, et entreprend une lutte féroce contre les grands.
L'évêque d'Auxerre Aunaire (Aunacharius, 561-605) promulgue les statuts d'un concile diocésain tenu à Auxerre, reprenant quelques-unes des prescriptions du concile de Mâcon (585): ce sont les actes les plus anciens de synode diocésain qui aient été conservés. Pendant son épiscopat, le même évêque commande une *Vie de saint Amâtre*, ancien évêque d'Auxerre; il fait adapter à la Gaule le martyrologe hiéronymien (calendrier chrétien des fêtes à célébrer et des saints à honorer pour chaque jour de l'année, composé par saint Jérôme): désormais les Francs privilégient le patrimoine religieux local sur celui des églises romaines.
Peu après 585, Venance Fortunat publie les livres VIII et IX de ses poèmes.
Des pluies très violentes provoquent de graves inondations en Gaule.

585-592

La plus importante des collections de décrets des conciles de Gaule, la *Vetus Gallica*, voit le jour dans le royaume bourguignon de Gontran.

586

Pâques
L'évêque de Rouen Prétextat, un protégé de Brunehaut, est assassiné dans sa cathédrale sur ordre de Frédégonde, veuve de Chilpéric Ier.

586-587

Des gelées tardives anéantissent les récoltes de fruits et de raisin en Gaule.

587

28 novembre
Le traité d'Andelot, signé par le roi de Bourgogne Gontran d'une part, le roi de Neustrie Childebert II et sa mère Brunehaut de l'autre, fixe les limites entre Austrasie et Bourgogne: la Bourgogne va jusqu'à Reims, Langres, Troyes, Meaux, Paris (un tiers de la cité est réservé au roi de Neustrie Clotaire II); l'Austrasie se voit attribuer la cité du Labourd (le futur diocèse de Bayonne). L'accord permet le rétablissement provisoire de la paix entre les Francs de Neustrie et d'Austrasie: une alliance se reforme entre Gontran et Childebert II.

autres événements
- Gênés par le renforcement du royaume wisigoth qui a annexé la Galice suève (585), les Vascons (Basques) progressent en Aquitaine; profitant de l'absence du duc Didier, parti combattre les Wisigoths, ils pillent le Toulousain.
- À partir de cette date, il n'existe plus de monnaie royale franque; les monnaies frappées portent le nom des monétaires, fonctionnaires locaux.

588

Le roi d'Austrasie Childebert II guerroie en Italie contre les Lombards.

589

printemps
Le roi de Bourgogne Gontran mène une nouvelle expédition en Gaule wisigothique. Elle est un désastre: le duc wisigoth Claude écrase l'armée burgonde près de Carcassonne. Désormais, jusqu'au règne de Pépin le Bref, l'Aquitaine est coupée de la Méditerranée par le croissant wisigoth.

1er novembre
Des évêques réunis en concile à Poitiers par le roi de Bourgogne Gontran et son neveu le roi

d'Austrasie Childebert II sont molestés par la princesse Chrodieldis, fille de Charibert, et les nonnes de son monastère Sainte-Croix de Poitiers.

autres événements

• Un concile à Tolède organise la conversion du royaume wisigoth au catholicisme romain : un roi, une foi, une loi, cette nouveauté inspirera plus tard les royaumes voisins.

• La cathédrale de Tours est restaurée entièrement et dédicacée. À cette occasion, l'évêque Grégoire fait confirmer par le roi d'Austrasie Childebert II que sa cité n'est pas soumise à l'impôt.

589-600

La mère de Childebert II, Brunehaut, fonde le monastère Saint-Martin d'Autun.

vers 590

Le moine Léobard fonde le monastère de Marmoutier (Bas-Rhin).

COLOMBAN

Colomban fonde en Gaule les monastères de Luxeuil – qui devient tête de pont pour la formation des missionnaires chrétiens vers le nord de la Gaule et la Germanie – et de Fontaine, qui essaiment (Remiremont, Jumièges, Saint-Omer). Il les soumet à une règle empruntant aux usages irlandais et à ceux de saint Benoît qu'il contribue à propager en Gaule. Son influence est forte sur le successeur de Gontran, Thierry II ; mais l'hostilité de l'épiscopat gallo-franc et de la reine Brunehaut (le clan qu'on pourrait dire méridional) a raison de lui. Brunehaut met Luxeuil sous surveillance. Colomban ayant refusé de bénir les fils adultérins de son petit-fils Thierry II, Brunehaut le chasse de Luxeuil. Colomban est exilé à Nantes, d'où il repart, grâce au soutien du roi d'Austrasie Théodebert II (fils de Childebert II), évangéliser l'Alémannie (régions de Zurich et Constance), avant de passer en Lombardie : il y fonde Bobbio (vers 612), où il meurt en 615.

590

printemps

Lors d'une deuxième réunion sur place, les évêques excommunient Chrodieldis fille de Charibert, Basine fille de Chilpéric Ier et leurs compagnes (sentence levée en novembre 590).
Le roi de Bourgogne Gontran envoie une armée contre les Bretons.
La veuve de Chilpéric Ier, Frédégonde, organise une campagne contre l'armée franque, en recrutant les Saxons installés dans la région de Bayeux. Ceux-ci imposent de lourdes pertes à l'armée franque, qui n'a pu dépasser Vannes.

novembre

Le roi d'Austrasie Childebert II réunit un concile à Metz pour juger l'évêque Egidius, métropolitain de Reims, qui avait soutenu l'expédition du prétendant Gundovald en 584 et avait ensuite trahi Childebert II.

autres événements

• Les Wisigoths font une razzia en Vasconie.

590-594

Colomban, moine irlandais, arrive en Gaule.

591

Un prophète anti-ecclésiastique, qui se fait passer pour le Christ, connaît un grand succès en Gévaudan.
Le marchand proche-oriental Eusèbe obtient, par achat, le siège épiscopal de Paris.

592

28 mars

Le roi de Bourgogne Gontran meurt.

DEUX ROYAUMES FRANCS : 592-596

AUSTRASIE + BOURGOGNE : Childebert II
NEUSTRIE : Clotaire II

La mort de Gontran permet à Childebert II d'unir la Bourgogne à son royaume d'Austrasie ; il occupe tout Paris. L'Aquitaine elle-même retrouve son unité, pour la première fois depuis 561.
Clotaire II, qui était sous tutelle de Gontran, devient de fait roi de Neustrie. Il confie à Éloi la charge de trésorier (les monnaies de Clotaire II portent sa signature).

596

mars

Childebert II meurt à l'âge de 26 ans. Sa mère Brunehaut s'empare de Paris, et lance une armée dans l'Aisne contre les fils de Childebert II, Théodebert II et Thierry II.

TROIS ROYAUMES FRANCS : 596-613

AUSTRASIE : Théodebert II
BOURGOGNE : Thierry II
NEUSTRIE : Clotaire II

Les royaumes de Bourgogne et d'Austrasie sont à nouveau séparés, et l'Aquitaine démembrée, par la mort de Childebert II. Brunehaut prend en charge la régence au nom de ses petits-fils mineurs, et avec le maire du palais Protadius, veille au partage.
À Théodebert II l'Austrasie avec Metz, et le douaire de Galeswinthe remis à Chilpéric Ier en 566.
À Thierry II la Bourgogne avec Orléans, plus l'Alsace (où il a été élevé à Marienheim) et les possessions de Gontran en Aquitaine ; il commence de revendiquer la Champagne et la future Lorraine.
C'est sous le règne de Thierry II (596-613) que le nom de « Bourgogne » (Burgundia) apparaît. Brunehaut durcit sa répression des menées de Frédégonde et de l'aristocratie, en guerre ouverte contre elle. Dès lors se scelle une alliance entre le fils de Frédégonde, Clotaire II, et les maires du palais de la Bourgogne et de l'Austrasie.

597

Frédégonde meurt (inhumée à Paris, Sainte-Croix). Les deux frères Thierry II et Théodebert II s'entendent contre son fils Clotaire II, leur cousin, notamment pour lui soustraire des territoires aux frontières de la Neustrie. Ils en viennent eux-mêmes à se disputer l'Alsace.

avant 600

Vague d'épidémies et crise économique ; Marseille est atteinte par une épidémie de peste.

vers 600

La « faide royale » (vendetta) reprend entre Clotaire II (roi de Neustrie), fils de Chilpéric Ier et Frédégonde d'une part, et les petits-fils de Sigebert Ier et Brunehaut, Thierry II (roi de Bourgogne) et Théodebert II (roi d'Austrasie) d'autre part. Clotaire II perd une grande partie de son royaume occidental à la suite de la bataille de Dormelles (Seine-et-Marne), livrée contre Thierry II et Théodebert II ; il ne peut conserver que la région d'entre Seine, Oise et la mer (soit les cités de Rouen, Amiens et Beauvais).
C'en est fini désormais de l'expansion franque ; elle ne reprendra qu'avec les Carolingiens.
Thierry II, après sa victoire de Dormelles, met à sac la ville de Chartres malgré la défense organisée par l'évêque Betharius.
La marche de Bretagne (régions de Nantes, Vannes et Rennes), qui protège la Neustrie contre les incursions bretonnes, est mentionnée pour la première fois.

vers 601-622

Le roi de Neustrie Clotaire II et l'évêque Loup d'Auxerre font élever un monument d'or et d'argent sur le tombeau de saint Germain à Auxerre.

602

Thierry II, roi de Bourgogne, et Théodebert II, roi d'Austrasie, font une expédition en pays vascon. Vaincus, les Vascons sont soumis à un duc franc et tenus de verser un tribut annuel.
Au concile de Châlon, l'évêque Aredius de Lyon (602-614), fidèle de Brunehaut, dépose contre l'évêque de Vienne Didier, qui est exilé par la reine dans l'Île-Barbe, à Lyon.

Didier de Vienne

Didier de Vienne († vers 607), issu de la vieille aristocratie gallo-romaine, maître d'une école brillante qui conserve la tradition de la culture classique, est élu évêque de Vienne en 599. Il est en butte à l'hostilité de la reine Brunehaut, à qui il semble avoir reproché une mauvaise conduite et une mauvaise influence sur ses héritiers. Il est assassiné vers 607 (ou 611 ?).

603-605

Brunehaut, confrontée à une coalition de l'aristocratie austrasienne, doit se réfugier en Bourgogne, où elle pousse son petit-fils, le roi Thierry II, à entrer en guerre contre l'Austrasie ; les grands de Bourgogne se soulèvent contre elle à leur tour.

605

Au début de l'année, le roi de Bourgogne Thierry II, vainqueur de Clotaire II, roi de Neustrie, rentre dans Paris.
Le maire du palais, Protadius, est assassiné.

607

Thierry II épouse Ermemberge, princesse wisigothe. Il la renvoie en Espagne l'année suivante.

608

Brunehaut tente en vain de se concilier la femme de son petit-fils Théodebert II, roi d'Austrasie.

610

Les Alamans écrasent une armée franque à Wangen, près de Soleur (Jura); ils ruinent Avenches, stoppant pour près d'un siècle et demi la progression des Francs vers l'est du Jura.
Une rencontre entre le roi de Bourgogne Thierry II et le roi d'Austrasie Théodebert II tourne à la guerre déclarée entre les deux frères.

vers 612

Oustrille († vers 626-627) est nommé évêque de Bourges par le roi de Bourgogne Thierry II; mais il s'oppose à Garnier, maire du palais de Bourgogne.

612

Arnoul († vers 640), un familier de Childebert II, fils de Brunehaut, obtient de Théodebert II le siège épiscopal de Metz (612 ou 614?-629). Il a été le principal artisan de la révolte contre Brunehaut. Il est à la souche de la fortune des Carolingiens.
Thierry II, vainqueur de son frère à Toul, puis Tolbiac, incarcère Théodebert II à Chalon-sur-Saône, puis le fait mettre à mort.
Thierry II a ainsi réuni l'Aquitaine, la Bourgogne et l'Austrasie. Il tente alors de se retourner contre la Neustrie, pour refaire à son profit l'unité des royaumes.

613

La mort met fin au rêve de Thierry II, emporté par une dysenterie. Brunehaut fait proclamer roi Sigebert II, fils aîné de Thierry II, afin d'éviter le partage. Mais Clotaire II poursuit la vieille reine et ses descendants jusqu'en Bourgogne, et se les fait livrer par les grands, avant de les mettre à mort.

UNITÉ DES ROYAUMES FRANCS : 613-629

NEUSTRIE + AUSTRASIE-BOURGOGNE: Clotaire II

Désormais, le fils de Chilpéric Ier et de Frédégonde règne sur tous les Francs. Clotaire II semble réinstaller sa capitale à Paris, lieu choisi par Clovis, mais séjourne le plus souvent à Clichy. Il lui a fallu reconnaître l'autonomie de chacun des royaumes, qui ont chacun leur maire du palais; l'édit de Clichy (18 octobre 614) a un caractère de constitution, destinée à équilibrer les rapports entre les trois royaumes, le roi, l'aristocratie laïque et les évêques. Signe d'un nouvel équilibre: c'est sous le règne de Clotaire II que les maires du palais émergent comme les chefs de l'aristocratie, dont ils émanent précisément en Bourgogne, et comme les responsables de fait d'un royaume. Ainsi sont maires du palais: Warnachaire (Bourgogne); Radon, puis Pépin l'Ancien ou de Landen (Austrasie); Gundoland (Neustrie).
Clotaire II a eu Dagobert de sa première épouse. Il lui donne en mariage une sœur de Sichilde, sa troisième épouse.

614

10-18 octobre
Clotaire II réunit un concile à Paris (basilique Saint-Pierre). On n'y trouve plus que 50 % de Gallo-Romains, contre 89 % en 585. Le roi est contraint de reconnaître que le pouvoir dans les deux royaumes qu'il vient d'acquérir est issu de l'aristocratie régionale; les maires du palais y sont les représentants de l'aristocratie régionale, et non du roi des Francs (en Neustrie, le maire lui reste directement soumis). La règle est imposée que les fonctionnaires, évêques et comtes ne doivent pas être issus d'une « patrie » étrangère au royaume où ils sont affectés. Le roi conserve cependant son droit d'intervention dans les élections épiscopales. Le 18 octobre, Clotaire II promulgue par édit les principales décisions du concile.

autres événements
• Avec le soutien de l'aristocratie burgonde, Clotaire II réussit à empêcher la formation d'une dynastie de maires du palais en Bourgogne, par

l'assassinat du fils du maire Warnachaire. Il n'y aura plus jamais de maire du palais en Bourgogne.
• Depuis 613, Clotaire II fait frapper à son nom les monnaies d'or que les ateliers méridionaux fabriquaient jusque-là sous la titulature de l'empereur de Constantinople.

616

Bertrand, évêque du Mans, émet un testament important en faveur de son église.

619

Valéry, moine à Saint-Germain d'Auxerre, puis à Luxeuil, meurt dans le monastère qu'il a fondé à Saint-Valéry-sur-Somme grâce au soutien de Clotaire II et d'une noble, Bertille.

vers 620

Amauger, duc d'Atuyer, fonde l'abbaye de Bèze (Côte-d'Or).

622

Clotaire II se réserve les cités austrasiennes d'Aquitaine.

623

Clotaire II doit livrer son fils aîné Dagobert, âgé de 15 ans, à l'aristocratie austrasienne, qui exige son roi. Dagobert Ier est nommé roi délégué en Austrasie et réside à Metz. Mais Clotaire II réduit le territoire austrasien en prélevant l'Auvergne, la Provence et Reims ; le pouvoir de fait en Austrasie est échu par ailleurs définitivement entre les mains du maire du palais, Pépin de Landen, qui s'est allié à Arnoul, l'évêque de Metz, la capitale ; de cette alliance est issue la féconde famille carolingienne.
Le concile de Mâcon soutient la Règle de saint Benoît, mise en cause par le moine Agrestin.

625

Le jeune prince Dagobert Ier, roi délégué en Austrasie qui réside à Metz, réclame lors de son mariage (avec la sœur de Sichilde) et obtient des territoires austrasiens jusque-là retenus par son père Clotaire II (Auvergne, Provence, Reims et d'autres cités de Champagne).
L'aristocratie neustrienne exige aussitôt d'avoir son propre roi, le fils de Charibert.

626-627

À la mort de Warnachaire, l'aristocratie de Bourgogne refuse d'élire un nouveau maire.
L'évêque Loup de Sens est inhumé à la porte de la basilique Sainte-Colombe de Sens.

627

27 septembre
Un concile à Clichy confirme l'édit d'octobre 614. Les évêques y reconnaissent clairement désormais la prérogative royale.

629

après le 15 septembre
La mort du roi Clotaire II porte son fils Dagobert Ier sur le trône de Neustrie et de Bourgogne.

UN OU DEUX ROYAUMES FRANCS DE DAGOBERT À PÉPIN : 629-751

DAGOBERT Ier

Né vers 608-Mort après le 19 janvier 639
Règne : 629-639 (10 ans)
Roi à 21 ans

*D*agobert Ier, né vers 608, règne dix ans sur les trois royaumes d'Austrasie (623), de Neustrie et de Bourgogne (629) : au titre de roi des Francs, il ajoute en 632 celui de roi d'Aquitaine. Clotaire II a installé Dagobert encore enfant comme roi d'Austrasie, et a confié à Pépin de Landen (Ardennes) le soin du gouvernement. Par un coup de force, Dagobert Ier ajoute à son titre de roi d'Austrasie ceux de roi de Neustrie, de Bourgogne et de Soissons. Habile, il s'appuie sur les Austrasiens pour s'emparer de la Neustrie et de la Bourgogne en 629, mais il refuse au maire austrasien Pépin de Landen la mairie de Neustrie, qu'il accorde à son homme de confiance, Aega ; il écarte ensuite Pépin du pouvoir et impose Aega comme unique maire. Il fait mettre par écrit la loi des Francs Ripuaires d'Austrasie. Grâce à l'armée burgonde qu'il favorise, il connaît de grands succès militaires contre les Vascons et les Bretons, qui doivent se soumettre. Il mène une politique de fermeté à l'égard de l'aristocratie et des églises, récupère autoritairement des biens du fisc qui avaient été aliénés par ses prédécesseurs aux nobles et aux églises, et confisque nombre de domaines légués par les grands aux évêchés et aux abbayes. Le roi peut se passer du soutien des évêques, il se dispense de réunir des conciles. Il parvient à prendre en charge lui-même une part des responsabilités religieuses, et engage ainsi le processus qui fait bientôt de la royauté franque une royauté sacrale.
Dagobert Ier est entouré directement d'un groupe de jeunes aristocrates francs voués à la carrière ecclésiastique : Dadon (Ouen), un des chefs de l'administration, le trésorier Didier (futur évêque de Cahors), Faron (futur évêque de Meaux, 637-672), Paul (de Verdun), Wandrille, et surtout Éloi. Ce règne est placé par ailleurs sous le signe de la menace permanente des Vascons, cependant que le particularisme aquitain, par la main de Brodulf, tente d'extorquer à Dagobert Ier la création d'un royaume en Aquitaine pour son frère Charibert.

Entre environ 600 et 650, les rois ont pris l'habitude de renoncer à leurs résidences urbaines, pour privilégier des palais ruraux qu'ils visitent à tour de rôle. Ils gardent cependant leur faveur aux palais situés en région parisienne (Dagobert Ier réside principalement à Clichy et Épinay-sur-Seine) et dans la basse vallée de l'Oise. Dagobert Ier donne à la royauté mérovingienne une orientation neustrio-burgonde, qui marque la Gaule.
Fils de Clotaire II, Dagobert Ier a un frère, Charibert (vice-roi d'Aquitaine, 606/618-632; roi délégué de Neustrie). De Ragnétrude, concubine déclarée, il a un premier fils, Sigebert III (futur roi d'Austrasie, 634-656). Une première épouse officielle demeure stérile; Dagobert Ier prend alors pour femme Nanthilde (609?-642), une Neustrienne, dont il a Clovis II (futur roi de Neustrie, 633-657).

Papes contemporains de Dagobert Ier

Honorius Ier, 625-638; Séverin, 638-640.

Souverain contemporain de Dagobert Ier

Empereur de Constantinople: Héraclius Ier, 610-641.

629

automne
Éloi devient responsable de la monnaie royale.

Saint Éloi

Éloi (peu avant 600-660), issu d'une famille de propriétaires gallo-romains d'Aquitaine (à Chaptelat, près Limoges), a fait son apprentissage à l'atelier monétaire royal de Limoges ; de là, il est envoyé à la Cour de Clotaire II, comme orfèvre royal. Il y côtoie les futurs évêques Didier de Cahors, Dadon de Rouen (futur Ouen), Sulpice de Bourges, dont l'amitié forge un noyau solide d'administrateurs compétents du royaume franc. Puis il est nommé monétaire à Marseille. En 629, Dagobert Ier fait de lui son monétaire. Bientôt, Éloi commence de fonder des monastères : Solignac, Saint-Martial de Paris.
Après la mort de Dagobert Ier, Éloi quitte la Cour, devient évêque de Noyon-Tournai, sans pour autant abandonner son activité d'intendant de la monnaie – il signe des trémissis (tiers de sou d'or) sous Clovis II. Il entreprend l'évangélisation des Flandres et de la Frise, incluses dans son vaste territoire, avec l'aide d'Irlandais (Fursy de Péronne). Il mène une activité inlassable pour la propagation des règles de saint Colomban, d'un concile à l'autre, avec l'aide de ses amis devenus évêques. Il meurt le 1er décembre 660, et est inhumé à Saint-Loup de Noyon. Dès le IXe siècle, il passait pour être l'orfèvre qui créa la « croix de saint Éloi », conservée jusqu'en 1793 au trésor de l'abbaye de Saint-Denis.

vers 630

Dagobert Ier envoie une ambassade auprès de l'empereur de Constantinople Héraclius Ier ; un traité est conclu entre les deux souverains. Le jeune roi fait campagne contre les Frisons du Bas-Rhin, puis contre les Wendes d'au-delà de l'Elbe.

630-632

Le frère de Dagobert Ier, Charibert, règne sur une partie de l'Aquitaine ; Toulouse en est la capitale pour la première fois depuis 507 (date de la fin du royaume wisigoth de Toulouse).

630-656

L'évêque de Cahors Didier fait reconstruire les murailles de sa cité, ainsi qu'une nouvelle cathédrale.

Didier de Cahors

Didier de Cahors (peu avant 600-656), héritier d'une des grandes familles sénatoriales d'Aquitaine (parmi ses frères, Syagrius est comte d'Albi, et Rustique évêque de Cahors), est envoyé à la Cour de Clotaire II, qui lui confie bientôt des responsabilités dans l'administration du trésor royal. Le fils de Clotaire II, Dagobert Ier, fait de lui le gardien du trésor. En 630, l'évêque de Cahors Rustique, le frère de Didier, est assassiné. Didier est sacré par l'évêque de Bourges Sulpice. Le roi Dagobert Ier met à profit cet événement pour placer un homme sûr dans cette région où le pouvoir mérovingien est contesté. Didier à Cahors déploie ses talents d'administrateur, dont le souvenir demeure durant tout le Moyen Âge. Didier a rassemblé lui-même en deux livres 36 lettres qui lui ont été adressées, notamment par le fils de Dagobert Ier, Sigebert III.

vers 631

Dagobert Ier fait assassiner l'Aquitain Brodulf. Pour s'assurer de son propre frère Charibert, il fait de lui le parrain de son fils Sigebert III, qui est baptisé par Amand à Orléans : il double ainsi la relation de parenté naturelle d'une autre, spirituelle.

631

Grâce à une alliance avec les Lombards d'Italie, le roi Dagobert Ier intervient en Bohême afin de réduire le royaume slave de Samo, un négociant franc (de la région de Sens ?). Ce royaume qui s'étend sur la Bohême-Moravie menace tant les intérêts des Francs en Germanie que ceux des Lombards d'Italie septentrionale. Mais l'armée de Dagobert Ier est mise en déroute dans le nord-ouest de la Bohême (Wogatisburg).

631-656

Les évêques de Clermont, Cahors et Rodez obtiennent du roi Dagobert Ier qu'il interdise les communications entre leurs diocèses et la Provence d'où vient une épidémie de peste.

632

8 avril
La mort de Charibert, qui avait reçu l'Aquitaine en partage, permet à son frère le roi Dagobert Ier de récupérer ce royaume sous son administration

directe. Charibert est inhumé dans la basilique Saint-Romain de Blaye.

été
À la demande de Sisenand, un Wisigoth révolté contre son roi Swinthila, Dagobert Ier envoie deux corps d'armée, l'un depuis la Burgondie, l'autre depuis Toulouse, qui se rejoignent à Saragosse.

22 novembre
Le roi Dagobert Ier donne à Éloi le fisc de Solignac pour y fonder une abbaye « suivant les préceptes de saint Colomban et de saint Benoît », comme un gage dans l'entreprise de séduction qu'il mène à l'égard de l'aristocratie sénatoriale d'Aquitaine. Jeu complexe, puisque la politique pro-romaine de Dagobert Ier se conjugue à son désir d'abolir le royaume d'Aquitaine.

632-639

L'empereur Héraclius Ier mande au roi Dagobert Ier d'ordonner que tous les juifs de son royaume se convertissent ou prennent la route de l'exil. Seul l'évêque de Bourges semble avoir adopté cette mesure.

vers 633

L'abbesse Burgondofara d'Eboriacus (plus tard Faremoutiers) émet son testament.

633-634

À la naissance de son fils Clovis II (633), le roi Dagobert Ier organise un partage anticipé. Clovis II reçoit la Neustrie et la Burgondie. Comme son père Clotaire II avait dû faire pour lui-même, Dagobert Ier est contraint de livrer aux Austrasiens son fils Sigebert III comme roi délégué d'Austrasie ; comme Clotaire II, Dagobert Ier soustrait une part du territoire austrasien. Les grands d'Austrasie, les évêques et les leudes (fidèles de l'aristocratie) font serment de donner à sa mort l'Austrasie avec ses possessions d'Aquitaine et de Provence à Sigebert III : celui-ci est délégué roi par son père pour y régner. La Germanie, gérée par des ducs, est plus fidèle à Dagobert Ier que l'Austrasie rétive.

633-639

Le roi Dagobert Ier promulgue la Loi des Francs d'Austrasie (« Loi Ripuaire »).

vers 634

Dagobert Ier institue la foire de Saint-Denis, qui se tient au mois d'octobre ; jusqu'à la fin du XIIe siècle, elle est la foire la plus importante dans les royaumes francs.
La famille de Ouen fonde l'abbaye de Rebais, qui est confiée à des moines de Luxeuil.

635

Une nouvelle rébellion des Vascons provoque une réaction sévère des Francs. Le roi Dagobert Ier fait rassembler une armée, qui part de Burgondie et vient pacifier le pays vascon ; au retour de l'expédition, le duc Arnebert et son escorte sont massacrés par les rebelles dans la vallée de la Soule.

635-640

Adon, frère de Ouen, issu d'une grande famille aristocratique de Brie, fonde Jouarre, monastère double pour des femmes et pour des hommes.

636

Sur sommation d'Éloi, principal conseiller de Dagobert Ier, le « roi » des Bretons Judicaël vient au palais de Clichy faire sa soumission à Dagobert Ier (le roi de Northumbrie, Oswald, vient d'infliger, en 634, une sévère défaite aux Bretons insulaires). Les Vascons aussi font serment de fidélité à Dagobert Ier et au royaume des Francs. Le duc Aighyna est mis à la tête de leur territoire. À la suite sans doute de leur soumission, Amand est envoyé en mission chez les Vascons.

638-639

Le roi Dagobert Ier rétablit le siège épiscopal de Thérouanne, qu'il confie à Omer, moine formé à Luxeuil († 1er novembre 670).

638-658

Une première paix s'établit entre Neustrie et Austrasie.

639

19 janvier
Dagobert Ier meurt. À la différence de son père Clotaire II qui avait choisi Sainte-Croix et Saint-Vincent de Paris, il est inhumé dans le monastère de Saint-Denis qu'il a fait agrandir.

DEUX ROYAUMES FRANCS : 639-673

AUSTRASIE: Sigebert III
puis Childebert l'Adopté
puis Childéric II
NEUSTRIE-BURGONDIE: Clovis II
puis son fils Clotaire III
puis son fils Thierry III

Sigebert III, né en 631, est placé par son père Dagobert Ier sur le trône d'Austrasie (634-656) à l'âge de 3 ans, afin de calmer le particularisme austrasien. Il devient roi d'Austrasie en titre à la mort de Dagobert Ier en 639, avec la maîtrise de l'Austrasie et de quelques cités aquitaines ainsi que du « duché de Dentelin » (sans doute Boulogne, Thérouanne, Arras, Cambrai, Tournai, et Vermandois) ; il s'empresse de remettre la main sur la Germanie occidentale. Mais en Austrasie comme en Neustrie, le pouvoir de fait est exercé par les maires du palais. Il entreprend une action militaire pour contrôler le duc de Thuringe, Raoul, et échoue lamentablement. Le roi Dagobert Ier avait en fait organisé cet échec lui-même, en accordant une prééminence de fait à son second fils Clovis II.
Clovis II est reconnu roi de Neustrie et de Bourgogne (633-657) par les Austrasiens en 633 : la Neustrie acquiert un rôle central dans l'édifice politique des Francs – position qui sera ratifiée par les Carolingiens et définitivement acquise avec les Capétiens.
Nanthilde, veuve de Dagobert Ier, exerce pour Clovis II la régence avec le maire du palais de Neustrie, Aega, puis avec Erchinoald. Clovis II épouse plus tard Bathilde (vers 650), une esclave saxonne du maire Erchinoald ; de cette union naissent Clotaire III, Childéric II et Thierry III.
Maires du palais : après la mort d'Aega († 642), Neustrie et Burgondie ont à nouveau des maires séparés : Erchinoald (Neustrie, 641-657) et Flaochad (Burgondie, 642-643), mais la mort de celui-ci (643 ?) rassemble les deux royaumes sous la tutelle d'Erchinoald ; en Austrasie, Pépin de Landen, Othon, puis le fils de Pépin Grimoald.
À partir de 640, le pouvoir royal décline rapidement, laissant le champ libre aux aristocraties locales et aux maires du palais. Ces derniers mènent une politique conforme à leurs propres intérêts. Erchinoald, parent de la mère de Dagobert Ier, marie l'une de ses filles au roi du Kent.
L'épiscopat notamment s'emploie à constituer de véritables principautés (Arnoul, Léger à Autun, Ennemond-Chamond à Lyon, Savary à Auxerre), poussant les rois et les maires du palais à intervenir de plus en plus directement dans les élections. Grimoald, fils du maire de palais Pépin de Landen, a une fille, Vulfetrude, abbesse de Nivelles où elle succède à sa tante Gertrude.

639-641

Un concile à Orléans condamne à l'expulsion de Gaule un hérétique prêchant le monothélisme (une seule volonté dans une seule personne chez le Christ), probablement un Byzantin émissaire du patriarche ou de l'empereur de Constantinople.
L'intendant de la monnaie Éloi émet en Neustrie un trémissis (un tiers de sou d'or) de la cité de Paris ; il est chargé sans doute d'une dévaluation qui prépare l'avènement du denier (673 ou avant).

639-657

Le moine Marculf dédie à l'évêque de Paris Landry un formulaire fameux d'actes royaux et privés.

640

Pépin de Landen (« le Vieux »), maire du palais d'Austrasie, meurt. Le roi d'Austrasie Sigebert III donne sa charge non à Grimoald, fils de Pépin, mais à Othon, un fidèle serviteur du roi d'Austrasie.
Les Austrasiens du roi Sigebert III attaquent vainement la Thuringe ; en effet, le duc Raoul refuse de se reconnaître dépendant de Sigebert III.

641

13 mai
Éloi et Ouen sont consacrés évêques de Noyon et Rouen.
Erchinoald devient maire du palais de Neustrie, dont il reste titulaire jusqu'à la mort du roi Clovis II en 657.

642

mai
Flaochad est élu maire du palais par les grands de Bourgogne.
Le nom de Neustrie commence d'apparaître dans les sources (Austrasie et Austrasiens sont connus depuis près d'un demi-siècle).
Un moine écrit la *Vie de saint Vaast*.

642-643

Grimoald, fils du maire du palais Pépin de Landen, devient maire du palais d'Austrasie (jusqu'en 662).

vers 643

Une famille de l'aristocratie franque fonde le monastère de Marchiennes.

643

Le roi wisigoth Rothari promulgue son édit.
Le moine Jonas écrit la *Vie de saint Colomban.*

vers 646

Un auteur anonyme compose la *Vie* de l'évêque Sulpice de Bourges († 646).

649

mars
Wandrille, aristocrate austrasien († 22 juillet 668), s'établit dans la Basse-Seine, sur des terres appartenant au maire du palais de Neustrie, Erchinoald, et fonde l'abbaye de Fontenelle (Saint-Wandrille).

649 ? (647-653)

24 octobre
Un concile convoqué à Chalon-sur-Saône par le maire du palais Erchinoald étend la juridiction ecclésiastique à l'échelon local: il favorise ainsi l'influence des aristocraties régionales où se recrutent les dignitaires. Le concile paraît aussi évoquer la condamnation de thèses hérétiques par le concile du Latran en 649 (du 5 au 31 octobre: le patriarche de Constantinople y a été convaincu de monothélisme): quoique non représentés au Latran, l'épiscopat et le roi francs semblent ainsi commencer de tisser des relations privilégiées avec le pape romain, contre le patriarche et l'empereur de Constantinople.

vers 650

Un coffret-reliquaire (conservé) est offert à Saint-Maurice d'Agaune par le prêtre Teuderigus (Thierry).
L'immigration en Armorique des derniers Celtes bretons, chassés du Somerset et du Devon par les Saxons, entre dans sa dernière phase; elle semble achevée vers 700.

651

27 juin
Fondation du monastère de Fleury (Saint-Benoît-sur-Loire).
Omer, évêque de Boulogne-Thérouanne, fonde l'abbaye de Sithiu (future Saint-Bertin).

vers 653

Benoît Biscop, un moine anglo-saxon, séjourne à Lérins, l'un des monastères qui ont marqué le monachisme d'Occident (fondé par Honorat vers 410, avec une forte empreinte du monachisme du désert d'Égypte), entre deux voyages d'Angleterre à Rome.

653

Les cendres de saint Benoît (480-543) sont transférées à Fleury.

vers 654

Le fils d'un comte franc d'Aquitaine, Philibert, moine formé à Luxeuil et à Bobbio, fonde avec l'aide de la reine Bathilde l'abbaye de Jumièges; celle-ci, avec Fontenelle (Saint-Wandrille, vers 649), répond à une politique d'enracinement rapide du christianisme dans le nord-ouest de la Gaule. L'intervention de la reine Bathilde est décisive pour introduire la règle mixte, à la fois bénédictine et colombanienne dans les six monastères majeurs du royaume franc, à Saint-Denis, Saint-Germain d'Auxerre, Saint-Médard de Soissons, Saint-Pierre (-le-Vif de Sens probablement), Saint-Aignan d'Orléans et Saint-Martin de Tours.

654

L'épidémie de peste sévit en Septimanie.

655-658

Wilfrid (634-709/710), un noble northumbrien, moine, futur abbé, évêque de Northumbrie et missionnaire, séjourne à Lyon.

656

1er février
Mort de Sigebert III, roi d'Austrasie.
Plutôt que le prince royal Dagobert II, fils de Sigebert III, le maire du palais d'Austrasie Grimoald impose pour lui succéder son propre fils Childebert l'Adopté (656-662), qu'il avait fait adopter par Sigebert III avant la naissance de Dagobert II. Le jeune Dagobert II est exilé en Irlande.

657

11 septembre-10 novembre
Clovis II meurt. Son fils Clotaire III (657-673) lui succède en Neustrie et Bourgogne, sous une tutelle de fait de sa mère Bathilde.
Bathilde (vers 635?-vers 680), ancienne esclave d'origine anglo-saxonne, a été rachetée par le maire du palais de Neustrie Erchinoald et donnée par lui en 650-651 au jeune roi Clovis II. De Clovis II, elle a eu trois fils: Clotaire III, Childéric II et Thierry III. Lorsque Clovis II meurt en 657, elle exerce la régence en Neustrie pour son fils Clotaire III, avec l'aide des évêques Chrodebert de Paris, Ouen de Rouen, et de Genès et Léger, futurs évêques respectivement de Lyon et d'Autun. Elle nomme maire du palais de Neustrie-Bourgogne Ebroïn (658-673; 675-680/683), qui veut reconstituer l'unité du royaume franc. Leudesius, fils du maire du palais Erchinoald, est substitué en 675 à Ebroïn, par le clan de Léger d'Autun, mais doit céder la place très rapidement. De 658 à 687, la Neustrie domine l'Austrasie.

657-661

Bathilde, veuve de Clovis II, et son fils Clotaire III fondent le monastère de Corbie, pour favoriser la christianisation de la région; ils y installent des moines de Luxeuil.

658

Ebroïn, nommé par Bathilde, exerce sa première mairie du palais de Neustrie (jusqu'en 673). Il entend rétablir l'unité du royaume.

658-659

Bathilde fonde le monastère féminin de Chelles.

659

Le roi de Neustrie-Bourgogne Clotaire III dote le monastère de Corbie de biens fonciers considérables (plus de 20 000 ha?). Il s'agit du dernier diplôme mérovingien conservé sur papyrus.

vers 660

L'évêque de la cité du Mans obtient le privilège de désigner le comte du Mans.
Amand effectue une mission de christianisation en pays vascon.
Les évêques Frodebert de Tours et Importun de Paris échangent une correspondance en prose rythmée latine.

660

26 août
L'évêque Emmo de Sens († 675, inhumé à Saint-Pierre de Sens) accorde un privilège d'immunité au monastère Sainte-Colombe de Sens (confirmé en 695); il décerne un acte identique en faveur de Saint-Pierre de Sens, qui suit alors la règle de Luxeuil.

1er décembre
Éloi meurt, âgé de 70 ans. La reine Bathilde suit ses funérailles, et peu après Ouen écrit sa *Vie*.
L'orgue est introduit ces années-là dans les rites religieux du royaume franc.

661

Grimoald, maire du palais austrasien, confie à Didon, évêque de Poitiers, le soin de conduire dans son exil irlandais le jeune Dagobert II, fils légitime de Sigebert III.

662

18 octobre-9 décembre
Grimoald et son fils le roi d'Austrasie Childebert l'Adopté sont assassinés à l'instigation d'un clan de l'aristocratie neustrienne hostile à cette prétention dynastique.
L'échec de la tentative du maire de palais Grimoald pour contrôler le royaume d'Austrasie par la main de son fils Childebert l'Adopté permet à la reine Bathilde d'installer son fils Childéric II (662-675), frère de Clotaire III, sur le trône austrasien.
La frappe de l'or est définitivement abandonnée dans le royaume austrasien.

662-673 (663 ?)

Le roi d'Austrasie Childéric II réunit les évêques de la province de Bordeaux à Saint-Pierre de Granon, en présence du duc Loup d'Aquitaine, afin de rétablir son autorité sur la province soumise à des tensions antifranques. Cette assemblée formule la première interdiction pour des clercs de porter les armes, preuve que l'usage s'en répand rapidement dans les évêchés de Gaule.

663

automne

Agilbert († vers 680), envoyé de Rome – il est depuis 648 évêque de Dorchester en Northumbrie –, futur évêque de Paris (665/667), impose aux Irlandais et Scots l'autorité de Rome lors du synode de Whitby.

663-vers 679

Sur le conseil du maire du palais Ebroïn, le roi d'Austrasie Childéric II confie la charge épiscopale d'Autun à Léger, chef du parti bourguignon.

LÉGER

Léger (vers 616-678/679) est né d'une grande famille de l'aristocratie établie en Nivernais, Bourgogne et Alsace; l'un de ses frères, Guérin, est comte de Paris, et un membre de sa famille fonde l'abbaye de Murbach (Alsace) en 727. Il reçoit son éducation auprès de son oncle Didon, évêque de Poitiers, et devient archidiacre de Poitiers, puis abbé de Saint-Maixent vers 653. Il est appelé quelques années plus tard à la Cour par la reine Bathilde. Il est, à la mort du roi de Neustrie-Bourgogne Clotaire III, l'un des chefs de la rébellion qui donne le pouvoir à Childéric II roi d'Austrasie, mais est rapidement neutralisé par le maire du palais Ebroïn. Il est emprisonné en 678 par Ebroïn qui lui crève les yeux et le fait déposer de sa charge par un concile à Villeroi. Léger est décapité en 678/679 (20 octobre).

664-665

Le roi de Neustrie-Bourgogne Clotaire III devient majeur. Ebroïn découvre un complot contre lui, où est impliqué l'évêque de Paris Sigebrand, nommé par Bathilde. Bathilde est contrainte par Ebroïn et l'aristocratie de se retirer au monastère de femmes qu'elle avait fondé à Chelles (Seine-et-Marne).

vers 667

Le maire du palais de Neustrie Ebroïn fonde le monastère de femmes Notre-Dame de Soissons.

668-669

hiver-avril

Théodore de Tarse, le nouvel archevêque de Cantorbéry, séjourne à Paris avec son ami Hadrien, Benoît Biscop et le jeune Bède (le Vénérable).

vers 670

Les rédacteurs de la chancellerie mérovingienne commencent d'écrire sur parchemin plutôt que sur papyrus.

Un nouveau type de monnaie apparaît, le denier (au plus tard en 673), qui rompt avec la tradition monétaire des Romains et scelle l'abandon pour six siècles de la frappe de l'or en Gaule. Les faux sceattas, monnaies émises dans les royaumes anglo-frisons, apparaissent dans les échanges commerciaux.

L'existence d'un port à Quentovic est attestée pour la première fois.

Agilbert se retire à Chelles auprès de sa sœur Théodechilde; il fait construire une nouvelle crypte.

671-672

Le duc Loup d'Aquitaine entre en rébellion; son pouvoir s'exerce sur l'ancien royaume de Charibert.

672

Le roi de Neustrie-Bourgogne Clotaire III envoie une armée contre les Vascons.

En Septimanie, le comte de Nîmes Hilderic et l'évêque de Maguelonne Gumild entrent en rébellion contre le nouveau roi wisigoth Wamba (élu le 19 septembre 672). Le comte hispano-romain Paul, envoyé par Wamba pour mater l'insurrection, en prend la tête et se fait oindre roi, avec l'intention de reconstituer une principauté réunissant Vasconie, Aquitaine et Septimanie.

673

10 mars-15 mai

Clotaire III meurt (3 mai?) et est inhumé à Chelles, dans le monastère de sa mère Bathilde.

Le frère de Clotaire III, Thierry III, est installé sur le trône de Neustrie et Bourgogne par le maire du palais Ebroïn; les aristocrates de Neustrie et de Bourgogne, rassemblés autour de Léger, évêque d'Autun, et de son frère Warin, comte de Paris, qui n'ont pas été convoqués pour l'élection royale, appellent le roi d'Austrasie Childéric II, frère de Clotaire III et Thierry III, à monter sur le trône des Francs. C'est le début d'une série de campagnes guerrières entre Neustrie et Austrasie (675, 677, 680, 685, 687), dont le théâtre est le nord de la Seine.

été

Le roi wisigoth Wamba pénètre en pays vascon, fait la paix avec les Basques, puis envahit la Septimanie, et prend Narbonne.

septembre
Wamba contraint le comte Paul, enfermé dans les arènes de Nîmes, à se rendre.
Le roi de Neustrie-Bourgogne Thierry III est déposé et emprisonné à Saint-Denis par son frère Childéric II, qui devient seul roi des Francs.

UNITÉ DES ROYAUMES FRANCS : 673-675

AUSTRASIE + NEUSTRIE-BOURGOGNE : Childéric II

Seul fils survivant de Clovis II et Bathilde, Childéric II règne deux ans sur les trois royaumes. Roi d'Austrasie, il s'adjuge aussi le titre de roi de Neustrie et de Bourgogne. Il a dû s'engager en faveur de l'aristocratie qui l'a élu, et faire des promesses proches de celles qu'avait consenties Clotaire II (roi de Neustrie-Austrasie-Bourgogne) en 613: respect des coutumes locales et choix sur place des hauts fonctionnaires. Mais Childéric II entreprend aussitôt une politique unificatrice, autoritaire; dès 673, il fait émettre le premier denier d'argent, à Tours; il s'entoure de conseillers ecclésiastiques, Léger évêque d'Autun, Lambert évêque de Tongres-Maastricht (les évêques étendront leur rôle de monétaires et agents du fisc, en concentrant entre leurs mains les ateliers d'émission).
Le roi Childéric II fait enfermer Ebroïn, le maire du palais de Neustrie, au monastère de Luxeuil. Un concile est réuni à Saint-Jean de Losne en présence de Childéric II; dernier grand concile législatif de l'époque mérovingienne, il rappelle les évêques à leurs devoirs spirituels. Un édit accompagne la promulgation des actes conciliaires: il garantit le respect des lois propres à chaque royaume, et par là le pouvoir des aristocraties locales.

673-676

Le duc Loup d'Aquitaine constitue une principauté indépendante. Les Burgondes sont en rébellion ouverte. Désormais, les cités épiscopales du pays vascon et du sud de l'Aquitaine rentrent dans l'obscurité jusqu'au Xe siècle; même Toulouse est privée dès lors d'évêque, jusque sous Charlemagne.

674 ou 679

6 février
Amand meurt, à l'âge de 85 ans.

vers 675

La frappe de l'or disparaît en Gaule (elle subsistait jusqu'alors à Marseille, dont le rôle était devenu essentiel avec l'occupation lombarde de 568 en Italie du Nord).

675

Pâques
Childéric II, en butte à l'opposition des aristocrates bourguignons, fait incarcérer l'évêque d'Autun Léger à Luxeuil.

18 octobre-9 décembre
Childéric II est assassiné avec sa femme en forêt de Brotonne (près Rouen), probablement par un parent de Léger et un clan de l'aristocratie neustrienne.
La mairie du palais de Neustrie est prise par Leudesius.

DEUX ROYAUMES FRANCS : 675-680

NEUSTRIE + BURGONDIE : Thierry III
AUSTRASIE : Clovis III puis Dagobert II

Thierry III (675-690/691) est rétabli par Léger sur les trônes de Neustrie et de Bourgogne. Ebroïn reprend la mairie du palais de Neustrie, qu'il tient jusqu'en 680. Avec le soutien de l'aristocratie neustrienne, il mène une guerre larvée contre le maire du palais d'Austrasie, seul maître en sa demeure puisque le roi d'Austrasie Clovis III (675-676), fils de Clotaire III, est sous étroite surveillance et meurt en 676.
À partir de Thierry III, le roi mérovingien déplace ses résidences préférées de la région parisienne vers le Soissonnais, et notamment Compiègne.

vers 676

Le maire du palais de Neustrie Ebroïn usurpe la charge royale: il introduit une réforme monétaire, frappe monnaie à son nom. La livre romaine est divisée en 20 sous, divisés eux-mêmes en 12 deniers (1 livre = 24 deniers).
Il confisque à Loup, duc d'Aquitaine, ses biens patrimoniaux situés en Orléanais.

676

À Clovis III succède Dagobert II (676-679), fils du roi d'Austrasie Sigebert III et de la reine Himnechilde.

À la mort de son père (656), il a été écarté du trône par le maire du palais Grimoald, et confié à la garde de l'évêque de Poitiers Didon, qui l'envoie en Irlande où il est assigné à résidence dans un monastère quinze ans durant. Après les règnes de Childéric II et de Clovis III (675-676), il est rappelé d'Irlande en 676 par le maire du palais d'Austrasie, Wulfoald. Un clan neustrien le fait assassiner en 679. Il fait l'objet d'un culte royal à partir de 1079. Maires du palais d'Austrasie: Wulfoald. En Neustrie: Ebroïn, puis Warraton.

25 janvier
Prix, évêque de Clermont, est assassiné.
Le roi de Neustrie-Burgondie Thierry III rend à Ebroïn la mairie du palais. Dagobert II revient d'Irlande comme roi d'Austrasie, et exile les conseillers de Childéric II (notamment Lambert de Tongres-Maastricht).

vers 677

Austrasiens et Neustriens menés par le maire du palais Ebroïn se livrent un combat indécis près de Langres; une paix est signée, qui confirme les frontières de ces deux parties principales du monde franc.

677

septembre
Lors d'une assemblée à Malay-le-Roi (diocèse de Sens), Ebroïn met en jugement et exile un groupe d'évêques opposants à sa politique unitaire. Il fait accuser Léger du meurtre de Childéric II (fin 675) et le condamne à la décapitation.
Le 12, Thierry III a expédié le premier diplôme sur parchemin.
Le moine Philibert, inspirateur de Jumièges, s'établit à Noirmoutier que fréquentent bientôt des marchands irlandais.
L'évêque de Rennes, Dizier, est assassiné près de Belfort.

677-687

La guerre fait rage entre la Neustrie et l'Austrasie.

678

Le maire du palais Ebroïn tente de faire reconnaître Thierry III, roi de Neustrie-Burgondie, comme roi d'Austrasie. Pépin de Herstal, neveu de Grimoald, s'oppose à lui par les armes. Léger, évêque d'Autun, est assiégé dans sa ville par Ebroïn et un clan d'opposants bourguignons; il doit se rendre, est supplicié et exilé à Fécamp.

678-679

L'évêque northumbrien Wilfrid († 709/710) séjourne à la Cour du roi d'Austrasie Dagobert II; il refuse l'évêché de Strasbourg que lui offre le roi. Le moine Baronte (au monastère de Méobec, près Bourges) raconte son voyage en enfer.

679

23 décembre
Dagobert II, roi d'Austrasie, meurt assassiné par un fidèle d'Ebroïn (Jean). Wulfoald chute avec lui; Pépin de Herstal est alors le maître de fait en Austrasie, et ne se préoccupe pas d'installer un successeur sur le trône de Dagobert II.

vers 680

Pépin de Herstal devient maire du palais d'Austrasie. Les sarcophages de Jouarre et de Chelles, notamment ceux d'Agilbert et de sa sœur Théodechilde, attestent l'usage de nécropoles familiales dans la haute aristocratie. Peu après 680, les moniales de Chelles rédigent la *Vie de sainte Bathilde.*

680

Ebroïn remporte une victoire sur les Austrasiens et sur Pépin de Herstal à Bois-du-Fay, près de Soissons. Il fait exécuter le duc Martin, frère de Pépin de Herstal, qui s'était réfugié à Laon. Il est lui-même assassiné peu après par Ermenfroi. Il est remplacé à la mairie du palais neustrien par Warraton (680-686), élu de l'aristocratie.

UNITÉ DES ROYAUMES FRANCS : 681-715

NEUSTRIE-BOURGOGNE + AUSTRASIE:
Thierry III
puis Clovis IV
puis Childebert III
puis Dagobert III

681

Fort de la victoire d'Ebroïn et de l'assassinat de celui-ci, Thierry III, déjà roi de Neustrie et Burgondie depuis 673, monte sur le trône d'Austrasie.

683/684

Après la mort de son fils Gislemar qui l'avait supplanté, Warraton redevient maire du palais de Neustrie et de Bourgogne.

686

Warraton cède le poste de maire du palais neustrien à son beau-fils Berchaire (686-687).

687

Sa victoire à Tertry (Picardie) sur Berchaire permet à Pépin de Herstal de réunir les deux mairies du palais d'Austrasie et de Neustrie. L'hégémonie de Pépin est alors confirmée sur tout le nord du royaume franc: il devient «duc des Francs» pour les trois royaumes, le titre royal de Thierry III n'étant plus que nominal. Désormais, l'Austrasie mène le jeu dans la vie politique et religieuse des Francs. Pépin de Herstal soutient l'intervention missionnaire du Northumbrien Willibrord (658-739) en Frise.

690/691

À la mort de Thierry III, son fils Clovis IV (690/691-695) lui succède.

690-695

Les Francs conquièrent les bouches du Rhin aux dépens des Frisons.

692-693

février
Le roi Clovis IV préside un plaid à Valenciennes.

692-707

L'évêque d'Auxerre Treticus établit un règlement liturgique pour son diocèse.

695

Le maire du palais Pépin de Herstal, en accord avec le pape, aide à la fondation de l'évêché d'Utrecht, qui est confié à Willibrord. C'est la première attestation sûre d'une coopération entre la famille carolingienne et la papauté.
Childebert III (695-711), fils de Thierry III et frère de Clovis IV, hérite des trois royaumes de Neustrie, Bourgogne, Austrasie à la mort de son frère.
Il a pour maire du palais: Pépin de Herstal (Austrasie et Neustrie) et le fils de celui-ci, Grimoald II (maire en Neustrie dès 703).
C'est sans doute sous les règnes de Childebert III et de son fils Dagobert III que les grands courants commerciaux, situés aux Ve-VIe siècles le long du corridor Loire-Saône et Rhône, se déplacent vers les grandes cités (Rouen, Amiens, Tournai) et nouveaux centres, «ports» et *emporia* de Gaule du Nord (Quentovic à l'embouchure de la Canche, Gand et Anvers).

696

6 mars
En conformité avec un mouvement d'autonomie monastique qui libère les monastères de Gaule de leur sujétion antérieure à l'évêque du lieu, l'évêque de Chartres Agerad octroie au monastère Notre-Dame de Bourgmoyen (Blois) la libre élection de l'abbé et l'immunité vis-à-vis de tout pouvoir extérieur.

vers 700

Pépin de Herstal, qui réside en Austrasie, parvient à imposer son fils Grimoald II comme maire du palais de Neustrie. Il était jusque-là représenté à la Cour de Neustrie par Nordebert.
Le moine de Ligugé Defensor compose son *Livre des étincelles*. À Fontenelle, on publie la *Vie de saint Wandrille* et à Rouen la *Vie de saint Ouen*.
Manuscrit célèbre du *Lectionnaire de Luxeuil*.
Les moines de Saint-Amand commencent de rédiger des *Annales*, qui bientôt serviront d'instrument politique à la Cour carolingienne.

vers 705

17 septembre
L'évêque de Tongres-Maastricht, Lambert, est assassiné dans le cadre d'une vendetta au sein de l'aristocratie. Pépin de Herstal installe sur son siège Huber, peut-être son beau-frère.

vers 706

Péronne est fondée: centre d'accueil pour les pèlerins irlandais en route pour Rome.
Des reliques du Mont-Cassin (sainte Scolastique, sœur présumée de saint Benoît) sont rapportées d'Italie au Mans.

709

Un dur hiver entraîne une grave famine dans les régions du Rhin moyen.

709-710

13 décembre
Childebert III autorise la tenue de la foire de Saint-Denis dans Paris.

vers 710-715

L'évêque d'Auxerre Savary († vers 715) forme une principauté épiscopale, regroupant les pays *(pagi)* d'Orléans, Nevers, Auxerre, Avallon, Tonnerre et Troyes.

711

Les Arabes s'introduisent en Espagne.
Des inondations sévères sévissent en Austrasie.
À la mort de son père Childebert III, Dagobert III (711-715) hérite les trois royaumes de Neustrie, Bourgogne et Austrasie.
Maires du palais: Pépin de Herstal et son fils Grimoald II en Austrasie.
Dès le règne de Dagobert III, les Austrasiens commencent d'accéder aux hautes fonctions en Neustrie, au détriment de l'aristocratie régionale: en 710, un proche de Pépin de Herstal devient comte du Mans, et Grimoald II lui-même comte de Paris.

vers 714

Un moine copie le plus ancien manuscrit conservé de la *Chronique* du Pseudo-Frédégaire, disposé en quatre livres (source majeure pour l'histoire du VIIe siècle jusqu'en 642).

714

Après la mort de Pépin de Herstal, sa veuve Plectrude tente de maintenir l'union de la Neustrie et de l'Austrasie. La réalité pourtant est que le royaume des Francs a disparu, qu'il ne reste que des principautés.
Grimoald II, fils de Pépin de Herstal, meurt assassiné lors d'un pèlerinage à Jupille aux reliques de saint Lambert.
La mairie des deux palais de Neustrie et d'Austrasie est réclamée à la fois par Plectrude pour son petit-fils Theudoald (fils naturel de Grimoald II) et par Charles Martel, fils ou bâtard d'un deuxième mariage de Pépin de Herstal. Or les Neustriens infligent une défaite à Theudoald dans la forêt de Cuise (près Compiègne), et s'empressent d'élire un nouveau maire du palais, Rainfroi (Ragenfried), ainsi qu'un roi de Neustrie, Chilpéric II. Rainfroi provoque un soulèvement des Neustriens contre le roi Dagobert III. Les Frisons se rebellent aussi, à l'instigation de leur roi Radbod.

DEUX ROYAUMES FRANCS: 715-721

AUSTRASIE + BOURGOGNE: Dagobert III
NEUSTRIE: Chilpéric II

715

Pendant la crise qui suit la mort de Pépin de Herstal, Chilpéric II (715-721), fils de Childéric II et cousin de Dagobert III, hérite le royaume de Neustrie. Portant le nom de Daniel, il avait été placé au monastère; on lui donne le nom de Chilpéric II quand il accède au trône.
Maires du palais: Charles Martel en Austrasie et Rainfroi en Neustrie (715-719). Élu par l'aristocratie, Rainfroi s'emploie à briser la puissance de la famille des Pippinides.

716

mars
Avec l'aide de son allié le duc des Frisons Radbod, Rainfroi écrase l'armée de Charles Martel à Cologne.

avril
Chilpéric II accorde à l'abbaye de Corbie un diplôme l'autorisant à prélever des denrées exotiques dans les entrepôts royaux de Fos-sur-Mer.
Les musulmans, sous la direction d'Al-Horr, franchissent pour la première fois les Pyrénées.
Ceolfrid, abbé des monastères anglais de Jarrow (682, Northumbrie) et de Wearmouth (où il succède à Benoît Biscop en 690), meurt à Langres, sur le chemin de Rome.

716-720

Les trois victoires sur l'Amblève (près de Malmédy, 716), de Vinchy (21 mars 717) et Néry permettent à Charles Martel de rétablir l'autorité de l'Austrasie sur la Neustrie, dont le maire Rainfroi est vaincu. L'union des deux royaumes de Neustrie et d'Austrasie redevient effective sous son gouvernement. Charles Martel tient l'épiscopat entièrement entre ses mains, et y place ses fidèles (son neveu Hugues tient les évêchés de Paris, Bayeux et Rouen).

717

21 mars
Une coalition de Rainfroi, maire du palais de Neustrie, avec les Frisons, est défaite par Charles Martel à Vinchy.
Chilpéric II, roi de Neustrie sous la coupe de Rainfroi, se réfugie auprès d'Eudes, à qui il reconnaît le titre de roi d'Aquitaine: le troisième royaume d'Aquitaine est né, dont la capitale est sise à Bourges.

après 717

Un moine de Saint-Denis rédige les *Gestes du roi Dagobert*.

718

Eudes rassemble une armée de Vascons, qu'il mène jusqu'en Neustrie. Le maire du palais d'Austrasie Charles Martel le met en fuite et le poursuit de Paris à Orléans. Eudes rentre en Aquitaine avec Chilpéric II. Il est allié au maire du palais neustrien, maître d'Angers.

719

Les Arabo-Berbères musulmans, menés par As-Samh, gouverneur d'Espagne pour le compte du calife omeyyade de Damas, s'emparent de Narbonne et de la Septimanie.
Eudes, roi autoproclamé d'Aquitaine (avec le soutien de Chilpéric II), et le maire du palais austrasien Charles Martel concluent un traité d'amitié.
Charles Martel doit céder à Rainfroi une principauté centrée sur Angers, qui persiste jusqu'à la mort de Rainfroi en 731. Ce «duché du Mans» devient une plaque tournante entre la Neustrie, la Bretagne et l'Aquitaine; il sera désormais confié à l'un des princes carolingiens: en 748 à Grifon, frère de Pépin le Bref, en 790 à Charles, fils de Charlemagne, en 838 à Charles le Chauve, en 856 à Louis le Bègue.

720-738

Des campagnes successives de Charles Martel, en Bavière et Alémannie, lui donnent la maîtrise de la Germanie, qui est peu à peu intégrée au royaume franc.

UNITÉ DES ROYAUMES FRANCS: 721-737

AUSTRASIE + NEUSTRIE-BOURGOGNE: Thierry IV

721

Thierry IV (721-737), fils de Dagobert III, hérite après la mort de Chilpéric II les trois royaumes de Neustrie, Bourgogne, Austrasie. Thierry IV a reçu son éducation à Chelles, dans le monastère fondé par son arrière-grand-mère Bathilde.
Le «roi» d'Aquitaine Eudes, aidé d'une armée d'Aquitains, de Basques et de Francs, livre bataille devant Toulouse assiégée par les musulmans. As-Samh est tué, son expédition anéantie.

722

L'Anglo-Saxon Boniface, nommé évêque, commence avec le soutien du maire du palais Charles Martel d'installer une hiérarchie chrétienne en Germanie.
L'année est très fertile en moissons dans les régions du Rhin moyen et inférieur.
L'abbé de Flavigny émet son testament, le dernier de droit romain qui soit conservé.

724

La chancellerie pontificale renverse ses alliances en faveur désormais du royaume franc: elle décerne à Charles Martel le titre de «prince». Celui-ci ravage le territoire de Rainfroi sur la Loire et détruit Angers.
Le roi Thierry IV confirme les vastes possessions de Marmoutier (Bas-Rhin). Peu après, l'abbaye apparaît agrégée à un réseau monastique créé par l'Espagnol Pirmin.

725

18 mai
Anbasah, gouverneur arabe d'Espagne, a repris l'offensive en direction du nord des Pyrénées. Il occupe la moitié de la ville de Carcassonne. Il se rue de là en Narbonnaise, et prend Nîmes.

22 août
Une razzia arabo-berbère pille la ville d'Autun.

726-727

Un anonyme d'entre Laon et Saint-Denis commence de rédiger le *Livre de l'histoire des Francs*, qu'il mène jusqu'en 737.

727

Un édit de l'empereur byzantin Léon III l'Isaurien contre le culte des images (726) est violemment dénoncé à Rome par le pape Grégoire II. L'affaire accélère le dégagement de la papauté vis-à-vis de son ancienne tutelle impériale. Le débat sur le culte des images domine les affaires religieuses entre l'Orient grec et l'Occident latin pendant trois quarts de siècle. (Le culte des icônes du Christ, et, par extension, de la Vierge et des saints, est considéré par les iconoclastes comme une hérésie et une idolâtrie.)
Le duc Eberhard d'Alsace confie le monastère de Murbach à l'Espagnol Pirmin, fondateur de l'abbaye de Reichenau (724).

729

Le gouverneur arabe El-Haythem intervient en Cerdagne, qui verrouille l'accès de la Catalogne vers la Septimanie et l'Aquitaine: il élimine le Berbère révolté Munnuz, à qui Eudes d'Aquitaine avait donné l'une de ses filles.

731

Charles Martel lance deux expéditions successives contre Eudes d'Aquitaine.
Une expédition arabe venue d'Espagne se livre au sac d'Autun et sévit jusque dans la région de Sens.

732

Le nouveau gouverneur d'Espagne, Abd-er-Rhâman, envahit le territoire basque, dévaste les faubourgs de Bordeaux, et remonte vers Poitiers et Tours. À la demande du duc d'Aquitaine Eudes, Charles Martel convoque l'armée; pour financer sans doute les expéditions de 731 et 732, il impose aux églises une transformation de statut, qui fait du « prince » le pouvoir originaire de tous biens et droits ecclésiastiques, ce qui revient à séculariser les possessions des églises ainsi que les charges abbatiales.

17 octobre

Charles Martel remporte une victoire sur les Arabo-Berbères sur la voie romaine menant de Poitiers à Tours, peut-être à Moussais.

733-734

Charles Martel conquiert la Frise. Il soumet Lyon et la Bourgogne.

733-739

Charles Martel intervient à plusieurs reprises en Bourgogne, Provence et Septimanie, notamment pour réduire les principautés épiscopales.

734-739

Les musulmans de Septimanie, appelés au secours par le patrice de Provence, lancent une nouvelle campagne contre les Francs; ils dévastent Avignon et sa région.

735

Eudes d'Aquitaine meurt; avec lui prend fin provisoirement l'autonomie aquitaine. Son successeur l'évêque d'Auxerre Ainmar, héritier de la principauté forgée par Savary, est déposé par Charles Martel.
Le premier Continuateur de la *Chronique* de Frédégaire achève sa rédaction.

735-736

Charles Martel fait campagne en Aquitaine contre les fils d'Eudes, Hunald et Hatton, qui se sont révoltés. Il compose avec Hunald, qui s'est séparé de son frère; il ne lui reconnaît toutefois pas d'autre titre que celui de duc, non celui de roi d'Aquitaine. Charles Martel se rend ensuite en Burgondie et Provence. Il assiège Narbonne aux mains des Arabes, brûle Nîmes, Agde, Béziers. En Provence, il lutte contre le patrice Antenor, qui s'est approprié des biens des églises locales à la faveur des troubles provoqués par les razzias musulmanes. Il s'agit moins pour Charles de défendre les églises que d'écraser les velléités d'indépendance des Provençaux.

736

Le duc Odilon de Bavière est contraint d'abandonner le Nordgau à Charles Martel.
La première version du *Livre de l'histoire des Francs* subit un remaniement, destiné à former la première continuation de la *Chronique* du Pseudo-Frédégaire.

737

Le roi Thierry IV meurt; Charles Martel se garde de lui donner un successeur.

VACANCE DU POUVOIR ROYAL : 737-743

737-738

Charles Martel mène son armée en Provence. Il chasse le patrice Mauronte et ses alliés musulmans et soumet la vallée basse du Rhône.

739

Charles Martel abolit l'indépendance politique de la Provence, grâce à l'aide des Lombards du roi Liutprand. Mais dans le même temps, il reçoit une ambassade du pape Grégoire III qui lui demande en vain une aide pour défendre Rome assiégée par le roi des Lombards Liutprand. La démarche pontificale précise cependant le rapprochement en cours entre les Francs et la papauté.
Le nouveau patrice de Provence Abbon émet son testament.

740-760

À Tours sont compilées les « Formules de Tours », riche formulaire de droit.

741

22 octobre
Charles Martel meurt et est inhumé parmi les rois à Saint-Denis. Il a partagé le royaume franc; il a donné la mairie du palais à ses deux fils Carloman et Pépin le Bref. L'aîné Carloman obtient, comme le veut la tradition familiale, l'Austrasie, la Thuringe et l'Alémannie (Souabe); Pépin le Bref tient la Neustrie, la Burgondie et la Provence. L'Aquitaine est hors partage – elle est le bien de Hunald, fils d'Eudes d'Aquitaine –, mais à conquérir.
Un troisième fils, Grimo (d'un deuxième lit) est abbé de Corbie, et séjourne cette année-là à Rome et au Mont-Cassin. Carloman et Pépin ont aussi un demi-frère, Grifon, le fils de Charles Martel et de la Bavaroise Rothrude, que Carloman tient en captivité.

741-742

Les princes des frontières du royaume franc se soulèvent, en Aquitaine et en Alémannie: d'une part Hunald, de l'autre le duc bavarois Odilon (737-748). Les deux frères maires du palais, Pépin le Bref et Carloman, incendient les faubourgs de Bourges.

741-751

Un anonyme écrit les *Miracles de saint Oustrille de Bourges*.

742

Chrodegang est élu évêque de Metz.

742-743

1er mars
Le maire du palais d'Austrasie, Carloman, entreprend avec l'aide de Boniface-Wynfrith (moine anglais, né près d'Exeter vers 674, évêque puis archevêque de Mayence, mort assassiné en Frise le 5 juin 754) la réforme de l'Église franque, en deux conciles, le « concile germanique », et le concile des Estinnes (ou Lestinnes, Leptinnes en Hainaut) présidé par lui. Le « concile germanique » présidé par Carloman organise la réforme ecclésiastique: des évêques doivent être nommés dans chaque cité de Germanie et sont placés sous l'autorité de l'archevêque représentant du pape (Boniface). Le « prince » quant à lui nomme et investit les évêques. Aux actes du concile des Estinnes est annexée une liste de trente « superstitions » qu'il faut éradiquer *(Indiculus superstitionum et paganiarum).*

743

Pendant que le duc des Bavarois Odilon se soulève et attire en Germanie les principales forces des Francs, son allié le duc d'Aquitaine Hunald traverse la Loire et incendie Chartres. Les deux frères Pépin le Bref et Carloman s'unissent pour réduire la rébellion; ils s'assurent la maîtrise des forteresses du nord du royaume aquitain, Orléans, Bourges, Loches. Ils concluent un accord au Vieux Poitiers pour sceller le partage du royaume franc selon les directives de leur père. En sont exclus Grifon, et une fille, née de Charles Martel et Hiltrude, qui se réfugie en Bavière auprès d'Odilon qui l'épouse. Comprenant le danger, les deux maires du palais, Pépin le Bref et Carloman, désignent Childéric III comme roi.
Un anonyme écrit la *Vie de saint Pardoux*, évêque de Guéret († 737).

UNITÉ DES ROYAUMES FRANCS : 743-751

AUSTRASIE + NEUSTRIE-BOURGOGNE : Childéric III

Childéric III (743-751), fils de Chilpéric II, est nommé roi par les deux maires du palais Carloman et Pépin le Bref, et règne donc sur Neustrie, Bourgogne et Austrasie.

743-746

Les Francs mènent campagne en Aquitaine et en Germanie.

744

3 mars
Le maire du palais de Neustrie, Pépin le Bref, poursuit en Neustrie l'œuvre de réforme ecclésiastique inaugurée par son frère, le maire du palais austrasien Carloman. Au concile de Soissons, le conflit avec les évêques sur les distributions d'honneurs aux fidèles du prince s'apaise, les aristocrates qui ont reçu un bien en précaire (non transmissible) étant tenus désormais de verser un cens aux propriétaires ecclésiastiques.
Le pape Grégoire III reconnaît à Pépin le Bref le titre de *princeps Francorum*.
Par un capitulaire daté de Soissons, Pépin le Bref ordonne la tenue d'un marché hebdomadaire dans chaque cité épiscopale.

745

Pépin le Bref dirige une partie de l'armée franque contre le duc des Alamans Théodebald ; Carloman mène l'autre partie contre les Saxons. Le duc Hunald abdique en faveur de son frère Waïfre, et se retire au monastère de Ré, puis à Rome d'où il entretient l'opposition aux Francs, en négociant avec les Lombards.

746

Le maire du palais d'Austrasie Carloman intègre le duché des Alamans au royaume franc.

747

Carloman abdique et se retire au Mont-Cassin, laissant Pépin le Bref seul maire du palais sur tout le royaume franc. Celui-ci s'entoure de conseillers francs, Chrodegang évêque de Metz, Fulrad futur abbé de Saint-Denis, alors que Carloman misait sur Boniface et ses amis anglo-saxons.

748

La mort du duc Odilon de Bavière permet à Grifon de prendre le pouvoir sur les Bavarois. Grifon tient à se faire considérer comme héritier de Charles Martel au même titre que Carloman et Pépin le Bref.

749

Le pape Zacharie se déclare en faveur du projet d'usurpation de Pépin. Pépin le Bref occupe la Bavière, expulse Grifon et remet le duché en bénéfice vassalique au jeune duc Tassilon III, fils d'Odilon (c'est la première concession en bénéfice d'une charge publique importante) ; il confie à Grifon le gouvernement d'une marche de 12 comtés, de Rennes à Tours, face aux Bretons et aux Aquitains : c'est la souche de la Neustrie carolingienne. Ces années-là, Pépin le Bref supprime la fonction de patrice de Provence et lui substitue un comte à Arles.

750

Fulrad, conseiller de Pépin le Bref, devient abbé de Saint-Denis.
Pépin se rend à Volvic, où il vénère les reliques de saint Priest (évêque de Clermont, 665-676).
Les Abbassides supplantent les Omeyyades à la tête de l'Islam.

750-751

Le royaume franc est en paix.
Une deuxième continuation de la *Chronique* du Pseudo-Frédégaire est achevée : sous l'autorité du comte Childebrand, demi-frère de Charles Martel, elle couvre les années 736-751.

751

automne
Encouragé par le consentement du pape Zacharie Ier, favorable au changement de dynastie (« il vaut mieux appeler roi celui qui possède le pouvoir plutôt que celui qui ne l'a pas, afin que l'ordre ne soit pas bouleversé »), Pépin dit « le Bref » dépose le roi Childéric III.

PÉPIN LE BREF

Né en 714-Mort le 24 septembre 768
Règne: 751-768 (17 ans)
Roi à 37 ans

*P*épin le Bref a été confié par son père Charles Martel aux moines de Saint-Denis. Il a pour conseiller principal Fulrad, l'abbé de ce lieu où il meurt et est inhumé.

Il endosse les traditions royales des Mérovingiens, en convoquant lui-même les conciles dans ses multiples palais. Si avec Pépin le Bref, l'aristocratie austrasienne affirme sa suprématie sur celle de Neustrie, il est cependant le premier prince «neustrien» de la famille carolingienne, résidant là de préférence à l'Austrasie. Le centre du pouvoir continue d'être à Paris et dans les palais environnants. Il épouse ainsi une fille du comte de Laon.

Des menaces pèsent sur le royaume franc. À commencer par celle des Arabes. En 755, Abd-er-Rhâman est à Cordoue, où il crée l'émirat omeyyade l'année qui suit; cet émirat devient califat en 929, et dure jusqu'en 1031. Mais les Arabes ne songent plus à s'emparer de la Gaule; ils ont même servi le royaume franc en anéantissant le royaume wisigoth. Reste à éliminer les Wisigoths d'Aquitaine et de Septimanie: entre 746 et 760, Pépin le Bref s'est donc préparé à l'assaut final contre l'Aquitaine. Plus dangereux paraissent les Lombards d'Italie, qui ont dépecé en 751 l'exarchat de Ravenne et mis fin à la domination byzantine sur le nord de la péninsule, et surtout les Saxons, contre qui porte l'effort principal; mais Pépin le Bref attend son heure pour réduire l'un et l'autre peuple; il lui faut parer au plus proche, l'Aquitaine.

La récupération de la Septimanie par les Francs encourage la reprise de l'activité des négociants. À Narbonne apparaît une importante communauté juive sous la direction de Natronaï ben Zabinaï.

La grande entreprise du règne de Pépin le Bref est la restauration du pouvoir, par le biais d'une forte empreinte romaine: son demi-frère Grimo, abbé de Corbie et futur évêque de Rouen, est envoyé en mission à Rome. De Rome, on importe des livres, et même le maître des chantres de l'église de Rome; on retrouve l'usage de la capitale romaine dans l'écriture des inscriptions (Jouarre). L'administration elle-même est touchée: la direction des bureaux royaux, jusque-là aux mains des laïcs, est confiée dès 751 à des ecclésiastiques;

la règle sera maintenue jusqu'au XIIIe siècle. La restauration de l'État est aussi marquée dans la réorganisation des grandes unités de production agricole : le grand domaine bipartite (constitué d'une réserve et de manses) apparaît dans le nord de la Gaule. Au service des ambitions de Pépin le Bref, l'abbé Fulrad de Saint-Denis († 784) prend en charge la chancellerie royale ; nommé archichancelier, il a bientôt la haute main sur l'ensemble des notaires royaux. Il est le premier d'une longue suite d'archichanceliers originaires des grandes abbayes de Neustrie, montrant bien le déplacement des centres du pouvoir depuis l'Austrasie vers la Neustrie (Hiterius, 766-776, abbé de Saint-Martin de Tours ; Rado, qui devient abbé de Saint-Vaast d'Arras ; Maginarius, attaché à la chancellerie du frère de Pépin le Bref, Carloman, devient sans doute abbé de Saint-Denis à la mort de Fulrad).

Pépin a pour demi-frère Grimo (ou Remi).

En 744, Pépin a épousé Berthe (Bertrade), fille du comte de Laon Charibert. Il en a trois fils, Charles (Charlemagne, 747-814), Carloman (751-771), et Pépin († 761), ainsi que trois filles qu'il prend soin de ne pas marier pour ne pas mettre en péril l'unité du pouvoir royal.

Papes

Zacharie Ier, 741-752 ; Étienne II, 752-757 ; Paul Ier, 757-767 ; Étienne IV, 768-771.

Souverains

Empereurs de Constantinople : Constantin V, 741-775 ; Léon IV, 775-780.

751

automne
Pépin le Bref, qui vient de déposer le dernier roi mérovingien, est proclamé roi par les grands lors d'une assemblée à Soissons. Fait inouï en Gaule, il double l'élection profane d'un rite religieux, en se faisant sacrer (dans Saint-Médard de Soissons?) par Boniface et les évêques francs.

vers 751
Pépin le Bref constate que les comtes de la région confiée à son demi-frère Grifon, «duc du Mans», lui restent fidèles. Il peut alors engager une campagne contre les Bretons.
Il soustrait par ailleurs à l'évêque du Mans l'abbaye de Saint-Calais, qu'il remet plus tard à son fils aîné, Charlemagne, comme une promesse que celui-ci recevra le royaume de Neustrie.

751-754
Gundohinus copie les Évangiles (aujourd'hui à la bibliothèque municipale d'Autun).

vers 752
L'évêque de Metz Chrodegang, parent de Pépin le Bref, reçoit le pallium et devient représentant du pape en Gaule. Il fait bientôt de sa cité le centre de la réforme religieuse.

752
Pépin le Bref entreprend la reconquête de la Septimanie sur les musulmans, avec l'aide d'un Goth de la région, qui lui livre Nîmes, Maguelonne, Agde et Béziers. Mais les Goths hésitent entre l'alliance avec les Francs ou avec les Aquitains du duc Waïfre.

753
Pépin le Bref reconquiert le comté de Vannes. Il rassemble peu après les trois comtés bretons de Nantes, Rennes et Vannes en une marche qui sera confiée à la famille austrasienne des Wido: à Roland puis à Guy et Lambert.

754

6 janvier
Le pape Étienne II, harcelé par les Lombards, est accueilli par Pépin le Bref au palais de Ponthion.

5 juin
L'évêque Boniface est assassiné en Frise.

28 juillet
Étienne II sacre Pépin le Bref et ses deux fils Charlemagne et Carloman à Saint-Denis (on vient de consacrer le chœur de la nouvelle église, achevée en 775); la reine Bertrade est seulement couronnée. En échange d'une aide dans sa résistance aux Lombards, le pape Étienne II interdit aux Francs d'élire un roi d'une autre lignée et concède à Pépin le Bref le titre de patrice des Romains, c'est-à-dire d'exarque de Ravenne. À la suite de cette confirmation, Pépin mène une première expédition en Italie contre les Lombards. Par la donation de Quierzy, il concède au pape des territoires qui forment le noyau du Patrimoine de Saint-Pierre.
Les chantres de la *schola cantorum* de Rome, venus avec Étienne II, séjournent à Saint-Denis.

754-756
L'évêque de Metz Chrodegang rédige la Règle des chanoines, qui fait du personnel de sa cathédrale des chanoines; sa réforme est bientôt suivie dans le royaume. Il fait adopter par son église la liturgie romaine, jusqu'alors inconnue en Gaule, et en particulier le chant de l'Église de Rome, qui, adapté aux usages francs durant les VIIIe-IXe siècles, revient à Rome au XIIe siècle (rénové alors sous le nom de «grégorien», il se répandra sur tout l'Occident).
Le roi Pépin le Bref tente d'introduire le principe de la dîme ecclésiastique (impôt d'un dixième prélevé sur chaque récolte ou revenu).

755

printemps
L'armée franque pénètre en Italie, prend Pavie, et se retire après avoir reçu du roi lombard Aistulf la promesse de remettre au pape l'exarchat de Ravenne.

autres événements
• Avec l'aide de l'épiscopat du royaume, le roi Pépin le Bref poursuit l'œuvre de réforme. Il préside un synode d'évêques venus de presque toute la Gaule au palais royal de Ver (Oise). On élargit l'œuvre de rénovation ecclésiastique, en étoffant les pouvoirs (pastoraux et temporels) des évêques. Un second ensemble de décisions inaugure une véritable politique monétaire: le roi reprend en main le monopole de la frappe et fixe le poids du denier d'argent à 1,30 g.

756

Le roi Pépin le Bref conduit une deuxième expédition en Italie, où le roi des Lombards Aistulf assiège Rome. Sa victoire sur Aistulf lui permet de constituer une principauté au pape, le Patrimoine de Saint-Pierre, qui forme le premier État pontifical. Il envoie une ambassade au calife de Bagdad. À Paris, le corps de saint Germain est transféré dans la basilique Sainte-Croix et Saint-Vincent, reconstruite sous le nom de Saint-Germain(-des-Prés).

757

25 décembre
Le roi Pépin le Bref réside au palais de Corbeny. Le duc de Bavière Tassilon III doit prêter serment à son oncle Pépin à Compiègne : il doit se « recommender » mains dans les mains selon la coutume germanique, mais Pépin exige de lui en outre qu'il prête serment de fidélité, à la romaine.

autres événements
• Un synode, réunissant 37 évêques sous la présidence de Chrodegang de Metz, a lieu au palais royal de Compiègne.
• Le pape Étienne II parle du roi Pépin le Bref comme d'un nouveau David.
• L'empereur de Constantinople Constantin V fait don au roi des Francs d'un orgue (à vent, ou hydraulique ?), instrument inconnu jusqu'alors en Occident.

757-758

Le royaume franc connaît une deuxième paix après celle de 750-751.

758

2 avril (Pâques)
Pépin le Bref séjourne dans son palais de Corbeny.

autres événements
• Il envoie une expédition contre les Bretons, et s'empare de Vannes.
• Il modifie le tribut des Saxons, prélève désormais sur eux de quoi constituer une cavalerie.

759

Le roi Pépin le Bref reconquiert Narbonne et le bas Languedoc sur les Arabo-Berbères musulmans.
La Septimanie est soumise aux Francs ; Pépin le Bref accorde aux Goths de Septimanie une autonomie politique, en admettant le maintien de leur loi, le Code de Receswinthe, faisant d'eux des alliés contre les Aquitains. Il établit des relations diplomatiques avec le gouverneur musulman de Barcelone et de Gérone, en lutte contre Abd-er-Rhâman.

760

Une première campagne du roi Pépin le Bref contre les Aquitains du duc Waïfre passe par Troyes, Auxerre, le Berry, l'Auvergne, s'achève par une prestation de serment de Waïfre. Pépin le Bref séjourne quelque temps à Doyet (Allier).
Remi (Grimo), demi-frère de Pépin le Bref et évêque de Rouen, fait venir de Rome le chef de la *schola cantorum* afin qu'il initie les clercs au chant romain. C'est à cette époque sans doute que le pape Paul Ier envoie à Pépin le Bref un exemplaire des livres liturgiques de Rome en vue de leur introduction dans les églises du royaume franc.

760-768

Une série de campagnes militaires, en Auvergne notamment et en Quercy, aboutit à la soumission complète de l'Aquitaine.

760-770

Le roi Pépin le Bref semble avoir fait compiler par les moines de Flavigny le « sacramentaire gélasien ancien du VIIIe siècle », livre liturgique contenant les prières dites à Rome pendant la messe par le prêtre.

761

Une contre-attaque des Aquitains, menés par les comtes de Bourges et d'Auvergne, dévaste Nevers, Autun, et jusqu'à Chalon. Pépin le Bref réplique en s'emparant de Bourbon-l'Archambault et Clermont, mise à sac, puis rentre en Austrasie par Limoges.
Les reliques de saint Austremoine d'Auvergne (IIIe ?) sont transportées de Volvic à Mozac.

762

Le roi Pépin le Bref prend d'assaut Bourges et Thouars sur les Aquitains.
Un concile est réuni au palais royal d'Attigny : 27 évêques et 17 abbés y concluent une association spirituelle.

763

L'hiver 762-763 est très froid, et détruit les oliviers et les figuiers en Aquitaine, Septimanie et Provence. La moisson suivante est très faible; la famine provoque une mortalité importante. Le roi Pépin le Bref durcit sa mainmise sur les terres aquitaines. Après avoir tenu un plaid général (assemblée des Francs) à Nevers, il dévaste la région de Limoges et entre dans le Quercy. Une bataille avec Waïfre tourne à l'avantage de Pépin. Le duc d'Aquitaine Waïfre tente de négocier, en proposant un nouveau serment au roi, mais en refusant de céder sa souveraineté sur l'Aquitaine; Pépin le Bref refuse.
Le duc de Bavière Tassilon III reprend son indépendance vis-à-vis du royaume franc, et occupe la Carinthie.

763-764

L'hiver est à nouveau très sévère au nord de la Loire, de la mi-décembre à la mi-mars. Le roi Pépin le Bref fait procéder à une révision de la « Loi salique » (99 ou 100 titres).

765

Le duc d'Aquitaine Waïfre lance une première armée, des Vascons, sur les Francs établis à Narbonne, sans succès. Une deuxième colonne s'élance sur Lyon qui est pillée; mais au retour, elle est écrasée par les comtes francs d'Autun et Chalon. Une troisième monte en direction de Saint-Martin de Tours, mais elle est interceptée par l'abbé.
Une délégation byzantine séjourne en Gaule, sans doute pour convaincre les Francs de prendre parti dans la querelle des images.

766 ou 767

janvier-mars
Charlemagne, fils aîné de Pépin le Bref, ouvre une première campagne en Aquitaine; elle aboutit à la prise de Toulouse, Albi, Rodez et Mende.

19 avril (Pâques)
Le roi Pépin le Bref est à Vienne, puis remonte en Neustrie.

août
Pépin le Bref réside à Bourges, où il fait construire un palais; après le rassemblement de l'armée pour une deuxième campagne, son fils Charlemagne mène les Francs jusque sur la Garonne. Il dévaste l'Aquitaine jusqu'à Agen, le Périgord et l'Angoumois. Il obtient la soumission de l'oncle de Waïfre, Remistan. Il remet au monastère Saint-Martial de Limoges la bannière dorée enlevée au duc aquitain Waïfre. L'armée franque revient passer l'hiver en Burgondie.

25 décembre
Le roi Pépin le Bref célèbre la Noël à Bourges avec la reine.

767

Pâques
Le dernier concile du règne de Pépin le Bref est tenu au palais royal de Gentilly: l'on y étudie avec une délégation grecque la question du culte des images soulevée à Constantinople.

autres événements
• Un moine de Saint-Denis écrit la *Clausule sur l'onction de Pépin*, premier récit officiel du sacre de 754, qui met en valeur l'engagement formel de la papauté en faveur de la dynastie carolingienne.

768

mi-février
Le roi Pépin le Bref se rend d'Orléans à Saintes où il promulgue un capitulaire de pacification pour l'Aquitaine.

printemps
À Saintes, Pépin le Bref fait pendre Remistan qui l'a trahi en s'alliant avec son neveu Waïfre. De là, il se rend à Bordeaux pour conclure un accord avec les Vascons et avoir les mains libres contre le duc d'Aquitaine Waïfre.
À Champtoceaux, il reçoit une ambassade du calife, puis repart en Aquitaine.

juin
Le duc d'Aquitaine Waïfre est assassiné.
Pépin le Bref est désormais maître de l'ancienne Aquitaine, entre Garonne et Loire; il y maintient la loi romaine définie dans le *Bréviaire d'Alaric*.

24 septembre
Pépin le Bref meurt et est inhumé à Saint-Denis.

CHARLEMAGNE
Né le 2 avril 747-Mort le 28 janvier 814
Règne: 768-814 (45 ans)
Roi à 21 ans

Charlemagne règne d'abord avec son frère Carloman. Peu de temps, car ce dernier meurt en 772. Mais Carloman avait deux fils, dont Charlemagne doit se débarrasser. Il atteint ce résultat en annexant le royaume de Carloman. Et puisque la veuve de celui-ci s'enfuit avec ses fils chez le roi des Lombards, il suffit d'annihiler le royaume lombard pour que plus rien ne subsiste du compétiteur originel.

Charlemagne construit sa famille comme son royaume et son empire. Outre ses concubines, dont une au moins donne deux fils promis à une grande carrière (Drogon, 801-855, abbé de Luxeuil en 820, évêque de Metz en 823, archevêque et archichapelain de Louis le Pieux en 834; Hugues, 802/806-844, abbé de Saint-Quentin en 822/823, de Saint-Bertin en 836, archichancelier de Louis le Pieux en 834-840), Charlemagne connaît quatre épouses. Après une fille du roi des Lombards, répudiée deux ans plus tard (770/771), il se replie sur les rejetons de l'aristocratie franque dont il a besoin.

De son épouse Hildegarde (mariage avant mai 771, † 30 avril 783), Charlemagne a quatre fils «royaux» (légitimes): Charles (772/773-811: roi de Neustrie en 788, promis à la succession impériale en 806), Carloman-Pépin (777-810: roi d'Italie en 781) et, en 778, des jumeaux, Lothaire et Louis (Lothaire meurt, peut-être le 8 février 779; Louis devient roi d'Aquitaine en 781, empereur associé en 813 et succède à Charlemagne en 814). Des cinq filles de Hildegarde, seules Rotrude et Berthe ont une descendance (illégitime): Rotrude, fiancée à l'empereur grec Constantin VI (780-797), maîtresse ensuite du comte Roric, a de celui-ci Louis, futur abbé de Saint-Denis et archichancelier de Charles le Chauve (840-867); de Berthe naît le futur historien Nithard. En 783, Charlemagne épouse Fastrade, fille d'un comte franc, d'où vient Théodrade († apr. 844, abbesse d'Argenteuil). En 794, il est marié à une Alémanne sans postérité.

Les deux fils aînés de Pépin le Bref, Charlemagne et Carloman, se partagent la charge du royaume. À Charlemagne, un croissant de la Thuringe à l'Aquitaine neustrienne, avec la Frise, l'Austrasie qui est le siège de la famille, la Neustrie et sans doute Poitiers; à Carloman, qui avait reçu de Pépin le Bref l'Alémannie, l'Alsace, la Bourgogne, la Provence et la Septimanie, l'ancienne Aquitaine austrasienne, plus Bourges et Toulouse. Les deux princes poursuivent l'effort de Pépin le Bref. Leur politique repose sur le soutien de l'Église. Symboliquement donc, les deux jeunes rois entament la construction d'une nouvelle église à Saint-Denis (l'«église de Fulrad»). Surtout, avec l'aide des pontifes romains et des dirigeants ecclésiastiques en charge des cathédrales et des principales abbayes du royaume, ils mettent en acte les préceptes d'une idéologie de plus en plus solide et cohérente, qui ramène entre les mains du roi des Francs l'autorité dont avaient disposé autrefois les empereurs romains.

La montée en puissance de Charlemagne après la mort de Carloman (décembre 771) connaît des crises: les années 778 et 793 sont dramatiques. Mais le roi se reprend chaque fois, poursuit son ascension sur les décombres des royaumes occidentaux – aquitain, neustrien, bourguignon, lombard. Alors que son père Pépin le Bref résidait de préférence dans les pays d'Ouest, Neustrie ou Aquitaine, Charlemagne déplace sa prédilection vers l'est de la Gaule et sa nouvelle capitale, Aix-la-Chapelle, et vers la Germanie et la Lombardie, et décerne à ces régions le plus grand nombre de ses diplômes royaux (donations et octroi de privilèges). De là, au terme d'une politique vigoureuse de conquêtes, Charlemagne règne plus qu'il ne domine sur un empire immense. Au centre, la «Francie», du Cotentin à la Thuringe, des bouches du Rhin à la source de la Seine. Au Sud, l'Aquitaine rétive (de Poitiers à Barcelone), la Provence et la Bourgogne, où Charlemagne et ses descendants se montrent peu. Il y a l'Italie surtout, terre de particularismes. À l'Est, la Bavière et la Saxe, conquises mais distantes.

Point de cément concret, mais une mosaïque de peuples dotés chacun de leurs lois propres, en pleine continuité avec les principes mérovingiens. L'unité est assurée par la personne de celui qui prend la couronne impériale en l'an 800, et par ses représentants dans les royaumes.

Toutes les «réformes» de Charlemagne poursuivent un double but. Il s'agit d'une part de rétablir une autorité sans partage, après la longue vacance du pouvoir chez les rois mérovingiens. Charlemagne se pose donc en législateur, par une série de capitulaires normatifs; puisqu'il est l'autorité de qui découle tout pouvoir inférieur, il intervient en dispensateur des charges ecclésiastiques comme jamais n'avaient pu le faire ses prédécesseurs; l'exécution de ses lois est assurée enfin par l'envoi en mission temporaire puis permanente de légats *(missi)*. Cette autorité recouvrée, qui rétablit paix et justice dans le royaume franc élu de Dieu, est d'autre part le préambule nécessaire à une nouvelle figure du pouvoir : l'Empire carolingien, qui fait de Charlemagne le digne successeur d'Auguste et de Constantin, est le juste lieu d'une paix sur terre, à laquelle doivent concourir tous les hommes libres des royaumes constituant l'Empire, selon la formule d'un serment imposé à tous en 802. Ainsi l'idée d'empire demeure-t-elle chargée du souvenir de Rome, mais libérée des rêves d'universalité dont Constantinople montrait qu'ils étaient périmés. Elle marque d'un signe éclatant la renaissance de l'État, mais aussi le véritable décollage d'un peuple franc un instant réunifié, et à sa suite celui de l'Europe occidentale. L'« échec de Charlemagne » vient non pas du legs idéologique et spirituel, mais des contraintes matérielles qui ont interdit la réalisation d'un programme immense.

La *Chronique* du Pseudo-Frédégaire est continuée par un clerc anonyme, sous l'inspiration de Childebrand et de Nibelung, proches parents de Pépin le Bref (Nibelung s'arrête à la mort de Pépin). Mais Charlemagne rassemble ses propres thuriféraires ; la chancellerie elle-même est invitée à la création littéraire. En sortent des annales, reproduites et adaptées dans les principaux centres du pouvoir spirituel. Quinze ans environ après la mort de Charlemagne, Éginhard, ancien élève d'Alcuin et familier de Charlemagne, compose la *Vie* de celui-ci.

Papes

Étienne IV, 768-771 ; Hadrien Ier, 771-795 ; Léon III, 795-816.

Souverains

Empereurs de Constantinople : Constantin V, 741-775 ; Léon IV, 775-780 ; Constantin VI, 780-797 ; Irène, 797-802 ; Nicéphore Ier, 802-811 ; Staurakios, 811 ; Michel Ier, 811-813 ; Léon V, 813-820.

768

9 octobre
Le même jour, Charlemagne et son frère Carloman sont élus et sacrés rois, respectivement à Noyon et à Saint-Médard de Soissons (c'est leur deuxième sacre).

25 décembre
Charlemagne célèbre Noël à Aix-la-Chapelle.

autres événements
• Des envoyés du calife de Bagdad séjournent tout l'hiver à Metz.

768-775

Des clercs de l'église de Sens rédigent le formulaire connu sous le nom des « Formules de Sens », qui montrent un renforcement de l'influence ecclésiastique dans le droit.

769

Hunald, un fils du duc aquitain Waïfre, tente de soulever l'Aquitaine contre les Francs.

mai
Charlemagne préside un plaid à Mornac, près d'Angoulême. Il conclut un accord avec les Vascons, qui lui livrent Hunald, et fait construire la forteresse de Fronsac sur la Dordogne.

autres événements
• Le monastère de Charroux est fondé; on y dépose des reliques précieuses provenant de Jérusalem. Vers 820, Louis le Pieux finance la construction d'une nouvelle église.

770-771

Le pape Étienne IV rappelle à Charlemagne et à Carloman la promesse faite par leur père Pépin le Bref en leur nom de garder fidélité à l'Église et obéissance au Saint-Siège.

771

4 décembre
Carloman meurt à Samoussy et est inhumé à Saint-Remi de Reims. Une chance inespérée est ainsi donnée à son frère Charlemagne. Celui-ci, qui présidait un synode à Valenciennes, accourt à Corbeny où il reçoit l'allégeance des fidèles de Carloman; il évince les fils de son frère et acquiert la royauté sur tous les Francs, par un sacre qui lui est conféré par l'archevêque Wilcharius de Sens.

772

L'Aquitaine est soumise aux Francs.
Charlemagne engage sa première campagne contre les Saxons: les Francs pillent le trésor de l'Irminsul, capitale sacrée des Saxons.

772-780

L'abbé Maurdramne fait copier à Corbie une Bible qui est le témoin le plus ancien de la nouvelle écriture, la minuscule caroline.

773-774

Charlemagne mène une expédition en Italie pour porter aide au Patrimoine de Saint-Pierre, aux terres du pape menacées par les Lombards.

774

3 avril
Charlemagne est reçu à Rome par le pape. Hadrien Ier lui remet la compilation juridique des principaux décrets des pontifes romains composée par Denys le Petit, augmentée de textes nouveaux et dénommée « Dyonisio-Hadriana ».
C'est sans doute ces années-là que des rédacteurs pontificaux écrivent le faux fameux de la « Donation de Constantin », par laquelle l'empereur Constantin aurait remis au pape le palais du Latran, la ville de Rome et même une suprématie sur les royaumes d'Occident. Plus sûrement, Charlemagne promet au pape tous les territoires entre Luna, Mantoue, Aquilée et la frontière byzantine du duché de Bénévent. Il recrute sans doute sur place le lettré Pierre de Pavie.

5 juin
Après la chute de Pavie, la capitulation et la destitution du roi des Lombards Didier, Charlemagne est couronné roi des Lombards.

775

24 février
Charlemagne assiste à la consécration de la nouvelle église abbatiale de Saint-Denis par l'abbé Fulrad.

autres événements
• La guerre reprend en Saxe; Charlemagne décide

d'associer désormais guerre et conversion forcée au christianisme; il parvient jusqu'à la Weser.

776

printemps
Pendant que Charlemagne mène de nouveau son armée en Saxe, les Lombards, menés par le duc de Frioul Hruotgaud, se soulèvent. Sitôt que la nouvelle lui en parvient, Charlemagne, à marche forcée, pousse une deuxième expédition en Italie et soumet brutalement la région. Puis il repart en Saxe.

777

Un premier baptême collectif de Saxons a lieu à Paderborn. Charlemagne y reçoit un appel à l'aide du gouverneur de Saragosse contre l'émir omeyyade de Cordoue Abd-er-Rhâman.
Charlemagne donne l'abbaye de Chelles à sa sœur Gisèle († 810).

777-778

Charlemagne crée une marche de Bretagne, qu'il a confiée au comte Roland (celui de Roncevaux).

778

19 avril
Charlemagne célèbre Pâques à Chasseneuil, près Poitiers.

15 août
Appelé à l'aide par les chefs arabes rebelles à Abd-er-Rhâman, Charlemagne a mené son armée en Espagne; mais le refus du gouverneur de Saragosse de lui remettre la ville et la retraite qui s'ensuit aboutissent au massacre de l'arrière-garde de l'armée franque par les Vascons (Basques) dans le défilé de Roncevaux. Cet épisode nourrira la *Chanson de Roland*. Charlemagne apprend en Espagne la révolte des Saxons et de leur duc Widukind qui pille Fulda.

24 septembre
Charlemagne se trouve à Herstal.

779

mars
Charlemagne promulgue son premier grand capitulaire, dit de Herstal, qui renforce la structure des provinces ecclésiastiques; les évêques doivent être soumis aux métropolitains (bientôt dénommés « archevêques »). L'obligation pour tous les propriétaires de verser la dîme (dixième des revenus) aux églises, qui semble se généraliser dans le royaume sous Pépin le Bref, est rappelée.
En rendant obligatoire le recours à la justice publique et en interdisant les milices privées (« trustes ») ou le serment réciproque des guildes (ancêtres des corporations), Charlemagne cherche à rétablir la prérogative publique.

autres événements
• Le royaume franc est dévasté par la famine et une grave mortalité.

779-780

Benoît fonde l'abbaye d'Aniane (Hérault) sur ses propres terres.

780

Les évêques du royaume franc réunis en concile prennent des mesures spirituelles et budgétaires pour pallier la pauvreté dans le royaume franc.

781

15 avril (Pâques)
Lors d'une troisième campagne d'Italie, le pape Hadrien Ier sacre les fils cadets de Charlemagne, Louis et Carloman-Pépin (celui-ci est aussi baptisé par le pape), à qui leur père remet respectivement les royaumes d'Aquitaine et d'Italie.

autres événements
• Tassilon, duc de Bavière, fait sa soumission.
• Le Wisigoth Théodulphe est appelé à la Cour.
• Selon l'annaliste de Lorsch, Rotrude, fille de Charlemagne, est proposée en mariage à l'empereur de Constantinople Constantin VI.
• Une offensive de l'émir omeyyade de Cordoue Abd-er-Rhâman pour reprendre la vallée de l'Èbre provoque un afflux de chrétiens espagnols dans le royaume de Charlemagne.

781-783

Le moine Godescalc dirige dans le scriptorium du palais la copie et l'illustration d'un évangéliaire pour un proche de Charlemagne, peut-être son fils, le jeune roi d'Aquitaine Louis le Pieux.

782

Le comte de Narbonne est contraint de restituer plus de 50 propriétés à l'Église.

Charlemagne appelle à sa Cour l'Anglo-Saxon Alcuin.

ALCUIN

Alcuin (730-804), Anglo-Saxon de Northumbrie, reçoit sa formation à York, puis vient en mission sur le continent. Il est présenté en 781 à Charlemagne, lors d'un séjour à Parme ; le roi fait de lui son principal conseiller religieux. Il cumule les charges d'abbé de nombreux monastères, Ferrières, Saint-Josse-sur-Mer, Saint-Loup de Sens, et surtout Saint-Martin de Tours (en 796) dont il fait un sanctuaire de la culture franque. Il est l'auteur du programme de la « renaissance carolingienne » ; il s'entoure de jeunes savants qui, tel Éginhard, occupent bientôt tous les postes en vue dans les cathédrales et monastères de l'Empire. Outre une correspondance fournie, il rédige des traités pédagogiques, ainsi que des Vies *de saints ; on lui prête une œuvre immense. Il prend une position sévère contre les adoptianistes espagnols, Félix d'Urgel et Elipand de Tolède. À partir de 801, il se retire à Tours, où il meurt en 804.*

783-785

Un soulèvement des Saxons donne l'occasion à Charlemagne d'intervenir brutalement. Le capitulaire *De partibus Saxoniae* organise une répression féroce des insurgés.

783-786

Le Lombard Paul Diacre, installé à la Cour de Charlemagne, écrit son *Libellus*, histoire des évêques de Metz.

783-795

Le roi Charlemagne confie à l'atelier de Dagulf la confection d'un *Psautier* destiné au pape Hadrien Ier.

784-791

Le pape Hadrien Ier envoie à Charlemagne un exemplaire du sacramentaire utilisé dans la chapelle pontificale de Rome (« grégorien de type Hadrianum ») ; les ecclésiastiques carolingiens constatent l'inadaptation de ce livre à leur entreprise d'unification liturgique.

785

Le duc des Saxons Widukind se soumet et est baptisé.
L'abbé Arn de Saint-Amand est nommé évêque de Salzbourg par Charlemagne. Il introduit dans sa cité les techniques d'écriture expérimentées à Saint-Amand.
Le jeune roi d'Aquitaine Louis le Pieux occupe Gérone, Urgel et la Cerdagne, inaugurant la conquête (achevée en 801) de la marche d'Espagne destinée à former un glacis entre l'Espagne omeyyade et le royaume franc.

786

Le réfugié wisigoth Théodulphe accède au siège épiscopal d'Orléans.

THÉODULPHE

Théodulphe (vers 760-vers 820), évêque d'Orléans, abbé de Saint-Aignan d'Orléans, puis de Fleury à partir de 803, participe à la grande entreprise de révision de la Bible voulue par Alcuin. Il travaille néanmoins à l'écart du groupe northumbrien d'Alcuin, et révèle dans l'Empire carolingien la tradition de l'Espagne wisigothique. On conserve deux capitulaires synodaux émis sous son autorité.

786 ou 792

Charlemagne requiert de tous les Francs libres de son royaume un serment de fidélité.

786-792

Charlemagne commande à Paul Diacre un recueil de sermons (« homéliaire », livre de lectures pour l'office religieux) destiné aux communautés des monastères et des cathédrales du royaume.

787

Les Avars attaquent la Bavière, dont le duc Tassilon doit se soumettre à Charlemagne et est destitué. Il est enfermé et sa famille dispersée dans des monastères, dont Chelles (sa fille, retenue en otage, est enfermée au monastère de Soissons).
Charlemagne conduit une quatrième campagne d'Italie ; il séjourne à Rome et Capoue, négocie avec le duc de Bénévent.

Charlemagne édicte ses premiers règlements sur la création d'écoles monastiques et épiscopales.
Le concile de Nicée II rétablit le culte des images dans l'Empire grec. Charlemagne rompt les projets de mariage de sa fille Rotrude avec l'empereur de Constantinople Constantin VI.
L'abbé Landry de Jumièges et le comte Richard font dresser le polyptyque (recueil des titres de propriété, aujourd'hui perdu) de Saint-Wandrille.

787-789

En Aquitaine, le roi Louis le Pieux et les grands réunis à Mourgoudou (Tarn) examinent la répression des Vascons (Basques), qui ont emprisonné le « duc » de Toulouse. La diplomatie du chef des Basques parvient à écarter la guerre.

788

Charlemagne convoque son fils Louis le Pieux, roi d'Aquitaine, à Worms où il passe l'hiver.
Le chapelain de Charlemagne fait entreprendre la rédaction d'annales, premier noyau des *Annales royales*.

788-789

Une expédition franque se porte au-devant des Slaves, pour enrayer leur progression.
La Bavière est soumise et incorporée au royaume de Charlemagne.

789

23 mars
L'« Avertissement général » *(Admonitio generalis)*, le plus important document du règne de Charlemagne, dresse le programme de réforme du royaume franc.
L'usure est interdite à tous, conformément à un canon de la collection « Dyonisio-Hadriana » donnée par le pape à Charlemagne en avril 774.
Charlemagne oblige ses sujets à un serment de fidélité négative (ne porter aucun tort au roi, ne pas troubler le royaume); le serment est renouvelé en 793.
Charlemagne confie le « duché » de Toulouse à son parent Guillaume († 812 dans son monastère de Gellone).
Charlemagne ordonne la création de petites écoles pour les enfants, sans doute pour les enfants offerts aux monastères pour y être éduqués.

790

Charlemagne constitue un « duché » du Maine, confié à son fils aîné Charles le Jeune, qui commence de porter le titre royal.
Le roi d'Aquitaine Louis le Pieux est à Toulouse pour une assemblée, où une ambassade du gouverneur musulman de Huesca vient conclure un traité de paix.
La Lotharingie est en proie à une famine.
L'abbé de Moyenmoutier fait réaliser à cette époque une nouvelle châsse pour les reliques de saint Hidulf.

790-799

Charlemagne entame la construction de l'ensemble d'Aix-la-Chapelle qu'il conçoit comme la nouvelle capitale, palais et chapelle palatine. Celle-ci, encore visible aujourd'hui, est consacrée entre 799 et 805; œuvre probablement de l'architecte Odon de Metz, elle manifeste une rupture éclatante avec les modèles byzantins. L'octogone central est étayé d'un déambulatoire à double étage, seize fois coudé.
L'abbé Angilbert fait construire les nouveaux édifices de l'abbaye de Saint-Riquier, avec le soutien financier de Charlemagne.
Le *Sacramentaire de Gellone* est copié sur un exemplaire du « Sacramentaire gélasien ancien du VIIIe siècle », sans doute à Meaux pour l'évêque de Cambrai, et donné en 805 à l'abbaye de Gellone.

791-792

Charlemagne lance la guerre (jusqu'en 796) contre les Avars qui occupent le territoire de l'actuelle Hongrie et poussent des razzias en direction de la Germanie franque.
Charlemagne intervient dans les questions théologiques et publie son capitulaire sur les images *(Libri carolini)*, en réaction au concile byzantin de Nicée II.

792

Pépin le Bossu (fils de la première concubine de Charlemagne) fomente un complot contre Charlemagne, qui le fait enfermer dans l'abbaye de Prüm.

793

La famine ravage le royaume des Francs, en particulier la Bourgogne.
L'émir de Cordoue Abd-er-Rhâman lance une offensive vers la Catalogne franque, reprend Gérone, décime une armée franque sur l'Orbieu.

793-797

Les Saxons du Nord et les Frisons de l'Est, en rébellion, sont écrasés par les Francs.

794

juin
Au concile de Francfort, Charlemagne reprend en main l'organisation religieuse et politique.
Il entérine le système monétaire basé sur le denier institué par son père Pépin le Bref: 1 livre nouvelle = 15 onces romaines et non plus 12 (405,90 g) = 20 sous = 240 deniers, qui lie unité de poids et unité de compte; le poids du denier est relevé considérablement, à 1,70 g d'argent. Le concile tente de fixer le prix maximum des céréales vendues au détail et rappelle le devoir de verser la dîme. Les évêques et le roi y prennent une position fermement opposée à l'adoptianisme wisigothique.

autres événements
• Le duc de Bavière Tassilon est contraint d'abandonner définitivement tout pouvoir en Bavière, qui est rattachée au royaume franc.

794-797

Charlemagne promulgue une lettre admonitoire inspirée par Alcuin, « sur la nécessité de cultiver les lettres » *(De litteris colendis)*.

794-808

L'évêque Aaron d'Auxerre fait dresser un ciborium (baldaquin) d'or et d'argent au-dessus de l'autel principal de sa cathédrale. Son successeur Angelelme (807-824) revêt d'argent les autels des trois églises du groupe cathédral.

795

Charlemagne étend la marche d'Espagne au sud des Pyrénées.

796

18 avril
Un accord entre Charlemagne et le roi Offa de Mercie établit une protection réciproque en faveur des marchands des deux royaumes. Les relations diplomatiques entre les Francs et l'Angleterre atteignent leur apogée.

autres événements
• Une armée de 15 000 à 20 000 cavaliers, menée par le fils de Charlemagne, Carloman-Pépin (Pépin d'Italie), détruit la capitale sanctuaire des Avars (le « Ring », entre le Theiss et le Danube); les Avars se soumettent.
• Une autre expédition, entrée en Espagne en 795, assiège en vain Barcelone.
• Charlemagne met à profit l'accession du pape Léon III (26 décembre 795) pour se poser en protecteur et défenseur de l'Église; le rôle de la papauté et des évêques n'est plus dès lors que de soutenir l'action du roi des Francs. Le chemin s'ouvre vers l'Empire.

797

juillet
Le gouverneur musulman de Barcelone est à Aix-la-Chapelle, où il remet sa cité à Charlemagne.

octobre
Charlemagne promulgue un deuxième capitulaire saxon, qui reconnaît la Loi des Saxons, mais intègre ce peuple au royaume franc.

autres événements
• Charlemagne envoie une ambassade à Bagdad.
• Une colonne de guerriers francs atteint Huesca.
• La sécheresse sévit en France.

vers 798

L'expression d'*imperium christianum* apparaît pour la première fois dans le royaume franc sous la plume d'Alcuin.

798

Des heurts violents se produisent entre Francs et Bretons de part et d'autre de la ligne Dol-Vannes.
Lors d'un concile général à Toulouse, le roi Louis le Pieux reçoit une ambassade du roi des Asturies Ildefonse II. Sur ordre de son père, Louis le Pieux se rend en Espagne et va jusqu'à Huesca.
L'impératrice de Constantinople Irène envoie une ambassade à la Cour d'Aix-la-Chapelle pour traiter d'une paix.
Le pape Léon III commande le programme iconographique du Latran, qui semble avoir exposé le nouvel idéal de restauration impériale en Occident.
Charlemagne fait amender la « Loi salique » *(Lex salica emendata)*.
Leidrade, ancien *missus dominicus* de Charlemagne, ami d'Alcuin et de Théodulphe, est nommé

évêque de Lyon († 816). Il y entame aussitôt la construction d'une nouvelle cathédrale (Saint-Jean, achevée sous son successeur Agobard) et la restauration de l'église des Saints-Apôtres (devenue Saint-Nizier); il introduit dans son église le chant liturgique de l'Église de Rome en usage à Metz et à Rouen.

799

printemps
Charlemagne mène une offensive en Saxe avec ses fils Charles et Louis le Pieux.

été
Le pape Léon III, en butte à Rome à une conspiration (en avril, il a échappé à un attentat), vient quémander l'aide de Charlemagne à Paderborn.

autres événements
• Les Nordalbingiens (nord de l'Allemagne) se soumettent à Charlemagne.
• Le gouverneur sarrasin de Huesca remet sa ville à Louis le Pieux.
• Les îles Baléares sont annexées par les Francs.
• Le comte Guy envahit et ravage la Bretagne.
• Un premier raid viking (Norvégiens?) a lieu sur la côte vendéenne.

vers 800

On copie le livre des *Évangiles de Saint-Riquier*.

800

avril
Le roi des Francs fait une tournée d'inspection sur la côte, de l'Escaut à la Seine, pour vérifier sans doute les défenses contre les raids vikings.

juin
La reine Luitgarde décède à Tours, pendant les entretiens de Charlemagne avec Alcuin.

1er décembre
Charlemagne arrive à Rome.

23 décembre
Charlemagne préside une assemblée destinée à régler le cas du pape Léon III, contesté. Il reçoit une ambassade venue de Terre sainte.

25 décembre
Le pape Léon III ceint Charlemagne de la couronne impériale et lui donne l'onction du sacre (comme l'affirme le biographe de Louis le Pieux, Thegan), ainsi qu'à son fils aîné, Charles le Jeune.

autres événements
• Cette année-là sans doute, Charlemagne promulgue le capitulaire *De villis* sur la gestion des domaines du fisc royal.
• Théodulphe, évêque d'Orléans, fait construire son oratoire de Germigny-les-Prés (dédicacé en 807).

801

3 avril?
Louis le Pieux prend Barcelone aux Sarrasins entrés en rébellion contre leur gouverneur.

fin mai
Charlemagne est en pèlerinage à Tours.

autres événements
• Charlemagne et l'impératrice de Constantinople Irène échangent des ambassadeurs.
• Charlemagne fait une expédition en Dalmatie; il fait transporter la statue équestre du roi ostrogoth Théodoric de Ravenne à Aix-la-Chapelle.
• En Italie, Charlemagne a reçu les ambassadeurs d'Haroun al-Rashîd, calife de Bagdad, et de l'émir d'Égypte Ibrahim, qui lui annoncent l'arrivée prochaine d'un convoi de présents, dont l'éléphant *Abul Abas* (qui arrive à Aix-la-Chapelle en juillet 802 et y meurt en 810).

802

2 février
Charlemagne accueille son fils Louis le Pieux à Aix-la-Chapelle. Peu après, l'armée de Louis progresse en Espagne jusqu'à Tarragone.

octobre
Lors de la deuxième assemblée annuelle à Aix-la-Chapelle, Charlemagne fait procéder à une relecture systématique des lois de l'Empire, pour les faire «amender» si besoin est. Expurgée des gloses «malbergiques» (du nom de leur auteur), la *Lex salica karolina* est diffusée parmi les Alamans, Bavarois et Lombards; la loi des Frisons est probablement rédigée alors.
Le capitulaire impérial présente le programme du nouvel Empire. Charlemagne régularise l'institution des *missi dominici*: les trois royaumes à l'origine de l'Empire, Austrasie, Bourgogne et Neustrie, sont divisés en circonscriptions, *missatica*, confiées chacune à un groupe d'au moins deux légats dont le premier est généralement un archevêque à partir de

802, et le second un aristocrate laïc. Ces circonscriptions sont calquées sur celles de l'Église, les provinces ecclésiastiques. Ces hauts fonctionnaires ont pour charge de surveiller l'administration comtale, et de transmettre les instructions de l'empereur.
Les royaumes périphériques sont confiés à un membre de la famille carolingienne, qui porte le titre de roi (Frise, Aquitaine, Septimanie, Provence, Lombardie).
Deux *missi* sont désignés pour la Neustrie, l'abbé de Saint-Denis Fardulf, et l'archevêque Magenard de Rouen.
Le *missaticum* de Flandre occidentale est confié à un Austrasien, le comte Adalhard.
Des duchés sont formés, regroupant certains comtés : celui de Provence réunit la Provence du Nord, le Viennois et le sud de la Bourgogne autour de Lyon.
Enfin, aux limites de l'Empire, il y a les marches, gérées par un marquis.
L'empereur exige par ailleurs de tous les hommes le renouvellement du serment de fidélité prêté à sa personne. Or ce serment n'est plus seulement négatif, mais positif : les fidèles s'engagent à exécuter les ordres impériaux, à participer à l'ost (armée royale), et à témoigner d'un comportement de vassal à l'égard du seigneur *(sicut homo domino suo)*.
L'ensemble est assis sur une nouvelle administration fiscale : les grands centres ecclésiastiques, et notamment les abbayes sous protection impériale, assument eux-mêmes, sous le couvert de l'immunité, la responsabilité de l'impôt et sa perception.

autres événements

- Charlemagne envoie une ambassade à Bagdad auprès de Haroun al-Rashîd.
- Magnus, archevêque de Sens (797/801 ? -816), est nommé *missus* impérial.

803

Une ambassade de l'empereur grec Nicéphore Ier auprès de Charlemagne provoque la rupture entre les deux Empires.

804

Les Saxons, rebelles à nouveau, se soumettent à l'arrivée de l'armée franque commandée par Charlemagne et son fils Louis le Pieux.
Les Vikings danois livrent leurs premiers engagements militaires contre les Francs.
Le « duc » de Toulouse Guillaume fonde l'abbaye de Gellone.

805

Une réforme judiciaire en deux capitulaires de Thionville complète celle de 802.
La Vénétie byzantine est conquise par Carloman-Pépin d'Italie.

805-808

Les Francs s'emparent de la Bohême, où Charlemagne dirige lui-même son armée en 808.

806

6 février

Charlemagne établit un projet de partage de son Empire entre ses trois fils royaux Charles, Carloman-Pépin et Louis le Pieux (*Ordinatio*, ou *Divisio regnorum*). Conformément à la coutume royale des Francs, ce partage doit être égal, mais une innovation est introduite : le patrimoine avec le royaume des Francs va tout entier à l'aîné, ainsi privilégié, tandis que les deux autres princes se voient assigner un royaume conquis : celui d'Italie à Carloman-Pépin, avec Bavière, Carinthie et une partie de l'Alémannie, celui d'Aquitaine à Louis le Pieux, plus une partie de la Bourgogne. Les trois s'engagent aussi à défendre l'Église romaine.

autres événements

- La famine sévit dans tout le royaume franc.

806-809

L'évêque de Liège Gerbald constitue la première compilation des capitulaires de Charlemagne.

806-811

Une guerre entre Francs et Byzantins ravage la Vénétie et la Dalmatie. Les Byzantins reprennent la contrée.

807

L'armée de Louis le Pieux tente une nouvelle expédition en Espagne, jusqu'à Tortosa.
La résidence de la Cour impériale est fixée à Aix-la-Chapelle.
Une nouvelle ambassade du calife de Bagdad Haroun al-Rashîd, apportant de riches cadeaux (dont une fameuse horloge mécanique), est reçue par Charlemagne à Aix-la-Chapelle. Les Francs obtiennent du califat de Bagdad la concession du droit de garde sur les Lieux saints.

808-809

Années de disette.
Un capitulaire mentionne pour la première fois le titre de chancelier.

809

Louis le Pieux mène une dernière expédition, infructueuse, contre Tortosa; les Francs y expérimentent de nouvelles machines de siège.
Par le capitulaire d'Aix-la-Chapelle concluant le concile qui s'est tenu là, Charlemagne définit la position franque dans le débat théologique avec les Grecs sur la procession du Saint-Esprit (l'Église franque introduit le « *Filioque* » dans le Credo).

810

8 juillet
Carloman-Pépin, roi d'Italie, meurt; son fils Bernard lui succédera en 812.

autres événements
• Une ambassade byzantine arrive à Aix-la-Chapelle.
• Le roi danois Godfred attaque les Slaves Abodrites (région de l'actuelle Hambourg), qui sont sous protectorat franc, et barre d'un rempart l'isthme du Jutland (« Danevik »).
• Un premier raid danois sur les côtes frisonnes contraint les Francs à verser un premier tribut aux Danois (100 livres d'argent).

811

octobre-novembre
Louis le Pieux, qui vient de mener une nouvelle expédition contre Huesca, rentre en Aquitaine.

4 décembre
Charles, fils royal, meurt. Louis le Pieux, roi d'Aquitaine, est donc promis à régner sur l'Empire.

autres événements
• Charlemagne promulgue une réforme judiciaire: le tribunal *(mallus)* du vicaire administre désormais les causes mineures, les causes majeures étant réservées au *mallus* présidé par le comte. C'est l'origine de la distinction entre basse et haute justice.
• Charlemagne base des flottes à Boulogne et à Gand; il entreprend des négociations avec Hemming, le successeur du roi danois Godfred.
• Charlemagne envoie un légat auprès de l'empereur de Constantinople Nicéphore Ier.
• Des heurts meurtriers se produisent à nouveau en Bretagne entre Bretons et Francs.

812

Devant une rébellion des Basques, Louis le Pieux conduit son armée jusqu'à Dax et Pampelune.
Un traité présenté à la Cour d'Aix-la-Chapelle par des envoyés de l'empereur de Constantinople Michel Ier reconnaît le titre impérial à Charlemagne et lui abandonne l'Italie sauf Vénétie et Dalmatie.
Le duc de Bénévent est soumis à un tribut annuel (7 000 sous d'or).
Un orgue (byzantin? à vent?) est installé dans la chapelle palatine d'Aix-la-Chapelle.
Les Wilzes (Slaves occidentaux, établis entre l'Elbe et la Baltique) se soumettent aux Francs.

812-813

Charlemagne confie le royaume d'Italie à son petit-fils Bernard, fils de Carloman-Pépin.

813

printemps
Sur ordre impérial, des conciles régionaux (Mayence, Tours, Reims, Chalon, Arles) sont convoqués afin de promouvoir la réforme religieuse.
Charlemagne commande à l'abbé du Mont-Cassin une copie de la Règle de saint Benoît, où il voit l'idéal du monachisme.

11 septembre
Lors d'une assemblée générale à Aix-la-Chapelle, Charlemagne couronne et associe à l'Empire Louis le Pieux, seul survivant des fils royaux après la mort de Carloman-Pépin et de Charles. Louis, qui ne porte que le titre de roi d'Aquitaine, occupe la Navarre.

autres événements
• Les Sarrasins pillent la Corse et Nice.
• L'archevêque de Trèves, Amalaire de Metz († après 850), conduit une ambassade à Constantinople pour confirmer le traité proposé en 812.

814

28 janvier
Charlemagne meurt et est inhumé dans la chapelle palatine d'Aix-la-Chapelle.
Son fils Louis le Pieux lui succède avec le titre impérial.

LOUIS LE PIEUX

Né le 6 avril 778-Mort le 20 juin 840

Règne : 814-840 (26 ans)

Roi à 36 ans

*D*e son mariage (794) avec Ermengarde, fille d'un comte franc, Louis a trois fils, Lothaire, Pépin et Louis – Arnulf (794-vers 841), comte de Sens en 817, est fils d'une concubine.
Lothaire Ier succède à l'Empire en 840.
Pépin Ier (vers 797-13 décembre 838, roi d'Aquitaine en 814) a été marié en 822 à Reingarde, fille d'un comte, dont lui naît Pépin II (roi d'Aquitaine en 838 ; mort en prison après 864).
Louis II le Germanique (vers 806-28 août 876 ; roi de Bavière en 817 ; roi de Francie orientale en 833-837 et à partir de 840-843) a épousé en 827 Emma († 876), fille du comte Welf, dont il a Carloman (vers 830-29 août 880 ; roi de Bavière en 876, d'Italie en 877), Louis III le Jeune (vers 835-20 janvier 882 ; roi de Francie orientale en 876, de Bavière en 879), et Charles III le Gros (839-13 janvier 888 ; roi d'Alémannie en 876, d'Italie en 879, empereur le 12 février 881, déchu en 887).
D'une des filles de Louis le Pieux et Ermengarde est né Ramnulf Ier († 866, comte de Poitiers en 839/844).
La mort d'Ermengarde le 3 octobre 818 bouleverse les plans successoraux établis en 817 par l'empereur. Louis le Pieux se remarie en février 819 avec Judith († 19 avril 843), Bavaroise de la puissante famille des Welf, d'où naissent en 823 le futur Charles le Chauve, puis Gisèle, qui épouse vers 836 le marquis Évrard de Frioul. Les luttes entre les fils des deux lits déchirent la lignée carolingienne et mettent l'Empire à mal.
Héritage difficile que celui de Charlemagne : la règle de division du patrimoine entre les fils royaux du grand empereur a été tempérée par la disparition opportune des frères de Louis le Pieux, mais l'autorité impériale est émoussée. Louis le Pieux tente néanmoins de poursuivre l'entreprise unitaire de son père, en privilégiant son fils aîné, en promulguant et mettant en œuvre des réformes fondamentales. Il établit en faveur de Lothaire un droit d'aînesse inconnu du monde germanique. Il intervient vigoureusement dans la discipline ecclésiastique, avec l'imposition de la Règle de saint Benoît à tous les monastères de l'Empire (816), et les statuts d'Aix-la-Chapelle pour les chanoines (817).

Louis le Pieux peut s'appuyer pour cela sur des hommes de premier plan qu'il met en place dès son accession au pouvoir: son chancelier Hélisachar (Wisigoth, 808-819: chancelier; abbé de Saint-Aubin d'Angers, de Jumièges, peut-être de Saint-Riquier et de Saint-Maximin de Trèves; † avant 840), Agobard de Lyon, Ebbon de Reims (archevêque 816-835, 840-841, puis destitué et évêque d'Hildesheim, 844/845-851), Benoît d'Aniane.
Or, très vite, le fils aîné de Louis, Lothaire Ier, mène un jeu personnel; autour de lui, les comtes Matfrid d'Orléans, Hugues de Tours, l'évêque d'Orléans Jonas (818-843) et les abbés Hilduin (archichapelain, 819-830) et Wala (vers 773-836; abbé de Corbie, 826-831). Un autre clan, favorable au départ à Louis le Pieux, s'est formé autour de Bernard de Septimanie (avant 804-844) et de Pépin Ier d'Aquitaine. Dès les années 820, Louis le Pieux déporte ses résidences favorites vers l'est du Rhin, où il bénéficie du soutien de la famille de Judith. Le conflit avec Lothaire Ier ne cesse de s'envenimer.
Les sources principales du règne sont, outre les *Annales royales*, les Vies de Louis le Pieux écrites par Thegan, chorévêque de Trèves (*Gestes de Louis le Pieux*, été 835-printemps 837 et additions pour 837-838) et par l'Astronome, probablement un Aquitain de la chapelle impériale (*Vie de Louis le Pieux*, 840-841).

Papes

Léon III, 795-816; Étienne V, 816-817; Pascal Ier, 817-824; Eugène II, 824-827; Valentin, 827; Grégoire IV, 827-844.

814

27 février
Louis le Pieux, revenu de son palais de Doué-la-Fontaine (il y fêtait le 2 février la Purification de la Vierge) à Aix-la-Chapelle, succède officiellement à son père Charlemagne. Il reçoit des légats de toutes les parties de l'Empire et aussi une ambassade de Constantinople. Il confère son royaume d'Aquitaine à son fils Pépin, confirme son neveu Bernard sur le trône d'Italie, et envoie son fils Lothaire en Bavière.

30 juillet-août
Lors d'une assemblée à Aix-la-Chapelle, Louis le Pieux ordonne une enquête sur l'état de la justice à travers tout l'Empire. En butte à l'hostilité des partisans de Bernard d'Italie, il fait exiler plusieurs grands personnages, dont Adalhard (vers 780-826), abbé de Corbie, qui est envoyé à Noirmoutier.

autres événements
- L'abbé de Saint-Victor de Marseille fait rédiger le polyptyque de son monastère (inventaire des possessions foncières, ou registre des impôts dus par le propriétaire des biens?).
- Benoît d'Aniane forme une fédération de 12 abbayes réformées, dont Marmoutier.
- Frothaire devient évêque de Toul († 849); il est l'auteur d'une correspondance remarquable.
- Raban Maur (784-856), l'« éducateur de la Germanie », abbé de Fulda (822), archevêque de Mayence (847), écrit à partir de 814 de nombreux ouvrages importants, et une correspondance avec les principaux intellectuels de son époque.

814-826

L'église de Saint-Quentin est reconstruite.

vers 815

L'abbé réformateur Benoît d'Aniane fait corriger le sacramentaire grégorien pour en faire le livre officiel des évêques de l'Empire franc (« grégorien Hadrianum supplémenté », qui devient au milieu du IXe siècle le livre liturgique de référence dans presque tout l'Occident).

815

1er juillet
Louis le Pieux ouvre une assemblée à Paderborn; l'empereur y reçoit des envoyés danois qui viennent faire soumission.

novembre
Louis le Pieux revient passer l'hiver à Aix-la-Chapelle.

816

printemps
Une armée franque est envoyée contre les Wendes, à l'est de la Saxe.

août-septembre
L'empereur Louis le Pieux réunit un concile en deux sessions (Inden et Aix-la-Chapelle). Le 23 août, l'assemblée soumet tous les monastères de l'Empire à la Règle de saint Benoît adaptée par Benoît d'Aniane (l'élection de l'abbé, libre dans la Règle de saint Benoît, reste dans la main du roi). Au début septembre, elle promulgue des instructions sur la vie régulière des chanoines des cathédrales et des communautés de femmes.

2 octobre?
Louis le Pieux accueille le nouveau pape Étienne V à l'entrée de Reims.

5 ou 19 octobre
Le pape Étienne V couronne et sacre empereur Louis le Pieux et son épouse Ermengarde à Reims (c'est le premier sacre de la reine, qui reçoit pour la première fois le titre impérial d'« auguste »).

autres événements
- Des constitutions impériales réglementent le sort des Espagnols réfugiés dans l'Empire.
- De grands travaux sont entrepris dans les édifices religieux: à Reims où on édifie une nouvelle cathédrale (dédicacée par l'archevêque Hincmar le 17 décembre 862), à Soissons (à Saint-Médard, un oratoire en 818; en 816-841, les cryptes, où, dès le 9 décembre 826, l'abbé et archichancelier Hilduin peut déposer des reliques de saint Sébastien, obtenues du pape), à Ferrières-en-Gâtinais (sous l'abbé Aldric, 821-828), à Saint-Wandrille (l'abbé Ansegise y fait ériger en 823-833 une salle capitulaire et l'antéglise de la tour occidentale), à Auxerre (l'évêque Héribald, 824-857, fait décorer la cathédrale de peintures murales et vitreries, et reconstruit le baptistère où il dépose des reliques venues de Rome).
- Agobard est nommé évêque à Lyon, et Ebbon à Reims.

AGOBARD

Agobard (769-840) était jusqu'alors chorévêque au côté de l'archevêque Leidrade de Lyon. Il com-

pose des écrits liturgiques et doctrinaux, parfois à la limite du pamphlet, ainsi qu'une correspondance où il se montre un ardent partisan de Lothaire. Il paie ses excès d'un exil en Italie entre 834 et 838.

816-830

L'évêque Halitgaire de Cambrai forme dans son école cathédrale un centre intellectuel de haut niveau.

817

janvier
L'empereur Louis le Pieux dicte un privilège impérial en faveur du pape Pascal Ier.

9 avril
Louis le Pieux est choqué par l'effondrement d'un plafond du palais d'Aix-la-Chapelle; il commence de songer à sa succession.

juillet
À Aix-la-Chapelle, Louis le Pieux promulgue l'*Ordinatio imperii* qui impose le principe d'unité et d'indivisibilité de l'Empire: il couronne et s'associe Lothaire Ier, son fils aîné, qui lui succédera à l'Empire et sur les terres patrimoniales; Pépin Ier et Louis le Germanique, les frères cadets de Lothaire Ier, recevront des royaumes subordonnés, qui resteront indivisibles après leur mort.
À Pépin va l'Aquitaine (où il règne déjà depuis 814) avec la Gascogne, la marche de Toulouse et les comtés de Carcassonne, Autun, Avallon et Nevers.
À Louis le Germanique va le royaume de Bavière, avec la Carinthie, la Bohême, et les pays des Slaves et des Avars.
À son bâtard Arnulf, Louis le Pieux donne le comté de Sens. La constitution est validée par tous les participants à l'assemblée.

décembre
Bernard d'Italie, oublié dans l'*Ordinatio imperii*, s'est rebellé, soutenu par une coalition de laïcs (dont le comte palatin Reginherius, fils du comte de Sens Meginher) et d'ecclésiastiques (comme Théodulphe d'Orléans); la mobilisation immédiate des fidèles de l'empereur Louis le Pieux le contraint à déposer les armes devant Louis le Pieux à Chalon-sur-Saône.

autres événements
• L'empereur Louis le Pieux célèbre Noël à Chalon.
• L'ancien chancelier de Charlemagne, Jérémie, est nommé évêque de Sens († 828).
• L'empereur Louis le Pieux choisit Éginhard pour précepteur de son fils Lothaire Ier.

818

janvier
Louis le Pieux rentre à Aix-la-Chapelle, où il fête encore Pâques.

avril
Bernard d'Italie est condamné à mort et aveuglé; il meurt des suites de son supplice (17 avril). Une répression sévère s'abat sur ses partisans (dont Théodulphe d'Orléans, déposé de son siège avec plusieurs évêques).

août-septembre
Louis le Pieux dirige une campagne contre le chef breton Morvan, qui est tué. Des combats sévères opposent Francs et Bretons. Après les opérations, Louis le Pieux s'installe à Angers.

autres événements
• Hilduin devient abbé de Saint-Denis. Il assure désormais la supervision des *Annales royales*, jusqu'en 829.
• Les moines de Landévennec sont soumis à la Règle de saint Benoît.

818-819

Un capitulaire à l'adresse des ecclésiastiques réglemente l'ordination des serfs.

819

janvier?
À Aix-la-Chapelle, une assemblée solennelle confirme les grandes réformes des années précédentes.

février
Louis le Pieux épouse Judith, fille du duc de Bavière Welf.

début septembre
Après avoir chassé dans les Ardennes, Louis le Pieux revient à Aix-la-Chapelle.

autres événements
• Pépin Ier doit réprimer une sédition des Basques.
• Fridugise est chancelier (819-832); il est un

élève d'Alcuin, formé à la Cour de Charlemagne, puis abbé de Tours (808-834).

vers 820

Une équipe rémoise réalise le *Psautier d'Utrecht* et l'*Évangéliaire* d'Ebbon, archevêque de Reims.

820

Louis le Pieux mène ses troupes contre les « Slaves orientaux » (Croates).
Les Normands apparaissent à l'embouchure de la Seine.
Le chancelier, jusqu'alors attaché à la chapelle impériale, paraît gagner son autonomie et prend à nouveau le titre d'archichancelier.
Le comte de Barcelone, accusé d'infidélité, est vaincu dans un duel judiciaire (combat équestre, exceptionnel chez les Francs), et gracié par l'empereur.
La famine et une « peste » animale ravagent le royaume franc.

vers 820-830

Le *Psautier* dit de Stuttgart est écrit et décoré, sans doute à Saint-Germain-des-Prés.

821

mai
Une assemblée des grands convoquée à Nimègue confirme par serment individuel les termes de l'*Ordinatio imperii* de 817.

mi-juillet-août
L'empereur Louis le Pieux, depuis Aix-la-Chapelle, se rend en Ardennes et à Remiremont.

mi-octobre
Une deuxième assemblée à Thionville complète le serment de Nimègue. Louis le Pieux y donne pour épouse à son fils aîné Lothaire Ier, Ermengarde, une fille du comte de Tours Hugues. Il gracie les anciens conjurés de 814-817.

822

août
Lors de l'assemblée tenue au palais d'Attigny, Louis le Pieux est confronté à une révolte ouverte de ses fils. Il doit se réconcilier avec ses demi-frères (Drogon et Hugues) et est contraint à une pénitence publique.
Il donne à Lothaire Ier le royaume d'Italie; il commence de préparer Pépin Ier à gouverner l'Aquitaine et lui fait épouser la fille du comte Théotbert de Madrie (Eure).
Deux razzias fructueuses sont effectuées en Espagne et en Bretagne (contre le chef Guiomarc'h).

décembre
L'empereur Louis le Pieux est à Francfort et y passe l'hiver.

autres événements
• Le marché de Cambrai est signalé comme lieu de vente d'épices et de papyrus orientaux.
• L'archevêque de Reims Ebbon est envoyé en mission au Danemark.
• Adalhard (vers 751/753-826), abbé de Corbie (780-814 et 821-826), promulgue de nouveaux statuts pour son monastère qui compte alors environ 300 moines et 150 auxiliaires; il fonde aussitôt Corvey en Saxe.
• Ardon Smaragde, abbé d'Aniane, rédige pour ses moines la *Vie de saint Benoît d'Aniane*.

avant 823

Amalaire de Metz (vers 775/780-850; 809-814: archevêque de Trèves; 835-838: archevêque de Lyon) écrit son livre sur la liturgie *(Des offices ecclésiastiques)* qui soulève une polémique dans l'Empire en raison de ses innovations.

823

5 avril
Lothaire Ier, fils aîné, associé à l'Empire depuis 817, est couronné à Rome par le pape Pascal Ier le jour de Pâques.

13 juin
La naissance à Francfort de Charles (le Chauve), fils de Louis le Pieux et de sa deuxième épouse Judith, contrarie les dispositions de 817. Drogon, fils naturel de Charlemagne, devient évêque de Metz († 855).

1er novembre
L'empereur Louis le Pieux réunit l'assemblée des grands à Compiègne, où il absout le pape Pascal Ier qui avait été accusé de meurtre.

autres événements
• L'abbé Irminon de Saint-Germain-des-Prés fait rédiger le polyptyque de son abbaye.

823-825

Louis le Pieux promulgue un grand capitulaire qui confirme sous une forme nouvelle les principes fondateurs de l'État carolingien, héritier de la *respublica* romaine: les grandes charges publiques (« honneurs ») sont liées à la fonction royale, chacun des hommes libres a son rôle dans l'intérêt commun. Mais cette constitution atteste un contrôle croissant des grands. Et surtout, à l'encontre de toute la tradition franque, elle réintroduit une distinction formulée par le pape Gélase Ier († 496), entre le pouvoir sacral *(auctoritas)* des évêques, auquel le pouvoir *(potestas)* de l'empereur luimême doit se plier, et leurs délégations politiques qu'ils tiennent du roi.

824

été
L'empereur Louis le Pieux envoie en Espagne une armée commandée par deux comtes aquitains (de Gascogne et d'Auvergne ?). Près de Pampelune, les Francs subissent une lourde défaite.

autres événements
• Les Vikings « normands » pillent une première fois Noirmoutier. L'empereur Louis le Pieux reporte une expédition vers la Bretagne à cause de la famine qui règne.
• Le poète officiel de la Cour, Ermold le Noir, un ecclésiastique aquitain, est exilé à Strasbourg († après 838).

825

mai
Lors de l'assemblée de printemps à Aix-la-Chapelle, Louis le Pieux reçoit une ambassade bulgare, qui cherche à établir la paix sur la frontière commune (Autriche actuelle), à la suite de l'écroulement du royaume croate (du prince Liudewit) en Pannonie inférieure. Les chefs bretons se présentent aussi et prêtent serment de fidélité à l'empereur Louis le Pieux.
Le nom de Lothaire apparaît sur les documents officiels à la suite de celui de l'empereur. Les circonscriptions administratives sont réorganisées, pour mettre en adéquation étroite la province ecclésiastique et le *missaticum*. La province ecclésiastique de Reims est cependant divisée en deux.

autres événements
• L'abbesse de Chelles, Hégivilde, mère de l'impératrice Judith, établit une association de prières entre Chelles et Corbie.
• Fréculf, évêque de Lisieux, commence ses *Chroniques*, qu'il dédie au chancelier Hélisachar.

vers 826

Ermold le Noir écrit son *Poème en l'honneur de Louis le Pieux* pour rentrer en grâce.

826

juin
Le roi danois Harald est baptisé avec son épouse et un groupe de Vikings à Saint-Alban de Mayence (ou au palais d'Ingelheim ?), et devient (par adoption) le protégé de Louis le Pieux.

autres événements
• Les Austrasiens Eudes et son frère Guillaume, futur comte de Blois, s'installent en Neustrie.

827

janvier-février
Une invasion sarrasine menace la marche de Septimanie (Barcelone). Les comtes Hugues de Tours et Matfrid d'Orléans sont envoyés au secours du comte Bernard de Septimanie, assiégé dans Barcelone. Ayant tardé et laissé les Sarrasins piller la Catalogne, ils sont déchus de leur charge en février 828.

septembre
Une ambassade de l'empereur de Constantinople Michel II vient à Compiègne. Parmi les cadeaux qu'elle offre à Louis le Pieux, se trouve un manuscrit des œuvres du Pseudo-Denys.

autres événements
• Les Bulgares poussent des raids dans l'Empire carolingien. Ils récidivent en 829.
• Louis le Germanique, fils de Louis le Pieux, reçoit en mariage Emma, une sœur de Judith, sa belle-mère.
• Ansegise, abbé de Saint-Wandrille, compile un nouveau recueil de capitulaires carolingiens (vers 806-809), qui devient un code officiel dès 829.
• Jonas, évêque d'Orléans, publie sans doute alors ses traités *De l'institution royale*, dédié à Pépin Ier d'Aquitaine, et *Sur l'éducation des laïcs*, rédigé à la demande du comte Matfrid d'Orléans.

828

juin
Après l'assemblée qui s'est tenue à Ingelheim, l'empereur Louis le Pieux se rend à Commercy.

autres événements
• Un pacte est conclu avec des groupes de Vikings, afin de ralentir leur progression vers l'Ouest.
• Louis le Pieux confie l'abbaye de Marmoutier, détruite par un incendie, à l'évêque Drogon de Metz.
• L'évêque Halitgaire de Cambrai (vers 817-831) rentre d'une ambassade à Constantinople.
• Pépin Ier d'Aquitaine fonde Saint-Cyprien de Poitiers.

828-830

Éginhard rédige la *Vie de Charlemagne*, manuel pour l'instruction des princes. Il compile une correspondance de 71 lettres.

829

juin
Un synode réunit à Paris les évêques qui adressent des remontrances à l'empereur Louis le Pieux, et, forts de la suprématie que leur a reconnue l'empereur dans le capitulaire de 823-825, se posent en piliers de l'Empire (autres synodes à Lyon et Toulouse). Ils forgent, à l'instigation de Jonas d'Orléans, la définition nouvelle du ministère royal qui subordonne l'action politique aux valeurs morales du christianisme. Ils confirment la romanisation de la discipline ecclésiastique et religieuse en ordonnant la destruction de tous les pénitentiels d'origine insulaire au profit de l'usage romain.

août
À Worms, l'empereur Louis le Pieux modifie les dispositions de l'*Ordinatio imperii* (juillet 817). Lothaire Ier, qui s'est rallié à un groupe d'opposition forgé par les comtes (déchus en 828) Hugues de Tours et Matfrid d'Orléans, est exilé en Italie; le jeune Charles le Chauve reçoit l'*Alemannia* (Alsace-Rhétie-Alémannie-partie de la Bourgogne), part prélevée sur celle de Lothaire Ier. L'éducation de Charles le Chauve est confiée à Wahlafrid Strabon (jusqu'en 838).

autres événements
• Aldric, abbé de Ferrières-en-Gâtinais et «précepteur de l'école du palais», devient archevêque de Sens. Quatre lettres conservées dans le recueil de Frothaire, évêque de Toul, ont trait à son élection.

830

mars
Louis le Pieux convoque l'armée à Rennes; il quitte Aix-la-Chapelle.

avril
La dotation du jeune Charles le Chauve provoque la rébellion ouverte des fils aînés de Louis le Pieux, Lothaire Ier et Pépin Ier, contre leur père et leur belle-mère Judith; ils reçoivent le soutien d'un grand nombre de hauts dignitaires ecclésiastiques (Hilduin, Hélisachar), dont l'un des centres de regroupement est l'abbaye de Corbie dirigée par Wala.

mai
L'empereur Louis le Pieux est destitué une première fois à Compiègne en faveur de Lothaire Ier; Judith, accusée d'adultère avec Bernard de Septimanie, est reléguée au couvent Sainte-Croix de Poitiers.

octobre
Une assemblée à Nimègue réunit l'aristocratie restée fidèle à l'empereur autour de Louis le Pieux et de ses fils Pépin Ier et Louis le Germanique qui se sont ralliés.

autres événements
• Un clerc de Metz procède à la rédaction définitive des *Annales Mettenses priores*, dont le premier tronc avait été commandé par Gisèle, sœur de Charlemagne.

831

février
Lors de l'assemblée d'Aix-la-Chapelle, Louis le Pieux redresse la situation en sa faveur. Il démet Hilduin, Hélisachar et Wala, et exile Lothaire Ier en Italie.

mai
L'empereur Louis le Pieux chasse à Remiremont.

octobre
À l'assemblée de Thionville, l'empereur Louis le Pieux reçoit des envoyés du calife de Bagdad al-Ma'mûn. Il abolit l'*Ordinatio imperii* de juillet 817. Un nouveau projet de division de l'Empire en royaumes, conforme à la tradition germanique et

au partage de 806, ne laisse à Lothaire Ier que le titre impérial et l'Italie.
Pépin Ier aura l'Aquitaine avec la Neustrie d'entre Loire et Seine.
Louis le Germanique tiendra la Bavière avec Thuringe, Saxe, Frise et, semble-t-il, l'Austrasie.
Charles le Chauve recevra Alsace, Rhétie, Bourgogne (sauf le Nord-Est qui va à Pépin Ier), Alémannie, Provence et Septimanie.

décembre
Pépin Ier, convoqué, s'est présenté au palais, où l'empereur Louis le Pieux l'assigne à résidence. Il parvient à s'enfuir en Aquitaine. Louis le Pieux passe l'hiver à Aix-la-Chapelle.

autres événements
• L'archichapelain Foulques, abbé de Saint-Hilaire de Poitiers, préside à la continuation occidentale des *Annales royales* (830-834, premier tronc des *Annales de Saint-Bertin*).
• Un inventaire des biens de l'abbaye de Saint-Riquier fait connaître un trésor richissime.
• Une église Saint-Sauveur est construite à Limoges.

832

18 avril
Louis le Germanique manifestant l'intention d'envahir les terres données au jeune Charles le Chauve, l'empereur Louis le Pieux réunit l'armée à Mayence.

mai
À Augsbourg, l'empereur Louis le Pieux parvient à apaiser la rébellion de son fils Louis le Germanique, qui rentre en Bavière.

septembre
L'armée, qui a été rassemblée à Orléans le 1er septembre, se dirige sur Limoges pour mettre Pépin Ier au pas.

13 octobre
Louis le Pieux, qui réside alors dans son palais de Jouac (Haute-Vienne), assiste à la dédicace de l'église abbatiale de Saint-Martial de Limoges. Charles le Chauve y est présenté aux grands d'Aquitaine comme leur roi.
Pépin Ier d'Aquitaine organise la révolte en Aquitaine, avec le soutien de Bernard de Septimanie.

1er novembre
Revenu en grâce, l'abbé de Saint-Denis et archichancelier impérial, Hilduin, procède à la consécration de la crypte de Saint-Denis.

Noël
L'empereur Louis le Pieux et Charles le Chauve, revenus d'Aquitaine sans succès, sont au Mans, où Pépin Ier consent à venir parler avec son père. Aldric, ancien chanoine de Metz, évêque du Mans, les reçoit; il entame aussitôt la réédification de la cathédrale Saint-Étienne.

autres événements
• L'aristocrate Conwoion fonde l'abbaye de Redon, où des moines venus de Glanfeuil introduisent la Règle de saint Benoît.
• À Gand sans doute, on commence la rédaction des *Annales* dites de Xanten, qui sont poursuivies à Cologne jusqu'en 873.

833

janvier-février
Une deuxième rébellion des trois fils aînés de l'empereur (Lothaire Ier, Pépin Ier et Louis le Germanique) est menée par Lothaire Ier, pendant le séjour de Louis le Pieux à Aix-la-Chapelle et Worms.

24-30 juin
Au Champ du Mensonge en Alsace (Rotfeld), Louis le Pieux perd tous ses soutiens face à ses fils en révolte; il est placé sous séquestre à Soissons, Charles le Chauve à Prüm et l'impératrice Judith exilée en Italie.

1er octobre
Une assemblée se tient à Compiègne sous la présidence de Lothaire Ier.

7 octobre
Lors d'une deuxième assemblée à Saint-Médard de Soissons, Louis le Pieux est contraint par les évêques, dont Ebbon de Reims, à une pénitence publique infamante, et déchu de son trône; il est emprisonné sur place. Lothaire Ier est proclamé seul empereur, mais ses frères cadets prétendent régner indépendamment de lui.

décembre
Louis le Germanique, inquiet des menées de son frère Lothaire Ier, négocie sans succès à Mayence en faveur de son père Louis le Pieux, transféré par Lothaire Ier à Aix-la-Chapelle.

834

28 février
Lothaire Ier, qui avait convoqué une assemblée de ses fidèles à Paris, constate le soutien des grands de Neustrie, de Bourgogne et du Midi à son père Louis le Pieux; il renonce et s'enfuit à Vienne (royaume de Bourgogne).

1er mars
Lors d'une assemblée solennelle à Saint-Denis, Louis le Pieux est rétabli dans son pouvoir par deux de ses fils, Pépin Ier et Louis le Germanique, et les grands restés fidèles. Peu après, il s'installe à Quierzy.
Hugues, demi-frère de l'empereur Louis le Pieux, devient archichancelier (jusqu'en 840).

avril
L'impératrice Judith, sortie de sa prison italienne, revient à Aix-la-Chapelle.

24 mai
Louis le Pieux quitte Aix-la-Chapelle pour sa saison de chasse à Remiremont. Pendant ce temps (mai-juin), l'armée de ses fidèles, dirigée par le comte d'Orléans Eudes et son frère Guillaume comte de Blois, est défaite par les rebelles neustriens.

début juillet
Lothaire Ier assiège Chalon-sur-Saône et incendie la ville; il se dirige ensuite sur Orléans.

mi-août
Les armées de l'empereur Louis le Pieux et de son fils Louis le Germanique font leur jonction à Langres. Par Troyes, Chartres et Châteaudun, l'empereur fait route sur Blois.

septembre
Près de Blois, Lothaire Ier passe une convention avec son père Louis le Pieux, s'engageant à ne plus rien tenter contre lui.

11 novembre
Louis le Pieux tient l'assemblée à Attigny. Puis il passe l'hiver à Thionville (sauf Noël où il est à Metz).

835

28 février
L'assemblée de Thionville restaure l'empereur Louis le Pieux dans la plénitude de la royauté: Drogon de Metz couronne l'empereur. Louis le Pieux prend sa revanche sur les ecclésiastiques qui ont organisé la pénitence de Saint-Médard de Soissons (7 octobre 833): Ebbon de Reims et Agobard de Lyon sont déposés de leur charge.

18 avril
Louis le Pieux fête Pâques à Metz.

juin
Près de Lyon, Louis le Pieux rencontre ses fils Pépin Ier et Louis le Germanique.

été
Louis le Pieux préside un plaid à Tramoyes (Ain?), qui confie aux *missi* une enquête sur les pillages commis par les rebelles contre les biens d'église.

835-861

Galindo, dit Prudence, bientôt évêque de Troyes, entame la continuation des *Annales de Saint-Bertin.*

836

mai
À Thionville, l'empereur Louis le Pieux reçoit le ralliement de plusieurs rebelles, dont l'ex-abbé de Corbie Wala.

autres événements
• L'abbaye de Saint-Denis envoie des reliques de saint Guy à Corvey, abbaye fille de Corbie.

836-837

Lothaire Ier, disgracié, est exilé une deuxième fois en Italie.
Loup de Ferrières rentre à Ferrières après un séjour à Fulda (829-836) auprès de Raban Maur. Celui-ci lui envoie son florilège sur les Épîtres de saint Paul.

836-852

Paschase Radbert écrit la *Vie de Wala*, frère d'Adalhard *(Epitaphium Arsenii)*, deux livres critiquant sévèrement la Cour de Louis le Pieux.

837

22 mars-28 avril
La comète de Halley sème l'inquiétude; après consultation de l'Astronome, l'empereur Louis le

Pieux décide une campagne de donations et de prières dans les églises.

printemps
L'armée impériale intervient contre les Bretons.

décembre
À Aix-la-Chapelle, Louis le Pieux fait approuver par les grands et par son fils Pépin Ier une série de dispositions testamentaires.
Il accroît la part de Charles le Chauve, qui ira de la Neustrie à la Frise, et tout entre Meuse et Seine avec Chartres, Paris, Melun, Étampes, le Gâtinais, Sens et Auxerre, jusqu'à l'Autunois.
Louis le Germanique élimine les opposants à sa politique; c'est alors que Robert le Fort quitte les terres patrimoniales de l'Oberrheingau pour s'établir en Neustrie.

837-838

Fuyant les pillages des Normands, les moines de Noirmoutier transfèrent les reliques de saint Philibert de leur île à Déas sur le continent.
L'évêque du Mans Aldric fait écrire les *Gestes* des évêques du Mans.

838

août
L'empereur Louis le Pieux apaise à Quierzy un nouveau soulèvement prémédité par deux de ses fils Lothaire Ier et Louis le Germanique. Ce dernier est dessaisi de tous ses biens sauf la Bavière.

mi-septembre
Lors de l'assemblée de Quierzy, Louis le Pieux remet l'épée à son fils Charles le Chauve (qui vient d'atteindre 15 ans), le couronne et lui attribue le royaume de Neustrie (duché du Maine et terres entre Seine et Loire).

13 décembre
Pépin Ier d'Aquitaine meurt; il est inhumé à Sainte-Radegonde de Poitiers.
Louis le Pieux refuse l'héritage à Pépin II, fils de Pépin Ier. Il confirme l'application de la loi gothique en Septimanie.

838-839

hiver
Louis le Germanique fait la guerre à son père Louis le Pieux.
Une razzia de Sarrasins pille Marseille, détruit l'abbaye Saint-Victor.

839

18 mai
Louis le Pieux reçoit des ambassadeurs de l'empereur de Constantinople à Ingelheim.

30 mai
Lors de l'assemblée de Worms, l'empereur Louis le Pieux exile Louis le Germanique en Bavière et se réconcilie avec Lothaire Ier, sous condition que celui-ci s'engage à protéger son demi-frère Charles le Chauve.
Il procède à un dernier partage, entre Lothaire Ier, qui prend la partie orientale de l'Empire, et Charles le Chauve, qui reçoit le reste, soit tout l'ouest de la ligne Meuse-Saône-Rhône, avec le royaume d'Aquitaine, les comtés de Chalon, Lyon, Genève, et la Provence.
Pépin II (petit-fils de Louis le Pieux) est donc déchu de ses droits sur Aquitaine, Gascogne et Septimanie, et prend avec son oncle Louis le Germanique, relégué en Bavière, le parti opposé à Charles le Chauve.

1er septembre
L'empereur Louis le Pieux préside l'assemblée de Chalon-sur-Saône. Il gagne ensuite Clermont avec son fils Charles le Chauve. Là, celui-ci reçoit les serments de fidélité d'une partie de l'aristocratie aquitaine, dont l'évêque de Poitiers Ebroïn.
Pépin II reçoit le soutien de Bernard de Septimanie et installe ses troupes dans le Limousin.
L'empereur Louis le Pieux noue des liens croisés avec le parti de Lothaire Ier: Gisèle, fille de Louis le Pieux et Judith, est donnée en mariage à Évrard, marquis de Frioul, résolument fidèle à Lothaire Ier, et le frère de Judith, Conrad, épouse Adélaïde, belle-sœur de Lothaire.

Noël
L'empereur Louis le Pieux est à Poitiers.

autres événements
• Le puissant comte Rorgon restaure le monastère Saint-Maur de Glanfeuil.

839-840

Louis le Pieux et l'empereur de Constantinople Théophile échangent des ambassadeurs.

vers 840

Le *Psautier* dit de Louis le Germanique est écrit et décoré pour le roi par les moines de Saint-Bertin.
Bible de Moutier-Grandval.
La parure d'autel dite l'« Écran de Charlemagne » est réalisée par des orfèvres pour l'abbaye de Saint-Denis.

840

après le 11 février
L'empereur Louis le Pieux, toujours à Poitiers, doit faire face à une nouvelle rébellion de son fils Louis le Germanique. Il laisse Charles le Chauve et Judith à Poitiers et part pour Aix-la-Chapelle (il s'y trouve le 28 mars).

20 juin
Louis le Pieux s'éteint. Il a eu le temps de faire dresser l'inventaire des biens de sa maison, a procédé à un partage entre les églises, les pauvres, et ses fils Lothaire Ier et Charles le Chauve. Il a remis à Lothaire une couronne et une épée rehaussée d'or et de pierreries. Il est enseveli à Saint-Arnoul de Metz.

LOTHAIRE Ier
Né en 795-Mort le 28 août 855
Règne: 840-855 (15 ans)
Roi à 45 ans

*E*n juillet 814, l'empereur Louis le Pieux fait son fils aîné Lothaire roi de Bavière, puis empereur associé en juillet 817. En 822-825 et 829-840, Lothaire règne en Italie, où il est pratiquement en exil. La déchéance proclamée de son père fait de lui l'empereur du 30 juin 833 au 1er mars 834. Le 20 juin 840 enfin, il devient seul empereur. Mais la compétition ouverte entre lui et le jeune Charles le Chauve provoque la collision brutale des deux armées à Fontenoy (841). L'issue n'en est pas limpide, et il faut le partage de Verdun (843) pour mettre fin aux désordres des royaumes. Or ce partage fonde l'existence de deux grands royaumes, celui de l'Est qui deviendra la Germanie, l'Allemagne, et celui de l'Ouest qui sera la France. Les traces du partage sont sensibles encore au XVIIe siècle.
Après le temps relativement paisible de Louis le Pieux, le monde franc renoue avec la guerre, derechef moteur de l'innovation économique et politique. Guerre à l'armement lourd entre les frères, puis lorsque ceux-ci, à partir de 843, se résignent à la coopération, batailles rapides et embuscades avec les Normands, Bretons, Sarrasins ou Slaves. L'instabilité devient la norme des «États» francs.
En août 855, Lothaire Ier se retire pour mourir au monastère de Prüm.
En 821, Lothaire a épousé Ermengarde, une fille du comte Hugues de Tours († 20 mars 851); il a deux concubines à partir de 851. D'Ermengarde sont issus cinq filles et quatre garçons: Louis II (vers 825-875, roi d'Italie en 839/840, puis empereur associé en 850, seul empereur en 855, marié d'abord à une princesse byzantine de 842 à 851), Lothaire II (vers 835-869, roi de Lotharingie en 855, marié vers 855 à Teutberge, fille d'un comte franc, Boson), Charles (vers 845-863, roi de Provence en 855) et Carloman, mort enfant. L'échec biologique de la descendance de Lothaire a sonné le glas de l'Empire carolingien comme entité territoriale.

Papes

Grégoire IV, 827-844; Serge II, 844-847; Léon IV, 847-855; Benoît III, 855-858.

840

Lothaire Ier veut réunifier les royaumes de l'Empire dans sa main. Il s'en prend d'abord à son frère Louis le Germanique, puis décide de se tourner au plus vite contre son demi-frère Charles le Chauve.

juillet
Lothaire Ier se décide à revendiquer « la totalité de l'Empire ». Il renie son engagement de 839 et envahit la France du Nord-Ouest, qui appartenait à Charles le Chauve, alors occupé à pacifier l'Aquitaine, où il tient désormais Clermont, Limoges et Angoulême.

août
À l'assemblée de ses fidèles d'entre Seine et Meuse à Ingelheim, Lothaire Ier rétablit Ebbon, déposé par Louis le Pieux, sur l'archevêché de Reims.
Charles le Chauve quitte Bourges et, par Tours et Orléans, gagne rapidement Quierzy où il reçoit ses fidèles.

octobre
Lothaire Ier franchit la Seine en direction de Chartres, afin de prendre le contrôle de la Neustrie. Il reçoit les serments de l'abbé de Saint-Denis Hilduin et du comte de Paris et de Vienne Girart. Charles le Chauve a levé des troupes en Aquitaine.
Les deux armées sont au contact près d'Orléans. Les deux frères choisissent de temporiser : Lothaire Ier propose un nouveau partage, irréaliste, et une trêve jusqu'en mai.

22 novembre
Loup, partisan de Charles le Chauve, devient abbé de Ferrières-en-Gâtinais.

autres événements
• Profitant de la mort de Louis le Pieux, le prince breton Nominoé, *missus* permanent de l'empereur en Bretagne depuis 831, prend son indépendance et commence d'étendre sa domination vers le Maine.

841

janvier
Charles le Chauve rencontre à Bourges Bernard de Septimanie ; il lui confie la tâche de négocier la paix en Aquitaine avec Pépin II, dont il espère la soumission. Il reçoit les serments de l'aristocratie du Maine et ceux du Breton Nominoé au Mans. En réalité, Nominoé prend bientôt le parti de Lothaire Ier, moins dangereux pour ses ambitions.

mars-avril
Pendant que Lothaire Ier attaque Louis le Germanique en Germanie, Charles le Chauve rompt la trêve, passe la Seine près de Rouen, visite Fontenelle (Saint-Wandrille), Saint-Denis, puis poursuit les comtes rebelles qui se sont ralliés à Lothaire Ier : il prend Sens et Troyes.

12 mai
Rouen est incendiée par les Vikings qui remontent la Seine pour la première fois, après avoir dévasté le port de Quentovic et l'abbaye de Jumièges (les moines de Saint-Wandrille ont préféré payer rançon).

13 mai
Louis le Germanique franchit le Rhin pour rejoindre Charles le Chauve ; les deux armées opèrent leur jonction contre Lothaire Ier.

25 juin
Après une ultime tentative de conciliation, Louis le Germanique et Charles le Chauve livrent une bataille victorieuse contre leur frère Lothaire Ier et leur neveu Pépin II d'Aquitaine à Fontenoy-en-Puisaye, non loin d'Auxerre. Cependant, la bataille ne résout rien du problème successoral, puisque aucun des protagonistes n'y est tué. Charles le Chauve bat ensuite la campagne pour déloger ceux des comtes qui se sont rebellés contre lui, notamment Girart, comte de Paris et de Vienne, et Garnier de Sens.

juillet
Charles le Chauve entre en Aquitaine, mais Pépin II refuse de se soumettre.

août
Charles le Chauve constate les résistances de l'aristocratie du nord du royaume, mais peut compter sur l'archevêque Wénilon de Sens, les évêques Theudebaud de Langres, Jonas d'Orléans, Ebroïn de Poitiers. Il tient désormais la partie occidentale de la Neustrie, le nord de l'Aquitaine et de la Bourgogne.
Lothaire Ier passe le Rhin et repousse Louis le Germanique jusqu'en Bavière ; puis il revient à la rencontre de Charles le Chauve.

octobre-novembre
Lothaire Ier, ayant retrouvé Pépin II à Sens, poursuit Charles le Chauve vers l'Ouest. En vain. Il dévaste le Maine, repasse la Seine en direction d'Aix-la-Chapelle.

autres événements

• Louis, un petit-fils bâtard de Charlemagne et sans doute fidèle à Charles le Chauve, succède à Hilduin à la tête de l'abbaye de Saint-Denis.

• Nithard (844), fils d'Angilbert et de Berthe, fille de Charlemagne, écrit les livres I et II de ses *Histoires des fils de Louis le Pieux* (les livres III et IV sont composés dans l'été 843). Il agit en historiographe officiel de Charles le Chauve; il est violemment opposé à Lothaire Ier, qu'il traite comme un fieffé menteur.

• Dhuoda, épouse de Bernard de Septimanie, commence la rédaction de son *Manuel*, qu'elle adresse à son fils Guillaume (avant le 2 février 843) pour lui enseigner les règles d'une vie spirituelle propice à la traversée d'un monde où la haute aristocratie se déchire.

841-865

Le comte Conrad, oncle de Charles le Chauve, fait construire les cryptes et l'avant-nef de Saint-Germain d'Auxerre.

842

14 février

À Strasbourg, Louis le Germanique et Charles le Chauve, suivis de leurs deux armées, échangent les «Serments de Strasbourg». Ce traité d'assistance mutuelle, tel qu'il est rapporté par Nithard, consacre tout à la fois le dualisme culturel et la fidélité conditionnelle des princes et de leurs hommes, au détriment de la notion d'empire unificateur.

mars

Louis le Germanique et Charles le Chauve lancent l'offensive, franchissent la Moselle contre Lothaire Ier, qui doit fuir vers le Rhône.

15 juin

Une entrevue a lieu dans l'île d'Ancelles (près Mâcon) entre les trois frères Lothaire Ier, Louis le Germanique et Charles le Chauve. On convient d'une assemblée préparatoire à une nouvelle division de l'Empire.

août

Charles le Chauve est en Aquitaine où Pépin II entretient l'agitation.

19 octobre

Trois délégations de chacun des frères sont rassemblées dans l'église Saint-Castor de Coblence pour définir un partage territorial; une trêve est prolongée jusqu'au 5 novembre, puis reconduite jusqu'au 14 juillet 843.

13 décembre

Charles le Chauve épouse à Quierzy Ermentrude, fille du comte Eudes d'Orléans et d'Engeltrude, et nièce du sénéchal Adalard (celui-ci est frère d'Engeltrude).

autres événements

• Arles est mise à sac par des Sarrasins, Quentovic par des Vikings.

842-869

Charles le Chauve fait décorer son *Psautier* personnel.

843

fin février

Charles le Chauve séjourne à Saint-Martin de Tours; il mène de nouveau son armée en Aquitaine, sans succès.

printemps

Des agents des trois rois font l'inventaire de l'Empire et notamment des manses, sur lesquels est assis l'impôt public.

24 mai

À Messac (Ille-et-Vilaine), les Bretons du fils de Nominoé, Erispoé, massacrent l'armée d'un fidèle de Charles le Chauve, le comte de Nantes Renaud.

24 juin

Une flotte viking profite du désordre pour mettre à sac la cité de Nantes.

août

Par le partage de Verdun, l'Empire est divisé en trois royaumes (en principe équivalents, moins territorialement ou économiquement que par le tissu des fidélités), englobant chacun la part léguée par Louis le Pieux, et suivant à peu près le tracé de 839. Lothaire Ier conserve la dignité impériale, avec le royaume central, formé d'une bande allant de la Frise à Rome par Aix-la-Chapelle. Ses frères sont désormais indépendants de lui, c'est leur force et la garantie de survie pour les deux royaumes.
Louis le Germanique reçoit la partie orientale («germanique»), Charles le Chauve la partie occidentale: le germe de l'évolution différente des deux royaumes, vers la France et vers l'Allemagne, est posé.

Le royaume de Charles le Chauve a pour frontière la ligne de l'Escaut-Meuse (mais le Cambrésis est à Lothaire Ier), la vallée supérieure de la Marne (avec le plateau de Langres), la Saône et le Rhône (sauf Lyonnais, Forez, Viennois, Vivarais et Uzège à Lothaire). L'ancien pays franc est ainsi disloqué entre les trois rois, comme la Bourgogne entre Lothaire Ier et Charles le Chauve. Mais l'ensemble occidental reste formé lui-même de quatre royaumes: la Neustrie entre Loire et Seine; la Bourgogne, réduite à la rive droite de la Saône et du Rhône; la «France», entre Meuse et Seine; l'Aquitaine enfin.

fin août
Charles le Chauve se dirige vers l'Ouest, pour rétablir son autorité.

octobre
Une réunion d'évêques de Neustrie se tient à Germigny-les-Prés, avec les archevêques de Rouen et de Tours.

novembre
Le pouvoir du jeune roi Charles le Chauve est contesté par les rébellions de Nominoé en Bretagne et d'une partie des Aquitains favorable à Pépin II d'Aquitaine. Charles le Chauve tient donc une assemblée royale dans la «villa» de Coulaines (Sarthe): on y précise les rapports contractuels – ceux d'un seigneur et de ses vassaux – entre le roi et son aristocratie religieuse et laïque, tels qu'ils sont par la suite reproduits dans la promesse du sacre royal. L'assemblée de Coulaines confirme le droit du roi à nommer et déplacer ses fonctionnaires, et aussi un glissement inéluctable vers l'hérédité des charges.

13 novembre
Charles le Chauve se trouve sous les murs de Rennes, qu'il assiège sans doute.

844

janvier
Charles le Chauve réorganise le Poitou et la Touraine.

février
Charles le Chauve est à Limoges.
Bernard de Septimanie, tenu pour fauteur des troubles d'Aquitaine et de Gothie, est jugé et exécuté sur ordre du roi. Le fils de Bernard, Guillaume, déserte et se rallie à Pépin II d'Aquitaine.

mai
Une expédition franque menée par Charles le Chauve assiège Toulouse; le jeune roi réside dans le monastère suburbain de Saint-Sernin, où il tient sa cour de justice (un capitulaire réprime les abus de pouvoir des évêques).

11 juin
Charles le Chauve promulgue une constitution détaillant des mesures en faveur des immigrés espagnols en Roussillon et Languedoc, et notamment leur immunité. Sunifred, comte d'Urgel, devient marquis de Septimanie.

14 juin
Une armée franque venant en renfort dans le Sud est écrasée en Angoumois par Pépin II d'Aquitaine; le chroniqueur Nithard meurt au combat.

15 juin
À Rome, le nouveau pape Serge II sacre le jeune Louis II, fils aîné de Lothaire Ier, et le proclame roi des Lombards. Il nomme Drogon, évêque de Metz et conseiller de Lothaire Ier, «vicaire pour les Gaules et les Germanies», dans l'espoir de rétablir l'unité spirituelle des trois fils de Louis le Pieux.

août
Charles le Chauve abandonne le siège de Toulouse, et remonte vers l'Oise en passant par l'Auvergne.

octobre
Les trois rois Lothaire Ier, Louis le Germanique et Charles le Chauve se retrouvent à Thionville (ou Yütz, ou Diedenhofen, près Trèves). Ils invitent leur neveu Pépin II et les Bretons de Nominoé à se soumettre à Charles le Chauve; ils entendent les admonestations des évêques.

novembre
Un synode à Ver-sur-Oise formule un programme de réformes pour le royaume occidental. Les évêques prennent le parti de Charles le Chauve, qui a fait expulser Ebbon de son siège de Reims, et refusent de rétablir celui-ci.

autres événements
• Le comté de Tours avec l'abbatiat de Saint-Martin est enlevé à Adalard et remis à Vivien.
• Un grand raid mène les Vikings aux embouchures successivement de la Loire et de la Garonne, et jusqu'au sud de l'Espagne. En Bretagne apparaît le premier comté à l'ouest de Vannes et Rennes (Poher, aux mains de Riwalon).

• La famine désole la Gaule ; l'hiver est particulièrement dur.

844-855

Des artistes de Hautvillers réalisent le Sacramentaire de l'évêque Drogon de Metz doté de plats de reliure exceptionnels qui illustrent notamment les rites de la messe épiscopale.

845

mars
Des groupes de Vikings menés par Ragnar (ancien allié de Charles le Chauve contre Lothaire Ier) détruisent Saint-Riquier, pénètrent en Île-de-France, pillent les abbayes de Saint-Germain-des-Prés et Sainte-Geneviève de Paris (29 mars), occupent même Saint-Denis ; Charles le Chauve doit monnayer leur départ, pour 7 000 livres d'argent.

avril
Un synode a lieu à Beauvais ; on y choisit Hincmar pour archevêque de Reims, contre Ebbon que Lothaire Ier continue de soutenir. Les évêques pressent Charles le Chauve d'agir sévèrement contre les oppresseurs des églises et les pillards de biens ecclésiastiques.

HINCMAR

Hincmar (vers 806-882), moine de Saint-Denis, archevêque de Reims, ordonne la refonte de l'histoire de son église, enrichit celle-ci de terres et de joyaux, et réécrit la Vie de saint Remi *(877-881) ; juste avant sa mort, il publie son traité* Sur l'organisation du palais. *Outre quatre capitulaires synodaux (852, 856, 874 et 877), il a laissé une correspondance de près de 80 lettres, sans compter celles dont l'historien Flodoard de Reims donne l'analyse.*

juin
Un synode a lieu à Meaux, réunissant les évêques des trois provinces de Reims, Sens et Bourges.

juin ou juillet
À Saint-Benoît-sur-Loire, Pépin II d'Aquitaine fait serment de fidélité à Charles le Chauve, qui lui remet la souveraineté sur tout le royaume d'Aquitaine (sauf Poitou, Saintonge et Angoumois).

22 novembre
Nominoé inflige à Charles le Chauve une grave défaite à Ballon, près de Redon, barrant aux Carolingiens l'accès de la Bretagne. Le comte de Nantes Lambert, allié de Nominoé depuis 843, se rallie à Charles le Chauve.

Noël
Charles le Chauve est à Saint-Martin de Tours avec les comtes Vivien et Lambert.

hiver
La France du Nord est en proie à la famine.

autres événements
• L'atelier de Saint-Martin de Tours réalise la *Première Bible de Charles le Chauve*, offerte au roi par le comte Vivien, abbé du lieu.

avant 846

Un moine de Limoges compose la *Vie antique* de saint Martial.

846

juin
Une assemblée générale, convoquée à Épernay, marque un tournant dans le règne du jeune Charles le Chauve : avec l'aide des grands, il repousse les programmes réformateurs du clan épiscopal.

été
Des escouades de Bretons menacent Bayeux. Charles le Chauve entame des négociations avec Nominoé qui occupe Nantes et Rennes et lance des opérations contre l'Anjou. Nominoé est reconnu comme « duc » des Bretons, et Lambert reçoit un comté dans la région de Sens.

Noël
Charles le Chauve reçoit à Reims une ambassade du calife de Cordoue ; sans doute cherche-t-il à prendre Pépin II d'Aquitaine à revers.

847

28 février-mars
Les trois rois, Lothaire Ier, Louis le Germanique et Charles le Chauve, se réunissent à Meerssen. Ils précisent les liens de fidélité qui doivent s'étendre sur tous les hommes libres. Lothaire Ier semble renoncer à soutenir l'ancien archevêque de Reims Ebbon et apporte un soutien à Charles le Chauve.
Nominoé compose avec les Vikings, qui vont dévaster ensuite l'Aquitaine, assiègent Bordeaux

durant l'hiver 847-848. Charles le Chauve tire profit de ce répit, qui affaiblit Bretons et Aquitains.

décembre
Charles le Chauve réside à Compiègne.

847-852

Un ecclésiastique de Francie occidentale fabrique la collection juridique dite de « Benoît le Lévite », assemblant capitulaires, canons conciliaires, citations des Pères et des faux, pour renforcer la protection et les droits des églises. Cette collection est autorisée dans le royaume de Charles le Chauve, qui la cite en 857.

847-853

Les moines de Saint-Bertin rédigent le polyptyque de leur abbaye, qui est dotée ces années-là d'un mur de défense.

848

24 février
Charles le Chauve quitte l'Île-de-France pour Tours.

mars
Charles le Chauve, qui a pénétré en Aquitaine avec une armée (sans doute pour réduire à la fois les Vikings et Pépin II d'Aquitaine), est à Poitiers. Il ne peut délivrer Bordeaux, qui est prise et incendiée par les Normands. Un peu plus tard, à Limoges, il reçoit, lors d'une assemblée, les serments de plusieurs grands d'Aquitaine.

6 juin
Dans Sainte-Croix d'Orléans, l'archevêque de Sens Wénilon sacre Charles le Chauve, le couronnant roi de Francie occidentale et d'Aquitaine. Cette cérémonie atteste l'affermissement de l'autorité de Charles dans tout son royaume.

juillet
Charles le Chauve poursuit Pépin II en Auvergne, sans succès.

autres événements
• Charles le Chauve reçoit une ambassade irlandaise venue annoncer une victoire sur les Vikings et demander une alliance.
• Le Breton Nominoé se fait sacrer roi par les évêques de son pays. Il crée la province ecclésiastique de Dol. Son fils Erispoé reçoit de Charles le Chauve les comtés de Rennes, Nantes et Retz.
• L'abbé de Montier-en-Der fait rédiger le polyptyque de l'abbaye.

849

janvier
Lothaire Ier rencontre Charles le Chauve à Péronne : les deux frères font la paix, et Lothaire s'engage à ne plus soutenir leur neveu Pépin II d'Aquitaine.

février
Nominoé fait déposer des prélats bretons favorables aux Francs sous prétexte de simonie, et les remplace par des hommes à lui.

mars-avril
Un synode se tient à Quierzy, en présence du roi Charles le Chauve, et, à la demande d'Hincmar de Reims, condamne les doctrines de Gottschalk d'Orbais dont les écrits affirment la prédestination de chaque homme au salut ou à la damnation.

mai
Louis le Germanique et Charles le Chauve ont une entrevue de paix, la première depuis 841, où ils se donnent l'investiture mutuelle.

juin
L'assemblée de printemps a lieu près de Chartres ; elle prélude à une nouvelle action de Charles le Chauve en direction de l'Aquitaine.
Le Breton Nominoé s'avance jusqu'à la cité d'Angers.

18 août
L'ancien tuteur de Charles le Chauve, Wahlafrid Strabon, abbé de Reichenau, ambassadeur de Louis auprès de Charles, se noie en traversant la Loire.

août-septembre
Charles le Chauve réside à Limoges, y tient une assemblée ; son armée progresse vers Toulouse, qui se rend fin septembre.
En Septimanie dont le marquisat vient d'être donné par Charles le Chauve au comte de Troyes Aleran, Guillaume, fils de Bernard de Septimanie, se révolte avec l'aide de troupes fournies par Abd-er-Rhâman. Charles le Chauve s'avance jusqu'à Narbonne, mais ne peut soumettre Guillaume qui s'est retiré en Catalogne et semble avoir évincé le marquis Sunifred.

décembre
Charles le Chauve célèbre la Noël à Bourges.

849-850

Des Sarrasins débarquent en Provence; Marseille est dévastée par des «Grecs», peut-être des Sarrasins venus d'Italie méridionale.

849-851

Un atelier rémois copie les *Évangiles de Lothaire.*

vers 850

Aurélien, moine de Réômé (Moutiers-Saint-Jean, Côte-d'Or), compose son *Traité de la musique*; il ignore encore la notation neumatique qui apparaît ces années-là. La pratique des tropes («tropes mélogènes», ou syllabisation des vocalises) est mise en œuvre à l'abbaye de Jumièges, d'où un réfugié, fuyant les Vikings, l'exporte à Saint-Gall. L'abbé Raganald de Marmoutier fait copier un Sacramentaire richement illustré.

850

janvier-février
Guillaume de Septimanie est capturé et décapité. Désormais, la Septimanie et la Catalogne sont pacifiées. En revanche, Pépin II d'Aquitaine échappe toujours aux Francs de Charles le Chauve. Il s'est réfugié sans doute en Gascogne, et pousse les Gascons à la révolte. Les troubles sont apaisés dès juin. Dès ce printemps, l'Aquitaine rentre de fait dans le royaume de Charles le Chauve.

25 mai
À Rome, Louis II, fils aîné de Lothaire Ier, est sacré empereur par le pape Léon IV.

juin
À l'assemblée de Verberie, Charles le Chauve apprend la défection du marquis Lambert en faveur de Nominoé. Il lève une armée.

août
Une garnison franque s'établit à Rennes; Nominoé s'empare de Nantes, d'où il chasse l'évêque franc Actard. Un concile d'évêques du royaume de Charles le Chauve admoneste Nominoé, l'accusant de briser l'unité de l'Empire en séparant ses diocèses bretons de la métropole de Tours.

autres événements
• Des Sarrasins pillent la cité d'Arles.

vers 851

Un second livre est ajouté à la *Vie de Wala*, qui dresse une histoire des troubles de l'Empire, très critique de Louis le Pieux.

851

mars
La mort de Nominoé dispense Charles le Chauve d'une nouvelle expédition vers la Bretagne. Mais le fils de Nominoé, Erispoé, reprend le flambeau du «royaume» breton.

mai
Lothaire Ier et Charles le Chauve se réconcilient à Meerssen. Louis le Germanique est de plus en plus distant de ses frères.

22 août
Par la bataille de Jengland-Beslé remportée sur l'armée de Charles le Chauve (le comte Vivien y perd la vie), Erispoé acquiert la suprématie sur tous les pays à l'ouest de la Mayenne. La Bretagne reçoit ainsi ses limites historiques.

septembre-octobre
À Angers qui vient d'être dotée de murailles par Charles le Chauve, Erispoé devient vassal de Charles avec droit aux insignes royaux; il rétablit Actard sur l'évêché de Nantes.

autres événements
• Les Normands s'en prennent à l'abbaye de Fontenelle (Saint-Wandrille); ils hivernent sur les bords de Seine pour la première fois.

851-852

Les reliques de saint Alpinien sont transférées de Limoges à Ruffec.

852

Robert le Fort succède au comte Vivien et devient *missus* sur les comtés de Tours et d'Angers, et abbé laïque de Marmoutier.

avril
Charles le Chauve prend des dispositions pour faire célébrer dans le royaume l'anniversaire de sa naissance.

septembre
Près d'Angoulême, Pépin II d'Aquitaine est fait

prisonnier par l'un de ses anciens partisans, le comte Sanche Sanchez, qui le livre à Charles le Chauve. Lothaire Ier fait savoir à Charles qu'il abandonne son protégé, qui est enfermé à Saint-Médard de Soissons.

9 octobre
Une flotte de Vikings atteint Paris. Lothaire Ier et Charles le Chauve font front commun. Peu après Noël, ils signent un accord avec le chef de cette bande.

4 novembre
Une bande de Vikings dévaste le Bas-Poitou; une bataille a lieu à Brillac.

autres événements
• Barcelone est mise à sac par les Sarrasins.
• Sous l'autorité sans doute d'un évêque de la province de Reims, des clercs assemblent le recueil des *Fausses Décrétales*, attribué faussement à Isidore de Séville: ils affirment l'indépendance des évêques à l'égard de la justice séculière, et soulignent le principe de la primauté pontificale sur les évêques, qui permet de contrebalancer, par le droit d'appel, les interventions croissantes des archevêques dans la vie de leur province ecclésiastique.
• L'archevêque de Reims Hincmar procède à la dédicace de l'église Saint-Remi, nouvellement reconstruite. Il réglemente l'activité de «groupements couramment appelés guildes ou confréries», associant prêtres et laïcs.

853

avril
44 évêques réunis à Soissons confirment la déposition de l'archevêque Ebbon prononcée en 835.

juin
À Quierzy, Charles le Chauve et un groupe d'évêques délibèrent sur la prédestination. Une formule de prédestination simple, respectant la libre volonté de l'homme, est promulguée, qui suit les thèses de l'archevêque Hincmar.

22 juillet
La nouvelle église de Sainte-Colombe de Sens est dédicacée, les reliques de la sainte transférées solennellement.
Les Normands remontent la Loire, dévastent Nantes, Angers, Saumur, Tours (prise le 8 novembre), jusqu'à Orléans, et descendent sur Poitiers, incendient Luçon.

novembre
Le capitulaire de Servais, essentiel pour le fonctionnement de la justice carolingienne, fournit la liste des «puissants» dans les royaumes de Francie, Neustrie et Bourgogne aux mains de Charles le Chauve; il est l'œuvre probablement de Hincmar de Reims, et est approuvé par Lothaire Ier.

décembre
Les Aquitains se tournent vers le fils de Louis le Germanique, Louis le Jeune, à qui ils offrent le royaume d'Aquitaine.

853-856

L'archevêque de Bourges Raoul promulgue un capitulaire synodal.

854

mars
Louis le Germanique envoie son fils Louis le Jeune prendre possession de l'Aquitaine de Charles le Chauve avec une armée de son royaume. Pépin II d'Aquitaine, qui s'est évadé de sa prison de Corbie, tente de reprendre possession lui aussi de l'Aquitaine. Double échec, Louis le Jeune fait retraite à l'automne.

autres événements
• Un nouveau raid mène les Vikings de l'Atlantique par Gibraltar jusqu'aux Bouches du Rhône.

855

28 août
Lothaire Ier meurt.
Son royaume, partagé entre ses trois fils, donne naissance à trois royaumes.
L'Italie et le titre impérial échoient à Louis II.
La Lorraine («Lotharingie», de l'Alsace aux bouches du Rhin) revient à Lothaire II.
La Provence est attribuée à Charles (Bourgogne transjurane entre Saône-Rhône et Alpes, et une partie de la Provence, soit le comté d'Arles et l'ancien duché de Vienne-Lyon).
La mésentente entre les trois fils de Lothaire Ier et l'éloignement croissant de leur oncle Louis le Germanique contribuent à renforcer la position de Charles le Chauve en Francie occidentale.
La réalité politique désormais distingue les deux Francie; la continuité chronologique permet de ne plus suivre que la Francie de l'Ouest, parce que celle-ci est destinée à devenir la France.

CHARLES LE CHAUVE

Né le 13 juin 823-Mort le 6 octobre 877
Règne: 855-877 (22 ans)
Roi à 32 ans

*F*ils de l'empereur Louis le Pieux et de Judith. Duc en 829 (Alémannie, Rhétie, Alsace), roi subordonné de Neustrie (pour le Maine, septembre 838), puis de Francie occidentale (840/843; sacré le 6 juin 848), Charles le Chauve bénéficie d'un surcroît d'autorité sur la Francie de l'Ouest grâce à la mort de Lothaire Ier; il devient roi de Lorraine (869, mais à partir de 870, il ne règne que sur la Lorraine occidentale), roi d'Italie (septembre 875), empereur le 25 décembre 875.

Il lui faut mener une lutte sévère contre son demi-frère Louis le Germanique, qui n'a pas abandonné ses prétentions sur l'Empire, qui a cru pouvoir se saisir de l'Aquitaine dès 854, de la Francie occidentale en 858. Il doit se garder aussi des clans de l'aristocratie dont les fidélités sont hésitantes. C'est en réalité la mort des fils de Lothaire Ier, Charles de Provence (863), Lothaire II (869), enfin l'empereur Louis II (875), qui libère en faveur de Charles le Chauve la voie à l'Empire. Ils sont en effet sans fils légitimes. Lothaire II est durant tout son règne gêné par l'affaire de son «divorce». Charles de Provence est sous la coupe du puissant Girart, comte de Vienne, l'ancien comte de Paris qui a choisi le camp de Lothaire Ier en 843 et pris la tête de l'opposition à Charles le Chauve: à la mort de son protégé, Girart négocie avec Lothaire II et Louis II: le nord du royaume de Provence, soit les diocèses de Lyon, Vienne et Grenoble, entre dans l'espace lotharingien, et le sud (diocèses d'Arles, Aix et Embrun) dans l'orbite italienne.

Face à tant d'oppositions, Charles le Chauve a pris le parti de maintenir le royaume d'Aquitaine, qu'il donne successivement à ses fils Charles l'Enfant et Louis II le Bègue; mais la réalité du pouvoir glisse vers des princes locaux, à Poitiers, en Auvergne, à Toulouse et en Catalogne. Le cœur du royaume réel de Charles le Chauve gît entre Autun et Péronne, précisément entre Loire et Seine. Il pense asseoir définitivement sa domination avec le titre impérial qu'il obtient en 875. Il inaugure alors un vaste programme idéologique de «rénovation de l'Empire des Romains et des Francs». En pure perte, car deux ans plus tard, Charles meurt sur une route des Alpes. Néanmoins, son souvenir demeure vivant: au XIIIe siècle, lorsque Saint Louis déplace les tombeaux des rois dans l'abbatiale Saint-Denis, il fait de lui l'un des deux fondateurs du royaume de France, avec Dagobert.

Charles le Chauve a épousé en décembre 842 Ermentrude, fille du comte Eudes d'Orléans († 869, inhumée à Saint-Denis). De ce mariage sont nés 11 enfants : Judith (844 ; mariée à Aethelwulf, roi de Wessex, 856-858, à Aethelbald, 858-860, puis au comte flamand Baudoin Ier), le successeur, Louis II le Bègue (846-879), à qui est destinée d'abord la Neustrie, Charles l'Enfant (848/849-29 septembre 866, roi d'Aquitaine en 855, débile), Carloman (né vers 849/850, abbé de Saint-Médard de Soissons en 860, † 876), Lothaire (abbé de Saint-Germain d'Auxerre après 861, † 865), Ermentrude (abbesse de Hasnon en 877), Hildegarde, Gisla (Gisèle), Rotrude (vers 868-870 abbesse de Sainte-Radegonde de Poitiers), et des jumeaux, Drogon et Pépin († vers 865). De sa concubine Richilde (Richeut) que Charles peut épouser en 870 († 910/914), sont nés Rothilde (qui est mariée vers 890 au comte du Maine Roger, dont elle a Hugues Ier, comte du Maine en 897-900) et un fils mort peu après sa naissance (875), et Charles (876-877, inhumé à Saint-Denis).

Les annales principales de l'histoire du royaume de Charles le Chauve sont celles de Saint-Bertin et de Saint-Vaast. Deux recueils de lettres éclairent vivement le règne, celui de Hincmar de Reims qui couvre la période de 845 à 882 et la correspondance de Loup de Ferrières (829-862).

Papes

Léon IV, 847-855 ; Benoît III, 855-858 ; Nicolas Ier, 858-867 ; Hadrien II, 867-872 ;
Jean VIII, 872-882.

855

mi-octobre
Roi de Francie occidentale, Charles le Chauve fait élire, sacrer et couronner son fils Charles l'Enfant comme roi d'Aquitaine à Limoges.

autres événements
• L'abbaye de Beaulieu (Limousin) est fondée.

856

printemps
Lothaire II, fils de l'empereur Lothaire Ier, est sacré roi pour sa part de Francie (la Lotharingie).

18-20 avril
Les Normands aggravent leur pression sur le royaume de Francie occidentale; ils investissent Orléans.

été
Charles le Chauve fiance son fils Louis II le Bègue à une fille du « duc » breton Erispoé. Il le nomme à la tête d'un « duché du Mans », qui paraît correspondre à la Neustrie, avec un titre royal sans doute. Le comte Robert le Fort entre alors en rébellion larvée.

19 août
Une seconde flottille normande est sous les murs de Paris. Les Vikings établissent une forteresse à Jeufosse; ils rançonnent les abbés Louis de Saint-Denis et Gozlin de Saint-Germain-des-Prés, puis se dirigent par voie de terre vers le Perche.
Entre 856 et 875, les reliques de sainte Foy sont apportées à Conques.

1er octobre
Charles le Chauve donne sa fille Judith en mariage à Aethelwulf roi de Wessex; elle est sacrée reine à Verberie par l'archevêque Hincmar de Reims.

10 octobre
Charles le Chauve parvient à réunir son armée à Chartres et inflige une défaite aux Normands.

28 décembre
Les Vikings de Jeufosse incendient Paris.

autres événements
• Le froid de l'hiver et une épidémie provoquent une grande mortalité dans le royaume de Charles le Chauve.

857

14 février
Loup de Ferrières rédige une admonition au roi Charles le Chauve à l'occasion d'un synode à Quierzy.

1er mars
Charles le Chauve et son neveu Lothaire II font alliance à Saint-Quentin contre Louis le Germanique.

printemps
Tours est à nouveau pillée par les Normands, et Paris également (l'église Sainte-Geneviève) dans l'été.
Les moines de Saint-Denis se libèrent du danger en payant une forte rançon.

novembre
Salomon, qui a fait assassiner Erispoé, se dit « roi » de Bretagne († 874).

857-858

L'abbé de Saint-Germain-des-Prés envoie les moines Usuard et Odilard en Espagne pour y recueillir des reliques de saint Vincent.

857-860

L'évêque d'Auxerre Abbon fait entreprendre la construction d'un massif occidental pour sa cathédrale (achevé avant 873). Entre 879 et 887, l'évêque Guibaud complète cet ensemble par une tour-porche; en 918-933, ce massif occidental est réduit par l'évêque Gaudri à une façade avec porche. Son successeur Gui (933-961) agrandit le chœur de l'édifice et y installe un jubé.

858

21 mars
Charles le Chauve doit faire face à une crise redoutable. Il rencontre son demi-frère Louis le Germanique à Quierzy, pour confirmer l'alliance avec lui; une assemblée au même lieu renouvelle l'engagement contractuel de Coulaines (novembre 843) entre Charles le Chauve et une partie de son aristocratie pour parer à la menace des Francs orientaux. Les grands d'Aquitaine et du Perche rebelles à Charles le Chauve (dont peut-être Robert le Fort) viennent en effet d'expulser le propre fils de Charles le Chauve, Louis II le Bègue, et de faire appel à Louis le Germanique.

avril
Les Normands capturent Louis, archichancelier et abbé de Saint-Denis, pour qui ils exigent une rançon royale.

16 mai
L'archevêque Hérard de Tours promulgue un capitulaire synodal (140 canons).

juillet
Charles le Chauve obtient de son petit-neveu Pépin II d'Aquitaine la reconnaissance de son propre fils, Charles l'Enfant, comme roi d'Aquitaine.

juillet-23 septembre
L'armée de Charles assiège des Vikings retranchés sur l'île d'Oissel (ou Oscelles, près Mantes).

mi-août
À la demande des rebelles, auxquels se sont joints le comte Eudes d'Orléans et l'abbé de Saint-Bertin Adalard, Louis le Germanique intervient en Francie occidentale, se dirige vers la Loire via Sens. Il est sacré roi de Bourgogne en septembre par l'archevêque de Sens Wénilon (« Ganelon »), qui lui apporte un fort contingent militaire. Le roi de Lotharingie Lothaire II abandonne Charles le Chauve.

octobre
Charles le Chauve qui vient de réduire les Normands de l'Oise, se précipite en Bourgogne, tenue par ses fidèles.

12 novembre
Charles le Chauve renonce au combat avec Louis le Germanique et se réfugie à Auxerre. Partisan du même Louis le Germanique, le comte de Vienne Girart met ses biens bourguignons en sûreté en fondant une abbaye, la future Vézelay: il la place sous la protection du pape, formule reprise en 873 par l'évêque Ratbert de Valence et son frère pour leur fondation de Charlieu (Loire), et en 910 pour Cluny.

autres événements
• Les évêques du royaume occidental, menés par Hincmar de Reims, prennent le parti de Charles le Chauve et refusent une convocation de Louis le Germanique pour le 25 novembre: ils sont devenus un soutien essentiel du roi. La situation devient d'autant plus dangereuse que des mouvements de révolte éclatent entre Seine et Loire.
• Par crainte des Vikings, les reliques de saint Brieuc sont apportées à Angers. Celles de saint Philibert sont à nouveau déplacées de Déas (Saint-Philibert de Grandlieu) à Cunauld, sur la Loire. Les restes d'un groupe de martyrs de Cordoue sont transférés en grande pompe à Saint-Germain-des-Prés.

vers 859
Un thuriféraire de Charles, le savant Jean Scot Érigène, introduit la notion nouvelle d'« arts mécaniques » dans son commentaire de Martianus Cappella.

859

début janvier
Charles le Chauve fait procéder à une translation solennelle des reliques de saint Germain d'Auxerre dans un nouveau sanctuaire (cryptes de Saint-Germain d'Auxerre).

15 janvier
À Jouy, près Laon, Charles le Chauve et ses fidèles remportent une victoire sur les rebelles.
Louis le Germanique renonce à lutter contre Charles le Chauve et se retire du royaume de Francie occidentale.

28 mai
Les évêques des deux Francie se réunissent à Metz pour débattre de la réconciliation entre Louis le Germanique et Charles le Chauve.

juin
Au concile de Savonnières (près Toul), présidé par Charles le Chauve avec ses neveux Lothaire II et Charles de Provence, les évêques réaffirment leur droit de contrôle sur le roi. Mais ils consentent à déposer l'archevêque de Sens Wénilon.
Une lettre est adressée aux évêques bretons, leur enjoignant de reconnaître l'autorité de l'archevêque de Tours et de presser le « roi » de Bretagne Salomon de se soumettre à Charles le Chauve. Charles écrit aux comtes de Paris, Robert, et d'Orléans, Eudes, ainsi qu'à d'autres rebelles sur un ton conciliant, sans succès.

juillet
Charles le Chauve se rend à Andernach pour rencontrer son demi-frère Louis le Germanique; la négociation échoue, Charles refusant de restituer des « honneurs » aux rebelles qu'il a destitués.

novembre-décembre
Charles le Chauve autorise l'archevêque Wénilon, réconcilié avec lui et rétabli sur son siège de Sens, à démanteler les fortifications de Melun.

autres événements

• Charles le Chauve rétablit le royaume d'Aquitaine en faveur de son fils Charles l'Enfant, contre Pépin II.
• Des paysans de Neustrie, entre Seine et Loire, s'organisent en milices armées contre les Vikings; l'aristocratie locale les massacre.
• Arles et Nîmes sont attaquées par des Sarrasins.

vers 860

Un témoin écrit le récit de la *Translation de saint Liboire*, ancien évêque du Mans, réalisée en 836. (La translation est le transfert solennel des reliques d'un lieu à un autre ou dans une église neuve.)

860

février

L'affaire du «divorce» de Lothaire II (fils de Lothaire Ier) éclate dans une réunion des évêques lotharingiens à Aix-la-Chapelle: elle montre la première intervention ecclésiastique dans les règles matrimoniales, privées, de l'aristocratie. Dans sa jeunesse au palais de son père, Lothaire II avait eu une liaison avec une aristocrate d'Alsace, Waldrade. Puis, à la mort de son père, il s'est marié avec Teutberge qui disposait d'un réseau familial utile en politique. En 860, il veut divorcer pour reprendre Waldrade. Peu de temps après, pour affermir sa position, Lothaire II abandonne l'Alsace à son oncle Louis le Germanique.

mai

Les Sarrasins de l'embouchure du Rhône pillent Valence.

juin

Lors d'une nouvelle rencontre à Coblence, Louis le Germanique et Charles le Chauve échangent des promesses chacun dans sa langue, en germanique et en roman.

automne

Eudes, l'ancien comte de Troyes, se rallie à Charles le Chauve; il reçoit sans doute le comté de Bourgogne.

novembre

Charles le Chauve donne à son fils Louis II le Bègue l'abbaye de Saint-Martin de Tours.

autres événements

• Jean Scot Érigène réside à la Cour de Charles à Compiègne.
• Le moine Usuard de Saint-Germain-des-Prés publie son *Martyrologe*, recueil des anniversaires des saints pour l'année entière.

860-880

À Reims (?) est copié le *Graduel* dit de Saint-Corneille de Compiègne.

861

Saint-Germain-des-Prés et Saint-Maur-des-Fossés sont dévastés par les Normands.
L'épouse répudiée de Lothaire II, Teutberge, et son frère Hubert (accusés d'inceste) se réfugient auprès de Charles le Chauve; d'autres aristocrates lotharingiens les suivent.

été

Robert le Fort, rallié à Charles le Chauve, reçoit le commandement de la région d'entre Seine et Loire pour la défendre contre les pillards: sous son autorité, la marche de Neustrie est organisée comme une zone de défense non plus contre les Bretons, mais contre les Normands. Robert le Fort doit en outre réduire la rébellion de Louis II le Bègue, dépossédé de Tours par son père Charles le Chauve et allié aux Bretons. Louis II le Bègue se rend et, contre un nouveau serment de fidélité à son père, reçoit le comté de Meaux et l'abbaye Saint-Crépin de Soissons.

novembre-décembre

Charles le Chauve tente de mettre la main sur le royaume de son neveu Charles de Provence; il se heurte à l'opposition déclarée du comte de Vienne Girart et de l'archevêque Hincmar de Reims, et se retire.

autres événements

• Hincmar de Reims continue (jusqu'en 882) les *Annales de Saint-Bertin* de Prudence de Troyes, qui constituent les *Annales royales* et sont à ce titre le principal récit sur l'histoire contemporaine du royaume franc occidental.
• L'abbé de Saint-Remi de Reims fait rédiger le polyptyque (recueil des titres de propriété) de l'abbaye.

862

janvier

Des Vikings basés à Saint-Maur-des-Fossés pillent Meaux.

janvier-mars
Louis II le Bègue se rebelle contre son père Charles le Chauve; avec l'aide du « roi » breton Salomon, il attaque le comte Robert le Fort en Anjou.

juin
Une assemblée à Pîtres (Basse-Seine) organise la construction de forteresses sur la Seine; elle interdit la constitution de milices de défense. Le roi Charles le Chauve y associe explicitement le devoir royal de protection et de garde des églises avec le rétablissement de la paix publique.
Le divorce de Lothaire II – consenti par les évêques lorrains, mais violemment dénoncé par Hincmar de Reims – occupe toute l'administration. Un synode réuni à Metz tranche en faveur de Lothaire II, le pape Nicolas Ier réagit vivement. Charles le Chauve et Louis le Germanique se rencontrent alors sur la Meuse pour rétablir l'unité; Lothaire II perd la partie.
Baudoin Ier Bras de Fer titulaire de comtés en Flandre, s'empare de Judith, la fille de Charles le Chauve, deux fois veuve, l'épouse, et se réfugie auprès de Lothaire II. Charles le Chauve refuse pendant deux ans d'accepter le fait accompli.
De nouvelles incursions normandes provoquent la fuite de nombreuses communautés monastiques: les moines de Saint-Germain-des-Prés se réfugient à Nogent-l'Artaud, ceux de Ferrières-en-Gâtinais à Auxerre. Certains emportent avec eux leurs reliques les plus précieuses. Celles de saint Philibert sont transférées de Cunauld à Messay.

novembre
Une assemblée de 200 ecclésiastiques et laïcs se réunit à Savonnières près Toul.

autres événements
• Loup de Ferrières meurt.

LOUP

Loup (805-862), abbé de Ferrières, était l'un des plus fervents lettrés de l'Empire et a laissé, outre des éditions des auteurs classiques latins, une riche correspondance (133 lettres des années 829-862, conservées dans un manuscrit de Paris, composé peut-être à l'initiative de son élève Heiric d'Auxerre).

863

24 septembre
L'évêque de Poitiers consacre la nouvelle église Sainte-Radegonde de Poitiers.

octobre
Des Vikings ravagent Angoulême, Poitiers, Ligugé.

25 octobre
Charles le Chauve reçoit un ambassadeur du calife de Cordoue, qui réside quelque temps à Senlis.

Noël
Charles le Chauve est à Nevers. Le Breton Salomon fait la paix avec Charles le Chauve et lui prête fidélité: il y gagne l'ouest de l'Anjou.
Charles peut soumettre ainsi l'Aquitaine, qui est en rébellion active, où Toulouse, notamment, est aux mains du marquis de Gothie Hunfrid.

autres événements
• La mort sans enfants de Charles de Provence provoque le partage de son royaume entre ses frères Lothaire II (qui obtient les régions de Lyon, Vienne, Grenoble et Uzès) et Louis II.
• Les ravages des Vikings provoquent un exode gigantesque des corps saints, dont les reliques sont déplacées d'une région à l'autre. Ainsi saint Maur est-il transféré en 863 de la vallée de la Loire en Bourgogne, puis en 868 à Saint-Maur-des-Fossés, en 879 à Seissieu dans le Bugey, et de nouveau à Saint-Maur-des-Fossés. De même, le corps de saint Philibert. On met souvent aussi les reliques des saints locaux à l'abri dans un lieu proche mieux défendu (saint Austremoine en Auvergne en 863).

864

printemps
Pépin II, fils de Pépin Ier d'Aquitaine († 838), est capturé par le comte de Poitou Raoul et livré à Charles le Chauve; il est emprisonné à Senlis où il meurt peu après. Un accident ayant rendu Charles le Jeune (ou l'Enfant) inapte à exercer son pouvoir en Aquitaine, Charles le Chauve a repris en main lui-même le royaume.

1er ou 25 juin
Clôturant une seconde assemblée à Pîtres, Charles le Chauve promulgue l'édit de Pîtres, qui légifère sur des problèmes fondamentaux. Il organise une ligne de défenses fortifiées le long de la Seine contre les Normands, où la population est tenue de servir, et ordonne le démantèlement des forteresses non autorisées. L'édit tente aussi d'enrayer le désordre économique. Il rappelle l'obligation des impôts et services dus au roi. Contre la prolifération de la fausse monnaie et pour mieux contrôler l'émission, il modifie le denier et décrète que

les anciennes pièces n'auront plus cours à partir du 11 novembre; les deniers seront désormais fabriqués dans neuf centres outre le palais (Quentovic et Rouen, Reims, Sens, Paris, Orléans, Chalon-sur-Saône, Melle, Narbonne), chaque centre travaillant pour différents lieux d'émission (à la suite des protestations de l'évêque de Châlons-sur-Marne, un onzième atelier est ouvert à Châlons à la fin de l'année). Le nouveau denier s'impose rapidement, même dans les régions les plus autonomes du royaume.
L'assemblée de Pîtres entérine aussi la politique de Charles le Chauve envers les royaumes. Charles reçoit l'hommage du Breton Salomon, dont il reconnaît la légitimité.

25 octobre
Le comte de Flandre Baudoin Ier Bras de Fer fait transférer les reliques de sainte Amalberge de Laon à Saint-Pierre de Gand: il établit en Flandre la mémoire de ses ancêtres autrefois à Laon.

autres événements
• Charles le Chauve envoie une ambassade à Cordoue. Celle-ci revient en 865 chargée de cadeaux (épices, chameaux, soieries).

865

février
Charles le Chauve et Louis le Germanique se rencontrent à Tusey, sur la Meuse; ils contraignent leur neveu Lothaire II à rétablir Teutberge.

octobre
Une attaque de Vikings sur Saint-Denis provoque la mise à l'écart du sénéchal Adalard.
Poitiers, Orléans et l'abbaye de Saint-Benoît-sur-Loire sont ravagés par des Normands.

Noël
Charles le Chauve est à Senlis où il apprend la mort de son fils Lothaire, abbé de Saint-Germain d'Auxerre.

autres événements
• Charles le Chauve donne à son fils Louis II le Bègue le comté d'Anjou et l'abbaye de Marmoutier, plus le comté d'Autun, et compense la perte ainsi subie par le marquis de Neustrie Robert le Fort en lui confiant les comtés d'Autun (enlevé à Bernard Plantevelue, fils de Bernard de Septimanie et de Dhuoda), Nevers et Auxerre et l'abbatiat laïque de Saint-Martin de Tours. Mais Louis II le Bègue reste sans titre royal.

865-869

Un atelier au service du roi de Lotharingie Lothaire II sculpte dans le cristal de roche l'histoire de la Chaste Suzanne (Daniel, XIII), vraisemblablement une allégorie du sort de Teutberge, rétablie dans son honneur.

865-877

Le moine Adrevald de Fleury écrit le premier livre des *Miracles de saint Benoît.*

866

janvier
Charles le Chauve s'engage à payer un tribut aux Vikings de Seine (4 000 livres, obtenus par un impôt exceptionnel sur tous les hommes libres, les clercs et les marchands).

juin
Une bataille meurtrière oppose les comtes d'Angoulême et de Saintes.

25 août
À Saint-Médard de Soissons, au terme d'un synode diocésain, Ermentrude († 869), épouse de Charles le Chauve, est sacrée et couronnée par l'archevêque de Reims.

15 septembre
Robert le Fort, abbé laïque de Saint-Martin de Tours depuis le début de l'année, est tué (avec Ramnulf Ier de Poitiers) à Brissarthes (au nord d'Angers) dans un combat contre des Vikings et des Bretons revenant d'un pillage au Mans.
Ce même mois, Charles le Chauve affronte une rébellion en Bourgogne et fait décapiter Guillaume, frère d'Ermentrude.

29 septembre
À la mort de Charles l'Enfant, roi d'Aquitaine (inhumé à Bourges), son père Charles le Chauve désigne son fils Louis II le Bègue pour lui succéder dans une Aquitaine désorganisée.

autres événements
• Charles le Chauve obtient de son neveu Lothaire II l'abandon du monastère de Saint-Vaast, qui était depuis 843 une enclave lotharingienne dans son royaume.
• L'archevêque Hincmar de Reims entre en conflit avec Charles le Chauve à propos de la nomination de l'archevêque de Bourges: Hincmar

dénie la validité de l'ordination du prélat à la prêtrise par l'archevêque déchu Ebbon de Reims.

867

9 janvier
À la mort de son cousin Louis, abbé de Saint-Denis, Charles le Chauve endosse lui-même l'abbatiat laïque de la nécropole royale. Il prend ainsi le contrôle avec sa famille des grandes abbayes de son royaume (son fils Carloman à Saint-Médard de Soissons depuis 860, Saint-Germain d'Auxerre en 866, et Saint-Amand en 866-867 ; Hugues l'Abbé à Saint-Martin de Tours en 868).

6 mars
Charles le Chauve donne Louis II le Bègue pour roi aux Aquitains lors de l'assemblée de Pouilly-sur-Loire ; mais il prend soin de nommer lui-même les officiers du palais de Louis II le Bègue.

25 mai
À Samoussy (Meuse), Charles le Chauve reçoit l'archevêque de Sens Egil qui lui apporte de Rome des lettres annulant des décisions disciplinaires prises par l'archevêque de Reims contre des clercs. L'épisode révèle une lutte active entre les deux métropoles.

1er août
Par le renouvellement de la paix avec Charles le Chauve, le Breton Salomon acquiert le pouvoir comtal sur le Cotentin et l'Avranchin, ainsi que le titre de roi.

25 octobre
À Troyes, un synode rassemble les évêques des provinces de Sens, Reims, Rouen, Tours, Bordeaux et Bourges. Il sert la reprise en main du royaume de Francie occidentale par Charles le Chauve, qui enlève au comte Girart le comté de Bourges pour le donner à son fidèle Acfrid.

autres événements
- Lothaire II passe un accord avec son oncle Louis le Germanique pour donner l'Alsace en duché à son fils Hugues (vers 855/860-apr. 895), fils de Waldrade, pour compenser l'abandon de sa mère.
- Gozlin devient archichancelier, succédant à son demi-frère Louis.
- Des bandes normandes atteignent le Berry, pillent peut-être Bourges.
- Le marquis de Frioul Évrard rédige son testament en faveur de l'abbaye de Cysoing et de sa famille installée dans le nord du royaume occidental.

868

juin
Louis le Germanique et Charles le Chauve ont une entrevue à Metz, qui organise le partage de la Lorraine au détriment de leur neveu Lothaire II.

autres événements
- Charles le Chauve reprend à Eudes, fils de Robert le Fort (marquis de Neustrie, abbé laïque de Saint-Martin de Tours, † 866), la plus grande partie des « honneurs » détenus par son père et les confie à son cousin Hugues l'Abbé (de Saint-Martin de Tours), un Welf de famille austrasienne, beau-fils de Robert le Fort.
- Peut-être Bernard Plantevelue a-t-il alors récupéré le comté d'Autun, qu'il échange l'année suivante contre celui d'Auvergne.
- Les hommes du comte Girart assassinent un fidèle de Charles le Chauve, le comte Acfrid de Bourges ; Charles le Chauve doit rétablir l'ordre en Berry.
- Les Vikings attaquent Redon, dont les moines se réfugient à Plélan ; l'évêque de Nantes s'exile à Thérouanne.
- L'évêque Hildegaire de Meaux émet un capitulaire synodal.
- Une famine sévère, notamment en Bourgogne, conduit à des cas d'anthropophagie.

868-869

Eudes, abbé de Glanfeuil puis de Saint-Maur-des-Fossés, écrit les *Miracles de saint Maur*, dont les reliques viennent d'arriver dans son monastère.

vers 869

Charles le Chauve fait réaliser à Metz la copie d'un sacramentaire (*Sacramentaire de Charles le Chauve*).

869

6 ou 8 août
Lothaire II, qui était inutilement venu à Rome pour négocier avec le pape son divorce d'avec Teutberge, meurt à Plaisance (Italie), sans enfant légitime et sans avoir organisé sa succession.
Ce même mois, une assemblée royale est tenue à Pîtres ; l'Aquitaine y est pour la première fois fortement représentée.

5 septembre
Charles le Chauve entre à Metz. Il vient d'apprendre à Attigny la mort de Lothaire II, et, profi-

tant d'une maladie de Louis le Germanique, s'est rué en Lotharingie, où il s'est fait reconnaître roi de Lotharingie à Verdun et Toul. Il reçoit les serments des évêques de Metz et de Tongres (Liège).

9 septembre
Charles le Chauve est sacré roi de Lorraine dans la cathédrale Saint-Étienne par l'archevêque de Reims Hincmar, soulevant les protestations du pape Hadrien II. Lors du sacre, les évêques exigent de lui une promesse de respecter les droits des églises; Hincmar fait à cette occasion la première allusion à la Sainte Ampoule et au sacre de Clovis.

9 octobre
À Douzy-sur-Meuse, Charles le Chauve apprend la mort d'Ermentrude. Il organise aussitôt ses fiançailles (12 octobre) avec Richilde, aristocrate lotharingienne, nièce de la veuve de Lothaire II, Teutberge.

Noël
Charles le Chauve célèbre les fêtes à Aix-la-Chapelle, l'ancienne capitale des empereurs, dont il est maître maintenant.

autres événements
• Des campagnes de reconstruction de remparts sont engagées au Mans, à Tours, Saint-Denis et Dijon, plus tard à Autun (874).
• L'évêque Isaac de Langres reconstruit le sanctuaire Saint-Bénigne de Dijon.
• Des Sarrasins s'emparent d'Arles et de l'archevêque du lieu qui est tué.
• Adon, archevêque de Vienne, achève son *Abrégé des chroniques des six âges du monde.*

869-870

L'évêque Gautier d'Orléans promulgue un capitulaire synodal.

870

début janvier
Charles le Chauve est à Nimègue où il négocie avec Roric, chef viking de la Frise.

22 janvier
À Aix-la-Chapelle, Charles le Chauve épouse Richilde.

6 mars
Charles le Chauve est sommé par des émissaires de Louis le Germanique de négocier un partage de la Lorraine.

26 mars (Pâques)
Charles le Chauve est à Compiègne, d'où il se rend à Saint-Denis.

mai
À Attigny, Charles le Chauve discute avec des envoyés de Louis le Germanique d'une nouvelle division de l'Empire.

18 juin
À la fin de l'assemblée d'Attigny, Carloman est arrêté, convaincu de menées contre son père Charles le Chauve (il craint d'être évincé de la succession si un fils naît à Richilde), et enfermé à Senlis.

8 août
Charles le Chauve et Louis le Germanique concluent la convention de Meerssen (sur la Meuse), qui corrige le partage de Verdun (843) en divisant la Lotharingie en deux.
Charles le Chauve ajoute à son royaume la Hesbaye et les pays d'entre Sambre et Meuse dont l'importante cité de Liège, Verdun, Toul et Besançon, ainsi que les terres prises par Lothaire II (Noël 863) sur la rive droite du Rhône (Lyonnais, Viennois et Vivarais).
Girart de Vienne semble prêt à la rébellion.

9 octobre
À Saint-Denis, des envoyés de Louis le Germanique protestent contre le traité de Meerssen, fait sans consultation de l'empereur, et les légats du pape contre le sort fait au fils de Charles le Chauve, Carloman.

24 décembre
Charles le Chauve entre à Vienne, et donne les comtés tenus par le comte Girart à Boson, frère de la reine Richilde.

autres événements
• Le comte d'Autun Eccard rédige son testament.

871

janvier
Carloman, libéré, prend la fuite et se dirige vers la Lorraine. Son père Charles le Chauve remonte vers Saint-Denis, en passant par Auxerre et Sens.

août
L'évêque Hincmar de Laon, convaincu d'entente avec Carloman, rebelle à son père Charles le Chauve, est jugé à Douzy et destitué. Carloman, qui s'est emparé de Mouzon, compte sur son oncle Louis le Germanique pour soulever la Lorraine, mais il se heurte à des compétiteurs oubliés, les fils de Louis le Germanique, qui réclament leur part et viennent chercher le soutien de Charles le Chauve. Louis le Germanique et Charles le Chauve se réunissent à nouveau pour confirmer la paix.

871-873

L'atelier de Saint-Amand produit la *Deuxième Bible de Charles le Chauve.*

872

mai
Lors de l'assemblée de Servais, Charles le Chauve organise le contrôle de l'Aquitaine au détriment de son fils Louis II le Bègue. Bourges, le dernier comté encore tenu par Girart de Vienne, est donné à Boson, frère de la reine Richilde.
Bernard Plantevelue qui vient d'éliminer le chef du Toulousain, reçoit Toulouse et le comté d'Auvergne.
En Bourgogne, Charles le Chauve mise sur les grands ecclésiastiques et sur le comte Eccard qui tient Chalon, Mâcon et Autun.
Les Normands sont à Angers.

9 septembre
Une assemblée des grands à Gondreville (Bourgogne du Nord) renouvelle le serment des fidèles, clercs et laïcs, à Charles le Chauve.

octobre
Charles le Chauve tente une alliance avec le chef des Normands de Seine, Roric.

Noël
Charles le Chauve est à Saint-Médard de Soissons (l'un des principaux sanctuaires de la mémoire carolingienne).

872-875

L'atelier d'écriture de la cathédrale de Reims réalise pour Charles le Chauve la *Bible* dite de Saint-Paul-hors-les-Murs. Avec les autres manuscrits de la *Bible de Vivien* (845), du *Codex Aureus* de Munich, du *Livre de prières de Charles* et du *Psautier* de Paris (860-869), cette *Bible* représente l'image la plus précise et la plus idéologique aussi du prince.

873

janvier
Lors d'une assemblée à Quierzy, le fils de Charles le Chauve, Carloman, est condamné à l'aveuglement.
Peu après, Hincmar de Laon connaît le même sort.
Une invasion de sauterelles détruit les fruits à la fin de l'été.
Des Normands sont signalés à Massay (Indre).
L'hiver 873-874 connaît des chutes de neige exceptionnelles.

873-876

Les chanoines Alagus et Rainogala d'Auxerre écrivent les *Gestes des évêques d'Auxerre.* Peu après le 1er octobre 873, le moine Heiric écrit le premier livre des *Miracles de saint Germain d'Auxerre*, qu'il complète d'un deuxième peu après le 25 septembre 875 et d'une conclusion avant le 24 juin 876.

873-900

Des moines de l'abbaye de Saint-Vaast, près d'Arras, écrivent les *Annales de Saint-Vaast.*

874

juin
Un concile réuni à Douzy-sur-Meuse à l'occasion du plaid général élargit à sept degrés (degrés séparant les descendants de leur ancêtre commun) le cercle de parenté à l'intérieur duquel il est prohibé de s'unir par mariage.

début décembre
Louis le Germanique et Charles le Chauve se rencontrent à Herstal.

autres événements
- Des Normands occupent Angers; Charles le Chauve et Salomon, duc des Bretons, assiègent et reprennent la cité. Salomon meurt peu après, assassiné. Son gendre Pasqueten s'allie aux Vikings contre son rival le comte de Rennes Gorvant, gendre d'Erispoé.
- Gisèle, sœur de Charles le Chauve, fait rapatrier le corps de son mari Évrard de Frioul pour l'inhumer dans l'abbaye familiale de Cysoing, dont elle veut faire le centre de ses possessions, étendues sur le sud de la Flandre, l'Artois et le Boulonnais.

875

12 août
Le dernier fils de Lothaire Ier, l'empereur Louis II, meurt sans enfants; le pape Jean VIII propose la couronne impériale à Charles le Chauve. Celui-ci désigne son fils Louis II le Bègue, déjà roi d'Aquitaine, comme héritier et exige des grands un serment de fidélité à Louis; il donne le sud de la Provence à son beau-frère Boson.

1er septembre
Charles le Chauve part de Langres pour l'Italie, et emprunte le col du Grand-Saint-Bernard. Il arrive à Pavie à la fin du mois.
La compétition pour l'Empire s'aggrave entre Charles le Chauve et Louis le Germanique qui met la main sur la Neustrie.

novembre
Louis le Germanique est à Attigny, mais ne parvient pas à se rallier l'aristocratie de Lorraine et de Neustrie.

25 décembre
Charles le Chauve se fait sacrer, couronner et proclamer empereur et roi des Romains à Rome par Jean VIII; le pape obtient le soutien des évêques au nouvel empereur. Celui-ci fonde une ville nouvelle, qui doit être sa capitale, près de Compiègne. Il obtient pour son fidèle Anségise, archevêque de Sens, ancien abbé de Saint-Mihiel près Verdun, la primatie des Gaules et de Germanie, soit une nonciature pontificale au nord des Alpes.

autres événements
• Les moines de Saint-Philibert s'établissent à Tournus.

876

janvier
Louis le Germanique, conscient de l'opposition des évêques de Francie occidentale, abandonne la partie et rentre dans son royaume oriental.

février
Charles le Chauve est couronné roi d'Italie à Pavie; il confie la vice-royauté à son beau-frère Boson, à qui il donne en mariage la fille unique de feu l'empereur Louis II.

1er mars
L'empereur Charles le Chauve est à Verceil (Italie).

15 avril
L'empereur Charles le Chauve est revenu à Saint-Denis pour y célébrer, comme il le fait presque chaque année avec les moines, Pâques, la fête principale du christianisme d'alors.

mai
Charles le Chauve rencontre l'archevêque de Rouen dans le Vexin.

20 juin-16 juillet
Les évêques de Gaule réunis à Ponthion refusent d'écouter les revendications de Louis le Germanique sur l'Italie, et d'accéder à la volonté de Charles le Chauve que son partisan Frotaire soit installé dans l'archevêché de Bourges. Frotaire est néanmoins reconnu par le pape Jean VIII.

14 août
L'empereur Charles le Chauve est à Reims.

28 août
La mort de Louis le Germanique incite l'empereur Charles le Chauve à envahir son royaume; Louis III le Jeune, fils de Louis le Germanique, réclame en effet les terres que son père avait abandonnées à Charles le Chauve.
Le pape Jean VIII, en visite en Gaule, accorde à l'archevêque de Sens la primatie de Gaule et de Germanie.

septembre
Les armées de Louis III le Jeune et de l'empereur Charles le Chauve se font face, de part et d'autre du Rhin à Cologne et à Deutz. Entre-temps, un fort contingent scandinave s'introduit dans la vallée de Seine.

8 octobre
Louis III le Jeune, fils et héritier du royaume de Louis le Germanique (Francie orientale et Basse-Lorraine) écrase son oncle Charles le Chauve à Andernach et le prive de toute chance de réunifier l'Empire. Charles le Chauve s'échappe à grand-peine et se réfugie à Liège.
Lors d'une assemblée à Reims, l'empereur Charles le Chauve a désigné son fils Louis II le Bègue comme l'héritier officiel.

décembre
Charles le Chauve tombe gravement malade; il passe Noël à Versigny.

877

printemps
Le pape Jean VIII envoie deux légats à Charles le Chauve pour le presser d'intervenir à nouveau en Italie où Rome est menacée par les Sarrasins.

mai
Lors d'une assemblée à Reims, Charles le Chauve règle avec les grands la régence du royaume occidental en son absence, en faveur de son fils Louis II le Bègue.

5 mai
La chapelle du palais royal de Charles le Chauve à Compiègne est solennellement consacrée lors d'un synode d'évêques.

14 juin
Au plaid de Quierzy, Charles le Chauve, qui prépare l'expédition d'Italie, soumet à l'approbation des grands de son royaume les articles d'un capitulaire, qui est promulgué au terme de l'assemblée ; il donne la régence du royaume à son fils Louis II le Bègue, établit les impôts, rappelle la promesse faite par le roi, lors du sacre (9 septembre 869), de respecter les droits des évêques. Il admet officiellement pour la première fois, et à titre exceptionnel, l'hérédité des charges comtales, le roi se bornant à l'investiture des fils ; surtout, il prive Louis II le Bègue de toute perspective de recomposer le paysage politique en redistribuant les « honneurs ».
Charles le Chauve a donc été contraint de céder beaucoup de son autorité contre le serment de fidélité des grands à Louis II le Bègue.

début septembre
L'empereur Charles le Chauve entre en Italie. Il est accueilli à Verceil par Jean VIII, qui sacre et couronne Richilde comme impératrice.

6 octobre
Charles le Chauve vient d'apprendre l'arrivée d'une armée menée par le fils aîné de Louis le Germanique, Carloman, et la défection de plusieurs grands, dont son beau-frère Boson et son cousin Hugues l'Abbé ; il meurt en Savoie sur le chemin du retour. Il est provisoirement inhumé à Nantua, puis sa dépouille est transportée à Saint-Denis.

LOUIS II LE BÈGUE

Né le 1er novembre 846-Mort le 10 avril 879

Règne: 877-879 (16 mois)

Roi à 31 ans

*F*ils de Charles le Chauve et d'Ermentrude.

Il reçoit un titre royal en 856 (Neustrie), puis est couronné roi d'Aquitaine (866); il hérite du royaume de Francie occidentale à la mort de son père Charles le Chauve. Neustrie, Bourgogne, Lorraine et Provence sont donc rassemblées, et le royaume d'Aquitaine disparaît.

Le titre impérial échappe cependant à Louis II le Bègue ainsi qu'à ses fils: le pape qui est devenu l'arbitre leur a préféré Charles le Gros, frère cadet de Louis III le Jeune, fils de Louis le Germanique.

Louis II le Bègue doit à l'archevêque Hincmar de Reims d'avoir évité une rébellion ouverte lors de son accession au trône. Mais dès l'été 878, le marquis Bernard de Gothie «se comporte en roi». Louis II le Bègue, qui continue d'affirmer ses prétentions sur le royaume d'Italie, est contraint à composer avec ses cousins.

«Marié» d'abord en 856 à une fille d'Erispoé, «duc» de Bretagne, il a épousé en 862 Ansgarde († vers 880-882), sœur du comte Eudes de Châteaudun, dont il a Louis III, Gisèle (mariée au comte de Troyes Robert, † avant 885) et Carloman, avant de la répudier pour prendre en 875 Adélaïde, fille du comte Adalard († 901). De celle-ci naît un fils posthume, en septembre 879, Charles III le Simple.

PAPE

Jean VIII, 872-882.

877

30 novembre
À Compiègne, l'impératrice Richilde (veuve de Charles le Chauve) remet à Louis II le Bègue les insignes royaux (épée de saint Pierre, manteau, couronne et sceptre), contre la promesse solennelle de respecter les règles canoniques envers les évêques, et une autre promesse à l'aristocratie de garantir les lois et « constitutions » ou statuts du royaume.

8 décembre
Dans la chapelle palatine de Compiègne, Louis II le Bègue est sacré et couronné roi des Francs par l'archevêque Hincmar de Reims.

autres événements
• Guifred, descendant d'un fidèle de Charlemagne, réunit en sa main les comtés d'Urgel, Cerdagne, Ausone et Barcelone.

877-881

L'archevêque Hincmar de Reims écrit la *Vie de saint Remi.*

878

23 mars
Le roi Louis II le Bègue est à Saint-Denis.

mai
Le roi Louis II le Bègue porte secours à Hugues l'Abbé, qui a surpris des Normands assiégeant Fleury-sur-Loire (Hugues tient des comtés d'Auxerre à la Loire). Il tombe gravement malade à Tours.

11 août
Le pape Jean VIII, chassé à la fois par les Sarrasins et les clercs romains, est venu demander du secours en Francie occidentale ; il ouvre un concile à Troyes, mais les princes rechignent à s'y rendre. À la demande du roi Louis II le Bègue, Bernard, marquis de Gothie, est excommunié et dépossédé de ses « honneurs » ; le comte d'Auvergne Bernard Plantevelue (fils de Bernard de Septimanie) en recueille une partie importante.

7 septembre
À Troyes, le pape Jean VIII sacre et couronne une deuxième fois Louis II le Bègue, mais refuse de couronner Adélaïde (à cause de la répudiation d'Ansgarde ?).

1er-2 novembre
Une entrevue entre le roi Louis II le Bègue et son cousin Louis le Jeune, fils de Louis le Germanique et roi de Francie orientale, a lieu à Fouron, près Liège ; on y règle la succession de Lothaire II et de Louis le Germanique, et on signe un traité de paix et d'amitié.

autres événements
• Le pape Jean VIII consacre l'abbaye de Flavigny.
• L'abbaye de Saint-Michel de Cuxa est fondée.
• L'abbaye de Saint-Gilles fait l'objet d'un procès entre son abbé et le pape Jean VIII qui affirme son droit de propriété sur le monastère.

878-882

Un moine de Saint-Amand compose la *Séquence de sainte Eulalie*, l'un des tout premiers textes conservés en langue romane.

879

2 février
Le roi Louis II le Bègue est à Ponthion.
Il se dirige vers la Bourgogne pour affronter Bernard de Gothie qui tient la partie méridionale. Malade, il doit renoncer et revient sur Compiègne, en passant par Chelles.

10 avril
Louis II le Bègue meurt à Compiègne où il est inhumé dans la chapelle royale.

LOUIS III

Né en 863/865-Mort le 5 août 882
Règne avec Carloman: 879-882 (3 ans)
Roi à 14/16 ans

CARLOMAN

Né en 866-Mort le 12 décembre 884
Règne avec Louis III: 879-882 (3 ans)
Règne seul: 882-884 (2 ans)
Roi à 13 ans

*F*ils de Louis II le Bègue qui l'a désigné comme son successeur, Louis III eût pu régner seul en Francie occidentale. Les grands, divisés, préfèrent un partage selon la tradition avant la naissance (18 septembre 879) du fils posthume de Louis II le Bègue, Charles III le Simple.
Louis III et son frère Carloman sont sacrés rois ensemble en septembre 879; Louis III règne sur la Neustrie, Carloman sur l'Aquitaine et la Bourgogne.
À la mort de Louis III en 882, Carloman devient roi de toute la Francie occidentale; il a reçu en fiançailles en 878 Engelberge, une enfant, fille du comte Boson d'Autunois et de Provence (après la mort de Carloman, celle-ci épouse le duc d'Aquitaine Guillaume Ier).

Papes

Jean VIII, 872-882; Marin Ier, 882-884; Hadrien III, 884-885.

879

fin avril
Hugues l'Abbé et Boson (comte d'Autun), associés à Bernard Plantevelue (comte d'Auvergne), convoquent une assemblée à Meaux. Mais l'abbé de Saint-Germain-des-Prés Gozlin et le comte de Paris Conrad provoquent une assemblée concurrente à Creil, où ils proposent à Louis le Jeune, fils de Louis le Germanique, la succession royale.

mi-juillet
Des Normands venus d'Angleterre et basés en Flandre du Nord s'emparent de Thérouanne. L'abbé de Saint-Bertin fait renforcer les défenses de l'abbaye.

été
En échange de son renoncement au trône occidental, Louis le Jeune, fils de Louis le Germanique, obtient de Louis III et des grands la part du royaume de Lothaire II (fils de Lothaire Ier) qu'avait reçue Charles le Chauve en 870.

après le 15 septembre
À Ferrières-en-Gâtinais, les deux frères Louis III et Carloman sont sacrés rois par l'archevêque de Sens Anségise.

15 octobre
À Mantaille, près de Vienne, le comte de Provence Boson (beau-frère de Charles le Chauve et gendre de l'empereur Louis II; † 11 janvier 887), qui a la faveur du pape, restaure le royaume de Provence (créé en 855, disparu en 863; il comprend la Provence, avec les provinces ecclésiastiques de Vienne, de Lyon en partie et de Besançon): il prend la couronne avec son épouse Ermengarde, fille de l'empereur Louis II. Il est sacré à Lyon par l'archevêque Aurélien. C'est le signe clair d'une véritable désagrégation du pouvoir royal, qui peu à peu échappe aux descendants de Charlemagne.

autres événements
• Le comte d'Auvergne Bernard Plantevelue, ennemi de Boson, devient maître de la Gothie (« Languedoc »).
• Baudoin Ier de Flandre meurt et est enseveli à Saint-Bertin. Baudoin II (vers 863/865-918), petit-fils de Charles le Chauve par sa mère Judith, devient comte de Flandre; en 884, il épouse Aelftrud, fille du roi Alfred de Wessex.

vers 880

Hucbald de Saint-Amand publie son traité sur l'harmonie musicale.

880

février
Louis le Jeune (fils de Louis le Germanique) se réconcilie avec ses cousins Louis III et Carloman et reconnaît la souveraineté des deux rois de Francie occidentale (traité de Ribémont).

mars
À Amiens, Louis III et Carloman se partagent le royaume.

juillet-octobre
Des contingents de Louis le Jeune (fils de Louis le Germanique) et des deux frères Louis III et Carloman emportent sur le roi de Provence Boson l'Autunois, Mâcon et les autres places de Bourgogne, puis assiègent Vienne.
Le frère (ou demi-frère) de Boson de Provence, Richard le Justicier, qui donne sa fidélité à Louis III et Carloman, y gagne Autun.
Bernard Plantevelue, qui obtient le comté de Mâcon, dispose dès lors d'une immense principauté réunissant Gothie, Rouergue, Auvergne, Berry et Mâconnais.

après le 29 septembre
Louis le Jeune (fils de Louis le Germanique), déjà roi de Francie orientale, devient roi de toute la Lorraine à la mort de son frère Carloman.

décembre 880-février 881
Les Normands pillent Arras et Cambrai.

881

12 février
Le pape Jean VIII couronne empereur Charles le Gros (dernier fils de Louis le Germanique et donc frère de Louis le Jeune), contre l'engagement de celui-ci de protéger les jeunes rois occidentaux.

avril
La volonté du roi Louis III d'imposer sur le siège épiscopal de Beauvais son notaire Audacher provoque une grave crise entre le roi et l'archevêque Hincmar de Reims.

3 août
Pendant que le roi Carloman mène une offensive

en Provence contre le roi de Provence Boson, son frère le roi Louis III remporte à Saucourt-en-Vimeu (embouchure de la Somme) une victoire brillante sur les Normands qui ravagent depuis la fin 880 le Boulonnais et le Ponthieu ; il les rejette vers la Meuse et le Rhin.
Dans l'année qui suit, un moine de Saint-Amand recopie un poème épique, le *Ludwigslied*.

automne
Le roi Carloman fait une seconde campagne contre le roi de Provence Boson. Il rentre par Le Puy, où il impose comme évêque Norbert (frère de Guillaume d'Aquitaine et fils de Bernard Plantevelue, comte d'Auvergne).

881-887

L'évêque Aleaume de Séez rédige les *Miracles de sainte Opportune*.

882

20 janvier
La mort sans héritiers du roi de Francie orientale Louis le Jeune conduit son frère Charles le Gros à prendre en main la partie orientale de l'Empire : il porte la couronne de Lotharingie et de Francie orientale.

juillet
Louis III, roi de Francie occidentale, conduit l'ost pour expulser les Normands de Loire.

5 août
Le roi Louis III meurt inopinément d'une chute de cheval à Saint-Denis.

septembre
La sécession du roi de Provence Boson est matée par le propre frère de celui-ci, Richard le Justicier, qui s'empare de Vienne avec l'aide du comte d'Auvergne Bernard Plantevelue.

9 septembre
Les grands reconnaissent à Quierzy son frère Carloman pour seul roi des Francs de l'Ouest ; Carloman prête donc le serment du sacre. Son archichapelain Hugues l'Abbé, commandant militaire sur l'ensemble du royaume occidental, est alors au faîte de sa puissance.
À la fin de l'année, Eudes, fils aîné de Robert le Fort (marquis de Neustrie), succède au Welf Conrad sur le comté de Paris.

décembre
Hincmar, archevêque de Reims, meurt peu après avoir fini la rédaction de son *De ordine palatii* dédié au roi Carloman, cependant que celui-ci combat contre des Normands basés sur l'Aisne.

883

été
Les établissements religieux de Saint-Quentin, Arras, Montier-en-Der et Troyes sont la proie des Normands établis à Amiens. La cité de Soissons est dotée de nouvelles fortifications.
À la fin de l'année, le roi Carloman entame des négociations avec les Normands de la Somme et l'Aisne ; le 2 février 884, une trêve est conclue à Compiègne, accordant aux Normands un lourd tribut de 12 000 livres d'argent.

autres événements
• Un contingent de Sarrasins s'établit dans le massif des Maures (La Garde-Freinet), d'où il lance des razzias sur la Provence orientale, peut-être avec l'accord du fils de Boson, désireux d'affaiblir ses compétiteurs.

884

janvier
L'archichancelier Gozlin est élu évêque de Paris.

mars
À Ver-sur-Launette (Oise), le roi Carloman émet le dernier capitulaire de la lignée des rois carolingiens.

12 décembre
Le roi Carloman meurt des suites d'un accident de chasse ; il est inhumé à Saint-Denis.

autres événements
• Le moine Wromonoc de Landévennec écrit la *Vie de saint Paul Aurélien* (Pol de Léon).

CHARLES LE GROS
Né en 839-Mort le 13 janvier 888
Règne: 876-887 (11 ans), en Francie occidentale: 885-887 (2 ans), déposé
Roi à 37 ans

*F*ils de Louis le Germanique, il a reçu le royaume d'Alémannie en 876 et celui d'Italie en 879. Le 12 février 881, il devient empereur, en 882 roi de Lotharingie et de Francie orientale. Il accède au royaume de Francie occidentale en 885. Il est le dernier roi à réunir en sa main les deux royaumes francs de Germanie et de France, mais est déposé en 887. Il meurt le 13 janvier 888, sans héritier légitime.

PAPES
Hadrien III, 884-885; Étienne VI, 885-891.

885

Le fils issu du deuxième mariage de Louis II le Bègue, Charles III le Simple, n'ayant que 5 ans, les grands décident de faire appel à son oncle, l'empereur Charles le Gros, roi de Germanie et d'Italie, qui reconstitue ainsi l'Empire de Charlemagne.

juin
À Ponthion, l'empereur Charles le Gros reçoit les prestations de fidélité des grands du royaume occidental.
Hugues, duc d'Alsace, est aveuglé et enfermé au monastère de Prüm.

24 novembre
Les Normands commencent le siège de Paris, qui dure jusqu'en novembre 886. La cité est défendue par le comte Eudes et l'évêque Gozlin.

autres événements
• Les moines de Saint-Wandrille, fuyant les Vikings, se réfugient à Saint-Chéron de Chartres avec leurs reliquaires.

886

12 mai
À la mort de Hugues l'Abbé, Eudes et son frère Robert héritent de ses abbatiats laïques (Eudes reçoit Saint-Martin de Tours); l'empereur Charles le Gros donne à Eudes les « honneurs » que détenait son père Robert le Fort avec la marche de Neustrie.

septembre
Les Normands de Flandre du Nord incendient Saint-Vaast, Péronne et Beauvais (où le trésor et les livres précieux de l'abbaye de Saint-Vaast qui y avaient été mis à l'abri disparaissent dans les flammes).

octobre
L'empereur Charles le Gros est contraint de négocier la levée du siège de Paris, mais il accorde aux Normands le droit d'hiverner en Bourgogne. Ceux-ci dévastent Saint-Médard de Soissons (la vie monastique y reprend entre 888 et 898), les abords de Sens (dont l'archevêque Évrard négocie le départ du chef normand), les abbayes de Saint-Germain d'Auxerre, Bèze, Flavigny.

autres événements
• Guillaume Ier le Pieux hérite des biens de son père Bernard Plantevelue : il est alors le maître du Midi.

avant 887

Boson, roi de Provence, donne à la cathédrale de Vienne un buste-reliquaire de saint Maurice.

887

11 janvier
La mort du roi de Provence Boson laisse les mains libres à son frère Richard le Justicier en Bourgogne.

octobre
L'empereur Charles le Gros est déposé par les grands.
Le comte Eudes, fils de Robert le Fort, s'emploie à étendre son pouvoir de la Neustrie vers le nord de la Bourgogne (Sens et Auxerre). Face à lui, il n'y a pas de candidat sérieux à la royauté, Charles III le Simple, le fils posthume de Louis II le Bègue, n'ayant que 9 ans.

EUDES
Né le ?-Mort le 1er/3 janvier 898
Règne seul : 888-892 (4 ans)
Règne face à Charles III le Simple : 893-898 (5 ans)

Fils de Robert le Fort, marquis de Neustrie († 866) et d'Adélaïde, Eudes, après avoir brisé le siège de Paris par les Normands, a reçu de l'empereur Charles III le Gros les charges publiques exercées précédemment par son père entre Seine et Loire (comte de Paris, de Blois, d'Angers, abbé laïque de Saint-Martin de Tours et de Marmoutier), la Neustrie donc.

De fidèle du roi, il se fait prétendant, confirmant le déplacement du pouvoir de la dynastie carolingienne vers les familles de la haute aristocratie, et le contrôle accru des grands sur les rois. L'accession de son cousin Gautier au siège archiépiscopal de Sens (avril 887) lui procure un appui sérieux, d'autant plus qu'un concurrent s'est présenté, fort du soutien de plusieurs grands dont l'archevêque de Reims Foulques : le marquis Guy de Spolète (dont la famille possédait des comtés dans la région de Langres) est même sacré à Langres par l'évêque du lieu Geilon. L'archevêque Gautier sacre Eudes le 29 février, Guy renonce bientôt et rentre en Italie où il gagne une autre couronne et même le sacre impérial (891). Mais l'opposition à Eudes n'a pas désarmé : l'archevêque Foulques de Reims et le comte Baudoin II de Flandre pressent vainement le roi de Germanie, Arnulf, fils naturel du Carolingien Carloman, roi de Bavière, d'accepter la couronne occidentale. La césure se creuse entre le maître de la Francie occidentale et ceux des anciens royaumes de Lothaire Ier et Louis le Germanique. Rodolphe, fils du comte d'Auxerre Conrad et petit-neveu de l'impératrice Judith, se fait élire roi de Bourgogne, et obtient même la couronne de Lotharingie ; de même, le royaume de Bourgogne cisjurane ou Provence est-il transmis en 890 au fils de Boson, Louis, un enfant de 3 ans.

Eudes surmonte les obstacles en modifiant les rapports traditionnels entre le roi et les grands. L'heure des grands a sonné : le règne d'Eudes voit la montée en puissance d'une nouvelle génération politique, avec Alain le Grand en Bretagne, Guifred en Roussillon-Catalogne, Guillaume le Pieux en Aquitaine, Richard le Justicier en Bourgogne, Baudoin II en Flandre. Les trois derniers posent des bornes sévères au pouvoir royal, soutiennent Eudes, mais lui interdisent toute intrusion dans leur principauté. Chaque année en juin, les grands rencontrent le roi lors d'une assemblée générale qui décide les grandes orientations.

Eudes meurt sans descendants. Il a pour frère Robert, futur roi.

Des lettres (885-888) émanant d'Orléans, dont Eudes est le comte, décrivent les conditions de l'avènement d'Eudes à la royauté. À Saint-Vaast d'Arras, les moines copient des *Annales* riches pour l'histoire de la France du Nord durant les invasions normandes.

PAPES

Étienne VI, 885-891 ; Formose, 891-896 ; Étienne VII, 897 ; Romain, 897 ;
Théodore II, 897-898.

888

29 février
Sitôt après la mort de l'empereur Charles le Gros, le 13 janvier, Eudes est élu et sacré roi des Francs de l'Ouest dans la chapelle du palais de Compiègne par son cousin, l'archevêque de Sens Gautier Ier.
Le comté de Paris passe à son frère Robert.
La reconnaissance d'Eudes par tous les grands de Francie occidentale s'impose difficilement; l'archevêque de Reims Arnoul est l'un des principaux résistants.

printemps
À Saint-Maurice d'Agaune, les grands de Bourgogne transjurane élisent roi Rodolphe, fils du comte Conrad d'Auxerre et petit-fils d'un frère de l'impératrice Judith. Rodolphe est peu après couronné roi de Lotharingie à Toul.
Arnulf, roi des Francs de l'Est, le contraint à limiter ses ambitions au sud de l'Aar. Rodolphe donne alors sa fille Adélaïde au jeune roi de Provence Louis l'Aveugle: il justifie par avance l'unité prochaine des deux Bourgogne (933).

24 juin
Dix jours après le siège de Meaux par les Normands, le roi Eudes remporte une victoire sur ceux-ci à Montfaucon en Argonne.

août
Le roi des Francs de l'Est Arnulf convoque Eudes, roi des Francs de l'Ouest, à son plaid de Worms. Eudes devient vassal d'Arnulf, mais revient légitimé.

13 novembre
Un second couronnement d'Eudes est effectué à Reims, où le roi arbore une couronne donnée par Arnulf.

autres événements
• Le comte de Vannes Alain le Grand († 907) remporte à Questembert une victoire sur les Vikings, avec l'aide du comte de Rennes Bérenger.

888-898

Abbon, moine de Saint-Germain-des-Prés, compose les *Guerres de la ville de Paris*, où il montre successivement le siège de Paris, les victoires des chefs francs, et les conditions d'un authentique renouveau.

889

février-mars
Le roi Eudes conduit son armée en Poitou, où le comte Ramnulf II (845/850-5 août 890; comte de Poitou en 866-868) semble lui résister. Mais les deux hommes trouvent un accord (Eudes lui reconnaît le duché d'Aquitaine).

juin
Le roi Eudes tient à Orléans un plaid important.

juillet
Les Normands revenant en direction de Paris, le roi Eudes leur barre le chemin.

automne
Le roi Eudes engage des pourparlers avec les Normands.

autres événements
• Le roi décide un contrôle des prix des céréales et animaux comestibles en raison d'une grave famine.

889-890

Vézelay, Tournus et Corbie sont fortifiés.

vers 890

L'évêque de Narbonne dote sa cathédrale d'un crucifix d'or et d'argent de grandeur nature et d'un autel de marbre.
Un moine de Redon écrit la *Vie de saint Conwoion* († 866).

890

janvier
Les Normands mettent Saint-Lô à sac et tuent l'évêque de Coutances; ils sont repoussés par les Bretons; le roi Eudes se rend dans le Maine pour leur barrer la route.
Les moines de Nant (Saint-Marcouf en Cotentin) s'enfuient avec les reliques de saint Marcouf et sont établis par Charles III le Simple sur le fisc de Corbeny (Aisne).

6 juin
Louis l'Aveugle (vers 887-928), fils de Boson, est sacré roi de Provence. De 901 à 905, il est roi d'Italie, empereur en 901, mais il est aveuglé en 905 par son rival Bérenger de Frioul.

août
À la mort du comte Ramnulf II, Eudes donne le comté de Poitou à Adémar, lointain cousin de Ramnulf II. Les fils de celui-ci, dont l'archichancelier Ebles et Ebles Manzer (l'héritier, comte de Poitou sûrement de 902 à sa mort en 934), fomentent la révolte en Aquitaine.

autres événements
• C'est dans cette ambiance sans doute qu'un certain Roger usurpe le comté du Maine détenu jusque-là par le comte Gauzlin.
• De la fin octobre 890 à janvier 891, le roi Eudes sillonne le nord du royaume pour contrôler les Normands.

891

16 juin
Un plaid général rassemble autour du roi Eudes les grands et les évêques du royaume occidental à Verberie. Eudes y est encouragé à châtier les révoltés d'Aquitaine.

15 juillet
Le roi participe au synode ecclésiastique qu'il a convoqué à Meung-sur-Loire. Il se dirige ensuite vers la Flandre contre le comte Baudoin II, qui tente d'étendre sa domination vers le Sud, au détriment d'Héribert Ier, comte de Soissons.

automne
L'armée du roi Eudes passe la Loire et séjourne en Aquitaine jusqu'au printemps suivant.

892

avril ?
Le roi Eudes refuse de confirmer l'abbatiat laïque de Saint-Vaast d'Arras au comte de Flandre Baudoin II qui s'en est emparé à la mort de Raoul de Frioul.

automne
L'archichancelier Ebles se réfugie en Aquitaine.

2 octobre
La mort de l'archichancelier Ebles permet au roi Eudes de mettre la main sur l'abbatiat laïque de Saint-Denis, qui restera entre les mains de ses héritiers.

autres événements
• Le roi Eudes donne le Poitou à son frère Robert.
• L'archevêque Foulques de Reims, meneur de la résistance au roi Eudes avec le nouvel archichancelier Askericus, entraîne une partie des grands à élire Charles III le Simple comme roi de Francie occidentale.
• Une notice tourangelle signale pour la première fois qu'un vassal peut avoir deux seigneurs.

CHARLES III LE SIMPLE
Né le 18 septembre 879-Mort le 7 octobre 929
Règne face à Eudes: 893-898 (5 ans)
Règne seul: 898-922 (24 ans), déposé
Roi à 14 ans

Petit-fils de Charles le Chauve, fils posthume de Louis II le Bègue, frère de Louis III et Carloman, Charles III le Simple est couronné roi contre Eudes. Début janvier 898, la mort de son compétiteur fait de lui le seul roi en Francie occidentale; il devient roi de Lorraine en novembre 911. Il est déposé le 30 juin 922, emprisonné en 923 jusqu'à sa mort (sauf en 927-928).

Charles III le Simple fixe le centre symbolique de son pouvoir au palais de Compiègne, mais il y séjourne peu. De façon significative, il se déplace surtout à travers les terres patrimoniales de ses ancêtres carolingiens, en Lorraine. Il tente vainement de rassembler le pouvoir entre ses mains, notamment en Aquitaine et en Septimanie-Gothie. Pourtant, sous Eudes et Charles III le Simple, l'histoire du royaume franc prend un tour nouveau.

L'un puis l'autre roi doivent reconnaître la légitimité de deux principautés cohérentes assises sur les anciens royaumes d'Aquitaine et de Bourgogne.

La première est aux mains de Guillaume le Pieux (886-918, fils de Bernard Plantevelue), comte d'Auvergne, de Velay (?), de Mâconnais, de Lyonnais, comte aussi de Limousin et de Berry, quasi-duc d'Aquitaine et marquis de Septimanie.

La seconde est tenue par le comte d'Autun, Nevers, Auxerre, peut-être Avallon, Richard le Justicier, qui s'empare de Sens et impose son autorité aux comtes de Troyes, Brienne, Chalon et Beaune. L'une et l'autre force politique a monnayé d'abord son soutien à Eudes, contre des «honneurs» symboliques, donnés à titre définitif (des abbatiats laïques: Saint-Julien de Brioude à Guillaume, Saint-Germain d'Auxerre à Richard). Richard le Justicier cependant refuse de prêter serment de fidélité à Charles III le Simple avant la mort d'Eudes. Charles III le Simple reconnaît en outre la personnalité lorraine lorsqu'il devient roi de Lotharingie, et crée lui-même la principauté de Normandie en faveur des Scandinaves établis ici. Or à partir de 918, l'aristocratie de Lorraine a tiré les conséquences de l'impuissance de Charles III le Simple: elle passe au service du roi saxon Henri Ier l'Oiseleur.

Après plusieurs concubines (plusieurs fils, Arnoul, Drogon, et Rorgon futur évêque de Laon et conseiller du roi Lothaire III, 949-20 décembre 976), il épouse en avril 907 Fréronne (Fréderune, † 10 février 917; 6 filles de ce mariage), dont la sœur Mathilde épouse plus tard le roi de Germanie Henri Ier l'Oiseleur; puis en 919, Edwige (Eadgifu, Ogive), fille du roi Édouard Ier de Wessex, dont naît en 920/921 Louis IV d'Outremer, qui recouvre la couronne de Francie occidentale en 936.

Papes

Formose, 891-896; Étienne VII, 897; Romain, 897; Théodore II, 897-898; Jean IX, 898-900; Benoît IV, 900-903; Léon V, 903; Serge III, 904-911; Anastase III, 911-913; Landon, 913-914; Jean X, 914-928.

893

28 janvier
Charles III le Simple est couronné et sacré à Reims par l'archevêque Foulques, qui le prétend seul roi au nom de l'hérédité. Foulques explique son geste dans une lettre au roi de Francie orientale Arnulf.
Les partisans du roi Charles III le Simple organisent une expédition en Aquitaine contre le roi Eudes; mais celui-ci retourne en sa faveur le comte d'Auvergne Guillaume le Pieux et le comte d'Autun Richard le Justicier († 921).

28 mai
Le roi Eudes, descendu en Auvergne, donne au comte Guillaume le Pieux l'abbaye de Saint-Julien de Brioude, un « honneur » symbolique capital. Lors de ce dernier séjour d'un roi dans le Midi avant le XIe siècle, il reçoit le soutien des Nîmois et des Arlésiens, grâce auxquels il parvient à contrôler les ambitions du comte d'Auvergne Guillaume le Pieux.

septembre
Les rois Charles III le Simple et Eudes concluent une trêve.

octobre-novembre
Robert, frère du roi Eudes, doit renoncer au Poitou.

autres événements
• L'archevêque de Reims Foulques appelle les moines Hucbald de Saint-Amand et Remi d'Auxerre à enseigner dans son école cathédrale (ils résident à Reims jusque vers 900).

893-894

Le roi Charles III le Simple concède à son fidèle l'archevêque de Reims Foulques l'abbaye Saint-Martin de Tours.
L'aristocrate Bernon, moine à Saint-Martin d'Autun dès 886, établi ensuite à Baume-les-Messieurs (Jura), fonde le monastère de Gigny.

894

printemps
Le roi Eudes se dirige sur Reims. Le roi Charles III le Simple doit s'enfuir auprès du roi des Francs de l'Est Arnulf, puis en Bourgogne.

autres événements
• Le comte Géraud († 909) fonde l'abbaye bénédictine d'Aurillac. L'église en est achevée avant 920 et, agrandie, reconsacrée, par l'évêque de Clermont Étienne II en 972.

895

mai
Le roi de Francie orientale Arnulf favorise la création d'un royaume de Lotharingie (éphémère, 895-900) qu'il donne à son bâtard Zwentibold.
Le roi de Francie occidentale Eudes y consent et assiste au couronnement de Zwentibold.

8 juin
Richard le Justicier, « prince de Bourgogne », parvient à maîtriser la poussée du parti robertien et des Neustriens en Bourgogne du Nord, conduite par l'archevêque de Sens Gautier. Il s'empare de Sens avec l'aide du comte de Dijon Manassès, aux dépens de l'archevêque Gautier qui tente d'installer un partisan du roi Eudes sur le siège épiscopal de Troyes. Il obtient – sûrement du roi Eudes – l'abbatiat laïque de Saint-Germain d'Auxerre et Sainte-Colombe de Sens, dont la possession – comme celle de Brioude (893) par le comte d'Auvergne Guillaume le Pieux –, donne une indubitable légitimité au détenteur de la principauté. L'archevêque de Sens Gautier est jeté en prison: le pape excommunie Richard le Justicier et ses complices. Richard remplace aussitôt le détenteur robertien de la vicomté de Sens et du comté de Troyes par Garnier († 6 décembre 924; Garnier est marié à Teutberge, petite-fille de Lothaire II et de Waldrade, et sœur de Hugues d'Arles, comte de Vienne, roi d'Italie en 926).

autres événements
• Le comte Robert, frère du roi Eudes, abbé laïque de Saint-Martin de Tours, s'empare de l'abbatiat religieux aux dépens de l'archevêque de Reims Foulques (il prend le titre de *dominus*).

896

avant juillet
Le roi Eudes reçoit la soumission de l'archevêque de Reims Foulques. Il reprend peu après Saint-Quentin et Péronne au comte de Flandre Baudoin II.

autres événements
• Le comte de Soissons Héribert Ier (avant 850-6 novembre 900/907) choisit le camp du roi Eudes. Il devient comte de Vermandois; avec ses autres comtés de Soissons et de Meaux, il tient donc les clés du nord de la France. Sa fille Béatrice a été donnée vers 895 au « duc » (marquis) de

Neustrie Robert, frère du roi Eudes (de ce mariage est issu Hugues le Grand).

• Le parti des Bosonides de Bourgogne verrouille peu à peu la vallée du Rhône, jusqu'à Aix-en-Provence.

• Le roi Louis l'Aveugle parcourt la Provence; c'est alors que l'archevêque de Narbonne Arnuste, jusque-là favorable aux Carolingiens, se rallie au roi Eudes.

• Le comte de Cambrai Raoul est assassiné; son « honneur » va à son gendre, non pas à son frère le comte de Flandre Baudoin II.

897

Le roi Eudes cherche à apaiser le pays. Un accord est conclu avec le roi Charles III le Simple, un autre avec les Normands qui peuvent hiverner sur la Loire.

897-910

L'évêque de Nantes Foucher reconstruit sa cathédrale détruite par les Normands.

898

1er/3 janvier

Le roi Eudes meurt et est enseveli à Saint-Denis. Le roi Charles III le Simple règne seul vingt-quatre ans. Il est reconnu comme seul roi des Francs par les grands qui n'ont pas désiré transmettre le titre d'Eudes à son frère Robert. Ce dernier prête hommage au roi Charles III le Simple et devient abbé laïque de Saint-Denis.

mai

Le comte d'Auvergne Guillaume le Pieux prend le titre de duc en Aquitaine.

28 décembre

Richard le Justicier, « prince de Bourgogne », remporte une victoire sur une petite armée de Normands à Argenteuil (entre Tonnerre et Montbard) et peut-être à Saint-Florentin.

autres événements

• Le roi Charles III le Simple enlève à Baudoin II de Flandre le château d'Arras et l'abbaye de Saint-Vaast, qu'il concède à l'archichancelier et archevêque Foulques de Reims.

• Le roi de Provence Louis l'Aveugle réside à Avignon.

900

17 juin

Le comte Baudoin II de Flandre fait assassiner l'archevêque Foulques de Reims.

autres événements

• Des Normands poussent jusqu'à Saint-Florentin (Yonne). L'abbaye Sainte-Colombe de Sens est munie de fortifications.

• Hervé, notaire-chancelier d'Eudes et de Charles III le Simple, devient archevêque de Reims († 922).

• Le marquis de Neustrie Robert se brouille avec le roi Charles III le Simple.

entre 900 et 907

Héribert II succède à son père sur les comtés de Meaux, Soissons et Vermandois et les abbayes de Saint-Crépin et de Saint-Médard de Soissons (celle-ci a été donnée par le roi Charles III le Simple à son père Héribert Ier). Il conforte l'alliance avec la Neustrie en épousant une fille du marquis Robert qui est déjà son beau-frère (Robert a épousé Béatrice), puis en 934 en donnant une de ses filles, Adèle, au comte de Flandre Arnoul Ier.

901

février

Louis l'Aveugle, roi de Provence, devient roi d'Italie et reçoit du pape la couronne impériale.

Le nouvel archevêque de Reims, Hervé, entreprend la restauration de la cathédrale.

903-918

Le marquis de Neustrie Robert fait construire une enceinte fortifiée autour de Saint-Martin de Tours dont le roi Charles III le Simple lui a remis l'abbatiat à la mort d'Eudes.

905

juillet

Le roi de Provence Louis l'Aveugle est rappelé en Italie; mais Bérenger de Frioul, son concurrent au royaume d'Italie, le capture et le fait aveugler. Louis l'Aveugle se retire dans son palais de Vienne où il meurt le 5 juin 928; il doit abandonner le pouvoir de fait à son cousin le Bourguignon Hugues d'Arles.

906

février
Le roi Charles III le Simple fonde le monastère Saint-Marcoul de Corbeny (l'année suivante, il le donne en douaire à sa femme).

907

À la mort du comte de Vannes Alain le Grand, Foulques le Roux accède au comté de Nantes.
Hucbald de Saint-Amand écrit la *Vie de sainte Rictrude* de Marchiennes.

909

26 juin
Un synode de la province de Reims tenu à Trosly sous la présidence de l'archevêque de Reims Hervé précise les devoirs de tous, roi, clercs et laïcs.

autres événements
• L'archevêque de Narbonne Arnuste réunit un concile à Jonquières, près Lodève, où il lève l'excommunication qu'il avait portée contre son adversaire le comte d'Ampurias-Roussillon.
• À Trèves, Réginon de Prüm publie sa *Chronique universelle*, source importante en particulier pour l'histoire de la Lorraine à partir de 850.

910

11 septembre
Le « duc » d'Aquitaine Guillaume le Pieux fonde l'abbaye bénédictine de Cluny sur des terres que sa sœur, la comtesse Ève (de Chalon ?) lui a données en 893, lorsqu'elle est devenue abbesse de Sauxillanges. Il confie Cluny à l'abbé Bernon venu avec des moines de Baume et de Gigny. En 917, Ebbes (ou Ebbon, † 937), un fidèle de Guillaume, fonde à son tour l'abbaye de Déols en Berry pour Bernon; la nouvelle abbaye reçoit en 919 des moines de Saint-Gildas de Rhuys fuyant les Normands.

autres événements
• L'archevêque de Bourges est tué par des Normands.
• Une famine grave sévit dans tout le royaume.

911

20 juillet
Après avoir échoué à prendre Auxerre défendue par l'évêque Géran, les Normands se sont retirés vers Chartres. Là, leur chef Rollon est vaincu par une coalition de grands menée par Robert, comte de Chartres et marquis de Neustrie, Richard, « prince de Bourgogne » et Ebles Manzer, comte de Poitiers.
Le roi Charles III le Simple saisit l'occasion pour traiter avec Rollon à Saint-Clair-sur-Epte: il lui abandonne (à une date imprécise) le comté de Rouen (donc l'ensemble des droits publics et des biens fiscaux), soit la Basse-Seine, jusqu'à la Bresle et l'Epte au Nord, la Dives à l'Ouest, l'Avre au Sud, ainsi qu'Évreux, Lisieux et le pays de Caux à titre définitif, comme sans doute des alleux (précisément, les trois *pagi* de Talou, Roumois et Caux, avec des parties du Vexin et de l'Évrecin).
À l'instar des « princes » d'Aquitaine et de Bourgogne, Rollon est désormais reconnu par le roi comme l'un de ces grands dont le rôle est de défendre le royaume des Francs. Le marquis neustrien Robert envoie auprès de Rollon une mission ecclésiastique afin de préparer la conversion des Normands au christianisme.

1er novembre
À la mort du roi de Germanie Louis IV l'Enfant (24 septembre), le roi Charles III le Simple hérite du royaume de Lotharingie, pour lequel les grands s'empressent de lui faire acte de fidélité et le reconnaissent comme roi, contre le nouveau roi de Francie orientale, Conrad. L'administration du royaume lorrain est remise aux mains des officiers de Charles III le Simple.

autres événements
• Le roi Charles III le Simple remet le droit de monnayage à l'évêque Étienne de Cambrai.
• Hugues d'Arles prend les titres de marquis de Vienne et duc de Provence, délaissés par Louis l'Aveugle; il commence l'épuration de ses adversaires partisans du roi carolingien.

912

25 octobre
Le roi Rodolphe Ier s'éteint et son royaume de Bourgogne transjurane échoit à son fils Rodolphe II.

autres événements
• Le Normand Rollon semble avoir reçu le baptême à Jumièges des mains de l'archevêque de Rouen Francon; son parrain serait le marquis de Neustrie Robert.
• L'abbaye de Jumièges est loin encore d'avoir recouvré son importance; il n'est même pas sûr qu'elle soit occupée par des moines. Peu après

862, elle avait en effet été abandonnée par ses occupants. La plupart de ceux-ci se sont réfugiés à Haspres en Cambrésis; un moine au moins s'est dirigé sur Saint-Gall, où il a enseigné Notker le Bègue († 912) dans l'art de composer les séquences liturgiques.

912-919

Le «duché» de Bretagne s'effondre devant la poussée des Vikings; les principaux chefs bretons se réfugient auprès du roi Édouard l'Ancien en Angleterre.

913

Charles III le Simple sépare l'administration de ses deux royaumes franc et lorrain.
L'archevêque de Narbonne, Arnuste, est assassiné par un clan bourguignon.

913-914

Les moines de Landévennec, fuyant les pillages des Normands, gagnent Montreuil-sur-Mer – une forteresse récemment fondée par le comte Helgaud –, sans doute dans l'intention de gagner l'Angleterre.

914

Le roi Charles III le Simple reconnaît le droit de Hugues le Grand à succéder le moment venu à son père Robert, marquis de Neustrie, en tous ses «honneurs».
Le noble lotharingien Gérard réunit une communauté de religieux réformés à Brogne.

915

La cathédrale de Verdun est dévastée par le feu.

916

Une bande de Hongrois ravage le sud du royaume de Lorraine. En 917, d'autres Hongrois passent par l'Alsace et parviennent jusqu'aux portes de Soissons; ils opèrent à nouveau en Lorraine en 919.

916-918

Le marquis de Neustrie Robert apporte son aide à Raoul, fils de Richard le Justicier, pour enlever Bourges à Guillaume le Pieux d'Aquitaine.
Le monastère de Souvigny est fondé et donné à Cluny.

918

Baudoin II meurt et est inhumé à Saint-Pierre de Gand. Arnoul Ier le Grand succède à son père sur l'«honneur» ancestral, le comté de Flandre, dont il fait une principauté puissante (il épouse en 934 une fille d'Héribert II de Vermandois); son frère Adaloul reçoit les comtés plus au Sud (Boulogne et Ternois avec l'abbaye de Saint-Bertin).
Guillaume le Pieux, «duc» d'Aquitaine étant mort sans descendance, son neveu Guillaume le Jeune reçoit l'«honneur» d'Aquitaine (918-926).

919

Les chanoines de Saint-Martin rapatrient à Tours la châsse de saint Martin, mise à l'abri à Chablis lors des raids normands sur la Loire.

920

Les grands de Neustrie emprisonnent le roi Charles III le Simple, pour le forcer à se séparer de son favori, le Lorrain Haganon.
L'archevêque de Reims Hervé libère le roi Charles III le Simple.
Les Vikings pillent Saint-Melaine de Rennes, dont les moines s'enfuient en Touraine.

920-923

Les campagnes de la Provence orientale sont ravagées par les Sarrasins.

920-940

Les cryptes de Saint-Pierre-le-Vif de Sens sont agrandies.

920-1000

Ce temps est celui d'une première éclosion de châteaux privés, à la faveur des luttes qui opposent rois, ducs et comtes. Toutefois, le droit régalien de construire des forteresses est généralement respecté jusque vers 1020. Dans les années 1020-1050, des seigneurs autonomes n'hésitent plus à élever mottes (élévations artificielles de terre à but défensif) et châteaux; des châteaux appartenant à l'autorité publique tombent en mains privées.

921

1er septembre
Richard le Justicier, « duc » de Bourgogne comme il s'intitule depuis 918, est inhumé à Sainte-Colombe de Sens. Sa principauté, qu'il a créée par sa fidélité au roi de Francie occidentale – alors que son frère Boson avait pris la voie de la sécession en Provence –, revient à son fils aîné Raoul. Centrée à l'origine sur le comté d'Autun, elle s'est étendue vers le Nord avec l'évêché de Langres en 894, Sens et Troyes en 895.

7 novembre
Près de Bonn, les rois des deux Francie, Henri Ier l'Oiseleur, successeur de Conrad, et Charles III le Simple, reconnaissent chacun la royauté de l'autre.

autres événements
• Une principauté viking s'étendant sur le comté de Nantes est reconnue par le marquis de Neustrie Robert, puis en 927 par le roi de Francie occidentale Raoul.
• Les marchands d'Amalfi obtiennent confirmation des droits portuaires à Arles.
• La sécheresse de l'été provoque de nombreux incendies.

922

Le roi Charles III le Simple brave les grands en donnant à son fidèle Haganon l'abbaye féminine de Chelles; l'abbesse Rothilde, fille de Charles II le Chauve et de sa deuxième épouse Richilde, est déposée.

mai
Les Neustriens entrent en rébellion, avec le soutien de Raoul de Bourgogne.

29 juin
Les grands de Neustrie réunis à Reims démettent le roi Charles III le Simple et élisent Robert.

ROBERT Ier
Né le?-Mort le 15 juin 923
Règne: 922-923 (1 an)

*F*ils de Robert le Fort et frère du roi Eudes, Robert est marquis de Neustrie. En déposant Charles III le Simple et en élisant Robert Ier, l'aristocratie de Francie occidentale marque son refus d'accorder carte blanche à la lignée carolingienne. Sous les rois Robert Ier et Raoul, l'entourage royal est purgé vigoureusement, les places de poids revenant aux fidèles du duc de Neustrie; mais il semble que Robert n'ait pu gagner le soutien des grands hors de Neustrie et de Bourgogne.
Robert a épousé en secondes noces Béatrice, fille d'Héribert Ier de Vermandois; de cette union sont issus Emma (donnée en 921 à Raoul duc de Bourgogne et ainsi future reine), Adèle (mariée à Héribert II de Vermandois, frère de Béatrice) et Hugues le Grand.

Pape
Jean X, 914-928.

922
30 juin
Le lendemain de son élection par les grands, le duc Robert Ier de Neustrie reçoit l'onction royale des mains de l'archevêque de Sens Gautier Ier (avec lui, le clan bourguignon se rallie), en l'abbaye Saint-Remi de Reims (l'archevêque de Reims Hervé vient de mourir); il est reconnu aussitôt par le pape et le roi de Germanie Henri Ier l'Oiseleur.

923
printemps
Le roi Robert Ier et le roi de Germanie Henri Ier l'Oiseleur se rencontrent sur les bords de la Ruhr, près d'Essen.

15 juin
L'armée du roi Robert Ier, renforcée par un contingent de Bourguignons, est interceptée à Soissons par Charles III le Simple; Robert est tué dans la bataille.

juin-juillet
Des négociations ont lieu entre les grands pour désigner un nouveau roi, à l'exclusion des Carolingiens.

RAOUL

Né le ?-Mort le 14 janvier 936
Règne : 923-936 (13 ans)

Fils de Richard le Justicier, duc de Bourgogne, et d'Adélaïde, fille de Conrad Ier, roi de Bourgogne transjurane et sœur de Rodolphe Ier, il a pour frère Hugues le Noir († 952), son successeur au duché. Une de ses sœurs, Willa, a épousé vers 926 Hugues, comte de Vienne en 936 († 947).

L'aristocratie neustrienne récuse toujours Charles III le Simple qu'elle a détrôné, et dont le réseau de fidélités s'est délité jusque parmi les Lotharingiens. Mais le fils de Robert Ier, Hugues le Grand, refuse l'offre de la couronne qui lui est faite. On élit donc Raoul, gendre de Robert Ier, qui depuis 916 participe aux assemblées royales. Pour asseoir une autorité concédée sans enthousiasme, Raoul doit réagir contre les principautés centrifuges des Normands et des Lotharingiens, et à partir de 927, contre les ambitions d'Héribert II de Vermandois qui tente de constituer une principauté ; il bénéficie du soutien sans défaut de Hugues le Grand. Toutefois, la Lotharingie échappe à Raoul en 926 ; à partir de 931, les rencontres avec le roi de Germanie ont lieu sur la frontière occidentale et non plus orientale de la Lotharingie. Par ailleurs, l'hypothèque de Charles III le Simple n'est pas levée : jusqu'à sa mort (octobre 929), le Carolingien conserve des fidélités solides (en Aquitaine, Limousin, Rouergue, Toulousain et Gothie).

Sous le règne de Raoul, la chancellerie royale abandonne de ses privilèges ; les destinataires des diplômes rédigent eux-mêmes, suivant les formulaires, les actes qu'ils soumettent au roi pour validation.

Raoul a épousé Emma († fin 934), fille du roi Robert Ier. Aucun enfant n'est issu de ce mariage. À sa mort (14 janvier 936), il est inhumé à Sainte-Colombe de Sens.

Papes

Jean X, 914-928 ; Léon VI, 928 ; Étienne VIII, 929-931 ; Jean XI, 931-936 ;
Léon VII, 936-939.

923

13 juillet

En l'abbaye Saint-Médard de Soissons, Raoul est élu et couronné roi des Francs par l'archevêque de Sens Gautier Ier; il met la main rapidement sur l'abbatiat laïque de Saint-Denis.
Héribert de Vermandois prend son parti et emprisonne Charles III le Simple à Château-Thierry; la femme de Charles III le Simple, la reine Ogive, s'enfuit en Angleterre avec son fils, le futur Louis IV d'Outremer. L'épouse de Raoul, Emma, est couronnée peu après à Reims par l'archevêque Séulf.

après le 27 août

Un concile des évêques de la province de Reims, sous la présidence de l'archevêque Séulf, condamne à une pénitence générale les partisans des rois Charles III le Simple et Robert Ier qui se sont affrontés à la bataille de Soissons.
À la demande de Hugues le Grand, le roi Raoul doit intervenir en Normandie pour y faire observer la paix. Hugues le Grand accède à ses comtés et à l'abbatiat laïque de Saint-Martin de Tours.

Hugues le Grand

Hugues le Grand (vers 895-956), fils de Robert Ier, marquis de Neustrie, commence alors son ascension, marquée par ses alliances matrimoniales (après une fille du comte du Maine, il épouse en 926 une fille du roi de Wessex – il est par elle l'oncle du roi Louis IV d'Outremer –, puis en 937 Hedwige, fille du roi de Germanie Henri Ier l'Oiseleur); il donne une fille, Béatrice, au comte de Bar Frédéric, héritier du duché de Haute-Lorraine en 959, et l'autre, Emma, à Richard Ier de Normandie. Son fils aîné, Hugues Capet, devient roi des Francs (987), Eudes (945-965) reçoit le duché de Bourgogne qui passe ensuite à son frère Otte-Henri (vers 948-1002). Il agit à l'instar d'un roi dès l'accession au pouvoir de Louis IV d'Outremer (936), distribuant les honneurs comtaux et épiscopaux.

automne

Le roi Raoul reçoit l'hommage de nombreux Lotharingiens.

923-924

Le chantre de l'abbaye Saint-Martial de Limoges fait copier un tropaire-prosaire, livre de chants et d'hymnes ecclésiastiques avec notation musicale.

924

janvier

Le roi Raoul dirige son armée contre Guillaume II le Jeune, duc d'Aquitaine et comte d'Auvergne et du Velay, qui a refusé de le reconnaître pour roi.
Peu après, près d'Autun, Guillaume II le Jeune consent à Raoul l'hommage en marche, et récupère le Bas-Berry (le Haut-Berry avec Bourges entre dans la mouvance des ducs de France).
Au dire de Flodoard, le Normand Rollon, menacé par le roi Raoul qui lève un impôt pour former une expédition, prête hommage au roi en échange du Maine (la cité du Mans a été cédée par Hugues le Grand) et du Bessin (Bayeux).

mars

Une assemblée à Autun réunit autour du roi Raoul Hugues d'Arles et Guillaume II le Jeune, sans doute pour traiter des affaires méridionales.

6 juillet

Hugues d'Arles (vers 880-947), petit-fils de Lothaire II, comte de Vienne et maître du royaume de Provence dont l'ex-empereur Louis III l'Aveugle n'a que le titre depuis 905, est élu roi d'Italie contre Rodolphe II, roi de Bourgogne transjurane (912-937); il échoue à reprendre en main Rome et l'Italie, qu'il abandonne en 932. Son comté de Vienne, tenu depuis 903-912, passe en 926-930 à Charles-Constantin, fils de Louis III l'Aveugle.

octobre

Le roi Raoul prend Mont-Saint-Jean, tenu par le vicomte rebelle d'Auxerre, Rainard. Peu après, à Sens, il tombe malade et se fait transporter à Reims.

6 décembre

À la mort de Garnier dans un combat contre des Normands près de Chaumont, la vicomté de Sens et le comté de Troyes échoient à son fils Richard († 29 septembre 932/942).

autres événements

- Les reliques de saint Maixent sont déposées à Poitiers, après une longue errance qui les a menées de Plélan (Bretagne) à Candé-sur-Beuvron, puis dans la région d'Auxerre.
- Des Hongrois ravagent la vallée du Rhône.

925

début

Des pillards venus de Normandie dévastent les pays de Beauvais et Amiens, et les Vikings de basse Loire la Bourgogne. Le roi Raoul mène avec ses fidèles une opération de représailles, verse un tribut aux « Normands ».

6 avril
Le roi Raoul est à Laon.

juillet
Le roi Raoul séjourne à Autun.

septembre
À la mort de l'archevêque de Reims Séulf, Héribert II de Vermandois obtient du roi le siège pour son fils Hugues, un enfant de 5 ans (vers 920-962), lui-même assurant l'administration temporelle.
Le roi de Germanie Henri Ier l'Oiseleur expulse de son siège l'évêque de Verdun Henri, nommé en 923 par le roi Robert Ier, et le remplace par un de ses fidèles. Il fait glisser l'Alsace dans l'orbite du royaume oriental : elle est intégrée au duché de Souabe.
L'archevêque Oudri d'Aix-en-Provence fuit la Provence dévastée par les Sarrasins et se réfugie à Reims, où il exerce par la suite les responsabilités spirituelles que ne peut assumer le jeune archevêque Hugues, fils d'Héribert II de Vermandois.

926

10 décembre
Le roi Raoul est à Sens.

autres événements
• Le roi Raoul a été blessé dans une bataille en Artois (Fauquembergues ?) contre les Normands. Peu après, il a fait lever un impôt spécial en Bourgogne et en Francie pour mener la guerre.
• Anxieux des menées du roi Raoul qui pousse son avantage en Viennois et Lyonnais, le roi de Bourgogne Rodolphe II s'avoue vassal du roi de Francie orientale Henri Ier l'Oiseleur, qui lui reconnaît les terres au sud de l'Aar et le comté de Bâle. Henri Ier l'Oiseleur retourne en sa faveur les fidélités des Lotharingiens.
• À la tête d'une armée, le roi Raoul se dirige de Nevers vers l'Aquitaine, contre Guillaume II le Jeune. Celui-ci meurt sans enfants, et le duché d'Aquitaine échoit à son frère Acfred.
• Hugues, neveu de Hugues d'Arles, devient comte de Savoie.

926-927

janvier
L'abbé Bernon de Cluny rédige son testament, lorsque le sud de la Bourgogne, jusque-là du domaine aquitain et fidèle à Charles III le Simple, se rallie au roi Raoul. Il confie ses abbayes de Cluny, Déols et Massay (Berry) à son disciple Odon, ancien chanoine de Tours.

927

30 mai
Le roi Raoul est à Arciat (Saône-et-Loire).

été
La mort du duc d'Aquitaine Acfred pendant l'été donne le duché d'Aquitaine à Ebles Manzer, comte de Poitiers (de sa seconde épouse, Émillane, est né vers 900 Guillaume Ier Tête d'Étoupe) qui reconnaît le roi Raoul, s'empare du Limousin, et commence dès lors de rassembler l'immense principauté d'Aquitaine, destinée à durer jusqu'au XIIIe siècle.

9 septembre
Le roi Raoul se trouve à Briare.

autres événements
• Guillaume Longue Épée succède à son père Rollon à la tête du comté de Rouen : Guillaume a pour épouse une fille d'Héribert II de Vermandois, et l'une de ses sœurs a été donnée au comte de Poitou.
• Le roi Raoul concède le comté de Nantes aux Normands de Loire.
• Héribert II de Vermandois, qui vient de se brouiller avec le roi Raoul, s'empare de Laon et exige du roi la cession du comté ; il l'obtient par chantage à la fidélité en 929. Il libère l'ex-roi Charles III le Simple pour gêner le roi Raoul.
• Odon, ancien élève de Remi d'Auxerre et chanoine de Tours, devenu moine, est élu deuxième abbé de Cluny (927-942). Entre 924 et 926, il a écrit la *Vie de Géraud d'Aurillac*, dont il fait le premier type du saint laïc († 909) ; il contribue lui-même à la réforme du monastère fondé par Géraud.

928

mars-avril
Le roi Raoul tente de recouvrer Laon et négocie avec Héribert II de Vermandois ; celui-ci lui consent l'hommage.

5 juin
La mort de son cousin le roi de Provence Louis III l'Aveugle ouvre au roi Raoul la possibilité de se rallier les comtés de Viennois, Lyonnais, Vivarais et Uzège.

août-septembre
En Bourgogne, le roi Raoul a une entrevue avec Hugues d'Arles, roi d'Italie: l'accord cède le comté de Vienne à Eudes, fils d'Héribert II de Vermandois. La cession est éphémère, mais empêche l'absorption de la région dans le royaume de Bourgogne transjurane.

autres événements
• Le roi Raoul se réconcilie avec l'ex-roi Charles III le Simple: il lui rend les palais d'Attigny et Ponthion.
• Giselbert, arrière-petit-fils de l'empereur Lothaire Ier, devient duc de Lorraine (Lotharingie); l'année qui suit, il épouse une fille du roi de Germanie Henri Ier l'Oiseleur. La Lotharingie cesse d'être un royaume.

929

Le conflit éclate entre Hugues le Grand et Héribert II de Vermandois. Charles III le Simple en fait les frais; il meurt prisonnier à Péronne (7 octobre), entre les mains des Robertiens, et est inhumé à Saint-Fursy de Péronne.
Foulques Ier le Roux, le vicomte d'Angers, vassal des Robertiens, s'adjuge le titre de comte d'Anjou.

930

début
Raoul remporte une victoire sur les Normands à Estresse, mais il ne parvient pas à s'imposer comme roi à Guillaume Longue Épée, successeur de Rollon au comté de Rouen depuis 927.

autres événements
• L'abbaye de Fleury (Saint-Benoît-sur-Loire) est soumise une première fois à la réforme par l'abbé de Cluny Odon. Celui-ci compose son *Occupatio*, grande épopée théologique en sept livres.

Réformes et constructions religieuses au Xe siècle

Un effort de renouveau religieux se fait jour dès les années 910-920. Il se manifeste dans des fondations religieuses, initiatives indépendantes à l'origine, mais s'appuyant entre elles et sur le réseau des alliances princières. Jumièges en est un bon exemple: le duc de Normandie Guillaume Longue Épée, insatisfait d'une première réforme menée sous son père, aurait obtenu par sa sœur Gerloc, comtesse de Poitou, l'envoi d'un groupe de moines de Saint-Cyprien de Poitiers pour rétablir la vie monastique, restaurer l'église et construire un cloître vers 935-942. Il en va de même à Sens où les cryptes de Saint-Pierre-le-Vif sont réaménagées sous le roi Raoul. Les sites majeurs se trouvent en Auvergne (Limoges, Brioude, à Saint-Michel-d'Aiguilhe au Puy en 961-964, Aurillac) et en Bourgogne (Cluny, Paray-le-Monial où une première église est consacrée en 977, Vézelay), en Lorraine sous l'impulsion de Jean de Vandières à Gorze (933) et simultanément à Metz, Brogne et Toul. À Toul, l'évêque Gauzlin (922-962) adopte le modèle de Fleury en 936 pour les moines de Saint-Èvre, dont le nouvel abbé Albéric venu de Cluny († 967) et l'écolâtre Adson prennent en main l'abbaye de Montier-en-Der; en 946, l'archevêque de Reims introduit aussi des coutumes proches de celles de Fleury dans l'abbaye Saint-Remi de Reims. Lorsqu'en 950, l'abbaye lorraine de Marmoutier est ravagée par un incendie, l'abbé Erkembald entreprend de la reconstruire; il consacre l'église entre 975 et 991, alors qu'il est évêque de Strasbourg.
Ces réformes, monastiques et séculières, semblent procéder à des aménagements liturgiques, qui requièrent des constructions et reconstructions appropriées: un style pré-roman s'y dessine dans l'architecture et le décor. Les réformateurs propagent leurs disciples vers la Flandre et la Normandie, dans les principautés chartraine (Saint-Père de Chartres, rebâti en 930 par l'évêque Haganon) et angevine (Marmoutier, vers 950-960) et dans le Midi. Leur influence s'épanouit entre 985 et 1030 environ, grâce au soutien puissant de la dynastie capétienne qui les favorise dans son propre domaine (Fleury) et s'appuie sur eux comme fer de lance dans les principautés. Les formes architecturales qui annoncent l'art roman éclosent en Bourgogne (Saint-Vorles à Châtillon-sur-Seine entre 980 et 1016, et surtout Saint-Bénigne de Dijon, 1001-1018), ainsi qu'en Berry (Déols, 991-1022), en Normandie (Fécamp en 990, Mont-Saint-Michel en 1024), en Languedoc (Saint-Guilhem-le-Désert, 995-1006) et en Catalogne. Le 30 juillet 953, Riculf, évêque d'Elne, bénit une partie de l'église de Saint-Michel de Cuxa (construction financée par le comte Seniofred de Cerdagne), remplaçant l'édifice antérieur consacré à saint Germain d'Auxerre; en 956, l'abbé Pons commence de dresser le chœur actuel, dont les sept autels sont consacrés le 30 septembre 974. Une nouvelle église est bâtie à Saint-Martin du Canigou à partir de 1001. Il en va de même dans les cathédrales où des chantiers importants sont ouverts. Ainsi à Alet dont la cathédrale est reconstruite à Saint-Servan

après 936, et à Clermont, dont l'évêque Étienne II (937-984) consacre le 2 juin 946 la cathédrale dotée de cryptes et d'un chevet à déambulatoire et chapelles rayonnantes (il commande au clerc Alleaume, orfèvre, une statue de la Vierge en majesté, *et, plus tard, fait restaurer la statue reliquaire de Sainte-Foy de Conques). À la fin du Xe siècle, le mouvement s'accélère. À Sens, la cathédrale, ravagée par l'incendie en juin 967, est entièrement reconstruite sous l'archevêque Seguin (977-998; il commande pour l'autel une table d'or) et dédicacée le 5 octobre 982 ou 983. En 976, l'archevêque de Reims Adalbéron décide de supprimer les cryptes et l'ouvrage voûté formant le massif occidental de sa cathédrale carolingienne; il les remplace par l'église Saint-Denis, dans l'alignement de Notre-Dame, et fait orner les fenêtres de vitraux historiés. À Metz, l'évêque Adalbéron II (984-1005) entreprend dès sa nomination d'édifier une nouvelle cathédrale (il commande aussi une plaque d'ivoire fameuse, qui représente la* Crucifixion*).*

• Le moine Hucbald de Saint-Amand meurt en laissant une œuvre remarquable de poète, hagiographe et musicien.

931

début
Le roi Raoul acquiert la fidélité du comte de Vienne Charles-Constantin, fils du roi de Provence Louis III l'Aveugle: Viennois, Lyonnais et Vivarais entrent dans sa mouvance.

24 mars
Le roi Raoul est à Tours.

été (avant octobre)
Avec l'aide de Hugues le Grand et l'assurance obtenue par Hugues d'une neutralité du roi de Germanie Henri Ier l'Oiseleur (dont Héribert II de Vermandois est vassal pour des domaines sis en Lorraine et au-delà du Rhin), le roi Raoul entreprend de briser la principauté d'Héribert II de Vermandois. Il prend le château de Denain, assiège Arras, dévaste et prend Laon et Reims; le jeune archevêque Hugues est destitué, remplacé par Artaud, moine de Saint-Remi.

hiver
Le roi Raoul regagne la Bourgogne. Il y reçoit les grands d'Aquitaine.

931-936

L'abbé Odon de Cluny obtient du pape Jean XI une formule proche de l'exemption, avec la liberté d'élection de l'abbé et le droit de celui-ci à diriger plusieurs monastères (mars 932?).

932

hiver-printemps
Le roi Raoul s'empare de châteaux appartenant aux comtes Gilbert de Chalon et Richard de Troyes, puis cède à son frère Hugues le Noir le duché de Bourgogne. Il conquiert ensuite les villes patrimoniales d'Héribert II de Vermandois, Soissons (et notamment l'abbaye Saint-Médard), Amiens, Saint-Quentin, Châlons.
Avant 942, Hugues le Grand a éliminé les descendants de Richard de Troyes: il a installé à Sens une nouvelle famille de vicomtes, les Fromond-Renard.

19-21 juin
Le roi Raoul est à Anse (Rhône).

1er juillet
Le roi Raoul se trouve à Boyer (Saône-et-Loire).

autres événements
• Le comte de Toulouse Raimon Pons III (né vers 900) reconnaît Raoul comme roi: son ralliement, avec celui d'Ermengaud comte de Rouergue et du chef gascon Loup Aznar, entraîne l'adhésion du Midi à Raoul.

vers 933

Le roi d'Italie Hugues d'Arles semble renoncer à la Provence et à tout l'ouest des Alpes et remet ses droits au roi Rodolphe II de Bourgogne, qui reconstitue ainsi l'ancien royaume de Bourgogne (Bourgogne cisjurane et transjurane), désigné par la suite sous le nom de royaume d'Arles.

933

Le comte de Flandre Arnoul Ier le Grand met la main sur les comtés (Boulonnais et Ternois) de son frère Adaloul, décédé, et prive ses neveux de l'héritage.
Le Normand Guillaume Longue Épée, en révolte, aurait obtenu du roi Raoul la concession du Cotentin et de l'Avranchin et prêté l'hommage (d'après Flodoard).

934

mars-septembre
Le roi Raoul occupe puis perd Château-Thierry; il conclut une trêve avec Héribert II de Vermandois.

autres événements
• Guillaume Ier Tête d'Étoupe hérite du comté de Poitou; en 935, il épouse Gerloc (Adèle), fille de Rollon et sœur du duc de Normandie Guillaume Longue Épée. Il accroit son emprise sur le territoire de son père Ebles Manzer: en 955, il est comte de Limoges et d'Auvergne, et vers 960, il s'intitule duc d'Aquitaine (963).
• Le comte Arnoul Ier de Flandre (918-965) épouse Adèle, fille d'Héribert II de Vermandois.
• Une épidémie afflige la Champagne.

935

29 mars
Le roi Raoul fait ses Pâques à Laon; des troubles s'y produisent entre ses hommes et ceux de l'évêque.

juin
Lors d'une assemblée à Soissons, le roi Raoul abandonne la Lorraine au roi de Germanie Henri Ier l'Oiseleur (une entrevue a peut-être réuni les deux rois et Rodolphe II de Bourgogne ce même mois à Ivois, aujourd'hui Carignan).
Héribert II de Vermandois lui fait soumission.
Le roi Raoul doit rentrer en Bourgogne pour réprimer une razzia de Hongrois.
Il assiège Dijon, occupée par le comte Boson.
Le roi Raoul pourrait aussi avoir conquis sur le comte Geoffroi de Nevers le site de Vézelay, dont les moines inaugurent aussitôt le culte des reliques de sainte Marie-Madeleine.

12-28 décembre
Le roi Raoul est à Auxerre. Le parti des Bosonides est désormais sous contrôle; ses chefs renoncent même à la Provence et se replient sur l'Italie.

autres événements
• Guillaume Longue Épée écrase une révolte de Normands au Pré-la-Bataille.
• Une assemblée à Saint-Macre décrète l'excommunication et l'obligation de pénitence pour tous les voleurs de biens ecclésiastiques.
• Aux alentours de cette année, l'abbaye royale de Remiremont est réformée et soumise à la règle bénédictine.

avant 936-940 ?

Le «duc» normand Guillaume Longue Épée ordonne la reprise de la frappe des monnaies en Normandie.

936

14 janvier
Malade depuis l'automne, le roi Raoul meurt à Auxerre; il ne peut être inhumé à Sainte-Colombe de Sens (dévastée par le feu le 6 janvier) que le 11 juillet.
Aussitôt, Hugues le Grand rapatrie d'Angleterre le jeune Louis IV d'Outremer ainsi que sa mère Ogive, et lui avoue fidélité.
En même temps que Louis IV d'Outremer, les Bretons exilés avec Alain Barbetorte regagnent la Bretagne et commencent d'en expulser les Normands.

LOUIS IV D'OUTREMER

Né en 920/921-Mort le 10 septembre 954
Règne: 936-954 (18 ans)
Roi à 15/16 ans

*L*ouis IV, dit d'Outremer en raison de son exil anglais, est fils de Charles III le Simple et d'Ogive. Élevé hors de France, il est l'un des premiers rois depuis Charlemagne à ignorer le latin. Une sœur d'Ogive a été donnée à Hugues le Grand en 926; Louis IV est donc neveu du marquis de Neustrie. Et son beau-frère aussi: celui-ci ayant pris en 937 pour femme Hadvide (Hathui), fille du roi Henri Ier l'Oiseleur de Francie orientale et sœur d'Otton Ier, Louis IV épouse en 939 Gerberge, sœur d'Hadvide et veuve du duc Giselbert de Lorraine (dont elle a eu Aubrade, mariée au comte de Roucy Renaud).
Parmi les 7 enfants de ce mariage, l'aîné Lothaire devient roi de 954 à 986, Charles est mort en otage à Rouen (vers 945), et un autre Charles (953-après 991) lutte contre l'accession de Hugues Capet à la monarchie; des trois filles, Mathilde épouse vers 964 le roi de Bourgogne Conrad, Gerberge est donnée avant 954 au comte Albert de Vermandois.
Louis IV d'Outremer, mineur lorsqu'il accède au trône, est sous tutelle de Hugues le Grand. Celui-ci se pose dès lors comme le champion du pouvoir carolingien. Il faut faire vite, car la mort du roi Henri Ier l'Oiseleur a donné le trône de Germanie au jeune et vigoureux Otton Ier qui se pose en héritier des Carolingiens. Hugues le Grand est entré dans une alliance royale en épousant en deuxièmes noces une sœur du roi de Wessex Aethelstan. Il jouit lui-même d'une immense principauté s'étendant sur les régions d'entre Seine et Loire (sauf la Normandie). Les autres comtes, du Maine, de Vendôme, sont ses vassaux; il laisse l'administration de sa «terre» à des vicomtes, lui-même vaquant à la protection du royaume franc, voire à son expansion. Est-ce lui qui conseille à des Lotharingiens d'entrer en rébellion contre Otton Ier et d'en appeler à Louis IV d'Outremer? L'aventure est soldée dès 939. Mais Hugues le Grand se heurte à de fortes oppositions. Le duc de Bourgogne Hugues le Noir († 952) doit bientôt céder: le duché est entré en réalité dans la zone d'influence de Hugues le Grand. Celui-ci en revanche échoue en Aquitaine, où son vassal le comte du Maine n'a pu supplanter le duc en titre; Louis IV d'Outremer y règne sans conteste. Au nord de la Seine, les ambitions de Hugues

le Grand sont enrayées par celles du comte Héribert II de Vermandois, qui tente entre Seine et Meuse un jeu analogue à celui de Hugues.
Les mariages des Héribertides – Héribert le Vieux (vers 910-980/984) en 951 avec Ogive (mère de Louis IV d'Outremer), Robert (vers 910/915-967) avec Adélaïde-Werra (fille de Gilbert comte d'Autun), Adalbert (vers 915-987) avec une fille du premier lit de la reine Gerberge –, l'union de leurs sœurs Adèle (vers 910/915-960) avec Arnoul Ier de Flandre, et Leugarde (vers 915/920-après 979) successivement avec Guillaume Longue Épée, duc de Normandie, et après l'assassinat de celui-ci, avec le comte de Blois et Chartres Thibaud le Tricheur, donnent une nouvelle stature à la puissance des Vermandois.
Hugues le Grand joue alors la conciliation, flatte le clan héribertien, contre le roi Louis IV d'Outremer: le conflit entre le roi et Hugues le Grand atteint son paroxysme en 941-946. Parenté croisée et intérêts politiques donnent au roi de Francie orientale, qu'on peut appeler désormais la Germanie, un rôle d'arbitre déterminant. Le rétablissement dynastique en faveur de Louis IV d'Outremer s'est fait en réalité sans grand préjudice pour Hugues le Grand. Il signifie le retour à l'hérédité du pouvoir, principe dont l'application s'est généralisée dans l'aristocratie, et qui domine désormais, sauf rupture génétique, sur celui de l'élection royale.

Papes

Léon VII, 936-939; Étienne IX, 939-942; Marin II, 942-946; Agapet II, 946-956.

936

19 juin
Louis IV d'Outremer est sacré roi de Francie occidentale à Laon par l'archevêque de Reims Artaud. Le roi Louis IV d'Outremer confère à Hugues le Grand, marquis de Neustrie, les « honneurs » d'Ebles Manzer († 934), comte de Poitiers, Limoges et d'Auvergne (duc d'Aquitaine). Hugues le Grand en fait échouera à prendre possession de ce duché: le fils d'Ebles, Guillaume Tête d'Étoupe (vers 900-963), reprend le Poitou et le Bas-Berry, et fait reconnaître par les grands de cette principauté son titre de marquis.
Hugues le Grand a obtenu cependant, avec le titre de « duc des Francs », l'aveu d'une prééminence absolue sur tous les autres grands du royaume, « le second » après le roi.

juillet
Le roi Louis IV d'Outremer et Hugues le Grand sont en Bourgogne; ils prennent Langres, obtiennent la soumission des grands contre le duc Hugues le Noir, frère de feu le roi Raoul.

novembre
Le comte de Toulouse Raimon Pons aurait fondé l'abbaye Saint-Pons de Thomières. Se disant alors duc d'Aquitaine, il affiche une prétention hégémonique sur tout le Midi, de Narbonne à Bordeaux.

décembre
Au terme d'une négociation entre le duc des Francs Hugues le Grand et le duc de Bourgogne Hugues le Noir, le duché de Bourgogne est partagé en deux zones d'influence; Hugues le Grand se voit reconnaître le nord de la Bourgogne, avec notamment Sens et Auxerre.
Hugues, neveu de Hugues de Vienne, roi d'Italie, reçoit le comté de Vienne.

937

mars-avril
Des Hongrois s'avancent à travers la Bourgogne (ils sont devant Sens le 24 mars), jusqu'en Berry.
Le roi Louis IV d'Outremer retire à Hugues le Grand son titre ducal et l'office de régent, mais échoue à reprendre le pouvoir en main. Hugues le Grand se proclame aussitôt « duc des Francs par la grâce de Dieu ». Veuf, il épouse Hadvide (Avoie) de Saxe, sœur du roi de Germanie Otton Ier.

11 juillet
La mort de Rodolphe II donne le royaume de Bourgogne ou d'Arles (Bourgogne cisjurane, transjurane et Provence) à son fils Conrad Ier le Pacifique, âgé de 6 ans († 993). Aussitôt, le roi d'Italie Hugues d'Arles noue une double alliance en prévision d'une réunion des trois royaumes de Bourgogne, Provence et Italie: il épouse la veuve Berthe, mère de Conrad Ier, et fiance son propre fils à une sœur de Conrad. Le roi Otton Ier fait échouer la manœuvre en rappelant la vassalité du roi de Bourgogne envers le roi de Germanie depuis 926. Dès lors, la Provence, quoique dans l'orbite ottonienne, forme une entité autonome.

autres événements
• Le chef breton Alain Barbetorte (petit cousin d'Alain le Grand), jusqu'alors réfugié en Wessex, débarque avec l'appui du roi Aethelstan et anéantit la principauté viking de Nantes. Alain Barbetorte prend le titre de duc de Bretagne; mais son autorité est limitée aux comtés de Nantes, Vannes et Poher.
• L'abbé Jean, un des artisans du retour en Bretagne d'Alain Barbetorte, entreprend la restauration de Landévennec.

938

avril
Hugues le Grand prête la main à la tentative du comte du Maine, Hugues, pour supplanter Guillaume Tête d'Étoupe, duc d'Aquitaine.

autres événements
• Le duc de Bourgogne Hugues le Noir prête fidélité au roi Louis IV d'Outremer.
• Saint-Martin de Tours est à nouveau fortifié.

939

La victoire de Trans sur les Normands donne à Alain Barbetorte, comte de Vannes et de Nantes, et à son allié le comte Bérenger de Rennes, la suprématie sur la Bretagne.
Le duc Giselbert de Lotharingie, entré dans la fidélité du roi de Francie occidentale Louis IV d'Outremer, se rebelle contre le roi de Germanie Otton Ier. Le roi Louis IV d'Outremer envahit l'Alsace, dans le dessein de mettre la main sur la Lotharingie tout entière. La mort de Giselbert prive Louis IV d'Outremer d'un soutien précieux dans cette entreprise. Il épouse Gerberge, la veuve de Giselbert. Mais par sa victoire d'Andernach, le roi de Germanie Otton Ier a déjà gagné la région qui est rattachée l'année suivante au royaume oriental.

vers 940

Les moines de Saint-Philibert de Tournus, en délicatesse avec le comte d'Autun Gilbert, quittent solennellement leur monastère avec les reliques de saint Philibert. Un synode d'évêques obtient leur retour.

940

Guillaume Longue Épée, «duc» de Normandie, prête fidélité au roi de Francie occidentale Louis IV d'Outremer.
Celui-ci aurait remis à l'archevêque Artaud de Reims les droits comtaux et de monnayage.
Le roi de Germanie Otton Ier fait couronner Conrad Ier le Pacifique roi de Bourgogne à Lausanne.

941

novembre-décembre
À Vienne, le roi Louis IV d'Outremer s'assure de la fidélité du comte de Vienne Charles-Constantin et des grands du Viennois et d'Auvergne, puis s'avance vers Poitiers. Il forme une coalition contre Hugues le Grand. Celui-ci exerce une autorité manifestement régalienne: il préside une assemblée épiscopale à Paris.

27 décembre
Deux vassaux d'Héribert II de Vermandois, Gautier et Galon, s'emparent de Sens.

942

janvier
Le pape somme tous les grands de prêter fidélité au roi Louis IV d'Outremer; ils s'exécutent peu à peu.

printemps
Le roi de Germanie Otton Ier, le duc Hugues le Grand et Héribert II de Vermandois se rencontrent au palais d'Attigny. Avec l'appui sans doute d'Otton Ier que gêne la politique lorraine du roi Louis IV d'Outremer, Hugues le Grand assiège et prend Reims. L'archevêque Artaud est déchu et Hugues, fils d'Héribert II de Vermandois, est rétabli sur son siège.

août-septembre
Guillaume Longue Épée, «duc» de Normandie, reçoit le roi Louis IV d'Outremer, le comte de Poitiers Guillaume Ier Tête d'Étoupe et les chefs bretons. Ils engagent les hostilités contre Hugues le Grand et Héribert II de Vermandois.

septembre-novembre
Lors d'une rencontre de paix à Visé (sur la Meuse, entre Maastricht et Liège), le roi de Germanie Otton Ier entreprend de réconcilier le roi Louis IV d'Outremer et Hugues le Grand. Il obtient de Louis IV l'abandon de la Lorraine et peut-être une promesse de renoncer au Viennois et au Lyonnais.

17 décembre
Le «duc» de Normandie Guillaume Longue Épée est assassiné par les hommes du comte Arnoul Ier de Flandre, à Picquigny. Une plainte funèbre est bientôt composée (avant 963) en son honneur.

autres événements
• Hugues d'Arles lance une expédition contre les Sarrasins de La Garde-Freinet, avec le soutien d'une flotte byzantine.
• La mort du comte de Toulouse Raimon Pons ruine les tentatives de son lignage pour s'assurer la domination de l'Aquitaine. La maison de Poitiers, avec Guillaume Tête d'Étoupe, reçoit le duché; le comte de Poitiers fait aussitôt restaurer Saint-Jean-d'Angély.
• À la mort d'Odon de Cluny, les monastères clunisiens de Déols et Massay prennent leur indépendance.
• La famine entraîne une forte mortalité des hommes et des animaux dans le royaume occidental et celui de Bourgogne.

943

Hugues le Grand et le comte Bernard de Senlis aident à l'évasion du jeune duc de Normandie Richard, menacé par le roi Louis IV d'Outremer; ils mettent le garçon à l'abri à Senlis.

23 février
Héribert II de Vermandois meurt; grâce aux bons soins de Hugues le Grand, ses comtés de Soissons, Meaux et Vermandois sont dévolus à ses fils Eudes (Amiens), Héribert III le Vieux (Soissons, abbé laïque de Saint-Médard, † vers 984), Robert (Meaux, † 967) et Albert (Vermandois, † 987). Hugues le Grand fait accepter par le roi Louis IV d'Outremer l'élection de Hugues de Vermandois au siège archiépiscopal de Reims; il semble se réserver le comté de Melun.

mars
Conrad Ier le Pacifique, roi de Bourgogne, entre à Vienne; les grands de Provence tardent encore à le reconnaître.

décembre
En échange d'un serment de fidélité, Hugues le Grand arrache au roi Louis IV d'Outremer le « duché de France », ainsi que le titre d'abbé laïque de Saint-Denis.

943-946

Le comte de Flandre Arnoul Ier s'empare de Douai et de l'Ostrevant.

944

Le roi Louis IV d'Outremer séjourne avec la reine Gerberge en Aquitaine ; il s'y entretient avec les grands, dont le « prince » des Goths Raimon.

été
Libre au Sud-Ouest, le roi Louis IV d'Outremer tente de reprendre la Normandie et occupe Rouen avec l'appui du comte Arnoul Ier de Flandre, du comte de Ponthieu et des évêques du nord du royaume ; la menace d'une sédition le contraint à remettre la Normandie en fief au jeune Richard, fils de Guillaume Longue Épée, mais il met le jeune duc en garde à vue à Laon.
En Vermandois, les hommes du roi Louis IV d'Outremer s'emparent de la ville d'Amiens, « terre » propre d'Eudes de Vermandois (vers 910-après 946, fils aîné d'Héribert II, momentanément comte de Vienne en 928, puis comte d'Amiens), qui rompt la paix avec Louis IV d'Outremer.
Le roi réside à Rouen l'été et l'hiver. Il confie la ville et le duché de Normandie à Raoul Torta. Celui-ci ménage Hugues le Grand (qui s'est avancé jusqu'à Bayeux), mais le tient à l'écart.

autres événements
• Le comté de Verdun étant vacant, le roi de Germanie Otton Ier y nomme Godefroi l'Ancien, qui fonde la dynastie qui domine bientôt Haute et Basse-Lotharingie ; son fils Adalbéron devient évêque de Verdun (984-988).
• Les abbayes de Saint-Hilaire de Poitiers et Saint-Maixent sont fortifiées.

vers 945

L'évêque de Metz Adalbéron Ier (929-962) charge un moine d'origine insulaire, l'abbé de Waulsort Cadroë († 974/975), de réformer l'église Saint-Félix (Saint-Clément) de Metz.
Jean de Salerne écrit la *Vie de saint Odon*, abbé de Cluny.

945

avril
Pour venger la famille d'Héribert, une coalition de vassaux de Hugues le Grand détruit le château royal de Montigny-Lengrain et pille Compiègne.
Le roi Louis IV d'Outremer réagit en dévastant le Vermandois, puis repart en Normandie, où des Vikings du Cotentin – soutenus peut-être par un groupe armé de Danois conduits par le roi Harald à la Dent Bleue – commencent la reconquête du duché sur les Francs.

mai
Conrad Ier le Pacifique, roi de Bourgogne, tient une assemblée à Arles, où son pouvoir est reconnu. À la mort de Hugues d'Arles, la Provence sera intégrée au royaume de Bourgogne transjurane.

24 juin
Le roi Louis IV d'Outremer et le duc Hugues le Grand concluent un accord de paix, après que le roi a refusé de donner Bayeux, puis Évreux au duc.

13 juillet
Avec la complicité des Normands, le duc Hugues le Grand s'empare du roi Louis IV d'Outremer à Bayeux et le fait jeter en prison sous la garde de Thibaud le Tricheur, comte de Blois (allié aux Vermandois).

autres événements
• Une épidémie sévit dans la région parisienne ; le duc Hugues le Grand subvient aux besoins de la population regroupée dans la cathédrale de Paris, censée protéger miraculeusement de la maladie.

946

avant le 1er juillet
Sur les instances du roi de Germanie Otton Ier, du roi de Wessex et du pape, le roi Louis IV d'Outremer est libéré, rétabli sur son trône, et le jeune duc Richard rendu aux Normands. Or Hugues le Grand s'est imposé dans les négociations préalables au retour du roi comme le garant du royaume ; il a même obtenu Laon. Réalité incompatible avec l'idéal de la royauté. La reine Gerberge et Louis IV d'Outremer font appel à Otton Ier (ils auraient promis à Otton de renoncer à la Lotharingie). Le roi de Germanie lève une armée et, avec le roi de Bourgogne Conrad Ier le Pacifique, porte secours à Louis IV d'Outremer. En septembre, les deux rois échouent à prendre Laon, mais s'emparent de Reims où l'archevêque Artaud recouvre son siège.

autres événements

• Hugues d'Arles, chassé d'Italie, revient à Arles où il prétend restaurer son pouvoir; il n'obtient guère la soumission que du comte de Rodez.

• À Autun, le roi Louis IV d'Outremer réunit les grands du duché de Bourgogne.

946-950

Richard Ier, duc de Normandie, fait frapper dans l'atelier de Rouen une monnaie associant au revers la croix (en usage sous son père Guillaume Longue Épée) et à l'avers le motif du temple chrétien, d'inspiration carolingienne.

947

10 avril

Les deux royaumes de Bourgogne et de Provence sont réunifiés par le roi de Germanie Otton Ier entre les mains de Conrad Ier le Pacifique, sous le nom de Bourgogne (royaume d'Arles), à la faveur de la mort de Hugues d'Arles.

11 avril (Pâques)

Le roi de Germanie Otton Ier reçoit la reine Gerberge et le roi Louis IV d'Outremer à Aix-la-Chapelle.

Un concile a lieu à Tournus, sans doute pour déposer l'archevêque d'Arles Manassès, proche de feu Hugues d'Arles.

17 novembre

Une assemblée se tient à Verdun.

autres événements

• Borrell devient comte de Barcelone, « duc de Gothie » († 992).

948

13 janvier

Un nouveau synode d'évêques lotharingiens et de Germanie à Mouzon constate le refus du duc Hugues le Grand de comparaître devant les rois.

7-8 juin

Un concile à Ingelheim réuni en présence du légat pontifical Marin et des rois Otton Ier et Louis IV d'Outremer dépose officiellement l'archevêque de Reims Hugues.

septembre

Un concile de Trèves proclame l'excommunication de Hugues le Grand, jugé « envahisseur et ravisseur du royaume de Louis ».

autres événements

• Le comte de Flandre Arnoul le Vieux prend Montreuil-sur-Mer à Roger, comte d'Amiens, vassal du duc Hugues le Grand.

• Le roi de Germanie Otton Ier donne à l'évêque de Cambrai les droits comtaux sur la ville de Cambrai.

• Le chanoine de Reims Flodoard rédige son *Histoire de l'église de Reims.*

FLODOARD

*Flodoard, clerc de l'église de Reims entré au service des archevêques du lieu, a écrit deux sources fondamentales pour l'histoire du royaume de Francie occidentale et de la Lotharingie entre 919 et sa mort en mars 966 : l'*Histoire de l'église de Reims *(menée jusqu'en 948) et des* Annales. *Fidèle fervent de l'archevêque Artaud, il subit les conséquences des disgrâces de celui-ci. Il a composé aussi un long poème célébrant les* Triomphes du Christ et de ses saints.

949

janvier

Le roi Louis IV d'Outremer parvient avec l'aide du duc de Lorraine et d'Arnoul de Flandre à reprendre Amiens, Laon (sauf le château) et le Laonnois; il installe à l'évêché de Laon son frère bâtard Rorgon et reçoit la fidélité d'Albert de Vermandois.

Le duc Hugues le Grand résiste toujours.

En récompense de son soutien, le roi permet à Arnoul de Flandre d'étendre son comté sur le Ponthieu et l'Amiénois.

22 avril

Le roi de Germanie Otton Ier reçoit à Aix-la-Chapelle la reine Gerberge qui vient demander des secours.

Renard le Vieux († 997) succède à la charge de vicomte de Sens, mise en place par Hugues le Grand; peu après, il prend le titre comtal.

949-954

Adson de Montier-en-Der adresse à la reine Gerberge, épouse de Louis IV d'Outremer, son traité *De la naissance et du temps de l'Antéchrist.*

vers 950

Le comte de Blois Thibaud le Tricheur fonde le monastère de Saint-Florent à Saumur, sous influence de Fleury.

Les chanoines de Saint-Étienne d'Arles prennent la direction d'un mouvement de restauration canoniale

en Provence. Leurs disciples occupent bientôt les principaux sièges épiscopaux du comté (réformes des chapitres cathédraux d'Avignon en 976, Apt en 991).
Un anonyme du nord de la France compose le *Sermon sur Jonas*, l'un des plus anciens textes littéraires en langue romane.
Le moine Gérard, doyen de Saint-Médard de Soissons, écrit une *Vie de saint Romain* en hexamètres.

950

3 février

Le roi Louis IV d'Outremer se trouve à Pouilly-sur-Loire, où il reçoit l'hommage de Guillaume Ier Tête d'Étoupe, comte de Poitiers et duc d'Aquitaine; mais tous les magnats d'Aquitaine ont refusé de se rendre à l'assemblée, sauf l'évêque de Clermont Étienne II.

autres événements

• Le roi de Germanie Otton Ier intervient auprès de Hugues le Grand; il rencontre le roi Louis IV d'Outremer près de la Moselle (Bouzonville?).
• Par l'entremise des ducs de Lorraine et de Bourgogne, une entrevue a lieu sur la Marne entre le duc Hugues le Grand et le roi Louis IV d'Outremer: Hugues le Grand prête l'hommage au roi et lui rend le château de Laon.

vers 950-960

Le palais carolingien de Doué-la-Fontaine est transformé en donjon.

951

30 mars

Le roi de Germanie Otton Ier accueille à Aix-la-Chapelle une ambassade du roi Louis IV d'Outremer menée par le duc Hugues le Grand.

autres événements

• Hugues le Grand cherche l'alliance avec les Lotharingiens; il fiance sa fille Béatrice à Frédéric, futur comte de Bar et frère de l'évêque Adalbéron Ier de Metz (le mariage a lieu en 954).
• Héribert III le Vieux épouse la veuve de Charles le Simple, la reine Ogive; le douaire de celle-ci comporte des biens importants en Lotharingie, qu'il s'approprie bientôt.
• Des Hongrois sévissent en Bourgogne.

952

17 décembre

La mort du duc Hugues le Noir donne le duché de Bourgogne à ses deux gendres, Liétaud, qui devient comte de Mâcon et d'Outre-Saône, et Gilbert, fils de Manassès de Vergy, qui reçoit l'Autunois; dès 955, Gilbert est sûrement dans la fidélité de Hugues le Grand.

autres événements

• Le décès d'Alain Barbetorte livre Nantes et la Bretagne à Drogon, le fils qu'il a eu d'une sœur de Thibaud le Tricheur, comte de Blois. Profitant de la minorité de Drogon († 958), Thibaud le Tricheur et Foulques le Bon, comte d'Angers, se disputent la région (Thibaud prend le parti du comte de Rennes Conan, et Foulques, qui a épousé la veuve d'Alain Barbetorte, soutient Hoël, bâtard d'Alain Barbetorte).
• Le comte Arnoul Ier de Flandre confie la réforme de l'abbaye de Saint-Amand à Gérard de Brogne.
• À Limoges, le moine Gauzbert réalise une statue de saint Martial.

953

20 mars

Une assemblée de paix a lieu à Soissons autour du roi Louis IV d'Outremer et Hugues le Grand.

autres événements

• Le roi de Germanie Otton Ier confie à son frère Brunon, archevêque de Cologne, le pouvoir ducal en Lotharingie; Brunon exerce ce gouvernement jusqu'à sa mort en 965, mais partage le duché en deux ensembles en 959.
• Profitant de la vacance du duché de Bourgogne, Hugues le Grand s'empare de la ville de Nevers, qui est livrée aux flammes.
• Des moines reçoivent les premières donations à l'origine de l'abbaye de Montmajour.

953-956

Jean de Gorze se rend en ambassade auprès du calife de Cordoue.

954

10 septembre

Le roi Louis IV d'Outremer meurt à l'âge de 36 ans d'une chute de cheval et est inhumé à Saint-Remi de Reims. Sa mort donne au roi de Germanie Otton Ier l'occasion d'intervenir directement dans la gestion du royaume occidental. L'archevêque Brunon, oncle maternel du jeune Lothaire III, prend en charge les intérêts de son neveu.

LOTHAIRE III
Né en 941-Mort le 2 mars 986
Règne: 954-986 (32 ans)
Roi à 13 ans

*L*othaire a près de 13 ans à la mort de son père Louis IV d'Outremer. Le duc de France Hugues le Grand assure les premières années du règne et poursuit ses intérêts personnels; il règne en vérité sur toute la Neustrie et à partir de 954, sur la Bourgogne. À la mort de Hugues le Grand, Lothaire III, soucieux de rétablir l'autorité du roi carolingien, a différé l'investiture des «honneurs» détenus par le disparu en faveur du jeune fils de celui-ci, Hugues Capet. Lothaire provoque ainsi un «interrègne» en Neustrie et Bourgogne, de 956 à 960 environ. Il a permis aux principaux vassaux de Hugues le Grand de s'émanciper, et notamment à Thibaud le Tricheur, vicomte de Tours et comte de Blois; le roi n'en bénéficie en rien. Il a tenté cependant d'élargir son assise, notamment en direction du Midi (il donne la veuve du comte de Gévaudan en mariage à son fils Louis V).

En outre, l'an 962, Otton Ier, qui s'est fait élire roi des Francs et des Lombards en 951, est sacré empereur à Rome. Il ruine le futur des Carolingiens en s'assurant le titre impérial. Par le truchement de son frère Brunon, il tient Lothaire III sous sa coupe, et attire la province ecclésiastique de Reims dans l'orbite impériale. Le fils d'Otton Ier, l'empereur Otton II, attire de surcroît la Lorraine dans sa vassalité; une expédition de Lothaire III en 978 n'y fait rien.

Lothaire III a un frère, Charles de Lorraine (vers 953-vers 993; marié d'abord à Agnès de Vermandois dont il a Otton, puis à Adélaïde dont naissent Louis et Charles), qui sera l'adversaire malheureux de Hugues Capet. Mathilde, sœur de Lothaire III, a épousé vers 961-964 Conrad Ier le Pacifique, roi de Bourgogne. Un nouvel équilibre s'est établi dans la partie orientale du royaume de Lothaire, où les archevêques de Reims jouent un rôle déterminant. Pendant ce temps, Hugues Capet, qui tient les rênes de la Neustrie et étend son pouvoir vers l'Aquitaine, tisse le réseau qui lui permettra, le moment venu, d'accéder au trône.

Lothaire III épouse fin 965 ou début 966 Emma, fille de l'impératrice Adélaïde et de son premier mari, le roi d'Italie Lothaire et donc demi-sœur d'Otton II. De ce mariage sont issus Louis V et Otton, chanoine de l'église de Reims. Auparavant, Lothaire a eu, d'une concubine, Arnoul (vers 967-vers 1021, archevêque de Reims en février-mars 988) et Richard († après 991).

Lothaire III est enterré à Saint-Remi de Reims (son tombeau est refait vers 1120-1140, et doté d'une statue représentant le roi).

PAPES

Agapet II, 946-956 ; Jean XII, 956-964 ; Benoît V, 964-965 ; Jean XIII, 965-972 ; Benoît VI, 973 ; Don II, 974 ; Benoît VII, 975-984 ; Jean XIV, 985 ; Jean XV, 985-996.

EMPEREURS

Otton Ier, 962-973 ; Otton II, 973-983 ; Otton III, mineur ; régence de 983 à 995.

954

12 novembre
Lothaire III est sacré roi des Francs à Saint-Remi de Reims par l'archevêque de Reims Artaud.

11 décembre
Lothaire III est à Laon, accompagné de Hugues le Grand. Il reconnaît à celui-ci le « duché de France » et lui confère un pouvoir sur les duchés d'Aquitaine et de Bourgogne.

autres événements
- Une nouvelle incursion de Hongrois ravage la Bourgogne.
- L'aristocrate provençal Maïeul (vers 910-994) est choisi pour coadjuteur par le troisième abbé de Cluny (Aymard, 927-963), devenu aveugle. Il inaugure la construction d'une nouvelle église abbatiale: Cluny II, dotée d'un transept de forte envergure latérale et d'une tour de croisée, est consacrée par l'abbé Maïeul en 981 et achevée pour l'essentiel en 983.

955

1er janvier
À Laon, le roi Lothaire III restitue Corbeny aux moines de Saint-Remi de Reims.

15 avril
Hugues le Grand reçoit le roi Lothaire III et sa mère la reine Gerberge à Paris pour les fêtes de Pâques.

juin
Guillaume Ier Tête d'Étoupe, qui tient le Poitou, vient d'acquérir le titre comtal de Limoges et d'Auvergne; lors d'un plaid à Ennezat (Puy-de-Dôme), il a reçu l'hommage des grands d'Auvergne.
Le roi Lothaire III, sous protection de Hugues le Grand, se rend en Aquitaine pour recevoir l'hommage que le comte de Poitiers Guillaume Ier Tête d'Étoupe refuse.

août
Le roi Lothaire III et le duc de France Hugues le Grand assiègent en vain Poitiers; Hugues le Grand prend et incendie Sainte-Radegonde.

octobre
Le roi Lothaire III et le duc de France Hugues le Grand rentrent d'Aquitaine à Laon.

956

8 avril
La mort sans héritier mâle de Gilbert, comte d'Autun, de Chalon et de Troyes, qui exerce au nom de Hugues le Grand le gouvernement du duché de Bourgogne, livre ce pays au fils de Hugues, Eudes (Otton, Odon, vers 945-965), qui vient d'épouser à Pâques 955 Liutgarde (Liégeard, Ledgarde), une fille de Gilbert. Robert II, comte de Meaux, frère d'Héribert III de Vermandois, obtient le comté de Troyes par sa femme Adélaïde-Werra, autre fille du comte Gilbert.

16 ou 17 juin
Hugues le Grand meurt à Dourdan et est inhumé à Saint-Denis, près du roi Eudes son oncle.

957

janvier-février
Le roi Lothaire III se rend en Bourgogne et soumet Robert II, comte de Meaux et Troyes, qui s'était emparé de Dijon par dépit d'avoir été évincé de la succession de Bourgogne. Le roi bénéficie du soutien militaire de l'archevêque Brunon de Cologne pour réprimer les manœuvres tant de Robert en Bourgogne que de Rainier III au Long Col en Lorraine.

autres événements
- Le chapitre cathédral de Vich est réformé.

958

juin
Le roi Lothaire III donne l'archevêché de Sens à un membre du clan Vermandois, Archambaud († 967), fils du comte de Troyes Robert II. Peu après a lieu à Sens la redécouverte des reliques de sainte Colombe.

septembre
Pour mettre fin à des troubles causés par l'aristocratie auvergnate, l'évêque Étienne de Clermont provoque un plaid et rétablit la paix.

11 novembre
À Marzy (près Nevers), Hugues Capet tient un plaid avec le roi Lothaire III et sa mère contre le « duc » d'Aquitaine Guillaume Ier Tête d'Étoupe.
Les troupes de l'archevêque de Reims Artaud reprennent la tour de Coucy, occupée par les partisans du comte de Vermandois Héribert III.

958-960

Le comte de Blois Thibaud le Tricheur, vassal de Hugues Capet, profite de l'impuissance de Hugues Capet à qui le roi Lothaire III refuse l'investiture, et s'empare de la cité de Chartres.

vers 959

Guillaume Ier Tête d'Étoupe se proclame duc d'Aquitaine.

959

3 avril
Le roi Lothaire III est à Cologne auprès de l'archevêque Brunon. Celui-ci divise l'ancien royaume devenu duché de Lotharingie: la Basse-Lotharingie est confiée à un groupe de nobles, la Haute-Lotharingie (partie méridionale, correspondant à la province ecclésiastique de Trèves) est remise au comte Frédéric Ier (Ferri) d'Ardenne ou de Bar, époux de Béatrice, sœur de Hugues Capet et nièce d'Otton II.
Le comte de Blois Thibaud le Tricheur met la main sur le Berry occidental. Le comte de Troyes Robert II expulse l'évêque de Troyes Anségise qui paraît avoir voulu s'emparer de pouvoirs comtaux à Troyes; celui-ci se réfugie auprès de l'archevêque de Cologne Brunon.

décembre
Une conférence à Marzy (Nivernais) réunit le roi Lothaire III et Hugues Capet afin d'organiser une offensive en Aquitaine.

autres événements
• Un marquisat est créé aux frontières du Berry, Limousin et Poitou; Boson devient le premier comte de cette Marche.
• En Poitou, l'ancienne assemblée judiciaire du *mallus* apparaît définitivement transformée en Cour féodale.

vers 960

Le duc Frédéric de Haute-Lorraine fait ériger le château de Bar sur des terres de Saint-Mihiel, pour faire front aux expéditions des Champenois.

960

octobre-décembre
Le roi Lothaire III et l'archevêque Brunon, duc de Lotharingie, mènent chacun leur ost en Bourgogne. L'évêque Anségise de Troyes revient assiéger sa cité avec une armée saxonne. À Villiers-Louis (près Villeneuve-l'Archevêque?), les Saxons sont battus. Brunon de Cologne s'interpose, et Anségise recouvre son siège, mais, semble-t-il, en renonçant à son pouvoir temporel dans la cité. Le roi Lothaire III reprend Dijon.

autres événements
• Hugues Capet est enfin confirmé dans les charges de son père Hugues le Grand, comme duc des Francs et abbé laïque de Saint-Denis; le roi Lothaire III aurait donné à Hugues Capet le comté de Poitiers (en 959?).
• Geoffroi Ier Grisegonelle († 21 juillet 987) succède à Foulques le Bon († après le 22 juillet 960, avant le 21 juillet 961) comme comte des Angevins. Vassal des deux ducs de France et d'Aquitaine, il entame aussitôt une ouverture lignagère vers le Midi qui l'affranchit quelque peu de Hugues Capet: sa mère pourrait être une fille de Bernard Plantevelue; sa sœur Adélaïde est alors épouse d'Étienne de Gévaudan, maître de Brioude; veuve vers 975, elle est remariée au comte Raimon de Toulouse, puis après la mort de celui-ci entre 978 et 980 au futur Louis V dont elle est divorcée en 982 pour épouser le marquis de Provence Guilhem d'Arles. Geoffroi s'est séparé d'Adèle de Vermandois et vers 978 est marié à Adélaïde-Werra, fille de Gilbert d'Autun.
• Le duc Richard Ier de Normandie épouse Emma, sœur de Hugues Capet.

961

janvier-7 avril (Pâques)
Le roi Lothaire III réside à Laon. Il donne l'investiture du duché de Bourgogne à Eudes, frère de Hugues Capet; d'où une brouille entre ce dernier et le roi.
Une assemblée royale à Soissons décide une action militaire contre le duc de Normandie Richard Ier; la prise d'Évreux par le comte de Blois Thibaud le Tricheur aggrave le différend entre le roi Lothaire III et le duc de France Hugues Capet, allié par sa sœur Emma à Richard Ier.

18 juillet
L'évêque du Puy, Godescalc, consacre la chapelle de Saint-Michel d'Aiguilhe.

961/964

Lothaire III donne sa sœur Mathilde en mariage au roi de Bourgogne Conrad Ier le Pacifique; en dot, il lui remet des droits sur Lyon et Vienne.

Le moine Folcuin rédige les *Gestes des abbés de Saint-Bertin*.

962

1er janvier
Baudoin III de Flandre, fils et héritier d'Arnoul Ier, meurt; il est inhumé à Saint-Bertin. Son père rend l'Artois et l'Amiénois au roi Lothaire III, s'en réservant l'usufruit; il donne en fief le Boulonnais et le Ternois à Arnoul, ancêtre des comtes de Boulogne.

2 février
Otton Ier est couronné et sacré empereur à Rome.

avril
À Meaux, un synode des provinces ecclésiastiques de Sens et de Reims, présidé par l'archevêque de Sens Archambaud, examine la question du rétablissement de Hugues de Vermandois au siège de Reims. Les évêques de Laon et Châlons s'y opposent; l'assemblée décide de porter l'affaire devant le pape.

avril-mai
Les Normands répliquent à l'incursion du roi Lothaire III et du comte de Blois Thibaud le Tricheur dans leur duché (Thibaud a pris la ville d'Évreux) par le pillage du Chartrain et du Dunois.

5 août
La ville et la cathédrale de Chartres sont détruites par un incendie.

septembre
Hugues de Vermandois étant de nouveau excommunié par le pape, le Lotharingien Oudri (Odalric) est élu archevêque de Reims sur proposition de l'archevêque Brunon de Cologne.

autres événements
• Menacé par les Normands, l'évêque d'Alet (Saint-Servan) transfère les reliques des saints Samson et Magloire à Paris.

962/963

17 novembre
La mort du puissant Manassès, ancien archevêque d'Arles puis de Milan, permet enfin au roi de Bourgogne Conrad Ier le Pacifique d'asseoir son autorité en Provence.

963

1er avril
Le roi Lothaire III est à Soissons.

autres événements
• Guillaume II Fièrabrace (Fier-à-Bras, vers 937-995/996) succède à son père Guillaume Ier Tête d'Étoupe sur le comté de Poitiers et le duché d'Aquitaine; vers 968, il épouse Emma, fille du comte de Blois Thibaud le Tricheur; vers 970, sa sœur Adélaïde (vers 950/955-24 octobre 996) est mariée à Hugues Capet.
• Flodoard fait mention d'une foire à côté de Châlons-sur-Marne. La cité est pillée par les frères Héribert III de Vermandois et Robert II de Troyes.
• L'évêque de Toul Gauzlin fonde l'abbaye de Saint-Mansuy.

964

avril
Le roi de Bourgogne Conrad Ier le Pacifique séjourne à Arles.
Le duc de Normandie Richard Ier, aidé de Vikings qu'il a fait venir du Danemark, ravage le Vexin et la Somme.

vers 965

Le duc Richard Ier de Normandie substitue aux chanoines du Mont-Saint-Michel une communauté de moines réformés, disciples de Gérard de Brogne.

965

23 février
À la mort inattendue d'Eudes de Bourgogne, les Bourguignons élisent pour duc son frère Otte-Henri (vers 948-15 octobre 1002), autre frère de Hugues Capet, à la fureur du roi Lothaire III. Otte-Henri était destiné à la cléricature; il épouse vers 975 Gerberge, veuve du roi d'Italie Aubert II d'Ivrée et fille du comte Lambert de Chalon.

27 mars
Le vieux comte de Flandre Arnoul Ier meurt et est enterré à Saint-Pierre de Gand. Les Flamands élisent aussitôt au comté son petit-fils Arnoul II (vers 961-988), sous tutelle de Baudoin Balzo, contre la donation d'Arnoul le Grand au roi Lothaire III. Le roi met aussitôt la main sur Arras, Douai et Saint-Amand dont Arnoul Ier s'était emparé.

2 juin
Le roi Lothaire III et son frère Charles de Lorraine sont conviés par l'archevêque Brunon à Cologne pour une rencontre avec l'empereur Otton Ier et sa sœur Gerberge (veuve du roi Louis IV d'Outremer); on projette le mariage de Lothaire III avec Emma, fille de l'impératrice Adélaide.

juin-juillet
La paix de Gisors, signée par le roi Lothaire III et Richard Ier duc de Normandie consacre le statut de principauté héréditaire de la Normandie, dans la vassalité de Hugues Capet. Richard Ier reçoit le titre de marquis; il convainc ses alliés vikings de porter la guerre sur Lisbonne.
Le roi Lothaire III et le clan des comtes de Troyes et de Blois font alliance contre Hugues Capet.

11 octobre
L'archevêque Brunon de Cologne meurt. Dès lors, les liens entre Ottoniens et Carolingiens se distendent.

autres événements
• Frédéric de Bar devient duc de toute la Lotharingie.

après 965

Un atelier bourguignon réalise la statue-reliquaire de saint Lazare pour l'église d'Avallon.

Les savants et le souvenir de l'Empire

Adalbéron de Reims (ancien moine et écolâtre de Gorze puis archevêque de Reims, 969-988), Adson de Montier-en-Der (vers 910-992), Gerbert d'Aurillac (vers 940/945-1002), Constantin de Micy, Abbon de Fleury (vers 940-1004), Richer de Reims († après 998) forment les cadres principaux d'une génération intellectuelle de haut vol. Sauf Abbon qui appartient au cercle capétien, ils sont liés étroitement au milieu impérial. Si l'on ne connaît pas d'écrits d'Adalbéron, ses amis et disciples ont marqué profondément l'histoire de l'enseignement, notamment scientifique. Adson a laissé le catalogue d'une riche bibliothèque; son traité à la reine Gerberge Sur les origines et l'époque de l'Antéchrist *a pesé d'une lourde influence sur les représentations de la fin des temps dans les trois siècles qui suivirent. Gerbert surtout est à l'origine d'un renouvellement des arts libéraux (mathématiques et astronomie notamment, musique peut-être, et surtout la logique où il excelle à Reims), dont l'écho est sensible en Italie du Nord et en Germanie, mais aussi dans le royaume occidental où Gerbert a de fidèles disciples (Fulbert de Chartres et, selon la tradition, le roi Robert II lui-même).*

966

Renaud de Roucy (gendre de feu le duc Giselbert de Lorraine) ravage les terres de l'église de Reims; l'archevêque de Reims Oudri l'excommunie.

10 juin
Le comte angevin Geoffroi Ier Grisegonelle réforme l'abbaye Saint-Aubin d'Angers.

autres événements
• L'archevêque Adalbert de Mayence (depuis 962, grand ordonnateur du sacre d'Otton Ier) démissionne et devient abbé de Wissembourg.

967

30 août
Le roi Lothaire III passe à Dijon; il octroie à l'évêque de Langres les droits comtaux sur sa cité.

octobre
Le roi Conrad Ier de Bourgogne plaide devant l'empereur Otton Ier à la diète de Vérone pour une expédition commune contre les Sarrasins de La Garde-Freinet.

autres événements
• Le marquis Borrell, comte de Barcelone-Gérone, passant par Aurillac lors de son mariage avec la fille du marquis de Gothie, y prend en charge le jeune moine Gerbert, dont il confie l'éducation à l'évêque de Vich Hatton.

967-968

Adson de Montier-en-Der est élu abbé de son monastère. Il entreprend aussitôt la reconstitution du domaine temporel de l'abbaye grâce au comte de Troyes Héribert III, et commence la reconstruction de l'église.

968

Héribert III de Vermandois, héritier de son frère le comte Robert II de Troyes, obtient, avec la confirmation de son comté, le titre de « comte des Francs », en défi au duc des Francs Hugues Capet.

969

5 mai
La mort de Gerberge (sœur d'Otton Ier et veuve du roi Louis IV d'Outremer) atténue la dépendance du roi Lothaire III à l'égard des Ottons.

autres événements
• Le successeur d'Oudri († 6 novembre) à l'archevêché de Reims est de nouveau un Lotharingien, Adalbéron, de la lignée carolingienne († 989); il est neveu de Frédéric, comte de Bar, et frère de Godefroi, comte de Verdun.
• Aynard de Saint-Evre-lès-Toul écrit un glossaire pour ses élèves du monastère.

969-992

Gauzbert, chorévêque de Périgueux, compose une nouvelle *Vie de saint Front.*

avant 970

Hugues Capet se réconcilie avec les Aquitains; il épouse Adélaïde, la sœur de Guillaume Fièrabrace, comte de Poitou.

971

Hugues Capet accentue son implantation en Bourgogne. Son demi-frère Héribert est élu évêque d'Auxerre. Son frère le duc Otte-Henri semble raviver la réforme monastique (974, Sainte-Colombe de Sens) dont Hugues, devenu roi, s'attribuera le mérite.
L'évêque de Vich et le comte Borrell de Barcelone se rendent à Rome avec le jeune Gerbert d'Aurillac et obtiennent du pape des privilèges soustrayant les évêchés catalans à l'obédience de l'archevêque de Narbonne; cette tentative d'autonomie religieuse des Catalans reste sans lendemain (en raison peut-être de l'assassinat de l'évêque de Vich à Rome le 22 août).

vers 972

L'empereur Otton Ier établit trois marches sur l'Escaut, pour contenir les ambitions des comtes de Flandre; celle de Valenciennes résulte du démembrement du comté de Hainaut (957).
La comtesse Garsinde de Toulouse rédige son testament.

972

mai
Lors d'un synode à Mont-Notre-Dame, près Braine, l'archevêque Adalbéron de Reims inaugure la réforme monastique dans sa province (Saint-Remi de Reims, Mouzon).
Le siège épiscopal de Cambrai-Arras fait l'objet d'une concurrence sévère entre un favori du roi Lothaire III, le moine de Saint-Denis Robert, et Teudon soutenu par l'empereur Otton Ier; celui-ci impose son candidat.

22/23 juillet
Des Sarrasins capturent l'abbé Maïeul de Cluny à Orsières (Valais ?) et le libèrent contre forte rançon. En réaction, les deux frères, le comte d'Arles Roubaud II et le comte d'Avignon Guilhem II (970-993), avec Arduin de Turin, détruisent la place fortifiée des Sarrasins de La Garde-Freinet (Maures). Guilhem II se donne dès lors le titre de comte de Provence.

autres événements
• Le comte Borrell de Barcelone s'attribue le titre de duc de Gothie.
• L'archevêque Itier d'Arles restaure le monastère féminin Saint-Césaire d'Arles.
• Gerbert commence son enseignement de la « logique » (grammaire, rhétorique et dialectique), des « mathématiques » (en fait, géométrie, arithmétique, astronomie et musique) à l'école cathédrale de Reims qu'il quitte en 980 pour la Cour d'Otton II en Italie.

973

7 mai
La mort de l'empereur Otton Ier encourage l'aristocratie lorraine à se soulever contre son fils Otton II.

été
Les fils de Rainier III au Long Col, Rainier et Lambert, quittent Laon où se trouve la Cour du roi Lothaire III pour reprendre le Hainaut.

octobre
Conrad Ier le Pacifique tient une assemblée des grands de tout son royaume de Bourgogne et Provence.

autres événements
• L'évêque Wicfrid fonde à Verdun l'abbaye Saint-Paul.

974

janvier
L'empereur Otton II intervient en Basse-Lorraine et met en fuite les fils de Rainier III au Long Col de Hainaut qui se réfugient à la Cour du roi Lothaire III. L'empereur Otton II confie le Hainaut au comte de Verdun Godefroi, frère d'Adalbéron de Reims, et à Arnoul, fils du comte de Cambrai.

26 mai
Le roi Lothaire III tient un plaid à Compiègne où il s'occupe de resserrer ses liens avec l'archevêque Adalbéron de Reims dont l'orientation ottonienne est de plus en plus manifeste. Lothaire entretient une amitié voyante avec Hugues Capet et son frère le duc de Bourgogne Otte-Henri, à qui il décerne un diplôme en faveur de l'abbaye Sainte-Colombe de Sens, récemment incendiée.
Il confirme par ailleurs les donations faites par Hugues à l'abbaye de Saint-Riquier.

autres événements
• L'empereur Otton II donne à l'évêque de Strasbourg Erkembald (965-991) le droit de battre monnaie (il accorde à sa cité l'immunité, donc des droits comtaux, en 982 et en 988).

après 974

Adson de Montier-en-Der écrit la *Vie de saint Frodebert*, à la demande d'Odon, abbé de Moutier-la-Celle.

975

16 janvier
Par la mort de Thibaud le Tricheur, son fils Eudes Ier (vers 950-12 mars 996) accède au comté de Blois et Chartres et à la vicomté de Tours; vers 980, il épouse Berthe (vers 965-après 1010), fille du roi Conrad Ier de Bourgogne et d'une sœur du roi Lothaire III, Mathilde (943-981/992).

juillet
L'archevêque Adalbéron de Reims excommunie et dépose l'évêque d'Amiens Thibaut, condamné par le pape Benoît VII et qui a refusé de se présenter dans un concile provincial tenu à Reims le 3 juillet sous la présidence du légat Étienne.

autres événements
• Le roi Lothaire III donne l'évêché du Puy à Guy, frère du comte d'Anjou Geoffroi Grisegonelle et d'Adélaïde, veuve du comte de Gévaudan. Guy tient aussitôt une assemblée à Laprade en Velay (vers 975-980), qui est le premier concile de paix connu: il contraint les fauteurs de troubles de son diocèse à restituer les biens des pauvres et des églises, et fait prêter un serment de paix aux chevaliers et aux paysans armés.

975-1005

Un moine de Saint-Félix de Metz écrit la *Vie de saint Clément*, premier évêque de la cité.

vers 976

Le chapitre cathédral d'Apt (et celui d'Avignon ?) est réformé en communauté de chanoines.

976

avril
Rainier et Lambert, les fils de Rainier III au Long Col, lancent une offensive victorieuse sur Mons, avec le soutien de Charles de Lorraine, frère du roi Lothaire III, et d'Eudes, fils d'Albert de Vermandois.

11 décembre
Le roi Lothaire III et la reine Emma sont à Reims où le roi tient une assemblée; ils assistent à la translation des reliques de saint Thierry dans l'abbaye dédiée au saint.

autres événements
• Des pirates vikings capturent le comte de Bordeaux Guillaume le Bon; son cousin Guillaume Sanche, comte de Gascogne, doit rassembler une lourde rançon pour le délivrer.

976-984

L'abbé Jean de Saint-Arnoul de Metz écrit la *Vie* latine de Jean de Vandières (abbé de Gorze de 968 à 974).

977

16 janvier
Le roi Lothaire III nomme Adalbéron, neveu de l'archevêque de Reims, à l'évêché de Laon (consacré à Reims le 1er avril).

ADALBÉRON

Adalbéron († 1030) gagne ainsi la récompense du dévouement de sa famille aux Carolingiens.

Neveu de l'archevêque de Reims du même nom, doté d'une éducation de haut niveau, il travaille à la chancellerie royale. À la mort du roi Lothaire III, sa fidélité carolingienne balance longtemps entre Hugues Capet et Charles de Lorraine (frère de Lothaire III). Il traverse cependant le feu et resurgit dans sa vieillesse en défenseur du pouvoir traditionnel des rois carolingiens, face aux formes nouvelles des principautés féodales : il exprime ce sentiment dans son Poème au roi Robert *où il expose le thème de la société divisée par Dieu en trois ordres : les guerriers, les prêtres et les « travailleurs » (paysans).*

Peu après, Charles de Lorraine, frère du roi Lothaire III, accuse la reine Emma d'être la maîtresse de l'évêque Adalbéron de Laon. Un synode d'évêques est réuni à Saint-Macre, dans le diocèse de Reims ; Adalbéron est absous, garde la confiance de Lothaire III, et Charles est banni du royaume.

juin
Le frère de Lothaire III, Charles de Lorraine, réfugié auprès de l'empereur Otton II, reçoit de lui un duché de Basse-Lorraine (Frédéric de Bar conserve la Haute-Lorraine).

1er octobre
Le nouvel archevêque de Sens, Seguin, consacré le 10 juin dans la cathédrale d'Auxerre parce qu'il est empêché d'entrer dans sa cité par son oncle le comte Rainard, utilise une nouvelle arme spirituelle : il jette l'interdit (suspension de tout rite religieux public) sur tout son diocèse.

31 octobre
La Règle de saint Benoît est introduite à Saint-Victor de Marseille par l'évêque Honorat, qui y établit des moines de Psalmodi.

autres événements
• Le comte des Gascons Guillaume Sanche donne aux moines de Fleury l'église de Squirs, qui prend le nom de La Réole (*reole*, ou « Règle » de saint Benoît). Il se dit alors duc de Gascogne et comte de Bordeaux, dominant une principauté qui s'étend de l'Atlantique aux Pyrénées, et de là jusqu'au nord d'Agen et Bazas ; il crée un « évêché des Gascons » indépendant de toute métropole.
• Des vendanges exceptionnellement abondantes font chuter les prix du vin.

978

17 février
Le premier dimanche de Carême, l'archevêque de Sens Seguin peut enfin prendre possession de son siège. Avec le soutien du roi Lothaire III qui se trouve en Bourgogne, il introduit aussitôt la réforme monastique (modèle de Fleury) à Saint-Pierre-le-Vif.

juin
Une assemblée royale à Laon entérine le projet de reconquête de la Lorraine. Le roi Lothaire III et Hugues Capet, réconciliés, partent avec le duc de Bourgogne Otte-Henri : ils vont jusqu'à dévaster Aix-la-Chapelle mais échouent à mettre la main sur l'empereur Otton II. Ils ne peuvent prendre Metz, qui est défendue efficacement par l'évêque Thierry Ier (965-7 septembre 985).

1er octobre
L'empereur Otton II riposte et franchit la Meuse. Il arrive jusque sous les murs de Paris. Pendant l'expédition d'Otton II, Charles de Lorraine tente de se faire élire roi à la place de son frère, le roi Lothaire III.

fin novembre
L'empereur Otton II repart vers la Lorraine ; au passage de l'Aisne, son armée est interceptée par celle du roi Lothaire III. Laon est reprise ; l'empereur Otton II se retire en Lorraine sans dommages majeurs.

autres événements
• Le roi Lothaire III choisit pour l'évêché de Noyon Liudolf († vers 986), fils du comte Albert de Vermandois.
• Le pape Benoît VII remet à l'abbé Maïeul de Cluny les monastères de Lérins.

979

janvier
Profitant de la mort de l'évêque de Cambrai-Arras, le roi Lothaire III a mis la main sur les biens épiscopaux d'Arras, sis dans son royaume.
Le comte de Hainaut Godefroi rencontre à Gand son gendre Arnoul II, comte de Flandre. Peu après, Godefroi et Arnoul de Valenciennes somment le duc Charles de Basse-Lorraine de venir protéger Cambrai. Charles vient en effet et s'empare des biens de l'église de Cambrai.

8 juin
Le dimanche de Pentecôte, à Compiègne, le roi Lothaire III coupe court aux ambitions royales de son frère Charles de Lorraine: il associe à la royauté son fils Louis V, que Hugues Capet fait acclamer; Louis V est sacré par l'archevêque de Reims Adalbéron.

autres événements
• Hugues Capet rend aux Bretons les reliques de saint Samson; il garde à Paris celles de saint Magloire, qu'il cède à des moines réformés par ses soins dans l'île de la Cité.
• L'abbé de Tournus Étienne effectue la translation des reliques de saint Valérien à Saint-Philibert.

980

printemps
À Brioude, Louis V, fils et héritier de Lothaire III, reçoit pour épouse Adélaïde, sœur du comte angevin Geoffroi Grisegonelle, veuve du comte de Gévaudan, puis de Raimond de Toulouse: le roi Lothaire III espère ainsi asseoir l'influence des Carolingiens et borner celle du duc de France Hugues Capet dans le Midi. Adélaïde est couronnée reine d'Aquitaine le jour même.

2-3 juin
Hugues Capet fait transférer solennellement les reliques des saints Valéry et Riquier dans les monastères qu'il fait réformer, l'un, Saint-Valéry-sur-Somme, par des moines de Beauvais, et Saint-Riquier par ceux de Corbie. Il vient de s'emparer de Montreuil-sur-Mer, au détriment du comte de Flandre et étend ainsi sa zone d'influence vers le Nord.

mi-juillet
Le roi Lothaire III, renonçant à la Lotharingie, se range dans l'orbite ottonienne par le traité qu'il signe avec l'empereur Otton II à Margut-sur-Chiers.
Le nouvel évêque de Cambrai, Rothard (nommé à Noël 979 par Otton II, ordonné en mars par Adalbéron de Reims), fait détruire un château construit tout près de sa cité par Eudes, fils du comte Albert de Vermandois.

980-1016

L'évêque de Langres Brunon de Roucy entame la construction de la collégiale Saint-Vorles dans l'enceinte du château de Châtillon-sur-Seine.

981

vers 27 mars-avril
Hugues Capet, accompagné d'Arnoul évêque d'Orléans et de Bouchard comte de Vendôme, se trouve à Rome, où il rencontre le pape Benoît VII, l'empereur Otton II et le roi Conrad de Bourgogne transjurane.
La reine Emma tente de convaincre sa mère l'impératrice Adélaïde de faire emprisonner Hugues.

autres événements
• L'archevêque Adalbéron de Reims se rend à Ravenne avec l'abbé Adson de Montier-en-Der et Gerbert; en présence de l'empereur Otton II, Gerbert tient une conférence scientifique sur la classification des sciences. En décembre 982, l'empereur Otton II gratifie Gerbert de l'abbaye de Bobbio (près de l'embouchure du Pô) qui fait de Gerbert un vassal de l'empereur.

982

Une bataille livrée dans la plaine de Taller par le duc des Gascons aurait éliminé la menace des Vikings.
Le comte Eudes Ier de Blois réforme l'abbaye bénédictine de Marmoutier, qu'il rattache à Cluny.
L'évêque de Langres Brunon de Roucy, désireux de réformer Saint-Bénigne de Dijon, en confie l'abbatiat à Adson de Montier-en-Der (982-985).

982-983

Le moine Hermann de Saint-Félix de Metz écrit la *Vie de saint Cadroë*.

982-984

Louis V, privé de tout soutien en Aquitaine, est ramené de Brioude en Île-de-France par son père le roi Lothaire III. L'épouse de Louis V, Adélaïde, s'enfuit en Provence où, peu après, elle épouse Guilhem de Provence.

983

17 juin
Frédéric, duc de Haute-Lorraine et beau-frère de Hugues Capet, meurt.

7 décembre
La mort à Rome d'Otton II donne la couronne de Francie orientale à son fils Otton III; celui-ci, un

enfant de 3 ans, est sacré empereur sur place le 25 décembre, et sa mère Théophano assume la régence.

autres événements

• Gerbert devient conseiller de l'archevêque de Reims Adalbéron.

983-984

hiver

Henri-Hézilon le Querelleur, duc de Bavière, fils d'un frère d'Otton Ier, tente d'usurper la couronne royale d'Otton III.

vers 984

Lothaire investit Eudes de Vermandois des comtés de Meaux et de Troyes que tenait jusqu'à sa mort (980/984) Héribert III le Vieux.

L'abbé Garin de Saint-Michel de Cuxa se rend à Rome et Venise; il en revient avec l'ancien doge Pierre Orseolo et Romuald, le futur fondateur des Camaldules.

984

26 mars

Le duc de Bavière Henri-Hézilon le Querelleur est acclamé roi, contre son neveu Otton III, par plusieurs grands de Germanie dont l'évêque Thierry Ier de Metz.

Godefroi de Verdun et son frère Adalbéron de Reims prennent le parti d'Otton III. Adalbéron de Reims anime les partisans du jeune empereur, les évêques lorrains et les ducs de Souabe et de Saxe; lui et Gerbert parviennent à convaincre le roi Lothaire III et son frère Charles de Lorraine de se ranger parmi eux, en réveillant leurs ambitions respectives sur l'ensemble de la Lorraine.

octobre

Une paix est signée à Worms entre le duc Henri-Hézilon de Bavière et le parti d'Otton III.

Adalbéron de Reims est récompensé de ses services par la nomination de son neveu Adalbéron à l'évêché de Verdun, dont l'autre Adalbéron (fils de Frédéric de Haute-Lorraine et de Béatrice) s'est défait pour prendre le siège de Metz. Ainsi se verrouille l'orientation ottonienne de l'est de la province de Reims.

novembre

Le roi Lothaire III, voyant ses ambitions lorraines déçues, échange avec le duc Henri-Hézilon de Bavière des serments d'assistance mutuelle contre le parti d'Otton III; ils prévoient la conquête de la Lorraine au profit de Lothaire III.

décembre

L'évêque de Metz Adalbéron II, sacré le 28 décembre 984, a entrepris dès sa nomination la reconstruction de sa cathédrale. Il a commandé aussi une plaque d'ivoire fameuse représentant la *Crucifixion*. En 989, il a réformé le monastère féminin de Saint-Pierre-aux-Nonnains à Metz, dont il a transformé en trois nefs l'ancienne église de plan basilical.

985

février

Au retour d'un rendez-vous manqué avec le duc de Bavière Henri-Hézilon le Querelleur à Brisach sur le Rhin, l'armée du roi Lothaire III et de son fils Louis V est assaillie par les Vosgiens et ne s'échappe qu'à grand-peine.

mars

Verdun est reprise par les Lorrains du lignage d'Adalbéron de Reims, mais peu après investie et conquise de nouveau par l'armée du roi Lothaire III, grâce à des machines de guerre. Le roi reproche à l'archevêque Adalbéron de Reims de le trahir.

11 mai

Une assemblée royale à Compiègne met l'archevêque Adalbéron de Reims en jugement (Gerbert rédige la défense de son patron). Elle ne peut juger: Hugues Capet, pour qui tout ce qui entretient la faiblesse du roi Lothaire III est bon, provoque sa dispersion par une démonstration armée. Lothaire III renonce à son alliance avec le duc Henri-Hézilon de Bavière.

18 juin

Hugues Capet marque ostensiblement sa réconciliation avec le roi Lothaire III.

Une «conférence des dames» (à l'initiative de Béatrice, veuve du duc Frédéric de Haute-Lorraine, de la reine Emma et des impératrices Adélaïde et Théophano), destinée sans doute à signer une paix définitive en Germanie, est prévue pour le mois de juillet à Metz. Elle est reportée.

26 novembre

Le comte Bernard de Substantion donne le finage de Montpellier en alleu à son vassal Guillem, qui inaugure l'ascension splendide de son lignage.

autres événements

• Les moines de Saint-Martial de Limoges fortifient l'enceinte de leur abbaye.

986

janvier

Le roi Lothaire III réitère ses projets sur la Basse-Lorraine de son frère Charles, et notamment prépare le siège de Cambrai et de Liège.

janvier-février

Une ambassade du comte de Barcelone Borrell demande des secours au roi Lothaire III contre les Sarrasins d'Al-Mansûr qui ont pillé sa cité le 6 juillet 985.

2 mars

Lothaire III meurt inopinément (tuberculose ?). Après des funérailles grandioses, il est inhumé dans Saint-Remi de Reims ; son fils Louis V lui succède, seul roi des Francs occidentaux.

LOUIS V

Né vers 966-Mort le 22 mai 987

Règne: 986-987 (1 an)

Roi à 20 ans

Associé à son père Lothaire III sur le trône de France occidentale le 8 juin 979, sacré cette année-là, puis roi d'Aquitaine (à partir de 982-984), le jeune Louis V devient seul roi de France occidentale dans l'indifférence des grands; le maître véritable du royaume est le duc de France, Hugues Capet.

Louis a été marié en 980 à Adélaïde, fille du comte Foulques II d'Anjou et veuve du comte Étienne de Gévaudan; il s'en est séparé vers 984 et n'a pas d'enfants.

PAPE

Jean XV, 985-996.

EMPEREUR

Otton III, mineur; régence de 983 à 995.

986

mars-juin
Les habitants de Verdun, favorables à Lothaire III et Louis V, refusent à l'évêque Adalbéron l'entrée dans leur ville. Gerbert écrit une invective contre eux.

18 mai
Une conférence a lieu près de Remiremont (à la frontière de la Lotharingie et de la Bourgogne) entre la reine mère Emma et Louis V, l'impératrice Adélaïde et le roi de Bourgogne Conrad le Pacifique (937-993).

septembre
Eudes de Blois, Héribert de Vermandois et Adalbéron de Laon se rapprochent du parti de Hugues Capet.

autres événements
- L'évêque d'Auxerre Héribert (demi-frère de Hugues Capet) réforme l'abbaye Saint-Germain.
- Le comte de Flandre Arnoul II reprend Douai où il équipe d'un donjon en bois la motte (élévation artificielle de terre à but défensif) aménagée en résidence royale par Lothaire III.

987

février
Le roi Louis V assiège Reims.

mars
Le roi Louis V abandonne Verdun aux impériaux.

29 mars
Après une assemblée royale (le 27 mars) au palais de Compiègne, la duchesse de Haute-Lorraine Béatrice (veuve de Frédéric de Bar) mène les négociations entre le roi Louis V, le parti impérial et les Lorrains.

18 mai
Un plaid est convoqué à Compiègne pour juger l'archevêque de Reims, Adalbéron, accusé de trahison par le roi Louis V. Une première assemblée, convoquée pour le 27 mars à Compiègne, n'avait pu avoir lieu. L'archevêque est en situation délicate; il a dû livrer des otages, et même se réfugier dans la partie impériale de son diocèse.

22 mai
Le roi Louis V meurt d'un accident de chasse. Il est enseveli dans la chapelle royale de Compiègne, malgré sa volonté d'être inhumé dans Saint-Remi de Reims.

HUGUES CAPET

Né vers 940-Mort le 24 octobre 996
Règne : 987-996 (9 ans)
Roi à 47 ans

Avec Hugues Capet, une nouvelle branche dynastique accède à la monarchie, les Capétiens.

Né vers 940 de Hugues le Grand, duc des Francs et d'Edwige, Hugues Capet est mort le 24 octobre 996. Il a deux frères : Eudes, qui devient duc de Bourgogne en 956-960 († 965) et Otte-Henri († 1002), qui a épousé en secondes noces Garsende, fille de Guillaume Sanche de Gascogne (répudiée en 996, faute d'enfants) ; Otte-Henri hérite de la Bourgogne à la mort d'Eudes. Les sœurs de Hugues Capet, Béatrice et Emma, épousent respectivement Frédéric, comte de Bar et duc de Haute-Lorraine, et Richard Ier de Normandie (duc de 942 à 996). Un demi-frère, né d'une concubine de Hugues le Grand, Héribert, est évêque d'Auxerre de 971 à 996.

Vers 970, Hugues épouse Adélaïde (950/955-vers 1004), fille de Guillaume Ier Tête d'Étoupe, comte de Poitiers. Sont issus de ce mariage Robert II le Pieux et Hadwige.

Hugues Capet est inhumé à Saint-Denis. Une petite-fille de Hugues Capet, Ermentrude, est ensevelie à Nivelles (Sainte-Gertrude).

Hugues Capet héritait de son père Hugues le Grand un immense domaine (Neustrie) et une puissance quasi royale. Il n'acquiert la réalité du pouvoir qu'après avoir mis la main en mars 991 sur un concurrent sérieux, le dernier des Carolingiens, Charles de Lorraine (frère de feu le roi Lothaire III). Celui-ci s'était emparé de Laon, mais l'archevêque Adalbéron de Reims, en prenant le parti de Hugues Capet, a fait pencher la balance définitivement. La rupture est moins celle du sang – puisque, après tout, Hugues Capet porte un peu de celui des Carolingiens – que celle des prétentions. Hugues renonce à la Lotharingie, qui reste du côté de l'Empire germanique pour longtemps. Il constate aussi que le système néo-carolingien des Ottoniens est un handicap. Le choix est fait dès lors, et Hugues Capet a les mains libres dans toute la partie occidentale de la Francie, dans ce qu'il est possible désormais d'appeler la France.

Pour maîtriser le royaume, Hugues peut compter sur le soutien actif du parti réformateur dans l'Église, dirigé notamment par les abbés Maïeul de Cluny, Guillaume de Volpiano à

Dijon, Abbon de Fleury (988-1004) et par l'évêque du Puy Guy d'Anjou (975/976-996), mais il doit compter avec la résistance massive des séculiers qui fomentent la lutte contre l'exemption. (L'idée et la pratique de l'exemption à l'égard du pouvoir de l'évêque local se répandent à la fin du Xe siècle, en faveur des moines.)

Sous le roi Hugues, les assemblées épiscopales commencent d'utiliser les langues romanes (ainsi l'évêque Haimon de Verdun au synode de Mouzon).

Papes

Jean XV, 985-996 ; Grégoire V, 996-999.

Empereur

Otton III, 983-1002.

987

mai-juin
Après la mort accidentelle de Louis V, une assemblée des grands se déclare en faveur de la candidature de Hugues Capet à la royauté, contre Charles de Lorraine (frère de feu Lothaire III) qui a le soutien du comte Eudes Ier de Blois et des Vermandois.

1er juin?
Hugues Capet est élu roi des Francs.

3 juillet
Hugues est sacré à Noyon par l'archevêque de Reims Adalbéron, réhabilité.
Selon Dudon de Saint-Quentin, le comte Arnoul II de Flandre († début 988), avec peut-être le comte de Vermandois Albert Ier († 8 septembre 987), se rebelle contre Hugues Capet; le roi s'empare d'Arras et des châteaux du comte au sud de la Lis. Le duc Richard de Normandie s'entremet pour rétablir la paix entre le roi Hugues Capet et Arnoul II de Flandre.

21 juillet
La mort de Geoffroi Ier Grisegonelle sous les murs de Marçon (près Château-du-Loir), où s'était retranché un opposant à Hugues Capet, donne le comté d'Anjou à son fils Foulques III Nerra (vers 970-21 juin 1040); Geoffroi Ier est inhumé aux côtés de ses prédécesseurs Foulques le Roux et Foulques le Bon dans l'abbaye des ducs de France, Saint-Martin de Tours. Foulques III Nerra épouse aussitôt la fille du comte de Vendôme, fidèle de Hugues Capet.

été
Guillaume IV de Poitiers, duc d'Aquitaine, se résigne à la fidélité à Hugues Capet.

fin été-automne
Dans une lettre écrite par Gerbert (mais peut-être jamais sollicitée), le roi Hugues Capet avise le comte Borrell de Barcelone qu'il lui portera secours contre les Sarrasins, au printemps, après que Borrell sera venu lui prêter l'hommage.

25 décembre
À Orléans, dans l'église Sainte-Croix, le roi Hugues Capet fait élire et consacrer par l'archevêque de Reims Adalbéron son fils Robert II le Pieux, qui est immédiatement associé au trône; l'archevêque de Sens Seguin a refusé de prendre part au sacre, par opposition au clan impérial représenté par l'archevêque Adalbéron plus que pour des raisons de prééminence de sa primatie.

autres événements
• Les musulmans lancent une razzia sur Barcelone.

vers 987

Un concile au Puy institue la paix de Dieu.

La paix de Dieu

La paix de Dieu est un mouvement de restauration de l'ordre public, qui commence par l'injonction de protéger les églises, les clercs désarmés et le bétail, sous peine d'excommunication, et s'étend dès 994 à la protection des marchands. Il est inauguré par les évêques d'Aquitaine-Auvergne, et notamment le puissant évêque du Puy, Guy d'Anjou (Laprade-Le Puy, vers 975; Charroux, 989; Colin près Aurillac, avant 994; Le Puy, Saint-Paulien, 993-994; Limoges, 994; Poitiers, 1000-1014), diffusé en Septimanie (Narbonne, après 990) puis en Bourgogne (Anse, 994-995). Ces premières « assemblées de paix » décrètent l'excommunication des voleurs qui s'en prennent aux biens d'Église, à la personne des clercs et au bétail des paysans.
Entre 1019 et 1025, le mouvement s'accélère lors d'assemblées dans les Bourgognes royale et ducale (Vienne, vers 1019; Verdun-sur-le-Doubs, 1019-1021; Héry, 1024; Anse, 1025): il étend la protection sur les maisons des paysans, les vignes et les outils de travail agricole, mais aussi prend sous sa coupe moines, pèlerins, veuves et tous hommes non armés.
Les dispositions prises à Verdun sont répercutées, sans doute par volonté royale, en France du Nord (Compiègne, 1023), et reprises vers 1030 en Amiénois et en Flandre, tandis que le mouvement connaît une nouvelle flambée en Aquitaine.

987-1023

L'abbé Otbert invite des artistes formés peut-être à Winchester à décorer un groupe de manuscrits somptueux pour son abbaye de Saint-Bertin (*Évangiles*, *Psautier* de Boulogne-sur-Mer).

vers 988

Le comte de Nantes Guérech, vassal du comte d'Anjou, est assassiné à l'instigation du comte de Rennes Conan, feudataire du comte de Blois.

Le duc-comte de Gascogne Guillaume Sanche fonde l'abbaye de Saint-Sever-sur-l'Adour.

988

janvier-mars
Arnoul II de Flandre meurt. La minorité du nouveau comte, Baudoin IV le Barbu († 1035), menace l'intégrité du comté; sa mère Rozala-Suzanne assure la régence. Peu après, le fils de Hugues Capet, Robert le Pieux, épouse Rozala-Suzanne (elle est répudiée en 993-994).
Le roi Hugues Capet restitue sans doute alors les terres prises en 965 par le roi Lothaire III sur la Flandre (Arras, Douai), et constitue le douaire de Rozala-Suzanne en lui donnant Montreuil-sur-Mer.
Un plaid royal se tient à Compiègne, avec les trois archevêques de Reims, Sens et Bourges.

mai
Charles, duc de Basse-Lorraine, récuse l'élection de Hugues Capet et, avec le soutien d'Héribert le Jeune de Vermandois, il s'empare de Laon où il retient prisonniers la reine Emma (veuve de Lothaire III) et l'évêque Adalbéron.
Abbon, candidat du roi, devient abbé de Fleury-sur-Loire.

ABBON DE FLEURY

Abbon de Fleury (Orléans, vers 940-† 1004) est le pur produit de la réforme du monachisme occidental dans la seconde moitié du Xe siècle. Après des études à Paris et Reims, il dirige l'école de la grande abbaye de Fleury (Saint-Benoît-sur-Loire), d'où il passe à l'abbaye de Ramsey en Angleterre, nouant ainsi de fructueuses relations avec les moines de Canterbury. Revenu en France, il est élu abbé de Fleury. Ami et conseiller du jeune roi Robert II le Pieux, il joue à fond le jeu de la réforme: tantôt savant en quête d'innovations logiques et astronomiques, tantôt politique en guerre contre l'épiscopat capétien. Une lutte sévère s'engage entre lui et l'évêque Arnoul d'Orléans, dont il relate les étapes dans son Apologie aux rois Hugues et Robert *(994) et une vingtaine de lettres. Il est assassiné le 13 novembre 1004 par les moines de La Réole, une dépendance gasconne de Fleury, lors de la visite que le droit exigeait de l'abbé dans les prieurés dépendant d'une abbaye.*

4 juin
Un concile réuni à Compiègne autour du roi Hugues Capet excommunie Charles de Lorraine. L'armée royale commence le siège de Laon, le lève à la mi-août, mais le reprend en septembre.

été
Haimon († 1024), un Bavarois fidèle à l'Empire, est nommé sur le siège de Verdun, vacant depuis la mort d'Adalbéron II le 18 avril.

autres événements
- Un nouveau type de diplôme apparaît, témoignant d'une transformation dans l'origine du pouvoir: aux signes de l'autorité royale (seing, récognition de chancellerie et sceau) sont désormais associées les souscriptions des grands, ecclésiastiques et laïques.
- L'abbé de Saint-Denis, Robert, est déposé.

989

23 janvier
La mort de l'archevêque Adalbéron de Reims attise la compétition entre le duc Charles de Lorraine et le roi Hugues Capet.

fin mars
Craignant une opération du duc Charles de Lorraine sur Reims, le roi Hugues Capet entre dans Reims et installe Arnoul, fils (bâtard) du défunt Lothaire III, sur le siège de Reims.

22 mai
Le roi Hugues Capet confirme les biens de l'abbaye de Tournus.

juin
Des prélats d'Aquitaine se réunissent sous la présidence de l'archevêque de Bordeaux en l'abbaye Saint-Sauveur de Charroux et promulguent la paix de Dieu dans le duché d'Aquitaine.

août-septembre
Le duc Charles de Basse-Lorraine se rend maître de Reims, grâce à la complicité de l'archevêque Arnoul.

24 novembre
L'abbé Maïeul de Cluny envoie douze de ses moines réformer Saint-Bénigne de Dijon, sur demande de l'évêque de Langres Brunon de Roucy.

autres événements

• Après l'incendie de Sainte-Croix d'Orléans, l'évêque Arnoul (963/971-1003) engage la construction d'une nouvelle cathédrale.

989-990

Une assemblée à Senlis réitère les canons de l'assemblée de Saint-Macre (935) contre les pillards de biens ecclésiastiques.
Emma, comtesse de Poitiers, fonde l'abbaye de Bourgueil (les deux rois Hugues Capet et son fils Robert II le Pieux confirment cette création en 994).

vers 990

Un concile à Narbonne, sous la présidence de l'archevêque Ermengaud, légifère contre les pillards de biens d'Église et ceux qui troublent la paix, sous peine d'excommunication.
L'église collégiale de Fécamp, fondée par le duc Richard Ier de Normandie, est dédicacée par l'archevêque de Rouen Robert, fils du duc.

990

début

Eudes Ier de Blois tente un coup de force sur l'est du comté d'Anjou. Son vassal le comte de Rennes profite de la mort du comte de Nantes Alain et de la minorité de son fils Judicaël, et met la main sur Nantes, qu'il occupe pendant deux ans.

avril

Gerbert, qui était passé au service de l'archevêque Arnoul de Reims, se rallie au roi Hugues Capet.

novembre

Hugues Capet est à Senlis. Son armée ravage le Laonnois.

autres événements

• L'abbaye de Cluny se dote d'un nouveau coutumier.
• Guillaume de Volpiano († 1031) est consacré abbé de Saint-Bénigne de Dijon.

990-1002

L'évêque de Verdun Haimon obtient de l'empereur Otton III le comté et la libre domination de son titulaire (en réalité, le comté de Verdun reste aux mains des comtes d'Ardenne).

991

janvier-mars

L'évêque Adalbéron de Laon tente de réconcilier l'archevêque de Reims Arnoul et le roi Hugues Capet.

29 mars

Adalbéron de Laon livre Charles de Lorraine au roi Hugues Capet, qui le fait incarcérer à Orléans où il meurt en 995.

printemps

Le comte de Poitiers renonce à la politique suivie jusque-là par sa famille et prend les armes contre le roi Hugues Capet.

17-18 juin

Hugues Capet préside un concile à Saint-Basle de Verzy (près Reims) afin d'y faire excommunier l'archevêque de Reims Arnoul qui, en soutenant son demi-frère Charles de Lorraine, a trahi son serment de fidélité. Au sein de l'assemblée, constituée de tous les évêques royaux (nommés par le roi) et abbés des grands monastères du royaume et de Léon, légat du pape, se dessine une ligne de fracture majeure entre moines et évêques: le parti monastique, représenté par l'abbé de Fleury Abbon, en appelle au pape Jean XV en posant le principe de la suprématie pontificale, tandis que le parti épiscopal revendique sa seule compétence pour tout ce qui touche aux évêchés des Gaules. L'évêque Arnoul d'Orléans justifie la convocation du concile de Saint-Basle en dénonçant vivement l'indignité des papes. C'est la première formulation du débat qui reprendra à l'époque moderne entre les « ultramontains » et les « gallicans ». Malgré l'hostilité du pape, les fidèles du roi Hugues Capet contraignent l'archevêque Arnoul de Reims à la démission, et le remplacent par Gerbert d'Aurillac, conseiller de l'ancien archevêque Adalbéron de Reims (les actes du concile ne sont connus que par la relation qu'en a faite Gerbert en 995).

4 août

L'évêque d'Apt Teudéric (Thierry) fonde dans sa cathédrale un chapitre de douze chanoines.
Le roi Robert II le Pieux (fils de Hugues Capet) et Bouchard de Vendôme reprennent le château de Melun, que son châtelain avait livré à Eudes Ier de Blois.

15 septembre

Le roi Hugues Capet et son fils Robert II le Pieux se trouvent à Compiègne (où ils confirment les privilèges de Saint-Étienne et Saint-Pierre de Melun, en faveur de l'archevêque de Sens).

autres événements

• Adson de Montier-en-Der écrit la *Vie de saint Basle* à la demande de Gerbert et de l'abbé Adson de Saint-Basle de Verzy.

992

27 juin

Après avoir repris Nantes, le comte d'Anjou Foulques III Nerra remporte avec ses vassaux une bataille à Conquéreuil sur le comte Conan de Rennes. Conan y est tué; Judicaël, fils d'Alain, est reconnu comte de Nantes.

autres événements

• Adson de Montier-en-Der part avec le comte d'Arcis-sur-Aube, Hilduin, en pèlerinage à Jérusalem; il meurt en mer et est inhumé à l'escale de Stampalia (Cyclades).

• Renaud, fils du comte de Melun, Corbeil, Paris et chancelier, est nommé évêque de Paris.

993

15 mai

La Cour ottonienne est réunie à Strasbourg.

Le comte d'Anjou Foulques III Nerra et le comte Eudes Ier de Blois se disputent par les armes l'hégémonie sur le Maine et le Perche.

19 octobre

Le fils du roi Conrad Ier de Bourgogne, Rodolphe III (993-1031), hérite du royaume. Il concentre son activité sur la Bourgogne, et délaisse la Provence dont le marquis Guilhem II meurt cette même année.

Roubaud II († 1008) gouverne le comté de Provence avec le jeune Guilhem III (993-1019).

993-994

Synode de Chelles.

vers 994

Les évêques du Midi réunis au Puy invitent au respect du droit d'asile et réglementent l'usage du droit de gîte.

Le comte d'Anjou Foulques III Nerra construit le château de Langeais, sur la terre du comte de Blois.

994

Le roi Hugues Capet presse l'abbé Maïeul de Cluny de prendre en main Saint-Denis.

Pâques

Lors d'un synode à Saint-Denis, la dispute entre l'évêque d'Orléans Arnoul et Abbon de Fleury au sujet des dîmes monastiques atteint son comble.

L'archevêque de Sens Seguin prend la tête du groupe épiscopal du royaume.

Gerbert d'Aurillac, archevêque de Reims, refuse de célébrer la messe dans le monastère de Saint-Denis, malgré l'ordre royal.

11 mai

L'abbé Maïeul de Cluny meurt, après avoir organisé sa succession en faveur du jeune moine Odilon de Mercœur († 1049). Il est inhumé à Souvigny.

11 octobre

Les deux rois Hugues Capet et son fils Robert II le Pieux octroient aux moines de Saint-Germain d'Auxerre le droit de libre élection de leur abbé.

autres événements

• Le comte de Flandre Baudoin IV reprend au roi l'Artois et l'Ostrevant.

• Les moines de Saint-Martial de Limoges écrivent une nouvelle *Vie de saint Martial.*

995

2 juin

Le légat pontifical réunit le synode de Mouzon pour résoudre le litige entre Gerbert et Arnoul à propos du siège archiépiscopal de Reims. Mais Hugues Capet a interdit aux évêques de son royaume de s'y rendre; l'empereur Otton III en est également absent. Gerbert y est le seul évêque du royaume et défend son dossier personnel.

1er juillet

Lors d'un synode à Saint-Remi de Reims, Gerbert tente une nouvelle fois de se disculper, sans convaincre le légat.

juillet

Hugues Capet accorde au monastère de Souvigny le droit de frapper une monnaie à l'effigie de feu l'abbé Maïeul de Cluny.

995-996

Abbon de Fleury envoie son recueil de textes juridiques aux rois Hugues Capet et Robert II le Pieux. Le moine Richer de Reims achève une première rédaction de son *Histoire* (888-996) commencée en 991; il complète son manuscrit en 998 et le remet à Gerbert.

995-1006

L'évêque Fulcran de Lodève transfère les reliques de Guillaume de Gellone († 812) dans la crypte de la nouvelle abbatiale de Saint-Guilhem-le-Désert.

996

février
Eudes Ier de Blois assiège avec l'aide du roi Hugues Capet le comte d'Anjou Foulques III Nerra installé dans son nouveau château de Langeais.

12 mars
La mort d'Eudes Ier de Blois libère les deux rois capétiens d'un puissant rival. Peu après, Aldebert, frère de Boson comte de la Marche, aide le comte d'Anjou Foulques III Nerra à reprendre Tours aux héritiers d'Eudes Ier de Blois. Eudes II devient comte de Chartres, Blois et Tours. Eudes et l'évêque Adalbéron de Laon complotent contre le roi Hugues Capet, afin de placer sur le trône l'un des fils du duc Charles de Lorraine; leur tentative échoue.
La veuve d'Eudes Ier de Blois, Berthe de Bourgogne (fille du roi Conrad Ier), choisit alors pour défenseur le roi Robert II le Pieux, devient sa concubine et l'épouse avant mai 997; cette union affecte gravement la politique capétienne, qui se détourne du parti angevin au profit de celui de Blois.

24 octobre
La mort de Hugues Capet, lors d'un pèlerinage au tombeau de Maïeul de Cluny, donne la totalité du pouvoir à son fils Robert II le Pieux. La dépouille de Hugues Capet est transportée à Saint-Denis et inhumée devant l'autel de la Trinité.

ROBERT II LE PIEUX

Né vers 970-Mort le 20 juillet 1031
Règne: 996-1031 (35 ans)
Roi à 26 ans

*N*é à Orléans vers 970, fils de Hugues Capet et d'Adélaïde, Robert II le Pieux est associé au trône le 25 décembre 987; il succède à son père Hugues Capet le 24 octobre 996.
Vers 988, Robert II le Pieux reçoit en mariage Rozala-Suzanne, fille du roi Bérenger d'Italie de lignée carolingienne et veuve du comte de Flandre Arnoul II le Jeune († 988). Il la répudie fin 991 ou début 992. Peu après la mort de son père Hugues Capet et peut-être à l'instigation du comte Landri de Nevers, il prend pour maîtresse Berthe, veuve d'Eudes Ier de Blois et fille du roi de Bourgogne Conrad le Pacifique; il l'épouse avant mai 997. Sa troisième épouse († juillet 1034) est Constance d'Arles, fille de Guilhem d'Arles et d'Adélaïde d'Anjou, et petite-fille du comte Foulques le Bon.
De Constance, Robert le Pieux a pour fils Hugues († 1025), Henri, son successeur, puis Robert et Eudes; leur fille cadette Adèle est donnée successivement au duc de Normandie et à Baudoin IV, fils du premier mariage de Rozala-Suzanne, et comte de Flandre. Une Constance, fille sans doute de Robert le Pieux et de Constance, est donnée en mariage à Manassès de Dammartin († 1037), vassal d'Eudes II de Blois. Hadvise, promise en 1005 à l'héritier du comte de Nevers, pourrait être née de Rozala-Suzanne.
Robert était confronté à l'hostilité du clan Blois-Vermandois; il saisit l'opportunité du veuvage de Berthe pour modifier les alliances; il continue cependant de soutenir la politique aquitaine des comtes d'Anjou. En 998, le roi traverse une crise délicate dans ses relations avec les évêques.
Son règne paraît solide et conquérant (annexion de la Bourgogne). Il voit cependant se multiplier les signes de la dissociation féodale: la crise éclate en Provence vers 1018. Robert II le Pieux et les grands – les ducs d'Aquitaine et de Bourgogne, les comtes de Flandre et de Vendôme notamment – tentent de freiner ce mouvement en employant les armes de la paix et de la trêve de Dieu.
Robert est inhumé devant l'autel de la Trinité à Saint-Denis. Constance d'Arles, sa troisième épouse, est la première reine capétienne à être inhumée dans l'abbaye royale.

Papes

Grégoire V, 996-999 ; Silvestre II, 999-1003 ; Jean XVII, 1003 ; Jean XVIII, 1003-1009 ; Serge IV, 1009-1012 ; Benoît VIII, 1012-1024 ; Jean XIX, 1024-1033.

Empereurs

Otton III, 983-1002 ; Henri II, 1002-1024 ; Conrad II, 1024-1039.

996

21 novembre
Richard II le Magnifique devient duc de Normandie († 1026), à la mort de son père Richard Ier.

décembre ?
Le roi Robert II le Pieux épouse sa cousine issue de germains Berthe de Bourgogne, veuve d'Eudes Ier de Blois qui vient de mourir ; il vise par elle le duché de Bourgogne.

autres événements
• Gerbert est maintenant conseiller d'Otton III.
• Abbon de Fleury se rend en Italie auprès du pape Grégoire V.
• L'archevêque de Sens Seguin procède à l'invention des reliques de saint Ayoul à Provins, où elles avaient été déposées par les moines de Fleury lors des invasions normandes.

996-997

La révolte des paysans est durement réprimée par les agents du duc normand Richard II.

997

hiver
Le roi Robert II le Pieux conquiert Tours sur le comte d'Anjou Foulques III Nerra et son allié Aldebert de la Marche, et restitue la ville aux frères Thibaud et Eudes II de Blois, puis il s'empare de Poitiers qu'il rend au jeune duc d'Aquitaine Guillaume V, et de Bourges avec l'aide du comte Thibaud de Blois ; il échoue à reprendre Bellac à Aldebert de la Marche.

février
Un synode à Pavie condamne les évêques qui avaient destitué l'archevêque de Reims Arnoul. À la suite de cette décision, Gerbert, qui n'a plus le soutien royal, quitte le royaume et s'établit à la Cour d'Otton III (il devient archevêque de Ravenne le 28 avril 998, puis pape en 999 sous le nom de Silvestre II).

autres événements
• Le roi Robert II le Pieux donne en mariage sa sœur Hadwige au comte de Hainaut Rainier IV.
• Abbon de Fleury fabrique un faux privilège du pape Grégoire V libérant Fleury du pouvoir épiscopal de coercition et des messes publiques dans le monastère.

997-998

Richer, moine de l'abbaye Saint-Remi de Reims, achève la composition de ses *Quatre livres d'histoire*, qu'il a dédicacés à Gerbert.

997-1005

La comtesse de Poitiers Aumode fait reconstruire la tour Nord de l'église de Ligugé.

998

avril
Le pape Grégoire V confirme aux moines de Montmajour la libre élection de leur abbé et l'exemption du monastère.

22 avril
L'abbé Odilon de Cluny obtient du pape Grégoire V le premier privilège d'exemption tant de la justice que du pouvoir d'ordre de l'évêque diocésain.
L'archevêque Arnoul est rétabli sur le siège de Reims.

novembre
Le pape Grégoire V écrit à la reine Berthe.

décembre
Un synode tenu à Saint-Pierre de Rome annule le mariage du roi Robert II le Pieux avec Berthe, dégrade l'évêque du Puy Étienne imposé par son prédécesseur Guy, sur ce siège, et interdit au roi de le soutenir davantage.

autres événements
• Le duc d'Aquitaine préside un concile de paix.
• L'abbatiale de Montier-en-Der, dont l'initiative revient à l'abbé Adson (qui a démoli l'ancienne construction du VIIe siècle), est consacrée par l'évêque de Châlons-sur-Marne Gibuin.
• Gerbert dédie à l'empereur Otton III son traité de logique *Sur le raisonnable et l'usage de la raison*.

999

2 avril
Gerbert, ancien archevêque de Reims, est consacré pape à Rome sous le nom de Silvestre II.
Le roi assiège Melun avec l'aide de Normands, puis Laon, et s'empare de Massay en Berry.

mai
À Saint-Marcel-lès-Châlon, en présence du roi, Hugues, le nouvel évêque d'Auxerre (999-1039) et

comte de Châlon soumet à l'abbaye de Cluny l'abbaye de Paray-le-Monial fondée par son père en 977.

vers 1000

Une consultation talmudique donnée par le maître de Narbonne Joseph Tob Elem l'Ancien à la communauté juive de Troyes atteste pour la première fois l'existence d'une foire dans cette cité.

1000-1003

Judith, épouse du duc Richard II de Normandie, fonde l'abbaye de Bernay (l'église abbatiale est achevée vers 1050).

1001

L'empereur Otton III accorde à l'évêque de Cambrai le droit de tenir un marché à Cateau-Cambrésis, contre la garantie que les marchands pourront librement y aller et venir.

autres événements

• Le duc de Normandie Richard II confie à Guillaume de Volpiano († 1er janvier 1031), abbé de Saint-Bénigne de Dijon, la réforme de Fécamp, dont la collégiale est transformée en monastère. Vers 1010-1027, l'abbé de Jumièges Thierry adopte à son tour la réforme de Guillaume de Volpiano (il fait construire la façade romane de l'église abbatiale, dont la nef est élevée à partir de 1040 par l'abbé Robert Champart – futur évêque de Londres, puis archevêque de Canterbury – et dédicacée en 1067).

• Le nouveau chancelier-trésorier de Saint-Martin de Tours, Hervé de Buzançais († 1022), entreprend la reconstruction de l'abbatiale (détruite par incendie en 903 et en 997, reconsacrée en 1014). Il fonde en 1002 l'abbaye féminine de Beaumont.

1002

15 octobre

Le duc de Bourgogne Otte-Henri, frère de Hugues Capet, meurt à Pouilly sur Saône, sans héritier mâle de ligne directe; il a adopté Otte-Guillaume (comte de Mâcon, marié à Ermentrude, une sœur de l'évêque de Langres Brunon de Roucy), fils du premier lit de sa femme Gerberge (veuve d'Aubert II d'Ivrée, roi d'Italie).

autres événements

• Le duc de Normandie Richard II le Magnifique marie sa sœur Emma au roi Aethelred; il accueillera plus tard les fils d'Emma lors de l'occupation de l'Angleterre par les Danois Sven et Cnut.

• Le comte d'Anjou Foulques III Nerra fait construire le château de Mirebeau.

1003

15 janvier

Le roi de Germanie Henri II réunit un plaid à Thionville; il y reçoit l'hommage du duc et des évêques lorrains. Un peu plus tard, il fait détruire le château de Meilberg (près Thionville), appartenant au duc de Haute-Lorraine.

autres événements

• Le roi Robert II le Pieux se pose en prétendant à la succession de Bourgogne contre Otte-Guillaume; avec l'aide du duc Richard II de Normandie, il entreprend la conquête du duché. Le centre des opérations se situe dans la région d'Auxerre et Avallon, comtés qu'un fidèle d'Otte-Guillaume, son gendre le comte Landri de Nevers, s'est appropriés en expulsant notamment l'évêque d'Auxerre Hugues de Châlon. Le roi assiège Auxerre, et fait évacuer l'abbaye Saint-Germain. Sens toutefois échappe encore au roi.

• Le comte d'Anjou Foulques III Nerra part en pèlerinage à Jérusalem; il s'y trouve au début septembre.

• L'abbaye de Fleury adopte un nouveau coutumier *(Consuetudines floriacenses antiquiores)*.

fin 1003-1004

Le roi Robert II le Pieux répudie Berthe de Bourgogne et épouse Constance d'Arles.

1004

juillet

Le comte Thibaud de Blois, fils du premier mariage de Berthe, meurt peu après avoir été élu au siège de Chartres. Son frère Eudes II devient le maître d'une vaste principauté associant les métropoles de Tours et Reims ainsi que les sièges épiscopaux de Chartres et Châlons. Il devient un rival dangereux pour le roi, qui resserre ses liens avec le comte d'Anjou.

13 novembre

Le puissant abbé de Fleury, Abbon, est assassiné à La Réole. À l'instigation de son successeur Gauzlin (1004-8 mars 1030, demi-frère du roi) et d'Hervé de Buzançais, ancien élève d'Abbon, Aimoin de Fleury écrit aussitôt sa *Vie* (1005-1008).

Aimoin de Fleury

Aimoin de Fleury (vers 970-après 1008), qui écrit sur commande d'Abbon de Fleury, devait être l'historiographe officiel de Robert le Pieux. Avant 1004, il a commencé une grande Histoire des Francs, *qu'il interrompt à l'année 654 afin d'écrire la biographie d'Abbon. Il ajoute en 1005-1006 une continuation (Livres II-III, des invasions normandes à 1004) aux* Miracles de saint Benoît *d'Adrevald (IXe siècle).*

autres événements

• Une assemblée en Nîmois, présidée par la comtesse Adélaïde-Azalaïs de Provence († 1026), décide la restauration du monastère de Psalmodi.

1004-1013

Une assemblée – sans doute de paix – est tenue à Saint-Félix près Rodez, dans un grand concours de reliquaires («Majestés» des saints Mary, Amans, Sernin et de sainte Foy).

1005

avril?

Une assemblée de grands, d'évêques et abbés de la province d'Arles se tient à Marseille autour de la comtesse Adélaïde-Azalaïs et de ses fils les comtes de Toulouse et de Provence, pour confirmer la réforme et les libertés de Saint-Victor de Marseille.

août-octobre

L'armée royale, sous la conduite de Robert II le Pieux lui-même, assiège Avallon.

10 novembre

Le roi Robert II le Pieux est sous les murs d'Auxerre. Lorsque tombe la cité, il tient toute la Bourgogne. Il fiance sa fille Hadvise à Renaud, fils du comte Landri et héritier du comté de Nevers; il donne à celui-ci (en dot?) le comté d'Auxerre.
Avec la mort de Bouchard le Vénérable, comte de Vendôme, Paris, Corbeil et Melun, le roi perd l'un de ses plus puissants soutiens.

13 décembre

À la mort d'Adalbéron II, évêque de Metz, Thierry (1006-1047), beau-frère du roi de Germanie Henri II, lui succède.

1005-1006

Une famine sévère ravage le Rouergue.
Richard de Saint-Vanne de Verdun (1005-1046) commence son activité réformatrice en Lorraine.
Le comte d'Anjou Foulques III Nerra fait construire la maison-forte de Montrichard et, à la demande de son épouse Hildegarde, fonde l'abbaye de Beaulieu-lès-Loches; menacé par Montrichard, l'archevêque de Tours refuse de consacrer l'église.

1005-1024

L'évêque d'Autun fait copier le riche *Tropaire d'Autun*, livre de chant liturgique, probablement à l'occasion de l'entrée du roi dans sa cité.

1006

30 mai

Le roi Robert II le Pieux et le duc de Normandie Richard II sont à Fécamp. L'abbaye de Fécamp obtient un privilège d'exemption qui la soumet aux décisions du concile provincial contrôlé par le duc de Normandie.

été

Inquiets des menées de Baudoin IV, comte de Flandre, le roi Robert II le Pieux et le roi de Germanie Henri II se rencontrent sur les bords de la Meuse (près Mézières?).

septembre

Accompagnés du duc Richard II de Normandie, les deux souverains lancent une expédition répressive en Flandre – le comte Baudoin IV s'étant installé à Valenciennes, qui appartient à l'Empire; ils y renoncent lorsqu'ils échouent à prendre Valenciennes.

novembre?

Le roi Robert II le Pieux réside à Tours une semaine avec l'évêque Bernward de Hildesheim.

autres événements

• Un accord intervient entre le roi Robert II le Pieux et son oncle Otte-Guillaume: ce dernier renonce au duché de Bourgogne (il ne conserve que son comté de Mâcon et des terres en Italie).

1007

printemps

Le roi de Germanie Henri II rassemble une armée et dans l'été met Baudoin IV de Flandre en déroute. Peu après, il remet Valenciennes en bénéfice à Baudoin IV. Il réunit le comté de Cambrai à l'évêché de la cité.
Fulbert accède au siège épiscopal de Chartres.

Fulbert de Chartres

Fulbert de Chartres (960/970-10 avril 1028) est l'un des meilleurs savants du royaume et un conseiller très écouté. Dans une lettre au comte Renaud de Vendôme, évêque de Paris, Fulbert donne l'un des premiers témoignages de la réserve de fidélité qui, dans un temps où les engagements vassaliques se multiplient, tente de rétablir une hiérarchie des hommages. Il a laissé des poèmes et des sermons, et surtout de nombreux disciples qui assurent sa renommée (Adelman de Liège, Bérenger de Tours).

autres événements

• Les moines de Saint-Remi de Reims commencent la reconstruction de leur église où sont conservées les reliques de saint Remi et la Sainte Ampoule; le nouvel abbé Ainard en définit les orientations romanes, remplaçant l'édifice érigé par l'archevêque Hincmar au IXe siècle. La construction est achevée en 1049.

1007-1019

L'église Saint-Philibert de Tournus est partiellement reconstruite. En 1035-1040, on commence d'ériger l'avant-nef.

1008

16-17 mai

Le comte palatin Hugues de Beauvais, familier du roi, a été assassiné au début de l'année à l'instigation du comte d'Anjou Foulques III Nerra et du clan de la reine Constance. Lors d'une assemblée à Chelles réunissant les archevêques de Sens et de Tours ainsi que 11 évêques, l'évêque Fulbert de Chartres est chargé de convoquer le comte d'Anjou Foulques III Nerra devant la justice royale. Peu après, le comte d'Anjou effectue un second pèlerinage en Terre sainte, sans doute en réparation de son crime. Le roi confirme qu'il renonce à l'abbatiat laïque de Saint-Denis, exercé jusqu'à lui par les Robertiens.

juillet

L'évêque d'Orléans Foulque vient à Fleury et exige un serment d'obédience de l'abbé; un vif combat s'ensuit, remporté par les moines.

septembre

Le roi est à Orléans où il entend les récriminations de l'évêque Foulque contre les moines de Fleury.

autres événements

• Le comte de Flandre Baudoin IV confie l'abbaye Saint-Vaast d'Arras au moine réformateur Richard de Saint-Vanne.

• Les moines de Fleury restaurent la vie religieuse dans l'abbaye de Saint-Gildas de Rhuys, à la demande du duc de Bretagne Geoffroi Ier (992-1008).

1009

L'évêque de Metz Thierry et son frère le duc Henri, frères de la reine de Germanie Cunégonde, sont en rébellion contre le roi de Germanie Henri II. Celui-ci vient les mater avec une armée de Slaves.

À la mort de l'évêque Gilbert de Meaux, le comte Étienne de Meaux, fils d'Héribert le Jeune, impose son candidat à qui il confère l'investiture temporelle malgré le rappel des règles par Fulbert de Chartres.

On apprend la destruction du Saint-Sépulcre de Jérusalem par Al-Hakîm.

L'église basse de l'abbaye Saint-Martin du Canigou, en construction depuis 1001, est consacrée à la Vierge, l'église haute à saint Martin (une seconde consécration a lieu en 1014 ou 1026).

1009-1010

Le roi Robert II le Pieux et la reine Berthe effectuent un premier voyage à Rome. À son retour, le roi s'arrête à Theil où était retirée la reine Constance, près de Sens.

Le duc d'Aquitaine Guillaume V fonde le monastère de Maillezais (Vendée).

vers 1010-1015

novembre-décembre

À Saint-Jean-d'Angély, l'ostension solennelle du chef de saint Jean le Baptiste réunit autour du roi Robert II le Pieux le roi Sanche de Navarre, le duc de Gascogne Sanche Guillaume et le comte de Blois Eudes II. Le roi rentre dans ses terres en passant par Poitiers.

1010-1018

Le moine Thierry écrit à Fleury l'*Illatio sancti Benedicti*.

1010-1050

Le moine Vital de Saint-Gildas-de-Rhuys écrit la *Vie de saint Gildas*.

1011

L'évêque Thierry de Metz et son frère le duc Henri tendent une embuscade à l'évêque de

Verdun Haimon et au duc Thierry de Haute-Lorraine (978-1026/1027), qui est capturé.
Un concile réunit à Urgell tous les évêques de la province de Narbonne ; pour la première fois l'on y distingue les *Hispani* (Catalans) des autres, ceux du royaume capétien.

1012

1er décembre

Gauzlin, ancien abbé de Fleury, est intronisé archevêque de Bourges. Le roi Robert II le Pieux a dû intervenir à Bourges pour trancher le conflit suscité par l'élection au siège archiépiscopal.
Le roi fait ingérence avec le comte Eudes II de Blois dans les affaires de l'évêque de Cambrai.

1013

Le comte de Flandre Baudoin IV confie la réforme de Saint-Amand à Richard de Saint-Vanne.
L'écolâtre Bernard d'Angers séjourne une première fois à Conques pour mener une enquête personnelle sur le culte rendu à sainte Foy.

1014

février

Henri II de Germanie est sacré empereur à Rome ; il dépose peu après à Cluny la pomme d'or que lui a donnée le pape Benoît VIII.

autres événements

• La tour occidentale (et le chœur avec ses deux tours) de Saint-Germain-des-Prés de Paris, érigée sur ordre de l'abbé Morard (990-1014), est achevée.

1014-1015

Le duc de Normandie Richard II fait appel à une bande armée de Vikings pour attaquer le comte de Blois et Chartres qui refuse de restituer la dot de son épouse décédée, sœur de Richard II. Au terme de la campagne, le chef viking Olaf est baptisé à Rouen. C'est la dernière incursion armée des Vikings dans le royaume.

vers 1015

Guillaume de Volpiano prend l'abbatiat de Gorze.

1015

22 avril

Avec la prise de Sens, où l'archevêque Liétry, en butte aux agissements du comte Renard († 1055, fils de Fromond et neveu de la femme d'Otte-Guillaume), a appelé le roi Robert II le Pieux, le nord de la Bourgogne verse dans l'orbite royale. Robert II le Pieux confie le duché à son second fils, Henri. Il cède une partie du comté de Sens à l'archevêque Liétry, mais le comte Renard en conserve la jouissance jusqu'à sa mort.
Une recomposition des forces politiques est rapidement réalisée : le comte Eudes II de Blois construit le château de Montereau, dont il semble avoir soutiré la possession au comte Renard de Sens. Il cède les droits comtaux de Beauvais à l'évêque du lieu, contre le château de Sancerre.
Robert II le Pieux annexe le comté de Dreux, au détriment d'Eudes II de Blois.

1015-1016

Pise impose son hégémonie sur la Corse et la Sardaigne.

1015-1018

Sur commande royale, le moine Odorannus réalise la grande châsse des reliques de saint Savinien pour l'autel de l'abbatiale Saint-Pierre-le-Vif de Sens.

1015-1026

Dudon, chanoine de Saint-Quentin, rédige son ouvrage *Sur les mœurs et les actes des premiers ducs de Normandie*, sur commande du duc Richard.

après 1015

Le duc des Normands Richard II fonde Caen et Dieppe.
L'évêque de Strasbourg Wernher décide la reconstruction d'une nouvelle cathédrale.

1016

janvier

Profitant de la mort de l'évêque de Langres Brunon de Roucy, beau-frère d'Otte-Guillaume, le duc de Bourgogne met la main sur Dijon, deuxième siège des évêques de Langres (sans doute avec l'assentiment de l'empereur Henri II, qui profite de l'absence d'Otte-Guillaume, retenu dans ses domaines de Piémont, pour intervenir en Franche-Comté). Avec le rétablissement des droits royaux sur Dijon, la Bourgogne ducale tout entière est entre les mains de Robert le Pieux.

1er avril
Le roi Robert II le Pieux rend visite à Rome au pape Benoît VIII.

juin
À Strasbourg, le roi de Bourgogne Rodolphe III s'engage à faire de l'empereur Henri II l'héritier de son royaume.

6 juillet
Eudes II de Blois faisant marche sur Montrichard pour détruire le château, le comte d'Anjou Foulques III Nerra gagne Amboise et, avec le comte du Maine, anéantit les troupes d'Eudes II de Blois à la bataille de Pontlevoy.

3 novembre
L'abbé Guillaume de Volpiano prononce un sermon célèbre lors de la consécration de l'abbatiale Saint-Bénigne de Dijon, qu'il fait reconstruire depuis 1001 (la dédicace de la rotonde a lieu en 1018); il y aurait pris à partie les nouvelles mœurs méridionales qui se répandent dans le royaume, importées par la reine Constance.

autres événements
• À l'assemblée de Verdun-sur-le-Doubs, l'abbé Odilon de Cluny fait ratifier de nouvelles règles contre la guerre privée.
• Une expédition de guerriers se rend de Normandie en Italie du Sud: elle forme la souche de la conquête normande.
• L'abbé de Montmajour entame la construction de la nouvelle église Notre-Dame.

1016-1020

La mort de Renaud, évêque de Paris et comte de Vendôme et Melun, permet au roi d'intégrer le comté de Melun au domaine royal; le comté de Vendôme est confié à la garde du comte d'Anjou Foulques III Nerra.

1016-1025

Le comte d'Anjou Foulques III Nerra s'empare de l'ancien palais carolingien de Doué-la-Fontaine et construit là une place forte avec donjon.

1017

9 juin (Pentecôte)
À Saint-Corneille de Compiègne, le roi Robert II le Pieux fait élire et sacrer son fils Hugues par l'archevêque de Reims Arnoul.

autres événements
• Les moines de Saint-Martial de Limoges commencent la construction d'une nouvelle église abbatiale.

1018

février
Le roi Rodolphe III de Bourgogne rencontre l'empereur Henri II à Mayence; il lui remet les insignes royaux en renouvelant le pacte de Strasbourg de juin 1016.

25 février
À la mort du comte de Barcelone Ramon Borrell III (992-1018), un moine de Ripoll écrit une lamentation célèbre sur les vertus du prince à l'occasion de ses funérailles.

6 avril
Le roi Robert II le Pieux fête Pâques à Laon. Une assemblée réunit autour du roi le comte Eudes II de Blois, l'archevêque Arnoul de Reims, les évêques de Laon, Amiens, Cambrai et Châlons ainsi que le duc Godefroi de Basse-Lorraine.

13 mai
L'empereur Henri II vient en Bourgogne manifester son pouvoir; il annexe Bâle, s'avance jusqu'au Rhône, mais le roi de Bourgogne Rodolphe III se révolte et Henri II doit faire retraite.

1018-1026

En Catalogne est conclue l'une des premières conventions féodales, entre le comte d'Urgell et le comte de Barcelone Berenguer Ramon Ier (*convenientia*, pacte féodo-vassalique consigné par écrit).

1019

Le roi Robert II le Pieux assiège Saint-Omer.

24 février
Robert II le Pieux rencontre à Sens le comte Étienne de Troyes.

27 février-4 mars
Le comte de Provence Guilhem III est tué dans une guerre engagée pour garder le contrôle des châteaux de Fos et d'Hyères. Sa mère Adélaïde-Azalaïs poursuit la lutte contre les vassaux (à partir de 1023, avec l'aide de son fils d'un premier lit, le comte Guilhem de Toulouse).

autres événements

• L'archevêché de Narbonne est vendu pour la somme considérable de 100 000 sous.

• Un moine de Saint-Pol de Léon (?) écrit la *Vie de Goeznoveus*.

Bernard d'Angers séjourne à Sainte-Foy de Conques et ajoute un deuxième livre à son *Recueil des miracles de sainte Foy*.

Le linteau sculpté de l'abbatiale Saint-Genis-des-Fontaines (Roussillon) est mis en place au porche.

1019-1020

Le roi fait un voyage en Massif central, dernière expédition royale au sud d'Orléans jusqu'à Louis VII.

1019-1021

Le comte de Troyes Étienne meurt sans héritier (après le 1er juin 1019); son cousin issu de germain, Eudes II, réunit à ses comtés de Blois et Tours ceux de Meaux et Troyes, mettant le roi face à la reconstitution de la puissance vermandoise.

vers 1020

L'évêque Fulbert de Chartres, consulté par le duc d'Aquitaine Guillaume V, lui expose les obligations du vassal envers son seigneur.

1020

Les Sarrasins mènent un raid contre Narbonne.

Un incendie (7-8 août) ayant détruit la cathédrale de Chartres, l'évêque Fulbert commence la construction d'un nouvel édifice, dont la crypte est presque achevée à l'automne 1025 (la dédicace de l'autel majeur a lieu le 17 octobre 1037).

CATHÉDRALES PRÉ-ROMANES

La vague de reconstruction de cathédrales, activée sous Hugues Capet (Orléans en 989-990), s'amplifie sous le règne de Robert le Pieux. Les incendies fournissent souvent l'occasion de nouveaux édifices, mais le roi, tout en flattant les moines réformateurs, s'appuie sur ses évêques et les cités épiscopales, et semble participer à l'embellissement architectural (Chartres en 1020-1037; Auxerre en 1023-1035; Orléans est consacrée en 1029; les travaux de Nevers commencent en 1031). Les comtes de Poitiers et d'Anjou font de même (la cathédrale de Poitiers est dédicacée en 1024-1025, celle d'Angers en 1025). Les cathédrales sous contrôle de l'empereur Henri II bénéficient également des largesses de celui-ci (Bâle, dédicacée en octobre 1018 et dotée d'un retable d'autel en or par l'empereur; Strasbourg, en travaux à partir de 1015; Cambrai, entre 1021 et 1030; Embrun, en construction vers 1025).

1020-1049

L'église des moniales bénédictines d'Ottmarsheim est reconstruite sur le modèle de la chapelle palatine d'Aix-la-Chapelle.

1021

5 mars

La mort de l'archevêque de Reims Arnoul procure au roi Robert II le Pieux l'occasion d'intervenir contre Eudes II de Blois. Il fait élire archevêque son parent Ebles de Roucy, qui était déjà vicomte de Reims. Eudes II de Blois qui semble avoir disposé jusque-là des droits comtaux, réplique alors en usurpant la monnaie de Reims, qu'il fait frapper à son effigie. Le roi Robert II le Pieux convoque Eudes II de Blois à sa Cour. Celui-ci refuse de se présenter. Le roi ayant déclaré la commise de l'« honneur » qu'il a confié vers 1020 au comte Eudes II de Blois, celui-ci lui adresse une lettre écrite par l'évêque Fulbert de Chartres. Il revendique ses droits sur l'« honneur » ancestral; il proteste contre l'acte du roi, qui veut ignorer le droit automatique de succession héréditaire et va à l'encontre de ses devoirs envers ses fidèles, ceux notamment de sa Cour. Une guerre s'ensuit entre Eudes II de Blois et le roi Robert II le Pieux, qui doit reconnaître en 1025 à Eudes II la possession des comtés de Meaux et Troyes.

avril

Le pape Benoît VIII enjoint aux évêques d'Aquitaine, de Bourgogne et de Provence de défendre les domaines de Cluny contre toute forme d'agression.

9 juin

Le roi Robert II le Pieux reconnaît à Eudes II de Blois le titre carolingien de comte palatin, qui fait du comte de Blois l'un des proches conseillers du roi.

1022

25-28 décembre

En présence du roi Robert II le Pieux et de la reine Constance, un groupe d'ecclésiastiques orléanais de haut rang est convaincu d'hérésie (Lisois, chanoine de Sainte-Croix, et Héribert, écolâtre de Saint-Pierre-le-Puellier) et livré au bûcher.

autres événements

• L'évêque-abbé Oliba consacre l'église de Saint-Pierre de Rodes (Catalogne).

1023

début mai

Mandatés sans doute par l'empereur Henri II, l'évêque Gérard Ier de Cambrai et l'abbé Richard de Saint-Vanne rencontrent le roi Robert II le Pieux, le duc de Normandie Richard II, le comte de Flandre Baudoin IV et plusieurs évêques (dont Fulbert de Chartres) à Compiègne afin de préparer une initiative pour la paix et la réforme.

6-11 août

À Mouzon puis Ivois (Carignan sur la Meuse), le roi Robert II le Pieux rencontre l'empereur Henri II. Il y est question de la succession champenoise : le comte Eudes II de Blois menace le duché de Haute-Lorraine en construisant un château à Vaucouleurs.

8 septembre

L'empereur Henri II reçoit le comte de Blois Eudes II à Verdun et obtient du comte qu'il renonce à ses châteaux en Lorraine.
À l'automne, Eudes II a perdu une partie de ses fiefs ; il est contraint de vendre le comté de Reims à l'archevêque Ebles de Roucy ; Robert II le Pieux concède aussitôt à celui-ci les droits comtaux.

autres événements

• Le roi Robert II le Pieux préside une assemblée de paix à Compiègne.
• Dans un discours fameux, l'évêque Gérard Ier de Cambrai fulmine contre les introducteurs de la paix de Dieu dans la province ecclésiastique de Reims.
• Une succession d'assemblées de paix (1022-1023) met fin à la guerre menée par la famille du comte de Provence contre les grands.
• Selon les *Annales* du Mont, l'abbé Hildebert du Mont-Saint-Michel entreprend la construction de l'abbatiale.

1024

13 janvier

Le roi Robert II le Pieux, accompagné du comte de Flandre Baudoin IV, rencontre à Rouen le duc de Normandie Richard II.

janvier-mars

Le roi Robert II le Pieux préside avec les archevêques Liétry de Sens et Gauzlin de Bourges un concile de paix à Héry en Auxerrois, en présence de nombreuses reliques.

24 mai

À Paris, le roi Robert II le Pieux préside un synode consacré à la crise entre l'archevêque de Bourges Gauzlin et l'évêque de Limoges Jordan qui a refusé de se faire sacrer par Gauzlin ; on y traite aussi de l'apostolicité de saint Martial de Limoges, réfutée par Jordan contre les moines de Saint-Martial.

13 juillet

L'empereur Henri II meurt. Son successeur, Conrad le Salique, rencontre une forte opposition en Lotharingie et en Italie. Les Lorrains se rallient péniblement à lui en 1025. En Italie, les grands offrent la couronne d'Italie à Robert II le Pieux ou à son fils Hugues, puis en 1025 à Guillaume V d'Aquitaine ou à son fils, mais Conrad le Salique retourne la situation en sa faveur.

autres événements

• L'abbaye de Cluny obtient du pape Jean XIX un grand privilège d'exemption pour toutes les maisons, moines et moniales dépendant de l'ordre clunisien.

vers 1025

Caen devient capitale des ducs de Normandie.
Adémar de Chabannes, directeur du scriptorium de Saint-Cybard d'Angoulême, rédige un premier jet de son *Histoire*.

Adémar de Chabannes

Adémar de Chabannes (vers 988-Jérusalem, 1034), moine de Saint-Cybard d'Angoulême et de Saint-Martial de Limoges, a laissé des manuscrits autographes, dont une chronique ou Histoire des Francs *(depuis leurs origines qu'il présume troyennes jusqu'en 1028), d'une grande verve, précieuse pour l'histoire de l'Aquitaine aux Xe-XIe siècles. En 1026, il part en pèlerinage en Terre sainte.*

1025

fin mars

Le roi Robert II le Pieux est à Tours avec le comte de Poitiers Guillaume V ; il y tient une assemblée.

17 septembre
La mort du fils aîné du roi, Hugues, héritier désigné (inhumé à Compiègne), provoque des dissensions sur le choix du nouvel héritier; contre une partie de l'épiscopat et la reine Constance qui préfèrent Robert, un fils plus jeune, le roi Robert II le Pieux impose l'aîné Henri Ier; ce choix légitime la règle de primogéniture (l'ordre de succession suivant celui des naissances), qui sera la première loi fondamentale du royaume.
Le roi Robert II le Pieux et le comte de Blois Eudes II se réconcilient.

autres événements
• Une source mentionne l'existence d'un palais du duc de Normandie à Fécamp.

1026

début juillet
Le comte d'Anjou Foulques III Nerra prend de force Saumur sur Eudes II de Blois; il en confie bientôt la charge à son fils Geoffroi.

23 août
Richard III succède à son père Richard II au duché de Normandie.

autres événements
• L'abbé Odilon de Cluny (5e abbé de Cluny, 994-1049) publie une révision des coutumes de l'abbaye.
• Adalbéron, évêque de Laon, compose son *Poème au roi Robert*, satire féroce du comportement des moines, qui à ses yeux mettent en péril l'équilibre de la société en trois ordres.

1027

14 mai
Le prince Henri, fils de Robert II le Pieux, est sacré à Reims.

16 mai
À Toulouges en Roussillon, un synode assemblé par l'évêque d'Ausone décrète la trêve de Dieu.

6 août
Richard III de Normandie meurt; lui succède son frère Robert le Magnifique.
Alain III, duc de Bretagne, est contraint par le duc de Normandie Robert le Magnifique à lui prêter l'hommage.

autres événements
• Une émeute urbaine à Noyon, fomentée par l'évêque, expulse le châtelain royal de la ville.

1028

23-25 août
Le roi Robert II le Pieux participe à la translation solennelle des reliques de saint Savinien à Sens.

1028-1031

L'évêque Jordan de Limoges fait rédiger par son écolâtre Hildegaire la *Vie* et le Livre I des *Miracles de saint Léonard de Noblat.*

vers 1030

Le denier ottonenc (frappé à Pavie au nom de l'empereur germanique) commence de circuler en Provence; signe que les routes terrestres de l'Italie s'activent, il s'impose rapidement, et n'est supplanté par le denier mauguenc (de Melgueil) qu'au début du XIIe siècle, quand les navires pisans et génois dominent les échanges dans le golfe du Lion.
Odilon de Cluny instaure la commémoration de tous les défunts au 2 novembre.
Un moine anonyme de Conques ajoute un troisième livre des *Miracles de sainte Foy* à ceux de Bernard d'Angers.

1030

Les habitants d'Amiens et Corbie jurent la paix devant les reliques des saints.

1031

printemps
Le jeune comte de Provence Bertran (1019-1051) mène la guerre sur les terres des seigneurs des Baux et de Fos; les hostilités se poursuivent jusqu'en 1037.

11 avril
Après Poissy (4 février) et Bourges (4 avril), le roi Robert II le Pieux séjourne à Orléans.

20 juillet
Le roi Robert II le Pieux meurt à Melun; son corps est transféré à Saint-Denis et inhumé à côté du roi Hugues Capet devant l'autel de la Trinité. Le moine de Fleury Helgaud entreprend aussitôt d'écrire la *Vie du roi Robert le Pieux* (1031-1041).

HENRI Ier
Né en mai 1008-Mort le 4 août 1060
Règne : 1031-1060 (29 ans)
Roi à 23 ans

*F*ils de Robert II le Pieux et de Constance, Henri Ier épouse en 1043 Mathilde († 1044), nièce du roi de Germanie Henri III, puis en 1051 Anne, fille du prince Jaroslav Ier de Kiev ; ce second mariage, inexpliqué, prend place probablement dans la nouvelle stratégie, offensive, de la Chrétienté romaine. Naissent de cette dernière union Philippe Ier, Robert (mort jeune) et Hugues (par mariage comte de Vermandois).

Henri Ier doit faire face aux menaces non seulement de son frère Robert et de leur mère la reine Constance – qui a tenté d'imposer Robert à la succession royale –, mais aussi du comte d'Anjou, du duc de Normandie et du comte de Flandre.

La stratégie d'Henri Ier consiste à maîtriser les ambitions du comte d'Anjou en utilisant le duc normand (1043-1052), puis à renverser l'alliance en faveur du comte angevin (1052-1060) ; il se sert du comte de Blois et Troyes, Eudes II, qui acquiert ainsi peu à peu la prééminence sur les autres grands dans le palais royal. Henri Ier joue tour à tour de tous contre sa mère Constance et son frère. À sa mort, le 4 août 1060, il est enseveli à Saint-Denis.

Papes

Jean XIX, 1024-1033 ; Benoît IX, 1033-1044 ; Grégoire VI, 1044-1046 ;
Clément II, 1046-1047 ; Damase II, 1047-1048 ; Léon IX, 1048-1054 ;
Victor II, 1054-1057 ; Étienne X, 1057-1058 ; Benoît X, 1058-1059 ; Nicolas II, 1059-1061.

Empereurs

Conrad II le Salique, 1024-1039 ; Henri III, 1039-1056 ; Henri IV, 1056-1106.

1031

À son accession au trône royal, le roi Henri Ier cède la Bourgogne occidentale et le titre de duc à son frère Robert le Vieux, fils de Constance; celui-ci est l'ancêtre des Capétiens du Portugal.
La reine Constance donne la moitié de la cité de Sens au comte Eudes II de Blois et Troyes.

1er novembre
Un concile a lieu à Bourges, sous la présidence du nouvel archevêque Aimon.

18 novembre
Un concile d'évêques des provinces de Bourges et Bordeaux dans l'abbaye Saint-Martial de Limoges fulmine contre les chevaliers qui refusent de jurer la paix. Il exige que les desservants de paroisses prêchent eux-mêmes les dimanches et jours de fête, sans abandonner ce soin aux clercs des cathédrales.

1031-1032

Un concile de paix se tient à Narbonne; l'archevêque d'Arles Raimbaud de Reillane y prend part.

vers 1032

Des prévôts, officiers comtaux qui gèrent le domaine comtal et rendent la justice, sont signalés dans le comté de Troyes.

1032

1er janvier
Geoffroi Martel, fils du comte d'Anjou Foulques III Nerra, épouse Agnès de Bourgogne, veuve du duc Guillaume V d'Aquitaine, malgré les règles canoniques qui excluent cette alliance au troisième degré. Il se pose ainsi en protecteur des enfants mineurs du troisième mariage de Guillaume V, contre le jeune duc Guillaume VI le Gros (issu du premier mariage de Guillaume V d'Aquitaine avec Aumode de Gévaudan). Par les liens familiaux d'Agnès, fille d'un comte de Mâcon, Geoffroi Martel étend ses ambitions très au-delà des terres du comte Eudes II de Blois qu'il menace directement.

26 juin
À la mort de l'archevêque de Sens Liétry, le roi Henri Ier veut imposer à sa succession Gilduin de Joigny; le comte Eudes II de Blois, avec l'appui de la reine mère Constance, suscite alors l'élection de Mainard par le chapitre cathédral.
En juillet-août, le roi Henri Ier intervient militairement en Sénonais avec le comte d'Anjou Foulques III Nerra, mais ne peut imposer sur place son candidat qu'il fait sacrer à Paris le 18 octobre.

6 septembre
La mort à Vienne de Rodolphe III, roi de Bourgogne, qui avait transmis les insignes de la royauté à l'empereur Conrad II en 1018, scelle la dévolution de l'ancien ensemble bourguignon: la Bourgogne orientale est réunie à l'Empire, au grand dam d'Eudes II de Blois qui en revendique la succession comme neveu de Rodolphe.
Les jeunes comtes de Provence Bertran et Geoffroi semblent avoir soutenu le parti d'Eudes II de Blois.

13 septembre
L'archevêque Raimbaud d'Arles réforme le chapitre de sa cathédrale.

27 septembre
La ville d'Angers est détruite par le feu.

31 octobre
Le comte Eudes II de Blois dévaste la région de Toul, mais ne parvient pas à prendre la cité.

autres événements
- Le roi de Navarre Sanche le Grand visite l'abbaye de Cluny.
- L'évêque de Langres Hugues de Breteuil fonde la collégiale de Vignory (Haute-Marne).
- Fondation de la collégiale Saint-Martin d'Épernay.

1032-1033

La famine ravage la Bourgogne.

1033

2 février
L'empereur Conrad II le Salique est couronné roi de Bourgogne à Payerne (Jura).

printemps
La reine mère Constance passe alliance avec le comte de Blois Eudes II et fomente la révolte contre son propre fils le roi Henri Ier: Eudes II s'empare de Sens et défie le roi. Incapable de reprendre Sens, Henri Ier est bientôt chassé de son domaine royal; il doit se réfugier auprès du duc de Normandie.

mai
Lors d'une rencontre organisée par l'évêque Brunon de Toul à Deville sur Meuse, le roi Henri Ier

demande le soutien de l'empereur Conrad II; Henri Ier projette d'épouser Mathilde, fille de Conrad II, mais celle-ci meurt dans l'année. Peut-être le duc Gozelon de Basse-Lotharingie reçoit-il alors la Haute-Lotharingie dont le duc vient de mourir. Eudes II de Blois perd dès lors l'espoir de dominer la Lotharingie occidentale.
La famine sévit dans tout le royaume.

20 septembre
Le fils du comte d'Anjou Geoffroi Martel bat le duc d'Aquitaine au Mont-Couër, près Saint-Jouin-de-Marnes, s'empare de la personne du jeune duc et le jette en prison.

autres événements
• La communauté des habitants d'Albi finance la construction d'un pont sur la Garonne.

1034

juin
Le roi Henri Ier et le comte Foulques III Nerra d'Anjou reprennent Sens et installent l'archevêque Gilduin. Le comte Eudes II de Blois abandonne la partie: il rend au roi Henri Ier la moitié de la ville de Sens qu'il tenait depuis 1031.
Fromond, frère du comte Renard de Sens, est emprisonné à Orléans où il meurt bientôt. En échange de son concours, le roi Henri Ier cède à Robert le Magnifique, duc de Normandie, le Vexin français (dont le comté de Dreux), entre Epte et Oise avec Pontoise.

1er août
L'empereur Conrad II le Salique se fait couronner une deuxième fois roi de Bourgogne à Genève, avec l'accord du roi Henri Ier.

24 novembre
L'église de Montier-en-Der, construite sous l'abbé Brunon, est consacrée.

autres événements
• Restauration de Saint-Satur de Bourges par l'archevêque Aimon.

1034-1037

Le nouveau pont de Tours est inauguré en présence du frère du roi, Eudes, du comte Raoul IV de Crépy-Valois et de Galeran de Meulan.
Un vieux moine de Saint-Mihiel écrit la *Chronique* de son monastère.

1035

Le duc de Normandie Robert le Magnifique meurt à Nicée, au retour d'un pèlerinage en Terre sainte. La minorité de Guillaume le Bâtard, âgé de 8 ans, met en péril l'intégrité de la principauté, qui se couvre alors de mottes seigneuriales (fortifications de sites artificiellement élevées); l'opposition au jeune duc est concentrée en Bessin et Cotentin. Le roi saisit le Vexin, qu'il annexe provisoirement au domaine royal.

1035-1040

Un clerc de Sens compose l'*Histoire sénonaise des Francs*, continuation de l'*Histoire des Francs* d'Aimoin, prolongée jusqu'en 1015.

1036

Le comte Eudes II de Blois fait une expédition dans la vallée du Rhône, apparemment pour se faire couronner roi de Bourgogne par les grands de la région, contre l'empereur Conrad II le Salique.
Le comte d'Anjou Foulques III Nerra contraint son fils Geoffroi Martel à libérer le duc d'Aquitaine et comte de Poitiers Guillaume VI le Gros contre une forte rançon.
Baudoin V de Lille (1036-1067) accède au comté de Flandre, dont il fait la principauté la plus puissante du royaume.

1037

mai
Une assemblée de paix est tenue à Sarrians (Vaucluse) en présence des évêques de la province d'Arles et des deux frères comtes de Provence Geoffroi et Bertran.
Le comte Eudes II de Blois est appelé par une ambassade italienne à intervenir contre l'empereur Conrad II le Salique. Il entreprend une campagne militaire à l'automne et s'empare de Bar.

15 novembre
Le comte de Blois Eudes II meurt au combat à Bar-le-Duc devant le duc Gozelon de Basse-Lotharingie. Avec lui s'effondre le rêve d'une grande principauté de Blésois-Chartrain-Bourgogne-Champagne-Lorraine.
Son fils aîné Thibaud hérite des domaines patrimoniaux de Chartres et de Blois. Son second fils Étienne reçoit les acquêts de Champagne avec les titres de comte de Troyes et de Meaux. Le roi Henri Ier confirme ce partage, en prélevant cepen-

dant des biens à titre de droits de mutation: il soustrait des possessions de Lotharingie, qu'il concède aussitôt en fief au duc Gozelon.

autres événements

• Dans une assemblée à Troyes, l'abbé réformateur Albert de Marmoutier inaugure une formule nouvelle d'investiture abbatiale, distinguant une investiture temporelle par le prince, et une investiture spirituelle par l'évêque diocésain (il réédite cette formule en 1055 pour le nouvel abbé de Saint-Florent de Saumur). Cette innovation permettra de résoudre définitivement la question dans le royaume de France sous Philippe Ier, dans une sentence d'Yves de Chartres (1097).
• Le comte Pons de Toulouse donne en dot à sa fiancée l'évêché, la cité, la monnaie et le marché d'Albi.
• Un groupe de chanoines de la cathédrale d'Avignon fonde la collégiale de Saint-Ruf en Avignon.
• Avicenne (Ibn'Sîna) qui meurt cette année n'est encore connu que dans le monde arabe. Les premières traductions de ses œuvres parviennent en France à la fin du XIIe siècle.

1038

À la mort du duc d'Aquitaine Guillaume VI le Gros, son frère Eudes, duc de Gascogne, tente de recueillir sa succession. Mais le fils du comte d'Anjou, Geoffroi Martel, fait valoir les droits de son épouse Agnès de Bourgogne, veuve de Guillaume V le Grand, duc d'Aquitaine († 1030). Celle-ci exerce l'autorité ducale en Aquitaine jusqu'à la majorité de son fils aîné (issu de son premier mariage) qui prend le nom de Guillaume Aigret (vers 1044).
L'évêque-abbé Oliba consacre la crypte à trois nefs de la cathédrale de Vich (inspirée des modèles bourguignons de Saint-Germain d'Auxerre et Flavigny, du IXe siècle).

vers 1040

Le roi Henri Ier, profitant de la minorité du duc de Normandie, Guillaume le Bâtard, s'empare de la forteresse normande de Tillières sur l'Avre.

autres événements

• Un moine de Saint-Bertin écrit l'*Encomium Emmae reginae*, sur commande de la reine Emma elle-même, sœur de Richard II de Normandie, épouse successive des rois anglais Aethelred II et Cnut, en exil à la Cour de Baudoin V de Flandre après la mort de Cnut.
• Les ateliers monétaires de Picardie renoncent à l'unité de poids carolingienne (la livre) en faveur du marc (220 à 240 g) d'origine germanique; c'est peut-être un signe de l'arrivée de l'argent extrait des mines du Harz, près de Goslar (ouvertes vers 950).
• Le comte de Toulouse Pons et l'évêque d'Albi (1019-1041/1042) fondent la première sauveté d'albigeois à Vieux.
• L'église abbatiale de Cuxa est consacrée à nouveau après création d'un transept.

1040

21 juin

Le comte d'Anjou Foulques III Nerra (fils de Geoffroi Grisegonelle), meurt à Metz au retour d'un troisième pèlerinage en Terre sainte (son corps est rapatrié peu après et inhumé à Beaulieu-lès-Loches). Lui succède son fils Geoffroi Martel (14 octobre 1006-14 novembre 1060), qui tient aussitôt un grand plaid à Angers. Geoffroi Martel et son épouse Agnès de Bourgogne font une riche donation à la nouvelle abbaye de la Trinité de Vendôme, dont l'église est consacrée cette même année.

octobre

Une nouvelle assemblée de paix est réunie à Marseille.

autres événements

• Le roi de Germanie Henri III séjourne à Metz.
• La nouvelle église de Saint-Victor de Marseille, construite sur ordre de l'abbé Isarn, est consacrée.
• L'abbé Odilon de Cluny fait rédiger pour la réforme de l'abbaye de Farfa un nouveau recueil de coutumes *(Liber tramitis)*.

1040-1060

Le seigneur de Beaugency donne à l'abbaye de la Trinité de Vendôme l'église Saint-Étienne de Beaugency qui vient d'être reconstruite.

1041

Une nouvelle révolte, plus grave que celle du printemps 1033, éclate. Le frère cadet du roi, Eudes, entre en rébellion contre Henri Ier, avec les comtes Thibaud de Blois et Étienne de Troyes ainsi que plusieurs Neustriens dont Raoul IV de Crépy-Valois et Galeran de Meulan. Le roi trouve un soutien chez le comte d'Anjou Geoffroi Martel et le duc de Normandie Guillaume le Bâtard. Une guerre rapide aboutit à la capture du frère du roi, Eudes, et de Raoul IV de Crépy-Valois et à la soumission de Galeran de Meulan. Le comte d'Anjou Geoffroi Martel met la main sur Langeais, Chinon, Montbazon.

12 août
L'archevêque d'Arles Raimbaud préside une assemblée de paix en Arles, pour rétablir le calme à la suite des guerres de Fos (1019 et 1031-1038): c'est la première mise en œuvre de la trêve *(treuga)* de Dieu, qui interdit la violence durant toutes les périodes sacrées (le terme de *treuga* est apparu en 1027).

autres événements
• Le moine André de Fleury ajoute trois livres (V-VII) aux *Miracles de saint Benoît* (il insère le Livre IV en 1044); il dédie son œuvre en 1043 à l'abbé Hugues de Fleury.

1042

Le comte Thibaud de Blois résiste encore à la pression royale. Pendant l'hiver 1042-1043, le comte d'Anjou Geoffroi Martel assiège Tours qui lui a peut-être été concédée par le roi Henri Ier, à charge pour lui de conquérir la ville sur Thibaud de Blois. Le moine André de Fleury compose la *Vie de Gauzlin*, abbé de Fleury (1004-1030) et archevêque de Bourges.

1042-1044

4 septembre
L'archevêque Raimbaud d'Arles préside à Saint-Gilles un concile d'évêques provençaux et de Narbonnaise; l'assemblée précise les termes de la trêve de Dieu en interdisant le port d'armes aux chevaliers pendant une période de deux mois et en décrétant l'inviolabilité des églises.

1043

21 avril?
Le roi de Germanie Henri III et le roi de France Henri Ier se rencontrent à Ivois (Carignan sur la Meuse). Peu après, le roi Henri Ier épouse Mathilde, nièce d'Henri III.

3 mai
Le roi Henri Ier est à Orléans.

1er août
Lors d'un concile à Narbonne, l'archevêque Guifred étend à sa province les dispositions de trêve de Dieu prises à Arles en 1041, renonce lui-même au port des armes et impose cette règle à ses évêques.

1er novembre
À Besançon, le comte d'Anjou Geoffroi Martel marie sa belle-fille Agnès au roi de Germanie Henri III; il s'insère ainsi dans le courant religieux qui associe l'Empire et la papauté et s'érige au-dessus du roi capétien.

autres événements
• Le roi de Germanie Henri III admet parmi ses fidèles les comtes Humbert de Savoie, Guigues de Viennois et Albon.
• La famine sévit dans tout le royaume.

1043-1049

Un moine de Moyenmoûtier écrit la chronique de l'abbaye *(Liber de sancti Hidulphi successoribus in Medianomonasterio)*.

1043-1052

Robert de Turlande fonde l'abbaye de La Chaise-Dieu.

1043-1065

Le moine Folcard de Saint-Bertin rédige la *Vie* et les *Miracles de saint Bertin*.

1044

21 août
À Saint-Martin-le-Beau, le comte d'Anjou Geoffroi Martel écrase les armées conjointes des comtes Thibaud de Blois et Étienne de Troyes. Thibaud de Blois, capturé et emprisonné au château de Loches, est contraint le 24 août d'abandonner le comté de Tours et la Touraine – dont les châteaux de Chinon et Langeais – à Geoffroi Martel; il ne conserve que l'abbaye de Marmoutier, nécropole familiale.

autres événements
• Gozelon, duc des deux Lotharingies, meurt; son fils Godefroi le Barbu n'obtient du roi de Germanie Henri III que l'investiture de la Haute-Lorraine; il entre en rébellion contre le souverain germanique.
• La reine Mathilde, épouse d'Henri Ier, meurt.
• L'abbé de Jumièges Robert Champart est nommé évêque de Londres par le roi d'Angleterre Édouard le Confesseur.

1046

18 mai
Des Sarrasins pillent les îles de Lérins.

autres événements

• Pour reprendre le contrôle de la Lotharingie, le roi de Germanie Henri III révoque Godefroi le Barbu, confie le duché de Haute-Lorraine à l'un de ses parents, Adalbert, et nomme son chapelain Thierry à l'évêché de Verdun.

• Le comte d'Anjou Geoffroi Martel et sa femme Agnès voyagent avec l'empereur Henri III en Italie (dans les Pouilles et à Rome pour le sacre impérial de Noël).

• L'archevêque Guifred de Narbonne consacre l'église abbatiale d'Arles-sur-Tech (les travaux n'en sont pas achevés en 1050).

1046-1047

Le jeune duc de Normandie Guillaume le Bâtard doit faire face à un soulèvement de l'aristocratie normande.

1047

Avec l'aide du roi Henri Ier, le duc de Normandie Guillaume le Bâtard écrase son compétiteur Guy de Brionne au Val-ès-Dunes.

À la mort du duc de Haute-Lorraine Adalbert, son frère Gérard est investi du duché. En révolte contre l'empereur Henri III, Godefroi le Barbu, qui a le soutien de Baudoin V de Flandre, incendie la cité de Metz; la cathédrale ayant été détruite entièrement, l'évêque Thierry entreprend la construction d'une nouvelle église à deux chevets opposés avec l'aide de Godefroi le Barbu (les travaux se poursuivent jusque vers 1083).

Le roi Henri Ier met la main sur Saint-Médard de Soissons soustraite au comte Étienne de Troyes.

Le comte d'Anjou Geoffroi Martel fonde l'abbaye Notre-Dame de Saintes avec sa femme Agnès et le fils de celle-ci, le duc Guillaume Aigret d'Aquitaine.

La nouvelle église du monastère de Charroux est consacrée.

1048

23 mai

Un synode d'évêques à Senlis reconnaît au roi Henri Ier la possession de Saint-Médard de Soissons, cédée peu après la mort du comte de Troyes Étienne par son frère Thibaud de Blois, en échange de la garde de son neveu Eudes III de Troyes. Thibaud de Blois s'est ainsi réconcilié avec le roi Henri Ier, et reconstitue la principauté de son père Eudes II.

Le comte d'Anjou Geoffroi Martel jette en prison l'évêque du Mans Gervais de Château-du-Loir, qui s'est assuré la domination sur le comté du Maine.

octobre

Près d'Ivois (Carignan sur la Meuse), l'empereur Henri III et le roi Henri Ier concluent un traité d'amitié; Henri Ier semble renoncer à exploiter les révoltes anti-impériales de Godefroi le Barbu de Haute-Lotharingie et à réclamer la Lotharingie. Il obtient probablement de l'empereur qu'il rabatte les ambitions du comte d'Anjou Geoffroi Martel.

décembre

À Worms, l'empereur Henri III nomme pape Brunon d'Éguisheim (Alsace), évêque de Toul, qui prend le nom de Léon IX.

autres événements

• Le chevet de Saint-Jean-d'Angély est consacré (l'ancienne abbaye est entrée dans le giron de Cluny vers 1030), ainsi que l'abbatiale Saint-Pierre de Méobecq (Berry).

1049

janvier-février

Le pape Léon IX voyage en Lorraine.

1er mai

L'évêque de Nice consacre sa nouvelle cathédrale.

été

La rébellion lorraine de Godefroi le Barbu est matée par l'empereur Henri III.

1er octobre

Le concile réformateur de Reims s'ouvre en présence du pape Léon IX; les évêques et abbés royaux ont reçu interdiction du roi Henri Ier de s'y présenter. Le concile réactive l'institution des légats pontificaux. Il dépose les évêques Hugues de Langres, Budic de Nantes, convaincus de simonie, et excommunie les prélats (dont l'archevêque de Sens) qui ont refusé de se présenter à Reims. Il convoque le comte d'Anjou Geoffroi Martel au concile qui doit se tenir à Mayence le 19 octobre. Il évoque le cas de Thibaud de Blois, qui a répudié sa femme Gersende. Le pape Léon IX procède à la dédicace de la nouvelle église Saint-Remi.

1er novembre

La collégiale Saint-Hilaire de Poitiers, fondée par la comtesse Agnès, mère de Guillaume Aigret duc d'Aquitaine et abbé laïque de Saint-Hilaire, est dédicacée. Agnès est aussi à l'initiative de la collégiale Saint-Nicolas de Poitiers, où elle se fait inhumer en 1068.

autres événements

• Le roi Henri Ier et le duc de Normandie, avec la participation de troupes de Guillaume le Bâtard et du comte Thibaud de Blois, tentent de réduire l'emprise du comte d'Anjou Geoffroi Martel sur le Maine et le sud de la Normandie : l'armée royale envahit l'Anjou et prend Mouliherne.

• Le moine Jotsald de Cluny compose une plainte funèbre en l'honneur de l'abbé Odilon († 1er janvier 1049). Entre 1049 et 1052, il écrit la *Vie de saint Odilon*, pièce majeure de l'hagiographie clunisienne.

1049-1057

La construction de l'église Saint-Étienne de Vignory (Haute-Marne), dont la nef date des années 1030-1040, est achevée par l'évêque de Langres Hardouin et donnée par le seigneur de Vignory à Saint-Bénigne de Dijon.

vers 1050

Le duc de Bourgogne Robert Ier intègre Semur-en-Auxois à son domaine.
Un clerc champenois écrit en langue romane la *Vie de saint Alexis*.
Un moine de Conques compose le Livre IV des *Miracles de sainte Foy*.
À Angers, *Vie de saint Brieuc*.
À Saint-Denis a lieu l'ouverture solennelle de la sépulture *(Detectio)* des saints Denis, Rustique et Éleuthère.
L'abbatiale de Saint-Savin-sur-Gartempe est consacrée.

1050

15 avril

À Rome, le pape Léon IX dépose l'archevêque de Sens Mainard (accusé de simonie) et le réinstalle aussitôt sur son siège.

octobre

Le pape Léon IX parcourt la Bourgogne et la Lorraine pour y lancer la réforme ecclésiastique.

autres événements

• Léon IX excommunie le comte d'Anjou Geoffroi Martel et jette l'interdit sur ses terres. L'évêque d'Angers Eusèbe Brunon prend le parti du comte Geoffroi Martel contre le pape. Dans le feu du conflit, Geoffroi Martel renonce à la grande politique et répudie sa femme Agnès (entre le 6 janvier 1049 et le 15 août 1052). Il resserre son emprise sur le comté de Vendôme.

• Lors d'un colloque à Chartres, un clerc chartrain extrait des écrits de Bérenger de Tours deux thèses qui lui paraissent contestables : d'après lui, Bérenger aurait exposé que la crosse épiscopale n'a pas d'autre signification que l'investiture du temporel, et que dans l'hostie consacrée, la matière du pain demeure. L'évêque d'Angers Eusèbe Brunon et le comte d'Anjou Geoffroi Martel s'enflamment dans la défense de Bérenger.

Bérenger de Tours

Bérenger de Tours (vers 1000-1088), formé par Fulbert de Chartres et maître dans l'école cathédrale de Tours, soulève une tempête entre 1047 et 1079 pour sa conception « symboliste » du sacrement du Corps et du Sang du Christ, en un temps de réforme où la reconstruction de l'Église matérielle compte plus que jamais. Mis en cause par l'abbé Lanfranc du Bec, il est condamné par le pape Grégoire VII et interdit d'enseignement. Sa pensée est à la source des débats du XIIe siècle sur le langage, les symboles et l'universalité des concepts.

1050-1051

La mort de Guifré, comte de Cerdagne, est annoncée dans un célèbre rouleau mortuaire.

1051

printemps

Le roi Henri Ier, veuf depuis 1044, épouse Anne, fille de Jaroslav Ier de Kiev.

autres événements

• Sans doute est-ce cette même année que le duc de Normandie Guillaume le Bâtard prend pour femme Mathilde, fille du comte de Flandre Baudoin V, et amorce une alliance dangereuse pour le roi Henri Ier.

• Le comte d'Anjou Geoffroi Martel s'empare du comté du Maine, sans que le roi Henri Ier réagisse.

• Le roi d'Angleterre Édouard le Confesseur envoie l'archevêque de Canterbury Robert Champart, un ancien moine de Jumièges, auprès du duc Guillaume de Normandie, pour désigner celui-ci comme héritier du trône anglais. Le duc Guillaume se rend en Angleterre.

peu après 1051

Un moine de Corbie rédige les *Miracles d'Adalard*, le grand abbé du IXe siècle.

1052

L'évêque du Mans Gervais de Château-du-Loir s'échappe des prisons du comte d'Anjou Geoffroi Martel et se réfugie auprès du duc Guillaume de Normandie.

15 août
Le comte d'Anjou Geoffroi Martel se réconcilie avec le roi Henri Ier.

1053

Le comte d'Anjou Geoffroi Martel et le duc d'Aquitaine Guillaume Aigret, en guerre, concluent un pacte d'amitié.
À Civitate, les Normands de Robert Guiscard écrasent l'armée pontificale de Léon IX. Le pape décrète que ses morts au combat sont « martyrs du Christ ».

1053-1070

Des clercs de Mende rédigent la *Vie*, l'*Invention* et les *Miracles de sainte Énimie*, ainsi que les *Miracles de saint Privat.*

vers 1053-1054

Un moine de Saint-Wandrille rédige les *Miracles de saint Vulfran.*

1054

février
En Normandie, une armée formée par le roi Henri Ier, le comte d'Anjou Geoffroi Martel et Thibaud de Blois contre le duc de Normandie Guillaume le Bâtard est écrasée lors de la bataille de Mortemer.

printemps
Des synodes à Lisieux et à Tours, sous la présidence de légats pontificaux, décrivent les premières lignes d'accord sur les investitures laïques. Bérenger de Tours est convoqué à la seconde assemblée pour s'expliquer sur son enseignement.

3 avril
À Mayence, le comte Thibaud de Blois prête l'hommage à l'empereur Henri III pour les châteaux que possède son lignage en Lotharingie.

autres événements
• La Reconquête chrétienne en Espagne reprend son cours, après avoir marqué le pas pendant près de deux siècles.
• Une rupture (tardivement qualifiée de schisme) se produit entre le pape et le patriarche de Constantinople.
• L'église de l'abbaye Saint-Paul de Cormery, reconstruite par les abbés Robert Ier (1026-1040) et Robert II (1040-1060) est dédicacée.

vers 1055

L'atelier de l'abbaye de Saint-Sever réalise la copie somptueusement décorée du *Commentaire sur l'Apocalypse* de Beatus de Liebana (« Beatus de Saint-Sever »).

1055

15 octobre
Le roi Henri Ier donne l'archevêché de Reims à l'évêque du Mans Gervais réfugié depuis 1052 en Normandie. Il résout ainsi le conflit entre l'évêque Gervais et le comte d'Anjou Geoffroi Martel, et scelle son adhésion aux principes de la réforme religieuse des légats romains. Profitant de la mort du comte Renard de Sens, Henri Ier inaugure une politique d'accroissement territorial avec la prise de possession de la part de la ville de Sens qui lui échappait encore, ainsi que du comté de Sens, capital dans sa lutte pour desserrer l'étau bléso-troyen.

1056

27 mai
Près d'Ivois (Carignan sur la Meuse), une entrevue de l'empereur Henri III et du roi Henri Ier aboutit à une rupture des relations. Il semble que le roi ait réclamé une fois de plus la Lotharingie, pour conforter le nouvel axe qui unit le royaume et la papauté romaine.

autres événements
• Le comte d'Anjou Geoffroi Martel fait don à saint Pierre de l'abbaye de la Trinité de Vendôme et entreprend de se défaire de ce comté en faveur du roi Henri Ier.
• Un concile à Toulouse révèle le déplacement des problèmes d'Église : il ne traite plus de la paix mais condamne la simonie et à travers elle le droit de patronage.
• L'évêque de Coutances Geoffroy de Montbray (1049-1093) procède à la consécration de la cathédrale dont il a engagé la construction dès son accession au siège de Coutances. Une part du financement lui est octroyée par les fils de Tancrède de Hauteville installés dans les Pouilles.

1057

19 janvier

Le roi Henri Ier vient sceller son alliance avec le comte d'Anjou Geoffroi Martel à Tours, puis à Angers le 1er mars.

août

L'armée du roi Henri Ier et du comte d'Anjou Geoffroi Martel ravage le Bessin; sur le chemin du retour, elle est surprise et mise en déroute à Varaville par le duc de Normandie Guillaume le Bâtard.

autres événements

• Le comte de Nevers, dont la femme a des droits sur le comté de Tonnerre, s'empare de l'Auxerrois. Il s'efforce de constituer ainsi une principauté cohérente, depuis la Loire jusqu'à la frontière de l'Empire; il y parvient en 1065.

1058

Le duc de Bourgogne Robert, frère du roi Henri Ier, tente d'expulser le comte de Nevers de l'Auxerrois, avec l'aide du comte Thibaud de Blois qui y gagne l'investiture laïque de la puissante abbaye Saint-Germain d'Auxerre.
Le duc d'Aquitaine Guillaume Aigret assiège Saumur où s'est enfermé le comte d'Anjou Geoffroi Martel, mais doit abandonner la lutte.

15 août

Le roi commence le siège de Thimert, nouvelle forteresse normande aux confins du comté de Chartres; Thibaud de Blois l'y rejoint.

autres événements

• Eudes, moine de Saint-Maur, compose la *Vie de Bouchard le Vénérable*, comte de Vendôme, panégyrique de l'activité réformatrice d'un grand laïc.

1058-1065

Les moines de Saint-Bénigne de Dijon rédigent la *Chronique* de leur monastère.

1059

23 mai

Le fils du roi Henri Ier, le prince Philippe, est associé au trône et sacré à Reims.

autres événements

• Le grand évêché de Gascogne est démembré.
• Robert Guiscard est reconnu comme seigneur par les Pouilles et la Calabre.
• L'abbé Lanfranc du Bec reprend la formule de l'abbé Albert de Marmoutier (fin 1037) pour une élection abbatiale à Saint-Evroult en Normandie. Il obtient du pape l'absolution du duc Guillaume de Normandie, condamné pour son union consanguine avec sa femme Mathilde de Flandre. Mathilde fonde l'abbaye de la Trinité, et Guillaume celle de Saint-Étienne de Caen.

vers 1060

Le duc de Normandie Guillaume le Bâtard construit le château de Caen.
Un concile à Toulouse renouvelle l'anathème sur les laïcs possesseurs d'églises.
Les comtes Thibaud de Blois et Eudes III de Troyes fondent Charleville.
Le comte de Poitiers Guy-Geoffroi-Guillaume institue quatre foires en faveur de la collégiale Saint-Nicolas et de l'église Sainte-Radegonde.
Le moine normand Guillaume de Jumièges abrège et met à jour l'*Histoire des ducs de Normandie* par Dudon de Saint-Quentin, et publie ses *Gestes des ducs de Normandie*. Il y ajoute vers 1070 un récit de la prise de l'Angleterre.
Un moine alsacien (Humbert de Moyenmoûtier?) compose la *Vie de Léon IX*.
L'archevêque Gervais réforme l'abbaye Saint-Nicaise de Reims.
L'église de Conques est consacrée; on rédige là sans doute la *Canso* de sainte Foy, premier monument littéraire en langue occitane.

1060

14 mai

À Angers, le comte d'Anjou Geoffroi Martel arme chevalier le puîné de ses neveux, Foulques Réchin (fils de sa sœur Ermengarde et du comte Aubri de Gâtinais), et lui donne la Saintonge en bénéfice. Foulques Réchin est ainsi écarté des terres patrimoniales: à la mort sans enfants de Geoffroi Martel (le 14 novembre), les comtés d'Anjou, Tours et Gâtinais sont dévolus à l'aîné de ses neveux, Geoffroi le Barbu.

4 août

Le roi Henri Ier meurt à Vitry (près Bois-le-Roi, dans la forêt de Fontainebleau); il est inhumé à Saint-Denis.

PHILIPPE Ier
Né vers 1052-Mort le 29/30 juillet 1108
Règne: 1060-1108 (48 ans)
Roi à 8 ans

Philippe est associé à la royauté (avant la mort de son père) et couronné roi par l'archevêque de Reims Gervais, en la cathédrale de Reims, le dimanche de Pentecôte 1059; il succède à son père Henri Ier le 29 août 1060. Mineur quand son père meurt, Philippe est sous tutelle du comte de Flandre Baudoin V (1035-1067), cependant qu'une régence est assurée par la reine Anne, l'archevêque de Reims et le comte de Flandre. Il meurt le 29 ou 30 juillet 1108 et est inhumé à Saint-Benoît-sur-Loire, non à Saint-Denis.
L'œuvre méconnue de ce roi aura été moins de gouverner un royaume considérable que de gérer le domaine royal comme une seigneurie, en réorganisant l'administration, multipliant les points fortifiés, travaillant à mettre son autorité à l'abri de toute contestation dans les villes principales du domaine et dans les cités épiscopales de la France du Nord, où il accorde aux évêques les droits comtaux. Philippe Ier resserre les liens des différentes parties du domaine royal, par la conquête (Vexin français) et par l'achat (Gâtinais). C'est le temps du démarrage économique du royaume capétien; les instruments de la croissance sont là, comme en témoigne la vague de construction de moulins dans le domaine royal et en Normandie.
Cependant, Philippe voit se lever devant lui deux puissances neuves. En 1066, le jeune duc de Normandie Guillaume (le Bâtard puis le Conquérant) se lance dans la conquête de l'Angleterre, qu'il emporte rapidement; son royaume s'étend désormais sur les deux rives de la Manche, de la frontière de l'Écosse au Maine, demeurant vassal du roi capétien pour les terres continentales.
L'autre puissance, à l'époque la seule redoutable en raison de son intervention dans les affaires religieuses des royaumes, est la papauté romaine. Depuis 1049, celle-ci entreprend une réforme qu'elle entend diffuser dans tous les royaumes de son obédience. La réforme romaine commence par l'adoption de règles neuves pour l'élection pontificale, confiée désormais au collège des prêtres de la curie romaine, contournant ainsi le contrôle de l'empereur sur le pape. L'entreprise, relayée dans les royaumes par les légats du pape, se poursuit avec l'interdiction de l'investiture des évêques et finalement de toute

charge ecclésiastique par les rois et les seigneurs (investiture laïque). Commence une longue crise : la Querelle des investitures frappe au cœur l'Empire de Germanie et les royaumes de France et d'Angleterre, et ne se résout qu'au début du XIIe siècle. La réforme romaine ne touche pas seulement aux mécanismes du pouvoir. Elle s'immisce dans les règles morales. D'abord dans celles des hommes d'Église, sommés de respecter la discipline du célibat (le nicolaïsme, mariage ou concubinage des clercs, est sévèrement réprimé) et les formes canoniques de l'élection aux dignités d'Église (la simonie, ou achat au roi ou au seigneur – laïc ou ecclésiastique – d'une charge épiscopale ou d'une prébende). La morale des laïcs fait l'objet d'une sollicitude analogue dès les années 1080 : l'Église romaine en vient au contrôle des alliances matrimoniales. Le roi Philippe en est la victime la plus éclatante, lorsqu'il se sépare de Berthe et veut épouser Bertrade d'Anjou, considérée comme une concubine par les clercs romains.

Le roi, excommunié, est exclu en 1095 de la grande affaire qui mène les Occidentaux vers l'Est : la première croisade, initiative du pape Urbain II, couronne la réforme romaine. Elle s'achève à Jérusalem en 1099 sans les rois, mais a fourni aux princes du royaume capétien l'occasion d'une conquête glorieuse dont l'écho dure jusqu'à la fin du Moyen Âge.

Fils d'Henri Ier et d'Anne de Kiev, Philippe a épousé Berthe, sœur du futur comte de Flandre Robert le Frison, d'où est issu Louis VI. Bertrade d'Anjou lui donne deux autres fils, Philippe (marié à Élisabeth, fille de Guy Troussel de Montlhéry) et Floire. Une fille de Philippe Ier, Constance, est donnée en mariage à Hugues, comte de Troyes (fils de Thibaud ; il s'en sépare à Noël 1105), puis est remise en 1106 à Bohémond, prince d'Antioche. Une autre fille, Cécile, épouse Tancrède, prince d'Antioche ; en 1112, à la mort de Tancrède, elle est donnée au jeune Pons, petit-fils de Raimon IV de Saint-Gilles.

Papes

Nicolas II, 1059-1061 ; Alexandre II, 1061-1073 ; Grégoire VII, 1073-1085 ;
Victor III, 1086-1087 ; Urbain II, 1088-1099 ; Pascal II, 1099-1117.

Empereurs

Henri IV, 1056-1106 ; Henri V, 1106-1125.

1060

29 août

Philippe Ier succède à son père Henri Ier.

autres événements

• Un concile en Avignon, présidé par l'archevêque Raimbaud d'Arles et l'abbé de Cluny, entreprend la réforme des évêchés de Gap et Sisteron, avec l'appui du comte de Provence Geoffroi Ier (vers 1054-vers 1063).
• Les évêques d'Avranches (Jean, † 1068) et de Coutances Geoffroi de Montbray (1048-1093) entreprennent la réforme du clergé normand. Jean d'Avranches écrit à cet effet son *Livre sur les offices ecclésiastiques*.
• Un grand voyage des reliques de saint Ursmer est organisé à travers la Flandre: le comté acquiert ainsi sa géographie symbolique; un moine de Lobbes rédige les *Miracles de saint Ursmer*.

1061

21 mars

À Chef-Boutonne (Charente), les frères Geoffroi le Barbu et Foulques Réchin défont les troupes du duc d'Aquitaine Guillaume VIII (1058-1086) qui tentait de s'approprier la Saintonge.

autres événements

• Le comte de Valois, Raoul de Crépy, répudie sa seconde femme pour épouser la veuve de son cousin Henri Ier, Anne de Kiev; il est excommunié.

1061-1073

L'évêque de Laon Hélinand réforme l'abbaye Saint-Jean de Laon et remplace les moines par des moniales.

1062

La mort du jeune comte du Maine, qui avait prêté l'hommage au duc Guillaume de Normandie et dont la sœur avait été promise au fils de celui-ci, Robert Courteheuse, permet au duc de prendre pied dans le Maine au nom de Robert.
Le duc d'Aquitaine Guillaume VIII occupe derechef la Saintonge, privant Foulques Réchin de son comté.
L'évêque Eusèbe Brunon prend publiquement la défense de Bérenger de Tours dans un synode à Angers.

1063

8 octobre

La nouvelle cathédrale d'Avignon est consacrée à l'occasion d'un concile provincial.

autres événements

• Le duc de Normandie Guillaume achève la conquête du Maine aux dépens du comte d'Anjou; il mène le siège de Mayenne, dont le châtelain doit se rendre.
• Raoul IV de Crépy-Valois, devenu comte de Bar-sur-Aube par sa première femme, hérite des comtés d'Amiens et Vexin, constituant ainsi une principauté au nord de Paris, qui menace jusqu'à Verdun.
• À la nouvelle de l'assassinat du roi Ramire d'Aragon, une expédition est formée par les beaux-frères de Ramire, les comtes de Ramerupt et de Roucy, pour prendre Barbastro. Ils reçoivent le concours du duc d'Aquitaine Guillaume VIII; la ville est conquise.
• L'abbé Hugues de Cluny fait composer une *Vie* de son prédécesseur Odilon, sans doute pour la translation des reliques du saint.
• L'église abbatiale de Moissac est dédicacée.

1063-1065

Le jeune Eudes III de Troyes, sorti de tutelle, se rebelle contre son oncle Thibaud, comte de Blois. Il obtient l'appui de l'évêque Roger II de Châlons; en contrepartie, il cède à l'évêque les revenus comtaux de Châlons et l'abbaye de Saint-Memmie.

1063-1114

Le nouvel abbé de Saint-Martial de Limoges, Adémar, fait reconstruire l'abbatiale détériorée en 1053 par un incendie (l'autel en est dédicacé par le pape Urbain II en 1095).

vers 1064

Le roi anglais Édouard le Confesseur envoie en Normandie l'aristocrate Harold, frère de sa femme Édith, pour confirmer sa promesse de léguer son royaume à Guillaume le Bâtard. Guillaume adoube Harold et reçoit de lui l'hommage vassalique.

1064

Le comte d'Anjou Geoffroi le Barbu expulse d'Angers Bérenger de Tours; le pape intervient en faveur du maître.

Le comte de Barcelone Ramon Berenguer Ier (1035-1076) convoque un concile de paix à Barcelone.

1065

Raimon IV de Toulouse, comte de Saint-Gilles, devient marquis de Provence (pour la partie de la Provence à l'ouest de la rive droite de la Durance; la partie orientale – le comté de Provence – est aux mains de Bertran, fils de Geoffroi Ier); il hérite par ailleurs la même année d'un ensemble considérable, regroupant l'ancienne Gothie (Septimanie), le duché de Narbonne, le Rouergue et le Gévaudan. Fils de Pons comte de Toulouse (1024-avant 1061), il est frère du comte de Toulouse Guillaume IV; il a épousé Mathilde, fille du comte de Sicile Roger.
Le duc de Haute-Lorraine Godefroi le Barbu († 1069), réconcilié avec l'empereur, obtient le duché de Basse-Lorraine.
Le comte de Tonnerre et Bar-sur-Seine devient évêque de Langres; l'une de ses héritières apporte ainsi le comté de Tonnerre au comte Guillaume Ier de Nevers, qui réunit en sa main Nevers, Auxerre et Tonnerre.
À l'Ouest, le duc Guillaume VIII réunit la Gascogne à sa principauté d'Aquitaine; son pouvoir s'étend désormais de la Loire à l'Espagne.
Le conflit s'aggrave entre le pape et le comte d'Anjou Geoffroi le Barbu qui revendique l'investiture laïque de Marmoutier (1064) et interdit la consécration du nouvel évêque du Mans, Arnaud, un Normand.
La reconstruction de l'abbatiale commence à Saint-Sever. L'abbé Grégoire Muntaner en consacre un autel en 1072.

1066

5 janvier
Édouard le Confesseur décède. Harold, son beau-frère et chef du parti anglo-saxon, se fait proclamer roi et couronner le lendemain, à l'encontre des promesses faites au duc Guillaume de Normandie par Édouard.
La comète de Halley parcourt le ciel de Gaule.

avril
Un concile réformateur a lieu en Avignon.

29 septembre
Le duc Guillaume de Normandie, avec l'appui du pape qui lui envoie sa bannière contre la promesse d'imposer la discipline romaine sur tout le clergé anglais, envahit l'Angleterre avec une armée de Normands accompagnée de contingents de Bretagne, du Maine, de Champagne et du Boulonnais. Il débarque à Pevensey (Sussex), en même temps qu'un autre prétendant au royaume anglais, Harald, roi de Norvège. Harold rejette à la mer les troupes de Harald, mais est écrasé près d'Hastings par les chevaliers de Guillaume le 14 octobre. Le comte de Troyes Eudes III fait partie de l'expédition; il reçoit l'investiture des comtés d'Aumale et d'Holderness: il ne revient jamais en Champagne, libérant ainsi les ambitions de Thibaud de Blois.
Lors d'un synode à Orléans, le comte d'Anjou Geoffroi le Barbu est excommunié pour sa conduite envers l'évêque du Mans et les moines de Marmoutier.

15 décembre
Raimon IV de Saint-Gilles cède à l'abbé de Cluny l'abbaye de Saint-Gilles.

25 décembre
Le duc Guillaume de Normandie se fait couronner roi d'Angleterre dans l'abbaye de Westminster.

autres événements
• Le duc de Bretagne Conan II tente d'occuper le comté d'Anjou; il est tué.
• Les chanoines de Saint-Martin-des-Champs de Paris sont expulsés et remplacés par des moines clunisiens.
• Le moine Gilbert de Saint-Amand écrit des *Miracles de saint Amand dans son voyage en Gaule.*

1067

25 février
Foulques Réchin se rend maître de Saumur.

11 mars
Lors d'un synode à Saumur, le légat pontifical Étienne investit Foulques Réchin du comté d'Anjou, écartant donc Geoffroi le Barbu de ses « honneurs ».

4 avril
Geoffroi le Barbu est livré par traîtrise avec la cité d'Angers à son frère Foulques Réchin, qui l'enferme au château de Sablé; peu après, Foulques Réchin doit le relâcher sur injonction pontificale. Les bourgeois d'Angers massacrent un groupe de seigneurs ainsi que le prévôt de Foulques Réchin, qu'ils tiennent pour responsables de la séquestration et de la déchéance de Geoffroi le Barbu. Le comte de Blois et Troyes Thibaud, occupé à s'as-

surer le contrôle des comtés champenois, trouble le jeu en envoyant son fils Étienne-Henri (vers 1047-1102) en Anjou.

août
Geoffroi le Barbu et Foulques Réchin sont apparemment réconciliés et assiègent avec le roi Philippe Ier Chaumont-sur-Loire, où s'est enfermé le seigneur d'Amboise, partisan du comte de Blois.

1er septembre
À la mort de Baudoin V, tuteur du roi, le comté de Flandre échoit à son fils Baudoin VI de Mons (1067-1070).

autres événements
- Le roi d'Angleterre Guillaume le Conquérant fait un voyage triomphal en Normandie; il cède à son fils Robert Courteheuse certains droits sur le duché de Normandie, dont le gouvernement est tenu par la reine Mathilde, épouse de Guillaume.
- Le roi Philippe Ier dote d'une foire annuelle sa ville d'Orléans.
- L'archevêque Gervais réforme l'abbaye Saint-Remi de Reims.

1067-1080

Les moines de Saint-Benoît-sur-Loire entament la construction d'un nouveau chevet pour leur église, en conservant une vaste crypte; le chœur et le transept sont entrepris en 1102, et le 21 mars 1108, on peut transférer solennellement les reliques de saint Benoît dans le chœur, en présence du jeune roi Louis VI.

1068

avril?
Foulques Réchin écrase les troupes de Geoffroi le Barbu devant Brissac; il enferme son frère au château de Chinon (il ne le libère qu'en 1096).

juin
Foulques Réchin prend le titre comtal d'Anjou. Il lui a fallu se concilier d'une part le roi par l'abandon du Gâtinais qui entre ainsi dans le domaine royal, d'autre part le comte de Blois en lui prêtant l'hommage pour la Touraine. Il peut alors repousser le duc d'Aquitaine Guillaume VIII, le 27 juin, devant Saumur.

autres événements
- Le roi renouvelle tous les privilèges royaux en faveur de Saint-Denis.
- Le comte Ramon Berenguer Ier convoque un deuxième concile à Barcelone, d'où vient le premier noyau des *Usatges de Barcelone*, l'exemple le plus précoce de législation princière dans le royaume.
- Le comte de Nevers Guillaume et l'évêque Mauguin donnent à Cluny la petite abbaye de chanoines Saint-Étienne de Nevers, fondée en 1063.

vers 1069

Guillaume VIII, duc d'Aquitaine (Guillaume VI de Poitiers), commence la construction de l'abbatiale Saint-Jean de Montierneuf à Poitiers (le déambulatoire est achevé en 1074-1075, le chevet en 1086).

1069

L'évêque de Langres, résistant à la réforme inspirée par les moines, fait piller par ses hommes l'abbaye de Pothières.

vers 1070

Sanche Ramirez, roi d'Aragon (1064-1094), reçoit une aide militaire conduite par le comte de Roucy.
L'abbé Étienne de Saint-Airy écrit la *Vie de saint Airy*, évêque de Verdun.

1070

Le comte d'Anjou et l'évêque d'Angers s'opposent à la nomination de l'archevêque de Tours Raoul, choisi par le roi.
Le comte de Barcelone Ramon Berenguer Ier achète la suzeraineté des comtés de Carcassonne et de Razès.
Le moine Bernard compile le nouveau coutumier de Cluny.

1070-1080

Les clunisiens de La Charité-sur-Loire font reconstruire leur abbatiale.

1071

22 février
Le jeune comte Arnoul de Flandre est tué lors de la bataille de Cassel, face aux révoltés flamands conduits par son oncle Robert le Frison, qui prend le titre comtal (1071-1093). Le roi Philippe Ier, qui volait au secours d'Arnoul et de sa mère Richilde, doit battre en retraite, non sans saccager Saint-Omer.

1072

Philippe Ier épouse Berthe, fille du défunt comte de Hollande; la mère de Berthe s'était remariée avec le comte de Flandre Robert le Frison.
Le peuple du Mans s'insurge contre son évêque et fait appel à Foulques Réchin.
Le chapitre cathédral d'Albi est réformé.

1072-1075

Un groupe d'ermites sous la direction d'Albéric et du moine champenois Robert, issus de l'abbaye Saint-Michel de Tonnerre, crée l'abbaye de Molesme (Côte-d'Or). La fondation attire bientôt des personnages d'envergure, le moine de Sherborne Étienne Harding, maître Bruno de Cologne.

SAINT BRUNO

Saint Bruno de Cologne (vers 1030-vers 1100), chanoine et chancelier de la cathédrale de Reims, brille par son enseignement de la Bible (il compose un commentaire des Épîtres de saint Paul). En butte à l'hostilité de l'archevêque Manassès (vers 1070-1080), il quitte Reims vers 1078, et gagne Molesme. En 1084, il fonde le monastère de la Chartreuse, avec le soutien de l'évêque Hugues de Grenoble (1080-1132).

1073

Le chapitre cathédral de Rennes décide d'élire pour évêque un prêtre marié, Silvestre de la Guerche.
Dans un concile à Châlons, le légat Géraud d'Ostie dépose l'archevêque d'Auch et l'évêque de Bigorre, convaincus de simonie.

1074

22 février
La mort du comte de Valois Raoul de Crépy procure au roi Philippe Ier l'occasion d'intervenir dans la succession: il envahit le Vexin. Il s'empare ensuite de Corbie, possession flamande, et contraint les habitants à lui jurer fidélité; le comte de Flandre Robert le Frison ne parvient pas à reprendre la ville. En 1075, Simon de Valois reprend au roi par les armes ses biens patrimoniaux.

autres événements
• Étienne-Henri reçoit de son père Thibaud de Blois le titre comtal.
• Le pape Grégoire VII prépare un appel à une croisade en Espagne.
• Étienne de Thiers se retire à Muret avant de fonder l'ermitage de Grandmont, destiné à devenir le centre d'un nouvel ordre religieux, soutenu par les ducs d'Aquitaine.

1075

Le duc de Bourgogne Robert Ier, oncle du roi, meurt; son fils aîné étant mort, le successeur devait être l'autre fils Robert, mais son petit-fils Hugues s'empare par la force de l'héritage.
Le comte de Flandre Robert le Frison assiège l'évêque de Cambrai qui le tient pour usurpateur; il doit renoncer devant les menaces d'anathème. Le pape lui vient en aide en encourageant la réforme ecclésiastique à Cambrai contre l'évêque.
Le légat Amat d'Oloron jette l'interdit sur l'évêque de Poitiers Isambert, qui a dissous un concile tenu avec l'archevêque de Bordeaux.

1076

septembre
Guillaume le Conquérant est en butte à une révolte des seigneurs du Maine; visant la Bretagne, il assiège le château de Dol, défendu par les chevaliers angevins. Malgré l'emploi de machines de guerre, il doit renoncer.

14 octobre
Le roi Philippe Ier est à Poitiers où il demande l'aide du duc d'Aquitaine pour aller soutenir Dol contre les Normands.

autres événements
• Grégoire VII dépose l'évêque simoniaque de Dol, Juthaël, qui est un proche de Guillaume le Conquérant; il remet le pallium à Even, abbé de Saint-Melaine de Rennes.
• Son légat Géraud préside à Poitiers un synode qui tente de condamner Bérenger de Tours.
• Guillaume VIII, duc d'Aquitaine et comte de Poitiers, donne à Cluny Saint-Jean de Montierneuf de Poitiers.

vers 1077

Le roi de Castille Alphonse VI double sa donation annuelle à Cluny, qui s'élève désormais à 2 000 mancusos d'or.

1077

printemps

À l'entrée du comte Simon de Valois au monastère de Saint-Claude en Jura, le roi envahit le Vexin français et acquiert les comtés d'Amiens-Valois (avec les châtellenies de Mantes et Pontoise), tombés en déshérence en ligne directe. Il donne le comté d'Amiens à l'évêque du lieu. L'abbaye de Saint-Denis entre ainsi dans le domaine royal.
Le comte Thibaud de Blois et Troyes obtient par sa femme Adèle de Bar-sur-Aube, La Ferté-sur-Aube et Vitry (vers 1075-1077) qui sont réunis au comté de Troyes, dont ils forment désormais la frontière orientale.

12 mai

Le pape nomme Hugues de Die son légat dans le royaume de France, avec pour mission sans doute d'engager le combat des investitures en s'appuyant sur les princes territoriaux, le comte d'Anjou et celui de Blois-Troyes notamment. Hugues de Die publie dans le royaume le décret romain de 1075 interdisant l'investiture laïque aux évêchés et aux abbayes.

14 juillet

L'évêque de Bayeux, Odon de Conteville, demi-frère de Guillaume le Conquérant, consacre sa nouvelle cathédrale (celle-ci est remaniée au XIIe siècle).

septembre

Au synode d'Autun, le légat Hugues de Die dépose l'archevêque de Reims Manassès (vers 1070-1080), convaincu de simonie à la suite d'une dénonciation de l'écolâtre Bruno (saint Bruno). Le 27 décembre, le pape confirme la sentence.

1078

L'empereur Henri IV, qui s'est réconcilié avec le pape à Canossa en 1077, vient à Metz pour chasser de son siège l'évêque réformateur Heriman.

26 août

À la mort d'Herluin, Anselme d'Aoste devient abbé du Bec.

ANSELME

Anselme (d'Aoste, du Bec ou de Canterbury, 1033-21 avril 1109) s'est de lui-même exilé du Piémont en Normandie. Élève des écoles d'Avranches, il rencontre Lanfranc à l'abbaye du Bec et devient son disciple. Guillaume le Conquérant lui accorde très tôt sa confiance ; en 1093, son fils Guillaume le Roux fait d'Anselme l'archevêque de Canterbury – il succède à Lanfranc –, mais comprend très vite qu'Anselme sera un opposant sévère à sa politique ecclésiastique (investiture laïque). Un conflit violent force Anselme à quitter l'Angleterre en 1098 et à s'établir à Lyon. Quand Henri Beauclerc devient roi d'Angleterre (1100), il cherche un accommodement, mais Anselme le refuse jusqu'à une transaction intervenue en 1107. Anselme a écrit des œuvres majeures, dont son Proslogion *(1077-1078),* Pourquoi Dieu s'est fait homme? *et une correspondance de 472 lettres.*

autres événements

• Le duc de Bourgogne Hugues Ier renonce à exercer lui-même le contrôle public sur tout son duché ; il concentre son pouvoir sur ses seigneuries châtelaines.
• Le duc d'Aquitaine Guillaume VIII, lors d'un concile à Poitiers, renonce à l'investiture laïque de ses évêques, conformément aux exigences des réformateurs ecclésiastiques.
• Le pape Grégoire VII rétablit sur leurs sièges les archevêques de Reims, Besançon, Sens, Bourges et Tours ainsi que l'évêque de Chartres, que ses légats avaient déposés pour simonie et pour tiédeur à l'endroit de la réforme.
• Un synode romain condamne Bérenger de Tours pour ses thèses sur l'Eucharistie.
• L'abbé de Saint-Quentin de Beauvais, Yves, le futur évêque de Chartres, impose à ses chanoines une réforme sous une règle stricte.

1079

16 février

Bérenger de Tours doit abjurer ses thèses devant le IIIe concile du Latran.

autres événements

• Le roi Philippe Ier échoue à s'emparer du château du Puiset.
• Robert Courteheuse, qui réclame sa part d'héritage, entre en révolte contre son père Guillaume le Conquérant. Il reçoit l'aide du roi Philippe Ier, et bat les troupes de son père à Gerberoy en Beauvaisis.
• Le duc Guillaume VIII d'Aquitaine s'empare de la cité de Toulouse. Un concile s'y tient en présence des légats Amat d'Oloron et Hugues de Die et dépose les évêques de Rodez et d'Albi (un fils du vicomte de Narbonne a voulu succéder ici à

l'archevêque Guifred de Cerdagne, lui-même déposé). Il marque la rupture entre l'épiscopat méridional et les princes locaux.
• Le pape Grégoire VII décerne à l'archevêque de Lyon le titre de «primat des Gaules», au grand dam de l'archevêque de Sens.
• Hugues de Châteauneuf, partisan du pape Grégoire VII, succède à Ponce II, un fidèle de l'empereur, sur le siège épiscopal de Grenoble.
• Le roi Philippe Ier cède à Cluny la collégiale Saint-Martin-des-Champs, fondée par son père en 1059.
• Un document fournit la première attestation de la confrérie de Saint-Nicolas à Angers, où se regroupent les bourgeois.
• La Porte des Comtes est percée à Saint-Sernin de Toulouse (façade Sud du transept), pour l'entrée des pèlerins.

vers 1080

Le vicomte de Béarn concède les Fors d'Oloron. Cette charte de peuplement, qui édicte les libertés des habitants d'Oloron, est connue par la confirmation publiée en mai 1290 par le premier comte de Foix, Roger-Bernard.
Géraud fonde l'abbaye de La Sauve-Majeure.

1080

Guillaume le Conquérant, en tant que duc de Normandie, préside le concile de Lillebonne sur la réforme de l'épiscopat et du clergé normands. Le pape rétablit dans leurs fonctions les évêques normands que le légat Hugues de Die avait déchus pour simonie.
Lors d'un concile à Avignon, le légat pontifical dépose l'archevêque d'Arles Aicard et fait élire un réformateur à sa place (en vain, car Aicard est toujours en poste en 1090).
Udalric, moine de Cluny, rassemble les coutumes de Cluny dans un recueil.

1080-1088

Raimon IV de Saint-Gilles hérite de son frère aîné, le comte de Toulouse Guillaume IV, mort sans héritier mâle, les comtés de Toulouse, Cahors, Albi et Rodez.

1080-1090

Les clunisiens de Saint-Étienne de Nevers dotent leur église d'une nouvelle nef (la dédicace a lieu en 1097).

1081

18 mars

Le légat Hugues de Die préside un concile à Issoudun.

mai

L'archevêque de Reims Manassès, officiellement déposé, conduit à Rome une ambassade du roi Philippe Ier auprès de l'empereur pour organiser sans doute la résistance au pape Grégoire VII (en exil) et à sa réforme ecclésiastique.

25 août

Le comte de Provence Bertran, sans héritiers, lègue son domaine et toutes les églises en son pouvoir au pape à qui il rend l'hommage.

novembre

Lors d'un synode tenu à Meaux à l'invitation du comte de Blois et Troyes Thibaud qui se présente habilement en promoteur de la réforme, le légat Hugues de Die fait déposer les évêques simoniaques Robert de Meaux et Ursion de Soissons, qui n'est autre que le frère du sénéchal du roi. Il fait élire au siège épiscopal de Soissons saint Arnoul, qu'il consacre le 19 décembre.

autres événements

• L'évêque du Mans étant mort (le 29 novembre), un nouveau conflit éclate entre l'archevêque de Tours et Foulques Réchin qui récuse le nouvel élu; celui-ci est finalement sacré en 1085 par l'archevêque de Rouen.
• Le concile de Saintes, présidé par le légat Amat d'Oloron, tente sans succès de rétablir l'autorité de l'archevêque de Tours sur Dol-de-Bretagne.
• Le duc d'Aquitaine Guillaume VIII rattache Saint-Eutrope de Saintes à Cluny. La construction d'une nouvelle église, dotée d'une crypte à déambulatoire et chapelles rayonnantes, y est aussitôt entreprise.

1082

Le comte de Blois et Troyes Thibaud réunit une assemblée importante à Coincy, à l'occasion de la dédicace de l'église qu'il a fondée en 1072 pour l'abbé de Cluny.
Le conflit s'aggrave entre l'archevêque de Tours et le comte d'Anjou, qui est sommé de se présenter devant un synode à Lyon; en son absence, Foulques Réchin est excommunié ainsi que l'évêque d'Angers par le légat Hugues de Die; avant janvier 1093, tous deux se sont soumis.

Guillaume le Conquérant intervient en Normandie contre son demi-frère Odon de Conteville, évêque de Bayeux, qu'il emprisonne dans la tour de Rouen.
Ramon Berenguer II, comte de Barcelone, est assassiné par son frère.
Le marc, unité de mesure du poids, d'origine scandinave et utilisé dans l'Angleterre saxonne, apparaît pour la première fois en France dans un document de Chartres.

1082-1108

Le peintre Foulque est chargé par l'abbé Gérard de décorer l'église abbatiale de Saint-Aubin d'Angers.

1083

18 octobre
Un tremblement de terre et un incendie détruisent Sainte-Radegonde de Poitiers. On commence aussitôt la reconstruction de l'église, qui est consacrée le 18 octobre 1099.

1084

Étienne-Henri (fils de Thibaud de Blois et Troyes), détenteur maintenant de la partie occidentale des terres familiales (comtés de Blois, Chartres et Meaux), épouse Adèle, fille de Guillaume le Conquérant.
Drogon compose la *Vie de sainte Godelive.*
Le chantier de construction de Sainte-Croix de Quimperlé est engagé.
Les Turcs s'emparent d'Antioche.

1085

2 novembre
L'archevêque Richer de Sens excommunie l'évêque de Meaux intronisé en 1081, et le remplace par un chanoine de Paris. L'influence royale se renforce ainsi dans le sud-est de Paris.

autres événements
• Les rois chrétiens du nord de l'Espagne prennent Tolède, ancienne capitale des rois wisigoths.
• Pierre, comte de Melgueil, remet au pape sa personne et ses terres, échappant ainsi à la seigneurie des comtes de Toulouse et de Provence (les seigneurs de la région, par la suite, suivent son exemple).
• L'empereur Henri IV séjourne à Metz. Il y impose pour évêque Walon, abbé de Saint-Arnoul de Metz. Sous la pression des réformateurs romains, Walon doit résigner bientôt son poste et se retire à Gorze.
• Le pape Grégoire VII, assiégé dans le château Saint-Ange de Rome par les troupes impériales, fait appel aux Normands qui le libèrent, l'emmènent à Salerne et pillent Rome.
• Le comte de Flandre Robert le Frison part en pèlerinage à Jérusalem.

1085-1088

Pierre, comte de Melgueil, remet au pape sa personne et ses terres, échappant ainsi à la seigneurie des comtes de Toulouse et de Provence (les seigneurs de la région, par la suite, suivent son exemple).

1085-1096

Le comte de Blois Étienne-Henri et la comtesse Adèle donnent aux moines de Montier-la-Celle un quart des revenus de la foire de Saint-Ayoul de Provins.

1086

Pierre, fils du roi d'Aragon (et roi lui-même de 1094 à 1104), épouse Agnès, fille de Guillaume VIII, duc d'Aquitaine et comte de Poitiers (après la mort d'Agnès, il épouse une certaine Berta, Française ou Italienne).
Devant une contre-attaque musulmane en Espagne (les princes musulmans ont fait appel aux Almoravides du Maroc), le roi Alphonse VI de Castille fait appel à Philippe Ier, qui encourage une expédition infructueuse (printemps et été 1087).

vers 1087

La Tapisserie de Bayeux, plus justement broderie, est exécutée sans doute en Angleterre.

1087

9 septembre
Guillaume le Conquérant, blessé lors du siège et de l'incendie de Mantes, meurt à Rouen et est enseveli dans sa fondation de Saint-Étienne (Abbaye-aux-Hommes) de Caen, qui avait été dédicacée en 1077. Sa femme, la reine Mathilde, avait été inhumée le 3 novembre 1083 dans La Trinité (Abbaye-aux-Dames) de Caen où, vers 1110, on poursuit des travaux (chapiteaux d'abside). Son deuxième fils Guillaume le Roux lui

succède au royaume d'Angleterre, la terre patrimoniale du duché de Normandie revenant à l'aîné Robert Courteheuse; à Rouen, les seigneurs de Normandie s'émancipent de l'autorité ducale. Le puîné Henri reste sans héritage.

autres événements

• Saint Arnoul séjourne en Flandre, où il doit apaiser une révolte contre le comte Robert le Frison; il meurt à Oudenbourg.

1088

12 mars

Le Champenois Eudes de Lagery est consacré pape sous le nom d'Urbain II.

autres événements

• Une rébellion, mal connue, met aux prises le comte Étienne-Henri de Blois, et le roi Philippe Ier.

1088-1130

À partir de 1088, l'abbé Hugues de Cluny entreprend la construction de la grande abbatiale dite aujourd'hui Cluny III, qui est, à son achèvement en 1130, la plus grande église de la Chrétienté. Passant à Cluny le 25 octobre 1095, le pape Urbain II y consacre l'autel majeur, l'autel matutinal et trois autels des « premières chapelles » (d'abside ?). Vers 1120, l'abbé Pons de Melgueil ordonne la destruction des parties restantes de Cluny II. En 1125-1126, une partie des voûtes s'écroule dans la nouvelle nef, qui est aussitôt restaurée.

1089

29 septembre

Le comte Thibaud de Blois et Troyes meurt et est inhumé dans la collégiale d'Épernay. Son second fils, Eudes IV, né d'Adèle de Bar, hérite du comté de Troyes.

autres événements

• Le comte de Flandre Robert le Frison réalise une réforme administrative: il place tous ses domaines sous la gestion d'un seul prévôt.

1090

L'aristocratie du Maine se soulève contre le duc de Normandie Robert Courteheuse, et se rallie au lignage d'un ancien comte du Maine; le comté donné à Hélie échappe alors au duc de Normandie.
Le comte de Provence Bertran II meurt sans héritier mâle. Peu après, la mort du comte de Forcalquier, qui ne laisse qu'une fille, donne à Raimon IV de Saint-Gilles la totalité de la Provence.
La comtesse de Bar fait ériger le château de Saint-Mihiel.

1090-1100

Les moines de Saint-Martial de Limoges composent le *Sponsus*, drame liturgique et musical inspiré de la parabole des vierges sages et des vierges folles (Matthieu XXV).

1091

Le roi Philippe Ier répudie Berthe, enlève Bertrade de Montfort à son mari le comte d'Anjou Foulques Réchin. Il reprend auprès de lui son fils Louis, âgé de 9 ans, qu'il avait placé à l'abbaye de l'Estrée (entre Paris et Beauvais) pour sa première éducation.
Une première grande enquête sur les droits du duc en Normandie (elle précise notamment les cas réservés à la justice ducale) manifeste l'extension de l'ordre public face à l'ordre seigneurial.
Les Normands du sud de l'Italie reprennent Malte aux musulmans et entament la conquête de la Sicile, pacifiée en 1092.

1092

Le roi Philippe Ier préside un synode d'évêques royaux.
Philippe Ier investit son fils, le prince Louis, du Vexin, de Mantes et de Pontoise.
Un synode condamne à Soissons maître Roscelin de Compiègne; il a introduit la dialectique dans l'enseignement religieux; Pierre Abélard est un de ses disciples.

1093

1er janvier

Le comte Eudes IV de Troyes meurt; son frère cadet, Hugues, lui succède au comté.

autres événements

• L'archevêque de Reims confie la réforme de l'abbaye Saint-Nicaise aux moines de La Chaise-Dieu.

1093-1094

L'évêque Yves de Chartres, publie son *Décret* (recueil des lois et décisions de l'Église).

1094

24 juin
Le légat Hugues de Die relève Foulques Réchin de son excommunication.

16 octobre
Une assemblée d'évêques à Autun excommunie le roi pour inceste (non pour rapt ou bigamie).

autres événements
• Sitôt veuve du roi d'Aragon Sanche Ramirez, Philippa, fille du duc Guillaume VIII d'Aquitaine, est donnée pour épouse à Guillaume IX d'Aquitaine (Guillaume VII de Poitiers) qui a répudié sa femme Ermengarde (laquelle est remariée en 1092 à Alain Fergent duc de Bretagne).

GUILLAUME IX D'AQUITAINE

Guillaume IX d'Aquitaine (ou Guillaume VII de Poitiers, 1071-1127) est une personnalité exceptionnelle parmi les grands seigneurs du début du XIIe siècle. À la mort du duc Guillaume VIII d'Aquitaine en 1086, Guillaume IX est devenu le maître d'une immense principauté allant de la Loire aux Pyrénées. De Philippa, Guillaume IX a un fils; du mariage de celui-ci (le futur Guillaume X) avec la fille de la vicomtesse de Châtellerault (concubine notoire de Guillaume IX), naîtra Aliénor d'Aquitaine. Grand guerrier (il a sans doute été écarté de la première croisade, mais il prend part à une croisade de secours en 1101), amateur de plaisirs, Guillaume IX semble aussi être le premier des troubadours (lui sont attribués au moins 10 poèmes).

1095

1er-7 mars
Le concile de Plaisance examine l'inceste du roi et un appel à l'aide de l'empereur de Constantinople Alexis Ier contre les Turcs. Ceux-ci en effet, après avoir écrasé l'armée byzantine à Mantzikiert en 1071, ont conquis Édesse en 1087, et occupent presque toute l'Asie Mineure, rompant l'équilibre des forces en Orient.

15 août
Le pape Urbain II, au Puy, convoque les évêques du royaume à un concile qui se tiendra à Clermont en novembre.

24-27 novembre
Arrivé de Cluny à Clermont le 18 novembre, le pape Urbain II ouvre et préside le concile. Conformément à la réforme engagée par Rome depuis 1049, des décisions sont prises pour séparer nettement le clergé des laïcs. Le pape confirme l'excommunication du roi Philippe Ier consécutive à la répudiation de la reine Berthe.

27 novembre
Urbain II prononce à Clermont un sermon où il appelle les chevaliers des royaumes occidentaux à la croisade pour la prise de la Terre sainte et de Jérusalem.

1096

janvier
Le pape Urbain II consacre l'église abbatiale de Charroux (Limousin). Le 22 janvier, il préside la même cérémonie à Saint-Jean de Montierneuf de Poitiers.

février
À l'occasion d'un synode ecclésiastique, l'archevêque de Rouen Guillaume édicte les statuts de la trêve de Dieu dans sa province.

16 mars
À l'occasion d'un concile à Tours, le roi Philippe Ier obtient d'Urbain II son pardon, mais refuse de répudier Bertrade. Le pape Urbain II séjourne à Angers où il donne une rose d'or à Foulques Réchin, qui fait de lui le protecteur officiel de la papauté, et consacre l'église Saint-Nicolas.

mai-juin
Un premier convoi de croisés part en direction de Jérusalem sous la conduite de Pierre l'Ermite, vers les vallées du Rhin et du Danube. Les croisés se livrent à des pogroms contre les juifs à Rouen, dans les villes du Rhin (Worms, Spire, Mayence) et à Prague.

LES HOMMES DE LA CROISADE

Le pape Urbain II semble avoir fait en sorte qu'aucun roi ne prenne la route de Jérusalem. La croisade est son affaire: il envoie les chevaliers chrétiens reprendre Jérusalem. Il remet donc la direction de la croisade à son légat Adémar de Monteil, évêque du Puy; il se peut qu'il ait investi également Pierre l'Ermite d'une responsabilité spirituelle dans l'expédition; ce religieux provoque au départ un bon nombre de laïcs non armés. Le pape confie cependant une place de choix aux princes du royaume capétien : le comte de Vermandois Hugues le Mainsné, frère du roi Philippe Ier, le comte de Flandre Robert II, le duc de Normandie Robert Courteheuse, le comte Eustache de Boulogne. Mais l'un des chefs les plus renommés est le frère de ce dernier, le prince d'Empire Godefroi de Bouillon, duc de Lorraine. Ils entraînent derrière eux leurs chevaliers, dont ils financent eux-mêmes le départ.

Les préparatifs ont donc provoqué de gigantesques mouvements financiers, par voie de déthésaurisation, renversant le mouvement, dominant jusqu'alors, de thésaurisation, notamment dans les grandes abbayes. Pour rassembler une armée digne de son rang, Godefroi de Bouillon a dû en effet engager sa seigneurie patrimoniale auprès de l'évêque de Liège, contre 1 300 marcs d'argent (500 kg environ) et 3 marcs d'or. De même le comte de Melgueil assigne-t-il sur les revenus de son atelier monétaire une somme de 10 000 sous (275 marcs d'argent).

La croisade a par ailleurs inspiré dans les douze années qui suivent la prise de Jérusalem une littérature apologétique de grande qualité. Quatre auteurs, qui ont tous pris part à la croisade, fixent les règles du récit. Un chevalier normand d'Italie, Raimon d'Aguilers, chapelain de Raimon IV de Saint-Gilles, et un prêtre poitevin du nom de Pierre Tudebode composent la légende fondatrice, sans doute entre 1100 et 1105. Entre 1105 et avant juin 1109, Foucher de Chartres, qui a participé à la croisade au service d'Étienne-Henri de Blois puis de Baudoin de Boulogne, achève une première mouture de son Histoire du voyage à Jérusalem. *Il reprend son ouvrage entre 1113 et 1118 et le mène jusqu'en 1127. Viennent ensuite les ouvrages des moines, qui repensent l'expérience de croisade en termes spirituels : Robert le Moine de Reims (1107), ancien abbé de Saint-Remi de Reims, probablement un proche de Baudri de Bourgueil, Baudri de Bourgueil (1107-1109) et Guibert de Nogent (1109).*

5-15 juillet

La réforme ecclésiastique est introduite dans le Midi à l'occasion d'un concile tenu à Nîmes en présence d'Urbain II. Raimon IV de Saint-Gilles y prend l'engagement de partir en croisade et donne sa terre de Saint-Gilles aux clunisiens. Le pape, peu après, consacre la nouvelle abbatiale de Saint-Gilles, puis le chœur de l'église canoniale de Saint-Sernin à Toulouse.

vers 15 août-septembre

Les contingents de chevaliers croisés s'ébranlent en direction de l'Orient. Les « Français » (de Bourgogne et du domaine capétien) sont menés par le frère du roi, Hugues le Mainsné, comte de Vermandois. Les Normands sous la direction du duc de Normandie, Robert Courteheuse, frère du roi d'Angleterre, et les Flamands du comte de Flandre Robert II les rejoignent pour prendre ensemble la route de Rome puis Bari et Brindisi. Les Lorrains, entraînés par le duc de Lorraine Godefroi de Bouillon, Eustache et Baudoin de Boulogne, tous trois fils du comte de Boulogne, se dirigent par Pontarlier vers la vallée du Danube.

21 octobre

Les croisés de Pierre l'Ermite tombent dans une embuscade à Civitot (sur la rive asiatique) ; les rescapés sont aidés par l'armée de l'empereur de Constantinople Alexis Ier, qui les convoie à Constantinople.

fin octobre

Les « Provençaux » (les hommes de langue d'oc) qui se sont tous placés sous la bannière du légat pontifical Adémar de Monteil, évêque du Puy, et de Raimon IV de Saint-Gilles, prennent le chemin de la vallée du Pô et des Balkans.

autres événements

• Le jeune prince Louis (futur Louis VI) est adoubé par le comte de Ponthieu, au cours d'un simple rite de passage.
• L'existence de trois foires autour du pont d'Angers est attestée.
• Des travaux de reconstruction sont entamés à Vézelay.

1097

printemps

Des inondations en Anjou à l'époque des semailles ont provoqué une maladie du grain ; la famine sévit à la fin du printemps.

avril

Les trois grandes armées des croisés arrivent devant Constantinople.

26 avril

Seul parmi les princes francs, Raimon IV de Saint-Gilles refuse de prêter l'hommage à l'empereur de Constantinople Alexis Ier ; il s'engage toutefois à ne pas s'approprier les possessions perdues du souverain grec.

30 juin-1er juillet
Les Francs défont les Turcs seldjoukides à Dorylée.

10 août
Les croisés remportent la bataille d'Héraclée.

21 octobre
Les croisés commencent le siège d'Antioche.

autres événements
• Le roi d'Angleterre Guillaume le Roux envahit le Vexin; l'ost royal, formé de 300 à 500 chevaliers, se porte à sa rencontre, menée par le prince Louis.

1098

début
Le prince Louis fait campagne en Vexin contre les hommes de Guillaume le Roux, allié aux Aquitains, qui menacent Pontoise; il parvient à grand-peine à les repousser.

mars
Baudoin de Boulogne crée le comté d'Édesse.

21 mars
Un groupe de moines, parti de Molesme avec l'abbé Robert, fonde l'abbaye de Cîteaux.

18 avril
L'archevêque de Sens prend possession de son siège; le pape a renoncé à le condamner pour avoir reçu l'investiture du roi excommunié, et l'a consacré à Rome un mois plus tôt.

mai
Foulques Réchin, profitant de la capture du comte du Maine par les Normands, reprend possession du Mans. Il doit bientôt céder devant les troupes de Guillaume le Roux, roi d'Angleterre, qui assurait la garde de la Normandie en l'absence de Robert Courteheuse; Foulques reconnaît au duc de Normandie le comté du Maine.

2 juin
Devant Antioche, le comte de Blois Étienne-Henri renonce à la croisade et rentre en France.

29 juin
L'armée franque remporte une victoire près d'Antioche; grâce à une trahison, Raimon IV de Saint-Gilles se fait livrer la citadelle d'Antioche.

autres événements
• Le duc d'Aquitaine Guillaume IX prend Toulouse, où il réside trois ans.

1099

7 janvier
Les chevaliers normands de Bohémond (fils de Robert Guiscard et seigneur de Tarente) expulsent la garnison laissée par Raimon IV à Antioche, et Bohémond fonde à son profit la principauté d'Antioche.

10 avril
Le roi Guillaume le Roux passe en Angleterre.

7 juin
Les croisés encerclent Jérusalem.
Pendant ce temps, la citadelle du Mans est assiégée par l'ancien comte Hélie, assisté du fils de Foulques Réchin, mais le roi d'Angleterre Guillaume le Roux repousse les assaillants en juillet.

8 juillet
Les croisés défilent en procession autour de Jérusalem.

14 juillet
Une assemblée de paix se tient à Saint-Omer sous l'égide de la comtesse de Flandre (le comte Robert II est devant Jérusalem).

15 juillet
Jérusalem est prise par les croisés et ses défenseurs sont massacrés.

22 juillet
Godefroi de Bouillon est élu « Gardien (avoué) du saint Sépulcre ».

5 août
Les restes de la Sainte Croix sont découverts à Jérusalem.

fin août
Robert de Molesme est contraint par le pape de quitter Cîteaux et de rentrer dans son monastère d'origine d'où il n'aurait pas dû partir selon la Règle de saint Benoît.

autres événements
• Une assemblée d'évêques de la province de Sens a lieu à Étampes.
• Le roi Philippe Ier est de nouveau excommunié pour son union avec Bertrade; sans doute le prince

Louis est-il alors associé au trône: il exerce la réalité du pouvoir.
• Le comte de Blois Étienne-Henri, sur le point de repartir en Palestine, cède l'abbaye Saint-Germain d'Auxerre à Cluny.
• Le pape Urbain II accorde à l'abbaye de Charroux une grande bulle de confirmation de tous ses privilèges et de ses droits sur une dizaine de monastères et une centaine d'églises.

après 1099

Le moine Hariulf de Saint-Riquier († 1143) écrit les *Miracles de saint Riquier.*

vers 1100

Robert d'Arbrissel s'établit à Fontevraud, où il fonde un monastère de femmes.
Un cycle de peintures de l'Ancien Testament (Genèse, Exode) vient orner la voûte de la nef de Saint-Savin-sur-Gartempe; dans le porche sont représentées des scènes de l'Apocalypse.
Un clerc normand compose un traité sur les droits des églises («Anonyme normand»).
Ces années-là pourraient avoir été écrites les plus anciennes chansons de geste, la *Chanson de Roland*, *Gormont et Isembart* et *Guillaume d'Orange.*

1100

avril
La plupart des croisés rentrent en France.

18 juillet
À la mort de Godefroi de Bouillon, les princes croisés décident de confier le royaume de Jérusalem à son frère Baudoin; celui-ci est couronné à Bethléem en décembre.

2 août
Le roi d'Angleterre Guillaume le Roux meurt à la chasse. Hélie du Maine récupère aussitôt son comté grâce à Foulques Réchin; le Maine est associé étroitement au comté d'Anjou.

30 septembre
Les légats du pape tiennent une réunion épiscopale à Valence.

18 novembre
À l'occasion d'un concile réformateur à Poitiers, les légats du pape procèdent à une nouvelle excommunication du roi pour inceste. La réunion est suspendue devant les menaces violentes du duc d'Aquitaine Guillaume IX.

autres événements
• Le roi Philippe Ier achète au vicomte de Bourges sur le point de partir en Terre sainte la châtellenie de Dun-le-Roi et la vicomté de Bourges, tête de pont pour une progression du domaine royal au sud de la Loire.
• Le comte de Blois Étienne-Henri prend la route de la Palestine avec un contingent de chevaliers du Laonnois et du Soissonnais. Il est massacré avec son armée lors de sa traversée de l'Asie Mineure, en mai 1102.
• L'évêque d'Autun Narjot de Toucy lève une milice de paix dans son diocèse pour tenter de soumettre l'abbé de Flavigny, rebelle à son autorité.
• La mort de Guillaume le Roux provoque une guerre: Henri Ier Beauclerc s'empare du royaume d'Angleterre et tente de conquérir la Normandie sur son frère aîné Robert Courteheuse, qui revendique la Couronne.
• Le prince Louis, récemment désigné roi et armé chevalier, se rend en Angleterre.

1100-1103

Le comte de Bar Thierry Ier fait rédiger la *Généalogie de saint Arnoul évêque de Metz.*

1101

Le prince Louis, avec le soutien de la comtesse Adèle de Blois, dirige une équipée contre Bouchard de Montmorency, en conflit armé avec Saint-Denis.
Une expédition de secours pour les croisés est exterminée par les Turcs.
L'évêque d'Angers, Geoffroi de Mayenne, est contraint par un légat pontifical à la démission (pour simonie?) et se retire à Cluny.

1101-1102

Le «roi désigné», futur Louis VI, réprime les agressions d'un groupe de seigneurs du Beauvaisis (Dammartin, Mouchy) contre les biens du chapitre de Beauvais.

1102

9 juin-3 juillet
Les moines de Corbeny entament une tournée d'exposition des reliques de saint Marcoul (Reims, Verzy, Châlons, Épernay, Soissons, Noyon, Péronne).

autres événements

• Robert de Bellême, l'un des meneurs de la rébellion en Normandie contre le roi Henri Ier Beauclerc, est privé de ses fiefs anglais. Il reçoit l'appui du roi Philippe Ier.

1102-1103

Le roi envoie le prince Louis en guerre contre les seigneurs pilleurs des biens des églises de Reims, Laon et Orléans, contre les sires de Roucy, de Marle et de Meung.

1103

Le duc d'Aquitaine Guillaume IX vient aider le vieux comte d'Anjou contre son fils Geoffroi IV, en révolte contre son père Foulques Réchin qui a voulu le déshériter en faveur du fils qu'il a eu de son ex-femme Bertrade de Montfort.
Le comte Robert II de Flandre, prêtant l'hommage au roi d'Angleterre Henri Ier Beauclerc, réserve la fidélité qu'il doit au roi de France: en cas de guerre menée par le futur roi Louis VI contre Henri Ier Beauclerc, le comte ne suivra son roi qu'après avoir épuisé tous les moyens de le dissuader de guerroyer contre Henri.
Thomas de Marle, sire de Coucy, est assiégé par Ebles de Roucy, Enguerrand de Boves et Robert de Péronne; le prince Louis vient lui porter secours à Montaigu, sans succès apparent.
L'abbé réformateur Hugues de Flavigny (en Bourgogne) achève la rédaction d'une grande chronique, de l'Incarnation à 1102, source importante sur le conflit des investitures épiscopales.

1104

28 mars

Le légat Richard d'Albano réunit à Troyes une assemblée ecclésiastique, qui disculpe l'évêque de Troyes, accusé de simonie, et qui envisage de relever le roi de son excommunication.

30 juillet

Le légat convoque une assemblée à Beaugency où le roi et Bertrade de Montfort devraient renoncer à leur mariage; le projet échoue.

novembre

Geoffroi IV, associé maintenant au comté d'Anjou, tente de reprendre la Saintonge au duc d'Aquitaine; un accord intervient de justesse.

autres événements

• Le comte de Troyes Hugues rencontre le duc de Bourgogne lors d'un plaid général assemblé par celui-ci à l'abbaye de Molesme. Hugues apporte son secours à l'évêque de Langres qui assiège Nogent-en-Bassigny. Il part peu après en Orient.
• Baudoin Ier, avec l'aide de Raimon IV de Saint-Gilles et d'une flotte génoise, s'empare d'Acre.

1105

28 février

Raimon IV de Saint-Gilles meurt devant Tripoli; son fils Bertran ne peut s'emparer de la place qu'en 1109.

2 décembre

Une assemblée d'évêques à Paris accorde le pardon au roi Philippe Ier et à Bertrade: le roi a abjuré son « adultère », mais garde Bertrade.

Noël

Constance, fille du roi Philippe Ier, quitte son mari, le comte de Troyes, en alléguant leur consanguinité; ils n'ont pas eu d'héritier. Le comte Hugues se remarie peu après avec Élisabeth, nièce du futur pape Calixte II, de l'archevêque de Besançon et du comte de Bourgogne.

autres événements

• Le roi d'Angleterre Henri Ier Beauclerc et Geoffroi IV d'Anjou saccagent Bayeux.
• Le maître Rashi, principal commentateur juif de la Bible, meurt à Troyes.
• Le groupe des églises cathédrales (« groupe épiscopal ») de Limoges est détruit par l'incendie.

1106

25 mars-26 mai

Bohémond d'Antioche, venu en France recruter pour la Terre sainte, épouse à Chartres la princesse Constance, fille du roi Philippe Ier.

19 mai

Geoffroi IV, réconcilié avec son père le comte d'Anjou Foulques IV Réchin, est tué en assiégeant le château de Candé. Peu après, l'héritier du comté, Foulques V le Jeune, est confié par le roi Philippe Ier au duc d'Aquitaine Guillaume IX, qui, en le ramenant de la Cour, le séquestre et ne le rend qu'un an plus tard, en échange de châteaux frontaliers du comte d'Anjou.

25 juin
Le légat Bruno de Segni tient concile à Poitiers, en présence de Bohémond d'Antioche, pour inviter les seigneurs à « conforter la voie du Saint Sépulcre » et aller délivrer les prisonniers des musulmans.

28 septembre
Le roi d'Angleterre Henri Ier Beauclerc, qui a débarqué en Normandie en juillet, inflige à son frère le duc Robert Courteheuse une défaite sévère à Tinchebray. Robert est emprisonné à Cardiff où il meurt vingt-huit ans plus tard. Son fils Guillaume Cliton s'est réfugié à la Cour de Philippe Ier.

10 octobre
Le roi Philippe Ier et Bertrade viennent à Angers où ils sont reçus par le comte d'Anjou Foulques IV. Richard, comte de Grandpré, refuse le siège archiépiscopal de Reims que lui offre le pape ; en 1107, il accepte de l'empereur Henri V l'évêché de Verdun.

25 décembre
Le pape Pascal II, venu s'entretenir avec le roi de la Querelle des investitures, passe à Cluny.

autres événements
• Une comète est observée dans le ciel d'Anjou.

1107

4-8 février
Le pape Pascal II quitte Cluny pour Beaune ; il est le 16 à Dijon, le 24 à Langres.

9 mars
Pascal II, accueilli par le sénéchal Guy de Rochefort, consacre solennellement l'abbatiale de La Charité-sur-Loire avant de gagner Tours.

avril
Le roi Henri Ier Beauclerc regagne l'Angleterre.

30 avril
Le pape Pascal II est à Saint-Denis, où il rencontre le roi Philippe Ier, puis à Paris. Il se rend ensuite à Châlons-sur-Marne pour recevoir des envoyés de l'empereur Henri V (3 mai).

mai
L'empereur Henri V est en Lorraine où il assiège le château de Bricy appartenant à son ennemie jurée la comtesse Mathilde de Toscane.

23 mai
Le pape Pascal II réunit un concile à Troyes en présence du comte Hugues de Troyes revenu de Terre sainte ; y sont traitées des questions relatives à la croisade et à la trêve de Dieu, à la discipline ecclésiastique, notamment à l'indépendance nécessaire des clercs à l'égard des laïcs. L'assemblée excommunie plusieurs prélats d'Empire qui soutiennent Henri V, dont Richard de Grandpré, évêque de Verdun, et prononce le divorce (politique) du prince Louis (futur Louis VI) et de Lucienne de Rochefort.

été
Le prince Louis mène campagne contre la famille de Rochefort, soutenue par le jeune comte de Blois, Thibaud II, fils d'Étienne-Henri. Il s'empare du château de Gournay, qu'il confie aux Garlande (mais le château demeure fief de l'évêque de Chartres).

autres événements
• Le roi Philippe Ier accorde des privilèges aux marchands de Corbie.
• Le pape Pascal II dédicace solennellement les églises de La Charité-sur-Loire et de Déols.

Les premiers « intellectuels »

Anselme de Laon (vers 1050-1117) et son « frère » Raoul, Guillaume de Champeaux (1070-1121), Roscelin de Compiègne (vers 1060-vers 1122) et Albéric de Reims forment la première « génération intellectuelle » de la Chrétienté latine. Chanoines des cathédrales et non plus moines comme auparavant, les nouveaux maîtres du savoir travaillent dans la proche périphérie du domaine capétien, dans les cités de la province de Reims, et inventent les formes d'un nouvel enseignement supérieur, appliquant les techniques des arts libéraux à la lecture de la Bible (les critiques de Pierre Abélard à leur encontre sont injustes). Leurs disciples occupent les plus hautes dignités ecclésiastiques dans les royaumes occidentaux dès les années 1120.

1108

juin-juillet
Louis VI se transporte en Berry, où il s'empare du château de Sainte-Sévère.

29 ou 30 juillet
Le roi Philippe Ier s'éteint à Melun. Sa dépouille est transportée et ensevelie à Saint-Benoît-sur-Loire.

LOUIS VI

Né vers 1083-Mort le 1er août 1137

Règne: 1108-1137 (29 ans)

Roi vers 25 ans

Louis, fils de Philippe Ier, a pour demi-frères les enfants de Bertrade: Philippe comte de Mantes (marié à Élisabeth, fille du seigneur de Montlhéry Guy Troussel) et Floire (Florus). Il est marié par son père à Lucienne, fille du sénéchal Gui de Rochefort; il en divorce fin 1107 et épouse en 1115 Adélaïde, fille du comte de Maurienne Humbert II et nièce de la comtesse de Flandre. Il en a trois fils, Philippe (né en 1116, roi désigné en 1120, † 1131), Louis (futur Louis VII) et Henri, ecclésiastique.

Louis est confié vers l'âge de 7 ans à l'abbaye de Saint-Denis où il passe trois ans environ. Il est adoubé par le comte Guy de Ponthieu le dimanche de Pentecôte 24 mai 1098. Son père l'associe à la royauté peu avant 1102. Lors du renvoi de la reine Berthe, sa mère, Louis est mis à l'écart de la Cour; il réside alors chez des membres du lignage Garlande. Il devient roi le 29 juillet 1108, et est sacré et couronné le 3 août 1108.

Durant la première partie de son règne, jusqu'en 1125-1127, Louis VI s'entoure d'hommes qu'il puise dans le domaine royal. Les évêques qui fréquentent les assemblées royales sont ceux surtout de la province ecclésiastique de Sens; l'archevêque de Reims est d'ailleurs en délicatesse avec le roi. Par la suite, les prélats et les grands seigneurs du nord du royaume reviennent en force à la Cour, autour notamment du comte Raoul de Vermandois. La césure de 1125-1127 est marquée par l'éviction du clan des Garlande, qui accaparait les charges principales à la Cour. Le roi prend désormais en main les rênes du royaume. Son entourage est formé de «jeunes», chevaliers et clercs, parfois même d'origine servile; en 1129, Louis VI invoque son droit de seigneur pour récupérer les biens de son chambellan Vulgrin qui venait de décéder, au motif que celui-ci était son serf.

Le règne est marqué aussi par une politique en direction des nouveaux agents de la vie sociale et économique. Le roi confirme les chartes de commune de Beauvais et Dreux, il en accorde à Laon et aux villages du Laonnois, à Mantes, Lorris. Il soutient vivement l'activité commerciale; de nombreux privilèges sont délivrés en faveur des marchands.

Louis VI a pour sœurs Constance (épouse du comte Hugues de Troyes), Cécile (donnée à Tancrède d'Antioche puis épouse de Pons de Saint-Gilles). Ses relations avec sa belle-mère Bertrade de Montfort semblent dépourvues d'aménité.

À la mort de Louis VI, le domaine royal est formé de Paris, Orléans, Étampes, Corbeil, Melun, Sens et le Gâtinais, Poissy et le Vexin français, Senlis, et deux seigneuries éloignées, Montreuil-sur-Mer et Bourges.

Papes

Pascal II, 1099-1117; Gélase II, 1118-1119; Calixte II, 1119-1124; Honorius II, 1124-1130; Innocent II, 1130-1143.

Antipapes

Grégoire VIII, 1118-1121; Anaclet II, 1130-1137.

Empereurs

Henri V, 1106-1125; Lothaire II, 1125-1138.

1108

lundi 3 août

En la cathédrale d'Orléans, Louis VI est sacré roi des Francs par l'archevêque de Sens Daimbert (l'archevêque de Reims lui est hostile). Il se rend ensuite à Bourges avec une partie des grands. Il y apprend que les ducs Guillaume d'Aquitaine, Hugues de Bourgogne et le duc de Normandie refusent de lui prêter hommage.

automne?

Louis VI rompt le siège de La Ferté-Alais, défendue par le comte Eudes de Corbeil face au sénéchal Guy le Rouge, seigneur de Rochefort, père de Lucienne.

25 décembre

Une assemblée royale est tenue à Orléans.

autres événements

• Avec l'aide du roi Louis VI, Guillaume de Champeaux fonde l'abbaye de Saint-Victor de Paris.

1108-1109

Baudri de Bourgueil (ou de Dol) achève son *Histoire de la croisade*, tandis que Guibert de Nogent compose sa *Geste de Dieu par les Francs*, récit de la croisade dédié à l'évêque de Soissons Lisiard de Crépy.

Les réformateurs de l'Ouest

L'emprise des légats pontificaux sur les principautés des bords de Loire et de Normandie a permis d'y soutenir tant bien que mal le mouvement de réforme religieuse dans les dernières décennies du XIe siècle. Trois prédicateurs profondément marqués par les idéaux de l'érémitisme s'y illustrent: Robert d'Arbrissel, Bernard de Tiron et Vital de Savigny. Le premier fonde le monastère de Fontevraud, réunissant une communauté de moniales et un petit groupe d'hommes qui vaquent aux nécessités spirituelles des femmes; le gouvernement de l'ensemble est confié à l'abbesse.

Quatre hommes, Marbode de Rennes, Baudri de Bourgueil, Geoffroi de Vendôme et Hildebert de Lavardin, ont forgé le modèle d'où surgit la Cour brillante des Plantagenêts une génération après, dans les années 1140. Marbode de Rennes (vers 1035-1123) est longtemps écolâtre à la cathédrale d'Angers; en 1096, il est élu évêque de Rennes. Fin rhétoricien (Des ornements du discours), *moraliste et réformateur modéré* (Livre des dix chapitres), *il tempère les ardeurs des légats et des fondateurs tels que Robert d'Arbrissel. Baudri de Bourgueil (1045-1130), abbé de Bourgueil vers 1080/1082, a tenté vainement d'acquérir par simonie l'évêché d'Orléans; il devient archevêque de Dol en 1107, mais est suspendu en 1120 par le légat. Baudri est l'un des meilleurs représentants de la renaissance poétique du XIIe siècle (256 poèmes), et consacre un ouvrage en prose à la célébration de la croisade. En 1117-1119 (?), il écrit une première* Vie de Robert d'Arbrissel. *Geoffroi de Vendôme (vers 1070-1132), formé à l'école cathédrale d'Angers sous Marbode de Rennes, puis abbé de Vendôme, met son talent brillant de polémiste au service de la réforme (on conserve de lui plusieurs traités, des sermons et une correspondance). Hildebert de Lavardin (1055-1133), écolâtre, évêque du Mans (1096-1125), archevêque de Tours (1125-1133), acquiert une renommée durable dans l'art poétique, tout en jouant un rôle essentiel dans le règlement des interminables querelles entre les grands seigneurs de l'Ouest et les églises locales. En 1113, le parti des réformateurs s'attaque aux dynasties épiscopales de Bretagne; le dernier évêque marié de Quimper est déposé. Tous quatre restent méfiants à l'égard des innovations scolaires des deux premières décennies du XIIe siècle; leur gloire est d'avoir favorisé une nouvelle approche morale dans la littérature de Cour. À leur entreprise concourent deux moines chroniqueurs. Hugues de Fleury fait copier en 1109 la première rédaction de son* Histoire ecclésiastique *(poursuivie jusqu'en 855) à l'adresse de la comtesse Adèle de Blois, fille de Guillaume le Conquérant; il en dresse aussitôt une seconde version pour l'évêque Yves de Chartres, achevée en 1110. En 1122, il en fait une continuation succincte pour Mathilde d'Angleterre, épouse de l'empereur Henri V. Vers 1109, le moine de Saint-Evroult en Normandie Orderic Vital modernise les* Gestes des ducs de Normandie *de Guillaume de Jumièges, avant de rédiger, entre 1123 et 1141, les 13 livres d'une histoire universelle centrée sur la geste des Normands.*

1108-1111

Le roi Louis VI institue une commune à Noyon, à la demande de l'évêque Baudri.

1109

février-mars
Le roi Louis VI mène campagne contre Henri Ier d'Angleterre, à propos du château de Gisors.
Une ambassade du comte de Barcelone requiert des secours contre les Almoravides qui accentuent leur pression depuis le royaume de Valence ; le roi ajourne sa décision jusqu'à l'assemblée de Pentecôte.

14 avril
Foulques V le Jeune, fils de Foulques IV Réchin et de Bertrade de Montfort, hérite à la mort de son père des comtés d'Anjou, de Tours et du Maine ; il les gouverne jusqu'en 1128, où il s'établit définitivement en Palestine pour devenir en 1131 roi de Jérusalem (il est couronné en septembre 1131 au Saint-Sépulcre, meurt en 1143 et est enseveli dans le Saint-Sépulcre).

mai-juillet
Une récolte catastrophique en Île-de-France provoque le doublement des prix du grain.

autres événements
• Un synode est réuni à Reims pour traiter de l'exemption des abbayes à l'égard des évêques.
• Le roi Louis VI décide d'intervenir pour la première fois dans les affaires de Bourgogne, pour confirmer sa protection des biens de l'abbaye de Tournus.
• Anseau, prêtre du Saint-Sépulcre de Jérusalem, envoie à l'évêque de Paris pour sa cathédrale une relique de la Vraie Croix.
• Étienne Harding est élu abbé de Cîteaux et Guigues Ier devient prieur de la Grande Chartreuse.

1109-1113

Un moine de Saint-Claude (Jura) écrit la *Vie* de Simon de Crépy-en-Valois.

vers 1110

Le chantier de la nouvelle cathédrale d'Angoulême est inauguré.
Guibert de Nogent écrit pour Bernard, doyen du chapitre cathédral de Soissons, un traité « contre les juifs ».

1110

7 janvier
L'évêque de Laon Gaudry fait assassiner Gérard de Quierzy, un noble, avoué du monastère Saint-Jean de Laon. Le roi intervient ; il exerce le droit de dépouille sur les biens de l'évêché de Laon, comme si Gaudry était déposé. En 1111, l'évêque est contraint par ses bourgeois d'accorder une charte de commune à sa cité ; le roi la confirme aussitôt.

10 juin
Le roi Louis VI tient sa cour de Pâques à Orléans.
Le roi décide de doubler la foire de l'abbé de Saint-Denis (« l'Endit intérieur », tenu en juin, dans le bourg de Saint-Denis) d'une autre foire sous juridiction royale (« l'Endit extérieur », le deuxième mercredi du même mois).

autres événements
• Philippe, comte de Mantes, s'est révolté contre son frère le roi. Louis VI exerce une commise sur sa seigneurie de Montlhéry, que Philippe avait obtenue par mariage, et accorde une charte de commune à Mantes.
• Les seigneurs de Lusignan et de Parthenay entrent en guerre contre le comte de Poitiers, qui écrase le lignage de Parthenay au bout de deux ans d'une lutte féroce.
• À la mort du comte Hélie, Foulques le Jeune réunit le comté du Maine et Le Mans à ses terres d'Anjou.

vers 1110-1112

L'abbé Adam de Saint-Denis institue dans son abbaye la messe anniversaire du roi Dagobert, dotée d'un office liturgique spécial.

1111

12 mars
Une assemblée royale à Melun, avec l'archevêque Daimbert de Sens et les évêques de Paris, Orléans et Chartres, décide des mesures contre Hugues du Puiset – les seigneurs du Puiset (Eure-et-Loir) sont en rébellion permanente contre le roi depuis les années 1070.

avril
Le roi Louis VI séjourne à Orléans.

21 mai
Lors de la cour de Pentecôte, qui organise l'opération militaire contre Hugues du Puiset, Louis VI accorde une charte aux habitants de Compiègne.

fin mai-début août
L'armée royale assiège et détruit le château du Puiset.

11 juin
Le légat Richard d'Albano préside un synode à Toulouse.

août
Avec le soutien de son oncle Henri Ier Beauclerc, roi d'Angleterre, le comte de Blois Thibaud IV (Thibaud II de Champagne) entre en lutte ouverte contre le roi Louis VI; le théâtre des opérations se situe en Brie.
Le comte de Flandre Robert II meurt à Meaux, en campagne avec l'armée royale. Lui succède Baudoin VII la Hache.

1er octobre
Le légat Richard d'Albano tient synode à Saint-Benoît-sur-Loire.

autres événements
• Tancrède succède à Bohémond, prince d'Antioche.

vers 1111

Le comte de Gévaudan Gilbert (Gerbert), maître d'une partie de la Provence par sa femme Gerberge de Provence, est assassiné par des seigneurs en révolte (entre juin 1110 et février 1112). En 1112, Gerberge de Provence marie sa fille Douce au comte de Barcelone Ramon Berenguer III qui arbore alors le titre de marquis de Provence: la région d'Aix-en-Provence et Marseille entre pour longtemps dans l'aire d'influence catalane.

1111-1113

Bernard de Fontaines entre au monastère de Cîteaux.

1112

18 avril
Le roi Louis VI est à Laon pour l'assemblée royale de Pâques; l'évêque Gaudry intrigue et obtient la dissolution de la commune de Laon.

25 avril
À peine le roi est-il reparti que l'évêque Gaudry de Laon est assassiné.

novembre
Le roi Louis VI envoie Robert de Bellême en ambassade auprès du roi Henri Ier d'Angleterre, qui le jette en prison.

autres événements
• Au concile de Vienne, le pape Pascal II est désavoué par les réformateurs français qui lui reprochent son laxisme.
• Le roi se met sous la protection de saint Denis, dont l'abbaye est ainsi rétablie comme la seule nécropole royale.

1113

mars
Une paix est signée à L'Ormeteau-Ferré, près Gisors, entre Louis VI et le roi d'Angleterre Henri Ier à qui sont reconnus des droits seigneuriaux sur le Maine et la Bretagne (Louis VI renonce à exiger l'hommage des ducs de Bretagne).

avant le 11 novembre
Le roi octroie aux habitants d'Amiens le droit de s'ériger en commune.

25 décembre
Le roi Louis VI tient sa cour de Noël à Orléans.

autres événements
• L'empereur Henri V séjourne en Lorraine; il assiège et prend Bar, pour lequel le comte Renaud est contraint de lui faire hommage.
• Le duc d'Aquitaine Guillaume IX s'empare du comté de Toulouse, profitant de la minorité du comte Alfonse Jourdain.
• Étienne Harding décide la fondation d'une abbaye fille de Cîteaux à La Ferté.

GUILLAUME DE CHAMPEAUX

Guillaume de Champeaux (1070-1121) quitte la collégiale de Saint-Victor de Paris, dont il est parvenu à faire l'un des hauts lieux de l'enseignement supérieur, pour l'évêché de Châlons-sur-Marne qui lui a été donné par le roi. Guillaume est un logicien de premier plan, défenseur d'un réalisme intégral (l'universel est une réalité présente dans tous les individus et les individus ne diffèrent que par leurs accidents), qu'il doit bientôt tempérer dans un débat avec son disciple Pierre Abélard.

vers 1114

L'évêque d'Angoulême fait ériger le nouveau palais épiscopal.

1114

mi-Carême
Une assemblée a lieu à Reims, et traite de la paix entre les rois de France et d'Angleterre Louis VI et Henri Ier; peut-être a-t-elle aussi pour but de relancer le mouvement de la paix de Dieu.

avant le 12 juin
Les bourgeois de Beauvais s'entremettent dans un procès entre les officiers royaux et les chanoines de la cathédrale.

6 septembre
Au retour d'une mission des chanoines de Laon en Angleterre pour collecter des fonds, l'archevêque de Reims « réconcilie » la cathédrale de Laon, profanée par l'assassinat de l'évêque Gaudry en 1112.
L'évêque de Soissons juge deux hérétiques de Bucy-le-Long (Aisne).

6 décembre
Un concile est réuni à Beauvais, sous la présidence du légat Conon de Préneste; Thomas de Marle y est condamné, et une expédition lancée contre lui.

autres événements
• Les bourgeois d'Angers se soulèvent contre le comte d'Anjou Foulques V le Jeune, qui écrase la rébellion en 1116.
• L'empereur Henri V épouse Mathilde, fille du roi d'Angleterre Henri Ier.
• Le comte de Champagne Hugues Ier a repris le chemin de Terre sainte à l'automne, après avoir répudié sa seconde épouse et déshérité leur fils.
• Le duc d'Aquitaine s'empare à nouveau de Toulouse, qu'il parvient à garder plus de six ans.
• Les moines de Cîteaux fondent les monastères de Morimond et Pontigny.

1114-1117

Guibert, abbé de Nogent, achève son « autobiographie » *(De vita sua)*, renouvelant ainsi un genre littéraire oublié depuis l'Antiquité et saint Augustin. En 1119-1120, il compose son *Traité sur les reliques des saints*, œuvre importante dans la réflexion du temps sur le culte des saints; il dédie l'ouvrage à Eudes, abbé de Saint-Symphorien de Beauvais et futur évêque de cette ville (1133-1144).

1115

28 mars
Un concile se tient à Reims. Le comte Thibaud de Blois s'empare de la personne du comte de Nevers-Auxerre qui rentrait de la campagne royale contre le sire de Coucy. Lors de ce concile, plusieurs évêques sont déposés pour simonie; parmi eux, Adalbéron IV de Metz, qui avait été nommé par l'empereur Henri V.

juin
Le moine Bernard est délégué par Étienne Harding pour fonder un monastère à Clairvaux.

SAINT BERNARD ET SON ENTOURAGE

*Saint Bernard (1090-1153), né dans une famille de l'aristocratie champenoise, entre à Cîteaux vers 1113. Il est ensuite nommé abbé de Clairvaux et très vite connaît une ascension fulgurante. Il n'exerce pas d'autres fonctions officielles, refuse l'épiscopat et même la régence du royaume lors de la deuxième croisade; mais son influence est immense, par le truchement de ses écrits. Il est en effet le meilleur écrivain de langue latine en son siècle. Par des lettres nombreuses, aux cisterciens, aux papes, aux rois, aux princes et à ses amis, il inonde l'Occident de sa sagesse et de ses passions. Dès 1125, il prend parti dans le débat sur les nouvelles esthétiques de l'art roman (*Apologie*, deuxième rédaction). Mais le plus fort de son activité se situe dans les années 1130-1148, entre le schisme romain de 1131 et l'échec de la deuxième croisade. Ce sont précisément les années déterminantes du jeune roi Louis VII. En 1131, il se présente comme le champion du pape Innocent II et convainc son ordre de le suivre; dès lors, il est fréquemment consulté par Louis VI. La disparition de Louis VI l'isole dans le clan champenois, le plus dangereux pour le jeune Louis VII. Il faudra la deuxième croisade pour que leurs relations se pacifient: Bernard en est l'orchestrateur, à partir de son prêche fameux de Pâques 1146 à Vézelay. De ses nombreux écrits spirituels, le dernier connaît une diffusion considérable: il a composé* Sur la considération *(1149-1152) à l'intention du pape Eugène III, ancien cistercien, pour lui dire les devoirs de sa charge. La personnalité de Bernard était cependant si brillante qu'elle fut controversée: sa canonisation n'intervient donc qu'en 1173, vingt ans après sa mort.*
La diffusion fulgurante de l'ordre cistercien et le réseau dont Bernard de Clairvaux s'est entouré pour mener son œuvre ont fait de lui le personnage le plus influent du royaume et peut-être d'Occident à son époque. Autour de Bernard de Clairvaux s'est formé en effet un groupe d'amis puissants, tant dans le monde des clercs et des

moines que dans la sphère politique. Au centre névralgique de la toile tissée par lui se trouve ainsi le comte Thibaud II de Blois-Troyes-Champagne, rival de Louis VII; il y a aussi, plus en marge, le duc Hugues de Bourgogne. Parmi les ecclésiastiques, on peut compter l'abbé de Cluny Pierre le Vénérable, le chancelier de l'Église romaine Haimeric, et deux futurs papes, Eugène III et Célestin II (protecteur d'Abélard). Surtout, Bernard suscite une génération intellectuelle dans l'ordre cistercien. Ses disciples, Geoffroy d'Auxerre, l'Anglais Aelred de Rievaulx et des dizaines d'anonymes s'emploient à diffuser les grands thèmes d'une pensée qui subordonne toute connaissance à la charité et fonde une éthique dans une relation personnelle, dans l'amour de Dieu: ce sera l'apport d'une véritable école cistercienne. Mais face à Bernard, dans les écoles parisiennes, un front s'est constitué, qui défend les droits d'une recherche scientifique et d'une morale sociale: Bernard limite l'influence d'Abélard et de Gilbert de la Porrée, il ne peut s'opposer à un Hugues de Saint-Victor ou un Pierre Lombard. Pour être le plus éminent représentant d'une société en pleine croissance, en quête d'elle-même, il est trop moine pour en être l'inspirateur.

6-12 juillet
Un second concile est réuni à Châlons-sur-Marne.

début août
Après des fiançailles vers 1113, le roi Louis VI épouse Adélaïde de Maurienne, fille du comte Humbert II. Il lui a donné en douaire l'abbaye Saint-Jean de Laon, qui avait appartenu sous les derniers Carolingiens au douaire des reines Fréronne, Eadgifu et Gerberge.

autres événements
- La paix du roi est proclamée à Soissons et jurée par le duc de Bourgogne et les comtes présents.
- Le moine Bernard (1080/1090-1157) quitte son abbaye bénédictine d'Ambronay pour fonder avec des amis l'ermitage des Portes, associé à la Chartreuse de saint Bruno.

1115-1126

Le roi Louis VI établit une commune dans six villages près de Laon; il accorde les mêmes privilèges aux bourgeois de Soissons (en 1116?).

1115-1135

Une équipe de sculpteurs réalise le porche de l'abbaye de Moissac.

1116

La guerre reprend entre Louis VI et le comte de Blois.

1117

Le roi Louis VI concède à l'abbaye de Saint-Denis la juridiction complète sur les deux foires de l'Endit d'été.

1118

14 mars
Le légat du pape réunit un concile à Angoulême.

septembre
Le pape Gélase II, chassé de Rome par l'antipape Grégoire VIII installé par l'empereur Henri V, se réfugie dans le royaume.

15-30 novembre
Gélase II réside à Maguelonne; il y reçoit l'abbé de Saint-Denis Suger, délégué par le roi pour l'une de ses premières missions officielles. Suger propose une rencontre à venir entre le pape et le roi, à Vézelay.

Suger

Dès l'âge de 10 ans, Suger (1081-13 janvier 1151) est remis comme oblat à l'abbaye de Saint-Denis par son père. De 1094 à 1104, il étudie au prieuré de l'Estrée, dépendance de Saint-Denis, où il a pour compagnon le futur Louis VI. Après un complément de formation religieuse dans l'une des grandes abbayes des bords de Loire, il fait un stage d'administration dans les prieurés de Bernaval et de Toury-en-Beauce: dès cette année 1106, il fréquente la Cour royale. À son avènement, Louis VI lui confie des missions auprès du pape; il devient le principal conseiller du roi en 1120, et prend la tête de l'abbaye de Saint-Denis en 1122. Vers 1127, il lui faut cependant songer au gouvernement de ses moines; il se livre alors à une réforme efficace de son monastère. Armé de puissants moyens, il entreprend la reconstruction de son église abbatiale, son grand œuvre. La mort de Louis VI lui donne une influence plus lourde encore, qui pèse au jeune Louis VII. Après un temps de disgrâce, pendant lequel il écrit sa Vie de Louis VI le Gros *(1137-1144), Suger retrouve les allées du pouvoir, lorsqu'en 1146, Louis VII lui confie la régence du royaume pour la durée de la croisade. Vers 1144, il compose un ouvrage* Sur la consécration de l'église de Saint-Denis, *où il raconte ses intentions de constructeur, puis en 1145, un* Livre des actes passés sous son gouvernement, *qui résume à l'intention des moines de Saint-Denis les bienfaits de son administration. Après ces travaux, l'abbé Suger commence une* Histoire du glorieux roi Louis VII, *interrompue par sa mort.*

autres événements

• Louis VI, devant la menace anglaise, convoque ses barons. Les comtes de Flandre et d'Anjou répondent favorablement à son appel. Peu après, il attaque et détruit le château de Hugues du Puiset, dernier des seigneurs d'Île-de-France à résister à son autorité.
• Le roi d'Aragon Alphonse Ier s'empare de la cité de Saragosse, avec l'aide de contingents français.
• Avec l'aide du comte de Champagne, l'abbé Bernard de Clairvaux fonde le monastère de Troisfontaines, première «fille» de Clairvaux (1116?).

1118-1119

L'ordre militaire du Temple (moines chevaliers) est fondé à l'initiative d'un chevalier champenois, Hugues de Payns.

1118-1127

Louis VI et Amaury de Montfort(-L'Amaury) fondent une ville fortifiée (ville neuve ou bastide) sur la frontière de Normandie à Montchauvet.

1119

29 janvier
Le pape Gélase II meurt à Cluny.

2 février
Guy, frère du comte de Mâcon Renaud II († 1097) et fils de Guillaume II, comte de Bourgogne, est élu pape à Cluny, et consacré le 9 février à Vienne sous le nom de Calixte II.

printemps
Guillaume IX d'Aquitaine combat en Espagne aux côtés du roi Alphonse Ier d'Aragon. Les Toulousains en profitent pour se révolter contre lui et rendre au jeune Alfonse Jourdain la ville et le comté de Toulouse.

mai
Le pape Calixte II est à Toulouse avec son légat Conon de Préneste.

juin
Le comte de Flandre Baudoin VII meurt sans héritier; il a désigné pour successeur son cousin Charles le Bon, fils de Cnut IV de Danemark. La veuve de Baudoin VII, le duc de Basse-Lorraine et le comte de Boulogne entrent aussitôt en guerre contre Charles le Bon, qui écrase les révoltés.

20 août
Louis VI, qui a envahi le Vexin normand, subit une défaite honteuse à Brémulle devant le roi d'Angleterre Henri Ier Beauclerc. Réfugié aux Andelys dans les jours suivants, il convoque les contingents armés des évêques du domaine royal (Sens, Paris, Orléans, Beauvais, Laon), du duché de Bourgogne et de la province de Bourges pour reprendre la guerre contre les Normands rebelles.

31 août-1er septembre
Le pape Calixte II dédicace la nouvelle abbatiale de Fontevraud et confirme les statuts de l'ordre fondé par Robert d'Arbrissel.

septembre
Louis VI menace de brûler Chartres, ville du comte de Blois, mais y renonce.

20 octobre
Un concile nombreux est ouvert à Reims sous la présidence du pape et en présence du roi (les canons sont votés le 29). Il précise les règles de la réforme ecclésiastique pour tout le royaume (investitures laïques des charges épiscopales et abbatiales, simonie, nicolaïsme). Louis VI échoue à y obtenir une condamnation des agissements du roi d'Angleterre Henri Ier. L'épouse du duc Guillaume IX d'Aquitaine, répudiée, vient se plaindre de son sort à Reims, sans succès.

22-26 octobre
Le pape rencontre à Mouzon des envoyés de l'empereur Henri V; faute d'un accord, il renouvelle l'excommunication de celui-ci.
Le comte d'Anjou Foulques marie sa fille Mathilde à un fils d'Henri Ier, Guillaume Adelin, qui reçoit le comté du Maine.

Le pape confirme la « Charte de charité », première « constitution » de l'ordre de Cîteaux.
La réforme clunisienne est introduite à Saint-Médard de Soissons.

1er-2 décembre
Le pape Calixte II rencontre Louis VI et sa suite à Ferrières-en-Gâtinais ; il est à Sens les 4 et 5 décembre, à Auxerre du 7 au 14, d'où il reprend le chemin de Rome.

vers 1120

Sur commande de l'abbé de Cluny Pons de Melgueil, les moines Hugues de Gournay et Gilon écrivent chacun une *Vie* de l'abbé saint Hugues de Cluny.
Les abbatiales de Cunault (Maine-et-Loire) et Fontgombaud (Indre) sont en cours de construction.

1120

janvier
Louis VI et Henri Ier d'Angleterre font la paix. Louis VI renonce à soutenir Guillaume Cliton ; en échange, le fils aîné d'Henri Ier, Guillaume Adelin, prêtera l'hommage pour la Normandie.

18 avril (Pâques)
Le prince Philippe est désigné roi et reçoit l'hommage des grands à Senlis, en présence du légat Conon de Préneste.

fin avril-2 août
Louis VI donne la couronne de son père à Saint-Denis : un privilège reconnaît à l'abbaye le droit de conserver les insignes royaux à la mort de leur détenteur.

après le 3 août
Le roi Louis VI délivre à Sens un privilège en faveur de l'église d'Autun ; c'est sa seule intervention en Bourgogne, sans doute à la demande du duc.

24-25 août
Les habitants de Carcassonne expulsent le seigneur de la ville, Bernard-Aton Trencavel, sans doute pour se donner au comte de Barcelone.

18 octobre
Le légat Conon de Préneste tient un concile à Beauvais.

25 novembre
Le naufrage de la *Blanche-Nef* devant Barfleur entraîne la disparition des héritiers mâles du trône d'Angleterre. L'héritière d'Angleterre est alors Mathilde, épouse de l'empereur Henri V, qui n'a pas de fils.

autres événements
• Lors d'un concile à Beauvais, l'évêque de Soissons Lisiard obtient la canonisation de saint Arnoul.

1120-1124

Pierre Guillaume, bibliothécaire de Saint-Gilles, rédige le recueil des *Miracles de saint Gilles*.

1120-1145

La reconstruction de Vézelay, à la suite d'un incendie en 1119, rassemble les meilleurs artistes de Bourgogne.

1121

5 janvier
Le pape Calixte II confirme la primatie de l'église de Lyon aux dépens de celle de Sens.
En juin, Louis VI proteste contre la décision du pape en faveur de l'archevêque de Lyon, et en exige l'annulation, au nom de l'antique « liberté de l'église de Sens ».

autres événements
• Le roi Louis VI reconnaît implicitement la « Hanse » des marchands de l'eau à Paris, en leur abandonnant ses droits sur le passage des bateaux au temps des vendanges (les agents royaux prélevaient une taxe de 60 sous).
• Lors d'un synode d'évêques à Soissons, Pierre Abélard doit rétracter certains de ses propos.

Pierre Abélard

Pierre Abélard (1079-1142), né près de Nantes, vient étudier en terre capétienne auprès de Roscelin († 1120/1125), de Guillaume de Champeaux († 1122) et d'Anselme de Laon († 1117). Ses aventures avec Héloïse et ses retraites forcées à Saint-Denis, à Saint-Gildas de Rhuys, plus tard dans une dépendance de l'abbaye de Cluny, ont moins frappé ses contemporains que l'extrême vigueur de l'enseignement qu'il dispense à Laon à partir de 1113 environ, puis de façon discontinue à Paris jusqu'en 1140. Sa Théologie du Souverain Bien *(vers 1120, condamnée en 1121), rééditée peu après sous le titre de* Théologie chrétienne, *le* Dialogue entre un philosophe, un juif et un chrétien, *le* Sic et Non *et l'*Introduction à la théologie *(condamnée en 1141) illustrent les possibilités d'une réflexion dialectique appliquée aux problèmes les plus ardus de la théologie chrétienne. Dans l'*Histoire de mes malheurs, *il écrit l'un des premiers récits autobiographiques de l'Occident médiéval. L'influence de Pierre Abélard est immense dans les deux premiers tiers du XIIe siècle, malgré les attaques dont il fait l'objet, orchestrées notamment par Bernard de Clairvaux. Sa correspondance avec Héloïse, d'authenticité parfois contestée, trouve un écho dans la littérature française au XIIIe siècle.*

• Norbert de Xanten (1080-1134) fonde l'abbaye de Prémontré (chanoines réguliers).
• Hildebert de Lavardin écrit une deuxième *Vie* de saint Hugues de Cluny.

1122

mars
Louis VI, assisté du comte Foulques d'Anjou, mène une première fois l'ost royal en Auvergne pour y défendre les droits de l'évêque de Clermont face au comte d'Auvergne Guillaume VI.

juillet-août
Le roi Louis VI est à Bourges.

autres événements
• Le comte de Flandre Charles le Bon décrète l'interdiction du port des armes sur ses marchés et places fortes.
• Un concordat est signé à Worms entre l'empereur et le pape afin de clore la Querelle des investitures.
• Suger (1080-1151) devient abbé de Saint-Denis, et Pierre le Vénérable abbé de Cluny († 1156).
• Hugues de Fleury rédige le Livre IX des *Miracles de saint Benoît.*
• L'église d'Aulnay (Charente-Maritime) est donnée au chapitre cathédral de Poitiers qui entreprend aussitôt la reconstruction de l'église à trois nefs de hauteur égale.
• Les chanoines réguliers de Marbach (abbaye fondée en 1089 près Colmar) se dotent de *Coutumes*; l'abbaye devient un centre actif de la réforme dans l'Empire (en 1149-1154, on y produit le manuscrit de Guta-Sintram).

1122-1123

Le rouleau mortuaire annonçant le décès de l'abbé Vital de Savigny circule d'abbaye en abbaye en Normandie et France du Nord.

1123

Louis VI établit une commune à Corbie.
Suger séjourne six mois à Rome, d'où il se rend sur les principaux lieux de pèlerinage de l'Italie méridionale.

1124

mars-avril
Henri Ier d'Angleterre ravage les marches du Vexin.

juillet
Pendant une captivité du roi de Jérusalem Baudoin II, le régent du royaume prend la ville de Tyr, avec le concours de Pons de Tripoli et d'une flotte vénitienne. Toute la côte de Syrie et de Palestine appartient désormais aux croisés.

août
L'ost royal (avec les ducs de Bourgogne et d'Aquitaine, les comtes de Blois, Anjou, Vermandois, Flandre et Nevers) est rassemblé à Saint-Denis afin de protéger Reims contre les menaces de l'empereur Henri V. C'est la première levée connue de la flamme rouge de Saint-Denis («oriflamme»). Celle-ci était, à l'origine, l'enseigne des comtes de Vexin, avoués (gardiens laïques) de Saint-Denis; le Vexin étant entré en 1077 dans le domaine royal, les Capétiens ont déposé l'enseigne à Saint-Denis au titre de leur avouerie.

14 août
L'empereur Henri V renonce à son expédition et rentre en Germanie.

autres événements
• Le roi Louis VI donne à Saint-Denis la juridiction sur la foire du l'Endit; l'abbé Suger obtient aussitôt du comte de Troyes l'insertion de cette foire de Saint-Denis dans le calendrier des foires champenoises.
• Des Sarrasins dévastent les îles de Lérins et Antibes.
• L'Anjou subit une dure famine.
• L'ermitage de Grandmont est fondé par Étienne de Muret.
• Les chanoines de Saint-Étienne de Dijon adoptent la vie commune.
• Bernard de Chartres (maître à partir de 1112, † vers 1126) devient chancelier de son église, où il

poursuit son enseignement d'inspiration platonicienne (on lui attribue une glose du *Timée*).

avant 1125

Bernard de Clairvaux compose les *Degrés de l'humilité et de l'orgueil.*

1125

Hugues Ier, comte de Champagne (Troyes et Meaux) repart en Terre sainte sous l'habit de templier; il désigne comme successeur son neveu Thibaud II († 8 janvier 1152). Celui-ci réunit à nouveau les comtés de Blois, Troyes et Meaux. Il fait construire une enceinte fortifiée à Troyes (une nouvelle ligne de murailles est édifiée avant 1171).

16 septembre
Un accord intervient entre les deux puissants comtes Ramon Berenguer de Barcelone et de Provence et Alfonse Jourdain de Toulouse qui se partagent la Provence: la région entre Rhône, Durance, Alpes et Méditerranée reste au comte de Barcelone; le comte de Toulouse obtient le pays au nord de la basse Durance, les châteaux de Beaucaire et Vallabrègues ainsi que la terre d'Argence. Par cette convention est fixée la frontière entre comté et marquisat de Provence.

autres événements
- Suger se rend à Mayence; il conclut un accord au sujet des terres de Saint-Denis saisies par le comte de Morsperg en Lorraine impériale.
- Hildebert de Lavardin est élu archevêque de Tours; il entre aussitôt en conflit avec le roi Louis VI qui veut installer deux de ses fidèles au chapitre cathédral. Le différend n'est apaisé qu'en 1129, quand le roi invite Hildebert au couronnement du prince Philippe.
- L'abbaye cistercienne de Morimond traverse une crise grave (l'abbé Arnold s'est enfui en novembre 1124); un compagnon de Bernard de Clairvaux, Gaucher († 1138), en prend la tête.

1126

été
Louis VI profite d'un nouveau conflit entre l'évêque de Clermont et le comte de Montferrand pour intervenir en Auvergne et y asseoir son autorité, avec le soutien de Foulques d'Anjou et du comte de Flandre. Guillaume IX renonce à combattre le roi, et reconnaît la juridiction royale (il promet de faire comparaître le comte auvergnat devant la Cour royale si celui-ci s'est rendu coupable de quelque faute).

après le 3 août
Louis VI séjourne à l'abbaye de Saint-Riquier où il arbitre un conflit entre la commune établie par lui et l'abbé.

autres événements
- Une famine sévit en Flandre. Le comte Charles le Bon procède à une distribution exceptionnelle de grains.

1127

janvier
Jeanne, demi-sœur de la reine Adélaïde, est donnée en mariage à Guillaume Cliton, fils du duc de Normandie Robert Courteheuse et neveu du roi d'Angleterre Henri Ier, son rival pour la Normandie. Louis VI confie aussitôt le comté de Vexin en fief à Guillaume Cliton.

2 mars
Le comte de Flandre Charles le Bon est assassiné dans sa collégiale de Bruges. Le 8 mars, Louis VI est à Arras avec ses conseillers; il s'y fait reconnaître seigneur de la Flandre. Le 20 mars, il convoque les barons qui assiègent les assassins du comte; il négocie avec eux l'élection d'un successeur au comté, et impose son candidat Guillaume Cliton. Après les expéditions d'Auvergne, c'est la deuxième incursion du Capétien hors de sa zone normale d'influence.

6 avril
Avec les seigneurs flamands, Louis VI assiège le château de Bruges où se sont réfugiés les assassins du comte de Flandre Charles le Bon; les assiégés se rendent, les meurtriers sont suppliciés.

autres événements
- Le mariage d'Amaury IV de Montfort avec Agnès, fille de l'ancien chancelier Guillaume de Garlande et nièce du sénéchal Étienne de Garlande, précipite la crise d'autorité. Le roi révoque Étienne de Garlande, qui prétendait à l'hérédité de son office et aurait promis de le léguer à Amaury. L'affaire est grave, en raison du soutien accordé aux Garlande par Thibaud IV de Blois et Henri Ier d'Angleterre.
- Le concile de Nantes décide l'abolition du droit de bris sur les bateaux naufragés.

1128

printemps
La guerre reprend entre Thibaud de Blois-Champagne et Louis VI; le roi conquiert avec Raoul de Vermandois le château de Livry (près Chelles).
Un grave conflit oppose le roi à l'évêque de Paris Étienne de Senlis, qui veut soumettre le chapitre de la cathédrale de Paris à la règle des chanoines de Saint-Victor de Paris. L'évêque se réfugie à Lagny sur les terres du comte de Champagne.
Une épidémie, le «mal des ardents», ravage le nord de la France.

6-10 mai
Une assemblée royale à Arras est invitée à se prononcer sur la rivalité entre Guillaume Cliton et un autre prétendant, Thierry d'Alsace, pour le comté de Flandre.

10 juin
Le comte Foulques d'Anjou, veuf, épouse Mélisende, fille de Baudoin II, roi de Jérusalem, dont il devient ainsi le futur successeur.

27 juillet
Guillaume Cliton est blessé mortellement au combat d'Alost contre les partisans de Thierry d'Alsace; sa disparition met fin à la succession de Flandre.

26 août
Peu après avoir confirmé les accords de commune passés entre les habitants de Chelles, le roi accorde aux bourgeois de Laon et Saint-Omer une «institution de paix» ou charte de commune.

autres événements
• L'héritière du royaume anglais, Mathilde, fille du roi Henri Ier Beauclerc et veuve de l'empereur Henri V († 1125), épouse Geoffroi Plantagenêt, fils du comte Foulques V d'Anjou.

vers 1128-1131

Le palais comtal d'Angers est achevé.

1128-1143

Hugues Farsit compose ses *Miracles de la Vierge*.

1129

19 ou 21 janvier
Une assemblée d'évêques et abbés (dont Bernard de Clairvaux), réunie en concile à Troyes, approuve la règle de l'ordre du Temple. Un groupe de templiers vient de s'établir à Laon.

14 avril
Le dimanche de Pâques, Philippe, fils aîné du roi, est couronné et sacré roi des Francs par l'archevêque de Reims Renaud.

20 avril
Louis VI octroie une «institution de paix» à quatre villages du Laonnois.

autres événements
• Le conflit s'aggrave entre le roi et l'évêque de Paris. L'évêque de Paris jette l'interdit sur le diocèse et est exilé. L'archevêque de Sens semble avoir pris fait et cause en sa faveur; il est sommé par le roi de se présenter devant la Cour, pour répondre lui-même d'une accusation de simonie. Bernard de Clairvaux est invité (par qui? on ne sait) à intervenir sur les deux cas.
• L'existence d'un consulat (association jurée de notables à qui est déléguée une part de la justice seigneuriale) à Avignon est attestée pour la première fois.

1129-1131

Bernard de Clairvaux écrit l'*Éloge de la nouvelle chevalerie* (exhortation spirituelle aux Templiers de Terre sainte).

vers 1130

Les moines de l'abbaye de Saint-Thierry près Reims publient les *Miracles de saint Thierry*.
Calonymos le Grand et son fils Todros animent les florissantes écoles juives de Narbonne et Lunel.

1130

25 mai
Face au schisme provoqué le 14 février par la double élection pontificale d'Anaclet II (Pierleone) et d'Innocent II, le roi Louis VI fait reconnaître Innocent II comme pape par l'assemblée de Pentecôte à Étampes. Le duc Guillaume X d'Aquitaine refuse de se prononcer pour lui. Le pape se réfugie en France à l'automne.

Papes, antipapes et schismes

Les réformateurs de l'Église romaine au XIe siècle ont eu pour préoccupation essentielle d'établir la liberté des papes (ils croyaient la restaurer) à l'égard des empereurs et des puissances séculières. L'élection du pape était en effet assurée traditionnellement par la noblesse romaine, sous contrôle étroit de l'empereur d'Occident depuis Charlemagne. Les luttes entre factions romaines aboutissaient fréquemment à des élections contestées: face au pape reconnu par les Églises des principaux royaumes et par la postérité des vainqueurs, l'élu des contestataires est qualifié d'antipape. Depuis le concile romain de 1059, le rôle de la cour pontificale («Curie») et notamment des cardinaux est déterminant. L'empereur ne s'est pas laissé déposséder aisément: Henri IV (1056-1106), au plus fort de la Querelle des Investitures, a fait déposer le pape Grégoire VII, en lui substituant un pape de son parti (1076). Le concordat de Worms de 1122 ne laisse plus qu'un rôle mineur à l'empereur. La noblesse romaine a cru alors pouvoir rétablir ses privilèges anciens: en 1130, le conflit aboutit à l'élection tour à tour d'Innocent II et d'Anaclet («Schisme d'Anaclet», éteint par la mort de celui-ci en 1137). Une seconde déchirure est intervenue en 1159, quand un concurrent malheureux d'Alexandre III se fait élire pape sous le nom de Victor IV; l'empereur Frédéric Ier Barberousse lui apporte aussitôt son soutien et fait élire des successeurs jusqu'à sa soumission en 1177. Le IIIe concile du Latran en 1179 formule alors la règle définitive de l'élection pontificale par les seuls cardinaux à la majorité des deux tiers. Par la suite, un troisième schisme divise les royaumes occidentaux, en 1378: peu après le retour des papes d'Avignon à Rome, un parti de cardinaux à majorité française suscite face à Urbain VI le cardinal Robert de Genève (Clément VII). Les efforts des Églises et des rois ne parviennent à éteindre le Schisme d'Occident qu'en 1422, à la mort du dernier antipape, Benoît XIII.

octobre
Le roi Louis VI conduit la guerre avec Raoul de Vermandois contre Thomas de Marle, le sire de Coucy, à propos du «conduit des marchands» (protection accordée aux convois de marchandises).

23 octobre
Le pape Innocent II célèbre la dédicace de la nouvelle abbatiale de Cluny III, nef à cinq vaisseaux. Réplique de celle-ci, l'église de Paray-le-Monial, est sur le point d'être achevée.

25 novembre
Innocent II réunit un concile à Clermont.

25 décembre
Innocent II reçoit la consécration pontificale dans la cathédrale d'Autun.

autres événements
• Les chanoines de la cathédrale de Chartres interdisent aux maires de leurs domaines d'exiger des paysannes les corvées de laine.
• On procède à l'invention des reliques de saint Gaud, à Saint-Pair-sur-Océan. Un moine anonyme écrit les *Miracles* de saint Marcoul de Corbeny.

vers 1130-1140

L'abbaye de Marmoutier est dotée de son massif occidental (Westwerk).

1130-1145

L'abbé Suger fait construire l'abside de Saint-Denis, cependant que les cisterciens édifient l'abbaye de Fontenay.

1131

début janvier
Le pape Innocent II rencontre le roi à Saint-Benoît-sur-Loire.

13 janvier
Le roi d'Angleterre Henri Ier rend visite au pape à Chartres.

22 mars-1er avril
Le pape Innocent II préside un concile à Liège.

15 avril
Suger reçoit le pape à Saint-Denis.

fin avril
À Paris, le pape entreprend de réconcilier Louis VI et le roi d'Angleterre Henri Ier. Il prépare un concile général qui doit se tenir à Reims, pour condamner l'antipape Anaclet II, et s'établit à Compiègne (26 mai).

21 août
À la mort du roi de Jérusalem Baudoin II, son gendre le comte d'Anjou Foulques V est élu roi (et couronné le 14 septembre); son fils Geoffroi Plantagenêt accède au comté d'Anjou.

3 octobre
La ville d'Angers est détruite presque entièrement par le feu.

13 octobre
Le prince Philippe (15 ans), roi associé depuis l'âge de 5 ans, couronné à Reims en 1129, fait une chute de cheval dans une rue de Paris; il meurt quelques heures plus tard. Il est enseveli à Saint-Denis le 17 octobre.

15 octobre
Le pape Innocent II dédicace l'église Saint-Médard de Soissons.
13 archevêques et plus de 260 évêques de toute la Chrétienté latine participent au concile de Reims, sous la présidence d'Innocent II. Le 18 octobre, au lendemain des funérailles du prince Philippe, Louis VI, la reine Adélaïde et les grands du royaume se présentent à Reims pour demander au pape le sacre royal de Louis VII.

25 octobre
Le dimanche, lors d'une séance du concile à Reims, Louis VII, le fils cadet du roi qui était jusqu'alors destiné à une carrière ecclésiastique, est associé au trône et sacré roi des Francs par Innocent II. Pour la première fois, la dynastie capétienne se dispense du rite de l'élection par les grands du royaume.

28 novembre
Le pape Innocent II établit sa résidence à Auxerre.

autres événements
• La mort du comte Raimon Bérenger Ier procure à Alfonse Jourdain de Toulouse l'occasion d'empiéter sur les terres de Provence. Le comte Raimon des Baux forme en Basse-Provence occidentale une coalition pour défendre les droits de sa femme sur la Provence.
• Dès cette année, des consulats semblent fonctionner dans les cités d'Arles et Béziers.
• Les moines de Morimond accueillent parmi eux Otton, fils du margrave d'Autriche et futur évêque de Freising (Bavière).

1131-1132

Le comte de Saint-Pol, Hugues Candavène, dévaste l'abbaye de Saint-Riquier.

1132

Le consulat de Narbonne apparaît dans la documentation.
Le logicien parisien Adam du Petit-Pont publie son *Ars disserendi*, document essentiel pour l'histoire des théories médiévales de l'argumentation.

vers 1133

Des templiers établissent l'une de leurs premières commanderies européennes à Metz.

1133

23 mars
La naissance d'un fils (le futur Henri II) de Mathilde et de Geoffroi Plantagenêt gêne les espoirs de Thibaud de Champagne d'hériter du royaume anglais et de l'Anjou.

14 mai
Le roi Louis VI tient à Soissons son assemblée de Pentecôte.

août
Le roi d'Angleterre Henri Ier revient en Normandie; il ne quitte plus la France jusqu'à sa mort en décembre 1135. Sous son règne, les lois normandes et anglo-saxonnes ont fusionné.

autres événements
• Le pape Innocent II divise la Corse, alors disputée par les Républiques de Gênes et de Pise, en deux zones d'influence (les évêchés du Nebbio, de Mariana et d'Accia dépendront de l'archevêché de Gênes, ceux d'Aleria, Ajaccio et Sagone de celui de Pise).
• Par son mariage avec l'héritière du comté de Melgueil, le comte de Barcelone Berenguer Ramon s'allie au lignage de Montpellier.
• Étienne Harding se démet de sa charge d'abbé de Cîteaux (il meurt en 1134). Lui succède Rainaud, fils du comte de Bar-sur-Seine.
• Bernard de Clairvaux est en Italie auprès d'Innocent II qui a pu rentrer à Rome.
• Des troubles ont lieu à l'évêché d'Orléans.
• Le prieur Thomas de Saint-Victor est assassiné par des hommes du chapitre cathédral de Paris. Le roi tarde à intervenir.

vers 1134

Adam de Saint-Victor, en réalité chanoine et préchantre de Notre-Dame de Paris de 1107 environ à 1133/1134, se retire à Saint-Victor. C'est au service de la cathédrale de Paris qu'il a composé ses *Séquences* et *Proses* liturgiques, qui font de lui l'un des meilleurs poètes médiévaux de langue latine.

1134

Le roi Louis VI octroie aux bourgeois de Paris un

privilège les autorisant à se saisir des biens de leurs débiteurs.
Une grave inondation maritime se produit en Flandre, de Calais à la Frise. À la suite de cette catastrophe, on commence l'aménagement des polders.
Le chapitre cathédral de Chartres fait élever la façade occidentale de l'église.

vers 1135

Albéric de Pisançon rédige le *Roman d'Alexandre*.

1135

1er décembre
La mort d'Henri Ier d'Angleterre soulève une guerre civile en Normandie et Angleterre, entre son gendre le comte d'Anjou Geoffroi Plantagenêt (qui a épousé en 1128 Mathilde, fille d'Henri et veuve de l'empereur Henri V) et son neveu Étienne de Blois, comte de Boulogne et de Mortain, petit-fils de Guillaume le Conquérant par sa mère Adèle, épouse d'Étienne-Henri comte de Chartres et de Blois.

15 ou 22 décembre
Une partie des barons choisit pour roi d'Angleterre Étienne, qui est sacré à Westminster et met la main sur les terres d'Henri Ier. Étienne a pris de vitesse son frère aîné Thibaud de Champagne, qui, par dépit, rentre dans l'orbite capétienne. Mathilde prend la tête de la lutte contre Étienne en Angleterre.

autres événements
• Agnès de Poitiers épouse Ramire II le Moine, roi d'Aragon; leur mariage est cassé en 1136 par le pape.
• La cité d'Amiens est munie de murailles.
• Les taverniers de Rouen sont reconnus comme association de métier, et forment la première organisation corporative, avant celles de Chartres (1147) et des tanneurs de Toulouse (1148).
• Bernard de Clairvaux commence la rédaction de ses *Sermons sur le Cantique des cantiques*.

1136

Louis VI condamne les abus de la commune de Soissons contre l'évêque du lieu.
L'empereur Lothaire II exige de l'archevêque d'Arles, qui est aussi légat pontifical, fidélité et soumission ainsi que l'aide et le conseil.

après le 21 septembre-octobre
Geoffroi Plantagenêt envahit la Normandie avec une puissante coalition menée par le duc d'Aquitaine, les comtes de Ponthieu et de Vendôme, et l'héritier du comté de Nevers.

1137

Zengi, gouverneur de Mossoul pour le calife turc de Bagdad, lance une grande offensive sur la principauté d'Antioche; le roi Foulques de Jérusalem est capturé en août. L'empereur de Constantinople, Jean Comnène, en profite pour reprendre Édesse; Raymond de Poitiers doit se reconnaître son vassal.

15 janvier
Le pape Innocent II suspend l'archevêque de Sens Henri le Sanglier, pour avoir consenti à la dissolution du mariage d'Archambaud de Sully et de Mahaut de Beaugency.

mars
Étienne de Blois, roi d'Angleterre depuis 1135, débarque en Normandie pour reprendre le combat contre Geoffroi Plantagenêt qui la revendique.

mars-septembre
Une grande sécheresse atteint le royaume.

9 avril
Le duc d'Aquitaine Guillaume X meurt en pèlerinage à Compostelle; par testament il a confié sa terre et décidé de marier sa fille unique Aliénor au futur roi Louis VII.

mai
Louis VI rencontre Étienne de Blois, à Grossœuvre (Normandie).

1er juillet
Louis VII entre à Limoges.

25 juillet
Ce dimanche à Bordeaux, Louis VII épouse Aliénor de Guyenne, héritière du duché d'Aquitaine et du comté de Poitiers.
Alfonse Jourdain, comte de Toulouse, revient de Palestine.

1er août
Louis VI s'éteint et est inhumé à Saint-Denis.

LOUIS VII

Né en 1120-Mort le 18 septembre 1180
Règne: 1137-1180 (43 ans)
Roi à 17 ans

*L*ouis VII est né en 1120 de Louis VI et d'Adélaïde de Maurienne. Sa mère Adélaïde épouse en secondes noces Mathieu de Montmorency, dès 1138 connétable, c'est-à-dire le chef principal de l'armée royale, assisté par les maréchaux professionnels de la guerre (connétable devient en effet un titre honorifique, souvent attribué à un Montmorency). Louis VII a une sœur illégitime, Isabelle (donnée en mariage à un seigneur d'Île-de-France). Il est précédé d'un frère aîné, Philippe; viennent après lui Henri (entré à Clairvaux vers 1147, évêque de Beauvais en 1149, archevêque de Reims en 1152), Robert (qui épouse d'abord la veuve du comte du Perche, puis l'héritière du comté de Braine), Hugues (mort jeune), Constance (qui, à la mort de son premier mari Eustache de Boulogne, épouse Raimon V de Toulouse), Philippe (abbé et archidiacre; élu évêque de Paris en 1159, il se démet en faveur de Pierre Lombard), et Pierre (qui obtient par mariage la seigneurie de Courtenay en 1150).

À la mort de son frère aîné Philippe, en 1131, Louis VII a été couronné et associé au trône. Il épouse Aliénor, fille du duc Guillaume X d'Aquitaine, en 1137, puis en 1154 Constance, fille du roi de Castille, enfin, l'an 1160, en troisièmes noces, Adèle de Champagne (qui aurait été promise d'abord à son frère Pierre).

D'Aliénor, Louis VII a deux enfants, Marie (1145-mars 1198; proposée d'abord à Henri, fils de Geoffroi Plantagenêt, elle épouse en 1164 Henri Ier le Libéral, comte de Champagne), et Alix (ou Aélis, donnée en mariage à Thibaud V, comte de Blois, en 1164 aussi). De Constance de Castille, il a encore deux filles, Marguerite qui épouse en premières noces Henri le Jeune, fils d'Henri II Plantagenêt et se remarie en 1186 avec Bela III roi de Hongrie, et Adélaïde-Alix (dont les fiançailles avec Richard Cœur de Lion sont rompues à la fin de 1190, mariée en 1195 à Guillaume III, comte de Ponthieu). D'Adèle de Champagne, il a enfin un successeur, Philippe-Dieudonné, futur Philippe Auguste (1165-1223), puis Agnès, qui est fiancée toute jeune, peu avant 1180, à Alexis II Comnène, âgé de 12 ans en 1180, fils de l'empereur Manuel Ier (1143-1180).

Le règne de Louis VII commence sous l'ombre protectrice de l'abbé Suger de Saint-Denis, principal conseiller de Louis VI. Conscient du danger que représentent pour le jeune roi ses frères cadets, Suger préconise une entente avec la famille de Blois-Champagne, qui bloque l'accès du roi à ses domaines de Loire. Louis VII prend très vite ses distances d'avec Suger, mais réalise l'impasse où l'enferme une politique hautaine à l'égard de ses grands vassaux. Le tournant du règne se place en 1144 : le jeune roi, réconcilié avec l'Église et avec ses adversaires Thibaud de Blois-Troyes-Champagne et le comte d'Anjou Geoffroi Plantagenêt, semble concevoir son règne comme une grande entreprise de réforme morale et de purification, dont la deuxième croisade est l'exemple manifeste. L'échec de celle-ci, conjuguée aux déboires personnels du roi, provoque une crise difficile. Cependant, l'absence du roi et la régence de l'abbé Suger de Saint-Denis contribuent à ancrer l'image d'une royauté abstraite, la Couronne, indépendante de la qualité personnelle du roi : un État vient de naître, la France, en lieu et place du royaume des Francs.

Une troisième phase est ouverte vers 1152-1154 par le divorce d'avec Aliénor, la disparition des grands abbés Suger de Saint-Denis (1151), Bernard de Clairvaux (1153) et Pierre de Cluny (1156), la mort de l'ami le sénéchal Raoul de Vermandois et celle de l'ennemi Thibaud de Blois-Troyes-Champagne (1152), le retour de la haute aristocratie dans l'entourage royal, la rapide montée en puissance d'Henri II Plantagenêt, et l'élection à l'Empire de Frédéric Ier Barberousse, prétendant à la monarchie universelle. La lutte sourde peut durer avec le fils de Geoffroi Plantagenêt, devenu le roi d'Angleterre Henri II, celui-ci peut méditer une alliance avec l'empereur Frédéric Ier Barberousse. En réalité, la dislocation de la principauté bléso-champenoise libère le roi capétien, qui mise sur un axe rejoignant le comté de Toulouse et la Castille. Désormais Louis VII gouverne en pleine possession de ses moyens. Le temps du renouveau idéologique est venu, qui diffuse l'idée de la paix du roi et répand la notion d'ordre public. Comme est venu aussi le temps du réalisme politique, celui des grandes alliances, celui de l'expansion du pouvoir capétien vers le Sud, celui aussi d'une gestion plus rigoureuse du domaine royal et du royaume, gouverné par des professionnels.

Une quatrième période est inaugurée par le schisme pontifical de 1159, se poursuit dans l'affaire du chancelier d'Angleterre et archevêque de Canterbury, Thomas Becket, qui refuse au roi Henri II le contrôle des charges ecclésiastiques par l'autorité publique. L'exil français de Thomas Becket procure au roi capétien et à sa Cour l'occasion de pénétrer les arcanes du droit le plus complexe. Au terme de la crise, une véritable administration de juristes compétents est sur pied. Entre les mains du fils de Louis VII, elle fera merveille.

Le long règne de Louis VII marque la fin du nomadisme royal, et l'ancrage toujours plus profond de l'administration royale dans Paris, dont Louis VII veille à garantir la puissance économique, religieuse et intellectuelle. Ce temps est celui de l'organisation économique et de la rationalisation politique (professionnalisation de l'administration, aux mains d'un petit groupe d'hommes, chevaliers et clercs de petite extraction) : compétence accrue du Conseil du roi, assistant le roi et le guidant dans ses décisions politiques, idée chère à Suger de fidélité des grands vassaux au roi dérivée vers le royaume et la Couronne, grands rapports d'administration ecclésiastique – le *De administratione sua* de Suger, commencé dans l'hiver 1144-1145 et retouché en 1148-1149, expose les principales réalisations de l'abbé de Saint-Denis ; Pierre le Vénérable, abbé de Cluny, promulgue sa *Dispositio rei familiaris* en 1148, réorganisation statutaire de la vie domestique dans son abbaye.

Une rationalisation religieuse s'opère aussi, marquée par l'installation aux postes de commande dans l'épiscopat de maîtres formés aux meilleures écoles, celles que les évêques du nord de la France, depuis la fin du XIe siècle, réaniment autour de leurs cathédrales (Laon, Reims, Chartres, Paris).

Dans l'ordre économique, le règne est marqué par deux faits majeurs. C'est en premier lieu l'apogée de la colonisation agricole dans la moitié nord de la France. Tandis qu'on complète les conquêtes antérieures par des essartages en lisière des bois (en Beauce), on entreprend des défrichements de massifs forestiers et le drainage des marais flamands. C'est ensuite le développement rapide du cycle des foires de Champagne sous la protection du comte Thibaud II (1125-1152) : Lagny (1er-15 janvier), Clos de Troyes (22 janvier-5 février), Bar-sur-Aube (3e et 4e semaines de Carême), Sézanne (Semaine sainte), Provins (mai). Les mêmes tendances s'observent dans l'ensemble de l'Europe occidentale, avec la formation de Républiques en Italie et de gouvernements communaux en France, la négociation de franchises partout, depuis la frontière de la Reconquête espagnole jusqu'à la Baltique, et toujours, l'affirmation du pouvoir régalien, plus haut que jamais grâce à la reviviscence du droit et à la compétence des cours royales de justice.

Le règne de Louis VII est enfin l'une des périodes les plus fécondes de la création artistique au Moyen Âge. Bien que la Cour capétienne reste d'une atonie remarquable par rapport à celle d'Henri Plantagenêt ou du comte de Champagne qui semblent capturer tous les littérateurs du temps, c'est dans le domaine capétien que sont nées les innovations architecturales et picturales les plus audacieuses, depuis les premières cathédrales gothiques jusqu'aux chefs-d'œuvre que sont la *Bible* de Manerius (pour l'archevêque de Sens, ou pour le comte de Champagne?) et la *Bible* de Sawalo, pour l'abbaye de Saint-Amand. C'est enfin sous le règne de Louis VII que les écoles parisiennes affichent leur suprématie, font affluer les meilleurs clercs d'Occident.

Le gisant de Louis VII, à Barbeaux (Seine-et-Marne), montre pour la première fois un roi portant la tunique du sacre et le manteau antique retenu sur l'épaule.

Papes

Innocent II, 1130-1143; Célestin II, 1143-1144; Lucius II, 1144-1145;
Eugène III, 1145-1153; Anastase IV, 1153-1154; Hadrien IV, 1154-1159;
Alexandre III, 1159-1181.

Antipapes

Anaclet II, 1130-1137; Victor IV, 1138 (désignés par une faction du collège des cardinaux); Victor IV, 1159-1164; Pascal III, 1164-1168; Calixte III, 1168-1178; Innocent III, 1179-1180 (élus sous pression de l'empereur Frédéric Ier Barberousse).

Empereurs

Lothaire II, 1125-1138; Conrad III, 1138-1152; Frédéric Ier Barberousse, 1152-1190.

1137

8 août
Le roi Louis VII est couronné duc d'Aquitaine à Poitiers. Il fera prévaloir le titre ducal sur celui de comte de Poitiers.

fin août
Revenu à Orléans, le roi Louis VII y réprime un soulèvement communal, puis rentre à Paris. Louis VII découvre un complot de sa mère Adélaïde de Maurienne et de Raoul de Vermandois. Sur le conseil de Suger, il décide de s'appuyer sur le comte Thibaud II de Blois-Troyes-Champagne.

automne
Louis VII et Suger font une tournée en Bourgogne. Ils rencontrent le comte de Blois-Troyes-Champagne Thibaud II à Auxerre, qui prête l'hommage au roi pour les terres qu'il tient en fief de lui. Thibaud II vient de rencontrer son frère Étienne, roi d'Angleterre, à Évreux; pour sa renonciation au trône anglais, Thibaud obtient une rente annuelle de 2 000 marcs d'argent et une part du Trésor d'Henri Ier Beauclerc.
Thibaud II rétablit une ancienne foire de Provins (celle de la Saint-Martin de septembre), où il institue peu après (avant 1141) la foire de mai. Des marchands flamands et picards s'y présentent aussitôt. Puis le roi, Suger et Thibaud se rendent à Autun et Langres. Louis VII y reçoit l'hommage des grands de Bourgogne, et rentre à Paris.
Eustache, fils du roi d'Angleterre Étienne de Blois, prête l'hommage pour le duché de Normandie dont il est investi par Louis VII; le roi Louis VII consent à soutenir le roi d'Angleterre Étienne dans sa reconquête de la Normandie.

25 décembre
À Bourges, Louis VII tient une « Cour couronnée » (devant l'assemblée des grands ecclésiastiques et laïcs, il se présente vêtu du manteau du sacre et de la couronne).

autres événements
• Bernard de Clairvaux se rend en Italie pour réconcilier Innocent II et Roger II de Sicile, dont l'armée menace l'État pontifical.
• Geoffroi de Monmouth achève son *Histoire des rois d'Angleterre (Historia regum Britanniae)*.
• Après l'incendie du château et du bourg de Dijon, on commence d'y édifier une enceinte fortifiée.

vers 1138

L'abbé de Cluny Pierre le Vénérable écrit un traité contre Pierre de Bruis et ses disciples, actifs dans le sud-est de la France: il les accuse de nier la visibilité de l'Église et de tenir pour inutiles les sacrements, les prières pour les morts et les images saintes, le crucifix notamment.

1138

janvier
La mort de l'archevêque de Reims Renaud de Martigné et la vacance qui s'ensuit permettent au roi de mettre la main sur les revenus considérables de l'archevêché, selon le droit de régale (droit du roi sur les revenus de certains évêchés et abbayes). L'élection du nouvel archevêque est repoussée longtemps, jusque fin 1139.

mars
Louis VII voyage en Auvergne; le 25 mars, il est au Puy où il reçoit l'hommage des seigneurs d'Auvergne.

fin mars-début avril
Le roi Louis VII rencontre à Auxerre le comte Thibaud II de Blois-Troyes-Champagne.

printemps
Les chanoines de la cathédrale de Langres élisent pour évêque un candidat du duc de Bourgogne, soutenu par Louis VII et par l'abbé de Cluny Pierre le Vénérable. L'opposition très vive de Bernard de Clairvaux, qui veut placer sur ce siège un cistercien de ses proches, Geoffroy de la Roche-Vaneau, et empêcher l'intervention du roi dans les élections épiscopales, soulève la colère de Louis VII, qui cède finalement à l'automne.
À sa mort, Guigues II, comte de Forez, confie son fils mineur Guigues III à la protection de Louis VII: l'enfant sera élevé à la Cour capétienne et l'hommage qu'il prêtera au roi plus tard pour son comté fera glisser le Forez de la mouvance d'Empire à celle de la couronne française.

avril
Le roi Louis VII est contraint d'octroyer une commune à la ville de Poitiers qui s'est rebellée.

24 mai
Le roi réside à l'abbaye de Ferrières-en-Gâtinais.

15 août
Louis VII tient sa Cour au Puy.

9 octobre
Louis VII intervient en Aquitaine et se présente devant Poitiers pour en briser la commune. Il se rend ensuite à Talmont (Vendée) pour obtenir la reddition du château, usurpé aux dépens du duc d'Aquitaine et dont le seigneur mène une révolte des barons.

13 décembre
Lothaire II, empereur de Germanie, meurt en rentrant d'une expédition contre les Normands du sud de l'Italie.

1138-1139

Héloïse écrit à Abélard ses *Problèmes* à propos de questions de morale et d'exégèse biblique.

HÉLOÏSE

Issue d'une famille de petite aristocratie, Héloïse (vers 1100-16 mai 1164) bénéficie d'une éducation soignée à Paris, sous la protection d'un oncle chanoine. Elle suit les leçons d'un maître réputé, Pierre Abélard, et se prend de passion pour lui ; de leur union naît un fils, Astrolabe, dont on ne sait rien de plus. Peu avant 1131, Pierre Abélard fonde pour elle le monastère du Paraclet (Seine-et-Marne) ; elle en est abbesse à partir de 1135 et meurt sous le voile. Pendant le séjour de Pierre Abélard à Saint-Gildas de Rhuys, elle entretient avec lui une correspondance : d'authenticité maintenant admise sous réserve de remaniements ultérieurs, ces lettres sont devenues un classique de la littérature amoureuse, quoique certaines d'entre elles soient de petits traités scientifiques (Problesmata).

1139

Profitant de la vacance du siège épiscopal, les bourgeois de Reims achètent au roi le droit de se constituer en commune.

3-8 avril
Le concile de Latran II édicte des mesures disciplinaires contre les fauteurs de troubles et contre les actes de guerre (armes meurtrières comme l'arbalète, tournois, incendies volontaires).

1139/1140

Le dissident religieux Pierre de Bruis est brûlé vif à Saint-Gilles-du-Gard par des laïcs défenseurs des images du Christ.

vers 1140

Les moniales de Prébyon, en Provence, demandent leur incorporation à l'ordre des Chartreux, inaugurant la branche féminine de cet ordre.
L'astronome Raimond de Marseille adapte au méridien de Marseille les tableaux du système planétaire établis à Tolède.
Maître Géraud rédige, à Saint-Gilles ou en Arles, la *Summa Codicis*, commentaire systématique du Code de Justinien: c'est le parallèle séculier au premier grand code de droit ecclésiastique, le Décret du moine et juriste Gratien de Bologne, publié en 1140.
Pierre Hélie écrit son commentaire sur les œuvres du grammairien Priscien.
La *Chanson de Guillaume*, anonyme, récupère les gestes historiques d'un cousin de Charlemagne, dont l'auteur fait un héros de la guerre contre les Sarrasins. Cette chanson de geste est associée rapidement à un vaste ensemble épique, le plus important de la littérature en ancien français, en rapport avec le cycle de Charlemagne.

LES PREMIERS TROUBADOURS

Les poèmes des troubadours Marcabru (actif entre 1130 et 1148), Cercamon (vers 1135-1145), Jaufré Rudel (vers 1130-1170) commencent de rayonner hors des Cours du Poitou et du Toulousain ; leur réputation atteint le nord de la France. Le clerc Marcabru est le premier représentant d'une poésie occitane pour qui l'abstraction (trobar clus) *est la voie nécessaire à la création de formes parfaites.*
Les troubadours Bernard de Ventadour, Pierre d'Auvergne et Raimbaut d'Orange illustrent le genre de la canso, *le poème lyrique en occitan, à la technique raffinée, très en faveur à la Cour des comtes de Toulouse; leur activité toutefois se déplace d'une Cour à l'autre entre la Provence et la Catalogne.*
Deux tendances partagent les troubadours dans la seconde moitié du siècle, le trobar ric *qui entrelace des rimes riches (Raimbaut d'Orange, Arnaut Daniel) et le* trobar clus *qui prône l'hermétisme (Bernart Marti, Guiraut de Bornelh, au XIIIe siècle, Peire Cardenal).*

1140

février
Pour faire pièce à Geoffroi Plantagenêt, Louis VII fiance à Paris sa sœur Constance à

Eustache, fils du roi d'Angleterre Étienne de Blois et héritier du duché de Normandie.

2 juin
Sur intervention de Bernard de Clairvaux, 19 propositions extraites des écrits de Pierre Abélard sont condamnées au concile de Sens, en présence du roi et de Thibaud II de Blois-Troyes-Champagne; conscient du nouveau rôle d'arbitre de la curie des cardinaux, où il a des amis, Pierre Abélard fait appel à Rome. Bernard de Clairvaux obtient du roi l'expulsion hors du royaume d'un disciple d'Abélard, Arnaud de Brescia.

9 juin
L'abbé Suger procède à la dédicace du narthex de l'abbatiale de Saint-Denis, et pose le 14 juillet la première pierre du nouveau chevet. Les travaux, commencés vers 1130 dans l'abside, le chevet et au porche, sont poursuivis de 1140 à 1144 (ces années-là, on réalise les sculptures du porche, les vitraux du déambulatoire, et le chœur est consacré le 11 juin 1144 en présence du roi et des archevêques de Sens, Reims, Rouen, Bordeaux et Canterbury). Suger réorganise au fur et à mesure le « cimetière aux rois ».

mi-juillet
À la suite d'un rapport d'évêques français, le pape Innocent II condamne Pierre Abélard à la réclusion monastique (il meurt en effet le 21 avril 1142 à Saint-Marcel-lès-Chalon) et ordonne la destruction de ses livres jugés hérétiques.

28 décembre
Louis VII fait pèlerinage à Saint-Jean-d'Angély, auprès des reliques (chef) de saint Jean-Baptiste.

autres événements
• Thibaud II de Blois-Troyes-Champagne écrase les Rémois; il obtient de Louis VII qu'il casse la commune de Reims.
• Le vieux chancelier Algrin est déchu de son pouvoir et remplacé, fin 1140, par Cadurc.
• Un concile réuni à Narbonne traite des incursions musulmanes.
• L'évêque d'Angers Ulger fait construire un pont sur la Loire (près Chalonnes).

1140-1147

André de Saint-Victor écrit son commentaire sur l'Octateuque (les huit premiers livres de la Bible), où il emploie les connaissances des maîtres juifs pour élucider le sens littéral.

1141

janvier
L'évêque élu de Poitiers est consacré sans qu'ait été accordée l'investiture royale: une lutte s'engage entre la Cour capétienne et le groupe des réformateurs religieux, mené en France par Bernard de Clairvaux, qui ne s'apaise qu'avec la mort de l'élu fin 1141 et l'élection du dialecticien Gilbert de la Porrée au siège de Poitiers en 1142.

2 février
Thibaud II de Blois-Troyes-Champagne refuse la couronne anglaise que lui proposent les barons normands; il traite au contraire avec le comte d'Anjou Geoffroi Plantagenêt.

26 mai
L'élection de Pierre de la Châtre à l'archevêché de Bourges redouble la crise, le roi voulant imposer son nouveau chancelier, le clerc Cadurc. Quand, vers Noël, le pape Innocent II consacre lui-même Pierre de la Châtre, le roi Louis VII réplique en jurant d'interdire à l'archevêque l'entrée en possession de son siège. Le pape jette alors l'interdit (suspension) de tous offices religieux et donc de tous baptêmes et sépultures chrétiens sur tous les villages, châteaux et villes où s'arrêterait le roi. L'affaire se politise clairement quand le comte Thibaud II de Blois-Troyes-Champagne décide d'accueillir Pierre de la Châtre. Bernard de Clairvaux intervient, mais l'affaire traîne jusqu'en 1144.

24 juin
Le roi Louis VII est à Toulouse avec une armée affaiblie par le refus du comte de Blois-Troyes-Champagne d'y participer. Il vient revendiquer ses droits au comté de Toulouse, en sa qualité de duc d'Aquitaine. Il doit se contenter de l'hommage du comte Alfonse Jourdain, qui a su habilement se concilier ses fidèles: après avoir renoncé en 1138 à son droit de dépouille sur les biens des évêques de Toulouse, Alfonse Jourdain exempte les bourgeois toulousains de tout impôt sur le vin et le sel.
Le roi d'Angleterre Étienne de Blois est vaincu en Angleterre: Mathilde, épouse du comte d'Anjou Geoffroi Plantagenêt, est couronnée reine.

novembre
Le roi Étienne de Blois est libéré; il abandonne la Normandie à Geoffroi Plantagenêt.

autres événements
• Révolte à Montpellier: le comte Guilhem VI est expulsé par les consuls avec l'aide du comte de

Toulouse Alfonse Jourdain qui est alors excommunié. Avec l'aide du pape et par une alliance avec Gênes et Pise, il recouvre son pouvoir en 1143, et le comte de Toulouse est alors absous.
• L'abbé de Cluny Pierre le Vénérable fait traduire le Coran en latin à Tolède, siège d'une fameuse école travaillant à la traduction des auteurs arabes.

1141-1142

La place de Grève à Paris est mentionnée pour la première fois; elle va devenir le principal marché de la main-d'œuvre.
Orderic Vital, moine de Saint-Évroult en Normandie, publie son *Histoire ecclésiastique.*

1142

janvier
Des évêques d'Île-de-France consentent au divorce du sénéchal Raoul de Vermandois d'avec Éléonore, nièce du comte Thibaud, et l'autorisent à épouser la sœur de la reine Aliénor, Pétronille-Adèle.
Le pape Innocent II et Bernard de Clairvaux saisissent l'occasion pour affaiblir la Cour capétienne et renforcer la position du comte de Blois-Troyes-Champagne face au roi: en juin, ils réunissent à Lagny un concile qui décrète l'invalidité du remariage de Raoul. Le divorce de Raoul de Vermandois et l'affaire du siège épiscopal de Bourges, que le roi veut donner à son candidat Cadurc contre Pierre de la Châtre, l'archevêque élu de Bourges, brouillent durablement le roi et le comte de Champagne.

été-automne
Le roi Louis VII et son frère Robert mènent une campagne militaire contre le comte Thibaud II de Blois-Troyes-Champagne, qui protège Pierre de la Châtre et sa propre nièce Éléonore, et qui projette une vaste alliance anticapétienne.

hiver
L'armée royale, qui s'est déplacée vers l'Est par Reims et Châlons, incendie l'église de Vitry-en-Perthois.

1143

printemps
Le pape Innocent II, refusant de céder sur l'affaire du mariage de Raoul de Vermandois avec Pétronille-Adèle, Louis VII reprend les hostilités contre le clan réformateur à propos des élections épiscopales de Bourges, de Paris et de l'investiture royale de l'évêque de Châlons-sur-Marne et contre le comte Thibaud II qui est identifié à ce clan. L'armée royale pille la région de Reims et de Châlons, sans s'engager nettement sur les terres du comte. Pour briser le comte Thibaud, le roi remet en fiefs les domaines de l'ancien comte Hugues de Champagne – et notamment le comté de Vitry – à Eudes le Champenois, fils putatif de Hugues et oncle de Thibaud II de Blois-Troyes-Champagne. Thibaud réplique en prêtant hommage pour ses fiefs du sud de la Champagne au duc de Bourgogne qui est aussi son gendre. Il tente de marier son fils aîné Henri avec Laurette, fille du comte de Flandre Thierry, mais le roi fait échouer ce projet.

9 octobre
Par l'entremise de Suger et de l'évêque Josselin de Soissons pour le roi, et de Bernard de Clairvaux et l'évêque Hugues d'Auxerre pour Thibaud II comte de Blois-Troyes-Champagne, une conférence est organisée à Saint-Denis pour réconcilier Louis VII et Thibaud de Troyes, et résoudre la crise ouverte provoquée par le divorce de Raoul de Vermandois. On semble ignorer la mort, le 24 septembre, du plus sévère des adversaires du roi, le pape Innocent II. Célestin II sera plus souple.

novembre
Le pape Célestin II lève l'interdit qui pesait sur le royaume capétien.

autres événements
• Guilhem VI, comte de Montpellier, reprend possession de sa ville.

avant 1144

Suger, abbé de Saint-Denis, compose sa *Vie de Louis VI le Gros*, mettant en scène les vertus du père de Louis VII pour montrer l'erreur du fils qui a éloigné Suger de son Conseil.

1144

19 janvier
Après deux années de guerre, le comte d'Anjou Geoffroi Plantagenêt entre dans Rouen et prend le titre de duc de Normandie dans la cathédrale de Rouen. Les principautés d'Anjou et de Normandie sont désormais entre ses mains, modifiant l'équilibre des forces: le danger pour le Capétien n'est plus le bloc Blois-Champagne, mais l'immense domaine angevin-normand de l'Ouest, qui s'apprête à englober l'Angleterre et l'Aquitaine.

22 avril?
Suger réunit à Saint-Denis pour une nouvelle conférence Bernard de Clairvaux, l'évêque d'Auxerre Hugues, le roi Louis VII et la reine Aliénor, afin de dénouer la crise champenoise. Des concessions réciproques du roi et du comte de Blois-Troyes-Champagne restaurent le statu quo.

fin avril
Le roi Louis VII fait le siège de Neufchâtel-en-Bray (Normandie) et parvient ainsi à contraindre le nouveau duc de Normandie, Geoffroi Plantagenêt, à négocier avec lui et à avouer sa vassalité à l'égard du roi de France.

octobre
Le comte de Toulouse Alfonse Jourdain fonde la ville neuve de Montauban; il part ensuite en Espagne où il aide à négocier une paix entre les rois de Castille et de Navarre.

1144-1146

Des gels printaniers et des pluies sévères détruisent les récoltes, provoquent une cherté des grains et une grande famine en Europe occidentale; l'Anjou et la vallée du Rhin sont gravement touchés.
Éon de l'Étoile soulève un mouvement de pénitents exaltés dans l'ouest de la France.

vers 1145

Herman de Laon écrit les *Miracles de Sainte-Marie de Laon.*

1145

La comète de Halley traverse le ciel, ravive espérances et terreurs.

15 février
Un cistercien est élu pape sous le nom d'Eugène III. Bernard de Clairvaux prêche en Aquitaine et Languedoc contre la subversion hérétique du moine Henri, dont les thèses, proches de celles de Pierre de Bruis, défendent une religion de l'intériorité.

1er décembre
Le pape Eugène III écrit au roi, à tous les évêques et princes de France pour les inviter à la croisade, à la suite de la prise d'Édesse par les Turcs (24 décembre 1144).

25 décembre
Louis VII tient une assemblée solennelle à Bourges; l'évêque de Langres Geoffroy de la Roche-Vaneau, ami intime de Bernard de Clairvaux, prêche la croisade. Le roi s'engage à partir en croisade pour la Terre sainte. L'archevêque de Reims Samson de Mauvoisin lui remet solennellement la couronne, nouveau « sacre » qui confère un surcroît de dignité royale.

autres événements
• Le jeune comte de Provence Bérenger Raimon II (1131-1145) meurt à Melgueil en combat contre les Génois alliés des familles de Saint-Gilles et des Baux. Son neveu Raimon Bérenger III (1145-1166) hérite du comté, mais l'anarchie se développe au profit du lignage des Baux qui usurpe le comté.
• L'empereur Conrad III encourage les menées de la famille des Baux contre le comte de Provence Raimon Bérenger III.
• La ville de Toulouse est dotée d'une nouvelle enceinte de murailles.

1146

1er mars
Le pape Eugène III donne à Bernard de Clairvaux l'autorisation de prêcher la croisade.

29-31 mars
Une assemblée des princes se réunit à Vézelay pour organiser une croisade; le 31, dimanche de Pâques, en l'absence du pape que des troubles retiennent à Rome, Bernard de Clairvaux, délégué à cet effet par Eugène III, prêche la deuxième croisade; le roi, son frère Robert, le comte de Flandre Thierry et Alfonse Jourdain de Toulouse prennent la croix et s'engagent à partir dans le délai d'un an. Le roi Louis VII engage des négociations avec l'empereur Conrad III.

24 avril-12 juin
En France, le pape Eugène III préside un concile où l'abbé de Cluny Pierre le Vénérable prêche la croisade aux chevaliers.

avant août
Louis VII sollicite l'accord de l'empereur de Constantinople Manuel Ier Comnène pour la croisade.

août
Lors d'une nouvelle assemblée à Vézelay, Bernard de Clairvaux prêche la deuxième croisade.

novembre
Bernard de Clairvaux rencontre à Francfort l'em-

pereur Conrad III, mais ne parvient pas à le convaincre de se croiser.
Des pogroms dans la vallée du Rhin provoquent une ferme réaction de Bernard de Clairvaux contre l'antisémitisme.

25 décembre
Lors de la diète impériale à Spire, Bernard de Clairvaux admoneste Conrad III, qui décide de rallier la croisade.

autres événements
• Le roi Louis VII donne une charte de commune à la ville de Sens.
• Louis VII voyage en Poitou, Saintonge, Auvergne et Velay; au Puy, il reçoit le serment de fidélité de l'évêque Pierre.
• Louis VII envoie le maître parisien Simon de Poissy en ambassade à Rome.

1146-1147

Henri, frère de Louis VII, entre au monastère de Clairvaux; dans sa dot, il apporte un lot de livres somptueux.

1146-1174

Le plus ancien drame religieux en français, le *Jeu d'Adam*, met en scène l'histoire du péché originel dans une vision optimiste de la rédemption de l'humanité.

1147

février
Le comte de Barcelone Ramon Berenguer IV, oncle de Raimon Bérenger III de Provence, accourt pour secourir celui-ci. Lors d'une succession rapide d'assemblées à Tarascon, La Seyne et Digne, il fait remettre au jeune comte les prestations de fidélité, et parvient à isoler la famille des Baux.

2 février
À Châlons-sur-Marne, le roi Louis VII rencontre Bernard de Clairvaux rentrant de Germanie.

16-18 février
Une assemblée royale se tient à Étampes pour les préparatifs de la deuxième croisade. Bernard de Clairvaux y participe; les grands veulent, sur son conseil, confier la régence du royaume pendant la croisade à Suger et au comte Guillaume II de Nevers qui refuse.

mars
Bernard de Clairvaux est présent à la diète de Francfort, où l'empereur Conrad III s'engage à partir en croisade (les princes allemands font cette année-là croisade contre les Wendes, dans les Pays baltes).

31 mars
À Dijon, l'abbatiale Saint-Bénigne est dédicacée en présence du roi.

20 avril
À Saint-Denis, le pape Eugène III célèbre Pâques avec le roi Louis VII: il confie la régence du royaume à Suger et à deux corégents, un clerc (l'archevêque de Reims Samson de Mauvoisin), et un laïc (le sénéchal Raoul de Vermandois).

21-22 avril
Le pape Eugène III, à Paris pour une assemblée de cardinaux et d'évêques, préside une réunion pour juger les écrits de Gilbert de la Porrée, en présence de Bernard de Clairvaux: Gilbert échappe à la condamnation, mais est prié de corriger ses erreurs sur la Trinité.

mai
En raison de l'assassinat (1er mai) de l'abbé de Saint-Pierre-le-Vif, le roi abolit la commune de Sens qu'il avait instituée l'année précédente; le mouvement des bourgeois de Sens est réprimé par l'archevêque assisté du roi.

8 mai
Un groupe de chevaliers croisés agresse maître Jacob ben Meir (petit-fils de Rashi) à Ramerupt (Aube); le rabbi est sauvé de justesse.

8 juin
Le roi Louis VII lève l'oriflamme à Saint-Denis; il donne le signal de départ de la deuxième croisade, accompagné de la reine Aliénor.

29 juin
Louis VII entre à Worms; son armée se renforce de contingents normands et anglais.

4 octobre
L'armée des croisés arrive devant Constantinople; après des négociations difficiles avec les Byzantins, elle passe en Asie Mineure, et arrive le 3 novembre à Nicée. L'empereur Conrad III et les débris de ses troupes, écrasées par les Turcs à Dorylée, se joignent au contingent français. On gagne alors, au prix de mille difficultés, Éphèse (20 décembre) et Antalya (19 janvier 1148), cependant que Conrad III

regagne Constantinople. Le roi Louis VII décide de prendre la mer avec son entourage, abandonnant aux Turcs des milliers d'hommes.

autres événements

• Bernard de Clairvaux prêche en Languedoc contre des hérétiques. Une radicalisation de la pensée de ceux-ci vers le manichéisme, qui oppose les deux puissances du Bien et du Mal, leur fera donner bientôt le nom de cathares (les « purs »).

• Une communauté d'ermites, à Obazine en Limousin, et la congrégation monastique de Savigny en Cotentin s'agrègent à l'ordre cistercien (filiation de Cîteaux).

• L'église (entreprise en 1130) de l'abbaye cistercienne de Fontenay (Côte-d'Or) est consacrée.

1147-1235

Les Almohades prennent le pouvoir au Maroc et en Espagne.

1148

19 mars

Le roi Louis VII, la reine Aliénor et les princes débarquent à Antioche, accueillis par le prince d'Antioche Raimond de Poitiers. Les Français assistent au spectacle de la division entre les princes chrétiens de Syrie et de Palestine, mais aussi à celui de la brouille conjugale entre Aliénor et Louis VII.

21 mars-avril

Le concile de Reims condamne Gilbert de la Porrée, la dissidence religieuse du Breton Éon de l'Étoile, et lève l'excommunication de Raoul de Vermandois.

avril

Le roi Louis VII et l'empereur Conrad III se retrouvent à Jérusalem. Poussés par quelques barons du royaume de Jérusalem, ils imaginent de s'emparer de Damas : ils prennent ainsi le risque de déstabiliser l'équilibre fragile qu'avaient atteint les principautés franques du Proche-Orient par la négociation avec les différentes factions des Turcs.

24 juillet

Les Francs se présentent devant Damas. Les Turcs rescellent leur unité devant la menace, et, le 28 juillet, l'armée croisée doit piteusement battre en retraite vers Jérusalem.

24 août

Suger installe solennellement les chanoines réguliers de Saint-Victor dans l'abbaye Sainte-Geneviève de Paris, malgré l'opposition des anciens occupants.

Les Victorins

Au milieu du XIIe siècle, les chanoines réguliers de Saint-Victor de Paris sont au faîte de leur renommée. Après Hugues, Richard, Adam, puis Achard (élu abbé en 1155, évêque d'Avranches en 1162, † 1171), André entraîne une école solide, où convergent les étudiants des royaumes européens, en parfaite symbiose apparemment avec les maîtres de la cathédrale, dont plusieurs sont entrés à Saint-Victor (Adam, préchantre à Notre-Dame de 1107 environ à 1134, puis chanoine de Saint-Victor) ou en ont suivi les enseignements (Pierre Lombard, évêque de Paris en 1159, † 1160, qui publie en 1152 son Livre des Sentences*). Les Victorins exercent une profonde influence sur les maîtres anglais, dans la cour notamment des archevêques de Canterbury (Thomas Bosham). Ils assistent également la chancellerie de Louis VII pour des missions diplomatiques.*

septembre

L'empereur Conrad III quitte la Palestine pour rentrer en Europe. Le roi Louis VII visite tous les Lieux saints.

2 novembre

Malachie, archevêque d'Armagh (Irlande), meurt à Clairvaux. Bernard de Clairvaux écrit sa *Vie*.

autres événements

• La mort du duc de Bretagne Conan III soulève une crise dynastique ; les Normands et les Angevins interviennent.

• Bernard Silvestre aurait exposé devant le pape Eugène III son *De mundi universitate*, ou *Cosmographie*. Il y réemploie les thèmes pythagoriciens et platoniciens, pour montrer l'unité fondamentale de la création, dans ses deux formes de l'univers et de l'homme.

1149

3 avril

Le roi Louis VII fête Pâques à Jérusalem.

8 mai
En l'absence du roi Louis VII, un complot est fomenté par Robert, frère du roi, et Raoul de Vermandois; le chancelier Cadurc y semble mêlé. Suger convoque une assemblée des grands à Soissons pour prévenir le danger.

juin
Le roi Louis VII et la reine Aliénor quittent, séparément, la Palestine.
Raimond de Poitiers meurt, laissant sa principauté d'Antioche à son jeune fils Bohémond III; sa veuve Constance épouse Renaud de Châtillon qui devient régent d'Antioche (jusqu'en 1160).

12 octobre
Louis VII, qui a débarqué en Calabre le 29 juillet, s'entretient à Rome avec le pape Eugène III, qui tente de le réconcilier avec la reine Aliénor.

début novembre
Louis VII, rentré de croisade, passe à Cluny et à Vézelay.

décembre
Geoffroi Plantagenêt, comte d'Anjou, se démet du duché de Normandie dont il investit aussitôt son fils Henri au mépris de la prérogative royale qui n'a pas été respectée. Henri Plantagenêt confirme par une charte les privilèges des marchands de Rouen: ceux-ci obtiennent le monopole de l'importation en France des marchandises d'origine anglaise, et celui du commerce du vin exporté par la Seine.
Le duc de Normandie Henri Plantagenêt passe ensuite en Angleterre où il tente de reprendre le royaume de sa mère Mathilde au roi Étienne de Blois.

autres événements
• Le comte de Flandre Thierry rapporte à Bruges la relique du Saint-Sang.

vers 1150

Les cités de Metz et de Rouen sont dotées de murailles.
Un maître anonyme rédige à Auxerre le *Corpus legum*, résumé du Code de Justinien.
Le Pèlerinage de Charlemagne, œuvre d'un anonyme bien au fait des usages de la Cour royale, raconte la randonnée dévote d'un Charlemagne où il faut reconnaître sans doute Louis VII.
Le *Roman de Thèbes* est le premier grand roman en français à retrouver la veine des «romans antiques»: il modernise le modèle de la *Thébaïde* de Stace († 96), la guerre entre Étéocle et Polynice devient une fresque de la guerre au XIIe siècle.

1150

7 mai
Avec l'agrément du roi Louis VII, Suger convoque une assemblée à Chartres pour examiner le plan d'une nouvelle croisade.

septembre
Philippe, frère du roi, et la reine mère défient l'autorité de Louis VII dans un conflit entre les moines et les chanoines de Compiègne.

octobre
La réforme de l'abbaye Saint-Corneille de Compiègne par des moines de Saint-Denis donne lieu à de vifs incidents causés par les chanoines séculiers qui l'occupaient (dont Philippe, frère du roi).

autres événements
• Le vicomte de Béziers Raimon Trencavel fait hommage au roi d'Aragon.
• Les Arlésiens se révoltent contre leur archevêque.
• Les chevaliers de l'ordre de Saint-Lazare de Jérusalem sont installés à Paris, où ils fondent l'hôpital Saint-Lazare.
• Thierry de Chartres publie les *Sept Livres* (*Heptateuchon*), recueil de textes sur les sept arts libéraux (grammaire, rhétorique, dialectique; arithmétique, musique, géométrie et astronomie).

1150-1151

Simon, neveu de Suger, tient le poste de chancelier du roi.

vers 1151

Sous la pression de Bernard de Clairvaux, le chapitre général de l'ordre cistercien adopte un statut hostile aux enluminures des livres et aux vitraux dans les églises de l'ordre.

1151

printemps
Le roi Louis VII guerroie en Normandie et incendie Sées.

mai
Le comte de Foix se reconnaît vassal du roi d'Aragon.

août
Louis VII décide d'attaquer Geoffroi Plantagenêt. Une maladie soudaine et l'intervention de Bernard de Clairvaux mènent à un accord aux termes duquel le fils de Geoffroi, Henri Plantagenêt, se reconnaît homme lige du roi pour la Normandie.

25 décembre
Le roi Louis VII tient sa Cour à Limoges après avoir voyagé en Aquitaine avec la reine Aliénor.

autres événements
• Par la mort de Geoffroi Plantagenêt, Henri, duc de Normandie, devient comte d'Anjou, du Maine et de Tours.

1152

8 janvier
À la mort du comte Thibaud II de Blois-Troyes-Champagne, ses trois fils se partagent la principauté de leur père décédé. Le comté de Champagne va à Henri Ier le Libéral, qui donne à la principauté sa pleine stature (Troyes devient la résidence principale des comtes de Champagne); Thibaud reçoit Blois et Chartres, et Étienne Sancerre.

2 février
Le roi Louis VII tient une Cour en Aquitaine, à Saint-Jean-d'Angély.

18-21 mars
À Beaugency, le roi Louis VII obtient de ses évêques et des archevêques de Sens, Reims et Bordeaux la répudiation de la reine Aliénor d'Aquitaine, sous le prétexte d'une consanguinité opportunément découverte.

ALIÉNOR D'AQUITAINE

Aliénor d'Aquitaine (vers 1122-1204) est la fille du duc d'Aquitaine Guillaume X; en 1137, elle est donnée en mariage à Louis VII. Elle est de tempérament fougueux, et ses difficultés matrimoniales éclatent bientôt au grand jour (elle reproche au roi de vivre comme un moine); la deuxième croisade, où elle a dû accompagner son mari, est fatale, ils se séparent de fait. En 1152, leur divorce est enfin prononcé. Aussitôt, celle qui reste l'héritière du duché d'Aquitaine est épousée par le jeune duc de Normandie Henri Plantagenêt. Elle est ainsi une étape de choix dans l'ascension politique de celui-ci. Elle devient par lui reine d'Angleterre en 1154. Par la suite, elle est mêlée aux désordres familiaux des Plantagenêts, aux luttes entre son époux le roi Henri II et ses fils; elle prend parti contre le roi et est reléguée peu après 1172 en prison. Elle recouvre sa liberté à la mort d'Henri II en 1189, soutient son fils Richard Cœur de Lion, mais se retire peu à peu de la vie politique; elle meurt en 1204 à l'abbaye de Fontevraud, la nécropole des Plantagenêts. Auprès d'Henri II, elle semble avoir joué un rôle essentiel de mécène pour la littérature anglo-normande et occitane, de par sa double appartenance.

6 avril
Le duc de Normandie Henri Plantagenêt tient une assemblée à Lisieux pour monter une expédition en Angleterre contre le roi Étienne de Blois.

18 mai
Aliénor d'Aquitaine épouse Henri Plantagenêt, le futur Henri II, duc de Normandie et comte d'Anjou (roi d'Angleterre de 1153 à 1184). Henri II acquiert ainsi le duché d'Aquitaine et le comté de Poitiers dont Aliénor était héritière.

juin
Louis VII tente de mettre la main sur la Normandie, sans doute pour gêner l'expédition anglaise des Angevins, mais recule bientôt devant Henri Plantagenêt. Il est encore en Vexin à la fin juillet.

été
Les bourgeois de Vézelay, soutenus par le comte de Nevers, se révoltent contre l'abbé du grand monastère.

autres événements
• Robert, frère du roi, reçoit le comté de Dreux: c'est le premier exemple d'apanage dans la famille capétienne (part d'héritage prélevée sur des terres n'appartenant pas au patrimoine originel, acquisitions ou terres de marche).
• Les nouveaux statuts municipaux de Toulouse confient le gouvernement de la cité aux capitouls et imposent une réglementation aux métiers de l'alimentation.
• Le siège épiscopal d'Auxerre, vacant, fait l'objet d'une élection très disputée, Bernard de Clairvaux voulant imposer son candidat Alain.
• Le roi Louis VII institue à Argenteuil une distribution annuelle de nourriture en faveur de 300 pauvres.

• Pierre Lombard, maître de l'école cathédrale de Paris, publie son *Livre des Sentences*, recueil de décisions des Pères de l'Église sur les questions théologiques, qui devient dès les années 1200 le manuel de base pour l'enseignement dans les facultés de théologie.

1152-1153

Le roi et le comte de Champagne Henri Ier le Libéral portent secours au fils du seigneur de Gien, déshérité par son père, et prennent le château de Gien.

1153

juillet
Le roi reprend Vernon et Neufmarché (actuelle Seine-Maritime) à Henri Plantagenêt.
Par le traité de Winchester, le roi d'Angleterre Étienne, dont la femme et le fils Eustache de Boulogne sont morts, se réconcilie avec son neveu Henri Plantagenêt auquel il s'engage à transmettre, à sa mort, la couronne d'Angleterre.

20 août
Bernard, abbé de Clairvaux, meurt dans son abbaye.

10 octobre
Le comte de Toulouse Raimon V s'empare de la personne du vicomte Raimon Trencavel de Béziers.

autres événements
• La mort d'Eustache, fils du roi d'Angleterre Étienne de Blois, et le déploiement de la puissance Plantagenêt vouée désormais à régner sur l'Angleterre incitent Louis VII à rééquilibrer sa politique, en direction du comté de Toulouse et de la Champagne. Marie, fille aînée de Louis VII et d'Aliénor, est fiancée au comte de Champagne Henri Ier le Libéral.
• L'évêque d'Arras dénonce la présence d'hérétiques dans son diocèse.
• Bernard Silvestre publie sa *Cosmographie*.

LE TEMPS DES CATHÉDRALES

L'archevêque de Sens entreprend vers 1140 de reconstruire la nef de la cathédrale de Sens, pour laquelle on inaugure l'architecture gothique à tribunes (l'ouvrage est presque achevé en 1176; après 1184, on érige le portail Saint-Jean *de la façade occidentale, et vers 1200, les sculpteurs de Sens réalisent la statue de* Saint Étienne *au trumeau du portail central). À Chartres commence la construction de la façade occidentale de la cathédrale (le portail central est achevé en 1155). Dès le milieu du XIIe siècle, les reconstructions de cathédrales se multiplient dans les régions du domaine royal ou sous étroit contrôle du roi: Senlis (achevée en 1191), Noyon (commencée vers 1150; première consécration du chœur en 1157 – les reliques de saint Éloi y sont alors transférées – avant celle du transept en 1185; achevée en 1220). L'évêque de Laon inaugure vers 1155 les travaux de reconstruction de la cathédrale (la façade est élevée dans les années 1190, et l'église est consacrée en 1207), et celui d'Arras entreprend les premiers aménagements gothiques de sa cathédrale. Vers 1160, l'évêque de Paris Maurice de Sully fait démolir l'ancienne église Saint-Étienne ainsi que le chœur de la cathédrale carolingienne, pour entreprendre la construction du nouveau palais épiscopal et de Notre-Dame (1163): le chœur est achevé sûrement en 1182 (le 19 mai de cette année, le cardinal-légat Henri de Marcy et l'évêque Maurice de Sully procèdent à la dédicace de l'autel majeur), le transept et la nef sont poursuivis jusqu'en 1200, on sculpte le soubassement du portail central en 1200-1210 (groupe de* Job et ses amis*), on élève le bras Nord du transept à partir de 1245 environ, et le chantier est mené continûment jusqu'en 1260. En dehors du domaine royal, les architectes des cathédrales alors rebâties adoptent des partis traditionnels: ainsi à Autun où les reliques de saint Lazare peuvent être solennellement transférées en 1146, ou à Vannes (1143-1177). Les Plantagenêts ne sont pas en reste. Vers 1150, l'évêque d'Angers Normand (1149-1153) couronne d'un voûtement en pierre la nef de sa nouvelle cathédrale; on a élevé avant 1158 le portail méridional de la cathédrale du Mans, et l'on commence la nef gothique de la cathédrale de Saint-Malo. En 1162, Henri II et Aliénor contribuent à l'ouverture du chantier de la cathédrale de Poitiers.*

1154

printemps
À Orléans, le roi épouse Constance, fille d'Alphonse VII roi de Castille; sa propre sœur Constance, veuve d'Eustache de Boulogne, est donnée en mariage au comte Raimon V de Toulouse (1148-1194, fils d'Alfonse Jourdain), ennemi d'Henri II Plantagenêt.

mai
Première mention du vermillon de Sète (élevage de la cochenille, parasite du chêne).
Louis VII cesse de porter le titre ducal d'Aquitaine, dévolu à Henri II Plantagenêt par son mariage avec Aliénor. Il fait la paix avec Henri Plantagenêt : il renonce à Vernon qu'il avait conquis et obtient d'Henri l'hommage pour l'Aquitaine, le Poitou et la Normandie.

octobre 1154-février 1155
Louis VII se rend en pèlerinage à Saint-Jacques-de-Compostelle ; il passe par Toulouse à son retour, et confirme les privilèges de la cité, puis séjourne en Montpelliérain.

novembre
La mort du roi Étienne de Blois abandonne l'Angleterre aux visées d'Henri Plantagenêt. Le parti anglais d'Étienne de Blois se dissout de lui-même ; nombre de seigneurs champenois, partis faire fortune en Angleterre depuis Guillaume le Conquérant, rentrent en France.

19 décembre
Henri II Plantagenêt est couronné roi d'Angleterre à Westminster.

autres événements
• Le roi Louis VII remet au comte Thibaud de Blois la charge de sénéchal.
• Le comte de Champagne Henri Ier le Libéral rétablit les anciens usages (seconde moitié du XIe siècle) de la foire de Lagny.

1154-1163

André de Saint-Victor compose ses commentaires sur les livres des Prophètes.

1155

10 juin
Au retour de Compostelle, devant l'assemblée de Soissons qui réunit tous les grands du royaume en dehors des vassaux d'Henri II Plantagenêt, Louis VII proclame la paix du roi : la paix pour dix ans dans tout le royaume, aboutissement de la récupération de la paix de Dieu par les rois (depuis 1115).

juillet
Alors que prend fin la construction de la Madeleine de Vézelay avec les sculptures du narthex, les bourgeois de la ville se révoltent à nouveau contre l'abbé. Une série d'épisodes judiciaires aboutit à une grave condamnation de la commune, tandis que le comte de Nevers, allié des bourgeois, est mis en demeure de faire respecter dans ses terres les prérogatives royales.

octobre
Le lignage des Baux, en révolte contre le comte de Provence, échoue à restaurer sa domination.

5-6 novembre
Le roi est à Auxerre et juge les révoltés de Vézelay.

autres événements
• Le roi Louis VII confirme la concession des coutumes de Lorris (Gâtinais, apparues en 1150).
• Un chanoine de Saint-Florentin d'Amboise écrit le *Livre de la construction du château d'Amboise.*
• Wace : *Roman de Brut.*

LES « INTELLECTUELS » DE LA COUR PLANTAGENÊT

Wace (vers 1110-après 1165), clerc normand, achève pour la reine Aliénor le Roman de Brut, *qui raconte l'histoire des rois bretons depuis Brut, un pseudo-descendant du Troyen Énée. Il achève en 1159 son* Roman de Rou, *une histoire des Normands écrite pour la Cour Plantagenêt, l'année même où Jean de Salisbury, clerc anglo-normand formé dans les meilleures écoles du royaume capétien (Paris et Chartres), publie son traité de philosophie, morale et économie politiques, le* Policraticus, *ainsi que le* Metalogicon, *tableau de la vie intellectuelle de la première moitié du XIIe siècle. Entre 1155 et 1160, paraissent également dans l'ambiance Plantagenêt le* Roman d'Eneas, *qui reprend librement, mais avec grand succès, la matière antique de l'*Énéide *de Virgile, et le* Roman de Troie *(peut-être avant 1165) de Benoît de Sainte-Maure, qui décrit un véritable modèle de gouvernement. Vers 1170, Benoît de Sainte-Maure compose en vers une* Histoire des ducs de Normandie, *continuation qu'il mène jusqu'en 1135 du* Roman de Rou *de Wace. Ces années-là (1160 ?), Marie de France, poétesse à la Cour d'Henri II, compose ses* Lais. *« Marie ai nom, si suis de France », voilà tout ce qu'on peut affirmer de Marie. On ne croit plus qu'elle ait été la femme du comte de Champagne Henri Ier le Libéral ; peut-être a-t-elle été abbesse de monastères féminins en Angleterre. Reste que ses lais, des contes en octosyllabes, font une première synthèse des différentes matières – antique et de Bretagne – dans la littérature française. Vers 1170-1175, Thomas, clerc anglais au service d'Henri Plantagenêt, écrit* *son* Tristan et Iseut*; les fragments conservés relatent le mariage et la mort des deux amants. Il inspire peut-être Chrétien de Troyes, sûrement le* Tristan *en allemand de Gottfried de Strasbourg (vers 1200-1210). Loin de la Cour cependant, à Oxford, des clercs tels que maître Vacarius enseignent les fondements du droit romain et des nouvelles législations de l'Église de Rome.*

1155-1201

Maître Léonin porte la cathédrale de Paris à l'avant-garde du mouvement musical en Europe.

1156

janvier-février
Le roi Henri II Plantagenêt doit rentrer en France pour mater une révolte de son frère Geoffroi en Anjou; et en Poitou, il reprend Mirebeau à celui-ci, mais lui abandonne Loudun.

9 février
Louis VII et Henri II se rencontrent sur la frontière normande pour fonder les principes d'une paix entre eux: Henri II s'avouant vassal de Louis VII pour ses terres françaises, le roi capétien se voit reconnaître sa suprématie féodale en France.

10 juin
L'empereur Frédéric Ier Barberousse se fiance avec Béatrice, fille du comte de Bourgogne et héritière de la comté (future Franche-Comté).

autres événements
• Henri II Plantagenêt soutient le duc de Bretagne Conan IV dans sa lutte contre les vassaux bretons. Il obtient l'hommage de Conan IV; peu après, il marie son jeune fils Geoffroi à la fille du duc de Bretagne, qu'il fait abdiquer en 1166.
• Une guerre oppose le comte de Provence allié au roi d'Aragon et le seigneur des Baux associé au comte Raimon V de Toulouse.
• Une nouvelle révolte éclate à Arles contre l'archevêque.
• Avignon est dotée d'une nouvelle enceinte fortifiée.
• L'abbé de Cluny Pierre le Vénérable meurt après avoir publié son *Livre des Miracles.*

1157

octobre
L'empereur Frédéric Ier Barberousse tient une diète à Besançon, dans le royaume de Bourgogne; il y reçoit l'hommage des seigneurs de la comté de Bourgogne (future Franche-Comté), du Lyonnais et du Viennois, ainsi que de quelques Provençaux. Une altercation violente oppose les partisans de l'empereur Frédéric Ier Barberousse et les légats du pape Hadrien IV, à propos de la sujétion de l'empereur au pape.

8 novembre
Par sa Bulle d'or, l'empereur Frédéric Ier Barberousse octroie à l'archevêque de Lyon Héracle de Montboissier les droits régaliens (seigneurie sans partage) sur l'est du diocèse et dans la ville de Lyon. Les interventions ultérieures de Louis VII et du pape Alexandre III conduisent à un nouvel accord entre l'archevêque Guichard et le comte de Forez: le comte renonce à toutes ses revendications en Lyonnais contre l'abandon par l'église de Lyon de tous ses biens en Forez.

autres événements
• Henri Ier le Libéral, comte de Champagne, fonde la collégiale Saint-Étienne de Troyes.
• Un groupe hérétique, semblant dénoncer les pratiques extérieures du christianisme, est arrêté en Flandre.
• Les reliques de saint Éloi sont transférées dans le nouveau chœur de la cathédrale de Noyon.

1158

31 août
Le roi de France Louis VII conclut avec le roi d'Angleterre Henri II Plantagenêt un nouvel accord, qui a été négocié par Thomas Becket, chancelier d'Henri II. Thomas Becket a proposé de fiancer Henri le Jeune, fils d'Henri II et d'Aliénor, à la fille du second mariage du roi capétien, la toute jeune Marguerite, qui devrait recevoir en dot de son père Gisors et la partie du Vexin normand reprise par les Français.
Peu après, le roi Henri II réclame la dignité de sénéchal de France, en vertu de la démonstration que vient d'écrire un clerc de la Cour angevine *Sur la dignité de sénéchal de France.* La réponse capétienne est dilatoire.

THOMAS BECKET

Thomas Becket (21 décembre 1120-29 décembre 1170), originaire d'une famille de bourgeois normands établis à Londres, est destiné à la haute fonction administrative: il est en effet formé auprès de Thibaut, archevêque de

Canterbury, puis à l'école de droit de Bologne. En décembre 1154, le jeune roi Henri II le nomme chancelier. Thomas a alors la réputation d'un fonctionnaire sourcilleux, aux manières brillantes et ostentatoires. En 1161, le roi d'Angleterre Henri II le promeut à l'archevêché de Canterbury; parvenu au siège primatial, Thomas paraît changer. De grand défenseur de la toute-puissance royale, il se fait l'apologiste jaloux des prérogatives ecclésiastiques que vient de renforcer le traité du moine Gratien (Décret). Il tient tête au roi; il refuse de souscrire aux Constitutions de Clarendon (janvier 1164). Bientôt, il doit s'exiler: en France, le roi Louis VII l'accueille avec éclat. Thomas s'installe avec sa suite dans l'abbaye cistercienne de Pontigny; il y gêne bientôt, et séjourne à Sens. C'est de là qu'il fabrique avec son entourage libelles et anathèmes contre Henri II et ses fidèles évêques (censures de 1166, 1169). Malgré tous les efforts de Louis VII pour l'adoucir, Thomas se drape dans une rigueur toujours plus orgueilleuse. Le 22 juillet 1170, il lui faut cependant consentir à une rencontre à Fréteval avec le roi Henri II: une paix y est signée, inutilement. Elle permet toutefois à Thomas de rentrer le 2 décembre à Canterbury, où il est assassiné le 29 décembre devant l'autel de sa cathédrale. Dès le 21 février 1173, le pape Alexandre III le canonise.

octobre
Le roi d'Angleterre Henri II Plantagenêt passe à Paris. Il profite de la mort de son frère Geoffroi, comte de Nantes, pour réclamer et obtenir du duc de Bretagne la cité de Nantes et son comté, qui entrent dans son domaine; il détruit le château de Thouars.

23 novembre
Le roi Louis VII se rend en pèlerinage au Mont-Saint-Michel; il y est accueilli par le roi Henri II et négocie un pacte de non-agression, auquel il associe le comte Thibaud de Blois.

autres événements
• Les templiers (moines-chevaliers de l'ordre du Temple fondé en 1118-1119) fondent une commanderie à La Couvertoirade (Aveyron).

1158-1159

Un acte royal mentionne un moulin industriel, moulin à foulon, à Châlons-sur-Marne (un autre à Sens en 1170-1171, à Beauvais en 1172-1173; un moulin à tan à Senlis en 1170-1171).

1159

début
Le roi d'Angleterre Henri II rencontre à Blaye le comte de Barcelone, Ramon Berenguer IV, et grâce à lui s'allie au vicomte Raimon Trencavel de Béziers et au seigneur de Montpellier. Il travaille à étendre son autorité vers la Méditerranée. Il organise le mariage de son jeune fils Richard avec une fille de Ramon Berenguer IV, et prévoit la conquête du comté de Toulouse.
Le roi de France Louis VII vole au secours de son beau-frère et vassal Raimon V de Toulouse. Il semble que le Capétien ait voulu exercer à l'encontre d'Henri II Plantagenêt le droit de commise, qui autorise en principe un seigneur à confisquer les fiefs d'un vassal – la Normandie et l'Aquitaine en l'occurrence. Pendant l'absence de Louis VII, ses frères Robert, comte de Dreux, et Henri, archevêque de Reims, assurent la défense du royaume.

juin
L'armée du roi d'Angleterre Henri II Plantagenêt entre en Languedoc, occupe Cahors, s'empare du Quercy et du Rouergue, mais échoue à mettre la main sur le comté de Toulouse. Toulouse est assiégée, mais Henri II renonce bientôt à prendre la ville où s'est enfermé le roi Louis VII avec le comte Raimon V.

autres événements
• Philippe d'Alsace, héritier du comté de Flandre, obtient la main d'Élisabeth, fille du comte Raoul de Vermandois.
• Maître Pierre Lombard devient évêque de Paris.

vers 1160

À Montpellier est fondée une société hospitalière vouée au soulagement des pauvres et des enfants trouvés: elle est à l'origine de l'ordre du Saint-Esprit, approuvé en 1198.
Le roi d'Angleterre Henri II Plantagenêt incline à réclamer de ses vassaux une taxe recognitive (écuage) et non plus le service militaire.
En Dauphiné, le comte fait ouvrir les premières mines de fer.
Thomas de Loches achève son *Histoire des comtes d'Anjou*. Robert de Paris publie sa *Grammaire*.

1160

février-mars

Le schisme de la papauté devient officiel, quand le concile de Pavie, réuni le 5 février par l'empereur Frédéric Ier Barberousse, proclame la légitimité de Victor IV, et que le 24 mars, Alexandre III fulmine l'anathème contre son rival et délie les sujets de l'empereur de leur serment de fidélité.

mai

Le vicomte de Béziers Raimon Trencavel obtient de l'évêque la suppression de la coutume de la lapidation qui permet aux Biterrois de lapider les hommes de la communauté juive entre les Rameaux et le dimanche de Pâques.

15 mai

Le jour de la Pentecôte, à Chinon, Louis VII, roi de France, et Henri II Plantagenêt, roi d'Angleterre, se jurent la paix: la menace de commise est oubliée, Toulouse reste dans l'orbite capétienne, mais le Quercy et le Rouergue en sortent pour longtemps.

juin-début juillet

Les rois de France et d'Angleterre Louis VII et Henri II se rencontrent à Londres, pour évoquer la question du schisme.

22 juillet

Louis VII et Henri II rassemblent un concile franco-anglais à Beauvais, où sont conviés des légats d'Alexandre III et de Victor IV, ainsi que des représentants de l'empereur Frédéric Ier Barberousse. Le concile décide en faveur d'Alexandre III, contre la promesse que celui-ci ne ferait pas obstacle au mariage entre le fils d'Henri II, Henri le Jeune, et la fille de Louis VII, Marguerite.

13 novembre

La reine Constance étant décédée le 4 octobre en enfantant Adélaïde-Alix, Louis VII épouse Adèle de Blois-Champagne, fille de Thibaud II de Champagne et sœur des comtes Thibaud de Blois et Henri Ier de Champagne, ce qui étend soudain les réseaux de parenté de la famille capétienne aux plus grands vassaux du royaume. La reine Adèle est couronnée à Notre-Dame de Paris par l'archevêque de Sens en présence des légats pontificaux Odon de Brescia et Henri de Pise, à la fureur de l'archevêque de Reims.

autres événements

• Alain de Lille (vers 1128-1203) compose la *Complainte de Nature (Planctus Naturae)*, une critique sévère des vices dans la société contemporaine.

• Les bourgeois de Saumur financent la construction d'un pont sur la Loire, cependant qu'on élève les premières digues de la Loire en amont de la ville.

1161

janvier

Le roi Louis VII ordonne aux évêques du royaume de reconnaître le pape Alexandre III.

printemps

Le pape Alexandre III, chassé de Rome par les partisans de l'antipape Victor IV, débarque à Montpellier.

Le comte de Champagne Henri Ier le Libéral doit prêter l'hommage à l'empereur Frédéric Ier Barberousse pour des châteaux lorrains dans l'évêché de Toul.

17-20 mai

Le pape Alexandre III, qui a quitté Rome aux mains des partisans de l'antipape Victor IV, tient un concile à Montpellier. Une sentence d'excommunication est prévue désormais contre les princes qui ne réprimeraient pas les hérétiques de leurs terres (par hérétiques, il faut entendre pêle-mêle les partisans de l'antipape Victor IV et les dissidents religieux). Afin de réserver les ecclésiastiques pour les tâches pastorales, les clercs se voient aussi interdire de professer droit public et médecine, champs désormais libres pour les laïcs.

autres événements

• Le roi Louis VII confirme l'autorité de l'évêque de Mende sur le Gévaudan, en lui conférant les droits régaliens: c'est le signe que l'autorité morale du Capétien ne cesse de s'étendre sur le Midi.

• Le pape Alexandre III octroie à l'archevêque de Gênes les droits métropolitains sur la Corse.

1161-1162

Une disette frappe l'Aquitaine, l'Anjou et le val de Loire.

1162

23 février

Le comte de Provence assiège les Baux.

août

Une diète impériale, réunie à Turin, évoque l'affaire de la succession au comté de Provence;

Hugues des Baux y fait défendre sa cause par le juriste Roger. Mais l'empereur Frédéric Ier Barberousse passe alliance avec la maison de Barcelone, contre les Baux et les Forcalquier.

19 août
Le roi Louis VII rencontre le pape Alexandre III à Souvigny.

30 août
Une conférence a été prévue entre l'empereur Frédéric Ier Barberousse et Louis VII à Saint-Jean-de-Losne, sur la frontière de l'Empire et du royaume de France ; la discussion qui devait trancher le problème du schisme opposant le pape Alexandre III à l'antipape Victor IV, soutenu par l'empereur, n'aboutit à rien.

automne
Le pape Alexandre III rencontre le roi d'Angleterre Henri II à Déols (Indre). Cette rencontre est suivie d'une conférence tripartite entre le pape et les deux rois d'Angleterre et de France, qui confirme l'allégeance des deux royaumes au pape Alexandre III, et décide sans doute de la convocation d'un grand concile à Tours.

autres événements
• Les chanoines de Saint-Victor de Paris élisent pour prieur Richard de Saint-Victor, l'un des meilleurs savants de l'époque, inspirateur de l'ouverture de la théologie chrétienne d'Occident au thème de l'amour, qui donne une orientation nouvelle à la mystique.
• Le roi d'Angleterre Henri II Plantagenêt met la main sur le Vexin.
• Hugues III est élu duc de Bourgogne.
• Des hérétiques (« Poplicani », d'un nom qui évoque les publicains de l'évangile, méprisés par les pharisiens), arrêtés à Reims et condamnés par l'archevêque du lieu, font appel au pape, qui les relaxe en attendant un supplément d'enquête par l'archevêque.
• Pierre de Celle est élu abbé de Saint-Remi de Reims ; il entreprend aussitôt la transformation de l'église romane de son monastère (démolition de l'abside, remplacée par le chœur actuel, reconstruction des deux premières travées).
• L'affaire des reliques de sainte Geneviève, déplacées par les chanoines, provoque des remous à Paris : le roi intervient pour les faire exposer à nouveau.
• Le moulin à vent fait sa première apparition en Occident, sur les côtes méditerranéennes (Arles).

1162-1163

Les bouchers parisiens obtiennent leur premier privilège royal (leurs premiers statuts viendront en 1182-1183) ; les boulangers de Pontoise voient leur activité réglementée.
L'abbé cistercien de Foigny fait composer la généalogie de sa famille de Roucy.

vers 1163

Le Bolonais Placentin († 1192) s'établit dans le Midi, à Montpellier sans doute, où il introduit l'enseignement du droit romain avant 1170.
On dresse à Saint-Germain-des-Prés de Paris le gisant de Childebert Ier, fondateur de l'abbaye (aujourd'hui à Saint-Denis).

1163

janvier-février
Le pape Alexandre III réside à Paris. Il consacre le chœur de Saint-Germain-des-Prés.

3 mars
Le pape Alexandre III remet à Louis VII la rose d'or qui fait du roi le protecteur officiel de la papauté.

19 mai
Le pape Alexandre III préside l'ouverture du concile de Tours (plus de 100 évêques), qui s'inquiète des progrès d'une « nouvelle hérésie » apparue dans le Toulousain (prodrome du catharisme, la déviance religieuse du Midi au XIIIe siècle), interdit toute assistance aux hérétiques, et réitère l'excommunication de l'antipape Victor IV. Le concile interdit par ailleurs aux moines les études de médecine et de droit, qui les distraient du monastère.

30 septembre
Le pape Alexandre III est reçu solennellement à Sens, où il réside un an et demi (« papauté de Sens »). Il consacre la nouvelle cathédrale.

autres événements
• Le roi Louis VII intervient en Auvergne (Brioude) à la demande des évêques de Clermont et du Puy contre le comte d'Auvergne, et parvient ainsi à maintenir ouvert le couloir qui mène au Midi, entre les terres d'Empire et celles du souverain Plantagenêt. Faisant suite à un appel formulé par la vicomtesse de Narbonne en démêlé avec un vassal du comte de Toulouse, il

accorde à la vicomtesse le droit de rendre elle-même la justice.

1164

30 janvier
Le roi d'Angleterre Henri II Plantagenêt impose les Constitutions de Clarendon aux prélats de son royaume: elles reconnaissent au roi le contrôle des investitures pontificales, suppriment le droit d'appel à Rome et, en partie, le privilège du for ecclésiastique (soustraction des clercs à la justice laïque).

2 novembre
L'archevêque de Canterbury et chancelier d'Angleterre, Thomas Becket, fuit la colère du roi Henri II qui lui reproche son opposition aux Constitutions de Clarendon qui soumettent le clergé anglais à la justice royale; il se réfugie en France. En décembre, il s'installe avec sa suite au monastère cistercien de Pontigny (Yonne).

autres événements
• Le roi Louis VII marie les deux filles qu'il a eues d'Aliénor d'Aquitaine aux héritiers du lignage de Champagne: Alix épouse Thibaud V, comte de Blois et Chartres, et sa sœur Marie, Henri Ier le Libéral, comte de Troyes.
• Le comte de Barcelone Alphonse II devient roi d'Aragon. Il cesse dès lors de faire hommage au roi français, mais conserve sa suzeraineté sur le Carcassès, le Languedoc, Millau et le Gévaudan.
• Thibaud V, comte de Blois et Chartres, accorde des privilèges aux poissonniers de Chartres.
• L'évêque de Châlons Guy de Joinville (1161-1190) fait face à une révolte communale.
• Le comte de Provence fonde une foire à Pont-Saint-Esprit, en association avec les moines du lieu.
• Le laïc Jean d'Amiens (« le Borgne ») travaille à l'abbaye de Corbie: il est l'un des derniers copistes professionnels capables de réaliser seuls toute la chaîne de fabrication du livre.

vers 1165

Un juriste provençal rédige en occitan *Lo Codi*, somme juridique inspirée du Code de Justinien et de la *Summa Codicis* de maître Géraud.

vers 1165-1175

Le tombeau de Geoffroi Plantagenêt, mort en 1151, est orné d'une plaque émaillée, l'un des tout premiers témoignages d'une héraldique personnalisée.

1165

Le roi Louis VII fait expédition en Auvergne.

21 août
À Paris, la reine Adèle donne naissance à Philippe-Dieudonné (futur Philippe Auguste).

novembre
Une nouvelle crise éclate à Vézelay, quand le comte Guillaume IV de Nevers-Auxerre investit l'abbaye, exploitant une révolte des moines contre l'abbé de Vézelay pour faire expulser les religieux du monastère. La cour royale de justice condamne le comte l'année suivante.

autres événements
• À Aix-la-Chapelle, l'empereur Frédéric Ier Barberousse fait canoniser Charlemagne par le pape qu'il soutient, Victor IV.
• En Méditerranée, une guerre oppose les Génois, alliés de Narbonne, et les Pisans, alliés de Montpellier.
• Un colloque réunit à Lombers (Tarn) des cathares face aux évêques d'Albi et de Lodève et à des seigneurs. Les cathares subissent leurs premières condamnations.

1165-1173

Le juif navarrais Benjamin de Tudèle traverse le Midi de la France dans son périple vers Israël; il rapporte une relation de son voyage à son retour en Castille (1173).

1166

janvier
Le roi Louis VII est à Vézelay où il rétablit la paix.

printemps
Le roi Louis VII intervient pour la première fois en Nivernais et en Chalonnais, contre les « Brabançons », mercenaires du comte de Chalon.
Le roi d'Aragon Alphonse II le Chaste (ou le Troubadour, 1164-1196), comte de Barcelone, hérite du comté de Provence à la mort sans enfant mâle de Raimon Bérenger III, décédé à Nice qu'il défendait contre les Génois. Raimon V de Toulouse et de Saint-Gilles soutient les droits de la fille mineure de Raimon Bérenger III. Raimon V de Toulouse quitte le front des défenseurs du pape Alexandre III et rejoint le clan impérial favorable à l'antipape Victor IV. Le pape Alexandre III jette donc l'interdit sur le comté de Toulouse. Le comte Raimon V répudie Constance (sœur de Louis VII)

et épouse Richilde, veuve du comte de Provence Raimon Bérenger III.

31 mai
Le roi d'Angleterre Henri II Plantagenêt assiste à la translation des reliques de saint Brieuc à Angers.

12 juin (Pentecôte)
À Vézelay, Thomas Becket fulmine l'excommunication solennelle des sept principaux conseillers du roi d'Angleterre Henri II Plantagenêt.

juillet
Le roi Louis VII mène une chevauchée royale en Bourgogne, pour défendre l'abbaye de Cluny, mise à mal par les comtes de Chalon et de Mâcon, d'obédience impériale. Il affirme ainsi pour la première fois son autorité de protecteur des églises en Bourgogne méridionale où il étend sa mouvance.

septembre
Le roi d'Angleterre Henri II Plantagenêt parcourt la Bretagne et se rend au Mont-Saint-Michel en pèlerinage.
Le duc de Bretagne Conan IV abdique. Constance, héritière du duché, une enfant de 5 ans, est fiancée à Geoffroi, fils cadet d'Henri II Plantagenêt; celui-ci s'octroie aussitôt la garde du duché qu'il tient personnellement jusqu'en 1181; il exerce la régence du duché au nom de son fils Geoffroi.
L'archevêque de Reims Henri, frère du roi, ayant supprimé l'échevinage de sa ville, les bourgeois se révoltent.

novembre
L'ordre cistercien, soumis aux pressions du roi d'Angleterre Henri II Plantagenêt, obtient le départ de Thomas Becket; celui-ci s'installe à l'abbaye Sainte-Colombe de Sens.

1166-1173

Un moine de Saint-Germain-des-Prés termine pour Louis VII l'*Historia gloriosi regis Ludovici*, commencée par Suger.

1167

9 avril (Pâques)
Un groupe d'hérétiques («Poplicani») est saisi à Vézelay et présenté devant une assemblée d'évêques; plusieurs d'entre eux sont condamnés au bûcher.

octobre
Le vicomte de Béziers Raimon Trencavel est assassiné dans l'église de la Madeleine où se tiennent les assemblées communales.

1167-1173

L'abbatiale de Daoulas (Finistère) est reconstruite.

1168

décembre
Le nouveau comte de Provence, Pierre, qui a pris le nom de Raimon Bérenger IV, abandonne le comté de Cerdagne et ses droits sur Carcassonne à son frère le roi d'Aragon Alphonse II.

22 décembre
Après la mort de Hugues de Toucy, Guillaume aux Blanches Mains, fils de Thibaud II de Champagne, évêque de Chartres depuis 1163, est consacré archevêque de Sens (il devient archevêque de Reims en 1176, provoquant une grave querelle entre les deux sièges métropolitains de Sens et Reims).

1168-1183

Chrétien de Troyes compose ses romans à la cour de Marie, épouse du comte de Champagne Henri Ier le Libéral: successivement paraissent *Erec et Enide* (l'aventure fantastique du chevalier Erec et de la belle Enide, vers 1170), *Cligès* (vers 1176, qui combine le roman byzantin et le roman arthurien). Vers 1177-1181, le *Chevalier de la Charrette* (qui enrobe l'amour adultère du chevalier Lancelot pour la reine Guenièvre dans un récit double, dont les héros sont Lancelot et Gauvain) et le *Chevalier au lion* orientent le roman dans un sens chrétien, annonçant le cycle du Graal. Puis Chrétien passe au service de Philippe comte de Flandre, pour lequel il écrit entre 1181 et 1190 le *Conte del Graal* (ou *Perceval*), roman sans doute inspiré d'un conte breton: Perceval y donne l'exemple le plus parfait de la quête chevaleresque.

1169

Richard Cœur de Lion, second fils du roi d'Angleterre Henri II Plantagenêt, reçoit le duché de Guyenne.
Le roi Louis VII guerroie en Auvergne contre les châtelains du souverain Plantagenêt.
Le roi d'Aragon Alphonse II pille Béziers.

vers 1170

Peu avant 1170, Guillaume de Blois écrit en latin la comédie de l'*Alda*, inspirée de Térence.
Pierre le Mangeur, chancelier de l'église de Paris, maître de grande réputation, publie son *Histoire scolastique*, qui expose la Bible à la manière d'une histoire universelle.
Dans son *Livre des Manières*, Étienne de Fougères se livre à la critique des différents groupes sociaux.
En Bourgogne du Nord, probablement à Sens pendant le séjour de Thomas Becket, un atelier d'inspiration anglaise réalise sous la direction de Manerius une *Bible* somptueusement décorée.
Dans une offensive généralisée contre le catharisme, les moines de Rocamadour entament la rédaction du *Livre des miracles de Rocamadour*.

vers 1170-1175

Les premières branches du *Roman de Renart* (*Jugement* et *Mort de Renart*), œuvres de clercs du domaine royal, réunissent des influences de la fable antique, des réminiscences de personnages historiques et une fable latine du XIIe siècle (l'*Ysengrinus*).

vers 1170-1180

En Arles, l'église Saint-Trophime est achevée.
L'une des plus belles Bibles romanes, la *Bible* de Souvigny (Allier), est réalisée pour l'un des principaux prieurés clunisiens; chacun des livres est illustré d'une grande initiale, parfois d'un tableau indépendant.
Les maîtres de l'école cathédrale de Paris diffusent l'idée du Purgatoire, lieu intermédiaire qui promet plus d'égalité des chances dans l'au-delà.

1170

22 juillet
Le roi Louis VII rencontre le roi d'Angleterre Henri II Plantagenêt à Fréteval (Loir-et-Cher), pour tenter d'apaiser et clore le conflit entre celui-ci et Thomas Becket.

29 décembre
Thomas Becket est assassiné dans le chœur de sa cathédrale de Canterbury.

autres événements
• Louis VII décerne un privilège en faveur des maîtres et des étudiants parisiens, premier noyau de ce qui deviendra l'Université.

1170-1171

La ville de Rouen obtient du roi d'Angleterre Henri II Plantagenêt la première version des Établissements de Rouen, code juridique définissant les droits et devoirs des bourgeois de la ville.

1171

26 mai
Les juifs de la communauté de Blois sont accusés d'un meurtre rituel commis sur un enfant chrétien. C'est la première mention de ce grief. Une trentaine d'hommes et de femmes sont brûlés sur ordre du comte Thibaud V de Blois.

autres événements
• Une nouvelle chevauchée royale en Bourgogne permet au roi Louis VII d'établir des forts le long de la Saône, qui forme la frontière avec l'Empire. Louis VII rencontre l'empereur Frédéric Ier Barberousse à Maxey-sur-Vaise (Meuse). Lors d'une seconde entrevue à Vaucouleurs, les deux souverains s'engagent à chasser les mercenaires qui sillonnent les royaumes continentaux.
• Le comte de Flandre Philippe dresse un projet de double mariage entre son neveu et héritier Baudoin VI de Hainaut et Marie, fille du comte de Champagne Henri Ier le Libéral, d'autre part entre Isabelle de Hainaut, sœur de Baudoin VI et le frère de Marie, le comte Henri II.
• Des bourgeois fondent à Paris l'hôpital Saint-Gervais.
• Le roi Louis VII accorde aux marchands de l'eau parisiens le monopole de la circulation des marchandises sur la Seine entre Mantes et Paris.

1171-1172

Le pape Alexandre III presse Louis VII de faire sacrer le jeune Philippe et de faire prêter par les barons le serment de fidélité au prince.

1172

21 mai
Le roi d'Angleterre Henri II Plantagenêt fait pénitence à la porte de la cathédrale d'Avranches; il renouvelle cet acte sur le tombeau de Thomas Becket en 1174.

autres événements
• Le duc de Bourgogne Hugues III ajoute une chapelle somptueuse à son palais de Dijon.
• Le comte de Hainaut Baudoin V organise une

campagne de tournois en Bourgogne et Champagne, bravant les interdits ecclésiastiques brandis depuis 1130.
• Le comte de Champagne fait dresser par enquête publique le premier rôle des « fiefs de Champagne », recensant 2 036 vassaux du comte.

1172-1176

Une assemblée de dignitaires cathares, à Saint-Félix-de-Caraman (Lauragais) aurait institué des évêques pour un groupe hérétique, identifié comme cathare, adopté les principes du dualisme absolu, et organisé les églises cathares en diocèses (Albi, Toulouse et Carcassonne).

vers 1173

Le marchand Valdès (appelé Pierre Valdès ou Valdo à partir du XIVe siècle) commence de prêcher l'Évangile à Lyon. Il est reçu par le pape Alexandre III en mars 1179; mais en 1182, il se rebelle contre l'interdiction de prêcher que lui notifie l'archevêque de Lyon Jean de Bellesmains. Ceux de ses disciples, dits vaudois, qui refusent de se soumettre, se réfugient dès le XIIIe siècle dans les vallées alpines, où ils continuent d'observer les Évangiles à la lettre, loin de l'Église officielle.

1173

février
Le roi d'Angleterre Henri II préside une grande assemblée à Montferrand en Auvergne; Raimon V de Toulouse doit y prêter l'hommage au jeune duc d'Aquitaine, Richard Cœur de Lion, le fils d'Henri II. Le Languedoc semble s'arrimer à l'Aquitaine.

mars
Le roi d'Angleterre Henri II Plantagenêt vient d'organiser son héritage: à son fils aîné, Henri le Jeune au Court Mantel († 11 juin 1183 à Martel, dans le Lot, et inhumé à Rouen), les terres patrimoniales et les acquêts, l'Angleterre avec la Normandie et l'Anjou; le second, Richard Cœur de Lion († 6 avril 1199), recevra l'héritage maternel, l'Aquitaine; le troisième, Geoffroi, est l'héritier par sa femme du duché de Bretagne; le quatrième, Jean sans Terre, ne reçoit rien. Les quatre frères se révoltent, avec l'appui de leur mère Aliénor, devant le refus de leur père de leur remettre le pouvoir effectif. Ils sont contraints de se réfugier en mai auprès du roi de France Louis VII.

mai
Le roi Louis VII tient une assemblée à Paris, où les grands se déclarent en faveur des jeunes fils d'Henri II Plantagenêt, contre leur père.

septembre
Après une expédition malheureuse du Capétien, le roi d'Angleterre Henri II rencontre Louis VII à Gisors, mais l'entrevue n'a pas de suite: Louis VII croit le roi d'Angleterre à bout; il se trompe.

autres événements
• Les statuts synodaux d'Avranches, les plus anciens connus actuellement pour la France, sont promulgués. Ces statuts sont émis au terme d'une assemblée diocésaine réunissant autour de l'évêque les prêtres, les abbés et prévôts des monastères et des chapitres réguliers, ainsi que les grands laïques.
• Un accord intervient à Lyon pour le partage des droits comtaux entre le comte de Forez et l'archevêque Guichard: l'ouest du comté relève désormais du seul comte de Forez, lequel renonce à toute souveraineté sur la cité de Lyon.

1174

janvier
Lors d'une assemblée solennelle à Paris, le comte de Flandre Philippe d'Alsace s'engage à mener une armée en Angleterre.

18 janvier
Saint Bernard de Clairvaux est solennellement canonisé par le pape Alexandre III.

30 avril
Le comte Guy de Nevers est capturé en Auxerrois par le duc de Bourgogne.

14-18 juin
Le comte de Bar-sur-Seine conduit un ost sur la côte anglaise et pille Norwich; il est rejeté à la mer.

juillet
Le roi Louis VII assiège Rouen, mais doit renoncer le 14 août.

septembre
À la suite du vain siège de Verneuil, une paix est signée à Montlouis entre les rois de France et d'Angleterre Louis VII et Henri II, pour réconcilier celui-ci et ses fils par un nouveau partage des terres Plantagenêt.

autres événements
• Saladin occupe peu à peu les grandes villes de Syrie (Damas, Homs).
• Guilhem VIII de Montpellier épouse une fille de l'empereur de Constantinople Manuel Ier.
• Le pape Alexandre III octroie des privilèges aux maîtres et aux étudiants de Paris.
• Le comte de Champagne Henri Ier le Libéral crée des gardes des foires pour en assurer la police et le bon fonctionnement.

vers 1175

Mathieu de Vendôme, disciple de Bernard Silvestre et professeur à Orléans, publie son *Art de la versification (Ars versificatoria).*

1175

Le roi exempte Josse (Jocelin) de Londres et tous les marchands anglais de Paris de la justice des prévôts royaux.
Le comte de la Marche Audebert V octroie les coutumes de Charroux.
À la cathédrale de Cambrai commence l'édification du transept.
Grâce à une intervention directe, le roi d'Angleterre Henri II Plantagenêt parvient à imposer son autorité sur la Bretagne.

1175-1179

Après un grave incendie, la nef de la basilique Saint-Martin de Tours est entièrement reconstruite.

1176

Le roi transfère l'archevêque de Sens Guillaume de Champagne sur le siège de Reims.
Le chapitre de Soissons lance la construction d'une nouvelle cathédrale. Il obtient la donation de terrains pour le transept; le chœur est reconstruit entre 1200 et 1212 (consacré le 13 mai 1212).
Le domaine royal est frappé par une dure famine.
À la mort de sa femme Ermesinde, épousée en 1172, Raimon VI, fils du comte de Toulouse Raimon V, obtient en héritage le comté de Melgueil.
Herrade de Landsberg devient abbesse du Mont-Sainte-Odile (Hohenburg, Bas-Rhin). Elle a sans doute déjà rédigé son *Jardin des Délices (Hortus deliciarum)*, une encyclopédie spirituelle destinée à l'éducation de ses moniales.

vers 1176-1184

Gautier d'Arras, par ailleurs inconnu, écrit deux romans (*Ille et Galeron*, *Eracle*) dans l'entourage des comtes de Hainaut, de Champagne, et de Béatrice de Bourgogne, épouse de l'empereur Frédéric Ier Barberousse.

1177

juillet
Le roi Louis VII intervient militairement à Laon contre l'évêque du lieu, en faveur de la commune du Laonnois qu'il a confirmée quelques années plus tôt.
Le roi d'Angleterre Henri II Plantagenêt acquiert pour 15 000 livres le comté de la Marche.

21 septembre
Pressés par le pape d'en finir avec une guerre larvée qui dure depuis des années, les rois d'Angleterre et de France Henri II et Louis VII se rencontrent à Ivry, font la paix et décident de partir en croisade. À Nonancourt, ils s'engagent mutuellement à respecter leurs terres; les cas du Berry et de l'Auvergne restent cependant sans solution.

novembre
Les vassaux auvergnats des Plantagenêts refusent au roi Louis VII qui la réclame la mouvance immédiate de tous les fiefs de la région.

autres événements
• Le comte Raimon V de Toulouse expose le péril cathare dans une lettre au chapitre général de l'ordre cistercien.
• Une mission pontificale est envoyée en 1178 en Languedoc à la requête du comte Raimon V et des rois de France et d'Angleterre.
• Première mention de fabrication d'acier, dans un acte angevin.
• Première mention aussi de la société des 12 moulins de Bazacle, installés sur la Garonne près de Toulouse.

1178

17 juillet
Une razzia sarrasine pille Toulon.

30 juillet
Frédéric Ier Barberousse est sacré empereur en Arles, siège d'un ancien royaume carolingien qui est en terre d'Empire.

août
La mission dirigée par le légat Pierre de Pavie et le cardinal cistercien Henri de Marcy arrive à Toulouse. Peu après, Pierre Maurand, l'un des plus riches bourgeois de Toulouse, doit abjurer publiquement sa participation à l'hérésie.
De 1178 à 1181, le cardinal Henri de Marcy prêche contre les hérétiques cathares dans le Midi. Il poursuit son enquête dans les régions d'Albi et Carcassonne; dans le château de Castres, il excommunie le vicomte Roger II Trencavel de Béziers.

autres événements
• Boniface de Castellane anime la dernière révolte des châtelains contre le comte de Provence. Le roi d'Aragon remet alors le comté à son frère Raimon Bérenger IV, qu'il place sous le contrôle d'une assemblée de Provençaux d'une fidélité assurée. Il semble favoriser le déplacement du pouvoir provençal de la vallée du Rhône vers Aix-en-Provence.
• Les changeurs de Saint-Gilles-du-Gard promulguent leurs statuts (l'une des plus anciennes réglementations du métier du change, qui concerne 109 vrais changeurs).
• Un gouvernement de consuls apparaît à Marseille.
• L'Avignonnais Benezet fonde une confrérie pour financer la construction du pont d'Avignon.

1179

août
Le roi Louis VII se rend en pèlerinage à Canterbury sur la tombe de Thomas Becket, pour obtenir le salut de son jeune fils Philippe-Dieudonné (Philippe Auguste), victime d'un accident de chasse; Philippe est transporté devant les reliques de saint Denis.

1er novembre
Le jeudi de Toussaint, en la cathédrale de Reims, Philippe Auguste († 14 juillet 1223) est sacré roi de France par le cardinal archevêque de Reims Guillaume aux Blanches Mains. De ce jour, il dispose d'un sceau de majesté, qu'il semble être le premier roi associé de la famille capétienne à utiliser.

autres événements
• Le comte de Champagne Henri Ier le Libéral part en Terre sainte.
• L'évêque de Langres achète le comté de Langres.
• Le roi Louis VII s'oppose vivement à l'établissement d'un archevêché indépendant de celui de Tours à Dol, par crainte de voir le siège de Tours, archevêché royal, échapper à son influence.
• Le concile de Latran III resserre les règles d'élection du pape (il faut désormais la majorité des deux tiers des cardinaux votants, sans ordre de préséance) et des évêques (l'élection est réservée désormais au chapitre cathédral). Il rappelle aussi les exigences de la paix publique, réclame la sécurité pour les voyageurs, les paysans et les marchands, condamne enfin le mort-gage qui ôte la jouissance du bien engagé et de ses fruits. Le pape Alexandre III ordonne que l'autorisation d'enseigner soit désormais accordée gratuitement aux étudiants qualifiés.

1180

16 février
Les deux rois Louis VII et son fils Philippe Auguste font arrêter les juifs du domaine royal; leurs biens en métaux précieux et étoffes sont confisqués.

2 mars
La sœur de Philippe Auguste, Agnès, est fiancée à Alexis II Comnène; elle est couronnée avec celui-ci le 16 mai 1182, mais est épousée plus tard par un cousin d'Alexis, Andronic Comnène († 1185), qui s'est emparé du trône impérial.

16 mars
À la mort du comte Henri Ier le Libéral, le comté de Champagne revient à son fils Henri II († 1198). Le roi Philippe Auguste fait une chevauchée en Bourgogne.

18 septembre
Le roi Louis VII s'éteint. Il est inhumé dans l'abbaye cistercienne de Barbeaux (Seine-et-Marne, commune de Fontaine-le-Port).

PHILIPPE II AUGUSTE

Né le 21 août 1165-Mort le 14 juillet 1223

Règne: 1180-1223 (43 ans)

Roi à 14 ans

*L*e sacre de Philippe II du vivant de son père Louis VII, le 1er novembre 1179, assure la continuité du pouvoir au sein du lignage capétien. Par testament, Louis VII avait désigné comme «régent» Philippe d'Alsace, comte de Flandre, parrain du jeune roi.

Philippe II Auguste a épousé en premières noces Isabelle († 15 mars 1190), fille de Baudoin V de Hainaut, dont il a le prince Louis (1187-1226). En 1193, il se remarie avec Ingeburge († 1223), sœur du roi Cnut VI de Danemark, dont il attend une aide dans sa lutte contre le roi d'Angleterre; il s'en détourne aussitôt et veut divorcer; son remariage avec la Bavaroise Agnès de Meran, obtenu par consentement de ses évêques, provoque une grave crise avec Rome. D'Agnès de Meran, le roi Philippe II Auguste a deux enfants, légitimés par le pape le 2 novembre 1201: Marie (née en 1197/1198) et Philippe Hurepel (né en 1201). Philippe Hurepel est fiancé en 1201 à une fille de Renaud de Dammartin; le mariage a lieu en 1210. Marie est fiancée en avril 1202 à Arthur de Bretagne, puis promise en 1206 au comte Philippe de Namur qu'elle épouse en 1211, mais son père la donne en avril 1213 au duc Henri de Brabant. Il a en outre d'une «dame d'Arras» un fils illégitime, Pierre Charlot (né entre 1205 et 1209, trésorier de Saint-Martin de Tours de 1217 à 1235, puis évêque de Noyon en 1240, † 1249).

Philippe II Auguste a cinq sœurs: Marie (1145-1198) et Alix (1150-1183) sont nées d'Aliénor; Marguerite (1158-1198) et Alix (1160-1195) sont nées de Constance; Agnès est issue d'Adèle. Marguerite a été mariée à Henri le Jeune, fils du roi d'Angleterre Henri II Plantagenêt, puis, à la mort de son mari en 1183, au roi de Hongrie Bela III; Alix avait été fiancée à Richard Ier Cœur de Lion, fils d'Henri II Plantagenêt, qui s'en est défait; Philippe Auguste la remarie en 1195 au comte de Ponthieu Guillaume.

Le temps de Philippe II Auguste mérite d'être tenu pour l'une des périodes fondatrices de l'histoire de la France. Tout commence pourtant sous de sombres auspices, au terme du long règne de Louis VII. Son fils Philippe Auguste hérite d'un royaume sous surveillance, sous la pression anglaise des Plantagenêts, sous contrôle étroit des comtes de Flandre, de Champagne, de Toulouse et de Barcelone. La consolidation territoriale repose sur une politique d'acquêts, menée par la guerre (Normandie), par les alliances matrimoniales (Bretagne), par la négociation (Amiens) et par une forte emprise sur les terres des parents du roi (Vermandois et Valois). Le nombre des églises royales (évêchés royaux possédés directement par le roi) augmente fortement (23 sièges en 1203, 33 en 1206, 42 en 1212). Le domaine royal a triplé depuis 1180 : y sont entrés l'Artois, le Vermandois, le Valois, la Picardie, les deux comtés de Beaumont-sur-Oise et de Clermont-sur-Oise, la Normandie avec les comtés de Meulan, Évreux et Alençon, la Touraine, l'Anjou, le Maine, un peu du Poitou, l'ouest du Berry avec Gien et Montargis, Sancoins, Riom et l'Auvergne.

La surveillance royale sur les grands fiefs s'exerce par une stratégie d'alliances (les sœurs de Philippe et tous ses enfants, sauf Pierre Charlot, jouent un rôle non négligeable) et par le nouvel exercice du droit d'autorisation pour le mariage des héritières. D'autre part, la consolidation politique s'opère par la mise au point des formules administratives et successorales (1209, 1214, 1219) qui vont régir le royaume durant des siècles, toutes destinées à conforter la supériorité du pouvoir royal sur les principautés et les seigneuries. Le roi Philippe Auguste dote symboliquement le domaine de tours forteresses cylindriques, de même dimension, qui marquent la présence royale.

Un tournant essentiel avait été pris dès les années 1152-1154 : la formation de l'immense principauté Plantagenêt, réunissant l'Anjou et l'Aquitaine au royaume anglais déjà assis sur la Normandie a déplacé les alliances capétiennes vers la Champagne et la Flandre, deux principautés en concurrence d'intérêts. L'influence flamande prédomine à la Cour de Philippe Auguste durant l'année 1180 ; elle cède alors devant le parti champenois qui domine jusqu'en 1185, mais Philippe II Auguste demeure attentif aux affaires de Flandre, y investit massivement en faveur d'hommes sûrs, par le moyen récent des fiefs-rentes (constitués non plus en terres, mais en versements annuels de numéraire ou de biens en nature, en échange de l'hommage, de la fidélité et du service).

Le retour de la troisième croisade d'Orient, dont l'hécatombe a décimé les barons de la génération antérieure à Philippe Auguste, ouvre une autre période. Celle-ci est à vrai dire occupée par la crise du divorce du roi mais donne l'occasion à Philippe II Auguste de renforcer le soutien – mesuré – des églises à sa politique, par des concessions habiles, et de mûrir une doctrine solide des juridictions royale et ecclésiastique. La conquête de la Normandie et de l'Anjou permet en outre de doubler presque le revenu royal.

Le gouvernement est exercé par le roi en personne, assisté de ses clercs (frère Guérin, qui siège au Conseil du roi à partir de 1190 jusqu'à sa mort en 1227, évêque de Beauvais depuis 1214, père fondateur des archives royales ou «Trésor des Chartes»; le templier frère Haimard, trésorier) et de ses chevaliers (Barthélemy de Roye). Les hommes nouveaux côtoient le cercle des barons, sans nuire à ceux-ci. La grande innovation administrative tient dans l'apparition des baillis à la fin du XIIe siècle, représentants du roi dans les provinces, dotés de responsabilités judiciaires et fiscales. Et surtout, dans les années précédant Bouvines (1214), le roi s'appuie résolument sur les villes, auxquelles il accorde gouvernements communaux et privilèges, en échange du service – avant tout militaire – et de la fidélité, qui les intègrent au système féodal; c'est alors qu'apparaît l'expression de «bonnes villes», celles d'entre les villes privilégiées qui présentent un intérêt particulier pour le roi.

Le règne est aussi celui de l'épanouissement de l'art gothique, art royal par excellence. Tous les grands sièges épiscopaux du domaine royal et des principautés proches sont dotés de cathédrales grandioses, où se déploie le grand art de la sculpture monumentale. Autour de la cathédrale de Paris se nouent également les relations intellectuelles, qui font qu'avant même la formation de l'Université (vers 1200-1210), tous les savants des royaumes européens passent en formation à Paris – véritablement la mère des sciences à la mort du roi.

Papes

Alexandre III, 1159-1181; Lucius III, 1181-1185; Urbain III, 1185-1187;
Grégoire VIII, 1187-1188; Clément III, 1188-1191; Célestin III, 1191-1198;
Innocent III, 1198-1216; Honorius III, 1216-1227.

Empereurs

Frédéric Ier Barberousse, 1152-1190; Henri VI, 1190-1197;
Otton IV, 1198-1218 (couronné en 1209, après la mort d'un compétiteur);
Frédéric II, 1220/1245-1250.

1180

28 avril

Par son mariage à Bapaume avec Isabelle (fille du comte Baudoin V de Hainaut et de Marguerite, sœur du comte de Flandre Philippe d'Alsace), le roi Philippe II Auguste acquiert Arras, Saint-Omer, Aire et Hesdin en dot de sa femme.
La reine mère Adèle de Champagne se réfugie en Normandie.

29 mai (Ascension)

Isabelle de Hainaut, épouse de Philippe II Auguste, est sacrée à Saint-Denis.

28 juin

Le roi d'Angleterre Henri II Plantagenêt signe avec Philippe II Auguste le traité de Gisors, alliance défensive et offensive, avec la promesse de la part de Philippe II de se réconcilier avec sa mère, la reine Adèle de Champagne, et ses oncles.

autres événements

Josse (Jocelin) de Londres, marchand de la colonie anglaise à Paris, crée une fondation pour 18 clercs étudiants (Collège des dix-huit) dans l'Hôtel-Dieu de Paris; ces étudiants participeront aux services funéraires de l'hôpital. Ce nouveau type de fondation caritative témoigne du gonflement rapide des étudiants autour du noyau formé de l'école cathédrale de Paris.

vers 1180

L'école de droit de Montpellier atteint son apogée, avec l'enseignement de Placentin et Pierre de Cardona.
Le comte de Flandre Philippe d'Alsace ouvre le chantier du château de Gand.
On édifie la grande rose du bras Nord du transept à la cathédrale Notre-Dame de Laon: elle est la première rose de grandes dimensions. La nef est achevée vers 1180-1190; l'édifice est doté dès 1205 de sa façade occidentale.
À Strasbourg, l'évêque commence la reconstruction de la cathédrale du XIe siècle dont le chœur et le transept ont été ruinés en 1176 par un incendie; le parti adopté est l'usage roman de Rhénanie. Vers 1200, l'arrivée sans doute d'un nouvel architecte entraîne l'adoption d'un style résolument gothique dans la reconstruction en cours du croisillon Sud (le transept est achevé en 1225-1230).

1180-1190

La chanson de geste d'*Aspremont*, appartenant à la geste de Charlemagne, raconte une croisade de l'empereur en Italie.
Un anonyme écrit la branche X du *Roman de Renart*.
Un poète de Languedoc ou Catalogne compose le premier roman arthurien de langue occitane, *Jaufré*.
À Paris, la cathédrale est dotée d'un nouveau transept et d'une nef. En 1283, l'évêque de Paris en renforce la primauté en instaurant 12 paroisses dans l'île de la Cité, qui sont soumises à l'archiprêtre responsable de la cathédrale.

vers 1180-1200

La première génération de trouvères s'exprime dans le nord du royaume, avec le Châtelain de Coucy, Gace Brulé, Conon de Béthune et Hélinand de Froidmont.

1181

printemps

Le cardinal cistercien Henri de Marcy conduit une expédition contre Lavaur (Tarn), une des places fortes des «cathares» albigeois.

CATHARISME, CATHARES ET ALBIGEOIS

La dissidence religieuse fleurit sur les terres du comte de Toulouse. Saint Bernard, lors de son voyage de 1145, avait affronté un premier visage de cette résistance aux avancées récentes d'un christianisme conquérant, qui tend à rogner les particularismes, valorise l'humanité du Christ, altère les formes de la vie sociale et investit la sphère du privé. Les critiques lancées par les prédicateurs hétérodoxes (Henri de Lausanne, Pierre de Bruis) contre l'Église visible, ses institutions, ses sacrements, ses rites liturgiques, ses cultes rendus aux saints et aux images résonnent au XIIe siècle dans le Midi plus qu'ailleurs. Sans doute les comtes de Toulouse ont-ils su exploiter les insatisfactions et flatté, au nom d'une intériorité revendiquée, les conservatismes religieux. La dénonciation, par le concile de Tours en 1163, d'une «nouvelle hérésie» apparue dans la principauté toulousaine attire l'attention sur des résistances qui n'étaient pas jusqu'alors tenues pour dangereuses, et qu'on prend soin désormais de qualifier comme «hérétiques», donc à éradiquer. Le second visage de la dissidence méridio-

nale se dessine plus nettement à partir des années 1180, quand les légats en charge du Midi procèdent à la mise au pas des ecclésiastiques méridionaux. Au début du XIIIe siècle, les oppositions cristallisent brutalement et se radicalisent, dans les cercles ecclésiastiques et chez les résistants à la normalisation. C'est alors que s'embrase la lutte contre les « cathares », dénommés aussi « albigeois » à partir de la révolte en 1211 du territoire d'Albi, fidèle au comte de Toulouse : identification sommaire avec l'« hérésie » enfin constituée et censée infester toutes les terres du comte (l'emprise des croisés venus du Nord ne s'étend pas sur la Provence).
Sous le nom tardif de « catharisme » (de « cathare », pur), les polémistes catholiques des années 1200-1220 veulent décrire une hérésie constituée, dans laquelle, accoutumés aux pratiques scolaires du nord de la France et des nouvelles universités, ils s'évertuent à décrire des dogmes articulés. L'évidence des rapports officiels et des interrogatoires de l'Inquisition aux XIIIe et XIVe siècles montrent bien plutôt une religiosité inorganique. Les groupes « cathares » ne partagent pas un ensemble doctrinal commun à tous, mais quelques croyances fondamentales dont l'historien reconnaît la latence dans toutes les expressions non savantes du christianisme antique et médiéval. La croyance essentielle est identifiable à un manichéisme de base, dont les textes primitifs du christianisme portent eux-mêmes les indices : le monde terrestre est l'enjeu d'une lutte entre deux principes, celui du Bien (Dieu) et celui du Mal (Satan). Un second trait est l'élitisme : le croyant se détermine pour le Bien en suivant les enseignements d'une élite (les « parfaits »), et en respectant les interdits rituels qui préservent sa vie et son environnement de toute souillure. Le troisième trait est le refus des liturgies développées au cours des XIe et XIIe siècles, remplacées par des assemblées autour d'un prêcheur itinérant qui lit et commente les Écritures chrétiennes ; le seul rite, fondamental, qu'acceptent les groupes « cathares » est la « consolation » (consolamentum), *rite de passage accordé à celui qui accède à la qualité de « parfait » ou à l'heure de la mort. On comprend ainsi qu'il est vain de postuler une filiation secrète entre les groupes « cathares » et vaudois, ou entre tous ceux-ci et les réformateurs du XVIe siècle. Les uns et les autres révèlent des tensions latentes au sein du christianisme dans l'histoire entière. Ces courants de contradictions s'incarnent dans des élites motivées au sein des villes et des campagnes actives du Midi, où l'encadrement épiscopal et paroissial n'a pas tiré avantage de la réforme du XIe siècle comme dans le nord du royaume.*

5 avril
À la mort de Raimon Bérenger IV, son frère le roi Alphonse II d'Aragon donne le comté de Provence ainsi que le Roussillon et la Cerdagne à un autre frère, Sanche († en 1223). En 1185, il soustrait le comté de Provence à Sanche pour le remettre à son propre fils Alphonse (mort à Palerme en 1209).

14 mai
Au château de Provins, le duc de Bourgogne Hugues III et les comtes Henri II de Champagne et Philippe de Flandre forment une ligue contre le roi Philippe II Auguste.

été
Le comte Étienne de Sancerre (oncle du comte de Champagne Henri II) menace Orléans, le comte Philippe de Flandre Dammartin et Senlis. Le duc de Bourgogne Hugues III assiège Sens.
Le roi annule toutes les dettes contractées par les chrétiens auprès des prêteurs juifs, à charge pour les débiteurs de reverser au Trésor royal 20 % de leur emprunt.

Noël
Au Mans, le roi d'Angleterre Henri II Plantagenêt promulgue l'« Assise des Armes », qui précise les devoirs militaires de ses vassaux et des communes de son royaume.

autres événements
• Henri le Jeune, fils d'Henri II Plantagenêt, pille l'abbaye de Grandmont.
• Le comté de Nevers-Auxerre échoit à la jeune Agnès : le roi assure la tutelle du comté.
• Le comte de Montpellier Guilhem VIII (1172-1202) concède les statuts des teinturiers, « pour le meilleur profit, le bien commun et l'utilité de tous mes hommes ».

1181-1186 ?

André le Chapelain écrit son traité latin *De l'amour*, peut-être pour le chambellan du roi, Gautier de Nemours. L'ouvrage est voué à une grande célébrité à partir de la publication du *Roman de la Rose* par Jean de Meun, et traduit en français par Drouart la Vache en 1290.

1182

avril
Le roi ordonne l'expulsion des juifs du domaine royal pour le 24 juin et confisque tous leurs biens immobiliers.

Noël
Le roi d'Angleterre Henri II Plantagenêt tient sa Cour plénière à Caen.

autres événements
• La comtesse de Flandre Élisabeth meurt sans enfants; son héritage de Vermandois est aussitôt revendiqué par le comte de Flandre Philippe d'Alsace, qui prend Chauny et Saint-Quentin. En deux étapes (1185, 1192), le roi restitue le tout à Éléonore, sœur d'Élisabeth, à condition que, si elle meurt sans enfants, Vermandois et Valois reviendront à la Couronne. Le comte de Flandre Philippe d'Alsace épouse aussitôt une princesse portugaise.
• L'archevêque de Reims Guillaume aux Blanches Mains (oncle du roi Philippe II et du comte Henri II de Champagne) se réconcilie avec le roi. Il accorde aux bourgeois de sa cité la charte wilhelmine, qui rétablit l'échevinage abrogé par son prédécesseur (septembre 1166), et promulgue la charte de Beaumont-en-Argonne (Meuse); cette charte de coutumes est reprise pour environ 300 villages de Champagne et Lorraine.
• Le roi tente en vain d'imposer son candidat (l'abbé Garmond de Pontigny, frère de son conseiller Gilles Clément) au siège épiscopal d'Auxerre.
• Une confrérie pénitentielle des Encapuchonnés se forme au Puy à l'initiative d'un certain Durand. Elle se donne en réalité pour objectif la restauration de la paix de Dieu et marche à l'encontre des bandes de soldats errants (« cottereaux » : manieurs de couteau) qui dévastent l'Auvergne. Entre décembre 1182 et avril 1183, le mouvement s'organise en milice. Ce mouvement prend bientôt une tournure antiseigneuriale, qui appelle une répression féroce, menée par le nouvel évêque d'Auxerre Hugues de Noyers.

1182-1183

Alain de Lille écrit son *Anticlaudianus*, poème encyclopédique de grande influence au XIIIe siècle.

Alain de Lille

Alain de Lille (vers 1128-Cîteaux, 1203), disciple de Gilbert de la Porrée, maître à Paris puis à Montpellier, dédie avant 1193 son Manuel de pénitence *à Henry de Sully, archevêque de Bourges. Il est aussi associé à la lutte contre les cathares (somme* Quot modis, *à l'abbé Ermengaud de Saint-Gilles, avant 1195;* De la foi catholique contre les hérétiques, *à Guilhem VIII de Montpellier, avant 1202).*

1183

11 juin
Henri le Jeune, fils du roi Henri II Plantagenêt, meurt inopinément de la dysenterie, alors qu'il livre une guerre sans merci à son père Henri II en Limousin et qu'il tente de s'établir en Aquitaine sur les terres de son frère cadet Richard Cœur de Lion.
Le roi Philippe II Auguste réclame aussitôt la dot de sa demi-sœur Marguerite, fille de Louis VII et de Constance (Gisors et les places du Vexin normand), et exige qu'on procède sans tarder au mariage de son autre demi-sœur, Alix, avec Richard Cœur de Lion. Henri II, contraint de réorganiser toute sa succession entre ses fils Richard Cœur de Lion et Jean sans Terre, temporise.

juillet
Les Encapuchonnés anéantissent une troupe de cottereaux à Charenton (Bourbonnais).

autres événements
• Par son mariage avec Béatrice, comtesse d'Albon, le duc de Bourgogne Hugues III met la main sur le Dauphiné.
• Un foyer d'hérésie est découvert à Arras.

1184

mars
Lors d'une assemblée des grands à Senlis, le roi Philippe II Auguste annonce son intention de se séparer de la reine Isabelle.

23 juin
La ville de Sens est ravagée par l'incendie.

autres événements
• Une troupe de cottereaux écrase une armée d'Encapuchonnés.
• Les bouchers de Toulouse obtiennent des statuts.
• Le roi donne en mariage Agnès, l'héritière du comté de Nevers-Auxerre, à son cousin Pierre de Courtenay. Il utilise alors une prérogative nouvelle du seigneur, le droit d'autoriser le mariage ou le

remariage de celle qui tient un fief. En compensation de sa tutelle (relief), il met la main sur le fief de Montargis.
• L'église de Dol (Bretagne) réclamant son autonomie à l'égard de l'archevêque de Tours, le roi fait écrire par Étienne, abbé de Sainte-Geneviève de Paris, trois lettres justifiant la juridiction métropolitaine de Tours sur la Bretagne.

après 1184

On érige le portail *Saint-Jean* sur la façade occidentale de la cathédrale de Sens.

vers 1185

Le Normand Béroul écrit le *Tristan*.

1185

Le roi Philippe II Auguste s'apprête à la guerre pour le Vermandois avec le comte de Flandre Philippe d'Alsace; les deux armées se font face au sud de Corbie.

juillet
Par le traité signé à Boves avec le comte de Flandre Philippe d'Alsace, le roi Philippe II Auguste acquiert le comté d'Amiens, qui relevait de l'église d'Amiens, et obtient du chapitre la dispense d'hommage. Il accorde aussitôt à Amiens une charte de commune. Le comte de Flandre reçoit Saint-Quentin et Péronne en usufruit.

autres événements
• La ville de Dijon, les habitants de Béziers se voient octroyer une charte de commune.
• En Bretagne, l'*Assise au comte Geoffroy* (fils du roi Henri II Plantagenêt, maître de la Bretagne de 1181 à 1186) réorganise la dévolution des fiefs selon le droit d'aînesse (le fief entier va désormais au fils aîné).
• L'ordre de Grandmont est déchiré par un conflit interne entre les moines et les frères convers.

vers 1186

À Paris, est fondée la maison Sainte-Catherine pour les femmes seules.

1186

août
Le duc de Bretagne Geoffroi Plantagenêt meurt brutalement au cours d'un tournoi à Paris où il est l'hôte du roi Philippe II Auguste; il est enseveli à Notre-Dame de Paris. Le duché de Bretagne vient au jeune Arthur (duc de 1186 à 1203), fils de Geoffroi et petit-fils d'Henri II Plantagenêt, roi d'Angleterre. Le roi Philippe II Auguste tente de faire valoir ses droits de tutelle sur la Bretagne, mais celle-ci reste à Henri II Plantagenêt, père de Geoffroi (Arthur est ensuite confronté aux menées de son oncle Jean sans Terre).

autres événements
• Le roi Henri II Plantagenêt convainc sa belle-fille Marguerite (demi-sœur de Philippe Auguste et veuve d'Henri le Jeune Plantagenêt) de renoncer à sa dot du Vexin, que le roi Philippe Auguste accepte de transférer aux mains de son autre sœur Alix, promise à Richard Cœur de Lion.
• Richard Cœur de Lion descend vers le sud de l'Aquitaine, pour contraindre le comte de Toulouse Raimon V à se soumettre; celui-ci en appelle au roi Philippe II Auguste, en reconnaissant pour la première fois sa vassalité à l'égard du roi.
• L'armée royale intervient en Bourgogne, assiège Châtillon-sur-Seine. Au terme de la « guerre de Vergy », le duc de Bourgogne Hugues III doit abandonner ses prétentions sur le château de Vergy (Côte-d'Or), qui tombe dans l'hommage direct au roi.
• Le roi Philippe II Auguste rétablit la commune de Sens (abolie depuis mai 1147).
• Les chapelains de Notre-Dame de Paris forment la confrérie Saint-Augustin, la plus ancienne confrérie de la cathédrale.

1187

mars
Le roi d'Angleterre Henri II, à Lyons-la-Forêt (Eure), reçoit ses conseillers.

mai
Un traité de paix et d'assistance mutuelle (dirigé contre Henri II) est signé près d'Ivois et Mouzon (Ardennes) entre le roi Philippe II Auguste et l'empereur Frédéric Ier Barberousse. Dès la fin mai, le roi Philippe II Auguste et les comtes de Blois, Flandre et Hainaut attaquent les terres d'Henri II d'Angleterre; ils franchissent le Cher, prennent Issoudun.

23 juin
Les fils du roi d'Angleterre Henri II, Richard Cœur de Lion et Jean sans Terre, sont assiégés dans Châteauroux; leur père, arrivé avec ses troupes apparemment pour les dégager, vient en

réalité signer une paix avec Philippe II Auguste. Le roi Henri II cède Issoudun et la seigneurie de Fréteval en Vendômois.

juillet
Le sultan d'Égypte, Damas et Alep, Saladin, écrase une armée chrétienne à Hattin; en octobre, il reprend Jérusalem.

5 septembre
La reine Isabelle donne naissance à un fils, Louis (futur Louis VIII).

novembre
Le pape appelle à la troisième croisade. Richard Cœur de Lion se croise à Tours.

décembre
Philippe II Auguste et l'empereur Frédéric Ier Barberousse se rencontrent à nouveau entre Mouzon et Ivois.

autres événements
• Richard Cœur de Lion et Jean sans Terre sont en révolte contre leur père Henri II Plantagenêt.
• Les agents du comte Philippe de Flandre compilent les comptes domaniaux de Flandre *(Gros Brief)*.
• Les tailleurs de pierre de Nîmes acquièrent des statuts.

1188

21 janvier
Les rois Henri II Plantagenêt et Philippe II Auguste, pressés par les légats de se réconcilier pour se vouer à la croisade, se rencontrent près de Gisors, et prennent la croix. Ils commencent à réunir les capitaux et les hommes pour une expédition qui partirait au printemps 1189. Une ordonnance royale décrète un moratoire sur toutes les dettes des croisés.
Les barons aquitains se rebellent contre Richard Cœur de Lion et reçoivent le soutien du comte Raimon V de Toulouse; celui-ci fait saisir par son prévôt Pierre Saissun des marchands poitevins, et s'empare de leurs marchandises. Richard Cœur de Lion réagit brutalement, s'empare du Quercy et menace Toulouse. Contre le gré de son père, le roi Henri II d'Angleterre, Richard Cœur de Lion poursuit sa guerre en Languedoc.

juin
Profitant du séjour d'Henri II Plantagenêt en Angleterre, Philippe II Auguste lance ses troupes à travers le Berry qui est entièrement conquis; le roi prend Châteauroux et menace Loches et la Touraine.

juillet-octobre
La guerre s'embrase, du Vexin au Berry, sans domination claire d'un protagoniste sur l'autre.

7 octobre
Une première entrevue à Gisors (en août) ayant échoué, les deux rois se retrouvent à Châtillon-sur-Indre, sans plus de succès.

18-20 novembre
Philippe II Auguste et Henri II Plantagenêt se rencontrent à Bonmoulins, à la limite du Perche et de la Normandie, en présence de Richard Cœur de Lion. Celui-ci, poussé par Philippe II Auguste, exige de son père Henri II la reconnaissance de ses droits d'héritier; en vain. Richard Cœur de Lion fait aussitôt hommage à Philippe II Auguste pour toutes ses terres de France (Normandie, Poitou, Anjou, Maine, Berry et Toulousain) et repart avec le roi de France, sans qu'aucune trêve ait été signée.

autres événements
• Le roi Philippe II Auguste obtient l'hommage du sire de Tournon, mordant ainsi sur les terres d'Empire. Il profite d'un conflit à Tournai entre l'évêque et les bourgeois pour donner à la ville une commune.
• À Auxerre, le comte de Nevers-Auxerre-Tonnerre, Pierre de Courtenay, abolit la mainmorte (droit d'un seigneur à s'approprier les biens d'un serf à sa mort, ou d'un aubain, ou d'un bâtard roturier. Pour ne pas nuire à la production des terres, le seigneur perçoit en fait un droit de mainmorte, pour lequel les villageois peuvent payer un abonnement). À Nevers, il impose sa monnaie comme un droit comtal, contre un engagement à la stabilité perpétuelle de la valeur de cette monnaie.
• Le roi Philippe Auguste exige des églises comme de tous les seigneurs le paiement de la « dîme saladine », soit le dixième des biens et revenus, pour financer la nouvelle croisade.
• Aimon de Varennes écrit le roman antiquisant de *Florimont*, dont il fait le grand-père d'Alexandre le Grand.

vers 1188-1190

Chrétien de Troyes achève son *Perceval.*

1189

fin mai-début juin
Henri II Plantagenêt, Philippe II Auguste et Richard Cœur de Lion se rencontrent pour une conciliation à La Ferté-Bernard devant le cardinal légat Jean d'Anagni. Les menaces de celui-ci de jeter l'interdit sur le royaume de Philippe II Auguste n'y font rien: la guerre s'envenime, le départ de la croisade est repoussé.

4-11 juin
Philippe II Auguste et Richard Cœur de Lion prennent Nogent-le-Rotrou. Le 12 juin, le roi d'Angleterre Henri II Plantagenêt échappe de justesse à la capture au Mans.

été
Le roi modifie son ordonnance sur la dîme de croisade («dîme saladine»): il renonce à la dîme sur les biens meubles, ne prélève que sur les revenus.

4 juillet
À Azay-le-Rideau (Indre-et-Loire), le roi Henri II Plantagenêt capitule. Il s'engage à faire hommage au roi Philippe II Auguste pour tous ses fiefs du continent et lui rend directement l'Auvergne et le Berry.

6 juillet
Le roi d'Angleterre Henri II Plantagenêt meurt dans son château de Chinon; il est inhumé à Fontevraud.

20 juillet
Son fils Richard Ier Cœur de Lion est investi à Rouen du duché de Normandie. Il est couronné roi d'Angleterre à Londres le 3 septembre. Fin juillet, une entrevue a lieu à Gisors entre Richard Ier Cœur de Lion et Philippe II Auguste, qui ont renégocié la paix d'Azay-le-Rideau du 4 juillet précédent.

30 décembre
Les deux rois de France et d'Angleterre renouvellent leurs engagements de croisade pour mars 1190 et un pacte d'amitié.

autres événements
• Boniface de Castellane anime une révolte des barons des Alpes du Sud contre le pouvoir des Aragonais en Provence.
• La commune de Sens rachète au roi les revenus de la prévôté contre une ferme annuelle de 600 livres.

1189-1190
Le trouvère Conon de Béthune († 1219/1220) écrit deux chansons de croisade.

1190

15 mars
La reine Isabelle meurt. Elle est inhumée à Notre-Dame de Paris, au centre du nouveau chœur.
Son héritage flamand est partagé entre Philippe II Auguste et Baudoin de Hainaut.
Le roi ordonne la construction du Louvre et d'une enceinte à Paris; les murs de la rive droite, enserrant les deux quartiers commerciaux de la place de Grève et des Champeaux (futures Halles) sont aussitôt entrepris, ceux de la rive gauche sont achevés vers 1209.

début juin
Le roi Philippe II Auguste rédige avec ses conseillers un testament et une ordonnance sur le gouvernement du royaume *(Ordinatio)* pendant sa croisade. Il nomme à la régence la reine mère Adèle de Champagne et le frère de celle-ci, l'archevêque de Reims Guillaume aux Blanches Mains.

24 juin
Le roi Philippe II Auguste reçoit à Saint-Denis les insignes de croisade. Le même jour, le roi d'Angleterre Richard Ier Cœur de Lion prend à Tours le bourdon du croisé.

début juillet
Les barons s'engagent à respecter l'accord de régence.

4 juillet
Les rois Richard Ier Cœur de Lion et Philippe II Auguste réunissent leurs troupes à Vézelay pour la troisième croisade. Leurs armées se dirigent respectivement vers Marseille et Gênes.

16 septembre
Le roi Philippe II Auguste arrive à Messine.
Renaud de Dammartin, un chevalier du roi, enlève Ide, héritière de Boulogne, l'épouse et acquiert ainsi un comté du Nord, aux portes de la Flandre.

autres événements
• La paix de Jarnègues confirme le partage de la Provence qui avait été dressé en 1125.
• Le roi Philippe II Auguste abolit la commune rurale du Laonnois.

• Une ordonnance royale définit les procédures en usage pour la succession d'un siège épiscopal dans le royaume (le chapitre cathédral expédie au roi une demande d'élection libre; le roi accorde le droit d'élection, contre la saisie de la régale durant la vacance du siège; lors de sa consécration, le nouvel évêque est investi, la régale est restituée contre le serment de fidélité au roi).
• Les branches VI, VIII et XII du *Roman de Renart* sont publiées.

1190-1200

Geoffroi Plantagenêt, fils illégitime d'Henri II Plantagenêt, archevêque d'York, fait réaliser à son usage un psautier, le fameux *Psautier de Saint Louis*.

1190-1220

Un clerc, peut-être anglo-normand, écrit le roman d'aventures *Amadas et Ydoine*, qui montre l'abandon du thème courtois de la « fin'amor » pour privilégier celui du mariage.

avant 1191

Jean le Névelon, peut-être chanoine d'Arras, dédie sa *Vengeance Alexandre* (continuation du *Roman d'Alexandre* le Grand) au comte Henri II de Champagne.

1191

mars
Les rois Richard Ier Cœur de Lion et Philippe II Auguste concluent un accord à Messine; Richard Ier obtient d'être délié de son engagement de fiançailles avec Alix, la demi-sœur de Philippe II, contre sa dot de Gisors et 10 000 marcs en argent.

30 mars
La flotte génoise transportant les Français appareille de Messine pour Saint-Jean-d'Acre, où Philippe II Auguste débarque le 30 avril. La ville est alors assiégée par les chrétiens.

1er juin
Le comte de Flandre Philippe d'Alsace meurt au siège de Saint-Jean-d'Acre. Le roi Philippe II Auguste fait aussitôt mander à la reine régente du royaume de mettre la main sur le comté de Flandre; il est pris de court par le comte Baudoin V de Hainaut, qui prend le titre de Flandre de par sa femme Marguerite d'Alsace.
Le roi Richard Ier Cœur de Lion et les Anglais arrivent à Acre.

12 juillet
Acre est prise par les deux armées chrétiennes. Philippe II Auguste décide alors de rentrer en France pour régler l'affaire de Flandre.
Pendant l'absence du roi, Louis, fils de Philippe II Auguste, est frappé de dysenterie; les moines de Saint-Denis viennent en procession avec les principales reliques de l'abbaye royale; grâce au toucher de ces reliques saintes, l'enfant est guéri.

31 juillet
Philippe II Auguste quitte la Terre sainte.

9 octobre
Les moines de Saint-Denis procèdent à l'ouverture de la châsse de saint Denis, afin de prouver que le corps entier du saint repose chez eux et non pas à la cathédrale de Paris qui prétend en posséder la tête depuis 1186.
L'archevêque Guillaume de Reims, régent, refuse l'élection du maître parisien Pierre le Chantre au siège épiscopal de Tournai; les chanoines élisent alors un familier du roi, Étienne, abbé de Sainte-Geneviève, qui reçoit aussitôt l'agrément royal.
À son retour de Terre sainte, le roi Philippe II Auguste passe par Rome; le pape procède pour lui à l'ostension de la Véronique (relique de la Sainte-Face déposée à Saint-Pierre de Rome).

25 décembre
Philippe II Auguste est à Fontainebleau et deux jours après à Paris.

autres événements
• Le mariage d'Alphonse, fils du roi Alphonse II d'Aragon, avec Gersende de Sabran, petite-fille de Guillaume IV de Forcalquier, scelle la réunion prochaine du comté de Forcalquier avec la Provence.
• Le Normand Ambroise, au service de Richard Ier Cœur de Lion, commence d'écrire l'*Estoire de la guerre sainte*, achevée avant 1196.

1192

Des envoyés français négocient avec le roi Cnut VI de Danemark la main de sa sœur Ingeburge pour Philippe II Auguste.

octobre
Le roi d'Angleterre Richard Ier Cœur de Lion, après avoir repris aux Sarrasins toute la côte palestinienne, d'Acre à Jaffa, mais sans pouvoir récupé-

rer Jérusalem, rembarque pour l'Europe. Le mauvais temps le contraint à débarquer à Corfou. Il prend la route de terre, mais près de Vienne est arrêté par les hommes du duc d'Autriche. Celui-ci remet le prisonnier à l'empereur Henri VI, allié de Philippe II Auguste, contre lequel Richard Ier Cœur de Lion avait suscité la candidature d'Otton de Brunswick.

autres événements

• En Terre sainte, Henri II, comte de Champagne (fils d'Henri Ier le Libéral), épouse Isabelle héritière du trône de Jérusalem, et devient « seigneur du royaume de Jérusalem » (prince consort). Il a institué pour successeur au comté de Champagne son frère Thibaud de Blois (Thibaud III de Champagne).

1193

printemps

Philippe II, avisé de la capture de Richard Ier Cœur de Lion, entreprend de négocier avec le frère de celui-ci, Jean sans Terre, sur les fiefs angevins. Ses juristes introduisent la règle selon laquelle le roi ne peut tenir un fief de quiconque. Pour accroître la pression, Philippe II Auguste envahit la Normandie, accompagné du comte de Flandre. Il s'arrête devant Rouen.

15 août

Le mariage de Philippe II et Ingeburge de Danemark (la jeune femme a été accueillie la veille à Arras par le roi) est célébré dans la cathédrale d'Amiens. Le lendemain, les deux époux sont couronnés par l'archevêque Guillaume de Reims. Le surlendemain, Philippe II Auguste annonce sa décision de se séparer d'Ingeburge, qu'il séquestre dans le monastère de Saint-Maur-des-Fossés.

5 novembre

Une assemblée à Compiègne, présidée par l'archevêque Guillaume de Reims, procède à une information sur l'affinité canonique de Philippe Auguste et Ingeburge. Elle conclut à la nullité du mariage.

1193-1194

Le roi donne ordre d'ériger à Amiens une nouvelle enceinte.

Philippe II crée la charge d'aumônier royal, destinée à redistribuer les aumônes annuelles instituées par le roi (le premier aumônier connu est vers 1220 le templier frère Chrétien).

1194

janvier

Jean sans Terre passe au service de Philippe II Auguste. Le roi lui promet la Haute-Normandie sauf Rouen, l'établit à Évreux, et assiège Verneuil-sur-Avre.

23 mars

Richard Ier Cœur de Lion, libéré sous forte rançon, rentre dans Londres, et passe le 12 mai en Normandie où il veut restaurer son autorité.

printemps

Jean sans Terre apprend la libération de son frère Richard Ier Cœur de Lion; il abandonne le service du roi de France et fait massacrer la garnison française d'Évreux. Richard Ier Cœur de Lion libère Verneuil-sur-Avre.

3 juillet

Le roi Philippe Auguste est battu par l'armée anglaise à Fréteval, près Vendôme. Il y perd les archives royales.

autres événements

• Le roi octroie une charte de commune aux bourgeois d'Arras.

• La « Prisée des sergents » recense les abonnements des communes du royaume au rachat du service d'ost et de chevauchée.

• Raimon VI succède à son père Raimon V au comté de Toulouse.

• Guy de Lusignan, roi de Jérusalem, amorce le premier grand retrait de Terre sainte, et devient roi de Chypre.

1194-1196

Une famine sévit dans tout le royaume.

Hélinand de Froidmont signale l'existence d'un rite religieux de l'adoubement chevaleresque (on ne connaissait guère jusque-là que la remise des armes lors du couronnement royal).

1195

Richard Ier Cœur de Lion donne ses biens personnels d'Aquitaine au comte de Toulouse Raimon VI.

Le concile régional de Montpellier lance l'anathème contre les « albigeois, les Aragonais, les bandes de pillards qu'on appelle mainades, les pirates et ceux qui vendent des armes ou des armements aux Sarrasins »; l'hérésie n'est mentionnée qu'en addition.

novembre-décembre
Richard Ier Cœur de Lion fait construire Château-Gaillard aux Andelys, pour empêcher la descente de la Seine en direction de Rouen.

15 novembre
À la mort de Baudoin V, le comté de Flandre échoit à son fils Baudoin VI/IX († 1205, empereur de Constantinople Baudoin Ier).

autres événements
- Le droit de relief est généralisé à toutes les seigneuries en mouvance directe: la comtesse de Flandre doit ainsi donner au roi, en guise de relief, les tours de Douai.
- La famine ravage notamment la Champagne.
- Le comte de Champagne Thibaud III épouse Blanche, fille du roi Sanche VI de Navarre.
- Adam de Perseigne est envoyé à Rome pour témoigner contre les doctrines eschatologiques de l'abbé Joachim de Flore.

Adam de Perseigne

Adam de Perseigne (vers 1145-1221), né d'une famille sans doute de ministériaux du comte de Champagne, est un protégé notamment de la comtesse Marie de Champagne, qu'il assiste sur son lit de mort en 1198. Élu abbé du monastère cistercien de Perseigne dans le Maine, il noue rapidement contact avec la famille Plantagenêt; il devient même confesseur de Richard Ier Cœur de Lion. Sa double fidélité le conduit à intervenir dans le règlement de difficiles affaires ecclésiastiques en Anjou (réforme de Saint-Martin de Tours, 1202) et en Champagne (succession de l'archevêque de Reims Guillaume aux Blanches Mains en 1203), voire dans des négociations politiques de premier plan (entre Philippe II et Jean sans Terre en 1208). Il participe à la préparation du concile de Latran IV (1215). Il est l'auteur d'une correspondance de 67 lettres et de sermons en latin (l'attribution de la paraphrase en ancien français du Psaume XLIV Eructavit *est justement contestée).*

1196

janvier
Philippe II Auguste signe une paix avec Richard Ier Cœur de Lion près de Gaillon. Le roi de France abandonne toutes ses conquêtes de 1193, ne conserve que Gisors. Richard Ier s'est engagé à ne pas fortifier la région des Andelys, mais poursuit la construction de Château-Gaillard, achevé en 1198. Il a dû apaiser le courroux de l'archevêque de Rouen, à qui appartenait le site: il lui donne le port de Dieppe.

mai
Deux légats du pape réunissent un concile à Paris pour juger à nouveau la nullité du mariage de Philippe II Auguste et Ingeburge. Le roi refuse d'entendre la sentence qui pourrait valider son mariage.

juin
À Compiègne, lors d'une assemblée royale, le roi Philippe II Auguste exige du jeune comte de Flandre Baudoin IX l'hommage vassalique; Baudoin IX accompagne le roi au siège d'Aumale.

autres événements
- Le roi Philippe Auguste épouse Agnès de Meran.
- Le roi d'Angleterre Richard Ier Cœur de Lion fortifie ses alliances méridionales, en donnant sa sœur Jeanne au comte de Toulouse Raimon VI.
- À la mort d'Alphonse II d'Aragon, Guillaume IV de Forcalquier dénonce l'engagement d'apporter son comté en dot de Gersende à Alphonse II de Provence.
- La famine sévit entre la Seine et l'Escaut.

1197

17 août
L'armée de Philippe II Auguste entre en Flandre, mais est prise à revers; le roi doit signer une paix humiliante avec Baudoin IX à Bailleul.
L'évêque de Beauvais Philippe, cousin du roi, est capturé par l'armée de Richard Ier et emprisonné durant trois ans.

8 septembre
À l'île d'Andely, Jean sans Terre, au nom de son frère le roi Richard Ier Cœur de Lion, et Baudoin IX, comte de Flandre et de Hainaut, s'engagent à ne jamais signer de paix avec le roi de France sans consentement de l'autre. Baudoin IX envahit les diocèses d'Arras et Tournai, évêchés sous contrôle capétien. Il prend Douai et assiège Arras.
À la mort de l'empereur Henri VI, deux prétendants réclament sa succession impériale. Alors que Richard Ier Cœur de Lion et ses alliés prennent le parti d'Otton de Brunswick, Philippe II Auguste soutient Philippe de Souabe, frère d'Henri VI.

autres événements
- Les vignobles de Champagne et de Picardie sont dévastés.

• Un synode local de Paris interdit aux laïcs illettrés de prêcher.

1197-1198

Les rois Richard Ier Cœur de Lion et Philippe II Auguste échangent par traité l'Auvergne et le Quercy.

1198

Renaud de Dammartin, allié à Richard Ier Cœur de Lion et au comte de Flandre Baudoin IX, guerroie contre l'armée royale depuis Boulogne.

avril
Une rencontre entre le roi de France Philippe Auguste et Renaud de Dammartin aboutit à une paix fragile.
Philippe Auguste s'engage à aider le vicomte de Limoges Adémar, qui abandonne le roi d'Angleterre Richard Ier Cœur de Lion et lui donne sa fidélité.

11 mai
Le pape approuve l'ordre hospitalier de la Sainte-Trinité et des Captifs, fondé par Jean de Matha (1154/1160-1213), et voué au rachat des croisés captifs.

juin
L'évêque de Soissons Nivelon, ambassadeur du roi, signe un pacte d'assistance mutuelle avec Philippe de Souabe, élu roi des Romains et prétendant à l'Empire contre le candidat d'Innocent III, Otton de Brunswick.
Le comte Baudoin IX de Flandre et Renaud de Dammartin comte de Boulogne attaquent en Artois; au même moment, le roi d'Angleterre Richard Ier Cœur de Lion envahit le Vexin.

août
Le pape adresse une encyclique de croisade *(Post miserabile)* aux archevêques de Narbonne, Vienne et Lyon (non soumis au pouvoir de Philippe II Auguste) ainsi qu'aux archevêques de l'Empire et des royaumes d'Angleterre, de Sicile et de Hongrie. Il confie par ailleurs la tâche de prêcher la croisade au prédicateur Foulque de Neuilly.

28 septembre
Le roi Philippe II Auguste est défait par les Anglais à Courcelles, près Gisors, et de nouveau, peu après, à Vernon.

autres événements
• La mort, en Terre sainte, du comte de Champagne Henri II donne ses fiefs à son frère Thibaud III († 1201), qui fait aussitôt hommage à Philippe II Auguste.
• Le roi Philippe Auguste presse le comte du Forez d'établir des alliances matrimoniales avec le lignage des Dampierre, seigneurs de Bourbon: il cherche à constituer une principauté sûre dans le centre du royaume.
• Les juifs sont à nouveau autorisés à s'établir dans le domaine royal.

1198-1200

Le roi casse la commune d'Étampes.
Dans les statuts synodaux de son diocèse de Paris, l'évêque Eudes de Sully réglemente la fête des Fous (office liturgique de la Circoncision), qui donne lieu à des rites d'inversion des hiérarchies sociales.
Le curé Foulque de Neuilly mène une campagne de prédication contre l'usure et la prostitution.

1199

13 janvier
À La Roche d'Andely, le roi Philippe II Auguste doit conclure avec le roi d'Angleterre Richard Ier Cœur de Lion un traité négocié par le cardinal légat Pierre de Capoue; il renonce à la Normandie sauf Gisors, organise le mariage de son fils Louis (futur Louis VIII) avec une nièce de Richard, Blanche de Castille, et s'engage à soutenir les prétentions impériales d'Otton de Brunswick, neveu de Richard Ier Cœur de Lion.

6 avril
Richard Ier meurt d'une blessure causée le 26 mars par la flèche d'un arbalétrier tandis qu'il assiège le château de Châlus-Chabrol en Limousin, aux mains d'un vassal récalcitrant (le vicomte de Limoges Adémar V); il n'a pas d'héritier direct. Commence une querelle de succession: son frère Jean sans Terre devient roi d'Angleterre, mais Arthur de Bretagne, fils de Geoffroi (qui était le frère aîné de Richard et de Jean), réclame la couronne, et Philippe II Auguste s'empresse de lui apporter son appui.

25 avril
Jean sans Terre est couronné duc de Normandie à Rouen et roi d'Angleterre à Londres le 27 mai.
Peu après, le roi Philippe Auguste reçoit l'hommage d'Arthur pour le duché de Bretagne.

mai
Baudoin IX de Flandre attaque en Artois; Philippe II Auguste parvient à capturer le frère de Baudoin.

7 mai
Le pape Innocent III écrit à l'archevêque de Sens au sujet d'une hérésie dont le doyen de Nevers s'est rendu coupable (il reprend l'affaire avec l'évêque de Paris le 19 juin).

12 juillet
Le pape Innocent III s'adresse au clergé et aux fidèles de Metz au sujet des vaudois, disciples de Valdès. Le même jour, il donne mission au légat Rainier de se rendre dans le Midi de la France (provinces de Narbonne, Arles, Aix et Embrun) pour «corriger et statuer sur les églises et les monastères, régler les querelles et pourchasser les hérétiques»; le pape recommande son légat Rainier à Guilhem VIII seigneur de Montpellier.

18 août
Renaud de Dammartin, comte de Boulogne, signe avec le roi Jean sans Terre l'engagement réciproque de ne pas faire la paix l'un sans l'autre avec le roi Philippe II Auguste.
Philippe Auguste et Jean sans Terre ont un entretien dans la vallée de la Seine.

28 novembre
Des chevaliers rassemblés au tournoi d'Ecry-sur-Aisne prennent l'engagement d'une quatrième croisade.

autres événements
• Profitant d'une guerre perdue par son cousin Pierre de Courtenay devant le seigneur Hervé de Donzy, le roi Philippe Auguste contraint Pierre à marier sa fille et héritière à Hervé de Donzy; il prend pour prix de son accord (relief) le fief de Gien et 3000 marcs d'argent. Pierre meurt sans fils en 1218, Hervé hérite alors des comtés de son ancien rival.
• À la mort de l'archevêque de Sens Michel de Corbeil, le chapitre cathédral élit l'évêque Hugues d'Auxerre; le pape Innocent III refuse cette nomination et impose celle de l'évêque de Cambrai, maître Pierre de Corbeil, son ancien professeur.
• Le pape Innocent III règle définitivement le problème de la métropole de Dol, en soumettant tous les évêques bretons à l'archevêque de Tours.
• Aliénor d'Aquitaine accorde une nouvelle charte de franchise aux bourgeois de Poitiers.

vers 1200
Jean Bodel d'Arras (vers 1165-1210) compose le *Jeu de saint Nicolas* (1198-1202), Robert de Boron l'*Estoire dou Graal*, Jean Renart *L'Escoufle* (1200-1202), le *Lai de l'ombre* (1217-1222) et *Guillaume de Dole* (vers 1200-1228). La chanson de geste *Ami et Amile* (écrite en Aquitaine?) raconte la légende de l'amitié masculine entre les deux héros au service de Charlemagne. André de Coutances compose une version anglo-normande de l'*Évangile de Nicodème* et le *Roman des Français*, une satire des Français du royaume capétien.
Le troubadour Peire Vidal réside à la Cour du roi de Hongrie Émeric.
Maître Pérotin révise le *Livre de musique* de l'école cathédrale de Paris (*Magnum liber organi*, rédigé sans doute entre 1163 et 1182 sous la direction de Maître Léonin).

1200

janvier
L'affaire du divorce royal s'envenime: le cardinal légat Pierre de Capoue prononce l'interdit sur le royaume de France, à compter du 13 janvier 1200. La plupart des évêques royaux refusent de publier la sentence. Philippe II Auguste s'empresse de signer un traité avec le comte de Flandre Baudoin IX. Il cède à celui-ci Saint-Omer, Aire et Guînes.

février
Le comte de Flandre Baudoin IX annonce son départ pour la croisade.

22 mai
Philippe II Auguste et Jean sans Terre signent une paix au Goulet (Eure). Philippe concède à Jean sans Terre l'héritage de Normandie, Anjou et Aquitaine – pour lesquels Jean sans Terre se reconnaît vassal du roi de France – et le reconnaît donc pour successeur de son frère Richard Ier Cœur de Lion. Il abandonne aussi Arthur de Bretagne. Il promet de ne pas intervenir dans les élections épiscopales de Normandie. En échange, le roi Jean sans Terre reconnaît que le comte de Flandre doit l'hommage lige au roi Philippe Auguste, et abandonne au roi de France l'Évrecin et le Vexin.

23 mai
Le prince Louis (futur Louis VIII) est marié à Blanche de Castille.

8 juin
Le roi d'Angleterre Jean sans Terre reçoit à Angers le titre de comte d'Anjou; il obtient la soumission des barons et reprend l'avantage sur son neveu Arthur de Bretagne. Désormais, Arthur tiendra la Bretagne en fief de Jean.

juillet
Philippe II Auguste doit calmer une émeute des étudiants contre le prévôt de Paris: il octroie le privilège du for aux maîtres et aux étudiants de l'école cathédrale de Paris (ils relèvent de la justice ecclésiastique, et non plus de la juridiction laïque, royale ou municipale); celle-ci s'organise bientôt en « Université ».

30 août
Le roi Jean sans Terre répudie Isabelle de Gloucester, stérile, et épouse à Chinon Isabelle d'Angoulême, qui avait été promise à Hugues de Lusignan, fils du comte Hugues IX de Lusignan et de la Marche.
Plusieurs barons d'Aquitaine adressent au roi de France une plainte contre son vassal Jean sans Terre, leur seigneur.

3 septembre
Gilles de Paris, clerc du roi, remet au prince Louis (futur Louis VIII) son grand poème en latin du *Karolinus* (écrit en 1195-1196), résumé d'histoire du royaume de France dominé par la personne de Charlemagne.

Les « intellectuels » de Philippe Auguste

*Pierre Riga, chanoine de Reims et maître à l'école cathédrale de Paris, compose l'*Aurora. *Son étudiant Gilles de Paris, spécialiste des affaires religieuses dans les bureaux du roi, en fait deux révisions et continuations entre 1200 et 1208. Le moine André de Marchiennes compose une* Histoire des rois, *où il expose qu'avec le prince Louis, fils d'Isabelle de Hainaut, le sang carolingien est entré dans le lignage capétien. Rigord, Languedocien, moine de Saint-Denis, écrit des* Gestes de Philippe *dès 1186, dont une première rédaction est offerte au roi en 1196, et la seconde remise au prince Louis en 1200 (une troisième édition était en cours lorsque Rigord disparaît). Guillaume le Breton, précepteur de Pierre Charlot, est l'auteur de* Gestes du roi Philippe *(continuation de Rigord pour les années 1209-1214, achevées en 1220), qu'il déploie en une monumentale* Philippide *(première version avant 1222, deuxième avant 1226), dont l'ambition est de célébrer le nouveau conquérant et vainqueur de Bouvines, en suivant le modèle de l'*Alexandréide *(1176-1182) de Gautier de Châtillon qui relatait les hauts faits du grand Alexandre. Vers 1200, un clerc du roi compile un* ordo, *description de la liturgie du sacre royal.*

8 septembre
Le nouveau cardinal légat Octavien lève l'interdit sur le royaume de France, contre la promesse d'un nouveau jugement sur le divorce.

autres événements
• Jean de Matha fonde à Marseille l'hôpital Saint-Martin et le couvent de la Porte-Galle pour les captifs rachetés.
• Des hérétiques sont découverts à Troyes.

1200-1210

Un atelier anonyme réalise le *Psautier d'Ingeburge.*

1201

printemps
L'armée de Jean sans Terre envahit les terres Lusignan (comtés de la Marche et d'Eu) et ravage les biens de l'église de Tours. Les Lusignan en appellent au roi de France.

mars
Le cardinal Octavien réunit à Soissons l'assemblée qui doit juger à nouveau le mariage royal. Avant le prononcé de la sentence, le roi annonce sa réconciliation avec Ingeburge, qu'il enferme aussitôt.

avril
Les comtes Baudoin IX de Flandre, Thibaud III de Champagne concluent en vue de la croisade un accord avec le doge de Venise pour le transport des pèlerins et croisés.

mai
Le roi d'Angleterre Jean sans Terre est reçu par le roi Philippe Auguste à Paris.

24 mai
Le comte de Champagne Thibaud III prend la croix. Il meurt peu après, en laissant ses fiefs à sa femme Blanche de Navarre, enceinte du futur comte Thibaud IV le Chansonnier; le roi Philippe Auguste prend le comté sous sa tutelle et exige

immédiatement de la comtesse Blanche l'hommage, l'engagement de ne pas se remarier sans son accord, la remise de sa fille et de l'enfant à naître ainsi que des châteaux de Bray et Montereau.

juillet
Agnès de Meran meurt en enfantant Philippe Hurepel. Le roi la fait inhumer en reine à Saint-Corentin de Mantes, puis négocie sa réconciliation avec Rome.

septembre
Lors du chapitre général de l'ordre cistercien à Cîteaux, Foulque de Neuilly prêche la quatrième croisade en présence de nombreux nobles de Bourgogne qui prennent la croix à cette occasion.

novembre
Une bulle d'Innocent III légitime les enfants de Philippe II Auguste et Agnès de Meran.

1202

hiver
Le roi d'Angleterre Jean sans Terre impose par la force son candidat Guillaume de Beaumont sur le siège épiscopal d'Angers.

25 mars
Devant Philippe II Auguste, Jean sans Terre plaide sa cause contre les seigneurs aquitains au Goulet (Eure). Philippe Auguste lui reproche à la fois son mariage forcé avec Isabelle d'Angoulême et son refus de rendre à Arthur de Bretagne l'Anjou, le Poitou et la Normandie; il convoque Jean sans Terre à Paris.

28 avril
Jean sans Terre refuse de se rendre devant les juges royaux. Ceux-ci le déclarent félon et prononcent le jugement de confiscation (commise) de tous les fiefs que Jean tient du roi de France. Le roi Philippe II Auguste reçoit l'hommage de plusieurs vassaux du souverain Plantagenêt, dont le comte de la Marche et Arthur de Bretagne.

mai
Le pape Innocent III enjoint aux archevêques du royaume de Jean sans Terre d'excommunier les vassaux rebelles au roi d'Angleterre (par d'autres lettres de mai et octobre 1203 et en juin 1204, il continue de favoriser Jean sans Terre contre Philippe Auguste).

juin
Le roi de France lance son armée sur les châtellenies frontalières de Normandie (Gournay qui tombe en juillet, Gaillefontaine, La Ferté et Lyons-la-Forêt), cependant qu'Arthur de Bretagne assiège Mirebeau (Poitou), où réside sa grand-mère, la reine Aliénor.

30 juillet
À Mirebeau, Jean sans Terre capture Arthur de Bretagne, qu'il jette en prison (celui-ci meurt à Cardiff, sans doute en avril 1203). Il met fin ainsi à la prépondérance Plantagenêt en Bretagne. Le fief revient en effet à la mère d'Arthur, Constance, remariée au comte Guy de Thouars qui mène son propre jeu comme comte nominal de Bretagne.

22 août
Dans une assemblée à Mantes, le roi Philippe II Auguste s'oppose, au nom du droit féodal, à une tentative de conciliation de la part du pape Innocent III.

novembre
Les croisés prennent la ville dalmate de Zara.

2 novembre
Guilhem VIII de Montpellier fait rédiger son testament, dans lequel il modifie en particulier les coutumes de la ville.

autres événements
• Jean Bodel publie ses *Congés*.
• L'évêque de Toul Mathieu de Lorraine (1198-1210) est excommunié par un légat lors d'un conflit violent avec son chapitre cathédral.
• Un groupe d'hérétiques est dénoncé à La Charité-sur-Loire.

1202-1203

Un conflit s'élève entre le roi d'Angleterre Jean sans Terre et le pape Innocent III à propos de l'élection au siège épiscopal de Sées (Normandie), le roi s'opposant à l'installation de l'élu; Jean sans Terre cède quand le pape menace de proclamer l'interdit en Normandie.
Un clerc royal compile la plus ancienne évaluation des revenus du domaine royal, calculés en espèces.

1202-1220

Strasbourg est dotée d'une enceinte (de nouveaux remparts seront édifiés en 1374-1390).

1203

mars
Les principaux seigneurs d'Anjou, Maine, Touraine et Poitou proposent par lettre leur hommage lige au roi Philippe Auguste.

mai
Philippe Auguste rouvre les hostilités en direction de Château-Gaillard.

23 juin
L'armée des barons se présente devant Constantinople. L'empereur Alexis III a pris la fuite. La ville est prise le 17 juillet et remise au prince Alexis qui est couronné empereur.

août
À Mantes, les barons conseillent au roi de rejeter les appels du pape.

septembre
Le roi Philippe Auguste commence le siège de Château-Gaillard.

5-6 décembre
Jean sans Terre fait voile sur l'Angleterre.

autres événements
- Le roi Philippe II Auguste inaugure une nouvelle politique de relations avec les églises du royaume: il renonce à ses droits de régale sur les évêchés de Langres et d'Arras.
- Le pape Innocent III confie à 12 abbés cisterciens, sous la houlette de l'abbé de Cîteaux Arnaud Amalric, une mission de prédication dans le Midi.
- Pierre de Courtenay expulse l'évêque d'Auxerre de sa cité.
- Guy de Bazoches (vers 1146-1203) publie une grande encyclopédie historique *(Chronosgraphia sive liber diversarum historiarum).*

1203-1204

Des agents ducaux de Normandie rédigent le premier coutumier normand.

1204

6 mars
Le roi Philippe II Auguste s'empare du donjon de Château-Gaillard.
Une armée bretonne, menée par Guy de Thouars, créature de Philippe II, pénètre en Cotentin et prend le Mont-Saint-Michel.

avril
La ville de Montpellier se soulève contre Guilhem IX, fils illégitime de Guilhem VIII, décédé quelques mois plus tôt.

12 avril
Les Francs reprennent Constantinople aux Grecs révoltés et pillent la ville impériale. Le 9 mai, ils élisent pour empereur de Constantinople le comte de Flandre Baudoin IX, qui est couronné le 16 mai sous le nom de Baudouin Ier; celui-ci remet son comté à ses filles Jeanne et Marguerite, sous la tutelle de son frère Philippe, comte de Namur.

mi-mai
Une mission anglaise négocie avec le roi Philippe II Auguste.

15 juin
Pierre II, roi d'Aragon et seigneur de Majorque (1196-1213), épouse l'héritière du comté de Montpellier, Marie (1181-1213), fille de Guilhem VIII de Montpellier et d'Eudoxie Comnène. Marie, veuve de Barral, comte de Marseille, avait dû renoncer à ses droits successoraux lors de son remariage (en décembre 1197) avec le comte Bernard de Comminges. À la mort de Guilhem VIII (fin 1203), un fils illégitime de celui-ci, Guilhem IX, a donc hérité du comté de Montpellier; en avril 1204, la ville de Montpellier s'est soulevée contre son nouveau maître. Le roi d'Aragon, Pierre II, se présente comme le sauveur en épousant Marie, qui avait été répudiée par le comte de Comminges; il abandonne Marie en 1207, et garde l'immense domaine des Guilhem de Montpellier, qui passe entre les mains des Catalans.
La coutume de Montpellier est publiée dans les mois qui suivent.

24 juin
Français et Bretons, après avoir opéré leur jonction à Caen, contraignent la cité de Rouen à se rendre. La Normandie est soumise au roi de France.
Frère Aymard est chargé de la réforme monétaire de Normandie, qui substitue la monnaie de l'abbaye royale de Saint-Martin de Tours (tournois) à la monnaie d'Angers, au rapport de 5 tournois pour 4 parisis.

10 août
Le roi Philippe Auguste entre dans Poitiers. En novembre, il confirme la commune de la ville (renouvelée en 1222).

autres événements
- Aliénor d'Aquitaine meurt.
- Le comte Hélie de Périgord, abandonnant Jean sans Terre, fait hommage direct au roi Philippe Auguste pour son comté.
- Le roi renouvelle les privilèges de la « hanse » des marchands de l'eau de Paris.
- Le pape Innocent III nomme Pierre de Castelnau et Arnaud Amalric légats dans le Languedoc.

1205

printemps
Le roi Philippe Auguste intervient militairement en Poitou, prend Loches et Chinon, mais se heurte à une vive résistance des barons favorables au roi d'Angleterre Jean sans Terre.
La mort de l'héritière de Chaumont donne à la comtesse de Champagne Blanche de Navarre l'occasion de s'implanter dans la cité et d'étendre son influence vers l'Est.
L'évêque de Béziers refuse d'imposer aux consuls de sa cité un serment anti-hérétique, malgré les exigences des légats pontificaux.

5 septembre
Philippe II Auguste dépose à Saint-Denis une croix-reliquaire où il a fait insérer un fragment de la Vraie Croix, provenant d'un lot de reliques enlevées au palais impérial de Constantinople.

13 novembre
À Rouen, le roi ouvre une enquête solennelle sur le clergé normand, afin de définir les devoirs et les droits des églises dans le duché. Une convention en est issue, appliquée en Normandie : elle précise que les juges ecclésiastiques ne peuvent connaître des matières féodales. Cette enquête servira de laboratoire pour la délimitation des juridictions civiles et ecclésiastiques dans l'ensemble du royaume. C'est ainsi que les « accords de Paris » (entre novembre 1205 et Pâques 1206 ?) normalisent les relations entre les grands féodaux et les juridictions ecclésiastiques, en suivant pour partie les Constitutions de Clarendon édictées par Henri II en 1164 et toujours valides en Normandie.

autres événements
- Le pape Innocent III proteste dans une lettre à Philippe Auguste contre l'érection d'une synagogue près d'une église à Sens.

1205-1215

Un anonyme picard écrit la seconde partie (en alexandrins) de la chanson de geste d'*Aiol*.

1205-1220

Un anonyme écrit la *Chronique saintongeaise*.

1205-1225

Bertrand de Bar-sur-Aube remanie la chanson de geste *Aymeri de Narbonne*, du cycle de Charlemagne, racontant comment l'empereur voulut s'emparer de Narbonne au retour de Roncevaux.

1206

printemps
Une armée française descend le long de la Loire, et obtient la reddition de Nantes.

juin
Le roi Philippe II Auguste apprend la capture de l'empereur de Constantinople, Baudoin Ier. Il obtient l'engagement que les héritières du comté de Flandre (les filles de Baudoin), Jeanne et Marguerite de Flandre, ne se marieront qu'avec son assentiment ; le comte Philippe de Namur, tuteur des jeunes filles, fait serment d'épouser plus tard Marie, une fille du roi.

juin-novembre
Le Poitou se révolte. Le roi d'Angleterre Jean sans Terre débarque à La Rochelle, réside à Poitiers puis à Thouars. Le roi de Castille Alphonse VIII tente de conquérir la Gascogne sur Jean sans Terre, et s'approche de Bordeaux.

septembre
Le duc de Lorraine Ferri II et le comte Albert de Dabo organisent la formation d'un État territorial en fiançant leurs enfants Thiébaut et Gertrude.

26 octobre
Le roi Jean sans Terre signe à Thouars une trêve avec le roi Philippe Auguste.

27 octobre
La paix est rétablie à Montpellier, après que les Montpelliérains se sont soulevés contre la pression fiscale du roi Pierre d'Aragon, et ont détruit partiellement son château. Un traité est conclu entre Pierre d'Aragon et le consulat de la ville. Jusqu'à l'extinction de la dette de Pierre envers les bour-

geois, les consuls deviennent les maîtres authentiques de la ville (Pierre d'Aragon doit s'engager à ne pas paraître en ville avant d'avoir remboursé tous ses emprunts).

novembre
À Rouen, les seigneurs normands attestent par serment ce qu'ils connaissent des usages féodaux des laïcs face aux églises sous les règnes d'Henri II et de Richard Ier Cœur de Lion.
Le roi Philippe Auguste prend la garde du duché de Bretagne, pendant la minorité de l'héritière Alix (jusqu'en 1213), fille de Constance de Bretagne et de son troisième mari, Guy de Thouars.

décembre
Le roi Jean Sans Terre rentre en Angleterre.

autres événements
• Maître Amaury de Bène est condamné pour hérésie par une commission formée d'universitaires parisiens.
• L'évêque de Cambrai excommunie la commune de sa cité; la lutte se prolonge jusqu'en 1209.
• L'ancien troubadour Folquet de Marseille est élu au siège épiscopal de Toulouse.
• Dominique de Guzman (saint Dominique, vers 1172-1221) fonde la communauté féminine de Prouille, près de Fanjeaux.

1206-1230

Un inconnu écrit l'*Histoire ancienne jusqu'à César* pour Roger, châtelain de Lille.

1207

avril
Le roi Philippe Auguste consent à renoncer au droit de régale sur le temporel de l'église d'Auxerre, à la suite d'un procès et d'une intervention pontificale motivés par un abus manifeste du droit de dépouille après la mort de l'évêque Hugues de Noyers.

octobre
Les évêques normands acceptent un règlement sur les cas réservés à la justice royale.

autres événements
• Philippe II Auguste impose aux Rouennais qui ont élevé une résistance à son administration une lourde contribution, mais donne à la ville une charte confirmant les Établissements de Rouen (1170-1171). Il passe la Loire et prend Parthenay.
• La comtesse de Champagne Blanche de Navarre abandonne la libre nomination à l'évêché de Troyes, où le pape impose un docteur parisien, Hervé.
• Le légat Pierre de Castelnau accuse le comte de Toulouse Raimon VI de protéger les hérétiques et l'excommunie.
• Saint Dominique commence sa prédication en Languedoc. Au colloque de Pamiers, son ami l'évêque espagnol Diego d'Osma parvient à persuader un groupe de vaudois de se rallier à l'Église romaine.
• L'archevêque de Rouen inaugure la construction d'une nouvelle nef pour sa cathédrale.

1208

début janvier
Le comte Raimon VI de Toulouse déclare se soumettre à l'Église et convoque le légat Pierre de Castelnau pour lui demander de lever son excommunication. Le légat refuse et quitte Saint-Gilles.

12 ou 15 janvier
Le légat Pierre de Castelnau est assassiné à Trinquetaille (près Béziers) par un chevalier du comte Raimon VI.

mars
Le pape Innocent III demande au roi Philippe Auguste de mener une croisade contre les hérétiques méridionaux dits «cathares» ou «albigeois». Le pape charge le légat Galon d'étudier des motifs d'annulation du mariage de Philippe II. Il confie à Adam de Perseigne une mission de réconciliation entre Philippe II Auguste et Jean sans Terre, qui faciliterait la croisade méridionale.

5 juin
Philippe de Souabe est assassiné à Bamberg. Otton de Brunswick a les mains libres pour accéder au trône impérial.

septembre
Le roi Philippe Auguste installe au Louvre les deux héritières de Flandre, les comtesses Jeanne et Marguerite.

autres événements
• Les bourgeois d'Avignon traitent avec le comte Raimon VI de Toulouse, qui leur reconnaît une autonomie complète.

1208-1209

Les maîtres et étudiants de Paris se constituent en Université.

1209

printemps
L'armée des croisés anticathares, commandée par le légat Arnaud Amalric et (peut-être dès le départ) un chevalier d'Île-de-France, Simon IV de Montfort(-L'Amaury), descend de Lyon vers le Midi. Parmi ses chefs se trouvent les archevêques de Reims, Sens et Rouen, les évêques d'Autun, Clermont, Nevers, Bayeux, Lisieux, Chartres, le duc de Bourgogne et les comtes de Nevers et de Saint-Pol.

LES MONTFORT (1165-1265)

Simon IV de Montfort appartient à une famille de puissants vassaux qui, au XIIe siècle, tient du roi d'Angleterre les comtés de Leicester et d'Évreux. Bien que le comté d'Evreux soit saisi en 1204 par Philippe Auguste, le lignage témoigne d'une fidélité sans faille à la dynastie capétienne pour sa seigneurie de Montfort-L'Amaury: déjà en 1098, Simon II a victorieusement défendu Paris contre une armée de Guillaume Rufus, roi d'Angleterre. Simon IV participe à la quatrième croisade de 1204; sa réputation flatteuse de guerrier l'appelle à reprendre les armes en 1209. Il part donc, accompagné de l'abbé cistercien Pierre des Vaux-de-Cernay, qui fait office de chroniqueur attitré. Ses qualités l'imposent aussitôt comme chef laïque de l'armée croisée, puis vicomte de Béziers et Carcassonne après la prise de Carcassonne (septembre 1209) où il établit sa résidence, enfin comte de Toulouse en titre (1215), en lieu et place de Raimon VI. Plus à l'aise sur le champ de bataille que dans les salles des palais, il repart en direction d'Arles et de la Provence, afin de soumettre les vassaux de Raimon VI, et court bientôt vers les Pyrénées. Or, la réplique des lignages de Toulouse et de Comminges, alliés contre lui avec tous leurs vassaux, permet à Raimon VI de reprendre Toulouse. Simon IV de Montfort assiège à nouveau la ville en octobre 1217, mais il est tué sous ses murs le 25 juin 1218.
Les fils aînés de Simon IV, Amaury et Guy de Montfort, poursuivent la guerre albigeoise de leur père. À la mort de Guy (15 janvier 1224), Amaury jette le gant: il cède au roi Louis VIII ses droits sur le comté de Toulouse, se retire dans ses terres d'Île-de-France, et meurt en 1241. Simon V, le fils cadet (1208-1265), parti en 1230 en Angleterre pour tenir son comté de Leicester, force le destin de la famille: il épouse une sœur du roi Henri III d'Angleterre. Jouant de ses appuis dans les deux Cours de France et d'Angleterre, il prend la tête du parti des barons contre Henri III, en Aquitaine comme en Angleterre. En vertu du traité de Paris de 1258, Simon V doit céder au roi de France ses fiefs de Languedoc et le comté d'Évreux qui faisaient de lui l'un des grands vassaux de Louis IX. En 1261, Simon V entre ouvertement en rébellion contre le roi d'Angleterre, qu'il fait prisonnier lors de la bataille de Lewes (14 mai 1264). C'en est trop: le pape, le roi Louis IX et un fort parti de barons anglais suspendent leur soutien à Simon V, qui est tué à Evesham (1265).
La fortune des Montfort ne s'éteint pas avec la mort de Simon V: par le mariage de Yolande de Montfort avec Arthur de Bretagne en 1294, le lignage se découvre des droits sur la Bretagne, que Jean de Montfort peut à juste titre revendiquer en 1341.

1er mai
Une ordonnance promulguée à Villeneuve-sur-Yonne définit les règles de succession des fiefs en Île-de-France: les enfants héritiers d'un fief partagé entre eux seront tous désormais vassaux du seigneur suzerain (« le seigneur de mon seigneur »), non plus de l'un d'entre eux.

18 juin
Le comte Raimon VI de Toulouse se soumet à une pénitence publique à Saint-Gilles devant le légat Milon, et se joint à l'armée croisée. Le 19 juin, le légat publie ses conditions à la reddition des barons du Midi.

22 juillet
Les croisés s'emparent de Béziers qui est mise à sac.

septembre
Les croisés prennent Carcassonne. Les seigneurs du Midi organisent la résistance.

autres événements
• Le roi Philippe II, à l'occasion de la majorité de son fils Louis (futur Louis VIII), confirme les communes de l'Artois qui est destiné à Louis.
• Le roi Philippe Auguste tente de régler la question bretonne, en suspens depuis 1203; en organisant un mariage à venir entre la jeune Alix

(10 ans), fille du comte Guy de Thouars et de Constance, avec un jeune Breton de son parti (4 ans), Philippe Auguste prend la garde des enfants.
• Le roi accorde sa sauvegarde aux marchands, « italiens ou autres », qui se rendent aux foires de Champagne.
• La mort d'Alphonse II et de son adversaire Guillaume IV de Forcalquier permet la réunion des deux comtés de Provence et de Forcalquier entre les mains de Raimon Bérenger V, fils d'Alphonse II et de Gersende de Sabran. Mais le nouveau comte, mineur, est confié à la garde de son oncle le roi Pierre II d'Aragon.
• La veuve d'Étienne Bérot, bourgeois parisien, fonde le Collège Saint-Honoré pour 13 écoliers pauvres.
• Le pape Innocent III excommunie le roi d'Angleterre Jean sans Terre qui refuse la nomination de l'archevêque de Canterbury, Étienne Langton, élu en 1206.

1209-1210

Le roi Philippe II Auguste commence d'exiger à nouveau la totalité de ses droits de régale sur les évêchés du domaine royal, et ceux d'Anjou et Normandie.
Guilhem Augier compose une Lamentation *(planh)* sur la mort de Roger Trencavel, vicomte de Béziers.

1210

janvier
Le pape Innocent III se plaint au roi de France des menées de l'empereur Otton de Brunswick en Italie et demande son aide. Le roi Philippe II Auguste refuse.

mai
Philippe Auguste préside au mariage, prévu en 1201, de son fils Philippe Hurepel et de la fille de Renaud de Dammartin.

20 novembre
10 disciples d'Amaury de Bène, condamnés pour hérésie par un synode, sont brûlés à Paris, dans le pré dit Champeaux. L'accusation est fondée sur trois griefs d'une extrême gravité pour les évêques: un panthéisme qui ignorerait la distinction entre Dieu et sa création, une doctrine de l'accès dès ici-bas à la perfection, et la conséquence que les sacrements sont inutiles à ceux qui atteignent cette perfection. Le même concile qui a prononcé la condamnation a ordonné que soient brûlées les traductions latines de la *Métaphysique* d'Aristote.

autres événements
• L'armée des croisés prend Minerve et Termes en Toulousain.
• Une expédition royale contraint le comte d'Auvergne Gui à abandonner ses vexations contre l'évêque de Clermont.
• L'ost (armée temporaire) est assemblé à Mantes pour une expédition contre le château de Guesclin en Bretagne. Le roi Philippe Auguste fait saisir le temporel des évêques d'Orléans et d'Auxerre, Manassès et Guillaume de Seignelay, parce qu'ils ont refusé le service d'ost au prétexte que le roi ne commande pas en personne l'expédition. L'affaire n'est réglée qu'en août 1212 par la soumission des évêques.
• Philippe II Auguste entreprend de se remarier avec la fille du landgrave de Thuringe, mais n'obtient pas l'autorisation ecclésiastique nécessaire.
• Le nouvel archevêque de Bourges démet de son pouvoir métropolitain l'archevêque de Bordeaux (prélat de Jean sans Terre) qui lui conteste la primatie d'Aquitaine.

vers 1210

L'Anglais Gervais de Tilbury, maréchal de l'empereur à Arles, écrit pour son maître Otton IV un *Livre des merveilles (Otia imperialia)*, encyclopédie des merveilles du monde et de la nature.

vers 1210-1212

Geoffroi de Villehardouin compose son récit de la *Conquête de Constantinople.*

vers 1210-1230

Un moine anonyme de Saint-Germain-des-Prés (?) écrit la « Chronique de Chantilly-Vatican », sur la base de la continuation de l'*Histoire des Francs* d'Aimoin de Fleury et de la tradition historiographique de Saint-Denis.

1211

février
Le concile d'Arles excommunie le comte de Toulouse Raimon VI qui a refusé les conditions imposées par le légat; les terres du comte sont offertes au premier occupant.

mai
Simon de Montfort prend le château de Lavaur et fait exécuter Amalric de Montréal et des dizaines de chevaliers.
Au concile réuni à Montpellier, le comte Raimon VI de Toulouse est excommunié de nouveau pour hérésie et l'assassinat du légat Pierre de Castelnau.
Simon de Montfort échoue au siège de Toulouse. Son armée ravage le pays de Foix. L'Albigeois se révolte contre les croisés; le comte de Toulouse Raimon VI reprend possession de ses principaux fiefs.

septembre
Le roi Philippe II Auguste exige de Renaud de Dammartin (beau-père de son fils Philippe Hurepel) la remise du château de Mortain. Sur le refus de Renaud, il met la main sur les fiefs de celui-ci, qui s'enfuit et négocie avec le roi Jean sans Terre et l'empereur Otton de Brunswick.

autres événements
• Les villes flamandes passent traité avec le roi d'Angleterre Jean sans Terre contre le roi Philippe II Auguste.
• Le chanoine prémontré Robert de Saint-Marien d'Auxerre met un terme à sa *Chronique* latine.
• La guerre en Toulousain n'empêche pas l'ouverture du chantier de la nouvelle cathédrale de Toulouse.

1212

janvier
L'aînée des héritières de Flandre, Jeanne, est mariée à Ferrand (Ferdinand), fils du roi de Portugal et d'une sœur de Blanche de Castille. Ferrand prête l'hommage au roi Philippe Auguste, puis part pour la Flandre. Il y apprend que le prince Louis (futur Louis VIII) vient de s'emparer d'Aire et de Saint-Omer. Le 25 février, Ferrand doit signer le traité de Lens, par lequel il consent à l'abandon d'Aire et de Saint-Omer.

mai
Simon de Montfort contre-attaque en Toulousain, grâce à des renforts venus du Nord; il prend Saint-Antonin, Castelsarrasin, Moissac.

4 mai
Renaud de Dammartin traite en Angleterre avec le roi Jean sans Terre et lui fait hommage et fidélité.

juin
Les Almohades subissent leur première grande défaite à Las Navas de Tolosa devant les rois d'Aragon, Castille et Navarre et Arnaud Amalric.
La croisade des Enfants, initiative d'un berger, Étienne de Cloyes, du Vendômois, jette sur la route des bandes de jeunes dans le Vendômois et le Chartrain, qui se dirigent sur Saint-Denis; elles arrivent à Paris où le roi ordonne de les disperser. D'autres groupes, partis de Picardie et de Flandre, gagnent la vallée du Rhin, puis l'Italie où leur espoir d'atteindre Jérusalem est anéanti.

20 juillet
Ferrand rencontre le roi d'Angleterre Jean sans Terre à Douvres.

novembre
Le roi Philippe Auguste donne la main d'Alix, héritière de Bretagne, à l'un de ses cousins, Pierre Mauclerc. Il trouve ainsi la solution à la question bretonne, entravée sans doute par le refus des évêques d'entériner le mariage d'Alix en 1209.

19 novembre
À Vaucouleurs, le prince Louis (futur Louis VIII), envoyé par le roi Philippe Auguste qui s'est arrêté à Châlons, passe un traité avec Frédéric II de Hohenstaufen, qui se pose comme concurrent d'Otton de Brunswick au trône impérial.

1er décembre
Une assemblée réunie à Pamiers par Simon de Montfort traite de l'organisation des territoires conquis sur les albigeois; la coutume de Paris remplace désormais les usages locaux.

5 décembre
Frédéric II de Hohenstaufen est élu empereur en présence des envoyés du roi Philippe Auguste.

autres événements
• Le roi Philippe Auguste tente une dernière fois d'obtenir le divorce d'avec Ingeburge auprès du cardinal Robert de Courson.
• Le pape Innocent III accorde sa protection aux maîtres de l'Université en conflit avec l'évêque de Paris.
• Un conflit armé éclate entre l'abbé de Cluny et le prieur de La Charité-sur-Loire, Geoffroy de Donzy; celui-ci est excommunié, et le roi doit contraindre le comte de Nevers Pierre de Courtenay à intervenir militairement.
• Des clercs de la chancellerie royale copient le principal recueil d'archives du règne (*Registre C*,

constitué d'une transcription du *Registre A* concernant la Normandie, compilé en 1204, et d'additions jusqu'en 1220). Un autre registre important *(Registre E)* est confectionné par le clerc Étienne de Gallardon d'août à septembre 1220.

Littérature et politique au temps de la croisade albigeoise

La croisade contre les albigeois suscite une littérature abondante. Les troubadours ont essuyé le choc, nombre d'entre eux ont été mêlés aux événements, et ont dû par la suite faire retraite en Provence, voire en Italie comme Raimbaut de Vaqueiras. Les troubadours, poètes de cour attachés au service des princes d'Aquitaine (Arnaut Daniel, vers 1150-vers 1200, auprès de Richard Cœur de Lion), de Béarn, de Montpellier et Béziers (Arnaut de Mareuil, actif vers 1180-1190), de Catalogne-Aragon (Guiraut de Bornelh, Raimbaut de Vaqueiras auprès d'Alphonse II, 1162-1196) et de Provence (Aimeric de Belenoi, Bertran d'Alamanon, Guilhem de Montanhagol chez Raimon Bérenger V, 1209-1245, lui-même troubadour), chantent l'amour (les cansos *de Guilhem de Cabestany sont justement réputés) et la croisade, ou entrent dans les débats politiques par le travers du* sirventés *(poésie politique en occitan). Ils méprisent les traditions des Cours capétiennes (seul Arnaut Daniel aurait visité la Cour de Philippe II). Ils ont été pris dans le tourbillon de la croisade (Guilhem Anelier, Guilhem Figueira, et vers 1235 Guilhem de Montanhagol maudissent dans leurs* sirventés *le sort fait au Midi). Nombre d'entre eux adoptent le parti méridional (Arnaut de Comminges, † 1246). La tradition fait de plusieurs d'entre eux des hérétiques (Aimeric de Peguilhan, avant 1195-vers 1225).*
Les ouvrages historiques des contemporains sur la croisade méridionale atteignent une qualité notable. Le clerc navarrais Guillaume de Tudèle, qui appartient à la chapelle d'un frère du comte Raimon VI de Toulouse rallié aux croisés, illustre avec modération le point de vue de Simon de Montfort dans la première partie (1209-1213) de la Chanson (Canso) de la croisade albigeoise. *La seconde partie (1213-1218) du* Canso *est l'œuvre d'un juriste anonyme, fervent partisan du comte de Toulouse. En même temps que lui, Pierre des Vaux-de-Cernay, l'un des cisterciens participant depuis le début à la lutte contre les cathares, rédige une* Hystoria albigensis, *histoire officielle probablement. C'est en contrepoint de la croisade méridionale que Jacques de Vitry compose son* Histoire hiérosolymite *(de la croisade) à partir de 1220, en deux livres : l'*Histoire orientale *en 1220, et l'*Histoire occidentale *en 1223-1225. Ce second livre présente le renouveau récent de l'Église d'Occident, marqué par le concile de Latran IV (1215) et la naissance des deux grands ordres mendiants, dominicains et franciscains, que Jacques de Vitry a pu observer à l'œuvre. Il est l'auteur également de sermons, assemblés en trois grandes collections entre 1226 et 1240 (sermons pour l'année liturgique, pour les fêtes des saints, et* ad status, *selon les catégories d'auditeurs).*

1212-1215

La confrérie marseillaise du Saint-Esprit impose à l'évêque un gouvernement communal.

1213

janvier

Par la mort du comte Guy de Thouars, Pierre Mauclerc (époux d'Alix de Bretagne) devient de plein droit seigneur de la Bretagne. Il donne l'hommage lige au roi, prend le titre de duc, et introduit aussitôt dans le duché les usages de la chancellerie capétienne.

printemps

Une armée royale conquiert l'Auvergne au nom du roi, protecteur des églises; son chef, Gui de Dampierre, prend le titre de connétable d'Auvergne.

8 avril

Une assemblée à Soissons organise l'ost (armée temporaire) contre le royaume d'Angleterre; seul le comte de Flandre Ferrand refuse le service. L'expédition est confiée au prince royal Louis (futur Louis VIII), qui doit signer une promesse de ne réclamer aucune terre en France du vivant de son père et de ne distribuer aucun fief conquis sans l'accord de celui-ci.
Le roi Philippe Auguste reprend sa femme Ingeburge.

8 mai

Le roi Philippe II Auguste, sur le point d'envahir l'Angleterre, est à Boulogne; son armée envahit la Flandre.

15 mai
Le roi d'Angleterre Jean sans Terre se soumet au pape Innocent III.

22 mai
Le roi Philippe Auguste se trouve à Gravelines; le légat Pandolfo vient lui interdire d'aller plus loin (Jean sans Terre a fait récemment acte de soumission au pape).

24 mai
Lors d'une entrevue avec le comte de Flandre Ferrand, le roi Philippe Auguste exige vainement la participation du comte de Flandre à la guerre en Angleterre. Il va assiéger Gand.

30 mai
Une partie de la flotte française, échouée à Damme, est détruite par les Anglais.

31 mai
Le comte de Flandre Ferrand s'engage dans une alliance avec le roi d'Angleterre Jean sans Terre.

juin
Le roi Philippe Auguste rentre sur Paris.
À la mort de leur dernière détentrice, les comtés de Valois et Vermandois échoient aux mains du roi.
L'évêque de Noyon renonce à l'hommage que lui aurait dû le roi pour le comté de Vermandois.

juillet
Les villes de Flandre se dérobent à leur fidélité au roi; le prince Louis (futur Louis VIII) incendie Courtrai.

12 septembre
À Muret, Simon de Montfort écrase l'armée du roi Pierre II d'Aragon, allié au comte de Toulouse Raimon VI, et venu soutenir ses vassaux les comtes de Foix et de Comminges.
Le comte Ferrand de Flandre ravage Lille et Tournai, reprend ses terres aux Français, qui ne conservent que Douai.

21 novembre
Le roi aggrave sa mainmise sur la Champagne, en concluant un nouveau traité avec la comtesse Blanche et son jeune fils de 12 ans, Thibaud IV (engagement de ne pas fortifier les villes de Meaux, Lagny, Provins et Coulommiers).

1214

janvier
Renaud de Dammartin reprend Cassel, aussitôt incendiée par le prince Louis (futur Louis VIII).

16 février
Le roi d'Angleterre Jean sans Terre débarque à La Rochelle; il se réconcilie avec ses vassaux d'Aquitaine, et offre sa fille Jeanne en mariage au fils du comte Hugues de la Marche, un Lusignan.

mars
Le roi Philippe Auguste passe la Loire, se dirige sur Châtellerault. En avril, il renonce à poursuivre le roi Jean sans Terre qui est descendu sur la Garonne; il remonte sur Saumur, le Berry.

25 avril
À Poissy, Louis (futur Louis IX), cinquième enfant du prince Louis (futur Louis VIII) et de Blanche de Castille, naît, ou est baptisé.

mai
Le roi d'Angleterre Jean sans Terre renonce à prendre Nantes. Le 17 juin, il entre à Angers.

juin
Le comte de Flandre Ferrand menace l'Artois.

2 juillet
Le prince Louis (futur Louis VIII) s'apprête à investir La Roche-aux-Moines quand le roi Jean sans Terre prend la fuite. Il ravage ensuite les terres de Thouars et détruit le château de Moncontour, puis soumet l'Anjou au roi Philippe Auguste.

23 juillet
Le roi Philippe II part de Péronne vers Douai. Le 26 juillet, il arrive à Tournai.

27 juillet
Ce dimanche, Philippe Auguste remporte la bataille de Bouvines (Nord) sur l'empereur Otton IV de Brunswick et les coalisés flamands. Otton IV s'enfuit, les comtes de Flandre, de Boulogne et de Salisbury sont capturés, incarcérés au Louvre.

18 septembre
Le cardinal Robert de Courson obtient du roi Philippe II Auguste une paix de cinq ans avec le roi Jean sans Terre; elle est signée à Chinon.

13 octobre
Le roi Jean sans Terre regagne définitivement l'Angleterre.

24 octobre
Philippe II accorde à la comtesse Jeanne de Flandre (épouse de Ferrand) une convention, dont les villes de Flandre refusent par la suite les clauses.

autres événements
• Sanche d'Aragon quitte la Provence; l'autorité comtale s'affaiblit aussitôt.
• Une ordonnance royale établit que la femme aura en douaire la moitié des biens de son mari.
• Le roi ordonne que la monnaie parisis aura désormais cours forcé sur les terres de l'évêque et du chapitre de Beauvais.
• Par ordonnance royale, les marchands de l'eau (responsables du trafic sur la Seine entre Paris et Mantes) sont chargés d'aménager un nouveau port dans Paris.

1215

8 janvier
Cinq archevêques et huit évêques du Midi demandent au pape qu'il leur donne Simon de Montfort pour seigneur, à la place du comte Raimon VI de Toulouse.

avril
Le prince Louis (futur Louis VIII) vient prêter main-forte dans le Midi à Simon de Montfort; il l'aide à prendre possession du titre ducal de Narbonne et de la ville de Toulouse.

début juin
Le roi Jean sans Terre accorde aux barons anglais la Grande Charte *(Magna Carta)*, qui définit en faveur des barons et des évêques l'équilibre des pouvoirs dans le royaume anglais. Mais le 24 juin, le pape Innocent III casse la Grande Charte.

juillet
Le roi Jean sans Terre écrit au roi Philippe Auguste que les marchands français pourront aller et venir à Londres sans être inquiétés.

août
Le cardinal Robert de Courson, légat du pape, promulgue les premiers statuts de l'Université de Paris.

L'Université de Paris

Le foyer des premières universités est soit l'école de la cathédrale et donc de l'évêque (Paris, Oxford), soit un agrégat de professeurs ou d'écoles réunis en un seul corps par décision de la puissance publique (le comte Guilhem VIII à Montpellier en 1181, la Commune à Bologne en 1189). L'école de la cathédrale de Paris, fameuse depuis les années 1140 et jouissant du soutien tant du pape que du roi, attire toujours plus d'étudiants. À ce noyau se relient, sans lien formel, des écoles comme celle de l'abbaye Saint-Victor, des cours privés comme ceux d'Abélard et de Gilbert de la Porrée, et à partir de 1180, des fondations caritatives en faveur des étudiants. Les statuts donnés à Paris en 1215 par le cardinal Robert de Courson donnent pour la première fois une forme juridique à la corporation (societas) *des maîtres et des étudiants. Ce n'est cependant qu'en 1221 que la communauté de ceux-ci se définit comme « université »* (universitas). *La reconnaissance pontificale vient le 13 avril 1231 par la bulle* Parens scientiarum. *Cette triple conquête confirme l'apparition du groupe des « intellectuels », sa prise de conscience et son statut social. Entre 1202 et 1237, l'« Université » de Paris a obtenu le droit d'élire ses propres officiers, ensuite son recteur, et elle acquiert définitivement son sceau en 1246. Ces droits ont été conquis, grâce au soutien des papes, sur l'évêque et son chancelier (en 1212-1213, le chancelier épiscopal a perdu en effet le contrôle de la « licence d'enseigner »), mais aussi sur l'abbaye de Sainte-Geneviève dont le territoire accueillait plusieurs écoles, enfin et surtout sur le prévôt du roi.*

L'Université de Paris est ainsi dès le début du XIIIe siècle une institution ecclésiastique, bénéficiant de l'exemption vis-à-vis de la juridiction épiscopale ou laïque, jouissant d'une entière liberté pour l'organisation de l'enseignement, pour le choix des professeurs et pour l'octroi de diplômes aux étudiants qualifiés. À la différence d'autres universités, le paiement des professeurs est assuré directement par les étudiants; le droit des professeurs et des étudiants à tenir des bénéfices et des prébendes ecclésiastiques (fait reconnu dès les années 1170-1180), pour s'assurer des revenus durant leur enseignement et leurs études, constitue la garantie de leurs privilèges.

Du début du XIIIe jusqu'au milieu du XVe siècle, l'organisation demeure souple. L'Université ne possède pas de bâtiments qui lui soient propres, ni pour l'enseignement, ni pour le logement des étudiants. Ses grandes assemblées ont lieu à

Saint-Julien-le-Pauvre ou au couvent des Dominicains. Des « collèges » ont donc vu le jour – ils sont en France une particularité parisienne, les autres villes universitaires en comptant très peu. Le plus précoce d'entre eux est apparu en 1180 (Collège des dix-huit), avant même la cristallisation des écoles parisiennes en Université. Viennent ensuite les collèges de Saint-Thomas du Louvre (entre 1186 et 1210, plus tard appelé Saint-Nicolas du Louvre), de Constantinople (en 1204), des Mathurins (1209, pour le clergé régulier), et le plus célèbre de tous, celui que fonde en 1257 Robert de Sorbon. Les premiers collèges parisiens sont des fondations caritatives, destinées au logement d'étudiants boursiers. Le développement de l'Université altère la finalité des collèges : apparaissent des collèges réservés aux ordres mendiants (dominicains à Saint-Jacques en 1229, cordeliers, c'est-à-dire franciscains, vers 1258) et monastiques (Bernardins, c'est-à-dire cisterciens en 1248, Cluny en 1260), aux étudiants étrangers (Collège de Dacie en 1275, des Lombards en 1334). Le mouvement de fondation se poursuit continûment, avec la création des Collèges du Cardinal-Lemoine en 1302, de Navarre (1304), de Montaigu (1314). Peu à peu, tous les collèges se sont transformés en institutions autonomes, gérées par les maîtres et les étudiants selon les statuts dressés par les fondateurs et approuvés par les autorités ecclésiastiques, sans autre lien avec l'Université que les maîtres et les étudiants qui y vivent. Ces établissements procurent non plus seulement un appui matériel, mais aussi intellectuel, moral et spirituel ; vers 1500, ils hébergent presque tous les cours de la Faculté des Arts. Jusqu'en 1452, l'Université n'a pas jugé utile de contrôler les collèges. Il a fallu cependant, pour authentifier l'enseignement, exercer un droit de regard sur la production de livres universitaires, manuels et œuvres des maîtres : le commerce des livres est donc concédé à des « libraires » (stationarii) *qui tiennent leur atelier de copie de manuscrits sous « label » de l'Université.*

Le modèle parisien de l'Université confie dès le XIIIe siècle un rôle primordial à la Faculté des Arts : celle-ci forme le tronc commun qui rayonne ensuite vers les trois facultés supérieures de médecine, de droit, et de théologie. La faculté des arts s'est puissamment structurée en quatre « nations » (française, picarde, normande et anglaise, mentionnées en 1249). Son programme s'étend sur six à huit ans jusqu'aux diplômes de bachelier, de licencié, puis de maître. Il couvre l'ensemble des « arts libéraux » : l'étudiant, entré vers 14 ans et en possession déjà de la grammaire (Donat), entreprend l'étude de la logique, la rhétorique, la dialectique, puis celle de l'arithmétique, de la musique, de l'astronomie et de la géométrie, et de là passe à la grammaire spéculative (Priscien), à la philosophie naturelle, à l'éthique et à la métaphysique selon Aristote. La faculté de théologie est la plus réputée : l'enseignement de la Bible *et du* Livre de Sentences *de Pierre Lombard y conduit, en cinq à sept ans, à la licence et à la maîtrise de théologie pour laquelle on requiert l'âge minimum de 35 ans. L'Université de Paris, de loin la plus importante en Occident à la fin du XIIIe siècle, tient sa puissance de ses privilèges et de sa cohésion, jamais démentie jusqu'aux heures sombres de la « France anglaise », dans les années 1420-1430. S'il y a déclin au milieu du XVe siècle, la cause en est éminemment politique ; l'Université a payé ses choix périlleux d'une sévère reprise en main en 1452, sous contrôle désormais du Parlement. Son raidissement devant la vague de l'humanisme ne paraît pas avoir gêné les réformes actives des collèges, notamment de Navarre et de Montaigu dans les années 1480-1490, qui assurent le relais avec les renouveaux du XVIe siècle.*

septembre-octobre
Le roi Philippe Auguste négocie avec les barons anglais révoltés ; ceux-ci offrent la couronne au prince Louis (futur Louis VIII) et remettent des otages au roi de France.

11-30 novembre
Le concile de Latran IV déshérite le comte Raimon VI de Toulouse au profit de Simon de Montfort, mais ne touche pas à la partie provençale des terres de Raimon VI ; il remet le comté de Melgueil à l'évêque de Maguelonne.

autres événements
• Les consuls de Montpellier prennent une participation dans l'atelier monétaire de Melgueil, pour contrôler les altérations de la monnaie.
• La cité de Nice se donne aux Génois.
• L'ordre des Frères prêcheurs (dominicains) est fondé officiellement à Toulouse ; l'approbation du pape, reçue en 1216, confirme l'entreprise de prédication, par la parole et par l'exemple, engagée par saint Dominique dans le Midi en proie à la dissidence religieuse.
• Le roi Philippe Auguste offre au comte de Nevers, Hervé de Donzy, de marier la fille unique de celui-ci au fils aîné (Philippe) du prince royal

(futur Louis VIII); le comte doit promettre de ne pas la marier ailleurs sans consentement du roi.

1215-1220

Le maître parisien Guillaume d'Auxerre publie sa *Summa aurea*, recueil de questions; il est l'un des premiers à formuler le projet de fonder rationnellement une science théologique.

1215-1235

Un groupe prolifique d'écrivains commence la composition du «Cycle-Vulgate» du Graal, en cinq parties. *Lancelot du Lac* forme la plus ancienne (1215-1225), puis la *Queste del saint Graal* (1225-1230), suivie de la *Mort le Roi Artu* (vers 1230) et des deux *Estoires del saint Graal* et *de Merlin* qui sont placées au seuil du cycle.

1216

avril

À l'assemblée de Melun, le légat Galon expose que le royaume d'Angleterre étant «propriété de l'Église romaine en vertu du droit de seigneurie», le roi de France ne saurait y intervenir. Les clercs du roi lui opposent des arguments fondés sur la trahison de Jean sans Terre, sur la commise de 1204, sur l'incapacité de Jean sans Terre à soumettre son royaume au pape et sur les droits successoraux du prince Louis (futur Louis VIII).

Le roi Philippe Auguste reçoit l'hommage lige de Simon de Montfort pour les terres prises au comte Raimon VI de Toulouse.

21 mai

Le prince Louis (futur Louis VIII) débarque avec une petite armée (dont Pierre Mauclerc) en Angleterre, à Stonor, et se dirige sur Rochester et Londres; il est reçu à Westminster par les barons et approuve la Grande Charte. Le pape s'empresse d'accorder son soutien à Jean sans Terre: le 29 mai, le légat Galon excommunie le prince Louis et ses alliés.

juillet

À Melun, la Cour royale déboute Érard de Brienne de ses prétentions sur la Champagne à la suite de la mort du comte de Champagne Thibaud III (en 1201). Érard de Brienne, qui a épousé en Orient une fille de feu le comte Henri II, est venu en France réclamer le comté de Champagne contre le très jeune Thibaud IV dont le roi exerce alors la tutelle. Il a pu rassembler autour de lui des seigneurs parents et vassaux de l'évêque de Langres Guillaume de Joinville, avec le soutien du duc de Lorraine Thiébaut Ier. Quoique débouté, Érard persiste jusqu'en 1218.

fin juillet

Le prince Louis contrôle l'est de l'Angleterre.

19 octobre

À la mort du roi Jean sans Terre, la couronne d'Angleterre échoit au jeune Henri III, âgé de 9 ans, de légitimité moins contestable que le prince Louis (fils du roi Philippe II Auguste), excommunié; Henri III est placé sous tutelle du légat pontifical Galon, qui forme un Conseil de régence et fait sacrer et couronner Henri III roi d'Angleterre. La coalition des évêques et des barons favorables à Louis se délite rapidement. Le règne d'Henri III voit l'apogée de l'influence ecclésiastique dans le royaume anglais, et le triomphe du droit coutumier: «C'est la loi qui fait le roi, non l'inverse» *(Lex regem facit, non rex legem)*.

Le prince Louis ne parvient pas à s'emparer de Douvres, absolument indispensable à la poursuite de son entreprise de conquête de l'Angleterre.

autres événements

• Raimon VII, fils du comte Raimon VI de Toulouse, reprend la guerre en Provence pour récupérer le comté: il s'empare de Beaucaire, et les consulats du Bas-Rhône se rangent à ses côtés. Mais il doit faire face à une révolte des Toulousains.

• Jacques de Vitry (vers 1165-1240) publie la *Vie de Marie d'Oignies* († 1213), la première biographie spirituelle d'une femme d'Occident, écrite à la demande de l'évêque de Toulouse et ancien troubadour Folquet de Marseille († 1231).

peu après 1216

Robert de Clari, qui a participé à la quatrième croisade, écrit la *Conquête de Constantinople*.

1217

janvier

Le prince Louis (futur Louis VIII) fait un bref voyage en France pour chercher argent et renforts. Un premier groupe de dominicains s'établit à Paris.

22 avril

Le prince Louis reprend les armes en Angleterre; il essaie de prendre Douvres. Le reste de son armée s'attaque à Lincoln, et est défait le 20 mai par Guillaume le Maréchal et l'évêque de Winchester.

24 août
Une flotte française en route pour soutenir le prince Louis (futur Louis VIII) est anéantie dans le Pas de Calais par la flotte fidèle au jeune roi d'Angleterre Henri III.

12 septembre
La paix est signée entre les représentants du roi Henri III et le prince Louis à Kingston upon Thames; contre son départ, Louis se voit octroyer une forte indemnité.

autres événements
• Le duc de Bretagne Pierre Mauclerc engage une guerre contre l'évêque de Nantes qui refuse de s'avouer vassal.
• Simon de Montfort ravage l'Ariège, puis s'attaque aux forteresses du comte de Toulouse dans la vallée du Rhône: il prend Crest et Montélimar. Il apprend la révolte des Toulousains, le retour de Raimon VI à la tête d'une armée aragonaise (septembre), et revient assiéger la cité.
• L'appel du pape Innocent III à une cinquième croisade (1217-1221) est répété par son successeur Honorius III. La direction de la croisade est confiée au Champenois Jean de Brienne.
• Le creusement du canal des Cinq-Abbés dans le Marais poitevin, à la suite d'initiatives cisterciennes, assainit une forte portion du Marais.
• Les travaux de construction d'une nouvelle cathédrale sont engagés au Mans.

1218

28 mai
Jean de Brienne débarque en Égypte avec l'armée de la cinquième croisade.

25 juin
Pendant le deuxième siège de Toulouse, Simon de Montfort, chef de l'armée croisée, meurt. Son fils Amaury est élu à sa succession. Le siège de Toulouse est levé par les croisés, qui se replient devant le comte Raimon VI. Le pape Honorius III exhorte le roi Philippe Auguste à envoyer son fils, le prince Louis (futur Louis VIII), avec une armée dans le Midi, mais en vain.

août
À la mort du duc de Bourgogne Eudes III, sa veuve Alix de Vergy, tutrice du jeune duc Hugues IV, doit s'engager à servir le roi et à ne pas se remarier sans son assentiment.

autres événements
• Le prince Philippe, fils aîné du futur Louis VIII, meurt.
• On frappe à Marseille l'un des premiers «gros» du royaume, une pièce de monnaie renforcée de 1,5 g d'argent.
• À la mort de Pierre de Courtenay en Épire, au moment où il allait prendre le titre impérial de Constantinople, Hervé de Donzy récupère par sa femme Mahaut, fille de Pierre de Courtenay, le comté d'Auxerre qui est de nouveau uni à celui de Nevers.
• Le pape confirme la primatie de Bourges sur l'archevêché d'Auch, sous domination anglaise (et donc aussi certainement sur l'archevêché de Bordeaux).
• La nef de l'église abbatiale de Saint-Benoît-sur-Loire, en reconstruction depuis la seconde moitié du XIIe siècle, est solennellement dédicacée.
• Le réfectoire de l'abbaye du Mont-Saint-Michel est achevé, après l'aumônerie et le cellier (1204-1212) qui porte la salle capitulaire ou «des Chevaliers» (1215-1220). L'église abbatiale, reconstruite avec l'aide du roi, est consacrée en 1229.

1218-1223

Un deuxième coutumier de Normandie (après celui de 1203-1204), rédigé près de Bayeux, adapte le droit normand aux réalités de l'administration française.

1219

février
Le roi Philippe Auguste promulgue la «constitution des juifs», qui exige des juifs résidant dans le royaume un serment, place les juifs sous contrôle économique (enregistrement de leurs transactions, qui sont certifiées par un sceau spécial dans chaque ville, limitation des pratiques usuraires).

avril
Blanche de Navarre, mère du jeune comte de Champagne Thibaud IV, alliée en 1218 à l'empereur Frédéric II pour écraser le parti lorrain d'Érard de Brienne, achève sa guerre de Champagne qui a étendu considérablement son domaine féodal.

mai
Le prince Louis (futur Louis VIII) est envoyé en croisade dans le Midi avec le duc de Bretagne

Pierre Mauclerc; il aide Amaury de Montfort à prendre Marmande. À partir du 14 juin, Toulouse est assiégée pour la troisième fois par l'armée royale. Mais le 1er août, le prince Louis abandonne le blocus de la ville.

24 juillet
Un traité fixant des concessions d'avantages et de protections mutuels est conclu entre les marchands de Marseille et d'Ampurias (Catalogne).

5 novembre
L'armée de la cinquième croisade prend Damiette.

autres événements
• Une ordonnance royale stipule que les parents de la femme décédée sans enfants n'ont pas droit aux acquêts du couple pendant la durée du mariage, mais seulement aux apports dotaux.
• Une ordonnance traite de l'administration d'une forêt royale; elle est la plus ancienne conservée qui pose les fondements d'une administration des eaux et forêts.
• L'évêque de Paris Pierre de Nemours engage le fer contre les privilèges des maîtres et des étudiants de l'Université de Paris; il excommunie les résistants, mais le pape Honorius III casse son arrêt. Le pape protège encore la jeune Université en la spécialisant: la bulle *Super speculam* interdit tout enseignement de droit civil à Paris.
• Les franciscains, disciples de saint François d'Assise, apparus vers 1210, établissent un couvent à Saint-Denis, près Paris.

peu avant 1220

L'Anonyme de Béthune, Artésien au service de Robert VII de Béthune réfugié en Angleterre, achève la rédaction de sa *Chronique des ducs de Normandie* et entreprend celle d'une *Chronique française abrégée des rois de France* (achevée en 1223).

1220

28 janvier
Le duc de Bretagne Pierre Mauclerc se soumet et s'engage à réparer ses torts envers l'église de Nantes, mise à mal en 1217.

mai
Le pape Honorius III écrit à l'archevêque de Sens et à l'évêque de Paris pour les assurer de l'orthodoxie des franciscains qui viennent de s'établir à Saint-Denis.

autres événements
• Le traité de Chinon (1214) entre les rois de France et d'Angleterre est renouvelé.
• Raimon Bérenger V de Provence apaise la révolte de Guillaume de Sabran par un compromis.
• Le clerc du roi maître Gautier Cornu est élu évêque de Paris. Le pape Honorius III s'oppose à sa nomination et tente d'imposer à Paris l'évêque d'Auxerre Guillaume de Seignelay. Les maîtres parisiens, hostiles à Guillaume, se soumettent au pape au bout de six mois. C'est la seule intervention, inutile, du roi Philippe Auguste dans une élection épiscopale. Gautier Cornu obtient finalement l'archevêché de Sens en juin 1222.
• La faculté de médecine de Montpellier apparaît constituée en université.

vers 1220

Les cathédrales gothiques

Les grands chantiers de cathédrales gothiques sont tous en action. À Bourges, les travaux de l'église basse, l'abside et le chœur, en cours de 1195 à 1214 (les vitraux du chœur sont en place vers 1220), se poursuivent par l'érection de la façade (le portail du Jugement dernier *est achevé vers 1235). On entreprend la construction de celle d'Amiens, dont la nef est élevée vers 1220-1230 (la charpente et la couverture sont mises en place en 1269-1284), en même temps que les portails occidentaux; le portail* Saint-Honoré *est achevé en 1240-1250; le pavement de la nef est décoré d'un labyrinthe en 1289. À la suite d'un incendie en 1194, l'évêque et le chapitre de Chartres décident la reconstruction de la nef. Entre 1204 et 1210, le chantier atteint la façade où l'on élève le portail du* Couronnement de la Vierge. *Vers 1210-1220, on déploie les deux bras du transept (les porches et la rose du bras Sud du transept,* Seconde Venue du Christ, *sont achevés avant 1235), cependant qu'un atelier exceptionnel crée ses grands vitraux (jusqu'aux alentours de 1270). En 1211, un incendie dans la cathédrale de Reims conduit l'archevêque Aubri de Humbert à engager la reconstruction de l'église, poursuivie jusque vers 1285. Vers 1220, on érige les portails du bras Nord du transept (le chœur est consacré en 1242). Les évêques d'Auxerre (1215) et du Mans (1217) décident également l'érection d'une nouvelle cathédrale, ainsi qu'à Beauvais en 1225 lorsque l'édifice est dévoré par les flammes.*
À Notre-Dame de Strasbourg, des sculpteurs sous influence sénonaise réalisent en 1220-1230 le

*tympan du portail au bras Sud du transept (*Dormition de la Vierge *et statues de l'*Église *et de la* Synagogue*). Après le transept, l'architecte commence la nef en 1236-1237 ; elle est achevée en 1275, lorsque l'évêque Conrad de Lichtenberg pose la première pierre du massif occidental (le « Dessin B » date de 1275-1277, la grande rose est posée entre 1291 et 1318).*

1221

30 août

L'armée croisée d'Égypte est contrainte d'évacuer Damiette.

autres événements

• Le roi Philippe Auguste envoie une nouvelle armée dans le Midi, sous commandement de l'archevêque de Bourges et du comte de la Marche, mais Toulouse résiste toujours.
• Pour prix du mariage avec l'héritière du comté de Nevers-Auxerre, le roi obtient de Gui de Saint-Pol la ville de Pont-Sainte-Maxence.

1222

août

La mort du comte de Toulouse Raimon VI donne le comté à son fils Raimon VII; celui-ci écrit au roi Philippe Auguste pour revendiquer l'héritage paternel.

septembre

Philippe Auguste établit son testament.

22 octobre

Le pape Honorius III fait ouvrir une enquête en vue de la canonisation d'Étienne, ancien évêque de Die (1208-1213; la canonisation n'a jamais abouti).

décembre

Le roi Philippe Auguste conclut un accord avec l'évêque et le doyen de Paris sur leurs juridictions respectives dans la ville de Paris et ses faubourgs; cette «paix» consacre Paris comme capitale du royaume.

autres événements

• Le comte Thibaud IV de Champagne atteint sa majorité.
• Le pape Honorius III impose une transaction à l'évêque et à l'Université de Paris; celle-ci échappe désormais à l'autorité épiscopale.
• Une émeute communale éclate à Noyon; le roi intervient pour rétablir le calme.
• Le duc Pierre Mauclerc réunit au domaine ducal de Bretagne le comté de Penthièvre.
• La bastide (ville nouvelle) de Cordes (Tarn) est fondée.

1223

14 juillet

Les funérailles du roi Philippe II Auguste, mort ce même jour à Mantes et transporté à Saint-Denis, suivent un nouveau cérémonial, pour la première fois somptueux. Le roi apparaît à visage découvert, revêtu du manteau royal, avec couronne et sceptre.

LOUIS VIII
Né le 5 septembre 1187-Mort le 8 novembre 1226
Règne: 1223-1226 (3 ans et demi)
Roi à 36 ans

*L*ouis VIII a épousé Blanche de Castille, fille d'Aliénor d'Angleterre et d'Alphonse de Castille, sœur de Bérengère de León. Blanche est arrivée avec une dot constituée des trois châtellenies du Berry (Châteauroux, Issoudun et Graçay), données par son oncle Jean sans Terre; elle reçoit pour douaire trois villes d'Artois, Lens, Hesdin et Bapaume.
Louis a 12 enfants de Blanche. Philippe, l'aîné, naît en septembre 1209, meurt en 1218/1219. Suivent trois enfants morts jeunes. Louis (futur Saint Louis) naît en 1214, puis viennent Robert (futur comte d'Artois), Jean († 1232), Alphonse (futur comte de Poitiers), Isabelle, Pierre-Dagobert († 1232), Étienne, enfin Charles, futur comte d'Anjou.
Sans doute Louis exerce-t-il déjà le pouvoir avant la mort de son père, sénile, avec l'aide de frère Guérin. Il est le premier à instituer une «régence», mettant son successeur avec le royaume en la garde de la reine Blanche.
Durant son règne bref, Louis a agrandi le domaine royal de Saint-Riquier (Picardie), du Perche, de l'Aunis et de la Saintonge, ainsi que des terres cédées par Amaury de Montfort (Béziers, Carcassonne, Beaucaire et en Languedoc). La conquête de La Rochelle est décisive. Elle ouvre en effet la façade atlantique aux marchands du royaume et aux Italiens de Lombardie, de Gênes et de Pistoia. Le port écoule vers la Flandre les vins de l'arrière-pays (Charentes, Poitou); les Anglais doivent s'approvisionner plus au Sud, faisant ainsi la fortune des vins de Bordeaux.

PAPE
Honorius III, 1216-1227.

EMPEREUR
Frédéric II, 1220/1245-1250.

1223

fin juillet
Entre la mort du roi Philippe Auguste et le couronnement de son fils Louis VIII, les principaux barons semblent prêter hommage et fidélité au jeune roi. L'usage est pris alors, et définitivement, par la chancellerie royale de faire commencer le règne dès la mort du père.

6 ou 8 août
Louis VIII est sacré à Reims, sans doute selon un nouveau rituel.

8 novembre
Une ordonnance royale décide que « les intérêts des dettes contractées envers les juifs ne courront plus », et qu'on ne remboursera que les capitaux empruntés. Le roi Louis VIII rompt ainsi avec la politique ambiguë de son père envers les juifs.

1224

janvier
Deux prédicateurs de la croisade à Marseille recommandent ce port comme point d'embarquement pour l'armée croisée.

24 juin
Le roi Louis VIII réunit l'ost (armée temporaire) à Tours. Son intention est de conquérir le Poitou et de descendre sur Bordeaux. Le duc de Bretagne Pierre Mauclerc prend part à la guerre contre Hugues de Lusignan. L'armée se dirige sur Niort, qui se rend le 5 juillet.

15 juillet
Le roi Louis VIII commence le siège de La Rochelle, qui prend fin par la capitulation de la garnison anglo-aquitaine le 3 août. L'armée française poursuit sa marche, conquiert les rives de la Gironde, mais ne peut prendre Bordeaux.

septembre
Louis VIII rentre à Paris.

autres événements
• Une rencontre a lieu à Vaucouleurs entre Louis VIII et Henri, fils de l'empereur Frédéric II.
• Amaury de Montfort abandonne Carcassonne et renonce en faveur du roi à ses droits sur le Midi.
• Lors d'une conférence à Montpellier, Raimon VII promet de chasser les hérétiques contre la reconnaissance par le pape de son titre comtal.

vers 1225
Enguerrand III de Coucy commence la construction de son château, doté d'un donjon parmi les plus élevés de l'époque.

1225

mai
Richard de Cornouailles, frère du roi d'Angleterre Henri III, arrive en Gascogne avec des troupes. Il reprend La Réole et les rives de la Garonne. Il échoue à remonter d'Aquitaine vers la Normandie, et rentre en Angleterre.
Le pape Honorius III charge le cardinal de Saint-Ange d'entamer des négociations avec le roi Louis VIII pour la reprise de la croisade albigeoise.

juin
Le roi Louis VIII décide dans son testament que toutes les terres venues de son père iront à son fils aîné. Le deuxième fils, Robert, aura l'Artois et tous les biens maternels; le troisième, Jean, aura l'Anjou et le Maine, le quatrième, Alphonse, le Poitou et l'Auvergne. C'est l'acte de naissance de ce qu'on appelle bientôt les « apanages » (dotation des enfants puînés, déjà pratiquée dans l'aristocratie).

novembre
Un privilège royal règle l'organisation des ateliers monétaires et les rapports entre les membres de la profession des monnayeurs.

8 novembre
Lors de l'assemblée de Melun, les évêques du royaume revendiquent le droit de « juger, dans les affaires mobilières, toutes les personnes qui seraient citées devant eux par les gens d'église »; la cour du roi s'oppose fermement à ce privilège.

30 novembre
Lors du concile de Bourges, Raimon VII réclame à nouveau la reconnaissance de son comté par le pape. Amaury de Montfort déclare être seul héritier du comté de Toulouse et qu'il l'a cédé au roi seul.

autres événements
• La veuve du duc de Lorraine Thiébaut, Gertrude, divorcée de Thibaud IV de Champagne, meurt. L'évêque de Metz en profite pour récupérer les fiefs de son église en Lorraine; les patriciens de la cité le contraignent à céder l'administration temporelle de Metz à un groupe de cinq familles.

• Guillaume d'Auvergne (vers 1180-1249) devient professeur à l'Université de Paris, où il enseigne la théologie. En 1228, il est élu évêque de Paris où il développe l'activité paroissiale.

1225-1230

Un atelier parisien réalise le *Psautier de Blanche de Castille.*
Guillaume de Lorris compose la première partie du *Roman de la Rose.*
La publication du *Roman de Lancelot* atteste la vogue du roman arthurien dans le royaume.

1226

avril
Le roi Louis VIII prend la première ordonnance condamnant tout hérétique au bûcher.
Un concile décide de remettre au roi les domaines de Raimon VII de Toulouse, qui ne peut offrir des garanties suffisantes d'orthodoxie.

mai
Le roi Louis VIII convoque une assemblée à Bourges, qui organise la croisade. Le roi lance son armée sur le Toulousain et l'Albigeois, par la vallée du Rhône.

8 août
Les croisés tentent l'assaut d'Avignon, qui se rend à la fin du mois.
Louis VIII refuse un projet de remariage entre Pierre Mauclerc et Jeanne, femme de Ferrand de Flandre (celui-ci est emprisonné depuis Bouvines; il n'est libéré qu'en 1227). Pierre Mauclerc s'engage aussitôt dans une alliance avec le roi d'Angleterre Henri III.

octobre
Une assemblée à Pamiers établit le principe que tous les biens immobiliers confisqués aux hérétiques (en l'occurrence, les « cathares ») appartiennent de droit au roi. Peu après, le roi Louis VIII reprend la route de Paris par l'Auvergne.

3 novembre
Le roi, tombé malade à Montpensier sur le chemin du retour, organise sa succession. Il confie la régence à la reine Blanche, et fait jurer à son entourage de prêter hommage et fidélité à son fils aîné Louis IX en tant que roi, avant même son couronnement.

8 novembre
Louis VIII meurt à Montpensier.

LOUIS IX : SAINT LOUIS

Né le 25 avril 1214?-Mort le 25 août 1270

Règne : 1226-1270 (44 ans)

Roi à 12 ans

Durant le temps de la minorité royale (1226-1234 : Louis IX n'a que 12 ans à la mort de Louis VIII), sa mère Blanche de Castille exerce la tutelle et la garde du royaume (régence), qu'elle assumera de nouveau en 1248. La reine affronte aussitôt des rébellions nobiliaires, dont le but est d'obtenir, comme en Angleterre, des concessions. La première fronde est menée par le duc de Bretagne Pierre Mauclerc, le comte de Champagne Thibaud IV, et le comte de la Marche Hugues le Brun de Lusignan, tous trois également vassaux du roi d'Angleterre. Une seconde fronde a lieu sous le règne personnel de Louis IX, en 1241-1242.

Les vieux serviteurs de Philippe Auguste et de Louis VIII ont disparu durant la régence. Le jeune roi prend vite en main le gouvernement, où il place des hommes nouveaux. Il y a d'abord les hommes de l'Hôtel du roi : les six officiers, dont le chambellan Pierre de Villebéon. Le Conseil du roi réunit de fortes personnalités, tant chevaliers (Simon de Nesle) que clercs (dont notamment l'abbé de Saint-Denis Mathieu de Vendôme, les franciscains Eudes Rigaud, Eudes de Châteauroux ou Gui Foulcois, trois futurs cardinaux, et les gardes du Sceau Gilles de Saumur, Raoul Grosparmi et Simon de Brie, ces deux derniers également promus au cardinalat). Grâce à ses baillis et ses juristes (tel Pierre de Fontaines), mais aussi à un compagnon comme Joinville, le roi gère le royaume de façon rigoureuse et cependant proche.

Le cours du règne change avec la septième croisade (1248-1254). Louis IX doit combiner les intérêts presque contradictoires de l'Empire latin de Constantinople, menacé par les Grecs réfugiés à Nicée, par les Bulgares et par les Turcs, et ceux de la Terre sainte. Après un lourd effort de guerre en 1248-1249 en faveur de l'Empire latin, le roi prend le parti de la Terre sainte. Avec ses barons, il juge cependant nécessaire de faire sauter le verrou égyptien, et choisit donc de porter la guerre en direction du Caire. Lorsque cette voie est bouchée, il s'attache à la reconstruction des forteresses croisées en Terre sainte. Jérusalem n'a pas été reconquise, mais Louis IX peut rentrer en France avec le sentiment d'avoir assuré la sécurité du royaume croisé.

À partir de 1254, le roi introduit les grandes réformes, administratives, judiciaires, fiscales et monétaires (1263-1266), qui manifestent un renouveau de l'autorité publique et de la souveraineté dans le royaume ; elles répondent de surcroît à des exigences morales et spirituelles de la part du roi. Louis IX procède à des enquêtes auprès de ses « sujets » afin de corriger les excès de l'administration (en matière de justice notamment) et le poids d'une fiscalité envahissante. Il intervient partout dans le royaume pour régler les conflits seigneuriaux, mais aussi en Angleterre, grâce aux gens de son Conseil, et en raison de son influence sur le roi d'Angleterre Henri III. Sans même parler des croisades, un déplacement marquant de la stratégie capétienne vers la Méditerranée apparaît sous Louis IX ; l'impulsion en vient sans doute de Blanche de Castille. Les mariages de deux frères de Louis IX illustrent la politique méridionale du royaume ; ce trait n'appartient pas en propre au règne de Louis IX, puisqu'une sœur de la reine Marguerite, épouse de Louis IX, Éléonore (Aliénor) de Provence, est mariée à Henri III d'Angleterre. Le domaine royal ne connaît guère d'accroissements sous Louis IX, sinon par l'acquisition du comté de Mâcon et l'héritage de Philippe Hurepel, réuni au domaine en 1258.

Louis IX est un homme cultivé, fort religieux, de tempérament vif, austère pour lui-même mais soucieux de largesses, animé par l'idéal de la « prud'homie », associant courtoisie, sagesse, sens de la justice, et esprit religieux. Le franciscain italien Salimbene († 1288/1289), dans sa *Chronique*, et surtout Joinville dans sa *Vie de Saint Louis* ont laissé de lui des portraits vivants. Il a une idée élevée de sa charge, qui le conduit à réserver l'inhumation dans Saint-Denis aux seuls rois et reines. Mais il entretient une idée plus élevée encore de son devoir de « recteur » dans la Chrétienté du temps ; il suit particulièrement l'évolution des nouveaux ordres religieux, s'entoure de dominicains (Vincent de Beauvais ; en 1248, il choisit Geoffroi de Beaulieu pour confesseur), et chérit d'une grande affection les franciscains dont l'implantation se fait massive dans le royaume à partir des années 1225-1230.

Louis IX a pour épouse Marguerite (vers 1221-1285), fille du comte de Provence Raimon Bérenger V. Par ce mariage (27 mai 1234), il s'agissait d'empêcher le roi Henri III d'Angleterre de développer une politique provençale comme avait fait Richard Cœur de Lion ; Henri III semble en effet avoir formé un pacte pour le royaume d'Arles avec l'empereur Frédéric II et a donné sa sœur Isabelle à celui-ci. Plusieurs fils sont issus de Louis IX et Marguerite. Louis, l'aîné, meurt jeune (24 février 1244-janvier 1260). Philippe (né le 3 avril 1245, futur Philippe III) reçoit pour femme Isabelle d'Aragon. Jean

meurt en 1248 (enseveli à Royaumont). À ses autres fils, le roi donne des épouses du royaume. Jean-Tristan (avril 1250-mort à Tunis en 1270, enseveli à Saint-Denis), comte de Valois, épouse en 1266 Yolande, fille d'Eudes de Nevers, héritière des comtés de Nevers-Auxerre-Tonnerre ; en 1264, Pierre, comte d'Alençon, a Jeanne de Châtillon, héritière des comtés de Blois et Chartres ; Robert, comte de Clermont-sur-Oise, reçoit en 1279 Béatrice de Bourbon, héritière du Bourbonnais et du Charolais ; il est l'ancêtre des Bourbons.
Parmi les filles du roi, Isabelle est donnée à Thibaud V de Champagne (II de Navarre, † 1270) ; Blanche épouse en 1269 Ferdinand, l'aîné d'Alphonse X de Castille (une première Blanche est morte en 1244, ensevelie à Royaumont), et Marie (Marguerite) fiancée en 1257 à Henri de Brabant, puis mariée en 1270 à Jean de Brabant ; Agnès est mariée par son frère Philippe III à Robert II, fils aîné du duc de Bourgogne Hugues IV.
Le roi veille attentivement au sort de ses frères et sœurs. C'est ainsi que, parmi ceux-ci, Alphonse, comte de Poitiers, d'abord fiancé à la fille du comte de la Marche, épouse Jeanne, l'héritière du comté de Toulouse ; il réside ordinairement à Paris. Quant à Charles, comte d'Anjou, il épouse en 1246 la fille du comte de Provence Raimon Bérenger V, Béatrice († 1267), héritière du comté et sœur de la reine Marguerite, puis en secondes noces Marguerite de Nevers-Bourgogne. Isabelle demeure à la Cour jusqu'en 1263 : elle se retire au couvent de Longchamp où elle meurt en odeur de sainteté en 1270. Robert, comte d'Artois, mort à la Mansourah, a de Mahaut de Brabant Robert, à qui Louis IX donne pour épouse une Courtenay, et Blanche, qui est mariée en 1269 au frère de Thibaud V de Champagne (II de Navarre).
Saint Louis a reçu l'hommage de trois types de biographie. Ce sont d'abord les trois *Vies* hagiographiques, destinées à la canonisation ou à l'entretien du culte. Le dominicain Geoffroi de Beaulieu, ancien confesseur du roi, rédige pour le pape Grégoire X une première *Vie de Saint Louis* entre 1272 et 1275. Un autre dominicain, Guillaume de Chartres († avant 1282), qui a partagé la captivité du roi en Egypte et l'a assisté lors de sa mort, écrit à son tour une *Vie*, à laquelle il ajoute 17 miracles datant de 1271-1272. En 1302-1303, Guillaume de Saint-Pathus, franciscain, confesseur de la reine Marguerite et de Blanche, écrit à la demande de celle-ci une *Vie* en ancien français, fondée sur l'enquête de canonisation de 1282-1283. L'historiographie royale, écrite alors à Saint-Denis, s'enrichit d'une *Vie* composée par le moine Guillaume de Nangis entre 1285 et 1297 (avant la canonisation). Mais la source la plus extraordinaire est le mémorial dressé par un laïc : le *Livre des saintes paroles et des bons faits de notre roi Saint Louis*, que le vieux sénéchal

de Champagne Jean de Joinville (1224-1317) a commencé peu avant 1305 pour la reine Jeanne de Navarre, femme de Philippe IV le Bel, et qu'il achève en 1309 pour le futur roi Louis X.

Papes

Honorius III, 1216-1227; Grégoire IX, 1227-1241; Célestin IV, 1241;
Innocent IV, 1243-1254; Alexandre IV, 1254-1261; Urbain IV, 1261-1264;
Clément IV, 1264-1268; vacances de la papauté: 1268-1271.

Empereurs

Frédéric II, 1220/1245-1250; Conrad IV, 1250-1254.
Suit le Grand Interrègne dans l'Empire (lutte entre compétiteurs, sans élection impériale): 1254-1273.

1226

29 novembre
Après avoir été adoubé chevalier à Soissons, Louis IX est sacré et couronné à Reims.

1226-1227

Les grands profitent de la régence pour se révolter, sous la conduite de Hugues X le Brun de Lusignan (comte de la Marche, époux de la reine Isabelle, veuve du roi d'Angleterre Jean sans Terre), du comte de Champagne Thibaud IV et du régent ou « baillistre » de Bretagne, Pierre Mauclerc. Ces révoltes sporadiques se poursuivent jusqu'en 1234. Dans le Sud, Raimon Bérenger V de Provence entreprend d'imposer son autorité sur toute la Provence orientale (il vient d'atteindre sa majorité ; le comté était administré jusque-là par Sanche d'Aragon, qui avait laissé le comte de Toulouse étendre son emprise sur l'ouest de la Provence).

1227

janvier
Le comte de Flandre Ferrand de Portugal est libéré, conformément à un engagement de feu le roi Louis VIII.

28 janvier
Lors d'un concile à Paris, le légat pontifical confirme au roi Louis IX sa souveraineté sur le comté de Toulouse, après que les héritiers de Simon de Montfort († 1218) ont abandonné leurs droits sur ces terres.
Peu après, l'archevêque de Narbonne Pierre Amiel proclame l'excommunication de Raimon VII, du comte de Foix et du vicomte de Béziers. L'armée royale reprend bientôt ses opérations dans le Midi.

mars
Thibaud IV, comte de Champagne, renonce à la révolte et se soumet à la reine mère Blanche de Castille à Tours.

mars-10 avril
Le synode provincial réuni par l'archevêque de Narbonne Pierre Amiel impose aux juifs le port d'un signe distinctif : la rouelle.

16 mars
Par le traité de Vendôme signé avec Pierre Mauclerc et Hugues X de Lusignan, Blanche de Castille fait front aux entreprises anglaises dans l'ouest du royaume. Isabelle, sœur de Louis IX, est promise au fils aîné de Hugues X de Lusignan, et une fille de celui-ci au jeune frère du roi, Alphonse.

25 mai
Le pape Grégoire IX rappelle au roi Henri III d'Angleterre que l'Église romaine n'accepte toujours pas les amputations de territoires que le royaume anglais, vassal du Saint-Siège, a subies de la part du roi de France précédent.

autres événements
• Le comte de Provence Raimon Bérenger V oblige la ville de Grasse à dissoudre son consulat.

1227-1229

Gerbert de Montreuil écrit le *Roman de la Violette*, dédié à la comtesse Marie de Ponthieu.

1228

avril
Une ordonnance royale est promulguée contre les hérétiques (« cathares ») du Languedoc.
Raimon VII de Toulouse réoccupe Castelnaudary.
L'armée royale commandée par Humbert de Beaujeu dévaste les comtés de Toulouse et de Foix.

21 novembre
Une trêve est conclue à Narbonne, en vue d'une paix à signer au printemps suivant.

Noël
L'archevêque de Bordeaux, au nom des barons de Guyenne, de Gascogne et du Poitou, appelle Henri III d'Angleterre à passer en France. Le roi d'Angleterre se borne à envoyer son frère Richard de Cornouailles.

autres événements
• Blanche de Castille fonde l'abbaye cistercienne de Royaumont. L'autel majeur en est consacré en présence du roi Louis IX le 19 octobre 1235.
• Un incendie détruit le quartier de la cathédrale à Nevers.

1229

janvier
Le traité confirmant les accords de Narbonne du 21 novembre 1228 est signé à Meaux et sanctionné à Paris, qui clôt temporairement la guerre albigeoise. Raimon VII de Toulouse doit céder la plu-

part de ses biens à sa fille Jeanne (qui héritera de tout si Raimon VII n'a pas d'autre enfant). Raimon garde son comté de Toulouse avec ses terres patrimoniales d'Agen, Rodez, Albi (jusqu'au Tarn) et Cahors. Le pape reçoit les biens du comte sis à l'est du Rhône. Les sénéchaussées de Nîmes et Beaucaire sont intégrées immédiatement au domaine royal. Une clause prévoit le mariage de Jeanne avec Alphonse, frère cadet de Louis IX : on esquisse ainsi le futur rattachement du Languedoc tout entier à la Couronne. Le 12 avril, sur le parvis de Notre-Dame, Raimon VII se soumet au roi.

février
La répression d'une rixe entre étudiants et bourgeois par le prévôt du roi à Paris provoque la grève des maîtres et étudiants de l'Université. Les maîtres suspendent les cours et s'exilent jusqu'en 1231 dans les autres centres intellectuels, à Orléans et à Angers sur les terres Plantagenêts.

18 février
Les envoyés de l'empereur Frédéric II et ceux du sultan d'Égypte signent le traité de Jaffa qui restitue Jérusalem à l'empereur et met fin à la sixième croisade (1228-1229).

été
Les barons révoltés contre Blanche de Castille se réunissent à Corbeil et projettent d'enlever le jeune roi Louis IX qui rentre d'Orléans ; Louis IX se réfugie à Montlhéry jusqu'à ce que sa mère, Blanche de Castille, puisse le faire escorter jusqu'à Paris.

septembre
Le comte de Foix fait sa soumission à Melun.

octobre
Les troubles se multiplient dans l'ouest et le sud-ouest du royaume. Pierre Mauclerc transporte l'hommage du duché de Bretagne au roi d'Angleterre Henri III, qui lui rend le comté de Richmond.
Raimon Bérenger V de Provence soumet à son autorité les Niçois qui s'étaient donnés aux Génois.

novembre
Le concile de Toulouse organise la reprise en main du Midi. Il décide la fondation d'une université à Toulouse. Le comte Raimon VII doit y financer 12 chaires pendant dix ans ; le pape Grégoire IX assure la continuité en dotant de privilèges la jeune université en 1238. Plusieurs maîtres parisiens s'installent à Toulouse le temps de la grève de l'Université de Paris.

vers 1230

Gautier de Coinci achève ses *Miracles de Notre-Dame*.
Villard de Honnecourt dresse son *Album* de croquis.
Dans le premier tiers du XIIIe siècle sont écrits le *Lancelot en prose*, le *Perlesvaus*, le « *Tristan* en prose », le très influent traité sur la musique du Français Jean de Garlande (qui n'est pas identifiable avec le grammairien anglais du même nom).
Jean Renart publie *Guillaume de Dole*.

1230

janvier
Bellême est prise. Le duc de Bretagne Pierre Mauclerc obtient la garde de la forteresse.

3 mai
Le roi d'Angleterre Henri III débarque avec des troupes à Saint-Malo pour étayer sa lutte contre Blanche de Castille, et prend la route de Bordeaux. Une armée française se porte à Ancenis, permettant à la reine mère de soumettre rapidement les Normands soulevés.

30 mai
Clisson tombe aux mains des Anglais. Peu après, le sire de Vitré et de Fougères rallie le camp royal en transférant son hommage du duc de Bretagne Pierre Mauclerc au roi Louis IX.

juillet-septembre
Le comte de Champagne Thibaud IV entre en guerre contre le duc Hugues IV de Bourgogne et Philippe Hurepel (oncle de Louis IX et comte de Boulogne), pour des questions de frontière féodale et surtout de légitimité ; en effet, Thibaud IV se voit contester la possession de son comté par la reine Alix de Chypre, fille d'Henri II de Champagne et de Jérusalem. Blanche de Castille obtient la paix entre eux en septembre.

octobre
Le roi Henri III embarque pour l'Angleterre, après une expédition infructueuse (il s'est contenté, après Clisson, de prendre Mirebeau en Poitou).

autres événements
• Raimon VII de Toulouse apporte son soutien aux Marseillais en lutte contre le comte de Provence

Raimon Bérenger V. Il remet ainsi les pieds en Provence, dont il revendique le marquisat.

1230-1240

Philippe de Remy (vers 1205-1266), bailli du Gâtinais et conseiller de la comtesse d'Artois, écrit les romans de la *Manekine* et *Jehan et Blonde.* En 1237, il publie les *Oiseuses.*

1230-1250

Un anonyme du nord de la France écrit la chanson de geste *Anséis de Carthage*, relative à la geste de Charlemagne.
Richard de Fournival (1201-1260), fils de Roger de Fournival, médecin de Philippe Auguste, compose le *Bestiaire d'Amour*; vers 1250, il dresse le catalogue de 194 des quelque 300 livres de sa bibliothèque *(Biblionomia).*

1231

31 janvier
Une émeute éclate à Beauvais contre les bourgeois et le maire nommé par le roi. Celui-ci fait arrêter les coupables et ramène le calme. Il refuse de livrer les émeutiers à l'évêque de Beauvais et exige le remboursement des frais de l'expédition. L'évêque refuse et fait jeter l'interdit par un concile provincial sur le diocèse puis sur toute la province de Reims. Le pape Grégoire IX doit intervenir pour apaiser le conflit où les chanoines des cathédrales ont pris parti contre les évêques. La paix entre le roi et l'évêque de Beauvais est signée le 6 avril 1234.

juin
Le roi d'Angleterre Henri III mène la guerre en France. L'armée royale fait route vers la Bretagne.

4 juillet
Au nom de son frère le roi Henri III, Richard de Cornouailles conclut une trêve de trois ans à Saint-Aubin-du-Cormier.

autres événements
• Le pape Grégoire IX publie la bulle *Parens scientiarum* confirmant les privilèges de l'Université de Paris.
• Un nouveau chœur est mis en chantier à Saint-Denis, pour faciliter l'installation des tombes royales dans l'église abbatiale de Suger.

1231-1232

La relique du saint Clou est volée, et réapparaît.

1232

À la mort de Jean, frère de Louis IX, son apanage d'Anjou et du Maine est donné à Charles, le dernier des frères du roi.
Le roi Louis IX fait saisir le temporel de l'archevêque de Rouen qui a voulu empêcher une élection dans un monastère de son diocèse. L'archevêque lance l'interdit et excommunie les baillis royaux (l'affaire est réglée en 1234 par un légat pontifical).
Le pape Grégoire IX confie aux dominicains l'Inquisition dans le royaume de France; il s'agit d'un organe d'instruction judiciaire et d'un tribunal chargé de la répression des hérésies, créé par lui vers 1230. Le premier tribunal d'Inquisition en France fonctionne dès 1237 à Carcassonne.

autres événements
• Jean de Garlande quitte la jeune université de Toulouse et vient enseigner à la faculté des arts de Paris.

JEAN DE GARLANDE

Jean de Garlande (vers 1195-vers 1272), qui ne paraît pas être le même que l'auteur du traité sur la musique publié dans le premier tiers du XIIIe siècle, est un brillant grammairien d'origine anglaise. Maître et professeur à l'Université de Paris, il écrit plusieurs traités de grammaire. Son ouvrage Sur les mystères de l'Église *(vers 1245) introduit au symbolisme des cathédrales gothiques.*

1233

27 juillet
Le comte de Flandre Ferrand meurt. Sa veuve Jeanne est aussitôt remariée par la reine mère Blanche de Castille au jeune Thomas de Savoie qui devient comte de Flandre et de Hainaut jusqu'à la mort de Jeanne (1244).

autres événements
• Thibaud IV de Champagne, toujours en butte aux revendications d'Alix de Chypre, fait le siège de Nogent dont le seigneur s'est rallié à Alix.
• Le pape Grégoire IX nomme les premiers inquisiteurs pour le royaume de France.

• Une révolte urbaine à Reims conduit à l'exil du chapitre cathédral hors de la ville et à la suspension du chantier de la cathédrale (jusqu'en 1236).

1234

25 avril
Le roi Louis IX est considéré comme majeur par son Conseil, à l'entrée dans sa vingt et unième année, conformément à l'usage de l'aristocratie, attesté par le futur Louis VIII en 1215 (la première définition juridique de la majorité royale sera formulée en 1374).

8 mai
À la mort de Sanche VII de Navarre, son neveu, le comte de Champagne Thibaud IV, est couronné roi de Navarre à Pampelune.

8 juin
Après son mariage à Sens, le couple royal fait son entrée solennelle dans Paris.

juillet-août
Le duc de Bretagne Pierre Mauclerc tente une dernière guerre; il est contraint de déposer les armes et s'engage à remettre son duché de Bretagne entre les mains du roi Louis IX si Henri III d'Angleterre ne vient pas à son secours avant la Toussaint.

septembre
Thibaud IV de Champagne et Alix de Chypre concluent un accord: la reine de Chypre renonce au comté de Champagne contre un capital et une rente gigantesques qui obèrent pour longtemps les finances du comte de Champagne. Thibaud IV doit aliéner au roi ses droits féodaux sur les comtés de Blois, Chartres et Sancerre, et la vicomté de Châteaudun, qui passent sous suzeraineté directe du roi.

4 novembre
Abandonné par Henri III d'Angleterre, Pierre Mauclerc, duc de Bretagne, fait sa soumission au roi Louis IX. Il a dû céder aussi aux revendications de ses vassaux, exprimées dans les *Communes petitiones Britaniae.*

7 novembre
Le pape Grégoire IX avise les Français de la fin des trêves convenues en Terre sainte avec le sultan d'Égypte.

autres événements
• À la suite de plaintes des évêques méridionaux contre la mollesse de Raimon VII de Toulouse à poursuivre les hérétiques, le roi fait procéder à une enquête. Raimon VII passe outre et est excommunié.
• L'évêque de Coutances Hugues de Morville rédige les statuts des tisserands de Saint-Lô.

1235

mai
Le roi Louis IX publie à Saint-Germain-en-Laye une ordonnance sur le relief ou rachat des fiefs.

septembre
Les barons réunis à Saint-Denis avec le soutien du roi interdisent à leurs vassaux de comparaître en matière civile devant les cours ecclésiastiques, et décident que les évêques et leurs vassaux doivent plaider en cour laïque pour les questions de fief. Le pape intervient sans succès contre ces décisions.

octobre-décembre
Les inquisiteurs dominicains sont chassés de Toulouse.

autres événements
• À Haguenau, l'empereur Frédéric II octroie à Raimon VII de Toulouse les villes provençales de L'Isle-sur-Sorgue et de Carpentras.
• L'Anglais Alexandre de Hales (vers 1185-21 août 1245) est chargé par le roi Henri III d'Angleterre de négocier une trêve avec le roi Louis IX. Alexandre est l'un des principaux maîtres de l'Université de Paris (régent vers 1225, doyen de la faculté de théologie en 1241-1245). Entré dans l'ordre franciscain, il conserve sa chaire parisienne, provoquant l'ire des maîtres séculiers (d'où la «Querelle des ordres mendiants» sur le droit de ceux-ci à enseigner dans l'Université de Paris).
• Le pape Grégoire IX autorise l'évêque d'Orléans Philippe Berruyer à ouvrir dans sa cité l'enseignement du droit romain, interdit à l'Université de Paris depuis 1219. C'est l'acte de naissance de ce qui deviendra l'université d'Orléans.

1235-1240

L'évêque de Coutances Hugues de Morville ordonne la reconstruction de sa cathédrale.

1236

janvier
Le roi d'Angleterre Henri III épouse Éléonore (Aliénor) de Provence, sœur de la reine Marguerite.

mars
Le pape Grégoire IX nomme archevêque de Bourges l'évêque d'Orléans Philippe Berruyer (en 1261, Louis IX et les évêques adresseront au pape une requête pour sa canonisation).

Philippe Berruyer

Philippe Berruyer appartient à la famille des comtes de Nevers-Auxerre, proche des Capétiens. Voué à la cléricature, il est d'abord chanoine dans le temple capétien de Saint-Martin de Tours (le roi en est chanoine), puis à la cathédrale de Tours. Il monte ensuite les degrés de la hiérarchie ecclésiastique; il est élu archevêque de Tours, mais récuse cette dignité, et accepte plus tard celle d'évêque d'Orléans. Il est peu après porté au siège archiépiscopal de Bourges, où il meurt en 1261. L'enquête sur sa canonisation a lieu à Bourges, Beaugency et Orléans en 1265-1266. Elle expose les qualités personnelles du défunt, telles qu'elles sont requises ces années-là d'un grand évêque. Philippe s'est montré défenseur de son Église métropolitaine, visiteur attentif de son clergé; il a su bien s'entourer, sans jamais céder au népotisme; il a été un modèle de dévotion pour ses prêtres et pour tous; il a protégé les religieux, notamment dominicains et franciscains de son diocèse; enfin il a chargé son testament de généreuses donations, et sa mort a été édifiante.

24 avril
Le pape exige du roi Louis IX qu'il soumette le comte Raimon VII de Toulouse et les consulats de Toulouse et de Narbonne, qui ont fait expulser les inquisiteurs dominicains.

mai
L'assassinat d'étudiants à Orléans provoque la mise en interdit de la cité; le roi Louis IX doit intervenir.

8 juin
L'armée royale est convoquée à Saint-Germain-en-Laye; le roi veut briser l'alliance que Thibaud IV de Champagne-Navarre vient de contracter en mariant sa fille Blanche de Navarre à Jean Ier le Roux, fils de Pierre Mauclerc.

juillet
Thibaud IV fait acte de soumission à Louis IX; il lui abandonne ses châteaux de Montereau et de Bray-sur-Seine et s'engage à sept ans d'éloignement, en Terre sainte ou dans son royaume de Navarre.

autres événements
• La reine mère Blanche de Castille fonde l'abbaye de Maubuisson (Val-d'Oise).
• Le dominicain Hugues de Saint-Cher commence à Paris sa correction de la *Bible* latine, dont il dresse la première *Concordance*.

1237

23 mars
Baudoin II de Courtenay, héritier de l'Empire latin de Constantinople, atteint sa majorité; il fait réclamer au roi de France les biens de son père, seigneur de Courtenay et marquis de Namur. Louis IX y consent, mais en gage d'un prêt accordé à Baudoin II pour sa guerre contre les Grecs de l'Empire de Nicée, il retient Namur (ville royale dès lors, jusqu'en 1263 quand Guy de Dampierre la rachète à son oncle Baudoin et rembourse l'emprunt au roi).

7 juin
Robert, frère du roi, est adoubé chevalier à Compiègne, et marié à Mahaut de Brabant. Le roi lui donne l'Artois en apanage (il reprend pour cela les trois villes qui constituent le douaire de sa mère Blanche de Castille, et dédommage celle-ci avec Meulan, Pontoise, Étampes, Dourdan, Corbeil et Melun).

novembre
Par renoncement de Pierre Mauclerc qui devient chevalier de Braine, son fils Jean Ier le Roux devient duc de Bretagne. Jean est l'instigateur de la réforme administrative de la Bretagne en huit sénéchaussées.

autres événements
• Le comté de Chalon est cédé par Jean de Chalon contre la seigneurie de Salins et entre avec Auxonne dans le domaine du duc Hugues IV de Bourgogne (1218-1272). Le duc de Bourgogne entreprend aussitôt de développer la foire de Chalon, qui est, vers 1280, un marché important de la laine.
• L'ouverture de la route du Saint-Gothard entre l'Allemagne et l'Italie déplace vers l'Est les grands axes du commerce Nord-Sud.

• Le roi reçoit à Paris des ambassadeurs sarrasins du Vieux de la Montagne, chef des shi'ites ismaïliens.
• Guiart de Laon devient chancelier de l'Université de Paris.

1238

Les agents du roi recensent, bailliage par bailliage, les recettes du Trésor royal, qui s'élèvent à environ 235000 livres, dont la moitié provient de Normandie.
Le comte de Provence Raimon Bérenger V soutient militairement l'empereur Frédéric II dans sa lutte contre la ligue lombarde.
On construit une chapelle neuve au château de Saint-Germain-en-Laye.

1239

début
Les restes de Philippe Hurepel (mort le 19 juillet 1234) sont ensevelis dans le nouveau chœur de Saint-Denis.

mai
La comtesse Mahaut de Boulogne, veuve de Philippe Hurepel, fille de Renaud de Dammartin (le vaincu de Bouvines) et d'Ide de Boulogne, épouse Alphonse II de Portugal, qui avait été élevé à la Cour capétienne.

15 mai
Le roi arme chevalier Baudoin II de Courtenay, empereur de Constantinople (1228-1261).

29 mai
Au terme d'un procès fleuve à Mont-Aimé en Champagne, 183 hérétiques («cathares») sont brûlés.

juin
Une armée, menée par Thomas de Marle et Humbert de Beaujeu, prend la route de la Hongrie pour Constantinople.

9 juin
Le pape Grégoire IX ordonne aux archevêques du royaume de France de faire saisir les livres des juifs. Le 20 juin, il mande à l'évêque, au prieur des dominicains et au ministre des franciscains de Paris de procéder à l'examen de ces livres et de les brûler s'ils contiennent des erreurs manifestes.

juillet
La «croisade des barons» français se réunit à Lyon; elle rassemble les principaux seigneurs du royaume (entre autres, le comte de Champagne, les ducs de Bretagne et de Bourgogne).

août
L'armée des barons croisés appareille de Marseille pour la Terre sainte. En septembre, à Acre, le commandement en est confié à Thibaud IV, roi de Navarre et comte de Champagne.

11-18 août
Le roi accueille les reliques de la Passion du Christ (la Couronne d'épines qu'il a achetée à Venise et d'autres reliques obtenues de Baudoin II de Constantinople) à Villeneuve-l'Archevêque; il se rend de là à Sens, Vincennes, enfin Paris où, avec ses frères Robert, Alphonse et Charles, il mène la sainte Couronne en procession de Notre-Dame à la chapelle Saint-Nicolas dans le palais royal.

13 novembre
Un fort contingent de barons est écrasé près de Gaza par des troupes égyptiennes.

autres événements
• Le roi Louis IX achète à Jean de Chalon partant en croisade le comté et la ville de Mâcon, qui entrent à la mort de Jean (novembre 1239?) dans le domaine royal et sont administrés désormais par le sénéchal de Lyon et bailli de Mâcon.
• L'empereur Frédéric II prononce la confiscation du comté de Forcalquier aux dépens du comte de Provence Raimon Bérenger V et en investit Raimon VII de Toulouse.
• Le pape Grégoire IX dépose l'empereur Frédéric II et propose la couronne impériale à Robert d'Artois, qui refuse.
• Le duc Jean Ier le Roux expulse les juifs de Bretagne.

vers 1240

L'architecte du chœur de la cathédrale Saint-Corentin de Quimper importe le seul exemple de gothique français en Bretagne. La restauration de la nef de Saint-Pol-de-Léon en 1260-1270 montre le maintien des formes locales.

1240

3 mars
En dépit d'une intervention de l'archevêque de Sens Gautier Cornu, le roi fait saisir les livres du Talmud.

24 juin
Une controverse publique sur le Talmud entre quatre rabbins et quatre docteurs chrétiens a lieu au palais royal de Paris, en présence du roi Louis IX et de sa mère Blanche de Castille. Le résultat est qu'en juin 1242, un grand nombre de « livres des juifs » (Talmud) sont brûlés solennellement à Paris. Eudes de Châteauroux, cardinal de Tusculum, légat pontifical en France, renouvelle l'ordre de destruction du Talmud le 15 mai 1248.

août-septembre
Le vicomte de Béziers Ramon Trencavel se révolte et s'empare en partie de Carcassonne dont son père avait été dépossédé en 1209. Les résistants autour de Trencavel regroupent les faidits (seigneurs rebelles) et appellent à l'insurrection, sans succès en raison du silence de Raimon VII de Toulouse.

autres événements
• Le duc de Bretagne Jean Ier le Roux achète le port et le château de Brest au vicomte de Léon.
• Le dominicain Albert le Grand arrive à Paris où il prend ses grades de maître ès arts.

Albert le Grand

Albert le Grand (1206-1280) appartient à la seconde génération dominicaine, celle qui décide de l'adoption des nouvelles sciences enseignées à l'Université de Paris. De 1242 à 1248, il est régent dans la pépinière intellectuelle du couvent dominicain de Saint-Jacques à Paris. Puis en 1248, il est nommé régent (directeur d'études) à Cologne ; il y enseigne Thomas d'Aquin, et participe à la formation intellectuelle des jeunes dominicains de Germanie, puis assume des tâches de direction (il refuse dans les années 1260 le poste de chancelier de l'Université de Paris). En 1267, il enseigne à Strasbourg, mais se retire bientôt à Cologne où il écrit sa Somme théologique.

• Thomas d'Aquin et Bonaventure de Bagnoreggio, tous deux Italiens, représentent la seconde génération des grands « intellectuels » de l'Université de Paris, après les fondateurs dont Philippe le Chancelier (avant 1185-1236) et Guillaume d'Auxerre.

Thomas d'Aquin

Thomas d'Aquin (1225-1274) est entré chez les dominicains en 1244. Il séjourne à Paris de 1252 à 1259, puis de 1269 à 1272. Outre des commentaires sur Aristote, sur Pierre Lombard et sur la Bible, il compose les deux grandes Sommes qui définissent l'histoire de la pensée occidentale jusqu'au XVIe siècle, la Somme théologique *(1266-1272) et la* Somme contre les Gentils *(1258).*

Bonaventure

*Le franciscain Bonaventure de Bagnoreggio (vers 1217-1275), reçu docteur à Paris en 1257, ministre général de l'ordre franciscain en 1257, résout les difficultés internes de son ordre (affrontement entre ceux qu'on désignera plus tard sous les noms de « spirituels » et de « conventuels », ou entre rigoristes et partisans de la souplesse) tout en produisant de nombreux ouvrages à la pensée limpide, dont l'*Itinéraire de l'âme vers Dieu *(1259) et le* Breviloquium.

1240-1280

Le ménestrel Baudoin de Condé, au service de la comtesse de Flandre Marguerite II, compose ses Dits, dont le *Dit des trois morts et des trois vifs.*

1241

mars
Un accord avec le sultan d'Égypte permet aux croisés français de recouvrer leurs prisonniers (dont le poète Philippe de Nanteuil) et de suspendre une croisade peu profitable.

mars-avril
Les Mongols ravagent l'Europe centrale.

24 juin
Le roi Louis IX donne de grandes fêtes à Saumur pour la chevalerie de son frère Alphonse, investi du comté de Poitiers (en apanage) et de l'Auvergne.

25 décembre
Lors de la Cour tenue par Alphonse, nouveau comte de Poitiers, Hugues X de Lusignan dénonce son hommage à Alphonse et au roi Louis IX. Il profite d'une nouvelle rébellion des barons contre Louis IX. Au début de 1242, la Cour royale prononce la confiscation des fiefs de Hugues X de Lusignan.

autres événements
• La reine mère Blanche de Castille fonde l'abbaye cistercienne de Notre-Dame la Royale, près Pontoise.

1242

20 mai
Le roi d'Angleterre Henri III débarque à Royan.

29 mai
Les inquisiteurs du Languedoc, menant une instruction judiciaire sur les hérétiques cathares, sont assassinés dans une maison du comte Raimon VII de Toulouse à Avignonet. Le comte est suspecté, mais sans conséquence.

juin
Le roi d'Angleterre Henri III propose un traité à l'empereur Frédéric II «pour faire paix ou guerre contre tous», sans doute pour reprendre en main le Midi de la France grâce à Raimon VII de Toulouse.

21-22 et 23 juillet
Le roi Louis IX remporte une victoire sur Henri III d'Angleterre à Taillebourg et à Saintes. Ces batailles anéantissent les velléités des barons poitevins; le grand comté de la Marche (Lusignan) est dépecé.

17 août
Raimon VII de Toulouse et plusieurs barons du Midi se soulèvent. Le comte de Toulouse prend possession d'Albi, puis de Narbonne, dont l'archevêque doit s'enfuir. Deux armées royales s'avancent alors en Languedoc. Les officiers du roi réorganisent les sénéchaussées de Nîmes-Beaucaire et de Béziers-Carcassonne.

5 octobre
Le comte de Foix se soumet au roi et s'engage contre Raimon VII de Toulouse.

autres événements
- Alphonse de Poitiers fait procéder à une grande enquête sur ses terres: le terrier (registre) de son fief d'Aunis est réalisé en 1246.
- Le franciscain de Paris Jean de La Rochelle († 1271), théologien réputé, publie un *Commentaire de la Règle de saint François d'Assise.*

1243

janvier
Raimon VII de Toulouse, qui a fait intervenir la reine mère Blanche de Castille, obtient un traité à Lorris (Loiret). Il renonce à Narbonne et Albi, promet de pourchasser les hérétiques. Il doit faire pénitence à Rome devant le pape qui le relèvera de son excommunication.

12 mars
Louis IX et Henri III d'Angleterre concluent une trêve de cinq ans.

juin
L'empereur Frédéric II demande la main d'Isabelle, sœur du roi Louis IX, pour son fils Conrad (en vain).

autres événements
- Marseille est soumise par le comte de Provence Raimon Bérenger V.
- Meir ben Baruch compose son élégie sur les livres du Talmud brûlés à Paris en 1242.
- Philippe Mousket, un laïc flamand, achève sa *Chronique rimée*, histoire des rois de France depuis le siège de Troie jusqu'en 1243.

1244

janvier
Richard de Cornouailles, frère d'Henri III d'Angleterre, épouse Sanche, la troisième fille de Raimon Bérenger V de Provence.

début mars
Le château cathare de Montségur tombe aux mains des chevaliers français; le 16, les survivants sont emmenés à Bram et remis à l'Inquisition.

23 août
Les Turcs kharezmiens, appelés par le sultan d'Égypte à son secours, reprennent Jérusalem.

septembre
Louis IX est à Cîteaux.

17 octobre
Les croisés de Palestine subissent une sévère défaite devant les Turcs kharezmiens joints à l'armée égyptienne à la Forbie, près de Gaza.

décembre
Le roi Louis IX, gravement malade, fait le vœu de former une croisade; il guérit et prend la croix.

autres événements
- Soucieux de préserver ses bonnes relations avec l'empereur Frédéric II, Louis IX refuse de recevoir dans le royaume le pape Innocent IV, contraint de se soustraire aux menées de Frédéric II avec qui il est en guerre; Innocent IV s'installe en terre d'Empire, à Lyon, sous la protection du comte de Savoie et de son frère, le futur archevêque de Lyon Philippe de Savoie.
- Le Talmud est de nouveau brûlé solennellement.

• L'Inquisition se développe en France. Le 19 avril 1246, le synode de Béziers confirme le règlement général des inquisiteurs opérant dans le Midi.

vers 1245

Le chantier du bras Nord du transept est ouvert à la cathédrale de Paris.

1245

3 janvier
Le pape Innocent IV ouvre le concile général à Lyon (Lyon I); première session de janvier au 26 juin, puis trois sessions d'une journée les 28 juin, 5 juillet et 17 juillet: il proclame une croisade (bulle *Afflicti corde*), condamne et dépose l'empereur Frédéric II.

mars
Le pape Innocent IV envoie trois ambassades vers le Khan des Mongols, dont les dominicains André de Longjumeau et Simon de Saint-Quentin.

19 août
À la mort du comte de Provence Raimon Bérenger V, le comté passe à sa quatrième fille Béatrice, en vertu d'une coutume excluant de la succession les filles dotées (sa veuve, Béatrice de Savoie, garde l'usufruit du comté). Avec l'appui du pape Innocent IV, la reine mère Blanche de Castille prépare aussitôt le mariage de son plus jeune fils, Charles d'Anjou, avec Béatrice de Savoie.

9 octobre
Le nouveau légat Eudes de Châteauroux prêche la croisade devant l'assemblée convoquée par le roi Louis IX à Paris. L'assemblée approuve le vœu du roi et, pour trois ans à compter du 24 juin 1246, interdit toute guerre privée et décide un moratoire de tous les intérêts des dettes.

novembre
Le pape Innocent IV et Louis IX (accompagné de sa mère Blanche de Castille, de sa sœur Isabelle et de son frère Robert) se rencontrent à Cluny, à propos de la croisade, de l'empereur Frédéric II et du mariage de Charles d'Anjou et Béatrice de Provence qui nécessite une dispense. Le roi ne parvient pas à détourner l'indignation du pape contre Frédéric II. Aussitôt après, Charles d'Anjou et l'archevêque élu de Lyon, Philippe de Savoie, se rendent en Provence, repoussent une incursion des Aragonais.

autres événements
• À Douai, une révolte sociale éclate: elle est l'une des premières révoltes urbaines des «menus» (petit peuple).

1246

31 janvier
Charles d'Anjou, le plus jeune frère du roi, épouse Béatrice de Provence, héritière du comté de Provence qui bascule ainsi de l'Empire dans l'orbite française.

27 mai
Charles d'Anjou est adoubé chevalier. Il ouvre aussitôt une campagne de construction de murailles pour la cité du Mans (jusque-là, on s'était contenté de restaurer l'ancien mur romain; une nouvelle enceinte est édifiée vers 1350), cependant qu'on achève le chœur de la cathédrale (consacré en 1254).

mai-août
Les usages ou coutumes de Touraine et d'Anjou sont compilés.

juillet
Le roi Louis IX et le légat Eudes de Châteauroux arbitrent un conflit armé entre les héritiers de Jeanne de Flandre: le Hainaut va à Jean d'Avesnes, la Flandre à Guillaume de Dampierre.

novembre
Les barons forment une ligue contre la juridiction ecclésiastique, qu'ils veulent restreindre aux causes touchant à l'usure, à l'hérésie et au mariage; ils nomment pour représentants les ducs de Bourgogne et de Bretagne, les comtes de Sancerre et d'Angoulême. Le roi Louis IX semble les soutenir contre le pape Innocent IV.

autres événements
• Le roi Louis IX accorde des franchises à la ville nouvelle d'Aigues-Mortes, qui doit devenir le premier port capétien sur la Méditerranée. Il loue des navires génois et marseillais pour un départ de la croisade au milieu de 1247.
• La ville nouvelle de Puymirol est fondée en Agenais.
• Jean de Garlande publie son *Dictionarius*.
• Le roi nomme le dominicain Vincent de Beauvais (avant 1200-1264) lecteur à l'abbaye de Royaumont; Vincent y commence la composition de son *Speculum maius*. En 1247-1249, Vincent, précepteur des enfants du roi, écrit à la demande de la reine Marguerite un livre, *Sur l'éducation des*

enfants nobles (De eruditione filiorum nobilium), l'un des manuels appartenant au genre littéraire des « Miroirs des princes » *(Speculum principis)* que la famille capétienne commandite pour la formation des élites du royaume. C'est ainsi qu'en 1259, Guibert de Tournai dédie à Louis IX son *Érudition des rois et des princes*.

GUIBERT DE TOURNAI

Guibert de Tournai († vers 1284) appartient à la génération des grands scolastiques. Vers 1235, il est entré dans l'ordre franciscain et vit à Paris. Il est bientôt appelé à la Cour et fréquente le roi. Il succède à Bonaventure au poste de régent des Frères mineurs de Paris. En 1259, il dédie un Traité de la paix *à Marie de Dampierre, et en 1263, achève son* Initiation à la doctrine (Rudimentum doctrinale), *ouvrage d'instruction morale et théologique, écrit à la demande du pape Alexandre IV.*

1247

printemps

L'empereur Frédéric II réunit ses partisans du royaume d'Arles et menace de marcher sur Lyon (il renonce, et meurt le 13 décembre 1250).

29 avril

Le seigneur des Baux et podestat d'Avignon forme avec les communes d'Arles, Avignon et Marseille une ligue dirigée contre les méthodes autoritaires de Charles d'Anjou et de Provence. Charles parvient à apaiser les rebelles.

octobre

Henri III d'Angleterre aurait demandé à Louis IX la restitution des fiefs confisqués en 1204.

autres événements

- Le roi Louis IX inaugure une vaste enquête, confiée à des dominicains et franciscains, pour étudier et réformer les abus royaux en France. Les rapports conduisent le roi à une réforme administrative.
- Le sire Hugues X de Lusignan étend et confirme les coutumes de Charroux.

vers 1248

Fondation de la ville basse de Carcassonne.
Le franciscain Bonaventure de Bagnoreggio entreprend à Paris son *Commentaire sur les Sentences de Pierre Lombard*.

1248

mars

À Lyon, le pape Innocent IV sacre archevêque de Rouen le conseiller du roi Eudes Rigaud.
Gossuin de Metz achève une première rédaction de l'*Image du Monde*. Cette encyclopédie (la première en ancien français) commencée en janvier 1246, peut-être sur commande de Robert d'Artois, frère de Louis IX, et de Jacques de Metz, frère du duc de Lorraine, exalte en trois parties (Création du monde, histoire du monde, béatitude future) le monde créé selon le « livre de la nature » et veut enseigner comment y bien vivre. Gossuin entreprend aussitôt une seconde rédaction (1248-1250), qui témoigne d'une orientation nettement plus séculière, y compris sur le plan politique (elle prône le rapprochement entre le duché de Lorraine et le royaume de France).

26 avril

En présence du roi Louis IX, la Sainte-Chapelle de Paris est solennellement dédicacée ; elle doit être le reposoir des reliques de la Passion, les reliques de la Vraie Croix achetées en 1241 et surtout la Couronne d'épines achetée par Louis IX en 1239 pour 135 000 livres (la moitié du revenu annuel du domaine royal ; la construction de la Sainte-Chapelle, de 1242 à 1248, aurait coûté 40 000 livres).

15 mai

Le légat Eudes de Châteauroux procède à la condamnation solennelle des livres du Talmud.

12 juin

Louis IX se rend à Saint-Denis où il prend les insignes du pèlerin et lève l'oriflamme. Il quitte ensuite Paris avec la reine, ses frères Robert d'Artois et Charles d'Anjou et de Provence et son armée de la septième croisade (environ 25 000 hommes et 7 000 chevaux), pour Sens, Vézelay et Lyon (où il se peut qu'il rencontre une ambassade mongole).
Louis IX et le pape Innocent IV pressent les rois de s'engager dans la croisade ; Louis IX envoie notamment à cet effet le moine anglais Mathieu Paris auprès de Haakon V, roi de la Norvège christianisée depuis les Xe-XIe siècles (Haakon obtient en fait du pape d'aller guerroyer en Estonie plutôt que chez les musulmans).

28 août

Louis IX embarque dans le nouveau port d'Aigues-Mortes.

17 septembre
L'armée royale débarque à Limassol (Chypre), où elle prend ses quartiers.

20 décembre
Le roi Louis IX, hivernant à Nicosie (île de Chypre), reçoit deux envoyés mongols qui (par le truchement d'André de Longjumeau, de retour d'une expédition en Asie centrale, à Tabriz) proposent une coopération contre les musulmans.

autres événements
• Le roi Louis IX donne la terre d'Auvergne en apanage à son frère Alphonse.
• En Bas-Languedoc, on assèche l'étang de Montady (sous Ensérune).

1248-1253

Le bailli d'Orléans fait compiler l'*Usage d'Orlenois* (coutumes d'Orléans).

1249

27 janvier
Des ambassadeurs de Louis IX (dont André de Longjumeau et deux autres dominicains) quittent Chypre pour se rendre à la Cour du grand Khan mongol; ils emportent de riches cadeaux.

30 mai
La flotte de Louis IX, renforcée d'un fort contingent de la principauté franque de Morée (Péloponnèse) et du royaume de Jérusalem, appareille vers l'Égypte, pour attaquer le sultan du Caire qui tient la majeure partie de la Terre sainte, dont Jérusalem.

5 juin
Les Français débarquent et prennent la ville égyptienne de Damiette. Ils s'y établissent pour attendre les renforts nécessaires à l'occupation du pays.

27 septembre
Le comte Raimon VII de Toulouse meurt en laissant son comté et ses terres à sa fille Jeanne; son gendre Alphonse de Poitiers, qui apprend la nouvelle à son arrivée à Damiette le 24 octobre, hérite du comté au nom de sa femme.

20 novembre
L'armée des croisés prend la route du Caire.

19 décembre
Les croisés arrivent devant la forteresse égyptienne de la Mansourah.

autres événements
• À la mort de Dreux de Mello, sire de Loches et de Châtillon-sur-Indre, le roi Louis IX refuse de transmettre au neveu de Dreux l'héritage, qui entre dans le domaine royal.
• Le poète Rutebeuf se trouve à Troyes.

RUTEBEUF

Rutebeuf († vers 1285) partage avec Adam de la Halle et Jean de Meun le mérite de la plus haute poésie en langue française du XIII*e siècle. Fervent propagandiste de la croisade* (Complainte de Constantinople, Complainte de Geoffroy de Sergines)*, il est également l'un des poètes les plus compromis dans la satire politique contre Louis IX (ce qui le rapproche des auteurs de* sirventés*), comme en témoignent sa* Complainte de Guillaume de Saint-Amour, *ses deux* Complaintes d'outre-mer *et* Renart le Bestourné.

1250

8-9 février
L'avant-garde des croisés est durement prise à partie par les Égyptiens à la bataille de la Mansourah.

6 avril
Louis IX, malade, a repris la route de Damiette, menacée de blocus; il est fait prisonnier avec ses frères Robert d'Artois, qui meurt là, et Charles d'Anjou-Provence.

1er mai
Le roi Louis IX signe des conventions avec le sultan, prévoyant la capitulation de Damiette et le paiement d'une rançon de 400 000 livres. Le 6 mai, la rançon est payée et le roi est libéré.

8 mai
Les croisés passent d'Égypte en Terre sainte; l'armée du roi de France y reste jusqu'en avril 1254. Le roi Louis IX réside à Acre de la mi-mai au mois de mars 1251. De là il demande des secours en France.

autres événements
• Les métiers parisiens sont en agitation pour des problèmes d'organisation et de salaires.

1250-1261

Le dominicain Étienne de Bourbon écrit son *Traité de diverses manières de prédication*, source majeure d'informations sur les croyances communes en France.

1251

25 mars

Le roi Louis IX se rend à Nazareth, puis s'établit en mai à Césarée (jusqu'en mai 1252), qu'il fait reconstruire. C'est là qu'il reçoit André de Longjumeau et son ambassade infructueuse en Mongolie.

juin

Le mouvement des Pastoureaux, né dans le nord de la France et en Flandre, s'étend. Plusieurs milliers de paysans se dirigent sur Paris, où Blanche de Castille les fait ravitailler, puis sur Bourges et Bordeaux où ils sont dispersés violemment.

autres événements

• Charles d'Anjou et de Provence réprime la révolte des barons dans son comté de Provence. Il soumet Arles et Avignon. Il fait réaliser en 1252 une grande enquête sur les droits du comte et le domaine comtal, qu'il complète par des confiscations de biens des révoltés. Il met sur pied une nouvelle administration, dirigée par les bailes ou viguiers, les clavaires et les juges.
• Une guerre éclate en Bourgogne entre le puissant comte Jean de Chalon, seigneur de la Bourgogne d'outre-Saône (ses droits s'étendent jusqu'à Lausanne), et son fils d'un premier lit, Hugues de Chalon, qu'il a déshérité.

1252

fin de l'hiver

Le roi Louis IX et le sultan du Caire signent un traité dirigé contre le calife de Bagdad.

mai

Louis IX s'installe à Jaffa où il demeure, attendant vainement les Égyptiens, jusqu'en juin 1253.

26 juillet

Charles d'Anjou et de Provence signe un traité avec la ville de Marseille et lui reconnaît une autonomie relative.

août

Le pape Innocent IV fait offrir à Charles d'Anjou et de Provence la couronne de Sicile, contre les droits de Conrad IV, fils de Frédéric II (Charles refuse dans l'été 1253).

15 novembre

Le synode présidé par Gilon Cornu à Sens proteste auprès de Thibaud IV de Champagne-Navarre contre ses empiétements sur les droits des églises.

27 novembre ou 1er décembre

La mort de Blanche de Castille laisse le royaume à la garde de Louis, fils aîné du roi, qui n'a que 8 ans.

autres événements

• Les maîtres parisiens promulguent un statut interdisant aux ordres religieux ayant leur propre centre d'études à Paris de disposer de plus d'une chaire à l'Université de Paris.
• Guillaume de Saint-Amour stigmatise violemment les ordres mendiants dans son livre *Sur les périls des derniers Temps (De periculis novissimorum temporum).*
• Le maître orléanais Ponce de Provence publie son *Ars dictaminis*, traité de rhétorique de grande réputation.

1252-1262

À la demande de l'évêque de Chartres, Jean le Marchant de Péronne publie en français les *Miracles de Notre-Dame de Chartres.*

vers 1253

Le juriste Pierre de Fontaines, ancien bailli royal, compose son coutumier du Vermandois *(Conseil à un ami).*

1253

février-mars

Louis IX envoie le franciscain Guillaume de Rubrouck en mission chez le prince mongol Sartaq (Guillaume le rencontre en Crimée, puis se rend par la poste mongole à Karakorum où il arrive le 27 décembre et séjourne pendant l'hiver à la Cour du grand Khan Möngke, qui exige la soumission du roi de France. Il revient à Nicosie le 29 juin 1255).

mars

Le roi d'Angleterre Henri III fait ouvrir des négociations avec les armateurs marseillais pour le transport d'une armée en Terre sainte dont le départ est prévu pour août 1256. Il doit suspendre les préparatifs pour réprimer les troubles causés par son beau-frère Simon V de Montfort en Gascogne.

avril
Innocent IV tente d'activer en France une nouvelle croisade, dirigée par Alphonse de Poitiers et prêchée par les dominicains.

juin
Le roi Louis IX est à Sidon, jusqu'en février 1254. Il fait construire une nouvelle enceinte.

4 juillet
La succession de Flandre ayant été rouverte par la mort de Guillaume de Dampierre, le clan d'Avesnes écrase les Dampierre et leurs alliés à Walcheren. Charles d'Anjou et de Provence à qui l'on a promis le Hainaut avec Namur, occupe le Hainaut; le roi des Romains Guillaume de Hollande se porte à sa rencontre et assiège Valenciennes. Charles refuse le combat.

septembre
L'intervention d'Henri III d'Angleterre en Guyenne contre les barons gascons inquiète le Conseil de régence, qui convoque l'armée en Berry.

12 novembre
Le synode provincial de Paris transfère à Meung-sur-Loire le chapitre cathédral de Chartres, dont le chantre a été assassiné.

autres événements
• Alphonse de Poitiers fonde la bastide de Villeneuve-sur-Lot.
• Le conflit s'envenime à Paris entre les maîtres séculiers et les dominicains et franciscains, qui sont expulsés de leurs chaires universitaires. Le pape Innocent IV soutient les séculiers et abolit certains privilèges des ordres mendiants.

1254

janvier
Charles d'Anjou et de Provence se rend maître du Hainaut.

printemps
Une trêve est conclue entre Charles d'Anjou et de Provence et le roi des Romains Guillaume de Hollande, mais ne résout pas la succession de Flandre.

24 avril
Le roi Louis IX embarque à Acre et rentre de croisade. Le 12 juillet, Louis IX débarque aux Salins d'Hyères; il a une entrevue avec le franciscain Hugues de Digne. De là, il se rend à Beaucaire, Aigues-Mortes, Nîmes, Le Puy, Saint-Pourçain, Saint-Benoît-sur-Loire, Vincennes et Saint-Denis, et rentre enfin dans Paris le 7 septembre.

9 octobre
Le jour de la Saint-Denis, le roi remet à l'abbaye royale un cens de 4 besants d'or, cens reconnaissant qu'il tient son royaume de Dieu et de saint Denis; il renouvelle ce geste d'hommage désormais chaque année.

autres événements
• Le roi d'Angleterre Henri III et son frère Richard de Cornouailles visitent Louis IX à Chartres et à Paris (à nouveau en 1262).
• Pierre de Fontaines rédige son *Livre des lois selon les usages de France.*
• Le roi Louis IX publie sa Grande Ordonnance *(Statuta)*, la première ordonnance de réforme et de correction des abus dans le royaume. Baillis et sénéchaux, délégués du roi et responsables devant lui, doivent faire respecter la justice et la morale publique. L'ordonnance généralise en outre l'usage des enquêtes.
• Le Parlement de Paris commence d'enregistrer ses arrêts dans un recueil appelé les *Olim.*
• Le pape Alexandre IV casse les décisions de son prédécesseur à propos des ordres mendiants et exige la réintégration des maîtres dominicains et franciscains dans l'Université de Paris.

1255

9 mars
La faculté des arts de l'Université de Paris décide l'introduction des ouvrages d'Aristote dans son enseignement officiel.

mai
La citadelle cathare de Quéribus (Aude) est assiégée et bientôt soumise. Avec cette prise s'achèvent les opérations militaires en pays cathare.

juin
À la demande d'Henri III, le roi Louis IX renouvelle les trêves dont le roi d'Angleterre a besoin pour activer sa croisade, et aussi pour reconquérir la Sicile que le pape Alexandre IV propose à Edmond, son fils cadet.
Louis IX désigne avec le roi d'Aragon Jacques Ier des arbitres pour trancher leurs différends dans le Midi.

13 juillet
Le synode de Paris condamne à la prison les meurtriers du chantre de la cathédrale de Chartres.

novembre
Le roi Louis IX se rend à Gand auprès de la comtesse Marguerite de Flandre-Hainaut pour apaiser le conflit entre Dampierre et Avesnes.
Louis IX marie son fils aîné Louis à la fille du roi de Castille.

23 novembre
Le comte Thomas de Savoie, rentré de Flandre après la mort de Jeanne, a commencé d'étendre sa principauté jusqu'au-delà de Turin, lorsqu'il est capturé par la commune d'Asti. Aussitôt, les rois de France, d'Angleterre, l'archevêque de Lyon et la comtesse de Provence ordonnent l'arrestation des marchands d'Asti sur leurs territoires.

autres événements
• Isabelle, fille de Louis IX, est donnée (le 6 avril) en mariage au comte de Champagne et roi de Navarre Thibaud V.
• Alphonse de Poitiers crée la sénéchaussée de Saintonge (il en fixe le siège à Saint-Jean-d'Angély).
• Louis IX offre un éléphant (reçu du sultan d'Égypte) à Henri III d'Angleterre.

1256

20 mars
Une bulle du pape Alexandre IV (reprenant une bulle du 5 décembre 1244) accorde au roi Louis IX un privilège d'exemption en vertu duquel il peut choisir comme confesseur n'importe quel prêtre, séculier ou régulier.

31 juillet
Les assassins du chantre de Chartres voient leur peine d'emprisonnement commuée en bannissement à vie en Terre sainte.
Le roi Louis IX se rend au Mont-Saint-Michel.

24 septembre
Le roi règle la succession de Flandre par le « Dit de Péronne », qui confirme l'arbitrage de juillet 1246. Charles d'Anjou et de Provence abandonne le Hainaut contre paiement.

octobre
Les écrits de Guillaume de Saint-Amour (notamment son livre de 1252 *Sur les périls des derniers Temps*, contre les privilèges des ordres mendiants et leur activité dans l'Université de Paris) sont condamnés par une commission pontificale.

novembre
Le roi Louis IX résout le conflit entre Charles d'Anjou et de Provence et la comtesse douairière de Provence, Béatrice de Savoie. Le comté de Forcalquier dont elle avait l'usufruit depuis 1246 est remis à Charles contre une forte rente payée par le Trésor royal.

autres événements
• Le roi Louis IX apporte sa médiation et apaise le conflit entre les Chalon.
• L'évêque de Châlons Pierre de Hans (1248-1261) affirme pour la première fois être comte de sa cité.
• Peu avant 1257, le médecin Aldobrandin de Sienne publie en langue française son *Régime du corps*, l'un des principaux traités de médecine de la fin du Moyen Âge.

1257

2 juin
L'opposition à Charles d'Anjou et de Provence ayant repris le pouvoir dans Marseille, le prince impose à la cité un nouveau statut qui la soumet à un viguier qualifié de seigneur de Marseille.

septembre
Une ambassade anglaise réclame à Paris la restitution des fiefs confisqués en 1204 (Normandie, Maine, Anjou, Saintonge et Poitou), arguant du fait que les fils de Jean sans Terre ne sauraient être dépossédés par la faute de leur père. Louis IX envoie l'affaire devant le Parlement et engage des négociations.

autres événements
• Le chanoine Robert de Sorbon, familier de Louis IX, fonde un collège pour 12 pauvres étudiants en théologie de l'Université de Paris.

1258

11 mai
Un traité est signé à Corbeil (et ratifié à Barcelone le 16 juillet) avec le roi d'Aragon. Jacques Ier renonce à ses prétentions sur le Roussillon, le Toulousain et le Languedoc et à ses droits sur l'Agenais et le Comtat Venaissin. Louis IX abandonne sa suzeraineté sur la Catalogne. En revanche, la reine Marguerite obtient de Jacques Ier d'Aragon qu'il lui abandonne ses droits sur l'héritage de Provence.

28 mai
Par le traité de Paris, signé au château du Temple (siège parisien du puissant ordre militaire des Templiers) par ses représentants, le roi d'Angleterre

Henri III reconnaît au roi de France Louis IX la possession de la Normandie, de l'Anjou, du Maine et de la Touraine et pour prix de sa renonciation reçoit 134 000 livres; il conserve néanmoins de vastes domaines dans le Massif central et le sud du royaume.
Le roi de France Louis IX abandonne ses domaines des diocèses de Limoges, Cahors et Périgueux (sauf les terres des évêques).
Bordeaux, Bayonne et la Gascogne rentrent dans la mouvance française: le duc de Guyenne fait l'hommage au roi de France et redevient pair du royaume.
L'héritage de la mère de Raimon VII de Toulouse (fille du roi d'Angleterre Henri II Plantagenêt) en Agenais et Quercy reviendra au roi d'Angleterre si Jeanne de Toulouse (fille de Raimon VII et épouse d'Alphonse de Poitiers, frère de Louis IX) meurt sans enfants.
Enfin, le comte de Leicester Simon V de Montfort renonce au Languedoc et au comté d'Évreux.

1er novembre
Le Parlement réglemente les conflits de compétence entre cours laïques et cours d'Église (l'enquête sera effectuée par le bailli royal et la cour ecclésiastique ne sera saisie qu'ensuite).

autres événements
• Une guerre éclate entre le roi de Navarre comte de Champagne Thibaud V et le comte de Chalon, qui s'empare de Luxeuil.
• Le Parlement attribue à la Couronne l'héritage de la veuve de Philippe Hurepel (comté de Clermont-sur-Oise, Mortain et Domfront).
• Charles d'Anjou et de Provence réunit à la Provence une partie du comté de Vintimille, prise sur les Génois.
• Étienne Boileau est nommé prévôt de Paris. Il rédige (entre 1260 et 1270, vers 1268 probablement) son *Livre des métiers*, qui compile les statuts de 101 métiers parisiens et décrit leur organisation.
• Thomas d'Aquin achève sa *Somme contre les Gentils*.
• Alexandre du Pont termine à Laon son *Roman de Mahomet*, adaptation d'une satire latine (1137-1155) du moine chartrain Gautier de Compiègne.

1259

juillet
Devant le Parlement, le procès d'Enguerrand IV de Coucy, coupable d'avoir fait pendre trois jeunes nobles, oppose deux conceptions de la justice: les barons, soucieux de défendre leurs franchises, réclament l'application du duel judiciaire et refusent l'enquête; le roi prétend avoir la charge entière de l'ordre public, qui exclut les voies de fait. Le roi l'emporte; Enguerrand est condamné à mort mais gracié contre une forte amende et une peine de trois ans en Palestine (en réalité, le sire de Coucy obtient commutation de cette peine).

4 décembre
Après que le traité de Paris du 28 mai précédent a été ratifié à Abbeville, Henri III d'Angleterre prête l'hommage à Louis IX dans le palais royal du Louvre pour les terres sises au sud de la Charente et en Auvergne.

autres événements
• Le roi Louis IX parvient à imposer sa médiation dans un nouveau conflit armé en Bourgogne, qui oppose le comte de Chalon et l'archevêque de Besançon.

1259-1260

Charles d'Anjou et de Provence met la main sur la Valle Maira, Coni, Albe, Cherasco; les marquis de Saluces et de Ceva lui rendent l'hommage.
De nombreuses villes du nord du royaume refusant de payer les compensations financières promises au roi d'Angleterre en 1257-1258, des enquêtes publiques révèlent leurs difficultés de gestion.

vers 1260

Les marchands de Bruges créent un nouvel avant-port, L'Écluse, pour compléter Damme. Bruges est alors le centre principal de l'activité commerciale au nord de la ligne Paris-Venise. Anglais (pour le commerce de la laine), marchands des villes du Rhin et de la Hanse (Lübeck et Hambourg), puis Italiens quand est établie la liaison maritime directe par Gibraltar (le premier convoi génois sur Bruges date de 1277) animent un axe dont le cœur est Bruges, entre Londres, Hambourg, Lübeck et Novgorod.

1260

janvier
Le prince héritier Louis meurt; les funérailles ont lieu à Saint-Denis, son corps est inhumé à Royaumont en présence des deux rois Louis IX et Henri III d'Angleterre. Vincent de Beauvais compose une *Consolation* pour le roi de France.

21 mars
Sur ordre royal, une assemblée ecclésiastique ordonne la tenue de prières et de pénitences

publiques pour implorer l'aide divine contre les Tatars.

juillet
Le roi Louis IX envoie en Angleterre Eudes Rigaud pour inciter Henri III à négocier avec ses opposants menés par le comte de Leicester Simon V de Montfort.

autres événements
• L'assise du douaire de la reine Marguerite est modifiée: le roi lui reprend l'Orléanais et donne des châtellenies des environs de Paris.
• Louis IX obtient de l'archevêque de Cologne des reliques des Onze mille Vierges, qu'il dépose à Royaumont, à Maubuisson et à Chaalis. La légende voulait que ces jeunes filles aient accompagné sainte Ursule dans son voyage d'Angleterre vers Cologne où elles auraient subi le martyre.

1261

février
Une ordonnance proscrit le duel judiciaire et lui substitue la preuve par témoin.

15 août
Constantinople est reprise aux Occidentaux par l'armée grecque de Michel VIII Paléologue (avec le soutien des Génois, de Bulgares et de Mongols). L'Empire latin de Constantinople prend fin (Baudoin II meurt en 1273).

29 août
Le patriarche de Jérusalem Jacques Pantaléon, un Champenois, est élu pape sous le nom d'Urbain IV. Il ordonne une nouvelle prédication de croisade et la levée du centième des revenus ecclésiastiques dans les royaumes chrétiens pour l'aide à la Terre sainte (le prélèvement du centième est confirmé pour cinq ans le 18 novembre 1263 par un synode tenu à Paris).

décembre
Le pape Urbain IV élève au cardinalat trois conseillers de Louis IX (Gui Foulcois, Raoul Grosparmi et Simon de Brie).

autres événements
• Une ordonnance organise l'Hôtel du roi en six « métiers » ou services. Cette répartition gouvernementale subsiste jusque sous Louis XI. La prévôté de Paris, jusque-là affermée et confiée à deux prévôts du patriciat urbain, est unifiée et installée au Châtelet.
• Les Marseillais se rallient au soulèvement de Boniface de Castellane et des barons des Alpes du Sud contre Charles d'Anjou et de Provence.
• Alphonse de Poitiers fonde la bastide de Villefranche de Périgord.

1262

2 février
En échange d'une épine de la sainte Couronne, Louis IX reçoit de l'abbé de Saint-Maurice-en-Valais des reliques de corps saints; il fait construire près de son palais de Senlis une église dédiée à saint Maurice, desservie par des chanoines de Saint-Maurice; les reliques y sont déposées en 1264.

août
L'assemblée des prélats français refuse la levée du centième. Le pape Urbain IV, assuré du soutien royal, maintient l'appel à la croisade.

décembre
Une ambassade mongole remet au roi une lettre du Khan Hülegü (du 10 avril) proposant de restituer tout l'ancien royaume de Jérusalem aux chrétiens. Louis IX n'y donne pas suite.

autres événements
• Deux ordonnances royales, répondant aux enquêtes de 1259-1260, réglementent les communes du domaine royal (Normandie et Île-de-France élargie), qu'elles soumettent à un régime de tutelle, notamment financière.
• Philippe, héritier du royaume, épouse à Clermont Isabelle d'Aragon.
• Jacques Ier d'Aragon s'engage à ne pas soutenir la révolte des Provençaux contre Charles d'Anjou et de Provence. Boniface de Castellane est contraint de se réfugier en Italie, abandonnant ses terres à Charles. Les Génois reconnaissent les acquisitions de celui-ci en Ligurie.
• Rutebeuf écrit sa *Complainte de Constantinople*, qui témoigne d'une opposition laïque à Louis IX.

1263

5 janvier
L'assemblée des prélats français est contrainte d'accepter la levée du centième. Le roi se charge de gérer les sommes collectées avec le commandeur de l'ordre du Temple en France.

février
Le roi Louis IX fait frapper le premier écu d'or. Il publie une ordonnance sur la monnaie royale

(deniers parisis, tournois et « lonesiens » ou laonnois) qui doit être reçue en paiement dans la totalité du royaume. L'usage des monnaies étrangères est interdit dans le domaine royal.

printemps
Charles d'Anjou et de Provence réprime la révolte des marchands marseillais menés par la famille Manduel. À son départ pour l'Italie, il remet le gouvernement de la Provence à un sénéchal, qui reçoit ses ordres de l'évêque de Sisteron, le Français Alain de Luzarches.

mai
Le roi Louis IX et son frère Charles d'Anjou et de Provence s'accordent avec le pape Urbain IV sur le projet sicilien (le royaume de Sicile, que le pape veut soustraire aux héritiers de Frédéric II, a été proposé successivement en 1252 à Charles d'Anjou et de Provence, puis en 1255 au fils d'Henri III d'Angleterre). Le pape Urbain IV, ancien conseiller du roi Louis IX, revient à la charge auprès de Charles d'Anjou et de Provence. Le 28 juin, il investit Charles du royaume de Sicile.

septembre
Le roi Louis IX et la reine Marguerite reçoivent à Boulogne Henri III d'Angleterre et son beau-frère Simon V de Montfort, qu'ils encouragent à faire la paix.

13-16 décembre
Louis IX se voit confier l'arbitrage du conflit entre Henri III d'Angleterre et le parti de Simon V de Montfort.

autres événements
• Strasbourg devient ville d'Empire (elle acquiert le statut de ville libre, qui la libère de la tutelle de l'évêque et de l'aristocratie, au milieu du XIVe siècle).

1263-1264

La famine sévit en Europe.

vers 1264

Le comte de Savoie Pierre II publie les Statuts de Savoie, qui forment la constitution d'une principauté territoriale.

1264

24 janvier
L'arbitrage de Louis IX entre le roi d'Angleterre Henri III et ses barons (« Dit » ou « Mise d'Amiens ») conclut à l'annulation des mesures imposées par les barons en 1258 (Provisions d'Oxford).

22 mai
Le roi Louis IX établit un compromis entre les abbés de Cîteaux et de Clairvaux, en conflit sur la nécessité d'une réforme de l'ordre cistercien – sans succès ; le pape Clément IV promulgue d'autorité cette réforme le 6 juin 1265.

25 mai
Le roi Louis IX déclare contre Jacques Ier d'Aragon que Montpellier relève de la couronne de France (le traité de Corbeil du 11 mai 1258 n'avait pas réglé cette question).

été
Le roi Louis IX tente une nouvelle négociation en faveur d'Henri III d'Angleterre que Simon V de Montfort a défait à Lewes (14 mai).

8 octobre
Gui Foulcois est élu pape (Clément IV).

autres événements
• L'abbé de Saint-Denis fait procéder à une nouvelle répartition des tombeaux royaux dans l'église.

1265

27 février
Le sultan mamelouk Baïbars prend Césarée et entame l'occupation de la Syrie occidentale.

21 juin
À Rome, Charles d'Anjou et de Provence prend possession du Capitole.

28 juin
Charles d'Anjou et de Provence prend le titre de roi de Sicile. Il a obtenu du pape Clément IV que la conquête de son royaume soit considérée comme une croisade.

4 août
La mort de Simon V de Montfort à la bataille d'Evesham libère Henri III d'Angleterre de la pression des barons.

novembre
Le roi Louis IX proclame le décri des esterlins (l'interdiction de la monnaie anglaise) dans tout le royaume.

1266

janvier
Charles d'Anjou et de Provence, qui a conquis Naples, est couronné roi de Sicile (avec sa femme Béatrice de Provence). Le 26 février, son armée écrase à Bénévent Manfred, le prétendant à la succession de l'empereur Frédéric II.

avril
Le pape Clément IV fait répondre à une demande de subsides d'Alphonse de Poitiers: désormais, la papauté ne soutiendra plus financièrement de croisades contre les Sarrasins. En mai, le pape appelle cependant les barons français et les autres princes chrétiens à prendre la croix.

22 juillet
Le roi Louis IX ordonne la frappe du gros d'argent (4,16 g d'argent valant 12 deniers, ou un sol tournois) destiné à être, avec le denier d'argent, la monnaie courante dans tout le royaume et à supplanter les monnaies seigneuriales.

4 août
Le comte Eudes de Nevers meurt à Acre avec une réputation de sainteté que célèbre Rutebeuf. Le roi Louis IX venait de marier son fils Jean-Tristan à Yolande, l'héritière du comté de Nevers-Auxerre-Tonnerre.

1266-1267

Le dominicain Humbert de Romans (vers 1200-1277) écrit *Sur la prédication de la croisade contre les Sarrasins.*

1267

janvier
À la mort de sa femme Béatrice, Charles d'Anjou et de Provence exige des Provençaux le serment de fidélité à lui-même et non à leur fils Charles II.

25 mars
Le roi Louis IX fait vœu de croisade pour la seconde fois, à la Sainte-Chapelle.

24 mai
Charles d'Anjou et de Provence conclut un traité avec Guillaume de Villehardouin, prince (français) de Morée, dernière principauté latine de l'Empire byzantin; par mariage de leurs enfants, la Morée est destinée à entrer dans le royaume de Naples et de Sicile.

5 juin (Pentecôte)
L'héritier du trône Philippe est adoubé; des fêtes sont données au palais royal de Paris.

22 juillet
Le roi Louis IX assiste à Vézelay à la translation solennelle des reliques de sainte Marie-Madeleine.

octobre
Un arbitrage royal met fin à la «guerre de Ligny» opposant, à propos de la châtellenie de Ligny-sur-Ornain, le comte de Bar (soutenu par la Flandre, Toul et Metz) et le comte de Champagne Thibaud V (allié de la Lorraine et du Luxembourg).

1268

janvier-février
Une révolte urbaine éclate à Lyon, à la suite de l'arrestation d'un bourgeois et de sévices exercés contre d'autres bourgeois par les officiers du chapitre cathédral, pendant la vacance du siège archiépiscopal (Philippe de Savoie a donné sa démission). L'évêque d'Autun, qui assure l'intérim, se montrant incapable de maîtriser la situation, les bourgeois font appel au roi de France. L'arbitrage, confié par le roi Louis IX à deux de ses officiers et à l'abbé de Cluny, est rendu en février 1270, mais jamais appliqué en raison du départ du roi Louis IX en croisade. Ce n'est qu'en 1271 que son fils Philippe III prend la ville sous sa protection, amorçant le rattachement de Lyon au royaume.

9 février
Lors de l'assemblée des barons et prélats à Paris, le roi Louis IX fixe le départ de croisade pour la première quinzaine de mai 1270.

15 février
Le pape Clément IV concède à Charles d'Anjou et de Provence le titre de «vicaire général de l'Empire pour la Toscane», qui sanctionne le pouvoir réel de Charles sur une grande part de l'Italie du Nord.

7 mars
Le sultan Baïbars prend Jaffa.

23 août
Charles d'Anjou et de Provence remporte la victoire de Tagliacozzo sur le petit-fils de l'empereur Frédéric II, Conradin (décapité le 29 octobre). L'occupation de l'Italie du Sud et de la Sicile tourne à une véritable colonisation franco-provençale.

8 octobre
Le roi Louis IX charge trois de ses proches de négocier avec les Génois la mise à disposition d'une flotte destinée au transport des croisés pour le 10 mai 1270 à Aigues-Mortes.

novembre
Charles d'Anjou et de Provence, veuf de Béatrice de Provence, épouse Marguerite de Nevers-Bourgogne.

1269

15 août
Le roi Louis IX promulgue une ordonnance contre le blasphème; il impose aux juifs le port de la rouelle.

automne
Une ambassade de l'émir de Tunis vient négocier à Paris après avoir rencontré Charles d'Anjou et de Provence en Sicile.

autres événements
• Édouard, fils aîné d'Henri III d'Angleterre, a un entretien à Paris avec le roi Louis IX.
• Jean de Meun commence de rédiger la continuation au *Roman de la Rose* de Guillaume de Lorris.
• Le roi Louis IX se rend au Mont-Saint-Michel.
• Henri (futur Henri III de Champagne), frère cadet, futur successeur de Thibaud V comte de Champagne et roi de Navarre, épouse Blanche d'Artois. De leur union naît Jeanne, épouse de Philippe IV le Bel.

1270

janvier
Le roi Louis IX dresse son testament.

23 février
Isabelle, sœur du roi, meurt.

14 mars
Après avoir confié la garde, la défense et l'administration du royaume à l'abbé de Saint-Denis Mathieu de Vendôme, à Simon de Nesle et à l'évêque de Paris Étienne Tempier, le roi Louis IX reçoit du légat du pape le bourdon de pèlerin et prend l'oriflamme à Saint-Denis.

15 mars
Le roi Louis IX se rend en procession du palais royal à Notre-Dame, puis passe la nuit à Vincennes et part pour la septième croisade, passant par Melun, Sens, Auxerre, Vézelay, Cluny, Mâcon, Lyon, Vienne et Beaucaire.

1er juillet
Louis IX embarque à Aigues-Mortes; la flotte appareille le lendemain pour la Sardaigne.

15 juillet
Les navires du roi quittent Cagliari pour Tunis et non plus pour l'Égypte. Louis IX espère sans doute la soumission de l'émir de Tunis (et sa conversion au christianisme?) avant de se porter en Méditerranée orientale.

18 juillet
Les croisés débarquent devant Tunis; ils prennent La Goulette le 21 et Carthage le 24.

début août
Une épidémie (dysenterie, typhus?) fait des ravages dans l'armée et frappe le roi. Le 3 août, le fils du roi et comte de Nevers Jean-Tristan meurt. Les comtés de Nevers, Auxerre et Tonnerre sont disjoints.

22 août
Les négociateurs du roi Louis IX obtiennent la paix entre Gênes, Pise et Venise, dont les flottes sont nécessaires à la poursuite de la croisade.

25 août
Louis IX meurt au cours du siège de Tunis. Son corps est dépecé, bouilli dans du vin et les chairs séparées des os (entrailles et chairs sont inhumées à Monreale en Sicile; cœur et os doivent être ramenés à Saint-Denis).

PHILIPPE III LE HARDI
Né le 3 avril 1245-Mort le 6 octobre 1285
Règne: 1270-1285 (15 ans)
Roi à 25 ans

*F*ils aîné du roi Louis IX et de Marguerite de Provence, Philippe semble avoir été baptisé le 1er mai 1245 (cette date est souvent retenue comme celle de sa naissance). Il épouse en 1262 Isabelle, fille du roi d'Aragon Jacques Ier; il en a trois enfants: Louis († 1276) et Philippe, futur Philippe IV le Bel, puis Charles de Valois (1270-1328). Trois ans après la mort d'Isabelle, il se remarie en août 1274 avec Marie de Brabant, de qui naissent Louis d'Évreux (1276-1319), Marguerite (vers 1282-1318) et Blanche. Il a pour confesseur le dominicain d'Orléans Laurent, qui compose pour lui la *Somme le Roi.*
Philippe III accède au trône à l'âge de 25 ans. Il est entouré d'abord des conseillers de son père, dont Pierre de la Broce, ancien chirurgien, et Mathieu de Vendôme, abbé de Saint-Denis; face à ce groupe, se dressent les gens de la reine mère Marguerite de Provence et ceux de la reine Marie de Brabant à partir de 1274. Philippe poursuit l'œuvre administrative de son père: en 1278 apparaissent les premiers maîtres des requêtes au Parlement. La reine Marie entretient une brillante cour littéraire (Adenet le Roi, Guillaume de Saint-Cloud).
Philippe III meurt en 1285 à Perpignan; il est inhumé à Saint-Denis près du tombeau de son père Louis IX (sa sépulture est décorée d'une statue réalisée par Jean d'Arras et Pierre de Chelles entre 1299 et 1307, qu'on croit avoir été un portrait). Le monument funéraire de sa première femme Isabelle d'Aragon est installé vers 1275 contre l'un des piliers du bas-côté de l'abbatiale Saint-Denis, puis transféré après la mort de Philippe III au centre de la croisée. Marie de Brabant, elle, a sa sépulture dans l'église des Cordeliers de Paris.

Papes
Grégoire X, 1271-1276; Innocent V, 1276; Hadrien V, 1276; Jean XXI, 1276-1277;
Nicolas III, 1277-1280; Martin IV, 1281-1285.

Empereur
Grand Interrègne dans l'Empire (lutte entre compétiteurs,
sans élection impériale): 1254-1273; suit Rodolphe Ier, 1273-1291.

1270

25 août
Dans le camp des croisés devant Tunis, Philippe III devient roi de France à la mort de son père, le roi Louis IX. Le jeune roi Philippe, malade également, fait confirmer leurs pouvoirs à Mathieu de Vendôme, à Simon de Nesle et au chambellan Pierre de Villebéon, et doit laisser la direction de la croisade à son oncle Charles d'Anjou qui vient d'arriver.

30 octobre
Charles d'Anjou et de Provence négocie à son profit avec l'émir de Tunis.

15 novembre
Le roi Philippe III et la reine Isabelle, embarqués le 11 novembre, débarquent à Trapani (Sicile). La nuit qui suit, une tempête détruit un grand nombre de bateaux et leurs équipages qui n'avaient pas encore mis à terre.

décembre
Philippe III, après avoir fait jurer la reprise de la croisade dans les trois années à venir, repart pour la France. La reine Isabelle décède sur la route à Cosenza.

4 décembre
Le comte de Champagne et roi de Navarre Thibaud V meurt au retour de croisade à Trapani; son frère cadet Henri III hérite de ses domaines.

1271

mai
Les restes de Louis IX sont inhumés à Saint-Denis.

15 août
Philippe III est sacré à Reims.

autres événements
• Alphonse de Poitiers (frère de Louis IX) et son épouse Jeanne de Toulouse meurent sans enfants; le comté de Poitiers (qui a été augmenté, sous le gouvernement d'Alphonse, de Montreuil-Bonnin et Fontenay-le-Comte), le comté de Toulouse et la Provence rentrent dans le domaine royal. Le comté de Comminges devient fief direct de la Couronne. Le roi Philippe III retient l'Agenais. Conformément au traité de Paris (28 mai 1258), la partie de la Saintonge au sud de la Charente vient dans la souveraineté du roi d'Angleterre.

1271-1272

Guillaume Durand (né vers 1230, évêque de Mende en 1285, † en 1296) publie son *Miroir judiciaire (Speculum iudiciale)*. Sa très influente *Explication des divins offices (Rationale divinorum officiorum)*, qui explique les rites liturgiques de l'Occident latin, paraît en 1286.

1272

5 juin
L'armée royale impose l'autorité du roi dans le Sud, en s'emparant du château de Foix.

6 juin
Le dominicain Pierre de Tarentaise est nommé archevêque de Lyon. Il rétablit son autorité sur la ville, obtient le départ des officiers royaux, mais l'archevêque doit pour la première fois prêter hommage au roi de France.

novembre
Le duc de Gascogne Édouard Ier succède à son père Henri III sur le trône d'Angleterre. Il rentre aussitôt d'Orient et réclame l'Agenais au titre des traités de 1258-1259.

autres événements
• Robert II devient duc de Bourgogne.
• Le pape Grégoire X commande une enquête confidentielle sur les miracles attribués à Louis IX.
• La construction des chœurs de Saint-Étienne de Toulouse et de Saint-Just de Narbonne est commencée.
• Le chœur de la cathédrale de Beauvais, construite sous l'évêque Milon de Nanteuil, est consacré; il s'effondre partiellement en 1284.

1273

août
Le roi Édouard Ier d'Angleterre prête l'hommage au roi Philippe III « pour toutes les terres qu'il doit tenir de la couronne de France ».

novembre
Le pape Grégoire X est à Lyon, où le roi Philippe III vient le saluer; il obtient du roi la cession du Comtat Venaissin.

autres événements
• On frappe à Montpellier un « gros » d'argent (4 g environ).
• Fondation de la bastide de Molières (Dordogne).

• Les *Enseignements de Saint Louis* sont publiés (par la chancellerie ?).
• Les travaux de construction de Notre-Dame de Limoges sont entamés.

1273-1285

Le ménestrel Adenet le Roi, passé après la mort de son premier protecteur le duc Henri III de Brabant († 1261) au service du fastueux comte de Flandre Guy de Dampierre, écrit les *Enfances Ogier* et *Berte aus grans piés* (3 486 alexandrins), et achève en 1285 le *Cléomadès* pour la reine Marie de Brabant.

1274

7 mai-17 juillet
Le concile de Lyon II, réunissant 500 évêques, est présidé par le pape Grégoire X. Il tente la réunion des Églises grecque et romaine et proclame une nouvelle croisade.

23 mai
Un traité est signé à Amiens, complétant la paix de 1258-1259 entre les rois de France et d'Angleterre : il précise les limites de l'Aquitaine (l'Agenais est abandonné au roi d'Angleterre).

22 juillet
Le comte de Champagne et roi de Navarre Henri III meurt.

novembre
Blanche d'Artois, veuve d'Henri III de Champagne-Navarre, prête hommage au roi Philippe III pour la Champagne.

autres événements
• On relève cette année pour la première fois la présence de monnaies d'or sur les marchés de Bourgogne.
• Le moine de Saint-Denis Primat offre au roi Philippe III son *Roman des rois*, entrepris sur ordre de Louis IX et origine des *Grandes Chroniques de France*.

1275

mai
Blanche d'Artois, reine de Navarre, cède au roi Philippe III la régence de la Navarre jusqu'à la majorité de sa fille Jeanne de Navarre (née le 14 janvier 1273, fille unique d'Henri III, roi de Navarre et comte de Champagne, et de Blanche). Elle promet Jeanne de Navarre à l'un des deux jeunes fils du roi. Le sénéchal de Toulouse, Eustache de Beaumarchais, est désigné comme administrateur de la Navarre.

août
En reconnaissant pour héritier son second fils don Sanche, le roi de Castille Alphonse X écarte les enfants de son fils aîné Ferdinand (qui vient de décéder) et de Blanche de France (sœur de Philippe III le Hardi) de la succession à la couronne de Castille, malgré les protestations du roi de France.

entre le 18 décembre 1275 et le 18 janvier 1276
Blanche d'Artois, reine de Navarre, épouse Edmond, frère d'Édouard Ier d'Angleterre ; la Navarre et la Champagne de sa fille Jeanne sont donc sous régence d'Edmond (jusqu'en 1284).

autres événements
• Jacques de Majorque, fils du roi d'Aragon Jacques Ier, épouse Esclarmonde de Foix, fille de Roger IV de Foix.
• Le roi Philippe III promulgue une ordonnance sur les francs-fiefs (fiefs libres).
• Une ordonnance monétaire interdit la fonte des monnaies du roi (sous menace d'inculpation pour crime de lèse-majesté).
• Un pont est construit sur le Rhin à Brisach.
• Les dominicains de Toulouse procèdent à une modification du chœur dans leur église (Jacobins) ; des travaux s'y poursuivent jusqu'en 1304-1306.

1276

La mort soudaine de Louis, le fils aîné du roi, suivie de la naissance d'un enfant de la reine Marie nommé Louis, soulève une rumeur contre la reine Marie, soupçonnée d'avoir empoisonné le fils de feu la reine Isabelle.
Pour défendre les droits de Jeanne de Navarre et ceux des enfants de sa sœur Blanche de France, le roi Philippe III mène son armée jusqu'aux Pyrénées, puis renonce.
Adam de la Halle compose son *Jeu de la feuillée*, qui aurait été représenté le 3 juin à Arras, sous les auspices de la Carité (confrérie) Notre-Dame des Jongleurs et des Bourgeois d'Arras ; la ville y est le cadre d'une satire sociale qui plonge dans la rêverie littéraire.

Adam de la Halle

Adam de la Halle (1240/1250-1288?) est l'un des poètes les plus complets du XIIIe *siècle français. Après un* Congé *à sa ville d'Arras (1276 ou 1280) et le* Jeu de la feuillée, *son chef-d'œuvre, il réside à Naples auprès de Charles d'Anjou : sont alors publiés le* Jeu de Robin et de Marion *(1 099 vers ; représenté à la Cour de Naples, sans doute avant les Vêpres siciliennes de 1282), et une épopée politique en l'honneur de Charles d'Anjou, la* Chanson du roi de Sicile *(1283-1285). En France ou à la Cour francophone de Naples, Adam a mis en œuvre ses aptitudes de musicien polyphoniste au service des Cours laïques, en composant rondeaux, motets et chansons.*

1277

15 janvier
Charles d'Anjou, le frère de feu Louis IX, achète le titre de roi de Jérusalem à l'héritière Marie d'Antioche.

7 mars
Étienne Tempier, évêque de Paris, condamne 219 erreurs extraites de plusieurs œuvres dont celles d'André le Chapelain, Averroès et Thomas d'Aquin, qu'il dit être enseignées à la faculté des arts de l'Université de Paris. Il vise explicitement l'enseignement des dominicains et franciscains, et reçoit l'appui des maîtres séculiers de l'Université, notamment le théologien Henri de Gand (maître à Paris de 1276 à 1292).

autres événements
• Le chapitre d'Albi lance les travaux de reconstruction de la cathédrale Sainte-Cécile. Le chœur de Notre-Dame de Rodez est consacré.

1278

30 juin
Pierre de la Broce, accusé par le parti de la reine Marie d'avoir trahi le roi Philippe III au profit de la Castille, est jugé et pendu au gibet de Montfaucon.

24 septembre
Le pape Nicolas III, réconcilié avec les Habsbourg, enlève à Charles d'Anjou le titre de « vicaire général de l'Empire en Toscane » qu'il détenait depuis 1268.

autres événements
• Le roi Philippe III interdit les tournois.
• Le pape Nicolas III ouvre une enquête publique sur les mérites de Louis IX.
• Une ordonnance précise les règles de l'appel au Parlement, qui devient l'organe judiciaire du roi.
• Le franciscain « spirituel » Pierre Jean Olivi essuie une première condamnation de ses œuvres.

1278-1281

Un inconnu écrit la *Chronique de Baudoin d'Avesnes*, une Histoire du monde pour Baudoin d'Avesnes (fils de Bouchard d'Avesnes et de Marguerite de Constantinople), sur la base de l'*Histoire ancienne jusqu'à César*.

1279

mai
Le roi Philippe III publie une première ordonnance somptuaire (contre le luxe).

autres événements
• Les comtés de Chartres et de Blois sont définitivement séparés pour démanteler une principauté qui depuis le Xe siècle a toujours gêné les Capétiens.
• Le roi d'Angleterre Édouard Ier acquiert le comté de Ponthieu par son mariage avec l'héritière (le comté reste anglais jusqu'en 1369).
• Le duc de Bretagne Jean Ier le Roux afferme les sécheries de poisson de Saint-Mathieu à une compagnie de marchands bayonnais.
• Le dominicain frère Laurent, confesseur de Philippe III, publie sa *Somme le Roi*, commande royale, recueil d'instruction religieuse et morale promis à un grand succès dans les maisons princières. L'Italien Gilles de Rome (1243-1316), ancien élève de Thomas d'Aquin et précepteur du jeune Philippe le Bel, rédige un traité *Du gouvernement des princes (De regimine principum)*, traduit sous le titre d'*Information des princes* par Henry de Gauchy en 1282.

vers 1280

Un parlement apparaît dans le duché de Bretagne.

1280

Une vague d'émeutes ouvrières secoue les villes de Flandre (Ypres, Bruges, Douai, Tournai, Arras), mais aussi Provins, Orléans, Béziers ainsi que Rouen et Caen.

1281

janvier
Le roi Philippe III rencontre Pierre III d'Aragon à Toulouse. En effet, celui-ci manifeste son hostilité à l'endroit de Charles d'Anjou (oncle de Philippe III): Pierre III convoite la Sicile, du chef de sa femme Constance, héritière de Manfred (descendant de l'empereur Frédéric II).

décembre
Quatre archevêques et 20 évêques assemblés à Paris se plaignent au pape Martin IV des religieux des ordres mendiants (dominicains et franciscains) qui prêchent et confessent dans leurs diocèses sans leur accord; le pape confirme les privilèges des ordres mendiants dans la bulle *Ad fructus uberes* du 13 décembre.

autres événements
- Montmorillon (comté de Poitiers) rentre dans le domaine royal.
- Une révolte a lieu à Provins contre le patriciat de la ville.

1282

31 mars
Les Siciliens et les Napolitains, soutenus par les Aragonais du roi Pierre III, se soulèvent contre les Français de Charles d'Anjou, qui font l'objet d'un massacre connu sous le nom de « Vêpres siciliennes », à Palerme et ensuite à Messine.

autres événements
- Le roi Philippe III fait installer le monument funéraire de son père Louis IX, en or et argent, dans la croisée du transept de Saint-Denis.
- Le pape Martin IV reprend l'enquête de canonisation de Louis IX; Guillaume de Saint-Pathus en rassemble les données.

1283

27 août
Le pape Martin IV déchoit du trône aragonais Pierre III d'Aragon et propose de remettre le royaume de celui-ci à un représentant de la maison capétienne.

autres événements
- Philippe, sire de Beaumanoir, publie les *Coutumes de Beauvaisis*.
- Les dominicains de Colmar ouvrent le chantier de leur église.

1284

21 février
Lors d'une assemblée à Paris, le roi Philippe III accepte la couronne de Navarre pour son fils Charles de Valois.

17 mai
Selon l'exigence du roi Philippe III, la petite Jeanne de Navarre, ayant atteint 11 ans, doit prêter hommage pour la Champagne; sa mère Blanche et Edmond d'Angleterre signent un accord avec le roi, en vertu de quoi Blanche ne conserve en Champagne guère plus que son douaire.

15 août
Le prince Philippe le Bel est adoubé chevalier. Le roi Philippe III a levé une aide féodale sur tous ses vassaux et arrière-vassaux pour cette cérémonie. Le lendemain, Philippe le Bel épouse Jeanne de Navarre, héritière du comté de Champagne et reine de Navarre, et devient ainsi administrateur usufruitier du royaume de Navarre et du comté de Champagne. C'est la première fois qu'un Capétien a la Champagne en main et accède ainsi directement aux frontières orientales du royaume.
Le roi Philippe III lance la « croisade d'Aragon » (déclarée comme telle par le pape Martin IV).

autres événements
- Rodolphe de Habsbourg, empereur élu (en 1273) mais non reconnu, épouse Isabelle (Élisabeth), fille du duc de Bourgogne Hugues IV.
- Jean de Meun dédie à Jean de Brienne, comte d'Eu, son *Art de chevalerie*, traduction du *De re militari* de Végèce.

1285

janvier
Charles d'Anjou meurt; son fils Charles II lui succède sur le trône de Naples.
Blanche d'Anjou (fille de Charles II d'Anjou) épouse le futur roi d'Aragon Jacques II (1291-1327).

mai
L'armée royale pénètre en Roussillon. Le 25, Elne (Pyrénées-Orientales) est mise à sac.

26 juin
Les Français commencent le siège de Gérone (prise le 5 octobre), près Barcelone.

4 septembre
La flotte qui ravitaille l'armée française est anéantie par les Aragonais de Sicile.

6 octobre
Rentrant d'Espagne, le roi Philippe III meurt à Perpignan. Conformément à la coutume des Capétiens, son corps est transféré à Saint-Denis; ses entrailles sont déposées dans la cathédrale Saint-Just de Narbonne.

autres événements
• Le comte Otton IV de Bourgogne épouse Mahaut d'Artois.
• Une insurrection éclate à Arras, dirigée par Jean Cabos.
• Le ménestrel Jacques Bretel décrit le *Tournoi de Chauvency* qui s'est tenu du 1er au 6 octobre 1285, dans un poème destiné au comte de Salm et aux cours aristocratiques de Lorraine.
• Rutebeuf écrit le *Miracle de Théophile*.
• Piéros du Riès achève pour le fils du comte de Flandre Guy de Dampierre la *Chevalerie Judas Maccabée*, paraphrase versifiée du livre biblique des Maccabées.

PHILIPPE IV LE BEL

Né en avril-juin 1268-Mort le 29 novembre 1314

Règne: 1285-1314 (29 ans)

Roi à 17 ans

*F*ils de Philippe III le Hardi, Philippe IV le Bel a épousé le 16 août 1284 Jeanne († 4 avril 1305 à Vincennes), fille d'Henri Ier de Navarre, qui lui apporte le royaume de Navarre. De ce mariage sont issus trois fils: Louis X le Hutin («turbulent») est marié en 1305 à Marguerite, fille du duc de Bourgogne Robert II; Philippe V le Long épouse en 1307 Jeanne, fille du comte de Bourgogne Otton IV et de Mahaut d'Artois; et Charles IV le Bel épouse Blanche, sœur de Jeanne, en 1308. Sa fille Isabelle a été donnée en 1308 à Édouard II, roi d'Angleterre; ce mariage justifie les prétentions de celui-ci en 1328, qui conduiront à la guerre de Cent Ans.

Le frère de Philippe IV le Bel, Charles de Valois, marié trois fois, a 14 enfants. L'autre frère, fils de Marie de Brabant, Louis d'Évreux, reste un auxiliaire discret de Philippe IV.

Philippe IV a pour précepteurs le frère augustin italien Gilles de Rome (plus tard archevêque de Bourges), qui a écrit pour sa formation politique le traité *Du gouvernement des princes* (1279), et Guillaume d'Ercuis. Roi très pieux, il a pour confesseurs les dominicains Renaud d'Aubigny (premier prieur de Poissy, fondation du roi) et Nicolas de Fréauville, et fait de nombreux pèlerinages.

Philippe IV est celui des rois capétiens qui peut-être a eu la plus haute idée de la religion monarchique. Le gouvernement demeure entre les mains du roi et de son Conseil: le cercle familial y joue un rôle plus mineur que jamais, les assemblées royales (plus tard dénommées états généraux) plus consultatives. Le Parlement, qui a son origine dans la Cour présidée par le roi, se fixe à Paris, où il assure la justice du roi en son absence; il acquiert donc une personnalité propre. Les juristes contribuent à forger l'idée d'un État souverain.

La politique monétaire entre pour la première fois dans la panoplie des outils gouvernementaux. Inflations et dévaluations ne témoignent pas d'un effondrement de l'économie, mais de son adaptation aux réalités. L'évolution, qui annonce l'État moderne, se profilait depuis les réformes de Louis IX. Elle découle du gonflement incessant des échanges lointains, qui exige, parallèlement au perfectionnement des instruments du crédit, une monétarisation accrue de l'économie dans les royaumes. L'accroissement du volume des transactions a incité les cités italiennes (Florence, Venise) et les rois d'Angleterre et de

France à introduire le bimétallisme (or-argent) et a nécessité des aménagements entre marché à distance et marché local. Les comportements des agents économiques et des personnes se sont adaptés aussitôt. Les rentes seigneuriales sont soumises désormais à des tensions permanentes; leurs sources traditionnelles perdent en valeur, elles sont débordées par le flux des monnaies. Il s'ensuit ce qu'on a appelé la «crise du féodalisme»; celle-ci affecte tous les seigneurs, et le premier d'entre eux en France est le roi lui-même. La fidélité des princes, des officiers, s'achète maintenant. La prolifération administrative et le coût croissant des guerres contraignent les administrations royales à jouer sur les disparités entre monnaies. Philippe IV le Bel modifie en effet à six reprises (1295, 1303, 1305, 1306, 1309 et 1311) les caractères de la monnaie de compte; ses officiers augmentent d'un tiers les ateliers royaux de frappe et réduisent d'une quarantaine à une trentaine le nombre des ateliers seigneuriaux. Jusqu'aux années 1300-1305, le pouvoir royal en tire d'énormes profits, puisqu'il prélève sur toute frappe un droit de seigneuriage. Les profits de la manipulation monétaire chutent pendant les dix dernières années du règne. La recherche effrénée de nouvelles rentrées pour les besoins de la guerre conduit les administrateurs du Trésor royal à inventer des solutions, impôt indirect (maltôte, 1292-1297), taxation des Lombards du royaume (denier de la livre), décimes de croisade généralisées, réserve au roi des annates (la première année de revenu de tout bénéfice octroyé à un ecclésiastique, de 1297 à 1299, de 1304 à 1306), et même impôt direct sur la fortune foncière à partir de 1295: il faudra sans cesse négocier, parfois même abandonner devant l'opposition des barons, des villes et des marchands.

Le roi s'entoure désormais de professionnels. Il a pour conseillers principaux les juristes méridionaux Pierre Flote (mort à la bataille de Courtrai), Gilles Aycelin, Guillaume de Nogaret et Guillaume de Plaisians, trois légistes du Nord, Pierre de Latilly, l'Orléanais Pierre de Belleperche (formé à l'école de Jacques de Révigny, il devient chancelier en 1302) et le Laonnois Raoul de Presles ainsi que le chambellan Enguerrand de Marigny, dont la puissance s'affiche à partir de 1311. Entre 1290 et 1307, le roi emploie les services de deux financiers florentins, «Biche» et «Mouche» (Albizzo et Musciatto Guidi); le rôle des Lombards persiste jusqu'à leur expulsion en 1311; les Français prennent ensuite toutes les places.

Par son accession à la royauté, Philippe IV le Bel perd le comté de Champagne, mais sa femme en redevient seigneur féodal. Il couvre d'attentions le duc de Bretagne, pour devancer une alliance dangereuse avec l'Angleterre. Il ne parvient pas à contrôler la

Flandre, qui s'oriente de plus en plus vers l'Angleterre. En revanche, son influence s'étend à l'Est : allié à Édouard Ier d'Angleterre, le comte de Bar doit faire hommage pour la première fois au roi en 1301, et à partir de 1303, le duc de Lorraine se reconnaît baron de France.

Le conflit avec la papauté constitue l'une des grandes affaires du règne. Il s'apaise par la mort du tenace Boniface VIII. Le roi voit avec plaisir en 1308 l'établissement à Avignon de Clément V qui fuit les conflits violents de Rome.

Philippe IV le Bel meurt le 29 novembre 1314 à Fontainebleau ; son corps est ramené à Paris pour les obsèques qui ont lieu le 2 décembre à Notre-Dame, et transporté le 3 à Saint-Denis ; son cœur est remis aux religieuses de Poissy. Son tombeau est réalisé vers 1327 sur commande de son fils Charles IV.

Papes

Honorius IV, 1285-1287 ; Nicolas IV, 1288-1292 ; Vacance de la papauté ; Célestin V, 1294 ; Boniface VIII, 1294-1303 ; Benoît XI, 1303-1304 ; Clément V, 1305-1314.

Empereurs

Rodolphe Ier, 1273-1291 ; (Adolphe, roi de Germanie, roi des Romains, 1292-1298 ;
Albert Ier, roi de Germanie, roi des Romains, 1298-1308) ;
Henri VII, 1308-1313, empereur en 1312.

1285

3 décembre

Le roi Philippe IV le Bel préside à l'inhumation des os de son père Philippe III le Hardi à Saint-Denis, et dépose le tout chez les dominicains. Il contredit ainsi les dernières volontés de Philippe III, dont il écarte aussitôt le personnel. Guillaume d'Ercuis († 1316), l'un de ses anciens précepteurs, est attaché à l'Hôtel du roi, dont il reste tout au long du règne un conseiller des plus écoutés.

1286

6 janvier

Le roi Philippe IV le Bel reçoit l'onction du sacre à Reims.

5 octobre

Philippe IV le Bel assiste à Saint-Denis au service anniversaire de la mort de son père Philippe III le Hardi.

autres événements

• Un soulèvement éclate à Lyon.
• Jean II († 1305) succède à son père Jean Ier le Roux au duché de Bretagne.
• Guillaume de Nangis compose les deux éditions latines de l'*Épitomé des chroniques de France*, l'une pour les moines de Saint-Denis, l'autre pour le roi Philippe IV le Bel; il en assure la traduction française.

Guillaume de Nangis

Guillaume de Nangis (vers 1250-1300/1301), archiviste de l'abbaye de Saint-Denis sûrement de 1289 à 1299, mène à Saint-Denis le groupe des historiographes du roi, dirige la rédaction des Gestes du roi Louis VIII, *écrit lui-même celles de Louis IX (compilation entre 1285 et 1297) et de Philippe III (œuvre personnelle à partir de 1277). Il reconstruit l'histoire du royaume de France en entrelaçant deux trilogies: l'une, éthique, associe religion, monarchie et pensée théologique* (sacerdotium-regnum-studium), *l'autre, politique, combine les notions de paix, force et ordre. Le soldat orléanais Guillaume Guiart reprend d'un point de vue militaire le flambeau dans sa* Branche des royaux lignages, *chronique rimée à la gloire de Philippe le Bel (1306-1307).*

• Le troubadour Joan Estève adresse au roi un *sirventés*, supplique pour que le roi fasse libérer son patron, l'amiral de France Guilhem de Lodève, prisonnier des Catalans.
• Un anonyme parisien rédige le traité de musique connu sous le nom d'« Anonyme IV ». Peu après, Jérôme de « Moravie », un dominicain peut-être anglais, compile (avant 1305) au couvent Saint Jacques de Paris un autre traité *De la musique*.

vers 1286

À Saint-Denis, on écrit les *Gestes du roi Louis VIII*, sous la direction ou par la main de Guillaume de Nangis.

1286-1289

Le roi Édouard Ier d'Angleterre séjourne en Guyenne.

1287

1er octobre

Le concile de la province de Reims envoie une mission à Rome pour protester contre les privilèges des ordres mendiants (en vain).

autres événements

• Le roi reçoit un ambassadeur tatar. Il songe à une croisade pour reprendre Jérusalem.
• La chancellerie capétienne émet pour la première fois l'idée de frontières naturelles à l'Est: le royaume va jusqu'aux quatre rivières d'Escaut, Meuse, Saône et Rhône.

1288

15 mars

Le nouveau pape Nicolas IV offre sa médiation dans le conflit entre France et Aragon à propos de la Sicile.

25 septembre

Nicolas IV accorde au roi une décime pour trois ans.

autres événements

• Les artisans se révoltent à Toulouse.
• Charles II d'Anjou est libéré des Aragonais contre renonciation au royaume de Sicile.
• Cette année apparaissent les premiers livres enluminés dans l'atelier de maître Honoré à Paris.

1289

29 mai

Le comte d'Artois Robert II (1250-1302) achève sa régence du royaume de Sicile commencée en

1285, et Charles II d'Anjou est couronné roi de Naples et de Sicile par le pape Nicolas IV.

13 juillet
À Lyon, un traité de paix est signé entre les rois Philippe IV et Sanche IV de Castille devant le cardinal légat Jean Cholet.

autres événements
• De graves conflits surgissent entre marins bretons et bayonnais à propos des droits de pêche. La multiplication des prétextes conduit en 1294 à la guerre de Guyenne.
• Le Lillois Jacquemart Gielée achève le poème *Renart le Nouvel*, sur les aventures du goupil identifiable au démon.

vers 1290

Guiraut Riquier, le dernier des troubadours, s'éteint.

1290

19 août
Deux légats pontificaux signent à Senlis un traité avec le roi Philippe IV pour la conquête de la Sicile, éventuellement de l'Aragon. Le roi cède à Charles II d'Anjou, comte de Provence, sa part de seigneurie sur Avignon.

11-29 novembre
Une assemblée du clergé à Paris rédige des cahiers dont le contenu est repris dans une ordonnance royale sur les privilèges des ecclésiastiques dans le royaume de France. Les légats du pape y refusent aux séculiers l'abolition de la bulle de Martin IV (13 décembre 1281) sur les droits des ordres mendiants.

autres événements
• Le roi Philippe IV crée une nouvelle monnaie d'or pur, le « royal » : 1 marc de Paris de 245 g assure la taille de 70 pièces dont chacune vaut 10 sous tournois ou 120 deniers (d'un marc on tire donc 8 400 deniers); mais le marc en argent continue de donner 58 « gros » tournois (le « gros » valant un sou ou 12 deniers, cela fait 696 deniers). Une forte disparité apparaît donc entre monnaies de métal différent, alors que la masse de métaux disponibles n'est pas connue avec précision et que le rapport de l'or à l'argent fluctue librement selon le marché. Bientôt l'écart entre monnaies d'or et d'argent laisse toute latitude à l'altération des monnaies faibles; l'idée de la dévaluation autoritaire de la monnaie de compte, selon les besoins du pouvoir royal, entre ainsi dans les esprits.
• La mort de Gaston VII de Béarn, qui ne laisse que deux filles, Marguerite, mariée au comte de Foix, et Mathe, au comte d'Armagnac, ouvre une succession difficile entre les maisons de Foix-Béarn et d'Armagnac. Par testament, Gaston VII laissait sa principauté à Marguerite; Mathe et son fils Bernard VI d'Armagnac engagent une guerre seigneuriale. Le roi n'intervient pas avant 1304.
• Philippe IV le Bel et Sanche IV de Castille se rencontrent à Bayonne.

1291

13 avril
À la suite d'un appel formulé par des laïcs accusés d'hérésie, le roi Philippe le Bel donne ordre à son sénéchal de Carcassonne de surveiller et restreindre les prérogatives des inquisiteurs. Désormais les officiers royaux cesseront de coopérer aux activités des inquisiteurs.

18 mai
Après Antioche, Tyr et Tripoli, Saint-Jean-d'Acre, assiégée depuis le 5 avril, tombe aux mains des Turcs. Sa prise sonne la fin de la présence latine en Orient.

12 juin
Par un traité signé à Évreux, le comte de Bourgogne Otton IV promet la main de sa fille et héritière Jeanne à l'un des fils du roi Philippe IV.

autres événements
• Charles de Valois, frère du roi Philippe IV, épouse Marguerite, fille de Charles II d'Anjou.
• Les frères Guidi (« Biche » et « Mouche ») obtiennent l'exclusivité du commerce de la laine avec Florence, en rémunération sans doute des avances qu'ils font au Trésor royal.

1292

Un impôt indirect (le premier), d'un denier par livre, est institué sur les transactions commerciales (maltôte, c'est-à-dire mal perçu).
Le Livre de la taille levée à Paris cette année-là découvre l'activité de plus d'une centaine de métiers à Paris. On en conserve les rôles, ainsi que pour les années 1296 et suivantes.
Une insurrection a lieu à Rouen.

1293

avril
Le sénéchal du roi prend possession de Montpellier au nom de son maître.

27 octobre
Le roi Philippe IV menace de confisquer la Guyenne à Édouard Ier d'Angleterre. Celui-ci est cité à comparaître devant la Cour.

autres événements
• Une bataille navale oppose Anglais et Normands; ceux-ci en profitent pour demander et obtenir du roi de France l'exemption de la maltôte.
• Un emprunt forcé sur les riches bourgeois rapporte 630 000 livres.

1294

mars
L'armée royale occupe en partie la Guyenne.

19 mai
La Cour décide la confiscation de la Guyenne; la guerre contre Édouard Ier d'Angleterre commence.

31 août
Le roi d'Angleterre Édouard Ier et le comte de Flandre Guy de Dampierre signent une alliance, décidant en particulier le mariage du futur Édouard II et de Philippine de Flandre. Le roi Philippe IV le Bel exige la remise de Philippine, qui est installée au Louvre.

autres événements
• Le Conseil du roi décide que les églises du royaume doivent participer à l'effort de guerre. Les conciles provinciaux doivent en fixer le montant. Ils votent tous la levée d'une décime de deux ans.
• Une insurrection éclate à Rouen (« Harelle »).
• Le roi Philippe IV promulgue une ordonnance contre le luxe, plus sévère que celle de son père Philippe le Hardi (1279).
• Une ligue féodale se forme en (Franche-) Comté contre le comte Otton IV de Bourgogne.
• En Bretagne est publié le *Livre des osts*, qui réorganise les services vassaliques au duc. Le roi d'Angleterre Édouard Ier nomme un fils de Jean II lieutenant général pour l'Aquitaine; son armée prend Castillon, Blaye, Bayonne et Saint-Sever.

1294-1296

Le roi Philippe IV le Bel décrète plusieurs mutations monétaires.

1294-1298

La guerre sévit en Guyenne; Bordeaux est occupée par les troupes capétiennes.

1295

2 mars
Le comte de Bourgogne Otton IV cède tous ses domaines au roi Philippe IV, en dot de sa fille Jeanne; le roi devient administrateur de la comté de Bourgogne.

7 juin
Au congrès d'Anagni, le pape Boniface VIII favorise la paix entre la France et l'Aragon.

autres événements
• L'armée royale commandée par Charles de Valois (frère de Philippe IV le Bel) met la main sur presque toute la Guyenne.
• Le roi Philippe IV le Bel décide une nouvelle dévaluation de la monnaie: le « gros » tournois d'argent pur de 12 deniers, émis pour la première fois en 1266, passe à 15 deniers sans que sa forme ni son poids soient altérés. Pour éviter le danger de thésaurisation métallique, on interdit l'exportation de la vaisselle d'or et d'argent. L'administration royale inaugure l'impôt direct de 1 % de la valeur en capital des fortunes foncières.
• Le roi retire du château du Temple (commanderie parisienne de l'ordre du Temple) le Trésor royal qui y était déposé traditionnellement, depuis le milieu du XIIe siècle.
• Un traité d'assistance mutuelle est signé entre la France et l'Écosse, qui lutte pour préserver son indépendance face au roi d'Angleterre.
• Galvano de Levanto, médecin génois, adresse à Philippe le Bel son *Traité pour le recouvrement de la Terre sainte*.
• Guiart des Moulins achève sa *Bible historiale*, adaptation modernisée du grand recueil des histoires bibliques *(Histoire scolastique)* de Pierre le Mangeur (vers 1170).

1296

1er janvier
Édouard Ier d'Angleterre propose une trêve en Guyenne.

24 février
Le pape Boniface VIII interdit aux princes séculiers la levée de « collecte » ou tailles ou décimes sur les églises (bulle *Clericis laicos*).

printemps
Robert II d'Artois achève la conquête de la Guyenne.

1er avril
Le comte de Flandre Guy de Dampierre attaque en Hainaut, en entrant dans Valenciennes. Le roi occupe aussitôt les villes flamandes qu'il prend en sa garde, avec l'appui des deux adversaires locaux du comte de Flandre, les comtes de Hollande et de Hainaut.

mai
Une assemblée d'évêques à Paris accorde au roi deux décimes pour l'année en cours, sous réserve de l'approbation du pape. La levée de la décime provoque un grave conflit avec le reste du clergé.

29 juillet
Le comte de Flandre Guy de Dampierre est cité à comparaître devant la Cour du roi.

17 août
Une ordonnance du roi interdit l'exportation de l'or et de l'argent hors du royaume (Philippe IV bloque ainsi les transferts de fonds des banquiers italiens établis en France pour le compte de Rome).

1er novembre
Le roi Philippe IV interdit guerres privées, duels judiciaires et tournois pendant le temps de la guerre contre les Anglais.

autres événements
• Le roi rassemble les maîtres des requêtes (membres du Parlement, au nombre de deux lors de leur création en 1278, quatre en 1296) en une Chambre des Requêtes au Parlement.
• Louis, fils de Philippe III le Hardi et de Marie de Brabant, se voit constituer un apanage avec le comté d'Évreux.
• Charles II d'Anjou mène une grande enquête domaniale dans son comté de Provence.
• Un pamphlétaire anonyme publie le *Dialogue du clerc et du chevalier*, qui formule la doctrine royale à l'encontre du pape.

1297

1er février
L'assemblée ecclésiastique demande au pape Boniface VIII d'autoriser en France la levée de l'impôt sur les églises.

2 février
Le comte de Flandre Guy de Dampierre signe un traité d'alliance avec le roi Édouard Ier d'Angleterre.

28 février
Le pape Boniface VIII veut apaiser le conflit avec le roi Philippe IV (bulle *Romana mater* du 7 février) et donne l'autorisation de lever l'impôt sur les églises.

20 avril
Deux légats pontificaux tentent devant la Cour réunie à Creil d'imposer une trêve entre France et Angleterre. Le roi Philippe IV réplique en exposant que « le gouvernement du royaume appartient au roi et à lui seul ».

juin
Le roi Philippe IV pénètre avec son armée en Flandre et s'emploie au siège de Lille, pendant que ses barons ravagent les campagnes du comté.

6 août
À Orvieto, le pape Boniface VIII promulgue la bulle de canonisation de Saint Louis.

20 août
La bataille de Furnes (Belgique, Flandre occidentale), où une coalition favorable au comte de Flandre Guy de Dampierre est écrasée, conduit l'ensemble des villes flamandes à se rendre aux gens du roi de France; Lille capitule le 29 août 1297 (on y compile aussitôt après le *Livre de Jean Roisin*, recueil du droit urbain de la cité).

23 août
Édouard Ier d'Angleterre débarque à L'Écluse trop tard pour aider les Flamands.

septembre
Le duc Jean II de Bretagne renonce à son alliance anglaise; le duché devient duché-pairie. Jean II accompagne le roi Philippe IV le Bel en Flandre.

9 octobre
Une trêve est signée entre Anglais et Français à Vyve-Saint-Bavon.

autres événements

• Le comte de Bar Henri III, gendre du roi d'Angleterre Édouard Ier (il a épousé sa fille Éléonore en 1294), se soulève contre le roi Philippe IV le Bel à propos de droits en Argonne. Le comte de Foix refuse aussi la levée de subsides par les officiers royaux. Devant les oppositions à l'impôt indirect, l'administration royale renonce à prélever la maltôte.

• Les moines de Saint-Denis traduisent en ancien français l'*Épitomé des chroniques de France* de Guillaume de Nangis.

1298

juin

Le roi Philippe IV veut organiser une translation solennelle du corps de son grand-père Saint Louis à la Sainte-Chapelle ; les religieux de Saint-Denis s'y opposent.

26 juin

Le pape Boniface VIII rend un arbitrage destiné à rétablir la paix entre France et Angleterre. Il organise le mariage d'Édouard Ier d'Angleterre avec Marguerite, sœur de Philippe IV le Bel, et celui d'Édouard II avec Isabelle, fille du roi de France.

25 août

Le cercueil de Saint Louis est exhumé et « élevé » solennellement à Saint-Denis ; le frère Jean de Samois prêche devant le roi et de nombreux prélats et seigneurs (dont Joinville, témoin au procès en canonisation de 1282).

autres événements

• En captivité à Gênes, Rusticien de Pise aurait rédigé en français la *Description du monde* que lui dicte son compagnon de cellule le Vénitien Marco Polo, victime de la guerre endémique entre Venise et Gênes.

• Les Génois inaugurent une ligne régulière par la mer entre Gênes, l'Angleterre et la Flandre.

• La mort de Philippe comte d'Artois ouvre un conflit pour sa succession.

• Le roi Philippe IV le Bel entreprend la reconstruction du palais royal de l'île de la Cité.

• Henri de Mondeville devient chirurgien du roi.

Les chirurgiens de Philippe le Bel

Henri de Mondeville (vers 1260-vers 1320) a étudié la médecine à Montpellier et Paris. Dès 1304, il enseigne l'anatomie à Montpellier, puis à Paris en 1306. Professeur et praticien, il exerce pour le compte des armées royales en Flandre et en Angleterre. Son cours d'anatomie de 1304 à Montpellier est publié en langue d'oc (Notomia). *En 1306, il a commencé la rédaction d'une* Chirurgie *(sont conservés le Prologue et quatre traités sur l'anatomie, les plaies, les maladies autres que plaies, ulcères ou ostéopathiques, et l'antidotaire). Un de ses élèves fait la traduction française des deux premiers traités vers 1314. Le roi a recruté aussi Jean Pitart († après 1327), auteur de* Recettes enseignées au roi Philippe, *plus tard chirurgien de Charles IV le Bel. Tous deux forment le noyau d'une école de chirurgie humaine et vétérinaire qui s'exerce sur les champs de bataille du roi, et dont le juriste normand Pierre Dubois souligne l'intérêt social en 1306 dans son traité sur la récupération de la Terre sainte (où il suggère au roi de se faire élire empereur et de prendre la tête de la croisade). En 1305, le médecin Bernard de Gordon, professeur à l'université de Montpellier, publie le* Lys de la médecine *(révisé jusqu'en 1311), ouvrage qui connaît un grand succès et de nombreuses traductions au Moyen Âge.*

1299

avril

La servitude personnelle est abolie en Languedoc.

19 juin

Le traité de mariage entre le roi Édouard Ier d'Angleterre et la sœur de Philippe IV le Bel, Marguerite (ainsi que celui qui prévoit les fiançailles du prince Édouard II et d'Isabelle, fille de Philippe IV), est signé à Montreuil et conclu en septembre.

8 octobre

L'inquisiteur dominicain et les consuls de Carcassonne dont la cité est excommuniée concluent un compromis d'amnistie générale.

8 décembre

Philippe IV le Bel rencontre à Quatrevaux (près Vaucouleurs) Albert Ier d'Autriche, roi des Romains, considéré comme usurpateur par le pape Boniface VIII. Ils conviennent d'un mariage entre Blanche, sœur de Philippe IV le Bel, et le fils aîné d'Albert Ier.

autres événements

• Le duc de Bretagne Jean II fait hommage lige à Philippe IV, reçoit la dignité de pair de France.

• Le roi Jacques II d'Aragon envoie son médecin

Arnaut de Villeneuve à Paris pour négocier un accord sur la possession du Val d'Aran.

ARNAUT DE VILLENEUVE

Arnaut de Villeneuve (vers 1238-1311), médecin disciple de Galien, d'Avicenne et de Razès, théologien des groupes spirituels de Languedoc et de Provence, a connu une fortune immense à la Cour des rois d'Aragon à Barcelone et en Provence. Ses thèses théologiques sont vivement mises en cause par les docteurs de l'Université de Paris en 1300 et par les dominicains en 1302-1303. Il compose à Marseille en 1306 son Exposition de l'Apocalypse.

vers 1300

Un atelier amiénois réalise le *Psautier de Yolande de Soissons.*
Jean de Grouchy écrit, à Paris sans doute, son traité *Sur la musique.*
Le Lorrain Jean Malkaraume adapte les livres historiques de l'Ancien Testament dans une *Bible* versifiée.
L'évêque de Poitiers Gautier de Bruges fait rédiger le Grand Pouillé de son diocèse.

1300

janvier
L'armée royale, menée par le frère de Philippe IV, Charles de Valois, envahit la Flandre.

début mai
Le comte de Flandre Guy de Dampierre et son fils Robert de Béthune, assiégés dans Gand, se rendent et sont incarcérés.

autres événements
• Jubilé à Rome.
• Le roi Philippe IV le Bel fonde la collégiale Saint-Louis de Poissy. Il y fait installer les statues de Louis IX et de ses enfants.

1301

mai-juin
Le roi Philippe IV et la reine Jeanne visitent la Flandre soumise; le gouvernement en est remis à un proche de la reine.

juillet
Bernard Saisset, évêque de Pamiers (évêché fondé pour lui en 1295), convaincu d'avoir fomenté une rébellion en Languedoc, est arrêté par les officiers du roi.

août
Une mission royale arrive à Toulouse pour « réformer » le Languedoc en ébullition contre les inquisiteurs. Le franciscain Bernard Délicieux l'informe des raisons du mécontentement.

octobre
L'évêque Bernard Saisset est présenté à Amiens à une assemblée de justice présidée par le roi; Philippe IV le Bel demande au pape Boniface VIII d'exercer la punition canonique sur l'évêque; le pape refuse.

1er novembre
Le frère de Philippe IV le Bel, Charles de Valois, au service du pape, entre avec son armée dans Florence.

22 novembre
Un synode réuni à Compiègne par l'archevêque de Reims décrète l'interdit en tout lieu où un clerc serait détenu par la justice laïque: en rappelant, à propos de l'évêque de Pamiers Bernard Saisset, le droit ecclésiastique et le privilège du for, ce synode force le roi à définir une raison d'État.

5 décembre
Le pape Boniface VIII exige la libération de l'évêque de Pamiers Bernard Saisset. Il ouvre le conflit avec le roi à propos de leurs juridictions respectives, par la bulle *Ausculta filii,* et convoque un concile des évêques français pour la Toussaint 1302. Peu après, le roi Philippe IV le Bel tranche en expulsant du royaume Bernard Saisset.

autres événements
• Le comte de Bar Henri III doit signer à Bruges un traité avec le roi Philippe IV le Bel: il se reconnaît vassal du roi de France pour ses terres du Barrois à l'ouest de la Meuse (« Barrois mouvant »); ses biens à l'est de la Meuse continuent de relever de l'Empire.

1302

10 avril
À Notre-Dame de Paris, le roi Philippe IV le Bel réunit une assemblée contre le pape Boniface VIII. Les barons et les évêques demandent au pape de révoquer ses injonctions au roi.
Les villes de Flandre se soulèvent.

2 mai
Mort de la reine douairière Blanche de Navarre (belle-mère de Philippe IV le Bel).

18 mai
Les bourgeois de Bruges, en rébellion contre le gouverneur français, exterminent les gens d'armes français (« Matines de Bruges »).

11 juillet
La bataille de Courtrai voit la défaite des chevaliers français devant les milices des communes flamandes en révolte, commandées par le petit-fils du comte de Flandre. Robert II d'Artois y est tué; Mahaut hérite de son comté, malgré les protestations du petit-fils de Robert II, Robert III d'Artois (1287-1342), fils de Philippe. Robert perd ses trois procès devant la Cour royale contre sa tante Mahaut (1307-1309, 1315-1318, 1329-1331); son ressentiment le conduit en 1332 à se ranger au service du roi d'Angleterre Édouard III et à promouvoir la guerre.

2 novembre
À Rome, le pape Boniface VIII ouvre le concile (convoqué le 5 décembre précédent), en présence de la moitié des évêques du royaume de France.

18 novembre
Le pape publie la bulle *Unam sanctam* qui définit le pouvoir suprême du pape.

24 novembre
Par le truchement du cardinal Jean Lemoine, le pape Boniface VIII envoie un ultimatum au roi Philippe IV le Bel. Le pape exige en particulier la reconnaissance de ses droits d'administrer toutes les églises et son pouvoir exclusif en matière de taxation des églises et de collation des bénéfices.

1302-1303

Guillaume de Saint-Pathus écrit une *Vie de Saint Louis* officielle.
Le maître parisien Jean de Paris divulgue un traité sur les deux pouvoirs, royal et pontifical *(De potestate regia et papali)*; il y défend la thèse des légistes du roi; en 1305, il est vivement attaqué par les théologiens de l'Université pour sa présentation de la présence réelle du Christ dans l'Eucharistie.

1302-1316

Renaud de Bar, évêque de Metz, fait enluminer son *Pontifical*; peu avant 1304, Marguerite de Bar fait réaliser un luxueux *Bréviaire*.

1303

janvier
Les conseillers du roi Philippe IV le Bel rédigent une réponse modérée aux exigences du pape Boniface VIII.

12 mars
Devant une assemblée au Louvre, Guillaume de Nogaret lit de violentes réquisitions contre le pape et en appelle au concile.

Guillaume de Nogaret

Guillaume de Nogaret († 1313), juriste, professeur à Montpellier (1292), juge-mage dans la sénéchaussée de Beaucaire (1293-1295), a été appelé au Parlement à Paris en 1296. Il mène dès lors une carrière fulgurante d'homme du roi. Entré au Conseil royal en 1299, garde des Sceaux en 1307, il cumule ces fonctions avec celle de maître à la chambre des comptes (1310). Homme de confiance, il protège le roi en se portant au-devant des adversaires et mérite d'acquérir par la faveur royale une fortune considérable.

18 mars
Le roi Philippe IV le Bel promulgue une « Grande Ordonnance de réformation » du royaume, accordant des concessions, notamment fiscales, et limitant les prérogatives des officiers royaux.

avril
Le pape Boniface VIII annonce son intention d'excommunier le roi Philippe IV le Bel.

mai
Une mutation monétaire est décrétée. Le « gros » d'argent, toujours taillé à 58 pièces au marc, passe de 15 deniers tournois à 21 deniers parisis (26 1/4 deniers tournois).
La pression fiscale est brutalement accrue par un prélèvement extraordinaire: la ponction sur le propriétaire moyen atteint ainsi cette année 30 % de son revenu, et celle sur le noble 70 % s'il n'effectue pas en personne son service d'ost; le marchand, lui, devra payer 4 % de la valeur de ses biens personnels et des marchandises qu'il détient.

20 mai
Une paix est signée avec le roi d'Angleterre Édouard Ier, qui récupère les fiefs pris par les Français en Guyenne entre 1294 et 1296.

14 juin
Au Louvre, le roi Philippe IV le Bel en appelle au concile général; il presse les prélats de prendre parti contre le pape, et envoie des enquêteurs dans tous les églises, monastères et couvents et dans les villes du royaume, pour obtenir l'accord ou le refus d'adhérer au concile.
Pour juguler la crise financière, le roi procède à une nouvelle dévaluation de la monnaie : il frappe cette fois la monnaie courante (le « double » denier tournois conserve son cours légal de 2 deniers, mais sa teneur en argent fin est diminuée de moitié).

juillet
Le roi replace le Trésor royal dans le château du Temple à Paris, mais il installe deux de ses officiers au côté du frère trésorier du Temple.

7 septembre
Le pape Boniface VIII est capturé à Anagni par les émissaires du roi Philippe IV le Bel : Guillaume de Nogaret lui signifie sa mise en accusation devant le concile (« attentat d'Anagni »). Mais la bulle *Super Petri solio*, datée du 8 septembre, excommunie le roi de France. Le pape Boniface VIII meurt peu après (11 octobre).
Bordeaux se soulève contre l'occupation française.

Noël
Le roi Philippe IV le Bel entre à Toulouse.

1303-1308

Philippe IV fonde l'abbaye de Royallieu, près Compiègne.

1304

janvier
Le roi Philippe IV ordonne la levée d'une aide féodale pour le mariage de sa fille Isabelle avec l'héritier d'Angleterre Édouard II.
Il interdit les guerres privées pour toujours dans tout le royaume.

9 avril
Le roi d'Angleterre Édouard Ier s'engage à participer à une campagne française contre la Flandre.
À Toulouse, le roi Philippe IV impose la paix aux maisons de Béarn et d'Armagnac.

8 juin
Le pape Benoît XI apaise le conflit entre Rome et le roi de France.

22 juillet
Le roi Philippe IV le Bel rejoint son armée à Arras et fait occuper la Flandre; il entre le 9 août à Tournai.

10-11 août
Lors d'un combat naval devant Zierikzee, la flotte des Flamands est envoyée par le fond.

18 août
La victoire (relative) des troupes royales sur les Flamands à Mons-en-Pevèle rétablit l'autorité du roi de France en Flandre.

décembre
Une conférence de paix avec les Flamands se tient à Paris.

1304-1306

Trois orfèvres français réalisent le buste-reliquaire de saint Janvier à Naples.

1304-1308

Le franciscain Duns Scot enseigne à Paris.

1305

27 janvier
Les écoles d'Orléans sont érigées en université.

10 février
Le roi Philippe IV le Bel et la reine Jeanne s'engagent envers le duc Robert II de Bourgogne à faire célébrer le mariage du prince Louis (futur Louis X le Hutin) avec Marguerite de Bourgogne avant le 9 octobre. Le prince ayant été fiancé antérieurement à Jeanne, fille du comte Otton IV de Bourgogne, parente de Marguerite aussi bien que de Louis, une dispense pontificale est nécessaire, qui est accordée par le nouveau pape le 18 août.

4 avril
La reine Jeanne meurt à Vincennes. Peu avant sa mort, elle a fait écrire par son confesseur Durand de Champagne un *Miroir des dames*, dont la traduction réalisée sur son ordre devient un classique des bibliothèques princières (au début du XVIe siècle, Marguerite de Navarre en commande une nouvelle traduction). Le prince Louis d'Évreux (futur Louis X le Hutin), âgé de 16 ans, devient roi de Navarre, comte de Champagne et de Brie, mais son père Philippe IV le Bel tient la réalité du pouvoir en Champagne jusqu'en 1308.

mai
Les ateliers monétaires commencent la frappe de « gros » d'argent et de deniers analogues à ceux d'avant 1295, pour répondre à l'engagement royal de restaurer la bonne monnaie de Louis IX.

5 juin
Bertrand de Got, archevêque de Bordeaux, est élu pape par les cardinaux. Il refuse de se rendre en Italie. Le 14 novembre, il est sacré pape sous le nom de Clément V à Lyon, en présence du roi Philippe IV le Bel.

23 juin
Par traité signé à Athis-sur-Orge avec le comte de Flandre Robert de Béthune, le roi Philippe IV le Bel obtient la cession des châtellenies de Lille, Douai et Orchies; il restitue son fief au comte, mais aux dépens des grandes cités flamandes qui doivent verser une énorme indemnité de guerre et dont les remparts doivent être abattus. Les bourgeois refusent de consentir au traité.

autres événements
• Arthur II († 1312) succède à Jean II sur le duché de Bretagne.
• Le comte de Savoie Amédée V contraint le marquis de Saluces (Saluzzo) à lui rendre l'hommage.

1306

17 mai
Le roi Philippe IV le Bel assiste à la translation, décidée par lui, du chef de son grand-père Saint Louis à la Sainte-Chapelle dans un chef-reliquaire richissime confectionné par l'orfèvre parisien Guillaume Julien.

22 mai (Pentecôte)
L'adoubement du prince Édouard à Westminster est un événement international; y accourent quelque 175 trouvères et jongleurs, dont beaucoup de Français.

24 juin
Philippe IV le Bel promulgue les nouveaux cours d'une bonne monnaie, au poids et à l'aloi du temps de Louis IX: le « gros » vaudra 13 1/8 deniers tournois à partir du 8 septembre.

21 juillet
Le roi Philippe IV ordonne l'arrestation et l'expulsion des juifs du royaume. La plupart se réfugient dans les terres d'Empire, notamment en Alsace et Dauphiné, ainsi qu'en Provence.

4 octobre
Une ordonnance fixe les modalités de la réévaluation des baux et emprunts. Elle favorise les propriétaires, ecclésiastiques et seigneurs: par suite des dévaluations successives, les loyers triplent. Le mécontentement gronde devant ce renforcement de la monnaie.

30 décembre
Les Parisiens se soulèvent contre l'ordonnance du 4 octobre; le roi Philippe IV, réfugié au château du Temple de Paris, dissout toutes les corporations de la capitale et fait peu après corriger l'ordonnance par son Conseil (les loyers reviennent à leur ancien taux réel).

1306-1307

Le roi Philippe IV procède à une réorganisation des tombeaux de Saint-Denis (complétée en 1311-1312). Dans le chœur se trouvent les « fondateurs », Clovis II et Charles Martel, Charles le Chauve, Eudes, Hugues le Grand et Hugues Capet. À la croisée du transept, Philippe II Auguste, Louis VIII et Louis IX.

1307

février
Guillaume Durant le Jeune (évêque de Mende, 1296-1330) conclut avec le roi Philippe IV un traité de pariage pour la ville de Mende, qui précise leurs droits respectifs en Gévaudan et distingue nettement puissance publique et propriété privée.

1er juin
Le traité d'Athis avec la Flandre (du 23 juin 1305) est ratifié à Poitiers. En juin, des émissaires du roi obtiennent l'accord formel des communes de Flandre au traité, mais l'opposition s'avive et le comté bascule dans l'insécurité.

7 juillet
Ordonnance royale sur la livre de 15 onces.

22 septembre
Le roi, à Maubuisson, confie à Guillaume de Nogaret l'office de garde des Sceaux, et le soin d'en finir avec les templiers dont la richesse provoque les critiques depuis 1295 environ.

LES TEMPLIERS

L'ordre du Temple (templiers) est, avec les Hospitaliers de Saint-Jean de Jérusalem (aujourd'hui ordre de Malte), l'un des deux ordres religieux militaires que la première croisade a suscités en Terre sainte. Il est créé à Jérusalem en 1119 par un petit seigneur champenois, Hugues de Payns, et reçoit du roi de Jérusalem un palais sis tout près du Temple, d'où il tient son nom. Sa vocation, confirmée par le pape en 1139, est de défendre les établissements croisés de Terre sainte. Dirigé par un grand maître, il est organisé en provinces, dont trois dans le royaume de France (France, Poitou, Provence), chacune regroupant des commanderies. Lorsque la Palestine est perdue (1291), il se replie en Occident, où il jouit de richesses considérables, reçues en donation de l'aristocratie et bénéficiant de l'exemption. Le statut privilégié de l'ordre a fait de lui un intermédiaire utile entre la Terre sainte et les royaumes ; dès avant 1146, le trésorier du château du Temple à Paris gère le Trésor du roi de France. Le poids considérable de l'ordre du Temple, son emprise sur les finances royales, le refus de l'ordre de participer au plan caressé par le roi de fusionner les ordres religieux militaires sous son égide ou celle d'un de ses fils, finit par gêner Philippe IV le Bel, qui laisse fleurir une campagne de ragots contre les mœurs des templiers. Le roi fait arrêter et emprisonner les templiers en octobre 1307, obtient du pape la suppression de l'ordre (1312), met la main sur une part importante de ses biens (ce qu'il ne saisit pas est remis aux Hospitaliers de Saint-Jean de Jérusalem) et, au terme d'un procès retentissant, fait périr sur le bûcher ses principaux dignitaires.

1er octobre
À Pampelune, le fils de Philippe IV le Bel, Louis le Hutin, est couronné roi de Navarre.

13 octobre
Une opération de police menée par les sénéchaux et baillis dans tout le royaume permet l'arrestation des templiers.

autres événements
• Le roi Philippe IV le Bel se rend en pèlerinage au Mont-Saint-Michel.
• Guillaume Guiart publie la *Branche aus royaus lignages.*

1308

janvier
Le mariage du roi d'Angleterre Édouard II et de la fille de Philippe IV le Bel, Isabelle, est célébré à Boulogne-sur-Mer. Philippe IV requiert l'aide féodale pour le mariage de sa fille Isabelle.
Guillaume de Nogaret négocie avec les Flamands l'indemnité prévue à Athis (23 juin 1305).

25 mars
Une commission des docteurs de l'Université de Paris refuse à la justice du roi le droit de juger les templiers, religieux.

mi-mai
Une assemblée des états se tient à Tours. Elle demande au roi Philippe IV d'intervenir contre les templiers.

17 mai
Philippe IV le Bel partage les ossements de Saint Louis qui sont donnés comme reliques à de grands personnages et à des églises.

26 mai
Le pape Clément V et le roi Philippe IV le Bel conviennent à Poitiers que les templiers seront remis au pape qui en restituera aussitôt la garde aux officiers royaux, et que leurs biens seront administrés par des commissions composées d'ecclésiastiques et d'agents royaux.

9 juin
Le roi Philippe IV écrit, vainement, au roi de Bohême pour poser la candidature de son frère, Charles de Valois, à la couronne d'Allemagne.

27 juin
Le roi Philippe IV le Bel remet à l'Église les templiers.

octobre
La négociation engagée en janvier avec les Flamands échoue. Les villes de Flandre s'organisent contre le roi et leur comte.

autres événements
• La mort du dernier Lusignan de France (la famille est implantée à Chypre) permet au roi d'acquérir les comtés de Lusignan et d'Angoulême (celui-ci devient une sénéchaussée).
• La guerre reprend entre les Béarn et les Armagnac.
• Le roi prend sous sa protection l'ordre de Saint-Lazare de Jérusalem.
• Les registres de la « Grande Coutume » à Bordeaux montrent un apogée du commerce du vin de Bordelais (102 724 tonneaux chargés).

1308-1322

Jean de Saint-Victor écrit son *Mémorial des histoires.*

1309

Le roi Philippe IV le Bel ordonne la confiscation des biens des Lombards. Il procède à une nouvelle dévaluation, non plus en altérant les monnaies existantes, mais en créant une nouvelle espèce d'argent fin, la maille tierce, qui vaut 4, puis 5 deniers.

9 mars
Le pape Clément V fait son entrée solennelle en Avignon où il installe sa Cour (les papes résident en Avignon jusqu'en 1377). Le choix d'Avignon découle de l'étroite collaboration de Charles II d'Anjou, seigneur de toute la ville depuis 1290, avec le pape, seigneur lui-même du Comtat Venaissin depuis 1274.

avril
Les représentants des villes flamandes ratifient à Paris une nouvelle rédaction du traité d'Athis de 1305. De mai à juillet tous les bourgeois de Flandre, sauf ceux de Bruges, prêtent serment de respecter le traité révisé.

27 juillet
Les bourgeois de Bruges se soumettent au serment royal.

9 août
À Sainte-Geneviève de Paris, une commission pontificale ouvre le procès de l'ordre des Templiers.

autres événements
• Le successeur de Charles II d'Anjou, Robert (1309-1343), s'attache à raffermir son autorité dans son royaume de Naples. Son comté de Provence acquiert une autonomie administrative, avec la formation d'une chambre des comptes et le renforcement d'un Conseil royal.
• Guy de Châtillon épouse Marguerite de Valois, sœur du futur Philippe VI.
• Joinville dédie son *Histoire de Saint Louis* au fils de Philippe IV le Bel, Louis (futur Louis X Hutin), roi de Navarre depuis 1305.

1310

12 mai
Un concile de la province de Sens réuni à Paris par l'archevêque de Sens Philippe de Marigny (frère d'Enguerrand de Marigny) condamne au bûcher un premier groupe de templiers.

1er juin
Marguerite Porete, auteur d'un *Miroir des simples âmes* sous forme de dialogue initiant au pur amour de Dieu et jugé hérétique par une commission de 21 théologiens le 11 avril, est brûlée vive en place de Grève à Paris. L'influence du *Miroir* se retrouvera dans les *Prisons* de Marguerite de Navarre au XVIe.

26 juin
Un traité est signé à Paris avec Henri VII de Luxembourg, familier de la Cour de France où il a été élevé. Le roi des Romains reconnaît pour comte de Bourgogne le deuxième fils du roi Philippe IV le Bel, Philippe le Long, comte de Poitiers, gendre du comte Otton IV de Bourgogne; le roi de France s'avoue vassal du roi des Romains pour la comté de Bourgogne.

autres événements
• L'archevêque de Lyon expulse la garnison installée par le roi Philippe IV dans la cité. Le fils du roi, Louis le Hutin, écrase la rébellion et Philippe IV crée une sénéchaussée à Lyon (qui, peu après, est rattachée au bailliage de Mâcon).
• Le roi Philippe IV se rend en pèlerinage au Mont-Saint-Michel.
• Le roi accorde des privilèges de franchise aux marchands portugais faisant escale à Harfleur.
• Le pape Clément V encourage une expédition des Hospitaliers contre Rhodes, qui est reconquise sur les Turcs.
• Un riche manuscrit du traité de fauconnerie de l'empereur Frédéric II, commandé par le comte Jean II de Dampierre († 1307) et sa femme, est achevé pour leur fils Guillaume de Dampierre.

1311

janvier
Le gouvernement du roi prend de nouvelles mesures financières. Point de dévaluation, on crée des espèces nouvelles, l'agnel d'or (il vaut 20 sous, ou 240 deniers, et a cours jusque sous Charles IV le Bel) et le « bourgeois » en argent.

27 avril
Le pape Clément V ordonne d'effacer toutes excommunications et sentences lancées par Boniface VIII contre le roi Philippe IV, le royaume et les appelants au concile général.

17 mai
Le roi Philippe IV fait enregistrer son testament, corrigeant un premier document d'août 1288. Son corps sera inhumé à Saint-Denis et son cœur à Poissy.

septembre
Une conférence se tient à Tournai entre Charles de Valois, Enguerrand de Marigny, et les Flamands. Elle reprend le 15 octobre par une déclaration de Marigny sur les droits souverains du roi en Flandre; le comte de Flandre Robert de Béthune et son fils Louis de Nevers étaient cités à comparaître devant la Cour.

16 octobre
Le pape ouvre le concile de Vienne (qui dure jusqu'au 6 mai 1312).

30 décembre
Le roi interdit les guerres privées dans tout le royaume.

autres événements
• Le pouvoir d'Enguerrand de Marigny atteint son apogée; une dévaluation monétaire est ordonnée, ainsi que l'expulsion des Lombards.
• Pierre Jacob, juriste de Montpellier, publie un manuel pratique de procédure (révisé en 1329).

1311-1312

Bernard Gui compose son histoire des *Rois des Francs (Reges Francorum)*.

avant 1312

Le Lorrain Jacques de Longuyon écrit les *Vœux du Paon* pour l'évêque de Liège Thibaud de Bar, dans la tradition des vœux prononcés sur le paon, oiseau noble.

1312

janvier
Le comte de Flandre Robert de Béthune est cité devant la Cour des pairs.

20 mars
Le roi Philippe IV entre à Vienne où il vient assister au concile.

3 avril
Le pape Clément V abolit solennellement au concile de Vienne l'ordre du Temple (bulle *Vox in excelso*).

10 avril
La réunion de Lyon au royaume de France devient effective. Le roi de France impose en effet sa propre juridiction à l'archevêque et le 18, le chapitre abandonne au roi ce qui lui restait de juridiction.

11 juillet
Le comte de Flandre Robert de Béthune ratifie à Pontoise une version du traité d'Athis (1305) très favorable au roi. Il accepte le «transport» au domaine royal de tous ses droits sur les châtellenies de Lille, Douai et Béthune.

1312-1325

Un groupe d'administrateurs du duché de Bretagne compile la *Très ancienne coutume de Bretagne*: pénétrée de droit romain, elle favorise l'autorité suprême du duc en son duché et face au roi de France.

1313

21 mars
Les Hospitaliers français sont contraints de payer à la Couronne 200000 livres tournois pour la dévolution des biens de l'ordre du Temple.

avril
Le roi travaille avec ses conseillers plusieurs jours à Poissy.

14 avril
Le fils du comte de Flandre Robert, Louis de Nevers, dont les comtés de Nevers et Rethel ont été saisis en 1312, se rebelle publiquement à Gand contre le «transport» de Flandre de juillet 1312.

Pentecôte
Deux fils du roi sont armés chevaliers. Philippe IV a fait lever à cette occasion une aide sur ses vassaux directs. Le roi Édouard II d'Angleterre et sa femme Isabelle de France visitent le roi à Paris; Édouard II fait l'hommage pour la Guyenne et l'on ouvre le chantier du nouveau palais du Louvre.

juin
L'exportation de la monnaie est soumise désormais à un contrôle rigoureux; ne sont autorisées que celle de l'agnel d'or, et de faibles quantités de deniers, et l'on suspend pour un an la fabrication de vaisselle précieuse.

début juillet
La rupture est consommée entre le roi et le comte de Flandre Robert de Béthune. Pour préparer la

guerre de Flandre, le roi Philippe IV ordonne la levée d'une aide sur chaque groupe de 100 feux à travers tout le royaume. Naissance de l'impôt direct, qui va de pair avec un renforcement de la monnaie.

20-22 juillet
Lors des conférences d'Arras, un accord est vite trouvé avec les villes flamandes; le comte de Flandre Robert de Béthune cède en garantie Courtrai au roi Philippe IV.

septembre
Une ordonnance fixe le nouveau cours des monnaies. L'agnel d'or vaut désormais 144 deniers parisis.

novembre
Le roi Philippe IV le Bel suggère au pape le nom de son fils le comte de Poitiers Philippe pour le titre impérial, sans succès.

autres événements
• Jeanne de Bourgogne, fille du duc Robert II, épouse Philippe de Valois (futur Philippe VI).
• Une conférence présidée par Enguerrand de Marigny se tient à Arras avec les Flamands (bien que tout proche, le roi n'y participe pas).
• Le médecin Raimon de Béziers offre au roi sa nouvelle version de *Kalîla et Dimna.*

1314

janvier
À Maubuisson (Val-d'Oise), le roi donne l'ordre de faire emprisonner ses trois belles-filles, Jeanne de Bourgogne (femme du futur Philippe V le Long), Marguerite de Bourgogne (femme du futur Louis X le Hutin) et Blanche de Bourgogne (femme du futur Charles IV le Bel); Marguerite et Blanche sont accusées d'adultère avec deux frères de l'Hôtel du roi (qui sont exécutés), Jeanne de l'avoir su et n'en avoir rien dit. Seule Jeanne sortira de prison.

19 janvier
Enguerrand de Marigny obtient les pleins pouvoirs, notamment financiers, du roi.

11 mars
Le roi Philippe IV le Bel fait exécuter par le feu Jacques de Molay, grand maître de l'ordre, les Précepteurs de Normandie et d'Aquitaine, et le Visiteur de France de l'ordre des Templiers.

20 avril
Le pape Clément V meurt à Carpentras.

25 juillet
L'arrière-ban est convoqué pour l'ost contre la Flandre, où le comte Robert de Béthune, son fils Louis de Nevers et les villes refont l'union contre le roi.

29 juillet
Une ordonnance royale réitère l'interdiction des guerres privées, afin d'aider le roi contre la Flandre.

1er août
Le roi Philippe IV le Bel réunit à Paris une assemblée composée des barons, des évêques et des représentants des cités épiscopales, dont il obtient l'aide féodale pour la guerre.

mi-août
L'armée royale s'ébranle vers la Flandre; un corps commandé par le plus jeune fils du roi, Charles de la Marche (futur Charles IV, qui vient de recevoir en apanage le comté de la Marche, entré cette année 1314 avec le comté de Lusignan dans le domaine royal après la mort de leur héritière), prend Tournai le 20 août.

3 septembre
La convention signée à Marquette (près Lille) permet aux Flamands de reprendre leurs activités dans le royaume, et le roi garde définitivement Courtrai. L'armée est renvoyée.

6 octobre
Les tournois sont interdits à nouveau.

novembre
Des ligues de nobles se forment en Bourgogne, en Champagne, puis Forez, Vermandois, Beauvaisis, Artois, contre le versement d'une aide féodale inutile. Le 28, le roi Philippe IV ordonne la suspension de la levée.

29 novembre
Le roi Philippe IV le Bel meurt à Fontainebleau. Lors des obsèques du roi, un nouveau cérémonial funèbre est inauguré: le roi est embaumé, exposé le visage découvert, couronné et revêtu des tuniques du sacre. Il tient le sceptre de la main droite, la main de justice à gauche.

LOUIS X LE HUTIN

Né le 4 octobre 1289-Mort le 5 juin 1316

Règne: 1314-1316 (1 an et demi)

Roi à 25 ans

*F*ils aîné du roi Philippe IV le Bel, Louis X a épousé, le 23 septembre 1305, Marguerite († avril 1315), fille du duc Robert II de Bourgogne, puis Clémence de Hongrie le 31 juillet 1315 († 1328). Depuis 1305, il est roi de Navarre (couronné à Pampelune en 1307) par héritage de sa mère. De Marguerite, il a Jeanne II, future comtesse de Champagne et héritière du royaume de Navarre (1312-1349) qui épousera Philippe d'Évreux (fils de Louis d'Évreux, frère de Philippe IV le Bel). La mort de Marguerite le débarrasse d'une épouse convaincue d'adultère, qui ne pouvait recevoir le sacre royal. De son remariage avec Clémence, naît un fils posthume, Jean Ier. Il a pour confesseur le dominicain Jean Taurin.

Louis X doit régler rapidement les réclamations des ligues aristocratiques qui se sont formées contre la levée par Philippe IV le Bel d'aides jugées trop lourdes. Bien que Philippe IV ait renoncé à ces aides la veille de sa mort, le mécontentement s'est étendu, en protestation contre les méthodes de l'administration royale. Louis X délivre donc des chartes confirmant les anciens usages de la noblesse, «bonnes coutumes» du temps de Saint Louis, mais la pacification n'est pas achevée avant 1319.

Cependant, l'Europe occidentale traverse trois ans de perturbations climatiques et frumentaires: les années 1315-1317 inaugurent une crise qui se conjugue aux problèmes politiques du royaume et déstabilise durablement l'économie.

PAPE D'AVIGNON

Clément V, 1305-1314; vacance de la papauté.

VACANCE DU SIÈGE IMPÉRIAL

(compétition entre Louis IV de Bavière et Frédéric III).

1314

1er décembre
Les nobles de Champagne, de Bourgogne et ceux du nord du royaume, peut-être ignorants de la décision de Philippe IV de renoncer à l'aide, constituent une ligue pour préparer une protestation devant le Parlement de Paris.

autres événements
• Les villes du Midi prennent la tête d'un mouvement antiseigneurial.
• Le peintre Giorgio d'Aquila est appelé à travailler au château des comtes de Savoie à Chambéry. Il introduit sans doute l'influence italienne au nord-ouest des Alpes.

1315

11 mars
Enguerrand de Marigny est enfermé au Louvre. Le 30 avril, il est pendu au gibet de Montfaucon, payant ainsi son empire trop grand sur Philippe IV le Bel.

19 mars
Les Normands se voient octroyer une charte: le roi s'engage à laisser au seul Échiquier fixé à Rouen la justice normande, à rétablir la monnaie de Louis IX, à ne demander aux seigneurs que le service militaire coutumier, à ne pas lever les aides, à faire enquêter tous les trois ans sur les actes des agents royaux (Charte aux Normands).

1er avril
Les Languedociens obtiennent une charte de libertés et franchises. Les Bourguignons l'acquièrent également le 17 mai.

mai
Louis X confirme la grande ordonnance de réforme de 1303; il ne s'engage pas pour autant à restituer l'aide levée à l'automne 1314, mais accorde l'amnistie aux rebelles des ligues, qui suspendent leur action.

12 juillet
Le roi Louis X déclare la guerre au comte de Flandre Robert de Béthune; celui-ci, qui a refusé de lui prêter l'hommage, a été déchu de ses fiefs français par la Cour des pairs.

3 août
La reine Clémence de Hongrie reçoit l'onction du sacre.

décembre
Louis X convoque les délégués des villes du royaume à des assemblées régionales qui devront se tenir à Bourges.

autres événements
• Le roi Louis X le Hutin rappelle les juifs dans le royaume.
• Des massacres de lépreux sont signalés.
• Louis Ier de Bourbon, petit-fils de Saint Louis, fonde une Sainte-Chapelle à Bourbon-l'Archambault.

1316

Le cardinal Francesco Gaetani est accusé de préméditer le meurtre du roi Louis X et de son frère Philippe, comte de Poitiers.

15 janvier
Un règlement général sur les monnaies fixe la liste des espèces tolérées dans le royaume (deniers seulement): c'est la première grande législation monétaire en France, qui n'entérine qu'un état de fait.

5 juin
Le roi Louis X meurt à Vincennes. Il est inhumé à Saint-Denis.

JEAN Ier LE POSTHUME

Né le 15 novembre 1316-Mort le 19 novembre 1316

Règne: 4 jours

*F*ils posthume du roi Louis X le Hutin et de Clémence de Hongrie, il naît le 15 novembre et meurt quatre jours plus tard. La régence avait été assurée par son oncle Philippe le Long, frère de Louis X le Hutin, comte de Poitiers, qui veillait à l'exclusion des femmes de la succession royale. L'héritière potentielle était en effet Jeanne, née du premier mariage de Louis X le Hutin.

PHILIPPE V LE LONG
Né en 1294-Mort le 3 janvier 1322
Règne: 1316-1322 (5 ans et demi)
Roi à 22 ans

*F*ils de Philippe IV le Bel, frère de Louis X le Hutin, Philippe V est peut-être le plus inventif des derniers Capétiens qui sont confrontés à la fronde de l'aristocratie et aux tentatives des Flamands pour secouer le joug de la fiscalité royale. Comte de Poitiers, il est nommé régent le 17 juillet 1316; la mort de son neveu Jean Ier le Posthume lui donne les couronnes de France et de Navarre le 19 novembre 1316. Son sacre a lieu le 6 janvier 1317. Philippe V le Long a épousé en janvier 1307 Jeanne († 1330), fille du comte Otton IV de Bourgogne. Il en a un garçon, Louis, mort en bas âge, et quatre filles, dont Jeanne († 1347), donnée en 1318 au duc Eudes IV de Bourgogne, Marguerite († 1382), qui est mariée en 1320 à Louis II de Nevers (Crécy) († 1346), petit-fils et héritier du comte de Flandre Robert de Béthune, Isabelle († 1348), qui épouse en 1323 Guigues, fils du duc de Dauphiné, et Blanche († 1348), religieuse au couvent des clarisses de Longchamp à Paris. La sœur du roi Philippe V, Isabelle († 1358), a épousé en 1308 le roi d'Angleterre Édouard II.
Depuis 1310, le royaume s'est enrichi d'une seconde capitale: Avignon, siège du pontife romain, devient un centre d'attraction majeur (30 à 40 000 habitants en 1330); les services de la curie s'y établissent en 1316. Or le poids d'Avignon, conjugué à celui de la Bourgogne et à l'entrée du Dauphiné dans le domaine royal (1349), contribue à déplacer vers le Midi et le Sud-Est les zones de création économique. En 1302 déjà, le volume des marchandises enregistrées aux péages de Montmélian et Saint-Maurice-en-Valais a atteint son apogée médiéval. Nice, qui ne comptait que 4 000 habitants en 1249, atteint les 10 000 habitants en 1323. Mais la menace principale pour Philippe V le Long vient de Flandre.

PAPE D'AVIGNON
Jean XXII, 1316-1334.

VACANCE DU SIÈGE IMPÉRIAL

1316

7 août
Jacques Duèze de Cahors, évêque d'Avignon, est élu pape sous le nom de Jean XXII († 4 décembre 1334).

Le palais des Papes d'Avignon

Sitôt élu, Jean XXII entreprend de réunir au palais épiscopal plusieurs bâtiments; en 1318-1319, on construit l'Audience (tribunal, peut-être la seule partie conservée du palais primitif des papes). Benoît XII confie en 1335 à Pierre Poisson le soin d'édifier une chapelle (1335-1341?) et la Tour du Pape (1335-1337) sur six niveaux, où se trouve la Chambre du Pape décorée par des Italiens (Simone Martini travaille à Avignon de 1336 à 1344). Clément VI reprend l'ensemble, faisant élever notamment la Tour de la Garde-Robe (avec la Chambre du Cerf), la nouvelle Grande Audience, la Grande Chapelle (1346-1351), la Tour de la Peyrolerie. La décoration est l'œuvre de peintres français et italiens. Matteo Giovanetti en est le maître principal de 1343 à 1366; il y peint (à fresque sans doute) les « portraits des papes et des cardinaux », et, en 1354, un Couronnement de la Vierge.

1er septembre
Philippe le Long consent de nouvelles concessions aux Flamands, pour adoucir les traités d'Athis (23 juin 1305) et de Pontoise (11 juillet 1312).

9 octobre
La comtesse Mahaut d'Artois, accusée d'avoir empoisonné Louis X le Hutin, est disculpée par un arrêt déclarant que le roi était décédé de mort naturelle.

autres événements
- Jean de Condé publie ses œuvres poétiques.
- Jean Maillart, ancien notaire royal, écrit pour Pierre de Chambly, ancien chambellan du roi Philippe IV le Bel, le *Roman du comte d'Anjou*: il y conte les aventures d'une jeune femme qui fuit l'amour incestueux de son père le comte d'Anjou.

1316-1318

Pierre Auriol (vers 1280-1322), franciscain, docteur en théologie à Paris en 1318, publie un grand *Commentaire sur les Livres des Sentences* dédicacé au pape Jean XXII; dans ses *Quodlibeta* de 1320, discussion universitaire de grande influence dans la métaphysique du temps sur 16 questions philosophiques et théologiques, Pierre Auriol critique en particulier Thomas d'Aquin.

1317

6 janvier
Le roi Philippe V le Long est sacré à Reims, en l'absence des grands. Une assemblée en Bourgogne condamne l'« usurpation » par Philippe V de la dignité royale.

février
Philippe V le Long obtient d'une assemblée la confirmation de son élection royale.

6 mars
À Paris se tient une assemblée des députés des villes du nord du royaume (Langue d'oïl) et de Normandie. Convoquée par le roi, elle confirme que « femme ne succède pas au royaume de France », et obtient de Philippe V le Long le « retour au temps de Saint Louis », par ordonnance du 12 mars.

printemps
La rébellion de Louis Ier de Nevers est rapidement matée; le roi saisit son comté de Nevers.

27 mars
L'assemblée des villes de Langue d'oc (Centre et Midi) obtient une ordonnance (7 avril) limitant les empiétements des agents royaux contre les privilèges et franchises des villes.

7 avril
Le pape Jean XXII canonise Louis d'Anjou (1274-19 août 1297), fils de Charles II d'Anjou, roi de Sicile, neveu de Saint Louis, et évêque de Toulouse (1275-1297).

juin-juillet
À Melun, Bourguignons et Champenois renoncent aux prétentions de Jeanne, fille de Louis X le Hutin, à la Couronne.

juillet
L'évêque de Cahors, Hugues Géraud, est inculpé de sorcellerie et de tentative de meurtre sur la personne du pape Jean XXII; il est déposé et brûlé en septembre.

septembre
La paix est rétablie entre le roi Philippe V le Long et Louis Ier de Nevers.

décembre
Le roi ordonne la saisie de toutes les monnaies non royales dans le royaume.

autres événements
• L'abbé de Saint-Denis offre au roi Philippe V le Long un exemplaire somptueusement décoré de la *Vie de monseigneur sainct Denys* par le moine Yves de Saint-Denis. Cette œuvre illustre parfaitement le « bon gouvernement », comme celui que peindra Ambrogio Lorenzetti au palais communal de Sienne.
• La comtesse Mahaut d'Artois fait sculpter le gisant de Robert d'Artois (autrefois dans l'église des Jacobins de Paris).

1318

1er juillet
Le roi Philippe V le Long rappelle l'interdiction de toute guerre privée.

10 juillet
Louis d'Évreux, oncle du roi Philippe V, signe pour le roi une trêve avec les Flamands, jusqu'au 8 avril 1319; des négociations de paix auront lieu avant le 8 octobre 1318.

18 juillet
L'ordonnance de Pontoise-Longchamp-Saint-Germain sépare le Conseil, qui produit les ordonnances royales, et le Parlement, qui rend la justice, interprète et publie les ordonnances.

octobre-décembre
Le roi convoque quatre assemblées de nobles (sauf de France du Nord) et de députés des villes (à Paris le 15 octobre et le 6 décembre, le 8 novembre à Bourges, pour Noël à Toulouse), qui consentent à la levée d'un quinzième de leurs revenus pendant un an.

autres événements
• Les bourgeois de Verdun, en lutte contre leur évêque, se réclament de la sauvegarde royale; aussitôt, le connétable fait proclamer que Verdun est située dans le royaume de France.
• Arnaut Vidal, poète de Castelnaudary, achève *Guilhem de la Barre*, roman d'aventures en occitan.

1319

10 février
Une assemblée des nobles du Nord et de l'Ouest ne réunit qu'un petit nombre de représentants. Le roi convoque d'autres assemblées nobiliaires par bailliage et sénéchaussée, qui se tiennent pour la plupart au printemps.

février
À la conférence de Montdidier, les nobles de l'Amiénois se rallient au roi Philippe V.

mars
Les nobles d'Artois acceptent l'accord proposé par les gens du roi.

août
L'armée royale est convoquée à Arras pour marcher sur la Flandre. Le comte de Flandre Robert de Béthune accepte de se soumettre à l'arbitrage du pape Jean XXII et évite la guerre.

autres événements
• Cette année apparaît la première mention d'un service des eaux et forêts.
• La confrérie parisienne de Saint-Jacques entreprend d'édifier un hôpital et une église (Saint-Jacques-l'Hôpital).

1319-1324

Jean Pucelle, enlumineur à Paris, peint un groupe de manuscrits, probablement sur commande de la Cour.

vers 1320

Le vitrail du *Jugement de Salomon* est installé dans la cathédrale de Strasbourg.
L'évêque de Pamiers, Jacques Fournier, mène une enquête sur l'hérésie en Ariège, parmi les habitants de Montaillou notamment.

1320

janvier
L'ordonnance de Vivier-en-Brie fixe la nouvelle organisation de la chambre des comptes (ancêtre de la Cour des comptes), créée en 1306 pour regrouper au sein du palais royal les spécialistes des comptes royaux. En 1337, cette chambre reçoit pour tâche de vérifier et interpréter les lettres patentes (concernant les privilèges particuliers et les provisions d'office) relatives au domaine royal.

avril
Le comte de Flandre Robert de Béthune prête l'hommage au roi Philippe V à Paris.

fin mai
Le roi Philippe V ordonne l'expulsion des usuriers italiens (« Lombards »).

21 juin
L'archevêque de Lyon Pierre de Savoie, qui a recouvré le 4 avril sa juridiction sur la cité de Lyon, octroie aux bourgeois une charte de franchises très libérale.

juillet
Robert, fils du comte de Flandre Robert de Béthune, renonce à tous ses droits sur le comté de Flandre.
Un projet de mariage entre une fille du roi (Marguerite) et le nouvel héritier de Flandre Louis est ratifié par les Flamands.

autres événements
• Les rois Philippe V le Long et Édouard II d'Angleterre signent le traité de Paris; le comte de Flandre Robert de Béthune se réconcilie avec le roi.
• Maître Guillaume d'Ockham enseigne à l'Université de Paris.

1320-1324

Le roi de Naples Robert d'Anjou (1278-19 janvier 1343) réside en Avignon.

1320-1330

Jean d'Anneux écrit un *Miroir des princes* pour le comte Guillaume Ier de Hainaut, époux de Jeanne de Valois, sœur du futur Philippe VI.

1321

18 mars
Le roi constate que le comte de Flandre Robert de Béthune n'a pas respecté les conventions.

14 juin
À Poitiers, une assemblée est consultée sur les mesures financières et sur les aides. Elle demande un délai de réponse jusqu'au 1er décembre.

19-21 juin
À la suite d'une rumeur, des lépreux sont exécutés. Les biens des juifs sont de nouveau confisqués dans tout le royaume.

8 juillet
Une grande assemblée se tient à Paris, mais n'enregistre que les souhaits du roi de promouvoir des réformes.

8 octobre
Le roi Philippe V le Long réunit une nouvelle assemblée à Orléans pour aborder la question des monnaies et des poids et mesures dans le royaume et pour discuter d'une aide pour une nouvelle croisade.

autres événements
• Galeazzo Visconti et son frère Matteo sont accusés d'avoir médité l'empoisonnement du pape Jean XXII.
• Le Vénitien Mario Sanudo présente son *Livre pour la récupération et la conservation de la Terre sainte (Liber secretorum fidelium crucis Terrae sanctae recuperatione et conservatione)* devant le pape Jean XXII à Avignon.

1321-1322

Les foires de Chalon-sur-Saône héritent du marché aux draps qui ne se tient plus dans les foires de Champagne.

1322

3 janvier
Le roi Philippe V le Long meurt sans enfant mâle.

CHARLES IV LE BEL

Né en 1294-Mort le 1er février 1328

Règne : 1322-1328 (6 ans)

Roi à 28 ans

Fils de Philippe IV le Bel, frère de Louis X le Hutin et de Philippe V le Long, Charles IV le Bel succède à ce dernier comme roi de France et de Navarre.

Charles IV a épousé en avril 1307 Blanche de Bourgogne. Il la répudie en 1322 parce qu'elle se trouve impliquée dans le scandale d'adultère découvert en janvier 1314 ; il se remarie le 21 septembre 1322 à Marie de Luxembourg († 1324), fille de l'empereur Henri VII, puis, le 5 juillet 1324, à Jeanne d'Évreux († 1371). Il a deux filles, Marie († 1341) et Blanche (1328-1393), qui sera mariée en 1345 à Philippe, fils de Philippe VI de Valois.

La sœur de Charles IV le Bel, Isabelle († 1357), a épousé le roi d'Angleterre Édouard II (1307-1327) : par elle sont justifiés les droits de son fils Édouard III, roi d'Angleterre (1327-1377), sur le royaume de France en 1328.

Charles IV le Bel contribue à durcir l'agitation flamande. Celle-ci, avec la confiscation de la Guyenne (1324), vient nourrir à point nommé l'antagonisme entre France et Angleterre.

Le roi Charles IV a pour confesseur le dominicain Imbert Louvel ; la reine Marie de Luxembourg est assistée de l'ancien confesseur de Louis X le Hutin, Jean Taurin.

Pape d'Avignon

Jean XXII, 1316-1334.

Empereur

Louis IV, 1328-1346.

1322

21 février
Charles IV le Bel est sacré à Reims.

19 mai
Le pape Jean XXII prononce la nullité du mariage du roi Charles IV le Bel et de Blanche de Bourgogne, pour cause de consanguinité.

septembre
Louis de Nevers succède à son grand-père Robert de Béthune sur le comté de Flandre; il choisit de s'appuyer sur le roi.

autres événements
• Le comté de Bigorre est réuni à la Couronne.
• Un anonyme commence la rédaction de *Renart le Contrefait.*

vers 1322

Philippe de Vitry publie le traité d'*Ars nova.*

L'ARS NOVA

Philippe de Vitry (1291-1361), secrétaire du roi Charles IV le Bel, diplomate puis évêque de Meaux en 1351, n'est pas l'inventeur du renouveau polyphonique (Ars nova) *du XIVe siècle; il lui donne cependant son impulsion, codifie les techniques parisiennes de la notation musicale (notes noires ou rouges, mesure rigoureuse des temps, notamment des brèves et très brèves) qui permettent la reproduction et le développement de la polyphonie dans l'Europe entière. Il participe aux créations d'un groupe de secrétaires du roi, dont les meilleurs représentants ont pour nom Gervais du Bus et Chaillou de Pesstain, auteurs (s'ils sont bien deux) du* Roman de Fauvel *qui révèle des pièces importantes de la lyrique et de la musique du temps (1310, 1314 et 1316), et Jean Maillart († 1322/1323, qui écrit le* Roman du comte d'Anjou *en 1316). Les maîtres ès arts de la Sorbonne raffinent le travail de Vitry, Jean de Murs en particulier dans ses trois grands traités de musique, largement diffusés (*Art de la musique nouvelle *de 1319,* Musique spéculative *exposée devant l'Université en 1323-1324,* Petit Livre de musique mesurable *de 1340-1350).*

1323

Guillaume Ier, comte de Hainaut, signe un traité avec Louis de Nevers, comte de Flandre, mettant fin au conflit entre Flandre et Hainaut.

juin
Le peuple de Bruges se révolte; l'agitation s'étend bientôt à toutes les villes de Flandre maritime, jusqu'en 1328.

autres événements
• Le roi de Bohême Jean de Luxembourg (fils de feu l'empereur Henri VII) envoie son fils Wenceslas (futur empereur Charles IV) à la Cour de France pour qu'il y soit éduqué.

1323-1330

Le dominicain Jean Gobi († vers 1350) compile à Saint-Maximin un recueil d'historiette *(exempla)* destiné aux prédicateurs, la *Scala coeli (Échelle du ciel).*

1324

mai
Un concours poétique, organisé par la Companhia del Gai Saber de Toulouse (fondée en 1323), rassemble tous les poètes des pays d'oc. À la suite de cette réunion sont édictées par la Companhia les *Leys d'Amors*, codification de grammaire et de poésie dont on connaît quatre rédactions successives, grâce auxquelles la langue occitane maintient ses privilèges littéraires. La vogue des concours poétiques s'empare alors des cercles bourgeois; ainsi à Paris, à la suite de la représentation des *Miracles de Notre Dame par personnages* donnés dans la confrérie des orfèvres, presque chaque année entre 1339 et 1382.

1er juillet
Le roi Charles IV le Bel confisque le duché de Guyenne à la suite de l'affaire de Saint-Sardos (où les Anglais du duc de Guyenne ont voulu empêcher la construction d'une bastide). La commise est bientôt levée.

22 septembre
Charles de Valois se rend maître de La Réole.

autres événements
• Le pape Jean XXII émet une décrétale contre l'*Ars nova*; il invite les ecclésiastiques à respecter le caractère austère et solennel de la liturgie et critique violemment les nouvelles pratiques de la polyphonie et de l'*Ars nova.*

1324-1329

Bernard Gui compose son *Sanctoral*.

1325

14 septembre
Le jeune Édouard d'Angleterre (futur Édouard III) rend l'hommage au roi de France pour la Guyenne et le Ponthieu qu'il vient de recevoir de son père, le roi Édouard II.

novembre
Le roi Charles IV fait lancer l'interdit sur le comté de Flandre; il prépare une expédition militaire.

autres événements
• La mort de Charles de Valois donne son comté à son fils Philippe (futur roi Philippe VI de Valois).
• L'Université de Paris lève sa condamnation des doctrines de saint Thomas d'Aquin.
• La mystique Prous Boneta, proche des « Spirituels » franciscains, est brûlée à Montpellier pour hérésie.
• On construit la chapelle de Navarre à la collégiale Notre-Dame de Mantes; à Notre-Dame d'Évreux sont mis en place les vitraux de la Vierge et du chanoine Raoul de Ferrières.

1325-1328

Jean Pucelle peint le manuscrit des *Heures de Jeanne d'Évreux*, reine de France (vers 1310-1371); il y insère notamment un cycle de la vie de Saint Louis.

1326

10 avril
Une paix est signée à Arques entre le roi Charles IV le Bel et les villes de Flandre (les Flamands s'engagent à payer les indemnités prévues aux traités d'Athis et de Pontoise, en 1305 et 1312).

autres événements
• Une réconciliation a lieu entre les rois de France et d'Angleterre.
• Philippe de Valois (futur Philippe VI) commande à un moine de Saint-Denis un *Manuel d'histoire*, dont une première rédaction est achevée en 1327 et une seconde en 1330.
• Maître Jean de Jandun (vers 1285-1328), philosophe aristotélicien, professeur à la faculté des arts de Paris, auteur d'un *Traité des Louanges de Paris* (1323), doit fuir Paris à cause de son amitié avec Marsile de Padoue, ancien professeur de l'Université, qui vient de dédicacer son *Defensor pacis* à l'empereur Louis de Bavière. Marsile y expose la première théologie politique fondée sur l'autonomie du politique à l'égard du religieux et du législatif, et s'oppose ainsi directement au pape Jean XXII (Évrard de Tremaugon le cite dans le *Songe du Verger*).

1327

31 mars
Le roi Charles IV le Bel s'engage à rendre le Ponthieu et une partie de la Guyenne à Édouard III d'Angleterre.

avant 1328

Un anonyme de Bourgogne ou du Centre traduit librement les *Métamorphoses* d'Ovide *(Ovide moralisé)*, dont il tire une encyclopédie spirituelle par le travers de leçons allégoriques.

1328

17 janvier
Louis IV de Bavière est couronné empereur à Rome.

1er février
Le roi Charles IV le Bel meurt. Selon son testament, son corps est convoyé à Saint-Denis, son cœur est déposé dans un tombeau chez les dominicains de Saint-Jacques et ses entrailles à l'abbaye de Maubuisson (en 1371, sa troisième épouse prend les mêmes dispositions). Il n'a qu'une fille; sa veuve, Jeanne d'Évreux, est enceinte.

PHILIPPE VI

Né en 1293-Mort le 22 août 1350

Règne : 1328-1350 (22 ans)

Roi à 35 ans

Avec Philippe VI, une nouvelle branche dynastique accède à la monarchie, les Valois. Charles IV le Bel est mort sans héritier mâle et avec lui s'effacent les Capétiens directs. Sa veuve Jeanne d'Évreux accouche en avril 1328, mais d'une fille. Or, depuis 1316, il est admis que les femmes ne peuvent régner. Il a fallu écarter la fille de Louis X le Hutin, Jeanne : les barons ont obtenu son renoncement à la couronne de France en lui offrant celle de Navarre attachée depuis 1284 à la couronne de France.

Deux prétendants mâles sont désormais en lice : un petit-fils du roi Philippe IV le Bel par sa mère Isabelle, Édouard III, roi d'Angleterre, et Philippe, comte du Maine, fils de Charles de Valois, frère de Philippe IV le Bel. Les barons du royaume écartent l'Anglais au profit du comte du Maine qui devient Philippe VI, bien que les droits lignagers d'Édouard III soient les plus légitimes. À partir de Philippe VI, les Valois vont régner plus de deux siècles et demi.

Philippe de Valois est régent depuis la mort de Charles IV le Bel, le 1er février 1328. Il est élu roi le 1er avril et sacré le 29 mai, dimanche de la Trinité. Il meurt le 22 août 1350. Appelé par les contemporains le Fortuné pour son accession inopinée à la royauté, ou l'Heureux en raison de la victoire de Cassel (1328), il est aussi le « très bon chrétien » ou « le vrai catholique ».

Il a épousé Jeanne de Bourgogne en juillet 1313 († 1348), puis Blanche de Navarre le 29 janvier 1349 (petite-fille de Louis X le Hutin par sa mère Jeanne, reine de Navarre, † 1398). Il a pour fils Jean, futur Jean II le Bon, duc de Normandie (né le 26 avril 1319), Philippe, duc d'Orléans, et Marie.

Parmi les sœurs de Philippe VI, Marie a épousé Charles d'Anjou († 1328), duc de Calabre, fils du roi de Naples Robert d'Anjou, et Jeanne est mariée à Guillaume Ier comte de Hainaut ; Catherine, demi-sœur du roi, qui porte le titre d'impératrice de Constantinople, est mariée à Philippe, prince de Tarente, fils de Charles II d'Anjou. Une autre demi-sœur de Philippe VI, Blanche de Valois, épouse Charles IV de Luxembourg, empereur.

Comme son père Charles de Valois, Philippe VI nourrit de grands projets de croisade. Avec le pape Jean XXII et le doge de Venise, il prépare donc une expédition. Le rétablissement de la bonne monnaie en 1330 augure bien de l'avenir. Or, en 1337, la guerre de Cent Ans commence, et bouleverse tous les plans de bon gouvernement. De 1337 à 1360, le royaume connaît une phase d'instabilité monétaire : l'économie de guerre gonfle en effet les dépenses et affaiblit les ressources publiques.
Le conflit anglo-français repose sur trois différends. La solution française au problème dynastique n'a pas été admise en Angleterre : Édouard III exige la couronne de France. Cela attise l'autre problème : la vassalité du roi d'Angleterre à l'égard du roi de France pour la Guyenne (ancienne Aquitaine) et les comtés de Ponthieu et Montreuil. Cette rivalité politique se double d'une compétition économique : les négociants en vins bordelais et les drapiers et lainiers flamands sont en révolte contre l'administration royale. La complexité de la guerre est aggravée par les menées des Navarrais Philippe d'Évreux (gendre de Louis X le Hutin), sa femme la reine Jeanne de Navarre et leur fils Charles le Mauvais, qui travaillent à constituer un parti puissant dans tout le nord du royaume (Normandie, Picardie, Flandre, Champagne, Lorraine). Les Bourguignons ne sont pas en reste ; ils disposent à la Cour de l'appui de la reine Jeanne, sœur du duc de Bourgogne.
Sur la fin du règne, la peste arrive dans le royaume. La gigantesque ponction démographique qui s'ensuit provoque une forte demande sur le marché du travail, que les pouvoirs tentent aussitôt de juguler en plafonnant les rémunérations. L'épidémie retombe, mais elle a marqué les mentalités.

PAPES D'AVIGNON

Jean XXII, 1316-1334 ; Benoît XII, 1334-1342 ; Clément VI, 1342-1352.

EMPEREUR

Louis IV, 1328-1346 (banni, † 1347) ; vacance du siège impérial
(Charles IV de Luxembourg, élu roi de Germanie, est couronné empereur en 1355).

1328

29 mai
Philippe VI de Valois est sacré roi de France.

23 août
Le roi Philippe VI remporte une victoire sur les révoltés flamands à Cassel.

25 septembre
Philippe VI est à Pont-Sainte-Maxence; le lendemain, il rend l'oriflamme à Saint-Denis et rentre à Paris.

7 octobre
Le roi Philippe VI se rend à Chartres (il y était venu le 8 juillet en pèlerinage); il entre à cheval dans la cathédrale à qui il donne monture et armure. Le chanoine Thierry offre à la cathédrale de Chartres un vitrail.

autres événements
• Le roi Philippe VI rattache ses apanages de Valois et d'Anjou au domaine royal. Il érige la seigneurie de Bourbon en duché-pairie.
• Charles d'Anjou, duc de Calabre, meurt; ses droits d'héritier de la couronne de Naples passent à ses filles Jeanne et Marie.
• L'*État des paroisses et des feux*, compilé en prévision de la guerre de Flandre sur 34 circonscriptions du royaume, relève 2 469 987 feux (au moins 17 millions d'habitants? avec la Bretagne, la Flandre, la Gascogne anglaise et les apanages, pays non soumis à l'enquête, le royaume compte 20 à 22 millions d'habitants) pour 23 671 paroisses et dénombre pour Paris 61 098 familles faisant feu (environ 200 000 habitants?).
• Maître Jean d'Anneux, à Avignon, écrit un violent pamphlet contre les franciscains, dont il demande que les privilèges soient abolis *(Contra fratres)*.

1329

6 juin
À Amiens, le roi Édouard III d'Angleterre se résout à prêter hommage au roi de France pour le duché de Guyenne et le Ponthieu.

décembre
Un concile, réuni à Paris en présence du roi Philippe VI, fixe les juridictions respectives des Églises et du royaume.

autres événements
• La comtesse Mahaut d'Artois meurt. L'Artois et la Franche-Comté sont absorbés en 1330 par le duché de Bourgogne.

1330

18 mars
L'orfèvre Minucchio Jacobi da Siena réalise une rose d'or pour le pape Jean XXII qui l'offre au comte de Neuchâtel le dimanche 18 mars.

mi-juin
La reine Jeanne enfante de Louis, dont l'état est si inquiétant (il meurt le 29 juin) que le roi Philippe VI décide de se rendre en pèlerinage auprès du tombeau de saint Louis d'Anjou à Marseille.

4 juillet
De retour de Marseille, le roi Philippe VI rend visite au pape Jean XXII à Avignon.

autres événements
• Une réforme monétaire donne au sou tournois un équivalent en poids de 390 mg d'argent fin.
• Le pape Jean XXII s'allie au roi de Bohême, Jean de Luxembourg, qui envahit le nord de l'Italie; pour manifester sa gratitude, Jean XXII donne au roi de Bohême les terres appartenant à Robert d'Anjou (roi de Naples) en France méridionale.
• Guillaume de Digulleville achève le *Pèlerinage de vie humaine*.

1331

avril
Un accord entre les rois de France et d'Angleterre, Philippe VI et Édouard III, ne règle qu'en surface les différends sur la Guyenne.

août
Macio dei Macci (Mache des Maches), financier florentin au service du roi Charles IV, tombe en disgrâce. Sa chute donne le signal de celle des Lombards parisiens.

1331-1334

Le roi Philippe VI entame des négociations avec le pape Jean XXII à propos d'une nouvelle croisade.

après 1331

À la cathédrale de Strasbourg, on érige la chapelle Sainte-Catherine.
La chapelle de Rieux est aménagée dans l'église des Cordeliers de Toulouse.

1332

6 avril
La Cour des pairs condamne Robert d'Artois au bannissement et à la confiscation de ses biens. Robert s'exile en Angleterre où il n'a de cesse de persuader le roi Édouard III qu'il doit revendiquer la couronne de France.

28 juillet
Le fils de Philippe VI, Jean le Bon, épouse à Melun Bonne (Guta) de Luxembourg, fille de Jean de Luxembourg, roi de Bohême.

29 septembre
Le roi émancipe et adoube son fils Jean le Bon, déjà duc de Normandie, dans la Sainte-Chapelle de Paris, et lui donne la Touraine (comtés d'Anjou et du Maine) en apanage ; il marie l'après-midi sa fille Marie au fils héritier du duc de Brabant.

2 octobre
Le roi Philippe VI annonce à Paris son intention de conduire une croisade en Terre sainte. Il vient de recevoir d'un dominicain d'Avignon (Guillaume Adam ?) le *Guide pour faire croisade (Directorium ad passagium faciendum)* ; ce traité destiné à entretenir le désir de croisade est traduit en 1333 par Jean de Vignay, religieux hospitalier de l'ordre de Saint-Jacques de Haut-Pas, et de nouveau en 1455 par Jean Miélot pour le duc de Bourgogne Philippe le Bon (Miélot l'attribue faussement à Brochart l'Allemand).

autres événements
• Révoltes paysannes en Europe occidentale.
• Mention est faite pour la première fois du grand orgue de Notre-Dame de Paris.

1332-1335

Philippe de Vitry, dans son *Chapel des fleurs de lis*, fait le parallèle entre la Trinité et les armes de France aux trois fleurs de lis.
L'église Saint-Pierre de Jumièges est en grande partie reconstruite.

1332-1350

Jean de Vignay traduit en français et agrémente pour Jean duc de Normandie (futur Jean II le Bon) le *Jeu des échecs moralisés (Liber super ludo scaccorum)* de Jacques de Cessoles (vers 1300-1320), qui explique les symbolismes sociaux d'un jeu spécifique de l'aristocratie. En mai 1347, le dominicain parisien Jean Ferron achève une autre traduction, plus fidèle.

1333

29 octobre
Le roi Philippe VI ordonne la prisée (évaluation) des revenus de l'Hôpital, afin de déterminer le montant d'une aide financière destinée à la croisade.

autres événements
• Le fils de Philippe VI, le prince Jean le Bon, reçoit les emblèmes ducaux de Normandie dans la cathédrale de Rouen.
• Le roi Robert de Naples fait rendre l'hommage aux jeunes princesses Jeanne et Marie, ses petites-filles, par les villes et communautés de Provence. Jeanne épouse André de Hongrie ; mais selon le testament de Robert, elle régnera seule, sous contrôle d'un Conseil de régence jusqu'à ses 25 ans.

1334

Les comtes de Savoie et de Dauphiné font la paix, après un demi-siècle de guerres désastreuses.

20 décembre
Benoît XII (Jacques Fournier) est élu pape à Avignon.

après 1334

Un sculpteur anonyme réalise le tombeau du pape Jean XXII à Avignon.

1335

juin
Le fils du roi Philippe VI, Jean le Bon, duc de Normandie, malade à Taverny, reçoit la visite des moines de Saint-Denis avec les principales reliques de l'abbaye. Il guérit.

7 juillet
Le roi Philippe VI se rend à pied de Taverny à Saint-Denis où, le 8 et le 9, il rend grâces pour la guérison de son fils Jean le Bon.

12 septembre
Le roi Philippe VI est à Boulogne-sur-Mer. Il y prépare sans doute l'expédition de soutien aux Écossais du printemps 1336.

1336

mars
Philippe VI réside à Avignon, puis fait pèlerinage au tombeau de saint Louis d'Anjou à Marseille.

Philippe VI obtient pour la première fois du comte d'Armagnac qu'il lui rende l'hommage lige.

avril
Des ambassadeurs d'Édouard III en Flandre proposent aux Flamands le rétablissement de la paix et la reprise de l'étape des laines: les droits de douane sur la laine sortie d'Angleterre sont prélevés là pour son compte.

juillet
Un seigneur de l'Agenais obtient du Parlement la condamnation du roi d'Angleterre, son débiteur, et la saisie des terres et châteaux de celui-ci; le sénéchal du roi occupe aussitôt Puymirol.

12 août
Le roi d'Angleterre Édouard III contre-attaque: il interdit la sortie des laines de son royaume, pour anémier l'industrie flamande de la draperie. Le comte de Flandre Louis de Nevers ayant fait arrêter tous les marchands anglais se trouvant sur ses terres, Édouard III confisque le 5 octobre tous les biens flamands en Angleterre.

décembre
Le roi de France Philippe VI exige d'Édouard III d'Angleterre la remise de Robert d'Artois.

autres événements
• Un ambassadeur de Philippe VI signe un traité d'alliance avec la Castille.
• Jean le Noir, enlumineur à Paris, réalise ses premières œuvres.

1337

mai
Le roi Édouard III d'Angleterre annonce qu'il tient pour nul l'hommage rendu au roi de France, dont il revendique le trône. Le 24 mai, la Cour du roi décrète la confiscation de la Guyenne. C'est le début de la guerre de Cent Ans (1337-1453). Une armée française saisit l'Agenais.
Un différend grave étant survenu entre les Normands et le duc Jean le Bon, Philippe VI confirme la Charte aux Normands de 1315.

vers le 15 juillet
Le roi Édouard III d'Angleterre et l'empereur Louis IV concluent un traité orienté contre la France.

28 décembre
Le riche drapier Jacques d'Artevelde fomente une révolte à Gand.

autres événements
• Le roi d'Angleterre Édouard III fixe à Bruges l'étape des laines.
• Jean Dupin achève le *Livre de Mandevie*, ou *Mélancolies*, songe allégorique en sept livres racontant le voyage du chevalier Mandevie du château d'Amour au château de Mort, puis dans un huitième livre un poème des péchés capitaux.
• L'Italien Francesco Petrarca (Pétrarque) commence d'écrire *Sur les hommes illustres (De viris illustribus)* à L'Isle-sur-Sorgue, près d'Avignon.

PÉTRARQUE

Pétrarque (1304-1374) séjourne fréquemment depuis 1327 à la cour pontificale d'Avignon (c'est là qu'il dit avoir rencontré Laure, antithèse de la Béatrice de Dante) et dans une maison de L'Isle-sur-Sorgue. Brillant humaniste, poète dans la lignée d'Ovide et des troubadours, polémiste (un recueil de lettres Sine nomine *contre la curie d'Avignon), il est aussi diplomate au service du pape, puis des ducs de Milan (pour qui il effectue des missions à Prague auprès de l'empereur Charles IV et à Paris chez le roi Jean II). En 1346, il a écrit dans le Vaucluse un ouvrage* Sur la vie solitaire *(*De vita solitaria, *dédié à l'évêque de Cavaillon), mais c'est en Italie qu'il publie ses œuvres principales, dont les poèmes italiens du* Chansonnier, *des* Triomphes *et son traité de morale aux confins d'un stoïcisme chrétien, les* Entretiens sur la bonne et la mauvaise fortune *(*De remediis utriusque fortunae, *1354-1366).*

• Le pape Benoît XII nomme Guillaume de Machaut chanoine de l'église de Reims.

GUILLAUME DE MACHAUT

Guillaume de Machaut (1300-1377), maître ès arts, poète et musicien, jouit du soutien de véritables mécènes, l'archevêque de Reims d'abord (1324), puis le roi de Bohême Jean de Luxembourg dont il devient le notaire et secrétaire (vers 1325-1340). À partir de 1337, il bénéficie d'un canonicat à la cathédrale de Reims et semble résider sur place; sans doute est-il entré peu après au service de la fille du roi de Bohême, Bonne de Luxembourg, épouse du prince Jean le Bon. Du moins écrit-il en 1342 le Dit dou Lyon *(ou comment entrer dans le jardin de fine amour) et le* Jugement dou roy de Behaigne *pour le roi de Bohême (débat entre une dame et un chevalier; le roi de Bohême rend la sentence en faveur du chevalier). À la mort de Bonne de Luxembourg (1349), Machaut est au service des Navarrais et de Yolande de Flandre, épouse de Philippe, frère de Charles de Navarre* (Jugement dou roy de Navarre, *Reims, 1349). En 1356-1357, il envoie son poème du* Confort d'ami *à Charles de Navarre, prisonnier. En 1360, il revient vers la Cour de France, achève la* Fontaine amoureuse, *un dit qu'il dédie au duc de Berry. Le* Voir-Dit *de 1364, histoire du poète et de sa dame, raconte en particulier un séjour à Crécy auprès du régent Charles, duc de Normandie. Vient enfin la* Prise d'Alexandrie, *célébration de l'équipée du roi de Chypre et de Jérusalem Pierre de Lusignan (après 1369). Machaut écrit d'abord, met en musique ensuite les genres qu'il préfère, le dit et le motet, recherchant toujours les formes pures dans la polyphonie; ses principales innovations musicales apparaissent cependant dans les genres de la ballade et du rondeau; il est le premier à composer une messe entière* (Messe Nostre Dame). *Quelques années avant sa mort (1372-1377), Guillaume de Machaut fait copier ses œuvres dans un manuscrit dont il confie (et surveille) la décoration au « Maître de la Bible de Jean de Sy ».*

1337-1344

Un anonyme achève pour le comte de Hainaut Guillaume Ier le roman de *Perceforest*, qui relie les cycles d'Alexandre le Grand et du Graal.

1338

21 janvier
Le prince héritier Jean le Bon a de Bonne de Luxembourg un fils, Charles (futur Charles V).

avril
Artevelde réunit les députés des trois grandes villes flamandes, Gand, Bruges et Ypres, pour organiser un gouvernement de patriciens.

juillet
Le roi Édouard III d'Angleterre vient séjourner à Anvers. De là, il entreprend une chevauchée jusqu'à Coblence; il exhorte les chevaliers à s'engager dans son armée, en les rémunérant de fiefs-rente (une solde annuelle contre l'hommage).

autres événements
Guillaume de Digulleville, cistercien de Chaalis, écrit le *Roman de la fleur de lis*, une allégorie politique en forme de vision qui veut démontrer la supériorité de la monarchie française sur le léopard anglais et l'aigle germanique. Guillaume écrit par ailleurs le *Pèlerinage de vie humaine* (1330-1331), une grande somme catéchétique exposant les voies que doit suivre le laïc chrétien pour accéder à la cité céleste (il adapte son ouvrage au public des moines dans une seconde rédaction en 1355).

1338-1367

Le cardinal Albornoz († 1367) commande à un orfèvre d'Avignon les statues-reliquaires de saint Eugène et de saint Ildefonse de Tolède qu'il lègue au chapitre cathédral de Tolède: elles sont marquées du poinçon de la ville d'Avignon, qui est le plus ancien poinçon d'orfèvrerie avec celui de la curie pontificale.

1339

février
Menacé par Artevelde et le roi Édouard III d'Angleterre, le comte de Flandre Louis de Nevers se réfugie à la Cour royale.

printemps
Lors de la réunion des états de Rouen, le principe d'une invasion de l'Angleterre est arrêté. Les nobles normands participent aux préparatifs et notamment à une incursion armée en Flandre.

25 août
Le roi Philippe VI est à Poissy.

fin septembre
Le roi d'Angleterre Édouard III débarque en France avec une armée. Il assiège Cambrai sans succès, puis s'avance en Picardie, mais renonce à progresser en raison du refus des Français de livrer bataille.

autres événements
- L'école de droit à l'université de Montpellier adopte ses statuts définitifs sur le modèle de Bologne (un recteur, un conseil formé d'étudiants, et le collège des docteurs); elle forme alors les principaux juristes du royaume et de la curie avignonnaise.
- Le duc de Dauphiné Humbert II fonde l'université de Grenoble.
- L'empereur de Constantinople Andronic III Cantacuzène envoie à Avignon le moine Barlaam le Calabrais pour y défendre l'idée de l'union des Églises latine et grecque.
- Jeanne d'Évreux (veuve du roi Charles IV le Bel) donne à Saint-Denis une statue de la *Vierge et l'Enfant*.

vers 1340

Jeanne d'Évreux commande le retable de l'abbaye de Maubuisson.

1340

6 février
À Gand, le roi Édouard III d'Angleterre se proclame roi de France et passe traité avec Artevelde et les Flamands qui lui prêtent l'hommage.

24 juin
La flotte anglaise anéantit la flotte française à la bataille de L'Écluse (Sluis, face à Bruges), et brise les espérances de débarquement en Angleterre depuis la France.

juillet
L'armée royale, avec les rois de Bohême et de Navarre, les ducs de Lorraine et de Bretagne, est déployée entre Lille et Douai pour repousser les Anglais débarqués en Flandre.

20 ou 25 septembre
À Esplechin, une trêve intervient entre Français et Anglais.

1340-1346

Le pays est secoué par une crise financière.

1340-1350

La *Légende de Joyenval*, pièce rimée écrite dans l'abbaye royale de Joyenval, affirme l'origine céleste des armes de France, qui auraient été données à Clovis par un ange pour assurer sa victoire sur son compétiteur (il ne s'agit que d'une amplification littéraire: la légende circulait déjà sous les derniers Capétiens).

1341

15 mars
L'empereur Louis IV renonce à s'impliquer dans la guerre entre Anglais et Français. Il fait signer à Vincennes un traité avec le roi de France Philippe VI.

16 mars
Le monopole du sel est généralisé à tout le royaume: les agents du roi lèvent partout la gabelle, impôt sur le commerce et la vente du sel.

30 avril
Le duc de Bretagne Jean III meurt sans héritier direct de trois mariages. Une vive compétition, qui tournera à la guerre, est engagée pour sa succession entre Jeanne de Penthièvre et Jean de Montfort. Jeanne de Penthièvre est fille de Guy de Bretagne (frère puîné de Jean III) et de l'héritière du comté de Penthièvre; elle a épousé en 1337 Charles de Blois. Jean de Montfort, fils d'Arthur II et de Yolande de Montfort sa seconde femme, demi-frère de Jean III, est le seul héritier mâle. Charles de Blois et Jean de Montfort font appel au roi de France, suzerain, pour qu'il désigne le nouveau duc. Jean de Montfort est aussitôt soutenu par le roi Édouard III d'Angleterre.

6 juin
La ville de Montpellier est mise sous séquestre, le roi de Majorque, héritier de la seigneurie de Montpellier, ayant refusé d'y reconnaître la souveraineté du roi de France.

7 septembre
Par l'arrêt de Conflans, le roi Philippe VI attribue le duché de Bretagne à Charles de Blois.

novembre
Nantes est prise par Charles de Blois; Jean de Montfort est remis au roi qui le fait incarcérer.

1342

janvier
Jean le Bon, duc de Normandie, et Eudes IV, duc de Bourgogne, se rendent au couronnement du pape Clément VI en Avignon (Jean le Bon revient à Avignon en 1349 et en 1362). Jean le Bon rencontre Humbert II de Dauphiné; leurs conseillers préparent la cession du Dauphiné.

printemps
La femme de Jean de Montfort, Jeanne de Flandre, lève la résistance à Charles de Blois. Celui-ci prend Rennes et assiège Hennebont.

8 avril
Le roi Philippe VI publie une grande ordonnance sur l'administration (des notaires aux baillis).

fin juin
Charles de Blois lève le siège d'Hennebont et s'établit dans Auray et Vannes.

octobre
Le roi Édouard III d'Angleterre débarque en

Bretagne à la fin des trêves d'Esplechin (conclues en septembre 1340). Son armée attaque les villes; lui-même assiège Vannes.

autres événements

• Fondation de la bastide de Revel (Haute-Garonne).
• Un anonyme termine la seconde rédaction de *Renart le Contrefait.*
• Le clerc Jacques Bruyant publie une *Voie de povreté ou de richesse,* poème moral, l'une des rares compositions médiévales à faire l'apologie du travail.

1342-1343

Le roi Édouard III d'Angleterre mène la guerre en Bretagne.

1343

19 janvier

Une trêve de trois ans est signée à Malestroit; en mars, Édouard III d'Angleterre quitte la France.

février

Le roi d'Aragon décide la réunion du royaume de Majorque, dont Montpellier, à la couronne d'Aragon. Le roi de Majorque propose au roi de France de lui céder Montpellier et Lattes. Philippe VI décline la proposition, par crainte d'une alliance entre Aragonais et Anglais.

23 avril

Humbert II, duc de Dauphiné (auquel il a succédé à la mort en 1333 de son frère aîné Guigues, époux d'Isabelle, fille de Philippe V le Long, sans descendance), lui-même sans héritier, s'engage à faire donation-vente de son duché (contre 120 000 florins et une rente annuelle de 10 000 livres) à Philippe, fils du roi de France, au nom d'une parenté matrilatérale; le traité stipule néanmoins que le Dauphiné ne peut être réuni au domaine royal et que la donation ne prendra effet qu'à la mort d'Humbert II.

avril

Le jeune Amédée VI (1334-27 février 1383) succède à son père Aymon (qui meurt le 22 juin) au comté de Savoie.

Depuis la mort du roi Robert d'Anjou, le royaume de Naples est secoué par les intrigues d'André de Hongrie (mari de Jeanne, petite-fille de Robert d'Anjou); le pape, suzerain du royaume, accepte de couronner André roi.

Une conspiration inspirée par le Normand Godefroi d'Harcourt contre le roi Philippe VI est éventée; trois complices sont exécutés à Saint-Lô, et le seigneur d'Harcourt se réfugie chez Édouard III d'Angleterre.

16 septembre

Philippe d'Évreux, mari de la reine Jeanne de Navarre, meurt devant Algésiras.

autres événements

• La famille des Bourgeoise, financiers du duc de Bourgogne à Dijon, sombre dans la banqueroute.
• À Châtillon-sur-Seine, l'institution de la «cloche aux bons valets» règle désormais le temps de travail; elle inaugure en Bourgogne ducale les nouveaux rythmes de l'activité professionnelle.
• Les travaux d'embellissement se poursuivent à Avignon, avec les peintures murales de la Chambre du Cerf et la Tour de la Garde-Robe.
• Jean Pucelle peint le *Bréviaire de Belleville.*

1344

mars

Le roi de France Philippe VI donne le duché de Guyenne – le principal fief en France du roi Édouard III d'Angleterre – à son fils aîné Jean le Bon, qui est déjà duc de Normandie et comte d'Anjou et de Maine. Le roi Édouard III réagit en envoyant les comtes de Derby et d'Arundel préparer la riposte en Guyenne.

16 avril

Philippe, fils cadet du roi, reçoit en apanage le duché d'Orléans créé pour lui; la donation du Dauphiné est confirmée en faveur de son frère aîné Jean le Bon, qui est investi en outre du Poitou.

7 juin

Humbert II de Dauphiné ratifie la dévolution du Dauphiné au fils aîné du roi, Jean le Bon, ou au roi Philippe VI lui-même si Jean le Bon n'a pas de fils.

fin 1344

Le duc de Normandie Jean le Bon forme le projet d'un ordre chevaleresque dont le centre de dévotion serait l'abbaye du Mont-Saint-Michel (cet ordre ne voit le jour qu'en 1352).

autres événements

• Charles de Blois s'empare de Quimper.
• Jean Buridant présente au roi les doléances de l'Université que le gouvernement veut soumettre à la gabelle.

Jean Buridant

Jean Buridant (avant 1300-après 1358), recteur de l'Université de Paris en 1328 et 1342, enseigne à la faculté des arts. Sa Somme de logique *et ses commentaires de l'œuvre d'Aristote apportent des nouveautés essentielles dans la théorie du syllogisme et en philosophie naturelle (réflexion sur la dynamique). En 1358, il participe au règlement d'un conflit entre les nations anglaise et picarde de l'Université.*

• Jean de Murs est invité par Clément VI à Avignon pour parler, en mathématicien et astronome, de la réforme du calendrier; en 1340-1350, il écrit son *Petit Livre du chant mesurable (Libellus cantus mensurabilis).*
• Le pape Clément VI commence les travaux de reconstruction de l'abbaye de La Chaise-Dieu.

1345

mars
Une armée anglaise, sous les ordres du comte de Northampton, rompt la trêve de Malestroit (1343) et envahit la Bretagne.

11 mars
Une ordonnance royale fixe la structure du Parlement (une ordonnance de décembre 1344 en a précisé la juridiction), désormais divisé en trois chambres: la Grand Chambre (présidée par le roi, elle entend les avocats du roi et publie les arrêts), la chambre des enquêtes (elle définit et met en œuvre les instructions qui conduisent aux procès) et la chambre des requêtes (elle étudie les appels).

2 mai
Les foulons de Gand, révoltés contre les drapiers, sont écrasés par les troupes d'Artevelde.

juillet
Le roi Édouard III d'Angleterre débarque en Flandre, où il vient soutenir Artevelde. Pendant ce temps, le comte de Derby, débarqué en Guyenne vers le 25 juillet, ouvre les hostilités en Guyenne; le duc de Lancastre y mène l'expédition.

17 juillet
À Gand, des émeutiers exécutent Artevelde. Le roi Édouard III d'Angleterre reprend aussitôt la mer.

19 septembre
André de Hongrie, roi de Naples, est assassiné à Aversa, peut-être à l'instigation de sa femme Jeanne de Naples.

26 septembre
Jean de Montfort meurt (il était en captivité depuis 1341). Sa femme Jeanne de Flandre, qui s'était retranchée dans Hennebont, est peu à peu mise à l'écart par les Anglais.

autres événements
• Le roi crée des foires générales en Languedoc; celle de Pézenas prend bientôt la prééminence.

1346

2 février
Des états généraux de Langue d'oïl, réunis à Notre-Dame-des-Champs, près Paris, refusent au roi la levée de gens d'armes.

mars
Le fils du roi Philippe VI, le duc Jean le Bon, conduit une armée en Poitou et assiège la place anglaise d'Aiguillon. Il renonce à prendre la ville le 20 août, devant les progrès victorieux du comte de Derby.

29 mai
L'ordonnance sur les eaux et forêts constitue le point de départ de la législation forestière.

12 juillet
La flotte d'Édouard III d'Angleterre débarque à Saint-Vaast-la-Hougue (Cotentin). Un contingent s'empare d'Avranches et s'avance vers la frontière bretonne pour faire la jonction avec le parti anglophile du duché de Bretagne; Édouard III se dirige vers l'Est, prend Saint-Lô, Caen (18-20 juillet), passe la Seine à Poissy (16 août) et marche vers la Flandre.

22 août
Philippe VI, après avoir assemblé l'ost à Saint-Denis, arrive à Amiens.

26 août
L'armée du roi de France Philippe VI est écrasée à Crécy-en-Ponthieu par les troupes d'Édouard III. Parmi les morts se trouve le comte de Flandre, Louis de Nevers.

4 septembre
Édouard III commence le siège de Calais.

autres événements
• Le sculpteur Aymeric Chrétien signe le buste-reliquaire de saint Ferréol à Limoges.

1347

9-14 mars
L'archevêque de Sens Guillaume de Melun tient un synode provincial à Paris.

fin mars
En butte aux menées anglaises des Flamands, Louis de Male (novembre 1330-janvier 1384, fils de Louis II de Nevers, comte de Flandre de 1322 à 1346, mort à Crécy), héritier du comté de Flandre, se réfugie à Paris.

mai
Les troupes hongroises investissent le royaume de Naples et prennent la capitale à la fin de l'année. La reine Jeanne se réfugie en Provence.

19 mai
Le pape Clément VI canonise Yves Hélori (de Tréguier).

20 juin
Au combat de La Roche-Derrien, Charles de Blois est capturé par des Anglais.

1er juillet
Louis de Male, héritier du comté de Flandre, épouse Marguerite, fille de Jean III de Brabant.

fin juillet
Philippe VI tente, vainement, de dégager Calais assiégée par Édouard III d'Angleterre.

4 août
Calais capitule entre les mains du roi anglais.

28 septembre
À la demande du pape, une trêve d'un an est conclue à Calais entre Français et Anglais. Elle inclut la Flandre.

novembre
La Peste noire fait son apparition à Marseille.

Les hommes de la Peste noire

La Grande Peste, ou Peste noire (due au bacille de Yersin), est arrivée en Provence par voie maritime depuis la mer Noire et le sud de l'Italie; elle se propage de là vers Arles, Avignon en janvier 1348. Par les grands itinéraires, le long des fleuves ou par voie de mer, elle atteint Lyon en mai, Bordeaux en juin 1348, Paris dans l'été. Ses ravages sont terrifiants. Entre 1346 et 1356, la population d'Aix-en-Provence décline de 46 %, Albi perd 55 % de ses chefs de famille. En Lyonnais, contre une moyenne annuelle de 20 testaments aux XIVe-XVe siècles, on enregistre 376 testaments en 1348. Avec les autres épidémies et la recrudescence des famines, la chute démographique est saisissante. Entre 1328 et 1425 environ, la population de Paris chute de 213 000 habitants à près de 100 000. Le nombre des hommes reste à un niveau très bas jusque vers 1450 au moins. Ce fléau a marqué durablement les hommes du milieu du XIVe siècle, démunis de moyens prophylactiques efficaces. La peste a poussé les pouvoirs publics à prendre des mesures de police contre les juifs et les marginaux, que des meneurs accusaient de répandre la maladie.

autres événements
• L'abbé de Royaumont Jean de Mirecourt († après 1349) est condamné par une commission de maîtres en théologie de Paris: il vulgarise en effet, dans son commentaire du *Livre des Sentences* de Pierre Lombard, une pensée en vogue à Oxford (sur les futurs contingents, sur la liberté et le déterminisme), considérée comme trop novatrice par les Parisiens.

1348

printemps
La reine Jeanne de Naples, réfugiée à Marseille puis Aix, s'engage à ne nommer que des Provençaux à tous les offices et à ne rien aliéner du comté de Provence. Pour obtenir tout à la fois la légitimation de son second mariage et le financement de son retour à Naples, elle vend Avignon au pape (9 juin).

28 juillet
La reine Jeanne repart de Marseille pour Naples. Son absence jette la Provence dans la guerre civile entre Marseille, son alliée inconditionnelle, et le reste du comté jusqu'en 1352.

13 décembre
Après une longue résistance, les villes flamandes reconnaissent l'autorité du comte Louis de Male.

autres événements
• La guerre ravage la Bretagne.

• La vague de la peste couvre le sud de la France au printemps. L'épidémie atteint la Bourgogne (Givry) au début juillet. Des juifs sont accusés d'avoir empoisonné l'eau et font l'objet d'un pogrom ; le comte de Savoie Amédée VI fait arrêter les juifs riverains du lac Léman.
• Les premiers moulins à papier de France apparaissent à Troyes.

1348-1349

La belle-fille du roi Philippe VI, Bonne de Luxembourg, confie à l'enlumineur parisien Jean le Noir l'exécution d'un Psautier richement décoré.

1349

janvier-février
À Avignon, le roi Philippe VI achète au roi de Majorque Montpellier et Lattes (l'acquisition devient définitive en octobre 1349, à la mort du roi de Majorque).

8 février
Une assemblée des évêques et des seigneurs d'Alsace ainsi que de représentants de Strasbourg, Bâle et Fribourg décide l'arrestation des juifs et leur condamnation au bûcher. À Strasbourg, la sentence est exécutée le 14 février (près de 2 000 morts ?).

30 mars
Humbert II vend le Dauphiné à Charles (futur Charles V), fils du duc de Normandie Jean le Bon ; contre son renoncement à l'usufruit de ses biens, il obtient 200 000 livres et une rente de 18 000 florins.

Pâques
Le roi Philippe VI célèbre les fêtes pascales à l'abbaye du Lys, près Melun.

18 juillet
Dans le couvent des Jacobins (dominicains) de Lyon où s'est retiré Humbert II, Charles (fils de Jean le Bon) revêt les insignes de sa souveraineté sur le Dauphiné (le Dauphiné reste cependant terre d'Empire) ; il reçoit le titre de dauphin, réservé désormais en apanage au fils aîné du roi et que porteront tous les premiers-nés de la famille régnante en France. Le dauphin Charles donne aussitôt un statut à sa province, dont il confie le gouvernement à un gouverneur. Inquiet des menées royales, le comte Amédée VI de Savoie passe alliance avec les Visconti de Milan.

11 septembre
Bonne de Luxembourg, femme de Jean le Bon, meurt de la peste à Maubuisson.

6 octobre
À la mort de la reine de Navarre Jeanne, veuve de Philippe d'Évreux, leur fils Charles (le Mauvais), comte d'Évreux, devient roi de Navarre (il est sacré à Pampelune en 1350). Charles de Navarre (1332-1387), petit-fils de Philippe IV le Bel, est l'un des adversaires les plus redoutables du roi Philippe VI et de son héritier Jean le Bon.

10 décembre
Le dauphin Charles, fils de Jean le Bon, s'établit à Grenoble qui devient sa capitale.
Pendant ce temps, les Anglais ravagent le Toulousain.

autres événements
• Le duc de Bourgogne Eudes IV meurt ; sa belle-fille Jeanne de Boulogne (veuve de Philippe, mort en 1346, fils d'Eudes et de Jeanne, une fille de Philippe V), tutrice de son jeune fils Philippe de Rouvres, épouse peu après le fils aîné de Philippe VI, Jean le Bon (veuf de Bonne de Luxembourg), à qui elle confie le gouvernement de la Bourgogne.

avant 1350

Un peintre anonyme travaillant à la Cour réalise le *Portrait* de Jean le Bon.

vers 1350

Un anonyme compose le *Ronsasvals* en occitan (sur le thème de Roland à Roncevaux, d'après une rédaction primitive du XIIe siècle).

1350

19 janvier
Veuf depuis deux ans, le roi Philippe VI se remarie avec une sœur de Charles le Mauvais, Blanche de Navarre († 1398), dont naît en 1351 une fille posthume, Jeanne († 1371).

22 août
Le roi Philippe VI meurt à l'abbaye de Coulombs (près Dreux). Son corps est ramené à Notre-Dame de Paris et enseveli à Saint-Denis. Son fils Jean II le Bon lui succède.

JEAN II LE BON

Né le 26 avril 1319-Mort le 8 avril 1364
Règne: 1350-1364 (14 ans)
Roi à 31 ans

*F*ils aîné du roi Philippe VI de Valois et de Jeanne de Bourgogne, Jean le Bon épouse, en juillet 1332, Bonne de Luxembourg qui lui donne 9 enfants.
L'aîné est le futur Charles V (né en 1338), suivi de Louis (1339-1384, duc d'Anjou sous le nom de Louis Ier, roi de Naples et de Provence), Jean (1340-1416, duc de Berry en 1360), Philippe le Hardi (1342-1404, duc de Bourgogne en 1363), puis cinq filles, Jeanne (1343), Marie (1344), Agnès (1345), Marguerite (1347), Isabelle (1348), donnée à Gian Galeazzo Visconti en 1360.
Après la mort de la reine Bonne (11 septembre 1349), le roi Jean II se remarie le 19 février 1350 avec Jeanne de Bourbon, Boulogne et d'Auvergne († 29 septembre 1360), veuve de Philippe de Bourgogne, d'où naît Jeanne de France († 1373) mariée à Charles le Mauvais (petit-fils de Louis X le Hutin par sa mère Jeanne II, roi de Navarre et comte d'Évreux ; † 1387).
Le roi Jean II apparaît très tôt comme l'un des défenseurs du premier humanisme français (il soutient Pierre Bersuire). Mais de santé malingre, « chaud et soudain » (Froissart), de surcroît prisonnier à Londres pendant près de cinq ans de son règne (de 1356 à 1360), Jean II n'a sans doute pas la solidité que requiert l'agitation du royaume.
De 1356 à 1358, la France traverse une grave crise, marquée par les revendications des barons et les Jacqueries. Bien plus grave, le roi Édouard III d'Angleterre rappelle ses prétentions au trône et travaille à étendre son pouvoir en France. Or, en éliminant Raoul d'Eu, le roi Jean II met à mal ses fidèles que ses adversaires, Édouard III d'Angleterre et Charles de Navarre, courtisent ou font assassiner (c'est le sort de Charles d'Espagne) ; son aveuglement pousse même son fils, le dauphin Charles (futur Charles V), à pactiser avec le parti normand en 1355-1356. Le dauphin Charles et ses partisans souffriront du retour de captivité, seront écartés sans ménagements du pouvoir. Les conseillers du roi, Simon de Buci, Robert de Lorris et Nicolas Braque, entourent en effet le roi Jean II d'une protection jalouse ; lors de la captivité de Jean II, ils subissent de la part du dauphin une mise à l'écart dont ils se vengent sitôt le retour du roi Jean II à Paris.

La saignée démographique de la peste de 1348 entraîne une amélioration des conditions de vie pour les survivants. Jusque vers 1375, les salaires sont en hausse presque continue (main-d'œuvre rare, donc chère), malgré les tentatives pour les contrôler, alors que les prix agricoles chutent (en raison du rétrécissement du marché). À partir de 1360, le courant dominant va à la contraction des cultures et à la déflation générale.

Papes d'Avignon

Clément VI, 1342-1352 ; Innocent VI, 1352-1362 ; Urbain V, 1362-1370.

Empereur

Charles IV, 1355-1378.

1350

26 septembre
Jean II est sacré et couronné à Reims.

17 octobre
Après un périple en Picardie, le roi Jean II et la reine Jeanne font leur entrée dans Paris.

19 novembre
Après jugement sommaire, le roi fait décapiter le connétable de France, Raoul II de Brienne, comte d'Eu et de Guînes, convaincu de trahison avec Édouard III d'Angleterre, et peut-être d'avoir courtisé Bonne de Luxembourg.

décembre
Le roi Jean II donne le comté d'Angoulême (ancienne possession de la mère de Charles de Navarre) à Charles d'Espagne, un de ses protégés à la Cour, descendant de Saint Louis. En janvier 1351, Charles d'Espagne est fait connétable.

autres événements
• Galeazzo II Visconti épouse Blanche, sœur du comte Amédée VI de Savoie: un axe Milan-Turin-Chambéry se dessine fortement.

1351

8 janvier
Les états généraux pour la Langue d'oc se réunissent à Montpellier.

26 janvier
Le roi Jean II donne un grand tournoi à Aigues-Mortes, après avoir reçu les hommages du Midi.

30 janvier
Au sortir de la Peste noire, une ordonnance du roi sur les métiers de la ville de Paris tente d'activer la production et fait à tous les hommes obligation de travailler. On limite l'augmentation des salaires à un tiers au-dessus du niveau atteint avant 1349.

16 février
Paris accueille les états généraux pour la Langue d'oïl.

26 ou 27 mars
À Ploërmel, le Combat des Trente oppose des chevaliers partisans de l'un et l'autre prétendant au duché de Bretagne (Montfort et Blois), menés par l'Anglais Bremborough et par le Français Beaumanoir.

11 août
Une expédition royale commandée par le connétable Charles d'Espagne s'empare de Saint-Jean-d'Angély. La guerre reprend entre France et Angleterre, jusqu'à une nouvelle trêve le 11 septembre.

octobre
La refonte de la « Grande Ordonnance de réformation » de 1303 manifeste la volonté du roi de restaurer la paix et l'ordre.

6 novembre
Le roi Jean II crée l'ordre de l'Étoile (ou des Chevaliers de Notre-Dame de la Noble Maison) pour rehausser l'honneur de la chevalerie française perdu à Crécy et pour concurrencer l'ordre de la Jarretière créé en 1348 par Édouard III d'Angleterre.

autres événements
• Le comte de Savoie Amédée VI crée la chambre des comptes de Savoie.

1352

6 janvier
Le roi célèbre la fête de l'ordre de l'Étoile à Saint-Ouen.

12 février
Charles le Mauvais, comte d'Évreux et roi de Navarre, épouse Jeanne, fille du roi Jean II le Bon, au château du Vivier-en-Brie.

août
Une attaque conduite par le maréchal Gui de Nesle contre le parti Montfort échoue devant Mauron (Ille-et-Vilaine); les Bretons du parti français subissent de lourdes pertes.

autres événements
• L'enlumineur parisien Jean de Montmartre termine la grande *Bible moralisée* qu'avait commandée Jean II le Bon dès 1349.

1353

fin février
Une conférence à Calais tente vainement de trouver une solution à la guerre entre Anglais et Français.

1er mars
Le roi Édouard III d'Angleterre signe un traité avec son prisonnier Charles de Blois: celui-ci conclut une

alliance perpétuelle entre l'Angleterre et la Bretagne dont il est reconnu duc.

autres événements

• Le logicien Albert de Saxe devient recteur de l'Université de Paris. Dans sa *Logique bien utile*, il rassemble les tendances neuves de la logique contemporaine (Jean Buridant) et de la physique (Guillaume d'Ockham); il diffuse cette logique en Europe centrale, où il fonde l'Université de Vienne.

1354

8 janvier

Le connétable Charles d'Espagne, le plus sûr conseiller du roi Jean II le Bon, est assassiné à Laigle par des hommes du roi de Navarre, Charles le Mauvais. Celui-ci passe alliance avec le roi Édouard III d'Angleterre.

22 février

Grâce aux efforts du cardinal Guy de Boulogne, un traité est signé à Mantes, qui réconcilie momentanément le roi Jean II le Bon et Charles de Navarre. Jean II le Bon cède le Cotentin, Pont-Audemer, Conches, Breteuil, Beaumont-le-Roger à Charles le Mauvais, qui renonce à ses prétentions sur la Champagne.

4-6 avril

À Guînes, des négociations de paix entre Anglais et Français aboutissent à un traité jamais ratifié; il prévoit en effet rien moins que l'abandon par le roi Jean II, en pleine souveraineté, de Calais, des comtés de Guînes et de Ponthieu, du Maine, de l'Anjou, de la Touraine, du Poitou, du Limousin et de la Guyenne. Le roi désavoue les négociateurs.

novembre

Une rupture se produit à nouveau entre le roi Charles de Navarre et le roi de France Jean II le Bon; celui-ci confisque toutes les terres françaises de son gendre, et fait occuper les places fortes de Normandie. Charles de Navarre a déjà quitté le royaume et a traité avec le roi Édouard III d'Angleterre pour une conquête anglaise du royaume de France.

décembre

Les pourparlers de Guînes se poursuivent à Avignon, sous l'égide du pape Innocent VI.

vers 1355

Le roi Jean II le Bon commande au dominicain maître Jean de Sy une traduction complète de la Bible avec gloses et commentaires (l'ouvrage est suspendu en 1356 en raison de la captivité du roi; il n'est repris que trente ou quarante ans plus tard). Jean le Noir termine l'enluminure du *Livre d'Heures* de Yolande de Flandre.

1355

5 janvier

Un traité, signé à Paris entre le dauphin Charles (futur Charles V) et le comte Amédée VI de Savoie, fixe la frontière entre Dauphiné et Savoie. Il rattache le Viennois au Dauphiné; le comte de Savoie obtient en échange le Faucigny avec le pays de Gex, des châtellenies en Bugey et l'hommage du comté de Genève; le dauphin Charles reçoit des terres en Viennois; le Guiers délimite la frontière entre Savoie et Dauphiné. Amédée VI de Savoie épouse Bonne, sœur du duc Louis II de Bourbon et de Jeanne de Bourbon, épouse du dauphin Charles.

fin mars

Le roi de Navarre, Charles le Mauvais, et le duc de Lancastre, Jean de Gand, menacent Cherbourg et la Normandie. Le dauphin Charles (futur Charles V) est envoyé mettre la Normandie en état de défense. En décembre, il reçoit le titre de duc de Normandie.

10 septembre

Un traité signé à Valognes met fin à la guerre entre les rois Jean II le Bon et Charles de Navarre.

20 septembre

Le Prince Noir, prince de Galles, fils aîné d'Édouard III d'Angleterre, débarque à Bordeaux; du 5 octobre au 9 décembre, il effectue sa première chevauchée, de la Guyenne à Narbonne par l'Armagnac et retour à Bordeaux, consacrant une tactique nouvelle de la guerre, de mouvement et de pillage pour détruire le potentiel économique et intimider les populations.

mi-octobre

Le roi Édouard III débarque à son tour à Calais et ravage l'Artois en novembre; le roi Jean II le Bon et son armée se portent à sa rencontre, mais n'engagent pas le combat.

2 décembre

Les états généraux de Langue d'oïl sont réunis à Paris dans la Grande Chambre du Parlement. Le chancelier Pierre de la Forêt requiert une aide pour la guerre et s'engage à conserver « forte monnaie et durable ». Les états y consentent, mais négocient avec Jean II le Bon un contrôle sur la levée d'un subside.

7 décembre
Avisé à temps d'une probable fuite de son fils, le dauphin Charles (futur Charles V), auprès de son oncle maternel, l'empereur Charles IV, le roi Jean II le Bon rétablit le duché de Normandie en faveur de son fils, qui prête l'hommage le lendemain; il rassure ainsi les marchands parisiens, soucieux de la liberté de commercer sur la Seine.

25 décembre
Une ordonnance crée l'impôt sur toute marchandise vendue (une « aide » de 8 deniers par livre, soit 3,33 %) et une gabelle sur le sel, pour payer 30000 hommes d'armes.

28 décembre
Par ordonnance, le roi Jean II crée une nouvelle monnaie; le cycle des dévaluations s'accélère brutalement, de 1355 à 1360.

1356

1er mars
Les représentants des états se réunissent et constatent que l'impôt ne rentre pas; ils votent un nouveau subside, dont ils se réservent l'administration. Le roi Charles de Navarre en interdit la collecte sur ses terres.

5 mars
Une insurrection éclate à Arras contre le nouvel impôt.

26 mars
Les états des sénéchaussées du Midi consentent au nouvel impôt, mais s'en réservent la gestion comme en pays d'oïl, et exigent la présence du dauphin Charles en Langue d'oc.

5 avril
Le roi Jean II le Bon intervient à Rouen, fait arrêter le roi Charles de Navarre et exécuter plusieurs de ses partisans normands en prétextant une trahison.

24 avril
Le roi rentre à Paris avec son fils, le dauphin Charles.
Le deuxième fils du roi, Louis, est investi des comtés du Maine et d'Anjou.

9 juin
Les troupes du roi Jean II le Bon occupent Évreux, capitale normande du roi Charles de Navarre.

juillet
Les Anglais du duc de Lancastre, Jean de Gand, qui ont débarqué en Normandie le 18 juin, portent secours aux partisans de Charles de Navarre en Normandie; ils occupent, avec le « routier » Robert Knowles, la Bretagne et la Normandie. Ils progressent jusqu'à Verneuil, puis reculent sans guère combattre.

26 juillet
Le roi Jean II le Bon promulgue un édit de mutation monétaire.

5 août
Le Prince Noir lance une deuxième chevauchée depuis la Guyenne vers l'armée anglaise de son frère Lancastre, par le Périgord, le Limousin, le Berry – où il s'empare de Vierzon et Romorantin (28 août-4 septembre) – et la Touraine. La chevauchée se poursuit jusqu'en octobre.
Prisonnier des Anglais depuis juin 1347, le prétendant au duché de Bretagne Charles de Blois est libéré.

8-10 septembre
L'armée royale, rassemblée à Chartres, passe la Loire.

19 septembre
La bataille de Poitiers consacre la suprématie militaire des Anglais (leurs archers font merveille). Le Prince Noir fait prisonniers le roi Jean II le Bon et son fils Philippe le Hardi; il les conduit à Bordeaux. Le dauphin Charles (futur Charles V), rentré à Paris le 29, prend le titre de lieutenant général du royaume. La bataille fait la matière de la *Complainte rimée de la bataille de Poitiers*.

3 octobre
Le duc de Lancastre, Jean de Gand, commence le siège de Rennes, qui dure jusqu'au 6 juillet 1357. Bertrand du Guesclin s'illustre dans la défense de la ville contre les Anglais. Il entre l'année suivante au service du dauphin Charles.

15 octobre
Les états de Langue d'oc réunis à Toulouse accordent l'aide pour la défense du Midi.

17 octobre-3 novembre
Les états de Langue d'oïl se réunissent à Paris. Le prévôt des marchands Étienne Marcel et l'évêque de Laon Robert Le Coq en sont les membres les plus importants. Ils proposent une réforme politique menant à un régime de monarchie contrôlée, contre l'octroi d'un subside pour 30 000 hommes durant un an. Le dauphin Charles parvient à obtenir l'ajournement des états.

Étienne Marcel

Étienne Marcel (1310-1358), d'une grande famille patricienne de Paris (l'un de ses ancêtres était prévôt des monnaies à Paris en 1225), est nommé prévôt des marchands en 1354 (août?). Il se pose en porte-parole du troisième état aux états généraux de décembre 1355, et avec Robert Le Coq, prend la tête de l'opposition de la bourgeoisie urbaine, au côté d'abord du roi qu'il abandonne en juillet 1356 pour prendre le parti de Charles de Navarre et des Anglais. Le 22 février 1358, il fait assassiner les conseillers du dauphin, les maréchaux Jean de Conflans et Robert de Clermont. Le 31 juillet suivant, il est assassiné.

25 novembre
Le dauphin Charles décide une dévaluation de la monnaie d'argent.

5 décembre
Le dauphin Charles (futur Charles V), qui exerce la « régence » pour son père le roi Jean II le Bon, se rend avec une forte escorte à la diète impériale de Metz.
Le jour de Noël, l'empereur Charles IV promulgue la Bulle d'or, charte du régime électoral de l'Empire; il engage par ailleurs le dauphin Charles à plus d'austérité, mais aussi à traiter avec le prévôt des marchands de Paris, Étienne Marcel, et à garder le roi Charles de Navarre sous clé.

12 décembre
Au Louvre, le prévôt des marchands Étienne Marcel exige du duc Louis Ier d'Anjou l'abandon de la mutation monétaire; en l'absence de son frère le dauphin Charles, le duc Louis d'Anjou décide d'ajourner la mesure. En échange, ce dernier se fait donner par lettre royale la ville de Montpellier (deux ans plus tard, le roi Jean II le Bon annule cette donation).

autres événements
• Le poème du *Chevalier au cygne et Godefroi de Bouillon* réunit les derniers idéaux de la croisade et de l'amour courtois, cependant que le roman d'aventures de *Tristan de Nanteuil* montre la transformation de la chanson de geste en roman de chevalerie.
• Le Normand Nicole Oresme écrit un traité *Sur la monnaie*, sans doute pour les conseillers du roi Charles de Navarre: opposé aux mutations monétaires, il soutient que la monnaie est l'affaire non du roi, mais de la communauté nationale.

1357

14 janvier
Le dauphin Charles rentre à Paris. Le 19, il affronte une émeute des bourgeois échauffés par la tentative de mutation monétaire. Les métiers se mettent en grève.

20 janvier
Devant les bourgeois de Paris, le dauphin Charles s'engage à réunir les états pour leur soumettre les réformes et toute fabrication de nouvelles monnaies. Pendant ce temps, le parti navarrais qui domine la Normandie (Philippe, frère cadet de Charles de Navarre, a été fait lieutenant par le roi Édouard III d'Angleterre) vient jusqu'à Chartres et pille la Beauce.

début février
Les états de Langue d'oïl, réunis au couvent des Cordeliers à Paris (dans le quartier latin), décident aussitôt de négocier avec les villes les réformes demandées.

3 mars
Une ordonnance de réforme (Grande Ordonnance d'oïl) est promulguée par le dauphin Charles, qui accepte le programme de novembre 1356-février 1357 et nomme 9 réformateurs généraux (la commission est instituée le 8 mars). Les états de Bourgogne consentent l'aide au roi.

5 avril
Le roi Jean II le Bon dénonce par lettres la réunion des états et la levée d'un nouveau subside, et signifie la signature d'une trêve de deux ans avec le roi Édouard III d'Angleterre. Ses interventions depuis l'Angleterre ont pour effet de rapprocher le groupe des réformateurs modérés et le dauphin Charles.

30 avril
Malgré l'interdiction du roi Jean II le Bon, l'assemblée des états organise la levée des impôts.

mai
Le Prince Noir conduit le roi Jean II le Bon et son fils Philippe à Londres où ils sont installés le 25 mai.

15 août
Le dauphin Charles (futur Charles V) destitue les réformateurs généraux. Il est contraint peu après de convoquer de nouveaux états généraux pour le 7 novembre.

9 novembre
Le roi Charles de Navarre est extrait de sa prison (ou s'évade?) sur ordre des chefs des états qui viennent tout juste de s'assembler, le prévôt des marchands Étienne Marcel, l'évêque de Laon Robert Le Coq, et l'archevêque de Reims Jean de Picquigny.

29 novembre
Le prévôt des marchands Étienne Marcel fomente un soulèvement à Paris. Le roi Charles de Navarre rentre triomphalement à Paris. Il resserre bientôt l'alliance navarraise avec les Anglais et soutient Étienne Marcel.

12 décembre
Le dauphin Charles (futur Charles V) doit accorder des compensations financières et immobilières au roi Charles de Navarre qui triomphe.

autres événements
• Robert de Duras fomente des troubles en Provence, avec l'aide de la maison des Baux et de « routiers » dirigés par Arnaud de Cervole « l'Archiprêtre ».

1358

1er janvier
Un projet de traité est établi par le roi Jean II le Bon avec les Anglais (premier traité de Londres). On remettrait au roi d'Angleterre (en pleine souveraineté) Aquitaine, Poitou, Limousin, Quercy, Rouergue et Bigorre, ainsi qu'une rançon de 400000 écus d'or.

8 janvier
Le roi Charles de Navarre fait son entrée à Rouen. Le 10, il réhabilite les suppliciés d'avril 1356.

11 janvier
Le dauphin Charles (futur Charles V) harangue les Parisiens aux Halles et critique vertement les états.

11 février
Les états généraux, réunis le 14 janvier puis ajournés, se retrouvent pour répéter les mesures de mars 1357.

22 février
Les maréchaux de Champagne (Jean de Conflans) et de Normandie (Robert de Clermont), représentants de la noblesse de ces deux principautés (leur charge est de réunir les contingents destinés à l'ost royal), fidèles du dauphin Charles et du clan réformateur, sont assassinés par les émeutiers parisiens dirigés par Étienne Marcel qui durcit la crise. Le dauphin Charles se soumet aux exigences d'Étienne Marcel.

26 février
Le roi Charles de Navarre, rappelé à Paris par la reine Jeanne d'Évreux et le prévôt des marchands Étienne Marcel, entre dans la capitale. Il décide, avec le prévôt des marchands, d'accroître leur contrôle sur le dauphin Charles, contre son père le roi Jean II le Bon.

14 mars
Le dauphin Charles (futur Charles V) prend le titre de régent du royaume; il laisse agir Étienne Marcel et quitte Paris le 21 mars. Un régime de double assemblée semble s'édifier: un conseil des nobles d'une part, et les états formés de députés des « bonnes villes » (les villes privilégiées sous contrôle royal).

9 avril
Aux états de Champagne à Provins, le dauphin Charles renverse la situation en sa faveur. Dès le 12 avril, il commence l'encerclement de Paris.

4-14 mai
Les états généraux (à prédominance nobiliaire) convoqués à Compiègne accordent au dauphin Charles un subside en échange de réformes.

28 mai
La Jacquerie, insurrection paysanne antinobiliaire et donc antimilitaire, née sur les terres riches du nord de l'Île-de-France et de Picardie, encouragée par Étienne Marcel et les bourgeois parisiens, éclate à Saint-Leu-d'Esserent (Oise) et en Beauvaisis; elle se propage rapidement dans le nord du royaume. Le 9 juin, les insurgés de Meaux sont écrasés par la garnison fidèle au dauphin Charles et renforcée par le comte de Foix Gaston Fébus et son cousin le « captal » (seigneur) de Buch (Gironde); le lendemain 10 juin, Charles de

Navarre, qui a pris le commandement d'une armée de nobles, écrase les Jacques à Mello.

juin
Le dauphin Charles (futur Charles V) accorde aux états de Langue d'oc la maîtrise de l'impôt.

14 juin
Charles de Navarre entre en roi dans Paris; le prévôt des marchands Étienne Marcel invite les bonnes villes à reconnaître le roi de Navarre comme « capitaine » de Paris et du royaume de France.

29 juin
Avec son armée, le dauphin Charles commence le blocus de Paris depuis Vincennes et Charenton.

11 juillet
Étienne Marcel dénonce violemment le dauphin Charles.

31 juillet
Étienne Marcel est assassiné avec ses proches par un groupe de Parisiens.

2 août
Le dauphin Charles entre dans Paris; on exécute des partisans d'Étienne Marcel. Le 10 août, il accorde un pardon général par lettres de rémission.

3 août
Le roi Charles de Navarre lance un défi au dauphin Charles. Après avoir pillé Saint-Denis, ses troupes commencent un autre blocus de Paris.

novembre
Les états du comté de Provence substituent à l'ancien système de la cavalcade la levée d'une armée contre les « routiers »; le recrutement et le financement seront assurés par les états où les représentants des villes jouent un rôle prépondérant.

autres événements
• Richard Lescot découvre à Saint-Denis le texte ancien de la Loi salique, où il lit un passage concernant l'exclusion des femmes de la succession à la « terre salique »: il y voit une règle antique de la succession royale, qu'il attribue à Pharamond, père légendaire de Clovis.

vers 1358-1364 (?)

Un parisien anonyme compose la chanson de geste *Hugues Capet*, qui montre l'ascension politique d'un valeureux petit-fils de boucher. Fable politique, sans doute à l'intention du dauphin Charles: celui-ci ne saurait gagner sans les milices bourgeoises grâce auxquelles le fondateur de la dynastie capétienne aurait accédé au trône.

1359

24 mars
À Londres, le roi d'Angleterre Édouard III arrache à son prisonnier, le roi Jean II le Bon, la concession d'un deuxième traité, qui abandonnerait à Édouard III tout l'ouest du royaume et l'hommage de la Bretagne. L'archevêque de Sens Guillaume de Melun apporte le texte à la chambre des comptes de Paris. Le 24 mai, ce second traité de Londres est signé par le roi Jean II, cependant que son fils, le dauphin Charles, décide de convoquer les états généraux pour en discuter la matière.

28 mai
Le dauphin Charles réhabilite les officiers révoqués en 1357.

25 juin
Sur conseil du dauphin Charles, les états généraux réunis au palais de l'île de la Cité récusent le deuxième traité de Londres.

21 août
Charles de Navarre et le dauphin Charles signent une paix près de Mantes: le dauphin, en raison de l'imminence d'une nouvelle attaque anglaise, et le roi de Navarre, parce qu'il n'a rien obtenu d'Édouard III d'Angleterre.

1er octobre
Le fils d'Édouard III, Jean de Gand, duc de Lancastre, débarque à Calais et part ravager la Picardie.

28 octobre
Le roi Édouard III d'Angleterre entame une deuxième chevauchée à partir de Calais.

novembre
Les conseillers du roi Jean II le Bon, rentrés d'Angleterre, entreprennent la reconquête du pouvoir aux dépens de son fils, le dauphin Charles.

autres événements
• Le dauphin Charles autorise (contre paiement de 3 000 livres) une centaine de familles juives à rentrer au royaume d'où les juifs avaient été bannis en 1348. La mesure est étendue à tous les juifs en mars 1361.

• La cathédrale de Rennes (commencée au XIIe siècle) est consacrée.

1359-1377

Gace de la Buigne, chapelain du roi depuis 1348, écrit à l'intention de Philippe le Hardi, fils de Jean II le Bon, le *Roman des Déduits et des Oyseaults*, traité de chasse à la fois moral et allégorique.

1360

11 ou 17 janvier
Édouard III d'Angleterre, qui avait encerclé Reims depuis le 4 décembre 1359, renonce à prendre la ville. Il poursuit sa chevauchée sur la Bourgogne.

10 mars
Les conseillers du jeune duc de Bourgogne, Philippe de Rouvres, dont l'armée a été battue à Brion par Charles de Navarre le 2 juillet 1359, signent le traité de Guillon avec Édouard III d'Angleterre, qu'ils promettent de reconnaître pour roi de France après son sacre à Reims. Les Anglais prennent alors la route de Paris, par le Gâtinais, Longjumeau, Issy, puis se détournent sur Chartres.

vers le 20 avril
Le roi d'Angleterre, Édouard III, constatant son impuissance à prendre les villes, annonce son intention de traiter pour la paix. Il charge l'abbé de Cluny de proposer des négociations au dauphin Charles.

8 mai
Un traité de paix préliminaire est conclu à Brétigny, près de Chartres, sans doute contre la volonté du dauphin. Il clôt la première partie de la guerre de Cent Ans. On revient au premier traité de Londres (1358). Le roi de France abandonne à Édouard III la pleine souveraineté sur toute l'ancienne l'Aquitaine (de Poitiers aux Pyrénées) ainsi que les comtés de Montreuil, Ponthieu et Guînes, plus Calais; contre une rançon (3 millions d'écus d'or), le roi d'Angleterre renonce (jusqu'en 1369) à revendiquer la couronne de France et la Normandie. Hors traité, une convention spéciale prévoit des « renonciations » : les rois échangeront leurs renonciations, l'un à la couronne de France, l'autre à l'Aquitaine, une fois que toutes les terres auront été livrées, et cela avant novembre 1361. L'occasion de la reprise de la guerre est là. Le traité est ratifié à Londres le 14 juin, et le 6 juillet, Jean II le Bon est conduit à Calais.

22 juin
Une amnistie est proclamée cependant qu'on commence de rassembler la rançon du roi.
Jean II le Bon constitue les apanages de ses deux fils aînés; l'acte prévoit une clause de retour à la Couronne en cas d'absence d'héritier mâle.

24 octobre
Le traité de Brétigny est ratifié à Calais. Le roi Jean II le Bon est libéré; son second fils, Louis, qui vient d'être créé duc d'Anjou (un contrat de mariage de Louis est signé avec Marie de Blois, fille de Charles de Blois, prétendant au duché de Bretagne), et Jean, qui vient d'être créé duc de Berry, sont cédés en otages à Édouard III d'Angleterre. Le troisième fils du roi, Philippe le Hardi, devient duc de Touraine. Leur sœur, Isabelle, a été négociée avec Amédée VI de Savoie pour son neveu Gian Galeazzo (Jean Galéas) Visconti, contre une dot considérable, fort utile à la rançon royale.

29 octobre
Le roi Jean II le Bon prend la route de Paris.

15 novembre
À Hesdin, le roi Jean II le Bon publie la liste de son Hôtel et de la chambre des comptes.

5 décembre
Jean II le Bon signe l'ordonnance de Compiègne, dont le but premier est d'organiser le paiement de la rançon royale, et le but second de rassurer et satisfaire l'aristocratie; elle crée le franc d'or (3,88 g d'or fin, à la valeur de 20 sous tournois, soit 1 livre), et stabilise la monnaie en renonçant aux mutations. L'impôt est rétabli, sous forme d'une aide générale de 12 deniers par livre sur le prix de vente de toutes marchandises; les ventes de sel et de vin sont également taxées (respectivement 1/5e et 1/13e du prix de vente).

13 décembre
Venant de Saint-Denis où il a reçu l'hommage du roi Charles de Navarre (12 décembre), le roi Jean II le Bon entre enfin dans Paris.

28 décembre
Une armée de « routiers » désœuvrés, dite la Grande Compagnie, formée dans les jours suivant Brétigny, s'empare de Pont-Saint-Esprit (Vaucluse). Les compagnies sont des troupes de mercenaires libérées par les trêves des princes et qui continuent la guerre à leur profit.

autres événements
• Jean le Bel achève sa *Chronique*.

vers 1361

Le roi Jean II le Bon inaugure le chantier du château de Vincennes. Le donjon est achevé sous Charles V en 1369, puis on construit l'enceinte, les portes fortifiées et les tours (1373-1377), et en 1379, la Sainte-Chapelle, vouée à la Trinité et à la Vierge.

1361

13 janvier
Le Parlement est rouvert.

février
Le pape Innocent VI obtient le départ des « routiers » de Pont-Saint-Esprit pour l'Italie et l'Aragon.

printemps
Le roi d'Angleterre Édouard III, au lieu de remettre ses châteaux comme le stipulait le traité de Brétigny (8 mai 1360), cesse de payer ses garnisons en France. Les compagnies désœuvrées des « routiers » se répandent partout en pillages.
Le roi Jean II le Bon proclame le rattachement définitif du comté de Champagne au domaine royal.
Jean IV, fils de Jean de Montfort et prétendant au duché de Bretagne, épouse une fille du roi Édouard III d'Angleterre. Le roi d'Angleterre le laisse rentrer en Bretagne.

avril-juillet
Après l'épidémie de 1348-1349, une seconde peste ravage le sud du royaume et Avignon (17 000 morts au printemps). Cette rechute, qui a progressé d'Est en Ouest, de la (Franche-) Comté à l'Atlantique, sabre la génération des rescapés de 1348.

1er juillet
Le roi d'Angleterre Édouard III commence de rentrer en possession des villes et terres du sud de la Loire. L'opération, qui suscite de nombreuses résistances, dure jusqu'en avril 1364.

27 juillet
Le roi Jean II le Bon ordonne par lettres aux communautés des pays cédés à l'Angleterre de porter leur hommage au roi Édouard III.

octobre
Les guerres privées sont interdites à nouveau.

21 novembre
Philippe de Rouvres, dernier duc capétien de Bourgogne (et comte d'Artois, de Boulogne et d'Auvergne), meurt de la peste, sans enfants. Le roi Jean II pose le principe de l'inaliénabilité du domaine royal (introduit peu après dans le serment du sacre), s'investit aussitôt du duché comme héritier et l'intègre au domaine royal, malgré les revendications du roi Charles de Navarre.

23 décembre
Le roi Jean II arrive à Dijon pour prendre possession du duché de Bourgogne.

28 décembre
Le roi Jean II le Bon reconnaît les privilèges du duché de Bourgogne.

1362

31 mars
Sur les instances du roi de Chypre Pierre Ier de Lusignan et de son chancelier Philippe de Mézières, le pape proclame la croisade. Il en confie le commandement à Jean II le Bon.

6 avril
Les troupes du roi Jean II sont défaites par une Compagnie de « routiers » à Brignais (Lyonnais).

7 mai
Après une maladie, le dauphin Charles (futur Charles V) fait un pèlerinage près de Créteil (Notre-Dame du Méchef).

19 juillet
La Guyenne (ancienne Gascogne anglaise et terres cédées par la France au traité de Brétigny) est érigée en principauté pour Édouard, prince de Galles, le Prince Noir. Faute de renonciations, l'Aquitaine reste sous souveraineté du roi de France.

28 septembre
Guillaume Grimoard est élu pape et prend le nom d'Urbain V.

16 novembre
Le roi Jean II le Bon arrive à Villeneuve-lès-Avignon. Le 21 novembre, il rencontre le pape à Avignon.

5 décembre
Le comte de Foix Gaston Fébus est vainqueur de son rival le comte Jean Ier d'Armagnac à Launac.

21 décembre
Les jeunes princes tenus en otages à Londres, Louis d'Anjou et Jean de Berry, signent à Londres le « traité des otages », engageant leur père, le roi Jean II le Bon, à céder les terres et les châteaux encore contestés. Les états généraux refusent de ratifier ce traité.

autres événements
• Début des révoltes des Tuchins (« sur la touche ») d'Auvergne et de Languedoc; elles seront réprimées sévèrement en 1382-1384.

1363

janvier
L'empereur Charles IV investit Philippe le Hardi, troisième fils du roi Jean le Bon, de la comté de Bourgogne (future Franche-Comté).

9 mars
Le roi de Chypre, Pierre Ier de Lusignan, arrive à Avignon, où il doit s'entretenir le lendemain avec Jean II le Bon et le roi de Danemark Valdemar V d'un nouveau projet de croisade.

31 mars
Le pape Urbain V prêche la croisade; les trois rois prennent la croix. Le départ est décidé pour mars 1365.

27 juin
Le duc de Touraine, Philippe le Hardi, est nommé lieutenant dans le duché de Bourgogne.

mi-juillet
Le roi, absent depuis l'automne précédent, rentre à Paris.

5 août
Le marquis de Saluces doit se soumettre à un traité avantageux pour le comte de Savoie Amédée VI.

fin août
Le roi Charles de Navarre, qui revendique l'héritage bourguignon, s'apprête à la guerre contre le roi Jean II le Bon; il signe avec le roi d'Aragon un traité par lequel il promet aux Aragonais les sénéchaussées de Carcassonne et Beaucaire en cas de victoire.

6 septembre
Jean II le Bon annule l'intégration de la Bourgogne au domaine royal et donne le duché de Bourgogne à son fils Philippe le Hardi, non pas en apanage, mais en héritage venant de sa grand-mère Jeanne de Bourgogne. Philippe abandonne son duché de Touraine.

1er novembre
Les états généraux d'Amiens consentent à la levée d'un impôt pour la défense du royaume.

autres événements
• Le Prince Noir s'établit à Bordeaux pour y recevoir les hommages gascons.
• À Evran, les évêques bretons tentent de résoudre la crise du duché; ils proposent le partage des titres et des pouvoirs ducaux. À Charles de Blois iraient les évêchés de Rennes, Dol, Saint-Brieuc, Saint-Malo, Tréguier et Léon; aux Montfort, les évêchés de Nantes, Vannes et Quimper.
• Guy de Chauliac (vers 1290-1368), médecin des papes Clément VI, Innocent VI et Urbain V, travaillant aussi pour Jean Ier de Luxembourg, roi de Bohême, publie sa *Grande Chirurgie*.

1364

2 janvier
Le roi Jean II le Bon quitte la France pour négocier sa rançon.

8 avril
Le roi Jean II le Bon meurt à Londres où il négocie l'achèvement des conventions de Brétigny. Au même moment, le dauphin Charles se trouve près de Vernon, occupé à reprendre un à un les châteaux de Normandie encore aux mains des Grandes Compagnies et des Navarrais.

CHARLES V LE SAGE

Né le 21 janvier 1338-Mort le 16 septembre 1380

Règne: 1364-1380 (16 ans)

Roi à 26 ans

Charles V est fils du roi Jean II le Bon et de la première épouse de celui-ci, Bonne de Luxembourg, fille du roi de Bohême Jean de Luxembourg. Charles reçoit en 1349 le titre de dauphin du Viennois, puis il assume la régence pendant la captivité de son père, de 1356 à 1360. Il devient roi à la mort de celui-ci le 8 avril 1364, est sacré le 19 mai.

Il épouse le 8 août 1350 sa cousine Jeanne de Bourbon († 6 février 1378), fille du duc Pierre de Bourbon et d'Isabeau de Valois. Trois filles naissent de leur union, Jeanne (1357) et Bonne (1360), décédées toutes deux le 21 octobre et le 7 novembre 1360, puis Jeanne (6 juin-21 décembre 1366); il n'a donc plus d'héritiers et songe au divorce. Un garçon vient enfin, le futur Charles VI, le 3 décembre 1368, puis Marie (février 1371), Louis (futur duc d'Orléans, mars 1372), Isabelle (juillet 1373), Catherine (février 1378). Charles V meurt le 16 septembre 1380; il est le premier roi de France à faire réaliser son tombeau de son vivant (son gisant est sculpté par André Beauneveu en 1364-1366). Conformément à la coutume royale depuis le XIIIe siècle, il a élu dans son testament de 1374 deux sépultures en plus de Saint-Denis qui accueillera son corps: Rouen pour son cœur et l'abbaye cistercienne de Maubuisson pour ses entrailles.

Charles V est un homme cultivé, amoureux des livres comme son père. Roi lettré (célébré par Philippe de Mézières et Christine de Pisan), il a installé sa librairie d'étude dans la Tour de la Fauconnerie (au nord-ouest du château du Louvre), mais ses trésors les plus précieux sont conservés au donjon de Vincennes. Il travaille avant tout à rétablir la souveraineté royale, la prévalence de la notion d'État (l'idée de «ressort et souveraineté» est exposée notamment dans le *Songe du Verger*), ainsi que le principe de continuité de l'État. Il fonde une véritable liturgie royale qu'il fixe à Notre-Dame de Paris pour le premier dimanche de l'Avent, fête anniversaire de la naissance du dauphin Charles (futur Charles VI), célébrée depuis le 1er décembre 1370. Sous son règne apparaissent de nouveaux ordres de chevalerie, dont celui de l'Écu d'or (ou de l'Espérance), fondé par le duc Louis de Bourbon, frère de la reine.

Le règne de Charles V a commencé sous de sombres auspices. Le royaume est amputé

d'un tiers, qui a été cédé au roi d'Angleterre en toute souveraineté par le traité de Brétigny (1360). Le règne, pourtant, montre le rétablissement du pouvoir monarchique et une nouvelle capacité des armées royales. Le roi parvient à restaurer les finances, lève une armée solide ; rapidement, il reprend le Rouergue, le Limousin, l'Aunis, la Saintonge, le Poitou et la Normandie (1364-1377), tout en réduisant peu à peu le double danger militaire qui étreint le royaume : celui des places tenues par les Navarrais de Charles le Mauvais (échelonnées de la Bourgogne au Cotentin), et celui des Compagnies de « routiers ». Il bénéficie pour cela du soutien constant de ses deux frères les ducs Jean de Berry (à qui il donne le comté de Poitiers en 1373), Philippe le Hardi de Bourgogne, et de Louis de Bourbon qui forment bloc avec lui. Cet appui lui était d'autant plus nécessaire que jusque vers 1370 environ, le clan des Melun (notamment Guillaume de Melun, l'archevêque de Sens), conseillers de Jean II le Bon, tient toujours les rênes de l'administration. Vers 1370 émergent les fortes personnalités de Hugues Aubriot, Jean de la Grange (vers 1325/1330-1401, cardinal en 1375), Philippe de Mézières (1327-1405), de Jean et Guillaume de Dormans, et de Pierre d'Orgemont (chancelier de novembre 1373 à la mort du roi).
Jamais la « France anglaise » n'a été aussi prospère. Installée à Calais depuis 1361, l'association anglaise des marchands de l'Étape (Staplers) achète la laine en Angleterre, l'importe à Calais et, après versement de fortes taxes destinées à l'entretien de l'énorme garnison de la ville, la revend au loin.

Papes

Urbain V, Avignon, 1362-1370 ; Grégoire XI, Avignon, puis Rome, 1370-1378 ;
Urbain VI, 1378-1389.

Antipape d'Avignon

Clément VII, 1378-1394.

Empereurs

Charles IV de Luxembourg, 1355-1378 ; Wenceslas, 1378-1400.

1364

17 avril
Charles apprend au château du Goulet (près Vernon) la mort de son père, le roi Jean II le Bon; il prend le titre de roi.

22 avril
Charles entre à Paris.

5 mai
Les obsèques du roi Jean II sont célébrées à Notre-Dame de Paris. Le lendemain, l'inhumation a lieu à Saint-Denis, où Charles V reçoit les hommages des pairs et des grands du royaume.

16 mai
Une première victoire française, à Cocherel (près Pacy-sur-Eure), renverse le cours de la guerre. Bertrand du Guesclin, capitaine en Normandie, met en déroute les Navarrais du roi Charles le Mauvais et fait prisonnier le «captal» de Buch, Jean de Grailly, qui avait débarqué à Cherbourg pour le roi de Navarre Charles le Mauvais. Il entame la reprise des places navarraises de Normandie.

19 mai (dimanche de la Trinité)
Charles V est sacré à Reims. C'est pour le sacre sans doute qu'est réalisé, ou juste après, le sceptre du roi, qui est le premier exemple connu d'émail blanc opaque.

27 mai
Charles V visite Saint-Denis à son retour de Reims.

28 mai
Le roi Charles V fait son entrée solennelle dans Paris avec la reine Jeanne.

2 juin
Le roi Charles V confirme à son frère Philippe le Hardi le duché de Bourgogne en apanage.

29 septembre
Charles de Blois, époux de Jeanne de Penthièvre, est vaincu et tué lors de la bataille livrée devant Auray par son rival Jean IV de Montfort (fils de Jeanne de Flandre et de Jean de Montfort), qui assiégeait la ville depuis août. Celui-ci est reconnu *de facto* par le roi Charles V comme duc de Bretagne.

décembre
Robert de Bar épouse à Bar-le-Duc Marie, sœur du roi Charles V.

autres événements
• Le pape Urbain V excommunie les Compagnies.
• Le roi Charles V décide la construction d'une nouvelle enceinte pour Paris.
• Amédée VI de Savoie fonde l'ordre du Collier de Savoie (dit de l'Annonciade à partir du XVIe siècle).

après 1364

Le roi fait réaliser au Louvre la «vis», escalier, par Raymond du Temple.

1364-1366

Outre son propre tombeau pour Saint-Denis, le roi commande à André Beauneveu ceux de Philippe VI, Jeanne de Bourgogne et Jean II le Bon.

1364-1370

Le peintre Jean le Noir décore le *Bréviaire* de Charles V.

vers 1365-1400

Un atelier parisien (?) réalise le recueil d'hymnes et de chansons dit «Manuscrit de Chantilly» *(Codex Chantilly)*.

vers 1365

Le roi fait établir un nouveau rituel *(ordo)* du sacre royal, destiné à servir pour son fils.
Peu après, une interpolation introduit dans ce rituel (appelé l'«*Ordo* du sacre de Charles V») la clause d'inaliénabilité du royaume.
Dino Rapondi († 1415), Lucquois, bourgeois de Paris, banquier des ducs de Bourgogne, de Berry et d'Orléans, ouvre un comptoir à Bruges; il y pratique le commerce de luxe (tapisseries, tissus de brocart, manuscrits).

1365

6 mars
Un échange avec le roi Charles de Navarre permet à Charles V de récupérer les places fortes de Normandie orientale (Mantes et Meulan) contre Montpellier.
Le pape Urbain V s'est entremis entre les rois de France et d'Angleterre, Charles V et Édouard III, pour une trêve éphémère.

12 avril
Imposé par le roi Charles V, le premier traité de Guérande (Loire-Atlantique) met fin aux guerres de Bretagne et assure la neutralité du duché dans la guerre franco-anglaise. Contre promesse d'hommage, Charles V reconnaît Jean IV de Montfort comme duc de Bretagne.
Le fouage (impôt direct sur chaque foyer) est institué en Bretagne.

23 mai
L'empereur Charles IV est en Avignon.

juin
Pour débarrasser le royaume des Compagnies, le roi charge Arnaud de Cervole (« l'Archiprêtre ») de les mener en bataille contre les Turcs, par le Danube. Les troupes de « l'Archiprêtre » ravagent la Lorraine, puis renoncent à passer le Rhin, et reviennent en Bourgogne.

2 juin
L'empereur Charles IV reçoit la couronne du royaume d'Arles à Saint-Trophime d'Arles. Peu après, il donne au comte de Savoie Amédée VI le titre héréditaire de « vicaire impérial ».

22 août
Bertrand du Guesclin s'engage auprès du roi à mener les Compagnies guerroyer en Espagne au service du prétendant au trône de Castille Henri de Trastamare, contre le roi Pierre le Cruel (demi-frère de Trastamare), soupçonné d'être allié aux Maures de Grenade.

11-22 octobre
Le pape Urbain V séjourne à Marseille où il consacre le grand autel de Saint-Victor.

autres événements
• Le frère de Charles V, le duc Louis Ier d'Anjou, est lieutenant royal en Languedoc.
• Pierre Ier de Lusignan, roi de Chypre, s'empare d'Alexandrie. L'événement a un retentissement immense : en 1369-1372, Guillaume de Machaut compose sa *Prise d'Alexandrie*, poème en l'honneur de Pierre, assassiné par ses barons.

1366

5 avril
Henri de Trastamare, vainqueur de Pierre le Cruel, est couronné roi de Castille à Burgos ; il remet à Bertrand du Guesclin le duché de Trastamare.

23 septembre
Le Prince Noir, Pierre le Cruel et Charles de Navarre signent un accord à Libourne pour la reconquête de la Navarre sur Henri de Trastamare.
Le pape Urbain V annonce son intention de quitter Avignon pour Rome.

13 décembre
À Paris, le duc de Bretagne Jean IV fait hommage au roi.

1367

9 janvier
Le pape Urbain V est accueilli par le frère de Charles V, le duc Louis Ier d'Anjou, à Montpellier où il vient consacrer le monastère qu'il a fondé.

3 avril
Le Prince Noir, prince de Galles, passé à Roncevaux à la mi-février, guerroie en Navarre, où il remporte la victoire de Najera sur Bertrand du Guesclin qui est fait prisonnier ; du Guesclin est racheté le 20 juillet par le prince de Galles à un mercenaire anglais, et enfermé à Bordeaux.

29 avril
Une ambassade française presse en vain le pape de renoncer à son départ pour Rome : le lendemain, Urbain V quitte Avignon avec sa suite. Le 19 mai, la flotte pontificale appareille de Marseille pour Gênes. Urbain V débarque le 3 juin dans les états pontificaux à Corneto. Il fait son entrée à Rome le 16 octobre.

26 mai
Le roi Édouard III d'Angleterre réussit à faire signer au comte de Flandre, Louis de Male, un traité d'alliance.

19 juillet
Charles V signe une ordonnance sur la mise en défense des villes : on procède à la destruction préventive des moulins, fours et forges dont le matériel doit être porté dans les forteresses.

septembre
Après une campagne en Bourgogne contre les « routiers » avec l'armée du roi Charles V, Henri de Trastamare revient en Espagne.

novembre
Des émissaires du roi Charles V négocient la libération de Bertrand du Guesclin.

autres événements
• Les métiers parisiens créent un examen professionnel (qui soulève une forte opposition).

1368

17 janvier
Le connétable Bertrand du Guesclin est libéré à Bordeaux.

26 janvier
Après une première réunion à Saint-Émilion en octobre 1367, les états de Guyenne, assemblés à Angoulême, accordent au Prince Noir la levée du fouage (impôt direct sur chaque feu) dans sa principauté. Une résistance s'organise contre l'impôt destiné à payer l'expédition anglaise en Espagne: elle est menée par deux grands seigneurs, Jean Ier d'Armagnac et Arnaud-Amanieu d'Albret, qui se rallient au roi Charles V.

4 avril
Le duc Robert Ier de Bar, beau-frère du roi Charles V, est fait prisonnier par les Messins, qui en réclament une énorme rançon (Robert n'est délivré que le 9 août 1370).

2 mai
Les seigneurs gascons déposent un recours au Parlement contre l'ordonnance fiscale du Prince Noir. Le roi reçoit l'appel le 30 juin.

septembre
Le roi Charles V est à Tournai pour organiser le mariage de son frère Philippe le Hardi, duc de Bourgogne, avec l'héritière de Flandre.

16 novembre
Le Prince Noir est cité à comparaître devant le Parlement pour le 2 mai 1369. Le 18 novembre, le roi Charles V prend sous sa sauvegarde les seigneurs gascons qui en ont appelé à sa souveraineté.

20 novembre
Le traité signé à Tolède confirme l'alliance entre le roi de France et Henri de Trastamare, roi de Castille. La Castille mettra au service du roi de France 20 navires de guerre, contre des avantages commerciaux.

3 décembre
Le roi Charles V et la reine Jeanne de Bourbon ont un fils, le futur Charles VI. Charles V annonce aux bonnes villes qu'il a décidé de recevoir les appels gascons, en vertu de sa souveraineté et au risque de la guerre.

autres événements
• Les juifs sont réadmis à Strasbourg, vingt ans après les bûchers de la Grande Peste.
• Charles V confie sa bibliothèque à Gilles Malet, qui compile en 1373 l'inventaire de la bibliothèque du roi (917 volumes).
• Christine de Pisan rejoint son père, médecin à la Cour.

vers 1369

Jean Froissart compose l'*Épinette amoureuse* et entreprend le premier livre de ses *Chroniques* (1370).

1369

fin janvier
Les reliques de saint Thomas d'Aquin sont solennellement transférées dans le couvent des Jacobins de Toulouse.

fin février
À la demande du frère de Charles V, le duc Louis Ier d'Anjou, les états de Langue d'oc votent l'aide pour la guerre en Guyenne.

14 mars
Bertrand du Guesclin et Henri de Trastamare surprennent à Montiel l'armée de Pierre le Cruel, qui est fait prisonnier et tué par son demi-frère Trastamare.

12 avril
Le traité de Gand fixe le règlement du mariage entre le jeune duc de Bourgogne, Philippe le Hardi (1342-1404), frère du roi, et Marguerite, fille de Louis de Male († 1384), comte de Flandre. Charles V est parvenu à imposer sa solution sur celle qu'avait imaginée Louis de Male (marier sa fille à un fils d'Édouard III d'Angleterre). Philippe le Hardi reçoit la promesse de l'héritage de Flandre, soit les comtés de Flandre et Artois, Nevers, Rethel en France, ainsi que, dans l'Empire, la comté de Bourgogne et le duché de Brabant et Limbourg. Louis de Male obtient le retour de la Flandre «française» (Lille, Douai, Orchies, enlevées sous Philippe IV le Bel) dans son comté. Le mariage est célébré à Gand le 13 juin (ou le 19 juin). Du mariage de Philippe et Marguerite naissent 11 enfants. Parmi ceux-ci, Jean (18 mai 1371-1419), futur Jean sans Peur, reçoit pour épouse Marguerite de Bavière (fille du

duc de Bavière, sœur du comte de Hainaut et du comte d'Ostrevant). Le cadet Antoine épouse en 1402 Jeanne de Saint-Pol. Marguerite est mariée au comte Guillaume d'Ostrevant.
Le fils aîné de Jean sans Peur, Philippe (30 juin 1396-1467), dit le Bon, est marié d'abord à Michelle, fille du roi Charles VI, puis à Bonne d'Artois, enfin à Isabelle de Portugal dont naîtra Charles le Téméraire (1433-1477).

15 avril
Le pape Urbain V canonise Elzéar de Sabran († 27 septembre 1323), seul laïc français canonisé. Noble provençal établi dans le royaume de Naples, époux de Dauphine de Puimichel, Elzéar et sa femme appartiennent au milieu des laïcs dévots apparentés aux radicaux franciscains.

29 avril-10 mai
Les troupes de Charles V occupent le Ponthieu.

2-11 mai
Le Parlement de Paris reçoit officiellement les appels gascons. Le 9 mai, les états du royaume, consultés, approuvent la décision royale de recevoir ces appels. La guerre de Cent Ans a déjà repris.

3 juin
Édouard III reprend le titre de roi de France.
Louis Ier d'Anjou (frère du roi Charles V) fait expédition en Aquitaine, qui est bientôt reprise sur les Anglais. Il met ensuite la main sur les comtés de Provence et de Forcalquier.

début août
Le duc de Lancastre, Jean de Gand, fils cadet d'Édouard III d'Angleterre, débarque à Calais avec une armée. Son arrivée bouscule les projets du roi Charles V de porter la guerre en Angleterre. Mais Lancastre se borne à une chevauchée de reconnaissance vers la Picardie et la Normandie.

octobre
La cité de Tarbes tombe aux mains du duc Louis Ier d'Anjou.
Le pape Urbain V interdit à toute communauté de passer accord avec les « routiers » ou les Grandes Compagnies.

novembre
La ville de Millau se rend aux troupes du duc Louis Ier d'Anjou.

30 novembre
Arguant des appels des communautés de Gascogne et Guyenne au Parlement de Paris, le roi Charles V confisque le duché de Guyenne.

29 décembre
Lors des états généraux de Paris, une ordonnance royale confie la gestion des finances publiques à un collège de 12 généraux-conseillers.

autres événements
• Le duc Louis II de Bourbon, frère de la reine Jeanne, institue l'ordre de l'Écu d'or.
• Le pape Urbain V fait dresser le catalogue de la Bibliothèque du palais des Papes d'Avignon.

1370

22 avril
Le roi Charles V ordonne la construction de la Bastille à Paris.

18 mai
Charles V renouvelle les privilèges en faveur des juifs du royaume.

juillet
Le « routier » Robert Knowles conduit une chevauchée de Calais à Noyon, Reims, Troyes, et revient sur Paris après avoir dévasté le Gâtinais.

24 août
Le duc Jean de Berry (frère de Charles V) entre dans Limoges que l'évêque et les bourgeois ont décidé de lui livrer. Le 19 septembre, le Prince Noir reprend la ville et la met à sac.

16 septembre
Après des mois de pressions de la part des cardinaux français, le pape Urbain V a décidé de revenir en France; la flotte pontificale accoste à Marseille et le pape prend aussitôt la route d'Avignon, où il meurt le 19 décembre (il est inhumé à Saint-Victor de Marseille le 5 juin 1372).

22 septembre
Les Anglais ravagent les villages aux portes sud de Paris, puis le « routier » Robert Knowles les dirige vers la Bretagne.

2 octobre
Bertrand du Guesclin est nommé connétable de France. Parti de Caen le 1er décembre, il chasse les Anglais jusqu'à Bressuire.

Bertrand du Guesclin

Le breton du Guesclin (vers 1320-1380) est l'une des figures les plus extraordinaires léguées à l'histoire par la guerre de Cent Ans. Né de petite noblesse, guerrier valeureux plusieurs fois battu, mais fidèle en tout, il a été porté au comble des honneurs par son maître le roi Charles V et par les chroniqueurs français : créé connétable de France, marié à une dame de la haute aristocratie (Jeanne de Laval), gratifié du très exceptionnel honneur de l'inhumation dans la nécropole des rois, à Saint-Denis, il entre dans la légende parmi les quatre preux avec Charlemagne, le roi Arthur et Godefroi de Bouillon. Avec plusieurs fidèles de Charles de Blois, du Guesclin a suivi le connétable Charles d'Espagne et Louis d'Anjou, et est passé naturellement au service du duc de Normandie, futur Charles V, en 1362. Du Guesclin devient capitaine général en Normandie, où il lutte avec sa troupe de Bretons contre Charles de Navarre. Il est amené à étendre son champ d'action contre les Anglais et leurs alliés, du Ponthieu en Bretagne, en Aquitaine et jusqu'en Castille (1366, 1367, 1369). Il est nommé connétable en 1370, puis à la suite de Louis d'Anjou (qui avait le titre, plus honorifique alors, de lieutenant général) capitaine général en charge du Languedoc au printemps 1380, reprend l'Auvergne au printemps, lorsqu'il meurt le 13 juillet.

autres événements
• Le roi Charles V ordonne que toutes les horloges de Paris soient réglées sur celle du palais qui bat les heures et les quarts d'heure.
• Fondation du Collège de Beauvais à l'Université de Paris.
• Dédicace de l'église des Célestins de Paris.

1370-1374

Nicole Oresme traduit à Paris, pour le roi, la *Politique* d'Aristote.

Nicole Oresme

Le Normand Nicole Oresme (vers 1322-1382) passe du camp du roi de Navarre Charles le Mauvais (il a été nommé grand maître au Collège de Navarre au lendemain de la bataille de Poitiers en 1356) au camp royal vers 1361. Il est alors renommé pour sa connaissance d'Aristote, mais aussi des sciences mathématiques (théorie des proportions) et physiques (sur la mécanique céleste dans le De commensurabilitate vel incommensurabilitate motuum coeli*), qui aboutissent à une dénonciation des fausses sciences (*Traité contre les astronomes de justice *après 1349,* Livre de divinacions *de 1356 environ) et une critique de la manipulation des monnaies (*Sur la monnaie, *vers 1356-1357). En 1377, il achève la traduction de* Du ciel et du monde, *le grand ouvrage de philosophie naturelle d'Aristote. Au service du roi, il oriente la réflexion politique du prince vers l'institution d'une culture française.*

1371

janvier
Malade, le Prince Noir quitte Bordeaux. Le roi Charles V entreprend la reconquête du Poitou, de l'Aunis et Saintonge. La Rochelle, remise en 1361 à Édouard III conformément à la paix de Brétigny, redevient définitivement « française ».

29 mars
Le roi de Navarre, Charles le Mauvais, fait hommage au roi Charles V à Vernon ; la paix est rétablie.

autres événements
• Le dernier comte d'Auxerre, Louis de Chalon, vend au roi la ville et le comté d'Auxerre qui sont intégrés au domaine.
• Le marquis de Saluces refuse de prêter l'hommage qu'il devait au comte de Savoie, qui lance une expédition pour le soumettre.
• Les franciscains d'Apt font sculpter le tombeau de saint Elzéar de Sabran, canonisé le 15 avril 1369.
• L'architecte Drouet de Dammartin achève la chapelle primitivement destinée par Jean de Berry à sa sépulture dans la cathédrale de Bourges.
• Jean Bondol, dit Hennequin de Bruges, « peintre du roi », réalise la copie d'une *Bible historiale* pour Jean de Vaudetar qui l'offre au roi à Pâques 1372.

1371-1373

Un retour de la peste en France méridionale fauche le regain démographique.

1371-1375

Raoul de Presles traduit pour le roi la *Cité de Dieu* de saint Augustin (354-430) ; il fait œuvre d'éditeur, en se fondant sur 31 manuscrits.

Les traducteurs de Charles V et des ducs

Sur commande royale, des traducteurs remarquables créent en quelques années une véritable bibliothèque littéraire, religieuse et classique, doublée d'une collection de textes politiques. Outre le maître des requêtes de l'Hôtel du roi, Raoul de Presles qui traduit la Cité de Dieu, *ce sont Jean Daudin († 1382), l'introducteur de Pétrarque en France, Jean Golein (qui traduit Cassien, puis Bernard Gui en 1369), Jean de Brie, Jean Corbechon – chapelain de Charles V, il traduit en 1372 le* Livre des propriétés des choses *de Barthélemy l'Anglais, vers 1190-après 1250 –, Denis Foulechat (auteur de la traduction du* Policraticus *de Jean de Salisbury, entre 1115 et 1120-1180), Simon de Hesdin (Valère-Maxime), et parmi les plus brillants de cette génération, le théologien réformateur Nicole Oresme, traducteur d'Aristote (l'*Éthique, *la* Politique, Du ciel et du monde *en 1377). L'entreprise dépasse la curiosité d'un roi: elle définit un programme politique, consistant dans la promotion d'une langue et d'une culture françaises, un siècle et demi avant l'ordonnance de Villers-Cotterêts.*
Les frères de Charles V entretiennent la même passion de collectionneurs. Jean, duc de Berry, est le plus fameux. C'est pour lui que sont effectuées les traductions de Sénèque, par Jean Courtecuisse et du Cas des nobles hommes et femmes *de Boccace, par Laurent de Premierfait, tandis que le duc Louis d'Orléans occupe ses traducteurs à une nouvelle version de la Bible en français.*

1372

2 février
À Avignon, Philippe de Mézières fait représenter son *Office de la Purification de la Vierge.*

21 février
Le chancelier Jean de Dormans ayant démissionné, le Conseil du roi porte son frère Guillaume de Dormans à la chancellerie.

13 mars
Naissance de Louis, futur duc d'Orléans, fils cadet du roi Charles V et de la reine Jeanne de Bourbon.

17 juin
Amédée VI de Savoie s'engage à soutenir en Italie le pape Grégoire XI et le marquis de Montferrat contre le seigneur de Milan, Galeazzo II Visconti. Le traité est finalement conclu à Avignon le 7 juillet.

23-24 juin
Une flotte anglaise est détruite au large de La Rochelle par une flotte castillane opérant pour le roi de France. Le danger maritime est désormais jugulé.

7 juillet
Poitiers ouvre ses portes au connétable Bertrand du Guesclin et au duc Jean de Berry. La reconquête est engagée avec la reprise du Limousin.

19 juillet
Une alliance entre le duc Jean IV de Bretagne et l'Angleterre est signée à Westminster: le roi Édouard III s'engage à envoyer au duc un corps de 300 hommes d'armes à toute réquisition et à lui céder le nord du Poitou.

8 septembre
La Rochelle capitule entre les mains de Bertrand du Guesclin et Olivier de Clisson qui prennent Saintes le 24 septembre.

28 septembre
Les seigneurs du Poitou fidèles au Prince Noir obtiennent une trêve jusqu'au 30 novembre: ils se soumettront à cette date si le roi d'Angleterre ou le Prince Noir ne sont pas venus leur porter secours.

octobre
Le Prince Noir renonce à sa principauté de Guyenne: les ducs Louis de Bourbon et Jean de Berry peuvent dès lors se porter en Bretagne pour réduire les forces du duc Jean IV.

1er décembre
À Loudun, les seigneurs du Poitou et des Charentes prêtent le serment de fidélité au roi.

11 décembre
Les ducs Philippe de Bourgogne, Louis II de Bourbon et Jean de Berry ainsi que le connétable Bertrand du Guesclin rentrent dans Paris. Le 12, Jean de Berry rend l'hommage au roi Charles V pour le comté de Poitou, qu'il a obtenu en apanage; la Saintonge et le comté d'Angoulême sont réunis au domaine royal (en 1373, l'Aunis est

séparé de la sénéchaussée de Saintonge et forme le « gouvernement de La Rochelle »).

autres événements
• La Bretagne est liée avec les cités de Biscaye par un traité commercial.
• Charles IV, roi de Naples, venant d'Avignon, visite à Chambéry le comte Amédée VI et le convainc d'entrer en guerre pour le pape et la couronne de Naples contre Galeazzo II Visconti, seigneur de Milan.
• Des négociations sont en cours pour marier une fille du roi, Marie, à Guillaume de Hainaut, héritier du duc Aubert de Hainaut.

1372-1377

Peu après 1372, Jean Golein publie son *Traité du sacre.*

1373

janvier-février
Deux légats du pape tentent de réunir une conférence de paix à Bruges, sans succès.

mars
Une armée anglaise commandée par le comte de Salisbury débarque à Saint-Malo, mais doit rembarquer devant l'arrivée de Bertrand du Guesclin.

24 mars
La bataille de Chizé, remportée par Bertrand du Guesclin sur un corps d'armée anglais, conduit les garnisons anglaises de Niort, Lusignan et La Roche-sur-Yon à capituler.

avril
Bertrand du Guesclin s'assure le contrôle de la Bretagne, d'où le duc Jean IV, résolument du parti anglais, s'est enfui en Angleterre le 28 avril.

fin juin
Jean de Gand, duc de Lancastre, débarque à Calais et lance une nouvelle chevauchée. Tenus loin de Paris, les Anglais ravagent Picardie, Champagne (Olivier de Clisson les empêche de prendre Sens), Nivernais et Bourbonnais, puis Tulle et Brive pour arriver à Bordeaux.

10 septembre
Un conseil de guerre à Paris décide une tactique défensive, limitée à des actions ponctuelles de reconquête.

16 décembre
Une première ordonnance, suivie de celle du 14 janvier 1374, décrit les principes constitutifs d'une armée permanente, ou de métier.

autres événements
• Amédée VI de Savoie mène les opérations contre les Visconti en Piémont.
• Le duc de Bourgogne Philippe le Hardi autorise la réinstallation des juifs dans son duché.
• Une enquête sur les biens des Hospitaliers en Provence révèle une chute dramatique des revenus seigneuriaux et un redéploiement de l'économie vers la transhumance des moutons et la production lainière.
• Fondation de la Bastide-d'Anjou (Aude).
• Les travaux reprennent activement à Vincennes: après l'achèvement du donjon en 1369, on construit l'enceinte, les portes fortifiées et les tours (1373-1377), et en 1379, la Sainte-Chapelle, vouée à la Trinité et à la Vierge.

1373-1375

Bertrand Boysset, arpenteur arlésien, compile en provençal le *Roman d'Arles*, dernier avatar de la geste de Charlemagne.

1374

13 janvier
Une ordonnance militaire décide la centralisation du recrutement (fondé sur le volontariat) et une nouvelle hiérarchie des troupes (chaque « route » de 100 hommes est commandée par un capitaine, un paiement régulier des soldes est assuré).

14 août
Le roi promulgue l'ordonnance (« édit du Bois de Vincennes », par référence à la légende de Saint Louis) fixant à l'entrée dans la 14e année (13 ans et un jour) la majorité des rois de France ainsi que l'ordre de succession à la Couronne.

21 août
Louis Ier d'Anjou, frère de Charles V, reprend La Réole aux Anglais.
L'amiral Jean de Vienne commence le blocus de la forteresse anglaise de Saint-Sauveur-le-Vicomte (le titre d'amiral est apparu lors de la première croisade de Louis IX, mais son titulaire ne prend véritablement du pouvoir que sous Charles V).

octobre
Le roi Charles V rédige son testament et publie une ordonnance sur la « régence » (à son frère, le duc Louis Ier d'Anjou) et une autre sur la tutelle (à la reine avec un Conseil formé des ducs) et les apanages.

autres événements
• Le duc Jean IV de Bretagne est contraint de se réfugier en Angleterre. Le roi Charles V tente d'annexer son duché, mais doit faire face à une rébellion des Bretons.
• Au terme de longues négociations, un traité est signé entre les rois Charles V et Louis de Hongrie : il prévoit le mariage du second fils de Charles V, Louis de Valois (3 ans), et de Catherine, fille du roi de Hongrie. Louis de Valois aura par Catherine le royaume de Naples et de Sicile, les comtés de Provence, Forcalquier et de Piémont. En 1376, le pape Grégoire XI fait avorter l'affaire en révélant que Louis de Hongrie avait renoncé à ses droits italiens.

1374-1382

Le duc Louis Ier d'Anjou, frère du roi et époux de Marie de Blois, commande la tapisserie de l'Apocalypse *(Apocalypse d'Angers)* à Nicolas Bataille ; celui-ci l'achève en 1382, d'après les cartons du peintre du roi Hennequin de Bruges.

avant 1375

À Notre-Dame d'Amiens, les sculptures du « Beau Pilier » financées par le roi représentent les hommes de la famille royale assistés de leurs protecteurs célestes et de leurs serviteurs terrestres.

vers 1375

Un peintre parisien réalise le *Parement de Narbonne*, peinture exécutée sur soie, en grisaille, pour le tombeau du roi Philippe III le Hardi (réalisé en 1344 pour ses entrailles déposées à Narbonne).
Le peintre Jean le Noir entreprend la décoration des *Petites Heures du Duc de Berry* ; environ dix ans plus tard (1375-1390), Jacquemart de Hesdin achève l'ouvrage.

1375

27 mars
Des négociations entre Français et Anglais (le duc Philippe de Bourgogne pour Charles V et pour Édouard III son fils cadet Jean de Gand, duc de Lancastre) reprennent à Bruges, sous l'égide du comte de Flandre Louis de Male et de deux cardinaux-légats ; elles aboutissent aux Trêves de Bruges signées le 1er juillet. La trêve dure deux ans.

21 mai
Lors d'une séance solennelle (ce qu'on appellera au XVIe siècle le « lit de justice »), le roi fait enregistrer par les états du royaume les deux grandes ordonnances de janvier et août 1374.

3 juillet
Avec l'aide financière des états de Normandie, l'amiral Jean de Vienne contraint les Anglais de la base de Saint-Sauveur-le-Vicomte à la reddition. Les Anglais quittent la Normandie.

autres événements
• Philippe d'Orléans (frère du roi Jean II le Bon) meurt sans héritier ; son apanage de l'Orléanais fait retour au domaine royal.
• Le Chevalier de la Tour-Landry (1330-1405) compose le *Livre pour l'enseignement de ses filles.*

1376

janvier-mars
Les pourparlers avec les Anglais reprennent à Bruges. Les cardinaux proposent le statu quo et une trêve de quarante ans ; les deux parties s'y opposent, les Anglais pour préserver les droits du duc de Bretagne, et les Français pour sauvegarder les biens de leur allié de Castille, menacé par le duc de Lancastre, Jean de Gand. Une dernière session a lieu en juillet sans résultat.

16 mai
Le juriste Évrard de Tremaugon achève son *Somnium viridarii (Songe du verger)*, traité de droit public et manuel de gouvernement commencé en 1374 et bientôt traduit à l'initiative du roi (1378).

8 juin
Le Prince Noir décède à Westminster.

autres événements
• Une grande ordonnance sur les forêts organise la hiérarchie administrative et la justice des forêts royales.
• Jean le Fèvre, procureur au Parlement de Paris, compose le *Respit de la mort*, où il se met en jugement devant le tribunal divin selon les procédures en usage à l'époque.

avant 1376-1377

Le Normand Henri de Ferrières écrit les *Livres du roi Modus et de la reine Ratio*: deux livres, dont le premier est le *Livre de chasse*, dialogue sur la chasse, les animaux et leurs significations, et le deuxième le *Songe de pestilence*, allégorie sur les malheurs et les vices, la crise morale du temps.

1377

17 janvier
Le pape Grégoire XI se réinstalle à Rome.

21 juin
À la mort d'Édouard III d'Angleterre à qui succède Richard II, la Bretagne devient indépendante. La guerre reprend bientôt.

été
L'amiral Jean de Vienne porte la guerre jusque dans les ports du sud de l'Angleterre; il ne parvient pas à reprendre Calais.

1377-1383

Une vague de révoltes atteint la France comme les autres royaumes d'Occident. Les Tuchins, partis de la Basse-Auvergne, soulèvent le Languedoc: Le Puy et Nîmes sont en insurrection en 1378; en 1379, ce sont Alès, Clermont-l'Hérault et Montpellier. À Rouen, la Harelle, les Maillotins de Paris (en Italie, Tumulte des Ciompi; en Angleterre, le soulèvement paysan de 1381 et les Lollards)...

vers 1378

Jean Daudin († 1382) traduit le *De remediis utriusque fortunae* de Pétrarque, imprimé en 1523 sous le nom de Nicole Oresme.

1378

4 janvier
L'empereur Charles IV et son fils Wenceslas, roi des Romains, venant de Cambrai, puis Compiègne, Senlis et Saint-Denis, rendent visite au roi Charles V à Paris.

6 janvier
Le roi et l'empereur visitent la Sainte-Chapelle. Lors du dîner, on représente la prise de Jérusalem en 1099 par Godefroi de Bouillon. L'empereur Charles IV concède au dauphin Charles (futur Charles VI) le «vicariat impérial» dans l'ancien royaume d'Arles (comté de Bourgogne, vallée du Rhône, comtés de Provence et de Forcalquier, plus une partie du Piémont). Il repart le 16 janvier sur Meaux, accompagné des ducs Louis Ier d'Anjou et Jean de Berry.

8 avril
À Rome, sous la pression des Romains, Urbain VI est élu pape, succédant à Grégoire XI, mort le 27 mars.

vers Pâques (18 avril)
Une révolte éclate au Puy-en-Velay contre l'impôt, contre la noblesse. L'agitation s'étend dans le Midi.

20 avril
Le Conseil du roi ordonne la confiscation des biens du roi de Navarre Charles le Mauvais. À la fin mars, un complot organisé par Charles de Navarre a en effet été éventé, donnant prétexte au roi Charles V pour conquérir la principauté navarraise d'Évreux, au profit du domaine royal; entre avril et juillet, Bertrand du Guesclin reprend Carentan, Avranches et Mortain. Charles de Navarre ne conserve plus que Cherbourg, remis aux Anglais le 27 juillet.

11 septembre
Le roi réunit une assemblée de prélats et de docteurs des universités de Paris et Orléans, qui examinent les conséquences de l'élection d'Urbain VI, jugé irrégulièrement élu.

20 septembre
Le roi Charles V est à Boulogne. Irrités par les initiatives du pape Urbain VI, les cardinaux français, réunis à Anagni (en Italie) à l'initiative du cardinal Jean de la Grange et de l'archevêque d'Arles Pierre de Cros, procèdent à l'élection d'un concurrent, le cardinal Robert de Genève, qui prend le nom de Clément VII: le Grand Schisme d'Occident (1378-1417) commence. Charles V hésite à faire aussitôt obédience à Clément VII.

16 novembre
Le Conseil du roi décide de reconnaître officiellement Clément VII.

18 décembre
Jean IV de Bretagne est déclaré félon; Charles V procède à la commise (saisie du fief par le seigneur du félon) de la Bretagne et réunit le duché à la Couronne, malgré les protestations de la mère de

Jean IV, Jeanne de Penthièvre. Il se met à dos les deux partis bretons.

autres événements

• Le duc de Bourgogne Philippe le Hardi rétablit l'atelier monétaire d'Auxonne et frappe sa propre monnaie.

1378-1379

Charles V fait rédiger le *Recueil des Traités de la France.*

1379

20 janvier

Clément VII s'installe en Avignon où les services de la curie pontificale sont encore en place.

mi-avril

Le roi Charles V convoque les principaux seigneurs bretons et leur demande de lui rendre châteaux et villes qu'ils tenaient du duc de Bretagne. Une résistance s'organise et rappelle le duc Jean IV.

7 mai

Lors d'une assemblée d'ecclésiastiques et de princes et barons à Vincennes, des cardinaux doivent encore convaincre la Cour d'adhérer au parti de Clément VII. Les nations anglaise et picarde de l'Université de Paris choisissent le clan d'Urbain VI.

3-6 août

Le duc de Bretagne Jean IV, exilé depuis fin avril 1373 en raison de l'occupation française, rentre de son exil anglais et est accueilli par sa mère, Jeanne de Penthièvre : l'unité bretonne se reconstitue momentanément contre le roi de France.

été

Une épidémie (de peste ?) fait de nombreuses victimes à Paris.

octobre

Violante, fille de Robert Ier duc de Bar et de Marie, sœur du roi Charles V, est donnée en mariage à Jean Ier, futur roi d'Aragon (1387-1396).

25 octobre

Le Languedoc et Montpellier sont en révolte.

21 novembre

Le roi Charles V ordonne une baisse générale des fouages.

1380

24 janvier

Le duc Louis Ier d'Anjou procède à la cérémonie du pardon des Montpelliérains, condamnés à une lourde amende pour leur rébellion. Peu après, Bertrand du Guesclin est nommé capitaine général en Languedoc.

29 janvier

Le roi Charles V, qui a quitté Montargis, est à Melun, d'où il rentre à Paris le 1er février.

25 avril

Un accord est conclu entre le roi et les députés des villes du Languedoc.

20 mai

À Leulinghen, des envoyés de Charles V proposent des conditions de paix aux Anglais qui les jugent insuffisantes.

29 juin

Louis Ier d'Anjou est adopté par Jeanne, reine de Naples et de Sicile, et devient son héritier, contre la promesse d'un soutien militaire pour résister à Charles de Duras qui a envahi le royaume de Naples avec le soutien des Hongrois. L'instigateur de cette adoption est l'antipape Clément VII.

19 juillet-septembre

Une armée anglaise débarque à Calais et part en chevauchée par la Picardie, la Champagne, le Gâtinais et de là, vers la Bretagne.

16 septembre

Depuis son château de Beauté-sur-Marne, le roi Charles V abolit les fouages. Il meurt quelques heures plus tard. Il est inhumé à Saint-Denis et son cœur est déposé à la cathédrale de Rouen. Son fils aîné, futur Charles VI, n'a que 12 ans.

CHARLES VI

Né le 3 décembre 1368-Mort le 21 octobre 1422
Règne: 1380-1422 (nominalement 42 ans)
Roi à 12 ans

*F*ils de Charles V et de Jeanne de Bourbon, Charles VI a pour frère Louis (né le 13 mars 1372), comte de Valois, duc de Touraine en 1386, futur duc d'Orléans; en 1389, Gian Galeazzo Visconti – les Visconti sont seigneurs de Milan de 1277 à 1447 – marie sa fille Valentine au duc Louis d'Orléans: ce mariage fonde les prétentions de Louis XII sur Milan. Les deux frères ont été élevés ensemble, car toutes leurs sœurs sont mortes, sauf Catherine qui n'a que 2 ans (elle meurt en 1388).

Le 17 juillet 1385, Charles VI épouse Isabeau de Bavière († 1435), dont il a 12 enfants. Charles, Jeanne et Philippe meurent en bas âge. Charles, duc de Guyenne (6 février 1392-13 janvier 1401), Louis (22 janvier 1397-18 décembre 1415), duc de Guyenne et dauphin de Viennois, marié à Marguerite de Bourgogne, fille aînée du duc Jean sans Peur, Jean (31 août 1398-4 avril 1417), duc de Touraine et de Berry, marié à Jacqueline de Hainaut, et Charles (22 février 1403-22 juillet 1461, futur Charles VII). Isabelle (9 novembre 1389-13 septembre 1409) est mariée le 4 novembre 1396 à Richard II d'Angleterre († 1400), puis à Charles d'Orléans; Jeanne (24 janvier 1391-27 septembre 1433), mariée à Jean V, duc de Bretagne; Marie (22 ou 24 août 1393-19 août 1438) est religieuse à Poissy; Michelle (11 ou 12 janvier 1395-1422), femme du duc de Bourgogne Philippe le Bon; Catherine (27 octobre 1401-1438), mariée au jeune Henry V d'Angleterre (Reims, 2 juin 1420), puis à Owen Tudor.

En 1380, Charles VI n'a que 12 ans; il est sous minorité puis sous tutelle. Ses oncles exercent le gouvernement. Au premier plan, l'aîné, Louis Ier d'Anjou (41 ans; il possède en apanage Anjou et Maine, plus la Touraine en viager), qui assure la «régence» et préside le Conseil du roi à partir du 30 novembre 1380. Mais Louis Ier se tourne vers l'Italie où il va mourir à Bari en 1384. Le second est Jean, duc de Berry (40 ans, seigneur du Berry, du Poitou et de l'Auvergne), et le troisième Philippe, duc de Bourgogne (38 ans). Il y a aussi l'oncle maternel, Louis II, duc de Bourbon. Dès 1382, le duc de Bourgogne Philippe le Hardi occupe la première place parmi les princes, Jean de Berry ayant été exclu du Conseil de «régence» par Charles V; Philippe a la garde des enfants royaux.

Or, le jeune roi se rebelle contre la tutelle de ses oncles. En novembre 1388, il franchit le pas, pressé par le cardinal de Laon, Pierre de Montaigu, ancien conseiller de son père. Il peut s'appuyer sur son frère Louis (futur Louis Ier d'Orléans). Il s'entoure d'anciens conseillers de Charles V, qui recouvrent leur influence perdue : le chambellan Bureau de la Rivière, Jean le Mercier (bientôt grand maître de l'Hôtel du roi), Arnaud de Corbie (chancelier), Pierre de Chevreuse, Jean de Montaigu (aux finances), Nicole du Bosc, et surtout le connétable Olivier de Clisson. Ils s'appuient sur le cardinal de Laon et sur le cardinal Jean de la Grange. Ils recourent massivement à de plus jeunes, comme Guillaume de Sens (président du Parlement), Guillaume le Bouteiller. À ce groupe, on a donné le nom de Marmousets. Leur politique, axée sur la recherche d'un équilibre fiscal et budgétaire, ainsi que sur l'ouverture aux nouvelles élites, sur une mystique de l'État et sur le parti du pape Clément VII, chute sur un obstacle inattendu.

En 1392 en effet, à 24 ans, le roi sombre dans une maladie psychique. Les oncles reviennent alors, en force. Ils doivent néanmoins compter avec le jeune frère du roi, le duc Louis Ier d'Orléans.

Dès 1398, Louis Ier d'Orléans dévoile ses grandes ambitions ; il peut les mettre en œuvre en 1405, jusqu'à son assassinat en 1407. Il possède de riches terres, mais dispersées : outre le duché d'Orléans et le Périgord, il est comte de Valois, Beaumont, Dreux, Blois, Dunois, Soissons et Porcien, seigneur de Coucy, La Fère, Chauny, Château-Thierry, Provins, Montargis et Angoulême ; hors du royaume il tient du pape le comté d'Asti, qui justifie ses prétentions italiennes, et de l'empereur le duché de Luxembourg d'où il peut contrecarrer la puissance bourguignonne. Il irrite le duc de Bourgogne, son oncle Philippe le Hardi, et le fils de celui-ci, Jean sans Peur. Le duc de Bourgogne possède une immense principauté, constituée du duché et de la comté de Bourgogne (Franche-Comté), des comtés de Charolais, Nevers et Rethel, de nombreuses seigneuries en Champagne, Artois et Flandre ; il s'est assuré la main sur les héritages du Brabant, du Limbourg, du Hainaut et de Hollande. L'assassinat de Louis Ier d'Orléans conclut une rivalité mortelle entre les deux princes.

L'« absence du roi » constitue le problème majeur du règne : pendant vingt-cinq ans en effet, le royaume est confronté aux accès périodiques de folie de Charles VI. Les oncles du roi (ducs d'Anjou, de Berry et de Bourgogne) et les conseillers tentent une issue légale : c'est durant l'hiver 1392-1393 le renouvellement des ordonnances de 1374 (« édit du Bois de Vincennes » sur la majorité des rois de France). En 1403, les princes décident la suppression de la «régence»: en cas d'absence du roi, le pouvoir revient au Conseil des princes, présidé par la reine. Mais en 1405, le jeune frère de Charles VI, Louis Ier d'Orléans, parvient à imposer son autorité. Puis en décembre 1407, après l'assassinat de Louis Ier sur ordre du duc de Bourgogne Jean sans Peur, une ordonnance permet de remettre le pouvoir au fils aîné du roi, assisté du Conseil des princes.

Trop tard: le royaume a basculé dans la guerre civile entre les princes. En 1407-1408, le gouvernement est aux mains d'un clan Orléans-Armagnac, passe aux Bourguignons jusqu'en 1413, armagnac encore en 1413-1418, enfin bourguignon allié aux Anglais. La crise atteint son apogée à la fin de 1415, après l'étourdissante victoire anglaise d'Azincourt. Ce n'est pas tout, car en 1417, la crise atteint la monnaie. Le marc d'argent qui valait 7 livres tournois tombe à 12 livres en 1419, puis à 24 livres en 1420. Les producteurs subissent de plein fouet cette inflation. Guerre franco-anglaise, guerre civile: le royaume tout entier souffre. L'activité des foires décline: provisoirement en Flandre et à Saint-Denis, définitivement à Chalon-sur-Saône qui est déserté par les Italiens dès 1395; elle s'est déplacée vers le Brabant et vers Genève.

Charles VI se donne pour devise le mot «Jamais» associé à l'emblème du cerf-volant et aux couleurs blanc-vert-vermeil (depuis septembre 1381).

Papes de Rome

Urbain VI, 1378-1389; Boniface IX, 1389-1404; Innocent VII, 1404-1406;
Grégoire XII, 1406-1409; Alexandre V, 1409-1410; Jean XXIII, 1410-1415;
Vacance du siège; Martin V, 1417-1431.

Antipapes d'Avignon

Clément VII, 1378-1394; Benoît XIII, 1394-1423.

Empereur

Vacance du siège impérial; Sigismond, roi des Romains en 1410,
couronné empereur en 1433-1437.

Rois d'Angleterre

Richard II, 1377-1399; Henry IV, 1399-1413; Henry V, 1413-1422.

1380

2 octobre
Une assemblée solennelle dans la grande salle du Parlement décide d'abréger la régence et de sacrer Charles VI.

10 octobre
Milon de Dormeuil est élu chancelier à la place de Pierre d'Orgemont, remercié.

4 novembre
Charles VI est sacré à Reims, malgré sa minorité; il fait son entrée solennelle dans Paris avec ses oncles, les ducs Philippe de Bourgogne et Louis Ier d'Anjou, le dimanche 11 novembre.

14 novembre
Devant une assemblée à Paris, le chancelier Milon de Dormeuil réclame un nouvel impôt. Paris s'enflamme en émeutes.

16 novembre
Le Conseil du roi abolit les impôts. À la nouvelle de l'abolition, les Parisiens saccagent les maisons des juifs tenus pour responsables de la pression fiscale (ils sont les protégés du roi).

19 novembre
Le duc Jean de Berry est nommé lieutenant du roi en Guyenne et Languedoc (il occupe ce poste jusqu'en 1389), ainsi que dans son apanage de Berry, Poitou et Auvergne.

30 novembre
Un accord entre les quatre oncles-ducs (Philippe de Bourgogne, Jean de Berry, Louis Ier d'Anjou, Louis II de Bourbon) organise un gouvernement collégial, dont le duc d'Anjou assure la présidence par droit d'aînesse.

2 décembre
Charles VI se rend à Notre-Dame de Paris.

10 décembre
Les états généraux de Normandie refusent d'accorder une aide pour la guerre.

20 décembre
Des états généraux de Langue d'oïl sont réunis à Paris. Ils obtiennent du Conseil du roi une charte révoquant tous les impôts; mais il y est question de l'aide militaire qu'allouera chaque province.

autres événements
• Jean Froissart achève son *Meliador*, premier roman arthurien en vers.

JEAN FROISSART

Jean Froissart (Valenciennes, vers 1337 après 1404) a séjourné de 1361 à 1369 en Angleterre auprès de la reine Philippa de Hainaut, femme d'Édouard III. Ses rencontres lui ont permis de nouer un immense réseau de relations dont il se sert à partir de 1370-1373 pour compiler son grand œuvre historique, les Chroniques de France, d'Angleterre et des païs voisins *(de 1327 à 1400), plusieurs fois remaniées par l'auteur. Écrivain au style vif, doté d'un sens fabuleux de la narration, Froissart atteint le sommet de son art dans la partie du troisième livre des* Chroniques *qu'il a consacrée à son voyage (1388) auprès de l'étrange Gaston Fébus, comte de Foix et vicomte de Béarn depuis 1343. Il a aussi composé des poèmes, le* Paradis d'Amour, *songe allégorique (vers 1361-1362), le* Dit de la marguerite *(1364), et surtout* L'Épinette amoureuse *(vers 1369), la* Prison amoureuse *(1371-1372) où l'influence de Guillaume de Machaut (1300-1377) est claire, puis le* Joli Buisson de Jonece *en 1373, qui sonne comme un adieu au dieu Amour et s'achève sur la description du buisson de la Vierge Marie.*

1381

28 janvier
Le gouvernement se met en place. Un conseil de 12 membres l'exerce, sous la présidence du duc Louis Ier d'Anjou, qui reconnaît qu'en matières importantes, son avis ne saurait prévaloir contre celui du Conseil.

début février-mars
Les états généraux de nouveau assemblés à Paris accordent un subside pour un an pour l'équipement d'hommes d'armes. Cette aide sera levée par trois représentants des états dans chaque province, qui veilleront à son bon usage.

3 ou 4 avril
Le roi prend l'oriflamme à Saint-Denis. Il a l'intention de partir dans le Midi pour réduire la rébellion en cours, animée par le comte de Foix Gaston Fébus, contre le duc Jean de Berry; il renonce bientôt à ce projet.

4 avril
Au deuxième traité de Guérande, les régents rétablissent le duc de Bretagne Jean IV dans ses droits (ils renoncent officiellement à l'annexion de la Bretagne) et l'invitent à faire hommage au jeune roi.

17 mai
Hugues Aubriot, prévôt de Paris (de 1367 à 1381) favorable au pape de Rome, est condamné par le tribunal ecclésiastique de Paris pour avoir porté atteinte aux privilèges des clercs lors des obsèques de Charles V, et surtout en raison de sa fidélité à la politique du gouvernement favorable au pape d'Avignon Clément VII. Il doit faire une pénitence publique.

1er juin
Le pape de Rome Urbain VI investit Charles de Duras du royaume de Naples.

22 juin
Le duc de Bretagne Jean IV crée l'ordre de l'Hermine.

juillet
Les troupes du comte de Foix Gaston Fébus massacrent les « routiers » au service du duc Jean de Berry à Rabastens.

8 septembre
Une insurrection éclate à Béziers à l'annonce de la venue du duc Jean de Berry. Elle dure dix-sept jours.

début novembre
Les états de Langue d'oc font connaître au roi leurs conditions pour se soumettre à l'autorité du duc Jean de Berry. Ils demandent l'amnistie.

1382

4 janvier
Le duc Jean de Berry entre à Béziers. Peu après, il réclame aux états de Langue d'oc un fouage de 1 franc et demi par feu.

15 janvier
Une ordonnance royale rétablit les impôts indirects sur le vin, le sel et toutes marchandises. Sa publication à Paris le 28 février provoque une révolte le 1er mars (les Maillotins). Le calme revient vers le 15 mars, avec un accord sur une grâce partielle accordée par le roi aux émeutiers.

17 janvier
Le duc Louis Ier d'Anjou part en Provence pour y prendre possession de l'héritage provençal de la reine Jeanne de Naples et de Sicile (celle-ci en avait fait son héritier le 29 juin 1380).

26 janvier
Philippe, fils de Jacques d'Artevelde, prend la tête d'une insurrection à Gand, contre le comte de Flandre Louis de Male; élu capitaine général, il instaure un gouvernement du peuple.

16 février
Le duc de Bretagne Jean IV fonde la chapelle Saint-Michel à Auray; peu après il ordonne la construction du château de l'Hermine à Vannes, qui deviendra la résidence principale des ducs de Bretagne.

24 février
Les bourgeois de Rouen, en émeute (Harelle) à la nouvelle du rétablissement des impôts, rétablissent la Charte aux Normands de 1315. Cette semaine-là, plusieurs émeutes se produisent à Caen, Amiens, Reims, Orléans.

6 avril
Charles VI entre dans Rouen qui est soumise à une répression féroce. Il convoque des états de Normandie pour le 14 avril (Pâques) et leur demande de verser de nouveaux impôts; les Normands cèdent au début juin.

16-17 avril
Les états de Provence, convoqués afin de reconnaître pour leur comte le duc Louis Ier d'Anjou, fils adoptif de la reine Jeanne Ire de Naples, sont le théâtre d'une dissension entre nobles et prélats d'une part, favorables au duc, et les représentants des communautés. Louis Ier d'Anjou a reconquis les comtés de Provence et de Piémont sur Charles de Duras; il s'engage dans une expédition d'Italie. Son armée, réunie grâce à l'aide du roi de France et du pape d'Avignon, part de Carpentras pour reprendre le royaume de Naples.

3 mai
Les bourgeois de Gand en révolte sous le commandement de Philippe d'Artevelde s'emparent de Bruges, capitale du comté de Flandre.

10 mai
Au terme d'une négociation difficile, les bourgeois de Paris acceptent de verser une aide considérable (80 000 francs). Le 16 mai, le roi fait la paix avec les Parisiens; il rentre dans la cité le 1er juin.

27 juillet
Charles de Duras fait mettre à mort la reine Jeanne Ire dans sa prison napolitaine.

1er août
Alors qu'une flotte est rassemblée en Normandie pour aller mater les Flamands, les Rouennais se révoltent (Seconde Harelle); l'armée rétablit l'ordre aussitôt.

18-19 août
Appelé à l'aide vers le 10 juillet par le comte de Flandre, le roi prend l'oriflamme à Saint-Denis avant de se diriger vers la Flandre agitée par les Gantois.

octobre
Louis Ier d'Anjou arrive tout près de Naples; il commence la conquête de son royaume.

1er octobre
Les bourgeois parisiens forment une conjuration pour obtenir le rétablissement des libertés et franchises octroyées en mai 1382.

14 octobre
Une ambassade des villes flamandes va négocier avec le roi d'Angleterre Richard II.

20 octobre
Philippe d'Artevelde tente une négociation, qui échoue dans l'œuf, au moment où les troupes du roi se rassemblent en Picardie.

12 novembre
L'armée royale quitte Arras; le 19, elle passe la Lys près de Lille. Les «routiers» du connétable (premier des conseillers royaux qui exerce aussi souvent, notamment au XIVe siècle, le commandement de l'armée royale) Olivier de Clisson pillent les villages.

27 novembre
L'armée royale remporte la bataille de Roosebeke sur les Flamands de Philippe d'Artevelde. Bruges se soumet aussitôt.

1er décembre
Le roi récupère à Courtrai les éperons des chevaliers français écrasés par les Flamands en 1302.

18 décembre
Le roi renonce à prendre Gand et licencie l'armée.

autres événements
• Le duc Jean de Berry ouvre les travaux du palais de Bourges.
• Raimond Chalmel, médecin de la Cour d'Avignon, écrit un *Traité de la peste.*

1383

11 janvier
Au retour de Flandre, le roi Charles VI fait son entrée dans Paris. La révolte des Maillotins est aussitôt étouffée, et les principaux meneurs, tous grands notables, sont exécutés dans les semaines suivantes.

20 janvier
Le roi fait annoncer dans Paris le rétablissement des impôts.

27 janvier
Par acte enregistré devant le Parlement, le roi abroge la prévôté des marchands et l'échevinage de Paris et abolit les privilèges des métiers.

3 février
L'Université de Paris doit se soumettre au pape Clément VII.

10 février
Charles VI rapporte l'oriflamme à Saint-Denis.

1er mars
Le roi fait lire aux Parisiens un pardon général (les ducs ont fait exécuter 40 notables tenus pour responsables de l'insurrection).

10-12 avril
Le roi Charles VI est à Chartres (ville restée fidèle) avec le duc de Bourgogne, Philippe le Hardi. Du 16 au 26, il se tient à Orléans, qui doit payer son insurrection. Peu après, Rouen reçoit les agents du roi, qui suppriment la commune et les privilèges de navigation sur la basse Seine. Les marchands parisiens sont désormais libres sur tout le fleuve.

17 mai
Une armée anglaise conduite par l'évêque de Norwich Henri Despencer débarque à Calais sous les couleurs de la croisade en faveur du pape de Rome Urbain VI contre les schismatiques français, partisans de Clément VII, antipape à Avignon.

10 juin-10 août
L'armée anglaise assiège Ypres, sans succès.

22 juillet
Une assemblée des communautés de Langue d'oc, convoquée par le roi, se réunit à Lyon. Elle

apprend le châtiment des villes révoltées du Midi : confiscation des libertés municipales et nouvelle imposition.

2 août
Le roi lève l'oriflamme à Saint-Denis avant de se rendre en Flandre (il la rapporte le 16 octobre).

1er octobre
Un synode à Cambrai prend le parti de Clément VII.

décembre
Wenceslas, duc de Brabant, meurt sans héritier mâle ; Philippe le Hardi, duc de Bourgogne, hérite du duché par sa femme Marguerite.

autres événements
• Le duc de Bourgogne Philippe le Hardi fonde la chartreuse de Champmol, près Dijon, pour en faire la nécropole de sa famille. Il en confie la maîtrise d'œuvre à Drouet de Dammartin. La décoration, à partir de 1385, est réalisée par Claus Sluter et Jean de Beaumetz, assistés par les dynasties de peintres locaux, dont les ateliers sont alors au faîte de leur puissance (Henriot de Dijon, Guillaume Le Maire). Entre 1395 et 1405, Sluter sculpte avec son neveu et successeur Claus de Werve un Calvaire, dont il ne reste que le *Puits de Moïse*. En 1399, le sculpteur Jean de Baerze et le peintre Melchior Broederlam remettent deux retables au duc pour la chartreuse (aujourd'hui au musée de Dijon).
• Les villes provençales associées dans l'Union d'Aix se déclarent en faveur de Charles de Duras ; Marseille reste fidèle à l'héritier de la reine Jeanne, Louis Ier d'Anjou. Une guerre civile s'ensuit.

1384

30 janvier
À la mort du comte de Flandre Louis de Male, Philippe le Hardi, duc de Bourgogne, hérite de son beau-père ; il devient comte de Flandre, d'Artois, de Bourgogne et de Rethel. La (Franche-) Comté et le Nivernais sont intégrés à la Bourgogne ducale. Presque aussitôt, Philippe le Hardi réorganise l'administration du duché, crée l'office de chancelier de Bourgogne, et fait frapper une monnaie d'or (le « noble d'or ») analogue au « noble d'or » anglais, mais d'un aloi un peu inférieur (23 carats 3/4, au lieu de 23 carats 7/8).

14 septembre
Des trêves sont signées avec les Anglais à Boulogne-sur-Mer, à la suite d'une série de suspensions de combats (trêves de Leulinghen, depuis le mois de janvier précédent).

21 septembre
Le régent Louis Ier d'Anjou meurt à Bari lors de son expédition d'Italie ; la Cour tente d'imposer un arbitrage pour tirer parti des conquêtes réalisées par le sénéchal de Beaucaire, mais se heurte à la résistance de la veuve de Louis Ier d'Anjou, Marie de Blois.

autres événements
• Dernière mention de la livre de 15 onces, définie sous Charlemagne et encore en usage à Paris.
• Léon VI de Lusignan, roi d'Arménie, rend visite au roi Charles VI à Paris.

1384-1385

Un peintre est mandaté par la Cour pour réaliser le portrait véridique de trois princesses étrangères au royaume, au vu desquels le jeune roi choisira son épouse.
Le duc de Berry fait ériger le donjon de son château de Mehun-sur-Yèvre.

vers 1385

La *Tenture des Neuf Preux* est tissée, sans doute à Bourges, pour le duc Jean de Berry.
Le Héraut Chandos, d'abord au service du connétable d'Aquitaine John Chandos (de 1363 à 1370) puis du Prince Noir (vers 1370), écrit la *Vie du Prince Noir*, document littéraire de grande qualité pour l'histoire de la guerre en Guyenne sous le fils d'Édouard III et pour la biographie politique de Jean de Gand, duc de Lancastre.

1385

avril
Les princes suivent les recommandations des milieux d'affaires et dévaluent l'écu d'or.
Les régents et la reine douairière Élisabeth de Hongrie font célébrer le mariage par procuration du frère cadet de Charles VI, Louis de Valois-Orléans (futur Louis Ier d'Orléans), avec Marie, fille de la reine de Hongrie. Louis s'intitule dans quelques actes roi de Hongrie.

2 avril
Le roi Charles VI assiste à Cambrai au mariage des enfants du duc de Bourgogne Philippe le Hardi : Marguerite avec Guillaume d'Ostrevant, et Jean comte de Nevers (futur Jean sans Peur et duc de

Bourgogne) avec une sœur de Guillaume, Marguerite de Bavière.

21 mai
Louis II d'Anjou, fils de Louis Ier, est couronné roi de Naples à Avignon.

1er juin
Un détachement français de 2 000 hommes débarque à Leith en Écosse. Il en repart fin octobre sans aucun succès à son actif.

10 juillet
Le roi prend l'oriflamme à Saint-Denis avant son départ en Flandre (il l'y rapporte le 17 septembre).

16 juillet
Un capitaine gantois s'empare du port de Damme, à l'entrée de Bruges: Gand maintient donc le lien avec l'Angleterre. Une armée royale se porte devant Damme dont elle commence le siège.

17 juillet
Le roi Charles VI épouse Isabeau de Bavière (15 ans, fille du duc de Bavière, du lignage Wittelsbach) à Amiens.

14 août
La flotte française attend à L'Écluse l'arrivée du roi et du duc de Berry pour prendre la mer et effectuer un débarquement en Angleterre. Mais Berry n'arrive que le 14 octobre, trop tard pour l'opération.

28 août
L'armée royale entre dans Damme (Flandre occidentale) qui est saccagée.

3 septembre
À Artevelle, Charles VI reçoit une ambassade hongroise pour conclure le mariage de son frère Louis (futur Louis Ier d'Orléans). Celui-ci part le 17 pour la Hongrie. Mais il apprend à Troyes que Sigismond de Luxembourg, futur empereur, vient d'obtenir pour lui-même la main de la jeune Marie.

18 décembre
La paix est signée à Tournai entre le duc de Bourgogne Philippe et la ville de Gand.

1385-1389

Philippe de Mézières publie son *Livre de la vertu de sacrement de mariage et réconfort des femmes mariées*, incorporant l'histoire de *Griseldis*, racontée par Boccace dans le *Décaméron*. En 1389, il achève le *Songe du vieil pèlerin*, allégorie de la monarchie, qui exprime littérairement le programme politique des Marmousets (groupe des anciens conseillers de Charles V).

vers 1385-1390

Jacques d'Ableiges, *Grand Coutumier de France*.
Jean Boutillier (avant 1345-1396), ancien bailli royal puis conseiller du roi, rédige la *Somme rural*, compilation juridique du nord de la France, qui est le dernier des grands coutumiers français.

1386

4 janvier
Le duc de Bourgogne Philippe le Hardi et sa femme Marguerite de Flandre entrent dans Gand pacifiée.

juin-novembre
La Cour de Bourgogne se déplace en Angleterre.

7 août
Le roi Charles VI prend l'oriflamme à Saint-Denis avant son expédition en Flandre. L'« armée de la mer » prépare un débarquement en Angleterre.

25 août
Le roi entend la messe à Notre-Dame de Paris.

29 octobre
Le projet de débarquement en Angleterre est abandonné.

autres événements
- Le duc Philippe le Hardi crée les deux Chambres du conseil de Dijon et de Lille, organes du gouvernement ducal.
- Les sculpteurs André Beauneveu (avant 1340-après 1401) et Jean de Cambrai († 1438) entrent au service du duc Jean de Berry.

1387

27 janvier
Un contrat est signé à Paris, prévoyant le mariage du jeune duc de Touraine Louis (futur Louis Ier d'Orléans) avec Valentine Visconti († 4 décembre 1409), fille du duc de Milan Gian Galeazzo; la contrepartie est ratifiée à Pavie le 8 avril. La dot de Valentine se constitue des comtés de Vertus (Seine-et-Marne) et d'Asti (Italie); en l'absence d'autre héritier, Gian Galeazzo doit léguer à sa fille toutes

ses seigneuries; il apporte tout de suite 450 000 florins. C'est l'une des origines des guerres d'Italie.

juin
Le duc de Bretagne Jean IV fait saisir et emprisonner à Vannes le connétable de France Olivier de Clisson, dont il craint les intrigues. Il le libère contre rançon, mais il a défié ainsi le roi. Jean IV de Montfort doit venir demander son pardon à Paris.
Le duc Louis II d'Anjou entre dans Aix-en-Provence.

21 octobre
Les «Chapitres de paix» d'Aix-en-Provence excluent toutes représailles contre les adversaires du duc Louis II d'Anjou, qui fait d'Aix la capitale de son comté de Provence. Mais la Provence orientale persiste dans son refus de reconnaître le nouveau comte.

autres événements
• L'œuvre de Cuvelier est adaptée en prose pour Jean d'Estouteville, capitaine de Vernon.

1387-1389 ou vers 1405

Gaston III Fébus, comte de Foix et vicomte de Béarn, écrit son *Livre de la chasse.*

1388

mi-juin
Charles VI reçoit à Paris un vieillard du Languedoc, Hugues Nadin de Savardia, qui lui prophétise de grands malheurs s'il ne diminue pas les impôts.

8 juillet
Le roi engage une campagne contre le duc de Gueldre (région d'Arnhem et Nimègue), pour soutenir les espérances du duc de Bourgogne Philippe le Hardi sur l'héritage de sa femme en Brabant. Il est accompagné des ducs Philippe de Bourgogne, Jean de Berry, Louis II de Bourbon, et de son frère Louis, duc de Touraine (futur Louis Ier d'Orléans).

18 août
Une trêve est signée avec l'Angleterre.

septembre
Jean de Grimaldi lègue au comte de Savoie Amédée VII Nice et sa viguerie, Puget-Théniers, le val de Lantosque et la baillie de Barcelonnette, les «terres neuves de Provence». Raymond de Turenne, détenteur de nombreux châteaux dans les Alpilles et la vallée de la Durance, entame une guerre de dix ans contre l'antipape Clément VII et le comte en Provence occidentale.

28 octobre
Le roi est de retour à Reims, après une équipée inutile (le duc de Gueldre s'est soumis sans renoncer à ses fidélités).

3 novembre
À Reims, au retour d'Allemagne, le roi annonce devant le Conseil le renvoi de ses oncles et prend le pouvoir.

autres événements
• Un pont est jeté sur le Rhin à Strasbourg.
• Le duc Jean de Berry engage les travaux de son palais de Poitiers (actuel palais de justice).

1389

27 janvier
Valentine Visconti de Milan est mariée au frère de Charles VI, le duc de Touraine Louis (futur Louis Ier d'Orléans); elle apporte en dot le comté d'Asti (situé entre Savoie et Milanais).
Le même jour, le roi nomme son conseiller Jean de Folleville prévôt de Paris, en charge de la prévôté des marchands de Paris (abolie en 1383).

5 février
Une ordonnance sur le Parlement et la justice généralise le principe de l'élection à tous les offices de justice.

15 février
Louis de Touraine (futur Louis Ier d'Orléans), frère de Charles VI, est émancipé; le lendemain, il commence à siéger au Conseil du roi. Il prend le pouvoir de fait.

11 mars
Des ordonnances sur les monnaies sont publiées.

1er-6 mai
Le roi donne des fêtes à Saint-Denis pour la chevalerie de son frère, le duc de Touraine Louis (futur Louis Ier d'Orléans); on y célèbre la mémoire de Du Guesclin.

23 juin
Florence envoie une ambassade auprès du roi Charles VI, pour lui proposer un partage du nord de l'Italie, contre les Visconti de Milan. L'affaire n'a pas de suite en raison du mariage Visconti.

22-27 août
Isabeau de Bavière fait son entrée dans Paris. Son sacre a lieu le 23 août à Notre-Dame.

2 septembre
Charles VI quitte Paris avec sa suite (sans la reine) pour Melun, d'où il repart le 13 sur Nemours, Montargis, La Charité-sur-Loire, Nevers, Moulins, Cluny, Lyon, en direction du Midi; il arrive à Beaucaire à la fin octobre.

31 octobre-5 novembre
Charles VI est à Avignon. Il fait couronner Louis II d'Anjou roi de Sicile par le pape d'Avignon le 1er novembre.

novembre 1389-février 1390
Le roi voyage en Languedoc, entre une visite au pape Clément VII à Avignon et une rencontre à Toulouse avec le comte de Foix Gaston Fébus. Il visite Nîmes, Montpellier (novembre), Toulouse (29 novembre-7 janvier). Ce voyage, préparé l'été précédent par des envoyés dans des assemblées, est destiné à rétablir la paix du roi dans une région dévastée par les « routiers ».

autres événements
• Le roi Charles VI montre les premiers signes de sa maladie.
• Le roi évince son confesseur dominicain et confie cet office à son ancien précepteur et aumônier Michel de Creney.
• Pierre d'Ailly devient aumônier du roi et chancelier de l'Université de Paris.
• Première mention de la livre du marc de 16 onces.
• Honoré Bovet publie *L'Arbre des batailles*, traité sur l'histoire universelle et sur la guerre.

1390

10 janvier
Le comte de Foix Gaston Fébus prête l'hommage à Charles VI; il signe une paix avec le comte d'Armagnac.

23 janvier
Charles VI quitte Montpellier, passe par Nîmes et Avignon, en direction de Lyon.

6-8 février
Le roi est à Lyon.

13 février
Le roi entre dans Dijon où il est reçu splendidement par son oncle Philippe le Hardi, duc de Bourgogne.

21 février
Le retour du jeune roi Charles VI à Paris voit le triomphe du parti des Marmousets, qui chasse du pouvoir les trois oncles du roi.

18 juin
La trêve avec les Anglais est renouvelée pour trois ans.

1er juillet
Louis II le Bon, duc de Bourbon, fils du duc Pierre Ier (mort à la bataille de Poitiers), rassemble à Marseille les troupes d'une petite croisade commanditée par les Génois, pour faire route sur les côtes d'Afrique du Nord (« croisade de Barbarie »); il fait en vain le siège de Mahdia et rentre auréolé de gloire.

août
Louis II d'Anjou, qui a quitté Marseille le 20 juillet, entre à Naples; il parvient à s'y maintenir jusqu'en 1399.

décembre
Le Conseil du roi adopte le projet d'une expédition royale en Italie pour mars 1391: le but est de rétablir Clément VII sur le siège romain.

autres événements
• Le duc Philippe de Bourgogne remarie son fils aîné Jean sans Peur, comte de Nevers, à Marguerite de Bavière; avec la dot de celle-ci, il achète le comté de Charolais.

1391

6 janvier
Jean Gerson prêche devant la Cour la nécessité de faire cesser le Schisme et l'urgence d'une autre politique que celle des Marmousets.

Jean Gerson

Disciple de Pierre d'Ailly, Gerson (1363-1429) a fait ses études au Collège de Navarre. En 1388, il participe à une mission à Avignon. Dès 1393, il est aumônier du duc de Bourgogne Philippe le Hardi. Il est reçu maître en théologie en 1394, puis élu chancelier de l'Université de Paris en 1396. Il compose en 1403 sa Médecine de l'âme, *ou* Science de bien mourir, *en 1407 un traité sur la « Théologie mystique », et en 1417 un ouvrage important sur « la Puissance ecclésiastique », où, dans la ligne d'un sermon qu'il a prononcé le 23 mars 1415 devant le concile de*

Constance, il défend la thèse de la supériorité du concile sur le pape (« conciliarisme »). L'année même de sa mort en 1429, il a, sur requête de Charles VII, rendu son avis expert en faveur de Jeanne d'Arc.

24 février
Une ambassade du roi d'Angleterre Richard II, venue à Paris proposer une paix définitive, obtient la fixation d'une rencontre des deux rois à la fin juin. L'expédition italienne du roi est ajournée. Cependant, le frère de Charles VI, Louis de Touraine (futur Louis Ier d'Orléans), franchit les Alpes avec le duc de Bourgogne Philippe le Hardi.

automne
Louis de Touraine (futur Louis Ier d'Orléans) achète les comtés de Blois et de Dunois: il se constitue une principauté.

10 novembre
Charles VI arrive à Tours où il doit rencontrer le duc Jean IV de Bretagne, pour l'amener à se rallier au pape d'Avignon Clément VII et pour l'éloigner de son alliance anglaise; le duc de Bretagne ne vient qu'à la fin décembre.

autres événements
• Jean le Meingre (« Boucicaut », 1365-1421) est fait maréchal de France.
• Le comte de Savoie Amédée VII meurt, apparemment empoisonné par un médecin.

1392

26 janvier
À Tours, le roi Charles VI et le duc de Bretagne Jean IV signent un accord sur le rétablissement de la paix entre Montfort, Clisson et Penthièvre; Jeanne, la fille cadette du roi, est promise en mariage au fils aîné du duc Jean IV de Bretagne.

31 mars
Au « parlement d'Amiens », le duc de Bourgogne, Philippe le Hardi, au nom du roi, négocie avec le duc de Lancastre Jean de Gand. Les Anglais garderont Calais en toute souveraineté, ils réclament le paiement de la rançon du roi Jean II le Bon et le comté de Poitou, et proposent de reconnaître la souveraineté du roi de France sur la Guyenne. Les Français exigent du roi d'Angleterre l'hommage lige pour tous ses biens sis dans le royaume de France, donc Calais. La négociation échoue.

4 juin
Louis de Touraine, frère du roi, obtient en apanage le duché d'Orléans, et le comté de Valois en 1393.

13 juin
Un attentat a lieu à Paris contre le connétable Olivier de Clisson; on y voit la main du duc de Bretagne Jean IV de Montfort. Une expédition de représailles est donc montée contre la Bretagne.

5 août
Sortant du Mans à la tête de l'armée, Charles VI est atteint de troubles cérébraux, et ne revient à la raison que trois jours plus tard. Aussitôt, les ducs Jean de Berry et Philippe de Bourgogne reprennent l'initiative du pouvoir; ils renvoient les principaux Marmousets.

9 août
Le roi dicte son testament.

autres événements
• Voyage du duc de Bourgogne Philippe le Hardi en Bretagne.
• Le roi est représenté avec les chevaliers de l'ordre de l'Espérance sur un tableau conservé aujourd'hui à Toulouse (église des Carmes).
• Jean de Berry ordonne la construction de la Sainte-Chapelle de Bourges; elle est consacrée le 19 avril 1405 (détruite en 1757).
• Jean d'Arras compose le *Roman de Mélusine* (pour le duc Jean de Berry, qui est aussi comte de Poitou); peu après 1401, Couldrette met en vers le roman.

1393

janvier
Un ambassadeur de Gian Galeazzo Visconti propose au roi la création, dans le nord de l'Italie, d'un royaume qui serait confié par le pape d'Avignon Clément VII au duc Louis Ier d'Orléans.

28 janvier
Lors d'une fête à Paris dans l'Hôtel Saint-Pol, le feu prend aux déguisements du roi et de cinq seigneurs (« Bal des Ardents »). Le roi est sauvé.

fin janvier
Le roi dicte un second testament; il publie une nouvelle ordonnance sur la majorité des rois de France.

juin
Charles VI fait une rechute de maladie.

autres événements

• Un bourgeois parisien compose pour son épouse *Le Mesnagier de Paris*, manuel de la vie domestique.

• Eustache Deschamps publie l'*Art de dictier*, le premier traité de poétique en français.

Eustache Deschamps

Lié dans sa jeunesse à Guillaume de Machaut, Eustache Deschamps (1346-1407) *entre au service du roi en 1367, puis il passe quelques années plus tard dans la maison du jeune Louis d'Orléans. Son œuvre poétique (environ 82 000 vers) a été compilée dans un manuscrit; elle révèle un poète trempé au feu de l'actualité politique et sociale. Il compile entre 1381-1389 un* Miroir de mariage, *et des extraits du* Livre de divinacions *de Nicole Oresme.*

1394

janvier

Les docteurs de l'Université de Paris organisent un « référendum »; le scrutin fait apparaître les « trois voies » de solution du Schisme. La première est l'intervention d'un concile général; la seconde prône le compromis (un arbitrage), et la troisième la « cession » (retraite volontaire des deux papes).

Les universitaires face au Schisme

Depuis 1392, l'Université de Paris a pris les devants dans la recherche d'une solution au Grand Schisme d'Occident. Elle surplombe alors de haut les autres universités. La faculté des arts comptait 502 maîtres régents en 1349; on en distingue plus d'un millier en 1406. Les docteurs profitent de la lassitude des évêques devant les exigences financières du pape Clément VII et de la curie pontificale d'Avignon, en croissance exponentielle. Ils savent aussi pouvoir compter sur la majorité des rois et des princes (seuls l'empereur et le roi d'Angleterre Henry IV hésitent à soustraire leur soutien au pape romain). Ils peuvent également s'appuyer sur les intérêts du gouvernement royal: passer outre les deux papes, c'est donner au roi et aux princes les pleins pouvoirs sur les Églises. Parmi ces docteurs, Pierre d'Ailly (1351-1420), son disciple Jean Gerson (1363-1429), Pierre Plaoul, Gilles Deschamps, Jean Courtecuisse (vers 1350-1423). Ils sont les promoteurs de la « soustraction d'obédience » d'août 1396. Lorsque le débat reprend en 1406, l'Université est encore en première ligne; c'est de ses rangs que viennent les accusateurs les plus virulents du pape d'Avignon Benoît XIII: Simon de Cramaud (chancelier du duc de Berry), Jean Courtecuisse et Jean Petit (vers 1360-1411, du parti bourguignon); mais Pierre d'Ailly, Gerson, Guillaume Fillastre recherchent longtemps la conciliation, sans succès.

15-16 février

Apparemment guéri, le roi Charles VI fait un pèlerinage au Mont-Saint-Michel.

1er mars

Charles VI est de retour à Paris.

Le duc Philippe de Bourgogne est choisi par le Conseil du roi comme médiateur.

Le duc Louis II de Bourbon acquiert Château-Chinon.

mars-juin

Les pourparlers entre Français et Anglais se poursuivent à Leulinghen.

juin

Le roi Charles VI entend une délégation de l'Université de Paris lui recommander d'intervenir pour la démission des deux papes.

16 septembre

Le pape d'Avignon Clément VII meurt. Son successeur Benoît XIII est élu le 28 septembre, avant d'entendre une ambassade du roi demandant de surseoir à l'élection.

17 septembre

Le roi expulse tous les juifs de France, jugés par la reine responsables de la maladie de Charles VI (il n'existera plus de communautés juives dans le royaume avant le XVIe siècle).

autres événements

• Jean de Montreuil écrit au duc de Lancastre Jean de Gand une lettre-traité (en latin, puis en français) pour le convaincre de réconcilier les rois de France et d'Angleterre.

Jean de Montreuil et l'humanisme français

Jean de Montreuil (1354-1418), secrétaire du chancelier de France, puis au service du duc Louis Ier d'Orléans et du roi Charles VI, mène une carrière politique à la chancellerie, où il constitue un réseau d'amitiés littéraires avec les humanistes français (Laurent de Premierfait, Gontier Col) et italiens, notamment le chancelier de Florence Coluccio Salutati, en employant les canaux de la chancellerie pontificale d'Avignon (Jean Muret, Nicolas de Clamanges). À partir de 1400, il se voue à la propagande politique anti-anglaise, dans des ouvrages historiques (À toute la chevalerie, Traité contre les Anglais). *Il se condamne ainsi aux yeux des Bourguignons, et est assassiné en juin 1418 dans les troubles qui suivent la prise de Paris par le duc de Bourgogne Jean sans Peur. Avec lui s'éteint la première génération française de l'humanisme; désormais, l'Italie domine la scène savante jusqu'à la fin de la guerre de Cent Ans et aux travaux de Guillaume Fichet (1433-après 1487).*

• Le musicien Jean Franchois devient chapelain du duc de Bourgogne Philippe le Hardi, après avoir servi à la chapelle pontificale d'Avignon.

août
Le Conseil des princes se réunit à Paris pour étudier le mariage d'Isabelle.
La République de Gênes s'offre à la domination du roi de France.

31 décembre
Le comte de Flandre émet une charte en faveur des Génois de Bruges, garantissant qu'ils ne seront pas expulsés sans préavis ni privés de leurs biens en compensation de dommages de guerre, contre la promesse qu'ils maintiendront leur étape de la laine à Bruges.

autres événements
• Le roi Charles VI prend une ordonnance contre « rymes et chansons qui facent mention du pape, du roy et des seigneurs de France ».
• Charles VI promulgue un édit interdisant le chapeau « embronché » qui recouvre entièrement la figure.
• Une adaptation théâtrale de *Griseldis*, la dernière histoire du *Décaméron* de Boccace, est publiée.

1395

2-14 février
L'assemblée du clergé convoquée par le roi demande la démission des deux papes d'Avignon et de Rome (« cession »). Une ambassade, conduite par les trois ducs – Jean de Berry, Philippe de Bourgogne et Louis Ier d'Orléans –, part à Avignon auprès de Benoît XIII pour lui demander son désistement. Après un mois de négociations, les princes s'en retournent sans rien avoir obtenu.

1er mars
Charles VI part en pèlerinage au Puy. Il passe à Clermont le 20, au Puy le 24 et rentre à Paris le 7 avril.

22 mai
Les ducs de Bourgogne, de Berry et d'Orléans arrivent à Avignon avec une forte délégation pour négocier la fin du Schisme. Les entretiens qui se poursuivent jusqu'à la mi-juillet n'aboutissent pas.

juillet
Une ambassade anglaise arrive à Paris pour négocier le mariage de la fille de Charles VI, Isabelle (elle a 6 ans), avec le roi Richard II (âgé de 28 ans).

1395-1396

Le duc de Bourgogne Philippe le Hardi voyage en Frise.

1396

9 mars
Un contrat définit le mariage d'Isabelle, fille de Charles VI, avec le roi Richard II d'Angleterre. La princesse renonce à tout droit sur la succession royale. Le 11 mars, des trêves de vingt-huit ans sont signées avec l'Angleterre. Le 12 mars, les fiançailles sont célébrées à la Sainte-Chapelle.

24 mars
Le Conseil du roi accepte la proposition des Génois d'entrer dans le royaume de France.

août
Une assemblée du clergé à Paris suit les réquisitions de l'Université, sur le principe d'une « soustraction d'obédience » (refus d'obéir) à l'endroit du pape d'Avignon Benoît XIII, jusqu'à l'union sous un seul pontife.

25 septembre
La défaite des croisés à Nicopolis (au nord de la Bulgarie, sur le Danube) sonne la fin sinon de l'idée, du moins des entreprises de croisade.
Cette ultime croisade a été engagée à l'appel du roi

Sigismond de Luxembourg, futur empereur: une ambassade hongroise est venue à Lyon presser le duc de Bourgogne Philippe le Hardi d'en prendre le commandement. Philippe a confié l'expédition à son fils Jean sans Peur, comte de Nevers, qui a levé quelque 10 000 chevaliers. L'armée de Jean sans Peur rejoint l'armée de Sigismond à Bude (partie de l'actuelle Budapest); la rencontre, d'une extrême violence, avec les troupes du sultan ottoman Bayezid s'achève dans la déconfiture des chrétiens. Jean sans Peur est fait prisonnier, presque tous les survivants chrétiens sont exécutés.

27 octobre
Les rois de France et d'Angleterre Charles VI et Richard II se rencontrent à Ardres pour confirmer la paix; Charles VI remet sa fille à Richard II. Le mariage de Richard II et d'Isabelle est célébré le 4 novembre à Calais.

27 novembre
Les envoyés du roi Charles VI prennent possession de la ville de Gênes.

2 décembre
La seconde fille de Charles VI (5 ans) est fiancée à l'héritier du duché de Bretagne (5 ans).

1397

22 janvier
La reine accouche de Louis, futur dauphin et duc de Guyenne. Le roi va à Notre-Dame de Paris rendre grâces.

24 février
Charles VI, à Saint-Denis, est victime d'une nouvelle crise.

7 mai
Le roi Charles VI prend une ordonnance contre les jureurs et blasphémateurs.

7 août
Lors d'un des derniers duels judiciaires («jugement de Dieu»), le Savoyard Oton de Grandson (vers 1340/1350-1397) est tué à Bourg-en-Bresse. Avec lui s'éteint l'un des derniers représentants de l'amour courtois (fin poète, auteur de *Complaintes*, du *Livre Messire Ode*, et d'une *Pastourelle*), grand capitaine également qui a combattu du côté anglais.

9 octobre
Le roi, guéri en juillet, est à Saint-Denis avec le duc de Bourgogne, Philippe le Hardi; il offre un reliquaire pour le saint Clou donné à Saint-Denis au XIe siècle.

autres événements
• Le duc de Bourgogne Philippe le Hardi envoie une ambassade chez les Turcs, pour négocier le rachat de son fils prisonnier, le comte de Nevers Jean sans Peur.

1398

fin mars
Charles VI rencontre Wenceslas de Bohême à Reims, pour l'amener à la solution du Schisme prônée par l'Université de Paris.

22-27 mai
L'assemblée du clergé à Paris, réunie avec les trois ducs de Bourgogne, Berry et Orléans, entend un débat contradictoire entre défenseurs et accusateurs de Benoît XIII.

27 juillet
L'assemblée du clergé se prononce à la majorité pour la soustraction immédiate d'obédience à l'encontre de Benoît XIII; les princes publient aussitôt l'ordonnance, signée la veille, décrétant la «soustraction d'obédience». Les cardinaux français se retirent d'Avignon à Villeneuve-lès-Avignon. Peu après, une petite armée française met Avignon à sac; le pape Benoît XIII soutient le blocus dans son palais.

1399

février
Le roi Charles VI recouvre la santé.

17 juin
Le duc Louis Ier d'Orléans scelle un pacte mutuel avec Henry de Lancastre, banni d'Angleterre par le roi Richard II.

4 juillet
Henry de Lancastre débarque en Angleterre et entreprend la conquête du royaume.

30 septembre
Le roi d'Angleterre Richard II est déposé; Henry de Lancastre prend la couronne anglaise sous le nom d'Henry IV.

1er novembre
Le duc Jean IV de Bretagne meurt; il est célébré dans la chronique publiée sous le titre de *Libvre du*

bon Jehan duc de Bretagne par Guillaume de Saint-André. Son fils Jean V étant mineur, la tutelle du duché est exercée jusqu'en 1404 par le duc de Bourgogne Philippe le Hardi et le connétable Olivier de Clisson.

autres événements

• Malgré l'opposition des ecclésiastiques, le roi impose la levée d'un décime.

• Les états de Provence, qui ont pris en main la lutte armée contre Raymond de Turenne, parviennent à apaiser la guerre.

• Louis II d'Anjou est chassé définitivement du royaume de Naples.

• Le maître Ulrich d'Ensingen entreprend la construction de la haute tour octogonale de la cathédrale de Strasbourg, qu'il flanque de quatre tourelles d'escalier (les « Schnecken »). L'ouvrage, prolongé d'une flèche qui en fait le plus haut édifice d'Europe occidentale (142,50 m), est achevé en 1439 par Hans Hülz.

• Christine de Pisan publie l'*Épître au dieu d'amour*.

• Jacques le Grand, religieux augustin (vers 1360-1415/1418), dédie au confesseur du roi devenu évêque d'Auxerre, Michel de Creney, le *Sophilogium*, ouvrage encyclopédique en latin sur l'amour de la sagesse, l'amour des vertus et les états du monde (clergé, noblesse, peuple). Il décline cet ouvrage fameux (plus de 100 manuscrits) en deux adaptations. La première *(Archiloge Sophie)*, vers 1400, reprend la partie sur les arts libéraux pour le duc Louis d'Orléans. La seconde, à l'adresse du duc Jean de Berry, forme le *Livre des bonnes mœurs*, sur les « états » du monde social, et pourrait avoir été diffusée en deux rédactions en 1404 et en 1410 (plus de 60 manuscrits).

vers 1400

Le cardinal Jean de la Grange fait dresser son tombeau (le plus grand du Moyen Âge) dans l'église Saint-Martial d'Avignon.

Les *Quinze joies de mariage* réunissent 15 tableaux satiriques sur le mariage.

1400

août

Édouard II, dernier sire de Beaujeu, sans héritier, lègue tous ses biens au duc Louis II de Bourbon.

octobre

Le pape Benoît XIII obtient la fin du blocus de son palais d'Avignon, et se met sous la garde du duc Louis Ier d'Orléans.

autres événements

• Les Génois s'emparent des îles de Lérins.

• Le roi donne à sa fille Marie, dominicaine au couvent de Poissy, le *Psautier* dit *de Saint Louis*.

1401

janvier

L'empereur des Grecs Manuel II Paléologue vient plaider à Paris la cause de sa lutte contre les Turcs. Il n'obtient qu'un petit contingent d'hommes d'armes.

23 mars

Le maréchal de Boucicaut est nommé gouverneur de Gênes. Il entre le 31 octobre dans la ville (qu'il dirige jusqu'en 1409). En 1400, il a fondé l'ordre de l'Escu vert à la Dame blanche. Vers 1410-1415, Boucicaut fait exécuter pour lui un Livre d'Heures fameux *(Heures de Boucicaut)*.

juillet

Le roi d'Angleterre Henry IV renouvelle les trêves avec le roi de France; il fait remettre au duc de Bourgogne Isabelle, la jeune veuve de Richard II.

décembre

La tension entre les ducs Philippe de Bourgogne et Louis Ier d'Orléans s'aggrave. Louis Ier d'Orléans vient en effet d'accroître son poids en terre d'Empire, en acquérant l'hommage du duc de Gueldre et la garde de la ville de Toul qui s'était mise sous la protection du roi Charles VI: c'est menacer directement le duc de Bourgogne. Des troupes sont rassemblées autour de Paris. La reine Isabeau et les ducs Jean de Berry et Louis II de Bourbon arbitrent pour éviter la rupture.

autres événements

• Le comte de Savoie Amédée VIII acquiert définitivement le comté de Genève (sauf la cité de Genève) et le Piémont. Sa principauté s'étend alors du pays de Vaud à la Méditerranée et de la Bresse au Piémont.

1401-1402

Un serviteur d'Isabelle de France veuve de Richard II d'Angleterre, écrit la *Chronique de la trahison et mort de Richard II*, parallèle et contemporaine de l'*Histoire du roi d'Angleterre Richard* par le valet de Charles VI Jean Creton.

1402

18 avril
Le frère du roi Charles VI, Louis Ier d'Orléans, devient gouverneur général des aides (impôts); il acquiert ainsi le contrôle des finances et du personnel des finances. Le duc de Bourgogne, Philippe le Hardi, proteste violemment auprès du roi, qui cède bientôt.

18 août
Louis Ier d'Orléans acquiert le Luxembourg; Wenceslas de Bohême lui en confie le gouvernement.

19 octobre
La duchesse de Bretagne, veuve de Jean IV, ayant négocié avec les états de Bretagne les conditions de son remariage avec Henry IV d'Angleterre, les états remettent la régence et la tutelle des héritiers au duc de Bourgogne Philippe le Hardi.

autres événements
• Antoine, fils cadet du duc de Bourgogne Philippe le Hardi, épouse Jeanne de Saint-Pol.
• Les docteurs de l'université de Toulouse, favorable au pape de Rome, interviennent en faveur de la restitution d'obédience à Boniface IX.
• L'atelier de Jacquemart de Hesdin achève les *Belles Heures* («Heures de Bruxelles») pour le duc Jean de Berry.
• La «Querelle du *Roman de la Rose*» s'enflamme quand Christine de Pisan soumet à la reine Isabeau sa protestation contre l'antiféminisme de Jean de Meun et de ses lecteurs récents, dont Gontier Col.

1403

11-12 mars
L'antipape Benoît XIII abandonne de nuit la cité d'Avignon et se réfugie à Châteaurenard, terre du roi de Naples. De là il obtient la soumission de la plupart des cardinaux français.

26 avril
Deux ordonnances organisent le gouvernement pour les temps de maladie (ou «absence») du roi. Tous les princes, nobles, officiers royaux et bourgeois des bonnes villes doivent prêter serment de reconnaître pour héritier de la Couronne le duc de Guyenne, dauphin de Viennois, qui sera couronné quel que soit son âge; la reine exercera le pouvoir (en «régence») avec les ducs et le Conseil du roi (ces ordonnances sont, semble-t-il, dirigées contre les ambitions de Louis Ier d'Orléans).

28 mai
Les princes ordonnent la restitution d'obédience au pape d'Avignon Benoît XIII. L'acte, signé par le roi Charles VI, est publié à Notre-Dame de Paris le 30 mai. L'entente entre le pape et les princes ne dure pas. À la fin de l'année, une ordonnance royale prescrit la résistance aux collecteurs de l'impôt pontifical.

août
Les villes flamandes s'inquiétant des intentions belliqueuses du duc Louis Ier d'Orléans à l'égard de l'Angleterre, le duc de Bourgogne Philippe le Hardi obtient du roi Charles VI l'engagement de ne pas porter la guerre en Flandre et l'autorisation de commercer librement.

autres événements
• Le négociant italien Jacques Rapondi offre au duc de Bourgogne Philippe le Hardi un manuscrit de Boccace richement enluminé par un maître parisien.

vers 1404

Le duc Jean de Berry commande à son sculpteur Jean de Cambrai son propre gisant.

1404

janvier
Le duc de Bourgogne Philippe le Hardi passe commande à Christine de Pisan d'un ouvrage sur Charles V, qui devait servir à l'éducation du jeune duc de Guyenne, Louis de France.

27 avril
Philippe le Hardi, duc de Bourgogne et oncle du roi, meurt à Notre-Dame de Hal (près Bruxelles), laissant son immense duché à son fils Jean sans Peur (1371-1419).

9 juin
Charles III le Noble, roi de Navarre, cède au roi Charles VI le comté d'Évreux et Cherbourg en échange de la ville de Nemours qui est érigée à son profit en duché-pairie.

décembre
Christine de Pisan commence la rédaction de son *Livre de la Cité des dames* (achevé en avril 1405).

Christine de Pisan

Italienne d'origine, née à Venise, fille de l'astrologue de Charles V – veuve et chargée de trois enfants – Christine de Pisan (vers 1364-après 1429) entame une carrière intellectuelle d'écrivain, de mémorialiste politique et de mécène. Elle emploie un peintre pour illustrer ses œuvres, en particulier son Épître à Othéa *(dédiée à Louis d'Orléans, c'est le mieux diffusé de ses ouvrages), sa* Mutacion de Fortune *(1403-1405), le* Livre du corps de policie *(1408), et le recueil de ses* Œuvres *qu'elle offre au duc de Berry (1406-1408). En 1409, ce sont les* Cent Ballades d'Amant et de Dame. *Sur commande du duc de Bourgogne Philippe le Hardi, elle dresse à partir de 1403 le* Livre des faits et bonnes mœurs du sage roi Charles V, *en exploitant les archives royales.*

autres événements

• Le pape d'Avignon Benoît XIII commence des préparatifs en vue d'une expédition en Italie. Il se rend à Gênes qui s'est ralliée à lui.

1405

février

La reine Isabeau renouvelle l'alliance qu'elle avait passée avec feu le duc Philippe de Bourgogne.

mars

En l'absence du duc de Bourgogne Jean sans Peur (fils de Philippe le Hardi), Louis Ier d'Orléans ordonne la levée d'une aide pour la guerre contre l'Angleterre.

21 mars

Marguerite de Flandre, épouse de Philippe le Hardi, meurt.

30 avril

Rétabli, le roi fait un pèlerinage à Notre-Dame de Paris en compagnie des rois de Navarre et de Sicile, Charles III le Noble et Louis II d'Anjou.

6 juillet

Louis Ier d'Orléans devient lieutenant général du roi en Picardie et en Normandie.

août

Le duc de Bourgogne Jean sans Peur rassemble une armée bourguignonne aux portes de Paris: la démonstration de force vise à rabattre les ambitions du duc Louis Ier d'Orléans. Lorsque celui-ci tente d'emmener son neveu, le dauphin Louis, hors de Paris, Jean sans Peur l'en empêche.

septembre

Jean sans Peur semble l'emporter dans Paris, gouvernée par les ducs Jean de Berry et Louis II de Bourbon.

automne

Benoît XIII soumet les maîtres de l'Université de Paris à la décime pontificale; les universitaires se mettent en grève, et obtiennent la protection du roi.

9 octobre

Les Parisiens, craignant le retour du duc Louis Ier d'Orléans, se soulèvent.

16 octobre

Les ducs de Bourgogne et d'Orléans, Jean sans Peur et Louis Ier, se réconcilient publiquement.

7 novembre

Le chancelier Jean Gerson prononce son sermon *Vivat rex*, qui expose la thèse qu'un gouvernement du roi ne peut tenir sans le soutien des communautés; il se montre ainsi favorable au duc de Bourgogne contre le duc d'Orléans.

1er décembre

La reine Isabeau et les ducs Louis Ier d'Orléans et Jean de Berry s'allient contre le duc de Bourgogne Jean sans Peur.

autres événements

• Le Nivernais se sépare de la Bourgogne.
• Une flotte française vient en aide à un prince anglais rebelle à Henry IV: un corps d'armée débarque au Pays de Galles et pousse jusqu'à Worcester, puis rentre.
• Laurent de Premierfait traduit le *De senectute* de Cicéron.

1406

mai

Une épître publiée quatre ans plus tôt par l'université de Toulouse («épître toulousaine») en faveur du pape d'Avignon Benoît XIII provoque une protestation du théologien parisien Jean Petit devant les princes; l'Université de Paris demande le maintien de la «soustraction d'obédience» et l'interdiction de toute collecte au profit de Benoît XIII dans le royaume.

17 juillet

Le Parlement de Paris condamne l'«épître toulousaine». Le 11 septembre, un nouvel arrêt du Parlement abolit les taxes apostoliques.

Le duc Louis Ier d'Orléans revient au pouvoir; le duc de Bourgogne Jean sans Peur est écarté du gouvernement.

octobre 1406-janvier 1407
Louis Ier d'Orléans, nommé par son frère Charles VI lieutenant pour le duché de Guyenne, fait expédition en Bordelais; une épidémie et le mauvais temps lui font lâcher prise.

18 novembre
Une assemblée du clergé, réunie par l'Université de Paris, est ouverte pour traiter de la «soustraction d'obédience». La mort du pape de Rome Innocent VII et l'élection de Grégoire XII, mieux disposé à la «cession», portent l'assemblée à trancher en faveur de la «soustraction d'obédience» définitive à Benoît XIII.

autres événements
• Le Parlement de Paris prescrit aux universitaires de plaider en français dans leurs procès.
• Claus de Werve prend la succession de son oncle Claus Sluter à la chartreuse de Champmol. Il y retrouve Jean Malouel (vers 1365/1370-mars 1415), peintre officiel du duc de Bourgogne à partir de 1395, oncle des frères Limbourg.

1407

16 janvier
L'assemblée du clergé refuse l'obéissance au pape d'Avignon Benoît XIII et en appelle au concile général.

18 février
Deux ordonnances royales enlèvent aux deux papes de Rome et d'Avignon le droit de conférer («collation») de nouveaux bénéfices jusqu'à un prochain concile, et interdisent la levée de toutes taxes au profit du pape. Ces deux ordonnances confèrent à l'Église de France une autonomie vis-à-vis du pape. Elles fondent historiquement la doctrine appelée plus tard le gallicanisme. Elles ne sont cependant publiées que le 11 août 1408.

21 avril
Une convention signée à Savone (sous seigneurie du roi de France) organise une rencontre entre les deux papes de Rome et d'Avignon.

23 novembre
Louis Ier d'Orléans, frère du roi, est assassiné rue Vieille-du-Temple, à Paris, sur ordre du duc de Bourgogne Jean sans Peur, son cousin germain. La guerre civile s'embrase, entre les deux camps des Armagnacs et des Bourguignons.

25 novembre
Jean sans Peur s'enfuit de Paris; il est en sûreté à Lille le 2 décembre.

21 décembre
Devant la Cour, Valentine Visconti, veuve de Louis Ier d'Orléans, demande justice au roi Charles VI.

avant 1408

Jean de Cambrai sculpte sur commande de Jean de Berry l'immense *Vierge à l'Enfant* (marbre de 2,10 m de hauteur) destinée aux Célestins de Marcoussis (aujourd'hui dans l'église du lieu).

1408

janvier
Le roi Charles VI délivre une ordonnance portant engagement de «soustraction d'obédience» envers les deux papes de Rome et d'Avignon si le Schisme n'est pas terminé pour l'Ascension.
À Amiens, le duc de Bourgogne Jean sans Peur annonce qu'il revient à Paris se justifier du meurtre de Louis Ier d'Orléans, malgré l'avis de Louis II d'Anjou (roi de Sicile) et du duc Jean de Berry.

30 janvier
Après un gel terrible, la débâcle emporte le Petit Pont de Paris.

28 février
Le duc de Bourgogne Jean sans Peur rentre à Paris (c'est Mardi gras).

8 mars
Jean sans Peur fait présenter aux princes la justification du meurtre de Louis Ier d'Orléans par maître Jean Petit, docteur de l'Université de Paris. Dans son discours, largement diffusé à travers tout le royaume, Jean Petit justifie le meurtre, appelé tyrannicide, par les excès du duc d'Orléans. Le lendemain, le roi Charles VI, remis de maladie, donne au duc Jean sans Peur des lettres de rémission qui l'absolvent.

18 avril
Le pape d'Avignon Benoît XIII excommunie Charles VI en raison de l'opposition qu'il manifeste à son égard, et met le royaume en interdit.

15 mai
Une ordonnance décrète une seconde « soustraction d'obédience » à l'encontre du pape. Elle n'est publiée que le 11 août.

21 mai
Lors d'une grande assemblée au palais royal à Paris, les maîtres de l'Université demandent et obtiennent du roi l'annulation de la bulle du 18 avril précédent.

29 juin
12 cardinaux des deux obédiences publient à Livourne une déclaration solennelle (« acte d'union ») et convoquent un concile général pour mars 1409.

juillet
Le duc de Bourgogne Jean sans Peur quitte Paris pour venir en aide à son beau-frère l'évêque de Liège, en butte à une révolte de ses bourgeois.
Le pape d'Avignon Benoît XIII, interdit de séjour en Provence, se réfugie à Perpignan, en royaume d'Aragon.

11 août-7 novembre
Une nouvelle assemblée du clergé définit l'organisation de l'Église du royaume en l'absence momentanée d'un pape valide; des conciles annuels du royaume tiendront lieu de gouvernement religieux.

26 août
La reine Isabeau revient de Melun avec le dauphin Louis et les ducs Jean de Berry et Louis II de Bourbon, et s'installe au Louvre.

11 septembre
En présence des princes, l'abbé de Cerisy réfute la justification de Jean Petit (du 8 mars précédent), et demande l'application des peines les plus sévères contre le duc de Bourgogne Jean sans Peur.

23 septembre
L'armée du duc de Bourgogne écrase les révoltés de Liège à la bataille d'Othée (près de Tongres). Les villes de la principauté de Liège, puis celles du Luxembourg et de la Lorraine font leur soumission au duc Jean sans Peur.

3 novembre
Devant l'agitation provoquée à Paris par les nouvelles de la victoire bourguignonne, les ducs Jean de Berry et Louis II de Bourbon se replient sur Melun, puis Tours avec le roi Charles VI, la reine Isabeau et le dauphin Louis. La Cour réside à Tours jusqu'en mars.

28 novembre
Le duc de Bourgogne Jean sans Peur entre dans Paris.

autres événements
• Jacques de Châtillon est nommé amiral de France.
• Les frères Pol, Herman et Jean de Limbourg, actifs de 1402 à 1416, achèvent les *Belles Heures* du duc de Berry (vers 1408?), avant de mettre la dernière main aux enluminures des *Très Riches Heures* (1416). Jean (?) peint pour le duc les *Petites Heures* vers 1412.

1409

9 mars
Une réconciliation solennelle a lieu et une paix est signée dans la cathédrale de Chartres (« Paix fourrée ») entre le duc de Bourgogne Jean sans Peur, le roi Charles VI, et les fils de Louis Ier d'Orléans. La même année, le fils du roi, Louis de Guyenne, reçoit pour femme Marguerite, fille du duc de Bourgogne, tandis que le frère de celle-ci, Philippe le Bon, épouse Michelle, fille de Charles VI.

17 mars
Le roi Charles VI et la reine Isabeau reviennent à Paris.

25 mars-7 août
Le concile de Pise, convoqué par les cardinaux, dépose les papes de Rome et d'Avignon, Grégoire XII et Benoît XIII. Le 25 juin, un nouveau pape est élu (Alexandre V), aggravant le Schisme: Benoît XIII et Grégoire XII protestent en effet de la nullité du concile.

septembre
Les Génois chassent de leur cité le maréchal Boucicaut, gouverneur, et s'affranchissent de la seigneurie française.

7 octobre
Les Bourguignons reprennent le pouvoir dans Paris; Jean de Montaigu, maître de l'Hôtel du roi, est arrêté.

17 octobre
Jean de Montaigu est décapité. Les princes s'éloi-

gnent de Paris. Pendant l'hiver, les Bourguignons épurent l'administration des Marmousets.

27 décembre
Le duc de Bourgogne Jean sans Peur obtient la garde du dauphin Louis.

autres événements
- Louis II d'Anjou, avec le soutien financier des états de Provence (il est comte de Provence), tente en vain de reprendre Naples.
- Une université est fondée à Aix-en-Provence.
- Pierre le Fruitier, dit Salmon, offre au roi ses *Réponses* et ses *Lamentations*.
- Jacquemart de Hesdin achève les *Grandes Heures* du duc de Berry.
- Un anonyme écrit le *Livre des fais du bon messire Jehan le Meingre dit Boucicaut*, apologie de la chevalerie qui illustre le maréchal Boucicaut et la politique italienne.

1410

15 avril
La ligue de Gien se forme, donnant naissance au parti armagnac, dirigé par le duc Jean de Berry et le jeune Charles d'Orléans (fils du duc Louis Ier d'Orléans), et dirigé contre la Bourgogne de Jean sans Peur. Chaque prince doit former une armée; des mariages sont prévus, dont celui qui doit unir la petite-fille de Jean de Berry, Bonne d'Armagnac, à Charles d'Orléans.

Armagnacs et Bourguignons

Au parti armagnac (ainsi nommé parce qu'il est implanté dans le centre et le sud du royaume et qu'il recrute là ses mercenaires, et en raison des alliances des Orléans et Berry avec les filles du comte Bernard d'Armagnac) adhèrent les ducs de Berry, de Bourbon, de Bretagne, les comtes de Clermont, d'Alençon, d'Armagnac et le connétable d'Albret. Le jeune duc d'Orléans n'attend du roi d'Angleterre qu'une neutralité dans le conflit. Le clan armagnac est puissant à Paris, centré dans le milieu des changeurs et financiers.
En face, les Bourguignons suivent un véritable chef. En effet, Jean sans Peur a le soutien de ses frères Antoine et Philippe, respectivement duc de Brabant et comte de Nevers, de son propre fils le comte de Charolais (Philippe III le Bon), des comtes de Hainaut, Namur, de la Marche, de Saint-Pol, de Penthièvre, de l'évêque de Liège et des seigneurs d'Artois, Picardie et Bourgogne. À Paris, le parti bourguignon est représenté par la principale corporation, la Boucherie, et par de grands officiers, le président de la chambre des comptes Eustache de Laître, le secrétaire du roi Guillaume Baraut, et par de nombreux universitaires dont un certain Pierre Cauchon. Le parti bourguignon domine largement dans les cercles marchands, soucieux des libertés urbaines que précisément le duc de Bourgogne s'attache à restaurer contre les fidèles de Louis d'Orléans.
La lutte a pris un tour dramatique en 1410. Le duc de Bourgogne a l'appui du roi d'Angleterre à partir de 1411. Vendetta des Orléans contre Bourgogne, la lutte des deux partis ne saurait cependant être réduite à des alliances entre princes: elle révèle deux France, l'une royale et étatique, l'autre princière et parentélaire.

23 juin
À la mort du pape Alexandre V, les cardinaux italiens élisent le Napolitain Jean XXIII.

été
Les armées des deux partis (Armagnacs et Bourguignons) dévastent l'Île-de-France.

2 septembre
Les princes de la ligue de Gien publient le manifeste de Tours, où ils déclarent leur volonté de venir à Paris soutenir leur cause.

début octobre
L'armée armagnac occupe les villages au nord de Paris et assiège Saint-Denis.

2 novembre
Une paix est signée entre Armagnacs et Bourguignons à Bicêtre, propriété du duc Jean de Berry; un gouvernement des deux partis se met en place, mais explose huit mois plus tard. Les deux princes font expulser leurs adversaires de Paris; parmi eux Gontier Col.

Gontier Col

Gontier Col (vers 1350/1352-1418), juriste, est secrétaire du duc Jean de Berry en 1379, qui le place dans l'administration royale en 1380; il est trésorier du roi en 1404. À ce titre, il prend part à de nombreuses ambassades entre les princes (1389, entre Berry et Bourgogne), entre le roi et le pape (1395). Il a œuvré pour le duc Louis Ier d'Orléans, appelant sur lui les foudres du duc de Bourgogne. Son nom est attaché au grand débat sur le Roman de la Rose, *dont il prend la défense dans deux lettres à Christine de Pisan.*

• Début du chantier de Notre-Dame de l'Épine (achevée en 1424).

1410-1419

Bucarius, un Picard inconnu par ailleurs, rédige pour le duc de Bourgogne Jean sans Peur *Le Pastoralet*, qui oppose des bergers bourguignons et armagnacs selon le genre de la pastorale.

1411

14 juillet
Par le manifeste de Jargeau, les Armagnacs lancent un défi au duc de Bourgogne Jean sans Peur et demandent au roi Charles VI son jugement.

septembre
Un accord entre le roi d'Angleterre Henry IV et le duc de Bourgogne Jean sans Peur prévoit des sanctions communes contre les Armagnacs.

fin septembre
Alors que le duc de Bourgogne Jean sans Peur occupe peu à peu la Picardie, les milices flamandes qui lui ont apporté leur soutien se retirent et rentrent en Flandre.

11 octobre
Les Armagnacs, qui opèrent autour de Paris, prennent Saint-Denis et pillent le trésor de l'abbaye.

fin octobre
Le duc de Bourgogne Jean sans Peur revient à Paris avec des mercenaires anglais.

9 novembre
Les Bourguignons reprennent Saint-Cloud et Saint-Denis.

10 novembre
Les Armagnacs (les ducs Charles d'Orléans, Jean de Berry et Jean de Bourbon, le connétable Charles d'Albret et Jean de Montaigu, archevêque de Sens, oncle de l'ancien maître de l'Hôtel du roi Jean de Montaigu) sont excommuniés.

autres événements
• Les émeutiers parisiens de la Caboche mettent le feu au château de Bicêtre (appartenant au duc Jean de Berry). Ils sont menés par les chefs de la corporation des bouchers, les Legois, Saint-Yon, Thibert, Denis de Chaumont, Simon Caboche. Favorables au pouvoir bourguignon qui les flatte, ils ont obtenu de Jean sans Peur le rétablissement de la prévôté des marchands en 1409.
• Une nouvelle expédition en Italie de Louis II d'Anjou aboutit à un échec.

1412

janvier
Le duc de Bourgogne Jean sans Peur fait rétablir par le Conseil du roi le prévôt des marchands et l'échevinage de la ville de Paris.

fin janvier
Les princes armagnacs – Jean de Berry, Charles d'Orléans, Jean de Bourbon et Jean Ier d'Alençon – tentent de rétablir leurs relations avec le roi d'Angleterre Henry IV, en envoyant à Londres successivement deux ambassades.

février
L'Université de Paris, hostile à l'indépendance de l'Église du royaume à l'égard du pouvoir pontifical, reconnaît le droit souverain du pape à la collation des bénéfices.

6 avril
Le Conseil du roi réuni à l'Hôtel Saint-Pol est informé des tractations entre les princes armagnacs et le roi Henry IV d'Angleterre. Le duc de Bourgogne Jean sans Peur se pose alors en défenseur de l'intégrité du royaume; le roi Charles VI et le dauphin Louis s'en remettent à lui pour punir les rebelles. La municipalité parisienne retrouve ses anciennes prérogatives: les échevins et le prévôt des marchands sont de nouveau élus.

6 mai
L'armée royale s'ébranle vers le Sud, marche contre les princes armagnacs confédérés, vers Sens, Auxerre, La Charité-sur-Loire.

8 mai
Les plénipotentiaires armagnacs signent une alliance avec l'Angleterre à Eltham: les princes s'engagent à aider le roi Henry IV à recouvrer entièrement et en pleine propriété la Guyenne; le roi d'Angleterre promet d'envoyer aux princes un corps de 1 000 hommes d'armes et de 3 000 archers.

18 mai
Les princes armagnacs (Charles d'Orléans et Jean

de Berry) et l'Angleterre confirment à Bourges le traité d'alliance signé à Eltham.

11 juin-12 juillet
Bourges, capitale du duc Jean de Berry, chef du parti armagnac, est assiégée par les troupes royales. Le siège est suspendu le 12 juillet par le renouvellement de la paix signée à Chartres le 9 mars 1409.

22 août
À Auxerre, les princes et les seigneurs des deux partis armagnac et bourguignon jurent la paix sur les reliques de la cathédrale (« Paix fourrée » d'Auxerre). Mais le duc de Bourgogne Jean sans Peur garde son pouvoir.

23 octobre
Le roi et les princes rentrent à Paris.
Les Bourguignons prennent Tonnerre et Château-Chinon.

14 novembre
L'armée anglaise de secours aux Armagnacs s'étant mise enfin en action depuis le Cotentin vers la Loire, le duc Charles d'Orléans doit la dédommager pour respecter la paix, par le traité de Buzançais.

autres événements
• Le musicien Nicolas Grenon entre au service du duc de Bourgogne Jean sans Peur. Il compose des motets et ballades qui attestent déjà la fusion des modèles italiens et français.

1413

30 janvier-13 février
Des états généraux de Langue d'oïl se réunissent à l'Hôtel Saint-Pol, convoqués par le roi à la sollicitation du duc de Bourgogne; le chancelier du roi y demande, le 30 janvier, une aide destinée à lever une armée. Les délégués sont répartis non plus en ordres, mais selon leurs provinces ecclésiastiques d'origine. Très vite, des exigences de réforme s'élèvent, formulées principalement par l'Université et la ville de Paris.

février
Le duc de Bavière, frère de la reine Isabeau, plusieurs princes, et le prévôt des marchands de Paris, Pierre des Essarts, trahissent les Bourguignons.

24 février
Forts de l'appui des états, les Bourguignons entreprennent une épuration de l'administration royale à Paris.

20 mars
À la mort d'Henry IV, Henry V accède au trône anglais.

28 avril
Une émeute (menée par les dirigeants de la Grande Boucherie et leurs ouvriers, dont Simon Caboche) éclate contre le dauphin Louis de Guyenne; le duc de Bar, cousin germain du roi, est arrêté. Le duc de Bourgogne Jean sans Peur parvient à garder le contrôle de Paris.

mai
Paris est en proie à l'insurrection de la Caboche; le dauphin Louis, Jean de Berry ainsi que la reine Isabeau sont placés sous surveillance.

22 mai
L'émeute parisienne se dirige contre l'entourage de la reine Isabeau. Le duc de Bourgogne Jean sans Peur perd son influence sur les insurgés.

26-27 mai
L'ordonnance « cabochienne » est promulguée. Elle prévoit l'épuration du Parlement et la réforme de l'ensemble de l'administration royale, qui sera recrutée par voie d'élection. Deux Cours royales dominent l'édifice administratif, le Parlement (justice), et la chambre des comptes (finances); à toutes les Cours, on impose la tenue de délibérations enregistrées.

juin
Les Cabochiens procèdent à des exécutions sommaires à Paris.

1er juillet
Le prévôt des marchands de Paris, Pierre des Essarts, est exécuté par le parti bourguignon.

20-28 juillet
Le duc Jean de Berry et le duc de Bourgogne Jean sans Peur négocient avec les échevins de Paris une paix, signée à Pontoise; l'objectif est de refaire l'union et d'en finir avec l'insurrection parisienne.

août
Des négociations sont engagées pour le mariage d'Henry V d'Angleterre et de Catherine de France. Les trêves de 1396 entre France et Angleterre sont prorogées jusqu'au 2 février 1415.

1er août
Le Conseil du roi entend lecture des articles de la paix de Pontoise. Les quartiers de Paris sont invités à donner leur avis.

3 août
L'avocat du roi Jean Jouvenel des Ursins conduit une délégation des principaux bourgeois de Paris auprès du dauphin Louis.

4 août
L'Université change de parti ; les princes sont libérés, les Cabochiens exilés. Le dauphin Louis traverse Paris triomphalement.

28 août
Le duc de Bourgogne Jean sans Peur quitte Paris en hâte pour Lille.

31 août-1er septembre
Le duc Charles d'Orléans et les princes armagnacs font leur entrée dans Paris. Ils sont reçus par le roi Charles VI.

5 septembre
L'ordonnance cabochienne (mai) est abolie. L'administration est reprise en main entre le 21 et le 28 septembre : le Conseil du roi, dominé par le parti armagnac, révoque 24 baillis et sénéchaux.

décembre
Le dauphin Louis tente en vain de secouer la tutelle armagnac ; il fait appel à son beau-père le duc de Bourgogne Jean sans Peur.

autres événements
- À Paris, le pont Notre-Dame est ouvert à la circulation.
- Jean sans Peur offre au duc Jean de Berry (en juillet ?) le *Livre des merveilles* décoré dans l'atelier parisien du Maître de Boucicaut.

1414

9 janvier
Un Conseil présidé par la reine Isabeau dénonce les initiatives du dauphin Louis et décide l'arrestation de plusieurs conseillers du dauphin.

7-16 février
Le duc de Bourgogne Jean sans Peur, revenu à Saint-Denis, tente d'encercler Paris.

10 février
Le Conseil du roi déclare Jean sans Peur traître et rebelle, banni et excommunié. Le duc de Bourgogne traite en ce moment avec le roi d'Angleterre Henry V.

23 février
L'Université de Paris condamne les thèses de Jean Petit exposées le 8 mars 1408 pour la justification du meurtre du duc Louis Ier d'Orléans.

février-mars
Une épidémie de coqueluche sévit en Île-de-France.

1er avril
Le roi Charles VI va prendre l'oriflamme à Saint-Denis pour conduire l'armée sus aux troupes bourguignonnes.

avril
Les Armagnacs, avec le roi Charles VI, assiègent et prennent Compiègne.

mai
Les villes de Soissons et Laon se rendent au roi.

23 mai
À Leicester, le duc de Bourgogne Jean sans Peur et le roi Henry V prévoient une alliance offensive et défensive (renouvelée le 7 août à Ypres). Jean sans Peur gardera la neutralité à l'égard du roi Charles VI et du dauphin Louis, mais aidera Henry V à conquérir les terres des princes armagnacs.

25 juin
Sigismond de Luxembourg, futur empereur, conclut avec les envoyés de Charles VI un traité d'amitié.

20 juillet-septembre
L'armée royale assiège Arras, mais la pénurie et la volonté du dauphin Louis conduisent les deux partis armagnac et bourguignon à signer une paix le 4 septembre à Arras.

août
Le roi d'Angleterre Henry V demande à Charles VI de lui restituer le royaume de France, ainsi que la main de Catherine, fille de Charles VI.

13 octobre
Le roi Charles VI fait son entrée dans Paris.

octobre-décembre
Le dauphin Louis, duc de Guyenne, est exilé en Berry par les Armagnacs hostiles à la paix (il est possible que le duc Jean de Berry ait voulu cet « exil » pour maintenir les chances d'une paix avec les Bourguignons).

1er novembre
Le concile est ouvert à Constance par le pape romain Jean XXIII ; il siège jusqu'au 22 avril 1418. Il doit en principe rétablir l'unité de l'Église (mise à mal en Angleterre par les disciples de John Wiclif et en Bohême par Jan Hus) et introduire des réformes. Les sessions y sont tenues par « nations », dont la nation française, gênée par l'état du royaume.

décembre
Le roi Henry V expose au Parlement de Westminster son plan de reconquête des terres Plantagenêts perdues sous Philippe Auguste et de la Guyenne telle que l'avait définie le traité de Brétigny, ainsi que sa revendication de la couronne de France.

autres événements
• Laurent de Premierfait offre au duc Jean de Berry sa traduction du *Décaméron* de l'Italien Boccace († 1375), 100 nouvelles racontées dans un cycle fictif de dix jours.

1415

février
Une ambassade anglaise renouvelle à Paris les demandes formulées par le roi Henry V en août 1414.

23 février
Une paix est signée à Arras entre les princes et le duc de Bourgogne Jean sans Peur.

2 mars
Jean XXIII publie son acte de cession. Le 29 mai, le concile de Constance le dépose.

30 juin-début juillet
Une ambassade française est à Winchester ; menée par l'archevêque de Bourges, elle offre la main de Catherine de France au roi Henry V, avec une dot considérable (850 000 écus d'or, 15 villes et 7 comtés d'Aquitaine), mais refuse d'abandonner la Normandie et surtout la souveraineté sur les terres continentales du roi anglais.

4 juillet
Le pape de Rome Grégoire XII abdique sous la pression du concile de Constance.

12 août
Henry V débarque au Chef-de-Caux (Normandie) et occupe le pays de Caux.

10 septembre
Le roi Charles VI lève l'oriflamme à Saint-Denis. Le duc de Bourgogne Jean sans Peur est écarté de l'armée royale, mais il n'empêche pas ses vassaux de participer à l'ost royal.

22 septembre
Henry V parvient à prendre pied en Normandie en s'emparant d'Harfleur, le principal port de l'embouchure de Seine.

8 octobre
Henry V prend la route en direction de Calais. Le 19 octobre, son armée passe la Somme près de Nesle.

25 octobre
À Azincourt, l'armée royale commandée par Jean Ier, duc d'Alençon (1385-1415), est écrasée par les troupes anglaises d'Henry V. Les ducs Jean de Bourbon et Charles d'Orléans, le maréchal Boucicaut, sont capturés et emmenés en captivité en Angleterre.

29 novembre
Charles VI rentre dans Paris, venant de Rouen où il a appris la défaite d'Azincourt.

10 décembre
Jean sans Peur s'établit à Lagny et entreprend de rassembler une armée pour conquérir le pouvoir.

18 décembre
Le dauphin Louis, duc de Guyenne, meurt. Le nouveau dauphin, Jean, est alors à la Cour de Hainaut, sous contrôle du duc de Bourgogne.

30 décembre
Le comte Bernard VII d'Armagnac (beau-père du duc Charles d'Orléans) reçoit le gouvernement des finances royales et le titre de connétable.

autres événements
• Une ordonnance fixe la journée de travail à 11 heures, de 6 h du matin à 17 heures.
• Eustache Marcadé († 1440) fait représenter la *Passion*.

1416

12 février
Bernard VII d'Armagnac est nommé capitaine général du royaume.

16 février
Sigismond de Luxembourg, futur empereur, élève le comté de Savoie au rang de duché en faveur d'Amédée VIII, qui mène la Savoie à son apogée. Amédée VIII de Savoie (1391-1439, † 1451) modernise les Statuts de Savoie (1430); ermite au château ducal de Ripaille, puis antipape sous le nom de Félix V, il est enfin cardinal de Genève.

1er mars
Sigismond de Luxembourg, futur empereur, visite Charles VI à Paris; il se propose comme intermédiaire entre la France et l'Angleterre.

7 mai
Sigismond de Luxembourg arrive à Londres; il convainc Henry V de proposer par ambassade une trêve de trois ans.

13 mai
La Grande Boucherie de Paris est supprimée.

15 juin
Le duc Jean de Berry meurt; sa principauté revient à la Couronne. Le connétable Bernard VII d'Armagnac exerce l'intégralité du pouvoir.

24 juin
Jean sans Peur convient avec les Anglais d'une trêve sur toutes les terres de Bourgogne; il interdit à ses sujets de répondre aux appels à l'ost du roi de France. Il signe en juillet un traité commercial préservant la liberté des marchands de sa principauté.

15 août
Une flotte franco-génoise est battue dans l'estuaire de la Seine par l'escadre de Jean de Bedford, frère d'Henry V. Le même jour, le roi des Romains Sigismond et Henry V d'Angleterre signent à Canterbury un traité d'alliance.

6 octobre
Le duc de Bourgogne Jean sans Peur rencontre le roi Henry V à Calais. Il signe un accord par lequel il reconnaît Henry V et ses successeurs comme rois de France.

autres événements
- Le Bourguignon Jean Bellechose peint le retable de Saint-Denis.
- Alain Chartier achève le *Livre des quatre dames*.

1416-1422

Le Normand Jean de Courcy, seigneur de Bourg-Achard, écrit un recueil de chroniques, dit *La Bouquechardière*; l'atelier du Maître de l'Échevinage de Rouen est chargé de réaliser 12 exemplaires au moins de l'ouvrage vers 1460-1470.

1417

avril
Après la mort du dauphin Louis, duc de Guyenne, le 18 décembre 1415, le décès du nouveau dauphin Jean, duc de Touraine, le 4 avril 1417, et celui du duc Louis II d'Anjou donnent au nouveau dauphin Charles (futur Charles VII) le pouvoir armagnac. Le 13 avril, le roi Charles VI investit Charles du Dauphiné, et lui donne Berry et Poitou le 17 mai; le 14 juin, il le nomme lieutenant général du royaume.

25 avril
Le duc de Bourgogne Jean sans Peur adresse aux villes du royaume un manifeste. Le 29, Jean sans Peur et Sigismond de Luxembourg, futur empereur, signent une alliance offensive et défensive.

10 mai
Le gouvernement décide une dévaluation de la monnaie, inaugurant une nouvelle phase d'instabilité monétaire, qui dure jusqu'en 1436.

29 juin
Au Chef-de-Caux, la flotte française est anéantie par les Anglais. La Manche devient une mer anglaise.

26 juillet
Le concile de Constance dépose l'antipape d'Avignon Benoît XIII.

1er août
Le roi d'Angleterre Henry V débarque à Touques et entreprend méthodiquement la conquête du royaume de France, depuis la Normandie. Il entre bientôt dans Caen (le château se rend le 20 septembre), Bayeux, Argentan (11 octobre). Il confirme la Charte aux Normands de 1315 et le statut particulier de la Normandie.

16 septembre
Le duc de Bourgogne Jean sans Peur est à Versailles, d'où il organise l'encerclement de Paris.

novembre
Jean sans Peur délivre la reine Isabeau exilée à Tours par le connétable Bernard VII d'Armagnac; il promet la suppression des aides.

Le duc de Bretagne Jean V conclut à Alençon une trêve d'un an avec Henry V d'Angleterre.

11 novembre
L'assemblée du concile de Constance élit pour pape Martin V; le Schisme s'achève. Mais le même mois, le Parlement et le Grand Conseil proposent de faire des ordonnances provisoires de 1407 des lois définitives du royaume.

23 décembre
Le duc de Bourgogne Jean sans Peur crée à Troyes, sous son contrôle, un contre-gouvernement face à celui du dauphin Charles (futur Charles VII); il en remet la présidence à la reine Isabeau.

autres événements
• Les Bourguignons sont solennellement excommuniés.

1417-1419

Jean d'Orville, dit Cabaret, secrétaire du duc Louis II de Bourbon († 1410), puis historiographe du duc de Savoie Amédée VIII (1391-1439), rédige les *Chroniques* de Savoie. En 1429, il compile les souvenirs d'un compagnon du duc de Bourbon Louis II le Bon sous le titre de *Chronique du bon duc Loys de Bourbon*.

1418

30 janvier
Le gouvernement bourguignon de Troyes envoie Louis de Chalon en Languedoc pour y installer une administration soumise. Toulouse, Carcassonne se rallient aux Bourguignons.

26 février
Le dauphin Charles (futur Charles VII) interdit à l'Université de Paris toute instance, tant que le pape Martin V n'aura pas reconnu les « anciennes franchises et libertés » des Églises du royaume. Le pape signe peu après avec plusieurs nations, dont la nation française, une convention réglant le nombre des cardinaux, les cas réservés à la curie pontificale, la collation des bénéfices et la levée des annates (impôts ecclésiastiques sur les paroisses).

avril
Le concile de Constance suspend ses travaux.

26 mai
On apprend à Paris que des pourparlers menés près de Montereau, sous l'égide du pape Martin V, ont abouti à une paix entre le dauphin Charles (futur Charles VII) et le duc de Bourgogne Jean sans Peur. Mais le connétable Bernard VII d'Armagnac refuse cette paix.

29 mai
Les Bourguignons s'emparent de Paris où leur parti a préparé une insurrection; ils incarcèrent les Armagnacs. Paris reste aux mains des Bourguignons, puis de leurs alliés anglais, jusqu'en 1436. Le dauphin (futur Charles VII) a pu s'enfuir grâce au prévôt de Paris, Tanguy du Châtel, qui le conduit à Melun.

juin
Le roi d'Angleterre Henry V accentue sa pression. Il domine toute la Basse-Normandie et commence à prendre les villes de Haute-Normandie. Louviers tombe le 23 juin.

12 juin
Le connétable Bernard VII d'Armagnac et un grand nombre d'Armagnacs sont assassinés par les émeutiers bourguignons parisiens.

8 juillet
Le duc de Bourgogne Jean sans Peur quitte Troyes pour reprendre en main Paris.

14 juillet
La reine Isabeau et le duc Jean sans Peur font leur entrée dans Paris.

29 juillet et août
Henry V entame le siège de Rouen (qui dure jusqu'au 13 ou 19 janvier 1419; la ville est du parti bourguignon).

10 août
Un groupe de Tsiganes arrive à Colmar (Haut-Rhin); c'est la première mention sûre de leur arrivée en France depuis le Proche-Orient. Un autre groupe apparaît à Paris en août 1427.

20-21 août
Des massacres organisés par les Bourguignons ont lieu dans Paris (où sévit d'ailleurs une épidémie de petite vérole). Pour préserver son autorité, le duc de Bourgogne organise aussitôt la répression des meurtriers.

9 septembre
Le parti bourguignon fait annuler les ordonnances de février 1407 qui ne restent en vigueur que dans

la partie du royaume aux mains du dauphin Charles (futur Charles VII) et des Armagnacs.

16 septembre
Un traité, jamais signé, est préparé à Saint-Maur entre le duc de Bourgogne Jean sans Peur et le dauphin Charles.

21 septembre
Une ordonnance signée par le dauphin Charles à Niort crée un parlement à Poitiers. Les hommes du dauphin reconstituent un gouvernement en exil.

24 novembre
Le duc de Bourgogne Jean sans Peur se déplace jusqu'à Pontoise pour défendre apparemment Paris.

26 ou 30 décembre
Le dauphin Charles (futur Charles VII) prend le titre de « régent ». Le duc de Bourgogne s'est, entre-temps, retiré de Pontoise à Beauvais, d'où il conseille aux assiégés de Rouen la capitulation.

La France du dauphin Charles

Charles, devenu lieutenant général du royaume le 14 juin 1417, est le chef incontesté du parti armagnac depuis la mort du connétable Bernard VII d'Armagnac. Il s'établit à Bourges, où il peut compter sur le soutien d'une administration solide, formée par le duc Jean de Berry. Il y installe sa chambre des comptes, tandis que son parlement siège à Poitiers (ordonnance du 21 septembre) ; il adopte alors la devise de saint Michel (le Mont-Saint-Michel résiste toujours aux Anglais et ne tombera pas entre leurs mains). À ses côtés, l'on trouve Tanguy du Châtel, ancien serviteur de Louis Ier d'Orléans et prévôt de Paris lors de l'entrée des Bourguignons le 29 mai 1418, Jean Jouvenel des Ursins (du parti des Marmousets), et les quatre archevêques de Reims, Sens, Bourges et Tours, ainsi que la reine de Sicile et le duc d'Alençon. Il obtient les subsides des états de Poitou, Saintonge, Limousin, Périgord, Angoumois, Marche, Auvergne, et plus tard ceux de Langue d'oïl et de Dauphiné. Le Sud lui est donc acquis, mais ses partisans tiennent de nombreuses seigneuries dans l'Aisne et l'Oise, et ils conservent Meaux, Melun, et Montlhéry.

1419

19 janvier
Après des négociations commencées le 2 janvier, Rouen capitule devant les Anglais. Le dauphin Charles (futur Charles VII) a repris Tours au début du mois.

début avril
Une ambassade bourguignonne propose aux émissaires du roi Henry V d'Angleterre l'application du pacte de Calais (octobre 1416) et, de surcroît, la reconnaissance de sa souveraineté sur la Normandie. On prévoit une rencontre entre les rois Henry V et Charles VI.

30 mai
Henry V, la reine Isabeau et sa fille Catherine, le duc de Bourgogne Jean sans Peur et Jean V de Bretagne, se réunissent près de Pontoise (le roi Charles VI est malade à Pontoise). Les Français refusent de sceller l'accord. Une ambassade du dauphin Charles (futur Charles VII), dirigée par Tanguy du Châtel, vient proposer une réconciliation entre le roi et les princes. Le Conseil de la reine entend successivement Nicolas Rolin, conseiller bourguignon (favorable à la paix avec le roi anglais) et le parlementaire Jean Rapiout (hostile à tout accord, en raison de l'inaliénabilité du domaine royal et de l'illégitimité des prétentions d'Henry V au royaume). Henry V refuse alors de négocier plus avant, poussant le duc de Bourgogne Jean sans Peur à un accord avec le dauphin Charles.

8-11 juillet
Le duc de Bourgogne Jean sans Peur et le dauphin Charles (futur Charles VII) signent une paix contre les Anglais à Pouilly-le-Fort, près Melun. Le 19 juillet, à Pontoise, le roi Charles VI ratifie l'accord.

31 juillet
Les Anglais entrent à Pontoise. De Saint-Denis, le duc de Bourgogne Jean sans Peur fait retraite avec le roi Charles VI jusqu'à Troyes où il arrive le 11 août.

10 septembre
Jean sans Peur est assassiné sur le pont de Montereau, sur ordre et en présence du dauphin Charles.

12 septembre
Les bourgeois de Paris s'engagent à venger le duc de Bourgogne Jean sans Peur. Les Bourguignons du nouveau duc Philippe le Bon (1396-1467) rallient aussitôt le camp anglais.

18-20 octobre
Une assemblée réunie à Arras promet au nouveau duc de Bourgogne Philippe le Bon de rester fidèle au roi et à la maison de Bourgogne.

2 décembre
Anglais et Bourguignons jettent à Arras les bases d'un traité entre les rois de France et d'Angleterre, aux dépens du parti armagnac. Les négociations doivent se poursuivre à Troyes en janvier suivant. On prévoit le mariage d'Anne, sœur de Philippe le Bon, avec Jean de Lancastre, duc de Bedford, frère d'Henry V.

9 décembre
Henry V prend Château-Gaillard, dernière place forte française sur la rive droite de la Seine avant Paris.

autres événements
• Le dominicain catalan Vincent Ferrier meurt à Vannes (Morbihan) au terme d'une campagne de prédication à travers le Massif central et la Bretagne.

1419-1420

Le noble Nompar de Caumont voyage de sa Gascogne jusqu'en Terre sainte; il décrit sa traversée dans le *Livre de mon voyage à Jérusalem et au Jourdain.*

1420

17 janvier
Le dauphin Charles (futur Charles VII) est déchu par les Anglais de ses droits à la succession royale et privé du droit de succession à la Couronne.

9 février
Le dauphin Charles accorde le privilège de deux foires annuelles à Lyon, pour faire pièce à Genève. La nouvelle place financière et marchande ne parvient cependant à s'imposer qu'après la paix avec la Bourgogne.

20-21 mai
Le traité de paix est signé à Troyes entre le roi d'Angleterre Henry V et le roi de France Charles VI, contre le dauphin Charles (futur Charles VII). Il organise une double monarchie de fait. En donnant au roi d'Angleterre la main de Catherine de France (le mariage a lieu à Troyes le 2 juin), il prévoit la cession de la couronne de France à Henry V; celui-ci devient régent du royaume. La France est de fait divisée en trois parts: Paris et l'Île-de-France sont au duc de Bourgogne Philippe le Bon, la Normandie et les régions conquises par les Anglais à Henry V; le petit «royaume de Bourges» du dauphin Charles (futur Charles VII) semble ainsi voué à disparaître.

11 juin
Sens est prise par les Anglais. Ceux-ci s'emparent de Montereau le 1er juillet; ils assiègent Melun à partir du 7 juillet.

1er décembre
Les rois Henry V et Charles VI font leur entrée solennelle dans Paris.

6-10 décembre
Les députés des états se réunissent à l'Hôtel Saint-Pol; ils jurent le traité de Troyes du mois précédent et votent des subsides pour le gouvernement.

23 décembre
Une ordonnance proclame les meurtriers du duc de Bourgogne Jean sans Peur coupables de lèse-majesté.

27 décembre
Henry V quitte Paris avec la reine Catherine pour l'Angleterre. Le confesseur de Catherine, Jean de Bory, la suit et compose aussitôt pour elle un *Commentaire des Psaumes pénitentiels* en français.

autres événements
• Le duc de Bretagne Jean V est capturé à Champtoceaux et emprisonné par les Penthièvre.
• Le jeune Louis III d'Anjou répond à l'appel du pape et d'une partie de la noblesse napolitaine pour reprendre le royaume de Naples.

1421

printemps
La famine sévit.

22 mars
Lors de la bataille de Baugé (Maine-et-Loire), les troupes du dauphin Charles (VII) battent les Anglais du duc de Clarence.

8 mai
Le duc de Bretagne Jean V passe alliance avec le dauphin Charles à Sablé (Sarthe).

18 mai
Les états de Langue d'oc, convoqués par le dauphin Charles, lui accordent l'aide.

juin
Le dauphin Charles (futur Charles VII) assiège Chartres.

4 juillet
Le roi anglais Henry V passe par Paris avec une forte armée. Il reprend une à une les villes de l'Eure, Dreux, Épernon et Nogent-le-Roi.

septembre
Henry V est devant Beaugency et Orléans.

5 décembre
Naissance d'Henry, fils d'Henry V.

autres événements
• Michel Pintoin, moine de l'abbaye royale de Saint-Denis, laisse en mourant une *Chronique* d'une qualité exceptionnelle.
• Le dauphin Charles (futur Charles VII) fait disposer l'effigie de saint Michel sur ses étendards.

1422

janvier-mai
Meaux est encerclée par Henry V.

juin
Une épidémie de vérole sévit. La maladie de « saint Fiacre » gêne Henry V. Mais le roi d'Angleterre a dès lors chassé le dauphin Charles du nord du royaume.

avant août
Alain Chartier présente son *Quadrilogue invectif*, prosopopée en quatre discours de la France, du Peuple, du Chevalier et du Clergé.

ALAIN CHARTIER

*Issu d'une famille bourgeoise de Bayeux, Alain Chartier (vers 1385/1395-mars 1430) appartient d'abord à la maison de Yolande d'Aragon. Le futur Charles VII le remarque là et l'emploie dès 1417 comme secrétaire particulier. Cet écrivain fertile (rondeaux et ballades), moraliste (*Livre des quatre dames, *1416) et pamphlétaire (*Dialogus familiaris amici et sodalis, *1426-1427;* Livre de la cour, *1428, inachevé), publie en 1424* La Belle Dame sans merci, *son œuvre la plus connue (une pièce apportée au débat du XV*e *siècle sur l'amour, après la querelle du* Roman de la Rose *illustrée par Christine de Pisan et par le* Livre des quatre dames *écrit par le même Alain Chartier en 1416) avec le* Quadrilogue invectif *de 1422. Il exécute aussi pour le dauphin (futur Charles VII) plusieurs missions, qui sont l'occasion de grands discours en français ou en latin : en Allemagne auprès de Sigismond de Luxembourg, puis à Venise et Milan (1425), en Bourgogne auprès de Philippe le Bon (1426), en Écosse (1428) et à Avignon (1430).*

31 août
Henry V meurt à Vincennes, à 35 ans, laissant la régence du royaume d'Angleterre et celle du royaume de France à son frère Jean de Lancastre, duc de Bedford (1389-1435), qui épouse, en 1423, Anne de Bourgogne, sœur du duc Philippe le Bon.

16 septembre
Les funérailles d'Henry V ont lieu à Saint-Denis, puis ses os sont convoyés à Londres au début octobre (une effigie de cuir a été confectionnée pour représenter la personne royale).

21 octobre
Le roi Charles VI meurt à l'âge de 54 ans.

10 novembre
Après un service funèbre à Notre-Dame de Paris le 9 novembre, le corps du roi Charles VI est mis en terre à Saint-Denis, dans la chapelle de Charles V ; le cortège est mené par le régent Bedford. Pour la première fois, le rite funèbre sépare le corps du roi (dans le cercueil) et la dignité royale (sur le cercueil, l'effigie du roi, en cuir).

CHARLES VII
Né le 22 février 1403-Mort le 22 juillet 1461
Dauphin: 1422-1429
Règne: 1429-1461 (32 ans)
Roi à 26 ans

HENRY VI
Né en 1421-Mort en 1471
Roi d'Angleterre: 1422-1461
Roi de France: 1422-1429

*F*ils de Charles VI, Charles VII a épousé en 1422 Marie († 29 novembre 1463), fille de Louis II d'Anjou et sœur du futur roi René. Outre de nombreux enfants morts en bas âge, naissent Louis (Louis XI, né le 3 juillet 1423), Charles de France (né le 28 décembre 1446). Ses filles sont: Catherine (1428-1446), épouse du futur duc de Bourgogne Charles le Téméraire, Yolande (1434-1478) épouse du duc Amédée IX de Savoie, Jeanne (vers 1439-1482) mariée au duc Jean II de Bourbon et Madeleine (1443-1495) qui porte un prénom exceptionnel dans la famille royale. Il a d'autre part une concubine, Agnès Sorel, dont il a quatre filles: la seconde est donnée en mariage en 1458 à Olivier de Coëtivy, sénéchal de Guyenne. Après la mort d'Agnès Sorel (9 février 1450), il prend Antoinette de Maignelais, qu'il marie à son favori Villequier.

Dauphin, il est élu roi par une partie de la Cour le 21 octobre 1422. L'autre partie a choisi le jeune Henry VI d'Angleterre. Il y a donc deux rois de fait, deux armées, deux administrations, l'une au service du roi anglais Henry VI, représenté à Paris par son oncle, le régent Bedford, tandis que celle de Charles VII réside à Bourges.

Charles VII n'est couronné et sacré qu'en 1429. Il bénéficie du soutien actif des Anjou-Provence engagés dans le parti armagnac: Yolande d'Aragon, veuve du duc d'Anjou et roi de Sicile Louis II et belle-mère de Charles VII, joue un rôle actif à Bourges, et son fils René, par son installation en Barrois et son mariage avec l'héritière de Lorraine, contribue à l'affaiblissement de l'État bourguignon.

En 1422, la France d'entre Meuse et Couesnon et au nord de la Loire est aux mains des Anglais. Le dauphin Charles tient dans son «royaume de Bourges»: la Touraine avec l'Orléanais, le Chartrain et le Maine, le Poitou, le Berry, l'Aunis, la Saintonge, une partie de l'Auvergne, l'Agenais, le Quercy, le Rouergue, le Languedoc, le Dauphiné et Lyon. Pourtant, des partisans du dauphin tiennent encore le Mont-Saint-Michel et plusieurs places en Champagne et en Picardie.

Le «royaume» du duc de Bourgogne Philippe le Bon comprend la Bourgogne et la

Flandre, mais les hommes du duc tiennent aussi la Champagne et la Picardie. Vers 1450, la Cour de Bourgogne se déplace vers la Flandre; Bruges et Gand en deviennent les centres principaux. Le duché est à l'époque l'une des régions les plus entreprenantes de l'Europe occidentale.

De 1422 à 1430, le régent, le duc Jean de Bedford, gouverne officiellement la «France anglaise» au nom du petit Henry VI. Bedford s'entoure de Bourguignons, suit les usages français, sauf celui de l'élection aux charges (au sein du Conseil de régence, il n'a introduit que deux Anglais, l'évêque de Chichester et John Falstaff). Il entreprend la réforme du Châtelet de Paris.

Le royaume du dauphin Charles VII s'appuie au départ sur une armée levée en Écosse, royaume résistant à l'Angleterre et allié à la France depuis la fin du XIVe siècle (Auld Alliance de 1396). La défaite de Verneuil, qui anéantit les Écossais, provoque une crise en 1424: Charles VII est contraint à un revirement et à chercher l'alliance bretonne du frère du duc Jean V, Arthur, comte de Richemont, en évinçant ses propres conseillers. Un second tournant intervient en 1433, quand Charles d'Anjou et Richemont forcent le roi à se séparer de Georges de La Trémoïlle. Les difficultés financières sont endémiques; le roi est amené à instituer la permanence des aides (impôts indirects sur la vente des marchandises) à partir de 1436, et de la taille (impôt foncier frappant les roturiers et les terres roturières), qui est levée continûment à partir de 1440.

La population du pays a été dramatiquement ponctionnée, par les pestes répétées depuis 1348, par les guerres également et les famines: de 16 millions en 1347, elle serait tombée à 8 millions vers 1450. Des villages ont été abandonnés. Le doyenné de Montmorency, fortement peuplé en 1328, est passé d'une densité de 19 feux au km^2 à 5,25 en 1470; certains centres, toutefois, ont moins souffert, comme Tours, capitale réelle du royaume depuis 1418. Le règne est en outre marqué à partir de 1430 par une grave crise économique en 1431-1433, où les prix flambent et provoquent la migration massive des pauvres. À partir de 1440-1450, la tendance s'inverse pour atteindre l'étiage des prix vers 1463 (les prix sont partout descendus à un niveau d'argent inférieur à celui de 1380): dès lors, le royaume entre dans une ère de vive croissance, mais rares sont les régions en dehors de la région lilloise et du Midi où l'on retrouve le niveau de 1348. Les grands courants d'échange favorisent en effet d'autres places que celles de France. La crise provoque un retour du servage; dans les villes, notamment du Midi, de nombreux esclaves sont répertoriés, importés par les marchands d'Afrique, du Proche-Orient ou de la mer Noire.

Pourtant, le règne effectif de Charles VII, à partir de 1436 (quand Paris est abandonnée par les Anglais d'Henry VI), voit la remise sur pied d'une administration efficace. Les états généraux disparaissent de la pratique du gouvernement, puisque, sauf une réunion en septembre-novembre 1428, ne sont réunies que des assemblées partielles, celle du « royaume de Bourges » en 1428, les états de Langue d'oïl et les états de Langue d'oc (sénéchaussées de Beaucaire, Carcassonne et Toulouse). En 1429 et 1430, quand la situation tourne en sa faveur, Charles VII recourt directement aux états des provinces (Normandie et Dauphiné, Anjou et Maine, Marche, Auvergne, Lyonnais, puis Champagne, Berry, Touraine, Poitou, Saintonge, Aunis, Limousin, Quercy, Rouergue, Gévaudan, Velay, Vivarais).

À partir du traité d'Arras (1435), la géographie féodale se stabilise. Le domaine de la couronne de France englobe le Tournaisis, une partie de la Picardie, la Normandie, l'Île-de-France, la Champagne, le comté de Chartres, le Berry, la Touraine, le Poitou, la Saintonge, l'Aunis, une partie du Limousin, la Guyenne et le Languedoc. Les terres du duc de Bourgogne sises dans le royaume de France s'étendent sur la Bourgogne, l'Artois avec les villes de la Somme et la Flandre (Amiens profite du traité d'Arras) ; en dehors du royaume, elles recouvrent la Franche-Comté et les Pays-Bas (Hainaut, Hollande, Zélande et Frise, duchés de Luxembourg, de Brabant, de Limbourg, comté de Namur) ; s'y ajoutent les comtés de Nevers, Étampes et Rethel. Ce domaine est coupé en deux par les biens de la maison d'Anjou : René d'Anjou a en effet recueilli par voie successorale le duché de Bar en 1430 et la Lorraine en 1431. Le duc de Bourgogne n'aura de cesse de réduire la principauté réunifiée de René d'Anjou, qui s'attachera d'autant plus étroitement aux intérêts du roi de France.

Selon les rôles du Parlement du 12 novembre 1460, le royaume est divisé en 27 bailliages, 15 sénéchaussées, plus la prévôté de Paris et le gouvernement de La Rochelle. Le Parlement de Paris, dont les membres sont désormais en principe élus (le roi ne se réserve que les nominations des procureurs du roi, avocats du roi et greffiers civils), devient l'organe législatif principal. Mais Charles VII a pris soin d'en modérer le pouvoir en créant des parlements dans les régions qui l'ont dès 1418 soutenu, le parlement de Languedoc (institué en 1420, organisé en 1443), le parlement de Grenoble (confirmé par le roi en 1453), et en constituant la Cour de Guyenne (1452) dans le domaine récemment reconquis.

Charles VII prend les couleurs de son père blanc-vert-vermeil vers 1429 (il portait auparavant le vermeil-azur-blanc). Il meurt à Mehun-sur-Yèvre (Cher) et est inhumé à Saint-Denis le 8 août 1461.

Papes

Martin V, 1417-1431 ; Eugène IV, 1431-1447 ; Nicolas V, 1447-1455 ; Calixte III, 1455-1458 ; Pie II, 1458-1464.

Antipapes

Clément VIII, 1424-1429 ; Félix V, 1439-1449.

Empereurs

Sigismond, 1433-1437 ; Albert II, roi des Romains, 1438-1439 ; Frédéric III, roi des Romains en 1440, empereur, 1452-1493.

1422

21 octobre
Par la mort de Charles VI et en vertu du traité de Troyes (1420), Henry VI, roi d'Angleterre, fils d'Henry V et de Catherine de France, fille de Charles VI, devient roi de France (il a 10 mois).

19 novembre
Le régent Bedford obtient du Parlement et des notables parisiens le serment d'observer la paix signée à Troyes les 20-21 mai 1420.

5 décembre
Bedford confirme tous les officiers dans l'exercice de leur charge.
Le duc de Bourgogne fonde l'université de Dôle.

LES HOMMES DU DUC DE BOURGOGNE

Autour de Jean sans Peur, mais plus encore à la Cour de Philippe le Bon, s'activent des politiques: le juriste Nicolas Rolin (vers 1376-1461), avocat du duc Philippe le Bon au Parlement de Paris, chancelier du duc Jean sans Peur en 1423, sert les intérêts de l'État bourguignon avec une fidélité sans faille ni scrupule; il exerce le gouvernement du duché jusqu'en 1457. C'est lui qui propose de traiter avec les Anglais. Il fonde richement l'hôtel-Dieu de Beaune (1443), commande en particulier à Rogier Van der Weyden (vers 1400-1464) le polyptyque du Jugement dernier *et à Jan Van Eyck (vers 1400-1441)* La Madone au chancelier Rolin. *Son fils Jean Rolin († 1483), évêque d'Autun et cardinal en 1449, poursuit la tradition familiale de mécénat; il fait ainsi travailler pour son compte un maître enlumineur qui domine le marché de la peinture sur livres à Paris vers 1440 (Maître de Jean Rolin). Les officiers de Philippe le Bon, tels son chambellan Jean de Créquy, Jean Chevrot, Jean Mansel, ses gens d'armes (Hugues de Mazinghem) et ses évêques (Guillaume Fillastre, évêque de Toul puis de Tournai en 1460), comptent au nombre des bibliophiles les plus avertis de ce temps. Les meilleurs peintres, Rogier Van der Weyden, Hubert et Jan Van Eyck, Robert Campin (qu'on croit être le Maître de Flémalle, 1378/1379-1444), Simon Marmion (vers 1425-1489), Petrus Christus († 1473), et avec eux des enlumineurs de génie comme les Maîtres du Mansel, de Créquy, Loyset Liedet et Jehan Dreux, travaillent sur les terres du duc Philippe. Celui-ci attire également les grands musiciens du temps. Gilles Binchois (vers 1400-1460) et Guillaume Dufay (vers 1400-1474) trouvent gîte dans sa chapelle dès 1430. Les portraits de Binchois et Dufay apparaissent dans un exemplaire du* Champion des Dames *de Martin le Franc, copié et enluminé pour le duc en 1451.*

1423

janvier
À Bourges, centre de l'administration de Charles VII, des états de Langue d'oïl (très partiels) votent un subside d'un million de livres tournois pour la guerre du dauphin Charles VII. Les états de Langue d'oc refusent d'adhérer aux décisions de Bourges et n'accordent qu'une partie du subside qui leur est demandé.

février
Le duc de Bedford reçoit les serments de fidélité des nobles résidant dans les parties de la France sous domination anglaise (Guyenne, Normandie, Picardie, Flandre).

avril
L'entrevue d'Amiens scelle un rapprochement entre Anglais et Bourguignons; le régent Bedford épouse Anne, sœur du duc de Bourgogne. Le duc de Bretagne Jean V fait alliance avec Bedford et le duc de Bourgogne Philippe le Bon.

juin
Jeanne II de Duras, héritière du royaume de Naples, adopte Louis III d'Anjou pour lui confier son royaume menacé par le roi d'Aragon et de Sicile Alphonse V (1394-1458).

31 juillet
La bataille de Cravant (Yonne) est désastreuse pour l'armée du dauphin Charles VII, qui tentait de rétablir les communications entre la Loire et la Champagne.

18 août
Réunis à Selles-sur-Cher, les états de Langue d'oïl (rassemblant en fait les représentants des régions reconnaissant Charles VII pour roi) votent une taille de 200 000 livres tournois en faveur de Charles VII.

26 septembre
Jean d'Harcourt, partisan de Charles VII, écrase les Anglais du comte de Suffolk, William de la Pole, à Gravelle (Normandie).

20-23 novembre
Un raid aragonais met à sac la ville de Marseille en représailles contre l'intervention en Italie du comte de Provence Louis III (prétendant à la couronne de Naples contre le roi d'Aragon Alphonse V).

vers 1424

Jan Van Eyck réalise les enluminures du *Livre d'Heures de Turin-Milan*.

1424

mars
À Selles-sur-Cher, les états des régions de Langue d'oïl contrôlées par le dauphin Charles VII votent un subside.

printemps
La Normandie est en ébullition contre les Anglais.

8 juillet
Les Anglais prennent Gaillon.

17 août
Le régent Bedford inflige à l'armée écossaise de Charles VII (le dauphin a levé cette armée dans le royaume d'Écosse, allié à la France contre l'Angleterre) une grave défaite à Verneuil-sur-Avre; Jean Stuart, connétable du dauphin Charles VII, est tué. La Normandie est entièrement sous contrôle anglais jusqu'en 1434.

8 septembre
Bedford rentre à Paris; parmi les festivités, un *Mystère de l'Ancien et du Nouveau Testament* est représenté devant le Châtelet.

28 septembre
Par l'entremise du duc de Savoie Amédée VIII, le duc de Bourgogne Philippe le Bon accorde à Charles VII une trêve, signée à Chambéry. Ce même jour, les Anglais commencent le siège du Mont-Saint-Michel, dernière place échappant à leur domination dans l'Ouest.

octobre
Des états de Langue d'oïl (provinces du Centre-Ouest) votent à Poitiers un subside d'un million de francs en faveur de Charles VII. Une autre assemblée (provinces du Centre) prend les mêmes dispositions à Riom en novembre.

19 octobre
Le dauphin Charles VII fait son entrée solennelle à Angers.

novembre
Le duc Humphrey de Gloucester, oncle d'Henry VI roi d'Angleterre et de France, mène campagne depuis Calais pour prendre le Hainaut au duc de Bourgogne Philippe le Bon. En compensation, le régent Bedford cède à Philippe le Bon les comtés de Mâcon et Auxerre.

autres événements
- Le régent Bedford confirme devant l'assemblée des états de Langue d'oïl (Normandie, Picardie, Flandre, régions soumises aux Anglais) les privilèges et libertés des églises.
- Le cimetière des Innocents à Paris est décoré d'une « Danse macabre ».
- Jean Fusoris reçoit la commande d'une horloge astronomique pour la cathédrale de Bourges. Il est l'auteur de traités scientifiques d'astronomie et dédie à Charles VII ses *Tables trigonométriques*.

1425

6 janvier
Jean de Grailly, comte de Foix († 1436), est nommé lieutenant du dauphin Charles VII en Languedoc.

7 mars
Charles VII nomme Arthur de Richemont connétable de France: dans le royaume en guerre, cette charge militaire se transforme en charge de gouvernement. Aussitôt après, le dauphin Charles VII réunit des états de Langue d'oïl (pour le Centre) à Chinon pour faire ratifier le programme de gouvernement de Richemont.

Arthur de Richemont

Arthur de Richemont (1393-1458) est frère du duc de Bretagne Jean V, auquel il succède en 1457. Capturé à Azincourt en 1415, vite libéré, il rejoint le dauphin Charles VII en 1423. Celui-ci lui donne sa belle-sœur Marguerite de Bourgogne pour épouse (veuve de Louis de Guyenne). Il est le principal artisan de la reconquête du royaume par Charles VII. Mais celui-ci ne s'entend guère avec son connétable: il dresse contre lui Pierre de Giac, puis Georges de La Trémoïlle, hostiles à la politique de réconciliation avec le duc de Bourgogne que défend Richemont.

16 juin
Les Malouins parviennent à rompre le blocus du Mont-Saint-Michel.

2 août
Les Anglais prennent Le Mans. Ils menacent désormais l'Anjou.

7 octobre
Le rapprochement entre le duc de Bretagne, Jean V, et le dauphin Charles VII est paraphé à Saumur.
Les états de Bretagne réunis à Vannes décident la confiscation des fiefs des Penthièvre.

16-20 octobre
Les états de Langue d'oïl assemblés à Poitiers par Charles VII votent 800 000 francs de subsides pour la guerre.

décembre
Bedford doit rentrer en Angleterre pour apaiser les troubles provoqués par la dissension entre son frère le duc Humphrey de Gloucester et leur oncle le chancelier Henry Beaufort.

autres événements
• Alain Chartier est envoyé en mission auprès de Sigismond de Luxembourg, futur empereur: Charles VII en attend un arbitrage entre Français et Anglais.
• Le duc de Bourgogne Philippe le Bon fonde l'université de Louvain.

vers 1425-1430

L'église de pèlerinage du Folgoët, fondation du duc de Bretagne Jean V, est embellie d'un porche occidental richement sculpté (le duc y est représenté en prière devant la Vierge). On achève le Calvaire de l'enclos vers 1455.

1426

novembre
Les états de Langue d'oïl (régions du Centre-Ouest) réunis par le dauphin Charles VII à Mehun-sur-Yèvre accordent la levée d'une capitation (impôt sur chaque membre de feu). Une seconde assemblée (régions du Centre), à Montluçon en décembre, reprend ces décisions.

autres événements
• Le chantier de Notre-Dame de Caudebec-en-Caux est inauguré.

1427

8 février
Pierre de Giac, conseiller principal de Charles VII, est assassiné par des gens du connétable Arthur de Richemont.

avril
Le régent Bedford rentre à Paris.
Le Mont-Saint-Michel est assiégé de nouveau par les Anglais.

mai
Le duc de Bretagne Jean V renoue avec les Anglais.

5 septembre
Le «bâtard d'Orléans», Jean de Dunois (fils de Louis Ier d'Orléans), et La Hire infligent une défaite aux Anglais sous Montargis, assiégée par ceux-ci depuis juillet. Le connétable Arthur de Richemont tombe en disgrâce.

1428

avril
Le dauphin Charles VII réunit à Chinon les députés des états d'Anjou, Touraine, Berry et Poitou.

mai
Les armées opèrent dans le Perche.

17 juillet
Le connétable Arthur de Richemont, en rébellion contre le dauphin Charles VII, est délogé de Bourges.

15 septembre-novembre
Le dauphin Charles VII parvient à réunir des états généraux des Langues d'oïl et d'oc à Chinon, qui votent un subside de 500 000 francs.

12 octobre
Les Anglais de Thomas de Montagu, comte de Salisbury, récemment débarqué à Calais, mettent le siège devant Orléans. Le 24 octobre, ils emportent la bastille des Tourelles (sur la rive gauche de la Loire). Mais Salisbury y est blessé et meurt le 28 octobre.

30 décembre
Les Anglais passent sur la rive droite de la Loire et commencent le blocus d'Orléans.
Charles VII envoie Alain Chartier en Écosse pour renforcer la Auld Alliance qui avait été passée entre les royaumes de France et d'Écosse en 1396.

Un traité est signé à Perth: les Écossais promettent à Charles VII la main de Marguerite d'Écosse pour le dauphin Louis (futur Louis XI) et l'envoi d'une armée. Le traité n'aura d'autre suite que le mariage avec Marguerite.

vers 1428-1435

L'enlumineur fribourgeois Jean Bapteur décore une *Apocalypse* pour le duc de Savoie Amédée VIII, d'abord seul, puis à partir de 1432 avec Péronet Lamy.

1429

12 février

Les troupes du dauphin Charles VII, qui tentent d'intercepter un convoi anglais, sont battues par John Falstaff au Rouvray, entre Blois et Orléans.

8 mars

Jeanne d'Arc rencontre Charles VII à Chinon.

JEANNE D'ARC

Jeanne d'Arc (1412-1431) est née de paysans aisés à Domrémy, dans la châtellenie de Vaucouleurs dont le capitaine, Baudricourt, appartient au parti du dauphin Charles VII. En 1425, elle reçoit des visions; d'autres femmes ont eu de telles rencontres célestes à l'époque – Constance de Rabastens, Catherine de La Rochelle, Piéronne la Bretonne, Claude des Armoises (la fausse Pucelle d'Orléans) vers 1440 –, mais aussi le berger du Gévaudan Guillaume de Mende. Jeanne va rencontrer Baudricourt en janvier 1429. Peu après, celui-ci lui accorde une escorte qui la conduira auprès du duc de Lorraine à Nancy, puis chez le dauphin Charles VII. Jeanne est reçue par Charles VII à Chinon le 6 mars, et lui révèle ses prophéties. Les jeunes nobles de la Cour delphinale lui accordent leur sympathie. Jeanne reçoit donc une armure et une petite troupe. Le 29 avril, Jeanne entre dans Orléans où l'attend Dunois; le 8 mai, les Anglais sont contraints de lever le siège. Suit une série de petites victoires, à Jargeau, Meung, Beaugency, Patay, qui restaurent la confiance chez les partisans de Charles VII. Dès lors, l'équipée se mue en voie royale: de Gien, les troupes de Jeanne se portent sur les terres tenues par les Bourguignons, à Troyes, puis Châlons, Reims, où le roi Charles VII est sacré enfin le 17 juillet. L'automne est plus sévère pour Jeanne, qui échoue devant Paris. La suite est sans gloire: le 24 mai 1430, Jeanne est capturée devant Compiègne par un fidèle du duc de Bourgogne, qui la livre aux Anglais. L'Université de Paris, liée au parti anglo-bourguignon, s'empresse de la déclarer hérétique (26 mai) et demande son procès, qui a lieu l'année suivante à Rouen sous présidence de l'évêque de Beauvais Pierre Cauchon, exilé chez ses protecteurs anglais à Rouen. Le 23 mai 1431, la sentence est prononcée: Jeanne est idolâtre, hérétique, schismatique. Elle consent à abjurer le lendemain, et est condamnée à la prison à vie. Mais en reprenant son vêtement masculin et en dénonçant son abjuration, elle retombe sous le coup de la justice: relapse, elle est brûlée vive le 31 mai. Le 7 juillet 1456, après un procès qui a commencé le 15 février 1450, le roi – qui lui doit en partie d'avoir été sacré – obtient une réhabilitation aussi politique que le jugement de 1430. L'aventure de Jeanne d'Arc a fait l'objet de nombreux traités chez les contemporains, ceux – favorables – de Jean Gerson, de Jacques Gelu, archevêque d'Embrun, et par la suite de Christine de Pisan et de Wavrin étant les plus connus. Or, dès 1435, les Orléanais ont fait représenter un mystère *qui donne naissance à la légende de Jeanne. La canonisation de Jeanne, en revanche, n'a lieu qu'en 1920, pour consolider la nation au sortir de la Première Guerre mondiale en éteignant les querelles entre les catholiques et l'État laïque.*

28 avril

L'armée de secours accompagnée par Jeanne d'Arc sort de Blois en direction d'Orléans. Le lendemain, 29 avril, Jeanne entre dans Orléans.

8 mai

Jeanne d'Arc libère Orléans.

12 juin

Jargeau est prise d'assaut sur les Anglais; le comte de Suffolk William de la Pole est fait prisonnier. Le 17, Beaugency tombe aux mains des compagnons de Jeanne.

18 juin

La bataille de Patay voit la victoire de l'armée du duc Jean II d'Alençon accompagnant Jeanne: John Talbot est fait prisonnier.

29 juin

L'armée du dauphin Charles VII prend la route de Reims.

16-17 juillet
Charles VII reçoit à Reims l'onction du sacre. Quelques jours plus tard, Laon se soumet au roi, ainsi que les pays de l'Oise.

26 août
Jeanne se trouve à Saint-Denis avec le duc Jean II d'Alençon.

8 septembre
Jeanne d'Arc, qui vient d'être rejointe par le roi Charles VII, échoue devant Paris. Le 13 septembre, le roi repart vers la Loire.

fin septembre
Le régent Bedford est en Normandie, le duc de Bourgogne, son allié, à Paris, dont le gouvernement lui est confié le 13 octobre.

autres événements
• À Bruges, le duc de Bourgogne Philippe le Bon épouse Élisabeth (Isabelle) de Portugal.
• Charles VII reçoit plusieurs missions de bourgeois de Tournai, qui refusent de céder leur cité à Philippe III le Bon (celui-ci veut joindre ses terres de Flandre et de Luxembourg).
• Un anonyme proche de Charles VI rédige la *Geste des nobles François*, histoire de France en abrégé; son indépendance à l'égard de l'historiographie royale permet de le localiser dans la Cour de la famille d'Orléans (on a songé à l'attribuer à Guillaume Cousinot, chancelier du duc d'Orléans depuis 1415).

1430

7 janvier
Le duc de Bourgogne Philippe le Bon crée l'ordre de la Toison d'or, le plus brillant ordre chevaleresque du XVe siècle.

Les ordres chevaleresques aux XIVe-XVe siècles

Les ordres chevaleresques naissent et fleurissent aux XIVe-XVe siècles, entre 1325 (ordre des Chevaliers de Saint-Georges en Hongrie) et 1469 (ordre de Saint-Michel Archange en France). À la différence des ordres religieux militaires (Hospitaliers de Saint-Jean de Jérusalem, Templiers) institués au XIIe siècle pour protéger les établissements des croisés en Terre sainte et dont les membres sont astreints à une vie religieuse, ces ordres se vouent à la perpétuation des idéaux aristocratiques et chevaleresques, au sein d'une noblesse désormais formée en caste, qui a recueilli l'héritage de la chevalerie christianisée pour le service des royaumes ; ils n'accueillent que des laïcs de haut rang, par désignation du roi ou du prince.
Leur création répond ainsi à des préoccupations idéologiques (défense de l'Église, du royaume, des valeurs chevaleresques, selon le modèle du roi Arthur et des Chevaliers de la Table ronde dans le cas de l'ordre de la Jarretière), mais aussi politiques (rassemblement de l'aristocratie et des grands officiers autour du roi et du prince, rétablissement du consensus dans les hautes sphères de la société) et religieuses (le modèle perceptible dans le nom de ces ordres est celui de ces confréries urbaines dont le patriciat se réserve l'entrée). Édouard III avait à peine fondé l'ordre de la Jarretière (sous le nom de Compagnie de Saint-Georges), en 1344, que son compétiteur français, Jean le Bon, alors duc de Normandie, obtenait des privilèges pontificaux pour instaurer la Compagnie de Notre-Dame de la Noble Maison, plus communément appelée la Compagnie de l'ordre de l'Étoile (1344/1352, en activité jusque vers 1380). Vers 1364, le duc de Savoie crée l'ordre du Collier, qui prend en 1518 le nom d'ordre de l'Annonciade de Notre-Dame. Le plus réputé et aussi le plus brillant de tous ces ordres fut sans conteste celui de la Toison d'or. Le duc de Bourgogne Philippe le Bon crée celui-ci lors des fêtes de son mariage avec Élisabeth (Isabelle) de Portugal (4 janvier 1430), célébré près de Bruges. Les insignes (collier avec agneau en pendentif) conférés à l'origine par le duc de Bourgogne à 24 chevaliers, font d'eux la garde proche du duc, liée à lui par un serment d'obéissance qui renforce le lien féodal. Les statuts de l'ordre de la Toison d'or sont promulgués le 30 novembre 1431 (fête de la Saint-André, patron de la Bourgogne ducale). Après la mort de Charles le Téméraire (1477), Maximilien de Habsbourg s'empressa (1478) de relever à son profit le titre de souverain de l'ordre, qui demeura aux mains des Habsbourg.

mars
Jeanne d'Arc part pour Lagny (Seine-et-Marne).

20 mai
Le duc de Bourgogne Philippe le Bon établit le siège de Compiègne.

23 ou 24 mai
Jeanne est capturée, alors qu'elle porte secours

aux assiégés de Compiègne. La ville sera délivrée le 25 octobre.
Le duc de Savoie publie les « Statuts de Savoie » *(Statuta Sabaudiae)*, qui révèlent l'existence d'un État centralisé.

22 juillet
Le duc d'Autriche passe un traité avec Charles VII contre les menées du duc de Bourgogne Philippe le Bon.

23 décembre
Jeanne d'Arc est emprisonnée à Rouen.

autres événements
• Le duc de Bourgogne Philippe le Bon récompense son premier chambellan, Gilbert de Lannoy, en le faisant chevalier de la Toison d'or.

GILBERT DE LANNOY

Gilbert de Lannoy (1386-1462) a laissé ses Voyages et ambassades, *un récit de ses multiples aventures de croisade en Espagne ou dans les Pays baltes et en Russie, ainsi que des missions diplomatiques qu'il effectue pour Philippe le Bon à partir de 1420 (en Syrie, Égypte, Allemagne). Il a rédigé en outre deux ouvrages didactiques, une* Instruction d'un jeune prince *et des* Enseignements paternels. *Lui et Bertrandon de la Broquière ont trouvé auprès de Philippe le Bon l'audience la meilleure pour une littérature de voyages qui commence grâce à eux.*

1430-1440

Un peintre flamand réalise l'illustration des *Heures de Catherine de Clèves.*

1431

9 janvier-30 mai
Jeanne d'Arc comparaît à Rouen devant un tribunal présidé par Pierre Cauchon, évêque de Beauvais, ancien recteur de l'Université de Paris.

mars
Des états de Langue d'oïl sont réunis à Poitiers par le roi Charles VII; ils votent 200 000 livres tournois de subsides. Deux ordonnances sont signées le 28 mars: l'une sur la monnaie, l'autre sur la discipline militaire.

30 mai
Jeanne est exécutée sur le bûcher.
Le duc de Bourgogne Philippe le Bon fait campagne contre les Armagnacs.

30 juin
À Bulgnéville, René d'Anjou est capturé par un compétiteur au duché de Lorraine (le comte Antoine de Vaudémont), allié au duc de Bourgogne.

23 juillet
Le concile de Bâle est ouvert; il dure jusqu'en mai 1443. Les cardinaux et prélats convoqués par le pape Eugène IV entrent bientôt en conflit avec le pape à propos de la réforme de la papauté et sur l'exigence du concile à se poser en gouvernement suprême de l'Église, au-dessus du pape. En 1433, le concile, grâce à l'appui de l'empereur Sigismond, contraint le pape à reconnaître la validité de ses décisions contre la centralisation pontificale. En 1437, le pape obtient d'une partie des évêques le déplacement du concile à Florence.

novembre
À Amboise, une assemblée des états de Langue d'oïl accorde un impôt sur les entrées et sorties.

2 décembre
Henry VI d'Angleterre fait son entrée solennelle dans Paris.

13 décembre
Le duc de Bourgogne Philippe III le Bon et le roi Charles VII signent une trêve de six ans.

17 décembre
Le jeune Henry VI d'Angleterre est sacré roi de France à Paris.

autres événements
• Jean Juvénal des Ursins commence – peut-être en maître d'œuvre d'une compilation collective – son *Histoire de Charles VI.*

JEAN JUVÉNAL DES URSINS

Jean Juvénal des Ursins (1388-1473), fils de Jean Jouvenel des Ursins, garde de la prévôté des marchands de Paris en 1389, est un juriste qui a suivi le destin de Charles VII dès 1418. Il devient évêque de Beauvais en 1432 (à la place de Pierre Cauchon), de Laon (1444), archevêque de Reims (1449). Son œuvre politique – contribution considérable à l'intelligence du règne de Charles VII – s'exprime dans de courts traités en forme d'épîtres *ou de sermons (*Audite coeli, *tableau sur l'état du royaume au temps du traité d'Arras en 1435,* Très crestien très haut très puissant Roi, *contre les revendications anglaises en 1446, ou l'épître* Aaa nescio loqui, *petit traité sur les rouages du gouvernement adressé à son frère Guillaume lors de sa nomination au poste de chancelier de France en 1445). Le chancelier Guillaume est par ailleurs un fin bibliophile, qui fait décorer en 1446-1455 la* Mer des histoires, *grande compilation historique de Giovanni Colonna.*

1432

9 février
L'Université de Paris engage le concile de Bâle à résister à la bulle de dissolution émise par le pape le 18 décembre 1431.

26 février
Le roi Charles VII consulte à Bourges les prélats français: on décide que les évêques doivent rejoindre Bâle et rétablir l'unité en concile.

5 mars
Georges de La Trémoïlle fait la paix avec le duc Jean V de Bretagne et Arthur de Richemont.

avril
Chartres tombe aux mains du roi Charles VII.
Bedford fonde l'université de Caen.
Le pape Eugène IV fonde dans l'université d'Angers les trois facultés des arts, de théologie et de médecine qui lui manquaient.

14 novembre
La mort d'Anne de Bourgogne, épouse de Bedford, libère son frère, le duc de Bourgogne, du lien qui l'attachait à l'alliance anglaise.

autres événements
• Provins est prise et mise à sac par les Anglais.
• Entre 1425 et 1432, le Bourguignon Baudet Herenc écrit le *Parlement d'amour*, dans la filiation d'Alain Chartier et de la *Belle Dame sans merci*.
• Le Bourguignon Jean Régnier († vers 1468-1472) écrit en captivité le *Livre de la prison*, qui associe récit autobiographique et pièces lyriques.

1433

20 avril
Bedford, veuf d'Anne de Bourgogne depuis le 14 novembre, épouse Jaquette de Luxembourg.

31 mai
Sigismond de Luxembourg est sacré empereur à Rome.

juin
Georges de La Trémoïlle est capturé à Chinon par ses adversaires, Arthur de Richemont et le clan des Angevins. Ceux-ci poussent à une paix séparée avec le duc de Bourgogne Philippe le Bon.

septembre
À Tours, des états de Langue d'oïl votent 40 000 livres tournois de subside en faveur de Charles VII.

1434

décembre
Bedford revient à Paris.

autres événements
• Le duc Amédée VIII de Savoie abdique pour se retirer avec quelques compagnons à Ripaille où il fonde l'ordre religieux, éphémère, de Saint-Maurice (le 8 octobre).

1435

janvier
Des états de Langue d'oïl réunis à Poitiers votent une taille de 120 000 livres tournois et rétablissent les aides pour quatre ans.

20 janvier
Des pourparlers se tiennent à Nevers entre le duc de Bourgogne Philippe le Bon, le duc de Bourbon Charles Ier et le connétable de France Arthur de Richemont.

2 février
Louis III d'Anjou étant mort à Cosenza (1434), Jeanne II, reine de Naples, lègue son royaume au duc René d'Anjou, fils de Louis II d'Anjou et frère de Louis III. René est alors emprisonné par le duc de Bourgogne. Sa femme Isabelle de Lorraine s'allie à Filippo Visconti, duc de Milan, et va reprendre Naples à Alphonse V d'Aragon; elle y entre le 18 octobre, mais ne parvient pas à étendre son pouvoir au-delà. Le «roi René» cumule les titres du royaume de Naples et Sicile, des duchés d'Anjou, de Lorraine et de Bar ainsi que des comtés du Maine et de Provence.

René d'Anjou

Fils de Louis II d'Anjou, René d'Anjou (1409-1480) s'est rallié à Charles VII en 1429. Il est marié à Isabelle, l'héritière du duché de Lorraine; lui-même hérite en 1430 du comté de Bar. En 1431, le duché de Lorraine lui échoit; malgré une guerre malheureuse qui lui vaut d'être emprisonné de 1431 à 1437, il reprendra la Lorraine en 1444-1445. Entre-temps, il est devenu duc d'Anjou (à la mort de son frère Louis III en 1434) et roi de Naples (1435). Il compte au nombre des plus grands mécènes du XVe siècle. Il s'installe à Angers en 1443; il y reconstruit le château de Louis IX et l'entoure de jardins. Auteur lui-même d'un Livre des tournois *(vers 1450) destiné à son frère Charles d'Anjou, comte du Maine, du* Mortifiement de vaine plaisance *(1455, pour l'archevêque de Tours), ainsi que du* Cœur d'amour épris, *il se livre à de nombreuses commandes. Il fait travailler également ses peintres angevins (le Maître de Jeanne de Laval, Adenet Lescuyer) et provençaux (Enguerrand Quarton, auteur du* Couronnement de la Vierge *de Villeneuve-lès-Avignon, commandé en 1453 et livré en 1454, Georges Trubert), ainsi que Barthélemy d'Eyck (à son service en 1447).*

14 avril
Philippe le Bon entre dans Paris, où il réside durant le printemps.

mai
Les Anglais essuient une grave défaite à Gerberoy.

5 août
À l'ouverture du traité ou « congrès » d'Arras, le roi Charles VII confirme la cession faite en 1424 des comtés de Mâcon et Auxerre au duc de Bourgogne, et ajoute les châtellenies de Péronne, Roye et Montdidier. Le traité entre le roi Charles VII et le duc de Bourgogne Philippe le Bon est signé à Saint-Vaast d'Arras le 21 septembre. Charles VII reconnaît que les terres de Philippe le Bon, du vivant du duc, sont libres de tout hommage et de toute sujétion à l'égard du roi. Les négociations échouent en revanche avec le cardinal Henry Beaufort, chef de la délégation anglaise, qui exige que Charles VII s'avoue vassal d'Henry VI. Le récit des négociations est rédigé en 1439 par un religieux de Saint-Vaast d'Arras, Antoine de la Taverne.
Le traité d'Arras amorce la conclusion de la guerre de Cent Ans, qui trouve un terme dans les victoires de Formigny (Orne, 1450) et Castillon (Gironde, 1453).

14 septembre
Le duc de Bedford meurt à Rouen.

28 octobre
Dieppe est prise par des fidèles de Charles VII.

10 décembre
Charles VII ratifie le traité passé à Arras avec le duc de Bourgogne.

1436

février
Meulan et Pontoise tombent aux mains du roi Charles VII.
Des états de Langue d'oïl votent à Poitiers une taille de 120 000 livres tournois pour Charles VII.

printemps
Une révolte en Normandie est écrasée par les Anglais: levée contre la lourde fiscalité, elle s'est répandue depuis 1434, du Bessin jusqu'en pays de Caux.

mars
Le gouvernement anglais, formé de Louis de Luxembourg et de Pierre Cauchon, exige des Parisiens un nouveau serment de fidélité.

13 avril
Paris est libérée le jour de la Saint-Martin par le connétable Arthur de Richemont et des Bourguignons. Le 15 avril, les Anglais quittent la ville.

12 novembre
Le roi Charles VII fait son entrée solennelle dans Paris; on a institué pour l'occasion le rite de la remise des clés.

1er décembre
Le roi Charles VII rétablit le Parlement de Paris et décrète une amnistie (promise le 28 février).
Il crée l'écu neuf à la couronne, monnaie d'or de 3,5 g, de même poids que le salut d'or introduit dans le royaume de France par le régent Bedford en 1422. Il ajoute aux deux grandes circonscriptions financières (Langue d'oïl, Langue d'oc) une troisième, celle des pays d'Outre-Seine-et-Yonne; la Normandie forme la quatrième circonscription en 1450. Ces quatre entités sont bientôt appelées « généralités », administrées, par un « général des finances » et un « receveur général ». Ainsi s'amorce le dispositif de centralisation qui aboutit au XVIe siècle.
Lyon est en révolte (« Rebeyne ») contre l'impôt public.

autres événements
• Gaston IV de Foix, fortement soutenu par le roi Charles VII, obtient la main de Léonore, nièce d'Alphonse V le Magnanime, roi d'Aragon, future reine de Navarre (1479).

1437

janvier
L'armée anglaise du duc Richard d'York (père du futur Édouard IV) reprend l'initiative en Normandie, occupe à nouveau Pontoise (qu'elle tient jusqu'en 1441) et commence de démanteler les châteaux secondaires.

7 février
René d'Anjou est libéré contre rançon des prisons du duc de Bourgogne et part pour le royaume de Naples.

avril
Une tentative de rébellion animée par les ducs Charles Ier de Bourbon et Jean II d'Alençon ainsi que le comte Jean IV d'Armagnac (contre les Angevins de Charles d'Anjou, comte du Maine, et contre Arthur de Richemont) est déjouée; le roi Charles VII accorde son pardon.

29 mai
Le conflit s'aggrave entre le pape et les évêques assemblés à Bâle qui décident la réforme de la curie et l'union avec les Grecs de Constantinople. Eugène IV décrète la dissolution du concile de Bâle.

10 octobre
Le roi Charles VII prend Montereau.

1437-1439

Une rigueur climatique exceptionnelle entraîne famine et mortalité dans le nord-ouest de l'Europe.

vers 1438

Jean Genfleisch (Gutenberg) met au point à Strasbourg un procédé d'imprimerie.

Les débuts de l'imprimerie

Gutenberg développe son nouveau procédé d'imprimerie à Mayence, ville d'où il est originaire. D'autres centres élaborent en même temps des méthodes analogues de reproduction rapide de l'écrit: à Avignon (1444-1446), en Flandre (Bruges, 1445; Valenciennes, 1451). Dès la fin des années 1450, Mentelin a créé à Strasbourg sa firme d'imprimerie. On trouve bientôt des presses à Paris (1470, à la Sorbonne, à la demande du prieur Jean Heylin de Steyn et Guillaume Fichet, puis l'atelier se dédouble à l'enseigne du « Soleil d'or », dans la rue Saint-Jacques où s'établissent aussi en 1474 les Allemands Pierre César et Jean Stoll), Lyon (1472, Barthélemy Buyer), Angers, Toulouse (1476). Dans les premières décennies, les typographes reproduisent simplement la mise en page et les abréviations du livre manuscrit; puis ils mettent au point les pages de titre, résolvent les abréviations, et adoptent de plus en plus largement les caractères romains et l'italique, inspirés de l'écriture humanistique. À Dijon, où les typographes allemands sont nombreux, on introduit l'usage germanique d'insérer des planches xylographiques dans les livres imprimés. La grande majorité des premiers livres imprimés (les « incunables », avant 1500) sont des ouvrages religieux en latin (la Bible, *les livres de dévotion dont l'*Imitation du Christ*); parmi les publications en français, le* Roman de la Rose *est l'une des plus prisées.*

1438

10 janvier
Les évêques modérés qui ont quitté Bâle conformément aux directives du pape Eugène IV se réunissent au concile de Ferrare. Ouvert solennellement le 9 avril, le concile se donne pour tâche de réaliser l'union avec les Grecs de Constantinople; il se déplace à Florence en janvier 1439.

5 juin-7 juillet
Un concile réuni par le roi Charles VII dans la Sainte-Chapelle de Bourges promulgue la Pragmatique Sanction. Celle-ci établit la suprématie des conciles nationaux sur l'autorité personnelle du pape et confirme les principales décisions du concile de Bâle. Elle réduit aussi les droits du pape en matière de collation des bénéfices et de procès, et renforce par là l'idée des libertés « gallicanes » amorcée en 1407.

autres événements
• Le roi René d'Anjou arrive à Naples; mais la majeure partie de son royaume est occupée par son concurrent aragonais Alphonse le Magnanime.
• Les bandes des « Écorcheurs » (mercenaires, successeurs de « routiers » du XIVe siècle) commencent de ravager la Bourgogne, où elles sévissent jusqu'en 1444.

1439

26 février
Le concile de Florence poursuit les tractations ouvertes à Ferrare en 1438 sur l'union des Églises latine et grecque. Le décret d'union, signé le 5 juillet 1439 dans l'enthousiasme, devient caduc en 1453 par la chute de Constantinople. Le concile est clos le 26 avril 1442.

25 juin
Le concile de Bâle, qui persévère dans sa résistance au transfert de Ferrare à Florence, dépose Eugène IV.

12 août
Meaux tombe aux mains de l'armée royale de Charles VII.

2 novembre
Aux états d'Orléans, le roi Charles VII tente une nouvelle réforme de l'armée. L'ordonnance, reprenant celle de 1374, traite de l'armée et des « Écorcheurs » et proclame que la levée de troupes est un privilège régalien ; les états votent un subside de 100 000 francs.

17 novembre
Le concile de Bâle élit l'ancien duc Amédée VIII de Savoie antipape sous le nom de Félix V.

autres événements
• Les états de Langue d'oc accordent au roi Charles VII la levée des aides. Toulouse est assiégée et prise.
• La Lorraine et l'Alsace sont mises à sac par des Armagnacs (« Écorcheurs »), qui échouent cependant à s'emparer des villes.

vers 1440

Un capitaine de Charles VII reprend Évreux.
Un anonyme peint le triptyque de l'*Annonciation* pour la cathédrale d'Aix-en-Provence.

1440

février-juillet
Les princes, notamment les ducs Charles Ier de Bourbon, Jean II d'Alençon et Jean V de Bretagne, fomentent en Poitou une révolte nobiliaire, qui prend le nom de la Praguerie. L'armée du roi reprend rapidement Melle, Saint-Maixent et Niort (mars). En mai, les princes, repliés avec le dauphin Louis (futur Louis XI) en Bourbonnais, sollicitent la paix (paix de Cusset, en juillet) et l'ouverture des états généraux. Le roi Charles VII refuse la réunion des états.

26 août-11 septembre
Lors d'un nouveau concile à Bourges, le roi et les évêques entendent les députés du pape Eugène IV et ceux de ses adversaires au concile de Bâle ; ils refusent d'abandonner Eugène IV et de reconnaître Félix V et le concile de Bâle ; enfin ils confirment la Pragmatique Sanction de 1438.

26 octobre
Gilles de Rais, l'un des plus puissants barons de Bretagne, ancien compagnon de Jeanne d'Arc et d'Arthur de Richemont, est exécuté près de Nantes, après un procès-fleuve pour de nombreux crimes.

autres événements
• Une fausse Pucelle apparaît à Orléans.
• Louis d'Estouteville, réfugié avec un groupe de résistants dans le Mont-Saint-Michel depuis 1424, enlève Granville, fondée par les Anglais pour surveiller la garnison du Mont.
• Firmin le Ver publie son *Dictionnaire* bilingue latin-français, et Pierre Chastelain le *Temps perdu* (avant 1450).

1441

janvier
Charles d'Orléans, en captivité depuis la bataille d'Azincourt (1415), est libéré par les Anglais ; il s'installe à Blois, ruiné.

CHARLES D'ORLÉANS

Charles d'Orléans (1391-1465), fils de Louis Ier d'Orléans et de Valentine Visconti, est marié en 1406 à Isabelle, fille du roi Charles VI, puis à Bonne d'Armagnac en 1410, enfin à Marie de Clèves en 1440. Charles d'Orléans est fait prisonnier à Azincourt et passe vingt-cinq ans en captivité, épuisant sa fortune pour payer en traites successives sa rançon. Depuis son exil douloureux, il écrit le Service d'amour, *recueil de ballades, paroles et chansons, et aussi des complaintes, « dits » narratifs et rondeaux qui font de lui l'un des plus précieux poètes de langue française au XVe siècle. À son retour en France en 1441, il assemble à sa Cour de Blois un cénacle de poètes (« Concours de Blois ») où s'illustre en particulier François Villon.*

19 septembre
Après cinq mois de siège, Charles VII prend Pontoise, dégage les abords nord-ouest de Paris. Le chef « Écorcheur » Robert de Floques prend Évreux pour le compte du roi.

autres événements
• Le roi Charles VII intervient en Champagne et à Vaucouleurs pour réprimer les « Écorcheurs ».
• L'université de Bordeaux est fondée.

1442

mars
Les princes – ducs Philippe de Bourgogne, Charles d'Orléans, Charles Ier de Bourbon, Jean II d'Alençon – forment de nouveau un « complot » à Nevers; ils tentent d'imposer leur participation au gouvernement. Le roi Charles VII désamorce la nouvelle crise.

2 juin
Le roi René d'Anjou abandonne Naples (le roi d'Aragon Alphonse V le Magnanime se fait élire roi et fait son entrée solennelle à Naples en février 1443) et se réfugie en Provence. Il accorde aux états de Provence l'abolition d'impôts sur le commerce extérieur.
Le roi Charles VII mène une armée dans le Sud-Ouest et soumet presque toute la sénéchaussée des Landes. Au retour, son armée, qui n'a pu prendre La Réole, ravage le Limousin.

autres événements
• La belle-mère de Charles VII, Yolande d'Aragon, qui exerçait sur lui une forte influence, décède.
• Le duc de Bretagne François Ier († 1450) est couronné à Rennes; il prend aussitôt le parti du roi. Il entreprend la construction de la chapelle fondée par le testament de Jean V à Tréguier.
• Martin le Franc publie *Le Champion des dames.*

MARTIN LE FRANC

Martin le Franc (vers 1410-1461), secrétaire des papes Félix V et Nicolas V, prévôt de Lausanne et chanoine de Genève, compose pour le duc Philippe de Bourgogne Le Champion des dames, *où il prend vigoureusement parti dans le premier grand débat d'idées de la littérature française, consacré durant le second tiers du XVe siècle à la querelle des femmes.* Le Champion *présente une galerie de femmes, dont les portraits sont entrecoupés de digressions critiques sur l'actualité. En 1447-1448, il écrit – toujours à l'intention du duc Philippe de Bourgogne –* l'Estrif de Fortune et de Vertu, *ouvrage qui connaît un grand succès, associant prose et poésie dans un débat sur le vrai gouvernement.*

• Jean Fouquet commence un séjour en Italie.

JEAN FOUQUET

Jean Fouquet (vers 1415/1420-1478/1481) peint en Italie le Portrait d'Eugène IV *et celui du bouffon Gonella. À son retour après 1446, il s'établit à Tours. Il réalise le* Portrait de Charles VII *(mais ce pourrait être un portrait mortuaire datant de la fin 1461), travaille pour Louis XI dont il est le peintre officiel en 1475, pour le frère de Louis XI, Charles du Maine, pour le connétable Arthur de Richemont, ainsi que pour les grands commis de l'État, Étienne Chevalier, Guillaume Juvénal des Ursins, ou Philippe de Commynes.*

1443

22 août
L'empereur Frédéric III de Habsbourg, en difficulté en Suisse, demande le secours du roi de France.

août-décembre
L'Université de Paris est en grève.

21 novembre
Les troupes bourguignonnes occupent Luxembourg et annexent le duché à l'État bourguignon.

décembre
Le dauphin Louis (futur Louis XI) obtient la soumission du comte Jean IV d'Armagnac (1418-1450), qui a tenté de s'approprier le comté de Comminges (devant revenir à la Couronne) et refuse que les collecteurs royaux opèrent sur ses terres; le comte d'Armagnac est emprisonné à Lavaur, puis libéré le 26 août 1445 à la suite de pressions, notamment du roi de Castille.

autres événements
• Le roi René d'Anjou rencontre Charles VII à Toulouse.
• L'armée de Charles VII reprend Dieppe.
• Une réforme fiscale précise les règles de gestion du domaine royal.
• Le duc de Bourgogne Philippe le Bon envoie une flotte au secours de Rhodes, assiégée par les Égyptiens.

• Le chantier de l'hôtel-Dieu de Beaune, confié à l'architecte Jean Rasteau par Nicolas Rolin, chancelier du duc de Bourgogne, est inauguré. Rogier Van der Weyden entreprend le polyptyque du *Jugement dernier* (achevé vers 1447) destiné à cet hôtel-Dieu.

• Philippe le Bon fait venir à Dijon le sculpteur aragonais Juan de la Huerta à qui il confie l'érection du tombeau de Jean sans Peur, que n'avait pu réaliser Claus de Werve (il ne l'a pas achevé; en 1456, le duc fait venir Antoine le Moiturier d'Avignon pour les gisants).

1444

avril

Charles VII, établi au château de Montil-lès-Tours, réunit à Tours une assemblée générale des grands seigneurs et évêques, y compris des Anglais, pour décider d'une trêve générale.

28 mai

Grâce à la médiation du duc de Bourgogne Philippe le Bon, les trêves de Tours sont signées; elles confirment le statu quo territorial. Elles prévoient que le roi d'Angleterre Henry VI, majeur depuis 1442, épousera Marguerite d'Anjou, fille du roi René et nièce de Charles VII.

juin

La foire du Lendit reprend après l'interruption de la guerre; elle redevient aussitôt le grand marché régional.

26 août

Le dauphin Louis (futur Louis XI) prête la main à l'empereur Frédéric III, et, avec une armée composée d'« Écorcheurs » (mercenaires, successeurs des « routiers » du XIVe siècle), remporte la bataille de Saint-Jacques de la Bisse sur des Suisses confédérés, en lutte contre l'empereur.

septembre

L'Université de Paris est de nouveau en grève.

4 septembre

L'armée de Charles VII, qui intervient en Lorraine à la demande de René d'Anjou, obtient la soumission d'Épinal, dont le roi reconnaît les franchises.

28 octobre

Le dauphin Louis (futur Louis XI) signe un accord à Ensisheim avec les confédérés suisses (Bâle, Berne, Lucerne, Soleure, Uri, Schwyz, Unterwald, Zug et Glaris), rétablissant la paix et les relations commerciales entre le royaume et les cantons confédérés. Il abandonne l'Alsace à ses troupes débandées d'« Écorcheurs ».

autres événements

• Le roi Charles VII accorde une troisième foire annuelle à Lyon. L'année suivante, le roi interdit aux marchands français de transporter quelque marchandise que ce soit à Genève.

• Jacques Cœur installe une succursale à Marseille, qui supplante Montpellier comme port d'attache de ses navires. Il obtient l'autorisation d'enrôler de force les mendiants et criminels du Languedoc.

Jacques Cœur

Jacques Cœur (vers 1395-1456) a tôt gagné la confiance de Charles VII. « Commis » à l'Argenterie du roi en 1438, puis Grand Argentier du roi en 1440, il est l'un des rares Français qui puissent égaler la puissance des grands brasseurs d'affaires allemands ou italiens. Il construit sa fortune dans le commerce maritime entre 1430 et 1451, l'investit dans les mines d'argent (Pampailly en Lyonnais), dans la construction navale et la banque; il participe à la levée des impôts en se chargeant – avantageusement – de la gabelle du Languedoc. Son siège commercial est établi d'abord à Tours, Montpellier, puis à Marseille; il officie entre Beyrouth, Alexandrie, Barcelone et l'Angleterre. Ses affaires continentales se situent surtout en Lyonnais et dans le Berry. Il semble assister régulièrement aux séances du Conseil du roi à partir de 1448. Le roi le fait arrêter le 31 juillet 1451 (près Bâle) et le fait condamner à la confiscation de ses biens et au bannissement perpétuel pour avoir vendu des armes aux infidèles et s'être livré à des détournements de deniers publics. Jacques Cœur se met au service du pape, et meurt en expédition contre les Turcs le 25 novembre 1456. Entre 1443 et 1451, au faîte de sa puissance, Jacques Cœur a fait construire à Bourges le somptueux Hôtel qui porte son nom, chef-d'œuvre d'architecture civile.

• Enguerrand de Monstrelet (vers 1395-1453) achève les *Chroniques*, continuation de Froissart d'un point de vue bourguignon, poursuivie par Mathieu d'Escouchy pour les années 1444-1461; l'œuvre de Monstrelet est imprimée par Antoine Vérard à la fin du siècle.

1445

28 février
L'expédition de l'armée royale contre Metz échoue: le roi Charles VII signe un traité de paix avec les Messins. Les autres villes de Lorraine se soumettent à la protection royale en mai juin, aux dépens des droits de l'empereur. Les diplomates de Charles VII signent par la suite une série de traités avec les princes allemands, eux-mêmes méfiants à l'égard de l'empereur, pour contrebalancer le poids du duc de Bourgogne.

26 mai
L'ordonnance de Louppy-le-Châtel (après une ordonnance perdue, sans doute de mars) organise l'armée permanente (15 compagnies de 100 lances à cheval, la lance comprenant six hommes).

19 juin
Une ordonnance royale stipule que tous les gens d'Église (sauf les écoliers des universités) sont assujettis au paiement des impôts levés « pour la défense du royaume ».

autres événements
• À Nancy où les deux rois Charles VII et son beau-frère, le roi René, résident plusieurs mois, on célèbre les fiançailles de Marguerite d'Anjou (fille de René) avec Henry VI d'Angleterre; des joutes fameuses y sont données. Henry VI remet en dot le comté du Maine.
• Pour favoriser le port d'Aigues-Mortes, le roi frappe d'une taxe de 10 % l'importation de toutes épices et drogues par un autre port.
• Le pape ordonne à l'inquisiteur de Carcassonne de poursuivre les chrétiens qui se livrent à la magie.
• Le roi René cède la Lorraine à l'un de ses fils.
• Le duc de Bourgogne commande à Jean Wauquelin († 1452) une adaptation du roman provençal de *Girart de Roussillon.*

1446

26 mars
L'Université de Paris est soumise à la juridiction du Parlement.

autres événements
• Le duc Louis de Savoie et le dauphin Louis (futur Louis XI) signent un accord dirigé contre les visées du roi Charles VII sur Gênes et de Charles d'Orléans sur Milan. Le duc de Savoie reconnaît la possession par le Dauphiné des comtés de Die et de Valentinois, légués au roi Charles VII par le dernier comte. Le dauphin et le duc de Savoie conviennent d'une expédition italienne qui partagerait le Milanais entre eux et soumettrait Gênes.

1446-1451

Jean Mansel (1400/1401 1473/1474), receveur du duc de Bourgogne, écrit la *Fleur des histoires*, vaste compilation d'histoire universelle jusqu'à l'année 1422.

1447

mai
Le Grand Argentier Jacques Cœur crée le « gros de Jacques Cœur », première pièce lourde d'argent fin frappée dans le royaume depuis 1360.

autres événements
• Le prévôt de Paris Robert d'Estouteville se voit conférer le pouvoir de saisir tous mendiants et voleurs à travers l'ensemble du royaume.
• Le dauphin Louis (futur Louis XI) tente de mettre la main sur la Savoie, en se faisant conférer le duché par le pape Nicolas V.

1448

16 mars
Conformément aux termes du mariage de Marguerite d'Anjou et du roi d'Angleterre Henry VI (1445), la ville du Mans est cédée par sa garnison anglaise, qui se retire aux frontières de la Normandie et de la Bretagne; le Maine revient en possession à la maison d'Anjou.

28 avril
Le roi Charles VII complète l'organisation militaire du royaume en instituant par ordonnance les francs-archers, prélevés dans chaque communauté : chaque groupe de 50 feux doit fournir un archer ou un arbalétrier, qui reçoit une solde mensuelle et est exempté de la taille.

autres événements
• Le roi René d'Anjou fonde l'ordre du Croissant.

1449

24 mars
Un chef de bande, François de Surienne, s'empare de Fougères pour le compte de Somerset, lieutenant du roi d'Angleterre Henry VI en Normandie.

16 avril
Un concile se réunit à Lausanne. On y obtient l'abdication du pape Félix V.

17 juillet
Le roi et le Conseil décident près de Chinon la rupture des trêves de Tours signées le 28 mai 1444; la guerre reprend donc contre l'Angleterre, avec l'encerclement de la Normandie.

automne
Arthur de Richemont et son neveu le duc François Ier de Bretagne reprennent le Cotentin aux Anglais.

10 novembre
Accompagné du roi René d'Anjou, Charles VII fait son entrée royale dans Rouen, abandonnée par la garnison anglaise qui s'est rendue aux Rouennais résistants le 29 octobre.

autres événements
• Charles VII octroie aux deux ports de La Rochelle et d'Aigues-Mortes l'exclusivité du commerce de l'alimentation et des drogues.

vers 1450

Le *Retable* de la Grande Chambre du Parlement de Paris est remis à ses commanditaires.
Un écrivain anonyme publie le *Roman de Troïlus*.

1450

15 mars
Un corps d'armée anglais débarque à Cherbourg et se dirige sur Bayeux.

15 avril
À Formigny (Normandie), les Français du comte de Clermont Jean de Bourbon et d'Arthur de Richemont repoussent les Anglais. Cette bataille sonne le glas de l'occupation anglaise en France du Nord.

24 juin
Somerset, gouverneur de Caen, rend sa ville au roi Charles VII.

12 août
Charles VII fait son entrée dans Cherbourg, à l'issue de la conquête de la Normandie.

28 octobre
Une ordonnance royale rétablit le droit en matière de propriété immobilière, qui avait été mis à mal durant la guerre par les droits de gîte et les réquisitions. La procédure d'enquête pour le bornage est restaurée.

autres événements
• Pierre II († 1457) accède au duché de Bretagne à la mort de son frère François Ier.
• Jacques Milet (1425-1466) offre à Charles VII l'*Histoire de la destruction de Troyes la Grande*, le seul mystère profane qui soit conservé.

1450-1452

Arnoul Gréban écrit le *Mystère de la Passion* (34 000 vers en quatre « journées »).

Arnoul Gréban

Arnoul Gréban (vers 1425-vers 1495), maître de grammaire et maître de chœur à Notre-Dame de Paris (1451-1456), au service du comte de Maine au Mans ensuite, est l'homme d'un chef-d'œuvre, le Mystère de la Passion. *Il meurt, semble-t-il, à Bologne. En 1486, le médecin Jean Michel, recteur de l'université d'Angers, remanie et fait représenter le* Mystère de la Passion, *réduit aux deuxième et troisième journées.*

1451

9 mars
Le dauphin Louis (futur Louis XI) épouse Charlotte, fille du duc Louis de Savoie, malgré l'opposition du roi Charles VII; le couple doit s'enfuir en Hollande.

15 mai
Jean de Dunois, arrivé avec une flotte espagnole et rochelaise, entreprend de dégager les villes de l'estuaire de la Gironde. Un traité est signé avec la ville de Bordeaux le 12 juin.

25 mai
Le duc de Bretagne Pierre II ouvre les états de Bretagne à Vannes.

30 juin
Bordeaux se rend à Jean de Dunois; la Guyenne est entièrement occupée par l'armée royale en août.

20 août
Bayonne se rend à l'armée royale.

14 novembre
Un envoyé de Francesco Sforza, nouveau duc de Milan, inquiet des menées de la ligue formée contre lui par les Vénitiens, le roi d'Aragon et le duc de Savoie, vient proposer une alliance au roi de France.

autres événements
• Le roi Charles VII exempte de tailles les sujets du royaume qui s'étaient installés dans les terres non soumises à l'impôt royal, et qui reviendraient sur leurs biens-fonds.
• Antoine de la Sale (1385/1386-vers 1460) écrit l'ouvrage allégorique de la *Sale*, pour Louis de Luxembourg, comte de Saint-Pol: une demeure dont les fondations, les pavements, les murs et les fenêtres représentent des vices et des vertus.
• À la demande du duc de Bourgogne Philippe le Bon, l'évêque de Nevers Jean Germain écrit un *Discours du voyage d'Oultremer*, qui engage le roi à entreprendre une nouvelle croisade.
• Jean Michel et Georges de la Sonnette sculptent la *Mise au tombeau* de l'hôpital de Tonnerre (achevée en 1454).
• Le pape Nicolas V accorde une indulgence à tous les visiteurs de la cathédrale de Troyes: cet encouragement à l'aumône permet de financer l'achèvement des travaux.

vers 1452

Jean Fouquet réalise le « Diptyque de Melun ».

1452

21 février
Charles VII s'engage à aider militairement Milan et son alliée Florence en cas de guerre. Les hostilités commencent au printemps; l'armée royale se rend dans le Midi et se borne à obtenir la neutralité du duc de Savoie.

23 octobre
Les Anglais reprennent Bordeaux, soulevée contre le gouverneur royal.

27 octobre
Après une courte campagne, le roi impose le traité de Cleppé au duc Louis de Savoie.

autres événements
• Le dauphin Louis (futur Louis XI) fonde l'université de Valence.
• Le cardinal Guillaume d'Estouteville promulgue une réforme de l'Université de Paris, suivant les recommandations d'une commission politique; le contrôle royal est accru sur l'Université.
• Étienne Chevalier (vers 1410-1474) devient Trésorier de France. C'est sans doute à la fin de l'année qu'il commande à Jean Fouquet, revenu d'Italie, le *Livre d'Heures* conservé à Chantilly.
• Début du chantier de Saint-Étienne-du-Mont à Paris (achevé en 1540).

1453

29 mai
Constantinople est prise par les Turcs.

17 juillet
La bataille de Castillon gagnée par une armée française marque la fin de la guerre de Cent Ans (conclusion amorcée en 1435 par le traité d'Arras), et la fin de la présence anglaise en Guyenne. Elle est perçue comme la revanche d'Azincourt; l'artillerie massive de l'armée royale est le fer de lance de la reconquête.

23 juillet
L'armée du duc de Bourgogne Philippe le Bon anéantit les troupes de la ville de Gand en rébellion contre l'imposition d'une gabelle.

19 octobre
Bordeaux capitule à nouveau. L'autonomie de la Guyenne est abolie; le Parlement de Paris devient la seule cour supérieure en France.

autres événements
• À la suite d'un conflit meurtrier entre le prévôt de Paris et les étudiants, l'Université de Paris suspend ses cours.
• Le dauphin Louis (futur Louis XI) entreprend la modernisation de sa province de Dauphiné; le conseil delphinal est transformé en parlement.
• Le roi René d'Anjou tente sans succès de reprendre pied dans le royaume de Naples; il rentre en janvier 1454.
• Le musicien Jan Ockeghem (vers 1410-1497) entre au service du roi Charles VII.
• Le chœur de la chapelle de Kernascleden (Morbihan), fondation des Rohan, est dédicacé.

1454

17 février
Le duc de Bourgogne Philippe le Bon organise le somptueux Banquet du Faisan à Lille, pour conduire les assistants à prononcer le vœu de croisade contre les Turcs. Le roi Charles VII refuse de publier dans le royaume les bulles de croisade.

15 avril
L'ordonnance de Montil-lès-Tours décrète la tenue d'enquêtes sur les « coutumes, usages et stiles » en cours dans le royaume – les enquêtes ne sont menées à terme qu'en Touraine (1461) et Anjou (1462) ; elle réorganise l'administration de la justice, afin d'abréger les procédures ; elle est l'un des monuments juridiques du XVe siècle.

1455

Le duc de Bretagne Pierre II fait procéder à une vaste enquête sur les droits régaliens du duché, alors à son apogée. Le Calvaire du Folgoët est achevé vers 1455.
Les troupes royales occupent les terres du comte Jean V d'Armagnac. En effet celui-ci, qui a succédé à son père Jean IV en 1450, revendique de nouveau le Comminges. Jean V est condamné par le Parlement au bannissement perpétuel et à la confiscation de ses biens le 13 mai 1460.
Pour favoriser la reprise économique, le roi exempte d'impôts les maîtres des forges à fer.

autres événements
• Gilles le Bouvier : *Chroniques du roi Charles VII.*

GILLES LE BOUVIER

Gilles le Bouvier, dit le Héraut Berry (1386-1455) met la dernière main à ses Chroniques du roi Charles VII *(1402-1455), l'une des meilleures chroniques d'histoire militaire du temps, qu'il a construite sur les champs de bataille grâce à son activité de héraut et roi d'armes de Berry (vers 1418), puis de France (1451). Il a laissé aussi un* Armorial *et un* Livre de la description des pays *où il relate ses voyages.*

1456

21 mai
Le duc Jean II d'Alençon est emprisonné pour avoir sollicité une invasion anglaise.

7 juillet
Jeanne d'Arc est réhabilitée après un procès au palais archiépiscopal de Rouen.

25 novembre
Jacques Cœur meurt à Chio.

autres événements
• Le dauphin Louis (futur Louis XI) doit s'enfuir à la Cour de Philippe le Bon ; il réside à Genappe en Brabant, où il attend la mort du roi. Le roi Charles VII occupe alors le Dauphiné, qui est définitivement annexé au domaine royal.
• Charles VII signe un traité avec le roi Christian Ier de Danemark.
• Le chapitre de l'ordre de la Toison d'Or écrit au roi pour soutenir un projet de croisade imaginé par le duc Philippe le Bon.
• Antoine de la Sale compose à la Cour du dauphin Louis (futur Louis XI), exilé à Genappe, son *Petit Jehan de Saintré*, un roman d'apprentissage pour son ancien élève Jean II de Calabre, fils du roi René d'Anjou.
• François Villon écrit le *Lais* et le *Petit Testament.*

FRANÇOIS VILLON

Villon (1431/1432-après 1463), originaire du Bourbonnais, mauvais garçon, condamné à mort et gracié, était maître ès arts de l'Université de Paris (1452). Il fréquente le cénacle des ducs Charles d'Orléans et Jean de Bourbon, fait entrer l'autoportrait dans la littérature française, en brillant poète et satiriste achevé. Ses Ballade*s en octosyllabes ou décasyllabes* (Ballade des dames du temps jadis, Ballade pour prier Notre Dame, Ballade de Bon Conseil), *le* Testament *de 1461 et le* Débat du Cœur et du Corps *(vers 1462) jonglent avec une langue associant le moyen français du XVe siècle et le jargon.*

1456-1469

Un anonyme écrit la *Farce de Maître Pathelin*, pièce comique remarquablement habile qui met en scène une galerie de trompeurs trompés (*Pathelin* pourrait être considéré comme le prototype du *Tartuffe*).

1457

Arthur III de Richemont († 1458) succède à Pierre II au duché de Bretagne.

11 mars
Le duc de Bourgogne Philippe le Bon ordonne la rédaction des coutumes de son duché.

8 décembre
Une ambassade hongroise vient à Tours régler le mariage du jeune Ladislas, roi de Bohême et de Hongrie, avec une fille du roi Charles VII. Peu

après, Ladislas meurt de la peste; le roi prend alors le duché de Luxembourg sous sa protection, et fait demander en vain la couronne de Bohême pour son deuxième fils. L'une et l'autre affaire restent sans suite pour le royaume de France.

autres événements

• Des députés de l'Université de Paris protestent contre les abus de pouvoir de la curie pontificale en France et réclament devant le pape la convocation d'un concile général.

1458

11 mai

Les Génois ayant offert au roi de France la seigneurie de Gênes, Jean II, duc de Lorraine et de Calabre, fils du roi René d'Anjou, vient prendre possession de la ville.

10 octobre

Le duc Jean II d'Alençon est condamné pour haute trahison (avec l'Angleterre) à la décapitation par la Cour des pairs. Gracié, il complote de nouveau et est condamné en 1472 à la prison où il meurt en 1476.

14 octobre

Le roi signe le traité de Péronne avec le duc de Bourgogne, «grande folie», selon Philippe de Commynes.

autres événements

• Charles VII confirme la Charte aux Normands de 1315.
• Jean de Francières, chevalier de l'ordre de Saint-Jean de Jérusalem, écrit un *Livre de fauconnerie.*
• Jean Juvénal des Ursins, archevêque de Reims, adresse une *Exhortation au roi.*

1459

juin

Noël de Fribois, notaire puis conseiller du roi Charles VII, présente au roi son *Abrégé des Chroniques de France*, panorama du peuple élu (les Francs) et de la sainteté royale en forme de «Miroir du prince».

4 octobre

Jean II de Calabre s'embarque de Gênes pour l'Apulie et Naples qu'il veut reconquérir (le roi d'Aragon Alphonse le Magnanime est mort en 1458); l'expédition se conclut par la défaite de Troia en 1462; peu après, il perd aussi Gênes.

autres événements

• Au congrès réuni à Mantoue pour organiser la croisade, le pape Pie II dénonce violemment la Pragmatique Sanction de Bourges de 1438.
Lors de la même réunion, le duc Philippe de Bourgogne reçoit de Guido Parato, médecin du duc de Milan Francesco Sforza, un recueil de médecine, le *Libellus de sanitate conservanda*, qu'il fait traduire aussitôt sous le titre de *Régime de santé.*

1460

18 janvier

Le pape Pie II, dans la bulle *Execrabilis*, déclare passible d'anathème tout prince qui en appellerait du pape au concile.

10 février

Le procureur général au Parlement de Paris réplique à la bulle *Execrabilis* en appelant à un concile à tenir dans le royaume de France.

13 mai

Le comte Jean V d'Armagnac, convaincu de trahison avec les Anglais, est banni du royaume.

juillet

Le Conseil du roi envisage une guerre contre le duc de Bourgogne; le roi accorde sa protection aux Liégeois rebelles au duc de Bourgogne Philippe le Bon – il vient de leur imposer son neveu sur le siège épiscopal.

autres événements

• Le duc de Bretagne François II (1458-1488) fonde l'université de Nantes, pour manifester son indépendance de la tutelle française.

1461

4 mars

Le roi d'Angleterre Henry VI est déchu et remplacé par Édouard IV d'York. Le dauphin Louis (futur Louis XI) et le duc de Bourgogne Philippe le Bon s'empressent d'inviter le nouveau roi à envahir le royaume français.

22 juillet

Le roi Charles VII meurt à Mehun-sur-Yèvre (Cher).

LOUIS XI

Né le 3 juillet 1423-Mort le 30 août 1483
Règne: 1461-1483 (22 ans)
Roi à 38 ans

*F*ils de Charles VII et de Marie d'Anjou, Louis XI épouse le 24 juin 1436 en premières noces Marguerite d'Écosse († août 1445, fille du roi d'Écosse Jacques Ier), puis en 1451 Charlotte, fille du duc Louis de Savoie.

Il a trois enfants: Anne (1461-1522, fiancée à Nicolas d'Anjou, proposée à Charles le Téméraire, finalement mariée à Pierre de Beaujeu), Jeanne (1464-1505, mariée à Louis II d'Orléans, futur Louis XII), et Charles VIII (1470-1498).

Louis XI a un frère, Charles de France († 1472), duc de Berry (1461-1465), puis de Normandie (1465-1469), et enfin de Guyenne (1468-1472); il a quatre sœurs, Catherine († 1446, épouse de Charles comte de Charolais), Jeanne († 1482, mariée à Jean II de Bourbon, † 1488), Yolande († 1478, épouse d'Amédée IX de Savoie, † 1472), et Madeleine (mariée à Gaston de Foix, fils de la reine Éléonore de Navarre).

À partir de 1482, Louis XI, vieilli, méfiant, s'enferme au château de Plessis-lès-Tours, où il meurt le 30 août 1483.

Le jeune dauphin Louis, logé à Loches, a pour précepteur le chanoine de Reims Jean Majoris. Il commence son activité publique en mettant le Languedoc en défense contre les Anglais, et entreprend aussitôt d'assouvir ses ambitions aux dépens de son père. Il entre en rébellion en 1446, tente un coup sur l'Agenais, est contraint de s'exiler sur les terres du duc de Bourgogne, à Genappe.

Dès son accession au trône en 1461, Louis entreprend méthodiquement de supprimer les conseillers de son père, qui sont arrêtés et emprisonnés, ainsi Pierre de Brézé, Antoine de Chabannes, Guillaume Cousinot, Étienne Chevalier. Il révoque nombre d'officiers (le chancelier Guillaume de Jouvenel, le bailli du Cotentin Odet d'Aydie). Il s'entoure en revanche de tous les fidèles qui l'ont suivi dans son exil de Genappe: Jean de Lescun, Bâtard d'Armagnac, Pierre de Morvilliers. Les barons exclus fomentent peu après avec l'aide des princes la «guerre du Bien public» (1465); au lendemain, le roi tente de se rallier le duc Jean II de Bourbon, l'un des révoltés; il rappelle plusieurs des anciens conseillers, et commence d'attirer à lui les conseillers de ses adversaires; c'est ainsi que

Philippe de Commynes, chambellan du duc de Bourgogne Charles le Téméraire, entre à son service en 1472. Par la suite, le mari de sa fille Anne, le sire Pierre de Beaujeu, prend de l'ascendant; il préside assidûment aux séances du Conseil du roi.

Une nouvelle crise éclate en 1475: le roi d'Angleterre Édouard IV, Charles le Téméraire et François II de Bretagne se coalisent contre Louis XI, et conviennent de se partager le royaume. Des désaccords entre les coalisés permettent au roi de venger son autorité: Louis de Luxembourg, comte de Saint-Pol, est décapité le 19 décembre 1475, Jacques d'Armagnac, duc de Nemours, le 4 août 1477.

Par confiscation, le domaine royal est augmenté des comtés d'Alençon, d'Armagnac (1473) et de Saint-Pol (1475). En 1475, Louis XI conquiert le Roussillon, mais son fils Charles VIII doit l'abandonner en 1493. La mort sans héritier de son frère Charles de France permet en outre au roi de récupérer le Berry et la Guyenne.

Les acquisitions principales ont été engagées du vivant de Louis XI: elles concernent la triple succession de Bourgogne, d'Anjou, et de Bretagne.

La succession de Bourgogne est réglée au traité d'Arras (1482) par le mariage du dauphin Charles (VIII) avec la très jeune Marguerite d'Autriche, fille de Maximilien de Habsbourg. Ainsi l'État bourguignon est-il dépecé, par le retour à la couronne de la Picardie, du Boulonnais, de l'Artois, de la Bourgogne et de la (Franche-)Comté, et par la remise de la Lorraine et de l'Alsace en mains respectivement du duc René II d'Anjou et du duc d'Autriche Sigismond. La Savoie d'Amédée IX et Yolande, liée à Charles le Téméraire, revient sous influence royale quand Charles le Téméraire disparaît.

La succession d'Anjou est ouverte par la mort du roi René († 10 juillet 1480) et de son neveu Charles du Maine († 11 décembre 1481). L'affaire est réglée en 1484 par l'intégration de l'Anjou et de la Provence avec Marseille et Toulon à la Couronne.

La succession de Bretagne ne fut pas traitée par Louis XI, mais par Anne de Beaujeu et son frère Charles VIII, lors du mariage forcé d'Anne de Bretagne avec Charles VIII: elle n'aboutissait néanmoins qu'à «une union personnelle par contrat volontaire».

Libéré du poids de la guerre, le royaume bénéficie à partir des années 1460-1470 d'un vif mouvement migratoire, notamment dans les ports maritimes et fluviaux, et d'une reprise endogène de la démographie. Ce flux se conjugue avec la confiance des élites urbaines, qui investissent massivement dans les campagnes (les contrats de métayage se multiplient, poussant à la remise en valeur des terres) et dans le commerce et l'industrie par le moyen de sociétés «en commende» (association contractuelle entre le bailleur de fonds sédentaire et le négociant vendeur itinérant), voire de sociétés à parts cessibles de capital (la société des Moulins de Toulouse est ainsi la mère des sociétés anonymes). Le roi tente de ranimer les grands circuits traversant encore le domaine français, en activant les foires, à Lyon et en Normandie. Le tout contribue à l'assainissement de l'économie. Mais cette politique est jugée trop contraignante : à la fin du règne comme en son début, les villes du royaume grondent contre l'impôt. Louis XI s'efforce d'autre part de contrôler l'Église du royaume, et d'étendre sa main sur les principautés italiennes, poursuivant l'œuvre du grand Capétien Louis IX et préparant celle des derniers Valois, de Charles VIII à Henri III. Il a des relations très tendues avec les papes, et notamment Sixte IV, qu'il n'est pas loin en 1478 de juger coupable de l'assassinat de Julien de Médicis, le frère de Laurent le Magnifique. Louis XI est entouré de conseillers brillants, dont plusieurs sont à la pointe de l'humanisme français, tel le célestin Guillaume Romain (mort empoisonné en 1475).

Papes

Pie II, 1458-1464 ; Paul II, 1464-1471 ; Sixte IV, 1471-1484.

Empereur

Frédéric III, 1452-1493.

1461

22 juillet
Louis XI, à Avesnes, succède à son père Charles VII sur le trône.

15 août
Louis XI est sacré à Reims, sous haute protection du duc de Bourgogne Philippe le Bon.

31 août
Le roi fait son entrée solennelle à Paris, accompagné du duc de Bourgogne Philippe le Bon. Il révoque aussitôt les hommes de son père Charles VII.

30 septembre
Le duc de Bourgogne Philippe le Bon quitte Paris après que Louis XI est parti en Touraine (24 septembre).

2 octobre
Après une série d'émeutes urbaines (à Angers les 29-31 août), la « Miquemaque » éclate à Reims, révolte contre une augmentation de la taille.

21 novembre
Le roi abolit la Pragmatique Sanction de 1438; il restitue au pape la libre juridiction sur les églises du royaume.

autres événements
• L'évêque de Saintes Louis de Rochechouart († vers 1495), un ami de Robert Gaguin, fait un voyage à Jérusalem dont il écrit la relation de façon très vivante *(Journal).*

1462

janvier
Le roi Louis XI fait son entrée solennelle à Angers.

9 mai
Aux termes du traité de Bayonne, le roi Jean II d'Aragon cède au roi de France les comtés de Roussillon et de Cerdagne en échange de son appui contre les Catalans en rébellion.

10-21 juillet
Une campagne royale est menée dans un Roussillon rétif par Jacques d'Armagnac, duc de Nemours et comte de la Marche. Gaston du Lion, sénéchal de Saintonge (1461-1468) puis de Guyenne, poursuit l'offensive en Catalogne et prend d'assaut Gérone et Tarragone.

20 octobre
Une ordonnance royale interdit aux négociants français de fréquenter les foires de Genève. Louis XI accorde à tous les marchands français et étrangers (sauf anglais) fréquentant Lyon les avantages dont ils bénéficient à Genève. Dès 1466, attirés par les privilèges royaux des foires, les financiers italiens (ainsi les Médicis en 1470) quittent Genève pour Lyon, qui devient vers 1480 l'un des grands centres de l'Europe renaissante.

autres événements
• Le roi institue un parlement à Bordeaux pour la Guyenne reconquise.
• Une ordonnance royale soutient le projet de réforme de l'ordre de Cluny.
• Jean Lefèvre de Saint-Rémy, dit Toison d'or, roi d'armes de l'ordre de la Toison d'or, commence une chronique importante pour l'histoire de l'ordre (jusqu'en 1468).

1463

9 janvier
Perpignan capitule; les habitants envoient une protestation au roi, qui répond en alléguant son droit de conquête « attendu mêmement qu'ils estoient sans seigneur ».

13 janvier
La trêve de Belchite met fin à la guerre de Catalogne.

8 mars
Louis XI fonde à Lyon une quatrième foire. Le calendrier de ces foires est identique à celui de Genève, pour mieux abaisser cette cité.

20 juillet
Le roi ordonne aux ecclésiastiques du royaume de faire déclaration de tous leurs biens dans le délai d'un an, sous peine de confiscation.

20 août
Le Parlement déclare Antoine de Chabannes, ancien conseiller de Charles VII, coupable de lèse-majesté.

septembre-octobre
Le duc de Bourgogne Philippe le Bon signe la remise au roi des villes de la Somme dont il avait la jouissance depuis le traité d'Arras (1435).

autres événements
• Conscient de l'incapacité de Jean II, duc de Calabre, à reprendre Naples et l'Italie, Louis XI

abandonne ses droits sur Gênes à Francesco Sforza, qui a évincé de Milan la famille Visconti.
• Le roi institue un parlement à Perpignan.
• Le sculpteur Nicolas Gerhaerts de Leyde (vers 1440-1473) réalise les statues du portail de la *Chancellerie* de Strasbourg.

1464

25 mars
Louis XI entre dans Brive le dimanche des Rameaux; comme le Christ, il se présente monté sur une mule.

12 avril
Une trêve est conclue entre les rois de France et d'Angleterre.

19 mai
Un contrat est signé prévoyant le mariage de Jeanne, fille du roi (elle a un mois) et de Louis II d'Orléans (futur Louis XII). Le mariage est célébré en 1476.

10 septembre
Le roi profite de l'avènement du pape Paul II pour modérer l'influence de la curie romaine dans le droit du royaume: il abolit les «grâces expectatives» et réintroduit une partie des mesures de la Pragmatique Sanction de Bourges (1438).

15 octobre
Une commission royale adjuge au roi le droit de régale sur les évêchés bretons (jusqu'alors en principe alloués au duc de Bretagne).

18 décembre
Une assemblée des «bonnes villes» se tient à Tours.

autres événements
• Une ordonnance royale organise le service des postes.
• À la mort du chantre de Saint-Denis Jean Chartier, chroniqueur du roi, Jean Castel, religieux clunisien, devient chroniqueur de France ou historiographe officiel; il tient cet office jusqu'à sa mort en 1476.

1464-1465

Jean Servion compose les *Gestes et chroniques de la maison de Savoie.*

1465

avril
Une coalition des princes contre le roi se forme, animée par le duc de Berry Charles de France, le comte de Charolais Charles le Téméraire (né à Dijon, le 10 novembre 1433, de Philippe le Bon et Élisabeth de Portugal) et le duc de Bretagne François II: la «guerre du Bien public» est une réaction aristocratique contre l'affirmation d'une souveraineté royale; elle vise à mettre le roi sous tutelle. Mais elle se double d'une rivalité profonde entre le roi et l'héritier de Bourgogne, Charles le Téméraire, qui tente de récupérer les villes de la Somme, remises en gage par Charles VII à Philippe le Bon en exécution du traité d'Arras (1435) et rachetées par le roi en 1463.

17 juin
Un traité est signé entre Louis XI et les Liégeois, par lequel les Liégeois s'engagent à entrer en guerre contre le duc de Bourgogne, ce qu'ils font en août.

juillet
Galeazzo Maria Sforza, fils du duc de Milan, arrive avec une armée pour prêter main-forte au roi.

16 juillet
Le comte de Charolais Charles le Téméraire et le roi Louis XI s'opposent sur le champ de bataille de Montlhéry. Aucun parti ne l'emporte.

10 août
Louis XI quitte Paris pour la Normandie. Aussitôt, les Parisiens engagent des négociations avec les ligueurs au château de Beauté (près Vincennes), mais ne prennent aucune décision. Le 28 août, Louis XI revient à Paris.

26 septembre
Isabelle de Bourbon, épouse de Charles le Téméraire, meurt à Anvers. Son valet Amé de Montgesoie, qui a déjà écrit pour elle son fameux *Pas de la mort*, compose une *Complainte* sur sa mort; peu après, est passée la commande d'un tombeau somptueux.

29 septembre
Le roi consulte une assemblée qui le pousse à traiter avec les ligueurs. Les défections se sont multipliées les derniers jours: la veille, Rouen s'est rendue au duc Jean II de Bourbon.

5 octobre
Par le pacte de Conflans-Sainte-Honorine, Louis XI renouvelle la donation des villes de Somme au duc de Bourgogne.

27 ou 29 octobre
Louis XI donne aux seigneurs normands, par le traité de Saint-Maur-des-Fossés, un nouveau duc en la personne de son jeune frère Charles de France, qui abandonne son titre de duc de Berry. Le 10 décembre, dans la cathédrale de Rouen, le frère du roi, Charles de France, est investi du duché de Normandie.

22 décembre
Louis XI se réconcilie avec le duc de Bretagne François II, à qui il reconnaît le droit régalien de battre monnaie.

autres événements
• Un auteur anonyme achève, peut-être pour Jean de Croÿ, ministre de Philippe le Bon, la trilogie romanesque de *Jean d'Avesnes*, continuation du cycle littéraire de la croisade.

1466

17 juin
Après qu'à l'initiative du duc d'Autriche Sigismond, landgrave de Haute-Alsace (Haut-Rhin), des nobles alsaciens ont tenté de s'emparer de Mulhouse, république vassale de l'Électeur palatin, la ville conclut une alliance avec Berne et Soleure. Sigismond essaie alors de vendre ses droits sur la région.

autres événements
• Charles le Téméraire prend et incendie Dinant, exclue du traité du 22 décembre 1465.
• Charles le Téméraire fait frapper une pièce lourde en argent fin, le double patard bourguignon. L'apparition de ces espèces nouvelles tient à l'afflux récent d'argent en provenance des mines allemandes et d'Europe centrale, mais aussi du Soudan par le Portugal (la mère du duc est Isabelle de Portugal).
• Louis XI crée les foires de Caen, dont l'objectif (vain) est de ruiner les foires de Bruges et de Berg-op-Zoom.
• Le Dauphiné s'accroît du Valentinois.
• Une chaire de grec est créée à l'Université de Paris.
• Le recueil des *Cent nouvelles nouvelles* est publié par un écrivain au service du duc Philippe de Bourgogne, sur le modèle du *Décaméron* de Boccace.

1466-1477

Jean, seigneur de Haynin (Hainaut), au service de Philippe le Bon et Charles le Téméraire, compose des *Mémoires* sur son temps, vu du côté bourguignon.
Un Orléanais établit le précieux *Journal du siège d'Orléans et du Voyage de Reims*, mémorial de l'épopée de Jeanne d'Arc.

1467

15 juin
Charles le Téméraire succède à son père Philippe le Bon au duché de Bourgogne.

15 juillet
Louis XI réitère son alliance avec les Liégeois.

16 août
Le duc de Bretagne François II signe un traité d'alliance perpétuelle avec Charles de France, frère du roi; il commence les préparatifs de guerre contre Louis XI.

1er octobre
Une alliance est conclue entre Charles de France, duc de Normandie, et les ducs François II de Bretagne, Charles le Téméraire de Bourgogne, et Jean II d'Alençon.

15 octobre
Louis XI apprend l'invasion de la Normandie par les forces du duc de Bretagne François II.

28 octobre
Charles le Téméraire écrase les Liégeois à Brusthem; il prend le gouvernement de la principauté de Liège.

autres événements
• Louis XI confirme la Charte aux Normands de 1315.
• Soucieux de s'assurer le soutien de Rome, Louis XI abolit à nouveau la Pragmatique Sanction de Bourges de 1438.
• Louis XI fait venir à Lyon des Italiens spécialistes de la soie.
• Les maîtres de l'Université de Paris font appel à des imprimeurs.
• Le *Roman du comte d'Artois* combine l'histoire du duc de Bourgogne Philippe le Bon, comte d'Artois, et les éléments d'un conte populaire.
• Le musicien Antoine Busnois (vers 1430-1492) entre dans la chapelle du duc de Bourgogne. Il est

l'auteur de messes et de nombreuses chansons en français, fort réputées.

1468

25 janvier
Louis XI signe une trêve avec le duc de Bretagne François II. Celui-ci et le prince Charles de France ont tenté de mettre la main sur la Normandie. Louis XI fait reprendre la Normandie par ses troupes.

26 février
Louis XI convoque les « bonnes villes » pour des états généraux qui se tiendront le 1er avril à Tours.

6-14 avril
Les états généraux (les seuls qui méritent ce nom pendant le règne) représentent au roi Louis XI l'impossibilité d'aliéner la Normandie, qui est partie intégrante du domaine royal.

29 avril
Le frère de Louis XI, Charles de France, reçoit le duché de Guyenne en apanage, avec les sénéchaussées d'Agenais, de Quercy, de Périgord et de Saintonge.

17 juin
Une ligue pour la paix est formée en Italie du Nord; Venise empêche que le roi de France y prenne part.

22 août
Charles de Melun, l'un des acteurs influents de la « guerre du Bien public », est exécuté après un procès politique. Louis XI commence seulement de régler ses comptes avec les insurgés. Le tour du cardinal Jean Balue vient l'année suivante.

10 septembre
À la suite de l'invasion de la Bretagne par une armée royale, une paix est signée à Ancenis avec le duc de Bretagne François II.

20-29 septembre
Des négociations pour la paix se tiennent à Ham entre les ambassadeurs du roi Louis XI et de Charles le Téméraire. Louis XI obtient la promesse d'une entrevue à Péronne.

9-14 octobre
L'entrevue de Péronne se transforme en drame, quand, le 11, on apprend que les officiers de Charles le Téméraire ont été mis à mal par les Liégeois sur ordre du roi Louis XI. Le duc de Bourgogne Charles le Téméraire contraint Louis XI à signer un traité: les tribunaux de Flandre sont soustraits au ressort du Parlement de Paris, et le roi doit participer à une expédition militaire contre Liège.

30 octobre
Les troupes de Charles le Téméraire reprennent Liège, qui est mise à sac, incendiée et annexée.

2 novembre
Louis XI reprend la liberté de ses mouvements; il fait enregistrer le traité de Péronne.

autres événements
• Un anonyme publie le *Franc-Archer de Bagnolet*, pièce comique sur le thème du soldat fanfaron.
• Jean de Bueil († 1477), conseiller du roi Louis XI, écrit le *Jouvencel*, « petit traité narratif » pour enseigner au jeune noble l'art de vivre en chevalier.

1469

23 avril
Le cardinal Jean Balue et l'évêque de Verdun Guillaume de Harancourt sont jetés en prison pour trahison envers le roi Louis XI.

9 mai
Par le traité de Saint-Omer, Charles le Téméraire prend en gage les droits que Sigismond, duc d'Autriche, tente de vendre depuis 1466. Éconduit par Louis XI, le duc d'Autriche a intéressé Charles le Téméraire qui a vu là l'occasion de rapprocher ses terres du Nord et du Sud. Charles le Téméraire prend aussitôt possession de la Haute-Alsace où il installe un bailli.

1er août
À Amboise, en compagnie de son frère Charles, Louis XI fonde l'ordre chevaleresque de Saint-Michel (« ordre Monsieur Saint Michel Archange »). Jean Fouquet exécute la décoration de l'exemplaire des statuts destiné au roi.

novembre
L'assemblée des notables a lieu à Tours.

9 novembre
En séance de l'Échiquier, l'anneau ducal de Normandie est solennellement brisé: le duché cesse d'être.

autres événements
• Louis XI abandonne l'emblème royal du cerf-volant, qui était en faveur sous Charles VI et Charles VII.
• Le prieur et le bibliothécaire (Guillaume Fichet) du Collège de Sorbonne installent dans leurs locaux trois imprimeurs bâlois.

1469-1476

Jean l'Orfèvre, au service de Philippe le Bon, traduit les *Dits et faits du roi Alphonse V*, d'Antonio Beccadelli avec un commentaire écrit par l'humaniste italien Aeneas Silvius Piccolomini (futur pape Pie II) en 1455-1456.

1470

30 juin
La naissance de Charles, fils de Louis XI, futur Charles VIII, enlève au frère de Louis XI, le nouveau duc de Guyenne Charles de France, toute illusion sur sa possible accession au trône.

13 septembre
Le comte de Warwick, rallié aux Lancastre, libère le roi Henry VI, déchu de son trône d'Angleterre en mars 1461.

novembre
L'assemblée royale à Tours délie le roi des traités passés avec le duc de Bourgogne Charles le Téméraire.

autres événements
• Voyage d'Anselme Adorno en Terre sainte, pour le compte du duc de Bourgogne et du roi Jacques III d'Écosse.
• Louis XI dénonce le traité de Péronne d'octobre 1468.
• Louis XI et les représentants des cantons suisses signent un engagement réciproque de ne pas soutenir le duc de Bourgogne s'il prend les armes contre l'une des parties.
• Le pape Paul II envoie au roi Louis XI une bulle fondant une « Confrérie de la paix universelle », qui devrait réunir tous les rois et princes, les grands et les bourgeois des villes.
• Louis XI accorde la qualité de noble à toute personne possédant un fief.

1471

janvier
Les troupes royales envahissent la Picardie, cependant que des troupes venues du Dauphiné envahissent le sud de la Bourgogne. Le roi soutient le coup de main de Jean de Nevers (petit-fils du duc de Bourgogne Philippe le Hardi) sur l'Auxerrois.

10 mars
Charles le Téméraire assiège Amiens.

11 avril
Édouard IV d'Angleterre reprend Londres; Warwick, sur qui Louis XI portait ses espérances, est tué le 14 à Barnet. Henry VI est réincarcéré dans la Tour de Londres où il meurt le 21 mai.

juillet
Le duc de Guyenne Charles de France quitte son frère Louis XI et se rend à Bordeaux. Il organise une ligue féodale avec le duc François II de Bretagne.

12 novembre
Le duc de Bourgogne Charles le Téméraire supprime les appels en France; son conseil de Dijon devient un tribunal souverain; il constitue par édit une armée permanente.

décembre
Le duc de Guyenne Charles de France rend ses domaines à Jean V d'Armagnac, qui lève aussitôt une armée contre le roi Louis XI.

autres événements
• Charles le Téméraire et François II de Bretagne concluent une alliance.
• Louis XI publie une ordonnance sur les mines; il confie le contrôle des mines à un maître général des mines.
• Le roi René d'Anjou se fixe à Aix-en-Provence.

1472

24 mai
Charles de France, frère de Louis XI et duc de Guyenne, meurt. Dans les jours qui suivent, la Guyenne est soumise au roi.

4 juin
Après l'alliance passée avec le roi d'Angleterre Édouard IV, le duc de Bourgogne Charles le Téméraire ouvre les hostilités en Picardie. Le 10, la garnison de Nesle est passée au fil de l'épée.

27 juin-22 juillet
Les Bourguignons assiègent Beauvais; ils abandonnent et vont dévaster le pays de Caux.

13 août
Le pape Sixte IV publie le texte d'un concordat conclu avec Louis XI, aux termes duquel les dispositions de la Pragmatique Sanction (1438) sont rectifiées en faveur de Rome. Dans la négociation, le pape a dû donner la légation d'Avignon à Charles II de Bourbon, et accorder un droit de contrôle du roi sur les promotions au cardinalat de tous les Français, et notamment des Bourguignons et des Bretons.

15 octobre
Sous la pression d'une armée royale, le duc de Bretagne François II doit signer une trêve.

31 octobre
Une ordonnance royale (à laquelle on donne abusivement le nom de concordat d'Amboise) définit un nouvel équilibre des compétences en matière de collation des bénéfices ecclésiastiques. Le pape intervient à nouveau dans la collation. Les causes concernant les bénéfices seront d'abord jugées dans le royaume, et en appel seulement à Rome (où l'on traitera toutes les affaires sur les bénéfices des cardinaux).
Le roi Louis XI invite le cardinal Bessarion à venir en France pour prêcher une croisade.

23 novembre
Galeazzo Maria Sforza, duc de Milan, écrit à Jan Ockeghem, maître de chapelle de Louis XI.

autres événements
• La nouvelle cathédrale de Cambrai est dédicacée; pour cette occasion sans doute, Guillaume Dufay compose la messe *Ecce Ancilla Domini*, qui dispose les plans sonores en opposition et où le texte liturgique (deux *cantus firmi*) forme un contrepoint littéraire au contrepoint musical.

Guillaume Dufay et Gilles Binchois

Enfant de chœur à Cambrai, Guillaume Dufay (vers 1400-1474) entre au service de Carlo Malatesta. Il devient chantre à la chapelle pontificale de Rome (1428-1434), puis à Florence, à Bologne et auprès du duc de Savoie (1434-1435 et 1437-1444). Pour l'inauguration de la cathédrale de Florence, il compose le motet Nuper rosarum flores. *Son œuvre lui vaut admiration et prébendes : il est* cantor *du duc de Bourgogne, chanoine à Tournai, Bruges, Lausanne, Mons et Cambrai. Ses déplacements de Paris à Bruges sont la preuve du prestige dont il jouit. Grand compositeur, il a su faire la synthèse des techniques françaises, de la mélodie italienne et de l'harmonie anglaise (le faux bourdon), et créer le modèle parfait de la messe polyphonique construite sur un* cantus firmus, *en vigueur jusqu'à la fin du XVIe siècle. Il est aussi l'auteur de 32 motets qui suivent cette évolution : les paroles se simplifient, le mélange de latin et de français disparaît au profit du latin, la notion de mélodie trouve sa place. Ses motets sont souvent destinés au culte (un des plus beaux,* Alma redemptoris Matei, *chante les louanges de la Vierge). Ses messes composent pour la première fois un tout, dont chaque partie commence par la même formule mélodique. Dans ses chansons, Dufay recherche la simplicité, proche de la chanson populaire. Dufay exprime des sentiments humains, de la joie* (Ce mois de may) *à la mélancolie amoureuse* (Adieu m'amour, adieu ma joye) *ou la gaieté sans retenue* (Hé, compagnons, relevons-nous).
Contemporain de Dufay, Gilles Binchois (vers 1400-1460), compositeur franco-flamand, est enfant de chœur à Cambrai. Il entre au service du comte de Suffolk à Paris (1424); dès 1430, il réside à la Cour de Bourgogne et devient chanoine et prébendier à Mons, Cassel, Bruges. De renommée européenne, ses chansons profanes sont les plus appréciées pour leur expressivité et leur raffinement sur des poèmes de Charles d'Orléans ou de Christine de Pisan. Il contribue au rayonnement de la Cour de Bourgogne et à sa mort, Ockeghem mit en musique une déploration à son sujet.

1473

1er février
Le roi Jean II d'Aragon rentre dans Perpignan, rouvrant les hostilités avec le roi de France. Le Roussillon, qui est resté fidèle à Jean II, est mis à feu et à sang.

5 mars
Lors du siège de Lectoure par l'armée royale, Jean V d'Armagnac est assassiné. Lectoure avait été prise l'année précédente par Pierre de Beaujeu pour le roi Louis XI (11 juin); Jean V l'avait reprise (19 octobre) en faisant prisonnier Beaujeu, suscitant la colère du roi.

14 mars
Une « Basse-Union » se forme en Alsace autour de Mulhouse pour arrêter l'avancée de la maison

bourguignonne vers la Germanie; elle rassemble Bâle, Colmar, Mulhouse, Strasbourg, Sélestat et le margrave de Bade.

30 mars
Louis XI arbitre le différend entre les Suisses et le duc d'Autriche Sigismond («Règlement perpétuel»); celui-ci demande à Louis XI de l'aider à recouvrer l'Alsace.

15 octobre
Charles le Téméraire impose un traité à René II, duc de Lorraine, petit-fils du roi René d'Anjou. Il obtient le droit de passage à travers la Lorraine.

30 octobre-25 novembre
Charles le Téméraire rencontre l'empereur Frédéric III à Trèves. Il revendique le titre de roi des Romains, c'est-à-dire la qualité d'héritier de l'Empire. Il recueille la succession du vieux duc de Gueldre (au nord de Liège), mais n'obtient rien de l'empereur.

autres événements
• La chambre criminelle du Parlement ouvre une enquête sur le vagabondage dans le royaume.
• Un atelier d'imprimerie est créé à Lyon.

1474

janvier
Charles le Téméraire fonde le parlement de Bourgogne (sis à Beaune), dont le ressort s'étend sur toutes ses possessions françaises (il crée un parlement à Malines), sauf la (Franche-)Comté de Bourgogne qui obtient un parlement à Dole.

23 février
Les villes du Rhin (Strasbourg, Sélestat, Colmar et Bâle) s'accordent avec les confédérés des cantons suisses pour racheter au duc de Bourgogne Charles le Téméraire les possessions rhénanes mises en gage par le duc d'Autriche Sigismond.

printemps
Appelé au secours par l'archevêque de Cologne, en conflit ouvert avec les villes de sa principauté rhénane, Charles le Téméraire prépare une intervention armée.

31 mars-4 avril
Le duc Sigismond d'Autriche, les cantons suisses, les villes rhénanes et le duc de Lorraine René II d'Anjou forment l'Union de Constance contre l'État bourguignon. L'Alsace est en pleine rébellion contre Charles le Téméraire; le bailli de celui-ci est condamné à mort et exécuté.

avril
Philippe le Bon et Isabelle de Portugal sont inhumés à la chartreuse de Champmol; ils sont les derniers membres de la famille ducale à y trouver sépulture (Charles Quint, dans son premier testament, y songeait encore).

22 avril
Les «métiers» de Bourges se rebellent contre la levée du «barrage» (taxe pour l'entretien des fossés).

18 juin
Le duc Jean II d'Alençon est condamné à mort pour trahison (il a aidé Charles le Téméraire devant Beauvais); relâché en 1476, il meurt peu après.

22 juin
Les troupes du duc de Bourgogne Charles le Téméraire s'ébranlent en direction de Cologne. Elles assiègent Neuss.

24 juillet
Dans son dernier testament, le roi René d'Anjou lègue la Provence à son neveu Charles, comte du Maine, et le duché de Bar à son petit-fils René II, duc de Lorraine. Le roi Louis XI, fils d'une sœur du roi René, proteste. Peu après, le roi René ouvre des négociations avec le duc de Bourgogne Charles le Téméraire pour lui céder la Provence.

25 juillet
Un traité signé à Londres entre le roi d'Angleterre Édouard IV et le duc de Bourgogne Charles le Téméraire (qui a épousé Marguerite d'York, sœur d'Édouard IV, le 3 juillet 1468) stipule qu'une armée anglaise débarquera en France avant le 1er juin 1475, et, avec le soutien d'une armée bourguignonne, prendra possession de la Picardie, du comté de Saint-Pol et de la Champagne. Toutes ces conquêtes seront abandonnées au duc en toute souveraineté, le roi d'Angleterre prenant la couronne de France.

26 octobre
Louis XI obtient des Suisses une déclaration de guerre au duc de Bourgogne Charles le Téméraire, contre un subside annuel à Fribourg, Soleure et aux huit cantons; les Bernois s'engagent à fournir une armée.

novembre
Les membres de l'Union de Constance et les Suisses attaquent la (Franche-)Comté de Bourgogne.

13 novembre
La bataille d'Héricourt tourne à l'avantage des Suisses.

1475

janvier
Louis XI négocie le mariage du dauphin Charles (futur Charles VIII) et de la fille de Ferdinand d'Aragon et Isabelle de Castille (ceux-ci viennent d'accéder au trône de Castille le 12 décembre 1474).

30 janvier
Par un traité signé à Moncalieri, le duc de Milan Galeazzo Maria Sforza promet au duc de Bourgogne Charles le Téméraire une armée de mercenaires.

10 mars
L'armée royale reprend Perpignan.

10 mai
Le duc de Lorraine René II d'Anjou lance un défi au duc de Bourgogne Charles le Téméraire; il expulse les garnisons bourguignonnes de ses villes.

10 juin
Le prince d'Orange Guillaume de Chalon est contraint de céder au roi Louis XI la souveraineté sur sa principauté d'Orange.

19 juin
L'empereur Frédéric III et le duc de Bourgogne Charles le Téméraire font la paix: l'empereur renonce à son alliance avec les Suisses et Louis XI, le duc de Bourgogne renonce à soutenir l'archevêque de Cologne. Le 27 juin, Charles le Téméraire lève le siège de Neuss.

juillet
Louis XI achève la conquête du Roussillon; le gouverneur royal ramène la paix dans le Roussillon et la Cerdagne.

4-6 juillet
Édouard IV d'Angleterre revendique la couronne de France et débarque à Calais, avec l'intention d'une part de gagner la Bretagne, d'autre part de faire la jonction avec le duc de Bourgogne Charles le Téméraire en Champagne. Il découvre rapidement que le duc est occupé surtout de prendre la Lorraine.

29 août
Lors d'une entrevue avec le roi de France à Picquigny, le roi d'Angleterre Édouard IV renonce à son expédition contre 75 000 écus et une pension annuelle de 50 000 écus. Un mariage est projeté entre le dauphin (Charles VIII) et la fille d'Édouard IV. L'alliance forgée par le duc de Bourgogne Charles le Téméraire s'effrite peu à peu. L'entrevue de Picquigny met fin à la dernière expédition d'envergure des Anglais en France.

13 septembre
Charles le Téméraire se résigne à conclure une trêve de neuf ans avec Louis XI à Souleuvres (Luxembourg).

23 septembre
Louis XI dénonce son alliance castillane et s'allie au roi de Portugal Alphonse V, prétendant au trône de Castille. Il envoie une armée en Guipuzcoa, sous commandement d'Alain d'Albret.

29 septembre
Par la paix de Senlis, le duc de Bretagne François II s'engage à aider Louis XI contre ses ennemis.

17 novembre
Charles le Téméraire s'empare de Nancy et de la Lorraine aux dépens du duc de Lorraine René II d'Anjou. Dans un discours, il annonce son intention de faire de Nancy sa capitale.

19 décembre
Le connétable Louis de Luxembourg, comte de Saint-Pol, remis par le duc de Bourgogne Charles le Téméraire au roi de France Louis XI, est décapité à Paris.

autres événements
• Lors d'une émeute à Digne, des juifs sont forcés à la conversion ou massacrés.
• Georges Chastellain, historiographe de la Cour de Bourgogne, achève ses *Chroniques*. Son disciple Jean Molinet (1435-1507) prend sa succession: sa *Chronique* couvre les années 1474-1507.

vers 1475

Le château de Saint-Malo est reconstruit.

1475-1476

Nicolas Froment peint le triptyque du *Buisson ardent*, commande du roi René d'Anjou pour la chapelle des Carmélites à Aix-en-Provence (conçue comme le mausolée du roi).

1476

8 janvier
Louis XI invite les prélats français à se rendre à Lyon pour un concile général qui traiterait de la réforme de l'Église; il désigne des commissaires chargés de faire respecter les «privilèges, franchises et libertés de l'Église gallicane».

11 janvier
Charles le Téméraire quitte Nancy pour le pays de Vaud (terre du duché de Savoie) que les Bernois ont envahi.

2 mars
À Grandson (sur le lac de Neuchâtel), qui a été pris le 23 février par les Bourguignons, l'armée levée par les cantons suisses, par Fribourg, Soleure et les villes de la Basse-Union de 1474 inflige une grave défaite à Charles le Téméraire. Le duc de Bourgogne se réfugie à Lausanne, où il rassemble une armée, non sans difficulté parce que les villes de Bourgogne refusent les subsides qu'il demande.

6 mars
Le roi Louis XI engage devant le Parlement de Paris une procédure en lèse-majesté contre René d'Anjou.

9 mars
Le comte Jacques d'Armagnac, duc de Nemours, assiégé à Carlat, se rend.

avril
Louis XI contraint le duc de Bourbon Jean II à céder à Pierre de Beaujeu le Beaujolais; cette cession brise le lien géographique entre la principauté de Bourgogne et celle de Bourbon.
Les paysans lorrains se soulèvent.

6 avril
Le Parlement de Paris convoque le roi René d'Anjou pour répondre de trahison avec le duc de Bourgogne.

22 juin
Le duc de Bourgogne Charles le Téméraire, qui assiège Morat avant d'entamer la conquête de Berne, essuie devant la ville une nouvelle défaite, infligée par les Suisses et le duc de Lorraine René II d'Anjou.

14 août
Louis XI organise une paix entre le duché de Savoie et Berne.

7 octobre
Le condottiere Campobasso, chargé de défendre la Lorraine pour le duc de Bourgogne, trahit Charles le Téméraire; il laisse l'armée du duc de Lorraine René II d'Anjou et des Strasbourgeois reprendre Nancy. Ce même jour, les cantons suisses signent une alliance avec le duc de Lorraine.

autres événements
• Mathieu Levrien, moine de Saint-Denis, devient historiographe du roi.

1477

5 janvier
René II d'Anjou, duc de Lorraine, et les Suisses anéantissent l'armée de Charles le Téméraire près de Nancy. Charles y perd la vie.

9 janvier
Sitôt avisé de la mort de Charles le Téméraire, le roi Louis XI donne ordre au sire de Craon, commandant l'armée royale en Champagne, de mettre la main sur la Bourgogne ducale. Il revendique aussi le retour du duché de Bourgogne à la Couronne, arguant qu'il s'agit d'un apanage, et se pose comme protecteur naturel de Marie de Bourgogne, fille et héritière de Charles.

23 janvier
La fille de Charles le Téméraire, Marie de Bourgogne, invite ses sujets à défendre le duché contre Louis XI.

28 janvier
Les états de Bourgogne se rallient au roi Louis XI, obtenant de lui la confirmation des privilèges promulgués en 1361 par Jean II le Bon.

11 février
Les états généraux des Pays-Bas bourguignons, réunis à Gand, obtiennent de la duchesse Marie de Bourgogne le «Grand Privilège» abolissant les organes de gouvernement ducal dans leurs provinces et rétablissant les libertés urbaines.

fin février
Dole se soulève contre le roi Louis XI.

21 avril
La duchesse Marie de Bourgogne, forte du soutien des Flamands, refuse le projet de mariage avec le dauphin (futur Charles VIII) et se fiance à Maximilien de Habsbourg, fils de l'empereur Frédéric III. Le mariage est célébré à Gand le 19 août.

juin-août
L'armée de Louis XI tente de soumettre la Flandre et le Hainaut; Avesnes est brûlée.

26 juin
Une émeute à Dijon vise les membres des états de Bourgogne qui se sont ralliés au roi.

juillet
L'armée royale soumet la Bourgogne. Peu après, Louis XI institue un parlement à Dijon.

4 août
Jacques d'Armagnac, duc de Nemours, est exécuté pour complot contre le roi. Sa richissime collection de livres est partagée entre Pierre de Beaujeu et Tanguy II du Châtel.

autres événements
• Des troubles éclatent au Puy.
• Le roi Louis XI déplace les foires de Caen à Rouen et leur donne des privilèges identiques à ceux des foires de Lyon.

1478

15 septembre
Le clergé du royaume se réunit en concile à Orléans; les prélats français demandent au pape Sixte IV la convocation d'un concile général.

9 novembre
Le roi Louis XI signe un traité de paix avec les rois Ferdinand et Isabelle de Castille et Jean II d'Aragon.

autres événements
• La Bourgogne se révolte à nouveau. Beaune est assiégée par les armées du roi.

1478-1480

Le marquis Louis II de Saluces, avec l'accord du parlement de Grenoble et de Louis XI, fait percer le premier tunnel transalpin, le Pertuis du Viso, de 75 m de longueur, à 2 890 m d'altitude, afin de favoriser les échanges entre le Piémont et la Provence en évitant les péages du duc de Savoie.

1479

2 juin
Louis XI bannit les habitants d'Arras (rebaptisée Franchise), et décide de repeupler la ville de 3000 familles venues du reste du royaume, en « taxant » chaque province d'un certain nombre de familles. La ville, riche de ses ateliers de textiles et de tapisserie, est ruinée pour longtemps.

7 août
Louis XI engage les hostilités en Flandre contre Maximilien de Habsbourg dont le mariage (1477) avec Marie de Bourgogne menace le nord du royaume; la bataille de Guinegatte voit la défaite des francs-archers, mais reste indécise.

autres événements
• Le duc de Bretagne François II refuse de contribuer à la campagne de Flandre.
• Louis XI publie une ordonnance générale, applicable dans tout le royaume, sur le métier de la draperie.
• Le roi René d'Anjou fait illustrer le manuscrit de son *Cœur d'amour espris*.

1480

10 juillet
Le roi René d'Anjou meurt sans héritier direct. Le Barrois et l'Anjou sont réunis au domaine royal. Charles III, comte du Maine, successeur de son oncle René, réunit les états de Provence et s'engage à respecter les coutumes et privilèges du comté.

autres événements
• Nicole de Penthièvre vend au roi Louis XI ses droits sur la couronne ducale de Bretagne.
• Marguerite de Bourbon († 1530) fait vœu de fonder un couvent à Brou en cas de guérison de son mari Philippe, comte de Bar.
• Le jubé de Saint-Fiacre du Faouët est mis en place.
• À Rouen, on ouvre le chantier de l'église Saint-Maclou, et de 1482 à 1507 celui de la tour de Beurre (cathédrale), pris en charge ainsi que le portail des *Libraires* par l'architecte Guillaume Pontis en 1486.

1481

été
Le duc de Lorraine, René II d'Anjou, tente de mettre la main sur la Provence à l'aide de mercenaires. Louis XI vient au secours du comte du Maine et de Provence, Charles III, et rétablit le calme.

17 août
Louis XI ordonne aux baillis et sénéchaux de collecter toutes les coutumes du royaume pour procéder à l'unification du droit.

11 décembre
Charles III, comte du Maine et de Provence, meurt sans héritier, en cédant ses deux comtés et ses droits italiens au roi Louis XI qu'il a désigné comme son légataire universel. La Provence, Marseille et Toulon entrent peu après dans le domaine royal.

19 décembre
Louis XI ordonne à son lieutenant Palamède Forbin de prendre possession du comté de Provence et lui délègue tous pouvoirs souverains. Il propose aux marchands du royaume d'entrer dans une grande société pour le commerce avec le Levant (sans succès).

29 décembre
Les états de Provence se réunissent pour prendre connaissance du testament de Charles III et décident d'envoyer une ambassade au nouveau maître du comté.

autres événements
• Le duc de Bretagne François II signe une alliance avec Maximilien de Habsbourg et le roi d'Angleterre Édouard IV. Le trésorier de Bretagne Pierre Landais est au faîte de sa puissance.
• À Agen, une révolte du peuple menace l'oligarchie qui tient le consulat de la ville; les consuls sont accusés de faire peser le poids des impôts sur les moins aisés.
• Jean Molinet écrit la *Ressource du petit peuple* sur les réformes qu'exige le maintien d'un grand État bourguignon.

1482

15 janvier
Le gouverneur de Provence, Palamède Forbin, réunit les états de Provence; peu après, ceux-ci lui soumettent un texte qualifié de «Constitution provençale», qu'il jure de respecter. Ce document maintient l'identité du comté, ses institutions et sa procédure judiciaire au sein du royaume, et rappelle le principe de l'indigénat pour les offices publics, où ne peuvent être nommés que des Provençaux.

27 mars
La mort de la fille de Charles le Téméraire, Marie de Bourgogne, donne son héritage aux deux enfants qu'elle a eus de Maximilien de Habsbourg, Philippe le Beau et Marguerite. Les villes flamandes demandent la paix.

21 septembre
Louis XI réunit une assemblée des grands à Amboise, où il invite le dauphin (futur Charles VIII) à garder auprès de lui ses conseillers.

23 décembre
Lors de la paix d'Arras, Maximilien de Habsbourg négocie avec Louis XI. Le duché de Bourgogne et la Picardie reviennent au roi. Au cours des négociations, le roi conclut le mariage du dauphin Charles VIII avec Marguerite d'Autriche, fille de Maximilien et de Marie de Bourgogne, qui apporterait en dot la Franche-Comté et l'Artois.

autres événements
• Louis XI fait un pèlerinage à Saint-Claude. Durant son absence, il confie la lieutenance générale du royaume à son gendre Pierre de Beaujeu.
• Henri Baude compose les *Dicts moraux pour faire tapisserie.*

1483

avril
Louis XI remplace Palamède Forbin, jugé trop conciliant pour les Provençaux, par Jean de Baudricourt, gouverneur de Bourgogne, qui impose massivement les Français aux offices du comté de Provence.

25 août
Louis XI doit s'aliter; il remet à l'époux de sa fille, Pierre de Beaujeu, «toute la charge et gouvernement» du dauphin Charles VIII.

30 août
Louis XI meurt. Il est inhumé non pas à Saint-Denis, mais dans l'église Notre-Dame de Cléry.

CHARLES VIII
Né le 30 juin 1470-Mort le 8 avril 1498
Règne: 1483-1498 (15 ans)
Roi à 13 ans

Né à Amboise le 30 juin 1470, Charles VIII est le fils de Louis XI et de sa seconde épouse, Charlotte de Savoie († 1483). Il avait été précédé par des frères; le seul qui ait vécu un peu longuement, François, duc de Berry, est mort en 1473. Il a deux sœurs, Anne et Jeanne. Anne de Beaujeu (1461-1522) et son époux Pierre de Beaujeu, duc de Bourbon, exercent, selon la volonté de Louis XI, la responsabilité de régents, sans en avoir le titre (puisque Charles VIII est majeur, selon l'ordonnance d'août 1374), jusque vers 1488.
Louis XI a imposé pour épouse Jeanne (1464-1505), maladive et contrefaite, au futur Louis XII, Louis II d'Orléans (leur mariage est dissous en 1498). Louis XI organise de même les fiançailles de Charles avec Marie de Bourgogne; celle-ci épouse plus tard Maximilien de Habsbourg, fils de l'empereur Frédéric III (18 août 1477). Charles a 12 ans lorsqu'on imagine de le fiancer, à nouveau, avec Marguerite d'Autriche, fille de Maximilien et de Marie de Bourgogne. Marguerite, âgée de 3 ans, apporte en dot l'Artois, l'Auxerrois, le Mâconnais et la Franche-Comté. Le 23 décembre 1482, le contrat est signé et le mariage célébré à Amboise le 22 juin 1483.
Charles VIII succède à son père sur le trône le 30 août 1483, il est sacré le 30 mai 1484. Il épouse en 1491 Anne de Bretagne († 1514), fille du duc François II de Bretagne. D'Anne, il a quatre enfants: Charles-Orland (10 octobre 1492-16 décembre 1495), Charles (8 septembre-2 octobre 1496) et deux autres, mort-nés. Aucun ne lui survit donc, et à sa mort, son cousin, Louis II d'Orléans, est désigné comme son successeur: Louis XII.
Charles VIII, nez busqué, chétif, de petite taille, est néanmoins un grand actif, joueur habile à la paume et au tournoi, chasseur comme son père, et passionné de romans de chevalerie. Il meurt le 8 avril 1498.
Jusqu'à la naissance de son fils Charles-Orland en 1492, Charles VIII porte à côté de l'écu de France les armes du Dauphiné. À partir de la fin 1491, il y ajoute l'écu de Bretagne, puis en 1494, les armes de Jérusalem. Il utilise tour à tour les devises suivantes: «À mon atante», «J'ayme tant fort une», «C'est vous», et à partir de 1492, «Plus qu'autre». Son emblème est un S gothique fermé.

Charles VIII est un continuateur. Il poursuit l'œuvre de rassemblement du domaine royal. Il bénéficie aussi de l'effort, engagé sous Louis XI, de réorganisation financière, qui fait du royaume de France le plus riche en ressources fiscales (3 900 000 livres en 1490). Quoique famines, épidémies et guerres ne cessent pas, une vivace remontée démographique prend effet, sur le terrain d'une conjoncture économique favorable : le revenu du domaine royal connaît ainsi une plus-value de 74 % entre 1484 et 1498. Mais l'héritier est aussi un homme d'audace. Fait exceptionnel, ce règne voit une dépression fiscale sans précédent. Elle est voulue par le jeune roi, soucieux les premières années de rétablir le consensus dans le royaume. Les états de 1484 ont pris en effet la précaution de baisser d'autorité les tailles : de 4 millions de livres vers la mort de Louis XI, elles tombent à 1,5 million. Le « dégraissage » fiscal favorise d'abord la reprise du grand commerce, indispensable dans cette fin du XVe siècle qui voit s'activer les Allemands (Hanse, Fugger, Compagnie de Ravensburg) et les Ibériques organisant rapidement l'exploitation du monde outre-mer : le dynamisme d'Arras, Rouen, Bordeaux, La Rochelle au détriment de Nantes, Lyon, Marseille, mais aussi Tours, centre d'artisanat de luxe pour la Cour royale, est incontestable. Les allégements fiscaux ont aussi étayé l'idée d'aller prélever ailleurs les subsides nécessaires à l'armée de métier, dont le rôle s'affirme désormais. La nouvelle orientation économique de l'Occident, vers l'Atlantique, reste ignorée toutefois de Charles VIII, obsédé par le rêve italien.

Pendant la première partie du règne (1483-1487), deux clans se disputent le pouvoir : d'une part Anne de Beaujeu, avec son mari Pierre de Beaujeu, bientôt duc de Bourbon, d'autre part les princes. Ceux-ci sont divisés en deux coteries, celle de Louis II d'Orléans (futur Louis XII) et du duc d'Alençon, qui sont rejoints en 1487 par les comtes Charles d'Angoulême, Jean de Nevers, de Comminges et le prince d'Orange, l'autre autour de deux cousins du roi, le duc Jean II de Bourbon, frère aîné de Pierre de Beaujeu, et René II d'Anjou, duc de Lorraine, un Anjou-Lorraine. C'est entre ces deux clans que se joue la « Guerre folle », pour le contrôle du royaume. Il faut à Charles VIII une grande habileté pour se glisser hors de l'influence d'Anne de Beaujeu et imposer sa voie personnelle d'une négociation avec les princes.

Il met en disgrâce le principal conseiller de Louis XI, Philippe de Commynes, qui se venge en le maltraitant, lui et son entourage, dans ses *Mémoires*. Ses conseillers sont son confesseur Jean de Rély, l'amiral Louis Malet de Graville, Étienne de Vesc, sénéchal de Beaucaire, et Guillaume Briçonnet, évêque de Saint-Malo. Charles VIII fait de l'humaniste Guillaume Budé son secrétaire, et attire à sa Cour plusieurs Italiens, dont le Napolitain Paul Émile, historiographe royal.

L'audace de Charles VIII s'est nourrie en outre à deux grands rêves chevaleresques. Celui d'abord de la reconquête de l'Orient soumis aux Ottomans, qui incombe par nature au détenteur de la couronne de Naples et de Jérusalem, et précisément au petit-fils d'Anne de Chypre, mère de Charlotte de Savoie.

Le deuxième rêve – la conquête d'Italie – paraît plus proche, plus facile à réaliser d'abord. Charles VIII est entretenu dans l'esprit de cette expédition dès son accession au pouvoir: Giovanni Simonetta lui fait remettre un exemplaire imprimé des *Commentaires sur l'histoire* du condottiere Francesco Sforza (1401-1466) en 1483, juste après la mort de Louis XI. Charles est soutenu aussi par l'exaltation millénariste de Savonarole et par le jeu – ambigu – auquel le convient Ludovic Sforza (1452-1508), usurpateur du duché de Milan qu'il enlève à son neveu en 1494, les Médicis de Florence, les Borgia qui ont pris d'assaut la curie pontificale, et les Vénitiens enfin, toujours soucieux d'asseoir leurs positions commerciales. À partir de 1490 environ, on le voit en quête d'une politique méditerranéenne, qui l'écarte de ses idéaux unanimistes et consensuels du début du règne.

Avec sa guerre d'Italie, Charles VIII ouvre une nouvelle ère de l'histoire de France; son successeur Louis XII se veut ainsi un prince italien. Charles VIII a hérité des prétentions de Charles d'Anjou sur l'Italie par les Anjou-Lorraine. En 1480, en effet, la mort du roi René d'Anjou a permis au roi Louis XI d'annexer l'Anjou au domaine de la Couronne; quand Charles III, duc du Maine, héritier du roi René, meurt en 1481, Louis XI a reçu ses possessions: le comté de Provence et les royaumes de Naples et de Jérusalem. Sur les encouragements ambigus du duc régent de Milan, Ludovic Sforza, dit Il Moro, et du pape Alexandre VI Borgia, Charles VIII croit pouvoir revendiquer le royaume de Naples les armes à la main, mais cette conquête n'est pour lui qu'une étape vers l'entreprise de la croisade qui lui permettrait de chasser les Turcs de Constantinople et de Palestine. «Pour la première fois depuis le début (et la fin) des guerres de Cent Ans, l'«État français» détient l'initiative stratégique, hors de ses frontières». En septembre-octobre 1494, Charles VIII dispose de 40 000 hommes, dont 30 000 Suisses et Italiens. Fin mai 1495, l'armée royale s'est dégarnie et ne compte plus que 9 000 hommes mobiles. Quant au bilan de cette campagne, il est nul territorialement, financièrement un peu meilleur grâce aux prélèvements effectués par l'armée royale sur les cités italiennes qu'elle traverse: le roi peut même rembourser en 1497-1498 plusieurs emprunts contractés pour sa campagne d'Italie. Les retombées culturelles sont en revanche considérables à moyen terme, puisqu'elles impriment définitivement le sceau des maîtres italiens sur la Renaissance française. Enfin, et peut-être surtout, la campagne d'Italie donne la preuve éclatante d'une puissance militaire à laquelle peu de gens croyaient au départ.

Papes

Sixte IV, 1471-1484; Innocent VIII, 1484-1492; Alexandre VI, 1492-1503.

Empereurs

Frédéric III, 1452-1493; Maximilien Ier, 1493-1519.

1483

30 août

À la mort de Louis XI, la sœur aînée du jeune roi Charles, Anne, exerce la tutelle avec son mari Pierre de Beaujeu, sans avoir le titre de régente.

Anne de Beaujeu

Anne de France (1461-1522), « Madame la grant », dame de Beaujeu, sœur du roi Charles VIII, est l'enfant préférée de Louis XI, dont elle hérite la nature autoritaire et soupçonneuse. D'elle, Louis XI disait qu'elle était « la moins folle du monde, car de sage il n'y en a pas ». Elle épouse Pierre de Beaujeu, cadet de la famille Bourbon et conseiller écouté de Louis XI. Avec son mari, elle poursuit la politique manœuvrière et hautaine de son père. Contre les princes du sang qui lui sont fermement opposés, elle suit une double tactique. Elle flatte d'une part les représentants du peuple, en convoquant par exemple les états généraux de 1484 ; elle travaille d'autre part à la domestication de la noblesse, en élargissant le cercle de la Cour (elle crée les « filles d'honneur » de la reine).

autres événements

- Le roi d'Angleterre Richard III, dernier des York, fait assassiner les fils de son frère Édouard IV († 1483).
- Cette année voit les naissances de Luther en Thuringe et de Raphaël à Urbino.
- Nicolas Chuquet publie son *Triparty ou la science des nombres*.
- L'imprimeur Jean Du Pré (?) imprime la traduction par Laurent Premierfait de Boccace, *De la ruyne des nobles hommes et femmes*, qui est le premier livre illustré de langue française.

1483-vers 1493

Des travaux sont effectués dans le chœur de la cathédrale d'Amiens pour la reconstruction d'un jubé, terminé en 1490, et du maître-autel.

1483-1500

Renier Van Thienen réalise le tombeau de Marie de Bourgogne à Notre-Dame de Bruges ; le gisant est attribué à Jan Boorman.

1484

15 janvier

Des états généraux réunissant pour la première fois les états d'oc et d'oïl sont tenus à Tours, jusqu'au 11 mars (c'est aussi la première apparition du terme d'états généraux) : 250 députés des trois ordres de tout le royaume, sauf la Bretagne qui n'envoie que des observateurs. Ils sont réunis à l'initiative de Louis d'Orléans, qui voulait en faire une tribune des principautés ; ils s'achèvent par le triomphe d'un consensus national, du peuple formé de la noblesse et de la bourgeoisie dont le sénéchal de Bourgogne Philippe Pot s'est fait le héraut, d'un renforcement de l'autorité royale par consentement tacite des représentants.

Louis II d'Orléans

L'emblème de Louis II d'Orléans (1462-1515) est le porc-épic. Fils du duc Charles d'Orléans (fils aîné de Louis Ier d'Orléans et de Valentine Visconti, d'où viennent aux Orléans les droits sur le Milanais, puisque le contrat de mariage de Valentine stipulait que le duché viendrait aux héritiers de Valentine et Louis Ier d'Orléans si la descendance italienne de Gian Galeazzo Ier Visconti venait à s'éteindre) et de Marie de Clèves, il a deux sœurs ; l'aînée, Marie, épouse le comte Jean de Foix en 1457, et Anne. Il est né le 27 juin 1462, et subit l'hostilité de son cousin et parrain Louis XI. Après avoir longtemps défié le pouvoir royal (« Guerre folle ») et passé trois ans en prison (1488-1491) sur ordre d'Anne de Beaujeu, cet homme cultivé, musicien, devient roi sous le nom de Louis XII le 8 avril 1498.

8 mars

Conformément au souhait des états généraux de Tours, un édit royal rétablit la liberté du commerce, annulant la politique protectionniste de Louis XI. Son premier effet est d'abolir les privilèges des foires de Lyon, que successivement Charles VII et Louis XI ont voulu favoriser à l'encontre de la place financière de Genève.

mai

Charles VIII préside les états de Normandie réunis à Rouen.

dimanche 30 mai

Charles VIII est sacré à Reims. Peu après, il accorde à la ville de Reims une exemption de taille pour dix ans, afin de favoriser le repeuplement de la cité.

août
Le roi accorde deux foires à chacune des villes de Bourges, Montpellier et Troyes.

fin septembre
Charles VIII est à Montargis avec Anne et Pierre de Beaujeu. Des chefs de guerre bretons s'engagent au traité de Montargis à reconnaître Charles VIII comme duc de Bretagne si le duc François II, venait à mourir sans héritier mâle.

23 novembre
Alliance de Louis II d'Orléans et du duc de Bretagne, François II.

autres événements
• L'Anjou entre dans le domaine royal, quand Anne et Pierre de Beaujeu cèdent en échange le Barrois au duc de Lorraine René II d'Anjou. Louis II d'Orléans mène l'opposition des princes contre Anne de Beaujeu; il s'allie avec Maximilien de Habsbourg et Richard III d'Angleterre.
• Jean d'Albret devient roi de Navarre.
• Les *Vigiles du roi Charles VII* sont offertes par Martial d'Auvergne au jeune roi Charles VIII, pour son éducation.
• Thomas Basin (1412-1489) achève la composition de son *Histoire de Louis XI.*
• On traduit en français le théâtre de Sénèque et Colard Mansion publie sa traduction des *Métamorphoses* d'Ovide.
• Jean Bourdichon apparaît à la Cour avec le titre de peintre du roi (il semble tenir ce titre depuis Louis XI), succédant à Jean Fouquet, et ce jusqu'en 1521.

Jean Bourdichon

Jean Bourdichon (vers 1457-1521) travaille pour les rois et les plus riches commanditaires du temps. Il peint le triptyque de la Passion *pour Saint-Antoine de Loches vers 1485. En 1491, Charles VIII lui fait installer un cabinet au château de Plessis-lès-Tours. On connaît de lui le triptyque de la* Vierge entre les deux saints Jean, *à Naples, Capodimonte, ainsi qu'un portrait d'Anne de Bretagne de 1505; son chef-d'œuvre, le seul attesté par la documentation, est l'enluminure des* Grandes Heures d'Anne de Bretagne *(dont le paiement est ordonné en 1508).*

• Les Anjou font exécuter à fresque des peintures murales (disparues) dans leur château de Montrioux.

• Nicolas Chuquet publie ses travaux sur la progression arithmétique et géométrique et sur les exposants négatifs.

vers 1485

Jean Colombe complète pour le duc Charles Ier de Savoie les *Très Riches Heures* du duc de Berry (des frères Limbourg).
Un atelier bruxellois tisse la tapisserie du *Couronnement de la Vierge* (au Louvre).

1485

14 janvier
Louis II d'Orléans écrit au jeune Charles VIII qu'il entreprend de le placer « hors de la subjection de Madame de Beaujeu ».

9 août
Au nom du duc de Bretagne François II, les seigneurs bretons concluent la paix avec les représentants d'Anne et de Pierre de Beaujeu.

2 novembre
Une paix provisoire est signée à Bourges, qui met fin à la première phase de la « Guerre folle ».

Les princes et la « Guerre folle »

Elle a pour objet le contrôle du royaume pendant la jeunesse du jeune roi Charles VIII, et la succession de Bretagne, qui attise les passions des princes. Elle connaît deux paroxysmes. En 1485, elle est l'œuvre de Louis II d'Orléans et se conclut par une paix provisoire à Bourges. De décembre 1486 à juillet 1488, l'entreprise du duc Louis II d'Orléans s'identifie avec la guerre de Bretagne. Face aux Beaujeu qu'il cherche à écarter, s'est levé Louis II d'Orléans, le premier prince du sang. Celui-ci se trouve deux complices: Maximilien Ier, qui deviendra empereur en 1493 à la mort de son père, mais déjà roi des Romains depuis la diète de Francfort (1486) et le duc François II de Bretagne. Autour d'eux, une constellation changeante, dont les piliers sont Alain d'Albret, le comte Charles d'Angoulême, le cardinal Pierre de Foix. Mais aux conjurés, les villes font défaut, soutiennent le roi Charles VIII, qui l'emporte.

autres événements
• Henry VII Tudor s'empare du trône d'Angleterre, mettant fin à la guerre des Deux Roses (1455-1485),

grâce à un important appui financier et militaire des Français (sa dynastie règne de 1485 à 1603).
• Le royaume de Naples, appuyé par le pape Innocent VIII, se révolte contre le roi Ferrand Ier, qui réduit les rebelles.
• Guyot Marchant imprime la *Danse macabre des Hommes* (illustrée).
• Une traduction en français du traité d'agriculture de Pietro dei Crescenzi est imprimée *(Le livre des profists champestres de Pierre de Crescens)*.
• Jean Michel fait représenter sa *Passion de Jhesu Crist*.
• Guillaume Pontis commence la construction de la tour de Beurre de la cathédrale de Rouen, achevée en 1507; il dirige les travaux du portail des *Libraires*.

1485-1490

Canavesio peint l'église Saint-Étienne de Tinée (Alpes-Maritimes).

vers 1485-1498

L'abbé de Cluny fait construire l'Hôtel de Cluny à Paris.

1485-1535

Le vicomte Jean II de Rohan et sa famille font construire le château de Pontivy.

1486

10 février
Les états de Bretagne reconnaissent les deux filles de François II comme seules héritières du duché.

16 février
Maximilien de Habsbourg est élu roi des Romains.

mai
Charles VIII réside à Troyes, aux arrières de l'armée en campagne contre Maximilien de Habsbourg.

9 juin
Maximilien de Habsbourg attaque le nord du royaume.

16 décembre
Accord de Maximilien de Habsbourg et Louis II d'Orléans.

autres événements
• Le rattachement de la Provence au royaume est confirmé.
• Receveur des impôts royaux à Tulle, Henri Baude (vers 1430-1496) publie les *Lettres envoyées à Mgr de Bourbon connétable de France* pour obtenir sa libération de prison, après avoir été condamné pour corruption. Le ton ironique de ces lettres lui attire l'hostilité des autorités, en particulier de la Maison de Bourgogne, et annonce les *Épîtres* de Clément Marot, notamment son *Épître à Lyon Jamet* de 1526.

1486-1487

Jean Du Pré imprime la *Cité de Dieu* de saint Augustin (illustrée).
Giovanni Bellini peint à Venise la Pala di San Giobbe (Venise, Accademia).

1487

11 février
Anne de Beaujeu traverse la Loire avec le jeune roi, son frère, en direction du Poitou. Une brève campagne les mène en Guyenne contre les rebelles du Sud-Ouest, coalisés autour d'Alain d'Albret, Charles d'Angoulême, Dunois et Odet d'Aydie, sénéchal de Carcassonne. Celui-ci, qui se trouve à Saintes, se réfugie en Bordelais.

Charles d'Angoulême

Charles, comte d'Angoulême (1460-1496), petit-fils de Louis Ier d'Orléans et de Valentine Visconti par son père Jean comte d'Angoulême (1399-1467, frère de Charles d'Orléans), épouse Louise de Savoie, dont il a un fils, le futur François Ier.

28 février-3 mars
Le roi Charles VIII participe au siège de Blaye.

9 mars
La cité de Bordeaux se déclare pour le roi qui y fait son entrée. Le sénéchal de Carcassonne, Odet d'Aydie, négocie et rend les châteaux de son frère rebelle, gouverneur de Guyenne. La « régente » Anne de Beaujeu nomme Pierre de Beaujeu, son mari, gouverneur de Guyenne; l'Amirauté de Guyenne est alors réunie à celle de France, et le comté de Comminges entre dans le domaine de la Couronne. Pendant ce temps, Maximilien d'Autriche passe un accord avec le duc François II de Bretagne et un autre avec Louis II d'Orléans. D'Aquitaine, Charles VIII se dirige vers la Bretagne; il se loge près de Nantes où le duc de Bretagne François II résiste. Charles VIII passe un accord à Châteaubriant avec une partie de la noblesse bretonne, en vue de la succession de François II.

27 mai
Au nom de Charles VIII, le maréchal d'Esquerdes s'empare de Saint-Omer; les Flandres se soulèvent.

23 septembre
Le duc de Bretagne François II promet sa fille Anne à Maximilien d'Autriche. Les troupes royales occupent la Bretagne.

autres événements
• Les Sforza de Milan dominent à Gênes (jusqu'en 1499).
• Une forte mortalité (famine, épidémie) dans la région de Sens.
• Memling peint le diptyque de *Martin Van Nieuwenhove* (à Bruges).

1487-1488

Les vaudois du Dauphiné sont violemment pourchassés par les inquisiteurs, avec l'aide du gouverneur du Dauphiné, Philippe de Savoie, oncle du roi.

1488

20 janvier
Lors d'un lit de justice au Parlement de Paris, le roi Charles VIII proclame Louis II d'Orléans, le duc de Bretagne François II et leurs complices coupables du crime de lèse-majesté. Le légat du pape expose devant le roi le projet d'une nouvelle croisade contre les Turcs.

mars
Charles VIII confirme les privilèges des libraires jurés de l'Université de Paris.

11 mars
Le roi nomme Louis II de La Trémoïlle lieutenant général des armées.

24 avril
Un arrêt prononce la confiscation de tous les biens de Louis II d'Orléans et de ses complices, et la condamnation à mort du sénéchal de Carcassonne Odet d'Aydie.

15 mai
La guerre de Bretagne est engagée.

20 mai
Les Français s'emparent d'Ancenis.

juin
Le roi Charles VIII est à Angers.

19 juillet
Les Français prennent Fougères.

27-28 juillet
La bataille de Saint-Aubin-du-Cormier, remportée par Louis II de La Trémoïlle, sonne, avec la capture de Louis II d'Orléans et de Jean de Chalon, prince d'Orange, la fin de la « Guerre folle ».

8 août
Les Français s'emparent de Dinan et, le 14, de Saint-Malo.

14-21 août
Charles VIII est au Verger, près Sablé. Contre l'avis de sa sœur Anne de Beaujeu, et profitant des difficultés rencontrées par Maximilien d'Autriche dans les Flandres, Charles VIII compose avec le vieux duc de Bretagne François II (1458-1488). Par le traité du Verger du 21 août, les Bretons s'engagent à expulser du duché les ennemis du roi et à ne pas marier les filles du duc de Bretagne sans l'accord de Charles VIII.

9 septembre
Le duc de Bretagne François II meurt. Maximilien d'Autriche tente de négocier son mariage avec Anne de Bretagne, fille de feu le duc François II.

autres événements
• La traduction de l'*Éthique à Nicomaque* d'Aristote par Nicole Oresme est imprimée.
• Philippe de Commynes passe quelques mois en prison, sous l'inculpation de complot contre le roi.
• Le roi institue la charge d'imprimeur du roi, dont Pierre le Rouge est le premier titulaire. Charles VIII reçoit de son imprimeur Pierre le Rouge le somptueux exemplaire de la *Mer des Histoires*, l'un des plus beaux livres imprimés illustrés du XVe siècle : cette chronique universelle expose l'histoire du monde et les généalogies royales.
• Memling peint la *Châsse de sainte Ursule* à Bruges.

à partir de 1488

On reconstruit l'église abbatiale (incendiée) de Saint-Riquier en style gothique flamboyant.
La collégiale Saint-Ouen à Pont-Audemer est reconstruite en gothique flamboyant (1488-1510).

vers 1489

Le Maître de Sainte Lucie peint *La Vierge et l'Enfant parmi les saintes vierges* (Amsterdam).

1489

10 février

Les Bretons proclament Anne duchesse de Bretagne. Les Français s'emparent des trois ports de Brest, Concarneau et Vannes, pour interdire l'arrivée de soutiens espagnols aux résistants bretons. Les envoyés du pape Innocent VIII entretiennent le roi des projets que le pape fait sur lui pour lui confier le royaume de Naples, qu'il veut ôter à Ferrand Ier.

autres événements

- Jean Du Pré imprime les *Heures à l'usage de Rome*, avec les premières illustrations gravées sur cuivre.
- Louis de Bruges, seigneur de la Gruthuyse, ambassadeur de Maximilien d'Autriche, offre au roi le *Livre des Tournois* écrit par le roi René d'Anjou.
- On imprime les traductions de la *Politique* et de l'*Économique* d'Aristote par Nicole Oresme.

1489-1490

Des groupes de paysans se soulèvent en Bretagne.

1489-1491

Le roi de Naples Ferrand Ier et le pape Innocent VIII sont en guerre.

1489-1499

Philippe de Commynes compose ses *Mémoires* en 8 livres consacrés aux règnes de Louis XI et de Charles VIII, à la demande du médecin et astrologue de feu le roi Louis XI, Angelo Cato.

1489-1530

Le chœur de la cathédrale d'Amiens est clôturé de groupes de pierre sculptée.

vers 1490

Olivier de La Marche compose ses *Mémoires*.

Olivier de La Marche

Olivier de La Marche (1426-1502), maître de l'Hôtel des ducs de Bourgogne Philippe le Bon et Charles le Téméraire, puis précepteur du fils de l'empereur d'Allemagne, compose ses Mémoires *de 1435 à 1492. Il laisse en outre des poèmes, notamment* Le Parement *et* Le Triomphe des dames d'honneur *qui paraît en 1510.*

Le Maître de Moulins peint le *Portrait de jeune fille* dit de Marguerite d'Autriche.
Jean Bourdichon peint les portraits de *Charles VIII*, *Marguerite d'Autriche* et *Charlotte d'Aragon* « pris sur le vif ».
Les maîtres lissiers d'Arras réalisent (sur commande royale ?) la tapisserie des *Mille Fleurs*.
Bonne de Savoie, duchesse de Milan, tante de Charles VIII, commande à un atelier milanais le *Livre d'Heures* Sforza.

1490

janvier-février

Charles VIII visite le Bourbonnais.

7 mars

Le roi fait son entrée solennelle à Lyon. Deux des chars ont pour thème l'astrologie, l'un étant consacré au zodiaque, l'autre aux sept planètes.

24 mai

Le roi ordonne la « Recherche générale des feux », dénombrement général du royaume (les résultats en semblent perdus, mais l'idée révèle le sentiment d'une pléthore démographique dont la fiscalité doit pouvoir profiter).

24 juin

Charles VIII fait sa première entrée à Moulins où il réside jusqu'en octobre.

1er novembre

À Lyon, Charles VIII consulte l'astrologue Simon de Pharès.

19 décembre

Maximilien d'Autriche épouse Anne de Bretagne par procuration.

autres événements

- Juriste renommé de Reims, Guillaume Coquillart (1452-1510) compile un recueil de lois fantaisistes, les *Droits nouveaux*, dans le style satirique de la Basoche (association d'étudiants en droit). Les lois introduites par Louis XI y sont tournées en ridicule.
- Lefèvre d'Étaples publie son *Introduction à la métaphysique d'Aristote*.
- Un anonyme sculpte la *Mise au Tombeau* de Semur-en-Auxois.

1490-1496

Le sculpteur Michel Colombe (vers 1430/1435-1514/1515) travaille en Touraine.

1490-1515

Hôtel de la reine Bérengère au Mans.

1491

23 mars
Le roi Charles VIII entre en campagne contre les Bretons.

27 mars
Charles VIII fait son entrée à Nantes le dimanche des Rameaux.

28 juin
Charles VIII rend la liberté à Louis II d'Orléans, sans consulter Anne de Beaujeu.

27 octobre
Les états de Bretagne assemblés à Vannes pour voter un fouage exceptionnel en faveur du roi conseillent à la duchesse Anne d'épouser le roi Charles VIII.

14 novembre
Le roi participe au siège de Rennes, qui se rend le lendemain. Un traité y est aussitôt signé.

6 décembre
À Langeais (reconstruit sur ordre de Louis XI, en 1465-1467, pour contrôler le passage de la Touraine à l'Anjou), Charles VIII épouse la duchesse Anne de Bretagne qui a 15 ans. Il lui a fallu obtenir l'annulation du mariage d'Anne de Bretagne et Maximilien de Habsbourg, et répudier sa propre femme Marguerite d'Autriche (fille de Maximilien), qu'il exile en Flandre, puis occuper la Bretagne, enfin négocier. Anne de Bretagne a été sommée d'abandonner son duché pour rejoindre son époux, ou de le garder en se mariant à Charles VIII. Par le mariage d'Anne avec Charles VIII, la Bretagne rentre définitivement dans l'orbite française, avant d'être en 1532 rattachée au domaine royal.

24 décembre
Pour la première fois, Ludovic Sforza évoque « l'entreprise » du royaume de Naples que Charles VIII commence de préparer.

autres événements
• Guyot Marchant imprime à Paris le *Compost et Kalendrier des bergiers*.
• Le château de Nantes est flanqué de la tour du Fer à Cheval (Nord-Est).

vers 1492

Le Maître de Moulins peint *L'Enfant en prière* (ou Suzanne de Bourbon ?)

1492

6 janvier
Ferdinand d'Aragon occupe Grenade et met fin au royaume de Grenade, consacrant l'achèvement de la Reconquête médiévale de l'Espagne. Les Rois Catholiques expulsent les juifs d'Espagne.

5 mai
Ludovic Sforza (le More), duc de Bari, signe une alliance avec la France contre son neveu Gian Galeazzo, gendre du roi de Naples.

5 juillet
Anne de Beaujeu, Anne de Bretagne et Louis II d'Orléans jurent solennellement de « s'aimer et s'entretenir ».

6 octobre
Henry VII d'Angleterre débarque à Calais et assiège Boulogne, probablement pour négocier en position de force, davantage que pour relancer la guerre et s'engager plus avant dans un conflit coûteux.

10 octobre
À Plessis-lès-Tours, la reine Anne donne naissance à Charles-Orland. Celui-ci, dont le nom symbolise les espérances italiennes du roi, est baptisé le 13 octobre en présence de l'ermite François de Paule, fondateur des Minimes, qui exerce une influence toujours plus grande sur Charles VIII.

3 novembre
Un traité est conclu à Étaples (signé définitivement le 13 décembre), par lequel Charles VIII achète le départ des Anglais contre une somme de 745 000 écus, libérant la Bretagne de toute créance envers les Anglais. Le même jour, un accord intervient entre Ferdinand d'Aragon et le roi de France, qui restitue au premier le Roussillon et la Cerdagne. Ayant ainsi désintéressé les Anglais et les Aragonais, Charles VIII a les mains libres pour son grand projet.

5 novembre
La ville d'Arras se donne à Maximilien de Habsbourg.

autres événements
• Laurent de Médicis, maître de la riche Florence, meurt. Milan et Naples sont en guerre.

• Une grave disette décime Flandres et Pays-Bas.
• À la fin de l'année, Christophe Colomb atteint le Nouveau Monde.
• Jacob Obrecht (vers 1450-1505) exerce les fonctions de maître de chœur à la cathédrale d'Anvers ; on conserve de lui 29 messes, 28 motets et 27 compositions profanes.

1492-1498

Un riche Psautier latin, doté d'une traduction en français par Jean de Rély et enluminé par le maître Jacques de Besançon, est offert à Charles VIII.

1493

15 janvier
Charles VIII fait une entrée solennelle à Tours.

19 janvier
Par le traité de Barcelone, Charles VIII signe l'alliance avec les royaumes d'Espagne, cède aux Rois Catholiques – contre une forte compensation financière – le Roussillon et la Cerdagne que le roi d'Aragon avait autrefois hypothéqués au roi Louis XI pour se procurer les fonds nécessaires à sa lutte contre la Catalogne révoltée.
Maximilien Ier promet sa neutralité dans « l'entreprise de Naples », selon un accord resté secret longtemps.

23 mai
Charles VIII et Maximilien d'Autriche négocient la paix de Senlis (signée le 12 juin) par laquelle la dot de Marguerite d'Autriche (Artois, Charolais et Franche-Comté) sera rendue à Philippe le Beau, fils de Maximilien.

17 juin
Entrée royale à Abbeville. La Vierge y est représentée allaitant le dauphin.

10 septembre
Le Roussillon est remis à Ferdinand d'Aragon.

13 septembre
Les Rois Catholiques Ferdinand et Isabelle font leur entrée à Perpignan. Dix jours plus tard, ils garantissent par serment leur neutralité dans l'entreprise napolitaine de Charles VIII.

autres événements
• Maximilien Ier devient roi de Germanie.
• À l'assemblée de Tours, Jean Standonck présente, à la demande du roi, un projet de réforme du clergé régulier du royaume, qui est voté aussitôt.
• L'imprimeur Antoine Vérard devient le fournisseur de la Cour. Il présente au roi une nouvelle version du *Compost et Kalendrier des bergiers* achevé d'imprimer par Guyot Marchant. Cette compilation, qui connaît le succès, est en réalité un traité d'astrologie, science dont le roi est fort gourmand.

1493-1495

Des ateliers d'imprimerie s'installent à Châlons, Mâcon, Limoges.

1493-1508

L'architecte de l'Hôtel Bourgtheroulde à Rouen suit les préceptes du style italien.

1494

23 janvier
Charles VIII, malgré sa sœur Anne de Beaujeu, quitte Paris pour Lyon.

25 janvier
La nouvelle de la mort, ce jour-là, de Ferrand Ier, roi de Naples, incite Charles VIII à demander au pape l'investiture du royaume. Alexandre VI refuse.

10 février
Charles VIII fait demander au pape de refuser au fils de Ferrand Ier, Alphonse II, l'investiture du royaume de Naples.

6 mars
À Lyon, Charles VIII reçoit une médaille, la première qui soit frappée en l'honneur d'un roi de France. Il confirme à la cité de Lyon le privilège des quatre foires annuelles, qui font de cette place l'une des plus puissantes cités marchandes et financières de l'Europe continentale.

13 mars
Charles VIII s'arroge le titre de roi de Naples, laissé vacant par Ferrand Ier. À partir du 18 mars, ses documents pour la Provence et l'Italie le désignent comme roi de Sicile et de Jérusalem.

18 avril
Le pape Alexandre VI Borgia donne l'investiture officielle du royaume de Naples à Alphonse II, fils de Ferrand Ier.
L'expédition d'Italie subit des retards dus aux questions de financement, mais François de Paule et plusieurs des conseillers du roi Charles VIII maintiennent l'enthousiasme au plus haut.

juin
Charles VIII est en Bourgogne. Le duc d'Orléans, Louis II, occupe Gênes.

27 juillet
Charles VIII quitte Lyon et marche triomphalement sur l'Italie. Ludovic le More a fait appel en effet au roi Charles VIII.

30 août
Pierre II de Médicis, seigneur de Florence, traite avec les Français à San Stefano. Il cède Pise et Livourne, devenue la clé de l'Arno et donc de l'avitaillement de Florence par voie fluviale; il accorde un prêt de 200000 ducats.

2 septembre
Charles VIII descend des Alpes sur le Piémont par le mont Genèvre – la route des pèlerins de Rome –, avec une armée de 31000 hommes commandés par Gilbert de Bourbon, duc de Montpensier.

5 septembre
Charles VIII est à Turin. Près de Gênes, à Rapallo, Louis II d'Orléans bat une flotte napolitaine.

9 septembre
L'armée française (25000 hommes et 140 canons) est à Asti.

12 septembre
Naissance à Cognac de François d'Angoulême, futur François Ier.

octobre
Le roi Charles VIII rencontre Ludovic le More à Pavie.

9 novembre
Les Florentins, excités par la prédication du dominicain Jérôme Savonarole, qui prêche la venue de Charles VIII en libérateur «envoyé de Dieu», comme le second Charlemagne, se soulèvent contre l'impopulaire Pierre de Médicis, rentré la veille de sa mission au camp français, et le chassent de la ville. Le 17 novembre, Charles VIII entre dans Florence en fête, se fait offrir le manuscrit richement orné des *Triomphes* de Pétrarque. Une harangue de Marsile Ficin à Charles VIII associe le roi à César et à Charlemagne. Un traité est préparé avec la Seigneurie de Florence. Le roi prend à son service le Grec Jean Lascaris, l'un des plus fins lettrés de l'époque, en exil à Florence. L'humaniste Ugolino Verino lui présente ses *Carliades*, un poème qui relate la geste de Charlemagne dont Charles VIII se juge successeur. Charles VIII occupe Pise, sujette de Florence depuis 1406. Mais il échoue à reprendre le royaume de Naples.

2 décembre
Le plan d'une ligue contre les Français se forme entre l'Espagne, Milan, Venise, Naples et le Saint-Siège.

31 décembre
Charles VIII entre à Rome. Un poète du groupe des Grands Rhétoriqueurs, qui rassemble Jean Lemaire De Belges, Jean Molinet, lui offre la *Couronne de Justice*, écrit de circonstance à la gloire du roi, second Charlemagne.

autres événements
• Le *Mistère de saint Martin* d'André de La Vigne est représenté à Seurre (Côte-d'Or).
• Antoine Vérard imprime la *Moralité de l'homme pécheur*. Il exécute pour Charles VIII une édition du «*Lancelot* en prose» – les aventures de Lancelot du Lac –, décorée par le Maître de Jacques de Besançon, bâtonnier d'une confrérie parisienne.

vers 1494-1495

L'enlumineur Jean Poyet illustre les *Heures à l'usage de Rome* pour la reine Anne.

1495

15 janvier
Le pape Alexandre VI signe un traité avec Charles VIII. Il s'agit d'un accord de passage pour l'armée de Charles, laissant espérer à celui-ci l'investiture de Naples et de Jérusalem. Il confie à Charles VIII la direction d'une nouvelle croisade.

28 janvier
Charles VIII quitte Rome. Ce même mois, Alphonse II s'enfuit, abdique. Ferrand II d'Aragon (Ferrandino) devient roi de Naples.

11 février
La bataille de San Germano (Monte-Cassino), remportée par les Français, ouvre la route de Naples.

22 février
Charles VIII entre à Naples. Il porte le manteau impérial et la quadruple couronne de France, Naples, Constantinople et Jérusalem. Ferrand II d'Aragon s'enfuit.

25 février
Djem (frère du sultan Bayezid) meurt à Naples, ôtant à Charles tout espoir d'entrer victorieusement dans l'Empire turc.
Philippe le Beau, fils de Maximilien Ier, épouse Jeanne de Castille, fille des Rois Catholiques.

19 mars
Charles VIII publie à Naples une ordonnance contre la vénalité des charges publiques.

31 mars
La ligue de Venise, constituée contre les Français, associe le pape, Venise, le duc de Milan Ludovic le More, Maximilien Ier, les Rois Catholiques Ferdinand et Isabelle.

13 mai
Charles VIII entre solennellement à Naples, où il introduit des lois destinées à favoriser le développement d'une bourgeoisie faisant contrepoids aux barons locaux. Il repart le 20 mai, en laissant sur place Gilbert de Montpensier avec le titre de vice-roi. L'argent fait défaut maintenant, les fonds étant bloqués à Lyon ou n'étant pas versés par le duc de Milan comme il avait été prévu.

1er juin
Charles VIII est à Rome désertée par le pape.

13 juin
Charles VIII entre dans Sienne.

6 juillet
La bataille meurtrière de Fornoue (au défilé de Pontremoli, passage de l'Apennin), 3500 morts de part et d'autre selon Commynes, est remportée par les Français; Giovanni-Giacomo Trivulzio (1448-?), Milanais passé au service de Louis XI, puis de Charles VIII, y participe glorieusement. Néanmoins, Charles VIII doit se retirer vers le Nord. Les Aragonais entreprennent de reconquérir l'Italie centrale désertée par les Français.

26 août
Le roi Charles VIII conclut une trêve avec les Florentins.

9 octobre
À Verceil, Charles VIII signe la paix avec Ludovic Sforza qui reconnaît la suzeraineté de la France sur Gênes, moyennant la restitution de Novare. Le 15 octobre, il repart pour la France. Le royaume de Naples est déjà perdu.

22 octobre
Charles VIII quitte Turin. Le 27, il entre à Grenoble, et le 7 novembre à Lyon.

1er décembre
Une première mesure de rigueur budgétaire ordonne le retard de mise à disposition de tous les revenus concédés par le roi.

16 décembre
Le dauphin Charles-Orland meurt de la rougeole.

autres événements
• Robert Gaguin publie les *Commentaires* de César, sur commande de Charles VIII. Il écrit une *Histoire française* (composée en latin sous le titre *De origine et gestis francorum compendium*), où il prend Tite-Live pour modèle. Les hauts faits des rois de France doivent servir d'exemples à l'édification de la nation, siège de l'*imperium* et du *studium*.

Les premiers humanistes : Gaguin, Fichet, Tardif

En pénétrant à l'intérieur de la Sorbonne, l'humanisme y introduit de grands changements. Gaguin, Fichet et Tardif se font tous trois défenseurs des studia humanitatis *– les études profanes – dont ils prônent le renouvellement. Leurs ouvrages ont un caractère novateur, qu'il s'agisse de textes didactiques (la* Rhétorique *de Fichet ou l'*Ars versificatoria *de Gaguin, son complément) ou du* Compendium *de Tardif. Ils allient la perspective humaniste de la* paideia, *du perfectionnement de l'homme, du savoir et de la sociabilité, à un programme de réforme de la piété.*
Guillaume Fichet (1433-1480) est venu de Chambéry à Paris, où il enseigne la philosophie et la rhétorique de 1453 à 1460, sur le De inventione (De l'invention) *de Cicéron et sur la* Rhétorique à Herrenius *(un pseudo-Cicéron). Prieur de la Sorbonne dès 1461, recteur en 1467, il dispense des cours de théologie et, à partir de 1468, de rhétorique. Il est le maître de Gaguin. Très lié au cardinal Bessarion, il prêche la croisade contre les Turcs en 1471, puis part avec lui à Rome où il entre au service de Sixte IV en qualité de camérier. Il est surtout connu pour avoir créé la première imprimerie française vers 1467. À l'initiative de son collègue rhénan Jean Heylin, il fait venir de Mayence des ouvriers imprimeurs qui fondent à la Sorbonne même un atelier typographique d'où sortent un* Salluste, *la* Rhetorica *de Fichet en 1471, l'*Orthographia *de Gasparino en 1472, les* Élégances de la langue latine *de*

Lorenzo Valla et un De officiis *de Cicéron. De Guillaume Tardif (vers 1440-?), l'humaniste allemand Johannes Reuchlin (1455-1522) parle avec éloge : il se félicite d'avoir été son élève alors qu'il était professeur de belles-lettres et d'éloquence au Collège de Navarre. Jérôme Balbi écrit contre lui le* Rhetor gloriosus. *Charles VIII le protège et le nomme son lecteur ordinaire. Il est l'auteur d'une* Rhetoricae artis ac oratoriae facultatis compendium *(vers 1476), d'une* Grammatica et rhetorica *(vers 1480) et d'un* Livre de l'art de la fauconnerie *pour Charles VIII en 1492. Il édite de plus le* Polyhistor *de Solinus (vers 1472) puis traduit les* Apologues et fables d'Ésope *de Valla en 1490.*
Robert Gaguin (1433-1501), formé dans un couvent de trinitaires, près d'Arras, poursuit ses études au couvent des Mathurins à Paris. En 1464, il est professeur de droit canon, puis précepteur de Louis II d'Orléans. En 1472, il est élu général de l'ordre des Mathurins et en 1483, doyen de la faculté de droit de l'Université de Paris. Défenseur des études profanes (studia humanitatis), *il explique la versification des œuvres littéraires antiques dans son* Ars versificatoria. *Ami d'Érasme, il connaît ses* Antibarbari *(rédigés dès 1494) et partage ses vues sur le déclin de la civilisation. Bien qu'il suspecte les « sectes philosophiques », il fait l'éloge de Platon tout en accordant la sagesse antique avec la foi. Son poème* De miseria hominis conditione *sur le principe des choses, sur la nature et sur les fins dernières (d'après le* De finibus *de Cicéron) se veut une contribution aux études chrétiennes. Dans le* Débat du laboureur, du prêtre et du gendarme, *il montre la misère paysanne, la violence militaire et la paresse des prêtres et des moines.*

• Charles VIII finance la reconstruction de l'église de la Trinité-des-Monts à Rome, destinée aux Minimes.
• De Pise, le roi Charles VIII fait expédier en France un butin fabuleux, livres, meubles, tapisseries, ivoires et métaux précieux.
• Francesco de Gonzague commande à Andrea Mantegna la *Vierge de la Victoire* à la suite de la bataille de Fornoue que beaucoup d'ennemis des Français tiennent en effet pour une victoire sur l'envahisseur.

1495-1496

Colin Biart travaille au château d'Amboise que le roi Charles VIII visite en mars 1496.

1495-1500

Le Maître de Saint-Gilles peint le *Retable de saint Gilles et de saint Remi.*

1495-1505

La cathédrale de Strasbourg reçoit ses derniers aménagements sous la direction de Jean de Landshut (façade, tour Nord, portail du croisillon Nord et chapelle Saint-Laurent).

vers 1496

Simon de Pharès dédie à Charles VIII la première partie, seule publiée, de sa défense de l'astrologie *(Recueil des plus célèbres astrologues et de quelques hommes doctes).*

1496

février
Le vice-roi Gilbert de Montpensier doit abandonner Naples.

5 février
Ordonnance de rigueur budgétaire, par laquelle la liste du roi et de la reine ainsi que les pensions sont réduites ; on annonce peu après la levée d'une avance sur la taille.

23 février
Le roi est à Tours : on y fête son retour de Naples avec une représentation d'un spectacle des *Sept Vertus.*

6 mars
Un emprunt forcé est décrété sur les principales villes de France « pour soutenir les frais de la guerre ».
Dans un sermon, Savonarole somme le roi Charles VIII de réaliser sa promesse de rendre Pise aux Florentins.

17 mars
Le roi est à Saint-Denis, où l'on célèbre la descente des saints, le retour au tombeau des reliques qui en avaient été sorties au départ du roi pour l'Italie. Trois jours plus tard, Charles VIII repart en direction de Lyon où il est le 29 mars.

7 juillet
Les Français sont massacrés par la foule à Naples.

20 juillet
Le vice-roi de Naples, Gilbert de Montpensier, capitule avec 10000 hommes dans Attela.

août-novembre
L'empereur Maximilien Ier de Habsbourg descend en Italie.

8 septembre
La reine Anne met au monde le nouveau dauphin: Charles († 2 octobre).

2 octobre
Les Français s'emparent de la forteresse de Salses, porte du Roussillon.

7 octobre
La mort du roi Ferrand II (Ferrandino) met à mal les espoirs du roi Charles VIII. Frédéric de Tarente, son oncle, est élu roi de Naples.

29 octobre
Les Français libèrent le port de Livourne, assiégé par l'armée de l'empereur Maximilien Ier.

10 décembre
Le roi Ferdinand II d'Aragon donne l'ordre d'une trêve avec les Français.

19 décembre
Capitulation de Gaète, reprise par les forces du pape aux Français.

autres événements
• Un traité de commerce *(Magnus Intercursus)* est signé entre le roi d'Angleterre Henry VII et les Flandres bourguignonnes.

1497

25 février
Une suspension d'armes est signée pour tout le royaume de Naples. Charles VIII réside à Lyon du 25 février au 25 avril.

mai
Grand tournoi de Lyon.

2 août
Le roi Charles VIII crée le Grand Conseil judiciaire. Depuis 1469, une partie du Conseil royal exerçait une fonction judiciaire. À partir de 1483, cette fonction est assurée de façon continue. L'ordonnance du 2 août officialise l'usage et fixe les attributions du Grand Conseil, qui reste partie du Conseil royal. Sont établis, aux côtés du chancelier et des maîtres des requêtes, 17 conseillers clercs ou «lais», «gens qualifiés sur le fait de la justice». Le personnel est réparti en deux groupes, qui alternent tous les trois mois.

24 novembre
Les représentants de Charles VIII signent avec l'Espagne, à Alcalá de Henares, un traité d'alliance offensive et défensive, accompagné d'un projet de partage de l'Italie.

autres événements
• Le roi Charles VIII ramène la taille de 2600000 livres à 2203000; en 1498, elle est ramenée à 2114000 livres.
• Une traduction de *La Nef des Fous du monde*, publiée en allemand par Sébastien Brand en 1494, est imprimée à Paris et offerte au roi. Dans cet ouvrage qui connaît un succès fabuleux, Brand décrit tour à tour une centaine de fous qui illustrent les péchés et les travers des hommes dans un monde qu'il voit courir à sa perte.
• Octavien de Saint-Gelais (1468-1502), évêque d'Angoulême et poète à la Cour de Charles VIII, dédie au roi sa traduction des *Héroïdes* d'Ovide.
• Josse Lieferinxe (?) peint le *Retable de saint Sébastien* à Marseille.

1498

11 janvier
Le Parlement de Paris répond positivement à une consultation du roi sur la nécessité et l'utilité d'un concile général pour la réforme de l'Église.

15 janvier
Un traité de commerce est signé entre Français et Anglais.

26 janvier
Conformément à un souhait des états de 1484, le roi tient une première audience publique de justice.

fin mars
Des préparatifs sont en cours pour relancer l'«entreprise» italienne.

8 avril
Charles VIII s'éteint à Amboise, par suite d'un accident au jeu de paume. Les funérailles officielles ont lieu le 1er mai à Saint-Denis où le roi est enseveli. Son gisant (détruit en 1792) est sculpté par Guido Mazzoni en 1500.

LOUIS XII

Né le 27 juin 1462-Mort le 1er janvier 1515

Règne: 1498-1515 (17 ans)

Roi à 36 ans

*L*ouis XII doit sa couronne à une institution ingénieuse, inventée au siècle précédent pour empêcher que la France ne tombe aux mains des Anglais, et qui servira encore au siècle suivant, cette fois au détriment des Espagnols: la Loi salique. En effet, Charles VIII mort sans postérité, l'ordre mâle de primogéniture désigne au trône son cousin – oncle et beau-frère – Louis, duc d'Orléans. Son père, le délicat poète des rondeaux et des ballades Charles d'Orléans, était déjà septuagénaire lorsqu'il l'a eu de Marie de Clèves, et fort usé par une vie agitée et une longue captivité chez les Anglais, ce qui faisait dire aux méchantes langues qu'il n'y avait été pour rien. Son grand-père, également prénommé Louis, époux de Valentine Visconti (ce qui ne sera pas sans conséquences pour le règne de Louis XII), a été assassiné en 1407 par un tueur aux gages de Jean sans Peur. Des antécédents pénibles donc, à quoi s'ajoute la haine tenace que porte à la maison d'Orléans le souverain sous la main de fer duquel Louis passe toute sa jeunesse, Louis XI. De fait, celui-ci a bien l'intention d'en finir une fois pour toutes, ce qui vaut au tout jeune Orléans (il a 14 ans) la main de la propre fille du roi, la gentille et dévote, mais infirme et stérile Jeanne de France. Aussi bien, son premier souci de roi sera, nous le verrons, de se débarrasser de cette encombrante épouse.

Le nouveau roi a 36 ans lorsqu'il monte sur le trône, un homme mûr pour l'époque. Idéalisé par ses thuriféraires, au premier rang desquels Claude de Seyssel, il a été indûment méprisé par la plupart des historiens, à commencer par Michelet: «... de figure vulgaire, comme on peut le voir dans ses portraits, [Louis XII] n'eut guère la grâce des Valois; faible et bon, à l'allemande, comme sa mère, mais colère par moments, il rappelait pourtant le vieux prince, par sa débilité précoce, son tempérament maladif», en somme un jouet aux mains du cardinal d'Amboise qui fait ce qu'il veut de cette «faible créature, incapable d'application». C'est une caricature. En fait, s'il n'a ni le génie politique de son beau-père (Louis XI) ni l'éclat de son gendre (François Ier), Louis XII ne mérite ni cet excès d'éloge ni cette indignité. Intelligent, plutôt cultivé pour les normes princières de ce début de Renaissance, il ne manque pas d'énergie ni d'autorité, et a un indéniable sens de son «métier de roi». Comme tout prince du sang qui se respecte, il a fait ses armes politiques dans l'opposition au souverain régnant – en l'occurrence Charles VIII (la Guerre folle). Anne de Beaujeu, la régente, lui a fait payer cher ce péché de jeunesse, structurel en quelque sorte, puisqu'il a passé quelque trois ans dans les geôles royales avant que son royal cousin, magnanime, ne lui accordât un pardon aussi soudain qu'inattendu. Le moment venu, il saura d'ailleurs faire preuve de la même magnanimité à l'égard de ceux qui l'ont tourmenté.

Faire le bilan de ce règne de dix-sept ans est chose relativement aisée, tellement ses deux volets, l'intérieur et l'extérieur, sont fortement contrastés. À l'intérieur, Louis XII gouverne une France relativement paisible et plutôt prospère. On a souvent dit qu'il n'y était pas pour grand-chose, puisque la conjoncture était favorable. Et en effet, ce royaume qui, avec ses quelque 450 000 km^2, apparaît aux contemporains comme un immense empire est en pleine croissance, démographique, économique, urbaine. Affaire de cycles : après la période calamiteuse qui coïncide à peu près avec la guerre de Cent Ans, la France repart d'un bon pied : une vingtaine de millions d'habitants (la France, c'est la Chine de l'époque) ; une agriculture qui, sauf mauvais coup climatique, réussit à nourrir tout ce monde, voire, sous Louis XII, à exporter quelque excédent ; une monnaie stable, l'écu d'or ; et, peut-être surtout, un remarquable essor des villes, grandes pourvoyeuses de richesses et de savoir. Rappelons que Paris et Lyon sont des centres importants de l'industrie du livre (l'imprimerie, cette invention plutôt divine qu'humaine, comme le proclame une ordonnance royale de 1513), ce qui n'est pas sans incidence sur l'unification culturelle du royaume, du moins dans ses élites.

L'État accompagne ces évolutions, en leur offrant un cadre commode. Louis XII a hérité d'un système fiscal et d'une organisation militaire qui passent pour les plus efficaces d'Europe. Par ailleurs, l'alliance entre la monarchie et la « bourgeoisie » n'est pas un mythe. Petit à petit, de ligue nobiliaire matée en conjuration déjouée, les grands s'habituent à l'obéissance, quitte à relever la tête lorsque l'occasion se présente, minorité royale ou troubles religieux, ou, idéalement, les deux conjugués – un jeu de bascule qui ne prendra fin que sous le règne personnel de Louis XIV, et encore. Canaliser vers l'extérieur l'énergie batailleuse de cette noblesse turbulente est d'ailleurs un des préceptes politiques du temps.

Cela dit, la conjoncture n'explique pas tout, et une mauvaise administration peut détruire la meilleure des conjonctures. Louis XII et ses conseillers sont plutôt de bons administrateurs. Ils poursuivent la réforme de la justice, notamment en donnant sa forme définitive au Grand Conseil, sorte de Cour suprême qui permet au roi d'« évoquer » par-devers lui des affaires politiquement sensibles, et en lançant le grand œuvre de la rédaction des coutumes. Ils se montrent économes des deniers publics : malgré ses campagnes italiennes, Charles VIII a pu baisser la taille de moitié par rapport à son prédécesseur ; son successeur ne l'augmente guère, ce qui lui vaut une réelle popularité et, aux états de 1506, le titre flatteur de Père du Peuple. Par ailleurs, Louis XII s'inscrit dans une double tradition monarchique déjà établie de « gallicanisme » et de relative tolérance religieuse. L'État se voulant au-dessus des factions, le roi protège vigoureusement les vaudois du Midi. « Empereur en son royaume », le roi de France ne reconnaît de l'autorité pontificale que la dimension spirituelle, à l'exclusion de toute prétention temporelle : une assemblée d'évêques français réunie à son initiative à Tours (septembre 1510), puis un soi-disant concile, franco-français lui aussi, convoqué deux mois plus tard à Pise, l'affirment haut et fort, et ses hommes de plume ridiculisent le pape (Pierre Gringore, *Le Jeu du prince des Sots et mère Sotte*) ou théorisent l'indépendance du royaume par rapport au Saint-Siège (Jean Lemaire de Belges, *Traité de la différence des schismes et des conciles de l'Église et de la prééminence et utilité des conciles de la sainte Église gallicane*).

Au total, reconnaissons à Louis XII un certain sens de l'État. Ce n'est pas un révolutionnaire, et, avant l'émergence sous les derniers Valois d'un absolutisme administratif plus affirmé, son règne apparaît comme le type même de monarchie « coutumière », tempérée, limitée par les bornes de la religion, de la nature et de l'organisation sociale, qu'exalte Claude de Seyssel dans sa *Monarchie de France*. Mais pour autant, la logique de son action est manifestement nationale, c'est-à-dire antiféodale. S'il répudie la malheureuse Jeanne de France et épouse la hautaine et peu commode Anne de Bretagne, c'est aussi pour arrimer solidement le turbulent duché au royaume. Cinq ans plus tard, en 1504, lorsque celle-ci réussit à imposer à son époux le mariage de leur fille Claude avec le futur Charles Quint et que le traité de Blois assortit cette union d'ahurissantes concessions territoriales françaises – la Bourgogne, la Bretagne et le comté de Blois iraient au jeune couple en toute souveraineté –, Louis XII saura se tirer élégamment de ce mauvais pas : une assemblée de notables (les « états généraux » de Tours) convoquée par ses soins supplie le monarque de donner la main de sa fille à François d'Angoulême et d'éviter ainsi le démembrement de la France. Ce cousin d'Angoulême est le futur François Ier...

Enfin, Louis XII sait s'entourer. L'historien Mikhaël Harsgor a longuement analysé *Le Personnel du Conseil du roi sous Charles VIII et Louis XII*. Disons brièvement que c'est un panachage de représentants des trois ordres traditionnels du royaume. Oublions les princes du sang, membres de droit du Conseil, mais dont le pouvoir, à juste titre, se méfie.

La vraie autorité est chez les autres, nommés au bon plaisir du roi et qui ne relèvent que de lui : des membres du haut clergé d'extraction noble, au premier rang desquels figure Georges d'Amboise, le puissant et omniprésent ami du roi, cardinal et, à défaut de la papauté qu'il convoitait, légat du pape dans son pays, ce qui en fait le chef de l'Église de France ; des nobles de haute lignée, comme Pierre de Rohan, maréchal de Gié, Breton mais fidèle serviteur du Valois ; et une troupe de parfaits roturiers, à qui Louis XII donne manifestement la préférence, surtout vers la fin de son règne : les Briçonnet, Robertet, Ganay, Poncher et autres Beaune de Semblançay... Parmi ceux-ci, quelques individus remarquables, excellents serviteurs de l'État, même si en faisant les affaires de celui-ci ils n'oublient pas de faire les leurs : Guillaume Briçonnet, issu d'une famille de chaussetiers de Tours, fils du puissant ministre de Charles VIII, évêque comme son père et habile diplomate ; et surtout Florimond Robertet, descendant d'une modeste famille de clercs du comté de Forez, premier secrétaire du roi qui fait figure de véritable premier ministre.

Ainsi armé, Louis XII se lance à son tour à la conquête de l'Italie. Cette aventure était-elle si absurde qu'on l'a dit, ou bien est-ce l'échec qui a fini par la rendre telle aux yeux de la postérité ? En fait, même si l'on a exagéré l'attrait de la Renaissance – cela viendra, mais plus tard –, l'Italie, ne l'oublions pas, était l'un des deux grands pôles économiques de l'Europe. Or l'autre pôle, les riches Pays-Bas, avait échappé à l'héritage bourguignon de Louis XI. Surtout, les prétentions dynastiques n'avaient rien de futile à une époque où le principe de légitimité n'était pas encore battu en brèche par celui de nationalité, et où l'Italie, dont Machiavel souhaitait ardemment l'unité précisément pour décourager les velléités étrangères, était une proie facile pour un État vaste et centralisé qui faisait figure de grande puissance. Justement, si Charles VIII avait des droits angevins sur Naples à faire valoir, Louis XII, lui, petit-fils d'une Visconti, peut y ajouter le Milanais. Il trouve aussi un allié dans la péninsule, et non des moindres : le pape Alexandre VI, qui l'a obligeamment aidé à régler l'affaire de son divorce, en dépit de la faiblesse flagrante de son dossier et de la dignité touchante de la malheureuse épouse. En effet, le Borgia a besoin du roi de France pour mettre en selle son remuant fils, Cesare – le héros du *Prince*, l'homme doté de *virtù* par qui se fera l'unité de l'Italie, si seulement la Fortune n'y est pas trop contraire. Elle le sera. En attendant, Cesare est fait duc de Valentinois et Louis XII maître du Milanais. Le propriétaire des lieux, Ludovic Sforza, reprend sa ville en mars 1500, mais dès avril, à Novare, les mercenaires suisses de Ludovic le More livrent leur patron aux troupes royales de La Trémoïlle. Le cardinal d'Amboise s'installe à Milan. Sforza, lui, est transféré en France, où il finira ses jours au château de Loches. C'est ensuite le tour du royaume de Naples, ou du moins de la moitié du royaume de Naples, l'autre revenant à l'incontournable Ferdinand d'Aragon qui a pris la précaution d'aider les Napolitains à chasser les garnisons de Charles VIII. La conquête et le partage ont lieu en 1502, mais ni l'une ni l'autre ne résisteront à la rivalité des vainqueurs : commandés par un général hors pair, Gonzalve de Cordoue dit El Gran Capitan, les Espagnols chassent définitivement les Français de l'Italie méridionale (1504).

Louis XII n'abandonne pas pour autant le mirage italien. Quatre ans plus tard, à la faveur de la ligue de Cambrai qui regroupe contre Venise le pape Jules II, la France, l'Espagne, l'empereur Maximilien et le duc de Mantoue, il remporte presque seul la sanglante victoire d'Agnadel (14 mai 1509). Mais la ligue ne survit pas à la victoire. Un autre de ces renversements d'alliances dont l'Italie renaissante a le secret, et voilà Jules II, désormais champion d'une Italie qui veut «chasser les Barbares», faisant cause commune avec Ferdinand d'Aragon, les Suisses, Henry VIII d'Angleterre et… Venise contre son allié de la veille pour le bouter hors de la péninsule (1511). Après l'inutile victoire de Ravenne (avril 1512), au cours de laquelle perd la vie le jeune et valeureux Gaston de Foix, la bataille de Novare (juin 1513) met fin à la présence française dans le Milanais.

Pour Louis XII, l'aventure italienne est terminée. En janvier 1514, il perd sa femme, Anne de Bretagne. Sincèrement peiné, malade et usé, il fait encore de la politique en épousant Mary d'Angleterre, la très jeune sœur d'Henry VIII. Elle deviendra veuve quelques mois plus tard, le 1er janvier 1515.

Papes

Alexandre VI, 1492-1503 ; Pie III, 1503 ; Jules II, 1503-1513 ; Léon X, 1513-1521.

Souverains

Angleterre : Henry VII, 1485-1509 ; Henry VIII, 1509-1547.

Danemark et Norvège : Jean Ier, 1481-1513 ; Christian II, 1513-1523.

Empire : Maximilien Ier, 1493-1519.

Empire ottoman : Bayezid II, 1481-1512 ; Selim Ier, 1512-1520.

Espagne. Aragon et Sicile : Ferdinand II, 1479-1516. Castille : Isabelle Ire, 1474-1504 ; Jeanne, 1504-1515.

Hongrie et Bohême : Ladislas, 1492-1516 (roi de Bohême depuis 1471).

Pologne : Jean-Albert Ier, 1492-1501 ; Alexandre Ier (et grand-duc de Lituanie), 1501-1506 ; Sigismond Ier (et grand-duc de Lituanie), 1506-1548.

1498

8 avril
À la mort de Charles VIII, sans postérité mâle, Louis d'Orléans, fils de Charles d'Orléans et de Marie de Clèves et cousin éloigné du roi défunt, lui succède sous le nom de Louis XII.

23 mai
Exécution de Savonarole à Florence. Girolamo Savonarola, dominicain de Bologne, devenu prieur du couvent Saint-Marc de Florence, a réussi, par la force de sa prédication, à imposer à celle qu'il juge une ville de perdition un régime quasi théocratique. Un parti opposé à ses réformes, les *arrabbiati* (enragés), soutenu par Alexandre VI, finit par en venir à bout.

27 mai
Louis XII est sacré à Reims par l'archevêque Guillaume Briçonnet et touche les écrouelles. Si la Loi salique suffit en droit à désigner le nouveau roi, le sacre lui confère la consécration de l'Église, en fait l'oint du Seigneur et un « évêque du dehors », et lui assure le pouvoir magique de guérir les scrofuleux. La formule « le roi te touche, Dieu te guérit » se fixe au milieu du XVIe siècle et perdurera jusqu'au XVIIIe, quand – Marc Bloch l'a fait observer – le scepticisme des Lumières l'infléchit de manière aussi discrète que significative : « Le roi te touche, Dieu te guérisse ».

juillet ?
Louis XII renouvelle le traité d'Étaples conclu avec l'Angleterre le 3 novembre 1492, et signe un traité d'alliance avec Ferdinand d'Aragon et Isabelle de Castille, confirmant celui de Barcelone du 19 janvier 1493.

7 juillet
Le Parlement de Paris reçoit Louis XII solennellement. Le roi est entouré des membres du Conseil.

Les hommes de Louis XII

Parmi les hommes issus de la haute noblesse qui pèsent au Conseil de Louis XII, il y a Pierre de Rohan, maréchal de Gié (1451-1513), très puissant jusqu'à sa disgrâce en 1504.
Et, surtout, l'omnipotent et polyvalent Georges d'Amboise (1460-1510), allié de Rohan, puis responsable de sa disgrâce. Évêque de Montauban, archevêque de Narbonne (1492), puis de Rouen (1494), cardinal enfin (1498), Georges d'Amboise fait figure de véritable premier ministre de Louis XII, qu'il sert depuis la jeunesse turbulente du duc d'Orléans. La remise en ordre des finances royales, c'est lui, de même que l'essentiel de la diplomatie française en Italie. S'il ne parvient pas à se faire élire pape à la mort d'Alexandre VI (1503), il se fait nommer légat en France par le successeur de celui-ci, Jules II, ce qui en fait le premier personnage de l'Église de France.
Cependant, l'essentiel du pouvoir est concentré entre les mains de personnages de moins illustre lignage. Les Briçonnet, Robertet et autres Poncher assurent au royaume son ossature administrative et judiciaire, en constituant le noyau de ce qui sera plus tard le « quatrième ordre » de la noblesse de robe.
Issu d'une famille de chaussetiers de Tours, Guillaume Briçonnet († 1514), receveur général des finances, puis évêque de Saint-Malo (1493), cardinal (1495), archevêque de Reims (1497), archevêque de Narbonne enfin (1507), a été le très puissant ministre de Charles VIII, qu'il a fortement poussé à l'aventure italienne. Son fils, également prénommé Guillaume (1472-1534), évêque de Lodève (1504) et abbé de Saint-Germain-des-Prés, sert Louis XII surtout comme diplomate. Devenu évêque de Meaux en 1516, sous François Ier, il aura quelques ennuis comme figure de proue du cercle réformateur réuni dans cette ville.
Comme eux d'origine roturière et Tourangeau, Étienne Poncher (1446-1524) poursuit une carrière à cheval entre la justice et l'Église : président aux enquêtes au Parlement de Paris en 1498, évêque de Paris en 1503, garde des Sceaux en 1512, archevêque de Sens en 1519.
Au gouvernement de Louis XII, le plus puissant de ces bourgeois passés de la marchandise au service de la monarchie est Florimond Robertet (1460-1527). Issu d'une famille de clercs du Forez au service des Bourbons, Robertet est recommandé par Pierre de Beaujeu à Charles VIII, qu'il sert dans des missions diplomatiques, puis entre au service de Louis XII, dont il est le premier secrétaire. La carrière de Robertet, anobli, riche comme Crésus et chanté par les poètes, se poursuivra sous François Ier.

13 juillet
Ordonnance portant sur la réorganisation du Grand Conseil. Issu du Conseil du roi et devenu autonome par l'ordonnance du 2 août 1497, c'est en fait une nouvelle cour souveraine, où le roi est censé siéger en personne et au moyen de laquelle il

« évoque », c'est-à-dire soustrait aux cours compétentes, les affaires politiquement sensibles, notamment les bénéfices ecclésiastiques. Rien d'étonnant si le Parlement se montre très hostile à cette « nouvelleté ».

29 juillet

Bulle d'Alexandre VI concernant l'annulation du mariage de Louis XII avec Jeanne de France. Espagnol et allié de l'Espagne au début de son pontificat, Alexandre VI Borgia se tourne vers la France sous l'influence de son fils Cesare, qui veut se tailler une principauté au cœur de l'Italie. C'est ainsi qu'il accepte de coopérer avec Louis XII dans l'affaire de son divorce, ce qui vaut à Cesare le duché de Valentinois, créé pour lui, et la main d'une princesse de la maison d'Albret.

10 août

Début du procès pour la dissolution du mariage royal.

19 août

Le traité d'Étampes règle les conditions du mariage de Louis XII et d'Anne de Bretagne. Louis rend – théoriquement – à sa future épouse toutes les villes bretonnes, sauf Nantes et Fougères.

31 août

Un édit royal réforme l'Université de Paris. Bien que relevant encore théoriquement de l'Église, les universités sont depuis longtemps des organismes soumis à l'État; en France, où l'on compte à l'époque de Louis XII 13 universités, l'Université de Paris, la plus ancienne et la plus prestigieuse, est du ressort du roi et de son Parlement. Périodiquement, on s'émeut de l'indiscipline des étudiants, de la corruption des examens, de la vénalité des professeurs. La dernière réforme remonte à 1452, les prochaines seront tentées en 1561, 1573, 1575, 1595. Comme toujours, leur multiplication même indique leur peu d'efficacité. Ce sera aussi le sort de l'édit d'août, qui entend restreindre les privilèges aux seuls « escoliers » résidant à Paris et réglemente les cycles d'études (quatre ans pour les arts libéraux, huit pour la médecine, quatorze pour la théologie). L'Université, jalouse de ses privilèges, fait appel au Parlement de Paris.

septembre ?

L'édit de Paris crée quatre jurés dans le métier des fabricants de draps d'or, d'argent et de soie de la ville de Tours. Depuis Louis XI, qui a fait venir des artisans grecs et italiens, Tours est le grand centre de la soierie française.

octobre

Jean Ier de Danemark renouvelle l'alliance française conclue par son père Christian Ier avec Charles VII en 1456. Se sentant de plus en plus isolé, l'empereur Maximilien Ier accepte une trêve – précaire – avec la France. Louis XII poursuit ainsi ses préparatifs diplomatiques pour l'invasion du Milanais.

17 décembre

À Amboise, une cour ecclésiastique présidée par le cardinal Philippe de Luxembourg, évêque du Mans, prononce l'annulation du mariage de Louis XII avec Jeanne de France, la fille stérile et contrefaite de Louis XI. La dissolution de ce mariage, prononcée par le pape le 29 juillet, est une affaire considérable, qui agite l'« opinion publique », notamment les prédicateurs. Jeanne, très digne, se défend pied à pied et produit des témoins qui contredisent la version royale (le mariage n'aurait pas été consommé); mais la partie est inégale, et elle doit s'incliner. Louis XII dote généreusement sa femme répudiée; il lui donne notamment le Berry et une pension annuelle. Jeanne se consacrera désormais à l'ordre des Annonciades – réservé aux femmes – qu'elle a fondé à Bourges sous la direction de François de Paule (vers 1416-1508, canonisé par Léon X en 1519), fondateur de l'ordre des Minimes – les Minimes sont une branche des franciscains approuvée par Sixte IV en 1474, qui ajoutent à une vie rigoureuse le vœu du jeûne perpétuel.

autres événements

- En suivant la route empruntée par Bartolomeu Dias (vers 1450-1500), le navigateur portugais Vasco de Gama (1469-1524) atteint Calicut, sur la côte occidentale de l'Inde. Christophe Colomb entreprend son troisième voyage et découvre la Trinité, Tobago, Grenade et le delta de l'Orénoque, où il a pour la première fois l'intuition de se trouver, sinon aux portes du Paradis, du moins en présence d'un grand continent « inconnu des Anciens ».
- Érasme de Rotterdam s'installe à Oxford.
- Dürer (1471-1528) illustre l'*Apocalypse* de Jean.
- Triptyque du *Couronnement de la Vierge* par le Maître de Moulins, assimilé aujourd'hui à Jean Hey (cathédrale de Moulins).

1499

8 janvier

Louis XII épouse Anne de Bretagne, l'altière et peu commode veuve de Charles VIII. Anne entend maintenir l'indépendance de son duché, qui est lié au royaume de France par une union des couronnes qui rappelle celle conclue en 1469 entre la Castille et l'Aragon. L'annexion pure et simple viendra en 1532, avec l'édit d'union.

19 janvier
Lettres patentes de Louis XII par lesquelles le souverain s'engage à respecter les franchises et privilèges de ses sujets de Bretagne.

février
François d'Angoulême, futur François Ier, est fait duc de Valois. Il n'a pas encore 5 ans.

9 février
Louis XII signe le traité de Blois avec la République de Venise: le roi commence ainsi à mettre en place le dispositif diplomatique qui doit lui permettre de conquérir le Milanais, qu'il revendique en tant que petit-fils de Valentine Visconti, fille de Jean-Galéas Ier duc de Milan et épouse de Louis d'Orléans.

mars
Le chancelier Guy de Rochefort réunit à Blois une assemblée de juristes afin de mettre au point une « grande ordonnance » pour « la réformation de la justice et l'utilité générale du royaume ». Enregistrée au Parlement, la Grande Ordonnance de Blois règle la nomination des officiers de justice – ainsi, elle définit un minimum de connaissances pour accéder aux charges de judicature et prescrit l'élection des présidents et des conseillers. Elle tente de réformer le clergé, notamment en imposant aux chanoines l'obligation de résidence tout en exigeant d'eux l'observance de la Pragmatique Sanction de 1438.
À Marseille, fondation de la confrérie des pénitents blancs. C'est le début d'une véritable explosion du phénomène pénitentiel laïque, caractéristique de la piété exacerbée du début des temps modernes.

16 mars
Le traité de Lucerne avec la Confédération helvétique autorise le roi de France à enrôler des mercenaires moyennant une pension annuelle de 20 000 livres. En principe, le traité réserve l'exclusivité de cette main-d'œuvre suisse à la France, mais ce ne sera chose faite qu'après Marignan.

mai
Louis XII continue les préparatifs d'invasion: il conclut avec Philibert de Savoie l'accord de Genève, qui permet à son armée de traverser la Savoie moyennant finances, et promet Charlotte d'Albret au pape Alexandre VI Borgia pour son fils Cesare. Le pape, qui a besoin du soutien français pour aider son aventurier de fils à réaliser ses ambitions en Italie, a, on s'en souvient, obligeamment aidé Louis XII à se débarrasser de sa première femme, Jeanne de France, le 29 juillet 1498.

17 mai
L'édit du 31 août 1498 sur la réforme de l'Université est soumis au Parlement de Paris et provoque des troubles au quartier Latin. Le conflit s'amplifie à la fin du mois, avec une grève universitaire, et ne prend fin qu'à la mi-juin, lorsqu'un lit de justice contraint le Parlement à enregistrer l'édit sur l'Université.

juillet
Gouverneur des Pays-Bas au nom de son père Maximilien Ier, Philippe le Beau se reconnaît vassal de Louis XII pour ses possessions relevant de la couronne de France – les comtés de Flandre, Artois et Charolais.

10 juillet
Louis XII arrive à Lyon avec Cesare Borgia, le cardinal Giuliano Della Rovere (futur pape Jules II) et Georges d'Amboise. Il n'accompagnera cependant pas ses troupes plus avant, puisqu'il repart peu après pour Romorantin, auprès de son épouse Anne, enceinte de sept mois.

18 juillet
Les Français pénètrent en Milanais. Trois lieutenants généraux dirigent l'expédition: Louis de Luxembourg comte de Ligny, cousin de Charles VIII; Béraud Stuart d'Aubigny, remplacé rapidement par Charles de Chaumont d'Amboise, neveu du cardinal; et, surtout, le Milanais Giovanni-Giacomo Trivulzio, dit Trivulce, maréchal de France.

29 juillet
Contre le duc de Milan, Ludovic Sforza le More, Louis XII échafaude une ligue où se retrouvent le pape et l'empereur, plusieurs princes allemands, Venise, les trois royaumes ibériques (Castille, Aragon, Portugal), l'Angleterre, la Hongrie et la Bohême, les cantons suisses.

9 août
Prise et sac de Rocca d'Arezzo, suivie une semaine plus tard par la ville d'Annona, sur la rivière Tanaro, dans le Piémont. La manière effroyable dont ces deux places sont traitées – massacre des défenseurs et des habitants, pillage, destruction – est

destinée manifestement à décourager les velléités de résistance. Objectif atteint, puisque les autres villes, à l'exception notable d'Alessandria, elle aussi prise d'assaut et livrée au pillage, se rendent sans coup férir dans le courant du mois.

2 septembre
Ludovic Sforza quitte secrètement Milan et se réfugie à Innsbruck, où il est accueilli par l'empereur Maximilien Ier, pourtant membre de la coalition montée par Louis XII le 29 juillet.

14 septembre
Pour échapper au pillage, et malgré une garnison forte de 3 000 hommes et 1 200 pièces d'artillerie, Milan se rend aux Français sans résistance. Ainsi, l'ensemble de « la plus belle duché du monde » a été conquis en un petit mois.

20 septembre
Entrée triomphale de Louis XII dans Milan. Placé sous l'invocation de saint Ambroise, patron de la ville, l'arc de triomphe par lequel passe le roi porte l'inscription : « Loys, roy des Francs, duc de Milan ».

13 octobre
Naissance de Claude de France, la première fille de Louis XII, qui épousera François d'Angoulême, duc de Valois, futur roi de France.

11 novembre
Une Grande Ordonnance de Louis XII organise l'administration du Milanais. Sa politique en tant que nouveau duc est habile : il réprime les excès de sa soldatesque, rétablit les privilèges des grandes familles lombardes, y compris ceux des partisans de Ludovic le More, le duc déchu, restitue les biens confisqués et rappelle les exilés. Plus soucieux de la faveur des grands que du menu peuple, il ramène l'impôt roturier de 1 600 000 livres à 600 000 livres, mais alourdit les taxes indirectes.

fin novembre
Louis XII retourne en France.

22 décembre
La déclaration royale d'Orléans défend aux officiers de justice et de finances de contrevenir aux ordonnances royales et interdit de tenir compte des lettres de dispense qui leur seraient accordées par d'autres détenteurs de pouvoirs, seigneurs ou officiers de haut rang.
Louis XII transfère à Blois une collection de manuscrits de la bibliothèque de Pavie qui complète la Bibliothèque royale à laquelle il a déjà versé la collection appartenant en propre aux Orléans.

autres événements
• Louis XII rend permanent l'Échiquier de Normandie, la haute cour du duché, qu'il dote de présidents et de conseillers résidents. L'Échiquier deviendra parlement en février 1515.
• L'imprimeur lyonnais d'origine flamande Josse Bade s'installe à Paris.
• Mort à Florence de Marsile Ficin (1433-1499), traducteur de Platon, fondateur de l'Académie platonicienne et maître du néoplatonisme renaissant.
• Colin Biart participe à la reconstruction du pont Notre-Dame à Paris avec Jean Joconde.

1500

janvier
À partir de l'Autriche, à la tête d'une armée de 20 000 hommes, Ludovic Sforza entreprend la reconquête du Milanais. À l'exception de Novare, Plaisance et Lodi, les habitants du Milanais, fatigués des exactions françaises, sont prêts à accueillir leur ancien duc en libérateur.

25 janvier
Un soulèvement antifrançais éclate à Milan ; d'autres émeutes ont lieu dans plusieurs villes du duché.

3 février
Les troupes françaises abandonnent Milan, en laissant derrière elles une garnison de 500 hommes.

24 février
Naissance à Gand de Charles de Habsbourg, futur Charles Quint, fils de Philippe le Beau gouverneur des Pays-Bas et de Jeanne la Folle (fille des Rois Catholiques).

février-mars
Ludovic Sforza reprend Milan, Pavie, Parme, puis marche sur Novare, où il obtient le départ de la garnison française à l'amiable. À Lyon, où accourt le roi, Louis de La Trémoïlle lève une nouvelle armée.

fin mars
La Trémoïlle rejoint Trivulce et Ligny à Mortara et marche sur Novare.

8 avril
Journée de Novare. Ludovic Sforza, lâché par ses Suisses et trahi par un mercenaire allemand, est battu et fait prisonnier.

14 avril
Une députation de Milan vient supplier le cardinal d'Amboise d'épargner à la ville rebelle le châtiment royal.

17 avril
Georges d'Amboise reçoit l'amende honorable des Milanais. Au prix de quelques exécutions pour l'exemple et d'une amende de 170000 écus, Louis XII accorde son pardon.
Sous la férule du gouverneur, Georges d'Amboise, la Grande Ordonnance du 11 novembre 1499 est rétablie, qui fixe la « constitution » de Milan désormais française: un gouverneur civil et un gouverneur militaire représentant le roi, et un « sénat » de 32 membres composé à égalité d'Italiens et de Français.

2 mai
Ludovic Sforza est conduit à Lyon, interrogé longuement par le Grand Conseil, puis enfermé dans une forteresse du Berry, transféré enfin au château de Loches, où il croupira jusqu'à sa mort, survenue probablement en 1508. Il n'aura jamais vu le roi.

23 mai
Louis XII renouvelle un édit de Charles VIII de 1498 imposant aux juifs le choix entre la conversion et l'exil. Mais l'exécution de l'arrêté royal laisse à désirer.

fin mai
Georges d'Amboise remet le gouvernement du duché à son neveu Charles d'Amboise, sieur de Chaumont, et rentre en France, en même temps que les grands chefs de la campagne d'Italie, Trivulce, La Trémoïlle et Ligny. Ils seront le 21 juin à Lyon, où ils retrouveront le roi, qui les comblera de dons et de faveurs.

24 juin
Édit confirmant la juridiction de la Cour des aides, cour « souveraine » qui connaît les affaires concernant les finances dites extraordinaires – tailles et impôts indirects, comme la gabelle (la chambre du Trésor s'occupant, elle, des finances ordinaires).

juillet
Bruits de croisade, dont Louis XII, souverain du plus puissant État d'Occident, est sommé de prendre la tête. En vue de ce pieux projet, assurément anachronique mais qui garde toute sa puissance évocatrice, il conclut à Buda avec Ladislas, roi de Hongrie et de Bohême, et avec Jean-Albert Ier, roi de Pologne, un traité d'alliance dirigé principalement contre le Turc.

5 juillet
Le mandement de Lyon: la chambre des comptes est requise de dresser un inventaire du Trésor des chartes depuis Philippe II Auguste. C'est la première tentative sérieuse pour organiser les archives royales et leur assigner un lieu fixe (près de la Sainte-Chapelle).

21 juillet
Louis XII, la reine Anne et Georges d'Amboise quittent Lyon. Accompagnés de Florimond Robertet, secrétaire du roi, ils voyagent en Bretagne, Poitou et Touraine et arrivent au château de Blois début décembre.

11 novembre
Prétendant, comme son prédécesseur, à la succession angevine, Louis XII signe avec Ferdinand d'Aragon le traité de Grenade, qui prévoit le partage du royaume de Naples entre les deux souverains: la ville de Naples, Gaète, la terre de Labour, les Abruzzes et la province de Campobasso iront au roi de France, qui prendra le titre de roi de Naples et de Jérusalem; Ferdinand recevra les Pouilles et le sud du pays, avec les titres de roi de Sicile, de duc de Calabre et d'Apulie.

autres événements
• Le Portugais Pedro Alvarez Cabral (1460-1526) découvre le Brésil.
• Diogo Dias, portugais lui aussi, découvre Madagascar (l'île de Saint-Laurent); son homonyme Bartolomeu Dias disparaît au large du cap de Bonne-Espérance pendant l'expédition de Cabral.
• Érasme publie à Paris sa première œuvre, *Adagiorum collectanea (Adages)*. Cette première édition comprend quelque 800 « adages » latins commentés, et le recueil ira s'enrichissant d'édition en édition jusqu'à en contenir plusieurs milliers.

1501

20 mars
La déclaration de Moulins réglemente la juridiction de la chambre des comptes de Paris.

30 avril
Déclaration secrète de Louis XII, par laquelle tout accord de mariage de sa fille Claude avec un autre que le duc de Valois (futur François Ier) est tenu pour nul et non avenu.

25 mai
À Milan, « montre » (revue) du corps expéditionnaire, modeste, dont le roi a confié le commandement à Stuart d'Aubigny : 900 cavaliers, 7000 fantassins, 36 pièces d'artillerie. Cette fois, l'objectif est le royaume de Naples.

1er juin
L'armée française prend le chemin du sud de la péninsule. Cesare Borgia commande l'arrière-garde.

juillet
L'édit de Lyon crée le parlement d'Aix-en-Provence, qui remplace le « conseil éminent » d'avant la réunion de la Provence à la Couronne.
Le corps expéditionnaire français pénètre dans le royaume de Naples et brûle tout sur son passage. La plupart des villes se rendent ; Capoue est prise au bout de cinq jours de siège et mise à sac.

31 juillet
Lettre royale renouvelant l'édit du 23 mai 1500 ordonnant aux juifs de Provence de choisir entre la conversion et l'exil. Cette fois, la décision est bien appliquée, à l'espagnole, du moins avec autant d'efficacité que le permet l'époque.

août
Prise de Naples. Le roi de Naples, Frédéric, préfère gagner la France et se mettre sous la protection de son rival, à qui il cède bientôt la moitié de son royaume en échange du comté du Maine.
Louis XII envoie à Naples un vice-roi : Louis d'Armagnac, duc de Nemours. Mais le jeune prince s'avérera incapable de se mesurer aux « alliés » aragonais conduits de main de maître par Gonzalve de Cordoue.
Malgré la déclaration du 30 avril, Claude de France est fiancée à Charles d'Autriche (futur Charles Quint). La cérémonie est célébrée en présence d'un ambassadeur de Philippe le Beau, dont Louis XII espère l'appui pour obtenir l'investiture du duché de Milan, qui relève de l'empereur Maximilien Ier. Mais c'est ladite déclaration qui prévaudra.

3 octobre
Georges d'Amboise négocie à Trente un traité de paix avec l'empereur Maximilien Ier, qui engagerait aussi Philippe le Beau et les Rois Catholiques.

autres événements
• Mort de Jean-Albert Ier de Pologne, à qui succède son frère Alexandre Ier, déjà souverain de Lituanie.
• Louis XII envoie deux commissaires chargés d'enquêter sur les persécutions subies par les vaudois du Haut-Dauphiné. L'enquête tourne court, mais elle sera reprise six ans plus tard, cette fois avec des résultats.

1502

printemps
Des troupes espagnoles prennent quelques places occupées par des Français dans le royaume de Naples.

8 juin
Louis XII arrive à Lyon, avec la reine Anne et le cardinal d'Amboise, en route pour l'Italie.

9 juin
Louis d'Armagnac, duc de Nemours, et Gonzalve de Cordoue rompent les pourparlers engagés pour l'organisation du royaume de Naples en août 1501 ; les alliés de la veille se feront bientôt ouvertement la guerre.

juillet-septembre
Séjour de Louis XII en Italie.

29 juillet
Entrée solennelle de Louis XII à Milan.
La guerre entre Français et Aragonais tourne mal pour ces derniers : les Français envahissent les Pouilles, puis la Calabre, confinant peu à peu les Espagnols dans quelques villes fortifiées de la côte.

26 août
Entrée solennelle de Louis XII à Gênes.

septembre
Début du long siège de Barletta, petit port sur l'Adriatique et principale place forte tenue par Gonzalve de Cordoue. Bien que supérieure en nombre et en équipement, l'armée française, mal commandée par le duc de Nemours et rongée par l'indiscipline, se montre incapable d'enlever la place.

autres événements
• Symphorien Champier : *La Nef des princes et des batailles de noblesse avec autres enseignements utiles et profitables à toutes sortes de gens pour connaître à bien vivre et mourir.*

• Publication du premier livre de messes de Josquin Des Prés, la *Messe de l'homme armé.*

Josquin Des Prés, la musique sacrée et la musique profane

En France comme ailleurs, la Renaissance est une période faste pour la musique, qui, comme les arts plastiques, sort des églises pour investir la vie sociale sous toutes ses formes et à tous les niveaux. Et, comme pour les arts plastiques, des amateurs éclairés – princes, courtisans, bourgeois cultivés – patronnent des musiciens professionnels nombreux, hautement qualifiés, souvent de grand talent.

Le maître de la musique sacrée polyphonique est le Picard Josquin Des Prés (vers 1440-vers 1521). Chanoine à la collégiale de Saint-Quentin, il est l'élève de Johannes Ockeghem († 1497), célèbre musicien flamand qui officie à la Cour de France. Josquin fait ensuite le pèlerinage obligé d'Italie, où il vivra une bonne partie de sa vie : à Milan d'abord, où, entre 1459 et 1472, il est choriste à la cathédrale, puis se met au service des Sforza ; à Rome ensuite, où il est choriste à la chapelle vaticane d'Innocent VIII et d'Alexandre VI jusqu'en 1494 ; à Florence, Modène et Ferrare enfin, où il est maître de chapelle du duc Hercule Ier d'Este, de 1503 à 1505. Il retourne ensuite en France, où il achève une vie et une carrière également riches au service de Louis XII. Il a laissé quelque 500 motets religieux à plusieurs voix, dont deux purs chefs-d'œuvre (le Miserere *et le* Stabat mater, *tous deux à cinq voix), ainsi qu'une trentaine de livrets de messes, dont plusieurs, telle la* Messe de l'homme armé, *ont été édités dès 1502 à Venise, par Petrucci. Avec sa messe* Pange lingua *(publiée par Graphaeus à Nuremberg en 1539), Josquin réalise un chef-d'œuvre d'équilibre qui marque l'apogée du grand style polyphonique. Considéré comme le meilleur compositeur de son époque, surnommé de son vivant le « prince de la musique », c'est aussi un grand pédagogue, auteur d'une méthode fameuse (le* Compendium musices, Abrégé de la musique, *1522) et chef de file d'une véritable école.*

Nombreux sont en effet les continuateurs de la tradition franco-flamande illustrée par Josquin Des Prés. En voici quelques-uns.

Thomas Créquillon (vers 1480-1540), maître de chapelle de Béthune, devient organiste de Charles Quint, puis chanoine à Namur, Termonde et Béthune. Ses œuvres, parmi les plus belles de l'époque, comprennent 16 messes, 116 motets et des chansons françaises de quatre à six voix.

Jacques Clément (vers 1510-vers 1556, dit Clemens non Papa, sans doute pour le distinguer de son contemporain, le poète Jacobus Papa) est prêtre et maître de chant à la cathédrale de Bruges en 1544-1545, puis maître de chapelle à la Cour du duc d'Aeschot, à Beaumont, où il chante en 1550 dans le chœur de Notre-Dame à Bois-le-Duc. Il laisse 15 messes, plus de 230 motets et deux cycles de Magnificat, *publiés par Phalèse (Louvain, 1555-1589).*

Jean Leleu, dit Johannes Lupi (vers 1506-1539), étudie la philosophie à Louvain en 1522 avant de devenir maître des choristes à la cathédrale de Cambrai en 1527, puis sous-diacre en 1530. Ses splendides motets ont été publiés par Pierre Attaingnant en 1542.

D'autres compositeurs flamands viennent en France, comme Jean Rochafort (vers 1480-1547), vraisemblablement un disciple de Josquin Des Prés. D'abord maître de chapelle à Malines, il travaille ensuite à la chapelle royale de France, puis auprès de Marie de Hongrie, gouvernante des Pays-Bas et, de 1542 à 1547, à Bruges, où il est maître de chapelle. Il a laissé des motets remarquables, ainsi que des messes, un Requiem, *douze* Magnificat, *et des chansons.*

Élzéar Genet, dit Carpentras (1470-1548), est chantre à Avignon, puis maître de la chapelle pontificale à Rome. Envoyé en mission à Avignon en 1524, il devient doyen de l'église Saint-Agricole. Ses œuvres, de style sévère, comportent des complaintes, des hymnes, cinq messes et un Magnificat.

Claudin de Sermisy (vers 1490-1560), rattaché dès 1504 à la Sainte-Chapelle, devient chanoine en 1533. Il compose des messes, des motets et 150 chansons.

Chanoine lui aussi, mais à Saint-Quentin, membre de la chapelle de Louis XII et de François Ier, Jean Mouton (vers 1459-1522), auteur de motets, de Magnificat *et de chansons françaises, est sans doute le meilleur polyphoniste de la génération entre Josquin Des Prés, son maître, et le Flamand Adriaan Willaert (vers 1480-1562), son élève.*

Ce dernier voyage en Italie, se met au service du duc de Ferrare en 1522, puis devient à Venise maître de chapelle à Saint-Marc, de 1527 jusqu'à sa mort. Sa recherche des proportions et son écriture dite « vénitienne » à doubles chœurs (par imitation de l'architecture de la basilique) exercent une influence considérable. Il forme la fameuse école vénitienne (Andrea et Giovanni Gabrieli, Cyprien de Rore…), qui assurera la transition entre l'art polyphonique, l'opéra et la musique moderne.

*Tous ces compositeurs de musique sacrée ont écrit aussi, on l'a vu, des chansons profanes. Josquin Des Prés lui-même a écrit des chansons françaises, publiées après sa mort de 1545 à 1553. C'est que, comme le prouve le succès des chansons de Clément Janequin, la musique profane connaît dans la première moitié du XVI*e *siècle un essor considérable. Profane également est la musique instrumentale, qui contribue beaucoup à la diffusion des partitions. Les luthistes sont les premiers à bénéficier de partitions avec tablatures (représentations graphiques des notes par rapport à l'instrument). Elles font voir les différentes voix d'une polyphonie, accompagnées d'un doigté précis sur les cordes. En 1517, Andrea Attico publie la première tablature de compositions polyphoniques, regroupant surtout des* frottole *(chansons d'amour, origine du madrigal). Dès 1536, on publie les tablatures aussi en France, chez Pierre Attaingnant; elles regroupent diverses pièces profanes destinées aux musiciens amateurs (dont le* ricercare *et diverses danses). Entre 1546 et 1549, une trentaine de tablatures pour luth, vendues dans toute l'Europe, forment le répertoire de base, d'ailleurs assez simple, des instrumentistes.*

• À l'initiative du cardinal Georges d'Amboise débutent les travaux de rénovation complète du château de Gaillon, sur une hauteur qui domine la Seine, en Normandie, peut-être sur des plans dressés par un architecte italien. À partir de 1508 arrivent d'Italie des sculptures et des marbres pour décorer les façades, ainsi que des fontaines pour le jardin et la cour d'honneur. Le chantier s'achève en 1518, huit ans après la mort de Georges d'Amboise. Rapidement très célèbre, le château de Gaillon est considéré à juste titre comme le premier modèle de la nouvelle architecture et du nouvel art décoratif marqués par l'Italie, et exerce une influence déterminante sur ces arts en France au XVIe siècle. Il marque aussi les Italiens, notamment Isabelle d'Este, duchesse de Mantoue, et l'on trouve même une représentation du château dans une fresque de la chapelle de Gaglianico en Piémont. En partie détruit pendant la Révolution française, il fait l'objet, depuis plusieurs années, de travaux de restitution et de restauration.

• Anne de Bretagne commande à Michel Colombe (vers 1430-vers 1512) et Jean Perréal (vers 1450-1530) le tombeau de ses parents, François II de Bretagne et Marguerite de Foix, avec un décor à l'italienne (cathédrale Saint-Pierre de Nantes). Si l'essentiel du sarcophage est probablement dû à l'artiste italien Girolamo da Fiesole auquel Anne de Bretagne s'était d'abord adressée, on s'accorde à reconnaître dans la sculpture des gisants et des femmes représentant les quatre Vertus cardinales, aux angles du sarcophage, la main de Michel Colombe. L'ensemble de la réalisation fut vraisemblablement dirigé par Jean Perréal et achevé en 1507. On y trouve une intégration parfaite des styles français et italien, mais ce tombeau reste un exemple isolé: il faudra attendre encore des années avant que la sculpture française ne passe du style gothique au style renaissant.

1503

21 janvier
Naissance du premier fils de Louis XII et d'Anne de Bretagne, mort aussitôt.

21 avril
En Calabre, Stuart d'Aubigny se fait battre par les Espagnols devant Taurianova, dans la plaine de Seminara – journée importante, qui marque le commencement de la fin de la présence française en Italie méridionale.

22 avril
Un accord franco-suisse met fin à une mini-guerre dont l'objet est le comté de Bellinzona dans le Haut Tessin. Bien que défaits, les Suisses, qui ont cherché à profiter des difficultés de leurs alliés en Italie méridionale, sont ménagés par Louis XII, soucieux de ne pas trop s'aliéner ces redoutables et utiles voisins.

28 avril
À Cérignole, deuxième défaite française en une semaine: Gonzalve de Cordoue, qui est enfin parvenu à sortir de Barletta (assiégée depuis septembre 1502), écrase les troupes du duc de Nemours; le vice-roi est tué au combat.

6 mai
Gonzalve de Cordoue entre dans Naples; la ville jure fidélité à Ferdinand d'Aragon.

12 juin
Avec la chute de la citadelle de Naples, les Français perdent la ville entière.

juillet
Une nouvelle armée française passe les Alpes, aux ordres de Louis de La Trémoïlle.

12 août
Le pape Alexandre VI Borgia meurt. Afin d'assurer l'élection de Georges d'Amboise, pratiquement certain de l'emporter, Louis XII ordonne à La Trémoïlle de masser ses troupes aux portes de Rome.

22 septembre
Au conclave, le parti français ne réussit pas à imposer son candidat, et Francesco Todeschini-Piccolomini, archevêque de Sienne, est élu pape sous le nom de Pie III. C'est un pape de transition, élu par un conclave désireux d'échapper aux rivalités nationales.

octobre
Décimée par les maladies et les désertions, l'armée française reprend sa marche sur Naples. Louis de La Trémoïlle, malade, est remplacé par François de Gonzague, duc de Mantoue, puis par Louis, marquis de Saluces.
Louis XII refuse d'augmenter les impôts directs et utilise les ventes d'offices, les emprunts aux villes et aux officiers pour financer ses expéditions guerrières.

18 octobre
Mort de Pie III, dix jours après son couronnement.

fin octobre
L'armée de secours rejoint les troupes françaises à Gaète. L'ensemble des troupes se regroupe sur le Garigliano et les Espagnols de Gonzalve de Cordoue s'installent sur la rive opposée. La famine menace les Français.

1er novembre
Giuliano Della Rovere, neveu de Sixte IV, est élu pape sous le nom de Jules II. Le nouveau pape passe, à tort, pour une créature des Français.

4 décembre
Conformément aux promesses faites à Georges d'Amboise en échange du retrait de sa candidature, Jules II le confirme dans son titre de légat en France sans limitation de temps, et donne à son neveu, François de Castelnau, le chapeau de cardinal.

29 décembre
Au bout de deux mois d'un stationnement pénible dans une plaine boueuse de l'embouchure du Garigliano et après une retraite héroïque avec Gonzalve de Cordoue à leurs trousses, les troupes françaises se regroupent dans Gaète.

autres événements
- Léonard de Vinci (1452-1519) commence sa *Joconde*.
- À Florence, Michel-Ange peint *La Sainte Famille*.

1504

1er janvier
Gaète capitule, Gonzalve de Cordoue ayant promis de laisser la vie sauve aux troupes françaises. Mais le voyage, vers le nord de la péninsule, des survivants, décimés par la maladie, la faim et l'animosité de la population locale, s'avérera plus meurtrier que bien des campagnes militaires.
Proscription de financiers accusés de malversations et considérés par le roi comme indirectement responsables du désastre militaire.

20 février
Le maréchal de Gié arrache à Louis XII, malade, la confirmation de sa déclaration secrète du 30 avril 1501. La promesse de mariage de sa fille Claude avec le futur Charles Quint sert au roi d'appât pour se concilier les bonnes grâces de l'empereur Maximilien Ier, dont il a besoin pour conserver la seule possession italienne qui lui importe vraiment, Milan.
La maladie du roi, que l'on croit fatale, bouleverse manifestement ses sujets, qui multiplient processions et pèlerinages.

31 mars
Prenant acte de la perte du royaume de Naples, Louis XII signe avec les Rois Catholiques une trêve de trois ans.

avril
Pierre de Pontbriand, serviteur de Pierre de Rohan, maréchal de Gié, porte à l'encontre de son maître des accusations gravissimes de trahison et lèse-majesté. Le maréchal aurait notamment comploté, si survenait la mort du roi, l'arrestation de la reine et la dépossession de Louise de Savoie. L'histoire ne tient pas debout. Mais Gié s'est fait beaucoup d'ennemis. Champion du mariage français, il est victime de la vindicte de la reine Anne, qui pousse au mariage autrichien. Mais il est aussi haï par Louise de Savoie, jalouse de son ascendant sur son fils François. Enfin, auteur d'un projet d'armée « nationale » dont Georges d'Amboise ne veut pas, il est détesté par celui-ci, qui craint son influence auprès du roi.

6 juin
Mandat d'arrêt contre Olivier de Coëtmen, fidèle de Gié.

10 juin
Guy de Rochefort, chancelier de France, est désigné pour conduire les interrogatoires des accusateurs du maréchal de Gié. Mais le chancelier se désiste et fait nommer à sa place une créature de Georges d'Amboise (le maître des requêtes Jean Nicolaï) et un homme lige de la duchesse de Bretagne (le conseiller au Grand Conseil Maur de Quenech' Quevilly). Avec la rétractation de Pierre de Pontbriand, décidément accusateur peu fiable, l'affaire s'enlise. Mais Louise de Savoie ne cède pas.

24 juillet
L'affaire rebondit avec la proposition de Florimond Robertet de créer ce qu'on appellerait aujourd'hui une commission d'enquête judiciaire. Présidée par un président au Parlement de Paris, Étienne de Carmone, et composée de plusieurs magistrats, dont le futur chancelier Antoine Duprat, alors maître des requêtes, elle est investie de pouvoirs étendus. Deux jours plus tard, Louis XII signe la lettre de commission, non sans avoir longuement hésité. Cette affaire est loin d'être terminée, mais le maréchal de Gié est définitivement écarté du pouvoir. Louise de Savoie a bien travaillé contre les intérêts de son propre fils: la duchesse Anne peut remettre en selle sa politique autrichienne. Des négociations débutent aussitôt avec l'empereur Maximilien Ier.

27 juillet
Des lettres royales de Chaumont-les-Blois ordonnent de déposer au Trésor des chartes tous les documents relatifs au domaine royal.

22 septembre
Les négociations avec l'empereur aboutissent au « traité de Blois » – en fait, trois accords de nature différente, qui, ensemble, semblent marquer le triomphe de la politique d'Anne de Bretagne. Le premier, qui établit une étroite alliance entre Maximilien Ier, son fils Philippe le Beau, souverain des Pays-Bas, et le roi de France, a une double signification territoriale: l'abandon par Louis XII, moyennant compensations financières, de ses prétentions sur Naples, et la promesse de Maximilien Ier d'octroyer à son cousin de France l'investiture dans les trois mois du duché de Milan. Le second, secret, met en place une alliance franco-austro-pontificale contre Venise, pourtant alliée traditionnelle de la France dans la péninsule. Le troisième confirme le mariage de Charles d'Autriche avec Claude de France, et en précise les conditions: en cas de décès du roi sans héritier mâle, le couple se verra attribuer non seulement le duché de Milan, Gênes et le comté d'Asti, mais encore de beaux morceaux du royaume de France – les duchés de Bretagne et de Bourgogne, le comté de Blois et la vicomté d'Auxonne, l'Auxerrois, le Mâconnais et Bar-sur-Seine. Le traité, on le sait, restera lettre morte. En effet, seul le premier accord a une logique du point de vue français; le second est une sottise, et le troisième une faute lourde, dont la conséquence aurait pu être le démembrement du royaume.

15 octobre
Le maréchal de Gié comparaît devant le Grand Conseil.

18 novembre
À Saint-Denis, Anne de Bretagne est enfin couronnée, en grande pompe, reine de France. Deux jours plus tard, elle fait sa « joyeuse entrée » dans Paris.

24 novembre
Mort d'Isabelle Ire de Castille.

30 décembre
Le maréchal de Gié est remis en liberté par le Grand Conseil.

1505

4 février
Mort de Jeanne de France.

14 mars
Le Grand Conseil est dessaisi de l'affaire du maréchal de Gié, qui est confiée au parlement de Toulouse. C'est un coup d'Anne de Bretagne, qui estime à juste titre que la juridiction toulousaine saura se montrer plus malléable que le Grand Conseil.

avril
Une fois de plus, le roi tombe gravement malade. Vague de sympathie, apparemment spontanée, à travers le royaume.
Le 6 avril, à Haguenau, le cardinal d'Amboise prête au nom de Louis XII foi et hommage pour le duché de Milan. Le lendemain, 7 avril, l'empereur Maximilien Ier en accorde l'investiture au roi de France.

Mais Louis XII, sentant sa fin proche, dicte son testament, par lequel il raie d'un trait de plume le traité de Blois du 22 septembre 1504, prescrit derechef le mariage de sa fille Claude avec François de Valois (futur François Ier) et institue un Conseil de régence comprenant, outre Anne de Bretagne, Louise de Savoie et l'incontournable Georges d'Amboise, Engilbert de Clèves comte de Nevers, Louis de La Trémoïlle, le chancelier Guy de Rochefort et Florimond Robertet. C'est une véritable volte-face politique, une de plus, mais la dernière sur ce point.
Guérison spectaculaire, « miraculeuse », du roi, qui s'emploiera maintenant à faire avaler à sa femme la pilule amère du mariage français. Celle-ci doit s'incliner.

5 mai
Le cardinal d'Amboise signe le procès-verbal de rédaction de la coutume de Tours. Celle-ci obéit à une procédure fixe : sous l'autorité des baillis et sénéchaux, deux légistes sont chargés du travail de vérification, clarification et commentaire des coutumes, purgées des usages abusifs et des ajouts discutables. Le même travail est entrepris, tout au long du règne, pour les coutumes de plusieurs « pays » : Bourbonnais, Melun, Auxerre, Maine, Anjou, Touraine, Troyes, Chaumont, Meaux, Vitry, Orléans, Auvergne, Paris, Poitou. Louis XII poursuit ainsi l'œuvre de ses prédécesseurs depuis l'ordonnance de Montil-lès-Tours, promulguée par Charles VII le 15 avril 1454. Mais ce n'est que sous Louis XII que le travail de rédaction des coutumes acquiert une procédure définitive et s'accélère, pour s'achever peu ou prou à la fin du siècle suivant.

31 mai
Lettres patentes portant sur le projet de mariage de Claude de France avec François de Valois.

1er juin
Anne de Bretagne, défaite sur un point essentiel de sa politique, quitte la Cour pour son duché.

21 juin-19 juillet
Pierre de Rohan, maréchal de Gié, comparaît devant le parlement de Toulouse. Le vieux maréchal se défend pied à pied, en demandant même, et en obtenant, l'audition du roi. Le procès est renvoyé à l'automne.

juillet
Annonce officielle de la future union de Claude de France avec François de Valois. Celui-ci est appelé auprès du roi, à Plessis-lès-Tours ; Claude est interdite de sortie du royaume jusqu'à son mariage.

fin octobre
Anne de Bretagne consent à revenir à la Cour.

2 novembre
Le roi reçoit les commissaires chargés par le parlement de Toulouse de recueillir sa déposition dans l'affaire du maréchal de Gié. Le procès, manifestement, touche à sa fin.

1506

9 février
Arrêt du parlement de Toulouse dans le procès de Pierre de Rohan, maréchal de Gié – arrêt en demi-teinte, qui vaut absolution morale pour l'accusé. Le crime de lèse-majesté abandonné, la cour de justice, qui s'est rabattue sur de vagues « excès et faultes », se contente de peines somme toute mineures : le maréchal se voit retirer ses commandements, suspendre pour cinq ans de sa charge de maréchal de France, bannir de la Cour pour la même période et imposer une amende. C'est beaucoup pour la dignité du vieux serviteur, qui se retire sur ses terres ; c'est peu pour ce qu'en avaient espéré ses ennemis, au premier rang desquels Anne de Bretagne. Celle-ci, furieuse, réussira du moins à empêcher la grâce royale.

25 mars
Le roi, pressé par sa femme, ordonne l'exécution immédiate de la sentence, publiée à travers le royaume le 1er avril suivant.

mai
Les « états de Tours » – en fait, une assemblée de notables triés sur le volet – consacrent le triomphe de la politique du maréchal disgracié. Arrivés à Tours au début du mois, les députés offrent au souverain le titre de « Père du Peuple », puis « supplient » celui-ci de bien vouloir unir sa fille Claude au duc de Valois, « qui est tout françois » (14 mai). Louis XII, qui, dit-il, « n'en avoit jamais oy parler », acquiesce bien volontiers (19 mai). Deux jours plus tard (21 mai), le légat célèbre leurs fiançailles, et les princes et barons du royaume, y compris ceux de Bretagne, prêtent serment au roi de tout faire pour la réussite de l'union annoncée sous d'aussi heureux auspices. Le lendemain (22 mai) est signé le contrat de mariage, aux termes duquel l'époux recevra sans tarder le duché de Bretagne. Les « états de Tours » constituent un bon exemple de l'utilisation

par la monarchie d'Ancien Régime de l'« opinion publique » et de la représentation « populaire ».

15 juin
Débuts, à Gênes, d'une rébellion populaire antiaristocratique qui, sous l'influence, semble-t-il, du pape Jules II, prend une allure de plus en plus antifrançaise.

2 octobre
Publication de la coutume rédigée de Melun.

22 novembre
Ordonnance de Blois sur la fabrication des monnaies et le métier d'orfèvre-monnayeur.

20 décembre
Lettres patentes de Blois réduisant les gages des trésoriers de France et de plusieurs autres officiers de finances.

autres événements
• Début de la construction du portail royal de l'église Notre-Dame de Louviers. Il s'agit là d'un des exemples les plus significatifs de la fin du style gothique flamboyant, reconnaissable à l'élancement et à l'exubérance des formes.

1507

12 mars
Une vingtaine de Français sont massacrés à Gênes. Louis XII décide d'intervenir lui-même pour châtier la cité rebelle.

3 avril
À la tête d'une forte armée, Louis XII quitte Grenoble pour l'Italie.

25 avril
Victoire décisive contre les troupes génoises de Paul de Novi, dans les montagnes qui entourent la ville. La chute du grand port ligure, réputé coriace, ne manque pas d'impressionner fortement les contemporains, amis et ennemis confondus.

28 avril
Entrée solennelle de Louis XII dans Gênes.
La ville envoie une députation au roi pour faire amende honorable. Louis XII exerce une vengeance somme toute modérée : il prive la cité, qu'il rattache au domaine royal, de ses magistrats et de ses privilèges, et lui impose une lourde amende ; mais il empêche sa soldatesque de mettre la ville à sac ; seuls une soixantaine de rebelles avérés, dont Paul de Novi, le teinturier élu par les rebelles doge de Gênes, seront effectivement exécutés ; l'amende est réduite à 60 000 ducats sur les 640 000 prévus, et il va même jusqu'à remplacer le gouverneur détesté, Philippe de Ravenstein, par un homme de meilleure composition, Raoul de Lannoy, bailli d'Amiens.

15 mai
Publication de la coutume rédigée de Sens.

24-28 juin
Proposée par Ferdinand d'Aragon, l'entrevue de Savone entre celui-ci et Louis XII ne débouche sur rien de concret. Mais l'homme qui se sent le plus menacé par la démonstration de puissance du roi de France, et qui va réagir le plus vivement, est l'empereur Maximilien Ier.

16 novembre
Guillaume Briçonnet, évêque de Lodève, devient abbé de Saint-Germain-des-Prés ; Briçonnet, évêque et abbé réformateur, sera l'une des figures majeures de la Réforme française.

décembre
Conclusions de l'enquête commencée en 1501 en Dauphiné sur les brimades subies par les vaudois : l'archevêque d'Embrun et ses hommes sont reconnus responsables de violences et d'entraves à la justice royale.

autres événements
• Début de l'édification de la flèche Nord de la cathédrale Notre-Dame de Chartres.
• Le sculpteur florentin Jean Juste (1485-1576/1577) achève le tombeau de l'évêque de Dol (cathédrale de Dol-de-Bretagne). C'est la première œuvre française de l'artiste.
• Le peintre Andrea Solario (vers 1473-1520) arrive en France pour travailler à la décoration du château de Gaillon. Il repart pour l'Italie sans doute trois ans plus tard, sans que son travail ait beaucoup marqué les artistes français. Il sera néanmoins copié par Simon de Châlons († 1562), actif en Provence.

1508

février
Inquiet de la puissance française en Italie, telle qu'elle s'est manifestée dans la reprise de Gênes, l'empereur Maximilien Ier franchit les Alpes à la tête d'une armée de 10 000 hommes. Il profite de

l'occasion pour se faire sacrer empereur à la cathédrale de Trente.
Débuts de l'imbroglio vénitien, qui aboutira provisoirement à un renversement d'alliances dans la péninsule: certes, les Vénitiens refusent de prêter main-forte à l'empereur contre leur allié français, mais, une fois les troupes de Maximilien Ier défaites par une coalition franco-vénitienne, ils acceptent de signer une trêve séparée. Ulcéré, Louis XII se prêtera à une manœuvre ourdie par Maximilien Ier, Ferdinand d'Aragon et Jules II, qui, contrairement à lui-même, ont tous trois d'excellentes raisons de vouloir la perte de la Sérénissime (République de Venise).

20 octobre
Édit de Rouen sur les pouvoirs et les fonctions des trésoriers de France. L'édit réglemente le taux appliqué aux vivres et autres marchandises, ainsi que l'affichage et la publication des ordonnances de police.

11 novembre
Ordonnance de Paris sur la juridiction des élus et autres officiers de finances, dont on cherche à réglementer et discipliner des pratiques souvent frauduleuses.

10 décembre
Entamées fin novembre, les négociations entre le cardinal d'Amboise pour le roi de France et Marguerite d'Autriche, régente des Pays-Bas et représentante de son père Maximilien Ier, aboutissent au traité de Cambrai. Le premier volet, public, prévoit une alliance formelle entre l'empereur et le roi, alliance ouverte à d'autres princes de la chrétienté et dirigée contre le Turc. Le second volet, secret, et le seul qui importe, prévoit bien une alliance, mais contre Venise. Les deux contractants et leurs alliés – le pape Jules II, Ferdinand d'Aragon, le roi de Hongrie Ladislas et certains princes italiens –, s'attribuent des possessions vénitiennes. La campagne doit débuter le 1er avril. Les Vénitiens, qui disposent du meilleur réseau d'espions d'Europe, sont rapidement mis au courant de ce qui se trame contre eux. D'ailleurs, le pape Jules II lui-même leur vend la mèche, dans l'espoir de récupérer sans frais deux des villes qu'il convoite, Faenza et Rimini. Les Vénitiens refusent, mais ils savent désormais à quoi s'en tenir.

autres événements
• Parution des *Grandes Heures d'Anne de Bretagne*, l'un des derniers chefs-d'œuvre du miniaturiste Jean Bourdichon (vers 1457-1521).

1509

12 janvier
Une ordonnance, dont l'historien Gaston Zeller a pu dire qu'elle constituerait « la charte de [la] première infanterie nationale » française, procède à de nouvelles levées de gens de pied dans le royaume, réduisant ainsi considérablement la proportion des mercenaires. C'est un peu la revanche du maréchal de Gié.

27 février
Un jugement du Parlement de Paris casse les condamnations prononcées par les juges locaux contre les vaudois du Dauphiné et réhabilite leurs victimes.

début avril
Louis XII déclare la guerre à la République de Venise.

22 avril
Mort d'Henry VII d'Angleterre; avènement d'Henry VIII.

mai
La campagne vénitienne de Louis XII. Le 1er mai il est à Milan, le 10 il quitte la ville à la tête d'une armée de 20 000 fantassins et 2 300 lances, le 14, après une série d'escarmouches au cours desquelles il ravage et pille le pays, il remporte, l'épée à la main, la sanglante journée d'Agnadel, effroyable boucherie où les Vénitiens auraient perdu quelque 10 000 hommes contre seulement 400 Français. Sur sa lancée, il ne s'arrêtera que sur le Mincio, ayant conquis en un peu plus de deux semaines sa part du gâteau (délimitée à Cambrai le 10 décembre 1508) et au-delà. Victoire éclatante, victoire inutile.

10 juillet
Naissance à Noyon de Jean Cauvin, dit Calvin.

autres événements
• Jean Lemaire de Belges: *Concorde du genre humain*. Rédigée après le traité de Cambrai (décembre 1508), cette œuvre est un chant de gloire à Marguerite d'Autriche, qui négocia la paix. Le texte, rédigé en un mélange de prose et de vers (prosimètre), relève de la grande rhétorique. En outre, dans son premier livre des *Illustrations de la Gaule et singularités de Troie* (les deux derniers paraîtront entre 1512 et 1513), Lemaire de Belges développe un mythe très ancien, connu dès les Mérovingiens et repris au XIIe siècle dans le *Roman*

de Troie de Benoît de Sainte-Maure : le mythe des origines troyennes de la France, fondée par un bâtard d'Hector, Francus. Les *Illustrations* donneront des arguments aux « celtophiles », de Postel à Ronsard. Ce dernier les reprendra dans son épopée inachevée de 1572, *La Franciade*, alors qu'Étienne Pasquier les réfutera dans ses *Recherches de la France* (1560-1596) afin d'établir la parenté entre Gaulois et Francs.

LEMAIRE DE BELGES

Né dans le Hainaut, neveu de Jean Molinet, historiographe de Bourgogne, Jean Lemaire de Belges (vers 1473-vers 1515) a poussé jusqu'à la caricature l'habitude des clercs à changer de maîtres, et, avec eux, d'idées. Il est successivement officier de finances de Pierre de Beaujeu, secrétaire de Louis de Luxembourg gouverneur de Picardie, historiographe de Marguerite d'Autriche, enfin, en 1512, historiographe toujours, mais d'Anne de Bretagne, et thuriféraire de Louis XII. À la mémoire du premier, il compose en 1503 un prosimètre, le Temple d'Honneur et de Vertu *; à la mémoire du second, une* Plainte du Désiré *(1504). Au service de Marguerite d'Autriche, il écrit en 1505 la* Couronne margaritique – *10 philosophes et poètes choisissent des pierres précieuses, des fleurs et des vertus de femmes légendaires suivant les initiales de Marguerite – et des* Épîtres de l'amant vert, *puis la console de la perte de son mari dans les* Regrets de la Dame infortunée. *Historiographe à la Cour de Bourgogne, il se moque des Français dans ses* Chansons de Namur *de 1507. Il se rapproche ensuite de la Cour de France, se lie avec Symphorien Champier et publie successivement les* Illustrations, *un très gallican* Traité de la différence des schismes *(1511), un très antivénitien* Blason de Venise *(1510-1511) et une très antipapale* Épître du Roi à Hector. *Un des derniers Grands Rhétoriqueurs, il assure la transition entre ce courant de la première Renaissance et la Pléiade.*

• L'église Saint-Gervais-Saint-Protais de Gisors (Eure) est agrandie à partir d'un chœur du XIIe siècle. Les architectes, qui œuvreront tout au long du siècle, y intègrent progressivement des éléments de style italien. Le résultat final est très hétéroclite, aussi bien à l'intérieur de l'église que sur les façades extérieures dominées par deux tours à l'image de l'ensemble, l'une gothique au Nord, l'autre italianisante (non achevée) au Sud. Cet enchevêtrement des styles fait de cette église l'un des monuments les plus pittoresques de la Renaissance française.

ARCHITECTURE RELIGIEUSE ET ARCHITECTURE PROFANE

Le souffle nouveau venu d'Italie se répand très vite en France dans l'architecture des châteaux et palais, donnant aux architectes une liberté et une inventivité nouvelles : à Chenonceaux, on construit un château dans le lit d'une rivière, à Chambord, on édifie un palais immense avec un escalier double, véritable défi à la technique de l'époque, au Louvre naît le toit brisé qui se généralise ensuite dans toute la France, bref, on ose, et l'Île-de-France et les bords de Loire se peuplent de châteaux extraordinaires.

Il en va tout autrement pour l'architecture religieuse ; non que les constructions y soient moins nombreuses ni l'influence italienne absente, mais cette dernière est volontairement contrôlée. À partir de 1540, on applique par exemple volontiers le nouveau style à la décoration des jubés et des clôtures de chœur (l'église Saint-Étienne-du-Mont à Paris) ou à l'un des deux seulement (à Rodez, le jubé est de style flamboyant et la clôture dans le style nouveau), mais une constatation s'impose : on ne renonce pas au gothique pour la structure du bâtiment. Même les édifices religieux qui cherchent le plus à concilier le gothique avec le classicisme gréco-romain, comme l'église Saint-Eustache à Paris ou l'église de Mareil-en-France dans le val d'Oise, restent conçues sur des plans gothiques. Le fait est d'autant plus singulier qu'on ne relève pas la même réticence pour les chapelles des châteaux, c'est-à-dire les édifices religieux placés dans un contexte civil. Hormis celle d'Écouen, toutes en effet sont construites dans le nouveau style italianisant.

Il faut donc admettre qu'il y a au XVIe siècle un rapport particulier à l'édifice religieux, qui le distingue radicalement du bâtiment profane. D'abord, on ne le détruit pas et, si des agrandissements sont nécessaires, c'est sur la base existante qu'on les réalise, quitte à sacrifier au souci de cohérence et d'harmonie de l'édifice. Plus profondément, il semble que le gothique soit dans l'esprit des hommes du XVIe siècle intimement lié à la religion. Au XVe siècle déjà, dans la page des Heures d'Étienne Chevalier, *où l'on voit le donateur présenté à la Vierge, Jean Fouquet avait créé une opposition significative : les personnages agenouillés se tiennent devant une architecture antiquisante de pilastres corinthiens, tandis que la Vierge sur son trône est entourée par un décor typi-*

quement gothique. Plus d'un siècle plus tard, en 1578, paraît un livre de chants liturgiques pour la chartreuse de Gaillon composé en gothique, alors que cette forme est abandonnée dans l'écriture depuis longtemps. C'est bien là le signe que le gothique, plus qu'un mouvement architectural, est symboliquement associé au fait religieux. Dès lors, le nouveau style gréco-romain venu d'Italie ne pouvait le supplanter totalement dans l'architecture religieuse.

1510

24 février
Jules II, qui a récupéré ses villes (Ravenne, Faenza, Rimini, Cervia), accorde publiquement son « pardon » aux Vénitiens et lève l'interdit qu'il a lancé contre eux. La volte-face du pape sonne le glas de la ligue de Cambrai créée en 1508, même si le roi de France et l'empereur germanique entendent poursuivre seuls la guerre. Le belliqueux pontife s'emploiera désormais à bouter les « Barbares » hors d'Italie, en montant contre ses ennemis une nouvelle coalition. Les Suisses d'abord, ulcérés qu'ils sont par le refus hautain de Louis XII de lever davantage de mercenaires et d'augmenter leurs soldes : le 16 mars, la Confédération signe avec le Saint-Siège un traité aux termes duquel elle met à sa disposition 15 000 hommes et lui promet en cas de besoin des contingents supplémentaires. Dans la foulée, Jules II gagne à sa cause Henry VIII d'Angleterre, monté sur le trône le 22 avril 1509, et Ferdinand d'Aragon, à qui il offre enfin l'investiture du royaume de Naples.

avril
L'édit de Troyes définit les attributions et les prérogatives des clercs-notaires au Châtelet de Paris.

25 mai
Mort, à Lyon, de Georges d'Amboise.

juin
Ordonnance de Lyon sur l'administration de la justice royale. L'un des grands textes législatifs du règne, cette ordonnance reprend en grande partie les dispositions de la Grande Ordonnance de Blois de mars 1499. Entre autres, elle restreint les dépenses de justice au profit des contribuables, réprime l'usure, réglemente l'office et la pratique des notaires et prescrit, une génération avant l'ordonnance de Villers-Cotterêts d'août 1539, l'usage du français dans les enquêtes de justice. Pour des raisons obscures, l'ordonnance de Lyon ne sera pas enregistrée au Parlement avant le 21 avril 1512.

août
Enhardi par la mort de Georges d'Amboise, Jules II exige de Louis XII de lâcher son allié le duc de Ferrare, puis donne ses Suisses contre le duché. Mais la campagne tourne court.

septembre
Assemblée des évêques français à Tours. De facture très gallicane, cette assemblée s'en prend durement aux prétentions temporelles de Jules II, justifie la résistance du roi au nom des intérêts nationaux, annule par avance d'éventuelles foudres pontificales, fait planer la menace d'un concile, accorde enfin au souverain un don gratuit de 240 000 livres.

26 septembre
À l'instigation d'Anne de Bretagne, les prélats bretons rejettent la plupart des décisions de Tours.

octobre
La guerre se rallume en Italie. Charles de Chaumont d'Amboise assiège Jules II dans Bologne, mais l'arrivée de renforts vénitiens et espagnols le force à lever le siège. Le 25, le pape enlève La Mirandole, puis Imola et, à nouveau, Ravenne.

25 octobre
Naissance de Renée de France, seconde fille de Louis XII et d'Anne de Bretagne, future duchesse de Ferrare.

autres événements
• Charles de Bovelles publie plusieurs opuscules chez Henri Estienne, dont le *Liber de sapiente (Le Sage).*

BOVELLES

Le Picard Charles de Bovelles (1479-1567), chanoine à Noyon, est un digne représentant de l'humanisme français. Philosophe néoplatonicien, fortement influencé par Nicolas de Cues (1401-1464) et le mystique catalan Raymond Lulle, ses principaux ouvrages philosophiques sont publiés en 1510-1511 par Henri Estienne: son Ars oppositorum (L'Art des oppositions)*; ses* Liber de sensu (Livre du cœur) *et* Liber de intellectu (Livre de la raison propre), *ainsi que le fameux* Liber de sapiente (Le Sage). *Théologien, il publie en 1513 les* Questiones theologicae *(sept dialogues entre un sadducéen, membre de la secte juive du Ier siècle attachée au formalisme rituel du Temple et qui nie l'immortalité de l'âme et la résurrection des corps, un pharisien, représentant de la secte rivale défendant une stricte observance de la loi mosaïque, et un philosophe) puis, en 1551, les* Dialogi tres de animae immortalitate (Trois Dialogues sur l'immortalité de l'âme). *Mathématicien (il a étudié les mathématiques et la géométrie avec Lefèvre d'Étaples), il est l'auteur de la première* Géométrie en françoys, *publiée en 1511. Linguiste enfin, il donne en 1533 le* Livre de la différence des langues vulgaires et de la variété de la langue française.

1511

9 mars
Une ordonnance édicte des peines sévères contre les jureurs et blasphémateurs.

11 mars
Mort de Charles de Chaumont d'Amboise. Un Gascon de 22 ans va le remplacer: Gaston de Foix, le propre neveu du roi (il est le petit-fils de Charles d'Orléans et de Marie de Clèves), qui se révélera un des plus grands capitaines de son temps.

mai
Mauvaise passe pour Jules II. Le 16, des cardinaux français et espagnols publient, au nom de l'empereur et du roi de France, une déclaration proposant la réunion d'un concile général, prévu à Pise. Le 21, Bologne, gouvernée en son nom par son neveu Della Rovere d'Urbino, se soulève, et Gaston de Foix reprend la ville; quelques jours plus tard, Trivulce reconquiert La Mirandole. Le 24, Della Rovere, humilié par son oncle après la perte de Bologne, se venge en assassinant son mignon favori, le cardinal Alidosi. Le 28, Jules II apprend à Rimini la convocation du concile dissident.

27 juin
Le pape riposte en fulminant la bulle *Sacrosanctae*, par laquelle il convoque pour le 19 avril 1512 son propre concile à Saint-Jean-de-Latran.

août
Érasme publie à Strasbourg, chez Mathias Schierer, la première édition datée de son *Encomium moriae (Éloge de la folie).* La folie fait son propre éloge, exposant joyeusement son ascendant sur les hommes. L'ouvrage est dédié à Thomas More.

5 octobre
Jules II met sur pied une nouvelle Sainte Ligue, coalition antifrançaise où se retrouvent, outre lui-même, l'Espagne, Venise et la Confédération helvétique.

novembre
Les péripéties du concile de Pise. Le 1er, une trentaine de prélats, presque tous français, se réunissent sous forte garde dans la cité toscane, où ils sont exécrablement accueillis par la population. Le 5 a lieu l'ouverture solennelle du concile. Le 7, l'assemblée proclame les principes qui le guident: il s'agit essentiellement d'une réfutation des arguments du pape et d'une protestation de bonne foi, les prélats assurant qu'ils n'en veulent nullement à la dignité du souverain pontife, mais seulement aux abus de son pouvoir. Le 12, décidément mal à l'aise à Pise, le concile se transfère à Milan.

13 novembre
Henry VIII d'Angleterre rejoint la Sainte Ligue, puis noue alliance avec l'Espagne. Le dispositif antifrançais menace de prendre le royaume en tenaille.

fin novembre
Une armée suisse à la solde de Jules II franchit les Alpes en direction de Milan.

décembre
Une ordonnance réglemente le fonctionnement de la chambre des comptes de Paris, désormais divisée en deux bureaux spécialisés (Grand Bureau et Petit Bureau): le premier reçoit et installe les officiers de finances, vérifie les édits, les actes royaux et les comptes les plus importants qui concernent le domaine royal; le second examine tous les autres comptes. La chambre comprend deux présidents, dont un premier président, 10 maîtres des comptes, 16 clercs, deux correcteurs, un avocat et un procureur du roi.
Dernières opérations militaires de l'année en Italie. Le 9, les Suisses prennent Varèse, puis ravagent une partie du Milanais; mais ils n'osent pas mettre le siège devant Milan, défendu par Gaston de Foix, et finissent par rentrer chez eux.

autres événements
- Les Portugais arrivent à Malacca et aux Moluques.
- Rédaction de la coutume de Paris.

1512

21 janvier

Naissance du second fils de Louis XII et d'Anne de Bretagne, mort le jour même.

Une armée espagnole met le siège devant Bologne, défendue par de maigres contingents français et bolonais; venu à la rescousse, Gaston de Foix réussit à introduire des renforts dans la ville et force ainsi les assiégeants à plier bagage.

19 février

Gaston de Foix défait les Vénitiens dans Brescia, qui est mise à sac.

24 février

Le Jeu du prince des Sots et mère Sotte de Pierre Gringore, violente satire contre Jules II, est joué aux Halles de Paris en guise de farce de Mardi gras. Jules II, incarné dans « l'Homme obstiné » et entouré de ses deux acolytes, « Hypocrisie » et « Simonie », fait face à deux personnages représentant les peuples français et italien. Ceux-ci se lamentent des souffrances que le pape leur fait endurer, avant que la punition divine ne contraigne le trio de vilains au repentir. L'auteur exploite une veine d'anticléricalisme populaire aussi vieille que l'Église, au profit d'une politique et d'une idéologie: le gallicanisme.

Gringore et les Grands Rhétoriqueurs

Vers la fin de sa vie, Pierre Gringore (vers 1475-vers 1538) s'est essayé à des genres littéraires plus « sérieux », comme la polémique religieuse (en 1524, il rédige contre Luther un Blason des hérétiques*) ou le mystère:* La Vie de Monseigneur Saint Louis par personnages. *Mais il est passé à la postérité comme un maître dans le genre de la sotie, comédie satirique jouée sous le masque ludique de la folie. Gringore est « mère Sotte », puis « prince des Sots » (c'est-à-dire directeur) de la confrérie théâtrale des « Enfants sans souci », dans la lignée de la Basoche. Au service de Louis XII, il donne des soties qui, on l'a vu, servent les intérêts de la Couronne contre l'ordre pontifical: outre* Les Folles Entreprises *en 1505,* La Chasse du cerf des cerfs *en 1510 (référence ironique au titre de* servus servi, *esclave des esclaves, par lequel se désignait volontiers ce pape connu pour ses appétits charnels),* L'Espoir de la paix *un an après, mentionnons* Le Jeu du prince des Sots et mère Sotte. *Mais dès 1515, il s'en prend, dans* La Sotie nouvelle des chroniqueurs, *au gouvernement de François Ier. Enfin, ses* Fantaisies de Mère Sotte, *rédigées en 1516, sont un prosimètre sur les malheurs du temps.*

Gringore s'inscrit dans le courant dit des Grands Rhétoriqueurs, dont il est l'un des derniers représentants. Tous sont poètes de cour: Jean Lemaire de Belges est un protégé de Pierre de Beaujeu, de Marguerite d'Autriche, puis de Louis XII; Georges Chastellain (1404-1475) sert à la Cour de Bourgogne, comme Jean Molinet qui lui succède; Jean Meschinot (1422-1491) est à la Cour d'Anne de Bretagne; Guillaume Crétin (1461-1525) est chantre de la Sainte-Chapelle, de Charles VIII à François Ier; Jean Marot (vers 1450-1526, père de Clément) est un protégé d'Anne de Bretagne et de Louis XII, comme Gringore lui-même.

Tous appartiennent à la première Renaissance, et tentent de ressusciter ce qu'ils conçoivent comme la conception antique de la poésie. Le poète, inspiré, se fait conseiller du Prince et éducateur des hommes, il est investi d'un rôle politique et moral. Le Temple d'honneur et de vertu *de Lemaire de Belges,* Le Trosne d'honneur *de Molinet sont des constructions polyphoniques en l'honneur d'une vertu, élaborées dans une forme qui entre pour la première fois dans la poésie française: le prosimètre, qui unit la prose, pour le discours sur l'histoire et sur la philosophie, à la poésie pour le lyrisme.*

*Moralistes, les Rhétoriqueurs instruisent (*Doctrinal des princesses *de Jean Marot, 1510-1511), conseillent la concorde (*Séjour d'honneur *d'Octavien de Saint-Gelais, la* Concorde du genre humain *de Lemaire de Belges), ou prennent la défense du peuple (*Ressource du petit peuple *ou* Testament de la guerre *de Jean Molinet, 1481-1482).*

*Patriotes, ils étrillent les adversaires de leur roi – ainsi, les textes qui prennent pour cible Jules II, spécialité de Gringore, mais où s'est illustré aussi Lemaire de Belges (*Traité de la différence des schismes, *1511) – et exaltent la France et son génie: Lemaire de Belges compose en 1513, à la gloire de la langue française, un dialogue entre le français et le toscan,* La Concorde des deux Langages.

Quelques-uns font œuvre d'historiographes: Georges Chastellain avec sa Chronique *(de 1420 à 1474); Guillaume Crétin et sa* Chronique française *en 1526; Lemaire de Belges avec ses* Illustrations de la Gaule et singularités de Troie *(1509-1513). Jean Marot, qui suit Louis XII en Italie, célèbre l'expédition dans le* Voyage de Gênes *et le* Voyage de Venise, *en 1509. Gringore en fait de même, toujours en 1509, à l'occasion de la victoire d'Agnadel*

(L'Entreprise de Venise). *Marot, encore lui, célèbre Marignan dans son* Épître sur la défaite des Suisses.
Mais certains Rhétoriqueurs ne craignent pas de cultiver la satire politique, plus souvent, il est vrai, au début de la période qu'en sa fin. Ce fut le cas pour les Lunettes des Princes *de Meschinot, en 1493.*
Multiplication des genres littéraires, audace formelle, raffinement, liberté de ton et d'inspiration: pour la plupart oubliés, les Grands Rhétoriqueurs n'en ont pas moins joué un rôle non négligeable dans l'évolution de la langue et de la littérature françaises.

9 avril
Gaston de Foix échoue à prendre Ravenne, mais...

11 avril
... remporte aux portes de la ville une victoire en rase campagne contre la Sainte Ligue venue prêter main-forte aux assiégés. C'est un carnage qui lui coûte la vie. Jacques de Chabannes, seigneur de La Palice, lui-même blessé, le remplace à la tête des troupes royales. Ravenne se rend, ce qui ne lui épargne pas le saccage. D'autres villes romagnoles se soumettent, Louis XII s'emparant ainsi du territoire que Jules II a arraché naguère aux Vénitiens. Cependant, le roi de France, trop sûr de son fait, ne pousse pas son avantage. Soucieux de ménager le pape qui, affolé, s'est enfermé dans le château Saint-Ange, il évite de marcher sur Rome, fait évacuer les villes de Romagne et débande ses troupes. Dans la longue et tortueuse saga des guerres d'Italie, Ravenne n'aura été en fin de compte qu'une nouvelle péripétie vide de sens.

21 avril
L'ordonnance de Lyon de juin 1509 sur l'administration de la justice royale est enfin enregistrée au Parlement de Paris.

3 mai
Séance d'ouverture du cinquième concile de Latran. Ce concile, en fait convoqué par le pape pour faire pièce au concile «français» de Pise, est l'occasion pour Jules II de réaffirmer les positions traditionnelles de la papauté sur la primauté de Rome sur les conciles et contre la Pragmatique Sanction de Bourges de 1438 et les théories gallicanes de l'Église de France. Mais il n'aura aucune portée pratique sur la volonté affichée de réformer l'Église, et poursuivra une existence alanguie jusqu'à sa fermeture par Léon X, le 16 mars 1517.

mai
Suisses, Vénitiens et Espagnols s'apprêtent à pénétrer dans le Milanais, pendant que, un peu partout, les bourgeois se soulèvent contre la présence française. Pratiquement privé de troupes, La Palice est incapable de faire face à la situation. Le 17, Jules II renforce la ligue antifrançaise en renouvelant l'alliance avec Venise, l'Angleterre et l'Espagne, auxquelles va se joindre bientôt l'Empire germanique. En effet, Maximilien Ier, allié théorique de la France, chancelle depuis un bon moment déjà. Quant à Henry VIII, il n'a pas d'intérêts palpables sur le continent; mais, jeune et bouillant prince de la Renaissance à la tête pleine de gloriole, il rêve de Crécy et d'Azincourt et brûle de reconquérir «son» royaume de France.

fin juin
Les Français quittent l'Italie, emmenant dans leurs bagages ce qui reste du «concile de Pise».

19 juillet
L'édit de Blois définit les attributions de la Cour des aides de Languedoc à Montpellier, juridiction créée, avec celle de Normandie à Rouen, au siècle précédent.

août-septembre
Ferdinand d'Aragon s'empare de la Navarre.

octobre
Tentative avortée de La Palice contre les Espagnols en Navarre. Louis XII procède à de nouvelles levées de troupes et prépare sa revanche dans le Milanais.

19 novembre
Maximilien Ier rejoint officiellement la Sainte Ligue.

29 décembre
Maximilien Sforza, fils de Ludovic le More, rentre à Milan; prince médiocre et vindicatif, il s'aliène rapidement ses sujets.

1513

11 mars
Après la mort de Jules II, le 21 février, Jean de Médicis, fils de Laurent le Magnifique, est élu pape sous le nom de Léon X. Avec moins d'éclat et de véhémence, le nouveau pontife continuera la poli-

tique de son prédécesseur, en louvoyant entre les deux puissances qui se disputent l'Italie dans l'espoir de s'en débarrasser. Mais la principale affaire de son pontificat sera l'hérésie luthérienne.

14 mars
Nouvelle volte-face diplomatique: les Vénitiens quittent la Sainte Ligue au profit du renouvellement de l'alliance française. L'accord prévoit entre autres la restitution du Milanais au roi de France.

5 avril
Léon X réagit en prenant l'initiative d'une nouvelle mouture de la Sainte Ligue – la ligue dite de Malines –, avec l'empereur, l'Angleterre, l'Espagne et les Suisses. En principe dirigée contre le Turc, c'est en fait une alliance antifrançaise, destinée à empêcher le retour de la France en Italie.

mai
Une armée française aux ordres de La Trémoïlle franchit les Alpes en direction du Milanais. Après quelques succès initiaux – prise d'Alessandria et, dans la foulée d'un soulèvement des Milanais contre leur duc, de la grande cité lombarde –, les Français investissent Novare, où le fils du More, Maximilien Sforza, s'est retranché. Pendant que les forces royales s'épuisent en Lombardie, Henry VIII fait peser une menace sérieuse dans le nord du royaume: vers la fin du mois, des troupes anglaises commencent à débarquer dans les environs de Calais, puis, en attendant les renforts promis par Maximilien Ier, assiègent Thérouanne.

juin
Le 5, une armée suisse envoyée secourir les assiégés de Novare remporte une victoire sans appel contre les troupes de La Trémoïlle, qui se replient sur la France; le Milanais est perdu une fois de plus. Dans le courant du mois, Louis XII s'installe à Amiens, d'où il surveille la mise en place du dispositif de défense. Le 30, Henry VIII d'Angleterre débarque en personne en France.

juillet
Maximilien Ier arrive à son tour sur le théâtre des opérations.

16 août
La «journée des Éperons». Près du village de Guinegatte (aujourd'hui Enguinegatte, dans le Pas-de-Calais), une opération de ravitaillement au profit des assiégés de Thérouanne tourne à la débandade: surpris par les Anglais, les Français sont mis en déroute sans combat et leur cavalerie réduite à «jouer des éperons». Leur capitaine, le duc de Longueville, et le comte de Dunois sont faits prisonniers.

23 août
Reddition de Thérouanne.

septembre
Nouvelle menace, cette fois à l'est du royaume, où une forte armée mise sur pied par Maximilien Ier et ses alliés helvétiques pénètre en Bourgogne. Le 7, les Suisses menacent Dijon, et Louis de La Trémoïlle, chargé de défendre le duché avec de maigres troupes, n'a d'autre choix que la négociation.

14 septembre
Celle-ci aboutit au traité de Dijon, qui impose à la France des conditions humiliantes: une forte indemnité à payer aux Suisses – 400000 écus, dont 20000 dès la levée du siège de Dijon; la soumission au concile de Latran; et, surtout, l'abandon par Louis XII de ses prétentions sur Milan, Gênes et Asti. Les Suisses remplissent leur part du contrat et lèvent le siège; Louis XII feint de croire que La Trémoïlle a outrepassé ses pouvoirs, et refuse de remplir la sienne. Mais il laisse Anne de Bretagne négocier avec Rome et Ferdinand d'Aragon. En effet, malgré sa défaite dans l'affaire du mariage «français», la reine n'a pas renoncé à marier une de ses filles, en l'occurrence Renée de France, à un prince de la maison d'Autriche. La future duchesse de Ferrare est alors âgée de 3 ans.

novembre-décembre
Poursuite des efforts diplomatiques français pour démanteler la Sainte Ligue. Le 16 novembre, les contacts avec Ferdinand d'Aragon aboutissent enfin à un accord en bonne et due forme, aux termes duquel Louis XII cède à sa cadette ses droits sur Milan, Gênes et Asti, possessions qui reviendront en dot à celui des deux petits-fils de l'Espagnol qu'elle épousera (le futur Charles Quint ou Ferdinand d'Autriche). La Sainte Ligue a perdu un de ses principaux piliers.
C'est maintenant le tour de Léon X, qui exige avant tout la révocation du fantomatique «concile de Pise» de 1511, dont les derniers restes végètent à Lyon. C'est chose faite le 18 décembre, lorsque les émissaires du roi de France, Louis de Forbin et Claude de Seyssel, remettent au pape l'acte de révocation du concile schismatique et d'adhésion au concile de Latran, reconnu seul légitime. La Sainte Ligue a vécu; mais l'Angleterre et l'Empire germanique entendent poursuivre les hostilités.

autres événements

• Début de la construction de l'église de Brou, dans l'Ain, par le maître-maçon flamand Loys van Boghem (vers 1470-vers 1540), qui suit peut-être des plans de Jean Perréal. L'église, l'une des dernières grandes créations gothiques, sera achevée en 1532.

• Thomas Bohier, général des finances de Normandie, achète la seigneurie de Chenonceaux. Il fait raser le vieux château pour n'en conserver que le donjon dont il fait agrandir les ouvertures et à côté duquel il fait construire un nouveau château dans le lit de la rivière avoisinante, le Cher. Le château est achevé en 1522.

1514

janvier-décembre

En légère augmentation, le montant de la taille atteint 3 300 000 livres tournois.

9 janvier

Mort d'Anne de Bretagne; elle sera inhumée le 15 février à Saint-Denis.

18 mai

En conclusion de cette vieille intrigue politique à multiples rebondissements, le mariage de Claude de France avec François de Valois est enfin célébré à Saint-Germain.

20 mai

Conformément au contrat de mariage, François réclame à son beau-père Louis XII le duché de Bretagne; celui-ci refuse sèchement.

juillet

Des lettres patentes de Paris fixent le mode d'exploitation des mines d'argent et de cuivre en Bourgogne et Nivernais.

7 août

Conclusion d'un traité de paix et d'alliance entre la France et l'Angleterre.

10 août

Mariage par procuration de Louis XII avec la jeune Mary Tudor, sœur d'Henry VIII d'Angleterre.

1er octobre

Charles d'Autriche se joint à l'alliance franco-anglaise; dernier souverain théoriquement en guerre avec la France, son grand-père l'empereur Maximilien Ier a en fait abandonné la partie. Louis XII se reprend à rêver du Milanais.

9 octobre

À Abbeville, où il est venu accueillir Mary d'Angleterre, Louis XII célèbre son troisième mariage.

27 octobre

François de Valois reçoit l'administration du duché de Bretagne.

5 novembre

Couronnement de la nouvelle reine de France à Saint-Denis.

décembre

Louis XII, derechef malade, doit s'aliter. Il ne se relèvera plus.

autres événements

• On pense que la réalisation de la clôture du chœur de la cathédrale de Chartres débute; les travaux dureront jusqu'au milieu du siècle.

1515

1er janvier

Avant minuit, Louis XII meurt, sans héritier mâle; la Loi salique désigne au trône son arrière-cousin et gendre François de Valois, roi sous le nom de François Ier. Le 4, Louis XII est inhumé à Saint-Denis.

FRANÇOIS Ier

Né le 12 septembre 1494-Mort le 31 mars 1547
Règne: 1515-1547 (32 ans)
Roi à 21 ans

C'est encore la Loi salique qui permet à François Ier d'hériter la couronne de son arrière-cousin et beau-père Louis XII, mort sans postérité mâle. Fils de Charles de Valois-Orléans, comte d'Angoulême, et de Louise de Savoie, François Ier descend en droite filiation masculine de Charles V, dont il est l'arrière-arrière-petit-fils. En 1514, il a épousé Claude de France, la fille de Louis XII et d'Anne de Bretagne, qui mourra en 1524 après lui avoir donné sept enfants: trois fils – François en 1518, Henri en 1519, Charles en 1522 – et quatre filles, dont deux survivront à l'hécatombe infantile coutumière de l'époque: Madeleine en 1520, et Marguerite en 1523. Il épousera alors, aux termes des traités de Madrid et de Cambrai, Éléonor de Portugal, sœur de Charles Quint, en 1530.

Le règne commence sous d'heureux auspices. La succession au trône est assurée d'emblée, et le jeune roi semble promis à un bel avenir. Grand et bien bâti, affable, charmeur, curieux des choses de l'esprit et beau parleur, François Ier incarne, mieux que son archirival Charles Quint et tout autant que son «cousin» d'outre-Manche Henry VIII, l'idéal du Prince de la Renaissance. Ce n'est que petit à petit qu'on s'apercevra des ombres que cette apparence majestueuse et flamboyante dissimule aux yeux du commun des mortels: la légèreté du personnage, son inconstance, sa prodigalité, sa gloriole. Ni grand général ni remarquable politique, François Ier est incapable de se hausser au niveau de son image. Mais qui oserait s'en plaindre? Le roi est adulé par trois fortes femmes – sa mère Louise de Savoie, sa sœur Marguerite et sa maîtresse en titre, Anne, duchesse d'Étampes – et entouré d'une foule de thuriféraires qui peaufinent sa légende. Avec lui, en effet, la propagande monarchique atteint des sommets inconnus jusque-là. Il est Cyrus, César et Constantin en un seul homme, le roi chevalier, le Prince que Dieu a donné à la France pour la conduire à la place qui doit être la sienne, la première. La tradition chrétienne et le patriotisme humaniste se rejoignent pour exalter en lui le parangon de toutes les vertus, guerrières et pacifiques, morales et physiques.

C'est dans ce décalage entre l'apparence et la réalité qu'il faut considérer ce long règne, un règne dont le bilan, à l'image même de son premier protagoniste, est tout en demi-teinte. À l'embrasser d'un coup d'œil, on aperçoit quatre axes principaux : à l'intérieur, le triomphe de l'humanisme renaissant, le renforcement de l'absolutisme monarchique et la diffusion de la Réforme – un problème qui ne cessera plus d'empoisonner la vie politique française jusqu'à ce qu'il trouve sa solution morale dans les Lumières et son règlement juridique dans la Révolution ; à l'extérieur, la poursuite têtue de l'affrontement avec les Habsbourg, notamment en Italie.

La Renaissance d'abord, puisque c'est là la gloire du règne, et son acquis le plus durable. On a dit que la Renaissance est entrée en France dans les bagages des combattants revenus des champs de bataille d'Italie. Mais la Renaissance s'est répandue aussi là d'où on n'est point parti guerroyer pour Naples ou pour le Milanais. La Renaissance, c'est un état d'esprit. Et cet état d'esprit, nul ne l'a mieux incarné, dans l'ordre du pouvoir s'entend, que François Ier. Grand bâtisseur, il fait construire le château de Chambord, le château de Madrid au bois de Boulogne et Fontainebleau. Mécène généreux et averti, il attire à la Cour de France une foule d'artistes, dont Primatice et Rosso Fiorentino, qui fondent à Fontainebleau une école de peinture florissante dans le goût maniériste italien, Cellini et Léonard, qui apporte avec lui sa *Joconde*. Prince humaniste enfin, il encourage les *studia humanitatis*, c'est-à-dire le savoir nouveau fondé non seulement sur l'étude des Anciens – cela, les hommes du Moyen Âge le faisaient aussi –, mais sur l'étude des Anciens considérés d'un œil neuf et abordés avec les méthodes nouvelles de l'esprit critique, du libre examen et de la recherche érudite. Conseillé par Guillaume Budé, le meilleur helléniste du temps, directeur de la Bibliothèque royale de surcroît, il fonde en 1530 la « noble et trilingue académie » (latin, grec, hébreu) du Collège des lecteurs royaux, futur Collège de France. Planté face à la vieille Sorbonne, bastion de la scolastique médiévale et gardienne sourcilleuse de l'orthodoxie, le Collège symbolise un âge nouveau (il suffit de lire la lettre de Gargantua à son fils, au chapitre VIII de *Pantagruel*), et de défi à l'ancien.

Comment tout cela s'accorde-t-il avec un pouvoir absolu, de plus en plus agressivement centralisateur ? Très bien justement. L'humanisme est un anthropocentrisme, auquel la Renaissance offre un modèle héroïque : l'*uomo universale* si bien mis en scène par un Leone Battista Alberti, le protéiforme architecte de Santa Maria Novella à Florence. Or qui mieux que le roi est susceptible d'incarner le héros renaissant ? De fait, non seulement l'absolutisme n'est pas contraire à l'esprit humaniste, mais mieux, il le prolonge. Primauté de la raison, goût du bien public, volonté unificatrice par-delà des particularismes jugés secondaires... Osons la formule : l'absolutisme est l'humanisme transposé en politique.

Aussi bien, la France de François Ier est le prototype de la «monarchie nouvelle» qui émerge en Occident sur les ruines de la *Respublica christiana* universaliste et bicéphale. Les maîtres mots sont unification, centralisation, fiscalité, autorité monarchique. Premier roi de France à se faire appeler Votre Majesté – formule jusqu'alors réservée à l'empereur –, premier aussi à signer ses ordres de la formule désormais consacrée «Car tel est notre plaisir», François Ier est sans doute le premier monarque «absolu», c'est-à-dire, au sens strict «exempt des lois», de l'histoire de la monarchie française. Au centre du dispositif, le Conseil du roi se dirige vers une spécialisation croissante, avec un Conseil des affaires restreint qui traite les questions de haute politique et, en dehors du Conseil du roi, un certain nombre de secrétaires royaux – des secrétaires d'État avant la lettre. Roi dépensier, François Ier a besoin de beaucoup d'argent pour une Cour brillante et d'interminables campagnes militaires. Le chancelier Antoine Duprat le lui fournit, en rompant avec la gestion prudente des deniers publics des règnes précédents. La taille est fortement augmentée, de même que les aides «volontaires» exigées du clergé. Autre source de revenus appréciable : la vénalité des offices, qui prend un essor considérable : si Louis XII a été le premier à vendre des offices au plus offrant – en se limitant toutefois aux offices de finances –, son successeur en oublie toute retenue, tellement sont grands ses besoins en argent frais. On vend désormais des offices de justice, et le nombre des officiers, quelque 5 000 au début du règne, atteindra près du double à sa fin. C'est, on le sait, une arme à double tranchant : si elle permet de renflouer le Trésor royal et de créer une classe de fonctionnaires cultivés, issus des facultés de droit, donc plutôt compétents et dévoués au bien public, elle soustrait aussi de nombreux Français fortunés à l'impôt et, surtout, à l'autorité royale, ces gens étant à toutes fins pratiques propriétaires de leurs charges – une évolution que couronnera en 1604 la fameuse «paulette» d'Henri IV. Parallèlement, Duprat réforme en profondeur l'administration des finances royales : en 1523 est créée et mise à la disposition exclusive du roi une caisse spéciale, le Trésor de l'épargne, bientôt devenue, sous l'autorité d'un trésorier de l'épargne et receveur général des parties casuelles et inopinées, la caisse centrale de l'État. Puis, l'année suivante, l'office est dédoublé et la Recette générale des parties casuelles devient autonome. Désormais, le trésorier de l'épargne recueille le produit des recettes «ordinaires», autrement dit provenant du domaine royal, et «extraordinaires», c'est-à-dire les impôts directs (taille) et indirects (aides) ; le receveur des parties casuelles, lui, collecte le reste, à savoir les recettes des dîmes ecclésiastiques, ainsi que l'argent des emprunts et des ventes des offices. On

assiste ainsi à «un commencement de fusion entre finances ordinaires et extraordinaires [...]. C'est l'annonce que les vieux cadres commencent à être brisés» (Gaston Zeller). Enfin, en 1542, sont créés 16 receveurs généraux – désormais simples auxiliaires de l'administration centrale du Trésor de l'épargne –, chacun en charge d'une circonscription territoriale (édit de Cognac, décembre 1542). Tout cela ne résout pas les problèmes financiers d'un souverain affamé d'argent, qui fait à l'occasion «rendre gorge» à ses argentiers – ainsi, parmi d'autres, Jacques de Beaune de Semblançay, fils d'un marchand de Tours devenu général des finances et baron, pendu en 1527 malgré son grand âge parce que le roi est à court d'argent –, mais est révélateur des progrès du centralisme monarchique.
Au judiciaire, François Ier étend les compétences du Grand Conseil, organise les parlements provinciaux, les bailliages et les sénéchaussées, qu'il soumet à son autorité, poursuit l'œuvre de codification des coutumes commencée par son prédécesseur et promulgue l'importante ordonnance de Villers-Cotterêts (août 1539). Ce texte réforme la procédure judiciaire, étend la justice royale au détriment des cours ecclésiastiques et, surtout, impose l'usage du français d'oïl dans les actes judiciaires et notariés – étape fondamentale dans la centralisation du royaume.
Si l'État est plus que jamais aristocratique – de fait, les grands (Albret, Guise, Montmorency, Chabot...) investissent le Conseil –, François Ier entend, là aussi, qu'on respecte son autorité. Le connétable de Bourbon paie chèrement d'avoir «trahi» le roi – en fait, d'avoir obéi à une logique anachronique de réciprocité féodale. Charles de Bourbon, qui en 1523 est passé avec armes et bagages au service d'un autre suzerain (l'empereur Charles Quint), est jugé par le Parlement et ses immenses domaines du centre de la France sont intégrés au domaine royal. François Ier ne s'arrête pas en si bon chemin; l'un après l'autre, les grands fiefs semi-indépendants se rangent sous l'autorité royale: les domaines d'Alençon par escheat («retour» au domaine après décès sans héritiers du titulaire) en 1525, ceux d'Albret par alliance matrimoniale en 1527 (mariage de Marguerite, sœur du roi, avec Henri II d'Albret, roi de Navarre), la Bourgogne définitivement abandonnée par Charles Quint en 1529, la Bretagne, déjà française, annexée pour de bon par un édit d'union en 1532.

Enfin, par le concordat de Bologne, conclu avec Léon X en 1516 dans la foulée de Marignan, François Ier se soumet l'Église de France. Oubliées les clauses «démocratiques» de la Pragmatique Sanction de Bourges (1438), c'est désormais le roi qui nomme aux quelque 600 principaux bénéfices ecclésiastiques du royaume, notamment les évêchés, en réservant au pape une indolore «institution canonique». De manière significative, le Parlement renâclera à enregistrer le concordat parce que, concédant à Rome un droit d'appel judiciaire, il lui semble empiéter sur les «libertés de l'Église gallicane». Bousculé par le roi, il finira par s'incliner en mars 1518. Le pape n'a aucune raison d'y songer à ce moment, mais ce concordat aura peut-être maintenu la France dans le giron de l'Église catholique, apostolique et romaine.

Lorsque François Ier signe le concordat de Bologne, Luther ne s'est pas encore manifesté en Allemagne. Ce n'est que l'année suivante qu'il affiche ses thèses à Wittenberg, et il se passe encore deux ans avant que ses écrits ne commencent à pénétrer en France. Mais la Réforme n'est pas sortie toute armée du cerveau du moine saxon. «Réformer l'Église» est une idée vieille comme l'Église elle-même, rendue pressante et universellement admise depuis la crise multiforme du XIVe siècle. L'humanisme, justement, y travaille. Dans le sillage du grand Érasme (auquel François Ier a offert une chaire dans son Collège, que le prince des humanistes, soucieux de son indépendance, a refusée), des hommes, excellents catholiques, appliquent au domaine de la foi les outils intellectuels du savoir nouveau et cherchent à retrouver sous les strates accumulées par quinze siècles de tradition ecclésiastique le message évangélique dans sa pureté «originelle». Il se trouve que la France est un laboratoire important des idées nouvelles. Autour de Guillaume Briçonnet, évêque de Lodève, puis abbé réformateur de Saint-Germain-des-Prés, enfin évêque de Meaux à partir de 1516, un «cercle» réformateur s'agite au début des années 1520. Sa figure de proue est Jacques Lefèvre d'Étaples, l'Érasme français, dont le mot d'ordre pourrait servir de slogan à l'ensemble du courant réformateur: «On ne doit affirmer de Dieu que ce que nous apprenons de Lui par les Écritures.»

Quelle est l'attitude de François Ier? Plutôt favorable, en bon humaniste qu'il est lui-même, étranger au fanatisme et, on l'a vu, ami des idées nouvelles. Sa sœur Marguerite est là pour l'y encourager. Lorsque la Sorbonne et le Parlement se font menaçants et exigent du roi de sévir contre les réformateurs, le roi fait de son mieux pour les protéger. Mais Luther ne s'est pas contenté de réformer l'Église, ni même, comme le fera bientôt le cousin d'Angleterre, de rompre avec Rome et de se proclamer «chef suprême» de l'Église de son pays. Il bouleverse la théologie et crée une nouvelle Église. Quoi qu'il en dise, ce n'est pas une réforme, c'est une révolution. D'ailleurs, dès 1525, il rompt avec Érasme, qu'il traite de noms d'oiseaux, et, à travers lui, avec l'ensemble du courant humaniste. Certes, rares sont les humanistes qui le suivent dans la dissidence; hommes d'étude plutôt que de combat, par ailleurs rétifs au «serf arbitre» luthérien et peu tentés par le schisme, la plupart restent dans le giron de l'Église de Rome, quitte à s'y trouver de plus en plus marginalisés. Dès 1523, Briçonnet s'émeut des attaques dont il est l'objet et se démarque soigneusement de l'hérésie luthérienne. En novembre 1525, la Faculté censure ses *Épîtres* et *Évangiles à l'usage du diocèse de Meaux*. Bientôt, le Cercle de Meaux perd sa protectrice – Marguerite, devenue reine de Navarre, part pour Nérac en 1527 – et finit par se disperser. Mais, les positions se radicalisant, ces nuances ne seront plus de mise: le catholicisme militant confondra volontiers «luthériens» et humanistes dans une même détestation.

Le pouvoir, lui, navigue au plus près, pris qu'il est entre les sympathies réformatrices de l'entourage du roi, les propres inclinations de celui-ci, les aléas de la politique internationale et le comportement, parfois provocateur, des éléments radicaux du courant réformé. À son retour de captivité, le 17 mars 1526, François Ier met fin aux persécutions. Mais deux ans plus tard, lorsque le 1er juin 1528 on mutile une statue de la Vierge à Paris, il laisse brûler Louis de Berquin, personnage considérable pourtant, membre de son Conseil, un homme qui, à en croire Théodore de Bèze, «aurait pu être le Luther de France si François Ier avait été Frédéric de Saxe». Nouveau relâchement à l'automne 1532, lorsque Jean du Bellay, prélat favorable à la Réforme, est nommé évêque de Paris, que Gérard Roussel, un prédicateur radical rescapé du Cercle de Meaux, prêche quotidiennement au Louvre, et que le roi bannit de Paris les docteurs de la Sorbonne, Noël Béda en tête. Mais à la Toussaint 1533, le discours d'intronisation du nouveau recteur de l'Université de Paris, Nicolas Cop, est une apologie en règle de la doctrine de la justification par la foi seule, en termes franchement luthériens. Le discours, auquel a collaboré un jeune intellectuel de Noyon nommé Jean Cauvin, fait scandale. Cauvin (dont on fera plus ample connaissance sous le nom latinisé de Calvin) quitte prudemment Paris, François Ier demande au Parlement, qui n'attendait que cela, de procéder contre la «secte luthérienne hérétique», une cinquantaine de réformés se retrouvent aussitôt en prison, et un édit est promulgué qui menace du bûcher quiconque est convaincu d'hérésie par deux témoins. Dernière volte-face royale, peut-être due à un traité secret avec les princes luthériens d'Allemagne le 24 janvier 1534, et les persécutions cessent derechef. C'est alors qu'éclate la malheureuse «affaire des Placards», le grand tournant.

Probablement œuvre du pasteur de Neuchâtel Antoine Marcourt, un pamphlet violemment insultant (*Articles véritables sur les horribles, grands et insupportables abuz de la*

Messe papalle, inventée directement contre la Sainte Cène de Nostre Seigneur, seul Médiateur et Saulveur Jésus Christ) est affiché, dans la nuit du 17 au 18 octobre 1534, simultanément à Paris et dans une série de villes du royaume, y compris, d'après Théodore de Bèze, à Blois, « à la porte de la chambre du roy ». Or, c'est une vérité bien établie à l'époque que « qui touche à la religion touche à l'État ». François Ier réagit donc, les réformés s'étant rendus coupables de lèse-majesté, et laisse la bride sur le cou aux forces de la répression.

Plus prudents, les réformés eussent-ils été en mesure d'attirer le roi dans leur camp ? Autrement dit, considérant que jamais nul pays n'est passé à la Réforme contre la volonté du souverain, la France eût-elle pu être protestante ? C'est peu probable. Non pas en raison de je ne sais quel essentialisme catholique français qui aurait empêché ici ce qui s'est avéré possible ailleurs, c'est écrire l'histoire à l'envers. Mais plutôt parce que, tout compte fait, le roi de France se porte bien au sein de l'Église et n'a aucune raison d'en changer. Au XVIe siècle, pour qu'un souverain se résolve à la révolution (jamais avouée d'ailleurs), il lui faut des raisons impérieuses : de fortes convictions, comme celles de Frédéric le Sage, le protecteur de Luther ; ou une contrainte politique exceptionnelle, comme celle qui emporte la décision d'Henry VIII d'Angleterre (encore que celui-ci, proclamé Défenseur de la foi par le pape pour avoir commis un pamphlet antiluthérien, fût resté jusqu'à son dernier souffle catholique). Ce n'est pas le cas de François Ier. Si ses penchants le portent vers la Réforme, c'est en humaniste, sans excès, et plutôt poussé par sa sœur – or même celle-ci s'est bien gardée de franchir le pas ; c'est sa fille, Jeanne d'Albret, qui se fera huguenote. Et le concordat de Bologne, du 18 août 1516, lui offre de toute manière ce que recherche Henry VIII : la haute main sur l'Église nationale. Après tout, considéré sous l'angle du pouvoir, le gallicanisme est bel et bien l'équivalent catholique de l'anglicanisme.

Quoi qu'il en soit, à partir du milieu des années 1530, la rupture est consommée entre la Couronne et les réformés. Calvin a beau dédicacer à François Ier son *Institution de la religion chrétienne* et tenter de lui prouver qu'on peut être bon réformé tout en demeurant excellent sujet, c'est trop tard, François Ier a fait son choix : la France restera catholique.

À ce moment, les guerres de Religion sont encore loin. Calvin n'a pas encore pris en main les églises de France, le camp réformé n'est pas encore organisé en ordre de bataille. Surtout, la monarchie est puissante, capable d'imposer l'ordre à l'intérieur, et cela d'autant mieux qu'elle offre aux ardeurs combatives de ceux qu'elle sait capable d'allumer la guerre civile, l'exutoire facile de l'Italie. Retour à l'Italie donc, le miroir aux alouettes des Valois.

À peine couronné, François Ier franchit les Alpes à la tête d'une armée forte de 40 000 hommes, à la poursuite de ce Milanais qui lui revient de droit: n'est-il pas, comme son devancier, héritier de Valentine Visconti, sa lointaine arrière-grand-mère? Et c'est la fameuse bataille de Marignan (13-14 septembre 1515), où François Ier écrase les Suisses de Maximilien Sforza. Le principal résultat de cette éclatante victoire n'est pas, comme il le croit, l'entrée triomphale dans Milan, d'où il sera bientôt délogé, mais la paix de Fribourg conclue l'année suivante avec les cantons suisses, une paix «perpétuelle» qui pour une fois tiendra ses promesses: les Suisses, à l'époque les meilleurs soldats d'Europe et le seul bien d'exportation de la Confédération (il faut lire la description blessante qu'en fait Thomas More dans son *Utopie*, écrite l'année même), se mettent dorénavant au service de la France, jusqu'à la fin de l'Ancien Régime.

François Ier comprend-il le danger potentiel que représentent pour la France les ambitions de la maison d'Autriche en la personne du jeune roi d'Espagne Charles Ier? Toujours est-il qu'il tente de briguer contre celui-ci le trône impérial, vacant à la mort de Maximilien Ier (1519), grand-père de Charles. Il investit 400 000 couronnes dans l'aventure, en vain. Les crédits des Fugger et ceux des banquiers italiens et espagnols enrichis par l'afflux de l'argent américain font la différence, et aussi la méfiance des Électeurs allemands à l'égard du prétendant français: Charles Ier d'Espagne devient Charles Quint, maître d'un empire colossal qui menace d'encerclement la France du Valois. François Ier recherche alors logiquement l'alliance de l'Angleterre: c'est la tentative du Camp du Drap d'or (juin 1520), dressé entre Guînes et Ardres dans l'actuel Pas-de-Calais, où les deux jeunes rois rivalisent de faste et d'amabilités mais n'aboutissent à rien de concret.

Sur le front italien, Marignan est un coup d'éclat sans lendemain. Dès novembre 1521, les Impériaux chassent la garnison française aux ordres d'Odet de Foix, vicomte de Lautrec, avant d'infliger aux Français une défaite cuisante à La Bicoque, près de Milan (29 avril 1522). Le pire est encore à venir, au bout d'une nouvelle équipée sans gloire: c'est, le 24 février 1525, le désastre de Pavie. Pour la noblesse française, c'est une boucherie; pour le roi, largement responsable de la défaite, c'est la captivité aux mains de Charles Quint. «Pour vous faire savoir quelle est mon infortune, écrit-il à sa mère le soir de la bataille, de toutes choses ne m'est demeuré que l'honneur et la vie qui est sauve.» Pour ce qui est de l'honneur, c'est à voir. Fait prisonnier et emmené à Madrid, il y passe plus d'une année avant d'être libéré au prix d'un traité humiliant et très coûteux pour la France: la Bourgogne, la suzeraineté sur l'Artois et la Flandre, les prétentions milanaise et napolitaine, sans compter une énorme rançon et la livraison de ses deux fils aînés comme otages de sa parole. Bien entendu, il ne songe pas une minute à l'honorer, le traité de Madrid, dit-il, lui ayant été arraché sous la contrainte.

La guerre reprend donc, confuse, indécise. Nouvelle ligue à Cognac en mai 1526 (François Ier, le pape Clément VII, Venise, Florence, le duc de Milan), qui n'empêche pas le roi de France de laisser piller Rome par une armée de reîtres allemands à la solde de l'empereur et commandée par le connétable de Bourbon ; et nouvelle descente de Lautrec en Italie, jusqu'à Naples cette fois, où l'infortuné maréchal de France est emporté par la peste. La paix des Dames, conclue à Cambrai en août 1529 à l'instigation de Louise de Savoie et de la tante de l'empereur, Marguerite d'Autriche, accorde un bref répit aux deux adversaires, également épuisés. C'est une paix de dupes : François Ier récupère la Bourgogne qu'il n'a jamais perdue, et renonce à l'Italie qu'il n'envisage pas d'abandonner. Aussi n'est-ce qu'une trêve, qui permet aux belligérants de se refaire une santé et de nouer de nouvelles alliances. Le Très Chrétien ne craint pas de rechercher l'amitié des princes luthériens d'Allemagne, voire, scandale suprême, du Turc. En Italie, il compte sur l'appui de Clément VII, un Médicis. En 1533, une nièce de ce pape, Catherine, épouse Henri, le fils puîné de François Ier. Certes, Clément VII disparaît en septembre de l'année suivante, et le bénéfice territorial escompté de cette union ne se matérialisera point ; qu'importe, la mort en novembre 1535 du duc de Milan François II Sforza fournit une nouvelle occasion de s'emparer du Milanais... Arrêtons là la chronique de la guerre d'Italie, elle n'a désormais d'autre intérêt qu'anecdotique. En 1542-1544, la dernière manche se joue contre une alliance entre Charles Quint et Henry VIII, qui menace de prendre François Ier en tenaille, les Impériaux opérant à l'Est (Château-Thierry, Épernay) et les Anglais en Picardie (Boulogne).

Le traité de Crépy-en-Laonnois du 18 septembre 1544 consacre le jeu nul avec Charles Quint et instaure un équilibre précaire en Europe. Les deux souverains renoncent chacun à ce qu'il n'a pas de toute manière : François Ier à la Flandre, à l'Artois, au Milanais et à Naples ; Charles Quint à la Bourgogne. Seul acquis français en Italie : le Piémont, que la France conservera jusqu'en 1559. Reste à régler le problème anglais ; ce sera chose faite grâce au traité d'Ardres du 7 juin 1546, aux termes duquel Henry VIII s'engage à évacuer Boulogne moyennant 800 000 écus d'or.

Sans doute plus significative que ces médiocres manœuvres est l'alliance militaire formelle entre le roi de France et Soliman Ier le Magnifique. Sous les yeux de la chrétienté ahurie, la flotte de Barberousse alliée aux Français bombarde Nice, dernière place encore aux mains du duc de Savoie, puis, la forteresse ayant résisté, s'en va passer l'hiver dans le port de Toulon. « Roi Très Chrétien, se lamente Camoëns, ce nom sacré n'est-il pour toi qu'un vain nom ? Ne l'as-tu pris que pour le profaner ? » Le désarroi du poète des *Lusiades* est touchant, mais hors de saison. Les résultats de l'opération, minces, importent peu. Ce qui compte, c'est la preuve administrée une fois de plus, si besoin en était, que la république chrétienne, dont l'expression la plus spectaculaire fut la croisade, a vécu. Place désormais à l'État souverain, gouverné par sa propre « raison ». C'est là la véritable défaite de Charles Quint, dernier empereur universaliste de l'Occident. À ce jeu-là, François Ier a gagné la partie.

Papes

Léon X, 1513-1521 ; Hadrien VI, 1522-1523 ; Clément VII, 1523-1534 ; Paul III, 1534-1549.

Souverains

Angleterre : Henry VIII, 1509-1547 ; Édouard VI, 1547-1553.

Danemark et Norvège : Christian II, 1513-1523 (et roi de Suède, 1520-1523) ; Frédéric Ier, 1523-1533 ; Christian III, 1534-1559.

Écosse : Jacques V, 1513-1542 ; Marie Stuart, 1542-1567.

Empire : Maximilien Ier, 1493-1519 ; Charles Quint, 1519-1556/1558 = Charles Ier, roi d'Espagne, 1516-1556.

Empire ottoman : Selim Ier, 1512-1520 ; Soliman Ier le Magnifique, 1520-1566.

Espagne : Ferdinand II, 1479-1516 ; Charles Ier, 1516-1556 = Charles Quint, empereur, 1519-1556/1558.

Hongrie et Bohême : Ladislas, 1492-1516 (roi de Bohême depuis 1471) ; Louis II, 1516-1526 ; Ferdinand Ier, 1526-1564.

Lorraine : Antoine, 1508-1544 ; François Ier, 1544-1545 ; Charles III, 1545-1608.

Savoie : Charles III, 1504-1553.

Suède : Christian II, 1520-1523 (et roi de Danemark et Norvège, 1513-1523) ; Gustave Ier Vasa (et roi de Finlande), 1523-1560.

1515

1er janvier
François, duc de Valois et comte d'Angoulême, fils de Charles d'Angoulême et de Louise de Savoie, devient François Ier, roi de France. Il est arrière-cousin de Louis XII et son gendre par son mariage avec Claude de France, première fille du roi défunt et d'Anne de Bretagne. Dès le lendemain, selon la coutume, François Ier confirme les officiers des cours souveraines dans leurs fonctions.

7 janvier
Antoine Duprat, premier président au Parlement de Paris, est nommé chancelier de France.

DUPRAT

Descendant d'une famille de marchands et notaires d'Issoire alliée au clan puissant des Bohier, Antoine Duprat (1463-1535), juriste accompli, devient lieutenant général au bailliage de Montferrand en 1490, avocat général au parlement de Toulouse en 1495, maître des requêtes en 1503, conseiller au Parlement de Paris en 1505. Habile à louvoyer entre les factions de la Cour de Louis XII, le voici président au Parlement de Paris en 1507, premier président l'année suivante, chancelier enfin. C'est le couronnement d'une carrière à la fois éclatante et classique d'un officier issu de la marchandise et passé par les charges de judicature jusqu'au sommet de l'État – d'un « bourgeois » en somme, la « bourgeoisie », ou, mieux, le peuple gras du tiers étant le vivier où la monarchie en voie de bureaucratisation centralisatrice puise ses meilleurs serviteurs.

12 janvier
Charles de Bourbon, comte de Montpensier, est nommé connétable. Nomination logique, Charles réunissant en sa personne ascendance illustre (les Bourbons descendent de Robert de Clermont, sixième fils de Saint Louis) et prestige militaire, puisque ce prince de 26 ans est unanimement considéré comme le meilleur capitaine du royaume. Mais nomination dangereuse à cause de cela même, comme François Ier en fera l'expérience.

25 janvier
François Ier est sacré à Reims.

4 février
Le roi donne à sa mère Louise de Savoie, qui remplit désormais auprès de son « César » comme au sein du Conseil un rôle de premier plan, les duchés d'Angoulême et d'Anjou, ainsi que les comtés du Maine et de Beaufort. À sa sœur Marguerite d'Angoulême, il offre les revenus du duché de Berry, et à l'époux de celle-ci, le duc Charles d'Alençon, les possessions de la succession d'Armagnac et la charge de gouverneur de Normandie.
D'autres charges, promotions et prébendes suivent, dont bénéficient les membres de la famille royale, les amis de jeunesse, ou encore les vieux serviteurs de la Couronne. Mentionnons René de Savoie, oncle maternel de François Ier, fait sénéchal de Provence (dans ce cas, gouverneur de la province); Artus de Gouffier de Boisy, nommé grand maître de l'Hôtel (l'un des tout premiers officiers de la Couronne), et son frère Guillaume Gouffier de Bonnivet, nommé sous peu amiral de France; Odet de Foix, seigneur de Lautrec, maréchal de France, devenu lieutenant général en Guyenne; Philippe Chabot, sieur de Brion, nommé gentilhomme de la chambre, capitaine et maire de Bordeaux; Louis de La Trémoïlle et Jacques de Chabannes, sieur de La Palice, promus respectivement amiral de Guyenne et de Bretagne et maréchal de France; et deux robins récompensés pour leurs bons et loyaux services, Jean de Selve et Jean Brinon, devenus premiers présidents au parlement, celui-ci à Rouen, celui-là à Bordeaux. Enfin, le jeune roi est assez avisé pour garder auprès de lui Florimond Robertet, simple notaire et secrétaire du roi mais très puissant ministre de Louis XII.

15 février
« Joyeuse entrée » de François Ier dans Paris.

mars
Ordonnance sur l'administration des forêts. Plusieurs textes législatifs se succéderont tout au long du règne. En effet, la forêt constitue une source appréciable de revenus pour la monarchie, et François Ier s'y intéresse de très près.

mars-avril
François Ier met en place le dispositif diplomatique qui doit lui permettre de reprendre le « voyage d'Italie », autrement dit la conquête du Milanais, et, si possible, de Naples. Dans l'Est, il obtient le soutien du duc de Lorraine. Dans le Sud, il noue, en mars, une alliance avec Venise. Dans la péninsule, il s'assure aussi de la neutralité de Gênes. C'est dans le Nord que sa situation est potentiellement la plus dangereuse. Le 31 mars, il signe donc avec les émissaires du jeune Charles de Habsbourg, futur Charles Quint et pour l'heure

comte de Flandre et seigneur des Pays-Bas, le traité de Paris. Cette fois, Charles, que l'on ne cesse de « marier » depuis sa naissance, est promis à Renée de France, sœur cadette de la reine, pourvue pour l'occasion d'une dot considérable – le duché de Berry. Au cas où le projet d'union ne se réaliserait pas, Charles recevrait Amiens, Abbeville, Péronne et Montdidier, c'est-à-dire ces villes de la Somme qui défendent Paris au Nord. C'est cher payer la neutralité de l'archiduc, et donc la tranquillité sur la frontière septentrionale du royaume pendant la campagne projetée dans le Sud, mais il est raisonnable de penser que François Ier n'a de toute manière nulle intention d'honorer le contrat. Enfin, le 5 avril, il reconduit le traité d'alliance que son prédécesseur a conclu avec Henry VIII d'Angleterre. Restent les Suisses, pour l'instant irrécupérables, que François Ier tente maintenant sans succès de dissocier de la papauté et de l'Espagne. Ce sera l'affaire de Marignan.

avril
François Ier confirme les privilèges de l'Université de Paris.

6 mai
Le concile de Latran convoque les prélats français. Marignan et le concordat de Bologne rendront la convocation sans objet.

16 juin
L'Écosse se joint à l'alliance franco-anglaise.

26 juin
François Ier annonce officiellement son départ pour l'Italie et confie la régence du royaume à sa mère Louise de Savoie. Illustration du juridisme pointilleux de l'époque, il se fait céder devant notaire par sa femme Claude de France, héritière des Orléans, les droits sur le duché de Milan. Après quoi, il prend enfin le chemin des Alpes.

15 août
Naissance de la première fille de François Ier et de Claude de France, Louise, morte en bas âge. Elle sera suivie de six autres enfants, trois filles et trois fils.
Le même jour, l'armée royale, forte de 10000 cavaliers et de 30000 gens de pied, franchit les Alpes. Son principal atout: la meilleure artillerie d'Europe, commandée par Galiot de Genouillac.

30 août
Les Français arrivent devant Novare. Des négociations s'engagent séparément avec les membres de la vieille Sainte Ligue, ressuscitée pour l'occasion: le pape, Maximilien Ier et, bien sûr, les Suisses, retranchés dans Milan.

10 septembre
L'armée française campe devant Milan. On continue de discuter ferme les conditions d'un éventuel retrait suisse. Coup de théâtre: excités par le cardinal de Sion Mathias Schiner, l'homme de Jules II et ennemi acharné de la France dans la Confédération, les mercenaires se décident à l'attaque.

13-14 septembre
François Ier remporte sur les Suisses la victoire de Marignan. Contrairement à d'autres « journées » qui ont émaillé l'interminable aventure française en Italie, Marignan aura des conséquences durables, quoique pas nécessairement italiennes: le concordat de Bologne et la « paix perpétuelle » avec les cantons helvétiques.
Sur le champ de bataille, François Ier se fait sacrer chevalier par Bayard: geste théâtral, anachronique, impuissant à faire revivre une institution médiévale qui n'est plus qu'une survivance romanesque.

4 octobre
La citadelle de Milan se rend à son tour. Moyennant compensation financière, le duc Maximilien Sforza renonce à ses droits sur sa ville et son duché et, bien mieux traité par son vainqueur que son père Ludovic le More ne le fut par le sien, il s'en va en France pour une retraite paisible.

13 octobre
Traité de paix et d'assistance mutuelle avec Léon X. François Ier y gagne la reconnaissance de la possession de Milan, à laquelle viennent s'ajouter Parme et Plaisance; le pape, un Médicis, l'assurance d'une aide française pour le maintien de sa famille à Florence.

16 octobre
François Ier entre dans Milan et rétablit l'administration installée le 17 avril 1500 par la Grande Ordonnance de Louis XII, dont le principal rouage est un sénat paritaire franco-milanais. Antoine Duprat est nommé chancelier du duché.

11 décembre
François Ier rencontre le pape Léon X à Bologne. L'enjeu: un concordat réglant le statut de l'Église de France et ses relations avec le Saint-Siège.
Des négociations s'engagent parallèlement avec les Suisses. La Sainte Ligue antifrançaise est morte une seconde fois.

31 décembre
Guillaume Briçonnet reçoit l'évêché de Meaux, dont il fera l'un des centres de la Réforme française.

autres événements
• La bataille de Marignan inspire à Clément Janequin la grande chanson descriptive *La Guerre*, qui ne sera publiée en recueil par Attaingnant qu'en 1528 et diffusée dès lors dans toute l'Europe.

JANEQUIN

Ce prêtre né à Châtellerault (vers 1485-1558) s'est rendu célèbre après Marignan en transposant dans La Guerre *les bruits des armes, ponctués par les cris des soldats. Maître de chapelle de la cathédrale d'Angers en 1534, il travaille à Paris avec Ronsard, dont il met en musique les* Amours *entre 1552 et 1556. Protégé de François de Guise, il fait son entrée en 1555 à la chapelle royale et, trois ans plus tard, l'année de sa mort, est nommé compositeur ordinaire d'Henri II. Janequin a écrit beaucoup de musique religieuse, notamment des psaumes* (Lamentations de Jérémie, Proverbes de Salomon, Deux Psaumes de David). *Mais il est surtout l'un des maîtres de l'école dite parisienne de la chanson polyphonique, et son génie brille dans les compositions profanes. Il a écrit plus de 275 chansons à trois, quatre ou cinq voix. Toute l'Europe fredonne ses* Chansons, *que publie l'éditeur Pierre Attaingnant entre 1520 et 1540. Certaines sont de caractère descriptif* (Le Chant des oiseaux, La Chasse, Les Cris de Paris), *avec force exclamations et onomatopées, d'autres sont des poèmes amoureux d'inspiration lyrique, d'autres enfin sont franchement gaillardes* (Un guay berger, Il était une fillette, Baisez-moy tost).

• Début de la sculpture du tombeau de Louis XII et d'Anne de Bretagne (basilique Saint-Denis) par Jean Juste et ses collaborateurs. Le sculpteur y reprend l'idée de Michel-Ange, dans son projet pour le tombeau de Jules II, d'un édifice constituant en soi une chambre funéraire.
• *Saint-Sépulcre* de l'église Saint-Jean-Baptiste de Chaource, par l'atelier du Maître de sainte Marthe, dit aussi le Maître de Chaource (actif au début du XVIe siècle). Le groupe sculpté se trouve dans une chapelle, au-dessous du niveau de l'église, dont la porte est gardée par des soldats sculptés impressionnants par leur taille et leur expression. Les personnages en grandeur nature, leur position de plain-pied avec le visiteur, les expressions de douleur contenue des visages concourent à associer le visiteur à la scène et se conforment en cela au modèle de la sculpture naturaliste, conçu indépendamment de l'architecture, élaboré par Claus Sluter (vers 1340-vers 1405) en Bourgogne. L'ensemble appartient à la tradition du sépulcre français apparu vers 1420, en Bourgogne ou en Lorraine, et répandue ensuite dans presque tout le pays jusqu'au début du XVIIe siècle. C'est aussi, avec le sépulcre de l'abbaye de Solesmes (Sarthe) et celui de Chaumont (Haute-Marne), qui datent de la fin du XVe siècle, l'un des rares groupes sculptés restés dans leurs lieu et cadre d'origine.

1516

janvier
François Ier rentre en France et entreprend, en compagnie de sa mère et de son épouse, un long périple à travers son royaume qui ne s'achèvera qu'au début d'octobre.

23 janvier
Mort de Ferdinand II d'Aragon; avènement à 16 ans de Charles Ier, roi des Espagnes, qui, en attendant la couronne impériale, réunit sous son sceptre l'Aragon, la Castille et la Catalogne, Naples, la Sicile et la Sardaigne, les Pays-Bas et les immenses possessions d'outre-mer.

mars
Invité et pensionné par le roi, Léonard de Vinci arrive en France, avec, dans ses bagages, la *Joconde*. Il s'installe au château de Cloux, près d'Amboise, et participe peut-être à la conception des plans du château de Chambord.

13 août
Le traité de Noyon est signé entre François Ier et Charles Ier. Un nouveau projet de mariage scelle l'alliance: cette fois, le Habsbourg se voit offrir Louise, la fille bébé du roi de France, censée apporter en dot les droits de son père sur le royaume de Naples. Charles Ier, lui, renonce tacitement à la Bourgogne – possession aussi théorique que l'est Naples pour son cousin de France.

18 août
Le concordat de Bologne est rendu public sous la forme de trois bulles pontificales. Il est difficile d'exagérer la portée de cet accord qui, pour l'essentiel, règle jusqu'à la Révolution les rapports entre Rome et sa fille aînée. S'il résiste à l'épreuve du temps et à d'innombrables vicissitudes politiques, y

compris les secousses de la Réforme, de la Contre-Réforme et des guerres de Religion, c'est que les deux contractants y trouvent leur compte: le pape se débarrasse enfin de la détestable Pragmatique Sanction (1438), qui faisait planer sur la papauté la menace de conciles réputés supérieurs à son autorité; le roi de France se voit reconnaître officiellement ce qu'il pratiquait déjà en catimini: le droit de nommer aux principaux bénéfices de son royaume. Les clauses restrictives – investiture «spirituelle» du pape, conditions minimales d'âge, de formation et de moralité requises des candidats – ne doivent pas faire illusion: le roi s'assure désormais le contrôle effectif sur plus de 600 bénéfices majeurs, donc sur l'Église de France. Les gardiens sourcilleux de l'orthodoxie gallicane, notamment l'Université et le Parlement de Paris, seront outrés par la suppression du principe électif et, surtout, par ce qui leur semble un empiétement de la Curie dans les affaires de l'Église nationale, peut-être aussi par ce surcroît de puissance royale. Mais l'énormité de l'enjeu rendra leurs hauts cris dérisoires.

5 octobre
Au terme de son long voyage, François Ier est à Saint-Denis, où il rend grâce à Dieu de sa campagne victorieuse.

23 octobre
Naissance de Charlotte, seconde fille du roi; elle mourra en 1524.

novembre
Une nouvelle ligue réunit la France et trois puissances italiennes, en fait trois puissances Médicis: la papauté, Florence et Urbino.

29 novembre
Second résultat tangible et durable de la descente de François Ier en Italie, la «paix perpétuelle» de Fribourg entre la France et la Confédération helvétique coûte cher au royaume – un million d'écus d'or en sus d'une pension allouée à chacun des 13 cantons de la Confédération –, mais elle assure à la France des avantages inestimables: la neutralité stricte des Suisses, puis la possibilité de puiser à volonté dans ce réservoir d'hommes de guerre apparemment sans fond. Le cardinal de Sion Mathias Schiner, défait, est banni de la Confédération. Il mourra à Rome.

3 décembre
Le traité de Bruxelles entre François Ier et l'empereur Maximilien Ier, dernier rescapé de la Sainte Ligue, pacifie provisoirement l'Europe.

19 décembre
Le concile de Latran entérine le concordat de Bologne.

autres événements
• Première mention de Jean Clouet (vers 1475-1541) comme peintre du roi. Il est alors établi à Tours.
• Miniature de Jean Perréal pour la *Complainte de nature à l'alchimiste errant* (Paris, musée Marmottan); c'est à partir de cette œuvre certaine que l'on a commencé à reconstituer l'œuvre de Jean Perréal.

1517

5 février
Au Parlement, François Ier se montre rétif à enregistrer le concordat de Bologne; après le chancelier Duprat, qui en vante les mérites, le roi oppose aux magistrats le principe d'autorité. Cependant, il se garde d'utiliser le moyen suprême du lit de justice et, de menaces royales en manœuvres dilatoires parlementaires, l'affaire traînera encore jusqu'au début de l'année suivante.
Roi humaniste, ou du moins favorable à l'humanisme, François Ier charge Guillaume Budé d'inviter Érasme à Paris. Signe du vif désir du roi d'accueillir à sa Cour le prince des humanistes, il ajoute ce mot de sa main: «Je vous advertys que, si vous voulez venir, que vous serés le bien venu. Francois.» Érasme décline l'invitation.

18 février
L'importation des draps de luxe est interdite. La puissance d'un royaume se mesurant à la quantité de métal précieux dont il dispose, la théorie économique du temps prône l'autarcie, ou du moins un fort excédent des exportations (dispositif d'un système qu'on appellera au XIXe siècle «mercantilisme»).

mars
Le roi et la Cour entament un nouveau périple à travers le royaume. Début probable de la liaison de François Ier avec Françoise de Châteaubriant, épouse de Jean de Laval-Montmorency, comte de Châteaubriant, et sœur du maréchal de Lautrec.

11 mars
Le traité de Cambrai entre François Ier, Maximilien Ier et Charles Ier d'Espagne confirme et complète celui de Noyon du 13 août 1516. Ce sont donc les trois principaux princes de la chrétienté

qui nouent une alliance destinée en principe à garantir la paix en Europe sur la base du statu quo et… à préparer la croisade.

16 mars
Léon X ferme le concile de Latran.

mai
Des lettres de franchises et d'exemptions suppriment tous les droits sur les draps et laines fabriqués à Tours.

10 mai
La reine Claude est sacrée à Saint-Denis.

juin
Le Conseil du roi décide de lever une taxe supplémentaire de 1,1 million de livres pour réduire un déficit de près de 4 millions de livres.

30 juin
Ordonnance sur les aides, tailles et gabelles pour mettre fin aux abus, malversations et exemptions illicites. Les élus devront faire leurs chevauchées et résider dans leur élection; les receveurs devront exercer leur office en personne.

26 août
François Ier signe un traité d'alliance avec Jacques V d'Écosse.

8 octobre
François Ier signe la charte de fondation du Havre (de Grâce). Guyon Le Roy sieur Du Chillou est chargé de la réalisation du projet; ruiné, il sera remplacé en 1528 par un ingénieur italien, Jérôme Bellarmato.
Nouveau traité d'alliance entre la France et la République de Venise, reprenant et consolidant l'accord du 14 mars 1513.

31 octobre
Martin Luther affiche ses 95 thèses sur les indulgences à la porte de l'église de Wittenberg. Diffusée (sans son accord) à travers l'Allemagne, cette invitation à ce qui n'était censé être qu'une disputation théologique marque le coup d'envoi d'une véritable révolution.

24 décembre
Mémoire du Parlement de Paris dénonçant dans le concordat de Bologne une intervention inacceptable de Rome dans les affaires intérieures de l'Église de France.

1518

13 janvier
Une délégation de membres du Parlement de Paris arrive à Amboise pour exposer au roi les remontrances de la cour de justice contre le concordat de Bologne. Le mémoire rédigé par leurs soins sera présenté au souverain lors d'une entrevue orageuse le 28 janvier.

27 janvier
Des lettres royales font de Jacques de Beaune de Semblançay le surintendant des finances et, sous l'autorité théorique du grand maître de l'Hôtel, le véritable maître des finances royales.

Beaune de Semblançay

Fils d'un marchand de Tours, marchand et banquier lui-même, trésorier d'Anne de Bretagne en 1491, puis général des finances de Languedoc (1495) et de Languedoïl (1509), maire de Tours et président au bailliage enfin, Semblançay († 1527) est le principal créancier du roi et de la reine mère. Chevalier sous Louis XII, baron sous son successeur, c'est encore un exemple de cette bourgeoisie qui, de Jacques Cœur à Colbert, accède aux plus hautes charges de l'État grâce à sa puissance financière. Mais la puissance de l'argent ne va pas sans danger.

28 février
François, premier fils du roi, naît à Amboise. La succession royale est assurée.

21 mars
Le roi interdit l'exportation des céréales du royaume.

22 mars
Le Parlement enregistre enfin le concordat de Bologne, non sans protester devant notaire contre la violence qui lui est faite et en mentionnant sur l'acte d'enregistrement l'« exprès commandement » du souverain.

12 avril
Enquête sur les menées de l'Université contre le concordat.

25 avril
Un édit interdit aux recteurs, doyens et procureurs de l'Université de Paris de tenir des assemblées et de se mêler des affaires de l'État.

19 mai
Traité d'alliance entre François Ier et le duc Frédéric de Schleswig-Holstein, oncle de Christian II de Danemark.

2 octobre
Traité de paix entre Henry VIII d'Angleterre et François Ier ; l'Écosse y est incluse conformément à l'accord du 26 août 1517.

13 octobre
Le synode du diocèse de Meaux marque le début de l'action réformatrice de l'évêque Guillaume Briçonnet. Le *Sermo synodalis*, bientôt publié par Henri Estienne, exhorte les curés à exercer leur ministère.

14 décembre
Le traité de Londres restitue Tournai et le Tournaisis à la France, contre le versement de 600 000 couronnes. L'accord prévoit le mariage du dauphin François avec Mary, fille d'Henry VIII. François Ier et Henry VIII envisagent une rencontre pour mai 1520.

autres événements
• Christian II de Danemark s'empare de la Suède.
• Début de la construction du château d'Azay-le-Rideau sur l'initiative de Gilles Berthelot, président à la Cour des comptes.
• Le pape Léon X envoie en cadeau au roi deux tableaux qu'il a commandés à Raphaël (1483-1520) : *Saint Michel terrassant le démon* et une grande *Sainte Famille* ; l'un et l'autre sont conservés au musée du Louvre.
• Le cardinal Bibliena, légat du pape, offre au roi le *Portrait de Jeanne d'Aragon* (Louvre), peint par Raphaël avec la collaboration de Giulio Romano (vers 1499-1546).
• Le *Portrait de Laurent de Médicis* par Raphaël arrive à Amboise pour la fiancée du prince, Madeleine de La Tour d'Auvergne ; il repart ensuite pour l'Italie quand le couple marié s'installe à Florence.
• Andrea del Sarto (1486-1530) séjourne brièvement en France. Il n'y peint qu'un seul tableau, la *Charité* (Louvre).

1519

janvier
Ordonnance sur l'utilisation et la conservation des forêts.

12 janvier
L'empereur Maximilien Ier meurt. Les sept Électeurs à qui revient de pourvoir le trône impérial ont le choix entre deux candidats : Charles Ier d'Espagne et François Ier. En fait, les chances du Français sont d'emblée minces, le Habsbourg bénéficiant des fonds apparemment inépuisables des Fugger d'Augsbourg et, peut-être surtout, de son nom.

29 janvier
Jean d'Albret, Guillaume Gouffier de Bonnivet et Charles Guillart, président au Parlement de Paris, sont chargés de traiter avec les Électeurs de l'Empire.

11 février
François Ier s'engage à défendre le pape Léon X contre les Turcs et fixe le nombre des troupes mises à sa disposition.

31 mars
Naissance du second fils du roi, Henri, duc d'Orléans ; le futur Henri II doit son prénom à son parrain, Henry VIII d'Angleterre.

13 avril
Naissance de Catherine de Médicis, fille de Laurent de Médicis, duc d'Urbino, et de Madeleine de La Tour d'Auvergne, future épouse d'Henri II et mère de trois rois de France.

mai
Pour financer sa candidature à l'Empire – quelque 400 000 écus d'or –, François Ier recourt à des expédients financiers : un impôt exceptionnel (« aide ») de 600 000 livres ; l'aliénation, au mépris de la loi fondamentale, de morceaux du domaine royal ; la création d'offices vénaux ; et ce qu'on appellera un jour la planche à billets.

2 mai
Mort de Léonard de Vinci au château de Cloux, près d'Amboise.

juin-juillet
La dispute de Leipzig entre Luther et le théologien Johann Eck consacre la rupture entre le réformateur de Wittenberg et le pape. Luther y soutient que l'Église n'a que faire d'un chef en chair et en os, son seul souverain étant le Christ. Par ailleurs, les conciles n'ont rien d'infaillible ; seule l'Écriture dit la loi de Dieu.

28 juin
Charles Ier d'Espagne est élu empereur sous le nom de Charles V (Quint). Fils de Philippe le Beau et de Jeanne la Folle, petit-fils de l'empereur défunt Maximilien Ier, ce Flamand de 19 ans né à Gand se trouve à la tête de l'un des plus vastes empires jamais réunis sous un seul sceptre : roi de Castille, d'Aragon et de Navarre, souverain des riches Pays-Bas et des pays relevant directement de la maison de Habsbourg (Autriche, Styrie, Carniole, Carinthie, Bohême, Moravie et Silésie), véritable arbitre de l'Italie et maître des territoires immenses d'outre-mer, Charles Quint est en principe en mesure de réaliser son rêve d'unifier la chrétienté et de restaurer ainsi la *Respublica christiana*. En principe. Car en fait, entre le rêve (médiéval) et la réalité (moderne), il y a toute la distance qui sépare un ensemble disparate, sans unité aucune sinon celle que lui fournit la personne de l'empereur lui-même, et une « monarchie nouvelle » du type français. Aussi bien, la dernière tentative impériale sérieuse du Moyen Âge s'achèvera en déconfiture.

juillet
Les premiers écrits de Luther circulent à Paris en traduction et sont soumis à l'examen de la Sorbonne.

10 août
Tenue des Grands Jours à Poitiers. Il s'agit de « commissions » itinérantes, véritables parlements en déplacement, désignées par les parlements pour rendre sur place, en l'occurrence en Poitou (en fait dans un périmètre beaucoup plus vaste, relevant à la fois de Paris et de Bordeaux), une justice royale plus proche des justiciables et censée corriger les abus des juridictions royales.

autres événements
• L'Espagnol Hernán Cortés entreprend la conquête du Mexique.
• Magellan, navigateur portugais, commence le premier voyage autour du monde.
• Les impôts directs sont en hausse depuis le début du règne. Le brevet de la taille, fixé à 2 400 000 livres, connaît une augmentation de 900 000 livres, pour faire face aux frais de la guerre et aux versements des pensions.
• Début de la construction du château de Chambord. On connaît une maquette qui évoque sa structure générale (donjon et tours d'angle) ; appelée *Château de bois*, elle fut réalisée par Domenico Bernabei, dit Domenico da Cortona ou le Boccador († vers 1549), l'un des artistes italiens amenés en France par Charles VIII. Ce projet est cependant de style plus italien que le château qui fut réalisé. En outre, l'escalier est à rampe droite, genre qui se pratiquait en Italie, et non à vis comme à Chambord. Léonard de Vinci avait dessiné des plans d'escaliers à quatre montées, mais pratiquement irréalisables. L'escalier de Chambord, qui comporte deux escaliers entrelacés, est-il une adaptation des plans de Léonard ? Il est certain en tout cas que des escaliers de ce type ont existé en France, en particulier celui du Louvre de Charles V (détruit), mais il est vrai d'une ampleur sans comparaison avec celle de l'escalier de Chambord. Les travaux du château durent tout le règne de François Ier et une partie de celui d'Henri II. François Ier, qui n'y résidera que 36 jours en 32 ans de règne, aura tout de même la fierté d'y recevoir Charles Quint.

1520

janvier
Tout au long de l'année, pour renflouer un Trésor mis à mal par la guerre et la prodigalité royale, François Ier recourt à de nouveaux expédients financiers. Ainsi, il se rabat sur les taxes de francs fiefs et de nouveaux acquêts, dues par les roturiers tenant des fiefs nobles et qui ne sont acquittées généralement que tous les vingt ou trente ans.

12 février
Des commissaires enquêteurs sont dépêchés en Touraine et en Languedoc pour améliorer l'administration de la justice.

26 mars
Dans la perspective de l'entrevue avec Henry VIII d'Angleterre, des conventions préliminaires sont confirmées par François Ier.

2 avril
Traité d'alliance avec Jean de Clèves, duc de Juliers.

12 mai
Tenue de Grands Jours en Auvergne.

7 juin
L'entrevue du Camp du Drap d'or. Planté entre Guînes et Ardres, à la lisière de la Picardie française et de Calais, possession anglaise, il sert à François Ier et à Henry VIII de décor, magnifique, à l'étalage de leur richesse, de leur puissance et de leurs qualités chevaleresques. On y joute, on y festoie et on y fait assaut d'amabilités ; mais l'accord

concocté par les lieutenants des souverains, le chancelier Antoine Duprat et le cardinal-légat Thomas Wolsey, est bien maigre : une promesse mutuelle d'amitié et de bon voisinage, assortie de subsides français au cousin d'Angleterre. En fait, c'est avec un troisième personnage, absent du Camp du Drap d'or, que Wolsey a déjà mis au point le véritable accord : Charles Quint, neveu par alliance d'Henry VIII, puisque celui-ci a épousé Catherine d'Aragon, la tante de l'empereur.

juillet
En effet, l'entrevue de Gravelines entre l'oncle et le neveu débouche le 14 sur un traité en bonne et due forme, conclu par les soins de Wolsey : le traité de Calais, qui rend caduc l'accord du Drap d'or.

août
Création de huit offices de conseillers et de maîtres à la chambre des comptes de Paris.

10 août
Naissance de Madeleine, troisième fille de François Ier et de Claude de France.

8 octobre
L'évêque Guillaume Briçonnet interdit les danses dans son diocèse de Meaux.

23 octobre
Charles Quint est couronné empereur à Aix-la-Chapelle.

autres événements
• Magellan passe le détroit qui portera son nom.
• Soliman Ier le Magnifique devient sultan de l'Empire ottoman.
• Le conflit de Luther avec Rome s'envenime : le 15 juin, la bulle *Exsurge Domine* condamne comme hérétiques une quarantaine de propositions du moine allemand. Publiée en septembre, la bulle est brûlée en public par Luther le 17 novembre suivant.
• Érasme publie une édition annotée du *De officiis* de Cicéron. L'imprimeur Pierre Vidoue traduit et imprime *L'Éloge de la folie*, paru en latin, toujours à Paris, neuf ans auparavant.
• Rabelais devient moine franciscain à Fontenay-le-Comte.

1521

mars
La guerre reprend, cette fois avec Charles Quint. Derrière le prétexte, futile – une dispute opposant Robert de La Marck, duc de Bouillon, à un de ses vassaux –, se profile la rivalité profonde, irréductible, entre les Valois, puis les Bourbons, et les Habsbourg. Pour François Ier, l'enjeu est, encore et toujours, l'Italie. Plus généralement, les Habsbourg sont perçus comme une menace permanente d'encerclement, dont la France ne se débarrassera définitivement que plus d'un siècle plus tard, dans la foulée de la guerre de Trente Ans.

avril
Jacques Lefèvre d'Étaples rejoint Guillaume Briçonnet à Meaux.

Le Cercle de Meaux

Autour de l'évêque réformateur de Meaux et de Jacques Lefèvre d'Étaples se réunit un petit cénacle d'érudits, dont la préoccupation majeure est la réforme de l'Église, entendue dans le sens traditionnel de réparation des abus doctrinaires et disciplinaires : Gérard Roussel, un humaniste qui a été l'élève de Lefèvre, pourvu à Meaux de la cure de Saint-Saintin ; Guillaume Farel, originaire de Gap, professeur au Collège du Cardinal Lemoine, institution plus ouverte aux idées nouvelles que le Collège de Montaigu ; Pierre Caroli, docteur en théologie et prieur à la Sorbonne ; l'hébraïsant François Vatable, chanoine de la cathédrale de Meaux et curé de Quincy ; le prédicateur et théologien Michel d'Arande, un fidèle de Marguerite de Navarre ; Martial Masurier, docteur en théologie, prédicateur et principal du Collège Saint-Michel, curé de Saint-Martin à Meaux ; et Jean Lecomte de la Croix, originaire d'Étaples, prédicateur laïque. Trois parmi ces hommes – Roussel, Lecomte et Vatable – sont picards, comme Calvin, la grande figure de la Réforme française. Farel, le plus radical du groupe, et Lecomte ne sont pas prêtres. Mais tous sont gagnés à l'évangélisme, vocable impliquant la quête de la vérité religieuse par le retour aux sources bibliques et la rénovation spirituelle. Et tous visent une réforme interne de l'Église, sans rupture avec le Saint-Siège et sans schisme doctrinaire.
L'histoire du Cercle de Meaux est l'histoire en raccourci du grand échec de la Réforme française d'inspiration humaniste. Dès 1523, les attaques fusent. Briçonnet a beau se démarquer soigneusement de Luther comme de tout radicalisme réformateur, il a beau se séparer de certains prédicateurs, jugés extrémistes, comme Guillaume Farel et Pierre Caroli, la faculté de théologie et le Parlement finissent par réussir à confondre dans une même détestation luthériens et « bibliens ».

En l'absence du roi, alors prisonnier de l'empereur, le Parlement demande la répression de l'« hérésie » à la régente, Louise de Savoie. Celle-ci cède et ordonne l'exécution d'une bulle du pape du 17 mai 1525 concernant les poursuites contre les luthériens, alors qu'aucun texte royal n'a été promulgué. François Ier tente d'intervenir de sa prison, sans succès.
Une partie du Cercle se disperse alors : plusieurs de ses membres se réfugient à Nérac sous la protection de Marguerite de Navarre (Lefèvre d'Étaples y mourra en 1537) ; Gérard Roussel, qui prêchait au Louvre, devient, grâce à Marguerite, évêque d'Oloron ; Michel d'Arande devient également évêque, à Saint-Paul-Trois-Châteaux ; Martial Masurier, protégé par Jean du Bellay, écrit des ouvrages religieux, bientôt censurés ; Guillaume Farel passe à la Réforme, qu'il prêche en Suisse, à Genève d'abord, puis, ayant passé la main à Calvin, à Neuchâtel. Briçonnet meurt en 1534.
En 1546, les persécutions reprennent et au cours d'une assemblée, 60 membres du Cercle sont arrêtés et condamnés à différentes peines après avoir subi la question. Le 7 octobre, 14 d'entre eux, les « Quatorze de Meaux », sont condamnés à être brûlés vifs et exécutés ; ils subissent le martyre avec constance.

Luther, excommunié par le pape en janvier, comparaît devant Charles Quint et les autorités impériales à la diète de Worms et refuse de se rétracter. Mis au ban de l'Empire, il se réfugie à la Wartburg auprès de l'Électeur Frédéric de Saxe, où il poursuit la rédaction de ses grands écrits.

15 avril
L'examen de la doctrine luthérienne par la Sorbonne, la principale autorité du temps en matière de théologie, aboutit à la condamnation d'une centaine de propositions de Luther, ou qui lui sont attribuées. L'homme qui a mené l'offensive est Noël Béda (ou Bédier), syndic de la Faculté depuis l'année précédente. L'argument principal est celui d'autorité.

28 avril
La mort de Suzanne de Bourbon, épouse du connétable Charles de Bourbon, ouvre la question épineuse de la succession des Bourbons, et, avec elle, l'une des grandes affaires du règne : la « trahison » du connétable de Bourbon. Morte sans enfants, Suzanne a légué à son mari ses biens, hérités de son père Pierre de Beaujeu, duc de Bourbon. Or, parmi ces domaines, certains – duché d'Auvergne et comtés de Clermont et de Montpensier – sont des apanages, qui doivent normalement retourner au domaine royal, et d'autres – les duchés de Bourbonnais et de Châtellerault – sont censés revenir au roi en vertu de conventions particulières. Le connétable a pour lui un usage vieux d'un siècle et entériné par deux souverains, Charles VIII et Louis XII, ainsi que le testament de sa belle-mère, Anne de France, et celui de sa femme. Ce bel édifice est maintenant menacé de deux côtés : par la mère du roi, Louise de Savoie, fille de Marguerite de Bourbon et donc cousine germaine de Suzanne, qui en revendique l'héritage ; et par François Ier, qui entend, au nom de la raison d'État et des lois fondamentales du royaume (l'inaliénabilité du domaine), voir rentrer dans le domaine les possessions qui lui reviennent. L'affaire, on le voit, est complexe : sur le plan juridique, elle relève du droit romain et du droit féodal ; sur le plan politique, elle implique un prince du sang, le plus puissant seigneur de France, immensément possessionné au cœur du royaume, et l'un des derniers grands feudataires à faire de l'ombre au pouvoir monarchique ; sur le plan international enfin, la stature du personnage en fait un enjeu des grandes puissances du temps, notamment la France, l'Empire et l'Angleterre.

mai
Dans le temps même où le roi s'apprête à se battre en justice pour recouvrer des possessions au bénéfice du domaine royal, sa grande faim d'argent le fait procéder à de nouvelles aliénations, à hauteur de 187 500 livres.

7 mai
Le traité de Lucerne renouvelle l'accord de Fribourg entre François Ier et les cantons suisses.

20 mai
Lors de l'attaque française sur Pampelune, un officier basque au service de Navarre est grièvement blessé aux jambes par un boulet de canon : Don Inigo Lopez de Loyola ; c'est le point de départ d'une formidable aventure spirituelle : la Compagnie de Jésus.

été
Disette et vie chère à Paris et dans la plupart des provinces du royaume.

juillet
Preuve du prestige que conserve la vieille Sorbonne malgré les sarcasmes des humanistes, Philipp Melanchton, le lieutenant de Luther,

riposte à la *Determinatio* sorbonnarde par un pamphlet violent, traduit en français sous le titre: *Furieux décret des théologastres de Paris*.

août
À Calais, une conférence de paix réunit Français et Impériaux sous l'arbitrage problématique du cardinal Wolsey.
Les Ottomans s'emparent de Belgrade.

septembre-novembre
Opérations militaires en Flandre et en Italie. Les troupes impériales d'Henri de Nassau assiègent Mézières, défendue par le chevalier Bayard; le 26, le siège est levé. En Italie, entre octobre et novembre, la France perd successivement Milan, Parme et Plaisance. Les pourparlers de paix de Calais sont rompus et, le 24 novembre, la première alliance antifrançaise du règne réunit le pape, l'empereur et le roi d'Angleterre. François II Sforza, nouveau duc de Milan, entre dans sa ville.

10 septembre
Une ordonnance réglemente le cours des monnaies et interdit la fabrication de la vaisselle d'or et d'argent pendant six mois.

1er décembre
Mort du pape Léon X.

autres événements
- Strasbourg passe à la Réforme.
- Le ver à soie est introduit en France.
- Guillaume Budé: *Du mépris des choses fortuites*.
- Procureur fiscal au Mans, Jean Ferrault publie *Insignia peculiaria christianissimi francorum regni numero vigenti*. Sans doute écrit au moment du conflit de Louis XII avec le pape Jules II et de la convocation du concile de Pise en 1511, l'ouvrage, dédié à Louis XII, commente les 20 privilèges attribués au roi de France. Il célèbre l'omnipotence et l'indépendance du roi de France, qui ne se reconnaît nul supérieur sur le plan temporel.
- Machiavel: *De l'art de la guerre*.
- Philipp Melanchton: *Apologia pro Luthero; Loci communes theologiae*, premier texte de théologie luthérienne.

1522

9 janvier
Le Flamand Adriaan Floriszoon, ancien précepteur de Charles Quint, est élu pape sous le nom d'Hadrien VI.

22 janvier
Naissance de Charles, duc d'Anjou, troisième fils de François Ier.

31 janvier
Le roi crée et met sur le marché 20 charges de conseiller au Parlement de Paris pour instituer une troisième chambre des enquêtes; sous la menace, la cour de justice s'incline. La taille est augmentée de 600 000 livres; les villes sont requises de participer au financement des troupes.

février
Nouvelles aliénations du domaine royal à concurrence de 200 000 livres, pour faire face aux dépenses nécessaires à la défense du royaume.

4 février
40 offices de notaire sont créés au Châtelet de Paris.

15 février
La ville de Paris prend en charge la levée et la solde de 1 000 hommes de pied.
François Ier lance une citation à comparaître à Charles Quint; le Parlement décrète l'empereur coupable de défaut de comparution et de félonie pour non-respect des devoirs du vassal. Aucun jugement en forme n'est rendu.

22 mars
Le concile de l'archevêché de Sens, réuni à Notre-Dame de Paris, interdit l'impression d'ouvrages religieux sans l'autorisation de la Sorbonne.

avril
Louise de Savoie revendique l'héritage de Suzanne de Bourbon; le double procès, interminable, intenté à Charles de Bourbon par la reine mère et par le roi, se déroule devant le Parlement de Paris.

7 avril
François Ier promet de faire payer les sommes empruntées aux banquiers de Gênes, Lucques et Lyon par les généraux des finances.

27 avril
Le roi institue un nouvel impôt d'un écu sur la pipe de vin sortant du royaume par terre et par mer.

29 avril
Poussé par ses mercenaires suisses en mal de solde, Lautrec, décidément incompétent, essuie une défaite sévère à La Bicoque, près de Milan: le Milanais est de nouveau perdu. Les Impériaux occupent Gênes.

mai
Henry VIII d'Angleterre déclare la guerre à la France et reçoit Charles Quint en grande pompe à Londres.

21 mai
20 offices de sergent sont créés en Guyenne.

août
Des offices de procureurs sont créés dans tous les bailliages et sénéchaussées.
Guillaume Poyet, avocat de Louise de Savoie, demande devant le Parlement le séquestre des biens Bourbons, la nomination de commissaires et l'inventaire des meubles et titres. Seul ce dernier point est accordé, mais il est suffisamment grave pour le connétable.

27 septembre
Pressurée par le roi, la ville de Paris lance le premier emprunt garanti par des rentes perpétuelles sur les revenus de la ville – en l'occurrence, sur les droits qu'elle perçoit sur le vin et le bétail – « au denier douze », c'est-à-dire avec un intérêt de 8,33 % ; ces premières « rentes de l'Hôtel de Ville » de Paris constituent une nouveauté considérable, puisqu'elles marquent le début d'un véritable crédit public en France. Mais le système fonctionne plus ou moins bien, l'État, toujours à court d'argent, ne jouant pas vraiment le jeu.
En effet, le temps de Louis XII, roi économe des deniers de l'État, n'est plus ; monarque fastueux, voire extravagant, François Ier engloutit des sommes considérables dans ses campagnes et sa diplomatie, ses opérations de prestige (l'élection impériale, le Camp du Drap d'or) et ses châteaux (Chambord), et le déficit, impossible à combler malgré l'accumulation d'expédients financiers « à la foulle du peuple », se creuse.

7 octobre
Louise de Savoie fait hommage au roi son fils pour les domaines des Bourbons en litige.

novembre
Mort d'Anne de France, fille de Louis XI et veuve de Pierre de Beaujeu. La vieille duchesse douairière a pris soin de confirmer le legs de ses possessions à son gendre ; peine perdue : François Ier attribue à sa mère Louise de Savoie les terres et revenus faisant partie de la succession des Bourbons. Pendant ce temps, le connétable poursuit avec Charles Quint une négociation entamée deux ans auparavant ; il y est question entre autres du mariage du duc avec une princesse de la maison de Habsbourg.

Dans le Sud-Ouest, les troupes espagnoles commencent le siège de Fontarabie, héroïquement défendue une année durant par une garnison française.

autres événements
• Au service de l'armateur Jean Ango, le marin honfleurais Jean Fleury s'empare de bateaux chargés d'or envoyés par Hernán Cortés, gouverneur général de la Nouvelle-Espagne, à Charles Quint. La course, où s'illustreront bientôt les corsaires anglais, est une source appréciable de revenus en même temps qu'une arme de guerre. Fleury sera capturé par les Espagnols en 1527 et exécuté.
• Les Turcs s'emparent de Rhodes.
• Érasme publie sa première édition des *Colloques*.
• Jacques Lefèvre d'Étaples : *Épîtres et Évangiles commentés pour les cinquante-deux dimanches* ; *Commentarii initiatorii in quatuor Evangelia*.

1523

14 janvier
Création d'un office de lieutenant criminel dans tous les bailliages.

17 janvier
La commission de la Tour carrée vérifie les écritures de tous les officiers comptables, y compris celles de Jacques de Beaune de Semblançay, qui reste néanmoins en fonctions. Elle est chargée de punir les officiers malhonnêtes et de réformer l'administration des finances, afin de faire rentrer des fonds dans les caisses de l'État.

février
La juridiction du bailliage de Paris est instituée pour connaître de la conservation des privilèges de l'Université de Paris, confiée jusque-là à la prévôté de Paris.

5 février
Une charge de second président et trois charges de conseiller sont créées à la Cour des aides ; les généraux des aides portent désormais le titre de conseiller. De nouvelles lettres précisent les pouvoirs des commissaires de la Tour carrée et fixent leurs attributions par rapport à la chambre des comptes. D'autres comptables sont impliqués, dont Philibert Babou, trésorier de l'extraordinaire des guerres et receveur général de Milan.

mars
Tout en poursuivant ses contacts avec Charles Quint, ce que le roi n'ignore pas, le connétable de

Bourbon vient à Paris rencontrer François Ier ; l'entrevue tourne court.

mars-décembre
Mise en place d'une administration financière centralisée. En mars, une ordonnance crée, à côté du Trésor, un bureau spécial dit Trésor de l'épargne ; logée dans la tour du Louvre, cette caisse, entièrement à la disposition du souverain, est régie par un homme qui relève directement du roi et de son Conseil : le trésorier de l'épargne et receveur général des parties casuelles et inopinées. Comme on le voit, ce personnage est aussi chargé de percevoir les revenus de la vente des offices. François Ier officialise ainsi et généralise une pratique que tout le monde feint de trouver immorale, mais dont la monarchie ne saurait plus se passer : la vénalité des offices. Dans un deuxième temps, une ordonnance du 28 décembre fond le vieux Trésor dans le Trésor de l'épargne nouvellement créé, qui devient ainsi ce qu'on a pu appeler « la caisse centrale de l'État », destinée à recevoir tous les revenus de la Couronne, sans distinction d'origine. Enfin, dans un troisième temps, l'office de trésorier de l'épargne et receveur des parties casuelles est dédoublé, la Recette générale des parties casuelles acquérant ainsi son autonomie.

18 mars
Une chambre des comptes s'installe à Montpellier.

25 mars
La Sorbonne interdit les traductions de livres saints en langue vulgaire.

12 avril
Guillaume Briçonnet interdit la prédication aux cordeliers de Meaux, les pires adversaires de ses réformes. Mais, alarmé par les attaques du Parlement dont lui-même et son entourage font l'objet, il se sépare du prédicateur Guillaume Farel, qui se réfugie à Bâle et passe à la Réforme.

12 mai
René de Savoie, comte de Villars, oncle de François Ier, est chargé de la direction des affaires financières au Conseil du roi ; il reçoit les mêmes pouvoirs que les commissaires de la Tour carrée.

16 mai
La Sorbonne exige du roi de sévir contre les écrits de Luther.

juin
Création de quatre offices de maîtres des requêtes. Le parlement de Dijon compte quatre conseillers de plus.
Naissance de Marguerite, septième et dernier enfant de François Ier et de Claude de France.

26 juin
Louis de Berquin, gentilhomme picard, fournit à la Réforme sa première cause célèbre en France. Alertée par le Parlement, la Sorbonne rend un verdict d'hérésie à l'encontre de Berquin, qu'elle renvoie devant la cour de justice. Berquin, chez qui on a trouvé des ouvrages compromettants (Luther, Melanchton, Érasme, qui passe de plus en plus aux yeux des magistrats pour un suppôt de l'hérésie et dont Berquin a traduit plusieurs livres), est assurément gagné à la Réforme, encore qu'à une Réforme modérée de tendance érasmienne. Mais il est protégé par le roi. Cette affaire, qui connaîtra plusieurs rebondissements jusqu'à son dénouement tragique en avril 1529, illustre l'évolution des rapports de force entre les tenants de la ligne dure, représentés par le Parlement et la Sorbonne, et la famille royale, soucieuse de paix civile et, dans un premier temps, plutôt favorable à l'humanisme réformateur. Ce sont les premiers qui auront gain de cause.

30 juin
Le Parlement reprend l'audition de l'affaire de la comparution de Charles Quint.

juillet-octobre
Évolution décisive de l'affaire du connétable de Bourbon. Le 11 juillet, un émissaire de Charles Quint, Adrien de Croÿ, sieur de Beaurain, rencontre le connétable à Montbrison. Un protocole d'accord prévoit le mariage de celui-ci avec une sœur de l'empereur. Charles de Bourbon s'engage à ouvrir un front oriental pour soutenir l'attaque combinée que prévoient les Anglais (à l'Ouest) et les Impériaux (dans le Sud). En août, le Parlement met sous séquestre ses possessions, le privant ainsi au profit du roi de la jouissance de ses biens. Le 5 septembre, de Lyon, où il est arrivé le 22 août, François Ier ordonne enfin son arrestation, ainsi que celle de plusieurs de ses complices. Le lendemain, 6 septembre, le connétable signe un accord avec un émissaire d'Henry VIII. Le 7, il s'enfuit de sa forteresse auvergnate de Chantelle en direction du Sud, poursuivi par les hommes du roi. Le 9 octobre, en terre d'Empire, il écrit aux Suisses qu'il est passé au service de Charles Quint. La « trahison » de Charles de Bourbon est ainsi consommée. On a beaucoup glosé sur ce mot : faut-il voir dans la défection du connétable un acte de trahison d'un sujet félon (appréciation

« moderne »), ou un changement de suzerain, somme toute légitime, d'un grand féodal maltraité par son seigneur (vision « médiévale »)? La culture politique de l'époque permet les deux interprétations. Le roi lui-même se veut un parangon de chevalerie. Il est toutefois indéniable que, depuis la guerre de Cent Ans et, peut-être surtout, la diffusion du modèle du patriotisme romain à la faveur de la Renaissance, le sentiment national a fait d'énormes progrès en France, au moins dans les élites. Charles de Bourbon a dû en être conscient.

22 juillet
François Ier quitte Paris pour Lyon, en route pour l'Italie.

31 juillet
Jean Prévost, général des finances de Guyenne et allié de Semblançay, reçoit l'ordre de dresser l'état de ses comptes du 1er février au 1er juillet 1523; le compte finalement remis est créditeur au bénéfice de Prévost.

août
La Sorbonne censure les sermons de Pierre Caroli et de Martial Mazurier, membres du Cercle de Meaux.

1er août
Berquin est enfermé à la Conciergerie sur ordre du Parlement, ce qui force le roi, pour sauver son protégé, à « évoquer » son cas devant son Conseil.

5 août
À défaut de Berquin, le Parlement fait brûler sur le parvis de Notre-Dame les ouvrages saisis chez lui.

8 août
Le moine augustin Jean Vallières est brûlé vif à Paris pour avoir mis en question la virginité de Marie. C'est sans doute le premier bûcher dressé contre les réformés en France.

12 août
François Ier confie la régence du royaume à sa mère Louise de Savoie. Il a l'intention de se mettre à la tête d'une forte armée franco-suisse – quelque 30000 hommes – pour une descente de plus en Italie. Mais, malade et inquiet de la tournure des événements, il ne dépassera pas Lyon, et c'est Guillaume Gouffier de Bonnivet qui assurera le commandement de l'armée d'Italie.

septembre
Conformément au plan de campagne dévoilé au connétable de Bourbon le 11 juillet, le royaume est assailli simultanément en Champagne, en Normandie et dans le Sud-Ouest, où Bayonne est encerclée par les troupes espagnoles. Avec de faibles effectifs, Louis de La Trémoïlle est incapable de faire face à une puissante coalition d'Anglais et d'Impériaux, qui dévalent par la Picardie et menacent Paris. La capitale est en effervescence.

11 septembre
François Ier crée une commission extraordinaire, présidée par Jean de Selve, pour instruire au plus vite le procès du connétable de Bourbon. Mais les magistrats, soucieux de procédure, traînent les pieds.

14 septembre
Mort du pape Hadrien VI.

15 octobre
Isolé, Guillaume Briçonnet fait le dos rond et donne des gages à ses détracteurs: dans un décret synodal, il condamne les livres de Luther et fait défense à ses ouailles, sous peine d'excommunication, d'en faire usage.

19 novembre
Au terme de cinquante jours de conclave, le cardinal Jules de Médicis, poussé par Charles Quint, est élu pape sous le nom de Clément VII.
L'approche de l'hiver décide les Anglais à se replier.

20 décembre
Le procès du connétable de Bourbon et de ses complices s'ouvre au Parlement.

28 décembre
Ordonnance sur l'administration des finances.

autres événements
• Au service de François Ier, le Florentin Giovanni de Verrazano s'embarque pour l'Amérique afin de trouver un passage vers la Chine. Arrivé en Floride, Verrazano suit la côte vers le Nord et découvre l'embouchure de l'Hudson. L'entreprise est commanditée par le financier et armateur dieppois Jean Ango.
• Jacques Lefèvre d'Étaples traduit en français le *Nouveau Testament.*

Lefèvre d'Étaples, l'Érasme français

Philosophe et théologien, Jacques Lefèvre d'Étaples (vers 1450-1537) est le plus éminent représentant de l'humanisme chrétien, ce courant qui tente de réformer l'Église au moyen des outils mis au

point par les intellectuels de la Renaissance: l'étude philologique des textes sacrés, débarrassés des scories de la scolastique médiévale, le libre examen, l'usage de la raison.
Le grand homme de ce courant est Érasme de Rotterdam (vers 1469-1536), qui exerce sur l'Europe pensante de son temps un magistère intellectuel et moral sans pareil – il faudra attendre Voltaire pour retrouver une telle royauté. Or Érasme, Européen vagabond qui ignore les frontières, est bien connu en France. En 1495, il a étudié les arts et la théologie à Paris, au Collège de Montaigu, sous la poigne de fer du Brabançon Jean Standonck, un maître de la devotio moderna. *C'est à Paris que prennent forme, à partir des cours privés qu'il donne pour subsister, les futurs* Colloques (Colloquiorum familiarum formulae), *à Paris aussi où, de retour sur le continent après son séjour en Angleterre, paraît la première édition de ses fameux* Adages *(1500). Plus tard, en 1516, Érasme, devenu célébrissime, préférera accepter une charge de conseiller auprès de Charles Quint plutôt que celle de lecteur royal offerte par François Ier – une invitation qui témoigne, s'il en était besoin, de son immense influence.*
Lefèvre partage les préoccupations d'Érasme, utilise les mêmes méthodes, participe du même esprit. Lefèvre est à la France ce qu'Érasme est à l'Europe. Professeur de philosophie au Collège du Cardinal Lemoine, c'est un humaniste accompli, qui maîtrise les trois langues fondatrices, latin, grec et hébreu. En Italie, il a fait la connaissance de Marsile Ficin et de Jean Pic de la Mirandole. Ses goûts le portent d'abord vers les mathématiques et la philosophie: il édite Euclide, Lulle, Sacrobosco (De Sphaera), *traduit en latin Aristote, édite Théophraste, Plutarque (*De placitis philosophorum, *1505) et la* Dialectique *de Georges de Trébizonde. Mais il s'intéresse tôt à la théologie. En 1512, ses* Commentaires sur les Épîtres de saint Paul *présentent la version de la Vulgate et la sienne sur deux colonnes. Comme Érasme, il déplace l'accent sur la foi, principe essentiel pour la Réforme à venir. Bien qu'il ne soit pas docteur en théologie, circonstance aggravante aux yeux de la Faculté, il édite en 1513 un* Quintuplex psalterium (Le Psautier quintuple), *où il met en parallèle les différentes versions connues du psautier, qu'il tente de concilier et d'harmoniser grâce à une cinquième version, la sienne. L'ouvrage est dédié à Guillaume Briçonnet, évêque de Lodève, abbé réformateur de Saint-Germain-des-Prés, et bientôt (1516) évêque réformateur de Meaux. Il rejoint Briçonnet à Meaux en 1521, l'année où ses* Dissertations sur les trois Maries *(1517-1519) sont censurées par la Sorbonne, et devient deux ans plus tard son vicaire général. Figure centrale du Cercle de Meaux, il publie en 1523 sa version française du* Nouveau Testament *(l'*Ancien *suivra en 1528, en exil). En 1525, les persécutions ont raison des « bibliens » français, partisans d'une Réforme pacifique et non schismatique, et le groupe se disperse. Réfugié à Strasbourg, Lefèvre revient pour un bref moment en France, où il sert comme précepteur des enfants royaux, et, en 1530, il finit par se rendre à Nérac, auprès de Marguerite de Navarre, où il meurt en 1537.*

• Luther: *De l'autorité temporelle.*

1524

janvier-mars
Le procès des complices du connétable de Bourbon s'achève en déconfiture. Le connétable en fuite, le Parlement prononce plusieurs peines légères contre des comparses et en élargit d'autres. La peine la plus lourde est prononcée le 16 janvier contre le principal accusé, Jean de Poitiers, sieur de Saint-Vallier. Mais, condamné à mort, il est sauvé au pied de l'échafaud le 17 février par une grâce royale obtenue par Diane de Poitiers, fille du condamné et épouse de Louis de Brézé, grand sénéchal de Normandie. En effet, c'est à celui-ci que François Ier doit la découverte du complot. Le roi a peut-être tenu aussi à ménager sa noblesse, sans doute sensible aux arguments du connétable disgracié. D'ailleurs, le Parlement ne montre aucun empressement à sévir contre le félon. Il faut une séance extraordinaire de la cour souveraine, les 8 et 9 mars, en présence du roi, pour que la saisie de ses biens soit prononcée, et ce n'est qu'après sa mort, en 1527, qu'il sera vraiment condamné et ses biens « confisqués au roi ».

11 mars
Une commission de quatre membres commence l'examen des comptes de Jacques de Beaune de Semblançay.

avril
La situation est mauvaise pour l'armée d'Italie, affaiblie par un long hiver passé dans l'inaction sous les murs de Milan et en position d'infériorité numérique face à la coalition commandée par

Charles de Lannoy, vice-roi de Naples, et le connétable de Bourbon. Une retraite pénible commence, au cours de laquelle Bonnivet est blessé, retraite qui tourne bientôt à la débandade. Et le 30, au passage de Sesia, le France perd son meilleur capitaine: Pierre Terrail, seigneur de Bayard.

BAYARD

Né en 1476 près de Grenoble, ce petit gentilhomme qui s'est illustré sur tous les champs de bataille d'Italie est devenu un mythe de son vivant, honoré par les siens comme par l'ennemi. Un passage infiniment cité – et abondamment illustré – des Mémoires *de Martin du Bellay met en scène une rencontre sur le champ de bataille entre le « chevalier sans peur et sans reproche », mortellement atteint, et le connétable félon. À celui-ci, qui exprime sa pitié pour le mourant, le chevalier rétorque: « Monsieur, il n'y a point de pitié pour moi, car je meurs en homme de bien, mais j'ay pitié de vous, de vous voir servir contre votre prince, et votre patrie, et votre serment. » Une conception « moderne » de la fidélité?*

mai
Sécheresse, disette et brigandage s'ajoutent aux mauvaises nouvelles de l'armée d'Italie, cependant que la coalition contre la France se fait de plus en plus menaçante. Un nouveau plan prévoit l'invasion simultanée du royaume par la Picardie (Henry VIII), la Bourgogne (l'archiduc Ferdinand, frère de l'empereur), les Pyrénées (Charles Quint lui-même) et la Provence (le connétable de Bourbon). Il est question de dépecer le royaume au profit des vaincus, Henry VIII se réservant la couronne de ce qui resterait de la France (les souverains anglais porteront le titre de roi de France jusqu'au XVIIIe siècle).

6 juin
Semblançay comparaît devant la commission chargée d'examiner ses comptes, commission dirigée par le premier président Charles Guillart.

juillet-août
Le connétable de Bourbon envahit la Provence à la tête de 20000 hommes. Le 9 août, à Aix, il prend le titre de comte de Provence. Le 12, il est devant Marseille. Mais la ville résiste, et, surtout, ses alliés suivent mal.

9 juillet
Le roi complète sa réforme de l'administration des finances.

20 juillet
La reine Claude de France meurt à Blois; elle a 25 ans.

5 septembre
Michel-Antoine, marquis de Saluces, est nommé lieutenant du roi de France en Milanais.

29 septembre
À l'annonce de l'arrivée de renforts français, l'armée du connétable de Bourbon lève le siège de Marseille et se retire de Provence.

5 octobre
François Ier quitte Aix-en-Provence pour reprendre l'offensive en Italie. Sa mère Louise de Savoie, Antoine Duprat, Florimond Robertet et le Conseil gouvernent le royaume depuis Lyon.

17 octobre
Les pouvoirs de régente donnés à Louise de Savoie sont renouvelés pour la durée de la campagne en Italie. François Ier et l'armée repassent les Alpes.

26 octobre
La Trémoïlle reprend Milan. Les troupes impériales se rassemblent à Lodi et à Pavie.

octobre-décembre
Fin octobre, l'armée française, aux ordres d'Anne de Montmorency, Louis de La Trémoïlle et Robert de Fleuranges, encercle Pavie. La disproportion des forces est telle que nul ne doute de la victoire des armes françaises, d'autant que la coalition groupée autour de l'empereur commence à donner des signes de lassitude: Henry VIII ne bouge pas. En décembre, Venise se réconcilie avec la France et le pape Clément VII entame une négociation complexe destinée à empêcher les deux principaux souverains chrétiens d'en découdre.

autres événements
- Début de la guerre des Paysans en Allemagne.
- Érasme publie *De libero arbitrio (Du libre arbitre)*, où il défend la capacité de l'homme à faire usage de sa raison pour distinguer entre le bien et le mal, et donc à œuvrer pour son salut. L'année suivante, Luther répliquera par son *De servo arbitrio (Du serf arbitre)*: la chute a privé l'homme à jamais de son libre arbitre, seules lui restent la capacité de croire et la grâce gratuite de Dieu. Cette controverse marque le divorce définitif de l'humanisme chrétien et de la Réforme.

1525

24 février
Le désastre de Pavie. Mal conduite, la bataille tourne à la catastrophe pour l'armée française, qui y perd ses généraux – tués, comme La Trémoïlle, La Palice, Bonnivet, François de Lorraine, Georges et Jacques d'Amboise, René, Grand Bâtard de Savoie, oncle de François Ier, le maréchal de Foix, le duc de Suffolk; ou faits prisonniers, comme Henri d'Albret, roi de Navarre, Fleuranges, Saint-Pol, Montmorency, Chabot de Brion... Prisonniers aussi Clément Marot et les argentiers Étienne Poncher et Philibert Babou. Prisonnier surtout François Ier: «... de toutes choses ne m'est demeuré que l'honneur et la vie sauve...» Enfermé à la chartreuse de Pavie, puis à la forteresse Pizzighettone, près de Crémone, enfin à Madrid, François constitue le principal atout de son vainqueur.
En fait, les résultats de Pavie s'avéreront moins catastrophiques qu'il n'y paraît au premier abord: la régente Louise de Savoie tient solidement les rênes du pouvoir; et Charles Quint, désargenté, empêtré dans les affaires d'Allemagne, menacé par les Ottomans et mal suivi par des alliés que son surcroît de puissance inquiète, est incapable d'exploiter à fond sa victoire.

1er mars-avril
Les négociations s'engagent entre les représentants de Charles Quint et le roi prisonnier. L'empereur a de grosses exigences: la Bourgogne, bien sûr, Thérouanne et Hesdin, Tournai et le Tournaisis, l'hommage du roi de France pour l'Artois et la Flandre, son renoncement à ses prétentions italiennes. Il n'oublie pas ses alliés: le roi d'Angleterre serait rétabli dans ses droits (formulation vague qui pourrait faire passer tout l'ouest de la France dans le giron anglais, comme au temps des Plantagenêts), et le connétable de Bourbon, rétabli dans ses charges et possessions, deviendrait roi de Provence. En avril, Louise de Savoie rejette les conditions imposées par Charles Quint, mais prend soin de ne pas rompre la négociation.
À Paris, en l'absence du roi et de la régente, qui se trouve à Lyon, les Parisiens craignent l'invasion, et une série de mesures d'urgence sont prises. Une assemblée représentative des corps et corporations de la ville – Parlement, bureau de ville, Université, clergé, officiers – est mise en place, qui nomme à son tour une espèce de conseil délibératif *ad hoc* d'une vingtaine de membres pris en son sein – la «chambre verte», ainsi nommée parce qu'elle siège dans une pièce du palais de la Cité tendue de vert. Tout ce beau monde assure la régente de la loyauté de ses sujets dans l'épreuve qui frappe le royaume, délibère beaucoup, mais ne fait pas grand-chose. D'ailleurs, la menace d'invasion s'estompe, l'effervescence tombe, et le Parlement, jaloux comme toujours de ses prérogatives, prend en main la «police», c'est-à-dire l'administration de la capitale.
Il fait plus. La captivité du roi est une trop belle occasion de «réformer» le royaume selon le penchant naturel de ce «sénat» aristocratique et conservateur, hostile à l'absolutisme monarchique comme à la Réforme. Une commission chargée de préparer des remontrances est mise sur pied le 23 mars; ses conclusions sont adoptées le 10 avril, puis portées à Lyon et soumises à la régente. Il y est question, sur le plan religieux, de la répression de l'hérésie et de l'abolition du concordat de Bologne; en matière de justice, du nécessaire respect du cours normal de la justice, perverti par le Grand Conseil et la pratique de l'évocation royale; et au chapitre des finances, des abus dont se sont rendus coupables les financiers du roi, mais aussi du gaspillage effréné des deniers publics. La régente, en position de faiblesse, promet tout ce qu'on voudra.

9 mars
À Lyon, le dominicain Aimé Maigret (Meigret ou Mégret), un disciple de Lefèvre d'Étaples coupable d'avoir prêché la justification par la foi, est condamné au bûcher.

mai
Guillaume Prudhomme est nommé trésorier de l'épargne, en remplacement de Philibert Babou, compagnon de captivité du roi.
La Sorbonne condamne des livres d'Érasme.

juin-août
Louise de Savoie poursuit son travail de sape diplomatique. Une trêve qui garantit la frontière orientale du royaume est conclue avec Marguerite d'Autriche, gouvernante des Pays-Bas. C'est ensuite le tour d'Henry VIII, manifestement tenté par un renversement d'alliance. C'est chose faite le 12 juillet, lorsqu'une trêve de quarante jours est instaurée, assortie du paiement par la France d'une rançon de guerre de 2 millions d'écus. La trêve est signée le 11 août au château de Wolsey à Moore, dans le comté de Hertford, et ratifiée le 30 août. Cette trêve renouvelable a toute l'allure d'une paix en bonne et due forme, et c'est d'ailleurs ainsi qu'elle est présentée aux princes et aux peuples.

10 juin
Cédant aux revendications du Parlement, la régente Louise de Savoie ordonne l'application par tous les officiers de justice d'une bulle du pape du 17 mai précédent relative aux poursuites à exercer contre les luthériens.

28 juin
La commission de la Tour carrée condamne le financier Jean Prévost à 500 livres d'amende et à la saisie de ses biens; il a six mois pour obtempérer sous peine d'emprisonnement. La régente Louise de Savoie intervient en sa faveur.

juillet-novembre
Aggravation de la répression contre les réformés. Le 22 juillet, à Paris, un cardeur de laine est brûlé vif pour avoir brisé une statue de la Vierge. Le 18 août, Guillaume Briçonnet, mis en accusation par les cordeliers de sa ville de Meaux, comparaît devant le Parlement de Paris. Le 28, la Sorbonne interdit de publication le *Nouveau Testament* dans la traduction de Lefèvre d'Étaples. Le 3 octobre, le Parlement reconnaît Briçonnet coupable d'hérésie, après quoi il lance des mandats d'arrêt contre Lefèvre et Gérard Roussel. Ceux-ci, restés sans défense depuis que leur protectrice Marguerite d'Angoulême est partie retrouver son frère prisonnier à Madrid, vont se mettre à l'abri à Strasbourg. Le 12 novembre, de sa prison, François Ier demande au Parlement de surseoir aux procédures engagées contre Briçonnet et ses amis; le Parlement passe outre.

mi-août
François Ier est transféré dans le donjon du château de Madrid. Il espère une entrevue avec Charles Quint, mais celui-ci se dérobe. Le roi de France, malade et très découragé, proteste devant notaire contre les concessions qu'il serait amené à consentir.

10 septembre
L'impôt pour l'année 1526 est fixé à 2 661 000 livres.

18 septembre
Charles Quint, inquiet de la maladie apparemment fatale de son prisonnier, qui menace ainsi de lui échapper, lui rend enfin visite dans sa prison. Il y a des effusions et des protestations d'amitiés, mais peu de résultats. Quelques jours plus tard, à la surprise générale, François Ier est rétabli.

fin novembre
Changement de cap: Louise de Savoie décide que le retour du roi en France prime toute autre considération et instruit ses négociateurs d'accepter les conditions de l'empereur.

4 décembre
Les commissaires de la Tour carrée ordonnent l'arrestation du financier Jean Prévost. Louise de Savoie intervient une seconde fois en sa faveur.

19 décembre
Conformément à la nouvelle politique adoptée, François Ier ordonne aux négociateurs français de céder aux exigences de l'empereur Charles Quint.

23 décembre
Alphonse Ier d'Este, duc de Ferrare, adhère au traité de Moore ratifié avec Henry VIII d'Angleterre le 30 août précédent.

27 décembre
François Ier s'engage par lettres à ratifier le traité de Moore deux mois après sa mise en liberté.

autres événements
- Passé à la Réforme, Albert de Hohenzollern sécularise les domaines des chevaliers teutoniques et crée ainsi le duché de Prusse.
- Le Cercle de Meaux se disperse.
- Guillaume Farel publie *Sommaire et briefve déclaration*, manifeste contre la messe catholique.
- Luther: *De servo arbitrio.*
- Engrand Leprince († 1531), le plus grand peintre verrier de la Renaissance française, achève l'exécution de vitraux pour la cathédrale et l'église Saint-Étienne de Beauvais. Il travailla aussi pour la cathédrale et les églises de Rouen. Contrairement à nombre de maîtres-verriers qui faisaient exécuter par des peintres les motifs des vitraux, Engrand Leprince les dessine lui-même. Ses fils Jean et Nicolas, et son frère ou cousin Pierre, furent également des peintres verriers importants.

1526

janvier-mars
Le traité de Madrid et la fin de la captivité du roi de France. Le 14 janvier, François Ier signe le traité dans sa prison, non sans protester d'abord devant notaires, une fois de plus, contre ses clauses. Celles-ci n'ont d'ailleurs pratiquement pas bougé en près d'une année de négociations: François Ier renonce à la Bourgogne et au Tournaisis, aban-

donne sa suzeraineté sur la Flandre et l'Artois et ses prétentions en Italie, et réhabilite le connétable de Bourbon. Comme toujours, des projets matrimoniaux scellent la paix: le roi de France épousera Éléonor, sœur de l'empereur et veuve de Manuel de Portugal; quant au dauphin, il épousera Marie de Portugal, fille de Manuel et d'Éléonor. Par ailleurs, l'empereur, méfiant, prend ses précautions: serment de François Ier sur l'Évangile, promesse de sa part de revenir se constituer prisonnier au cas où les clauses du traité ne seraient pas respectées et, surtout, livraison en otages des enfants de France, le dauphin François et Henri, duc d'Orléans. Toutefois, le roi obtient ce qui s'avérera finalement l'essentiel: sa libération avant la rétrocession de la Bourgogne. Le 13 février, il reçoit la visite de Charles Quint, le 16 ou le 17 celle d'Éléonor. Le 21 février enfin, il est libéré et reconduit à la frontière par Charles de Lannoy. Le 17 mars, sur la Bidassoa, a lieu la scène fameuse de l'échange entre le roi et ses deux fils, qui vont prendre sa place dans la prison de Charles Quint. François Ier mettra une année entière à regagner sa capitale.

janvier-novembre
Deuxième épisode de l'affaire Berquin: arrêté le 10 janvier au château de Rambures sur ordre de l'évêque d'Amiens, Louis de Berquin est enfermé à la Conciergerie le 24, déclaré hérétique et relaps le 23 mars, et remis aussitôt au bras séculier. Le roi prisonnier, c'est Louise de Savoie qui lui sauve la vie, en prétextant précisément l'absence de son fils. Sommé le 11 juillet par lettre du roi lui-même de transférer le prisonnier au Louvre, le Parlement résiste obstinément. Il cède enfin, ce qui permet au roi de libérer Berquin le 19 novembre. Celui-ci, loin de se terrer, intente un procès à ses ennemis. Le roi nomme une commission d'enquête.

5 février
Arrêt du Parlement prohibant l'impression, la lecture et la diffusion d'ouvrages luthériens.

17 février
Convaincu d'hérésie et blasphème, le juriste Guillaume Joubert est brûlé place Maubert.

mars
François Ier remplace les compagnons perdus à Pavie le 24 février 1525: Philippe Chabot de Brion est lieutenant du roi en Bourgogne et amiral de France, Fleuranges est fait maréchal, Galiot de Genouillac grand écuyer, et Anne de Montmorency – déjà maréchal et gouverneur de Languedoc – grand maître de la Maison du roi.

mars-mai
Il devient évident que le roi de France n'a aucune intention de respecter les clauses du traité de Madrid. En mars, à peine libéré, il refuse de ratifier sa promesse. En avril, à Cognac, il reçoit fastueusement son ami Charles de Lannoy, émissaire de l'empereur, mais le chancelier Duprat agite pour la première fois la menace des états de Bourgogne, et le roi dénie toute valeur à des promesses arrachées sous la contrainte. Le 11 mai, il propose à Charles Quint de remplacer tout de bon le traité de Madrid par un autre, entièrement différent: l'empereur renoncerait à la Bourgogne, le roi à l'Italie, les enfants de France seraient libérés moyennant rançon. Aussi curieux que cela puisse paraître, l'empereur accepte de négocier sur cette base, mais rien de concret ne s'ensuit. Pendant ce temps, des négociations entamées début avril aboutissent, le 21 mai, à la mise en place de la ligue de Cognac, réunissant la France aux principales puissances italiennes – le pape, Venise, Florence et Milan – sous l'arbitrage d'Henry VIII d'Angleterre. En principe, la ligue, qui entend mettre fin aux luttes fratricides au sein de la chrétienté et, bien sûr, préparer la croisade, est ouverte à l'empereur; en fait, les conditions qu'on lui impose (dont l'abandon de fait de l'Italie) en font une machine de guerre anti-impériale. Pour la France, c'est un formidable coup diplomatique, qui isole Charles Quint comme jamais auparavant. Du moins sur le papier. Car l'empereur ne se laisse pas impressionner, la France n'est pas prête à faire la guerre, et, seuls, les Italiens ne font pas le poids devant les troupes du connétable de Bourbon.

avril
De retour en France, Lefèvre d'Étaples est nommé par le roi précepteur des enfants de France et maître de la Librairie royale.
Seconde expédition du Florentin Giovanni Verrazano, cette fois aux Indes, où il va laisser sa vie.

juillet
Les états de Bourgogne refusent de ratifier le traité de Madrid et affirment vouloir rester sujets du roi de France.

20 août
Le traité de Hampton Court entre François Ier et Henry VIII complète le traité de Moore du 30 août 1525.

28 août
Reconnu coupable d'avoir insulté la Vierge, Jacques Pavant est brûlé en place de Grève.

20 octobre
Un ordre de François Ier met fin aux poursuites contre le financier Jean Prévost.

autres événements
• Louis II, roi de Hongrie et Bohême, est battu par Soliman Ier le Magnifique à Mohács.
• À son retour en France, le roi prend pour maîtresse Anne de Heilly, fille de Guillaume de Pisseleu, future duchesse d'Étampes. La maîtresse en titre, Françoise de Châteaubriant, repart dans sa Bretagne.
• Ignace de Loyola: *Exercices spirituels*.
• Date approximative à laquelle Jean Clouet, portraitiste du roi, quitte Tours pour s'installer à Paris.

1527

janvier-août
Suite et fin de l'affaire Semblançay. Le 13 janvier, le surintendant est arrêté avec plusieurs de ses confrères. Le 27 mai, une commission de 12 membres est chargée d'instruire son procès, ainsi que celui d'autres financiers accusés de malversations. Le roi entend manifestement mettre fin à la puissance de l'oligarchie financière. Selon une tradition déjà bien établie, la monarchie fait « rendre gorge » à ses argentiers, en se vengeant sur eux de l'état toujours précaire de ses finances. Condamné à mort le 9 août, Jacques de Beaune de Semblançay est pendu au gibet de Montfaucon trois jours plus tard. Cependant, les travaux de la commission se poursuivent pendant de longues années, et d'autres financiers paieront de leur vie, de leur fortune ou de l'exil un système qui porte la fraude comme la nuée l'orage.

30 janvier
Veuve de Charles d'Alençon après Pavie, Marguerite d'Angoulême épouse Henri II d'Albret, roi de Navarre. Princesse humaniste, elle accueille à sa cour de Nérac nombre de « mal sentans de la foy ».

1er février
Une ordonnance réglemente le cours des monnaies étrangères – écus d'Angleterre, patars de Flandre, testons de Milan, d'Allemagne et de Savoie – et prohibe les testons d'Italie et de Piémont de nouvelle fabrication.

4 mars
Un protonotaire apostolique passé à la Réforme est brûlé place de Grève.

11 mars
Traité d'alliance avec Charles III, duc de Savoie.

14 avril
François Ier est de retour à Paris, treize mois après sa libération.

mai-juin
Les Impériaux maîtres de Rome. Le 6 mai, les mercenaires allemands – et luthériens – du connétable Charles de Bourbon prennent la ville, qu'ils brûlent et pillent huit jours durant. Le connétable est tué d'un coup d'arquebuse. Le « sac de Rome » frappe de stupeur les contemporains, qui y voient volontiers la main de Dieu. Enfermé au château Saint-Ange, Clément VII finit par capituler le 6 juin. La chute du pape Médicis de Rome entraîne celle des Médicis de Florence, où la république est proclamée. Les troupes de la ligue de Cognac reculent sur tous les fronts. François Ier décide de réagir et lève une nouvelle armée. Elle est confiée au maréchal de Lautrec, nommé le 18 juin lieutenant du roi en Italie.

12 mai
Après la mort du connétable, un commissaire est nommé pour dresser un inventaire des titres et papiers de la maison de Bourbon, gardés au château de Moulins.

21 mai
Naissance de Philippe (futur Philippe II d'Espagne), premier enfant de Charles Quint et d'Isabelle de Portugal.

29 mai
« Paix perpétuelle » de Westminster avec Henry VIII.

juin-juillet
À la tête d'une armée de 40 000 hommes, Lautrec repasse les Alpes et envahit le Milanais, bousculant devant lui les Impériaux. Plusieurs villes sont prises, dont Pavie, mise à sac en souvenir de la journée du 24 février 1525.
Projets de mariage italiens: d'Emmanuel-Philibert, prince de Piémont (fils de Charles III, duc de Savoie) avec Marguerite de France (la fille de François Ier, alors âgée de 4 ans); et d'Hercule II d'Este, héritier du duché de Ferrare, avec Renée de France, deuxième fille de Louis XII.

24-27 juillet
Un lit de justice poursuit la reprise en main du royaume par François Ier. Rappelons que « dans un lit de justice il n'est pas question de justice. C'est une séance royale, toutes Chambres assemblées, dans laquelle le roi fait entendre au Parlement sa volonté souveraine » (Gaston Zeller). C'est une procédure rare, à laquelle le souverain a recours une fois épuisées les autres formes d'intervention auprès de la cour récalcitrante (pressions diverses, cajoleries, menaces, « lettres de jussion »). En l'occurrence, il s'agit de vider la querelle la plus grave du règne entre le roi et son Parlement. L'affaire du concordat de Bologne, les poursuites contre les humanistes réformateurs, les prétentions de la Cour, exacerbées par l'absence du roi et la régence, à un partage du pouvoir, son peu d'empressement dans l'affaire du connétable de Bourbon, les mauvaises manières faites au chancelier Duprat au sujet d'une affaire de cumul ecclésiastique (celui-ci est archevêque de Sens et abbé de Saint-Benoît) – les sujets de mécontentement du souverain ne manquent pas. Le lit de justice courbera la tête du Parlement. Un édit, enregistré sans discussion, condamne l'usurpation de pouvoir dont la cour de justice s'est rendue coupable et lui interdit à l'avenir de se mêler d'autre chose que de l'administration de la justice.
Deux jours plus tard, le 26 juillet, une deuxième séance royale règle définitivement son compte à feu le connétable de Bourbon. En montrant une fois de plus le peu de cas qu'il fait du traité de Madrid, le roi fait condamner le connétable à titre posthume pour rébellion et crime de lèse-majesté, et confisquer tous ses biens. L'arrêt est lu le lendemain, 27 juillet, au cours d'une troisième séance royale.

25 août
Un accord est conclu entre François Ier et sa mère Louise de Savoie au sujet de la succession du connétable de Bourbon, dont les fiefs reviennent à la Couronne.

6 septembre
Une ordonnance confère au Grand Conseil la connaissance exclusive des affaires concernant les bénéfices ecclésiastiques ; c'est une pierre de plus dans le jardin du Parlement, dont on sait la rancune tenace à l'encontre de cette juridiction.

décembre
François Ier enterre définitivement le traité de Madrid du 14 janvier 1526. Le 16, une assemblée de notables triés sur le volet et réunie au palais de la Cité rejette les clauses du traité, notamment celles ayant trait à la Bourgogne, manifestement contraires aux lois fondamentales du royaume, et opine que, nonobstant la promesse arrachée à Madrid, le roi ne devra pas retourner en Espagne. Reste le problème de la rançon éventuelle des enfants de France, au cas où l'empereur accepterait cette solution. Le 20 décembre, lors d'une seconde séance, les représentants des trois ordres promettent à leur souverain de réunir les sommes nécessaires.

17 décembre
La Sorbonne condamne 32 propositions d'Érasme, déclarées fausses et entachées d'hérésie.

autres événements
• Le luthéranisme religion d'État au Danemark et en Suède.
• À Lyon, fondation du collège humaniste de la Trinité par Symphorien Champier.

1528

janvier
Charles Quint aggrave les conditions de détention des enfants de France, désormais enfermés dans une prison castillane et privés de leurs serviteurs français. Le futur Henri II y gagnera d'apprendre l'espagnol.

28 janvier
Ultimatum, puis déclaration de guerre de la France et de l'Angleterre à l'empereur.

février
Ignace de Loyola est à Paris, où il suit des cours au Collège de Montaigu, puis au Collège Sainte-Barbe.

février-octobre
Concile provincial de Paris. Convoqué par le chancelier Duprat en sa qualité d'archevêque de Sens (dont dépend le diocèse de Paris), ce mini-concile de Trente avant la lettre est la première tentative sérieuse de tracer une frontière dogmatique entre catholicisme et Réforme. D'autres conciles provinciaux suivront.

mars-septembre
Expression de la persistance de l'éthique chevaleresque à l'heure des « monarchies nouvelles », François Ier et Charles Quint échangent d'anachroniques défis au combat singulier.

18 mars
Remise en vigueur des anciennes ordonnances punissant les blasphémateurs.

26 avril
Un règlement fixe les conditions de la neutralité de la Lorraine. Le duc Antoine a en effet épousé Renée de Bourbon-Montpensier, sœur du connétable Charles de Bourbon dont les biens viennent d'être confisqués.

fin avril
Lautrec commence le siège de Naples. Les armées impériales sont commandées par Philibert de Chalon, prince d'Orange. Les Français, puissamment aidés par Filippino Doria, neveu de l'amiral génois Andrea Doria, qui bloque le port, sont certains de la victoire.

mai
Première entente entre Marguerite d'Autriche, tante de l'empereur et gouvernante des Pays-Bas, et Louise de Savoie: une trêve de huit mois garantit la frontière septentrionale du royaume.

25 mai
François Ier, Venise, le duc de Milan François II Sforza et Florence passent une convention pour lever une armée en Italie contre Charles Quint. En fait, seuls de maigres contingents italiens viendront renforcer le corps expéditionnaire français de François de Bourbon, comte de Saint-Pol.

juin
Dans la nuit du 1er juin, à Paris, rue du Roi-de-Sicile, une statue de la Vierge est mutilée. Le 11, à la tête d'une procession solennelle, le roi la remplace lui-même. La statue profanée est transférée en l'église Saint-Gervais.

1er juillet
À la requête des états de Guyenne, des lettres royales autorisent la reprise du commerce avec l'Espagne.

3 juillet
Denis de Rieux est brûlé à Meaux pour avoir blasphémé contre la messe.

juillet-septembre
Fin de l'aventure napolitaine. En juillet, Andrea Doria passe au service de Charles Quint, qui acquiert, grâce au meilleur amiral du temps, la maîtrise de la Méditerranée. C'est un coup dur pour François Ier, qui perd ainsi toute chance de s'emparer de Naples. Par ailleurs, le sort s'acharne contre l'armée française, qui est décimée par la peste, pendant que l'armée de secours de François de Bourbon, comte de Saint-Pol, ne parvient pas à dépasser la Lombardie. Le 15 août, la peste emporte Lautrec, ce qui n'arrange pas le moral de ses troupes. Son successeur, Michel-Antoine, marquis de Saluces, bat en retraite. En septembre, il ne reste plus dans la région que des troupes squelettiques qui errent dans les campagnes.

16 novembre
Naissance de Jeanne d'Albret, fille d'Henri II d'Albret, roi de Navarre, et de Marguerite d'Angoulême, sœur de François Ier.

24 novembre
Les villes d'Aix, Marseille, Arles et Salon sont requises de contribuer aux dépenses de la guerre en Italie.

novembre-décembre
Les négociations secrètes se poursuivent entre Louise de Savoie et sa belle-sœur Marguerite d'Autriche, gouvernante des Pays-Bas, décidées à mettre fin à une guerre qui est devenue pour les deux adversaires un fardeau intolérable; elles aboutiront à la paix des Dames le 3 août suivant.

autres événements
- Traité de commerce franco-turc.
- Bâle et Berne adhèrent à la Réforme.
- Lefèvre d'Étaples traduit la Bible en français et la publie à Anvers.
- Les plans pour la reconstruction de Fontainebleau, qui n'est alors qu'un vieux château ruiné, sont achevés. François Ier, qui aime la chasse, a choisi l'endroit pour sa forêt giboyeuse. Ce sera là son lieu de résidence favori.
- La décision étant prise de remplacer le vieux château du Louvre par une résidence royale moderne et prestigieuse, on détruit l'ancien donjon, incarnation du pouvoir féodal.

1529

mars-avril
Troisième et dernier épisode de l'affaire Louis de Berquin, arrêté derechef en mars. Guillaume Budé le supplie d'abjurer, en vain. Le 16 avril, le Parlement le condamne à la prison et à faire amende honorable. Berquin fait appel au roi. La cour le condamne à mort le lendemain, 17 avril, et le fait exécuter le jour même pour ne pas laisser à la famille royale le temps d'intervenir.

avril
Diète de Spire et recès (édit impérial) de Charles Quint imposant l'abjuration aux luthériens. Une « protestation » des princes luthériens est à l'origine du néologisme : les « protestants ».

avril-mai
La Grande Rebeyne de Lyon. Émeute frumentaire classique provoquée par la disette et la vie chère – le petit peuple pille des maisons bourgeoises et écume la ville à la recherche de grain –, elle commence le 25 avril, s'amplifie les jours suivants et est férocement réprimée début mai.

21 juin
Les dernières troupes françaises d'Italie, sous le commandement du comte de Saint-Pol, sont défaites à Landriano, en Lombardie, par les troupes espagnoles d'Antonio de Leyva ; les Français évacuent le Milanais.

29 juin
Le traité de Barcelone sanctionne la réconciliation de Clément VII avec Charles Quint ; la clause qui intéresse directement le roi de France concerne le royaume de Naples, dont l'empereur reçoit l'investiture.

3 août
Le traité de Cambrai ou paix des Dames consacre l'apparente victoire de Charles Quint. En fait, sauf Tournai et Hesdin, François Ier abandonne ce que de toute façon il n'a pas : une suzeraineté toute théorique sur la Flandre et l'Artois et des « droits » fortement contestés et bien difficiles à faire valoir sur l'Italie (Naples, Milan et Asti). Il lui faut aussi, clause particulièrement pénible pour son amour-propre, réhabiliter le connétable de Bourbon et ses complices, et restituer les biens propres du connétable à ses héritiers. Enfin, le prix le plus lourd de l'accord se compte en espèces : 2 millions d'écus d'or pour la rançon des enfants de France, dont plus de la moitié au moment de leur libération, et, accessoirement, 500 000 écus pour payer les dettes de l'empereur à l'égard d'Henry VIII. Il mettra près d'une année à amasser cet argent, donc à récupérer ses fils et sa fiancée Éléonor, et il mobilisera pour ce faire la France entière. En revanche, il sauve ce qui avec le recul s'avère l'essentiel : la Bourgogne et les villes de la Somme, clés de la Picardie, voire de Paris.

septembre-décembre
Processus de ratification et début d'application du traité de Cambrai. Le 20 septembre, le parlement de Dijon ratifie le traité, suivi par celui de Paris en novembre (non sans que François Ier, incorrigible, ait enregistré une nouvelle protestation secrète), puis par d'autres corps et corporations. Fin novembre, Hesdin est rétrocédé, puis, en décembre, le comté d'Asti.

24 septembre
Les Turcs sont devant Vienne.

octobre
Nouvelle gifle au Parlement, le Grand Conseil aura désormais connaissance des procès relatifs aux officiers royaux.

autres événements
• Commanditée par Jean Ango, l'expédition des frères Jean et Raoul Parmentier, navigateurs dieppois, vers la Chine, échoue à Sumatra, où périssent les deux capitaines.
• Début de l'affaire du divorce d'Henry VIII et de Catherine d'Aragon. Client de Charles Quint, neveu de Catherine, le pape Clément VII ne peut accorder au roi d'Angleterre ce qu'en des circonstances plus favorables il aurait volontiers accordé. C'est le point de départ d'un autre divorce, autrement important : celui de l'Angleterre d'avec Rome.
• Guillaume Budé publie ses *Commentarii linguae graecae (Commentaires sur la langue grecque).*

Budé

Juriste de formation, Guillaume Budé (1468-1540) fait une carrière classique de magistrat et de diplomate : secrétaire du roi Charles VIII, maître des requêtes, ambassadeur auprès du pape Léon X. Mais il est aussi, sous François Ier, maître de la Librairie royale de Fontainebleau, une fonction plus en harmonie avec ses penchants profonds.
C'est que Budé est d'abord un humaniste, et l'un des plus éminents érudits du temps. Philologue, il analyse dans les Annotations aux pandectes *(recueils de lois romaines) de 1508 le Code de Justinien ; numismate et historien, en 1514 il étudie dans* De asse *les monnaies et les mesures grecques et romaines (il en donnera un abrégé en français en 1522) ; penseur politique, en 1519 il dédie à François Ier une* Institution du Prince *(publiée en 1547), qui est une exaltation de la monarchie absolue ; moraliste et philosophe, en 1521 il publie* De contemptu rerum fortuitarum (Du mépris des choses fortuites). *Il est aussi, et surtout, avec ce brillant exemple de philologie humaniste que sont les* Commentaires

sur la langue grecque, *le restaurateur du grec en France. Trois ans plus tard, en 1532, il donne son* De philologia, *et, en 1535, le* De transitu hellenismi ad christianismum (Le Passage de l'hellénisme au christianisme). *Ce livre est son testament spirituel dans la tourmente des discordes religieuses, après l'affaire des Placards d'octobre 1534 qui a aggravé la persécution antiprotestante. En effet, si Budé a vécu et est mort en catholique, son catholicisme est plus proche de la « philosophie du Christ » érasmienne que du dogmatisme de la Sorbonne. Mais la Faculté a une autre raison de détester Budé : c'est lui qui, profitant de l'amitié que lui porte François Ier, a obtenu de son protecteur la fondation de la « noble et trilingue académie » des Lecteurs royaux (mars 1530).*

- Symphorien Champier : *La Rebeyne.*

CHAMPIER

*Né à Saint-Symphorien-le-Chastel dans une famille de notables, Champier (vers 1471-vers 1537) étudie la médecine à Montpellier et entre au service du duc Antoine de Lorraine comme médecin et historiographe. Présent à Marignan, il est armé chevalier le lendemain par le duc. Entré ainsi dans l'ordre noble par la grande porte, à l'ancienne, par ailleurs cousin par alliance du chevalier Bayard, il rédige à la gloire de celui-ci – et de la noblesse – une biographie qui n'a pas peu contribué à la renommée du « chevalier sans peur et sans reproche » (*Les Gestes ensemble la vie du preulx chevalier Bayard, *1525). Champier est obsédé par cette noblesse à laquelle il a fini par s'agréger. En 1510 déjà, il a publié* Le Livre intitulé l'ordre de chevalerie..., *traduction, en fait, d'un traité de Raymond Lulle du XIIIe siècle qu'il fait paraître sous son nom. Mais dans sa vie comme, sans doute, aux yeux de ses contemporains, il reste un notable bourgeois, que ses compatriotes lyonnais portent plusieurs fois au consulat. Il en profitera pour fonder le célèbre collège humaniste de la Trinité (1527).*

Champier a beaucoup écrit. Le médecin, auteur prolifique de dizaines d'ouvrages sur la science médicale de son temps (qui lui ont valu les railleries cruelles de Rabelais, Pantagruel, *VII), a tenté une synthèse laborieuse des traditions grecques et arabes (*Symphonies, *1514). Le chroniqueur, témoin – et victime – de la Grande Rebeyne de Lyon (les émeutiers ont mis sa maison à sac), en a rendu un compte rendu intéressant mais partial dans ce texte de 1529, dont le titre complet est :* S'ensuyt ung petit traicté de la noblesse et ancienneté de la Ville de Lyon. Ensemble de la rebeine ou rebellion du populaire de ladicte Ville contre les conseillers de la cyté et notables marchans à cause des bledz. *Il l'attribue, sans grande vraisemblance, à la « maudite secte vaudoise » et aux luthériens, d'ailleurs confondus.*

L'humaniste, enfin, est, avec Maurice Scève, une figure centrale du cénacle de Lyon. Il se signale dès 1503 par une Nef des dames vertueuses, *un recueil de contes à la mode italienne qui contribue à un débat littéraire récurrent pendant la Renaissance : la « querelle des femmes », ou « des amyes ». Il s'y montre, comme ce sera le cas pour le cercle d'humanistes qui se presse autour de Marguerite de Navarre (notamment Antoine Héroët, dont la* Parfaicte Amye *paraîtra en 1542), champion des dames contre leurs détracteurs (ainsi, Bertrand de La Borderie, auteur de* L'Amye de Court, *1541). Débat purement littéraire et intellectuel, sans incidence aucune sur la condition féminine. Mais ce qui est intéressant dans son cas, c'est qu'il y mêle des considérations néo-platoniciennes. Champier, auteur en 1507 d'une œuvre d'inspiration ficinienne* (De quadruplici vita), *est en effet l'un des principaux protagonistes de la pénétration du néoplatonisme florentin en France.*

1530

22-24 février

À Bologne, Clément VII ceint son vainqueur et nouvel allié, Charles Quint, de la couronne impériale.

mars

Le roi, fortement sollicité par Guillaume Budé, fonde à Paris les Lecteurs royaux, la « noble et trilingue [grec et hébreu d'abord, latin ensuite] académie », futur Collège de France. On y enseigne librement, selon les méthodes humanistes, et les chaires se multiplient rapidement. En attendant le bâtiment promis, les cours sont donnés au Collège de Cambrai ou au Collège de Tréguier.

Parmi les premiers lecteurs, pensionnés par le roi, figurent quelques grands noms de l'érudition humaniste française du temps : les hellénistes Pierre Toussaint et Danès, l'hébraïsant François Vatable, un ancien du Cercle de Meaux, le mathématicien Oronce Finé. Parmi ses premiers auditeurs : Postel, qui y enseignera lui-même bientôt les langues orientales, Dorat, Calvin, Ramus,

Amyot. Ce dernier dira dans l'épître dédicatoire à Henri II qui ouvre sa fameuse traduction de Plutarque, parue en 1559, tout ce que sa génération doit au «grand roy François». Ce n'est que justice. Mais les institutions de ce type prolifèrent dans l'Europe de la Renaissance. Elles sont le foyer d'idées nouvelles, non seulement en philologie et philosophie, mais aussi en théologie. Ce sont, autrement dit, des foyers d'hérésie. Les jésuites comprennent que la meilleure façon de les combattre est de créer des écoles de même acabit, où les méthodes nouvelles sont mises au service de la vieille religion.

29 avril
L'argent de la rançon des enfants royaux est remis aux émissaires de Charles Quint à Bayonne; les sommes sont vérifiées pendant tout le mois de mai.

mai
Suites de l'affaire du connétable de Bourbon, conformément au traité de Cambrai du 3 août 1529. Le 8 mai, le roi cède par lettres patentes ses droits sur Naples, Milan, Gênes et Asti; les titres en sont remis à l'empereur par Anne de Montmorency. Le 17 mai, les héritiers du connétable de Bourbon, Louise de Bourbon-Montpensier et son fils Louis II de Bourbon, prince de La Roche-sur-Yon, rentrent en possession de certains biens propres du connétable. Le 21 mai, les arrêts rendus contre le connétable, ses amis et serviteurs sont révoqués.

juin
Diète d'Augsbourg; confession de foi protestante, dite confession d'Augsbourg. Le fossé théologique entre catholiques et réformés s'avère impossible à combler; en en prenant acte, Charles Quint arrache à Clément VII la promesse de réunir un concile.

juillet
Le dauphin François et son frère Henri sont libérés le 1er après quatre ans de détention; les enfants de France sont âgés de 12 et 11 ans. Éléonor de Habsbourg les accompagne; prévu par le traité de Cambrai, le mariage de François Ier avec la sœur de l'empereur peut enfin avoir lieu. C'est chose faite le 7 juillet, à l'abbaye de Saint-Laurent-de-Beyrie, en Gascogne, où le roi est allé accueillir ses enfants et sa fiancée.

août
Chute de la république de Florence; la ville retombe au pouvoir des Médicis grâce au soutien de Charles Quint.

autres événements
• Plusieurs grands acteurs de la première partie du règne disparaissent: le Piémontais Mercurino Gattinara, l'habile chancelier de l'Empire (à qui succède un homme d'envergure comparable, le Franc-Comtois Nicolas Perrenot de Granvelle); le cardinal Wolsey, disgracié l'année précédente, dans la foulée de la paix des Dames et de son incapacité à obtenir le divorce royal, en novembre (Thomas Cromwell lui succède); le même mois, le 30 novembre, Marguerite d'Autriche, l'une des architectes de la paix des Dames; l'autre, Louise de Savoie, la suivra moins d'une année après, le 22 septembre suivant.
• Guillaume Farel fait passer Neuchâtel à la Réforme.

Farel

Rejeton d'une famille noble du Dauphiné, Guillaume Farel (1489-1565) est un disciple de Lefèvre d'Étaples, qu'il rejoint à Meaux en 1521. Il se convertit à la Réforme et se réfugie à Bâle en 1523. Commence alors une vie errante: Montbéliard, Metz, Strasbourg. Inlassable propagandiste, il prêche la Réforme dans le canton de Vaud et à Neuchâtel, qu'il réussit à gagner au protestantisme, et à Genève, avec Pierre Viret. En 1525, il publie les premiers textes de dogmatique et de liturgie en français, dont la Sommaire et briefve déclaration d'aucuns lieux fort nécessaires à un chacun chrestien. *C'est lui qui retient Calvin dans la cité du lac Léman, de 1536 jusqu'à leur expulsion commune deux ans plus tard. Il se retire alors à Neuchâtel pour se consacrer à ses activités de pasteur, jusqu'à sa mort.*

• Le peintre flamand Joos van Cleve (vers 1485-1540) est appelé à la Cour de France pour peindre le *Portrait de François Ier* (Philadelphie, Museum of Art) et de sa seconde épouse, *Éleonore de France* (Vienne, Kunsthistorisches Museum).
• Bernard Palissy (vers 1510-1590), le plus grand céramiste de la Renaissance française, s'établit à Saintes. D'une curiosité scientifique insatiable qui l'a fait parfois surnommer le «Léonard de Vinci français», il étudie les îles de Saintonge, les rochers de la côte, la flore et la faune locales... Il s'établit ensuite à Paris où il fonde entre 1575 et 1584 une «petite Académie» où sont débattues des questions sur les sciences naturelles, la médecine, l'alchimie, la philosophie... Le prix d'entrée est un écu, que Palissy propose de rembourser au quadruple à celui qui saura réfuter ses

opinions ! Ces leçons parisiennes sont recueillies dans les *Discours admirables*, publiés en 1580. Ils se présentent sous forme de dialogues entre deux personnes : Théorie (qui a toujours tort) et Pratique (qui a toujours raison), illustrant ainsi l'idée de Palissy que la pratique est supérieure à la théorie.

• Arrivée probable en France du peintre italien Rosso (1495-1540), invité par François Ier pour décorer le château de Fontainebleau encore en construction.

La Première École de Fontainebleau

Au cours de ses campagnes d'Italie, François Ier a découvert l'art de la Renaissance italienne qui l'a fasciné. Aussi, après avoir décidé la reconstruction du château de Fontainebleau, s'adresse-t-il à des artistes italiens pour en diriger les travaux de décoration.

En 1530 arrive sur le chantier un peintre florentin déjà célèbre, recommandé au roi par l'Arétin : Rosso, élève d'Andrea del Sarto, appelé par les Français Maître Roux. Il est suivi deux ans plus tard par un peintre bolonais, Primatice (1504-1570), qui est l'un des meilleurs élèves de Giulio Romano, l'héritier de Raphaël. C'est autour de ces deux artistes que vont débuter les travaux de décoration du château, et à travers le filtre de leurs personnalités propres que les leçons de l'art italien vont passer à Fontainebleau, engendrant le premier classicisme français. À leur tour, Rosso et Primatice font venir d'Italie plusieurs autres artistes ; le Florentin Luca Penni, le Bolonais Antonio Fantuzzi… Ils engagent aussi des Français, essentiellement des sculpteurs, et quelques Flamands comme Léonard Thiry. Ce sont donc de véritables équipes européennes qui travaillent alors, à l'écart de tout, Fontainebleau étant à une journée de voyage de Paris. Si dans un premier temps l'art de Rosso, artiste inquiet dont les œuvres sont pleines d'invention et non dénuées d'une certaine véhémence, marque les esprits, c'est finalement le style de Primatice – assisté à partir de 1552 par Nicolò dell'Abate –, plus serein, plus raphaëlesque, plus facilement assimilable, qui s'imposera en France. Du premier reste la galerie François Ier (en partie défigurée), chef-d'œuvre dont le roi gardait la clé sur lui et qu'il fit visiter à Charles Quint en 1540. Une réplique tissée de la paroi Sud de cette galerie, la tenture de Vienne (Vienne, Kunsthistorisches Museum), fut même réalisée pour le roi sur des cartons de Charles Badouin.

Contrairement à Rosso qui ne passe en France que dix ans – il meurt en 1540 –, Primatice va servir sous quatre règnes successifs. Il réalise dès son arrivée l'appartement du roi (détruit), puis la galerie d'Ulysse (détruite) et la décoration de la chambre de Mme d'Étampes (conservée). Il dessine aussi l'aile de la Belle Cheminée à Fontainebleau, le tombeau d'Henri II et vraisemblablement la chapelle funéraire destinée à recevoir la sépulture des derniers Valois à Saint-Denis. Il travaille également pour les Guise et réalise pour le cardinal de Lorraine la grotte de Meudon (aujourd'hui disparue). En 1547, à la mort de François Ier, le chantier de Fontainebleau ralentit et de nombreux artistes le quittent pour faire carrière ailleurs.

C'est à partir de ce moment seulement que l'on peut véritablement parler de la Première École de Fontainebleau au sens où des artistes, formés sur le chantier, vont réaliser une production originale, même si elle reste profondément liée au maniérisme italien. Si le grand décor bellifontain ne s'impose pas tout de suite à la Cour de France en raison de la volonté d'Henri II de se démarquer des choix de son père, il trouve en revanche un écho favorable auprès de quelques grands seigneurs : en témoignent la galerie du château d'Oiron (Poitou) peinte entre 1546 et 1549 par Noël Jallier, les peintures des cheminées du château d'Écouen ou encore les décorations du château d'Ancy-le-Franc, en Bourgogne.

Mais ce sont surtout les graveurs qui vont contribuer au retentissement du style bellifontain en diffusant en Europe, par l'estampe, nombre de dessins de Rosso, de Primatice… Luca Penni, frère de Francesco Penni qui, avec Giulio Romano, hérita de l'atelier de Raphaël, va jouer à cet égard un rôle capital : appelé sur le chantier pour aider Rosso, il se consacre ensuite, une fois installé à Paris, au dessin pour la gravure, faisant ainsi le lien entre la production bellifontaine et des graveurs parisiens comme Léon Davent et Jean Mignon. Les sculpteurs, les liciers, les orfèvres, les émailleurs contribueront eux aussi à diffuser l'art bellifontain à travers l'Europe.

• Début de la décoration sculptée de la Belle Chapelle du transept nord de l'église de l'abbaye de Solesmes. *L'Ensevelissement de la Vierge* répond à la *Mise au tombeau* du transept sud, qui date de la fin du XVe siècle, mais déjà le style en diffère : un certain classicisme antiquisant y rompt la cohérence de l'ensemble et affaiblit sa force dramatique. La sculpture est achevée vers 1550.

1531

5 janvier
Le frère de Charles Quint, Ferdinand d'Autriche, roi de Bohême, est élu roi des Romains. Charles Quint assure ainsi la succession impériale des Habsbourg.

5 mars
Couronnement de la reine Éléonor à Saint-Denis; le 16, elle fait son entrée à Paris.

24 avril
Les conditions françaises du contrat de mariage d'Henri, futur dauphin après la mort de son frère aîné François, et de Catherine de Médicis, parente du pape Clément VII, prévoient une dot territoriale substantielle: Pise, Modène, Livourne, Reggio d'Émilie, Parme, Plaisance. Le pape accorderait en outre une aide à la reconquête de Gênes et de Milan. Encore un projet italien qui finira en déconfiture.

14 juin
Le pape Clément VII accepte les termes du contrat de mariage, ajoutant un don de 100 000 écus si Catherine renonce à ses biens florentins.

12 juillet
Pour faire face à la famine qui sévit dans le royaume, un édit interdit l'exportation de grains pour une durée de deux ans.

23 juillet
Le grand sénéchal de Normandie Louis de Brézé décède; l'étoile de sa jeune veuve, Diane de Poitiers, va bientôt briller au firmament de la Cour.

26 août
Une ordonnance réserve au roi et au chancelier les nominations d'officiers de judicature.

septembre
Diane de Poitiers est admise à la Cour, où elle deviendra la maîtresse du futur Henri II.
Anne de Montmorency devient premier conseiller du roi.

22 septembre
Mort de Louise de Savoie, âgée de 55 ans. Ses possessions reviennent au domaine royal.

28 septembre
Des lettres du roi enjoignent à tous ceux qui sont exemptés de la taille ou se prétendent tels, de produire leurs titres dans un délai de six semaines.

octobre
Afin de combattre les accaparements, une nouvelle réglementation du commerce des grains l'interdit désormais ailleurs que sur les places de marché.

novembre
François Ier entreprend un nouveau périple à travers son royaume, le plus long du règne – près de trois ans – et l'un des plus longs de l'histoire de la monarchie. Bien que la tendance à la fixation de la Cour se poursuive, le val de Loire le cédant de plus en plus à Paris, cette tradition du tour de France se maintient, le souverain étant ainsi censé aller à la rencontre de son royaume, en vérifier *de visu* l'état, et se donner à voir, lui et peut-être surtout son fils le dauphin, à ses sujets. C'est un déplacement considérable et fort cher, avec la famille royale, la Maison du roi au grand complet, le Conseil et la Cour, occasionnant des « entrées » somptueuses dans les bonnes villes. Le voyage, méthodique, commence au Nord (Picardie), se poursuit à l'Ouest (Normandie, puis Bretagne) puis, après une brève pause hivernale à Paris, il reprend, début mars 1533, vers l'Est (Champagne) et, à travers le Massif central, vers le Midi provençal et languedocien, avant de remonter par Lyon et la Bourgogne vers Paris, où le périple s'achève, le 9 février 1534. Chemin faisant, on règle de grandes questions pendantes, comme le rattachement solennel de la Bretagne, et l'on rencontre des souverains étrangers qui ont fait spécialement le déplacement – Henry VIII à Boulogne et Calais, Clément VII à Marseille. Le royaume que découvre François Ier est vaste, peuplé (quelque 16 à 18 millions d'âmes), réputé riche, où la production agricole réussit le plus souvent à nourrir une population en expansion. Mais déjà, les premiers signes de stagnation s'annoncent, avant que les troubles des guerres de Religion ne marquent la fin d'un cycle de croissance séculaire.

autres événements
• Les princes protestants allemands forment la ligue de Smalkalde contre Charles Quint. C'est pain bénit pour François Ier, qui s'empresse de leur dépêcher un émissaire chargé de les assurer du souhait du roi de France de défendre les « libertés germaniques ».
• Pendant toute l'année, le royaume connaît une grave crise de subsistance. Le prix du blé est multiplié par six. La création, à Lyon, de l'Aumône générale est un signe des temps: de la misère, bien sûr; mais aussi de la tendance à la centralisation et à la rationalisation visible dans tous les domaines

de la vie sociale; et aussi des théories humanistes d'ingénierie sociale, que ce soit sous forme d'utopie (réapparue en Occident sous la plume de Thomas More), d'ouvrages programmatiques (le plus connu dans cet ordre étant le *De subventione pauperum* de Juan-Luis Vivès, publié d'abord aux Pays-Bas et repris à Lyon en 1532) ou de législation. Aussi bien, l'institution lyonnaise sera bientôt imitée dans plusieurs villes du royaume.

• Marguerite de Navarre: *Miroir de l'âme pécheresse.* Rédigé quelques années auparavant, ce texte non seulement reflète l'influence des gens du Cercle de Meaux, avec leur évangélisme somme toute prudent, mais encore donne libre cours à des idées plus subversives, non sans rapport avec la doctrine zwinglienne du salut par la grâce et de l'eucharistie-symbole. La reine de Navarre a-t-elle franchi le pas, est-elle devenue «réformée»? Officiellement, jamais; de cœur, c'est possible, voire probable. En tout cas, ses ennemis de la Sorbonne n'en doutent point.

Marguerite de Navarre

La sœur aînée de François Ier est une des figures les plus attachantes de la Renaissance française, une des plus accomplies aussi. Née en 1492, la duchesse d'Angoulême épouse en 1509 Charles, duc d'Alençon, puis, celui-ci tombé à Pavie en 1525, elle se remarie deux ans plus tard à Henri II d'Albret, roi de Navarre. Marguerite brille à la Cour de son frère, lui sert de conseillère et d'égérie spirituelle, et, aux heures sombres d'après Pavie, elle ne craint pas d'aller à Madrid négocier, en vain, la libération du roi prisonnier. Mais Marguerite n'est pas une autre Louise de Savoie.

À un âge où les femmes accèdent rarement au savoir, elle est une humaniste de premier ordre, érudite, polyglotte, d'une curiosité insatiable. Voyageuse infatigable, elle emporte dans ses bagages poètes et savants, philosophes et théologiens, à qui elle offre charges, pensions et, surtout, sécurité. En effet, sans franchir, on l'a vu, le pas de l'abjuration, elle est favorable aux idées nouvelles et protège tout ce que la France compte de déviants: des catholiques évangéliques et réformateurs, comme les gens du Cercle de Meaux, mais aussi des plumitifs aussi sulfureux que Bonaventure Des Périers et de francs hérétiques comme Calvin, Farel et le pauvre Berquin, à qui elle évite à deux reprises le bûcher. C'est que Marguerite, dans la lignée d'Érasme et de Lefèvre d'Étaples, se soucie moins de dogme, catholique ou protestant, que de sentiment religieux.

Ce mysticisme évangélique d'inspiration néoplatonicienne imprègne son œuvre religieuse: Le Dialogue en forme de vision nocturne *de 1524 (publié en 1533), le* Miroir de l'âme pécheresse. *Mais il transpire aussi dans son œuvre profane, où lyrisme poétique, amour de la nature, dévotion spirituelle et franche gaillardise font bon ménage: dans son théâtre (*Comédie à dix personnages, *1542;* Comédie jouée à Mont-de-Marsan, *1547), sa poésie (*Les Marguerites de la Marguerite des princesses *de 1547,* Chansons spirituelles, Dernières Poésies), *comme dans son recueil le plus célèbre, l'*Heptaméron *(édition posthume, 1558-1559), un ensemble de nouvelles inspirées du* Décaméron *de Boccace.*

Désenchantée, durement affectée par la mort de son frère, la «Marguerite des Marguerites» s'éteint peu de temps après lui, en 1549.

1532

mai

De plus en plus répressif à l'intérieur, François Ier recherche activement l'alliance des princes luthériens à l'extérieur. Ainsi, dans la foulée de la mission de Guillaume du Bellay auprès des princes de la ligue de Smalkalde, un traité d'alliance est signé à Scheyern. Ce grand écart devient une figure obligée des «monarchies nouvelles», la raison d'État légitimant à l'extérieur ce que la morale chrétienne interdit à l'intérieur.

2 mai

Jean de Cahors, professeur de droit à l'université de Toulouse, est brûlé pour avoir propagé la doctrine luthérienne. Désormais, les réformés sont condamnables pour leur adhésion aux idées de Luther, et non plus seulement pour des actes publics hostiles à la religion catholique.

14 juin

Une ordonnance interdit aux officiers de finances de jouer avec l'argent de leur recette sous peine de fouet, bannissement et confiscation de biens.

août-septembre

Rattachement définitif et solennel du duché de Bretagne à la couronne de France. Le 6 août, François Ier accorde aux états de Bretagne réunis à Vannes l'octroi des droits, libertés et privilèges dont les représentants des trois ordres de la province demandent le respect. Le 12, le dauphin François est intronisé à Rennes duc de Bretagne sous le nom de François III. Le 13, enfin, l'édit d'union de Nantes intègre le duché de Bretagne à la couronne de France, tout en confirmant les franchises, surtout fiscales, de la province annexée. Le 3 septembre, l'édit de Plessis-Macé confirme l'édit d'union.

octobre

Henry VIII et François Ier se rencontrent à Boulogne, puis à Calais. Empêtré dans ses affaires matrimoniales, le roi d'Angleterre a plus que jamais besoin de son cousin de France, qui fait ce qu'il peut auprès du pape et de la Sorbonne pour faciliter son divorce d'avec Catherine d'Aragon; aux prises avec l'empereur, François Ier a plus que jamais besoin du roi d'Angleterre. Mais pour logique qu'elle soit, leur alliance est fragile, et elle ira s'effritant, jusqu'à la rupture.

décembre

Sept vaudois sont livrés au feu.

autres événements

• « Alcofribas Nasier » : *Les horribles et espoventables faictz et prouesses du tresrenome Pantagruel, Roy des Dipsodes.*

Rabelais

François Rabelais (vers 1490-1553) a plus de 40 ans lorsqu'il publie, sous son anagramme, Pantagruel. *Rien dans sa vie et sa carrière jusque-là ne le prédestinait à écrire cette énorme farce qui se trouve être la première grande œuvre littéraire de la Renaissance française. Né à La Devinière près de Chinon vers 1490, il est moine franciscain à Fontenay-le-Comte, puis, en 1523, chez les bénédictins de Maillezais, en Poitou. L'ordre de Saint-Benoît est plus ouvert aux idées nouvelles, et là on ne lui confisque point ses livres comme chez les cordeliers. Mais il ne tient pas en place. En 1530, il s'en va à Montpellier étudier la médecine. Deux ans plus tard, il est médecin à l'hôtel-Dieu de Lyon. Il a déjà publié des choses de facture très classique, notamment des ouvrages de médecine – le* Petit Art médical *de Galien, les* Aphorismes *d'Hippocrate. Puis, brusquement, ce* Pantagruel, *suivi deux ans plus tard par les aventures de son père : la* Vie tres horrificque du grant Gargantua, pere de Pantagruel. *Il est condamné par la Sorbonne, mais il a su se ménager de puissantes protections. À Maillezais, il a été le secrétaire du prélat humaniste Geoffroy d'Estissac. L'année suivant sa nomination à Lyon, il accompagne à Rome un autre prélat humaniste, le cardinal Jean du Bellay, dont il est devenu le médecin ordinaire. Budé est de ses amis, les Châtillon et la puissante Diane de Poitiers lui accordent leur protection, et, lorsqu'il publie ses* Tiers Livre *(Paris, 1546) et* Quart Livre *(Lyon, 1548, 1552), il le fait avec privilège de François Ier, puis d'Henri II. Rabelais est un audacieux prudent, qui n'a aucune envie de finir sur le bûcher. Après le* Tiers Livre, *il lui faut tout de même fuir à Metz, où il végète pendant deux ans. Mais le voici grâce au cardinal du Bellay chanoine de Saint-Maur-des-Fossés, puis, en 1550, curé à Meudon. Il lui restait trois ans à vivre. Un* Cinquième Livre, *sans doute apocryphe, ou du moins compilé avec des matériaux qu'il a laissés derrière lui, paraît une dizaine d'années après sa mort, en 1562.*

Les aventures de ses bons géants tiennent tout à la fois du roman picaresque, de l'utopie, de la littérature populaire des almanachs et du traité philosophique. Ce sont des livres sérieux habillés de burlesque. Dans le Pantagruel, *la lettre de Gargantua à son fils est un manifeste de la culture et de la pédagogie humanistes, l'abbaye de Thélème – un lieu de nulle part où la liberté, ennemie de la licence, est seule maîtresse. Les vérités qu'il assène à ses lecteurs, Rabelais les a tirées de son immense culture humaniste, mais aussi de sa propre expérience de cordelier écœuré par l'inculture crasse de ses confrères et l'abrutissement de l'éducation scolastique. Son dégoût de la guerre procède d'Érasme, mais aussi de son amour immodéré de la vie comme, sans doute, de la vieille mémoire léguée par ses ancêtres vignerons, dont le labeur a été tant de fois ravagé par les Picrochole de tout poil. Son anticléricalisme est celui d'un humaniste, mais il le partage avec une culture populaire qui a fait volontiers du moine un présage de malheur.*

On s'arrache le livre, mais c'est parce qu'il amuse, sans plus. La plupart des contemporains n'y ont rien compris. C'est qu'ils l'ont lu, comme son grossier modèle anonyme (les Grandes et inestimables chroniques du grand et énorme géant de Gargantua, *Lyon, 1532) au premier degré. Rabelais se fait alors plus explicite dans sa* Pantagrueline Prognostication, *puis dans le Prologue au* Gargantua, *où il explique à ses lecteurs comment lire une œuvre entre les lignes… Et l'on commence à comprendre, en effet. Mais à comprendre quoi? Pour ses contemporains gardiens de l'orthodoxie, catholique ou calviniste, Rabelais est un mécréant, censuré par la Sorbonne et fustigé par Calvin dans son traité* Des scandales *de 1550. Pour nos contempo-*

rains, il reste un objet d'infinis débats, tellement cette œuvre énorme et foisonnante se prête à des interprétations divergentes.
Allons au plus certain. Rabelais est un humaniste, et il partage la foi de nombre de ses confrères : un christianisme simple, évangélique, optimiste, fondé sur la croyance en la nature bonne de l'homme et de la création. Sa pédagogie procède de cette croyance : un esprit bien né et bien fait sera toujours enclin au bien. Débarrassé de la lourde tutelle de maître Jobelin Bridé, Gargantua devient grâce à Ponocrates un véritable uomo universale, *un héros de la Renaissance. Muni du programme que lui envoie son père, Pantagruel sautera l'étape scolastique pour aller droit à l'eldorado humaniste. Maître Épistémon, mais aussi sa propre raison d'homme libre et son propre instinct d'homme naturellement bon lui montreront la voie.*
Bien sûr, ni sa philosophie, ni sa pédagogie, ni son éthique ne sont originales ; elles sont celles de tout un courant, de toute une civilisation. Rabelais est grand par la forme qu'il leur a donnée. Mais comment un même homme a-t-il pu écrire la harangue de Janotus de Bragmardo et la lettre de Gargantua, la Tempête du Quart Livre *et les doctes dialogues du* Tiers Livre, *les appétits grossiers de ses bons géants et la sociabilité précieuse de l'abbaye de Thélème ? Et comment s'y est-il pris pour dire ce formidable jaillissement de vie qu'il sent en lui et perçoit autour de lui ? En faisant ce que seuls les plus grands sont en mesure de faire : en créant un style et en inventant une langue. Sa puissance d'imagination, son inventivité langagière sont prodigieuses. Il a malaxé le français comme personne, en puisant à toutes ses sources, en exploitant tous ses niveaux, aussi à l'aise dans la langue savante que dans le patois et le parler du populaire. Pour retrouver une pareille puissance il faudra attendre Hugo, pour retrouver une telle inventivité il faudra attendre Céline. Comment après cela ses personnages ne seraient-ils pas devenus des proverbes, et son nom un adjectif ?*

• Début de la construction de l'église Saint-Eustache à la demande de François Ier. C'est la seule grande église parisienne entièrement conçue et réalisée au XVIe siècle.
• Rosso est rejoint à Fontainebleau par le peintre italien Primatice, également invité en France par François Ier.

1533

mars
À l'invitation de Marguerite de Navarre, Gérard Roussel, un ancien du Cercle de Meaux, prêche le carême au Louvre, avec un succès considérable. C'est la troisième année consécutive, et la Sorbonne, ulcérée, pousse des hauts cris. Le roi tente de tenir balance égale : il interdit la chaire à Roussel, et chasse de Paris Noël Bédier, le terrible syndic de la Sorbonne.

12 mars
En vertu d'une bulle de Clément VII, les derniers prieurés et abbayes qui, en dépit du concordat de Bologne, ont gardé le privilège d'élire leurs prieurs et abbés, en sont dépouillés. Le roi a désormais le pouvoir de nommer à tous les bénéfices du royaume.

28 mars
Les officiers de justice et les prélats de Languedoc se voient imposer le devoir de résidence.

21 août
Grands Jours à Tours.

octobre-novembre
Agitation à Paris pour cause de religion. En octobre, la Sorbonne prohibe la seconde édition du *Miroir de l'âme pécheresse* de Marguerite de Navarre. Le 8 novembre, confrontée à la colère de François Ier, la Sorbonne doit faire machine arrière, biffer le *Miroir de l'âme pécheresse* de la liste des ouvrages prohibés et faire signer à ses docteurs une déclaration de désaveu de leur propre décision. Dans l'intervalle, le 1er novembre, le nouveau recteur de l'Université de Paris, Nicolas Cop, prononce au couvent des Mathurins son fameux discours de la rentrée universitaire, où, prenant pour thème les Béatitudes, il assène à un auditoire abasourdi la thèse luthérienne du salut par la grâce seule et prend la défense des persécutés du « pur Évangile ». La Faculté le dénonce au Parlement, et Cop, tout en protestant de la liberté académique, prend la fuite. Avec lui quitte Paris le nommé Jean Cauvin, que la rumeur accuse d'avoir rédigé pour l'essentiel le discours incendiaire du recteur. Le syndic de la Sorbonne Bédier rentre à Paris. La Faculté a gagné une nouvelle manche contre les « mal sentans de la foy ».

28 octobre
À Marseille, au cours du tour de France du roi, Clément VII célèbre le mariage d'Henri

d'Orléans avec Catherine de Médicis, fille de Laurent, duc d'Urbino. Si nombre de seigneurs français sont choqués par ce qu'ils considèrent comme une mésalliance, il faut dire que la jeune « bourgeoise florentine », fille de Madeleine de La Tour d'Auvergne et petite-fille de Jeanne de Bourbon-Vendôme, est tout de même autant française qu'italienne, et même de sang royal. Quoi qu'il en soit, Clément VII mourra peu après, et sa « nièce » Catherine n'apportera donc pas à François Ier la dot italienne escomptée, notamment Parme et Plaisance, assortie de la promesse du pape d'aider le roi de France à reprendre son cher Milanais.

autres événements

• Le schisme anglais se précipite avec la répudiation unilatérale de Catherine d'Aragon, le mariage du roi avec Anne Boleyn, enceinte de la future Élisabeth Ire, et l'excommunication d'Henry VIII par Clément VII.
• Charles de Bovelles: *Livre de la différence des langues vulgaires et de la variété de la langue française.*
• Josse Clichtove: *Livre et traité de toute vraie noblesse*, traduction de son *De vera nobilitate opusculum*, paru en 1512.
• Marguerite de Navarre: *Dialogue en forme de vision nocturne*, ouvrage dans lequel la reine de Navarre affirme la justification par la foi seule.
• Les projets de l'Hôtel de Ville de Paris sont vraisemblablement réalisés par le Boccador, à qui l'on attribue aussi les premiers plans pour Chambord.
• Première œuvre datée de Léonard Limosin (vers 1505-vers 1576), le plus grand émailleur de la Renaissance française; il s'agit d'une plaque faisant partie d'une série illustrant la *Passion du Christ* (collection particulière).

1534

janvier-février

Un bref mais violent conflit oppose la Sorbonne aux Lecteurs royaux, auxquels la Faculté reproche de commenter les Écritures sans son autorisation.

9 février

Leur tour de France achevé, le roi et sa suite rentrent à Paris.

avril

Commissionné par le roi, le navigateur malouin Jacques Cartier (1491-1557) commence un long voyage à la découverte d'« ysles et païs où l'on dict qu'il se doibt trouver grant quantité d'or et autres riches choses ». Il quitte Saint-Malo le 20 avril avec deux navires, et explore les côtes du Labrador.

17 juin

Un moine est brûlé à Lyon pour avoir prêché la doctrine de Luther le jour de Pâques.

24 juillet

Nouvelle tentative de mettre sur pied un noyau d'armée nationale. Une ordonnance organise la levée dans les provinces de sept « légions » à la romaine, de 6000 fantassins chacune. Le plan, audacieux, illustre les progrès d'une monarchie absolue à prétention nationale, soucieuse de se libérer du fardeau des mercenaires; mais aussi ses limites. En effet, la levée s'avérera difficile, et, surtout, la noblesse, menacée dans ses privilèges, freinera des quatre fers. Il semble qu'on ait tout de même réussi à lever deux légions sur les sept prévues.

15 août

À Montmartre, à la chapelle des Martyrs, Ignace de Loyola et ses six compagnons font vœux de pauvreté, de charité et de pèlerinage à Jérusalem. C'est le noyau de la Société de Jésus.

25 septembre

La mort de Clément VII prive François Ier de la dot territoriale italienne que Catherine de Médicis était censée lui apporter.

13 octobre

Alexandre Farnèse, évêque de Parme, est élu pape sous le nom de Paul III.

octobre-décembre

Rédigés par le Français Antoine Marcourt, pasteur à Neuchâtel, publiés là-bas par Pierre de Vingle, des *Articles véritables sur les horribles, grands et insupportables abuz de la Messe papalle, inventée directement contre la Sainte Cène de Nostre Seigneur, seul Médiateur et Saulveur Jésus Christ* sont affichés (« placardés ») dans la nuit du 17 au 18 octobre dans plusieurs villes et jusque dans les appartements royaux à Amboise.

L'AFFAIRE DES PLACARDS

Ces Placards consomment la rupture entre François Ier et la Réforme. L'extrême violence du pamphlet, le caractère organisé de l'affichage, et, surtout, l'atteinte à l'autorité royale, tout concourt à faire passer le roi dans le camp de la répression. En effet, le roi demande au Parlement de sévir, ce que celui-ci lui accorde volontiers. Sur fond de processions expiatoires, des bûchers s'allument à Paris et un peu partout à travers le royaume. À Paris seulement, il y aurait eu des centaines d'arrestations et, dans le courant de novembre et de décembre, une trentaine d'exécutions. Le 16 novembre, d'ailleurs, Marcourt récidive avec son Petit traicté tres utile et salutaire de la saincte eucharistie de nostre Seigneur Jesuchrist, *toujours publié par Pierre de Vingle à Neuchâtel, qui reprend sur un ton plus docte les attaques des Placards. À en croire certains spécialistes, c'est plutôt ce second assaut qui aurait constitué le véritable tournant dans l'attitude du roi. En décembre, Calvin quitte définitivement la France pour Strasbourg, avant de s'installer provisoirement à Bâle, puis pour un premier séjour, à Genève.*

novembre

Une ambassade turque arrive à Marseille et entre en contact avec le roi à Châtellerault. Depuis le début des années 1520, un diplomate espagnol passé au service de François Ier, Antoño Rincon, noue des liens avec la Sublime Porte. L'alliance avec les Ottomans et avec leurs vassaux d'Afrique du Nord, notamment le corsaire Khaïr-ed-Din Barberousse, maître d'Alger depuis 1516 et de Tunis depuis août 1534, est censée prendre Charles Quint en tenaille.

autres événements

• Henry VIII «chef suprême de l'Église d'Angleterre». La rupture avec Rome est consommée. Pour autant, le deuxième Tudor ne sera jamais «protestant» au sens théologique, continental du terme. Sa réforme, d'essence politique, vise simplement à l'indépendance de l'Église d'Angleterre. Mais le roi l'engage sur une pente qui conduit inexorablement à une forme, certes édulcorée, du protestantisme.

• Date du *Portrait de Pierre Aymeric* (Louvre) par le peintre d'origine hollandaise Corneille de Lyon (vers 1500-vers 1575). C'est à Lyon en effet qu'il s'était établi et dirigeait un atelier très florissant. On lui attribue un grand nombre de petits portraits, sur fond vert ou bleu, d'une remarquable finesse d'exécution, entre 1530 et 1570. Il aurait aussi réalisé un portrait de Catherine de Médicis lors de l'un des passages de la reine à Lyon.

1535

janvier-mai

La répression se poursuit et se durcit. Le 13 janvier, François Ier interdit tout bonnement l'impression de livres au royaume de France. C'est une décision absurde, à la mesure de son affolement, qu'il annule d'ailleurs aussitôt après, se contentant de renforcer la censure, désormais confiée à une commission du Parlement de Paris. Le 21 janvier, à Paris, une imposante procession expiatoire en présence du roi, de la famille royale, des grands et des corps constitués, est suivie du brûlement de six réformés à la Croix du Trahoir et aux Halles. Le 23 janvier, la première femme est suppliciée pour fait de religion: Marie La Catelle, maîtresse d'école dans la paroisse Saint-Séverin, brûlée pour avoir consommé de la viande un vendredi, fait lire l'Évangile en français à ses écolières et leur avoir défendu de dire l'*Ave Maria*. Le 25 janvier, le Parlement somme à comparaître les «luthériens» fugitifs, dont Pierre Caroli et Clément Marot. Quatre jours plus tard, le 29 janvier, une ordonnance supprime les procédures d'appel pour les accusations de crimes d'hérésie, assimile ceux qui donnent refuge aux hérétiques aux hérétiques eux-mêmes, et encourage la délation en offrant aux dénonciateurs le quart des biens confisqués aux «luthériens» et des amendes qui les frappent. Le 15 février, Étienne de La Forge est brûlé pour avoir fait imprimer à ses frais les Évangiles et les avoir fait distribuer aux pauvres. Le 26 février, Louis de Médicis, mercier du palais, est brûlé place Saint-Michel. Les exécutions se poursuivent à un rythme soutenu jusqu'au 5 mai, lorsque trois réformés sont brûlés à Paris, dont deux pour avoir affiché les Placards.

11 janvier

Institution du supplice de la roue, réservé aux criminels roturiers de droit commun. Les hérétiques, eux, continuent de bénéficier du feu purificateur.

29 janvier

1534 ayant été une année faste pour la récolte des blés, le commerce des grains à l'intérieur et à l'extérieur du royaume est à nouveau autorisé.

février-novembre

L'ambassade de Jean de la Forest à Alger, puis à Istanbul, aboutit à un traité militaire en bonne et due forme avec Soliman Ier le Magnifique. On considère généralement que l'accord militaire est doublé d'un traité commercial – les premières en date de ces «capitulations» (conventions) par lesquelles le sultan octroie aux puissances occidentales des privilèges commerciaux et consulaires dans les ports de l'Empire ottoman. Quoi qu'il en soit, jamais auparavant une preuve aussi éclatante d'une raison d'État machiavélienne n'a encore été fournie par une « monarchie nouvelle ».

mai
Seconde expédition de Jacques Cartier. Le Malouin atteint Terre-Neuve le 10 mai, puis remonte le cours du Saint-Laurent jusqu'à l'emplacement de la fondation future de Montréal.

juin-juillet
La répression s'apaise. En juin, ordre est donné au Parlement de calmer ses ardeurs. En juillet, le nouveau chancelier, Antoine Du Bourg, fait pression en ce sens. Toujours en juillet, un pardon général est accordé aux vaudois du Midi, à condition qu'ils abjurent. Et, le 16, l'édit de Coucy suspend les poursuites et autorise les fugitifs à revenir en France, à condition toutefois d'abjurer dans les six mois. On cherche derechef un terrain d'entente avec les réformés – avec Melanchton, que François Ier invite à venir à Paris pour débattre avec les docteurs de la Sorbonne ; et avec le pape, qui reçoit longuement Gérard Roussel, envoyé par Marguerite de Navarre.

15 juin
Charles Quint enlève Tunis à Khaïr-ed-Din Barberousse, qui se replie sur Alger. Alors que le prestige de l'empereur est au zénith, c'est un coup dur pour la stratégie de François Ier en Méditerranée.

juillet-novembre
Bruits de bottes. Le 9 juillet, la mort du chancelier Duprat prive le Conseil du plus ardent défenseur de la paix. En août, à Cambrai, la reine Éléonor et Marie de Hongrie, gouvernante des Pays-Bas, tentent de refaire le coup de la paix des Dames d'août 1529, mais échouent. Le roi de France recrute activement ses légionnaires et attend l'événement qui lui permettra de reprendre les hostilités. C'est chose faite le 1er novembre, avec la mort du duc de Milan François II Sforza : François Ier demande aussitôt l'investiture du duché pour son fils Henri d'Orléans. Comme on pouvait s'y attendre, Charles Quint refuse. La guerre peut recommencer.

septembre
Édit sur la justice et la police en Provence : les offices deviennent perpétuels et non plus annuels, le nombre des notaires est réduit, les abus des officiers sont réprimés.
Par un second acte qui concerne l'ensemble du royaume, le roi affecte le produit des péages sur les ponts et chaussées à l'entretien de la voirie.

28 septembre
Une ordonnance prend des mesures financières pour l'entretien des fortifications des places frontalières.

autres événements
- Exécution du chancelier Thomas More ; l'auteur de l'*Utopie* paie de sa vie son opposition au schisme anglican.
- Guillaume Farel fait passer Genève à la Réforme.
- Pierre-Robert Olivetan publie à Neuchâtel, chez Pierre de Vingle, *La Bible, qui est toute la saincte Escripture, en laquelle sont contenus le Vieil Testament et le Nouveau* ; c'est la première version protestante de la Bible en français.
- Date approximative du *Portrait de François Ier* par Jean et, peut-être, François Clouet (Louvre).

L'ART DU PORTRAIT

Si la France conserve avec le Portrait de Jean le Bon, *daté autour de 1360, le premier portrait connu dans l'art occidental depuis l'Antiquité, c'est au début du règne de François Ier que le portrait devient un genre à part entière. Jusque-là en effet, à l'exception notable de quelques peintures de Jean Fouquet du milieu du XVe siècle, l'art de la physionomie s'insère, même chez des maîtres du genre comme Jean Hey, dans des compositions dont il n'est pas l'objet premier. À partir du XVIe siècle, le portrait se pratique dans toute l'Europe mais connaît en France une vogue qu'on ne rencontre pas ailleurs.*
Il a d'abord une fonction pratique et sociale, soit qu'il serve de cadeau diplomatique (en 1538, François Ier reçoit son portrait peint par Titien, cadeau qui lui est offert par l'Arétin), soit qu'il permette à de futurs mariés princiers de faire connaître leurs visages (en 1518, le Portrait de Laurent de Médicis *par Raphaël est expédié à la fiancée du prince, Madeleine de La Tour d'Auvergne).*
Mais la vogue du portrait va désormais au-delà de cet usage. On en produit beaucoup et dans toutes les techniques : peinture, émail, médailles… et surtout dessin, à tel point que l'on parle de « crayon français » pour désigner l'association de la pierre noire et de la sanguine caractéristique de ces œuvres. Les grands seigneurs les collection-

nent: Catherine de Médicis en réunit plusieurs centaines dans son hôtel parisien. Cette production devient si systématique qu'à Paris, Janet, surnom du premier portraitiste Jean Clouet, devient un nom générique pour désigner l'auteur d'un portrait, quel qu'il soit. C'est dire que la personnalité des artistes s'y exprime assez peu, l'important étant le personnage représenté. Très vite adopté par les membres de la haute société, le portrait devient même à la Cour du roi le sujet d'un jeu de société: on a retrouvé des recueils de dessins munis d'un système de cache qui permettait de masquer le nom du modèle pour le laisser deviner aux participants. En province, la vogue du portrait touche aussi les notables des grandes villes. Ces portraits sont donc avant tout des représentations visant à rendre une ressemblance physique.

Jean Clouet, le premier artiste qui se soit presque exclusivement consacré au portrait, est aussi celui qui en met au point la formule: le modèle est invariablement représenté de trois quarts, généralement à mi-corps, dans un style sobre et réaliste. Dans ses dessins, Clouet se rattache à Fouquet par l'utilisation des deux crayons, tandis que l'usage des hachures évoque plutôt la pratique italienne. Après Clouet, la tradition du portrait est bien ancrée en France. Reprise par son fils François (vers 1510-1572) à Paris et par Corneille de Lyon dans la ville du même nom avec des œuvres plus « psychologiques », elle est ensuite diffusée par des graveurs.

Parallèlement au type de portrait inauguré par Jean Clouet apparaît, avec l'École de Fontainebleau, un autre genre: le portrait de femmes nues. Un siècle plus tard, cette association de termes aurait paru saugrenue, car le portrait suppose un personnage identifiable, tandis que le nu au XVIIe siècle ne sera toléré que dans le cadre d'une représentation mythologique ou historique. Si la Renaissance française a donné des exemples de ce type de peintures, comme le Bain de Diane *vers 1550 attribué à François Clouet (Rouen, musée des Beaux-Arts), elle n'hésite pas à représenter nue une femme célèbre. Il y eut peut-être un précédent en France dans l'image de la Vierge allaitant, de Jean Fouquet, dont on a pensé qu'elle représentait Agnès Sorel, la maîtresse de Charles VII. Mais l'invention du nu dans un décor contemporain semble revenir à Léonard de Vinci dans un portrait de femme dit* Joconde nue *(Chantilly, musée Condé), représentant l'une des maîtresses de Jules de Médicis. Clouet s'est certainement inspiré de cette œuvre pour la* Dame au bain *qu'il réalise vers 1570. En outre, le bain au XVIe siècle fait partie des mœurs contemporaines: les bains publics sont chose courante – François Ier fait construire à Fontainebleau l'appartement des Bains (détruit) juste après ceux du roi et de la reine – et l'on commence à peine à prendre des mesures pour y séparer les hommes des femmes. Dès lors, le portrait de* Gabrielle d'Estrées et une de ses sœurs au bain *(1594, Louvre), où l'on voit deux femmes au bain, ne doit pas surprendre, non plus que le geste de la seconde pinçant un sein de la première: il indique la grossesse de Gabrielle d'Estrées, enceinte de César de Vendôme, bâtard du roi.*

• Primatice achève à Fontainebleau la décoration de l'appartement du roi. Il travaille avec Rosso au Pavillon de Pomone (détruit).

1536

janvier-juin

Reprise des hostilités avec Charles Quint. Le 14 janvier, François Ier est à Lyon, étape traditionnelle sur le chemin de l'Italie. Une forte armée est massée aux portes de la ville – quelque 40000 hommes, aux ordres de Philippe Chabot de Brion. En février, l'armée française occupe la Savoie et le Piémont. En mars, un édit soumet la Bresse, le Bugey et le Valromey à la juridiction du parlement et de la chambre des comptes de Dijon. Le pouvoir royal installe des officiers royaux en Savoie et Piémont, et crée un parlement à Chambéry, un autre à Turin. Charles Quint réagit violemment à l'invasion de la Savoie. Le 17 avril, devant le pape Paul III et le Sacré-Collège, il se livre à un véritable réquisitoire contre son rival. Le 18, c'est au tour des ambassadeurs de France d'écouter ses doléances. Le 2 juin, l'ambassadeur de Charles Quint est chassé de la Cour. C'est le signal officiel de la troisième guerre entre la France et l'Empire, et la huitième guerre d'Italie. Mais les premières passes d'armes auront lieu surtout en France.

mars

Calvin publie à Bâle, chez Balthasar Lessius et Thomas Platter, la première édition latine de son *Institution de la religion chrétienne (Christianae religionis institutio)*, le texte fondateur de la Réforme française radicale. L'ouvrage est dédié à François Ier, que l'épître dédicatoire tente de convaincre qu'il n'a pas meilleurs et plus loyaux serviteurs que ses sujets réformés.

*Calvin et l'*Institution de la religion chrétienne

Au moment où il publie son magnum opus, *qu'il ne cessera d'augmenter et de fignoler toute sa vie, celui qui émerge comme l'autre grand héros de la Réforme protestante est âgé de 27 ans. Jean Cauvin (latinisé en Calvinus et refrancisé en Calvin, 1509-1564) est en effet né le 10 juillet 1509 à Noyon, en Picardie, fils d'un petit notable, procureur du chapitre cathédral de la ville. L'homme a pu doter son fils de quelques bénéfices ecclésiastiques. Le jeune Cauvin étudie la théologie à Paris, d'abord au Collège de la Marche, dont le régent est un érasmien notoire, Mathurin Cordier, puis au Collège de Montaigu, bastion de la tradition où il est reçu maître ès arts en 1526 ou 1528. Mais il s'oriente ensuite vers le droit, à Orléans, auprès de Pierre Taisan de L'Estoile, grand-père du mémorialiste, puis à Bourges de 1529 à 1531, où il suit les cours de droit romain d'André Alciat. Après sa licence, il revient à Paris et fréquente les cours des Lecteurs royaux, notamment les hellénistes Pierre Danès et Guillaume Budé. Il semble alors se vouer à une carrière d'humaniste classique, et prépare une édition du* De clementia *de Sénèque, qu'il publie en 1532.*

À quel moment passe-t-il à la Réforme? C'est probablement chose faite en 1533 au moment où il participe à la rédaction du discours de Nicolas Cop, peut-être même avant. Quoi qu'il en soit, sa carrière de réformateur commence après qu'il a quitté la France, dans la foulée du scandale. Réfugié d'abord à Angoulême, il repasse à Noyon, où il règle des affaires de famille (son père, excommunié pour d'obscurs démêlés financiers avec son chapitre, est mort en mai 1531) et résilie ses privilèges ecclésiastiques (mai 1534), après quoi il se rend à Strasbourg, puis, en janvier 1535, à Bâle, où il publie son livre en mars 1536. En juillet de la même année, c'est par hasard qu'il se trouve à Genève, où Guillaume Farel, qui ne le connaît que par son ouvrage, le supplie de rester pour y organiser l'Église. « Lecteur en la saincte Escriture », deux années durant il fait sentir aux Genevois sa poigne d'acier, ce que les bourgeois n'apprécient guère. Le voici en conflit avec le Magistrat, et contraint de quitter la ville avec son compagnon, le 23 avril 1538. Il repart pour Bâle, puis pour Strasbourg, où l'appelle le réformateur de la ville, Martin Bucer. Il y reste trois années entières et, en août 1540, il y prend femme, Idelette de Bure. En 1541, les Genevois, repentis, le rappellent. Sans enfants (il a eu un enfant mort-né en 1542), bientôt sans femme (Idelette meurt en 1549), sa vie se confondra désormais avec celle de la cité du lac Léman, qu'il ne quittera plus et où il s'éteindra, le 27 mai 1564.

Genève vivra sous sa constitution (les Ordonnances ecclésiastiques, *1541), éduquera ses enfants dans son* Catéchisme de l'Église de Genève *(1542), priera à l'aide de sa* Forme des prières et chants ecclésiastiques *(1542) et chantera en suivant son Psautier (*Aulcuns pseaulmes et cantiques mys en chant, *Strasbourg, 1539, Genève, 1543). En 1559, il fonde avec Théodore de Bèze l'académie de Genève, qui fournira des pasteurs excellemment formés à toute l'Europe protestante d'obédience calvinienne. Sous sa férule, Genève devient une cité quasi théocratique, où le Magistrat se plie, pas toujours de bonne grâce d'ailleurs, à la discipline ecclésiastique, une sorte de Rome protestante, aussi intransigeante pour ses fidèles que l'autre pour les siens, et infiniment plus rigoureuse sur le plan moral. On ne s'amuse guère à Genève, et il n'y fait pas bon professer des opinions hérétiques, c'est-à-dire, de ce côté-ci de la barrière, catholiques, ou ultra-réformées. Il ferraille contre les réformés qui n'osent pas se déclarer, ceux qu'il appelle les Nicodémites (*Excuse de Jehan Calvin à Messieurs les Nicodémites, *1544), contre les anabaptistes, contre les « libertins » (*Traicté contre la secte phantastique et furieuse des libertins, *1545;* Traicté des scandales, *1550), autrement dit les libres-penseurs, contre les antitrinitaires, dont le plus célèbre d'entre eux, le médecin espagnol Michel Servet, est brûlé vif le 27 octobre 1553.*

Entre Luther et Calvin, il n'y a pas grande divergence de doctrine. Mais l'esprit de leur œuvre et de leur action est différent, et c'est cette différence qui explique que les pays de langue française, mais aussi l'Angleterre puritaine, l'Écosse presbytérienne et les Pays-Bas calvinistes aient reçu la Réforme sous les espèces imposées par l'homme de Genève. Laissons de côté les différences de caractère; encore qu'il soit facile d'opposer la personnalité tumultueuse et emportée de l'homme de Wittenberg et celle, froide, réfléchie et méthodique du Français. Plus significatives sont les divergences de formation et de milieu. Luther est fondamentalement un moine et un théologien médiéval, et il agit dans un cadre médiéval: l'Empire. Calvin est un humaniste doublé d'un juriste, et ses systèmes de référence sont « modernes »: l'État monarchique français et la république bourgeoise de Genève.

*L'économie de l'*Institution *s'éclaire ainsi. Là où, pour arriver à la toute-puissance de la grâce divine, Luther part de lui-même, de son angoisse personnelle née de l'écart incommensurable entre l'immensité du péché et la misère des œuvres censées lui assurer le salut, Calvin, en bon logicien, part de l'omnipotence de Dieu pour en inférer nécessairement l'infinie petitesse de l'homme. D'où la place de plus en plus importante qu'occupe dans l'ouvrage, au fil des éditions (il y en aura une bonne vingtaine, dont 14 en français, jusqu'aux éditions définitives en latin et en français de 1559 et 1560), le dogme de la prédestination, fondé non sur une intuition appuyée sur Augustin comme chez Luther, mais plutôt sur la logique de l'écart entre Dieu et l'homme, et justifié philosophiquement sur une théorie du temps. Voilà pourquoi le pessimisme radical de Calvin peut déboucher, en théologie, sur la certitude du salut et la communauté des élus, et en politique sur un ordre rationnel, fondé sur une morale civique, et donc capable de faire œuvre positive.*

19 avril
Des lettres royales révoquent les aliénations du domaine royal et ordonnent le retour à la couronne des portions aliénées.

2 mai
Une ordonnance réglemente la vente des draps de soie, velours, satin et autres soieries en provenance de l'étranger, et confirme le monopole de la ville de Lyon sur ces marchandises.

30 mai
Le pape Paul III nomme Matthieu Ory, prieur du couvent des Frères prêcheurs à Paris, inquisiteur de la foi dans tout le royaume.

19 juin
L'édit de Crémieu fixe les juridictions des baillis et sénéchaux, des prévôts et juges ordinaires, afin d'améliorer et accélérer les procédures judiciaires.

25 juin
Des lettres de neutralité sont octroyées à Antoine, duc de Lorraine, pour la durée de la guerre entre la France et Charles Quint.

juillet-septembre
Les opérations militaires de la troisième guerre entre la France et l'Empire. En juillet, Henri de Nassau attaque la Picardie; le 12 août, il met le siège devant Péronne. Cependant, les Impériaux boutent les Français hors du Piémont, puis pénètrent en Provence. Le 10 août, Charles Quint est à Aix, et prend le titre de roi d'Arles. Pendant qu'une forte armée française est retranchée en Avignon, Anne de Montmorency, lieutenant général du roi en France et en Italie depuis le 14 juillet, applique la politique de la terre brûlée et affame l'envahisseur, imprudemment coupé de ses arrières et incapable de prendre les villes fortifiées du Midi provençal. En septembre, cette première manche est terminée: dans le Nord, le siège de Péronne est levé; dans le Sud, Charles Quint, à la tête d'une armée décimée par la faim et l'épidémie, se retire de Provence.

11-12 juillet
Érasme meurt dans la nuit.

21 juillet
Le cardinal Jean du Bellay, évêque de Paris, est nommé lieutenant général au gouvernement de Paris et d'Île-de-France. Les quatre frères du Bellay, Guillaume, Martin, Jean et René, sont issus d'une famille de gentilshommes angevins. Prélats comme René et Jean ou soldats comme Guillaume et Martin, ils sont tous juristes, diplomates et humanistes, protecteurs des arts et lettres et partisans de la réconciliation avec les réformés. Leur cousin Joachim est le fameux poète de la Pléiade.

10 août
Mort du fils aîné du roi, François d'Alençon, duc de Bretagne. La soudaineté de ce décès fait craindre l'empoisonnement; François Ier accuse Charles Quint d'y avoir trempé. Henri d'Orléans devient dauphin.

octobre
Débuts de l'industrie de la soie à Lyon; à la demande des consuls de la ville, le roi accorde des privilèges aux ouvriers italiens, en draps d'or et d'argent, de soie, satin, damas et taffetas, qui viendraient s'établir dans leur ville avec leurs compagnons.

16 novembre
Établissement du contrat de mariage entre Jacques V Stuart, roi d'Écosse, et Madeleine de France, fille de François Ier.

17 novembre
Une commission de magistrats du Parlement et de la chambre des comptes est chargée d'engager une portion du domaine royal, des aides et des gabelles jusqu'à concurrence de 100 000 livres pour servir

une rente sur l'Hôtel de Ville de Paris; la ville a été mise à contribution pour la campagne contre Charles Quint.

5 décembre
Une déclaration royale permet aux Français de commercer avec des étrangers et aux étrangers de venir négocier en France, à charge de payer les droits accoutumés.

autres événements

• Étienne Dolet publie le premier tome de ses *Commentarii linguae latinae.*

DOLET, « MARTYR DE LA RENAISSANCE »

Imprimeur, philologue, poète, polémiste, agitateur d'idées, Étienne Dolet (1509-1546) reste l'un des héros les plus énigmatiques de la Renaissance française. Né à Orléans, il étudie à Paris, à Padoue, enfin le droit à Toulouse. En 1533, il est condamné à mort pour meurtre, mais relaxé par lettres de rémission royales pour avoir agi en légitime défense. Chassé de Toulouse pour s'en être pris au parlement, il se réfugie à Lyon, où il est correcteur chez Sébastien Gryphe, avant de fonder sa propre imprimerie.

*Sa production est considérable par son abondance (en quatre ans, il édite 80 livres), par sa qualité, comme par sa diversité. Remarquable latiniste, Dolet s'engage dans la querelle cicéronienne avec Érasme (*Dialogus de imitatione Ciceroniana, *1535), donne entre 1536 et 1538 ses* Commentarii linguae latinae, *publie l'année suivante les* Formulae latinarum locutionum – *autant d'ouvrages qui lui font une solide réputation d'érudit. Sa* Manière de bien traduire d'une langue en l'autre *de 1540 prélude à une série de traductions: les* Épîtres familières *et les* Tusculanes *de Cicéron (1542-1543), l'*Axiochus *et l'*Hipparchus *du Pseudo-Platon – intégrés dans le* Second Enfer *– en 1544.*

Mais Dolet n'est pas homme à se contenter d'érudition. Il se jette avec ardeur dans les querelles religieuses du temps et produit dans son imprimerie lyonnaise des dizaines de textes qui sentent le soufre, dont un Cato christianus *qui le fait accuser d'athéisme. Surtout, signe infaillible d'hérésie aux yeux des autorités ecclésiastiques, il publie en français le* Nouveau Testament, *les* Épîtres *et* Évangiles, *les* Psaumes.

Tout cela lui vaut une première condamnation à mort, en 1542, un mauvais pas d'où le tirent derechef des lettres de rémission de François Ier. Mais il est arrêté à nouveau deux ans plus tard, et cette fois la Sorbonne ne le rate pas. Abandonné de tous, accusé pêle-mêle d'hérésie, d'athéisme et d'avoir introduit en France des ouvrages calvinistes, il est étranglé et brûlé place Maubert, à Paris, le 3 août 1546. Il aura eu le temps de rédiger le pathétique Cantique sur la désolation et la consolation.

Hérétique, Dolet? Mais il a dit plus d'une fois son dégoût des réformés, « secte stupide, poussée par une ardente passion pour la réclame ». Athée? Mais il y a ses poèmes à la gloire de la Vierge et tant d'autres textes d'inspiration chrétienne. Catholique alors? Mais il est vrai que son officine et lui-même ont produit plus d'un livre dont l'orthodoxie n'était pas sujette à caution qu'aux yeux des sorbonnards. Peut-être simplement un homme qui ignore lui-même qui il est et ce qu'il croit, et qui cherche. Un cas limite dans la coterie des humanistes, mais pas unique.

• Robert Estienne publie le *Thesaurus linguae latinae.*

LES ESTIENNE ET L'IMPRIMERIE

Il est des innovations techniques qui constituent de véritables révolutions. L'invention de Gutenberg en est une. Tout comme la féodalité est difficilement concevable sans l'introduction de l'étrier, tout comme la révolution industrielle l'est sans la machine à vapeur, ainsi l'humanisme et la Renaissance le sont sans l'imprimerie.

Sur le plan social, cette industrie à risque, qui exige d'énormes capitaux et une main-d'œuvre alphabétisée et hautement qualifiée, jette sur le marché du travail une aristocratie ouvrière qui se trouve d'emblée à la pointe du combat revendicatif.

Sur le plan politique, l'État découvre bien vite le potentiel de propagande que recèle le livre imprimé, en même temps que sa capacité de nuisance. L'État, et aussi l'Église, qui peut diffuser plus efficacement son message (quelque deux tiers des livres imprimés au tournant du siècle sont à caractère religieux), mais qui en même temps doit faire face à une attaque combinée, d'une virulence et d'une efficacité sans précédent, de l'érudition humaniste et de la dissidence protestante. La Réforme, Luther en était conscient, eût été impossible sans cette « invention divine », tout comme son antidote, la Contre-Réforme.

Mais dès avant Luther, l'alliance entre la recherche érudite et l'imprimerie fonde l'huma-

nisme renaissant. Ce n'est pas un hasard si c'est un des premiers humanistes français, Guillaume Fichet, qui introduit l'imprimerie à Paris, vers 1470. Le manuscrit était l'outil du clerc médiéval ; le livre imprimé est celui de l'humaniste, qui l'adapte à ses besoins. Si les incunables (ouvrages parus avant 1500) se présentaient comme des manuscrits imprimés, très rapidement le livre se modernise.

Les caractères romains vers la fin du XVe siècle, puis les italiques, qui proviennent des ateliers des Alde à Venise, sont vulgarisés par les humanistes et deviennent courants après 1520. La page de titre, la pagination, la table des matières, l'index et la citation liminaire se généralisent dans le courant du siècle. Si les tirages restent modestes (un livre est publié généralement à quelques centaines d'exemplaires), les éditions se multiplient et la production enfle : pour la fin du XVe siècle, on estime le nombre d'ouvrages circulant en Europe à quelque 20 à 40 millions, au siècle suivant à plus de 100 millions. En 1560, une institution vénérable voit le jour : la foire de Francfort.

C'est autour de l'officine de l'imprimeur que, dans les grands centres européens de la culture, se presse cette première intelligentsia européenne. Typographe, éditeur, libraire, l'imprimeur renaissant est tout cela à la fois. Mais il est souvent plus que cela : un humaniste à part entière. Les plus grands, un Alde Manuce à Venise, un Josse Bade et un Dolet à Lyon, un Froben à Bâle, un Christophe Plantin à Anvers, sont tous d'éminents lettrés, capables, comme Froben avec Érasme, de traiter d'égal à égal avec leurs auteurs, parfois auteurs eux-mêmes (Dolet, Henri II Estienne). La plupart se haussent à des positions sociales enviables, comme Christophe Plantin, un Tourangeau d'extraction modeste devenu à Anvers l'imprimeur de Philippe II et fondateur d'une dynastie d'éditeurs (les Plantin-Moretus) qui perdurera jusqu'au XIXe siècle.

En France, les plus grands sont incontestablement les Estienne. Le fondateur de la dynastie, Henri (1460-1520), est imprimeur de l'Université de Paris et l'éditeur attitré de Lefèvre d'Étaples.

Son puîné et successeur, Robert (1503-1559), épouse en 1526 la fille d'une autre étoile de la profession, Josse Bade. Robert s'impose rapidement comme un imprimeur novateur et audacieux, doublé d'un érudit qui commente et annote lui-même ses publications. Il publie des classiques de la littérature latine, donne en 1536 son énorme Thesaurus linguae latinae, *un dictionnaire latin-français en 1538, un dictionnaire français-latin deux ans plus tard. Surtout, il s'attaque aux textes fondamentaux du christianisme – en 1529, il publie une version latine de la Bible, dont il est le premier à numéroter les versets –, ce qui ne manque pas de lui attirer les foudres de la Sorbonne. Mais il est protégé par François Ier, qui en fait en 1539 son imprimeur pour le grec et l'hébreu. Robert publie alors, dans l'original grec, le* Nouveau Testament. *Après la mort de son royal protecteur, les attaques de la Sorbonne finissent par aboutir, en décembre 1547, à un arrêt du Conseil lui interdisant l'impression et la diffusion de ses éditions de la Bible. Il ne reste plus à Robert Estienne qu'à mettre sa personne et son métier à l'abri : en 1550, il s'installe définitivement à Genève.*

Son fils, Henri II Estienne (1528-1598), reprend ses activités. Érudit comme son père, bon latiniste et helléniste, il publie en 1573 un Thesaurus linguae graecae. *Il est l'imprimeur officiel de la Rome protestante, mais son orthodoxie, semble-t-il, laisse à désirer. Il publie sans permission une* Apologie pour Hérodote, *qui nous semble pourtant bien orthodoxe, ce qui lui vaut d'être traîné devant le Consistoire. Comme nombre d'exilés français, il a la nostalgie du pays, où il entretient de solides amitiés dans les milieux savants, et il se mêle aux débats intellectuels du temps. En 1578, l'année où il publie une violente dénonciation de la mode italianisante de la Cour d'Henri III* (Dialogues du nouveau langage français, italianisé et autrement déguisé, principalement entre les courtisans de ce temps), *il se rend à Paris, où le roi, malgré ce texte, lui fait bonne figure. Il y participe aux travaux de l'Académie du Palais fondée par Henri III en 1574, et rédige à la demande du roi un traité sur la* Précellence du langage français *(1579) qui le situe dans la lignée du manifeste de la Pléiade. Il retourne ensuite à Genève, où il a de nouveaux démêlés avec le Consistoire, revient à Paris en 1584, d'où la Ligue le chasse derechef, et retourne une dernière fois en France après la fin de la guerre civile, pour mourir à Lyon, le 2 février 1598.*

D'autres Estienne continueront la tradition familiale jusque bien avant dans le XVIIe siècle ; mais aucun ne retrouvera l'éclat des trois premiers.

1537

1er janvier

À Paris, Madeleine de France, la plus jeune fille de François Ier, épouse Jacques V d'Écosse. Ces épousailles marquent le renouvellement de l'alliance franco-écossaise, et, partant, un certain refroidissement des relations avec l'Angleterre.

15 janvier
Lit de justice au Parlement de Paris. Le roi entend recouvrer la suzeraineté sur la Flandre et l'Artois, abandonnée au traité de Cambrai du 3 août 1529. Le Parlement prononce donc la condamnation pour félonie de Charles Quint, vassal du roi de France pour les comtés de Flandre, Artois, Charolais et autres fiefs dépendant de la couronne de France.

25 janvier
François Ier confirme les privilèges commerciaux des marchands de la Hanse dans le royaume.

février
Des lettres royales déclarent la réunion de Turin à la couronne de France.

5 février
Des lettres royales enjoignent aux élus de procéder à une visite de leur élection afin de vérifier les exemptions usurpées de tailles et aides.

25 février
Nouvelle aliénation du domaine, à concurrence de 950 000 livres.

3 juin
Une ordonnance enjoint aux baillis, sénéchaux et prévôts des maréchaux de sévir contre les vagabonds et les gens de guerre débandés qui vivent sur le « pauvre peuple ».

juillet-novembre
Série d'opérations militaires indécises dans le nord de la France et au Piémont, sanctionnées par des trêves – une première est signée en juillet pour le front nord à l'initiative de Marie de Hongrie, gouvernante des Pays-Bas, la seconde est signée en novembre à Monzon, en Aragon, pour le front sud. Cette dernière débouche sur des négociations de paix à Leucate, près de Narbonne. Le cardinal Jean de Lorraine et Anne de Montmorency conduisent la délégation française. Il faudra l'intervention du pape pour que ces négociations aboutissent.

28 décembre
Des lettres patentes signées à Montpellier font obligation aux imprimeurs du royaume de fournir un exemplaire des ouvrages imprimés à Mellin de Saint-Gelais, maître de la Bibliothèque royale de Blois. Il s'agit principalement d'une mesure de police, destinée à empêcher la propagation de doctrines erronées; mais aussi, explicitement, de conservation. C'est l'origine de l'institution en France du dépôt légal.

autres événements
- Une commission met en chantier une « réformation générale » des eaux et forêts qui va se poursuivre pendant plusieurs années.
- Lazare de Baïf traduit l'*Électre* de Sophocle en vers français.

Les Baïf

Diplomate humaniste, Lazare de Baïf (1496-1547), qui a appris le grec avec Jean Lascaris, appartient à ce qu'on a pu décrire comme la deuxième génération d'hellénistes français. Elle comprend, outre lui-même, des hommes comme Budé, Rabelais, Robert Estienne, Étienne Dolet, Pierre Danès, et ce qui la caractérise est son intérêt pour la littérature classique plutôt que pour l'étude de la langue elle-même et la publication de textes (ce fut le travail de la première génération, dont Lascaris, qui a prolongé la tradition byzantine). C'est ainsi que Baïf est conduit à traduire Sophocle, puis Euripide (Hécube). *Bon latiniste aussi, il publie* De vestiaria *en 1526, et, dix ans plus tard, son livre le plus célèbre,* De re navali. *Enfin, d'Italie, où il est allé accompagner son ami Ronsard, il rapporte le goût des académies. Mais c'est son fils naturel, Jean-Antoine, qui finira par en créer une.*
Jean-Antoine de Baïf (1532-1589) est helléniste comme son père, peut-être le meilleur parmi ses amis de la Pléiade. Et, comme son père, il traduit Sophocle (Antigone) *et Euripide* (Hélène). *Mais lorsqu'il s'essaie lui-même au théâtre, c'est avec des pièces inspirées d'auteurs latins (*Le Brave *en 1567,* L'Eunuque *en 1573). Poète, il est sinon l'inventeur, du moins le maître de la poésie mesurée, autrement dit réglée sur le rythme des vers, et il travaille avec des musiciens comme Claude Le Jeune et Jacques Mauduit qui mettent sa poésie en musique. C'est de cette collaboration que naît au début des années 1570, avec l'encouragement de Charles IX, l'Académie de poésie et musique, dont il est, avec le compositeur Thibault de Courville, le fondateur. C'est l'époque la plus fertile dans la vie de Baïf. Les* Passe-Temps *sont de 1573, les* Mimes, *enseignements et proverbes, où le courtisan désargenté en quête de faveur laisse passer une pointe de critique sociale, de 1575. L'Académie survit à la mort de son*

royal protecteur. Baïf et ses amis jouissent de la faveur d'Henri III, qui pensionne le poète, encore qu'assez chichement. Ainsi, Baïf et son Académie participent aux fêtes données en l'honneur du mariage de Joyeuse, en septembre 1581. Henri III lui commande aussi des Psaumes de David *en vers français, qui lui valent en 1587 un prix des jeux Floraux, prestigieux concours poétique fondé à Toulouse au début du XIVe siècle. C'est sa dernière heure de gloire. Il meurt à Paris deux ans plus tard, ayant survécu de quelques mois au roi assassiné.*

• Publication de la première traduction française (il y en aura six jusqu'à la fin du siècle), du *Livre du courtisan (Il Corteggiano)* de Baldassare Castiglione, paru à Venise en 1528. Ce noble mantouan, qui passe lui-même aux yeux de ses contemporains pour l'incarnation des vertus qui doivent selon lui orner le véritable gentilhomme, offre avec son traité la bible du savoir-vivre de la noblesse européenne. Lui-même gentilhomme accompli, homme de guerre, diplomate, écrivain et poète, Castiglione dresse dans les brillants dialogues qui forment les quatre livres du *Courtisan* le portrait vivant de la nouvelle civilisation de cour qui s'épanouit à la Renaissance.

• Bonaventure Des Périers, *Cymbalum mundi.*

Des Périers et le Cymbalum mundi

Ce Bourguignon savant, latiniste et helléniste distingué qui a collaboré à la Bible *française d'Olivetan (Neuchâtel, 1535) et aux* Commentarii linguae latinae *(1536-1538) d'Étienne Dolet, est un de ces humanistes « mal sentans de la foy » qui gravitent autour de Marguerite de Navarre, dont il est valet de chambre.*

Des Périers (vers 1510-vers 1544) a beaucoup traduit (Platon, Térence) et beaucoup écrit (un Recueil *de ses œuvres est publié l'année probable de sa mort, en 1544). Mais il est resté célèbre pour un ouvrage anonyme dont on lui attribue la paternité : le* Cymbalum mundi.

Le livre comprend quatre dialogues facétieux inspirés de Lucien de Samosate, dont la forme, volontairement obscure, masque mal une critique acerbe des croyances humaines, vain bruit de cymbale. Le héros en est Mercure, messager des dieux, mais aussi un voleur et un menteur qui se moque des hommes.

Aux yeux des contemporains, huguenots et catholiques pour une fois d'accord, aucun doute n'est permis : l'auteur est un franc athée. Calvin dénonce l'ouvrage, qui est bientôt condamné et détruit par décision de justice.

Pour les historiens, ce n'est pas aussi simple. On peut y voir un « pamphlet crypto-protestant » – après tout, Bonaventure a pris la défense de Marot, vit dans un milieu évangélique et, nous dit Calvin dans son Des scandales, *il a commencé (comme Rabelais...) par « goûter l'Évangile ». Mais il y a ce IIe dialogue, où les réformateurs sont tournés en ridicule. On peut y voir aussi un texte humaniste, qui se moque des excès des dévots. Mais le IVe dialogue, celui des deux chiens, s'en prend aux humanistes. Pourquoi pas, alors, un texte catholique ? Mais il y a tout le reste... Faut-il dès lors, malgré les réserves de Lucien Febvre sur la possibilité même d'un athéisme conséquent au XVIe siècle se ranger à l'avis des contemporains ? C'est une possibilité. Après tout, les deux interlocuteurs s'appellent l'un Pierre Tryocan, l'autre, Thomas Du Clénier. Le premier nom est l'anagramme de « croyant », le second d'« incrédule ».*

• Rosso achève à Fontainebleau la galerie François Ier et réalise une *Pietà* (Louvre).

1538

10 février

À Moulins, capitale du connétable félon feu Charles de Bourbon, Anne de Montmorency, déjà grand maître, maréchal de France et surintendant des finances, reçoit l'épée de connétable. On sait que la puissance de cet office, qui fait de son titulaire le commandant en second, après le roi, des forces armées, est de plus en plus suspecte à la monarchie. Anne mort en 1567, son fils Henri ne lui succédera que sous Henri IV. Richelieu finira par supprimer l'office.

2 mars

Ordre du roi au parlement d'Aix de procéder contre les vaudois.

18 juin

À Nice, François Ier et Charles Quint concluent sous l'arbitrage de Paul III une trêve de dix ans. Négociation toute moderne, au cours de laquelle le pape fait la navette entre les adversaires, qui refusent de s'asseoir à la même table. Aussi bien, ce n'est pas la paix souhaitée par le souverain pontife, mais une trêve armée qui permet aux belligérants de conserver les positions acquises: la Bresse, le Bugey et une partie du Piémont pour François Ier, le Milanais pour Charles Quint. Cependant, sur une proposition inattendue de l'empereur, le principe d'une rencontre au sommet est arrêté.

14 juillet
Elle a lieu à Aigues-Mortes, occasion de force embrassades, amabilités et promesses de coopération contre le Turc et les hérétiques. Paul III aurait-il gagné son pari? Ce serait oublier le poids des intérêts de deux puissances que tout condamne au conflit.

10 septembre
L'inquisiteur Louis de Rochette et son vicaire sont condamnés pour hérésie et brûlés à Toulouse.

septembre-octobre
La lutte d'influence entre les factions de la Cour s'aggrave. Deux clans s'affrontent, chacun groupé autour d'une maîtresse en titre: Anne de Pisseleu, duchesse d'Étampes, maîtresse du roi; et Diane de Poitiers, la maîtresse du dauphin Henri. Très lié à ce dernier, Anne de Montmorency est le pilier de la faction de Diane de Poitiers; Philippe Chabot de Brion, lui, est du parti de la duchesse d'Étampes. Montmorency, tout-puissant, avance méthodiquement ses pions. En octobre, le chancelier Antoine Du Bourg mort, il fait nommer à la chancellerie sa créature Guillaume Poyet, excellent juriste. En même temps, des bruits de plus en plus insistants courent sur la gestion par Chabot de ses fonctions d'amiral de France et de gouverneur de Bourgogne. Accusé de malversations, Chabot, compagnon du roi depuis toujours, connaît une demi-disgrâce, en attendant pis.

décembre
Fin de la politique de relative mansuétude inaugurée par l'édit de Coucy le 16 juillet 1535. Le 16 décembre, des lettres royales enjoignent au parlement de Toulouse de poursuivre les hérétiques, ainsi que les imprimeurs, vendeurs, acheteurs ou détenteurs de livres hérétiques. Le 24, c'est au tour du parlement de Normandie de se voir intimer l'ordre d'infliger aux hérétiques «une punition si rigoureuse que tous autres y prennent exemple».

autres événements
• Le roi reçoit son portrait de profil par Titien (vers 1490-1576), envoyé de Venise, en cadeau, par l'Arétin.

1539

12 janvier
Des lettres royales défendent l'importation et le commerce de draps étrangers.

avril
Début du Grand Tric de Lyon, la grève des compagnons imprimeurs. Provoquée par des revendications touchant aux salaires et aux conditions de travail, la grève des Lyonnais, bientôt imités par leurs confrères parisiens, durera, avec des interruptions plus ou moins longues, jusqu'en 1542. Les compagnons imprimeurs constituent une espèce d'aristocratie ouvrière et sont mieux organisés que d'autres catégories de travailleurs. Mais s'ils obtiennent quelques satisfactions mineures, le pouvoir, soucieux d'ordre public et de respect des hiérarchies sociales, légifère comme toujours au bénéfice des maîtres.

24 juin
Nouvel édit contre les réformés, applicable à l'ensemble du royaume.

10 août
Ordonnance de Villers-Cotterêts. Célèbre surtout pour avoir imposé l'usage du «langaige maternel françois» dans les actes publics (article 111), autrement dit pour avoir fait du français la langue de l'État, cet énorme acte législatif (192 articles), œuvre du chancelier Poyet, fait bien plus que cela: il fixe les limites des juridictions séculières et ecclésiastiques, en confinant celles-ci aux affaires touchant directement à l'Église; il crée un embryon d'état civil dans l'ensemble du royaume, en imposant aux curés la tenue de registres de naissances et baptêmes; il réorganise la procédure pénale, en facilitant considérablement la tâche de l'accusation (l'accusé, qui ne prend connaissance des chefs d'accusation qu'au prétoire, est pratiquement empêché de préparer sa défense); elle touche au droit privé, en codifiant par exemple les contrats, et, dans la foulée des grèves des compagnons imprimeurs, au droit du travail, en interdisant ces confréries de métier qui préfigurent les «coalitions» de l'âge industriel. L'ordonnance de Villers-Cotterêts apparaît ainsi comme une pièce centrale dans l'énorme dispositif législatif mis en place par François Ier.

23 novembre
Édit sur l'obligation de résidence des officiers royaux, avec défense de s'absenter sans permission sous peine de confiscation de leur office. La multi-

plication de ces injonctions est, comme toujours, la preuve qu'elles ne sont guère suivies d'effet.

novembre 1539-janvier 1540
En route pour mater une insurrection des Gantois contre sa sœur Marie de Hongrie, gouvernante des Pays-Bas, Charles Quint, accueilli par le dauphin Henri puis accompagné par le roi, traverse le royaume. Le 27 novembre, il est en France, puis, par Bordeaux, Poitiers, le val de Loire et Fontainebleau, il arrive le 1er janvier 1540 à Paris. Préparé de longue date, c'est, des Pyrénées au Hainaut, un voyage triomphal qui étonne les contemporains, mais n'aura pas de suites concrètes.

autres événements
• À Fontainebleau, Rosso et Primatice commencent la décoration de la Galerie Basse (détruite). Primatice l'achèvera seul en 1542.

1540

1er janvier
Charles Quint est à Paris.

février
Une enquête sur les agissements de l'amiral Philippe Chabot de Brion est confiée à une commission spéciale, présidée par le chancelier Poyet.

9 février
François Ier cède au dauphin Henri l'administration et jouissance du duché de Bretagne.

avril-novembre
En avril, une ordonnance établit l'« aune du roi », unité destinée aux tissus et en principe valable pour l'ensemble du royaume. Signe des temps, le gouvernement royal songe sérieusement à unifier les poids et mesures sur tout le territoire, et une ordonnance est promulguée en ce sens le 13 novembre. Mais, comme tant d'autres mesures de centralisation et de rationalisation dont l'État monarchique aura eu l'intuition, celle-ci restera lettre morte jusqu'à la Révolution.

27 mai
Le commerce des grains redevient libre à l'intérieur et à l'extérieur du royaume, excepté dans le Génois.

31 mai
François Ier ordonne des poursuites contre les vaudois. À partir de ce moment, la répression contre les vaudois, que Louis XII a protégés en son temps, s'accélère. Rappelons qu'il s'agit de petites communautés dispersées dans les hautes vallées du Piémont, du Dauphiné et de Provence, et pratiquant un christianisme simplifié et non institutionnel, issu de la prédication du marchand lyonnais Pierre Valdès (ou Valdo, ou Vaudès, ou encore de Vaux), au XIIe siècle. Proches des réformés par leur rejet de l'Église visible, du purgatoire, du culte des saints, ils s'en éloignent cependant sur un point essentiel : le libre arbitre et la valeur des œuvres. Mais les similitudes des attitudes et des croyances et l'esprit missionnaire réformé devaient fatalement les rapprocher, d'autant que les catholiques les confondent dans une même détestation.

1er juin
L'édit de Fontainebleau enjoint aux parlements et à l'ensemble de la hiérarchie judiciaire de réprimer l'hérésie sur tout le territoire. C'est un tournant : c'est la justice du roi, au détriment de celle de l'Église et au rebours de son rôle traditionnel de bras séculier de celle-ci dans les affaires d'hérésie, qui prend désormais en main les affaires de la foi.

23 juin
Lettres patentes confirmant Matthieu Ory dans son office d'inquisiteur. Mais son rôle est limité aux gens d'Église.

17 juillet
Traité d'alliance entre François Ier et Guillaume de La Marck, duc de Juliers, Clèves et Gueldre. Les possessions du duc sont stratégiquement assez importantes pour que le roi souhaite se l'attacher en lui offrant la main de sa nièce Jeanne d'Albret, ce que le duc accepte. C'est un coup double, puisque l'empereur, qui a proposé la candidature de son fils Philippe, est ainsi coiffé au poteau.

18 juillet
Une déclaration royale institue la douane de Lyon. Les draps de luxe en provenance d'Espagne et d'Italie doivent tous transiter par la cité du Rhône et acquitter des droits de douane : 5 % de leur valeur s'ils sont commercialisés à l'intérieur du royaume, 2 % s'ils ne font que transiter.

juillet-août
Fortification des places de Picardie.

1er septembre-31 octobre
Grands Jours à Moulins et à Agen.

octobre
En réaction contre la rebuffade du duc de Clèves, l'infant Philippe reçoit l'investiture du duché de Milan, ce qui n'arrange pas du tout les affaires de François Ier. Celui-ci en fait porter le chapeau à Anne de Montmorency, qui amorce ainsi sa disgrâce.

17 octobre
Des lettres royales nomment Jacques Cartier capitaine général de tous les navires en partance pour la Nouvelle-France (Canada).

14 novembre
Mort de Rosso à Paris. À partir de cette date, Primatice assume seul la direction des travaux de décoration du château de Fontainebleau.

18 novembre
Un arrêt du parlement de Provence condamne à mort pour hérésie 17 vaudois et ordonne la destruction de la ville de Mérindol, refuge des hérétiques condamnés, ainsi que l'exil des femmes et des enfants.

28 novembre
Une ordonnance interdit la sortie du salpêtre du royaume et fait défense d'empêcher les salpêtriers de pénétrer dans les maisons pour le recueillir. En effet, on recueillait cette précieuse substance, le nitrate de potassium indispensable à la fabrication des poudres, sur les murs humides des caves.

décembre
Un édit réforme la justice dans le duché de Normandie.

autres événements
• La bulle *Regimini militantis Ecclesiae* institue officiellement la Société de Jésus.
• Arrivée probable en France de Giacomo Barozzi, dit Vignole (1507-1573), et de Sebastiano Serlio (1475-vers 1554), architectes italiens appelés par le roi. Serlio va avoir sur les architectes français une influence capitale. Auteur d'un *Livre* en sept volumes sur l'architecture, dont le quatrième (consacré aux trois ordres dorique, ionique et corinthien) est paru lorsqu'il arrive en France, Serlio va mettre à la disposition des architectes français le répertoire de l'Antiquité classique repris par les architectes italiens. Il consacre aussi, à l'encontre de l'opinion d'Alberti (1404-1472), l'ordre composite, qui ne sera plus remis en cause. Des œuvres italianisantes qu'il réalise en France, le seul monument encore existant est le château d'Ancy-le-Franc, en Bourgogne, qui lui est commandé par le comte de Clermont-Tonnerre.
• Benvenuto Cellini (1500-1571), orfèvre et sculpteur italien, arrive à Fontainebleau. Le roi lui demande de réaliser 12 statues en argent mais l'artiste néglige d'honorer cette commande, préférant réaliser d'autres œuvres, de sculpture notamment, ce qui lui permettra de quitter Fontainebleau avec le statut de sculpteur quand il y était arrivé orfèvre. Personnage haut en couleur, il laissera de son séjour en France un récit pittoresque et savoureux dans lequel personne n'est épargné, hormis le roi. Ce dernier, selon le même récit, se serait pourtant adressé à Cellini à la fin de son séjour en ces termes: « Vous autres artistes, [...] il vous faudrait être un peu plus dociles, moins orgueilleux et moins obstinés. »
• Primatice part pour Rome chercher des antiques.

1541

13 février
Lettres patentes ordonnant la suspension de l'exécution de l'arrêt du 18 novembre précédent contre les vaudois, moyennant abjuration.

février-mars
Les suites de l'affaire Chabot. Convaincu d'exactions et de crime de lèse-majesté, l'amiral est privé de ses charges et dignités, condamné à une amende de 400 000 livres et enfermé à Vincennes. Mais le balancier des factions de la Cour amorce bientôt un mouvement inverse, le parti de la duchesse d'Étampes se mobilisant en sa faveur. Dès le 12 mars, l'amende est annulée. Le retour en grâce n'est pas loin.

mars
L'Espagnol Antoño Rincon, émissaire de François Ier auprès de la Sublime Porte, revient de Constantinople avec des lettres du sultan.

avril
Troisième expédition de Jacques Cartier, toujours commandité par le roi. Le Malouin ayant pris possession au nom du roi des terres découvertes et fondé ainsi la Nouvelle-France (Canada), François Ier y nomme un lieutenant général, Jean-François de la Roque, sieur de Roberval. Cette fois, une première colonie s'installe, à Charlesbourg. Cette première tentative fera long feu, mais le monopole colonial des Espagnols et des Portugais est définitivement brisé. C'est maintenant le tour des nations du Nord, Français, Hollandais et

Anglais, de se lancer dans l'aventure coloniale. En Amérique du Nord, si les Français partent les premiers, ce sont les Anglais, on le sait, qui, forts de vagues de colonisation plus denses et de meilleure qualité humaine, et appuyés sur une politique métropolitaine plus cohérente et déterminée, finiront par emporter le morceau.

14 avril
Nouvel édit contre les réformés.

1er juin
Réforme de la gabelle: le prix du sel est fixé à 24 livres par muid dans tout le royaume, en attendant des augmentations substantielles par la suite (jusqu'à la fin du règne, il passera à 45 livres par muid). Surtout, l'ordonnance du 1er juin (suivie par plusieurs autres de 1542 à 1544) tente d'introduire le régime des « greniers à sel », donc de la gabelle, aux provinces maritimes productrices de l'ouest du royaume, ce qui ne manquera pas de provoquer des troubles.

5 juin-24 juillet
Diète de Ratisbonne: les princes luthériens Philippe de Hesse et Jean-Frédéric de Saxe sont mis au ban de l'Empire. Le 6 juin, François Ier envoie Pierre Rémond, premier président au parlement de Rouen, auprès de l'empereur Charles Quint à la diète de Ratisbonne.

14 juin
À Châtellerault, mariage du duc de Clèves et de Jeanne d'Albret, alors âgée de 13 ans. Cette union ne sera jamais consommée, et la fille de Marguerite de Navarre, forte tête, n'aura de cesse qu'elle soit annulée. Elle y parviendra en 1545, avec l'aide de son oncle le roi qui n'aura plus de raisons de ménager le duc. Elle épousera trois ans plus tard le chef de la maison de Bourbon, Antoine, duc de Vendôme.

juillet
Anne de Montmorency est contraint de quitter la Cour et se retire dans son château de Chantilly. Provoquée à la fois par l'échec de sa politique conciliatrice à l'égard de Charles Quint, les intrigues de la faction de la duchesse d'Étampes et l'agacement du roi face à l'amitié qui le lie au dauphin Henri, la disgrâce du connétable est ainsi consommée, du moins sous François Ier.
Soliman Ier le Magnifique prend la forteresse de Buda. Toute la Hongrie, ou peu s'en faut, tombe dans l'escarcelle des Ottomans.

3 juillet
Antoño Rincon et Cesare Fregoso, porteurs de la réponse de François Ier à Soliman Ier le Magnifique, sont assassinés en chemin, près de Pavie, par des soldats espagnols. François Ier tempête, le gouverneur du Milanais et son maître l'empereur font mine de s'excuser, une vague enquête s'ensable. Un nouvel émissaire, Polin de La Garde, repart pour Constantinople. L'assassinat des deux hommes fournira au roi l'un des prétextes à sa déclaration de guerre de juillet 1542.

septembre-novembre
Grands Jours à Poitiers (9 septembre-10 novembre) et à Nîmes (15 septembre-31 octobre).

fin octobre
Charles Quint échoue devant Alger.

29 novembre
Traité d'alliance avec Christian III de Danemark et de Norvège, bientôt suivi de la Suède en juillet 1542. Rappelons que ces pays sont passés à la Réforme.

autres événements
- Clément Marot: *Trente Psaumes de David.*

MAROT ET SON ÉCOLE

Toute une génération de poètes se situe, entre 1520 et 1540, dans le sillage des Grands Rhétoriqueurs. Poètes de cour, ils sont érudits, souvent traducteurs d'ouvrages anciens, et ils cultivent volontiers l'allégorie et la mythologie antiquisante, mais aussi la grâce légère et souriante qui sied aux Cours de la Renaissance; leur vrai bréviaire est Le Livre du Courtisan *de Baldassare Castiglione (1528). Mentionnons Antoine Héroët (vers 1492-1568), traducteur de Platon et auteur de* La Parfaicte Amye *en 1542; Hugues Salel (1504-1553), traducteur de l'*Iliade *d'Homère, dont les* Œuvres *paraissent en 1539; François Habert (vers 1508-vers 1561), poète du roi sous Henri II, traducteur des* Métamorphoses *d'Ovide et des* Satires et Épîtres *d'Horace, qui publie des* Recueils *dans le style de Marot et, plus proche des Rhétoriqueurs,* Le Temple de Vertu *en 1542; et Bonaventure Des Périers, qui platonise dans d'élégantes poésies pour la reine, recueillies dans des* Œuvres *publiées l'année probable de sa mort, en 1544.*
Le plus grand de tous est Clément Marot. Fils du poète Jean Desmaretz, dit Marot, Clément (1496-1544) se situe, lui aussi, dans la tradition des

Grands Rhétoriqueurs, dont il cultive le genre du Temple en prosimètre (mélange de prose et de vers): sa première œuvre est justement le Temple de Cupido *(1515). Doté d'une solide culture humaniste (il traduit la* Première Bucolique *de Virgile en 1512-1513 et le* Jugement de Minos *de Lucien en 1514), il cultive aussi l'épître (lettre en vers rédigée sur un ton satirique), et tourne dans le goût du jour une ballade,* À Madame d'Alençon pour estre couché en son esprit. *Séduite par sa jolie manière de quémander, la sœur du roi, Marguerite, le prend comme valet de chambre en 1518. Il partage les voyages et les convictions de cette grande dame ouverte aux idées humanistes et évangéliques. Il succède enfin à son père dans la charge de valet de chambre de François Ier. Fait prisonnier avec lui à Pavie en 1525, il est bientôt libéré.*

Mais ses ennuis religieux commencent aussitôt, pour ne plus cesser. En 1526, il est dénoncé pour avoir « mangé le lard » en Carême, et son internement au Châtelet lui inspire deux poèmes: L'Enfer, *satire mordante des gens de justice, et* l'Epistre à Lyon Jamet, *pour solliciter du secours. Libéré en mai, après le retour de François Ier des geôles espagnoles, il retrouve sa place à la Cour, comme valet de chambre du roi. Mais il est emprisonné derechef, d'octobre à novembre 1527, pour être intervenu malencontreusement dans une rixe, occasion pour lui d'écrire une* Epistre au roy pour le délivrer de prison. *Relaxé, il devient le poète attitré de la Cour et participe aux événements politiques et culturels; il célèbre par ses poèmes le mariage de Renée de France avec le duc de Ferrare, la paix de Cambrai, l'arrivée d'Éléonore, bientôt épouse de François Ier et reine de France. En 1531, il écrit l'épître* Au roi pour avoir été dérobé. *Trois ans plus tard, c'est l'affaire des Placards, et Marot, cité à comparaître, se réfugie à Nérac, à la cour de Marguerite de Navarre, puis, après un bref séjour à Venise (juillet-octobre 1536), où il compose l'*Epistre à Madame la duchesse de Ferrare, *auprès de Renée de France. Revenu en France et à la Cour avec permission royale, c'est sans doute à la demande de Marguerite de Navarre que, autour de 1540, il entreprend la traduction des* Psaumes *en vers français. La Sorbonne ne l'oublie pas cependant:* L'Enfer *– publié pour la première fois à Anvers en 1539, puis par Dolet en 1542 – et ses* Trente Psaumes de David *de 1541 ont beau plaire au public, ils ne plaisent pas à la Faculté. Et Marot s'enfuit derechef, cette fois pour Genève. Il n'y est pas plus heureux: malgré le soutien de Calvin, le Grand Conseil lui refuse une pension. Il se rend alors à Turin, son dernier refuge.*

*Une première édition de ses poèmes paraît en 1531-1532; c'est l'*Adolescence clémentine, *qui rencontre un vif succès (22 éditions de 1532 à 1537), puis, en 1533-1534, la* Suite de l'Adolescence clémentine. *En 1538, Les* Œuvres *de Clément Marot sont publiées chez Étienne Dolet et chez Sébastien Gryphe, c'est ce dernier qui assure l'impression de cette double édition, que Marot surveille en personne. À Genève, il fait publier en 1543, sans nom d'auteur, ses* Cinquante Psaumes en français, *bientôt mis en musique par Loys Bourgeois à Genève en 1541-1547, et par Pierre Certon à Paris en 1546.*

On a dit de Clément Marot qu'il était un poète du Moyen Âge plutôt que de la Renaissance. C'est à la fois vrai et faux. Vrai, parce qu'il est resté fidèle à la versification et aux formes poétiques médiévales, comme la ballade et le rondeau. Faux, parce que ses Épîtres *et ses* Élégies *(il semble qu'il ait été l'un des premiers à écrire dans ce genre importé d'Italie) sont d'une grâce et d'une sensibilité toute « moderne ». Les musiciens et les éditeurs ne s'y sont pas trompés, qui ont fait leur miel de ses poèmes. Ainsi, Pierre Attaingnant, qui édite en 1529* Trente et sept chansons, *composées par Claudin de Sermisy et Clément Janequin.*

• Construction, par les futurs architecte et sculpteur de la Cour Carrée du Louvre, Pierre Lescot (1515-1578) et Jean Goujon (vers 1510-1556), du jubé (tribune transversale qui sépare dans une église la nef du chœur) de Saint-Germain-l'Auxerrois (détruit), considéré à l'époque comme le plus beau du siècle.
• Mort du portraitiste Jean Clouet; son fils François lui succède comme peintre du roi.
• Primatice peint à Fontainebleau la décoration de la chambre de Mme d'Étampes (transformée depuis en cage d'escalier, mais la décoration a été conservée). Il commence la décoration de la galerie d'Ulysse qu'il achèvera en 1570 (détruite).

1542

mars

L'émissaire du roi de France revient de Constantinople avec des promesses d'alliance de Soliman Ier le Magnifique.

L'amiral Philippe Chabot de Brion est pleinement réhabilité et retrouve ses charges, ainsi que sa place, désormais prépondérante, au Conseil du roi.

Contrairement à son rival disgracié, Anne de Montmorency, Chabot est partisan de la guerre contre Charles Quint.

juin
Un édit ordonne que les frais de justice soient prélevés sur le produit des amendes perçues par les tribunaux.

juillet
Traité d'alliance avec Gustave Ier Vasa de Suède.

1er juillet
Aggravation et organisation de la censure, placée par lettres royales sous la responsabilité du Parlement de Paris: remise immédiate des livres interdits au Parlement, défense d'imprimer sans autorisation préalable, le tout sous peine de pendaison.

juillet-septembre
Reprise de la guerre, la quatrième entre la France et l'Empire, la neuvième d'Italie. Le 10 juillet, des lettres royales de Ligny-en-Barrois (actuel département de la Meuse) déclarent la guerre à l'empereur Charles Quint et à ses sujets, ennemis du roi et du royaume. Les raisons invoquées: les menaces de l'empereur, la détention illicite de terres du domaine royal et l'assassinat des ambassadeurs en route vers Constantinople.
Afin de subvenir aux frais de la guerre, François Ier emprunte aux villes à concurrence de 140 000 écus. Le 19 juillet, 100 000 écus supplémentaires sont empruntés aux villes et communautés de Bourgogne.
Premières opérations militaires. Au Nord, Charles d'Orléans, assisté du duc Claude de Guise et de son fils François de Lorraine, marche sur le Luxembourg, le duc de Vendôme Charles de Bourbon sur la Flandre; le 31 août, la ville de Luxembourg tombe (provisoirement) aux mains des Français. Au Sud, le dauphin Henri et le maréchal Claude d'Annebault attaquent le Roussillon; le 23 août, Perpignan est assiégée, mais les Espagnols dépêchent des renforts et le siège est levé le 15 septembre.

août
Début de l'affaire Poyet, victime de la lutte des factions nobiliaires de la Cour. Privé de protecteur depuis la disgrâce de Montmorency et haï par la faction rivale pour le rôle qu'il a rempli dans celle de Chabot, le chancelier est arrêté le 2 août et embastillé. On l'accuse vaguement de malversations.

30 août
Édit de Lyon contre les luthériens. L'édit, pris à l'initiative du cardinal de Tournon, grand persécuteur d'hérétiques, enjoint aux parlements d'intensifier la répression et pousse les ecclésiastiques à plus de fermeté, sous peine de confiscation du temporel.

1er septembre-31 octobre
Grands Jours à Limoges, puis à Riom.

automne
Révolte dans l'Aunis, la Saintonge et le Poitou contre la généralisation du régime des greniers à sel dans les provinces maritimes de l'Ouest. L'insurrection est rapidement matée, mais l'agitation continue de couver jusqu'au prochain embrasement, au début du règne d'Henri II.

7 décembre
Après la grande réforme de l'administration des finances du milieu du règne, l'édit de Cognac poursuit la réorganisation fiscale du royaume: 16 circonscriptions fiscales – « généralités » – voient le jour, avec à leur tête autant de receveurs généraux chargés de centraliser la recette des taxes ordinaires et extraordinaires. La tâche de ces derniers est ainsi allégée, puisque les recettes générales sont multipliées par quatre.

14 décembre
Décès de Jacques V Stuart d'Écosse. Marie Stuart, âgée de 8 jours, devient reine d'Écosse sous la régence de sa mère Marie de Guise.

autres événements
• Pour la première fois, des marchands portugais débarquent au Japon.

1543

janvier
Mort de Guillaume du Bellay, sieur de Langey, évêque humaniste et tolérant et sans doute le meilleur diplomate du règne.

janvier-juillet
Nouvelle tentative de fixer la doctrine, la Sorbonne définit 29 articles de foi catholique, en affirmant contre les protestants, comme le fera bientôt le concile de Trente, les principaux points du dogme romain. En juillet, François Ier en ordonne la publication, fournissant ainsi aux tribunaux un texte de référence officiel.

12 février
Volte-face diplomatique et militaire d'Henry VIII, qui conclut un accord avec Charles Quint.

mars-décembre
Vente massive d'offices pour soutenir l'effort de guerre : en mars, 15 conseillers sont créés au parlement de Bordeaux, 4 au parlement de Grenoble, 15 au parlement de Rouen, 20 au parlement de Toulouse. En avril, deux nouveaux offices de conseillers sont créés au parlement de Grenoble, deux offices de maîtres à la chambre des comptes et un conseiller au parlement de Dijon. De mai à décembre, la multiplication des offices se poursuit dans les cours souveraines, les bailliages et les sénéchaussées. Parallèlement, on taxe les villes closes (de remparts) pour la solde des troupes (3 mai) et on réquisitionne des vivres pour l'approvisionnement de l'armée.

1er juin
Mort de Philippe Chabot de Brion, qui n'aura guère eu le temps de profiter de son retour en grâce. Il aura eu au moins la satisfaction de voir chuter ses ennemis. C'est Claude d'Annebault, lieutenant général en Normandie, qui hérite de sa charge d'amiral de France.

juillet
On commande au peintre Jean Cousin huit cartons de tapisseries sur la *Vie de saint Mammès*. Trois sont conservés, deux à la cathédrale de Langres, le dernier au Louvre.

août
Aliénation du domaine royal à concurrence de 600 000 livres pour subvenir aux dépenses militaires. Au grand scandale de la chrétienté, Nice, dernière possession savoyarde, est assiégée, et prise, par une flotte française aux ordres de François de Bourbon, comte d'Enghien, et une flotte ottomane venue lui prêter main-forte, commandée par Khaïr-ed-Dine Barberousse. Mais ladite chrétienté n'a pas encore tout vu, puisque le fils aîné de l'Église en personne invite l'escadre turque à hiverner dans le port de Toulon.

24 août
François Ier perd un allié de plus : Guillaume de La Marck, écrasé à Düren, en pays rhénan, par l'armée de Charles Quint. Le duché de Gueldre est annexé aux Pays-Bas le 7 septembre. Le duc, qui doit renoncer à l'alliance française, conserve Clèves et Juliers.

septembre
La flotte turque hiverne à Toulon, préalablement vidée de ses habitants, où elle restera jusqu'en mai 1544. Charles Quint a beau jeu de dénoncer la collusion de son rival avec les infidèles.

20 septembre
L'édit de Sainte-Menehould contre les réformés reprend les articles de foi publiés par la Faculté au début de l'année.

8 décembre
Ordonnance somptuaire de Fontainebleau : à l'exception des enfants de France, l'usage des draps d'or et d'argent, des broderies et des passementeries est prohibé sous peine d'amende et de confiscation. Depuis l'ordonnance promulguée par Charles VIII le 17 décembre 1485, les lois somptuaires se suivent tout au long du siècle. Toutes s'en prennent au premier chef au luxe vestimentaire, parfois aussi au luxe de la table. La justification traditionnellement avancée est d'ordre moral et religieux : le luxe mène à la luxure. Mais pour l'essentiel, ce sont des mesures économiques d'inspiration mercantiliste – éviter la saignée de métal précieux – et sociales – chacun doit garder son rang, et cela doit se voir. Inutile d'ajouter qu'elles ne servent à rien, comme ne se gênera pas de le faire remarquer Jean Bodin dans un texte célèbre où il démonte les mécanismes de l'inflation : « On a fait de beaux édits, mais ils ne servent de rien. Car, pour ce qu'on porte à la Cour ce qui est défendu, on en portera partout » (*Response à Monsieur de Malestroit*, 1568).

15 décembre
Des commissaires négocient au nom du roi des emprunts auprès de marchands de Lyon.
À Édimbourg, conclusion d'un traité d'alliance entre François Ier et la régente d'Écosse Marie de Guise. En effet, le retournement d'alliances d'Henry VIII accompli, François Ier n'a plus rien à perdre.

autres événements
- Le montant de la taille pour cette année atteint 4 600 000 livres, soit le point culminant du règne en matière de ponction fiscale.
- L'Index des livres interdits publié par la Sorbonne comprend 65 ouvrages hérétiques et assimilés.
- Pierre de La Ramée, dit Ramus : *Aristotelicae animadversiones (Controverses aristotéliciennes).*

RAMUS

Pierre de La Ramée (latinisé en Ramus, 1515-1572) est né à Cuts, dans le Vermandois, dans une famille de paysans. Curieux, intelligent et volontaire, il monte à Paris et se débrouille pour s'inscrire au Collège de Navarre. Il y acquiert une maîtrise ès arts en 1536, mais aussi une solide antipathie pour la philosophie scolastique traditionnelle. Ses Controverses *sont un véhément manifeste anti-aristotélicien qui lui vaut un curieux procès devant une commission royale de doctes personnages, dont l'helléniste Pierre Danès. Interdit d'enseignement, Ramus trouve un protecteur puissant en la personne de Charles, cardinal de Lorraine. Le voici donc, au grand dam de la Sorbonne, dont il est la bête noire, professeur, puis principal au Collège de Presles en 1545, et, en 1551, professeur d'éloquence et de philosophie au Collège royal. Passé à la Réforme sans doute dès avant le déclenchement de la première guerre civile, il commence une vie errante, et c'est à Heidelberg qu'il fait officiellement profession de foi protestante. Mais il revient à Paris après chaque « paix » pour retrouver son collège et son enseignement. De manière caractéristique, il est d'ailleurs presque aussi mal vu à Genève, où Bèze apprécie peu sa critique de la discipline ecclésiastique calvinienne, qu'à la Sorbonne. Revenu en France une dernière fois après la paix de Saint-Germain en août 1570, il est tué dans son collège lors de la Saint-Barthélemy.*

L'œuvre de Ramus est diverse. Il s'est intéressé aux mathématiques (il a traduit Euclide, publié un important ouvrage d'arithmétique, Arithmeticae libri tres, *et fondé une chaire de mathématiques au Collège royal), à l'histoire (en 1559, il a publié* De moribus veterum gallorum, *où il affirme, contre les partisans du mythe troyen, tel Lemaire de Belges, les origines gauloises de la France, suivi du* De Caesaris militia*), à la grammaire (dans* La gramère, *publiée en 1562, il a défendu la thèse de l'orthographe phonétique), à la réforme de l'enseignement (*Advertissement sur la réformation de l'université de Paris, *1562;* Préface sur le poème des mathématiques, *1567). Mais au-delà même de son anti-aristotélisme, sa philosophie, d'inspiration néoplatonicienne et hostile à la division traditionnelle des disciplines, confère à l'ensemble une indéniable unité de méthode: la dialectique, promue méthode universelle d'organisation des connaissances (*Dialecticae partitiones, *1543;* Dialectique, *1555;* Ciceronianus, *1556).*

• Benvenuto Cellini achève pour François Ier une salière en argent et émail sur un socle en ébène (Vienne, Kunsthistorisches Museum) et une *Nymphe de Fontainebleau* sculptée (Louvre) dont la pose sera sans doute reprise par Jean Cousin père dans son *Eva Prima Pandora.*

1544

3 janvier
Ordre de convoquer le ban et l'arrière-ban. L'ordre est accompagné de lettres réglant la manière de les convoquer, la durée du service, les gages des officiers, les « montres », autrement dit les revues, et les exemptions. Les « légions », noyau d'une levée nationale, ont vécu.

19 janvier
À Fontainebleau, Catherine de Médicis, après onze ans de mariage avec le dauphin Henri et de louables efforts, donne enfin naissance à un fils: François, futur François II.

30 janvier
Ordonnance prescrivant aux gouverneurs des provinces frontalières de dresser un état annuel des grains récoltés dans une zone de 10 lieues (environ 40 km) de la frontière, laisser aux habitants de quoi subvenir à leur nourriture et aux semailles de l'année, et faire transporter le reste dans les places fortes.

février
Ordonnance sur les droits, privilèges et fonctions de l'amiral de France. C'est le second texte législatif du siècle à ce sujet, après l'ordonnance de juillet 1517 et avant celle de mars 1584. Rappelons que l'amirauté de France est un grand office de la Couronne, une dignité. En effet, l'amiral de France, qui a la haute main sur les choses de la mer, leur est le plus souvent totalement étranger. Ce sont ses vice-amiraux qui sont des marins et qui commandent effectivement les escadres du roi. Le hasard veut que Claude d'Annebault, titulaire de l'office depuis la mort de Chabot de Brion en juin 1543, soit le seul amiral de France du siècle à commander une flotte de guerre.

14 février
Des livres prohibés – Calvin et Melanchton, mais aussi Érasme et Lefèvre d'Étaples – sont brûlés sur ordre du Parlement sur le parvis de Notre-Dame.

mars
Nouvelles aliénations du domaine de la Couronne à concurrence de 160 000 écus, pour subvenir aux frais de la guerre.

10 mars
La Sorbonne condamne deux ouvrages de Pierre de la Ramée, dit Ramus : *Dialecticae partitiones* et *Aristotelicae animadversiones*.

25 mars
Une ordonnance réglemente le commerce des épices, crée des offices de receveurs et contrôleurs des taxes imposées sur ces denrées et fait défense aux marchands d'en acheter sur la place d'Anvers, où l'empereur prélève des droits de 7 %.

avril-août
Une levée de décimes est imposée au clergé ; le roi met sur le marché de nouveaux offices de judicature.

3 avril
Début du procès du chancelier Guillaume Poyet, instruit par une commission extraordinaire. Ironie du sort, le chancelier souffre des mesures draconiennes qu'il a lui-même introduites dans la procédure pénale par l'ordonnance de Villers-Cotterêts d'août 1539. Mais il s'en tirera sans grand dommage.

14 avril
À Cérisoles (Ceresole Alba, en Piémont), une armée française aux ordres du jeune François de Bourbon, comte d'Enghien, bat les Espagnols et les Impériaux du marquis de Guast. Mais les opérations les plus importantes vont se dérouler en France.

22 mai
Après inventaire à Blois, la Bibliothèque du roi est transférée au château de Fontainebleau.

juin-septembre
Suite et fin de la quatrième guerre entre François Ier et Charles Quint. Le théâtre des opérations se déplace vers la France : à l'Ouest, où Henry VIII assiège Boulogne ; et à l'Est, où l'empereur, fort de l'appui de la diète de Spire (juin), pour une fois unanime, s'apprête à envahir la Champagne. En juillet, les Impériaux mettent le siège devant Saint-Dizier et enlèvent Vitry-en-Perthois. Le 17 août, Saint-Dizier tombe. Épernay et Joinville sont pillées, les Impériaux avancent jusqu'à Château-Thierry et menacent Paris, où les habitants s'affolent et se préparent au siège. Le 10 septembre, François Ier est à Paris pour soutenir leur moral. Mais les éternels ennemis des armées victorieuses sont à l'œuvre – manque d'argent, épuisement des vivres, approche de la mauvaise saison – et l'offensive impériale s'essouffle. Début septembre, on commence à négocier. Le 12 septembre, à Soissons, Charles Quint et l'amiral Claude d'Annebault mettent au point les grandes lignes d'un accord. Le 13 septembre, les Anglais prennent Boulogne, puis mettent le siège devant Montreuil-sur-Mer. Mais Charles Quint a fait son choix : le 18 septembre, la paix est signée à Crépy-en-Laonnois.
C'est la dernière guerre entre Charles Quint et François Ier, pour qui l'aventure italienne est bel et bien terminée. Il lui faut en effet évacuer la Savoie et le Piémont, et se contenter d'une promesse pour le Milanais, qui reviendrait en dot à son fils Charles d'Orléans au cas où celui-ci épouserait une fille de Ferdinand d'Autriche, frère de l'empereur et roi des Romains. Il lui faut aussi renoncer à la Flandre et à l'Artois, moyennant, là encore, une promesse pour les Pays-Bas, au cas où Charles épouserait une fille de Charles Quint plutôt qu'une de ses nièces. Le choix est laissé à l'empereur. De toute manière, les arrière-pensées des deux contractants et la mort subite de Charles d'Orléans une année plus tard rend tout cet échafaudage caduc. Enfin, il lui faut lâcher ses alliés : François Ier promet à l'empereur des troupes contre les Ottomans et son soutien à la conversion des luthériens d'Allemagne. L'empereur, lui, ne cède rien, si ce n'est, une fois de plus, ses droits tout théoriques sur la Bourgogne.
Cette paix boiteuse mécontente tout le monde. Elle est durement reprochée au roi, qui aura du mal à l'imposer à ses parlements : ne disposait-il pas de l'armée intacte du dauphin Henri, qui d'ailleurs s'empresse de protester contre le traité devant notaire ? Et elle l'est aussi à Charles Quint, qui a lâché son allié anglais, et n'a pas su pousser son avantage sur le terrain. En fait, les deux adversaires sont épuisés, doivent faire face à de graves problèmes dans leur propre camp, et savent qu'ils sont incapables d'emporter une victoire décisive.

septembre-octobre
La guerre contre Henry VIII d'Angleterre se poursuit. Après la signature de la paix avec Charles Quint, le dauphin Henri chasse les Anglais de Montreuil-sur-Mer et assiège Boulogne.

novembre
Création à Paris du Grand Bureau des pauvres, placé sous la responsabilité de l'Hôtel de Ville et financé par un impôt spécial levé sur ses habitants.

autres événements

• Maurice Scève publie *Délie, objet de plus haute vertu.*

SCÈVE

Poète et humaniste, Maurice Scève (vers 1500-vers 1562) est un membre éminent du cénacle de Lyon, l'équivalent de ce qui sera la Pléiade parisienne dans la grande cité rhodanienne. La capitale économique de la France est aussi un centre culturel actif, une « Florence françoise » cosmopolite et élégante. Dans le même groupe que Scève, on trouve Rabelais, Marot, Dolet, Symphorien Champier, Nicolas Bourbon, et bien d'autres. Notre homme, qui a participé aux recherches du tombeau de la Laure de Pétrarque en 1533, en Avignon, revient dans sa ville trois ans plus tard, et, sous l'influence de Marot, avec qui il se lie d'amitié, compose deux Blasons, *qui seront remarqués par Renée de France.* Délie, objet de plus haute vertu *est publié en 1544 chez Antoine Constantin. Inspiré de sa passion pour Pernette du Guillet, c'est le premier* canzoniere *(cycle de poésie amoureuse) français à la manière de Pétrarque. Ses 449 dizains en décasyllabes et un huitain d'introduction sont ordonnés sous 50 emblèmes gravés. Le jeu entre images et poèmes offre des clairs-obscurs à déchiffrer dans un langage poétique parfois abstrait.* La Saulsaye. Églogue de la vie solitaire, *qu'il publie en 1547, est rédigée à une époque de retraite du monde. Revenu à Lyon, il fréquente Louise Labé et l'« académie » de Pontus de Tyard. Il cultive la poésie savante et publie en 1562 le* Microcosme, *une épopée de la connaissance dans la tradition du poème philosophique inaugurée par les* Hymnes *de Ronsard en 1555 : de la Genèse naît le progrès du savoir et des arts qui confèrent à l'homme sa dignité ; la Chute donne à Adam, l'*homo faber *selon Scève, une infinie liberté créatrice.*

• Le maître-verrier Jean Lécuyer date et signe un vitrail représentant *L'Éducation de saint Claude* dans l'église Saint-Bonnet, à Bourges. Jean Lécuyer († 1556) fait toute sa carrière dans cette ville, où il travaille notamment, dans les années 1532-1535, aux vitraux de la cathédrale. Avec Engrand Leprince, il est l'un des plus grands maîtres-verriers du siècle.

1545

janvier-mars

Débuts d'application du traité de Crépy-en-Laonnois du 18 septembre 1544. Le 16 janvier, des conventions concernant les frontières entre la France, la Franche-Comté et les Pays-Bas sont signées à Cambrai entre les députés du roi de France et ceux de l'empereur. Le 3 février, François Ier s'engage à restituer au duc François de Lorraine la seigneurie de Stenay, ce qu'il fait le 3 mars. Le 7 février, des lettres royales ordonnent de rechercher dans les archives de la chambre des comptes de Dijon les titres, lettres et autres papiers concernant le comté de Bourgogne (Franche-Comté) et d'en dresser un inventaire scellé pour être remis à Charles Quint. À la mi-février, l'empereur fait le choix d'une fille de son frère Ferdinand pour épouser Charles d'Orléans, et donc, apparemment, de la cession en dot du Milanais plutôt que des Pays-Bas. La mort du principal intéressé le délivrera bientôt de cette clause encombrante.

janvier-mai

Massacre des vaudois de Provence. Le 1er janvier, François Ier révoque les lettres de grâce accordées aux vaudois ; le 31 janvier, il ordonne l'exécution de l'arrêt du parlement de Provence rendu contre eux le 18 novembre 1540, après quoi il met des troupes à la disposition du premier président au parlement local, Jean Maynier, baron d'Oppède : plusieurs régiments d'infanterie et la compagnie de cavalerie que Polin de La Garde ramène d'Italie. À ceux-là se joindront des gentilshommes de la région et des hommes en armes fournis par les communautés locales. Tout ce monde se met en branle le 13 avril. Mérindol est assiégée le 18 avril, Cabrières, qui opposera quelque résistance, le 20. Dans ce bourg, les femmes sont enfermées dans une grange et brûlées vives. Tout est terminé le 4 mai, lorsque les massacreurs retournent à Aix. Des dizaines de villages ont été brûlés, des centaines de vaudois, 3000 selon certaines estimations, ont été mis à mort, d'autres sont envoyés aux galères.

La brutalité de l'opération étonne et choque l'Europe protestante, voire de nombreux catholiques. Le rôle du roi n'est pas clair : il a autorisé la proscription et mis à la disposition du magistrat massacreur des troupes royales, mais il semble que l'ampleur de la tuerie ait dépassé ses intentions. En revanche, il n'y a aucun doute sur la responsabilité de son principal conseiller du moment, le cardinal François de Tournon. Sous Henri II, un procès intenté aux responsables directs innocentera les tueurs en février 1551.

mars-juillet
Après l'échec de la reprise de Boulogne, les hostilités reprennent avec Henry VIII, cette fois sur mer, avec l'intention de porter la guerre en territoire anglais. Une flotte imposante est réunie par l'amiral d'Annebault, mais, après quelques succès initiaux, l'opération navale tourne court. Comme sur le front est avant Crépy, c'est l'enlisement militaire, donc la négociation diplomatique. Elle débouchera un an plus tard sur le traité d'Ardres, le dernier du règne.

avril-juillet
Suite et fin de l'affaire Poyet. Le 24 avril, le chancelier est privé de sa charge et condamné à une amende de 100 000 écus et à l'assignation à résidence. Il sera remis en liberté trois mois plus tard.

5 avril
Cinq conseillers du Parlement sont dépêchés en province pour activer la recherche des réformés.

27 avril
Nouvelle ordonnance sur l'administration des forêts, la dernière du règne. Ce texte défend aux particuliers d'y installer des gardes forestiers, ce droit n'appartenant qu'au roi et aux princes du sang, et réglemente la juridiction du « gruyer » (responsable d'une grande forêt) et d'autres officiers forestiers, ainsi que le droit de coupe.

6 mai
Une ordonnance promulguée à Blois prévoit que désormais seuls les gouverneurs des provinces frontalières pourront ajouter à leur titre celui de lieutenant général. Les gouverneurs de province, personnages considérables, parfois princes du sang, ont en effet pris l'habitude de se parer de ce titre ; mais c'est un abus, la lieutenance générale étant à proprement parler une charge temporaire, rendue nécessaire par des circonstances exceptionnelles.

18 mai
François Olivier, premier président au Parlement de Paris et déjà garde des Sceaux, est nommé chancelier.

9 septembre
Mort de Charles d'Orléans, troisième fils du roi.

13 décembre
Ouverture du concile de Trente. C'est une date importante dans l'histoire de l'Occident, puisque ce concile œcuménique, qui connaîtra une existence agitée et vagabonde jusqu'en 1563, définit pour quatre siècles, jusqu'au concile de Vatican II, la doctrine et la discipline de l'Église catholique. Élément central dans le dispositif que la papauté et ses alliés les princes catholiques déploient pour faire barrage à la vague protestante, le concile prend le contre-pied, point par point, des articles de foi réformés et tente, avec un succès mitigé, de réduire ses propres abus. Fait-il œuvre de « Contre-Réforme », comme l'ont voulu les historiens libéraux ou protestants du XIXe siècle ? Ou de « Réforme catholique », comme l'entend l'historiographie moderne ? À vrai dire, le débat est plutôt idéologique qu'historique : dans l'œuvre du concile de Trente, comme dans celle des jésuites, les deux aspects sont étroitement mêlés. Quoi qu'il en soit, la France refusera obstinément de recevoir les décrets du concile, considérés comme attentatoires aux libertés de l'Église gallicane.

autres événements
• Après celle de 1543, la Sorbonne publie une nouvelle édition de son Index des livres prohibés.
• Jacques Cartier : *Brief récit et succincte narration de la navigation faicte es Isles de Canada.*
• Primatice peint la décoration du cabinet du roi à Fontainebleau. Cellini quitte le chantier.

1546

janvier-février
À la recherche d'argent frais : emprunt auprès des marchands de Lyon (commission du 12 janvier), « don gratuit » exigé de l'Église (février), ordonnance prescrivant l'imposition sur tous les habitants des villes closes du royaume, tant laïcs qu'ecclésiastiques, à concurrence de 600 000 livres, pour la solde de l'armée levée contre le roi d'Angleterre le 4 février.

18 février
Mort de Luther à Eisleben.

27 mars
Des lettres royales défendent d'exporter du royaume des grains et autres vivres, afin d'assurer l'approvisionnement de l'armée.

2 avril
Naissance d'Élisabeth, la première fille du dauphin Henri et de Catherine de Médicis.

10 avril
Lettres du roi autorisant le prévôt des marchands et les échevins de Paris à constituer des rentes sur l'Hôtel de Ville à concurrence de 90 000 livres, valeur d'un emprunt au roi pour contribution à la guerre pour l'année en cours; les rentes sont assignées sur les deniers patrimoniaux de la ville et sur les aides.

17 avril
Une chambre spéciale est créée au parlement de Rouen pour juger les réformés.

7 juin
Le traité d'Ardres met fin à la guerre avec le dernier adversaire encore en lice, Henry VIII, qui rétrocède Boulogne pour une somme énorme – plus de 2 millions de livres tournois, à verser en huit ans –, et pas avant que l'argent ne soit intégralement payé. Encore une clause qui ne sera pas respectée, cette fois en raison de la disparition des principaux protagonistes.

8 juillet
Des lettres royales défendent aux baillis, sénéchaux et autres juges royaux de laisser quiconque prêcher dans l'étendue de leur ressort sans s'être assurés au préalable de sa doctrine.

juillet-septembre
Autodafés d'imprimeurs, gens dangereux. Le 19 juillet, deux réformés sont brûlés à Paris, dont un imprimeur. Le 3 août, c'est le tour d'Étienne Dolet, brûlé place Maubert. Deux autres imprimeurs montent sur le bûcher les 19 août et 13 septembre.

août
Édit de Moulins sur l'administration de la justice. Le dernier texte législatif important du règne supprime – en principe – tous les offices créés depuis l'avènement de François Ier et tente de réglementer les conditions d'accès aux magistratures supérieures, notamment aux cours souveraines: âge minimum (30 ans pour les conseillers, 40 ans pour les présidents), examen des compétences judiciaires, vérification de la vie et des mœurs des candidats. Si la vénalité des offices de judicature rend ces précautions plutôt aléatoires (seuls les offices de premier président au Parlement et de maître des requêtes échappent au marché), un certain barrage de compétence professionnelle existe, plus efficace, en tout cas, que pour les hauts bénéfices ecclésiastiques ou les grands offices de la Couronne.

août-novembre
Dernier tour de France de François Ier.

2 août
François Ier engage la construction du nouveau Louvre. Il refuse le projet de l'italien Serlio et choisit pour diriger les travaux l'architecte français Pierre Lescot qu'Henri II maintiendra à ce poste. Il s'agit alors de reconstruire l'aile occidentale de l'actuelle Cour Carrée. Jean Goujon réalise les bas-reliefs de la façade.

21 août
Les habitants de Lyon et des villes closes du Lyonnais contribuent à nouveau, comme en 1543, à la solde des troupes à concurrence de 36 000 livres. On aura remarqué que Lyon, cité opulente où résident de nombreux marchands et banquiers italiens, fait figure de vache à lait de la monarchie. Les marchands lyonnais n'y trouvent guère leur compte. Certes, le roi les récompense en leur affermant des taxes indirectes, ou encore en leur attribuant des monopoles commerciaux; mais cela compense mal l'insolvabilité de l'État. C'est Henri II qui finira par tuer la poule aux œufs d'or.

septembre-octobre
Fin de l'aventure du mouvement évangélique de Meaux. En fait, comme l'avaient prédit leurs ennemis, l'évangélisme du Cercle de Meaux a bel et bien conduit ses héritiers spirituels à l'hérésie, puisque c'est dans cette ville qu'a été dressée la première église réformée. Le 8 septembre, un groupe de réformés est arrêté en pleine célébration de la Cène et emmené à Paris. Le 4 octobre, 14 d'entre eux eux sont condamnés par le Parlement au bûcher, les autres à la prison à perpétuité ou à l'exil. Le 6 octobre, les condamnés sont ramenés dans leur ville. Le lendemain, 7 octobre, les «Quatorze de Meaux» sont brûlés au grand marché, non sans avoir eu d'abord, du moins pour certains d'entre eux, la langue coupée. C'est notamment le cas pour Antoine Mangin, dans la maison duquel on a saisi les coupables. Cette maison sera d'ailleurs rasée, et une chapelle érigée à sa place.

13 septembre-10 novembre
Grands Jours à Riom.

autres événements
- Charles Dumoulin: *Traité de l'usure.*
- Mellin de Saint-Gelais publie, sans nom d'auteur, *Avertissement sur le jugement d'astrologie.*

1547

27 janvier
Henry VIII précède de deux mois dans la tombe son vieil adversaire, bon catholique comme lors de son avènement. Lui succède un garçon de 9 ans, Édouard VI, fils de Jane Seymour, la troisième épouse du Barbe-Bleue d'outre-Manche. Avec Édouard, qui est le jouet de la faction protestante dure de la Cour, l'Angleterre amorce une longue période de bascule entre Réforme et catholicisme, qui ne prendra fin qu'avec l'« établissement élisabéthain ».

mars
Le roi se meurt. À partir du 15 mars, fiévreux et souffrant atrocement, il est cloué au lit, à Rambouillet. Le 20, il communie et entretient son fils le dauphin Henri des affaires du royaume. Le 27, il reçoit l'extrême-onction et se sépare de sa maîtresse Anne de Pisseleu, duchesse d'Étampes. Le 31 mars, il expire.

SAINT-GELAIS

Aumônier du dauphin et bibliothécaire à Blois, puis à Fontainebleau, Mellin de Saint-Gelais (1491-1558) règne sur la Cour de François Ier et d'Henri II. Il continue la tradition de l'épigramme (petite histoire condensée) à la manière de Clément Marot, et tourne d'élégantes « mignardises d'amour » contre lesquelles Ronsard, qui devient son principal rival, propose ses Odes. *Son* Avertissement *de 1546 rappelle par son ironie élégante les* Prognostications *rabelaisiennes. Sa traduction du* Sophonisbe *de Trissin est représentée à Blois en 1556. Parfait musicien, il chante ses propres compositions festives, satiriques ou amoureuses. Il traduit l'Arioste, Pétrarque, Martial. Ses* Œuvres, *illustration de la poésie des années 1530, paraîtront en 1574.*

HENRI II

Né le 31 mars 1519-Mort le 10 juillet 1559
Règne: 1547-1559 (12 ans)
Roi à 28 ans

Lors de la cérémonie du sacre, l'archevêque de Reims rappelle à Henri II les dangers qui menacent l'Église ainsi que ses devoirs: c'est à lui, Henri, qu'il appartient de la guérir de ses blessures, à lui qui n'est pas seulement roi de France, mais prêtre et ministre du Tout-Puissant.

Rex et sacerdos: c'était énoncer un lieu commun de la pensée politique du temps, mais, au vu des circonstances, cela pouvait passer pour un programme en bonne et due forme à l'intention du jeune roi. Henri II l'appliquera de son mieux, du moins dans le domaine qui s'étend rapidement jusqu'à couvrir bientôt la quasi-totalité du champ politique: la question protestante. Ailleurs, la logique de l'État royal, autoritaire à l'intérieur et soucieux d'indépendance à l'extérieur, s'impose à lui comme à ses devanciers.

Henri II a 28 ans lorsqu'il succède à son père François Ier. C'est un garçon puissamment bâti et féru de chasse, taciturne, morose, sans charme, plutôt borné, mais consciencieux, travailleur et très pénétré des devoirs de sa charge. Un contemporain l'a défini d'un mot: «saturnien». C'est un redoutable mélange que le zèle allié à une intelligence médiocre, et gros de catastrophes. Il a eu une enfance difficile, marquée par quatre années de captivité en Espagne, otage chez Charles Quint (1526-1530). Pis encore sans doute, il se savait le canard boiteux de la fratrie, coincé entre son aîné François (son compagnon de captivité) et son cadet Charles, tous deux plus brillants que lui et mieux aimés de leur père. La mort l'a débarrassé de celui-ci (1545), et, surtout, de celui-là (1536), lui ouvrant ainsi la voie au trône. En 1531, à l'âge de 12 ans, son père lui a fait épouser Catherine de Médicis, fille de Laurent, duc d'Urbino (l'homme à qui Machiavel a dédié *Le Prince*), et nièce de deux papes, Léon X et Clément VII. La «bourgeoise florentine» ne donnera sa pleine mesure d'«homme d'État» qu'après la mort de son époux. En attendant, elle se montre digne, discrète – et fertile: 10 enfants, sept survivants, dont trois rois de France (François II, Charles IX et Henri III, ce dernier éphémère roi de Pologne de surcroît), une reine d'Espagne (Élisabeth) et une reine de Navarre (Marguerite), sans compter un aspirant à un fantomatique trône des Pays-Bas (François-Hercule, le benjamin) et une duchesse de Lorraine (Claude). Cette pléthore de têtes couronnées ou semi-couronnées ne doit pas faire illusion : montées sur le trône dans des circonstances tragiques et mortes dans des circonstances tragiques, elles closent tragiquement la lignée des Valois.

Il est difficile de démêler dans la politique de la France sous le règne d'Henri II ce qui relève de lui et ce qui est dû à l'influence de sa maîtresse Diane de Poitiers ou de ses proches conseillers. Deux nébuleuses nobles coexistent péniblement à la Cour: les Montmorency et les Guise. Au cœur de la première, le connétable Anne de Montmorency, «premier gentilhomme de France», fait figure de grand favori. Immensément possessionné, duc et pair, maréchal de France, le connétable est parent de Diane de Poitiers, donc du roi (son fils a épousé Diane de France, la bâtarde d'Henri II), mais aussi, lui, grand catholique, aux Bourbons et aux Coligny, piliers de l'hérésie huguenote. Plus puissants encore, les Guise, princes lorrains fraîchement naturalisés français, sont alliés, et pas par les bâtards comme Montmorency, à plusieurs familles de sang royal, dont les Stuarts d'Écosse, les Bourbons et les Valois eux-mêmes. Au centre du clan, François, deuxième duc de Guise, le génie militaire de la famille. Petit-fils de René II duc de Lorraine, le vainqueur du Téméraire à Nancy en 1477, fils de Claude, le fondateur de la branche de Guise, et d'une Bourbon (Antoinette, fille de François duc de Vendôme), beau-frère de Jacques V d'Écosse et donc oncle de Marie Stuart, future épouse d'un (éphémère) roi de France (François II), époux d'Anne d'Este, fille de Renée de France, et donc petit-gendre d'un autre roi de France (Louis XII), frère enfin de deux cardinaux (Charles et Louis), François de Guise est solidement installé au cœur du pouvoir. Un pouvoir, rappelons-le, largement gouverné par la logique des lignages et des «fidélités».

C'est contre cette logique que travaille, consciemment ou non, c'est selon, le pouvoir royal. Dans la foulée des réformes de son père, Henri II, ou ceux qui agissent en son nom, continue l'œuvre de centralisation administrative qui est au cœur du système absolutiste. La spécialisation des organes de gouvernement se poursuit sans relâche. Dès son avènement, il crée quatre secrétaires des finances, bientôt nommés secrétaires d'État, dont les attributions dépassent le cadre étroit des finances. Chacun en charge d'un morceau du royaume et du prolongement à l'étranger de celui-ci (Normandie-Angleterre, Bourgogne-Allemagne, Guyenne-Espagne, Dauphiné-Italie), ils ont la haute main sur la correspondance royale avec les représentants du pouvoir en province et à l'étranger – en somme, un noyau de gouvernement moderne, pourvu de départements ministériels spécialisés. Bien entendu, ce sont des robins, issus des grandes familles marchandes passées au service de la monarchie: Robertet, Neufville-Villeroy, L'Aubespine, etc. Autre innovation de taille, parmi les maîtres des requêtes de l'Hôtel, corps d'officiers dont la charge n'est pas soumise à la vénalité, sont choisis à partir de 1556 des «intendants des finances» qui, sous l'autorité nominale de quelque haut personnage du Conseil, dominent véritablement le système financier du royaume. C'est aussi sous Henri II que sont créés les premiers intendants de province. Doublant, au bénéfice exclusif du pouvoir central, ces hauts personnages que sont les gouverneurs et lieutenants généraux, les intendants seront appelés à un bel avenir tout au long de l'Ancien Régime, puis, sous le nom de préfets, durant le nouveau. Au judiciaire enfin, tandis que le Grand Conseil continue d'étendre ses compétences au niveau de l'administration provinciale et locale et que se poursuit la rédaction des coutumes régionales, Henri II crée entre les parlements et les bailliages un réseau intermédiaire de cours: une soixantaine de «présidiaux», habilités à juger en dernière instance la plupart des affaires civiles. Les parlements n'aiment pas du tout cela, surtout celui de Paris, dans le ressort duquel on a installé une bonne moitié des nouveaux tribunaux. Il leur faudra s'incliner cependant, les présidiaux étant une bonne chose pour les justiciables comme pour le Trésor, plus riche ainsi du produit de la vente d'un bon demi-millier d'offices jetés d'un coup sur le marché.

C'est que la monarchie, qui a rompu avec la gestion prudente des deniers publics de Charles VIII ou de Louis XII, est chroniquement à court d'argent. Les guerres, la Cour, la propagande royale, tout cela coûte cher. Henri II, comme son père, est au centre d'un véritable culte royal. Les entrées royales dans les bonnes villes, la Cour, brillante, où le roi amuse et nourrit en permanence des centaines de personnes, les maîtresses royales et les châteaux, tout tourne autour du monarque, dans un spectacle permanent qui exalte son pouvoir. La Renaissance a rattrapé ce roi terne. Henri II protège les arts et se montre aussi grand bâtisseur que son père, sinon plus: Pierre Lescot et Jean Goujon embellissent le Louvre (où le premier aménage la Cour Carrée), Philibert Delorme bâtit Anet pour Diane de Poitiers (il concevra les Tuileries, mais ce sera après la mort du roi), des châteaux sont bâtis ou embellis dans le val de Loire, en Île-de-France ou ailleurs, pour lui (Saint-Germain-en-Laye, Fontainebleau, Blois, Amboise) ou pour les grands du royaume, Montmorency (Chantilly, Écouen), Guise (Meudon) ou Catherine de Médicis (Chaumont-sous-Loire, Montceaux).

La politique royale n'est d'ailleurs pas seule en cause. L'accroissement des richesses, notamment la production agricole, ne parvient pas à coller à la courbe démographique. Si la France est plus riche qu'il y a cent ans, le petit peuple, lui, est plus pauvre. Les révoltes paysannes, endémiques, se multiplient, selon un schéma désormais classique : alliance locale de paysans, de bourgeois et de nobles locaux hostiles au centralisme royal ; « commotion » rurale et émeute urbaine ; répression féroce, pour l'exemple, assortie à l'occasion de concessions. C'est le cas en 1548 dans le Sud-Ouest, où une révolte contre la gabelle entraîne des dizaines d'exécutions, mais aussi l'abolition de la taxe honnie.

S'il est un domaine où l'on peut être certain des sentiments du roi, et, partant, de sa politique, c'est la religion. Henri II est ardent catholique et déteste les réformés de toute son âme. Oubliées les hésitations de François Ier, le pouvoir se lance dès le début du règne dans la répression. En octobre 1547 (Henri II est roi depuis à peine six mois), une « chambre ardente » est créée au Parlement de Paris pour juger des affaires d'hérésie. Elle prononcera plus de 500 arrêts en trois ans. D'édits en lettres patentes, le dispositif répressif se précise et s'aggrave : édit de Châteaubriant du 27 juin 1551 chargeant les parlements des mesures antiprotestantes ; édit de Compiègne du 24 juillet 1557 imposant la peine capitale aux hérétiques ; lettres d'Écouen du 2 juin 1559 prescrivant à de « notables personnages » de procéder dans les provinces du royaume à « l'expulsion, punition et correction des hérétiques » et condamnant à mort sans jugement le réformé révolté ou fuyard. Le même mois, en pleine séance du Parlement de Paris, en présence du roi qui y tient lit de justice, les conseillers suspects sont arrêtés. Parmi ceux-ci, Anne Du Bourg, qui avait protesté contre les supplices. Il sera brûlé le 21 décembre. Le Parlement est désormais épuré. À la répression légale s'ajoute l'agitation populaire, surtout à Paris, ville farouchement catholique et anti-huguenote. Ainsi, le massacre des réformés assemblés rue Saint-Jacques, en septembre 1557 – démonstration modeste du savoir-faire de la populace parisienne, avant le vrai spectacle qu'elle offrira à l'Europe quinze ans plus tard à un mois près.

Est-ce parce qu'il ne peut pas s'investir pleinement dans la lutte contre l'hérésie qu'Henri II se résoudra finalement à abandonner la lutte contre les Habsbourg ? Pourtant, tout au long de son règne, et tout farouche catholique qu'il soit, il poursuit la politique étrangère des Valois. Pour ce faire, il s'allie aux princes protestants d'Allemagne, ce qui lui permet de s'emparer des Trois Évêchés – Metz, Toul, Verdun. Ironie du sort, c'est grâce à lui que lesdits princes protestants résistent si bien à l'empereur que celui-ci, épuisé, doit renoncer à son double grand dessein : unifier l'Allemagne et éliminer l'hérésie. Si Montmorency, décidément piètre stratège, essuie une défaite sévère sous les murs de Saint-Quentin le 10 août 1557 – jour de la Saint-Laurent, ce qui vaudra, dit-on, la forme de gril au palais de l'Escorial – face aux Espagnols commandés par meilleur général que lui, Emmanuel-Philibert de Savoie, son rival François de Guise parvient en janvier de l'année suivante à enlever aux Anglais la ville de Calais, dernier vestige de la guerre de Cent Ans.

Derniers coups d'éclat de deux souverains qui souhaitent en finir. Au Cateau-Cambrésis, le 2 avril 1559, Henri II signe avec Philippe II, fils et successeur (en Espagne) de Charles Quint, un traité qui vaut pour la France changement de cap stratégique : il garde les Trois Évêchés et Calais, mais restitue au duc de Savoie ses terres (Piémont, Savoie, Bresse, Bugey) et renonce, cette fois définitivement, aux prétentions françaises en Italie. En passant ainsi par pertes et profits un bon demi-siècle d'efforts diplomatiques et militaires, il noue alliance avec l'Espagne. Sa fille Élisabeth épouse Philippe II, sa sœur Marguerite Emmanuel-Philibert de Savoie.

Pour les vieux soldats d'Italie, la potion est amère : « Voilà où nous nous amusons, se lamente le maréchal de Brissac, après tant de peines, de morts et de blessures... » Pour la monarchie des Valois, une page est définitivement tournée.

Le 30 juin 1559, lors des fêtes données en l'honneur des délégations étrangères venues célébrer *in absentia* les noces, prévues par le traité du Cateau-Cambrésis, de Philippe II et de Philibert-Emmanuel de Savoie avec les filles de France, on organise un grand tournoi rue Saint-Antoine. La joute est terminée, lorsque le roi exprime le désir de rompre une dernière lance contre Gabriel de Montgomery, capitaine de la garde écossaise. Celui-ci commence par refuser, mais le roi insiste. Il faut y aller. Et c'est l'accident mortel, puisque le jeune capitaine rompt bien une lance, mais au sens propre. Un éclat de bois pénètre la visière du casque d'Henri II et s'en va se ficher dans sa cervelle. L'événement, n'en déplaise aux détracteurs de l'« événementiel », est considérable.

La trajectoire de ce Montgomery, catholique qui a embastillé Du Bourg, se fait protestant au service du prince de Condé et finit sur l'échafaud en tant que tel, est bien de son temps. Le règne d'Henri II aussi, qui a commencé par une joute d'un autre âge, le combat de Jarnac contre La Châteigneraie, s'est déployé dans les fastes et les travaux de la Renaissance, pour s'achever comme il a commencé, sur un exploit anachronique. Époque Janus, un œil sur le passé, l'autre sur l'avenir ; temps de transition où une modernité balbutiante émerge à grand-peine des vestiges d'un monde qui refuse de mourir.

Papes

Paul III, 1534-1549; Jules III, 1550-1555; Marcel II, 1555; Paul IV, 1555-1559.

Souverains

Angleterre: Édouard VI, 1547-1553; Mary, 1553-1558; Élisabeth Ire, 1558-1603.

Écosse: Marie Stuart, 1542-1567.

Empire: Charles Quint, 1519-1556/1558 = Charles Ier, roi d'Espagne, 1516-1556; Ferdinand Ier, 1558-1564.

Empire ottoman: Soliman Ier le Magnifique, 1520-1566.

Espagne: Charles Ier, 1516-1556 = Charles Quint, empereur, 1519-1556/1558; Philippe II, 1556-1598.

Lorraine: Charles III, 1545-1608.

Navarre: Henri II d'Albret, 1516-1555; Jeanne d'Albret, 1555-1572.

Russie: Ivan IV le Terrible, grand-prince de Moscou, 1533-1547, puis tsar de Russie, 1547-1584.

1547

31 mars
Henri, deuxième fils de François Ier et de la reine Claude, monte sur le trône sous le nom d'Henri II.

1er avril
Les disgraciés du roi défunt retrouvent la Cour et leur influence, au premier rang desquels le connétable Anne de Montmorency, le compagnon de jeu de paume du nouveau roi et désormais son plus proche conseiller. Le « premier baron de France » est confirmé dans ses fonctions de grand maître, connétable, capitaine des châteaux de la Bastille, Vincennes, Nantes et Saint-Malo, gouverneur de Languedoc, de la ville et châtellenie de Compiègne, du comté de Beaumont-sur-Oise. Son frère Antoine de La Rochepot est lieutenant général de Paris. Ses neveux Châtillon montent en puissance: Odet, déjà cardinal et archevêque de Toulouse, reçoit l'évêché-pairie de Beauvais; Gaspard de Coligny est nommé colonel général de l'infanterie. Mais les Guise, branche de la maison de Lorraine fraîchement naturalisée, sont également bien en cour, amis qu'ils sont de Diane de Poitiers, qui fait figure de vraie reine de France. L'un d'entre eux épousera d'ailleurs la fille de la favorite, Louise. À leur tête: Claude, fondateur de la maison et premier duc de Guise, gouverneur de Bourgogne. Nous retrouverons ces deux maisons ennemies, les Montmorency-Châtillon et les Lorraine-Guise, tout au long des guerres de Religion, celle-ci à la tête des catholiques, celle-là des protestants, ou du « tiers parti » des catholiques modérés. En attendant, Montmorency est plutôt partisan de la paix avec l'Empire, Guise est belliciste; celui-là, tout ardent catholique qu'il soit, est gallican, celui-ci est ultramontain. Les grands absents de la Cour et du Conseil, du moins au tout début du règne, sont les Bourbons, princes du sang pourtant. Un rescapé du Conseil précédent est Claude d'Annebault, qui reste amiral de France et gouverneur de Normandie, mais a perdu beaucoup de son influence. Parmi les quatre secrétaires du roi émerge Claude de L'Aubespine. André Blondet est trésorier de l'épargne. Le chancelier François Olivier, nommé par François Ier, garde sa place.

3 avril
Une ordonnance crée quatre secrétaires des commandements et finances, bientôt appelés secrétaires d'État (l'appellation deviendra officielle en 1559), instaurant ainsi un début de spécialisation ministérielle. Chacun est en effet responsable d'un quart du royaume, avec son prolongement au-delà des frontières. Henri II réglemente aussi son Conseil, dont il fixe la composition et les méthodes de travail.

10 avril
Anne de Montmorency reçoit une délégation du Parlement, qui sollicite, conformément à la coutume, la confirmation de ses offices. Le connétable agit désormais en premier conseiller du roi, intermédiaire entre celui-ci et le Conseil.

11 avril
Charles de Brissac est nommé maître et capitaine général de l'artillerie (Galiot de Genouillac, le célèbre maître de l'artillerie de François Ier, est mort en 1546). Jacques d'Albon de Saint-André, autre grand favori du roi, est premier gentilhomme de la chambre, son père Jean est chevalier d'honneur de la reine Catherine; le père et le fils entrent au Conseil du roi.

14 avril
La duchesse d'Étampes, maîtresse du roi défunt, est dépouillée en justice de ses biens, qui sont donnés à Diane de Poitiers, maîtresse du roi.
Henri II lève l'interdiction d'exporter les grains et les vins du royaume.
Pierre Lescot est confirmé dans sa charge de directeur des bâtiments du Louvre.

24 avril
À Muhlberg, Charles Quint écrase les princes protestants de la ligue de Smalkalde.

mai
Les notaires et tabellions coupables de faux en écriture, ainsi que les auteurs de faux témoignages sont désormais passibles de la peine de mort.
Henri II monte la maison de Catherine de Médicis et confirme les privilèges qu'elle a obtenus de François Ier: le droit de nomination à un office de maître dans chaque corps de métier juré du royaume et la libre disposition des biens hérités de sa mère Madeleine de La Tour d'Auvergne. Par ailleurs, ses cousins les Strozzi, qu'elle fait venir de Florence, se fixent en France, où ils bénéficient de charges flatteuses: sous Henri II, Piero Strozzi sera fait maréchal de France, son frère Leone sera grand prieur de Malte et général des galères du roi.

10 mai
Nicolas de Neufville de Villeroy est nommé trésorier de l'ordre de Saint-Michel. Commencée modestement par le grand-père de Nicolas, un secrétaire du roi anobli sous François Ier, et pour-

suivie par son fils, également prénommé Nicolas, qui épousera la fille de Claude de L'Aubespine et sera secrétaire d'État après son beau-père, cette dynastie de grands commis de l'État servira la monarchie jusqu'à la Révolution.

15 mai
Le concile est transféré de Trente à Bologne.

22 mai
Nouveaux emprunts à Lyon.

24 mai
François Ier est inhumé à Saint-Denis.

29 mai
Henri II quitte le deuil de son père. Il crée six chevaliers de Saint-Michel – Jacques de Saint-André, Jean de Bourbon, Claude de Guise, Guillaume de Poitiers, René de Rohan, cousin d'Henri d'Albret, Gabriel de La Guiche – et deux maréchaux: Robert de La Marck, prince de Sedan, et Jacques de Saint-André. Fondé par Louis XI en 1469, l'ordre de Saint-Michel a un double objectif: remplacer la vieille chevalerie, largement dévaluée, et créer un groupe de fidèles étroitement soudés autour du souverain. D'ailleurs, dans cette fournée, deux chevaliers se trouvent être des parents proches de Diane de Poitiers: son frère Guillaume, et Robert de La Marck, son gendre. À partir de Charles IX, l'inflation des chevaliers – Louis XI en avait fixé le nombre à 36 seulement – entraînera leur propre dévaluation, et Henri III créera un nouvel ordre, le Saint-Esprit.

juin
Diane de Poitiers reçoit la châtellenie et le château de Chenonceaux, puis les revenus des seigneuries d'Anet, Nogent, Bréval et Montchauvet.

6 juin
Édit de rachat de portions du domaine aliéné.

juillet
Une flotte française appelée à la rescousse par Marie de Guise, régente d'Écosse, enlève le château de Saint Andrews, tenu par des insurgés en majorité protestants; parmi ceux-ci figure John Knox, le réformateur presbytérien de l'Écosse.

2 juillet
L'humaniste et historien Jean Du Tillet, sieur de la Bussière, greffier civil du Parlement, est chargé de constituer le recueil des lois et ordonnances des rois de France.

9 juillet
La ville de Paris lance un programme de travaux publics pour faire travailler les pauvres valides.

10 juillet
Duel fameux de Jarnac et La Châteigneraie, à Saint-Germain-en-Laye. Cette joute est le reflet des conflits des factions de la Cour, ou plutôt des rancunes tenaces nées d'une rivalité que la mort de François Ier a déjà vidée: Guy Chabot, comte de Jarnac, est le beau-frère de la duchesse d'Étampes; François de Vivonne de La Châteigneraie est une créature de Diane de Poitiers. Diane et son amant le dauphin (futur Henri II) avaient colporté des médisances sur les relations coupables que Jarnac aurait entretenues avec sa belle-mère, La Châteigneraie s'en fait le porte-parole et le champion. Nul ne doute de l'issue du duel, ce dernier passant pour un bretteur redoutable; c'est d'ailleurs l'une des raisons pour lesquelles François Ier avait interdit la rencontre. Son successeur n'a pas de ces délicatesses. Le sort des armes en décide autrement: le comte tenu pour mort dès avant le combat sort victorieux de l'épreuve, en entrant du même coup dans les dictionnaires de la langue française avec son «coup de Jarnac». La Châteigneraie, que son adversaire veut épargner, s'arrache de dépit les pansements et meurt de sa blessure au jarret. Mais ce sont le roi, arbitre grossièrement partial, et la faction de Diane de Poitiers qui font figure de grands perdants.

16 juillet
Une troisième chambre est instituée au parlement de Bretagne, avec un président et six conseillers.

26 juillet
Henri II est sacré à Reims par Charles de Guise, archevêque de Reims. Le lendemain, ce dernier reçoit le chapeau de cardinal.

août
L'édit de Compiègne réduit les maîtres des requêtes et les conseillers au Parlement de Paris au nombre établi lors de l'avènement de François Ier.
Henri II visite les défenses de Picardie; les positions françaises sont renforcées en Boulonnais, où les Anglais tiennent toujours la ville, que le roi entend récupérer sans en payer le prix fixé par la paix d'Ardres (7 juin 1546). Le commandement du secteur est confié à Gaspard de Coligny.

1er septembre-31 octobre
Grands Jours à Tours.

9 septembre
Charles de Brissac et Charles de Marillac, maître des requêtes, sont envoyés à Augsbourg, où Charles Quint vient de convoquer la diète ; Brissac rencontre l'empereur, qu'il assure de l'amitié de son maître.

10 septembre
Le protestant Benoît Ramasset, tailleur de son état, est brûlé place Maubert.

20 septembre
L'« amitié » promise à Charles Quint ne dure guère : dans le conflit qui oppose celui-ci au pape, Henri II prend publiquement le parti de Paul III. Il s'agit d'une véritable alliance, concrétisée par le mariage de Diane de France, fille naturelle du roi, avec Orazio Farnèse, petit-fils du pape. Le 22 septembre, le cardinal Charles de Lorraine est nommé plénipotentiaire auprès du Saint-Siège.

octobre
Henri II ordonne aux villes de faire provision de salpêtre.
Un édit interdit aux membres des cours souveraines et juridictions royales ordinaires, ainsi qu'aux avocats et aux procureurs, d'accéder aux charges municipales, sous peine de perte d'office et de 100 écus d'amende pour leurs électeurs.

8 octobre
L'édit de Blois érige une seconde chambre criminelle au Parlement de Paris pour la répression de l'hérésie. Pourvue de deux présidents et 14 conseillers, cette « chambre ardente », comme on l'appellera bientôt, se signale par son grand zèle et son efficacité : jusqu'à sa suppression deux ans plus tard, le 19 novembre 1549, elle aura rendu 500 arrêts, dont 38 de mort par le bûcher.

12 novembre
Naissance de Claude, la seconde fille d'Henri II et de Catherine de Médicis.

9 décembre
À Paris, le pont Saint-Michel est emporté par les glaces, précipitant les maisons dans la Seine et tuant plusieurs personnes. Il sera reconstruit par Philibert Delorme.

11 décembre
L'édit de Fontainebleau aggrave la censure, en défendant l'impression et la diffusion de livres, spécialement les ouvrages en provenance d'Allemagne et de Genève, sans examen préalable par la Sorbonne. La mention des noms de l'auteur et de l'imprimeur est obligatoire.

19 décembre
De nouveaux emprunts sont lancés sur la place de Lyon.

28 décembre
En prévision de la guerre que l'on sent proche, un édit ordonne l'imposition sur les villes closes pour la solde de 50 000 gens de pied, soit 1 200 000 livres pour l'année 1548.
Pour l'année 1547, les recettes du domaine royal se montent à 350 000-400 000 livres par an, les impôts indirects à 500 000 livres, les impôts directs à 5 millions. 600 000 livres sont versées par les villes closes, en principe franches d'impôts.

autres événements
• Ivan IV « le Terrible » se proclame tsar de toutes les Russies.
• Guillaume Budé : *De l'Institution du Prince*. L'ouvrage posthume de l'humaniste mort en 1540 est une apologie en règle de l'absolutisme monarchique.
• Marguerite de Navarre : *Les Marguerites de la Marguerite des Princesses*.
• Début de la construction du château d'Anet par l'architecte Philibert Delorme (vers 1514-1570) pour Diane de Poitiers.
• François Clouet exécute le masque mortuaire du roi François Ier ; avec d'autres artistes, il collabore régulièrement aux grandes cérémonies royales. Portraitiste comme son père, il est également l'auteur de peintures mythologiques et de miniatures.
• Livraison par Léonard Limosin de 12 tableaux d'émail représentant les *Apôtres*, pour le château de Saint-Germain-en-Laye, à Henri II, qui les offre à Diane de Poitiers pour son château d'Anet (Chartres, musée des Beaux-Arts).
• Luca Penni (vers 1500-1556) se fixe définitivement à Paris où il travaille beaucoup pour les graveurs (il grave aussi lui-même), contribuant ainsi de manière décisive à diffuser en France la tradition de l'École de Fontainebleau.

1548

9 janvier
Charles de Bourbon reçoit le chapeau de cardinal. Troisième fils du connétable félon et frère d'Antoine, futur roi de Navarre, c'est le futur « roi de la Ligue », et sans doute le plus benêt des Bourbons.

mars
Le cardinal de Lorraine, Charles de Guise, archevêque de Reims, fonde l'université de la ville.

mai-novembre
Une révolte d'envergure contre la gabelle s'allume en Guyenne, Angoumois, Saintonge. Le 15 juillet, la révolte semble assez grave pour que les gouverneurs des provinces intéressées en informent le roi. Le 27 juillet, Henri II donne ordre de réprimer l'insurrection de ceux qu'on nomme dans le patois local les «Pitaux». Jean de Daillon, comte du Lude, gouverneur du Poitou, est chargé de l'opération avec les seigneurs locaux. Mais, début août, les troupes royales sont défaites par quelque 4 000 insurgés, et la révolte fait rapidement tache d'huile. Le 8 août, 20 000 révoltés sont assemblés à Baignes (la Charente actuelle). Le lendemain, 9 août, le roi envoie 1 000 hommes de pied pour assister le comte du Lude, mais c'est loin de suffire. On commence déjà à évoquer une suppression éventuelle du droit de gabelle, demandée avec insistance par Laurent Journault, seigneur de La Dourville, maître des eaux et forêts en Guyenne. Le 12 août, 20 000 Pitaux entrent à Saintes, qui ouvre ses portes; les émeutiers mettent à sac le grenier à sel (magasin où le sel était entreposé après extraction, jusqu'à ce qu'il sèche et soit prêt à la vente). 12 000 sont aux portes d'Angoulême, où d'autres greniers sont pillés. À la mi-août, les émeutiers sont à Cognac; Libourne est occupée. Le 15 août, des meneurs sont capturés et incarcérés à Angoulême; mais cinq jours plus tard, le 20 août, ils sont libérés *manu militari* par les insurgés. Entre-temps, d'autres revendications se font entendre; ainsi, le 16 août, à Bordeaux, où les bourgeois demandent la suppression d'une taxe pour la solde des troupes. Le développement le plus grave survient le 21 août, toujours à Bordeaux, où Tristan de Moneins, lieutenant du gouverneur, est pris dans son refuge de Château-Trompette et assassiné. À ce stade, la plupart des insurgés quittent la ville, et le parlement local reprend quelque peu la situation en main. Le 28 août, Journault de La Dourville revient à Bordeaux avec une lettre d'amnistie pour les Pitaux, que le roi a signée le 19 août. Mais entre-temps, le 1er septembre, Henri II, qui a appris le meurtre de Moneins, décide d'intensifier la répression. Des troupes sont levées en Languedoc et en Picardie, et placées sous les ordres de François d'Aumale. Le connétable de Montmorency est chargé de l'ensemble de l'opération, qui prend désormais les allures d'une véritable campagne militaire.
À la mi-septembre, Montmorency est à Bordeaux, et la répression commence: des centaines de Pitaux sont condamnés et de lourdes amendes infligées aux villes insurgées, dont Bordeaux, qui est de surcroît privée de ses libertés et de ses droits municipaux et qui perd jusqu'à son parlement. Le 22 novembre, Montmorency quitte Bordeaux et la répression s'apaise peu à peu.
Puis le roi lâche du lest, en supprimant les greniers honnis, et en amnistiant les coupables. Double mouvement, répression et pardon, caractéristique de la monarchie d'Ancien Régime.

15 mai
Henri II quitte Troyes pour l'Italie.

30 mai
Après sa victoire contre les protestants (24 avril 1547), Charles Quint peut imposer l'Interim d'Augsbourg, compromis laborieux qui rétablit le catholicisme à travers l'Empire, tout en permettant la communion sous les deux espèces et le mariage des prêtres.

juin
Le pape Paul III demande l'aide d'Henri II pour reconquérir Plaisance, occupée par Ferrante Gonzague au nom de Charles Quint.

juillet
Émeute d'étudiants à Paris contre les moines de Saint-Germain-des-Prés au sujet d'un terrain contesté au Pré-aux-Clercs. Le 10, écoliers et moines comparaissent devant le Parlement, qui règle la querelle. Mais l'agitation étudiante se poursuit.

juillet-août
Henri II est en Savoie, puis, du 13 au 24 août, à Turin.

août
Marie Stuart, fille de Marie de Guise, régente d'Écosse, quitte son pays pour la France (7 août) et débarque en Bretagne, où elle est fiancée au dauphin François, futur François II (13 août). La petite princesse âgée de 6 ans sera élevée à la Cour de France en prévision de son mariage.

septembre
Le pape Paul III suspend le concile de Trente.

23 septembre
À Lyon, entrée solennelle d'Henri II, puis de Catherine de Médicis.

2 octobre
Blaise Chappière est brûlé à Auxerre pour avoir manqué de respect au Saint-Sacrement. Pour le même motif, Léonard Dupré est brûlé place Maubert le 3, et Antoine Sébillan le 4.

8 octobre
Diane de Poitiers est faite duchesse de Valentinois.

21 octobre
Jeanne d'Albret, fille d'Henri d'Albret et de Marguerite de Navarre, épouse Antoine de Bourbon – mariage princier, donc politique, destiné à garder la Navarre dans l'orbite française (Antoine, premier prince du sang, deviendra grâce à Jeanne roi de Navarre) – mais aussi, semble-t-il, mariage d'amour, du moins au début, le séduisant mais versatile duc de Vendôme finissant par décevoir son épouse. Celle-ci lui est, en effet, très supérieure par l'esprit et le caractère.

17 novembre
Le Parlement de Paris interdit les mystères sacrés, jugés dangereux car incitant les simples fidèles à lire les Écritures sans l'intermédiaire obligé du prêtre.

22 décembre
Dans la perspective de l'entrée solennelle du roi à Paris, Jean Du Tillet, greffier civil du Parlement de Paris, est chargé de dresser un recueil des rangs et préséances à partir des archives du Parlement, de la chambre des comptes et du Trésor des chartes.

autres événements
• Début de la sculpture du tombeau de François Ier et de son épouse Claude de France (basilique Saint-Denis), qui sera achevé en 1559. L'œuvre est commandée par Henri II à Philibert Delorme qui fait appel à plusieurs sculpteurs, dont Pierre Bontemps (vers 1507-vers 1570) et François Marchand (vers 1500-vers 1553). C'est Bontemps qui réalise les bas-reliefs du soubassement et une grande part de la statuaire. Mais dans ce tombeau élaboré par un architecte, celle-ci paraît presque jouer un rôle secondaire par rapport à l'architecture même.

1549

3 février
Naissance de Louis, second fils d'Henri II et de Catherine de Médicis. Il mourra l'année suivante.

19 mai
Achevé par Philibert Delorme, le château de Saint-Germain est inauguré par un banquet.

7 juin
Renouvellement de l'alliance avec les Suisses. Zurich et Berne, cantons passés à la Réforme, en sont exclus.

10 juin
Couronnement de la reine Catherine de Médicis.

16 juin
Entrée d'Henri II dans Paris. À cette occasion est inaugurée la Fontaine des Innocents, réalisée par Jean Goujon, avec la participation probable de Pierre Lescot. Loin d'être isolée comme elle l'est aujourd'hui, la fontaine était alors au coin de la rue Saint-Denis et de la rue aux Fers.

18 juin
Entrée de la reine Catherine dans Paris. Le 19, une messe en l'honneur du couple royal est célébrée à Notre-Dame, suivie d'un banquet offert par le prévôt des marchands; la ville offre à Catherine un service de vaisselle en argent, au roi une pièce d'orfèvrerie en or, le *Verger d'or des trois rois*, réalisée par Hans Yonques, Thibaut Laurens, Macé Bégault et Jean Cousin. Des fêtes et des tournois suivent les entrées royales.

L'Eva Prima Pandora de Jean Cousin père

*Usée dans ses parties sombres à tel point qu'elles ne sont plus lisibles, l'*Eva Prima Pandora *de Jean Cousin père n'en est pas moins une œuvre magnifique et capitale de la peinture française du XVIe siècle, et l'unique peinture que l'on puisse attribuer de façon certaine à Jean Cousin, dans la famille duquel elle resta jusqu'au XXe siècle.*
C'est aussi le premier grand nu féminin de la peinture renaissante française, dans lequel on perçoit une nouvelle sensibilité au corps, une nouvelle sensualité qui fait penser, par exemple, aux Amours *de Ronsard.*
On y voit une femme nue allongée dont le visage est vu de profil. Sa main droite est posée sur un crâne et tient une branche de pommier tandis que son bras gauche, autour duquel est enroulé un serpent, s'appuie sur un vase au couvercle fermé. La femme se trouve dans une sorte de caverne sur le bord de laquelle est posé un second vase, fermé lui aussi, caverne qui ouvre sur un paysage d'eau avec en arrière-plan une ville, surmontée par ce qui paraît

être un château. La figure féminine, que l'on a parfois assimilée à Cléopâtre – le serpent évoquant le suicide de la reine d'Égypte et la pierre supportant le vase rappelant le tombeau de Marc-Antoine –, doit plus vraisemblablement être rapprochée de l'inscription suspendue au haut de la caverne: Eva Prima Pandora, *autrement dit Ève première Pandore, associant deux femmes fatales au sort de l'humanité, Ève qui céda à la tentation incarnée par le serpent et la branche de pommier, Pandore qui, en ouvrant le vase que Jupiter lui avait offert, répandit sur la terre les biens qu'il contenait, transformés par son geste en maux. Évocation à la fois biblique et mythologique, le tableau révèle une invention audacieuse: non seulement il représente une Ève en dehors de tout contexte biblique, mais encore il l'associe, par sa pose alanguie, au nu mythologique généralement symbolisé par Vénus. Pourtant, il serait sans doute erroné de réduire l'*Eva Prima Pandora *à une allégorie sur l'origine du Mal. Si la pose de la femme évoque la* Nymphe de Fontainebleau *peinte par Cellini vers 1543 et que Jean Cousin a pu voir dans les collections royales, le tableau doit surtout être rapproché de l'un des décors de l'entrée d'Henri II à Paris en 1549, que l'on pouvait voir à ce moment-là devant le Châtelet, et qui consistait en partie – on le sait par le livret publié à l'occasion – en un portique peint montrant en son centre une femme agenouillée avec l'inscription* Lutetia nova Pandora. *Or parmi les artistes ayant participé à cette décoration ne figurent que deux peintres: Charles Dorigny, à qui il est difficile d'attribuer cette œuvre, et Jean Cousin père. Si l'on ajoute que le programme de cette fête avait été établi par l'humaniste Jean Martin, traducteur de Vitruve, qui ne pouvait ignorer qu'en Italie une* Roma Prima Pandora *n'avait pas de signification maléfique, et qui en tout cas ne pouvait penser faire réaliser pour l'entrée d'un roi une* Lutetia nova Pandora *source de maux, on peut raisonnablement penser que Jean Cousin, qui dut réaliser son tableau après cette fête, n'y a pas mis d'intention négative. Les deux vases sont d'ailleurs bien fermés et la civilisation, symbolisée par la vision sereine de la ville en arrière-plan, paraît possible.*

juillet
Par l'édit de Villers-Cotterêts, Henri II se proclame souverain légitime du Piémont à la place du duc Charles III de Savoie, frère de sa grand-mère Louise de Savoie; le prince de Melfi est nommé gouverneur avec des pouvoirs de vice-roi.

1er juillet
Exécution de Jacques de Coucy, jugé responsable de la perte de Boulogne en septembre 1544; son beau-père, le gouverneur Oudart Du Biez est gracié.

3 juillet
Brefs du pape Paul III à Henri II et au cardinal de Guise, les exhortant à libérer immédiatement Jean Maynier d'Oppède, incarcéré depuis le début de 1548 sur ordre du roi pour son rôle dans le massacre des vaudois en 1545. Le pape doit bien se douter que le roi et ses hommes n'ont pas été pris d'une soudaine pitié rétrospective pour les vaudois de Provence. Le magistrat est en fait victime de la vindicte dont le connétable de Montmorency poursuit les ministres du roi défunt, notamment le cardinal de Tournon, dont Maynier est proche. Quoi qu'il en soit, les arguments du souverain pontife constituent une «véritable apologie du massacre» (Lucien Romier) et préfigurent ceux que l'on avancera dans la foulée de la Saint-Barthélemy: «Cette œuvre d'exécution qui a été faite des hérétiques pour la conservation de l'Église et de la religion chrétienne est bonne, juste, digne de mémoire et propre à valoir au dit seigneur d'Oppède honneur et gloire.»

4 juillet
Une procession expiatoire contre l'hérésie, suivie par le roi et la reine, s'achève par des brûlements d'hérétiques, dont plusieurs prêtres.

12 juillet
Une nouvelle ordonnance somptuaire assouplit les dispositions des textes précédents, en interdisant la soie aux seuls gens «mécaniques», c'est-à-dire au petit peuple qui travaille de ses bras.

24 juillet
La ville de Paris doit verser 250 000 livres pour les dépenses de guerre, ce qu'elle fera en constituant des rentes sur l'Hôtel de Ville.

août
Début de la campagne de Boulogne, dont le sort a été en principe réglé par le traité d'Ardres de juin 1546. Mais Henri II entend améliorer les termes du traité. Le 15 août, il est à Abbeville, où sa noblesse doit le rejoindre pour le 1er septembre. Le 17, il rejoint Montmorency devant Boulogne; le 24, ses troupes enlèvent Ambleteuse (actuel Pas-de-Calais); le 29, les Anglais évacuent les avant-postes de la ville. Commence alors un long siège, accompagné d'une tout aussi longue négociation pour sa récupération à un prix moins onéreux que celui convenu à Ardres.

7 octobre
Lettres patentes de Compiègne relatives à l'insurrection contre la gabelle des provinces de l'Ouest en 1548. Les greniers à sel et les offices qui leur sont attachés y sont supprimés, moyennant une forte somme d'argent sous forme d'arriéré d'impôt. Les insurgés sont amnistiés, sauf ceux impliqués dans le meurtre de Moneins; Bordeaux retrouve son parlement et ses privilèges.

10 novembre
Mort du pape Paul III.

12 novembre
Une ordonnance sur l'entretien des gens de guerre invente le «taillon», un supplément de la taille destiné à payer les troupes, et à libérer ainsi l'habitant du devoir des prestations en nature, générateur de nombreux abus. Mais si l'intention est louable, l'exécution le sera beaucoup moins: les manants paieront davantage d'impôts, la soldatesque continuera de les maltraiter.

19 novembre
L'édit de Paris supprime la «chambre ardente» créée en octobre 1547 et renvoie les hérétiques devant les tribunaux ecclésiastiques («officialités»). En effet, l'Église ne s'est jamais résignée à l'édit de Fontainebleau du 1er juin 1540. On évoque aussi souvent la politique européenne de la France, qui a besoin d'alliés protestants, ainsi que le surcroît de travail d'une justice royale déjà engorgée. Mais Henri II reviendra sur cette mesure.

21 décembre
Mort de Marguerite d'Angoulême, reine de Navarre, sœur de François Ier et tante d'Henri II, grande protectrice des «mal sentans de la foy».

autres événements
• Joachim du Bellay publie le manifeste de la Pléiade: *Défense et Illustration de la langue française.*

La Pléiade

La Pléiade, ou, comme on l'a nommé en ses débuts, la Brigade, c'est un groupe de sept poètes, comme les sept filles d'Atlas: Pierre de Ronsard, Jean-Antoine de Baïf et Joachim du Bellay d'abord, auxquels viennent se joindre Rémi Belleau, Pontus de Tyard, Étienne Jodelle et Jacques Peletier du Mans, remplacé après sa mort par Jean Dorat (ou Daurat). Autour de ces sept-là, se pressent de nombreux autres de moindre envergure: Guillaume Des Autels, Robert Garnier, Jacques Tahureau, Olivier de Magny... Ils s'épanouissent sous les règnes d'Henri II et de Charles IX. Aristocrates de conviction plutôt que de condition, la plupart d'entre eux vivent de charges modestes ou de bénéfices ecclésiastiques. Ils essaient tous les genres: la poésie amoureuse, le poème philosophique, le cantique religieux, le discours politique, la poésie de cour, la comédie et la tragédie.

La Pléiade, c'est aussi un manifeste, cette Défense et Illustration de la langue française *rédigée par Joachim du Bellay. Contre Marot et son école, qu'ils trouvent faciles et vulgaires, contre les «épiceries» des rhétoriqueurs, ils défendent, eux, l'art savant, l'élévation de la pensée et de l'inspiration, une conception altière de la poésie entendue comme religion, du poète comme prêtre du Beau. Contre les «latineurs» et les «grécaniseurs» qui s'imaginent pouvoir égaler les sublimes Anciens, ils renouvellent et enrichissent le français, langue nationale.*

C'est que la Pléiade, enfin, est une école, qui entend renouveler l'art poétique français. Sa doctrine, elle la cherche à la fois dans l'imitation des classiques, grecs et romains, mais aussi italiens, les seuls «modernes» à égaler les Anciens, et dans le génie de la langue française.

On connaît leurs faiblesses: l'esprit de système, auquel seuls échappent les plus grands, et encore, l'imitation parfois servile des modèles classiques, la boursouflure souvent, le mépris de la langue populaire toujours. Il n'empêche, Malherbe aura beau les écraser de son mépris, les poètes de la Pléiade auront pour l'essentiel réussi leur pari.

1550

janvier
Manipulations financières. Le 14 janvier, une ordonnance dévalue les pièces d'argent en circulation et ordonne de nouvelles frappes. La dévaluation est l'un des expédients auxquels la monarchie a recours pour renflouer quelque peu ses caisses toujours vides. Prétextant le fait, avéré, que les monnaies en circulation sont souvent rognées (au sens littéral, le métal précieux prélevé sur la monnaie la dévaluant d'autant par rapport à son cours nominal), le pouvoir met sur le marché de nouvelles monnaies de valeur moindre que les précédentes, et encaisse la différence. Il faut croire que cela ne suffit pas, puisque Jean de Morvillier, surintendant des finances, négocie derechef des emprunts sur la place de Lyon. Le 23, le cours de l'écu est fixé à

2 livres 6 sols. Le 28, Albisse d'Elbène (ou del Bene), facteur de banque à Lyon, est nommé général et superintendant des finances hors du royaume, et chargé de rassembler les fonds pour soutenir les entreprises extérieures; les sommes obtenues sont versées aux receveurs généraux des finances de Lyon, portant intérêt jusqu'à 20 %. Le roi peut ainsi disposer rapidement de fonds importants: 1,5 million de livres en 1553; 2 millions en 1554; 1,5 million en 1555. Mais l'insolvabilité chronique de l'État entraîne une augmentation spectaculaire des taux d'intérêt exigés par les marchands lyonnais, provoquant en retour des difficultés croissantes de trésorerie – un cercle vicieux dont le Trésor royal est incapable de se tirer.

8 février
Au terme d'un conclave de dix semaines marqué par la rivalité entre cardinaux français et impériaux, une majorité de compromis se dégage en faveur de Giovanni Maria Ciocchi del Monte, élu sous le nom de Jules III.

mars-avril
Les négociateurs français à Boulogne, Antoine de La Rochepot, Gaspard de Coligny et Guillaume Bochetel, secrétaire des finances, obtiennent la restitution de Boulogne pour la moitié de la somme négociée à Ardres (juin 1546), soit 400000 livres tournois. Le 24 mars, la paix est signée. Le 3 avril, des otages sont livrés aux Anglais jusqu'au paiement de la somme promise, dont Jean de Bourbon comte d'Enghien, Claude de Lorraine marquis de Mayenne, François de Montmorency, fils du connétable, et Louis de La Trémoïlle. Le 25 avril, les Anglais abandonnent Boulogne.

17 mars
Début du procès intenté aux responsables des massacres de Mérindol et Cabrières (avril-mai 1545), dont Jean Maynier d'Oppède, instruit devant une cour spéciale à Melun.

12 avril
Mort de Claude, premier duc de Guise; ses fils François et Claude, marquis de Mayenne, deviennent respectivement duc de Guise et duc d'Aumale.

15 mai
Entrée d'Henri II dans Boulogne.

27 mai
Henri II signe un traité militaire avec les Farnèse, que Jules III veut déposséder de Parme et de Plaisance au profit de Charles Quint.

31 mai
Théodore de Bèze, bras droit de Calvin à Genève, est condamné par contumace à être brûlé.

27 juin
Naissance de Charles-Maximilien, troisième fils et cinquième enfant du roi (futur Charles IX), ainsi prénommé en l'honneur de son parrain et futur empereur Maximilien II d'Autriche, fils de Ferdinand Ier de Habsbourg et neveu de Charles Quint.

25 septembre
Marie de Guise, reine douairière d'Écosse, revient en France.

octobre
Séjour d'Henri II en Normandie. Le 1er, il fait son entrée solennelle à Rouen; le 8, il est au parlement de Normandie pour y rendre la justice; du 9 au 27, la Cour voyage dans la province: Dieppe, Fécamp, Montivilliers, Le Havre, où le roi inspecte la marine royale avec Leone Strozzi, général des galères. Le 24, il apprend la mort de son fils Louis, et rentre à Blois.

13 novembre
Poussé par Charles Quint, Jules III annonce la réouverture du concile de Trente pour le 1er septembre 1551. Henri II décide de ne pas envoyer ses représentants et menace de convoquer un concile national.
Claude d'Urfé est nommé gouverneur des enfants de France en remplacement de Jean d'Humières, décédé.

autres événements
- Le collège des jésuites est fondé à Rome.
- Publication des *Quatre premiers livres* des *Odes* de Pierre de Ronsard.

RONSARD, « PRINCE DES POÈTES »

Chacune des étapes de la carrière de ce gentilhomme vendômois marque un dépassement de lui-même et de l'écriture poétique qui, à une époque où le rimailleur pullule (il faut lire le chapitre étourdissant que Lucien Febvre consacre aux « bons camarades » dans son Rabelais*), lui vaut les lauriers de « prince des poètes ». Une carrière précoce, puisque Ronsard (1524-1585) a 12 ans lorsqu'il compose ses premiers vers dans son Vendômois natal. Page des princesses royales et destiné à la carrière des armes, il lui faut y renoncer à cause de la surdité qui le frappe dans sa quinzième année. Ronsard*

reçoit alors la tonsure en 1543, étudie au Collège de Coqueret sous Dorat vers 1547, puis collabore au manifeste de son ami Joachim du Bellay pour la Défense et Illustration de la langue française *en 1549. Un an plus tard, il publie ses* Quatre premiers livres *des* Odes, *qui l'imposent enfin. Il s'inspire d'Horace et surtout de Pindare, dont il adapte le lyrisme sublime et la structure en triade, pour glorifier patrons, événements et la poésie elle-même* (Ode à Michel de L'Hospital). *Peu apprécié à la Cour pendant le véritable magistère qu'y exerce Mellin de Saint-Gelais, il conquiert la gloire en 1552 avec son premier cycle de sonnets pétrarquistes (en décasyllabes), les* Amours, *inspirés par Cassandre. Le second cycle (*Continuation et Nouvelle Continuation des Amours, *1555 et 1556) est composé de chansons dans un style plus simple, le « beau style bas », qu'il a déjà cultivé entre 1553 et 1555 dans le* Livret de folastries, Le Bocage *et* Les Mélanges.
D'inspiration très différente, les Hymnes, *composés de 1555 à 1566, illustrent un autre volet du talent de Ronsard. Le délicat poète lyrique des* Odes *se fait ici érudit et philosophe, abordant dans un style épique de vastes thèmes encyclopédiques. Plus tard, en 1572, il s'essaiera aussi à l'épopée nationale, mais* La Franciade *restera inachevée. Ces hautes préoccupations ne l'empêchent d'ailleurs pas d'écrire des divertissements pour la Cour, auxquels Catherine de Médicis convie la noblesse. Enfin, les passions politiques du temps trouvent également leur expression dans son œuvre. Car Ronsard, par ailleurs conseiller et aumônier du roi, est ce qu'on appellerait aujourd'hui un intellectuel engagé. Il se montre catholique fervent dans ses* Discours des misères de son temps *(1562-1563), s'attirant ainsi la haine des huguenots, qui l'injurient copieusement dans des pamphlets auxquels il riposte par une vigoureuse apologie (*Réponse aux injures, *1563).*
En 1560, il publie une première édition de ses Œuvres, *suivie de six autres, abondamment revues et augmentées, dont la dernière est posthume (1567-1587). Ses dernières années sont mélancoliques. Éclipsé par Philippe Desportes (1546-1606), il donne encore des* Sonnets à Hélène *(1578), écrits à la mode italianisante de la Cour d'Henri III, et, tout à la fin, de prémonitoires* Derniers Vers, *publiés après sa mort. Puis, lorsque « enfin Malherbe vint », et avec lui le goût classique, l'œuvre du plus grand poète de la Renaissance entamera un long séjour au purgatoire des gloires littéraires, d'où elle ne sera tirée que deux siècles et demi plus tard, par un Sainte-Beuve particulièrement bien inspiré.*

• Achèvement de la façade d'Ancy-le-Franc.
• Pierre Lescot entreprend la réalisation de la salle de bal du palais du Louvre (actuelle salle des Caryatides).
• Date approximative du *Bain de Diane* (Rouen, musée des Beaux-Arts) attribué à François Clouet et de la *Diane chasseresse* par Luca Penni.
• Date approximative de la sculpture par Ligier Richier (vers 1500-1567) du *Transi de René de Chalon* (Bar-le-Duc, église Saint-Étienne). Le défunt est figuré sous l'aspect d'un squelette aux chairs décomposées offrant son cœur à Dieu. D'un sens dramatique aigu, ce sculpteur qui travaille en Lorraine poursuit la tradition des gisants médiévaux dans les monuments funéraires que lui commande la famille des ducs de Lorraine. Il réalise notamment le tombeau de Philippa de Gueldre, duchesse de Lorraine (Nancy, musée historique lorrain).

1551

janvier
Le Parlement de Paris refuse d'octroyer aux jésuites les lettres de naturalisation demandées par le roi.

6 février
Bref du pape Jules III enjoignant au roi de France de veiller rigoureusement au maintien de la foi catholique.

15 février
Les responsables du massacre des vaudois de Provence en 1545 sont acquittés et réintégrés dans leurs fonctions. Seul l'avocat général Guillaume Guérin est condamné, pour faux témoignage : il sera exécuté le 20 avril 1554. L'acquittement coïncide avec la rentrée en grâce du cardinal de Tournon.

mai
Naissance d'Henri d'Angoulême, bâtard d'Henri II et de Jane Fleming, gouvernante de Marie Stuart.
Tout fervent catholique qu'il soit, la logique des rapports de force en Europe oblige Henri II à nouer des liens avec l'Angleterre d'Édouard VI, avec les princes luthériens d'Allemagne, voire avec les Turcs, avec lesquels il passe un accord de coopération militaire en Méditerranée contre Charles Quint (Champigny, 17 mai).

22 mai
Jean Bertrand devient garde des Sceaux, François Olivier conservant sa charge de chancelier. L'habitude de doubler le chancelier par un suppléant remonte à Louis XI, la royauté trouvant

ainsi le moyen de neutraliser le chef de la hiérarchie judiciaire, en principe inamovible, sinon par décision de justice (comme dans l'affaire Poyet de 1544-1545). Henri II innove, en faisant de la garde des Sceaux un véritable office de la Couronne (avril). Le Parlement n'aime pas beaucoup cela, mais il lui faut enregistrer l'édit (8 mai).

27 juin
L'édit antiprotestant de Châteaubriant. Seule nouveauté dans ce catalogue de mesures qui reprennent pour la plupart des dispositions précédentes (renforcement de la censure, interdiction des relations avec Genève, assimilation de l'assistance aux hérétiques au crime d'hérésie, discipline ecclésiastique, encouragement de la délation, etc.): les cours civiles retrouvent leurs compétences en matière d'hérésie, et leurs sentences sont désormais sans appel. L'édit exhorte aussi les fidèles à se montrer plus assidus aux offices et à faire preuve de davantage de respect pour les lieux de culte.

2 juillet
Anne de Montmorency est fait duc et pair de France.

19 juillet
Le traité d'Angers avec l'Angleterre prévoit le mariage d'Élisabeth, fille d'Henri II, avec Édouard VI. La mort prématurée de celui-ci (6 juillet 1553) rendra cette clause caduque; Élisabeth finira par épouser Philippe II d'Espagne.

juillet-octobre
Le conflit avec la papauté s'envenime. Le 27 juillet, le pape Jules III fait appel à Charles Quint et jette l'anathème sur Henri II, coupable de boycotter le concile de Trente et de s'être allié aux Farnèse. Le 4 août, à Orléans, le roi défend au clergé de verser à Rome les annates (redevances équivalant à une année de revenus que paient au Saint-Siège les clercs pourvus de bénéfices). Au Conseil, on parle concile, déposition du pape, voire indépendance totale de l'Église de France – brusque accès de fièvre gallicane que le cardinal de Lorraine Charles de Guise a toutes les peines du monde à calmer. Le 20 août, Henri II envoie des troupes en Italie. Le 1er septembre, le concile « de Trente » reprend ses travaux, sans les évêques français; Jacques Amyot est dépêché à Bologne pour expliquer le refus du roi de participer au concile. Le 4 septembre, le bras de fer tourne à l'avantage du roi de France: Jules III annule son anathème et lui fait ses excuses, après quoi, le 8, il envoie des émissaires auprès d'Henri II et de Charles Quint pour tenter d'apaiser le conflit en Italie. Le 1er octobre, en désespoir de cause, il demande à Catherine de Médicis et à Diane de Poitiers d'appuyer son initiative de paix.

19 septembre
Naissance du quatrième fils d'Henri II et de Catherine de Médicis, Alexandre-Édouard, que l'on prénommera lors de sa confirmation Henri (le futur Henri III).

fin septembre-début octobre
Des pourparlers intensifs avec les princes protestants d'Allemagne, amorcés en mai, aboutissent à un protocole d'accord: le roi leur promet des subsides – 60 000 écus par mois, 240 000 écus dès le déclenchement des hostilités – et l'ouverture d'un second front aux Pays-Bas; par ailleurs, il occupera les Trois Évêchés, Metz, Toul et Verdun.

11 octobre
Le décret du concile de Trente sur la transsubstantiation rend impossible tout accord avec les luthériens d'Allemagne.

30 octobre
Le maître d'école Claude Monier est brûlé à Lyon.

14 décembre
Dans la nuit, une statue de la Vierge est mutilée à Paris; le 27, une procession expiatoire se déroule dans les rues de la ville.

autres événements
• Corneille de Lyon est peintre et valet de chambre du roi Henri II (après avoir été peintre du dauphin Henri).
• Primatice commence à travailler à la décoration de la salle de bal de Fontainebleau. Nicolò dell'Abate le rejoint sur ce chantier l'année suivante; ils achèveront la salle de bal en 1556.

LA PLACE DE LA PEINTURE DANS L'ART FRANÇAIS DU XVIe SIÈCLE

Hormis dans le genre du portrait, la production picturale connue du XVIe siècle est peu importante en France, sans comparaison avec celle de l'Italie ou des Flandres. La récolte est bien maigre en effet: de Jean Cousin, le peintre le plus réputé du siècle, on ne connaît qu'une peinture certaine, l'Eva Prima Pandora *(Louvre), et même si on lui attribue parfois deux autres œuvres, la* Charité *du musée Fabre à Montpellier, et le* Sacrifice de Polyxène, *cela n'élèverait jamais sa production qu'à trois peintures. De Simon de Châlons, actif en Provence, on connaît des œuvres qui empruntent à l'Italie et aux Flandres, mais après sa mort en 1562, il n'y a presque plus de peinture en Provence. Pour la Bourgogne, la Picardie, la Champagne, la situation n'est guère meilleure : quelques peintures émergent, comme les* Puys *d'Amiens (tableaux en l'honneur de la Vierge, destinés à décorer la cathédrale), mais en petit nombre, et d'une qualité souvent moyenne.*

Faut-il accuser l'incurie des siècles postérieurs et les destructions massives causées par les guerres et la Révolution ? Rien n'est moins sûr. Pourquoi en effet se serait-on acharné sur les peintures en épargnant les tapisseries, les broderies, les vitraux, œuvres autrement plus fragiles ? Il semble surtout que, dans la France du XVIe *siècle, la peinture n'occupe pas la place prépondérante qu'elle y tiendra au siècle suivant et qu'elle avait déjà trouvée en Italie et dans les Flandres. Les archives des villes françaises mentionnent un grand nombre de peintres, mais précisent qu'ils peignent des sculptures, des cartons de tapisseries, des projets de statues… C'est dire que le terme désigne une autre réalité que celle d'aujourd'hui.*

L'exemple de Jean Cousin est à cet égard significatif : artiste très sollicité, très souvent cité, on ne conserve de lui que deux ou trois tableaux, comme on l'a dit. Et quand la confrérie de Sainte-Geneviève, le cardinal de Givry, la duchesse de Nevers et peut-être même Diane de Poitiers s'adressent à lui, c'est pour lui commander des cartons de tapisserie, c'est-à-dire des peintures destinées à être reproduites par des liciers. À Paris, le chapitre de Saint-Germain-l'Auxerrois lui fait réaliser une toile peinte pour faire office de tapisserie. C'est le signe qu'en France, plutôt que des peintures, ce sont des tapisseries qui ornent les murs des lieux sacrés et profanes – l'exemple d'Écouen le prouve où l'on ne peint que les dessus de cheminées pour laisser libres les murs destinés à être tapissés. Jean Cousin dessine aussi des vitraux et dans un contrat passé entre un maître-verrier et son commanditaire, on stipule que le dessin sera fait « par Jean Cousin ou tout autre ». Là encore, Cousin semble être une référence obligée et c'est son nom qu'on donne à un certain rouge qui sert à la peinture des vitraux, le rouge jeancousin. *L'artiste travaille également pour les brodeurs et réalise en 1551 les dessins de broderies ecclésiastiques pour la cathédrale de Sens. En 1560, il publie un livre d'architecture avec des illustrations gravées sur bois.*

C'est en définitive une autre conception du métier de peintre qui se révèle, où l'artiste se trouve au croisement de presque tous les métiers d'art. Si la France n'a conservé que peu de peintures de ce siècle, elle n'en a certainement jamais produit beaucoup alors, privilégiant d'autres formes d'expression, notamment la tapisserie, le vitrail, la sculpture, les objets d'art…

1552

janvier

Une ordonnance crée une nouvelle juridiction, intermédiaire entre les parlements et les tribunaux de bailliage : les « présidiaux », compétents pour juger en appel des juridictions inférieures et en dernière instance des affaires civiles dans lesquelles l'intérêt en litige n'excède pas 250 ou 500 livres tournois selon les cas. Il y a 60 présidiaux, dont plus de la moitié dans le seul ressort du Parlement de Paris. Chaque présidial comprend sept conseillers, un procureur et un avocat du roi, en attendant mieux. Justifiés par l'intérêt des populations dont ils sont censés économiser le temps et l'argent, ils sont en fait une nouvelle manière de soutirer de l'argent à une bourgeoisie assoiffée d'offices. Les parlements, bien sûr, détestent cette « nouvelleté » qui empiète sur leurs compétences et qui tend à grossir au fil des années. Là encore, il leur faudra s'incliner.

15 janvier

Traité de Chambord entre Henri II et les princes protestants d'Allemagne, sur les conditions définies en septembre-octobre 1551.

12 février

Henri II déclare la guerre à Charles Quint. Avant d'aller s'emparer des Trois Évêchés en sa qualité de « vicaire d'Empire », titre que les princes allemands lui ont conféré à Chambord, Henri II confie la régence à Catherine de Médicis.

avril-novembre

Le « voyage d'Allemagne » d'Henri II. Le 5 avril, Montmorency entre à Toul, qui a ouvert ses portes, et y installe une garnison. Henri II en prend possession le 13 avril. Le 10, l'armée du roi est à Metz, qui n'oppose aucune résistance, le 14 à Nancy, au mépris de la neutralité de la Lorraine (le jeune duc Charles III est envoyé à la Cour de France, où on lui fait épouser la fille du roi, Claude de Valois), le 18 à Metz, où Henri II inspecte les troupes, après quoi il franchit les Vosges pour s'emparer du troisième évêché, Verdun. Après la prise de Damvillers le 10 juin, Verdun tombe le 12, ce qui complète l'occupation des Trois Évêchés, puis, le 23, Montmédy. Fin juin, les troupes françaises sont à Sedan, fief de Robert de La Marck, qui peut ainsi recouvrer, provisoirement, son duché de Bouillon (jusqu'aux traités du Cateau-Cambrésis d'avril 1559). Le 4 juillet, Henri II se rend à Sedan. L'armée prend Virton, le château de Lumes est rasé, Chimay brûlée. Mais Henri II perd ses principaux alliés allemands – l'Électeur Maurice de Saxe d'abord, qui se réconcilie avec Ferdinand Ier (2 août); Albert de Brandebourg ensuite, qui, déçu par le manque de générosité de ses amis français, rejoint Charles Quint (fin octobre), non sans s'être emparé d'abord du frère de François de Guise, Claude d'Aumale. L'avance française est bloquée. Le 10 novembre, le duc d'Albe assiège Metz, bien défendue par son gouverneur, François de Guise. Le 30, Charles Quint vient lui prêter main-forte avec 50000 hommes. Le siège, catastrophique pour les Impériaux, sera bientôt levé. Mais le « voyage d'Allemagne » d'Henri II est virtuellement terminé.

juillet-novembre
Le front italien. Les 15-18 juillet, sous l'égide des cardinaux François de Tournon et Hippolyte d'Este, les partisans de la France en Italie se réunissent à Chioggia, dépendance vénitienne, dans le but de monter une entreprise dans la péninsule pendant qu'Henri II guerroie en Lorraine. Une opération navale franco-turque contre le royaume de Naples ayant fait long feu, le choix se porte sur Sienne, hostile à la présence espagnole. En effet, le 26 juillet, Sienne se soulève et chasse la garnison espagnole. Le 30, Louis de Saint-Gelais, ambassadeur de France à Rome, arrive dans la ville et promet le soutien financier et militaire de la France. Le 1er novembre, Hippolyte d'Este, lieutenant général de Sienne pour le roi, arrive avec 4 000 fantassins.
Cependant, l'équilibre délicat dans la botte italienne est tel que la présence massive de l'un des deux grands rivaux devient vite indésirable. En l'occurrence, les Florentins, les Vénitiens, sans rien dire du pape, sont prêts à chasser les Français de Sienne avec le soutien de l'empereur. Avant l'hiver, Henri II se retrouve avec les Siennois pour seuls alliés.

11 novembre
Claude d'Annebault mort, Gaspard de Coligny hérite de sa charge d'amiral de France.

autres événements
• Mort en Chine, près de Canton, du Navarrais François Xavier, l'un des premiers jésuites, évangélisateur de l'Inde portugaise et du Japon. Il sera canonisé en 1622.
• Arrivée du peintre italien Nicolò dell'Abate en France, appelé par Henri II pour travailler à la décoration du château de Fontainebleau, sous la direction de Primatice. Celui-ci réalise la grotte de Meudon (détruite).

1553

2 janvier
Charles Quint lève le siège de Metz, où s'est illustré François de Guise. C'est le premier fait d'armes d'importance de celui qui s'imposera comme l'un des grands capitaines de son temps, et le véritable artisan de la fortune de sa famille.

mars
Édit de Fontainebleau qui crée le parlement de Bretagne, en lieu et place de l'ancienne cour des ducs de Bretagne (l'ancien parlement, appelé « Grands Jours » depuis sa subordination au Parlement de Paris sous Charles VIII). Rennes et Nantes se partagent les sessions du nouveau parlement, avant que Nantes ne s'impose quatre ans plus tard, puis Rennes, définitivement, en 1561.
Après l'échec relatif de son « voyage d'Allemagne » l'année précédente, Henri II renoue avec les princes allemands et rachète les services de l'Électeur Maurice de Saxe; guerre de pamphlets contre Charles Quint, accusé d'agression à Metz, possession légitime du roi de France en sa qualité de « vicaire d'Empire », et d'occupation indue de Cambrai.

avril
Charles Quint assiège Thérouanne. Antoine de Bourbon rassemble des troupes pour le prendre à revers. Le siège, très dur, durera plusieurs mois et s'achèvera sur la reddition de la garnison commandée par François de Montmorency et la destruction de la ville.

3 avril
Piero Strozzi est envoyé à Parme, Ferrare, Mirandole et Venise pour lever des troupes contre les Impériaux. Hercule II d'Este, duc de Ferrare, époux de Renée de France, se range au côté d'Henri II.

14 mai
Naissance de Marguerite, troisième fille d'Henri II et de Catherine de Médicis, future « reine Margot », l'épouse d'Henri de Navarre.

mai-juillet
Brûlements d'hérétiques. Le 16 mai, cinq étudiants protestants sont brûlés à Lyon. Le 19, le protestant Antoine Magne est brûlé à Paris. Le 15 juillet, Mathieu Dimont est brûlé à Lyon.

juin
Le pape Jules III invite Français et Impériaux à Viterbe pour une conciliation. L'échec de cette tentative rend la guerre inévitable.
Un exilé corse, Sampiero della Basilica, dit Corso, propose au Conseil du roi de conquérir l'île, possession des Génois alliés de l'empereur, pour appuyer l'offensive en Italie.

juillet-septembre
Opérations indécises sur le front est. Le 10 juillet, la mort de l'Électeur Maurice de Saxe, survenue trois jours après une victoire sans lendemain sur Albert de Brandebourg, prive Henri II de son principal allié en Allemagne. Le 18, Hesdin, tenu par le maréchal Robert de La Marck, se rend à Emmanuel-Philibert de Savoie; fils de Charles III, Emmanuel-Philibert, un des meilleurs capitaines de son temps, est au service de Charles Quint. Début août, une armée impériale marche sur Doullens (la Somme actuelle), mais, menacée par des troupes françaises venues à la rescousse, plie bagages le 13. Le 8 septembre, les Français sont devant Cambrai, abandonnée à son sort après une semaine de bombardements, puis font mouvement vers Le Cateau-Cambrésis et Valenciennes. À la suite d'une série d'escarmouches, Henri II se replie sur Saint-Quentin et licencie des troupes (mi-septembre).

6 juillet
Mort d'Édouard VI d'Angleterre à qui succède Mary Tudor, la fille d'Henry VIII et de sa première femme, la catholique Catherine d'Aragon. Pendant le bref règne de celle que les protestants nommeront Bloody Mary, Mary la Sanglante, l'Angleterre fera l'expérience d'une intense restauration catholique.

août
L'ordonnance de Compiègne charge les maîtres des requêtes de l'Hôtel de tournées d'inspection dans les provinces («chevauchées»); ils préfigurent ainsi les intendants du siècle suivant. Il y a sous Henri II 35 maîtres des requêtes, dont six reçoivent, par rotation, des lettres de commission pour aller en chevauchée, chacun étant affecté à une portion du territoire, avec des compétences judiciaires et administratives étendues.

août-octobre
Les choses semblent mieux se passer sur le front sud. En août, une flotte française renforcée par des galères ottomanes se dirige vers la Corse, prenant l'île d'Elbe au passage. Le 22 août, Bastia capitule et la Corse tombe aux mains des Français. En Italie, Sienne tient toujours: le 29 octobre, Piero Strozzi y est nommé lieutenant général en remplacement d'Hippolyte d'Este.

27 octobre
À Genève, exécution de Michel Servet, convaincu d'hérésie antitrinitaire. Il semble que Calvin ait vainement tenté d'adoucir la sentence du médecin espagnol.

13 décembre
Naissance à Pau, dans la nuit du 12 au 13, d'Henri, prince de Viane et duc de Beaumont (futur Henri IV), fils d'Antoine de Bourbon et de Jeanne d'Albret.

autres événements
• Représentation de *Cléopâtre captive* d'Étienne Jodelle, première tragédie française.

Jodelle

Jodelle, fils d'une famille de la bonne bourgeoisie marchande parisienne, né et mort à Paris (1532-1573), inaugure ainsi un genre dramatique nouveau, destiné à remplacer le mystère médiéval: la tragédie classique. Membre de la Pléiade et poète reconnu, il a déjà fait jouer l'année précédente Eugène, *considérée comme la première comédie humaniste. En février 1558, il accepte la commande des échevins parisiens: composer en six jours un spectacle pour fêter le retour victorieux à Paris du duc de Guise. Il s'occupe de tout, depuis la conception du décor jusqu'au texte de la « mascarade ». Le 17, la fête est un cuisant échec, mais il publie en juin le* Recueil des Inscriptions, figures et mascarades *qui en donne le compte rendu. La même année, il produit une nouvelle tragédie,* Didon se sacrifiant. *Mais le succès n'est pas au rendez-vous. Henri II mort, il tente sa chance auprès de Charles IX: il écrit de la poésie de cour, et, tout en étant plutôt tiède, semble-t-il, en matière de religion, de méchants pamphlets contre les religionnaires et contre le chancelier Michel de L'Hospital. Rien n'y fait, il meurt dans la misère, en juillet 1573. Ses amis publieront dès l'année suivante un premier volume de ses* Œuvres et mélanges poétiques.

• Livraison par Léonard Limosin de deux retables en émail – la *Crucifixion* et la *Résurrection* – pour la Sainte-Chapelle de Paris (Louvre); ces deux œuvres s'inspirent de dessins de Nicolò dell'Abate.

1554

janvier-septembre
Le théâtre militaire italien. Le 2 janvier, Piero Strozzi entre à Sienne, où Hippolyte d'Este, lâché par la France, s'accroche; le 8 juin, il finit par quitter la ville. En juillet, assuré de son pouvoir à Sienne, Piero Strozzi, soutenu par Catherine de Médicis, envahit la Toscane, rejetant les tentatives de conciliation du seigneur de Florence Cosme de Médicis. Catherine, qui assure la régence en l'absence du roi, entend se venger de Cosme, qui l'a privée de ses droits sur Florence. Hippolyte d'Este, lui, est considéré comme un homme du Médicis. Mais le 2 août, l'armée franco-siennoise de Strozzi est sévèrement battue par les Impériaux à Marciano, près d'Arezzo. Strozzi lui-même est blessé. Le 18 septembre, il est de retour à Sienne, où il organise la défense de la ville.

7 janvier
Guillaume d'Alençon, colporteur protestant, est brûlé à Montpellier.

7 février
Un arrêt du Parlement interdit les écoles clandestines organisées par les réformés pour soustraire leurs enfants à l'enseignement des « petites écoles » catholiques. Ces cours donnés dans la nature sont nommés dans l'arrêt écoles « buissonnières », une expression qui connaîtra la fortune que l'on sait.

février-août
L'affaire du château de Chenonceaux est une bonne illustration de ce mélange de juridisme pointilleux et procédurier et de favoritisme qui caractérise la justice du temps. Le 24 février, le Grand Conseil casse la cession du château à François Ier et restitue le domaine à Antoine Bohier. C'est un stratagème imaginé par Diane de Poitiers, habitante des lieux depuis l'avènement au trône de son amant: elle pourra ainsi l'acheter à son malheureux propriétaire, dont le bien est saisi et mis en vente (lettres patentes du 11 février; saisie prononcée le 1er avril). En effet, devenu bien privé, Chenonceaux échapperait à la précarité inhérente aux possessions relevant du domaine royal. Le 23 août, le Grand Conseil ordonne de procéder à la mise aux enchères.

28 avril
Prisonnier d'Albert de Brandebourg, Claude d'Aumale est libéré moyennant une rançon de 60 000 écus.

22 mai
Le Parlement de Paris ordonne l'expulsion des « pauvres valides et vagabons estrangers [...] sous peine de fouet et autre pugnition corporelle ».

juin-juillet
Le théâtre militaire flamand. En juin, les troupes françaises sont rassemblées pour marcher sur Bruxelles: en Picardie, autour de Saint-Quentin, environ 10 000 hommes sous les ordres de Charles de Bourbon; près de Laon, sous le commandement du connétable de Montmorency, 8000 Français, 6 000 Allemands et 8 000 Suisses, renforcés des 1 400 hommes et 2 000 chevaux de Claude d'Aumale; à Mézières, François de Clèves, duc de Nevers, est à la tête de 7 000 hommes pris sur les garnisons lorraines et les troupes de Louis de Bourbon, prince de Condé. La première armée ravage l'Artois, Montmorency marche sur Dinant, Nevers suit sur la rive droite, en ravageant le pays sur son passage. Le 28 juin, Montmorency prend Marienbourg, rebaptisée Henrienbourg (la ville retrouvera son nom aux traités du Cateau-Cambrésis en avril 1559), où le roi le rejoint; François de Clèves s'empare de Dinant. Le 6 juillet, les troupes de François de Clèves et du connétable de Montmorency font leur jonction à Givet, sur la Meuse. Le 12, Henri II et Montmorency s'emparent de Bouvignies et massacrent la garnison espagnole. Le 16, les armées reprennent leur marche sur Bruxelles. Mais Henri II renonce à affronter Emmanuel-Philibert de Savoie en rase campagne et, avec celui-ci à ses trousses, se contente de ravager le plat pays, avant de rentrer en France.

juillet-août
Le théâtre militaire français. Le 24 juillet, le maréchal de Saint-André repousse les Impériaux près de Solesmes. Le 27, les troupes de Charles de Bourbon, prince de La Roche-sur-Yon, et du connétable de Montmorency, font leur jonction. Le 10 août, le roi investit Renty, près de Thérouanne. Le 13, Bois-Guillaume est pris par les Impériaux puis repris par Montmorency. Le 15 août, Henri II bat Charles Quint à Renty, seule victoire significative de la campagne. Le 27, il licencie les Suisses. Le bilan d'une année d'opérations militaires sur trois fronts est nul.

25 juillet
Mary Tudor d'Angleterre épouse Philippe, futur roi d'Espagne. Cette union, que la plupart des Anglais jugent contre nature, ne durera guère.

autres événements
• L'avocat arrageois Jean Crespin publie à Genève la première édition du *Livre des martyrs*, le martyrologe des réformés.
• Ligier Richier commence le sépulcre de l'église Saint-Michel, à Saint-Mihiel (Meuse). L'œuvre est achevée vers 1564.
• Arrivée du peintre italien Francesco Salviati (1510-1563) à Fontainebleau, selon Vasari, mais aucune œuvre n'a été conservée de ce séjour, hormis peut-être une *Incrédulité de saint Thomas* provenant d'une église de Lyon, aujourd'hui au Louvre. Salviati serait reparti l'année suivante.

1555

janvier-avril
Le théâtre militaire italien: siège et chute de Sienne. Le 10 janvier, Blaise de Monluc reçoit la dictature – les pleins pouvoirs pour un mois, à la romaine – afin d'assurer la défense de la ville contre les Impériaux; les mercenaires allemands au service de la France quittent la place. En février, Monluc fait sortir les femmes et les enfants de la ville assiégée. En mars, la famine s'installe. Le 17 avril, Sienne capitule. Le 21, les troupes, mais aussi de nombreux Siennois qui n'entendent pas vivre sous la domination des Espagnols et des voisins florentins honnis, rejoignent Strozzi à Montalcino, en Toscane. La ville passera sous la domination de Cosme de Médicis, maître de Florence et allié de Charles Quint. La défense de Sienne restera dans les annales des guerres d'Italie comme un épisode glorieux. C'est ainsi que le comprennent les Espagnols, qui permettent à Monluc de sortir de la ville avec les honneurs militaires.

Monluc

Issu d'une famille de gentilshommes gascons, Blaise de Monluc (vers 1500-1577) est un parfait représentant de cette génération de nobles dont la vie est toute guerrière: les campagnes d'Italie d'abord, les guerres de Religion ensuite. La retraite de Sienne suit et précède une longue série de faits d'armes. Monluc aime la guerre, qui le lui rend bien, puisque c'est à la pointe de l'épée qu'il accumule grades, honneurs et charges militaires. Armé chevalier sur le champ de bataille de Cérisoles le 14 avril 1544, maître de camp et gouverneur de Moncalieri, en Piémont, en 1548, gentilhomme de la chambre du roi en 1553, colonel général de l'infanterie en 1558, lieutenant du roi en Guyenne en 1563, puis vice-amiral de la province en 1565, maréchal de France enfin, en 1574. Catholique, il se montre brutal pendant les guerres de Religion, multipliant les exécutions de religionnaires dans sa province. Mais dans son Discours au roy *[Charles IX]* sur le faict de la paix ou continuer la guerre *de 1573, il se montre plutôt politique. En fait, sa cruauté est celle du soldat, convaincu que telle est la loi de la guerre civile, plutôt que celle du fanatique.*
C'est dans la foulée de la paix de Saint-Germain que Monluc, désœuvré, couturé de cicatrices – une dernière arquebusade l'a défiguré à Rabastens, en juillet 1570 –, entame la rédaction de ses Commentaires, *qui ne seront publiés qu'après sa mort, en 1592. Henri IV y a vu la « Bible du soldat ». Mais les* Commentaires *de Monluc sont plus que cela. Il s'agit en fait de mémoires, un genre à rattacher aux « Vies » à la manière de Brantôme et, bien sûr, aux* Essais *de Montaigne, qui bénéficie au XVI*[e] *siècle d'un véritable engouement. Et Monluc est un formidable mémorialiste, vif d'esprit et de plume, qui, en contant sa vie, conte soixante ans d'une histoire cruelle et tumultueuse, l'histoire du XVI*[e] *siècle français vue par un grand capitaine.*

mars
En Piémont, Charles de Cossé-Brissac prend la ville de Casale et le marquisat de Montferrat.

mars-mai
Tentative de consolidation de la dette royale, remise aussitôt en question par un nouvel emprunt de 250 000 livres (avril). Entre-temps, le 18 mars, plusieurs banquiers lyonnais ont formé un « Grand Parti », sorte d'association bancaire censée mieux faire face aux sollicitations du roi. Le 17 mai, des lettres patentes reprennent les mesures de consolidation.

mars-juin
L'affaire du château de Chenonceaux, suite et fin (provisoire). Le 21 mars, Diane de Poitiers propose au greffe du Grand Conseil 50 000 livres pour l'achat du domaine, qui lui est adjugé le 8 juin. Une grâce royale dispense Antoine Bohier de la somme de 40 000 livres qu'il doit encore, dit-on, au Trésor. Mais la duchesse de Valentinois apprendra à ses dépens que rien n'est définitif à la Cour de France:

après la mort du roi, il lui faudra céder Chenonceaux à Catherine de Médicis, en échange de Chaumont.

18 mars
Naissance d'Hercule-François, cinquième et dernier fils d'Henri II et de Catherine de Médicis, le seul des quatre survivants qui ne sera point roi.

23 mars
Mort du pape Jules III. Élu le 9 avril, son successeur Marcel II (Marcello Cervini) meurt le 1er mai après un pontificat prometteur, mais bref. Giampietro Carafa est alors élu, sous le nom de Paul IV, le 23 mai.

mai-juin
Négociations de paix, sous l'égide de l'Angleterre. Les négociateurs anglais arrivent à Calais, les Impériaux à Gravelines et les Français à Ardres; le choix se porte sur Marcq, située à égale distance des trois cités. Le 23 mai, les pourparlers sont ouverts sous la présidence du cardinal Reginald Pole, légat d'Angleterre; Antoine Perrenot de Granvelle représente Charles Quint, le connétable de Montmorency Henri II. La principale pomme de discorde est la Savoie, dont Charles Quint exige la restitution comme préalable à tout traité de paix. Henri II, lui, se sent le vent en poupe, et n'est plus du tout pressé de conclure. En effet, le 29 mai, le pape Paul IV, élu depuis moins d'une semaine, annonce son intention de libérer l'Italie et la papauté du joug espagnol, de restaurer le prestige du Saint-Siège et de réformer l'Église. En juin, Reginald Pole abandonne la partie.

juillet
Nicolas Durand de Villegagnon, vice-amiral de Bretagne, quitte Le Havre avec trois vaisseaux et 600 hommes pour le Brésil. Les Français s'installent dans la baie de Rio, où ils construisent sur une île le fort Coligny.

16 juillet
Saint-André est battu par les Impériaux près de Givet.

août
Blaise de Monluc et Claude d'Aumale amènent des renforts français en Italie et s'en vont assiéger Volpiano (Piémont) qui tombe le 19 septembre.

11 août
18 bâtiments de Dieppe capturent 20 navires flamands qui transportaient des fonds d'Espagne aux Pays-Bas, soit 350 000 couronnes.

14 septembre
Les représentants du pape Paul IV exposent à Henri II leurs griefs contre Charles Quint et demandent une alliance en bonne et due forme avec la France. Le 30 septembre, le cardinal de Lorraine est chargé de négocier l'alliance avec le Saint-Siège.

25 septembre
En adoptant le principe *cujus regio, ejus religio* (en traduction libre, « la religion du prince est la religion des sujets »), la paix d'Augsbourg consacre la division de l'Empire en deux confessions, catholique et luthérienne, à l'exclusion de toute autre. C'est la première déchirure officiellement admise dans la robe sans couture de l'Église, même si le caractère chaotique de l'Empire et le monopole princier sur la foi réduisent la portée de l'acte. Autrement significatif sera, en 1598, l'édit de Nantes.

octobre
Nouvel emprunt royal de 600 000 livres.

3-7 octobre
Les Français s'emparent de la ville piémontaise de Moncalvo.

14 octobre
Les conditions de l'alliance entre la France et le Saint-Siège sont arrêtées: Paul IV promet l'investiture du Milanais, ainsi que des royaumes de Naples et de Sicile, aux fils d'Henri II; la France doit verser 350 000 écus en trois mois et fournir 8 000 fantassins et 1 200 chevau-légers. Seulement, l'investiture, dont tous les enfants de France ont entendu parler depuis un demi-siècle, viendra après la victoire sur les Espagnols, alors que l'argent et les hommes sont à fournir tout de suite: excellent exemple de l'aveuglement italien d'Henri II, à la mesure de celui de ses deux prédécesseurs.

25-26 octobre
À Bruxelles, en présence de sa sœur Marie de Hongrie et d'Emmanuel-Philibert de Savoie, Charles Quint abdique en faveur de son fils Philippe pour ce qui reste du « cercle de Bourgogne », autrement dit les Pays-Bas et la Franche-Comté.

15 novembre
Le cardinal de Lorraine pour Henri II et Hippolyte d'Este au nom de son frère Hercule II signent le traité de Ferrare: le duc obtient 50 000 écus de rente sur les revenus du Milanais, en garantie de quoi lui sera « incontinent baillée » la cité de Crémone. Avec le Saint-Siège, Ferrare est désormais la seule alliée de la France dans la péninsule.

décembre
À Vaucelles, près de Cambrai, l'amiral Gaspard de Coligny, gouverneur de Picardie, et Charles de Lalaing, grand bailli de Hainaut, discutent de la libération des seigneurs français prisonniers des Impériaux. De cette négociation d'apparence anodine naîtra la trêve de Vaucelles le 5 février 1556.

15 décembre
La France et le Saint-Siège signent leur alliance anti-espagnole dans les termes définis le 14 octobre. Œuvre de l'ambitieux cardinal de Lorraine – ambitieux pour lui-même comme pour son frère François de Guise, dont il veut avancer les projets italiens, notamment napolitains –, ce traité sera consciencieusement saboté par le connétable de Montmorency, à la fois par détestation d'un rival et souci sincère d'en finir avec la guerre contre l'Empire.

autres événements
• La première église réformée de Paris est « dressée » rue des Marais-Saint-Germain.
• Louise Labé : *Œuvres.*

LOUISE LABÉ

À Lyon plus qu'à Paris, loin du regard sourcilleux de la Sorbonne, les femmes peuvent non seulement briller, mais, ce qui est plus rare, créer. L'opulente cité, cosmopolite et raffinée, est un centre culturel actif, où se retrouvent quelques-uns des meilleurs esprits du temps. Louise Labé (vers 1520-1566) en est un. Après une jeunesse aventureuse, qui en fait une des premières féministes, elle épouse un riche marchand cordier, tient salon littéraire et, surtout, écrit d'incomparables sonnets pétrarquisants, des plus beaux jamais tournés en français. Ses Œuvres *comprennent aussi le* Débat de Folie et d'Amour *en prose et des élégies à l'ancienne mode, inspirées de Clément Marot.*

• Peletier du Mans : *Art poétique français.*

PELETIER DU MANS

Jacques Peletier du Mans (1517-1582) a été, comme tant d'autres humanistes de son temps, un esprit protéiforme. Il a exercé la médecine, s'est intéressé aux mathématiques et à la grammaire – comme Ramus, il a tenté de réformer l'orthographe, en prenant pour base la prononciation courante (Dialogue de l'ortografe) *–, a traduit l'*Art poétique *d'Horace (1545) et a laissé une imposante œuvre poétique, notamment l'*Amour des Amours, *où il allie, comme ses amis de la Pléiade, poésie amoureuse et quête d'absolu et de connaissance savante. Théoricien de la littérature enfin, il a donné avec cet* Art poétique français *un ouvrage aussi significatif de la position des poètes de la Pléiade que l'*Abrégé de l'art poétique français *écrit par Ronsard en 1565.*

• L'orfèvre bourguignon Jean Duvet (1485-vers 1570) commence à graver l'*Apocalypse figurée*, son chef-d'œuvre. Création très personnelle, avec un frontispice où l'artiste se représente lui-même sous les traits d'un vieil homme méditant sur la mort, cette œuvre est aussi pleine de fantaisie, comme l'indiquent les petits animaux du premier plan. L'artiste, qui connaît le répertoire italien, se refuse en revanche à utiliser les règles de la perspective linéaire et de la proportion des corps. L'œuvre est publiée à Lyon en 1561.

1556

16 janvier
Abdication officielle de Charles Quint en faveur de son fils : Philippe II, déjà duc de Bourgogne, et, à ce titre, maître des Pays-Bas, devient roi de Castille, Aragon et Sicile, et souverain des possessions espagnoles d'outre-mer. C'est donc Philippe II qui conclura la trêve de Vaucelles. Charles Quint garde pour l'instant l'Empire, qu'il a l'intention d'abandonner à son frère Ferdinand ; en effet, la couronne impériale est plus difficile à transmettre que l'espagnole, ne serait-ce que parce qu'il y faut l'accord de la diète.

5 février
Trêve de Vaucelles, née de la lassitude des belligérants et fondée sur un statu quo somme toute favorable à la France : la France garde les Trois Évêchés (Metz, Toul et Verdun), les places du Luxembourg, de Hainaut et de Flandre prises en 1552, le Piémont, Montferrat, la Corse et les places de Toscane. Mais les alliés italiens, surtout la Curie romaine et les fameux *fuorusciti* (les exilés de Naples et de Florence qui ont tout misé sur la France), bouillent d'indignation. Le cardinal de Lorraine, lui, comprend qu'il a été joué par Montmorency : « Le connétable a vaincu au jeu ! » se serait-il écrié. C'est, en effet, un mauvais coup pour les Guise, qui ont misé sur la guerre et dont l'étoile à la Cour commence à pâlir, alors que celle de Montmorency est au zénith. Pas pour longtemps.

mars-juillet

On parle beaucoup de paix, mais on prépare la guerre. En mars, Gaspard de Coligny s'en va rencontrer Charles Quint à Bruxelles (François de Montmorency lui succède comme gouverneur de Paris et d'Île-de-France); le pape Paul IV, qui ne désarme pas et entend maintenir l'alliance anti-espagnole, nomme le duc de Ferrare Hercule II d'Este capitaine général de la ligue, qu'Henri II continue d'ailleurs de financer.

Le 10 avril, Paul IV nomme son neveu, le cardinal Carlo Carafa, légat en France, en principe pour maintenir la paix; en fait, le remuant légat fera tout ce qu'il pourra pour pousser le roi à la guerre. En mai, le pape s'en prend aux clients de l'Espagne en Italie, au premier rang desquels les Colonna, qu'il dépouille de leurs biens au profit des Carafa. Début juin, Carafa est à Lyon, où il est accueilli par le maréchal de Saint-André. Le 16 juin, il arrive à Fontainebleau, où il est reçu immédiatement par le connétable Anne de Montmorency. Le lendemain, 17 juin, il est reçu par le roi. C'est ce même Carafa, qui, à l'annonce de Vaucelles, s'était écrié: « Le roi est un traître ! » Pendant ce temps, à Rome, la France parle de deux voix: l'ambassadeur Jean d'Avanson pousse à la guerre, le cardinal de Tournon cherche à maintenir coûte que coûte la paix. Le 19 juin, lors d'une entrevue orageuse avec le pape, pour qui il est temps de rompre la trêve – « Nous voulons donner au roi de France la couronne de Naples » –, Tournon ose opposer aux ardeurs belliqueuses du souverain pontife des arguments en faveur de la paix, d'ordre financier surtout. Après quoi, il s'en va en Ombrie, et disparaît de la scène diplomatique.

Reste Montmorency, toujours décidé à préserver la paix, et qui ménage comme il peut la chèvre papale et le chou espagnol: fin juillet, en réponse à un mémoire présenté par le légat Carafa avant son départ, il promet l'aide de la France en cas d'agression espagnole contre le pape, mais il refuse dans un même souffle de rien faire pour provoquer la guerre. C'est alors que, le 27 juillet, Paul IV abandonne les simagrées pacifiques. Le cardinal Carafa l'ayant assuré qu'Henri II ne pourrait se dérober, le pape, par la bouche de l'avocat de la Chambre apostolique, propose au consistoire d'enlever à Charles Quint et à Philippe II leurs couronnes, rien de moins.

Mais Henri II est d'autant plus réticent à faire la guerre qu'il perd au même moment le puissant clan des Farnèse, passé armes et bagages dans le camp de l'empereur, et qui récupère grâce à sa défection Plaisance, Novare et autres possessions saisies par les Espagnols. Reste au roi de France, outre le pape, le duc de Ferrare Hercule II d'Este, qui entend profiter de sa nouvelle situation d'allié privilégié.

12 avril

Lettres royales autorisant la fondation par l'évêque de Clermont Guillaume Duprat du Collège de Billom (dans le Puy-de-Dôme actuel), premier collège jésuite en France. Ces collèges, qui couvriront bientôt toute l'Europe catholique, sont le pendant romain de l'enseignement humaniste, ce qui explique leur grand succès.

24 juin

Naissance de Jeanne et Victoire, dernières filles du roi et de Catherine de Médicis, décédées peu après.

septembre

Début des hostilités en Italie. Le 1er septembre, le duc d'Albe, vice-roi de Naples, envahit la Campagne romaine avec 12 000 hommes de pied et 1 500 cavaliers, enlève Ponte-Corvo, puis Anagni et menace Rome, qui prépare fiévreusement sa défense. Mais le roi, toujours conseillé par Montmorency, s'il a envoyé quelques troupes et un peu d'argent, et si ses officiers (Strozzi, La Garde, Lansac) participent à la défense de Rome, entend plus que jamais préserver la paix.

5 septembre

Le cardinal Carafa rembarque à Antibes pour Rome, où il arrive le 7, muni de quelques troupes et de 350 000 écus empruntés à Lyon à 22 %. L'accompagnent entre autres Blaise de Monluc, Louis de Saint-Gelais de Lansac, Polin de La Garde et Piero Strozzi.

5 octobre

Brusque changement de cap: Henri II se décide à la guerre. Au Conseil, les Guise l'emportent désormais sur Montmorency.

novembre

Préparatifs de campagne. Le 14 novembre, François de Guise est nommé lieutenant général du roi en Italie; le 17, Henri II annonce au pape le départ imminent du duc; le 18, alors que le duc d'Albe s'empare d'Ostie précisément pour empêcher l'arrivée des renforts français, Guise quitte Paris, en route pour prêter main-forte au pape, et, surtout, pour conquérir Naples, le véritable objectif de la campagne. En effet, des lettres patentes confiées à François de Guise donnent « pouvoir à Monsieur le duc de Guise pour l'acceptation et investiture des royaumes de Naples et de Sicile pour le roi ». Entre-temps, au Conseil, le cardinal de Lorraine a réussi à soustraire le budget de la campagne au contrôle de Montmorency, que son clan considère comme un poltron et un traître.

20 novembre

Pour rejoindre Nicolas Durand de Villegagnon parti pour le Brésil en juillet 1555, trois vaisseaux quittent Honfleur, emmenant quelque 300 personnes, dont des hommes de Calvin, chargés, avec l'accord de Coligny, d'évangéliser les autochtones. En effet, Villegagnon est passé à la Réforme ; mais il abjurera le protestantisme après son retour en France deux ans plus tard.

24 novembre

À Ostie, le cardinal Carafa signe, à l'insu de ses alliés français, une trêve de quarante jours avec le duc d'Albe. Mais le parti de la guerre à la Cour de France tient bon, Carafa justifie son attitude et la campagne peut continuer.

10 décembre

Le roi demande à la ville de Paris 200 000 écus pour la campagne d'Italie.

28 décembre

François de Guise arrive à Turin. L'armée avancera vers le Sud par la vallée du Pô et l'Émilie, itinéraire choisi en Conseil du roi pour des raisons militaires aussi bien que politiques.

autres événements

• Bernard Palissy réalise ses premières céramiques ornées d'animaux (qu'il appelle lui-même des « rustiques figulines »). Un bassin ainsi décoré, aujourd'hui perdu, est acquis par Henri II. La même année, Anne de Montmorency, connétable de France, commande à Bernard Palissy une grotte en céramique, sans doute pour son château d'Écouen. L'artiste y travaille huit ans, mais on ne sait s'il l'acheva ni même s'il commença à l'édifier.
• Mort de Luca Penni.

1557

janvier-février

Le 8 janvier, la trêve négociée le 24 novembre par Carafa avec le duc d'Albe expire, et le pape Paul IV refuse de la proroger. Les troupes pontificales de Piero Strozzi emportent d'ailleurs quelques succès, le duc d'Albe abandonnant les places qu'il occupait dans les États du pape. C'est que Paul IV est enhardi par les nouvelles de l'armée qui accourt à son secours de France (en février, il s'offrira même le luxe d'instruire le procès de Charles Quint et Philippe II pour félonie et rébellion).
En effet, le lendemain de l'expiration de la trêve signée à Ostie, le 9 janvier, a commencé le « voyage d'Italie » de François de Guise. Le duc et Charles de Cossé-Brissac quittent Turin avec 11 000 fantassins, suisses et français, et 1 800 chevaux. Le 19 janvier, la trêve de Vaucelles est officiellement rompue. Le 20, les Français enlèvent Valenza, dans le Milanais, mais, malgré l'état d'impréparation des Espagnols, renoncent à s'emparer de la ville et du duché. Guise progresse ensuite, sans Brissac, vers le Sud, et rejoint Hercule II d'Este, son beau-père, et le cardinal Carafa au Pont de l'Enza. À partir de ce moment, la campagne s'enlise. L'hiver rend la conquête de Naples impossible ; l'habileté de Cosme de Médicis, qui persuade le pape qu'il s'apprête à abandonner l'alliance espagnole, fait échouer un projet de conquête de la Toscane. À cela s'ajoute l'incapacité des alliés italiens, notamment le pape et Este, à apporter à François de Guise les secours promis. Le duc de Ferrare Hercule II d'Este, surtout, refuse obstinément de donner à son gendre l'argent promis pour la solde de ses troupes.

mars

Édit contre les mariages clandestins : les parents sont autorisés à déshériter leurs enfants mariés sans leur consentement.
Le cardinal de Lorraine reçoit l'abbaye de Saint-Denis.
Déceptions romaines. Le 2 mars, François de Guise se rend à Rome, où il demande au pape, en vain, des places de sûreté pour son armée et des garanties politiques. Le 15, la publication de la liste des évêques promus cardinaux est pis qu'un camouflet à la France, dont seuls deux candidats reçoivent le chapeau convoité (dont Lorenzo Strozzi) ; c'est un véritable revers politique, puisque seule une Curie « française » serait susceptible d'assurer la pérennité de l'occupation française du royaume de Naples.

4 avril

Les Espagnols tentent un coup de main sur Rocroi, nouvellement fortifiée.

5 avril

François de Guise quitte Rome, en route pour Naples. Peu après, il prend Campli, dans les Abruzzes, première place en territoire napolitain.

9 avril
Paul IV révoque en consistoire ses légats auprès de Charles Quint et de Philippe II, et au passage traite ce dernier de « schismatique et excommunié de Dieu et de Nous ».

10 avril
François de Guise rejoint à Lorette son armée, qu'il a laissée sous les ordres de Claude d'Aumale. C'est une armée démoralisée par l'inaction, qui n'a plus reçu sa paye depuis deux mois, au bord de la mutinerie. Le 20, il assiège Civitella del Tronto, mais il faut attendre que l'argent de la solde arrive de Ferrare.

24 avril
Jean Rabec, cordelier passé à la Réforme, est brûlé à Angers.

25 avril
Un bref de Paul IV nomme les cardinaux Charles de Guise, Charles de Bourbon et Odet de Châtillon grands inquisiteurs de France. Mesure sans grande portée, l'inquisition romaine n'ayant aucune chance de s'implanter durablement dans la France gallicane.

mai-juillet
Après une tentative infructueuse de livrer bataille au duc d'Albe, qui se dérobe, François de Guise reçoit d'Henri II l'ordre d'abandonner la conquête de Naples et de se diriger vers le Nord, pour châtier soit le Médicis de Florence, soit les Farnèse, en fonction des circonstances. Le duc s'exécute. En juin, l'armée s'installe dans les Marches, et le mois se passe en échange de messages et récriminations entre Guise, le pape et le roi, très monté contre les « Italiens ». Mais le 1er juillet, Strozzi arrive à la Cour, à Compiègne, et, nouveau revirement, Henri II se laisse persuader de donner encore une chance au pape et de garder Guise en Italie pour protéger ses États. Le 8 juillet, Henri II dépêche un émissaire auprès de Paul IV pour l'en informer; le 20, 3000 Suisses promis arrivent à Rome. Ces Suisses, et, surtout, François de Guise seraient pourtant plus utiles en France, où vont se passer les choses vraiment sérieuses.

4 mai
Plusieurs opérations navales opposent les Français aux Espagnols et aux Anglais dans la Manche. Les Espagnols échouent dans leur tentative de débarquement en Bretagne.

juin
Les présidiaux sont pourvus d'un président chacun et la limite de leur juridiction est portée aux causes dans lesquelles l'intérêt du litige n'excède pas 1 000 à 1 200 livres.

7 juin
Mary Tudor déclare la guerre à la France, qui fait appel à l'Écosse pour occuper les Anglais au Nord. Le 15, les Anglais arrivent devant Cherbourg et sont repoussés par les batteries de La Hague. La Guyenne est mise en défense.

19 juillet
Les Espagnols cèdent Sienne à Cosme de Médicis. Monluc, lié par la trêve, n'intervient pas.

23 juillet
Emmanuel-Philibert de Savoie est à Henrienbourg, avec 35 000 hommes et 12 000 cavaliers, rejoints par 8 000 Anglais. Ils se dirigent vers La Capelle et Vervins, qui sont ravagées. Emmanuel-Philibert, excellent général, est d'autant plus dangereux qu'il lutte pour les droits de sa propre maison, spoliée par la France.

24 juillet
L'édit de Compiègne ordonne aux cours de justice de sévir sans faiblesse contre l'hérésie, dont il constate les progrès.

27 juillet
Les 3 000 Suisses engagés par Henri II sont exterminés par Marcantonio Colonna, allié des Habsbourg.

août
Le désastre de Saint-Quentin, qu'on a pu décrire comme la pire défaite française du siècle. Le 2 août, Emmanuel-Philibert de Savoie investit la place, où Gaspard de Coligny réussit à entrer, mais avec peu d'hommes. Le 8, Montmorency s'approche de la ville assiégée avec une énorme armée. Le 10, Montmorency, pas mauvais politique mais exécrable général, livre bataille. La « journée de Saint-Laurent » est un carnage mémorable, où périt la fleur de la noblesse française, dont un Bourbon (Jean, comte d'Enghien). Montmorency, blessé, est fait prisonnier avec de nombreux autres capitaines, dont les ducs de Montpensier (Louis de Bourbon), de Longueville (Louis d'Orléans) et de Villars (Honorat de Savoie), et le maréchal de Saint-André. Le 11, le roi envoie un émissaire à François de Guise avec ordre de rentrer en France avec ses troupes. Le 27, Saint-Quentin se rend; les

prisonniers, dont Gaspard de Coligny, sont emmenés aux Pays-Bas et la ville est livrée au pillage. La «clé de France» enlevée, la route de Paris ouverte, les Parisiens paniquent et plient bagages; la Cour elle-même, affolée, quitte Compiègne pour Saint-Germain. Heureusement pour la France, Philippe II d'Espagne refuse à son général victorieux l'autorisation et les moyens de marcher sur Paris.

23 août
La nouvelle du désastre de Saint-Quentin arrive à la Curie. Le duc d'Albe marche sur Rome; Henri II conseille au pape Paul IV de négocier. Le 26, le duc d'Albe et quelques troupes atteignent de nuit la porte Majeure.

septembre
Pour venger les condamnations infligées à ses coreligionnaires, le protestant Caboche tente de tuer Henri II; il est exécuté le jour même.

4 septembre
Rue Saint-Jacques à Paris, une assemblée de réformés qui célèbrent la Cène est cernée par une foule catholique: quelque 130 fidèles sont arrêtés, dont une trentaine de nobles. Des poursuites sont intentées au Parlement, plusieurs peines de mort prononcées.

7 septembre
Le Catelet, bombardé, se rend; les Anglais font retraite vers Calais.

8-14 septembre
Le duc d'Albe consent à recevoir les représentants du pape, qui doit abandonner l'alliance française et observer une stricte neutralité; les places pontificales seront rendues et les excommunications levées.

12 septembre
Ham, Noyon et Chauny se rendent aux Espagnols.

14 septembre
Quatre protestants arrêtés rue Saint-Jacques sont suppliciés, dont Philippa de Luns, brûlée place Maubert. Le 18, cinq autres réformés sont suppliciés.

15 septembre
Emmanuel-Philibert de Savoie tente de s'emparer de Bourg-en-Bresse.

20 septembre
François de Guise, malade, débarque à Marseille.

22 septembre
Le duc d'Albe est reçu à Rome avec tous les honneurs.

27 septembre
Calvin demande au conseil de Berne d'intervenir auprès d'Henri II en faveur des réformés.

octobre
Philippe II d'Espagne renvoie ses mercenaires allemands et regagne Bruxelles.

20 octobre
François de Guise est nommé lieutenant général du royaume, avec tous les pouvoirs de connétable, sans le titre. En l'absence du connétable de Montmorency prisonnier, le clan des Lorraine tient le Conseil bien en main.

23 octobre
Lettres patentes de Saint-Germain-en-Laye privant le cardinal Alexandre Farnèse de ses bénéfices ecclésiastiques en France: trois abbayes (Saint-Étienne de Caen, Beauport et Granselve) et l'archevêché de Viviers. Le cardinal de Ferrare, Hippolyte d'Este, et un frère du garde des Sceaux Jean Bertrand se partagent les dépouilles.

24 octobre
Claude d'Aumale arrive à Bourg-en-Bresse et oblige Emmanuel-Philibert de Savoie à faire retraite vers la Franche-Comté.

novembre
Banqueroute royale: le Trésor royal n'est plus en mesure d'honorer les échéances de remboursements au Grand Parti fondé en 1555.

15 novembre
Mort de Ferrante Gonzague, le «grand capitaine» au service de l'Empire.

décembre
Les présidiaux sont pourvus d'une chancellerie et d'un sceau particulier. Le Parlement de Paris refuse avec acharnement d'enregistrer l'édit, ce qu'il fera moyennant quelques satisfactions de préséance: ainsi, les jugements des présidiaux se nommeront «sentences» plutôt qu'«arrêts», et leur sceau ne comportera pas trois fleurs de lis, comme la cour souveraine, mais une seule.

10 décembre
Le parlement de Chambéry condamne à mort par contumace les bourgeois jugés responsables de la

venue des troupes du duc Emmanuel-Philibert de Savoie devant Bourg-en-Bresse en septembre.

12 décembre
Le cardinal Carafa arrive à Bruxelles: le pape Paul IV est désormais ouvertement allié aux Espagnols. De l'édifice politique bâti par la France depuis plus d'un demi-siècle, il ne reste plus rien.

autres événements
• Charles Quint s'installe dans le monastère de Yuste jusqu'à sa mort, le 21 septembre 1558.
• Comme son cousin de France, le roi Philippe II d'Espagne est en cessation de paiements.
• À Rome, le Saint-Office publie l'*Index librorum prohibitorum*, la liste des livres interdits; on y trouve les écrits protestants, mais aussi Érasme et Machiavel.
• Une Cour des aides est installée à Montferrand, en Auvergne.
• Jacques Cujas: *Observationes et Emendationes.*

CUJAS

Jacques Cujas (1522-1590) est peut-être le plus grand jurisconsulte français du siècle. Né à Toulouse dans une famille de marchands, il étudie le droit à l'université de cette ville, après quoi il entame une carrière itinérante de professeur: Cahors, Bourges, Grenoble, Turin, Paris, Bourges à nouveau, où il meurt, en 1590. Pour une part, ses pérégrinations sont dues aux troubles religieux: Cujas, né catholique, devenu protestant, puis redevenu catholique, s'étant rendu suspect aux deux camps. Célèbre de son vivant, maître de plusieurs juristes éminents qui lui vouent un véritable culte, dont Étienne Pasquier et Jacques-Auguste de Thou, il est en France l'un des fondateurs et le chef de file de l'école historique du droit.

1558

janvier
Mis à mal par l'insolvabilité du Trésor royal, le Grand Parti de Lyon est au bord de la banqueroute, évitée de justesse par une promesse du roi de s'acquitter d'une partie de la dette.

5-6 janvier
François de Guise s'empare de Calais, occupée par les Anglais depuis la guerre de Cent Ans. C'est le dernier vestige de la présence anglaise sur le continent, et ce fait d'armes, abondamment célébré, compense quelque peu la défaite de Saint-Quentin d'août 1557 et porte au zénith le prestige du duc de Guise.

5-10 janvier
Assemblée de notables à Paris, destinée à réunir auprès des sujets les sommes nécessaires à la poursuite de la guerre après la défaite de Saint-Quentin. Pour la première fois, on assiste dans ce genre d'assemblée, censée représenter les trois ordres du royaume mais sans les inconvénients politiques des états généraux, à l'émergence d'un corps intermédiaire entre la noblesse et le tiers: les gens de justice. Mais ce n'est qu'au siècle suivant que les «robins» deviendront un véritable «estat».

13-21 janvier
François de Guise s'empare de Guînes.

15 janvier
Lit de justice pour faire enregistrer le bref pontifical instaurant l'Inquisition en France. En déclarant que cette juridiction ne concerne que les clercs, les laïcs conservant le droit d'appel au Parlement, celui-ci vide le bref de sa substance.

26 janvier
Henri II entre à Calais.

3 mars
Un édit déclare coupables de meurtre les filles mères incapables de prouver que leur enfant est mort-né.

18 mars
Philippe II d'Espagne et Hercule II d'Este signent la paix; la fille du ci-devant et problématique allié de la France dans la péninsule épousera Cosme de Médicis. Ce projet de mariage signifie la fin des espoirs de Catherine de Médicis de récupérer un jour ses biens florentins.

avril
Le mariage écossais du dauphin François (futur François II). Le 4 avril, signature du contrat de mariage; des articles secrets stipulent que, en cas de décès sans enfants, Marie Stuart léguera à son fiancé ses droits sur les couronnes d'Écosse et d'Angleterre. Le 19, les délégués du Parlement d'Écosse signent le contrat de mariage, sans les articles secrets. Le 24, Marie Stuart, reine d'Écosse épouse François, l'héritier de la couronne de France.

mai

La déclaration royale de Villers-Cotterêts impose, une fois de plus et avec le même résultat, la résidence aux évêques et aux curés.

L'affaire du Pré-aux-Clercs. Sur ce champ appartenant à l'Université de Paris, face au Louvre, une première et imposante assemblée protestante réunit plusieurs milliers de fidèles qui chantent des psaumes en français sous la protection de gentilshommes armés (13 mai). Leur présence et celle, parmi eux, d'aussi hauts personnages qu'Antoine de Bourbon, roi de Navarre et premier prince du sang, et son frère Louis de Condé, montre bien tout le chemin parcouru par les religionnaires, d'une petite secte persécutée à un « parti » armé et puissamment charpenté. Le 18 mai, une ordonnance interdit ce genre d'assemblée ; le 20, une autre interdit tout bonnement l'accès au Pré-aux-Clercs.

Ferdinand Ier, frère de Charles Quint, est élu empereur.

18 mai

François d'Andelot, le frère de l'amiral Gaspard de Coligny passé à la Réforme, est arrêté et emprisonné à Meaux. Libéré en juillet, il perdra sa charge de colonel général de l'infanterie au profit de Blaise de Monluc.

28 mai

Deux navires anglais sont capturés, rapportant 300 000 livres de marchandises.

juin-septembre

Dernières opérations militaires. Le 4 juin, François de Guise met le siège devant Thionville, qui tombe le 22. L'avant-veille, Piero Strozzi, maréchal de France, a été tué devant la ville. Le 1er juillet, Guise prend et incendie Arlon. Le 6, le maréchal Paul de Termes s'empare de Dunkerque, puis pille Bergues. Le 12, les Turcs attaquent Minorque ; le 24, les Génois achètent leur départ. Le 13, l'armée de Paul de Termes est décimée par le comte d'Egmont à Gravelines et le maréchal fait prisonnier. Le 28, François de Guise rejoint son frère Claude d'Aumale et son armée à Pierrepont, à la limite de la Champagne et de la Picardie. Toujours en juillet, la flotte anglaise opère sur les côtes de Bretagne et les Espagnols brûlent la flotte devant Saint-Jean-de-Luz. En août, Philippe II d'Espagne marche sur Corbie. Le 7 août, Henri II passe ses troupes en revue : il dispose de 20 000 lansquenets et 8 000 reîtres allemands, ainsi que de 12 000 Suisses. Ces troupes ne combattront pas : le 15 septembre, Henri II, poussé par Montmorency et Saint-André, approuve l'ouverture de négociations avec l'Espagne.

13 juillet

À Villers-Cotterêts, un héraut de Charles Quint vient rendre à Henri II les insignes de l'ordre de Saint-Michel qu'il a reçus de François Ier. Son maître, explique-t-il, « s'est dépouillé de tous les titres et honneurs de ce monde et [...] veut consacrer le peu de temps qui lui reste à la vie religieuse ».

21 septembre

Mort de Charles Quint.

27 septembre

Nicolas Clinet, Taurin Gravelle et Philippine Graveron, impliqués dans l'affaire de la rue Saint-Jacques du 4 septembre 1557, sont brûlés place Maubert.

2 octobre

Nicolas Le Cène et Pierre Gabart subissent le même sort au faubourg Saint-Germain.

octobre-novembre

Difficiles négociations. Le 12 octobre, sous la médiation de Christine de Danemark, des conférences de paix s'ouvrent à l'abbaye de Cercamp. Anne de Montmorency, Jacques de Saint-André, Charles de Guise, cardinal de Lorraine, Jean de Morvillier et Claude de L'Aubespine représentent la France. Le duc d'Albe, Guillaume de Nassau et Antoine Perrenot de Granvelle négocient au nom de Philippe II d'Espagne. Mary Tudor, puis Élisabeth d'Angleterre, Emmanuel-Philibert de Savoie et Antoine de Navarre y sont également représentés. Le 15 novembre, pendant que les négociations traînent, laborieuses, Henri II annonce sa volonté d'abandonner ses possessions italiennes pour faire la paix avec l'Espagne ; la lutte des factions à la Cour s'est terminée par la victoire du parti de la paix (Montmorency et Diane de Poitiers) sur les Guise et la reine Catherine de Médicis.

17 novembre

Mort de Mary Tudor ; Élisabeth Ire, fille d'Henry VIII et d'Anne Boleyn, est reine d'Angleterre. Le jeu de bascule de l'Église d'Angleterre prend fin : ce pays sera protestant, ou plutôt « anglican », c'est-à-dire, en gros, protestant pour la doctrine, catholique pour la hiérarchie et la discipline.

décembre
Montmorency est de retour à la Cour. L'armistice est effectif sur la frontière des Pays-Bas. Péronne est fortifiée. Le maréchal de Cossé-Brissac continue à guerroyer en Italie, le roi Antoine de Navarre dans le Sud-Ouest.

autres événements
• Joachim du Bellay publie les *Regrets* et les *Antiquités de Rome.*

DU BELLAY

Rejeton d'une famille de gentilshommes angevins, cousin de deux hommes influents – Guillaume, sire de Langey, général et diplomate, et le cardinal Jean du Bellay –, Joachim du Bellay (1522-1560) fait, sans enthousiasme, des études de droit à Poitiers. Le hasard veut qu'il rencontre Ronsard dans une auberge, et il le suit à Paris, au Collège de Coqueret, où il parfait sa formation humaniste avec Jean Dorat. En 1549, il signe la Défense et Illustration de la langue française, *le manifeste-programme de la « Brigade », la première appellation de la Pléiade. Dès l'année suivante, il lui faut soutenir sa* Défense *contre ses détracteurs; ce sera* La Musagnaeomachie, *« le combat des muses contre l'ignorance ». Cette même année, il publie ses premiers sonnets amoureux: les* Vers lyriques *et, surtout,* Olive, *50 sonnets (115 dans l'édition de 1550) qui chantent l'amour à la manière de Pétrarque et l'âme à la manière de Platon. En 1552, il traduit le quatrième chant de l'*Énéide, *et publie les* Inventions. *Les poèmes de cette période annoncent sur divers points les* Regrets*:* La Complainte du désespéré *pour l'élégie, l'*Hercule chrétien *et* La Lyre chrétienne *pour l'inspiration religieuse,* À une dame *pour la satire.*
En 1553, souffrant, atteint de surdité comme son ami et rival Ronsard, il rejoint malgré tout à Rome son cousin Jean, cardinal et ambassadeur auprès du Saint-Siège, qui en fait son intendant. Il y passe trois années mélancoliques, sorte de pèlerin humaniste tourmenté par le mal du pays, à la fois ému par les beautés de la ville et désenchanté devant le spectacle affligeant de la Cour pontificale et de la société romaine. Revenu en France en 1557, il rend compte de son expérience dans deux recueils de sonnets publiés en 1558, les Antiquités de Rome *et les* Regrets. *Le premier offre les réflexions du poète sur la gloire passée de Rome, dont seules subsistent de belles et pathétiques ruines; le second est une espèce de journal poétique, à la fois satire de l'actualité et témoin de sa propre désillusion. La même année paraissent aussi les* Jeux rustiques, *son dernier ouvrage, où la verve du satiriste s'habille de la grâce harmonieuse du maître du sonnet. Deux ans plus tard, l'homme dont on a pu dire qu'il fut le plus profond poète de la Pléiade s'éteint à Paris, à 38 ans.*

1559

20 janvier
Mariage de Claude de Valois, la benjamine du roi âgée de 11 ans, avec Charles III de Lorraine. Une fête nocturne rue Saint-Antoine est l'occasion de turqueries, auxquelles participent le roi et le dauphin François déguisés en Turcs.

5-11 février
Les conférences de paix ouvertes à l'automne précédent reprennent, cette fois au Cateau-Cambrésis: l'épuisement financier des belligérants et les troubles religieux en France et aux Pays-Bas les obligent à faire la paix.

avril
Les traités du Cateau-Cambrésis. Le 2 avril, le premier traité rétablit la paix entre la France et l'Angleterre: la France garde Calais, en principe pour huit ans, au terme desquels elle est censée rétrocéder la ville ou payer aux Anglais 500000 écus d'or. L'Écosse, alliée de la France, est associée au traité.
Le lendemain, 3 avril, le second traité, et le plus important, est signé avec l'Espagne. En deçà des Alpes, la France rend les places qu'elle a enlevées à l'empereur lors des dernières campagnes: Henrienbourg qui redevient Marienbourg, Damvilliers, Ivoy, Hesdin, Thionville, Charolles, Montmédy; la Lorraine reprend Stenay, l'évêché de Liège récupère Bouvignies et Bouillon. Mais elle garde les Trois Évêchés et récupère Saint-Quentin, Le Catelet, Ham et Thérouanne, ou ce qu'il en reste. Au-delà des Alpes, la France ne garde rien, sinon des garnisons à Turin et quelques autres places: Pignerol, Saluces, Chieri, Chivasso et Villanova d'Asti. Le duc de Savoie retrouve ses États: Savoie, Piémont, Bresse, Bugey, Valromey. Gênes reprend la Corse; Montferrat et Casale sont rendus au duc de Mantoue, Montalcino au duché de Florence, déjà maîtresse de Sienne.
Un double mariage scelle les traités de paix: Philippe II d'Espagne épousera Élisabeth de France, la fille du roi, Emmanuel-Philibert de

Savoie, lui, Marguerite de France, duchesse de Berry, sœur du roi. Au total, l'aventure italienne est bel et bien terminée, et Henri II peut désormais se consacrer à l'« extirpation de l'hérésie » de son royaume.

25-29 mai
Le premier synode des Églises réformées de France se réunit clandestinement à Paris, rue des Marais-Saint-Germain, et, sous la présidence du pasteur François Morel, adopte une confession de foi et une discipline ecclésiastique d'inspiration genevoise.

2 juin
Premier texte législatif antiprotestant après Le Cateau-Cambrésis, l'édit d'Écouen aggrave la répression contre les religionnaires.

10 juin
Proscription au Parlement de Paris: en pleine séance de mercuriale (séance disciplinaire, en principe périodique, destinée à réformer le travail des magistrats), Henri II fait arrêter sept conseillers, dont Anne Du Bourg. Leur faute: prôner la modération à l'égard des religionnaires, en attendant la convocation d'un concile pour réformer les abus de l'Église. Le discours d'Anne Du Bourg est resté justement célèbre: « Ce n'est pas chose de petite conséquence que de condamner ceux qui, au milieu des flammes, invoquent le nom de Jésus Christ. » Le 19 juin, des commissaires sont nommés pour instruire le procès des conseillers; Anne Du Bourg prononce une confession de foi réformée.

juin-juillet
Mariages princiers et mort du roi de France. Le 15 juin, les représentants de Philippe II arrivent à Paris en vue du mariage par procuration du roi d'Espagne avec Élisabeth de Valois. Le 21 juin, Emmanuel-Philibert de Savoie se présente à son tour pour épouser Marguerite de France. Le 22 juin, le mariage par procuration d'Élisabeth de France et de Philippe II d'Espagne est célébré devant la Cour. Le 28 juin, ont lieu les fiançailles de Marguerite et du duc Emmanuel-Philibert de Savoie; des joutes sont prévues jusqu'au 2 juillet. Le 30 juin, à la fin d'un tournoi, rue Saint-Antoine, Henri II est blessé par la lance de Gabriel de Montgomery. Au milieu de toute cette effervescence, la défense de la vraie foi ne se relâche pas: le 1er juillet, le protestant Geoffroy Guérin est brûlé place Maubert.
Le 3 juillet, André Vésale, dépêché par Philippe II, arrive de Bruxelles pour soigner le roi; on fait appel aussi au plus célèbre chirurgien du temps, Ambroise Paré. Le 9 juillet, une procession solennelle se déroule à Paris, reliques en tête, pour la guérison du roi. Dans la nuit du 9 juillet, est expédié le mariage d'Emmanuel-Philibert de Savoie et de Marguerite de France.

10 juillet
Henri II expire, après une longue agonie.

FRANÇOIS II
Né le 19 janvier 1544-Mort le 5 décembre 1560
Règne: 1559-1560 (1 an et demi)
Roi à 15 ans

*L'*année 1559 est, pour la France, l'année charnière du siècle – un siècle long, inauguré en 1494 par la descente de Charles VIII en Italie, clos en 1610 par l'assassinat d'Henri IV et coupé par ce millésime en deux moitiés égales qui obéissent à des logiques différentes. Trois événements majeurs font de 1559 une année décisive: la paix du Cateau-Cambrésis, la mort d'Henri II, et la tenue à Paris du premier synode national des Églises réformées de France. Le premier marque la fin d'une France extravertie, occupée à traduire en gains territoriaux sa richesse en hommes et en biens et l'énergie de ses élites; désormais elle se recroqueville sur elle-même, toute à ses déchirements internes. Le second met fin à la stabilité politique assurée jusque-là par une série de souverains d'inégale valeur mais tous en état de fonctionner, livrant ainsi la monarchie à des minorités et des régences propices à l'agitation des clans nobiliaires et à la guerre civile. Le troisième illustre la transformation de la Réforme française en un «parti» fortement structuré. À eux trois, ces événements, ou plutôt leurs conséquences conjuguées, signent la mort de la Renaissance française et inaugurent un demi-siècle de troubles graves, de stagnation démographique et de marasme économique.

François II a 15 ans, il est donc légalement majeur. C'est un garçon malingre, maladif et triste, bientôt emporté par un flux d'oreille, dit-on. En attendant, on le marie à une jeune fille à peine plus âgée que lui, mais infiniment plus brillante: Marie Stuart d'Écosse, fille du roi Jacques V et de Marie de Guise. Les véritables maîtres du pouvoir sont les Guise, François et Charles, le cardinal de Lorraine, oncles du couple royal, que la reine mère Catherine de Médicis a au demeurant imprudemment favorisés. Leur premier souci est de se défaire du connétable de Montmorency, qu'ils parviennent à prendre de vitesse. Celui-ci doit abandonner à François de Guise sa charge de grand maître de la Maison du roi. Le puissant clan des Montmorency-Coligny neutralisé, les Bourbons paralysés par la léthargie du chef de la maison, Antoine, roi de Navarre, les grands chefs militaires – Brissac, Vieilleville, Monluc, Tavannes – ralliés, les Guise n'ont plus de rivaux sérieux à la Cour.

Bien entendu, leur pouvoir engendre de nouveaux mécontents, et d'abord les huguenots, que ces champions du catholicisme sans concessions font ce qu'ils peuvent pour «exterminer». C'est sous leur autorité que le conseiller Anne Du Bourg, condamné sous Henri II, est brûlé le 23 décembre 1559, le jour même où l'on ordonne en Parlement le rasement des maisons où se tiendraient des assemblées religieuses illicites. Les édits du roi défunt contre les religionnaires sont appliqués sans ménagements: rafles, perquisitions et prêches incendiaires se multiplient. C'est sur cette toile de fond qu'éclate en février 1560 l'affaire dite du «tumulte d'Amboise».

Louis de Condé, qui, plus décidé que son frère aîné Antoine de Bourbon, hait les Guise et fait de plus en plus figure de chef de l'opposition, a-t-il trempé dans cette conjuration? Est-ce d'ailleurs un coup protestant, ou bien une éruption due à la «tyrannie des Guise» – une révolte où, aux dires de Brantôme, il y eut «plus de malcontentement que de huguenoterie»? Difficile à dire. Condé, dont on fera plus tard le «capitaine muet» de l'opération, niera avec force y avoir été mêlé; Calvin s'empressera de dénoncer l'affaire. L'âme du complot est un petit gentilhomme périgourdin nommé La Renaudie qui, tout réformé qu'il soit, a des raisons personnelles de débarrasser la France des Guise. Réunis à Nantes le 1er février 1560, les conjurés décident d'enlever le château d'Amboise, de soustraire le roi à l'influence des Guise en se saisissant de sa personne et de l'amener ainsi à s'en défaire et à les faire juger pour crime de lèse-majesté. Plusieurs centaines de gentilshommes convergent vers Amboise. Le coup, assez bien monté, aurait pu réussir. Mais l'opération a été retardée de plusieurs jours, et les Guise en ont eu vent. Ils manœuvrent habilement, lâchent du lest en acceptant une amnistie partielle au bénéfice des huguenots, sauf précisément ceux qui se seraient rendus coupables de conspiration, et prennent les devants. Lieutenant général du royaume, François de Guise se fait attribuer la défense du château, réunit une troupe de 3 000 hommes et donne l'assaut. La répression, féroce, frappe de stupeur les contemporains, pourtant habitués au sang. Il y a quelques simulacres de procès – le baron de Castelnau, par exemple, à qui le duc de Nemours a pourtant promis la vie sauve, est jugé, puis étranglé dans sa cellule – mais la plupart des conjurés sont tués sur-le-champ, pendus ou jetés dans la Loire. La Renaudie est coupé en morceaux. Des années plus tard, Agrippa d'Aubigné évoquera la vision d'horreur qu'il eut, enfant de 8 ans accompagnant son père, des corps des suppliciés pendus aux murailles du château.

Comme de juste, le coup d'audace de François de Guise sauve la position du clan, mais ne règle rien en profondeur. Louis de Condé reste un pôle de ralliement de l'opposition à un gouvernement de plus en plus haï. Les Guise, qui se sentent en perte de vitesse, se rallient à la proposition de Coligny de réunir une assemblée de notables.

L'assemblée s'ouvre à Fontainebleau le 20 août. C'est une bonne occasion de considérer les camps en présence. Condé y brille par son absence, ce qui est de mauvais augure. Mais, face aux Guise, les Montmorency-Coligny y sont venus en force. Au-dessus de la mêlée, ou plutôt au beau milieu des deux factions rivales: la reine mère Catherine de Médicis, qui a commencé à pratiquer ce jeu de bascule qui sera le sien tout au long de trois règnes. Un «tiers parti» qui n'existe pas encore, mais qui fera beaucoup parler de lui au fur et à mesure que les passions iront s'exacerbant, est virtuellement présent en la personne du nouveau chancelier de France, Michel de L'Hospital. Comme on pouvait s'y attendre, l'assemblée ne débouche sur rien de concret, ci ce n'est un vague projet d'enquête sur les abus de l'Église, présenté par le cardinal de Lorraine, et une résolution de réunir prochainement les états généraux.

Élargissons la perspective. Au-delà des factions qui s'agitent à la Cour, quelles sont les forces des uns et des autres? À l'étranger, les Guise peuvent compter sur l'appui de l'Espagne, dont ils sont les clients; les Coligny sur celui de l'Angleterre. En France, les Guise ont avec eux le peuple catholique, dont le cœur bat à Paris. Le moment venu, c'est de ce réservoir immense qu'ils tireront, nous le verrons, l'essentiel de leur force. Les Coligny ont, bien entendu, les protestants. Il nous faut nous attarder un moment sur ce «parti» nouvellement surgi sur la scène politique du royaume.

C'est à partir de 1555 que Calvin prend en main les Églises réformées de France, à qui il fournit, depuis Genève, un corps de doctrine, une direction spirituelle et une organisation. En cette année 1555, une église calquée sur le modèle genevois est dressée à Paris, puis le mouvement essaime rapidement. Quatre ans plus tard, en l'année fatidique 1559, se tient à Paris le premier synode national français, qui donne au mouvement une discipline ecclésiastique et une confession de foi. C'est aussi en 1559 que l'académie de Genève commence à fonctionner; elle enverra dorénavant des pasteurs excellemment formés, qui assureront la direction des Églises de France. Au demeurant, les Français adaptent l'organisation genevoise à leurs besoins. L'église locale, le colloque régional, le synode provincial et le synode national forment une structure pyramidale efficace, et, étant donné sa nature représentative, aussi démocratique que le permet l'époque.

Combien sont-ils, ces calvinistes de France? Les estimations varient grandement, allant du simple au double. Selon Coligny, il y aurait en 1560 à travers le royaume 2 150 églises

« plantées », c'est-à-dire régulièrement fondées, avec pasteur et consistoire. Si ce chiffre est correct, la population huguenote tournerait autour de 2 millions d'âmes, soit environ 10 % des Français. Leur répartition géographique, une semi-lune disposée d'Ouest au Sud (Saintonge, Aunis, Poitou, Guyenne, Gascogne, Béarn, Bas-Languedoc, Cévennes, Vivarais, Dauphiné), rend plus vulnérables leurs communautés du nord de la Loire : Normandie (Rouen), Paris, Orléans.

Leur relative faiblesse démographique est quelque peu compensée par la composition sociale de leur communauté : peu de paysans, sinon dans les régions où ils ont dû suivre la conversion de leurs seigneurs, mais des représentants des couches urbaines moyennes et supérieures – officiers, clercs, marchands – et, en nombre croissant, des nobles de tout rang, depuis les grands lignages des Bourbons, La Rochefoucauld, Châtillon-Coligny et autres Caumont-La Force, et jusqu'aux petits cadets du Midi. C'est que le protestantisme est par définition une religion élitaire, puisque la pratique immédiate des Écritures s'accommode mal de l'analphabétisme. Le synode de 1559 procède d'ailleurs d'une initiative noble, et il illustre les changements importants qui sont intervenus dans la composition sociale du protestantisme français depuis ses premières manifestations vingt ans auparavant.

L'adhésion des nobles à la Réforme (peut-être jusqu'à 50 % du second ordre du royaume au milieu des années 1560) revêt une triple signification, laquelle pèsera d'un poids déterminant sur la suite des événements : ils disposent du pouvoir local, ce qui leur permet d'imposer leur religion à des régions entières – ainsi, les Albret dans le Béarn, ou les Caumont-La Force dans le Midi ; ils se trouvent à la tête de vastes réseaux de fidélités nobiliaires ; et ils savent se défendre : ces gens dont le métier est l'épée, revenus des champs de bataille d'Italie après le traité du Cateau-Cambrésis, ont peu de goût pour le martyre et n'aiment pas beaucoup l'idée d'aller au bûcher en chantant des psaumes ; ils préféreront se battre. Avec eux donc, le protestantisme acquiert le caractère politique et militaire qui lui faisait défaut jusque-là.

Le dernier acte du règne de François II se joue à Orléans, ville où va s'ouvrir le 10 décembre 1560 l'assemblée des trois ordres du royaume. Les deux frères Bourbons, Antoine de Navarre et Louis de Condé, y viennent, contraints et forcés, sur ordre formel du roi. Accusé de collusion avec les conjurés d'Amboise, Condé est assigné à résidence et livré à la justice. Mais les Guise n'auront pas le temps de le faire exécuter, comme ils en avaient l'intention, le jour de l'ouverture des états généraux. Cinq jours avant, la mort fait ce que la conjuration d'Amboise n'a pu faire : elle leur enlève le roi, et, avec lui, le pouvoir. Ainsi vont les choses en monarchie absolue : même débile, le roi reste la clé du système, la proximité de sa personne décide de l'existence politique, l'éloignement condamne au néant.

PAPE

Pie IV, 1559-1565.

SOUVERAINS

Angleterre : Élisabeth Ire, 1558-1603.
Écosse : Marie Stuart, 1542-1567.
Empire : Ferdinand Ier, 1558-1564.
Empire ottoman : Soliman Ier le Magnifique, 1520-1566.
Espagne : Philippe II, 1556-1598 (et roi de Portugal, 1580-1598).
Lorraine : Charles III, 1545-1608.
Portugal : Sébastien, 1557-1578.
Suède : Éric XIV, 1560-1568.

1559

10 juillet
Avènement de François II.

23 juillet
Édit défendant le port d'armes, sous peine de confiscation et d'amende.

25 juillet
François II s'installe à Saint-Germain-en-Laye.

13 août
Henri II est inhumé à Saint-Denis.

août-novembre
Les Guise installés au pouvoir, une vague de répression sans précédent s'abat sur les réformés: fouilles, arrestations, proscriptions, exécutions. Le 2 août, un colporteur de livres de piété est brûlé à Paris; le 19, c'est le tour de la femme d'un libraire. Le 4 septembre, l'édit de Villers-Cotterêts interdit les assemblées et prévoit le rasement des maisons qui les abriteraient. Le 23 octobre, un colporteur monte sur le bûcher; le 24, un étudiant, un cordonnier et un orfèvre sont brûlés place Maubert; le 26, c'est au tour d'un marchand, coupable d'avoir donné asile à la femme du libraire susmentionnée. En novembre, une ordonnance prévoit la peine de mort pour les participants aux conventicules protestants, ainsi que, à nouveau, le rasement des maisons. Le même mois, des lettres royales accordent 100 écus aux dénonciateurs de ces assemblées.

18 septembre
François II est sacré à Reims.

3 octobre
Hercule II d'Este mort, sa femme Renée de France, fille de Louis XII, s'établit à Montargis; leur fils Alphonse d'Este passe au service de l'Espagne, ce qui signifie la fin définitive de l'influence française dans le duché de Ferrare.

17 décembre
Le roi François II renouvelle les défenses de porter les armes.

18 décembre
À Paris, assassinat du président au Parlement Antoine Minard, l'un des juges d'Anne Du Bourg arrêté le 10 juin précédent; cet événement hâte probablement l'exécution du magistrat réformé.

23 décembre
Anne Du Bourg est étranglé puis brûlé en place de Grève, offrant ainsi à la Réforme française l'une des hautes figures de son martyrologe.

autres événements
• Fondation de l'académie de Genève.
• Jean Nicot de Villemain, ambassadeur au Portugal, introduit en France la «nicotiane» ou l'«herbe à Nicot», autrement dit le tabac; en fait, il en répand plutôt l'usage, car le tabac est déjà connu en France.
• Jacques Amyot publie sa traduction des *Vies des hommes illustres* de Plutarque.

AMYOT

Né à Melun dans une famille de marchands, Jacques Amyot (1513-1593) a étudié à Paris, au Collège du Cardinal Lemoine, puis chez les Lecteurs royaux, notamment Pierre Toussaint et Pierre Danès, après quoi il a fait son droit à Bourges. En 1536, Marguerite de Navarre lui fait donner la chaire de latin et de grec à l'université de Bourges, où il reste douze ans. En 1546, François Ier le fait abbé de Bellozane. C'est lui qui lui commande une traduction de Plutarque, dont on n'a à ce moment que des bribes. Amyot part alors pour l'Italie, où il se met à la recherche de manuscrits grecs et latins. Revenu en France deux ans plus tard, il devient précepteur des enfants royaux sous Henri II, puis, à l'avènement de son élève Charles IX, grand aumônier de France, conseiller d'État et conservateur de l'Université de Paris. Enfin, son autre élève, devenu Henri III, le fait évêque d'Auxerre en 1570. Cet évêché le ruinera. Travaillé par les passions religieuses, le diocèse n'aime pas son évêque, trop modéré et royaliste à son goût. Le chapitre se dresse contre lui, un procès s'ensuit, dont il sort sans le sou. Le grand Amyot, dont la traduction des Vies parallèles *fut un triomphe, s'éteint le 6 février 1593, gardé par plusieurs chanoines afin qu'on ne pille pas ses meubles.*
*Au moment où Amyot achève sa traduction, les Français disposent, dans leur langue, de plusieurs textes fondateurs de l'Antiquité grecque et latine: Tite-Live a été traduit en 1487, César en 1531, Appien en 1544, Salluste en 1547, Polybe en 1542, Tacite en 1555. Amyot lui-même a déjà traduit Héliodore (*Théagène et Chariclée, *1547) et Diodore de Sicile (*Histoires, *1554). Plus tard, il donnera les* Œuvres morales *de Plutarque (1572). Mais seules les* Vies paral-

lèles *(qu'il lui a plu de rebaptiser* Vies des hommes illustres*) constituent un véritable événement littéraire, à la vérité l'un des plus importants du siècle. Par son sujet, ce livre, à la fois collection d'exemples héroïques, exposé de philosophie pratique et peinture de mœurs, rencontre exactement les préoccupations et les goûts des élites françaises de la Renaissance. Par sa langue, il offre un condensé du français du* XVIe *siècle en même temps qu'une préfiguration du suivant. Il suffit de songer au nombre de néologismes qu'il invente, tout simplement parce que l'arsenal à sa disposition est dramatiquement insuffisant: atome et enthousiasme, horizon, panégyrique et pédagogue, mage et ostracisme, hiéroglyphe et misanthrope... Le Plutarque d'Amyot a préparé, au même titre que Malherbe sinon davantage, l'âge classique. Laissons le mot de la fin à un contemporain fin connaisseur, Montaigne: « ... je lui sais bon gré d'avoir su trier et choisir un livre si digne et si à propos, pour en faire présent à son pays. Nous autres ignorants étions perdus si ce livre ne nous eût relevés du bourbier; sa merci, nous osons à cette heure et parler et écrire; les dames en régentent les maîtres d'école; c'est notre bréviaire. »*

1560

31 janvier

Mariage d'Élisabeth de France, sœur du roi François II, avec Philippe II d'Espagne.

février-mars

La conjuration d'Amboise. Le 1er février, une assemblée de gentilshommes huguenots réunie à Nantes décide d'enlever le roi pour le soustraire à la « tyrannie » des Guise. Jean Du Barry, sieur de La Renaudie, gentilhomme du Périgord, recrute de petits gentilshommes dans le but de prendre le château de Blois, où se trouve la famille royale. La conspiration est rapidement éventée; le 22 février, la Cour s'installe à Amboise, jugée plus facile à défendre. Le 24, Gaspard de Coligny est convoqué à la Cour. Le 6 mars, François de Guise prend des mesures de protection autour du château d'Amboise. Le 14, des rassemblements sont signalés aux environs de Tours, conduits par le baron de Castelnau; La Renaudie est recherché. Le 15, trois des chefs de la conjuration sont arrêtés, dont Castelnau. Le 16, Louis de Condé se présente à la Cour pour manifester son innocence. Le 17, quelque 200 cavaliers attaquent le château, mais ne peuvent en forcer l'entrée. François de Guise, confirmé le jour même lieutenant général du royaume, organise la répression: jusqu'à la fin du mois, une centaine de conjurés sont exécutés. Les Guise semblent plus puissants que jamais. C'est précisément ce que n'aime pas Catherine de Médicis, qui n'entend pas leur laisser tout le pouvoir.

mars

La conjuration a au moins deux conséquences. L'une est durable: « L'assimilation entre Réforme et subversion, que Calvin souhaitait éviter, sera le legs d'Amboise dans l'imaginaire catholique » (Arlette Jouanna). L'autre, immédiate, est un changement de cap politique à première vue paradoxal. Le 8 mars, alors que la conjuration bat son plein et que François de Guise prépare la défense du château, l'édit d'Amboise inaugure la politique de relative et tacite tolérance religieuse mise au point par la reine mère Catherine de Médicis avec la complicité de Coligny, du chancelier Olivier et d'un homme qui finira par l'incarner: Michel de L'Hospital. L'édit accorde le pardon « à ceux qui par ci devant ont mal senty de la foi », pourvu qu'ils retournent dans le giron de l'Église; les pasteurs, ainsi que les conspirateurs contre le roi et l'État en sont exceptés. Le 11 mars, l'édit est enregistré au Parlement de Paris. Le 21 mars, le roi annonce son intention de convoquer un concile national.

mai

Michel de L'Hospital est chancelier de France à la place de François Olivier, décédé le 28 mars.
Deux édits successifs, celui de Loches et celui de Romorantin, s'inscrivent dans la nouvelle politique inaugurée par l'édit d'Amboise. Le premier est pour l'essentiel une loi d'amnistie. Le second établit une distinction entre hérésie et rébellion, celle-là relevant derechef de la compétence des cours épiscopales (officialités), celle-ci de la justice civile. L'efficacité des officialités étant ce qu'elle est et la peine capitale leur étant interdite (les gens d'Église ne versent pas le sang), l'édit de Romorantin cesse à toutes fins utiles les poursuites pour cause d'hérésie, sauf dans les cas de trouble de l'ordre public: assemblées, prêches...

juin

... et écrits séditieux. Ainsi, l'imprimeur Martin L'Homme, coupable d'avoir diffusé un violent pamphlet de François Hotman contre le cardinal de Lorraine *(L'Épître au Tigre de la France)*, est brûlé.

5 juin
Des protestants sont massacrés à Lyon.

11 juin
Mort de Marie de Guise à Édimbourg.

juillet
Une ordonnance rappelle aux baillis, sénéchaux, prévôts et autres officiers royaux leur devoir de résidence, sous peine de confiscation de leur office.

5 juillet
L'édit de Romorantin est enregistré au Parlement de Paris. Le chancelier Michel de L'Hospital prononce à cette occasion son premier discours devant la Cour. C'est déjà un discours de « moyenneur » (le mot, péjoratif, a été forgé par Calvin), c'est-à-dire d'un homme qui rejette la violence et entend rétablir la concorde religieuse par la persuasion. Saisis par le pessimisme, ces moyenneurs se mueront plus tard en « Politiques » et chercheront avant tout à sauver l'État de la ruine dont le menace le conflit religieux.

août
Le protestantisme presbytérien est officiellement établi en Écosse.

20-26 août
Assemblée de notables à Fontainebleau. Deux solutions à la crise du royaume se dégagent: un concile national pour la réforme de l'Église, les états généraux pour la réforme politique et financière de l'État. Le 31 août, un édit sanctionne le résultat des délibérations. Les états sont en effet convoqués pour la fin de l'année. Le concile, lui, est une affaire beaucoup plus hasardeuse, qui implique nécessairement, en plein concile de Trente (ce concile mouvementé sera bientôt convoqué pour la troisième et dernière série de sessions par une bulle du pape et se réunira le 18 janvier 1562), un violent conflit avec le Saint-Siège.

4-5 septembre
Le protestant Edme de Maligny, l'un des principaux conjurés d'Amboise, tente sans succès de s'emparer de Lyon.

octobre-novembre
Motivée par la peur d'une seconde conspiration protestante, une nouvelle vague de répression s'abat sur les réformés.

18 octobre
Le roi François II entre dans Orléans, ville particulièrement remuante.

31 octobre
Après avoir procédé à de nouvelles créations de chevaliers de l'ordre de Saint-Michel (histoire de renforcer la troupe de ses fidèles), le roi fait arrêter Louis de Condé à son arrivée à Orléans.

novembre
Procès de Louis de Condé.
François II tombe gravement malade.

5 décembre
Mort de François II, d'un abcès à l'oreille.

CHARLES IX
Né le 27 juin 1550-Mort le 30 mai 1574
Règne: 1560-1574 (14 ans)
Roi à 10 ans

*L*a mort prématurée de François II bouleverse la donne politique. Un enfant de 10 ans monte sur le trône, et les Guise se retrouvent dans la situation qui était celle d'Anne de Montmorency à la mort d'Henri II. Mais cette fois la redistribution des cartes s'opère au bénéfice de la reine mère, qui reçoit la régence. Or, Catherine de Médicis est décidée à tenir la balance égale entre les factions rivales afin de conjurer la menace de guerre civile. Ouverte à Orléans le 10 décembre 1560, l'assemblée des états généraux va dans ce sens. Dans sa harangue d'ouverture, le chancelier Michel de L'Hospital supplie les députés d'oublier «ces mots diaboliques [...] de partis, factions et séditions, luthériens, huguenots, papistes» – ne sont-ils pas tous chrétiens? La plupart suivent le chancelier.

Pas le pays profond. Travaillées par les prédicateurs, énervées par les processions, les masses catholiques fermentent. Un peu partout, les protestants s'arment et fortifient les villes qu'ils tiennent. Au synode de Sainte-Foy (novembre 1561), ils se donnent un embryon d'organisation militaire. Des échauffourées éclatent çà et là. À Paris, le 27 décembre 1561, l'église Saint-Médard est prise d'assaut; en représailles, une foule catholique saccage le lendemain un temple huguenot.

Mis sur la défensive, François de Guise conclut une alliance avec deux autres grands rescapés du règne précédent, le connétable de Montmorency et le maréchal de Saint-André (le «triumvirat», avril 1561). Ce rapprochement de laissés-pour-compte s'explique autant par l'opposition des trois hommes à la politique de tolérance de la Couronne que par la menace que font planer les états sur les fortunes amassées en des temps meilleurs. Quelques mois plus tard, Guise quitte la Cour.

Avec le recul, le colloque de Poissy de septembre 1561 apparaît comme la tentative de la dernière chance. Encouragés par la reine mère, des théologiens des deux bords tentent de trouver un terrain d'entente. La discussion s'étale sur plus d'un mois, mais en fait elle tourne court dès la première séance à cause du problème, central, de la présence réelle. Il y a là pourtant des prélats modérés qui cherchent sincèrement un terrain d'entente, au premier rang desquels le cardinal de Lorraine Charles de Guise lui-même. Mais il y a aussi des radicaux, comme le cardinal de Tournon, envoyé du pape, ou encore Diego Lainez, général des jésuites. En face, le chef de la délégation réformée, Théodore de Bèze, n'est pas vraiment un tendre non plus. De toute manière, au point de cristallisation doctrinaire où étaient parvenues les deux confessions, sans doute était-il illusoire d'essayer de se rencontrer sur le terrain théologique. Le concile de Trente (1545-1563) tirait à sa fin, le travail de remise en ordre de la Contre-Réforme (ou, comme on préfère l'appeler aujourd'hui, de la Réforme catholique) battait son plein, et le calvinisme s'était doté depuis longtemps d'une ossature doctrinaire solide. La seule planche de salut était politique : tenter non de séparer l'État et la religion – impensable au XVIe siècle – mais de faire coexister des religions différentes sous la protection d'un même État, au nom du salut de l'État. Ce sera la solution d'Henri IV.

Catherine s'y essaie comme elle peut, en louvoyant entre les deux camps, en ménageant tantôt l'un tantôt l'autre, en jouant l'un contre l'autre. L'édit de Saint-Germain (17 janvier 1562) va plus loin que jamais dans la voie de l'apaisement, puisqu'il permet le culte protestant hors des villes et, à titre privé, dans les villes, qu'il autorise la création de consistoires et la réunion de synodes, et qu'il va jusqu'à reconnaître les pasteurs, lesquels sont requis de prêter serment aux autorités locales. Mais l'« édit de janvier » ne fait qu'exacerber les passions. Iconoclasme protestant, représailles catholiques – avant même le commencement « officiel » des guerres de Religion, le cycle de violence est déjà bien rodé.

Un événement fortuit va mettre le feu aux poudres. Le 1er mars 1562, sur sa route de Lorraine à Paris, François de Guise passe par Wassy. Dans une grange, des réformés chantent des psaumes. Or Wassy est une ville close, où, aux termes de l'édit de Saint-Germain, les assemblées protestantes sont interdites. Le duc n'est certes pas un partisan fervent de l'édit du 17 janvier, mais il a la lettre de la loi pour lui. Le « massacre de Wassy » fait des dizaines de victimes. Trente-six années de guerre civile viennent de commencer.

Ce qu'on appelle d'un vocable commode les « guerres de Religion » est en fait un phénomène complexe, qu'il faut déchiffrer à plusieurs niveaux. Il y a d'abord la dimension proprement politique, dont le point focal est la crise dynastique (un roi mineur, une régente « étrangère » et haïe, une maison régnante fin de race, incapable de se reproduire) et la conséquence immédiate une réaction de type « féodal », les grands profitant de l'état lamentable de la monarchie pour reprendre du poil de la bête. Il y a ensuite la dimension sociale : petit peuple catholique contre peuple gras protestant, sans-offices catholiques contre officiers protestants ou catholiques pas assez zélés, villes de province contre Paris. Il y a aussi la dimension internationale: ambitions espagnoles, conflits impériaux, intérêts anglais, guerre néerlandaise. Et il y a, enfin et surtout, la dimension religieuse, qui colore et justifie tout le reste. Très certainement, la religion n'est pas un prétexte mais une cause, dans les deux sens du terme. Simplement, aux vieux conflits en tout genre, le problème religieux confère un caractère extrême, inexpiable, qu'ils n'avaient pas jadis. La religion se mue en idéologie.

On distingue huit «guerres de Religion»: quatre pendant le règne de Charles IX, le reste sous ses successeurs, Henri III et Henri IV. Il s'agit en fait d'une série de campagnes militaires entrecoupées de trêves plus ou moins courtes et marquées par des traités et édits plus ou moins favorables aux religionnaires, en fonction de leur puissance du moment.

La première commence au printemps 1562 par la prise d'armes des huguenots aux ordres de Condé et Coligny. Pour l'essentiel, elle est marquée par la mainmise protestante sur un certain nombre de villes, aussitôt transformées en républiques théocratiques inspirées directement du modèle genevois. C'est le cas notamment de La Rochelle, Rouen (enlevée par Montgomery, le compagnon de tournois d'Henri II), Nérac, Bourges, Lyon, Grenoble, Nîmes, Montpellier, Montauban. François de Guise reprend aux huguenots Rouen et Bourges, puis, en décembre, les bat à Dreux, dans ce qui est la première bataille en rase campagne de la guerre civile. Mais le maréchal de Saint-André y laisse la vie et Montmorency est fait prisonnier, ce qui met fin au triumvirat. Resté seul, le duc François de Guise s'en va mettre le siège devant Orléans, où la mort le rattrape à son tour: le 24 février 1563, il meurt des suites d'un coup de pistolet tiré une semaine auparavant par Poltrot de Méré, gentilhomme protestant et ancien de la conjuration d'Amboise. C'est la fin – provisoire – des Guise, ainsi que de cette première et indécise passe d'armes. L'édit d'Amboise (19 mars 1563) offre moins aux huguenots que l'édit de Saint-Germain (17 janvier 1562): la liberté de conscience pour tous, mais la liberté de culte dans les faubourgs d'une ville par bailliage et dans les chapelles des seigneurs hauts justiciers. Janine Garrisson évoque à ce propos la «féodalisation de la Réforme, voulue par le signataire du traité, le prince de Condé», évolution qui ne manque pas de provoquer la colère de Calvin, mais aussi de Coligny. En effet, l'édit d'Amboise coupe la noblesse des masses protestantes. Par ailleurs, les foules catholiques accueillent très mal cette nouvelle tentative d'apaisement. Le retour des huguenots provoque émeutes, violences, conflits de pouvoir et de préséance.

Cependant, le traité assure quatre années de calme. Catherine en profite pour entreprendre avec son fils un grand tour de France pour présenter au roi son royaume et présenter le roi à ses turbulents sujets. Ce périple de vingt-sept mois est en fait une tentative de reprise en main de la France. Mais tout le monde sent bien que ce n'est qu'une trêve, et des deux côtés on la met à profit pour lécher ses blessures, reprendre des forces et s'organiser en vue de la prochaine manche. Les protestants craignent la populace, le gouvernement les troupes du duc d'Albe qui traversent le royaume pour se rendre aux Pays-Bas (été 1567) et les 6 000 Suisses stationnés en France. Cela fait beaucoup de monde. En septembre, ils reprennent l'initiative.

La seconde guerre de Religion débute le 28 septembre 1567 par une tentative de coup d'État, la «surprise de Meaux». Il s'agit, comme lors de la conjuration d'Amboise, de s'emparer de la personne du jeune roi, source première de légitimité. Le coup échoue, et c'est alors que les protestants, craignant des représailles, reprennent les armes. Quelques villes sont enlevées, une armée tente sans succès de s'emparer de Paris. En reprenant les clauses de l'édit d'Amboise du 19 mars 1563, une nouvelle «paix» (Longjumeau, 23 mars 1568) sanctionne le statu quo.

La troisième guerre prolonge quasi immédiatement la seconde. Cette fois, les huguenots affrontent directement les troupes royales. Le sort des armes reste indécis: si le duc d'Anjou, futur Henri III, remporte les batailles de Jarnac (13 mars 1569) – où Condé est tué (assassiné, en fait, alors que, blessé, il venait de se rendre) – et de Moncontour (3 octobre), Coligny parvient à rétablir la situation en battant les royaux à Arnay-le-Duc (27 juin 1570) et en s'assurant de la place stratégique de La Charité-sur-Loire. Il faut négocier donc. Le 8 août 1570, une nouvelle paix de Saint-Germain remet à l'honneur l'édit d'Amboise, décidément inusable. Avec une innovation de taille cependant: pour la première fois les protestants se font attribuer des «places de sûreté» – La Rochelle, Cognac, Montauban, La Charité-sur-Loire. Pour faire bonne mesure, Catherine de Médicis, la grande marieuse politique du siècle, imagine de sceller la paix en unissant sa fille Marguerite au protestant Henri de Bourbon, fils du roi de Navarre et de Jeanne d'Albret. Enfin, le traité ayant prévu la restitution aux protestants de leurs biens et charges, Coligny rentre au Conseil du roi, où il fait même figure de grand favori.

La paix de Saint-Germain a été rendue nécessaire par l'impasse militaire et possible par la nouvelle donne politique. Depuis la mort de François de Guise et le recul de sa faction, les modérés ont le vent en poupe: le clan des Montmorency, groupé, depuis la mort du patriarche Anne trois ans auparavant, autour de son fils aîné François, maréchal de France et gouverneur de Paris; et les robins du Conseil, avec à leur tête Jean de Morvillier, garde des Sceaux et homme lige de la reine mère. Tout ce monde est en parfait accord avec Catherine et son fils, qui poussent tous deux à la réconciliation.

Charles IX vient d'avoir 20 ans; c'est un homme désormais, et il semble décidé à faire son métier de roi. En novembre, il épouse Élisabeth d'Autriche, fille de l'empereur. Si le personnage n'a assurément pas l'étoffe d'un grand souverain, il vaut tout de même mieux que sa légende. Son éducation – il eut pour précepteur l'humaniste Jacques Amyot, le traducteur de Plutarque – fut bâclée, mais pas nulle. Caractère mélancolique, capable de violence, il est notoirement jaloux de son frère cadet, non sans raison: Henri est le fils préféré de Catherine de Médicis. Plus intéressé par la chasse, le jeu de paume et la forge que par les choses de l'esprit, il ne s'intéresse pas moins aux arts, entretient des relations suivies avec Ronsard et soutient l'Académie de poésie et musique de Baïf.

Ce jeune homme influençable devient-il ce jouet aux mains de Coligny – il l'appelle «mon père» – que nous dépeint l'historiographie? En tout cas, l'amiral n'est pas homme à faire de la figuration au gouvernement. Il a conçu une stratégie et il entend bien la traduire dans les faits. Son ascendant sur Charles IX rend son plan crédible. Le voici. L'amiral veut que la France soutienne les Gueux de Hollande révoltés contre Philippe II, mette en place une grande coalition protestante, abatte la puissance espagnole et rétablisse ainsi, par un retour à une politique étrangère activiste, l'unité des Français. Or ce plan effraie Catherine. La reine mère redoute l'Espagne, ne se soucie pas de faire la guerre à sa fille et n'aime pas du tout le pouvoir que Coligny s'est arrogé sur son fils. Telle est la toile de fond politique de la Saint-Barthélemy.

Il y a plus en ce mois d'août 1572. Il y a la foule énorme de gentilshommes calvinistes qui afflue dans Paris pour assister aux noces de leur chef avec la sœur du roi. Il y a la population parisienne, survoltée par les prêches, énervée par la grosse chaleur, rendue furieuse par la crise frumentaire. Et il y a, le 18 août, ces noces abominables, l'accouplement infernal d'un hérétique et d'une princesse catholique de sang royal.

Le vendredi 22, un tueur – commandité par Catherine selon la version la plus communément admise – tente d'assassiner Coligny, et le rate. La colère de la noblesse huguenote, et, davantage encore, la fureur du roi, qui promet de châtier les coupables aussi haut placés qu'ils soient, inquiètent la reine mère. Et c'est la fuite en avant, incontrôlable. De la mort d'un seul (Coligny), on passe à l'assassinat de plusieurs. Des listes sont dressées, le bureau de ville est mandé au palais, la fermeture des portes de Paris s'ensuit, ainsi que l'armement de la milice bourgeoise. Le 24, à la pointe du jour, pendant que les gentilshommes huguenots logés au Louvre sont massacrés par la garde royale, une bande au service d'Henri de Guise s'en va tuer Coligny en son logis. C'est une vendetta personnelle en même temps qu'un acte politique : Henri est le fils du duc assassiné près d'Orléans par un homme envoyé par l'amiral ; c'est du moins ce que croient les catholiques malgré les dénégations de celui-ci. Cependant, un autre Henri, le protestant roi de Navarre, est forcé d'abjurer pour avoir la vie sauve. Le chapitre politique de la Saint-Barthélemy est clos.

C'est alors que le peuple de Paris, toutes classes confondues, prend le relais. Lorsque le roi parvient enfin, au soir du 29 août, à reprendre en main sa bonne ville de Paris, le bilan de la tuerie se monte à environ 3 000 morts. C'est ensuite, jusqu'en octobre, le tour de la province, où l'on égorge des protestants dans une vingtaine de villes. Au total, la « saison de la Saint-Barthélemy » aura fait de 15 000 à 20 000 victimes.

Cet énorme pogrome, qui occupe une place considérable dans la mémoire collective des Français, est sans conteste l'un des tournants du siècle. Comment s'explique la Saint-Barthélemy ? Au niveau politique, par la volonté de la fraction dure du gouvernement (Henri d'Anjou, Guise, Nevers, Birague), probablement soutenue par Catherine, de se débarrasser d'un homme jugé dangereux. Dans un deuxième temps, l'échec de l'attentat aurait conduit à la proscription des chefs huguenots, et enfin à un emballement populaire ni voulu ni prévu par le pouvoir. Mais au niveau des masses ? Est-ce une émeute bourgeoise dirigée contre la politique royale (Jean-Louis Bourgeon) ? Ou une éruption populaire, provoquée, certes, par la mise à mort des chefs huguenots, mais obéissant ensuite à sa propre logique (Denis Crouzet) ? Il y a, bien sûr, la haine « normale » de la différence, surtout religieuse, les rivalités sociales, voire personnelles, le goût du pillage, la dynamique de l'enivrement aussi, dont rend compte la psychologie des foules... Au-delà, il faut s'aventurer dans l'anthropologie religieuse. C'est qu'on ne se contente pas de massacrer : on traîne, on noie, on mutile, on brûle – parfois, comme dans le cas de Coligny, le cadavre du supplicié passe par tous les éléments. Dès lors, il faut évoquer le « crime rituel » (Robert Mandrou) : les huguenots, victimes sacrificielles, sont morts afin que la communauté vive. Purification de la cité, restauration de l'unité perdue, rétablissement de la vérité – tels auraient été les objectifs de la violence populaire (Natalie Z. Davis).

La dimension rituelle de l'événement est évidente dans le «miracle de l'aubépine». Le lundi 25 août, vers midi, les massacreurs donnent des signes de lassitude. Or voici qu'une aubépine sèche se met à fleurir hors saison au cimetière des Innocents, devant l'image de la Vierge. N'est-ce pas le signe de l'approbation divine? Sonnerie de cloches, processions, prêches, hystérie, convulsions... Et le massacre reprend de plus belle.

Les conséquences de la Saint-Barthélemy sont considérables à long terme, pratiquement nulles dans l'immédiat. Commençons par la longue durée, en considérant l'événement du côté de la monarchie. À l'actif, si l'on peut ainsi s'exprimer, le pogrome marque la fin de la phase d'expansion démographique et accélère la contraction géographique du protestantisme français. Le massacre lui-même, l'émigration vers des cieux plus cléments et les défections déciment les rangs des huguenots, cependant que les conversions se raréfient. Désormais, la population huguenote stagne autour du million d'âmes. Au passif, non seulement la Saint-Barthélemy ne règle pas la question protestante, mais elle l'aggrave. En effet, l'horreur soude les religionnaires comme jamais, cette fois contre le roi lui-même. On assiste ainsi à la mise en place d'une sorte d'État dans l'État protestant: des états généraux, un Conseil permanent, un Protecteur des Églises réformées de France chargé du commandement militaire, un appareil financier et fiscal dessinent les contours d'une véritable république fédérative – des «Provinces-Unies du Midi» (Jean Delumeau), indépendantes à toutes fins utiles du pouvoir monarchique. Mieux, les protestants disposeront désormais d'un relais catholique appréciable: tous ceux, nobles «malcontents» unis autour de François d'Alençon, le benjamin de Catherine, ou robins «politiques», qui s'estiment brimés par la politique royale, s'offusquent des persécutions religieuses et s'inquiètent du dépérissement de l'État.

En même temps, les hommes de plume protestants dotent leur parti d'une théorie politique. On a appelé ces théoriciens – François Hotman, Théodore de Bèze, Philippe Duplessis-Mornay... – les «monarchomaques», autrement dit les «ennemis des rois», puisqu'ils ne se contentent plus de s'en prendre aux mauvais conseillers: c'est à l'institution de la monarchie absolue qu'ils en ont désormais. Car, comme l'écrira l'un d'entre eux, «l'État s'est crevassé et ébranlé depuis la journée de Saint-Barthélemy, depuis, dis-je, que la foi du prince envers le sujet et du sujet envers le prince, qui est le seul ciment qui entretient les États en un, s'est si outrageusement démentie» (Philippe Duplessis-Mornay, *Remontrances aux états de Blois*, 1576). Les idées-forces qui se dégagent de ce corpus sont l'électivité des rois, la suprématie des états généraux, le droit de déposer, voire de tuer les mauvais rois (tyrannicide), la distinction fondamentale entre le roi et son royaume. Prises une à une, elles ne sont pas originales; ensemble, elles constituent l'ébauche d'une doctrine de la résistance fondée sur la théorie du contrat, et, plus largement, d'un droit public nouveau dont la pièce maîtresse serait une monarchie aristocratique et constitutionnelle. Théories de circonstance, serait-on tenté de dire: après tout, les protestants reviendront à des sentiments meilleurs à l'égard de la monarchie absolue une fois que les hasards de la succession au trône feront la part belle à leur champion, Henri de Navarre. On aurait tort: les monarchomaques feront école, en France chez leurs adversaires catholiques, en Angleterre chez leurs coreligionnaires. Ils sont l'une des racines du libéralisme politique moderne.

Dans l'immédiat, on revient à la case départ, c'est-à-dire à la guerre civile et aux édits de pacification. La Saint-Barthélemy a allumé la quatrième guerre de Religion. Une puissante armée royale sous les ordres du duc d'Anjou assiège La Rochelle, la capitale des huguenots (novembre 1572-juillet 1573). Mais voici Anjou élu roi de Pologne, ce qui change tout. En effet, qui dit Pologne dit tolérance religieuse. La Saint-Barthélemy, déjà, a fait très mauvaise impression sur les magnats polonais. Le négociateur de la reine mère, Jean de Monluc, évêque de Valence, est parvenu à les persuader qu'Henri d'Anjou n'y a été pour rien. Il ne s'agit pas de tout gâcher maintenant. Le siège de La Rochelle est levé donc, un nouvel édit de pacification, certes plus restrictif que les précédents, est offert aux huguenots (Boulogne, août 1573), les modérés reviennent en force. Mais le jeu de bascule continue: François de Montmorency est disgracié, le duc d'Alençon ne reçoit pas la lieutenance générale du royaume que le roi lui a promise après le départ pour la Pologne du titulaire de la charge et se retrouve pratiquement prisonnier à la Cour avec Navarre, Henri de Guise a derechef le vent en poupe. Les huguenots reprennent les armes pour un cinquième round.

Cette cinquième guerre de Religion, Charles IX ne la finira pas. Presque mourant déjà, il a le temps de se réconcilier avec son frère Henri, qui quitte la France à contrecœur pour rejoindre son lointain royaume, de déjouer deux complots bien réels ourdis par les Malcontents dans le but de faire évader Alençon et Henri de Navarre, et d'assister, impuissant, à la reprise de la guerre civile. Le 30 mai 1574, il meurt de la tuberculose au château de Vincennes. Il n'a pas tout à fait 24 ans.

Papes

Pie IV, 1559-1565; Pie V, 1566-1572; Grégoire XIII, 1572-1585.

Souverains

Angleterre: Élisabeth Ire, 1558-1603.

Écosse: Marie Stuart, 1542-1567; Jacques VI, 1567-1625.

Empire: Ferdinand Ier, 1558-1564; Maximilien II, 1564-1576.

Empire ottoman: Soliman Ier le Magnifique, 1520-1566; Selim II, 1566-1574.

Espagne: Philippe II, 1556-1598 (et roi du Portugal, 1580-1598).

Lorraine: Charles III, 1545-1608.

Pologne: Sigismond II Auguste, 1548-1572; Henri d'Anjou 1573-1574.

Portugal: Sébastien, 1557-1578.

Russie: Ivan IV le Terrible, grand-prince de Moscou, 1533-1547, puis tsar de Russie, 1547-1584.

Suède: Éric XIV, 1560-1568; Jean III, 1568-1592.

1560

5 décembre
Avènement de Charles IX, âgé de 10 ans. Catherine de Médicis obtient d'Antoine de Bourbon, premier prince du sang, qu'il renonce au titre de régent pour celui de lieutenant général du royaume. Le compromis, boiteux, veut que la reine mère ne soit pas non plus régente en titre; mais c'est désormais elle qui assurera l'exercice du pouvoir, en essayant sans relâche de réconcilier les factions, ou du moins d'en tenir la balance égale. Louis de Condé libéré, les Guise perdent beaucoup de leur influence au profit des Bourbons.

10 décembre
Une déclaration royale décharge les officiers du paiement du droit de confirmation de leurs charges.

13 décembre
Ouverture solennelle des états généraux d'Orléans, première assemblée digne de ce nom depuis 1484. Le célèbre discours inaugural du chancelier Michel de L'Hospital est comme le manifeste de ce «tiers parti» de «moyenneurs» en voie de constitution. Dans les cahiers de doléances comme dans les délibérations, on trouve des thèmes politiques audacieux qui seront repris et amplifiés lors des états qui émailleront le demi-siècle de guerres de Religion (Blois, décembre 1576-mars 1577; Blois encore, octobre 1588-janvier 1589; Paris, janvier-août 1593): contrôle du Conseil du roi, périodicité des états, nécessaire consentement des sujets à l'impôt. Au chapitre de la religion, ces états auront été les plus modérés du siècle; c'est du moins le cas pour les deux ordres laïcs, mais aussi pour certains éléments du clergé. Une ordonnance sanctionnera les résultats des délibérations.

25 décembre
Jeanne d'Albret, reine de Navarre, adhère officiellement à la Réforme. C'est une recrue de choix pour le camp huguenot, tant par la qualité sociale du personnage que par sa fermeté d'âme. Ce n'est pas le cas de son vacillant mari, Antoine de Bourbon. Aussi bien, c'est son cadet Louis de Condé qui fait figure de chef politique et militaire du «parti» protestant, avant que sa mort à la bataille de Jarnac ne pousse au premier plan Gaspard de Coligny.

Jeanne d'Albret

Jeanne (1528-1572) est née à Saint-Germain-en-Laye d'Henri d'Albret, roi de Navarre, et de Marguerite d'Angoulême, sœur de François Iᵉʳ. Intelligente et cultivée, c'est une forte tête, comme l'a appris François Iᵉʳ à ses dépens à l'occasion du mariage forcé de la jeune princesse avec Guillaume de La Marck, duc de Clèves (14 juin 1541). Remariée en octobre 1548 au chef de la maison de Bourbon, Antoine, duc de Vendôme, elle succède à son père en 1555 comme reine de Béarn et de Navarre. En novembre 1562, une blessure mortelle débarrasse Jeanne de ce mari qui ne la valait guère; elle peut agir désormais en véritable souveraine. Sa foi réformée, profonde et réfléchie, ne va pas sans l'intolérance coutumière à l'époque: le culte huguenot établi en Béarn, des ordonnances ecclésiastiques promulguées en novembre 1571 y prohibent le catholicisme – une mesure que son fils Henri IV, devenu roi de France et catholique, finira par annuler, du moins partiellement (15 avril 1599). C'est elle qui négocie avec Catherine de Médicis le mariage d'Henri avec Marguerite de Valois à Blois en avril 1572. Un mariage auquel elle n'assistera pas, non plus qu'à la boucherie qui en résultera (la Saint-Barthelémy, 24-29 août 1572): tombée malade, elle s'éteint à Paris, le 9 juin 1572.

autres événements
• Au début de l'année, une première vague significative d'iconoclasme est signalée en Haute-Provence.

L'iconoclasme

Le bris d'images est fondé sur l'interprétation littérale de l'interdit biblique: «Tu ne te feras pas d'idole, ni aucune image de ce qui est dans les cieux en haut, ou de ce qui est sur la terre en bas, ou de ce qui est dans les eaux sous la terre» (Exode, XX, 4). On sait que les juifs et les musulmans sont restés fidèles à cette interprétation littérale. L'Église, elle, s'en est écartée, tout en s'efforçant, avec un succès incertain, d'investir la représentation du divin d'un caractère purement symbolique. Or la Réforme, mouvement de «retour» aux sources scripturaires du christianisme, rallume fatalement la querelle des images. Si Luther, révolutionnaire conservateur, leur accorde de la valeur comme outil pédagogique, il était fatal que l'iconoclasme refît surface dans le monde protestant, surtout dans ses marges activistes.
En France, la mutilation de statues de la Vierge et des saints est dans un premier temps le fait d'individus isolés, puis, à partir du début des années 1560, les destructions deviennent collectives et massives. Naturellement, les régions les

plus touchées sont celles où les huguenots sont en force, surtout dans le Midi languedocien. Et, contrairement à une idée répandue, toutes les classes sociales y participent, nobles, bourgeois et gens « mécaniques ». Toutefois, les notables tentent de contrôler le mouvement afin d'éviter le pillage. Comme la résistance à la tyrannie, la répression de l'« idolâtrie » doit rester du domaine exclusif du magistrat.

À la passion des protestants, qui entendent détruire les faux dieux des papistes idolâtres, répond la colère des catholiques, très attachés qu'ils sont au culte des saints. Ignace de Loyola dans ses Exercices spirituels *et le concile de Trente dans sa XXVe session de décembre 1563 réaffirment hautement l'importance du culte des images, cependant que le pouvoir royal sévit férocement contre les iconoclastes, du moins là où il est en mesure de le faire.*

• Théodore de Bèze: *Traité de l'autorité du Magistrat en la punition des hérétiques*; il s'agit de la version française d'un traité publié en latin en 1554.
• Étienne Pasquier publie le premier livre de sa *Recherche de la France.*

Pasquier

D'une famille de petite noblesse possessionnée en Brie, Étienne Pasquier (1529-1615) a fait de solides études, à Paris d'abord, au Collège de Presles, où il a été l'élève de Ramus et d'Adrien Turnèbe, à Toulouse ensuite, où enseigne le grand Cujas, en Italie enfin, à Bologne et Pavie, où il suit les cours de Socin et d'Alciat. De retour en France, il devient en 1549 avocat au barreau de Paris et finira sa carrière comme avocat général à la chambre des comptes. Sa plaidoirie contre les jésuites est restée célèbre. Gallican farouche, il poursuivra la Société de Jésus de sa haine, et publiera contre eux un véhément Catéchisme des jésuites *(1602). Très hostile à la Ligue, il quitte paris pour Tours, et ne rentrera dans la capitale qu'en mars 1594, avec Henri IV.*

Le jurisconsulte est aussi un humaniste averti, auteur d'un dialogue sur l'amour, Le Monophile, *et de* Colloques d'amour *(1554 et 1555). Mais son grand œuvre reste la* Recherche de la France, *véritable somme de l'histoire de France, rédigée d'après les auteurs anciens et contemporains, ainsi que des documents originaux, et qu'il ne cessera d'enrichir au fil des éditions (1565, 1581, 1595, 1607, 1611, soit quatre ans avant sa mort). Dans cet ouvrage majeur de l'historiographie du XVIe siècle, comme dans ses* Pourparlers *(notamment le* Pourparler du Prince, *publié dans la foulée du premier livre de sa* Recherche*), Pasquier plaide pour une monarchie forte, mais tempérée par la loi, dont les cours souveraines sont les gardiennes naturelles.*

• Date approximative de *L'Histoire de la Licorne*, suite de gravures par Jean Duvet.
• Primatice commence la réalisation des *Triomphes* de Chenonceaux et du *Monument du cœur d'Henri II.*
• Date approximative de la *Mise au tombeau* par Nicolas Le Prince, de la même famille qu'Engrand Leprince, pour la chapelle de la Passion de l'église Saint-Maclou, à Pontoise. Si les drapés des vêtements traduisent le goût classicisant de la Renaissance, les attitudes et les expressions des personnages restent dans la tradition de la sculpture funéraire de Solesmes.

1561

27 janvier
Une requête des Églises réformées est présentée aux états généraux par Jacques Bretagne, député de Bourgogne.

28 janvier
Nouvelle amnistie royale: le roi ordonne aux parlements de libérer tous les détenus pour fait de religion.

31 janvier
Clôture des états généraux d'Orléans. Prétextant leur mandat, les députés refusent au roi les subsides dont il a besoin pour renflouer un Trésor exsangue, dont le déficit, à en croire le chancelier Michel de L'Hospital, atteint plus de 43 millions de livres. On en débattra donc lors d'une nouvelle session des états, à Pontoise, au mois d'août suivant.

10 mars
À Poitiers, ouverture du deuxième synode national des Églises réformées de France.

avril
Prise d'armes catholique à Beauvais.

7 avril
François de Guise, Anne de Montmorency et Jacques de Saint-André forment un « triumvirat », première association nobiliaire contre les huguenots et la politique conciliatrice de la Couronne.

19 avril
Une ordonnance interdit l'usage d'appellations injurieuses comme « huguenot » (vraisemblablement une déformation de l'allemand *eidgenosse*, « fédéré ») ou « papiste ».

22 avril
Ordonnance somptuaire. C'est la première de quatre ordonnances de ce genre sous Charles IX. Très restrictive (elle touche essentiellement le port de la soie qu'elle réserve à la Maison du roi), elle sera quelque peu assouplie par la suite.

24 avril
Au Pré-aux-Clercs, une rixe sanglante oppose des écoliers de l'Université de Paris aux réformés.

26 avril
Arrêt du Parlement de Paris interdisant les assemblées et le port d'armes.

5 mai
Sacre de Charles IX à Reims.

11 juin
Les députés des Églises réformées demandent au roi que leur doctrine soit examinée : ils entendent prouver qu'elle ne contredit en rien la parole de Dieu, ni les quatre premiers conciles de l'Église.

juillet
Résultat d'une délibération élargie, à laquelle sont associés le Parlement de Paris, le Conseil du roi et les princes du sang, l'« édit de juillet » ne fait que reprendre en gros les articles de celui de Romorantin du 5 juillet 1560.

13 juillet
Le Conseil interdit les assemblées et les prêches réformés.

19 juillet
Une ordonnance de Jeanne d'Albret instaure officiellement la Réforme en Béarn.

31 juillet
À la demande du roi, les évêques, bientôt rejoints par des théologiens calvinistes, se réunissent à Poissy pour un « colloque » (moins qu'un concile national, vivement combattu par le pape, plus qu'une simple assemblée), afin de débattre des choses de la religion et tenter de rétablir l'unité de la foi.

1er-27 août
États généraux de Pontoise, issus des états d'Orléans mais dont les députés, bien moins nombreux, ont tout de même été réélus. Cette assemblée étant censée s'occuper des finances, question cruciale que les états d'Orléans ont laissée en suspens, elle le fait de manière originale : les représentants des ordres laïques s'entendent pour faire payer l'Église.

24 août
Théodore de Bèze, le bras droit de Calvin à Genève, se rend à Saint-Germain et rencontre le chancelier Michel de L'Hospital, le roi, la reine mère Catherine de Médicis, le prince de Condé et les cardinaux Charles de Bourbon et Charles de Lorraine.

9 septembre-14 octobre
Inauguré en présence du roi, de la reine mère, du chancelier et des princes du sang, le colloque de Poissy est la conférence de la dernière chance avant que n'éclatent les guerres de Religion. Théodore de Bèze conduit la délégation calviniste, le cardinal de Lorraine est le principal porte-parole des catholiques. Malgré la participation en force de prélats modérés (Jean de Monluc, Claude d'Espence, et, à ce stade, Lorraine lui-même), malgré l'évidente bonne volonté dont fait preuve Théodore de Bèze, malgré le souhait ardent de Catherine de Médicis et du chancelier Michel de L'Hospital d'aboutir à une formule de compromis, que l'on croit plusieurs fois tout près de se matérialiser, tout achoppe sur le problème central de la présence réelle du Christ dans la consécration et dans l'hostie. C'est Bèze qui enfonce le clou : le corps du Christ, affirme-t-il, « est éloigné du pain et du vin autant que le plus haut ciel est éloigné de la terre ». Il faut dire aussi que la participation de l'envoyé personnel du pape, le cardinal de Tournon, et du général des jésuites, Lainez, n'est pas faite pour arrondir les angles. Pendant que la joute théologique continue à Poissy, une commission restreinte, dont Catherine de Médicis choisit personnellement les membres, tente de mieux faire à Saint-Germain, sans plus de succès.

Présence réelle, présence spirituelle, présence symbolique

C'est le cœur de la controverse religieuse entre catholiques et réformés de toute obédience. Libre arbitre ou prédestination, foi seule ou foi et œuvres, existence ou inexistence du purgatoire – tout cela est important, certes, mais ce sont débats de théologiens et de philosophes. Le sacrement de l'eucharistie, lui, touche à l'essence même de la foi chrétienne, et cela de manière visible, quotidienne, douloureuse. Comment s'étonner dès lors que c'est lorsqu'ils s'en sont pris à la consécration que les protestants ont déchaîné les foudres royales, comme dans l'affaire des Placards en octobre-décembre 1534, et que c'est sur la présence réelle qu'achoppe le colloque de Poissy.

Pour simplifier à l'extrême un problème extraordinairement complexe, disons que les catholiques croient à la métamorphose miraculeuse – la « conversion », dira le concile de Trente – du pain et du vin consacrés au cours de la messe en la substance du corps du Christ. En absorbant l'hostie (seul le prêtre communie sub utraque specie, *sous les deux espèces du pain et du vin), le fidèle qui communie absorbe ainsi le corps du Christ. Cette* transsubstantiation *procède d'une lecture littérale des paroles de Jésus lors de la dernière Cène (« Prenez, mangez, car ceci est mon corps », « Buvez-en tous, car ceci est mon sang, celui de l'alliance, répandu pour beaucoup en rémission des péchés », Matthieu, XXVI, 26-28). Les théologiens distinguent avec Aristote entre « substance » et « accidents », seule la première se transmutant par la consécration divine. Mais le fidèle du rang, lui, ne s'embarrasse pas de telles nuances.*

Dans le camp réformé, les opinions divergent. Vue de Rome, la position la plus extrême est celle d'Ulrich Zwingli, le réformateur de Zurich, pour qui la Cène ne fait que commémorer le sacrifice christique. « Ceci est mon corps » veut dire « ceci signifie *mon corps » (*Lettre à Matthieu Albert, *1524;* Commentaire de la vraie et de la fausse religion, *1525); ainsi, la présence du corps du Christ, loin d'être « réelle », est simplement symbolique.*

*Le plus modéré est Luther, qui bataille ferme contre Zwingli et autres « sacramentaires » (*Sermon sur le sacrement du corps et du sang du Christ contre les esprits enthousiastes, *1526;* La fermeté non encore ébranlée des mots « ceci est mon corps », *1527;* De la Cène du Christ, *1528). Luther croit à la présence réelle dans les espèces du pain et du vin, qui lui paraît ancrée dans les paroles de l'Évangile et pas moins concevable que l'Incarnation. Mais pour lui, la substance christique n'abolit pas celle du pain et du vin. Il y a donc, dit-il, « deux natures différentes, qui ont été rassemblées en une seule ». On a appelé cela, d'un terme tardif quelque peu barbare,* consubstantiation.

Enfin, entre Zwingli et Luther, se tiennent les calvinistes, pour qui la présence du corps christique est bien réelle, mais au sens spirituel, non charnel, du terme. L'absolue transcendance de Dieu ne saurait s'accommoder d'un « dieu de pâte », grossièrement ingéré puis évacué par l'estomac du fidèle.

Aux débats des théologiens répondent les violences des iconoclastes protestants et des massacreurs catholiques. Et, alors que le concile de Trente codifie le dogme de la transsubstantiation, la manière de communier devient la pierre de touche de la manière d'être chrétien. D'un côté, l'austère Cène protestante, avec en son centre le prêche du ministre; de l'autre, l'eucharistie catholique, l'adoration de l'hostie, les confréries du Corpus Christi, les miracles. Deux conceptions, deux sentiments, deux façons de vivre la foi, décidément irréconciliables.

12 septembre

L'ordonnance d'Orléans, promulguée dans la foulée des états généraux qui se sont tenus dans cette ville, est enregistrée au Parlement de Paris. Ce texte, qui tente de donner satisfaction aux vœux de l'assemblée des trois ordres du royaume, prétend, entre autres, réformer la justice, rendre le domaine royal inaliénable de par la loi fondamentale, supprimer la vénalité des offices… Autant de vœux pieux.

11-12 octobre

Tentative avortée des Guise d'enlever les deux jeunes frères du roi pour les amener, l'un en Lorraine, l'autre en Savoie.

19 octobre

Les Guise, Montmorency, Saint-André et une foule d'autres gentilshommes de tout rang quittent la Cour pour manifester leur refus de toute conciliation.

20 octobre

Nouvelle ordonnance sur les moyens de remédier aux troubles, aussi opérationnelle que les précédentes.

21 octobre

Le clergé finit par accepter de supporter presque seul le poids des exigences fiscales du gouvernement, en consentant au roi quelque 15 millions de livres. Ce « contrat de Poissy », ainsi appelé parce que les évêques s'y trouvent assemblés depuis le 31 juillet, est à l'origine de l'institution des assemblées du clergé, réunies pour débattre d'une subvention devenue pratiquement périodique et obligatoire.

décembre
Prise d'Orange par les réformés.

10 décembre
Arrestation du minime Jean de Hans; ce prédicateur séditieux, qui préfigure les outrances des curés de la Ligue, s'est fait signaler par ses prêches incendiaires à l'église Saint-Barthélemy. Mais l'impuissance du pouvoir à museler les prêcheurs est manifeste.

27 décembre
À Paris, une foule protestante réunie pour célébrer la Cène saccage l'église Saint-Médard.

autres événements
• Début du phénomène des ligues catholiques en province.
• La Compagnie de Jésus est officiellement admise en France.
• À cette date paraissent les premières estampes datées du graveur Étienne Delaune (vers 1518-vers 1583), entré au service d'Henri II en 1551. Son œuvre gravé compte plus de 400 pièces, souvent de petit format, dont un grand nombre sont réalisées d'après des œuvres d'artistes de l'École de Fontainebleau, Primatice et Luca Penni en particulier.

1562

janvier-mars
L'« édit de janvier » et ses conséquences. Les 7-15 janvier, l'assemblée de notables de Saint-Germain est la première consultation politique élargie depuis l'échec du colloque de Poissy. Le 17, l'édit dit « de janvier », rédigé par le chancelier Michel de L'Hospital, est le premier texte législatif en Occident à admettre la coexistence de deux religions à l'intérieur d'un même État (la paix d'Augsbourg de 1555, elle, intéressait l'Empire, qui est une collection d'États). L'édit offre aux religionnaires la liberté de conscience et, avec certaines restrictions, de culte – public à l'extérieur des villes, privé *intra muros* –, ainsi que la reconnaissance des consistoires et des synodes. Les curés se déchaînent contre Catherine de Médicis; les parlements font de la résistance, et il faudra des lettres de jussion pour forcer celui de Paris à l'enregistrement. Il s'agit de lettres scellées envoyées aux magistrats des cours souveraines pour les contraindre à l'enregistrement des édits royaux. Le 24 janvier, le recteur de l'Université de Paris supplie Catherine de Médicis de ne pas recevoir l'édit; le 26, le roi le justifie par une lettre à son ambassadeur à Rome: son véritable objectif serait la conversion des hérétiques. Le 28 janvier, à Saint-Germain, a lieu l'ultime tentative de conciliation organisée par Catherine de Médicis dans la foulée de l'échec de Poissy. Le 14 février, pour convaincre l'opposition à l'édit de janvier, notamment le Parlement, une *Déclaration* royale en minimise la portée, en assurant qu'il n'est pas question d'approuver deux religions en France. Au sommet de l'État, l'édit contribue à modifier le rapport des forces au sein du Conseil. Revenu officiellement au catholicisme, Antoine de Navarre est devenu l'allié des « triumvirs ». À la mi-février, Coligny quitte donc la Cour avec ses frères, laissant ainsi le terrain libre au retour de François de Guise. Le 28 février, celui-ci quitte sa résidence de Joinville avec femme et enfants, en route pour Paris. Le 6 mars, le Parlement de Paris enregistre enfin l'« édit de janvier ». Deux jours plus tard, le 8, on apprend à Paris l'incident survenu une semaine auparavant sur le chemin du retour du duc de Guise: le 1er mars, à Wassy, petite ville de Champagne située tout près de Joinville, les troupes qui accompagnent le duc donnent l'assaut à une grange où une assemblée de protestants est réunie pour le culte. La première « guerre de Religion » vient de commencer.

février-mars
Sébastien Castellion: *Conseil à la France désolée.*

Deux visages d'une invention récente, la tolérance religieuse

Castellion

Si les « Politiques » souhaitaient libérer l'État de la religion, d'autres ont voulu libérer la religion de l'État. Castellion fut de ceux-là. Né à Saint-Martin-du Fresne (l'Ain actuel), Sébastien Castellion (ou Castalion, ou Châteillon, 1515-1563) est passé à la Réforme et s'est réfugié en 1541 à Strasbourg, auprès de Calvin, qu'il suit la même année à Genève, où il prend la direction du collège de la ville. Mais l'autoritarisme du réformateur lui déplaît, et il s'en va à Bâle, à l'époque la ville la plus libérale d'Occident. Il y traduit la Bible en français et en latin, avant d'obtenir la chaire de grec à l'université de Bâle. C'est après l'exécution de Michel Servet à Genève, qu'il publie sous le pseudonyme de Martin Bellie, en français d'abord (Rouen, février 1554), puis en latin (Bâle, mars), son Traité des hérétiques, *le plus célèbre manifeste de la tolérance religieuse du temps. Poursuivi par la haine de ses coreligionnaires, il songe à partir pour la Pologne ou la Transylvanie, mais il meurt à Bâle en 1563 avant d'avoir pu se mettre en route.*

Castellion est le représentant le plus éminent de toute une « gauche » protestante favorable à la tolérance religieuse. C'est une nébuleuse, où l'on rencontre aussi bien des spiritualistes mystiques allemands et néerlandais (Thierry Coornhert, Sébastien Frank, Caspar Schwenkfel), des humanistes italiens passés à l'une ou l'autre tendance de la Réforme radicale (Jacob Acontius, Celio Secundo Curione, les Sozzini, Francesco Pucci, Bernardino Occhini), des anabaptistes de tout poil (David Joris, Conrad Grebel, Balthasar Hübmaier), ou encore des catholiques érasmiens. Individualistes acharnés, ils cultivent les nuances théologiques. Mais tous ont en commun l'horreur de la coercition religieuse. À la différence des Politiques, tolérants avant tout par souci de sauver l'État, eux justifient leur position par un ensemble d'arguments essentiellement religieux : la distinction radicale entre le royaume de l'esprit, régi par la foi, et le royaume de la chair, gouverné par le glaive ; l'inefficacité et l'immoralité de la contrainte physique en matière de conscience, surtout dans une religion qui est tout amour ; l'incapacité de l'esprit humain à saisir la vérité, la parole de Dieu étant impénétrable et sujette à interprétations furieusement divergentes… Aussi bien, qu'est-ce qu'un hérétique, demande Castellion, qui répond : un croyant qui ne pense pas comme nous. Ainsi, pour la première fois dans l'histoire de l'Occident chrétien, la tolérance est mieux qu'un pis-aller ; elle est érigée en valeur. Castellion encore : « Supportons-nous l'un l'autre et ne condamnons incontinent la foi de personne. »

Née des affres de l'intolérance, la tolérance religieuse sera momentanément défaite par la cristallisation des haines partisanes en « partis » organisés, en France comme à travers toute l'Europe. L'un après l'autre, les sanctuaires où ces hommes ont trouvé un moment refuge se ferment devant eux, rattrapés qu'ils sont par la Contre-Réforme ou le dogmatisme calvinien ou luthérien, selon les cas. Avant de remporter une revanche de type « politique » en France (l'édit de Nantes, 1598), puis de s'imposer plus tard en Occident sous les deux espèces de la philosophie sceptique (Bayle, Voltaire, Diderot) ou, dans le monde anglo-saxon, chrétienne (Locke et la révolution glorieuse, la révolution américaine).

Au Conseil à la France désolée *de Castellion, qui s'élève contre le « forcement » des consciences et appelle à « laisser les deux religions libres, que chacun tienne sans contrainte celle des deux qu'il vouldra », répond la même année les* Discours des misères de ce temps *de Ronsard, qui charge le seul camp réformé de la responsabilité des troubles. Les « calomnies » de Ronsard, « iadis poete et maintenant prebstre », s'attirent plusieurs vertes répliques anonymes du camp d'en face, aussi éloignées que son poème de l'irénisme de Castellion.*

L'Hospital

Au moment où il accède à la chancellerie, Michel de L'Hospital (vers 1505-1573) a 55 ans. Excellent latiniste, poète à ses heures, il aurait pu faire une carrière classique d'humaniste. Mais c'est avant tout un juriste et un serviteur de l'État, typique de cette classe de grand commis qui constitue l'épine dorsale de la monarchie absolue. Conseiller au Parlement de Paris, président de la chambre des comptes, maître des requêtes, puis conseiller au Grand Conseil, il passe ensuite au service de Marguerite de Valois, sœur d'Henri II, dont il est le chancelier. Au moment où François II monte sur le trône, les états de service de son père, médecin des Bourbons, notamment de Renée, l'épouse d'Antoine de Lorraine, lui valent la protection, à première vue surprenante, du cardinal de Lorraine. Le voici chancelier de France. Intègre, sévère, grand travailleur, il défendra sans relâche une politique dont les deux volets principaux sont dans son esprit les deux faces d'une même médaille : l'autorité de la couronne et la paix civile. Il illustre ainsi cette version de la tolérance religieuse dont on a commencé à ce moment-là à taxer les partisans, par dérision, de « Politiques » : autrement dit, ceux pour qui le salut de l'État passe avant celui des âmes. Le mot fit mouche, car il sonnait juste, même si la ligne de démarcation entre les différents types de défenseurs de la tolérance n'est pas toujours aisée à tracer. Lui-même a-t-il des sympathies huguenotes, voire est-il passé secrètement à la Réforme, comme on l'a dit parfois ? Difficile à dire. Ce qui est certain, c'est qu'il a cherché à déconfessionnaliser l'État, du moins autant que cela était concevable au XVIe siècle.

mars

Les prodromes de la prise d'armes. Le 16 mars, précédé par la rumeur flatteuse du massacre de Wassy, François de Guise fait une entrée triomphale à Paris ; c'est le début d'un long roman d'amour entre les Guise et cette grande ville ultra-catholique et agitée. Il y est bientôt rejoint par les deux autres membres du « triumvirat », Montmorency et Saint-André, et par Antoine de Navarre. L'atmosphère est chargée de poudre, Louis de Condé se trouvant lui aussi dans la ville ; mais non la famille royale, qui se sent plus à l'abri à Fontainebleau. Le 19 mars, un conseil réunit Guise, Montmorency et plusieurs bourgeois de Paris pour débattre de la situation dans la ville. Peu apprécié des habitants, François de Montmorency, fils aîné du connétable, est remplacé au gouvernement de la ville par le cardinal Charles de Bourbon. Le 23, Condé obtempère à une injonction de Catherine de Médicis et quitte Paris. Le 27, Navarre et les « triumvirs » ramènent Charles IX et la reine mère à Paris, où ils arriveront le 6 avril : c'est, en fait, un véritable enlèvement ; il s'agit, comme lors de la conjuration d'Amboise (février-mars 1560), de s'assurer de la personne du roi, source de légitimité. Le 29 mars, 1 400 huguenots font une démonstration armée aux portes de Paris.

avril

La prise d'armes. Le 2 avril, Louis de Condé, réagissant à l'enlèvement de la famille royale par les chefs catholiques, s'empare par surprise de la ville d'Orléans. Le 8 avril, le Protecteur général de l'Église réformée de France publie un manifeste pour expliquer son geste à l'opinion : *Déclaration faicte par Monsieur le Prince de Condé, pour monstrer les raisons qui l'ont constrainct à entreprendre la défence de l'authorité du Roy...* Tout au long des guerres de Religion, une guerre de propagande sans précédent doublera celle des armes. Le 11 avril, une « Association » de gentilshommes huguenots voit le jour sous sa houlette, véritable ligue protestante. Jusqu'à la fin du mois, prises de villes huguenotes et massacres catholiques se succèdent. Dans la foulée du coup de Condé à Orléans, les villes du val de Loire tombent les unes après les autres ; c'est ensuite le tour de Rouen (15-16 avril), suivie d'autres villes normandes ; puis de villes situées dans les régions à forte implantation protestante de l'Ouest (Gascogne, Guyenne, Angoumois, Saintonge, Poitou) et du Midi, du Languedoc au Dauphiné, où s'illustre le fameux François de Beaumont, baron des Adrets. Le baron, issu d'une vieille famille noble du Dauphiné, est en effet devenu le symbole de la violence protestante, un contre-argument pour les catholiques lorsqu'on leur reprochait leurs cruautés. Et certes, ce soudard n'avait rien d'un tendre. Mais il semble qu'on ait beaucoup « enjolivé » ses exploits et que, par ailleurs, son engagement huguenot n'était pas bien ferme. Le mois s'achève sur la prise de Lyon (29-30 avril).

Jean Morély publie à Lyon son *Traité de la discipline et police ecclésiastique*. Morély, qui défend la souveraineté de l'assemblée des fidèles, représente le courant démocratique de la Réforme française, fortement combattu par Genève comme par les synodes français ; c'est le cas du synode national des Églises réformées de France réuni fin avril à Orléans. Mais la querelle entre tenants de la hiérarchie ecclésiastique, au premier rang desquels ferraille Théodore de Bèze, et partisans d'une certaine forme de démocratie, comme Morély, rebondira.

11 avril

L'édit de Saint-Germain (l'« édit de janvier ») est confirmé, mais une résolution royale y est ajoutée, interdisant à Paris, et dans le ressort de sa vicomté, réunions et prêches protestants.

12-14 avril

À Sens, des huguenots sont assaillis dans leur temple et massacrés.

mai-août

La riposte catholique et royale s'organise. Le 11 mai, à Paris, les élections des chefs de la milice bourgeoise livrent les quartiers de la ville aux catholiques ultras. À la mi-mai, le roi et la reine mère se trouvent à Montceaux, où ils ont retrouvé leur liberté de mouvement. Au même moment, à Toulouse, où la municipalité, gagnée à la Réforme, se heurte au parlement ultra-catholique, les huguenots réussissent à s'emparer du Capitole (11-12 mai), mais, au prix d'une sanglante bataille des rues, les catholiques finissent par garder le contrôle de la ville (16 mai). Le 6 juin, Orange est reprise et mise à sac, puis Blois (juillet), Poitiers (1er août) et Bourges (31 août).

juin

À Toury (dans l'actuel Eure-et-Loir), dernière rencontre entre les frères ennemis, Antoine de Navarre et Louis de Condé.

9 juin

Profession de foi catholique des magistrats du Parlement de Paris, suivie le 24 juillet par celle des officiers de la ville.

juillet

Massacre de protestants à Tours.

2 juillet

Un édit royal interdit la justice sommaire aux Parisiens.

13 juillet
Un arrêt du Conseil déclare les protestants rebelles au roi et confisque leurs biens.

2 septembre
Des protestants sont massacrés à Aurillac.

20 septembre
Louis de Condé signe le traité de Hampton Court avec Élisabeth Ire: en échange de l'appui de l'Angleterre en hommes et en argent, le prince promet Calais, que François de Guise a enlevée naguère aux Anglais, et livre en gage Le Havre. C'est mauvais pour l'image du Protecteur, qui passe pour un traître aux yeux des catholiques, comme d'ailleurs de certains de ses alliés protestants. Mais les catholiques font aussi appel à l'étranger, en l'occurrence à l'Espagne. Dès le début donc, les guerres de Religion revêtent un aspect européen, qui deviendra de plus en plus déterminant.

3-6 octobre
Conformément au traité de Hampton Court, les Anglais débarquent au Havre, puis à Dieppe.

19 octobre
Le roi accorde son pardon aux religionnaires qui viendraient l'aider à chasser les Allemands et les Anglais du royaume.

26 octobre
Au bout d'un mois de siège, François de Guise reprend Rouen, défendue par Gabriel de Lorges, comte de Montgomery (le tueur involontaire d'Henri II). La ville est mise à sac. Pendant le siège, Antoine de Bourbon a été gravement blessé.

2-13 novembre
Réunie à Nîmes, la première assemblée générale des réformés du Languedoc ébauche une organisation politique et militaire autonome de la province: le comte Antoine de Crussol est élu chef militaire, sous l'autorité souveraine de l'assemblée générale, cependant qu'au niveau local, des assemblées diocésaines nomment des officiers chargés de l'administration civile et financière de leurs circonscriptions.

7 novembre
Les troupes recrutées par François d'Andelot en Allemagne – 3 000 reîtres et 4 000 lansquenets – arrivent à Orléans.

10 novembre
Les protestants prennent Étampes.

16 novembre
Les protestants sont devant Corbeil. Un arrêt condamne à mort Coligny et son frère Andelot pour crime de lèse-majesté.

17 novembre
Antoine de Bourbon, roi de Navarre, décède des suites de sa blessure, aussi peu regretté par ses nouveaux amis catholiques que par les huguenots. Son fils, le futur Henri IV, est âgé de 8 ans; emmené par sa mère Jeanne d'Albret dans le Béarn, il sera élevé dans la foi réformée.

18 novembre
Jacques de Saint-André entre dans Corbeil.

23 novembre
Les protestants sont à Villejuif.

novembre-décembre
Tentatives, pour l'heure avortées, de négociation entre Catherine de Médicis et le connétable de Montmorency d'une part, Louis de Condé de l'autre.

17 décembre
Une ambassade turque vient saluer le roi Charles IX.

19 décembre
Bataille de Dreux, la première en rase campagne des guerres de Religion. Les catholiques, supérieurs en nombre, sont victorieux; Louis de Condé est prisonnier de François de Guise; mais, le connétable de Montmorency étant également prisonnier et le maréchal de Saint-André tué au combat, c'est la fin du «triumvirat». Deux jours plus tard, la nouvelle de la victoire est connue à Paris, où l'on célèbre un *Te Deum*. François de Guise est plus que jamais le héros des Parisiens. Le 22 décembre, le roi et la Cour rentrent à Paris.

autres événements
• Tentative française, majoritairement huguenote, d'implantation en Floride.
• Claude Goudimel: les *Psaumes de David mis en musique en forme de motets à seize voix.*

GOUDIMEL

Né à Besançon à une date inconnue, Goudimel, passé à la Réforme vers 1560, est le meilleur représentant français de la musique réformée. Auteur de messes et de motets avant sa conversion, il se tourne après vers le psautier, la princi-

pale source d'inspiration des musiciens religionnaires. Il laissera aussi des Psaumes mis en rimes françoises *par Clément Marot et Théodore de Bèze, avant de périr assassiné à Lyon, lors de la Saint-Barthélemy.*

1563

2 février
Jeanne d'Albret, reine de Navarre, proclame la liberté de conscience dans ses États.

5 février
François de Guise met le siège devant Orléans...

18 février
... et est mortellement blessé par Poltrot de Méré, un gentilhomme réformé rescapé de la conjuration d'Amboise. Le coup de feu de Poltrot de Méré a des conséquences considérables: dans l'immédiat, il empêche la reprise de la ville par les royaux; à long terme, il rend la haine entre les deux clans rivaux, les Guise et les Châtillon-Coligny, inexpiable – en effet, la protestation d'innocence de l'amiral de Coligny, nommé par Poltrot lors de son interrogatoire, ne convainc pas ses ennemis, d'autant que les huguenots se réjouissent bruyamment de la mort du « tyran » ; entre les deux, il rend possible la reprise des négociations de paix.

24 février
Mort de François de Guise des suites de sa blessure.

mars
Frédéric de Foix-Candale, lieutenant général de Dax, crée une ligue catholique en Guyenne. Le phénomène des ligues, qui culminera dans la dernière phase de la guerre civile, prend de l'ampleur après l'édit de pacification d'Amboise.

17-19 mars
La paix d'Amboise (17 mars) met fin à la première guerre de Religion. Le traité, signé par Louis de Condé, est sanctionné le 19 par l'édit de pacification d'Amboise, enregistré le 20 par le Parlement avec une clause restrictive: jusqu'à la majorité du roi Charles IX. En retrait par rapport à l'édit de janvier 1562, puisqu'il confirme la liberté de conscience mais restreint la liberté de culte (autorisé désormais dans les faubourgs d'une ville par bailliage ou sénéchaussée, sauf à Paris), ce premier édit de pacification soulève l'ire des protestants, Calvin et Coligny compris. Il donnera par ailleurs du fil à retordre au gouvernement. Enfin, en reconnaissant le droit de célébrer le culte réformé devant famille et sujets réunis aux seuls seigneurs hauts justiciers, l'édit consacre la prise en main du protestantisme français par la haute noblesse.

18 mars
Exécution de Poltrot de Méré, écartelé, puis brûlé en place de Grève, et dont la tête est exposée au bout d'une pique devant l'Hôtel de Ville. Le raffinement de l'exécution correspond à l'éminente dignité de la victime, véritable roi de Paris. Le fils du duc assassiné, Henri, alors âgé de 13 ans, prendra le moment venu la place de son père dans le cœur des Parisiens.

mars-mai
Assemblées protestantes en Languedoc. Du 31 mars au 5 avril, l'assemblée de Bagnols accueille des représentants du Dauphiné et de Lyon, élargissant ainsi l'organisation autonome des protestants du Languedoc aux provinces voisines. Le 11 mai, une assemblée réunie à Montpellier entérine la paix d'Amboise.

avril
Les maréchaux de France sont dépêchés dans les provinces afin de faire exécuter l'édit d'Amboise.

13 mai
Les biens du clergé sont aliénés pour 100 000 écus de revenus, afin de renflouer le Trésor royal; il faut un lit de justice et une harangue énergique du chancelier Michel de L'Hospital pour que le Parlement enregistre l'édit. Les modalités de la vente sont précisées par lettres patentes.

mai-juillet
Fin mai, les Anglais se disent prêts à rendre Le Havre contre la restitution de Calais – décidément une fixation aussi obsessionnelle que l'était naguère Milan pour les Français. Le 6 juillet, la France déclare la guerre à l'Angleterre. Le 28 juillet, une armée française, catholiques et protestants unis, enlève Le Havre.

14 juin
Une déclaration royale défend aux réformés d'ouvrir boutique lors des fêtes catholiques, sous peine de punition corporelle.

12 août
Le roi Charles IX fait son entrée à Rouen.

17 août
Lit de justice au parlement de Rouen : en vertu de la coutume, du moins telle que l'interprète le chancelier Michel de L'Hospital, qui veut que le roi soit majeur à 13 ans accomplis, la majorité de Charles IX (né le 27 juin 1550), est proclamée. Majorité toute théorique, puisque la reine mère Catherine de Médicis continuera d'exercer la réalité du pouvoir ; mais acte important, puisque seul le roi dans la pleine puissance de son autorité peut confirmer l'édit d'Amboise du 19 mars 1563, ce que Charles IX fait dans son édit de majorité. Le chancelier en profite d'ailleurs pour réaffirmer hautement la prérogative législative du roi, marque suprême de sa souveraineté, et cela en dépit des prétentions des parlements à y être associés. « En mettant ainsi le pouvoir législatif au cœur de la souveraineté, Michel de L'Hospital ouvre la voie à la pensée de Jean Bodin, qui fait partie, avec Louis Le Caron, Loys Le Roy, Étienne Pasquier, du cercle des auteurs réunis dans les années 1560 par une commune admiration de l'œuvre du chancelier » (Arlette Jouanna).

10 septembre
L'ordonnance de Mantes interdit l'impression de livres sans privilège du roi. C'est donc l'État, plutôt que le Parlement ou la Sorbonne, qui prend désormais en main la police de l'imprimerie.

27 septembre
Les Guise déposent requête pour poursuivre Coligny en tant que responsable de l'assassinat du duc François le 18 février précédent.

28 septembre
Non sans maugréer, car l'édit de majorité est le résultat d'un lit de justice tenu à Rouen plutôt qu'à Paris, le Parlement de Paris enregistre l'édit du 17 août.

8 octobre
La Cour s'installe au Louvre, où catholiques et protestants se regardent en chiens de faïence. Mais Catherine de Médicis, débarrassée des grands chefs catholiques ultras et entourée d'hommes qui poussent comme elle à la réconciliation interconfessionnelle (le chancelier Michel de L'Hospital, Jean de Monluc, évêque de Valence, Jean de Morvillier, évêque d'Orléans, le connétable de Montmorency lui-même, qui, tout ardent catholique qu'il soit, n'est pas un boutefeu), se sent désormais les coudées franches. Elle croit pouvoir s'atteler à la reprise en main du royaume.

novembre
À Paris, création d'un tribunal de juges consuls pour le commerce, à l'instar d'autres grandes villes du royaume, notamment Lyon.

décembre
Clôture du concile de Trente ouvert le 13 décembre 1545.

autres événements
• Bernard Palissy : *Recepte véritable, par laquelle tous les hommes de France pourront apprendre à multiplier et augmenter leur thrésors.*

Palissy

La Renaissance s'est intéressée à ce que, dans son sillage, nous appelons les humanités plutôt qu'aux sciences de la nature. Peut-être parce qu'il n'était pas bien savant et qu'il ne savait ni le grec ni le latin, Bernard Palissy (vers 1510-1590) a été un remarquable naturaliste. Autodidacte de génie, ce fils de paysans du Sud-Ouest, peintre verrier et potier de son état, retrouve le secret de l'émail italien, ce qui lui gagne la protection du connétable de Montmorency, puis de Catherine de Médicis. Pour le premier, il travaille à la décoration du château d'Écouen, où il exécute une grotte dans le goût du temps, agrémentée de « figulines rustiques » de son invention. Pour la reine mère, qui le fait venir à Paris vers 1566, il réalise la fameuse grotte des Tuileries.
L'amitié de ces puissants personnages lui est nécessaire non seulement pour lui servir de mécènes, mais aussi pour le protéger des foudres de l'Église et de son bras séculier. Palissy, en effet, est protestant et le fait hautement savoir, ce qui lui a déjà valu un bref séjour en prison à Bordeaux, en 1563. C'est cette même année que paraît à La Rochelle sa Recepte véritable, *son grand traité d'agriculture. Outre des « recettes » sur la meilleure manière d'augmenter le rendement du sol, on y trouve pour la première fois une grande intuition : comme la nature elle-même, l'agriculture obéit à un cycle de production, autrement dit, on ne saurait exploiter la terre sans lui rendre ce que les récoltes lui ont pris, sous peine de la rendre stérile.*
Lors de la Saint-Barthélemy, Palissy est réfugié avec sa femme et sa nombreuse progéniture à Sedan, en terre protestante, mais il n'y est pas vraiment bien vu non plus. Revenu à Paris, il innove une fois de plus en entamant une carrière de conférencier en sciences naturelles, hors tout cadre établi. En 1580, ces conférences publiques

font l'objet d'un livre: les Discours admirables de la nature des eaux et fontaines tant naturelles qu'artificielles. *Il s'y montre minéralogiste, géologue et paléontologue; il est en effet le premier à proposer une théorie valable de la formation des fossiles.*
La Ligue lui sera fatale. Enfermé et condamné à mort à plusieurs reprises, il meurt à la Bastille en décembre 1590.

• Début de la construction du palais des Tuileries pour Catherine de Médicis.

1564

janvier
L'édit de Paris fixe le début de l'année civile au 1er janvier (plutôt qu'à Pâques).
Deux ordonnances somptuaires sont promulguées coup sur coup, le 17 et le 28 janvier.

24 janvier
Début du tour de France du roi et de la reine mère. Sans battre le record établi par François Ier, c'est tout de même un voyage de vingt-sept mois, qui met en mouvement des milliers de personnes et ne s'achèvera que le 1er mai 1566. La Cour passe par la Champagne, la Bourgogne et le Lyonnais, descend vers la Provence et le Languedoc, se déplace ensuite vers l'Ouest – Guyenne, Saintonge – et remonte vers le Nord par l'Auvergne et le val de Loire. C'est une tentative de reprise en main du royaume par l'établissement du contact direct, physique, entre Charles IX, qui vient de se déclarer majeur, et ses sujets, à un moment où sa mère Catherine de Médicis peut espérer avoir pacifié durablement la France. Le voyage est ponctué d'entrées royales, de lits de justice, de rencontres avec la noblesse provinciale. Les premières sont destinées à exalter la monarchie et à renforcer son contrôle sur les bonnes villes; l'objectif proclamé des seconds est de briser les velléités de résistance des cours souveraines; les troisièmes sont censées, conformément aux conseils prodigués par Catherine à son fils dans une lettre qu'elle a écrite à son intention après sa majorité, s'assurer de la fidélité des gentilshommes. Or la fidélité, ce lien d'homme à homme qui a remplacé la vieille féodalité, est toujours mise à mal en temps de troubles. Tout le combat de la monarchie, pourrait-on dire en forçant un peu le trait, a consisté à confisquer les fidélités particulières au profit du seul monarque, autrement dit de l'État.

12 avril
La Cour se trouvant à Troyes, un traité de paix conclu dans cette ville entre la France et l'Angleterre règle définitivement la question de Calais, qui reste française moyennant 120 000 couronnes.

27 mai
Mort de Calvin. Théodore de Bèze lui succède comme recteur de l'académie de Genève et guide spirituel des Églises réformées.

Bèze

*Né à Vézelay dans une famille de noblesse récente, Théodore de Bèze (1519-1605) semble se diriger d'abord, comme Calvin, vers une carrière d'humaniste et de juriste. Il étudie les lettres classiques à Bourges avec un érudit allemand réformé, Melchior Wolmar, puis le droit à Orléans. Mais si son maître lui inculque des idées évangéliques, il n'en laisse rien paraître. Pourvu de bénéfices ecclésiastiques confortables, il écrit de la poésie amoureuse à la manière des poètes latins (*Poemata, *1548). Sa conversion, ou, plus exactement, sa décision de passer à la Réforme au grand jour, survient la même année: il abjure le catholicisme, abandonne ses bénéfices et part pour Genève, puis pour Lausanne, où il enseigne le grec à l'académie de cette ville. Il y reste dix ans, avant de s'installer définitivement à Genève. Professeur à l'académie et pasteur, il s'impose rapidement comme le bras droit de Calvin, puis, à la mort de celui-ci, comme son successeur. Il y meurt le 13 octobre 1605.*
*Bèze est un doctrinaire. Il l'a montré à Poissy (automne 1561), où son intransigeance a largement contribué à faire capoter ce colloque de la dernière chance. Son œuvre écrite, abondante et diverse, comprend des poèmes, une tragédie biblique (*Abraham sacrifiant, *1550), un traité de grammaire, une traduction latine du* Nouveau Testament *(1556), une traduction française des* Psaumes, *une énorme compilation historique qui lui est attribuée avec vraisemblance (*Histoire ecclésiastique des Églises réformées de France, *1580)… Mais pour l'essentiel, elle va dans le même sens: débusquer l'hérésie, préserver la pureté de la doctrine, renforcer la discipline. Après l'exécution de Michel Servet le 27 octobre 1553, il défend le droit et le devoir des magistrats de châtier l'hérésie dans son* De haereticis a civili magistratu puniendis *(1554, version française sous le titre* Traité de l'autorité du magistrat en la punition des hérétiques, *1560). S'il abhorre la «tyrannie» et*

*rédige, dans la foulée de la Saint-Barthélemy (août 1572), un des traités monarchomaques les plus célèbres (*Du droit des magistrats sur leurs subjets, *1574), il entend réserver le droit de résistance aux seuls représentants légitimes du peuple (ainsi, les états généraux dans la* Confession de foi chrétienne *de 1560) et se montre intraitable sur la discipline ecclésiastique: il frappe à gauche contre les tendances démocratiques qui se font jour au sein de la Réforme française, à droite contre les érastiens (partisans de Thomas Éraste, théologien allemand qui abandonnait à l'État le pouvoir disciplinaire en matière ecclésiastique).*

Comment cet homme austère, tout entier habité par sa foi, a-t-il pris la conversion d'Henri IV (25 juillet 1593)? Il lui a fallu en prendre son parti. En 1600, près de Genève, le vieux chef protestant rencontre pour la dernière fois ce roi en qui il a placé tant d'espoirs. Henri IV ne cache pas son émotion: « Je voudrais avoir baillé un verre de mon propre sang et que vous fussiez plus jeune de trente ans, vous verriez beaucoup de grandes choses. – Moi aussi, j'aimerais avoir trente ans de moins et pouvoir vous servir, ne fût-ce que de laquais » (cité par J.-P. Babelon).

24 juin
Le culte réformé est interdit dans les lieux où réside la Cour.

14 juillet
L'édit de Crémieu (où la Cour s'est réfugiée pour fuir la peste qui sévit à Lyon) restreint les libertés municipales, en prévoyant un contrôle des élections par la monarchie dans les villes épiscopales et parlementaires. L'intervention du roi dans les affaires de ses bonnes villes n'est pas une nouveauté; mais elle s'aggrave dans la seconde moitié du siècle, aussi bien en raison de la guerre civile que de la pente naturelle de la monarchie absolue.

25 juillet
Mort de l'empereur Ferdinand Ier; son fils, Maximilien II, lui succède.

4 août
L'édit de Roussillon interdit aux réformés les synodes, ainsi que l'ouverture de nouveaux temples et de nouvelles écoles.

autres événements
• Nouvelle expédition française en Floride et établissement du Fort de la Caroline.
• Les Turcs assiègent Malte.
• Fondation à Paris, rue Saint-Jacques, du Collège jésuite de Clermont.
• Charles Dumoulin: *Conseil sur le fait du concile de Trente*, violent pamphlet contre le concile, dont les décrets sont jugés contraires aux libertés de l'Église de France et à la souveraineté du roi.
• Mort de Michel-Ange.

1565

8 janvier
À Paris, une échauffourée oppose les hommes de l'escorte du cardinal de Lorraine et ceux de François de Montmorency, gouverneur de la ville, qui prétend en interdire l'accès au cardinal en raison d'un ordre du roi prohibant l'entrée de troupes privées dans Paris. Éclate ainsi au grand jour la sourde hostilité entre les grands clans rivaux, les Guise et les Montmorency, hostilité ravivée par les positions modérées en matière de religion du gouverneur de Paris.

18 mai
Confronté à la multiplication des ligues et confréries anti-protestantes, Charles IX fonde à Mont-de-Marsan sa propre ligue catholique, afin de vider les autres de leur substance. Son frère et successeur Henri III usera du même subterfuge, avec le même succès.

15 juin-2 juillet
Entrevue de Bayonne. Catherine de Médicis et son fils y rencontrent leur fille et sœur Élisabeth d'Espagne, ainsi que le redoutable duc d'Albe (1508-1582). La rencontre est l'occasion de coûteuses cérémonies, destinées à impressionner les Espagnols. Catherine de Médicis, qui ne manque pas d'enfants à marier, évoque des projets d'union, dont rien ne sortira; le duc d'Albe aligne les mesures que l'Espagne voudrait voir appliquer en France contre les hérétiques, lesquelles ne seront pas suivies d'effet non plus, du moins pas à cause de lui. Au total, le seul résultat de l'entrevue de Bayonne aura été la grande peur des protestants, persuadés qu'on y a planifié leur perte.

17 juin
Le roi Charles IX touche les écrouelles.

13 septembre
Entrée du roi dans La Rochelle, bastion protestant.

9 décembre
Mort du pape Pie IV.

25 décembre
Ouverture du synode réformé de Paris, qui réitère la condamnation des thèses de Morély.

autres événements
• Massacre des colons français en Floride par les Espagnols.
• Étienne Pasquier plaide pour le compte de l'Université de Paris contre le Collège des jésuites qui vient de s'installer rue Saint-Jacques.
• Début de la sculpture du tombeau d'Henri II et de son épouse Catherine de Médicis (basilique Saint-Denis) par Germain Pilon (1528-1590), achevé en 1573. Le geste du roi, qui porte sa main droite à sa poitrine tandis que la gauche vient en avant, est une innovation remarquable par rapport à l'attitude traditionnelle des priants, dont les mains sont habituellement jointes. Ce détail, en pleine Contre-Réforme, ajouté à la sensualité de l'œuvre, sembla sans doute peu orthodoxe, et c'est peut-être la raison pour laquelle Pilon ajouta au tombeau, en 1583, deux autres gisants en marbre, nettement plus rigides. L'œuvre est le dernier tombeau royal de la Renaissance.

1566

7 janvier
Michele Ghislieri est élu pape sous le nom de Pie V avec le soutien de la faction rigoriste du cardinal Charles Borromée. Inquisiteur général depuis 1558, ce dominicain de pauvre extraction sera un pape réformateur et fanatiquement hostile aux protestants. Il sera canonisé en mai 1712 par Clément XI.

24 janvier
Au cours de la réunion du Conseil élargi qui prépare la Grande Ordonnance de Moulins, Catherine de Médicis organise une séance de réconciliation entre les représentants des clans rivaux, le cardinal de Lorraine Charles de Guise, François de Montmorency et Gaspard de Coligny. Celui-ci est déclaré innocent du meurtre de François de Guise. La mascarade ne trompe personne.

février
La Grande Ordonnance de Moulins, la plus importante du règne. Rédigés par le chancelier Michel de L'Hospital, ses 80 articles forment un ensemble assez disparate, dont la cohérence est assurée par la volonté manifeste de renforcer le pouvoir monarchique au détriment des parlements (censés dorénavant enregistrer les édits royaux sans autre forme de procès), des gouverneurs de province (auxquels est laissée la seule autorité militaire), des villes (qui perdent leur juridiction civile au bénéfice des cours royales et tribunaux royaux). En outre, l'ordonnance réaffirme l'inaliénabilité du domaine royal, faisant ainsi passer en loi positive un principe de droit public qui, tout « loi fondamentale » du royaume qu'il fût, n'était jusque-là qu'une disposition coutumière. Mentionnons encore deux dispositions qui vont dans le même sens : la réorganisation des chevauchées des maîtres des requêtes et le renforcement de la censure royale.

8 février
Le frère du roi, Henri, duc d'Orléans (que sa mère projette de marier à Élisabeth Ire d'Angleterre), devient duc d'Anjou, le benjamin François-Hercule duc d'Alençon.

12 février
Des lettres patentes interdisent à nouveau le port d'armes, même aux gentilshommes.

avril
Début de la révolte anti-espagnole – et majoritairement calviniste – des Pays-Bas.

25 avril
Mort de Diane de Poitiers à Anet.

1er mai
Le grand tour de France de Charles IX et de la reine mère s'achève à Paris.

mai
Jacques de Savoie, duc de Nemours, répudie la protestante Françoise de Rohan pour épouser Anne d'Este, la veuve catholique de François de Guise. François d'Andelot demande au roi, sans succès, l'autorisation du prêche à Paris et dans les faubourgs. Les Guise quittent la Cour.

13 mai
L'ordonnance de Moulins ayant prévu deux exceptions à la règle de l'inaliénabilité du domaine – la constitution d'apanages aux fils puînés du roi et les nécessités de la guerre –, un règlement général fixe les conditions des aliénations licites, obligatoirement temporaires.

juin
À Pamiers, assaut des réformés contre les églises et les fidèles, suivi d'une répression féroce.

7 juillet
Le roi, la reine, le duc d'Anjou, le duc d'Alençon et Marguerite de Valois participent à une grande procession de la châsse de Sainte-Geneviève dans Paris pour implorer le ciel de mettre fin aux pluies incessantes.

27 juillet-12 août
Séjour du roi à Chantilly, chez le connétable de Montmorency.

août-octobre
Demandes répétées de Coligny de soutenir la révolte de ses coreligionnaires des Pays-Bas; Catherine de Médicis, qui n'entend pas se laisser entraîner dans une guerre avec l'Espagne, refuse.

septembre
Le Catéchisme du concile de Trente *(Catechismus ex decreto concilii tridentini ad parochos).*

6 novembre
Catherine de Médicis rejette une requête des ambassadeurs allemands en faveur de la liberté de prédication des réformés en France.

autres événements
• Mort du sultan Soliman Ier le Magnifique; avènement de Selim II.
• Jean Bodin: *Methodus ad facilem historiarium cognitionem (Méthode pour la connaissance aisée de l'histoire).* Dans cet ouvrage de méthodologie historique, où l'analyse des faits est appelée à remplacer leur accumulation et où la connaissance du passé est présentée comme la clé du droit universel, le juriste angevin annonce déjà les thèmes qu'il va développer dans son ouvrage majeur, la *République.*
• François Clouet peint le portrait en pied de Charles IX (Vienne, Kunsthistorisches Museum) et Antoine Caron (vers 1527-1599) les *Massacres du Triumvirat* (Louvre). Peintre protégé par Catherine de Médicis, Antoine Caron avait déjà réalisé un premier tableau sur le même thème vers 1562, le *Massacre des Triumvirs* (musée de Beauvais), d'après une gravure anonyme qui circulait alors à Paris. Symboliques de l'angoisse du temps par leur sujet, ces deux œuvres révèlent aussi par la situation de leurs minuscules personnages placés dans des architectures démesurées et imaginaires un goût prononcé pour la mise en scène. Caron fut d'ailleurs l'organisateur de plusieurs fêtes pour les entrées des rois à Paris.
• Germain Pilon achève *Les Trois Grâces* (Louvre), monument commandé par Catherine de Médicis après la mort d'Henri II.

1567

février
À Lyon, les catholiques saccagent le temple des Terreaux.

mai-août
Prodromes de la nouvelle prise d'armes, provoquée par les inquiétudes des réformés face à l'application restrictive de l'édit de pacification d'Amboise (19 mars 1563), la multiplication des violences et des ligues catholiques (en mai, une nouvelle confrérie, dite de la Sainte-Croix, vient d'être fondée à Limoges, en juillet une autre verra le jour en Bourgogne, sous la houlette de Gaspard de Saulx-Tavannes, le gouverneur de la province), ainsi que des menaces que font peser sur eux les armées royales et les opérations des Espagnols aux Pays-Bas. En effet, que la répression là-bas réussisse, et les protestants français seront réduits à une enclave dans le Midi. Par ailleurs, pour prévenir un mauvais coup du duc d'Albe, qui a quitté le Milanais et remonte vers le Nord pour écraser la révolte des Pays-Bas, Charles IX lève des troupes, dont 6 000 Suisses. Comme il ne les débande pas une fois le danger passé, les réformés sont persuadés qu'il va s'en servir contre eux. Tout au long de l'été, le débat sur l'opportunité du recours à la force fait rage au sein du camp réformé, Coligny se montrant plutôt réservé, son frère Andelot poussant à l'action. Le 11 juillet, Louis de Condé quitte la Cour pour son château de Valéry, près de Sens, où ont lieu plusieurs conciliabules des chefs protestants. On se met finalement d'accord sur un plan dont l'élément central est de s'assurer de la personne de Charles IX, afin de soustraire le jeune roi à l'influence des ultras du Conseil, au premier chef desquels le cardinal de Lorraine Charles de Guise. C'est la réédition du coup d'Amboise de février-mars 1560, et, côté catholique, de celui du roi de Navarre et des « triumvirs » deux ans plus tard.

24 juillet
Marie Stuart abdique au profit de son fils Jacques VI.

août
Une ordonnance prévoit que tous les officiers royaux seront tenus de faire une profession de foi catholique.
Le duc d'Albe entre à Bruxelles, bien décidé à réprimer dans le sang la révolte des Pays-Bas. En octobre, il est nommé gouverneur des 17 provinces. Constitution du «conseil des troubles», plus justement surnommé «du sang»; arrestation des comtes de Hoorn et d'Egmont.

26-28 septembre
La surprise de Meaux inaugure la deuxième guerre de Religion. Le 26, la Cour, qui se trouvait à Montceaux, où elle a appris la mobilisation des troupes protestantes, se réfugie à Meaux. Lorsque Louis de Condé se présente devant la ville avec une petite troupe de cavaliers, le roi, solidement protégé par ses Suisses, est hors d'atteinte et peut rentrer à Paris en toute sécurité. Le chancelier Michel de L'Hospital tente de s'entremettre; Catherine de Médicis, outrée, refuse toute discussion. C'est la fin (provisoire) de la politique de conciliation.

28 septembre
Les protestants prennent Orléans.

30 septembre-1er octobre
La «michelade» de Nîmes: au lendemain de la Saint-Michel, massacre de prêtres et de notables catholiques, dont les cadavres sont jetés dans le puits de la cour de l'évêché.

début octobre
Les protestants prennent Saint-Denis (1er octobre), puis une série de villes autour de la capitale, mise en état de siège et menacée de famines. Dans Paris même, les catholiques se vengent en massacrant les religionnaires. La foule gronde contre le gouverneur de la ville, François de Montmorency, et son père le connétable Anne, accusés de collusion avec les assaillants.

octobre
Un édit crée 13 offices de maître des requêtes et 12 offices de conseiller au Parlement de Paris.

7 octobre
Des hérauts royaux somment Condé, Andelot et Coligny de se rendre sans armes auprès du roi, sous peine d'être accusés de rébellion.

30 octobre
Ouverture d'une assemblée réformée à Montpellier.

10 novembre
Avec des troupes très supérieures en nombre et en matériel, Anne de Montmorency parvient, difficilement, à emporter la bataille de Saint-Denis, mais y laisse la vie. Il n'y a plus de connétable; c'est Henri d'Anjou, nommé lieutenant général du royaume, qui assume désormais le commandement des armées royales. Jacques de Savoie duc de Nemours, Louis de Bourbon duc de Montpensier et Artus de Cossé, maréchal de France et fidèle du connétable tué, lui servent d'adjoints.

22 novembre
Une assemblée du clergé qui siège depuis septembre reconduit le contrat de Poissy du 21 octobre 1561 et s'engage à verser au Trésor royal 1300000 livres par an, pendant dix ans.

décembre
Les offices de judicature supprimés par les ordonnances d'Orléans (septembre 1561) et de Moulins (février 1566) sont rétablis. Un édit autorise la survivance des charges, autrement dit la transmission de l'office à l'héritier de l'officier du vivant de celui-ci. La transmission des offices par résignation a été provisoirement réglée sous François Ier, moyennant une somme versée au bureau des parties casuelles. Des édits ultérieurs (1568, 1574, 1576, 1586) confirmeront cette provision, moyennant le versement du tiers de la valeur de l'office. Mais la question de la survivance des charges ne sera définitivement réglée que par l'introduction de la «paulette» en 1604.
Parallèlement, le roi ordonne une recherche de noblesse, destinée à débusquer les faux nobles. De temps à autre, la monarchie se livre à une «réformation de la noblesse» de ce genre, répondant ainsi aux vœux du tiers état, qui voit d'un très mauvais œil ceux qui se font passer pour nobles et échappent ainsi à l'impôt. Mais la monarchie elle-même donne le mauvais exemple, en vendant volontiers des titres de noblesse pour renflouer ses caisses vides.

15 décembre
Un édit prévoit la confiscation des biens des huguenots et leur mise aux enchères.

autres événements
• Après *Les Nouvelles Inventions pour bien bâtir à petits frais*, paru en 1561, l'architecte Philibert Delorme publie le premier tome de l'*Architecture*, mais le second ne paraîtra jamais. Ardent défenseur de la culture française, il n'y dit presque rien sur les architectes italiens. Le seul qui soit mentionné, pour être critiqué, encore que son nom ne

soit pas cité, est Bramante, l'architecte du Belvédère. Philibert Delorme défend l'idée d'un architecte s'intéressant surtout aux problèmes techniques, à tel point que Bernard Palissy, qui ne l'aimait pas, le surnomma « le Dieu des maçons ».

1568

janvier-mars

Poursuite des opérations militaires de la deuxième guerre de Religion. L'Électeur palatin Frédéric III, seul prince calviniste en Allemagne, envoie des troupes sous les ordres de son fils Jean-Casimir de Bavière. Les protestants s'emparent derechef d'Orléans, puis de Blois; à la mi-janvier, ils sont à nouveau aux portes de Paris. Le 12 janvier, le duc d'Anjou établit son camp à Troyes. Le 16, Louis de Condé rejoint Jean-Casimir, qui dispose de 6500 reîtres et 3000 lansquenets. Le duc de Saxe franchit à son tour le Rhin avec des troupes pour assister l'armée royale. Au même montent, Catherine de Médicis rencontre Odet de Châtillon à Châlons, mais l'entrevue tourne court. Le cardinal excommunié se réfugie bientôt en Angleterre, où il pousse ses hôtes à une alliance en bonne et due forme avec les huguenots. En effet, tout le monde comprend que les événements des Pays-Bas sont en train de transformer la guerre civile française en un conflit international. En février, alors que les réformés tiennent Orléans, Blois et Tours, Condé et Coligny font le siège de Chartres avec les troupes allemandes et des renforts venus du Quercy, Rouergue et Dauphiné, soit 30000 hommes. Le 15 mars, Condé prend Chartres, puis, en position de force, accepte de négocier la remise en vigueur de l'édit d'Amboise du 19 mars 1563.

23 mars

La paix de Longjumeau clôt la deuxième guerre de Religion. Le traité, dont la durée de vie ne dépassera pas cinq mois, rétablit l'édit d'Amboise dans son intégralité, mais est incapable de désarmer les factions. Le mouvement des ligues catholiques s'amplifie dans les provinces, cependant que les prédicateurs chauffent Paris à blanc.

mai

Réfugiée en Angleterre, Marie Stuart d'Écosse est en fait prisonnière d'Élisabeth Ire.

juin

Le rapport des forces au Conseil est désormais favorable aux ultras. Le cardinal de Lorraine qui, depuis l'échec de Poissy, a durci son attitude et s'est fait l'inlassable propagandiste des décrets du concile de Trente, s'allie à Henri d'Anjou, le grand espoir des catholiques; Condé, Coligny et les fils Montmorency, François et Henri de Damville, sont écartés. À la fin du mois, c'est le tour du chancelier Michel de L'Hospital, qui perd sa place au Conseil, puis, en septembre, les Sceaux. Bien que son successeur, Jean de Morvillier, prélat et magistrat proche de la reine mère, soit un modéré, la disgrâce du chancelier marque l'échec de la politique de conciliation qu'il incarnait.

5 juin

Exécution des comtes d'Egmont et de Hoorn sur la Grand-Place de Bruxelles; le prince Guillaume d'Orange se réfugie en Allemagne.

juillet

Emmenés par le capitaine huguenot François de Cocqueville, des renforts protestants aux insurgés du prince d'Orange traversent la Picardie en route pour les Pays-Bas; ces troupes sont défaites à Saint-Valéry-sur-Somme (Picardie) par le maréchal Artus de Cossé (1512-1582); Cocqueville est pris et pendu pour l'exemple sur ordre de Catherine de Médicis, chaudement félicitée par Philippe II d'Espagne.

21 juillet

Ludovic de Nassau, frère de Guillaume d'Orange, est écrasé par les troupes du duc d'Albe à Jemmingen.

août

Les chefs huguenots et Guillaume d'Orange forment une « Sainte Alliance ».
Nouvelle tentative de Charles IX d'unifier sous son sceptre la multitude de ligues catholiques qui ont poussé un peu partout comme champignons après la pluie.

23 août

Persuadés qu'on en veut à leur vie, Gaspard de Coligny et Louis de Condé se réfugient à La Rochelle, rejoints bientôt par d'autres chefs huguenots; début de la troisième guerre de Religion. La situation de cette ville portuaire, à l'heure où les huguenots ont tant besoin des secours anglais, et la conviction de ses bourgeois en font désormais le principal bastion protestant.

septembre

Michel de L'Hospital définitivement écarté, une série d'édits marque le durcissement de la politique royale à l'égard des réformés. Le 23 septembre, l'édit de Saint-Maur confirme la liberté de conscience, mais interdit l'exercice public de la religion et ordonne aux pasteurs de quitter le royaume dans les quinze jours. Un autre édit prive les religionnaires de tout office de justice ou de finances. Jeanne d'Albret arrive à La Rochelle, entourée de 6 000 Gascons et accompagnée de son fils Henri de Navarre (futur Henri IV), alors âgé de 15 ans.

octobre
Condé et Coligny prennent Niort, Fontenay-le-Comte, Saint-Maixent, Angoulême.

3 octobre
Mort d'Élisabeth d'Espagne, épouse de Philippe II, fille de Catherine de Médicis et sœur du roi de France.

17 novembre
Guillaume d'Orange pénètre en France à la tête de troupes recrutées en Allemagne.

autres événements
• Jean de La Croix, mystique espagnol proche de Thérèse de Jésus d'Avila, refonde l'ordre des Carmes.
• Jean Bodin: *Response aux paradoxes de M. de Malestroict touchant l'enchérissement de toutes choses*. Ce texte étonnant démonte pour la première fois le mécanisme d'un phénomène mystérieux, l'inflation. Selon Malestroit, magistrat à la chambre des comptes, la hausse des prix n'est qu'apparente, sorte d'illusion d'optique due à la dépréciation de la monnaie. Bodin prouve au contraire que c'est un phénomène bien réel, provoqué par une série de causes, dont la principale est l'afflux de métaux précieux d'Amérique. Incidemment, pour prouver sa thèse, Bodin consulte des documents qui remontent à quatre siècles en arrière; au-delà, dit-il, il n'y a plus que des chroniques peu fiables. Formidable stabilité des structures économiques d'une société fondée sur la terre et les hiérarchies qu'elle produit!
• Michel de L'Hospital: *Discours sur la pacification des troubles*.
• Adrian Le Roy: *Livre d'airs de cour mis sur le luth*.

Adrian Le Roy

Fondateur avec Robert Ballard de la principale maison d'édition de musique en France jusqu'à la Révolution, Adrian Le Roy (vers 1520-vers 1598) joue un rôle considérable dans la vie musicale de son temps. Il est aussi l'auteur d'une méthode pour le luth, imprimée en 1568, et laisse quelques pièces pour luth et guitare, des psaumes et des chansons.

• Primatice réalise à Fontainebleau la décoration de l'aile de la Belle Cheminée.

1569

13 mars
Henri d'Anjou remporte sur les protestants la victoire de Jarnac. Si le mérite tactique en revient à Saulx-Tavannes, Anjou, âgé à ce moment-là de 18 ans, y fait preuve d'un réel courage. Le fait marquant de cette bataille par ailleurs sans grande portée pour la suite de la guerre est la mort de Louis de Condé, fait prisonnier, ignominieusement traité, puis assassiné. Gaspard de Coligny, désormais chef incontesté des protestants, se replie avec ses forces à Saintes, où il retrouve Henri de Condé et Henri de Navarre.

avril
Saulx-Tavannes échoue à reprendre Cognac.

mai
Un arrêt du Parlement ordonne le recensement des huguenots de Paris.
Mort de François d'Andelot; les huguenots soupçonnent l'empoisonnement.

17 mai-3 juin
Catherine de Médicis se rend au camp de l'armée à Preuilly.

25 juin
Victoire de Coligny à La Roche-l'Abeille, dans le Limousin, où Philippe Strozzi, colonel de l'infanterie, est fait prisonnier et des centaines de Suisses sont massacrés.

30 juin
Exécution à Paris du marchand Philippe Gastine, de son fils et de son gendre, coupables d'avoir pratiqué le culte réformé chez eux; leur maison est rasée et une croix de pierre avec inscription érigée sur le site pour commémorer l'événement. Cette croix refera parler d'elle deux ans et demi plus tard.

24 juillet
Les protestants mettent le siège devant Poitiers, défendue par Henri de Guise; ils doivent lever le siège le 7 septembre.

13 septembre
Le Parlement condamne à mort par contumace et exécute en effigie l'amiral de Coligny.

octobre
Coligny quitte Saintes avec quelques milliers d'hommes et rejoint Gabriel de Lorges, comte de Montgomery, chef des troupes de Gascogne.

3 octobre
Victoire catholique de Moncontour, deuxième fait d'armes, abondamment célébré, du duc d'Anjou. Les Suisses se livrent à un carnage de prisonniers, vengeant ainsi la mort des leurs à La Roche-l'Abeille le 25 juin précédent.

7 octobre
Premier exploit de Charles de Louviers, sieur de Maurevert, qui tue Artus de Maudray, sieur de Mouy, un homme de Coligny; c'est ce même Maurevert qui, en tentant de tuer l'amiral, déclenchera la tuerie de la Saint-Barthélemy en août 1572.

octobre-décembre
Siège de Saint-Jean-d'Angély. Le 16 octobre, les troupes royales aux ordres d'Armand de Gontaut, baron de Biron, mettent le siège devant la place forte protestante. Le 26, Charles IX arrive au camp des assiégeants avec Catherine de Médicis, Marguerite de Valois et le cardinal de Lorraine. Mais la ville refuse de se rendre, fût-ce au roi. Le 4 novembre, des négociations aboutissent à une trêve de dix jours. Le 2 décembre, Charles IX « pardonne » aux assiégés. Le 3, les troupes protestantes sortent de Saint-Jean-d'Angély, mais, malgré les assurances – et l'escorte – royales, de nombreux huguenots sont dépouillés et tués. Le roi, Catherine de Médicis et le cardinal de Lorraine entrent dans la ville.

15 novembre
Les troupes royales prennent Nîmes.

22 novembre
Coligny, avec 3 000 chevaux, est à Montauban, où il reconstitue son armée. Le 25, le roi lui accorde un passeport pour qu'il vienne le rejoindre. En effet, malgré Jarnac et Moncontour (et, pour Charles IX, précisément à cause de Jarnac et Moncontour), le roi et la reine mère cherchent à mettre fin à la guerre.

décembre
Assemblée réformée à Nîmes.

8 décembre
Henri d'Anjou, frère de Charles IX, est intendant général du roi et, en cette qualité, contresigne les lettres royales.

autres événements
• Acte d'union de la Pologne et de la Lituanie.
• Mappemonde de Gerhard Kremer, dit Mercator. Le mathématicien et géographe flamand a déjà réalisé à l'intention de Charles Quint un globe terrestre et un globe céleste.
• Prudent Le Choyselat: *Discours œconomique, non moins utile que récréatif, montrant comment par le ménagement de poules, de 500 livres pour une fois employées, l'on peut tirer par an 4 500 livres de profit honneste.*

1570

7 janvier
Le pape Pie V fait suspendre aux murs de la basilique du Latran les étendards pris aux protestants à Moncontour (3 octobre 1569). Le 27 mars, il enverra à Charles IX un chapeau et une épée d'honneur en souvenir de la victoire.

11 janvier
Le roi donne à son frère Henri d'Anjou 80 000 livres de rente pour le remercier des services rendus.
Les reîtres rentrent en Allemagne.

14 janvier
Charles IX envoie Nicolas de Neufville de Villeroy à Prague demander pour lui la main d'Élisabeth d'Autriche, la fille cadette de l'empereur Maximilien II.

février
Cosme de Médicis, connu pour son hostilité aux Espagnols et aux Guise, est couronné grand-duc de Toscane.

25 février
Élisabeth d'Angleterre est excommuniée par une bulle de Pie V.

mars-juillet
Dernières opérations militaires de la troisième guerre de Religion et début des négociations de paix. Au printemps, les troupes de Coligny traversent le Languedoc et la Provence, avant de remonter la vallée du Rhône en route vers La Charité-sur-Loire. En mai, elles arrivent à Saint-Étienne. Le 15 juin, les catholiques sont défaits à Sainte-Gemme (actuelle Charente-Maritime); Niort, Brouage, Saintes ouvrent leurs portes aux protestants; le reste de l'armée royale s'installe à Saint-Jean-d'Angély. Le 18, les troupes protestantes arrivent en Bourgogne et pillent l'abbaye de

Cluny, puis, le 20, l'abbaye cistercienne de La Ferté-sur-Grosne. Le 27 juin, la bataille d'Arnay-le-Duc (Côte-d'Or) reste indécise, mais Coligny réussit à poursuivre sa marche vers La Charité, où il se retranche le 4 juillet.

La signification politique de cette guerre confuse est claire: si la supériorité militaire des troupes royales est indiscutable, elle n'est pas suffisante pour emporter la décision. Il faut donc se remettre à la table des négociations, d'autant plus que le Trésor est exsangue. Aussi bien, dans le jeu de bascule des factions du Conseil, les Guise perdent du terrain: Henri de Guise prétend en vain à la main de Marguerite de Valois, cependant qu'Henri d'Anjou, pour qui la reine mère négocie le mariage avec Élisabeth Ire d'Angleterre, s'éloigne de son mentor, le cardinal de Lorraine. Ce sont désormais les modérés qui ont à nouveau le vent en poupe: les Montmorency – François, fils aîné du connétable défunt, et son frère Henri de Montmorency-Damville –, qui se trouvent au centre d'une puissante nébuleuse nobiliaire; et les robins du Conseil, au premier rang desquels le garde des Sceaux Jean de Morvillier. Enfin, le roi lui-même, parvenu à l'âge de gouverner de son propre chef et agacé autant par la tutelle pesante de sa mère que par l'éclat militaire et la popularité de son frère, pousse activement à la paix.

8 août

La paix « boiteuse et mal assise » de Saint-Germain met fin à la troisième guerre de Religion. Ainsi raillée parce qu'elle a été négociée par un boiteux – Biron – et par Henri de Mesmes, sieur de Malassise, elle n'en est pas moins la tentative la plus sérieuse jusqu'ici d'établir la paix religieuse sur des bases solides. Outre la précision des clauses, qui en rend en principe plus facile l'application, la grande nouveauté est l'octroi aux huguenots de quatre places de sûreté: La Rochelle, Montauban, La Charité et Cognac. Aussi bien, malgré les difficultés prévisibles de l'application, elle tiendra bon tout de même deux ans. Mais la grande peur des catholiques, qui voient dans cette paix un élément d'un dispositif vaste, de l'Angleterre aux principautés luthériennes d'Allemagne en passant par la France et les Pays-Bas, destiné à étrangler leur religion, finira par la balayer dans les affres de la Saint-Barthélemy.

10 novembre

Le roi Charles IX accorde des statuts à l'Académie de poésie et musique fondée par Jean-Antoine de Baïf et Joachim Thibault de Courville (vers 1535-1581) et s'en proclame le protecteur.

26 novembre

Épousailles, à Mézières, de Charles IX et d'Élisabeth d'Autriche. La reine mère a invité les seigneurs protestants à la cérémonie, mais Coligny a jugé plus prudent de se dérober.

décembre

Charles IX demande des subsides à ses bonnes villes et au clergé, qui accorde 600 000 livres.

Le roi licencie des troupes.

Malades tous deux, Catherine de Médicis et Charles IX laissent à Henri d'Anjou le soin de recevoir les ambassadeurs.

15-16 décembre

Des maisons protestantes sont pillées sur le pont Notre-Dame.

autres événements

• Les Turcs assiègent Chypre.

• Bernard de Girard, seigneur Du Haillan: *De l'Estat et succez des affaires de France.* Originaire de Bordeaux, fils d'un lieutenant de l'amirauté de Guyenne, lui-même secrétaire des finances du duc d'Anjou et bientôt historiographe du roi (1571), Du Haillan (1538-1610) est un historien doublé d'un théoricien de la monarchie. Dans cet ouvrage, tout comme dans son œuvre maîtresse, l'*Histoire de France* (1576), il se montre un émule de Claude de Seyssel, partisan d'une monarchie forte bridée par ses propres lois.

• Loys Le Roy: *Exhortation aux François pour vivre en concorde et jouir du bien de la Paix.* Juriste humaniste, Le Roy (1510-1577) défend une monarchie forte, seule garante de l'union des Français et du salut de l'État.

• Publication des *Meslanges* de Pierre Certon, contenant des pièces sacrées et profanes de cinq à treize voix.

Certon

Élève de Josquin Des Prés, Pierre Certon (vers 1510-1572) est clerc, puis chef de chœur de la Sainte-Chapelle en 1536, chanoine à Notre-Dame de Melun en 1560, compositeur de la chapelle royale enfin, vers 1570, l'année de ses Meslanges. *Il a laissé des messes, des motets, des psaumes, un* Magnificat *et de multiples chansons à quatre voix.*

• Date approximative de la peinture *La Dame au bain* par François Clouet (Washington, National Gallery of Art).

• Bernard Palissy travaille à une grotte en céramique commandée par Catherine de Médicis pour le jardin du palais des Tuileries, en réutilisant peut-être des parties exécutées pour la grotte destinée à Anne de Montmorency pour Écouen. De l'une et l'autre, on ne connaît que des fragments, exhumés par les archéologues aux XIXe et XXe siècles. Il commence la production de bassins de terre cuite émaillée à décor d'animaux et de végétaux divers (serpents, lézards, poissons, écrevisses, grenouilles... ; cresson, fougère...).
• Primatice commence le maître-autel de Saint-Denis, mais meurt dans l'année.

1571

23 janvier
À Chantilly, le roi reçoit une ambassade des princes de la confession d'Augsbourg, envoyée par la diète de Spire pour l'exhorter à promouvoir la paix.

février
À Orange, une tentative des huguenots de s'emparer du château est suivie d'un massacre à grande échelle, perpétré par une foule catholique déchaînée. Informé par les rescapés de la tuerie, le roi en fait punir les auteurs, dont plusieurs, y compris des ecclésiastiques, sont pendus.

14 février
Mort, en Angleterre, du cardinal Odet de Châtillon, frère de Coligny.

6 mars
« Joyeuse entrée » de Charles IX à Paris ; la ville, requise pour 600 000 livres, s'en tire en fait avec seulement le tiers, pour la solde des mercenaires.

8 mars
Charles IX se rend à Saint-Denis sur les tombeaux de son père Henri II et de son frère François II.

11 mars
Procession royale dans Paris.

12 mars
Harangue du roi au Parlement de Paris, auquel il est rappelé son devoir d'obéissance.

17 mars
René de Birague, garde des Sceaux depuis l'année précédente, est nommé chancelier. C'est un Milanais âgé de 65 ans, arrivé en France dans les bagages de Catherine de Médicis et naturalisé français par Charles IX. Catholique ultra, il poursuivra ensuite une carrière ecclésiastique qui le conduira au cardinalat.

25 mars
Couronnement de la reine Élisabeth à Saint-Denis, suivi le 28 par sa propre entrée solennelle dans Paris.

mars-avril
Troubles graves à Rouen. Le 18 mars, la foule catholique attaque des huguenots coupables de ne s'être pas découverts lors du passage d'un prêtre portant une hostie, et en massacre une quarantaine ; des émeutiers sont arrêtés, mais aussitôt libérés par des catholiques en colère. En avril, le roi envoie des juges, appuyés par une forte troupe ; la répression fait des dizaines de victimes, au grand scandale des catholiques.

avril
Synode national des réformés à La Rochelle, avec la participation de Jeanne d'Albret et des principaux chefs huguenots. Ce « synode des princes » adopte la confession de foi dite de La Rochelle, laquelle reprend pour l'essentiel celle de mai 1559.

avril-mai
Têtue, Catherine de Médicis négocie toujours le mariage d'Henri d'Anjou avec Élisabeth Ire d'Angleterre, premier volet de la stratégie matrimoniale de la reine mère – l'autre concerne le mariage de sa fille Marguerite avec Henri de Navarre. Le 7 mai, cette union improbable d'une reine de 38 ans, qui n'a d'ailleurs nulle intention de se marier, et d'un prince d'à peine 20 ans, est annoncée à la Cour, à la grande satisfaction des huguenots.
Voyage en France du franco-flamand Roland de Lassus, sans doute le plus grand compositeur de la Renaissance, devenu maître de chapelle à Munich après un séjour en Italie.

DE LASSUS

Roland de Lassus (1532-1594), qu'on surnomme en France « le divin Orlande », publie depuis 1557 des chansons françaises qui exercent une influence immense. Sa curiosité poétique lui fait mettre en musique des poètes aussi divers que Villon, Alain Chartier, Marot, du Bellay et les poètes de la Pléiade, en particulier Ronsard qui lui rend hommage en 1572. Il est introduit auprès de Charles IX, à qui il dédie son Livre de chansons nouvelles à cinq parties, *par son ami l'éditeur de musique et luthiste Adrian Le*

Roy selon qui le souverain, à l'audition de ses œuvres, « en a été si ravi que ne le vous puis écrire ». Lassus sera sollicité trois ans plus tard pour prendre la direction de la chapelle royale, mais le projet sera abandonné à la mort du roi.

20 mai
Le pape Pie V, Venise et l'Espagne concluent une ligue contre les Turcs, à laquelle la France refuse de s'associer. Le 7 octobre, la flotte de la ligue aux ordres de Don Juan d'Autriche remportera à Lépante une retentissante victoire sur les Ottomans.

23 mai
Des lettres patentes confirment les privilèges de l'Académie de poésie et musique créée le 10 novembre 1570.

juillet
Édit de confirmation de l'édit de Saint-Germain du 8 août 1570.
Entrevue de Charles IX avec Ludovic de Nassau, qui cherche à entraîner le roi de France dans une grande coalition avec l'Angleterre et les princes luthériens d'Allemagne contre l'Espagne aux Pays-Bas.

31 juillet
Henri d'Anjou refuse le mariage anglais, officiellement enterré le 14 août. Mais Catherine de Médicis ne renonce pas: le nouveau candidat à la main d'Élisabeth Ire est maintenant le frère cadet d'Henri, François, duc d'Alençon.

12 septembre
Coligny se présente enfin à la Cour, à Blois, mais pour un bref séjour et seulement après avoir exigé, et obtenu, des garanties formelles pour sa sécurité. Est-ce à ce moment qu'il expose au Conseil son projet d'une grande alliance entre la France et les puissances protestantes, alliance destinée à chasser l'Espagne des Pays-Bas, ce qui rétablirait du même coup la concorde entre les Français? Toujours est-il que l'idée est dans l'air. Mais l'appui anglais est plus que problématique, les princes allemands avancent, comme toujours, en ordre dispersé et, au sein du Conseil, Catherine de Médicis, soutenue par Henri d'Anjou, par Birague, voire par Morvillier, ne veut pas entendre parler d'une guerre avec l'Espagne. Par ailleurs, l'Espagne va bientôt remporter sur les Turcs une éclatante victoire, qui semblera pour un bref instant réduire en poussière les desseins de ses ennemis.

28 octobre
Michel de Montaigne quitte définitivement la vie publique et se retire dans sa « librairie » du château de Montaigne, en Guyenne. Il vient de recevoir le collier de l'ordre de Saint-Michel, « belle invention », certes, mais qu'il jugera sévèrement, tellement l'inflation des membres en aura fait « corrompre l'estimation » (*Essais*, Livre II, chapitre VII).

novembre
Des ordonnances ecclésiastiques promulguées par Jeanne d'Albret organisent le culte huguenot en Béarn et en proscrivent le catholicisme.

20 décembre
L'enlèvement, en pleine nuit, de la croix de Gastine, conformément à une clause de la paix de Saint-Germain du 8 août 1570 qui interdit le rappel des troubles passés, provoque l'ire de la population catholique. Le gouverneur de la ville, François de Montmorency, fait donner la troupe et pend un émeutier. L'affaire prend rapidement l'allure d'un symbole pour les deux partis.

autres événements
• Un arrêt du parlement de Guyenne ordonne la mise en liberté d'esclaves noirs amenés à Bordeaux: « La France, mère de liberté, ne permet aucuns esclaves. »
• René Benoist: *Advertissement du moyen par lequel aisément tous troubles et différends tant touchant la croix* [de Gastine], *de laquelle il y a si grande altération en ceste ville de Paris que autres concernans la religion seront assagis et ostez*. Avec Simon Vigor, curé de Saint-Paul, et quelques autres, le « pape des Halles », comme on surnommera le bouillant curé de Saint-Eustache, préfigure les outrances des prédicateurs de la Ligue. Mais à ce moment, il fera figure de modéré.

1572

mars-avril
Les préparatifs des « noces vermeilles ». En mars, Jeanne d'Albret et Catherine de Médicis se rencontrent à Blois pour préparer le mariage d'Henri de Navarre et Marguerite de Valois. Les chefs catholiques, Philippe II d'Espagne en tête, tentent de dissuader la reine mère, qui passe outre: le 11 avril est signé le contrat de mariage. Cette union, que les contemporains jugent contre nature, est destinée à rattacher le premier prince du sang au char de l'État et à réconcilier les Français déchirés par la querelle confessionnelle.

1er avril
Les « gueux de mer » prennent le port de Brielle, à l'embouchure de la Meuse. Ce coup de main relance la guerre aux Pays-Bas.

19 avril
Traité de Blois entre la France et l'Angleterre: la faction de Coligny, favorable à une grande coalition anti-espagnole, semble l'emporter sur les Guise et leurs alliés.

mai-juillet
Le coup des « gueux de mer » sur Brielle pose dans toute son acuité la question de l'intervention française aux Pays-Bas. Vers la fin du mois de mai, Ludovic de Nassau et un contingent de protestants français aux ordres de François de La Noue prennent Mons, puis ce dernier s'empare de Valenciennes, qui est rapidement reprise par les Espagnols. Le 30 mai, Catherine de Médicis menace de quitter la France si Charles IX entre en guerre contre l'Espagne. Charles IX, séduit par la perspective d'une grande politique anti-espagnole mais effrayé par ses conséquences éventuelles, hésite. Le 5 juin, Coligny arrive à la Cour, bien décidé à convaincre le roi d'intervenir. Le 9 juin, Jeanne d'Albret meurt, et des bruits courent qu'elle aurait été empoisonnée par les soins de la reine mère. Le 19, Coligny défend devant le Conseil du roi son projet d'intervention aux Pays-Bas, et semble emporter l'assentiment de Charles IX. Les débats se poursuivent plusieurs jours. Enfin, le 26 juin, le Conseil se prononce contre la guerre contre l'Espagne, jugée trop puissante. Il est par ailleurs évident que l'Angleterre ne bougera pas, pas plus que Venise, dont le sénat envoie le 5 juillet un ambassadeur extraordinaire pour dissuader le roi de déclarer la guerre à l'Espagne. Comme pour prouver le bien-fondé d'une politique prudente, le 17 juillet, les Espagnols défont à Quiévrain, dans le Hainaut, un contingent de huguenots aux ordres de Jean de Hangest, sieur de Genlis, parti prêter main-forte à Ludovic de Nassau enfermé dans Mons. Coligny ne désarme pas pour autant: peut-être avec le soutien en sous-main du roi, il promet des troupes à Guillaume d'Orange.

1er mai
Mort de Pie V et élection le 14 mai du Bolonais Ugo Boncompagni sous le nom de Grégoire XIII, lequel se montrera aussi ardent réformateur que son prédécesseur.

8 juillet
Henri de Navarre et Henri de Condé arrivent à Paris, en prévision du mariage du Béarnais avec Marguerite de Valois.

30 juillet
Profitant de l'absence de la reine mère et du duc d'Anjou, partis pour Chalon accueillir le duc et la duchesse de Lorraine, Coligny parvient à convaincre l'influençable Charles IX de lever de nouvelles troupes pour continuer la guerre.

4 août
Catherine de Médicis rentre précipitamment à Paris pour défaire ce que l'amiral a fait.

9-10 août
Le Conseil débat derechef de l'intervention en Flandre, avec le même résultat.

10 août
Massacre de protestants à Troyes.
Premier mariage de réconciliation interconfessionnelle, ou plutôt interclanique: Henri de Condé épouse Marie de Clèves; certes, Marie est protestante, mais c'est aussi une Guise.

16 août
La capitale, énervée par la chaleur et rendue furieuse par la présence de milliers de gentilshommes huguenots en armes, est au bord de l'insurrection ouverte. Le Parlement de Paris en profite pour refuser d'enregistrer un édit fiscal qui pénalise les procureurs.

17 août
Jean de Monluc part pour Cracovie défendre la candidature d'Henri d'Anjou à la couronne de Pologne, rendue vacante par la mort du dernier Jagellon, Sigismond II Auguste, le 7 juillet.

18 août
Le mariage d'Henri de Navarre et de Marguerite de Valois est célébré sur le parvis de Notre-Dame par le cardinal Charles de Bourbon, oncle du marié. L'époux et la mariée ont le même âge, 19 ans à peine.

19-21 août
Les réjouissances offertes après le mariage sont truffées d'allégories néoplatoniciennes sur la paix recouvrée; mais l'hostilité croissante des Parisiens, excités par les prédicateurs, et la méfiance palpable des deux camps en présence rendent l'atmosphère irrespirable.

22 août
Après l'attentat manqué de Maurevert contre Coligny, Charles IX rend visite au blessé et lui promet de faire justice.

23 août
Un Conseil restreint – Catherine de Médicis, Henri d'Anjou, Birague, Retz, Saulx-Tavannes – décide l'exécution des principaux chefs protestants présents à Paris; tard dans la nuit, le prévôt des marchands Jean Le Charron est mandé au Louvre; on lui demande de boucler la ville et de mettre la milice bourgeoise en état d'alerte.

24-29 août
Le massacre de la Saint-Barthélemy fait plusieurs milliers de victimes à Paris. Quelques victimes célèbres: Pierre de la Ramée (Ramus), Charles de Téligny, le gendre de Coligny, François de La Rochefoucauld, gouverneur de Champagne, François Nompar de Caumont. Quelques rescapés célèbres: Jean de Ferrières, vidame de Chartres, le petit Maximilien de Béthune, futur duc de Sully, et, bien sûr, les deux princes du sang, Henri de Navarre et Henri de Condé, qu'on n'avait pas l'intention de tuer, mais qui doivent promettre d'abjurer.
L'attitude du roi, sinueuse, reflète son désarroi, peut-être aussi les influences contradictoires qui s'exercent sur lui. Le 24 août, en milieu de journée, il ordonne, en vain, l'arrêt du massacre. En soirée, dans des lettres à l'intention des gouverneurs de province, il jette la responsabilité de la tuerie sur les Guise et leur vendetta personnelle contre Coligny. Le 26, changement de ton: devant le Parlement de Paris, dans la majesté d'un lit de justice, le voilà qui revendique la responsabilité des événements: c'est lui qui aurait voulu cela, en usant de son droit de justice immédiate, afin de prévenir la conjuration protestante qui se tramait contre l'État. Et le 27, il interdit le culte protestant, tout en ordonnant derechef aux autorités de la ville d'arrêter les massacres. Mais il lui faudra encore deux journées entières avant de retrouver la maîtrise de sa capitale.

août-octobre
La Saint-Barthélemy en province: La Charité (24 août), Meaux (25-26 août), Orléans (26-27 août), Bourges (26 août, puis 11 septembre), Angers et Saumur (28-29 août), Lyon (31 août-2 septembre), Troyes (4 septembre), Rouen (17-20 septembre), Bordeaux (3 octobre), Toulouse (3-4 octobre), Gaillac, Albi, Rabastens (5-6 octobre). Les massacreurs suivent l'exemple de Paris, souvent persuadés qu'ils obéissent à la volonté du roi. Beaucoup dépend de la détermination des gouverneurs à empêcher une tuerie que le roi a expressément défendue; après tout, la plupart des villes du royaume n'ont pas été touchées. Au total, la «saison des Saint-Barthélemy» aura fait, selon l'estimation la plus courante, entre 15 000 et 20 000 victimes.

4 septembre
Procession royale à Paris.

8 septembre
À Rome, Grégoire XIII célèbre un *Te Deum* en l'honneur de la Saint-Barthélemy. Le 9, une bulle du pape exaltant la victoire du Très Chrétien sur les hérétiques est affichée dans Paris.

12 septembre
Henri de Condé abjure le protestantisme.

17 septembre
Nouvelle tentative du roi de faire cesser les massacres: une ordonnance défend «très expressément et sur peyne de vie» d'attenter à la vie, à la liberté et aux biens de «ceulx de la Religion nouvelle».

19 septembre
Mons tombe aux mains des Espagnols.

26 septembre
Henri de Navarre, futur Henri IV, abjure le protestantisme.

octobre
La prise d'armes des huguenots du Midi et de l'Ouest marque le début de la quatrième guerre de Religion; la Saint-Barthélemy signifiait l'échec de la politique de réconciliation, la prise d'armes signifie l'échec de la politique de proscription. En fait, il n'y a plus de véritable politique possible. C'est bien ce qui caractérise les guerres civiles.
Seulement, à la différence des prises d'armes précédentes, celle-ci est une initiative urbaine et roturière. En effet, la saignée de la Saint-Barthélemy a décapité le parti huguenot. Pendant tout l'automne, les assemblées politiques se sont multipliées dans les villes du Midi protestant, et une ébauche de fédération en est sortie. Si des gentilshommes continuent d'assurer le commandement des troupes, ils agissent désormais sous le contrôle étroit de sortes de commissaires civils mandatés par les villes fédérées.

16 octobre
Ordonnance d'Henri de Navarre rétablissant le catholicisme dans ses États.

27 octobre
Naissance de Marie-Isabelle, fille de Charles IX et d'Élisabeth d'Autriche. Rappel ironique des contradictions dont l'époque est remplie, c'est la protestante reine Élisabeth Ire d'Angleterre qui sera la marraine de la fille de celui que ses coreligionnaires ne traitent plus désormais que de « tyran ».

novembre
Armand de Gontaut-Biron, gouverneur de La Rochelle au nom du roi, met le siège devant la ville rebelle qui refuse de lui ouvrir ses portes. C'est le début d'un siège formidable de huit mois, qui mobilisera les forces humaines et matérielles du royaume contre quelques milliers de défenseurs fanatisés par leurs ministres. Épisode curieux, Charles IX fait appel au protestant François de La Noue, unanimement respecté, pour ramener les Rochelais à l'obéissance, moyennant le respect de leur liberté de conscience et des privilèges de leur ville. La Noue s'exécute, mais, à peine arrivé dans la ville assiégée, ses coreligionnaires lui demandent de se porter à leur tête. Ce qu'il fait, non sans avoir obtenu l'accord du roi ! Situation sans issue, née de l'alliance improbable du machiavélisme, de la passion religieuse et de l'éthique chevaleresque, et dont le « Bayard huguenot » ne se sortira qu'en quittant la ville.

20 décembre
Le roi crée une chaire de lecteur royal en théologie, qui est confiée à René Benoist.

Benoist

Curé de Saint-Eustache depuis 1568, René Benoist (1521-1608) est l'un des prêtres les plus en vue du Paris des derniers Valois. D'une orthodoxie sans faille, il trouve pourtant moyen de se brouiller avec la Sorbonne à propos d'une traduction de la Bible que la faculté de théologie trouve problématique, et qui sera d'ailleurs censurée par Rome. C'est un traditionaliste doublé d'un moraliste rigide, mais aussi un royaliste bon teint, l'un des rares curés parisiens à résister plus tard aux séductions de la Sainte Ligue. Henri IV récompensera le « pape des Halles », comme on l'appellera alors, en le couchant sur le rôle de ses pensionnés, en tant que confesseur du roi, puis, en septembre 1593, en le nommant à l'évêché de Troyes.

autres événements
- Amyot traduit les *Œuvres morales* de Plutarque.

1573

février-mars
Siège de Sommières, qui se rend à Henri de Montmorency-Damville, gouverneur du Languedoc.

février-avril
Le siège de La Rochelle, suite. Fortement retranchée, tenue en haleine par les prêches et se ravitaillant tant bien que mal en menant, de concert avec les « gueux » de Hollande, une guerre de course active, la ville tient bon. Pour autant, sa situation n'est pas brillante. Le 11 février, Henri d'Anjou prend le commandement de l'armée royale – une armée qui compte quelque 30 000 hommes, et où se retrouve tout ce que le royaume compte de noms prestigieux. Le 12 mars, ayant compris que les radicaux tiennent définitivement le haut du pavé parmi les assiégés, La Noue quitte La Rochelle. En avril, une flotte réunie en Angleterre par Montgomery se montre, mais n'ose pas engager le combat avec la flotte royale. C'est d'ailleurs tout ce que consent la reine Élisabeth Ire au bénéfice de ses coreligionnaires de La Rochelle : en mai, elle promet à l'ambassadeur français à Londres, Albert de Gondi, de ne pas secourir les assiégés. Aussi bien, malgré les pertes nombreuses que subit l'armée royale, peu doutent que la ville rebelle ne finisse par tomber.
Parmi ceux qui participent à ce long siège où s'est donné rendez-vous la fine fleur de la noblesse française, se trouve aussi Brantôme, qui en a laissé une relation intéressante dans son *Discours sur les Couronnels [colonels] de l'infanterie de France.*

Brantôme

Comme Blaise de Monluc ou Agrippa d'Aubigné, Pierre de Bourdeille, sieur de Brantôme (vers 1540-1614), est un homme d'épée et de plume. Gentilhomme périgourdin d'excellente famille mais de peu de moyens, il fait de bonnes études à Paris et à Poitiers, puis se met à chercher, comme le veut son « estat », gloire et fortune à la pointe de son épée et au service de quelque grand du royaume. Abbé commendataire (c'est-à-dire bénéficiaire d'un bien ecclésiastique sans obligation de résidence, voire, comme dans son cas, sans quitter l'ordre laïque) de Brantôme, il devient un fidèle de François de Guise, participe à ses côtés à la bataille de Dreux en décembre 1562, puis s'engage, après l'assassinat de celui-ci le 18 février 1563, dans la « croisade » de Philippe II au Maroc (1564). Brantôme est catholique, encore que, comme beaucoup de gentilshommes, cela ne

l'empêche pas d'avoir des amis dans le camp d'en face. Il voyage beaucoup : Portugal, Espagne, Italie, Malte, où il court à un autre projet de croisade avortée (1566), Grèce, Italie encore. Revenu en France, il devient gentilhomme ordinaire de la chambre du roi, charge qu'il conserve sous Henri III. En 1584, sa carrière militaire achevée brutalement à cause d'une mauvaise chute de cheval, il se met à écrire, surtout des Vies *et des* Discours *rédigés d'une plume alerte et talentueuse, tous posthumes :* Vies des Dames illustres, Vies des grands capitaines, Discours sur les Couronnels de l'infanterie de France, Discours sur les duels, Discours sur les rodomontades et parolles espagnoles, Discours sur les retraictes de guerre.
Brantôme ne brille point par le sens critique, et ses affirmations sont à prendre avec plus qu'une pincée de sel. Sa vérité est ailleurs, dans la précision du trait et l'intuition d'un homme qui n'a pas son pareil pour sentir son temps et ses semblables. Être hybride comme le siècle, il est à la fois « féodal » et « moderne ». Homme du passé, il exalte un modèle chevaleresque en train de passer de mode. Comme le connétable de Bourbon, il ne conçoit de service que d'homme à homme, à la féodale, et sa fidélité est conditionnée par la reconnaissance du maître qu'il sert. Mécontent d'Henri III, qui, à la mort de son frère André, sénéchal de Périgord, lui refuse cette charge qu'il estime lui revenir de droit, ne songe-t-il pas à abandonner son service pour rejoindre le roi d'Espagne ? Homme de la Renaissance, sa part de « modernité » est dans son individualisme forcené et dans cet amour de la beauté du geste, sans trop s'encombrer d'états d'âme moraux, à quoi Machiavel reconnaissait le héros doté de virtù.

mars-août
Le terrible siège de Sancerre, resté célèbre pour la relation horrifiée qu'en fera le pasteur Jean de Léry dans son *Histoire mémorable du siège de Sancerre*, publiée en 1574.

29 mars
Une lettre du roi rappelle une fois de plus aux évêques l'obligation de résider dans leur diocèse.

28 avril
Naissance de Charles de Valois, fils bâtard de Charles IX et de Marie Touchet, fille de Jean, sieur de Beauvais, lieutenant particulier du bailliage d'Orléans. Charles sera comte d'Auvergne et duc d'Angoulême, et en 1586, après la mort d'un autre bâtard (Henri d'Angoulême, fils d'Henri II), grand prieur.

11 mai
Réunie à Varsovie, une « confédération », assemblée où sont conviés tous les nobles du royaume, élit Henri d'Anjou roi de Pologne. À la différence de la diète, tenue par le *liberum votum*, autrement dit par l'unanimité, une confédération prend ses décisions à la majorité des membres. L'élection d'Henri est un triomphe personnel de Jean de Monluc, évêque de Valence, qui a négocié la candidature du fils préféré de Catherine de Médicis et réussi l'impossible : convaincre les Polonais qu'Henri d'Anjou n'a été pour rien dans la Saint-Barthélemy, simple commotion populaire. En effet, si la réputation que s'est taillée le jeune prince pour son rôle dans les massacres d'août 1572 a fait excellente impression à Rome et à Madrid, tel n'est pas le cas à Cracovie : la Pologne est à l'époque terre de liberté religieuse, où trouve refuge tout ce que la chrétienté compte d'hérétiques.

fin mai-6 juillet
Le siège de La Rochelle, suite et fin. S'il fallait une preuve de plus du caractère européen de la guerre civile en France, elle réside dans le lien immédiat de cause à effet entre une délibération de nobles en Pologne et le salut d'une ville française assiégée par les forces de son propre roi. Dans la dernière semaine de mai, Henri d'Anjou apprend au camp de La Rochelle son élection par les magnats polonais. Il n'est plus question de faire du jusqu'au-boutisme : le 6 juin, il quitte le camp, le 25 juin, un accord est conclu avec les assiégés, le 6 juillet, le siège est levé.

juillet
L'édit de Boulogne renoue avec la politique des édits de pacification, en ramenant à peu de chose, il est vrai, les libertés des religionnaires : seules La Rochelle, Nîmes et Montauban (auxquelles se joint bientôt Sancerre) bénéficient de la liberté de culte, et uniquement en privé.
Bien entendu, cet édit ne règle rien. Là où les huguenots sont les plus puissants, dans le Midi languedocien, ils ne désarment pas. Et la guerre des factions reprend de plus belle, selon les lignes de partage tracées depuis le début de la guerre civile, la génération des fils – Henri de Montmorency-Damville, Henri de Navarre, Henri de Condé – prenant le relais de celle qui a initié les troubles. Seul changement notable : l'émergence d'un parti « Politique » autour du benjamin de Catherine de Médicis, François d'Alençon, un garçon de 20 ans

remuant et ambitieux, qui comprend mal pourquoi lui serait le seul de la fratrie à n'être point roi. Aussi se cherche-t-il un royaume, soit en épousant Élisabeth d'Angleterre, soit en devenant roi des Pays-Bas, quitte à reprendre la politique interventionniste de Coligny et la guerre contre l'Espagne. François est donc prédestiné par naissance à servir de pôle de ralliement aux mécontents des deux bords – on appelle d'ailleurs « Malcontents » les catholiques modérés, opposés aux Guise et aux Italiens de Catherine de Médicis, auxquels se joignent des calvinistes de la trempe d'un François de La Noue, qui veulent la conciliation.

11 août
L'édit de Boulogne est enregistré au Parlement de Paris.

24 août
Les assemblées réformées de Nîmes et de Montauban présentent au roi des requêtes qui vont bien au-delà des édits de pacification, même les plus favorables aux protestants : liberté de culte sur tout le territoire, réhabilitation des victimes de la Saint-Barthélemy, chambres de justice mi-parties, villes de sûreté, libre accès aux charges pour tous. Surtout, les signataires entendent prévenir les risques de violation des promesses royales en limitant l'autorité du roi par un système d'alliances avec les puissances protestantes à l'extérieur, et par un mécanisme d'assemblées d'états mixtes à l'intérieur. Bien entendu, les réformés n'obtiendront rien de tout cela. Ces articles signifient simplement que le « parti » huguenot est toujours debout, et que sa résistance ira se radicalisant.

août-septembre
Une ambassade polonaise vient chercher Henri d'Anjou, roi nouvellement élu le 11 mai. Le 19 août, les ambassadeurs font leur entrée à Paris ; le 22, ils sont reçus par Henri d'Anjou. Les négociations sur les conditions de son entrée en fonctions sont longues et ardues. Henri d'Anjou n'a aucune envie de prêter serment sur les *Pacta Conventa*, cette Constitution du royaume polonais qui prévoit un partage de souveraineté entre le roi et le Sénat, ainsi qu'une très large liberté religieuse. De plus, Monluc a signé en son nom des articles spéciaux, les *Articuli Henriciani*, dont les obligations s'accordent fort mal à l'idée qu'il se fait de la monarchie : le roi est censé renoncer à l'hérédité du trône, abandonner ses revenus à la république, admettre que ses sujets soient déliés de leur devoir d'obéissance au cas où il violerait les lois. *Hunc nisi hic feceris, rex in Polonia non eris*, en traduction libre : « pas de serment, pas de roi de Pologne ». Le 9 septembre, il finit donc par s'incliner, en se disant sans doute qu'un trône vaut bien une signature en bas d'un document.

septembre-octobre
La Cour voyage : Fontainebleau, Monceaux, Villers-Cotterêts, Joinville, chez le duc de Guise. Les protestants du Midi profitent de la présence des ambassadeurs polonais, qui interviennent en leur faveur, pour s'opposer aux levées d'impôts.

13 septembre
Des lettres patentes du roi désignent ses frères comme successeurs au trône, par ordre de primogéniture.

16 septembre
Henri d'Anjou, roi de Pologne, fait une entrée solennelle à Paris. Le décor du programme de l'entrée est réalisé par Antoine Caron.

fin octobre
Henri d'Anjou se hâte lentement pour prendre possession de son lointain royaume, trop lentement au goût de ses hôtes polonais. Il se rend à Nancy, puis à Bar et Toul, où il rencontre sa future épouse : Louise de Vaudémont, fille de Marguerite d'Egmont et de Nicolas de Lorraine-Vaudémont, oncle de Charles III de Lorraine.

12 novembre
Une dernière réunion des trois frères, Charles IX, Henri d'Anjou et François d'Alençon, a lieu à Reims ; le roi et Henri se séparent meilleurs amis qu'ils ne l'ont jamais été.

22 novembre
À Châlons-sur-Marne, le roi, à peine relevé d'une mauvaise fièvre, fait une rechute.

29 novembre-2 décembre
À Blâmont en Lorraine, frontière du Saint Empire, Catherine de Médicis et deux de ses fils, Henri d'Anjou le roi de Pologne et François d'Alençon, rencontrent Ludovic de Nassau. Se dessine ainsi, comme si la Saint-Barthélemy n'avait jamais eu lieu, un nouveau rapprochement de la France avec les puissances protestantes, avec le même enjeu : les Pays-Bas. Le lendemain, 3 décembre, Henri d'Anjou se met en route pour Cracovie.

décembre
Étape de plus dans la constitution d'un « État dans l'État » dans le Midi protestant, l'assemblée réfor-

mée de Millau parfait l'organisation confédérale autonome des huguenots du Midi ébauchée au lendemain de la Saint-Barthélemy.

autres événements

• Don Juan d'Autriche prend Tunis et Bizerte.
• Introduction en France des capucins, une branche réformée de l'ordre des Franciscains, fondée en Italie par Matthieu de Basci. L'ordre nouveau, qui n'acquerra son indépendance qu'au siècle suivant, se rendra vite populaire par la pauvreté de ses membres, recrutés principalement dans les classes laborieuses, et par leur activité en faveur des nécessiteux.
• François Hotman: *Franco-Gallia* (la traduction française de Simon Goulart paraîtra l'année suivante, à Cologne, sous le titre de *Gaule Françoise*).

HOTMAN

Les Hotman représentent en raccourci les passions religieuses du temps. Le père de François, conseiller au Parlement de Paris, a fait partie de la « chambre ardente » instituée par Henri II en 1547, son frère Antoine sera un activiste de la Ligue parisienne, dont son cousin Charles prendra l'initiative en janvier 1585. François Hotman (1524-1590) opte pour la Réforme, sans doute en 1547. Il est alors âgé de 23 ans, mais c'est déjà un juriste réputé. Commence une vie vagabonde de professeur itinérant – Lausanne, Strasbourg, Valence, Bourges, Bâle –, de serviteur des grands chefs du parti – Antoine de Navarre, puis Louis de Condé, enfin Henri de Navarre – et de polémiste au service de la cause. Il meurt à Bâle en février 1590.

François Hotman a beaucoup écrit, d'austères traités de droit et de fougueux textes polémiques. Mais c'est le Franco-Gallia *qui l'a rendu célèbre. Grâce à cet épais traité, où l'érudition du jurisconsulte et le talent du polémiste font bon ménage, Hotman s'est imposé comme le monarchomaque le plus puissant et le plus original. Pour l'essentiel, il s'agit d'une démonstration historique du caractère électif de la monarchie française et de sa perversion en monarchie héréditaire par l'usurpation des rois et la tolérance coupable de leurs sujets. La Loi salique est une interprétation tendancieuse d'un principe de droit privé, le véritable souverain est le peuple assemblé, dont le seul assentiment confère légitimité au roi et force de loi à ses décisions : « La souveraine et principale administration du royaume des Francs Gaulois appartenoit à la générale assemblée de toute la nation qu'on a appelée depuis l'assemblée des trois estats. » La conclusion, laissée à l'appréciation du lecteur, est on ne peut plus claire : il faut revenir aux bonnes pratiques des origines et rendre aux états généraux leur souveraineté usurpée.*

1574

janvier

Le renversement de tendances constaté à la fin de l'année précédente se précise : les modérés, dont la figure de proue est François de Montmorency, ont la faveur du roi, qui par ailleurs promet à son frère François d'Alençon la lieutenance générale du royaume.

mi-février

Dernière volte-face d'un monarque épuisé, à qui les jours sont comptés : à la faveur d'une médiocre querelle, le duc Henri de Guise réussit à évincer le maréchal de Montmorency de la Cour. La lieutenance générale est refusée à François d'Alençon et donnée à Charles de Guise, cardinal de Lorraine. Le benjamin de Catherine de Médicis se retrouve pratiquement prisonnier à la Cour, et les Guise ont de nouveau le vent en poupe.

18 février

Le roi Henri entre à Cracovie. Le 21, il est couronné à la cathédrale Saint-Stanislas. L'une des formules du sacre affirme : « Je jure d'observer et maintenir la paix entre les différentes religions. »

fin février

La volte-face royale provoque une nouvelle prise d'armes des huguenots dans l'Ouest et le Midi, qui profitent des déguisements du mardi gras pour s'emparer de plusieurs places : c'est le début de la cinquième guerre de Religion.

27-28 février

L'« effroi de Saint-Germain » : comme jadis à Amboise, des huguenots en armes auraient l'intention d'enlever le roi. Le 28, la Cour quitte Saint-Germain pour Paris. En fait, la Cour panique au moment où une première conspiration ourdie pour faire évader Navarre et Alençon de la Cour a déjà été éventée. Il s'agissait de faire partir les deux princes pour Sedan, chez le beau-frère de Montmorency-Damville, Henri-Robert de La Marck, duc de Bouillon et gouverneur de Normandie.

mars

La Noue prend La Rochefoucauld, mais échoue à Châtellerault. Montgomery rentre en France avec 200 chevaux.

avril-mai
Une seconde conspiration, avec les mêmes objectifs que la précédente, et encore plus mal préparée, est éventée par Catherine de Médicis. Les deux acteurs principaux du mélodrame, Joseph de Boniface, seigneur de La Mole, et Annibal de Coconat, tous deux des fidèles de François d'Alençon, sont pris, mis à la question et exécutés le 30 avril. Si Guillaume de Thoré, le cadet des Montmorency, Henri de La Tour d'Auvergne, vicomte de Turenne, et Henri de Condé ont pu prendre la fuite, les maréchaux François de Montmorency et Artus de Cossé, mis en cause par les conjurés, sont jetés en prison le 4 mai. La conspiration des Malcontents a tourné à la déconfiture.

14 avril
Ludovic de Nassau est battu et tué à Moock Heide par les troupes espagnoles. C'est un nouveau revers grave pour les réformés comme pour les Malcontents, qui craignent le retour de la « saison des Saint-Barthélemy ».

mai
À Strasbourg, où il s'est réfugié après l'échec de la conspiration d'avril et où il s'est empressé de revenir au calvinisme, Henri de Bourbon, prince de Condé, publie une *Déclaration* destinée à justifier sa prise d'armes. Il est difficile, dans la propagande des Malcontents comme dans leurs actions, de démêler leurs véritables mobiles : dégoût de la violence religieuse ? Souci sincère de l'État, que ladite violence religieuse risque de ruiner ? Orgueil de caste, ces grands seigneurs s'estimant maltraités par le pouvoir ? Sans doute tout cela à la fois, dans une proportion variable en fonction du personnage. Mais leurs idées sont celles des monarchomaques plutôt que celles des Politiques comme Michel de L'Hospital : ces derniers sont partisans d'un pouvoir fort, eux veulent une monarchie bridée par l'aristocratie, au moyen des états généraux.

30 mai
Charles IX meurt, à Vincennes, dans d'atroces souffrances. Catherine de Médicis assume la régence.

HENRI III

Né le 19 septembre 1551-Mort le 2 août 1589

Règne: 1574-1589 (15 ans)

Roi à 23 ans

*C'*est à Cracovie, dans la capitale de «son» royaume de Pologne qu'Henri apprend la mort de son frère. Charles IX disparu sans progéniture, il est donc, en vertu de la Loi salique qui règle la succession au trône, Henri III de France. Il fuit, les magnats à ses trousses, ses sujets et ce rude pays qu'il n'a jamais aimé. Il leur échappe non sans mal. Commence alors un long périple à la rencontre de son nouveau royaume. La France brûle, un Henri IV y courrait à bride abattue. Lui se hâte lentement: Vienne, Venise, Milan, Turin, Lyon enfin, où la Cour est venue le saluer. Il y a dans ce voyage d'agrément – Venise organise en son honneur des fêtes somptueuses, il s'y prélasse avec enchantement – comme une préfiguration de son style de gouvernement, ou du moins de sa composante insouciante, légère, mal adaptée aux circonstances.

Le quatrième fils d'Henri II et de Catherine de Médicis ne manque pourtant pas de qualités. C'est même le plus doué de la fratrie. Henri est beau, séduisant, vif d'esprit, raffiné et brillant causeur. Duc d'Anjou, on l'a vu à Jarnac et à Moncontour, il a fait preuve de bravoure sur les champs de bataille de la guerre civile; le roi, dont le sens de l'État et le souci du bien public ne font point de doute, se montrera tout aussi courageux dans l'arène autrement dangereuse du pouvoir. Le duc, catholique ultra, a trempé dans le massacre de la Saint-Barthélemy; le roi restera ardent catholique mais abandonnera le fanatisme, et saura faire placer le salut de l'État au-dessus des factions. Mais tout cela est comme contrebalancé par des traits de sa personnalité qui l'empêchent de donner sa pleine mesure et handicapent son action. Certes, Henri III n'a pas de chance: Louise de Vaudémont, princesse lorraine qu'il épouse en février 1575, est stérile; un fils aurait changé beaucoup de choses. Certes encore, sa légende noire est soigneusement peaufinée par une propagande inlassable, d'une efficacité toute moderne, que l'historiographie a largement faite sienne. Encore fallait-il lui rendre la tâche moins aisée. Or, Henri III n'est pas en phase avec la sensibilité de ses sujets, surtout à une époque de passions religieuses et politiques exacerbées. Fêtard invétéré – sa Cour, dont le cérémonial est minutieusement réglé à l'espagnole, est la plus brillante d'Europe –, il est entouré d'une foule de favoris qu'il couvre de cadeaux somptueux, et dépense des fortunes dans sa collection de petits chiens, perroquets et autres guenons. «Roi affamé d'argent» (Pierre de L'Estoile), il prête ainsi le flanc aux accusations de gaspillage des deniers publics, dont il semble se soucier comme d'une guigne. «Maître pauvre de serviteurs fort riches», dont «le désordre de l'administration et les dilapidations continuelles ruinent tout à fait le royaume» – c'est un ami qui écrit cela, l'ambassadeur de Venise Jérôme Lippomano, dans une relation de 1577 –, il n'en affirme pas moins «qu'il était roi et né des rois, et qu'il voudrait posséder encore davantage pour donner avec plus de largesse». Du coup, ce monarque hautain, pénétré de la dignité de sa charge et cultivant un cérémonial qui tranche sur les manières bonhommes de la monarchie française, devra mendier son pain à ses sujets. Sa façon de cultiver ses amitiés masculines le fait passer aux yeux de l'opinion pour sodomite. Est-il homosexuel? Vraisemblablement pas: homme à femmes, on lui connaît de nombreuses maîtresses. Pas plus que ses «mignons» d'ailleurs, tous autant qu'ils sont jeunes gens bagarreurs et coureurs de jupons, qui n'ont d'efféminé que ce sobriquet collectif, au demeurant plutôt neutre à l'époque. Mais la vérité importe peu, et le satisfecit dont le gratifie l'historiographie moderne vient un peu tard. L'essentiel est qu'il n'en ait point bénéficié à l'époque. Du coup, pour indubitablement sincère que soit sa foi catholique, ses brusques accès de piété baroque et extravertie – retraites, macérations, processions de pénitents cagoulés et flagellants – ne sont pas crédibles. Au total, un homme qui vaut largement mieux que son image, mais dont l'image a obéré la politique. Un contemporain qui ne lui voulait pas de mal, Pierre de L'Estoile, a eu un mot involontairement cruel pour résumer son règne: «C'eût été un grand roi s'il eût rencontré un bon siècle.»

À son retour, Henri III retrouve en gros la même situation que celle qui prévalait au moment de son départ. Les trois factions qui se disputent le pouvoir sont toujours là: le parti des catholiques ultras dirigé par les Guise; les protestants, qui se reconnaissent dans les Bourbons; et le «tiers parti» des Malcontents et des Politiques, groupé autour d'Henri de Montmorency-Damville, le très populaire gouverneur du Languedoc, et fortement soutenu par le benjamin Valois, l'intrigant et inconsistant François-Hercule. Il ne faut pas chercher plus loin l'explication des «mignons»: ils sont au roi comme d'autres sont à Guise ou à Navarre, des fidèles au sens social et politique que Roland Mousnier attribuait à ce vocable. Une première génération de favoris – Caylus, d'O, Livarot, Dinteville, Saint-Sulpice... – décimée par les disgrâces et les duels (l'un, particulièrement meurtrier, oppose le 27 avril 1578 les mignons du roi à ceux de Guise), une seconde génération monte à la Cour, où brille désormais l'étoile de deux nobles provinciaux : Anne baron d'Arques, bientôt duc de Joyeuse, et Jean-Louis de Nogaret de La Valette, bientôt duc d'Épernon. Sur ces deux-là, ambitieux, talentueux, dévoués, mais rapaces, les faveurs, les charges, les titres et l'argent pleuvent, jusqu'à concentrer sur eux toutes les haines et les rancœurs de l'opposition. En partie, la création en 1578 d'un nouvel ordre de chevalerie réservé à la vieille noblesse, le Saint-Esprit, répond également à ce besoin du roi, aux prises avec des factions concurrentes, d'attacher à sa personne un puissant clan de fidèles.

Au deuxième rang, conformément à une méthode déjà ancienne mais qu'Henri III, roi bureaucrate, perfectionne, l'appareil de l'État est contrôlé par des robins : « mignons de plume, après les mignons d'épée », selon la jolie formule d'Emmanuel Le Roy Ladurie. Paradoxalement, les hommes nouveaux sont surtout des nobles, que le bon vouloir du roi fait et défait au gré de sa fantaisie. Les robins, eux, restent. Deux raisons à cela : le bon fonctionnement des rouages de l'État exige de la continuité et un certain professionnalisme ; un nombre restreint de familles monopolise de plus en plus les offices en général et les hautes charges de l'État en particulier. Aussi bien, on retrouve les mêmes noms que sous les règnes précédents, comme, souvent, sous les suivants : Morvillier, Hurault de Cheverny, Villeroy, L'Aubespine, Pomponne de Bellièvre... Spécialisation des organes de gouvernement – notamment du Conseil d'État, nouveau nom du Conseil du roi, d'où émergent le « Conseil des parties » ou « privé » (pour la justice) et le Conseil des finances –, activité législative importante (ordonnance de Blois de 1579, projet d'un code de lois unifié), projets de réforme en tous genres : nul doute qu'Henri III, bien servi par ses officiers, aurait pu être un grand souverain réformateur. N'eût été la « malice des temps »...

La « malice des temps », c'est la guerre religieuse. Commencée du temps de son frère Charles IX, la cinquième manche est marquée par une série d'opérations sans résultat notable en Normandie, dans le Poitou et dans les « Provinces-Unies du Midi » tenues par la coalition des huguenots et des Malcontents. Mais l'événement le plus notable de cette campagne est l'évasion de François d'Alençon (septembre 1575), puis d'Henri de Navarre (février 1576). C'est un vrai retournement de situation, qui contraint le roi à négocier, puis à signer l'humiliante paix de Monsieur, c'est-à-dire du duc d'Alençon, enfin à promulguer l'édit de Beaulieu le 7 mai 1576, le plus favorable que les protestants aient jamais obtenu. Moins de quatre ans après la Saint-Barthélemy, l'édit de Beaulieu est un tournant non seulement pour les concessions faites aux protestants – culte admis partout sauf à Paris, huit places de sûreté, chambres mi-parties dans les parlements, réhabilitation des victimes de la tuerie d'août 1572 – mais aussi parce qu'il enclenche, à cause de ces concessions mêmes, un double mécanisme : celui de la représentation populaire et celui des ligues catholiques. Pour la première fois, en effet, les catholiques s'organisent en « parti ». En réaction à l'édit de Beaulieu en général et à l'article prévoyant des places de sûreté pour les huguenots en particulier, Jacques d'Humières, marquis d'Ancre et gouverneur de Péronne, Roye et Montdidier, bien décidé qu'il est à ne pas se laisser déposséder de la principale de ses villes au bénéfice du prince de Condé, prend l'initiative d'une « Association faicte entre les Princes, Seigneurs, Gentilshommes et autres, tant de l'Estat Ecclésiastique que de le noblesse et Tiers Estat, Subgets et Habitans du Païs de Picardie ». La ligue picarde fait tache d'huile : le Poitou (Louis de La Trémoïlle), le Lyonnais (François de Mandelot), la Normandie (Taneguy Le Veneur, comte de Tillères). Certes, cette première organisation tient de la ligue baronniale traditionnelle. C'est une première tout de même, à double titre : cette Sainte Union destinée à « établir la Loi de Dieu en son entier » a beau prétendre vouloir protéger le roi contre les menées des huguenots, tout le monde comprend que c'est une machine de guerre contre le Valois, placée sous les ordres d'Henri de Guise ; et c'est une organisation qui tire sa légitimité de la volonté de ses membres, liés par contrat, et non de celle du souverain. Habilement, Henri III fait mine de prendre au mot les factieux et se met d'autorité à la tête de l'Association, la vidant ainsi de sa substance. La Sainte Union hiberne, en attendant de repartir de plus belle.

La ligue, ou plutôt les ligues, parviennent à contrôler les élections aux états généraux, qui s'ouvrent à Blois le 6 décembre 1576. C'est une assemblée militante, très consciente de représenter le pays et décidée à imposer des réformes. En témoigne la place que les états généraux occupent dans le droit public nouveau qui se dégage au cours de ces années de la praxis et de la théorie politiques ligueuses. Retenons pour l'instant que l'assemblée de Blois cherche à limiter par la loi la souveraineté royale. Là encore, le roi parvient à se tirer de ce mauvais pas : d'abord, un parti de la paix se dessine, qui finira par l'emporter ; ensuite, ceci expliquant cela, tout militants qu'ils soient, au moins au début, les députés refusent à Henri III les subsides qui lui permettraient de faire la guerre aux protestants ; enfin et surtout, une majorité de députés prennent peur de leur propre audace : la dilution de la souveraineté royale ne risque-t-elle pas de conduire au démembrement du royaume ? Les premiers états de Blois sont ainsi l'arène où s'affrontent les deux logiques qui domineront la politique française jusqu'à la fin des guerres de Religion : la logique ligueuse et la logique Politique.

L'homme qui illustre la seconde est Jean Bodin, député tiers du Vermandois. Le jurisconsulte laonnais vient de publier *Les Six Livres de la République*, sans doute avec *Le Prince* de Machiavel l'ouvrage de théorie politique le plus important du siècle. Bodin y offre ses célèbres définitions de la «république», autrement dit de l'État – «un droit gouvernement de plusieurs mesnages et de ce qui leur est commun, avec puissance souveraine» (livre I, chapitre I) –, et de la souveraineté – «la puissance absolue et perpétuelle d'une République» (*ibid.*, chapitre VIII), puissance qui s'exprime non plus par la justice, mais par la loi: «La première marque du prince souverain, c'est la puissance de donner loy à tous en général et à chacun en particulier» (*ibid.*, chapitre X). Avec d'autres de moindre acabit – Étienne Pasquier, Bernard Du Haillan, Loys Le Roy… –, Bodin met en place l'armature intellectuelle qui faisait jusque-là défaut au «tiers parti» des Politiques. Il s'agit de restaurer un pouvoir fort, respectueux, certes, des coutumes, mais capable de se hausser au-dessus des factions pour assurer l'unité du pays à l'intérieur et son indépendance à l'extérieur. Théorie de circonstance, comme le sont toujours les constructions politiques, celle des Politiques illustre ce curieux paradoxe français né de la guerre civile: les libéraux en matière religieuse sont absolutistes en matière d'État, les jusqu'au-boutistes en religion (les ligueurs) sont partisans convaincus de la monarchie constitutionnelle…

La guerre, sixième du nom, reprend aussitôt après les états de Blois. Les protestants, qui ne peuvent tolérer l'abrogation de l'édit de Beaulieu par les états, reprennent les armes dans le Sud-Ouest. Mais cette fois, ils se retrouvent seuls, sans les Malcontents, qui viennent de rejoindre le roi. La guerre, indécise, s'enlise faute d'argent. Sanctionnée par l'édit de Poitiers, la paix de Bergerac du 14 septembre 1577 restreint sévèrement les provisions de l'édit de Beaulieu, puisque le culte réformé n'est plus autorisé que dans les faubourgs d'une ville par bailliage, que les chambres mi-parties sont conservées dans quatre parlements de province seulement (les protestants n'y participant d'ailleurs plus que pour un tiers des membres), et que les huit places de sûreté qui leur sont accordées ne le sont plus que pour six ans. Ces clauses sont améliorées quelque peu par le traité de Nérac (28 février 1579) que la reine mère signe, au cours d'un nouveau périple à travers le royaume, avec Henri de Navarre. Les protestants obtiennent cette fois, en sus des huit places de sûreté prévues par le précédent édit, la «garde» de 14 autres, mais pour six mois seulement. C'est faire le lit de la septième guerre. La «guerre des Amoureux», comme on l'a appelée parce qu'elle aurait été provoquée par les intrigues galantes de Marguerite de Valois, s'allume précisément six mois plus tard, lorsque les protestants refusent de rendre ces places de sûreté. La paix de Fleix (26 novembre 1580), qui reprend en gros les provisions de Poitiers et de Nérac, met fin à cette passe d'armes, la dernière avant que ne commencent quatre ans plus tard les choses vraiment sérieuses.

En effet, ces quatre années d'un calme relatif ne sont qu'une longue trêve. La situation du royaume est mauvaise. Aggravée par la guerre, les destructions et les épidémies qu'elle entraîne, la crise économique vide les campagnes et affame les villes. L'autorité royale s'est rétrécie comme peau de chagrin. Comme au temps du roi de Bourges, les grands seigneurs se partagent le royaume. Les Guise se taillent la part du lion : Henri de Guise fait la loi en Champagne, son frère Mayenne tient la Bourgogne, son cousin Mercœur la Bretagne, un autre cousin, le duc d'Elbeuf, la Normandie, un autre encore, le duc d'Aumale, la Picardie. Les Bourbons ne sont pas mal lotis non plus. Si Condé doit partager la Picardie avec Aumale, tel n'est pas le cas d'Henri de Navarre, qui fait ce qu'il veut chez lui, en Navarre et dans le Béarn, mais aussi en Guyenne, Rouergue et Quercy. En Provence, le comte de Suze et le comte de Carces, en principe tous deux lieutenants du roi, animent chacun son propre parti, protestant pour le premier (les razats), catholique pour le second (les carcistes). En Languedoc, le gouverneur Henri de Montmorency-Damville a renoué alliance avec les huguenots, mais il doit partager « sa » province avec Joyeuse.

Sur ce fond de misère et d'anarchie, la mort du dernier Valois, François-Hercule, duc d'Anjou depuis la paix qui porte son nom (la paix de Monsieur du 6 mai 1576), enclenche la huitième et dernière guerre de Religion – la « guerre des trois Henri ».

Pour tous les partis en présence, la disparition du benjamin de Catherine de Médicis a une seule signification : le roi régnant n'ayant pas d'héritier mâle et nul espoir d'en avoir un, la Loi salique impose à la succession au trône un prince protestant, Henri de Bourbon, roi de Navarre, chef et Protecteur des Églises réformées de France. L'homme qui se trouve à la tête de ce qui reste aux yeux de la plupart des Français une secte hérétique honnie s'assoira peut-être un jour sur le trône de Saint Louis. C'est là une perspective inacceptable, qui remet aussitôt en mouvement l'appareil ligueur mis en veilleuse huit ans auparavant. En septembre 1584, l'entrevue de Nancy réunit les Guise et d'autres chefs du parti catholique avec le sieur de Maineville, émissaire du cardinal de Bourbon, homme de paille des Lorraine. Fin décembre, le traité de Joinville met les Guise sous la coupe du roi d'Espagne : plus que jamais la guerre civile est une guerre paneuropéenne. Fin mars 1585, le manifeste de Péronne publié au nom du cardinal de Bourbon résume les doléances de l'opposition, à qui il offre un programme d'action. Le 7 juillet 1585, Henri III, aux abois, sans argent et sans troupes, signe le traité de Nemours, celui-là même qui, dit-on, fit blanchir la moitié de la moustache du Béarnais. Pour les protestants, c'est une Saint-Barthélemy blanche : le culte réformé proscrit partout, les pasteurs bannis, leurs places de sûreté supprimées, leur chef, Henri de Navarre, déchu des droits à la Couronne, les huguenots, qui n'ont plus le choix qu'entre l'abjuration et l'exil, perdent jusqu'à la liberté de conscience. Pour le roi, c'est une capitulation en rase campagne : il lui faut abroger tous les édits précédents, donner des villes en garantie aux guisards et payer leurs mercenaires. En septembre, une bulle du tout nouveau pape Sixte Quint déchoit le roi de Navarre et le prince de Condé, hérétiques et relaps, de leurs droits et biens.

Cependant, comme le roi l'apprendra bientôt à ses dépens, les événements les plus graves se déroulent à Paris, où un noyau ligueur existe depuis 1576. Au tout début de janvier 1585, un petit groupe de bons bourgeois refonde la Ligue parisienne sur des bases nouvelles, en liaison avec les Guise mais sans leur être inféodés. Conçue au début comme une société secrète et pratiquant l'« entrisme » dans les organes de la ville et du pouvoir royal, la Ligue pénètre petit à petit dans toutes les couches de la population parisienne, exploite habilement les mécontentements et les frustrations des Parisiens – vie chère, misère, gaspillage royal – et la faiblesse du pouvoir, accomplit, grâce surtout aux curés et prédicateurs, un remarquable travail de propagande subversive, amasse des armes et de l'argent, et prépare activement le coup d'État. Les ligueurs en offrent une avant-première lors de la « journée de Saint-Séverin », le 2 septembre 1587, lorsqu'une émeute populaire provoquée par leurs soins empêche les hommes du roi d'arrêter trois curés séditieux.

Pour Henri III, rien ne va plus. Le duc de Joyeuse se fait battre par Henri de Navarre à Coutras (20 octobre 1587) et y laisse la vie avec 400 gentilshommes. Les somptueuses funérailles du duc agacent les Parisiens, les faveurs dont est comblé l'« archimignon » restant, Épernon, achèvent de les exaspérer. Ailleurs, si les armées royales sont victorieuses, ce sont d'amères victoires : contre les mercenaires allemands et suisses venus à la rescousse du Béarnais, Vimory (26 octobre) et Auneau (24 novembre) sont des faits d'armes d'Henri de Guise – Auneau surtout, « le cantique de la Ligue, la resjouissance du clergé [...], la braverie de la noblesse guisarde et la jalousie du Roy... » (Pierre de L'Estoile). Lorsque, tout de suite après, le roi s'empresse de traiter avec les reîtres et Épernon avec les Suisses, et que les uns et les autres se voient offrir des conditions honorables, peu doutent encore de leur complicité avec l'ennemi. C'est alors le tour de la Sorbonne de jeter dans la balance le poids de son immense autorité: dans un arrêt du 16 décembre 1587, la Faculté déclare «qu'on pouvoit oster le gouvernement aux princes qu'on ne trouvoit pas tels qu'il faloit, comme l'administration au tuteur qu'on avoit pour suspect». Rentré à la fin du mois à Paris, le roi pardonne encore, ratant ainsi probablement la dernière occasion d'imposer silence au clergé ligueur.

L'insurrection, soigneusement préparée, a lieu le 12 mai 1588. Le 9, Henri de Guise est arrivé à Paris, au mépris des ordres du roi. Le Balafré, comme on l'appelle depuis la blessure qu'il a reçue treize ans auparavant à Dormans, déjà contre les reîtres, sait ce qu'il fait. Sa seule présence suffit à galvaniser les Parisiens et à mettre le feu aux poudres. Incapable de châtier un rebelle aussi populaire, le roi fait entrer des troupes dans Paris. Pour lui, il s'agit d'une précaution élémentaire; pour les Parisiens travaillés par la Ligue, il s'agit du prologue à une Saint-Barthélemy des catholiques. Alors, Paris se couvre de barricades – le mot et la chose sont une invention ligueuse (promise, on le sait, à un riche avenir). Exaspéré, le maréchal de Biron explique au roi qu'il y a «autant de villes à combattre que de rues à Paris». Le lendemain, 13 mai au soir, le roi de France fuit sa capitale, en piteux équipage. Guise, désormais le véritable roi de Paris, vient de commettre sa première faute: en laissant Henri III s'échapper, il a gagné une bataille, mais perdra la guerre.

En attendant, la Ligue s'empare de tous les rouages du pouvoir municipal: Hôtel de Ville, Bastille, milice, paroisses. De même, les ligueurs s'assurent le monopole de la députation aux états généraux qui vont bientôt s'ouvrir à Blois. Guise, lui, pousse son avantage. En juillet, le roi signe à contrecœur un édit d'Union – d'union avec la Ligue s'entend –, qui, censé être investi de la dignité d'une loi fondamentale, confirme les provisions du traité de Nemours et met le royaume sous la coupe du duc de Guise. Le Balafré reçoit en outre le titre de lieutenant général des armées; il aspire à la connétablie, mais, signe des temps, il veut l'obtenir des états généraux plutôt que des mains débiles d'un souverain à moitié déchu.

L'assemblée s'ouvre à Blois le 16 octobre, et son premier souci est de déclarer l'édit d'Union loi fondamentale du royaume, affirmant par là implicitement que la décision du roi n'y suffisait pas. Déjà les premiers états de Blois (décembre 1576-mars 1577) avaient joué avec l'idée de transformer l'assemblée des trois ordres, dont la périodicité était exigée, en un corps législatif en bonne et due forme sur les décisions unanimes duquel le roi n'aurait pas de prise. Mais ils avaient reculé devant l'énormité de l'innovation. Dominée par les ligueurs, l'assemblée de 1588 se montre plus hardie. Henri III fait le dos rond, s'humilie, promet de s'amender, se dit prêt à rendre la dignité royale «plus bornée et limitée» qu'elle ne l'était sous ses prédécesseurs, rien n'y fait: les députés refusent de lui donner ce pour quoi il les a convoqués: des subsides.

À quel moment a-t-il conçu le projet de se débarrasser des Guise par un acte expéditif de sa «justice souveraine extraordinaire», autrement dit par le meurtre? Difficile à dire. Guise, averti, est trop sûr de lui: «Il n'oserait...» Il ose pourtant. Le 23 décembre 1588, le duc rebelle est tué par une bande de ses Quarante-Cinq, ses fidèles Gascons. Le lendemain, c'est le tour du frère d'Henri de Guise, le cardinal de Lorraine. Le même jour, les principaux meneurs sont arrêtés en pleine assemblée. Les «trois Henri» ne sont plus que deux.

Le coup de force du roi n'est pas le fruit de la seule frustration d'un monarque avili. Politiquement, il n'a pas le choix, c'est Guise ou lui. Henri III sait aussi que la subversion guisarde s'inscrit dans un plan plus vaste, à l'échelle européenne, dont la clé de voûte est Philippe II d'Espagne. Dans ce grand dessein au triple objectif – éliminer l'hérésie, mettre fin à la révolte des Pays-Bas, asseoir définitivement l'hégémonie des Habsbourg –, la Ligue, censée neutraliser la France, remplissait un rôle central. Or, à cet édifice méthodiquement érigé depuis les années 1560, la défaite, en juillet, de l'Invincible Armada portait un coup rude. Abattre les Guise, c'était en précipiter la ruine et sauver la France de l'étreinte espagnole. Enfin, Henri III pouvait raisonnablement espérer que, comme il l'a annoncé le soir même à sa mère, le roi de Paris mort, lui serait enfin roi de France. «Il sembloit au roy et à ses conseillers, explique un contemporain, que, cet homme abattu, tout seroit abattu.» Erreur de perspective, due à la nouveauté de l'entreprise ligueuse. À ses yeux, il avait affaire à une faction, comme l'histoire en avait connu depuis l'aube des temps; et en effet, une faction meurt de la mort de son chef. Or la Ligue, du moins dans sa composante bourgeoise et populaire dont Paris était le cœur, était bien autre chose. La Ligue radicale, c'était une machine de prise de pouvoir fortement structurée et hiérarchisée. Elle pouvait aligner des dizaines de milliers de militants dûment endoctrinés, dont elle exigeait un dévouement absolu et exclusif, et des millions de sympathisants. Elle s'était dotée d'institutions *sui generis*, avait mis au point une idéologie cohérente et un programme national transcendant les ordres sociaux. Elle était déjà un parti moderne, sans doute le premier du genre. Cela, non seulement le roi et ses hommes, mais les grands chefs ligueurs eux-mêmes ne pouvaient pas le comprendre. Comprendre, c'est procéder par analogie avec des précédents historiques; or, les précédents historiques leur faisaient défaut.

Aussi bien, non seulement le meurtre des Guise n'abat pas le courage des Seize (le nom collectif de l'aile radicale de la Ligue parisienne, ainsi nommée d'après un de ses conseils de direction), il le décuple. Liquidée la fiction de la loyauté monarchique, ils peuvent enfin donner la pleine mesure de leur ardeur révolutionnaire. Ils parachèvent leur mainmise sur Paris – Châtelet, prévôté de Paris –, embastillent le Parlement (16 janvier 1589), pas assez zélé à leur gré, rançonnent les Parisiens. Leurs pamphlétaires mettent au point une doctrine politique qui, si elle emprunte l'essentiel de ses thèmes aux monarchomaques protestants des années 1570 – théorie du contrat, droit à la révolte, tyrannicide, monarchie élective et constitutionnelle, souveraineté populaire s'exprimant dans les états généraux, devenus institution régulière et obligatoire, à la fois corps législatif, cour suprême et autorité de contrôle –, lui donne cependant un tour beaucoup plus radical, voire franchement démocratique. Ainsi, le droit à la révolte est volontiers reconnu à l'ensemble des Français, le vocable «peuple» ayant perdu au passage sa connotation élitiste de *melior et sanior pars* qu'elle avait chez les monarchomaques huguenots. Leurs théories sociales ont de quoi faire frémir leurs adversaires. Les nobles, «traistres et desloyaux à Dieu, bancqueroutiers de la vertu» (Oudart Raynssant), sont traînés dans la boue à longueur de libelle. D'ailleurs, ne sommes-nous pas tous «tirez et extraicts d'une même masse» (Mathieu de Launay)? Non qu'ils cherchent à abolir la distinction entre les ordres sociaux; mais, ce qui revient au même, ils entendent en asseoir la hiérarchie sur des fondements nouveaux: le zèle religieux et le service public. À l'occasion, l'hérésie est liée au statut social et à la fortune, et les armes spirituelles sont brandies comme un moyen de lutte sociale. Que l'on considère la Ligue plutôt comme une réaction du tissu urbain aux empiétements de la monarchie (Robert Descimon), ou d'abord comme un mouvement de panique millénariste (Denis Crouzet), la dimension sociale est manifeste dans le discours des Seize comme dans leurs agissements. Rien d'étonnant si le nouveau chef de la Ligue, le duc de Mayenne, et les notables du mouvement ne goûtent pas vraiment les envolées révolutionnaires des Seize, et si la Ligue parisienne est victime du syndrome de scissiparité que connaissent tous les mouvements radicaux.

Henri III a installé sa capitale à Tours, où il somme ses officiers des cours souveraines de venir le rejoindre. Certains réussissent à fuir Paris, d'aucuns, comme Jacques-Auguste de Thou, dans des conditions rocambolesques. Beaucoup, peur ou conviction, restent. Notables toujours suspects, ils seront otages des Seize, parfois leurs victimes.

Logiquement, il ne reste plus au roi qu'à se retourner vers Navarre. Le traité est signé à Tours, le 3 avril 1589. Le 30, c'est l'entrevue de Plessis-lès-Tours, qui scelle l'alliance des deux rois. Les deux armées opèrent leur jonction, et marchent sur Paris. En juillet, elles prennent Saint-Cloud. La haine contre le Vilain Hérode (élégante anagramme d'Henri de Valois), «autant roi de France que de Pologne», atteint des sommets inégalés. Le curé Jean Boucher, peut-être le plus doué des propagandistes ligueurs, est justement attelé à la rédaction d'un ouvrage savant, donc en latin: *De justa Henricii tertii abdicatione.* Il y explique qu'il est permis de mettre à mort le tyran, *tyrannum licet occidere.* Et voilà que, de Saint-Cloud, parvient la bonne nouvelle: un moine capucin soi-disant porteur de lettres de Paris, a poignardé le tyran au bas-ventre. Jacques Clément, tel est le nom du moine, a été bêtement tué sur place. Henri III meurt dans la nuit du 2 août, non sans désigner derechef Navarre comme son légitime successeur. Jean Boucher n'en a cure. Le couteau du nouvel Aod *(sic),* le «libérateur de la patrie», le martyr «bien voulu du peuple», a bien mérité du Dieu de la Ligue. La guerre religieuse, elle, se poursuivra encore dix ans.

Papes

Grégoire XIII, 1572-1585; Sixte Quint, 1585-1590.

Souverains

Angleterre: Élisabeth Ire, 1558-1603.
Écosse: Jacques VI, 1567-1625.
Empire: Maximilien II, 1564-1576; Rodolphe II, 1576-1612.
Empire ottoman: Mourad III, 1574-1596.
Espagne: Philippe II, 1556-1598 (et roi du Portugal, 1580-1598).
Lorraine: Charles III, 1545-1608.
Portugal: Sébastien, 1557-1578; Henri le Cardinal, 1578-1580 (puis rattachement à l'Espagne).
Russie: Ivan IV le Terrible, grand-prince de Moscou, 1533-1547, puis tsar de Russie, 1547-1584; Fédor Ier, 1584-1598.
Savoie: Emmanuel-Philibert, 1553-1580; Charles-Emmanuel Ier, 1580-1630.
Suède: Jean III, 1568-1592.

1574

14 juin
À Cracovie, Henri d'Anjou apprend la mort de son frère. Le 18 juin, accompagné de ses conseillers français, René de Villequier, Pomponne de Bellièvre, Gilles de Souvré et Guy Du Faur de Pibrac, il s'évade de « sa » capitale, le chambellan du royaume à ses trousses.

18 juin
Henri de Montmorency-Damville est dépossédé de ses fonctions de gouverneur du Languedoc.

26 juin
Pris à Domfront, Gabriel de Montgomery, l'adversaire d'Henri II dans le tournoi fatal de juillet 1559, est transféré à Paris, jugé au Parlement et exécuté.

juillet
L'assemblée des réformés réunie à Millau élit Henri de Condé Protecteur des Églises réformées de France et reconnaît le Politique Henri de Montmorency-Damville gouverneur et lieutenant général pour le roi en Languedoc.

13 juillet
Charles IX est inhumé à Saint-Denis.

août
Après Venise, où l'on donne en son honneur des fêtes somptueuses, Ferrare, Mantoue et le Milanais, Henri III est à Turin, où il cède au duc Emmanuel-Philibert de Savoie les dernières places de Piémont gardées par Henri II à Cateau-Cambrésis en avril 1559: Pignerol, Pérouse, Savillan.

29 août-22 septembre
Siège de Fontenay-le-Comte: François de La Noue, blessé au bras et amputé, y gagne le surnom de « Bras-de-fer ».

début septembre
Henri III arrive à Lyon, rejoint par son frère cadet François d'Alençon et son beau-frère Henri de Navarre, puis par la reine mère Catherine de Médicis. Il y tient son premier Conseil, dont les principales figures sont le chancelier René de Birague, le surintendant des finances Pomponne de Bellièvre, Guy Du Faur de Pibrac, Philippe Hurault de Cheverny, les évêques Jean de Morvilliers et Jean de Monluc et le secrétaire d'État Martin Ruzé de Beaulieu. Le nouveau roi, très imbu de ses prérogatives, règle minutieusement l'étiquette de Cour, isole sa table du commun des mortels par une corde, et semble décider, comme il l'affirme dans une *Déclaration de [sa] volonté,* à réduire ses sujets « dans son obéissance ».

20 septembre
Sur l'insistance de Catherine de Médicis, Henri III enjoint à Henri de Montmorency-Damville de remettre les villes qu'il détient.

5 octobre
Échec des négociations avec Henri de Montmorency-Damville. Rompre le front commun des Malcontents et des huguenots s'avère décidément difficile.

30 octobre
Mort de Marie de Clèves, épouse d'Henri de Condé, et grand amour du roi.

13 novembre
Prise d'armes et manifeste de Montpellier d'Henri de Montmorency-Damville. Dans cette *Déclaration,* le gouverneur du Languedoc s'en prend violemment à la politique royale suivie depuis la mort d'Henri II, critique hautement la Saint-Barthélemy, « cruel, perfide et inhumain massacre » perpétré contre la noblesse française, s'en prend aux Italiens de l'entourage du roi (Birague, Albert de Gondi) et promet des états généraux, une politique de tolérance au bénéfice de tous et la restauration de l'État.

16 novembre
Henri III et Catherine de Médicis quittent Lyon pour Avignon. Les Suisses du roi sont attaqués et ses bagages pillés par le gentilhomme huguenot Charles du Puy-Montbrun, chef de guerre en Dauphiné, dont la bravoure est légendaire. Au roi, qui lui écrit d'Avignon pour s'en plaindre, Montbrun répond avec une telle insolence qu'il jure de le perdre. C'est ce qu'il fera, en effet, en juillet-août 1575.

25 novembre
La reine mère Catherine de Médicis propose une entrevue à Henri de Montmorency-Damville, qui refuse.

8 décembre
Henri de Montmorency-Damville s'empare de Saint-Gilles.

26 décembre
Mort du cardinal de Lorraine Charles de Guise, archevêque de Reims.

autres événements

• Henri III inaugure la frappe de la monnaie de bronze.

• Henri III fonde l'Académie du Palais, sorte de société de débats où le roi réunit autour de lui dames nobles, grands seigneurs épris de lettres, poètes de cour et humanistes. Est-ce un prolongement de l'Académie de poésie et musique fondée par Jean-Antoine de Baïf sous le règne précédent? Toujours est-il que les préoccupations de la nouvelle Académie ne sont plus d'ordre exclusivement artistique, mais philosophique et moral, dans l'esprit néoplatonicien qui commence à pénétrer en France.

• Parution de deux importants écrits monarchomaques: *Le Réveille-matin des Français et de leurs voisins par Eusèbe Philadelphe Cosmopolite, en forme de Dialogues* (l'édition française est dédiée à la reine Élisabeth Ire d'Angleterre) et *Du droit des magistrats sur leurs subjets* de Théodore de Bèze. Le premier, prétendument publié à Édimbourg, est attribué généralement au Dauphinois Nicolas Barnaud. Tous deux plaident pour une conception contractuelle du pouvoir et pour le droit du «peuple», dépositaire premier de la souveraineté, à se révolter lorsque le souverain se mue en tyran.

• C'est dans le second dialogue du *Réveille-matin* qu'est publié pour la première fois le *Discours de la servitude volontaire ou Contr'Un*, d'Étienne de La Boétie. L'ami parfait de Montaigne est mort depuis longtemps déjà, au terme d'une vie brève mais bien remplie (1530-1563). Écrit monarchomaque avant la lettre, dont le jeune étudiant en droit a commencé la rédaction au temps de la grande révolte contre la gabelle de 1548, au début du règne d'Henri II, le *Contr'Un* est un violent réquisitoire contre la monarchie, liberticide par définition, en même temps qu'un plaidoyer en faveur de la république, régime gouverné par la loi et la raison. C'est en 1557 que La Boétie, à l'époque magistrat au parlement de Bordeaux, a fait la connaissance de Montaigne, dont il devint l'ami intime. L'auteur des *Essais* l'a immortalisé dans le chapitre qu'il a consacré à l'amitié (Livre I, chapitre XXVIII), ainsi que par les 29 sonnets de La Boétie qu'il a insérés au cœur du Livre I de son chef-d'œuvre.

• Pierre de L'Estoile (1546-1611), grand audiencier à la chancellerie du Parlement de Paris, commence la rédaction de ses *Registres-Journaux*, qu'il poursuivra jusqu'à sa mort. Esprit curieux et indépendant, catholique sans fanatisme et monarchiste dont l'amour de l'ordre ne prive pas d'esprit critique, par ailleurs doté d'une plume alerte, L'Estoile a laissé une source capitale pour la vie parisienne au temps des troubles.

• À Anvers, l'humaniste flamand Joost Lips, dit Juste Lipse, publie les *Œuvres* de Tacite, où les tenants d'une monarchie forte trouveront de quoi alimenter leur polémique contre les monarchomaques.

1575

2 janvier

Ordonnance somptuaire. L'ironie veut que ce soit ce souverain féru de luxe qui tente, pour une fois, de faire respecter ses lois somptuaires, en faisant arrêter dans les rues de Paris des femmes en infraction. C'est une mesure sans précédent, et, bien sûr, sans suite.

janvier-février

Assemblée réformée de Nîmes, au cours de laquelle un «traité d'association» est conclu entre catholiques modérés et protestants. C'est le véritable acte de naissance de ce que Jean Delumeau et Janine Garrisson ont appelé les Provinces-Unies du Midi, sorte de république autonome dont les contours se sont précisés au fil des assemblées des huguenots.

13 février

Sacre d'Henri III à Reims.

15 février

Henri III épouse Louise de Lorraine-Vaudémont.

mars

Emprunt forcé du roi sur la ville de Paris.

avril

Assemblées des réformés à Millau et Nîmes.

2 avril

Alès se rend aux Politiques sans combat.

11 avril

Venus de Bâle, des députés réformés, mandés par Henri de Condé et les confédérés du Midi, sont reçus par Henri III, entouré des deux reines, sa mère Catherine de Médicis et sa femme Louise, de son frère François d'Alençon, d'Henri de Navarre son beau-frère (toujours retenu à Paris) et d'autres membres du Conseil. Ils demandent le retour à l'édit de Saint-Germain de janvier 1562. Henri III se dit prêt à accorder la liberté de culte dans deux villes par gouvernement et dans les places de sûreté.

juin

Assemblée des réformés à Montpellier.

juillet-août
Charles du Puy-Montbrun est pris dans une escarmouche, jugé au parlement de Grenoble et décapité le 12 août.

août
Henri de Condé et les deux cadets Montmorency, Guillaume et Charles, ont recruté des reîtres en Allemagne. En représailles, leur frère aîné, François, toujours emprisonné, est menacé d'exécution.

septembre
Henri de Montmorency-Damville prend Sommières.

15 septembre
François d'Alençon s'enfuit du Louvre pour Dreux, où il prend la tête du « parti » des Malcontents. Le roi ordonne de poursuivre le fugitif.

18 septembre
La *Déclaration* de François d'Alençon reprend en gros les termes de celle de Montmorency-Damville du 13 novembre précédent.

21 septembre
Louis II de Montpensier, chargé d'arrêter François d'Alençon sur la Loire, le laisse filer. Le 22, Catherine de Médicis se rend à Dreux pour rencontrer son fils le duc d'Alençon, mais celui-ci quitte la ville.

23-24 septembre
Des incidents éclatent à la Cour entre partisans du duc d'Alençon et gens du roi. Henri III ordonne l'abandon de la poursuite.

28 septembre
François de La Noue, Henri de Turenne et Bussy d'Amboise se mettent au service de François d'Alençon. Louis de Clermont, seigneur de Bussy, dit Bussy d'Amboise, personnage haut en couleur dont la vie aventureuse enflammera l'imagination des romantiques, finira par lasser son protecteur et sera assassiné en août 1579 par les gens du comte de Montsoreau, grand veneur du duc d'Alençon, dont il convoitait la femme.

30 septembre
François d'Alençon obtient de sa mère Catherine de Médicis la libération des maréchaux François de Montmorency et Artus de Cossé-Brissac.

octobre
Assemblée des réformés à Nîmes.

2 octobre
Libération des maréchaux François de Montmorency et Artus de Cossé-Brissac.
Catherine de Médicis demande à Henri de Montmorency-Damville d'envoyer des députés pour conclure la paix.
Le frère de ce dernier, Guillaume, a passé la Meuse avec ses reîtres.

10 octobre
À Dormans, Guillaume de Montmorency est battu à plate couture par Henri de Guise. Blessé au visage, Henri de Guise y devient « le Balafré ». Son adversaire parvient à fuir.

11 octobre
Libéré, le maréchal François de Montmorency revient au Conseil.

20-26 octobre
Montmorency et Cossé-Brissac se rendent à Blois pour conclure la paix.

novembre
Ligues antifiscales en Bretagne, Normandie, Bourgogne, Auvergne : nobles et « peuple » décident de ne plus payer de taxes d'aucune sorte « autres que celles qui existaient du vivant de Louis XII », la référence mythique.

21 novembre
À Champigny-sur-Veude (actuel Indre-et-Loire), Catherine de Médicis conclut une trêve de sept mois entre Henri III, Monsieur (François d'Alençon, frère du roi) et ses alliés, par l'intermédiaire de François de Montmorency et d'Artus de Cossé-Brissac. Il est prévu que ce répit sera utilisé à finaliser les conditions d'une paix en bonne et due forme.

décembre
Malgré la trêve, Henri de Condé, Jean-Casimir de Bavière et Gaspard de Schomberg lèvent des troupes en Allemagne, en France et en Suisse ; Lesdiguières, qui a succédé à Montbrun, tient le Dauphiné. Au total, la situation de la coalition des huguenots et des Malcontents est moins mauvaise qu'il n'y paraît.

19 décembre
Remontrances de la ville de Paris au roi, qui a exigé des Parisiens 200 000 livres pour payer ses Suisses. Les habitants exposent les exactions de la Couronne, se plaignent hautement de la misère du temps, et font entendre des menaces à peine

déguisées. « Et sçavez trop mieulx, sire, que le Prince qui lève et exige de son peuple plus qu'il ne doibt, allienne et pert la voluntté de ses subjectz de laquelle deppend l'obeissance qu'on luy donne. » Ces remontrances, rédigées par un futur ligueur, l'avocat Louis de Sainctyon, seront publiées à deux reprises, à Paris (1576) et à Rouen (s.d.).

autres événements

• Claude d'Albon: *De la Majesté royale, institution, prééminence et des faveurs divines particulières envers icelle, ensemble de la sacrée majesté Césarée et des moyens de créer des empereurs romains.* Juriste dauphinois, cet avocat au parlement de Grenoble dédie son ouvrage à Henri III.

• Les *Discours merveilleux de la vie, actions et déportemens de Catherine de Médicis*, violent pamphlet protestant doublé d'un traité politique dans la veine monarchomaque.

• La *Résolution claire et facile de la question tant de fois faite de la prise des armes par les inférieurs*, Bâle. L'auteur y justifie l'insurrection au nom du droit naturel des sujets à la résistance à la tyrannie.

• Loys Le Roy: *De l'excellence du gouvernement royal, avec exhortation aux Français de persévérer en iceluy, sans chercher des mutations pernicieuses.*

1576

janvier

Une ligue catholique voit le jour en Normandie.

2 janvier

Une armée de 20 000 reîtres aux ordres de Jean-Casimir de Bavière pénètre dans le duché de Lorraine, puis en France (9 janvier).

10 janvier

Sans arrêter les opérations militaires, Henri de Montmorency-Damville envoie des députés pour négocier la paix. C'est une violation manifeste de la trêve de Champigny du 21 novembre précédent, mais le roi n'a pas les moyens de l'imposer.

20 janvier

Les reîtres de Jean-Casimir de Bavière pillent les caves de Cîteaux et de Nuits-Saint-Georges (Bourgogne).

2 février

Henri de Navarre s'évade à son tour du Louvre, où il était retenu depuis la Saint-Barthélemy, et gagne Châteauneuf-en-Thymerais (actuel Eure-et-Loir). Comme Condé avant lui, il retourne au calvinisme.

mars

Le roi puise dans les coffres de l'Hôtel de Ville, détournant ainsi les fonds destinés au paiement des arrérages de la rente sur l'Hôtel. Le procédé sera renouvelé à plusieurs reprises (mars 1582, janvier puis septembre 1584), excitant par là la colère des Parisiens, très sensibles à cette forme d'épargne, la seule, dit le mémorialiste, qui parfois leur « restoit pour vivre ».

13 mars

François d'Alençon rejoint Henri de Condé près de Montluçon, d'où ils partent pour Moulins, où se trouve Henri de Turenne avec 3 000 hommes. Les troupes des confédérés approchent Fontainebleau.

avril-mai

Assemblées réformées à Réalmont, Nîmes et Montpellier.

mai-juin

La fin de la cinquième guerre de Religion et les prodromes de la sixième. Le 6 mai, la paix de Monsieur, ainsi appelée parce qu'elle est l'œuvre de François d'Alençon, est signée à Étigny, et sanctionnée le lendemain, 7 mai, par l'édit de Beaulieu. C'est une défaite en rase campagne pour les Guise, mais aussi pour le roi, qui accorde aux religionnaires l'édit le plus favorable qu'ils aient jamais eu: réhabilitation des victimes de la Saint-Barthélemy, liberté de culte partout, sauf à Paris et dans toutes villes où séjourne la Cour, huit places de sûreté, et, pour la première fois, deux innovations de taille – le droit d'ériger des temples et la création dans les parlements de chambres mi-parties, c'est-à-dire des juridictions où siégeront des juges des deux confessions afin de garantir aux huguenots un jugement équitable. Les Malcontents ne s'oublient pas non plus: François d'Alençon reçoit l'Anjou, la Touraine et le Berry en apanage et prend le titre de duc d'Anjou, Henri de Montmorency-Damville est confirmé en Languedoc.
Deux réactions grosses de conséquences à l'édit de Beaulieu qui se révélera aussi impossible à faire appliquer que les précédents: le premier noyau d'une Ligue parisienne, formé entre autres par le marchand Jean de La Bruyère, son fils Mathias, lieutenant particulier civil et criminel de la prévôté de Paris, et Pierre Hennequin, président à mortier au Parlement (mai); et la ligue dite de Péronne, qui, à la différence des ligues catholiques précédentes, devient une sorte d'organisation seminationale. Le manifeste ligueur de Péronne est du 5 juin.

Troisième conséquence grave de l'édit de Beaulieu pour le règne d'Henri III: la convocation, prévue par l'édit, des premiers états généraux de Blois.

juin
Assemblée réformée à Castres.

juillet
Le roi fait l'acquisition à Dieppe d'une « grande quantité de guenons, perroquets et petits chiens ». Le même mois, il promulgue une nouvelle ordonnance somptuaire.

5 juillet
Pomponne de Bellièvre passe une convention avec Jean-Casimir de Bavière pour l'évacuation des reîtres du territoire, moyennant compensation en argent et en nature.

août
Henri III accorde à Henri de Condé Saint-Jean-d'Angély (actuelle Charente-Maritime) et Doullens (Somme) au lieu de Péronne, décidément trop rétive.

12 octobre
Mort de l'empereur Maximilien II; son fils lui succède sous le nom de Rodolphe II.

2 décembre
Par des lettres aux gouverneurs de province, Henri III se porte à la tête du mouvement ligueur, dans l'espoir de le vider de sa substance. Le stratagème réussit modestement, en attendant la rupture finale.

6 décembre
Henri III préside la séance solennelle d'ouverture des états généraux de Blois. Manifestement, Henri de Guise domine cette assemblée, que les huguenots et les Malcontents ont tant fait pour obtenir: un de ses fidèles, le baron de Sennecey, préside la députation de la noblesse, les porte-parole des autres ordres, Pierre d'Épinac, archevêque de Lyon, et Jean Versoris, avocat au Parlement de Paris, sont d'ardents ligueurs. Aussi bien, Henri de Navarre et Henri de Condé désavouent publiquement les états, en protestant par avance contre leurs résolutions. Mais le front de l'opposition est fissuré: François d'Anjou, manifestement comblé par ce qu'il a déjà obtenu, a rejoint le roi son frère. Cela dit, il y a aussi une forte minorité de modérés, partisans de la tolérance religieuse ou qui s'y sont résignés à contrecœur pour préserver la paix. Leur porte-parole est le député du tiers du Vermandois, Jean Bodin.
Trois questions, liées, sont débattues: l'unité religieuse, la souveraineté royale et les subsides au roi. La première fait l'unanimité: la noblesse se prononce en ce sens le 19 décembre, le clergé le 22, le tiers le 26. Et, le 29 décembre, Henri III abroge en effet l'édit de Beaulieu du 7 mai précédent. Or, cela signifie la guerre, et la guerre suppose des moyens pour la faire. Mais les états, tous ordres confondus, n'entendent pas accorder au roi les subsides qu'il réclame. Au nom du tiers, Bodin demande au roi de maintenir la paix, et l'ensemble de son ordre se prononce pour la restauration de l'unité religieuse par des moyens pacifiques.
C'est sur le problème des limites à l'absolutisme que les états de Blois se montrent le plus hardis. Le 12 décembre, une commission formée de députés des trois ordres présente au roi une résolution en trois points dont le premier, s'il était adopté, reviendrait à changer la nature du pouvoir monarchique: les décisions votées à l'unanimité par les états deviendraient *ipso facto* lois du royaume, que le souverain serait tenu de respecter. Henri III est prêt à beaucoup de concessions pour obtenir les subsides dont il a désespérément besoin, mais il ne peut évidemment accepter cela.

décembre
Provoquée par l'abrogation de l'édit de Beaulieu par les états de Blois, une prise d'armes en Poitou et Guyenne marque le début de la sixième guerre de Religion.

autres événements
• Luis de Requesens mort, Don Juan d'Autriche lui succède comme gouverneur des Pays-Bas. Contre les exactions espagnoles, la Pacification de Gand unit les provinces du Nord à dominante calviniste aux provinces du Sud, en majorité catholiques (8 novembre). L'espoir de Guillaume d'Orange de maintenir l'union des 17 provinces semble se réaliser.
• *La France-Turquie, c'est-à-dire Conseils et moyens tenus par les ennemis de la Couronne de France pour réduire le royaume en tel estat que la Tyrannie turquesque*, Orléans. Ce pamphlet anonyme issu de la mouvance des Malcontents s'en prend violemment à Catherine de Médicis et à son entourage d'Italiens, bons disciples de Machiavel, qui auraient décidé de se débarrasser de la noblesse française au moyen des guerres confessionnelles, afin de faire place nette à un absolutisme « à la turque », étranger aux traditions françaises.
• C'est aussi contre Machiavel que s'élève le juriste et théologien huguenot Innocent Gentillet dans son *Anti-Machiavel*, dont le titre complet est:

Discours sur les moyens de bien gouverner et maintenir en bonne paix un royaume ou autre principauté, ou Contre Nicolas Machiavel Florentin. L'acharnement à réfuter Machiavel est à la mesure de la fascination qu'il exerce en France. La première version française du *Prince*, due à Guillaume Cappel, est de 1553.

• Jacques Androuet Du Cerceau commence la publication de ses *Plus Excellents Bastimens de France*, qui se poursuivra jusqu'en 1579.

Les Androuet Du Cerceau

Jacques I Androuet Du Cerceau (1510-1585) inaugure une dynastie d'architectes. Lui-même est connu surtout pour ses ouvrages d'architecture illustrés de planches gravées à l'eau-forte. Il publie les Arcs de triomphe *en 1549, avant que l'entrée solennelle d'Henri II et de Catherine de Médicis à Orléans lui fournisse l'occasion de mettre sa théorie en pratique. Il donne ensuite les* Fragments d'Antiquité *et des* Petits Temples *(1550), les* Petits et Grands Grotesques *(1550-1556), deux* Livres d'architecture *(1553-1556), les* Arcs et Monuments antiques d'Italie et de France *et les* Leçons de Perspective *(1576), les* Plus Excellents Bastimens de France *(1576-1579), le* Petit Traité des cinq ordres de colonnes *(1583); enfin, le* Livre des édifices romains *(1584). De 1565 à 1575, il travaille au château de la duchesse de Ferrare, à Montargis, qui protège l'architecte huguenot. Du Cerceau, dont le dessein est d'« éveiller les esprits », s'est fait vulgarisateur de l'art italien et de l'école de Fontainebleau.*
Son fils Baptiste (vers 1547-1590), qui succède à Pierre Lescot au Louvre en 1578, est le premier architecte du Pont-Neuf à Paris, et réalise la chapelle des Valois à Saint-Denis. Un autre de ses fils, Jacques II (vers 1550-1614), portera sous Henri IV le titre d'architecte des bâtiments du roi. Son neveu Salomon de Brosse (vers 1571-1626) sera l'architecte du palais du Luxembourg. Mentionnons enfin Jean (vers 1585-apr. 1649), fils de Baptiste, qui continuera la tradition familiale sous Louis XIII; il signera notamment l'hôtel de Sully et la reconstruction du pont au Change à Paris. D'autres Androuet Du Cerceau s'illustreront sous Louis XIII et Louis XIV.

• Jean Bodin publie *Les Six Livres de la République.*

Bodin

Jean Bodin (1529-1596) a 46 ans lorsque paraît son magnum opus. *Fils d'un maître couturier d'Angers, sa vie est un concentré des passions religieuses du temps: il a été moine carme, il est sans doute passé par la Réforme – il a eu des ennuis avec la « chambre ardente » et a vécu à Genève, où il a pris femme –, avant de revenir au catholicisme, voire de donner des gages à la Ligue, ce qui ne l'empêche pas de rédiger un* Colloque des secrets cachez des choses sublimes entre sept savans qui sont de differens sentiments (Colloquium Heptaplomeres) *qui a pu le faire accuser d'indifférence religieuse. Mais les passions du temps sont chez lui comme assourdies par la soif de comprendre et une horreur de la violence jamais démentie. Bodin est aussi un concentré des contradictions intellectuelles de l'époque: le penseur rationnel qui invente une méthode de l'histoire (*Methodus ad facilem historiarum cognitionem, *1566) et démonte le mécanisme de l'inflation (*Response au paradoxe de Monsieur de Malestroict, *1568) écrit aussi une* Démonomanie des sorciers *en 1580. Bodin n'a pas eu la carrière politique qu'il méritait, et à laquelle il aspirait. Formé en droit civil et canon à l'université d'Angers, professeur à Toulouse, puis avocat au Parlement de Paris, il est remarqué aussi bien par Henri III que par son frère François d'Anjou; mais il agace le premier aux états de Blois par sa défense intransigeante du principe de l'inaliénabilité du domaine royal, et le second meurt en 1584 avant de lui donner une vraie chance. Reste l'œuvre, considérable, de celui que Montaigne a bien voulu reconnaître comme « un bon auteur de notre temps, et accompagné de beaucoup plus de jugement que la tourbe des escrivailleurs de son siècle, [qui] mérite qu'on le juge et considère » (*Essais, *Livre II, chapitre* XXXII*). En effet.*
On a vu les définitions de la « république » (entendez l'État) et de la souveraineté qu'il propose dans son livre majeur. Si nous l'avons associé à Machiavel, ce n'est pas par goût du paradoxe. Ce qui les sépare, c'est moins une différence d'approche morale que de situation: le Florentin, au demeurant bon républicain dans les Discours, *expose dans* Le Prince *les moyens de constituer une « principauté nouvelle », et de la maintenir. Ce n'est pas le problème du Français, qui vit dans une vieille « principauté », déjà bien constituée, mais dont il s'agit de prévenir la dissolution et la mainmise étrangère dans la tourmente des guerres civiles. D'où l'accent mis sur la légitimité (un « droit gouvernement ») et, surtout, la souveraineté. Ce faisant, Bodin fait mieux que d'offrir une assise théo-*

rique solide à l'absolutisme monarchique français. Après Machiavel, qui a fait du politique une science d'observation objective, il forge un outil conceptuel neuf, capable de rendre compte de la nature des régimes politiques. En ramenant les multiples prérogatives traditionnelles du souverain à une seule – « la puissance de donner loy à tous en général et à chacun en particulier » (Livre I, chapitre X) –, et en séparant radicalement essence du pouvoir et mode d'exercice du pouvoir, il rompt avec une tradition vieille comme Aristote, qui classait les régimes en fonction du nombre des gouvernants. Pour dire les choses simplement, Aristote ne nous permet pas de distinguer le régime de l'Arabie Saoudite et celui de la Suède, Bodin, si.

• Du Haillan : *Histoire de France.*

1577

janvier-mars
Le 17 janvier, l'assemblée des états généraux de Blois est officiellement clôturée, mais, espérant toujours obtenir quelques subsides, Henri III interdit aux députés de se disperser. Seul le clergé finira par débourser 450 000 livres, ce qui est dérisoire eu égard à un déficit du Trésor estimé à 100 millions. Amer, le roi déclare en son Conseil qu'il n'aimerait rien mieux que d'établir l'unité religieuse, mais qu'on lui en refuse les moyens. Début mars, les députés se dispersent.

23 janvier
Les protestants échouent à Saint-Macaire.

fin janvier
Les protestants assiègent Villefranche en Périgord.

février
Le Conseil impose un nouveau droit de sortie (la traite foraine domaniale) sur les blés, les toiles, les vins, le pastel.
Les protestants font le siège de Marmande.
Assemblée réformée à Lunel, près de Montpellier.

avril
Catherine de Médicis obtient le ralliement d'Henri de Montmorency-Damville, déjà brouillé avec les huguenots. La défection des deux principaux chefs des Politiques, François d'Anjou et Henri de Montmorency-Damville, affaiblit les protestants, qui reculent partout sauf en Languedoc.

mai-juin
Siège, prise et sac de La Charité-sur-Loire (2 mai) et d'Issoire (12 juin) par l'armée royale, maintenant aux ordres de François d'Anjou. C'est la rupture définitive entre réformés et Malcontents.

juin
Dévaluation de la monnaie, qui ne manque pas de causer « grande incommodité au pauvre peuple de France » (Pierre de L'Estoile).

22 juin-21 août
Charles, duc de Mayenne, assiège et prend Brouage (actuelle Charente-Maritime). Le « gros Mayenne » est le frère cadet du duc de Guise Henri le Balafré.

juin-septembre
Henri de Montmorency-Damville assiège Montpellier, mais il ne réussit pas à enlever la place, défendue par le fils de Coligny, François de Châtillon.

juillet
Création des bureaux des finances, qui réunissent désormais en un seul corps les trésoriers de France et les généraux des finances.

14 septembre
La paix de Bergerac, sanctionnée par l'édit de Poitiers le 17 septembre, clôt la sixième guerre de Religion. La liberté de culte est accordée dans les faubourgs d'une ville par bailliage, ainsi que dans les villes et bourgs où elle existait avant la prise d'armes ; les chambres mi-parties sont maintenues, mais seulement dans le ressort des quatre parlements où les huguenots sont nombreux (Bordeaux, Aix, Grenoble et Toulouse), et avec seulement un tiers des membres ; les huit places de sûreté le sont également, mais seulement pour six ans. Voulu par Catherine de Médicis et Henri de Navarre, cautionné par Henri III, le règlement de Poitiers marque le recul (temporaire) des Guise et la montée en puissance des Politiques. Il ne satisfait personne, mais c'est le maximum que les uns et les autres, financièrement épuisés, sont en mesure d'obtenir.

septembre-octobre
Le cours de l'écu est fixé à 3 livres ; l'écu est désormais la monnaie de compte. L'édit est enregistré au Parlement le 18 septembre, à la chambre des comptes le 11 octobre.

8 octobre
L'édit de Poitiers est enregistré au Parlement.

novembre
Montaigne devient gentilhomme de la chambre d'Henri de Navarre.

21 novembre
Pour enrayer l'inflation, une ordonnance bloque les prix des grains et les salaires et interdit l'exportation de la laine et l'importation des draps d'or et de soie. Ce texte tente aussi de réglementer les corporations de métiers, ainsi que le statut des domestiques.

décembre
Assemblées réformées à Montauban et Sainte-Foy.

13 décembre
Francis Drake entame son tour du monde, le second après Magellan.

autres événements
• Aux Pays-Bas, Don Juan d'Autriche est contraint de renvoyer les troupes espagnoles. Mais la Pacification de Gand ne résiste pas à la prise des villes du Sud (Bruxelles, Gand, Anvers) par les calvinistes, qui y saccagent les églises catholiques.
• Agrippa d'Aubigné entreprend la rédaction des *Tragiques* (publiées en 1616).

D'AUBIGNÉ

Né en Saintonge dans une famille de notables protestants locaux (son père Jean est homme de loi), le jeune Théodore Agrippa (1552-1630) fait de bonnes études à Paris, Orléans et Genève, avant de se jeter à corps perdu dans la guerre religieuse. À partir de ce moment, il mènera de front une carrière politique et militaire et une œuvre littéraire, toutes deux exceptionnelles. Épris de Diane, une fille de la maison des Salviati, banquiers florentins installés à Lyon, il écrit pour cette Laure, de 1570 à 1573, un recueil de poèmes pétrarquisants, Le Printemps. *Mais la famille de la demoiselle ne veut pas de lui, homme de noblesse incertaine et de peu de fortune, huguenot de surcroît. Absent de Paris lors de la Saint-Barthélemy, il intègre l'entourage d'Henri de Navarre, qu'il ne quittera plus. Pourtant, son caractère fougueux et entier et son langage débridé rendent ses relations avec Henri difficiles. Mais le Béarnais sait apprécier la loyauté de ce personnage hors du commun, et lui pardonne à chaque fois. Dès lors, sa fortune est faite. Gentilhomme de la chambre du roi de Navarre au début des années 1580, il devient en 1588 gouverneur des îles et du château de Maillezais, dans le marais poitevin, puis maréchal de camp et vice-amiral de Guyenne. Mais la conversion de son maître le déçoit amèrement ; il se range alors dans l'espèce d'opposition que forment les huguenots jusqu'au-boutistes. Henri IV mort, il se retrouve naturellement dans l'opposition à Marie de Médicis. En 1619, on lui fait lâcher enfin, non sans mal, son gouvernement de Maillezais. L'année suivante, il part pour Genève, où il n'est pas mieux vu qu'à Paris. Il y meurt, le 9 mai 1630.*
C'est lors de la retraite forcée consécutive à une blessure reçue à Casteljaloux en 1577, lors de la sixième guerre civile, qu'il commence à écrire Les Tragiques. *Il y travaillera des années durant, entre deux missions, deux campagnes, à la faveur des brouilles avec le Navarrais. Ce n'est qu'en 1616 que paraîtra une première édition de ce vaste poème, inégal certes, mais aussi formidable « jaillissement de satire lyrique, à qui rien ne peut se comparer, jusqu'aux* Châtiments *» (Lanson). C'est en 1616 aussi que commence la publication de son* Histoire universelle, *œuvre de facture très différente, où le poète-pamphlétaire-visionnaire se mue en historien impartial. Puis le pamphlétaire reprend le dessus, avec la* Confession de Sancy *(publiée longtemps après sa mort, en 1660), qui confond dans un même mépris convertis huguenots et convertisseurs catholiques, et* Les Aventures du baron de Fanæste, *jeune papiste frivole et écervelé à qui il oppose le vertueux huguenot Enay (1617). 1617, c'est aussi l'année de l'édit rétablissant le catholicisme en Béarn, ce qui le conduit à écrire un* Traité des guerres civiles *et, surtout, un texte d'inspiration monarchomaque, le* Devoir mutuel des rois et des sujets.
Le drame d'Agrippa écrivain, c'est le décalage entre sa vie et ses écrits. Homme du XVIe siècle, dont il a vécu jusqu'à plus soif les passions et épousé le style littéraire, il a donné l'essentiel de son œuvre au XVIIe, qui s'évertue à oublier ces passions et ne veut plus rien savoir de ce style. Le prophète huguenot aux accents apocalyptiques est un paria au siècle du renouveau catholique, un écrivain qui écrit comme Garnier n'a rien à faire au siècle de Malherbe. Comment s'étonner dès lors que, par arrêt du Châtelet du 2 janvier 1620, on brûle à Paris son Histoire universelle, *et cela malgré son impartialité. Ou plutôt est-ce à cause de son impartialité ?*

1578

31 janvier
Don Juan d'Autriche écrase à Gembloux l'armée des états généraux des Pays-Bas.

14 février
François d'Anjou fuit la Cour pour la seconde fois, avec l'aide de son favori, l'aventurier Bussy d'Amboise, et de Marguerite de Valois, maîtresse de ce dernier.

mars
Les états généraux des Pays-Bas, en difficulté face aux troupes espagnoles du gouverneur Don Juan d'Autriche, cherchent des appuis contre l'Espagne; le comte Charles de Lalaing, seigneur de Hainaut, rival de Guillaume d'Orange, fait appel à François d'Anjou.

2 avril
Mort de Marie-Isabelle, fille de Charles IX et d'Élisabeth d'Autriche, âgée de moins de 6 ans.

27 avril
Le « duel des mignons », provoqué par une histoire de femmes, entre Caylus, Livarot et Maugiron, favoris du roi, et Schomberg, Entragues et Ribérac, créatures des Guise. Bilan: quatre morts, deux dans chaque camp.

2 août
La reine Catherine entame un voyage de pacification dans le Midi qui se poursuivra jusqu'en novembre.

septembre
Henri III veut faire enregistrer par le Parlement 22 édits bursaux portant création d'offices; la Cour refuse, « pour estre la creation des offices et estats y mentionnés une taille et charge sur le peuple de ce roiaume, qui ne se peult porter, et non nécessaire ni viable, ains inutile, pernicieuse et dommageable au public, et qui pourroit engendrer une émotion et sédition qui seraoit la ruine de Paris et de l'Estat ». Elle s'incline pourtant, au moins en partie.

octobre
Un édit crée le marc d'or, impôt sur l'acquisition des offices; d'une valeur de 0,5 à 1 % du prix de l'office, cet impôt est destiné à financer la création d'un nouvel ordre de chevalerie.
À la mort de Don Juan d'Autriche, Alexandre Farnèse, duc de Parme, devient gouverneur des Pays-Bas.

2 octobre
Entrevue, fort cordiale, entre la reine mère, accompagnée de sa fille Marguerite, et Henri de Navarre à La Réole (Gironde).

28 octobre
Catherine de Médicis est reçue par Henri de Montmorency-Damville à Toulouse.

novembre
Création de l'ordre du Saint-Esprit, dont les statuts ont été rédigés par Jacques Amyot, précepteur de Charles IX et d'Henri III et grand aumônier de l'ordre, et le jésuite Edmond Auger (1530-1591). Les membres doivent prouver cent ans de noblesse paternelle et faire profession de foi catholique. Le nombre des chevaliers est fixé à 100; l'accession à l'ordre du Saint-Esprit étant conditionnée par l'appartenance à l'ordre de Saint-Michel, les membres du nouvel ordre porteront le titre de « chevalier des ordres du roi ». La dévaluation de l'ordre de Saint-Michel et la volonté d'Henri III de renforcer sa propre clientèle expliquent la création de ce nouvel ordre consacré au Saint-Esprit, Henri étant devenu roi de Pologne, puis de France le jour de la Pentecôte.

20 novembre
La reine Catherine est à Auch. Les catholiques prennent La Réole.

22-23 novembre
Henri de Navarre réagit en prenant Fleurance. Catherine de Médicis fait restituer La Réole aux réformés.

15 décembre
Catherine de Médicis arrive à Nérac, ville protestante.

23 décembre
Première tentative de François d'Anjou aux Pays-Bas, dont il espère devenir le souverain; promu depuis août par les états généraux « défenseur des libertés des Pays-Bas », il tente de s'emparer de Mons avec l'aide des protestants, mais, contraint de se retirer faute d'argent, il rentre bientôt à Paris.

autres événements
- Les Marocains infligent au roi Sébastien de Portugal une cuisante défaite à Ksar el-Kebir; le roi disparu, le cardinal-infant Henri, lui succède.
- Le Conseil du roi s'intitule désormais Conseil d'État, dont une section, dite « des affaires », traite des questions d'importance majeure.
- Guillaume Du Bartas publie la *Première Semaine ou Création du monde.*

Du Bartas

Gentilhomme ordinaire du roi de Navarre, ce huguenot guerrier et diplomate est un poète religieux, considéré de son temps comme un rival de Ronsard. En 1574, Guillaume de Salluste Du Bartas (1544-1590) a donné une Muse chrétienne, *sorte de manifeste de poésie protestante. Mais l'essentiel de sa renommée repose sur ses deux grands poèmes épiques d'inspiration biblique, la* Première Semaine ou Création du monde, *et la* Seconde Semaine ou Enfance du monde, *qui paraîtra en 1584.*

• Jean de Léry publie à Genève sa célèbre *Histoire d'un voyage faict en la terre du Brésil autrement dit Amérique.*

Léry

Né en Bourgogne dans une famille pauvre, le protestant Jean de Léry (1534-1613) séjourne au Brésil en 1557 et 1558, dans la colonie fondée par Nicolas de Villegagnon. De retour en France, il devient pasteur à Nevers puis à La Charité. Présent au siège de Sancerre (mars-août 1573), il en donne l'année suivante une relation retentissante. Mais son ouvrage le plus célèbre reste cette Histoire d'un voyage, *qui relate son expérience américaine. Léry est, avant Montaigne, l'un des fondateurs du mythe du « bon sauvage » et, le succès foudroyant de son livre l'atteste, l'un des maîtres européens du récit de voyage.*

• Antoine de Bertrand met en musique les *Chansons* de Ronsard. Compositeur de chansons, Bertrand (vers 1540-vers 1581), qui appartient au cercle du cardinal d'Armagnac, a déjà mis en musique, avec une certaine audace dans les chromatismes, *Les Amours* en 1576, avant de s'attaquer aux *Sonnets chrétiens* en 1580. Il mourra assassiné par les huguenots.

1579

1er janvier
La première promotion de l'ordre du Saint-Esprit comprend 26 noms, dont Louis de Nevers, Jacques de Crussol duc d'Uzès, Charles de Bourbon et Philippe-Emmanuel duc de Mercœur, le beau-frère du roi. Il n'est pas indifférent de remarquer que les Guise ne seront reçus que l'année suivante.

6 et 23 janvier
L'Union d'Arras (6 janvier) et l'Union d'Utrecht (23 janvier) consacrent la division, que l'on ne sait pas encore définitive, des Pays-Bas. La première regroupe les provinces méridionales (en gros, la Belgique actuelle), qui restent catholiques et réintègrent le giron de l'Espagne; la seconde, qui regroupe les sept provinces du Nord à dominante calviniste, fait sécession pour fonder un nouvel État souverain: les Provinces-Unies. Mais, au moment où les états généraux prononcent la déchéance de Philippe II d'Espagne, la nature du régime du nouvel État n'est pas arrêtée: république? monarchie constitutionnelle? Un seul type de régime est exclu: la monarchie absolue. On le fera savoir au candidat le plus en vue, François d'Anjou.

février
À Romans, les artisans portent à leur tête le maître drapier Jean Serve, dit Paumier, et s'allient aux paysans des environs pour mettre fin aux exactions d'un seigneur huguenot local. Les troubles s'étendent rapidement, provoquant la panique des notables.

28 février
Traité de Nérac. Négocié par Catherine de Médicis et Henri de Navarre, ce texte précise, au bénéfice des huguenots, les provisions de l'édit de Poitiers du 17 septembre 1577. Mais ni le traité ni les efforts de la reine mère ne réussissent à désarmer la méfiance des huguenots.

avril
Catherine de Médicis sillonne le Languedoc.

mai
Ordonnance de Blois. Ce texte législatif ambitieux est censé réformer le royaume selon les cahiers de doléances présentés aux états généraux de 1576. La plupart de ses 363 articles reviennent rituellement dans chaque Grande Ordonnance: suppression de la vénalité des charges, diminution du nombre « effréné » des officiers, répression des anoblissements abusifs, interdiction des cumuls ecclésiastiques, etc. La guerre civile et le manque chronique d'argent réduisent ces belles ordonnances à des collections de vœux pieux.

13-27 juillet
Assemblée réformée à Montauban, où se rend Henri de Navarre.

22 juillet
À Grenoble, Catherine de Médicis rencontre le duc Emmanuel-Philibert de Savoie.

août-novembre
Henri de Navarre séjourne à Nérac.

17 août
François d'Anjou prend Cambrai.

19 août
Assassinat de Bussy d'Amboise, favori de Monsieur, par le sire de Montsoreau.

septembre
Les protestants perdent Figeac.

18 septembre
Catherine de Médicis est à Lyon.

30 septembre 1579-1er mars 1580
L'assemblée du clergé reconduit l'arrangement financier du contrat de Poissy du 21 octobre 1561.

5 octobre
Une ligue nobiliaire catholique voit le jour en Champagne.

novembre
Assemblée réformée à Anduze.

18 novembre
Au terme de son voyage dans le Midi, la reine mère rentre à Paris.

29 novembre
Henri de Condé, privé par la Ligue de son gouvernement de Picardie, s'empare de La Fère-en-Tardenois, déclenchant ainsi la septième guerre de Religion, dite «guerre des Amoureux». Mais cette prise d'armes n'entraîne qu'une partie des huguenots.

autres événements
• George Buchanan: *Du droit de royauté en Écosse*, dédié à son élève Jacques VI. C'est un texte d'inspiration monarchomaque, rédigé pour justifier l'expulsion de Marie Stuart.
• Junius Brutus: *Vindiciae contra tyrannos...*

DUPLESSIS-MORNAY

Sous le pseudonyme de Junius Brutus se cache selon toute vraisemblance Philippe de Mornay, seigneur du Plessis-Marly, dit Duplessis-Mornay (1549-1623). Originaire d'une famille de vieille noblesse berrichonne, érudit et grand voyageur, Duplessis-Mornay a suivi Coligny, puis s'est attaché à Henri de Navarre, dont il est devenu un conseiller écouté et un ami intime.

Les Vindiciae, *rédigées dans la foulée de la Saint-Barthélemy, sont l'un des grands classiques monarchomaques. L'ouvrage est bâti autour de quatre questions rhétoriques: si les sujets sont tenus d'obéir à un prince qui leur commande d'enfreindre la loi de Dieu; s'ils peuvent lui résister, et de quelle manière; s'ils peuvent résister à un prince qui viole la loi civile; enfin, la question de la légitimité de l'intervention étrangère. La question la plus intéressante, parce que la moins évidente, est la troisième: la résistance au tyran ne se justifie pas seulement pour des questions de religion. Les* Vindiciae *apparaissent comme l'expression d'une conception aristocratique du pouvoir, le peuple souverain n'exerçant sa souveraineté qu'à travers ses représentants naturels, les magistrats.*
La version française des Vindiciae *paraîtra en 1581 à Genève, sous le titre:* De la puissance légitime du prince sur le peuple et du peuple sur le prince, traité très utile et digne de lecture en ce temps.

• Charles Figon: *Discours des estats et offices tant du gouvernement que de la justice et des finances de France, où est brièvement discouru de l'autorité, juridiction, connaissance et charge de chacun en particulier.*

1580

1er janvier
Maximilien de Béthune (futur Sully), le petit rescapé de la Saint-Barthélemy maintenant âgé de 21 ans, est nommé chambellan et conseiller d'Henri de Navarre.

31 janvier
Le roi du Portugal Henri le Cardinal mort, Philippe II d'Espagne envoie à Lisbonne une armée commandée par le duc d'Albe pour faire valoir ses droits à la couronne portugaise contre l'autre prétendant au trône, Antoine, petit-fils d'Emmanuel Ier. Catherine de Médicis, qui a aussi des droits, en vérité fort minces, à faire valoir sur la couronne portugaise, se dit prête à y renoncer au bénéfice d'Antoine, moyennant compensation. Une expédition navale aux ordres de Philippe Strozzi est mise au point, destinée à empêcher Philippe II de s'emparer des Açores, dernier refuge du prétendant. L'archipel est censé servir de base de reconquête du Portugal, la France se réservant pour prix de son aide le Brésil, dont Strozzi serait vice-roi. Tout ce beau plan s'effondrera et Philippe II conservera jusqu'à sa mort en 1598 son nouveau royaume.

février-mars
Le carnaval de Romans tourne à la guerre sociale : le 15 février, les notables de la ville massacrent Paumier, le drapier de Romans, et ses partisans. Pourchassés par les gentilshommes, les paysans ligués sont écrasés le 23 mars à Moirans par les troupes de Laurent de Maugiron (1529-1589), mignon du roi et lieutenant général de la province du Dauphiné.

mars
Pressé par les nobles de Guyenne et de Gascogne, Henri de Navarre repart en guerre et reprend Figeac.

avril
Assemblée politique des réformés à Castres.
Prise d'armes ouverte d'Henri de Navarre, qui refuse de rendre les places de sûreté en Guyenne et publie, à son tour, une *Déclaration* justifiant son attitude.

mai
Grève des procureurs du Parlement de Paris et du Châtelet, qui entendent protester ainsi contre une mesure fiscale prise à leur encontre.

28 mai-1er juin
Henri de Navarre assiège et prend Cahors, principal fait d'armes de cette septième guerre de Religion.
Une insurrection paysanne ravage le Dauphiné.

juin
François d'Anjou, accompagné de Pomponne de Bellièvre et Nicolas de Villeroy, rencontre Henri de Navarre en Périgord.
Les protestants prennent Montségur.

juillet
Nouvelle érection d'offices, suivant d'autres – ainsi, celles de septembre 1578 et de mars 1580 – et en précédant d'autres, comme celles de juillet 1582 et octobre 1586. Nous connaissons grâce à L'Estoile quelques prix d'offices à cette époque : 60 000 livres pour une charge de président à la Grand Chambre du Parlement, 40 000 livres pour celle d'avocat du roi, 25 000 pour celle de maître des requêtes (une innovation, les offices du parquet ayant jusque-là échappé à la vénalité). Ce sont des prix exorbitants, que seule une oligarchie d'officiers et de gros marchands peut payer, et qui expliquent pour une part l'essor de la Ligue parisienne.

7 juillet-12 septembre
Le maréchal de Matignon enlève La Fère-en-Tardenois à Henri de Condé.

19 septembre
Traité de Plessis-lès-Tours entre François d'Anjou et les ambassadeurs des états d'Utrecht (Provinces-Unies). Les états imposent au prince français une monarchie contractuelle.

15 octobre
Les protestants prennent Saint-Émilion.

6 novembre
Charles de Mayenne prend et démantèle la forteresse protestante de La Mure (Dauphiné).

26 novembre
La paix de Fleix, négociée par François d'Anjou, reprend pour l'essentiel les clauses de la paix de Bergerac (14 septembre 1577) et du traité de Nérac (28 février 1579). En définitive, la « guerre des Amoureux » n'aura été qu'une parenthèse sans importance dans la trêve de sept ans entre la paix de Bergerac et le déclenchement de la huitième et dernière guerre de Religion.

autres événements
• Théodore de Bèze : *Histoire ecclésiastique des églises réformées au royaume de France, en laquelle est descrite au vray la renaissance et accroissement d'icelles depuis l'an MDXXI jusques en l'année MDLXIII*, Anvers.
• Jean Bodin : *Démonomanie des sorciers*. L'auteur des *Six Livres de la République* démontre par une série d'arguments tirés des autorités de l'Église, de la philosophie et de l'expérience quotidienne que les sorciers et sorcières existent bel et bien, et qu'il importe de les réprimer. Les dernières années du XVIe siècle et les deux premières décennies du XVIIe marquent l'acmé de la chasse aux sorcières en France.
• Première édition des *Essais* de Montaigne, imprimés à Bordeaux chez Simon Millanges.

Montaigne

Comparée à d'autres écrivains de ce siècle agité, la vie de Michel Eyquem, sieur de Montaigne (1533-1592), n'a rien de bien remarquable. Né au domaine de Montaigne, dans le Périgord, d'un père qui se pique de noblesse mais est issu de la marchandise et d'une mère d'origine marrane, il a bénéficié d'une éducation soignée, « sans fouet ni larmes », dans l'esprit de la pédagogie humaniste. Dès l'âge de 2 ans, il est formé, exclusivement en latin, par un pédagogue allemand. Le latin, c'est d'ailleurs la langue que parle toute la maisonnée. De 1539 à 1546, il est au Collège de Guyenne, puis s'en va étudier le droit, sans doute à Toulouse. En 1554, il entame une carrière de magistrat : il est conseiller à la Cour des aides de Périgueux, puis, trois ans plus tard, au parlement de Bordeaux. S'il y rencontre La Boétie, l'ami incomparable, il déteste son travail de parlementaire, qu'il décrira comme un esclavage. En 1570, il vend donc sa charge et se retire dans sa « librairie » de Montaigne, riche d'un bon millier de volumes, afin de se consacrer à ce qui l'intéresse vraiment : les « enfantements de [l'] esprit » (Livre II, chapitre VIII*). Les « enfantements » du corps, en effet, l'occupent médiocrement, lui qui ne se souvient même pas du nombre d'enfants qu'il a mis au monde. Nous le savons mieux que lui : Françoise de La Chassaigne, fille d'un président au parlement de Bordeaux qu'il a épousée en septembre 1565, lui a donné six filles, dont une seule, Léonor, a survécu. Ce sage n'échappe pas pour autant aux honneurs, ni aux charges publiques. Le souhaite-t-il vraiment ? Difficile à dire. Après tout, cet homme qui est l'un des esprits les plus libres et les plus lucides de l'histoire de la littérature est aussi un snob imbu de sa gentilhommerie, qui ne pipe mot des origines bourgeoises de sa famille. Il reçoit sous Charles IX, le 28 octobre 1571, le collier de l'ordre de Saint-Michel fondé par Louis XI en 1469 et remis en vigueur par Henri II le 29 mai 1547. Gentilhomme ordinaire de la chambre du roi sous Charles IX, puis sous Henri de Navarre en 1577, chargé de mission auprès du duc de Montpensier, le chef des armées catholiques dans le Midi, il est élu en 1581, comme son père avant lui, maire de Bordeaux. À ce moment, il se trouve en Italie, au terme d'un voyage qui l'a conduit à Rome par Paris, la Suisse et l'Allemagne (juin 1580-novembre 1581), et dont il a rendu compte dans un riche et savoureux* Journal de voyage. *Le frais « citoyen noble et patricien romain » (titre dont le gratifie une bulle papale du 13 mars 1581) n'est pas pressé de rentrer ; il y faut une injonction royale. Pourtant, il s'acquitte de sa tâche consciencieusement, ce qui lui vaut réélection en 1583. La postérité retiendra qu'il s'est gardé de rentrer dans la ville ravagée par la peste. On oublie généralement qu'en 1585, il est en fin de mandat et que ce qu'il lui reste à faire est de présider à l'élection de son successeur. La peste n'est d'ailleurs pas seule en cause. La guerre civile aborde sa phase décisive, celle de la Ligue. Montaigne, catholique modéré et ami d'Henri de Navarre, est, bien entendu, détesté des fanatiques des deux camps : « Au gibelin j'étais guelfe, au guelfe, gibelin. » De passage à Paris pour voir son éditeur Abel Langelier, il trouve une ville en pleine insurrection, qui vient de chasser Henri III le 12 mai 1588. Retenu en otage par les ligueurs, il en réchappe grâce à Catherine de Médicis, qui l'échange contre un prisonnier de la faction, et suit Henri III à Blois, où il est le témoin désabusé des états généraux. Revenu à Montaigne, sujet à des crises de plus en plus fréquentes de gravelle, il se consacre désormais à ses études. Il aura la satisfaction de voir le Béarnais sur le trône de France, mais pas celle d'assister à son triomphe final et à la fin des guerres religieuses. Il s'éteint à Montaigne le 13 septembre 1592.*

Montaigne n'est peut-être pas un héros, mais il partage avec Thomas More le privilège rare d'avoir inventé un genre littéraire : celui-ci l'utopie, celui-là l'essai. Dans sa retraite studieuse, il s'est mis à coucher sur le papier, au jour le jour, les réflexions que lui inspirent ses lectures, son expérience et l'analyse sans complaisance de lui-même. Cela donne en 1580 la première édition des Essais. *À son retour de voyage, en 1582, paraît, toujours à Bordeaux, la deuxième édition (Livres I et II). Le Livre III paraît dans la dernière édition publiée de son vivant, à Paris, en 1588. L'édition définitive, mise au point par Mlle de Gournay, sa « fille d'alliance », voit le jour en 1595.*

Montaigne ne fait pas qu'inventer un genre littéraire ; ce genre littéraire, il le met au service d'une formidable entreprise d'introspection : « Je suis moi-même la matière de mon livre » (Au lecteur). *Tout l'individualisme de la Renaissance est dans cette volonté affichée de se dépeindre « en [sa] façon simple, naturelle et ordinaire, sans contention et artifice ». Aussi bien, « le moi de Montaigne est un moi vivant en tant qu'il fait de l'individu Montaigne le premier homme moderne que nous connaissions par le détail » (Albert Thibaudet). Cependant, dans un dialogue perpétuel entre l'érudition et l'introspection, soi-même devient un outil pour la connaissance du monde. Tour à tour stoïcien et épicurien, moraliste chrétien et penseur sceptique, c'est en philosophe (voyez son* Apologie de Raimond Sebond, *Livre II, chapitre* XII*) que Montaigne se tient au-dessus des passions religieuses de son temps. Il est catholique parce que né catholique ; pourquoi changer la religion de ses pères si de la vérité nul n'est assuré ? Ennemi de la souffrance, il l'est naturellement de tous les fanatismes, si prompts à l'infliger. Bien avant Swift et Voltaire, il relativise les mœurs humaines ; bien avant Rousseau, il invente le mythe du bon sauvage, plus proche de la mère nature que les civilisés que nous sommes. Dans le chapitre fameux qu'il consacre aux*

« Cannibales » (Livre I, chapitre XXXI), il estime plus barbare « à manger un homme vivant », à la manière des Français qui se déchirent dans la guerre civile, « qu'à le manger mort ». D'ailleurs, « chacun appelle barbarie ce qui n'est pas de son usage ». Bien avant que la Révolution ne supprime les châtiments cruels et dégradants, il estime que, « en la justice même, tout ce qui est au-delà de la mort simple [lui] semble pure cruauté » (Livre II, chapitre XI). Sa compassion, il l'étend aux animaux, incapable qu'il est, dit-il, de « voir seulement sans déplaisir poursuivre et tuer une bête innocente... », voire « aux arbres et aux plantes », puisqu'il y a « quelque commerce [...] et quelque obligation mutuelle » entre les créatures vivantes et nous. Voici Montaigne écolo avant la lettre ; quelle meilleure illustration de son extraordinaire modernité ?
Résumer ce livre foisonnant est sans objet. On ne résume pas la quête d'une vie. Tout au plus peut-on dire avec Maurice Merleau-Ponty qu'il « a cherché et peut-être trouvé le secret d'être, dans le même temps ironique et grave, libre et fidèle ».

• Publication par Bernard Palissy des *Discours admirables*.
• François de Rozières : *Stemmatum Lotharingiae ac Barri Ducum*. La maison de Lorraine descendant de Charlemagne, les Guise sont candidats légitimes au trône de France. Cet archidiacre de Toul arrive un peu tôt. Quelques années plus tard, lorsque la question de la succession au trône sera vraiment ouverte, ce genre d'écrits va proliférer.
• Date approximative de la *Sibylle de Tibur* (Louvre) par Antoine Caron.

1581

janvier
Les bureaux des finances comptent désormais sept trésoriers généraux de France. Ramenés à deux en décembre 1583, passés à six en novembre 1584, ils sont de nouveau sept en avril 1585, puis dix l'année suivante.

janvier-avril
François d'Anjou séjourne à Bordeaux, puis à Cadillac chez Frédéric de Foix-Candale, catholique dévoué à Henri de Navarre.

avril
Une ambassade française demande la main d'Élisabeth Ire d'Angleterre pour le duc François d'Anjou. Catherine de Médicis tente de dissuader son fils François d'Anjou de se rendre à Cambrai. En effet, les ambitions de François aux Pays-Bas n'enthousiasment guère ni la reine mère ni Henri III qui craignent une escalade avec l'Espagne.

mai
Un nouveau barème pour les douanes intérieures double la taxe sur les importations.

24 mai
Assemblée des réformés à Montauban. Convoquée à l'initiative d'Henri de Navarre, l'assemblée, en présence d'Henri de Condé et de Jean-Casimir de Bavière, ainsi que de représentants d'Henri III et de son frère François d'Anjou, entérine l'accord de Fleix du 26 novembre 1580. Il s'agit de faire pièce à Genève, très réticente à l'égard de cet accord, comme le sont d'ailleurs les éléments avancés du « parti » catholique. En outre, les Églises réformées, leur Protecteur Henri de Navarre et Henri de Condé font un serment d'« union ».

juin
Les contrats de droit privé seront dorénavant inscrits sur les registres royaux ; c'est la création du droit d'enregistrement.

juillet
Le synode protestant de La Rochelle condamne l'histoire des guerres civiles que vient de publier La Popelinière, *L'Histoire de France, enrichie des plus notables occurrences survenues ez provinces de l'Europe et pays voisins* [...] *depuis 1550 jusques à ce temps.*

La Popelinière

L'Histoire de France *est la dernière mouture, considérablement augmentée, d'une histoire des guerres civiles parue en 1571 et rééditée plusieurs fois :* La vraye et entière histoire de ces derniers troubles, advenus tant en France qu'en Flandres et pays circonvoisins. *Né en 1541, Henri Lancelot Voisin de La Popelinière, gentilhomme poitevin protestant qui a fait le coup de feu pour la cause, est remarquable pour son impartialité, ce qui lui vaut des ennuis avec ses coreligionnaires. La Popelinière est en effet un théoricien de l'histoire, dont il exposera une méthode critique dans un ouvrage paru en 1599 :* L'Histoire des histoires, avec l'idée de l'histoire accomplie...

4 juillet
En présence d'Henri III, l'avocat du roi Augustin de Thou impose au Parlement l'enregistrement de neuf nouveaux édits bursaux. La veille, l'ensemble des présidents et conseillers a pourtant vigoureusement condamné cette création, en établissant hardiment la distinction entre «loi du roi», relevant de la seule souveraineté du monarque, et «loi du royaume», qui le transcende. L'Estoile, qui rapporte l'incident, ajoute: «Nonobstant lesquelles raisons et remonstrances le chancelier de Birague, qui n'estoit pas chancelier de France, mais chancelier du roi de France [...] les fist publier incontinent.»

26 juillet
Les états de La Haye prononcent la déchéance de Philippe II d'Espagne et l'indépendance des Provinces-Unies. François d'Anjou rassemble des troupes pour prendre possession de «son» royaume.

août
Lettres patentes d'Henri III érigeant la vicomté de Joyeuse en duché-pairie au bénéfice de son «archimignon» Anne.

7 août
Les troupes royales reçoivent l'ordre de protéger l'armée de François d'Anjou pour dissuader les Espagnols d'attaquer. Le 18, le duc d'Anjou entre à Cambrai, dont le gouverneur est Balagny (vers 1543-1603), fils légitimé de Jean de Monluc, évêque de Valence.

30 août
Le secrétaire d'État d'Élisabeth Ire d'Angleterre rencontre Catherine de Médicis aux Tuileries: on reparle du mariage de la «reine vierge» avec François d'Anjou; en fait, la seule chose qui intéresse Élisabeth Ire est une alliance contre l'Espagne.

7 septembre
François d'Anjou s'empare du Cateau-Cambrésis.

15 septembre
Jean-Louis de Nogaret de La Valette, autre grand favori du roi, acquiert, avec les deniers de celui-ci, de Philippe Strozzi la charge de colonel général de l'infanterie.

21 septembre
Les possessions de La Valette en Île-de-France, également un don du roi, sont érigées en duché-pairie d'Épernon.

24 septembre
Anne de Joyeuse épouse Marguerite de Lorraine, demi-sœur de la reine Louise de Vaudémont, devenant ainsi le beau-frère d'Henri III. C'est l'occasion de fêtes somptueuses – et fort coûteuses – offertes par le roi. Les «bombances et extraordinaires et foles despenses qu'il pleust au roi faire aux noces du seingneur d'Arques» comprennent le *Ballet comique de la Royne*, allégorie néoplatonicienne mise au point par Baïf avec le concours de ses amis de l'Académie du Palais. Le couple reçoit 400 000 écus, dont la moitié versée immédiatement.

Beaujoyeux

Violoniste et maître à danser d'origine piémontaise, Balthazar de Beaujoyeux († vers 1587) est le véritable créateur du ballet de cour. En effet, si ce divertissement princier trouve ses origines au XVe siècle, il ne s'impose en France qu'au XVIe, lorsque les limites entre la danse primitive et la cérémonie religieuse d'une part, la mascarade et le jeu pur de l'autre, finissent par s'estomper. Genre spécifiquement français, il entre bientôt en concurrence avec l'opéra italien.
Beaujoyeux vient en France avec le groupe de violons que le maréchal de Brissac introduit à Paris vers 1555. Excellent instrumentiste, il s'impose à la Cour et obtient le titre de valet de chambre de la reine mère et du roi. Il est chargé des spectacles donnés à la Cour: Le Paradis d'amour *lors du mariage d'Henri de Navarre et de Marguerite de Valois en 1572, puis* Le Ballet des Polonais *lors de l'élection du duc d'Anjou au trône de Pologne en 1573, sur une musique d'Orlando de Lassus et des vers de Jean Dorat. Influencé par l'Académie de poésie et musique que dirige Jean-Antoine de Baïf, il tente de recréer le drame classique en intégrant la danse dans des «vers et musique mesurés à l'antique», où les pas répondent aux notes et aux phrases. Dans sa vision néoplatonicienne et mathématique, les figures exécutées par les danseurs constituent une représentation visuelle de l'ordre cosmique et de l'harmonie sur terre.*
Danse, musique et poésie, liées par une intrigue: telles sont aussi les composantes du «ballet-comédie», créé au mois d'octobre 1581. Les évolutions concertées et mesurées du Ballet comique de la reine *lui valent l'enthousiasme des humanistes et des poètes de la Pléiade, qui le désignent comme leur «géomètre inventif». Autour du mythe de Circé, Beaujoyeux regroupe danses allégoriques, entrées, mimes, chants et poèmes afin de célébrer le Pouvoir dirigé par Raison et Vertu. L'unité artistique ainsi réalisée est une innovation absolue et*

un modèle diffusé, texte et illustrations à l'appui, dans toute l'Europe dès 1582.

octobre
Une taxe frappe toutes les importations.

24 octobre
François d'Anjou se rend en Angleterre, pour obtenir de l'argent d'Élisabeth Ire.

30 novembre
Le gouverneur des Pays-Bas, Alexandre Farnèse, reprend Tournai.

décembre
L'institution des métiers jurés (jurandes) est étendue à tout le royaume; en principe, le travail libre est désormais interdit. En principe, car cette ordonnance restera à peu près sans effet.
Un droit doit désormais être payé pour ouvrir un commerce.
François d'Anjou est nommé duc de Brabant, puis comte de Flandre, par les états de Hollande.

1582

janvier
Les cantons suisses menaçant de retirer toute aide, Henri III leur verse 600 000 écus.
Assemblée réformée à Montpellier.

8 février
Rappelé par les états généraux des Provinces-Unies, François d'Anjou quitte Londres; le 19, il s'établit à Anvers, sans grands moyens financiers et militaires.

mars
Claude Mathieu, provincial des jésuites, est confesseur d'Henri III, qui entend entreprendre la réforme spirituelle de son royaume.

mai-juin
Assemblées réformées à Nîmes et à Saint-Jean-d'Angély.

1er juin
Anne de Joyeuse est nommé amiral de France en remplacement de Charles de Mayenne.

juin-juillet
Agitation contre les taxes sur les draps et les vins en Picardie, Normandie, Champagne, Languedoc, Provence.

juillet
Alexandre Farnèse, gouverneur des Pays-Bas, reprend Audenarde. Rejetant la tutelle des états généraux, François d'Anjou entend gouverner sans partage et, au lieu de combattre les Espagnols, se retourne contre ses sujets.
Un aventurier espagnol proche des Guise, Nicolas de Salcède, est capturé à Bruges; mis à la question, il avoue un vaste complot guisard et espagnol qui viserait l'emprisonnement d'Henri III et de son frère François d'Anjou et l'assujettissement de la France à l'Espagne.

juillet-octobre
Le roi lance une enquête sur le domaine royal. Le 16 juillet, le principe en est arrêté; du 3 au 6 août, le royaume est divisé en six secteurs, placés chacun sous la responsabilité de quatre commissaires: un prélat, un gentilhomme, un juriste et un financier. En octobre, les commissaires partent dans les provinces.

25 juillet
Le traité de Soleure renouvelle l'alliance avec les Suisses.

26 juillet
La défaite de la flotte française de Philippe Strozzi à Terceire, aux Açores, sonne le glas des ambitions coloniales et portugaises de Catherine de Médicis. Strozzi, blessé, est assassiné par les Espagnols.

3 octobre
Le droit d'entrée sur les produits de luxe, épices, draperies, alun, tissus de soie et autres, est étendu à toutes les denrées en provenance de l'étranger.

4 octobre
Mort de Thérèse d'Avila qui sera canonisée en 1622.

22 octobre
Exécution de Nicolas de Salcède, capturé au mois de juillet précédent. Probablement un agent des Guise, Salcède était accusé, sans preuves formelles mais non sans vraisemblance, d'avoir conspiré contre la vie de François d'Anjou.

autres événements
• La bulle *Inter gravissimas* de Grégoire XIII institue le calendrier grégorien, que les pays catholiques adoptent immédiatement. Les pays protestants conserveront le calendrier julien jusqu'au XVIIIe siècle, les orthodoxes jusqu'au XXe.
• Les *Œuvres* complètes de Tacite sont publiées à Paris, en version française.

1583

janvier-juin
Anjou et les Pays-Bas, suite et fin. Le 17 janvier, le coup de main de François d'Anjou sur Anvers (la « furie française », une de plus) échoue lamentablement face à la défense acharnée de la milice bourgeoise. C'est la fin du rêve néerlandais de François, même si en mars, Guillaume d'Orange, qui cherche coûte que coûte à sauvegarder l'alliance française, réconcilie François d'Anjou avec les états. Mais le 10 avril, le ci-devant « défenseur de la liberté des Pays-Bas », sans troupes, se réfugie à Dunkerque. Fin avril, Alexandre Farnèse le contraint à se retirer à Abbeville, puis à Cambrai. Le 29 juin, François d'Anjou quitte définitivement les Pays-Bas.

février
Henri III prend pour confesseur le jésuite Edmond Auger, à la place de Claude Mathieu, jugé trop pro-espagnol.

7 mars
Après Christophe de Thou, c'est au tour d'Achille de Harlay, son gendre et successeur comme premier président au Parlement de Paris, de protester en présence du roi contre l'enregistrement forcé d'édits bursaux.

19 mars
Un édit prohibe l'entrée en France d'objets de luxe.

23 mars
Henri III institue solennellement la confrérie des pénitents blancs de l'Annonciation Notre-Dame.

24 mars
Troisième et dernière loi somptuaire d'Henri III.

25 mars
Première procession de la confrérie des pénitents blancs. Le phénomène connaîtra un développement considérable au cours des mois suivants.

octobre
Gravement atteint de tuberculose, François d'Anjou est de retour en France, à Château-Thierry.

18 novembre
Ouverture de l'assemblée des notables à Saint-Germain-en-Laye, dont les travaux se poursuivront jusqu'au début de l'année suivante. Les quelque 70 personnalités conviées se penchent en priorité sur l'état désespéré des finances royales.

décembre
Les pouvoirs des commissaires des tailles sont redéfinis pour réprimer les abus et les exemptions illicites.

autres événements
• Robert Garnier : *Les Juives*.

GARNIER

C'est le grand nom de la tragédie française de la Renaissance. Après des études de droit à Toulouse, Robert Garnier (vers 1544-1590) devient avocat au Parlement de Paris en 1567. L'année même, il fait sa cour à Charles IX avec un Hymne à la monarchie. *Deux ans plus tard, il donne sa première tragédie,* Porcie, *où il évoque les désordres de la Rome républicaine avant l'avènement d'Auguste. Établi au Mans comme conseiller au présidial, il publie coup sur coup* Hippolyte *(1573) et* Cornélie *(1574), puis* Marc-Antoine *(1578), allusion transparente aux troubles de son temps,* La Troade *(1579) et* Antigone ou la Pitié *(1580). Deux ans plus tard, c'est le tour d'une tragi-comédie inspirée de l'Arioste,* Bradamante. *Enfin, en 1583, paraît son chef-d'œuvre,* Les Juives. *Ses tragédies sont des leçons d'histoire qui peuvent se lire comme un appel au rétablissement de l'ordre mis à mal par les guerres de Religion.*

• Date approximative de la statue funéraire de René de Birague par Pilon (Louvre), qui, à l'origine, était peinte. On peut voir dans cet emprunt à une pratique du XVe siècle le retour à un certain naturalisme de la sculpture.

1584

février
Clôture de l'assemblée des notables de Saint-Germain-en-Laye. Les baux des taxes indirectes sont augmentés.

9 février
Organisation de la gendarmerie.

mars
L'édit sur l'amirauté fixe les droits, pouvoirs et privilèges de l'amiral de France.

18 mars
Mort du tsar Ivan IV, auquel succède Fédor Ier ; son beau-frère Boris Godounov exerce le pouvoir réel.

14 avril
Un arrêt du Conseil fixe les modalités des commissions pour la réformation de la taille. Après les protestations des provinces, les commissaires seront supprimés et leurs tâches confiées aux élus et trésoriers de France.

25 avril
Inquiets des succès militaires du gouverneur Alexandre Farnèse, les états des Pays-Bas font à nouveau appel à la France, promettant même une union des deux territoires et des places fortes à Henri III. Mais François d'Anjou est mourant.

29 mai
Henri III institue une chambre de justice pour connaître les malversations des officiers de finances.

juin
Assemblée réformée à Sommières.

10 juin
Mort de François d'Anjou, héritier du trône. La Loi salique désigne comme dauphin le chef de la maison de Bourbon, issue de Robert de Clermont, sixième fils de Saint Louis: Henri, roi de Navarre et prince du Béarn, par ailleurs chef et Protecteur des Églises réformées de France. La crise de succession rebondit donc, avec une acuité sans précédent.

25 juin-6 août
Envoyé par Henri III, le duc d'Épernon rencontre à plusieurs reprises Henri de Navarre, qu'il tente de convaincre d'abjurer.

juillet
Assemblée réformée à Nîmes.

10 juillet
À Delft, le Franc-Comtois ultra-catholique Balthasar Gérard assassine Guillaume d'Orange.

29 juillet
Le montant de la taille est réduit de 250 000 livres.

15 août
Assemblée des réformés à Montauban, cette fois avec l'assentiment d'Henri III.

septembre
Entrevue de Nancy des Guise avec François de Roncherolles, seigneur de Maineville, représentant le cardinal de Bourbon. C'est l'acte de fondation de la « ligue des princes », dont les articles seront arrêtés à la fin de l'année au château de Joinville.

octobre
Assemblée des réformés à Sommières.

11 novembre
Une déclaration du roi assimile à un rebelle coupable du crime de lèse-majesté tout sujet membre d'une ligue ou association.

décembre
L'édit de Paris supprime la gabelle dans tous les lieux où elle n'était pas établie avant le dernier bail. Un édit promulgué à Saint-Germain fixe les attributions du colonel général de l'infanterie, charge attribuée au duc d'Épernon.

31 décembre
Les Guise, Maineville au nom du cardinal de Bourbon et deux représentants de Philippe II d'Espagne, Jean-Baptiste de Taxis et Juan Moreo, signent le traité de Joinville. Henri de Navarre exclu de la succession, le cardinal Charles de Bourbon (oncle paternel du Navarrais, âgé de 61 ans) est désigné successeur d'Henri III. Le traité prévoit en outre la réception des décrets du concile de Trente et l'abandon de l'alliance ottomane. Le roi d'Espagne s'engage à financer l'association.

autres événements
- Henri III recrute une garde personnelle dans la moyenne et petite noblesse de Languedoc et de Gascogne: les Quarante-Cinq.
- Henri III lève un décime sur le clergé.
- Guillaume Du Bartas: *Seconde Semaine ou Enfance du monde.*
- Publication des *Contents* de Turnèbe.

TURNÈBE

Fils d'Adrien Tournebous dit Turnèbe (1512-1565), professeur renommé de langues anciennes au Collège des Lecteurs royaux, Odet de Turnèbe (1552-1581) étudie le droit à Toulouse et devient président de la Cour des monnaies. Les Contents *est une comédie humaniste typique: l'intrigue, centrée sur le thème classique de l'amour contrarié, est située durant le carnaval et offre la possibilité de travestissements multiples.*

1585

janvier
Débuts (selon une autre version chronologique, fin 1584) de la Ligue parisienne, qui redémarre spontanément à l'initiative d'un bourgeois de la

ville, parent de François Hotman, Charles Hotman de La Rocheblond. Le premier noyau comprend des ecclésiastiques, des avocats et des officiers de rang modeste. Ce noyau recrute d'autres membres par cooptation, chacun « pratiquant » de préférence les confrères du corps auquel il appartient, et amasse des fonds – par levée plus ou moins volontaire des bourgeois de la ville – et des armes, qu'il entrepose à l'hôtel de Guise et dans les maisons des chefs ligueurs. Charles Hotman est chargé de la trésorerie, Nicolas Poulain, en sa qualité de lieutenant de la prévôté de l'Île-de-France, s'occupe de l'achat d'armes. L'avocat Nicolas Ameline est chargé de nouer des contacts en province.

1er janvier
Henri III remet aux courtisans un livret contenant le règlement de la nouvelle étiquette qu'il convient d'observer à sa Cour. Une nouvelle charge est créée : le grand maître des cérémonies de France.

février
Une ambassade anglaise propose à Henri III l'ordre de la Jarretière. Le roi est décoré en mars, ce qui ne manque pas de nourrir la propagande antiroyaliste des Guise.

17 février
Henri III décide une nouvelle adjudication des baux des grosses fermes tenues par cinq financiers. Le 24 mai, le bail des grosses fermes est adjugé au 1er octobre à un nouveau groupe de financiers, qui s'engage à indemniser les fermiers précédents, à avancer 60 000 écus au roi et à lui verser 360 000 écus par an.

mars
Henri III fonde une autre confrérie de pénitents : La Mort et Passion de Notre Seigneur Jésus-Christ. Henri de Navarre rencontre Montmorency à Castres.
Prise d'armes des Guise : début de la huitième guerre de Religion, la dernière et la plus longue.

19 mars
Henri III reçoit les députés des états des Provinces-Unies, mais, craignant la réaction de l'Espagne, refuse de reconnaître l'indépendance des Pays-Bas.

31 mars
Manifeste ligueur de Péronne : *Déclaration des causes qui ont meu Mgr le cardinal de Bourbon, les pairs, princes, seigneurs, villes et communautés catholiques de ce royaume de France, de s'opposer à ceux qui par tous moyens s'efforcent de subvertir la religion catholique et l'État.*

avril
Henri III répond à la *Déclaration* de la Ligue par une *Déclaration de la volonté du roi sur les nouveaux troubles de ce royaume.*

9 avril
À la demande d'Henri III, Catherine de Médicis négocie, en vain, avec Henri de Guise à Épernay.
Les ligueurs tentent sans succès de s'emparer de Marseille.

10 avril
Mort de Grégoire XIII. Le 24 avril, le conclave élit un prélat d'humble origine, fils d'un ouvrier de ferme : Felice Peretti, qui prend le nom de Sixte Quint. Énergique et dominateur, le « pape de fer », comme on l'appellera, s'avérera plus « politique » que sa « foudre imbécile » ne pourrait le laisser croire.

21 avril
Orléans accueille à coups de canons les troupes royales commandées par le maréchal Jean d'Aumont.

5 mai
Le gouverneur de Lyon, François de Mandelot, rase la citadelle royale de la ville, qui est passée à la Ligue.

12 mai
Réunion des chefs ligueurs à Sarry.

juin
François de Montpensier est nommé lieutenant en Poitou, où il est censé faire contrepoids à Philippe-Emmanuel de Mercœur, cousin et allié des Guise.
À Orthez, Henri de Navarre publie une *Déclaration sur les calomnies publiées contre lui es protestations de ceux de la ligue qui se sont eslevez en ce royaume.*

10 juin
Les ligueurs réclament à Henri III un édit contre les hérétiques.

juin-juillet
François de Lesdiguières prend Chorges, en Dauphiné (23 juin), puis Die (juillet).

juillet
Par le traité de Nemours du 7 juillet, le roi se soumet aux exigences de la Ligue. Sanctionné par un

édit enregistré en lit de justice au Parlement de Paris le 18 juillet, le traité de Nemours interdit le culte protestant, laisse aux huguenots le choix entre la conversion et l'exil et exclut le Béarnais de la succession au trône. Pierre de L'Estoile: «On cria Vive le Roy quand Sa Majesté sortit du Palais, dont on fust fort estonné, car il y avoit longtemps qu'on n'avoit fait tant de faveur au Roy. Mais on descouvrit que ceste acclamation avoit esté faicte par personnes attiltrées et apostées par les Ligueux, et qu'on avoit donné de l'argent à quelques crocheteux et faquins pour ce faire, et de la dragée à force petits enfants.» Où l'on apprend à la fois le discrédit où se trouve le roi et la puissance de la propagande ligueuse, une arme dont le nouveau parti fera grand usage.

25 juillet
Henri III interdit au nonce de Sixte Quint récemment élu de dépasser Lyon. En représailles, celui-ci renvoie l'ambassadeur de France.

août
Le huguenot François de Lesdiguières s'empare de Montélimar.

10 août
Manifeste de Bergerac: les huguenots Henri de Navarre, Henri de Condé et Henri de Montmorency, chef des catholiques modérés, justifient leur prise d'armes par leur fidélité au roi et leur volonté commune d'empêcher les agissements du duc Henri de Guise.

17 août
Le gouverneur des Pays-Bas, Alexandre Farnèse, prend Anvers après quatorze mois d'un siège épouvantable.

25 août
Une députation envoyée à Nérac pour presser Henri de Navarre d'abjurer en est pour ses frais: l'intéressé refuse et rejette l'édit de Nemours du 7 juillet.

9 septembre
Une bulle pontificale excommunie Henri de Navarre et Henri de Condé, déclarés hérétiques et relaps, et les déchoit de tous leurs droits, biens et dignités. Fin septembre, le Parlement proteste contre l'intervention du pape Sixte Quint, jugée contraire aux libertés de l'Église gallicane, et en fait remontrance au roi. Pierre de L'Estoile rédige une protestation qui sera affichée à Rome. Côté protestant, la réaction la plus vigoureuse est un violent pamphlet de François Hotman, l'auteur de la *Franco-Gallia*: le *Brutum fulmen papae Sixti V*.

24 septembre
Les protestants tentent un coup sur Angers.

octobre
Henri de Condé chasse le ligueur Mercœur du Poitou et assiège Brouage, avant d'être battu et contraint à se réfugier à Guernesey.
François de Lesdiguières reprend plusieurs places en Dauphiné.

1er octobre
L'assemblée du clergé, dont les travaux se poursuivront jusqu'en mai 1586, renouvelle pour dix ans le «don gratuit» annuel de 1 300 000 livres au roi inauguré sous Charles IX le 21 octobre 1561 par le «contrat de Poissy».

7 octobre
Un édit aggrave les pénalités contre les protestants, déclarés rebelles et coupables de crime de lèse-majesté: leurs biens sont «confisqués au roi», eux-mêmes contraints à l'exil sous les quinze jours.

11 octobre
Au nom d'Henri de Navarre, Philippe Duplessis-Mornay proteste contre l'édit du 7 octobre précédent et demande un concile et la convocation des états généraux.

novembre
Lesdiguières s'empare d'Embrun.

30 novembre
Henri de Navarre ordonne la saisie des biens des gentilshommes et du clergé du parti des Guise.

décembre
Henri III institue une troisième et dernière confrérie: l'Oratoire et Compagnie du benoît Saint-François. Pour Noël, le roi dévot est l'hôte des capucins, chez qui il fait retraite.

27 décembre
Mort de Ronsard.

autres événements
• Jehan de Caumont: *De la vertu de noblesse*. Ce pamphlet violemment antinobiliaire est aussi un traité théorique, qui cherche à fonder la hiérarchie sociale sur des critères nouveaux, conformes à l'éthique de la Ligue parisienne radicale: le zèle religieux et la vertu.

• Nicolas de Cholières: *Neuf Matinées.*

NOUVELLISTES ET CONTEURS

Les Matinées *de Nicolas de Cholières (1509-1592), comme ses* Après-dînées *de 1587, témoignent du goût de l'époque pour la nouvelle, le conte moral, les jeux et les* exempla. *Du même genre relèvent le parlementaire breton Noël Du Fail (*Propos rustiques de Maistre Léon Ladulfi, Champenois *[Léon Ladulfi est une anagramme de son nom], 1547;* Balivernes ou Contes nouveaux d'Eutrapel, *1548), Guillaume Bouchet (*Les Sérées, *1584), ou encore Étienne Tabourot Des Accords (*Escraignes dijonnoises, *1588). Après avoir édité l'*Heptaméron *de Marguerite de Navarre en 1558, Pierre Boaistuau (1517-1566) publie la même année l'un des plus grands succès européens de son temps, le* Théâtre du monde. *En 1559, il adapte six nouvelles de l'italien Bandello dans ses* Histoires tragiques. *L'année suivante, après un voyage en Angleterre où il offre ses livres à Elisabeth Ire, il fait paraître ses* Histoires prodigieuses. *Les* Histoires tragiques *sont continuées par François de Belleforest (1530-1583) en 1574. Elles sont, plus ou moins directement, à la source des pièces de Shakespeare* Beaucoup de bruit pour rien, Roméo et Juliette *et* Hamlet. *En 1588, Bénigne Poissenot (1558-?) réunit de* Nouvelles Histoires tragiques.

• Date approximative de la sculpture par Pilon d'une *Pietà* en terre (Louvre), modèle pour le marbre de la rotonde des Valois (aujourd'hui à Paris, dans l'église Saint-Paul-Saint-Louis). Comme la sculpture de la statue funéraire de René de Birague en bronze, la *Pietà* était peinte.

1586

PRÉPARATION D'UNE RÉVOLUTION

Pendant toute l'année, mais sans qu'il soit possible d'établir une chronologie précise, la Ligue parisienne s'organise et prépare un coup d'État. Le rapport de police de Poulain (Le Procès-verbal d'un nommé Nicolas Poulain, lieutenant de la prévosté de l'Isle-de-France, qui contient l'histoire de la Ligue, depuis ce second janvier 1585 jusques au jour des Barricades, esceues le 12 May 1588), *passé dès 1585 au service du roi et devenu son espion au sein de la Ligue parisienne, corroboré d'ailleurs par d'autres sources, donne les détails du coup d'État projeté, dont l'objectif est la mise sous tutelle du roi, la liquidation de ses conseillers et leur remplacement par des hommes dévoués à la cause et au duc de Guise, le tout en vue d'une Saint-Barthélemy des Politiques et d'une guerre à outrance contre Henri de Navarre et les huguenots, «jusqu'à ce qu'ils les eussent ruynez et exterminez du tout». Détail curieux, c'est lors d'une réunion de préparation du coup d'État qu'a lieu «l'invention des barricades», conçues à la fois comme un outil de défense contre les troupes royales et un garde-fou contre les excès probables de la foule. Le coup d'État est retardé à plusieurs reprises à cause des tergiversations du duc Henri de Guise, qui manifestement craint le débordement, et les précautions d'Henri III, mis au courant par Poulain.*

janvier
Dans des lettres rédigées par Philippe Duplessis-Mornay et adressées aux trois ordres du royaume, Henri de Navarre regrette le sang répandu mais rejette les exigences des ligueurs.

31 janvier-4 février
Les armées royales prennent Montignac.

février-mai
Séjour du duc Henri de Guise à Paris; le Balafré peut prendre la mesure de son immense popularité auprès des Parisiens.

26-31 mars
Henri III, accompagné d'une soixantaine de pénitents, fait, à pied, le pèlerinage de Notre-Dame de Chartres. Ce bon prince, commente, amer, L'Estoile, se montre plus capucin que roi.

26 avril
Nouvel édit contre les protestants.

29 avril
Charles de Mayenne s'empare de Montségur, aux mains des protestants depuis juin 1580.

fin mai-juin
Maximilien de Béthune (futur Sully) négocie à Paris.
Le Bourbon François de Conti, frère cadet d'Henri de Condé, rejoint son cousin Henri de Navarre.

juin
Révolte à Troyes contre la vie chère.

1er juin
Le grand prieur Henri d'Angoulême, gouverneur de Provence, est tué dans un duel.
Henri de Navarre se replie sur La Rochelle.
À Paris, pamphlets et placards s'en prennent à la reine mère Catherine de Médicis et au roi.

18 juin-12 juillet
Nouvelle grève des procureurs, provoquée par une tentative royale de leur imposer des lettres de confirmation moyennant finances. Devant la menace de paralysie de la justice, le roi abandonne le projet.

22 juin
Conflit avec la chambre des comptes, qui refuse d'enregistrer un édit sur l'hérédité des offices autres que de judicature. Le roi cède derechef.

juillet
Un lit de justice contraint le Parlement à enregistrer un train de « vingt-sept édits de création de nouveaux officiers et autres édits bursaux [...] à la grande misère, affliction et nécessité du pauvre peuple lequel en murmuroit et tumultoit fort » (L'Estoile).
La chambre des aides refuse d'enregistrer des édits portant majoration des impôts indirects.
Le Grand Conseil refuse d'entériner la création de deux présidents et huit conseillers supplémentaires.

août
La guerre reprend sous la pression des Guise.
« En ce mois d'aoust les pauvres gens des champs, mourans de faim, allaoient par trouppes couper sur les terres les espis de bled à demi-meurs et les manger à l'instant pour assouvir leur faim effrenée... » (L'Estoile).
Henri de Navarre fait appel à Élisabeth Ire d'Angleterre, qui ne donne d'abord que 50 000 écus, puis, face aux succès d'Alexandre Farnèse aux Pays-Bas, consent à doubler la somme.

19 août
Catherine de Médicis, secondée par René de Birague, Nicolas de Villeroy et Pomponne de Bellièvre, prend contact avec Henri de Navarre à La Rochelle. Les discussions, stériles, s'étendent jusqu'au 23 octobre.

fin septembre
Réunis près de Noyon, Henri de Guise, le cardinal Louis de Guise et le cardinal Charles de Bourbon refusent la paix et toute remise en question de l'interdiction de la Réforme.

décembre
À Saint-Brice, entre Cognac et Jarnac (Charente), Catherine de Médicis rencontre Henri de Navarre, Henri de Condé et Henri de Turenne. Le Béarnais, qui attend des renforts d'Allemagne, ne concède rien.

autres événements
• Louis Dorléans (1542-1627), catholique ultra: *Advertissement des catholiques Anglois aux François catholiques, qui admoneste les Français à ne pas admettre un prince hérétique qui persécuteroit les catholiques*; pour de Thou, c'est le « tocsin général » qui déclenche en France la campagne ligueuse contre les persécutions anticatholiques en Angleterre. C'est en même temps un bon exposé de l'esprit de la Ligue radicale: « Le zèle de Dieu dévore tout... »
• Louis Dorléans (attribué à): *Apologie ou défence des Catholiques unis les uns avec les autres, contre les impostures des Catholiques associez à ceux de la prétendue Religion*, s.l.
• *Conference chrestienne de quatre docteurs théologiens, et trois fameux Advocats, sur le faict de la Ligue et levée des armes*..., s.l.

1587

1er janvier
Cérémonie de l'ordre du Saint-Esprit aux couvent des Augustins. Chacun des 62 chevaliers et commandeurs présents reçoit du roi 1 000 écus soleil.

10 janvier
Henri III convoque au Louvre des notables parisiens pour leur annoncer son intention de faire une guerre à outrance aux hérétiques... et leur demander une subvention de 600 000 écus à lever sur « les plus aisés de la ville de Paris ».

11 janvier
Accord entre Jean-Casimir de Bavière et les chefs huguenots.

17 janvier-19 février
Catherine de Médicis est à Niort sans avoir rien obtenu d'Henri de Navarre. En mars, les négociations sont rompues.

18 février
Marie Stuart est exécutée à Fotheringay. Henri III fait célébrer un service solennel à sa mémoire le

13 mars. Mais le Valois, décoré de l'ordre anglais de la Jarretière, passe aux yeux des Parisiens pour le complice de la « Jézabel » d'outre-Manche.

21 février
Henri III est informé par Nicolas Poulain, son espion au sein de la Ligue parisienne, d'un coup d'État fomenté par les chefs ligueurs.

15 mars
Nouvelle tentative (avortée) de complot contre Henri III.

20 mars
Craignant la vengeance du roi, Charles de Mayenne quitte Paris avec Philippe-Emmanuel de Mercœur.

avril
Henri III s'approprie les fonds prévus pour le paiement des rentes.
Le huguenot Henri de Turenne prend Castillon en Guyenne.

fin avril
Les protestants s'emparent de Talmont.

1er mai
Le Parlement se rend au Louvre pour protester hautement contre les saisies de fonds destinés au paiement des rentes de la ville.
En Poitou, les protestants font le siège de Chizé, qui capitule, puis prennent Sanzay et Saint-Maixent.

15 mai
René de Villequier, gouverneur de Paris, se rend au nom du roi à l'Hôtel de Ville pour obtenir de l'argent, et se heurte à un refus à peine poli.
Jean Boucher, curé de Saint-Benoît, un des chefs les plus en vue de la Ligue radicale, force un imprimeur de sa paroisse, Michel de Roigny, à brûler tous les exemplaires d'un libelle antiligueur sorti de son officine. Roigny s'en plaint par-devant le lieutenant civil, qui avertit le roi de cette usurpation de l'autorité royale. Mais le Conseil du roi n'ose rien entreprendre.
Anne de Joyeuse part pour le Poitou à la tête d'une armée royale.

24 mai-15 juin
À Reims, Catherine de Médicis obtient d'Henri de Guise et du cardinal Charles de Bourbon une trêve d'un mois.

28 mai
Jean Boucher s'en prend violemment en chaire à Geoffroy Lopin, doyen des conseillers-clercs au Parlement, qui s'est prononcé la veille publiquement en faveur de la liberté de conscience. Nouvelle plainte au Parlement et au Conseil du roi contre le fougueux curé.

juin
Depuis avril, le setier de blé est passé de 22 francs à 30 francs. Paris grouille de mendiants.

1er juin
Après un mois de siège, Fontenay-le-Comte capitule devant l'armée protestante.

5 juin
Audience de Jean Boucher chez le roi. Le curé n'est pas davantage inquiété, pas plus que ses confrères prédicateurs, qui transforment la chaire en un formidable instrument de propagande.

12 juin
Henri de Navarre prend Mauléon, puis organise la défense de Saint-Maixent.

fin juin
Refus du Parlement d'enregistrer quatre édits bursaux.

juillet
Anne de Joyeuse reprend Saint-Maixent, puis Maillezais dans le marais poitevin.

9 juillet
Henri III fait enlever de nuit l'énorme tableau dressé au cimetière Saint-Séverin par les soins de Jean Prévost, le curé de la paroisse, où les sévices que la reine d'Angleterre est censée infliger à ses sujets catholiques étaient exposés avec force détails pour l'édification des Parisiens ; c'est, comment en douter, une preuve de plus de la complicité du roi avec « Jézabel ».

22 juillet
Émeute de la faim à Paris.

4 août
Le pape Sixte Quint accorde à Henri III une nouvelle aliénation des biens du clergé, pour 50 000 écus de rentes. Le clergé proteste.

15 août
Le duc de Joyeuse revient à la Cour.

23 août
Jean-Louis de Nogaret de La Valette, duc d'Épernon, épouse Marguerite de Foix-Candale, nièce des Montmorency.

2 septembre
L'« heureuse journée de Saint-Séverin ». Le roi s'étant enfin décidé à faire un exemple, on décide l'arrestation d'un ou plusieurs prédicateurs (les sources divergent), sans doute Jean Prévost, peut-être aussi Jean Boucher. Le bruit se répand qu'on en veut à leur vie, les ligueurs appellent aux armes, le tocsin rameute la foule. Et c'est l'insurrection : les ponts entre la ville, l'Université et la Cité sont coupés et les forces du roi ne parviennent pas à mettre la main sur les prévenus. Le roi cède. Cette première « journée » insurrectionnelle de la Ligue parisienne est la répétition générale de la journée des Barricades du 12 mai 1588.

11 septembre
Anne de Joyeuse arrive en Touraine, bientôt rejoint par le duc de Mercœur.

12 septembre
Henri III quitte Paris pour Gien avec une armée. Ses deux lieutenants sont Anne de Joyeuse pour l'intérieur du royaume et Henri de Guise pour ses marches.
Nouveau projet de prise de pouvoir par la Ligue parisienne, cette fois en l'absence du roi ; le duc de Guise, trouvant le plan trop risqué, finit par l'annuler.

13 septembre
Henri de Navarre arrive à Montsoreau, près de Saumur, où il rejoint Charles de Bourbon, comte de Soissons, frère de Condé et de Conti.

18 septembre
Les reîtres de Jean-Casimir de Bavière, au service d'Henri de Navarre, sont en Champagne.

30 septembre
Anne de Joyeuse rencontre une dernière fois Henri III à Saint-Aignan-sur-Cher.

octobre
Henri de Guise attaque le territoire du duc de Bouillon et assiège Sedan.
Charles d'Aumale se rend maître de la Picardie pour faire sa jonction avec Alexandre Farnèse, gouverneur des Pays-Bas.
Les huguenots ont rassemblé 35 000 hommes : les Suisses, les reîtres allemands et les Français du duc de Bouillon, augmentés des huguenots du Dauphiné et du Languedoc commandés par François de Châtillon.

10 octobre
Henri de Navarre est à La Rochelle, puis en Périgord, d'où il se dirige vers la Loire à la rencontre des reîtres. À la mi-octobre, les reîtres font mouvement vers la Beauce.

18 octobre
Henri de Navarre, Henri de Condé et son frère Charles de Soissons, Henri de Turenne, Claude de La Trémoïlle et François de La Rochefoucauld s'apprêtent à franchir la Drôme avec leurs troupes ; Anne de Joyeuse concentre les siennes près de Coutras (Gironde).

20 octobre
La bataille de Coutras, première grande victoire du Béarnais. Anne de Joyeuse et son frère Claude sont tués, ainsi que quelque 2 000 hommes et 400 nobles catholiques.

26 octobre
Henri de Guise bat les reîtres et les Suisses à Vimory, près de Montargis.
Les mercenaires suisses négocient avec Henri III.

7 novembre
Le duc d'Épernon reçoit la « despouille du deffunct » duc de Joyeuse : l'amirauté de France et le gouvernement de Normandie, le plus important du royaume et réservé généralement aux princes du sang ; le roi perd ainsi « plus de gentilshommes qu'il n'avoit faict en la bataille de Coutras » (Étienne Pasquier).

24 novembre
À Auneau, près de Chartres, Henri de Guise remporte une nouvelle victoire sur les reîtres.

27 novembre
Henri III signe avec les Suisses une convention qui lui permet de se débarrasser d'une armée de 12 000 mercenaires venus prêter main-forte aux huguenots tout en privant Henri de Guise d'une victoire supplémentaire. Le prix : quatre mois de solde, 50 000 écus de marchandises et un surcroît de haine de la part de ses sujets catholiques.

novembre-décembre
Henri de Navarre s'est replié dans son Béarn.

décembre
Mort de Charles Hotman de La Rocheblond, le « Moïse » de la Ligue parisienne; des milliers de Parisiens participent en cortège à ses funérailles.
Réunion des représentants ligueurs des 16 quartiers à l'abbaye Saint-Victor; Michel Marteau de La Chapelle est élu « successeur » du défunt.

8 décembre
Les reîtres survivants signent à leur tour une capitulation avec Épernon, et rentrent en Allemagne avec l'argent du roi.

16 décembre
Arrêt « monarchomaque » de la Sorbonne stipulant qu'« on pouvoit oster le gouvernement aux princes qu'on ne trouvoit pas tel qu'il faloit ».

23 décembre
Rentré à Paris, Henri III fait célébrer un *Te Deum* pour remercier Dieu de sa « victoire » sur les forces étrangères.

30 décembre
Henri III convoque le Parlement et la Sorbonne, qu'il tance vertement. Il pardonne toutefois aux docteurs leur résolution du 16 décembre, « à laquelle il a été prié de n'avoir esgard, pour ce que c'estoit après le dejeuner ».

autres événements
• Mémoires des ligueurs parisiens aux sympathisants de la cause dans les provinces, où il leur est conseillé de « practiquer [fréquenter] le plus de gens de bien que l'on pourra... ».
• Barnabé Brisson, président au Parlement de Paris, entreprend la compilation d'un recueil des ordonnances royales, le « Code Henri III ».
• Pierre de Belloy: *De l'autorité du roi et crimes de lèse-majesté qui se commettent par ligues, désignation de successeur et libelles escrits contre la personne et dignité du prince*. Avocat au parlement de Toulouse, catholique royaliste, Belloy est un Politique, soucieux de faire la part de la religion et de l'État et de promouvoir une politique « nationale ».
• De veine Politique sont aussi les *Discours politiques et militaires* de François de La Noue. De vieille famille bretonne, fils d'un gentilhomme de la chambre de François Ier, « Bras-de-fer », ou encore, ce qui est bien plus flatteur, le « Bayard huguenot » s'est taillé une grande réputation de vaillance et de rectitude. C'est au château de Limbourg, prisonnier des Espagnols après un engagement aux Pays-Bas au service du duc d'Anjou, qu'il rédige l'essentiel de ses *Discours*, plaidoyer passionné pour la concorde civile, en même temps qu'une analyse lucide des troubles et une réflexion originale sur la place de la noblesse dans la société de son temps.
• Dans une veine très différente sont les deux opuscules que publie le ligueur parisien Jehan de Caumont. *Advertissement des Advertissements au peuple tres-chrestien*, s.l.; et *De l'Union des Catholiques avec Dieu et entre eux-mesmes*, à Paris, chez Nicolas Nivelle.

1588

janvier
Le duc d'Épernon échappe à une tentative d'assassinat.

janvier-février
Conférence de Nancy des princes ligueurs: le roi est mis en demeure de s'unir à la Ligue et de souscrire aux exigences du manifeste de Péronne du 31 mars 1585, de destituer le duc d'Épernon, d'établir l'Inquisition, d'exécuter tous les prisonniers huguenots qui refusent d'abjurer.
Pendant que l'Espagne prépare l'invasion de l'Angleterre et que Charles d'Aumale, qui contrôle la Picardie, s'apprête à abriter l'Invincible Armada dans ses ports, l'offensive catholique se déploie dans tout le royaume.

5 mars
Mort d'Henri de Condé à Saint-Jean-d'Angély.
Henri III nomme Louis de Nevers gouverneur de Picardie; mais le guisard Charles d'Aumale garde le contrôle de la province.

fin mars ou début avril
Une réunion de chefs ligueurs au logis du marchand Santeuil, devant Saint-Gervais, réorganise la direction du mouvement: la ville est divisée en cinq circonscriptions, avec à la tête de chacune un « colonel » assisté de deux ou trois « capitaines »; un conseil d'une quinzaine de membres assure désormais la direction générale de la Ligue parisienne; Michel Marteau de La Chapelle, maître des comptes, sert de trésorier, d'agent de liaison avec les Guise et de rapporteur des réunions du comité; les prédicateurs en assurent l'armature idéologique et l'appareil de propagande. À la même époque, une « revue secrette » ordonnée par le duc Henri de Guise aurait aligné 30 000 partisans de la Ligue radicale à Paris. La société secrète des débuts est devenue un grand parti, prêt à s'emparer du pouvoir.

1er-15 avril
Henri de Guise conclut un accord avec un émissaire de Philippe II d'Espagne, qui promet de soutenir la Ligue avec 300 000 écus et 7 000 hommes.

15 avril
Le procureur Jean Bussy-Leclerc, l'un des colonels de la ville au nom de la Ligue, communique à Nicolas Poulain un nouveau projet de coup d'État, fixé pour le 23 avril.

15-30 avril
À Soissons, échec d'une conférence entre la Ligue et le surintendant des finances Pomponne de Bellièvre.

22 avril
Poulain réussit à obtenir audience chez Henri III, qui envoie aussitôt chercher les 4 000 Suisses stationnés à Lagny, faisant ainsi échouer le plan ligueur. Mais, influencé par la faction attentiste de son Conseil, notamment la reine mère et le gouverneur Villequier, il n'agit pas contre les comploteurs.

26 avril
Henri III part pour Saint-Germain accompagné d'Épernon, qui s'en va prendre possession de son gouvernement de Normandie.

27 avril
Nouvelle réunion des chefs ligueurs parisiens, chez le procureur Bussy-Leclerc, où l'on parle surtout des rumeurs de trahison. Mais les soupçons ne se portent pas sur Poulain.

fin avril
Les Parisiens pressent Henri de Guise d'agir. Celui-ci fait entrer dans la ville des hommes armés, qui sont logés chez l'habitant. Prévenu, Henri III fait renforcer sa garde et interdit à Guise d'entrer dans Paris.

début mai
Une dernière entreprise projetée contre le roi, que les ligueurs veulent surprendre sur la route de retour du bois de Vincennes, est déjouée par Poulain.

5 mai
Le pape Sixte Quint envoie un bref à Henri de Guise, lui ordonnant d'obéir au roi.
Dissensions graves entre chefs ligueurs et royalistes au sein de la milice bourgeoise parisienne. Le soir, tous les capitaines montent la garde, alors que seuls les loyalistes ont été instruits en ce sens. Aussi bien, les mesures prises par le roi et la municipalité – couvre-feu à partir de 21 h, concentration de la milice aux endroits névralgiques de la ville – restent sans effet.

9 mai
À 13 h, au mépris des ordres réitérés du roi, Henri de Guise entre dans Paris, accueilli avec enthousiasme par la population. Le duc rencontre Henri III et Catherine de Médicis. Le roi, effrayé par la popularité du rebelle, n'ose pas l'arrêter.

11 mai
Nicolas Poulain, qui sent la terre brûler sous ses pieds, et par ailleurs incapable de fournir aux ligueurs la compagnie qu'il leur a promise pour le jour J, quitte définitivement Paris.

12 mai
Journée des Barricades. Au petit matin, Henri III a fait entrer les Suisses dans la ville. Comme c'est souvent le cas dans ce genre de situation, l'insurrection est due à un malentendu, soigneusement entretenu par ses chefs : le roi veut se protéger, les Parisiens sont persuadés qu'il a planifié leur perte. Conformément au plan mis au point depuis longtemps, Paris s'arme et se couvre de barricades. Selon une estimation, ligueuse il est vrai (Louis de Sainctyon), il y aurait 100 000 hommes en armes. Quoi qu'il en soit, la partie est trop inégale, comme les Suisses en font l'amère expérience. À Paris, le véritable roi est désormais Henri de Guise, qui s'offre le luxe de sauver du massacre les troupes de son malheureux adversaire. Ce fut là « le dernier coup qui acheva de terrasser l'autorité royale » (Jacques-Auguste de Thou).

13 mai
Vers 18 h, Henri III fuit sa capitale. Il est accompagné du chancelier Hurault de Cheverny, du surintendant Pomponne de Bellièvre, des secrétaires d'État Villeroy et Brûlart, des maréchaux d'Aumont et de Biron, de François d'O et de François de Montpensier. La première étape est Saint-Cloud, d'où il se rend à Chartres, puis à Tours, dont il fait sa capitale.

14 mai
La Ligue s'empare de la Bastille : le procureur Bussy-Leclerc devient gouverneur de la forteresse.

15 mai
Embastillement du prévôt des marchands Hector de La Peureuse, connu pour son hostilité à la Ligue.

18-20 mai
Élection d'un bureau de ville ligueur, en présence du duc de Guise: Maître Michel Marteau, seigneur de La Chapelle, dit La Chapelle-Marteau, celui-là même qui, on l'a vu, a remplacé Hotman de La Rocheblond à la tête de la Ligue parisienne, est élu prévôt des marchands. Quatre autres ligueurs de pointe, Nicolas Roland, général des monnaies, et les marchands Jean de Compans, François Costeblanche et Robert Des Prés, sont élus échevins. Un avocat, François Brigard, est procureur de la ville. Ce dernier, jugé ligueur bon teint, finira par décevoir ses amis et sera à l'origine d'une crise majeure qui amorcera leur déclin et s'achèvera seulement sous Henri IV en 1591. En attendant la rupture définitive, cette municipalité révolutionnairement mise en place se met sous la protection du « bon plaisir du Roy ».

23 mai
Signée par le cardinal Charles de Bourbon, le duc Henri de Guise et les membres du bureau de ville, une *Harangue au Roy en forme de Remonstrances, pour l'extirpation des heresies et heretiques* expose les revendications des chefs ligueurs: disgrâce des favoris du roi, guerre à outrance aux huguenots, mise en ordre des finances, abolition de la vénalité des offices, respect des libertés de Paris, notamment de l'élection des magistrats municipaux, interdiction d'introduire des troupes dans la ville autres que la garde personnelle du souverain.

27 mai
Publication en Parlement de lettres patentes du roi annonçant la convocation imminente des états généraux.

fin mai
Une commission ligueuse épure la milice bourgeoise. Les anciens capitaines et lieutenants, nommés par le roi en 1585, sont révoqués. Seize jours durant, les dizaines de quartier (compagnies de la milice urbaine) sont convoquées et se voient imposer des listes dressées à l'avance.

juin
Henri de Guise fait occuper Lagny, Meaux, Melun, Étampes, Corbeil et envoie des émissaires parisiens aux autres villes du royaume. Le duc contrôle bien sa noblesse, beaucoup moins bien l'insurrection urbaine.
13 des 16 colonels de la milice bourgeoise sont remplacés par des ligueurs.
Deux ecclésiastiques ligueurs, Pierre-François Pigenat et Jean Gincestre, sont intronisés dans deux cures vacantes, respectivement Saint-Gervais et Saint-Nicolas-des-Champs. Désormais, seules trois cures parisiennes échappent à l'emprise de la Ligue (Saint-Eustache, Saint-Sulpice et Saint-Méry).
Élection d'une délégation exclusivement ligueuse aux seconds états généraux de Blois, composée d'hommes « des plus remuans de la faction des Seize » (Palma-Cayet). Elle sera dirigée par La Chapelle-Marteau, qui sera aussi président de la députation du tiers.

juillet
Émeute populaire à Troyes.

5 juillet
Remontrances des Parisiens au roi, précisant celles du 23 mai. Au chapitre de l'indépendance municipale, les Parisiens demandent notamment le rasement de la Bastille, la haute main de la municipalité sur la police, le choix du chevalier du guet par le roi sur une liste de trois noms présentés par la ville, l'interdiction aux gens de guerre de loger à moins de 12 lieues de Paris. Le roi cède sur presque tous les points et se voit opposer une fin de non recevoir sur ceux dont il demande la révision. Le 7 juillet, le duc Henri de Guise et le cardinal de Bourbon tentent d'amadouer le Parlement, qu'ils prient « qu'ils voulussent encore donner cestui-là au temps et au publicq... ».

9 juillet
Une assemblée tumultueuse devant le Parlement demande « justice », c'est-à-dire le bûcher, pour le huguenot Du Beloy, détenu à la Conciergerie.

mi-juillet
Manifestation devant le Parlement pour faire échec à la vérification des lettres d'abolition accordées au prince de Conti et au comte de Soissons pour leur participation à la bataille de Coutras le 20 octobre 1587. À un magistrat qui lui demande au nom de qui ils présentent leur requête au Parlement, le tailleur Pierre de La Rue rétorque « que c'estoit au nom et par l'ordre de dix mille des meilleurs Catholiques de Paris... » (de Thou). La loi du nombre contre la volonté du roi...

15 juillet
À Rouen, le roi se résigne à signer un nouveau texte de capitulation aux exigences de la Ligue: l'édit d'Union, qui reprend les termes du traité de Nemours du 7 juillet 1585. L'édit proclame l'union du souverain avec la Ligue, promet derechef l'extirpation de l'hérésie, amnistie les émeutiers qui l'ont chassé de sa capitale et demande à ses sujets

de prêter le même serment qui vient de lui être arraché, sous peine de se voir déclarer rebelles et coupables de lèse-majesté. Le 21, avant même que ne parviennent les ordres du roi, l'édit d'Union est enregistré au Parlement.
Le même mois est publié à Paris un violent pamphlet anonyme contre le duc d'Épernon, l'*Histoire tragique et mémorable de Pierre de Gaverston, Gentilhomme gascon, iadis le mignon d'Édouard 2 Roy d'Angleterre, tirée des Chroniques de Thomas Valsingham et tournée de Latin en François*. Sans doute dû à la plume de Jean Boucher, cet opuscule, ironiquement dédicacé à « Monseigneur le Duc d'Épernon », promet à celui-ci le même sort que celui qui échut au malheureux favori d'Édouard VI d'Angleterre.

20 juillet
Démission fictive du bureau de ville de Paris, aux membres duquel le roi demande de rester « pour le bon rapport qui a esté fait à Sa Majesté de leurs personnes », feignant ainsi d'oublier qu'il leur a ordonné peu de temps auparavant, en vain, de démissionner.

27 juillet
Le duc d'Épernon se réfugie à Angoulême (il est encore gouverneur d'Angoumois et de Saintonge).

29 juillet
La municipalité ligueuse de Paris fait allégeance au roi à Chartres.

juillet-août
Le désastre de l'Invincible Armada sonne le glas du grand dessein catholique de Philippe II d'Espagne, dont la Ligue française n'était qu'un élément.

1er août
Catherine de Médicis, Henri de Guise, les prélats et les seigneurs ligueurs se rendent auprès d'Henri III, qui refuse de rentrer dans la capitale.

4 août
Henri de Guise est nommé lieutenant général des armées royales; il est donc connétable sans le titre, qu'il espère recevoir des états généraux.
Le cardinal de Bourbon se voit accorder les privilèges dont bénéficie le premier prince du sang.
Distributions d'honneurs aux grands chefs ligueurs: Nemours, Mayenne, le cardinal de Guise...

1er septembre
Henri III arrive à Blois pour l'ouverture des états généraux, suivi de Catherine de Médicis, Henri de Guise et la Cour.

8 septembre
Henri III renvoie son gouvernement: le chancelier Hurault de Cheverny, le surintendant des finances Pomponne de Bellièvre, les secrétaires d'État Nicolas de Villeroy, Pierre Brûlart et Claude Pinart sont remplacés par François de Montholon (garde des Sceaux), Louis de Révol et Martin Ruzé de Beaulieu (secrétaires d'État), François d'O (surintendant des finances et seul rescapé de l'équipe précédente). Les ligueurs Pierre d'Épinac et Claude de La Châtre entrent au Conseil.

octobre
Charles-Emmanuel de Savoie s'empare du marquisat de Saluces, dernier morceau d'Italie qui reste à la France. Henri III en fait amèrement reproche à Guise, parent du duc de Savoie.

16 octobre
Ouverture solennelle des seconds états généraux de Blois. C'est le roi qui a voulu ces états, à la fois pour obtenir des subsides, la situation des finances royales étant proprement catastrophique, et pour redorer quelque peu son blason de monarque à demi déchu. Mais les électeurs ont envoyé à Blois une assemblée massivement ligueuse, surtout dans le clergé et le tiers, cependant que la noblesse, plus partagée, entend par-dessus tout sauvegarder ses privilèges.

18 octobre
Henri III et les états généraux jurent de garder l'édit d'Union du 15 juillet, élevé au rang de loi fondamentale du royaume. Ce faisant, le roi consent à une double révolution constitutionnelle: il permet à une assemblée populaire de faire œuvre législatrice et, en excluant Henri de Navarre de la succession, il subvertit la première loi fondamentale du royaume, la Loi salique.

novembre
Louis de Nevers est envoyé combattre Henri de Navarre en Poitou, Charles de Mayenne est chargé de réduire François de Lesdiguières en Dauphiné.
Aux états généraux, Henri III quémande des subsides: le tiers finit par lui accorder 120 000 écus, une misère, assortis de surcroît de conditions humiliantes.
La Ligue prend le contrôle du Châtelet de Paris: Mathias de La Bruyère devient lieutenant civil, le notaire Claude de La Morlière lieutenant de robe courte (criminel).
L'huissier aux comptes Guillaume Oudineau devient Grand Prévôt de l'Union – titre inventé pour lui.

4 novembre
Henri de Navarre, successeur au trône, est déclaré coupable du crime de lèse-majesté divine et humaine.

14 novembre-17 décembre
L'assemblée des réformés de La Rochelle renouvelle l'« union » du 24 mai 1581 avec Henri de Navarre. Celui-ci est flanqué d'un conseil en principe issu de l'assemblée, en fait peuplé d'hommes du Béarnais.

23-24 décembre
Le coup de force d'Henri III. Dans une galerie du château de Blois, Henri de Guise est assassiné par les Quarante-Cinq. Des députés ligueurs, dont le cardinal de Bourbon et l'archevêque de Lyon Pierre d'Épinac, et les membres de la députation parisienne sont arrêtés. Le lendemain, 24 décembre, le cardinal de Guise, frère d'Henri, est tué à son tour. Dans l'intervalle, le roi a adressé aux parlements, aux gouverneurs et aux principales villes du royaume des lettres expliquant les raisons de sa justice expéditive.

26 décembre
À Paris, une assemblée révolutionnaire réunie à l'Hôtel de Ville proclame Charles d'Aumale, cousin du duc assassiné, gouverneur de Paris.

29 décembre
À l'église Saint-Barthélemy, le curé Jean Gincestre délie ses paroissiens du devoir d'obéissance au roi; au sortir du sermon, le peuple se rue sur le portail de l'église, arrache les armoiries du roi et les foule aux pieds.
Henri de Navarre prend Niort.

31 décembre
Henri III confirme l'édit d'Union du 15 juillet et sa volonté de combattre l'hérésie.

autres événements
• Jean Bodin: *Colloquium Heptaplomeres.*
• Guy Coquille: *Discours des Estats de France.* Juriste de grande réputation mais terré dans son Nivernais, où il est au service des ducs de Nevers, modeste au point de refuser que ses écrits soient publiés de son vivant, Coquille (1523-1603) a participé aux trois assemblées des états généraux du siècle, à Orléans (1560) et aux deux sessions de Blois (1576 et 1588). Catholique gallican, qui finira par se rallier à Henri IV, il n'est pas Politique pour autant; c'est un ennemi de l'absolutisme, dans lequel il voit une usurpation, et un adepte du gouvernement « mixte », où les états généraux représenteraient l'élément démocratique.
• Michel Hurault de L'Hospital, seigneur du Fay: *Excellent et libre discours sur l'estat présent de la France.* C'est le premier d'une série de quatre *Discours* d'inspiration Politique. L'auteur, petit-fils du chancelier Michel de L'Hospital et parent de Philippe Hurault de Cheverny, est un huguenot proche d'Henri de Navarre. Mais c'est aussi un esprit lucide et quelque peu désabusé, qui sait analyser froidement les rapports de force entre les divers « partis » et ne craint pas de reconnaître aux ligueurs la sincérité de leurs convictions.
• Louis de Sainctyon (attribué à): *Histoire véritable de ce qui est advenu en ceste ville de Paris, depuis le VII May 1588 iusques au dernier jour de Juin ensuyvant audit an.* À Paris, pour Michel Jouvin.

1589

4 janvier
À Blois, les députés des trois ordres remettent leurs cahiers de doléances.

5 janvier
Mort de Catherine de Médicis.
À Paris, une assemblée à l'Hôtel de Ville élit des « co-adjuteurs » aux échevins captifs à Blois.

6 janvier
Un ambassadeur d'Henri III explique au pape Sixte Quint, qui exige du roi qu'il réponde du meurtre du cardinal, les raisons de l'exécution des Guise.

7 janvier
Sur un « cas » proposé par plusieurs curés ligueurs – il s'agit de savoir si « les François pouvoient prendre les armes, lever de l'argent et s'unir ensemble pour la Religion Catholique, Apostolique et Romaine, contre un roy qui avoit violé la foy publique dans l'Assemblée des Estats, et si, après cela, les sujets n'estoient pas dispensés du serment de fidélité » –, la Sorbonne délie en effet les sujets de leur serment de fidélité au roi. La résolution est soumise au pape pour approbation, mais son véritable objectif est de servir la propagande ligueuse.
Tout au long de l'année, les processions se suivent dans Paris.

15 janvier
Clôture des seconds états généraux de Blois.

16 janvier
Sous les huées et les quolibets des Parisiens, le Parlement est embastillé par le procureur Bussy-Leclerc.

30 janvier
Épuration du Parlement de Paris: Barnabé Brisson remplace le premier président Achille de Harlay, Édouard Molé devient procureur général, Jean Le Maistre et Louis Dorléans sont nommés avocats généraux. Le nouveau Parlement prête serment à la Sainte Union (nom officiel de la Ligue). Mais il reste un corps suspect aux yeux des ligueurs radicaux.
Les Parisiens font appel à Charles de Mayenne, qui remplace son frère assassiné à la tête de la Sainte Union.

31 janvier
Charles de Mayenne marche sur Orléans; Henri III transfère ses prisonniers, dont le cardinal de Bourbon et Pierre d'Épinac, archevêque de Lyon, à Amboise.

février
Création de nouveaux organes de directions de la Ligue parisienne:
– les conseils de quartier, «composez chacun de neuf personnes notables esleuës par chacun des quartiers, en intention de veiller chacun en son quartier...» *(Dialogue du Maheustre et du Manant)*, essentiellement des organismes de surveillance politique donc, destinés à renforcer l'emprise du parti sur les Parisiens dans leur cadre le plus familier, le quartier;
– le conseil des Seize, sans doute formé des chefs des conseils de quartier. L'appellation «Seize» va devenir par extension le nom générique de l'ensemble de la Ligue jusqu'au-boutiste à Paris. À en croire Jacques-Auguste de Thou, ce sont là «seize personnes tirées de la lie du peuple, tous gens ruinés ou qui avoient sujet d'appréhender les rigueurs de la justice». En fait, il s'agit de petits notables d'extraction relativement modeste: deux officiers, dix praticiens, un avocat et trois marchands;
– le conseil des Quarante, ou conseil général de la Sainte Union, la grande innovation du régime. Il s'agit d'un organe essentiellement délibératif, traditionnel dans son principe, puisqu'il est composé des représentants des trois ordres du royaume, mais révolutionnaire par son recrutement puisqu'il tire sa légitimité du peuple qui les a élus.

5 février
Journée des barricades à Rouen.

10 février
À Toulouse, le premier président au parlement, Jean-Étienne Duranti, et son beau-frère, l'avocat général Jacques Daffis, catholiques fervents pourtant, mais royalistes, sont assassinés par les ligueurs.

17 février
Charles de Mayenne, arrivé le 12 février à Paris, remanie le conseil des Quarante: à ceux «convenus par le peuple», il ajoute de par sa propre autorité 14 «supernuméraires», tous de grands noms de l'Église (Aymar Hennequin, évêque de Rennes, et l'abbé de Lenoncourt), de la magistrature (les présidents Jeannin, Vetus et Le Maistre, le secrétaire d'État Villeroy, des maîtres de requêtes, des présidents aux comptes et des conseillers au Parlement) et des finances. Puis, après cette «première abordée», il en rajoute d'autres, altérant ainsi au profit des notables la composition sociale du conseil, et, partant, en émoussant son radicalisme politique.
Par ailleurs, Mayenne se dotera en décembre d'un «Conseil d'État», signifiant par là qu'il n'entend pas céder aux penchants démocratiques de la Ligue radicale.

22 février
Par décision royale, Charles de Mayenne et Charles d'Aumale sont déchus de tous leurs droits; les villes ligueuses perdent leurs libertés et privilèges.

23 février
Journée des barricades à Lyon.

4 mars
Manifeste de Châtellerault d'Henri de Navarre. Rédigé par Duplessis-Mornay, cet *Advis aux trois estats de ce royaume* invite les Français à la concorde civile et promet de respecter la foi et le culte catholiques.
Des négociations se nouent entre le Navarrais et Henri III.

13 mars
Claude d'Angennes, évêque du Mans, l'un des assassins des Guise, supplie à genoux l'absolution du roi. Le pape, pas vraiment mécontent du coup de force du Très Chrétien, l'accorde, à condition toutefois que les deux prélats emprisonnés, le cardinal de Bourbon et l'archevêque de Lyon Pierre d'Épinac, soient libérés. L'alliance du roi avec le Navarrais rendra cette absolution impossible.
Charles de Mayenne prête serment au Parlement comme lieutenant général de l'État royal et Couronne de France – titre *sui generis*, inventé pour lui.

15 mars
Henri III reçoit Philippe Duplessis-Mornay, envoyé d'Henri de Navarre; celui-ci reprend Argentan.

24 mars
Lettres d'Henri III transférant le Parlement à Tours.

avril
Le protestant Gabriel de Lorges de Montgomery (second fils de Gabriel de Montgomery) prend Châteaudun.
Le roi lève 12 000 Suisses.
François de Bourbon-Montpensier défait les bandes de paysans insurgés, les «gauthiers», qui écument la Normandie.

3 avril
Gaspard de Schomberg pour Henri III et Philippe Duplessis-Mornay pour Henri de Navarre signent le traité secret de Tours. L'accord prévoit la cession à Henri de Navarre d'une ville par bailliage, ainsi que Saumur, confiée à Duplessis-Mornay.

5 avril
Décret de la Sorbonne rayant du canon de la messe le nom du roi et les prières qui se faisaient pour lui.

16 avril
Henri de Navarre entre dans Saumur.

26 avril
L'alliance conclue le 3 avril entre les deux rois est rendue publique et enregistrée au Parlement à Tours.

30 avril
L'entrevue de Plessis-lès-Tours scelle l'alliance entre Henri III et Henri de Navarre.

mai
Charles de Mayenne assiège et prend Alençon; le 8, il est devant Tours, mais l'armée du Navarrais, venue prêter main-forte au roi, le contraint à la retraite.

17 mai
À Senlis, Henri d'Orléans, duc de Longueville, défait les troupes de Charles de Mayenne, qui, blessé, doit fuir.
Mort de François de Roncherolles, sieur de Maineville, homme lige des Guise.
Les deux rois marchent sur Paris.

18 mai
François de Châtillon-Coligny défait un détachement proligueur à Bonneval, près de Chartres.

20 mai
À Paris, ordonnance de l'Hôtel de Ville «pour contraindre certains bourgeois à fournir la somme de 1 000 escuz, mesme par saisie et vente de leurs biens meubles».

26 mai
Le pape Sixte Quint convoque Henri III à Rome; celui-ci est sommé de comparaître dans les deux mois, sous peine d'excommunication et déposition.

juin
Jean Boucher: *La vie et faits notables de Henry de Valois, tout au long, sans rien requerir. Où sont contenues les trahisons, perfidies, sacrileges, exactions, cruautés et hontes de cet Hypocrite et Apostat, ennemi de la Religion Catholique.*

1er juin-30 juillet
Les deux armées royales s'approchent de Paris. Les ligueurs parisiens s'affolent, font des perquisitions et cherchent des espions. Le 30 juillet, elles campent à Saint-Cloud et investissent Paris.

3-11 juin
Henri de Navarre est à Châteaudun.

19 juin
Exécution en place de Grève de deux prisonniers pris à Montereau-faut-Yonne, ville félonne à la Ligue.

juillet
À Paris, l'élu Martin Roland est nommé trésorier général de l'Union.
Paris décide la levée de 50 000 écus, à répartir par quartiers.

1er août
Henri III est poignardé au bas ventre par le moine jacobin Jacques Clément, qui s'est introduit auprès du roi en prétextant des lettres qu'il lui aurait apportées de la capitale assiégée. Le jeune moine est aussitôt tué par les gentilshommes présents.
Du faubourg Saint-Germain où il se trouvait, Henri de Navarre accourt auprès du roi, qui le reconnaît derechef pour son successeur et lui fait jurer fidélité et obéissance par les seigneurs présents.

2 août
Vers 3h du matin, Henri III succombe à sa blessure. Le trône de France est à Henri IV, mais pas encore le royaume.

HENRI IV

Né le 13 décembre 1553-Mort le 14 mai 1610
Règne: 1589-1610 (21 ans)
Roi à 36 ans

*R*ien n'est banal dans la vie du premier roi Bourbon, et d'abord son accession à la Couronne. Le roi de Navarre, fils d'Antoine duc de Vendôme et de Jeanne d'Albret, n'est apparenté qu'au dixième degré au roi assassiné. Pour qu'il devienne roi de France, il a fallu une succession incroyable d'accidents dynastiques, de hasards heureux et d'événements tragiques. Roi enfin, quelle étrange situation que celle où il se retrouve. Prince protestant dans un pays majoritairement catholique et fanatisé par vingt-sept années de guerre civile, il est vomi par la plupart de ses sujets et violemment combattu par un parti puissant qui tient sa capitale. Les plus hautes autorités religieuses de la chrétienté, le pape et la Sorbonne, l'ont déchu de ses droits. Il a d'ailleurs un concurrent en la personne de son propre oncle, le vieux cardinal de Bourbon couronné roi par la Ligue sous le nom de «Charles X». Comme l'Église au temps du Grand Schisme, voici la monarchie française devenue bicéphale. Il est contesté jusque dans son propre camp, puisque les grands seigneurs catholiques qui soutenaient Henri III menacent de le quitter s'il n'abjure pas. Bref, roi sans royaume, il lui faut conquérir son bien. Pour ce faire, il dispose de cinq atouts majeurs.

Le premier, c'est lui-même. Dans la longue galerie des rois de France, aucun n'a réuni un ensemble aussi extraordinairement efficace de qualités et de défauts, aucun n'a su non plus tourner de manière aussi avantageuse ses défauts en qualités. Petit, râblé, énergique, l'homme est du vif-argent. Plus volontiers à cheval que dans un cabinet de travail, sentant l'ail et la sueur, il n'a pas, il s'en faut, les raffinements du dernier Valois, mais cela tranche agréablement sur les simagrées d'une Cour jugée efféminée et dissolue. Plutôt que de petits chiens et des perroquets, le Vert Galant collectionne les maîtresses – on lui en connaît des dizaines –, auxquelles il lui arrive d'écrire des lettres charmantes, pleines de tendresse et de drôlerie. Car Henri IV, sous des dehors de soudard mal lavé, est intelligent et spirituel. Son ironie bonhomme et sa réelle générosité lui gagnent facilement les cœurs; mais c'est un autoritaire qui entend se faire obéir et sait, lorsqu'il le juge nécessaire, se montrer brutal. Homme de guerre accompli, il est à la fois bon soldat – sa bravoure est légendaire – et bon stratège. Mais c'est avant tout un politique, qui ne se bat que lorsqu'il ne peut pas faire autrement. Enfin, à un âge de fanatisme, cet ami de Montaigne est croyant, certes, comme tout le monde au XVIe siècle ; mais c'est un modéré, sinon un sceptique. Les péripéties de sa vie l'ont fait naître catholique ; élever en huguenot ; revenir une première fois brièvement à l'Église sous l'influence de son père ; puis, derechef huguenot, revenir une deuxième fois au catholicisme, cette fois sous la contrainte, dans la foulée de la Saint-Barthélemy ; embrasser encore, aussitôt évadé de la Cour, la foi réformée ; pour se faire à nouveau catholique parce que, aussi bien, « Paris vaut bien une messe ». Il est d'usage aujourd'hui de ne pas mettre en doute la sincérité de cette dernière conversion ; il y a au contraire d'excellentes raisons de ne pas trop y croire.

Son deuxième atout, c'est la Loi salique : ce formidable artifice constitutionnel, qui, depuis deux siècles, a fonctionné sans coup férir, fait d'Henri IV le successeur légitime de son prédécesseur. Ainsi, la première loi fondamentale du royaume, qui tend à aspirer en elle toutes les autres, lui fournit un socle constitutionnel solide sur lequel il sera en mesure de bâtir sa légitimité. Les monarchomaques protestants, qui ont su si bien démonter le « mensonge » de la Loi salique, reviennent maintenant à de meilleurs sentiments – ainsi, François Hotman, qui amende opportunément son *Franco-Gallia*. Ce sont maintenant les ligueurs qui tentent de saper la Loi salique en lui opposant le principe de catholicité du roi, dont ils veulent faire, aux termes de l'édit d'Union du 15 juillet 1588, la première loi fondamentale du royaume. Ils n'y parviendront pas. D'ailleurs, même eux n'osent aller jusqu'au bout de leur démarche : si la Loi salique ne compte pas, si seule la foi du prince importe, pourquoi avoir choisi un Bourbon – le falot « Charles X » – plutôt que le duc Henri de Guise ?

Son troisième atout, évidemment lié au précédent, c'est le patriotisme instinctif des élites françaises. La Ligue, surtout dans ses franges extrêmes, est perçue comme antinationale. Non sans raison. « Nous n'affectons la nation, ains la religion », affirme le Manant, bourgeois parisien et porte-parole des Seize dans le fameux *Dialogue* qui l'oppose au Maheustre, gentilhomme royaliste. Et en effet, les Seize sont ouvertement ultramontains et hispanophiles, et ils vont jusqu'à offrir la couronne de France à Philippe II, leur « père et protecteur ». Or, cette attitude heurte les sentiments de la plupart des Français, voire de la majorité des ligueurs. L'évêque d'Asti, agent du duc de Savoie et ennemi juré du Navarrais, l'avoue sans fard : « ... la [...] puissance de roy d'Espagne [...] est trop suspecte à la nation françoyse, de sorte que s'il envoye de l'argent il se despend sans prouffict, et les mesmes François s'en iouent et s'en mocquent; s'il envoye des gens de guerre toutte la France prend ombrage, et la moindre place qu'il tiendroit pour sa seuretté seroit suffizante pour faire accorder tous les françois...» Le Béarnais saura capitaliser sur ces sentiments.

La quatrième carte d'Henri IV, c'est la lassitude des Français en général et des Parisiens en particulier. Victorieux des troupes de Mayenne à Arques (21 septembre 1589), puis à Ivry (14 mars 1590), Henri IV impose à la capitale à partir du début mai un siège rigoureux. Bientôt, les habitants de la grande ville meurent littéralement de faim, et le peuple se met à «murmurer». Des émeutes éclatent, dont la plus spectaculaire est celle dite du «Pain ou la Paix» (8 août). Lorsqu'il est levé, le 30 août, le siège aura tué quelque 45000 Parisiens, soit un bon cinquième de la population. À Paris comme ailleurs, dans les villes (Romans, Rennes...) comme dans les campagnes épuisées, où les révoltes se multiplient (Bonnets rouges de Bourgogne, Croquants du Limousin), les souffrances d'une guerre civile interminable sapent l'assise populaire de la Ligue radicale.

Son cinquième atout est donc l'état de ses adversaires. Phénomène bien connu dans tous les mouvements contestataires, au fur et à mesure que la frange extrême de la Ligue se radicalise, les notables du parti prennent peur et s'en détournent. De manière significative, la ligne de fracture sépare de moins en moins catholiques et huguenots, mais catholiques et catholiques, zélés et tièdes, Seize et Politiques. Tout ligueurs qu'ils soient, les notables du mouvement sont des conservateurs bon teint, qui voient comme Mayenne poindre à Paris la menace d'un «Estat populaire et tumultueux [...] une républicque en laquelle il n'y ayt point distinction des rangs et qualitez des personnes, ny différence de leur naissance et extraction à celle des hommes de basse condition». Aussi bien, d'exigences Seize en rebuffades mayennistes, les divergences se muent peu à peu en hostilité ouverte, pour déboucher sur la confrontation. En novembre 1591, les Seize se décident à frapper un grand coup contre le Parlement, bastion des Politiques à Paris. Un organe révolutionnaire – le Conseil des Dix – est constitué avec les éléments les plus radicaux de la Ligue parisienne. Le 15 novembre à l'aube, c'est la «prise d'armes» et l'arrestation de Barnabé Brisson, premier président au Parlement, et de deux autres magistrats. Ils sont tous trois pendus au Petit Châtelet après un simulacre de procès, puis exposés en place de Grève, des pancartes infamantes au cou. Mais le spectacle, destiné à frapper l'imagination des Parisiens, fait long feu. La Saint-Barthélemy des Politiques n'aura pas lieu, pas plus que l'institutionnalisation de la terreur au moyen d'une nouvelle «chambre ardente», cependant que l'inertie hostile des Parisiens laisse les mains libres à Mayenne, principal objectif de la «journée» insurrectionnelle du 15 novembre. Celui-ci arrive à Paris le 28 novembre, évalue la situation, redonne confiance au Parlement – et frappe. Quatre meneurs pendus, d'autres en fuite, la milice épurée, le «Thermidor politique» du 4 décembre ruine l'aile marchante de la Ligue parisienne. Mais au profit du roi.

Encore faut-il savoir exploiter ces atouts. Henri IV sait. Premièrement, il comprend qu'il lui faut embrasser la religion de la majorité de ses sujets. En effet, ce qui était possible au temps de François Ier ne l'est plus maintenant. Après s'être fait interminablement «instruire» pour faire patienter les catholiques sans s'aliéner les huguenots, il se décide enfin au «saut périlleux», comme il l'écrit à l'une de ses maîtresses. Le 17 mai 1593, le cardinal de Bourges annonce la conversion imminente du roi, rendant ainsi sans objet les états généraux ligueurs réunis à Paris depuis la fin janvier, précisément pour discuter de la succession royale. Le 25 juillet 1593, à Saint-Denis, Henri IV change pour la sixième fois de religion; le 27 février suivant, il se fait sacrer à Chartres (Reims est encore aux mains des ligueurs). Moins d'un mois plus tard, le 22 mars, il est à Paris. Entré par la porte Neuve, la même que celle qu'emprunta cinq ans auparavant le dernier Valois fuyant sa capitale, le premier Bourbon reçoit des mains du prévôt des marchands les clés de la ville. Bon prince (et bon politique), Henri IV accorde son pardon aux factieux et salue ironiquement la garnison espagnole qui quitte Paris.

Ensuite, il s'emploie à enlever aux ligueurs le reste de son royaume, ce qu'il fait avec un mélange étonnant de clémence, de rouerie et de rudesse, en achetant ce qui est vénal, en prenant de vive force ce qui ne l'est pas. Les villes se rallient les unes après les autres, sauf exception (Laon) sans violence. Les grands chefs ligueurs suivent. Le sort des Lorraine est le plus intéressant: Elbeuf se rallie dès juin 1594, Charles III de Lorraine en novembre suivant, tout comme le jeune Charles de Guise, fils du Balafré, Mayenne en novembre 1595, dans la foulée de la brillante victoire d'Henri IV à Fontaine-Française sur les troupes ligueuses et espagnoles (5 juin 1595). Arc-bouté sur sa Bretagne et fidèle allié des Espagnols, Mercœur, le plus tenace, lui donne du fil à retordre jusqu'en mars 1598. Au total, les redditions nobiliaires coûtent beaucoup d'argent (32 millions de livres à en croire Sully), mais, Henri IV en est convaincu, la guerre coûterait encore davantage et ferait plus de morts que de fidèles.

Après les ligueurs, les huguenots. Les négociations avec les anciens coreligionnaires sont longues, difficiles, empreintes d'amertume. Le miracle de l'accession d'un des leurs à la

Couronne a tourné pour les huguenots à la déception. En mai 1594, à l'assemblée de Sainte-Foy, l'abjuration du roi leur a presque fait élire un autre «Protecteur», et il a fallu toute la force de persuasion de Duplessis-Mornay pour les en dissuader. Mais ils ont étendu à l'ensemble du royaume l'organisation quasi républicaine du Midi. Maintenant, ils tentent d'obtenir le plus possible, en faisant pression sur le roi au moment où cela fait le plus mal: lors de la crise provoquée par la prise d'Amiens par les Espagnols (11 mars 1597). La reprise d'Amiens, la chute de la Bretagne et la reddition de Mercœur précipitent les choses. Le 30 avril 1598, à Nantes, Henri IV peut enfin signer l'édit qui met fin aux guerres de Religion.

Pis-aller laborieusement négocié pour empêcher que ne se rallume la guerre civile et permettre enfin la pacification religieuse, traditionnel par ailleurs dans sa forme puisqu'il reprend de nombreuses provisions d'édits de pacification précédents, l'édit de Nantes n'en est pas moins un texte remarquable, et, par certains côtés, révolutionnaire. Certes, il reflète les mentalités du temps, rétives à la tolérance religieuse. Le vieil adage «un roi, une foi, une loi» reste l'idéal, le préambule de l'édit l'affirme avec force. Certes encore, il n'assure pas l'égalité entre les cultes, puisqu'il fait des huguenots «un corps religieusement défavorisé et civilement privilégié». Loin d'être neutre enfin, l'État est tout à la fois catholique et protestant, puisque le roi, catholique, est en même temps Protecteur des Églises protestantes. D'ailleurs, le compromis, problématique, n'aura qu'un temps. La monarchie absolue ne supportera pas l'«État dans l'État» protestant, et finira par vider l'édit de ses provisions politiques et militaires (édit d'Alès, 1629), avant de l'abroger pour de bon en 1685. Il n'empêche, pour la première fois en Europe, un texte législatif reconnaît l'existence de deux religions chrétiennes au sein du même État, et en organise la coexistence. Sur la voie de la neutralisation de l'État, cette victoire de l'esprit Politique qu'est l'édit de Nantes constitue une étape de choix.

Reste pour Henri IV à régler – provisoirement – la question espagnole. Au moment où est publié l'édit de Nantes, les négociations de paix avec l'Espagne sont déjà bien avancées. Elles aboutissent le 2 mai au traité de Vervins. À peu de chose près, un demi-siècle d'efforts ramène Philippe II à une réédition du Cateau-Cambrésis d'avril 1559. Le 13 septembre, l'homme qui a dominé la seconde moitié du siècle rend l'âme à l'Escorial. L'Espagne et l'Europe ne le savent pas encore, mais le royaume de Philippe II amorce un long déclin politique, militaire et économique. La France d'Henri IV, elle, peut commencer son redressement.

La personnalité du roi, sa victoire, l'aspiration du pays au calme et à l'ordre après près d'un demi-siècle d'anarchie, tout concourt à un renforcement du pouvoir monarchique. Avec Henri IV, une longue période de gestation débouche sur la monarchie absolue de droit divin. Encore faut-il s'entendre : monarchie absolue ne signifie pas dictature, ni autocratie. Si « un roi n'est responsable qu'à Dieu seul et à sa conscience », comme le dit Henri IV, les garde-fous de la religion (loi divine), de la nature (loi naturelle, coutume) et de la constitution coutumière (lois fondamentales) font de l'« absolutisme » un régime qui prétend d'autant plus à l'omnipotence que son rayon d'action et ses moyens sont en définitive fort limités. Cela posé, la monarchie des Bourbons, illustrée par quatre noms qui sont autant d'étapes dans son développement – Henri IV, Richelieu, Mazarin, Louis XIV –, est plus libre de ses mouvements, moins entravée dans son action par les corps intermédiaires et mieux théorisée que sous les Valois.

La propagande royale diffuse inlassablement le message : l'État est garant du bien public, seul le roi est à même de le protéger. Tantôt Mars et tantôt Hercule, Alexandre, Auguste, ou encore Charlemagne, jamais roi de France n'a été à ce point encensé. Théoriciens (André Duchesne, Jérôme Bignon), historiens (Palma-Cayet, Jacques-Auguste de Thou, Girard Du Haillan, Pierre Matthieu), poètes de cour (Jean Bartaut, Vauquelin des Yveteaux, Du Perron, Malherbe surtout), peintres (Jacob Bunel, Ambroise Dubois, Toussaint Dubreuil, Martin Fréminet), médailleurs (Guillaume Depré) et sculpteurs (Pierre de Franqueville) sont payés pour exalter le règne d'Henri « le Grand ». Mais c'est le bâtiment, expression d'ordre, de puissance et de la raison en action, qui a sa préférence. Il y investit des sommes considérables, s'attache les meilleurs architectes du temps (Jacques Androuet Du Cerceau, Louis Metezeau), surveille de près les travaux. Il achève les chantiers ouverts par ses prédécesseurs – Chambord, les Tuileries, Saint-Maur, Saint-Germain-en-Laye, Fontainebleau... Paris connaît ses premiers véritables plans d'urbanisme : amélioration de la voirie, construction de la fontaine de la Samaritaine, percement de rues, aménagement des quais de la Seine, mise en chantier de la place Royale, de la place Dauphine, du Pont-Neuf, construction d'hôpitaux, des nouveaux bâtiments de l'Arsenal, de l'Hôtel de Ville – le roi entend faire de sa capitale, selon l'expression du prévôt des marchands François Miron, le « miracle du monde ».

Tout n'est pas propagande, il s'en faut. L'œuvre de rénovation entreprise par Henri IV et son alter ego, Sully, est bien réelle, et, tout compte fait, considérable. Bien servi par une pléiade de ministres remarquables, le roi impose obéissance aux grands corps, notamment aux parlements, met au pas la haute noblesse (en juillet 1602, il n'hésite pas à faire exécuter le maréchal de Biron, coupable d'avoir comploté avec l'Espagne et le duc de Savoie), s'attelle à une réforme en profondeur de l'Église, assurant ainsi les bases du remarquable renouveau du catholicisme français au XVIIe siècle. Roi gallican, il refuse comme ses prédécesseurs l'introduction en France des décrets du concile de Trente et de l'Inquisition; mais en 1603, il accepte, malgré les récriminations acerbes du Parlement, le retour des jésuites, et prend pour confesseur l'un d'eux, le père Coton. Pourtant, c'est à la suite de la tentative de régicide de Jean Chastel, un élève des jésuites, que la Compagnie a été expulsée du royaume par arrêt du Parlement à peine huit ans auparavant.

Symbolique, spirituelle, politique, la reprise en main du royaume est aussi géographique, elle se lit sur le terrain. Roi voyageur et passionné de cartographie (il fonde un cabinet de cartes au Louvre), Henri IV crée pour Rosny, futur Sully, la charge de grand voyer, et celui-ci couvre la France de routes, de ponts et de canaux.

Mais la clé de la rénovation est l'économie. La remise en ordre des finances du royaume est spectaculaire. En 1598, Sully, encore lui, est nommé surintendant des finances en titre après l'avoir été de fait depuis la mort de François d'O, quatre ans auparavant. Sully réussit le tour de force d'équilibrer les comptes de l'État, et même d'engranger un énorme excédent qu'il fait mettre sous clé dans son fief de l'Arsenal. Cette prouesse, d'autant plus remarquable que Sully fait baisser la taille (18 millions de livres en 1598, 14,5 millions en 1600), est due à la reprise économique, laquelle est pour une part conjoncturelle, mais pour l'autre le fruit du volontarisme royal. La croissance permet la hausse des recettes autant par la crue des impôts indirects que par une meilleure gestion des deniers publics. Une taxe nouvelle instaurée en 1604, la «paulette», mérite une mention spéciale, non tant en raison de ses retombées financières – encore que ce ne soit nullement négligeable – que par ses conséquences sociopolitiques à long terme. En assurant l'hérédité des offices, la paulette solidifie la classe des officiers en en faisant un véritable «quatrième ordre»: la noblesse de robe.

L'agriculture reprend donc, et, en même temps que la disparition des bandes armées, l'amélioration (relative) de la vie dans les campagnes rend compte de la disparition des émeutes paysannes. La fameuse «poule au pot» n'est pas nécessairement un mythe... Curieux d'«arts mécaniques», Henri IV s'intéresse de près à l'industrie et favorise la création de dizaines de manufactures avec privilège royal. Sully et Laffemas pratiquent ce qu'on appellera bien plus tard le «mercantilisme», ou, si l'on veut, un colbertisme avant la lettre. Selon Laffemas, contrôleur général du commerce à partir de 1602, il importe d'exporter le plus possible et d'importer le moins possible, afin d'empêcher la sortie du royaume de «cet or et de cet argent-là [...] ces trésors de France, qui vont enrichir les ennemis de l'Estat». Des traités de commerce sont signés avec l'Angleterre et la Turquie, les Hollandais sont massivement présents dans les ports de l'Atlantique. L'aventure coloniale reprend: en 1608, Samuel de Champlain fonde Québec.

Souverain d'un royaume pacifié, riche et puissant, Henri IV a-t-il conçu le «grand dessein» que lui prête Sully dans ses *Œconomies* royales? Sans doute pas; cette «République très-chréticnnc» ccnsćc unificr l'Europc sous la férule du roi de France est née dans le cerveau fertile du ministre bien après la disparition de son maître. Par ailleurs, si celui-ci a caressé des rêves impériaux, il les a vite abandonnés. Henri IV n'en est pas moins, après la paix de Vervins (2 mai 1598), le principal protagoniste du théâtre européen. Il reprend d'ailleurs la politique traditionnelle, largement dictée par la géographie, d'hostilité aux Habsbourg, et donc d'alliance avec les puissances anticatholiques – les Ottomans, les princes luthériens d'Allemagne et les Hollandais, qu'il soutient jusqu'à leur trêve avec l'Espagne (avril 1609) –, mais aussi avec Venise, le pape et la Toscane. Après l'annulation de son mariage avec Marguerite de Valois en 1599, Henri IV épouse une princesse florentine: Marie de Médicis, fille du grand-duc de Toscane. La lignée des Bourbons est ainsi assurée.

Après Vervins, il règle son sort au duc de Savoie, qui avait pris à la France le marquisat piémontais de Saluces en 1588, puis avait envahi le Dauphiné et la Provence. Après une brève campagne, en août 1600, il signe avec le duc le traité de Lyon du 17 janvier 1601: celui-ci est autorisé à garder Saluces, mais la France s'enrichit de territoires autrement importants pour elle, et qu'elle gardera: Bresse, Bugey, Valromey, Gex. Avec la Navarre et le Béarn qu'il lui apporte à son avènement (mais qui ne seront formellement annexés que sous son successeur), il la laissera agrandie de quelque 6 000 km².

En 1609, il intervient en Allemagne dans une obscure affaire de succession concernant deux duchés rhénans, Juliers et Clèves. Manifestement, il est en train de préparer une guerre à grande échelle contre les Habsbourg. Ce petit grand dessein-là, apparemment impopulaire, il n'aura pas le loisir de l'accomplir. Le 14 mai 1610, il succombe rue de la Ferronnerie sous le couteau de Ravaillac. Louis XIII n'a pas encore 9 ans.

Papes

Sixte Quint, 1585-1590; Urbain VII, 1590; Grégoire XIV, 1590-1591; Innocent IX, 1591; Clément VIII, 1592-1605; Léon XI, 1605; Paul V, 1605-1621.

Souverains

Angleterre: Élisabeth Ire, 1558-1603; Jacques Ier (Jacques VI, roi d'Écosse depuis 1567), 1603-1625.

Empire: Rodolphe II, 1576-1612.

Empire ottoman: Mourad III, 1574-1596; Mehmet III, 1596-1603; Achmet Ier, 1603-1617.

Espagne: Philippe II, 1556-1598 (et roi du Portugal, 1580-1598); Philippe III, 1598-1621 (et roi du Portugal).

Lorraine: Charles III, 1545-1608; Henri Ier, 1608-1624.

Russie: Fédor Ier, 1584-1598; Boris Godounov, 1598-1605; Fédor II, 1605; Basile IV, 1606-1610.

Savoie: Charles-Emmanuel Ier, 1580-1630.

1589

2 août
Henri IV, roi de France et de Navarre.

4 août
Déclaration d'Henri IV promettant de « maintenir et conserver en notre royaume la religion Catholique, Apostolique et Romaine en son entier, sans y innover ni changer aucune chose », et de ne permettre l'exercice du culte réformé que là où il était déjà autorisé en vertu de l'accord passé entre lui et son prédécesseur. Le roi promet en outre de se faire « instruire » dans ladite religion par un « bon, légitime et libre concile ». Enfin, il promet de maintenir tout un chacun, notamment les serviteurs d'Henri III, dans ses biens, dignités et privilèges. Ce texte, destiné en premier lieu à rassurer les seigneurs catholiques qui ont suivi Henri III, vaut contrat avec ces gentilshommes, qui le reconnaissent de manière conditionnelle. Cependant, nombreux sont ceux qui l'abandonnent, dont le duc de Nevers et le duc d'Épernon.

5 août
Le duc de Mayenne et le conseil général de la Sainte Union proclament roi le cardinal Charles de Bourbon, l'oncle simplet d'Henri IV, par ailleurs prisonnier de son neveu.

8 août
Avec des forces très diminuées – quelque 18000 hommes sur les 40000 dont il disposait avec son prédécesseur –, Henri IV lève le siège de Paris et se dirige vers la Normandie.

14 août
Henri IV proroge les pouvoirs du Parlement transféré à Tours par son prédécesseur, sous la présidence d'Achille de Harlay, cependant que le parlement ligueur reste à Paris. Même division en province : en Normandie, un parlement royaliste officie à Caen, le parlement ligueur demeurant à Rouen, son siège principal ; à Carcassonne, un parlement royaliste doublera bientôt celui de Toulouse, à Sisteron celui d'Aix, à Flavigny celui de Dijon.

16 août
Une vive confrontation oppose les Seize aux modérés à l'Hôtel de Ville de Paris.

9 septembre
Henri IV est à Dieppe, où il compte recevoir de l'aide de l'Angleterre.

13 septembre
Alphonse d'Ornano, lieutenant général en Dauphiné, et François de Lesdiguières, gouverneur protestant de la province, concluent un accord entre protestants et catholiques royaux pour garder la province au roi.

15-29 septembre
Le duc de Mayenne, chef de la Ligue, tente de prendre Dieppe ; la ville, fortifiée, est défendue par les troupes françaises d'Henri d'Orléans-Longueville, du maréchal d'Aumont et de Charles de Soissons, renforcées par des Anglais et des Écossais dépêchés par la reine Élisabeth Ire.
Bernard de Nogaret de La Valette, fils du duc d'Épernon, se rallie à Henri IV.

21 septembre
Henri IV, assisté d'Armand de Biron et de son fils Charles, remporte sur Mayenne la bataille d'Arques (actuelle Seine-Maritime).
Mayenne, qui cherche l'appui des Espagnols, gagne la Picardie ; Henri IV, lui, se dirige vers la capitale.

25 septembre
Arrêt du Parlement de Paris interdisant le culte réformé et imposant la reconnaissance de la Sainte Union.

14 octobre
Le parlement ligueur se prononce contre la succession d'Henri IV.

novembre
Henri IV échoue devant Paris. Le 1er novembre, les troupes du roi prennent et saccagent les faubourgs de Paris. Mais le 3, Charles de Mayenne, que Guillaume de Montmorency n'a pas pu arrêter sur l'Oise, arrive à Paris par le Nord et force Henri IV à reculer. Le 5, Henri IV enlève Étampes. Le 21, il entre à Tours, capitale de substitution depuis le 14 août précédent, où il prend son temps pour organiser son gouvernement : il confie les Sceaux au cardinal Charles de Vendôme, les finances à François d'O, et garde les secrétaires d'État nommés par Henri III le 13 mai 1588.

décembre
Charles de Mayenne se dote d'un « Conseil d'État », en vidant ainsi le conseil général de l'Union de sa substance. Mais les Seize ne manquent pas de moyens d'action.

La propagande ligueuse

Jamais encore la propagande politique n'a connu une telle ampleur que sous la Ligue. À la nouveauté de l'entreprise – un parti de masse révolutionnaire – correspondent en effet des moyens de contrôle des esprits dont l'accumulation et le caractère organisé sont sans précédent. Un historien du XVIII*e siècle, Pierre Anquetil, les a résumés ainsi : « ... par la bouche des prédicateurs, par la plume des écrivains, par le pinceau des peintres, l'ascendant des confréries, le spectacle des processions et autres assemblées pieuses, [la Ligue] avoit échauffé l'imagination des peuples. » Les Parisiens assistent à un spectacle permanent, dont ils sont à la fois spectateurs et acteurs – symboles religieux et profanes, planches et tableaux, messes solennelles et processions, « journées » commémoratives, culte collectif des martyrs de la cause. Ils sont soumis au feu roulant des prédicateurs, profitant de la terreur qu'inspire la chaire au roi, mais aussi aux grands chefs ligueurs, Mayenne compris : « Tout [mon] mal [me vient] des prédicateurs et des curez », soupire le premier, et le second recommandera chaudement au prévôt des marchands de ne point oublier d'assurer « Messieurs les Prédicateurs qu'en tout ce qui se présentera pour leur promotion aux dignitez ecclésiatiques, ils ne doubtent point [qu'il] les préfère à tous aultres, et qu'il ne se passera occasion de les gratifier [qu'il] ne leur tesmoigne combien [il] les honore et désire leur contentement ; que c'est à cest heure plus que jamais qu'il fault entretenir ce peuple en la dévotion dans laquelle il est » (25 décembre 1590). Ils lisent enfin, ou se font lire, l'abondante production littéraire de la Ligue radicale. Les Seize, conscients de l'importance de l'écrit comme outil de propagande, s'arrogent le monopole de l'imprimerie parisienne, et des hommes mandatés par eux délivrent* l'imprimatur *au nom de l'improbable conseil de l'Union – en fait, au nom du parti. L'écrit, ce sont des « placards » de toute sorte, graffiti, tracts, affiches et « billets » ; et, surtout, les pamphlets : « L'appast avec lequel on attire le menu peuple ce sont les petits livrets que l'on seme parmi eux, qui, selon que la nouveauté lui plaist, se la forme tellement en son esprit, qu'il est impossible de luy oster, et principalement où il y va de la religion » (Palma-Cayet). C'est une bonne définition du lavage de cerveau ; et en effet, nul ne doute de la puissance de persuasion de ces livres de poche bon marché, vite faits vite lus, dont la principale qualité est la force répétitive d'un nombre restreint de vérités premières, inlassablement assenées. C'est autour de cette année 1589, particulièrement riche en événements, que la production pamphlétaire ligueuse est la plus féconde. On trouvera ci-après un choix de titres éloquents, avec leurs imprimeurs. L'un d'entre eux, Rolin Thierry, porte le titre de « Libraire et imprimeur de la Saincte Union ». Comme le veut le genre, il y a beaucoup d'anonymes. On remarquera que des pamphlets sont publiés aussi dans d'autres villes ; mais la production parisienne est évidemment sans commune mesure avec ce qui se publie ailleurs.*

– *Jean Boucher :* De justa Henrici tertii abdicatione e francorum regno libri quator (Les quatre livres sur la juste abdication d'Henri III du règne des Français), *à Paris, chez Nicolas Nivelle. Cet ouvrage se veut un traité savant, d'où le choix du latin. Mais bien entendu, l'immense majorité des pamphlets ligueurs est en français.*

– *Jean Boucher (attribué à) :* Lettre missive à l'evesque du Mans, avec la responce à icelle, faicte au mois de Septembre dernier passé par un docteur en théologie de la faculté de Paris..., *à Paris, chez Guillaume Chaudière.*

– *Jean Boucher (attribué à) :* La vie et faits notables de Henry de Valois, tout au long, sans rien requerir. Où sont contenues les trahisons, perfidies, sacrileges, exactions, cruautés et hontes de cet Hypocrite et Apostat, ennemi de la Religion Catholique, *s.l.*

– Contre les fausses allégations que les plus qu'Architofes, Conseillers Cabinalistes, proposent pour excuser Henry le meurtrier de l'assassinat par luy perfidement commis en la personne du tres illustre duc de Guise, *s.l.*

– *André Habert :* Coppie de trois epistres catholiques du droit de prendre les armes..., *à Orléans.*

– *Rolin Thierry :* De la différence du Roy et du tyran, *à Paris.*

– Dialogue du Royaume, auquel est discouru des vices et vertus des Roys, et de leur Establissement ; de l'Estat de la Monarchie et République, et de leurs changements ; Du devoir et obligation du Roy vers Dieu et le Peuple ; et des iustes causes qui peuvent esmouvoir un Peuple à s'eslever et opposer à la Tyrannie et Iniustice du Roy, *à Paris, chez Didier Millot.*

– Discours véritable sur ce qui est arrivé à Paris le douxième de May 1588, par lequel clairement on cognoit les mensonges et impostures des ennemis du repos public allencontre de monseigneur le duc de Guise, Propagateur de l'Église Catholique, *à Paris, chez Didier Millot.*

– Justification des actions des Catholiques unis contre les calomniateurs, *à Paris, chez Guillaume Bichon.*
– Le Manifeste de la France aux Parisiens et à tout le peuple françois, *s.l.*
– *Denis Binet:* Response du menu peuple à la déclaration de Henry, par la grace de Dieu autant Roy de France que de Polongne, semée ces iours passés par les Politiques, *à Paris.*
– *Claude de Rubis:* Le bouclier de la réunion des vrais catholiques françois, *à Lyon, par Jehan Pillehotte.*
Dans la production royaliste, plus faible en quantité comme en verve, mentionnons deux textes:
– La Guisarde *de Pierre Matthieu, où l'historiographe d'Henri III reprend la légende des Atrides pour mettre en scène l'assassinat des Guise. En 1617, Matthieu récidivera avec une* Histoire d'Aelius Sejan, *justifiant l'élimination des Concini.*
– La Remonstrance aux François sur leur sédition et rebellion contre la Majesté du Roy, *attribué avec vraisemblance à Étienne Pasquier.*

autres événements
• À la mort de Jean-Antoine de Baïf, l'Académie de poésie et musique qu'il a fondée trouve refuge chez Jacques Mauduit, un disciple de Claude Le Jeune (vers 1527-1600). Celui-ci, à l'époque au sommet de sa gloire, est le représentant le plus éminent de l'école de musique née de la collaboration entre poètes et musiciens au sein de l'Académie de Baïf. On lui doit des psaumes, des chansons, dont deux – l'*Alouette* et le *Rossignol* – sous forme de compléments à des chansons de Janequin, et, surtout, le *Printemps*, imposant ensemble de 39 pièces qui sera publié après sa mort (1603). Mauduit (1557-1624), élégant compositeur de « chansonnettes », a laissé aussi un *Requiem* à cinq voix qu'il a composé en 1585 en hommage à son ami Ronsard. Enfin, titre de gloire non négligeable, en 1589, pendant le siège de Paris, il a sauvé des manuscrits de son maître Claude Le Jeune.

1590

janvier
Henri IV déclare la guerre au duc Charles III de Lorraine. Il s'empare de Falaise et de plusieurs places de Normandie.
Henri Cajetan, légat pontifical, arrive à Paris.

6 janvier
Charles de Mayenne reprend Pontoise, investie par les armées royales en juillet 1589.

début février
Henri IV arrive à Ivry, près de Dreux; Charles de Mayenne lève le siège de Meulan.

28 février
Les troupes royales commencent le siège de Dreux, dont Charles de Mayenne organise la défense avec des troupes espagnoles, 1 200 lances wallonnes et 500 arquebusiers.

mars
L'armée royale prend Honfleur, puis participe au siège de Dreux avec les troupes de Charles de Valois (fils naturel de Charles IX), Jean d'Aumont et Anne de Givry.

12-13 mars
Henri IV quitte le siège de Dreux et se dirige vers Nonancourt où il va faire la jonction avec les troupes que lui amènent ses lieutenants: Claude de La Trémoïlle, Duplessis-Mornay, François de La Noue, Henri d'Orléans-Longueville et Charles d'Humières. L'armée ainsi rassemblée marche sur Ivry et se met en ordre de bataille. Le 13, l'armée de Charles de Mayenne arrive à son tour à Ivry.

14 mars
À Ivry, Henri IV remporte sa deuxième victoire en rase campagne sur Mayenne, qui disposait de troupes beaucoup plus nombreuses: 9 000 fantassins contre 7 000, 5 000 cavaliers contre 2 500. Le chef de la Ligue perd plusieurs milliers d'hommes. C'est surtout une victoire psychologiquement importante pour le roi, présentée par ses thuriféraires comme la preuve de l'assistance divine et du génie militaire du Béarnais (« ... suivez mon panache blanc, vous le verrez toujours au chemin de l'honneur et du devoir »).

18 mars
Mantes se rend à Henri IV, qui séjourne dans la ville jusqu'au 28.

20-21 mars
Fort de sa victoire à Ivry, Henri IV envoie Nicolas de Harlay, Gaspard de Schomberg et Pierre Forget de Fresnes demander des subsides auprès du roi de Danemark, du duc de Wurtemberg et des cantons suisses.

avril-août
Le grand siège de Paris. Après la prise de Corbeil, Melun, Provins, Montereau, Lagny, Beaumont-sur-Oise, Henri IV investit Paris. La ville peut compter en théorie sur sa milice, forte d'environ 50 000 bourgeois, mal entraînés, mal équipés et peu disciplinés, et, surtout, sur environ 8 000 mercenaires étrangers. Charles-Emmanuel de Nemours et Charles d'Andelot, le cinquième fils de Gaspard de Coligny passé au service de la Ligue, commandent la place. Pendant que le conseiller politique de Charles de Mayenne, Nicolas de Villeroy, mène de vaines négociations, les voies de ravitaillement sont coupées, et la grande ville est bientôt réduite à la famine. En mai, les armées royales investissent Saint-Cloud, Saint-Maur et Charenton, et le blocus devient plus rigoureux. Le 9 mai, la Ligue perd son roi, « Charles X », mort dans la captivité bonhomme de son neveu Henri IV. Le 14 mai, la Ligue parisienne organise une procession guerrière, où brillent les moines armés; à en croire Pierre de L'Estoile, qui n'épargne pas ses sarcasmes aux processionnaires, ils tuent par mégarde un des leurs et blessent un serviteur de l'ambassadeur d'Espagne. Cette procession a dû frapper les contemporains, puisque Henri IV lui-même s'en servira pour tourner en dérision les remontrances des magistrats du Parlement de Paris contre l'édit de Nantes du 30 avril 1598. Le 15 juin, un arrêt du parlement ligueur, destiné à « retenir les murmures du peuple et encore des bons bourgeois qui souffroient » (Pierre de L'Estoile), interdit de parler de paix avec le roi « à peine de vie », preuve que les Parisiens, qui meurent littéralement de faim, sont de plus en plus nombreux à envisager la paix avec le Béarnais. Le 9 juillet, les royaux prennent Saint-Denis, le 27 les faubourgs de la rive gauche. Le 8 août, une émeute au Palais aux cris de « du pain ou la paix » est réprimée par la Ligue, qui exécute quelques meneurs, dont un procureur au Parlement. Un ligueur de pointe, Robert Le Goix, est tué dans l'échauffourée. Le 20 août, Henri IV autorise les femmes et les enfants à quitter la capitale avec des passeports. La stratégie du roi est simple: enfoncer un coin aussi profond que possible entre les Seize et les Parisiens excédés par le blocus d'une part, entre Mayenne et les ligueurs modérés de l'autre. En effet, l'entente conclue par Mayenne avec Philippe II d'Espagne, qui se proclame protecteur du royaume et cherche à installer sa fille Isabelle sur le trône de France, déplaît profondément à des hommes de son entourage comme le parlementaire bourguignon Pierre Jeannin et Nicolas de Villeroy. Le 25 août, Alexandre Farnèse et ses troupes, accourues des Pays-Bas, rejoignent Charles de Mayenne à Meaux, puis l'armée de la Ligue fait marche vers la capitale. Le 30 août, obligé de faire face à Farnèse, Henri IV lève le siège de Paris; le blocus aura fait quelque 45 000 morts. Comme l'émeute de « la Pain ou la Paix », la levée du siège sera l'occasion d'une journée commémorative du parti ligueur.

13 avril
Lettres du roi déclarant son domaine indépendant de la Couronne; à Tours, le Parlement en refuse l'enregistrement, au nom de la théorie du « mariage mystique » du roi et de la Couronne, les biens du souverain étant censés constituer la dot de sa « royale fiancée ».

27 août
Mort du pape Sixte Quint. Pontificat éphémère de Giambattista Castagna, élu sous le nom d'Urbain VII (15-27 septembre) et élection le 5 décembre de Niccolo Sfondrati, sous le nom de Grégoire XIV, qui se montrera ardent ligueur.

1er-2 septembre
Henri IV rappelle ses troupes des faubourgs de Paris; son armée, forte de 25 000 hommes, est à Chelles. Farnèse campe à Meaux.

6 septembre
Alexandre Farnèse prend Lagny, mais, son objectif – la levée du siège de Paris – atteint, se garde d'attaquer l'armée royale.

9-10 septembre
Tentative avortée d'Henri IV de prendre Paris par surprise; l'« Escalade » (des murs de Paris) sera également une journée commémorative.

fin septembre
Une députation des Seize se rend auprès de Charles de Mayenne, au siège de Corbeil, afin d'exiger la radicalisation du combat. Les députés se heurtent à l'hostilité du duc et de ses conseillers, qui voient dans leur démarche une tentative de « réduire l'Estat de France en une republique en laquelle ils se promettoient de faire les souverains, et ruyner par ce moyen la noblesse ».

octobre
Rosny, futur Sully, est nommé conseiller d'État.
Henri IV s'empare de Clermont-sur-Oise.
Louis de Nevers se rallie au roi avec 500 cavaliers et reçoit le gouvernement de Champagne.

Charles-Emmanuel de Nemours s'empare de Fréjus, Draguignan et Aix, et se proclame comte de Provence, malgré la résistance de François de Lesdiguières.

16 octobre
L'armée espagnole reprend Corbeil; le ravitaillement de Paris est désormais assuré.

28 octobre
Des troupes espagnoles débarquent en Bretagne.

10 novembre
Henri IV rencontre Gabrielle d'Estrées, fille d'Antoine d'Estrées, futur grand maître de l'artillerie (1597).

décembre
Mort d'Ambroise Paré et de Bernard Palissy; celui-ci meurt à la Bastille, prisonnier de la Ligue.

10 décembre
Henri IV prend Corbie.

hiver
Harcelé par les troupes d'Henri IV, Alexandre Farnèse rentre aux Pays-Bas.
Les gentilshommes royalistes rentrent dans leurs provinces: François de Conti en Touraine, Montpensier en Normandie, Longueville en Picardie, Nevers en Champagne, Aumont en Bourgogne.
Henri IV renforce les garnisons dans les villes autour de Paris (Melun, Senlis, Saint-Denis et Corbeil, repris derechef).
Du côté de la Ligue, Philippe-Emmanuel de Lorraine, duc de Mercœur, prend Blavet et Hennebont (Morbihan) avec des troupes espagnoles; en Languedoc, Guillaume de Joyeuse, le père d'Anne, et Henri de Montmorency se partagent la province et réunissent des états concurrents.

autres événements
• La guerre des pamphlets se poursuit, bien que la production parisienne ait beaucoup baissé par rapport à l'année précédente, sans doute en raison du siège. Mentionnons deux relations des événements mémorables de l'année: celle de l'Espagnol Pierre Cornejo, *Discours bref et véritable des choses plus notables arrivées au siège mémorable de la renommée ville de Paris*, et, en face, celle de Philippe Duplessis-Mornay, *Discours de ce qui s'est passé en l'armée du roi depuis que le duc de Parme s'est joint à celle de ses ennemis jusqu'au quinzième de septembre.*
De l'avocat ligueur Louis de Sainctyon, on a la *Remonstrance faicte en l'assemblée générale des colonels, cappitaines, lieutenans et Enseignes de la Ville de Paris, par Monsieur de Saictyon, l'un desdits Cappitaines...*, à Paris, chez Guillaume Chaudière. De facture plus savante, un traité du très ligueur évêque de Senlis, Guillaume Rose, *De justa reipublicae christianae in reges impios et haereticos authoritate.*
Paraissent également deux pamphlets dus probablement à la plume de l'auteur des *Discours sur l'Estat de la France*, Michel Hurault de L'Hospital (petit-fils de Michel de L'Hospital): *L'Anti-espagnol ou Bref discours du but où tend Philippe roy d'Espagne se meslant des affaires de France*; et l'*Anti-Sixtus. Sixti V Pont. Max. de Henrici tertii morte sermo*, ou, en français, *Harangue prononcée par N.S. Père en plein consistoire contenant le jugement de Sa Saincteté touchant la mort de feu Henry de Valois.* À *L'Anti-espagnol* de Hurault de L'Hospital réplique le ligueur parisien Claude de Rubis avec sa *Response à l'Anti-espagnol.*

1591

2 janvier
Le ligueur Claude de Lorraine, chevalier d'Aumale, cousin du Balafré et de Charles de Mayenne, est tué alors qu'il tentait de reprendre Saint-Denis.

20 janvier
Nouvelle tentative d'Henri IV sur Paris, et nouvelle journée commémorative de la Ligue: la «journée des Farines», ainsi nommée parce que les royaux, déguisés en paysans, étaient précédés d'ânes chargés de sacs de farine.

février
Les ligueurs marseillais conduits par Charles de Casaulx, un capitaine de la milice bourgeoise, s'emparent du pouvoir dans la ville. La dictature de Casaulx, qui marque la défaite temporaire de l'aristocratie marchande locale, est une autre illustration de la dimension sociale de la Ligue, observée aussi à Paris.
Nouvelle requête présentée à Mayenne par les Seize pour le rétablissement du conseil général de l'Union, accompagnée de nouveaux «mémoires» exigeant des mesures extrêmes contre les Politiques.

12 février
La garnison qui défend Paris est renforcée de troupes espagnoles et napolitaines.

24 février
Écœurés par l'attitude de Mayenne, les Seize écrivent au pape une lettre dans laquelle ils se mettent sous sa protection. Et en effet, Grégoire XIV promet d'envoyer des troupes – 6 000 Suisses, 2 000 hommes de pied italiens, 2 500 chevaux – aux ordres de son propre neveu, Francesco Sfondrati, duc de Monte-Marciano. L'ultramontanisme de la fraction radicale de la Ligue sera pour beaucoup dans la désaffection des éléments plus modérés à leur égard, tout comme leur attitude pro-espagnole.

1er mars
Grégoire XIV renouvelle l'excommunication d'Henri IV fulminée par Sixte Quint le 9 septembre 1585, et somme ses partisans de le lâcher, sous même peine.

avril
Pierre Jeannin traite avec l'Espagne pour le compte de la Ligue.
Philippe II d'Espagne propose que l'archiduc Ernest, frère de l'empereur Rodolphe II, épouse sa fille, l'infante Isabelle, et monte sur le trône de France.
Les Seize distribuent dans Paris des billets de proscription – en fait des listes de gens suspects à la faction, que ses chefs veulent soit chasser de Paris, soit embastiller, soit même assassiner.

19 avril
Henri IV prend Chartres après un siège de deux mois.

mai
Nouveaux mémoires des Seize au duc de Mayenne.

mai-juin
À Paris, préparation des états généraux prévus à Reims. En mai, ont lieu les élections des députés des trois ordres. Le 13, le tiers élit une députation radicale, mais qui se sera singulièrement modérée lorsque les états se réuniront enfin, mais à Paris. Le 15, c'est le tour du clergé, qui élit quatre députés, dont deux ardents ligueurs: Jean Boucher, curé de Saint-Benoît, et le bénédictin Gilbert Génébrard, prieur de Saint-Denis de la Châtre et de Ferrières et professeur d'hébreu chez les Lecteurs royaux. Le 22, c'est le tour de la noblesse, qui n'est en mesure d'élire que deux hommes, tous deux mayennistes modérés: Louis de L'Hospital, baron de Vitry, et Louis du Croc, seigneur de Chenevières-en-France. Le 8 juin est rédigée une «instruction de ce que doivent faire les Députez de la Ville de Paris aux états qui se tiendront à Rheims»; très radicale, cette instruction sera ultérieurement confirmée et précisée par une «déclaration des Seize». Le 14, une assemblée est réunie pour la lecture des cahiers rédigés en vue des états généraux.

juin
Des lettres patentes d'Henri IV confirment sa déclaration du 4 août 1589.

6 juin
Le maréchal Armand de Biron prend Louviers.

10 juin
Le parlement royaliste qui siège à Tours réagit à l'excommunication fulminée par Grégoire XIV le 1er mars par un arrêt traitant le pape d'ennemi de la paix et de fauteur de rébellion.

juillet
L'édit de Mantes remet en vigueur l'édit de Poitiers du 17 septembre 1577.

fin juillet
Les troupes royales font le siège de Poitiers.

27 juillet-9 août
Henri IV prend Noyon.

15 août
Charles de Guise, fils du Balafré, s'évade du château de Tours.

16-26 août
À Paris, Seize et Politiques s'affrontent à l'occasion du remplacement de deux échevins modérés, que les Seize entendent remplacer par deux des leurs. Les Seize intimident les Politiques et réussissent à faire élire des hommes falots, qu'ils comptent manœuvrer à leur guise.

fin août
Élisabeth Ire d'Angleterre envoie à Henri IV son favori Robert Devereux, comte d'Essex, avec 4 000 hommes. Ils seront rejoints bientôt par deux régiments et une flotte dépêchés par les Provinces-Unies sous les ordres de Maurice de Nassau, fils du Taciturne, ainsi que par les mercenaires allemands – 5 000 reîtres et 1 000 lansquenets – de Christian Ier d'Anhalt. Au début du siège de Rouen, Henri IV disposera ainsi de quelque 40 000 hommes.

2 septembre
Après avoir écrit au pape, les Seize envoient une missive à Philippe II d'Espagne, à qui ils offrent le royaume de France. Philippe II répond favorablement à ses amis parisiens, qui « ne prindront d'autre avis et d'autre conseil que de Mendoze son ambassadeur, et du cardinal de Plaisance, qui n'estimoit le duc de Mayenne » (Pierre de L'Estoile).

21 septembre
Une assemblée du clergé royaliste réunie à Chartres déclare nul et non avenu le monitoire pontifical du 1er mars. Renaud de Beaune, archevêque de Bourges, préconise la rupture avec Rome ; mais le schisme est évité.

octobre-décembre
L'affaire Brigard, l'affaire Brisson et le « Thermidor de Mayenne ». À Paris, le conflit entre ligueurs extrémistes et modérés s'exacerbe. La crise éclate à propos de François Brigard, avocat au Parlement et procureur de la ville, installé par la Ligue pourtant. Brigard, accusé de trahison par les Seize pour avoir pris contact avec les royaux, a été arrêté le 6 avril ; mais le 30 octobre, le Parlement ordonne l'abandon des poursuites et sa mise en liberté. Le 2 novembre a lieu la première réunion préparatoire d'un véritable coup d'État antiparlementaire. Le 6 novembre, le ligueur Guillaume Morin est nommé procureur de la ville. Les jours suivants, les événements s'accélèrent. François Morin de Cromé, conseiller au Grand Conseil et l'un des principaux Seize, rédige un factum où les griefs de la faction sont exposés ; le Parlement tente de le faire saisir chez l'imprimeur, ce qui cause un surcroît de tension entre les Seize et la Cour, décidément le dernier bastion Politique à démanteler. Un conseil secret de 10 membres est mis sur pied pour préparer le coup. Le 8 novembre, lors d'une assemblée secrète, le Conseil des Dix extorque le blanc-seing dont il a besoin. Le 10, les Seize sollicitent l'avis de la Sorbonne sur le coup d'État projeté ; le 13, la Faculté donne le feu vert. Le 14, la décision tombe.
Le lendemain, 15 novembre, les Seize se saisissent du premier président au Parlement Barnabé Brisson, du conseiller au Châtelet Jean Tardif et du conseiller au Parlement Claude Larcher. Après un simulacre de procès conduit par François Morin de Cromé, la sentence est prononcée par l'avocat au Châtelet Nicolas Ameline. Les trois magistrats sont pendus à une poutre du Châtelet, puis, au petit matin du 16, leurs corps sont exposés en place de Grève, des pancartes infamantes au cou. La cérémonie macabre est destinée à exciter la colère des Parisiens contre les Politiques et à provoquer une Saint-Barthélemy contre eux. Des listes de noms circulent dans Paris, marqués d'initiales sinistres : P pour pendu, D pour dagué, C pour chassé. L'Estoile y voit son propre nom, « couché bien avant et tout de long ». Mais la tentative tourne court, tout comme le projet d'instaurer une « chambre ardente » pour éliminer définitivement l'opposition (16-20 novembre). Le 28 novembre, Mayenne, alerté par sa mère, la duchesse de Nemours, par Jean-François de Faudoas d'Averton, le comte de Belin, gouverneur de la ville, ainsi que par nombre de ligueurs modérés, arrive à Paris, où il prend son temps pour évaluer les forces en présence. Le 1er décembre, Bussy-Leclerc, courageux mais pas téméraire, évacue la Bastille, « à condition d'avoir vie et bagages saufs ». Le 2, Mayenne remplace Brisson par le vieux Mathieu Charlier, doyen de la Cour, et nomme trois nouveaux présidents à mortier, tous des modérés. Le 4 enfin, le duc frappe : quatre Seize – Barthélemy Anroux, Jean Emmonot, Nicolas Ameline et Jean Louchard – sont saisis et pendus au Louvre sans autre forme de procès. Menacés du même sort, les autres protagonistes du drame du 15 novembre, Mathieu de Launay, François Morin de Cromé, Adrien Cochery et Oudin Crucé, parviennent à s'enfuir. Le 5, Mayenne impose un serment d'allégeance aux officiers de la milice bourgeoise, ce qui lui permet de l'épurer : en effet, 15 capitaines de la faction qui n'ont pas jugé prudent de se présenter sont remplacés sur-le-champ. Le 10, il octroie une « absolution générale », dont seuls sont exclus trois des factieux en fuite qui ont trempé dans l'assassinat des magistrats. Le duc ne se soucie en effet pas d'éliminer pour de bon les Seize, ce qui livrerait la capitale aux Politiques. Le 11, l'ordre restauré, il peut quitter Paris. Le 12, le comte de Belin convoque une « assemblée des colonelles » à l'Hôtel de Ville et décrète le désarmement de toutes les personnes qui ne sont « de qualité » à porter les armes. La milice, rappelons-le, n'est plus au pouvoir des Seize. Parti à la rencontre d'Alexandre Farnèse, qui vient secourir Rouen (la ville est assiégée par les royaux depuis le 11 novembre), Mayenne ignore à quel point il a bien travaillé pour Henri IV.

16 octobre
Mort de Grégoire XIV ; élection le 29 de Giovanni Antonio Fachinetti, sous le nom d'Innocent IX, pape proligueur, mais éphémère, mort le 30 décembre suivant.

autres événements

• Guy Coquille: *Discours de M. Gui Coquille des Droits ecclésiastiques et libertez de l'Eglise gallicane [...] contre les bulles décernées par le pape Grégoire XIV contre la France.*

• Oudard Raynssant de Viezmaison: *Représentation de la Noblesse heretique sur le Théâtre de France*, à Paris, chez Guillaume Bichon. Ce que la Ligue fait, se plaint l'avocat ligueur, «desploisait aux grands».

1592

janvier

Début des assemblées de Politiques à Paris: enhardis par la réaction de Mayenne, les Politiques parisiens, avec à leur tête Claude d'Aubray, notaire et secrétaire du roi et ancien prévôt des marchands, commencent à se doter d'une organisation partisane.

30 janvier

Élection d'Ippolito Aldobrandini sous le nom de Clément VIII.

11 mars

Exécution du sergent Georges Michelet, suivie d'autres exécutions de militants du camp des Seize; ces hommes sont poursuivis pour des délits de droit commun, mais les Seize les considèrent comme des victimes innocentes de la vindicte des Politiques.

mars-avril

Au nom de la Ligue, Nicolas de Villeroy et Pierre Jeannin entament des négociations avec les conseillers d'Henri IV. Les pourparlers tournent court, les hommes du roi faisant remarquer à ceux de la Ligue que les conditions qu'ils imposent à la reconnaissance d'Henri IV – conversion du roi dans les trois mois, exclusion des religionnaires de toutes charges et dignités, renonciation du roi à la nomination aux bénéfices ecclésiastiques, périodicité des états généraux, nomination des chefs ligueurs dans les provinces – mettraient tout bonnement le souverain sous la coupe de leur parti. Mais l'échec des négociations est moins significatif que leur existence: la Ligue est en position de faiblesse, et elle le sait. À la même époque, un nouveau «tiers parti» voit le jour, qui cherche à concilier les impératifs d'une monarchie nationale et catholique; à sa tête: Charles, cardinal de Bourbon depuis la disparition de «Charles X». Et, pour mieux brouiller les cartes, Henri IV annonce une fois de plus, le 4 avril, son «instruction» imminente dans la religion catholique.

20 avril

Henri IV est contraint de lever le siège de Rouen, investie depuis le 11 novembre 1591.

3 juillet

Pont-Audemer se livre à la Ligue.

9 août

L'armée royale prend Épernay; le maréchal Armand de Gontaut, baron de Biron, qui commandait les troupes du roi, est tué. Henri IV perd ainsi un soldat fidèle, et l'un des premiers qui se soient ralliés à lui lors de son avènement.

13 septembre

Mort de Montaigne.

octobre

Un bref de Clément VIII enjoignant les Français à élire un roi catholique est enregistré au parlement ligueur; de Châlons où il est réuni, le parlement de Tours réagit par un arrêt véhément.

Échec des «conférences» organisées à Paris entre Seize et Politiques sous le patronage du prévôt des marchands Charles Boucher d'Orsay et du gouverneur Belin.

Début des réunions des «semonneux», Politiques soucieux de «semondre» le roi d'abjurer. Le 24 octobre, Mayenne, inquiet de la mainmise des Politiques dans Paris, arrive dans la capitale pour tenter de juguler le mouvement. Peine perdue: dès le 26, une assemblée à l'Hôtel de Ville exige des pourparlers avec le roi pour obtenir «trafic et commerce libre»; le 27, c'est la Cour des comptes qui prend le relais. Le même jour, le Parlement, tout en enregistrant – avec six mois de retard – un bref du pape à son légat, le cardinal de Plaisance, rappelle le principe de l'intangibilité de l'autorité royale et des libertés de l'Église gallicane.

19 octobre

Antoine-Scipion de Joyeuse, chevalier de Malte et grand prieur de Toulouse (frère du duc Anne), est battu et tué par les royaux à Villemur-sur-Tarn (actuelle Haute-Garonne).

4-6 novembre

Le 4 novembre, lors d'une assemblée générale à l'Hôtel de Ville, Mayenne tente, sans succès, d'imposer silence aux «semonneux», tout en leur promettant la liberté de commerce et la tenue prochaine des états généraux. Nouvelle assemblée deux jours plus tard: les bourgeois, fort agités, exigent tout net que l'on « envoie au Roy ».

9 novembre
À Paris, élection manipulée à l'Hôtel de Ville: fidèle à sa politique de bascule, Mayenne, « entreprenant ce qu'un roy n'eust entrepris » (Pierre de L'Estoile), casse l'élection régulière de deux échevins Politiques et impose celle d'un Seize (l'avocat Jean Pichonnat) et d'un Politique (Néret). Jean Luillier d'Orville, maître des comptes, remplace Charles Boucher d'Orsay comme prévôt des marchands.

3 décembre
Alexandre Farnèse meurt à Arras.

22 décembre
L'arrêt du parlement royaliste est lacéré par ordre du parlement ligueur.

autres événements
• Parution posthume des *Commentaires de Messire Blaise de Monluc, maréchal de France*, récit d'une grande carrière de soldat doublé d'un manuel d'art militaire à l'usage de ses pairs.

1593

5 janvier
Manifeste de Charles de Mayenne invitant les catholiques royaux à envoyer des députés aux états généraux afin d'aviser des moyens de mettre fin aux troubles.

16 janvier
Assemblée générale à l'Hôtel de Ville, en principe pour confirmer l'élection des députés de Paris aux états généraux, en fait pour la lester d'éléments modérés. En effet, aux élus de l'époque, tous devenus entre-temps ennemis jurés des Seize, viennent s'ajouter des Politiques notoires: les présidents au Parlement Jean Le Maistre et Guillaume Bailly, le maître des requêtes Pierre de Masparaulte, le conseiller au Parlement Guillaume Du Vair, le maître des comptes Jean Luillier d'Orville, les secrétaires du roi Séraphin Thielement et Claude d'Aubray, l'avocat Martin Langlois. Seule la députation du clergé reste très radicale, avec trois membres actifs des Seize – Gilbert Génébrard, Jean Boucher et Jacques de Cueilly, curé de Saint-Germain-l'Auxerrois – et trois sympathisants: Jean de Piles, abbé d'Orbais et chanoine de Notre-Dame, Pierre Poncet, chanoine de la Sainte-Chapelle, et Claude Serain, de l'Université de Paris.

25 janvier
Une « déclaration des Seize » confirme et précise l'« instruction » aux députés de Paris aux états généraux. Mais ce texte de facture très radicale est désormais décalé par rapport à la composition de la délégation parisienne.

26 janvier
Les états généraux de la Ligue s'ouvrent au Louvre, avec seulement 127 députés.

27 janvier
Henri IV saisit la perche que lui a tendue Mayenne: une *Proposition des princes, prélats, officiers de la couronne et principaux seigneurs catholiques [...] faite à M. le duc de Mayenne* suggère une conférence, quelque part entre Saint-Denis et Paris. Ce sera Suresnes.
Aux états généraux, les divisions entre Politiques (Jeannin, Villeroy, Le Maistre...) et radicaux éclatent au grand jour.

29 janvier
Édit royal contre les états de Paris.

19 février
Résolution de la Sorbonne contre le projet de conférence avec les catholiques royaux.

9 mars
Laurent Suarez de Figueroa, duc de Feria, ambassadeur extraordinaire de Philippe II d'Espagne, est fraîchement reçu par les Parisiens.

28 mars
Charles de Mansfeld prend Noyon pour la Ligue.

2 avril
Le duc de Feria est reçu par les états généraux.

avril-mai
Les conférences de Suresnes. Le 4 avril, les états acceptent le principe de la conférence; le 20, ils élisent leurs députés: des prélats, des gentilshommes et des magistrats, tous Politiques avérés. Le 29, a lieu la première rencontre. Plus importante que le contenu des pourparlers: la dynamique de paix que Suresnes déclenche, et que rien ne pourra plus arrêter. De fait, le même jour se déroule à Paris une manifestation pour la paix. Le 10 mai, une première trêve de dix jours est proclamée.

mai-juin
La conversion Politique des états généraux de la Ligue. Le 16 mai, le duc de Feria revendique offi-

ciellement la couronne de France pour l'infante Isabelle. Le 17, une notification de la proche conversion du roi est remise aux députés. Le 11 juin, les députés demandent à Feria si l'infante d'Espagne compte épouser un prince français. Le 16, pendant que le légat du pape parcourt Paris pour s'opposer à la paix et que les bourgeois manifestent pour la paix devant le domicile de Charles de Mayenne, les Espagnols annoncent l'intention de Philippe II de marier sa fille à l'archiduc Ernest, frère de l'empereur Rodolphe II. Le 20, les états votent un texte sommant Philippe II de choisir pour l'infante un prince français. Le 21, les Espagnols s'inclinent, mais c'est trop tard : le 28, le Parlement, convoqué en réunion plénière, écoute Guillaume Du Vair prononcer sa fameuse *Suasion de l'Arrest pour la manutention de la Loy salique*, suivie le même jour par l'arrêt Le Maistre, du nom de son rapporteur, qui frappe d'interdit toute atteinte aux lois fondamentales du royaume. C'est la fin des prétentions espagnoles. Les états végéteront encore jusqu'en août, sans objet.

31 mai

Jean Boucher et d'autres prédicateurs sont hués par les Parisiens sur le pont Notre-Dame.

8-17 juin

Siège et prise de Dreux par Charles de Gontaut de Biron, fils du maréchal tué le 9 août 1592. Charles sera, en 1594, le second maréchal de Biron.

juillet

Tentative avortée des Seize de fomenter un coup d'État anti-Politique.

25 juillet

Conversion d'Henri IV à Saint-Denis.
Lettre du roi à ses anciens coreligionnaires les assurant de sa volonté de respecter leur liberté de conscience.

31 juillet

Une trêve générale de trois mois est proclamée.
Les Parisiens marchent en foule vers Saint-Denis.

août

Signature d'une trêve entre Henri IV et le duc Charles III de Lorraine.

1er-9 août

Jean Boucher prononce ses *Sermons de la simulée conversion et nullité de la prétendue absolution d'Henri de Bourbon, prince de Béarn à Saint-Denis en France le dimanche 25 juillet 1593*; ils seront publiés en 1594.

Le chant du cygne des libellistes

Les Sermons *de Boucher, bel exemple d'éloquence partisane (« Au péril, le sang se retire auprès du cœur, et les bons chrétiens à la Ligue [...] ce que la Ligue pense, dict, faict, respire, n'est autre chose que l'Église »), sont l'un des derniers grands textes des guerres civiles. Le dénouement que l'on sent proche provoque un ultime feu d'artifice. Louis Dorléans, qui s'est détourné des Seize pourtant, publiera l'année suivante son meilleur pamphlet,* Le Banquet et apresdinée du conte d'Arète, *un texte d'une rare véhémence, où l'auteur s'affirme « Espagnol de religion » et dit aimer mieux son Dieu « tout Espagnol » que « le Diable Allemand, Anglois ou Béarnois ». La noblesse n'est qu'une race « bastarde et corrompue des vices de la vieille court et du siècle présent », la Ligue, « la vraye religion des François et le vray Estat de la France ».*
Surtout, 1593 est l'année des deux chefs-d'œuvre de la littérature pamphlétaire des guerres de Religion : côté Politique, La Satyre Ménippée en la Vertu du catholicon d'Espagne*; côté Seize, le* Dialogue d'entre le Maheustre et le Manant... *En effet, pour comble de malchance, les états généraux de Paris ont été immortalisés par un chef-d'œuvre de la littérature burlesque.* L'Abbrégé et l'Ame des Estatz convoquez à Paris en l'an 1593 le 10 de febvrier *circule en manuscrit pendant la session des états ligueurs, et sera publié l'année suivante, très augmenté, sous le titre qui aura fait sa réputation :* La Satyre Ménippée. *Inspirée des* Satires Ménippées *de Varron (encyclopédiste latin mort en 27 av. J.-C.), cette œuvre collective de Politiques parisiens, parmi lesquels l'avocat Pierre Pithou, le chanoine Pierre Le Roy et les poètes Jean Passerat et Nicolas Rapin, exalte les vertus du catholicon, une drogue qui donne aux hommes la vérité en matière de foi. Au cœur du pamphlet, qui se présente comme un compte rendu époustouflant des états ligueurs, se trouve un morceau d'éloquence sérieuse, qui donne son sens à l'ensemble : la harangue que les auteurs (probablement Pithou) mettent dans la bouche de Claude d'Aubray. C'est un hymne à la puissance royale, légitime parce que d'essence divine : « Je dis vostre Roy, car je trouve emphase en ce mot, qui emporte une personne sacrée, oincte et chérie de Dieu, comme mitoyenne entre les Anges et les hommes. Car comment seroit-il possible qu'un homme seul, foible, nud, désarmé, peust commander à tant de milliers d'hommes, se faire craindre, suivre et obéir en toutes ses volontez, s'il n'y avoit quelque divinité*

et quelque parcelle de la puissance de Dieu meslée?...»
Le Dialogue d'entre le Maheustre et le Manant, *dont la première édition paraît en décembre, est un pamphlet ligueur attribué à François Morin, sieur de Cromé, conseiller au Grand Conseil et l'un des protagonistes de la «penderie» du 15 novembre 1591. Entre le Maheustre, gentilhomme royaliste, et le Manant, bourgeois ligueur parisien, se noue une conversation courtoise, mais amère, où ce dernier dresse un bilan désabusé d'un combat qu'il sait perdu. Le succès immédiat du* Dialogue *est dû en partie à la nervosité des autorités parisiennes, qui, en tentant d'en empêcher la publication, puis la diffusion, lui assurent la publicité. Mayenne, le roi lui-même se donnent un mal fou pour en obtenir un exemplaire, et les propagandistes royaux manipuleront les versions ultérieures pour en faire un texte Politique. Mais c'est la qualité du libelle qui en fait le prix. D'abord, c'est une source de choix pour les débuts du mouvement ligueur parisien. Ensuite, comme si l'auteur n'avait plus rien à perdre, il étale au grand jour les dissensions internes du parti et en ridiculise les dignitaires, Mayenne en tête. Enfin, c'est un excellent exposé de la doctrine sociale et politique de la Ligue radicale, tout en faisant une place inhabituelle aux antagonismes sociaux et en érigeant en système la dictature de parti, la guerre révolutionnaire et la terreur: «Il ne faut user de douceur envers l'ennemi de Dieu, car la miséricorde en ce cas n'est qu'injustice.» On comprend qu'on ait pu voir dans le* Dialogue *«le manifeste de l'extrême gauche ligueuse et comme le testament de ce parti» (J.-H. Mariéjol).*

27 août
À Melun, un batelier d'Orléans du nom de Pierre Barrière est pris avec un couteau dans sa besace et avoue son intention de tuer le roi; il sera supplicié le 31.

18-21 septembre
Lyon se soulève contre le gouverneur ligueur, Charles-Emmanuel de Nemours, qui est arrêté et emprisonné. Son frère Henri marche sur la ville, qui fait appel à Alphonse d'Ornano.

automne
Début de l'agitation paysanne des Croquants ou Tard-Avisés de Limousin et Périgord. Organisés en bandes armées pour faire face aux exactions des seigneurs ligueurs locaux, les Croquants commencent bientôt à coucher par écrit des revendications plus générales touchant à l'impôt et à la justice.

8 octobre
Les protestants se réunissent à Mantes. C'est la première assemblée depuis l'avènement d'Henri IV. Inquiets et amers, leur champion ayant abjuré, les députés décident le renouvellement du serment d'Union des Églises réformées du 24 mai 1581. Ils se sépareront le 23 janvier suivant.

15 octobre
Ordonnance de Mayenne enjoignant aux navarristes de quitter Paris.

novembre
Henri IV est à Dieppe.
Les états de Bretagne lèvent des troupes aux Pays-Bas à leurs frais pour résister au duc de Mercœur.

21 novembre
Louis de Gonzague, duc de Nevers, arrive à Rome pour demander l'absolution du pape en faveur d'Henri IV, frais catholique, mais surtout hérétique relaps. Le choix de Nevers est judicieux. Italien d'origine (Louis est fils de Frédéric, duc de Mantoue), on le sait intègre et fervent catholique. Sa mission échoue pourtant; l'absolution viendra plus tard, le 17 septembre 1595.

fin novembre
Un traité met Cambrai sous la protection d'Henri IV; Jean de Monluc, sieur de Balagny, fils naturel de l'évêque de Valence, devient prince de Cambrai.

12 décembre
Le duc Henri de Montmorency, nommé connétable, est remplacé en Languedoc par Anne de Lévis-Ventadour, son gendre, gouverneur du Limousin.

23 décembre
Soumission au roi Henri IV de Louis de L'Hospital, baron de Vitry, gouverneur de Meaux, qui publie un *Manifeste [...] à la Noblesse de France.* Vitry, qui entraînera sa ville le 4 janvier 1594 dans sa défection, est typique de la noblesse ligueuse modérée, très hostile aux prétentions espagnoles comme aux tendances démocratiques de la Ligue radicale.

28 décembre
Bannissement de Paris de plusieurs Politiques, dont Claude d'Aubray.

autres événements
• Le cardinal François de Joyeuse est à Rome pour plaider la cause de la Ligue.

1594

janvier
Un édit crée huit offices d'intendants et contrôleurs généraux des finances.

1er janvier
Les hostilités reprennent; la garnison de Saint-Denis s'empare du fort de Charenton.

2 janvier
Nicolas de Villeroy se rallie à Henri IV; il a obtenu la restitution de sa charge de secrétaire d'État, une forte indemnité pour lui-même et son fils Alincourt, qui reçoit en outre le gouvernement de Pontoise.

3 janvier
Les Seize pressent Mayenne d'épurer la justice: le lieutenant général refuse sèchement.
Suspecté par les Espagnols de sympathies royalistes, le comte de Belin, nommé en 1591 gouverneur de Paris par Charles de Mayenne, est relevé de ses fonctions. En effet, il se soumet aussitôt à Henri IV, avec qui il rentrera dans la capitale. En attendant, il est remplacé par Charles de Cossé (neveu d'Artus, fils de Charles de Cossé-Brissac, maréchal de France), comte de Brissac, qui prête serment au Parlement le 24 janvier (serment qu'il s'empressera d'oublier dès le 14 mars).

5-7 janvier
La ville et le parlement d'Aix se rallient à Henri IV. Les arriérés d'impôts sont remis, des garanties sont données aux catholiques, l'amnistie générale est décrétée.

10-28 janvier
Henri IV assiège La Ferté-Milon.

14 janvier
Henri IV reçoit Robert Sidney, ambassadeur d'Angleterre.
Le château de Nully, près de La Ferté-Milon, se rend au roi.

20 janvier
Henri IV reçoit à Mantes la reine douairière Louise, veuve d'Henri III, qui vient lui demander justice du meurtre de son mari.

27 janvier
La trêve est publiée à Saint-Denis; jouant habilement avec les nerfs des Parisiens, Henri IV en exclut la capitale (avec Beauvais et Soissons).

février
Le comte Charles de Mansfeld reprend La Ferté-Milon.

8 février
Lyon reconnaît le roi; Alphonse d'Ornano entre dans la ville, le duc de Nemours s'en évade.

16 février
Orléans et Bourges se soumettent au roi.
Une lettre du légat annonce aux Parisiens l'échec de la mission du duc de Nevers entamée le 21 novembre précédent auprès du pape.

17 février
Pontoise est remise au roi par Charles d'Alincourt, fils de Villeroy, qui rentre au Conseil.
Le roi arrive à Chartres.

27 février
Henri IV est sacré à Chartres par Renaud de Beaune, archevêque de Bourges et aumônier du roi (Reims restant aux mains de Charles de Guise jusqu'au 16 novembre suivant).

fin février
La reine douairière Louise offre sa médiation auprès de Philippe-Emmanuel de Lorraine, duc de Mercœur, le maître ligueur de la Bretagne; elle sera accompagnée de Duplessis-Mornay.

février-mars
Rosny, futur Sully, négocie avec le chef ligueur André de Brancas de Villars le ralliement de la Normandie.

mars
Manifeste des Croquants.

6 mars
Mayenne quitte la capitale, avec femme et enfants, et se rend à la frontière de Picardie dans l'attente de secours espagnols. Les Seize préparent la résistance armée. Le prévôt des marchands Jean Luillier d'Orville, le premier échevin Martin Langlois et le président au Parlement Jean Le Maistre négocient la reddition de Paris avec Gaspard de Schomberg, Pomponne de Bellièvre et Jacques-Auguste de Thou.

14 mars
Ordonnances du gouverneur Charles de Cossé-Brissac et du bureau de ville portant défense de s'assembler et de tenir des propos favorables au roi de Navarre.
Le même jour, le même gouverneur sort secrètement de Paris et discute avec son beau-frère envoyé du roi, François d'Épinay, sieur de Saint-Luc, ancien favori d'Henri III.

15 mars
Rosny, futur Sully, conclut un traité par lequel Villars s'engage à la reddition de la Normandie, en échange du titre d'amiral de France.

22 mars
Au petit matin, les troupes d'Henri IV entrent dans Paris, avec la complicité du gouverneur Cossé-Brissac. Seul un corps de lansquenets tente le baroud d'honneur; il est taillé en pièces par les hommes du maréchal de Matignon. Les Seize, pris au dépourvu, ne font rien; seuls une dizaine d'irréductibles conduits par le procureur au Châtelet Odin Crucé font mine de résister dans le quartier de l'Université. À 7h, le roi arrive à son tour. Le prévôt des marchands Luillier d'Orville lui remet les clés de la ville. Elles symbolisent, nous apprend le *Registre des Délibérations de la Ville de Paris*, « l'heureuse reduction de ceste dicte ville en l'obeissance de Sa dicte Majesté [... réduction] doulce et gratieuse ». Des tracts contenant une déclaration rassurante du roi sont diffusés. Henri IV y proclame le pardon général, avec défense « à tous procureurs généraux et leurs substituts et autres officiers d'en faire aucune recherche à l'encontre d'aucune personne que ce soit, même de ceux qu'on appelle vulgairement les Seize ». Il promet en outre de « vivre et mourir en la religion catholique, apostolique et romaine, et de conserver tous ses dits sujets et bourgeois de ladite ville en leurs biens, privilèges, états, dignités, offices et bénéfices ». La garnison étrangère se retire avec armes et bagages. Un *Te Deum* est célébré à Notre-Dame, en parfaite harmonie avec l'esprit de l'immense majorité des Parisiens.

24 mars
Une liste de proscriptions contenant 118 noms circule dans Paris.

27 mars
Reddition de la Bastille.
Le chancelier Philippe Hurault de Cheverny ordonne d'épurer les livres de tout ce qui pourrait porter atteinte à la majesté royale.

28 mars
Un édit confirme les promesses du roi dans sa déclaration du 22 mars.
Les cours souveraines sont rétablies; la plupart des magistrats restés dans Paris, y compris les ligueurs les plus déterminés, conservent leurs charges, ce qui ne va pas sans quelque amertume du côté des ralliés de la première heure.
La liste de proscriptions est communiquée aux quartiniers (chefs des 16 quartiers de la ville et en principe responsables de la milice bourgeoise): « L'intention du Roy est qu'[ils] s'absentent pour un temps de ceste ville et que si aucuns d'eux se veullent retirer par devers le duc du Mayne, leur sera baillé passeport... » D'autres ont fui sans attendre l'injonction royale. La plupart des exilés, bannis ou volontaires, trouvent refuge aux Pays-Bas espagnols, où ils constitueront le noyau d'une émigration dévote, très hostile à Henri IV et parfois active. Fait significatif, les ecclésiastiques, à l'exception de Boucher, sont épargnés, et cela malgré les humiliations que certains curés continuent d'infliger au roi. Pour ne prendre qu'un exemple, Jacques de Cueilly, curé de Saint-Germain-l'Auxerrois, dont Henri IV est paroissien, continue de s'en prendre à l'« excommunié », interdit à ses ouailles de paraître à la messe du roi sous peine de péché mortel et, le 25 mars, va jusqu'à sortir ostensiblement de son église lorsque le roi y entre. Ce dernier exploit lui vaut tout de même une semaine de prison, après quoi il quitte tranquillement Paris, « le Roy n'ayant voulu qu'on le traitât plus rigoureusement ». Le roi, qui par ailleurs se livre à des dévotions ostentatoires et, reprenant une mesure traditionnelle de ses prédécesseurs, interdit à son tour les prêches calvinistes dans un rayon de 10 lieues autour de la capitale, ne veut surtout pas faire de martyrs.
Un arrêt du Parlement condamne la Ligue et révoque l'autorité du duc de Mayenne.

29 mars
Villars se soumet à Rouen. Une grande procession à laquelle assiste Henri IV parcourt la ville; elle sera célébrée tous les ans sous le nom de « procession du roi ».

avril
Plusieurs villes font leur reddition: Le Havre, Honfleur, Pont-Audemer, Montivilliers.

2 avril
Le recteur de l'Université, Jacques d'Amboise, et les professeurs sont reçus par le roi; l'enseignement reprend.

Reddition du château de Vincennes.
Le bureau de ville de Paris envoie une lettre circulaire aux villes demeurées au pouvoir de la Ligue.

6 avril
Claude de Lorraine, prince de Joinville, est obligé de sortir de Troyes, dont les habitants se rendent au roi. Auxerre, Mâcon, Sens, Riom, Abbeville, Montreuil, Avallon suivent l'exemple.

7-10 avril
Dévotions royales. Le 7, le roi lave les pieds aux pauvres et visite l'Hôtel-Dieu; le 8, il visite les prisons; le 10 (Pâques), il touche les écrouelles.

14 avril
Les membres du Parlement exilés à Tours et Châlons reviennent à Paris.

19 avril
Le parlement de Normandie exilé à Caen revient à Rouen.

22 avril
L'Université de Paris se soumet en corps.

28 avril
Antoine Montbeton de Saint-Paul, petit gentilhomme désargenté devenu grâce à la Ligue gouverneur de Champagne et maréchal de France en 1593, est tué à Reims par Charles de Guise, qui souhaite recouvrer «sa» province pour négocier avec le roi en position de force.

mai
Chaumont, Rodez, Périgueux, Coucy, Montdidier, Roye, Montignac, Agen, Villeneuve, Marmande se soumettent au roi.

10 mai
Ordonnance somptuaire. Soucieux d'encourager la production de la soie, Henri IV se contente de proscrire les parures d'or et d'argent.

14 mai
Sans autorisation du roi, les protestants s'assemblent à Sainte-Foy, où ils réactivent et parfont leur organisation politique et militaire. La menace de dissidence protestante se précise.

22 mai
Naissance de César, duc de Vendôme, fils d'Henri IV et de Gabrielle d'Estrées, le premier bâtard de trois enfants.

25 mai-22 juillet
Henri IV assiège et enlève Laon; la chute de cette place forte entraîne la reddition des villes avoisinantes: Château-Thierry, Amiens, Beauvais, Noyon.

4 juin
Jacques Colas, gouverneur de La Fère (Aisne) depuis 1591, vend la place aux Espagnols contre le titre de comte de La Fère.

24 juin
Les Croquants sont défaits dans le Limousin par les troupes royales. En rupture avec les mœurs du temps, le roi, qui comprend les mobiles des insurgés, tente de les réduire aussi pacifiquement que possible.

8 juillet
Le duc d'Épernon est vaincu à Aix-en-Provence par le duc de Lesdiguières.

12 juillet
Début du procès des jésuites au Parlement; plaidant pour l'Université, l'avocat Antoine Arnauld, le père du Grand Arnauld, y prononce un réquisitoire enflammé contre la Société de Jésus. Mais pour Henri IV, ce n'est pas le moment d'ouvrir un nouveau front contre le pape: sous sa pression, l'arrêt de la cour, en date du 6 septembre, ne prononce pas le bannissement demandé par Arnauld. L'attentat de Jean Chastel, le 27 décembre, changera les données du problème.

30 juillet
Mort de Charles, troisième fils de Louis de Bourbon, premier prince de Condé, et d'Éléonore de Roye. Il avait succédé à son oncle, le «roi de la Ligue», dans la dignité de cardinal.

12 août
Le roi signe un traité avec Jean de Monluc de Balagny, gouverneur d'Amiens, pour reprendre la ville, contre l'octroi du titre de maréchal de France.

18 août
Entrée du roi à Amiens.

1er septembre
Henri IV supprime le bail des cinq grosses fermes constitué en 1585 et confie la perception des impôts indirects à des officiers.

septembre
Entrées solennelles du roi à Lyon (4 septembre) et à Paris (15 septembre).

fin septembre
À la mort du secrétaire d'État Louis de Révol, Nicolas de Villeroy reprend la charge qu'il occupait sous les deux règnes précédents.

octobre
Jean de Vivonne, marquis de Pisany, et le maréchal de Matignon tentent de mettre fin à l'insurrection des Croquants; mais l'agitation se poursuit.
Les Espagnols assiègent Cambrai et Amiens.

18 octobre
Prise de Noyon, Morlaix, Saint-Quentin par les troupes royales; Mézières est remise au roi contre une somme importante.

16 novembre
Par le traité de Saint-Germain, la paix est signée avec Charles III duc de Lorraine, qui restitue Toul et Verdun pour 900 000 écus. François, comte de Vaudémont, troisième fils du duc, est nommé gouverneur des deux places.
Les Lorraine « français » se rallient également. Après Charles, duc d'Elbeuf, gouverneur de Poitiers, c'est le tour de Charles de Guise, fils du Balafré (29 novembre), qui livre au roi la Champagne. Pour prix de son ralliement, Guise reçoit le gouvernement de Provence, ainsi que la coquette somme de 4 millions de livres. La paix coûte cher, mais, comme Henri IV l'explique à ses argentiers affolés, la guerre coûterait bien davantage.
Parmi les Lorraine, résistent encore Mayenne en Bourgogne (mais sans Mâcon, Avallon et Auxerre, qui se sont rendues à Henri IV le 6 avril), Aumale en Picardie, et Mercœur en Bretagne, avec qui les négociations entamées fin février piétinent, et qui signe même avec l'Espagne un nouveau traité le 20 novembre.

25 novembre
Le surintendant des finances François d'O décédé, Henri IV ressuscite le Conseil des finances, organe collectif placé sous la présidence d'un haut personnage, en l'occurrence le duc de Nevers Louis de Gonzague.

décembre
Henri IV annonce son intention aux états d'Artois et de Hainaut de déclarer la guerre à l'Espagne.

17 décembre
Le maréchal d'Aumont prend d'assaut le fort de Crozon, qui domine Brest.

27-29 décembre
À l'hôtel du Bouchage où loge Gabrielle d'Estrées, rue Saint-Honoré, Jean Chastel tente de poignarder le roi. Henri IV, blessé à la bouche, perd une dent. Fils d'un drapier de la Cité, Chastel, étudiant en droit, est passé par le Collège jésuite de Clermont. De fait, les enquêteurs y trouvent des écrits compromettants. Le 29 décembre, Chastel est condamné à mort et immédiatement écartelé en place de Grève. Le même jour, un arrêt du Parlement, dont l'hostilité à la Compagnie de Jésus est bien connue, bannit les jésuites de France.

autres événements
• *Le Banquet et apresdinée du conte d'Arète, où il se traicte de la dissimulation du Roy de Navarre, et des mœurs de ses partisans*, à Paris, pour Guillaume Bichon, ruë S. Jacques, au Bichot. Pamphlet attribué à Louis Dorléans.
• Guillaume Du Vair: *Traité de la constance et des consolations*, ouvrage d'inspiration stoïcienne.
• Sébastien Garnier: *La Henriade.*
• Étienne Pasquier: *Histoire prodigieuse d'un détestable parricide en la personne du Roy, par Pierre Barrière.* Le régicide ayant soutenu à l'enquête qu'il avait été poussé au crime par le recteur du Collège des jésuites, Pasquier s'en prend violemment à la Compagnie de Jésus.
• Pierre Pithou: *Les Libertés de l'Église gallicane.*
• Un artiste non identifié peint *Gabrielle d'Estrées et une de ses sœurs au bain* (Louvre).

1595

janvier
Des commissaires, dont Renaud de Beaune, Achille de Harlay, René Benoist et Jacques-Auguste de Thou, sont chargés de la réforme de l'Université. Il faudra plus de cinq ans pour aboutir à un texte législatif.

5-10 janvier
L'affaire des jésuites, suite. Le 5 janvier, la sentence d'expulsion est ratifiée par le roi. Le 7, Jean Guéret, l'ancien maître de philosophie du régicide au Collège jésuite de Clermont, est banni à perpétuité. Le 8, ses collègues prennent le chemin de l'exil. Le 10, Jean Guignard, le bibliothécaire du Collège chez qui on a trouvé des écrits violemment hostiles à Henri IV, est pendu, en même temps qu'un prêtre de Saint-Nicolas-des-Champs qui s'est vanté de renouveler l'exploit de Jacques Clément.

17 janvier
Henri IV déclare la guerre à l'Espagne, excellent moyen de hâter la réconciliation nationale.
Le rétablissement de l'édit de Poitiers du 17 septembre 1577 en faveur des protestants est enregistré au Parlement.

6 février
Une ambassade solennelle de Venise est reçue par le roi. La Sérénissime République a été le premier État à reconnaître Henri IV, dès son avènement au trône.
La ville de Beaune se soulève contre le duc de Mayenne.

22 février
Assemblée réformée à Saumur; les députés demandent l'admission des religionnaires à tous les emplois, des chambres mi-parties dans les parlements et la conservation des places de sûreté. Le roi fait une réponse dilatoire.

mars
Les troupes royales attaquent les Espagnols en Franche-Comté; Henri d'Orléans duc de Longueville tué, son frère François, comte de Saint-Pol, reprend son gouvernement de Picardie.

2 mars
Arrêt du Parlement contre les assassins de Brisson, Larcher et Tardif, les magistrats pendus le 15 novembre 1591; arrêt de principe et exécutions en effigie, puisque les auteurs de la «penderie» sont soit morts, soit en fuite.

12 mars
À Nancy, Charles III de Lorraine ratifie la paix avec la France signée à Saint-Germain le 16 novembre 1594.
Des lettres patentes suspendent l'exportation des grains à cause de la guerre.

16 mars
Une déclaration royale interdit la contrainte par corps des propriétaires défaillants et la saisie des bêtes de trait et du bétail, premier train de mesures d'une longue série, destinées à relancer la production agricole.

19 mars
Le maréchal de Biron prend la ville de Beaune.

23 avril
Vienne se soumet au roi.

2 mai
Ferdinand de Velasco, connétable de Castille, prend Vesoul.

15, 22, 28 mai
Biron prend successivement Autun, Nuits-Saint-Georges et Dijon.

5 juin
Un coup d'audace du roi lui vaut la victoire de Fontaine-Française (Côte-d'Or) sur les forces bien supérieures de Mayenne et du connétable de Castille, après quoi les forces françaises pénètrent en Franche-Comté. Militairement peu significative, la victoire de Fontaine-Française a un immense retentissement.

10-25 juin
Les Espagnols prennent Le Catelet, ravagent la Picardie et mettent le siège devant Doullens, qui tombera le 31 juillet; Villars est tué.

14 juin
Soumission de Jean de Saulx-Tavannes.

20 juin
Le maréchal Charles d'Humières, marquis d'Ancre, lieutenant du roi en Picardie, est tué lors de la prise de Ham, sur la Somme.

août
Le maréchal Jean d'Aumont prend Moncontour, mais meurt peu après des suites d'une blessure reçue au siège d'une place forte près de Laval.
Les Espagnols du cardinal Albert d'Autriche, frère de l'archiduc Ernest, assiègent Cambrai, excédée par le comportement de Jean de Monluc, sieur de Balagny, gouverneur de la ville au nom d'Henri IV. Ligueur, Balagny a rallié le roi en 1593. Celui-ci, bon prince, lui a permis de conserver Cambrai et l'a fait maréchal de France l'année suivante.

13 août
Charles-Emmanuel, duc de Nemours, meurt en Savoie; le titre est repris par son frère Henri de Saint-Sorlin, qui fera la paix avec le roi.
Philibert de La Guiche, sieur de Chaumont, remet sa charge de grand maître de l'artillerie à Saint-Luc et est nommé gouverneur de Lyon.

30 août
Travaillé au corps par les émissaires du roi, Jacques Davy du Perron et Arnauld d'Ossat, auxquels se joint le cardinal François de Joyeuse qui vient de quitter la Ligue, Clément VIII finit par accorder

l'absolution au roi. La cérémonie aura lieu le 17 septembre sur la place Saint-Pierre, les ambassadeurs d'Henri IV recevant à la place de leur roi, à genoux, les coups de baguette symboliques du souverain pontife.

septembre
Henri de Bourdeille, sénéchal et gouverneur du Périgord, enlève Condat-sur-Vézère et obtient la soumission des chefs Croquants. Le mouvement se poursuit, sporadique, au cours des deux années suivantes.

4 septembre
Entrée solennelle d'Henri IV à Lyon.
Carcassonne et Narbonne se soumettent, ainsi que l'Anjou et le Maine.

22 septembre
Le roi retire au duc d'Épernon le gouvernement de Provence et le confie au duc Charles de Guise.

23 septembre
Mayenne obtient une trêve pour négocier sa soumission.

7 octobre
Chute de Cambrai.

novembre
Début du siège de La Fère.
Soumission de Mayenne. Par le traité de Folembray, le « gros duc » doit restituer la Bourgogne, mais il se fait donner le gouvernement de l'Île-de-France, trois places de sûreté pour six ans (Seurre, Châlons et Soissons) et 3,5 millions de livres pour payer ses dettes.

9 novembre
Abjuration de Pierre Palma-Cayet. La défection de ce pasteur, ancien précepteur d'Henri de Navarre, puis ministre de la sœur de celui-ci, Catherine, est un coup dur pour les huguenots, d'autant que Palma-Cayet, qui finira prêtre et protonotaire apostolique, se mue en ardent propagandiste de sa nouvelle religion. Lecteur royal de langues orientales et chronographe du roi, il laissera derrière lui une œuvre historique considérable.

10 novembre
Épernon, privé de son gouvernement de Provence, traite avec l'Espagne. Un arrêt du parlement d'Aix-en-Provence le condamne pour crime de lèse-majesté.

8 décembre
Conformément à l'une des conditions posées par le pape à l'absolution du roi, le petit Henri II de Bourbon, troisième prince de Condé et premier prince du sang, arrive à Saint-Germain avec sa mère Charlotte de La Trémoïlle pour être élevé dans la religion catholique.

26 décembre
À l'initiative de la reine Louise, veuve d'Henri III, des conférences avec le duc de Mercœur aboutissent à une trêve de quatre mois, qui sera prolongée jusqu'au 1er janvier 1597.

31 décembre
Des lettres patentes accordent à Marguerite le titre de reine et de duchesse de Valois. Elle revendique en outre les biens de sa mère Catherine de Médicis, dont l'héritier désigné est Charles de Valois-Angoulême, fils naturel de Charles IX. Marguerite reprendra son héritage, au grand dépit de Charles, et elle le cédera au dauphin Louis, futur Louis XIII.

autres événements
• François de Sales (1567-1622) : *Controverses*, recueil de textes écrits pour la conversion des protestants.
• François de L'Alouette : *Des affaires d'État, des finances du prince et de sa noblesse.*
• Charles Loyseau : *Traité de la garantie des rentes.*

1596

janvier
Après Mayenne en novembre précédent, c'est le tour d'Henri de Nemours, puis, le 22 janvier, d'Henri de Joyeuse de faire la paix avec Henri IV, toujours à Folembray. Joyeuse, plus connu sous le nom de frère Ange – très dévot, il est entré chez les capucins en 1587 et n'a repris l'épée que pour remplacer son frère Antoine-Scipion tué au combat le 19 octobre 1592 – ne s'en fait pas moins donner les titres de maréchal de France et de lieutenant général en Haut-Languedoc, ainsi qu'une grosse somme d'argent, avant de revêtir la bure de moine capucin.

février
Un édit supprime les offices d'intendant et de contrôleur général des finances créés en janvier 1594.
La peste ravage l'Île-de-France et la Picardie.
Le grand-duc de Toscane Ferdinand Ier prête des sommes importantes à Henri IV.

17 février
Un capitaine corse de la milice bourgeoise, Pierre de Libertat, tue Charles de Casaulx et libère Marseille de la domination ligueuse et espagnole. Avec la soumission de Marseille au roi, prend fin une période de cinq ans, durant laquelle la cité phocéenne a vécu en république autonome sous la dictature d'un tribun populaire, dont le discours et la politique ont mêlé étroitement religion et préoccupations sociales.

24 février
Charles de Guise vainc Épernon à Vidauban; la Provence est acquise au roi.
Épernon, abandonné de tous, fait sa soumission; son prix: le gouvernement du Limousin et 100 000 écus.

mars
Soumission du Languedoc: les états de la province reconnaissent Henri IV le 13 mars, la ville de Toulouse le 18.
La douane de Lyon est adjugée à un prête-nom de Jérôme de Gondi, financier d'origine florentine et cousin d'Albert de Gondi, maréchal duc de Retz.

25 mars
Gabrielle d'Estrées acquiert le château de Montceaux, qui fait partie de la succession de Catherine de Médicis.

1er avril-18 octobre
L'assemblée réformée de Loudun. Les députés exigent derechef le libre exercice de leur religion et des chambres mi-parties, et décident la saisie de deniers royaux pour le financement des garnisons protestantes. Désormais, les assemblées se succéderont presque sans discontinuer. Le mécontentement des religionnaires menace de se muer en révolte ouverte.

9-24 avril
Albert d'Autriche assiège et prend Calais, la ville (17 avril), puis la citadelle (24 avril). Élisabeth Ire, qui ne s'est jamais résignée à la perte de la dernière possession anglaise sur le continent, se met à espérer; mais Henri IV, qui envoie Turenne et Nicolas Harlay de Sancy la presser de lui envoyer des renforts (25 avril), ne l'entend pas de cette oreille. Finalement, la reine, qui ne se soucie pas d'avoir les Espagnols à sa porte, cède.

6 mai
Mort de Catherine-Marie de Lorraine, duchesse de Montpensier, fille de François de Guise, sœur du Balafré et de Mayenne et veuve de Louis de Bourbon, duc de Montpensier. Cette bouillante princesse, dont la haine à l'égard d'Henri III était proverbiale, a été l'âme de la Ligue radicale et la sainte patronne des Seize, qui ont pris pour un de leurs symboles son écharpe verte. Politicienne brouillonne et excitée, la « boiteuse », comme l'appelait gentiment le roi, s'est vantée d'avoir été l'instigatrice du couteau de Jacques Clément. Comme souvent, Pierre de L'Estoile a trouvé une image frappante pour décrire la fin de la duchesse, morte à Paris une nuit de tempête, « d'un grand flux de sang qui lui coulait de tous les endroits de son corps: qui était une mort fort rapportante à sa vie... ».

22 mai
Reddition de La Fère; Annibal d'Estrées, frère de la favorite, est nommé gouverneur.

23 mai
Reddition d'Ardres.

24 mai
Alliance de l'Angleterre et de la France, à laquelle se joindront bientôt les Provinces-Unies. Le pacte sera formalisé le 29 août par le traité de Greenwich.

22 juin
Une flotte anglo-hollandaise pille Cadix et détruit la flotte espagnole qui s'y trouve; c'est un coup terrible pour Philippe II d'Espagne, acculé à la banqueroute.

juillet
Rosny, futur Sully, entre au Conseil des finances. C'est le véritable coup d'envoi d'une carrière qui le mettra au rang des grands ministres de l'Ancien Régime.

Sully

Né d'une famille de bonne noblesse, Maximilien de Béthune (1559-1641), sieur de Rosny, est le fils d'un gentilhomme protestant soucieux de l'éducation de son fils. Le jeune Maximilien échappe par miracle à la Saint-Barthélemy, puis s'attache au Béarnais, qu'il ne quittera plus, si ce n'est pour une brève période où il suit François d'Anjou dans sa malheureuse aventure aux Pays-Bas, au début des années 1580. Homme de guerre, il participe aux combats de la dernière guerre de Religion. Mais c'est avant tout un diplomate, admirable connaisseur des arcanes politiques de son temps. Conseiller d'État après l'avènement de son maître et ami, il est de ceux qui acceptent sans murmurer l'abjuration de celui-ci. Il ne réussit pas à succéder à François d'O dans la charge de surintendant des finances, d'ailleurs supprimée, pas plus qu'à entrer au Conseil qui s'y substitue, mais, enfin admis à ce Conseil deux ans plus tard, il pourra donner sa pleine mesure d'homme d'État. La mort de Gabrielle d'Estrées le 10 avril 1599 le libère du dernier obstacle à une carrière désormais fulgurante.

Grand voyer, superintendant des fortifications, surintendant des bâtiments royaux, il a la haute main sur les grands travaux du règne. Gentilhomme d'épée, il garde un pied dans la carrière militaire : il est grand maître de l'artillerie, charge qu'il achète à Antoine d'Estrées, père de Gabrielle, après la mort de celle-ci, puis capitaine de la Bastille, gouverneur du Poitou enfin. Mais il est surtout le grand argentier du roi, le surintendant tout-puissant (il semble que le titre ait été rétabli pour lui en 1599), responsable de la mise en ordre des finances royales rendues exsangues par un demi-siècle de guerres civiles. Henri IV a su lui montrer sa reconnaissance : la baronnie de Rosny est érigée en marquisat en 1601, il devient baron de Sully l'année suivante, duc et pair enfin, en février 1606. Lui-même ne s'est pas oublié : prodigieusement riche, l'hôtel de Sully, rue Saint-Antoine, et le château du même nom dans le val de Loire illustrent son opulence ; le monument littéraire qu'il érige à son ami et à lui-même après sa retraite forcée consécutive à l'assassinat du roi – les Sages et royales œconomies d'Estat de Henry le Grand *(1638), dialogue imaginaire entre l'auteur et son secrétaire – témoigne de son génie, mais aussi de sa vanité. Né sous Henri II, Sully s'éteindra sous Louis XIII, quatre-vingt-deux ans et six rois plus tard, en décembre 1641, dans son château de Villebon, près de Chartres.*

21 juillet
Le cardinal Alexandre de Médicis, légat de Clément VIII, arrive à Paris. Sa mission principale : servir de médiateur entre la France et l'Espagne.

25 juillet
Des lettres royales convoquent une assemblée des notables à Compiègne.

septembre
Le maréchal de Cossé-Brissac est nommé au gouvernement de Bretagne.
Biron mène une campagne victorieuse en Artois.

16 octobre
Le roi fait son entrée à Rouen.

21 octobre
Traité d'alliance avec les États de Hollande.

4 novembre
L'assemblée des notables s'ouvre finalement à Rouen. Pomponne de Bellièvre présente un projet d'assainissement des finances établi par le Conseil : apurement des dettes, diminution des dépenses royales, accroissement des revenus des impôts indirects et directs pour la suppression d'exemptions. Rosny, futur Sully, propose de taxer les actes, les mines et les produits exportés. Les notables acceptent une taxe d'un sol par livre, dénommée « pancarte », à lever sur les marchandises à l'entrée des villes, ainsi que le report d'une année du paiement des gages des officiers. Enfin, un emprunt est consenti par les parlementaires et les bourgeois de Paris.
C'est devant cette assemblée des notables que Barthélemy de Laffemas présente son fameux *Reiglement général pour dresser les manufactures en ce royaume*, qui sera publié l'année suivante.

23 novembre
Nouvelle assemblée réformée, à Vendôme.

décembre
De retour à Paris, Henri IV se sert à son tour dans les rentes de l'Hôtel de Ville.
Schomberg, de Thou et Duplessis-Mornay discutent avec un émissaire du duc de Mercœur à Chenonceaux, chez la reine douairière Louise.

autres événements
• L'archiduc Albert de Habsbourg, fils de Maximilien II, est nommé gouverneur des Pays-Bas espagnols.
• David Rivault de Fleurance : *Les Estats esquels il est discouru du Prince, du Noble et du Tiers Estat.*

1597

janvier
Édit sur l'administration de la justice.

12 janvier
Des lettres patentes prévoient une augmentation de 15 sols par minot de sel dans tous les greniers pendant un an.

26 janvier
Ouverte le 4 novembre 1596, l'assemblée des notables est clôturée.

février
Suspension d'armes avec Mercœur, seul grand chef ligueur encore en lice.
Une ambassade est envoyée auprès des princes protestants allemands pour les presser de se joindre à l'alliance anti-espagnole.

24 février
Déclaration royale enjoignant aux gouverneurs de courir sus aux gens de guerre en rupture de ban qui terrorisent les paysans.

mars
L'avocat Antoine Charpentier, ex-Seize, et son neveu Des Loges sont roués en place de Grève pour intelligence avec l'Espagne.
Édit de la « pancarte » sur les taxes consentie le 4 novembre 1596.
Un édit crée des relais de postes sur les grands chemins, canaux et rivières, avec des maîtres de postes et des chevaux marqués, sous la protection de la gendarmerie.

11 mars-25 septembre
L'épreuve d'Amiens. Le 11 mars, c'est la « surprise d'Amiens » : déguisés en paysans, les Espagnols s'emparent de la ville picarde, qui, soucieuse de son indépendance, a refusé de recevoir une garnison royale. La chute d'Amiens, place stratégique sur la route de Paris, prend valeur de test de la capacité d'Henri IV à tenir tête aux Espagnols ; aussi le roi y investit-il des efforts considérables, et paie-t-il de sa personne. Pendant les mois d'avril et mai, il bat le rappel de ses gentilshommes, collecte de l'argent auprès des financiers, rudoie le Parlement rétif à enregistrer un train d'édits bursaux destinés à lui procurer les ressources nécessaires, et met en place une formidable armée de siège. En juin, l'armée est en place, avec Henri IV lui-même, Biron et Mayenne, mais sans Turenne ni La Trémoïlle, qui entendent manifester ainsi, au plus mauvais moment possible pour le roi, la mauvaise humeur des huguenots. Le 15 septembre, Albert d'Autriche arrive avec une forte armée pour secourir les assiégés, mais est repoussé à deux reprises et finit par abandonner la partie. Le 25, Henri IV fait son entrée dans Amiens libérée, où il reçoit la capitulation de la garnison espagnole. Le roi châtiera les habitants de leur légèreté en limitant sévèrement leurs libertés municipales et en faisant construire dans la ville une citadelle pourvue d'une garnison permanente.

avril
Une ordonnance renouvelle celle d'Henri III (décembre 1581) prévoyant la création de maîtrises dans tous les métiers qui n'en étaient pas encore pourvus. L'ordonnance se heurte à des résistances acharnées, les jurandes passant aux yeux de l'opinion pour responsables des prix élevés des produits finis. Les jurandes, ou « métiers jurés », sont des corps de métier fermés, où l'on n'accède qu'en payant des droits d'entrée et en « jurant » de respecter les règlements de la corporation. Les « métiers réglés », en revanche, sont ceux qui, en dépit de leur appellation, échappent au régime corporatif.

8 mai
Conformément à une recommandation de l'assemblée des notables, une chambre de justice est chargée d'enquêter sur les financiers, mais elle ne fonctionnera que pendant un mois. La transaction avec les financiers poursuivis permet tout de même de leur extorquer 3 600 000 livres.

21 mai
Sur une proposition de Pomponne de Bellièvre, des lettres patentes établissent un conseil particulier chargé de contrôler l'utilisation des revenus royaux. Le conseil est formé de membres des cours souveraines sous la présidence d'Albert de Gondi ; encore une initiative éphémère, puisque le conseil disparaîtra dès juillet.

juin
Un édit crée pour Rosny, futur Sully, la charge de grand voyer de France.

juin-juillet
Des édits créent des offices de comptables triennaux.

16 juin
Les protestants s'assemblent de nouveau à Châtellerault.

10 juillet
Gabrielle d'Estrées, qui a rejoint le roi en Picardie, est faite duchesse de Beaufort.

14 juillet
Gaspard de Schomberg rédige un projet de traité avec les protestants ; le duc de Bouillon et Claude de La Trémoïlle, duc de Thouars, refusent de le ratifier et de se rendre à la Cour.

17 septembre
Maximilien de Rosny, futur Sully, est gouverneur de Mantes.

30 septembre
Arrêt du parlement de Bretagne contre les partisans de l'Espagne et du duc de Mercœur.

octobre
Le roi demande une aide financière aux états de Bretagne.

3 octobre
L'armée royale est devant Arras, mais le cardinal Albert d'Autriche refuse le combat.

9-13 octobre
Doullens est investi par les forces royales ; mais le siège est abandonné peu après à cause de pluies torrentielles.

17 octobre
Nouvelle trêve avec Mercœur en Bretagne.

décembre
Une ordonnance révoque toutes les survivances d'offices.

22 décembre
À Paris, le pont des Meuniers ou pont au Change s'effondre avec ses maisons, causant la mort d'environ 300 personnes, noyées ou écrasées.

autres événements
• Fondation par Pierre Fourier de la congrégation de Notre-Dame pour l'instruction des filles pauvres.
• François de Sales : *L'Étendard de la Sainte Croix.*
• Barthélemy de Laffemas : *Reiglement général pour dresser les manufactures en ce royaume et couper le cours des draps de soie et autres marchandises qui perdent et ruinent l'État.* Né en 1545 en Dauphiné, tailleur et valet de chambre du roi de Navarre en 1565, puis fournisseur de l'argenterie royale, le huguenot Laffemas est l'un des premiers théoriciens français du protectionnisme économique et d'une politique de volontarisme industriel. Contrôleur général du commerce à partir de 1602, charge créée pour lui, il préside un Conseil du commerce qui est sans conteste l'une des institutions les plus originales du règne.
• Malherbe : *Victoire de la constance* (dédié à Henri IV).
• Pierre Poisson de La Bodinière : *Traité de la majesté royale en France.*

1598

janvier
Un édit abolit d'un coup toutes les lettres d'anoblissement accordées depuis vingt ans, rendant ainsi au rôle de la taille des dizaines de milliers de Français.
Le même mois, un autre édit remet les arriérés des tailles dus depuis le même laps de temps.

7 février
À Vervins, en Vermandois, Pomponne de Bellièvre et Brûlart de Sillery négocient avec les Espagnols ; épuisée par les défaites successives et la banqueroute financière, l'Espagne est mûre pour la paix

12 février
Cossé-Brissac entre dans Dinan.

22 février
Robert Cecil, secrétaire d'Élisabeth Ire, arrive à Paris pour tester l'humeur de l'allié français et négocier le règlement de la dette française.

7 mars-10 avril
Le roi est à Angers, où il est rejoint par Robert Cecil et les ambassadeurs des Provinces-Unies, Jean Van Oldenbarneveld et Justin de Nassau.

20 mars
Soumission du duc de Mercœur, dernier grand chef ligueur en lice. Par le traité d'Angers, Mercœur renonce à son gouvernement de Bretagne et s'engage à remettre au roi la ville et le château de Nantes, en échange du mariage de sa fille Françoise de Lorraine avec le propre bâtard du roi, César de Vendôme, qui deviendra gouverneur de la province. Outre une énorme somme d'argent pour lui et ceux de sa faction, le duc reçoit une compagnie d'hommes d'armes. Au total, la soumission des princes ligueurs aura coûté au Trésor royal quelque 10 millions d'écus, soit environ 30 millions de livres. C'est plus que le budget annuel de la Couronne, et bien plus que sa recette.

30 avril
L'édit de Nantes. Les pénibles négociations engagées en 1596 entre le roi et son Conseil d'une part, l'assemblée politique des réformés de l'autre, aboutissent enfin à un traité en bonne et due forme, signé par les quatre émissaires de l'assemblée siégeant à ce moment à Châtellerault.

L'Édit de Nantes

L'édit lui-même, signé par le roi et son secrétaire Pierre Forget de Fresnes et contresigné par les émissaires huguenots, comporte 82 articles généraux et 56 articles secrets intéressant soit l'ensemble des Églises, soit des personnes ou des villes particulières. Il y a en outre deux « brevets » concernant l'un l'argent que le roi s'engage à verser annuellement aux Églises réformées, l'autre les places de sûreté attribuées aux huguenots.

L'édit de Nantes se garde bien de proclamer l'égalité religieuse. La religion catholique est la religion dominante et officielle du royaume, la reconnaissance de l'autre, appelée Religion Prétendue Réformée, n'étant qu'un pis-aller imposé par les circonstances. Aussi bien, les réformés doivent payer la dîme à l'Église catholique et respecter ses fêtes chômées.

Ce que les huguenots obtiennent, c'est la tolérance religieuse, autrement dit la liberté de conscience pleine et entière, et une liberté de culte soigneusement délimitée : chez les seigneurs hauts justiciers ; là où le culte se pratiquait jusqu'en août 1597 (cultes dits de « possession ») ; enfin, dans les faubourgs de deux villes par bailliage (cultes de « concession »). Comme toujours, Paris, ainsi que les lieux de résidence du roi et de sa Cour, sont exclus.

Ce que les huguenots obtiennent aussi, ce sont les moyens de préserver leurs droits : l'égalité civile, c'est-à-dire l'accessibilité aux charges et dignités ; des chambres de justice spéciales censées les soustraire à l'arbitraire des magistrats catholiques (chambres mi-parties dans certains parlements de province, chambres de l'Édit dans d'autres, ainsi qu'au Parlement de Paris) ; et, surtout, des places de sûreté en nombre bien plus considérable que jamais auparavant, puisqu'il s'agit d'environ 150 villes, bourgs et châteaux, concédés par le roi et, dans la plupart des cas, entretenus (en principe) par lui.

Traditionnel dans la forme et même dans le fond, puisque ce n'est que le dernier d'une longue série d'édits qui ont jalonné les guerres de Religion, par ailleurs en retrait par rapport à l'« édit de janvier » 1562 (promulgué, il est vrai, avant le début de la guerre), l'édit de Nantes n'en est pas moins une grande innovation française et européenne : en effet, grâce à la lassitude des populations et à un pouvoir qui sait ce qu'il veut et entend se faire obéir, il instaure, pour la première fois dans le cadre d'une « monarchie nouvelle », un régime de coexistence religieuse durable. Ce régime, on le sait, n'aura qu'un temps. Mais ce temps sera assez long pour avoir marqué les esprits. À ce titre, l'édit de Nantes clôt le chapitre des guerres de Religion et ouvre celui de la tolérance religieuse – une tolérance religieuse pas encore acquise, mais enfin concevable.

2 mai

La paix de Vervins. À peu de chose près, c'est une réédition de la paix du Cateau-Cambrésis conclue par Henri II le 3 avril 1559. L'Espagne rétrocède les villes dont elle s'est emparée en Bretagne (Blavet) et dans le Nord (Ardres, Doullens, Le Catelet, Calais surtout), et ne conserve que Cambrai. Le duc Charles-Emmanuel de Savoie, battu à plate couture par Lesdiguières en Provence, est intégré dans l'accord de paix ; le sort du marquisat de Saluces, seule possession française qu'il garde encore, mais au-delà des Alpes, est confié à l'arbitrage pontifical. Les alliés d'Henri IV, l'Angleterre et les Provinces-Unies, courtoisement informés des négociations, n'ont pas été associés au traité.

On a pu ramasser la signification de la paix de Vervins en dix mots : « La monarchie universelle a vécu. Le siècle est achevé » (Jean-Pierre Babelon).

9 mai

Le roi fait son entrée à Rennes.

23 mai-20 octobre

Une assemblée du clergé se tient à Paris.

juin

Nouvelle ordonnance sur la révocation des survivances d'offices. La vénalité des offices, réalité incontournable encore que dépourvue d'existence légale, ne sera véritablement légalisée qu'avec l'institution de la « paulette » en 1604.

23 juin

À Paris, en cette « veille de la S. Jean, le roi mit, de sa main, le feu au Feu de la S. Jean, qui fut fait devant l'Hôtel de Ville en Grève, où on brûla la guerre [en effigie], les tambours, les trompettes, les lances, les épées et tous les instruments » (Pierre de L'Estoile).

juillet

Philippe Duplessis-Mornay publie à La Rochelle *De l'institution, usage et doctrine du Saint Sacrement*, ouvrage théologique où le « pape des huguenots » s'en prend à la présence réelle. Ce sera l'occasion d'une joute célèbre entre lui et Jacques Davy Du Perron, évêque d'Évreux et ancien huguenot lui-même.

4 août
Ordonnance de Montceaux sur la réglementation du port d'armes.

18 août
Nouvel arrêt contre les jésuites par le Parlement de Paris.

13 septembre
Mort à l'Escorial de Philippe II d'Espagne.

20 septembre
L'archevêque de Toulouse, à la tête d'une députation du clergé, adresse des remontrances au roi au sujet d'abus dans l'attribution des bénéfices.

23 septembre
Arrêt du parlement de Toulouse en faveur des jésuites, prenant le contre-pied de celui du 20 septembre.

29 septembre
Jean de Boissise, ambassadeur en Angleterre, négocie pour obtenir la fin de la guerre de course à laquelle se livrent les Anglais contre les bâtiments français.

15 novembre
L'archiduc Albert de Habsbourg, l'ancien cardinal-soldat, et Isabelle, infante d'Espagne, sont mariés par procuration à Ferrare. Le mariage officiel aura lieu le 18 avril suivant. Ils gouverneront ensemble les Pays-Bas espagnols.

3 décembre
Des lettres patentes adjugent le bail général des gabelles au financier Claude Josse à compter du 1er octobre 1699.
La production agricole étant suffisamment rétablie, le Conseil autorise l'exportation des grains.

autres événements
• Barthélemy de Laffemas : *Les Trésors et richesses pour mettre l'Estat en splendeur et monster au vray la ruyne des François par le traffic et négoce des estrangers.*
• Malherbe : *Consolation à monsieur du Perier.*

MALHERBE, LE LÉGISLATEUR DES LETTRES

Né à Caen, fils d'un magistrat protestant local, François de Malherbe (vers 1555-1628) fait de solides études à Bâle et à Heidelberg. Revenu en France, il entre au service du Bâtard d'Angoulême, grand prieur de France et, en 1579, gouverneur de Provence, dont il devient premier secrétaire. Sans doute inquiété par les ligueurs, puissants dans le Midi provençal, il quitte Angoulême à temps, juste avant que son maître périsse dans un duel, et monte à Paris. Il se signale à l'attention d'Henri III avec un poème baroque, les Larmes de saint Pierre, *sans grand succès. Des années difficiles commencent alors pour lui, qu'il passe pour l'essentiel à Caen. Il écrit, peu, des textes d'inspiration stoïcienne, et fréquente les érudits locaux. La fin des troubles religieux marque le véritable envol de sa carrière. Le voici enfin poète de cour, généreusement pensionné par Henri IV et écrivant pour lui des œuvres de circonstance. À partir de maintenant et jusqu'à sa mort, sous Henri IV d'abord, sous Louis XIII ensuite, il se fait le serviteur zélé de l'ordre nouveau.*
L'ordre nouveau, c'est le deuxième absolutisme, forgé par Henri IV et perfectionné par Richelieu. Ce qui unit le monarque et son poète est la même passion de l'ordre et de la discipline. Contre l'inspiration anarchique des poètes de la Pléiade, leur langue relâchée, leur style ampoulé, Malherbe prône désormais, à l'instar de son ami Guillaume Du Vair, auteur d'un Traité de l'éloquence française *de même inspiration (1595), la* gravitas *stoïcienne (il traduit d'ailleurs Sénèque). À cette éthique sied un style élevé, une rigueur nouvelle dans l'expression, une langue aussi précise et épurée que possible. C'est la facture de la fameuse* Consolation à monsieur du Perier, *véritable manifeste d'un classicisme en herbe, de l'*Ode de bienvenue à Marie de Médicis *(1600), des* Stances sur la mort de Henri le Grand *(1610).*
Était-il nécessaire, ce coup de balai ? Inévitable du moins. Après tout, l'art relève toujours d'amples mouvements de réaction aux modes et aux styles dominants, et la réaction classique était sans doute inscrite dans la logique de la restauration monarchique. Mieux, à moins de tenir pour négligeable l'immense production littéraire du siècle de Louis XIV, il faut bien reconnaître qu'elle procède tout entière de Malherbe et de ses disciples, bientôt pourvus d'un organisme d'État, l'Académie française. Mais en même temps, l'alliance, si particulièrement française, entre l'État et le goût, aura corseté langue et expression littéraire dans un ensemble de règles souvent étouffant. Après Malherbe, Rabelais n'eût pas été possible. Et qui sait si, sans Malherbe, Racine n'aurait pu devenir Shakespeare ?

1599

31 janvier
Catherine de Bourbon, sœur d'Henri IV, épouse Henri de Lorraine, duc de Bar, fils de Charles III de Lorraine et de Claude de Valois. Une double dispense papale est nécessaire, pour différence de religion (Catherine est huguenote) et pour consanguinité. Mais le pape est réticent et Henri IV, pressé de marier sa turbulente sœur, a décidé de s'en passer.

février
Henri IV a d'ailleurs lui-même des soucis conjugaux, puisqu'il brûle de se débarrasser de Marguerite de Valois pour épouser Gabrielle d'Estrées (on songe à Henry VIII d'Angleterre, sur un mode moins sanglant), et il dépêche à Rome un membre de son Conseil des affaires, Nicolas Brûlart de Sillery, pour négocier son divorce (il y sera fin juillet). La reine Margot ne demande d'ailleurs pas mieux, à condition toutefois qu'elle ne soit pas remplacée par Gabrielle, jugée indigne de devenir reine de France. L'opinion est très hostile à la favorite, encore plus à ses épousailles avec le roi, qui le sait. L'autre candidate, de raison celle-là, est Marie, la fille de François Ier de Médicis, grand-duc de Toscane, et de l'archiduchesse Jeanne d'Autriche. Comme on le sait, la raison l'emportera, d'autant que la mort de la favorite simplifiera singulièrement le choix du prétendant.

25 février
Le Parlement de Paris enregistre, contraint et forcé, l'édit de Nantes du 30 avril 1598. Une véritable fronde parlementaire a précédé l'enregistrement, et il a fallu toute la force de persuasion du roi pour l'obtenir. Un exemple fameux : le discours d'Henri IV au Louvre, le 7 février précédent, devant la députation du Parlement venue lui présenter les doléances de la cour de justice concernant l'édit. Le roi se livre à un dosage savant de cajoleries et d'arguments rationnels, puis : « Je suis roi maintenant, et parle en roi. Je veux être obéi. À la vérité, les gens de justice sont mon bras droit, mais si la gangrène se met au bras droit, il faut que le gauche le coupe... » Les magistrats s'inclinent donc, non sans avoir écorné les dispositions favorables aux religionnaires. En province, les parlements de Rennes et de Rouen ne baisseront pavillon que plus tard. Les parlements ne sont d'ailleurs pas les seuls à faire de la résistance. Côté catholique, des manifestations sporadiques ont lieu à Paris et dans les villes de province ; côté protestant, les assemblées multiplient remontrances et protestations. Mais dans l'ensemble, l'édit est appliqué.

3 mars
Arnaud d'Ossat est nommé cardinal, ainsi que François d'Escoubeau de Sourdis, cousin germain de Gabrielle d'Estrées.

avril
Édit de Fontainebleau sur l'assèchement des marais destiné à assainir les terres et développer l'agriculture.

3 avril
Supplice du jacobin Ridicoux, autre candidat au régicide.

10 avril
Mort en couches de Gabrielle d'Estrées, maîtresse d'Henri IV, bientôt remplacée par Henriette d'Entragues, fille de François de Balzac, seigneur d'Entragues, et de Marie Touchet, l'ancienne maîtresse de Charles IX. Elle est donc la demi-sœur de Charles, bâtard de Valois.

15 avril
L'édit de Fontainebleau rétablit le culte catholique en Béarn.

avril-mai
Les premiers états réunifiés de Languedoc sont réunis à Pézenas.

30 juillet
Le chancelier Philippe Hurault de Cheverny meurt ; il est remplacé par Pomponne de Bellièvre. En ce milieu de règne, les hommes forts du gouvernement sont Pomponne de Bellièvre (mais c'est déjà un homme âgé), Nicolas de Neufville de Villeroy, qui a la haute main sur la diplomatie, Pierre Jeannin, un magistrat mayenniste passé au service du roi, Brûlart de Sillery, et, bien sûr, Rosny, le futur duc de Sully.

11 août
Henriette d'Entragues devient marquise de Verneuil.

13 septembre
Charles-Emmanuel Ier de Savoie est reçu par Henri IV à Fontainebleau. Le duc est venu discuter de la question de Saluces, laissée en suspens à la paix de Vervins (2 mai 1598). Les négociations traînent pendant des mois, sans résultat. Le duc tente en effet d'échapper à l'alternative qu'on lui

présente – le marquisat litigieux ou ses possessions en deçà des Alpes, la Bresse, le Bugey, le Valromey et le pays de Gex – et multiplie les tentatives de corrompre l'entourage du roi, notamment le maréchal de Biron. Il y faudra la pression militaire.

septembre-décembre

L'annulation d'un mariage royal, la préparation d'un autre. Le 24 septembre, un bref du pape crée une commission d'enquête à Rome, comprenant le cardinal François de Joyeuse, un archevêque et un évêque, pour examiner la demande de dissolution du mariage d'Henri IV avec Marguerite de Valois; à l'évêché de Paris, chez Pierre de Gondi, une seconde commission recueille preuves et témoignages. L'annulation du mariage aboutit enfin le 24 octobre (bulle d'annulation du pape) et le 17 décembre (sentence de la commission pontificale). Marguerite a imposé ses conditions: la confirmation de ses titres de reine et de duchesse de Valois, ainsi qu'une pension confortable.
La voie semble nette pour une conclusion rapide du mariage florentin avec Marie de Médicis. Outre les avantages politiques et diplomatiques que cette union avec une Médicis procurerait à la France, c'est aussi une grosse affaire d'argent, Henri IV étant redevable au grand-duc de Toscane François Ier de Médicis de plus d'un million d'écus-or. On finira par transiger pour 600000 écus, plus les frais, considérables, du voyage de Florence à Paris. Quant au grand-duc, c'est, outre le prestige de cette union avec la maison de France, la garantie d'un rempart contre la présence espagnole dans la péninsule.
Henriette d'Entragues complique quelque peu ces calculs des chancelleries, puisque le roi, très épris, lui promet également le mariage (octobre). Promesse de roi...

autres événements

• Duplessis-Mornay fonde l'académie protestante de Saumur, ville dont il est le gouverneur. L'académie réunit des érudits, théologiens et controversistes, et attire des disciples de France et d'Europe.
• L'ouvrage de Giovanni Botero, *Della ragione di Stato* (1589), est publié en français dans la traduction de Gabriel Chappuys sous le titre: *Raison et gouvernement d'État*. Si Botero a contribué à populariser l'expression, il ne l'a pas inventée, pas plus, bien entendu, que la réalité qu'elle exprimait.
• Juan Mariana: *De rege et regis institutione*. Le jésuite espagnol défend dans son traité une conception de l'État proche des monarchomaques – la République est le bien de tous, le prince n'en est que le serviteur – et justifie le tyrannicide. La Société de Jésus, qui a assez d'ennuis comme cela, s'empresse de désavouer l'ouvrage, qui sera condamné par la Sorbonne et brûlé sur ordre du Parlement de Paris en 1610, après l'assassinat d'Henri IV, dont il semble une justification par avance. N'a-t-il pas, en effet, exalté, au chapitre consacré au tyrannicide, le geste de Jacques Clément?
• Olivier de Serres: *La Cueillette de la soye par la nourriture des vers qui la font*. Henri IV a fait venir à la Cour ce gentilhomme huguenot dont il a entendu vanter les talents d'agronome, et c'est lui qui lui a demandé cet opuscule. En effet, le développement de l'industrie de la soie est l'une des préoccupations du souverain, qui fait planter des mûriers dans la galerie des Tuileries et enverra chercher à Genève des spécialistes de la culture des mûriers et de l'élevage des vers à soie.

1600

17 février

Le philosophe Giordano Bruno est brûlé vif à Rome, sur le Campo dei fiori. Ce prêtre défroqué, qui a vagabondé en Europe avant d'être arrêté à Venise et déféré à Rome, a de quoi inquiéter l'Église. Dans une bonne cinquantaine d'ouvrages, il se montre résolument rationaliste et antichrétien, partisan de la pluralité des mondes et de l'unité de l'âme et de la matière.

mars

Édit portant règlement général des tailles. Suivant une vaste enquête à travers le royaume, l'édit prévoit une répartition plus équitable du principal impôt roturier, qui connaît par ailleurs une baisse substantielle (environ un quart entre 1598 et 1600), compensée par l'augmentation des impôts indirects, gabelle (impôt sur le sel), aides (taxes sur les denrées à l'intérieur du royaume) et traites (douanes). L'édit autorise aussi les communautés paysannes à racheter à bas prix les terrains communaux qu'ils ont été forcés de vendre à un moment ou un autre des guerres civiles.

21 avril

Un édit restreint l'importation des tissus anglais.

25 avril

Le contrat de mariage d'Henri IV et de Marie de Médicis est signé à Florence.

4 mai
Disputation de Fontainebleau entre Philippe Duplessis-Mornay et Jacques Davy Du Perron : la joute, conduite en présence du roi, tourne à l'avantage du polémiste catholique.

26 mai
Les conférences entre Anglais et Espagnols commencent à Boulogne ; elles dureront jusqu'au 7 août.

2 juin
Une certaine Nicole Mignon est brûlée vive pour avoir voulu attenter à la vie du roi.

juillet-novembre
Guerre en Savoie. Exaspéré par les tergiversations de Charles-Emmanuel Ier de Savoie, Henri IV décide d'en finir. Le 9 juillet, il est à Lyon, en route pour la Savoie à la tête d'une armée de 30 000 hommes. Le 11 août, il déclare la guerre. Le 13, Biron prend Bourg-en-Bresse, puis la Bresse, le Bugey et le pays de Gex. Le 17, Lesdiguières s'empare de Montmélian, en Savoie, et entreprend le siège du château de la ville. Le 23 août, c'est le tour de Chambéry, où Henri IV vient narguer son adversaire. Le 16 novembre, le château de Montmélian capitule. Le duc de Savoie est enfin mûr pour la paix.

fin juillet
Une contribution financière est demandée aux villes pour le mariage du roi.

août
Le parlement de Rennes enregistre l'édit de Nantes du 30 avril 1598.

18 septembre
Les nouveaux statuts de l'Université sont adoptés par le corps professoral. La réforme, ambitieuse, vise autant la restauration de la discipline que la modernisation de l'enseignement. Au chapitre de l'organisation, le rôle du conservateur des privilèges royaux est considérablement renforcé au détriment de son collègue ecclésiastique, le conservateur des privilèges apostoliques. L'officier du roi – le prévôt de la vicomté à Paris, le bailli ou le sénéchal en province – demeure seul juge en première instance de toutes les causes intéressant l'Université. Mais l'Université médiévale est décidément irréformable ; il faudra attendre la fin de l'Ancien Régime pour la sortir de son marasme. En attendant, les choses sérieuses se passent ailleurs, au Collège des Lecteurs royaux et chez les jésuites.

5 octobre
À Florence, mariage par procuration d'Henri IV et de Marie de Médicis.

3 novembre
La reine Marie arrive à Marseille, accueillie par le duc Charles de Guise, le chancelier Pomponne de Bellièvre et le connétable de Montmorency, mais sans l'époux, retenu par la guerre en Savoie et par les charmes de la marquise de Verneuil.

décembre
La licence d'exporter des grains est rétablie dans tout le royaume.

9 décembre
Le roi rejoint Marie de Médicis à Lyon, où le mariage solennel est célébré par le légat du pape le 17 décembre.

autres événements
• Fondation de la Compagnie anglaise des Indes orientales.
• Malherbe : *Ode de bienvenue à Marie de Médicis.*
• Olivier de Serres : *Le Théâtre d'agriculture et ménage des champs, dans lequel est représenté tout ce qui est requis et nécessaire pour bien dresser, gouverner, enrichir et embellir la maison rustique.* Petit gentilhomme protestant, issu d'une lignée de marchands de draps et anobli de fraîche date, il offre à Henri IV avec son *Théâtre* une espèce de manifeste du retour à la terre qui ne pouvait que trouver grâce aux yeux du souverain. L'ouvrage sera publié huit fois du vivant de l'auteur.
• François Béroalde de Verville : *L'Histoire des vers qui filent la soie…*
• Le premier opéra, *Euridice*, des compositeurs italiens Caccini et Peri (sur un livret du poète Rinuccini), est donné à Florence à l'occasion du mariage par procuration d'Henri IV et de Marie de Médicis. Emilio dei Cavalieri (vers 1550-1602) donne le premier oratorio, la *Rappresentazione di anima e di corpo (Représentation de l'âme et du corps)*, à Rome. Tous ces compositeurs croient avoir restauré la tragédie antique. En réalité, ils instaurent une ère musicale nouvelle, celle de l'harmonie. L'habitude de donner à la voix supérieure un rôle mélodique l'isole des voix inférieures, déléguées à des instruments. C'est ainsi que naît « l'accompagnement » harmonique.
• Toussaint Dubreuil peint sans doute cette année-là sur la voûte de la Petite Galerie du Louvre une *Gigantomachie* célébrant la victoire du roi sur la Ligue. Il sera l'initiateur de la Seconde École de Fontainebleau.

La Seconde École de Fontainebleau

*Si le grand chantier de Fontainebleau qui donna naissance, au début du XVI*e *siècle, à la Première École de Fontainebleau, est devenu moins actif depuis la mort de ses initiateurs, il n'en demeure pas moins un foyer artistique où se prolonge la tradition maniériste de la Première École – Giulio Camillo dell'Abate succède en 1571 à Nicolo dell'Abate – et qui, pour les jeunes peintres, jouit d'un prestige tel qu'il est un lieu de formation. Trois artistes surtout vont renouveler l'art bellifontain pour former ce que l'on appelle aujourd'hui la Seconde École de Fontainebleau.*
Toussaint Dubreuil (vers 1558-1602) d'abord: il est l'aîné et le plus important d'entre eux. Depuis le règne d'Henri III, il travaille au château de Fontainebleau à la décoration des pièces du second étage, dans le pavillon des Poêles (disparu). Sous Henri IV, il peint des décors pour le nouveau château de Saint-Germain-en-Laye, et vers 1600, au Louvre, il décore la voûte de la Petite Galerie d'une Gigantomachie *(disparue), célébrant la victoire du roi sur la Ligue. Il dessine aussi des cartons de tapisserie: une* Histoire de Psyché *et une* Histoire de Diane, *tissés aux Gobelins. On ne conserve de lui que quelques peintures venant du château de Saint-Germain-en-Laye, dont un* Sacrifice antique *et* Le Lever d'une dame *(Louvre), ainsi qu'une douzaine de dessins. Si l'on y retrouve l'influence de Primatice dans l'allongement des figures, et celle de Rosso, dont la fresque de la galerie François I*er *lui a inspiré un dessin, des traits personnels apparaissent dans les paysages profonds et le modelé vigoureux des figures.*
À la mort prématurée de Dubreuil en 1602, Ambrosius Bosschaert, dit Ambroise Dubois (vers 1543-1614), lui succède comme peintre ordinaire du roi. D'origine flamande, l'artiste subit l'influence de son prédécesseur auquel il emprunte l'un des motifs du Lever d'une dame. *À Fontainebleau, il décore la chambre de l'Ovale (salon Louis XIII) de scènes tirées de l'*Histoire de Théagène et Chariclée, *et le cabinet de la reine de scènes de l'*Histoire de Clorinde. *Il travaille aussi à la galerie de Diane (détruite) et à la chapelle haute. À Paris, il décore au Louvre le cabinet doré de la reine (détruit).*
Le troisième grand nom de la Seconde École de Fontainebleau est Martin Fréminet (1567-1619). Après un long séjour en Italie, à Rome, Venise et Turin, il rentre en France en 1603 et travaille au château de Fontainebleau, notamment à la chapelle de la Trinité, dont il dirige toute la décoration. En 1615, il reçoit l'ordre de Saint-Michel, ce qui est exceptionnel pour un artiste.
Comme au début du chantier, ces artistes ne travaillent pas seuls et de nombreux peintres, aux noms français ou flamands, collaborent avec eux: ce ne sont effectivement plus des Italiens qui se joignent aux Français, mais des Flamands, apportant une conception nouvelle du paysage. La figure humaine en perd sa primauté pour s'intégrer dans un espace plus vaste qui n'est plus seulement décoratif. Les thèmes aussi se renouvellent et, à côté des traditionnelles sources mythologiques, empruntent leurs nouveaux héros aux auteurs romanesques, l'Arioste et le Tasse en particulier. La couleur enfin se fait plus chaude que dans les œuvres de la Première École, et les nus et les figures en deviennent plus réels, plus présents.
La Seconde École de Fontainebleau fut pourtant de brève durée: la mort prématurée de Dubreuil lui ôta la personnalité qui aurait pu imposer un style homogène, et ce sont des artistes comme Deruet (1588-1660), Bellange († 1616), Lallemant (vers 1565-1636), Saint-Igny (vers 1595-1649) et Callot (1592-1635) qui seront les derniers représentants du maniérisme en France.
Bientôt, Fontainebleau est délaissé au profit de Paris, puis de Versailles, et la peinture va évoluer dans les voies du classicisme et du baroque. Fontainebleau n'en reste pas moins présent à l'esprit des artistes, comme le souvenir d'un art de cour désormais révolu, mais qui donna à la France ses marques de noblesse artistique. Poussin lui-même écrivait que le château était « le lieu le plus propre à former un peintre et à échauffer son génie ».

1601

17 janvier
Le traité de Lyon met fin à la guerre avec la Savoie: en échange du marquisat de Saluces, le royaume est augmenté de territoires – le pays de Gex, la Bresse, le Bugey et le Valromey – qui correspondent en gros à l'actuel département de l'Ain. Cette fois, le chapitre italien est définitivement clos. Sans doute le Bourbon, qui n'avait pas de prétentions dynastiques sérieuses à faire valoir dans la péninsule, a-t-il eu moins de peine à y renoncer que les Valois. Le Savoyard, qui se voit en outre imposer une énorme indemnité de guerre, doit par la même occasion passer par pertes et profits son rêve de récupérer la république rebelle de Genève.

20 janvier
Henri IV quitte Lyon pour Paris, sans la reine Marie de Médicis.

29 janvier
Mort de Louise de Vaudémont, veuve d'Henri III.

4 février
Marie de Médicis arrive à Fontainebleau; le 9, elle fait son entrée solennelle à Paris.

26 février
La surtaxe à l'exportation sur le vin et le blé est supprimée.

mars
Charles-Emmanuel Ier de Savoie ratifie le traité de Lyon du 17 janvier précédent.
Le roi aliène une partie du domaine de Normandie pour acquitter ses dettes vis-à-vis du prince de Wurtemberg, malgré l'opposition du parlement et de la chambre des comptes de Rouen.
Les provinces de l'Ouest, notamment le Poitou, refusent la « pancarte » (taxe sur les marchandises, instaurée le 4 novembre 1596).

20-23 mars
Après délibération, l'assemblée de la ville décide d'un octroi de 10 sols par muid de vin entrant dans Paris.

avril
Sur le conseil de Barthélemy de Laffemas et suivant les recommandations de l'assemblée de notables de Rouen, le roi promulgue un édit sur le commerce d'inspiration protectionniste, qui interdit l'importation de produits manufacturés étrangers. Le 16 avril, des lettres patentes établissent une commission de 16 membres, notamment le prévôt des marchands de Paris et des magistrats des cours souveraines, chargée d'étudier les mesures propices à l'encouragement du commerce et des manufactures.

5 avril
Leonora Dori-Galigaï devient dame d'atours de la reine. Le 12 juillet, elle épousera Concino Concini, comte della Pena. Le couple d'aventuriers italiens gouverne l'esprit de la reine Marie, au grand déplaisir du roi.

10 juillet
La duchesse Catherine de Bar, sœur du roi, rencontre la reine Marie de Médicis; le cardinal Du Perron tente en vain de la convertir.

août
La baronnie de Rosny est érigée en marquisat.

15 août
L'exportation de l'or et de l'argent du royaume est prohibée.

25 août
Une chambre royale est chargée d'enquêter sur les malversations des financiers non relevées par les juges ordinaires depuis 1597; elle fonctionnera jusqu'en 1604.

septembre
Ambassade du maréchal Charles de Biron à Londres.

19 septembre
Françoise de Longueville de Monglat, épouse de Robert de Harlay de Monglat, conseiller d'État (le frère de Nicolas de Harlay de Sancy), est nommée gouvernante des enfants de France.

27 septembre
Naissance à Fontainebleau du dauphin Louis, parrainé par le pape Clément VIII. Le prénom choisi pour le petit prince, premier dauphin depuis François, l'héritier d'Henri II, illustre la perpétuation sur le trône de la race issue de Saint Louis. La reine a été accouchée par une sage-femme déjà célèbre, qui est à la profession ce qu'Ambroise Paré a été à la chirurgie: Louise Bourgeois. Son médecin personnel est le huguenot Jean Héroard, déjà médecin d'Henri de Navarre, dont le *Journal* sera pour les historiens à venir une véritable mine d'informations sur l'éducation du petit prince et les mentalités de la Cour d'Henri IV.

27 octobre
Naissance de Gaston-Henri de Bourbon, marquis de Verneuil, fils du roi Henri IV et de sa maîtresse Henriette d'Entragues.

décembre
Un édit réglemente l'artillerie.

fin décembre
Les députés de Bresse rendent hommage au roi.
Un bail général est conclu pour l'enlèvement des ordures de Paris.

autres événements
• La fabrication et l'utilisation des poudres deviennent monopole royal.

1602

26 janvier
Sully est capitaine de la Bastille.

31 janvier
Traité de Soleure: Henri IV renouvelle l'alliance avec les cantons suisses et règle l'irritant problème de la dette cumulée de la France à l'égard de ses alliés helvétiques.

17 février
Une proclamation royale régularise l'importation des tissus anglais.

mars-avril
François de Sales prêche au Louvre et à Fontainebleau devant le roi.

mars-juillet
L'affaire Biron. En mars, un agent double confirme au roi ce que celui-ci soupçonnait déjà: que le maréchal de Biron complote contre lui avec le duc Charles-Emmanuel Ier de Savoie et les Espagnols. Fils d'Armand de Gontaut, baron de Biron et maréchal de France, Charles, né en 1562, est en apparence un homme comblé par son roi: amiral, puis maréchal de France comme son père, gouverneur de Bourgogne après la soumission de Mayenne, lieutenant général des armées royales en juin 1597, duc et pair enfin, en mai 1598. Tout cela ne lui suffit pas pourtant, et il prête une oreille complaisante aux propositions du duc de Savoie et des agents de Philippe III d'Espagne, qui lui font miroiter de mirobolantes perspectives: la main de la propre fille du duc, une dot digne de ses ambitions, un État souverain en Bourgogne et Franche-Comté. Il a longtemps hésité, puisqu'il a été approché par le Savoyard l'année précédente, sans doute aussi auparavant, et ses scrupules ont permis à Henri IV de mettre à la raison Charles-Emmanuel. Il se décide enfin à franchir le pas. Il n'est d'ailleurs pas le seul grand seigneur à conspirer contre le roi, qui le sait. Charles de Valois, comte d'Auvergne, le bâtard de Charles IX, est de la partie, de même que le huguenot Henri, vicomte de Turenne et duc de Bouillon, qui cherche des appuis du côté des princes luthériens d'Allemagne. Le 13 mai, à Tours, le roi convoque Biron pour l'inviter à présenter sa version des faits. Le maréchal se récuse, arguant de la préparation des états de Bourgogne. Le 15 juin, enfin, il apparaît à la Cour, à Fontainebleau, mais, pressé de questions, ne réussit pas à dissiper les soupçons qui pèsent sur lui. Le 16, il est arrêté en même temps que Charles de Valois, et embastillé. Turenne, lui, est parvenu à s'enfuir. Le 17 juin, le Parlement est saisi de l'affaire; le 29 juillet, la sentence de mort est prononcée; le 31, Biron est décapité à la Bastille. Une conspiration s'achève.

avril
L'édit de Blois interdit les duels. Une ordonnance de février 1566 en faisait déjà l'objet et ce sera celui de plusieurs textes par la suite; le renouvellement récurrent de l'interdiction de cette épreuve sanglante de l'honneur noble, qui prive l'État de serviteurs dont il entend faire un meilleur usage, est l'illustration de sa relative impuissance. Innovation importante, ce texte prévoit la création d'un «tribunal du point d'honneur» composé par les maréchaux de France et présidé par le connétable. Si le duel continue à tuer, tant il est difficile de mettre fin à une pratique sociale bien enracinée, l'État affiche de plus en plus son intention d'en finir. Richelieu en fera la démonstration exemplaire.

mai
Henri IV est à Poitiers, où il tente d'apaiser l'agitation allumée dans les provinces de l'Ouest par la «pancarte» (édictée le 4 novembre 1596) et attisée par Biron et Bouillon. L'impôt honni est rétabli dans la ville, ainsi qu'à La Rochelle et dans le Limousin. À Limoges, les meneurs de la révolte sont exécutés et de nouveaux consuls sont nommés pour ramener le calme. En fin de compte, le roi se résoudra à abolir la taxe de la «pancarte» le 10 novembre suivant.

septembre
L'édit de Montceaux abroge un texte d'Henri III, du 11 octobre 1577, qui faisait de l'écu l'unique monnaie de compte; les comptes sont à nouveau tenus en livres, sols et deniers. L'écu d'or, monnaie marchande qui valait 60 sols, est fixé à 65 sols, afin de freiner la spéculation.

2 octobre
Charles de Valois, le bâtard de Charles IX, qui a avoué sa participation à la conspiration de Biron, est pardonné et libéré.

octobre-novembre
Le roi ordonne au duc de Bouillon, également impliqué dans le complot de Biron, de le rejoindre, mais celui-ci, fort de l'appui des huguenots et des puissances protestantes, refuse. Nouvelle convocation, le 18 novembre, et nouveau refus. Le 30 novembre, le duc demande à comparaître

devant la chambre mi-partie de Castres. Sommé derechef le 20 décembre, il se retire à Orange, puis à Genève, enfin à Heidelberg, chez l'Électeur palatin.

6 octobre
Maurice le Savant, landgrave de Hesse, salue le roi à Fontainebleau.

14 octobre
Les députés des cantons suisses arrivent à Paris et sont reçus au Louvre.

14 octobre-3 décembre
Des contrats sont signés avec des marchands pour l'acclimatation de plants de mûriers blancs dans les généralités de Paris, Orléans, Tours et Lyon. Le roi donne l'exemple dans ses propres résidences, mais l'enthousiasme des Français n'est pas au rendez-vous.

10 novembre
La taxe de la « pancarte » créée en novembre 1596 est définitivement supprimée.

12 novembre
Sully est nommé surintendant des bâtiments royaux, après Harlay de Sancy.

22 novembre
Naissance d'Élisabeth, fille d'Henri IV et de Marie de Médicis, future reine d'Espagne.

12 décembre
Le duc Charles-Emmanuel Ier de Savoie tente un coup de main contre Genève (l'« Escalade »), et échoue; les assaillants, capturés, sont pendus. Henri IV, très attaché à l'indépendance de la cité du lac Léman, à la fois pour des raisons sentimentales et stratégiques, assure les Genevois de son appui.

autres événements
• Fondation de la Compagnie hollandaise des Indes orientales.
• Fondation de la manufacture des Gobelins.
• Antoine Arnauld: *Franc et véritable discours au Roy*, véhément plaidoyer contre les jésuites.
• Barthélemy de Laffemas: *Comme l'on doit permettre le transport de l'or et de l'argent hors du royaume et par tel moyen conserver le nostre et attirer celui des estrangers.*
• Étienne Pasquier: *Le Catéchisme des jésuites ou examen de leur doctrine.*
• Publication des premiers livres d'*Airs de cour à IV ou V parties* de Pierre Guédron.

L'air de cour

*Si le premier recueil d'*Airs de cour mis sur le luth *est publié en 1568 par Adrian Le Roy, c'est la parution du premier recueil de Guédron (1570-1620), qui marque les véritables débuts, à la Cour de France, de ce nouveau genre qui dominera la musique vocale profane jusqu'à la fin du règne de Louis XIII. L'air de cour se présente sous deux formes: mélodique avec accompagnement de luth ou polyphonique à quatre ou cinq voix. Les textes sont des poèmes strophiques en vers réguliers, traités en deux sections musicales. Guédron met en musique des textes de Desportes, Malherbe, Maynard et Boisrobert.*
Antoine Boesset (1586-1683), qui lui succède comme surintendant de la musique, publie de nombreux livres d'airs entre 1617 et 1643 sur des textes de Malherbe, Théophile, Tristan, Racan, Boisrobert. Cet art délicat, tout en finesse, ignore tout du chant italien.
Étienne Moulinié (1599-1676), maître de la musique de Gaston d'Orléans de 1627 à 1660, fait exception, lui qui publie à son tour 10 livres d'airs de cour entre 1624 et 1668, témoignant de son goût pour la musique italienne et espagnole (il était originaire de Carcassone et deviendra en 1667 intendant à vie des états du Languedoc).
L'importance prise par la tragédie lyrique de Lully met peu à peu fin à la vogue de l'air de cour dont l'art est pourtant maintenu jusqu'à la fin du siècle par Michel Lambert.

• Début de la réalisation du Calvaire de Daoulas, en Bretagne, qui sera achevé en 1604.
• Reprise des travaux de l'église Saint-Eustache, qui sera consacrée le 26 avril 1637.

1603

janvier
La province de Guyenne, traditionnellement pays d'états, c'est-à-dire dont l'assiette de l'impôt est déterminée par les états provinciaux, est divisée en « élections », circonscriptions administratives régies par des officiers royaux (élus). Bien que les élections soient censées doubler l'ancienne organisation plutôt que la supprimer, cette mesure est très mal accueillie par la population, qui y voit une atteinte aux privilèges de la province. Le roi passe outre.

février
Un contrat est passé avec l'armateur génois Ambrogio Lomellini pour la fourniture de six galères; c'est le début de la reconstruction de la flotte française en Méditerranée.

27 février
Philippe III d'Espagne institue un droit de 30 % sur les marchandises entrant et sortant du royaume, déclenchant ainsi une guerre des tarifs entre France et Espagne.

mars-août
Expédition de François du Pont-Gravé et Samuel de Champlain en Nouvelle-France (Canada), terre provisoirement vierge de la présence des puissances coloniales plus avancées, notamment les Espagnols et les Hollandais.

24 mars
Mort d'Élisabeth Ire; couronnement de Jacques VI d'Écosse, fils de Marie Stuart, sous le nom de Jacques Ier (25 juillet). Les Stuarts, catholiques de conviction, «étrangers» puisque écossais et pro-français, dresseront contre eux les forces vives du peuple anglais; le XVIIe siècle anglais sera un siècle révolutionnaire et s'achèvera sur l'installation du premier régime parlementaire de l'histoire.

mai
Les jésuites, toujours bannis de France, prêchent la Cour à Fontainebleau. Parmi eux, un jeune père qui a su gagner l'amitié du duc de Lesdiguières, Pierre Coton, que le roi et la reine viennent de rencontrer à Metz. Devenu prédicateur ordinaire du roi, Coton va négocier le retour de la Société de Jésus.

juin
Ambassade de Sully en Angleterre. Le nouveau roi Jacques Ier prévient Henri IV qu'un agent à la solde de l'Espagne, Thomas Morgan, fomente un complot avec sa maîtresse Henriette d'Entragues. Celle-ci n'a en effet pas fait son deuil de la promesse du mariage royal, pas plus que de l'espoir de ménager à son fils Henri l'accès au trône de France. L'Espagne promet de l'argent et la main d'une infante, Bouillon et Charles de Valois sont censés soulever la noblesse. C'est en fait une réédition, ou plutôt la continuation de la conspiration de Biron.
Une ligue défensive est envisagée avec l'Angleterre, ainsi que l'assistance aux Provinces-Unies, toujours en guerre avec l'Espagne.

21 juillet
Le roi impose la paix de Saint-Julien entre le duc Charles-Emmanuel Ier de Savoie et les Genevois, au bénéfice de ces derniers.

9 août
Le traité de Hampton Court scelle l'alliance entre la France et l'Angleterre.

1er septembre
L'édit de rétablissement des jésuites en France est enregistré au parlement de Rouen, afin de contourner l'opposition farouche des magistrats parisiens.

octobre
Le synode de Gap déclare comme article de foi que le pape est l'Antéchrist.

novembre
Sully est gouverneur du Poitou.
Charles de Valois, le bâtard de Charles IX, est de nouveau embastillé pour complot.

6 novembre
Par mesure de rétorsion à la décision du 27 février précédent, Henri IV impose 30 % de droit sur les denrées en provenance des pays espagnols.

8 novembre
Une commission royale est donnée à Pierre Du Gua, sieur de Monts, pour effectuer un nouveau voyage en Nouvelle-France, avec ordre d'en fixer les limites territoriales.

décembre
François de Balzac d'Entragues et sa fille Henriette, marquise de Verneuil, sont emprisonnés.

24 décembre
Le Parlement de Paris présente des remontrances au sujet du rétablissement des jésuites; le roi ordonne l'enregistrement de l'édit.
La Bibliothèque royale est rassemblée à l'hôtel de Clermont sous la garde de Jean Gosselin.

autres événements
• Samuel de Champlain: *Des Sauvages ou Voyage de Samuel Champlain de Brouage fait en la Nouvelle France l'année mil six cent trois.*
• À Paris, fin des travaux du Pont-Neuf, commencés en 1578, interrompus pendant les guerres de Religion, puis repris en 1598. Deux innovations caractérisent ce pont: l'absence de maisons sur ses bords et, à leur place, la présence de trottoirs pour les

piétons. Début de la construction de la monumentale pompe hydraulique de la Samaritaine, destinée à l'alimentation en eau du Louvre et de ses environs.

1604

2 janvier
Le Parlement de Paris enregistre, non sans mal, l'édit de rétablissement des jésuites.

8 février
Tout commerce avec l'Espagne est interdit.

13 février
À Nancy, mort de Catherine de Bourbon, duchesse de Bar, la sœur huguenote et malcommode du roi.

mars
Sully entreprend la vérification des titres des rentiers de l'Hôtel de Ville de Paris.

avril
Le pape arbitre le conflit commercial entre la France et l'Espagne.
Une créature de Villeroy du nom de Nicolas L'Hoste, diplomate à Madrid, vend aux Espagnols les dépêches de son maître, responsable des affaires étrangères; dénoncé, il prend la fuite. Comme dans le cas de Thomas Morgan (révélé en juin 1603), l'affaire est à mettre en rapport avec la conspiration nouée autour d'Henriette d'Entragues.

15 mai
Le financier Jean de Moisset est adjudicataire du bail général des aides.

juin-décembre
Suite de l'affaire Entragues-Bouillon-Charles de Valois. En juin, Thomas Morgan est arrêté et emprisonné. En juillet, le roi reprend à François d'Entragues la promesse écrite de mariage qu'il a imprudemment donnée à sa fille. En novembre, Charles de Valois, comte d'Auvergne, est pris et enfermé à la Bastille. Le 11 décembre, par arrêt du Parlement de Paris, c'est le tour de François d'Entragues et de la marquise de Verneuil sa fille, dont les manigances ont été complaisamment relatées par Charles de Valois. C'est tout un complot qui est mis au jour, dont l'âme est Balthazar de Zuniga, ambassadeur d'Espagne. Cette fois, la justice royale semble décidée à porter le fer dans la plaie.

août-septembre
Un exemple de la gestion d'une question sensible, les rentes sur l'Hôtel de Ville de Paris. Le 17 août, le Conseil du roi décide que les arrérages de rentes impayés ne seront pas soldés; il est prévu que le paiement ne reprendra qu'à partir du 1er janvier 1605, avec un taux d'intérêt plus bas. Le 11 septembre, le prévôt des marchands François Miron et les échevins de Paris protestent contre la décision du Conseil, qui fait machine arrière.

28 août
À Londres, la paix entre Jacques Ier d'Angleterre et Philippe III d'Espagne est signée.

23 septembre
Le bail des cinq grosses fermes est adjugé à Charles de Ham.

28 septembre
Le bail des gabelles est adjugé à Jean de Moisset.

octobre
Les cardinaux français se réunissent à Rome.
Pierre de Bérulle et Mme Acarie introduisent le Carmel en France.

octobre-novembre
Le 12 octobre, le traité de Paris avec l'Espagne met fin à la guerre des tarifs; fin novembre, un traité de commerce est conclu entre les deux pays.

décembre
Nicolas Brûlart de Sillery devient garde des Sceaux; le chancelier Pomponne de Bellièvre fait, à 75 ans, figure de chef du Conseil.

8 et 12 décembre
Un arrêt du Conseil publié par déclaration royale instaure le «droit annuel» sur les offices, familièrement nommé la «paulette». Voulue par Sully et âprement combattue par le chancelier Pomponne de Bellièvre, cette taxe annuelle de 1/60e de la valeur de l'office règle l'irritant problème de la survivance. La coutume voulait en effet qu'un officier pût résigner sa charge au bénéfice d'un héritier, à condition que la résignation se fît au cours des quarante jours précédant son décès. En remplaçant cette disposition par la «paulette», ainsi nommée parce que sa perception est confiée au financier Charles Paulet, Sully supprime la précarité inhérente à ce mode de transmission des offices, en en faisant désormais un véritable bien patrimonial. Le bénéfice du nouveau règlement pour l'officier est évident. Il l'est aussi, encore que peu doivent en

avoir une perception claire sur le moment, pour la classe des officiers, que le droit annuel érige en un véritable « quatrième ordre », la noblesse de robe, concurrente de la noblesse d'épée. Il l'est enfin, tout compte fait, pour l'État. Certes, le roi perd un peu plus de sa marge de manœuvre face à un corps de serviteurs solidifié par le monopole institutionnalisé des charges publiques. En revanche, la « paulette » résout un problème juridique épineux, en mettant fin à une situation de non-droit. Par ailleurs, le droit annuel assure des rentrées régulières d'argent. Enfin, il renforce un évident lien d'intérêt entre le roi, autrement dit l'État, et ses officiers.

autres événements

• Pierre Du Gua et Samuel de Champlain fondent la colonie de Port-Royal en Acadie.
• Fondation du collège jésuite de La Flèche.
• Travaux de percement du canal de Briare, entre Loire et Loing.
• Claude de Rubys: *Histoire véritable de la ville de Lyon.*
• Les *Œuvres* complètes de Sénèque sont publiées dans la version française de Matthieu de Chalvet.
• Jacques-Auguste de Thou publie la première partie de sa monumentale *Historia sui temporis*, traduite la même année en français sous le titre *Histoire universelle.*

DE THOU

L'homme se veut le Tite-Live de son époque, et il l'est. Membre de l'une des premières familles de robe de France, fils du premier président Christophe de Thou, président au Parlement lui-même, conseiller d'État et homme d'influence mêlé aux grandes affaires de son temps, Jacques-Auguste de Thou (1553-1617) est aussi un grand érudit, lecteur et bibliophile passionné. Monarchiste, catholique modéré, gallican, il pose sur l'histoire qu'il a vécue le regard hautain, teinté de stoïcisme, d'un représentant typique de la haute magistrature parisienne, qui a haï la Ligue de toutes ses fibres idéologiques et aristocratiques. En 1609, son parti pris Politique et gallican vaudra à son livre les honneurs de l'Index romain.

• À la fin de l'année, le sculpteur Pierre de Francqueville (1548-1615) est rappelé à Paris par Henri IV après avoir séjourné à Innsbruck puis à Florence où il a été l'élève, puis le collaborateur de Giambologna, dit en France Jean Bologne (1529-1608). Le roi lui attribue un logement au Louvre.

1605

janvier-octobre

Conjuration Entragues-Bouillon-Charles de Valois, suite. En janvier, le Parlement commence le procès du comte d'Auvergne Charles de Valois, de François de Balzac d'Entragues et de la marquise de Verneuil. Le 1er février, la sentence tombe: Entragues, Charles de Valois et Morgan (agent anglais à la solde de l'Espagne) sont condamnés à mort, la marquise à la réclusion au couvent de Beaumont-lès-Tours. Peine perdue, le roi, toujours sous le charme de sa turbulente maîtresse, pardonne encore. En août, les peines des condamnés sont commuées, puis Entragues est libéré et assigné à résidence; en septembre, Henriette de Verneuil est réintégrée dans ses biens. Charles de Valois, que le roi a moins de raisons de ménager, reste en prison, mais il sera libéré lui aussi en 1616.
Le duc de Bouillon, lui, continue de s'agiter. À la mi-juin, la reine Marguerite de Valois a révélé à son ex-époux les intrigues du duc avec la noblesse de Limousin, Périgord et Auvergne. En juillet et août, une assemblée des protestants se tient à Châtellerault, sous la surveillance de Sully, qui craint son influence. Pour empêcher le duc de Bouillon de capitaliser sur le mécontentement des Églises, le roi lâche du lest: il accorde aux religionnaires le renouvellement pour quatre ans des places de sûreté prévues par l'édit de Nantes (30 avril 1598). À la mi-septembre, Henri IV se rend en Limousin, afin de mettre fin à l'agitation qui y sévit; le duc de Bouillon, inquiet, lui fait ouvrir les portes des châteaux de sa vicomté de Turenne, puis envoie une lettre de soumission, que le roi, décidé pour une fois à aller jusqu'au bout, ignore. En octobre, les Grands Jours du Limousin y font le ménage: les meneurs sont jugés et condamnés à mort, six d'entre eux sont exécutés. Il ne reste plus qu'à déloger le duc de Bouillon de sa forteresse de Sedan.

5 mars

Le pape Clément VIII meurt. Le 1er avril, Alexandre de Médicis est élu pape sous le nom de Léon XI, à la grande satisfaction des Français, mais il disparaît dès le 27 avril. Le 16 mai, le Siennois Camillo Borghese est élu pape sous le nom de Paul V.

avril

Un espion français, Pascal de Saint-Estève, est exécuté en Espagne pour intelligence avec les morisques, musulmans christianisés qui donnent

du fil à retordre au gouvernement de Madrid et que, traditionnellement, la France encourage.
Les rentiers parisiens manifestent contre la réduction des rentes sur l'Hôtel de Ville.

2 avril
Un arrêt du Conseil ordonne que les trésoriers de France en chevauchée dressent un état des péages levés sur les marchands et les habitants pour l'entretien des routes et des canaux publics.

22 avril
Le Parlement fait remontrances au roi au nom des rentiers spoliés; la révolte couve à Paris; Sully rachète les rentes à bas prix.

juillet
Henri IV annonce son intention de créer à Paris une place Royale – aujourd'hui la place des Vosges – destinée à «servir de promenoir aux habitants de la ville, lesquels sont fort pressés en leurs maisons». Il subsiste une incertitude sur l'architecte qui la réalisa, mais on opte généralement pour Louis Métezeau (vers 1560-1615) dont le frère, Clément II (1581-1652), construisit la place ducale de Charleville, dans les Ardennes, très apparentée à celle de Paris. La place Royale est achevée en avril 1612, lors du tournoi qui y est donné par Louis XIII à l'occasion de son mariage.

août
Marguerite de Valois, qui a fourni au roi des gages de sa bonne volonté, peut enfin rentrer à Paris.

5 décembre
À Paris, une assemblée du clergé demande au roi la publication des décrets du concile de Trente, ce qu'Henri IV se garde bien de lui accorder.

autres événements
• À Londres, des catholiques militants, déçus par Jacques Ier dont ils attendaient la restauration de leur religion, tentent de faire sauter le Parlement le jour de son ouverture solennelle par le roi et la famille royale. L'échec de la «conspiration des poudres» (5 novembre) est toujours célébré en Angleterre par des feux de joie.
• Le père Coton, prédicateur ordinaire du roi et jésuite, obtient de celui-ci la démolition de la «pyramide de Jean Chastel», qui, dressée sur l'emplacement de la maison du régicide, constituait un rappel évidemment désagréable de la responsabilité de la Société de Jésus dans l'attentat du 27 décembre 1594.
• Pierre Matthieu: *Histoire de la France et des choses de la paix.*

1606

février
La terre de Sully est érigée en duché-pairie.

10 février
Naissance de Chrétienne de France, deuxième fille du couple royal.

24 février
Traité commercial franco-anglais.

mars-avril
Le roi met le siège devant Sedan; le duc de Bouillon se soumet le 6 avril et obtient le pardon royal; le 7, le roi entre dans Sedan.

11 mars
Concini est en ambassade à Florence. Sa femme achète le château de Picquigny pour 42 000 livres.

16 avril
Le pape Paul V jette l'interdit sur le territoire de Venise, coupable d'ignorer les sentences prononcées par des cours pontificales à l'encontre de prêtres vénitiens. Henri IV joue les médiateurs entre Rome et la Sérénissime.

30 avril
Le Parlement rend à Marguerite de Valois le comté d'Auvergne, que sa mère Catherine de Médicis a légué à Charles, son bâtard de neveu.

juillet
Paris est touché par la peste.

12 août
Un «parti» (association de financiers) est institué pour le rachat des portions aliénées du domaine royal.

14 septembre
À Fontainebleau, baptême tardif du dauphin Louis (futur Louis XIII), dont le nouveau parrain est le pape Paul V.

autres événements
• Madeleine L'Huillier, comtesse de Sainte-Beuve, introduit les Ursulines en France.
• Eustache du Caurroy, surintendant de la musique, compose la *Messa pro defunctis.*

DU CAURROY

Haute-contre, puis sous-maître de la chapelle royale, Eustache du Caurroy (vers 1549-1609) devient compositeur de la chambre du roi en 1595. Il est l'auteur de quelques chansons, mais c'est son œuvre de musique religieuse qui justifie l'appréciation du père Mersenne : « Du Caurroy emporte le prix pour la grande harmonie de sa composition et de son riche contrepoint [...] tous les compositeurs de France le tiennent pour leur maître. » Il est aussi l'auteur de belles Fantaisies à III, IV, V et VI parties, *pour violes, publiées en 1610.*

• La Grande Galerie du Louvre est achevée.

1607

janvier-mars
Une nouvelle chambre de justice est instaurée pour faire « rendre gorge » aux financiers. Le 10 mars, l'édit de création de cette juridiction est enregistré au Parlement. Étienne Paget, trésorier de l'épargne, et Jean de Murat, trésorier de l'extraordinaire des guerres, tous deux protégés de Sully, sont mis au secret à la Bastille. Mais le but n'est pas de punir des hommes, c'est, comme toujours, de se procurer de l'argent frais à bon compte. Aussi bien, la plupart des financiers versent de fortes sommes au Trésor royal pour éviter les condamnations.

janvier-avril
Le conflit entre le pape Paul V et Venise s'envenime et acquiert une dimension internationale : l'Espagne propose des troupes à Paul V, Henri IV dépêche à Rome François de Joyeuse, qui est reçu avec enthousiasme à Venise avant de faire son entrée dans la ville le 17 mars. La médiation du cardinal finira par apaiser un conflit qui menace de dégénérer en guerre ouverte. Le 16 avril, l'interdit pontifical est levé.

février
On commande le percement de la place Dauphine, à Paris, dans l'île de la Cité.

13 avril
Naissance du deuxième fils du roi et de Marie de Médicis, Nicolas, duc d'Orléans, le seul de la fratrie (trois fils et autant de filles) qui mourra en bas âge (1611).

mai
Fort du succès de sa médiation entre Venise et Rome, Henri IV s'entremet entre l'Espagne et les Provinces-Unies, encore que, dans ce cas, il n'ait aucune envie de tenir la balance égale : les Hollandais sont des alliés de vieille date, les Espagnols font figure d'ennemi héréditaire. Conduite par deux diplomates chevronnés, Pierre Jeannin et Paul Choart de Buzenval, sa « médiation » n'est donc qu'une alliance déguisée avec les Hollandais.

juillet
Un édit réunit les biens patrimoniaux d'Henri IV, à savoir Béarn et Navarre, à la Couronne de France, sur pression du Parlement de Paris.
À Paris, début de la construction de l'hôpital Saint-Louis, destiné aux pestiférés.

5 septembre
Après la mort du chancelier Pomponne de Bellièvre, Nicolas Brûlart de Sillery, garde des Sceaux, est nommé chancelier.

15 novembre
À Paris, Achille de Harlay obtient la pointe de la Cité contre un sou de rente par toise, à charge pour lui d'y construire la place Dauphine, ainsi nommée en honneur du futur Louis XIII. De forme triangulaire, la place est fermée à l'Est et donne à l'Ouest sur le Pont-Neuf. Comme sur la place Royale, les façades des maisons allient la brique à la pierre.

décembre
Un nouvel édit sur l'assèchement des marais confirme celui d'avril 1599.

autres événements
• Henri IV fonde un troisième ordre de chevalerie, l'ordre de Notre-Dame du Mont-Carmel.
• Antoine Loisel : *Les Institutes coustumières ou Manuel de plusieurs règles du droit coustumier et le plus ordinaire de la France.*
• À Paris, achèvement de l'Hôtel de Ville.

1608

10 janvier
Concini vend sa charge de maître d'hôtel et achète pour 30 000 livres celle de premier écuyer de la reine.

23 janvier
Abandonnant la posture de « médiateur », Henri IV conclut un traité d'alliance perpétuelle avec les Provinces-Unies. Désormais, il se posera en protecteur de ses alliés.

27 février
À la mort du duc de Montpensier, le dauphin Louis (futur Louis XIII) le remplace au gouvernement de Normandie.

avril
Henri IV pousse à la réforme des ordres religieux et étend les privilèges des jésuites.

25 avril
Naissance du troisième fils du roi, Gaston, duc d'Anjou.

mai
Les princes luthériens et calvinistes d'Allemagne forment une Union Évangélique.

octobre
Assemblée des réformés à Jargeau, ville dont Sully est gouverneur.

fin octobre
Une décharge des tailles est accordée aux populations du val de Loire, à hauteur de 2 millions de livres.

25 novembre
Le duc de Nevers, émissaire d'Henri IV auprès du pape, fait une entrée magnifique à Rome.

décembre
Le jésuite Pierre Coton, prédicateur ordinaire du roi depuis mai 1603, remplace René Benoist, le remuant curé de Saint-Eustache, comme confesseur du roi.
Edmond Richer, théologien ultra-gallican et donc farouchement hostile aux jésuites, est élu syndic de l'Université de Paris. En 1611, Richer va publier son traité *De ecclesiastica et politica potestate*, aussitôt censuré, et il devra démissionner.

autres événements
• Samuel de Champlain fonde Québec.
• Début de la construction de Charleville, fondée par Charles de Gonzague, duc de Nevers. On bâtit la ville sur le modèle de Vitry-le-François (Marne), dont le plan reprenait celui d'un camp romain.
• Richelieu devient évêque de Luçon, diocèse où le futur ministre tout-puissant de Louis XIII s'attelle à un remarquable travail réformateur.
• Guy Coquille : *Institution du droit des François.* L'ouvrage, rédigé entre 1586 et 1590, paraît l'année de la mort du jurisconsulte nivernais.
• Charles Loyseau : *Traité des seigneuries.*
• Pierre-Victor Palma-Cayet : *Chronologie novenaire contenant l'histoire de la guerre sous le règne du tres-chrestien roy de France et de Navarre Henry IV.* L'ouvrage couvre les années 1589-1597, et fait suite à la *Chronologie septenaire*, publiée l'année précédente, qui relate les années 1598-1604. Tout en étant un fervent admirateur du roi et l'un des bâtisseurs de sa légende, Palma-Cayet ne manque ni de sens critique ni de méthode, et sa *Chronologie* constitue une source majeure pour le règne d'Henri IV.
• Mathurin Régnier publie ses premières *Satires.*

RÉGNIER

Originaire de Chartres comme son oncle Philippe Desportes le grand rival de Ronsard, Mathurin Régnier (1573-1613) jouit de la faveur d'Henri IV. C'est fondamentalement un homme du siècle précédent, qui rejette le purisme de Malherbe, à qui il préfère Ronsard et ses amis de la Pléiade. Ses Élégies *et ses* Épîtres *sont écrites dans cette veine. Mais Régnier est connu surtout par ses 17* Satires, *publiées entre 1608 et 1613. Une édition de ses œuvres est parue l'année même de sa mort.*

• Gabriel Bataille (vers 1575-1630) commence la publication de ses six livres des *Airs de différents autheurs mis en tablature de luth*, où ce musicien, futur maître de la musique de la reine Anne d'Autriche de 1617 à sa mort, réunit des musiques de ballets, des chansons à boire, des airs italiens, quelques psaumes, ainsi que des airs de sa composition.
• Martin Fréminet, de retour en France en 1603 après un long séjour en Italie, commence la décoration de la chapelle de la Trinité, au château de Fontainebleau.

1609

mars-juillet
La politique étrangère, autrement dit la rivalité avec la maison de Habsbourg, passe au premier plan. Le 25 mars, Jean-Guillaume, duc de Clèves et de Juliers, meurt sans héritier ; la succession de Clèves ravive la question religieuse en Europe, les divers prétendants, tous protestants d'ailleurs, étant soutenus par les champions des deux camps : l'Électeur Jean-Sigismond, duc de Brandebourg,

et Philippe-Louis, comte du Palatinat, par les puissances protestantes et assimilées (l'Union Évangélique, l'Angleterre, les Provinces-Unies et la France); l'Électeur de Saxe par l'empereur Rodolphe II, les Espagnols et la papauté. Henri IV, qui ne saurait laisser les Habsbourg s'emparer d'une principauté stratégiquement importante, est ainsi aspiré à nouveau dans la spirale d'une guerre européenne. Le 9 avril, la trêve de douze ans entre l'Espagne et les Provinces-Unies sanctionne la lutte des Pays-Bas pour l'indépendance, mais aussi la politique d'Henri IV, qui a pesé sur les négociations. En juin, Rodolphe II décrète le séquestre sur les duchés litigieux; en juillet, son frère Léopold d'Autriche s'empare de Juliers avec l'aide des troupes espagnoles des Pays-Bas. La guerre semble inévitable.

11 avril
Un arrêt du Conseil ordonne à tous les péagers de remettre en état les chaussées pavées.

mai
Onze ans après sa proclamation, le parlement de Rouen vérifie enfin l'édit de Nantes.

17 mai
Charlotte de Montmorency, qui a attiré le regard d'Henri IV au ballet de la reine, épouse Henri de Condé. La blonde Charlotte a 15 ans, le roi 56.

juin
Un nouvel édit contre les duels est enregistré par le Parlement.

août
Nouvel édit sur la monnaie, destiné à assainir la situation financière du royaume, notamment en alignant le taux d'échange entre l'or et l'argent sur celui pratiqué ailleurs en Europe ($1/12^e$) et en faisant battre une nouvelle monnaie, le «henri». L'opposition farouche des cours souveraines et de l'opinion, qui craint la dévaluation, fait capoter le projet.

25 septembre
«Journée du guichet»: la mère Angélique Arnauld, supérieure de Port-Royal des Champs, refuse de lever la clôture du monastère pour son père, l'avocat Antoine Arnauld. La jeune abbesse entend ainsi signifier le retour à une stricte discipline cistercienne, mais, avec le recul, on a pu voir dans cet épisode l'origine symbolique d'un mouvement spirituel qui fera parler de lui tout au long du siècle: le jansénisme.

27 novembre
Naissance d'Henriette, dernière fille d'Henri IV et de Marie de Médicis, future reine d'Angleterre.

29 novembre
Le prince Henri de Condé fuit à Bruxelles avec sa femme Charlotte de Montmorency, pour soustraire celle-ci aux assiduités du «sultan français» (Jean-Pierre Babelon). Mais la destination n'est pas innocente, les archiducs souverains des Pays-Bas espagnols n'étant pas précisément des amis du roi de France.

autres événements
• Pour faire pièce à l'Union Évangélique, les princes catholiques d'Allemagne forment une Sainte Ligue.
• Fondation de la banque d'Amsterdam.
• Début de l'expulsion des morisques d'Espagne.
• François de Sales: *Philotée, ou Introduction à la vie dévote.*
• *Traité des droits et libertés de l'Église gallicane*, recueil constitué par Jacques Gillot, rassemblant des textes de Pierre Pithou, Jacques Leschassier, Charles Fatye, Guy Coquille, Antoine Hotman.
• Grotius: *Mare liberum.* Le jurisconsulte hollandais Hugo de Groot expose dans cet ouvrage le principe de la liberté des mers.
• Année probable de l'arrivée à Paris du sculpteur Michel I Bourdin (vers 1585-vers 1645), d'origine orléanaise. Spécialiste des tombeaux, il sculpte celui de Louis XI de Notre-Dame de Cléry, pour remplacer l'original détruit par les protestants, et le monument de cœur (qui abrite le cœur extrait du corps du défunt, enterré ailleurs) de Pierre Dauvet, à Saint-Valérien-de-l'Yonne.
• Le peintre flamand Frans II Pourbus, dit le Jeune (1569-1622), est appelé à Paris par Marie de Médicis; il y devient peintre de la Cour, pour laquelle il exécute de nombreux portraits qui lui donneront une renommée européenne. Il représente souvent ses modèles en pied, dans des poses assez rigides, comme en témoigne son *Portrait d'Henri IV* (Louvre).
• Galilée met au point la lunette astronomique.

1610

23 février
Un traité d'alliance est conclu, non sans mal ni arrière-pensées, entre Henri IV et les princes allemands de l'Union Évangélique.

25 avril
Henri IV conclut avec Charles-Emmanuel Ier de Savoie le traité de Brussol, qui range le Savoyard dans le camp anti-espagnol.

13 mai
La reine Marie de Médicis est sacrée à Saint-Denis. Tout est prêt pour le départ en campagne contre les Espagnols, campagne à laquelle Henri IV s'est résolu enfin : un Conseil de régence sous l'autorité nominale de la reine, à laquelle le sacre vient d'ajouter un surcroît de légitimité ; un réseau d'alliances plutôt branlant, où ne figurent ni l'Angleterre, ni Venise, ni même l'ensemble des cantons helvétiques, mais qui est sans doute le mieux que l'on puisse espérer dans ces circonstances ; et, surtout, une énorme armée d'environ 100 000 hommes, pourvue par Sully d'une artillerie puissante et d'une bonne logistique. Tout, sauf l'adhésion de la masse des Français catholiques et des buts de guerre bien définis. Il est inutile d'imaginer ce qu'aurait pu être cette dernière guerre, un immense gâchis ou, au contraire, l'imposition, avec près d'un demi-siècle d'avance sur les traités de Westphalie, de l'arbitrage français sur l'Europe.

mai-juillet
Fin tragique d'un règne. Le 14 mai, Henri IV est poignardé par François Ravaillac rue de la Ferronnerie. Une heure après, vers 5 h de l'après-midi, il rend l'âme. Le 15, le corps est autopsié ; le 18, les entrailles sont portées à Saint-Denis, et le cœur, enchâssé dans un reliquaire, est déposé au collège jésuite de La Flèche, dans le château dont le roi a fait don à la Société de Jésus. Du 17 au 19 mai, se poursuit l'interrogatoire de Ravaillac, qui affirme jusqu'au bout avoir agi seul. Le 27, le régicide est supplicié en place de Grève. Le 29 juin, le corps embaumé du roi assassiné est porté à Notre-Dame ; le 1er juillet, il est inhumé à Saint-Denis. Le 30 juin, au cours du service à Notre-Dame, l'oraison funèbre est prononcée par messire Cospeau, évêque d'Aire. Le lendemain : nouveau service à Saint-Denis. Le corps du roi est ensuite porté au caveau et le héraut proclame le nouveau règne. On joue sans doute la *Messa pro defunctis* d'Eustache du Caurroy, que le surintendant de la musique avait composée en 1606. Comme l'écrit Sébastien de Brossard, « l'on n'en chante jamais d'autres aux obsèques et aux services des Rois et des Princes à Saint-Denis ».

Qui a tué Henri IV ?

« Ce Ravaillac avoit la barbe rousse et les cheveux tant soit peu dorés. C'estoit une espèce de fainéant qu'on remarquoit à cause qu'il estoit habillé à la flamande plutost qu'à la françoise. Il traisnoit tousjours une espée. Il estoit mélancolique, mais d'assez douce conversation » (Tallemant des Réaux, Historiettes, *chapitre I). On sait peu de chose sur le régicide, sinon qu'il est natif d'Angoulême, qu'il a 32 ans, puisqu'il est né en 1578, et qu'il a fait plusieurs métiers, dont maître d'école et solliciteur de procès. On sait surtout que c'est un catholique exalté, qui a tenté de se faire moine feuillant, puis jésuite, mais qu'on n'a pas voulu de lui, et qu'il a la cervelle embrumée de visions. En bref, un déséquilibré.*
Logiquement, l'enquête conclut à l'acte du désespéré solitaire. Ce qui était vrai pour un Barrière, pour un Chastel, pour tant d'autres, une bonne douzaine, qui ont tenté le coup, ou voulu tenter le coup avant lui, est sans doute vrai aussi pour lui. Il a d'ailleurs essayé dans un premier temps d'approcher le roi pour le convaincre pacifiquement de changer d'attitude, et a beaucoup hésité avant de se résoudre à tuer. Mais, comme dans tant d'autres cas d'assassinats politiques, anciens ou contemporains, la thèse d'une cabale de puissants est plus séduisante que celle, prouvée, du geste isolé d'un enfant perdu d'une idéologie défaite. Qui a donc armé le bras de Ravaillac ? L'Espagne ? La colonie de ligueurs exilés de Naples, Milan ou Bruxelles ? Le duc d'Épernon ? La marquise de Verneuil ? Tous ceux-là, ou quelques-uns parmi eux, de concert ? Jean-Pierre Babelon a recensé toutes les thèses, certaines sérieuses (Épernon), d'autres plus ou moins farfelues, aucune étayée par des preuves. Dans un ouvrage classique, L'Assassinat d'Henri IV, *Roland Mousnier a dit l'essentiel de ce que l'on peut savoir sur cette affaire : que le roi a été tué par un homme seul, mais que le geste de cet homme seul s'inscrit dans une conjoncture politique, intellectuelle et mentale qui l'a rendu possible. Aussi bien, le sous-titre de ce livre est plus révélateur que son titre :* Le problème du tyrannicide et l'affermissement de la monarchie absolue. *En effet, les théories du tyrannicide, dont on a vu l'efflorescence au temps de la Ligue radicale, rendent compte du geste de Ravaillac, tout comme le geste de Ravaillac aura servi, bien à son corps défendant, à l'affermissement de la monarchie absolue.*

LOUIS XIII
Né le 27 septembre 1601-Mort le 14 mai 1643
Règne: 1610-1643 (33 ans)
Roi à 9 ans

*D*ans la galerie des rois, Louis XIII se trouve éclipsé par son père, Henri IV, l'un des souverains les plus populaires de l'histoire de France, et par son fils, Louis XIV, dit Louis le Grand. Il est aussi écrasé par son ministre, Richelieu. Pour cerner sa personnalité, on dispose cependant du journal de son médecin, Héroard, qui note au jour le jour, de 1601 à 1628, les menus faits de la vie quotidienne de son patient. L'éducation du prince est celle du gentilhomme. Il doit maîtriser le métier des armes, avoir des notions de tactique et de stratégie, pratiquer l'art équestre et la danse. Il a pour gouverneur Gilles de Souvré, un homme âgé et austère, mais auquel il est très attaché. Avec des éléments de latin, de mathématiques et surtout d'histoire, il connaîtra l'essentiel. Formé à l'art équestre par son sous-gouverneur, Antoine de Pluvinel de La Baume, fondateur de l'académie militaire la plus réputée du royaume et lui-même le meilleur cavalier de son temps, Louis XIII monte admirablement. Il est aussi bon musicien et montre une prédilection pour le violon et le luth. Pour parfaire cette éducation, il est très bon danseur et grand chasseur. Pour le reste, le «métier de roi» s'apprend par la pratique, la participation aux séances du Conseil, les relations des ambassadeurs, la familiarité des courtisans.
Il semble que Louis XIII ait gardé un vif souvenir de son père, Henri IV, qui le prenait avec lui tout jeune au Conseil, qui jouait avec ses enfants, ceux de la reine et ceux de ses maîtresses, les deux garçons Vendôme, fils de Gabrielle d'Estrées, et le comte de Verneuil, le fils d'Henriette d'Entragues, tous réunis à Saint-Germain-en-Laye. Marie de Médicis a mis au monde six enfants: trois fils, Louis, le dauphin, Nicolas, le premier duc d'Orléans, qui meurt à 4 ans en 1611, et Gaston, d'abord duc d'Anjou, puis duc d'Orléans à la mort de son aîné Nicolas; et trois filles, destinées à de glorieuses alliances. Elles épouseront, Élisabeth, le futur roi d'Espagne, Philippe IV; Christine, l'héritier du duc de Savoie, Victor-Amédée; Henriette, le roi d'Angleterre, Charles Ier. Louis XIII est très lié à sa sœur Élisabeth, d'un an seulement plus jeune que lui, mais il doit s'en séparer bientôt, quand elle part pour l'Espagne en 1615. Il a un sentiment très vif de la dignité de sa fonction. Quand paraît le roi, tous les courtisans se lèvent et se découvrent. Un jour que le prince

de Condé a négligé le protocole, Louis, encore enfant, fait remarquer à son médecin l'inconvenance de l'attitude de son cousin. Au contraire d'Henri IV, Marie de Médicis paraît une mère plutôt froide et distante. Pendant la régence, elle n'associe pas le jeune homme qui grandit aux responsabilités du pouvoir. Les courtisans se pressent autour du maréchal d'Ancre, Concino Concini, le favori italien de la régente, et délaissent Louis.

Il n'a que 16 ans quand un complot se trame contre ce dernier. Le roi manifeste une vive affection pour son favori du moment, Charles d'Albert de Luynes, son fauconnier, circonvenu par les ennemis de Concini. Sur son sang-froid repose la réussite de l'entreprise : il doit feindre de ne rien savoir, aller saluer la reine sa mère comme à l'accoutumée. Cette capacité à se taire, à contrôler ses émotions, à garder pour lui ses pensées construit un caractère renfermé et austère.

Confronté à des choix décisifs, Louis XIII a fait preuve de jugement. Il est gouverné à la fois par la haute idée qu'il a du pouvoir royal et par une piété très vive, qui imprègne toute sa vie, dès l'âge le plus tendre. Il assiste chaque jour à la messe et récite des prières avec son confesseur. En 1638, il consacre son royaume à la Vierge.

Ses relations avec la reine, Anne d'Autriche, sont distantes. Marie de Médicis a exigé que le mariage soit consommé le soir même de la cérémonie du 25 novembre 1615, situation sans doute difficile pour cet adolescent de 14 ans. Ensuite, pendant quatre ans, le roi ne fréquente plus sa belle épouse, qui mène sa vie de son côté, entourée de duègnes espagnoles. Le couple royal connaît une période faste de 1619 à 1622, malheureusement brisée, quand, en mars 1622, Anne d'Autriche perd un héritier, peut-être un dauphin, par une imprudence lors de sa première grossesse. Puis, en 1625, mal conseillée par la duchesse de Chevreuse, la reine se compromet maladroitement avec le duc de Buckingham qui lui fait ouvertement la cour. En 1637, princesse espagnole, elle est en rapport avec des espions de la puissance ennemie, découverts par les services de Richelieu. Aussi la conception du futur Louis XIV, en décembre de cette même année, apparaît-elle comme un vrai miracle. Deux ans plus tard, un nouveau garçon, Philippe, vient renforcer les assurances de la succession et la reine, devenue mère, ne regarde plus vers l'Espagne.

Dans le domaine politique, Louis XIII a voulu les guerres protestantes, contre l'avis de son Conseil, dans les années 1620-1629. En 1630, il a choisi Richelieu, c'est-à-dire la guerre contre les Habsbourg, tournant le dos à la paix préconisée par le parti dévot. En dépit des complots et des révoltes des grands, qui attaquent son ministre, il reste indéfectiblement fidèle au cardinal. Cette conscience scrupuleuse, soutenue par l'homme d'Église qu'est

Richelieu, accepte de réduire les oppositions par la violence d'État, contre les valeurs de la société nobiliaire : les opposants sont impitoyablement sacrifiés à l'affirmation de la monarchie absolue – les Marillac, les Montmorency, même ses plus proches, comme Cinq-Mars, en 1642. Son fils, Louis XIV, qui l'a peu connu, lui vouait une grande admiration et s'impatientait de devoir attendre la mort de Mazarin pour prendre enfin toute sa place à 23 ans, quand son père, lui, avait commencé d'exercer personnellement le pouvoir à 16 ans.

La violence et les passions marquent «l'époque Louis XIII». La démesure du baroque s'y retrouve tant dans l'expressionnisme de l'art que dans les excès des conflits : dans le royaume, violence des duels, des guerres civiles et religieuses, des soulèvements populaires, qui sont protestations de contribuables de plus en plus chargés d'impôts contre la puissance publique affamée d'argent ; hors du royaume, guerre entre la France et les Habsbourg, interminable, qui commence en 1635 et ne s'achèvera qu'en 1648 avec l'empereur, en 1659 avec l'Espagne, bien après la disparition de Louis XIII lui-même. Les choix du cardinal de Richelieu, exprimés dans son *Testament politique*, regard rétrospectif sur son action mis en forme pour la postérité, rendent compte de ce qui fut acquis dans le bruit et la fureur des conflits : à l'intérieur, l'affermissement du pouvoir du roi ; à l'extérieur, l'abandon définitif de l'unité religieuse et politique de l'Europe, le choix des États-nations, choix qui impose d'affirmer la puissance française face à celle des Habsbourg.

Il faut d'abord «rabaisser l'orgueil des grands». La noblesse, entichée de hiérarchies et de «distinction», forme les cadres de la nation : la justice seigneuriale est plus près des peuples que les représentants du roi. C'est donc avec sa noblesse que le roi gouverne. Elle lui doit toujours aide et conseil. Ainsi les princes, les ducs et pairs, les grands officiers de la Couronne ont entrée au Conseil. L'institution va se perfectionnant, créant des sections spécialisées, Conseil des parties pour la justice et Conseil des finances, l'ensemble étant coiffé par un Conseil secret ou étroit, réservé aux intimes du roi et aux plus importants ministres, où sont débattus les problèmes de politique générale. Quand Richelieu revient au pouvoir en 1624, il sait qu'il faudra compter avec cette noblesse arrogante. Mais on ne verra plus de grandes révoltes, seuls des complots témoignent de la contestation des ennemis du cardinal. Celui-ci immole les conjurateurs à la raison d'État : Chalais en 1626, Cinq-Mars en 1642. Pour réduire la force de résistance des grands dans les provinces, Richelieu exige le démantèlement des forteresses. Reprenant à son compte la revendication exprimée par la ville de Paris en 1614, il entreprend de «faire détruire des châteaux et forteresses qui ne sont pas sur les frontières et les villes capitales des provinces» pour priver la noblesse de points d'appui inexpugnables. Les châteaux sont encore, le plus souvent, des maisons fortifiées, protégées par de hauts murs, flanquées de tourelles et entourées de fossés.

Depuis la reprise en main d'Henri IV et la pacification chèrement acquise, il n'y a pas vraiment de lieux où s'exprime la contestation, les états généraux n'étant plus réunis. Les grands sont donc contraints, pour faire entendre les autres choix possibles de la politique de la France pour la «réformation» du royaume au-dedans et la défense des acquis d'Henri IV au-dehors, de faire prévaloir leur point de vue au Conseil. Faute d'être entendus, ils quittent la Cour, se replient dans les provinces dont ils sont gouverneurs et où ils bénéficient de larges clientèles. Ils peuvent lever des troupes et brandir l'étendard de la révolte: ces «départs de la Cour» se reproduisent trois fois entre 1614 et 1617 contre le gouvernement de Marie de Médicis; puis à nouveau contre Louis XIII entre 1619 et 1621, quand l'opposition se regroupe alors autour de la reine mère. Deux tendances s'affrontent: les héritiers des Politiques, favorables au renforcement de l'État monarchique, farouchement gallicans, attachés à la défense de l'indépendance de la France face aux prétentions hégémoniques des Habsbourg; en face, les dévots, favorables à la Contre-Réforme, à l'introduction en France des articles du concile de Trente (ce qui est chose faite en 1615) et, sur le plan européen, à une politique pacifiste et même hispanophile, hostiles, par conséquent, aux alliances protestantes, alliances contre nature dans une Europe divisée par le schisme de la Réforme.

La religion, en effet, imprègne toute la vie des individus par ses rites, son enseignement, ses œuvres charitables, sa morale. Le grand courant de la Réforme a posé le problème crucial du salut. La théologie calviniste de la grâce et de la prédestination pénètre les mentalités. L'Église romaine, depuis le concile de Trente (1545-1563), entame à son tour sa réforme, portée par des personnalités exceptionnelles. François de Sales propose aux simples laïcs une voie vers «la vie dévote», et l'idéal de sainteté devient l'affaire de chacun. Le renouveau des études augustiniennes donne son élan au courant janséniste. L'ambition du salut imprime son caractère à toute la vie du croyant. Les jésuites, comme les oratoriens du cardinal de Bérulle, les dévots, comme les jansénistes, les prêtres missionnaires formés par Olier ou Bourdoise, sont des hommes de foi. Cet idéal est constamment présent dans la vie de Louis XIII, lui-même très pieux, d'Anne d'Autriche, qui prie souvent dans son oratoire, comme dans celle des Solitaires de Port-Royal ou de tant de laïcs engagés dans les œuvres de bienfaisance.

Mais la religion n'est pas seulement affaire de salut individuel, elle est une norme sociale. Les guerres du siècle précédent ont créé des clivages entre catholiques et protestants. L'édit de Nantes n'est pas encore appliqué dans toutes les provinces: le Béarn est resté entièrement protestant. Ailleurs, à La Rochelle par exemple, les catholiques ne peuvent pratiquer normalement leur religion. Enfin, les avantages politiques consentis au «parti» par Henri IV, en 1598, ont créé une sorte d'État dans l'État. Louis XIII veut donc établir ou rétablir l'édit et ramener ses sujets protestants à la loi commune. De 1620 à 1629, son action est dominée par cet objectif: chaque année le retrouve à cheval, au milieu de son armée, pour faire face aux révoltes conduites par le duc de Rohan et son frère, Soubise, jusqu'au terrible siège de La Rochelle. Après un an, la ville accepte enfin de se rendre le 28 octobre 1628. Sa population, estimée à 25000 habitants, a été réduite à 6000. Par la grâce d'Alès accordée le 28 juin 1629, le roi impose à ses sujets protestants la suppression de tous les privilèges politiques que leur reconnaissaient les articles secrets et les brevets de l'édit de Nantes. Ils perdent ainsi leurs places de sûreté et doivent démanteler les fortifications des villes et des châteaux. La religion romaine est restaurée à La Rochelle. La ville, progressivement repeuplée par une population catholique, perd ses privilèges municipaux. En revanche, les stipulations de l'édit de Nantes concernant la liberté de conscience et l'exercice de la religion sont confirmées. Comme en Béarn, la politique de Louis XIII vise à imposer le pouvoir du roi sans partage, mais ne remet pas en cause l'existence de la Religion Prétendue Réformée.

Dans le domaine de la politique étrangère, on observe deux périodes nettement distinctes. Après l'assassinat d'Henri IV, pendant la régence, le pouvoir, en quenouille du fait du bas âge du roi, est menacé à l'intérieur par les ambitions des branches cadettes: la prudence s'impose. Alors que le feu roi avait mis sur pied une vaste expédition vers les Pays-Bas et le Palatinat pour sauvegarder les droits de ses alliés protestants dans la succession de Clèves et de Juliers, l'opération est limitée à une démonstration de force devant Juliers.

De 1610 à 1630, tout l'effort est concentré sur le règlement des affaires intérieures. À ce choix pratique s'ajoute un choix idéologique: Marie de Médicis, princesse italienne qui a servi le retour des jésuites en France, se place résolument du côté des dévots – Bérulle est alors un conseiller très écouté. Or le souverain pontife, à Rome, cherche à donner un vrai dynamisme à la Contre-Réforme. Il veut reconquérir les espaces abandonnés aux protestants au siècle précédent. L'empereur et le roi d'Espagne sont les instruments de cette reconquête. Ferdinand de Styrie, élu roi de Bohême en 1617, élevé au collège jésuite d'Ingolstadt, en Bavière, est un catholique fervent. En Styrie déjà, il a fait montre d'une grande fermeté pour ramener dans le giron de l'Église romaine ses sujets protestants. Il tente d'opérer de la même manière dans l'Empire. En Espagne, Philippe III, le beau-père de Louis XIII, est le champion de la cause catholique, assumant pleinement l'héritage de Philippe II. Ses possessions européennes lui donnent la maîtrise du bassin occidental de la Méditerranée et, peu à peu, une influence prépondérante sur la péninsule italienne: pas une succession ne se fait sans l'aval du roi d'Espagne. Les Français ont dû abandonner le Milanais et renoncer désormais à toute conquête en Italie.

Pour Marie de Médicis et son Conseil, le choix de la paix s'impose, et même l'alliance avec le grand voisin, malgré les risques de voir se constituer une hégémonie des Habsbourg sur l'Europe. Les négociations en vue des «mariages espagnols», entamées dès la mort d'Henri IV, aboutissent à un traité d'alliance en 1612. Cette option a l'inconvénient de mettre la France sous la tutelle de l'Espagne, mais elle a l'avantage d'assurer au royaume vingt ans de paix et de préserver l'avenir par la construction de liens dynastiques qui rapprochent les deux monarchies. Elle range la France au côté des puissances catholiques et distend ses liens avec les États protestants dont Henri IV avait toujours été le protecteur.

Richelieu prend progressivement la mesure de l'effacement de la France sur la scène européenne. Évêque de la Contre-Réforme, il est «tout à fait espagnol» en 1616, mais devant les développements de la guerre dans l'Empire, il opère un retournement face à une situation qui donne trop de place à la coalition des Habsbourg. Aussi est-il favorable en 1624 au mariage d'Henriette de France, la jeune sœur de Louis XIII, avec l'héritier du trône d'Angleterre, bien que la princesse doive épouser un hérétique avec dispense pontificale. Le traité signé avec l'Angleterre à cette occasion stipule que Charles Ier laissera à ses sujets catholiques le droit de pratiquer leur religion, et les proches de Marie de Médicis comptent sur l'influence de la jeune reine pour promouvoir outre-Manche un catholicisme rénové. Dès novembre 1624, Richelieu écrit à Louis XIII: «Les affaires d'Allemagne sont en tel état que si le roi les abandonne, la Maison d'Autriche se rendra maîtresse de toute l'Allemagne et ainsi assiégera la France de tous côtés.» Il faut donc revenir à la politique d'équilibre d'Henri IV et aux alliances protestantes. C'est chose faite le 10 juin 1624 quand est signé un traité avec les Provinces-Unies, toujours en guerre contre l'Espagne. Comme l'écrit le représentant de Venise, Pesaro: «En toutes choses, il [Richelieu] se fait connaître plus homme d'État que d'Église.»

Mais pour faire la guerre, il faut des moyens et d'abord remplir les caisses de l'État. Or, d'après le système fiscal de la monarchie hérité des conceptions médiévales, le roi doit vivre de son domaine. Certes, les besoins militaires bénéficient d'une longue reconnaissance: dès la guerre de Cent Ans, les rois ont créé un impôt direct permanent, la taille. Au XVIIe siècle, entrer en campagne reste une véritable entreprise pour laquelle il faut de très gros moyens: l'empereur s'adresse à des condottieri – Tilly, Wallenstein, etc. – qui se chargent de recruter, armer, munitionner, nourrir des troupes. À côté de l'armée royale proprement dite, Louis XIII fait appel, lui aussi, à un condottiere en la personne de Bernard de Saxe-Weimar. On ne se bat que pendant la belle saison, du printemps à l'automne. Les armées campent et se nourrissent sur les pays occupés. Le logement des gens de guerre est un impôt lourd et redouté, car prétexte à toutes sortes d'exactions.

Le gouvernement de Louis XIII est donc contraint d'augmenter les impôts. La taille d'abord, puis les impôts indirects, aides, traites, gabelles. Ces derniers sont prélevés par le système de la ferme. Des financiers, les «traitants» ou «partisans», ont obtenu en adjudication tel ou tel impôt. Ils doivent mobiliser pour le roi une somme globale, immédiatement disponible, à charge pour eux de récupérer leur mise auprès des contribuables, en prélevant au passage de lourdes commissions qui peuvent aller jusqu'à 15 %, 25 % ou même parfois 30 %. Ces financiers sont représentés dans certaines gravures du temps comme de voraces cormorans, ces prédateurs qui ne laissent rien dans les eaux qu'ils écument. Mais l'impôt reste insuffisant; force est donc de recourir à l'emprunt consenti à travers les filières bien rodées mises en place par les financiers. Ceux-ci, formés le plus souvent dans les milieux de la robe, officiers de justice et surtout de finances, ont acquis tout le savoir-faire nécessaire dans la gestion des deniers du roi. Ils opèrent dans le secret. Les plus grandes familles, qui engagent leurs capitaux dans les affaires du roi, se cachent derrière des prête-noms. Les financiers tiennent en somme un rôle d'intermédiaire entre le demandeur, le roi, et les possédants. Ces derniers sont les détenteurs d'une fortune, foncière essentiellement: membres de la noblesse d'épée, très bien «possessionnée»; membres du clergé, titulaires de riches évêchés ou de grandes abbayes; parlementaires et officiers des cours souveraines; gens de robe de moindre degré et, moins souvent, membres d'une bourgeoisie d'offices ou de marchandise. Pour qui veut placer ses revenus, le mieux en ce temps est de souscrire des prêts au roi qui emprunte au denier 20 (5 %) ou au denier 18 (5,55 %). L'État qui ponctionne le contribuable et draine des quintaux d'argent ou même d'or devra rembourser évidemment, plus ou moins bien, plus ou moins vite. À plus ou moins longue échéance, la richesse des peuples, assurée par le travail de tant de paysans, artisans, commerçants, finira par grossir les fortunes des prêteurs. Le roi a besoin des plus aisés et eux-mêmes ne peuvent se passer des «affaires du roi». Toutes les oppositions ne doivent pas faire oublier cette collusion. Pour qui étudie les révoltes, il ne faut jamais perdre de vue ces liens souterrains noués par les financiers entre les catégories les plus riches et l'État. Les reconnaissances de dettes forment un papier qui s'échange, à la valeur nominale au début, mais qui se dévalue souvent par la suite. Les spéculateurs cependant peuvent tenter d'en racheter à la baisse en espérant se les faire rembourser le moment venu au prix nominal en bonne monnaie sonnante. L'emprunt passe aussi par les rentes constituées émises sur l'Hôtel de Ville de Paris, qui les garantit et les assigne sur différentes recettes tirées des impôts et sur les biens du clergé. Les rentiers en touchent les intérêts en principe par trimestre. Dans les périodes difficiles, on a vu certains «quartiers» n'être pas remboursés ou, pire, une dévaluation frapper la livre tournois elle-même, ce qui atteint directement les détenteurs de rentes. Mais ces calamités sont relativement rares: l'État ne peut se permettre d'atteindre au cœur la confiance des prêteurs au risque de tarir cette source indispensable de numéraire.

La pression fiscale ne va pas sans protestations: les révoltes populaires sont là pour en témoigner. À partir de 1624, elles soulèvent les provinces tantôt au Sud, tantôt au Nord. Presque toutes les régions sont touchées, mais, là encore, la réponse du gouvernement est sans pitié et la monarchie absolue étend son pouvoir.

L'absolutisme en effet est en marche. Il est soutenu sur le plan théorique par Charles Loyseau, Guez de Balzac, Jean de Silhon, François de Colomby, Cardin Le Bret, qui reprennent en les développant les idées de Jean Bodin: le pouvoir réside tout entier dans le roi, seul détenteur de la souveraineté. Mais monarchie absolue n'est pas tyrannie, car le roi gouverne par Conseils et respecte les «libertés et franchises» des provinces, des villes et des corps. Cependant, progressivement, le roi étend son emprise de façon plus ferme. Les intendants, ces commissaires «départis» dans les provinces et directement nommés par le roi, ont des pouvoirs très étendus. Ils surveillent les officiers, détenteurs de leurs charges, et défendent les intérêts du roi dans les provinces. «Réduire tous ses sujets en leurs devoirs et relever son nom dans les nations estrangères au point où il devoit estre», telle est l'ambition de Richelieu et de Louis XIII avec lui.

PAPES

Paul V, 1605-1621; Grégoire XV, 1621-1623; Urbain VIII, 1623-1644.

SOUVERAINS

Angleterre et Écosse: Jacques Ier, 1603-1625; Charles Ier, 1625-1649.

Danemark: Christian IV, 1588-1648.

Empire: Rodolphe II, 1576-1612; Mathias II, 1612-1619; Ferdinand II, 1619-1637; Ferdinand III, 1637-1657.

Empire ottoman: Achmet Ier, 1603-1617; Mustafa Ier, 1617-1623; Mourad IV, 1623-1640; Ibrahim, 1640-1648.

Espagne et Portugal: Philippe III, 1598-1621; Philippe IV, 1621-1665.

Pologne: Sigismond III, 1587-1632; Ladislas IV, 1632-1648.

Russie: Michel Fedorovitch Romanov, 1613-1645.

Savoie: Charles-Emmanuel Ier, 1580-1630; Victor-Amédée, 1630-1637; François-Hyacinthe, 1637-1638; Charles-Emmanuel II, 1638-1675.

Suède: Charles IX, 1604-1611; Gustave II Adolphe, 1612-1632; Christine, 1632-1654.

1610

15 mai

Dès le lendemain de la mort d'Henri IV, pour assurer la continuité du pouvoir, la reine Marie de Médicis est déclarée solennellement régente au cours d'un lit de justice qui se tient au Parlement de Paris. Cette cérémonie, réservée en principe à l'enregistrement des ordonnances et édits « en présence du roi » pour couper court à toute opposition des parlementaires, est utilisée à ce moment-là pour organiser la succession d'Henri IV. En l'absence des princes du sang Henri II de Bourbon prince de Condé (1588-1646) et le comte Charles de Soissons (1566-1612), la reine et le Conseil, où siègent les Barbons – le chancelier Brûlart de Sillery, le surintendant des finances Sully, le président Jeannin et Villeroy, secrétaire d'État (ministre des Affaires étrangères) –, recourent à cette procédure. Elle permet de faire l'économie de la réunion des états généraux, normalement exigée dans de telles circonstances, de confier tous les pouvoirs à la régente et de se passer de lieutenant général du royaume, fonction qui reviendrait de droit au plus proche parent du roi susceptible de lui succéder, en l'occurrence le prince de Condé, alors âgé de 22 ans, qui réside à Milan, en terre espagnole.

Marie de Médicis

Cette princesse toscane (1573-1642) doit sa fortune à son mariage avec le plus grand prince d'Europe, Henri IV. Les guerres de Religion ont vidé les caisses et le roi est endetté. Il a emprunté 1 174 147 écus d'or à la banque Médicis. Le parti toscan, s'il est moins prestigieux qu'un parti royal, présente un avantage pécuniaire indéniable. En 1599, les négociations avancent et, au prix d'un marchandage (la dot de la princesse de Toscane monte à 600 000 écus d'or dont 350 000 versés comptant), le mariage est conclu et célébré à Lyon le 17 décembre 1600. Le 27 septembre 1601, naît à Fontainebleau un dauphin : Louis. Cinq autres enfants suivront. Dans le couple royal, l'humeur est souvent à l'orage car Henri IV impose à la reine la présence de ses maîtresses et de ses bâtards. Marie, qui a une haute idée de son rang et de sa fonction, supporte mal les incartades du roi. Toutefois, le 13 mai 1610, au moment de partir en campagne pour Clèves et Juliers, Henri IV fait couronner la reine en grande pompe à Saint-Denis et prévoit de lui laisser les rênes de l'État en son absence. C'est donc tout naturellement qu'elle s'en saisit le lendemain de l'assassinat du roi, le 15 mai : elle assure la régence pour son fils mineur. Sully est écarté et quitte son ministère en 1611, mais les autres Barbons, les vieux ministres d'Henri IV, restent au pouvoir. La reine fait toute confiance à son favori Concino Concini, dont elle fera un maréchal de France en 1613. L'orientation politique subit une nette inflexion : les grands desseins d'Henri IV dans les affaires allemandes sont réduits au minimum. Subissant fortement l'influence du parti dévot et celle, très présente, du cardinal de Bérulle, Marie de Médicis penche pour l'alliance avec l'Espagne. Dès 1612, sont conclus les « mariages espagnols » qui doivent unir Louis XIII avec l'infante Anne d'Autriche et sa sœur, Élisabeth, avec l'héritier du trône d'Espagne, Philippe.

Dons et gratifications épuisent rapidement le trésor accumulé par les soins de Sully mais ne suffisent pas à calmer les grands qui reprennent les armes dès 1614. La réunion des états généraux se solde par un succès de la régente et de son Conseil. Cependant les révoltes nobiliaires reprennent en 1616, puis en 1617 jusqu'à l'assassinat du maréchal d'Ancre, organisé dans l'entourage proche de Louis XIII.

Dès lors, le jeune roi prend la direction de ses affaires, se confie à son favori Charles d'Albert de Luynes, rappelle les Barbons et exile sa mère à Blois avec Richelieu. La reine mère, désormais passée du côté de l'opposition, est au centre des « guerres de la mère et du fils », comme l'écrit Eudes de Mézeray. De réconciliations en querelles, Louis XIII est progressivement amené à rompre avec sa mère et, surtout, avec le parti dévot. Le 10 novembre 1630, lors de la « journée des Dupes », le roi fait le choix décisif : il se sépare des Marillac, le chancelier et le maréchal, et des fidèles de Marie ; il exile sa mère à Compiègne et opte pour la politique ambitieuse que lui trace Richelieu. En fait, il lui faut choisir entre la politique pro-espagnole, c'est-à-dire la paix, préconisée par le parti dévot, et la poursuite de l'engagement au côté des protestants dans le conflit qui déchire l'Allemagne.

Écartée, Marie de Médicis s'échappe de nouveau de sa résidence surveillée de Compiègne le 18 juillet 1631 et quitte la France : elle se réfugie auprès de cours étrangères, à Bruxelles, terre espagnole, en Angleterre auprès de sa fille Henriette, épouse de Charles Ier, et finalement à Cologne où elle meurt le 3 juillet 1642 à 69 ans. Les jugements portés sur la reine Marie et sa régence sont systématiquement négatifs. Si on admet qu'Henri IV n'était pas un mari modèle, on déplore aussi que les relations de la reine avec ses enfants, en particulier avec Louis XIII, n'aient pas été empreintes de plus de chaleur et d'affection. On lui reproche surtout d'avoir suivi aveuglément les conseils de ses favoris italiens, eux aussi mal jugés par une historiographie qui reprend à son compte les arguments des pamphlets de la propagande. Le parti dévot proposait une autre voie, pacifique et moins coûteuse pour les peuples, mais il fut écarté par Louis XIII. La vision de Richelieu l'a finalement emporté, renouant avec la politique d'équilibre européen pratiquée par Henri IV. La stature du grand ministre fait de l'ombre à ses prédécesseurs.

22 mai

L'édit de Nantes est confirmé. Cette paix, chèrement acquise le 30 avril 1598, assure un statut particulier aux sujets protestants: il faut les rassurer pour éviter toute rébellion, toute menace envers le pouvoir du jeune Louis XIII. Ce sera la tâche des Barbons.

Les Barbons

Après la mort d'Henri IV, rien ou presque ne change dans l'entourage de son successeur. Sully, protestant dans une Cour où triomphe le parti de la Contre-Réforme près d'une reine italienne et ultramontaine, voit son étoile décliner. En 1611, il quitte la surintendance des finances, mais avec tous les honneurs. Restent en place les autres Barbons, qui doivent leur nom à leur grand âge: Nicolas de Neufville, seigneur de Villeroy (1542-1617), a fait la preuve de ses capacités de négociateur depuis le règne d'Henri III. Rallié à Henri IV en 1594, il est secrétaire d'État aux Affaires étrangères. En 1610, à 68 ans, il est l'homme fort du gouvernement de la régente. Nicolas Brûlart de Sillery (1544-1624), de la même génération, a fait carrière sous Henri IV lui aussi (garde des Sceaux en 1604, puis chancelier en 1607). Sous la régence de Marie de Médicis, il reste au pouvoir. Il marie son fils, Puisieux, à la fille de Villeroy, assurant fortement son ancrage ministériel. Dernier Barbon, le président Pierre Jeannin (1540-vers 1622) a fait une carrière d'homme de loi. Sous Henri IV, il a conduit différentes négociations. Il reste en place après 1610, à plus de 70 ans, chargé des finances pendant la régence. Le gouvernement de Marie de Médicis obéit avant tout au souci de maintenir la continuité. Formé à la diplomatie, Concino Concini s'attache surtout à maintenir les acquis du règne précédent. L'essentiel est de sauvegarder le pouvoir d'un roi mineur menacé par les ambitions politiques et la rapacité des grands. En 1614, et plus encore en 1616, l'Italien tente de faire obstacle à leurs ambitions. Il remplace l'équipe héritée d'Henri IV par de nouveaux ministres, plus jeunes et intègres. Cet intermède ne tient que quelques mois, balayé par le coup de force du jeune Louis XIII, qui fait assassiner Concini, le maréchal d'Ancre, et rappelle au pouvoir les vieux ministres de son père.

30 mai

Henri II de Bourbon, prince de Condé, revient à la Cour.

6 juin

François de Sales et Jeanne de Chantal (1572-1641) fondent l'ordre des religieuses de la Visitation Sainte-Marie à Annecy. Cette congrégation est d'abord vouée aux œuvres de charité: les sœurs visitent les pauvres, les malades, les vieillards. Mais ces pratiques sont perçues comme contraires aux règles habituelles des ordres religieux voulues par le concile de Trente qui prévoient une clôture. Critiqués à Lyon par l'archevêque, les fondateurs doivent céder: les visitandines seront donc cloîtrées et se consacreront exclusivement à la contemplation.

29 juin

Le deuil de la Cour a duré quarante jours, pendant lesquels se maintient le rituel du service du roi défunt comme s'il était encore vivant. Le jour des funérailles, la dépouille d'Henri IV, embaumée, est portée en procession solennelle avant d'être inhumée à Saint-Denis. Le 18 mai, son cœur a été prélevé et donné, selon sa volonté, au collège jésuite de La Flèche. Il honore ainsi l'ordre de saint Ignace, champion de la Contre-Réforme.

26 juillet

Entré au Conseil des finances le 12 juillet, où il est plus spécialement chargé de la ferme du sel, Concino Concini, le favori italien de la reine régente Marie de Médicis, commence sa carrière politique: il est fait conseiller d'État.

3 septembre

Après une courte campagne et des opérations militaires limitées, la place de Juliers est emportée par les troupes françaises du maréchal de La Châtre et celles des princes allemands commandées par le prince d'Anhalt. En fait, le problème de la succession de Clèves et Juliers ne sera définitivement réglé qu'au traité de Xanthen (10 novembre 1614).

16-27 septembre
Le 16 septembre, Concini, comte de la Penna, devient marquis d'Ancre par l'achat d'une terre noble en Picardie moyennant 330000 livres. Il galéjait, disant que « comte de la Plume [la *penna*, en italien] et marquis d'Encre, il ne lui restait plus qu'à devenir duc de Papier ». Le 23, il est fait lieutenant de Péronne, Roye et Montdidier, ce qui assure mieux encore sa présence en Picardie. Enfin, le 27, il achète au duc de Bouillon sa charge de premier gentilhomme de la chambre, moyennant 192000 livres. Il acquiert ainsi une charge de Cour de première importance, qui lui donne accès au roi dans une familiarité quotidienne.

21 septembre
La France et l'Angleterre signent un traité d'alliance qui prépare un rapprochement plus étroit. Henri IV, déjà, avait envisagé de marier une de ses filles au prince de Galles.

17 octobre
Louis XIII est sacré à Reims.

autres événements
• Les ursulines, congrégation italienne fondée en 1535 et vouée à l'éducation des filles, s'installent rue Saint-Jacques à Paris.
• Loyseau: *Traité des ordres et simples dignités*; Bignon: *De l'excellence des rois et du royaume de France.* Les écrivains politiques du début du XVIIe siècle reprennent et développent la théorie du droit divin, fondement de la souveraineté des rois.

Deux théoriciens du pouvoir monarchique : Loyseau et Bignon

Charles Loyseau (1566-1627) s'est rendu célèbre d'abord par son Traité des seigneuries *(1608) où il aborde une réflexion sur le pouvoir d'État et reprend à son compte les idées de Bodin et affirme haut et fort le principe monarchique fondé sur la souveraineté dont seul le roi est dépositaire. Dans son* Traité des ordres et simples dignités *(1610), il fait une analyse de la société qu'il montre figée dans un système hiérarchique contraignant. Loyseau décrit des mentalités très attachées au « rang » de chacun, ce qui s'exprime dans la vie quotidienne, lors des processions par exemple ou dans la rue, où les disputes de préséances sont fréquentes pour savoir qui laissera à l'autre le passage de son carrosse ou, à pied, le « haut du pavé ». Loyseau peint un monde divisé en deux catégories : « ceux qui commandent » et « ceux qui obéissent ». Il a le mérite de faire sa juste place au « quatrième ordre », celui des officiers du roi, qui bénéficient de la vénalité et, depuis 1604, de l'hérédité de leur charge. Trouvent ainsi leur place ceux qui se sont élevés dans l'échelle sociale par ce mouvement continu qui a fait passer les gens de la marchandise vers la robe, et les gens de robe vers la noblesse d'épée – le temps et l'achat de terres nobles, voire de titres, effaçant progressivement la tare des origines.*
De quelque vingt ans plus jeune que Charles Loyseau, Jérôme Bignon (1589-1656), par sa précocité, s'en fait le contemporain. D'une famille de robe, il reçoit une formation éclectique en étudiant l'histoire, la philosophie, la théologie et les langues anciennes. Réputé pour des ouvrages publiés entre 11 et 16 ans, il est appelé à la Cour par Henri IV qui en fait un enfant d'honneur du dauphin. Son traité De l'excellence des rois et du royaume de France *répond à Diego Valdez qui voulait démontrer la supériorité des rois d'Espagne sur tous les autres souverains. Le titre même de son livre met en valeur sa théorie du pouvoir royal, tributaire de Jean Bodin. Il y défend le droit des rois de France à revendiquer la première place « par-dessus les autres ». Il poursuit des études de droit qui le conduisent à la profession d'avocat, avant de devenir avocat général au Grand Conseil en 1620, charge qui l'agrège aux « gens du roi » au sein du prétoire. En 1625, il devient avocat général au Parlement de Paris, charge plus prestigieuse encore où il démontre ses qualités de juriste. En 1642, il est fait bibliothécaire du roi. Comme après lui Omer Talon (1595-1652), Bignon appartient à la cohorte des grands érudits de son temps.*

• Jacques Bellange (vers 1575-1616) orne de fresques, aujourd'hui disparues, le palais ducal de Nancy. Bellange est un dessinateur et un graveur remarquable, pratiquant un art raffiné et maniériste, avec de hautes figures féminines aux poses élégantes et contournées. Seuls deux tableaux de lui étant connus, on ne peut guère apprécier son œuvre de peintre.
• Début de la construction de l'église Saint-Étienne-du-Mont, à Paris.
• Réalisation du calvaire de Saint-Thégonnec, en Bretagne.

1611

26 janvier

Se sentant menacé au sein d'un Conseil qui opte pour une politique pro-espagnole et craignant qu'on ne vienne à examiner de trop près ses comptes, Sully, qui a 52 ans, donne sa démission. Il reçoit une indemnité de 300000 livres, reste gouverneur du Poitou et grand maître de l'artillerie. Cette retraite entraîne une réforme du Conseil le 5 février. Elle tient surtout dans une réorganisation du Conseil des finances. Sans avoir eu la charge de surintendant des finances à proprement parler (charge supprimée en 1594), Sully en exerçait les fonctions, dominant un Conseil des finances qu'il avait peuplé de ses créatures. Son départ permet donc de renouveler ce Conseil où siègent, outre le président Jeannin, Gilles de Maupeou, Isaac Arnauld, Dolé, Louis Duret et son frère, Chevry. Les protégés de Concini dominent seuls désormais l'entourage de Marie de Médicis.

9 février

Concini, déjà très implanté en Picardie, devient lieutenant général du roi dans cette province. Il peut faire contrepoids au gouverneur, le jeune Henri II d'Orléans duc de Longueville (1595-1663), qui n'a que 16 ans.

30 avril

Un premier traité secret est signé à Fontainebleau entre la France et l'Espagne en vue des « mariages espagnols » : Louis XIII épouserait la fille aînée du roi d'Espagne Philippe III, l'infante Anne d'Autriche, et sa sœur, Élisabeth, est promise au prince des Asturies, futur Philippe IV. La promesse de mariage est assortie d'un traité d'alliance défensive et offensive en cas de guerre civile ou étrangère.

Louis Gaufridy, curé de la paroisse marseillaise des Accoules, accusé de sorcellerie, meurt sur le bûcher à Aix-en-Provence.

27 mai-26 septembre

Les protestants tiennent leur assemblée à Saumur.

11 novembre

Pierre de Bérulle fonde à Paris la congrégation de l'Oratoire qui vise à former des prêtres pour les paroisses et les missions, en ville principalement.

Bérulle

Pierre de Bérulle (1575-1629) est le fils d'un conseiller au Parlement de Paris et de Louise Séguier, tante du futur chancelier. Il étudie le droit à Paris et la théologie au Collège de Clermont tenu par les jésuites. Ordonné prêtre en 1599, il reçoit la charge d'aumônier du roi. Il songe un moment à entrer dans la Compagnie de Jésus. Proche de Mme Acarie, sa cousine, il contribue, en 1604, à faire venir en France quelques carmélites espagnoles, réformées par Thérèse d'Ávila. Par la suite, de nouveaux carmels s'ouvrent chaque année.

À côté de la direction de conscience, Bérulle participe à la dispute avec les protestants par des ouvrages de controverse, puis choisit de contribuer au développement de la Réforme catholique en France. Il faut d'abord former des prêtres savants dans la théologie et les Écritures pour évangéliser, par des « missions », un peuple chrétien plus « superstitieux que dévot ». Bérulle fonde la congrégation de l'Oratoire en 1611, sur le modèle de celle créée par Philippe Neri en Italie. Même s'ils vivent en communauté, les oratoriens ne sont pas des moines, ne prononcent pas de vœux perpétuels et ne sont pas astreints à dire les heures du bréviaire. Leur tâche consiste à former des prêtres pour leur mission dans des séminaires et, sur la demande de Rome, les laïcs dans des collèges. Par l'élite sociale qu'ils touchent, les oratoriens deviennent les rivaux des jésuites revenus en France en 1603.

À côté de cette œuvre pastorale importante, Bérulle participe au Conseil de conscience à la Cour de Marie de Médicis. Il penche pour le parti dévot dont il devient l'un des piliers. Après la disgrâce de la reine mère en 1617, il s'efface, mais Louis XIII l'utilise pour négocier la paix avec sa mère en 1619, quand celle-ci a pris la tête de la révolte avec le duc d'Épernon.

En 1624, Richelieu est revenu au Conseil et le roi veut marier sa sœur, Henriette de France, avec l'héritier de la couronne d'Angleterre, le futur Charles Ier, protestant : Bérulle, chargé de négocier avec le Saint-Siège, obtient les dispenses. Mais les choix politiques du roi ne sont plus ceux des dévots et Bérulle connaît la disgrâce. Urbain VIII cependant reconnaît ses mérites et le fait cardinal en 1627.

Au-delà de son action comme fondateur de l'Oratoire ou comme conseiller de Marie de Médicis, Bérulle a exercé un rayonnement exceptionnel : il a connu Saint-Cyran, avec lequel il a entretenu une relation étroite, Vincent de Paul et Descartes. Son influence s'est aussi exercée par ses écrits et a touché les lazaristes, les eudistes et les sulpiciens.

autres événements

• Edmond Richer fait paraître un livre voué à une grande postérité : *De ecclesiastica et politica potestate libellus (De la puissance ecclésiastique et politique).*

Edmond Richer

Après des études menées à Paris au Collège du Cardinal Lemoine, Edmond Richer (1559-1631) obtient le doctorat ès arts en 1592. Il s'engage pour la Ligue durant les années troublées du règne d'Henri III, mais se range au côté d'Henri IV après le retour du roi dans sa capitale. En 1595, il devient directeur du Collège du Cardinal Lemoine où sa gestion efficace ramène l'ordre et la discipline. Le 2 janvier 1608, syndic de la Sorbonne, il s'emploie à remettre de l'ordre dans les archives, exige que les procès-verbaux soient tenus exactement et que les bacheliers remettent le manuscrit de leur thèse un mois avant la soutenance.

Dans son combat pour la défense du gallicanisme, il se heurte aux jésuites, puis aux oratoriens. De la puissance ecclésiastique et politique *soulève des controverses : approuvé par le premier président au Parlement de Paris, il est blâmé par la Sorbonne, puis interdit par le Parlement et finalement mis à l'Index par Rome le 14 février 1613. Démis de sa charge de syndic le 1er septembre 1612, Richer poursuit ses activités dans son Collège et continue d'intervenir dans les polémiques de son temps. Pressé par Richelieu, il accepte de signer, le 27 décembre 1629, une déclaration dans laquelle il affirme n'avoir pas voulu attaquer le pouvoir du pontife romain.*

Dans ses écrits, Richer défend un gallicanisme militant : le droit divin des rois signifie l'indépendance absolue du pouvoir civil vis-à-vis du pape. Si Richer affirme également l'indépendance de l'Église gallicane, en revanche il la reconnaît soumise au pouvoir temporel. Enfin et surtout, il affirme la supériorité du concile sur le pape et le droit à la parole de tous les pasteurs, évêques bien sûr, mais aussi simples curés, dans les questions doctrinales comme dans la pastorale.

Le richérisme inspirera plus tard les gallicans et les jansénistes et trouvera son aboutissement dans la constitution civile du clergé élaborée par la Constituante en 1790.

• Jean Richer fonde la première publication périodique française : le *Mercure françois.*

Jean Richer

D'une famille de libraires imprimeurs établie « à Paris, rue Sainct-Jean-de-Latran » (actuelle rue des Écoles), Jean Richer (1567-1627) commence la publication du Mercure françois, *qui donne une compilation des faits « mémorables » de l'année. Il en existe 25 volumes (chacun de 500 à 1 300 pages), publiés par Richer et ses successeurs jusqu'en 1648. Jean Richer n'hésite pas à introduire dans son ouvrage des textes déjà publiés, en particulier des pamphlets. Ce premier périodique annuel marque l'émergence de la « presse » en France.*

• Date approximative du retour en France du sculpteur Simon Guillain (1581-1658), après un voyage à Rome. L'artiste subit l'influence des œuvres de Germain Pilon. Il formera l'aîné des frères Anguier, François (1604-1669).

• Mort de Barthélemy Prieur (1536-1611), qui avait succédé à Germain Pilon comme sculpteur du roi.

• Simon Vouet (1590-1649) suit à Constantinople l'ambassadeur de France, le baron de Sancy, avec mission de portraiturer le Grand Turc, à qui sa religion interdisait d'être représenté. Le peintre, qui réalise le portrait de mémoire, est salué pour cette performance. L'œuvre est perdue.

1612

26 janvier

Les « mariages espagnols » sont officiellement annoncés au Conseil. Cette décision provoque la désapprobation des princes, à commencer par les princes du sang, le comte Charles de Soissons et le prince Henri II de Condé. Ceux-ci quittent la Cour et vont soulever la noblesse de leurs provinces respectives, la Champagne et la Bourgogne.

2 avril

Marie de Médicis achète son hôtel au duc de Luxembourg (aujourd'hui siège du Sénat). Rubens viendra y décorer la galerie, sur le thème des grands événements de la vie de la reine.

5-7 avril

Pour célébrer la conclusion officielle des « mariages espagnols », un immense carrousel déroule, pendant trois jours, ses processions, ses jeux et ses joutes devant la Cour et les ambassadeurs espagnols sur la place Royale (actuelle place des Vosges) créée à l'initiative d'Henri IV, qui accueille un public de 7000 personnes. Jan Zairnko, peintre-graveur polonais, originaire de Lwów, qui séjourne à Paris de 1601 à 1625, illustre ces réjouissances. Ces gravures, et d'autres, qui bénéficient du privilège royal prouvent la volonté du Conseil de diffuser la nouvelle des mariages et du choix de la politique pro-espagnole.

LES IMAGES DE LA PROPAGANDE

Depuis le XVIᵉ siècle, les graveurs produisent des images que multiplient les presses. L'imprimeur, qui a la jouissance de la planche, tire en général quelques centaines d'exemplaires, rarement plus, souvent sous le couvert d'un privilège royal généralement de trois mois, quelquefois de six, qui lui réserve l'exclusivité de la vente, comme pour les livres ou libelles. À la vente en boutique s'ajoute celle des marchands ambulants, les « étaleurs », qui dressent des tréteaux vite montés et démontés. Ils s'installent sur les places aux endroits de passage ou, le dimanche, à la porte des églises. Le colportage, enfin, est une troisième forme de commerce. Le pouvoir a très tôt misé sur l'estampe pour diffuser largement sa propagande. D'abord les cérémonies de la vie du roi : naissance d'un dauphin, baptême, mariage et funérailles. Mais aussi les événements politiques : quand, en 1612, Marie de Médicis conclut avec Philippe III les « mariages espagnols » qui unissent Louis XIII et sa sœur aux infants d'Espagne, Anne d'Autriche et Philippe, elle donne privilège à des graveurs pour répandre des images, sans doute plus largement accessibles que le texte, même si elles sont vendues plus cher, entre 3 et 10 sols suivant leur dimension.
En ces temps de guerre permanente, les grandes victoires donnent également lieu à illustration. De vastes compositions mettent en scène le roi en guerre dans des portraits et des triomphes inspirés de la Rome antique. L'Espagnol y est souvent représenté lui aussi, mais dans une veine satirique qui ridiculise l'adversaire.

22 avril
Dans le droit fil de la politique d'Henri IV, la régente et son Conseil veulent rassurer le gouvernement de Londres. Pour ce faire, le duc de Bouillon, chargé d'une ambassade en Angleterre, soumet à Jacques Iᵉʳ un projet de mariage entre le prince de Galles, futur Charles Iᵉʳ, et une sœur de Louis XIII, Henriette. Ayant à choisir entre une alliance avec une princesse savoyarde, espagnole ou française, Jacques Iᵉʳ opte pour le parti français en septembre.

24 avril
Une déclaration royale, renouvelée le 11 juillet, interdit les assemblées politiques des protestants.

11 mai
Toute impression de livre et de libelle doit être autorisée par lettres patentes.

23 mai
À Montigny, Concini et Villeroy obtiennent une réconciliation avec les princes du sang qui acceptent les « mariages espagnols ».

20 août
Le duc de Pastrana, plénipotentiaire de l'Espagne, et Marie de Médicis signent à Paris des « articles et conventions » des mariages espagnols qui prévoient des dots équivalentes, le renoncement des princesses à tout droit sur la couronne de leur pays d'origine. L'alliance des deux pays n'est que défensive.

novembre
Date à laquelle, selon le critique André Félibien, Simon Vouet, revenant de Constantinople, s'arrête à Venise. Il y reste un an et y découvre les œuvres de Titien et Véronèse.

1613

28 mai
Le prince de Condé revient à la Cour, faisant ainsi cesser son opposition active.

14-16 juillet
Les protestants tiennent des assemblées à Casteljaloux et à Saint-Jean-d'Angély où certains expriment leur opposition à la politique pro-espagnole de la régente.

18 novembre
À la mort d'Henri IV, il n'y avait que six maréchaux, de la même génération ou peu s'en faut, blanchis dans les épreuves des guerres de Religion et d'un âge respectable : Claude de La Châtre, baron de Maisonfort (1536-1614), Charles II de Cossé, duc de Brissac (1550-1621), François de Bonne, duc de Lesdiguières (1534-1626), Henri de La Tour d'Auvergne, duc de Bouillon (1555-1623), Urbain de Montmorency-Laval, seigneur de Bois-Dauphin (1557-1629) et Guillaume de Hautemer, seigneur de Fervacques (1538-1613).
Pour parfaire la carrière de Concini et le placer au sommet de l'État, il faut lui conférer un titre prestigieux. En tant qu'étranger, il ne peut briguer un

poste de secrétaire d'État. Aussi, après la mort du maréchal de Fervacques en novembre, la charge de maréchal est-elle donnée au marquis d'Ancre, bien que, plus diplomate qu'homme de guerre, il n'ait pas eu la moindre occasion de prouver quelque valeur militaire. Cette promotion est toute politique: elle place le favori de Marie de Médicis parmi les grands officiers de la Couronne ayant, de droit, entrée au Conseil.

Les maréchaux d'Ancre

C'est sous ce pluriel que sont souvent désignés, dans les textes contemporains, les époux Concini. Venus en France en 1600 avec Marie de Médicis, ils ont fait une carrière fulgurante sous sa régence. Leonora Galigaï (1568-1617), employée par le grand-duc de Toscane pour servir de compagne à sa nièce Marie, a noué avec celle-ci des liens d'affection très forts. À la Cour de France, elle devient la dame d'atour de la reine qu'elle approche ainsi journellement. Dans le voyage qui les amène d'Italie, elle rencontre Concino Concini (1569-1617), comte della Penna, qu'elle épouse le 12 juillet 1601.

À partir de 1610, la reine Marie fait du couple Concini ses favoris. Les charges, les prébendes, les dons et gratifications – le marquisat d'Ancre et l'hôtel de Picquigny, rue de Tournon à Paris, à deux pas du palais de la régente –, les opérations financières avantageuses sur diverses places bancaires en Europe et plus particulièrement à Florence, le trafic d'influence aussi, assurent une position exceptionnelle aux favoris. Enfin, le 18 novembre 1613, le marquis d'Ancre est fait maréchal de France. Cette fonction militaire lui ouvre l'entrée au Conseil. Par sa femme Leonora, Concino approche la reine et celle-ci accorde toute sa confiance à ses compatriotes, qui ne dépendent que d'elle. L'influence des favoris est prépondérante au point que rien ne se fait sans qu'ils soient consultés.

Après avoir temporisé avec les princes, puis subi deux guerres civiles ruineuses en 1614 et en 1615, le maréchal d'Ancre est favorable à une politique de fermeté pour conserver au roi mineur l'intégralité de son pouvoir. Le 1er septembre 1616, le prince de Condé, soupçonné de préparer une autre rébellion, est arrêté au Louvre, comme il se rendait au Conseil. La réaction est immédiate: une foule furieuse se répand dans les rues et l'hôtel d'Ancre est pillé de fond en comble. Le favori, au sommet de la faveur, est la cible de tous les mécontentements. Dans le courant de cette année, les Barbons ont été disgraciés et remplacés par un ministère favorable à une politique de fermeté à l'intérieur et d'alliance avec l'Espagne à l'extérieur pour maintenir la paix. Mais les favoris se sont fait beaucoup d'ennemis. Un complot se trame dans l'entourage du jeune roi, qui aboutit à l'assassinat du maréchal d'Ancre le 24 avril 1617, au renvoi des ministres, au rappel des Barbons. La reine mère est exilée à Blois où elle part le 3 mai, emmenant avec elle Richelieu, comme chef de son Conseil.

Le 9 mai s'ouvre le procès de Leonora Galigaï. Pour pouvoir se saisir de tous ses biens et les donner à Luynes, le roi laisse l'accusation de sorcellerie peser sur l'amie d'enfance de sa mère. Celle-ci n'est plus assez puissante pour sauver sa dame d'atour, qui est condamnée à mort et exécutée le 8 juillet.

Une entreprise de justification fabrique l'histoire officielle de ces événements sur le canevas traditionnel de l'inconstance de la Fortune qui élève le favori et le précipite ensuite au plus bas: la roche Tarpéienne n'est jamais loin du Capitole. En fait, l'action des Concini, qui ont poursuivi une politique de fermeté favorable à la monarchie absolue en train de se construire, est entièrement absorbée par une fable moralisante qui laisse au jeune Louis XIII tout le mérite d'avoir rétabli la « liberté » des grands et exercé la justice en punissant l'orgueil et l'avarice des maréchaux d'Ancre. Une campagne de pamphlets s'emploie à diffuser cette version officielle qui, reprise par les historiographes et, plus tard, par les historiens, construit une légende noire qui masque les mérites de ceux qui ont su distinguer Richelieu et sauvegarder le pouvoir du jeune roi.

fin 1613 ou début 1614

Simon Vouet arrive à Rome, où triomphe alors dans la peinture la manière de Caravage, quatre ans après la mort de celui-ci.

Les caravagesques français

Au lendemain de la mort de Caravage (1571-1610), de nombreux peintres français viennent étudier à Rome et y forment un groupe « national » comme il en existe alors plusieurs dans la ville. Ils y subissent l'influence des grandes œuvres de Caravage présentes dans les églises et les collections romaines, et de celles de son élève et continuateur Bartolomeo Manfredi (1587-1620). À Caravage, qui avait su traiter les thèmes religieux traditionnels avec une vérité humaine nouvelle, avec des personnages de chair et de sang et non plus des héros ou des allégories, ces peintres empruntent le réalisme sans concessions, le clair-obscur expressif qui fait sortir les figures de l'ombre, une certaine façon de cadrer celles-ci de très près, souvent à mi-corps ; à Manfredi, qui excelle dans le genre profane – dont Caravage s'était assez vite détourné , ils empruntent tout un répertoire de scènes de cabaret avec buveurs, joueurs de cartes et musiciens. L'un des premiers Français arrivés à Rome est, semble-t-il, Valentin de Boulogne (1591-1632), bientôt suivi par Simon Vouet (1590-1649), le plus actif, qui fait figure de chef d'école, sait s'attirer les grandes commandes pour les églises ; il obtient très tôt une pension royale et devient « prince honoraire de l'Académie de Saint-Luc ». Simon Vouet reste à Rome jusqu'en 1627, cette longue période étant interrompue par des séjours dans d'autres villes italiennes, notamment à Gênes. Si les œuvres de Valentin sont toutes empreintes de méditation et d'une sourde mélancolie et cherchent moins à décrire telle ou telle action dramatique qu'à saisir une atmosphère où le temps paraît soudain suspendu, l'art de Simon Vouet est plus vif, plus théâtral, plus propre à répondre aux exigences d'un catholicisme qui se veut triomphant. Même dans les scènes de genre, on peut opposer ainsi La Diseuse de bonne aventure *de Simon Vouet, œuvre où les visages et les gestes sont quelque peu outrés, à celle de Valentin, qui élargit le sujet à une réflexion sur les âges de la vie.*

À la suite de Valentin et de Simon Vouet, d'autres peintres français viennent à Rome et y séjournent souvent plusieurs années, en particulier Nicolas Régnier (vers 1590-1667) et Nicolas Tournier (1590-apr. 1657), qui l'un et l'autre pratiquent la « méthode manfrédienne », mais aussi Claude Vignon (1593-1670), artiste d'une culture ouverte et éclectique, Claude Mellan (1598-1688), qui fait surtout œuvre de graveur, et le mystérieux Trophime Bigot (1579-apr. 1649), spécialisé dans la représentation de scènes nocturnes au point qu'il fut d'abord appelé le « Maître à la chandelle » par la critique, avant d'être identifié. Certains de ces peintres font toute leur carrière en Italie, comme Valentin et Régnier ; d'autres reviennent en France, à Paris, comme Simon Vouet, ou en province, comme Tournier, apportant avec eux, contre les afféteries du maniérisme finissant, le souffle nouveau du réalisme caravagesque. Pourtant, celui-ci ne parvient pas à s'implanter durablement en France. Dès avant son retour à Paris, Simon Vouet abandonne la manière sombre de Caravage et évolue vers un grand style éloquent, décoratif et coloré, et c'est plutôt dans les œuvres d'artistes installés en province que l'on retrouve l'influence du maître italien. Celles de Tournier donc, qui travaille à Carcassonne, Narbonne et Toulouse, et celles de l'Auvergnat Guy François (av. 1580-vers 1650), dont la présence à Rome est attestée dès 1608 ; celles aussi du Bourguignon Philippe Quantin (vers 1600-1636) et, plus tardivement, de Jean Tassel (vers 1608-1667), qui partage son activité entre Langres et Dijon. Un cas particulier et remarquable est celui de Georges de La Tour (1593-1652), dont on ne sait toujours pas s'il fit ou non le voyage à Rome. Quoi qu'il en soit, il sait donner du caravagisme – qu'il peut connaître par l'intermédiaire des peintres hollandais de l'école d'Utrecht (Ter Brugghen, Honthorst et Baburen) ou de son compatriote lorrain Jean Leclerc (vers 1585-1633) – une interprétation très personnelle, qui culmine dans ses admirables Madeleine pénitente *où la nuit est lieu et prétexte à une méditation silencieuse sur la nature humaine et le mystère du Mal.*

autres événements

• À la demande de la reine Marie de Médicis, on installe sur le terre-plein du Pont-Neuf, à Paris, une statue équestre de son époux assassiné. L'œuvre a été commencée par Giambologna, dit Jean Bologne, et achevée, après la mort de celui-ci en 1608, par son élève Pietro Tacca (1577-1640). Sur les angles du piédestal, Pierre de Francqueville (1548-1615) sculpte quatre *Captifs* ou *Esclaves* en bronze, dans un style très caractéristique du maniérisme tardif. De cet ensemble devenu vite célèbre, il ne reste que ces quatre statues et des fragments de la statue équestre d'Henri IV.

1614

13 janvier

Manifestant leur opposition à la politique de la reine régente, les princes quittent la Cour et partent dans leurs gouvernements respectifs : le prince de Condé dans le Berry, le duc de Nevers, Charles de Gonzague (1580-1637), fils de Louis de Gonzague (1539-1595), apparenté à la maison de Mantoue, en Champagne, et le duc de Mayenne, chef de la maison de Guise, à Soissons.

28 janvier

Le duc de Bouillon part dans sa principauté de Sedan, terre d'Empire.

10 février
Le duc de Longueville se joint au mouvement et quitte la Cour pour son gouvernement de Picardie. Les princes révoltés manifestent ainsi leur opposition aux choix politiques de la reine régente en faveur de l'Espagne; ils contestent sa légitimité en demandant la réunion des états généraux qui auraient dû se tenir à la mort d'Henri IV et auraient ainsi fait du prince de Condé le lieutenant général du royaume. Enfin, ils revendiquent une place au Conseil, laissant ainsi entendre qu'ils critiquent les favoris italiens, perçus comme de « mauvais conseillers ».

LES REBELLES

Par tradition, les membres des branches cadettes de la famille du souverain sont les porte-drapeaux de l'opposition politique. Du temps des guerres de Religion, la famille de Navarre et celle des Condé ont soutenu le parti protestant dont ils avaient pris la religion. Sous les régences de Marie de Médicis et d'Anne d'Autriche, périodes de faiblesse du pouvoir royal, les descendants des rebelles du XVIe siècle reprennent les armes, la plume comme l'épée.
De 1614 à 1617, « les princes » mènent la vie dure à la régente et à ses favoris, les Concini, en conduisant trois guerres civiles (1614, 1615-1616, 1616-1617).
Le premier d'entre eux est le prince de Condé, Henri II (1588-1646), fils posthume d'Henri Ier de Condé. Après le jeune frère de Louis XIII, Gaston d'Orléans, qui n'a que 2 ans en 1610, il est le plus proche héritier de la Couronne. À ce titre, il exige de participer au gouvernement du royaume. La procédure expéditive du lit de justice qui a donné les pleins pouvoirs à la régente l'a frustré de la fonction de lieutenant général du royaume qu'il aurait dû assumer. Dans les premières années de sa régence, Marie de Médicis fait taire les revendications en accordant aux princes des « dons immenses », mais, à partir de 1614, l'opposition se durcit. À la tête de ce mouvement, le prince de Condé trouve des appuis auprès d'autres chefs de grandes familles.
Le duc de Longueville (1595-1663), dont la famille est apparentée aux Condé depuis plusieurs générations, bénéficie du « rang intermédiaire » créé par Charles IX en 1571 en faveur des bâtards de la famille royale, qui place ces derniers derrière les princes du sang mais avant les ducs et pairs. Se joint aussi à la révolte César de Vendôme (1594-1665), bâtard d'Henri IV né de Gabrielle d'Estrées. Il est de sept ans l'aîné de Louis XIII, avec lequel il a passé son enfance à Saint-Germain-en-Laye. Tous sont gouverneurs de provinces: Condé en Bourgogne, Longueville en Picardie, Vendôme en Bretagne, et peuvent se créer de vastes clientèles dans la noblesse locale.
À ces princes du sang, se joignent parfois des princes étrangers qui font, en fait, carrière à la Cour de France, en particulier le duc de Bouillon, dont la principauté de Sedan dépend de l'Empire. Protestant apparenté à la famille d'Orange, il est de toutes les révoltes. Les Guise, princes lorrains, sont aussi présents à la Cour de France. Après les tribulations des guerres de Religion, la famille est conduite par les quatre fils du Balafré: le duc Charles (1571-1640), le cardinal Louis († 1621), Claude (1578-1657), futur duc de Chevreuse (il épousera la célèbre Marie de Rohan quand elle sera veuve du duc de Luynes en 1621), et enfin François, le chevalier de Guise (1589-1614). La famille s'est ralliée à Henri IV en 1594 et reste fidèle ensuite. Fait aussi parti du clan, le frère du Balafré et du cardinal assassinés à Blois, Charles, duc de Mayenne (1554-1611) qui s'est rallié à Henri IV en 1595 moyennant d'importantes compensations en argent et en charges. Son fils Henri (1578-1621), devenu lui-même duc de Mayenne à la mort de son père, participe activement à la troisième guerre civile qui s'achève par l'assassinat du maréchal d'Ancre le 24 avril 1617. Après trois ans passés au château de Vincennes, le prince de Condé rentre dans l'obéissance. Désormais il s'emploie surtout à construire une immense fortune, fondement du prestige qui permet de financer ses fidèles et les amis de leurs amis. Le duc Henri de Bouillon, quant à lui, continue de s'agiter et s'associe aux révoltes protestantes du règne personnel de Louis XIII, conduites par la famille de Rohan: le duc Henri de Rohan (1579-1638), qui a épousé une fille de Sully, et son frère Benjamin, duc de Soubise (1583-1642).

11 février
Pour éviter que César de Vendôme, demi-frère de Louis XIII, ne se joigne au mouvement, la régente le fait arrêter au Louvre.

18 février
Le duc de Nevers s'empare de la citadelle de Mézières, médiocrement défendue. Il est ensuite rejoint par Condé, Mayenne et Longueville. La *Lettre de Monseigneur le Prince à la Reyne*, publiée le 18 février, résume leurs revendications: ils exigent le renvoi des « mauvais conseillers » de la régente, sous-entendu les favoris italiens, qui gouvernent

de manière autoritaire en marginalisant les conseillers « naturels » de la monarchie, c'est-à-dire les grands. Ce *Manifeste* se fait le porte-parole de toutes les catégories qui se sentent lésées : les évêques, les grands officiers de la Couronne, la noblesse dans son ensemble menacée par la vénalité et l'hérédité des offices, les parlements « empêchés en la libre fonction de leur charge », le peuple, enfin, « qui se lamente des charges que l'on trouvera redoublées ». Les protestants ne sont pas oubliés, qui réclament l'exacte observation des édits. À cette analyse des maux intérieurs de l'État, s'ajoutent des revendications sur la politique extérieure de la France, qui a perdu « ce nom généreux d'arbitre de la chrétienté » pour adhérer à une politique toute espagnole. Pour réformer le royaume, les princes réclament la réunion des états généraux.

27 février
Publication de *La Réponse de la reine régente, mère du roi, à la lettre écrite à Sa Majesté par monseigneur le prince de Condé*. La reine se plaint de la très large diffusion du *Manifeste* destiné à « décrier sa régence ». Elle soutient les bonnes raisons qui imposent le choix de l'alliance espagnole et souligne les exigences excessives des princes qui demandent toujours plus de places, de prébendes, de gouvernements.

29 février
César de Vendôme, trompant la vigilance de ses gardiens, s'échappe du Louvre et gagne sa province de Bretagne où il rallie la révolte.

15 mai
Sur le conseil de Concini qui pousse à la négociation, les émissaires de la reine signent avec les princes le traité de Sainte-Menehould. Chaque parti (donc aussi la régente Marie de Médicis) doit désarmer, les rebelles obtiennent des gratifications, la reine promet la réunion des états généraux et la place d'Amboise avec une garnison de 100 hommes d'armes est laissée en gage au prince de Condé jusqu'à l'ouverture de l'assemblée. Les articles de cette paix sont publiés et répandus par la propagande royale. Mais César de Vendôme continue sa rébellion en Bretagne où il s'empare de Vannes le 15 juin, avant de se soumettre à son tour.

22-27 juin
Le prince de Condé, ayant à nouveau quitté la Cour, vient sous les murs de Poitiers. Mais il se voit refuser l'entrée de la ville par le peuple assemblé qui suit son évêque, La Rocheposay, un fidèle de la reine mère, proche de Richelieu, évêque de Luçon. Le prince se plaint à la reine mère de cet affront.

5 juillet-16 septembre
La Cour se rend en Bretagne où César de Vendôme s'agite toujours. Ce voyage a pour but de montrer le roi à ses peuples et de favoriser l'élection aux états généraux de candidats favorables à la régente. Louis XIII préside ainsi, en personne, l'ouverture des états de Bretagne à Nantes le 19 août, avant de rentrer à Paris le 16 septembre.

octobre
Pierre Jeannin, contrôleur général des Finances, est nommé surintendant, ce qui rétablit cette charge au sein du Conseil des finances.

2 octobre
Les rois de France sont majeurs le jour de leurs 13 ans. Louis XIII, qui a fêté son anniversaire le 27 septembre, est déclaré majeur dans une séance solennelle au Parlement, illustrée par une gravure qui témoigne d'une volonté de propagande. Désormais, les édits et ordonnances sont rédigés « au nom du roi » : la régence prend fin. Marie de Médicis reste chef du Conseil, mais la menace de voir le prince de Condé devenir lieutenant général du royaume est écartée.

27 octobre
Les états généraux, qui devaient d'abord se tenir à Sens, s'ouvrent à Paris par une immense procession. Ils ont pour tâche de réformer le royaume. Le clergé compte 135 députés, la noblesse 138 et le tiers état 187, dont 121 officiers, soit les deux tiers, où dominent de façon écrasante 114 officiers de justice. Les ordres délibèrent séparément et ne communiquent entre eux que par des émissaires. Pendant toute la session, jusqu'au 23 février 1615, règne une grande effervescence, à Paris surtout. Les auteurs de libelles débattent des réformes nécessaires à l'État et des questions de politique générale.

PAMPHLETS ET LIBELLES

Par ses dimensions, le « libelle », « petit livre de peu de pages », de format in-quarto ou in-octavo, le plus souvent de 8, 12 ou 16 pages, peut se glisser dans la poche. L'impression est quelquefois un peu rapide et, quand l'imprimeur lésine sur le papier, les caractères sont très petits. Tels qu'ils sont, ces petits livres ont connu une phase de production importante sous la régence de Marie de Médicis, au moment des révoltes nobiliaires et de la réunion des états généraux. Entre 1614 et 1617, on dénombre 1 107 libelles en prose. Ce sont des textes polémiques pour ou contre les ministres, des manifestes des princes, des arrêts et des remontrances des parlements, des actes royaux, des panégyriques et toute sorte de publications liées à l'actualité. Mise à part la propagande officielle (textes législatifs, récits de cérémonies, panégyriques, discours de circonstance), 723 textes relèvent de la polémique à proprement parler: 20 % sont produits par l'opposition des princes, 6 % concernent ceux qui s'expriment sur la « réformation » de l'État au moment de la session des états généraux et 45,8 % défendent les choix de la régente. Certains libelles donnent lieu à de nombreuses rééditions, ainsi du Manifeste de Monseigneur le Prince *qui sort le 18 février 1614 et de* La Réponse de la reine régente, mère du roi, à la lettre écrite à Sa Majesté par monseigneur le prince de Condé. *Il n'est pas une histoire de Louis XIII qui ne fasse largement état du* Manifeste, *publié* in extenso *dans le* Mercure françois.

Richelieu lui-même sait exploiter l'arme du libelle. En 1624, il fait écrire et met lui-même la main à des écrits contre La Vieuville, le surintendant des finances, ainsi déconsidéré. Ce dernier est écarté et laisse la place à l'évêque de Luçon. Arrivé au pouvoir, celui-ci muselle toute « presse » d'opposition et tient sous sa coupe La Gazette *créée par Théophraste Renaudot en 1631. Si Mathieu de Morgues, parti avec Marie de Médicis à Bruxelles, continue d'attaquer la politique du cardinal, celui-ci a derrière lui des plumes qui défendent ses choix: Paul Hay du Châtelet, Jean de Sirmond, Jean de Silhon, Fancan, Guillaume Ribier, Duplessis.*

10 novembre

Le traité de Xanthen règle la succession de Clèves et Juliers partagée entre les deux prétendants protestants: l'Électeur de Brandebourg, converti au calvinisme, reçoit le duché de Clèves, le comté de La Marck et Ravensbourg, et le duc de Neubourg les duchés de Juliers et de Berg.

autres événements

- Création à Lyon de l'hôpital de la Charité.

HÔPITAUX ET CHARITÉS

Dès 1612, Marie de Médicis fonde à Paris l'hôpital de la Pitié pour accueillir les pauvres mendiants. Cette initiative parisienne fait des émules. En 1614, est créé à Lyon l'hôpital de la Charité. À sa tête, 17 recteurs, cooptés dans la bourgeoisie lyonnaise, se réunissent les dimanches et les jeudis pour vérifier la comptabilité et l'accueil des nouveaux arrivants enregistrés avec nom, âge et profession. Si certains pauvres, les vieillards isolés et les femmes seules avec enfants en particulier, trouvent à l'hôpital une protection et un secours indispensables, la plupart ont été arrêtés par les « chasse-coquins », police privée de l'hôpital instituée pour répondre à l'interdiction de mendicité édictée par la municipalité. De ce fait, l'établissement revêt un aspect carcéral, d'autant plus que c'est un espace fermé de hauts murs dans lequel les pauvres sont organisés en « quartiers ». En réalité, on peut sortir de l'hôpital: un enfant en apprentissage va travailler à l'extérieur, un mendiant pour lequel un parent se porte caution peut retourner vivre en ville. À vrai dire, la vie à l'hôpital est sans doute plus conventuelle que carcérale, encore que ce dernier aspect devienne de plus en plus pesant quand on avance dans le siècle.

En 1640, à Paris, la duchesse d'Aiguillon, une nièce de Richelieu, s'emploie à faire aménager la Salpêtrière et la compagnie du Saint-Sacrement s'intéresse à l'idée de la création d'un hôpital général sur le modèle de celui de Lyon. En 1656, l'édit de création est signé: il s'agit d'assurer l'ordre dans le Paris d'après la Fronde en enfermant les prostituées et les mendiants plus ou moins voleurs et coupe-jarrets. À l'hôpital, les pensionnaires sont astreints au travail obligatoire dont on espère tirer quelques revenus. Les membres de la compagnie du Saint-Sacrement sont très présents parmi « les directeurs et perpétuels administrateurs ». L'ensemble, c'est-à-dire les établissements de la Pitié, la Salpêtrière pour les femmes et Bicêtre pour les hommes, est sous l'autorité du premier président au Parlement de Paris, Bellièvre, et de son procureur général, Nicolas Fouquet. En 1663, l'ensemble des établissements héberge 6 171 pauvres.

1615

janvier-mars

La polémique se déchaîne, parallèlement aux discussions des députés des états généraux. Paraissent alors des libelles et des réponses aux libelles, tel *Le Caton françois*. De même, *L'Image de la France représentée à MM. Des Estats. Avec la réfutation d'un libelle intitulé « Le Caton françois », faict contre ceux qui maintiennent la Religion et l'Estat: le tout divisé en trois parties* décrit les nouveaux modes d'ascension sociale: le petit-fils du marchand dont le père est passé dans la robe « dédaignant la profession du père, il embrassera la noblesse de la mère, laquelle n'aura manqué de l'eslever en Gentilhomme et avec du courage. Dieu sçait si l'un a fait bon marché des étoffes de la boutique, si l'autre ne le fera pas encore meilleur de la bibliothèque, de la robe longue et du bonnet carré. C'est proprement ce petit Cavalier de ville, qui, l'espée au costé, qui, suivy de Pages et de Laquais, en renverse plus, en joue plus en une heure et en un coup de dé, que ses péres n'en ont acquis en de longues années. »

23 février

Séance de clôture des états généraux. Ils ne seront plus réunis avant le 5 mai 1789. Le Conseil et les ministres ont entretenu les divisions des ordres : la noblesse attaque la paulette, cet impôt annuel qui, depuis 1604, pérennise l'hérédité des offices et tend à créer un « quatrième ordre », celui des officiers du roi, concurrents directs des gentilshommes. De leur côté, les députés du tiers, presque tous membres de la robe, y sont farouchement attachés et s'élèvent contre les pensions attribuées par la reine à la noblesse, pensions qui ruinent le Trésor royal. Le clergé, en majorité ultramontain, souhaite que l'on introduise en France les articles du concile de Trente. La harangue de l'évêque de Luçon, Armand-Jean Duplessis de Richelieu (1585-1642), qui parle pour son ordre, est très remarquée : il approuve les mariages espagnols, demande la suppression de la vénalité des offices, l'accroissement des privilèges du clergé et l'acceptation des articles du concile de Trente. Enfin, il suggère que les ecclésiastiques aient entrée au Conseil. Le tiers, en majorité gallican, y est hostile. Antoine Arnauld, célèbre avocat au barreau de Paris, a largement contribué à la rédaction de l'article premier des cahiers de l'Île-de-France, déclaration vigoureusement gallicane finalement adoptée par l'ensemble du tiers état.

ANTOINE ARNAULD,
DÉFENSEUR DU GALLICANISME

D'une famille originaire de Riom, Antoine Arnauld (1560-1619) est né à Paris où son père était auditeur à la chambre des comptes. Probablement élevé dans le protestantisme, il passe au catholicisme en même temps que son père, sans doute après la Saint-Barthélemy. Il fait une carrière d'avocat au barreau de Paris. Attaché à une monarchie en marche vers l'absolutisme, il est farouchement gallican. À ce titre, il est très hostile aux jésuites. En 1594, après la tentative d'assassinat perpétrée par Chastel, leur élève, contre Henri IV, il plaide contre la Compagnie de Jésus. Sa plaidoirie est publiée sous le titre Plaidoyer pour l'université de Paris contre les jésuites *et connaît un vif succès dans les milieux gallicans de la capitale. En 1602, craignant qu'Henri IV ne rappelle la Compagnie en raison des engagements pris vis-à-vis de la papauté lors des tractations de son « démariage » à Rome, il adresse au roi une supplique en faveur du refus du retour des jésuites. Antoine Arnauld meurt à Paris le 29 décembre 1619.*
Il a eu 20 enfants de son mariage avec Catherine Marion, fille d'un avocat général au Parlement de Paris. 10 sont morts jeunes. Les 10 autres se sont distingués par leur attachement et leur combat en faveur du jansénisme. Six de ses filles se font religieuses à Port-Royal. Deux de ses fils et une de ses filles seront célèbres : Robert Arnauld d'Andilly et Antoine, dit le Grand Arnauld, la mère Angélique enfin.

1er mars

Condé rend la place d'Amboise à la reine, place dont il avait obtenu la garde l'année précédente pour faire pression sur le gouvernement de la régente jusqu'à la réunion des états généraux. Charles d'Albert de Luynes (1578-1621), fauconnier de Louis XIII et son favori, en devient gouverneur.

19 mars

Le ballet du *Triomphe de Minerve* est dansé par Élisabeth de France, sœur de Louis XIII, pour son mariage avec le futur Philippe IV d'Espagne.

24 mars

Le roi convoque au Louvre les députés des états généraux restés à Paris. Le chancelier Nicolas de Neufville de Villeroy leur annonce les décisions prises : la fin de la vénalité des offices, la diminution des pensions et la création d'une chambre de justice pour juger les financiers. Pour le reste, le roi y pourvoira et les députés sont invités à regagner leurs provinces.
En fait, le roi ne fait pas droit aux déclarations gallicanes du tiers, tandis qu'il accepte que les articles du concile de Trente soient introduits en France.

28 mars

Le Parlement de Paris convoque toutes les chambres ainsi que les ducs et pairs qui y ont entrée pour aviser « sur les propositions qui seront faites pour le service du roi ». Outrepassant leurs fonctions de pur enregistrement, les cours souveraines revendiquent le droit de continuer à siéger en lieu et place des états généraux. Elles adressent des remontrances au roi dans lesquelles elles demandent la réformation du royaume, se plaignent de la faveur dont jouissent des «étrangers» introduits depuis peu au Conseil et déplorent l'abandon des alliances contractées du temps d'Henri IV.

mai-août
Une assemblée générale du clergé de France siège à Paris. Elle reçoit officiellement et à l'unanimité les décrets du concile de Trente le 7 juillet.

21 mai
Le Conseil du roi est réorganisé sans que les grands y trouvent la place qu'ils réclament. Désormais, existent quatre sections: le Conseil des affaires qui dirige la politique générale, dit encore Conseil étroit car n'y entrent, en petit nombre, que ceux que le roi veut bien y appeler; le Conseil pour la direction des finances qui ordonne et répartit l'impôt; le Conseil d'État et des finances qui s'occupe de l'administration et du contentieux; et le Conseil d'État privé ou des parties qui traite les procès appelés directement auprès du roi et fonctionne comme une Cour de cassation. Les conseillers commencent leur carrière en participant d'abord aux tâches administratives des deux derniers Conseils auxquels ont entrée de droit les princes, les ducs et pairs, les grands officiers de la Couronne, les secrétaires d'État et les intendants des finances.

23 mai
Dans une déclaration, le roi interdit aux juges de se mêler des affaires de l'État. Toutefois, pour répondre aux récriminations des parlements qui refusent toujours d'enregistrer les édits, le Conseil s'engage à surseoir à la suppression de la paulette et à l'abolition de la vénalité des offices jusqu'au 31 décembre 1617. Pour compenser le manque à gagner (1 066 000 livres), il retranchera le quart des pensions. Une chambre de justice sera réunie pour juger les malversations des financiers. En fait, le Conseil cède sur tous les points: aucune poursuite n'est engagée contre les financiers et les pensions versées à la noblesse sont maintenues.

14 juin
Charles d'Albert de Luynes achète la charge de capitaine du château des Tuileries.

28 juin
Le prince de Condé, qui n'est pas satisfait des états généraux, reprend les armes, appuyé par les chefs du parti huguenot, les ducs de Bouillon, de Rohan et de La Force. Des troubles éclatent à Amiens qui opposent les tenants du duc de Longueville, gouverneur de la Picardie, et la garnison de la citadelle fidèle au lieutenant général Concini: le sieur de Prouville est tué par des soldats italiens fidèles du maréchal d'Ancre.

16 juillet-22 septembre
Assemblée des protestants à Grenoble.

27 juillet
Les négociations avec les princes, auxquelles a participé Richelieu, échouent.

14 août
Le maréchal d'Ancre reçoit le commandement de l'armée royale en Picardie.

17 août
Louis XIII part pour Bordeaux accompagné d'une forte armée. Il s'arrête trois bonnes semaines à Poitiers où il peut rencontrer ses fidèles, comme La Rocheposay, l'évêque qui a tenu tête au prince de Condé l'année précédente. Le 7 octobre, la Cour arrive à Bordeaux.

1er novembre
Richelieu (on disait alors Luçon, en désignant un évêque du nom de sa ville épiscopale), apprécié par Leonora Galigaï, obtient la charge de grand aumônier de la jeune Anne d'Autriche, future reine de France, et, peu après, celle de secrétaire des commandements de Marie de Médicis.

10 novembre
César de Vendôme lève des troupes en Bretagne.

14 novembre
Charles d'Albert de Luynes est fait conseiller d'État. Le 12 décembre, Louis XIII lui donne la charge de capitaine des gentilshommes ordinaires du roi.

25 novembre
Le mariage de Louis XIII et d'Anne d'Autriche est célébré à Bordeaux.

autres événements
• Antoine de Montchrestien (1545-1612) fait paraître son *Traité de l'économie politique*, ouvrage qui donnera son nom à un domaine nouveau du savoir. Montchrestien voit dans le nombre des habitants, leurs savoir-faire, leurs capacités d'invention et d'adaptation la vraie richesse du royaume. Il pense la France trop rurale, trop repliée sur elle-même et

la voudrait plus entreprenante, plus conquérante de colonies comme de marchés extérieurs. Pour lui, les vrais placements sont d'entreprise, alors que ses compatriotes ne jurent que par les placements de père de famille: la terre, la rente, l'office. Il faut une intervention de l'État dans l'économie pour mieux assurer les rentrées d'argent du Trésor royal. Les caisses du roi s'alimentent de la prospérité de ses peuples et de la circulation de la monnaie dans son royaume. Montchrestien légitime l'ambition des producteurs de richesses qui, par leur activité, contribuent au bien public.

• Début de la construction du palais du Luxembourg, à Paris, à l'initiative de Marie de Médicis.

1616

10 janvier
Les protestants tiennent des assemblées à Nîmes et à Grenoble: ils apportent leur soutien à une nouvelle révolte des princes Henri II de Bourbon prince de Condé, Henri de La Tour duc de Bouillon et Henri duc de Mayenne.

20 janvier
Une trêve intervient dans le conflit avec les princes et des négociations s'engagent.

3 mai
Les princes signent la paix de Loudun par laquelle ils obtiennent toute satisfaction: outre des indemnités destinées à payer les frais de leur rébellion, Condé est appelé au Conseil et le maréchal d'Ancre accepte de se démettre de sa charge de lieutenant général du roi en Picardie.

mai
Le chancelier Brûlart de Sillery rend les Sceaux qui sont confiés à Guillaume Du Vair (1556-1621) le 16 mai. Barbin († 1624), intendant de la maison de Marie de Médicis, un roturier, devient surintendant des finances en remplacement du président Jeannin. Enfin, Claude Mangot, président du parlement de Bordeaux, est chargé du secrétariat des Affaires étrangères par commission, ce qui l'amène à doubler dans leur tâche Villeroy et son gendre, Puisieux (1583-1640), fils du chancelier Brûlart de Sillery.
Les ducs de Mayenne et de Bouillon reviennent à la Cour le 20.

19 juin
Après la publication du *Courrier picard*, violent libelle dirigé contre Concini, sort *La Trompette française ou réveille-matin aux Parisiens, pour venger l'assassinat commis par le commandement du marquis d'Ancre* qui met directement en cause le maréchal d'Ancre dans l'affaire de l'assassinat du sieur de Prouville, perpétré à Amiens le 28 juin 1615. La guerre des libelles se développe de plus en plus, minant l'autorité du tout puissant favori de la reine mère.

23 juin
Le maréchal d'Ancre, qui a renoncé à sa charge de lieutenant général du roi en Picardie le 3 mai, devient lieutenant général du roi en Normandie, gouverneur de Pont-de-l'Arche et du château de Caen.

fin juin
Richelieu est fait conseiller d'État.

RICHELIEU : DU FAVORI AU MINISTRE D'ÉTAT

Armand-Jean Duplessis de Richelieu (1585-1642) appartient à une famille noble du Poitou, dont le père, François de Richelieu, fut grand prévôt de France sous Henri III. Fils cadet, d'abord destiné aux armes, il doit embrasser la carrière ecclésiastique, quand son frère aîné, destiné à être évêque de Luçon, entre à la Grande Chartreuse: l'évêché « le plus crotté de France », au dire du futur titulaire, doit être conservé à la famille. Après de solides études de théologie, le jeune Richelieu est sacré évêque à Rome, à 22 ans. Il administre son évêché avec beaucoup de zèle. À l'occasion des états généraux de 1614, il entre en politique: député de sa province pour le clergé, il est remarqué quand il prononce le discours de clôture pour son ordre le 23 février 1615. Appelé au secrétariat d'État aux Étrangers en 1616 par les maréchaux d'Ancre, les Concini, il est alors un ferme soutien du parti dévot qui entoure la reine mère et « tout à fait espagnol ». Emporté par la disgrâce de Marie de Médicis en 1617, il ne revient au Conseil qu'en 1624 et s'y maintient jusqu'à sa mort, en 1642.
Il apparaît dans l'historiographie comme un homme d'État exceptionnel aux visées lointaines, architecte de la construction de l'État moderne et responsable de la lutte acharnée contre les Habsbourg dont les possessions enserrent le royaume. Cette stature a pu s'épanouir du fait de ses liens avec Louis XIII. S'il n'est plus un favori, mais un principal ministre, il entretient cependant avec son maître des relations empreintes d'estime et d'amitié forgées dans les luttes politiques où le ministre est en première

ligne. Constamment menacé par les complots, Richelieu, comme Louis XIII, souffre d'une santé précaire qui, souvent, entrave son action. Malgré ce handicap, il déploie son énergie dans tous les domaines : au Conseil, rien ne se décide qu'il n'y ait mis la main. En outre, il s'emploie à diffuser ses idées et à défendre ses projets dans La Gazette *fondée par Théophraste Renaudot en 1631 ; il veille aux affaires de l'Église de France et se préoccupe de développement culturel : il fonde l'Académie française en 1635.*
Les « papiers » du cardinal témoignent par leur volume impressionnant de cette capacité à embrasser les problèmes du temps et à engager l'action politique. Sa pensée est présente également dans son Testament politique *et dans ses* Mémoires *dont il a supervisé la rédaction, persuadé qu'il était que l'histoire doit être au service de la politique. On ne dispose d'éditions de référence de ses œuvres que depuis 1947.*

27 juillet
Le prince de Condé revient à la Cour. Son crédit s'accroît et il représente à nouveau une menace.

1er septembre
Le prince de Condé est arrêté au Louvre et interné au château de Vincennes où il restera jusqu'en octobre 1619. En réponse à ce coup de force, les princes – les ducs de Nevers, Bouillon, Longueville, César de Vendôme et même les Guise – quittent la Cour. Cette troisième guerre civile se prolonge jusqu'au printemps suivant.

26-30 novembre
Progressivement, sous l'influence des maréchaux d'Ancre (Concini et Leonora Galigaï), les derniers Barbons d'Henri IV sont écartés du pouvoir. Mangot, magistrat au parlement de Bordeaux, abandonne sa commission au secrétariat d'État aux Affaires étrangères et prend les Sceaux retirés à Guillaume Du Vair, qui a blâmé l'arrestation du prince de Condé ; Richelieu, aumônier de la reine régnante Anne d'Autriche, devient secrétaire d'État (ministre des Affaires étrangères) en remplacement de Mangot, tandis que Villeroy et Puisieux sont définitivement éliminés.

27 novembre
Pour la première fois, le roi danse dans un ballet.

autres événements
• Les frères Dupuy commencent les réunions savantes de leur « Académie putéane », qui tient son nom du latin *puteus* (puits), jeu de mot sur le nom des fondateurs, les « Du Puy ». Claude Dupuy, le père des deux frères, conseiller au Parlement, est allié par sa femme à Jacques-Auguste de Thou, qui lui a confié la gestion de sa bibliothèque, l'une des plus importantes de son temps. Les fils de Claude, Pierre (1578-1651) et Jacques (1591-1656), deviennent eux aussi les gardiens de la bibliothèque de l'historien à la mort de leur père. Ils réunissent dans l'hôtel de Thou un cercle de savants et d'écrivains où se retrouvent nombre de libertins érudits.

LES LIBERTINS ÉRUDITS

Les libertins érudits (libertins en ce sens qu'ils adhèrent à une libre pensée qui va pour certains jusqu'à l'athéisme, mais sans l'avouer) forment un groupe uni par une même attitude de pensée sans appartenir à un groupe social homogène.
Parmi les magistrats, outre Jacques-Auguste de Thou, conseiller d'État, on trouve Peiresc, conseiller au parlement d'Aix, le président de Mesmes, Habert de Montmor, conseiller au Parlement de Paris, Boulliau, Gaulmin, lieutenant de police en Bourbonnais, et Claude Saumaise, avocat, mais qui n'a pas pu hériter la charge de conseiller au parlement de Dijon qu'occupait son père du fait de sa conversion au protestantisme.
Parmi les clercs, se rencontrent des chanoines qui ont obtenu des bénéfices assez confortables, entre 2 000 et 6 000 livres de rentes. On y voit même l'archevêque de Rouen, Parlay. Moins huppé, Sorbières est régent de collège dans la vallée du Rhône après un long séjour en Hollande.
On trouve aussi des médecins, comme Quillet et Bourdelot. Guy Patin, le plus connu, est doyen de la faculté de médecine de Paris.
Un quatrième groupe est formé par les domestiques de plume au service du roi, de Richelieu, de Mazarin, des princes du sang : les frères Dupuy, Pierre et Jacques ; Gabriel Naudé, fils d'un procureur parisien, commence des études de médecine, puis devient le bibliothécaire du président de Mesmes avant de passer au service de Mazarin où il reste jusqu'à sa mort en 1653. La Mothe Le Vayer brigue le préceptorat de Louis XIV et devient précepteur de son frère Philippe, duc d'Anjou. Gassendi, enfin, commence une carrière de régent de collège à Digne avant de devenir professeur de philosophie à Aix puis à Paris. Les plus âgés sont nés dans les années 1580-1590, les plus jeunes après 1600 ou même 1610, comme Sorbières. Ils disparaissent par vague : un cer-

tain nombre vers 1650, mais La Mothe Le Vayer et Guy Patin meurent en 1672.
Ils se réunissent dans des salons : chez le maréchal de Bassompierre, chez l'abbé de Marolles, au bureau d'adresses de Théophraste Renaudot où les comptes rendus des séances forment cinq gros volumes. Les réunions ont lieu aussi chez le père Mersenne entre 1635 et 1648, au couvent des Minimes de la place Royale. Se retrouve là une élite de savants : mathématiciens, astronomes, musiciens. Après la disparition du père Mersenne en 1648, les habitués se transportent chez Habert de Montmor. Enfin, les réunions se tiennent aussi chez les frères Dupuy et chez le président de Thou. Moins fermés que ne seront plus tard les académies, puisque n'importe qui peut y venir sans avoir été nommé ou élu, les groupes de libertins érudits entretiennent une vaste correspondance avec le monde savant européen.
Les séances sont de trois sortes : des discussions sur l'actualité scientifique, éclipses, mesures du méridien terrestre, étude sur le vide (Pascal y viendra, conduit par son père) ; des discussions sur les dernières parutions : il n'y a pas de sujet interdit ou sans intérêt ; enfin, des séances rhétoriques où différents orateurs prennent la parole successivement sur le sujet du jour.

• François de Sales : *Traité de l'amour de Dieu*. Il propose au chrétien une pratique quotidienne de la méditation des Écritures et des livres de dévotion et des écrits des saints, saint Augustin ou saint Bonaventure par exemple. La prière doit prendre appui sur la récitation *(Pater, Ave)* et l'intercession des saints, dont les vies sont des exemples.
• Père Joseph : *Introduction à la vie spirituelle par une facile méthode d'oraison pour toute âme dévotieuse, et spécialement pour les noviciaux* [sic] *et séminaires des FF Mineurs capucins*. Déjà très proche de Richelieu, le père Joseph (1577-1638), future « éminence grise » du grand cardinal, appartient au mouvement actif de la Contre-Réforme.
• Début de la construction de l'église Saint-Gervais-Saint-Protais, à Paris, sur des plans de Salomon de Brosse (vers 1571-1626) ou de Clément Métezeau (1581-1652). La façade de l'édifice est la première à révéler une nette influence italienne : elle comporte trois étages avec des colonnes jumelées correspondant aux trois grands ordres architecturaux, dorique, ionique et corinthien. L'exemple sera repris à l'église Saint-Paul-Saint-Louis, à Paris.

1617

janvier
Le 6, les princes, Bouillon puis Nevers, Mayenne et Vendôme, entrent en rébellion. Une *Déclaration* royale contre le duc de Nevers, probablement de la plume de Richelieu, est largement diffusée le 17.

29 janvier
Le roi danse le ballet *La Délivrance de Renaud*, dans lequel il tient le rôle du Démon du feu, tandis que Charles d'Albert de Luynes y joue le rôle de Renaud. Le thème de la délivrance était classique dans le système allégorique de l'époque, mais on peut penser aussi que le roi a intentionnellement choisi ce livret inspiré de la *Jérusalem délivrée* du Tasse. Symboliquement, le roi n'a-t-il pas à délivrer la France, esclave du maréchal d'Ancre ?

Le ballet de cour

Né à la Cour des Valois, le ballet de cour s'impose comme l'un des divertissements favoris des rois et de leur entourage jusqu'à la fin du XVIIe siècle. Spectacle complexe, il conjugue chorégraphie et scénographie, musique vocale et instrumentale avec l'action dramatique et la poésie. Dans les suites d'entrées, pittoresque et bouffonneries occupent une place de choix, laissant s'exprimer l'imagination la plus débridée, et favorisent les allusions politiques. Richelieu en fait d'ailleurs un instrument de propagande pour célébrer pompeusement le roi. Délaissé sous la régence d'Anne d'Autriche, le ballet de cour resurgit dès la fin de la Fronde et connaît son apogée sous Louis XIV.

31 janvier
Le duc de Nevers publie un *Manifeste* dénonçant la « tyrannie » du maréchal d'Ancre qui introduit ses créatures dans tous les rouages de l'État.

février-avril
Le comte Charles d'Auvergne, bâtard de Charles IX, mène une expédition dans le Maine contre les rebelles.
Des sièges sont aussi conduits en Nivernais, en Champagne et en Île-de-France. En fait, dans l'ensemble, la noblesse seconde ne suit pas ses protecteurs naturels, les grands, mais reste fidèle au gouvernement de Marie de Médicis. Progressivement, les troupes royales pressent les armées rebelles et les places fortes se rendent les unes après les autres : Rozois en Thiérache le 10 mars, Château-Porcian le 13, Pierrefonds le 31

et Rethel le 16 avril. Seule Soissons résiste encore. En revanche, à la mi-avril, les protestants des Cévennes et de La Rochelle s'insurgent à leur tour.

12 février
Les princes publient un nouveau *Manifeste* contre « cet estranger » qui a introduit au Conseil ses créatures, « personnes indignes, inexpérimentées [Richelieu a 31 ans] et gens nés dans la servitude [le surintendant Barbin est roturier] ».

13 février
Déclaration contre MM. de Vendôme, de Mayenne, de Bouillon, marquis de Cœuvres et président Le Jay et tous ceux qui les assistent. Le gouvernement est décidé à une politique de fermeté et désigne les révoltés comme des perturbateurs du repos public.

24 avril
Le maréchal d'Ancre est assassiné sur ordre de Louis XIII par le capitaine des gardes, Nicolas de L'Hospital, baron de Vitry, après un semblant de sommation. Le complot a été ourdi dans l'entourage proche du jeune roi qui n'a pas encore 16 ans. Ce « coup d'État » renverse l'ordre des choses: Marie de Médicis et son entourage sont disgraciés, les anciens Barbons, Villeroy, les Brûlart et le président Jeannin sont rappelés.

25 avril
Une foule hostile se rassemble dans l'église Saint-Germain-l'Auxerrois où le maréchal d'Ancre a été enterré la veille à la nuit tombée. Le cadavre est déterré, puis traîné dans les rues, jusqu'au château de Vincennes où le prince de Condé est enfermé, pour lui faire faire un simulacre d'amende honorable; il est ensuite amené rue de Tournon où il avait son hôtel et enfin sur le Pont-Neuf. Hissé sur une potence, le cadavre est émasculé et défiguré par des mutilations: les oreilles et le nez coupés. Il est finalement brûlé et ses cendres sont jetées à la Seine. Ainsi le maréchal d'Ancre était-il châtié par les quatre éléments: la terre l'avait rejeté, puisqu'il fut déterré, son corps fut brûlé au feu du bûcher, ses cendres semées au vent et ses derniers restes jetés à l'eau. Appliqué par la nature, tout entière convoquée à cette exécution, comme à certains moments pour les huguenots au temps des guerres de Religion, ce châtiment monstrueux prend une dimension plus qu'humaine.
Le duc de Mayenne rend Soissons aux armées royales. Les princes feront leur soumission dans les semaines suivantes, sans qu'une paix ruineuse soit signée: les Barbons engrangent les fruits de la politique de fermeté conduite par les favoris italiens.

3 mai
La reine mère est exilée à Blois, accompagnée de Richelieu qui devient chef de son Conseil le 19.

9 mai
Ouverture du procès intenté à Leonora Galigaï et à son époux, le maréchal d'Ancre, à titre posthume. La dame d'atour de la reine mère est accusée de sorcellerie. C'est dire qu'elle ne pourra pas démontrer son innocence: elle est condamnée d'avance dans un procès politique qui ne revêt que l'apparence de la justice.

12 mai
Par une *Déclaration*, le roi accorde une amnistie aux princes rebelles. Ceux-ci retrouvent leurs dignités et leurs charges, ce qui met fin à la révolte. Une véritable campagne de libelles (76 pamphlets et 35 pièces en vers) se déchaîne alors contre la mémoire du maréchal d'Ancre et contre Leonora Galigaï.

mai-juin
Charles d'Albert de Luynes devient gouverneur de la Bastille le 16 mai, charge occupée jusqu'ici par Marie de Médicis, puis il est investi des charges du maréchal d'Ancre: lieutenant général du roi en Normandie le 23 et gouverneur de Pont-de-l'Arche et de Quillebeuf le 7 juin. Il est fait ensuite chevalier du Saint-Esprit, avec une promotion de 59 autres chevaliers que le roi honore et se rallie ainsi. Il obtient la promesse de l'épée de connétable et accepte dès lors que le baron de Vitry profite lui aussi des dépouilles de Concini. Le capitaine des gardes devient maréchal de France le 23 mai, mais il exige d'être entièrement disculpé de l'assassinat dans une séance solennelle au Parlement avant de prêter son serment de maréchal.

30 mai
Charles, duc de Guise, revient à la Cour où le roi l'accueille « avec beaucoup d'honneur ». Les Barbons revenus au pouvoir ne cèdent rien aux grands, trop heureux de rentrer en grâce sans avoir à payer le prix de leur révolte.

12 juin
Craignant que le roi ne vienne à l'exiler, Richelieu prend les devants: il quitte Marie de Médicis et la Cour de Blois. Il part pour son prieuré de Coussay. Le roi lui écrit le 15 pour l'assigner à résidence dans son diocèse ou dans ses bénéfices. L'évêque y poursuit un travail de controverse avec les protestants et rédige un ouvrage publié à Poitiers le 9 octobre: *Les Principaux Poincts de la foy de l'Église*

catholique défendus contre l'escrit addressé au roy par les quatre Ministres de Charenton.

25 juin

Louis XIII entame une politique de mise au pas des protestants en Béarn par l'édit de restitution qui prévoit que les biens ecclésiastiques détenus par les protestants du Béarn doivent faire retour à leurs légitimes propriétaires. Il lèse ainsi bien des droits acquis depuis l'époque désormais lointaine des confiscations opérées sous Jeanne d'Albret.

8 juillet

Leonora Galigaï, condamnée pour crime de sorcellerie, est exécutée en place de Grève. Devant son courage et sa constance, la foule venue assister à son supplice se retourne en sa faveur. Tous ses biens sont donnés à Charles d'Albert de Luynes, qui se vêt de toutes les dépouilles des favoris de Marie de Médicis. Héritant ainsi du marquisat d'Ancre, il fait débaptiser la ville qui s'appellera désormais Albert.

26 octobre

Après que les liens que Richelieu a conservés avec la Cour de Blois ont été découverts, Louis XIII lui ordonne de quitter Coussay et de se retirer dans son évêché à Luçon.

4 décembre

S'ouvre à Rouen une assemblée des notables destinée à conseiller le roi sur les réformes nécessaires. Cette assemblée, composée de membres désignés par Louis XIII et son Conseil, est tout à fait docile. Elle contribue à la justification du roi et soutient l'abolition de la paulette, qui avait été différée jusqu'au 31 décembre 1617.

8 décembre

Vincent de Paul (1581-1660) crée la première confrérie de Charité.

autres événements

• Agrippa d'Aubigné fait paraître les livres I et II des *Aventures du baron de Foeneste*, un roman satirique qui l'éloigne de ses poèmes des *Tragiques*.

1618

15 février

Réouverture par les jésuites du Collège de Clermont, rue Saint-Jacques, à Paris (actuel lycée Louis-le-Grand).

Les jésuites

Dans la constellation des ordres religieux et des congrégations qui fleurissent dans la première moitié du XVIIe siècle, les jésuites méritent une place particulière. Fondée au siècle précédent par Ignace de Loyola, qui a placé l'ordre directement sous l'autorité du pape, la Compagnie de Jésus s'implante rapidement dans toute la chrétienté et dans des missions lointaines, en Asie et en Amérique. En France, les jésuites ont connu une éclipse : ils ont été accusés de complicité avec leur élève Chastel, régicide qui a tenté d'assassiner Henri IV en 1594. Ils ont été contraints de quitter la France et ils n'y reviennent qu'en 1603, le pape ayant introduit cette exigence dans les tractations menées à Rome pour faire annuler le mariage d'Henri IV avec Marguerite de Valois. Les jésuites profitent aussi de l'arrivée de la jeune reine italienne, Marie de Médicis, dont ils attirent l'attention quand elle passe par Avignon en 1600. Dès lors, leur influence ne cesse de croître : à la Cour, parce que Henri IV choisit comme confesseur le père Coton, un jésuite dont il a apprécié la prédication ; à la ville, par la création de leurs institutions d'enseignement.
Les collèges, en effet, représentent l'un des grands succès de l'ordre. En 1599, sous le général des jésuites Aquaviva (1543-1615), est mise au point la ratio studiorum *qui définit le cursus des études : un équilibre entre matière religieuse et matières profanes, entre piété et civilité, entre formation de l'esprit et exercice du corps. En France, après une première fondation à Billom, en 1556, ils s'implantent à Paris (Collège de Clermont) et dans les plus grandes villes. Dès 1640, ils dirigent 93 collèges, avec une implantation un peu plus dense dans le nord et l'est du royaume. Ils font concurrence aux collèges oratoriens qui ne sont que 18 en 1640. Le recrutement n'est pas seulement urbain, il s'opère dans un rayon de 30 à 40 km autour des villes. À travers ces établissements, les jésuites diffusent leur mode de penser et d'agir auprès d'une large part de l'élite du temps. Désormais, les humanités, le latin, la rhétorique et la philosophie sont disciplines ouvertes aux jeunes gens de l'aristocratie, de la robe et de la bourgeoisie, sans être réservées aux clercs, comme autrefois.*
À cette action éducative s'ajoutent les prédications, plus en ville qu'en campagne, qui créent des temps forts par des retraites. Se fondant sur les Exercices spirituels *de saint Ignace, les jésuites suscitent la réflexion et la prière, sans négliger la pratique sacramentelle. Ils participent aussi à l'effort missionnaire de la Compagnie à l'étran-*

ger, principalement au Canada où ils viennent s'établir en 1611 à l'appel des récollets, eux-mêmes arrivés avec Champlain en 1608. Ils suivent ensuite les traces du père Marquette et de Louis Joliet, les découvreurs du Mississippi et du Missouri. Enfin, ils exercent une influence profonde par la direction spirituelle : ainsi en est-il du père Bagot (1591-1684), préfet des études au Collège de Clermont, puis supérieur de la maison professe ; du père Surin (1600-1665), auteur de nombreux traités de mystique ; du père Vincent de Meur (1629-1668), fondateur du séminaire des Missions étrangères ; du père Boudon (1624-1702), archidiacre à Évreux, qui publie quelque 25 livres de spiritualité, répandus en France, au Canada, aux Pays-Bas et au-delà car certains sont traduits en espagnol, en italien, en allemand, en néerlandais, en polonais.

Les jésuites, de par leur serment fait directement au pape, sont nécessairement ultramontains. D'où leur opposition à un épiscopat français très gallican. Ils prennent part aux querelles théologiques qui se développent autour de l'interprétation du message augustinien. À partir de 1640, ils se mobilisent dans le conflit qui les oppose aux jansénistes, persuadés qu'ils sont que la théologie de Jansénius conduit en fait au protestantisme. Ceux-ci, et plus particulièrement Pascal dans les Provinciales, *ne se privent pas de les attaquer. Reste leur œuvre d'éducateurs, fleuron de leur action dans la France du Grand Siècle.*

7 avril

Sur le conseil de Luynes, désormais tout-puissant favori de Louis XIII, qui craint les complots ourdis dans l'entourage de Marie de Médicis, le roi exile Richelieu en Avignon, terre étrangère. L'évêque y poursuit son travail de pasteur et publie une *Instruction du chrétien*.

16 mai

Ferdinand de Styrie, fils de l'archiduc Charles et cousin de l'empereur régnant Mathias II (sans enfant), roi de Bohême depuis le 19 juin 1617, est élu roi de Hongrie par la diète de Presbourg.

23 mai

Début de la guerre de Trente Ans : la « défenestration » des représentants de l'empereur à Prague. La Bohême, de confession hussite, forme nationale du protestantisme prêchée au XVIe siècle par Jan Hus, était en conflit avec le roi Ferdinand de Styrie. Élevé par les jésuites dans leur collège d'Ingolstadt, Ferdinand est un zélateur de la Contre-Réforme. Dans ses États, Styrie, Carinthie, Carniole, il a déjà fait montre d'une grande fermeté pour ramener dans le giron de l'Église romaine ses sujets protestants. En Bohême, l'archevêque de Prague, sûr de son appui, a fait fermer un temple et interdire le culte. Les Défenseurs de la foi, qui sont chargés de faire respecter les libertés protestantes en Bohême depuis la signature, par le prédécesseur de Ferdinand, de la *Lettre de majesté* en 1609, convoquent alors une grande assemblée protestante. Le 23 mai, quelques nobles, conduits par le comte de Thurn, décident de profiter des circonstances pour se débarrasser de la tutelle des Habsbourg et renverser le roi de Bohême. Ils pénètrent dans le château royal, le Hradchin, perché sur la falaise qui domine la Vltava, où délibèrent quatre des lieutenants gouverneurs du roi, qu'ils traitent de « canailles jésuitiques ». Ils précipitent par les fenêtres deux d'entre eux et un des secrétaires présents, « selon la coutume des ancêtres ». Par miracle (et c'est effectivement ainsi que la propagande catholique interpréta l'événement), les trois victimes réchappent de leur chute, mais la « défenestration de Prague » ouvre la crise avec le souverain Habsbourg.

7 novembre

François de Sales arrive de Savoie à Paris. Il prend contact avec les milieux de la Contre-Réforme et rencontre Bérulle, Mme Acarie (1556-1618), la mère Angélique Arnauld, Vincent de Paul. Il prolonge son séjour jusqu'au 13 septembre 1619.

Le siècle des saints

La première moitié du XVIIe siècle est marquée par un renouveau religieux intense, issu de la Contre-Réforme initiée au XVIe siècle, qui trouve elle-même ses sources théologiques et pastorales dans le concile tenu à Trente de 1545 à 1563. Les articles du concile ont été reçus en France en 1615, après la réunion des états généraux, mais l'action réformatrice a commencé bien avant. Les exemples espagnols (Ignace de Loyola, François Xavier, Thérèse d'Ávila, Jean de la Croix) et italiens (Philippe Neri, François de Gonzague, Charles Borromée surtout, archevêque de Milan, exemple achevé du pasteur de la Réforme catholique) sont suivis en France, après la paix retrouvée en 1598.

De grandes figures marquent leur temps : Pierre Fourier, fondateur des chanoinesses de Saint-Augustin en 1597 ; la jeune abbesse de Port-Royal, Angélique Arnauld, qui impose à ses religieuses une réforme ; Mme Acarie qui, avec

Bérulle, introduit les carmélites espagnoles en France ; et Bérulle lui-même, qui fonde la congrégation de l'Oratoire en 1611, vouée à la formation du clergé des paroisses dans des séminaires et à l'éducation de la jeunesse dans des collèges qui font rapidement concurrence à ceux des jésuites (celui de Juilly en Île-de-France en témoigne aujourd'hui encore par son rayonnement). En 1618, la congrégation de Saint-Maur introduit une réforme austère dans l'ordre bénédictin.

Jean Eudes (1601-1680) prêche, en particulier en Normandie, province presque entièrement gagnée au protestantisme ou peut-être plus encore aux superstitions, et fonde, en 1643, la congrégation de Jésus et Marie, l'ordre des Eudistes, missionnaires des campagnes. Il est à l'origine de séminaires créés à Caen, Coutances, Lisieux, Rouen, Évreux et Rennes.

Les plus connus, sinon les plus actifs, sont sans doute François de Sales et Vincent de Paul.

François de Sales (1567-1622) est né en Savoie. Après des études dans des collèges savoyards, il vient parfaire sa formation à Paris, en 1578 à 12 ans, chez les jésuites du Collège de Clermont et à la Sorbonne. En décembre 1586, après une crise de désespoir où il se croit réprouvé, il retrouve la paix. Son père le destine au droit; aussi, pour faire les meilleures études, part-il pour Padoue. Il y devient docteur en droit en 1591. Il profite de son séjour en Italie pour visiter Rome et Assise. Poursuivant ses études de théologie, François approfondit sa réflexion personnelle et accumule les matériaux qui serviront plus tard à la rédaction de ses livres. De retour en Savoie, il parvient à surmonter les réticences de son père : il est ordonné prêtre le 18 décembre 1593. Après une période de mission, son évêque l'envoie à Rome comme coadjuteur. En janvier 1602, il revient à Paris, envoyé par son évêque. Il prêche le Carême au Louvre, puis devant Henri IV à Fontainebleau. Il est introduit dans les milieux réformateurs alors si actifs : il rencontre notamment Bérulle ainsi que Mme Acarie dont il devient un temps le directeur spirituel.

De retour à Annecy, le 17 septembre 1602, son évêque étant mort, François devient évêque de Genève en résidence à Annecy. Il conçoit son rôle dans le droit fil de la Réforme catholique entamée par Charles Borromée à Milan. Il est aussi appelé à prêcher hors de son diocèse. En 1604, il rencontre ainsi, à Dijon, la baronne Jeanne-Françoise Frémiot de Chantal. En 1610, ils fondent ensemble l'ordre de la Visitation, d'abord voué aux œuvres caritatives et finalement à la contemplation.

En 1618, François de Sales est chargé par le duc de Savoie d'une ambassade à Paris pour négocier le mariage de la sœur de Louis XIII, Christine, avec le fils aîné du duc, Victor-Amédée, prince de Piémont. La mère Angélique Arnauld souhaite le prendre comme directeur de conscience à Port-Royal. Il retrouve Bérulle et se voit même proposer la charge de coadjuteur de l'évêque de Paris. De retour à Annecy, il reprend ses activités de pasteur et entretient une volumineuse correspondance. En 1622, le duc de Savoie qui doit rencontrer Louis XIII exige que l'évêque l'accompagne, mais François meurt à Lyon le 28 décembre de cette même année.

Outre son œuvre apostolique, François de Sales laisse une œuvre écrite abondante : des Controverses *(1595),* L'Étendard de la Sainte Croix *(1598) et l'*Introduction à la vie dévote, *publiée à Lyon en 1609, qui remporte un succès rapide. Il y indique une voie vers la sainteté, simple et accessible à tous, clercs et laïcs. Pour Jeanne de Chantal, il publie en 1616 le* Traité de l'amour de Dieu.

Après une formation acquise dans sa Gascogne natale, Vincent de Paul (1581-1660), ordonné prêtre en 1600, termine ses études de théologie à Toulouse. La légende suivant laquelle il aurait été prisonnier des Barbaresques et condamné à ramer sur leurs navires entre 1605 et 1607 est fondée sur une lettre que Vincent lui-même a cherché à détruire et que contredit une autre correspondance datée de Rome (février 1608) où Vincent explique qu'il poursuit ses études. Il vient à Paris en 1610 ou au début de 1611. De cette période date sa « conversion ». Il rencontre Bérulle et celui-ci le recommande à Philippe-Emmanuel de Gondi qui en fait le précepteur de ses deux fils aînés en 1613 (mais pas du plus jeune, Jean-François-Paul de Gondi, futur cardinal de Retz, né en 1613). Au contact de cette grande famille, lors de ses déplacements dans ses domaines, il découvre les milieux ruraux déshérités. En 1617, il abandonne son préceptorat et devient curé de Châtillon-sur-Chalaronne dans les Dombes. C'est là qu'il remet en honneur l'ancienne institution des Dames de la Charité : des femmes de sa paroisse se regroupent pour porter secours aux pauvres et aux malades. Quand Vincent revient à Paris, rappelé par les Gondi, les statuts des Dames de la Charité sont approuvés par l'évêque de Paris, Henri de Gondi, cardinal de Retz. Toujours chez ses protecteurs, il rencontre François de Sales et Jean Duvergier de Hauranne, abbé de Saint-Cyran. Le 8 février 1619, Philippe-Emmanuel de Gondi, lieutenant

général pour le roi des mers du Levant et général des galères, lui obtient la charge d'aumônier général des galères.
Viennent ensuite les premières fondations. Il pousse Philippe-Emmanuel de Gondi, devenu veuf, à entrer à l'Oratoire. Toujours soutenu par son bienfaiteur qui lui accorde les subsides nécessaires à la création de la congrégation de la Mission en 1625, il établit celle-ci, à partir de 1632, dans le prieuré Saint-Lazare (d'où le nom de lazaristes donné aux recrues de Monsieur Vincent). L'objectif est de former un clergé paroissial instruit et missionnaire. À Saint-Lazare encore, il organise à partir de 1633 les conférences du mardi, ouvertes non seulement aux ordinants (futurs prêtres auxquels Monsieur Vincent prêche une retraite avant leur ordination), mais à tous les prêtres désireux d'approfondir leur formation.
Joignant à la pastorale le service des pauvres, Monsieur Vincent crée en 1633 les confréries de Charité, qui regroupent les dames de la meilleure société pour le service des pauvres. Complétant cette fondation et sur les conseils de Louise de Marillac, il fonde la congrégation des Filles de la Charité le 29 novembre 1633. Recrutées parmi les humbles, les « sœurs grises » prennent en charge les problèmes sociaux des pauvres et des malades. En 1638, est fondée l'œuvre des Enfants trouvés. Pendant la Fronde, Vincent et ses « maisons » se dépensent sans compter. En 1652, Saint-Lazare accueille quelque 10 000 pauvres. Le rayonnement de Monsieur Vincent est considérable, auprès des cercles dévots, auprès des grands aussi : en 1643, Anne d'Autriche en fait un membre du Conseil de conscience.
Monsieur Vincent prêche une religion simple où l'action charitable tient plus de place que les spéculations théologiques. Il rédige pour ses ordinants un petit manuel qui remporte un grand succès. Profitant de ses entrées auprès de la haute société, des Gondi et des Marillac entre autres, il sait drainer des dons immenses pour le soulagement de ses pauvres. Il reste la figure la plus représentative du « siècle des saints ».
À côté de ces fondateurs d'ordres nouveaux, engagés dans les œuvres de bienfaisance et d'éducation, en prise directe avec les maux du temps, « dans le siècle », on ne peut oublier ces prêtres d'un nouveau style, comme le père Bourdoise (1584-1655) à Saint-Nicolas-du-Chardonnet ou le père Olier (1608-1657) curé de Saint-Sulpice, qui renouvellent l'action pastorale en paroisse et s'appliquent à former un nouveau clergé.

autres événements
- Descartes (1596-1650) rédige ses premiers écrits de physique et un *Compendium musicae.*
- Jean de la Croix (1542-1591) : *L'Ascension du mont Carmel* (traduction de l'espagnol).
- Nicolas Oudot : *Grand Calendrier et compost des bergers.* Cet ouvrage, édité à Troyes comme les petits livres de la bibliothèque bleue vendus par les colporteurs, est un grand succès de la littérature populaire.
- Salomon de Brosse est chargé de reconstruire la grande salle du Parlement de Paris, détruite par un incendie.
- Frans II Pourbus peint la *Cène,* grand tableau pour le maître-autel de l'église Saint-Leu-Saint-Gilles, à Paris.
- Scipion Dupleix (1569-1661) : *La Physique ou science des choses naturelles.*
- Année à comètes et à éclipse de lune.

1619

3 janvier
Christine de France, sœur de Louis XIII, épouse le fils aîné du duc de Savoie, Victor-Amédée.

8 février
Vincent de Paul est nommé aumônier général des galères.

21-22 février
Dans la nuit, Marie de Médicis s'enfuit de Blois et rejoint le duc d'Épernon, alors âgé de 65 ans, dans son gouvernement de Saintonge. Ils prennent ainsi la tête d'une révolte à laquelle se joint le duc de Bouillon. Le roi est obligé de recruter trois armées, soit 30 000 hommes de pied et 6 000 chevaux, pour mener campagne contre les rebelles.

7 mars
Luynes décide de faire appel à Richelieu. Rappelé de son exil, ce dernier est chargé de négocier la paix entre la mère et le fils. Après son arrivée à Angoulême le 27 mars, Richelieu, soutenu par le duc d'Épernon, devient chef du conseil de Marie de Médicis, chargé de son sceau et de la surintendance de sa maison.

12 mai
Après de laborieuses négociations conduites par Bérulle et Richelieu, Marie de Médicis, par le traité d'Angoulême signé le 12 mai, abandonne son gouvernement de Normandie, reçoit celui d'Anjou, avec les places fortes d'Angers, des Ponts-de-Cé et

de Chinon ; elle retrouve toutes ses charges et dignités ainsi que ses revenus, mais n'est plus admise au Conseil. Le duc d'Épernon est rétabli dans ses gouvernements de Metz, Aunis et Saintonge.

13 mai
Aux Provinces-Unies, le synode de Dordrecht, qui s'est ouvert en novembre 1618, poursuit sa session jusqu'en juin. Il marque le triomphe des gomaristes, calvinistes orthodoxes et rigides, soutiens de la famille d'Orange, sur les arminiens de tendance « érasmienne » et plus tolérants. Le Grand Pensionnaire, Johan van Oldenbarnevelt, arminien, est renversé, jugé et vendu aux Espagnols. Refusant de demander sa grâce, il est exécuté le 13 mai.

17-28 août
Ferdinand de Styrie, roi de Bohême et de Hongrie, est déposé le 17 août par la diète de Bohême, qui choisit pour roi le 26 l'Électeur palatin sous le nom de Frédéric V.
Après la mort de l'empereur Mathias II le 20 mars, la couronne impériale échoit le 28 août à Ferdinand de Styrie, son cousin, seul héritier de la branche des Habsbourg d'Autriche, malgré ses conflits avec ses sujets tchèques. Il prend le nom de Ferdinand II.

5 septembre
Louis XIII rencontre Marie de Médicis au château de Couzières, près de Tours. Cette entrevue scelle la réconciliation entre le roi et la reine mère.

6 septembre
Henri de Schomberg (1575-1632) est nommé surintendant des finances pour remplacer le président Jeannin, revenu dans cette charge en 1617, qui a maintenant près de 80 ans.

20 octobre
Le prince de Condé sort de sa prison du château de Vincennes. Désormais, il ne participera plus à aucune révolte et s'emploiera à reconstruire la fortune de son lignage et celle des Montmorency dont sa femme, Charlotte, est la dernière héritière. Cette fortune permet d'asseoir la puissance d'un immense réseau de clientèle, présent dans les provinces où les deux familles ont eu des gouverneurs, Bourgogne et Provence principalement. Cette puissance retrouvée sera mise, avec constance, au service du roi.

novembre
Luynes est fait duc et pair. Il est parvenu au sommet de la hiérarchie des honneurs.

10 novembre
« Révélation » de René Descartes en Allemagne. Il « entrevoit », dit-il, les rapports fondamentaux qui existent entre la nature et les lois mathématiques, clé de l'interprétation de l'univers.

25 décembre
Louis XIII promet une aide à l'empereur Ferdinand II pour soutenir son action contre ses sujets de Bohême.

autres événements
• Le groupe des libertins érudits, qui se réunit chez les frères Dupuy, accueille le père Mersenne.

1620

1er février
Un traité d'alliance est signé entre la France et l'Angleterre.

6 février
La reine, qui a été gravement malade, se rétablit, ce qui donne lieu à des réjouissances publiques.

3 juillet
Dès janvier, Puisieux et Jeannin ont convaincu Louis XIII de ne pas intervenir au côté de l'empereur Ferdinand II dans la guerre en Allemagne. Avec les bons offices de l'ambassade française – à laquelle participe le père Joseph, future « éminence grise » de Richelieu –, un traité est signé à Ulm entre les princes protestants et l'empereur Ferdinand II. Louis XIII renonce à apporter une aide militaire à l'empereur.

juillet-10 août
Une nouvelle révolte conduite par Marie de Médicis, le duc d'Épernon, le duc de Mayenne, les Vendôme, Longueville et le comte Louis de Soissons (1604-1641) rassemble une large part de la noblesse des provinces de l'Ouest entre Normandie et Guyenne. Les protestants restent réservés dans l'ensemble, sauf le duc de Rohan. Richelieu, fidèle à la reine mère, est, cette fois, du côté des rebelles. Le 4 juillet, Louis XIII refuse la négociation et décide de faire campagne. Les révoltés, très inférieurs en nombre à l'armée royale, sont défaits lors de « la drôlerie des Ponts-de-Cé » le 7 août. Le traité, signé à Angers le 10, rétablit le *statu quo ante* : la reine mère n'a toujours pas accès au Conseil, mais elle peut librement approcher son fils. Elle revient alors au Louvre où elle doit admettre désormais de passer après la

reine régnante Anne d'Autriche, dans les cérémonies de la Cour.

ANNE D'AUTRICHE

Anne d'Autriche (1601-1666) est la fille aînée de Philippe III d'Espagne. Le mariage de Louis XIII avec l'infante est négocié dès 1612, célébré le 25 novembre 1615 à Bordeaux et consommé le soir même, Marie de Médicis exigeant que cette alliance ne puisse jamais être remise en question. Mais ensuite, pendant quatre ans, les époux vivent séparés. La jeune reine est belle, gaie, aimable, mais deux grossesses n'aboutissent pas et le roi commence à délaisser celle qui ne lui donne pas l'héritier si nécessaire à la stabilité du trône.
Quand Richelieu, revenu au pouvoir, oriente la politique française vers des alliances protestantes et la guerre contre l'Espagne, la reine, dévote et espagnole, se montre hostile. Elle se trouve mêlée aux intrigues et rencontre des émissaires et des espions espagnols. En 1625, le duc de Buckingham, venu en ambassade en France, ose lui faire une cour assidue. Les liens secrets avec l'Espagne sont cependant plus critiquables encore. Ces intrigues découvertes en 1637, la reine est soumise à une fouille en règle et à un interrogatoire humiliant pour cette orgueilleuse Espagnole. Elle doit signer des aveux, promettre de ne plus entretenir quelque relation que ce soit avec l'ennemi, et son entourage est, comme elle, étroitement surveillé. Ces comportements ne peuvent faciliter le rapprochement des époux royaux malgré les efforts du confesseur du roi, le père Caussin, pour convaincre Louis XIII de donner un dauphin à la France: la conception du futur Louis XIV (5 décembre 1637) apparaîtra ensuite comme un vrai miracle. En 1640, naît un second fils, Philippe, assurant la succession d'un roi dont l'état de santé donne souvent des inquiétudes. Ces maternités ancrent définitivement la reine dans son pays d'adoption. À la mort de Louis XIII, le 14 mai 1643, elle choisit de garder Mazarin comme principal ministre. Ce choix, capital, avait été conseillé par Richelieu, décédé le 4 décembre 1642, puis par Louis XIII qui a fait du nouveau cardinal le parrain du dauphin. Pour calmer l'appétit des grands, la régente choisit d'acheter la paix à tout prix, et l'on disait à la Cour: « La reine est si bonne! » Cependant, en 1648, les oppositions se cristallisent, ouvrant cinq années de Fronde qui font courir à la reine et à Louis XIV de réels dangers. Anne reste pourtant indéfectiblement attachée au cardinal malgré les campagnes de calomnie qui l'accablent, malgré les succès de ses ennemis. Contraint par deux fois à l'exil, Mazarin, avec le soutien de la reine, met un terme à la Fronde en 1653.
À partir de la mort du cardinal le 9 mars 1661, la reine s'efface et laisse toute la place à Louis XIV. Elle reste à la Cour au centre du parti dévot, elle-même très attachée à ses pratiques de piété. Quand Molière joue Le Tartuffe *pour la première fois le 12 mai 1664, la pièce est retirée sous la pression de la reine mère. Elle meurt le 20 janvier 1666.*

19 juillet-octobre
Conflit en Italie du Nord. La Valteline (haute vallée de l'Adda qui joint la vallée du Pô à la vallée de l'Inn, affluent du Danube, et mène ainsi à Vienne) est peuplée en majorité de catholiques, mais soumise à la suzeraineté des Grisons, protestants. Soutenus par l'Espagne, les catholiques massacrent les protestants le 19 juillet et résistent à leurs suzerains, les Grisons. En octobre, cette vallée – stratégiquement essentielle au souverain Habsbourg d'Espagne, puisqu'elle permet une liaison facile entre le Milanais espagnol et les possessions autrichiennes de l'empereur Habsbourg de Vienne – est finalement occupée par les armées espagnoles.

septembre-octobre
Le 7 septembre, Louis XIII, contre l'avis du Conseil, décide d'imposer la loi commune aux protestants du Béarn qui ont refusé d'appliquer l'édit de Nantes depuis 1598. Il quitte Poitiers à la tête d'une armée pour restaurer son autorité, après avoir rétabli la paulette, instaurée par Henri IV en décembre 1604 et suspendue par les états généraux de 1614, ce qui lui rallie les officiers et lui permet de financer son entreprise. Les protestants, retranchés dans leurs places fortes, contraignent l'armée royale à une guerre de siège.

LES RÉVOLTES PROTESTANTES

Les réformés sont puissamment organisés. Chaque année, une assemblée des Églises se tient dans une ville choisie par le roi qui fixe lui-même la date de la session. Sous la régence et même au-delà, les relations sont bonnes. Les plus belliqueux sont tenus en lisière par le parti des modérés groupés autour de Duplessis-Mornay. Quand Sully quitte le ministère en janvier 1611, les huguenots perdent un appui important à la Cour, mais Sully reste gouverneur du Poitou, province protestante, et ses alliances sont puis-

santes, en particulier avec le duc de Rohan et Soubise, le frère de celui-ci.
Si les guerres intestines se sont arrêtées après l'édit de Nantes, le 30 avril 1598, elles reprennent en 1620, quand le jeune roi Louis XIII décide, contre l'avis de son Conseil, de faire respecter l'édit en Béarn. Pendant presque dix ans, le roi mène tous les ans des campagnes contre ses sujets protestants.
Les assemblées, dont les sessions durent des mois, voire des années dans les périodes troublées, se tiennent à Privas, Sainte-Foy (aujourd'hui Sainte-Foy-la-Grande), Nîmes, Loudun, Saumur, Montauban et surtout La Rochelle. Si cette dernière place devient le haut lieu de la résistance, un an s'écoule encore après le long siège de 1628 pour que la paix d'Alès (28 juin 1629) soit enfin imposée par la victoire des armées royales.

15-20 octobre
Louis XIII entre à Pau le 15 octobre et reçoit l'allégeance des Béarnais. Le roi prête serment de respecter le *for* (franchises et coutumes locales) et signe un édit de rattachement du Béarn à la France le 20. Les conseils souverains de Navarre et de Béarn seront réunis en 1623 pour former le parlement de Pau. Le catholicisme est rétabli et les biens du clergé confisqués par les protestants doivent revenir à leurs légitimes propriétaires.

8 novembre
Guerre de Trente Ans. Les armées impériales commandées par Tilly écrasent les nobles tchèques à la Montagne Blanche, assurant la mainmise définitive du souverain Habsbourg sur la Bohême qui se voit imposer le catholicisme militant de la Contre-Réforme. 40 % de la population émigrent dans les États protestants de l'Empire pour rester fidèles à leur religion.

autres événements
• Francis Bacon (1561-1626), chancelier d'Angleterre, fait paraître son *Novum Organum.*
• Gabriel Naudé (1600-1653): *Le Marfore ou discours contre les libelles.* Ce livre témoigne de l'importance de la polémique qui critique le favori, Charles d'Albert de Luynes.
• Jacques Callot (1592-1635) grave à Florence la *Foire d'Impruneta*, dédiée au grand-duc de Toscane, Cosme II de Médicis. Cette estampe est considérée comme l'une des œuvres majeures de Callot et de toute l'histoire de la gravure.
• Georges de La Tour (1593-1652) devient le peintre de Lunéville.

1621

2 janvier
Les protestants réunis en assemblée à La Rochelle « entreprennent contre le service du roi ». Ceux de Saumur se joignent au mouvement de révolte.

21 janvier
L'Électeur palatin, Frédéric V, élu roi de Bohême par les Tchèques le 26 août 1619, est condamné et mis au ban de l'Empire.

28 mars
Le siège de Privas, commencé le 23 janvier, s'achève par la capitulation de la garnison protestante. La guerre en Languedoc se prolonge tout l'été: le gouverneur de la province, le duc Henri II de Montmorency (1595-1632), amiral de France, s'empare de plusieurs villes où il rétablit « l'ancien catholique service de Dieu, au grand contentement de Sa Majesté ».

31 mars
Philippe III d'Espagne meurt. Son fils, Philippe IV, frère d'Anne d'Autriche et beau-frère de Louis XIII, lui succède.

1er avril
Par une déclaration royale, Luynes est fait connétable. Le lendemain, le roi lui-même reçoit son serment et lui remet l'épée. Il est chargé de mener les opérations contre les protestants du Midi.

15 avril
Conflit en Italie du Nord. Un traité est signé à Madrid entre l'Espagne et la France par lequel la Valteline doit être rendue aux Grisons, protestants, suzerains légitimes de cette vallée, peuplée d'Italiens catholiques.

28 avril
Les assemblées protestantes se multiplient: à La Rochelle, Saumur, Niort, Montpellier. Sort à Paris un ouvrage sur *Les Signes merveilleux et épouvantables apparus au ciel sur la ville de La Rochelle, le 28e jour d'avril dernier, le tout au grand étonnement de tous les Rochellois; ensemble le combat de deux hommes en l'air, lesquels ont été vus en grande admiration par tous les habitants de ladite ville; avec la résolution de leur assemblée tenue sur le sujet et événement desdites apparitions.* Dans le contexte des guerres civiles, tout est signe.

mai
Richelieu devient grand aumônier de Marie de Médicis.

18 mai
Début du siège de Montauban qui ne s'achèvera qu'au mois de janvier suivant. Le roi envoie 30000 hommes sous les ordres du duc de Mayenne le 20 août. Les expéditions de secours aux assiégés échouent le 4 septembre. Le 25 octobre, les soldats combattent dans les faubourgs de la ville et jusque sur les murailles. Puis une guerre d'escarmouches se déroule dans les environs comme le « brûlement de la ville et château de Lombers » le 15 décembre. Plus de 28 pamphlets paraissent sur ce siège.

27 mai-25 juin
Le roi entre à Niort, puis, près de Montargis, la forteresse de Castellet est enlevée le 27 mai, Sancerre le 29.
Le 25 juin, Saint-Jean-d'Angély, qui résistait sous le commandement de Soubise, tombe aux mains de l'armée royale après plus de deux mois de siège. Pas moins d'une vingtaine de pamphlets paraissent sur ce siège; quand tombe la place, les folliculaires au service du roi ne manquent pas de célébrer les victoires de ses armées et les conversions protestantes qui apparaissent comme un signe du ciel. À Saintes, le père Texier publie le *Récit des miraculeux effets qui sont arrivés en l'armée du roi, en présence de Sa Majesté; avec la conversion de plusieurs seigneurs, chefs et soldats de ladite armée à la foi catholique.*
Richelieu lui-même entre en lice: le père Lelong lui attribue un libelle anonyme largement répandu, *La France mourante, dialogue: le chancelier de L'Hospital, le chevalier Bayard, dit Chevalier sans reproche, la France malade.*

3 juillet-5 août
L'avance des armées royales se poursuit en Guyenne: Nérac se soumet le 3 juillet, Bergerac le 9 et le siège est mis devant Clairac, sur le Lot, le 5 août, tandis qu'une partie des forces royales, sous le commandement du duc d'Épernon, tente de bloquer La Rochelle. En fait, la ville garde son accès à la mer et le blocus n'est pas complet. Le siège se prolonge alors des mois et l'on voit paraître une trentaine de libelles sur les Rochelais, leur résistance mais aussi leurs divisions internes.

3 août
Le chancelier Guillaume Du Vair meurt. Luynes prend les Sceaux. Commandant en chef de l'armée royale comme connétable, premier officier civil du royaume, comme garde des Sceaux, Charles d'Albert de Luynes accumule ainsi plus de charges qu'aucun de ses prédécesseurs. Cette concentration de pouvoirs aux mains d'un favori ne se reverra plus après lui.

15-24 décembre
Après la prise de Monheurt le 11 décembre, le connétable de Luynes meurt d'une fièvre pourpre le 15. Le comte Henri de Schomberg, surintendant des finances, domine alors le Conseil et tient la place d'un principal ministre (après les campagnes contre les protestants du Midi en 1625, il sera maréchal de France). Le 24 décembre, Merry de Vic devient garde des Sceaux (il meurt le 2 septembre suivant).

autres événements
• Le pape Grégoire XV approuve la congrégation de Notre-Dame-du-Calvaire, fondée par le père Joseph.
• Hilarion de Coste: *L'Histoire catholique [...] des hommes et des dames illustres [...] par leur piété dans le seizième et dix-septième siècle.*
• Guillaume Du Vair: *Œuvres politiques, morales et meslées.*
• André Duval: *Vie de Barbe Adrillot, dite Marie de l'Incarnation* [Mme Acarie], *religieuse carmélite réformée.*
• Étienne Pasquier: *Les Recherches de la France, augmentées en cette dernière édition de trois livres entiers* (édition complète posthume en 9 livres).
• Richelieu: *Instruction du chrétien.*
• Théophile de Viau (1590-1626): *Œuvres du sieur Théophile.*
• Après un long séjour en Italie, à Rome puis à Florence, Callot revient à Nancy, sa ville natale.
• Marie de Médicis demande à Pierre-Paul Rubens (1577-1640) de décorer une galerie du palais du Luxembourg; cette commande est à l'origine des 24 grandes toiles, aujourd'hui au Louvre, racontant sur le mode allégorique la *Vie de Marie de Médicis.* Le cycle est achevé en 1625. Deux ans plus tard, Rubens entreprend un nouveau cycle consacré cette fois à la *Vie d'Henri IV,* qu'il laisse inachevé. Seuls deux tableaux, eux-mêmes inachevés, en sont conservés à Florence, aux Offices.

1622

22 janvier
Le roi rentre à Paris.

23-30 janvier
Fin du siège de Montauban entamé en mai 1621. Les auteurs de libelles au service du roi célèbrent la paix. Certains expriment les idées des héritiers des Politiques du temps des guerres de Religion, comme l'auteur du *Remerciement des bons Français, fait au roi, sur le sujet de la paix donnée à son royaume,* paru à Paris chez J. Martin. D'autres retracent

l'histoire des guerres civiles, comme cette *Histoire générale de la prise et réduction de six vingt fortes places remises à l'obéissance du roi, depuis l'an mil six cent vingt [...]* parue à Paris chez la veuve Ducarroy. En fait, le roi n'en a pas fini avec les rebelles protestants, d'autres campagnes et d'autres sièges seront encore nécessaires pour pacifier le royaume.

31 janvier
Marie de Médicis est de nouveau admise au Conseil.

10 février-4 mars
Défaite le 10 février des armées protestantes assiégées dans Clairac depuis le 5 août 1621 et « fuite et défaite de six cents rebelles au roi », mais la ville n'est vraiment réduite que le 4 mars.

mars
Les Barnabites, ordre religieux venu de Milan, sont autorisés par lettres patentes à s'établir en France.

14 mars
La reine Anne d'Autriche, enceinte, fait une chute au Louvre et ses espérances de voir naître un héritier sont à nouveau détruites. Apprenant les circonstances de l'accident – les dames de la reine, Marie de Rohan (1600-1679, veuve du duc de Luynes et future duchesse de Chevreuse) et Mlle de Verneuil (1603-1637, demi-sœur du roi), l'ont fait courir dans une galerie du Louvre –, Louis XIII s'emporte. Désormais, il s'éloigne de sa femme et ne lui manifeste plus que froideur.

20 mars-24 mai
Le 20 mars, le roi décide de repartir en campagne pour mater une nouvelle révolte des protestants. Sur le littoral vendéen, les huguenots, commandés par le duc de Soubise (frère du duc de Rohan), subissent un revers célébré par des libelles tels que *La Mémorable et glorieuse victoire obtenue par le roi sur l'armée du sieur de Soubize, dans l'île de Rié le 16 avril 1622*. Royan se soumet le 11 mai après quinze jours de siège et le duc de La Force rend Sainte-Foy le 24.

10 juin
À Nègrepelisse, petite ville de Guyenne, les troupes royales commandées par le prince de Condé pénètrent par une brèche et « les rebelles sont mis et taillés en pièces, leur ville réduite à feu et à sang ». Les habitants huguenots subissent un châtiment exemplaire : ils sont tous passés au fil de l'épée ou pendus. Le 22, Saint-Antonin se soumet, ce qui s'accompagne de *La Conversion de sept cent cinquante habitants de la ville de Sainct-Anthonin à la religion catholique* selon le récit d'un libelle de propagande publié à Paris.

juillet
La guerre de siège contre les protestants progresse en Languedoc : 600 hommes sont massacrés à Montpellier le 16 juillet, 600 autres sont défaits à Saint-Gilles. Comme à Nègrepelisse, la prise de Berderine s'accompagne de « la punition exemplaire des rebelles qui ont été pris et pendus ».

7 juillet
Le duc de Lesdiguières abjure le protestantisme et, sur-le-champ, reçoit l'épée de connétable. À sa mort, le 26 septembre 1626, Louis XIII ne lui donnera pas de successeur et la charge de connétable disparaîtra en janvier 1627.

août
L'armée royale poursuit une marche victorieuse en Languedoc et assiège Rohan retranché dans Montpellier, tandis qu'il faut résister aux entreprises de Soubise sur La Rochelle.

29 août
Richelieu est élu proviseur de la Sorbonne par les sociétaires, bacheliers et docteurs qui appartiennent à « la maison et société de Sorbonne ». Cette élection est ratifiée par le roi le 2 septembre. À ce titre, l'évêque de Luçon devient protecteur de l'institution.

5 septembre
Louis XIII obtient du pape Grégoire XV le chapeau de cardinal pour Richelieu.

23 septembre
Après la mort de Merry de Vic, Louis Lefebvre de Caumartin (1552-1623) devient garde des Sceaux.

7 octobre
Après la disparition de Balthasar de Zuniga, Philippe IV d'Espagne fait entrer Olivares au Conseil, mais celui-ci ne devient que progressivement un *valido* (favori) tout-puissant. Les carrières de Richelieu et d'Olivares sont parallèles : pendant presque vingt ans, ces ministres conduisent avec constance le duel qui oppose les deux plus grandes monarchies d'Europe.

19 octobre
Les conditions du siège de Montpellier, très éprouvantes pour les deux camps, amènent les adversaires à chercher une issue négociée. Le 18 octobre, Louis XIII fait son entrée solennelle

dans la ville comme si elle s'était rendue. La paix de Montpellier, qui prend la forme d'une déclaration royale signée le 19, met un terme au siège sans que la ville ait été prise et confirme les dispositions de l'édit de Nantes pour ce qui est des garanties religieuses, mais le «parti huguenot» voit reculer son pouvoir militaire: 80 places de sûreté sont rendues au roi; seules La Rochelle et Montauban gardent leurs fortifications.

27 octobre-3 novembre
Le duc de Guise remporte une victoire navale importante sur les protestants de La Rochelle le 27 octobre, tandis que Louis XIII entre à Arles le 29, puis à Montauban le 3 novembre.

novembre
Parution chez le libraire Antoine d'Estoc, galerie du Palais, du *Parnasse satyrique des poètes de ce temps*.

16 novembre
La Rochelle accepte enfin de se soumettre au roi.

6-18 décembre
Louis XIII retrouve les reines à Lyon le 6 décembre. La réconciliation avec Marie de Médicis semble alors totale. À Lyon, un libelle célèbre l'entrée du roi le 11: *Le soleil au signe du Lion, d'où quelques parallèles sont tirés avec le très-chrétien [...] monarque, Louis XIII, roi de France et de Navarre, en son arrivée triomphante dans la ville de Lyon; ensemble un sommaire récit de tout ce qui s'est passé de remarquable en ladite entrée de Sa Majesté, et de la plus illustre princesse de la terre, Anne d'Autriche, reine de France et de Navarre, dans ladite ville de Lyon, le 11 décembre 1622.* Lors de ce séjour, Louis XIII, Marie de Médicis et Anne d'Autriche rencontrent, du 11 au 18, le futur duc de Savoie Victor-Amédée et sa femme, Christine de France, ainsi que son frère le prince Thomas.

1623

janvier
Parution anonyme de *L'Histoire comique de Francion en laquelle sont découvertes les plus subtiles finesses et trompeuses inventions, tant des hommes que des femmes, de toutes sortes de conditions et d'âge. Non moins profitable pour s'en garder, que plaisante à la lecture.* Charles Sorel avait écrit le livre en 1622 (le privilège date du 22 août). *L'Histoire comique* sera rééditée en 1626 et, considérablement augmentée, en 1633.

Charles Sorel

Lorsque Charles Sorel (1602-1674), fils d'un procureur, publie ce livre sans équivalent qui relate l'histoire d'un jeune esprit indocile épris de liberté et de justice en prenant à revers les conventions alors en usage dans le roman, il est déjà, avant 20 ans, l'auteur d'un panégyrique de Louis XIII, Les Vertus du roi, *et de la conventionnelle* Histoire amoureuse de Cléagénor et de Doristée. *En relation avec Théophile de Viau, Boisrobert, Saint-Amant, il compose avec eux cette même année les* Vers pour le ballet des Bacchanales *dansé devant le roi le 26 février. L'histoire de Francion, premier roman picaresque de la littérature française, peut aussi être lue à la lumière de l'époque et des mouvements de pensée qui agitent le Paris de ces années-là: Francion se débarrasse du savoir appris au collège et cherche à pénétrer la raison naturelle de toutes choses sans se laisser distraire par les opinions vulgaires (en cela, Sorel est proche d'un Gabriel Naudé). La deuxième édition du livre en 1626 sera expurgée, sans doute à la suite de la condamnation de Théophile de Viau. Sorel y ajoute des pages qui ridiculisent Guez de Balzac.* Francion *connaît au moins 30 éditions au XVII*e *siècle. Sorel publie en 1627-1628 le* Berger extravagant, *roman qui tourne en ridicule les fables de la mythologie et le genre du roman pastoral. Il se fait aussi historien et publie en 1629 une* Histoire de la monarchie française, *puis, ayant acheté en 1635 la charge de premier historiographe de France, il publie, en 1646,* Histoire du roi Louis XIII composée par messire Bernard. *Cet homme sensible, délicat, souvent malade, comme le décrit le médecin Guy Patin, se consacre par ailleurs à un grand livre,* La Science universelle, *dont la publication se poursuit jusqu'en 1668 (*La Science des choses corporelles, *1634;* La Science des choses spirituelles, *1637). Il ambitionne de faire « le livre de la vraie science de toutes choses qui peut conduire les hommes à une parfaite félicité ». À la toute fin de sa vie, le critique littéraire érudit qu'il était aussi rédige des ouvrages de bibliographe:* La Bibliothèque française, *répertoire critique de la littérature française, en 1664, et* De la connaissance des bons livres, *en 1671.*

6 janvier
Henri de Schomberg est écarté de la surintendance des finances, confiée au marquis Charles de La Vieuville (vers 1582-1653) le 20 février.

10 janvier
Louis XIII arrive à Paris.

21 janvier
Le garde des Sceaux Louis Lefebvre de Caumartin meurt en charge. Le chancelier Brûlart de Sillery reprend les Sceaux.

7 février
Conflit en Italie du Nord. À Paris, signature d'un traité d'alliance avec la Savoie et Venise pour garantir les passages de la vallée de la Valteline qui seront occupés par les troupes pontificales le 14 février. En fait, cette solution de neutralisation de la vallée ouvre la porte aux Espagnols, le pape Grégoire XV étant favorable à l'Espagne, bras armé de la Contre-Réforme.

27 avril
Les commissaires du roi envoyés dans les provinces voient leurs compétences augmentées d'un droit de regard sur la répartition de la taille. Dès lors, ils entrent en concurrence directe avec les trésoriers de France.

19 mai
Richelieu signe l'acte de renonciation à son évêché de Luçon.

août
Parution de la *Doctrine curieuse des beaux esprits de ce temps ou prétendue telle contenant plusieurs maximes pernicieuses à la religion, à l'État et aux bonnes mœurs, combattue et renversée par le Père François Garassus de la Compagnie de Jésus*, énorme in-quarto de plus de 1000 pages, que le père Garasse diffuse par fragments depuis janvier, et dans lequel les libertins sont violemment attaqués et Théophile de Viau accusé d'athéisme.

Garasse

Le père François Garasse (1585-1631) est l'un des plus virulents controversistes de la Compagnie de Jésus. Il croise le fer contre les protestants entre 1615 et 1619, en particulier contre le polémiste Pierre Dumoulin; contre l'avocat général Servin, trop gallican à son goût et donc ennemi des jésuites; contre Étienne Pasquier, dont les œuvres posthumes paraissent en 1621, ce qui revient à attaquer les parlementaires à travers l'un des leurs et des plus prestigieux; contre les libertins érudits, redoutables « athées » qui refusent de voir dans le monde l'action de la Providence. Sa Doctrine curieuse *est à son tour l'objet de vigoureuses contre-attaques auxquelles le père répond avec non moins de vigueur. En 1625, il publie une* Somme théologique *dans laquelle Saint-Cyran relève des erreurs. Le père est alors exilé à Poitiers. Il a aussi laissé des* Mémoires.

16 septembre
Arrestation de Théophile de Viau alors qu'il tente de s'enfuir. Elle avait été décidée le 11 juillet par le procureur général Mathieu Molé. Le 18 août, le poète, réfugié à Chantilly, avait été condamné à être brûlé vif et l'exécution « par figure et représentation » avait eu lieu le lendemain en place de Grève. Emprisonné à Saint-Quentin, il est transféré à Paris le 28 et enfermé dans le cachot qu'avait occupé Ravaillac. Le procès sera ouvert le 4 octobre et aura un profond retentissement dans l'opinion, des dizaines d'opuscules étant alors publiés pour ou contre Théophile.

Théophile de Viau

Né à Clairac, dans une famille protestante, Théophile de Viau (1590-1626) fait des études de médecine à Bordeaux, achevées à l'académie protestante de Saumur. En 1614, il se lie à Guez de Balzac, de sept ans son cadet, avec qui il voyage en Hollande. Ils font un séjour à l'université de Leyde, qui se termine par une brouille. En 1616, il est à Paris dans l'entourage du comte de Candale. Il éblouit la Cour par son brillant génie, et compose l'argument du Ballet des princes de Chypre, *dansé à la Cour en mai 1617. Il fréquente beaucoup les cabarets en compagnie de Saint-Amant, Colletet, Boisrobert, Molière d'Essertines, Jacques Vallée des Barreaux, tous auteurs de textes irrespectueux, ce qui lui vaut une renommée de « libertin ». Le roi lui accorde néanmoins en 1618 une pension mais, un an plus tard, en juin 1619, il reçoit l'ordre de s'exiler et rentre chez lui à Boussières. Rappelé par le roi après une supplique au duc de Luynes, il fait partie de l'armée qui bat la reine mère aux Ponts-de-Cé en août. En 1621, il accompagne le frère de Luynes en Angleterre, fait la connaissance de Buckingham* (Ode pour Monsieur le Marquis de Boquingant), *puis, de retour en France, combat dans le camp protestant (comme Racan et Tristan L'Hermite) lors de la prise de sa ville natale, Clairac. La même année, il publie la première édition des* Œuvres du sieur Théophile *(où figure le* Traité de l'immortalité de l'âme, *adapté de Platon), qui connaîtront pendant tout le siècle un vrai succès malgré les condamnations de Malherbe et les réserves de Boileau. Il écrit une pièce de théâtre,* Les Amours de Pyrame et Thysbé. *Il abjure le protestantisme à la fin de l'été 1622. C'est alors la parution du* Parnasse satyrique, *dont le premier sonnet, « Phylis tout est foutu, je meurs de la vérole », amuse Anne d'Autriche (deux siècles plus tard, Baudelaire, dans* Mon cœur mis à nu, *cite un autre sonnet du* Parnasse satyrique *qui ne déparerait pas ses propres* Fleurs du mal*). Théophile, accusé de libertinage tant pour les mœurs que pour la pensée, proteste de son innocence. Le 26 février 1623, le roi danse le ballet des* Bacchanales, *dont Théophile est l'un des auteurs. Puis il publie en avril-mai la seconde partie de ses* Œuvres *mais, après la parution de la* Doctrine curieuse *du père Garasse (août 1623), ses détracteurs l'emportent. Arrêté, emprisonné, Théophile se défend remarquablement par de nombreux plaidoyers écrits (*Théophile en prison, *mars 1624;* Apologie de Théophile...*) et de vive voix lors de son procès (22 mars-27 août 1624), qui s'achève, le 1er septembre, par un arrêt de bannissement. Libéré, Théophile de Viau se réfugie chez des protecteurs : Henri, duc de Montmorency, à l'hôtel de Liancourt, puis il passe l'hiver au château de Selles, dans le Berry, retourne, lorsque Montmorency revient de Vendée, à Chantilly, où il achève* La Maison de Sylvie *et se lie avec le jeune Jean Mairet (1604-1686). En septembre 1626, il revient à Paris, chez Montmorency, mais, affaibli par son emprisonnement, le plus pur poète de ce siècle meurt à 36 ans.*

décembre 1623-février 1624

L'hiver est très rigoureux: la Garonne, gelée, supporte le passage des voitures.

autres événements

- Bérulle: *Discours de l'Estat et des Grandeurs de Jésus.*
- Galilée (1564-1642): *Il saggiatore (L'Essayeur).*
- Gassendi: *Exercitationes paradoxicae adversus Aristoteleos (Exercices de paradoxes contre les aristotéliciens).*

Gassendi

Pierre Gassendi (1592-1655), né à Digne, poursuit de brillantes études au collège de la ville où il devient professeur de rhétorique à 16 ans. Il étudie ensuite la théologie, l'hébreu et le grec à la faculté d'Aix et reçoit la prêtrise. Il devient chanoine à Digne. Pendant six ans, il enseigne la philosophie à la faculté d'Aix et se tourne ensuite vers les études scientifiques: mathématiques, observations astronomiques et microscopiques. À Aix, il fréquente Peiresc et, à Paris, il rencontre le groupe des libertins érudits et le père Mersenne. Il correspond avec Galilée et polémique avec Descartes. Savant et philosophe, comme ce dernier, il est presque aussi célèbre que lui.

Son œuvre est d'abord critique : il conteste la physique et la philosophie d'Aristote dans ses Exercices *et, à ce titre, les fondements du thomisme, doctrine officielle de l'Église. Il estime que rien ne peut vraiment être affirmé, n'étant jamais que probable. Dans le domaine scientifique, il croit à l'explication mathématique du monde. Comme Descartes, il adhère aux thèses de Galilée, c'est-à-dire à la théorie copernicienne de l'héliocentrisme et à la théorie des atomes pour expliquer la structure de la matière. Dans le domaine philosophique, Gassendi est un esprit libre qui s'inspire d'Épicure et de Démocrite pour fonder une philosophie mécaniste exprimée dans son œuvre majeure, publiée en 1649,* Syntagma philosophiae Epicuri (Les Syntagmes de la philosophie d'Épicure)*. Il conteste la métaphysique de Descartes auquel il reproche d'avoir institué un nouveau dogmatisme, celui de la Raison, celui du* cogito ergo sum *(je pense donc je suis). Sa propre philosophie fonde un sensualisme chrétien.*

- Père Mersenne: *Quaestiones celeberrimae in Genesim (À propos de très nombreuses questions sur la Genèse).*

Mersenne

Le père Marin Mersenne (1588-1648) est né dans le Maine, de parents paysans, et a fait ses études au collège jésuite de La Flèche. Il vient ensuite à Paris étudier la théologie à la Sorbonne. En 1611, il entre dans l'ordre des Minimes (franciscains réformés), de préférence à la Compagnie de Jésus. Il parfait son bagage de latiniste et d'hellénisant, étudie l'hébreu et devient professeur de philosophie et de théologie au noviciat de son ordre, à Nevers, de 1614 à 1619. À partir de 1620, il se fixe à Paris, au couvent de la place Royale. S'ouvre alors pour lui une vie scientifique très active, tant par ses recherches personnelles que par les contacts qu'il noue avec l'Europe savante. De 1625 à 1627, Mersenne publie des ouvrages scientifiques et théologiques (La Vérité des sciences, Synopsis mathematica, Traité de l'harmonie universelle)*: il devient alors le fédérateur des esprits éclairés et fait de son cou-*

vent un lieu de rencontres exceptionnelles. S'y ajoute une activité épistolaire impressionnante, qui le met en rapport avec les savants et les penseurs de toute l'Europe: sa correspondance (publiée en 16 volumes de 1933 à 1987) permet de comprendre l'étendue de sa curiosité intellectuelle et son éclectisme. C'est chez lui que Descartes rencontre des interlocuteurs à sa mesure qui contribuent à faire avancer sa réflexion. C'est chez lui aussi que le père de Pascal conduit son fils quand ce dernier mène ses recherches sur la pesanteur. Chez lui encore fréquentent nombre de libertins érudits dont les échanges contribuent à l'avancée tant scientifique que philosophique de la pensée du temps. Il joue un rôle très important dans la diffusion des idées et des travaux de Galilée, dont il donne une traduction libre en 1639 (Les Nouvelles Pensées de Galilée). *Il est en contact permanent avec Huygens, Robertet, La Mothe Le Vayer, Peiresc et Gassendi – son meilleur ami.*

Cette activité se double de recherches scientifiques: on lui doit par exemple, outre des travaux de balistique, la première évaluation de la vitesse du son ainsi que de la longueur du pendule battant la seconde. Physicien émérite, Mersenne est aussi un mathématicien passionné de calcul qui met en place les fondements de l'analyse combinatoire.

Très attaché aux pratiques spirituelles de la vie monastique, qui lui impose des temps de prière et de silence, Mersenne se consacre aussi à la recherche de la vérité qu'il trouve désormais davantage dans les œuvres de ses contemporains que dans l'héritage d'Aristote.

• L'architecte Pierre Le Muet (1591-1669) publie *Manière de bien bâtir pour toutes sortes de personnes*, traité qui a joué un rôle important dans la genèse de l'architecture classique en France.

• Louis XIII se fait bâtir un petit château à Versailles, simple relais de chasse à un seul étage, aux murs enduits de crépi. C'est le premier état du château de Versailles, auquel le maréchal de Bassompierre fait allusion en 1627 en parlant du «chétif château de Versailles de la construction duquel un simple gentilhomme ne voudrait pas prendre vanité».

• Après un long séjour en Italie, à Rome, et peut-être un voyage en Espagne, le peintre Claude Vignon (1593-1670) est de retour à Paris. À partir de 1623, sa production est considérable et de qualité variable, qu'il s'agisse de tableaux religieux destinés à de nombreuses églises de France, de tableaux historiques ou mythologiques, de portraits ou encore de gravures. Vignon a connu Rembrandt, dont il parle avec admiration dans une lettre à un ami. On lui attribue 34 ou 24 enfants, selon les biographes, nés de deux épouses, qui l'aident dans son atelier.

• Simon Vouet reçoit la commande d'une grande décoration pour une chapelle de l'église San Lorenzo in Lucina, à Rome.

• Antoine de Pluvinel (1555-1620): *Le Manège royal ou l'exercice du roy en l'exercice de monter* (posthume). L'académie d'art équestre ouverte par Pluvinel a accueilli d'illustres élèves. Outre le roi, nombreux furent les jeunes gentilshommes qui s'y formèrent.

1624

6, 24 janvier

Le chancelier Brûlart de Sillery et son fils, le marquis de Puisieux, secrétaire d'État (ministre des Affaires étrangères), sont accusés de malversations: ils sont disgraciés le 6 janvier et doivent s'exiler sur leurs terres, en Champagne. Les Sceaux sont confiés à Étienne d'Aligre (1550-1635) le 24.

14 mars

Simon Vouet est chargé de peindre le tableau qui doit décorer l'autel du chœur des chanoines, à la basilique Saint-Pierre, au Vatican. C'est le premier peintre étranger à recevoir une commande pour la basilique. Mais l'année suivante, on décide de transporter la *Pietà* de Michel-Ange sur l'autel du chœur des chanoines et on demande à Simon Vouet de l'accompagner d'un décor peint à fresque. Il réalise une grande gloire exaltant les mystères de la Passion (aujourd'hui disparue).

29 avril

Le roi, passant sur une longue rancune vis-à-vis d'un Richelieu autrefois «rebelle», l'appelle au Conseil, là où se traitent les grandes affaires, mais avec seulement le droit d'y émettre des avis, donc sans participer au vote que le roi sollicite de ses conseillers. Il ne doit pas recevoir d'informateurs ni s'entretenir avec quiconque hors des sessions du Conseil. En fait, Richelieu passe outre et s'informe.

mai

Claude Mellan (1598-1688) arrive à Rome où il va travailler dans l'atelier de Simon Vouet. Il grave nombre de ses œuvres et contribue ainsi à la diffusion de l'art du peintre en Italie et en France.

20 mai
Le colonel Jean-Baptiste d'Ornano (1581-1626), gouverneur de Gaston d'Orléans depuis le 1er octobre 1619, est soupçonné par La Vieuville de circonvenir Gaston d'Orléans sur lequel il a gagné une grande influence. Le surintendant obtient la disgrâce du gouverneur de Monsieur, qui, refusant de partir en exil dans ses terres, est enfermé à la Bastille, puis au château de Caen. Il n'en sortira qu'après la disgrâce de La Vieuville lui-même le 13 août suivant.

Gaston d'Orléans

Dernier des trois fils d'Henri IV et de Marie de Médicis, Gaston d'Orléans (1608-1660), héritier du trône jusqu'en 1638, du fait de la stérilité du couple royal, a joué un rôle politique important. Il s'est souvent retrouvé dans l'opposition, servant de caution aux révoltés ou même plus engagé encore. Comme sa sœur Christine, épouse de Victor-Amédée de Savoie, il tient de son père un penchant pour les plaisirs et le goût des relations humaines, tout à l'opposé du roi, chaste, pieux, austère. Il s'entoure de bons vivants et ses fidèles, Le Coigneux et Puylaurens surtout, sont réputés pour leurs mœurs libertines. Son action politique, souvent hostile aux cardinaux ministres, apparaît dans l'historiographie traditionnelle comme celle d'un trublion, qui vient trop souvent perturber la marche de la monarchie vers un absolutisme triomphant. Une relecture des révoltes nobiliaires permet de nuancer un jugement excessivement négatif. En tant que frère du roi et, qui plus est, longtemps héritier de la Couronne, Gaston se fait le porte-parole d'une autre politique. Proche de sa mère et des dévots, il est hostile au choix de Richelieu, qui consiste à faire la guerre aux Habsbourg, champions de la Contre-Réforme en Europe, et à soutenir les alliés protestants.

Dès 1619, puis en 1620, il rejoint sa mère dans ses révoltes contre Louis XIII. En 1626, il apporte son soutien au complot de Chalais. Il accepte finalement d'épouser Mlle de Montpensier le 6 août 1626, qui lui donne une fille, appelée plus tard la Grande Mademoiselle. Ayant perdu sa femme, il se montre désireux de se remarier avec Marguerite de Lorraine, la sœur du duc, qu'il épouse en secret. C'est là contrevenir aux volontés de Louis XIII qui voit dans le duc de Lorraine un allié de l'empereur et son ennemi. Gaston organise alors une révolte avec l'appui de l'Espagne et du gouverneur du Languedoc, le duc de Montmorency. Les troupes royales remportent la victoire à Castelnaudary, et Montmorency, jugé à Toulouse, est condamné à mort et exécuté. En 1641, Gaston reste en retrait dans la révolte de son cousin le comte de Soissons, mais, en 1642, il est compromis dans le complot de Cinq-Mars. Dans toutes ces affaires, la position de Gaston d'Orléans lui assure l'impunité et lui impose des réconciliations avec son frère. Après la mort de Louis XIII, Louis XIV étant mineur, il est lieutenant général du royaume et reste longtemps fidèle à sa belle-sœur, la régente Anne d'Autriche. Toutefois, pendant la Fronde, il est favorable au Parlement, puis à la noblesse « seconde » qui demande la réunion des états généraux. C'est un homme du passé en somme, attaché à la monarchie traditionnelle et, de ce fait, en porte-à-faux avec l'évolution d'un pouvoir centralisateur, qui fait peser sa lourde férule sur les sujets, fussent-ils nobles.

Homme de culture aussi, Gaston « savait mille choses » au dire de Bussy-Rabutin et parlait bien. Homme de goût enfin, il a fait construire une aile au château de Blois qui témoigne de choix esthétiques modernes.

10 juin
Par le traité de Compiègne, Louis XIII renforce son alliance avec les Provinces-Unies. La France paiera un subside de 2 200 000 livres, en échange les Hollandais fourniront 20 vaisseaux et ne signeront pas de paix séparée avec l'Espagne. Malgré les protestations du parti dévot et même si le rapprochement avec l'Espagne demeure, le roi ne veut pas abandonner les alliances protestantes.

13 août
Après qu'une campagne de pamphlets, orchestrée par Richelieu en sous-main, a perdu le surintendant La Vieuville, celui-ci est arrêté le 13 août et emprisonné à Amboise. Le cardinal devient le conseiller le plus écouté de Louis XIII. Le roi soutiendra indéfectiblement son ministre, jusqu'à la mort de celui-ci, le 4 décembre 1642.

22 août
Le colonel d'Ornano, gouverneur de Gaston d'Orléans, est rappelé à la Cour et s'adjoint les services de Robert Arnauld d'Andilly (1585-1674).

27 août
Jean Bochart de Champigny (1561-1630) et Michel de Marillac (1563-1632), deux créatures de Richelieu, deviennent conjointement surintendants des finances.

octobre
Une chambre de justice est instituée contre les financiers pour juger les malversations commises depuis septembre 1607. En fait, il s'agit de perdre l'ancien surintendant La Vieuville, accusé de malversations dans sa gestion.

1er, 3 octobre
Le chancelier Brûlart de Sillery meurt le 1er. Le garde des Sceaux, Étienne d'Aligre, un fidèle de Richelieu, devient chancelier le 3.

novembre
Conflit en Italie du Nord. Conscient des menaces que les Espagnols font peser sur les frontières françaises, Richelieu préconise une action plus vigoureuse pour soutenir les alliés traditionnels de la France. Une expédition (10 000 hommes), conduite par le marquis de Cœuvres (futur maréchal d'Estrées), pénètre en Valteline le 26 novembre. En effet, les armées espagnoles occupent la vallée depuis 1620 et refusent d'appliquer le traité de Madrid signé en 1621. Mais, deux mois plus tard, le gouverneur espagnol du Milanais, le duc de Feria, chasse à son tour les Français de la vallée.

20 novembre
Un traité d'alliance avec l'Angleterre signé à Paris (ratifié par Jacques Ier le 12 décembre) prévoit le mariage d'Henriette de France, sœur de Louis XIII, avec le prince de Galles, Charles, fils aîné de Jacques Ier.

6 décembre
Les Espagnols mettent le siège devant Breda.

autres événements
• Le Conseil du roi organise la censure des livres: il choisit quatre censeurs parmi les imprimeurs. Quand Séguier devient garde des Sceaux en 1633, le choix des censeurs lui incombe.
• La publication des *Lettres de Monsieur de Balzac* remporte un vif succès.

Guez de Balzac

Issu d'une famille liée au duc d'Épernon, Jean-Louis Guez de Balzac (1597-1654) fait ses études dans les meilleurs collèges de Paris et de Leyde, où il devient l'ami de Théophile de Viau. Après un séjour à Rome en 1621-1622, cet auteur précoce se consacre à l'écriture tout en fréquentant assidûment les salons littéraires, dont celui de Mme Des Loges, avec Malherbe, Racan, Boisrobert... La complexité de son œuvre a été récemment redécouverte: de formation classique, il soutient « l'idéal héroïque » cher à son époque, tout en étant un mondain passionné par l'actualité. Les sujets de ses Lettres *le prouvent. Car c'est dans le genre épistolier qu'il excelle. En 1627, une nouvelle édition augmentée en quatre livres paraît sous le patronage de Richelieu. Ses* Lettres, *adressées à l'élite mondaine, sont pleines de verve satirique et de réalisme politique, que souligne Descartes, tant sur lui-même que sur le monde. Dans* Le Barbon, *en 1648, il s'en prend au pédantisme. Après la mort de Richelieu, il ne réussira pas à gagner la faveur de Mazarin, et nombre de ses œuvres paraîtront après sa mort, dont* Aristippe ou De la Cour, *en 1658. En politique, notamment avec* Le Prince *(1631-1634), Guez de Balzac soutient le principe d'une monarchie forte mais plutôt paternaliste et préoccupée par le bien public.*

• À la fin de l'année, le peintre Jacques Blanchard (1600-1638) arrive à Rome, dix ans après Simon Vouet. Il y restera un an et demi, avant de partir pour Venise.
• Date probable des 12 planches de la *Petite Passion* gravées par Callot.
• Le peintre italien Orazio Gentileschi (1563-1639) séjourne à Paris, sans doute sur l'invitation de Marie de Médicis. On ne peut rattacher à ce séjour qu'une œuvre sûre, la *Félicité publique triomphant des dangers*, peinte pour le palais du Luxembourg, et peut-être une *Diane*.
• Quentin Varin (vers 1570-1634) peint la *Présentation au Temple* pour l'église des Carmes à Paris. Encore attaché au maniérisme, Varin, qui fut le premier maître de Poussin, se révèle soumis à différentes influences venues d'Italie du Nord.

1625

janvier
Rohan et Soubise soulèvent de nouveau les huguenots. Des opérations ont lieu à l'île de Ré dont Toiras reprend le contrôle pour Louis XIII. Les Cévennes aussi sont agitées.

27 mars
Charles Ier succède à son père Jacques Ier Stuart sur le trône d'Angleterre.

17 avril
Vincent de Paul fonde la congrégation de la Mission au collège des Bons-Enfants. L'ambition

est de former des prêtres pour prêcher des missions de conversion dans les campagnes.

11 mai

Charles Ier d'Angleterre épouse, par procuration à Paris, Henriette de France, sœur de Louis XIII.

mai-juin

George Villiers, duc de Buckingham, favori du roi Charles Ier d'Angleterre, vient en ambassade à Paris chercher l'épouse de son roi. À Amiens, il est réputé avoir fait la cour à Anne d'Autriche.

21 mai

Conflit en Italie du Nord. Le légat du pape, Francesco Barberini, vient négocier à Paris les affaires de la Valteline.

25 mai

Après un siège de six mois commencé en décembre 1624, Spinola, commandant les armées espagnoles, s'empare de Breda. Frédéric-Henri de Nassau ne pourra reprendre la ville qu'en 1637. Velázquez peint la scène de la remise des clefs de la ville dans son tableau *Les Lances*, commandé pour décorer le salon des batailles du Buen Retiro.

29 mai

15 religieuses du couvent de Port-Royal des Champs s'installent dans le monastère de Port-Royal de Paris.

1er juin

Honoré d'Urfé meurt à Villefranche-sur-Mer.

L'Astrée

L'Astrée *est le roman le plus connu, le plus répandu, le plus lu du siècle. Son succès ne se dément pas au siècle suivant. Jean-Jacques Rousseau l'apprécie, comme après lui Chateaubriand ou Stendhal.*

L'auteur, Honoré d'Urfé (1567-1625), ardent ligueur, a combattu au côté du duc de Nemours et du duc de Savoie. Son frère, marié à Diane de Chateaumorand, la quitte pour se faire abbé. En 1603, Honoré épouse sa belle-sœur. Il commence à écrire dès ses études terminées au collège jésuite de Tournon, vers 1584. La Sireine *en 1596, des* Épîtres morales *en 1603 et une épopée inachevée,* La Savoyiarde, *en 1606, annoncent les thèmes qui se retrouveront dans* L'Astrée. *D'Urfé commence à publier son grand roman en 1607 et en poursuit l'écriture jusqu'en 1625, date à laquelle il disparaît sans l'avoir achevé. L'œuvre sera terminée par d'autres (5 000 pages, 300 personnages) qui donnent au roman une « fin heureuse » que d'Urfé lui-même n'aurait peut-être pas voulue.*

Nourrie des pastorales espagnoles et italiennes de Montemayor, Sannazar ou Guarini, l'œuvre doit sa fortune à une forme d'idéalisation : l'amour est médiatisé par la femme révérée, véritable « astre », seule voie d'accès à la Transcendance. La forme, dont l'artifice rebute aujourd'hui le lecteur, donne les premiers rôles à des bergers sensibles. Les incertitudes du cœur sont analysées avec subtilité tout en faisant place à une recherche de l'absolu en accord avec les exigences de l'époque. L'action se situe dans l'éden du Forez natal de l'auteur et au Ve siècle apr. J.-C., Arcadie paradisiaque et âge d'or disparus. Les amours d'Astrée et Céladon sont le fil conducteur de toute l'œuvre, mais, parallèlement, d'autres couples vivent d'autres amours et permettent à l'auteur de multiplier relations et situations. Dans ces entrelacs, qui font la richesse du roman, se dessine aussi une vie intérieure dont l'exigence morale confine parfois à l'héroïsme. Mlle de Scudéry et les précieuses se nourriront de L'Astrée. *Le roman psychologique auquel* La Princesse de Clèves *ouvre la voie éclipse un temps* L'Astrée, *mais la pastorale resurgira, animée d'autres intentions avec Rousseau et Bernardin de Saint-Pierre.*

juin

Les troubles suscités par le duc de Soubise prolongent les conflits avec les protestants en Languedoc et en Guyenne, mais les armées royales s'emparent de Castres le 20 juin, de Bonail le 23 et de Montauban le 12 juillet.

Guerre de Trente Ans. Le roi de Danemark, Christian IV, déclenche les hostilités avec l'empereur Ferdinand II. Il est appuyé par les États protestants de l'Allemagne du Nord groupés dans le Cercle de Basse-Saxe.

juillet-août

Le maréchal de Thémines mène les armées royales dans une campagne de pacification en Languedoc.

15, 22 septembre

Soubise subit une défaite dans « les combats donnés tant sur mer que sur terre en l'île de Ré » le 15, tandis que son frère, le duc de Rohan, essuie des revers en Languedoc le 22.

29 septembre
Conflit en Italie du Nord. À Fontainebleau se tient un Conseil extraordinaire élargi, une véritable assemblée des notables, au sujet de la Valteline. Louis XIII manifeste fermement sa volonté de résister aux entreprises espagnoles dans les vallées alpines et il est totalement approuvé par l'assemblée.

novembre 1625-février 1626
L'assemblée du clergé se tient à Paris. Elle fixe son organisation et décide de se réunir tous les cinq ans. Elle a pour tâche d'examiner les problèmes de l'Église de France et d'accepter le don gratuit dû au roi.

décembre
Guerre de Trente Ans. Les princes allemands qui soutiennent l'entreprise belliqueuse de Christian IV de Danemark contre l'empereur Ferdinand II élargissent leurs assises et suscitent une coalition plus large qui comprend désormais, outre le Danemark et les princes protestants d'Allemagne du Nord, l'Angleterre et les Provinces-Unies. Christian IV prend la tête des troupes de cette coalition.

autres événements
• Jacques Boutreux, sieur d'Estran: *De la puissance royale sur la police de l'Église.*
• Lazare Ducrot: *Traité des Aydes, Tailles, Gabelle.*
• Père Garasse: *Somme théologique des véritez capitales de la religion chrestienne.*
• Grotius (1583-1645): *De jure belli ac pacis (Du droit de la guerre et de la paix).* Grotius distingue le droit naturel qui relève des principes de la droite raison et s'impose comme une loi de la nature, que Dieu lui-même ne peut vouloir transgresser, et le droit des gens *(jus gentium)*, droit positif qui fonde les relations entre les nations par-delà leurs particularités. La finalité du *jus gentium* réside dans l'existence d'une société des nations qui se substitue au *dominium* de l'empereur ou du pontife romain. Il transcende donc les particularismes qui s'imposent au XVIIe siècle par l'émergence des États-nations. Le droit des gens se déduit d'un consentement universel. Il se distingue de la politique qui ne fixe pas de normes au commerce entre États et du droit civil dont le domaine d'application est plus étroit. En somme, le droit des gens réunit les lois communes à un grand nombre d'États, il élargit ainsi son aire d'application: son ressort coïncide avec la communauté du genre humain tout entier. À cet égard, Grotius est le vrai fondateur du droit international.
• Père Mersenne: *La Vérité des sciences contre les Sceptiques ou Pyrrhoniens.*
• Première publication des *Bergeries*, pastorale dramatique en un prologue et cinq actes avec chœurs, de Racan.

Racan

Page de la chambre d'Henri IV en 1603, Honorat de Bueil, seigneur de Racan (1589-1670), est présenté à Malherbe dès l'arrivée de celui-ci à la Cour en 1605, alors qu'il n'a que 16 ans. Il restera toute sa vie son disciple et écrira des Mémoires pour la vie de Malherbe, *publiés en 1651. Peu fait pour la vie de Cour, il écrit vers 1618 des* Stances *où il annonce son désir de se retirer. Un amour très littéraire pour « Arthénice », anagramme de la jeune Catherine Chabot, lui fait écrire* Les Bergeries, *son unique pièce, sorte de prolongement théâtral de* L'Astrée, *qui est jouée à Paris vers 1619 et sans doute plus tard à la Cour, mais qu'il ne publie tardivement qu'à l'instigation de son maître. Entré à 19 ans dans la carrière militaire pour lutter au côté d'Henri IV contre les Espagnols, il connaît enfin, en juin 1621, le baptême du feu à Saint-Jean-d'Angély, sans aucune gloire, puis se tourne de plus en plus vers la poésie religieuse. Il donne, de 1627 à 1651, une étonnante « paraphrase modernisée » des Psaumes, où le roi David se confond avec Louis XIV et les chars armés de faux se transforment en modernes canons. Il publie en 1660 un volume de 500 pages,* Dernières Œuvres et Poésies chrétiennes de Messire Honorat de Bueil, Chevalier seigneur de Racan, *qui s'ouvre sur l'« Ode à Louis XIV », et meurt à près de 81 ans.*

• Début de la construction de l'hôtel de Sully, à Paris. Il sera achevé en 1630.

1626

janvier
Champigny abandonne le contrôle des Finances où Michel de Marillac reste seul.

6 février
Le traité de La Rochelle confirme la paix de Montpellier acceptée le 19 octobre 1622 par les protestants: respect des clauses religieuses de l'édit de Nantes (30 avril 1598) et restriction des libertés politiques et militaires des protestants, mais les Rochelais conservent leurs remparts.
Pour limiter la violence des duels, le roi les interdit par un nouvel édit. Déjà Henri IV et d'autres

avant lui avaient légiféré (ordonnances de février 1566, édit de Blois d'avril 1602).
Création d'un Jardin botanique royal à Paris.

6-11 mars
Richelieu prend en charge les Affaires étrangères le 6 et fixe par un règlement, le 11, les attributions respectives des quatre secrétaires d'État. Outre une responsabilité ministérielle pour trois d'entre eux (Finances, Maison du roi, Guerre), chacun assume l'administration d'une partie du royaume.

avril-août
Guerre de Trente Ans. Le roi de Danemark, Christian IV, essuie des revers devant Wallenstein à Dessau le 25 avril, puis devant Tilly à Lutter-am-Baremberg le 26 août. Le Danemark est envahi l'année suivante et Christian IV, contraint de signer avec l'empereur Ferdinand II, est éliminé des opérations en Allemagne.

2 mai
Conflit en Italie du Nord. Après de longues tractations, Louis XIII et Philippe IV d'Espagne signent un traité sur la Valteline : reconnaissance de la souveraineté des Grisons, liberté de culte reconnue aux catholiques, démolition des forts, droit exclusif de passage reconnu à la France. Cet arbitrage est accepté par les intéressés dans les quatre mois qui suivent.

mai-août
Durant cette période, souffle un vent de conspiration et de complot dont le tout-puissant Richelieu est la cible privilégiée. Une vague d'arrestations et de procès témoigne de la volonté du roi et de son ministre de ne permettre aucun écart : après Ornano le 4 mai, les frères Vendôme (César, le duc, et Alexandre, le grand prieur, demi-frères du roi) sont arrêtés le 13 juin. Alexandre mourra en prison en février 1629 et César n'en sortira qu'en 1630. Une conspiration prend corps autour de Monsieur, soutenue par Louis de Bourbon comte de Soissons, Henri II d'Orléans duc de Longueville, l'amiral Henri II duc de Montmorency, et dont l'exécution serait confiée à Gaston-Henri de Talleyrand, comte de Chalais, grand maître de la garde-robe. Trahi, celui-ci est arrêté le 8 juillet, jugé et exécuté le 19 août au château de Nantes. Monsieur, qui a tout avoué et chargé surtout Chalais, promet d'épouser Mlle de Montpensier.

1er-9 juin
Le maréchal d'Ornano, gouverneur de Monsieur, est accusé de pousser Gaston d'Orléans à refuser le mariage que le roi veut lui imposer avec Mlle de Montpensier. Le chancelier d'Aligre, qui n'a pas approuvé l'arrestation du maréchal le 4 mai, subit une disgrâce : les Sceaux lui sont retirés et sont confiés à Michel de Marillac le 1er juin. Ce dernier abandonne la surintendance des finances le 6, confiée le 9, sur le conseil de Richelieu, à Antoine Coëffier de Ruzé, marquis d'Effiat (le père du marquis de Cinq-Mars, qui entrera plus tard dans la faveur du roi).

été
Des révoltes populaires antifiscales éclatent à Troyes, Tours, Lyon, Montélimar.

31 juillet
Pour réduire les capacités de résistance de la noblesse et faire pièce aux révoltes nobiliaires toujours à craindre, une déclaration royale commande de détruire châteaux et forteresses, sauf quand ils représentent une sécurité sur les frontières.

6 août
Richelieu bénit lui-même le mariage de Gaston d'Orléans et de Mlle de Montpensier, conclu suivant la volonté de Louis XIII.

24 août
Après avoir dédommagé Montmorency pour l'abandon de sa charge d'amiral général du Ponant (1,2 million de livres sous forme d'une rente annuelle de 96 000 livres), la charge d'amiral général de France, de Bretagne et de Guyenne est abolie et Richelieu est fait grand maître et surintendant des mers, navigation et commerce. Cependant, devant la résistance des états de la province, une amirauté demeure en Bretagne, mais elle est placée sous l'autorité du grand maître.

26 septembre
Le connétable de Lesdiguières meurt. Louis XIII ne lui donne pas de successeur. Désormais, le roi est le chef de ses armées. Reste cependant, mais sous ses ordres, le colonel de l'infanterie, le duc d'Épernon, qui a la haute main sur cette arme dont il recrute les officiers.

26 octobre
Richelieu est confirmé dans sa charge de grand maître de la navigation et constitue ainsi une sorte de ministère de la Marine. Cette réforme inquiète les Anglais et les Hollandais. Dans les années suivantes, Richelieu confirme son pouvoir sur les espaces maritimes en acquérant des charges nouvelles : Brouage, Oléron, Le Havre, Harfleur,

Montivilliers, Honfleur et, conjointement avec la reine mère, Brest et sa rade de Soudéac.

31 octobre
Création de la Compagnie des Seigneurs de Saint-Christophe pour stimuler le commerce avec « les Isles » où la colonisation française souffre constamment de la rivalité des Anglais et des Espagnols.

2 décembre 1626-24 février 1627
Une assemblée des notables se tient à Paris: 55 prélats, seigneurs et officiers des cours souveraines choisis par Louis XIII. L'assemblée débat des réformes, mais les députés, paralysés par leurs querelles internes, laissent au roi un rôle d'arbitre et contribuent ainsi à la marche vers l'« absolutisme ». Il n'y aura plus d'assemblées de notables avant 1788.

autres événements
• Publication du *Recueil général des œuvres et fantaisies de Tabarin.*

TABARIN

Antoine Girard, dit Tabarin (1584-1626), était un célèbre bateleur dont les farces, jouées aux abords du Pont-Neuf, place Dauphine, connaissaient une grande popularité. Vêtu d'un pantalon et d'une blouse blanche, coiffé d'un vaste feutre gris, il brandissait une épée de bois. Dans L'Histoire comique de Francion, *Charles Sorel prétend que ses œuvres se seraient vendues à 20 000 exemplaires. Tous les vendredis, autour des tréteaux de Tabarin, les calembours et les couplets faisaient la joie de la foule, au point que Tabarin devint un nom commun: « le tabarin » désigne celui qui, en société, joue le rôle du bouffon.*

• Claude Vaure: *L'Estat chrétien ou maxime politique tirée de l'écriture contre les fausses raisons d'État des libertins politiques de ce siècle...*
• Guillain sculpte le personnage d'Henri de Montpensier agenouillé en prière (église de Champigny-sur-Veude).
• Jacques Lemercier (1585-1654) est chargé de la construction de la nouvelle Sorbonne.

1627

janvier
Pour parfaire la concentration des pouvoirs du grand maître de la navigation, la charge d'amiral général du Levant est supprimée à son tour: le duc de Guise, amiral de Provence, démissionne et reçoit 900 000 livres en 1629. Devant la résistance des états de Languedoc, la province garde son amirauté, mais, comme en Bretagne, sous l'autorité du grand maître de la navigation Richelieu.

RICHELIEU ET LA MER

La marine avait été cruellement négligée du temps d'Henri IV. C'est à Richelieu que l'on doit les premiers efforts pour constituer une marine royale digne de ce nom. Conscient de ce que, par la mer, « on peut atteindre tous les peuples », il veut doter la France d'une marine de guerre capable de protéger les côtes d'une invasion et les navires de commerce de la piraterie. Il se heurte dans ce projet à des préjugés ou à des concurrents: Sully, grand maître de l'artillerie, n'avait fourni à la marine que peu de canons, d'ailleurs médiocres. Le système de construction navale est pratiquement inexistant et les compétences doivent être recherchées chez les peuples de marins, en particulier les Hollandais et les Suédois. Les chantiers navals sont à construire, de même que les industries de fabrication des toiles, des cordages et des agrès. La compétence manque aussi aux officiers pour lesquels Richelieu voudrait créer une école spéciale. Quant au recrutement des marins, il reste archaïque et barbare. On contraignait les matelots à s'engager par la « presse » : il s'agissait pratiquement de travaux forcés imposés au hasard à ceux qui, dans les ports, n'avaient pu échapper à temps aux sergents recruteurs. Malgré ces immenses difficultés, Richelieu parvient à mettre sur pied une flotte qui peut faire bonne figure: dès 1630, la marine aligne une quarantaine de vaisseaux, dont La Couronne, *énorme bâtiment de 1 800 tonneaux, un record pour l'époque, comparable au* Sovereign of the Seas *de Sa Majesté britannique et, comme lui, destiné surtout au prestige et à l'affirmation d'une supériorité. Les navires ont une tâche d'escorte et de protection des convois plus que d'intervention dans des combats navals où l'on hasarde peu d'unités si coûteuses.*

20 mars
En Angleterre, Buckingham s'inquiète des ambitions maritimes affichées par Richelieu. Les relations des deux États sont rompues et la France resserre son alliance avec l'Espagne par un traité signé à Madrid.

29 avril-4 mai

La Compagnie des Cent Associés est fondée le 29 avril en vue de développer la colonisation du Canada. Ses statuts sont complétés le 4 mai.

Les débuts de la colonisation

Après les premières découvertes de Verrazano et de Jacques Cartier, sur les bords du Saint-Laurent, la colonisation de la Nouvelle-France connaît une éclipse. Seuls des Bretons et des Basques, pêcheurs de baleines ou de morues, fréquentent l'estuaire. En 1600, a été fondé le comptoir de Tadoussac au confluent de la rivière Saguenay et du Saint-Laurent. Samuel de Champlain (1567-1635) reprend les voyages d'exploration et fonde Québec en 1608. Les immigrants se font plus nombreux à partir des années 1630, en provenance du Perche et de la Normandie. Pour permettre l'enracinement des colons ou des soldats, de petits contingents de veuves ou d'orphelines viennent s'établir dans la colonie. À partir de 1662 et jusqu'en 1673, sous l'impulsion de Colbert, arrivent les « filles du Roi » recrutées principalement en Île-de-France et en Normandie et dotées par le roi.

Pour favoriser l'entreprise missionnaire, Champlain fait venir des jésuites, qui fondent un collège à Québec et tentent de convertir les Indiens. Plusieurs d'entre eux y subissent le martyre. Viennent aussi des récollets et, plus tard, les « sœurs grises » de Vincent de Paul. En 1627, Champlain est nommé par le roi gouverneur général de la Nouvelle-France. À ce titre, il exerce les pouvoirs civils et militaires. Poursuivant la découverte de l'Ouest, Paul de Maisonneuve fonde l'établissement de Ville-Marie dans l'île de Montréal en 1642 où M. Olier, curé de Saint-Sulpice, envoie certains de ses prêtres. Dès leur création, Montréal et Trois-Rivières sont dotées de gouverneurs militaires particuliers.

Les trois plus grandes difficultés rencontrées par les colons français tiennent aux rigueurs du climat, à l'agressivité des Indiens, plus particulièrement des Iroquois après que Champlain a traité avec les Hurons et les Algonquins, à la faiblesse du peuplement qui n'est pas alimenté par un vrai courant migratoire et ne doit son développement qu'à la vitalité démographique des immigrants. Pour les aider, une ordonnance de 1669 accorde une pension de 300 livres aux familles de 10 enfants et de 400 livres à partir de 12. La population de la Nouvelle-France, qui ne compte encore que 3215 habitants en 1666, fait plus que doubler en neuf ans et atteint 7833 personnes en 1675. Ils sont un peu plus de 20000 à la fin du règne de Louis XIV.

Après avoir débarqué à Saint-Chistophe et partagé l'île avec les Anglais en 1627, les Français débarquent à la Martinique et à la Guadeloupe en 1635, puis à Sainte-Lucie en 1637, dans l'île de la Tortue, au nord de Saint-Domingue, en 1641, à Saint-Martin et Saint-Barthélemy en 1648, à la Grenade, enfin, en 1650. Les colons cultivent d'abord le tabac qui s'écoule facilement et à très bon prix sur le marché d'Amsterdam où les Hollandais se chargent de le transporter. À partir de 1638-1639, les prix baissent à Londres comme à Amsterdam. Cependant le tabac, qui n'exige pas d'investissements lourds, reste longtemps encore le moteur du peuplement blanc des Antilles. Vers 1650, il y a dans les Antilles françaises 15000 à 16000 Blancs et 13000 esclaves noirs.

Vers les années 1660-1670, les colons se reconvertissent dans la culture de la canne à sucre. Les conflits européens amènent certains changements, en particulier le rattachement à la France de Saint-Domingue, « la perle des Antilles », à la paix de Ryswick en 1697. Les planteurs de tabac abandonnent alors progressivement cette exploitation et se font flibustiers, surtout après 1689, date à laquelle les guerres contre les Hollandais et les Anglais perturbent la stabilité des îles. C'est après la guerre de Succession d'Espagne que se met en place une législation souple qui favorise l'extraordinaire développement des Antilles au XVIIIe siècle.

30 avril

Pierre de Bérulle reçoit le chapeau de cardinal.

22 juin

Montmorency-Bouteville et Des Chapelles sont exécutés pour s'être battus en duel. Toute la Cour a tenté de fléchir le roi en faveur d'un fils d'une des plus grandes familles de France, en vain: le pouvoir centralisateur s'affirme face aux mentalités traditionnelles de la société nobiliaire.

Le héros baroque et le duel

Ce n'est pas un hasard si le plus connu des héros de Corneille, le Cid, sacrifie tout à son honneur dans un duel: sa vie, son amour, l'obéissance qu'il doit à son souverain. Il est totalement en phase avec les valeurs sociales de son temps. Autrefois, le roi « donnait le camp » pour solliciter le jugement de Dieu. Depuis 1546, la procédure officielle est abolie. Le duel n'est plus qu'une façon de régler une querelle privée. Cette pratique n'est pas seulement le fait des gentilshommes et des soldats : on voit des valets, des artisans, des bourgeois, voire des magistrats et des prêtres, défendre leur honneur dans des duels, formellement interdits par la loi. Condamné par le roi comme crime de lèse-majesté, le duel fait l'objet de sept édits entre 1602 et 1679. C'est dire que les mœurs ont plus de force que la loi. Les prescriptions de l'Église ne freinent pas non plus l'ardeur des bretteurs que depuis 1543 le concile de Trente excommunie. En fait, l'opinion commune admire les duellistes, les magistrats ne les poursuivent guère. Le roi lui-même ne blâme-t-il pas, au fond, ceux qui ne savent pas défendre leur honneur ? Le comte de Montmorency-Bouteville, l'un des derniers rejetons d'une si illustre famille, pouvait se vanter d'avoir tué 22 adversaires. Le 12 mai 1627, il brave ostensiblement la loi en provoquant le marquis de Beuvron, sur la place Royale, en plein midi. Le second du marquis, trouve la mort dans cette occasion. Bouteville s'enfuit. Mais, finalement arrêté, il est conduit à la Bastille. On peut penser Richelieu intraitable : en 1619, il a perdu son frère, le soutien de son lignage, dans un duel qui opposait celui-ci au marquis de Thémines. En fait, comme le roi lui-même, il est sans doute partagé quand vient la décision de refuser la grâce. Pour cette génération et encore jusque bien avant dans le siècle, mieux vaut l'honneur que la vie. Comme l'écrivait Blaise de Monluc au siècle précédent : « Nos vies et nos biens sont à nos rois. L'âme est à Dieu et l'honneur à nous. Car sur mon honneur mon roi ne peut rien. »

21 juillet
Devant la menace que représentent les ambitions maritimes affichées par Richelieu et le rapprochement franco-espagnol, Buckingham, favori de Charles Ier d'Angleterre, fait approuver le projet d'appuyer les protestants français. Il débarque à la tête d'une flotte anglaise dans l'île de Ré.

31 juillet
Ferdinand II, empereur et roi de Bohême, impose à ses sujets tchèques une Constitution renouvelée. La couronne de Bohême devient héréditaire dans la maison de Habsbourg jusqu'à extinction de la dynastie. Le roi dispose d'un pouvoir renforcé, ayant seul l'initiative des lois et les moyens de les faire appliquer. Reste à la diète le droit de refuser les propositions du roi et donc un droit de regard sur les lois de finances.

10 septembre
Les Rochelais s'insurgent et tirent sur des détachements de l'armée royale. Commence alors le siège de la ville, lutte impitoyable qui durera plus d'un an.

octobre
Des combats se déroulent entre les flottes françaises renforcées d'une flotte espagnole et de bateaux venus de Dunkerque contre le corps expéditionnaire anglais de Buckingham. Toiras assure la défense de Saint-Martin-de-Ré.

novembre
Le corps expéditionnaire anglais rembarque pour l'Angleterre le 30, après avoir subi, le 8 novembre, un combat où Schomberg taille en pièces son arrière-garde. Dans le même temps, le duc de Rohan a relancé la révolte en Languedoc.

25 novembre
Rappelé d'Italie par Richelieu, Simon Vouet arrive à Paris. Très vite, il obtient la faveur de Louis XIII et de nombreuses commandes religieuses. Dès l'année suivante, il dispose d'un logement et d'un atelier au Louvre.

27 novembre
L'architecte Clément Métezeau propose de barrer l'accès à La Rochelle par une digue. Il est chargé de l'ouvrage en association avec Jean Thiriot. 4000 ouvriers travaillent sur ce chantier.

26 décembre
Conflit en Italie du Nord. Le duc de Mantoue, Vincent II de Gonzague, meurt sans héritiers directs. Son gendre et cousin, le duc de Nevers, né Gonzague, est le meilleur prétendant à la succession. Louis XIII lui apporte son appui pour renforcer ses positions en Italie du Nord et faire pièce aux Espagnols. Sur le flanc sud-est du Milanais, le duché de Mantoue, fief d'Empire, occupe, comme la Valteline, une position stratégique de première importance. Dépendant du duché de Mantoue, le Montferrat, situé au sud-ouest du Milanais, est l'objet de la convoitise du duc de Savoie.

autres événements
- Fondation de la Compagnie de la Nouvelle-France destinée au commerce avec le Canada.
- Père Mersenne : *Traité de l'harmonie universelle où est contenue la Musique théorique et Pratique des Anciens et des Modernes avec les causes de ses effets.*
- Gabriel Naudé : *Advis pour dresser une bibliothèque.*
- Callot grave les six planches du *Siège de Breda.* Deux ans plus tard, il gravera de même, à la

demande de Louis XIII, le *Siège de l'île de Ré* et le *Siège de La Rochelle*.

• Le peintre Claude Gellée, dit le Lorrain (1600-1682), s'établit à Rome.

• À Paris, début de la construction de Saint-Paul-Saint-Louis, l'église professe des jésuites, par les architectes Martellange et François Derand, sur le modèle de la grande église du Gesù (Rome). L'édifice sera achevé en 1641. Membre de la Compagnie de Jésus, Étienne Ange Martel, dit Martellange (1559-1641), suit en France la construction de nombreux établissements jésuites, notamment les collèges du Puy, de La Flèche, de Roanne et d'Avignon.

• Nicolas Poussin (1594-1665) obtient la commande d'un grand tableau d'autel pour la basilique Saint-Pierre, au Vatican: le *Martyre de saint Érasme*.

1628

avril
Conflit en Italie du Nord. Les Espagnols mettent le siège devant Casal, la capitale du Montferrat.

26 avril
Charles de L'Aubespine, marquis de Châteauneuf (1580-1653), est nommé directeur des finances et double ainsi le marquis d'Effiat, surintendant.

11-18 mai
Après leur échec au mois de novembre précédent, les Anglais tentent à nouveau de forcer le blocus de La Rochelle, en vain.

juin
Le Dauphiné devient pays d'élection, les états étant remplacés par une «assemblée de pays». La centralisation administrative est en marche: le parlement de Grenoble voit ses prérogatives réduites.

23 août
En Angleterre, le duc de Buckingham est assassiné, victime d'une vengeance.

septembre-novembre
Arrivée d'une seconde flotte anglaise venue secourir La Rochelle le 30 septembre. Après un combat meurtrier le 3 octobre, les Anglais sont contraints de se retirer le 8. Finalement, ils retournent en Angleterre le 10 novembre.

28 octobre
La Rochelle capitule après plus d'un an de siège. L'épreuve s'est révélée terrible: le maire, Jean Guiton, qui symbolise la volonté farouche de résistance, galvanise les énergies. Il instaure un rationnement dans l'espoir de tenir plus longtemps, mais les souffrances de la population sont accablantes: carences et dénutrition font des ravages. L'exaltation de certains, comme la duchesse Marguerite de Rohan (mère du duc Henri et de son frère Soubise), venue s'enfermer dans la ville, est exceptionnelle. Mais le blocus est hermétique: les sorties du côté de la terre se heurtent à plusieurs lignes de défenses et le roi y a concentré 20000 hommes; les secours par mer envoyés par les Anglais sont bloqués par le mur infranchissable de la digue construite par Clément Métezeau en avant du port, qui forme une défense inexpugnable, renforcée de tours et gardée par des navires. Après un an de longue patience, force est de demander grâce. Richelieu exige la reddition sans conditions. Le cardinal entre d'abord dans la ville le 29 octobre, puis le roi le 1er novembre. La population, estimée à 25000 habitants, a été réduite à 6000. Le roi accorde une amnistie générale: seul Jean Guiton et six de ses compagnons en sont exclus et sont interdits de séjour dans leur ville. La duchesse de Rohan, qui a incarné l'esprit de résistance, est épargnée.

26 décembre
En Conseil, le roi, libéré des problèmes intérieurs, décide d'intervenir en Italie du Nord, où, depuis avril, les Espagnols font le siège de Casal.

autres événements

• Poussin peint à Rome, pour le pape Urbain VIII, la *Mort de Germanicus*, rigoureuse composition en frise à l'antique, véritable manifeste d'un classicisme délibérément opposé à la peinture caravagesque et aux grands effets lyriques de l'art baroque.

• Date probable du retour à Paris du sculpteur Jacques Sarazin (1592-1660) après un séjour en Italie qui aurait duré dix-huit ans, au cours duquel il a pu admirer des œuvres de Bernin. L'artiste va en garder un goût prononcé pour le mouvement, sensible dans des œuvres comme *Enfants à la chèvre* ou le décor de l'escalier du château de Maisons, où il n'hésite pas à faire pendre dans le vide les jambes des angelots. Sarazin est à la tête d'un important atelier qui répand son style en France.

• Simon Vouet devient premier peintre du roi.

1629

15 janvier
Le chancelier Michel de Marillac met au point sa grande ordonnance, dite «code Michau». En

461 articles, elle propose un important programme de réformes dont certaines témoignent d'une volonté d'« absolutisme » : restriction du droit de remontrance des parlements, élargissement du nombre des assujettis à l'impôt en soumettant au roi toutes les terres sans titre, définies de ce fait comme roturières et donc taillables. Devant l'opposition des parlementaires, il faut un lit de justice pour obtenir l'enregistrement. La disgrâce du clan Marillac l'année suivante met un terme à l'application de cette ambitieuse réforme. Il faudra attendre les années de paix du début du règne personnel de Louis XIV pour qu'une aussi vaste entreprise législative de rationalisation administrative, économique et judiciaire soit reprise par Colbert.

27 février

Publication des *Œuvres du sieur de Saint-Amant*, qui remportent un très grand succès.

SAINT-AMANT

*Né à Rouen, fils d'un marin et négociant huguenot qui aurait servi la reine Élisabeth I*re *d'Angleterre, Antoine Girard sieur de Saint-Amant (1594-1661) arrive à Paris en 1608 ; il y fait ses études au Collège de la Marche. On sait qu'il pratique l'anglais, l'espagnol et l'italien et ignore le grec et le latin. En 1616, il prend le nom de Saint-Amant et s'attache à la maison de Retz. Il rencontre le Cavalier Marin (le Napolitain Giambattista Marino, réfugié à Paris auprès de Marie de Médicis et de Louis XIII de 1615 à 1623), dont il lit* L'Adone, *interminable poème épique de 45 000 vers. Musicien, il compose parfois ses poèmes en s'accompagnant au luth. En 1617, il suit son protecteur, le duc de Retz (Henri II de Gondi), à Belle-Île où il écrit* Le Contemplateur *et* L'Ode à la Solitude *qui sera beaucoup imitée. À Paris, il se lie avec Maynard, Colletet, Théophile de Viau, fréquente beaucoup les cabarets (qu'il célèbre dans plusieurs poèmes,* Le Poète crotté, Les Cabarets, La Débauche…*), mais aussi l'Hôtel de Rambouillet, et écrit pour la Cour, avec Sorel, Boisrobert et Théophile de Viau, les* Vers pour le ballet des Bacchanales *(1623). On le dit libertin mais, prudent, il se convertit au catholicisme en 1625. Ses nombreux voyages (en Europe du Nord et du Sud, mais aussi au Sénégal et peut-être en Amérique) trouvent un écho dans certains de ses poèmes :* Albion, La Rome ridicule, L'Automne des Canaries. *Poète attitré de l'hôtel de Liancourt dans les années 1630, il est par ailleurs lié à un groupe de bons vivants – « les goinfres » ou « bons biberons ». Lui-même, gros et gras, célèbre volontiers les plaisirs de la table :* Le Cantal, Le Melon, Le Cidre… *Il est à l'aise dans les formes longues comme* Le Passage de Gibraltar, *où se déploie sa verve, moins lorsqu'il tente d'écrire une « idylle héroïque »,* Moïse sauvé, *en 1653, dédiée à la belle Louise-Marie de Gonzague, devenue reine de Pologne, auprès de laquelle il a séjourné de 1648 à 1650. En 1655, il publie des* Stances à Monsieur Corneille sur son Imitation de Jésus-Christ, *et en 1658, trois ans avant sa mort, un* Dernier Recueil de diverses poésies.

6-16 mars

Conflit en Italie du Nord. Pour soutenir les prétentions du duc de Nevers (les Gonzague tiennent le duché de Mantoue voisin) sur le Montferrat que le duc de Savoie Charles-Emmanuel avait envahi, Louis XIII rassemble une armée de 23 000 hommes de pied et 3 000 cavaliers. Il atteint le mont Genèvre et force le Pas-de-Suze le 6 mars en bousculant les Savoyards. Devant cette menace, les Espagnols lèvent le siège de Casal le 16 et Toiras, nommé gouverneur de la ville, occupe les principales villes du Montferrat.

28 mars

Guerre de Trente Ans. Le 6 mars, Ferdinand II a imposé aux protestants de l'Empire l'édit de restitution. Publié le 28 mars, largement diffusé, il prévoit que les biens ecclésiastiques, sécularisés depuis 1552, seront rendus à l'Église. L'édit s'applique à deux archevêchés, 12 évêchés, 500 abbayes, couvents et prieurés, provoquant un mécontentement aggravé par les persécutions dont sont victimes les protestants : fermeture des temples, exercice du culte limité, exclusion des protestants des charges municipales. Cette politique de conversions forcées exaspère les passions religieuses.

printemps

Les armées royales combattent le soulèvement protestant des Cévennes conduit par le duc de Rohan.

24 avril

Louis XIII et Charles Ier Stuart signent le traité de Suze, confirmé à Paris le 20 mai, qui institue, pour leurs sujets respectifs, le droit de commercer librement.

mai-juin

Rentré d'Italie, Louis XIII s'empare de Privas le 31 mai, après une semaine de siège. Le marquis de Cœuvres, devenu maréchal d'Estrées, marche sur

Nîmes le 8 juin, Henri II de Bourbon, prince de Condé, sur Montauban, Henri de Lévis, duc de Ventadour, sur Castres. Progressivement, les Cévennes et le Vivarais se soumettent.

7 juin
Guerre de Trente Ans. La paix de Lübeck met fin à la guerre entre l'empereur Ferdinand II et Christian IV de Danemark pour lequel la guerre a été très coûteuse : en 1627, une partie de ses territoires a été occupée par l'armée de Wallenstein qui a levé des contributions dans le Schleswig et le Holstein. Puis le même Wallenstein s'est taillé une principauté dans le duché de Mecklembourg que l'empereur lui a abandonné en 1628. Cependant, la paix rend au roi de Danemark ses territoires et, pour le laisser assez fort face à une Suède menaçante, aucune indemnité de guerre ne lui est imposée.

28 juin
L'édit de grâce de Nîmes, dit « paix d'Alès », met fin aux révoltes protestantes. L'édit de Nantes (1598) est confirmé pour ce qui est du respect de la Religion Prétendue Réformée, mais les places fortes sont retirées aux protestants qui perdent leur statut politique privilégié. Les fortifications de 38 villes sont démantelées. Comme à La Rochelle ou en Béarn, la liberté du culte catholique est restaurée dans les provinces où dominent les protestants.

20 juillet
Champlain doit capituler devant les Anglais qui s'emparent de Québec. La ville ne sera rendue à la France qu'en 1632.

26 septembre
La mission de l'envoyé de Louis XIII en Europe orientale, Charnacé (1588-1637), aboutit à une trêve de six ans entre le roi de Suède Gustave II Adolphe Vasa, qui garde la Livonie et plusieurs places de Prusse, et Sigismond III Vasa, qui, définitivement reconnu roi de Pologne, récupère Mitau.

automne
Gaston d'Orléans quitte l'armée en route vers l'Italie et vient s'établir à Nancy, chez le duc Charles IV de Lorraine.

12 novembre
Un accord commercial est passé avec Michel Fedorovitch Romanov, tsar de Russie.

21 novembre
Le 14 septembre, un premier conflit a opposé Marie de Médicis et Richelieu. La reine, soutien du parti dévot, n'approuve pas la politique offensive conseillée par Richelieu en Europe. Le roi soutient son ministre : nommé « principal ministre d'État » le 21 novembre, Richelieu est fait duc et pair le 26.

29 décembre
Richelieu, « lieutenant général du roi représentant sa personne en Italie », quitte Fontainebleau pour une deuxième campagne en Italie du Nord.

autres événements
• Théophraste Renaudot (1586-1653) crée le bureau d'adresses qui sert au placement des pauvres, en particulier ceux venus des campagnes. Cette forme de lutte contre le vagabondage est soutenue par le pouvoir.
• Valentin Conrart (1603-1675) réunit chez lui une académie de gens de lettres, parmi lesquels Chapelain et Vaugelas. Richelieu, par l'intermédiaire de Boisrobert qui y est assidu, décide de tirer parti de ces rencontres informelles. Ainsi se trouve formé le premier noyau de ce qui deviendra une institution officielle, l'Académie française, dont le premier projet de statut, élaboré à partir du 13 mars 1634, aboutit à sa fondation le 25 janvier 1635.
• Les Comédiens du Roi obtiennent de louer en permanence l'Hôtel de Bourgogne. Richelieu leur a donné son appui : le théâtre est un instrument d'influence et d'expression politique dont il veut tirer parti. Auteur dramatique et lui-même amateur, il fait construire dans son Palais-Cardinal le plus beau théâtre privé de Paris.

L'Hôtel de Bourgogne et le théâtre du Marais

Au tournant du siècle, il n'y a à Paris que deux salles de théâtre qui comptent, l'Hôtel de Bourgogne et le théâtre du Marais.
L'Hôtel de Bourgogne, seule salle permanente, appartient aux Confrères de la Passion, qui la louent à des troupes de passage et aux Comédiens du Roi. Les pièces de Montchrestien sont encore créées à Caen et publiées à Rouen : c'est le cas de sa première tragédie, Sophonisbe. *Malherbe la vit sans doute en 1596, et ses conseils le conduisirent à en donner une deuxième édition révisée en 1601.*
Alexandre Hardy, lui, est attaché à la troupe parisienne des Comédiens du Roi dès 1611. C'est à l'Hôtel de Bourgogne que sont jouées ses pièces, comme celles de Rotrou qui lui succède sans doute en 1626 et dont la « servitude » ne cesse qu'en 1634, tandis que la troupe de Mondory, au théâtre du Marais, joue de jeunes auteurs comme

Georges de Scudéry et Corneille. Ainsi, en un quart de siècle, le théâtre devient un phénomène social de premier plan tandis que les règles qui vont aboutir au théâtre classique français s'élaborent peu à peu. Face à un auteur de théâtre professionnel comme Alexandre Hardy, qui aurait écrit 500 pièces, de grands poètes du temps, comme Racan ou Théophile de Viau, écrivent chacun une œuvre pour le théâtre, y apportant une poésie encore absente des pièces de leurs prédécesseurs. Le genre profite de leur gloire et va désormais attirer les plus grands auteurs du temps.

• Pierre Corneille (1606-1684) fait jouer sa première pièce, *Mélite*, par la troupe de Mondory.
• Lubin Baugin (vers 1612-1663) est reçu maître dans la corporation des peintres de Saint-Germain-des-Prés, à Paris, avant de partir pour l'Italie, où il restera plusieurs années. C'est sans doute à cette époque qu'il peint les quatre natures mortes que l'on connaît de lui.
• Retour de Blanchard à Paris après un séjour italien d'environ deux ans. Il y a sans doute rencontré Simon Vouet, dont il devient le rival en France.
• Abraham Bosse (1602-1676) publie une *Suite de gravures de mode à la manière de Callot.*
• Antoine Le Nain (vers 1600-1648) est reçu maître dans la corporation des peintres de Saint-Germain-des-Prés. Ses deux frères, Louis (vers 1600-1648) et Mathieu (vers 1607-1677), sont également peintres et tous trois font carrière à Paris. Si l'on distingue bien aujourd'hui trois groupes homogènes de tableaux, dont l'un revient incontestablement à Mathieu, rien ne permet d'attribuer avec certitude chacun des deux autres à Antoine ou à Louis. Quoi qu'il en soit, il est remarquable que les trois frères aient représenté avec tendresse et réalisme le monde paysan de leur temps, en usant d'un style où se mêlent les influences flamandes et un certain caravagisme dans le traitement de la lumière. C'est dans ce genre qu'ils réalisent leurs plus belles œuvres, dans les années 1640-1645, notamment *La Charrette* (1641), *Le Repas des paysans* (1642), *La Forge* et *La Famille de paysans* (non datées). Ils peignent aussi des scènes religieuses et mythologiques, et des portraits.
• Simon Vouet achève sa première commande parisienne, une *Assomption* pour l'église Saint-Nicolas-des-Champs. Le succès de l'œuvre fait très vite de Simon Vouet un spécialiste reconnu des grands tableaux d'autel destinés aux églises et aux établissements religieux.

1630

2 janvier
Gaston d'Orléans signe sa soumission moyennant le gouvernement d'Orléans et le duché de Valois, 200 000 livres pour payer ses dettes et le pardon pour ses fidèles, Le Coigneux et Puylaurens, qui recevront respectivement l'abbaye de Corbeil et le gouvernement d'Amboise. Gaston arrive à Orléans le 15 février.

18 janvier
Le Conseil du roi est réorganisé et divisé en quatre sections: le Conseil privé (ou des parties) prend en charge l'exercice de la justice «retenue» (les causes soumises directement au roi) et joue le rôle d'une Cour de cassation; le Conseil des affaires et des dépêches assure le lien avec les provinces; les finances, enfin, sont prises en charges par deux sections, le Conseil d'État et des finances, plus administratif, et le Conseil des finances, plus politique.

10 février
En fixant définitivement les conditions accordées aux protestants de La Rochelle, le roi met un terme aux guerres religieuses.

mars
Les statuts de la compagnie du Saint-Sacrement sont reconnus par Louis XIII. La compagnie fondée par Henri de Lévis, duc de Ventadour, est une organisation destinée à soutenir le mouvement de la Réforme catholique. Elle regroupe des membres du clergé séculier et des laïcs.

mars-septembre
Conflit en Italie du Nord. Le duc de Créqui s'empare entre le 22 et le 29 mars de Pignerol, place fortifiée qui tient le passage vers la Savoie à mi-distance entre Briançon et Turin, tandis que Toiras résiste dans Casal, capitale du Montferrat. La conquête de la Savoie, commencée par la prise de Chambéry le 16 mai, se poursuit dans la région de Turin jusqu'à l'automne, marquée par les prises de Iavennes le 13 juin, Villane le 10 juillet, Carignan le 6 août, Vigliano le 27. Tout en faisant la guerre, Richelieu négocie: avec Spinola qui assiège Casal; avec Charles-Emmanuel de Savoie qui mise toujours sur le camp espagnol; avec Collalto qui investit Mantoue pour le compte de l'empereur Ferdinand II; avec Giulio Mazarini, l'envoyé du Saint-Siège. C'est à cette occasion que le cardinal fait la connaissance, à Lyon, de celui qui deviendra son successeur, Jules Mazarin (1602-1661). Une trêve intervient le 15 septembre.

avril
Un traité est signé avec l'Angleterre pour restaurer les relations commerciales entre les deux États.

avril-juin
Révolte du Lanturlu en Bourgogne. La province, en effet, est menacée de voir disparaître les états de Bourgogne et d'être ainsi transformée en pays d'élection, ce qui représenterait une forte aggravation de la pression fiscale.
Des soulèvements populaires ont lieu également à Caen et à Lyon entre mai et juin.

17 juin
Guerre de Trente Ans. Moyennant la promesse du versement par la France d'une subvention de 1 million de livres par an pendant sept ans, les Provinces-Unies s'engagent à poursuivre la guerre contre l'Espagne et à ne pas signer de paix séparée.

juillet
Le Midi de la France connaît une extension de la peste qui a déjà sévi en 1627 et 1628.

juillet-août
Guerre de Trente Ans. L'empereur Ferdinand II réunit une diète à Ratisbonne le 3 juillet. Il souhaite obtenir le soutien des Électeurs catholiques pour continuer à financer l'armée de Wallenstein et faire élire son fils comme roi des Romains, c'est-à-dire comme son successeur à la dignité impériale. Pour régler la succession de Mantoue, Richelieu a délégué à Ratisbonne Brûlart de Léon et le père Joseph, son « éminence grise », un capucin très au fait des affaires allemandes et qu'il connaît depuis l'époque de ses débuts dans l'évêché de Luçon. Le capucin entretient la méfiance des Électeurs et fait échouer les projets de l'empereur, qui n'obtient pas les subsides attendus : les Électeurs imposent le renvoi de Wallenstein le 13 août et une réduction des deux tiers de la force militaire de l'empereur confiée à Tilly. Il n'obtient même pas l'élection pour son fils. Ferdinand II ne sauve que le maintien de l'édit de restitution du 28 mars 1629. On attribue à l'empereur cette remarque : « Le capucin m'a désarmé avec son chapelet et il a mis dans son capuchon les six bonnets des Grands Électeurs. »

4-20 juillet
Guerre de Trente Ans. La garnison suédoise de Stralsund occupe l'île de Rügen le 4 juillet. Puis Gustave II Adolphe prend lui-même pied en Poméranie : il débarque le 6 à la tête de 15000 hommes transportés sur 200 bateaux dans l'île d'Üsedom à l'embouchure de l'Oder. Deux semaines plus tard, le 20, il occupe Stettin.

18 juillet
Conflit en Italie du Nord. Les armées impériales s'emparent de Mantoue : la citadelle et la ville subissent un pillage en règle après avoir perdu plus du quart de leurs habitants dans une épidémie de peste.

26 juillet
Le duc Charles-Emmanuel de Savoie meurt. Son fils, Victor-Amédée, époux de Christine de France, sœur de Louis XIII, lui succède.

septembre-octobre
Conflit en Italie du Nord. Une trêve intervient entre les Français et les Hispano-Impériaux en Italie le 4 septembre. Mais, le 13 octobre, Richelieu refuse finalement les conditions proposées par l'empereur à Ratisbonne dans le règlement de la succession de Mantoue : le 21, le conflit reprend.

21-30 septembre
Depuis août, Louis XIII est à Lyon avec les reines. Il souffre d'un abcès intestinal et, du 21 au 30, on craint le pire. Cependant, l'abcès se résorbe et le roi se rétablit rapidement. Après toutes les prières publiques qui ont demandé au Ciel la guérison du roi, Pierre Le Moine écrit *La France guérie, odes adressées au roi sur sa maladie, sa guérison miraculeuse, ses dernières conquêtes et ses vertus héroïques, par un religieux de la Compagnie de Jésus.*

25-26 septembre
Guerre de Trente Ans. Hercule de Charnacé, agissant en médiateur, obtient la signature d'une trêve à Altmark entre la Suède et la Pologne. Gustave II Adolphe aura ainsi les mains libres pour intervenir en Allemagne.

28 octobre
Conflit en Italie du Nord. Les Français n'ont tenu aucun compte du traité de Ratisbonne (été). À Casal, Mazarin, l'envoyé du pape, s'interpose entre Français et Espagnols et arrache la paix. Il arrive sur le champ de bataille et se précipite au galop entre les deux armées qui vont s'affronter, agitant une écharpe blanche et criant : « *Pace, Pace !* » Cet événement sera illustré dans les almanachs de l'année 1631. Le duc de Nevers gardera Mantoue et le Montferrat ; la France, Pignerol et Suse ; la Savoie retrouve ses possessions.

10-12 novembre
« Journée des Dupes ». Cette journée se prolonge en fait sur presque trois jours. La reine mère, favorable au parti dévot, pousse à la paix et aux réformes intérieures. Richelieu, au contraire, hostile de longtemps aux Habsbourg, prêche pour une politique anti-espagnole. Le 10, une première entrevue a lieu entre Marie de Médicis et Richelieu. La reine retire au cardinal toutes ses charges dans sa maison (il était surintendant de sa maison, chef de son Conseil et son grand aumônier). Après cette disgrâce, Richelieu se croit perdu et songe à quitter Paris. Le 11, en fin de matinée, entré au palais du Luxembourg par une porte dérobée, il surprend une scène entre la reine mère et son fils. Marie de Médicis met Louis XIII en demeure de choisir entre elle et son ministre. Richelieu se pense définitivement perdu, mais le roi le convoque à Versailles où il part chasser. Louis XIII a choisi: il opte pour Richelieu et la guerre, contre le parti dévot. Peut-être d'ailleurs cette décision était-elle déjà bien ancrée auparavant. Dans la matinée du 12, le garde des Sceaux Marillac est révoqué et arrêté. Son frère, le maréchal Louis de Marillac, est arrêté le 21.

Les dévots

Les dévots forment un courant dont l'action se fait sentir tout au long du XVIIe siècle. Héritiers de la pensée théologique et du zèle pastoral et apostolique de la Contre-Réforme, ils reprennent à leur compte des idées qui ont animé la Ligue au siècle précédent. S'il n'est plus question d'éliminer les « religionnaires », il reste à les convertir, à les ramener dans le giron de l'Église romaine. Pour ce faire, l'action doit être conduite sur plusieurs fronts. Dans le domaine politique, ils forment un « parti » à la Cour de Marie de Médicis puis de Louis XIII. L'apogée de leur influence est marqué par le passage au ministère, entre 1624 et 1630, du chancelier Michel de Marillac (1563-1632) et, à l'armée, de son frère, le maréchal Louis de Marillac (1573-1632). Favorables à une politique de « paix à tout prix », ils sont en somme perçus comme pro-espagnols. Le roi catholique en Espagne et l'empereur à Vienne sont les champions de la reconquête catholique, les soutiens de la papauté en Italie, les remparts de la chrétienté contre les Turcs infidèles dans les Balkans. Sur l'échiquier européen, le parti dévot pousse à la paix, aux réformes intérieures, au soulagement des peuples.
Avec le « grand orage » de la journée des Dupes, le parti dévot – à son apogée avec les Marillac – connaît une éclipse à la Cour. Le courant se replie alors dans des actions qu'on dirait aujourd'hui plus « sociales ». La compagnie du Saint-Sacrement, société secrète, fondée en 1630 par Henri de Lévis, duc de Ventadour, est très organisée et très ramifiée. Ses membres appartiennent surtout à la noblesse et au monde de la robe. De petits groupes d'une dizaine de personnes se réunissent secrètement et ne communiquent avec le sommet que par une succession de responsables dont chaque groupe ne connaît qu'un maillon. La société poursuit trois objectifs : développement des œuvres pieuses, soins aux malades, secours aux pauvres, libération des prisonniers, en particulier rachat des captifs enlevés par les pirates barbaresques en Méditerranée; la lutte pour la conversion des protestants et des juifs ; le contrôle des mœurs en poursuivant les déviants et les pécheurs coupables de blasphème, de libertinage, d'impudeur et de jeu.
En ces temps où n'existent pas vraiment de règles dans les relations du pouvoir avec l'opposition, la disgrâce peut conduire à la prison, voire à l'échafaud, les favoris ou les ministres de la veille, comme c'est le cas pour les Marillac. Les dévots paient un lourd tribut et subissent de dures répressions. Plus tard, sous le ministère de Mazarin, la prison se substitue à la hache du bourreau. En 1664, le procès de Fouquet et les accusations de complot que l'on porte contre lui s'expliquent entre autres par ses attaches et celles de sa famille avec les dévots.

11 novembre
La journée des Dupes et la fuite de Marie de Médicis entraînent l'interruption du chantier du palais du Luxembourg.

14 novembre
Charles de L'Aubespine, marquis de Châteauneuf, devient garde des Sceaux en remplacement de Michel de Marillac.

15 novembre
L'Espagne et l'Angleterre se rapprochent et signent un accord.

décembre
Abel Servien (1593-1659) est nommé secrétaire d'État à la Guerre en remplacement de Le Beauclerc d'Achères. Sa candidature a été soutenue par le garde des Sceaux Châteauneuf.

autres événements

• Descartes: *Lettre au père Mersenne* « sur la souveraineté des rois qui doit rester pour une part impénétrable au vulgaire ».

• Nicolas Faret († 1646): *L'Honneste Homme ou l'art de plaire à la Cour.*

• François de La Mothe Le Vayer (vers 1588-1672): *Quatre dialogues faits à l'imitation des Anciens par Horatius Tubero.*

• Des peintres étrangers (flamands, allemands et suisses) s'établissent dans le faubourg de Saint-Germain-des-Prés.

• C'est autour de cette date que Philippe de Champaigne (1602-1674) peint pour Richelieu, au Palais-Cardinal, à Paris, la décoration (disparue) de la galerie des Objets d'art et, avec Simon Vouet, une partie de la galerie des Hommes illustres. À la même époque, il peint aussi, pour le Carmel du faubourg Saint-Jacques à Paris, la *Présentation au Temple* et la *Résurrection de Lazare*. L'art du peintre se caractérise par une grande économie de moyens, aussi bien dans la composition que dans l'usage des couleurs, ce qui donne à ses œuvres un aspect solennel et grave. Le goût du détail le situe du côté des peintres « réalistes ». Lié au courant janséniste dès 1643, il exécute de nombreuses œuvres religieuses. Ses portraits de grands seigneurs, d'hommes politiques, de prélats, de magistrats et d'écrivains sont d'une remarquable qualité d'exécution et d'observation comme le *Portrait du poète Voiture.*

• Le peintre lorrain Charles Mellin (vers 1597-1649) est chargé, à l'issue d'un concours qui l'oppose à Poussin et à Giovanni Lanfranco (1582-1647), de décorer une chapelle de l'église Saint-Louis-des-Français, à Rome, où il réside depuis 1622. Ce peintre, qui a fait toute sa carrière en Italie (où il fut surnommé « Carlo Lorenese »), a longtemps été oublié avant d'être redécouvert par les historiens de l'art au XXe siècle.

• Le peintre alsacien Sébastien Stoskopff (1597-1647) est à Paris, où il est déjà venu en 1621, et où il va demeurer une dizaine d'années avant de s'établir à Strasbourg. Stoskopff a peint presque uniquement des natures mortes, où le goût du trompe-l'œil et une certaine sécheresse d'exécution sont tempérés par un habile usage du clair-obscur qui révèle l'influence indirecte du caravagisme.

1631

23 janvier

Guerre de Trente Ans. Par le traité de Bärwald, la France s'engage à financer la guerre que Gustave II Adolphe de Suède mène en Allemagne contre l'empereur Ferdinand II et ses alliés catholiques: elle lui fournira pendant cinq ans d'importants subsides (1 200 000 livres); en échange, le Suédois doit maintenir une armée sur pied de guerre de 30 000 fantassins et 6 000 cavaliers, respecter la neutralité bavaroise ainsi que les droits et libertés des catholiques dans les pays conquis, enfin ne pas signer de paix séparée avec l'empereur.

31 janvier-28 avril

Gaston d'Orléans (frère et héritier de Louis XIII puisque celui-ci n'a toujours pas de descendance) rompt avec le roi et quitte Paris pour Orléans le 31 janvier. Il mène des intrigues avec des représentants du roi d'Espagne en vue de favoriser la paix, ce qui est contraire à la politique menée par Louis XIII.

Marie de Médicis, toujours susceptible de reprendre la tête d'une révolte avec son fils Gaston, est assignée à résidence au château de Moulins le 23 février, mais elle n'obtempère pas et reste à Compiègne. Le 28 avril, Gaston quitte à nouveau la France, passe en Franche-Comté et arrive en Lorraine, dont le duc, Charles IV, soutient les Habsbourg.

6 avril

Conflit en Italie du Nord. Les traités de Cherasco (avec des modifications introduites le 19 juin) mettent un terme aux conflits en Italie. Ils sont signés entre la France, l'empereur et la Savoie, avec l'accord du duc de Feria, gouverneur espagnol du Milanais: la Valteline reste aux Grisons; Mantoue et le Montferrat au duc de Nevers; le duc de Savoie reçoit Trino et d'autres places dans le Montferrat; Pignerol reste à la France (définitivement le 5 juillet 1632); enfin, les armées françaises quitteront le Montferrat, celles de l'empereur le Mantouan et les vallées des Grisons. L'envoyé du pape, Mazarin, a largement contribué à la conclusion de cette paix, qui fait de la France la gardienne des traités, fortement retranchée qu'elle est désormais dans la place de Pignerol.

8 mai

Guerre de Trente Ans. Un traité d'alliance défensive est signé pour huit ans entre la France et la Bavière le 8 mai à Munich et le 30 à Fontainebleau. Richelieu espère ainsi affaiblir le parti des États catholiques qui soutiennent l'empereur.

20 mai

Guerre de Trente Ans. Le sac de Magdebourg perpétré par les Impériaux de Tilly relance la guerre en Allemagne: les princes protestants restés neutres jusque-là, en particulier l'Électeur de Brandebourg et le duc de Saxe, se tournent vers le Suédois Gustave II Adolphe.

30 mai

Gaston d'Orléans attaque la politique de Richelieu dans un *Manifeste*, accusant le ministre de « tyrannie ». Des libelles en faveur du roi et de son ministre lui répondent.

Théophraste Renaudot fait paraître le premier numéro de *La Gazette*. Pour Richelieu, qui soutient Renaudot, son journal est un instrument de pouvoir.

RENAUDOT

Né à Loudun, ville protestante, Théophraste Renaudot (1586-1653) commence ses études de médecine à la faculté de Paris et les achève, à 20 ans, à Montpellier, faculté la plus réputée de France. Soutenu par le père Joseph, il obtient une charge de médecin ordinaire du roi et vient à Paris en 1625. Quatre ans plus tard, il ouvre un bureau d'adresses, forme ancienne du bureau de placement et des petites annonces. En 1633, il crée la Feuille du bureau d'adresses, *premier journal d'annonces. En 1632, le bureau d'adresses, installé dans l'île de la Cité, devient un lieu de réunions de savants et de curieux. Il ouvre aussi un dispensaire, qui le fait mal voir de la faculté de médecine, les consultations étant payantes pour les aisés et gratuites pour les pauvres. Enfin, en 1636, il ouvre un mont-de-piété pour le prêt sur gages.*

De toutes ses activités, c'est la création de La Gazette, *le 30 mai 1631, qui lui vaut les honneurs de la postérité. En la matière, Renaudot n'est pas un précurseur: il imite les* Nouvelles ordinaires de divers endroits, *feuille créée par deux libraires parisiens qui lui intentent immédiatement un procès. Mais, bien en cour auprès de Richelieu, surtout depuis sa conversion au catholicisme, Renaudot obtient, en 1635, un privilège royal pour lui et ses héritiers. La force de son journal tient à la fiabilité, la rapidité, l'étendue géographique de son information, outre les qualités de style : concision, précision, élégance et clarté.*

Après la disparition du cardinal et de Louis XIII, Renaudot, fidèle de Richelieu et son propagandiste, se trouve menacé par adversaires et concurrents : la faculté de médecine obtient que soit fermé son dispensaire et que cessent les conférences du bureau d'adresses. En 1646, le bureau lui-même est fermé à son tour. La Fronde est ensuite une autre période de difficultés : Renaudot suit la Cour à Saint-Germain-en-Laye avec des presses tandis que ses fils tentent de maintenir La Gazette *à Paris. Après ces années sombres, en 1653, Renaudot retrouve son privilège et obtient la charge d'historiographe du roi avant de mourir le 25 octobre de cette même année.*

18-19 juillet

Marie de Médicis s'évade de sa résidence surveillée de Compiègne et se réfugie aux Pays-Bas, en terre espagnole. Gaston d'Orléans l'y rejoint.

août

La terre de Richelieu (Indre-et-Loire) est érigée en duché-pairie en août, érection enregistrée par le Parlement le 4 septembre. Le cardinal fait entreprendre par Jacques Lemercier d'énormes travaux en vue d'agrandir le château et le jardin, en bordure desquels il prévoit la construction d'une ville nouvelle, au plan géométrique, qui porte son nom.

17 septembre-20 décembre

Guerre de Trente Ans. Le 17 septembre, victoire du roi Gustave II Adolphe de Suède à Breitenfeld (près de Leipzig) sur les Impériaux commandés par Tilly. Le Suédois poursuit ensuite son avance vers le sud et l'ouest de l'Allemagne, où les villes capitulent: Erfurt le 2 octobre, Würzburg le 14, Francfort le 27 novembre, Mayence le 20 décembre. À la fin de l'année, Gustave-Adolphe est maître de presque toute la Franconie.

À l'Est, les troupes de l'Électeur de Saxe entrent à Prague le 15 novembre. La ville est soumise au pillage.

autres événements

- François de Colomby (1588-vers 1648): *De l'autorité des rois.*
- Guez de Balzac: *Le Prince.*
- Jean de Silhon (1596-1667): *Le Ministre d'État.*

Ces trois auteurs contribuent à la justification théorique de la monarchie administrative et centralisée en train de s'établir par la défense de l'« utilité » publique, autrement dit par la raison d'État. Les princes sont « les vives images de Dieu » sur terre. Les écrits contribuent à « tourner les affections publiques du côté qu'ils font paraître la justice » (Colomby).

- Louis XIII fait agrandir le château de Versailles: Philibert Le Roy élargit le corps de logis, reconstruit les ailes et ajoute aux angles quatre pavillons. Les travaux sont achevés en 1634. C'est le « château de cartes », dont parlera plus tard Saint-Simon et qui est encore au centre du château actuel.

1632

3 janvier

Après la mort de sa première femme, Mme de Montpensier, Gaston d'Orléans épouse secrètement Marguerite de Lorraine, sœur du duc Charles IV, sans l'aval du roi, et part pour Bruxelles.

6 janvier-26 juin

Expédition en Lorraine. Après avoir pénétré en Lorraine et imposé à Charles IV le traité de Vic (6 janvier) qui donne Marsal aux Français pour trois ans, Louis XIII impose le traité de Liverdun, le 26 juin, par lequel le duc laisse pour quatre ans à la France le comté de Clermont-en-Argonne et autorise des garnisons françaises à Dun-sur-Meuse, Stenay et Jametz.
Guerre de Trente Ans. Une armée de 20000 hommes commandés par le maréchal d'Effiat est envoyée en Rhénanie pour occuper et protéger les places de l'Électeur de Trèves allié de la France.

15 avril-23 août

Guerre de Trente Ans. Tilly, grièvement blessé dans la bataille du Lech à Rain-sur-Danube le 15 avril, meurt le 29. Les Suédois envahissent la Bavière: Gustave II Adolphe et l'Électeur palatin Frédéric V entrent à Munich le 17 mai.
En mai, avec l'accord de Gustave II Adolphe, des garnisons françaises prennent position dans l'Électorat de Trèves pour garantir les intérêts de l'archevêque-Électeur, qui s'est placé sous la protection de la France. Le 23 août, après deux mois de siège, les Hollandais pénètrent à Maastricht, tandis que le maréchal d'Estrées s'empare de Trèves en deux semaines, entre le 4 et le 20 août.

8-10 mai

Le maréchal Louis de Marillac, frère du chancelier mort en prison le 7 avril précédent, est condamné à mort le 8 mai. Son procès monté de toutes pièces après la journée des Dupes du 10 novembre 1630 fait de lui une victime de l'affirmation de la monarchie absolue. Le maréchal est exécuté en place de Grève le 10 mai.

12 juin-24 novembre

Gaston d'Orléans apporte son appui au gouverneur du Languedoc, Henri de Montmorency, qui soulève sa province. Le 12 juin, le frère du roi pénètre en France à la tête d'une armée franco-espagnole de 4000 à 5000 hommes. Les révoltés sont défaits à Castelnaudary le 1er septembre et Montmorency est fait prisonnier. Le 29, Gaston est obligé de signer à Béziers une paix avec son frère Louis XIII. Après un procès instruit au parlement de Toulouse, le gouverneur du Languedoc est condamné pour crime de lèse-majesté et décapité le 30 octobre. Malgré ses promesses, Gaston quitte à nouveau le royaume pour Bruxelles le 24 novembre.

27 juillet-4 août

Le marquis d'Effiat, surintendant des finances, meurt le 27 juillet. La surintendance est confiée conjointement à Claude de Bullion (vers 1580-1640) et Claude Bouthillier (1581-1652) le 4 août. Le comte de Chavigny (1608-1652), fils de Claude Bouthillier, devient secrétaire d'État aux Affaires étrangères en remplacement de son père et travaille en étroite collaboration avec Richelieu.

31 octobre

Pose de la première pierre de la chapelle des Visitandines (aujourd'hui temple protestant), à Paris, élevée sur des plans de François Mansart (1598-1666). L'implantation d'une rotonde entourée de chapelles surélevées et coiffée d'une coupole et la présence de pilastres corinthiens évoquent déjà l'esprit classique de la fin du siècle.

17 novembre

Guerre de Trente Ans. Gustave II Adolphe de Suède trouve la mort en chargeant à la tête de sa cavalerie à la bataille de Lützen contre les Impériaux de Wallenstein. La victoire reste aux Suédois, mais ceux-ci ont perdu leur roi, de surcroît le plus grand capitaine de son temps. Wallenstein abandonne ses conquêtes en Saxe et se retire en Bohême. Les armées suédoises sont confiées aux capitaines de Gustave II Adolphe: Baner, Horn, Bernard de Saxe-Weimar et Torstensson.

autres événements

- Philippe de Béthune: *Le Conseiller d'Estat ou Recueil des plus générales considérations servant au maniement des affaires publiques*. L'auteur va jusqu'à justifier que le prince outrepasse les lois au nom de la raison d'État.
- Galilée: *Dialogo supra i due massimi sistemi del mundo (Dialogue sur les deux grands systèmes du monde)*. L'auteur y démontre la supériorité de la pensée de Copernic sur celle d'Aristote et de Ptolémée pour décrire les mouvements du système solaire.
- Cardin Le Bret: *De la souveraineté du roi, de son domaine et de sa couronne*.

Cardin Le Bret

Cardin Le Bret (vers 1558-1655) est un éminent juriste anobli dans ses charges. Après avoir été

avocat à la Cour des aides, puis au Parlement, il entre dans la mouvance de Richelieu et devient conseiller d'État et intendant des Trois Évêchés. Il s'illustre dans cette fonction, contribuant à la création du parlement de Metz qui jouera un rôle primordial dans la politique des « réunions ». C'est donc un homme d'expérience qui tire sa réflexion de la pratique du droit et du pouvoir d'État.
Dans De la souveraineté du roi, de son domaine et de sa couronne, *il écrit : « Nos rois, ne tenant leur sceptre que de Dieu seul, n'étant obligés de rendre soumission à pas une puissance de la Terre et jouissant de tous les droits que l'on attribue à la souveraineté parfaite et absolue, sont pleinement souverains dans leur royaume. » Reprenant à son compte les idées de Jean Bodin, Cardin Le Bret est, avec Charles Loyseau, le plus important théoricien de la monarchie absolue avant Bossuet. Le roi seul peut modifier les lois qui sont l'émanation de la raison, fondées sur la souveraineté qui « n'est non plus divisible que le point en géométrie ». Cette conception rejette cependant l'arbitraire et la tyrannie, le roi étant soumis à Dieu, à la morale, à la raison. Seules les lois fondamentales du royaume, encore orales et coutumières, ne peuvent être modifiées par le roi. Elles règlent les conditions de la succession. La Loi salique écarte les femmes et leurs descendants ainsi que les bâtards, reconnaît les droits de la lignée masculine par la primogéniture. La transmission de la Couronne s'opère au moment même où décède celui qui la détient. En France, le roi ne meurt jamais : « Le roi est mort, vive le roi ! » À cette règle, s'est ajoutée, depuis les états généraux de Blois de 1588, une obligation de catholicité que trente ans de guerres civiles ont fini par imposer. Cet héritier, doté des vertus de ses pères, est investi par le sacre du pouvoir thaumaturgique de guérir les écrouelles. Les malades viennent s'agenouiller devant lui aux grandes fêtes liturgiques et bénéficier des miracles qu'il opère par cette formule : « Le roi te touche, Dieu te guérit. »*

• Publication, par Pierre Le Muet, d'un traité d'architecture selon les règles de l'Italien Vignole (1507-1573). L'architecte en éditera un autre, en 1645, reprenant celles de Palladio (1508-1580).

1633

19-20 janvier
La crue de la Loire provoque des catastrophes exceptionnelles relatées dans *Les étranges et déplorables accidents arrivés en divers endroits, sur la rivière de Loire et lieux circonvoisins, par l'effroyable débordement des eaux et l'épouvantable tempête des vents, le 19 et 20 janvier 1633 ; ensemble les miracles qui sont arrivés à des personnes de qualité et autres, qui ont été sauvées de ces périlleux dangers.*

25-28 février
Le garde des Sceaux Châteauneuf, compromis avec Marie de Rohan, duchesse de Chevreuse, est disgracié le 25 février et enfermé dix ans au château d'Angoulême. Il est remplacé dans sa charge par Pierre Séguier (1588-1672) le 28.
Abel Servien, de retour de sa mission en Italie, exerce avec une « prodigieuse exactitude » ses fonctions de secrétaire d'État à la Guerre. Il n'est pas atteint par la disgrâce du garde des Sceaux, son protecteur.

12 avril-22 juin
Procès et condamnation de Galilée à Rome par un tribunal ecclésiastique qui refuse sa conception de la gravité universelle et la théorie des atomes pour rendre compte de la structure de la matière.

15-23 avril
Guerre de Trente Ans. Le 15 avril, les Suédois et les princes allemands s'allient contre l'empereur par l'Union d'Heilbronn. Les Allemands veulent le rétablissement de la Constitution du Saint Empire et des libertés des princes. Quant aux Suédois, ils veulent obtenir satisfaction en Allemagne du Nord. Le 23, à Heilbronn toujours, Français et Suédois renouvellent leur alliance du 23 janvier 1631.

26 avril
Un parlement créé en janvier est installé à Metz pour assurer la mainmise française sur la région.

juillet
Vincent de Paul inaugure ses conférences du mardi : y viennent des prêtres comme des laïcs désireux d'approfondir leur foi.

9-10 août
Guerre de Trente Ans. En Lorraine, les armées du duc Charles IV, allié de l'empereur, sont défaites par les Suédois.

15 septembre
La France, par un accord signé à Francfort-sur-le-Main, adhère à l'Union d'Heilbronn formée le 23 avril.

25 septembre
Expédition en Lorraine. Après de longues tractations et une pression militaire, une garnison française entre à Nancy le 25 septembre. Louis XIII refuse le mariage (3 janvier 1632) de son frère Gaston d'Orléans avec la sœur du duc de Lorraine et occupe militairement le duché pour quatre ans. Charles IV abdique en faveur de son frère Nicolas-François le 19 janvier 1634 et se joint aux Impériaux sous le commandement de Gallas, menant désormais la vie d'un condottiere au service de la cause catholique.
Un gouverneur et un intendant sont nommés en 1634 pour administrer les territoires occupés par les Français en Lorraine, qui reste un champ de bataille où s'affrontent les armées des belligérants et où les pires exactions sont commises. L'occupation de la Lorraine se prolongera jusqu'en 1663.

29 novembre
Vincent de Paul et Louise de Marillac (1591-1660) créent la congrégation des Filles de la Charité, les «sœurs grises», qui se consacrent au soin des malades et à l'instruction des filles.

autres événements
- Corneille: *La Galerie du palais.*
- Publication des 17 planches des *Grandes Misères de la guerre*, gravées par Callot, qui a assisté à la dévastation de la Lorraine et à la prise de Nancy par les troupes de Louis XIII et de Richelieu. En 1636, Callot publie une nouvelle série de six estampes, dite *Les Petites Misères de la guerre*, restée inachevée.
- Mathieu Le Nain est reçu peintre ordinaire de la ville de Paris.

1634

16 janvier
Un nouveau code des tailles est promulgué qui tente de rendre l'impôt plus équitable. Pour faire appliquer l'édit (enregistré au Parlement le 18), l'envoi d'intendants dans les provinces se généralise. Commissaires nommés directement par le roi, ils ont des pouvoirs très étendus définis par leur commission en matière de justice, police (administration au sens du temps) et finances. Ils font ainsi concurrence aux officiers propriétaires de leurs charges, tant dans l'exercice de la justice que dans la levée des tailles et autres impôts, dont les rentrées sont si nécessaires en période de guerre.

19 janvier-28 juillet
Expédition en Lorraine et Alsace. En Lorraine, les Suédois poursuivent les opérations contre le duc Nicolas-François en faveur duquel son frère Charles IV a abdiqué le 19 janvier.
En Alsace, la campagne est conduite par le maréchal de La Force qui s'empare de Haguenau le 31 janvier, puis de Saverne le 9 février. Henri de La Tour d'Auvergne, vicomte de Turenne, colonel d'un régiment d'infanterie, s'illustre au siège de La Mothe du 5 mars au 28 juillet.
En Franche-Comté, les combats se poursuivent contre les Espagnols.

25 février
Guerre de Trente Ans. Assassinat de Wallenstein. L'empereur Ferdinand II renonce au système des entrepreneurs de guerre et interdit de posséder plus de deux régiments. L'armée impériale est placée sous le commandement direct de l'archiduc Ferdinand, roi de Hongrie (futur Ferdinand III), assisté de Gallas et de Piccolomini.

mars
L'intérêt des emprunts est fixé au denier 18 (5,5 %).

12 mai
Gaston d'Orléans signe avec le marquis d'Aytona un traité qui l'engage avec l'Espagne: une invasion de la France est prévue pour l'automne.

15 août
Hercule de Charnacé, Claude Bouthillier et Claude de Bullion signent pour la France un traité d'alliance avec les Provinces-Unies: moyennant finances, les alliés hollandais continuent la guerre avec l'Espagne.

18 août
Exécution à Loudun d'Urbain Grandier, curé de la paroisse Saint-Pierre-du-Marché, accusé de sorcellerie. Le procès a suscité un grand intérêt, sur place et même à la Cour: une vingtaine de pamphlets débattent de l'affaire. Les séances d'exorcisme pratiquées sur les religieuses qui se disent possédées se font en public et attirent les foules. Le cardinal de Richelieu décide de faire cesser ces manifestations et dépêche sur place un commissaire, Jean Laubardemont. Celui-ci fait arrêter Grandier et instruire son procès par une cour d'exception, ce qui évite toute possibilité d'appel au Parlement. Le curé est condamné, bien qu'ayant toujours nié quelque pacte avec le diable. Sa mort sur le bûcher a lieu devant une foule de 6000 personnes.

Sorciers et sorcières

Les sorciers, et surtout les sorcières, connaissent au XVIIe *siècle une persécution particulièrement violente. Le juriste Pierre de Lancre dans le Labourd, au Pays basque, s'illustre dans les années 1608-1609 par des procès qui mènent toujours les accusés au bûcher, provoquant même un exode des populations menacées vers l'Espagne. Au même moment, le parlement d'Aix-en-Provence est ébranlé par la mise en accusation de Louis Gaufridy, curé de la paroisse des Accoules, lui aussi condamné et exécuté le 30 avril 1611. En 1617, les adversaires politiques de Leonora Galigaï la condamnent pour sorcellerie. En 1634, à Loudun, Urbain Grandier est victime de ses pénitentes hystériques conduites par la mère Jeanne des Anges. Enfin en 1647, à Louviers, les accusations de Madeleine Bavent mènent à la mort le curé Picard et son vicaire Thomas Boullé. Ces grands procès ont un retentissement qui dépasse la province où ils se tiennent et gagne parfois le royaume tout entier. Ils ne doivent d'ailleurs pas masquer les accusés plus modestes qui, dans les villages, sont victimes de voisins malveillants ou des superstitieux qui voient dans le diable la seule explication de leurs malheurs.*
L'accusation de sorcellerie prend souvent à partie des sorcières de village, qui exercent une médecine primitive fondée sur la connaissance des simples et plantes médicinales, mais qui touche en même temps au miracle ou à son contraire, l'action de Satan dans le monde. Désigner le sorcier ou la sorcière, c'est donc tenter d'exclure de la société celui qui en perturbe l'ordre naturel.
Les sorciers sont censés avoir passé un « pacte » avec le diable, qui se repère à la « marque » identifiée dans des points d'insensibilité du corps des accusés. Ce pacte implique une entière soumission au Malin et la participation régulière aux « sabbats », sortes de cérémonies inversées, de la messe en particulier, mais où sorciers et sorcières se livrent à des excès, des délires, des folies incestueuses. Les sorciers sont montrés comme des êtres dangereux qui jettent des sorts ou provoquent le malheur, la maladie, voire la mort de leurs victimes. N'est-il pas facile alors de se débarrasser d'un voisin en l'accusant de jeter des sorts ?
À partir de la seconde moitié du siècle, on constate que les magistrats du Parlement de Paris d'abord, puis de province hésitent de plus en plus à brûler les sorcières. On voit dans cette prise de conscience, une montée du rationnel, le succès de la centralisation administrative et la régression des révoltes populaires. Les procès de sorcellerie perdent toute utilité pour le pouvoir et une « opinion éclairée » émerge chez les juges qui porte à mettre sur le compte de la maladie mentale des manifestations autrefois imputées à Satan. On est loin désormais des supputations élaborées par Jean Bodin lui-même dans sa Démonomanie ou Traité des sorciers, *parue en 1580.*
En 1682, l'édit de Colbert transforme ce crime de lèse-majesté divine en délit d'escroquerie. Restent à punir le sacrilège et l'empoisonnement qui, eux, peuvent être démontrés, ce qu'on ne pouvait faire du crime de sorcellerie.

1er septembre
Ouverture des Grands Jours de Poitiers. Une cour, formée de magistrats venus de la capitale, tient un tribunal exceptionnel sur place pour juger les excès, en particulier ceux qui sont perpétrés par des seigneurs abusifs.

5 septembre
Le 5 septembre, un arrêt du Parlement déclare nul le mariage secret (3 janvier 1632) de Gaston d'Orléans avec Marguerite de Lorraine et lui impose de faire sa paix avec le roi par le traité d'Écouen. L'héritier du trône quitte les Pays-Bas et rentre en France le 9 octobre. Reçu par Louis XIII à Saint-Germain-en-Laye les 21 et 22, il s'installe à Blois le 11 novembre. L'affaire du mariage reste suspendue à l'acceptation des autorités religieuses en France et à Rome.

5-6 septembre
Guerre de Trente Ans. Après une terrible bataille, livrée à Nördlingen par les troupes impériales et espagnoles réunies contre les Suédois de Gustave Horn et les troupes de Bernard de Saxe-Weimar, dans laquelle 12 000 soldats protestants trouvent la mort et où 4 000 sont faits prisonniers, le premier ministre du roi d'Espagne, le comte-duc d'Olivares, triomphe et peut s'écrier: « C'est la plus grande victoire de nos temps. »
Dès lors, la Saxe et le Brandebourg vont négocier avec l'empereur Ferdinand II. Devant ces défections prévisibles, Richelieu pousse Louis XIII à entrer dans une guerre ouverte, considérant qu'il n'est plus possible de vaincre les deux puissances Habsbourg par alliés interposés. Une préparation diplomatique active prélude à la déclaration de guerre officielle.

11 octobre
Guerre de Trente Ans. Louis XIII a passé un double accord avec le chancelier Oxenstierna, qui

gouverne la Suède pendant la minorité de la reine Christine: les Suédois évacueront l'Alsace où ils seront remplacés par des garnisons françaises. Celles-ci, progressivement, s'installent dans les villes qui demandent la protection du roi de France selon des conventions qui prévoient le respect des religions et des libertés municipales. Le maréchal de La Force entre à Philippsbourg le 11 octobre et y prend ses quartiers. Cette place, dont les Suédois se sont emparés le 13 janvier, située au débouché de la plaine d'Alsace, est essentielle à sa protection.

13-17 octobre
Une cour souveraine est établie à Nancy pour assurer la pénétration de la loi française en Lorraine.

24 novembre
Guerre de Trente Ans. Les Électeurs de Saxe et de Brandebourg signent avec l'empereur Ferdinand II des préliminaires de paix à Pirna.

autres événements
• Corneille fait jouer *La Place Royale* et *Médée* (qu'il publie en 1639).
• Blanchard réalise le «May» de Notre-Dame de Paris, une *Descente du Saint-Esprit*. Les «May» de Notre-Dame de Paris sont des tableaux offerts chaque année – entre 1630 et 1708, à l'exception des années 1683 et 1684 –, au début du mois de mai, à la cathédrale de Paris, par la corporation des orfèvres. En raison du coloris vénitien qu'il affectionne et de la présence d'un certain type de figures féminines alanguies dans ses tableaux, Blanchard est bientôt appelé en France le «Titien français».
• Jacques Stella (1596-1657), après avoir séjourné à Florence et à Rome – où il a sans doute rencontré Simon Vouet, mais surtout Nicolas Poussin dont il devint l'ami –, se trouve à Paris, mais veut partir pour l'Espagne où il vient d'accepter l'offre du roi Philippe IV de travailler à Madrid. Richelieu lui commande de rester à Paris et lui accorde, avec le titre de peintre du roi, une pension de 1000 livres (celle de Simon Vouet est de 2000 livres) et un logement au Louvre. Son chef-d'œuvre, peint vers 1640-1650, *Clélie passant le Tibre*, est caractéristique de sa manière dans le choix de couleurs froides, d'harmonies de bleus, verts, gris sous une lumière d'hiver.

1635

23 janvier
Guerre de Trente Ans. Les Espagnols reprennent Philippsbourg. Le maréchal de La Force est contraint de se replier et la perte de cette place essentielle au nord de l'Alsace menace le front français.

25 janvier
Louis XIII signe les lettres patentes qui fondent l'Académie française.

L'Académie française

Cette institution témoigne de l'intérêt de Richelieu pour les choses de l'esprit, mais aussi de son souci politique de contrôler toute espèce de réunion, fût-elle adonnée seulement aux échanges intellectuels. Formée en 1629 autour des amis de Valentin Conrart, cette assemblée de gens de lettres est sollicitée par Richelieu pour se constituer en «académie française». À partir du 13 mars 1634, Conrart, élu secrétaire, commence à tenir les registres et rédige les statuts: l'Académie comporte 40 membres, élus à vie, dont un directeur, un chancelier et un secrétaire perpétuel élus par leurs pairs. Le grand cardinal exerce des pressions pour que les membres soient choisis avec son agrément, mais l'assemblée conserve une certaine indépendance vis-à-vis de ses protecteurs successifs: après Richelieu, le chancelier Séguier et, finalement, après sa mort en 1672, Louis XIV lui-même. Ce dernier considère l'Académie comme une gloire du royaume et laissera ses membres plus libres que ne l'avaient fait avant lui le grand cardinal ou même Séguier. Il maintient toujours la règle d'une égalité entre les membres où la naissance n'est plus le critère de distinction.
Dès l'origine, l'institution se donne pour but de clarifier et affiner la langue française, «plus parfaite déjà que pas une des autres langues vivantes». L'ambition à long terme est de substituer le français au latin, objectif qui ne sera atteint que sous le règne de Louis XIV: à Versailles, dans les inscriptions, et dans les textes diplomatiques (notamment lors de la signature des traités de 1713 où les Français imposeront leur langue). Les académiciens doivent composer deux traités (de rhétorique et de poétique), une grammaire et un dictionnaire. En fait, Vaugelas s'emploiera à pousser la rédaction du Dictionnaire *qu'il conduit presque seul jusqu'à la lettre I. Les travaux traînent ensuite et le* Dictionnaire *ne sera achevé que soixante ans plus tard: le premier exemplaire en sera remis au roi le 24 août 1694. Les autres traités seront abandonnés, mais l'Académie s'emploiera à soutenir la création littéraire, en particulier par des prix.*

Les plus grands noms de la littérature française viennent s'asseoir à l'Académie, tant parmi les poètes (Boileau, La Fontaine), que les auteurs dramatiques (Corneille, Racine), les historiens (Mézeray), les prédicateurs (Bossuet, Fénelon), les savants (Fontenelle), les politiques (Servien, Colbert) et, pour honorer le sauveur de la France, un maréchal en la personne de Villars. À côté de ces plus illustres membres, on doit compter avec des ecclésiastiques, des membres de la robe, magistrats et avocats, des pamphlétaires au service de Richelieu. La coutume du discours de réception s'établit dès 1640, qui impose au nouvel élu d'adresser des remerciements à ses confrères. Devant le succès remporté par Charles Perrault en 1671, les réceptions deviennent publiques en 1672 et, en 1702, les dames y sont admises.
L'Académie sert le rayonnement intellectuel de la France, comme ses constitutions lui en font l'obligation et conserve, sous Louis XIV surtout, une réelle indépendance.

8 février
Un traité est signé entre la France et les Provinces-Unies par Hercule de Charnacé et Frédéric-Henri de Nassau. L'ambition des deux parties est de chasser les Espagnols des Pays-Bas. On laisserait trois mois aux populations pour choisir entre l'indépendance ou un partage par lequel les Hollandais annexeraient Anvers et le pays flamand, tandis que la France prendrait la Wallonie de langue française et la côte jusqu'à Bruges. Ainsi serait supprimé le face-à-face avec les Habsbourg sur la frontière Nord.

26 mars
Guerre de Trente Ans. Les Espagnols s'emparent de la personne de l'Électeur de Trèves et occupent ses États.

30 mars
Il ne sera plus permis d'imprimer ou vendre aucun écrit sans privilège de grand sceau ou permission. Le chancelier est chargé de la censure des livres et libelles.

28 avril
Guerre de Trente Ans. Le traité de Compiègne renouvelle l'alliance entre la France et la Suède. Les deux puissances ne signeront pas de paix séparée, mais la France ne veut s'engager complètement contre l'empereur que si le Brandebourg et la Saxe reviennent dans l'alliance. Sur le plan religieux, la France exige que soit rétabli le culte catholique partout où il se pratiquait avant 1618; en échange, le calvinisme aura droit de cité en Allemagne.

mai
La compétence des intendants, déjà très grande en matière de justice, s'étend en matière fiscale: ils sont désormais chargés de l'assiette de la taille.

mai-juin
Des révoltes populaires éclatent dans le Sud-Ouest contre l'augmentation des impôts.

19 mai
Guerre de Trente Ans. Après la décision prise par le Conseil le 5 avril d'entrer dans la guerre, un héraut d'armes, dépêché à Bruxelles auprès du cardinal-infant, frère de Philippe IV, déclare solennellement la guerre à l'Espagne. Louis XIII convoque le ban et l'arrière-ban de sa noblesse.

20 mai-26 juillet
Guerre de Trente Ans. L'armée royale (30000 hommes) opère sa jonction avec celle du prince Guillaume II d'Orange (30000 hommes) et bat les Espagnols à Avein, aux Pays-Bas, le 20 mai. Cependant cette victoire est mal exploitée et les populations, épuisées par des soldats brigands (à Tirlemont les 8 et 9 juin), restent fidèles à l'Espagne. Les revers s'accumulent pour les Franco-Hollandais: le siège de Louvain est levé le 3 juillet. La grande forteresse de Schenkenschans, sur la frontière de Clèves, est perdue le 26.

30 mai
Guerre de Trente Ans. Paix de Prague: la Saxe, principale alliée de la Suède, se range au côté de l'empereur Ferdinand II qui lui reconnaît la possession des deux Lusace, au sud du Brandebourg. Presque tous les princes protestants, à commencer par l'Électeur de Brandebourg, adhèrent à ce traité pour chasser les étrangers d'Allemagne. Désormais, la guerre oppose une alliance allemande et l'Espagne à un bloc qui regroupe, autour de la France, la Suède, les Provinces-Unies, l'électorat de Trèves, le landgrave de Hesse-Cassel, le margrave de Bade-Durlach et le duc des Deux-Ponts.

juillet-août
Cornélius Jansénius (1585-1638), évêque d'Ypres (Pays-Bas espagnols), fait paraître un violent pamphlet antifrançais: *Mars gallicus.*

11 juillet
Le traité de Rivoli scelle une alliance entre la France et les ducs de Savoie, de Parme, de Modène

et de Mantoue, sans réussir à y inclure ni Venise ni la Toscane.

16 août
Par un traité secret signé avec Louis XIII, Gaston d'Orléans reconnaît la nullité de son mariage (3 janvier 1632) avec Marguerite de Lorraine.

15-28 septembre
Guerre de Trente Ans. Les armées françaises essuient des revers en Lorraine.

20 septembre
Guerre de Trente Ans. L'alliance de Stumhsdorf conclue entre la France et la Pologne contribue à l'isolement de l'empereur Ferdinand II à l'Est.

27 octobre
Guerre de Trente Ans. Par le traité de Saint-Germain-en-Laye, Louis XIII achète les services de Bernard de Saxe-Weimar. Prince sans territoire, celui-ci a servi dans les armées de Gustave II Adolphe de Suède, puis s'est fait entrepreneur de guerre. En le prenant à son service, Louis XIII s'assure, dès l'entrée en guerre, un outil militaire efficace (18 000 hommes), alors qu'en France, il reste à lever des troupes. Le prix à payer est très élevé: 1,6 million de thalers par an.

4-11 novembre
Guerre de Trente Ans. Événement exemplaire des atrocités commises en Lorraine pendant cette guerre interminable, le sac de Saint-Nicolas-de-Port est attribué par certains à des éléments de l'armée de Gallas, général des troupes espagnoles, et par d'autres aux troupes de Bernard de Saxe-Weimar.

15 novembre
Simon Vouet signe un marché pour la décoration de l'une des chapelles du nouveau château de Saint-Germain-en-Laye, qui devient la demeure favorite de Louis XIII.

19 décembre
Après la mort du chancelier Étienne d'Aligre le 11 décembre, Pierre Séguier, garde des Sceaux depuis le 28 février 1633, devient chancelier.

autres événements
• Ouverture à la circulation du pont Marie à Paris.
• Collaborateur de Simon Vouet, dont il épousera la nièce, Michel Corneille (1603-1664) apparaît à partir de cette date dans presque tous les actes concernant l'atelier de Simon Vouet. Son chef-d'œuvre, peint dans le style de son maître, *Saint Jean l'Évangéliste et le chasseur* (perdu), est gravé par Michel Dorigny (1617-1665). Après 1640 et l'arrivée de Poussin à Paris, le peintre s'éloigne un peu du lyrisme de Simon Vouet pour donner plus d'expression à ses figures. Il exécutera deux «May» pour Notre-Dame de Paris, en 1644 et en 1658.
• Laurent de La Hyre (1606-1656) peint le «May» de Notre-Dame de Paris, *Saint Pierre guérissant les malades de son ombre*; deux ans plus tard, il peindra un second «May»: la *Conversion de saint Paul.*
• Début de la construction de la chapelle de la Sorbonne, à Paris, sur les plans de Jacques Lemercier. Philippe de Champaigne en peindra la coupole, décor aujourd'hui disparu.
• Claude Gellée, dit le Lorrain, commence à copier systématiquement ses peintures, en les dessinant en petit format dans un volume qui comptera 200 feuilles, le *Liber Veritatis*, qui permet de suivre la chronologie de son œuvre à partir de cette date. D'origine lorraine comme son surnom l'indique, Claude part dès 1627 pour l'Italie, où il travaille auprès du peintre de paysage Agostino Tassi (1580-1644). Toute sa vie, il peint de grands paysages ouverts, avec de petites figures qui y paraissent souvent perdues. C'est l'étude de l'espace et de la lumière qui retient surtout l'artiste.
• Pierre Mignard (1612-1695) rejoint à Rome le peintre Charles-Alphonse Dufresnoy (1611-1668), qu'il a rencontré dans l'atelier de Simon Vouet.

1636

janvier
Guerre de Trente Ans. L'empereur Ferdinand II, allié de l'Espagne, déclare la guerre à la France.

17 février
Abel Servien, accusé de gaspillage par le surintendant Bullion et par Chavigny, secrétaire d'État aux Affaires étrangères, est remplacé au secrétariat d'État à la Guerre par Sublet de Noyers (1588-1645), intendant des finances.

30 mars
Guerre de Trente Ans. Par le traité de Wismar, Louis XIII promet à la Suède un subside de 1 million de livres chaque année. Les Suédois mèneront la guerre contre l'empereur en Bohême et en Silésie. Les deux alliés ne signeront pas de paix séparée.

printemps
Représentation au théâtre du Marais de *La Mariane*, tragédie de Tristan L'Hermite fondée sur

les *Antiquités judaïques* de Flavius Josèphe et dédiée à Gaston d'Orléans. L'acteur Mondory (1594-1651) joue Hérode, qui semble avoir été son plus grand rôle et marque les contemporains. La pièce est imprimée l'année suivante.

Tristan L'Hermite

François L'Hermite (vers 1600-1655) naît au Solier, dans une famille de petite noblesse. Encore enfant, il est nommé page d'Henri de Bourbon, fils naturel d'Henri IV et d'Henriette d'Entragues. Il reste quelques années auprès de lui. Ce n'est qu'à 25 ans qu'il prend le nom de Tristan. Il romancera ses années d'apprentissage dans Le Page disgracié, *singulier récit en prose qui paraît en 1643, récit à la fois autobiographique et comique, où l'emportent l'arrachement à la terre natale et les désillusions de la vie de Cour. Après plusieurs autres emplois, il participe en 1620-1621 aux campagnes de Louis XIII contre les huguenots dans le Sud-Ouest. Dès 1622, il entre au service de Gaston d'Orléans, qu'il suivra dans toutes ses vicissitudes jusqu'en 1634. Il publie une ode,* La Mer, *en 1628; des poèmes d'amour,* Les Plaintes d'Acante *(en 1633), où figure* Le Promenoir des deux amants, *que Debussy mettra en musique deux siècles et demi plus tard. Il s'adonne au jeu, à la boisson, voyage en 1634 en Angleterre, où il a pu avoir connaissance du théâtre de Shakespeare. Il se lie alors à la famille des comédiens Béjart. Sa tragédie* La Mariane, *jouée en 1636, est la première d'une série de sept pièces. En 1638 paraissent* Les Amours de Tristan *et, en 1641,* La Lyre du sieur Tristan. *Il redevient en 1640 gentilhomme ordinaire chez Gaston d'Orléans pendant deux ans. Dans la remarquable* Mort de Sénèque, *qui fut sans doute la première pièce nouvelle montée par l'Illustre Théâtre de Molière au début de 1644, il apparaît comme le vrai précurseur de Racine. En 1649, le chancelier Séguier le fait élire à l'Académie française. Malade, solitaire et fier, « l'homme le plus libre que nous ayons », selon Cyrano de Bergerac, écrit des poèmes empreints de mélancolie où, dans ce siècle consacré à la gloire du Soleil, la « Douce et paisible Nuit » garde la plus belle part.*

mars-juin

La livre tournois est dévaluée. L'équivalent en poids d'argent passe de 10,98 à 8,69 g.

avril-juin

Des révoltes populaires éclatent dans le Sud-Ouest (Périgord, Angoumois, Aunis, Saintonge, Poitou, Limousin) contre des impôts alourdis par l'effort de guerre (notamment contre « le sol par livre » sur la circulation des marchandises). À cette violence répond la saisie des récoltes, des trains d'attelage et même des outils du labeur paysan par l'intendant et les commis des fermes. Entre 1636 et 1643, on voit les campagnes soulevées presque chaque année. Les Croquants du Périgord en 1636-1637, les Nu-Pieds de Normandie en 1639 mènent les révoltes les plus longues et les plus violentes. Après 1659, la paix des Pyrénées entraîne un allégement de l'impôt et les guerres paysannes s'assoupissent un temps.

juillet-août

Guerre de Trente Ans. Les armées françaises sont battues sur la frontière Nord, en Thiérache, à La Capelle le 9 juillet et au Câtelet le 25. Les Espagnols franchissent la Somme le 4 août, arrivent sous Corbie le 6, tandis que les Croates de Jean de Werth s'emparent de Roye et Montdidier. À Amiens, Richelieu échappe de justesse à un attentat monté dans l'entourage de Gaston d'Orléans et du comte de Soissons dont les fidèles, Claude de Bourdeilles, comte de Montrésor (1608-1663), et Henri d'Escar de Saint-Bonnet, seigneur de Saint-Ibar, son cousin, trahis par leurs maîtres respectifs, devaient être les exécuteurs.

16 août

Guerre de Trente Ans. Corbie, dernière place forte de Picardie barrant la route de Paris, tombe après neuf jours de siège seulement. Des éclaireurs espagnols, commandés par Jean de Werth, sont aperçus près de Pontoise. À cette nouvelle, un vent de panique précipite sur les routes des Parisiens qui fuient devant l'envahisseur. L'armée royale recrute et se reforme sous Compiègne.
Le prince de Condé échoue en Franche-Comté; il lève le siège de Dole pour se porter en Picardie et protéger Paris, ce qui permet aux Espagnols de dévaster la Bourgogne.

septembre

Guerre de Trente Ans. Gaston d'Orléans, qui a levé 4000 hommes de troupe dans l'Orléanais, se voit confier la direction des opérations militaires comme « généralissime de l'armée de Sa Majesté dans la province de Picardie » tandis que la reine, Anne d'Autriche, est faite « gouvernante de sa bonne ville de Paris; avec commandements à tous gouverneurs, capitaines, officiers, justiciers et autres, de lui obéir». L'armée française repasse l'Oise le 13 septembre et reprend Roye le 18. Mais, dans le Midi, les Espagnols occupent les îles de Lérins et pillent Saint-Jean-de-Luz le 25 octobre.

24 septembre-7 novembre

À Aix-en-Provence, Nicolas Peiresc fait graver, avec l'aide de Gassendi et grâce à un télescope fourni par Galilée qui leur permet de faire des observations depuis le sommet de la montagne Sainte-Victoire, la première carte de la Lune. Le graveur est Claude Mellan, rentré à Paris après douze années passées à Rome, qui, en 1623, avait déjà gravé pour Peiresc des planches illustrant une édition de l'*Argenis* de John Barclay. Mellan devient alors graveur ordinaire du roi. Son œuvre gravé, qui témoigne d'une maîtrise exceptionnelle, compte près de 400 planches, dont beaucoup de scènes religieuses et de portraits.

PEIRESC

Claude-Nicolas Fabri de Peiresc (1580-1637) est l'un des plus remarquables érudits du XVIIe siècle. Après des études à Aix-en-Provence et Avignon, il voyage en Italie de 1599 à 1602. À Montpellier, il se lie avec Guillaume Du Vair et soutient sa thèse en droit en 1604. Après une année à Aix, il part avec Du Vair et Malherbe pour Paris, où il rencontre tous les érudits de l'époque. En 1606, il visite l'Angleterre (Londres, Oxford) et la Hollande. Revenu à Aix, il est nommé conseiller au parlement de Provence en 1607. Du Vair, nommé garde des Sceaux en 1616, le choisit comme secrétaire. Il fréquente alors l'académie putéane, qui doit son nom à ses fondateurs les frères Dupuy, et se lie par ailleurs avec Rubens. Rentré en 1623 à Aix (Gassendi qui y a enseigné la philosophie y fait de fréquents séjours), il se consacre entièrement à son cabinet de curiosités et à la correspondance (plus de 40 000 lettres !) qu'il entretient avec « toutes les parties du monde », comme l'écrira Bayle. Il s'intéresse aussi bien à l'astronomie (il découvre la nébuleuse d'Orion en 1610) qu'à la botanique (dans ses jardins de Belgentier) ou à l'égyptologie (il possède une momie égyptienne dans son cabinet). Gassendi est l'auteur d'une Vie de l'illustre C.N.F de Peiresc, *parue (en latin) en 1641.*

29 septembre-14 novembre

Guerre de Trente Ans. Le 29 septembre, Corbie est investie par les Français maintenant commandés par Monsieur. Louis XIII reprend le commandement et Gaston rentre à Paris le 20 octobre, puis à Blois. Corbie capitule le 9 novembre et la garnison sort de la ville le 14. Les Espagnols sont contraints de se replier vers le Nord.

Baner bat les Impériaux à Wittstock les 4 et 5 octobre, assurant aux Suédois la maîtrise de l'Allemagne du Nord jusqu'à l'Elbe. Cette bataille, l'une des plus meurtrières de la guerre, fait 11 000 tués et blessés du côté des Impériaux et plus de 5 000 tués et blessés chez les Suédois. Elle efface pour ces derniers l'échec de Nördlingen et leur redonne confiance ainsi qu'à leurs alliés.

La garnison de Saint-Jean-de-Losne en Bourgogne, bien que très inférieure en nombre, tient en échec les Impériaux. Le siège est finalement levé le 4 novembre.

22 décembre

La diète réunie à Ratisbonne procède à l'élection du fils de l'empereur, le roi de Hongrie Ferdinand, comme roi des Romains, mais elle refuse de s'engager plus avant dans une guerre avec la France. Seul Ferdinand II, à titre personnel, est en guerre avec celle-ci.

autres événements

• Claude Gellée, dit le Lorrain, peint le *Port avec le palais de Campidoglio.*

1637

début janvier

Création par la troupe du théâtre du Marais et l'acteur Mondory de la tragi-comédie du *Cid* de Corneille, « qui charme tout Paris » alors que la prise de Corbie est encore dans les mémoires. Le succès est considérable. Deux représentations auront lieu au Palais-Cardinal, la résidence de Richelieu, trois au Louvre.

CORNEILLE

Pierre Corneille (1606-1684) est né à Rouen. Issu d'une famille de gens de robe, il fait ses études au collège jésuite de sa ville natale, puis passe une licence en droit et prête le serment d'avocat stagiaire. En 1628, son père achète pour lui deux charges, aux Eaux et Forêts et à l'Amirauté de France, dont il s'acquittera pendant vingt-trois ans, en fonctionnaire consciencieux. Il se met à écrire des vers par amour. Sa première pièce, Mélite, *largement autobiographique, est jouée avec succès et « le fait connaître à la Cour », sans doute à l'automne de 1629. La tragi-comédie* Clitandre *est son premier livre imprimé, le 20 mars 1632. En 1634, il donne sa première tragédie,* Médée. *Le 4 mars 1635, on joue* La Comédie des Tuileries, *pièce commandée par Richelieu et écrite par cinq auteurs, dont Corneille qui recevra une pension mais ne poursuivra pas ce type de collaboration. Il partage désormais sa vie entre Rouen, où il mène une existence bourgeoise, et Paris. Vient ensuite* L'Illusion comique *qui joue avec brio de l'artifice du théâtre dans le théâtre.*

Le Cid *marque un tournant dans sa carrière. Au-delà du conflit entre amour et devoir, la politique fait intrusion dans son théâtre: Rodrigue apparaît, pour la noblesse, comme un modèle conjuguant héroïsme et obéissance à la raison d'État. La querelle littéraire que déclenche le succès de la pièce, avec arbitrage de l'Académie, ne cesse qu'à la demande de Richelieu. Corneille renonce à répondre aux* Sentiments de l'Académie *et cesse plusieurs mois d'écrire. Mais en mars 1640, il fait jouer* Horace *devant Richelieu et présente en mai la pièce au public. En 1641, il se marie.* Cinna, *en 1642, consacre sa suprématie dans la tragédie. Suivent, en 1643,* Polyeucte *et* La Mort de Pompée. *En 1647, année de l'impression de* Rodogune, *après deux échecs, Corneille est reçu à l'Académie française et Mazarin lui commande une tragédie à musique:* Andromède. *Sous la Fronde, en 1650, il est investi en Normandie de la fonction importante de procureur des états, qu'il perd au moment de l'exil de Mazarin. Ayant écrit et fait paraître* Nicomède, *héros valeureux et hautain dans lequel tout le monde reconnaît Condé, au moment de la libération des princes, il perd aussi le soutien du cardinal. Après l'échec de* Pertharite, *il semble renoncer au théâtre pour se consacrer à la traduction en vers de l'*Imitation de Jésus-Christ, *qui paraît en 1657. Des commandes le font revenir à la scène, celle de Fouquet pour* Œdipe *(1659) et celle d'un marquis normand pour une pièce à machines,* La Toison d'or. *Augmentée d'un prologue, elle célébrera en 1660 le mariage de Louis XIV et connaîtra en 1661 un grand succès en Normandie puis à Paris au théâtre du Marais. Corneille s'installe à Paris, écrit* Sertorius *puis* Sophonisbe *– sujet de la première tragédie italienne de Trissin (1491-1558) déjà traité en France par Montchrestien et surtout par Mairet qui y avait introduit pour la première fois les règles de la tragédie classique –, publie deux in-folio luxueux de son théâtre. Il fait partie des auteurs qui reçoivent une pension. Cependant, la carrière de Racine commence à lui porter ombrage. Après l'échec d'*Attila, *joué par la troupe de Molière, il revient à la traduction d'œuvres pieuses. Les deux dramaturges écrivent chacun une* Bérénice *en 1670 (la pièce de Corneille sera imprimée l'année suivante sous le titre* Tite et Bérénice*), l'affrontement tourne à l'avantage du cadet. Molière refuse de jouer* Pulchérie, *et sa dernière pièce,* Suréna, *l'un des plus beaux chefs-d'œuvre du théâtre classique français, jouée à l'Hôtel de Bourgogne, tombe bientôt dans l'oubli, comme son auteur, même si certaines pièces sont jouées encore en 1676 et 1677.*

8 février
Un accord signé scelle la réconciliation de Louis XIII et de Gaston d'Orléans. Le mariage officiel de Gaston avec Marguerite de Lorraine doit être célébré à nouveau en France et reste suspendu au bon vouloir du roi son frère.

15 février
L'empereur Ferdinand II meurt; son fils, Ferdinand III, élu roi des Romains le 22 décembre précédent, lui succède.
Richelieu noue une négociation secrète à Madrid, qui échoue devant le refus du comte-duc d'Olivares, le premier ministre de Philippe IV.

mars
Le père Caussin (1583-1651), jésuite, est nommé confesseur du roi. Il contribue à adoucir les aigreurs que nourrit Louis XIII à l'égard de sa femme et lui rappelle la nécessité d'assurer sa descendance.

mai-juillet
En Périgord, la révolte des Croquants à laquelle participent 30 000 paysans, s'étend et se prolonge jusqu'en juillet. Des révoltes éclatent aussi en Auvergne, à Riom et Clermont, en Languedoc et en Provence.

mai-octobre
Guerre de Trente Ans. En Franche-Comté, l'armée de Bernard de Saxe-Weimar mène campagne et s'empare de Lons-le-Saunier le 25 juin, avant de conduire l'offensive en Alsace.
En Italie du Nord, le duc de Rohan est chassé de la Valteline, laissant ce passage vital aux Espagnols; d'autre part, le duc de Mantoue étant mort, la régente Marie de Gonzague, qui tient les rênes du pouvoir, penche pour les Habsbourg.
En Méditerranée, le cardinal de Sourdis, commandant la flotte française avec le comte d'Harcourt, reprend aux Espagnols les îles de Lérins le 30 mai.

En Languedoc, ceux-ci assiègent Leucate du 28 août au 29 septembre, dégagée après une résistance acharnée le 4 octobre.

Aux Pays-Bas, le cardinal de La Valette, assisté de Turenne, s'empare du Cateau-Cambrésis le 21 juin, puis de Landrecies le 26 juillet, et de La Capelle le 15 septembre.

Le prince d'Orange, Frédéric-Henri de Nassau, stathouder des Provinces-Unies, reprend Breda, sous domination espagnole depuis 1625, le 10 octobre.

Le maréchal de Châtillon mène campagne au Luxembourg et remporte des succès (Stenay, Ivois, Damvilliers) sans déloger véritablement les Espagnols de leurs bases.

juin

Descartes publie *Le Discours de la méthode, pour bien conduire sa raison et chercher la vérité dans les sciences.*

Descartes

Si René Descartes (1596-1650) est le plus européen des philosophes français, il est surtout celui qui marque un tournant décisif dans l'histoire de la pensée. Issu d'une famille de petite noblesse, Descartes fait ses études au collège jésuite de La Flèche et se passionne pour les mathématiques. Engagé volontaire en Hollande sous les ordres du prince d'Orange Maurice de Nassau en 1618, puis dans les troupes du duc de Bavière en 1619, il abandonne la vie militaire en 1620 pour entreprendre un long voyage à travers l'Europe. C'est que dans la nuit du 10 novembre 1619, Descartes a eu la révélation de l'analogie qui s'établit entre l'ordre des mathématiques et l'ordre de la nature. Cette « révélation » le conduit à chercher des principes nouveaux et certains pour une philosophie de la nature et de l'esprit qui permette à l'homme, en soumettant l'univers aux nombres, d'avoir prise sur les choses. Il s'établit à Paris de 1626 à 1628, compose en latin les Règles pour la direction de l'esprit *– qui ne seront publiées que longtemps après sa mort, en 1701 –, puis part pour la Hollande où il demeurera jusqu'en 1649. Il y écrit son* Traité du Monde et de la Lumière, *où il admet le mouvement de la Terre, mais renonce à le publier quand Galilée est condamné en juin 1633. En juin 1637, Descartes se décide à donner trois traités directement issus de sa doctrine:* La Dioptrique, Les Météores *et* La Géométrie, *précédés du* Discours de la méthode pour bien conduire sa raison et chercher la vérité dans les sciences, *premier ouvrage qu'il écrit en français. En 1641, il publie en latin un ouvrage en gestation depuis une dizaine d'années: les* Méditations sur la philosophie première, dans lesquelles sont démontrées l'existence de Dieu et la distinction de l'âme et du corps, *avec les objections qui lui ont été faites par les théologiens et philosophes (parmi lesquels Hobbes, le Grand Arnauld et Gassendi) auxquelles l'auteur répond. La traduction en français des* Méditations métaphysiques *ne paraît qu'en 1647. Seule une métaphysique pouvait jeter les bases nécessaires à cette science universelle dont rêvait Descartes. L'idée d'une méthode qui, du doute radical à l'évidence intellectuelle, fasse reposer la connaissance sur l'entendement et non plus sur les données incertaines des sens ou de l'imagination, était bien une idée nouvelle. Mieux, elle permettait d'accéder à cette vérité première que si je doute de tout, je ne peux douter sans penser, et si je pense, il faut que je sois. Le* cogito *est l'équation métaphysique par excellence, l'argument ontologique qui permet le passage de la pensée à l'existence: « Je pense, donc je suis », et par voie de conséquence, « Je suis, j'existe ». Si ma pensée me donne l'existence, elle constitue mon être, indépendamment du corps. Si mon être est par nature fini et limité, en tant que sujet pensant, je suis un être libre qui porte en soi la marque que Dieu a imprimée sur son ouvrage. Je puis donc accéder à la connaissance totale et parfaite de l'univers en traitant toute chose selon les purs rapports mathématiques. Avec Descartes, l'homme devient « maître et possesseur de la nature ». Conséquence directe de cette rupture avec la pensée établie, la renommée de Descartes commence à grandir partout en Europe et, avec elle, les accusations contre cette philosophie nouvelle que condamne l'Église. En juillet 1644, il publie, toujours en latin, les* Principes de la Philosophie, *qu'il dédie à son amie la princesse Élisabeth de Bohême. Encouragé par ses demandes d'éclaircissements, Descartes se décide à écrire son* Traité des passions, *qu'il publie en français en novembre 1649. Tout au long de sa vie, il entretient une vaste correspondance: d'abord avec Fermat et Roberval à propos des polémiques entourant ses traités scientifiques, ensuite avec la princesse Élisabeth, puis avec la reine Christine de Suède et, en France, avec le père Mersenne. Descartes fait de longs séjours en France en 1644, 1647 et 1648, puis part en septembre 1649 à la Cour de Suède, à la demande de la reine Christine. Il meurt à Stockholm quelques mois plus tard d'une pneumonie, le 11 février 1650. Son corps ne sera rapatrié en France qu'en juin 1667 et inhumé à l'église Sainte-Geneviève à Paris. Directement issus du cartésianisme, le* *mécanisme et l'idéalisme domineront la philosophie et la science modernes.*

juillet-août
Anne d'Autriche, qui entretenait une correspondance secrète avec son frère, le roi d'Espagne Philippe IV, est découverte. Après ses aveux à Richelieu, dûment mis par écrit le 17 août, Louis XIII accepte de lui pardonner.
Les Espagnols lancent une offensive en Champagne.

24 août
Antoine Lemaître (1608-1658) se retire à Port-Royal. Progressivement, il y est rejoint par les premiers Solitaires, qui ouvrent bientôt les « petites écoles ».

PORT-ROYAL ET LES ARNAULD

L'histoire de Port-Royal au XVIIe siècle s'ouvre le 25 septembre 1609 par « la journée du guichet ». Touchée par la grâce, l'une des six filles de l'avocat parisien Antoine Arnauld, la mère Angélique Arnauld (1591-1661), jeune abbesse (elle n'a alors que 18 ans), décide de rétablir la règle cistercienne dans toute sa rigueur en mettant l'accent sur la communauté, l'obéissance et la pauvreté.
En 1623, commence la construction d'une nouvelle abbaye à Paris, dans le quartier du faubourg Saint-Jacques, sur le domaine de l'hôtel de Clagny, acheté par l'abbesse. La mère Angélique surveille la construction des bâtiments conventuels et de l'église qu'elle veut sobre. Le 29 mai 1625, 15 religieuses du couvent de Port-Royal des Champs s'y installent. En 1628, la mère Angélique renonce à dépendre de Cîteaux et place son abbaye sous la juridiction de l'ordinaire, c'est-à-dire de l'archevêque de Paris. Le roi ne nommant plus les abbesses, celles-ci seront élues tous les trois ans. La communauté connaît alors une expansion et les novices affluent.
Dès les années 1634-1635, sous la conduite spirituelle de Saint-Cyran, l'abbaye devient un foyer de rayonnement janséniste, tout imprégné de la pensée augustinienne et d'une morale exigeante, qui ambitionne la sainteté et favorise son influence bien au-delà de Port-Royal. La mère Angélique est sollicitée pour réformer d'autres abbayes : Gif-sur-Yvette (près de Paris), les Isles (près d'Auxerre), Saint-Aubin (à Rouen), Tard (près de Dijon).
Les amis de Port-Royal construisent leurs demeures à proximité de la nouvelle abbaye de Paris, profitant ainsi de l'enseignement et de l'esprit de prière du couvent. Parmi ces « amis », on compte la marquise de Sablé, la princesse de Guéméné, le chevalier de Sévigné, Louise-Marie de Gonzague, fille du duc de Nevers et de Mantoue, plus tard, la duchesse de Longueville. Ces puissantes protections augmentent le rayonnement de l'abbaye et lui donnent les moyens de soutenir des œuvres de bienfaisance.
En 1648, la mère Angélique, à 57 ans, décide de ranimer Port-Royal des Champs. Avec sept moniales et deux sœurs converses, elle revient dans la vallée de Chevreuse, le 13 mai. Pendant la Fronde, le monastère accueille toute une population terrorisée par les soldats, qui le contraint de s'ouvrir sur le monde. Dans la décennie qui suit la Fronde, la polémique qui oppose les jansénistes et les jésuites s'ajoute aux persécutions qui s'abattent sur l'abbaye : refus des postulantes, renvoi de l'abbé Singlin, le directeur de conscience, expulsion des élèves des « petites écoles ».
Le frère aîné de la mère Angélique, Robert Arnauld d'Andilly (1585-1674) est, lui aussi, une figure du jansénisme. Entre 1620 et 1622, il fait carrière à la Cour de Louis XIII et participe aux campagnes militaires du roi contre les protestants. Surtout, il rencontre Saint-Cyran. En 1634, Richelieu le nomme intendant de l'armée du Rhin, charge qu'il abandonne l'année suivante. En 1644, devenu veuf, il fait un séjour à Port-Royal, où sont entrées trois de ses filles. En 1645, il décide de se fixer parmi les Solitaires, où le rejoignent deux de ses fils.
Robert a eu 15 enfants, dont cinq sont morts en bas âge. Parmi les autres, on compte : la mère Angélique de Saint-Jean (nièce de la célèbre mère Angélique), à son tour abbesse de Port-Royal entre 1624 et 1684 ; son fils aîné, Antoine, qui devient prêtre ; Simon Arnauld de Pomponne, nommé secrétaire d'État de Louis XIV en 1671 ; Arnauld de Luzancy, Solitaire à Port-Royal ; Jules Arnauld de Villeneuve, élevé dans les « petites écoles », qui fait des séjours parmi les Solitaires, avant de mourir jeune dans l'armée du roi.
Le plus jeune frère de Robert Arnauld d'Andilly et de la mère Angélique, prénommé Antoine et dit le « Grand Arnauld » (1612-1694), est l'une des grandes figures de la théologie française au XVIIe siècle. Il a connu François de Sales et Saint-Cyran. Dès 1635, lors de la soutenance de sa thèse de bachelier en théologie, il débat sur la grâce dans une perspective augustinienne. Licencié de théologie en 1640, puis docteur l'année suivante, il est ordonné prêtre. En 1643, il publie un ouvrage destiné à un grand retentissement : De la fréquente communion. *Il a demandé à Saint-Cyran de revoir son manuscrit. Ce livre lui permet de polémiquer contre la morale laxiste des*

jésuites, opposant ainsi à leur laisser-faire les exigences des jansénistes. Insistant sur la véritable conversion qu'exige la communion fréquente, Arnauld met l'accent sur une religion intérieure et sur l'utilité de la direction de conscience. Peu après, il publie deux Apologies *qui défendent les thèses de Jansénius. En 1655, un prêtre de Saint-Sulpice refuse l'absolution au duc de Liancourt s'il ne rompt toute relation avec Port-Royal. En réponse, Arnauld publie sa* Lettre à une personne de condition, *puis une* Seconde Lettre à un duc et pair. *La polémique est lancée, mais Arnauld est exclu de la faculté de théologie. Quand le pape Innocent X condamne cinq propositions extraites de l'*Augustinus *de Jansénius, Arnauld plaide que si les propositions sont hérétiques (le droit), elles ne sont pas présentes dans l'*Augustinus *(le fait). Il écrit avec Lancelot la* Grammaire générale et raisonnée *en 1660,* La Logique ou l'art de penser *en 1662 avec Pierre Nicole et, en 1667, les* Éléments de géométrie. *En 1668, il joue un rôle important dans les négociations qui aboutissent à la paix clémentine. Toutefois, cet accord n'est qu'un répit. Quand la persécution s'abat à nouveau sur les jansénistes et sur Port-Royal, Arnauld choisit l'exil. En 1679, il part pour les Pays-Bas, vit quelque temps en Hollande avant de revenir à Liège, puis à Bruxelles. Il est lié avec Quesnel et, par lui, se rapproche du thomisme. Il reste en relation épistolaire avec ses correspondants en France et son rayonnement se prolonge pendant ses quinze années d'exil.*

LES SOLITAIRES DE PORT-ROYAL

Le 24 août 1637, Antoine Lemaître, neveu par sa mère de la mère Angélique et de Robert d'Arnauld d'Andilly, conseiller d'État et avocat au Parlement de Paris, décide, sur le conseil de Saint-Cyran, de se retirer du monde. Il s'établit dans une rue voisine de l'abbaye de Port-Royal. Dans une lettre au chancelier Séguier, le jeune conseiller explique son geste. Cette lettre est largement diffusée. Son frère, Simon de Séricourt, qui a embrassé la carrière des armes, le suit bientôt dans cette voie ; ils sont rejoints par leur cousin Charles-Henri Arnauld de Luzancy et par Claude Lancelot, jeune clerc de la mouvance du curé Bourdoise, toujours sur l'incitation de Saint-Cyran, désireux de former de bons prêtres. Antoine Singlin, directeur spirituel des moniales, est leur confesseur.

Après l'arrestation de Saint-Cyran en 1638, l'archevêque de Paris prend le prétexte du voisinage des religieuses pour les contraindre à partir. Ils se retirent à Port-Royal des Champs, abandonnée depuis 1626 par les religieuses de la mère Angélique. Après la mort de Richelieu, le 4 décembre 1642, les Solitaires sont une quinzaine. En 1648, quand les religieuses reviennent dans leur maison des Champs, les « Messieurs » s'installent sur la colline voisine, dans la ferme des Granges où ils resteront jusqu'à la dispersion définitive, trente ans plus tard. Ils y mènent une existence de prière, réglée sur les heures de la vie monastique, de travail, intellectuel et manuel. Ils cultivent la terre et réalisent des travaux de drainage et d'assainissement qui rendent le site plus accueillant et plus salubre.

La communauté des Solitaires n'est régie par aucun vœu, ni aucune règle monastique agréée par les autorités ecclésiastiques. Ils sont, pour certains, toujours liés au « monde » qu'ils fréquentent encore, comme Robert Arnauld d'Andilly, qui continue de se montrer à la Cour. D'autres, comme Pascal, n'ont fait que de courts séjours à Port-Royal. Ils observent une stricte égalité, sans considération de leur naissance ou de leurs attaches sociales.

Dès 1638, Lancelot devient l'un des premiers maîtres des « petites écoles », qui subissent les aléas de déménagements fréquents au gré des acceptations ou des refus des autorités. Chaque maître s'occupe de six écoliers au plus. En juin 1653, les « petites écoles » de Paris sont dispersées et subsistent vaille que vaille jusqu'en 1660, date à laquelle elles disparaissent. Au plus, elles ont accueilli 120 à 150 élèves pour des périodes plus ou moins longues et ont enseigné à des élèves aussi illustres que Jean Racine et Pierre de Boisguilbert. Ces éducateurs exceptionnels ont voulu repenser les méthodes pédagogiques et, de leurs réflexions, sont sortis une trentaine d'ouvrages didactiques.

Parmi les nombreuses publications que l'on doit aux Solitaires, il faut souligner l'importance des traductions de Louis-Isaac Lemaître de Sacy (1613-1684), le plus jeune frère d'Antoine Lemaître et neveu d'Arnauld d'Andilly, lequel a présidé pour une part à son éducation. Il écrit de nombreux ouvrages : Le Jardin des racines grecques mises en vers français *en 1657, des traductions du latin (Phèdre, Térence), mais son œuvre la plus importante, monumentale, consiste en la traduction de la Bible pour laquelle il travaille à la fois sur l'original grec et la Vulgate latine, tout en comparant diverses traductions, et en recourant à l'exégèse. Sa traduction du Nouveau Testament, imprimée à Amsterdam par le grand éditeur Daniel Elzévir, mais parue avec la mention de Gaspard Migeot, libraire de Mons, en 1667, désignée désormais comme le « Nouveau Testament de Mons », a pour titre réel* Le Nouveau Testament de Notre Seigneur Jésus-Christ, traduit en français selon l'édition Vulgate, avec les différences du grec. *Le succès est immédiat : cinq éditions en 1667, quatre en 1668. Et il ne se dément pas, malgré les condamnations assenées par les autorités civiles, puis religieuses. L'archevêque de Paris, Hardouin de Péréfixe, n'admettait ni le recours à l'original grec ni l'exhortation à tous les chrétiens à se nourrir de l'Écriture sainte. Lemaître de Sacy se lance alors dans la traduction de l'Ancien Testament, qui sera achevé onze ans après sa mort par Huré et de Beaubrun, en 1695. La « Bible de Port-Royal » a été rééditée en 1998.*

8 septembre
Mort du duc de Savoie Victor-Amédée Ier. Lui succèdent des enfants très jeunes : François-Hyacinthe, né en 1637, qui meurt le 4 octobre 1638, puis Charles-Emmanuel II, né en 1634, qui ne sera proclamé majeur qu'en 1648. En fait, le pouvoir est exercé par leur mère, Christine de France, sœur de Louis XIII. Mais ses beaux-frères, Thomas et Maurice de Savoie, sont favorables à l'Espagne.

5 décembre
Traditionnellement, on situe à cette date la conception de Louis XIV. En fait, il semble que Louis ait été conçu entre le 23 et le 30 novembre, c'est-à-dire avant la chasse au faucon où le roi est allé le 4 décembre ou le 5, rendant visite, à cette occasion, à Mlle de La Fayette, l'amie très chère, entrée depuis mai au couvent des Visitandines. Il est certain que le récit de l'orage qui contraint Louis XIII, allant à Saint-Maur au retour de la chasse, à s'arrêter à Paris et à demander à la reine l'hospitalité de ses appartements donne à cet événement attendu depuis tant d'années une aura romantique. L'orage, les conseils de l'amie visitandine, ceux de la suite du roi, les appartements du roi inutilisables au Louvre et l'hospitalité de la reine : autant de coïncidences qui confortent le caractère miraculeux de cette conception attendue par tout un peuple, annoncée par la Vierge au moine Fiacre, espérée par le grand ministre Richelieu, et favorisée par le confesseur du roi, le père Caussin.

10 décembre
Le père Caussin, considéré comme trop favorable à l'Espagne et même à Marie de Médicis, est écarté. Il est remplacé par un autre jésuite, le père Sirmond, un fidèle de Richelieu.

autres événements
• Théophraste Renaudot double son bureau d'adresses d'un mont-de-piété sur le modèle italien pour favoriser le prêt sur gages aux pauvres et soustraire ceux-ci à l'usure des prêteurs.
• Le peintre Sébastien Bourdon (1616-1671), installé à Rome depuis 1623, doit fuir la ville en 1637 de crainte d'y être dénoncé comme hérétique (il est calviniste). À Paris, il se présente à Simon Vouet qui, trop occupé pour le recevoir, le prie de revenir le lendemain. Le jeune peintre revient effectivement avec un air de fierté qui ne plaît guère à Simon Vouet. Cependant le maître, ayant vu et admiré quelques jours plus tard un tableau réalisé par le jeune homme, demande à lui être présenté et devient son ami. Artiste éclectique ayant changé de style au long de sa carrière, Bourdon sera, lors de la création de l'Académie royale de peinture et de sculpture en 1648, l'un des 12 « anciens » au côté de Le Brun.

1638

10 février
Publication de la déclaration de Louis XIII par laquelle il consacre son royaume à la Vierge par un vœu solennel.

Le vœu de Louis XIII

La première rédaction du « vœu de Louis XIII » apparaît en 1630, lors de la maladie qu'il a contractée à Lyon et que l'on crut mortelle pendant quelques jours. Elle témoigne de la très vive piété du roi. Il est remarquable que le projet de consacrer le royaume à la Vierge ait été soutenu par Richelieu et le père Joseph, fondateur des Filles du Calvaire. En mai 1636, au début de la guerre avec l'Espagne, Richelieu conseille à Louis XIII de faire un vœu et d'offrir une lampe votive à Notre-Dame de Paris, destinée à brûler en permanence devant la statue de Notre-Dame. Le cardinal va dans le sens de la piété du roi et le geste affirme aux yeux de toute l'Europe l'appartenance de la France au monde catholique, malgré les alliances protestantes qu'impose la politique. Cette lampe, en argent massif, ciselée, est donc placée dans la cathédrale. Mais l'année suivante, au seuil de la nouvelle campagne, Louis XIII, par un vœu privé, offre son royaume et sa personne à la Vierge. Puis, après l'entrée au couvent, en mai, de Mlle de La Fayette avec laquelle il entretient une vive amitié, le roi, sous la pression conjuguée de son amie, de son confesseur, le père Caussin, et de son ministre, se réconcilie avec la reine qui a rétracté par écrit ses compromissions avec l'Espagne le 17 août 1637. En même temps, des mystiques ont eu des apparitions de la Vierge annonçant la naissance d'un dauphin : sœur Anne-Marie de Jésus Crucifié, calvairienne, dès 1635, puis le frère Fiacre, moine augustin réputé pour sa sainteté, en novembre 1637. En janvier 1638, la grossesse de la reine a été déclarée et le 6 février, en grande pompe, Anne d'Autriche a ceint la « ceinture de la Vierge » qu'elle a fait venir du Puy Notre-Dame, près de Saumur, et qui doit la prémunir contre les fausses couches auxquelles elle fut sujette lors de ses précédentes grossesses.

Parallèlement, le projet du vœu devient enfin réalité par une déclaration signée le 11 décembre 1637 et publiée le 10 février 1638. Par la suite, il semblera que Louis XIII exprime par ce vœu sa reconnaissance pour la conception du dauphin alors qu'il ne demande que la protection de la Vierge contre les ennemis du royaume : « Prenant la très sainte et très glorieuse Vierge pour protectrice spéciale de notre royaume, Nous lui consacrons particulièrement notre Personne, notre État, notre Couronne et nos Sujets, la suppliant de nous vouloir inspirer une si sainte conduite et défendre avec tant de soin ce royaume contre l'effort de tous ses ennemis, que ce soit qu'il souffre le fléau de la guerre ou jouisse de la douceur de la paix que nous demandons à Dieu de tout notre cœur, il ne sorte pas des voies de la grâce qui conduisent à celles de la gloire. [...] Nous admonestons le Sieur Archevêque de Paris, et néanmoins lui enjoignons que tous les ans, le jour et fête de l'Assomption, il fasse faire commémoration de notre présente Déclaration *à la grande Messe, qui se dira en son Église Cathédrale, et qu'après les Vespres dudit jour, il soit fait une Procession en ladite Église [...]. Et pareillement tous les Archevêques et Évêques de notre Royaume [...] leur enjoignons de faire célébrer la même solennité en leurs Églises épiscopales et autres Églises de leurs Diocèses [...]. »*

mars

Henri Coëffier de Ruzé d'Effiat, marquis de Cinq-Mars (1620-1642), fils du maréchal d'Effiat, un fidèle de Richelieu, entre dans la faveur du roi.

mars-octobre

Guerre de Trente Ans. Sur le Rhin, Bernard de Saxe-Weimar remporte la victoire à Rheinfelden sur les Impériaux le 3 mars. Dans les mois qui suivent, aidé de Turenne, il conquiert la Haute Alsace, s'empare de Fribourg-en-Brisgau le 11 avril et met le siège devant Brisach en juillet.

Aux Pays-Bas, le siège de Saint-Omer, où les troupes royales ont subi des pertes sévères, est levé, mais Le Câtelet est repris le 14 septembre.

Sur la côte basque, Sourdis, archevêque de Bordeaux, remporte une victoire navale sur les Espagnols à Guéthary et l'escadre espagnole est anéantie le 22 août, mais les Français perdent Saint-Sébastien. À Fontarabie, où commande le prince de Condé, Bernard de La Valette, fils aîné du duc d'Épernon, refuse de donner l'assaut et les Français subissent une défaite le 7 septembre. Le duc s'enfuit en Angleterre.

À l'Est, Baner, à la tête des armées suédoises, mène une guerre de harcèlement contre les Impériaux aux confins du Brandebourg.

En Italie, le duc de Créqui trouve la mort à la tête des troupes françaises devant Crema sur le Pô. Le 3 juillet, Christine de France, régente du duché de Savoie, consent à renouveler le traité de Rivoli (11 juillet 1635) avec la France. Après un échec à Verceil, les troupes françaises pénètrent dans le Milanais et remportent la victoire à Felizzano le 7 octobre.

6-15 mars

Guerre de Trente Ans. Le traité de Hambourg renouvelle celui de Wismar du 30 mars 1636 et resserre les liens entre la France et la Suède. La France versera 1 million de livres par an, pendant trois ans, tout en apurant l'arriéré du traité de Compiègne du 28 avril 1635 à hauteur de 1 million de livres.

24 mars

Des rentiers viennent à l'Hôtel de Ville protester contre le retard du paiement des « quartiers » (les intérêts de la rente). Parmi eux, Étienne Pascal, le père de Blaise, qui doit se cacher pour éviter d'être embastillé.

6 mai

Jansénius meurt de la peste à Ypres, alors que sa doctrine est déjà largement répandue en France.

LE JANSÉNISME

Le jansénisme est à la fois une doctrine théologique de la grâce et du salut qui s'inspire de saint Augustin et une morale austère qui dicte les com-

portements sociaux de ses membres. Dès les années 1620, Jansénius (1585-1638) a travaillé à l'interprétation de la pensée du docteur de l'Église saint Augustin. C'est à ses amis que l'on doit la première publication, en 1640, de son ouvrage majeur, l'Augustinus, *qu'il dédiait au pape.*
Les jésuites opposent aux jansénistes une théologie et une morale soutenues, qui s'inspirent du traité de l'un des leurs, le père Louis Molina (1535-1600). Celui-ci, né en Castille, a vécu au Portugal. Il a publié à Lisbonne, en 1588, un traité sur la grâce: Concordia liberi arbitrii cum gratiae donis, divina praesciencia, providentia, praedestinatione et reprobatione, ad nonnullos primae partis D. Thomae articulos (De l'Accord du libre arbitre avec le don de la grâce, la prescience divine, la providence, la prédestination et sa réprobation, selon certains articles de la première partie de D. Thomas), *à la fois traité de la grâce, commentaire de Thomas d'Aquin et ouvrage de morale, qui fonde sa doctrine, le molinisme.*
Sur le plan théologique, sans nier la tare du péché originel qui fait que seul le Christ rachète l'humanité pécheresse et, par conséquent, lui acquiert la grâce divine par ses mérites, Molina distingue la grâce suffisante que Dieu accorde à l'homme, qui devient grâce efficiente par le choix libre de chacun. Il préserve ainsi le libre arbitre du croyant. Jansénius, au contraire, tire de saint Augustin une vision plus tragique du salut qui le rapproche du calvinisme: l'homme pécheur est entraîné au mal et ne peut faire son salut que soutenu par la grâce accordée de façon purement gratuite par Dieu. L'homme oscille entre deux pôles: la concupiscence qui l'entraîne vers ses désirs et ses passions d'une part et la grâce toute-puissante acquise par les mérites de Jésus-Christ d'autre part. Mais la grâce ne laisse pas l'homme passif, il doit au contraire par une conversion permanente faire triompher la grâce en lui, l'accueillir et lui permettre de créer un « homme nouveau ». Ainsi, la sainteté est une ambition élevée à laquelle chacun doit tendre: une morale exigeante participe à l'œuvre du salut.
Les liens étroits que nouent Jansénius et Duvergier de Hauranne, devenu abbé de Saint-Cyran, contribuent à répandre les théories jansénistes dans les milieux éclairés qui gravitent autour de la Cour et du Parlement de Paris. Dans le grand mouvement de la Contre-Réforme triomphante qui soulève la société française au début du XVIIe siècle, le courant janséniste prend d'autant mieux place que Saint-Cyran est en relation étroite avec ses membres les plus représentatifs: François de Sales, Bérulle, Vincent de Paul, les Arnauld et, par eux, l'abbaye de Port-Royal.
Sur le plan politique, les options de Saint-Cyran en faveur de l'alliance espagnole et les thèses des dévots font basculer Port-Royal et les jansénistes dans l'opposition à Richelieu. L'internement du directeur de conscience des moniales de Port-Royal en 1638 marque le début d'une persécution qui connaît des phases aiguës et des phases de répit, mais qui aboutira finalement à la destruction de l'abbaye de Port-Royal des Champs en 1709.

14 mai
Saint-Cyran est arrêté et interné à Vincennes. Ses liens avec Jansénius, son hostilité à la rupture du mariage de Gaston d'Orléans avec Marguerite de Lorraine, ses liens avec Antoine Lemaître qui a fondé la communauté des Solitaires, font naître les soupçons de Richelieu. Il est remplacé à Port-Royal par l'abbé Singlin.

SAINT-CYRAN

Jean Ambroise Duvergier de Hauranne (1581-1643) entre au collège jésuite d'Agen. Élève brillant, il est ensuite envoyé par son évêque à l'université de Louvain pour y parfaire sa formation en théologie. En 1609, il y rencontre Jansénius et passe ensuite cinq années avec lui, à Paris d'abord, puis à Camp-de-Prats, près de Bayonne. Ils étudient ensemble les textes sacrés: l'Ancien et le Nouveau Testament, les pères de l'Église, privilégiant l'œuvre de saint Augustin. Après le retour de Jansénius aux Pays-Bas, en 1614, les deux amis continuent à correspondre activement.
En juin 1618, Jean Ambroise reçoit la prêtrise et se livre activement à la vie pastorale. En 1620, il reçoit la commende de l'abbaye de Saint-Cyran, qui lui assure un revenu annuel suffisant de 1800 livres. En 1621, il se lie étroitement avec Pierre de Bérulle: les échanges sont quotidiens une année durant. Sa pensée s'en trouve fortement influencée, donnant au prêtre un rôle prépondérant, ce qui le rapproche des exigences prônées par le concile de Trente.
Après cette période, il rencontre la mère Angélique, par l'intermédiaire de Robert Arnauld d'Andilly qu'il a connu en Poitou. Il prêche d'abord des retraites à Port-Royal, puis, en 1635, devient le directeur de conscience de la communauté. Sa prédication, comme sa direction, est imprégnée de la théologie et de l'esprit de saint Augustin. Il a très largement contribué à faire de Port-Royal un grand foyer de rayonnement janséniste.

Après son arrestation sur ordre de Richelieu, durant les cinq années de sa captivité au château de Vincennes, Saint-Cyran continue d'exercer un ministère par ses liens épistolaires, avec Port-Royal entre autres. Il ne sort de Vincennes qu'après la mort du cardinal, le 6 février 1643, et s'éteint huit mois plus tard, le 11 octobre.

juillet
Laubardemont, qui a montré de quelle poigne de fer il menait les affaires lors du procès en sorcellerie d'Urbain Grandier à Loudun en 1634, est chargé de l'enquête sur Saint-Cyran. Sans état d'âme, il fait disperser les Solitaires de Port-Royal de Paris.

1er septembre
Marie de Médicis quitte Bruxelles pour Amsterdam, avant de s'établir à Londres en novembre.

5 septembre
Naissance du dauphin, futur Louis XIV. Gaston d'Orléans, frère de Louis XIII, passe à la seconde place dans l'ordre de la succession.

17 décembre
Guerre de Trente Ans. Après un siège acharné de six mois, Jean-Baptiste Budes, comte de Guébriant (1602-1643), et le condottiere Bernard de Saxe-Weimar s'emparent de Brisach, qui garantit aux Français une tête de pont sur la rive droite du Rhin.

18 décembre
Mort du père Joseph, « l'éminence grise » du cardinal. Richelieu utilise de plus en plus les services de Mazarin.

fin 1638
Michel Dorigny devient le graveur attitré de Simon Vouet. Il le restera jusqu'à la mort du maître.

autres événements
- Les oratoriens fondent leur collège de Juilly, en Île-de-France.
- Vincent de Paul crée l'œuvre des Enfants trouvés.

1639

avril-octobre
Guerre de Trente Ans. En Europe centrale, Baner, à la tête des troupes suédoises, remporte la victoire sur les Saxons à Chemnitz le 14 avril, puis envahit la Bohême, la Moravie et la Silésie.
En Lorraine, le 7 juin, le marquis de Feuquières essuie un échec devant Thionville, défendue par Piccolomini.
En Flandre, le 29 juin, Louis XIII et le maréchal de La Meilleraye, Charles de La Porte (1602-1664), cousin de Richelieu, s'emparent de Hesdin sur les Espagnols.
Dans le Roussillon, le 19 juillet, Condé et Schomberg s'emparent de Salces.
En Italie, les princes Thomas et Maurice de Savoie, beaux-frères de Christine de France, régente du duché de Savoie, soulèvent le Piémont et menacent la régente dans Turin. Une trêve est acquise le 14 octobre. Après la mort du cardinal de La Valette qui commandait les troupes royales, le comte d'Harcourt et son lieutenant, Turenne, lui succèdent.
Dans la Manche, le 21 octobre, l'amiral hollandais Tromp remporte une brillante victoire sur la flotte espagnole au large de Douvres. Seuls 9 navires espagnols sur 77 trouvent refuge à Mardyck.
En Franche-Comté, Bernard de Saxe-Weimar mène campagne et domine la province, puis il envisage de se constituer une principauté en Haute Alsace, mais le 16 juillet, il meurt de la peste.

juin
La révolte des Nu-pieds, l'une des plus graves et des plus longues, éclate en Normandie en juin et se prolonge pendant plus d'un an.
Le roi veut établir la gabelle dans la province, exempte jusque-là comme pays producteur de sel (les Nu-pieds sont les travailleurs qui le ramassent au bord de la mer). Le soulèvement prend deux aspects: une révolte urbaine à Rouen, une révolte paysanne en Basse-Normandie. Si les Nu-pieds n'ont guère été plus violents que les Croquants du Périgord en 1637, la répression qui s'abat sur eux revêt une extrême rigueur: envoi d'une expédition punitive effectuée par une petite armée royale dans la région d'Avranches, mais surtout, une commission judiciaire, conduite par le chancelier Séguier lui-même, mène l'enquête sur place. Les accusés, privés de défense, sont jugés, condamnés et exécutés sur l'heure ou envoyés aux galères. Tous sont écrasés d'amendes énormes. L'interdiction des juridictions normandes est prononcée, ce qui prive les officiers de leur fonction. Le parlement, de tout temps contestataire, est exilé. Une publicité systématique est donnée à la tournée punitive du chancelier par la publication des arrêts du Conseil, de pamphlets et d'un récit en faveur du pouvoir dans le *Mercure françois*.
Une agitation s'observe aussi en Provence, en Anjou et en Poitou.

27 septembre
Pour l'anniversaire du roi, une statue équestre de Louis XIII est inaugurée sur la place Royale (actuelle place des Vosges) «par l'ordre et la magnificence de monseigneur l'éminentissime cardinal, duc de Richelieu». Le cheval est celui d'un monument inachevé pour Henri II resté en Italie, que Richelieu fait revenir en France. Le sculpteur Pierre Biard le fils y assoit un Louis XIII en empereur romain.

9 octobre
Louis XIII signe avec le Suisse Johan-Ludwig von Erlach un accord qui maintient les troupes de feu Bernard de Saxe-Weimar au service de la France sous l'autorité suprême du duc de Longueville, commandant en chef des armées royales sur le Rhin, en fait sous son second, le comte de Guébriant.
Un intendant de justice, police, finances est nommé en Alsace, marquant ainsi les ambitions annexionnistes de Richelieu.

décembre
Pour empêcher que ne se répandent des idées ou des images hostiles à Dieu ou au roi, une visite mensuelle est prévue chez les imprimeurs et graveurs.

autres événements
• Pierre Dupuy: *Preuves des libertés de l'Église gallicane.*
• Gabriel Naudé: *Considérations politiques sur les coups d'État.*
• Sublet de Noyers, surintendant des bâtiments, confie à Sarazin la décoration des bâtiments neufs de la cour du Louvre: deux figures en bas-relief encadrant l'œil-de-bœuf et, sur le fronton à l'étage supérieur du pavillon de l'Horloge, quatre groupes de caryatides doubles et deux statues couchées. Le sculpteur en réalise les maquettes et l'exécution est confiée à Gérard Van Opstal (1605-1668) pour les bas-reliefs et à Philippe de Buyster (1595-1688) et Gilles Guérin (1611-1678) pour les statues du pavillon de l'Horloge.

1640

janvier
Le chancelier Séguier se rend en Normandie pour mater la révolte des Nu-pieds qui a éclaté en juin 1639.

janvier ou février
Blaise Pascal (1623-1662) publie à 17 ans l'*Essai pour les coniques.*

6 janvier
Guerre de Trente Ans. Le prince de Condé s'empare de la citadelle de Salces et poursuit la conquête du Roussillon.

31 mars
Le roi procède à une réforme monétaire et à la création d'une nouvelle pièce d'or, le louis, valant 10 livres de compte (une livre vaut 619 mg d'or pur).

mai-juin
Des révoltes populaires éclatent dans le Bourbonnais, en Auvergne et en Périgord.

19 mai
Corneille fait jouer *Horace.* Richelieu l'a vu en avant-première le 9 mars.

juin-septembre
Guerre de Trente Ans. La Catalogne se soulève contre la monarchie espagnole. Des représentants du roi Philippe IV sont massacrés à Barcelone, et l'agitation, de politique qu'elle était, devient sociale: la ville est livrée au pillage du 7 au 12 juin. L'agitation gagne la province.
Aux Pays-Bas, les Français s'emparent d'Arras après un siège marqué par de très rudes combats et qui se prolonge du 13 juin au 9 août. Ce succès leur ouvre l'Artois.
En Italie du Nord, les victoires du comte d'Harcourt le 29 avril à Casal, «où les Espagnols ont perdu plus de 10 000 hommes, douze pièces de canon, et plusieurs drapeaux et cornettes gagnés sur eux, tout leur bagage, même l'argent destiné pour la montre de leur armée, et plus de vingt services de vaisselle d'argent», et à Turin du 10 au 12 mai permettent de rendre à la régente Christine de France, sœur de Louis XIII, l'ensemble de la Savoie et du Piémont qui reviennent ainsi dans la mouvance française. Garder, perdre et reprendre Turin est l'affaire de plusieurs mois et s'achève par la victoire d'Harcourt acquise après le dernier assaut donné du 14 au 24 septembre.

21 septembre
Naissance de Philippe, duc d'Anjou, deuxième fils de Louis XIII. La succession est encore mieux assurée. Anne d'Autriche est désormais tout acquise à la cause française.

23 septembre 1640-10 novembre 1641
Guerre de Trente Ans. La diète réunie par l'empereur Ferdinand III à Ratisbonne examine les problèmes en suspens: la succession de l'Électeur palatin, Frédéric V, l'extension de la paix de

Prague, signée le 30 mai 1635, à de nouveaux États, mais sans y apporter de solutions immédiates, remettant à un congrès général pour la paix le soin de conclure. Ce congrès devrait se réunir en 1642, à Münster pour les puissances catholiques et à Osnabrück pour les puissances protestantes. Cependant, dans l'immédiat et malgré les protestations du pape Urbain VIII, l'empereur renonce à l'édit de restitution imposé le 6 mars 1629: désormais tout domaine possédé au 1er janvier 1627 restera acquis à son détenteur.

octobre
L'assemblée du clergé de France, qui examine périodiquement les affaires de l'Église et vote le don gratuit au roi, se réunit à Mantes.

1er décembre
Le soulèvement du Portugal contre la monarchie espagnole provoque le retour du prétendant de la dynastie des Bragance, qui prend le nom de Jean IV. Quelques mois plus tard, le 1er février 1641, une alliance est passée avec la France par laquelle Jean IV s'engage à ne pas faire de paix séparée avec l'Espagne.

17 décembre
Invité par le roi et Richelieu, Nicolas Poussin revient à Paris. À l'issue d'un entretien avec le peintre, Louis XIII aurait dit: « Voilà Simon Vouet bien attrapé. » Poussin regagnera Rome deux ans plus tard, après avoir peint quelques grands tableaux pour les églises parisiennes et des œuvres allégoriques pour Richelieu. Il travaille aussi à la décoration de la Grande Galerie du Louvre, œuvre qu'il laisse inachevée et qui sera détruite. L'expérience de ce retour en France fut certainement très décevante pour Poussin, qui n'y reviendra jamais.

La grande peinture : entre baroque et classicisme

Depuis la Renaissance, l'Italie fait figure de creuset où s'élaborent les nouvelles tendances artistiques. Au XVIe siècle, François Ier avait fait venir à Fontainebleau des artistes italiens – Primatice, Rosso, Serlio... – qui avaient donné naissance à la Première École de Fontainebleau. Cent ans plus tard, ce sont de nombreux artistes français qui voyagent en Italie et pendant deux siècles, le passage par la péninsule fera partie intégrante de leur formation. Au début du XVIIe siècle, deux peintres surtout vont marquer l'art français de leurs expériences italiennes et ouvrir de nouvelles voies.

*Le premier est Simon Vouet (1590-1649). Il arrive en Italie dès 1612, découvre les œuvres de Véronèse à Venise, de Michel-Ange et de Caravage à Rome, de Corrège à Milan et à Parme. S'il subit toutes ces influences, il ne s'attache durablement à aucune et dès son retour à Paris, en 1627, où Louis XIII l'a rappelé, il possède déjà un style propre dont témoigne sa première grande commande parisienne, le retable de l'*Assomption de la Vierge*, en 1629, pour l'église Saint-Nicolas-des-Champs, où l'on reconnaît l'éloquence du maître, toute de mouvement, de chatoiement. Dès lors, les commandes se suivent: les églises Saint-Paul-Saint-Louis, Saint-Eustache et Saint-Merri, les décors pour les palais royaux ou les hôtels parisiens. Simon Vouet travaille avec tout un atelier où se côtoient des peintres – Le Brun (1619-1690), Le Sueur (1616-1655), Pierre Mignard (1612-1695), Dufresnoy (1611-1668), Chaperon (1612-1656), Poerson (vers 1609-1667), Jean Blanchard (apr. 1602-1665)... – qui parfois mettent la main à ses réalisations, des graveurs qui diffusent son style, comme Michel Dorigny (1617-1665) qui grave plus de 90 planches d'après des œuvres de l'artiste, et des sculpteurs comme Jacques Sarazin (1592-1660), et même un jardinier, André Le Nôtre (1613-1700), le créateur du parc de Versailles. Entre 1630 et 1650 fleurit à Paris toute une production dans le style de Simon Vouet: l'exaltation d'un monde heureux, vivant, féminin, où les effets lyriques et sensuels l'emportent sur le goût du détail, traduits avec une grande aisance et une étonnante virtuosité dans l'exécution. Toutefois, si ce style baroque convient au pouvoir royal et à Richelieu en particulier, il ne recueille pas l'assentiment de tous. Il est un cercle d'amateurs qui lui préfère la gravité de Poussin, installé à Rome depuis 1624, mais dont quelques œuvres arrivent à Paris, à l'attention de son ami et mécène, Paul Fréart de Chantelou (1609-1693 ou 1694), collectionneur avisé qui entretient une correspondance suivie avec le peintre, jusqu'à la mort de celui-ci.*

Le retour de Poussin en 1640, rappelé par Richelieu pour occuper, à côté de Simon Vouet, la place de premier peintre, avive l'antagonisme entre les deux artistes. L'art de Nicolas Poussin se situe en effet aux antipodes de celui de Simon Vouet. La méditation autour du sujet et le choix d'un mode d'expression particulier selon le thème et l'effet recherché constituent, pour lui, une part essentielle de la création. Rien de commun donc avec la rapidité et le travail en atelier de Simon Vouet. Plus encore, le lyrisme débridé de Vouet est absent des œuvres de Poussin ; là où les drapés du premier s'envolent et créent le mouvement, ceux du second, très sobres, tombent délicatement aux pieds des figures. Car Poussin ne s'intéresse pas à l'effet décoratif. Ses thèmes, empruntés aux Métamorphoses *d'Ovide ou aux Écritures saintes, sont une méditation sur la condition humaine. Le paysage qui, tout au long de la carrière de l'artiste prend une importance croissante, oppose au destin éphémère de l'homme une nature heureuse, éternelle et féconde, et même si l'on trouve dans certaines œuvres de l'artiste un éloge du bonheur emprunté au paganisme de la Renaissance, il est toujours perçu avec une gravité que l'on ne trouve pas chez Simon Vouet. Poussin qui, dès 1630, avait renoncé aux ambitions sociales, ne se battra pas contre Simon Vouet qui voit d'un mauvais œil l'arrivée de ce concurrent. En outre, le type de commandes qu'il reçoit et la multitude d'assistants que lui offre le pouvoir royal ne conviennent pas au travail recueilli de Poussin. L'artiste ne reste pas à Paris et, dès 1642, il regagne Rome après avoir achevé la première série des* Sept Sacrements. *Le baroque de Simon Vouet s'impose ainsi définitivement dans l'art classique français.*

autres événements

• Création d'une imprimerie royale installée au Louvre et confiée à Sébastien Cramoisy, éditeur attitré des jésuites.

• Jansénius : *Augustinus,* œuvre posthume, publiée à Louvain en 1640, puis à Paris en 1641.

• François de La Mothe Le Vayer : *De l'instruction de Mgr le Dauphin.* L'auteur appartient au groupe des libertins érudits. Il sera chargé de l'instruction du frère du dauphin, Philippe d'Orléans, en 1649, puis de celle de Louis XIV lui-même, en 1652.

• Date probable de l'*Hercule forçant les chevaux de Diomède à dévorer leur maître* peint par Le Brun (1619-1690) pour Richelieu. En découvrant cette œuvre, Poussin aurait dit que « si ce qu'il voyait était d'un jeune homme », celui-ci serait un jour un grand peintre.

• Début de la construction de l'hôtel Lambert de Thorigny, à Paris, dans l'île Saint-Louis, par Louis Le Vau (1612-1670) ; il sera achevé en 1644.

1641

23 janvier

Les Cortes de Catalogne, toujours tentées depuis l'été 1640 par les sirènes de la sécession, votent la déchéance du roi Philippe IV et entament des négociations avec la France, qui aboutissent le 19 septembre suivant.

11 février

Le duc d'Enghien (1621-1686, fils aîné d'Henri II prince de Condé et futur « Grand Condé ») épouse une nièce de Richelieu, Clémence de Maillé-Brézé.

21 février

Un édit limite l'intervention des parlements dans la législation royale en restreignant le droit de remontrance dans son objet et dans ses délais d'intervention : « Faisons très-expresses défenses à notre cour de Parlement de Paris et à toutes nos autres cours de prendre, à l'avenir, connoissance d'aucunes affaires concernant l'Estat, administration et gouvernement d'icelui que nous réservons à notre personne seule. »

29 mars

Guerre de Trente Ans. Traité de Saint-Germain entre la France et le duc de Lorraine : Charles IV est rétabli dans ses États, sauf à Nancy, que la France occupera jusqu'à la paix générale. La France garde Stenay, Jametz, Dun-sur-Meuse et le comté de Clermont-en-Argonne. Mais ce « petit traité » est immédiatement désavoué par Charles IV, qui fournit de l'aide aux conspirateurs hostiles à Richelieu : Frédéric-Maurice de La Tour d'Auvergne, duc de Bouillon (1605-1652), et le comte de Soissons. Louis XIII occupe de nouveau la Lorraine et Charles IV se met au service de l'empereur.

mai-juin

La pression fiscale provoque de nouveaux soulèvements populaires en Boulonnais, Aunis et Saintonge, Auvergne, Bourgogne, Dauphiné et Languedoc.

20 mai

Guerre de Trente Ans. Le général suédois Baner, talonné par les Impériaux, est passé en Moravie, puis en Bohême. Il a essuyé de lourdes pertes à Pressnitz. Il cherche alors à joindre le maréchal de Guébriant qui commande les troupes de Bernard de Saxe-Weimar restées au service de la France, mais il meurt à Halberstadt. Le commandement général des armées suédoises est alors confié à Torstensson, aidé de Karl-Gustav von Wrangel. Mais les désertions et les mutineries entravent l'action des troupes suédoises.

22 mai
Le marquis de Montausier (1610-1690) offre à la belle Julie d'Angennes, fille de la marquise de Rambouillet, *La Guirlande de Julie*, recueil de 62 madrigaux dus à 19 poètes amis de l'hôtel de Rambouillet (parmi lesquels Chapelain, Scudéry, Desmarets de Saint-Sorlin, Ménage...). Ce volume relié en maroquin rouge est l'aboutissement d'un projet conçu en 1634. Les poèmes sont calligraphiés par Nicolas Jarry et illustrés de fleurs peintes par Nicolas Robert.

SALONS, MONDAINS ET PRÉCIEUSES

La vie intellectuelle au XVIIe *siècle s'épanouit pour une part dans la vie mondaine. La sociabilité est un élément important de la vie nobiliaire, à Paris en particulier. Les rencontres littéraires se tiennent dans les salons de grandes dames ouvertes aux jeux de l'esprit. La première, qui reste peut-être encore la plus célèbre, est sans doute Catherine de Vivonne, épouse, en 1600, de Charles d'Angennes, lequel devient en 1611 marquis de Rambouillet. Ce dernier se compromet dans les années 1620 avec les partisans de Marie de Médicis et subit une certaine disgrâce politique. Le couple s'installe alors à Paris, rue Saint-Thomas-du-Louvre, dans l'hôtel que la marquise a fait construire dans le style du temps : des murs en briques et pierres couronnés d'un toit d'ardoise. C'est là que, pendant une trentaine d'années, Arthénice (anagramme de Catherine) reçoit dans sa « chambre bleue » tout ce qui compte dans la vie de l'esprit. L'art de la conversation s'y développe et s'y affine. L'on y rencontre Voiture, « l'âme du rond », Georges de Scudéry, Montausier, Vaugelas, Ménage, Benserade, Chapelain, Conrart, Desmarets de Saint-Sorlin, Guez de Balzac, Tallemant des Réaux, Malherbe, Racan et Corneille, qui donne en 1640 une première lecture de* Polyeucte, *jouée en 1643, Bossuet, jeune encore, mais aussi des princes et des grands : la duchesse d'Aiguillon (nièce de Richelieu), Condé, sa sœur Mme de Longueville, la Grande Mademoiselle (fille de Gaston d'Orléans), Mme de Liancourt, Mme de Sablé, La Rochefoucauld, Mme de La Fayette, Mme de Sévigné, Arnauld d'Andilly. Soucieux de beau langage et de mœurs policées, les assidus de l'hôtel de Rambouillet contribuent à l'émergence d'une urbanité que n'avaient pas connue les décennies précédentes. À partir de 1645, un déclin s'amorce : Julie, la fille du couple, épouse Montausier ; la même année, son frère, le marquis de Pisani, est tué à Nördlingen le 6 août et la Fronde contribue à la dispersion des habitués.*
De 1650 à 1660, les salons des précieuses prennent le relais : celui de Mme de Duplessis-Guénégaud dans l'hôtel de Nevers, où Pascal révèle ses Provinciales *en 1656, celui de Mme de La Fayette rue de Vaugirard, celui de Mme de Montpensier rue Férou près du Luxembourg, celui de Mme de Sablé au premier étage de l'abbaye de Port-Royal. Mais le plus important est sans doute le salon de Madeleine de Scudéry, qui réunit, outre son frère Georges, Pellisson, Conrart, Ménage, Godeau, Chapelain, Scarron. Entre 1649 et 1653, en pleine Fronde, Madeleine de Scudéry publie son roman à clefs,* Artamène ou le Grand Cyrus, *où les frondeurs peuvent reconnaître Condé, sa sœur Anne-Geneviève de Longueville, l'auteur elle-même étant peinte dans le personnage de Sapho. Le succès de cette littérature, où sont décrites des aventures romanesques et des passions amoureuses contrariées, témoigne d'une époque où les frondeurs et leurs amazones faisaient passer dans leurs vies toute l'agitation des amours et du pouvoir. Dans les années qui suivent, de 1654 à 1669, Madeleine de Scudéry écrit en 10 volumes* Clélie, histoire romaine *dans laquelle paraît la « Carte du Tendre ». Mme de Scudéry, Mme de La Fayette (*La Princesse de Clèves *paraît en 1678), Mme de Sévigné sont des femmes d'esprit qui tentent d'imposer une vision plus féminine de la littérature dans les cercles mondains qu'elles animent.*

12 juin
Les Hollandais signent une trêve de dix ans avec le Portugal et une flotte hollandaise vient mouiller devant Lisbonne pour en garantir l'accès.

30 juin
Guerre de Trente Ans. Le traité franco-suédois signé à Wismar le 30 mars 1636, renouvelé le 15 mars 1638, est reconduit : il assure à la Suède un subside de 1 200 000 livres jusqu'à la fin de la guerre et permet, par le paiement des arriérés de soldes, de rétablir la discipline dans l'armée suédoise désorganisée.

juillet-septembre
Frédéric-Maurice de La Tour d'Auvergne, duc de Bouillon, et Louis de Bourbon, comte de Soissons, appuyés par l'Espagne, se révoltent. Les insurgés sont vainqueurs à La Marfée, près de Sedan, le 6 juillet, mais le comte de Soissons est tué accidentellement. Louis XIII et Richelieu entrent à Reims le 13. Le duc Henri II de Guise (1614-1684)

et le duc de Bouillon s'emparent de Donchéry le 14, que le roi et son ministre reprennent le 1er août. Après la mort du comte de Soissons, le duc de Bouillon se soumet et renonce à sa principauté de Sedan en septembre.
Guerre de Trente Ans. Aux Pays-Bas, les Français s'emparent d'Aire-sur-la-Lys le 26 juillet, puis de Bapaume le 18 septembre.
Sur mer, Duquesne détruit une flotte espagnole à Tarragone le 20 août.
La Lorraine est de nouveau occupée par les armées royales en septembre.

24 juillet
Guerre de Trente Ans. Un traité secret est signé entre la Suède et le Brandebourg pour se partager les territoires en litige: Poméranie orientale au Brandebourg, avec Magdebourg et les évêchés de Minden et Halberstadt d'une part, Poméranie occidentale à la Suède avec les bouches de l'Oder et Stettin d'autre part. En agissant ainsi, l'Électeur de Brandebourg remet en question la paix de Prague signée avec l'empereur le 30 mai 1635 et revendique une totale souveraineté qui met en péril la politique centralisatrice conduite par Ferdinand III. Dans l'immédiat, l'armée suédoise peut compter sur sa neutralité.

septembre
La réforme monétaire du 31 mars 1640 est complétée par la création de l'écu d'argent.

19 septembre
Par un traité signé avec les Catalans, Louis XIII accepte de devenir comte de Barcelone et reconnaît les libertés catalanes.

12 octobre
Après un séjour de presque deux ans à la Cour de Londres, auprès de sa fille Henriette, épouse de Charles Ier Stuart, Marie de Médicis arrive à Cologne. Dès le 11 mai, le Parlement anglais avait exigé son départ.

novembre
Inauguration à Paris du noviciat des jésuites. Trois peintures vont y être installées et susciter de grands débats dans le milieu artistique parisien: *Le Miracle de saint François-Xavier*, par Nicolas Poussin, sur l'autel central, et, face à face, *Jésus parmi les docteurs*, par Stella, et *La Vierge prenant les jésuites sous sa protection*, par Simon Vouet (œuvre détruite).

9 novembre
Mort du cardinal-infant gouverneur des Pays-Bas espagnols, Ferdinand, frère du roi d'Espagne Philippe IV et de la reine de France Anne d'Autriche.

23 novembre
Le Parlement de Londres émet une Grande Remontrance au roi. Mais Charles Ier n'est pas disposé à se laisser dicter la loi par les députés. La guerre civile est déjà en germe dans ce premier conflit.

16 décembre
Richelieu obtient du pape Urbain VIII que Jules Mazarin, devenu sa créature et son émissaire pour les affaires diplomatiques, soit fait cardinal bien que n'étant pas prêtre mais seulement tonsuré.

29 décembre
Jean-Jacques Olier (1608-1657) fonde la Compagnie des prêtres de Saint-Sulpice en vue de la formation du clergé séculier.

1642

17 janvier
Guerre de Trente Ans. Dans l'Électorat de Cologne, la victoire de Jean-Baptiste Budes, comte de Guébriant, à Kempen lui permet d'occuper la région, de joindre les Hollandais et lui obtient le bâton de maréchal. L'armée de Bernard de Saxe-Weimar, au service de la France, est chargée de conquérir Juliers, tandis que Guébriant se borne à protéger l'Alsace contre les entreprises des Bavarois en passe de reconquérir le pays de Bade.

13 mars
Dès janvier, une conspiration s'est organisée, qui vise à contraindre le roi et son ministre à faire la paix avec les Habsbourg: elle comprend Gaston d'Orléans, de tous les complots, et le duc de Bouillon, frustré de la perte de sa principauté de Sedan. Le 13 mars, les rebelles signent un traité secret avec le roi d'Espagne Philippe IV, puis ils réussissent à mettre dans leur projet le jeune fils du maréchal d'Effiat, le marquis de Cinq-Mars, favori du roi depuis quatre ans.

mars-mai
Guerre de Trente Ans. Dans le Roussillon, l'armée de secours envoyée par les Espagnols pour délivrer Collioure est taillée en pièces par les armées du maréchal de La Mothe-Houdancourt les 26 et

27 mars, et la garnison contrainte de se rendre le 13 avril. Puis Turenne assiège Perpignan.
Aux Pays-Bas, les Français sont battus à Honnecourt le 26 mai.

8 mai
Paul de Maisonneuve (1612-1676) fonde Ville-Marie (Montréal) au Canada, à la frontière du monde indien, base de départ pour les explorations vers l'Ouest et pour le commerce des fourrures. Les sulpiciens du père Olier y créent dès l'origine une communauté de missionnaires.

13 juin
La conspiration de Cinq-Mars est découverte. Le jeune homme est arrêté ainsi que son ami, François-Auguste de Thou (1607-1642), conseiller au Parlement de Paris puis conseiller d'État. Ce dernier n'a pas, semble-t-il, trempé dans le complot, mais est jugé coupable pour ne pas l'avoir révélé.

14 juin
En Savoie, la régente Christine accepte de signer un compromis avec les princes de Savoie, ses beaux-frères: le cardinal Maurice renonce à l'état ecclésiastique et épouse la fille de Christine, sa nièce; le prince Thomas se met au service de la France en Italie.

1er août
L'*Augustinus* de Jansénius est condamné à Rome.

22 août
Témoignage du renforcement de la centralisation, la levée des tailles est confiée aux intendants au détriment des trésoriers de France. Par ce règlement, l'intendant devient seul compétent et dirige toute la répartition des tailles.
Charles Ier Stuart déclare la guerre à ses sujets révoltés à Nottingham. Cette décision marque le début de la guerre civile en Angleterre.

29 août-1er décembre
Le duc de Bouillon, de nouveau compromis dans la conspiration de Cinq-Mars, se soumet. Les troupes royales occupent sa principauté de Sedan, qu'il avait dû céder au roi en septembre 1641. Gaston, un moment réfugié chez sa sœur Christine, en Savoie, est autorisé à rentrer en France. Le 29 août, il doit faire, dans les mains du chancelier Séguier, une déposition par laquelle il fait sa soumission et accepte les conditions que lui impose son frère. Le 1er décembre, il est privé de son gouvernement d'Auvergne et écarté de la régence si Louis XIII venait à décéder.

9 septembre-7 octobre
Guerre de Trente Ans. En Roussillon, la campagne militaire est marquée par la prise de Perpignan qui capitule le 9 septembre après des mois de siège, puis celles de Salces le 15 et de Lérida le 7 octobre. Les Français sont entièrement maîtres du Roussillon.

12 septembre
Exécution de Cinq-Mars et de De Thou à Lyon. L'exécution, racontée dans ses *Mémoires* par Fontrailles, gentilhomme béarnais de l'entourage de Gaston d'Orléans, évoque une mise en scène théâtrale et baroque: Cinq-Mars monte sur l'échafaud, en fait le tour en saluant profondément la foule avant de s'agenouiller devant le billot qu'il enserre de ses deux bras.

Les conjurateurs

Richelieu a vécu toute sa vie sous la menace de complots. En avril 1617, le lendemain de l'assassinat du maréchal d'Ancre qui avait contribué à son ascension, il a craint pour sa vie dans un Paris où une foule furieuse faisait affront à la dépouille de Concini. Après sept longues années dans l'opposition au côté de Marie de Médicis, il est lentement rentré en grâce auprès de Louis XIII et a failli s'en trouver à nouveau éloigné par le clan Marillac, en 1630, au moment de la journée des Dupes. Si la faveur royale ne lui a jamais fait défaut par la suite, il a été en butte à de nombreuses conspirations. Couvertes par de grands personnages, Gaston d'Orléans, le comte de Soissons, le duc de Montmorency, elles expriment une opposition qui fait émerger les valeurs d'un premier « libéralisme » politique. Les conspirateurs, le comte de Chalais (1626), le duc de Montmorency (1632), Montrésor et Saint-Ibar (1636), Cinq-Mars et de Thou (1642), suivent certes des ambitions et des stratégies différentes – remplacer le premier ministre en l'éliminant physiquement ou imposer une autre politique par la victoire militaire appuyée par l'Espagnol –, mais en même temps ils défendent une conception plus morale, plus stoïcienne, plus juste du pouvoir. Le grand cardinal leur paraît un tyran qui trahit leur vision d'un monarque bienfaisant, chez lequel la clémence tempère la violence du pouvoir. En 1642, au moment du procès de Cinq-Mars, Corneille suscite l'enthousiasme quand il fait jouer Cinna ou la clémence d'Auguste. *Ces hommes de l'ombre, broyés par la répression du grand cardinal, ne sont-ils pas ceux qui portent, avant ceux des Lumières, de nouvelles valeurs? Ils se révoltent au nom de la morale, jugeant inhumain l'exercice du pouvoir du grand ministre; au nom de la liberté aussi: pendant la régence, Marie de Médicis n'avait pas réprimé toute parole politique. La surveillance policière dont ils sont désormais l'objet porte atteinte à leur vie privée. Pour Montrésor et Saint-Ibar, organiser un complot contre Richelieu est le moyen d'abattre celui qui dénature la monarchie, laquelle doit faire sa place à la parole et aux conseils de l'opposition.*

automne
Nicolas Poussin repart pour Rome. Le Brun l'accompagne et y restera jusqu'en 1646.

2 novembre-4 décembre
Guerre de Trente Ans. Le Suédois Torstensson, après avoir fait campagne en Silésie et en Moravie où il s'empare d'Olomouc, la capitale, remporte la victoire sur les Impériaux de Piccolomini à Breitenfeld le 2 novembre, renouvelant l'exploit de Gustave II Adolphe. Les Impériaux ont perdu plus de 8000 hommes et doivent se replier vers la Bohême. Dans la foulée, Torstensson met le siège devant Leipzig, qui tombe le 4 décembre.

4 décembre
Richelieu meurt et Mazarin entre au Conseil des affaires le lendemain.

11 décembre
L'archevêque de Paris reçoit dans son diocèse la condamnation (1er août) des thèses de Jansénius.

autres événements
• Corneille: *Cinna ou la clémence d'Auguste.*
• Le canal de Briare qui joint la Loire à la Seine par le Loing est ouvert.
• François Mansart commence la construction pour René de Longueil (1610-1677), président à mortier au Parlement de Paris, d'un château magnifique sur sa terre de Maisons (aujourd'hui Maisons-Lafitte). Il sera achevé en 1652. Philippe de Buyster (1595-1688) y sculpte les anges de l'escalier.
• Élève de Simon Vouet, Charles Poerson (vers 1609-1667) peint le «May» de Notre-Dame de Paris, la *Prédication de saint Pierre à Jérusalem.* Il peindra aussi le «May» de 1653, *Saint Paul à Malte*, aujourd'hui perdu.
• Pascal commence à travailler à sa machine arithmétique au début de l'année; sa mise au point sera achevée en 1645.

1643

janvier
Corneille: première de *Polyeucte.*

17 janvier
Six semaines après la mort de Richelieu, son contemporain et adversaire, le comte-duc d'Olivares, favori de Philippe IV d'Espagne, démissionne.

6 février
Libération de Saint-Cyran, emprisonné depuis mai 1638.

21 mars
Le duc d'Enghien (futur Grand Condé) est désigné, à 21 ans, pour commander les armées de Flandre et de Picardie.

25 mars
Jean Eudes (1601-1680) fonde la congrégation de Jésus et Marie (les Eudistes), qui prend en charge des missions d'évangélisation dans les campagnes, en particulier en Normandie.

11 avril
Sur la recommandation de Mazarin, Michel Le Tellier (1603-1685) est appelé par commission (c'est-à-dire par une nomination directe du roi) à remplacer Sublet de Noyers, secrétaire d'État à la Guerre, disgracié en février. Il prête serment le 4 mai. À la mort de Sublet le 20 octobre 1645, Le Tellier obtient la charge sans avoir à l'acheter et fait de Jean-Baptiste Colbert (1619-1683) son commis.

16 avril
Les intendants voient leurs pouvoirs renforcés dans les provinces.

20 avril
Constitution d'un Conseil de régence, présidé par Gaston d'Orléans en tant que lieutenant général du royaume, qui doit mettre en tutelle la reine Anne d'Autriche, laquelle n'a jamais été associée au pouvoir par Louis XIII.

21 avril
Baptême du dauphin. Louis XIII lui donne pour parrain Mazarin. Ce statut particulier jouera un rôle important dans l'influence du cardinal sur Louis XIV. La marraine est la princesse de Condé.

14 mai
Mort de Louis XIII à Saint-Germain-en-Laye. Avènement de Louis XIV; il a 4 ans et 8 mois.

LOUIS XIV

Né le 5 septembre 1638-Mort le 1er septembre 1715
Règne: 1643-1715 (72 ans)
Roi à 4 ans et 8 mois

Les débuts du règne de Louis XIV: 1643-1661 (18 ans)
Anne d'Autriche régente pendant la minorité de Louis XIV: 1643-1651
Mazarin principal ministre: 1643-1661

Mazarin a tenu les rênes de l'État pendant dix-huit ans, aussi longtemps que Richelieu. La France a eu dans les deux cardinaux ministres des dirigeants d'une stature exceptionnelle. Tous deux ont vu s'établir et se fortifier une monarchie administrative dont les rouages de plus en plus complexes, efficaces, centralisateurs, ont fait du roi «absolu» la source de tous les pouvoirs, de toutes les décisions, dans l'idéal, au moins, et pourtant, on ne peut qu'être frappé par les contrastes qui les opposent: au côté de Richelieu, un roi dans la puissance de l'âge, soutien indéfectible de son ministre; au côté de Mazarin, un roi mineur, donc une régente, sa mère Anne d'Autriche, qui ne l'abandonne jamais certes, mais femme et étrangère. Opposition non moins flagrante, les styles de gouvernement, au premier abord du moins: un «grand» cardinal, foudroyant ses adversaires, qui ne recule ni devant les procès, ni devant les châtiments exemplaires et la hache du bourreau, quand l'Italien répugne aux mesures extrêmes, cherche en tout l'accommodement, négocie, impose la fermeté, recule si l'adversaire est trop fort, pour avancer à nouveau ses pions. Cependant, ce que partagent les deux ministres réside dans un grand dessein pour le royaume, une volonté sans défaillance pour y parvenir, un pragmatisme qui épouse les réalités quand il faut savoir s'y plier.
Quand meurent, à quelques mois d'intervalle, Richelieu et Louis XIII, le grand œuvre est inachevé: la guerre étrangère, déclarée ouvertement en 1635, dure depuis huit ans, mais elle va se prolonger encore pendant seize ans. Sur ce fond de malheur, se déroule pratiquement toute la régence d'Anne d'Autriche.
Les révoltes qui ont émaillé le règne de Louis XIII sont éclipsées par la Fronde (1648-1653) qui, pendant cinq longues années, semble mettre en péril le trône du jeune Louis XIV, si l'on ne compte pas les agitations qui la prolongent jusqu'en 1658.

Ainsi, dans l'historiographie traditionnelle, oppose-t-on à un Richelieu, qui dirige les événements, un Mazarin qui les subit. Vision simpliste, vision fausse. En fait, avec des tempéraments certes différents, les deux ministres poursuivent le même dessein: à l'intérieur, construire pour le roi une monarchie de plus en plus centralisée et, à l'extérieur, imposer la France en Europe face aux Habsbourg. À ce titre, Mazarin, qui choisit la France et que choisit Richelieu, est bien le grand continuateur de l'œuvre de son maître. La continuité est sans faille: Louis XIII a écouté Richelieu mourant lui «donnant» Mazarin, tout comme la régente Anne d'Autriche est restée fidèle au choix de Louis XIII mourant, qui lui laisse Mazarin. Les impatiences de Louis XIV à gouverner par lui-même ne l'ont pas conduit à écourter la carrière de son parrain, et, quand celui-ci disparaît, il garde toute l'équipe ministérielle qu'a constituée le cardinal et qui a dirigé la France avec lui pendant la Fronde: Michel Le Tellier, Hugues de Lionne et Fouquet. Ce dernier sera écarté en septembre 1661, mais pour assurer la carrière de Colbert, l'intendant de Mazarin. Les continuités ne sont-elles pas plus fortes que les ruptures?

Caractériser le ministère de Mazarin est une entreprise difficile, dès lors que le ministre semble plutôt se soumettre aux événements que les maîtriser. Ce qui domine peut-être chez cet Italien, c'est sa capacité à comprendre les situations, inventer une solution, négocier les orientations, manier la souplesse plus que la raideur. Les coups de force du pouvoir – il y en a eu –, n'ont pas toujours porté les fruits qu'il en attendait. L'arrestation de Broussel et Blancmesnil pour mater l'opposition du Parlement en août 1648 est un échec: devant l'émeute, il faut les libérer; la fuite à Saint-Germain en janvier 1649 ouvre le conflit armé avec Paris abandonnée aux frondeurs et qu'il faut reconquérir, mais la guerre civile s'éternise; même chose pour l'arrestation des princes en janvier 1650 qui ne règle pas le conflit: Mazarin va lui-même les libérer un an plus tard, en février 1651, et c'est lui qui est contraint de quitter la France.

Ainsi, pour l'historiographie traditionnelle et la mémoire collective qui en est issue, les cinq ans de la Fronde, les milliers de pamphlets publiés contre l'Italien, semblent, pour ainsi dire, absorber les dix-huit ans du ministère. Aujourd'hui cependant, les historiens remettent en perspective cette guerre civile, certes exceptionnelle par sa durée, son ampleur, sa violence, son coût, mais, dans sa nature, identique à celles qui la précèdent, analogue en particulier à celles de la régence précédente, au temps de Marie de Médicis, qui, elle, n'avait pas échappé en 1614 à une réunion des états généraux. Dans la lente émergence de l'État moderne, les conflits et les soubresauts font apparaître les résistances d'une société encore nobiliaire, sinon féodale, aux structures et aux mentalités anciennes. Parallèlement aux conflits politiques, courent les conflits religieux. Certes, l'action tenace de Louis XIII, avec Luynes d'abord, puis avec Richelieu, a éradiqué le lancinant problème du statut politique particulier de la communauté protestante: le fils d'Henri IV a clos les guerres de Religion en France, au moment où l'Allemagne les voit renaître, plus violentes que jamais. Après 1629, cet acquis ne sera plus remis en question. Reste cependant que sont imbriquées, étroitement, les options religieuses et les options politiques. Les dévots, si présents du temps de Marie de Médicis et jusqu'en 1630, demeurent un courant puissant près d'une reine espagnole, Anne d'Autriche, elle-même dévote. Pour ne citer qu'un exemple, Fouquet et sa famille sont des dévots. Mais ce sont les jansénistes qui occupent le devant de la scène. La grande polémique qui les oppose aux jésuites est contemporaine de la Fronde et des années qui suivent: Pascal commence à faire paraître les *Provinciales* en 1656. Si Mazarin a fait sortir de prison Saint-Cyran après la mort de Richelieu, il voit d'un mauvais œil le rayonnement de l'abbaye de Port-Royal autour de laquelle gravitent d'anciens frondeurs comme la duchesse de Longueville, sœur du Grand Condé. Louis XIV, qui ne comprend rien, semble-t-il, aux affaires de religion, notamment au problème du salut, sera l'héritier de la méfiance de son parrain, qui raisonne uniquement en politique, tout cardinal qu'il soit.

C'est dans sa vision de l'action à mener en Europe que Mazarin donne toute la mesure de son génie, c'est là aussi qu'il poursuit avec une remarquable ténacité, contre vents et marées, la politique de Richelieu: desserrer l'étau des possessions Habsbourg en repoussant les frontières, jouer la politique d'équilibre en Europe, c'est-à-dire tenir les liens serrés avec les puissances protestantes, briser l'effort de l'empereur pour constituer une Allemagne unie et trop puissante, en somme imposer une vision française du continent. En 1648, les traités de Westphalie construisent une Europe qui se prolonge jusqu'en 1713 et même jusqu'à la fin du XVIIIe siècle et Mazarin en est l'un des principaux artisans. Mais les autres «paix» sont, elles aussi, majeures: paix des Pyrénées avec l'Espagne en 1659, qui rogne sur les frontières espagnoles et élargit le royaume en lui agrégeant l'Artois, une partie de la Flandre, le Roussillon; conclusion du mariage espagnol qui scelle la paix avec le grand concurrent de Madrid et prépare l'avenir; paix du Nord en 1660, là aussi marquée du souci d'équilibrer les forces en soutenant l'allié de longue date, la Suède, mais en lui donnant un contrepoids, l'Électeur de Brandebourg. À regarder la carte de l'Europe qui sort de ces traités, force est de constater qu'elle doit beaucoup au grand ministre du jeune

Louis XIV. Cette leçon de politique est la pédagogie qui forme le filleul. Quel maître ! Le roi sait tout ce qu'il doit à son parrain et laisse les rênes à celui-ci jusqu'à son dernier souffle, quelle que soit son impatience à régner. En 1661, il suit le maître dans la continuité.

La régence d'Anne d'Autriche semble une période très sombre, mais elle n'est pas que cela. L'âge baroque n'a pas dit son dernier mot. Commencé sous Louis XIII, le mouvement intellectuel pose les fondements philosophiques d'une nouvelle vision du monde et les libertins érudits poursuivent leur carrière. Le Grand Arnauld est l'un des plus grands théologiens de son temps et les Solitaires de Port-Royal imposent une œuvre scripturaire et pédagogique exceptionnelle. Pascal écrit les *Pensées*, Retz affûte son talent avant de se mettre aux *Mémoires*, Omer Talon porte aux sommets l'art oratoire et les poètes burlesques produisent des mazarinades foisonnantes. Si les auteurs de cette génération, les Fancan, les Silhon, les Guez de Balzac, les Cyrano de Bergerac n'ont pas dans les manuels de littérature la place qu'occupent après eux les grands classiques, la régence n'a pas démérité et elle a préparé la voie à la génération qui suit. Quand meurt Mazarin, le 9 mars 1661, tout est en place pour la France du Grand Siècle.

Le règne personnel de Louis XIV : 1661-1715 (54 ans)

Le lendemain même de la mort de Mazarin au château de Vincennes le 9 mars 1661, Louis XIV annonce sa décision de gouverner désormais par lui-même, sans principal ministre. Il ne se départira pas de cette attitude jusqu'à sa mort et ses collaborateurs immédiats n'auront de pouvoir et d'autorité que dans la mesure où il leur conservera sa confiance. Il les choisit de préférence dans deux ou trois dynasties ministérielles de serviteurs fidèles, robins plus ou moins fraîchement anoblis, les Colbert (surtout Jean-Baptiste, contrôleur général des Finances), les Le Tellier (le père, Michel, et son fils, le marquis de Louvois), les Pontchartrain (à la fin du règne). Le renforcement de l'absolutisme est une tâche prioritaire aux yeux du roi et se traduit par une étroite surveillance des grands corps de l'État (clergé, parlementaires, noblesse partiellement « domestiquée » à la Cour) et par l'utilisation, généralisée en province, des intendants de justice, police et finances. Il n'est pas arbitraire de distinguer dans les cinquante-quatre années de ce règne personnel deux périodes de part et d'autre des années 1682-1688.

Dans les quelque vingt-cinq premières années, Louis XIV est dans la force de l'âge, 23 ans en 1661, 47 en 1685. Il est doté d'une solide santé que même l'abus des saignées et des clystères imposés par ses médecins ne réussira pas à entamer. Marié à l'infante d'Espagne Marie-Thérèse en 1660, il en a un fils, le dauphin Louis, dit Monseigneur, le 1er novembre 1661. À cette date, la paix règne à l'intérieur et à l'extérieur du royaume. Depuis 1653, Mazarin a rétabli l'ordre à peu près partout, à Paris et en province. À l'extérieur, comme l'écrit le roi lui-même, « tout était calme en tous lieux », ajoutant : « La paix était établie avec mes voisins, vraisemblablement pour autant de temps que je le voudrais moi-même, par les dispositions où ils se trouvaient. » Ces dispositions résultent notamment des traités de Westphalie (1648) et des Pyrénées (1659) qui assurent à la France une situation en Europe telle qu'elle n'en a pas connue de semblable par le passé. Non seulement la France, mieux protégée sur ses frontières grâce à l'acquisition de l'Artois, de l'Alsace (sauf Strasbourg) et du Roussillon, est alors le pays, sinon le plus vaste, du moins le plus peuplé, le plus riche et le plus puissant du continent, mais cette prééminence est encore renforcée par la faiblesse relative de ses voisins. La Maison d'Autriche ne représente plus un danger pour la paix en Europe : les Habsbourg de Vienne ont dû accepter la quasi-indépendance des princes et villes d'Empire et l'Espagne, affaiblie territorialement et économiquement, cesse de compter parmi les puissances de premier plan. Certes, l'Angleterre, qui sort à peine de son isolement consécutif à la guerre civile et à la dictature de Cromwell, et les Provinces-Unies sont de grandes puissances maritimes, concurrentes de la France, mais elles sont peu peuplées par rapport à celle-ci, et Louis XIV ne conçoit pas en 1661 qu'elles puissent lui faire ombrage. Celui-ci a donc sans doute raison d'écrire qu'à cette date le maintien de la paix en Europe ne dépend que de lui. Mais ce qui est inquiétant, c'est qu'il ajoute : « Mon âge et le plaisir d'être à la tête de mes armées m'auraient fait souhaiter un peu plus d'affaires au-dehors. » Ainsi, dès le début de son règne, il apparaît partagé entre son désir de gloire acquise sur les champs de bataille et celui d'assurer le « bonheur de ses peuples ».

En dépit de la dure épreuve que constitue la terrible crise de subsistances de 1661-1662, le royaume connaît pendant près de douze ans une période de paix et de prospérité. Colbert, passé du service de Mazarin à celui du jeune roi, s'efforce de diriger la vie économique. Certes, ce que l'on a appelé ultérieurement le « colbertisme » se heurte vite aux réalités et Colbert lui-même est beaucoup plus empirique qu'on ne l'a dit. Profitant de la conjoncture de paix, il réussit à établir l'équilibre du budget en diminuant les charges de l'État et en assurant un meilleur rendement de l'impôt, mieux perçu et même allégé pour les plus pauvres. En même temps, il s'efforce de réglementer étroitement la production en développant les manufactures, surtout celles travaillant pour l'exportation, en protégeant l'industrie française par des tarifs douaniers frappant lourdement les produits étrangers, en créant des compagnies de commerce, en plaçant sous l'administration de la Couronne les colonies du Canada et des Antilles. Mais une telle politique se heurte à la redoutable concurrence des Hollandais et des Anglais qui prennent des mesures de représailles, cependant que dès 1672 la rupture de la paix extérieure entraîne le retour des terribles difficultés financières du temps de Richelieu et de Mazarin.

Roi Très Chrétien, Louis XIV entend assumer pleinement les responsabilités qui découlent d'un tel titre. Il s'efforce de ne nommer à la tête des diocèses que des évêques dignes de leur tâche; sous l'impulsion de ceux-ci, se multiplient les séminaires pour la formation du clergé, condition première à la diffusion et à l'enracinement de la Réforme catholique. Par ailleurs, le roi veille à l'unité de foi dans le royaume et au respect de la stricte orthodoxie de l'Église romaine. Face au protestantisme, sans revenir ouvertement sur l'édit de Nantes, il recommande une application de plus en plus restrictive de celui-ci: tout ce qui n'y est pas explicitement autorisé est interdit. À partir de 1679, son attitude se durcit encore et une série d'arrêts vide peu à peu l'édit de son contenu. En même temps, le roi est jaloux de ses droits sur l'Église de France. S'appuyant sur les traditions d'indépendance à l'égard de Rome qui sont celles de l'administration royale et du clergé français, résumées en mars 1682 dans la déclaration dite des Quatre Articles, il affirme son indépendance à l'égard de la papauté, sans aller cependant jusqu'à la rupture.

Première guerre du règne, voulue par Louis XIV pour écraser un concurrent économique, la guerre de Hollande (1672-1679) entraîne la formation d'une puissante coalition européenne à laquelle la France résiste victorieusement. Alors que le roi est à l'apogée de sa puissance, les années 1680 sont marquées par une série d'événements qui font de la décennie le tournant du règne: en 1681, l'annexion de Strasbourg, en pleine paix; en 1682, l'installation définitive de la Cour à Versailles; en 1683, la mort de Colbert; en 1685, la révocation de l'édit de Nantes; en 1688, le début de la guerre dite de la Ligue d'Augsbourg, du nom de la nouvelle coalition européenne née en réponse aux provocations de Louis XIV. Désormais, mise à part la courte parenthèse des années 1697-1702, la France est engagée, entre 1688 et 1714, dans une guerre interminable contre une grande partie de l'Europe, avec toutes les conséquences dramatiques qu'entraîne pour le royaume une telle situation. En effet, dès 1672, mais plus encore à partir de 1688, le déficit budgétaire devient endémique en dépit de l'augmentation continuelle des impôts, de la création d'impôts nouveaux (capitation, dixième), du recours aux expédients traditionnels (ventes d'offices, emprunts).

De ce fait, l'État est de plus en plus dépendant des financiers à qui est affermée la levée de la plupart des impôts et autres ressources (à l'exception de la taille). La misère résultant, pour la grande majorité des Français, du poids insupportable des prélèvements fiscaux est encore aggravée par les terribles crises de subsistances de 1693-1694 et de 1709-1710.
À l'issue de la guerre de Succession d'Espagne (1702-1714), un moment désastreuse pour la France, celle-ci obtient des conditions de paix sinon satisfaisantes, du moins honorables : elle préserve l'intégrité du territoire national (agrandi de Lille, Besançon et Strasbourg) et impose le maintien sur le trône de Madrid de Philippe V, petit-fils de Louis XIV. Mais la « misère des peuples » est extrême, la dette publique est de l'ordre de 2 milliards de livres et l'État est au bord de la banqueroute. Lorsque le Roi-Soleil meurt le 1er septembre 1715, laissant le trône à son arrière-petit-fils âgé de 5 ans, le bilan de ce long règne est pour le moins contrasté. Certes, l'exceptionnel rayonnement, dans une grande partie de l'Europe, de la langue française, de l'exemple de Versailles et plus généralement des écrivains et des artistes français justifie l'expression de « siècle de Louis XIV » employée par Charles Perrault dès 1687 et reprise plus tard par Voltaire. Mais il y a en contrepoint l'aveu même du vieux roi disant sur son lit de mort à son jeune successeur : « Tâchez de soulager vos peuples, ce que je suis assez malheureux pour n'avoir pu faire. »

Descendance de Louis XIV et de Marie-Thérèse d'Autriche

Louis (1661-1711), Monseigneur, le Grand Dauphin ; trois filles mortes en bas âge.

Petits-enfants de Louis XIV : enfants du Grand Dauphin

Louis (1682-1712), duc de Bourgogne, Dauphin ; Philippe (1683-1746), duc d'Anjou (Philippe V d'Espagne) ; Charles (1686-1714), duc de Berry.

Arrière-petits-enfants de Louis XIV : enfants du Dauphin

Louis (1704-1705) ; Louis (1707-1712), duc de Bretagne ; Louis XV (1710-1774).

Parmi les huit enfants naturels et légitimés de Louis XIV et de Mme de Montespan, occupent une place particulière

Louis-Auguste (1670-1736), duc du Maine, légitimé en 1681 ; Françoise-Marie de Bourbon (1677-1749), dite Mlle de Blois, qui épousera le Régent en 1692 ; Louis-Alexandre (1678-1737), comte de Toulouse, légitimé en 1681.

Descendance du frère de Louis XIV, Philippe Ier d'Orléans (1640-1702), qui épouse successivement

Henriette d'Angleterre dont il a deux filles, Marie-Louise et Anne-Marie;
Charlotte-Élisabeth de Bavière, dite la Palatine, dont il a un fils, Philippe II d'Orléans (1674-1723), futur Régent, et une fille, Élisabeth-Charlotte.

Papes

Urbain VIII, 1623-1644; Innocent X, 1644-1655; Alexandre VII, 1655-1666; Clément IX, 1666-1669; Clément X, 1670-1676; Innocent XI, 1676-1689; Alexandre VIII, 1689-1691; Innocent XII, 1691-1700; Clément XI, 1700-1721.

Souverains et dirigeants

Angleterre puis Grande-Bretagne: Charles Ier, 1625-1649; Olivier Cromwell, Lord Protecteur, 1653-1658; Richard Cromwell, Lord Protecteur, 1658-1659; Charles II, 1660-1685; Jacques II, 1685-1688; Marie II et Guillaume III, 1689-1694; Guillaume III, 1694-1702; Anne, 1702-1714; George Ier, 1714-1727.
Danemark: Christian IV, 1588-1648; Frédéric III, 1648-1670; Christian V, 1670-1699; Frédéric IV, 1699-1730.
Empire: Ferdinand III, 1637-1657; Léopold Ier, 1657-1705; Joseph Ier, 1705-1711; Charles VI, 1711-1740.
Empire ottoman: Ibrahim, 1640-1648; Mehmed IV, 1648-1687; Soliman II, 1687-1691; Achmet II, 1691-1695; Mustafa II, 1695-1703; Achmet III, 1703-1730.
Espagne: Philippe IV, 1621-1665; Charles II, 1665-1700; Philippe V, 1700-1746.
Prusse: Frédéric-Guillaume, électeur de Brandebourg, 1640-1688; Frédéric III, électeur de Brandebourg, 1688-1713 = Frédéric Ier, roi de Prusse, 1701-1713; Frédéric-Guillaume Ier, 1713-1740.
Russie: Michel Romanov, 1613-1645; Alexis, 1645-1676; Fedor, 1676-1682; Pierre Ier le Grand, 1682-1725.
Savoie: Charles-Emmanuel II, 1638-1675; Victor-Amédée II, 1675-1730.
Suède: Christine, 1632-1654; Carl-Gustav, 1654-1660; Charles XI, 1660-1697; Charles XII, 1697-1718.

1643

16 mai
Turenne est fait maréchal de France.

18 mai
Le testament de Louis XIII est cassé au Parlement de Paris, dans un lit de justice, pour que la plénitude de la régence soit confiée à la reine mère Anne d'Autriche qui, le soir même, nomme Mazarin principal ministre. Gaston d'Orléans, oncle de Louis XIV et son plus proche parent, conserve le titre de lieutenant général du royaume, la présidence du Conseil de guerre et la qualité de généralissime des armées de France, mais laisse tout le pouvoir politique à la nouvelle régente, Anne d'Autriche. Le Parlement, par cette procédure, retrouve un droit de regard sur les affaires politiques.

Mazarin

Né à Pescina, dans les Abruzzes, Giulio Mazarini (1602-1661) suit sa famille à Rome. Protégé des Colonna, les débuts de sa carrière l'amènent à Madrid. Il semble que Giulio ne puisse progresser que par la voie espagnole. Or il est bientôt employé par le pape, Urbain VIII, dans les affaires de l'Italie du Nord où s'affrontent l'Espagne, la France et la Savoie pour le règlement de la succession de Mantoue. Dans ces négociations, remarqué par Richelieu, il se met progressivement à son service, le pape ne lui offrant pas la nonciature de Paris qu'il espérait. Giulio a accepté de recevoir la tonsure, mais, beau cavalier, très en cour auprès des dames, il ne veut pas être prêtre. Bien qu'il n'ait été que tonsuré, Richelieu obtient pour lui le chapeau de cardinal le 16 décembre 1641. Il est désormais au service de la France. À la veille de mourir, Richelieu le recommande à Louis XIII qui en fait son principal ministre le 5 décembre 1642. Pour asseoir plus encore l'Italien à la Cour, le roi le choisit pour être le parrain du dauphin Louis. Cette fonction toute paternelle dit assez l'estime en laquelle Louis XIII tient son ministre : l'éducation politique de Louis XIV sera assurée au quotidien par le cardinal.
En effet, quand meurt Louis XIII, le 14 mai 1643, la régente Anne d'Autriche garde Mazarin comme principal ministre après s'être fait reconnaître les pleins pouvoirs au Conseil. Dans le gouvernement, l'Italien apporte un nouveau style, bien perçu par le cardinal de Retz dans ses Mémoires *: on vit « sur les degrés du trône d'où l'âpre Richelieu avait foudroyé plutôt que gouverné les humains, un successeur doux, bénin, qui ne voulait rien, qui était au désespoir que sa dignité de cardinal ne lui permît pas de s'humilier autant qu'il l'eût souhaité devant tout le monde ». Changement de style, certes (il n'y a plus de procès politiques qui mènent les opposants à l'échafaud), mais continuité de la politique, tant à l'intérieur vis-à-vis des grands pour assurer les progrès d'une monarchie administrative, qu'à l'extérieur vis-à-vis des Habsbourg.*
De 1648 à 1653, pendant cinq ans, Mazarin est la cible des frondeurs. À deux reprises, il doit quitter la place et s'exiler. De cette épreuve, le cardinal sort vainqueur. Il rentre dans la capitale sous les ovations après avoir été brocardé. Il conduira encore pendant six ans le conflit avec l'Espagne né en 1635. En 1659, le traité des Pyrénées donne à la France des provinces et rapproche les deux monarchies par le mariage de l'infante Marie-Thérèse avec le jeune Louis XIV, célébré à Saint-Jean-de-Luz le 9 août 1660. La paix du Nord, elle aussi conclue sous le patronage de Mazarin, met un terme aux conflits de la Baltique. Cette longue carrière s'achève le 10 mars 1661.
La mémoire de Mazarin est cependant entachée par les propos quelquefois orduriers, toujours agressifs des mazarinades, par la fortune immense aussi qu'il a accumulée dans l'exercice du pouvoir et que nos mentalités modernes acceptent mal, même si ces pratiques étaient intégrées au système du gouvernement de l'époque. Reste cependant une fascination pour le charme et les raffinements du Romain, ses goûts de collectionneur, ses qualités exceptionnelles de négociateur, sa capacité à durer dans l'adversité et les résultats, si positifs pour la monarchie française, de ses dix-huit années à la tête de l'État.

19 mai
Guerre de Trente Ans. Victoire du duc d'Enghien (Louis II de Bourbon, dit plus tard le Grand Condé) à Rocroi contre les Espagnols. Après un premier engagement opéré le 18, interrompu par la nuit, la victoire est acquise le lendemain. Inférieur en nombre, Enghien fait opérer à sa cavalerie un mouvement tournant sur son aile droite et enveloppe les *tercios* espagnols (ces hommes de pied combattent en ordre serré sur 10 rangs et sont considérés comme les invincibles défenseurs de la monarchie espagnole). Attaquées de toutes parts, ces troupes d'élite refusent de se rendre, mais sont finalement contraintes à l'abandon par l'artillerie.

Enghien a perdu 2000 hommes, les Espagnols plus de 8000 tués et blessés, autant de prisonniers et presque tout leur matériel. Dans l'oraison funèbre du prince de Condé, qu'il prononce en 1687, Bossuet terminera ainsi sa description épique de la bataille de Rocroi: «Quel fut alors l'étonnement [sens fort: frayeur semblable à celle que provoque le tonnerre] de ces vieilles troupes et de leurs braves officiers, lorsqu'ils virent qu'il n'y avait plus de salut pour eux qu'entre les bras du vainqueur! De quels yeux regardèrent-ils le jeune prince, dont la victoire avait relevé la haute contenance, à qui la clémence ajoutait de nouvelles grâces!»

juin-septembre
Des soulèvements populaires touchent de nombreuses provinces dans le Sud-Ouest, le Rouergue en particulier, le Centre et l'Ouest, souvent de façon ponctuelle. Les révoltés protestent surtout contre la pression fiscale que le poids de la guerre ne cesse d'alourdir. Les pouvoirs des intendants sont renforcés et la résistance à l'impôt devient un crime aussi grave que la lèse-majesté.

10 juin
Claude de Mesmes, comte d'Avaux (1595-1650), et Nicolas de Bailleul, baron de Château-Gontier († 1652), sont nommés surintendants des finances. Léon Bouthillier, comte de Chavigny, est écarté au profit d'Henri-Auguste de Loménie de Brienne (1594-1666) qui prend les Affaires étrangères, mais il reviendra au Conseil comme ministre d'État en septembre.

19 juin
La bulle *In eminenti*, qui condamne des thèses contenues dans l'*Augustinus* de Jansénius édité en France en 1641, est publiée à Rome.

juillet-septembre
La cabale des Importants, ainsi appelée par dérision, conduite par le duc de Beaufort (1616-1669, fils de César de Vendôme et donc petit-fils d'Henri IV et de Gabrielle d'Estrées), tente de discréditer le principal ministre. Autour de Beaufort, qui revendique le gouvernement de Bretagne que son père avait eu, on trouve Châteauneuf, qui espère un poste de ministre, et la duchesse de Chevreuse, favorable à un rapprochement avec l'Espagne. Ces opposants envisagent même de faire assassiner Mazarin. Ce complot échoue: Henri de Campion recule devant l'ignominie du geste, Montrésor est enfermé à la Bastille et Mazarin fait arrêter le duc de Beaufort au Louvre le 2 septembre. Il restera en prison à Vincennes pendant cinq ans.

août-septembre
Guerre de Trente Ans. Sur la frontière du Nord-Est, le duc d'Enghien (futur Grand Condé), poursuivant l'avantage pris sur les Espagnols à Rocroi en mai, s'empare de Thionville le 8 août, puis de Sierck, en Lorraine, le 3 septembre.
En Méditerranée, Jean-Armand de Maillé-Brézé (1619-1646), neveu de Richelieu, remporte la victoire sur la flotte espagnole au cap Gate au large de Carthagène le 4 septembre.

novembre-décembre
Guerre de Trente Ans. Guébriant, qui a pénétré très avant en Forêt-Noire, est mortellement blessé au siège de Rottweil le 24 novembre. Le 25, une autre partie de l'armée weimarienne est mise en déroute au siège de Tuttlingen, où son général, Rantzau, est fait prisonnier avec une centaine d'officiers. Privées de commandement, ces troupes se replient sur le Rhin et pillent l'Alsace. Le 3 décembre, Turenne, rappelé d'Italie, est chargé de reconstituer cette armée. Il s'empare de Vesoul et Luxeuil et prend ses quartiers d'hiver en Lorraine.

11 décembre
Jean-François de Gondi (1584-1654), archevêque de Paris, impose dans son diocèse la bulle de condamnation de l'*Augustinus* publiée le 19 juin.

autres événements
- Antoine Arnauld: *De la fréquente communion.*
- François Eudes de Mézeray: *Histoire de France depuis Pharamond jusqu'à maintenant.*

Les historiographes du roi

La charge d'historiographe du roi fut créée sous Henri II. Le titulaire, officier commensal, bénéficie d'une pension dont le montant reste faible – plus souvent aux environs de 800 livres que de 4 000, le maximum –, mais il jouit d'un grand prestige. Le métier a ses contraintes: pour raconter les hauts faits du règne, l'historiographe vit à la Cour, suit le roi aux armées, se tient au fait de tout ce qui mérite récit et doit être bien conscient qu'il est là pour la gloire du roi. En ce sens, les historiographes sont trop laudateurs pour être, à nos yeux, de vrais historiens. Ils ont cependant, pour les plus grands d'entre eux, fait progresser ce que nous appelons aujourd'hui l'histoire.
*Scipion Dupleix (1569-1661), qui a révisé l'*Inventaire général de France depuis Pharamond *de Jean de Serres, publie, entre 1621 et 1628, l'*Histoire générale de France avec l'état de l'Église et de l'Empire. *Son*

contemporain Charles Bernard publie à compte d'auteur un gros ouvrage que son neveu, Charles Sorel, qui écrit aussi des romans, reprend et transforme. En janvier 1623, paraît anonymement L'Histoire comique de Francion*: Sorel séduit par son style, et fait de ce livre un des grands succès du siècle.*
À la génération suivante, François Eudes de Mézeray (1610-1683), frère de saint Jean Eudes, domine ses prédécesseurs. Son Histoire des guerres de la Mère et du Fils, *par exemple, analyse avec finesse les relations conflictuelles qui ont opposé Louis XIII à Marie de Médicis. Entre 1643 et 1651, Mézeray publie l'*Histoire de France depuis Pharamond jusqu'à maintenant *qui remporte un vrai succès et sera longtemps rééditée. Mézeray est un esprit libre, qui fréquente le milieu des libertins érudits. Il a été un temps favorable aux frondeurs: on lui attribue des pamphlets signés du pseudonyme de Sandricourt, écrits en 1649 et publiés en 1652. Pensionné à 4000 livres par le roi, par Mazarin, par Séguier et même par Christine de Suède et la reine de Pologne, Mézeray formule, en 1664, des critiques sur la fiscalité royale qui décident Colbert à supprimer sa pension en 1667-1668; rétablie en 1669-1670, celle-ci est ramenée à 2000 livres en 1671-1672.*

• Sarazin réalise dans des médaillons en marbre les *Vertus cardinales* pour le monument du cœur de Louis XIII à Saint-Louis des jésuites. L'influence de Poussin, qui vient de séjourner à Paris, y est sensible.

1644

1er janvier
Molière (1622-1673) ouvre l'Illustre Théâtre, à l'emplacement des nos 10-12 de la rue Mazarine, après six mois de travaux et d'actes pour la mise sur pied de la société d'acteurs.

27 janvier
Il faut à tout prix trouver de l'argent frais pour soutenir l'effort de guerre. Les victoires des grands capitaines restent sans effet quand l'avantage ne peut être soutenu faute d'intendance et de soldes. Les tailles sont accrues de 5 millions. Malgré cet effort, la régente Anne d'Autriche et Mazarin sont contraints de lever de nouveaux impôts. Ils songent à faire payer la capitale où sont concentrés beaucoup de gens bien pourvus et dispensés de la taille. L'édit du toisé, réactivant un ancien édit d'Henri II de 1548, remis en vigueur entre 1627 et 1633, prévoit de faire payer une taxe sur les maisons construites sans autorisation dans les faubourgs de Paris à raison de 50 sols par toise carrée de façade (la toise mesure environ 2 m). Le Conseil en attend une rentrée de 8 à 10 millions de livres. Dès le 4 juillet, des émeutes éclatent à Paris contre l'édit.

février-mars
Guerre de Trente Ans. Les plénipotentiaires français, le comte d'Avaux et Abel Servien, se sont rendus à La Haye pour obtenir des Provinces-Unies qu'elles ne signent pas de paix séparée avec l'Espagne, ce qui oblige les Espagnols à combattre sur deux fronts dans les Pays-Bas. Ayant obtenu satisfaction, Servien prolonge son séjour à La Haye jusqu'au 23 mars, tandis que d'Avaux arrive à Münster, en Westphalie, où vont commencer enfin les travaux du congrès dont l'ouverture était prévue pour 1642. Servien rejoint d'Avaux le 2 avril.

Servien

Abel Servien (1593-1659), né à Grenoble dans une famille de robe, fait des études de droit et devient procureur au parlement de Grenoble en 1616 à la suite de son père. En 1624, déjà conseiller d'État, au moment où Richelieu revient en grâce, il achète une charge de maître des requêtes: il est alors une créature du cardinal, qui assure sa carrière. Après quatre ans dans cette compagnie, pépinière où le roi trouve les grands serviteurs de la monarchie, Abel Servien devient intendant de Guyenne. Dès l'année suivante, Richelieu rappelle Servien à ses côtés: l'homme du Dauphiné lui sera précieux dans les affaires de Savoie, d'abord comme négociateur au côté de Toiras à Turin où il rencontre Giulio Mazarini, puis comme intendant à l'armée d'Italie en 1630, cumulant cette fonction avec celle de président de la cour souveraine de Pignerol nouvellement conquise.
Président du parlement de Bordeaux en 1630, le décès de Le Beauclerc d'Achères le fait accéder au secrétariat à la Guerre auquel son parcours l'a préparé. Louis XIII a besoin de lui en Italie où il retourne négocier et mettre en œuvre les traités de Cherasco (6 avril 1631). Servien prend avec lui son jeune neveu, Hugues de Lionne, âgé seulement de 19 ans, qui commence sous sa férule un apprentissage qui portera ses fruits.
Abel Servien est alors en pleine ascension: Richelieu le place parmi les tout premiers membres de la future Académie française. En 1634, il est fait secrétaire du roi, ce qui lui confère

la noblesse. En 1635, cependant, sa gestion au secrétariat d'État à la Guerre est contestée par ses collègues, Bullion et Chavigny, qui se plaignent des empiétements qu'il s'autorise sur leur domaine de compétence. Servien est alors en butte à une cabale qui est même soutenue par des proches du cardinal, la nièce de ce dernier, Mme de Combalet. La disgrâce s'accompagne d'un exil.

Servien fréquente le frère du Grand Arnauld, Henry Arnauld, prieur de Saint-Nicolas d'Angers, Guez de Balzac, Ménage, Chapelain. Il rencontre celle qui devient sa femme, Augustine Leroux de La Roche des Aubiers qui lui apporte, outre le titre de comte des Aubiers, une assise territoriale en Anjou. C'est l'arrivée au pouvoir de Mazarin qui tire Servien de sa retraite : en 1644, le cardinal envoie à Münster, en Westphalie, deux plénipotentiaires français. Comme on le constatera souvent, Mazarin préfère confier les responsabilités à des couples plutôt qu'à un seul homme, fût-il fidèle. En l'occurrence, Servien doit s'accommoder de son collègue, Claude de Mesmes, comte d'Avaux, rompu aux affaires diplomatiques mais adepte du parti dévot. Après un détour par La Haye pour maintenir dans l'alliance française les Provinces-Unies, qui envisagent de signer une paix séparée avec l'Espagne, les deux ambassadeurs arrivent en Westphalie. Henri d'Orléans, duc de Longueville, chef en titre de la délégation française, les rejoint en juin 1645. La mésentente s'installe entre d'Avaux et Servien. Rendue publique, elle retentit sur les négociations françaises. D'Avaux est rappelé en mars 1648 et Servien reste seul pour achever les négociations. La confiance de Mazarin est entière, car son fidèle est fait ministre d'État en avril 1648.

Avec Lionne et Le Tellier, Servien forme une triade qui gouverne la France en l'absence de Mazarin jusqu'en juillet 1651, où ils sont contraints de s'effacer pour satisfaire Condé. Servien ne revient à la Cour qu'en janvier 1652, encore avec Michel Le Tellier et Hugues de Lionne, son neveu. Quand disparaît La Vieuville, le surintendant des finances, Mazarin, comme à l'accoutumée, confie la charge à deux têtes, fidèles parmi les fidèles : Abel Servien pour ordonner les dépenses, Nicolas Fouquet, procureur au Parlement de Paris, pour prévoir les rentrées. Servien est alors au faîte de sa puissance, conduisant au côté de Mazarin et du chancelier Séguier la politique générale du royaume. Il disparaît en 1659, non sans avoir obtenu les titres qui consacrent un homme dans cette société que domine la noblesse : chevalier du Saint-Esprit en 1654, ses terres sont érigées en marquisat en 1656. En 1658, sa fille Marie-Antoinette épouse Maximilien-François de Béthune, marquis de Rosny, arrière-petit-fils de Sully. Servien laisse à ses héritiers une fortune importante : 2,3 millions de livres et le château de Meudon où il a fait travailler l'équipe de Vaux-le-Vicomte, Le Vau et Le Nôtre.

La carrière d'Abel Servien est exemplaire. Arrivent désormais aux plus hautes charges les hommes de robe brillants qui suivent un parcours sans faute. Certes, les aléas de la politique, les jalousies des rivaux, les luttes des factions pendant la Fronde surtout, peuvent un temps expliquer des disgrâces, mais la fidélité au roi et à ses ministres est le garant d'une réussite sociale rendue manifeste par la fortune, les dépenses somptuaires et l'intégration par le mariage dans les rangs de la plus haute noblesse.

mai-juin

Des soulèvements populaires agitent la Guyenne, l'Auvergne, le Dauphiné et la Provence. Les paysans résistent aux levées d'impôts.

fin juin-fin septembre

Guerre de Trente Ans. Dans les Flandres, Gaston d'Orléans s'empare de Gravelines le 29 juillet.

Sur le Rhin, Mercy, général des Impériaux, s'empare de Fribourg-en-Brisgau le 27 juin. Turenne, appuyé par le duc d'Enghien, remporte la victoire sur Mercy à Fribourg-en-Brisgau les 3, 4 et 5 août. Puis Enghien s'empare de Philippsbourg le 9 septembre, de Worms, de Mayence le 17, de Spire, de Landau le 26, où il pénètre en libérateur et en garant des libertés germaniques.

En Méditerranée, le duc de Maillé-Brézé, surintendant général des mers, remporte la victoire de Carthagène sur la flotte espagnole le 4 septembre.

juillet

Pour se concilier les magistrats du Parlement de Paris, qui rechignent à enregistrer les édits fiscaux de janvier, Anne d'Autriche confère la noblesse au premier degré aux conseillers du Parlement après vingt ans d'exercice dans un office ou à ceux qui sont morts en charge. L'édit sur la noblesse des membres du Parlement sera étendu aux maîtres des requêtes le 10 août, aux magistrats du Grand Conseil en décembre et à ceux de la chambre des comptes en janvier 1645.

septembre

Après avoir accepté dans un premier temps que le montant du toisé soit réduit à 1 million, l'impôt lui-même est abandonné au profit d'une taxe sur les aisés (en fait, après marchandage avec le Parlement, sur les seuls financiers et gros marchands), forme d'emprunt forcé sur les fortunes. Pour compenser le manque, un supplément des tailles est créé qui pèse sur les gens des campagnes, les manouvriers exceptés.

4 décembre
Guerre de Trente Ans. Ouverture du congrès de Westphalie destiné à mettre un terme au conflit ouvert depuis 1618. À l'exception de l'Angleterre, du tsar et du sultan, toutes les puissances européennes sont présentes. Le 10 avril, après la solennelle cérémonie d'ouverture, décision a été prise de travailler séparément: les catholiques traiteront à Münster à partir du 4 décembre et les protestants à Osnabrück dans l'été 1645. Il y sera question des intérêts des puissances engagées dans la guerre, de l'Allemagne et des princes allemands, mais les problèmes des Tchèques qui sont à l'origine du conflit (défenestration de Prague en 1618) ne seront pas évoqués. Ferdinand III, en tant que roi de Bohême, traite ses peuples comme il l'entend. Du côté français, les *Instructions* pour la paix ont été préparées par Richelieu et poursuivies par Mazarin.

autres événements
• Introduction des théatins en France (ordre italien fondé en 1524) sous l'impulsion de Mazarin qui les installe à Paris (actuel quai Malaquais).
• Corneille fait jouer *Rodogune*, qui ne sera imprimée qu'en janvier 1647.
• Élève de Simon Vouet, Eustache Le Sueur (1616-1655) commence à décorer l'hôtel Lambert de Thorigny. De cette décoration, qui s'achève vers 1650, subsistent aujourd'hui plusieurs panneaux ornementaux et les plafonds du cabinet de l'Amour et du cabinet des Muses.

1645

janvier
Jean-Baptiste Colbert devient le commis (l'homme de confiance) de Michel Le Tellier, secrétaire d'État à la Guerre.

mars
Le clergé fournit 4 millions de livres au roi. La taxe du toisé est remise en vigueur. Au Parlement, les conseillers des enquêtes et des requêtes réclament une délibération à ce sujet. Pour mettre fin à cette agitation, quelques magistrats sont exilés.

5 mars-5 mai
Guerre de Trente Ans. Le 5 mars, Torstensson est vainqueur en Bohême à Jankovice.
Le 5 mai, les Français sont vainqueurs en Souabe à Mergentheim.
L'empereur Ferdinand III est réfugié à Graz, en Styrie, dans la crainte d'être assiégé dans Vienne, sa capitale.

1er avril
Louis XIV, âgé de 7 ans, pose la première pierre de l'église du Val-de-Grâce à Paris. François Mansart en est l'architecte. Après la mort de celui-ci, en 1666, ses plans sont conservés par ses successeurs, Pierre Le Muet et Gabriel Le Duc.

mai-juin
Les provinces méridionales sont agitées de révoltes antifiscales, principalement le Dauphiné, la Provence, le Languedoc et la Guyenne.

juillet-août
Guerre de Trente Ans. Dans les Flandres, le 10 juillet, Gaston d'Orléans conquiert Mardyck. Son « renom d'humanité » pousse les villes à lui ouvrir leurs portes (Cassel, Béthune le 29 août, Saint-Venant, Lilliers): la route de Lille est désormais libre.
En Allemagne, le 6 août, Turenne et le duc d'Enghien (futur Grand Condé) remportent la victoire de Nördlingen (près du village d'Allerheim) contre l'armée bavaroise commandée par Mercy. Celui-ci, grièvement blessé, décède le lendemain. Cette victoire ouvre aux Français la route de Munich.

7 septembre
Le toisé (janvier 1644) et la taxe sur les aisés (septembre 1644) sont abandonnés. Pour compenser le manque à gagner, la régente Anne d'Autriche convoque un lit de justice au Parlement pour imposer des édits bursaux (fiscaux). À cette occasion, l'avocat général Omer Talon revendique pour le Parlement un droit de regard sur les « affaires publiques »: « Sire, les rois, vos prédécesseurs, ont déposé entre les mains de leurs parlements non seulement l'exercice de la justice qu'ils doivent à leurs peuples, mais même l'enregistrement des édits et la connaissance des affaires publiques: c'est la loi de l'État, le lien et l'assurance de la royauté; c'est une espèce de cachet, lequel imprime sur nous les marques de son autorité, sans toutefois nous communiquer sa substance... »

Omer Talon

Omer Talon (1595-1652) reçoit une éducation soignée, confiée à un précepteur. Il est reçu avocat au barreau de Paris en 1613 et, en 1631, dans la charge d'avocat général que son frère Jacques occupe depuis 1621, moyennant la somme de 168 000 livres versée à son aîné. En 1634, il participe aux Grands Jours de Poitiers, qui seront les seuls Grands Jours du siècle avec ceux d'Auvergne, tenus à Clermont en 1665 et mieux connus par le récit qu'en a laissé Esprit Fléchier. En 1639, l'avocat général achète une propriété près de Saint-Cloud : il prend ainsi le titre de « seigneur de l'Étang » et affiche des armes nobiliaires. En 1641, il est nommé premier avocat général et achète à un confrère sa résidence parisienne, un hôtel de deux étages, rue de Hautefeuille, sur la paroisse de Saint-Séverin. Le 19 février 1651, il résigne sa charge d'avocat général en faveur de son fils, Denis. Dans ses Mémoires, *Omer Talon livre le fond de sa pensée. Pendant la Fronde, au sein du Parlement, il est, par sa fonction, l'homme du roi, mais il apparaît aussi comme le défenseur des droits et devoirs du Parlement auquel il appartient de vérifier les édits et, par là, de mettre un frein, dans une monarchie réglée, aux excès d'une fiscalité dévoreuse.*

23 novembre

Guerre de Trente Ans. Turenne reprend Trèves aux Espagnols, ce qui permet de rendre son évêché à l'Électeur, montrant ainsi que le roi de France respecte les libertés germaniques.

16 décembre

Par la paix de Linz, Georges Rakoczi, prince de Transylvanie, obtient la tolérance religieuse pour la Hongrie, où les protestants sont nombreux.

autres événements

• *Lettres* de Saint-Cyran, publication posthume de sa correspondance durant sa captivité à Vincennes de 1638 à 1643.
• Abraham Bosse publie son *Traité des manières de graver en taille-douce*, qui a un grand retentissement et sera même réédité trois fois au XVIIIe siècle.
• Georges de La Tour signe et date les *Larmes de saint Pierre*.
• Le Sueur commence à peindre la série de 22 tableaux qui lui a été commandée pour décorer le cloître des Chartreux, à Paris. Cette série représente les principaux épisodes de la *Vie de saint Bruno* ; elle sera achevée en 1648. Dans un style grave et élevé, Le Sueur y révèle d'étonnants talents de coloriste – dans l'usage qu'il fait du bleu notamment – et sa parfaite connaissance de la perspective.
• François Perrier (vers 1590-1650) revient à Paris après deux longs séjours romains. Il participe aux décors de l'hôtel La Vrillière (actuelle Banque de France) et de l'hôtel Lambert de Thorigny *(Énée combattant les Harpies)*.

1646

mars

Quatre ans après son départ pour Rome, Le Brun s'établit à Paris.

15 mars

Mazarin est fait surintendant de l'éducation du roi. Ajoutée à son statut de parrain, cette fonction joue un rôle très important pour la formation de Louis XIV à son « métier de roi ».

juin-octobre

Guerre de Trente Ans. Dans les Flandres, les Français, commandés par Gaston d'Orléans et le duc d'Enghien (futur Grand Condé), mènent une campagne victorieuse, sans l'appui des Hollandais, contre les Espagnols eux-mêmes appuyés par Charles IV de Lorraine : ils s'emparent de Courtrai le 28 juin, de Bergues le 1er août, de Mardyck le 24, de Furnes le 7 septembre, de Dunkerque, avec le secours de la flotte hollandaise de l'amiral Tromp qui bloque le port et après un siège de dix-huit jours conduit du 22 septembre au 10 octobre.
En Allemagne, les Français, commandés par Turenne, et les Suédois, commandés par Wrangel, font leur jonction le 10 août, mettent un temps le siège devant Augsbourg dégagée le 28 septembre par les Impériaux, puis mènent une campagne dévastatrice en Bavière, s'emparent de Landsberg, où se trouvent les réserves de munitions et de vivres des Impériaux, et menacent Munich, avant de prendre leurs quartiers d'hiver en Souabe.
En Italie, le prince Thomas de Savoie débarque dans les présides de Toscane tandis que la flotte de Maillé-Brézé, neveu de Richelieu et grand maître de la navigation, lui apporte un soutien sur mer. Mais Maillé-Brézé meurt au combat à Orbitello le 14 juin. Cette entreprise est sans lendemain et Thomas de Savoie doit rembarquer. Un nouveau débarquement, réussi celui-ci, permet aux troupes du prince Thomas de s'emparer de l'île d'Elbe, point stratégique de première importance, et de débarquer à Piombino le 8 octobre.

16 juillet
Les charges de grand maître, chef et surintendant général de la navigation et de gouverneur de Brouage, devenues vacantes par la mort du jeune amiral de Maillé-Brézé, sont réclamées par le prince de Condé pour son fils le duc d'Enghien, époux de la sœur du défunt. Mais Anne d'Autriche les reprend pour elle-même, car elle ne veut pas ajouter encore à la puissance du clan des Condé, déjà gouverneurs de Champagne, de Bourgogne et de Berry.

septembre
Une taxe sur les aisés contraint ceux-ci à payer un emprunt forcé d'un montant de 500000 livres. Puis l'édit du tarif majore les droits d'entrée des marchandises dans Paris. Cet octroi (d'ailleurs déjà pratiqué dans de nombreuses villes de province) touche à nouveau les aisés, quel que soit leur statut. Il pèse donc sur tous ceux qui font venir leur nécessaire de leurs maisons des champs situées en Île-de-France, pour eux-mêmes ou pour en vendre le surplus à leurs connaissances ou à leurs voisins.

15 octobre
Un édit tente de freiner les fraudes sur le sel pour faire rentrer au mieux l'impôt de la gabelle.

26 décembre
Mort d'Henri II de Bourbon, prince de Condé. Le duc d'Enghien, son fils, prend le titre de prince de Condé. Il sera dit le Grand Condé après la campagne foudroyante menée en Franche-Comté en février 1668.

autres événements
• Les « petites écoles » de Port-Royal s'installent à Paris.
• Passage à Paris du peintre italien Giovanni Francesco Romanelli (1610-1662), qui décore le palais de Mazarin (actuelle rue de Richelieu) de peintures empruntant leurs sujets aux *Métamorphoses* d'Ovide.

1647

2 mars
La représentation de l'*Orfeo* de Luigi Rossi (1597-1653), au Palais-Cardinal, marque l'introduction en France de l'opéra italien.

14 mars
Guerre de Trente Ans. Les victoires remportées par les Français et les Suédois conjugués permettent d'imposer au duc Maximilien de Bavière un armistice signé à Ulm : le duc doit renoncer à porter toute aide à l'empereur Ferdinand III. Des contingents suédois et français restent cantonnés en Bavière. En fait, Maximilien ne respecte pas ses engagements et les hostilités reprennent à l'automne.

mai-juin
Guerre de Trente Ans. En Catalogne, Condé est contraint de lever le siège de Lérida après plus d'un mois de combats entre le 11 mai et le 17 juin. En effet, Mazarin souhaite échanger la Catalogne contre les Pays-Bas espagnols pour garantir la frontière Nord de la France. De ce fait, les Catalans, devenus monnaie d'échange, ne sont plus disposés à soutenir la présence française.

juin 1647-avril 1648
Guerre de Trente Ans. En Italie, des émeutes éclatent le 8 juin à Naples, la ville la plus peuplée d'Europe (400 000 habitants). Le duc Henri II de Guise (petit-fils du Balafré), sollicité par les insurgés, arrive à Naples le 15 novembre où il est proclamé « duc de la république » le 24 décembre : il fait ainsi entrer cette partie de l'empire espagnol dans la mouvance française. Mais, abandonné par les élites locales, puis par Mazarin lui-même, il est livré aux Espagnols en avril 1648.

18 juillet
Particelli d'Émery (1596-1650), un Lyonnais d'origine italienne, devient surintendant des finances, à la place du président de Bailleul. Dès septembre, il propose l'édit du rachat qui consiste à réclamer aux propriétaires parisiens un droit de rachat (un an de loyer) pour acquitter les droits seigneuriaux pesant sur le domaine royal, la censive. Cette mesure touche presque tous les propriétaires de la capitale et provoque de vives réactions.

11 novembre
Louis XIV est atteint de la variole et l'on craint un moment pour sa vie.

autres événements
• Une famine provoquée par les mauvaises récoltes touche la France du Nord. La cherté du pain, qui entraîne une forte mortalité, se poursuivra jusqu'en 1652.
• Richelieu : *Traité du parfait chrétien* (posthume).
• Vaugelas : *Remarques sur la langue française.*
• À Paris, les bourgeois du quartier du pont au Change commandent à Simon Guillain un monument à la gloire de Louis XIII, d'Anne d'Autriche et du jeune Louis XIV. L'artiste réalise les trois

figures en bronze en usant d'un style à la fois majestueux et très réaliste. La sculpture est appliquée contre un mur, à l'entrée du pont.

• La même équipe, qui a réalisé les sculptures pour la cour du Louvre huit ans plus tôt, travaille au château de Maisons édifié par François Mansart pour le président de Longueil. Sur des modèles de Sarazin, les sculpteurs Gilles Guérin et Buyster réalisent les statues du vestibule et de l'escalier et Van Opstal celles que l'on place devant les écuries. L'année suivante, Sarazin, Van Opstal et Guérin intègrent l'Académie royale. Philippe de Buyster les y rejoint en 1651.

• Le Brun réalise le «May» de Notre-Dame de Paris, un *Martyre de saint André*, puis en 1651, un *Martyre de saint Étienne*. Ces deux œuvres montrent l'influence exercée sur le peintre par le courant atticiste, alors en vogue à Paris, ainsi nommé en référence à la Grèce antique.

L'ATTICISME PARISIEN

À partir des années 1620-1630, alors que les arts s'engagent en Italie dans les voies du baroque et en France, sous l'impulsion de Vouet, dans celles d'un lyrisme qui n'en est pas très éloigné, Poussin, installé à Rome depuis 1624, maintient l'idéal du classicisme. S'appuyant sur son exemple, plusieurs peintres, revenus de Rome – François Perrier (1590-1650) vers 1630, Jacques Stella (1596-1657) en 1635, Claude Mellan (1598-1688) en 1636, Sébastien Bourdon (1616-1671) en 1637, Rémy Vuibert (vers 1600-1652) en 1639 –, prônent le retour à la nature et à la simplicité. La même défense du classicisme se lit dans les écrits de lettrés comme les Fréart de Chantelou, Roland dit Chambray (1606-1676) et Paul dit Chantelou (1609-1693 ou 1694); la primauté des Anciens y est affirmée contre le maniérisme italien. Les Anciens, ce sont les modèles de l'Antiquité grecque que l'on préfère à ceux de l'Antiquité romaine, mais aussi Raphaël que l'on préfère à Michel-Ange, tenu pour un créateur excentrique. Le pouvoir des dernières années du règne de Louis XIII va favoriser ce retour au classicisme: en 1640, Poussin est rappelé à Paris. Auprès de ces peintres qui tous rentrent d'Italie, il est aussi des artistes parisiens (La Hyre, Le Sueur, Champaigne) qui, sans avoir fait le détour par la péninsule, vont affirmer l'idéal classique. Ensemble, ils développent un art fondé sur les canons de proportion et les critères de beauté antiques, conférant aux personnages une sorte d'harmonieuse impersonnalité. Le modèle du bas-relief, repris d'abord par Poussin, puis par Bourdon, La Hyre et Perrier, donne des compositions où les figures se détachent sur des murs nus. Mais surtout, le tracé de la ligne se simplifie tandis que les couleurs s'éclaircissent. D'une élégance raffinée, cet art se caractérise par un grand dépouillement, une véritable retenue dans l'expression des sentiments et des passions, et l'usage de couleurs claires. Loin des grandes commandes publiques, qui sont interrompues par la Fronde entre 1648 et 1653, il s'adresse à une clientèle d'amateurs, propriétaires de riches hôtels particuliers à Paris.

Cette période artistique, qui s'étend de la mort de Richelieu en 1642 jusqu'au début du règne personnel de Louis XIV, est longtemps restée méconnue. Les historiens qui s'y intéressèrent refusèrent de lui appliquer, pour la définir, le terme de classicisme, jugé trop vague et inadéquat. Bernard Dorival, en 1942, proposa un autre mot qui, tiré du vocabulaire littéraire, désigne la sobriété et la délicatesse de langage attribuées aux écrivains athéniens: l'atticisme.

• Pascal: *Expériences nouvelles touchant le vide.*

1648

11-14 janvier

Les marchands de la rue Saint-Denis manifestent contre le rachat de la censive envisagé par le surintendant des finances Particelli d'Émery en septembre 1647; des échauffourées se produisent.

15 janvier

Le surintendant des finances propose la création de 12 charges de maîtres des requêtes. Ainsi la menace fiscale pèse directement sur des membres du Parlement dont les offices risquent d'être dévalués. Il faut réunir un troisième lit de justice pour imposer l'enregistrement des édits fiscaux en présence de Louis XIV et de la régente Anne d'Autriche. L'avocat général au Parlement, Omer Talon, prend la parole pour protester au nom de «la misère publique» contre l'abus des lits de justice qui portent atteinte aux droits et privilèges du Parlement.

16 janvier

Les parlementaires décident de délibérer à nouveau sur les édits bursaux (fiscaux).

30 janvier

Malgré les efforts menés par Abel Servien depuis avril 1647, une paix séparée est conclue entre l'Espagne et les Provinces-Unies dont l'indépendance est désormais définitivement reconnue. Le nouvel État comprend sept provinces d'obédience calviniste : Hollande, Zélande, Utrecht, Frise, Groningue, Gueldre, Overijssel et, au Sud, le « pays de la généralité », formé pour l'essentiel du nord du Brabant et appartenant en commun aux sept provinces. Ne reste plus à l'Espagne que la partie Sud des Pays-Bas (en gros la Belgique actuelle). Le traité est ratifié en mai à Münster. Aux Pays-Bas, les Espagnols n'auront plus à combattre que sur le front français.

1er février
Création de l'Académie royale de peinture et de sculpture. Depuis le Moyen Âge, la carrière des artisans peintres est régie par un système corporatif qui impose de suivre d'abord un apprentissage chez un maître agréé, à l'issue duquel, sur la présentation d'un chef-d'œuvre, l'apprenti reçoit la maîtrise qui seule l'autorise à peindre dans le royaume. Mais la Renaissance, en remettant au goût du jour les textes antiques, ranime le débat ancien sur l'opposition entre les arts libéraux, qui seuls témoignent du génie inventif de l'artiste, et les arts mécaniques, qui ne requièrent qu'un savoir-faire manuel. Dès lors, la maîtrise est contestée et nombre de peintres réclament au pouvoir royal l'institution d'une académie, à l'image de celles qui existent en Italie. En pleine Fronde, la régente approuve les statuts de l'Académie royale de peinture et de sculpture, qui dispense ses membres de l'obtention de la maîtrise. La corporation tentera de réagir et y parviendra en fondant une école dont elle donne la direction à Vouet : l'académie de Saint-Luc. Mais la mort de Vouet, dès 1649, et le soutien qu'accorde à la nouvelle académie le pouvoir royal, entraîneront la disparition de l'ancienne corporation. Désormais, c'est l'Académie qui règle la carrière des peintres. Dès la seconde moitié du siècle, elle joue un rôle important dans l'établissement d'une doctrine artistique spécifiquement française. Pour l'heure, elle est composée de 12 « anciens » dont Le Brun, qui s'impose comme leur chef de file, sans compter, parmi eux, les trois frères Le Nain qui y sont admis lors de la première séance, au mois de mars.

17 mars
Le Parlement accepte enfin d'enregistrer les édits fiscaux de janvier.

12 avril-16 mai
Le surintendant des finances Particelli d'Émery fixe à quatre ans de gages le prix du renouvellement du bail de la paulette en vigueur depuis 1604. Cette mesure touche tous les officiers du roi. Le 29 avril, pour se concilier les magistrats des cours souveraines (Parlement de Paris, chambre des comptes, Cour des aides et Grand Conseil), Mazarin les exempte de ce rachat, mais les autres cours y restent assujetties. Puis cette mesure est révoquée le 16 mai.

25 avril
Sarazin reçoit la commande du monument de cœur d'Henri II de Bourbon prince de Condé, père du Grand Condé, aujourd'hui à Chantilly. L'œuvre sera achevée après sa mort, en 1663.

13 mai
Par l'arrêt d'Union, le Parlement invite les autres cours souveraines (Cour des aides, chambre des comptes, Grand Conseil) à se réunir avec lui pour délibérer en commun de la réforme de l'État dans la Chambre Saint-Louis (qui prend ce nom de la plus grande salle qui puisse accueillir les conseillers). La première réunion se tient le 15 juin.
La mère Angélique Arnauld réinstalle les religieuses à Port-Royal des Champs.

17 mai-20 août
Guerre de Trente Ans. En Bavière, Turenne et Wrangel sont victorieux des Impériaux et des Bavarois à Zusmarshausen le 17 mai et entrent à Munich. Pénétrant ensuite en Autriche, ils menacent Vienne et contraignent l'empereur Ferdinand III à hâter la paix.
En Bohême, les Suédois pénètrent dans la partie Nord de Prague, la ville neuve, le 26 juillet, mais la population résiste avec acharnement dans la vieille ville et les Suédois ne peuvent s'emparer du pont Charles. Ferdinand III, cependant, est acculé à la paix.
Aux Pays-Bas, Condé s'empare d'Ypres le 28 mai. L'archiduc d'Autriche Léopold-Guillaume (frère de l'empereur Ferdinand III) reprend Courtrai le 19 mai, Furnes le 3 août, mais, le 20 août, Condé remporte la victoire de Lens. Malgré cet éclatant succès, l'Espagne ne désarme pas, dans l'espoir que la Fronde fasse céder la régente Anne d'Autriche et Mazarin.

31 mai
Le duc de Beaufort s'évade de sa prison du château de Vincennes. Sa participation à la cabale des Importants lui avait valu d'être arrêté au Louvre le 2 septembre 1643.

26 juin-8 juillet
La Chambre Saint-Louis, qui réunit les membres des quatre cours souveraines, élabore un programme en 27 articles qui réclame la suppression, l'allégement ou le report des « inventions fiscales » récentes (toisé, taxe sur les aisés, tarif, rachat de la censive), l'abandon de la création et du dédoublement des charges, le maintien de l'annuel (taxe annuelle qui assure l'hérédité des offices) et le paiement régulier des gages des officiers, la création d'une chambre de justice destinée à faire « rendre gorge » aux financiers, la fixation du taux des emprunts royaux, la liberté du commerce (donc l'abandon de l'octroi et du tarif), la réduction des tailles (de 25 % !), ainsi que des mesures plus directement politiques et institutionnelles, comme la suppression des intendants et la faculté pour le Parlement de délibérer sur les mesures fiscales « à la pluralité des suffrages », premiers pas vers une assemblée délibérative, récusant ainsi la procédure du lit de justice.

9 juillet
Mazarin cède à la pression des parlementaires: Particelli d'Émery quitte la surintendance des finances, remplacé par le maréchal de La Meilleraye (cousin germain de Richelieu), lui-même doublé par Étienne d'Aligre et Barillon de Morangis, faits directeurs des finances et disposant de la signature des expéditions et ordonnances.
La situation financière de l'État est difficile: on a déjà dépensé les revenus des trois années suivantes (jusqu'en 1651). Les réserves ne représentent que 35 millions de livres et les intérêts convenus avec les partisans, qui passent avec le roi des « partis » ou contrats d'affermage de l'impôt et se chargent de sa levée, montent à 15 %.

13-16 juillet
La régente Anne d'Autriche et Mazarin cèdent aux pressions de la Chambre Saint-Louis: les intendants sont supprimés, le montant des tailles diminué, le Parlement aura un droit de regard sur les édits fiscaux. Enfin, décision est prise de rechercher les fauteurs d'exactions.

29 juillet
Dans un quatrième lit de justice, Anne d'Autriche tente d'imposer sa volonté: moyennant la jouissance, accordée aux membres des quatre cours souveraines assemblées dans la Chambre Saint-Louis, de la dispense, pendant neuf ans, de la clause des quarante jours (pour pouvoir léguer son office, le titulaire devait faire ce legs au moins quarante jours avant de décéder), la Chambre Saint-Louis accepte de cesser ses délibérations. L'article 6 de ses revendications, qui prévoit que les accusés ne soient pas retenus prisonniers plus de 24 heures sans être interrogés et déférés devant leur juge naturel, est rapporté au profit d'une garantie de liberté assurée aux officiers dans l'exercice de leurs fonctions. Cet article 6, qui défend les libertés individuelles contre un pouvoir jugé tyrannique et arbitraire, paraît très en avance sur la pensée et les pratiques de l'époque. En Angleterre, premier pays où une telle loi a pris effet, l'*habeas corpus* ne sera voté qu'en 1679 et appliqué en 1689 seulement.

1er-5 août
Malgré le lit de justice, le Parlement reprend ses délibérations et charge une commission d'établir un rapport.

17 août
Les événements de Londres, où le Parlement anglais est épuré par l'armée (il est réduit à 78 députés), remettent en cause les fondements de la monarchie: ils sont connus à Paris, d'autant que l'épouse de Charles Ier, Henriette de France, sœur de Louis XIII, s'est réfugiée au Louvre.

20 août
Condé remporte une éclatante victoire à Lens sur les Espagnols.

26-29 août
Le 26 août, alors que se célèbre à Notre-Dame le *Te Deum* en l'honneur de la victoire de Lens, Mazarin, confiant dans l'issue prochaine de la guerre qui permettra de calmer les troubles, fait arrêter deux des parlementaires les plus virulents de la Chambre Saint-Louis, le conseiller Broussel et le président Potier de Blancmesnil. Le lendemain, aussitôt cette arrestation connue, un mouvement insurrectionnel soulève Paris: 1 260 barricades se dressent, barrant les rues. Devant cette « émotion », la Cour cède: Broussel est relaxé et vient à Notre-Dame célébrer sa libération dans un grand concours de peuple. Le 29, les représentants de la milice bourgeoise et des métiers viennent au Palais-Royal (l'ancien Palais-Cardinal où la Cour réside en attendant l'achèvement des travaux du Louvre) manifester leur fidélité au roi et à la reine mère, Anne d'Autriche. Par-delà les intérêts menacés, il apparaît que le conflit oppose deux modes de gouvernement: au système traditionnel dans lequel l'administration des finances et de la justice est confiée à des officiers, le roi gouvernant par lui-même assisté de sa noblesse tant au Conseil que dans les provinces, s'oppose progressivement un

système nouveau, imposé par une guerre interminable et d'ailleurs contestable puisqu'elle déchire la chrétienté. Le roi, soumis à un ministre tout-puissant, gouverne de plus en plus avec des commissaires et des intendants nommés directement par lui, sans parler du système détestable des financiers, ces « harpies », chargés de lever les taxes par le système de la Ferme.

13 septembre
La Cour quitte Paris pour Rueil. Elle échappe ainsi à la pression populaire. Des négociations sont engagées avec le Parlement.

22 octobre
Par déclaration royale, les exigences de la Chambre Saint-Louis sont acceptées: les intendants sont supprimés, le Parlement sauvegarde son droit de regard sur les édits bursaux (fiscaux) et les avantages de ses membres (aucune taxe ne sera levée sur les offices pendant quatre ans). Dans l'immédiat, les tailles doivent être réduites de 20 % et des remises sont accordées sur les octrois. Ces baisses importantes pouvaient être envisagées dès lors que la paix était sur le point d'être signée avec l'empereur Ferdinand III.

24 octobre
Signature de la paix de Westphalie, à Münster avec les puissances catholiques et à Osnabrück avec les puissances protestantes, qui met fin à cette guerre qui a duré trente ans.

Les traités de Westphalie

En Allemagne, le principe cujus regio, ejus religio *(un royaume, une religion) est transformé: désormais, les peuples ne seront plus tenus de quitter leur pays si leur prince change de religion. D'autre part, le calvinisme est reconnu en Allemagne comme une confession à part entière, au même titre que le catholicisme et le luthéranisme. Pour régler le problème des biens ecclésiastiques, les sécularisations opérées avant 1624 sont reconnues comme définitives. Le plus grand effet de la diplomatie française réside dans le fait que les principautés de l'Empire se voient confirmer « le libre exercice de la liberté territoriale tant dans les choses ecclésiastiques que dans les choses politiques » et donc la capacité de nouer des alliances, si celles-ci ne vont pas à l'encontre des intérêts de l'Empire.*
Le plus grand gagnant des princes allemands est sans doute l'Électeur de Brandebourg, Frédéric-Guillaume, qui garde la Poméranie orientale, les évêchés de Kammin, Halberstadt, Minden et l'expectative de Magdebourg. Si l'on songe que le Brandebourg détenait aussi la Prusse-Orientale, Clèves, les comtés de La Marck et Ravensbourg, on constate que Frédéric-Guillaume devient ainsi « le plus grand terrien des princes allemands », juste après la Maison d'Autriche. La Saxe conserve les deux Lusace déjà acquises lors de la paix de Prague et l'Électeur palatin, Charles-Louis, retrouve le Palatinat rhénan et la fonction de Grand Électeur, tandis que le duc de Bavière, Maximilien, conserve cette fonction acquise pendant le conflit et annexe le Haut-Palatinat.
La Confédération des cantons suisses, jusqu'ici terre d'Empire, alliée de la France, devient indépendante, ce qui renforce l'influence française sur les vallées alpines, en particulier sur la Valteline.
La Suède annexe la Poméranie occidentale et les évêchés sécularisés de Brême et de Verden, devenant ainsi membre de la diète d'Empire. Elle est désormais maîtresse des grands estuaires ouvrant sur la Baltique (Neva, Narva, Dvina, Oder, Elbe) et la mer du Nord (Weser) et libérée des taxes levées par le Danemark sur le trafic du Sund.
La France est autorisée à intervenir dans les affaires allemandes pour faire respecter les traités et sort agrandie des négociations: au-delà du Rhin, elle garde deux points d'appui, Brisach (annexé) et Philippsbourg (possession de l'évêché de Spire, où stationnera une garnison française); en deçà du Rhin, sa souveraineté sur les Trois Évêchés (Metz, Toul et Verdun) occupés depuis 1552 est entièrement reconnue, ce qui lui permet de neutraliser aisément la Lorraine. En attendant la fin du conflit avec l'Espagne, le duché reste sous occupation française. Enfin, la France se voit attribuer en Alsace (sauf Strasbourg) toutes les prérogatives dont l'empereur jouissait jusqu'alors. Louis XIV saura un jour tirer parti de cet imbroglio de vassalités.
L'Espagne a rompu les négociations avec la France, elle compte sur les troubles intérieurs qui menacent la régente Anne d'Autriche et Mazarin pour réduire son adversaire.
Seule la Bohême n'obtient aucune satisfaction. On avait pu croire un moment que le royaume de saint Wenceslas retrouverait son indépendance et que la diète tchèque pourrait à nouveau librement choisir son roi. En fait, ceux pour et par lesquels tout avait commencé en 1618 sont maintenus sous la domination du souverain Habsbourg, désormais héréditaire, fidèle à sa politique de retour actif au catholicisme. La résistance de Prague devant les armées suédoises en 1648 exprime combien, de religieuse qu'elle était au départ, la guerre s'était muée en un conflit purement politique entre États.

30 octobre
La Cour rentre à Paris qu'elle avait quittée le 13 septembre.

1er décembre
En Angleterre, le roi Charles Ier est arrêté et le Parlement décide de le traduire en justice le 23 décembre.

autres événements
• À la demande de l'Académie royale de peinture et de sculpture, Abraham Bosse donne des cours de perspective. Les graveurs n'y étant pas admis, il sera nommé académicien honoraire, puis conseiller, avant d'être exclu de l'institution en 1661 à cause des critiques qu'il n'hésite pas à formuler à l'encontre de certains de ses membres – dont Le Brun – accusés d'ignorer les lois de la perspective. Au cours de sa vie, Abraham Bosse a gravé plus de 1500 eaux-fortes, qui constituent une véritable mine d'informations précises sur les mœurs, les costumes, les métiers, les meubles et la décoration intérieure des habitations en France dans la première moitié du siècle.
• Nicolas Poussin peint les *Funérailles de Phocion* et les *Cendres de Phocion recueillies par sa femme*, deux grands paysages qui opposent l'ordre calme de la nature et de l'architecture aux vicissitudes de la vie des hommes.

1649

5-6 janvier
Dans la nuit de la fête des Rois, la reine Anne d'Autriche, ses deux enfants, Louis XIV et son jeune frère Philippe duc d'Anjou, leur oncle Gaston d'Orléans et Mazarin quittent Paris pour Saint-Germain, protégés par des troupes fidèles. La reine et le cardinal sont décidés à reconquérir la capitale les armes à la main. Les jours suivants, le conflit avec le Parlement, soutenu par des grands seigneurs, passe à une révolte nobiliaire beaucoup plus étendue, à laquelle on donnera le nom de Fronde, encore qu'elle soit beaucoup plus grave qu'un jeu d'enfant.

8 janvier
Le départ de la Cour pour Saint-Germain est une véritable déclaration de guerre. La réponse ne se fait pas attendre: le Parlement condamne Mazarin «à vider le royaume» comme «perturbateur du repos public». Des princes s'associent à la Fronde du Parlement: le duc de Bouillon, qui veut retrouver sa principauté de Sedan, le frère du prince de Condé, Conti (fait généralissime de la Fronde par le Parlement le 11 sur proposition de Jean-François-Paul de Gondi, le coadjuteur de l'archevêque de Paris), sa sœur, la duchesse de Longueville, et son époux, le duc.

16 janvier
Mazarin fait acheter Erlach et ses régiments allemands pour faire face militairement à l'agitation intérieure comme à la guerre contre l'Espagne.

18-28 janvier
Le 18, Jean-François-Paul de Gondi de Retz obtient de siéger au Parlement. Ce même jour, il fait signer aux princes frondeurs une promesse d'union contre Mazarin. Pour soutenir la guerre civile, il fait lever un régiment de chevau-légers appelés les Corinthiens (Gondi est archevêque de Corinthe *in partibus*), mais la première rencontre avec les troupes royales près d'Antony, le 28, se solde par la défaite de ce régiment, raillée comme «la première aux Corintiens» (allusion à la première Épître de l'apôtre Paul aux Corinthiens).
Le Parlement de Paris s'efforce de rallier les autres cours de provinces: les parlements les plus frondeurs sont ceux d'Aix-en-Provence, de Rouen et de Bordeaux.

Cardinal de Retz

Jean-François-Paul de Gondi de Retz (1613-1679) est une figure inséparable de la Fronde. Mais peut-on abandonner le personnage aux clichés qui courent sur lui: intelligence brillante, ambition dévorante, séducteur des plus belles et grandes dames de son temps? Après avoir courtisé la princesse de Guéméné, la présidente de Pommereuil, la duchesse de La Meilleraye, il fut un temps l'amant de la fille de la duchesse de Chevreuse. Comme il le dit lui-même: «Je ne pouvais me passer de galanterie.»
Très jeune encore, il écrit La Conjuration du comte Jean-Louis de Fiesque, *trouvant dans son héros conspirateur tout à la fois son modèle et peut-être déjà son double. L'œuvre majeure du coadjuteur de l'archevêque de Paris, bien peu serviteur de l'Église, guère de ses ouailles malgré son goût pour les sermons, est plus de littérature que de politique: ses* Mémoires, *composés entre 1675 et 1677, sont un des chefs-d'œuvre de la prose classique. Il n'a pas pour objet de faire une histoire de la Fronde, ne nourrissant que mépris pour les historiens qui ne l'ont pas vécue mais parlent de ce qu'ils ne connaissent pas. Il construit sa biographie, il se met en scène et fait*

revivre cette époque troublée qu'il a vécue aux premières loges. Pour les frondeurs en effet, la politique est aussi un spectacle dont les grands sont les héros et qu'il faut mettre en scène.
Pendant la Fronde, Gondi est d'abord proche des princes; il essaie aussi de manipuler Gaston d'Orléans et, si son intérêt l'y pousse, il se rapproche d'Anne d'Autriche pour en obtenir le chapeau de cardinal qu'il se fera remettre en septembre 1652 en devenant cardinal de Retz. Dans son récit, il ne recule ni devant la reconstitution biaisée, ni même sans doute devant le mensonge pur et simple; il donne « sa » vision de la Fronde, son interprétation des événements: ce qu'il rêvait est présent à côté ou à la place de ce qu'il a vécu. La plume est ici maîtresse et certains portraits, dans cette prose balancée, comptent parmi les trésors de la littérature classique. Retz est plus pénétrant psychologue que fin politique, plus intrigant que stratège, plus pamphlétaire que penseur. Reste que ses Mémoires *sont un monument qui éclaire la grande révolte et révèle les mentalités nobiliaires de son temps. Les dernières lignes de la* Conjuration du comte de Fiesque *situent sans doute ce que furent dans sa jeunesse au moins les ambitions de l'auteur: « La couronne et le sceptre étaient peut-être moins l'objet de son ambition que l'honneur lui-même. Et je crois que, pourvu qu'il pût faire des actions qui lui en donnassent, il les regardait d'un même œil, soit qu'elles l'élevassent sur le trône, soit qu'elles le portassent sur l'échafaud. »*

9 février
L'exécution du roi Charles Ier d'Angleterre, connue à Paris le 19 février, provoque une profonde consternation et une réprobation générales.

16 février
À Charenton, un combat sanglant oppose les troupes royales commandées par Condé aux détachements levés à la hâte à Paris. Cette défaite des troupes frondeuses permet à l'armée royale de bloquer le ravitaillement de la ville vers la Brie.

18 février
Omer Talon, avocat général, propose en vain au Parlement de négocier avec la Cour.

27 février
Turenne, partagé entre la fidélité à son lignage (les Bouillon) et celle qu'il doit au roi, choisit, avec retard, de rejoindre la Fronde à la tête de l'armée royale qu'il commande aux environs de Spire. Le 7 mars, le Conseil le déclare criminel de lèse-majesté.

11 mars
La paix de Rueil, acceptée le 11 mars et enregistrée au Parlement le 1er avril, met fin à la Fronde parlementaire. La régente Anne d'Autriche accepte d'accorder une amnistie aux révoltés et les 27 articles de la Chambre Saint-Louis (été 1648) sont ramenés à 15. Mazarin obtient le maintien des intendants dans les provinces frontières. La paix est célébrée par un *Te Deum* le 5 avril.

Les frondeurs

La Fronde, dans sa nature, ne diffère pas vraiment des révoltes nobiliaires qu'a connues la régence précédente, si ce n'est par sa durée, sa violence et son extension dans les provinces où s'expriment les libertés municipales et provinciales, parlementaires et nobiliaires (Bourgogne, Normandie, Guyenne, Provence, Anjou). Les grandes familles ont leurs traditions: les pères ont conduit les révoltes durant la régence de Marie de Médicis, la nouvelle génération peut donc aisément réactiver les levées de noblesse de leurs immenses clientèles. Comme leurs pères, les chefs de la Fronde disposent d'une partie du pouvoir de l'État. Gouverneurs de vastes provinces, ils commandent les détachements de l'armée royale et veillent au respect de la loi comme au paiement des impôts. Ils sont le roi dans ses provinces. S'ils passent dans une opposition active sous prétexte de défendre le service du roi, ils lèvent à leur profit des forces armées que le roi doit combattre les armes à la main et créent un front intérieur qui affaiblit la capacité de résistance de la France dans sa guerre contre l'Espagne. Ils détournent à leur profit la levée des impôts si nécessaires au roi. Les premiers frondeurs sont, pour la plupart, des cadets de famille, des princes qui se jugent lésés dans leurs droits ou qui, pour certains, ont quelque difficulté à se situer sur l'échiquier politique.
Gaston d'Orléans, le frère de Louis XIII et, jusqu'en 1638, son héritier, a été de toutes les révoltes et de toutes les conspirations sous le règne précédent: au côté de sa mère, Marie de Médicis, en 1619-1620, de Chalais en 1626, de Montmorency en 1632, de Soissons en 1641, de Cinq-Mars en 1642. Par sa position, si proche du trône, il apporte une caution importante aux mouvements de révolte. Pendant la Fronde, après une période de soumission et de coopération avec sa belle-sœur Anne d'Autriche et Mazarin, il se lance dans l'opposition, contestant l'arresta-

tion des princes en janvier 1650. Farouchement hostile au cardinal, il reprend du service auprès des frondeurs dès que ce dernier revient en France en 1651. Il soutient un temps les velléités d'une noblesse soucieuse de reconquérir sa place dans l'État et dans la société, menacée qu'elle est par l'évolution de la monarchie vers l'absolutisme et l'arrivée d'une noblesse de robe ambitieuse.

Parmi les trois enfants du prince de Condé Henri II de Bourbon, Anne-Geneviève a épousé le duc de Longueville et fronde avec son amie la duchesse de Chevreuse, née Marie de Rohan, veuve du favori de Louis XIII, Charles d'Albert de Luynes. Cette grande intrigante a un temps semé le trouble à la Cour et favorisé une rencontre entre Anne d'Autriche et le duc de Buckingham en ambassade en France en 1625. Pendant la Fronde, elle ne manque pas d'être de toutes les intrigues. Le plus jeune frère des Condé, Armand de Conti (1629-1666), promis à l'Église, participe activement à la Fronde, à Paris d'abord, puis à Bordeaux. Il fait sa paix avec la Cour en 1653 et se range définitivement en épousant en 1654 une nièce de Mazarin, Anne-Marie Martinozzi. L'aîné du clan, le prince Louis II de Condé (1621-1686, duc d'Enghien jusqu'à la mort de son père en décembre 1646), le vainqueur de Rocroi, après avoir un temps soutenu le gouvernement d'Anne d'Autriche, fidèle en cela aux choix politiques de son père Henri II de Bourbon, passe dans l'opposition ouverte et armée en 1649, mais, vaincu, il préfère quitter la France et offre ses services au roi d'Espagne en octobre 1652.

Parmi les autres membres de la famille royale, il faut compter le duc de Beaufort, le fils de César de Vendôme (bâtard d'Henri IV), gouverneur de Bretagne. Tête de file de la cabale des Importants en 1643, il a passé cinq ans au donjon de Vincennes jusqu'à son évasion en 1648. C'est un personnage haut en couleur, un tribun, surnommé le « roi des Halles ».

Le duc de Bouillon, héritier du maréchal et huguenot, est un frondeur de la première heure, attaché à la sauvegarde de sa principauté de Sedan et aux traditions rebelles de sa famille. Son jeune frère, Henri de La Tour d'Auvergne, vicomte de Turenne, ne rejoint la lutte ouverte de son lignage qu'en 1649, s'estimant mal récompensé par Mazarin des services rendus au roi à la tête de ses armées. Réconcilié avec la Cour dès 1651, il est désormais le plus fidèle soutien de la régente, Anne d'Autriche.

À ces princes, il convient d'ajouter d'autres intrigants : des descendants des grandes familles (le duc d'Elbeuf, un Guise ; le prince de Marcillac, plus tard duc de La Rochefoucauld, l'auteur des Maximes, *très lié à Condé) et le coadjuteur de l'archevêque de Paris, Jean-François-Paul de Gondi de Retz.*

Durant la Fronde, le coadjuteur recrute des troupes par l'intermédiaire d'un réseau de curés frondeurs dont les sermons échauffent les esprits, comme au temps de la Ligue. Tantôt proche des princes, tantôt de Gaston d'Orléans, avant de revenir vers la régente Anne d'Autriche, qui lui promet le chapeau de cardinal, Gondi est l'un des plus acharnés frondeurs. Il met sa plume, qu'il a brillante, au service de son parti en écrivant des mazarinades mordantes.

Les troupes des frondeurs sont constituées de leurs clients et protégés, intégrés dans une pyramide de fidélités. En ces temps de pression fiscale exaspérée, les nobles sont menacés dans leurs propres droits seigneuriaux auxquels les impôts du roi font concurrence. Ces gentilshommes se regroupent dans des assemblées de noblesse, autour de Paris et dans les provinces, en particulier en Normandie. Ils espèrent beaucoup de la réunion d'états généraux, un moment promise par la régente, en 1651, dans laquelle le second ordre aurait pu reprendre une place de premier plan, comme avant l'époque des intendants et commissaires en tout genre.

Dans les villes frondeuses, Paris surtout, mais aussi Bordeaux, Aix, Rouen, les frondeurs de la base se recrutent parmi les bourgeois et les marchands, les gens des métiers aussi, soucieux de préserver leurs privilèges et leurs « libertés » contre les empiètements de ce pouvoir royal envahissant, toujours vorace d'impôts. Ce sont eux qui constituent les troupes des milices bourgeoises, armées et encadrées par des responsables de quartiers. Dans les périodes d'« émotions » et d'agitation, le menu peuple des villes – domestiques des grandes maisons, artisans, gens des petits métiers – s'associe aux manifestations et aux combats de rues, solidaire de son quartier et de ses franchises. À ces troupes « volontaires », se joignent aussi des troupes stipendiées, recrutées en place de Grève, qui font le coup de main tantôt pour un parti, tantôt pour l'autre, au hasard des offres.

Il existe plusieurs groupes de frondeurs dont les intérêts ne sont pas convergents. Le Parlement exige toujours d'avoir le droit de délibérer des affaires politiques, financières surtout. Gondi pactise avec l'Hôtel de Ville et fait cavalier seul. Gaston d'Orléans, passé dans l'opposition, est à la tête de la noblesse seconde, clientèle des grands, laquelle espère retrouver son rôle dans l'État. Réunie à Paris du 7 février au 25 mars, elle

demande la tenue d'états généraux. Ce rêve passéiste se heurte en fait au mouvement séculaire qui tend à substituer le pouvoir du roi au pouvoir du seigneur, la justice du roi aux justices seigneuriales. Ces revendications ne sont pas nouvelles, elles étaient déjà formulées par les députés de la noblesse aux états généraux de 1614. Condé, enfin, entraîne le groupe le plus nombreux: parmi ses fidèles se trouvent des gentilshommes, des parlementaires et des officiers.
La reine s'emploie à diviser ses adversaires: elle se rapproche d'abord des Condé. Le prince obtient le gouvernement de Guyenne (la lieutenance générale étant donnée à son protégé, La Rochefoucauld, futur auteur des Maximes*), tandis que son gouvernement de Bourgogne est dévolu au duc d'Épernon. Conti obtient le gouvernement de la Provence et son beau-frère, Longueville, la Normandie. Au sein même du Conseil, pénètrent des fidèles de Condé: Léon Bouthillier de Chavigny, fait secrétaire d'État, et Mathieu Molé, qui prend les Sceaux, évinçant de ce fait le chancelier Séguier. Les oubliés, Gondi et Gaston, se séparent des princes.*

16 mars
Mazarin soudoie les soldats de Turenne: les effectifs de son armée fondent. Ces défections contraignent le maréchal à se réfugier aux Provinces-Unies auprès de la famille d'Orange à laquelle il est apparenté.
La reine est repartie pour Saint-Germain où se tient une conférence sur le sujet des princes.

22 mars
Guerre franco-espagnole. L'offensive espagnole en Picardie est repoussée vers Soissons par le maréchal Duplessis-Praslin, César de Choiseul (1598-1675).

30 mars-3 avril
Bordeaux s'associe à la Fronde des princes et s'oppose au duc d'Épernon, gouverneur de Guyenne.

15 avril
Le maréchal de La Meilleraye démissionne de la surintendance des finances qu'il détenait depuis le 9 juillet 1648; celle-ci reste aux mains des deux directeurs, Étienne d'Aligre et Barillon.

20 juillet
L'imprimeur Morlot, condamné à mort pour avoir imprimé *La Custode du lit de la reine qui dit tout* le 17 juillet, est délivré par la foule au moment où il est conduit en place de Grève pour être exécuté.

Mazarinades

Pendant la Fronde, la production pamphlétaire est immense, d'autant que, durant de longues périodes, la Cour est à Saint-Germain ou dans les provinces. La capitale, abandonnée aux frondeurs, est envahie par un véritable déferlement polémique. Entre le 13 mai 1648 et le 31 juillet 1653, paraissent plus de 5200 mazarinades aussi bien en vers qu'en prose. Scarron publie en 1651 un poème burlesque contre le cardinal qu'il titre Mazarinade. *De là, le sens du mot s'étend et, devenu nom commun, désigne tous les pamphlets écrits contre Mazarin. Plus tard, le mot devient même synonyme de libelle, désignant non seulement les écrits hostiles au ministre, mais des publications qui lui sont favorables, bref tous les libelles de la période.*
Entre 1648 et 1649, la Fronde parlementaire produit 1800 mazarinades; entre 1650 et 1652, le parti des princes en donne 1950; 600 émanent des officines gouvernementales, y compris les actes royaux; plus de 800 n'appartiennent à aucun de ces trois pôles. En tout, plus de 4000 sont hostiles au ministre. La plupart des textes sont en prose, mais un grand nombre cependant (1300 pièces) appartiennent au genre burlesque. Les plus grandes plumes s'y sont essayées: le coadjuteur Gondi de Retz est le plus connu, mais on y trouve aussi La Rochefoucauld, Saint-Évremond, Sarasin, Guez de Balzac, Saint-Amant, Cyrano de Bergerac, Scarron, Tristan L'Hermite, Bussy-Rabutin, Mathieu de Morgues contre Mazarin; Silhon, Benserade, Boisrobert, Naudé en sa faveur et quelques plumes indépendantes comme celle d'Arnauld d'Andilly.
On y trouve quelquefois, mais rarement, des textes de réflexion politique, beaucoup plus souvent des attaques directes et souvent satiriques contre le parti adverse. Les mazarinades sont des armes. Elles ont pour tâche de disqualifier l'adversaire, au besoin par l'injure, le propos haineux et la plus basse grossièreté. Elles sont produites par tous les partis, y compris par les partisans du cardinal, que leurs adversaires stigmatisent sous le nom de « mazarins » pour faire court.
Les mazarinades donnent une idée des combats polémiques d'une période de crise, mais elles offrent aussi, comme l'écrit leur historien, Hubert Carrier, « un vaste panorama des idées et une fresque immense des milieux sociaux et des mœurs » à la charnière du siècle. Cette littérature pamphlétaire est aussi intéressante par les genres foisonnants qu'on y rencontre, expression de la sensibilité de la génération qui précède l'âge classique.

Après 1653, la remise en ordre fait taire toute expression opposée à Mazarin revenu d'exil et, sous le règne personnel du Grand Roi, les auteurs « classiques » sont invités à se grouper dans les académies. Certes, Louis XIV leur laisse liberté d'écrire dans ces institutions, mais celles-ci sont à la gloire du prince et les grandes plumes sont le plus souvent rangées désormais sous son patronage. Rares sont ceux qui osent encore une critique comme La Fontaine après le procès de Fouquet dans son Élégie pour M. F. *En fait, le libelle a désormais rentré ses griffes.*

18 août
Louis XIV, Anne d'Autriche et la Cour rentrent à Paris sous les ovations, avec Mazarin, acclamé lui aussi, après avoir été brocardé.

14 septembre
Condé, qui prétend retrouver la première place au Conseil, est déçu par Anne d'Autriche: il passe à la Fronde et prend la tête du parti des princes.

19-22 septembre
Les « traitants » (qui passent des « traités », c'est-à-dire des contrats, avec le roi pour lever les impôts dont ils avancent le montant) se déclarent en faillite et incapables de payer les quartiers des rentes sur l'Hôtel de Ville. Cette mesure entraîne des manifestations de rentiers: ils protestent contre le retard du paiement des intérêts de leurs prêts au roi.

30 septembre-12 octobre
Une assemblée de noblesse se tient à Paris, mais la Cour, qui craint qu'elle ne soit manipulée par les frondeurs, y met rapidement un terme.

23 octobre
À Bordeaux, les frondeurs s'emparent du Château-Trompette, formidable forteresse chargée de surveiller et de défendre la ville.

8 novembre
Mazarin rappelle Particelli d'Émery qui reprend la surintendance des finances conjointement avec Claude de Mesmes, comte d'Avaux.

décembre
Après avoir beaucoup participé à l'agitation, Gondi décide de se rapprocher de la Cour.

26 décembre
Mazarin calme la Fronde de Bordeaux en souscrivant aux réclamations des frondeurs et en acceptant que le gouverneur, le duc d'Épernon, renonce à construire une forteresse à Libourne.

autres événements
- Nicolas Cornet, syndic de la Sorbonne, tente de faire condamner cinq propositions de l'*Augustinus* de Jansénius. Ce sera chose faite quatre ans plus tard, le 31 mai 1653, par Innocent X.
- La Hyre peint l'*Allégorie de la musique*, l'un de ses chefs-d'œuvre. Le tableau, qui était encadré de deux petits panneaux représentant des *Anges musiciens*, faisait partie d'une des deux séries consacrées par le peintre aux arts libéraux. L'exécution minutieuse, les couleurs claires, la composition rigoureuse et l'expression sereine de la figure font de cette œuvre un bon exemple de ce que l'on a appelé l'atticisme.
- Le Sueur peint le « May » de Notre-Dame de Paris, *Saint Paul à Éphèse.*

1650

18 janvier
La reine et Mazarin tentent un coup de force contre les princes: Condé, Conti et Longueville sont arrêtés et conduits sous bonne escorte au château de Vincennes (ils seront transférés au Havre le 25 novembre). Les réactions dans le camp des princes sont immédiates: leurs épouses s'en vont soulever en leur faveur la noblesse de leurs provinces, en Bourgogne et en Normandie. Turenne résiste aux troupes royales dans Stenay, sur la Meuse, avec une armée de 3000 hommes. Son frère aîné, Bouillon, fait de même dans la vicomté de Turenne en Limousin, le prince de Marcillac (plus tard duc de La Rochefoucauld) en Poitou, le duc de Rohan en Anjou, sans parler de l'agitation de la Provence où le parlement d'Aix suit celui de Paris. Les princes cherchent l'appui des Espagnols pour obtenir des subsides et des troupes.

5-20 février
La Cour entreprend une grande tournée d'inspection civile et militaire à travers les provinces. Elle se rend d'abord à Rouen le 5 février pour pacifier la Normandie accompagnée d'une force armée commandée par Henri de Lorraine, comte d'Harcourt, et revient à Paris le 20. Gaston d'Orléans, lui, reste à Paris pour exercer le pouvoir au nom de Louis XIV, son neveu. Il est assisté d'Abel Servien et de Michel Le Tellier, des fidèles de Mazarin.

11 février
Descartes meurt à Stockholm.

2 mars
Le chancelier Séguier est écarté et Châteauneuf devient garde des Sceaux pour la seconde fois depuis 1630.

5 mars-21 avril
La Cour se rend en Bourgogne le 5 mars. Louis XIV assiste, au côté du duc César de Vendôme, au siège de Seurre (aujourd'hui Bellegarde) tenue par les frondeurs. La place capitule le 21 avril.

30 avril
Turenne et la duchesse de Longueville signent un traité d'alliance avec les Espagnols.

3 mai
La Cour rentre à Paris.

23 mai
Particelli d'Émery, qui partageait la surintendance des finances avec Claude de Mesmes, comte d'Avaux, meurt. Sa charge est confiée le 25 mai à René de Longueil, seigneur de Maisons, président au Parlement de Paris.

1er juin
Le duc César de Vendôme est pourvu de la surintendance des mers.

juin-août
Guerre franco-espagnole. L'archiduc Léopold-Guillaume, frère de l'empereur Ferdinand III, assisté de Turenne, s'empare du Câtelet près de Saint-Quentin le 15 juin, puis de La Capelle le 4 août, tandis que, plus à l'Est, Turenne, passé à la Fronde, prend Rethel et pousse jusqu'à La Ferté-Milon le 27.

juin-octobre
La Cour se rend en Guyenne pour apaiser la révolte. La princesse de Condé est arrivée à Bordeaux le 31 mai. Le 2 juin, les ducs de Bouillon et de La Rochefoucauld (par la mort de son père, le prince de Marcillac devient duc de La Rochefoucauld en 1650) viennent l'appuyer pour susciter un parti favorable aux princes et hostile à Mazarin. En août, l'armée royale assiège Bordeaux. Le 1er octobre, une paix de compromis est signée entre le roi et le parlement de Bordeaux. Enfin, Louis XIV et la régente Anne d'Autriche font leur entrée dans la ville le 5. La princesse de Condé, les ducs de Bouillon et de La Rochefoucauld ont quitté la ville entre-temps. Le roi leur a accordé une amnistie.

Les misères de la guerre pendant la Fronde

Le voyage dans les provinces a pour objectif de rallier les fidélités et de montrer le jeune roi à ses peuples. C'est aussi l'occasion de constater les conséquences désastreuses de la guerre sur la vie quotidienne des habitants. Les correspondances de l'époque témoignent « des misères de la guerre » comme Jacques Callot par ses gravures. L'Île-de-France est particulièrement touchée et la mère Angélique Arnauld, à Port-Royal, recueille les miséreux qui cherchent secours à l'abbaye. La Champagne, que visitent les lazaristes de Vincent de Paul, n'est pas épargnée, comme l'écrit l'un d'eux : « Toutes les églises et les plus saints mystères [sont] profanés, les ornements pillés, les fonts baptismaux rompus, les prêtres ou tués ou maltraités ou mis en fuite, toutes les maisons démolies, toute la moisson emportée, les terres sans labour et sans semence, la famine et la mortalité presque universelle, les corps sans sépulture et exposés la plupart à servir de curée aux loups. Les pauvres qui restent de ce débris sont [...] presque tous malades, cachés dans des cabanes découvertes, ou dans des trous que l'on ne saurait presque aborder, couchés la plupart à plate terre ou sur la paille pourrie, sans linge ni habits que de méchants lambeaux. Leurs visages sont noirs et défigurés, ressemblant plutôt à des fantômes qu'à des hommes. »

10 novembre
Gaston d'Orléans qui, toujours hostile à Mazarin, avait pris langue le 12 septembre avec les Espagnols en vue d'une paix générale se réconcilie avec le cardinal.

16 novembre
La reine et la Cour reviennent à Paris après le séjour en Guyenne et s'installent au Palais-Royal.

19 novembre
Le comte d'Avaux, Claude de Mesmes, surintendant des finances, meurt. Longueil reste seul en charge.

1er-31 décembre
Mazarin part pour la Champagne ; il y reste un mois pour surveiller la résistance contre les Espagnols, commandés par Turenne sur ce front.

15 décembre
L'armée royale, commandée par Duplessis-Praslin, bat Turenne à Sommepy, près de Rethel. La

Fronde des princes n'a plus, désormais, les moyens d'une véritable résistance militaire.

30 décembre
Le Parlement de Paris s'est mis du parti de Condé et demande la libération des princes: Louis II de Bourbon, prince de Condé; son frère, le prince de Conti, Armand de Bourbon: et son beau-frère, le duc de Longueville, Henri d'Orléans, détenus depuis le 18 janvier.

autres événements
• Corneille donne *Nicomède*, qui reçoit le privilège d'impression en mars 1651.
• Publication du *Parallèle de l'architecture antique avec la moderne* par Roland Fréart de Chambray, le frère de l'ami de Poussin. L'écrivain y rejette pour la France la tentation du baroque italien et fait ainsi l'éloge du dépouillement du récent noviciat des jésuites, à Paris, par opposition à l'église Saint-Paul-Saint-Louis, beaucoup trop chargée à ses yeux.
• Philippe de Champaigne peint le portrait dit d'*Arnauld d'Andilly*, chef-d'œuvre de finesse dans l'analyse psychologique d'un visage.
• Georges de La Tour signe et date le *Reniement de saint Pierre*.
• Début de la construction, sur des plans de Le Vau, de l'hôtel Lauzun, à Paris, dans l'île Saint-Louis. La décoration intérieure de cet hôtel constitue le plus bel ensemble ornemental du XVIIᵉ siècle dans une demeure privée. L'escalier et les appartements de réception sont ornés de peintures de Le Brun, Le Sueur, Patel et Bourdon.
• Poussin peint son *Autoportrait* pour Paul Fréart de Chantelou. L'air grave, le regard tourné vers nous, mais comme perdu dans un rêve, l'artiste apparaît dans son atelier devant une toile encadrée mais encore vierge, où se détache son ombre portée, pour nous rappeler sans doute que la peinture, quelque savante qu'elle soit, reste un art d'illusion.

1651

30 janvier-25 février
Les frondeurs s'unissent pour obtenir la libération des princes. Gondi, qui tient Paris par son réseau de curés fidèles, se rallie au parti de Condé. Puis Gaston d'Orléans passe du côté des frondeurs et signe le 30 janvier un traité avec les partisans des princes pour demander leur libération. Dès le 2 février, il refuse de venir au Conseil tant que Mazarin y siégera et prend la tête d'une révolte nobiliaire qui recrute ses fidèles parmi les vastes clientèles des grands. De son côté, le Parlement « résiste » et continue ses attaques contre Mazarin les 9 et 10. Devant ces menaces conjointes, le gouvernement de la reine cède: Mazarin vient lui-même libérer les princes au Havre le 11 février. Ceux-ci, désormais soutenus par le Parlement, font une entrée triomphale dans Paris le 16. Ils sont amnistiés et rétablis dans leurs charges le 25.

5 février-25 mars
L'assemblée de la noblesse se tient à Paris. Aux fidèles de Gaston d'Orléans, la régente Anne d'Autriche fait espérer une réunion des états généraux; elle en fixe le lieu à Tours et la date au 8 septembre, c'est-à-dire après la majorité du jeune Louis XIV. Mais ce projet ne peut que déplaire au Parlement et fissurer l'union des Frondes.

3-13 avril
Révoqué le 3 avril, le garde des Sceaux Châteauneuf est remplacé le 5 par Mathieu Molé, de la mouvance de Condé. Satisfaction est ainsi donnée au prince qui domine le Conseil, sans que Gaston d'Orléans et Gondi aient été consultés. L'union des Frondes est ainsi menacée. Mais très vite les Sceaux sont repris à Molé le 13 avril et redonnés au chancelier Séguier.

11 avril
Pour calmer une opposition qui le prend toujours pour cible et exige son retrait, Mazarin choisit l'exil. Il se réfugie à Brühl sur les terres accueillantes de l'Électeur de Cologne. Il restera en relation étroite avec la régente Anne d'Autriche, lui prodiguant ses conseils, entre autres pour diviser ses ennemis.
« Adieu, cause de nos ruines [...] / Adieu, l'abbé à vingt chapitres / Adieu, seigneur à mille titres [...] / Allez sans jamais revenir. » On retrouve dans cette mazarinade l'essentiel des griefs des frondeurs contre le ministre haï: comme un nouveau Concini, Mazarin, favori de la fortune, a mis la main sur le pouvoir. Lui aussi est dévoré d'ambition, faisant venir en France sa famille italienne pour placer dans la noblesse française ses nièces, à défaut de ses filles. Lui aussi a détourné des caisses du roi une fortune énorme et profité de bénéfices ecclésiastiques qui lui assurent d'immenses revenus (Sully, bien que protestant, avait des abbayes en commende). La pointe xénophobe est aussi présente, les Italiens étant réputés fourbes et atteints du mal de Naples (la syphilis). Enfin, c'est à Mazarin que sont attribuées toutes les inventions fiscales (le tarif entre autres) qui ont déclenché le conflit avec les Parisiens.

5 mai
Turenne fait sa paix avec le roi.

16 mai
Condé est nommé gouverneur de Guyenne.

juin-août
Dans cette période, les intrigues permettent à la reine de diviser le front uni des Frondes : elle promet à Gondi le chapeau de cardinal le 31 mai. Condé rompt avec la reine le 5 juillet. Pour le satisfaire, Anne d'Autriche accepte, le 18, de renvoyer des proches de Mazarin : Michel Le Tellier, Abel Servien et Hugues de Lionne. Gaston d'Orléans se rapproche à son tour de la reine le 17 août. Désormais, chacun des chefs de « parti » poursuivant des objectifs divergents, le front uni de la Fronde se déchire.

20 juillet
Guerre franco-espagnole. Le maréchal d'Aumont passe la Lys victorieusement.

septembre
Publication de la première partie du *Roman comique* de Scarron, dédié à Retz, qui relate sur le mode burlesque les aventures de deux jeunes amoureux réfugiés dans une troupe de comédiens ambulants pour échapper à un dangereux rival.

Scarron

Fils d'un conseiller au Parlement, Scarron (1610-1660) est engagé par sa famille dans la carrière ecclésiastique. Abbé, il fréquente des littérateurs comme Tristan L'Hermite et Scudéry, mène une vie assez libre au Mans, où il rencontre Mairet et Rotrou. Atteint en 1638 d'une maladie rhumatismale, il devient infirme, ce dont il s'accommode avec un certain humour : « Je ne ressemble pas mal à un Z [...]. Je suis un raccourci de la misère humaine. » Après la disgrâce de son père, il n'est plus titulaire que d'une pension de « malade de la Reine ». Il se lance bientôt dans le genre burlesque avec, en 1643, un Recueil de quelques vers burlesques, *suivi de deux autres (1646 et 1651) et de son grand succès,* Le Virgile travesti *(1648-1652), parodie dont le succès s'explique par la révérence dont étaient alors entourés les classiques. En 1652, ayant renoncé à émigrer en Amérique, il épouse Françoise d'Aubigné, petite-fille d'Agrippa d'Aubigné, qu'il sauve de la misère et qui, veuve, deviendra Mme de Maintenon. Il reçoit chez lui les hommes les plus en vue de la société parisienne. Il écrit aussi pour le théâtre des comédies, comme* Jodelet ou le maître valet *(1645) et* Don Japhet d'Arménie *(1652), le plus souvent inspirées de pièces espagnoles. Dans* Le Roman comique, *il poursuit sa veine burlesque, comme l'écrit Charles Sorel, dans « un style particulier à l'auteur, qui est de faire raillerie de tout, même dans les narrations où il parle de lui-même ». Le succès encourage Scarron à publier une deuxième partie, qui paraît en septembre 1657. Le 24 mai 1660, il prend un privilège pour la troisième partie, mais, lorsqu'il meurt en octobre de la même année, il n'en laisse que des ébauches.*

7 septembre
Louis XIV est proclamé majeur. La cérémonie est marquée par une procession somptueuse où chacun affiche sa fidélité au roi. Seul absent, le prince de Condé, toujours « malcontent », part pour sa province de Guyenne soutenir la révolte qui continue à Bordeaux où il arrive le 22. Mais la régence est désormais terminée et le roi jouit pleinement de son pouvoir : les engagements pris par Anne d'Autriche (réunion des états généraux, bannissement de Mazarin) ne le lient plus. Anne d'Autriche est chef du Conseil.

8-9 septembre
La Vieuville revient à la surintendance des finances le 8 et Mathieu Molé reprend les Sceaux le 9.

27 septembre
En vue de réduire la Guyenne à l'obéissance, la Cour part pour Fontainebleau, première étape sur la route de Poitiers, où elle arrivera le 31 octobre.

octobre
La réunion à Tours des délégués de la noblesse pour les états généraux est ajournée du fait du trop grand nombre des absents, ce qui permet à Anne d'Autriche de remettre l'ouverture des états au 1er mai 1653. En fait, le 13 mai 1653, Louis XIV écrira à Monsieur que l'assemblée est retardée « jusques à ce que le temps me permette de la tenir paisiblement et d'en tirer les avantages que je me promets » : le projet sera en somme définitivement enterré.
Condé obtient des ralliements à sa rébellion : la Guyenne, province dont il est gouverneur ; la Provence, aux mains de son cadet Conti ; le Berry, dans celles du duc de Rohan ; le Poitou, l'Anjou, l'Aunis, la Saintonge.
Par une déclaration royale du 8 octobre, Condé, Conti, la duchesse de Longueville, le duc de Nemours (Henri II de Savoie, époux de Marie

d'Orléans-Longueville, fille du premier mariage du duc de Longueville et, de ce fait, du parti des princes) et le duc de La Rochefoucauld sont accusés de haute trahison et de crime de lèse-majesté. Ils passent un traité avec l'Espagne, signé le 26 octobre à Maubeuge et le 6 novembre à Madrid.

9 octobre
Le Parlement anglais vote l'Acte de Navigation qui attaque de front les concurrents hollandais: les marchandises en provenance d'Asie, d'Afrique ou des Amériques ne pourront être importées en Angleterre que par des navires anglais; celles en provenance d'Europe ne pourront l'être que par des navires anglais ou des navires appartenant au pays européen producteur.

novembre-décembre
Le comte d'Harcourt bat les troupes de François de La Rochefoucauld et dégage Cognac le 15 novembre, puis il s'empare de La Rochelle le 27 et bat Condé à Tonnay-Charente, près de Rochefort, le 4 décembre.

15 novembre
Publication de l'*Imitation de Jésus-Christ* dont les 20 premiers chapitres du livre I sont traduits en vers par Corneille.

12-30 décembre
Louis XIV rappelle Mazarin exilé à Brühl depuis avril. Le 23, le cardinal pénètre en France avec 6000 hommes recrutés par ses soins, principalement en Allemagne, et commandés par le maréchal d'Hocquincourt. Le 30, Mazarin entre à Rethel. La veille, à Paris, le Parlement a déclaré Mazarin « perturbateur du repos public » et mis sa tête à prix pour 150 000 livres.

autres événements
• Roland Fréart de Chambray traduit le *Traité de la peinture* de Léonard de Vinci.
• Thomas Hobbes (1588-1679): *Leviathan or The Matter, Forme and Power of A Commonwealth Ecclesiastical and Civil (Leviathan. Traité de la matière, de la forme et du pouvoir de la République ecclésiastique et civile).* Analysant l'homme dans ses relations à ses semblables, Hobbes constate que chacun est mû par des pulsions agressives qui conduisent à la guerre « de chacun contre chacun »: « L'homme est un loup pour l'homme. » Pour qu'une vie sociale soit possible, il convient que les citoyens abandonnent chacun le pouvoir de gouverner à un monarque ou une assemblée qui les représente tous. Seul ce Leviathan tout-puissant, somme des volontés individuelles, peut faire régner la paix civile à l'intérieur en imposant des lois, au besoin par la violence que seul il a droit d'exercer, ou faire la guerre à l'extérieur pour assurer sa défense ou effectuer de nouvelles conquêtes. Ainsi, un contrat transforme l'homme premier, soumis à ses pulsions, en un sujet obéissant du souverain tout-puissant. Cette pensée politique a soulevé de violentes critiques et certains y ont vu une théorie du despotisme. On peut penser que Hobbes, confronté aux fureurs des guerres civiles en Angleterre puis en France, en appelait à un pouvoir souverain et absolu.
• Le sculpteur Michel Anguier (1612-1686) revient à Paris après un séjour à Rome d'une dizaine d'années. Avec son frère François, il représente la maîtrise face à l'équipe de Sarazin qui a intégré l'Académie royale.

1652

3 janvier
Le parlement et la ville de Bordeaux s'allient avec les princes.

4 janvier
Gaston d'Orléans, farouchement hostile à Mazarin, repasse à la Fronde et fait alliance avec Condé, mais le Parlement refuse de s'unir à la Fronde des princes. Pendant ce temps, les troupes royales reprennent une à une les villes frondeuses de Guyenne.

20 janvier
Mazarin rejoint la Cour à Poitiers. Trois jours plus tard, le duc de Bouillon et son frère, le maréchal de Turenne, se mettent au service d'Anne d'Autriche après avoir obtenu de larges compensations, en particulier la rétrocession de la principauté de Sedan au duc de Bouillon.

19 février
Le pape Innocent X fait cardinal Jean-François-Paul de Gondi de Retz, coadjuteur de l'archevêque de Paris: il est dit désormais cardinal de Retz.

22 février-14 mars
Condé et Conti sont victorieux des armées royales à Miradoux en Guyenne le 22 février, mais ils doivent abandonner la place le 5 mars et lever définitivement le siège le 14.
Turenne est placé à la tête des armées royales avec le maréchal d'Hocquincourt.

mars
La Cour se déplace à Blois, puis à Gien.
Les frondeurs, cependant, concentrent leurs forces: le duc de Nemours, qui a levé des troupes aux Pays-Bas, joint Gaston d'Orléans vers Châteaudun le 15. Condé, venant d'Agen, les rejoint à Lorris non loin d'Orléans et prend le commandement de l'ensemble le 1er avril.

6-7 avril
Dans la nuit du 6 au 7 avril, à Bléneau, non loin de Gien, Condé, à la tête de 7 000 à 9 000 hommes, bat l'armée royale commandée par le maréchal d'Hocquincourt tandis que celle de Turenne parvient à protéger Gien où se trouvent le roi et la Cour. Ces armées, sans intendance ni munitionnaires, vivent sur le pays, pillant et détruisant les récoltes autant qu'elles les consomment. Sans semences et privés de chevaux, les paysans ne peuvent mettre en labours leurs champs pour l'année suivante. Ceux qui ont tout perdu se réfugient en grand nombre dans les villes, en particulier à Paris où ils viennent grossir les rangs des pauvres. Le prix du pain double entre avril et juin. Dans certaines paroisses d'Île-de-France, la mortalité fait un bond énorme.

11 avril
Condé entre à Paris. Il est très mal reçu par le Parlement le 12, puis par la chambre des comptes le 22, par la Cour des aides enfin le 23.

16 avril
Une réunion de noblesse se tient à Maintenon. Des réunions semblables se sont tenues en Orléanais, en Normandie, dans le Vexin.

4-29 mai
L'armée des princes, commandée par Tavannes (1620-1683), est surprise près d'Étampes par l'armée royale commandée par Turenne. Les pertes sont importantes du côté des princes: 1 000 morts, presque autant de prisonniers. Mais Tavannes sauve le reste en se repliant dans la ville où il s'enferme et se cantonne. Cette victoire permet cependant à Mazarin de refuser les exigences des princes. L'armée de Turenne ne commence véritablement le siège de la ville que le 29 mai.

17 mai
Guerre franco-espagnole. Les Espagnols s'emparent de Gravelines.

6-12 juin
L'armée des princes, assiégée dans Étampes par l'armée royale commandée par Turenne, est secourue par le duc de Lorraine le 6 juin. L'alliance est scellée entre les princes, Gaston d'Orléans et le duc de Lorraine le 12. Charles IV, après avoir contraint l'armée royale à lever le siège d'Étampes, se replie vers la Lorraine, pressé par Turenne qui arrive à Villeneuve-Saint-Georges sur ses talons. Mazarin a acheté son départ par la promesse de lui restituer les deux places de Vic et Moyen-Vic. À ce moment, Condé, peu désireux de devoir combattre de front l'armée royale, cantonne ses troupes à Saint-Cloud.

9 juin
Une assemblée de noblesse se tient chez le duc de Liancourt: elle envoie au roi une députation chargée de lui soumettre un cahier de doléances. Aussi cette assemblée précède-t-elle une réunion des états généraux qu'elle demande déjà depuis longtemps. Louis XIV reçoit la députation, promet de réunir les états généraux mais n'apporte aucune réponse aux doléances exprimées par les cahiers et renvoie chez eux les députés.

15 juin
La Cour est à Melun. Des négociations sont engagées avec les princes. Le 28, le roi et la Cour arrivent à Saint-Germain-en-Laye.

24-25 juin
À Bordeaux, l'Ormée, mouvement extrémiste de la Fronde, prend le contrôle de la ville.

L'Ormée

L'Ormée, mouvement insurrectionnel frondeur qui prend le pouvoir à Bordeaux au printemps 1652, tient son nom de la place ombragée d'ormeaux, près de Sainte-Eulalie, où se tiennent ses premières réunions en 1651. La Fronde revêt à Bordeaux une forme particulière dans laquelle se mêlent ou s'opposent des courants rivaux, voire contraires.
La ville connaît une première Fronde, parlementaire, qui se déroule de l'été 1648 à décembre 1649, quand Mazarin accepte de faire des concessions, puis une Fronde des princes commencée en juin 1650 quand les Condé arrivent dans la ville et qui s'achève le 3 août 1653 par l'entrée des troupes royales après le départ de Conti.
Une série d'affrontements opposent d'abord les troupes ormistes, qui rassemblent des officiers de seconde importance, des artisans et leurs apprentis, des marchands et leurs commis, à celles du Chapeau Rouge, quartier de résidence des riches négociants et des plus importants officiers. Le

dernier combat se déroule le 25 juin 1652 et fait une soixantaine de morts chez les ormistes. À l'évidence, ce conflit a un fondement social : même si les dirigeants de l'Ormée appartiennent pour une part à la bourgeoisie ou à l'office, un fossé les sépare des officiers et de la bourgeoisie plus ancienne qui dirigeaient jusque-là les affaires de la cité.
Pour maîtriser la ville, l'Ormée prend le contrôle des anciennes institutions urbaines : la Bourse, le Conseil de guerre, le conseil de la Chambre de direction qui, depuis sa création par le Parlement en 1649, a la charge des affaires financières, le corps électoral de la Jurade et la Jurade elle-même. Parallèlement, l'Ormée installe ses propres organes de pouvoir : la Chambre de l'Ormée, assemblée d'environ 500 membres qui décide de l'orientation générale, la Chambre de trente, à la fois pouvoir exécutif, tribunal politique et conseil militaire, la Chambre de douze, chargée des affaires privées et, en fait, de la défense des ormistes et de leurs intérêts individuels dans tous les conflits qui les opposent à l'oligarchie urbaine.
À la fin de 1652, la situation se dégrade et la domination politique est empreinte d'une forme de terreur à l'encontre des officiers, principalement ceux du Parlement, des agents du fisc royal et des gros négociants. À la fin de 1653, il ne reste à Bordeaux qu'une dizaine de parlementaires et les marchands ont eux aussi beaucoup souffert des contributions forcées levées pour soutenir la lutte armée, des interdictions d'exporter et des pressions exercées par la Chambre de douze.
Si certains ont voulu voir dans l'Ormée les prémisses démocratiques de l'an II, on ne doit pas oublier que les éléments d'idéologie républicaine sont ici plus le fait de la force des choses que de l'audace des idées.

25 juin
À Paris, se réalise une union des frondeurs qui regroupe le Parlement, Gaston d'Orléans, les princes et la ville de Paris. Une agitation règne dans la ville et des « émotions » s'y produisent journellement.

2 juillet
Un combat acharné se livre à la porte Saint-Antoine entre l'armée royale commandée par Turenne et celle des princes commandée par Condé qui essuie de lourdes pertes. Voyant les frondeurs sur le point d'être défaits, la Grande Mademoiselle (1627-1693), fille de Gaston d'Orléans, obtient de faire donner le canon de la Bastille contre l'armée royale et fait ouvrir la porte de la ville, permettant *in extremis* un repli aux troupes condéennes. Dans cette rencontre, le neveu le plus chéri de Mazarin, Paolo Mancini, âgé de 14 ans, compagnon de jeu de Louis XIV, trouve la mort parmi nombre de jeunes nobles.

4 juillet
Une réunion des notables de Paris se tient à l'Hôtel de Ville. Des soldats de Condé et de la milice urbaine acquise au prince massacrent ceux qu'ils soupçonnent de le trahir. Il est difficile d'estimer le nombre des victimes : 100, 200, 300 peut-être. Beaufort est fait gouverneur de Paris par les princes et Broussel, conseiller au Parlement, devient prévôt des marchands. Devant les excès du parti des princes, celui de la reine Anne d'Autriche grossit au sein du Parlement et dans la bourgeoisie parisienne, qui aspire à un retour au calme et à une vie économique normale.

11 juillet
Louis XIV fait savoir au Parlement de Paris qu'il consent à éloigner Mazarin dans un esprit d'apaisement.

20 juillet
Un pouvoir insurrectionnel est créé à Paris avec la caution du Parlement qui prend un arrêt faisant de Gaston d'Orléans, l'oncle du roi, le lieutenant général du royaume, tandis qu'est créé un Conseil de gouvernement.

31 juillet-7 août
Le 31 juillet, une déclaration royale exige le transfert du Parlement de Paris à Pontoise. Le 7 août, 31 magistrats conduits par Mathieu Molé et Nicolas Fouquet acceptent d'obtempérer. Les membres du Parlement restés à Paris perdent de ce fait leur légitimité. Les parlements de province se rangent à l'obéissance.

FOUQUET

Nicolas Fouquet (1615-1680) est né d'une famille angevine. Dès 16 ans, il est conseiller au parlement de Metz, puis maître des requêtes à 20 ans. Après la mort de Richelieu, il passe au service de Mazarin auquel il est indéfectiblement fidèle aux pires moments de la Fronde. En 1650, il achète la charge de procureur du roi auprès du Parlement de Paris et s'efforce d'y créer un tiers parti favorable au retour à l'ordre et donc à la régente, Anne d'Autriche. En 1653, Mazarin choisit Fouquet comme surintendant des finances, charge qu'il partage avec Abel Servien : ce dernier

veille à l'ordonnancement des dépenses et Fouquet doit se préoccuper des recettes. Il se montre très efficace pour restaurer la confiance des épargnants et, par conséquent, drainer vers les caisses du roi les fonds des prêteurs, indispensables à la poursuite de la guerre contre l'Espagne. Il assume la surintendance à part entière quand Servien meurt, en 1659.
À la mort de Mazarin en 1661, le surintendant apparaît comme l'homme fort du ministère constitué par le cardinal et conservé par Louis XIV. Il siège au Conseil d'en haut avec Hugues de Lionne et Michel Le Tellier. Colbert n'est encore qu'intendant des finances et chargé de régler la succession du cardinal dont il gérait les affaires.
Or, l'homme de Mazarin se montre habile auprès du jeune Louis XIV, jaloux de son pouvoir. Le surintendant, confiant dans son savoir-faire et les réseaux tissés depuis son accession au pouvoir, ne prend pas la juste mesure des changements souhaités par le roi. Superbe, il offre à Louis XIV les fêtes de Vaux, le 17 août 1661, dans son château récemment terminé, fêtes somptueuses dont on a souvent surestimé l'importance dans la chute du surintendant. Travaille contre lui un rival efficace, Colbert, qui parvient à obtenir que Fouquet vende sa charge de procureur du roi auprès du Parlement de Paris, charge qui lui garantirait une impunité en cas de disgrâce et de procès.
Le 5 septembre 1661, le jour de son anniversaire, Louis XIV fait arrêter le surintendant dans la cour du château de Nantes où doivent se tenir les états de Bretagne. Commence alors pour Fouquet la longue épreuve d'un procès qui va durer trois années. Le tribunal est composé pour la circonstance de juges hostiles à l'accusé, choisis par le roi sur les conseils de Colbert. Fouquet se défend pied à pied, montre ses livres de comptes, apporte des preuves. En fait, le procès est politique. Le verdict tombe le 20 décembre 1664 : les juges condamnent Fouquet au bannissement perpétuel. Usant à rebours de son droit de grâce, le roi aggrave la peine, commuée en internement à vie. Fouquet est enfermé dans la forteresse de Pignerol, gardé au secret sans aucun contact avec l'extérieur. Le tombeau de Pignerol s'est refermé sur le brillant surintendant.
Les historiens ont bien montré la mauvaise foi des juges condamnant un surintendant qui, loin de s'enrichir dans sa fonction comme l'ont toujours fait ses prédécesseurs, a engagé toute sa fortune au service du roi. Les attaches de la famille de Fouquet avec les dévots et même, pour certains, avec la compagnie du Saint-Sacrement donnent-elles une dimension politique aux accusations de complot retenues contre lui ? Il fallait aussi faire « rendre gorge » aux « traitants », les créanciers du surintendant. Enfin, Fouquet éliminé, la surintendance disparaît, Colbert s'efface devant son maître et n'est jamais qu'un contrôleur général, révocable.

2 août
Guerre franco-espagnole. À La Ferté-Milon, l'archiduc Léopold-Guillaume, frère de l'empereur Ferdinand III, oblige Turenne à se replier.

10-12 août
Le 10 août, un arrêt du Conseil décide de demander au roi d'exiler Mazarin à Metz, ce à quoi le roi consent le 12. Pour la seconde fois depuis avril 1651, Mazarin part pour l'exil, mais à Sedan cette fois, dans l'espoir d'apaiser les esprits. Cette absence, purement tactique, ne signifie pas son éloignement définitif.

15 août
La ville fortifiée de Montrond (actuel Saint-Amand-Montrond), en Berry, tenue par des partisans de Condé, se rend aux troupes royales.

22 août
Les princes se déclarent prêts à faire la paix si le départ de Mazarin est définitif. À Paris, les bourgeois sont de plus en plus hostiles aux troupes des princes.

5 septembre
Les princes voient leurs troupes renforcées par l'arrivée des contingents du duc de Lorraine Charles IV.

10 septembre-21 octobre
Guerre franco-espagnole. Aux Pays-Bas, Dunkerque est reprise par l'archiduc d'Autriche, Léopold-Guillaume, le 10 septembre.
En Catalogne, Barcelone, occupée par les Français depuis 1641, est reprise par l'infant Don Juan d'Autriche et Philippe IV est à nouveau reconnu par les Catalans le 13 octobre.
En Italie, la garnison de Casal capitule le 21 octobre et la ville est rendue au duc de Mantoue passé dans l'orbite espagnole par son mariage avec une princesse autrichienne.

11-12 septembre
Le 11, le roi remet au coadjuteur Gondi de Retz son chapeau de cardinal. Le lendemain, une députation du clergé parisien conduite par Retz vient demander au roi de revenir dans sa capitale pour y faire cesser les troubles.

24-30 septembre
Plusieurs centaines de Parisiens manifestent contre les princes et demandent, le 24, le retour du roi. Les bourgeois, ceux qui ne sont pas engagés dans les partis et la lutte politique, sont las de l'agitation qui les prive d'une activité économique normale et ils prennent conscience de leur force. Cette lassitude devient l'alliée majeure du parti de la reine mère Anne d'Autriche. Le 30, une députation des six corps de la ville demande au roi de revenir à Paris.

13 octobre
Condé, désormais isolé, quitte Paris pour Bruxelles et choisit de passer au service du roi d'Espagne avec le reste de ses troupes. Le duc de Lorraine, Charles IV, quitte lui aussi Paris.

21-26 octobre
Le 21 octobre, Louis XIV entre dans sa capitale sous les acclamations: le retour de la Cour marque la fin des troubles. Le lendemain, dans un lit de justice, le roi restaure le Parlement mais lui impose de strictes limites: il ne doit pas délibérer sur les édits fiscaux et les affaires de l'État. Dans la même séance, le roi proclame l'amnistie pour les frondeurs, excepté les chefs les plus endurcis (Condé, Longueville, Beaufort). Gaston d'Orléans, qui signe sa soumission le 22, est exilé à Blois. Louis XIV rappelle à nouveau Mazarin le 26.

26 octobre
«Arrêté portant ordre aux libraires de ne plus vendre les écrits imprimés pendant les derniers troubles et de les porter dans les 24 heures pardevers Maître Claude Hubert pour qu'il soit procédé à leur destruction.»

13 novembre
Le prince de Condé, déclaré criminel de lèse-majesté, est déchu de ses dignités et de ses gouvernements. Ses biens, ceux de son frère Conti, ceux de sa sœur la duchesse de Longueville, doivent être saisis.

17 novembre
Condé est fait généralissime des armées espagnoles.

19 décembre
Le cardinal de Retz recommence à fronder. Il est arrêté et interné à Vincennes, puis à Nantes où il restera près de vingt mois. À Paris, personne n'a bougé pour le défendre. Le rapport de force a désormais radicalement changé.

autres événements
• La sœur de Blaise Pascal, Jacqueline, entre au couvent de Port-Royal.
• Publication de *La Rhétorique des dieux*, luxueux volume gravé sous le patronage d'un généreux mécène, Anne de Chambré, qui réunit les plus belles pièces du luthiste Denis Gaultier (1603-1672) mais aussi de son cousin Ennemond Gaultier, dit «le vieux Gaultier» (1585-1651). Le recueil est illustré de gravures de Nanteuil et d'Abraham Bosse.

LA MUSIQUE POUR LUTH AU XVIIe : GAULTIER

Dès le début du XVIIe siècle, les musiciens qui composent pour le luth – instrument apprécié de Louis XIII, symbole de la galanterie et de la préciosité indispensables à l'accompagnement des airs de cour – lui accordent de plus en plus d'autonomie: il n'est plus réservé à la seule transcription des airs dansés ou chantés. Les suites de Denis Gaultier, dont les pièces portent souvent un titre littéraire évocateur, représentent le sommet de l'école française de luth. L'instrument sera bientôt détrôné par le clavecin, même si un élève de Gaultier, Charles Mouton (1626-1699), perpétue son art jusqu'à la fin du siècle en publiant des Pièces de luth sur différents modes *en 1669.*

1653

30 janvier
Mazarin rentre à Paris où il est acclamé. L'un de ses premiers gestes est de faire payer aux rentiers de l'Hôtel de Ville leurs quartiers.

8 février
Après la mort de La Vieuville le 2 janvier, Nicolas Fouquet, procureur du roi au Parlement de Paris, devient surintendant des finances avec Abel Servien.

23 février
Lully et Louis XIV (qui interprète, entre autres rôles, celui du Soleil levant) dansent ensemble dans le *Ballet de la nuit*, étonnant spectacle baroque de 45 entrées, mêlant tous les genres, à la composition duquel Lully a peut-être participé.

LULLY

Amené à Paris par Roger de Lorraine pour Mlle de Montpensier, qui désirait converser en italien, Giambattista Lulli (1632-1687), fils d'un meunier toscan, entre à son service à l'âge de 13 ans, en 1645, comme « garçon de chambre ». Il est aussi bon guitariste, violoniste, chanteur et danseur. De formation musicale italienne (il connaît les mascarades, les sacre rappresentazioni *et les concerts des académies florentines), il s'initie à la musique instrumentale française (composition, harpe et orgue) et suit les divertissements qu'offre la Grande Mademoiselle. À la fin de la Fronde, il passe au service du roi et compose, en 1653, pour les ballets de cour (*Ballet du Temps, Ballet des Plaisirs, Ballet des Saisons… *jusqu'au* Triomphe de l'amour *en 1681) qu'exécutent courtisans et princes. En 1655, il constitue la bande des Petits Violons qui s'ajoute aux ensembles déjà existants sous Louis XIII et qui apparaît pour la première fois dans* Le Ballet de la Galanterie du Temps *(19 février 1656). La musique de ce ballet conçu pour mettre en valeur le jeune roi est à peu près entièrement de sa main. Lully collabore aussi par de somptueux ballets-intermèdes aux opéras* Xerse *et* Ercole amante *de Francesco Cavalli, donnés en 1660 et 1662, à l'occasion du mariage de Louis XIV. Surintendant de la musique du roi en mai 1661, il reçoit ses lettres de « naturalité » en décembre (et francise son nom de Lulli en Lully). Il publie des parodies spirituelles dans les* Livres d'air de dévotion *de François Berthoud, des airs pour* Œdipe *de Corneille, puis crée un trio de chambre pour les « petits couchers » du roi. Il réunit sa première collection de danses dans les « Branles de 1665 », destinés aux bals de la Cour. Ses compositions sacrées (*Jubilate Deo *en 1660 et* Miserere *en 1664), même s'il n'a pas de poste officiel à la chapelle royale, servent le gallicanisme que préconise le roi. Il collabore avec Molière dès 1661 avec* Les Fâcheux, *puis dans diverses comédies-ballets:* Le Mariage forcé *en 1664, et surtout* Les Fêtes de Versailles *de 1668 au cours desquelles est représenté* George Dandin*; dans* Le Bourgeois gentilhomme *et dans* Psyché *(tragi-comédie avec Thomas Corneille et Philippe Quinault), la musique gagne en importance.*

En 1672, après avoir racheté, sur les conseils de Colbert, au poète ruiné Perrin les privilèges pour l'opéra, il devient directeur de l'Académie royale de musique, disposant à son gré d'excellents musiciens et chanteurs, mais aussi de machinistes et de décorateurs hors pair. Entre 1673 et 1686, Lully crée 13 tragédies en musique, dont la première est Cadmus et Hermione *(1674): de grands tableaux réunissent solistes, chœur, ballets et machines à grands effets; des suites d'orchestres et des trios confèrent une force expressive au drame; les airs, variés, restent solidaires des chœurs et des danses. Ainsi naît le modèle d'un genre qui se perpétuera jusqu'à Gluck. À partir d'avril 1673, les privilèges qu'il a obtenus font qu'aucun autre théâtre ne peut s'adjoindre le concours de plus de huit musiciens. Despote, il se brouille avec Molière et La Fontaine; envié, il est attaqué par Boileau, Racine et Bossuet. Malgré tout, il est reçu, le 29 décembre 1681, conseiller secrétaire du roi. Mais, sous l'influence dévote de Mme de Maintenon, Lully, peut-être en raison de ses « mœurs italiennes » qui déplaisaient au roi, tombe en disgrâce; son chef-d'œuvre,* Armide *(1686), sur un livret de Quinault, ne sera joué qu'à Paris, et le roi ne le verra pas. Quinault devenant dévot, un autre librettiste, Jean Galbert de Campistron, lui donne le livret d'*Acis et Galatée *et d'*Achille et Polyxène. *Lully, en mauvaise santé depuis quelque temps, décède le 22 mars 1687, à 54 ans, mal soigné, dit-on, par un charlatan après s'être blessé d'un coup de canne lors de l'exécution d'un* Te Deum *qu'il dirigeait le 8 janvier aux Feuillants, pour fêter la guérison du roi. Sa veuve lui fait construire un magnifique tombeau à Notre-Dame-des-Victoires, détruit lors de la Révolution.*

4 mars

« Arrêté portant défense de chanter sur la voie publique des libelles séditieux et diffamatoires. »

16 mars

Jean-Baptiste Lully est nommé compositeur de la musique instrumentale du roi et prend la tête des 24 violons du roi.

23 mars-13 août

Réduction des derniers foyers de Fronde. Sarlat est reprise par les troupes royales commandées par le marquis de Pompadour le 23 mars.

En Bourgogne, les troupes royales commandées par le duc d'Épernon, gouverneur de la province, mettent le siège devant Bellegarde le 5 mai et s'en emparent le 2 juin. Cette victoire marque la fin de la Fronde dans cette région.

En Guyenne, Libourne est reprise le 17 juillet. Conti maintient son opposition à Bordeaux, puis passe un accord secret avec la Cour le 24. La ville capitule le 31. Les ducs de Vendôme et de Candale, à la tête des armées royales, pénètrent dans Bordeaux le 3 août. Les conditions de paix proposées par Mazarin sont largement assorties de mesures d'amnistie pour la plupart des ormistes, les plus extrémistes mis à part. Nombreux sont ceux qui ont quitté Bordeaux et qui sont condamnés par contumace. La pacification de la province s'achève par la capitulation de Villeneuve-sur-Lot le 13 août.

BILAN DE LA FRONDE

Le second ordre est sans doute le plus grand perdant de cette confrontation. Son rôle dans l'État le cantonne progressivement au service du roi, à la Cour et à l'armée. L'expression des oppositions qui passe déjà par les conflits religieux – protestants contre catholiques, puis dévots contre gallicans, jansénistes contre jésuites, gallicans contre ultramontains – se cantonnera à cette sphère politico-religieuse. Les grands ne seront plus les chefs de ces révoltes où s'exprimait la contestation politique depuis la régence de Marie de Médicis. La monarchie administrative l'a emporté sur la domination du système des clientèles, même si celles-ci lient encore les seigneurs et leurs obligés. Le jeune roi gouvernera désormais davantage avec ses grands commis qu'avec sa valeureuse, mais trop frondeuse, noblesse.
À travers le système des financiers et des « traitants », les privilégiés sont trop associés au devenir de l'État pour risquer longtemps sa stabilité. Les parlementaires, qui ont été les premiers à fronder, veulent garder un droit de regard sur les édits fiscaux pour limiter et contrôler les impôts, mais ils doivent admettre finalement que le roi est le meilleur garant des finances qu'ils lui ont avancées. Certes, les financiers prélèvent un énorme tribut sur les emprunts du roi, mais ils sont perçus désormais comme un mal nécessaire auquel les privilégiés sont eux-mêmes associés.

9 avril
Louis Couperin est nommé organiste de l'église Saint-Gervais, poste qui restera dans la famille Couperin jusqu'en 1826.

LOUIS COUPERIN

Fils d'un marchand de Chaumes-en-Brie par ailleurs organiste d'une abbaye de la région, Louis Couperin (1626-1661) attire, par ses dons musicaux, l'attention de Chambonnières, qui lui assure un succès immédiat à Paris. Un premier manuscrit dans lequel les pièces sont datées atteste sa présence le 12 août 1651 dans la capitale, où il fréquente la Cour. On lui aurait offert le poste de « joueur d'épinette », tenu jusqu'alors par Chambonnières, qu'il aurait refusé par loyauté envers celui qui l'avait aidé à ses débuts, préférant devenir « ordinaire de la musique » comme dessus de viole. Il joue dans certains ballets, Psyché *(1656),* L'Amour malade *et* Les Plaisirs oubliés *(1657), et* La Raillerie *(1659). Ces années-là, il est au service d'Abel Servien, l'un des hommes les plus puissants du royaume. Il rencontre le musicien allemand Froberger (qui lui transmet sa connaissance de la musique de clavier de Frescobaldi) lors du séjour de celui-ci à Paris en 1652. Son œuvre est constituée essentiellement de pièces pour l'orgue et pour le clavecin. Ces dernières, d'une grande diversité, peuvent être ordonnées en suites. Il est le premier compositeur à adapter pour le clavecin les préludes non mesurés, jusqu'alors écrits pour le luth, qui laissent à l'exécutant une grande liberté d'improvisation. La grandeur de ses chaconnes et passacailles, les merveilleuses dissonances qui donnent vie à ses compositions font de lui l'un des grands musiciens français de la période qui précède le règne personnel de Louis XIV. Il meurt en 1661 sans avoir rien publié de son vivant.*

mai
Nouvelle déclaration royale contre les duels.

31 mai
Par la bulle *Cum occasione impressionis libri*, le pape Innocent X condamne cinq propositions de l'*Augustinus* comme hérétiques. Les membres du clergé devront désormais signer un formulaire par lequel ils adhèrent à cette condamnation du jansénisme en accord avec la doctrine pontificale orthodoxe.

28 juin
Le Conseil du roi prend un arrêt « pour la décharge et diminution de ce qui reste dû des tailles des années 1647, 1648, 1649, 1650 et 1651 ».

9-30 septembre
Guerre franco-espagnole. Turenne met le siège devant Mouzon, dans les Ardennes, le 9 septembre. La place est prise en présence du roi le 26. Condé s'empare de Rocroi pour le compte des Espagnols après un siège de vingt-cinq jours le 30.

25 novembre
Guerre franco-espagnole. Sainte-Menehould se rend en présence de Louis XIV.
Vauban (1633-1707) est lieutenant au régiment de Bourgogne.

décembre
Les intendants sont rétablis dans les provinces, presque partout.

16 décembre
En Angleterre, Olivier Cromwell devient Lord Protecteur de la République.

autres événements
• François Anguier achève la sculpture du groupe central du mausolée d'Henri de Montmorency, commencé deux ans plus tôt, pour la chapelle des Visitandines de Moulins.

1654

21 et 22 février
Le prince de Conti, Armand de Bourbon, frère du Grand Condé, amnistié et désormais gouverneur du Languedoc, épouse une nièce de Mazarin, Anne-Marie Martinozzi, richement dotée (600 000 livres).

mars
Réunion au Louvre de 38 évêques et archevêques chargés d'examiner l'*Augustinus* de Jansénius.

21-30 mars
Jean-François de Gondi, archevêque de Paris, meurt. Son neveu, le cardinal de Retz, toujours détenu, prend sa succession par procuration. Le 30, il est contraint de renoncer à l'archevêché.

28 mars
Dans un lit de justice, le Grand Condé, réfugié aux Pays-Bas, est condamné à mort par contumace pour haute trahison par le Parlement de Paris. Cette condamnation entraîne la confiscation de ses biens. En fait, cette procédure durera suffisamment longtemps pour permettre à sa famille et à ses affidés de préserver la fortune du prince.

15 avril
La guerre anglo-hollandaise se termine au bénéfice de l'Angleterre: l'amiral hollandais Tromp a été tué lors de la bataille du Texel et l'amiral Ruyter est tenu en échec devant Douvres. Par le traité de Westminster, qui met fin à cette première guerre anglo-hollandaise, les Provinces-Unies acceptent l'Acte de Navigation (9 octobre 1651).

8 mai
Le cardinal de Retz s'évade de sa prison de Nantes (il a été arrêté le 19 décembre 1652): réapparaissent alors des manifestations d'hostilité à l'égard de Mazarin – placards, libelles, sermons, agitations de rentiers. Le Conseil prend des arrêtés pour réprimer les libelles séditieux en ordonnant de les brûler. Échappant aux poursuites, Retz passe par l'Espagne et trouve refuge à Rome le 28 novembre.

7 juin
Louis XIV est sacré à Reims.

23 juin
La Cour étant de retour au Louvre, Anne d'Autriche charge par contrat Guérin, le collaborateur de Sarazin, de réaliser, dans la chambre du roi, le *Groupe d'enfants soulevant une draperie*, à l'entrée de l'alcôve, tandis que Girardon et Regnaudin sculptent, d'après Sarazin, les esclaves et trophées qui ornent la même chambre.

août
Guerre franco-espagnole. Le siège de Stenay est dirigé par le marquis de Fabert (Vauban fait partie de ses troupes). La ville est prise en présence de Louis XIV le 6 août. Les 25-26, Arras, assiégée par le Grand Condé pour le compte des Espagnols, est délivrée par Turenne.

septembre
Pour contrer les manifestations de rentiers, Mazarin supprime les syndics électifs et les remplace par des commissaires choisis par le roi sur une liste de notables présentés par le prévôt des marchands et les échevins.

24 novembre
Après celle de 1646, Pascal vit sa deuxième conversion dans la nuit du 23 au 24.

12-14 décembre
Le 12 décembre, Louis XIV lance un acte d'accusation contre le cardinal de Retz, exigeant qu'il soit jugé. En réponse, le 14, Retz adresse une lettre aux prélats de France, archevêques et évêques, pour se plaindre du sort qui lui est fait.

autres événements
• Les *Œuvres diverses de M. de Cyrano de Bergerac* sont publiées à Paris, un an avant sa mort, dans l'indifférence, grâce au patronage du duc d'Arpajon auquel leur auteur, qui passe pour un esprit fort et que l'on soupçonne d'athéisme, avait dédié l'année précédente une tragédie: *La Mort d'Agrippine*.

Cyrano de Bergerac

Né à Paris, Savinien de Cyrano (1619-1655) reçoit sa première instruction d'un curé de campagne de la vallée de Chevreuse, puis revient dans la capitale où il étudie au Collège de Beauvais. Il s'engage dans les cadets de Gascogne en 1638 et se fait remarquer pour ses vers autant que pour ses talents d'escrimeur. Blessé devant Arras en 1640, il abandonne la carrière des armes et partage la vie de bohème de Tristan L'Hermite sans pour autant cesser d'étudier et d'écrire. Affecté par une « maladie secrète », désargenté, il écrit des Lettres *inspirées par la vogue de la littérature épistolaire, une comédie en prose,* Le Pédant joué, *des mazarinades. L'année de la publication de ses œuvres, il est blessé mystérieusement: un coup à la tête dont il ne se remet pas. Recueilli par M. des Boisclairs en mai 1654, il meurt, sans doute de la syphilis, chez son cousin Pierre de Cyrano le 28 juillet 1655, sans avoir publié* L'Autre Monde *composé de* L'Histoire comique des États et Empires de la lune *suivi des* États et Empires du soleil *dans lesquels, parmi les railleries et les fantaisies d'un écrivain qui aime aussi laisser le langage prendre le pas sur la pensée, il développe ses idées, celles d'un lecteur d'Érasme et de Montaigne, libertin érudit et admirateur de Descartes. Malgré son insuccès public, son œuvre ne sera pas sans influence dans les années qui suivent: Molière lui emprunte la scène de la galère des* Fourberies de Scapin, *et Pascal s'inspire de lui pour certains des passages parmi les plus célèbres des* Pensées.

• Jean Daret (vers 1613-1668) décore l'escalier de l'hôtel de Chateaurenard, à Aix-en-Provence. Formé en Italie, ce peintre produit de nombreux tableaux pour les églises d'Aix et d'autres villes de Provence; il est aussi un excellent portraitiste comme en témoigne son *Autoportrait*.
• Pascal publie le *Traité du triangle arithmétique*, dans lequel il pose les bases du calcul des probabilités.

1655

5 janvier
Mort du pape Innocent X. Le cardinal Chigi lui succède le 7 avril sous le nom d'Alexandre VII.

janvier-septembre
Le duc de Liancourt, près de mourir, se voit refuser l'absolution à cause de ses attaches notoires avec Port-Royal. Peu après, le 24 février, prenant la défense des jansénistes, le Grand Arnauld fait paraître une *Lettre d'un docteur de Sorbonne à une personne de condition*, qui remporte un grand succès: trois éditions sont tirées et vendues en dix jours. Le Grand Arnauld en écrit alors une deuxième, datée du 10 juillet, qui ne paraît qu'en septembre, *Lettre à un duc et pair*; elle lui vaut son exclusion de la Sorbonne le 31 janvier 1656.

mars-avril
Le 20 mars, des édits fiscaux sont enregistrés en lit de justice, qui prévoient la création, entre autres, d'un droit de timbre sur les actes notariés. Puis, le 13 avril, le Parlement remet en discussion les édits déjà enregistrés. Louis XIV, averti de ce retour de Fronde alors qu'il était à chasser à Vincennes, revient immédiatement à Paris. Il fait irruption au Parlement en tenue de chasse et intime aux magistrats l'ordre d'enregistrer les édits sans plus discuter. Le 21 avril, loin de tenir compte de ces exigences, le Parlement, toutes chambres réunies, émet de nouvelles remontrances contre les édits fiscaux. Le roi les rejette à nouveau. Cependant, pour sortir de cette crise, le pouvoir est contraint de renoncer au droit sur le papier timbré et sur les actes de baptême.

3 mai
Vauban devient ingénieur ordinaire du roi.

12 juin
À la suite d'une dénonciation par l'imprimeur lui-même, un certain Jean L'Ange est arrêté par le lieutenant général du palais pour avoir essayé de vendre des exemplaires de *L'École des filles*, roman dialogué qui relate de la manière la plus libre qui soit l'éducation sexuelle d'une jeune bourgeoise candide. Emprisonné, il soutient que l'auteur réel est un nommé Michel Millot. Le livre circula sans doute dans les milieux libertins et dans l'entourage de Fouquet, qui semble avoir protégé les deux hommes.

juillet-août
Guerre franco-espagnole. Sur le front des Flandres, le roi vient en personne aux armées. Turenne remporte la victoire à Landrecies le 16 juillet, puis s'empare des places fortes de Condé le 18 août et de Saint-Guillain le 25.

3 novembre
Les intérêts anglais dans le commerce avec les Amériques se heurtent au monopole espagnol, en particulier dans les Antilles. L'année précédente,

Cromwell a envoyé une escadre en Jamaïque que les Espagnols abandonnent en décembre. Ces tensions amènent un rapprochement avec la France. Par le traité de Westminster du 3 novembre, les deux puissances s'allient. Mazarin renforce ainsi ses capacités militaires contre l'Espagne.

décembre
Guerre franco-espagnole. La Lorraine, ravagée par les combats, a perdu 60 % de sa population.

14 décembre
Le Tellier obtient la survivance de sa charge de secrétaire d'État à la Guerre pour son troisième fils, François-Michel de Chaville (futur marquis de Louvois), âgé de 14 ans seulement. En 1672, ce dernier entrera au Conseil d'en haut. Le père et le fils seront en charge de la Guerre conjointement jusqu'à ce que Michel Le Tellier soit fait chancelier en octobre 1677; il laissera alors à son fils le secrétariat à la Guerre, que celui-ci exercera jusqu'à sa mort en 1691.

autres événements
- Le Vau est nommé premier architecte du roi.
- Romanelli, de nouveau à Paris, décore l'appartement de la reine Anne d'Autriche, au palais du Louvre. Il quitte Paris l'année suivante.

1656

3 janvier
À la suite du décès du chancelier Mathieu Molé, Pierre Séguier reprend les Sceaux.

27 janvier
Mise en vente de la première des *Lettres à un provincial* de Blaise Pascal pour défendre le Grand Arnauld, accusé d'hérésie. Le nom du libelliste restant inconnu, la police est sur les dents, tant cette première *Provinciale* soulève de réactions à la Cour et dans l'opinion publique. Trois imprimeurs sont arrêtés. Les *Lettres* se succèdent et le succès va grandissant, excitant, par l'esprit qui les anime, l'hostilité envers les jésuites. La publication des 18 *Lettres*, suscitant réponses et polémiques, se poursuivra pendant un an et demi jusqu'à la première édition du recueil des *Provinciales* au printemps 1657. Elles seront mises à l'Index dès le 6 septembre.

La querelle janséniste

La querelle janséniste marque un moment important de l'histoire religieuse et politique de la France sous le règne de Louis XIV. En effet, les ennemis des jansénistes, principalement les jésuites, critiquent la théologie janséniste, « calvinisme rebouilli » qui puise dans saint Augustin une doctrine de la grâce laissant peu de place au libre arbitre du croyant. Celui-ci, soumis à la concupiscence, ne doit son salut qu'à la grâce que Dieu lui accorde en raison des mérites de Jésus-Christ. Dans ce conflit, Rome assène plusieurs condamnations successives : la bulle In eminenti *en 1643 et, en 1653, la bulle* Cum occasione *qui définit cinq propositions hérétiques relevées dans l'*Augustinus *de Jansénius. Dans cette conjoncture, Antoine Arnauld semble sauver la situation par la distinction du droit (les cinq propositions sont hérétiques) et du fait (mais elles ne sont pas dans l'*Augustinus*).*
Le débat sur la grâce et la morale des jésuites est porté sur la place publique par Blaise Pascal, ami de Port-Royal (dont la sœur, Jacqueline, est moniale dans l'abbaye). Il prend la plume en 1656 et publie 18 Lettres à un provincial *pour défendre le point de vue des jansénistes contre celui des jésuites. En 1657, l'assemblée du clergé exige des curés et des prêtres des paroisses, des moines et des moniales, la signature d'un formulaire condamnant cinq propositions. La même année, les* Provinciales *sont mises à l'Index et brûlées par le bourreau. Mazarin a fait disperser les Solitaires de Port-Royal.*

Pascal

Blaise Pascal (1623-1662), né à Clermont, donne très vite des « marques d'un esprit tout extraordinaire ». Son père Étienne, magistrat, se décide à faire lui-même son éducation. La famille s'installe à Paris en janvier 1632. En 1635, le jeune Blaise, qui a trouvé seul la 32ᵉ proposition d'Euclide, est admis aux réunions savantes qui se tiennent chez le père Mersenne. Étienne Pascal est nommé en 1639 commissaire à l'impôt en Normandie. Blaise a 16 ans : le père Mersenne signale à Descartes ses recherches sur les coniques, qui donnent lieu à un Essai *publié en 1640. Il travaille ensuite à sa machine arithmétique, mise au point en 1645 et dédiée au chancelier Séguier (il l'enverra à Christine de Suède en 1652). La famille fréquente les salons : le 3 avril 1639, sa sœur Jacqueline joue le rôle de Cassandre dans* L'Amour tyrannique *de Scudéry, devant le cardinal de Richelieu. En 1646, la lecture d'ouvrages de piété publiés par Port-Royal conduit Pascal à une première conversion.*

Il commence des expériences sur le vide qui le conduiront à celle du Puy-de-Dôme (Récit de la grande expérience de l'équilibre des liqueurs) *et à rédiger son* Traité du vide *en 1651. À son retour à Paris, Descartes lui rend visite les 23 et 24 septembre 1647. Sa sœur Jacqueline prononce ses vœux en 1653 à Port-Royal de Paris. Le 1er octobre 1654, Pascal s'installe rue des Francs-Bourgeois-Saint-Michel (54, rue Monsieur-le-Prince) – où il connaît entre le 23 et le 24 novembre une nuit mystique: sa seconde conversion. Désormais, il séjourne régulièrement à Port-Royal, lieu probable de l'*Entretien avec M. de Sacy. *Les années qui suivent sont celles des* Provinciales, *où il parvient, par la suprême intelligence de son style, à faire comprendre en peu de pages des problèmes difficiles à un public non initié. En juin 1658, il présente à Port-Royal son projet pour une Apologie de la religion chrétienne contre les incrédules, en même temps qu'il publie des travaux sur les probabilités* (Circulaires du concours de la roulette). *Mais en février 1659, gravement malade, il abandonne tout travail scientifique. Un séjour dans la famille de son beau-frère Périer, près de Clermont, améliore son état de santé. Sa sœur, elle, meurt en 1661. L'année suivante, il trouve encore le temps de s'occuper de l'organisation d'un réseau de « carrosses à cinq sols », premiers transports en commun parisiens qui entrent en service en mars. Mais en juin, très gravement atteint, il se fait transporter chez les Périer, rue des Fossés-Saint-Marcel, où il rédige son testament le 3 août, avant de mourir le 19. Il laisse dans ses papiers un certain nombre d'opuscules scientifiques prêts pour l'impression, un* Abrégé de la vie de Jésus-Christ *complet. D'autres écrits,* De l'esprit géométrique, De l'art de persuader, *sont manifestement inachevés, de même que les* Écrits sur la grâce. *Cette masse de papiers, ce sont les matériaux réunis pour l'Apologie qu'il avait annoncée à Port-Royal quatre ans auparavant. Comme l'écrit Florin Périer: « Ce que l'on a trouvé dans ses papiers ne consiste presque qu'en un amas de pensées détachées pour un grand ouvrage qu'il méditait. » En 1670, il tentera d'en faire un livre en publiant l'édition dite de Port-Royal des* Pensées. *Malgré leur inachèvement, ces pages établissent définitivement le génie de Pascal écrivain: l'efficacité et la vigueur de son style donnent le sentiment que l'auteur découvre au moment où il les écrit les vérités qu'il poursuit, communiquant au lecteur la fièvre de son impatience à le persuader.*

24 mars
Marguerite Périer, nièce de Pascal, qui souffrait d'une affection à l'œil, est guérie. Cette guérison, considérée comme miraculeuse, est attribuée à un attouchement d'une épine de la couronne du Christ. À compter de cette date, les persécutions contre Port-Royal s'apaisent progressivement et les Solitaires peuvent y revenir.

27 avril
Édit de fondation de l'hôpital général de Paris. Sur le modèle d'autres hôpitaux créés avant lui, en particulier celui de Lyon en 1614, la nouvelle fondation a pour ambition de lutter contre la mendicité, le vagabondage et la prostitution en enfermant les pauvres. Mesure de police, elle est aussi mesure de bienfaisance. On trouve parmi les fondateurs des membres de la compagnie du Saint-Sacrement.

juillet-septembre
Guerre franco-espagnole. Hugues de Lionne, secrétaire d'État aux Étrangers, se rend en Espagne à deux reprises pour tenter de négocier une paix. La négociation achoppe sur les problèmes posés par la nécessaire soumission à obtenir du prince de Condé.

16 juillet
Guerre franco-espagnole. Condé contraint Turenne à abandonner le siège de Valenciennes tenu depuis le mois de juin.

1er septembre
La reine Christine de Suède, ayant abdiqué en faveur de Carl-Gustav, vient en France.

26 septembre
Guerre franco-espagnole. Turenne s'empare de La Capelle sur les Espagnols.

novembre-décembre
Marie Mancini, nièce de Mazarin, séduit le roi.

Les nièces de Mazarin

L'insertion du cardinal dans les réseaux familiaux de la noblesse de son pays d'adoption est une garantie de stabilité pour l'étranger qu'il reste aux yeux de ses contemporains. Concini avant lui avait cherché des alliances prestigieuses pour ses enfants, dès leur plus jeune âge. Les stratégies matrimoniales sont en effet essentielles aux carrières et les cardinaux ministres n'ont pas manqué de suivre les systèmes de pouvoir de leur temps. Richelieu a veillé de même à l'établisse-

ment de sa famille: on connaît par exemple la carrière du maréchal de La Meilleraye, neveu du cardinal. Mazarin poursuit des ambitions analogues en faisant venir en France ses trois neveux et ses six nièces, réputées belles et intelligentes. La sœur du cardinal, Geronima Mazarini, avait épousé en 1634 un noble romain, Lorenzo Mancini. Six filles sont nées de cette union. L'aînée, Laure Mancini (1635-1657), épouse, en 1651, Louis, duc de Mercœur, fils de César de Vendôme (bâtard d'Henri IV) et frère du duc de Beaufort, qui, follement épris de la jeune femme, suit le cardinal dans son exil de Brühl en 1651, quand son frère fronde à Paris. Olympe Mancini (1639-1708), après avoir été la maîtresse de Louis XIV, est mariée par Mazarin à Eugène de Carignan-Savoie, fait comte de Soissons. Elle est la mère du Prince Eugène, l'un des plus grands capitaines de son temps. Marie Mancini (1640-1715) inspire à Louis XIV une passion partagée que brise la raison d'État. La belle Italienne épouse le comte Colonna qui l'emmène à Rome, loin de la Cour de France. L'exceptionnelle beauté d'Hortense Mancini (1646-1699) inspire de brûlantes passions à de très prestigieux prétendants. Le cardinal lui fait épouser en février 1661 le marquis de La Meilleraye qui devient duc Mazarin et qui hérite de la fortune reconstituée du cardinal. Marie-Anne Mancini (1649-1714) épouse, en 1662, un neveu de Turenne, Maurice-Godefroy de La Tour d'Auvergne, duc de Bouillon. Dans son salon littéraire renommé, elle découvre La Fontaine. Leur frère, Philippe-Julien (1639-1707), devient duc de Nevers.

16 décembre
Molière joue *Le Dépit amoureux.*

autres événements
• Jean Chapelain: *La Pucelle, ou la France délivrée, poème héroïque.*
• Philippe de Buyster sculpte le tombeau du cardinal de La Rochefoucauld.
• Fouquet fait entreprendre la construction du château de Vaux-le-Vicomte. Pour la sculpture, Le Vau ne fait pas appel à l'atelier de Sarazin, mais à Michel Anguier. Celui-ci y réalise *Apollon* et *Rhéa* couchés sur un fronton de l'entrée, d'après un dessin de Le Brun, ainsi qu'une *Clémence* et une *Justice* sur la terrasse, devant le château. Pour la décoration intérieure, c'est Girardon et Nicolas Legendre (1619-1671) que choisit Le Brun.

1657

23 mars
Le traité de Paris complète le traité de Westminster du 3 novembre 1655 avec l'Angleterre de Cromwell, qui s'engage à soutenir la guerre contre l'Espagne sur mer et en France, moyennant la promesse de Dunkerque et Mardyck qui restent à conquérir. Gravelines reviendrait aux Français.

1er avril
Mort de l'empereur Ferdinand III. Pour éviter tout retour d'une guerre avec l'Empire, Louis XIV pourrait briguer pour lui-même la couronne impériale. Mais les Habsbourg de Vienne sont élus à la dignité impériale sans interruption depuis le XIIIe siècle, aussi l'effort diplomatique pour soutenir une candidature française semble-t-il impuissant à briser la tradition. Mazarin songe déjà à constituer ce qui sera plus tard la Ligue du Rhin, c'est-à-dire un vaste glacis de principautés allemandes alliées de la France sur les rives du Rhin, qui garantisse les frontières du royaume au Nord et à l'Est. Finalement, Mazarin décide de soutenir la candidature de Ferdinand-Maurice duc de Bavière plutôt que celle de Louis XIV, mais contrairement aux espoirs français, le jeune fils de Ferdinand III de Habsbourg est élu sous le nom de Léopold Ier le 18 juillet 1658.

1er mai
Les conseillers d'État (120 en 1644) sont ramenés à 32, ce qui permet de ne garder que ceux dont Anne d'Autriche et Mazarin sont sûrs.

mai-août
Guerre franco-espagnole. Turenne est contraint de lever le siège de Cambrai devant Condé le 31 mai. Louis XIV assiste à la prise de Montmédy, où il fait son entrée le 8 août, puis Gravelines est prise le 30. Les Anglais détruisent la flotte espagnole à Ténériffe, dans l'archipel des Canaries.

6 septembre
Les *Provinciales* de Pascal sont mises à l'Index et brûlées par le bourreau.

3 octobre
Guerre franco-espagnole. Prise de Mardyck par Turenne sur les Espagnols. Suivant l'accord de Paris du 23 mars précédent, la place est confiée à la garde des Anglais.

19 décembre
Le roi fait enregistrer en lit de justice la bulle *Ad sacram*, qui condamne à nouveau le jansénisme.

autres événements

• Tallemant des Réaux entreprend la rédaction des *Historiettes*.

TALLEMANT DES RÉAUX

Gédéon Tallemant des Réaux (1619-1690) appartient à une famille de protestants enrichis dans la banque et l'assurance maritime. Installés depuis 1634 dans un hôtel qu'ils ont fait construire rue des Petits-Champs, à Paris, les Tallemant laissent leur fils Gédéon s'adonner aux lettres et à la poésie. Il fréquente le futur cardinal de Retz et se rend avec lui à Rome. Il se lie avec Voiture et Claude Quillet. Rentré à Paris en 1638, il mène la vie d'un mondain, fréquente l'hôtel de la marquise de Rambouillet et rencontre un milieu cultivé d'auteurs à la mode: Chapelain, Conrart, Gombault. Il connaît La Fontaine, Furetière, Maucroix, Pellisson, Perrot d'Ablancourt. En 1657, il commence à écrire ses Historiettes *qui, sans prétendre faire œuvre d'historien, offrent un récit libre et sans contrainte. Il termine l'ouvrage en 1659, complété de notes dans les marges. En 1685, Tallemant, ruiné, abjure le protestantisme. Son œuvre n'est pas publiée de son temps et ne connaît sa première édition qu'en 1834-1835. Aujourd'hui, on ne met plus en doute l'authenticité des* Historiettes *de Tallemant, témoignage important du premier XVIIe siècle.*

• Pierre Mignard est rappelé par Louis XIV, qui lui confie d'importantes commandes, notamment le décor de la coupole du Val-de-Grâce, peint à fresque. Mignard fréquente un large cercle de lettrés: Mme de La Fayette, Mme de Sévigné, Bossuet, Racine, Boileau, Fénelon, Ninon de Lenclos et enfin Molière, qui, pour le défendre contre les zélateurs de Le Brun, lui dédiera en 1669 la *Gloire du Val-de-Grâce*.

1658

8 mars

Le traité signé à Röskilde entre le Danemark et la Suède est un succès diplomatique à porter au compte de l'action persévérante de Mazarin auprès de son allié suédois. Dans le droit fil de la politique conduite par Richelieu, l'alliance avec les États protestants a permis de contrebalancer victorieusement le pouvoir de l'empereur Habsbourg en Allemagne. À Röskilde, la Suède obtient la Scanie, donc la rive nord du Sund, et des points d'attache en Norvège (île de Bornholm, districts de Trondheim et de Bohuslän); son protégé, le duc de Holstein-Gottorp, est restauré dans ses États. Ainsi les détroits du Sund, qui ouvrent la Baltique, ne sont plus sous le seul contrôle du Danemark, mais garantis aussi par l'allié suédois, dont les liens avec la France sortent renforcés.

23 mars

Renouvellement de l'alliance scellée les 3 novembre 1655 et 23 mars 1657 entre la France et l'Angleterre.

printemps

Une grave crise de subsistance provoquée par les rigueurs du climat entraîne une crise démographique. Les difficultés économiques se prolongeront jusqu'en 1663.

mars-juin

Les assemblées de noblesse, qui continuent de se tenir dans la clandestinité en Normandie, dans le Perche, en Beauce, dans la forêt d'Orléans, en Anjou, en Berry et en Poitou, prolongent la contestation nobiliaire qui s'est exprimée pendant la Fronde. La noblesse souhaite la convocation des états généraux, éludée par Anne d'Autriche en 1651, et la réunion périodique, tous les trois ans, des états provinciaux. Soutenue par Gaston d'Orléans sept ans auparavant, la noblesse seconde espère à nouveau le mettre à sa tête: en vain; cette fois-ci Gaston reste fidèle à la reine mère et à Mazarin. Pour calmer cette agitation, les poursuites financières contre les nobles sont suspendues, mais, en même temps, ces assemblées sont interdites sous peine de mort le 23 juin.

avril-juin

En Sologne, les Sabotiers déclenchent une révolte populaire qui se prolonge pendant plusieurs mois. Gaston d'Orléans contribue à l'arrêt des troubles.

15 avril

Un traité d'alliance est signé entre le Danemark et les Provinces-Unies qui pourront commercer librement en mer Baltique.

juin-septembre

Guerre franco-espagnole. Le 14 juin, Turenne remporte la victoire à la bataille des Dunes, près de Dunkerque, contre les Espagnols, commandés par Condé et Don Juan d'Autriche, héritier de Philippe IV d'Espagne. Après dix-huit jours de siège, Turenne s'empare de Dunkerque le 23, remise aux Anglais dès le 26, en application des traités d'alliance (Louis XIV rachètera Dunkerque aux Anglais en 1662). Puis Turenne poursuit son avantage et s'empare de Bergues, Furnes et Dixmude en juillet, d'Audenarde le 9 septembre, d'Ypres le 25, de Menin enfin. Turenne, ainsi maître de presque toute la Flandre, menace Bruxelles.

29 juin-20 juillet
Louis XIV, gravement malade, est transporté à Calais. On fait chanter un *Te Deum* pour sa guérison.

juillet
Des troubles éclatent à Marseille où s'élèvent des barricades. Les factions rivales, qui s'affrontent en vue de dominer la municipalité, maintiennent la tension pendant plusieurs mois.

13 août
En Angleterre, mort du Lord Protecteur Olivier Cromwell. Son fils Richard lui succède.

14 août
Profitant de l'assemblée de Francfort, qui a élu le nouvel empereur Léopold Ier le 18 juillet, Hugues de Lionne est parvenu à susciter la création de la Ligue du Rhin le 14 août. Elle regroupe les Électeurs de Mayence et de Cologne, l'évêque de Münster, le prince de Hesse, l'Électeur palatin Charles-Louis de Neubourg, le duc de Bavière Ferdinand-Maurice, et quelques princes de moindre importance. Ces princes souverains ont critiqué l'empereur Ferdinand III qui n'a cessé de soutenir l'Espagne en envoyant des troupes aux Pays-Bas espagnols. Favorables à la paix, ils choisissent de s'appuyer sur la France pour faire contrepoids à l'empereur.

novembre-décembre
Pour inciter l'Espagne à proposer son infante, Marie-Thérèse (1638-1683), en mariage à Louis XIV, Mazarin suggère d'entamer des pourparlers pour un mariage avec Marguerite de Savoie, fille de Christine de France et cousine de Louis XIV. Le roi et la Cour se rendent à Lyon. Mais les fiançailles savoyardes tournent court quand l'ambassadeur d'Espagne vient à Lyon offrir à Louis XIV la main de l'infante, elle aussi cousine germaine du roi.

4 décembre
Le conseil souverain, érigé en Alsace par un édit de septembre 1657, siège à Ensisheim. Il sera transféré à Brisach en 1674, puis à Colmar en 1698, quand, à la paix de Ryswick, Brisach sera abandonnée par la France.

autres événements
• Création d'un point d'appui français à Saint-Louis du Sénégal par la construction d'un fort.
• Des réunions littéraires se tiennent à Vaux-le-Vicomte dans les salons de Fouquet. On y voit La Fontaine, Mme de Sévigné, Mlle de Scudéry, qui, elle aussi, réunit les « précieuses » lors des « samedis de Sapho ».
• Jean Desmarets de Saint-Sorlin (1595-1676): *Les Délices de l'esprit.*
• Antoine Lemaître: *L'Aumône chrétienne.*
• Le peintre Charles de La Fosse (1636-1716) part pour Italie, où il restera jusqu'en 1663, séjournant à Rome, à Parme et à Venise.
• Le Brun travaille au décor intérieur du château de Vaux-le-Vicomte. Son art s'y révèle plein d'invention, mais on y perçoit déjà un certain académisme.
• Début de la construction de l'hôtel de Beauvais, à Paris, par Antoine Lepautre (1621-1691), sur un modèle d'inspiration italienne: les appartements sont distribués autour d'une cour intérieure, et le décor n'est pas exempt d'une certaine exubérance baroque.

1659

janvier-avril
De nouvelles assemblées de noblesse se réunissent dans l'Orléanais le 8 janvier. Elles tentent de rallier les nobles d'autres provinces et demandent au comte d'Harcourt de prendre la tête de leur mouvement pour adresser au roi une supplique en faveur d'une réunion des états généraux. Le 20 avril, une nouvelle assemblée envoie un député au prince de Condé. Le pouvoir royal réagit: 35 gentilshommes sont arrêtés.

21 février
Après le décès d'Abel Servien le 17 février, Fouquet reste seul surintendant des finances.

6 mai
Un arrêt du Conseil interdit aux protestants de chanter les psaumes en public.

mai-juin
Guerre franco-espagnole. Le 9 mai, la France et l'Espagne suspendent enfin les hostilités ouvertes en 1635 et entament des pourparlers de paix. Le 4 juin, Condé et ses fidèles retrouvent leurs biens mais non leurs charges. Hugues de Lionne, qui participe activement aux négociations, est fait ministre d'État le 23 juin.

20 juin
Pour protéger le commerce français, le roi crée un impôt nouveau : tous les commerçants utilisant des bateaux étrangers dans leur commerce avec la France acquitteront 50 sols par tonneau de marchandises transportées. Pour le commerce au long cours, cette mesure porte atteinte aux intérêts hollandais, ce qui n'est pas le cas pour le cabotage, assuré pour l'essentiel par des bateaux français.

juillet-août
Les gentilshommes impliqués dans le mouvement de contestation en faveur de la réunion d'états généraux sont menacés de voir leurs demeures occupées par l'armée royale. Les arrestations continuent, mais ni Harcourt ni Condé ne sont inquiétés.

août-septembre
La Cour quitte Paris et s'achemine vers Bayonne en passant par la Saintonge, la Guyenne et le Languedoc.

13 août
Première conférence dans l'île des Faisans entre les ministres, Mazarin pour la France et Don Luis de Haro pour l'Espagne.

16 octobre
Marseille est agitée de mouvements hostiles à l'oppression d'un pouvoir de plus en plus centralisateur : un ordre du roi est même publiquement lacéré dans l'hôtel de ville.

7 novembre
Le traité des Pyrénées conclut le mariage de Louis XIV avec l'infante Marie-Thérèse d'Autriche, fille aînée du roi d'Espagne Philippe IV. L'infante renonce à ses droits sur la couronne d'Espagne. Elle apporte au roi une dot de 500 000 écus d'or (sans que le lien entre le paiement de la dot et la renonciation soit explicite).
Le traité met aussi un terme à la guerre franco-espagnole. L'Espagne conserve Saint-Omer, Ypres, Audenarde, Menin, mais la France obtient l'Artois (sauf Aire et Saint-Omer), des places fortes dans les Flandres, le Hainaut et le Luxembourg (Thionville, Montmédy, Carignan, Marville, Philippeville, Gravelines et Landrecies) et, au Sud, la Cerdagne, le Conflent et le Roussillon.
Condé a négocié son pardon : il retrouve toutes ses charges à la Cour et la promesse des gouvernements de Bourgogne et de Bresse.
Dunkerque est officiellement cédée à l'Angleterre en paiement de son intervention.
Le duc de Savoie obtient l'évacuation de toutes les places occupées par les Français, à l'exception de Pignerol, annexée par la France.

10 novembre
Le dernier synode général des Églises réformées de France se tient à Loudun. Seuls certains synodes provinciaux continueront à se réunir. Le roi reçoit leur député le 31 décembre.

autres événements
• Bossuet : *L'Éminente Dignité des pauvres dans l'Église.*
• Pascal séjourne à nouveau à Port-Royal.

1660

janvier
Fouquet assainit la situation financière de l'État : le bail des fermes des impôts indirects passe à 32 millions de livres, alors qu'il était de 20 millions pour 1559. Les tailles sont allégées de 20 millions par remise des impayés de la période de 1647 à 1656 ; enfin, les « traitants », menacés d'une chambre de justice, versent un impôt forcé.

18-20 janvier
Louis XIV arrive avec la Cour à Aix-en-Provence, où il reçoit Condé le 20. Après les tractations des négociateurs, le prince, passé à l'Espagne le 13 octobre 1652, fait sa soumission, puis s'installe désormais dans son château de Chantilly. Il servira encore quinze ans dans les armées du roi, sans défaillance.

20 janvier-7 mars
Le 20 janvier, Marseille est occupée militairement par les troupes royales. Une chambre de justice est créée pour juger les séditieux. Le 7 mars, le roi fait son entrée solennelle dans la ville par une brèche des murailles symboliquement ménagée pour la circonstance. Les libertés municipales sont supprimées, les échevins seront choisis par le roi : l'autonomie de la ville est considérablement réduite.

2 février
Gaston d'Orléans, frère de Louis XIII, meurt. Étienne Moulinié dirige la musique des obsèques, où chante sa propre fille et où jouent certains des meilleurs musiciens de Paris, dont le joueur de viole de gambe Hotman († 1663), maître de Sainte-Colombe.

MOULINIÉ

Étienne Moulinié (1599-1676) apprend le chant à la cathédrale de Narbonne. Arrivé à Paris en 1621, il est introduit par son frère Antoine, chantre à la chambre du roi, et publie dès 1624-1625 ses deux premiers livres d'airs. Cette impression est confiée à Ballard, qui a le monopole de l'édition musicale. En 1627, Moulinié devient chef de la musique de Monsieur. Dès lors, sa carrière suit les vicissitudes politiques de son protecteur, chez qui sont rassemblés d'excellents musiciens : le luthiste Blancrocher, le chanteur Michel Lambert. Il participe à la composition de nombreux ballets dont le Mariage de Pierre de Provence avec la belle Maguelonne, *ballet burlesque se déroulant au « royaume des Andouilles » et représenté à Tours, dont le succès est tel que Richelieu souhaite le voir monté à la Cour.*
En 1629, paraît son troisième livre d'airs, qui comporte des airs espagnols et napolitains. Après la Fronde, Moulinié, revenu à Paris, publie en 1658, ses Mélanges de sujets chrétiens, cantiques, litanies et motets mis en musique II, III et IV parties, *première œuvre musicale composée en France avec une partie séparée de basse continue. À la mort de Monsieur, il devient chef de musique de sa fille, la Grande Mademoiselle, puis, en 1666, maître de musique à vie des états du Languedoc. Il meurt en 1676, alors qu'il se rendait à Paris à l'occasion de la publication d'un nouveau recueil.*

20 mars
Les armées royales envahissent et occupent la principauté d'Orange, enclave néerlandaise en terre française.

5 avril
Turenne reçoit une distinction exceptionnelle : il est nommé maréchal général des camps et armées du roi.

mai-juin
Avec la médiation de Mazarin, de longues tractations aboutissent à la signature de la paix du Nord qui règle les problèmes de frontières en suspens autour de la Baltique depuis le début du siècle. Par le traité d'Oliva du 3 mai, la Pologne abandonne à la Suède une partie de la Livonie et l'Électeur de Brandebourg est reconnu souverain dans son duché de Prusse ; le 6 juin, par le traité de Copenhague, le Danemark confirme la cession à la Suède de la Blekingie et de la Scanie, déjà acquise au traité de Röskilde (8 mars 1658) ; enfin, par le traité de Kardis, la Russie reconnaît aux Suédois la souveraineté sur l'Ingrie et la Carélie occupées depuis 1617, complétant ainsi les possessions conquises sur la Pologne : Estonie entre 1561 et 1582, et Livonie en 1629. Cependant, la Prusse ducale appartient désormais en pleine souveraineté à l'Électeur de Brandebourg, qui conserve la Poméranie et fait ainsi contrepoids à une hégémonie suédoise sur la Baltique. Les Provinces-Unies ont obtenu que subsiste un certain équilibre dans cette région, même si le Danemark apparaît comme le plus touché par les conflits de la guerre de Trente Ans.

juin
Pour parfaire l'intégration administrative du Roussillon tout en respectant les particularités de la province, un conseil souverain est créé à Perpignan. Les actes y sont rédigés en latin et en catalan : le français n'apparaîtra qu'en 1670.

9 juin
Louis XIV épouse, à Saint-Jean-de-Luz, sa cousine, l'infante Marie-Thérèse, fille de Philippe IV d'Espagne et d'Élisabeth de France, après qu'elle a signé sa renonciation à la couronne d'Espagne le 2 juin.

19 juillet
Molière joue *Les Précieuses ridicules* devant le roi.

3 août
Premier bénéfice de la paix pour les peuples : Louis XIV accorde une nouvelle remise de 20 millions sur les tailles.

26 août
Entrée solennelle de Louis XIV et de Marie-Thérèse à Paris où ils sont accueillis dans les ovations et la liesse. Cette fête magnifique a été longuement préparée et, pour que soient compréhensibles aux spectateurs le sens des devises et les symboles des scènes et des décors, paraissent des guides (on en connaît 11 encore conservés aujourd'hui), telles ces *Descriptions de tous les tableaux, peintures, dorures, brochures, reliefs, figures et autres enrichissements qui seront exposés à tous les arcs de triomphe, portes et portiques, pour l'entrée triomphante de Leurs Majestés : ensemble beaucoup d'autres particularités dont on n'a point encore parlé jusqu'à présent* : « Le cortège passera par le faubourg Saint-Antoine, la porte dudit faubourg, le cimetière Saint-Jean, le pont Notre-Dame, le Marché-Neuf et la grande pyramide de la place Dauphine. La fête s'achèvera par un feu d'artifice tiré sur la rivière de Seine. »

20 septembre
La compagnie du Saint-Sacrement, supprimée par Mazarin, tient sa dernière séance.

23 septembre
Un nouvel Acte de Navigation est imposé par l'Angleterre, qui aggrave les clauses de celui de 1651. Les Hollandais sont les premiers touchés. Ils sont également affectés dans leur commerce avec la France par la taxe des 50 sols par tonneau, instaurée le 20 juin 1659, qui frappe les marchandises en provenance des côtes françaises. Ils tentent de desserrer cet étau en obtenant l'abrogation de la taxe, mais en vain.

13 décembre
Louis XIV affirme sa ferme intention d'extirper le jansénisme, soupçonné par Mazarin de collusion avec la Fronde. En effet, la duchesse de Longueville, repentie, s'est retirée à proximité de Port-Royal.

autres événements
• À la mort de Jacques Sarazin, les membres de son atelier deviennent sculpteurs de la Couronne.

1661

20 janvier
Ouverture, avec *Le Dépit amoureux* de Molière, de la salle du Palais-Royal, que Richelieu avait fait bâtir vingt ans plus tôt. Le roi l'a accordée aux comédiens pour remplacer la salle du Petit-Bourbon démolie l'année précédente.

6 février
Un incendie au Louvre offre l'occasion d'agrandir les appartements de la reine mère et de transformer la galerie des Rois en galerie d'Apollon. Les travaux sont dirigés par Le Vau.

8 février
En vue d'augmenter le nombre des assujettis à la taille, l'impôt roturier par excellence, le surintendant Fouquet lance une enquête visant à rechercher les usurpateurs de noblesse.

28 février
Traité de Vincennes: Charles IV de Lorraine est rétabli dans son duché, mais celui-ci est pratiquement neutralisé. En effet, il a cédé à la France Moyenvic, Stenay, Dun-sur-Meuse, Jametz, le duché de Bar et le comté de Clermont-en-Argonne. Il doit faire raser les fortifications de Nancy, sa capitale, et céder un passage (7,5 km de large) pour que le roi de France puisse joindre la Champagne à l'Alsace. La Lorraine, pourtant terre d'Empire, passe ainsi dans la mouvance française.

mars
Le roi fonde une Académie royale de danse, dirigée par le duc de Saint-Aignan (1610-1687).

8 mars
Colbert devient intendant des finances.

9 mars
Mazarin meurt à Vincennes. Par son testament, rédigé le 3 mars, il a fait du roi son légataire universel, mais le 6, le roi a refusé cette succession pour ne pas léser les héritiers. Colbert sera chargé de régler la succession du cardinal.

MAZARIN COLLECTIONNEUR

On oublie trop souvent que les fonds des collections du musée du Louvre actuel sont, pour une part, issus des collections du cardinal. L'inventaire établi en 1661, qui comporte 800 pages in-folio, énumère des tableaux, des joyaux, des meubles, des marbres, des antiques, des tapisseries, des bibelots. L'immense fortune amassée par le cardinal lui permit d'acquérir une telle collection, remarquable par sa quantité, mais aussi sa qualité. Amateur éclairé, il disposait en Italie, et à Rome en particulier, d'intermédiaires chargés de découvrir pour lui des œuvres et des objets rares.
Sur les 546 tableaux de la collection de Mazarin, 283 appartiennent à l'école italienne, 77 à l'école française, 77 aux écoles du Nord, Flandres et Allemagne. Le cardinal était un véritable amateur de l'art de son temps, de l'art baroque dirait-on aujourd'hui. Cependant, il appréciait aussi des œuvres du siècle précédent et l'on trouve dans sa collection : 6 Raphaël (dont le portrait de Baldassare Castiglione*), 12 Carrache (dont* Le Déluge*), 5 Véronèse, 9 Titien (dont* La Vénus couchée, L'Homme au gant, *le portrait de* François Ier*), 11 Guido Reni (dont le* Saint Sébastien*), 2 Corrège (dont* Le Mariage mystique de sainte Catherine*), pour l'école flamande des Rubens, des Van Dyck (28 !), pour les peintres français des Poussin, des Lorrain, des Vouet, des Valentin. En 1643, les collections royales ne comptaient que 200 tableaux ; en 1683, l'inventaire établi par Le Brun en dénombre près de 500 dont bien des acquisitions récentes proviennent du palais Mazarin. À la mort du roi, en 1715, il y en aura plus de 2 000.*

À ce goût raffiné du Romain pour les Beaux-Arts, s'ajoute un goût non moins éclairé pour le théâtre et la musique. La commedia dell'arte est parisienne à partir de 1645 et ce sont des artistes italiens qui montent les opéras dont le ministre et son royal filleul font leurs délices. La carrière d'un Lully n'est que la forme achevée de cette assimilation.
Son parrain contribue pour une large part à la formation du goût du jeune Louis XIV. Le style français est de ce fait plus mâtiné d'influence italienne qu'on ne pourrait croire et le roi, ainsi initié à l'art de son temps, doit sans doute à la culture du cardinal les choix résolument « modernes » qu'il impose plus tard à Versailles.

10 mars
Louis XIV décide de gouverner sans principal ministre. Le lendemain même de la mort de Mazarin, il convoque un Conseil au château de Vincennes. Huit ministres sont présents, notamment le chancelier Pierre Séguier, le surintendant des finances Nicolas Fouquet, Henri Loménie de Brienne et son fils, dit Loménie le Jeune (1636-1698), tous deux secrétaires d'État. Ce dernier laissera un récit de la séance: « Monsieur, dit le roi au chancelier, je vous ai fait assembler avec mes ministres et secrétaires d'État pour vous dire que jusqu'à présent j'ai bien voulu laisser gouverner mes affaires par feu M. le Cardinal; il est temps que je les gouverne moi-même. » Puis se tournant vers les autres assistants, il ajoute: « La face du théâtre change; j'aurai d'autres principes dans le gouvernement de mon État, dans la régie de mes finances et dans les négociations au dehors que n'avait feu M. le Cardinal. Vous savez mes volontés; c'est à vous maintenant, Messieurs, de les exécuter. »

31 mars
Le mariage du frère de Louis XIV, Philippe d'Orléans, avec sa cousine Henriette d'Angleterre (fille de feu le roi Charles Ier d'Angleterre et d'Henriette de France sœur de Louis XIII) répond au souci politique de faire pièce à l'Espagne et de resserrer le lien entre la France et l'Angleterre où Charles II, frère d'Henriette, a restauré la monarchie l'année précédente.

13 avril
Un arrêt royal réitère l'obligation faite le 19 décembre 1657 à tous les ecclésiastiques du royaume de signer un formulaire désavouant cinq des thèses développées par Jansénius dans l'*Augustinus*.

25 juillet
Mort du duc d'Épernon, colonel général de l'infanterie. La charge du duc est immédiatement supprimée, ce qui renforce l'autorité directe du souverain sur les troupes royales, principalement sur le recrutement des officiers.

Guerre et souveraineté

Le pouvoir souverain s'affirme au XVIIe siècle à travers des ambitions territoriales, politiques et économiques plutôt que dans les luttes religieuses qui ont dominé les conflits du siècle précédent.
Dans la deuxième moitié du XVIIe siècle, les enjeux économiques sont de plus en plus présents dans les trois guerres qui opposent d'abord les puissances maritimes (Angleterre, Provinces-Unies) dans les années 1650, puis dans les conflits entre la France et les Provinces-Unies: guerres des tarifs de 1664 et 1667 qui débouchent en conflit ouvert en 1672. Certes, les aspects idéologiques ne sont pas absents, mais le registre de la guerre religieuse s'est effacé au profit de considérations politiques: Louis XIV cherche à abattre une République de marchands, les Provinces-Unies, qui refuse d'admettre la suprématie française et où circulent des libelles diffamatoires pour le Grand Roi. Par ailleurs, à la fin du règne, les guerres de la Ligue d'Augsbourg (1688-1697) et de Succession d'Espagne (1701-1713/1714) mettent en branle des coalitions sur l'ensemble du continent et sur mer. Les théâtres d'opérations s'étendent – aux Pays-Bas, en Allemagne, en Italie, aux frontières de l'Espagne, en Méditerranée, dans l'Atlantique, aux Antilles, au Brésil, au Québec.
Ainsi, les conflits, d'européens qu'ils étaient, se trouvent distendus par les enjeux économiques que suscitent les empires coloniaux. Le phénomène de guerre presque permanente contribue à la construction de l'État moderne, plus centralisé, doté d'une administration plus efficace, pliant les peuples aux exigences du Prince pour drainer les impôts indispensables à ces entreprises ruineuses et jeter sur les champs de bataille des masses d'hommes de plus en plus nombreuses.
Pour forger les instruments de la prépondérance – armée et marine –, Louis XIV s'entoure des ministres recrutés par Mazarin: Michel Le Tellier et son fils Louvois d'une part, Jean-Baptiste Colbert et son fils Seignelay d'autre part.
En 1661, outre les troupes d'élite permanentes – mousquetaires de la Maison du roi, gardes du corps et gardes suisses –, il faut constituer de nouveaux régiments. Les colonels, qui achètent leur brevet, sont chargés de recruter et d'équiper les

hommes. Les capitaines créent ou complètent leurs compagnies avec l'aide de sergents recruteurs qui racolent dans la population pauvre des villes ou de la campagne des hommes jeunes, forts et durs à la peine. En temps de crise, le nombre des candidats augmente. Le soldat compte sur la solde, mais si celle-ci vient à manquer ou même à tarder, les désertions se multiplient. En fait, pour rentabiliser leur brevet, les colonels lésinent sur les soldes ou recrutent pour une journée de « monstre » (revue) des « passe-volants », présents seulement pour grossir les rangs.

Pour créer une armée moderne, les ministres instituent des bureaux de la guerre spécialisés, précisent les critères de recrutement en imposant le registre d'immatriculation sur lequel on inscrit les nom, prénom, âge, origine, taille et état de santé du soldat, obligent les officiers à quitter la Cour et à servir auprès de leurs régiments, veillent à ce que les soldes soient payées régulièrement sans que les officiers n'en retranchent une large part à leur profit, instaurent une discipline stricte et une obéissance sans réplique suivant la hiérarchie. En créant un corps d'inspecteurs des armées, Louvois se donne les moyens de contrôler les officiers, en particulier les colonels. En supprimant la charge de colonel général de l'infanterie, en 1661, après la mort du dernier titulaire, le fils du duc d'Épernon, Bernard de Nogaret de La Valette, Louis XIV garde lui-même la main sur son armée. En 1675, pour régler l'avancement des officiers, Louvois crée l'ordre du « tableau » : les promotions se feront le plus souvent à l'ancienneté, sans exclure celles qui seront obtenues au mérite.

Pour assurer un approvisionnement régulier, Louvois crée un corps d'intendance spécialisé et des magasins de vivres et de munitions, situés dans les places frontières. Il donne ainsi au roi un avantage stratégique en lui permettant une entrée en campagne rapide qui lui assure l'initiative. De plus, pour éviter les contraintes du « logement des gens de guerre », qui représentait un impôt très lourd pour les provinces, Louvois et Vauban engagent une œuvre de longue haleine en construisant des casernes. Ils commencent par en doter les places nouvelles ou nouvellement conquises. À la belle saison, les troupes sont cantonnées dans des camps qui les regroupent et permettent leur entraînement. Pour les quartiers d'hiver, on en revient au logement chez l'habitant moyennant un dédommagement. Les mœurs trop rudes de la soldatesque sont si possible refrénées par une application plus stricte, voire sévère, de la justice militaire, contre les vols, les rixes et les duels. À partir des années 1680, Louvois impose progressivement l'uniforme, séparant ainsi plus clairement le statut civil du statut militaire, luttant aussi par ce biais contre les désertions et les passe-volants. La formation des cadets, futurs officiers, est dispensée dans des académies dont celle de Pluvinel avait donné l'exemple sous Louis XIII. Les jeunes gens y apprennent l'art équestre et l'escrime. Enfin, en 1679, est créée à Douai une école spéciale pour les artilleurs.

17 août

Fêtes données à Vaux-le-Vicomte par Nicolas Fouquet en l'honneur de Louis XIV. Le surintendant des finances reçoit dans son château de Vaux, construit et décoré entre 1656 et 1661 par Le Vau, Le Brun et Le Nôtre, le roi, la reine mère, Monsieur et Madame (c'est-à-dire le frère du roi Philippe d'Orléans et sa femme Henriette, fille de Charles Ier d'Angleterre), Condé et une suite de grands seigneurs. Dans un grand théâtre de verdure, un somptueux spectacle est présenté, avec jeux d'eau et de lumière et représentation des *Fâcheux* de Molière (la pièce est reprise le 4 novembre au Palais-Royal). Cet étalage de faste ne fait qu'irriter davantage le roi contre Fouquet, mais à cette date sa décision d'écarter le surintendant est déjà prise à l'instigation de Colbert.

5 septembre

Arrestation à Nantes de Nicolas Fouquet. Le roi et la Cour étant à Nantes pour la tenue des états de Bretagne, le surintendant des finances est arrêté par d'Artagnan, capitaine des mousquetaires du roi, à la sortie du Conseil qui se tient dans le château. De là, Fouquet est transféré sous bonne garde au château de Vincennes, après étapes à Angers et à Amboise.

12 septembre

Le roi, de retour à Fontainebleau, annonce la suppression de la surintendance générale des finances et la création d'un Conseil royal des finances dont le règlement date du 15 septembre. Son président est un courtisan, le duc de Villeroy (1598-1685), mais celui-ci est assisté de Colbert, nommé intendant des finances et véritable directeur du Conseil.

COLBERT

Jean-Baptiste Colbert (1619-1683) est né à Reims dans une famille de marchands et banquiers champenois dont plusieurs membres étaient déjà introduits dans les milieux du pou-

voir. Après plusieurs emplois qui l'initient aux affaires, le jeune Jean-Baptiste est pourvu dès 1640 d'une charge de commissaire des guerres que lui achète son père grâce à l'entremise d'un cousin, Colbert de Saint-Pouange, commis au secrétariat d'État à la Guerre. En 1645, il devient commis du secrétaire d'État Michel Le Tellier. En 1648, il épouse une riche héritière, Marie Charron, et devient conseiller d'État, ce qui lui assure l'agrégation à la noblesse. Pendant la Fronde, il se rapproche de Mazarin qui, lors de son exil provisoire en 1651, lui confie l'administration de ses biens. Il s'en acquitte à la satisfaction du cardinal qui, à son retour, en fait son intendant particulier. Il gère l'immense fortune de Mazarin, au mieux des intérêts de celui-ci, sans oublier les siens propres et ceux de sa famille.

Depuis 1653, il est témoin des progrès de la puissance du surintendant Fouquet qui exploite au mieux le système des « traitants », redonne confiance aux épargnants et trouve, par l'emprunt, l'argent nécessaire à la guerre. Dès le lendemain de la mort de Mazarin, Colbert entreprend de convaincre Louis XIV de se débarrasser de Fouquet. En mai 1661, il envoie au roi un long mémoire dans lequel il propose l'arrestation du surintendant, ainsi que la suppression de la surintendance et la création d'un Conseil royal des finances. De fait, le 6 septembre, le lendemain de l'arrestation de Fouquet à Nantes, Colbert reçoit le titre de ministre d'État, avec entrée au Conseil, et, le 12, la suppression de la surintendance et la création d'un Conseil royal des finances sont annoncées. En 1662, il est chargé, sans le titre, du département de la Marine. En 1664, il est nommé surintendant des bâtiments du roi. En 1665, il devient contrôleur général des Finances. En outre, il s'est peu à peu emparé, avec l'assentiment du roi, d'une partie des attributions du chancelier et ajoutera bientôt à ses diverses fonctions le secrétariat d'État à la Maison du roi et, à la mort de son titulaire, à la Marine ; enfin, en 1670, celles de contrôleur des postes et de grand maître et surintendant des mines et minières. Désormais, ce n'est plus le chancelier qui est à la tête du personnel gouvernemental, mais le contrôleur général des Finances qui dirige non seulement cette administration, mais toute l'activité économique du royaume. Travailleur acharné, Colbert exercera ses fonctions jusqu'à sa mort en 1683, en accord constant avec le roi, condition évidemment indispensable au maintien de sa faveur.

Ayant débuté grâce au soutien de sa famille, Jean-Baptiste Colbert aura toujours le souci d'assurer non seulement sa propre ascension, mais aussi celle des siens : placer des parents ou alliés à des postes clés n'est-il pas un moyen parmi d'autres de renforcer sa puissance ? Parmi ses nombreux enfants, cinq fils et trois filles atteindront l'âge adulte : Jean-Baptiste, marquis de Seignelay, sera secrétaire d'État à la Marine, Jacques-Nicolas sera archevêque de Rouen, les trois autres fils trouveront la mort au combat comme officiers dans les armées du roi. Quant à ses trois filles, elles épouseront trois ducs et pairs : Beauvillier, Chevreuse et Mortemart. Parallèlement, sa sœur, Marie, qui a épousé Jean Desmarets, conseiller d'État, a pour fils Nicolas Desmarets qui sera contrôleur général des Finances en 1708. Quant à ses frères, Nicolas sera évêque d'Auxerre, Charles, marquis de Croissy, sera ministre d'État et secrétaire d'État aux Affaires étrangères, charge dans laquelle lui succédera son fils, marquis de Torcy, et le dernier, Édouard, comte de Maulévrier, sera lieutenant général. Les cousins de Jean-Baptiste, Terron et Saint-Pouange, seront également associés à son ascension.

La carrière de Colbert, indépendamment du rôle de premier plan qu'il a joué au cours de la première partie du règne personnel de Louis XIV, est un bel exemple du rôle capital de la parenté, des alliances et des clientèles dans la réussite des grands serviteurs de l'État d'Ancien Régime.

10 octobre

Querelle de préséance à Londres. Lors de la cérémonie de réception du nouvel ambassadeur de Suède par le roi Charles II, l'ambassadeur de France, le comte d'Estrades, doit céder le pas devant le baron de Watteville, ambassadeur d'Espagne. Furieux, Louis XIV exige du roi Philippe IV d'Espagne non seulement qu'il présente des excuses publiques (ce qu'il fera le 24 mars 1662), mais qu'il donne l'ordre à tous ses diplomates de céder le pas aux ambassadeurs du roi de France en toutes circonstances.

La diplomatie

Louis XIV, en 1661, prend lui-même en main la politique étrangère, tout en s'appuyant sur de grands serviteurs : Hugues de Lionne, Arnauld de Pomponne, Colbert de Croissy, frère puîné du grand Colbert, et le fils de celui-ci, Colbert de Torcy, qui reste en poste jusqu'en 1715.

La diplomatie agit par la négociation, appuyée de subsides versés, dans les Cours étrangères, aux ministres, aux conseillers, aux maîtresses et aux princes eux-mêmes. Ces dépenses représentent des sommes considérables, estimées, par exemple en 1683, temps de paix, à 3,5 millions de livres. Les deux postes les plus dispendieux consistent en une véritable pension allouée aux rois Stuarts, Charles II d'abord (100 000 livres annuelles), puis Jacques II, et celles versées aux princes allemands, dont il faut, en permanence, raviver les fidélités. Mais la vénalité même des conseillers rend le résultat aléatoire pour peu que d'autres mécènes se montrent plus généreux. En temps de guerre, les dépenses absorbées par les armées et le militaire risquent de tarir les générosités distribuées par la voie diplomatique. Dans les premières années du règne personnel de Louis XIV, l'activité diplomatique enregistre des succès: traité avec le Danemark en 1663 ; resserrement des liens de la Ligue du Rhin, à laquelle adhèrent, en 1665, les Électeurs de Brandebourg et de Saxe ; enfin, vis-à-vis de l'empereur, une politique du « revers », qui vise à entretenir des alliés à l'Est, moins heureuse en Pologne et en Hongrie, prudente avec l'Empire ottoman, car Louis XIV reste le Très Chrétien.

novembre

Mise en place d'une chambre de justice « pour la recherche des abus et malversations commis dans les finances depuis l'année 1635 » : il s'agit, en fait, du début de l'instruction du procès Fouquet. Elle sera supprimée en août 1669.

1er novembre

Naissance à Fontainebleau du fils de Louis XIV et de la reine Marie-Thérèse, Louis, dauphin de France, dit plus tard Monseigneur ou le Grand Dauphin.

autres événements

• Des pluies incessantes et des températures anormalement basses au printemps et à l'été entraînent une récolte céréalière catastrophique, première étape d'une terrible crise de subsistances qui va durer plus de deux ans.
• Création de la première raffinerie de sucre à Marseille.
• La Calprenède (vers 1610-1663): *Faramond, ou l'Histoire de France*, en 7 volumes (jusqu'en 1670).
• Le peintre Jean Jouvenet (1644-1717), originaire de Rouen, arrive à Paris, où il travaille, au côté de Le Brun, sur les chantiers de Saint-Germain-en-Laye et des Tuileries. À Versailles, il peint avec Houasse et Audran le salon de Mars (conservé). Cependant, l'artiste se détache assez vite de l'influence de son maître. Il illustre, avec Charles de La Fosse, la réaction contre l'académisme de Le Brun. Il peint surtout des compositions religieuses aux effets dramatiques. Il n'en est pas moins sensible au « grand goût » de l'époque et remplace par exemple les épisodes de la vie de saint Benoît commandés par les moines de Saint-Martin-des-Champs par une *Pêche miraculeuse* et un *Repas chez Simon*: « Que vouliez-vous que je fisse de trente sacs à charbon comme ceux que vous portez ? » aurait dit le peintre. À la fin de sa vie, souffrant de la goutte qui paralyse sa main droite, Jouvenet ne renonce pas à son art et c'est de la main gauche qu'il réalise le plafond de la seconde chambre des enquêtes du parlement de Rouen, qu'il signera *Johannes Jouvenet, dextra paralyticus, sinistra pinxet.* Sa dernière œuvre est le *Magnificat* pour le chœur de Notre-Dame de Paris.
• Le Brun achève la *Tente de Darius*, véritable manifeste de l'art académique.
• Le Vau et d'Orbay tracent les plans du Collège des Quatre Nations, fondation testamentaire de Mazarin en faveur de la jeunesse des provinces annexées lors des traités de Westphalie et des Pyrénées, en 1648 et 1659 (Pignerol, Flandre, Artois, Roussillon).

1662

17 février

Ercole amante, opéra composé en 1660-1661 à Paris par le Vénitien Francesco Cavalli (1602-1676), est représenté dans la salle des Machines aux Tuileries. Destiné à célébrer l'entrée solennelle de Louis XIV et Marie-Thérèse le 20 août 1660 à Paris, le premier opéra construit en France est achevé par l'architecte Vigarani (vers 1625-1713) dix-huit mois après l'événement pour lequel il avait été commandé.

25 février

Création de *Sertorius*, de Corneille, au théâtre du Marais.

26 février-9 avril

Bossuet prêche le Carême au Louvre, devant le roi.

Bossuet

Né dans une famille de parlementaires de Dijon, Jacques-Bénigne Bossuet (1627-1704) reçoit sa formation dans un collège jésuite. Chanoine puis archidiacre de la cathédrale de Metz, il part poursuivre à Paris de brillantes études au

Collège de Navarre, où il se fait une réputation d'excellent prédicateur. Le 25 janvier 1648, il soutient sa première thèse en Sorbonne en présence du Grand Condé à qui elle est dédiée. En 1659, avec l'appui de son maître et modèle Vincent de Paul, il s'installe à Paris tout en faisant de fréquents séjours à Metz. Pendant onze ans, il déploie une grande activité de prédicateur, dont les sermons prononcés au Louvre devant la Cour en 1662 sont sans doute le sommet. Le 10 septembre 1669, il est nommé évêque de Condom. L'année suivante, en septembre, il devient précepteur du Grand Dauphin ; pour celui-ci, il écrit en 1681 le Discours sur l'histoire universelle *où il développe une philosophie de l'histoire selon laquelle Dieu gouverne le monde dans le respect de la liberté humaine. Plusieurs de ses thèmes sont présents dans ses fameuses oraisons funèbres (*Anne d'Autriche *en 1667,* Henriette de France *en 1669,* Henriette d'Angleterre *en 1670,* Condé *en 1687), chefs-d'œuvre de l'éloquence sacrée où il mêle les influences de Cicéron, des Prophètes et des Pères de l'Église. Il commence également un traité, la* Politique tirée des propres paroles de l'Écriture sainte, *auquel il travaillera toute sa vie et où il expose la théorie de la monarchie de droit divin, tout en distinguant absolutisme et arbitraire politique. Le 8 juin 1671, il est reçu à l'Académie française. Après le mariage du Grand Dauphin, il reçoit, le 7 mai 1681, l'évêché de Meaux, proche de la Cour où il joue un rôle important jusqu'à sa mort. Les controverses religieuses l'occupent largement, non seulement contre les protestants (il soutient la révocation de l'édit de Nantes, et écrit l'*Histoire des variations des églises protestantes, *1688), mais aussi contre les exigences de Rome ou de Port-Royal et contre le rationalisme de Descartes et de Malebranche. La querelle du quiétisme, qui l'oppose à Mme Guyon et à Fénelon, le conduit à calomnier la première (*Relation sur le quiétisme, *1698) et à condamner le second, son plus brillant disciple, à un exil perpétuel de la Cour. Malade de la pierre, il ne cesse d'écrire et de polémiquer jusqu'à épuisement, contre le quiétisme mais aussi contre les excès des jansénistes et des casuistes, et se fait lire inlassablement l'Évangile de Jean. Il meurt le 12 avril 1704.*

18 mars
Établissement des carrosses publics dans la ville et les faubourgs de Paris organisé par Blaise Pascal, premier système urbain de transport en commun.

24 mars
Au cours d'une audience solennelle, au Louvre, en présence des représentants de toute l'Europe, l'ambassadeur d'Espagne présente à Louis XIV les excuses de son maître le roi Philippe IV, pour les incidents de Londres du 10 octobre 1661. « C'est une espèce d'hommage véritablement d'une autre sorte [...] de roi à roi, de couronne à couronne, qui ne laisse plus douter à nos ennemis mêmes que la nôtre ne soit la première de toute la chrétienté. » L'événement fait partie de la geste du roi peinte sur les plafonds de Versailles.

27 avril
Louis XIV conclut avec les Provinces-Unies une alliance offensive et défensive de vingt-cinq ans, afin de contribuer à isoler les Habsbourg de Madrid et de Vienne dans la perspective de la mort de Philippe IV d'Espagne et de l'ouverture de la succession espagnole.

mai-juillet
Révoltés pour des raisons fiscales, plus de 6000 paysans du Boulonnais, dits « Lustucrus », sont durement matés au bout de quelques semaines.

5-7 juin
Un grand carrousel est donné dans la cour des Tuileries (future place du Carrousel) pour fêter, avec six mois de retard, la naissance du Grand Dauphin. Plus de 15000 spectateurs assistent durant deux jours à une succession de ballets et de jeux équestres. Le roi, qui prend part en personne à l'un d'eux, adopte pour devise *Nec pluribus impar* (« Non inférieur à plusieurs ») et pour emblème le Soleil.

6 juin
Colbert achète la manufacture des Gobelins, spécialisée dans l'art de la tapisserie, pour en faire une manufacture royale dont Charles Le Brun sera nommé directeur en mars 1663.

14 juin
Édit sur les hôpitaux généraux. Il sera créé, « en toutes les villes et faubourgs de notre royaume où il n'y a point encore d'hôpital général », un établissement « pour loger, enfermer et nourrir les pauvres, mendiants et invalides natifs des lieux », à l'instar de l'hôpital général créé à Paris en 1656 et pour soulager celui-ci.

6 juillet
Publication de *La Logique ou l'art de penser*, du Grand Arnauld et Pierre Nicole (1625-1695).

20 août
Une rixe oppose à Rome les pages du duc de Créqui, ambassadeur de France, à des Corses de la garde pontificale, le duc lui-même essuyant des coups de feu. Louis XIV rappelle son ambassadeur et fait prononcer par le parlement d'Aix (juillet 1663) le rattachement d'Avignon et du Comtat Venaissin au royaume.

27 octobre
Le traité signé avec Charles II d'Angleterre stipule que Dunkerque, cédée à Cromwell en 1658 après sa conquête par Turenne, revient à la France, moyennant 5 millions de livres (en fait, 3,5 millions après négociations).

2 décembre
Entrée solennelle de Louis XIV à Dunkerque dont Vauban entreprend aussitôt de fortifier le port.

VAUBAN

Sébastien Le Prestre, seigneur de Vauban (1633-1707), naît à Saint-Léger, en Nivernais, dans une famille de petite noblesse du Morvan. Lors de la Fronde, il entre en 1651 dans l'armée de Condé, mais prend le parti de Mazarin en 1653. Ingénieur militaire en 1655, il se fait remarquer de Louis XIV en 1667, lors de la guerre de Dévolution, au cours de laquelle il dirige les sièges de Tournai, de Douai et de Lille. En 1668, à l'instigation de Louvois, il rédige un contre-projet pour la construction de la citadelle de Lille face au projet du chevalier de Clerville, commissaire général des fortifications. Le roi opte pour ses propositions et Vauban fait bientôt fonction de commissaire général des fortifications, charge qu'il occupera officiellement en 1678, au lendemain de la mort de Clerville.

Dès lors et pendant près de quarante ans, Vauban justifie la réputation qui lui est bientôt faite: « Ville assiégée par Vauban, ville prise; ville défendue par Vauban, ville imprenable. » Il dirige plus de 50 sièges, de la prise de Lille en 1667 à la défense de Brest en 1694, presque toujours avec succès, et perfectionne les procédés d'attaque en adaptant le système des retranchements parallèles aux remparts assiégés et en inventant le tir à ricochet. Il a surtout travaillé à quelque 120 places fortes, dans lesquelles il reprend à son compte l'invention des ingénieurs italiens du XVIe siècle – des fortifications rasantes qui, presque enterrées, n'offrent que peu de prise à l'artillerie ennemie. De Dunkerque à Perpignan, de Brest à Toulon, de Lille à Strasbourg et à Briançon, il crée ainsi un ensemble de places qui constitue aux frontières terrestres et maritimes du royaume une redoutable ceinture de pierre et de fer.

Le premier ingénieur du roi fait réaliser des plans en relief des places, au six centième (la portée du canon était de 600 m environ) pour en montrer les atouts au roi. Pour établir Neuf-Brisach, en 1697, Vauban fait même construire trois plans pour que le roi puisse apprécier lui-même leurs avantages respectifs et choisir en toute connaissance de cause. Ces grandes maquettes, exposées dans la galerie du bord de l'eau, au Louvre, sont une attraction à laquelle le roi aime convier ses visiteurs étrangers. On a là une réduction de sites défensifs de tout le royaume, car Vauban a eu l'occasion de faire ou de parfaire aussi bien les défenses de Saint-Martin-de-Ré, un chef-d'œuvre de l'exploitation des ressources hydrauliques du site, que de Briançon (aujourd'hui Briançon-Vauban) dans les Alpes ou de Mont-Louis dans les Pyrénées. Le génie de l'ingénieur consiste à apprécier les avantages stratégiques d'un site et à en tirer le meilleur parti.

Vauban se préoccupe aussi de faire progresser l'armement: il impose progressivement le fusil, préféré au mousquet très lourd et très lent à recharger. En 1689, on adopte aussi, en la mettant définitivement au point, la baïonnette, déjà inventée pour les armées de Gustave II Adolphe de Suède, qui s'adapte sur le canon du fusil. Cette arme entraîne la disparition progressive des piquiers, jusqu'alors chargés de combattre à pied auprès des mousquetaires, pour les protéger. La baïonnette, en couplant l'arme blanche et l'arme à feu, permet le tir à distance, puis le choc de la charge. Vauban propose aussi des innovations aux artilleurs en mettant au point le tir par ricochet.

Ayant parcouru toute sa vie la France en tous sens, il est l'homme qui connaît le mieux les réalités économiques et sociales du royaume. En 1707, en pleine guerre de Succession d'Espagne, ému par la misère du peuple et soucieux d'y porter remède, il fait imprimer sans autorisation un ouvrage intitulé Projet d'une dîme royale qui supprimant la taille, les aides [...] et tous les autres impôts [...] produirait au roi un revenu certain et suffisant. *Cette dîme royale, proportionnelle à la richesse de chacun, pèserait sur tous. Ce projet est révolutionnaire dans la mesure où, égalitaire, il fait bon marché des fondements inégalitaires de la société d'Ancien Régime. Le mécontentement du roi qui interdit l'ouvrage n'a pas le temps de se traduire par une disgrâce de l'auteur: Vauban meurt d'une affection de poitrine le 30 mars 1707, à l'âge de 74 ans. Apprenant la nouvelle, Louis XIV exprimera publiquement son estime pour celui qu'il avait fait maréchal de France en 1703 et chevalier du Saint-Esprit en 1705: « Je perds un homme fort affectionné à ma personne et à l'État. »*

26 décembre
Création de *L'École des femmes*, de Molière, au Palais-Royal.

autres événements
• La récolte céréalière est, pour la seconde année consécutive, catastrophique, aggravant la crise née l'année précédente. Dans beaucoup de provinces, la disette dégénère en famine, celle-ci se doublant le plus souvent de meurtrières épidémies.
• D'Anglebert devient « ordinaire de la chambre du Roy pour le clavecin », poste qu'il conservera officiellement jusqu'à sa mort, alors même que son fils lui succède dès 1674.

D'Anglebert

Ce n'est que deux ans avant sa mort, en 1689, que Jean-Henri d'Anglebert (1628-1691), ancien organiste du duc d'Orléans et de l'église des Jacobins, rue Saint-Honoré, fait publier ses Pièces de clavecin... diverses chaconnes, ouvertures et autres airs de Monsieur de Lully... quelques fugues pour l'orgue et les principes de l'accompagnement. *Le recueil contient des suites originales – qui font de lui l'un des principaux maîtres de l'instrument, entre Chambonnières et Couperin – mais aussi, selon la mode du temps, des arrangements d'airs tirés d'opéras et de ballets de Lully. D'Anglebert a beaucoup apporté à l'art de l'ornementation, qui tient une grande place dans la musique française des XVIIe et XVIIIe siècles.*

• Fréart de Chambray publie son *Idée de la perfection de la peinture.*
• Philippe de Champaigne peint le grand *Ex-Voto* conservé au Louvre. Cette œuvre austère, d'inspiration janséniste, est peinte par l'artiste pour remercier Dieu de la guérison de sa fille, religieuse à Port-Royal, que l'on voit sur le tableau au côté de la mère Agnès (sœur de la mère Angélique).
• Colbert réunit les ateliers d'Hippolyte Comans et de François de la Planche, aux Gobelins, à Paris, et ceux des galeries du Louvre, de la Trinité et de Saint-Marcel. La même année, il crée la manufacture de verrerie d'Orléans et, l'année suivante, la manufacture de faïencerie de Rouen, qui introduit dans ses productions des décors chinois. C'est parce qu'il est moins coûteux de fabriquer en France les produits de luxe nécessaires au prestige du roi et de la Cour, que Colbert crée et développe ces manufactures.

1663

janvier
Les plans du jardinier André Le Nôtre (1613-1700) pour le parc du château de Versailles sont arrêtés autour de deux grands axes renforçant la perspective principale. L'idée de Le Nôtre, présente dans tous ses projets, est de dégager l'espace autour des bâtiments afin de ménager des vues en perspective. Il applique ce principe aux Tuileries où il succède à son père en tant que jardinier; il est sans doute l'initiateur du grand axe central qui mène aujourd'hui du Louvre à la place de la Concorde. Il l'applique aussi à Vaux-le-Vicomte, à Chantilly, à Dampierre et bien sûr à Versailles. En 1679, Le Nôtre est reçu à Rome par le pape. Desgots, le neveu du jardinier, présent lors de l'entrevue, raconte que Le Nôtre embrassa le souverain pontife. Ce même récit, écrit par Le Nôtre dans une lettre au roi, fut mis en doute par le duc de Créqui. Louis XIV l'interrompit: « Ne gagez pas. Vous perdriez. Quand je reviens de campagne, Le Nôtre m'embrasse; il a bien pu embrasser le pape. »
Création de *Sophonisbe*, de Corneille. La même année paraît la monumentale édition in-folio de son théâtre.

3 février
Première réunion de la « Petite Académie » à l'initiative de Colbert. Au début, il s'agit d'un groupe de quelques érudits débattant « sur toutes les choses qui regardent les bâtiments », qui jouera un rôle dans la querelle des Anciens et des Modernes. Ainsi appelée par référence à l'Académie française, elle deviendra Académie des médailles, puis des inscriptions en 1696, Académie des inscriptions et médailles en 1701, enfin Académie royale des inscriptions et belles-lettres le 4 janvier 1716.

8 février
Louis XIV et Colbert restructurent l'Académie royale de peinture et de sculpture: nouveaux statuts, à l'initiative de Le Brun, et élargissement du nombre des académiciens. C'est le début de la

réforme de cette Académie, qui va durer jusqu'en 1667; l'institution exerce désormais un véritable monopole des activités artistiques dans le royaume.

mars

Nommé directeur de l'Académie royale de peinture et de sculpture et de la manufacture des Gobelins, Le Brun va désormais occuper la première place dans l'art durant le règne de Louis XIV. Le souverain le protège: en 1662, il l'anoblit en lui donnant des armes à fleur de lys et soleil d'or; en 1664, il confirme son titre de premier peintre. Le Brun, qui a étudié dans l'atelier de Simon Vouet puis fait le voyage à Rome en compagnie de Poussin, va s'imposer comme peintre du roi. Dans un style violent et allégorique, il réalise les cartons pour la tenture de la vie du roi et les quatre toiles de la vie d'Alexandre. À 60 ans passés, il décore la galerie des Glaces, célébrée par ses contemporains, et y impose un nouvel ordre d'architecture: l'ordre français. Après la mort de Colbert en 1683, il connaît une relative disgrâce. Louvois, le successeur de Colbert, lui préfère en effet Pierre Mignard (1612-1695). Le Brun perd la direction des Gobelins, des chantiers royaux et la plupart des grandes commandes. Il revient alors à des toiles de format plus modeste où la méditation, à l'exemple de Poussin, domine.

1er juin

La Critique de l'École des femmes, de Molière, est représentée au Palais-Royal.

juillet

Lettres patentes créant à Paris, rue du Bac, grâce au soutien de la compagnie du Saint-Sacrement, un séminaire des Missions étrangères pour la formation des prêtres destinés à l'évangélisation de l'Asie (Annam, Tonkin, Chine) et à l'émergence sur place d'un clergé indigène.

septembre

Colbert adresse aux intendants des provinces une longue « Instruction pour MM. les maîtres des requêtes, commissaires départis dans les provinces » dans laquelle il leur prescrit d'avoir « une connaissance particulière et détaillée de toutes les élections de [leur] généralité pour [se] mettre en état de bien faire le régalement des tailles et de réformer les abus qui peuvent s'y être glissés ». Manufactures, commerce, chemins, rivières et canaux, mais aussi officiers et gens de justice, rien ne doit échapper à leur vigilance.

Officiers et commissaires

Dans la France de Louis XIV, l'office est devenu une dignité et un état que son titulaire, l'officier, possède en titre, par achat ou par héritage, la valeur d'un office étant très variable selon l'importance de celui-ci: 500 000 livres pour un intendant des finances, 400 livres pour un concierge de prison. En revanche, la commission est, selon la définition de Furetière en 1690, « un pouvoir donné pour un temps à quelque personne d'exercer quelque charge ». La différence essentielle entre l'office et la commission est donc que le roi ne peut déposséder un officier de son office (sauf à lui racheter celui-ci), alors qu'il nomme et révoque à son gré le commissaire. L'un des risques de la vénalité et de l'hérédité des offices réside dans le fait de laisser aux officiers une large marge d'indépendance à l'égard du pouvoir royal dont ils sont pourtant les serviteurs et qui les paie (les gages constituant la rente du capital que constitue l'office). C'est pourquoi Colbert songe un moment à supprimer un grand nombre d'offices, mais il doit reculer devant l'énormité de la dépense que cela entraînerait. Bien plus, ses successeurs, notamment Pontchartrain et Desmarets, dans un contexte de guerre, multiplient les ventes d'offices, sans autre justification que d'alimenter le Trésor royal. Il est vrai que pour pallier le risque d'indépendance de certains corps d'officiers, la monarchie recourt aux commissaires. Sous Louis XIV, le type même du commissaire est l'intendant, « commissaire départi [envoyé] dans les provinces pour l'exécution des ordres de Sa Majesté » et doté de pouvoirs considérables en matière de justice, police (administration) et finances. Il faut noter que si l'opposition entre office et commission est nette, elle l'est beaucoup moins au niveau des hommes, le roi choisissant le plus souvent ses commissaires parmi les officiers en raison de leur compétence. L'exemple le plus net est celui des intendants des provinces qui, à la fin du règne, sont presque tous des maîtres des requêtes, c'est-à-dire des officiers propriétaires de leur charge et membres du Conseil d'État qu'ils réintègrent à l'issue de leur commission.

4 septembre

Le gouverneur de Marsal, en Lorraine, remet les clés de la ville à Louis XIV venu en personne assiéger la place que le duc Charles IV de Lorraine refusait d'abandonner, en violation des traités des Pyrénées (7 novembre 1659) et de Vincennes (28 février 1661).

15-22 septembre
La Cour tout entière, y compris les dames, est pour la première fois à Versailles. Le roi y tient Conseil et une grande fête est donnée dans les jardins.

La Cour

Longtemps la Cour suit le roi dans ses déplacements de place en place et de château en château. La Cour est formée des membres des plus grandes familles qui vivent à demeure sous l'œil du prince et sont admises dans sa familiarité. Après la vogue des châteaux des bords de Loire sous les Valois, la préférence des Bourbons va plutôt à l'Île-de-France: Saint-Germain-en-Laye, Fontainebleau.
Au début de son règne personnel, très tôt, Louis XIV s'est préoccupé de faire construire une nouvelle résidence royale pour accueillir une Cour de plus en plus nombreuse et dont le luxe doit éblouir toute l'Europe à travers les invités et les résidents étrangers. Le roi a fait choix de Versailles en raison des souvenirs attachés au petit relais de chasse de Louis XIII, de la proximité des forêts, propices aux chasses, et de la capitale. En revanche, le site est malsain, envahi par des marais pestilentiels qu'il faudra assainir au prix de la mort de 6000 soldats employés à ces travaux immenses. Versailles sera en chantier pendant pratiquement tout le règne. Louis XIV ne s'y établira définitivement qu'en 1682, un an seulement avant la mort de Colbert.
10 000 personnes environ sont logées à Saint-Germain, puis à Versailles de telle sorte que le roi peut en toutes circonstances rencontrer sa noblesse, lui accorder ou lui refuser des grâces, écouter ses suppliques, prendre en compte ses avis s'il veut les solliciter. Pour maintenir chacun à sa place et obliger les plus grands à respecter le prince, Louis XIV a ritualisé tous les actes de sa vie quotidienne. À Versailles, tout est cérémonie et qui dit cérémonie, dit hiérarchie. Les moindres services de la personne royale représentent une fonction honorifique et plus on est près du prince, plus l'on est aussi proche de la faveur. Être au grand ou au petit lever, tenir le bougeoir, servir à la table du roi quand il prend son repas, seul, en présence des courtisans, l'accompagner sur sa chaise percée, autant d'actes qui permettent au roi de mettre chacun à sa place. Toute la vie du roi est vie publique, l'intimité de la vie privée n'existe pas, ni pour lui, ni pour sa noblesse qui en use de même avec ses clientèles.
Louis XIV, qui s'est astreint toute sa vie à ces contraintes, exige de ses courtisans leur présence près de lui. Doué d'une excellente mémoire, il sait d'un mot exiger et obtenir la fidélité. De fait, les grands n'ont plus « quitté » la Cour pour manifester leur opposition comme autrefois: ils se sont intégrés dans le système du roi. Mais la Cour est aussi l'épicentre du pouvoir et les courtisans sont partagés en clans, en « partis », pour lesquels les choix politiques sont sujets de discussions, voire de critiques voilées.
Certains, cependant, ont refusé la cage dorée de Versailles, préférant vivre dans leurs résidences parisiennes ou campagnardes. Le Grand Condé, qui a négocié sa paix en 1659, quand il n'est pas en campagne, vit à Chantilly où il tient lui-même une cour, pôle de la vie politique.

19? octobre
L'Impromptu de Versailles, de Molière, est joué pour la première fois.

autres événements
• La Nouvelle-France devient colonie de la Couronne et Québec est doté d'un conseil souverain (l'équivalent d'un parlement).
• Des troupes françaises sont envoyées au Portugal en guerre contre l'Espagne.
• En Chalosse, soulèvement populaire contre la gabelle, sous la conduite d'un noble local, Bernard d'Audijos.
• Au Louvre, Charles Le Brun remet en état la galerie d'Apollon.
• Pierre Mignard décore la coupole de la chapelle du Val-de-Grâce.

1664

2 janvier
Colbert est nommé surintendant des bâtiments du roi.

29 janvier
Première représentation au Louvre, dans l'appartement de la reine mère, du *Mariage forcé*, de Molière et Lully, « ballet mêlé de comédie »; Louis XIV y danse lui-même.

6-13 mai
Le thème central retenu pour les fêtes données à Versailles, les *Plaisirs de l'île enchantée*, est un épisode du *Roland furieux* de l'Arioste dans lequel Roger et ses compagnons, retenus dans une île par une magicienne, sont délivrés grâce à la bague d'Angélique, l'amante de Roger. Le spectacle – dans lequel le

rôle de Roger est tenu par le roi lui-même – donne prétexte à défilés, ballets, jeux d'eau et dure trois jours. Les jours suivants, Molière fait représenter *La Princesse d'Élide*, *Le Mariage forcé* et, le 12, *Le Tartuffe* (le roi y assiste, mais cédant à une cabale animée par Anne d'Autriche et par le nouvel archevêque de Paris Hardouin de Péréfixe, il en interdira la représentation publique).

MOLIÈRE

Jean-Baptiste Poquelin (1622-1673) est issu d'une lignée d'artisans établie dans le quartier des Halles, à Paris. Son père est titulaire d'une charge de tapissier du roi. Il perd sa mère à l'âge de 10 ans. Molière reçoit une solide éducation au Collège jésuite de Clermont (il aurait traduit Lucrèce en vers), puis étudie le droit à Orléans. Bien qu'ayant hérité de l'office de son père, il y renonce, fait avec lui ses comptes et devient comédien. Le 30 juin 1643, il fonde l'Illustre Théâtre dans le quartier du boulevard Saint-Germain avec la famille Béjart, dont fait partie la belle Madeleine, comédienne, danseuse et musicienne réputée, rencontrée sans doute quelques mois auparavant. En 1662, il épouse sa sœur (ou sa fille?) Armande, de vingt ans sa cadette. Le 28 juin 1644, le pseudonyme de Molière apparaît pour la première fois sur un contrat. Mais, dès 1645, les dettes (il connaîtra la prison à deux reprises) l'obligent à partir en tournée en province. Il fait partie durant treize ans de la troupe du duc d'Épernon, dont il prend bientôt la tête, jouant farces et comédies (dont L'Étourdi *en 1653 et* Le Dépit amoureux *en 1656, ses deux premières pièces). Dès 1653, il bénéficie en Guyenne de l'appui du prince de Conti. Ce dernier s'étant détourné du théâtre par sentiment religieux, la troupe de Molière revient à Paris en octobre 1658 et demande à Monsieur, frère du roi, sa protection. Le 24, ils jouent au Louvre et le roi leur accorde la salle du Petit-Bourbon, en alternance avec les Comédiens italiens (qui quitteront la France l'année suivante). Après le succès des* Précieuses ridicules, *la mort de son frère rend à Molière la charge de tapissier qu'il avait auparavant refusée. Elle lui permettra d'approcher le roi, qui lui accorde la salle du Palais-Royal. Après l'échec, le 4 février 1661, d'une comédie héroïque,* Dom Garcie de Navarre ou le Prince jaloux, *il fait suivre les tragédies de courtes comédies –* L'École des maris, Les Fâcheux *(comédie-ballet déjà représentée chez Fouquet lors des fêtes de Vaux) – qui font de lui l'auteur à la mode. La réussite de* L'École des femmes, *le 26 décembre 1662, comédie ambitieuse, en vers, lui vaut de nombreuses attaques, auxquelles il répond par* La Critique de l'École des femmes *et par* L'Impromptu de Versailles, *sur une commande de Louis XIV. Celui-ci accepte d'être le parrain de son fils.*
Mais la querelle rebondit après la première représentation du Tartuffe, *le 12 mai 1664. La pièce, qui caricature les dévots, est interdite par le roi à la demande de l'archevêque de Paris. Molière répond par* Dom Juan, *qui peut apparaître comme une provocation. La troupe devient néanmoins Troupe du roi, celui-ci lui accordant une pension de 7 000 livres. Après les créations du* Misanthrope *en 1666 et de* L'Avare *en 1668, l'interdiction du* Tartuffe *est levée le 5 février 1669.*
Louis XIV, qui a un goût particulier pour la comédie-ballet, commande à Molière de nombreux divertissements: L'Amour médecin, Monsieur de Pourceaugnac, Le Bourgeois gentilhomme, Les Amants magnifiques, Psyché *enfin, spectacle fastueux créé dans la salle des Machines des Tuileries le 17 janvier 1671: 15 pièces naissent ainsi de ces commandes royales. L'importance de ces spectacles musicaux, montés avec Lully durant les dernières années de sa vie, laisse un peu dans l'ombre des pièces comme* Les Fourberies de Scapin *(1671) ou* Les Femmes savantes *(1672).*
Aussi, lorsque la naissance de l'opéra français proprement dit, avec Pomone, *incite Lully à imaginer un spectacle entièrement musical, sans Molière, et à obtenir du roi un privilège exclusif pour ce type de spectacle, est-ce pour Molière une véritable défaite. Il ne participe pas aux festivités du carnaval de 1673. Le 10 février,* Le Malade imaginaire *est créé au Palais-Royal, avec une musique de Marc-Antoine Charpentier. C'est au cours de la quatrième représentation, le 17 février, que Molière se trouve mal (il souffrait depuis longtemps d'une « fluxion de poitrine »): il meurt le soir même.*

8 mai
Hardouin de Péréfixe (1605-1671) impose la signature du formulaire antijanséniste au clergé de son diocèse.

28 mai
Création par Colbert de la Compagnie des Indes occidentales. Il lui est accordé « le droit exclusif du commerce, de la traite des Noirs et de la navigation dans toute l'étendue des îles et terre ferme de

l'Amérique», avec concession de la Nouvelle-France en toute seigneurie, propriété et justice pendant quarante ans.

9 juin
Hardouin de Péréfixe se rend lui-même à l'abbaye de Port-Royal de Paris, mais se heurte au refus des religieuses, abbesse en tête, de signer le formulaire antijanséniste.

20 juin
Montée au Palais-Royal par la troupe de Molière, *La Thébaïde ou les frères ennemis*, la première pièce jouée de Racine, reçoit un accueil médiocre.

1er juillet
Charles Le Brun est nommé premier peintre du roi.

14 juillet
Armand-Jean de Rancé (1626-1700) arrive à la Trappe. La mort de son amie la duchesse de Montbazon lui fait abandonner la vie très libre qu'il menait jusque-là. Nommé abbé régulier de la Trappe, en forêt de Mortagne, il prend possession de l'abbaye cistercienne dont il commence la réforme, faisant évoluer la communauté vers une austérité de plus en plus exigeante.

29 juillet
À Fontainebleau, où réside alors la Cour, dans la chambre même du roi et en présence des princes et des courtisans, le nonce Chigi, légat du pape Alexandre VII, vient présenter les excuses solennelles de celui-ci, suite à l'affaire des gardes corses du 20 août 1662.

août
Création de la Compagnie des Indes orientales. Ouverte à «toutes personnes de quelque qualité ou condition qu'elles soient», donc aux nobles, elle est formée grâce à des capitaux privés et à la participation de l'État. Elle reçoit pour cinquante ans le privilège du commerce à l'est du cap de Bonne-Espérance, c'est-à-dire dans l'océan Indien, en Extrême-Orient et dans la mer du Sud (Pacifique) ainsi que la propriété de Madagascar et de «toutes les terres conquises sur les ennemis du roi». Elle compte à sa tête 21 directeurs: 12 parisiens et 9 représentants des principales villes du royaume.
Début de la construction de la grotte de Thétis dans le parc du château de Versailles. Ornée de glaçons, de coquilles, de rocailles et de coraux incrustés dans les parois et les voûtes, elle sera achevée en 1676, puis détruite en 1684 au moment de la construction de l'aile Nord du château.

1er août
À Saint-Gotthard, petit bourg de Hongrie, sur la Raba, victoire sur les Turcs des troupes impériales commandées par Montecuccoli. Elles comprennent un contingent français de 6000 hommes sous les ordres de Jean de Coligny, dans le cadre de la Ligue du Rhin. Cette participation française permettra à Louis XIV de se poser en défenseur de la chrétienté.

4 août
Première réunion du Conseil de commerce créé à l'instigation de Colbert au sein du Conseil royal des finances; il est chargé de tout ce qui concerne le commerce et les manufactures; de moins en moins réuni, il disparaîtra aux alentours de 1676.

21 août
Nouvelle visite de l'archevêque Hardouin de Péréfixe à Port-Royal de Paris, nouveau refus des sœurs de signer le formulaire antijanséniste. L'archevêque ordonne leur dispersion dans divers couvents et confie le monastère à cinq religieuses visitandines.

18 septembre
Premier tarif protecteur frappant moins les marchandises fabriquées à l'étranger (notamment les draps) que toutes celles introduites en France par des navires étrangers. Le tarif, d'ailleurs jugé insuffisant par les manufacturiers français, vise particulièrement les Hollandais, «rouliers des mers».

27 octobre
Publication des *Réflexions ou Sentences et maximes morales* de La Rochefoucauld.

LA ROCHEFOUCAULD

François VI de La Rochefoucauld (1613-1680) est le descendant d'une illustre famille de l'Angoumois, qui fait remonter sa noblesse au XIe siècle. Cette ancienneté, jointe à son titre de duc et pair, en fait un représentant du petit nombre des proches de la famille royale. Dans l'ordre hiérarchique, il vient immédiatement derrière les princes du sang et les princes étrangers. Cette appartenance à la fine fleur de la noblesse explique qu'il soit très sourcilleux sur l'honneur de sa maison. D'abord connu sous le nom de prince de Marcillac, il fait une carrière militaire en Flandre, participe aux intrigues de la duchesse de Chevreuse, ce qui lui vaut une relégation dans ses terres de Verteuil en 1637, puis il est plus ou moins mêlé à la conspiration de Cinq-Mars en 1642, avant de se lancer dans la Fronde des princes,

Condé, Conti, Longueville. La duchesse de Longueville, dont il est l'amant, lui donne un fils en 1649. Frondeur convaincu, devenu duc de La Rochefoucauld (à la mort de son père en 1650), il est de toutes les campagnes et se trouve grièvement blessé au côté des condéens, lors du combat de la porte Saint-Antoine, le 2 juillet 1652. Il compte parmi les perdants de la Fronde auxquels Louis XIV ne pardonnera jamais leur participation à la rébellion. Après un nouvel exil en 1652, il revient à Paris en 1656 où ses Mémoires de la régence d'Anne d'Autriche *paraissent en 1662. Proche de certains jansénistes, les Arnauld, le duc de Liancourt, il fréquente également les salons de Mme du Plessis-Guénégaud, de Mlle de Scudéry, de Mme de Sablé surtout.*
À partir de 1658, il rédige et polit les Réflexions ou Sentences et maximes morales *dont il donne plusieurs éditions, les remaniant et perfectionnant sans cesse, en 1664, 1666, 1671, 1675 et 1678. L'inspiration augustinienne est présente dans l'œuvre de même qu'une éthique aristocratique qui exalte l'héroïsme. Mais y domine une vision amère de l'homme : l'amour de soi – l'amour propre dans le langage du temps –, conduit toutes les actions humaines. Comme un ver dans le fruit, l'orgueil est au cœur des plus grandes actions et des plus grands dévouements. Notre liberté paraît dès lors bien limitée, conditionnée qu'elle est par notre corps et ses « humeurs » d'une part, par le hasard, « la fortune », de l'autre. L'art de l'auteur tient dans la formule lapidaire, le paradoxe, et une extrême concision de l'expression qui donne sa densité à la maxime.*

20 décembre
À l'issue d'un procès particulièrement inique, Nicolas Fouquet est condamné au bannissement perpétuel. Le surlendemain, Louis XIV transforme la sentence en détention à perpétuité dans la citadelle de Pignerol.

autres événements
• Lully : *Miserere.*
• Poussin achève *Les Quatre Saisons* pour le duc de Richelieu.
• Arrivée à Paris du peintre d'origine flamande Adam Frans Van der Meulen (1632-1690). D'abord employé comme dessinateur paysagiste à la manufacture des Gobelins, il va devenir, avec le soutien de Le Brun, dont il épousera une parente, le « peintre des conquêtes du roi » et, à ce titre, accompagnera Louis XIV dans plusieurs campagnes militaires.
• À Versailles, achèvement de la ménagerie, qui comptera de nombreux animaux exotiques, offerts au roi ou ramenés d'expéditions au Levant ou en Afrique.

1665

5 janvier
Premier numéro du *Journal des savants.* Cet hebdomadaire, pourvu d'un privilège royal de vingt ans, se donne pour but de fournir toutes informations (notamment bibliographiques) sur les sciences et les arts, en France et à l'étranger, constituant ainsi, parallèlement aux correspondances privées, un lien privilégié entre savants.

10 janvier
La Fontaine : *Contes et nouvelles en vers.*

15 février
Bulle du pape Alexandre VII ordonnant la signature du formulaire de 1657 condamnant cinq propositions de l'*Augustinus.*
Première de *Dom Juan ou le Festin de Pierre* de Molière, au Palais-Royal, pour 15 représentations. Louis XIV ne voit pas la pièce.

26 mars
Colbert devient surintendant général du commerce, ce qui renforce son rôle dans le domaine économique.

4 juin
Arrivée à Paris de Gian Lorenzo Bernini (1598-1680), à l'invitation de Louis XIV. Les propositions du célèbre artiste romain, dit en France le « cavalier Bernin », concernant l'achèvement du Louvre, notamment son projet de colonnade, apparaissent vite mal adaptées et trop coûteuses aux yeux du roi, de Colbert et des architectes qui les entourent. Bernin quitte Paris en octobre. Seul reste de son séjour un buste du roi.

8 juillet
Mandement d'Henry Arnauld, évêque d'Angers, prescrivant aux ecclésiastiques de son diocèse la signature du formulaire antijanséniste, mais en introduisant la distinction du droit (les propositions sont hérétiques) et du fait (ces propositions sont condamnables mais ne figurent pas dans l'*Augustinus*). Cette attitude est adoptée par trois autres évêques : Pavillon, d'Alet, Choart, de Beauvais, et Caulet, de Pamiers.

25 juillet
Michel Le Tellier, secrétaire d'État à la Guerre, réorganise la justice militaire.

août
Déclaration royale créant dans plusieurs villes du royaume (dont Arras, Reims, Sedan, Alençon et Le Puy) des manufactures de dentelles.

14 septembre
Création à Versailles de *L'Amour médecin*, comédie-ballet de Molière et Lully, qui sera reprise le 22 au Palais-Royal.

15 septembre 1665-31 janvier 1666
Ouverture à Clermont des Grands Jours d'Auvergne. Les Grands Jours sont des séances extraordinaires d'un parlement dans une province éloignée de son siège. Ceux d'Auvergne, composés de parlementaires parisiens (l'Auvergne relevait du Parlement de Paris), ont pour objet de rétablir l'ordre dans cette région de montagne. Sur 1300 affaires, ils prononceront plus de 700 condamnations, la plupart par contumace.

17 septembre
Mort du roi d'Espagne Philippe IV. Il laisse pour lui succéder un fils, Charles II, âgé de 4 ans et d'une santé très fragile. Le problème d'une éventuelle succession d'Espagne est donc posé. Or, Louis XIV et l'empereur Léopold Ier ont des droits assez comparables, puisqu'ils sont l'un et l'autre fils et époux d'infantes. Il est vrai que, dans le cas de Léopold, il s'agit d'infantes cadettes, ce qui donne un avantage au roi de France. En revanche, celui-ci, par son contrat de mariage de 1659, a renoncé à ses droits à la couronne d'Espagne. Mais le non-paiement de la dot prévue rend caduque, selon lui, cette renonciation.

octobre
Le Hollandais Josse Van Robais obtient du roi un privilège pour fonder à Abbeville une manufacture de drap fin « à la hollandaise ».
Lettres patentes, le 8 octobre, portant création à Paris, faubourg Saint-Antoine, d'une manufacture de glaces pour la fabrication de « miroirs façon Venise ».

17 octobre
Organisation de l'administration des haras. Un arrêt du Conseil crée des dépôts d'étalons dans diverses paroisses du royaume et les place sous l'autorité d'Alain de Garsault, premier écuyer de la Grande Écurie du roi.

18 novembre
Après de longues négociations et la promesse d'importants subsides, Turenne réussit à faire entrer dans la Ligue du Rhin Frédéric-Guillaume, Électeur de Brandebourg, déjà lié à la France depuis 1656 par un traité bilatéral.

19 novembre
Mort de Nicolas Poussin à Rome.

29 novembre-20 décembre
Bossuet prêche l'Avent au Louvre et prononce notamment son sermon « Sur le jugement dernier ».

4 décembre
Création au Palais-Royal d'*Alexandre le Grand*, de Racine, tragédie dédiée au roi. Le choix du sujet est tactique : dès sa naissance, Louis XIV avait été présenté comme le nouvel Alexandre et, en 1660 déjà, Le Brun avait entrepris un cycle de tableaux consacrés à l'histoire d'Alexandre, qui lui avait valu la consécration. Très grand succès. Mais Racine, en confiant également sa pièce aux comédiens de l'Hôtel de Bourgogne, qui la jouent devant le roi le 14, se brouille définitivement avec Molière.

12 décembre
Colbert devient contrôleur général des Finances. Créé à son intention, ce poste confirme officiellement la plupart des compétences qu'il avait déjà en lui assurant la direction des revenus de l'État (perception et utilisation), le commerce intérieur et extérieur, les compagnies de commerce, l'agriculture, les manufactures, les postes, les monnaies : toute l'économie.

autres événements
• À Versailles, mise en place des premières statues dans les jardins.

La sculpture au Grand Siècle

L'immense chantier du château et du parc de Versailles est à l'origine d'un remarquable essor de la sculpture en France, qui aboutit à la définition d'un véritable style français, opposé par bien des traits à l'exubérance du baroque italien, même si les sculpteurs français, qui souvent ont fait le voyage à Rome, s'inspirent volontiers d'œuvres, et notamment de peintures, vues en Italie. Fait significatif, le séjour de Bernin à Paris, en 1665, n'exerce aucune influence profonde.
C'est au même moment que Le Brun, qui dirige les travaux d'embellissement de Versailles, commence à réunir une équipe de sculpteurs – tous

déjà ou bientôt membres de l'Académie royale – pour décorer les jardins dessinés par Le Nôtre : François Girardon (1628-1715), sorte de surintendant pour la sculpture, Pierre I Le Gros (1629-1714), Étienne Le Hongre (1628-1690), les frères Gaspard (1624-1681) et Balthasar (1628-1674) Marsy et Jean Baptiste Tuby (1635-1700). Les talents personnels ne doivent pas s'effacer, mais se plier aux exigences et au programme de la grande œuvre collective décidée par Colbert et élaborée par Le Brun, pour la gloire du souverain. On travaille donc en équipe, et rapidement, sans hésiter à changer le décor du parc en fonction de l'évolution du chantier du château. Ornée entre 1666 et 1675 de groupes sculptés notamment par les frères Marsy et par Girardon, et de statues de Tuby, la fameuse grotte de Thétis est ainsi détruite quand on bâtit l'aile Nord du château, et l'on dispose ailleurs, dans le parc, les œuvres récupérées. On sculpte le marbre, mais aussi, plus souvent et pour aller plus vite, le plomb, que l'on dore et peint ensuite, comme en témoignent le célèbre Bain des nymphes de Diane *par Girardon et le non moins célèbre* Apollon sur son char *par Tuby animant le bassin d'Apollon au fond du parc.*

Les thèmes mythologiques dominent partout, avec le désir de retrouver une nature idéale à travers l'imitation de statues antiques ; dans le parc, on en installe d'ailleurs des copies exécutées par les pensionnaires de l'Académie de France à Rome, ou des adaptations, comme la Nymphe à la coquille *de Coysevox. La dignité du lieu, siège du pouvoir central, impose un style élevé, où, cependant, le sens de la grandeur, la retenue des gestes et des expressions, les allusions morales et politiques n'excluent ni une véritable sensualité, qui prolonge la tradition de Jean Goujon, ni une certaine fantaisie, sensible par exemple dans les charmantes figures enfantines qui ornent les petits bassins de l'allée d'Eau, justement appelée aussi allée des Marmousets : « Il faut de l'enfance répandue partout » écrivait Louis XIV à Jules Hardouin-Mansart. Un épisode particulier est l'installation dans le parc de deux chefs-d'œuvre de Pierre Puget, le fameux* Milon de Crotone, *commandé dès 1670 mais achevé en 1682, et* Persée et Andromède, *achevé en 1684 ; dans ces deux œuvres, aujourd'hui au Louvre, apparaît une tendance nettement baroque, qui s'explique par la carrière italienne de l'artiste. Mais le goût a évolué en France, sinon changé. Et c'est ce que l'on constate aussi dans l'autre grand chantier de sculpture du siècle, les jardins du château de Marly, élevé par Jules Hardouin-Mansart à partir de 1677 et voulu par le roi comme une résidence plus intime que Versailles, un lieu de délassement. Dans les sculptures de Nicolas et Guillaume I Coustou et de Coysevox, pour la plupart au Louvre aujourd'hui, les mouvements des figures sont plus libres, l'inspiration mythologique moins pesante. On assiste là à la naissance du style rocaille. Mobilisés à Versailles et à Marly, les mêmes sculpteurs ont produit d'autres chefs-d'œuvre : Tuby sculpte aux Invalides le très beau tombeau de Turenne et Girardon celui de Richelieu dans l'église de la Sorbonne ; Coysevox exécute une admirable série de bustes des plus grands personnages du temps :* Charles Le Brun, le Grand Condé, Colbert, Vauban... *Enfin, à Dijon Jean Dubois, en Auvergne Pierre Vaneau produisent des œuvres remarquables, qui ne subissent guère l'influence du grand modèle versaillais.*

1666

20 janvier
Mort au Louvre de la reine mère Anne d'Autriche, principal soutien du parti dévot.

22 janvier
La Cour s'installe à Saint-Germain-en-Laye.

26 janvier
Pour respecter l'alliance conclue le 27 avril 1662 avec les Provinces-Unies, la France déclare la guerre à l'Angleterre, elle-même en guerre avec la Hollande.

11 février
Règlement pour l'Académie de France à Rome. Sous l'autorité d'un recteur, le peintre Charles Errard (vers 1606-1689), 12 jeunes Français de religion catholique (six peintres, quatre sculpteurs, deux architectes) suivront des leçons d'arithmétique, géométrie, anatomie, perspective, architecture. La durée du séjour sera fixée à trois ans en 1677.

18 février
Louis XIV donne l'ordre de brûler les comptes secrets de Mazarin, conservés par Colbert.

28 février
Première d'*Agésilas*, de Corneille, à l'Hôtel de Bourgogne, sans grand succès.

22 mars
Arrêt du Conseil prescrivant une recherche générale de tous les nobles du royaume. Cette recherche a un double but : veiller au bon recouvrement des impôts, notamment la taille, en faisant la chasse aux faux nobles ; régulariser par une reconnaissance officielle de leur état la situation des familles régulièrement agrégées à la noblesse, parfois depuis plusieurs générations.

avril
Déclaration royale sur l'exercice de la Religion Prétendue Réformée. Ce règlement en 59 articles explicite une politique restrictive de l'édit de Nantes du 30 avril 1598. L'article 23, par exemple, interdit aux protestants d'« exposer leurs corps morts au-devant des portes de leurs maisons, ni faire des exhortations ou consolations dans les rues à l'occasion des enterrements d'iceux ».

Les protestants jusqu'en 1685

Au début du règne personnel de Louis XIV, les protestants vivent sous le régime de l'édit de Nantes (1598) revu par l'édit d'Alès (1629). Ils sont alors nettement moins nombreux que vers 1600 : sans doute 800 000, implantés surtout dans l'Ouest (Saintonge, Aunis, Poitou), dans le Midi (Languedoc, Provence) et dans quelques grandes villes (notamment Paris et Rouen). Dans les Mémoires pour l'instruction du dauphin, *dictés par Louis XIV vers 1670, le roi évoque la conduite qu'il s'est fixée dès 1661 : « Je crus, mon fils, que le meilleur moyen pour réduire peu à peu les huguenots de mon royaume était de ne les point presser du tout par quelque rigueur nouvelle, de faire observer ce qu'ils avaient obtenu sous les règnes précédents, mais aussi de ne leur accorder rien de plus, et d'en renfermer même l'exécution dans les plus étroites bornes que la justice et la bienséance le pouvaient permettre. » De fait, sous l'influence de Colbert, qui sait le rôle économique important joué par certains protestants, et dans l'espoir de voir ceux-ci se convertir peu à peu d'eux-mêmes, le roi mène d'abord à leur égard une politique de relative modération. Il n'en reste pas moins que l'application restrictive des édits implique que tout ce que ceux-ci n'autorisent pas explicitement doit être considéré comme interdit. C'est ainsi qu'à la suite d'une série d'enquêtes menées sur place, plusieurs centaines d'interdictions de culte sont prononcées, souvent suivies de la démolition du temple. Plusieurs arrêts interdisent l'accès des artisans protestants à la maîtrise de certains métiers et rappellent des interdictions antérieures concernant par exemple l'émigration hors du royaume. Parallèlement, les efforts des controversistes catholiques se multiplient, mais sans grand succès : la conversion de Turenne par Bossuet en 1668 est délibérément amplifiée, mais cache mal le très petit nombre de conversions volontaires. Fondée par Pellisson en 1676, la Caisse des conversions veut faciliter la réinsertion des réformés que leur ralliement à la religion romaine risquerait de couper de leur milieu d'origine, mais elle ne ramène à l'Église que quelques milliers de personnes.*

À partir de 1679, la politique royale se durcit. À cela plusieurs raisons : l'échec de la politique de modération est patent ; en outre, les puissances protestantes, Angleterre et Provinces-Unies, qui ont été au premier rang des coalisés contre la France pendant la guerre de Hollande, aident directement les réformés français en formant (en même temps que Genève) de nombreux pasteurs pour le royaume ; enfin, Louis XIV, alors en conflit avec la papauté dans l'affaire de la régale, cherche une occasion de se poser en défenseur de l'Église romaine contre l'hérésie. Toute une série d'arrêts attaquent l'édit de Nantes et le vident peu à peu de son contenu : suppression des chambres mi-parties, exclusion des huguenots des offices et de nombreuses professions, interdiction des mariages mixtes, conversion des enfants autorisée dès l'âge de 7 ans. À cette violence légale s'ajoute bientôt la violence militaire des « dragonnades ». Usant d'un procédé traditionnel consistant à imposer une garnison de gens de guerre aux sujets indociles ou mauvais payeurs, certains intendants logent des dragons chez les huguenots. Ainsi René de Marillac à Poitiers dès 1681, exemple suivi par ceux du Sud-Ouest en 1685. L'intendant de Poitiers peut rapidement afficher des résultats impressionnants de conversions, qu'il chiffre, sans doute avec excès, à 38 000. Sûrs de l'impunité, ces « missionnaires bottés » se déchaînent et bientôt, à la seule annonce de leur arrivée, les conversions se multiplient. En fait, Louis XIV n'ignore ni dans quelles conditions ces conversions sont obtenues ni qu'il subsiste encore des protestants dans le royaume. Pourtant, c'est en alléguant la conversion de la « meilleure et la plus grande partie » des protestants qu'il signe à Fontainebleau, le 18 octobre 1685, l'édit portant révocation de l'édit de Nantes.

4 juin
Première du *Misanthrope*, de Molière, au Palais-Royal.

juillet
Lettres patentes sur l'agrandissement de la ville de Marseille.

30 juillet
Déclaration royale contre les blasphémateurs qui aggrave les textes antérieurs : le nombre des récidives possibles est ramené de sept à six, l'ablation de la langue intervenant désormais à la septième fois ; en outre, les « énormes blasphèmes » devront être punis par les juges arbitrairement, « selon leur énormité ».

6 août
Première du *Médecin malgré lui*, de Molière, au Palais-Royal.

octobre
Édit royal portant création du canal des Deux-Mers ou du Midi. Pierre-Paul Riquet (1604-1680) a réussi à convaincre Colbert que le vœu de Sully, repris par Richelieu – « joindre la mer Océane et la Méditerranée par un canal de transnavigation » –, était réalisable. La tâche, gigantesque, est réalisée en quinze ans, entre 1666 et 1681, avec, pour débouché méditerranéen, le port de Sète, créé de toutes pièces.

LE CANAL DES DEUX-MERS

En 1662, l'ingénieur Pierre-Paul Riquet propose à Colbert de construire un canal pour relier l'Atlantique à la Méditerranée. Sur la côte languedocienne, il faudra construire un port nouveau, Sète, puis creuser un canal de 250 km pour joindre la Garonne par le seuil de Naurouze. L'alimentation du canal se fera par l'apport des rivières qui descendent de la montagne Noire. En 1666, des lettres patentes confient officiellement le projet à Riquet, receveur des gabelles en Languedoc et Roussillon, qui peut de ce fait financer pour une part l'opération. Le coût total montera à 20 millions de livres payés par les états de Languedoc (8 millions), par le Trésor royal (8 millions) et par Riquet lui-même qui engage 4 millions dans l'entreprise. Les travaux, entamés en 1667, emploient terrassiers, maçons, manœuvres, charretiers : 2 000 en 1667, 10 000 à la fin de 1668, et jusqu'à 12 000 après 1671. La première partie, du seuil de Naurouze à Toulouse, est mise en eau en 1668, mais il faut encore treize ans pour finir l'ouvrage jusqu'à Sète. L'ensemble est ouvert en 1681, quelques mois après la mort de Riquet. Ces travaux gigantesques (ils sont, avec Versailles, le plus grand chantier du règne) visent à ouvrir les deux régions de Languedoc et d'Aquitaine. Ils ont aussi un objectif stratégique : éviter de passer par Gibraltar, tenu par l'Espagne, pour joindre la Méditerranée à l'océan, comme le montre un médaillon de la galerie de Le Brun à Versailles (Thétis tient par la main Neptune dans un mariage pacifique). L'ouvrage est aussi célébré en médaille et en couplets dithyrambiques, mais il ne donne pas au commerce des provinces méridionales l'élan escompté.

5 novembre
Achevé d'imprimer du *Roman bourgeois, ouvrage comique*, de Furetière (1619-1688), qui commence ainsi : « Je chante les amours et les aventures de plusieurs bourgeois de Paris, de l'un et de l'autre sexe... »

22 décembre
Première séance de l'Académie des sciences. Créée par Louis XIV et Colbert à l'instar de la Royal Society de Londres, la nouvelle Académie tient séance dans les locaux de la Bibliothèque du roi, rue Vivienne. Elle compte à l'origine 16 membres nommés par le roi, parmi lesquels Huygens (Hollandais, il s'est installé à Paris en avril 1666), Mariotte, Roberval, Claude Perrault. Il est prévu deux séances par semaine, consacrées l'une, le mercredi, aux mathématiques, l'autre, le samedi, à la physique.

autres événements
• Création de L'Orient ou Lorient, siège de la Compagnie des Indes orientales.
• Boileau : *Satires I-VII*.
• Félibien (1619-1695) : *Entretiens sur les vies et ouvrages des plus excellents peintres anciens et modernes*.
• Construction de la corderie royale de Rochefort, sur les plans de François Blondel (vers 1617-1686).
• La Quintinie (1624-1688), collaborateur de Le Nôtre, dessine à Chantilly le jardin entre le château et le canal.

1667

4 mars
Création d'*Attila*, tragédie de Corneille, au Palais-Royal, par la troupe de Molière.

15 mars
Création d'une lieutenance générale de police à Paris, confiée à La Reynie.

La Reynie

Fils d'un conseiller du roi, né à Limoges, président du présidial de Bordeaux, Nicolas de La Reynie (1625-1709) fait face à l'agitation des parlementaires bordelais lors des troubles de 1649, ce qui lui vaut d'être distingué par Mazarin qui le nomme maître des requêtes. Colbert, qui l'apprécie, l'associe au conseil de réformation de la justice en 1665, puis lui confie la lieutenance de police de Paris désormais disjointe des lieutenances civile et criminelle du Châtelet. Les attributions et les activités du nouveau lieutenant de police sont considérables : maintien de l'ordre, police des mœurs (allant de la surveillance des spectacles à la police des jeux et à la répression de la débauche), surveillance de l'hygiène et du bon ravitaillement de la capitale. Modèle d'intégrité et d'ardeur au travail, La Reynie prend tout un ensemble de mesures pour tenter d'améliorer et moderniser les équipements collectifs de la capitale : éclairage et nettoiement des rues (« boues et lanternes »), réglementation des enseignes, lutte contre les incendies, distribution de l'eau (avec augmentation du nombre des fontaines et création de deux pompes élévatrices au pont Notre-Dame), rénovation du système de pavage des rues, lutte contre la pollution engendrée par les « tueries » des bouchers et les activités des tanneurs et teinturiers, etc. Lors de la menace de peste sur la capitale en 1668 et surtout lors de la grande crise de 1693-1694, il prend avec courage et efficacité toutes les mesures qui sont en son pouvoir pour faire face à la situation. Il quitte la lieutenance de police de Paris en 1697, après avoir exercé cette fonction pendant trente ans, et meurt épuisé en 1709, à 84 ans. « Dans une place qu'il avait pour ainsi dire créée, écrira Saint-Simon, [il] devait s'attirer la haine publique et s'acquit pourtant l'estime universelle. »

31 mars
Alliance offensive et défensive entre la France et le Portugal, en prévision de la guerre contre l'Espagne.

3 avril
L'ordonnance civile de Saint-Germain-en-Laye est la première étape d'une réforme de la justice visant à raccourcir et simplifier la procédure en matière civile et à l'uniformiser dans tout le royaume. En outre, l'article VIII de son titre XX vise une meilleure tenue des registres paroissiaux, en exigeant désormais leur rédaction en deux exemplaires.

18 avril
Nouveau tarif douanier qui aggrave celui de septembre 1664 en doublant, voire triplant les taxes prévues par ce dernier. Les Hollandais ripostent immédiatement en taxant de droits quasi prohibitifs les produits venant de France et en réclamant le retour au tarif de 1664.

mai
Louise de La Vallière (1644-1710), maîtresse du roi, est faite duchesse.
Début de la guerre dite de Dévolution. En vertu du droit de dévolution (coutume brabançonne qui donne aux enfants du premier lit la propriété des biens paternels), Louis XIV revendique, au nom de sa femme, la reine Marie-Thérèse (fille de feu Philippe IV d'Espagne), des villes et des territoires situés dans les Flandres espagnoles. Turenne entre en Flandre espagnole, le roi participant en personne à certaines opérations militaires.

Turenne

Henri de La Tour d'Auvergne, vicomte de Turenne (1611-1675), naît à Sedan. Il est le fils cadet du duc de Bouillon, maréchal de France, chef de la maison de La Tour d'Auvergne, qui possède depuis 1594 le duché de Bouillon et la principauté de Sedan, terres souveraines, ce qui lui assure à la Cour le statut de « prince étranger ». Petit-fils de Guillaume d'Orange par sa mère Élisabeth de Nassau, protestant, il sert en Hollande sous les ordres de son oncle le prince d'Orange, Frédéric-Henri de Nassau, stathouder des Provinces-Unies, mais en même temps il fait de brefs séjours à la Cour de Louis XIII. En 1633, il opte définitivement pour la France et, jusqu'en 1643, est engagé sur tous les théâtres d'opérations de la guerre de Trente Ans. Nommé maréchal de France en 1643 et placé à la tête de l'armée d'Allemagne, il bat les Impériaux, avec l'appui du duc d'Enghien (futur Grand Condé), à Fribourg-en-Brisgau (3-5 août 1644) et à Nördlingen (6 août 1645), enfin à Zusmarshausen (17 mai 1648).
Pendant la Fronde, il rompt le 27 février 1649 avec Mazarin, à l'instigation de son frère aîné le duc de Bouillon, et se retire en Hollande. Il rentre en France en 1650, rompt à nouveau avec Mazarin sous l'influence de la sœur de Condé, la belle duchesse de Longueville, dont il s'éprend. Il suit alors Condé et signe une alliance avec l'Espagne. En 1651, il revient au service du roi, prend le commandement des troupes royales et bat Condé sous les murs de Paris, dans le faubourg Saint-Antoine (2 juillet 1652). Il mène

ensuite contre les Espagnols les opérations militaires qui, à la suite de la victoire des Dunes (14 juin 1658), contraignent ceux-ci à la paix des Pyrénées (7 novembre 1659).
En 1661, il est au faîte de sa puissance. Il a reçu l'année précédente le titre, jusque-là inédit, de maréchal général des camps et armées du roi et il est le conseiller militaire de Louis XIV. En 1667, il prépare les plans de la guerre de Dévolution. C'est alors qu'après des entretiens avec Bossuet et avec Nicole, il se convertit au catholicisme (23 octobre 1668), conversion qui fait grand bruit « à la ville et à la Cour ». Lors de la guerre de Hollande, il commande l'une des armées d'invasion (1672). Chargé en 1674 de couvrir l'Alsace pendant la conquête de la Franche-Comté, il passe le Rhin, mais doit revenir sur la rive gauche après avoir ravagé le Palatinat. Profitant des quartiers d'hiver des Impériaux, il les bat à Mulhouse, puis à Turkheim (5 janvier 1675) et les rejette au-delà du Rhin. Il se prépare à leur livrer bataille quand il est tué par un boulet de canon, le 27 juillet 1675, à Sasbach, près d'Aspern, au pays de Bade. La nouvelle de sa mort provoque une vive émotion à la Cour. Son oraison funèbre est prononcée par Fléchier et, sur l'ordre de Louis XIV, sa dépouille est inhumée dans la nécropole royale de Saint-Denis.

14 mai
Louis XIV choisit pour la façade occidentale du Louvre le projet à colonnade élaboré principalement par Claude Perrault (1613-1688). Le projet de Bernin est abandonné. Colbert le signifie par courrier à l'Italien le 15 juillet 1667, écrivant que Sa Majesté « s'était vue dans la nécessité de continuer le dessein qui a été commencé par ses ancêtres ».

Les architectes de Louis XIV

Si Louis XIV vient à Paris à peine une fois l'an, Colbert affirme : « Paris est la capitale du royaume et le séjour des rois. » Pour le prestige de l'un et des autres, il lance un programme d'embellissement qui touche l'ensemble de la ville et en premier lieu son symbole même : le Louvre.
C'est à Le Vau que Mazarin avait confié en 1657 la poursuite des travaux du palais. L'architecte y reconstruit les façades des Tuileries et continue l'œuvre de Lescot pour la cour Carrée en même temps qu'il dirige, de l'autre côté de la Seine, le chantier du Collège des Quatre Nations (aujourd'hui Institut de France) qu'un pont doit relier au Louvre. Un concours est organisé pour la façade du palais donnant sur l'église Saint-Germain-l'Auxerrois. Les projets de Jules Hardouin-Mansart, Jean Marot et Pierre Cottard, des Italiens Rainaldi, Pierre de Cortone, Candianu sont refusés. Restent Le Vau et l'illustre Bernin, invité en France par Louis XIV. Un premier plan de ce dernier, jugé non fonctionnel, est refusé, mais le second (février 1665) reçoit l'agrément du roi. L'architecte pose sur le chantier une première pierre symbolique et regagne sa patrie. Mais à peine a-t-il quitté la France que son projet est remis en cause. En mai 1667, les architectes Le Vau et Claude Perrault (le frère de l'auteur des Contes*) ainsi que le peintre Le Brun présentent deux projets. Le premier, auquel Perrault a pris une large part, propose une colonnade ; le second, de Le Brun, est plus simple et sans colonnes. Louis XIV choisit la colonnade. Le Vau dirige le chantier. Perrault, esprit inventif, ajoute une armature de fer à l'intérieur des colonnes, pour les renforcer. Mais, faute d'argent, ni les statues prévues pour les niches, ni les trophées sur la balustrade ne seront posés. La colonnade telle que nous la connaissons est une œuvre inachevée.*
On pourrait s'étonner de la présence de Le Brun, qui était peintre et non architecte, au sein du « Petit Conseil » chargé de proposer un projet pour le Louvre. C'est qu'il a gagné la confiance de Colbert, qui lui a donné la haute main sur tous les travaux d'embellissement de Versailles, qu'il s'agisse de la peinture ou de la sculpture. C'est aussi en tant que théoricien capable de formuler une esthétique qui convient parfaitement à un régime très centralisé. Le Brun sera ainsi l'ardent défenseur du dessin dans la querelle où l'on oppose celui-ci au coloris ; de même rêvera-t-il de régenter l'architecture, fille du dessin au même titre que la peinture et la sculpture. Aussi, lorsque l'Académie d'architecture est créée en 1671, Colbert, qui y nomme François Blondel (vers 1617-1686) directeur, prend soin de ne pas remplacer Le Vau, le premier architecte du roi, qui vient de mourir, ce qui va permettre à Le Brun d'intervenir désormais dans les programmes architecturaux. À Paris, il réalise la décoration sculptée de l'arc triomphal de la place du Trône dont le projet est dessiné par Perrault. Usant d'une décoration chargée, Le Brun développe, pour l'architecture, le langage allégorique de sa peinture : médaillons, statues et bas-reliefs occupent les espaces libres pour célébrer la gloire du Roi-Soleil. L'influence conjuguée de Le Brun et de Perrault reste cependant limitée. À la porte Saint-Denis, Blondel réalise un monument sobre,

dont la décoration sculptée ne contient pas d'élément surajouté, mettant ainsi en valeur la sculpture du Passage du Rhin *par Michel Anguier. Pour la porte Saint-Martin, Bullet (1639-1716), le collaborateur de Blondel, n'abandonne au décorateur que la partie haute, sous l'entablement dorique.*
Mais c'est avec Vauban pour les fortifications et Hardouin-Mansart pour les édifices civils et religieux que l'architecture française atteint au grand style qui caractérise la fin du XVIIe siècle. « L'art de fortifier ne consiste pas dans des règles et des systèmes mais uniquement dans le bon sens et dans l'expérience », écrit Vauban. Directeur depuis 1666 des fortifications sous la tutelle de Colbert, l'ingénieur militaire édifie ses constructions en fonction du terrain, dont il utilise aussi bien la topographie que les ressources naturelles; leur beauté réside précisément dans la clarté et la rigueur de leurs plans: à Dunkerque, les eaux dormantes, les canaux, les marées font partie intégrante du système défensif, à Antibes, le Fort Carré évoque une étoile de mer pétrifiée dans la pierre, à Neuf-Brisach en Alsace, c'est la ville entière qui ressemble à un hexagone sur un plan à damier. Quant à Jules Hardouin-Mansart, il s'impose définitivement comme le successeur de Le Vau en obtenant, en 1681, le titre laissé vacant de premier architecte. Ses réalisations sont multiples, depuis la chapelle des Invalides (inspirée des plans laissés par son grand-oncle François Mansart) jusqu'aux architectures ouvertes du Trianon à Versailles et du château de Marly. Cet art de l'ouverture vers l'extérieur, l'architecte va le mener à un plein aboutissement dans les deux grandes places royales qu'il réalise: la place des Victoires et la place Louis-le-Grand (aujourd'hui place Vendôme), où l'espace et la symétrie des façades se définissent par rapport au point central occupé par la statue du roi, vers laquelle tous les regards doivent converger. Avec Hardouin-Mansart, le grand style architectural français est né, fait d'élégance et de sobriété. Dès le début du siècle suivant, il influence de grandes villes en province et à l'étranger (Washington).

26 juin
Guerre de Dévolution. Prise de Tournai par les troupes françaises.

31 juillet
Traité de Breda entre les Provinces-Unies et l'Angleterre, toutes deux inquiètes de la politique de Louis XIV.

11 août
Mandement de l'archevêque de Paris interdisant aux fidèles de son diocèse d'assister à la représentation du *Tartuffe* de Molière à Paris.

28 août
Guerre de Dévolution. Reddition de Lille après un siège de quelques jours en présence du roi.

15 octobre
Le roi visite la manufacture royale de meubles et tapisseries des Gobelins, à la tête de laquelle Charles Le Brun est nommé le mois suivant.

novembre
Guerre de Dévolution. Les troupes françaises prennent leurs quartiers d'hiver en Flandre.

7 novembre
Création triomphale d'*Andromaque*, troisième pièce de Racine, devant la Cour, avec la comédienne Marquise Du Parc (1633-1668). La pièce est ensuite jouée à l'Hôtel de Bourgogne.

RACINE

Jean Racine (1639-1699) est baptisé le 22 décembre 1639 à La Ferté-Milon où sa famille occupe depuis le XVIe siècle des charges dans l'administration ou la justice. D'un an plus jeune que Louis XIV, toute sa carrière sera liée à celle du roi. Orphelin à 3 ans, il est recueilli par ses grands-parents et éduqué aux « petites écoles » de Port-Royal où sa grand-mère est devenue femme de service, puis au collège de Beauvais. Revenu à Port-Royal au moment des Provinciales *de Pascal, il y demeure malgré la dispersion des Solitaires. Il rédige alors* Le Paysage ou Promenade de Port-Royal des Champs, *et des poésies latines. En octobre 1658, il vient à Paris faire son année de philosophie au Collège d'Harcourt et vit ensuite chez son cousin Nicolas Vitart, intendant du duc de Luynes. Sa première pièce,* Amasie, *est refusée par les comédiens du théâtre du Marais, mais une ode, composée à l'occasion du mariage du roi et publiée en septembre 1660, lui vaut l'attention de Chapelain. Dans une situation matérielle difficile, il se rend à Uzès en 1661 dans l'espoir d'obtenir un bénéfice ecclésiastique. Revenu à Paris un an plus tard, il écrit en juin 1663 une* Ode sur la convalescence du roi *qui lui vaut une gratification. Sa première pièce conservée,* La Thébaïde ou les frères ennemis, *est jouée en juin 1664 par la troupe de Molière, sans grand*

succès. Le 4 décembre 1665, Alexandre le Grand, *dédié au roi, lui vaut de se brouiller avec Molière et l'entraîne à polémiquer avec ses anciens maîtres de Port-Royal qui condamnent la mauvaise influence des auteurs de théâtre : c'est la querelle dite des* Imaginaires, *du nom des premières lettres polémiques adressées par Pierre Nicole à l'auteur de théâtre Desmarets de Saint-Sorlin.*
*Après le triomphe d'*Andromaque, *qui marque la naissance d'un nouveau type de tragédie, où les personnages doubles, partagés entre leur élan héroïque et la passion qui les entraîne, échappent à la typologie traditionnelle des caractères, Racine s'essaie à la comédie avec* Les Plaideurs, *en novembre 1668. Les tragédies se succèdent ensuite :* Britannicus *(décembre 1669),* Bérénice *(novembre 1670) où il se mesure avec Corneille, auteur la même année de* Tite et Bérénice, Bajazet *(janvier 1672),* Mithridate *(décembre 1672). Il est alors reçu à l'Académie française.* Iphigénie *(août 1674) précède de peu la réunion de ses œuvres en deux volumes (1675 et 1676). Dans* Phèdre et Hippolyte, *il met en scène l'héroïne tragique idéale qui excite chez le spectateur « la compassion et la terreur ». Mais une cabale fait tomber la pièce malgré le soutien de Boileau. Il fait un beau mariage en juin 1677. La même année, Racine et Boileau, tous deux titulaires d'une charge d'historiographe, suivent désormais le roi dans ses campagnes. Accusé par la Voisin, Racine est inquiété, en 1679, dans l'affaire des Poisons. Désormais, il aura en horreur les scandales de sa vie passée. Il semble avoir renoncé au théâtre pour lequel il n'écrit plus que sollicité par Mme de Maintenon, qui lui commande une « tragédie biblique » pour les jeunes filles de sa fondation de Saint-Cyr;* Esther, *jouée le 26 janvier 1689, puis* Athalie, *donnée en 1691 mais devant un public très restreint – l'Église ne voyant pas d'un bon œil cette intrusion du théâtre dans une institution religieuse. Racine vient d'être nommé à la charge de gentilhomme ordinaire de la chambre du roi.*
Il suit Louis XIV à Namur puis dans la campagne des Pays-Bas en 1693. En septembre 1694, il écrit ses Cantiques spirituels *qui seront mis en musique par Moreau et par Delalande. L'année suivante, il entreprend la rédaction de l'*Abrégé de l'histoire de Port-Royal *qui restera inachevé et ne sera publié qu'en 1742 et 1767. En 1698, ayant envoyé sa fille aînée au noviciat de Port-Royal, pensant que le roi en autoriserait le rétablissement, il doit se défendre d'une accusation de jansénisme dans une lettre à Mme de Maintenon mais sa position auprès du roi reste privilégiée jusqu'à sa mort le 21 avril 1699. Il est enseveli à Port-Royal. Après la destruction de l'abbaye, en 1711, ses restes sont transférés à Saint-Étienne-du-Mont.*

autres événements

• La peste fait son apparition, à la fin de l'année, à Lille et à Cambrai.
• Parution, avec la mention de Gaspard Migeot libraire de Mons, du *Nouveau Testament de Notre Seigneur Jésus-Christ, traduit en français selon l'édition Vulgate, avec les différences du grec,* préparée à Port-Royal par Antoine Lemaître et son frère Louis-Isaac Lemaître de Sacy, revue et corrigée par le Grand Arnauld et Pierre Nicole. Le succès du « Nouveau Testament de Mons » – imprimé en réalité par Elzévir à Amsterdam – est immédiat.
• La manufacture des Gobelins devient « manufacture royale des meubles de la Couronne ». Comme au XVIe siècle, la tapisserie reste un élément de décor essentiel. Aux Gobelins, on tisse d'après Le Brun l'*Histoire du roi* (1665-1670), la tenture des *Mois* (1668-1678), le *Passage du Rhin* (1672-1684), l'*Histoire d'Alexandre* (1664-1668). On reproduit également des tapisseries du XVIe siècle, comme les *Chasses de Maximilien* par Van Orley, l'*Histoire de Scipion* et les *Mois arabesques* d'après Giulio Romano. La manufacture fournit aussi des pièces d'orfèvrerie et des meubles.
• Henri Testelin (1616-1695), membre de l'Académie royale de peinture et de sculpture, exécute le grand portrait de *Louis XIV en protecteur des arts.*

1668

13 janvier

Création d'*Amphytrion*, de Molière, au Palais-Royal.

19 janvier

Guerre de Dévolution. Traité secret entre le roi de France et l'empereur. Aux termes de ce traité, dit de Grémonville du nom de l'ambassadeur français, l'empereur Léopold Ier, aux prises avec des nobles hongrois révoltés, accepte un éventuel partage de la succession espagnole ; la France obtiendrait les Pays-Bas, la Franche-Comté, Naples et la Sicile.

23 janvier

Traité d'alliance entre l'Angleterre et les Provinces-Unies, sous le prétexte de médiation entre la France et l'Espagne. En fait, les deux puissances sont de plus en plus inquiètes, chacune pour leur compte, de l'avancée des troupes françaises dans les Pays-Bas espagnols. En avril, l'adhésion de la Suède, pourtant alliée traditionnelle de la France, transformera cet accord bilatéral en Triple-Alliance.

1er-19 février

Guerre de Dévolution. Conquête de la Franche-Comté par Condé au terme d'une campagne de moins de trois semaines à laquelle participe le roi et qui lui vaut le surnom de Grand Condé.

Le Grand Condé

Fils d'Henri II de Bourbon, prince de Condé, et de Charlotte de Montmorency, Louis II de Bourbon (1621-1686), duc d'Enghien jusqu'à la mort de son père en 1646, puis prince de Condé, est né à Paris. Après de solides études, il fait ses premières armes à 19 ans au siège d'Arras (été 1640). Il n'a que 22 ans lorsque, placé à la tête des troupes chargées de repousser les Espagnols marchant sur Paris, il remporte la décisive victoire de Rocroi (19 mai 1643) sur la « redoutable infanterie espagnole ». Il rejoint ensuite Turenne à l'armée d'Allemagne et participe avec lui aux succès de Fribourg-en-Brisgau (3-5 août 1644) et de Nördlingen (6 août 1645). En 1646, il prend Dunkerque, puis est envoyé en Catalogne, mais échoue au siège de Lérida (mai-juin 1647). Enfin, il remporte à Lens, le 20 août 1648, une victoire décisive sur les Espagnols.

Cette victoire de Lens lui permet de jouer un rôle d'arbitre dans les événements qui se déroulent à Paris. Mazarin, en butte à la Fronde des parlementaires, puis de quelques grands seigneurs mécontents, s'appuie sur Condé dont les troupes font le blocus de la capitale, forçant les frondeurs à la paix. Mais Condé, qui déteste Mazarin, veut le remplacer auprès de la reine régente Anne d'Autriche. Celle-ci, exaspérée par ses insolences, le fait arrêter (18 janvier 1650). Libéré un an plus tard par un Mazarin soucieux de calmer les esprits, il rejoint son gouvernement de Guyenne et, depuis Bordeaux, s'allie avec l'Espagne, puis il décide de marcher sur Paris. Vaincu par Turenne au faubourg Saint-Antoine (2 juillet 1652), il se retire aux Pays-Bas et mène la guerre contre la France au côté des Espagnols. Lors de la paix des Pyrénées (1659), il fait sa soumission à Louis XIV qui le rétablit dans tous ses « honneurs et dignités ».

Pourtant, Louis XIV n'oubliera jamais la trahison du premier prince du sang et se gardera bien de l'associer si peu que ce soit aux affaires. Mais cela ne l'empêchera pas de recourir au génie militaire du Grand Condé. Il le charge en 1668, au moment de la guerre de Dévolution, de l'invasion de la Franche-Comté, occupée en trois semaines. Lors de la guerre de Hollande, à la tête de l'une des armées attaquant les Provinces-Unies, Condé franchit le Rhin, en présence du roi, le 12 juin 1672. Le 11 août 1674, il fait face aux troupes de Guillaume d'Orange lors de la bataille indécise de Seneffe, et l'année suivante, après la mort de Turenne le 27 juillet, il défend l'Alsace contre les Impériaux. C'est là sa dernière campagne : en 1676, à 55 ans, arguant de sa mauvaise santé (il est perclus de goutte), il quitte définitivement les armées du roi et se retire à Chantilly. Il fait de cette résidence le centre d'une véritable cour où il reçoit, en toute liberté, loin des contraintes versaillaises, savants, comédiens, écrivains, tels La Fontaine, Boileau, Racine, La Bruyère (précepteur de son petit-fils). À la fin de sa vie, marquée par les deuils et les déceptions concernant ses fils et petit-fils, ce grand seigneur libertin se rapproche de Dieu : à Pâques 1685, il communie pour la première fois depuis près de vingt ans. Il meurt le 11 décembre 1686, à 65 ans. « Je viens de perdre le plus grand homme de mon royaume » : cette brève oraison funèbre tombée des lèvres de Louis XIV sera doublée quelques mois plus tard, le 10 mars 1687, par le grand morceau d'éloquence de Bossuet : « Dieu avait choisi le duc d'Enghien. »

13 février

L'Espagne met fin à sa longue guerre contre le Portugal, soutenu par la France, en reconnaissant enfin l'indépendance portugaise.

31 mars

Achevé d'imprimer des *Fables choisies mises en vers par M. de La Fontaine*, somptueux volume in-quarto, illustré de gravures de François Chauveau et dédié au Grand Dauphin, alors âgé de 7 ans, réunissant les six livres du premier recueil des *Fables* qui feront la célébrité de leur auteur. Le genre n'est pas en désuétude : il existe des traductions d'Ésope et de Phèdre, on enseigne les fables dans les écoles. « Sues de tout le monde », il fallait, écrit La Fontaine, « les rendre nouvelles par quelques traits qui en relevassent le goût ». Il y réussit à la perfection. Par la beauté transparente du style, ces poèmes « comptent parmi les formes les plus civilisées qui aient jamais été créées ». Son succès lui vaut aussitôt des émules. Il est alors, à 47 ans, au faîte de sa carrière et restera toujours un peu en retrait par rapport à ses cadets, Boileau et Racine, beaucoup plus présents à la Cour du jeune roi.

La Fontaine

Né à Château-Thierry, fils d'un maître des Eaux et Forêts, Jean de La Fontaine (1621-1695), après des études dans un collège parisien, puis comme novice à l'Oratoire où il ne reste pas, se tourne vers le droit au moment où naît son goût pour la poésie. Il fréquente la Table ronde, cercle de jeunes gens du palais passionnés de littérature (parmi lesquels Tallemant des Réaux et Furetière), prend une charge dans l'administration des Eaux et Forêts à Château-Thierry. Il épouse une femme beaucoup plus jeune, avec laquelle il ne s'entend pas, d'autant que surviennent des difficultés d'argent, aggravées par la cession, après Sedan, de Château-Thierry au duc de Bouillon, qui le prive de sa charge. Il songe alors à la carrière des lettres, adapte une pièce de Térence, L'Eunuque, *puis adresse à Fouquet, qu'il sait généreux mécène, le poème d'*Adonis *(en juin 1658), inspiré d'Ovide, ce qui lui vaut d'être lié par contrat au surintendant, pour lequel il écrit* Le Songe de Vaux. *Il soutient son protecteur, s'exile à Limoges avec son oncle (*Relation d'un voyage de Paris en Limousin, *23 août-8 septembre 1663), commence à écrire des contes et publie le 10 décembre 1664 ses* Nouvelles en vers, *peu avant la fin du procès de Fouquet. Deux volumes de* Contes et nouvelles en vers *suivront en 1665 et 1666, alors qu'il est devenu gentilhomme servant auprès de la duchesse d'Orléans. En 1667, après l'interdiction du* Tartuffe, *il fait paraître anonymement trois contes nouveaux qui raillent la lubricité des moines et des nonnes.*

Au moment des Fables, *le poète semble s'être assagi:* Les Amours de Psyché et de Cupidon, *d'après Apulée, publiés en janvier 1669, s'achèvent sur un «Hymne à la volupté» qui célèbre l'amour mais aussi les livres, la musique et jusqu'au «sombre plaisir d'un cœur mélancolique». En 1670, il publie un* Recueil de pièces chrétiennes, *puis, en 1671, de nouveaux recueils de* Contes *et* Fables *qui donnent plus de place aux sentiments et à l'élégie. Pourtant La Fontaine qui, après la mort de la duchesse d'Orléans, se réfugie chez Mme de La Sablière, n'a pas épuisé sa veine libertine: l'Arétin s'ajoute à ses sources habituelles dans les* Nouveaux Contes, *qui paraissent en 1674 et sont saisis par la police en avril 1675. Une tentative d'écrire un livret,* Daphné, *pour Lully, qui lui préfère Quinault, se solde par un poème satirique:* Le Florentin. *Mais c'est alors que s'ouvre la part la plus féconde de sa carrière.*

Dans ses nouvelles Fables *(les actuels livres VII et VIII puis IX, X et XI) qui paraissent en 1678 et 1679, La Fontaine observe en moraliste la Cour, qui s'institutionnalise et va bientôt gagner Versailles; il reflète aussi le goût du temps pour les sciences et la philosophie* (Discours sur l'âme des bêtes), *mais surtout devient plus présent dans son œuvre, par des réflexions incidentes, ou des rêveries plus personnelles.*

Il se présente alors en 1683 à l'Académie, où il n'est reçu que le 2 mai 1684, en raison d'une cabale qui indispose le roi (qui n'a pas oublié son soutien à Fouquet). En 1685, un recueil qui mélange nouvelles fables et contes lui vaut les foudres de Furetière, exclu de l'Académie en raison de la publication de son Dictionnaire, *qui lui reproche les «saletés» et les «ordures» qu'il aurait méditées toute sa vie.*

Par ailleurs, il reste très au fait, avec ses correspondants, de l'actualité du temps: on le décrit comme un homme simple par sa mise et volontiers triste et rêveur, mais beau parleur et philosophe avec ceux qu'il apprécie.

Après la mort de Lully, il compose un livret pour un opéra, L'Astrée, *sur une musique de Colasse, représenté le 28 novembre 1691, et offre encore quelques fables au duc de Bourgogne. En 1693, après la mort de Mme de La Sablière, La Fontaine est hébergé par Anne d'Hervart, conseiller au Parlement. Tombé malade, il désavoue, à la demande de son confesseur, ses* Contes, *brûle une comédie et publie, le 1er juin, un recueil de vers choisis où paraît sa dernière fable «Le juge arbitre, l'hospitalier et le solitaire». Affaibli par la maladie, il meurt deux ans plus tard le 13 avril 1695.*

2 mai

Le traité d'Aix-la-Chapelle entre la France et l'Espagne met fin à la guerre de Dévolution. L'Espagne récupère la Franche-Comté (dont les places fortes sont préalablement démantelées), mais cède à la France 12 villes des Pays-Bas avec leurs dépendances: Furnes, Bergues, Armentières, Menin, Lille, Douai, Courtrai, Audenarde, Tournai, Ath, Binche et Charleroi.

18 juillet

«Grand Divertissement royal» dans les jardins de Versailles pour célébrer les victoires du roi. En une journée, 117000 livres sont dépensées, soit un tiers du budget annuel de Versailles. Vigarani († 1715) improvise un théâtre en plein air de 12000 places. Louis XIV, en Apollon, est au centre de la fête qui comporte, entre autres, une comédie-ballet (*George Dandin* de Molière et Lully), un souper, des jeux d'eau et de lumière, des ballets, un feu d'artifice.

9 septembre

Première de *L'Avare*, de Molière, au Palais-Royal.

octobre

Paix de l'Église, ou paix clémentine. Un arrêt du Conseil entérine le compromis intervenu après de longues tractations entre les jansénistes d'une part, le roi et la papauté d'autre part. Les quatre évêques d'Angers, Alet, Beauvais et Pamiers écriront au pape Clément IX pour s'engager à faire signer le formulaire dans leur diocèse, mais le pape consentira tacitement à ce que ces signatures soient faites au bas d'un mandement distinguant le droit et le fait, comme les quatre évêques l'avaient souhaité en juillet 1665. Confirmée par un bref pontifical en janvier 1669, cette paix clémentine ouvre une trêve de vingt ans dans l'affaire janséniste sans résoudre les problèmes de fond.

23 octobre

Calviniste de formation, mais détestant le fanatisme, tourmenté depuis longtemps par le problème du salut, le maréchal de Turenne, alors au faîte des honneurs, se convertit au catholicisme, notamment sous l'influence de Bossuet, non par opportunisme, mais par conviction. Son geste est exploité comme une victoire de la vérité sur l'erreur.

novembre

Le roi confie à Vauban la construction de la citadelle de Lille et, plus généralement, « la conduite de toutes les fortifications du royaume », sous l'autorité de Louvois, associé de son père Michel Le Tellier, secrétaire d'État à la Guerre.

Louvois

François-Michel Le Tellier (1641-1691), fils de Michel Le Tellier, est né à Paris. Après des études chez les jésuites du Collège de Clermont, rue Saint-Jacques, son père lui achète un office de conseiller au parlement de Metz, obtient pour lui, en décembre 1655, la survivance de sa charge de secrétaire d'État à la Guerre et, en 1656, lui achète le marquisat de Louvois. En 1662, Louis XIV autorise le jeune Louvois (il a 21 ans) à exercer les fonctions de secrétaire d'État pendant les absences de son père et, en janvier 1672, le nomme ministre d'État, avec entrée au Conseil. En 1677, son père étant devenu chancelier de France, Louvois exerce seul les fonctions de secrétaire d'État à la Guerre, auxquelles s'ajoutent la surintendance des postes en 1668 et la surintendance des bâtiments en 1683, à la mort de Colbert.

Non moins acharné au travail que ce dernier, il réorganise, à partir de 1672, les bureaux de la Guerre, en plaçant à leur tête des commis dévoués et compétents. Il s'appuie aussi sur des collaborateurs de premier plan, comme Vauban ou le marquis de Chamlay. Ce dernier, ayant su gagner très vite la confiance de Louis XIV, exerce longtemps les fonctions d'un chef d'état-major des armées de terre. Pour sa part, Louvois se réserve le travail sur le terrain, multipliant les visites aux places frontières et les inspections de régiments et participant pendant la guerre de Hollande à une partie des opérations militaires, notamment au côté du roi. Il voyagera moins après 1678, s'en remettant pour cela à Chamlay. Comme son père avant lui, Louvois étend sa clientèle aux intendants d'armée, surveillant étroitement leur nomination. Il multiplie les réformes et veille soigneusement à leur application : généralisation du « prêt » (ou solde) pour les soldats et du « tableau » pour l'avancement des officiers, réorganisation de l'artillerie, mise en place de la « ceinture de fer » de Vauban, institution de la milice, création de l'hôtel des Invalides. Grâce à lui, Louis XIV a ainsi une armée à la hauteur de ses ambitions.

Louvois meurt brutalement en 1691, à l'âge de 50 ans. De son mariage avec Anne de Souvré, fille du marquis de Souvré, premier gentilhomme de la chambre, il a plusieurs enfants, dont un fils, Louis-François Le Tellier de Louvois, marquis de Barbezieux, qui a la survivance de sa charge de secrétaire d'État à la Guerre et qui lui succède.

Création à l'Hôtel de Bourgogne des *Plaideurs*, unique comédie de Racine.

24 décembre

Louvois devient surintendant des postes.

autres événements

• Au printemps et à l'été, la peste sévit dans le nord du royaume, d'Amiens à Reims, de Laon à Dieppe et à Rouen ; les mesures prises par Colbert empêchent qu'elle ne s'étende. On estime que la peste aura fait en France entre 2,2 et 3,4 millions de victimes sur l'ensemble du siècle.

• Dom Pérignon (1638-1715) devient procureur du monastère bénédictin de Hautvillers, en Champagne.
• Le Nôtre trace son premier labyrinthe dans les jardins du château de Versailles.
• Jean-Dominique Cassini (1625-1712) est à la tête de l'Observatoire de Paris.

1669

janvier
Édit supprimant, dans les parlements de Paris et de Rouen, les chambres mi-parties, dites de l'édit; il s'agit de chambres créées par l'édit de Nantes du 30 avril 1598 dans le cadre de certains parlements et composées en nombre égal de magistrats catholiques et de magistrats protestants.

1er février
Déclaration royale concernant la Religion Prétendue Réformée. Ce texte en 39 articles marque une nouvelle étape dans la politique restrictive à l'égard des protestants, en déclarant interdit tout ce qui n'est pas explicitement accordé par l'édit de Nantes.

5 février
La représentation du *Tartuffe* de Molière est autorisée: recette record, la salle est comble.

7 mars
Colbert est nommé secrétaire d'État à la Maison du roi (chargé de Paris et du clergé) et secrétaire d'État à la Marine: ces nouvelles fonctions élargissent encore les pouvoirs du contrôleur général des Finances.

juin
Création de la Compagnie du Nord pour le commerce en mer du Nord et en Baltique.
Louis XIV adopte le plan de Le Vau pour l'agrandissement du château de Versailles.

28 juin
Lettres patentes instituant une Académie royale de musique. Cette nouvelle Académie, dirigée par le poète Pierre Perrin (1625-1675), a pour fonction principale de réaliser des «représentations en musique et en langue française sur le pied de celles d'Italie».

août
Ordonnance de Saint-Germain-en-Laye sur les Eaux et Forêts. Ce grand texte couronne les efforts entrepris par Colbert depuis près de dix ans (arrêt du 15 octobre 1661 sur la clôture des forêts domaniales) pour rétablir et conserver le patrimoine forestier, en complétant et regroupant les textes antérieurs en un système cohérent; les droits et les devoirs de chacun sont clairement définis, avec répression sévère à l'encontre des contrevenants, tant dans les forêts domaniales que dans les forêts seigneuriales et privées.

La forêt française

Dès octobre 1661, Colbert, seulement intendant des finances, mais en passe de devenir l'homme fort du Conseil, se voit confier le «département des Bois» jusqu'alors de la compétence du chancelier. Deux raisons expliquent l'intérêt de Colbert pour les forêts: son désir de reconstituer et de valoriser le domaine royal fortement aliéné par ses prédécesseurs et la volonté de doter le royaume d'une vraie marine de guerre.
Le ministre veut préserver les forêts royales, mais aussi celles des communautés ecclésiastiques, des communautés laïques et même des particuliers, tous soumis à l'inspection des grands maîtres et maîtres particuliers des Eaux et Forêts. Il faut préserver les peuplements en poursuivant les fraudeurs, les vagabonds, les «boisilleurs» de toutes sortes, cultiver la forêt en éliminant les sujets médiocres pour privilégier les grandes futaies, en choisissant les essences en vue de leur exploitation rationnelle, en particulier en songeant aux besoins des charpentiers de marine. Les coupes sont soumises à autorisation préalable dans les régions proches de la mer ou des rivières, dans lesquelles les bois peuvent être acheminés par flottage. Les mesures répressives sont particulièrement sévères. À la mort de Colbert, 70000 hectares de forêt seront réintégrés au domaine royal et leur rapport est passé de 50323 livres annuelles à 1054265 livres.

Édit portant que les nobles pourront faire le commerce maritime sans déroger.

13 août
Un édit fixe avec précision les qualités et dimensions des draps et toiles fabriqués dans le royaume et prévoit la création d'un corps d'inspecteurs des manufactures pour contrôler les mesures ainsi décidées (leurs attributions seront précisées en avril 1670).

27 septembre
Prise de Candie, en Crète, par les Turcs. Un contingent français a participé à la défense de la

ville, sous pavillon du Saint-Siège et sous le commandement de Beaufort, petit-fils d'Henri IV, qui y a trouvé la mort le 25 juin précédent.

6 octobre
À Chambord, création de *Monsieur de Pourceaugnac*, de Molière, musique de Lully.

12 novembre
Réorganisation de l'Amirauté abolie en 1626. L'amiral de France a autorité sur tout le royaume (à l'exception de la Bretagne), assisté de deux vice-amiraux, l'un pour le Ponant, l'autre pour le Levant. Ses attributions sont honorifiques et administratives, mais non militaires (celles-ci restent du domaine du secrétaire d'État à la Marine).

16 novembre
Bossuet prononce l'oraison funèbre d'Henriette de France (sœur de Louis XIII) à Sainte-Marie de Chaillot.

5 décembre
Louis XIV donne audience à Saint-Germain-en-Laye à Soliman Aga, ambassadeur du sultan ottoman Mehmed IV.

13 décembre
Création de *Britannicus*, de Racine, à l'Hôtel de Bourgogne, avec un succès mitigé que corrigera l'accueil fait à la pièce par la Cour.

autres événements
• Mme Scarron, future Mme de Maintenon, est chargée de l'éducation des enfants de Louis XIV et de Mme de Montespan.

Mme de Montespan

Françoise Athénaïs de Rochechouart de Mortemart (1640-1707) naît dans l'une des plus anciennes familles du Poitou. Elle arrive à la Cour en 1660, épouse le marquis de Montespan en 1663 et devient fille d'honneur, puis surintendante de la Maison de la reine Marie-Thérèse en 1664. Belle et ambitieuse, mais de caractère difficile, elle séduit Louis XIV qui, après avoir écarté Louise de La Vallière, en fait sa favorite en 1667. Ils ont huit enfants, tous légitimés par le roi, dont le duc du Maine (1670-1736), Mlle de Blois, future duchesse d'Orléans (1677-1749), et le comte de Toulouse (1678-1737). À la fin de sa vie, Louis XIV ira jusqu'à déclarer Maine et Toulouse aptes à lui succéder. Mme de Montespan s'emploie à obtenir du roi des profits et des faveurs pour ses proches, dont son fils légitime, futur duc d'Antin. Mais, en 1679, elle est mêlée par la Voisin à l'affaire des Poisons. Louis XIV, apprenant que sa maîtresse est compromise dans cette série de crimes, empoisonnements, envoûtements et messes noires, décide de rompre avec elle et d'étouffer l'affaire. En outre, Mme Scarron commence à supplanter la Montespan auprès de Louis XIV. Sous cette influence, à laquelle s'ajoutent les instances de Bossuet, le roi se sépare de sa maîtresse en mars 1680. De plus en plus marginalisée à la Cour, celle-ci quitte Versailles en 1691 pour se retirer au couvent de Saint-Joseph qu'elle a fondé à Paris, rue Saint-Dominique. Elle meurt en 1707 lors d'une cure à Bourbon-l'Archambault. Saint-Simon décrira en ces termes le charme qu'elle partageait avec certains membres de sa famille (l'« esprit Mortemart ») : « Il n'était pas possible d'avoir plus d'esprit, de fine politesse, des expressions singulières, une éloquence, une justesse naturelle qui lui formait comme un langage particulier, mais qui était délicieux [...] ; c'était le langage naturel de sa famille, de son frère et de ses sœurs. »

• Guilleragues publie anonymement *Lettres portugaises traduites en français.*
• Jean Picard (1620-1682) améliore la valeur du rayon terrestre par la mesure, avec de nouvelles techniques, du degré de méridien sur un arc allant des environs de La Ferté-Alais au sud d'Amiens.

1670

2 janvier
Port-Royal publie la première édition (posthume et préparée par Nicole) des *Pensées* de Pascal.

4 février
Louis XIV danse sur scène, dans le rôle d'Apollon, pour la dernière fois (il a 32 ans).

17 février
Alliance entre la France et la Bavière.

20 février
La création de l'hôtel des Invalides est destinée à loger et entretenir « tous les pauvres officiers et soldats de nos troupes qui ont été ou seront estropiés ». La construction, au bout du faubourg Saint-Germain, est confiée à Libéral Bruant (vers 1637-1697); la chapelle Saint-Louis, qui complète le bâtiment, sera élevée par Hardouin-Mansart.

La même année, Libéral Bruant construit la chapelle de l'hospice de la Salpêtrière, édifice remarquable doté d'un dôme octogonal.

31 mars
Naissance du duc du Maine, deuxième fils (l'aîné mourra en bas âge) de Louis XIV et de Mme de Montespan, qui sera légitimé en 1673.

avril-juillet
Révolte populaire antifiscale en Vivarais menée par un paysan, Antoine Du Roure. Capturé le 25 juillet, il sera roué vif à Montpellier en octobre.

mai
Le roi, accompagné de Condé, inspecte les places du Nord, notamment celles récemment conquises sur l'Espagne.

1er juin
Traité de Douvres entre la France et l'Angleterre, facilité par l'entremise de la duchesse d'Orléans Henriette d'Angleterre, sœur du roi d'Angleterre Charles II. Celui-ci s'engage à se rallier publiquement à l'Église romaine et à aider la France, sur terre et sur mer, contre les Provinces-Unies, en échange d'un subside annuel et de l'octroi ultérieur de plusieurs ports hollandais.

29 juin
Mort d'Henriette d'Angleterre, duchesse d'Orléans, femme de Monsieur et belle-sœur de Louis XIV. Elle meurt à l'issue d'une courte maladie, mais des bruits d'empoisonnement circulent.

13 juillet
Instruction sur le recrutement des équipages de la marine royale : Colbert met en place l'inscription maritime.

L'Œuvre des Colbert : la marine royale

Si Mazarin n'a pu poursuivre l'œuvre de Richelieu dans ce domaine, empêché qu'il fut par les guerres extérieures et intérieures, il appartiendra à Colbert, aidé, à partir de 1676, de son fils Seignelay, un très grand ministre, de doter la France d'une véritable marine de guerre, capable de faire bonne figure face aux nations maritimes coalisées, l'Angleterre et les Provinces-Unies.
De 1661 à 1675, 133 vaisseaux de haut bord et 30 galères sont construits. En 1671, le navire de haut bord porte de 28 à 120 canons de fer et de fonte sur deux ou trois ponts suivant son tonnage (de 300 à 2 400 tonneaux) et embarque jusqu'à 300 hommes. La frégate est le navire le plus rapide, portant une centaine d'hommes et 28 canons sur son unique pont. Les galères, navires à rames et à voiles de bas bord, qui naviguent seulement en Méditerranée, sont beaucoup plus petites et, moins armées, restent à caboter ou à proximité de leur port d'attache.
La création de cette flotte de guerre impose la mise en place d'une infrastructure, à commencer par les arsenaux royaux. Pour la flotte du Ponant, ce sont Dunkerque, Le Havre, Brest, auxquels on adjoint les créations de Lorient et de Rochefort, où l'on peut voir encore le grand bassin de radoub construit à l'époque. Pour la flotte du Levant : Marseille pour les galères et Toulon pour les navires de haut bord. Pour assurer aux charpentiers de marine un approvisionnement en bois approprié, une exploitation rationnelle des forêts s'impose. Les industries textiles sont également mises à contribution pour fabriquer voilures et cordages. Enfin, la métallurgie de la fonte et du cuivre fournit les ancres et tous les agrès indispensables au gréement de lourdes unités.
Il faut en même temps réorganiser le recrutement et la formation des officiers de la marine royale de même que l'organisation des munitionnaires. Pour les officiers, des écoles sont créées à Dieppe, Saint-Malo, Brest et Rochefort.
Entre 1668 et 1670, le problème du recrutement des marins est résolu par la création de l'inscription maritime. Il faut procéder au recensement à peu près exhaustif des gens de mer : ils sont alors inscrits dans quatre classes qui doivent servir à tour de rôle. On évite ainsi les violences de la « presse », qui consistait à fermer un port et contraindre les marins pris au piège à servir sur les navires de la marine royale. Le nouveau système met en place un début de service militaire et cette obligation est mal ressentie. Pour en faire admettre le principe, y est ajouté tout un train de « mesures sociales » : demi-solde versée hors de la période de service ; paiement de la solde à domicile pour éviter qu'elle ne soit dilapidée dans les ports d'escale ou dans les festivités du retour ; création, en 1673, d'une caisse des invalides qui subviendra aux besoins des blessés ou des mutilés, alimentée par une retenue de 2 % sur la solde des matelots ; création enfin d'hôtels des invalides à Rochefort et à Toulon ou versement de trois ans de solde pour ceux qui préfèrent rentrer chez eux. En 1682, les enfants des inscrits maritimes bénéficient d'une instruction gratuite dispensée par les curés. Là ne s'arrête pas l'effort de Colbert : pour attirer des marins expérimentés, il propose la

nationalité française à ceux, étrangers, qui ont servi cinq ans dans la marine royale.

août
Prenant prétexte des atermoiements de Charles IV de Lorraine, qui refuse de licencier son armée comme il s'y est engagé, Louis XIV fait occuper le duché par les troupes françaises, rendant ainsi impossible, dans l'éventualité d'une guerre contre l'Espagne, la liaison entre Franche-Comté et Pays-Bas espagnols. L'occupation du duché lorrain par la France durera jusqu'en 1697.

21 août
Bossuet prononce devant la Cour l'oraison funèbre d'Henriette d'Angleterre: « Madame se meurt, Madame est morte. »

26 août
L'ordonnance criminelle, complétant l'ordonnance civile du 3 avril 1667, simplifie et unifie la procédure judiciaire existante. Ces deux grandes ordonnances sont souvent désignées, par les contemporains et depuis, sous le nom de Code Louis.

5 septembre
Bossuet est nommé précepteur du Grand Dauphin, alors âgé de 9 ans.

11 octobre
Mort de l'architecte Louis Le Vau. François d'Orbay reprend le chantier de Versailles.

14 octobre
Molière donne une représentation du *Bourgeois gentilhomme* devant le roi et la Cour qui sont à Chambord pour la période de la chasse.

novembre
Bourdaloue prêche ses premiers sermons pour l'Octave des Morts et l'Avent en l'église Saint-Paul-Saint-Louis. Le mois suivant, il prêche l'Avent devant la Cour aux Tuileries. « Il passe infiniment tout ce que nous avons ouï », écrit Mme de Sévigné.

Prédication et prédicateurs

Pour la Contre-Réforme, la prédication est un art oratoire indispensable à la conversion des fidèles. Elle fait partie de l'enseignement des ordres réformateurs, à commencer par les jésuites et les oratoriens. Le prêche semble le complément indispensable de la liturgie. Le dimanche, le prédicateur doit prononcer une homélie, c'est-à-dire un commentaire des textes du jour, surtout de l'Évangile. À l'occasion de la fête d'un saint et plus spécialement des saints patrons de paroisse, le prédicateur prononce un panégyrique, forme solennelle du sermon. Enfin, à l'occasion des funérailles d'un grand personnage, est prononcée son oraison funèbre. À côté de prédicateurs chevronnés qui soulèvent un véritable enthousiasme, comme Bourdaloue, Bossuet ou Fléchier, existe une prédication destinée au tout venant des paroisses. François de Sales, Bérulle, Jean Eudes, Grignion de Montfort, Vincent de Paul ont été de ces réformateurs prédicateurs. Ils ont mis au point des méthodes pour construire des sermons édifiants, propres à émouvoir les fidèles, à les inciter à une pratique rénovée de la religion et à une morale souvent imprégnée des austérités jansénistes.

Le plus connu aujourd'hui reste Bossuet, qui, pourtant, n'a vraiment exercé que pendant une dizaine d'années, entre 1660 et 1669, mais dont les œuvres magistrales ont connu la publication. Son contemporain, le jésuite Louis Bourdaloue (1632-1704), a connu de son temps un succès bien supérieur. Il prêche à Saint-Paul-Saint-Louis, l'église des jésuites à Paris, en 1669 et, devant le nombre et la satisfaction de ses auditeurs, il est chargé de prêcher le Carême devant la Cour en 1670. Jusqu'en 1697, il est le plus écouté des prédicateurs à la Cour et à la ville: il faut retenir sa place trois jours à l'avance. Il invite à une religion du salut individuel qui ne s'acquiert que dans la recherche spirituelle et morale et par la conformité du croyant aux préceptes de l'évangile. Tout en s'affirmant jésuite par la quête du juste milieu, Bourdaloue s'inspire, comme les jansénistes, d'une théologie augustinienne et d'une morale rigoriste qui fait une place centrale à la mortification.

Esprit Fléchier (1632-1710), de la même génération que Bourdaloue, est plus connu aujourd'hui pour ses Mémoires sur les Grands Jours d'Auvergne. *Il a prononcé les oraisons funèbres de grands personnages: la duchesse d'Aiguillon, nièce de Richelieu, en 1675, Turenne en 1676, la reine Marie-Thérèse en 1683, le chancelier Michel Le Tellier en 1686 et la Dauphine en 1690. Comme Bourdaloue, Fléchier n'hésite pas à fustiger les vices du temps et à critiquer l'égoïsme et l'orgueil des puissants. En 1685, il devient évêque de Lavaur, puis de Nîmes en 1687. Dans cette région où les nouveaux convertis n'ont pas tous rallié l'Église, Fléchier fait preuve d'une grande modération à l'égard des huguenots. En 1709, lors de la disette qui suit le grand hiver, l'évêque se dépense à soutenir toutes ses ouailles, sans distinguer catholiques ou réformés.*

21 novembre
Création de *Bérénice*, de Racine, à l'Hôtel de Bourgogne. Une semaine plus tard, Molière monte au Palais-Royal la pièce homonyme de Corneille (publiée ensuite sous le titre *Tite et Bérénice*). Le succès de la Champmeslé dans la tragédie de Racine éclipse celui de la pièce de Corneille.

autres événements
- Règlement militaire ordonnant que le « prêt », solde de 5 sous par jour pour le fantassin et de 15 pour le cavalier, soit versé par les capitaines tous les dix jours.
- Publication des *Cinq Messes en plain-chant* de Henry Du Mont (1610-1684), appelées *Messes royales* sur la page de titre alors qu'elles n'ont jamais figuré au répertoire de la chapelle royale.
- Quinault (1635-1688) : *Bellérophon*.
- Début de la réalisation du *Cabinet du Roi*, recueil de gravures exaltant les succès militaires de Louis XIV, la beauté de ses demeures, la richesse de ses collections d'œuvres d'art... Exécuté par les meilleurs graveurs du temps, achevé en 1683, l'ouvrage comptera 23 volumes destinés à être offerts à des personnages de marque choisis par le roi.
- À Paris, début de la suppression des remparts.
- À Versailles, construction par d'Orbay, sur un dessin de Le Vau, du Trianon, dit « de porcelaine ».
- Roberval met au point la balance qui porte son nom.

1671

17 janvier
Création triomphale dans la salle des Machines des Tuileries de *Psyché*, tragédie-ballet de Molière avec Corneille (qui, en deux semaines, versifie les scènes que Molière n'a pas le temps d'écrire), Quinault (pour les « paroles qui s'y chantent en musique ») et Lully (qui dirige 300 instrumentistes). Le roi avait passé commande d'un grand spectacle où serait utilisé un ancien décor représentant les Enfers ; ce fut l'un des plus somptueux que le XVIIe siècle ait produits.

2 février
Nouveau traité secret entre la France et l'Angleterre dirigé contre les Provinces-Unies.

6 février
Mme de Sévigné écrit une première lettre à sa fille, partie le 4 pour la Provence où elle doit rejoindre le comte de Grignan, son mari. C'est le début d'une correspondance qui ne commencera à être publiée qu'en 1725 dans un mince recueil de 75 pages intitulé *Lettres choisies de Mme la marquise de Sévigné à Mme de Grignan, sa fille, qui contiennent beaucoup de particularités de l'histoire de Louis XIV*.

Mme de Sévigné

Née à Paris dans une famille de vieille noblesse bourguignonne, tôt orpheline, Marie de Rabutin Chantal (1626-1696) reçoit une très bonne éducation. Elle épouse en 1644 Henri de Sévigné et se retrouve veuve à 26 ans, après un duel fatal à son mari. Très courtisée, elle est l'amie de Mme de La Fayette et de la future Mme de Maintenon. Son cousin Bussy-Rabutin ayant fait d'elle un portrait peu flatteur dans son Histoire amoureuse des Gaules, *elle polémique avec lui par lettres, mais c'est après le départ de sa fille en Provence que commence véritablement la correspondance ininterrompue qui, au-delà de la précieuse chronique du temps qu'elle propose, au-delà même de la femme si spirituelle, fera d'elle, après la publication posthume de ses* Lettres, *à partir de 1725, une « grande artiste » de la prose française.*

mars-avril
Inspection par Louis XIV, accompagné de Louvois, des principales forteresses du Nord, notamment Dunkerque et Lille, suscitant l'inquiétude à la fois de l'Espagne et des Provinces-Unies.

3 mars
Création de *Pomone*, livret de Perrin, musique de Cambert (1628-1677), avec un décor à machines, dans la salle construite sur le terrain du Jeu de Paume et de la Bouteille, rue des Fossés-de-Nesles (actuelle rue Mazarine) aménagée spécialement. Saint-Évremond en parle comme du premier opéra français. Le succès est prodigieux : 146 représentations.

14 avril
Louis XIV est reçu à Chantilly par le prince de Condé. Mme de Sévigné a conté comment, à cette occasion, Vatel, cuisinier du prince, s'est donné la mort, désespéré par le retard de la « marée ».

22 mai
Édit portant fondation de la ville neuve de Versailles dont la construction commence. Le percement des trois avenues partant du château a débuté en 1662.

24 mai
Première des *Fourberies de Scapin* de Molière, au Palais-Royal.

12 juin
Commentant un tableau de Titien à l'Académie, Philippe de Champaigne célèbre « l'éclat extérieur [de ses] belles couleurs ». C'est le début de la querelle du coloris, qui va opposer pendant des années les tenants d'une peinture idéale à ceux d'une peinture « naturelle ».

La peinture selon l'Académie

Deux courants esthétiques s'affrontent à l'Académie royale durant des années, dans une querelle, la première documentée en France sur des questions artistiques : la querelle du coloris et du dessin. Le dessin, c'est bien sûr le critère décisif pour Le Brun, l'équivalent du texte littéraire par son côté descriptif, et donc discursif ; à l'instar de l'Antiquité et de Poussin, il y voit l'essence même de l'Idée, expression par excellence de l'âme. Les partisans du coloris au contraire, dont le premier à porter l'étendard est Blanchard, rappellent que la peinture est un art visuel qui en tant que tel s'adresse aux sens avant d'interroger l'esprit. En 1673, le Dialogue sur le coloris *publié par Roger de Piles (1635-1709) porte le débat devant le public.*
Si La Descente de croix *peinte par Le Brun vers 1680 pour le couvent des carmélites de Lyon s'inspire directement de* La Déposition de croix *achevée par Rubens en 1614, l'artiste ne reprend pas la rhétorique du coloris propre au Flamand et ce sont ainsi les partisans du dessin qui semblent justifiés. Pourtant, le coloris va s'imposer. En 1680 aussi, Charles de La Fosse, élève de Le Brun et ami de Roger de Piles, peint à Versailles* Le Sacrifice d'Iphigénie *qui reprend les carnations et le chatoiement des étoffes de Rubens. La leçon sera suivie par Antoine Coypel, Jean Jouvenet, François de Troy. En 1699, l'admission de Roger de Piles au grade de conseiller de l'Académie marque la victoire du coloris.*

août
L'archevêque de Paris, Hardouin de Péréfixe, voulant défendre Aristote contre Descartes, interdit aux doyens des facultés de droit et de médecine de l'Université de Paris d'enseigner « d'autre doctrine que celle qui est portée par les règlements et statuts de l'Université ». Boileau riposte aussitôt par son *Arrêt burlesque*, qui ne suffira pas à réduire l'offensive générale contre le cartésianisme.

1er septembre
Mort de Hugues de Lionne, secrétaire d'État aux Affaires étrangères. Le 5, Louis XIV choisit pour lui succéder un neveu d'Antoine Arnauld, Simon Arnauld, marquis de Pomponne, alors ambassadeur à Stockholm où il s'est efforcé de détacher le roi de Suède Charles XI de la Triple-Alliance.

1er novembre
Dans la perspective de la guerre contre les Provinces-Unies, l'ambassadeur Grémonville obtient de l'empereur Léopold Ier un accord secret de neutralité à la condition que la guerre ait lieu hors de l'Empire.

21 novembre
Veuf d'Henriette d'Angleterre (morte le 29 juin 1670), Monsieur, frère du roi, épouse Charlotte-Élisabeth de Bavière (1652-1722), fille de l'Électeur palatin, qui devient Madame, princesse Palatine, dite la Palatine.

décembre
Création de l'Académie royale d'architecture. Dirigée par l'architecte François Blondel et réunissant, entre autres, François Le Vau (frère de Louis, décédé le 11 octobre 1670), Libéral Bruant, François d'Orbay, Pierre Mignard, la nouvelle institution a la charge d'élaborer une doctrine officielle en matière d'architecture et de mettre sur pied un enseignement pour la propager.

autres événements
- Pierre Nicole : *Essais de morale.*
- Pasquier Quesnel (1634-1719) : *Abrégé de la morale de l'Évangile ou Pensées chrétiennes sur le texte des quatre Évangiles.*
- À Versailles, la construction « enveloppant » le château de Louis XIII côté jardin est pratiquement terminée, de même que celle du Grand Canal.
- Jacques Rohault (vers 1617-1672) : *Traité de physique.*

1672

janvier
Donneau de Visé fonde *Le Mercure galant*, journal mondain et littéraire qui a pour but d'informer sur tout ce qui se passe d'intéressant à la Cour et à la ville. Protégé par le roi, Donneau de Visé, logé au Louvre, reçoit une importante pension annuelle.

5 janvier
Création de *Bajazet*, de Racine, à l'Hôtel de Bourgogne.

25 janvier
Secrétaire d'État aux Affaires étrangères depuis le 5 septembre 1671, Pomponne devient en outre ministre d'État et entre au Conseil d'en haut.

28 janvier
Mort du chancelier Pierre Séguier. Étienne d'Aligre, conseiller au Conseil royal des finances, sera nommé garde des Sceaux le 24 avril.

4 février
Louvois, déjà associé à son père au secrétariat d'État à la Guerre, est nommé ministre d'État et entre au Conseil d'en haut.

26 février
Création d'*Ariane*, tragédie de Thomas Corneille.

11 mars
Première des *Femmes savantes*, de Molière, au Palais-Royal.

13 mars
Perrin cède à Lully le privilège de représenter des opéras à l'italienne dans le cadre de l'Académie royale de musique créée le 28 juin 1669. Il est désormais interdit à tout directeur de théâtre de donner des représentations incluant plus de deux airs et de deux instruments sans sa permission, ce qui conduira à une réaction de Molière dès le 29 mars, qui obtiendra, pour son seul théâtre, le droit d'utiliser 6 chanteurs et 12 instruments.

6 avril
Début de la guerre de Hollande qui va durer sept ans. Louis XIV déclare la guerre aux Provinces-Unies. Le même jour, les armées françaises, commandées par Turenne, Condé et Luxembourg, commencent leur marche vers le Rhin inférieur, depuis Sedan et Charleroi, à travers les évêchés de Liège et de Cologne.

Le maréchal de Luxembourg

Né à Paris, François-Henri de Montmorency-Bouteville (1628-1695) est le fils posthume de François de Montmorency-Bouteville, duelliste impénitent, décapité pour ce fait en 1627. Élevé à l'hôtel de Condé avec le futur vainqueur de Rocroi, il fait ses premières armes en Catalogne et en Flandre. Pendant la Fronde, il prend le parti de Condé et se soumet en même temps que lui en 1659. Reconnaissant, le prince l'aide à contracter, en 1661, un riche mariage avec Madeleine de Clermont, « la plus laide personne de ce temps », mais héritière de tous les biens et titres de la maison ducale de Luxembourg-Piney. Le nouveau duc de Luxembourg, que Louis XIV – qui n'oublie pas la Fronde – tient un temps en semi-disgrâce, sert sous Condé pendant la guerre de Dévolution. C'est avec la guerre de Hollande que commence sa fortune. Présent à Seneffe au côté de Condé (11 août 1674), il est fait maréchal de France en 1675 et remporte une série de victoires : à Valenciennes (17 mars 1677), Cassel (11 avril) et Ypres (25 mars 1678). Victime de la rancune tenace de Louvois, il est compromis dans l'affaire des Poisons. Coupable seulement de maladresse, il est embastillé quelques mois au début de 1680. Acquitté à l'unanimité par ses juges, il est exilé par lettre de cachet à 30 lieues de Paris et de la Cour, puis rentre en grâce en juin 1681. Nommé gouverneur de Champagne, puis de Normandie, il commande en 1690 l'armée de Flandre et remporte, durant la guerre de la Ligue d'Augsbourg, une série de victoires contre Waldeck ou Guillaume d'Orange, à Fleurus (1er juillet 1690), Leuze (19 septembre 1691), Steinkerque (3 août 1692), Neerwinden (29 juillet 1693). Il meurt subitement à Versailles en janvier 1695. Entre Turenne et Condé au début du règne, Villars et Vendôme à la fin, Luxembourg est l'un des grands capitaines du règne de Louis XIV.

11 avril, 6 mai
Signature à Stockholm d'un traité, préparé par Pomponne, entre la France et la Suède, celle-ci revenant à l'alliance française moyennant finances. Le 6 mai, l'Électeur de Brandebourg Frédéric-Guillaume quitte l'alliance française et se range au côté des Hollandais. Ses terres rhénanes sont occupées par les troupes françaises.

5 mai
Service funèbre, à l'Oratoire, du chancelier Séguier. Le mausolée est dessiné par Le Brun et l'on joue le *Miserere* de Lully (composé en 1664).

7 juin
Guerre de Hollande. Bataille navale de Solebay, au large des côtes britanniques, opposant à la flotte hollandaise de Ruyter la flotte anglo-française commandée par le duc d'York (futur Jacques II), d'Estrées et Duquesne, sans qu'aucun des deux adversaires ne remporte l'avantage.

DUQUESNE

Abraham Duquesne (1610-1688) naît à Dieppe dans une famille protestante de marins marchands. Son père, commandant de bateau, l'initie très jeune aux choses de la mer. À 17 ans, il se distingue en prenant à l'abordage un navire hollandais. En 1635, il entre au service de la marine royale que réorganise Richelieu et participe aux principales batailles navales de la guerre de Trente Ans. Passé un moment au service de la Suède, pays protestant allié de la France, il revient en France en 1645 en tant que chef d'escadre. Pendant la Fronde, il barre la Gironde avec une petite flotte, contraignant Bordeaux révoltée contre Mazarin à la capitulation. Malgré les handicaps de sa naissance roturière, de sa fidélité au protestantisme et de son caractère intransigeant et emporté, Duquesne est nommé, en 1667, lieutenant général des armées navales du roi. La guerre de Hollande lui permet de donner toute sa mesure. Il dispute victorieusement aux Espagnols et aux Hollandais commandés par Ruyter la maîtrise de la Méditerranée, en remportant, en 1675 et 1676, une série de victoires : Stromboli, Agosta, Palerme. Il conduit ensuite plusieurs expéditions contre les Barbaresques, puis en 1684 bombarde Gênes (il a alors 74 ans). En 1681, en reconnaissance de ses services, Louis XIV lui permet d'acquérir la terre du Bouchet, avec le titre de marquis, et en 1685 l'exempte à titre personnel des obligations découlant de la révocation de l'édit de Nantes. Peu de temps après, en 1688, Duquesne meurt à Paris.

12 juin
Guerre de Hollande. Passage du Rhin. Les Hollandais ne peuvent empêcher les troupes françaises commandées par Condé de franchir l'Yssel, bras méridional du Rhin, au gué de Tolhuis, sous les yeux du roi.

20 juin
Guerre de Hollande. Les Hollandais ouvrent les digues de Muiden aux eaux du Zuyderzee. Une grande partie de la province de Hollande est submergée, ce qui force les Français à s'arrêter dans leur marche sur Amsterdam.

29 juin-20 août
Guerre de Hollande. Pour gagner du temps, le Grand Pensionnaire Jean de Witt et les états généraux adressent des propositions de paix à Louis XIV (cession de la rive gauche du Rhin, lourde indemnité). Celui-ci exige davantage et les pourparlers sont rompus. Le 8 juillet, Guillaume d'Orange est nommé par les états généraux stathouder et capitaine général à vie des Provinces-Unies. Le 20 août, Jean de Witt et son frère, tenus pour responsables de l'impréparation du pays et du désastre subi, sont assassinés à La Haye.

17 août
Parution de l'*Épître IV* de Boileau qui célèbre les récentes victoires de Louis XIV.

décembre
Guerre de Hollande. Une tentative du duc de Luxembourg pour marcher sur Amsterdam, en tirant parti de l'hiver et du gel des eaux, échoue du fait d'un dégel imprévu.

18 décembre
Création de *Mithridate*, de Racine, à l'Hôtel de Bourgogne. Le succès dure plusieurs mois.

autres événements
• Frontenac (1620-1689) arrive à Québec où il cumulera pendant trois ans en Nouvelle-France les fonctions d'intendant (en remplacement de Jean Talon), de lieutenant général et de gouverneur.
• Le budget de l'État, en équilibre depuis 1662, est en déficit et le sera jusqu'à la fin du règne de Louis XIV, du fait du poids des dépenses liées à la guerre.
• Institution du monopole des Postes royales en matière de postes et messageries.
• L'Italien Giovanni Pietro Bellori (1613-1696) dédie à Colbert ses *Vies d'artistes*. Les écrits de Bellori, qui est l'un des tenants du classicisme en art, exerceront une grande influence en France.
• André-Charles Boulle (1642-1732) devient ébéniste et marqueteur du roi. Il obtient un atelier au Louvre. Sur des dessins de Le Brun, de Jean Berain (1637-1711) ou de lui-même, il y exécute des meubles somptueux utilisant une technique de marqueterie particulièrement raffinée, qui combine des placages d'écaille de corne, de tortue, ou de métal (laiton, étain ou cuivre), sur de l'ébène ou du bois teinté en noir, lui-même incrusté de filets métalliques.
• Le peintre Noël Coypel (1628-1707) est nommé directeur de l'Académie de France à Rome.
• Louise Moillon (1610-1696) peint une *Corbeille d'abricots*, l'une de ses plus belles natures mortes, genre considéré alors comme secondaire, mais qu'elle a illustré pendant toute sa vie.
• À Cayenne, Jean Richer (1630-1696) tente de déterminer la distance entre la Terre et le Soleil.

1673

3 janvier
Règlement concernant le Conseil d'État. Il y a désormais 30 conseillers d'État: 18 ordinaires (3 d'Église, 3 d'épée, 12 de robe) et 12 « semestres » (c'est-à-dire servant en principe un semestre sur deux), tous de robe.

10 février
Début de l'affaire de la régale. Poussé par Colbert pour des raisons financières, Louis XIV décide unilatéralement d'étendre aux diocèses du Midi, où il n'existait pas, le droit dit de régale selon lequel le roi de France perçoit, à la place du Saint-Siège, les revenus d'un évêché vacant et nomme aux bénéfices locaux.

17 février
Mort de Molière à l'issue de la quatrième représentation du *Malade imaginaire* dont la première avait eu lieu le 10. Il sera inhumé le 21 dans le cimetière de l'église Saint-Eustache sans aucune pompe et sans service solennel. Le prologue et les intermèdes de la pièce étaient enrichis d'une musique de Marc-Antoine Charpentier.

CHARPENTIER

Né à Paris, Marc-Antoine Charpentier (1643-1704) part étudier la musique à Rome auprès de Giacomo Carissimi, dont il copie l'oratorio Jephté, *parmi de nombreuses autres partitions italiennes qu'il introduit en France. À son retour d'Italie, il est employé par Marie de Lorraine, duchesse de Guise, comme maître de musique (jusqu'en 1688). Il écrit pour elle* La Descente d'Orphée aux Enfers. *Parallèlement, il collabore avec la troupe de Molière dès 1672, collaboration qui se poursuivra longtemps après la mort du comédien, composant des musiques en fonction des contraintes imposées par les ordonnances royales obtenues par Lully. Vers 1680, il entre au service du Grand Dauphin et compose pour lui* Les Plaisirs de Versailles *et* La Fête de Rueil. *Louis XIV lui accorde une pension en 1683 et il devient professeur de musique du futur duc d'Orléans, pour lequel il écrit, vers 1692, un bref traité de composition. Devenu également compositeur de Saint-Paul-Saint-Louis, l'église des jésuites connue comme « l'église de l'Opéra », il compose beaucoup de musique religieuse et des drames sacrés pour les Collèges d'Harcourt et Louis-le-Grand (notamment un* David et Jonathas *donné le 28 février 1688). Sa seule tragédie lyrique* Médée, *représentée le 4 décembre 1693, est mal reçue. Le 28 juin 1698, il devient maître de musique de la Sainte-Chapelle, pour laquelle il compose le* Motet pour l'offertoire de la Messe Rouge, *destiné à saluer la rentrée annuelle du Parlement, et l'oratorio* Judicium Salomonis, *écrit en 1702. Il meurt le 24 février 1704.*

24 février
Lettres patentes imposant aux parlements l'enregistrement des édits royaux préalablement à toute éventuelle remontrance.

mars
Édit visant à généraliser dans les villes les communautés de métiers.
Ordonnance sur le commerce. Ce grand texte, dit aussi Code marchand ou Code Savary (du nom du négociant parisien chargé par Colbert d'élaborer le texte), fut rédigé, après consultation des communautés de métier et des juges consuls des principales villes marchandes du royaume, afin de simplifier et d'uniformiser la législation en la matière.

19 mars
Pour unifier le style de procédure et prévenir les vices de rédaction, mais surtout pour des raisons fiscales, Colbert, reprenant un édit de 1655 jamais appliqué, impose l'obligation du papier timbré pour que les textes administratifs, civils et judiciaires soient valides. Ce nouvel impôt suscite bientôt un vif mécontentement.

24 avril
Création de *Cadmus et Hermione*, première tragédie lyrique française par Lully et Quinault.

mai-août
Guerre de Hollande. Le roi quitte la Cour le 1er mai et se met à la tête de ses armées. En juin, vaincu par Turenne, l'Électeur de Brandebourg Frédéric-Guillaume signe la paix avec la France. Le 7 juin, une bataille navale indécise oppose, au large de Walcheren, le Hollandais Ruyter et les Anglo-Français commandés par Duquesne. Le 1er juillet, Louis XIV entre à Maastricht, qui s'est rendue à Vauban la veille, après treize jours de « tranchée ouverte ». Le 21 août, une flotte anglaise est victorieuse des Hollandais commandés par Ruyter au large du Texel. Le 30, au traité de La Haye, l'empereur Léopold Ier, Charles II d'Espagne et Charles IV de Lorraine apportent leur appui aux Provinces-Unies contre la France.

autres événements

- Poullain de La Barre (1647-1723): *De l'égalité des deux sexes*. L'auteur nie l'inégalité des sexes, admirée par tous à l'époque et créée selon lui par l'éducation: il faut dispenser aux femmes la même éducation qu'aux hommes et leur ouvrir les mêmes carrières.
- À Paris, construction de la porte Saint-Denis par Blondel.
- Charles Le Brun: *Les Batailles d'Alexandre*. Il achève l'*Histoire d'Alexandre*, commencée en 1665.
- Le Nôtre travaille, au château de Chantilly, à la création de la vaste esplanade et au percement de la terrasse du Connétable.
- Claude Perrault donne une nouvelle traduction des livres d'architecture de Vitruve.
- Mariotte: *Traité de la percussion et du choc des corps*.

1674

janvier
Lespinay, bientôt secondé par François Martin, s'installe à Pondichéry pour mieux assurer les intérêts de la France et de la Compagnie des Indes orientales en Inde face aux Hollandais.

8 janvier
Étienne d'Aligre, garde des Sceaux depuis le 24 avril 1672, est nommé chancelier de France.

11 janvier
Création d'*Alceste*, deuxième opéra de Lully et Quinault. Des fragments donnés à la Cour avaient beaucoup plu, mais à Paris, une cabale en compromet le succès.

février
Guerre de Hollande. L'Angleterre abandonne l'alliance française et fait la paix avec la Hollande.

avril
Édit d'établissement de l'hôtel royal des Invalides, dont la création a été décidée quatre ans plus tôt (le 20 février 1670) et dont la construction est déjà commencée.

2 mai
Achevé d'imprimer à Paris du premier tome du livre du jeune prêtre de l'Oratoire Nicolas Malebranche (1638-1715): *De la recherche de la vérité. Où l'on traite de la nature de l'esprit de l'homme et de l'usage qu'il doit en faire pour éviter l'erreur dans les sciences*, écrit de 1668 à 1673 par ce lecteur enthousiaste de Descartes. Le deuxième tome paraîtra en septembre 1675. Le livre est fort bien accueilli.

15 mai-6 juin
Assiégée depuis le 26 avril, Besançon est prise le 15 mai en présence du roi; la citadelle se rendra le 21. Le 6 juin, Dole, en Franche-Comté, tombe à son tour.

10 juillet
Publication des *Œuvres diverses* de Boileau contenant ses *Satires*, *Épîtres*, l'*Art poétique* et la traduction du *Traité du sublime*. Boileau avait enfin obtenu son privilège d'impression le 28 mars, après deux ans d'attente.

BOILEAU

Nicolas Boileau, dit Boileau-Despréaux (1636-1711), est le fils cadet d'une famille parisienne de gens de robe très cultivés. Une opération de la pierre à 12 ans lui laisse une « grande incommodité ». Il fait des études aux collèges d'Harcourt puis de Beauvais et devient avocat. À la mort de son père, il hérite d'une rente qui lui permet de se consacrer aux lettres. Dès 1660, il publie sa première Satire, *contre les gens de finance, et commence à traduire du grec le* Traité du sublime *attribué à Longin. Sa deuxième* Satire *intervient dans la querelle de* L'École des femmes *et fait l'éloge de la facilité heureuse du poète comique. N'ayant pas reçu de pension en 1663 – il l'obtiendra un peu plus tard –, il a l'audace de se retourner contre Chapelain, alors régent officiel de la poésie, dans sa* Satire VII. *La même année, Racine lui soumet sa* Thébaïde. *En 1664, la* Satire V, *« Sur la noblesse », est lue à Louis XIV, qui l'apprécie. Il collabore, avec ses amis du cabaret du Mouton blanc, à deux écrits collectifs,* Chapelain décoiffé *et* Colbert enragé, *avant de faire amende honorable les années suivantes avec des* Satires *sur des sujets plus anodins : « Les Embarras de Paris » et « Le Repas ridicule ». En 1666, une édition anonyme des* Satires *commence à circuler: il décide alors de donner une édition amendée la même année qui lui vaut plusieurs libelles, auxquels il répond en octobre 1667 avec la* Satire IX. *Il fréquente Mme de La Fayette et La Rochefoucauld et devient le protégé de Mme de Montespan et de sa sœur, ainsi qu'un familier de l'hôtel de Lamoignon.*
En 1670, une première Épître *est dédiée au roi. Boileau est passé de la satire à la flatterie. En août 1672, dans l'*Épître IV, *Boileau célèbre les victoires de Louis XIV sur les villes du Rhin, l'année même où il fait connaître son* Art poétique, *qui fera de lui le législateur du Parnasse et le défenseur d'une esthétique classique fondée*

sur la raison, le naturel et le refus de l'emphase – préceptes qu'il met en œuvre dans les premiers chants d'un poème héroï-comique sur un sujet « chargé de peu de matière », Le Lutrin, *lu la même année chez le cardinal de Retz. En 1674, il est présenté à Louis XIV : il peut enfin publier l'ensemble de son œuvre. En 1677, il soutient son ami Racine contre la cabale de la duchesse de Bouillon et, en octobre, est nommé comme lui historiographe du roi. Il remercie Louis XIV en lui dédiant l'*Épître VIII. *Il est élu à l'Académie française en 1684. En 1687, en défenseur des Anciens, il proteste contre le poème de Charles Perrault, qui exalte les vertus de ses contemporains dans* Le Siècle de Louis le Grand. *En 1693, il publie encore une* Ode sur la prise de Namur, *imitation de Pindare, et, l'année suivante, ses* Réflexions critiques sur quelques passages de Longin, *toujours à l'appui des Anciens, ainsi que sa* Satire X, *« Contre les femmes », qui est mal accueillie. Vivant solitaire dans sa maison d'Auteuil, il reçoit souvent Racine avec ses enfants, dont il a plaisir à s'occuper. Ce qu'il continue de faire après la mort du poète en 1699. À partir de 1709, sa santé se dégrade. Il meurt le 13 mars 1711 d'une pleurésie. Une première édition d'*Œuvres complètes *paraît deux ans plus tard, en 1713.*

juillet-août
Guerre de Hollande. Le 19 juillet, l'Électeur de Brandebourg Frédéric-Guillaume rompt la paix signée avec la France en juin 1673 et rejoint le camp des Impériaux.
Avec l'accord de Louvois, Turenne envahit le Palatinat et y pratique la tactique de la « terre brûlée » pour empêcher les Impériaux de l'utiliser comme base de départ dans une éventuelle attaque de la Basse Alsace. C'est le premier sac du Palatinat.

août
Levée du ban et de l'arrière-ban de la noblesse. C'est l'une des dernières fois que Louis XIV recourt à cette pratique médiévale qui ne fournit que des militaires fort médiocres, les meilleurs des nobles servant déjà comme officiers.

2 août
Naissance de Philippe d'Orléans, fils de Monsieur et de la Palatine, futur Régent en 1715.

11 août
Guerre de Hollande. Bataille sanglante et indécise de Seneffe (ou Senef), près de Charleroi, qui oppose 40000 Français, commandés par Condé, à 50000 coalisés (Hollandais, Espagnols, Impériaux), commandés par Guillaume d'Orange.

18 août
Création d'*Iphigénie*, de Racine, dans le cadre des « Divertissements de Versailles » célébrant la conquête de la Franche-Comté. La pièce sera reprise fin décembre à l'Hôtel de Bourgogne.

novembre ou décembre
Suréna, dernière pièce de Corneille, est représentée à l'Hôtel de Bourgogne.

27 novembre
Exécution du chevalier de Rohan (1635-1674), convaincu de trahison et lèse-majesté pour avoir fomenté un complot visant à soulever la Normandie, ouvrir un port normand aux Hollandais et même enlever le roi et le Grand Dauphin.

décembre
Édit royal révoquant le privilège de la Compagnie des Indes occidentales et plaçant les colonies antillaises sous l'administration directe de l'État.

27 décembre
Mme Scarron, qui bénéficie de plus en plus des prévenances du roi, pour la plus grande colère de Mme de Montespan, achète la terre de Maintenon et devient, de ce fait, marquise de Maintenon.

29 décembre
Guerre de Hollande. Après la victoire d'Entzheim le 4 octobre, victoire de Turenne à Mulhouse. Profitant des quartiers d'hiver pris par les Impériaux qui ont pénétré en Alsace, Turenne opère un mouvement tournant derrière les Vosges et surprend ceux-ci à Mulhouse puis à Turkheim, le 5 janvier 1675.

autres événements
- La vente et la distribution du tabac constituées en monopole sont mises à bail ; ce nouveau droit suscite un vif mécontentement, notamment dans l'Ouest.
- Création d'une Caisse des emprunts.
- Louis Moréri (1643-1680) : *Grand Dictionnaire historique.*
- Félibien : *Description sommaire du château de Versailles.*
- Dans le cadre d'une « grande commande » de 24 statues passée aux sculpteurs travaillant pour Versailles, Girardon exécute *L'Hiver* et *L'Enlèvement de Proserpine par Pluton* pour décorer le parterre d'Eau devant la façade occidentale du château.

• Jules Hardouin-Mansart (1646-1708), le petit-neveu de l'architecte François Mansart qui l'a formé et dont il a repris le nom, construit le rendez-vous de chasse de Val, dans la forêt de Saint-Germain-en-Laye. S'il n'hésite pas à exploiter le fonds de dessins laissé par son grand-oncle, Hardouin-Mansart va aussi concevoir une nouvelle organisation de l'espace où les volumes s'étirent à l'horizontale, formant un lieu ouvert sur l'environnement. Les caractéristiques de ce style sont déjà définies à Val : l'édifice ne comporte qu'un étage, ouvert sur l'extérieur par de grandes « portes-fenêtres » à arcades. Hardouin-Mansart est aussi le premier architecte à créer une véritable agence pour lui permettre de répondre à une demande croissante : François d'Orbay, l'ancien premier dessinateur de Le Vau, mais aussi d'Aviler, Lassurance, Boffrand et Robert de Cotte travailleront pour lui.

• François d'Orbay construit l'escalier des Ambassadeurs à Versailles. Le Brun y réalise la décoration, toute en trompe-l'œil, depuis les fausses tapisseries jusqu'aux balcons feints.

• Jean de Troy (1638-1691) : *Portrait du juge Fontanilles*, l'un des chefs-d'œuvre du peintre toulousain. Quelques années plus tard, en 1680, il fonde une académie à Montpellier.

1675

janvier
Le jésuite François d'Aix de La Chaise, dit le père La Chaise ou Lachaise (1624-1709), devient confesseur de Louis XIV et le restera jusqu'à sa mort. On a donné son nom à un cimetière de Paris.

11 janvier
Création à Saint-Germain de *Thésée*, troisième opéra de Lully et Quinault.

11 février
Guerre de Hollande. Bataille navale des îles Lipari, ou du Stromboli, remportée sur les Espagnols par les Français commandés par Vivonne et Duquesne.

avril
Émeutes populaires à Rennes, les 2, 18, 25 avril, avec l'appui tacite des notables, notamment des parlementaires ; elles sont provoquées par l'introduction en Bretagne d'impôts nouveaux (papier timbré, tabac). Des émeutes similaires ont lieu dans presque toutes les villes de la province.

2 avril
Suite de l'affaire de la régale. Une déclaration royale confirme et précise celle du 10 février 1673 sur les évêchés vacants. Sur les 130 évêques du royaume, seuls deux, Pavillon, évêque d'Alet, et Caulet, évêque de Pamiers, refusent de se soumettre à la décision.

7 juin
Guerre de Hollande. Turenne franchit le Rhin à la poursuite des Impériaux commandés par Montecuccoli.

9 juin
Début de la révolte dite des Bonnets rouges, dans les campagnes de Basse Bretagne.

Le soulèvement des paysans bretons

Jusqu'en 1664, la Bretagne a connu une ère d'exceptionnelle prospérité dont témoignent aujourd'hui encore les retables dorés de ses églises et les décors luxuriants de ses calvaires. La vie économique est servie par une agriculture qui fait vivre les paysans, par une activité de pêche et de cabotage sur les côtes, par une activité industrielle portée par les tissages du chanvre et des toiles nécessaires à la marine. La province, restée dans l'ensemble à l'écart des troubles de la Fronde, jouit d'un statut très particulier qu'elle doit à son rattachement tardif à la couronne de France (1524) et au respect de ses franchises et de ses privilèges. Elle s'acquitte de l'impôt par un don gratuit voté par les états de Bretagne réunis à Rennes, longuement marchandé avec les envoyés du roi. Elle ignore encore le règne des intendants : le premier n'y arrivera qu'en 1689, après la mort de Colbert. Le ministre cependant tente d'y faire pénétrer la législation royale : en 1669, la réforme des Eaux et Forêts doit s'y appliquer. En 1673, se met en place une « réformation » du domaine royal qui doit aider à en rentabiliser la gestion. En 1675, commence une recherche de la noblesse qui consiste à faire la chasse aux faux nobles pour augmenter le nombre des taillables. À ces mesures s'ajoutent des « nouveautés » que bon nombre jugent inadmissibles : après des taxes sur les offices, apparaissent la taxe sur le papier timbré instaurée le 19 mars 1673 (1 sol la feuille pour tout acte notarié) et surtout, en 1675, un impôt sur le tabac (20 sols par livre) suivi d'un autre sur la marque de la vaisselle d'étain (1 sol la pièce). Ces impôts semblent aux Bretons une véritable

violation de leurs libertés, car ils n'ont pas été discutés ni acceptés par les états de la province.
Les premiers troubles se manifestent à Rennes le 18 avril, conduits par les marchands d'étain et de tabac qui attaquent les bureaux des receveurs, tant ceux du domaine que ceux du papier timbré au palais de justice, et ceux des Devoirs (droits sur les boissons). Le bilan est sévère: on dénombre 30 morts. Les désordres gagnent ensuite Nantes, Montfort, Dinan, Lamballe, Vannes. D'urbaine qu'elle était d'abord, la révolte s'étend ensuite dans les campagnes, en particulier en Cornouaille: à Chateaulin, une trentaine de paroisses rurales s'agitent pendant trois mois. Non contents de s'attaquer aux impôts du roi, les paysans s'en prennent aux seigneurs qui ont depuis quelques années augmenté leurs droits seigneuriaux. Aussi la révolte antifiscale prend-elle un tour antiseigneurial.
Dans les papiers du duc de Chaulnes, une lettre envoyée à Colbert fait état d'un « code paysan », liste de revendications qui énumère tous les griefs des révoltés.
De véritables armées de paysans se forment et se portent contre les châteaux. À Kergoët, le seigneur, réputé pour ses violences et même ses exactions, est assiégé par des mutins de 20 paroisses. Dans le duché de Rohan, 2000 paysans s'assemblent à Pontivy.
Cette agitation qui met toute la province à feu et à sang se prolonge sans que les autorités puissent en venir à bout: les troupes du roi font la guerre en Hollande et Louis XIV perd son meilleur général, Turenne, le 27 juillet. Force est de plier sous l'orage. Mais quand vient la répression en septembre – le duc de Chaulnes obtient enfin un renfort de 6000 hommes venus de Nantes –, elle est exemplaire et terrible: entretien et logement des gens de guerre, procès expéditifs et châtiments immédiatement exécutés en public pour terrifier les autres, pendaisons des meneurs aux arbres des grands chemins. Le roi impose une contribution extraordinaire à la province de 3 millions de livres et, malgré une amnistie finalement accordée le 5 février 1676, les troupes restent dans le pays jusqu'en mars. Mme de Sévigné, qui a des attaches en Bretagne, se fait l'écho de ces violences dans sa correspondance.

28 juin
Guerre de Hollande. Victoire décisive de l'Électeur de Brandebourg Frédéric-Guillaume sur les Suédois, alliés de Louis XIV, à Fehrbellin, au nord de Berlin.

27 juillet
Guerre de Hollande. Turenne est mortellement blessé d'un boulet de canon à Sasbach, près d'Aspern, au pays de Bade.

31 juillet
Ordonnance sur l'ordre du « tableau ». Au lendemain de la mort de Turenne, Louis XIV décide de créer huit nouveaux maréchaux qui seront faits, suivant leur date de nomination, lieutenants généraux. La pratique, déjà courante, du secrétariat à la Guerre, de dresser des listes de promotion à chaque grade suivant l'ordre d'ancienneté dans le dernier grade occupé, devient ainsi officielle et systématique.

août
Émeutes à Bordeaux et en Agenais, pour les mêmes raisons qu'en Bretagne au printemps.

décembre
Guerre de Hollande. La flotte hollandaise commandée par Ruyter pénètre en Méditerranée.

autres événements
- Ouverture d'un congrès à Nimègue, grâce à la médiation de Charles II d'Angleterre; il réunit, sous la présidence d'un nonce du pape, des émissaires des belligérants pour chercher une issue à la guerre de Hollande.
- Bouhours (1628-1702): *Remarques nouvelles sur la langue française.*
- Jacques Savary (1622-1690): *Le Parfait Négociant.*
- Dans la vallée de Chevreuse, près de Paris, Hardouin-Mansart construit le château de Dampierre, caractérisé par de nombreuses ouvertures sur toute la façade.
- Nicolas Lémery (1645-1715): *Cours de chimie.*

1676

janvier-juin
Guerre de Hollande. Après celle du 11 février 1675, seconde bataille navale du Stromboli remportée par Duquesne sur les Espagnols et les Hollandais de Ruyter. Celui-ci meurt à la bataille navale d'Agosta remportée par Duquesne le 22 avril. Le 2 juin, Vivonne et Duquesne remportent enfin la bataille navale de Palerme sur les flottes espagnole et hollandaise qui sont en grande partie détruites.

10 janvier
À Saint-Germain, création d'*Atys*, quatrième opéra de Lully et Quinault.

5 février
Une amnistie est accordée aux Bretons après la révolte des Bonnets rouges (juin 1675), mais le parlement de Rennes, exilé à Vannes, y restera jusqu'en 1690.

17 juillet
L'exécution de la marquise de Brinvilliers, convaincue d'empoisonnement, est à l'origine de l'affaire des Poisons qui sera révélée en mars 1679.

22 août
Le parlement de Franche-Comté est transféré de Dole à Besançon.

novembre
Lettres patentes fondant des académies de peinture et de sculpture dans les principales villes du royaume.

16 novembre
Séance de l'Académie des sciences au cours de laquelle le Danois Römer, résidant alors à Paris, lit « un écrit par lequel il montre que le mouvement de la lumière n'est pas instantané, ce qu'il fait voir par l'inégalité des immersions et émersions du premier satellite de Jupiter ». Cette découverte capitale est publiée dans le *Journal des savants* du 7 décembre.

18 décembre
Le vice-amiral Jean d'Estrées reprend Cayenne aux Hollandais.

autres événements
• Louis XIV décide d'utiliser les revenus des évêchés vacants pour le financement d'une Caisse des conversions, administrée par un protestant converti, Paul Pellisson; en échange de son abjuration, chaque réformé recevra quelques livres.
• Félibien: *Des principes de l'architecture, de la sculpture, de la peinture et des autres arts qui en dépendent.*
• Noël Coypel exécute à Versailles le décor de la salle des Gardes de la Reine.
• Hardouin-Mansart construit près de Versailles pour Mme de Montespan le château de Clagny (détruit), composé de deux ailes étroites entourant un salon à coupole. Le Nôtre en dessine le jardin.
• Mort du peintre paysagiste Pierre Patel (né vers 1605). Avec davantage de fantaisie, son fils Pierre-Antoine (1646-1707) poursuit la tradition du paysage classique composé, que son père a créée.
• Louis Morin, médecin et membre de l'Académie des sciences, commence à consigner ses observations météorologiques, et cela jusqu'en 1712.

1677

1er janvier
Création à l'Hôtel de Bourgogne de *Phèdre et Hippolyte*, de Racine, avec la Champmeslé dans le rôle de Phèdre. En mars, Boileau compose son *Épître VII* pour répondre à la cabale organisée par la duchesse de Bouillon contre la pièce.

La Champmeslé

Membre d'une grande famille de théâtre, Marie Desmares (1642-1698) débute à Rouen. Après avoir épousé Champmeslé, dont elle porte désormais le nom, elle entre avec lui au théâtre du Marais, où elle triomphe dans les pièces « en machines » de l'abbé Boyer, puis à l'Hôtel de Bourgogne. C'est là que Racine la découvre dans le rôle d'Hermione (Andromaque) *en 1672. Il lui confie désormais les principaux rôles de ses tragédies : les rôles d'Atalide et de Roxane dans* Mithridate, *en 1673, et le beau rôle de Monime dans* Iphigénie en Aulide, *en 1674, jusqu'à* Phèdre, *en 1677, où elle atteint le sommet de son art. « La Champmeslé est quelque chose de si extraordinaire qu'en votre vie vous n'avez rien vu de pareil », écrit Mme de Sévigné. Après la conversion de Racine, qui renonce au théâtre, ses aventures continuent à défrayer la chronique. Elle meurt en 1698, après avoir renoncé,* in extremis, *à son métier d'actrice, sacrifice qui lui vaut d'être inhumée chrétiennement à Saint-Sulpice.*

mars-avril
Guerre de Hollande. Après la prise de Valenciennes par Louis XIV et le maréchal de Luxembourg le 17 mars, Cambrai tombe le 6 avril, à l'issue d'un siège présidé par le roi. Le 11, Luxembourg et Monsieur, frère du roi, s'emparent de Cassel aux mains des Hollandais commandés par Guillaume d'Orange. Jaloux des lauriers de son frère, Louis XIV le cantonnera désormais à la Cour. Le 22 enfin, les troupes françaises s'emparent de Saint-Omer.

9 septembre
À Fontainebleau, on donne le *Te Deum* de Lully.

25 octobre
Mort du chancelier Étienne d'Aligre. Michel Le Tellier le remplace.

15 novembre
Mariage de Guillaume d'Orange et de Marie, fille d'un premier mariage du duc d'York, frère de

Charles II d'Angleterre; ce mariage marque le début du rapprochement anglo-hollandais, en dépit des réticences de Charles II soucieux de ménager Louis XIV qui lui accorde toujours des subsides secrets.

17 novembre
Guerre de Hollande. Prise de Fribourg-en-Brisgau par le maréchal de Créqui.

autres événements
• Le roi fait connaître sa décision de fixer, le moment venu, la résidence de la Cour à Versailles où les travaux vont entrer dans une phase particulièrement active sous la direction de Jules Hardouin-Mansart.

VERSAILLES

Entre le Louvre et les Tuileries, Saint-Germain, Vincennes, Chantilly ou encore Fontainebleau, Louis XIV n'avait que l'embarras du choix pour décider du lieu qu'il habiterait principalement. Mais c'est à Versailles qu'il entreprend dès 1661 des travaux, Versailles où n'existe, comme le dit Saint-Simon, qu'un « petit château de cartes que Louis XIII y avait fait pour n'y plus coucher sur la paille ». Certes, la forêt est giboyeuse et l'endroit tranquille où le roi abrite ses amours secrètes avec Mlle de La Vallière. Mais surtout il est vaste et presque vierge. Le roi a-t-il retenu la leçon du château de Vaux-le-Vicomte, construit en cinq ans seulement, et achevé cette même année 1661? En tout cas, il en reprend l'équipe: l'architecte Louis Le Vau, le jardinier André Le Nôtre et le peintre Charles Le Brun, en dépit des réticences de Colbert qui parle des « Barbons » de Vaux et rechigne à prévoir un budget pour Versailles quand le Louvre a tant besoin de travaux. Il n'empêche: 1,5 million de livres sont dépensés pour l'agrandissement du lieu. Le plus grand chantier du siècle s'ouvre. Il va employer jusqu'à 36 000 ouvriers et coûter la vie à nombre d'entre eux. « On emporte toutes les nuits, comme de l'Hôtel-Dieu, des charrettes pleines de morts », note Mme de Sévigné. La mortalité est telle qu'elle entre dans les comptes du chantier: en 1672, l'indemnité aux veuves est de 100 livres, elle tombe à 30 livres en 1680 quand l'argent devient rare. Pour l'aqueduc de Maintenon, chargé d'alimenter le château et ses jardins en eau, on fait appel à des soldats…

Après maintes hésitations, le château de cartes est conservé. Le Vau y respecte le parti architectural de Philibert Le Roy, notamment l'alternance de la brique et de la pierre. Il lui ajoute quatre pavillons d'angle, reconstruit la façade sur le parc et relie les deux cabinets qui en forment les extrémités par un vestibule central. Sur les toits, la corniche est ornée de vases et le plomb remplace l'ardoise. Côté cour, il réalise deux longues ailes qui serviront de communs: au Sud, les écuries, au Nord, les cuisines. Entre deux pavillons réservés au corps de garde, une nouvelle grille bleue clôt la cour.

Le Nôtre travaille travaille au parc dès 1662, mais c'est en janvier 1663 que son plan est arrêté. À l'inverse du jardin italien, où se cache la villa, le jardin français – inauguré par Le Nôtre au petit château de Clagny (aujourd'hui disparu), près de Versailles – vise à mettre en valeur le château et s'ordonne selon une perspective que l'on découvre de ses fenêtres. Aussi le premier plan est-il réservé aux parterres, auxquels succèdent des terrasses; plus loin, les bosquets font la transition entre l'art et la nature sauvage, non sans réserver quelques surprises: une grotte, un théâtre, une cascade. À Versailles, Le Nôtre dégage une perspective centrale, qui va du château jusqu'au bassin des Cygnes, et au-delà se poursuit discrètement à travers champs par une allée bordée d'arbres. Perpendiculairement à ce premier axe, un second conduit, à droite d'un premier bassin, à une pente de petites cascades; à gauche, une terrasse fleurie autour d'un bassin rond domine l'Orangerie que Le Vau vient d'aménager sous le parterre du midi. Au Sud-Ouest, on élève une ménagerie: un octogone surmonté d'un dôme entouré d'une cour qui distribue des loges d'animaux disposées en éventail. Dans les jardins encore, la grotte de Thétis, dont les sculptures sont aujourd'hui dispersées dans le parc, inaugure un style nouveau: la sobriété de la composition des groupes, la retenue des expressions sont les nouveaux signes d'un art désormais bien français, loin de l'exubérance italienne.

Au château aussi les choses changent: le 8 juin 1669, Colbert interrompt le chantier et improvise un concours pour décider de l'architecte qui poursuivra. Le Vau l'emporte et avec lui le projet de détruire le Château-Vieux, mais en octobre, on revient à l'ancien projet. Le Vau meurt l'année suivante et son collaborateur François d'Orbay prend la direction du chantier sur un projet plus sobre: deux bâtiments qui doublent les ailes des appartements du roi et de la reine sont ajoutés; la façade sur jardin, appuyée sur un premier niveau d'arcades, forme en son centre une terrasse que bordent deux pavillons. On comble les douves. Dans les jardins, où Le Nôtre a tracé en

1668 son premier labyrinthe, l'allée royale est élargie, les bosquets et les bassins fleurissent. François d'Orbay y édifie le Trianon de porcelaine: un bâtiment sans étage, au fond d'une cour ovale, comportant cinq baies en façade sous un fronton classique monté sur pilastres. Tout y est effectivement porcelaine, des carreaux des murs à ceux des sols intérieurs et de la cour, jusqu'aux bancs et aux fontaines. Pour l'intérieur du château, c'est désormais Le Brun qui préside à la décoration aussi bien peinte que sculptée. Il réalise avec François d'Orbay l'escalier des Ambassadeurs (détruit sous Louis XV), tirant parti d'un vieux mur aveugle pour organiser une véritable mise en scène en trompe-l'œil: une succession de pilastres ioniques encadrant alternativement de fausses tapisseries représentant les victoires françaises et des balcons feints. Au centre, un buste du souverain domine une fontaine à triple cascade.
À partir de 1678, l'architecte Jules Hardouin-Mansart prend la direction des travaux. Comme en 1669, le roi décide de conserver l'ensemble existant. L'architecte garde donc le soubassement à arcades et les pavillons latéraux de la façade sur jardin, mais remplace la terrasse par une galerie des Glaces. Pour les bâtiments de la cour, il choisit un style sobre mettant en avant des lignes qui toutes conduisent au balcon du roi. Même recherche pour les jardins où toute extravagance décorative est bannie: la grotte de Thétis disparaît, et avec elle tous les glaçons, coquillages et rocailleries qu'on trouvait dans le parc. On met en place des sculptures déjà anciennes – les Termes *d'après Poussin, enlevés à Vaux – ou contemporaines, notamment deux chefs-d'œuvre de Puget: le* Milon de Crotone *et* Persée et Andromède. *Coysevox sculpte d'après un modèle antique une* Nymphe à la coquille *à la délicatesse mélancolique, Le Gros une* Vénus sortant du bain. *Désormais, la grandeur dépouillée et solennelle prévaut: au parterre d'eau, les broderies de Le Nôtre et les* Triomphes *sculptés que prévoyait d'y ajouter Le Brun sont oubliés; à la place, deux immenses miroirs d'eau rectangulaires dont seule la margelle s'orne de dieux fleuves couchés et d'enfants. Enfin, le pavillon de porcelaine devient le Grand Trianon: Hardouin-Mansart construit deux ailes sans étage, comme au château de Val, reliées par un péristyle dessiné par Robert de Cotte dont la rigueur est nuancée par la polychromie de marbres verts, roses et blancs. À l'intérieur, les plafonds sont simplement blancs. C'est déjà le style Régence qui s'annonce à Trianon. Le 6 mai 1682, le roi et sa Cour s'installent à Versailles dans un château au décor lui aussi discrètement dépouillé par Mansart, avec un nouveau mobilier en marqueterie de Boulle.*

- François Girardon (1628-1715) achève le tombeau de Richelieu, commencé deux ans plus tôt. L'artiste travaille aussi à Versailles, où, sous la houlette de Le Brun, il conduit de nombreux projets pour le décor sculpté du parc.
- Mort du peintre Mathieu Le Nain.

1678

4 janvier
Vauban devient commissaire aux fortifications. Il va entreprendre la construction de places fortes nouvelles et le remaniement de forteresses anciennes pour « ceinturer » la France sur ses frontières terrestres et maritimes.

10 janvier
Alliance défensive anglo-hollandaise.

7 février
Guerre de Hollande. Louis XIV entre en campagne en Flandre.

8 mars
Achevé d'imprimer de *La Princesse de Clèves*, de Mme de La Fayette. Dès la parution, le succès est alimenté par un débat sur la vraisemblance des personnages.

Mme de La Fayette

Mme de La Fayette (1634-1693) est une grande dame écrivain qui marque la littérature de son temps. Sa mère, veuve en 1649 de Marc Pioche son premier époux, se remarie en 1650 avec Renaud de Sévigné, l'oncle de la marquise. Amie de cette dernière, de La Rochefoucauld, de Ménage, Mme de La Fayette publie plusieurs livres avec l'aide de La Rochefoucauld et de Segrais, mais dans l'anonymat, car ce serait déchoir pour une dame de qualité que de s'abaisser à écrire. La Princesse de Montpensier *sort en 1662, le tome I de* Zaïde *en 1669, le tome II en 1671,* La Princesse de Clèves *en 1678. Deux autres œuvres paraîtront après la mort de l'auteur:* La Comtesse de Tende, Histoire de Madame Henriette d'Angleterre *ainsi que des* Mémoires de la Cour de France *pour les années 1688 et 1689.*

La Princesse de Clèves *surtout place l'auteur parmi les classiques du Grand Siècle. Mme de La Fayette appuie son roman historique sur une véritable documentation : elle puise dans Brantôme (publié en 1665-1666 à Liège), Pierre Matthieu, Davila et Mézeray et enracine le cadre de l'action, la Cour des Valois, dans son horizon géographique : le Louvre et les châteaux du val de Loire. L'héroïne, soumise aux « désordres de l'amour », est liée à l'époque par les exigences d'une morale janséniste, même si Dieu n'est pas nommé. La violence de la passion qui ravage le cœur d'« une personne de qualité » qui sait ce qu'elle doit à son honneur est peinte dans un style sans ornement, parfois même sec, voire archaïque. Sobriété, exigence, intensité et même violence sont enfermées là dans un style qui a traversé les siècles, mieux sans doute que les histoires contournées de* L'Astrée *qui, pourtant, au même moment, continuait sa carrière. Restent le combat du respect de soi-même et de l'amour interdit et la noblesse des valeurs aristocratiques menacées, qui sont peut-être déjà d'un autre temps.*
Dès qu'il paraît, le roman connaît un vif succès, mais, en même temps, des critiques se font jour : un auteur, resté anonyme (en réalité Jean-Baptiste-Henri du Trousset de Valincour, jeune écrivain qui sera plus tard élu à l'Académie française), publie des Lettres à Mme la marquise de *** sur le sujet de la Princesse de Clèves *: il blâme les digressions, les erreurs historiques, la psychologie sommaire, les fautes grammaticales mais, surtout, affirme que la scène de l'aveu qui suscite tant de polémiques parmi les lecteurs se trouve déjà dans les* Désordres de l'Amour *de Mme de Villedieu parus trois ans auparavant. Mme de La Fayette écrit au chevalier de Lescheraine : « On est partagé sur ce livre-là à se manger. » Elle-même et La Rochefoucauld répondent sous un prête-nom, l'année suivante, en mai 1679, par un véritable panégyrique du roman dans les* Conversations sur la critique de la Princesse de Clèves. *La postérité leur a donné raison.*

9-25 mars
Guerre de Hollande. Prise de Gand, en présence du roi, le 9 ; le 25, le maréchal de Luxembourg s'empare d'Ypres.

3 mai
Début de la publication d'une nouvelle édition des *Fables* de La Fontaine en quatre tomes, dont le quatrième ne paraîtra que le 15 juin 1679. Le troisième contient les livres VII et VIII, premiers d'une nouvelle série.

8 juin
Naissance du comte de Toulouse, troisième fils du roi et de Mme de Montespan.

10 août
Traité de Nimègue entre la France et les Provinces-Unies qui met fin à la guerre de Hollande. Celles-ci ne perdent rien de leur territoire et obtiennent même l'abrogation du tarif douanier d'avril 1667.

17 septembre
Traité de Nimègue entre la France et l'Espagne. L'Espagne fait les frais de la guerre de Hollande : elle abandonne à la France les territoires conquis par elle, c'est-à-dire la Franche-Comté, le reste de l'Artois (Aire et Saint-Omer), le Cambrésis, une partie de la Flandre (Cassel, Ypres) et du Hainaut (Bouchain, Valenciennes, Condé, Maubeuge) ; faible compensation, elle récupère quelques places avancées cédées à la France en 1668, mais désormais sans intérêt stratégique pour celle-ci (notamment Charleroi et Courtrai). La frontière française est maintenant continue et cohérente.

autres événements
• Richard Simon (1638-1712) : *Histoire critique du Vieux Testament.*
• Publication, un an après la mort de Spinoza, de la première traduction française, par le chevalier Gabriel de Saint-Glen, du *Tractatus theologico-politicus.*
• À Versailles, édification de l'aile du Midi par Hardouin-Mansart et décoration par Charles Le Brun de l'escalier des Ambassadeurs et de la galerie des Glaces ; pour ce dernier programme, Louis XIV donne l'ordre à Le Brun de représenter ses campagnes des guerres de Dévolution et de Hollande, en veillant à « n'y rien faire entrer qui ne fût conforme à la vérité ».
• Mort du dessinateur et graveur Robert Nanteuil (né en 1623). Portraitiste exclusivement, parvenu à une maîtrise technique exceptionnelle, il a gravé au burin les visages de presque tous les grands hommes de son temps : Louis XIV, Mazarin, Fouquet, Condé, Colbert, Turenne… On connaît 281 portraits gravés par lui, dont une quarantaine d'après des peintures de maîtres comme Le Brun et Mignard. Son art très analytique, minutieux, un peu froid, tend à donner l'image la plus objective possible des visages qu'il représente.

1679

5 février
Dernier des traités qui mettent fin à la guerre de Hollande, le traité de Nimègue entre la France et l'empereur Léopold Ier. Celui-ci récupère Philippsbourg, mais cède à la France Fribourg-en-Brisgau et lui reconnaît (reconnaissance déjà acquise aux traités de Westphalie de 1648) la possession des Trois Évêchés de Metz, Toul et Verdun, « avec leurs dépendances » (cette ambiguïté dans les termes va déclencher la politique des réunions entreprise par Louis XIV de 1679 à 1684 au détriment de l'Empire et des possessions espagnoles aux Pays-Bas). Louis XIV s'engage à restituer la Lorraine au duc Charles V (beau-frère de l'empereur), mais celui-ci refuse de rentrer dans son duché qui restera occupé, de fait, par les troupes françaises.

19 mars
Arrestation de la Voisin, accusée d'empoisonnement; ses révélations, qui compromettent notamment Mme de Montespan, ouvrent l'affaire des Poisons. Quelques jours plus tard, le roi décide l'établissement d'une chambre ardente destinée à juger les affaires d'empoisonnement et de sorcellerie.

29 juin
Traité de Saint-Germain entre le roi de France et l'Électeur de Brandebourg. Frédéric-Guillaume, moyennant finances, accepte de restituer à la Suède la Poméranie occidentale et Stettin.

juillet
Édit supprimant les chambres de l'édit dans les parlements de Bordeaux, Toulouse et Grenoble.

août
Début de la politique dite des réunions. Il s'agit pour Louis XIV d'interpréter dans le sens le plus large les articles des traités antérieurs stipulant que les territoires cédés le sont « avec leurs dépendances » et de procéder ainsi à des annexions en temps de paix, tout en respectant en apparence le droit international.

1er août
Marin Marais devient « ordinaire de la chambre du roi pour la viole ».

MARIN MARAIS

Marin Marais (1656-1728), enfant de chœur à Saint-Germain-l'Auxerrois, étudie la viole avec Sainte-Colombe, célèbre virtuose de l'instrument. Selon Titon du Tillet dans Le Parnasse français, *en six mois l'élève avait surpassé le maître. Il apprend la composition auprès de Lully qu'il assiste dans la création de ses opéras. Il en écrira quatre lui-même, dont un* Alcyone *en 1706 qui sera repris jusqu'en 1771. Il est surtout l'auteur de cinq livres de* Pièces de violes *(1686-1725), qui lui valent d'être connu dans toute l'Europe comme un maître de l'instrument, et de* Pièces en trio pour les flûtes, violon et dessus de viole *(1692). Il reste au service du roi jusqu'en 1725, date à laquelle son fils lui succède.*

25 août
Nouvel édit interdisant les duels et aggravant les peines contre les contrevenants; c'est le septième depuis 1602, preuve de l'inefficacité des mesures antérieures.

31 août
À Fontainebleau, mariage par procuration de Marie-Louise d'Orléans, fille de Monsieur et d'Henriette d'Angleterre, avec Charles II d'Espagne.

25 octobre
Traité secret d'alliance entre le Brandebourg et la France.

18 novembre
Disgrâce de Simon Arnauld de Pomponne. Louis XIV désigne pour lui succéder, comme secrétaire d'État aux Affaires étrangères et ministre d'État, Charles Colbert de Croissy (1629-1696), frère de Jean-Baptiste.

autres événements
- R. P. Menestrier: *La Devise du roi justifiée.*
- Jean-Baptiste Thiers: *Traité des superstitions.*
- Début de la construction du château de Marly par Hardouin-Mansart.
- Mariotte: *Essais de physique.*
- Denis Papin met au point une machine à vapeur avec soupape de sûreté.

1680

janvier
La municipalité de Paris décerne à Louis XIV le titre de « Grand ».
Louis XIV prononce la réunion à la Couronne de plusieurs seigneuries alsaciennes.

16 janvier
Mariage de Louis-Armand de Bourbon, prince de Conti, neveu de Condé, avec Marie-Anne de Bourbon, Mlle de Blois (première du nom), fille légitimée de Louis XIV et de Louise de La Vallière.

3 février
Proserpine, tragédie en musique de Lully et Quinault, est représentée devant le roi à Saint-Germain-en-Laye.

7 mars
Mariage, à Châlons, de Monseigneur, le Grand Dauphin, avec Marie-Anne de Bavière, fille de l'Électeur Ferdinand de Bavière.

23 mars
Mort de Nicolas Fouquet dans sa prison de Pignerol.

17-19 avril
Neuf *Leçons de ténèbres* de Marc-Antoine Charpentier sont chantées à l'Abbaye-aux-Bois.

Les Leçons de ténèbres

Au XVIIe siècle, l'office des « ténèbres » était d'une particulière importance; les Leçons *qui mettent en musique le texte des lamentations de Jérémie, dans lesquelles le Prophète pleure la ruine de Jérusalem, étaient chantées à raison de trois lamentations par jour du Mercredi au Vendredi saint. La musique de Charpentier allie le ton grégorien des lamentations à l'arabesque d'une ligne mélodique richement ornementée. Charpentier est l'auteur d'un grand nombre de* Leçons *dont 31 nous sont parvenues, mais d'autres compositeurs ont contribué à ce genre spécifiquement français, dont François Couperin et Michel Lambert.*

mai
L'ordonnance sur les gabelles codifie la division du royaume en secteurs de statut différent pour l'exploitation et la vente du sel et pour la levée des droits afférents: pays de grande gabelle, de petite gabelle, de salines, rédimés, exempts. Dans les pays de grande gabelle, le contribuable est lourdement taxé; dans les pays de petite gabelle, le prix est moins élevé, mais la quantité imposée plus lourde. Les pays rédimés (qui sont censés s'être rachetés) et les pays de salines (pays producteurs) bénéficient d'un tarif préférentiel. La levée, confiée à des employés de la ferme du sel (les gabelous) qui se heurtent souvent aux contrebandiers, très actifs aux frontières des pays exemptés, est affermée à des « traitants » ou « partisans », c'est-à-dire des financiers qui avancent à l'État le montant fixé pour l'année et se remboursent ensuite sur le contribuable.

13 juillet-30 août
Louis XIV, la reine Marie-Thérèse et une partie de la Cour inspectent les places fortes du Nord et du Nord-Est, de Calais à Stenay, en passant par Dunkerque, Lille, Valenciennes, Maubeuge, Philippeville, Sedan.

août
Politique des réunions. Réunion de la principauté de Montbéliard, occupée depuis 1676 (elle le restera jusqu'en 1697).

18 août
Fondation de la Comédie-Française par la fusion de la Troupe royale de l'Hôtel de Bourgogne et de la Troupe du roi de l'Hôtel Guénégaud. Les représentations sont désormais quotidiennes dans la salle Guénégaud, tandis que les Comédiens italiens, revenus à Paris en 1660, s'installent à l'Hôtel de Bourgogne.

octobre
Publication à Amsterdam, chez Daniel Elzévir, du *Traité de la nature et de la grâce* de Malebranche, qui vaut à celui-ci des attaques de Fénelon et une polémique avec le Grand Arnauld. Bossuet, quant à lui, dénonce son rationalisme.

novembre
Interdiction des mariages entre catholiques et protestants.

décembre
Apparition de la comète dite de Halley du nom de l'astronome anglais (1656-1742) qui l'a étudiée et en a prédit le retour. Cette comète périodique restera visible jusqu'en 1682, provoquant de grandes frayeurs, certains pensant qu'elle annonce la fin des temps.

autres événements
- Pierre Richelet: *Dictionnaire français contenant les mots et les choses.*
- Henri Testelin publie ses *Sentiments des plus habiles peintres […] mis en tables de préceptes*, où il résume l'esthétique de Le Brun et donc celle de l'Académie.

1681

11 janvier
Traité secret entre la France et le Brandebourg.

18 mars
Louvois autorise l'intendant du Poitou, René de Marillac, à utiliser le logement des dragons chez les protestants comme violent moyen de pression sur ceux-ci pour les amener à se convertir; c'est le début des dragonnades.

11 avril
Ordonnance royale exemptant pendant deux ans, dans tout le royaume, les nouveaux convertis du logement des gens de guerre.

2 mai
Bossuet, aumônier de la Dauphine depuis 1680, est nommé évêque de Meaux.

17 juin
Déclaration royale autorisant la conversion des enfants protestants à partir de 7 ans sans l'autorisation de leurs parents.

24 juin
Jean-Baptiste de La Salle (1651-1719) fonde à Reims l'Institut des Frères des Écoles chrétiennes qui, sans être prêtres, prononcent les vœux de pauvreté, chasteté et obéissance et consacrent leur vie exclusivement à l'enseignement gratuit aux garçons pauvres des villes.

9 juillet
Fermeture de l'académie protestante de Sedan où enseignaient, entre autres, Pierre Bayle et Pierre Jurieu. Ceux-ci quittent la France peu après et s'installent à Rotterdam.

25 juillet
Règlement pour l'adjudication des fermes, unifiant la perception des gabelles, aides et entrées.

août
L'ordonnance de la marine clarifie les problèmes concernant la marine marchande: devoirs des gens de mer, jurisprudence des contrats maritimes, police des ports et des côtes.

30 septembre
Politique des réunions. Strasbourg, ville libre d'Empire, est annexée. Sans s'embarrasser de prétexte juridique, Louis XIV envoie Louvois et 30000 hommes cerner la ville qui ne peut que capituler et reconnaître la souveraineté du roi de France, en échange du maintien de nombreux privilèges, notamment en matière religieuse, avec le libre exercice de la religion luthérienne.

1er octobre
Hardouin-Mansart est nommé premier architecte du roi.

23 octobre
Louis XIV et la reine Marie-Thérèse font leur entrée solennelle à Strasbourg.

14 novembre
Le duc du Maine, le comte de Toulouse, Mlle de Blois, bâtards du roi et de Mme de Montespan, sont légitimés.

autres événements
• Publication du *Discours sur l'histoire universelle* de Bossuet, « l'œuvre de sa vie ». Il vise à montrer la religion « toujours ferme et inébranlable » face à la chute des empires.
• Jurieu, pressentant la révocation de l'édit de Nantes, publie la *Politique du clergé de France, ou entretien curieux de deux catholiques romains, l'un Parisien et l'autre provincial, sur les moyens dont on se sert aujourd'hui pour détruire la religion protestante dans ce royaume.* L'auteur vante le loyalisme des protestants et l'infidélité du clergé catholique.
• Publication du chef-d'œuvre de Dom Jean Mabillon (1632-1707), le *De re diplomatica*, qui surprend « tous les savants de l'Europe », témoignant de sa science dans l'étude et la critique des divers types de manuscrits anciens.
• Antoine Coysevox (1640-1720): *Buste de Louis XIV*.
• Le peintre Hyacinthe Rigaud (1659-1743), qui s'est formé à Montpellier, arrive à Paris. Il ne fait pas le voyage en Italie et se consacre entièrement à l'art du portrait, où il excelle, dans une manière plus officielle que celle de Nicolas de Largillière (1656-1746). Ses œuvres sont unanimement admirées. Il sera reçu à l'Académie royale en 1700.

1682

février
Politique des réunions. Début du siège de Luxembourg par les troupes françaises. Inquiètes de ce nouveau coup de force, les grandes puissances européennes – Provinces-Unies, Empire, Suède, Espagne – se rapprochent; le Brandebourg refuse d'adhérer à cette quadruple alliance en voie de formation.

17 mars
L'assemblée extraordinaire du clergé adopte une déclaration en Quatre Articles (indépendance du pouvoir temporel, supériorité du concile sur le pape, libertés de l'Église gallicane, réserves à l'infaillibilité pontificale), préparée par Bossuet, qui affirme les principes du gallicanisme. Le même jour, un édit royal prescrit que cette déclaration dite des Quatre Articles sera obligatoirement enseignée dans les collèges et les séminaires du royaume. Le pape Innocent XI répliquera en cassant les décisions de l'assemblée du clergé.

9 avril
Cavelier de La Salle prend possession au nom du roi de France de la vallée du Mississippi (baptisée en son honneur Louisiane, en août).

CAVELIER DE LA SALLE

Fils d'un marchand, Robert Cavelier de La Salle (1643-1682), né à Rouen, est initié très jeune aux problèmes du Nouveau Monde: un de ses oncles est l'un des Cent Associés de la compagnie créée par Richelieu pour mettre en valeur la Nouvelle-France et son frère, sulpicien, est envoyé à Montréal. Après un noviciat interrompu chez les jésuites de Rouen, il part lui-même pour la Nouvelle-France en 1667 et reçoit de la Compagnie des prêtres de Saint-Sulpice un fief sur le Saint-Laurent, en amont de Villemarie (Montréal), au milieu des Hurons et face aux Iroquois. Très vite, sa curiosité le pousse à tenter de vérifier l'hypothèse selon laquelle, au-delà des Grands Lacs que vient d'explorer Louis Joliet, il y a un golfe permettant d'atteindre directement la Chine. En 1669-1670, il fait une première expédition sur les rives des lacs Ontario et Érié et le long de l'Ohio. En 1673, Frontenac lui confie l'organisation de l'expédition qui aboutit à la paix avec les Iroquois et à la construction du fort baptisé Frontenac. Cette même année, Louis Joliet et le père Marquette ont atteint le cours supérieur du fleuve nommé « le père des eaux » par les Indiens, le Mississippi, et l'ont descendu jusqu'à sa confluence avec l'Arkansas. En 1681, il descend à son tour le grand fleuve, dépasse l'Arkansas, atteint la tête du delta le 7 avril 1682, et la mer le 9. De Fort-Frontenac au golfe du Mexique, il a parcouru 3 300 km en quelques mois. Il prend alors possession, au nom du roi de France, de tout le pays ainsi découvert et le baptise Louisiane. De retour à Québec en novembre 1683, il rentre en France où il obtient les moyens nécessaires à une grande expédition qui rejoindra par mer le delta du Mississippi. Mais Cavelier, parti le 1er août 1684, manque l'embouchure du fleuve et débarque avec ses hommes sans doute dans la baie de Galveston où il installe un fort. De là, il rayonne vers le Nord-Est, mais meurt assassiné, le 19 mars 1687, par deux membres de son expédition. Fin tragique de l'un des plus grands explorateurs du Nouveau Monde.

6 mai
La Cour, qui a quitté Saint-Germain-en-Laye, commence son installation à Versailles, selon la décision de Louis XIV en 1677. Cette installation définitive, qui concerne non seulement la Cour proprement dite, mais aussi les principaux organismes de l'État, ne signifie pas pour autant l'achèvement des travaux: jusqu'à la fin du règne, Versailles restera un immense chantier.

juillet
Édit « pour la punition des empoisonneurs, devins et autres ». Ce texte, qui ne reconnaît plus qu'une « prétendue magie », aboutit à transformer la sorcellerie en délit d'escroquerie et à ne retenir comme crimes véritables que le sacrilège et l'empoisonnement.

11 juillet
Déclaration contre « tous ceux qui s'appellent bohêmes ou égyptiens, leurs femmes, enfants et autres de leur suite ». Ordre est donné aux baillis et sénéchaux d'envoyer les hommes aux galères à perpétuité, de raser les femmes et d'enfermer les enfants dans les hôpitaux les plus proches. Cette déclaration sera largement inappliquée.

août-septembre
Une flotte française, commandée par Duquesne, bombarde le port barbaresque d'Alger à plusieurs reprises.

6 août
Naissance de Louis de France, duc de Bourgogne, fils de Monseigneur et de Mme la Dauphine.

30 août
Interdiction est faite aux protestants de se réunir ailleurs que dans leurs temples et en présence de leurs pasteurs. Parallèlement, cette même année, le grand temple de Montpellier est démoli.

novembre
À Paris, le Collège de Clermont, tenu par les jésuites, devient le Collège Louis-le-Grand.

autres événements

• François Barrême : *Le Livre des comptes faits.*
• Bayle : *Lettre sur la comète de 1680*, dans laquelle, au nom du cartésianisme, il s'en prend à l'opinion commune selon laquelle l'apparition des comètes serait un mauvais présage.
• Claude de Ferrières : *La Science parfaite des notaires.*
• Marc-Antoine Charpentier : *Les Plaisirs de Versailles.*
• Après une formation à Anvers, puis un long séjour en Angleterre auprès du peintre portraitiste Peter Lely, Largillière revient à Paris, sa ville natale. Il s'y impose comme portraitiste de la haute société qui apprécie le luxe dont il entoure ses figures, et le raffinement de ses couleurs. Il exécute aussi de riches natures mortes « à la flamande ».
• Jean-Baptiste Monnoyer (vers 1636-1699) est « peintre ordinaire du roi pour les fleurs ». Membre de l'Académie royale, il travaille souvent avec Le Brun et fournit des modèles aux manufactures de tapisserie des Gobelins et de Beauvais.
• Le sculpteur Pierre Puget (1622-1694) achève pour Versailles le *Milon de Crotone* commandé en 1670. La statue est installée dans le parc l'année suivante. Puget a fait de nombreux séjours en Italie (à Florence et à Rome dans sa jeunesse ; à Gênes tout au long de sa vie). De tous les sculpteurs français du temps, il est le seul à accepter et à intégrer profondément dans son art l'apport des grands artistes baroques italiens, comme le montre parfaitement le *Milon de Crotone.*

1683

janvier

Parution du premier recueil des *Dialogues des morts*, de Fontenelle, écrits sur le modèle de Lucien (le deuxième paraîtra en septembre). Le succès est tel que la même année en paraissent des traductions italienne et anglaise.

2 mars

À Versailles, la troupe de la Comédie-Française joue à minuit une « comédie des appartements », dont Racine et Boileau seraient les auteurs.

mai

Première édition des *Méditations chrétiennes et métaphysiques* de Malebranche, imprimées à Cologne. Le livre est bien accueilli. Il y fait parler le Verbe éternel, « Raison universelle des esprits », comme le « véritable Maître qui enseigne tous les hommes par l'autorité de sa parole, et par l'évidence de ses lumières ». Malebranche est reçu en août à Chantilly par le prince de Condé.

Malebranche

Fils d'un secrétaire du roi, Nicolas de Malebranche (1638-1715) fait ses études au Collège de la Marche et à la Sorbonne. En 1660, il entre à l'Oratoire, où il reçoit un enseignement moderne de la philosophie et étudie notamment saint Augustin. C'est après avoir été ordonné prêtre en 1664 qu'il découvre sa vocation philosophique à la lecture de Descartes. En 1674, Malebranche publie un premier ouvrage empreint de cartésianisme, De la recherche de la vérité. *Le succès est immédiat et l'homme très courtisé – il se lie d'amitié avec le prince de Condé et la princesse Élisabeth de Bohême, disciple et amie de Descartes. Il développe ses principales thèses deux ans plus tard dans les* Conversations chrétiennes, *puis dans les* Méditations sur l'humilité et la pénitence *(1677). Mais c'est avec son* Traité de la nature et de la grâce *(1680) que Malebranche constitue véritablement un nouveau système du monde. À la parution de l'ouvrage, une vive polémique éclate avec Antoine Arnauld, Fénelon puis Bossuet – le* Traité de l'amour de Dieu *de 1697 le réconcilie avec Bossuet. En 1708, ce sont les jésuites, en délicatesse avec Rome à propos de leurs missions en Chine, qui se sentent attaqués par son* Entretien d'un philosophe chrétien et d'un philosophe chinois sur l'existence de Dieu *– Malebranche leur répond en 1715 par des* Réflexions sur la prémotion physique.
Les Méditations chrétiennes et métaphysiques *(1683), le* Traité de morale *(1684) et les* Entretiens sur la métaphysique et la religion *(1688) révèlent le cœur de son nouveau système. Imprégné de cartésianisme, Malebranche s'en éloigne pourtant grandement en tentant de concilier la physique cartésienne et la métaphysique augustinienne. Contrairement à Descartes qui rêvait d'une philosophie universelle dont la religion serait absente et qui permette à l'homme de dominer la nature, Malebranche place la nature, le monde et les idées en Dieu, où nous les voyons, faisant de la religion la vraie philosophie. La « vision en Dieu » de Malebranche est un véritable tour de force : Dieu seul nous donne accès au monde extérieur, qui est invisible en lui-même, Dieu seul est le lieu de la connaissance. Or, si notre connaissance est en Dieu, nous ne pouvons par contre connaître Dieu, qui n'est pas une idée, que par l'intuition immédiate que nous avons de son Être. L'« occasionnalisme » vient compléter cette doctrine : Dieu est la seule cause de tous les mouvements de l'univers. Les substances spirituelle et corporelle ne pouvant agir l'une sur*

l'autre en raison de leur hétérogénéité, les désirs de l'âme ne sont que l'occasion d'une action divine, qui seule agit dans les créatures. Les hommes, étant causes occasionnelles, participent à la puissance divine en ce qu'ils permettent à Dieu de les mouvoir selon ses volontés générales. Dieu se glorifie dans son ouvrage à travers l'Incarnation et la Révélation, par la « simplicité des voies » qu'il choisit – sa volonté se subordonne à la hiérarchie des perfections divines. Mais Dieu n'agit-il pas dès lors que pour lui-même, aimant pour être aimé, ne recherchant égoïstement que sa gloire? Autant dire que Dieu est tout et que l'univers et l'homme ne sont rien. Cette philosophie attira de nombreux philosophes dont les plus illustres furent sans doute Leibniz et Berkeley. Son rayonnement traversera le siècle des Lumières.

1er mai
Cassini fait visiter l'Observatoire à Louis XIV.

26 juin
Nouveau bombardement d'Alger par Duquesne.

juillet
Les octrois sont intégrés dans le bail des fermes pour la perception des impôts indirects (comme prévu le 25 juillet 1681).

14 juillet
Les Turcs mettent le siège devant Vienne, détournant l'attention de toutes les puissances européennes vers la frontière de la chrétienté.

30 juillet
Mort de la reine Marie-Thérèse. Bossuet prononcera son oraison funèbre le 1er septembre, deux mois avant celle que prononce Esprit Fléchier.

6 septembre
Mort de Jean-Baptiste Colbert. Son fils, marquis de Seignelay (1651-1690), qui lui a été associé depuis 1672 dans la gestion de la marine royale, a la survivance du secrétariat d'État à la Marine et à la Maison du roi. Claude Le Peletier (1631-1711), ancien prévôt des marchands de Paris, devient contrôleur général des Finances, et Louvois, surintendant des bâtiments, arts et manufactures.

Le colbertisme

Ce que l'on appelle le colbertisme, du nom du grand ministre de Louis XIV, n'est en fait que la version française du système mercantiliste élaboré et plus ou moins pratiqué dans plusieurs pays d'Europe dès le XVIe siècle. Le « mercantilisme » (le terme date du XIXe siècle) est moins une doctrine qu'un ensemble de préceptes à l'usage des gouvernements. En France, au début du XVIIe siècle, Laffemas et Montchrestien se font les théoriciens de ce nationalisme économique. Pour eux, la France est le seul pays d'Europe suffisamment vaste, fertile, peuplé et industrieux pour se passer des étrangers, alors que ceux-ci ont besoin des produits français. C'est donc en stimulant ses industries exportatrices et en développant son commerce que la France réussira à drainer la plus grande partie des métaux précieux qui circulent dans le monde et dont le stock est réputé stable: le commerce devient ainsi une « guerre d'argent » permanente.
Le premier mérite de Colbert est d'avoir donné une formulation claire de ces principes, notamment dans les nombreux mémoires et rapports qu'il adresse à Louis XIV à partir de 1661, pour expliquer ou justifier certaines de ses initiatives. Son autre mérite et l'autre face du colbertisme résident dans les efforts qu'il développe pour diriger l'économie française selon ces principes. Il est d'ailleurs beaucoup moins systématique qu'on ne l'a dit parfois et sait tenir compte des réalités du royaume qu'il s'efforce de bien connaître. Par ailleurs, il n'est pas un partisan inconditionnel de l'intervention de l'État en matière économique. C'est par nécessité qu'il se fait dirigiste et protectionniste à l'égard de l'industrie française. Conscient du retard accumulé par celle-ci et de l'urgence d'une relance que seul l'État peut impulser, il compte bien, une fois cette relance assurée, désengager l'État et laisser jouer initiative privée et liberté. Il en est de même pour les compagnies de commerce qui ne sont pour lui que des palliatifs provisoires.
Loin d'être l'homme d'une doctrine – le colbertisme – appliquée contre vents et marées, Colbert est un pragmatique qui s'est donné un « grand dessein », la gloire du roi; or celle-ci postule la richesse de l'État. Il utilise pour y parvenir les moyens qui lui paraissent les meilleurs.

12 septembre
Écrasement au Kahlenberg, près de Vienne, de l'armée ottomane placée sous les ordres du grand vizir Kara Mustafa par une armée coalisée comprenant, sous le commandement du roi de Pologne Jean Sobieski, des contingents impériaux, saxons, bavarois et polonais. L'empereur Léopold Ier avait éludé l'offre de secours proposée par Louis XIV.

9 octobre
Date probable du mariage secret de Louis XIV avec Mme de Maintenon, devant son confesseur le père La Chaise et en présence de quelques témoins, dont Louvois et l'archevêque de Paris, Harlay de Champvallon.

26 octobre
Déclaration de guerre de l'Espagne à la France. Louis XIV riposte par le siège de Courtrai et une nouvelle invasion du Luxembourg, tout en acceptant les offres de médiation de Charles II d'Angleterre.

18 novembre
Fils légitimé de Louis XIV et de Mme de Montespan, le comte de Toulouse, âgé de 5 ans, est nommé amiral de France, charge purement honorifique, mais en même temps très lucrative, surtout en temps de guerre (elle assure notamment 10 % sur les prises).

19 décembre
Naissance de Philippe de France, duc d'Anjou, deuxième fils de Monseigneur et futur Philippe V d'Espagne.

autres événements
• Blondel, le directeur de l'Académie d'architecture, publie les leçons qu'il y a données dans son *Cours d'architecture*.

1684

mars
Premier numéro des *Nouvelles de la République des Lettres*. Ce périodique est publié en français à Rotterdam par Pierre Bayle. Paraissant tous les mois, il donne les comptes rendus de quelques livres et des nouvelles de leurs auteurs. L'accueil est excellent, notamment en France, en dépit des obstacles mis à sa diffusion par les autorités.

Bayle

Pierre Bayle (1647-1706) est né dans le comté de Foix. Fils de pasteur, il s'initie tôt au latin et au grec. En 1669, il se convertit au catholicisme et fait des études de philosophie au collège des jésuites à Toulouse. Mais, dès 1670, il abjure sa nouvelle religion, revient au protestantisme, et part pour Genève où il commence des études de théologie. En 1675, après un court passage par Paris, il obtient une chaire à l'académie protestante de Sedan. Mais le roi applique des mesures restrictives à l'exercice des libertés religieuses du protestantisme et l'académie de Sedan doit fermer ses portes. Bayle part alors pour Rotterdam où il s'installe en octobre 1681. En 1682, il publie une Lettre sur la comète de 1680 *dans laquelle il s'insurge contre la croyance universellement répandue selon laquelle les comètes annoncent, voire provoquent, des malheurs. Il met ainsi en cause la valeur d'un raisonnement fondé sur une croyance universelle professée depuis des siècles, ce qui ouvre la voie à une contestation de la preuve de l'existence de Dieu. Entre 1684 et 1687, il publie* Les Nouvelles de la République des Lettres. *Il se lance aussi dans la controverse contre le papisme et plus spécialement contre les persécutions dont ses frères en religion sont victimes en France. Il est cependant partisan d'un compromis avec Louis XIV et, à cet égard, se montre moins intransigeant que Jurieu. Il a des correspondants dans toute l'Europe, membres de l'Académie française comme de la Royal Academy de Londres. En mai 1692, il publie un* Projet de dictionnaire *qui annonce le* Dictionnaire historique et critique. *Dès sa parution, l'ouvrage connaît très vite un grand succès. Bayle y applique une méthode que reprendront les encyclopédistes : il rédige un article, puis en fait une critique systématique dans d'abondantes notes, remettant en cause ainsi nombre d'idées reçues. Il contribue à semer le doute sur les croyances les plus ancrées : Rome met le livre à l'Index, ce qui n'empêche pas une seconde édition en 1702. Bayle est un précurseur : dans le contexte de persécution dont sont victimes en France ses coreligionnaires, il revendique pour chacun la liberté de conscience, même pour les athées. Comme Locke, son contemporain, il prêche la tolérance et annonce les Lumières.*

5 mars
Le pape Innocent XI, l'empereur Léopold Ier, le roi de Pologne Jean Sobieski, la République de Venise et le tsar Pierre le Grand signent, à l'instigation du pape, une Sainte Ligue pour la défense de la chrétienté contre les Turcs, qui ont menacé Vienne l'année précédente.

avril
Politique des réunions. Les troupes françaises sous les ordres de Vauban et du maréchal de Créqui mettent le siège devant Luxembourg.

1er avril
Philippe de Courcillon, marquis de Dangeau, résidant à la Cour comme chevalier d'honneur de la Dauphine, commence la rédaction de son *Journal* qu'utilisera Saint-Simon pour ses propres *Mémoires*.

Les mémorialistes de Versailles

Parmi les mémorialistes, trois retiennent l'attention : Dangeau, le plus fiable, la princesse Palatine, la plus truculente, et Saint-Simon, le plus connu parce que la plus belle plume – qui vit dans le Versailles de Louis XIV, mais écrit ses Mémoires *sous Louis XV.*
Philippe de Courcillon, marquis de Dangeau (1638-1720), est né la même année que Louis XIV. De noblesse ancienne, il fait d'abord carrière dans l'armée, puis vit à Versailles, approche le roi et s'en fait aimer par une conversation agréable et des talents au jeu. En 1668, il entre à l'Académie française. Il épouse en 1670 l'héritière d'un partisan qui conforte sa fortune, puis, devenu veuf en 1682, il se remarie en 1686 avec Sophie-Marie de Bavière, comtesse de Levenstein. Le marquis, déjà allié aux plus grandes familles (Rohan-Chabot), se trouve ainsi parent des Wittelsbach, des Fürstenberg, des Hohenzollern. Ce parfait courtisan qui suit toujours le roi de près tient son Journal de la Cour de Louis XIV *du 1er avril 1684 au 16 août 1720. Cette œuvre est sans aucun doute l'une des meilleures sources qui nous soient parvenues sur les plaisirs et les jours de la Cour de Versailles. Sans rechercher les effets, Dangeau couche tous les soirs sur le papier le quotidien de la Cour. À cet égard, son témoignage est inestimable. Saint-Simon saura s'en servir après lui.*
Madame, la seconde épouse du frère de Louis XIV, Philippe d'Orléans, reste dans les mémoires sous le nom de « la Palatine ». Charlotte-Élisabeth de Bavière (1652-1722) appartient à la maison des Wittelsbach. Après son mariage le 21 novembre 1671, elle vit à la Cour et entretient une immense correspondance avec ses parents et amis dans l'Europe entière. 90 000 lettres écrites en allemand, dont un cinquième seulement a été traduit en français et publié. Son témoignage est précieux car il apporte sur la vie à Versailles mille détails qu'on ne trouve que là. Son jugement sur les êtres qui l'entourent et sa vision parfois cruelle d'un monde souvent petit et mesquin donnent une chronique pleine de verve, dont Torcy, le ministre des Affaires étrangères, redoutait parfois les indiscrétions. Seul Louis XIV, toujours épargné, est son grand homme : elle lui voue un véritable culte. La liberté avec laquelle elle s'exprime, sa généreuse bonté, son amour maternel pour son fils, le duc de Chartres, futur Régent, font d'elle une personne attachante, qu'on aime à rencontrer au détour de ses lettres.

23 avril
Traité de paix entre la France et les Barbaresques d'Alger.

17-22 mai
La République de Gênes ayant refusé de présenter les excuses réclamées par Louis XIV pour divers motifs (notamment la construction de galères pour le compte de l'Espagne), la ville est bombardée systématiquement pendant cinq jours et en partie détruite par une flotte française commandée par Seignelay et Duquesne, cependant qu'un corps de débarquement pille un des faubourgs.

juin
Première édition à Rotterdam du *Traité de morale* de Malebranche, où « l'auteur prouve que la vertu consiste précisément dans l'amour habituel et dominant de l'Ordre immuable ».

4 juin
Politique des réunions. La ville de Luxembourg, assiégée depuis avril, se rend aux troupes françaises.

29 juin
Convention signée à La Haye entre la France et les Provinces-Unies.

4 juillet
Une ambassade venue d'Alger vient ratifier le traité du 23 avril.

15 août
Politique des réunions. Signature à Ratisbonne, siège de la diète d'Empire, de deux traités imposés par Louis XIV à l'Espagne, affaiblie, et à l'empereur Léopold Ier, accaparé par le problème turc. L'Espagne laisse à la France, pour vingt ans, la ville de Luxembourg et quelques villages des Pays-Bas. L'empereur et l'Empire reconnaissent, pour le même temps, les réunions et annexions faites par la France depuis 1678, notamment Strasbourg (1681). Saint-Simon écrira plus tard à propos de ces deux traités connus sous le nom de « trêve de Ratisbonne » : « Ici finit l'apogée de ce règne et ce comble de gloire et de prospérité. »

23 novembre
Élection à l'Académie française de Thomas Corneille au fauteuil de son frère Pierre, mort le 1er octobre.

27 novembre
Audience solennelle accordée par Louis XIV, dans la galerie des Glaces à peine terminée, aux ambassadeurs de Siam qui se prosternent devant le Roi-Soleil.

autres événements
• À Paris, ouverture du Collège des Quatre Nations (construit à partir de 1661).
• À Versailles, Hardouin-Mansart commence la construction de l'aile Nord du château et de l'Orangerie, cependant que sont entamés de grands travaux pour tenter d'alimenter Versailles en détournant une partie des eaux de l'Eure, au prix notamment de la construction d'un aqueduc dans la région de Maintenon.
• Le Brun achève une *Descente de croix* commencée en 1679. Dans la querelle du coloris, cette œuvre place résolument le peintre du côté du dessin.
• Publication de la « Carte de France corrigée par ordre du roi sur les observations de MM. de l'Académie des sciences », œuvre notamment de Jean-Dominique Cassini.

1685

janvier
Fermeture de l'académie protestante de Saumur.

22 janvier
Antoine Furetière est exclu de l'Académie française, celle-ci voyant d'un très mauvais œil le privilège qu'il venait d'obtenir pour son propre *Dictionnaire*, alors qu'il avait eu accès aux travaux pour le *Dictionnaire de l'Académie française*.

16 février
Mort du roi d'Angleterre Charles II. Son frère, le duc d'York, catholique et allié de Louis XIV, lui succède sous le nom de Jacques II.

mars
Ordonnance coloniale ou Code Noir. Ce texte, préparé avant sa mort par Colbert, veut combler un vide juridique en définissant les droits et les devoirs des propriétaires d'esclaves dans les colonies françaises des Antilles. En fait, il constitue une reconnaissance légale de l'esclavage. L'esclave, obligatoirement élevé dans la religion catholique et théoriquement protégé contre les excès de pouvoir de son maître, est explicitement considéré comme un « bien meuble ».

15 mai
Douze mois après avoir été réclamées, des excuses solennelles sont présentées à Louis XIV devant toute la Cour par le doge de Gênes, Imperiale Lercaro, à qui la constitution génoise interdisait pourtant de quitter le territoire de la République pendant la durée de sa charge.

20 mai
Mort de Charles II, Électeur palatin, sans héritier direct. Conformément aux traités de Westphalie de 1648, son cousin, Philippe-Guillaume de Bavière, duc de Neubourg, beau-père de l'empereur Léopold Ier, lui succède. Louis XIV, qui craint de voir croître l'influence de celui-ci au Palatinat, proche de la France, fait valoir les droits de sa belle-sœur la princesse Palatine (duchesse d'Orléans et sœur de l'Électeur défunt), sur les terres palatines de la rive gauche du Rhin.

10 juin
Lettres patentes portant création de l'académie d'Angers, sur le modèle de l'Académie française.

août
Création dans la colonie de Saint-Domingue (partie occidentale de l'île) d'un conseil souverain (l'équivalent d'un parlement) et de tribunaux royaux.

9 août
Bossuet prononce, dans l'église des carmélites du faubourg Saint-Jacques, l'oraison funèbre d'Anne de Clèves.

20 août
À Paris, l'Hôtel de Ville approuve le projet de Jules Hardouin-Mansart pour l'édification de la place des Victoires.

27 août
Traité de La Haye entre Frédéric-Guillaume, Électeur de Brandebourg, et Guillaume d'Orange, alliance défensive et offensive dirigée en fait contre la France.

18 octobre
Édit de Fontainebleau portant révocation de l'édit de Nantes de 1598.

autres événements

• Le pasteur Claude publie, à Cologne, *Les Plaintes des protestants cruellement exilés du royaume de France.*

• Fontenelle: *Entretiens sur la pluralité des mondes.*

Fontenelle

Bernard de Fontenelle (1657-1757) est né à Rouen dans une famille de robins. Par sa mère, il est le neveu des frères Corneille, Pierre et Thomas. Dès 1677, Thomas, propriétaire du Mercure galant, *engage son neveu qui donne à la revue des poèmes et des lettres galantes, des pastorales et des nouvelles. Très tôt donc, Fontenelle entre en littérature: il écrit des comédies, des tragédies, des livrets d'opéra. Il est alors un mondain, un bel esprit, en phase avec la société précieuse des salons qu'il fréquente. Il prend parti dans la querelle des Anciens et des Modernes et son élection à l'Académie française en 1691 apparaît comme le triomphe des Modernes. En 1697, il entre à l'Académie des sciences dont il sera élu secrétaire perpétuel. En 1715, il publie 70* Éloges des académiciens, *témoignages sur ses contemporains et sur l'état des sciences de son temps.*

Mais Fontenelle n'est pas seulement un homme de lettres ou un curieux de science, son œuvre majeure tient dans la réflexion philosophique qu'il mène pendant une soixantaine d'années et qui donne lieu à des publications: en 1683, les Dialogues des morts *en 1686, les* Entretiens sur la pluralité des mondes *et les* Doutes sur les causes occasionnelles *l'année suivante, l'*Histoire des oracles. *Dans ces œuvres critiques, Fontenelle applique un doute méthodique qui l'amène à mettre en cause l'explication du monde par la divinité et, si Dieu existe, il n'est que l'Être qui met en branle le monde, l'Être suprême avant la lettre, ce n'est plus le Dieu de la révélation chrétienne, le Dieu du pari de Pascal. À ce titre, Fontenelle, témoin de « la crise de la conscience européenne » et confiant dans l'aventure du progrès humain, annonce les philosophes des Lumières, dont il sera plus tard le contemporain.*

• Achèvement du château de Marly commencé en 1679.

• Largillière est reçu à l'Académie avec un grand *Portrait de Le Brun.*

1687

27 janvier

La lecture, à l'Académie française, du poème de Charles Perrault (1628-1703), *Le Siècle de Louis le Grand,* alimente la querelle des Anciens et des Modernes.

La querelle des Anciens et des Modernes

Les « intellectuels » regroupés principalement au sein des académies sont traversés de courants. La querelle sur la langue, c'est-à-dire sur les mérites du français reconnus par certains (mais pas par tous) comme équivalent au grec ou au latin, était déjà d'actualité en 1549, quand Joachim du Bellay fit paraître la Défense et Illustration de la langue française. *À l'Académie française, comme à l'Académie des inscriptions ou Petite Académie (sorte de commission chargée de concevoir les inscriptions à mettre sur les bâtiments et les médailles créés pour célébrer la gloire de Louis XIV), les clans s'opposent. Parmi les huit membres de la Petite Académie, on trouve Charles Perrault, de la mouvance de Colbert, entré en 1663, puis élu à l'Académie française en 1671, et François Charpentier, élu en 1651 et qui en sera plus tard secrétaire perpétuel. Ils sont tous deux partisans du français dans les inscriptions. Au contraire, leur collègue, l'abbé de Bourzeis, savant latiniste, tient pour les inscriptions latines, le latin permettant une forme plus lapidaire de l'expression; mais l'abbé, membre de la Petite Académie, a dû céder sa place à Philippe Quinault, lui-même entré à l'Académie française en 1670. Dans cette enceinte, les discussions sont vives, en particulier au sujet des inscriptions qu'il convient de placer sur les décors de Versailles créés par Le Brun, lui-même adepte de l'imitation et de l'inspiration des Anciens. Pour le décor de la galerie, n'a-t-il pas proposé d'abord des sujets allégoriques avant que ne soit adopté le parti d'une illustration d'« actualité » sur les hauts faits du roi? En 1683, Charpentier, « entré dans les bonnes grâces de Monsieur de Louvois » (ce dernier est devenu intendant des bâtiments après la mort de Colbert, le 6 septembre), prêche pour des devises en français, qu'il est finalement chargé de rédiger et qu'il publie en 1685, précédées d'un préambule où il justifie une fois encore ce choix: « Toutes les dames ont été ravies de ce changement, qui leur donne le moyen de lire avec admiration les grandes actions de Sa Majesté. [...] Je ne vous parle point encore de la plupart des courtisans et des peuples, qui n'ayant pas la langue latine à commandement, demeurent d'accord qu'on leur a fait grand plaisir de leur faciliter l'intelligence de ces tableaux, et de pouvoir retenir par cœur les Esloges de nostre grand Monarque. » On ne doit pas perdre de vue que les bâtiments et leurs décors ont une fin politique.*

Le débat sur la langue et les inscriptions, latin contre français, s'élargit à l'ensemble de la vie intellectuelle et artistique quelques années plus tard, quand la querelle des Anciens et des Modernes agite la Cour et la ville pendant une dizaine d'années, de 1687 à 1698. La querelle s'ouvre, officiellement pourrait-on dire, le 27 janvier 1687, quand Charles Perrault lit à l'Académie française son poème Le Siècle de Louis le Grand. *Elle oppose les tenants de l'imitation des Anciens dont Boileau est le chef de file (Racine, La Fontaine, Bossuet, La Bruyère, Arnauld, Le Brun), proches de la Cour, aux partisans d'une modernité qui rejette l'imitation des modèles antiques pour laisser la porte ouverte à l'imagination et à la créativité des modernes, qui hantent plutôt les salons de la capitale (Claude et Charles Perrault, Benserade, Desmarets de Saint-Sorlin, Quinault, Thomas Corneille, Fontenelle). Cette génération croit au progrès de l'esprit humain et annonce les Lumières. Avancées du savoir et avancées esthétiques vont de pair. L'année suivante, Charles Perrault commence la publication des quatre volumes de ses* Parallèles des Anciens et des Modernes, *qu'il poursuit jusqu'en 1697. Contre Boileau, il critique les Anciens, mais sans toujours convaincre, quand il préfère Chapelain à Homère ou Guez de Balzac à Démosthène. L'aspect le plus intéressant de son livre se trouve dans la synthèse qu'il tente sur l'art de son temps, embrassant littérature, architecture, peinture, sciences et techniques. La querelle met en branle d'autres auteurs : Fontenelle publie en 1688 la* Digression sur les Anciens et les Modernes. *Prenant le parti de la modernité, il compare l'évolution des sociétés aux âges de la vie, sans pour autant borner le cycle à une vieillesse et une mort inéluctables, mais en montrant que leur maturation peut les conduire vers des horizons toujours nouveaux. À l'inverse, Boileau, qui n'aime pas Perrault, défend Homère et Pindare au nom du « sublime » sans être non plus toujours convaincant. En 1698, la querelle s'apaise, même si elle connaît des résurgences jusqu'à la fin du règne. Elle s'achève en somme par une « victoire » des Modernes.*

février
Le duc de Savoie Victor-Amédée II se joint à la Ligue d'Augsbourg nouée le 9 juillet 1686.
Exécution, au cours des cérémonies organisées par l'Académie française et l'Académie royale de peinture en l'honneur de la guérison de Louis XIV le 18 novembre précédent, du *Te Deum* à huit voix avec flûte de Marc-Antoine Charpentier, composé en 1672.

10 mars
Bossuet prononce à Notre-Dame de Paris l'oraison funèbre du Grand Condé.

avril
Arrêt du Conseil interdisant l'importation des harengs hollandais. En septembre, un autre arrêt remettra en vigueur le tarif douanier de 1667 dont les Hollandais avaient obtenu l'annulation le 10 août 1678 par le traité de Nimègue.

9 mai-7 juin
Louis XIV, accompagné de Mme de Maintenon et d'une partie de la Cour, visite les places fortes d'Alsace et celle de Luxembourg.

16 novembre
Le nouvel ambassadeur de France auprès du Saint-Siège, le marquis de Lavardin, fait son entrée à Rome à la tête d'une escorte armée, conformément à d'anciennes franchises abolies par le pape Innocent XI (concernant aussi le droit d'asile aux abords des ambassades). Celui-ci excommunie le marquis de Lavardin. C'est le début de l'affaire des franchises.

autres événements
- Fénelon : *De l'éducation des filles.*
- Fontenelle : *Histoire des oracles.*
- Abbé Le Ragois : *Instructions sur l'Histoire de France et sur la romaine, par demandes et par réponses.*

1688

22 janvier
Louis XIV dîne pour la première fois au Trianon, dit de Marbre, le Grand Trianon, édifié par Hardouin-Mansart. Les ailes longues et étroites, sans étage, rythmées par des colonnes, donnent cette impression d'extension horizontale qui caractérise son style. L'idée du péristyle central revient à Robert de Cotte (1656-1735), beau-frère de Jules Hardouin-Mansart, qui achèvera seul l'édifice après la mort de ce dernier. C'est déjà l'élégance

du style Régence qui s'annonce au Grand Trianon. La même année, Hardouin-Mansart réalise la place des États, à Dijon, en forme de demi-cercle.

mars
Première édition des *Caractères de Théophraste traduits du grec; avec les caractères ou les Mœurs de ce siècle*, à Paris, chez Estienne Michallet. Ce livre non signé est dû à la plume de La Bruyère. Il témoigne, pour la partie moderne du livre, d'une «manière d'écrire toute nouvelle». «Personne avant lui n'avait trouvé la force et la justesse d'expression qui se rencontrent dans son livre», écrit son contemporain Gilles Ménage (1613-1692). Le livre, qui incite au jeu des identifications, remporte un vif succès.

La Bruyère

Né à Paris, Jean de La Bruyère (1645-1696), après des études chez les oratoriens et des études de droit à Orléans, devient avocat puis, en 1673, trésorier général de France. Il entre chez les Condé comme précepteur du duc de Bourbon. Il leur restera attaché, comme bibliothécaire de Chantilly, après la mort de son élève. Ce philosophe détaché de tout garde ainsi un poste d'observation de la Cour et des mœurs de son temps, ce qui lui permet de nourrir de portraits plus nombreux chacune des éditions successives des Caractères. *Élu en 1693 à l'Académie française, après une longue attente, il y fait l'éloge des tenants des Anciens, soulevant quelques protestations. Il meurt le 10 mai 1696 d'une attaque d'apoplexie.*

9 mai
Mort de l'Électeur de Brandebourg Frédéric-Guillaume, dit le Grand Électeur. Son fils lui succède sous le nom de Frédéric III.

3 juin
Mort de Maximilien-Henri de Bavière, archevêque-Électeur de Cologne et évêque de Liège, fidèle allié de la France. Entre les deux candidats à sa succession, l'un (Guillaume de Fürstenberg, évêque de Strasbourg) soutenu par Louis XIV, l'autre, un Wittelsbach apparenté au duc de Bavière, par l'empereur Léopold Ier, le pape Innocent XI tranche en faveur de ce dernier.

6 septembre
Les Impériaux prennent Belgrade aux Turcs.

24 septembre
Louis XIV fait diffuser à Rome et à Ratisbonne un manifeste dans lequel il proteste de son désir de paix, dénonce la politique agressive à son égard des membres de la Ligue d'Augsbourg nouée le 9 juillet 1686, donne trois mois à ses adversaires pour reconnaître définitivement toutes les réunions effectuées depuis une dizaine d'années, installer son candidat à Cologne, le cardinal de Fürstenberg, et accorder de légitimes compensations à la duchesse d'Orléans (sa belle-sœur, princesse Palatine), et annonce l'occupation de territoires à titre de garantie.

27 septembre-novembre
Début de la guerre de la Ligue d'Augsbourg qui va durer jusqu'en 1697. Vauban met le siège devant Philippsbourg, en présence de Monseigneur, le Grand Dauphin, dont c'est le baptême du feu. Après la prise de Philippsbourg le 29 octobre, les troupes françaises occupent le Palatinat, l'évêché de Liège et l'archevêché de Cologne (où elles installent le cardinal de Fürstenberg).

2 octobre
Nouvelle occupation d'Avignon et du Comtat Venaissin, en représailles contre le pape Innocent XI (suite à son choix du 3 juin).

5 novembre
Guillaume d'Orange arrive en Angleterre avec 15000 soldats, première étape de la «glorieuse révolution» d'Angleterre.

26 novembre
Guerre de la Ligue d'Augsbourg. Déclaration de guerre de la France aux Provinces-Unies.

29 novembre
Dans le cadre de la création de la milice royale, dite aussi provinciale, destinée à servir de force d'appoint à l'armée régulière, Louvois donne l'ordre aux intendants de lever dans chaque paroisse un certain nombre d'hommes célibataires ou mariés sans enfant, âgés de 20 à 40 ans.

28 décembre
Guillaume d'Orange fait son entrée à Londres, d'où le roi d'Angleterre Jacques II s'est enfui le 25.

autres événements
• Bossuet: *Histoire des variations des églises protestantes*.
• Charles de La Fosse réalise deux œuvres pour le Grand Trianon: *Apollon et Thétis* et *Clytie*. Pour le même bâtiment, Jouvenet commence *Zéphyre et Flore*, achevé l'année suivante.

1689

janvier-juin
Guerre de la Ligue d'Augsbourg. L'occupation du Palatinat se double d'un nouveau sac du pays, ordonné par Louvois pour les mêmes raisons qu'en juillet-août 1674: interdire aux Impériaux d'utiliser le pays comme base de départ contre la France. Entreprise de destruction totale et systématique, la sauvagerie de ce nouveau sac du Palatinat a marqué les esprits. Encore aujourd'hui, la mémoire collective en garde le souvenir.

11 janvier
L'opéra de Pascal Colasse (1649-1709), ancien secrétaire de Lully, *Thétis et Pélée*, est donné pour la première fois le sur la scène de l'Académie royale. L'œuvre restera au répertoire pendant soixante-seize ans.

22 janvier
Louis XIV accueille Jacques II en roi et lui offre pour résidence Saint-Germain-en-Laye.

26 janvier
Première représentation d'*Esther*, de Racine, par les jeunes filles pensionnaires de la maison de Saint-Cyr créée le 2 août 1686 par Mme de Maintenon. Le compositeur Jean-Baptiste Moreau (1656-1733) est chargé des parties chantées, permettant à Racine d'accomplir un vieux rêve en liant, «comme dans les anciennes tragédies grecques, le chœur et le chant avec l'action». Mme de Sévigné écrit à sa fille: «Racine n'a rien fait de plus beau ni de plus touchant.»

22 février
Marie Stuart, fille de Jacques II, et son époux Guillaume d'Orange sont proclamés conjointement reine et roi d'Angleterre par le Parlement, sous les noms de Marie II et Guillaume III, après qu'ils ont reconnu la Déclaration des Droits.

12 mars
Débarquement en Irlande de Jacques II, avec l'appui de la flotte française. Il est accueilli avec enthousiasme par les Irlandais catholiques et entre à Dublin le 3 avril.

15 avril
Guerre de la Ligue d'Augsbourg. Louis XIV déclare la guerre à l'Espagne.
Ordonnance pour la marine royale. Ce texte reprend et complète des textes antérieurs sur les équipages et l'inscription maritime (13 juillet 1670), les écoles de marine et d'hydrographie, les cadres administratifs (intendants et commissaires), enfin la subordination «de l'épée à la plume», c'est-à-dire des militaires aux civils.

12 mai
Guerre de la Ligue d'Augsbourg. Grande alliance de Vienne unissant contre la France l'empereur et les Provinces-Unies, bientôt rejoints par l'Angleterre, l'Espagne, le Brandebourg, la Bavière, la Savoie.

17 mai
Guerre de la Ligue d'Augsbourg. L'Angleterre déclare la guerre à la France.

16-17 août
Le duc de Beauvillier est nommé gouverneur du duc de Bourgogne, petit-fils de Louis XIV, et Fénelon, son précepteur.

Beauvillier

Paul de Saint-Aignan (1648-1714) est le fils du duc de Saint-Aignan, premier gentilhomme de la chambre et ami de Louis XIV. En 1664, le jeune Paul obtient la survivance de la charge de son père et épouse, en 1671, une fille de Colbert qui sera dame du palais de la reine. Il sert dans l'armée pendant la guerre de Hollande, par obligation et sans éclat, car il est foncièrement pacifique, en même temps que dévot. En 1679, son père lui cède son duché-pairie, mais en conserve le titre, Paul prenant celui de duc de Beauvillier. En 1685, à la mort de Villeroy, Louis XIV le nomme chef du Conseil royal des finances et, en 1689, gouverneur du duc de Bourgogne, puis de ses deux frères, en 1690 le duc d'Anjou et en 1693 le duc de Berry. En 1691, il devient ministre d'État et membre du Conseil. Sans portefeuille, Beauvillier n'en est pas moins un ministre actif, scrupuleux, très dévoué à la chose publique. Ses fonctions de gouverneur du duc de Bourgogne sont pour lui l'occasion de lancer en 1697 une grande enquête auprès des intendants. Avec Fénelon et son beau-frère Chevreuse, il est l'âme d'un petit groupe qui, dans les années 1700, prépare le règne du duc de Bourgogne. Le programme politique ainsi élaboré est contenu dans les Tables de Chaulnes *rédigées en 1711 par Fénelon et Chevreuse. Mais la mort du duc de Bourgogne l'année suivante met fin à tous ces espoirs. Bien que ne cachant pas son pacifisme, Beauvillier conservera jusqu'à sa mort en 1714 la confiance et l'estime de Louis XIV.*

4 octobre
Claude Le Peletier, malade et jugé par le roi peu efficace, est remplacé au contrôle général des Finances par Louis de Pontchartrain, qui obtient en même temps l'entrée au Conseil comme ministre d'État. Seignelay est également nommé ministre d'État avec entrée au Conseil

PONTCHARTRAIN

Louis Phélypeaux, comte de Pontchartrain (1643-1727), appartient à une famille ministérielle, d'origine blésoise, alliée à toutes les grandes familles de robe, les Talon, les Maupeou, les Bignon. Dès 1661, il est conseiller au Parlement de Paris, mais sa fidélité à Fouquet, dont il a épousé une nièce, lui vaut une disgrâce dont il ne sort qu'en 1677 lorsque Louis XIV le nomme, loin de la Cour, premier président du parlement de Bretagne. La mission est délicate dans la mesure où la province sort à peine de la crise dite du papier timbré (1675) qui a valu aux parlementaires rennais leur exil à Vannes (5 février 1676). Il s'en acquitte fort bien, à la fois pour les intérêts du roi et pour les siens propres (il s'assure, dans cette province maritime, une clientèle fidèle qui lui sera fort utile ultérieurement). Ce succès attire l'attention de Louis XIV qui le nomme, en 1687 intendant des finances, en 1689 contrôleur général des Finances, en remplacement de Claude Le Peletier, et ministre d'État avec entrée au Conseil, en 1690, à la mort de Seignelay, secrétaire d'État à la Marine et à la Maison du roi. Enfin, en 1699, à la mort du chancelier Boucherat, le roi le fait chancelier de France, son fils Jérôme lui succédant comme secrétaire d'État à la Marine et à la Maison du roi et Chamillart devenant contrôleur général des Finances. Il est ainsi, jusqu'à sa retraite volontaire en 1714, le personnage politique le plus important de la dernière partie du règne de Louis XIV. Pour financer la guerre de la Ligue d'Augsbourg, il crée la capitation en 1695 et multiplie les expédients, ventes d'offices et emprunts notamment, ce qui a pour effet d'augmenter la dette publique. Il plaide, après 1692, pour une stratégie maritime consistant à intensifier la guerre de course, en relation étroite avec la guerre d'escadre, nullement abandonnée pour autant. En 1700, il est partisan résolu de l'acceptation du testament de Charles II d'Espagne. Le 2 juillet 1714, ne voulant cautionner ni la politique antijanséniste ni les dispositions successorales en faveur des princes légitimés, très affecté en outre par la mort de sa femme, il donne sa démission et se retire à l'Oratoire de Paris; il y passe les dernières années de sa vie avant de mourir en son château de Pontchartrain en 1727.

31 décembre
Le compositeur et violiste Antoine Forqueray (1672-1745) est nommé musicien ordinaire de la chambre du roi.

autres événements
• La Bretagne est la dernière province du royaume à être pourvue d'un intendant.
• Jean Domat: *Les Lois civiles dans leur ordre naturel.*
• *Les Soupirs de la France esclave qui aspire après la liberté,* pamphlet contre Louis XIV publié à Amsterdam et longtemps attribué à Pierre Jurieu. On y voit retracer une rétrospective accablante pour Louis XIV: «On commence la guerre en pleine paix. On prend Philippsbourg, on s'empare de Heidelberg, de Mannheim, de tout le Palatinat, de Worms, de Spire, de Mayence et de tout le pays du Rhin; on traite avec ces villes, on les reçoit à capitulation, et ensuite on les brûle, on les rase, on réduit tout en cendres et en solitude, sans avoir égard ni aux lois de Dieu, ni à celles de la guerre, ni aux promesses, ni aux serments solennels. [...] En vérité la réputation des Français est si perdue qu'on ne les regarde dans le christianisme pas autrement que des mahométans et des gens sans foi. La puissance absolue de notre monarque, qu'on croit être la source de la réputation de notre monarchie, est donc une source de honte qui ne s'épuisera jamais.»

JURIEU

Pierre Jurieu (1637-1713) est né dans une famille de pasteurs protestants. Il fait ses études de philosophie et de théologie à Saumur et à Sedan, puis se rend en Angleterre et en Hollande. Ensuite, comme Bayle, il enseigne un temps la théologie à l'académie de Sedan. Dès 1675, il entame une activité de pamphlétaire en publiant un Traité de la dévotion, *puis l'*Apologie pour la morale des réformés. *En 1680, sort son* Préservatif contre le changement de religion *qui lance une polémique avec Arnauld. Après la fermeture de l'académie protestante de Sedan en juillet 1681, il se réfugie à Rotterdam. Dès 1682, il annonce avec une étonnante lucidité les persécutions dont les protestants sont et seront victimes en France. Il attaque l'*Histoire des variations *de Bossuet, qui répond lui-même dans son* Avertissement aux protestants sur les lettres du ministre Jurieu contre l'Histoire des variations. *En 1686 encore, Jurieu publie* Le Vrai Système de l'Église *dans lequel il développe la théorie du contrat, dont il fait le principe de toute autorité. Il attaque ainsi de plein fouet la théorie du droit divin et de la délégation de pouvoir faite au souverain par Dieu. De 1686 à 1689, il publie une série de* Lettres pastorales aux fidèles Français qui gémissent sous la captivité de Babylone, *qui deviennent périodiques (bimensuelles). D'un petit format (huit pages in-quarto), elles circulent sous le manteau et sont destinées à réconforter les protestants restés en France après la Révocation et qui pratiquent leur religion dans la clandestinité, en particulier les prédicateurs du « Désert ». Jurieu n'hésite pas à attaquer la politique de coups de force de Louis XIV qui menace la paix de l'Europe. En 1689, paraît à Amsterdam un violent pamphlet qui lui est généralement attribué:* Les Soupirs de la France esclave qui aspire après la liberté. *Jurieu ne polémique pas seulement avec des catholiques, il attaque aussi, en 1690, son ancien ami et collègue de l'académie de Sedan, Pierre Bayle, trouvant celui-ci trop tolérant vis-à-vis de la politique de Louis XIV à l'égard de ses sujets protestants.*

• Michel Lambert fait publier un recueil de 60 *Airs à I, II, III et IV parties avec la basse continue*, dédié au roi Louis XIV, sur des textes de Boileau, La Fontaine, Benserade.

MICHEL LAMBERT

Enfant de chœur à Champigny-sur-Veude (Poitou), Michel Lambert (1610-1696) est remarqué par le musicien Étienne Moulinié, qui le fait engager par Gaston d'Orléans. Maître de chant, son génie, plus que dans sa voix, réside dans sa manière de chanter. « Il n'y a que lui qui montre [enseigne] bien » écrit Tallemant des Réaux qui parle de lui comme d'un « nouvel Orphée ». C'est sans doute auprès de lui, chez la Grande Mademoiselle, que le jeune Giambattista Lulli s'initie à l'art du chant français. Devenu Lully, ce dernier épouse le 23 juillet 1662, en présence du roi, la fille de Michel Lambert et d'Hilaire Du Puis, elle-même chanteuse et danseuse. Dès lors, Michel Lambert vit chez son gendre, composant moins, tenant volontiers les rôles comiques dans les ballets que compose celui-ci. On lui doit, outre les airs, deux cycles de Leçons de ténèbres *et un* Miserere. *Il ne touchera pas à la musique instrumentale ni à la tragédie lyrique, mais son apport au traitement expressif d'un texte poétique par la voix reste, au XVIIe siècle, insurpassé.*

• Après les guerres menées par le roi, le budget des bâtiments s'effondre: l'aqueduc de Maintenon, destiné à approvisionner Versailles en eau, reste inachevé. Pendant dix ans, les chantiers royaux connaissent une crise. Lorsqu'ils reprendront, en 1697, le style architectural sera sensiblement différent.

• Le Brun entreprend une série de peintures sur la *Vie du Christ*, dans un style d'une simplicité nouvelle chez lui. Il n'aura le temps de réaliser que quatre épisodes, dont celui de l'*Adoration des bergers*.

• Pierre Mignard peint les *Reines de Perse aux pieds d'Alexandre*, sujet traité par Le Brun dans sa jeunesse. Il faut voir là une réponse de Mignard à son adversaire de toujours, dont il vient de reprendre toutes les fonctions grâce à l'avènement de Louvois. L'art quelque peu maniéré de Mignard et l'excessive suavité de ses figures féminines ont conduit à déprécier ou à méconnaître ses réelles qualités de peintre.

1690

12 février
Mort de Charles Le Brun. Pierre Mignard lui succédera comme premier peintre du roi et directeur de l'Académie de peinture et de sculpture.

1er juillet
Guerre de la Ligue d'Augsbourg. À la tête de l'armée française des Flandres, le maréchal de Luxembourg arrête les coalisés commandés par le prince de Waldeck, en les battant à Fleurus. Les nombreux drapeaux pris à l'ennemi et exposés à Paris valent à Luxembourg le surnom de « tapissier de Notre-Dame ».

10 juillet
Jacques II est vaincu à Drogheda, sur la Boyne, en Irlande, par Guillaume III d'Angleterre. Il réussira à regagner la France en août.
Guerre de la Ligue d'Augsbourg. Les 70 vaisseaux de l'escadre française de Tourville, partis de Brest le 23 juin, battent, au large du cap Beachy-Head (Béveziers pour les Français), les 57 vaisseaux anglo-hollandais commandés par Torrington, détruisant une dizaine de vaisseaux ennemis, sans qu'un seul des siens soit coulé. Mais la victoire est sans lendemain: ne disposant d'aucun corps de débarquement, Tourville regagne Brest le 17 août.

Tourville

Anne-Hilarion de Cotentin, comte de Tourville (1642-1701), appartient à une famille de la noblesse normande alliée aux Hocquincourt et aux La Rochefoucauld. En 1657, à 15 ans, il entre dans l'ordre de Malte et, durant une dizaine d'années, participe en Méditerranée à des expéditions – des « caravanes » – contre les Barbaresques. En 1667, servi par sa naissance et son expérience de la conduite des galères, il entre dans la marine royale comme capitaine de vaisseau et participe, en 1669, à la défense de Candie (Crète) avec le duc de Beaufort. Durant la guerre de Hollande, il est présent à la bataille de Solebay, en juin 1672, puis passe en Méditerranée en 1675. Il canonne les Espagnols devant Messine et se trouve au côté de Duquesne aux combats du Stromboli et d'Agosta en 1676. À nouveau sous les ordres de Duquesne lors des bombardements d'Alger (1682 et 1683), de Gênes (mai 1684), il dirige néanmoins seul le bombardement de Tripoli en juin 1684. Nommé lieutenant général des armées navales en 1682 et Duquesne étant mort en 1688, il est, durant la guerre de la Ligue d'Augsbourg, le chef incontesté de la marine royale. En 1689, il entre à Brest à la tête de l'escadre de la Méditerranée, après avoir déjoué les manœuvres de la flotte anglo-hollandaise. L'année suivante, il bat celle-ci à la hauteur du cap Béveziers, mais ne peut exploiter son succès dans la mesure où il ne dispose pas d'un corps de débarquement, ce qui n'empêchera pas Seignelay de le traiter de poltron. En mai 1692, chargé d'embarquer à La Hougue des troupes en vue d'un débarquement en Angleterre, il engage la bataille devant Barfleur, en dépit de son infériorité numérique face aux Anglo-Hollandais. Il réussit à se replier après un combat de onze heures, mais 15 de ses vaisseaux sont incendiés au large de Saint-Vaast-la-Hougue. Sans être le désastre qu'on a dit, cette défaite de La Hougue assure à la marine anglaise une maîtrise de la Manche qui ne sera plus remise en question. En outre, elle favorise en France le point de vue de ceux qui, autour des Pontchartrain et de Vauban, préconisent la guerre de course plutôt que la guerre d'escadre. Mais si désormais l'accent est mis sur la stratégie de la guerre économique grâce à la course, la stratégie de la guerre d'escadre n'est pas abandonnée pour autant. Louis XIV, pour sa part, écrit à Tourville au lendemain de La Hougue : « Je suis très content de vous et de toute la marine. Nous avons été battus, mais vous avez acquis de la gloire et pour vous et pour la nation. » Il le fait, l'année suivante, maréchal de France. Cependant, Tourville, prématurément vieilli, admettant mal le point de vue des Pontchartrain, réside à Paris depuis 1695 et ne reprendra plus la mer avant sa mort en 1701.

18 août
Guerre de la Ligue d'Augsbourg. À Staffarde, près de Saluces, en Italie du Nord, les troupes françaises commandées par Catinat écrasent les troupes du duc Victor-Amédée II de Savoie, renforcées de contingents espagnols et impériaux.

3 novembre
Mort de Seignelay. Pontchartrain lui succède comme secrétaire d'État à la Marine et à la Maison du roi, tout en restant contrôleur général des Finances.

12 novembre
Guerre de la Ligue d'Augsbourg. Prise de Suse en Piémont par Catinat.

autres événements
• Multiplication de créations d'offices (plus ou moins inutiles) pour faire face aux dépenses de la guerre. Selon le mot attribué à Pontchartrain : « Chaque fois que Votre Majesté crée un office, Dieu crée un sot pour l'acheter. »
• L'hiver, le printemps et même l'été sont exceptionnellement froids et humides. C'est le début d'une longue période qui durera jusque vers 1720 et sera marquée par un refroidissement général du climat et une série de mauvaises récoltes, génératrices de disettes et de famines.
• Bossuet : *Cinquième Avertissement aux protestants.*

Le droit divin opposé à la théorie du contrat

Après la parution à Londres, en 1651, du Leviathan *de Hobbes, la réflexion politique prend un tournant. Hobbes en effet décrit la société primitive comme un monde anarchique. Seule la société civile, fondée sur un contrat par lequel chacun abandonne sa part de souveraineté, peut mettre de l'ordre dans le chaos primitif des instincts de puissance. Pour Hobbes, seul également un maître tout-puissant mettra un frein aux violences de la nature humaine : le souverain choisi est investi d'un pouvoir illimité. La finalité de son pouvoir reste cependant le salut du peuple et le bien commun. Cette obligation morale pose ainsi une limite aux abus qu'il serait tenté de commettre à l'égard de ses mandants. Dès la parution de ses premiers livres, Hobbes suscite critiques et même vigoureuses condamnations, puisqu'il met en cause la délégation divine du pouvoir. Cependant, sa théorie du contrat est appelée à un grand avenir.*

Dès la génération suivante, la théorie de Hobbes est reprise par Jurieu. Le pasteur protestant croise le fer avec Bossuet, ardent défenseur de la théorie du pouvoir absolu, suivant lequel les rois, désignés par la Providence, sont les lieutenants de Dieu sur terre. En 1690, dans son Cinquième Avertissement aux protestants, *Bossuet emprunte à Hobbes son idée de l'anarchie primitive, mais refuse la théorie du contrat reprise par Jurieu : « Il [Jurieu] s'est imaginé que le peuple est naturellement souverain ; ou, pour parler comme lui, qu'il possède naturellement la souveraineté, puisqu'il la donne à qui il lui plaît ; or cela, c'est errer dans le principe, et ne pas entendre les termes. Car à regarder les hommes comme ils sont naturellement et avant tout gouvernement établi, on ne trouve que l'anarchie, c'est-à-dire dans tous les hommes une liberté farouche et sauvage, où chacun peut tout prétendre et en même temps tout contester ; où tous sont en garde, et par conséquent en guerre continuelle contre tous. [...] Voilà donc le souverain de M. Jurieu : c'est, dans l'anarchie, le plus fort, c'est-à-dire la multitude et le grand nombre contre le petit. Voilà le peuple qui fait le maître et le souverain au-dessus de tous les rois et de toute puissance légitime. [...] C'est la doctrine des pactes, que le ministre [Jurieu] explique en ces termes : "Qu'il est contre la raison qu'un peuple se livre à un souverain sans quelque pacte, et qu'un tel traité serait nul et contre la nature." Il ne s'agit pas, comme on voit, de la constitution particulière de quelque État : il s'agit du droit naturel et universel, que le ministre [Jurieu] veut trouver dans tous les États. »*

- Furetière : *Dictionnaire universel* (posthume).
- Dionis : *L'Anatomie de l'homme suivant la circulation du sang et les dernières découvertes.*
- Huygens : *Traité de la lumière.*
- La Quintinie : *Instructions pour les jardins fruitiers et potagers* (posthume).

1691

5 janvier
Première représentation d'*Athalie*, de Racine, par les pensionnaires de Saint-Cyr, en présence du roi.

26 mars
Guerre de la Ligue d'Augsbourg. Catinat, qui a envahi la Savoie, le Piémont et le comté de Nice, s'empare de Nice.

8 avril
Guerre de la Ligue d'Augsbourg. Prise de Mons par les troupes françaises, à l'issue d'un court siège dirigé par Vauban et auquel a assisté le roi, accompagné de Monseigneur, de Monsieur, du duc de Chartres (Philippe d'Orléans) et de nombreux courtisans.

juin-août
Guerre de la Ligue d'Augsbourg. Tourville a reçu du roi l'ordre de « se tenir à l'ouvert de la Manche, de sorte qu'il n'y puisse entrer ni sortir aucun bâtiment » et notamment d'intercepter un convoi anglo-hollandais en provenance de Smyrne. Cette campagne dite « du large » n'est qu'un demi-succès, Tourville n'ayant pu empêcher ce convoi de parvenir en mer du Nord.

16 juillet
Mort subite de Louvois. Son fils, Louis-François Le Tellier de Louvois, marquis de Barbezieux (1668-1701), lui succède comme secrétaire d'État à la Guerre, charge qu'il avait en survivance depuis 1685. La surintendance des bâtiments, arts et manufactures revient à Édouard Colbert de Villacerf, cousin de Jean-Baptiste Colbert. En outre, à côté de Colbert de Croissy, Le Peletier et Pontchartrain, le roi appelle au Conseil trois personnalités qui joueront d'ailleurs un rôle effacé, Monseigneur, le duc de Beauvillier et Pomponne, en semi-disgrâce depuis le 18 novembre 1679.

19 septembre
Guerre de la Ligue d'Augsbourg. Après Fleurus (1er juillet 1690), nouvelle victoire du maréchal de Luxembourg sur le prince de Waldeck, à Leuze, près de Tournai.

autres événements
- Louis de Rouvroy, futur duc de Saint-Simon (en 1693, à la mort de son père), alors âgé de 16 ans, est présenté au roi. Ses *Mémoires* (qu'il rédigera entre 1739 et 1750) commenceront à cette date.
- Bossuet et Leibniz commencent leur correspondance au sujet de la réunion des Églises.
- John Locke : *Du gouvernement civil,* traduction française parue à Amsterdam.
- Dom Mabillon : *Traité des études monastiques.*
- Parutions de l'*Architecture pratique* de Pierre Bullet, qui est le premier manuel du bâtisseur, et

du *Cours d'architecture* de Charles d'Aviler, augmenté d'une traduction des *Regole* de l'architecte italien Vignole.

1692

18 février
Philippe d'Orléans, duc de Chartres (futur Régent), épouse Mlle de Blois (seconde du nom), fille légitimée de Louis XIV et de Mme de Montespan.

5 mars
Inauguration du canal joignant la Loire au Loing.

25 mars
L'Académie de peinture s'installe définitivement au Louvre.

12-29 mai
Guerre de la Ligue d'Augsbourg. Le 12 mai, Tourville quitte Brest pour s'assurer la maîtrise de la Manche dans la perspective d'un débarquement en Angleterre de Jacques II appuyé par un contingent français. Le 29, Tourville se heurte à la flotte anglo-hollandaise, deux fois plus nombreuse que la sienne, au large de Barfleur. Malgré son infériorité numérique, il remporte un demi-succès, sa flotte étant presque intacte après onze heures de combat, mais il doit donner l'ordre de retraite sur Brest.

2 juin
Guerre de la Ligue d'Augsbourg. 15 vaisseaux de la flotte de Tourville, poursuivis par les Anglo-Hollandais, sont incendiés au large de La Hougue. Ces lourdes pertes entraîneront l'abandon du projet de débarquement en Angleterre.

5 juin
Guerre de la Ligue d'Augsbourg. Après avoir assisté à une gigantesque revue de ses troupes (plus de 120 000 hommes) le 20 mai, au camp de Givry (Argonne), Louis XIV est présent, le 5 juin, à la prise de Namur, assiégée depuis le 26 mai.

août
Édit royal transformant les fonctions de maire et d'échevins des villes pourvues de corps municipal en charges vénales et héréditaires. Cette réforme, dont le but essentiel est de procurer des ressources au Trésor royal, prétend mettre un terme aux brigues et désordres auxquels donneraient lieu les élections municipales.

3 août
Guerre de la Ligue d'Augsbourg. Le maréchal de Luxembourg bat à Steinkerque, près de Namur, les troupes de Guillaume III d'Angleterre qui avait cherché à l'attaquer par surprise ; la bataille est particulièrement meurtrière, les coalisés perdant 10 000 hommes.

autres événements
• À la suite de mauvaises conditions climatiques (hiver et printemps très froids, été pluvieux), les récoltes de céréales sont très médiocres dans la plupart des régions, notamment en Île-de-France.
• Pasquier Quesnel : *Nouveau Testament en français avec des Réflexions morales sur chaque verset.*

Le second jansénisme

*En 1661, après l'offensive de l'épiscopat contre les jansénistes, le pouvoir royal intervient lui aussi : un arrêt du Conseil impose aux membres du clergé la signature du formulaire condamnant cinq des propositions contenues dans l'*Augustinus. *En 1664, l'archevêque de Paris, Hardouin de Péréfixe, est décidé à en finir : à deux reprises, les 9 juin et 21 août, il se rend lui-même dans l'abbaye de Port-Royal pour exiger la signature du formulaire. Devant la résistance opiniâtre des sœurs, l'archevêque applique une sanction sévère : 12 des sœurs seront exilées et placées dans des couvents de la Visitation, les autres, maintenues dans l'abbaye, seront privées du secours des sacrements. Cette situation se prolonge jusqu'en février 1669. À cette date, les jansénistes vont bénéficier d'une trêve de vingt années pendant lesquelles ils connaissent un brillant renouveau.*
La production littéraire et apologétique est importante. En 1670, paraissent, posthumes, les Pensées *de Pascal ; en 1671, les* Essais de morale *de Nicole et les* Instructions chrétiennes *extraites de la correspondance de Saint-Cyran ; enfin, Pasquier Quesnel, oratorien, publie en 1671 son* Abrégé de la morale de l'Évangile ou Pensées chrétiennes sur le texte des quatre Évangiles. *Ce dernier ouvrage souvent réédité, revu, corrigé et augmenté, est un des livres les plus lus des dernières années du siècle. En 1692, Quesnel rassemble ses écrits sur le Nouveau Testament dans son* Nouveau Testament en français avec des Réflexions morales sur chaque verset, *appelé familièrement* Réflexions morales *(une nouvelle édition, définitive, paraît en 1699).*
Aux théories augustiniennes du jansénisme, Quesnel ajoute des éléments de la théologie tho-

miste et d'autres empruntés à la spiritualité bérullienne. Enfin, on trouve aussi chez lui les principes affirmés par Edmond Richer en 1611 dans son livre, De ecclesiastica et politica potestate libellus. *Du fait de sa diffusion dans la bourgeoisie et le bas clergé à la fin du siècle, le jansénisme s'est ouvert à une vision, certes gallicane, mais aussi plus richériste de l'Église. On trouve donc normal de reconnaître au bas clergé un droit à la parole sur les matières de la foi, de la morale et de la pastorale.*

Cependant, à ces options proprement religieuses ou ecclésiales, s'ajoute le fait que les jansénistes semblent revendiquer une liberté de la conscience individuelle face à tous les pouvoirs. Louis XIV y perçoit donc une menace pour la raison d'État, voire une menace pour l'État.

En effet, l'abbaye de Port-Royal est un lieu de rassemblement de toute une élite contestataire, de grandes dames et de grands seigneurs. Dans sa volonté de réduire toute dissidence, le roi ne peut faire grâce aux jansénistes. Le 29 octobre 1709, l'extinction de l'abbaye est ordonnée. Le lieutenant de police d'Argenson vient surveiller le départ des dernières religieuses qui sont dispersées dans plusieurs couvents. Enfin, l'abbaye elle-même est détruite jusqu'à ce qu'il n'en reste plus pierre sur pierre. Mais ces lieux chargés de tant de souvenirs sont investis par les pèlerins qui viennent le dimanche prier sur ces ruines et dans le cimetière. Pour mettre fin à ces manifestations, il est ordonné que les tombes des religieuses et des Solitaires soient regroupées dans une fosse commune du cimetière de la paroisse voisine.

Enfin, à rebours de toute la tradition gallicane qui avait toujours caractérisé les relations de la Couronne avec la puissance pontificale, Louis XIV demande à Rome une condamnation formelle des jansénistes français. Le pape, satisfait de pouvoir marquer ainsi son autorité vis-à-vis d'une Église de France généralement insoumise, émet alors la bulle Unigenitus *le 8 septembre 1713, condamnant 101 propositions contenues dans les œuvres de Quesnel. Non seulement tout le clergé français est soumis à la signature d'un formulaire, mais la persécution contre Port-Royal et sa postérité spirituelle vont ainsi à leur terme. Le jansénisme français au XVIIIe siècle se tournera vers d'autres horizons.*

• Coysevox réalise le tombeau de Le Brun dans l'église Saint-Nicolas-du-Chardonnet, à Paris. L'année suivante, il achèvera celui de Mazarin, commencé en 1689. Mais la gloire de Coysevox tient davantage aux admirables bustes qu'il a sculptés; représentant avec une grande finesse psychologique les hauts personnages de son temps, ces œuvres constituent une des parties les moins guindées, les plus vivantes, de l'art au temps de Louis XIV.

1693

5 avril

Louis XIV signe l'édit fondant l'ordre royal et militaire de Saint-Louis. Il suffit, pour avoir l'espoir d'y entrer, d'être officier avec dix ans de service, d'être catholique et de s'être distingué par une action d'éclat; il est donc accessible aux officiers issus de la bourgeoisie et sortis du rang.

9 juin

Le roi, en campagne dans les Flandres, rentre prématurément à Versailles et annonce, à cette occasion, sa décision de ne plus participer aux campagnes militaires à la tête de ses troupes. Cette décision, qui surprend beaucoup dans l'armée, s'explique non par l'âge du roi (il a 55 ans) ou la fatigue, mais sans doute par la nécessité qu'il ressent de mieux diriger l'État personnellement depuis Versailles.

27 juin-4 octobre

Guerre de la Ligue d'Augsbourg. Tourville, sorti de Brest le 26 mai, intercepte le 27 juin, au large de Lagos et du cap Saint-Vincent, sur la côte méridionale du Portugal, un convoi anglo-hollandais de quelque 140 bateaux marchands à destination de Smyrne, escortés par une trentaine de vaisseaux de guerre; acculé au rivage, le convoi se disperse et une soixantaine de bateaux marchands sont capturés ou incendiés.

Le 29 juillet, victoire du maréchal de Luxembourg sur Guillaume III d'Angleterre à Neerwinden, entre Liège et Bruxelles. Les Français restent maîtres du champ de bataille (avec 8000 tués contre 12000 à l'ennemi), mais Guillaume III réussit à se replier sur Bruxelles. Pas plus que celle de Steinkerque l'année précédente, la victoire de Neerwinden n'est donc décisive pour les Français.

En août, le duc Victor-Amédée II de Savoie, assisté du Prince Eugène, fait le siège de Pignerol, mais le lève très vite à l'approche des troupes de Catinat. Le 4 octobre, victoire de Catinat et du duc de Vendôme sur le duc de Savoie et le Prince Eugène à Marsaglia (ou La Marsaille), près de Cueno, en Piémont.

Vendôme

Louis-Joseph de Bourbon-Vendôme (1654-1712) est le petit-fils de César de Bourbon-Vendôme, fils légitimé d'Henri IV et de Gabrielle d'Estrées, et le fils de Louis de Bourbon-Vendôme, duc de Mercœur, puis de Vendôme, devenu prêtre et cardinal après la mort de sa femme Laure Mancini (une des nièces de Mazarin) en 1657. Le jeune Louis est élevé par sa tante, Marie-Anne Mancini, duchesse de Bouillon, et devient, en 1670, à 16 ans, garde du corps dans la compagnie de Noailles. Il fait ses premières armes lors de la guerre de Hollande, aux Pays-Bas en 1672, en Franche-Comté en 1674 et surtout en Allemagne en 1675, au lendemain de la mort de Turenne. Lieutenant général en 1688, il donne de nouvelles preuves de son courage personnel et de ses talents militaires à Steinkerque (3 août 1692), puis à Marsaglia (4 octobre 1693). En 1695, il reçoit son premier commandement en chef, en Catalogne, et s'empare de Barcelone en 1697. La guerre de Succession d'Espagne lui fournit l'occasion de donner sa pleine mesure. Il est envoyé en Italie, en 1702, pour remplacer l'incapable Villeroy tombé aux mains de l'ennemi. Il bat son cousin germain le Prince Eugène, fils d'Olympe Mancini, à Luzzara (15 août 1702) et l'empêche ensuite de venir au secours du duc de Savoie, en le battant à nouveau à Cassano sur l'Adda (16 août 1705). Il est rappelé d'Italie après le désastre de Ramillies (23 mai 1706) et Louis XIV lui adjoint le duc de Bourgogne. La mésentente des deux hommes est pour beaucoup dans la défaite d'Audenarde et la perte de Lille en 1708. Il revient peu de temps après à la Cour et épouse Marie-Anne de Bourbon-Condé, petite-fille du Grand Condé, dont il n'aura pas d'enfant. Il est alors envoyé en Espagne pour commander les armées du roi Philippe V et tenter de redresser une situation désastreuse. La victoire décisive qu'il remporte, le 10 décembre 1710, à Villaviciosa sur les Anglo-Autrichiens permet à Philippe V de regagner Madrid que l'archiduc Charles a dû quitter précipitamment. En reconnaissance des services rendus, Philippe V le fait grand d'Espagne, mais il meurt en 1712, emporté en quelques jours. Le roi d'Espagne le fait enterrer solennellement à l'Escorial.

14 septembre

Fin de l'affaire de la régale déclenchée en février 1673. Louis XIV écrit une lettre personnelle au pape Innocent XII qui équivaut à annuler de fait la déclaration des Quatre Articles du 17 mars 1682. L'épiscopat fera de même un peu plus tard. En échange, le pape accepte l'extension du droit de régale et investit les évêques nommés depuis 1682.

octobre-novembre

Guerre de la ligue d'Augsbourg. Le maréchal de Luxembourg s'empare de Charleroi le 11 octobre. Les Anglais échouent dans leur tentative de débarquer à Saint-Malo en jetant sur la côte un brûlot, baptisé par les Malouins « machine infernale » (26-29 novembre).

4 décembre

Création de la tragédie lyrique *Médée* de Marc-Antoine Charpentier sur un livret de Thomas Corneille. Selon Sébastien de Brossard qui loue, quant à lui, la qualité de l'œuvre, son insuccès est dû à une cabale.

26 décembre

François Couperin, organiste de l'église Saint-Gervais, est choisi par le roi en personne pour succéder, comme premier organiste du roi, à Jacques Thomelin.

François Couperin

Né dans une dynastie de musiciens, neveu de Louis Couperin, François Couperin (1668-1733) est formé par Thomelin, l'organiste auquel il succédera. Lorsqu'il est nommé à Versailles par le roi, il est déjà l'auteur d'un recueil de pièces d'orgues et de sonates en trio, inspirées de Corelli, qui sont les premières du genre en France mais qu'il n'a pas encore publiées.
Après sa nomination, Couperin devient maître de clavecin du duc de Bourgogne et d'autres princes et princesses. Il est anobli dès 1696. Après ses débuts à la Cour, ses activités deviennent de plus en plus diversifiées et, dans les quinze dernières années du règne de Louis XIV, il est le principal compositeur du temps, exécutant ses Concerts royaux *(1714-1715) pour distraire le roi malade, à la veille de sa mort. Ce n'est cependant qu'en 1717 qu'il devient ordinaire de la musique de la chambre du roi pour le clavecin. En 1713, ayant acquis un privilège de publication pour vingt ans, il publie ses* Pièces de clavecin, *premier livre, puis son traité* L'Art de toucher le clavecin *(1716) et ses magnifiques* Leçons de ténèbres, *écrites pour un couvent de religieuses. Après la mort de Louis XIV, Couperin conserve ses charges à la Cour, il enseigne le clavecin à Marie Leszczynska, future épouse de Louis XV, et*

continue par ailleurs à publier sa musique : de nouveaux livres de clavecin, et Les Goûts-réunis ou nouveaux concerts *(1724), suite de ses* Concerts royaux. *En 1726,* Les Nations, *« sonates et suites de symphonies en trio », puis les* Pièces de viole *en 1728. Ses pièces de clavecin, regroupées en « ordres », portent des titres descriptifs qui remplacent les danses traditionnelles des suites. On y trouve des peintures de caractères* (La Voluptueuse, La Laborieuse), *des portraits* (La Garnier, La Forqueray), *des paysages* (Les Vergers fleuris), *des animaux* (Le Rossignol en amour, Les Abeilles), *des scènes champêtres* (Les Moissonneurs, Les Vendangeurs), *traités avec une science consommée de la composition et de l'instrument qui peut apparaître comme l'équivalent en musique de l'art d'un La Fontaine.*

autres événements

• Les pluies continuelles de l'été et les récoltes désastreuses qui en sont la conséquence aggravent de façon catastrophique la situation de l'année précédente : dans la plupart des provinces du royaume, la disette tourne à la famine, elle-même génératrice d'épidémies.

LES CRISES DÉMOGRAPHIQUES

Les structures démographiques de la France de Louis XIV appartiennent à ce que l'on appelle l'ancien régime démographique. Celui-ci est caractérisé d'abord par un âge tardif des filles au premier mariage, ce qui a pour conséquence que les femmes ont quatre ou cinq enfants en moyenne. Ce chiffre moyen, en soi très important, est cependant tout juste suffisant pour assurer le remplacement des générations, tant la mortalité est sévère, notamment aux premiers âges. La mortalité infantile, c'est-à-dire celle des enfants de moins de 1 an est de l'ordre de 25 %, ce qui signifie qu'un enfant sur quatre n'atteint pas son premier anniversaire. La mortalité reste très forte jusqu'à 10 ans, puisque au total, près de la moitié des enfants n'atteignent pas cet âge. Dans de telles conditions, sur les quatre ou cinq enfants nés, en moyenne, par famille, guère plus de deux arrivent à l'âge adulte et sont susceptibles de remplacer leurs propres père et mère. Passée l'adolescence, la mort marque le pas, mais la mortalité n'en reste pas moins forte : l'espérance de vie à la naissance est de l'ordre de 25 ans.

Toutefois, ce schéma moyen recouvre une réalité plus contrastée. À des périodes plus ou moins longues, au cours desquelles le nombre des décès est inférieur à celui des naissances, succèdent de brèves crises démographiques qui freinent brutalement l'essor ainsi amorcé. Ces crises sont marquées par une hausse spectaculaire des décès, qui sont trois, quatre fois supérieurs à la normale, voire davantage, et en même temps par une chute des mariages et souvent des conceptions. Certes, on assiste, au lendemain de la crise, à une vigoureuse reprise de la nuptialité et de la fécondité, mais il ne s'agit que d'un phénomène de récupération. La crise peut avoir diverses origines que rappelle l'invocation : « De la peste, de la famine et de la guerre, délivrez-nous, Seigneur. » La peste s'est maintenue à l'état endémique jusqu'au milieu du XVIIe siècle, éclatant de temps à autre en épidémies brutales et meurtrières. La dernière (avant celle, très localisée, de Marseille en 1720) frappe le nord de la France en 1667 et 1668 et aurait pu être dramatique sans l'intervention efficace des autorités, Colbert en tête. Celui-ci, rapidement informé, ne se contente pas de remettre en vigueur les diverses dispositions préventives, traditionnelles en pareille circonstance – interdictions de circulation, quarantaines des marchandises et des hommes dans les régions atteintes –, mais encore veille soigneusement à leur stricte application. Les autres maladies épidémiques, pulmonaires ou digestives, sont souvent aggravées par la famine.

Celle-ci résulte d'une crise de subsistances, c'est-à-dire d'une récolte déficitaire en grains, à la suite de mauvaises conditions climatiques. La disette provoque bientôt une telle cherté du pain, aliment essentiel des classes populaires, que les membres de celles-ci, aussi bien à la campagne qu'en ville, ne peuvent plus en acheter, devenant les proies faciles de multiples épidémies, quand ils ne meurent pas littéralement de faim. Trois crises particulièrement dramatiques frappent la France de Louis XIV, en 1661-1662, en 1693-1694 et en 1709-1710. Les mesures prises par les autorités – achats de blé à l'étranger, distributions de vivres aux plus démunis – sont, certes, efficaces, mais se révèlent très insuffisantes devant l'ampleur de la catastrophe, surtout en 1693-1694. On peut estimer que la crise de 1661-1662 a coûté à la France plus de 1 million de personnes, celle de 1693-1694, 1,5 million, celle de 1709-1710, plus de 800 000. Au total, du fait de ces terribles ponctions, le royaume, qui comptait quelque 20 à 21 millions d'habitants en 1660, n'en compte guère davantage en 1715, les périodes de répit, notamment 1663-1692, n'ayant été que des périodes de récupération.

• Le Nain de Tillemont: *Mémoires pour servir à l'histoire ecclésiastique des six premiers siècles* (premier volume d'une œuvre qui en comptera 16).

1694

5 mai
Louis XIV accorde au duc du Maine et au comte de Toulouse, princes légitimés, rang et préséance immédiatement après les princes du sang et avant tous les autres seigneurs, y compris les ducs et pairs (ce rang exceptionnel et sans précédent provoque l'indignation et la colère de Saint-Simon).

27 mai-juillet
Guerre de la Ligue d'Augsbourg. À la tête de l'armée de Catalogne, le maréchal de Noailles est victorieux sur le Ter, ce qui lui permettra de s'emparer de Gerone et de Palamos.
Le 8 juin, un contingent anglais débarqué à Camaret est rejeté à la mer; son but était de bloquer la rade de Brest et de s'emparer du port, défendu par Vauban.
Le 29 juin, Jean Bart (1650-1702), parti de Dunkerque la veille, bat à hauteur du Texel une flotte hollandaise qui cherchait à intercepter un convoi de blé en provenance de Norvège et de Pologne. Le blé ainsi sauvé permettra notamment de ravitailler Paris.
En juillet, les Anglais bombardent Dieppe et Le Havre.

24 août
La première édition du *Dictionnaire de l'Académie française* est solennellement remise au roi.

30 août
Boileau et Perrault, après intercession d'Antoine Arnauld, s'embrassent à l'Académie. Apaisement de la querelle des Anciens et des Modernes qui reprendra en 1714 autour de l'adaptation de l'*Iliade en vers français et en douze chants* par Houdar de La Motte (1672-1731).

28 décembre
Mort de Marie II, reine d'Angleterre. Son époux, Guillaume III, reste seul roi d'Angleterre.

autres événements
• La crise de subsistances de l'année précédente se poursuit jusqu'à la mise en place de la récolte de l'année, heureusement belle. Le bilan global de la crise de mortalité 1693-1694 est catastrophique: plus de 1,5 million de morts.
• Bossuet: *Maximes et réflexions sur la comédie.*
• Fénelon compose *Télémaque* pour le duc de Bourgogne et rédige une lettre au roi (qui ne lui sera pas envoyée) dans laquelle il évoque l'extrême misère du royaume. « Vos peuples, Sire, que vous devriez aimer comme vos enfants, et qui ont été jusqu'ici si passionnés pour vous, meurent de faim. [...] Vous avez détruit la moitié des forces réelles du dedans de votre État pour faire et pour défendre de vaines conquêtes au dehors. La France entière n'est plus qu'un grand hôpital désolé et sans provision. [...] Le peuple même (il faut tout dire), qui vous a tant aimé, qui a eu tant de confiance en vous, commence à perdre l'amitié, la confiance, et même le respect. Vos victoires et vos conquêtes ne le réjouissent plus, il est plein d'aigreur et de désespoir. La sédition s'allume peu à peu de toutes parts. Ils croient que vous n'avez aucune pitié de leurs maux, que vous n'aimez que votre autorité et votre gloire. [...] Quelle réponse à cela, Sire? »
• Pitton de Tournefort: *Éléments de botanique ou méthode pour connaître les plantes.*
• Nicolas de Fer: *Mappemonde ou carte générale de la terre.*

1695

4 janvier
Mort du maréchal de Luxembourg. Il est remplacé par le maréchal de Villeroy (1644-1730).

18 janvier
Déclaration créant la capitation, à l'initiative de Pontchartrain, contrôleur général des Finances, confronté au déficit croissant de l'État du fait de la guerre. Il s'agit d'un impôt général direct payé par tous les Français, privilégiés ou non. Sa perception s'appuie sur un « tarif » qui répartit les sujets du roi en 22 « classes »; tous les sujets inscrits dans une même classe paient le même montant. La répartition résulte d'un compromis entre la notion de dignité et la réalité de la fortune ou du revenu. Créée pour la durée de la guerre, la capitation est un expédient provisoire, non une réforme de fond.

4 février
Fénelon est nommé archevêque de Cambrai.

mars
Les articles d'Issy. Bossuet réunit à Issy-les-Moulineaux quelques personnalités ecclésiastiques qui rédigent 34 articles condamnant, de façon d'ailleurs modérée, les idées professées par Mme Guyon et ceux qui la suivent, notamment Fénelon.

Mme Guyon a publié en 1685 un *Moyen court et très facile de faire oraison*, dans lequel elle expose les divers degrés de l'oraison mystique, le dernier étant le repos et le silence; elle est bientôt accusée, en partie à tort, de partager le «quiétisme» (de *quies*, repos) de l'Espagnol Molinos, condamné par le Saint-Office en 1687. Malgré ses réticences, Fénelon accepte de signer les 34 articles d'Issy.

Mme Guyon et le quiétisme

Au Moyen Âge déjà, l'Église condamnait des doctrines mystiques tendant à détourner les fidèles de l'exercice de la charité à l'égard du prochain. Miguel de Molinos (1628-1696), prêtre espagnol établi à Rome depuis 1663, publie en 1675 la Guide spirituelle. *Il y propose une démarche mystique par laquelle le croyant, au terme de son itinéraire spirituel, s'abandonne au sommeil mystique. Perdu en Dieu, il atteint à l'indifférence à l'égard de la vie matérielle et sociale. Le Saint-Office fait un procès à Molinos qui est condamné en 1687 et ses adeptes sont poursuivis. Cette condamnation est reprise alors par tous ceux qui, en Europe, s'opposent aux mouvements mystiques, vite assimilés au quiétisme.*
En France, Mme Guyon (1648-1717) est l'une des plus grandes mystiques de son temps. Malgré une vocation à la vie monastique clairement exprimée, son père l'oblige à épouser un riche et vieux parti, mais, très tôt, elle est tout entière absorbée par une expérience intérieure hors du commun. En 1671, elle rencontre le père La Combe, lui aussi sur la voie de la mystique. Devenue veuve en 1676, elle refuse de se remarier et entame une correspondance avec le père La Combe, lui-même devenu supérieur des barnabites de Thonon. En 1682, elle écrit un traité de mystique, Les Torrents spirituels, *dans lequel elle décrit les étapes de la vie spirituelle qui conduisent au repos en Dieu après le total dépouillement de soi, puis un commentaire mystique de la Bible et* Le Moyen court et très facile de faire oraison *qu'elle publie en 1685. Rejetée par son évêque à Grenoble, Mme Guyon arrive à Paris en 1686. Elle est alors accueillie dans les milieux dévots de la Cour et rencontre les filles de Colbert et leurs époux, les ducs de Chevreuse et de Beauvillier (gouverneur des enfants du Grand Dauphin, les ducs de Bourgogne, d'Anjou et de Berry). Mais l'archevêque de Paris Harlay de Champvallon manifeste alors son hostilité au développement des doctrines mystiques et un amalgame s'opère entre celles de Molinos et celles de Mme Guyon et du père La Combe. Molinos ayant été condamné à Rome, le père La Combe est arrêté et incarcéré à la Bastille en 1688 et Mme Guyon internée chez les visitandines. Elle est libérée en septembre sur une intervention de Mme de Maintenon. En octobre, elle rencontre Fénelon avec lequel elle entretient une correspondance suivie. Mais le répit ne dure pas, Mme de Maintenon s'inquiète de l'influence de sa protégée sur les pensionnaires de sa maison de Saint-Cyr et des rumeurs de quiétisme qui l'accompagnent. Sur les injonctions de l'évêque de Chartres, Godet des Marais, qui a autorité sur Saint-Cyr, Mme Guyon est interdite dans l'institution et la bibliothèque épurée de ses livres de mystique. Les écrits de Mme Guyon sont bientôt soumis à une commission présidée par Bossuet. La querelle est ouverte: Fénelon écrit les* Maximes des saints *auxquelles Bossuet répond par sa* Relation sur le quiétisme *dans laquelle il n'hésite pas à exploiter en les biaisant des affirmations contenues dans la* Vie de Mme Guyon, *que celle-ci lui avait confiée sous le sceau du secret de la confession. En mars 1695, Fénelon signe les 34 articles d'Issy, tandis que Mme Guyon est emprisonnée à Vincennes sans qu'aucun procès ne soit ouvert. Elle est ensuite transférée à la Bastille en octobre 1698 et y restera jusqu'en janvier 1703, avant d'être autorisée à se retirer chez son fils. Elle entretient une correspondance suivie dans toute l'Europe, en particulier avec des protestants, en Angleterre et dans l'Empire. En France, toute recherche mystique est désormais assimilée au quiétisme et par conséquent suspecte.*

4 mars
Création de *Judith*, tragédie biblique de l'abbé Boyer (1618-1698), à la Comédie-Française; l'œuvre connaît un grand succès.

avril
Édit portant règlement pour la juridiction ecclésiastique. Ce texte important renforce les pouvoirs traditionnels des évêques sur les prêtres séculiers de leur diocèse, mais aussi sur les écoles et les hôpitaux.

10 juillet
Bossuet sacre Fénelon évêque, dans la chapelle de la maison de Saint-Cyr.

27 juillet-4 août
Guerre de la Ligue d'Augsbourg. Les troupes françaises prennent Dixmude le 27 juillet. En août, des vaisseaux anglais bombardent Saint-Malo, Calais, Dunkerque. Le 4, Guillaume III reprend la

ville de Namur aux Français; la citadelle capitulera le 5 septembre.

août

Parution en Hollande du premier volume du *Dictionnaire historique et critique* de Bayle; le deuxième paraîtra en octobre 1696 avec un succès considérable.

19 août

Louis-Antoine de Noailles (1651-1729) est nommé archevêque de Paris pour remplacer François Harlay de Champvallon décédé le 6. Il sera fait cardinal en 1700.

27 décembre

Mme Guyon est enfermée à Vincennes sur lettre de cachet.

autres événements

• Les manufactures de glaces de Tourlaville (près de Cherbourg) et de Saint-Gobain fusionnent et prennent le nom de Compagnie des glaces de Saint-Gobain.

La manufacture royale des glaces de Saint-Gobain

À Versailles, la galerie des Glaces est une vitrine: elle témoigne, aux yeux de toute la Cour et des visiteurs étrangers, des capacités de l'industrie française. Manufacture royale, l'entreprise bénéficie de privilèges: le roi participe pour un quart au financement, elle est exemptée d'impôt, elle a l'honneur, outre le titre de « royale », de porter les armes du roi, enfin ses ouvriers disposent de franchises.
Le 8 octobre 1665, le roi signe des lettres patentes portant fondation de la manufacture des glaces.
En 1688 se crée une deuxième entreprise, pourvue du privilège de fabriquer des glaces suivant un nouveau procédé, le coulage, qui permet d'obtenir des glaces plus grandes et de meilleure qualité. Cette compagnie est soutenue par Louvois et formée de fidèles du ministre. La manufacture, d'abord sise dans le quartier de la Grenouillère (actuel musée d'Orsay), est transférée, en 1692, au château de Saint-Gobain, non loin de Laon. En 1695, la guerre de la Ligue d'Augsbourg entraîne des difficultés économiques. Les deux sociétés fusionnent et obtiennent un privilège pour trente ans pour couler des glaces de 60 sur 40 pouces.
Existent désormais cinq implantations: Reuilly, qui fabrique du verre soufflé comme Tourlaville, Saint-Gobain qui fait du verre coulé et, à partir de 1695, du verre soufflé, Lézinnes (1683) et Rougefosse (1687) créées sur les instances de Louvois pour fabriquer du verre creux. Il existe une douzaine de magasins de vente dans toute la France. Le siège de l'entreprise est fixé à Reuilly, qui comprend des magasins de vente et des ateliers. Le nombre des ouvriers a varié de 700 ou 800 à 200. L'usine de Tourlaville emploiera 300 à 400 ouvriers à la fin du XVIIIe siècle. Le site de Saint-Gobain, à proximité d'une forêt (indispensable pour fournir les bois de chauffe aux fours), comprend quatre grandes halles: deux pour les glaces soufflées et deux pour les glaces coulées. On y trouve aussi les magasins pour les terres et les soudes, et les logements de la direction et des ouvriers. Si en 1700 on comptait 200 ouvriers, le chiffre montera à 1 000 en 1769.
Le roi est le plus gros client: pour décorer la galerie de Versailles, mais aussi les châteaux de Meudon, Fontainebleau, Marly et le Louvre. Cet exemple est suivi par l'aristocratie et les cabinets de glace se multiplient sans que le goût s'en perde au siècle suivant.
Pendant la guerre de Succession d'Espagne, la compagnie connaît de nouvelles difficultés: elle est déficitaire de 1,3 million de livres et, en 1702, Chamillart, alors contrôleur général des Finances, procède à sa liquidation aux mains de repreneurs français et genevois, appartenant à la finance protestante.

• Pierre de Boisguilbert (ou Boisguillebert, 1646-1714): *Le Détail de la France ou Traité de la cause de la diminution de ses biens et des moyens d'y remédier.* La pensée économique de Boisguilbert, exprimée déjà dans une *Lettre au contrôleur général* du 3 mai 1691, est reprise et développée dans le *Détail de la France.* Il y fait d'abord une critique du système fiscal qui ruine les peuples sans enrichir le roi. Si la richesse de la France a diminué depuis trente ans, dit-il, la cause en est à une baisse de la consommation, elle-même due à un système fiscal pervers: la taille est excessive, mal répartie, mal perçue, ce qui décourage les taillables de produire; les aides (taxes indirectes sur les marchandises à l'entrée des villes et sur la vente au détail) grèvent la circulation des biens, si bien que le producteur n'est pas sûr de vendre sa récolte. Dans les pays où la vigne est une culture quasi exclusive, le vigneron risque de ne pas vendre son vin. Outre que les augmentations de ces impôts ont surtout enrichi les financiers, elles font obstacle au commerce et ruinent la consommation. Car, pour Boisguilbert, toutes les activités économiques sont solidaires: l'argent n'est pas un bien en soi, il n'est qu'un moyen et le plus important réside dans la circulation des biens et de la monnaie. Celle-ci ne devrait pas être métallique : « Nous avons en Europe et on le pratique tous les jours un moyen plus facile et à bien meilleur marché pour mettre les métaux à la raison [...] un simple morceau de papier [la lettre de change, effets de commerce, escompte]. » Mais Boisguilbert ne s'arrête pas à critiquer, il fait des propositions : il suggère de libérer les échanges, car en enrichissant les producteurs, le roi pourra faire plus facilement rentrer l'impôt. L'originalité de la pensée de Boisguilbert réside dans sa réflexion sur l'économie ; en revanche, il n'innove pas en matière sociale et ne vise que le renforcement de l'ordre établi et le maintien des hiérarchies existantes.

• Philippe de La Hyre (1640-1718) : *Traité de mécanique.*

1696

mars

Édit anoblissant, moyennant finances, 500 personnes parmi « les plus distinguées du royaume ». Il s'agit d'un expédient parmi d'autres pour procurer un complément de ressources au Trésor royal.

18 juin

Guerre de la Ligue d'Augsbourg. Jean Bart, ayant croisé sur le Dogger Bank un convoi hollandais chargé de grains de la Baltique, réitère son exploit du 29 juin 1694, en prenant ou détruisant une grande partie du convoi et toute son escorte.

28 juillet

Mort de Colbert de Croissy ; son fils Colbert de Torcy lui succède comme secrétaire d'État aux Affaires étrangères.

Torcy

Jean-Baptiste Colbert, marquis de Torcy (1665-1743), est le fils de Charles Colbert, marquis de Croissy, lui-même frère de Jean-Baptiste Colbert. Après de solides études, Torcy est initié aux questions diplomatiques par son père, alors secrétaire d'État aux Affaires étrangères. Il entreprend, en 1685 et 1686, un véritable tour d'Europe qui le mène, en ces années de paix, dans toutes les grandes capitales, de Stockholm à Rome, de La Haye à Vienne ; il en rapporte une série de mémoires sur les pays visités. En 1689, Louis XIV lui accorde la survivance de la charge de son père et, en 1696, à la mort de celui-ci, la plénitude de sa charge. En outre, en 1699, à la mort de Simon Arnauld de Pomponne, dont il a épousé l'une des filles, il devient ministre d'État et membre du Conseil. Il est, à partir de ce moment et jusqu'en 1715, le responsable devant le roi de la diplomatie française, notamment lors des moments difficiles de la succession d'Espagne et de ses conséquences. Il consacre tout son temps à sa charge, se révélant excellent administrateur, améliorant le fonctionnement des bureaux relevant de son ministère. Il est surtout un remarquable diplomate dont tous vantent la courtoisie, le calme, la volonté de convaincre, ainsi que l'intégrité et la sincère piété. En 1696-1697, il participe aux négociations de Ryswick. En 1700, il est, plus encore que Pontchartrain, partisan de l'acceptation du testament de Charles II d'Espagne. En mai 1709, il est à La Haye pour négocier avec le Grand Pensionnaire Heinsius et le Prince Eugène une sortie de la guerre, mais les conditions des coalisés sont telles que les négociations échouent. Elles reprennent l'année suivante et Torcy, ardent partisan de la paix, penche pour la soumission, mais l'attitude des Hollandais, toujours plus exigeants, entraîne la rupture définitive. La mort de l'empereur Joseph Ier, en 1711, et la lassitude des belligérants, Anglais en tête, relancent les négociations, menées secrètement par Torcy avec beaucoup d'habileté. Les traités d'Utrecht (1713) et de Rastadt (1714), qui mettent fin à la guerre dans des conditions presque inespérées pour la France quatre ans plus tôt, sont en grande partie son œuvre. La mort du roi, en 1715, marque pour lui un premier tournant. Certes, il conserve un certain pouvoir sous la Régence et le système de la polysynodie, comme secrétaire du Conseil des affaires étrangères, mais il abandonne toutes ses fonctions en 1721. Totalement écarté des affaires, il vit, jusqu'à sa mort en 1743, soit à Paris, soit dans son château de Sablé, dans le Maine, occupé entre autres à la rédaction de ses Mémoires.

29 août

Traité de Turin entre Louis XIV et Victor-Amédée II de Savoie. La France rend à la Savoie les conquêtes faites par Catinat au cours de la guerre de la Ligue d'Augsbourg, lui restitue la forteresse de Pignerol (française depuis 1631) et lui cède Casal achetée au duc de Mantoue en 1681. Le mariage prévu du jeune duc de Bourgogne (fils du Grand Dauphin), qui a 15 ans, avec Marie-Adélaïde de Savoie, fille du duc, qui en a 12, scelle la réconciliation.

4 septembre
Déclaration royale pour rechercher les usurpateurs de titres de noblesse. Cette relance de la chasse aux faux nobles a un mobile essentiellement fiscal.
Le roi, malade, se fait lire par Racine lui-même la *Vie d'Alexandre* de Plutarque, dans la traduction d'Amyot.

7 octobre
Guerre de la Ligue d'Augsbourg. Les troupes franco-savoyardes envahissent le Milanais, forçant Espagnols et Impériaux à se retirer d'Italie.

novembre
Création d'un Armorial général de toutes les armoiries portées dans le royaume (nobles et roturiers, individus et institutions). L'enregistrement sur l'Armorial était obligatoire et payant (raison profonde de cette création).

autres événements
• Parution de *La Sainte Bible contenant l'Ancien et le Nouveau Testament* en 32 volumes, qui marque l'achèvement de la traduction de Port-Royal, après la parution du « Nouveau Testament de Mons » en 1667 et des divers volumes publiés par Louis-Isaac Lemaître de Sacy de 1672 à 1684 puis, après sa mort, par son collaborateur Pierre Thomas Du Fossé (1634-1698) de 1685 à 1693. Dès lors, éditions et rééditions de toutes sortes vont se multiplier.
• Abbé de Rancé : *Divers Sentiments de piété.*

1697

janvier
Fénelon publie son *Explication des maximes des saints*, livre dans lequel il se défend contre les attaques de ses détracteurs, notamment Bossuet.
Début des négociations de paix pour mettre fin à la guerre de la Ligue d'Augsbourg, à Ryswick, près de La Haye, entre le maréchal de Boufflers (1644-1711), pour la France, et le Hollandais Guillaume Bentinck, pour le compte des Hollandais et des Anglais.

11 janvier
Parution à Paris des *Histoires ou contes du temps passé. Avec des moralités.* Le privilège avait été accordé le 28 octobre au sieur P. Darmancour (fils de Charles Perrault). Sur le frontispice figure l'inscription « Contes de ma mère l'Oye ». L'auteur en est bien Charles Perrault qui fait paraître la même année le dernier volume de ses *Parallèles des Anciens et des Modernes*. Le succès est tel qu'il provoque une floraison de contes : *Contes de fées* de Mme d'Aulnoy chez le même imprimeur trois mois plus tard, *Contes des contes* de Mlle de La Force en 1698… Cette vogue ne passera que vers 1702, année où Mme d'Auneuil publie *La Tyrannie des fées détruite* ; elle est alors détrônée par celle des contes orientaux introduits par la traduction des *Mille et une Nuits*.

22 janvier
Le marquis d'Argenson (1652-1721) succède à Nicolas de La Reynie comme lieutenant général de police à Paris.

12 février
Envoi aux intendants, avec l'accord du contrôleur général Pontchartrain, d'un questionnaire détaillé intitulé « Mémoire envoyé à tous les intendants par M. le duc de Beauvillier pour y répondre article par article et servir d'instruction à Mgr le duc de Bourgogne ». Ce questionnaire porte sur la géographie, les hommes, les institutions civiles et ecclésiastiques, les finances, l'économie de chaque généralité. Cette grande enquête administrative de la France monarchique, première du genre en dépit de quelques précédents beaucoup plus modestes, remporte un vif succès puisque, dans les mois suivants, 34 intendants sur 35 envoient à Versailles le « Mémoire sur l'état de leur généralité ». Ces mémoires sont, il est vrai, de qualité inégale.

2 mai
Prise de Carthagène, le plus riche entrepôt de l'Amérique espagnole, dans le golfe de Darien, par le baron de Pointis (1645-1707) à la tête d'une flotte de vaisseaux royaux et de bateaux de flibustiers recrutés dans la mer des Antilles et commandés par Ducasse (vers 1650-1715). Les fruits du butin, considérable, reviendront non seulement au roi, mais aux différents acteurs de l'opération (dont beaucoup, notamment Ducasse, investiront dans les plantations de Saint-Domingue).

juin
Édit ordonnant l'établissement de lanternes dans les rues des principales villes du royaume.

7 juin
Guerre de la Ligue d'Augsbourg. Catinat prend Ath, en Hainaut.

1er août
Fénelon subit la disgrâce. Suspecté de quiétisme, il est prié par le roi de quitter la Cour, de gagner sa ville épiscopale de Cambrai et d'y demeurer.

10 août
Guerre de la Ligue d'Augsbourg. Le duc de Vendôme s'empare de Barcelone, après un siège de deux mois.

21 septembre
Les traités bilatéraux signés à Ryswick entre la France d'une part, l'Espagne, l'Angleterre et les Provinces-Unies d'autre part, mettent fin à la guerre de la Ligue d'Augsbourg. L'empereur signera, le 30 octobre, un traité avec la France, en son nom et au nom de l'Empire. Par ces traités de Ryswick, Louis XIV accepte de restituer toutes les réunions des années 1679-1689 (à l'exception de Strasbourg) et toutes les conquêtes de la guerre, c'est-à-dire Montbéliard, Fribourg, Brisach, Kehl, Philippsbourg, Deux-Ponts et Palatinat, rendus à l'empereur ou à leurs princes; la Lorraine, moins Sarrelouis, rendue à son duc; Luxembourg, quelques places des Pays-Bas espagnols et la Catalogne rendus à l'Espagne (qui reconnaît officiellement à la France la moitié occidentale de l'île de Saint-Domingue). En outre, le roi accepte de reconnaître Guillaume III comme roi d'Angleterre et de ne plus soutenir les prétentions des Stuarts.

24 octobre
Représentation à l'Académie royale de musique de *L'Europe galante*, d'André Campra, sur un livret d'Houdar de La Motte, marquant la naissance d'un nouveau genre, l'opéra-ballet, qui dominera la scène musicale en France pendant quarante ans. L'ouvrage, comme les tragédies lyriques, comporte un prologue, mais le spectacle est composé de quatre actes, ou «entrées», ici: «La France», «L'Espagne», «L'Italie», «La Turquie».

Campra

Enfant de chœur à Saint-Sauveur d'Aix-en-Provence, André Campra (1660-1744) entre au séminaire en 1678. Le 7 août 1681, il devient maître de chapelle à Saint-Trophime d'Arles; en mai 1683, il occupe le même poste à Saint-Étienne de Toulouse. En 1685 (du 23 octobre au 10 décembre), il est maître de musique pour les états de Languedoc à Montpellier. En janvier 1694, il obtient un congé pour aller se perfectionner à Paris. Le 21 juin, il remplace Jean Mignon comme maître de musique à Notre-Dame. Il compose de la musique pour des tragédies latines au Collège Louis-le-Grand de 1698 à 1737. Le climat puritain de la Cour, dominée par Mme de Maintenon, le contraint à faire paraître anonymement ses musiques pour le théâtre, de peur de perdre son emploi à la cathédrale. Mais le succès de L'Europe galante *l'encourage à quitter ses fonctions le 13 octobre 1700 et il se voue désormais à l'opéra, devenant le compositeur le plus important entre Lully et Rameau. Le 9 mai 1704, il reçoit le privilège de publier ses œuvres. Dans* Les Fêtes vénitiennes *(17 juin 1710), chaque acte est fondé sur une comédie différente. Mais c'est sous la Régence qu'il atteint le sommet de sa gloire. Le 15 décembre 1718, en reconnaissance de ses talents de compositeur d'œuvres destinées à la scène de l'Académie royale de musique, il reçoit une pension. En 1722, il entre au service du prince de Conti et, le 20 janvier 1723, devient sous-maître à la chapelle royale. En 1730 enfin, il remplace Destouches comme inspecteur général de l'Académie royale de musique. Mais il finit ses jours désargenté dans un petit appartement de Versailles.*

7 décembre
Mariage du duc de Bourgogne, petit-fils de Louis XIV, et de Marie-Adélaïde de Savoie.

Le duc et la duchesse de Bourgogne

Fils aîné de Monseigneur le Grand Dauphin et de Mme la Dauphine, Louis de France, duc de Bourgogne, naît à Versailles le 6 août 1682. À 7 ans, l'éducation du jeune prince, d'un caractère particulièrement difficile, est confiée par Louis XIV au duc de Beauvillier comme gouverneur, à Fénelon comme précepteur, et à l'abbé Claude Fleury comme sous-gouverneur. Les trois hommes s'attachent à former à la fois le caractère et l'esprit du jeune prince (et un peu plus tard de ses deux frères). Selon Saint-Simon, «en très peu de temps, la dévotion et la grâce en firent un autre homme […]; il devint affable, humain, patient, modeste et austère pour soi, tout appliqué à ses obligations et les comprenant immenses». En 1697, en marge d'un enseignement particulièrement complet, Beauvillier, soucieux de faire connaître son royaume au futur roi, demande à chaque intendant de rédiger un tableau détaillé de sa généralité, «pour servir d'instruction à Monseigneur le duc de Bourgogne». Cette même année, le 7 décembre, est célébré à Versailles le mariage du prince, âgé de 15 ans, avec Marie-Adélaïde de Savoie qui en a 12. Celle-ci, née en 1685, est la fille de Victor-Amédée II de Savoie. Le mariage a été convenu l'année précédente, lors

du traité de Turin, comme gage de la réconciliation entre le roi de France et le duc de Savoie. Compte tenu de l'âge des deux époux, leur union ne sera consommée que deux ans plus tard. Alors que le jeune duc est bossu et boiteux, sa jeune épouse, bien que fort petite, est jolie et pleine de charme. Saint-Simon évoquera en 1707 cette « princesse charmante qui, par ses grâces, ses soins et des façons uniques en elle, s'était emparée du cœur et des volontés du roi, de Mme de Maintenon et de Mgr le duc de Bourgogne ». Louis XIV, notamment, éprouve pour sa petite-fille une très grande tendresse et lui permettra d'étonnantes familiarités avec lui.
Bien que l'éducation du duc de Bourgogne soit considérée comme achevée du fait de son âge et de son mariage, celui-ci conserve des liens étroits avec Fénelon, exilé à Cambrai, et, à Versailles, avec le duc de Beauvillier, le duc de Chevreuse (son beau-frère), et ceux qui, autour d'eux, caressent le rêve de voir le futur roi, dont l'éducation a été orientée en ce sens, appliquer une nouvelle politique fondée sur la paix avec l'Europe et le bonheur de ses peuples. En attendant, le duc de Bourgogne se voit confier par le roi, en 1702, le commandement de l'armée de Flandre, sous la tutelle du maréchal de Boufflers. Il assure ce qui lui est demandé sans éclat ni problèmes. Il en est de même les années suivantes. En revanche, en 1708, sa mésentente avec le duc de Vendôme l'entraîne à prendre des initiatives malheureuses qui se soldent par la défaite d'Audenarde et la perte de Lille. Revenu à la Cour, il devient dauphin le 14 avril 1711, à la mort de son père, Monseigneur, ce qui ne fait que renforcer les espoirs de Beauvillier, Fénelon et leurs amis, espoirs brutalement anéantis en février 1712.
Victimes d'une rougeole pourprée, la duchesse de Bourgogne meurt le 12 février 1712, le duc de Bourgogne le 18, et l'aîné de leurs fils, dauphin quelques jours, le 8 mars (Louis XIV a alors 74 ans). La quasi-simultanéité de ces trois décès fait naître à la Cour des rumeurs persistantes d'empoisonnement, les soupçons se portant sur le duc d'Orléans. En fait, la contagion et l'imprudence du duc de Bourgogne refusant de quitter le chevet de sa femme, jointes à l'impuissance de la médecine, sont des explications suffisantes. Au soir du 8 mars 1712, le dauphin de France est un enfant de 2 ans, Louis, duc d'Anjou, second fils du duc et de la duchesse, qui succédera, en 1715, à son arrière-grand-père sous le nom de Louis XV.

17 décembre
Suppression de la capitation qui avait été créée le 18 janvier 1695 pour la durée de la guerre.

autres événements
- Création d'une imprimerie à Trévoux, capitale de la Dombes, par le duc du Maine, prince de Dombes; cette imprimerie devient vite célèbre grâce aux publications des jésuites: *Journal ou Mémoires de Trévoux* (1701) et *Dictionnaire de Trévoux* (1704).
- Nicolas Lémery: *Pharmacopée universelle.*

1698

4 juin
Mme Guyon, emprisonnée depuis fin 1695, est transférée de Vincennes à la Bastille.

26 juin
Bossuet répond à Fénelon en publiant sa *Relation sur le quiétisme*, dans laquelle il l'accuse sans preuves convaincantes de reprendre à son compte les thèses les plus extrêmes imputées à l'Espagnol Molinos.

19 juillet
Traité d'alliance franco-suédois. Dans l'éventualité d'un nouveau conflit européen, la Suède s'engage à rester neutre.

août-septembre
Camp de Compiègne. Sous le prétexte de parfaire l'éducation militaire de son petit-fils le duc de Bourgogne, Louis XIV donne, durant vingt-cinq jours, un grandiose spectacle guerrier mettant en scène 60000 hommes sous les ordres du maréchal de Boufflers. Saint-Simon, qui y participe, évoquera plus tard ce spectacle « effrayant de magnificence et de luxe qui étonna l'Europe après une si longue guerre, et qui ruina troupes et particuliers ».

septembre
Début de la construction de Neuf-Brisach. La perte de Brisach, sur la rive droite du Rhin, aux termes du traité de Ryswick (1697), amène Louis XIV à accepter la proposition de Vauban de construire une place forte sur la rive gauche, pour protéger la Haute Alsace. La construction de cette ville nouvelle, avec plan en damier, place centrale et fortifications disposées en étoile, ne sera terminée qu'en 1706.
La Compagnie des Indes orientales signe un traité avec le négociant Jourdan, par lequel elle lui afferme le trafic avec la Chine.

13 octobre
Accord de La Haye entre la France et Guillaume III, pour l'Angleterre et les Provinces-Unies, sur la succession espagnole. Selon ce compromis, l'héritage du roi Charles II, malade et sans enfant, reviendrait pour l'essentiel (Espagne, Pays-Bas et colonies) à Joseph-Ferdinand de Bavière, âgé de 6 ans, fils du duc Électeur Max-Emmanuel de Bavière et d'une sœur de Charles II. Le reste de l'héritage reviendrait à l'archiduc Charles, second fils de l'empereur Léopold Ier, pour le Milanais, et au Dauphin de France (Monseigneur) pour Naples, la Sicile et une partie de la Toscane. Mais ni le roi d'Espagne ni l'empereur ne sont prêts à reconnaître cet arrangement (qu'ils ne connaissent d'ailleurs qu'indirectement).

4 novembre
Exécution à Montpellier du protestant cévenol Claude Brousson.

13 décembre
Déclaration royale ordonnant la création, « autant qu'il sera possible » (la restriction est importante) d'une école dans toutes les paroisses du royaume, avec obligation aux pères et mères d'envoyer leurs enfants à l'école jusqu'à l'âge de 14 ans, à moins qu'ils ne leur assurent une éducation par un précepteur ou qu'ils ne les envoient dans un collège. Ce texte restera largement lettre morte. En fait, il vise essentiellement les protestants « nouveaux convertis ». Concernant ceux-ci, la déclaration rappelle la rigueur des principes de l'édit de révocation (1685), mais recommande d'éviter toute contrainte dans leur application à « ceux de la Religion Prétendue Réformée » (il est donc reconnu implicitement qu'il en existe encore dans le royaume).

17 décembre
Deux navires malouins quittent la France à destination de la côte Pacifique de l'Amérique espagnole, par le détroit de Magellan. Ils seront de retour à Saint-Malo en août 1701, inaugurant ainsi le « commerce à la mer du Sud ».

23 décembre
Lettre de Louis XIV au pape Innocent XII pour lui demander de se prononcer sans tarder sur la « doctrine » exposée par Fénelon dans l'*Explication des maximes des saints* publiée en janvier 1697.

autres événements
• La comtesse d'Aulnoy (vers 1650-1705), dont des *Contes de fées* avaient déjà paru en 1697, peu après ceux de Perrault, publie ses *Contes nouveaux ou les fées à la mode.*
• Hardouin-Mansart édifie, après la place des Victoires, la place Louis-le-Grand (aujourd'hui place Vendôme). On y installe au centre une statue équestre de Louis XIV, par Girardon, qui sera détruite pendant la Révolution.

1699

20 janvier
Création du *Carnaval de Venise*, ballet de Campra avec un prologue en trois actes sur un livret de Regnard (1655-1709).

26 janvier
Traité de Carlowitz entre le sultan et l'empereur. Celui-ci, libéré provisoirement du souci ottoman, s'intéresse de plus près encore à la succession espagnole.

6 février
Mort du jeune prince Joseph-Ferdinand de Bavière, rendant caduc l'accord de La Haye du 13 octobre 1698 entre Louis XIV et Guillaume III.

19 février
Audience solennelle accordée par Louis XIV à l'ambassadeur du roi du Maroc Moulay Ismaïl.

12 mars
Le pape Innocent XII se décide à condamner 23 propositions tirées de l'*Explication des maximes des saints*, sans toutefois qu'elles soient qualifiées d'hérétiques. Fénelon se soumet avec beaucoup de dignité, imité par ses amis. Cette soumission met fin à l'affaire du quiétisme (mais Mme Guyon restera embastillée jusqu'en 1703).

31 mars
L'Académie royale des sciences s'installe au Louvre, avec un nouveau règlement et des moyens financiers accrus pour remplir ses missions, ce qui se traduira notamment par la publication annuelle d'un volume *Histoire et Mémoires.*

avril
Sous le titre *Suite du quatrième livre de l'Odyssée d'Homère ou les Aventures de Télémaque fils d'Ulysse*, première édition à Paris des *Aventures de Télémaque* de Fénelon, publiées sans l'accord explicite de l'auteur. Le manuscrit de ce livre pédagogique écrit vers 1692 pour l'instruction du Dauphin avait, toutefois, déjà circulé.

FÉNELON

François de Salignac de La Mothe-Fénelon (1651-1715) est né en Périgord, à Sainte-Mondane. Il fait ses études à Cahors et son oncle, l'évêque de Sarlat, assure sa formation. À partir de 1674, il étudie avec les prêtres de Saint-Sulpice dont le supérieur, l'abbé Tronson, devient son directeur de conscience. Il se lie également avec Bossuet. Devenu directeur de conscience du duc de Beauvillier, le gendre de Colbert, il écrit en 1684 De l'éducation des filles *pour le duc qui a neuf filles. En 1689, devenu gouverneur du duc de Bourgogne (le petit-fils de Louis XIV), Beauvillier soutient la candidature de Fénelon au poste de précepteur du jeune prince. Fénelon écrit alors pour son élève les* Dialogues des morts, *les* Fables *et les* Aventures de Télémaque. *À la fin de l'année 1694, Fénelon exprime sa critique de la politique présente dans une lettre au roi où il met en cause ses ambitions de conquête.*

Parallèlement à son activité littéraire et pédagogique, Fénelon adhère, en 1688, au cercle qui entoure Mme Guyon et qui comprend, outre le duc et la duchesse de Beauvillier et le duc de Chevreuse, Mme de Maintenon elle-même. Fénelon connaît alors une expérience mystique qu'il veut faire partager et qui imprègne ses sermons, son enseignement, sa correspondance. En 1694, s'ouvre pour lui une période difficile: après une controverse avec Bossuet, il est contraint de signer les 34 articles d'Issy qui prouvent son adhésion à la saine doctrine. Mais la polémique enfle: Fénelon répond et demande que l'affaire soit portée en cour de Rome. Après que 23 propositions de ses Explications des maximes des saints *ont été condamnées comme « scandaleuses », mais non hérétiques cependant, Fénelon se soumet entièrement et met ainsi fin aux discussions le 12 mars 1699.*

Malgré cette controverse, il est élu à l'Académie française et nommé évêque de Cambrai en 1695. Disgracié cependant en 1697, il est relégué dans son diocèse qu'il ne quittera plus qu'une seule fois. Fénelon s'attache alors tout entier à ses tâches pastorales tout en gardant des liens avec nombre de correspondants dont témoignent ses lettres. En 1699, paraissent les Aventures de Télémaque, *sans l'accord explicite de l'auteur. Le livre connaît immédiatement un grand succès qu'atteste le nombre des rééditions. Sous le voile de la fiction romanesque, appuyée sur le recours à l'Antiquité, Fénelon expose ses conceptions politiques et ce que doit être pour lui un prince modèle. L'idéal pacifiste, l'héritage de la pensée des dévots et de la compagnie du Saint-Sacrement s'y retrouvent comme aussi dans* Les Tables de Chaulnes ou Plans de gouvernement pour être proposés au duc de Bourgogne, *publiées en novembre 1711. L'entourage du duc de Bourgogne, principalement les ducs de Chevreuse et de Beauvillier, dont Fénelon est proche, s'y exprime. Il souhaite le retour de la paix, à n'importe quel prix, indispensable à la mise en place de réformes. La plus audacieuse est sans doute de suggérer la réunion tous les trois ans des états généraux pour voter l'impôt et délibérer de la paix et de la guerre. La mort, l'année suivante, du duc de Bourgogne ne laisse plus aucun espoir à Fénelon de jamais revenir à la Cour. Quand lui-même disparaît en 1715, il semble qu'il a été abreuvé d'épreuves et d'échecs sa vie durant.*

1er avril

Hardouin-Mansart devient le nouveau surintendant des bâtiments du roi.

2 septembre

Mort du chancelier Boucherat. Le 5, Louis XIV nomme Louis de Pontchartrain chancelier et garde des Sceaux. Michel Chamillart (1652-1721) remplace celui-ci comme contrôleur général des Finances (il sera nommé ministre d'État avec entrée au Conseil en novembre 1700); Jérôme de Pontchartrain (1674-1747), survivancier de son père depuis 1693, devient secrétaire d'État à la Marine et à la Maison du roi.

26 septembre

Mort du marquis de Pomponne, ministre d'État et membre du Conseil.

octobre

Des lieutenances générales de police sont créées dans toutes les provinces.

autres événements

- Le duc du Maine achète le château de Sceaux et la duchesse, petite-fille du Grand Condé, y tient bientôt une véritable cour.
- L'abbé Jean-Paul Bignon (1662-1743), cousin de Pontchartrain, organise à la demande de celui-ci le bureau de la Librairie, chargé d'octroyer permissions et privilèges; il officialise la pratique du privilège, accordé pour tel livre à un imprimeur-libraire, distincte de celle de la simple permission d'imprimer.
- Antoine Galland (1646-1715): le *Coran*, première traduction en français.

• Pasquier Quesnel: *Nouveau Testament en français avec des Réflexions morales sur chaque verset* (édition augmentée et définitive par rapport à celle de 1692).
• Début de la construction de la chapelle du château de Versailles, sur les plans de Jules Hardouin-Mansart. Elle sera achevée par Robert de Cotte en 1710.
• Au Salon de l'Académie royale de peinture et de sculpture, Bon Boullongne (1649-1717), le frère de Louis de Boullongne le Jeune (1654-1733, qui deviendra directeur de l'Académie en 1722), expose des peintures aux sujets devenus inhabituels depuis le milieu du siècle: une diseuse de bonne aventure, une jeune fille cherchant des puces à sa compagne.

1700

25 mars
Nouvel accord entre Louis XIV et Guillaume III d'Angleterre sur la succession espagnole. L'archiduc Charles d'Autriche deviendrait roi d'Espagne, sous la double réserve qu'il s'engagerait à ne jamais réunir son royaume aux possessions autrichiennes et que la part prévue pour le dauphin de France en octobre 1698 se trouverait augmentée du Milanais. Mais, pas plus qu'en 1698, le roi Charles II d'Espagne et l'empereur Léopold Ier ne cautionnent ce nouveau projet de partage.

11 mai
Institution de la Loterie royale, dans le but de procurer des ressources aux finances publiques.

29 juin
Création d'un nouveau Conseil royal de commerce, composé du contrôleur général des Finances, du secrétaire d'État à la Marine, de deux conseillers d'État, de maîtres des requêtes et surtout de 12 députés des principales villes de commerce du royaume, ce qui permettra de recueillir directement l'opinion des milieux négociants.

2 octobre
Sous la pression de la majeure partie des Espagnols, farouchement hostiles à tout démantèlement de la monarchie, Charles II refait son testament: il interdit formellement tout partage de l'héritage espagnol et désigne pour lui succéder le duc Philippe d'Anjou, second fils du Grand Dauphin, à la condition expresse qu'il renonce à ses droits à la couronne de France; à défaut du duc d'Anjou, la couronne reviendrait à son cadet le duc de Berry et, en cas de refus de l'un et de l'autre, à l'archiduc Charles d'Autriche, second fils de l'empereur Léopold Ier.

1er novembre
Le roi d'Espagne Charles II, « moribond depuis sa naissance », meurt à Madrid, à l'âge de 39 ans.

10 novembre
Louis XIV, alors à Fontainebleau, qui, la veille, a appris la nouvelle de la mort de Charles II et reçu une copie du testament, consulte, au cours de deux longues séances, les quatre membres du Conseil d'en haut, Monseigneur, Pontchartrain, Beauvillier et Torcy, qui, à l'exception de Beauvillier, conseillent l'acceptation du testament. Louis XIV se décide en ce sens, mais garde cette décision secrète quelques jours.

16 novembre
Louis XIV, qui a regagné Versailles avec la Cour, reçoit à son lever l'ambassadeur d'Espagne et lui présente le duc d'Anjou, Philippe, en lui disant « qu'il le pouvait saluer comme son roi ». Puis, selon le récit de Saint-Simon, il fait ouvrir les portes de son cabinet et s'adresse aux nombreux courtisans qui se pressent dans l'antichambre: « Messieurs, leur dit-il en montrant son petit-fils, voilà le roi d'Espagne. La naissance l'appelait à cette couronne, le feu roi aussi par son testament; toute la nation l'a souhaité et me l'a demandé instamment; c'était l'ordre du ciel, je l'ai accordé avec plaisir. »

autres événements
• Création de l'académie des sciences et belles-lettres de Lyon.
• Locke: *Essai philosophique concernant l'entendement humain*, traduction française par Pierre Coste publiée à Amsterdam.
• Courtilz de Sandras (1644-1712), qui était entré à moins de 16 ans dans la Ire compagnie de mousquetaires sous le commandement de d'Artagnan († 1673), publie *Mémoires de M. d'Artagnan.*
• Publication à Paris de la *Chorégraphie, ou l'Art de décrire la danse, par caractères, figures et signes démonstratifs, avec lesquels on apprend facilement de soi-même toutes sortes de danses* par le chorégraphe et maître de danse Raoul-Auger Feuillet (vers 1659-1710). Le livre décrit un système de notation des pas de danse (sans doute inspiré par Pierre Beauchamp) qui permet de diffuser des chorégraphies dans toute l'Europe, confortant la prééminence du ballet français. Depuis cette date jusqu'à sa mort, Feuillet fait paraître une série de recueils de danses de bal et d'entrées de ballet créées par Louis-Guillaume Pécour (1653-1729) et par lui-même.

1701

5 janvier
Mort du marquis de Barbezieux, fils de Louvois et secrétaire d'État à la Guerre. Il est remplacé par Michel Chamillart, déjà contrôleur général des Finances et ministre d'État.

18 janvier
Couronnement, à Königsberg, comme roi de Prusse, de l'Électeur de Brandebourg Frédéric III, qui devient Frédéric Ier. L'empereur Léopold Ier a consenti en 1700 à ériger en royaume le duché de Prusse, pour mieux s'assurer la fidélité de Frédéric.

26 janvier
Levée de la milice dans les provinces, mesure annonciatrice de prochaines hostilités.

1er février
Louis XIV fait enregistrer solennellement par le Parlement de Paris des lettres patentes stipulant le maintien des droits du nouveau roi d'Espagne Philippe V et de ses futurs héritiers à la couronne de France, ce qui était conforme aux lois fondamentales du royaume, mais contraire à une clause explicite du testament de Charles II.

5-6 février
Les troupes françaises, agissant au nom de Philippe V, chassent les garnisons hollandaises des places des Pays-Bas espagnols, proches de la frontière française, places dites de la Barrière.

18 février
Le nouveau roi d'Espagne, Philippe V, fait son entrée à Madrid.

mars
Rétablissement de la capitation supprimée en 1697. Comme les précédentes (26 janvier, 1er et 5 février), cette mesure révèle l'orientation vers la guerre dont témoigne la politique française, ou à tout le moins des maladresses ou des provocations de Louis XIV vis-à-vis des puissances européennes.

9 juin
Mort de Philippe de France, duc d'Orléans, frère du roi, dit Monsieur. Son fils Philippe, duc de Chartres, devient duc d'Orléans (futur Régent).

20 juillet
L'affaire dite du « cas de conscience » rouvre la querelle janséniste. 40 théologiens de la Sorbonne répondent par l'affirmative à la question de savoir si l'on peut accorder l'absolution sur son lit de mort à un ecclésiastique qui accepte la condamnation des cinq propositions de l'*Augustinus*, tout en gardant un « silence respectueux » sur leur attribution à Jansénius.

30 août
Arrêt du Conseil du roi déclarant « utile et raisonnable » la création de chambres de commerce à Lyon, Rouen, Bordeaux, Toulouse, Montpellier, La Rochelle, Nantes, Saint-Malo, Lille et Bayonne. Il s'agit des 10 principales villes de négoce. Les créations effectives s'échelonneront de 1702 à 1716.

septembre
Émission par l'Hôtel des Monnaies d'une monnaie de papier, sous le nom de « billets de monnaie » susceptibles d'être « donnés et reçus pour argent comptant ».

1er septembre
Début des hostilités avant toute déclaration de guerre concernant la succession d'Espagne: le Prince Eugène et les Impériaux battent devant Chiari, en Milanais, les forces franco-savoyardes commandées par Catinat et Villeroy.

7 septembre
Grande Alliance de La Haye. L'empereur Léopold Ier, Guillaume III d'Angleterre et les Provinces-Unies signent un traité par lequel ils conviennent d'accorder une « satisfaction juste et raisonnable aux prétentions de l'empereur à la succession d'Espagne » et donnent deux mois à Louis XIV pour négocier avec eux; faute de quoi, ils entreront en guerre contre la France.

16 septembre
Mort à Saint-Germain-en-Laye de Jacques II, roi détrôné d'Angleterre. Le jour même, Louis XIV reconnaît son fils comme roi d'Angleterre sous le nom de Jacques III. Cette décision, contraire au traité de Ryswick (1697), apparaît comme une véritable provocation à l'égard du roi d'Angleterre Guillaume III et du peuple anglais.

autres événements
• Début de la publication à Trévoux (imprimerie créée en 1697) des *Mémoires pour servir à l'histoire des sciences et des arts*, plus connus sous le nom de *Mémoires de Trévoux* ou *Journal de Trévoux*. Rédigé par les jésuites, le *Journal de Trévoux* est un mensuel qui s'inspire du *Journal des savants* (créé en janvier 1665), mais est guidé par des préoccupa-

tions religieuses de lutte contre le protestantisme, le jansénisme et le gallicanisme.
• Hyacinthe Rigaud : *Louis XIV en costume du sacre.*
• Vauban : *Traité de la défense des places.*

1702

1er février
Prodromes de la guerre de Succession d'Espagne. Le Prince Eugène entre dans Crémone par surprise et fait prisonnier Villeroy.

19 mars
Mort de Guillaume III. Sa belle-sœur Anne devient reine d'Angleterre.

15 mai
Guerre de Succession d'Espagne. Les signataires de la Grande Alliance de La Haye (7 septembre 1701), l'empereur, l'Angleterre et les Provinces-Unies, déclarent la guerre conjointement à la France et à l'Espagne. Les rois Frédéric Ier de Prusse et Frédéric IV de Danemark et de nombreux princes allemands se joignent à la coalition.

9 juin
Guerre de Succession d'Espagne. L'Espagne déclare la guerre à l'Angleterre, aux Provinces-Unies et à l'Empire.

3 juillet
Guerre de Succession d'Espagne. Ordonnance de Marly portant déclaration de guerre de la France à l'empereur, l'Angleterre, les Provinces-Unies et leurs alliés. La France a pour alliés les Électeurs de Bavière et de Cologne et, pour quelques mois, le Portugal et la Savoie.

24 juillet
L'assassinat de l'abbé du Chayla, archiprêtre de Mende, qui s'était signalé par sa hargne à l'égard des réformés, marque le début de la révolte des Cévennes ou des camisards, entre Mende et Alès.

Les camisards

Les protestants, apparemment écrasés par les persécutions, insidieuses puis de plus en plus violentes, qui ont précédé et suivi la révocation de l'édit de Nantes en 1685, n'ont pas vraiment lâché prise. Si dans certaines provinces, le protestantisme a été pour ainsi dire éradiqué, dans d'autres, en particulier en Béarn, en Languedoc, dans les communautés du Vivarais, dans la montagne cévenole, des communautés résistent. Les familles pratiquent leur religion en lisant et méditant la Bible entre amis ; elles refusent certaines pratiques catholiques comme les processions aux fêtes solennelles, l'eucharistie obligatoire aux fêtes pascales et même quelquefois la messe hebdomadaire du dimanche. D'ailleurs, tous les prêtres catholiques ne sont pas prêts à les poursuivre ou à les dénoncer. Plus souvent, on ferme les yeux. Dans les Cévennes, des groupes se réunissent « au Désert » dès 1686. Des pasteurs, souvent formés à Genève, viennent prêcher, bravant les persécutions.
En 1702 cependant, les excès d'une répression, qui ne désarme pas, entraînent une véritable insurrection. Les « camisards » (de camiso, *chemise, en patois languedocien) entretiennent une redoutable guérilla contre les troupes régulières. Il faut envoyer des renforts. Des atrocités sont commises par les protestants contre les villages catholiques et, réciproquement, par les catholiques contre les villages protestants.*
Après deux ans de guerre civile, le roi et son Conseil décident de confier la répression au maréchal de Villars. En guerre contre l'Europe coalisée, le roi prive ses armées d'un de ses meilleurs capitaines. Villars manie les promesses et s'efforce de limiter les violences excessives. Il finit par négocier avec les chefs de la rébellion, Mazel puis Cavalier, et obtient en 1704 le retour au calme. Force a été de transiger : le culte protestant privé est finalement toléré dans les faits, même s'il n'est pas officiellement admis dans la loi. En août 1715, le premier « synode du Désert » se tient près de Nîmes. Le protestantisme français a survécu à la persécution.

15 août-23 octobre
Guerre de Succession d'Espagne. Le 15 août, le duc de Vendôme, nouveau commandant de l'armée d'Italie, bat les troupes impériales du Prince Eugène à Luzzara, sur le Pô, en présence de Philippe V d'Espagne, arrivé en Milanais quelques semaines plus tôt.
Le 14 octobre, victoire du maréchal de Villars (1653-1734) sur les Impériaux commandés par Louis de Bade à Friedlingen, sur le Rhin, au nord de Bâle.
Le 23 octobre, une flotte franco-espagnole revenant d'Amérique avec 30 vaisseaux et 22 galions chargés d'or et d'argent est détruite dans le port de Vigo, en Galice, par une flotte anglo-hollandaise commandée par l'amiral Rooke.

23 octobre
Nouveau privilège pour la manufacture des glaces de Saint-Gobain.

29 octobre
Guerre de Succession d'Espagne. Le duc de Marlborough prend Liège.

7 novembre
Première représentation de *Tancrède*, tragédie lyrique de Campra sur un livret de Danchet (1671-1748) inspiré du Tasse.

13 décembre
La ville de Paris est divisée en 20 quartiers.

autres événements
• La France obtient de l'Espagne le privilège de l'*asiento*, c'est-à-dire le monopole de l'introduction des esclaves noirs dans l'Amérique espagnole. La Compagnie de Guinée, rebaptisée Compagnie de l'Asiento, est chargée de l'exploitation de ce monopole.
• Première publication d'un volume de *Lettres de quelques missionnaires de la Compagnie de Jésus, écrites de la Chine et des Indes orientales*. La publication se poursuivra pendant tout le XVIIIe siècle, jusqu'à compter 26 volumes dans l'édition de 1780-1781.

1703

janvier
Guerre des camisards. Jean Cavalier bat, près de Nîmes, le comte de Broglie, commandant des troupes en Languedoc.

14 janvier
Vauban est fait maréchal de France.

9 mars
Guerre de Succession d'Espagne. Le maréchal de Villars s'empare du fort de Kehl, sur la rive droite du Rhin, en face de Strasbourg.

21 mars
Mme Guyon, élargie de la Bastille, se retire à Blois.

30 avril
Guerre des camisards. Jean Cavalier (1681-1740) est battu à la Tour-de-Billot.

16 mai
Guerre de Succession d'Espagne. Le Portugal abandonne l'alliance française, signe avec l'Angleterre un premier traité négocié avec le diplomate britannique lord Methuen et rejoint la coalition contre la France.

7-20 septembre
Guerre de Succession d'Espagne. Le 7 septembre, les Français prennent Vieux-Brisach, sur la rive droite du Rhin, en face de Neuf-Brisach. Profitant des difficultés de l'empereur en Hongrie (révolte des « Malcontents » sous la direction du prince Rakoczi), les Franco-Bavarois commandés par le maréchal de Villars et le duc Max-Emmanuel de Bavière battent les Impériaux le 20 à Höchstädt, sur le Danube, entre Ulm et Ingolstadt. Mais la mésentente entre les deux vainqueurs les empêche d'exploiter cette victoire en marchant sur Vienne.

octobre-décembre
Guerre des camisards. Dans les Cévennes, le maréchal de Montrevel pratique la tactique de la « terre brûlée » pour couper les camisards de leurs bases ; c'est le « grand brûlement des Cévennes ».

8-15 novembre
Guerre de Succession d'Espagne. Le 8 novembre, le duc de Savoie Victor-Amédée II quitte l'alliance franco-espagnole et rejoint les coalisés. Le 15, victoire des Français commandés par le maréchal de Tallard (1652-1728) sur les Impériaux, à Spire, sur le Rhin, près de Mannheim.

décembre
Création d'un nouvel impôt indirect, le centième denier. Il s'agit d'un prélèvement de 1 % sur les mutations des propriétés immobilières.

27 décembre
Après celui du 16 mai, un second traité Methuen renforce les liens économiques entre le Portugal et l'Angleterre qui, en échange de l'importation de porto, exportera librement ses produits vers Lisbonne et le Brésil.

autres événements
• Institution de la chambre de commerce de Rouen.
• La Hontan : *Nouveaux voyages de M. le baron de La Hontan dans l'Amérique septentrionale*.
• Jean-Baptiste de La Salle : *Règles de la bienséance et de la civilité chrétienne divisée en deux parties à l'usage des écoles chrétiennes*.
• Parution du *Dictionnaire de musique, contenant une explication des termes grecs, latins, italiens et français*, de Sébastien de Brossard (1655-1730). L'ouvrage, premier du genre en France, contient un « Catalogue de plus de 900 auteurs qui ont écrit sur la musique ».

• Copie par André Philidor l'aîné, gardien de la bibliothèque musicale du roi, des *Symphonies pour les soupers du roi* de Delalande, suites de pièces tirées de ses ballets et divertissements regroupées par tonalités. On ignore à partir de quelle date elles avaient commencé à être jouées à Versailles.

DELALANDE

Michel-Richard Delalande (1657-1726) devient, vers 1666, choriste à Saint-Germain-l'Auxerrois. Il préfère ensuite l'orgue et le clavecin au violon, qu'il abandonne après avoir été refusé par Lully à l'orchestre de l'opéra. Il réussit si bien que Mme de Montespan en fait le professeur de clavecin des deux filles de Louis XIV; il est aussi organiste à Paris. Il devient en 1683 l'un des quatre « sous-maîtres » de la chapelle du roi; Louis XIV l'entend chaque jour à sa messe. Il le nomme, en 1685, compositeur de la musique de la chambre et, le 9 janvier 1689, surintendant de la musique. Ses 70 grands motets, composés pour la chapelle royale, sont faits, à l'opposé de ceux de Charpentier et de Lully, d'une succession de pièces autonomes sous forme d'airs dégageant l'affect principal. À sa science de la polyphonie, il joint des airs accompagnés par des instruments et construit de petits ensembles de voix d'hommes, à l'italienne. Aussi Delalande approfondit-il l'apport italien, tout en l'adoucissant. Les Symphonies pour les soupers du roi *sont jouées aux dîners de Louis XIV et de Louis XV. Se fondant sur des copies antérieures, dont celle de Philidor en 1703, la luxueuse édition de 1745 paraît longtemps après la mort de Delalande à Versailles le 18 juin 1726.*

• Jouvenet peint quatre immenses toiles pour l'église Saint-Martin-des-Champs, à Paris: *La Résurrection de Lazare*, *Le Christ chassant les marchands du Temple*, *Le Repas chez Simon* et *La Pêche miraculeuse*; pour ce dernier tableau, le peintre était allé à Dieppe observer le mouvement de la marée.
• Largillière: *La Belle Strasbourgeoise*.

1704

9 janvier
Guerre de Succession d'Espagne. Le duc Max-Emmanuel de Bavière s'empare de Passau, sur la frontière autrichienne, au confluent du Danube et de l'Inn.

9 mars
L'archiduc Charles, second fils de l'empereur Léopold Ier et prétendant au trône d'Espagne, arrive à Lisbonne.

avril
Édit érigeant en titre d'office la fonction de subdélégué; celui-ci, désormais rétribué, devient, à la tête d'une circonscription territoriale déterminée (élection ou bailliage), l'auxiliaire indispensable de l'intendant.

12 avril
Mort de Bossuet. Son oraison funèbre est prononcée à Meaux le 23 juillet par le père de La Rue.

16 mai
Guerre des camisards. Jean Cavalier se soumet au maréchal de Villars, envoyé dans les Cévennes à la place de Montrevel.

juin
Création de la cour des monnaies de Lyon.

12 juillet
Stanislas Leszczynski est élu roi de Pologne.

août
Guerre de Succession d'Espagne. Le 4 août, l'amiral Rooke s'empare de Gibraltar, mal défendue. Les Franco-Espagnols commencent aussitôt le siège de la ville par terre et par mer. Le 13, les troupes du Prince Eugène et du duc de Marlborough remportent la seconde bataille de Höchstädt (dite de Blenheim par les Anglais) sur les troupes bavaroises et françaises; ces dernières sont commandées par Marsin et Tallard (qui est fait prisonnier) remplaçant Villars envoyé dans les Cévennes. Cette éclatante victoire force les Franco-Bavarois à reculer jusqu'au Rhin, écarte toute menace sur Vienne et assure aux Impériaux le contrôle de toute l'Allemagne. Le 24, une bataille navale indécise à Velez-Malaga, à l'est de Malaga, oppose une flotte française commandée par le comte de Toulouse et une flotte anglo-hollandaise commandée par l'amiral Rooke.

octobre
Guerre des camisards. Reddition des derniers chefs camisards, à l'exception d'Abraham Mazel. Celui-ci va poursuivre son combat et parvient, malgré la répression royale contre les protestants cévenols, à soulever le Vivarais à l'été 1709.

autres événements

- Institution de la chambre de commerce de Toulouse.
- *Dictionnaire universel français et latin*, dit *Dictionnaire de Trévoux*; les auteurs jésuites reprennent et enrichissent le *Dictionnaire universel* de Furetière, mais en même temps font de leur dictionnaire une œuvre de combat contre les jansénistes (et dans les éditions ultérieures, contre les «philosophes»).
- Antoine Galland: *Les Mille et une Nuits*, première traduction en français.

1705

mars

Guerre de Succession d'Espagne. Pointis, dont plusieurs bateaux sont détruits par une tempête, est contraint de lever le siège de Gibraltar entamé en août 1704.

5 mai

Mort de Léopold Ier, empereur depuis 1657; son fils aîné lui succède sous le nom de Joseph Ier.

16 juillet

À la demande de Louis XIV, le pape Clément XI condamne à nouveau le jansénisme et plus précisément le «silence respectueux» par la bulle *Vineam Domini* qui marque ainsi la fin de la «paix de l'Église» (entérinée en octobre 1668). La bulle est enregistrée en août par le Parlement de Paris.

16 août-4 octobre

Guerre de Succession d'Espagne. Le 16 août, victoire du duc de Vendôme à Cassano, sur l'Adda, en Lombardie, sur le Prince Eugène, venu au secours du Piémont envahi par les Français.
Tirant parti du soulèvement de la Catalogne contre Philippe V, au nom de la défense de l'autonomie catalane, les Anglais occupent Barcelone le 4 octobre.

9 octobre

L'archiduc Charles d'Autriche est accueilli à Barcelone comme roi d'Espagne sous le nom de Charles III.

autres événements

- Institution de la chambre de commerce de Bordeaux.
- Nicolas Delamare: *Traité de la police*, premier volume d'un ouvrage dans lequel le mot «police» est pris dans le sens très large d'«administration publique».

1706

19 avril

Guerre de Succession d'Espagne. Victoire du duc de Vendôme sur les Impériaux à Calcinato, entre Brescia et Vérone.

23 mai

Guerre de Succession d'Espagne. Victoire de Marlborough sur Villeroy à Ramillies, près de Nivelles, en Brabant. Les Franco-Espagnols sont contraints d'évacuer les Pays-Bas.

28 juin-3 août

Charles III entre le 28 juin à Madrid, que le roi Philippe V a dû abandonner sous l'action conjointe de troupes anglaises venues du Portugal et de Catalogne. Le 3 août, Philippe V rentre à Madrid à la suite d'un soulèvement de la ville en sa faveur, mais Charles III continue à tenir la Catalogne et le royaume de Valence.

28 août

Jules Hardouin-Mansart remet à Louis XIV les clefs de la chapelle Saint-Louis des Invalides.

7 septembre

Guerre de Succession d'Espagne. Victoire du Prince Eugène devant Turin sur les troupes françaises commandées par Marsin, La Feuillade et le duc d'Orléans (futur Régent). Celles-ci sont contraintes d'évacuer l'Italie du Nord.

autres événements

- Parution du *Premier Livre de pièces de clavecin composées par Monsieur Rameau organiste des RR. PP. Jésuites de la rue Saint-Jacques et des RR. PP. de la Mercy*, première publication d'un compositeur de 29 ans.
- Mort du peintre et architecte Jean-Pierre Rivalz (né en 1625), qui éleva et décora le Capitole de Toulouse.

1707

janvier

Émotion populaire en Quercy: les révoltés, dits Tard-Avisés, refusent de payer les nouvelles impositions indirectes, qui se multiplient, «à cause qu'ils mouraient de faim». La révolte est vite matée.

8 janvier

Naissance de Louis de France, duc de Bretagne, arrière-petit-fils de Louis XIV, fils du duc et de la duchesse de Bourgogne.

14 février
Le *Projet d'une dîme royale* de Vauban, imprimé sans autorisation, contenant « plusieurs choses contraires à l'ordre et à l'usage du royaume », est condamné « à la saisie et au pilon ». Vauban propose une refonte radicale du système fiscal par la création d'un impôt unique, proportionnel à la richesse de chacun et pesant sur tous, privilégiés ou non.

mars
Édit royal, signé à Marly, « portant règlement pour l'étude et l'exercice de la médecine dans le royaume ». Ce texte, qui traduit la volonté de l'État d'uniformiser l'enseignement de la médecine et d'en améliorer la qualité, ne sera que très imparfaitement appliqué.

25 avril
Guerre de Succession d'Espagne. Les troupes franco-espagnoles, commandées par le duc de Berwick (fils naturel de Jacques II d'Angleterre passé au service du roi de France), battent à Almansa, en Murcie, les troupes anglo-portugaises commandées par lord Galloway (protestant français passé au service de Guillaume III d'Angleterre). Cette victoire permet à Philippe V de renforcer sa position à Madrid et de refouler Charles III et les Anglo-Portugais dans Barcelone et, outre Gibraltar, dans quelques places de Catalogne.

7 juin
Un convoi de galions espagnols chargés d'argent est intercepté par les Anglais au large de Carthagène, dans le golfe de Darien.

4 juillet-22 août
Guerre de Succession d'Espagne. Une armée composée de contingents impériaux et savoyards et commandée par le duc de Savoie et le Prince Eugène franchit le col de Tende, envahit la Provence et, le 4 juillet, met le siège devant Toulon bloqué par mer par une flotte anglo-hollandaise. Mal ravitaillés, le duc de Savoie et le Prince Eugène lèvent le siège de Toulon le 22 août.

août-septembre
Guerre de Succession d'Espagne. Les Anglais s'emparent de la Sardaigne, puis de Minorque qui devient une base anglaise.

août-octobre
Une terrible épidémie de dysenterie frappe le Maine, l'Anjou et le Haut-Poitou, faisant plusieurs milliers de victimes.

13 octobre
Guerre de Succession d'Espagne. Les Franco-Espagnols, commandés par le duc Philippe d'Orléans, prennent Lérida, en Catalogne; la citadelle capitule le 11 novembre.

21 octobre
Duguay-Trouin et le chevalier de Forbin s'emparent, en mer Blanche, de 60 bateaux marchands anglais sur un convoi de 80.

autres événements
- Boisguilbert: *Factum de la France.*
- Bourdaloue: *Sermons.*
- Lesage (1668-1747): *Le Diable boiteux.*
- Dom Lobineau: *Histoire de Bretagne composée sur les titres et les auteurs originaux.*
- Dionis: *Cours d'opérations de chirurgie.*

1708

17 janvier
Création d'un service de santé aux armées.
Première représentation de la comédie de Regnard, *Le Légataire universel*, à la Comédie-Française. Elle est reprise à Versailles le 19 janvier. Le 19 février, Regnard fera jouer à la suite de la pièce les sept scènes de *La Critique du Légataire* pour répondre à des critiques qui n'avaient pas nui au succès triomphal de la pièce.

février
Déclaration royale rappelant l'obligation faite, par un édit du siècle précédent, aux « femmes ayant conçu enfant par moyens déshonnêtes » de déclarer leur état afin d'échapper ultérieurement à la présomption d'infanticide, le « recel de grossesse » étant passible de la peine de mort. Les curés devront rappeler cette obligation tous les trois mois aux prônes des messes paroissiales.

20 février
Michel Chamillart, ministre d'État, contrôleur général des Finances et secrétaire d'État à la Guerre, est remplacé au contrôle général par Nicolas Desmarets (1648-1721), neveu de Colbert, qui entre au Conseil. Face à une situation financière de plus en plus dramatique en dépit de tous les expédients, Desmarets préconise une étroite entente avec « les gens d'affaires et de finances les plus riches et les plus accrédités ».

8 mai
Mort de Jules Hardouin-Mansart. Robert de Cotte le remplace comme premier architecte du roi.

11 juillet
Guerre de Succession d'Espagne. Défaite à Audenarde, entre Gand et Bruxelles, du duc de Bourgogne assisté du duc de Vendôme, battus par Marlborough et le Prince Eugène. Les troupes françaises, victimes de la mésentente entre Bourgogne et Vendôme, se replient précipitamment sur Ypres, Tournai et Lille.

août-décembre
Guerre de Succession d'Espagne. Le Prince Eugène met le siège devant Lille, défendue par le maréchal de Boufflers. Le 23 octobre, la ville est prise par le Prince Eugène. La citadelle se rendra le 8 décembre. La ville sera occupée par les Hollandais jusqu'en 1713. Le 30 décembre, le Prince Eugène s'empare de Gand, assiégée depuis le 18.

1709

6 janvier
Un froid exceptionnel s'abat brutalement sur le royaume et sévit jusqu'à la mi-mars en vagues successives. À Paris, entre le 6 et le 22 janvier, le thermomètre se maintient entre -16 et -20 degrés. Parmi toutes les conséquences de cette situation, la plus grave est la destruction totale des blés semés à l'automne précédent. Il en résulte une surmortalité liée non seulement à cette disette et à la hausse brutale du prix des grains qu'elle entraîne, mais aussi aux épidémies qui se greffent sur elle.

27 janvier
Ordonnance obligeant les détenteurs de grains à faire déclaration de leurs réserves et exemptant de tous droits d'octroi ou de péages les grains transportés d'une province ou importés de l'étranger.

9 juin
Louis XIV se sépare de Chamillart qui quitte le Conseil. Il est remplacé comme secrétaire d'État à la Guerre par Daniel Voysin de La Noiraye (1654-1717).

12 juin
Lettre de Louis XIV aux évêques, gouverneurs et intendants du royaume pour expliquer les raisons qui le contraignent à continuer la guerre, « quoique ma tendresse pour mes peuples ne soit pas moins vive que celle que j'ai pour mes propres enfants ».

juin-juillet
Seul camisard à ne s'être pas rendu en octobre 1704, Abraham Mazel soulève les protestants du Vivarais.

juillet-octobre
Guerre de Succession d'Espagne. Tournai, assiégée depuis le début du mois, est prise par les coalisés le 29 juillet.
Le 11 septembre, bataille indécise de Malplaquet, près de Maubeuge, entre les 70 000 hommes de Villars et de Boufflers et les 110 000 Impériaux et Anglo-Hollandais commandés par le Prince Eugène et Marlborough. Après avoir résisté toute la journée, les Français battent en retraite en bon ordre, non sans infliger de lourdes pertes à leurs adversaires (15 000 tués, contre 10 000 de leur côté). L'offensive prévue des coalisés sur Paris est stoppée. Le 21 octobre, le Prince Eugène s'empare de Mons.

29 octobre
Sur ordre de Louis XIV, le lieutenant de police d'Argenson procède à l'expulsion sans ménagements des 17 dernières religieuses de Port-Royal des Champs et à leur dispersion dans divers couvents du royaume.

autres événements
• 12 receveurs généraux, dont le Rouennais Legendre, fondent, à l'instigation du contrôleur général, une caisse ou banque, dite Caisse Legendre, qui met en circulation des billets émis par les officiers et receveurs de finances, et garantis à la fois par le crédit de l'État et par celui des financiers fondateurs de la caisse.
• *Dénombrement du royaume par généralités, élections, paroisses et feux*, publié par le libraire Saugrain, sans nom d'auteur.
• Bossuet: *La Politique tirée des propres paroles de l'Écriture sainte.*
• Lesage: *Turcaret.*
• Jouvenet peint une *Descente du Saint-Esprit sur les apôtres* pour la voûte de la tribune du roi, dans la chapelle du château de Versailles.
• Achèvement de l'hôtel de Soubise, à Paris, commencé en 1705 sur des plans de Delamair.

1710

15 février
Naissance à Versailles de Louis de France, fils du duc et de la duchesse de Bourgogne, futur Louis XV.

juin-août
Guerre de Succession d'Espagne. Assiégée depuis le 25 avril, Douai se rend le 25 juin à Marlborough et au Prince Eugène.
Le 25 juillet, rupture des négociations ouvertes le 9 mars à Geertruydenberg (Hollande) entre le Grand Pensionnaire Heinsius et les coalisés d'une part, et les plénipotentiaires français d'autre part: Huxelles et Polignac rejettent les exigences des coalisés (notamment l'obligation imposée à la France de mener elle-même les opérations militaires pour chasser Philippe V du trône d'Espagne).
En Espagne, victoires des Anglais de Stanhope et des coalisés de Stahremberg sur les Franco-Espagnols, à Valence le 27 juillet et à Saragosse le 19 août.
Dans le Nord, prise de Béthune par les coalisés le 28 août.

17 juin
Première représentation de l'opéra-ballet de Campra et Danchet, *Les Fêtes vénitiennes*. Le ballet comprend un prologue: «Le triomphe de la folie sur la raison dans le temps du carnaval», et trois entrées: «La fête des barquerolles», «Les sérénades et les joueurs» et «L'amour saltimbanque».

28 septembre-10 décembre
Guerre de Succession d'Espagne. Dans Madrid, que Philippe V a dû abandonner une nouvelle fois pour Valladolid, Charles III est proclamé roi d'Espagne le 28 septembre. Le duc de Vendôme, envoyé en Espagne au secours de Philippe V, enlève le 9 décembre aux Anglo-Autrichiens, commandés par Stahremberg, la ville de Brihuega, au nord de Madrid, puis écrase ses adversaires de la veille à Villaviciosa, à 2 lieues de Brihuega, le 10. Cette victoire éclatante force Charles III à regagner précipitamment Barcelone et permet à Philippe V de rentrer à Madrid.

octobre
Écrasement des dernières bandes camisardes.

14 octobre
Création du dixième pour tenter de faire face aux dépenses de la guerre de Succession d'Espagne. Ce nouvel impôt direct, imaginé par le contrôleur général des Finances Desmarets à partir des idées de Vauban, pèse sur tous les revenus, répartis en trois catégories (revenus fonciers, revenus commerciaux, gages et pensions), et est égal au dixième de ceux-ci.

autres événements
• La disette et les épidémies de l'année précédente continuent jusqu'à la mise en place, à l'été, de la récolte, d'ailleurs médiocre, de 1710. La crise des années 1709-1710 a été particulièrement meurtrière dans certaines provinces, mais au total moins grave, à l'échelle du royaume, que celle de 1693-1694.
• La marquise de Lambert (1647-1733) ouvre à Paris, à l'hôtel de Nevers, un salon littéraire qu'elle tiendra jusqu'à sa mort.
• Parution du premier volume des *Cantates françaises à I et II voix avec symphonie et sans symphonie* de Clérambault (contenant «l'Amour piqué par une abeille», «Le Jaloux», «Orphée», «Polyphème», «Médée», «L'Amour et Bacchus»).

CLÉRAMBAULT

Louis-Nicolas Clérambault (1676-1749) apprend le violon et le clavecin avec son père Dominique, l'un des violons du roi, et l'orgue avec André Raison. Il étudie le chant et la composition avec Moreau. En 1707, il est organiste des Grands-Augustins puis travaille pour les concerts organisés par Mme de Maintenon, comme organiste de la maison royale de Saint-Cyr en 1714, quatre ans après la parution de son Livre d'orgue. *Considéré comme l'un des meilleurs compositeurs français pour cet instrument, sa réputation repose aussi sur ses cantates qui allient l'éloquence française au brio instrumental italien.*

• Consécration de la chapelle du château de Versailles commencée en 1699.

1711

14 avril
Mort de Monseigneur, le Grand Dauphin, dans son château de Meudon, enlevé en quelques jours, à moins de 50 ans, par la variole. Son fils aîné, Louis, duc de Bourgogne, devient Dauphin.

17 avril
Mort de l'empereur Joseph Iᵉʳ, sans héritier direct. Son frère, l'archiduc Charles – Charles III d'Espagne pour les coalisés –, lui succède comme souverain des possessions autrichiennes et bientôt (le 12 octobre) comme empereur sous le nom de Charles VI. Cette nouvelle situation modifie complètement les données du problème espagnol: aucune puissance européenne, l'Angleterre moins

que toute autre, ne pouvant accepter que le nouvel empereur reste roi d'Espagne et reconstitue ainsi l'empire de Charles Quint.

9 juin
Guerre de Succession d'Espagne. Une escadre commandée par Duguay-Trouin quitte La Rochelle à destination du Brésil portugais. Elle est composée de bateaux armés par des armateurs privés, notamment malouins, et de vaisseaux du roi ayant à bord 2 500 soldats.

Duguay-Trouin

Né à Saint-Malo, René Trouin, sieur du Guay, dit Duguay-Trouin (1673-1736), est le septième enfant de Luc Trouin de La Barbinais, capitaine et armateur malouin. Il se révèle très tôt beaucoup trop querelleur, joueur et coureur de filles pour la prêtrise à laquelle on le destinait, aussi est-il embarqué à 16 ans. En dépit du mal de mer dont il souffrira toute sa vie, il se montre tout de suite un marin hors de pair. À 18 ans, il est capitaine d'un vaisseau corsaire appartenant à sa famille et, de 1692 à 1697, il accumule les prises. Capturé par les Anglais en 1694, il s'évade de Plymouth et gagne Tréguier sur une chaloupe, à l'aviron. En 1697, au large de Bilbao, il s'empare de 3 vaisseaux hollandais et de 12 bateaux marchands. Informé de cet exploit, Louis XIV l'admet dans la marine royale comme capitaine de frégate. Pendant la guerre de Succession d'Espagne, de 1701 à 1712, au cours de 13 campagnes successives, il fait subir des pertes considérables au commerce anglais, hollandais et portugais. Lorsqu'il est anobli par le roi en 1709, à 36 ans, il compte à son actif la prise de 300 navires marchands et de 20 vaisseaux de guerre. Son exploit le plus spectaculaire et le plus rentable, son raid sur Rio de Janeiro, lui assure une notoriété internationale. L'armement pour cette expédition a été le fait non seulement de plusieurs Malouins, parents ou amis, mais aussi de 14 personnes intéressées dans l'entreprise, comme le comte de Toulouse, cependant que le roi a prêté des vaisseaux et 2 500 hommes de troupe. De Rio, il ramène à Brest, en février 1712, plus d'une tonne d'or, près de 2 millions de livres de marchandises et 60 navires marchands portugais. Promu chef d'escadre en 1715, il est nommé lieutenant général en 1728. Il vit désormais à Paris, où il rédige ses Mémoires. En 1731, il reprend la mer pour la dernière fois, contre les Barbaresques, et meurt en 1736, à 63 ans, laissant à son frère une fortune considérable.

juillet
Guerre de Succession d'Espagne. Un envoyé de Torcy, l'ancien négociant Nicolas Mesnager, se rend à Londres et engage des pourparlers secrets, facilités par la nouvelle situation consécutive à la mort de l'empereur Joseph Ier et par la lassitude des Anglais.

août-septembre
Échec d'une attaque anglaise sur Québec.

21 septembre
Guerre de Succession d'Espagne. Duguay-Trouin prend d'assaut le port de Rio de Janeiro et le pille; il ramènera en France, quelques mois plus tard, un butin considérable (or, marchandises, bateaux marchands).

8 octobre-21 novembre
Guerre de Succession d'Espagne. Signature des préliminaires de Londres qui prévoient la double reconnaissance de Philippe V à Madrid et de la succession protestante à Londres (au détriment des Stuarts), des garanties pour empêcher la réunion des couronnes de France et d'Espagne et des avantages territoriaux et commerciaux accordés aux Anglais. En outre, l'Angleterre s'engage à amener ses alliés à accepter l'ouverture de négociations générales à Utrecht en janvier 1712: le 21 novembre, les états généraux des Provinces-Unies acceptent l'ouverture de négociations à Utrecht.

novembre
Rédaction par Fénelon, en concertation avec le duc de Chevreuse en son château de Chaulnes, des *Tables de Chaulnes*. Comme l'indique leur sous-titre, ce sont des *Plans de gouvernement pour être proposés au duc de Bourgogne*. Pour les deux auteurs, il est urgent de faire la paix et de prévoir ensuite de profondes réformes politiques, sociales et économiques, constituant, pour le nouveau Dauphin, un programme à la fois rétrograde et novateur.

autres événements
- Jean Chardin (1643-1713): *Voyages de M. le chevalier Chardin en Perse et autres lieux de l'Orient.*
- Mme Dacier (1654-1720): *L'Iliade d'Homère, traduite en français, avec des remarques* (prenant vivement parti pour les Anciens contre les Modernes).

1712

12 janvier
Première représentation d'*Idoménée*, tragédie lyrique de Campra et Danchet.

29 janvier
Guerre de Succession d'Espagne. Ouverture de négociations générales à Utrecht.

6 février
Arrivée à Brest de la flotte de Duguay-Trouin revenant du sac de Rio (21 septembre 1711).

8 février
Compte rendu, dans le *Journal des savants*, des *Dialogues des morts, composés pour l'éducation d'un prince* de Fénelon (qui avait obtenu le privilège d'impression le 17 mai 1711).

12 février
Mort de Marie-Adélaïde de Savoie, duchesse de Bourgogne.

18 février
Mort du duc de Bourgogne, Dauphin depuis l'année précédente (14 avril 1711), victime, comme sa femme, d'une rougeole pourprée.

8 mars
Mort du fils du duc et de la duchesse de Bourgogne, le duc de Bretagne, âgé de 5 ans, dauphin trois semaines. Le nouveau dauphin est son frère Louis, duc d'Anjou, âgé de 2 ans, le futur Louis XV, arrière-petit-fils de Louis XIV, sauvé par sa nourrice envoyée à la campagne loin de la contagion.

10 juin
Mort du duc de Vendôme.

juillet
Guerre de Succession d'Espagne. Le Prince Eugène qui, à la tête de troupes impériales et hollandaises, tente un dernier effort pour s'ouvrir la route de Paris, s'empare du Quesnoy le 4 juillet, puis met le siège devant Landrecies, dernière place protégeant la vallée de l'Oise.
Le 17 juillet, l'Angleterre signe avec la France un armistice de quatre mois et rappelle ses troupes des Flandres espagnoles. Cet armistice est prolongé et généralisé le 22 août.

24 juillet-2 août
Guerre de Succession d'Espagne. Les dernières troupes françaises disponibles, confiées par Louis XIV au commandement du maréchal de Villars, battent les forces du Prince Eugène à Denain le 24 juillet. Le 2 août, celui-ci lève le siège de Landrecies et se replie sur Mons.

5 novembre
Renonciation de Philippe V à ses droits à la couronne de France et des ducs de Berry et d'Orléans (respectivement petit-fils et neveu de Louis XIV) à leurs droits à la couronne d'Espagne.

7 novembre
Armistice entre la France et le Portugal.

31 décembre
À Londres, le duc de Marlborough, accusé de malversations, est déchu par la reine Anne de son commandement et de tous ses emplois.

autres événements
• Le financier Antoine Crozat (1655-1738) se fait concéder le monopole commercial de l'exploitation de la Louisiane dont Cavelier de La Salle avait pris possession au nom de Louis XIV en 1682.
• Watteau (1684-1721) peint *L'Embarquement pour Cythère* (le tableau ne sera présenté qu'en 1717). Il en existe deux versions: la première, offerte à l'Académie le 27 août 1717, est conservée au Louvre; la seconde, exécutée pour Jean de Jullienne, est conservée à Berlin.

1713

15 mars
Le Parlement de Paris enregistre les renonciations respectives de Philippe V et des ducs de Berry et d'Orléans faites le 5 novembre 1712.

11 avril
À Utrecht, les plénipotentiaires français signent une série de traités qui scellent la fin de la guerre de Succession d'Espagne avec l'Angleterre, les Provinces-Unies, le Portugal, la Savoie et la Prusse. Philippe V est reconnu roi d'Espagne, mais doit céder Gibraltar et Minorque aux Anglais, Naples, la Sardaigne, le Milanais et les Pays-Bas à l'empereur Charles VI, et la Sicile (avec le titre de roi) au duc de Savoie, outre des avantages commerciaux considérables (notamment l'*asiento*, monopole de l'introduction des esclaves noirs) accordés à l'Angleterre dans l'Amérique espagnole. De son côté, la France cède à l'Angleterre l'Acadie, Terre-Neuve, le territoire de la baie d'Hudson et Saint-Christophe aux Antilles.

3 mai
Fondation de l'académie de Bordeaux.

13 juillet
Dans le cadre de la fin de la guerre de Succession d'Espagne, des traités entre Philippe V d'Espagne et l'Angleterre d'une part, la Savoie d'autre part, sont signés.

8 septembre
Cédant aux pressions de Louis XIV, le pape Clément XI promulgue la bulle, ou constitution, *Unigenitus*, qui condamne 101 propositions extraites des *Réflexions morales* (1699) du père Quesnel. Ce texte est une condamnation des thèses augustiniennes sur la grâce au profit des thèses molinistes et constitue une affirmation de la prééminence de Rome sur les Églises nationales. L'opposition est très vive tant du côté des jansénistes que du côté des gallicans.

9 octobre
Lors d'une assemblée du clergé hâtivement réunie à Paris et regroupant une quarantaine d'évêques, neuf d'entre eux, dont Noailles, archevêque de Paris, s'opposent à l'acceptation de la bulle *Unigenitus*; les autres l'acceptent, mais en l'interprétant de façons diverses.

31 octobre
Guerre de Succession d'Espagne. Les troupes françaises, qui ont franchi le Rhin sous les ordres de Villars, s'emparent de Fribourg.

26 novembre
Ouverture à Rastadt de négociations entre la France, représentée par Villars, et l'empereur Charles VI, représenté par le Prince Eugène, pour clore la guerre de Succession d'Espagne entre les deux parties.

autres événements
• Abbé de Saint-Pierre: *Projet pour rendre la paix perpétuelle à l'Europe*. Le «projet» de l'auteur, secrétaire du cardinal de Polignac, l'un des négociateurs français des traités d'Utrecht, traduit la volonté générale d'établir une paix durable par l'équilibre des puissances.

1714

5 février
Le cardinal de Noailles, archevêque de Paris, écrit au pape Clément XI qu'il n'accepte pas la condamnation du père Quesnel prononcée le 8 septembre précédent.

15 février
Louis XIV impose au Parlement de Paris l'enregistrement de la bulle *Unigenitus*.

25 février
Louis XIV exile dans leurs diocèses respectifs, par lettres de cachet, Noailles et les évêques hostiles à la bulle.

5 mars
Louis XIV contraint la Sorbonne, non sans difficulté, à accepter la bulle.

6 mars
Le traité de Rastadt scelle la fin de la guerre de Succession d'Espagne entre la France et l'empereur Charles VI (en tant que chef de la Maison d'Autriche, non en tant que chef du Saint Empire). Bien que refusant d'abandonner explicitement ses prétentions au trône de Madrid, Charles VI se voit reconnaître la part de l'héritage espagnol qui lui a été dévolue à Utrecht (11 avril 1713), notamment en Italie où une prépondérance autrichienne se substitue désormais à la prépondérance espagnole.

4 mai
Mort de Charles de France, duc de Berry, sans héritier. La descendance directe de Louis XIV, en prévision d'une succession prochaine et en excluant donc Philippe V d'Espagne, se réduit à son arrière-petit-fils, le dauphin Louis, âgé de 4 ans, futur Louis XV.

2 juillet
Le chancelier Pontchartrain ayant démissionné pour se retirer à l'Oratoire de Paris, Louis XIV nomme chancelier de France Voysin de La Noiraye, qui conserve le secrétariat d'État à la Guerre.

29 juillet
Édit royal aux termes duquel le duc du Maine et le comte de Toulouse, bâtards légitimés de Louis XIV et de Mme de Montespan, sont déclarés susceptibles d'être appelés à la succession à la couronne, «à défaut de tous les princes de sang royal».

2 août
Le Parlement de Paris enregistre l'édit du 29 juillet au cours d'une séance solennelle en présence du duc du Maine, du comte de Toulouse et de tous les ducs et pairs du royaume (dont Saint-Simon).
Louis XIV confie au premier président et au procureur général du Parlement de Paris le testament

qu'il vient de rédiger et qui ne doit être ouvert qu'après sa mort. Il y prévoit la composition du futur Conseil de régence. Celui-ci, présidé par son neveu le duc Philippe d'Orléans, comprendra une douzaine de membres, dont le duc du Maine (chargé en outre de l'éducation du jeune roi) et le comte de Toulouse, et les décisions devront être prises « à la pluralité des suffrages », ce qui limite considérablement les pouvoirs du duc d'Orléans.

21 août
Mort du duc de Beauvillier. Il est remplacé comme ministre d'État et chef du Conseil royal des finances par le duc de Villeroy.

7 septembre
Traité de Baden, en Suisse, entre la France et l'Empire, qui reprend les termes du traité de Rastadt du 6 mars précédent.

12 septembre
Barcelone, restée fidèle à Charles III (devenu l'empereur Charles VI) pour préserver l'autonomie de la Catalogne, est prise par les troupes franco-espagnoles commandées par le duc de Berwick.

11 novembre
Louis XIV ordonne des *Te Deum* pour la paix dans tout le royaume.

autres événements
• Institution de la chambre de commerce de Lille.
• Antoine Houdar de La Motte: *Discours sur Homère* (il s'agit d'une réponse à Mme Dacier et d'une défense des Modernes contre les Anciens).
• Publication du *Traité d'architecture* de Sébastien I Leclerc, qui travaillait depuis de longues années à cet ouvrage.

1715

19 février
Audience solennelle accordée par Louis XIV à Méhémet Reza Berg, ambassadeur du roi de Perse.

3 avril
Renouvellement de l'alliance franco-suédoise.

13 avril
Par un codicille à son testament, Louis XIV désigne le duc de Villeroy comme gouverneur du futur Louis XV.

23 mai
Le duc du Maine et le comte de Toulouse, aptes à la succession au trône (édit du 29 juillet 1714), reçoivent la qualité de princes du sang.

8 juin
Pour la vigile de la Pentecôte, Louis XIV exerce pour la dernière fois ses fonctions de roi guérisseur en touchant plusieurs centaines de scrofuleux venus de toute l'Europe et en leur disant: « Le roi te touche, Dieu te guérit. »

10 août
Louis XIV, rentré de Marly la veille, se plaint d'une vive douleur à la jambe gauche. Fagon, premier médecin, diagnostique une sciatique et prescrit une purge; il s'agit, en fait, d'un début de gangrène.

13 août
Le roi donne audience de congé, en grand apparat, à l'ambassadeur de Perse Méhémet Reza Berg; c'est la dernière fois qu'il se montre debout à la Cour.

25 août
Une dizaine de personnes se réunissent dans un hameau cévenol proche de Saint-Hippolyte-du-Fort, à l'initiative d'un jeune prédicant de 20 ans, Antoine Court. C'est, pour la tradition protestante, le premier « synode du Désert ».
En ce jour de la Saint-Louis, le roi reçoit l'extrême-onction des mains du curé de Versailles, en présence d'une douzaine de courtisans et de Mme de Maintenon.

Mme de Maintenon

Françoise d'Aubigné (1635-1719), petite-fille du poète protestant Agrippa d'Aubigné et fille de Constant d'Aubigné, mauvais sujet, condamné pour meurtres, vols et fausse monnaie, naît au donjon de Niort. Après quelques années passées aux Antilles où son père a cherché à s'installer, elle rentre en France en 1647, est élevée par une tante, puis par sa marraine qui lui fait donner une éducation catholique chez les ursulines de Niort, puis de Paris. C'est par sa marraine qu'elle fait la connaissance du poète Paul Scarron, cul-de-jatte plein d'esprit, qu'elle épouse en 1652, à 16 ans, alors qu'il en a 42. Selon Tallemant des Réaux, elle aurait dit: « J'ai mieux aimé l'épouser qu'un couvent. » Elle tient alors un salon renommé et, après son veuvage en 1660, fréquente assidûment les salons parisiens les plus à la mode. En 1669, elle est chargée par Mme de Montespan de cacher et éduquer le pre-

mier bâtard que celle-ci vient d'avoir de Louis XIV. Elle s'acquitte si bien de sa tâche que les quatre enfants suivants, nés entre 1670 et 1674, lui sont également confiés. C'est en 1674 que, sur l'intervention de Mme de Montespan, Louis XIV lui donne le marquisat de Maintenon, dont la veuve Scarron prend désormais le titre. C'est, semble-t-il, en cette même année 1674 qu'après plusieurs mois de doutes et de scrupules, elle devient la maîtresse du roi ; elle a alors 29 ans, son royal amant en a 36. Son influence sur lui ne fait alors que grandir et se traduit en 1680 par la mise à l'écart définitive de sa redoutable rivale, Mme de Montespan. En 1683, quelques semaines après la mort de la reine Marie-Thérèse, elle se fait épouser secrètement par le roi. Elle partagera désormais sa vie jusqu'au 1er septembre 1715, jouant un rôle politique discret, mais non négligeable, notamment dans les affaires religieuses. Elle contribue plus que quiconque à changer peu à peu l'atmosphère de la Cour dans le sens d'une dévotion au moins affichée, mais elle n'intervient pas dans la révocation de l'édit de Nantes qui frappe ses anciens coreligionnaires en 1685 et ne joint même pas sa voix au concert de louanges qui accompagne l'édit de Fontainebleau. En fait, la grande affaire de sa vie, à laquelle elle a su intéresser le roi, c'est la création, en 1686, à Saint-Cyr, à proximité immédiate de Versailles, de la maison royale de Saint-Louis pour l'éducation de 200 jeunes filles pauvres de la noblesse. Celles-ci y reçoivent une éducation chrétienne, les préparant en outre aux usages du monde. C'est pour Saint-Cyr que Racine écrit Esther *(1689), puis* Athalie *(1691), donnant l'occasion aux jeunes pensionnaires de se produire devant le roi et quelques courtisans choisis. C'est à Saint-Cyr qu'elle se retire après la mort du roi. C'est là qu'elle meurt en 1719 et est inhumée.*

26 août

Louis XIV fait venir à son chevet le petit dauphin (futur Louis XV) et lui adresse quelques mots d'adieu et de conseils, notamment : « Tâchez de soulager vos peuples, ce que je suis assez malheureux pour n'avoir pu faire. »

1er septembre

À 8 h 15, Louis XIV, roi de France et de Navarre, meurt au château de Versailles, dans la soixante-dix-septième année de son âge et la soixante-douzième de son règne. Son arrière-petit-fils, âgé de 5 ans et demi, lui succède sous le nom de Louis XV.

LOUIS XV

Né le 15 février 1710-Mort le 10 mai 1774
Règne: 1715-1774 (59 ans)
Roi à 5 ans et demi

LA RÉGENCE DE PHILIPPE D'ORLÉANS

Né le 2 août 1674-Mort le 2 décembre 1723
Régent pendant la minorité du roi Louis XV: 1715-1723 (7 ans et demi)
Régent à 41 ans

À la mort du Roi-Soleil, son arrière-petit-fils, le duc d'Anjou, un petit garçon âgé de 5 ans et demi, devient roi. Il y aura donc régence. Celle-ci n'est pas une surprise. Depuis trois ans déjà, on s'y attendait puisque la maladie avait, entre 1711 et 1712, emporté le grand-père (Louis, le Grand Dauphin), les parents (le duc et la duchesse de Bourgogne) et le frère aîné (le duc de Bretagne) du futur Louis XV. La question de sa succession avait hanté le vieux Louis XIV au cours des dernières années de son règne, car des deux petits-fils légitimes qu'il lui restait, l'un (Charles, duc de Berry) mourut accidentellement en 1714 et l'autre (Philippe) avait dû renoncer à ses droits à la couronne de France en accédant en 1700 au trône d'Espagne sous le nom de Philippe V, renonciation qui était une condition de la paix signée à Utrecht en 1713.
Parmi les plus proches parents de Louis XIV, subsistait son neveu, le duc d'Orléans, fils de Monsieur et de la princesse Palatine, que le roi avait marié à Mlle de Blois, une des filles qu'il avait eues avec Mme de Montespan. C'est à lui tout naturellement que semblait revenir le pouvoir en 1714 en cas de décès brutal de Louis XIV, soit comme Régent, soit même éventuellement, en cas de décès du petit duc d'Anjou, comme roi de France. Alarmé par cette situation, Louis XIV prit alors deux séries de mesures: en juillet 1714, il proclama les enfants légitimés qu'il avait eus de Mme de Montespan – le duc du Maine et le comte de Toulouse – aptes à succéder au trône et leur conféra l'année suivante la qualité de prince du sang; en août 1714, son testament organisait la Régence en établissant un Conseil auquel serait soumis le duc d'Orléans bien qu'il en ait la présidence, et il confiait l'éducation du futur roi à la tutelle du duc du Maine.

Aussi, le 1er septembre 1715, le premier souci de Philippe d'Orléans est-il de faire reconnaître pleinement ses droits à la régence contre les stipulations de feu Louis XIV. Il y parvient habilement, en s'associant d'une part les princes du sang et les ducs et pairs contre les bâtards légitimés, et d'autre part en s'accordant avec le Parlement de Paris auquel il restitue son droit de remontrance dont il était privé depuis plus de quarante ans. Ainsi s'ouvre cette période de huit années (1715-1723) qu'on intitule la Régence.

La Régence est inséparable de la personnalité du Régent. À tel point qu'on a longtemps décrit la période comme une déclinaison des mauvaises mœurs et de la légèreté de son maître éponyme, Philippe d'Orléans, et de ses principaux affidés, l'abbé Dubois et l'Écossais Law. Le duc d'Orléans a 41 ans lorsqu'il devient Régent. À la fois neveu et gendre de Louis XIV, il a participé aux campagnes de la guerre de la ligue d'Augsbourg et de la guerre de Succession d'Espagne, mais il a été maintenu à l'écart des affaires par le Roi-Soleil qui ne l'aimait guère et se méfiait de sa réputation sulfureuse. Très intelligent et instruit, c'est un homme à la curiosité toujours éveillée, aussi intéressé par les sciences qu'il est sensible aux arts : grand collectionneur de tableaux, grand amateur de musique, lui-même composant, mais peu dévot et suspecté de dissolution. L'exercice du pouvoir le révèle comme un habile politique et un sérieux travailleur, très conscient de ses devoirs envers l'État mais très soucieux aussi de préserver un espace pour sa vie privée. Les soupers fins bien arrosés où, la nuit tombée, il retrouve ses amis comme le marquis de Brancas, le marquis de Nancré ou sa fille, la duchesse de Berry surnommée Joufflotte, alimenteront sans fin les ragots d'une société enfin débridée après avoir été tenue en lisières par un Louis XIV vieillissant. Avec la Régence, la créativité culturelle, toujours sous la surveillance de la censure, fuit la Cour versaillaise pour regagner les salons parisiens et s'épanouir dans les fêtes et les épigrammes : c'est la jeunesse des Voltaire, Montesquieu et Marivaux, l'éclosion des Rameau, Leclair ou Chardin.

On peut diviser en deux périodes la régence de Philippe d'Orléans : une première phase qui va jusqu'en 1718, au cours de laquelle le Régent cherche à consolider son pouvoir, et une seconde, jusqu'en 1723, où il a les mains plus libres pour, avec Dubois, mener sa politique. L'arrivée au pouvoir du duc d'Orléans se traduit immédiatement par une nouvelle organisation gouvernementale : la polysynodie. Le contrôleur général des Finances et les secrétaires d'État sont supprimés ou réduits au rôle de simples exécutants des décisions prises au sein des nouveaux conseils institués. Ce gouvernement par conseils, qui restera en place jusqu'à l'été 1718, dérive des idées émises auparavant dans l'entourage de feu le

duc de Bourgogne, dont le duc de Saint-Simon, ami fidèle de Philippe d'Orléans, est l'un des porte-parole. On peut y voir la revanche d'une haute noblesse qui s'estimait brimée par le despotisme ministériel louis-quatorzien. Ce système offre surtout, dans un premier temps, l'occasion au Régent d'affermir son pouvoir en le débarrassant des anciens ministres et en lui permettant de neutraliser les représentants de la vieille Cour. Obtenir un large soutien des élites était nécessaire au duc d'Orléans, d'abord parce qu'un régent n'a pas le même capital de légitimité qu'un roi, ensuite parce que – et c'est une différence d'avec les régences des siècles précédents – Philippe d'Orléans, en étant un homme, avait un droit certain à la succession du royaume; de fait, le possible décès du petit Louis XV ou sa mort sans héritier ne cesseront d'inquiéter jusqu'en 1729.
Dans le même esprit, Philippe d'Orléans permet au Parlement de se réinsérer dans une vie politique dont il avait été exclu par Louis XIV, notamment en ménageant ses sentiments gallicano-jansénistes. En naviguant ainsi habilement entre le Parlement, les princes du sang et les ducs et pairs, Philippe d'Orléans parvient à écarter définitivement le duc du Maine. Tout au long de sa régence, il saura jouer des divisions des élites pour isoler ses adversaires et les réduire un à un. Il pourra ainsi transmettre à Louis XV un pouvoir nullement affaibli, n'ayant pas connu les troubles jusque-là inhérents à chaque période de transition au cours des minorités royales.
Pendant l'été 1718, il est suffisamment puissant pour tout à la fois consacrer définitivement l'abaissement des princes légitimés, imposer au Parlement une réglementation du droit de remontrance, mettre fin à l'expérience de la polysynodie et écarter de la réalité du pouvoir aussi bien les grands seigneurs brouillons que les têtes chaudes gallicanes ou les dévots pro-espagnols. Sont rétablis à l'automne les secrétariats d'État à la Guerre et aux Affaires étrangères – à la tête duquel est nommé l'abbé Dubois –, et la banque de Law devient Banque royale en décembre 1718. Ses adversaires, parlementaires comme gouvernementaux, écartés, Law peut, par le biais de la banque et de la Compagnie des Indes, mettre en œuvre librement ses projets économiques: le «système» échouera finalement en 1720 après avoir provoqué de graves émeutes et exacerbé les tensions sociales. La monnaie papier ne s'imposera pas durablement et on retournera à une monnaie métallique, mais l'expérience aura néanmoins permis à la monarchie d'épurer ses comptes et de stimuler le commerce et les investissements.
La fin du règne de Louis XIV avait vu un royaume militairement éprouvé et économiquement déprimé, même si la paix de 1713 avait permis l'amorce d'une reprise en favo-

risant le commerce outre-mer. La Régence de Philippe d'Orléans prépare le terrain à la croissance et à la prospérité de la France de Louis XV qui ne connaîtra plus les terribles famines de la période louis-quatorzienne: l'essor sera lent et non sans noirceurs, mais indiscutable.

Avec les coûteuses guerres de Louis XIV, la France se trouvait isolée diplomatiquement, ne pouvant compter, après la paix, que sur son allié espagnol, les liens avec Madrid étant eux-mêmes un facteur d'instabilité dans le précaire équilibre européen alors instauré. Philippe d'Orléans et l'abbé Dubois vont opérer un spectaculaire retournement d'alliance qui a le mérite d'introduire en Europe une stabilité durable. En 1716, l'abbé Dubois part en Hollande négocier avec le Premier ministre britannique, lord Stanhope, une alliance qui débouche en janvier 1717 sur un accord tripartite entre la France, l'Angleterre et la Hollande. Cette triple alliance répond à la menace que la politique espagnole fait peser sur l'équilibre européen élaboré à Utrecht en 1713. En août 1718, l'empereur Charles VI rejoint cette alliance qui devient alors quadruple. Une courte guerre menée contre l'Espagne en 1719 contraint Philippe V à proclamer son adhésion à cet accord des grandes puissances européennes. Sont ainsi posées les bases de cette stabilité internationale dont avaient besoin pour des raisons internes aussi bien la France de la Régence que l'Angleterre de la nouvelle dynastie hanovrienne ou l'empereur qui souhaitait assurer sa succession. À l'alliance bourbonienne avec l'Espagne catholique, la France préfère un statu quo prudent avec l'Angleterre, lequel durera vingt-cinq ans.

L'année 1723 voit la proclamation de la majorité de Louis XV, sacré l'automne précédent, et la double disparition de l'abbé Dubois et de Philippe d'Orléans. Le gouvernement passe alors aux mains du duc de Bourbon, Louis-Henri de Bourbon-Condé, jusqu'en juin 1726. En politique extérieure, la ligne suivie par Dubois et le Régent est maintenue; les fiançailles de Louis XV et de l'infante d'Espagne Marie-Anne-Victoire sont rompues, et le roi, dont on craint toujours la mort sans héritier, est marié rapidement en 1725 à Marie, fille de Stanislas Leszczynski, roi détrôné de Pologne.

À l'intérieur, le duc de Bourbon, avec le contrôleur général Dodun, poursuit la politique d'assainissement financier menée par Dubois. Il tente d'établir un nouvel impôt, le cinquantième, perçu en nature sur les revenus de tous les propriétaires sans exception, mais cette réforme sera abandonnée dès 1726. Plus durable en revanche sera la stabilisation de la valeur de la monnaie, proclamée en juin 1726 au lendemain de la disgrâce de Bourbon et Dodun, et qui sera maintenue jusqu'à la veille de la Révolution.

Le 16 juin 1726, Louis XV signifie sa décision de prendre en charge lui-même le gouvernement du royaume. En fait, les rênes seront tenues par le vieux mentor du roi, son précepteur, Hercule de Fleury, créé cardinal la même année.
Le roi de France n'est pas alors le tyran aux mœurs dissolues, perdu dans l'opinion, que décriront les pamphlétaires et la propagande janséniste de la fin du règne et qu'on devra inhumer à la sauvette. Il est jeune, beau, intelligent, instruit et cultivé. Mais c'est un homme timide, taciturne, solitaire, qui se réfugie volontiers dans le secret. Son enfance n'a pas été très heureuse, orphelin arraché à l'affection de la duchesse de Ventadour pour tomber entre les mains du duc de Villeroy qui, tout à l'étiquette, ne réussira qu'à l'ennuyer et à lui inspirer du dégoût pour la lourde pompe versaillaise élaborée par Louis XIV. De ce manque affectif, Fleury – et les maîtresses royales – seront les heureux bénéficiaires. Le moment venu, Philippe d'Orléans et l'abbé Dubois lui ont enseigné les ressorts de la politique. Jusque dans les années 1750, Louis XV engrange les bénéfices d'une configuration internationale et d'une conjoncture économique favorables, de la ferme mais prudente politique pacifique menée à l'intérieur par le cardinal de Fleury, et du prestige militaire des campagnes du maréchal de Saxe. En 1744, quand il tombe malade à Metz, il est le «Bien-aimé». Lorsque la conjoncture politique intérieure et extérieure se retournera, ses maîtresses et son éloignement volontaire des sacrements – car doté d'une forte conscience catholique, il se sait vivre dans le péché – lui aliéneront l'opinion. En étant un homme ayant une vie privée, il contribuera personnellement fortement au processus de désacralisation de la monarchie, à tel point que la vertu chrétienne de Louis XVI ne suffira plus, au contraire, à raviver le prestige du «Très Chrétien».
Le cardinal de Fleury reste au pouvoir jusqu'à sa mort en 1743 à l'âge de 89 ans. C'est une période florissante où Fleury gouverne en cherchant l'apaisement des tensions intérieures. Le chancelier d'Aguesseau, rappelé en 1727 après plusieurs années d'exil, entreprend, sur la base des grandes enquêtes qu'il suscite auprès des parlements, d'unifier le droit du royaume. Parallèlement, le contrôleur général des Finances, Orry, au pouvoir de 1730 à 1745, perfectionne la machine administrative en se fondant lui aussi sur une meilleure connaissance du royaume, synonyme de modernisation et d'équité accrue tandis que de grands travaux économiques améliorent la circulation des biens, des hommes et des connaissances. En témoignent le succès des écoles qui forment des techniciens pour le service de la monarchie comme les expéditions scientifiques à l'étranger, telles celles de La Condamine ou Maupertuis, ou à l'intérieur des frontières les observations

des Cassini qui permettront la cartographie du territoire. En peinture, c'est l'heure de gloire des Oudry, Chardin, Boucher, et en musique Rameau produit ses plus grands opéras. Les travaux d'embellissement de Versailles se poursuivent et les grandes villes provinciales bénéficient de l'architecture monumentale administrative sous l'égide, par exemple, d'un Gabriel. Les lettres ne sont pas en reste avec le succès croissant des Voltaire, Montesquieu, Prévost, tandis que Marivaux continue de régner sur la scène théâtrale parisienne.

Le principal conflit intérieur de cette période est l'affaire janséniste qui se manifeste sous une forme aiguë entre 1727 et 1732. Mais, de même qu'envers les protestants, on peut y voir à l'œuvre la gestion prudente de Fleury. Grâce à ses louvoiements, le Régent était parvenu à mettre en sommeil, sans pour autant la régler, la question de la bulle *Unigenitus*. Plusieurs facteurs remettent le feu aux poudres entre 1727 et 1729 : d'abord, la condamnation et la suspension par un concile réuni à Embrun d'un appelant notoire, l'évêque de Senez, Mgr Soanen, qui avait été l'un des quatre premiers évêques à réclamer la réunion d'un concile général contre la bulle *Unigenitus* en mars 1717 (les appelants sont ceux qui ont réclamé un concile général contre la bulle *Unigenitus*) ; l'agitation dite convulsionnaire, qui s'étirera durant vingt ans et divisera les jansénistes eux-mêmes, autour des miracles soi-disant opérés au cimetière parisien de Saint-Médard autour de la tombe du diacre Pâris, lui aussi appelant connu ; le relais par un nouveau périodique clandestin très organisé, les *Nouvelles ecclésiastiques*, qui saisit l'opinion et publicise les affaires ecclésiastiques ; enfin, la mort en 1729 de l'archevêque de Paris, le cardinal de Noailles, qui marque le déclin définitif du jansénisme épiscopal ; il est remplacé par Mgr de Vintimille qui commettra quelques maladresses indisposant le clergé de son diocèse toujours prompt à rechercher l'appui des très gallicans magistrats parisiens. Le 24 mars 1730, Fleury, qui cherche plus en la matière à réprimer une agitation nocive à l'autorité de l'État qu'à condamner une hérésie, publie une déclaration faisant de la bulle *Unigenitus* une loi de l'Église et de l'État et interdisant les querelles d'interprétation. Il l'impose quelques jours après au Parlement de Paris très hostile à la bulle. Les ecclésiastiques appelants, les magistrats et les avocats se mobilisent. Fleury fait fermer le cimetière de Saint-Médard, tandis que l'archevêque de Paris multiplie les mandements. En août 1732, le gouvernement cherche à imposer au Parlement un règlement disciplinaire qui provoque une grève. Y répondent lit de justice et exils selon un scénario qui deviendra classique au cours de la seconde moitié du siècle. Cependant, Fleury a la volonté de ne pas envenimer les choses et incline au compromis. Avant la fin de l'année, la déclaration d'août est enterrée et le Parlement rappelé ; en revanche, Fleury entend bien que la déclaration de mars 1730 soit respectée, qu'il n'y ait plus de querelle publique autour de la bulle *Unigenitus*, tout en prônant la modération aux prélats pour qu'ils ne ravivent pas cette querelle délicate.

Au XVIIIe siècle, la France ne voit pas de conflit se dérouler sur le territoire national, hormis, plus avant dans le siècle, quelques brèves descentes anglaises sur les côtes bretonnes ou normandes. Comme le Régent et Dubois, Louis XV et Fleury sont peu bellicistes et soucieux de préserver un équilibre européen.

Pourtant, la crise successorale ouverte par la mort d'Auguste II de Pologne en 1733 dégénère en une guerre européenne où se rejoue le conflit classique des Bourbons contre les Habsbourg. Louis XV déclare la guerre à l'Empire pour soutenir son beau-père, Stanislas Leszczynski, réélu sur le trône polonais et assiégé dans Dantzig, alors que l'Autriche et la Russie soutiennent Frédéric-Auguste de Saxe. Mais il ne lui envoie que de faibles secours. C'est sur les terrains rhénan et italien que vont se dérouler les opérations militaires, Fleury ayant obtenu les neutralités anglaise et hollandaise dans le conflit. Alliée à l'Espagne et à la Savoie, la France envoie en Italie dès septembre 1733 le maréchal de Villars qui meurt en juin 1734, est d'abord remplacé par Coigny, puis en 1735 par Noailles. Ils remportent plusieurs victoires sur les Impériaux, mais les deux camps préfèrent observer un statu quo. Sur le Rhin, la campagne commence en octobre 1733. Les troupes sont commandées par Berwick qui meurt lui aussi en juin 1734 ; en 1735, le commandement échoit à Coigny. Là aussi, malgré les succès, on temporise : les Français, comme d'ailleurs les Autrichiens, évitent de trop s'engager, l'essentiel se passant sur le terrain diplomatique. Dès l'automne 1735, des préliminaires de paix sont signés à Vienne, en attendant le traité définitif de 1738. La guerre de Succession de Pologne confirme les choix opérés par les grandes puissances lors des traités d'Utrecht et de Rastadt (1713, 1714), à savoir la préservation d'un équilibre européen, obtenu d'ailleurs au détriment de l'Espagne. En compensation de la perte du trône polonais, Stanislas Leszczynski obtient la Lorraine, qui devra revenir à la France à sa mort ; celle-ci surviendra en 1766, mais en réalité, la Lorraine sera gouvernée par Versailles dès 1739. Frédéric-Auguste de Saxe est confirmé roi de Pologne, et le duc François III de Lorraine obtient le grand-duché de Toscane.

Lorsque Fleury meurt en 1743, la France est plongée dans un conflit que celui-ci n'avait pas souhaité et qui a été imposé par une faction belliciste de la Cour appuyée sur l'opinion, et surtout par une nouvelle arrivée sur la scène européenne, la Prusse. À la différence de la guerre de Succession de Pologne, la guerre de Succession d'Autriche bouleverse les équilibres européens élaborés précédemment. L'empereur Charles VI avait cherché à garantir auprès des grandes puissances sa succession en faveur de sa fille Marie-Thérèse. Mais lorsqu'il trépasse en octobre 1740, personne ne se sent vraiment lié par les paroles qui ont été données auparavant. Si on ne conteste pas l'héritage de Marie-Thérèse pour ce qui concerne les traditionnelles couronnes des Habsbourg (Bohême, Hongrie), il en va différemment en revanche pour le trône impérial où la France soutient son allié bavarois Charles-Albert. Les événements se précipitent quand Frédéric II de Prusse saisit l'opportunité de s'emparer de la Silésie, la Russie n'étant pas en mesure de s'opposer à cette agression anti-autrichienne. Le duc de Belle-Isle, envoyé français à la diète de Francfort, soutient l'Électeur de Bavière et s'allie avec la Prusse. Les armées françaises passent le Rhin, menacent l'Autriche, font campagne en Bohême et s'emparent de Prague. Mais Frédéric II, préférant assurer sa conquête, traite avec l'Autriche. Et, en 1742, tandis que l'Autriche occupe la Bavière, les armées françaises se retrouvent isolées en Bohême et Belle-Isle doit battre en retraite.

1743 voit l'entrée dans le conflit de l'Angleterre, qui soutient l'Autriche sans pour autant déclarer la guerre à la France. En juin, les Français essuient une grave défaite à Dettingen. Les revers – l'Alsace est menacée – incitent à procéder à une réorganisation de l'armée. À l'automne, le roi de Sardaigne Charles-Emmanuel III (de Savoie) s'allie avec l'Autriche, tandis qu'un pacte de famille unit les Bourbons de France et d'Espagne. Un front secondaire s'ouvre en Italie, sans grand succès pour la France, car au cours de l'automne 1746, les armées sarde et autrichienne menacent la Provence. Entre-temps, la France a déclaré la guerre à l'Angleterre (mars 1744), s'est réaccordée avec la Prusse – mais Frédéric II, après ses victoires de 1745, se retirera de nouveau du conflit en traitant avec l'Autriche –, et mène fermement la guerre contre l'Autriche et les Anglo-Hanovriens. C'est l'heure des campagnes victorieuses de Maurice de Saxe aux Pays-Bas (Fontenoy, mai 1745) dont il fait la conquête (1745-1747). De conflit autour de la succession impériale, la guerre s'est transformée en règlement armé d'une double rivalité, prusso-autrichienne et franco-anglaise. La dure pression de Maurice de Saxe dans les Pays-Bas autrichiens (la violence du sac de Berg-op-Zoom en septembre 1747 effraie) incite les belligérants à négocier un règlement pacifique. En octobre 1748, la paix est signée à Aix-la-Chapelle. François de Lorraine, époux de Marie-Thérèse, est reconnu empereur, mais l'Autriche a subi des pertes territoriales. Louis XV, victorieux, arbitre la paix mais rétrocède les conquêtes françaises. La véritable bénéficiaire de cette guerre est la Prusse, qui vient de s'affirmer comme une grande puissance militaire continentale, avec laquelle il faudra désormais compter et dont l'appétit met en péril les équilibres dessinés dans la première moitié du siècle. L'Angleterre s'est révélée comme la première puissance maritime, et l'entente franco-anglaise fait place à une rivalité empreinte de bellicisme qui durera près d'un siècle.

Confrontée à la montée en puissance de la Prusse qui se rapproche de l'Angleterre et à la multiplication des incidents navals ou des conflits dans les colonies avec cette dernière, la France s'allie avec l'Autriche en mai 1756, au moment où la guerre se déclare ouvertement. Elle durera sept ans. Ni l'Italie ni les Pays-Bas ne sont cette fois un champ de bataille. L'essentiel des combats se déroule sur les terres allemandes ou hors d'Europe. De nouveau, c'est Frédéric II qui entame les opérations militaires et bat, en 1757-1758, Autrichiens, Français et Russes. Après de sérieuses difficultés en 1759, le Prussien réussit à repousser les Russes et signe la paix en 1762. La France, après de lourdes défaites au début de la guerre, réussira à occuper le Hanovre. Mais contre l'Angleterre, l'essentiel s'est joué aux Indes, orientales et occidentales. Forte de ses succès aux Indes, aux Antilles, en Amérique, l'Angleterre signe une paix qui lui est favorable en 1763. Si la France récupère ses comptoirs indiens, elle perd en revanche ses colonies américaines. La guerre de Sept Ans lègue à l'avenir un fort ressentiment français contre l'Angleterre.

Après la guerre de Succession d'Autriche, s'ouvre pour Louis XV une ère de difficultés intérieures. Machault d'Arnouville, qui a succédé à Orry au contrôle général des Finances en décembre 1745, établit en 1749 un nouvel impôt, le vingtième, portant sur tous les revenus et dont la répartition doit être faite par les agents royaux. L'édit rencontre la résistance des états provinciaux – ceux du Languedoc et de Bretagne particulièrement –, des parlements et surtout du clergé. L'opposition, très remontée contre l'idée de laisser le fisc déterminer l'assiette de l'impôt, est assez vite jugulée ; seul le clergé obtient finalement de procéder lui-même à la répartition de l'impôt.

En ce début de décennie 1750, la question janséniste resurgit avec acuité à l'occasion de deux affaires qui mettent aux prises l'archevêque de Paris – Christophe de Beaumont depuis 1746 – et les parlementaires : l'administration de l'hôpital général et les refus de sacrements opposés aux adversaires de la bulle *Unigenitus*. Le pouvoir royal est rapidement impliqué dans ces querelles, dont l'enjeu est la délimitation des sphères respectives des pouvoirs temporel et spirituel. Il ne parvient plus à imposer silence aux protagonistes. L'opposition parlementaire à la monarchie prend son envol. Les parlements de province affirment leur solidarité en prétendant ne former qu'un seul corps appartenant à l'essence de la monarchie. En vain le gouvernement cherche-t-il à les discipliner et à leur imposer l'exécution de ses décisions. Les critiques dénonçant l'arbitraire du pouvoir royal convergent.

Faisant écho à la critique politique stricto sensu, la vie privée du roi suscite une désapprobation générale et la culture des Lumières s'épanouit : les ténors – Montesquieu qui publie *L'Esprit des lois* en 1748, Voltaire l'*Essai sur les mœurs* en 1756 – sont rejoints par des nouveaux venus à l'œuvre tout aussi puissante, comme Rousseau qui publie ses premiers textes percutants, Condillac, Mably ou ceux que le projet d'*Encyclopédie* réunit autour de Diderot, et dont les premiers volumes commencent à paraître en 1751. Non pas que la pensée des Lumières ait un contenu déterminé – elle est éclectique et disparate –, mais elle se caractérise par l'usage et le rôle qu'elle assigne à la philosophie et par sa foi dans l'immutabilité de la raison. Aux tribunaux de l'opinion et de la raison, ni l'Église ni la monarchie ne résisteront à terme. Pour l'heure, le paroxysme est atteint en janvier 1757 quand, dans les jardins du château de Versailles, l'ancien domestique d'un parlementaire janséniste blesse Louis XV d'un coup de canif, quelques semaines après qu'un lit de justice a imposé une nouvelle réglementation disciplinaire aux parlementaires parisiens qui s'acheminent peu après vers l'exil.

L'apaisement survient ensuite sous l'influence d'une nouvelle équipe au pouvoir – Machault, qui n'était déjà plus contrôleur général depuis 1754, quitte définitivement le gouvernement en février 1757 –, dominée par des personnalités proches de la Pompadour : Bernis, puis Choiseul après 1758. Ces derniers sont les artisans du rapprochement avec l'Autriche. À l'intérieur, ils jettent du lest aux parlementaires. Ils bénéficient de surcroît de la bonne tenue de l'économie française malgré les difficultés liées à la guerre de Sept Ans et les protestations soulevées par l'augmentation des impôts pour la financer. La paix revenue en 1763 est propice à une gestion plus libérale du royaume. Non pas que toute source de tension ait été éliminée entre modernité et tradition, entre le gouvernement et les parlements. La récurrence de l'opposition de ces derniers face aux tentatives de réforme que le gouvernement cherche à introduire dans la fiscalité depuis 1759 en témoigne, de même que le procès La Valette devant le Parlement de Paris qui aboutit en 1764 à l'expulsion hors du royaume de la Compagnie de Jésus et met le gouvernement devant le fait accompli – il est vrai, avec la complicité passive d'un Choiseul, peu dévot. L'Église sent bien alors, comme le montrent l'assemblée générale du clergé de

1765 et l'instauration en 1766 de la commission des réguliers chargée de réformer les ordres religieux, que l'appui du pouvoir royal n'est que relatif alors que la contagion philosophique gagne la société.

Pas plus que Louis XV, Choiseul n'est un belliciste. Il entreprend cependant de renforcer la capacité militaire de la France en réorganisant l'armée et en perfectionnant la Marine. Mais plutôt que d'allumer des conflits, il cherche surtout à stimuler les investissements et le commerce, tant en France qu'outre-mer. En résonance avec l'éclosion des théories physiocratiques, la liberté du commerce des grains est établie en 1763 par les contrôleurs généraux Bertin puis Laverdy.

Mais, exaspéré par les remontrances répétées des parlements provinciaux qui refusent de procéder à un cadastre général des biens-fonds destiné à mieux répartir les vingtièmes, atteint par le conflit qui oppose le parlement de Rennes au gouverneur de la province, le duc d'Aiguillon, Louis XV va bientôt revenir à un style de gouvernement plus autoritaire. En mars 1766, au cours d'un lit de justice au Parlement de Paris, connu sous le nom de «séance de la flagellation», il rappelle avec éclat que la plénitude du pouvoir législatif lui appartient et que c'est en sa personne exclusivement que réside la souveraineté. En septembre 1768, il nomme un nouveau chancelier et garde des Sceaux, Maupeou, et, en décembre 1769, l'abbé Terray au contrôle général des Finances. Tandis que ce dernier entreprend de rééquilibrer les finances royales, Maupeou arrête les poursuites que le Parlement intentait au duc d'Aiguillon et cherche à limiter le droit de remontrance des parlementaires. Ces derniers entament alors une grève, laquelle provoque l'ire du roi. Fin décembre, Choiseul est disgracié.

Tout est en place pour le «coup de majesté» qui s'ensuit. Comme les parlementaires, soutenus par les princes du sang, refusent obstinément de reprendre leurs fonctions, non seulement ils sont exilés, mais encore leurs offices sont supprimés. L'organisation judiciaire du royaume est entièrement refondue: la vénalité des charges de judicature est supprimée, la gratuité de la justice établie, les parlements remplacés par des conseils supérieurs, leurs ressorts remembrés. C'est un bouleversement sans précédent. Maupeou, avec le soutien de Louis XV, a opéré une véritable révolution. Les magistrats, qui prétendent représenter la nation, en appellent aux états généraux dans un grand déferlement pamphlétaire, mais Maupeou et Terray tiennent les choses bien en main quand Louis XV meurt inopinément au printemps 1774.

Enfants de Louis XV et de Marie Leszczynska

Marie-Louise-Élisabeth (1727-1759); Anne-Henriette (1727-1752); Louise-Marie (1728-1733); Louis (1729-1765), dauphin; Philippe (1730-1733), duc d'Anjou; Marie-Adélaïde (1732-1800); Marie-Louise-Thérèse-Victoire (1733-1799); Sophie-Philippe-Élisabeth-Justine (1734-1782); Marie-Thérèse-Félicité (1736-1744); Louise-Marie (1737-1787).

Petits-enfants mâles de Louis XV : enfants du dauphin Louis

Louis (1751-1761), duc de Bourgogne; Xavier (1753-1754), duc d'Aquitaine;
Louis XVI (1754-1793); Louis XVIII (1755-1824); Charles X (1757-1836).

Enfants du Régent Philippe d'Orléans et de Françoise-Marie de Bourbon, dite Mlle de Blois

Marie-Louise-Élisabeth (1695-1719), Louise-Adélaïde (1698-1743), Charlotte-Aglaé (1700-1761), Louis Ier (1703-1752), Louise-Élisabeth (1709-1742), Philippe-Élisabeth (1714-1734), Louise-Diane (1716-1736).

Papes

Clément XI, 1700-1721; Innocent XIII, 1721-1724; Benoît XIII, 1724-1730; Clément XII, 1730-1740; Benoît XIV, 1740-1758; Clément XIII, 1758-1769; Clément XIV, 1769-1774.

Souverains

Empire: Charles VI, 1711-1740; Marie-Thérèse, 1740-1745 (et reine de Hongrie et de Bohême, 1740-1780); François Ier, 1745-1765; Joseph II, 1765-1790.
Espagne: Philippe V, 1701-1746; Ferdinand VI, 1746-1759; Charles III, 1759-1788.
Grande-Bretagne: George Ier, 1714-1727; George II, 1727-1760; George III, 1760-1820.
Pologne: Auguste II, 1709-1733; Auguste III, 1733/1738-1763.
Prusse: Frédéric-Guillaume Ier, 1713-1740; Frédéric II, 1740-1786.
Russie: Pierre Ier, 1682-1725; Catherine Ire, 1725-1727; Pierre II, 1727-1730; Anne, 1730-1740; Élisabeth, 1741-1761; Pierre III, 1762; Catherine II, 1762-1796.
Sardaigne: Victor-Amédée II, 1720-1730; Charles-Emmanuel III, 1730-1773; Victor-Amédée III, 1773-1796.

1715

1er septembre
Ce dimanche, à 8 h 15, mort à Versailles de Louis XIV auquel succède son arrière-petit-fils âgé de 5 ans et demi: Louis XV. L'oraison funèbre du Roi-Soleil sera prononcée par Massillon. Si les droits de naissance qui amènent Philippe d'Orléans à être Régent ont été formellement confirmés par Louis XIV, le défunt roi a aussi cherché, dans son testament, à limiter les pouvoirs de son neveu par un Conseil de régence – présidé par Philippe d'Orléans mais il n'en choisit pas les membres et n'a qu'une simple voix parmi les autres – et un Conseil de conscience. Le testament de Louis XIV prévoit en outre de confier la garde de Louis XV au duc du Maine, chargé aussi de commander les troupes de la Maison du roi.
Philippe d'Orléans fait remettre aux principaux membres du Parlement un mémoire où il réclame la pleine Régence en échange d'une restitution du droit de remontrance suspendu depuis 1673. Le soir, Philippe d'Orléans s'entretient avec les ducs et pairs présents à Versailles.

2 septembre
Réunion du Parlement de Paris en présence de Philippe d'Orléans, des princes du sang et des princes légitimés à l'issue de laquelle Philippe d'Orléans est reconnu Régent: après lecture du testament de Louis XIV, Philippe d'Orléans, qui s'était entendu avec le Parlement (lequel saisit là l'occasion de retrouver un pouvoir politique dont Louis XIV l'avait écarté), fait reconnaître, sans restriction, son plein droit à la régence. Fort de l'appui parlementaire, Philippe d'Orléans revient ensuite sur l'organisation du Conseil de régence: se référant au duc de Bourgogne, il propose l'institution de plusieurs conseils dont les résolutions seraient soumises au Conseil de régence; il réclame aussi de pouvoir choisir la composition du Conseil de régence et suggère d'y faire entrer le prince de Conti (Louis-Armand de Bourbon-Conti, 1695-1727) et le duc de Bourbon (Louis-Henri de Bourbon-Condé, 1692-1740) auquel il propose de confier la présidence du Conseil, ce qui est proclamé au cours de la séance. L'entente du Régent avec le Parlement et les ducs et pairs lui permet de remettre en cause le monopole du duc du Maine sur l'éducation de Louis XV: le duc du Maine est déchargé du commandement militaire de la Maison du roi et ne reste que surintendant de l'éducation du roi. Philippe d'Orléans n'a pas obtenu formellement une annulation du testament de Louis XIV mais simplement qu'on le débarrasse de tout ce qui le gênait. Il est bien, conformément au vœu de Louis XIV, soumis à la majorité du Conseil de régence, mais c'est lui qui le compose. Les grands perdants de cette séance sont les bâtards légitimés que Louis XIV avait cherché à assimiler aux princes du sang et à rendre aptes à succéder à la Couronne le cas échéant. Le 12 septembre, ces décisions sont entérinées lors d'un lit de justice.

3 septembre
Le roi Louis XV et le Régent Philippe d'Orléans reçoivent une délégation du clergé.

3-4 septembre
Messes de *Requiem* à Versailles pour le repos de l'âme de Louis XIV.

4 septembre
On porte les entrailles de Louis XIV à Notre-Dame de Paris.

5 septembre
Le roi Louis XV et le Régent reçoivent les officiers du Parlement, de la chambre des comptes et de la Cour des aides de Paris. Il faudra plusieurs mois à Louis XV pour recevoir les représentants des différents corps du royaume.

6 septembre
Le cœur de Louis XIV est déposé chez les jésuites.

9 septembre
Suite à une décision prise la veille, conformément au vœu de Louis XIV, le roi Louis XV quitte Versailles pour Vincennes.

14 septembre
Le chancelier Voysin doit se démettre de sa charge de secrétaire d'État à la Guerre.

15 septembre
Le Régent Philippe d'Orléans restitue au Parlement son droit de remontrance en revenant sur la déclaration du 24 février 1673 qui enjoignait aux parlements d'enregistrer immédiatement les actes royaux sans aucune modification. La chambre des comptes et la Cour des aides de Paris retrouvent aussi le droit de présenter des remontrances.
Philippe d'Orléans remercie le contrôleur général des Finances Desmarets.
Déclaration décidant d'établir plusieurs conseils pour la direction des affaires du royaume.

18 septembre
Première séance du Conseil de régence. Son rôle ira en déclinant au fil des années tandis que le nombre de ses membres augmentera. Les décisions se prendront plutôt au sein d'un comité plus restreint de ses membres se réunissant avec Philippe d'Orléans.

22 septembre
Torcy démissionne de sa charge de secrétaire d'État aux Affaires étrangères.

23 septembre
Le Régent Philippe d'Orléans annonce qu'il gardera jusqu'à la majorité de Louis XV la signature des ordres de dépenses que Louis XIV signait lui-même.

fin septembre
Philippe d'Orléans décide de transférer la Cour à Paris. C'est le 30 décembre que Louis XV quittera Vincennes pour les Tuileries. À la même époque, on sait que le maréchal de Villeroy sera le gouverneur de Louis XV (il avait été l'amant de la duchesse de Ventadour, gouvernante de Louis XV).

1er octobre
Ordonnance instituant la polysynodie: intégration des différentes sections de l'ancien Conseil du roi au Conseil de régence et institution des conseils particuliers qui reprennent les attributions des secrétaires d'État. À la fin de l'année, on compte ainsi sept conseils: le Conseil du dedans (présidé par le duc d'Antin, 1655-1736), le Conseil des finances (présidé par le duc de Noailles, 1678-1766), le Conseil de guerre (présidé par le maréchal de Villars), le Conseil de la marine (présidé par le maréchal d'Estrées; le comte de Toulouse, trop haut personnage pour présider, en est le chef nominal), le Conseil des affaires étrangères (présidé par le maréchal d'Huxelles), le Conseil de commerce (présidé par le maréchal de Villeroy), et le Conseil de conscience (présidé par le cardinal de Noailles). Une ordonnance réglemente le Conseil du dedans.

5 octobre
Le Conseil de régence approuve un édit, enregistré le 17 au Parlement, supprimant les sept offices d'intendant des finances et les six offices d'intendant du commerce. Dans les mois qui suivent, plusieurs centaines d'offices moins importants sont supprimés.

24 octobre
Le Conseil des finances examine le projet de banque proposé par Law. Seul le lieutenant général de police, Marc-René de Voyer de Paulmy d'Argenson, l'approuve sans réserve. Mais le duc de Noailles emporte l'avis du Conseil: il faut d'abord réduire les dépenses de l'État et rétablir la confiance.

Law

John Law (1671-1729) est né à Édimbourg où son père est l'un des plus riches orfèvres de la ville. Vite orphelin, il s'établit à Londres à 21 ans. En 1694, il tue un homme en duel, est emprisonné, s'évade et passe sur le continent où il séjourne en Hollande et en France. En 1707, il remet au contrôleur général des Finances, Desmarets, un mémoire où il propose d'établir une banque qui émettrait de la monnaie papier convertible en terres : les propriétaires, en échange de numéraire, consigneraient leurs terres au roi qui en percevrait les revenus. En 1715, avant la mort de Louis XIV, il reprend contact avec Desmarets grâce à Philippe d'Orléans. Dans son projet de banque, Law déclare n'émettre de billets qu'au fur et à mesure des dépôts d'espèces. Il pense placer ces sommes et les faire fructifier. Il a l'idée que la richesse réside dans le commerce ; or, ce dernier a besoin d'une monnaie abondante afin de multiplier les échanges, lesquels engendrent la richesse. Le succès de ses projets conduira Law au contrôle général des Finances en 1720, mais l'écroulement de son « système » l'obligera à quitter définitivement la France avant la fin de la même année. Il meurt à Venise en 1729.

3 novembre
Ordonnances réglementant le Conseil de guerre et le Conseil de la marine.

7 novembre
Jérôme Phélypeaux de Pontchartrain renonce à sa charge de secrétaire d'État à la Marine et à la Maison du roi en faveur de son fils Jean-Frédéric Phélypeaux de Maurepas (1701-1781). Des quatre secrétaires d'État en fonction sous Louis XIV, La Vrillière, qui s'occupait de la question protestante, est le seul à conserver sa charge, sans affectation précise. Il jouera le rôle d'un secrétaire des séances au Conseil de régence et s'occupera aussi de la Maison du roi, Maurepas étant pour l'heure trop jeune pour exercer sa charge.

14 novembre
Ordonnance réglementant le Conseil des finances: elle précise que le Régent aura seul la signature de toutes les ordonnances concernant les dépenses

comptables et que le Trésor royal et les parties casuelles relèveront de lui.

16 novembre
Arrêt du Conseil autorisant l'exportation des grains hors du royaume jusqu'au 1er février 1716.

2 décembre
La faculté de théologie de Paris, qui a élu comme syndic au mois d'octobre Ravechet, un opposant notoire à la bulle *Unigenitus* (8 septembre 1713), désavoue l'acceptation de la bulle qu'elle avait donnée, en mars 1714, suite à l'enregistrement au Parlement du 15 février 1714 qui avait fait de la bulle une constitution.

7 décembre
Déclaration royale où Philippe d'Orléans souligne le mauvais état des finances de la monarchie. Le Conseil de régence décide de vérifier les titres de créances représentatifs de l'immense dette de l'État: un visa permettra d'évacuer les créances douteuses. Il s'agit en réalité d'une banqueroute partielle de l'État.

14 décembre
Établissement du Conseil de conscience chargé des affaires ecclésiastiques, présidé par le cardinal de Noailles. En sont membres l'abbé René Pucelle (1655-1745), conseiller au Parlement de Paris, et Henri-François d'Aguesseau (1668-1751), procureur général du Parlement de Paris. Tous trois étant réputés pour leurs sympathies jansénistes, Philippe d'Orléans justifiera ces nominations auprès du pape Clément XI en indiquant que sa position de Régent lui impose de ménager l'opinion. Son fonctionnement est réglementé par une ordonnance du 22 décembre.
Déclaration établissant un Conseil de commerce et des manufactures.

23 décembre
Le Conseil de régence adopte la réforme monétaire du duc de Noailles proposée par le Conseil des finances. Les anciennes monnaies devront être portées aux hôtels de monnaie avant le 1er avril 1716, sans quoi elles seront reprises moins cher. L'État remet en circulation les monnaies récupérées après les avoir marquées à un cours supérieur: ce sont les pièces réformées. Il y aura de nombreux faux en circulation; aussi, en août 1716, le gouvernement interdira-t-il l'entrée en France des monnaies réformées.
Arrêt du Conseil défendant aux troupes de danseurs de cordes et sauteurs des foires de Saint-Germain et de Saint-Laurent de donner des représentations de scènes comiques.

autres événements
• Les Français s'installent dans l'île Maurice, nommée île de France, qu'ont quittée les Hollandais.
• Dufresny: la *Coquette du village, ou le lot supposé.*
• Lesage: premier tome de *Gil Blas de Santillane* (les deux suivants paraîtront en 1724 et 1735).
• Malebranche: *Réflexions sur la prémotion physique.*
• Abbé Terrasson: *Dissertation critique sur l'Iliade d'Homère, où, à l'occasion de ce poème, on cherche les règles d'une poétique fondée sur la raison et sur les exemples des anciens et des modernes.*
• François Couperin: *Leçons de ténèbres.* Les trois lamentations des ténèbres pour le mercredi saint ont été publiées par Couperin entre 1713 et 1717. Elles ont été composées (ainsi que celles des jeudi et vendredi saints qui n'ont pas été publiées) pour les religieuses de l'abbaye de Longchamp.
• Guillaume I Coustou (1677-1746): *Louis XIII agenouillé* (sculpture à Notre-Dame de Paris).
• Charles-Antoine Coypel (1694-1752): *Jason poursuivant Médée.* Il est le fils d'Antoine Coypel et le petit-fils de Noël Coypel.
• Watteau: *La Toilette intime.*

1716

2 janvier
Premier grand bal public, ouvert à tous moyennant 6 sous l'entrée, dans la salle de l'opéra du Palais-Royal.
L'abbé Dubois est nommé conseiller d'État.

Dubois

Fils d'un apothicaire de Brive, Guillaume Dubois (1656-1723), simple tonsuré, après avoir fait de bonnes études à Paris, était entré au service des Orléans en 1683 comme répétiteur auprès du jeune duc de Chartres, le futur Régent. En 1687, il est précepteur en titre. Sa bonne entente avec son élève, auquel il délivre une instruction sérieuse, permet à ce modeste mais ambitieux personnage d'obtenir de fructueuses abbayes, et aussi de voir solliciter son influence lorsqu'il s'agit de convaincre Philippe d'épouser la fille légitimée de Louis XIV, Mlle de Blois. Sa nomination comme conseiller d'État révèle officiellement son appartenance à la nouvelle élite au pouvoir. Deux années suffisent à ce pragmatique, qui a toute la confiance du Régent, pour atteindre la consécration en étant nommé secré-

taire d'État aux Affaires étrangères. Entre-temps, il a réussi un coup de maître : renverser la ligne qui avait régi la France louis-quatorzienne, en négociant une alliance avec l'Angleterre puis avec la Hollande. La France s'éloigne de l'Espagne catholique pour renouer avec les puissances maritimes protestantes. Dubois inaugure une politique européenne pacifique équilibrée – qui correspond aussi bien aux intérêts du royaume qu'à ceux de la nouvelle dynastie hanovrienne au pouvoir en Angleterre – à laquelle devront se rallier bon gré, mal gré, l'Empire et l'Espagne. Archevêque de Cambrai en 1720 après avoir été rapidement ordonné prêtre, Dubois accède au cardinalat l'année suivante. Débarrassé des factions pro-espagnoles de la vieille Cour, puis de son rival Law, le cardinal-ministre sera alors maître pour gouverner à l'intérieur, avec l'assentiment du Régent.

4 janvier
Ordonnance servant de règlement pour le Conseil de commerce.
Arrêt du Conseil transformant l'Académie royale des inscriptions et médailles en Académie des inscriptions et belles-lettres.

7 janvier
Les ducs et pairs remettent au Régent un mémoire lui demandant de statuer en leur faveur dans l'affaire (dite des bonnets) qui les oppose au Parlement de Paris : leurs voix ne comptent pas s'ils n'opinent pas tête découverte selon le procès-verbal de la séance parlementaire du 2 septembre 1715.

28 janvier
Règlement pour le service des gardes-côtes (enregistré le 28 mai au Parlement).

29 janvier
Une déclaration, enregistrée le 4 mars au Parlement, interdit le commerce et la navigation dans les mers du Sud.

février
Ordonnance réorganisant l'administration des Ponts et Chaussées : on trouve un ingénieur par généralité à la base et un architecte premier ingénieur au sommet, Jacques Gabriel (1667-1742).
Saint-Simon adresse au Régent un mémoire intitulé *Idées pour sortir Son Altesse Royale de l'affaire des bonnets*.

8 février
Le Parlement enregistre un édit de janvier supprimant une charge de secrétaire d'État.

23 février
Une ordonnance réglemente l'entretien des pompes à eau à Paris pour lutter contre les incendies.

mars
Échec d'une tentative jacobite de recouvrer le pouvoir en Angleterre (les jacobites sont les partisans de la dynastie légitime des Stuarts).

1er mars
La Cour abandonne le grand deuil imposé par la mort de Louis XIV ; on entre dans le petit deuil.

3 mars
Première représentation publique d'*Athalie* de Racine à la Comédie-Française.

6 mars
Déclaration réglementant le contrôle général des Finances.

7 mars
Une ordonnance interdit à tout traitant, fermier, receveur ou commis de quitter son domicile sans congé exprès.

11 mars
Le Parlement enregistre des lettres patentes datées de janvier rendant libre la traite des Noirs de Guinée.

12 mars
Le Parlement enregistre un édit établissant une chambre de justice contre les financiers, dont les membres ont été nommés le 8 mars. Plusieurs déclarations royales en mars et avril en définissent les justiciables et réglementent les modalités de dénonciation des agissements des financiers.

14 mars
Arrêt du Conseil prorogeant jusqu'au 30 juin l'autorisation d'exporter des grains donnée le 16 novembre 1715.

17 mars
Une déclaration royale donne quinze jours à tous ceux qui manient des fonds publics pour dresser un état de leurs biens.

21 mars
Une déclaration royale, enregistrée le 4 avril au Parlement, réduit les droits dus sur les huiles et savons.

22 mars
Arrêt du Conseil cassant la décision du Parlement du 2 septembre 1715 sur le « bonnet ». Mais la signification n'en sera pas faite en bonne et due forme au Parlement.

24 mars
Une déclaration royale donne huit jours aux receveurs généraux des finances pour faire viser leurs opérations.

avril
Le pape Clément XI prétend ne conférer l'institution canonique aux nouveaux évêques que s'ils s'engagent à recevoir la bulle *Unigenitus*. Le Régent repousse cette exigence et nombre d'évêchés restent vacants.

1er avril
Brevet nommant officiellement précepteur de Louis XV l'évêque de Fréjus Fleury (qui s'est démis de son évêché pour assurer cette fonction). Philippe d'Orléans espère contrebalancer l'influence de Villeroy par celle de Fleury.

Fleury

Hercule-André de Fleury (1653-1743) est le fils d'un receveur des décimes qui l'envoya faire ses études dans les bons établissements parisiens. Il est ordonné prêtre en 1674, nommé aumônier de la reine Marie-Thérèse en 1675, puis du roi Louis XIV en 1678, et sacré évêque de Fréjus en 1699. En août 1715, Louis XIV le pressent pour être le précepteur de son arrière-petit-fils. Dans cette fonction, Fleury gagne l'affection et l'entière confiance de Louis XV. Aussi, à partir de 1726, après la disgrâce du duc de Bourbon, Fleury apparaît-il comme un véritable premier ministre. Il gouvernera ainsi le royaume jusqu'à ce que la mort le saisisse en 1743, en pleine guerre de Succession d'Autriche, guerre qu'il ne souhaitait pas. Prudent, empirique, tenace et travailleur, il va poursuivre l'œuvre de Dubois, visant à maintenir un équilibre européen qui permettra à la France, sans gloire ni panache, de connaître une certaine prospérité dans une monotonie que lui reprocheront ses adversaires.

28 avril
Une ordonnance réduit les effectifs de l'armée afin de restreindre les dépenses de l'État.

mai
Édit réorganisant les maîtrises des eaux et forêts.

1er mai
Philippe d'Orléans fait venir Law devant le Conseil des finances afin de défendre son projet de banque auquel le Régent tient.

2 mai
Le projet de banque privée de Law est adopté par le Conseil des finances. La Banque générale est fondée à Paris : elle émet des billets remboursables à vue contre des espèces. Le Parlement enregistre l'édit le 4 mai.

10 mai
Arrêt du Conseil de régence renvoyant l'affaire du « bonnet » à quand il plaira au roi de statuer. Les prétentions des pairs au Parlement resteront en l'état où elles étaient au 1er septembre 1715.

18 mai
Une ordonnance permet le rétablissement d'une nouvelle troupe de Comédiens italiens – ils avaient été expulsés en 1697. Ils vont s'installer à l'Hôtel de Bourgogne sous la direction de Luigi Riccaboni, dit Lélio. À partir de 1718, leurs pièces seront données dans un mélange de français et d'italien et non pas seulement en italien. Leur succès provient de ce que leur jeu allie action et naturel : ils jouent avec plus de liberté que les Français, écrira Diderot, et agissent sur la scène comme s'ils étaient chez eux. Ils se lient à Marivaux et prendront en 1723 le titre de « comédiens ordinaires du roi ».

20 mai
Lettres patentes réglementant la banque de Law.

26 mai
Naturalisation de Law.

5 juin
Traité d'assistance mutuelle entre l'Angleterre et l'Autriche en cas d'agression.

10 juin
Les receveurs généraux, les hommes chargés de recouvrer les tailles et autres officiers comptables doivent tenir une comptabilité double et adresser tous les quinze jours copie de leurs états au Conseil des finances.

23 juin
Ordonnance réduisant de moitié la durée des deuils : l'objectif de cette mesure est de réduire les dépenses, ainsi que les manques à gagner, notamment pour les marchands d'étoffe.

24 juin
Arrêt du Conseil prorogeant jusqu'au 1er septembre l'autorisation d'exporter des grains.

1er juillet
Ordonnance réglementant le service et la discipline de la maréchaussée.

2 juillet
L'abbé Dubois, déguisé et muni d'instructions du Régent, quitte Paris pour la Hollande afin d'y rencontrer George Ier d'Angleterre et son ministre lord James Stanhope (1673-1721).

11 juillet
Ordonnance réglementant le Conseil de la marine qui annule le règlement du 3 novembre 1715.

21 juillet
Première rencontre entre l'abbé Dubois et le Premier ministre anglais Stanhope. Dubois souhaite l'alliance anglaise. De retour à Paris, il convainc le Régent que cette alliance est possible.

août
Le duc de Bourbon Louis-Henri de Bourbon-Condé, son frère Charles comte de Charolais et son cousin le prince de Conti Louis-Armand présentent à Louis XV une requête réclamant un lit de justice pour abolir les dispositions prises par Louis XIV en faveur de ses bâtards légitimés.

8 août
Arrêt prorogeant jusqu'au 1er mars 1717 l'autorisation d'exporter des grains.

9 août
L'abbé Dubois repart en mission en Hollande.

15 août
Conflit de préséance entre Philippe d'Orléans et le Parlement de Paris pour la procession du vœu de Louis XIII.

18 août
Le cardinal de Noailles refuse de renouveler aux jésuites leurs pouvoirs dans son diocèse (ils étaient expirés depuis le 15). Lorsqu'il retire ainsi aux jésuites le pouvoir de confesser dans son diocèse, Noailles rétablit l'usage de réclamer aux mourants demandant les sacrements un billet de confession signé par un prêtre autorisé.

24 août
L'abbé Dubois et le ministre anglais Stanhope concluent une première convention : expulsion au-delà des Alpes du prétendant anglais, Jacques-Édouard Stuart (1688-1766, dit aussi le chevalier de Saint-George) ; engagement de la France à ne pas aider les jacobites ; alliance défensive entre les deux royaumes et garantie de leurs successions.

1er septembre
Louis XV abandonne le deuil de son arrière-grand-père Louis XIV.
Arrêt du Conseil réglant l'administration des bénéfices en attendant que la Cour de Rome octroie les bulles de provision des bénéfices pourvus depuis le début de l'année.

28 septembre
Traité commercial entre la France et les villes hanséatiques.

7 octobre
Les receveurs des tailles, des fermes et autres droits doivent envoyer à Paris leur recette en billets de la Banque générale. Ils doivent acquitter à vue toute demande d'un remboursement de billets. La première de ces mesures est rapportée le 26 décembre.

10 octobre
Accord d'alliance entre la France et l'Angleterre à Hanovre.

25 octobre
Ordonnance prescrivant la construction de casernes dans les villes de garnison.

novembre
Le Conseil décide une nouvelle refonte des monnaies. La réduction de la dette publique de l'État reste à l'ordre du jour.
Négociations avec les Hollandais pour qu'ils rejoignent l'alliance franco-anglaise du 10 octobre.

14 novembre
L'abbé Claude Fleury (1640-1723) est présenté à Louis XV pour être son confesseur. Il est l'auteur de l'*Institution du droit ecclésiastique* (1677) et d'une *Histoire ecclésiastique* (1691-1723).

28 novembre
Traité franco-anglais de La Haye.

décembre
Négociations entre la France et la Prusse.
Bref du pape Clément XI contre les évêques opposants à la bulle *Unigenitus* et suspendant les privilèges de la Sorbonne. Philippe d'Orléans, au nom des libertés de l'Église gallicane, interdira au clergé de recevoir ce bref. Il sera suivi par les parlements, mais 11 évêques néanmoins encourageront publiquement Clément XI.

8 décembre
Lettres patentes interdisant à d'autres imprimeurs que les six imprimeurs du roi d'imprimer et vendre des édits, déclarations, arrêts du Conseil, etc.

16 décembre
Arrêt du Parlement de Paris défendant d'imprimer et de diffuser aucune bulle ou écrit de la papauté sans lettres patentes enregistrées.

autres événements
- Giulio Alberoni (1664-1752) devient Premier ministre de Philippe V d'Espagne. Violant la paix européenne, il poussera l'Espagne à la guerre en envahissant la Sardaigne et la Sicile, mobilisant contre son pays l'Empire, la France, l'Angleterre et la Hollande. Philippe V devra accepter pour son fils le duché de Parme en échange de son renoncement à contester aux Habsbourg leurs possessions en Italie et renverra, en décembre 1719, l'encombrant ministre.
- François de Callières: *De la manière de négocier avec les souverains, de l'utilité des négociations, du choix des ambassadeurs et des envoyés et des qualités nécessaires pour réussir dans ces emplois.*
- Crébillon père: *Atrée et Thyeste.*
- Traduction de l'*Odyssée* par Mme Dacier.
- Nicolas Le Gros (1675-1751): *Du renversement des libertés de l'Église gallicane dans l'affaire de la Constitution Unigenitus.*
- Montesquieu: *Dissertation sur la politique des Romains dans la religion.*
- Antoine Coypel devient premier peintre du roi; il commence *Don Quichotte.*
- Jacques Gabriel: construction du pont de Blois.
- Watteau: *Le Prélude au concert* et *Les Charmes de la vie.*

1717

janvier
Philippe d'Orléans organise des rencontres entre évêques afin d'obtenir un compromis dans l'affaire de la bulle *Unigenitus.*
Le Conseil de régence accepte la proposition du financier Antoine Crozat de rembourser une partie de ses dettes en renonçant à sa concession de la Louisiane en faveur du roi. Cette cession lui permettra de diviser par deux sa dette à l'égard de l'État.

4 janvier
Triple alliance conclue à La Haye entre la France, l'Angleterre et la Hollande contre l'Espagne. Ce traité confirme celui d'Utrecht (1713). La paix est nécessaire à Philippe d'Orléans pour assurer le pouvoir de sa régence. L'abbé Dubois en sera l'artisan.
La France expulse le prétendant anglais Jacques-Édouard Stuart, et on invite Philippe V d'Espagne à abandonner la Sicile à l'Empire à la place de la Sardaigne et à se réconcilier avec la France.

février
Lettres patentes établissant une Académie d'architecture.

3 février
Le procureur général du Parlement de Paris, d'Aguesseau, devient chancelier à la place de Voysin mort la veille. L'avocat général du Parlement de Paris, Guillaume-François Joly de Fleury (1675-1756), devient procureur général.

6 février
Le prétendant anglais Jacques-Édouard Stuart part pour Avignon.

15 février
Âgé de 7 ans, Louis XV quitte l'autorité de la duchesse de Ventadour pour celle de son gouverneur, le maréchal de Villeroy, et est présenté à son nouveau précepteur, Hercule-André de Fleury.

22 février
Une délégation des pairs remet à Philippe d'Orléans un mémoire contre les princes légitimés par Louis XIV. Le duc du Maine avait répondu en novembre et décembre 1716 aux requêtes présentées par les princes du sang.

27 février
Arrêt du Conseil prorogeant jusqu'au 1er septembre l'autorisation d'exporter des grains.

28 février
Le duc du Maine et le comte de Toulouse remettent à Philippe d'Orléans une requête pour le maintien de l'édit de 1714 les rendant aptes à succéder au trône.

1er mars
L'évêque de Senez Jean Soanen (1647-1740), l'évêque de Montpellier Charles-Joachim Colbert de Croissy (1667-1738), l'évêque de Mirepoix Pierre de La Broue (1643-1720) et l'évêque de Boulogne Pierre de Langle († 1724) dressent devant deux notaires du Châtelet un acte par lequel ils appellent au concile général contre la bulle *Unigenitus*. Le jour même, Philippe d'Orléans les somme de rejoindre leurs diocèses par lettre de cachet. Le syndic de la Sorbonne, Ravechet, est remplacé par l'abbé Quinault qui avait accepté la bulle.

5 mars
Les quatre évêques appelants déposent leur appel au concile général contre la bulle *Unigenitus* devant la faculté de théologie de Paris.

22 mars
Le Parlement enregistre l'édit supprimant la chambre de justice établie l'année précédente.

26 mars
L'abbé Dubois entre au Conseil des affaires étrangères.

3 avril
Le cardinal de Noailles fait inscrire secrètement son propre appel contre la bulle *Unigenitus*. 60 % des curés parisiens vont se déclarer appelants.

8 avril
Une ordonnance interdit le pharaon. Le pharaon est un jeu de hasard qui reprend le principe du loto et se joue avec deux cartes. La piste de jeu est divisée en deux cases, les joueurs misent sur l'une d'elles, la banque tire deux cartes qu'on pose sur chacune des cases; la plus forte gagne et la banque paie au gagnant l'équivalent de sa mise. Ce jeu fait fureur au XVIIIe siècle grâce à sa simplicité, sa rapidité et le peu de matériel qu'il nécessite.

10 avril
Arrêt du Conseil ordonnant à tous les comptables publics de prendre pour argent comptant les billets de Law.

22 avril
Le tsar Pierre le Grand arrive à Dunkerque. Il recherche l'alliance française contre la Suède.

7 mai
Arrivée à Paris du tsar Pierre le Grand. Il s'entretient le 9 avec Philippe d'Orléans, et a une entrevue le 10 avec Louis XV.

12 mai
Déclaration interdisant d'imprimer ou vendre aucun livre n'ayant reçu ni privilège ni permission.

14 mai
Le Conseil de régence décide que les requêtes présentées par le duc de Bourbon et le prince de Conti pour faire révoquer l'édit de juillet 1714 sur la succession des bâtards légitimés à la couronne, et celles présentées par le duc du Maine et le comte de Toulouse pour le maintien du même édit et la convocation d'états généraux, seront transmises pour examen aux procureur et avocat généraux du Parlement de Paris. Un arrêt du Conseil interdit aux nobles de signer la pétition en faveur des légitimés et de la convocation des états généraux.

16 mai
François-Marie Arouet dit Voltaire (1694-1778) est embastillé pour avoir composé des épigrammes contre le Régent; il restera emprisonné jusqu'en avril 1718.

6 juin
Arrêt du Conseil confiant à une commission de conseillers d'État l'examen des requêtes présentées par le duc de Bourbon et le prince de Conti, et par le duc du Maine et le comte de Toulouse.

18 juin
Le Parlement enregistre un édit supprimant les offices municipaux des pays d'élections ainsi qu'en Bretagne, et prescrivant d'en revenir aux pratiques d'avant 1690. Une déclaration royale du 17 juillet autorisera les villes et communautés à remplacer les offices supprimés dont elles auraient besoin pour l'administration de leurs affaires.

19 juin
Le duc de Noailles dresse un bilan de la situation financière du royaume: le déficit qui était de 77 millions de livres en septembre 1715 a été ramené à 8.

21 juin
Au grand soulagement du gouvernement, qui souhaitait ne pas s'aliéner la Suède et que la conduite désordonnée de cet hôte encombrant et de son entourage mal dégrossi choquait, le tsar Pierre le Grand quitte Paris.

23 juin
Philippe d'Orléans montre à Louis XV le gros diamant qu'il a acheté: le « Régent ».

1er juillet
Un arrêt du Conseil révoque l'édit de juillet 1714 et la déclaration du 23 mai 1715 sur les bâtards légitimés par Louis XIV: les bâtards royaux perdent leur droit de succession à la couronne et leur qualité de prince du sang; la nation pourrait choisir son roi si les Bourbons venaient à manquer. Cependant, le duc du Maine et le comte de Toulouse conservent leurs autres privilèges et leur préséance sur les ducs et pairs. L'arrêt sera enregistré par le Parlement le 8 juillet.

9 juillet
Philippe V d'Espagne déclare la guerre à l'empereur Charles VI. Philippe V prend prétexte de l'arrestation comme rebelle à l'Empire du grand inquisiteur d'Espagne survenue au mois de mai dans le Milanais.

13 juillet
Une lettre de Philippe d'Orléans exhorte les évêques au calme dans l'affaire de la bulle *Unigenitus*.

24 juillet
Arrêt du Conseil ordonnant à tous les officiers comptables d'envoyer copie de leurs registres au Conseil des finances.

31 juillet
Arrêt du Conseil ordonnant à tous les monastères et maisons de religieuses destinés à l'éducation ou aux œuvres de charité d'envoyer à l'évêque diocésain et à l'intendant de la généralité ou de la province leurs titres de fondation et l'état de leurs revenus.

août
Law fonde la Compagnie d'Occident qui obtient le monopole du commerce avec la Louisiane; le Parlement en enregistre les lettres patentes le 6 septembre. 200 000 actions de 500 livres au porteur seront émises.

15 août
Signature à Amsterdam d'un traité entre la France, la Russie et la Prusse. Ce traité permet au Régent d'empêcher un rapprochement entre l'Autriche et la Russie sans réellement s'engager auprès de cette dernière, tout en restant l'allié de la Suède et en sauvegardant de bonnes relations avec l'Angleterre.

17 août
Annonce de la suppression, à compter de 1718, du dixième, impôt établi en 1710. Le Parlement enregistrera une partie de l'édit le 4 septembre tout en émettant des remontrances sur certains articles. Après négociation, le gouvernement acceptera certaines de ces remontrances le 9 septembre et les articles en litige seront enregistrés le 10.

20 août
Débarquement espagnol en Sardaigne. Cette expédition dirigée contre l'Empire rompt la paix effective depuis le traité d'Utrecht de 1713.

26 août
Arrêt du Conseil enjoignant, conformément à l'arrêt du 31 juillet, aux communautés religieuses parisiennes de s'exécuter devant le cardinal de Noailles, archevêque de Paris, et le lieutenant général de police de Paris, d'Argenson.

12 septembre
Arrêt du Conseil nommant les directeurs de la Compagnie d'Occident.
Arrêt du Conseil ordonnant à ceux qui manient des fonds publics à Paris de faire leurs paiements en billets de la Banque générale de Law.

7 octobre
Déclaration royale suspendant les appels, contestations et procès concernant la bulle *Unigenitus*. Le Régent cherche à imposer silence aux deux camps. Le Parlement enregistre cette déclaration le lendemain.

4 décembre
Ordonnance contre le jeu. Ce texte insiste sur les troubles de l'ordre public créés par le jeu, qui dissout la moralité, engendre le libertinage et incite au vol et à l'infidélité en touchant particulièrement les domestiques. La réitération des textes répressifs contre le jeu tout au long du siècle indique la difficulté pour l'administration à juguler ce phénomène qui envahit les rues parisiennes. Pour endiguer cette passion ludique à laquelle n'échappe pas la Cour, le lieutenant de police d'Argenson, dès les années 1720, aurait préféré instaurer des académies royales de jeu bien surveillées par la police, mais le marquis de La Vrillière s'y opposera et les taverniers pourront ainsi continuer à attirer le passant dans leurs antres.

8 décembre
Au cours d'un long entretien, l'abbé Dubois, qui revient de Londres, convainc Philippe d'Orléans de ne pas soutenir l'Espagne, de négocier avec l'empereur Charles VI et de rester fidèle à la récente alliance anglaise.

21 décembre
Lettres patentes ordonnant la levée des impôts ordinaires en Bretagne après le refus des états de Bretagne de voter le don gratuit au roi. Réunis le 15 décembre à Dinan, leur refus a entraîné leur dissolution le 18 par le maréchal de Montesquiou, gouverneur de la province.

22 décembre
Arrêt du Conseil approuvant la donation faite par Charles d'Hozier, garde de l'armorial du royaume, de ses collections généalogiques à la Bibliothèque du roi, où entrent cette même année les premiers manuscrits russes.

autres événements
• Découverte du bassin houiller d'Anzin par Desandrouin (1682-1761), qui obtient une concession royale.
• Marivaux : *L'Iliade travestie.*
• Cardinal de Retz : première édition des *Mémoires*. Retz avait entamé la rédaction de ses *Mémoires* en 1675 à l'abbaye de Saint-Mihiel où il s'était retiré au soir de sa vie. Leur publication à Nancy par les moines qui détenaient le manuscrit connaît un succès immédiat : on compte deux éditions en 1717, cinq en 1718, une encore en 1719. Le ton très libre des *Mémoires* rencontre la faveur du public de la Régence qui y trouve plus qu'un récit des guerres civiles du XVIIe siècle. C'est qu'en racontant l'histoire de sa vie, Retz va bien au-delà de son portrait particulier, de l'autobiographie ou de la chronique historique : sa réflexion sur la politique et l'introspection font du texte un carrefour de genres littéraires propre à séduire le lecteur.
• François Couperin : deuxième livre de *Pièces de clavecin*. Il publie aussi *L'Art de toucher le clavecin*.
• Marin Marais : quatrième livre de *Pièces de violes*.
• Watteau : *L'Embarquement pour Cythère*, *L'Indifférent* et *La Finette*.

1718

6 janvier
Philippe d'Orléans reçoit chez lui le duc de Noailles, président du Conseil des finances, le chancelier d'Aguesseau et Law afin que ce dernier puisse défendre ses projets.

10 janvier
Remontrances du parlement de Rennes contre les lettres patentes du 21 décembre 1717.

25 janvier
Le Régent reçoit une délégation du parlement de Rennes qu'il refuse d'écouter.

26 janvier
Louis XV reçoit une délégation du Parlement de Paris qui souligne le coût et les inconvénients de la polysynodie : la tension croît entre le Régent et les parlements de Paris et de Rennes.

28 janvier
Le Régent reprend les Sceaux au chancelier d'Aguesseau, trop gallican et hostile à Law, et l'exile à Fresnes. Le lieutenant général de police de Paris d'Argenson prête serment pour la garde des Sceaux (d'Aguesseau reste chancelier, charge inamovible). Le duc de Noailles démissionne du Conseil des finances. Louis-Charles de Machault (1667-1750) devient lieutenant général de police à la place de d'Argenson, et le duc de La Force, acquis à Law, remplace le duc de Noailles au Conseil des finances. La nomination de d'Argenson ne va pas améliorer les relations avec le Parlement.

février
Remontrances du Parlement de Paris contre la polysynodie.

12 février
L'autorisation d'exporter des grains est prorogée jusqu'au 1er septembre.

15 février
On joue pour Louis XV les *Symphonies pour le souper du roy* de Delalande.

19 février
Le duc Léopold Ier de Lorraine prête hommage à Louis XV pour la partie mouvante du Barrois (à l'ouest de la Meuse). Arrivés à Paris la veille, le duc et la duchesse de Lorraine (Élisabeth-Charlotte d'Orléans, sœur du Régent) quitteront Paris le 8 avril. Cette visite coïncide avec un traité conclu le 21 janvier entre la France et la Lorraine qui, en conséquence du traité de Ryswick du 30 octobre 1697, fixe les limites des deux États, et dont les lettres patentes seront enregistrées au Parlement le 7 avril, veille du départ du duc et de la duchesse.

8 mars
Une déclaration considère les protestants restés en France comme catholiques ; elle les oblige à élever leurs enfants comme des catholiques et à recevoir les sacrements sous peine de galères.

Rome condamne l'appel au concile général (1er mars 1717) des évêques français opposés à la bulle *Unigenitus*.

avril
La création monétaire de la Banque de Law dépasse les 100 millions de livres.

11 avril
Voltaire sort de la Bastille.

27 avril
Incendie à Paris sur le Petit Pont: 35 maisons sont brûlées.

mai
Le Régent décide une refonte des monnaies: un louis d'or vaut 36 livres au lieu de 18.
Le pape Clément XI accepte d'accorder leurs bulles d'investiture aux évêques nommés par le Régent depuis janvier 1716 (une quinzaine sont concernés). Clément XI reprochait à Philippe d'Orléans sa complaisance envers le jansénisme.

20 juin
Le Parlement de Paris présente au roi des remontrances solennelles et décide de rétablir les anciennes monnaies, empiétant ainsi sur le pouvoir royal. Cette mesure est cassée le jour même par le Conseil de régence.

21 juin
Arrêt du Conseil étendant son droit d'évocation à toute contestation, née ou à naître, au Parlement de Paris à propos de l'exécution de l'édit de mai sur la refonte des monnaies.

27 juin
Remontrances du Parlement de Paris contre la refonte des monnaies.

29 juin
Visite à Paris du Premier ministre anglais, lord Stanhope. Il s'agit de négocier un accord qui obligerait l'Espagne à la paix; en déclarant la guerre à l'Empire, Philippe V a mis en péril le fragile équilibre européen élaboré en 1713, alors que la France et l'Angleterre ont intérêt au maintien d'un ordre international.

30 juin
La Cour des aides et la chambre des comptes soutiennent le Parlement de Paris et émettent à leur tour des remontrances contre la politique monétaire du Régent.

1er juillet
Les états de Bretagne sont de nouveau autorisés à s'assembler à Dinan. Montesquiou promet le respect des libertés bretonnes et une baisse de la capitation. Les états votent le don gratuit au roi.

2 juillet
Le garde des Sceaux d'Argenson, répondant aux remontrances du 27 juin, déclare au Parlement: « Les lois anciennes et les nouvelles ne subsistent que par la volonté du souverain et n'ont besoin que de cette volonté seule pour être loi; leur enregistrement dans les cours, à qui l'exécution en est confiée, n'ajoute rien au pouvoir du législateur, c'en est seulement la promulgation et un acte d'obéissance indispensable. »

3 juillet
Débarquement espagnol en Sicile.

7 juillet
Les états de Bretagne suppriment le droit d'entrée sur les boissons, mesure qui sera cassée par le Conseil de régence. Alors que Montesquiou cherche à isoler la noblesse bretonne au sein des états, le conflit se durcit.

11 juillet
La Compagnie d'Occident, que contrôle Law, reçoit le privilège exclusif de l'achat des peaux de castors au Canada.

26 juillet
Remontrances itératives du Parlement de Paris contre la refonte des monnaies.

2 août
Quadruple alliance à Londres: l'empereur Charles VI adhère à la triple alliance (4 janvier 1717) entre la France, l'Angleterre et la Hollande contre l'Espagne.

11 août
Une escadre anglaise écrase la flotte espagnole au large de Syracuse en Sicile.

12 août
Arrêt du Parlement de Paris interdisant aux étrangers, même naturalisés, de toucher à l'administration des deniers du royaume.

18 août
Le Régent décide de recourir à un lit de justice contre le Parlement (il en garde le secret) et s'allie aux ducs et pairs.

21 août
Arrêt du Conseil réglementant le droit de remontrance du Parlement de Paris et cassant derechef les arrêts du Parlement du 20 juin et du 12 août.

24 août
Guillaume Delisle (1675-1726) reçoit le titre de premier géographe du roi alors que paraît son *Cours des principaux fleuves et rivières de l'Europe.*

26 août
Lit de justice aux Tuileries cassant les remontrances du Parlement de Paris. Le lit de justice impose une réglementation de l'exercice du droit de remontrance et une déclaration mettant les bâtards légitimés de Louis XIV sur le même rang que les ducs et pairs. Au Conseil de régence, Philippe d'Orléans avait annoncé la tenue du lit de justice et l'abaissement des légitimés à leur rang de pairie. Le duc de Bourbon avait alors revendiqué la surintendance de l'éducation du roi en avançant que le duc de Villeroy, plus ancien dans la pairie que le duc du Maine, ne pouvait pas servir sous les ordres de ce dernier.

29 août
Arrestation et exil de trois magistrats de la chambre des enquêtes du Parlement de Paris. Ce dernier, soutenu par les avocats, décide une grève de deux jours.

septembre
Les frères Pâris, soutenus par le garde des Sceaux d'Argenson et l'abbé Dubois, créent une compagnie concurrente de celle de Law.
Philippe d'Orléans réduit le nombre de réunions des conseils.

3 septembre
Le parlement de Rennes intervient en faveur du Parlement de Paris dans des remontrances.

4 septembre
Un arrêt du Conseil accorde à la Compagnie d'Occident, que contrôle Law, le bail de la ferme générale du tabac pour neuf ans.

5 septembre
Arrêt du Conseil prorogeant jusqu'au 1er mars 1719 l'autorisation d'exporter des grains hors du royaume.

7 septembre
Le parlement de Rennes envoie au roi des remontrances protestant contre les atteintes aux droits des états provinciaux.

8 septembre
Bulle *Pastoralis officii* excommuniant les fidèles qui ne reconnaissent pas la bulle *Unigenitus.* 19 évêques vont du coup renouveler leur appel au concile contre la bulle *Unigenitus.*

9 septembre
Le Régent Philippe d'Orléans est victime d'une attaque d'apoplexie.

16 septembre
Le cardinal de Noailles informe Philippe d'Orléans de sa décision de rendre public son appel contre la bulle *Unigenitus* et démissionne du Conseil de conscience qui va être supprimé.

19 septembre
Philippe V d'Espagne expulse de son royaume les représentants anglais et saisit les biens des commerçants anglais.

23 septembre
Dernière réunion du Conseil de conscience.

24 septembre
Le Régent met fin à l'expérience de la polysynodie: suppression des Conseils des affaires étrangères, du dedans et de la guerre; subsistent, outre le Conseil de régence, les Conseils des finances, de la marine et du commerce. Des ordonnances, datées des 13, 24 et 25 octobre, réglementeront le fonctionnement des Conseils des finances et du commerce. Les secrétariats d'État aux Affaires étrangères, dont l'abbé Dubois prend la direction, et à la Guerre, à la tête duquel est nommé Claude-Louis Le Blanc (1669-1728), sont rétablis. En 1719, on compte, en plus de Dubois et Le Blanc, trois autres secrétaires d'État: La Vrillière, Maurepas et Fleuriau d'Armenonville.

29 septembre
Un arrêt du Conseil casse la décision du parlement de Rennes du 7 septembre et exile quelques opposants de la noblesse. Ceux-ci se regroupent afin de défendre les «libertés» de la Bretagne et font circuler au sein de la noblesse bretonne un manifeste qui recueille au cours de l'automne 500 à 600 signatures parmi lesquelles celle du marquis de Pontcallec: c'est l'origine de la conspiration dite du marquis de Pontcallec.

24 octobre
Victor-Amédée II de Savoie accepte d'échanger la Sardaigne contre la Sicile avec l'empereur Charles VI.

18 novembre
Voltaire: *Œdipe*. Cette tragédie est son premier grand succès.

27 novembre
Ordonnance interdisant les jeux de dés, le biribi et le pharaon.

9 décembre
Philippe d'Orléans fait part au Conseil de régence d'une conspiration espagnole à laquelle participent la duchesse du Maine et l'ambassadeur d'Espagne, le prince de Cellamare. Cette conspiration permet au Régent d'imposer sa ligne diplomatique, c'est-à-dire la prééminence de la nouvelle alliance avec l'Angleterre, l'Empire et la Hollande – ennemis de la France sous Louis XIV – sur les liens avec l'Espagne où trône pourtant un Bourbon, petit-fils de Louis XIV et oncle de Louis XV.

10 décembre
Le Parlement de Paris prend la défense du parlement de Rennes dans des remontrances.

13 décembre
L'ambassadeur de France à Madrid est expulsé.

21 décembre
Massillon, l'illustre prédicateur, est sacré évêque de Clermont-Ferrand dans la chapelle des Tuileries en présence de Louis XV auprès duquel il prête serment le 3 janvier suivant.

25 décembre
Au Conseil de régence, Philippe d'Orléans convainc les hésitants du bien-fondé de déclarer la guerre à l'Espagne. Il révèle aux ducs de Bourbon et de Saint-Simon son projet de faire arrêter le duc et la duchesse du Maine.
Déclaration de Philippe V d'Espagne contre le Régent.

27 décembre
Arrêt du Conseil transformant la Banque générale de Law en Banque royale, conformément à une déclaration royale du 4 décembre, et réglementant son fonctionnement. Il est stipulé que seuls l'or et les billets de Law pourront être utilisés dans les transactions importantes. Pour faciliter celles-ci, on crée des billets en papier dont la valeur est indiquée en livres. Le Parlement de Paris avait marqué son opposition à ce projet.

29 décembre
À Sceaux, arrestation du duc et de la duchesse du Maine accusés de comploter contre le Régent et compromis avec l'Espagne dont l'ambassadeur est reconduit à la frontière. Le duc et la duchesse – cette dernière fera une confession complète à Philippe d'Orléans – seront libérés au début de 1720.

autres événements
• Mort de Charles XII de Suède. Sa sœur, Ulrique-Éléonore, lui succède, et renonce à sa couronne en faveur de son mari, Frédéric de Hesse-Cassel, le 14 mars 1720.
• Fondation de La Nouvelle-Orléans par Jean-Baptiste Le Moyne de Bienville (1680-1768).
• 2e édition du *Dictionnaire de l'Académie française*.
• Edmond-Jean-François Barbier (1689-1771), avocat au Parlement de Paris, entame la rédaction de son *Journal*, qu'il tiendra jusqu'en 1762.
• Dom Antoine-Augustin Calmet (1672-1757): *Histoire de l'Ancien et du Nouveau Testament*.
• Charles-Irénée Castel de Saint-Pierre (1658-1743): *Discours sur la polysynodie*. Ce texte, publié en avril, lui vaudra d'être exclu de l'Académie française. Son *Instruction familière sur la soumission due à la constitution Unigenitus* fait le parallèle entre le concile général et les états généraux, dépositaires de la souveraineté primitive.
• Massillon: *Le Petit Carême*.
• Le bénédictin de la congrégation de Saint-Maur Bernard de Montfaucon (1655-1741) entame la publication des *Œuvres* de saint Jean Chrysostome (13 volumes jusqu'en 1738).
• Campra: *Ballet des âges*, opéra-ballet sur un livret de Fuzelier.
• Claude Mollet (1660-1742) entame la construction de l'hôtel du comte d'Évreux, l'actuel palais de l'Élysée.
• Jean-Marc Nattier (1685-1766) est reçu à l'Académie avec *Phryné changée en pierre*.
• Étienne-François Geoffroy (1672-1731): *Table des différents rapports observés en chimie entre différentes substances*.
• Mode des robes à panier.

1719

9 janvier
Après l'Angleterre, la France déclare la guerre à l'Espagne.

février
François Gigost de La Peyronie (1678-1747) reçoit en survivance la charge de Georges Maréchal,

premier chirurgien du roi depuis 1703. C'est le début d'une sincère amitié entre Louis XV et son chirurgien.

20 mars
Le parlement de Douai interdit la publication de la bulle *Pastoralis officii* du 8 septembre 1718. Les parlements de Paris, Rouen, Aix-en-Provence, Metz et Rennes ont dénoncé comme abusive *Pastoralis officii*, et les autres parlements ont reçu les procureurs généraux appelants comme d'abus. L'appel comme d'abus était une procédure, classiquement gallicane, utilisée pour dénoncer auprès des parlements les empiètements de la juridiction spirituelle sur la juridiction temporelle.

13 avril
Les nobles bretons protestataires qui avaient signé la pétition circulant l'année précédente se donnent rendez-vous près de Vannes. Seuls 16 d'entre eux se déplaceront. Ils décideront de s'adresser au Régent mais aussi de contacter la noblesse poitevine ainsi que l'Espagne.

15 avril
Mort de Mme de Maintenon à 84 ans.

20-21 avril
L'armée française, que commande le maréchal de Berwick, franchit la Bidassoa sans rencontrer une grande résistance de la part des Espagnols.

22 avril
Un arrêt du Conseil réglemente la fabrication et le cours des billets de la Banque royale. Il précise que les billets en livres ne seront pas affectés par les diminutions de valeur touchant les espèces.

7 mai
Un arrêt du Conseil abaisse la valeur du louis d'or mais non celle des billets.

23 mai
La Compagnie d'Occident, fondée par Law, absorbe la Compagnie des Indes orientales et de Chine et prend le nom de Compagnie des Indes. En absorbant ainsi différentes compagnies maritimes, la Compagnie des Indes obtient un quasi-monopole sur le commerce maritime français. Elle a le privilège exclusif de la navigation et du négoce dans les mers de l'Inde et de la Chine, et partout où elle étendrait ses activités. Elle reçoit en titre propre les terres et places acquises auprès des potentats locaux. Elle peut entretenir des relations diplomatiques au nom du roi, négocier la paix ou déclarer la guerre, lever des troupes et armer des vaisseaux. Elle s'engage à entretenir les établissements ecclésiastiques situés dans ses possessions. Si son capital est surtout privé, elle est liée à l'État qui la contrôle. Elle bénéficiera jusqu'en 1747 des fruits du monopole du tabac et du café. Ses directeurs sont nommés par arrêt du Conseil et elle dépend *de facto* étroitement du contrôle général des Finances. Le tonnage de sa flotte tourne autour de 20 000 tonneaux.

27 mai
L'armée française assiège la place forte espagnole de Fontarabie, qui se rend le 18 juin.

4 juin
Règlement du commerce du castor.
Arrêt du Conseil transférant à la Compagnie des Indes les droits et privilèges de la Compagnie d'Afrique.

5 juin
Philippe d'Orléans cherche à imposer le silence dans les querelles religieuses, ordonne l'exécution de la déclaration du 7 octobre 1717 et interdit pendant un an toute contestation ou controverse autour de la bulle *Unigenitus*. Cette déclaration est enregistrée le 7 juin par le Parlement.

24 juin
Le bruit courant que le marquis de Pontcallec, qui faisait de la contrebande, allait être arrêté, 100 à 200 personnes se regroupent près de son château pour le défendre. Elles se dispersent le lendemain sans que personne n'ait songé à arrêter Pontcallec.

8 juillet
Les créanciers sont autorisés à exiger de leurs débiteurs le paiement en billets émis par la Banque de Law.

25 juillet
Law obtient un arrêt du Conseil accordant à la Compagnie des Indes le monopole de la frappe des monnaies. La Compagnie va recevoir le 27 juillet l'autorisation d'émettre pour 25 millions de nouvelles actions.
Un arrêt du Conseil décide d'établir des bureaux de banque dans les principales villes du royaume.

27 juillet
L'Espagne promet son aide aux conjurés bretons (une quarantaine) menés par Pontcallec, qui décident de poursuivre leur action.

19 août
Le maréchal de Berwick s'empare de San Sebastian.

27 août
La Compagnie des Indes prend pour neuf ans le bail des fermes générales qui avait été adjugé l'année précédente aux frères Pâris; elle s'engage à verser 52 millions par an. Le même jour, elle prête à la monarchie 1,2 milliard de livres à 3 %. La Compagnie va lancer des souscriptions dans le public.

31 août
Arrêt prescrivant le remboursement des rentes perpétuelles sur l'Hôtel de Ville.
La Compagnie des Indes doit rembourser une partie des dettes de l'État.

6 septembre
Le Parlement de Paris condamne l'évêque de Soissons, Jean-Joseph Languet de Villeneuve de Gergy (1677-1753), futur archevêque de Sens et adversaire des jansénistes, à 10000 livres d'amende, mesure annulée par le Régent.

13 septembre
La Compagnie des Indes est autorisée par un arrêt du Conseil à émettre pour 50 millions de nouvelles actions. Les 28 septembre et 2 octobre, elle sera à nouveau autorisée à en émettre chaque fois pour 50 millions.

15 septembre
Lettres patentes délivrant les provisions de charge de bibliothécaire du roi à l'abbé Jean-Paul Bignon, directeur de la Librairie et du *Journal des savants*. Il met en place la grande division de la Bibliothèque en cinq départements: manuscrits, imprimés, titres et généalogies, planches et estampes, médailles. Il restera à la tête de la Bibliothèque royale jusqu'en 1742.

25 septembre
Ordonnance réglementant la construction des casernes à faire dans les 20 généralités du royaume.

octobre
Organisation d'une chambre de justice contre les nobles bretons menés par le marquis de Pontcallec.

12 octobre
Un arrêt du Conseil accepte l'offre de prêt de la Compagnie des Indes à l'État. En exécution de l'arrêt du Conseil du 27 août, la gestion des recettes générales est confiée à la Compagnie des Indes et les receveurs généraux des finances doivent présenter leurs titres pour la liquidation de leurs offres.

18 octobre
Les Français prennent Urgel aux Espagnols.

28 novembre
Arrestation du marquis de Pontcallec, en fuite depuis le 23 septembre.

5 décembre
Philippe V d'Espagne renvoie son Premier ministre, le cardinal Alberoni. La France avait fait de ce renvoi un préalable à l'ouverture de négociations.

9 décembre
La Compagnie des Indes jouira jusqu'au 1er août 1728 du privilège de la fabrication des monnaies.

21 décembre
La valeur des billets est fixée à 5 % au-dessus du numéraire, tandis qu'on continue d'abaisser la valeur du louis d'or et qu'on interdit l'emploi de l'or pour les paiements supérieurs à 300 livres ainsi que de l'argent pour les paiements supérieurs à 10 livres. Law cherche à démonétiser les métaux précieux.

28 décembre
Une ordonnance interdit, sans succès, le jeu, qui fait fureur.

autres événements
• Début de la publication des *Conférences ecclésiastiques* du diocèse d'Angers qui se poursuivra jusqu'en 1776.
• Abbé Jean-Baptiste Dubos (1670-1742): *Réflexions critiques sur la poésie et la peinture.* Il laisse une place à l'irrationnel dans l'inspiration poétique et on y trouve une théorie des climats qui ne sera pas sans influencer Montesquieu.
• Bernard de Montfaucon: *L'Antiquité expliquée et représentée en figures, histoire appuyée sur les monuments* (15 volumes jusqu'en 1724).
• André-Michel Ramsay (1686-1743): *Essai de politique où l'on traite de la nécessité, de l'origine, des droits, des bornes et des différentes formes de la souveraineté, selon les principes de l'auteur de Télémaque.* Une deuxième édition verra le jour en 1721 sous le titre d'*Essai philosophique sur le gouvernement civil.*
• La Comédie-Française obtient la suppression des théâtres de la foire.
• Jean Aubert († 1741) construit les Grandes Écuries de Chantilly.
• Coysevox: *Louis XV âgé de 7 ans.* Le sculpteur a réalisé trois autres bustes de Louis XV.
• Watteau: *Mezzetin.*

1720

janvier
Édit réunissant au domaine le droit de marc d'or (droit que les officiers paient lorsqu'ils prêtent serment et que Henri III avait affecté à l'entretien de l'ordre du Saint-Esprit). Il y restera rattaché jusqu'en 1734, moment où on recréera des offices pour l'administration particulière de ce droit.
Bignon réunit à sa charge de garde de la Bibliothèque du roi celle de garde du cabinet particulier des livres du Louvre.

5 janvier
Law devient contrôleur général des Finances.

20 janvier
Un arrêt du Conseil ordonne que les billets de banque auront cours dans tout le royaume : on craignait que les gens ne les échangent contre des espèces, mais on va manquer de billets, notamment de petites coupures.

12 février
Mariage par procuration de la fille du Régent, Charlotte-Aglaé, avec le fils aîné du duc de Modène, François-Marie d'Este.

16 février
Philippe V d'Espagne annonce son adhésion à la quadruple alliance (août 1718). Cette déclaration marque la fin de la guerre avec l'Espagne entamée début 1719.

18 février
Louis XV assiste pour la première fois au Conseil de régence.

24 février
Arrêt du Conseil réglementant l'administration de la Banque royale par la Compagnie des Indes.

27 février
Un arrêt du Conseil interdit de détenir plus de 500 livres en or ou argent chez soi.

29 février
Traité mettant fin aux hostilités entre la France et la Grande-Bretagne d'une part, et l'Espagne d'autre part.

mars
La charge de bibliothécaire de Fontainebleau est réunie à celle de garde de la Bibliothèque du roi que détient Bignon.
Plusieurs édits et ordonnances réorganisent les maréchaussées.

11 mars
Déclaration démonétisant l'or : les espèces en or cesseront d'avoir cours comme monnaie au 1er mai prochain ; elles seront reprises jusqu'au 1er mai à 750 livres le marc d'or. La déclaration prévoit aussi la démonétisation progressive de l'argent. La Banque royale continuera à émettre des billets afin de rembourser les actions de la Compagnie des Indes : l'État mène une politique d'inflation tandis que le cours des actions de Law chute ; en mai, 2,5 milliards de livres sont en circulation, mais on compte peu de numéraire.

13 mars
Rédigé par le cardinal de Noailles, Massillon et le père de La Tour (Pierre-François d'Arères, 1653-1733, supérieur de l'Oratoire), et signé par une centaine de prélats, le « Corps de doctrine » accepte les condamnations portées par la bulle *Unigenitus* mais les commente. Une dizaine d'évêques jansénistes refusent de souscrire à cette déclaration.

19 mars
Arrêt du Conseil interdisant aux particuliers d'importer de l'or ou de l'argent dans le royaume, cette importation étant un monopole de la Compagnie des Indes.

22 mars
Une ordonnance interdit aux spéculateurs de se réunir rue Quincampoix « pour y négocier du papier ». L'empressement du public à se faire rembourser avait contraint Law à fermer le bureau qu'il avait ouvert dans cette rue.

26 mars
Convaincus de lèse-majesté et de félonie (trahison au bénéfice de l'Espagne en guerre avec la France), le marquis de Pontcallec et trois de ses complices sont exécutés à Nantes. La plupart des autres conjurés seront amnistiés.
Le comte de Horn et son complice Laurent de Mille sont roués pour avoir assassiné un courtier venu acheter des titres. Ce fait divers est symptomatique de l'effervescence qui saisit le public et des spéculations qui entourent l'expérience de Law.

28 mars
Pour limiter les désordres dans la rue, une ordonnance interdit la vente des titres et billets de banque dans tous les lieux publics et précise que seuls les agents de change sont autorisés à les négocier.

2 avril
Traité confirmant celui du 29 février auquel se joignent l'empereur Charles VI et le roi de Sardaigne Victor-Amédée II de Savoie. Philippe V évacuera la Sicile et la Sardaigne, renoncera à ses anciens territoires italiens et à ses prétentions sur la couronne de France. Louis XV ratifie l'accord en mai.

20 avril
Arrêt du Conseil suspendant l'échange de billets contre certaines espèces aux bureaux de la Banque royale.

3 mai
Règlement prescrivant l'élargissement des grands chemins à 60 pieds (plus de 19 mètres) et la plantation d'arbres le long de ces routes. Cette mesure est à l'origine des alignements de platanes le long de nos routes nationales.

6 mai
L'abbé Dubois est nommé archevêque de Cambrai.

21 mai
Pour juguler l'inflation, Law décide de réduire la valeur des actions et des billets par étapes. Les billets conserveront cependant leur valeur jusqu'en 1721 pour payer les impôts. L'État est en banqueroute, ne pouvant pas assurer la conversion de la masse de billets en circulation. Cette mesure est révoquée le 27 mai, veille de la démission de Law.

25 mai
On jette des pierres contre la Banque royale à Paris. La ville et le Parlement commencent à s'émouvoir.

28 mai
Law démissionne du contrôle général des Finances; il est déchargé de toute fonction et ses attributions sont partagées. L'or et l'argent sont de nouveau autorisés à circuler librement. Les conseillers d'État Félix Le Peletier de La Houssaye (1663-1723), Charles Trudaine (1660-1721) et Louis Fagon, chargés de dresser le bilan de la Compagnie des Indes et de la Banque royale, commencent à vérifier la comptabilité de la Banque de Law dès le 29 mai. On découvrira qu'il a émis plus de billets qu'il ne le devait et ne le déclarait, mais aussi que le Régent a couvert l'opération. Les investigations seront mises en veilleuse.

1er juin
Arrêt du Conseil autorisant les particuliers à détenir autant d'espèces qu'ils voudront. Réouverture des bureaux de la Banque fermés depuis le 27 mai. La foule s'y précipite pour échanger des billets contre du numéraire. Échauffourées, spéculations et marchandages se multiplient en juin et juillet, et la tension croît entre le Parlement et le gouvernement.

2 juin
Law est rappelé au Conseil. Il n'a plus le titre de contrôleur général des Finances, mais il est confirmé directeur de la Banque royale et intendant de commerce.

7 juin
À l'instigation de Law, d'Argenson rend les Sceaux.

8 juin
Le chancelier d'Aguesseau, évincé le 28 janvier 1718, est rappelé pour prendre les Sceaux.

9 juin
L'abbé Dubois est sacré archevêque de Cambrai au Val-de-Grâce. Il a rapidement reçu les ordres mineurs car il n'était pas prêtre.

11 juin
Arrêt du Conseil réglementant le cours et l'usage des billets de banque.

14 juin
On annonce la frappe de monnaie métallique; Law en a terminé avec son antimétallisme.
Le *Grand Saint-Antoine*, navire parti de Saïda au début de l'année et arrivé dans la rade de Marseille depuis le 25 mai, est autorisé à débarquer: il porte la peste, véhiculée par les puces, qui va se développer dans la ville pendant l'été. Dès la mi-août, près de 300 personnes meurent chaque jour, et 1000 le mois suivant. En novembre, l'évêque de Marseille, Mgr de Belsunce, consacre la ville au Sacré-Cœur. L'épidémie prend fin avec l'année: elle a fait environ 50000 morts à Marseille. Elle touche aussi, au cours des deux années suivantes, la Provence, le Comtat-Venaissin et le Gévaudan, et fait au total environ 120000 victimes. C'est la dernière grande peste que connaît la France.

22 juin
Philippe V d'Espagne renonce à la couronne de France.

début juillet
Le lieutenant général de police Pierre-Marc de Voyer d'Argenson (1696-1764, fils de l'ex-garde des Sceaux) est remplacé par Gabriel Taschereau de Baudry (1673-1755).

17 juillet
Le gouvernement interdit les attroupements et déclare que la Banque royale ne convertira plus les billets. Le 5 juillet et le jour même, des émeutes se sont déroulées rue Vivienne et au Palais-Royal, la foule réclamant le remboursement des billets émis par la Banque. Law va augmenter la valeur des espèces afin d'essayer d'enrayer la chute du cours des billets.

18 juillet
Réunion exceptionnelle du Conseil où l'on décide d'exiler le Parlement à Pontoise. L'ordre d'exil est signifié le 20 juillet. Les parlementaires parisiens resteront à Pontoise jusqu'en décembre.

août
Saint-Simon: *Mémoire sur l'intérêt des princes du sang à empêcher tout agrandissement des enfants légitimés du roi.*

4 août
Déclaration royale ordonnant l'observation dans tout le royaume de la bulle *Unigenitus* agrémentée des commentaires de 1714 et du Corps de doctrine de 1720, interdisant les appels à son encontre ainsi que les écrits la commentant, rappelant au Parlement que la connaissance de la doctrine en matière religieuse appartient aux évêques et prescrivant le silence sur la question. Au mois d'octobre, tous les parlements de province, Rouen le dernier, auront enregistré cette déclaration.

25 août
Par arrêt du Conseil, les billets de banque ne seront plus reçus que pour leur valeur, sans plus-value, pour le paiement des impositions.

31 août
Ordonnance réglementant le Conseil de marine.

14 septembre
Arrêt du Conseil sur les précautions à prendre vis-à-vis de la peste de Marseille.

15 septembre
Law annonce le retrait prochain des billets et l'amputation des comptes courants déposés auprès de la Banque: liquidation de la monnaie fiduciaire. À l'automne, contrairement aux affirmations de Law, le Trésor est insolvable. Les billets de 10000 et 1000 livres vont être démonétisés. Plusieurs édits en septembre et octobre annoncent la fabrication de nouvelles espèces en or, en argent, puis en cuivre.

23 septembre
Pour se passer du Parlement de Paris exilé à Pontoise, qui faisait des difficultés pour enregistrer la déclaration du 4 août, le Régent, comme il l'avait décidé le 7 septembre, la présente au Grand Conseil qui l'enregistre.

27 septembre
Arrêt du Conseil attribuant à la Compagnie des Indes l'exclusivité du commerce de la côte africaine.

octobre
Le Régent commence à réunir toutes les semaines un conseil ecclésiastique composé du cardinal Dubois, de Fleury et de quelques évêques. Après la mort de Dubois en 1723, c'est Fleury qui le dirigera de fait, et le duc de Bourbon lui laissera toute liberté.

10 octobre
Arrêt du Conseil annonçant que les billets de banque cesseront d'avoir cours au 1er novembre.

17 octobre
Première représentation par les Comédiens italiens d'*Arlequin poli par l'amour* de Marivaux.

MARIVAUX

« Marivaux a donné la dénomination à un genre, et son nom est devenu synonyme d'une certaine manière », écrira Sainte-Beuve. Le théâtre de Marivaux est resté sa gloire, mais il serait cependant injuste de le réduire au marivaudage. Certes, les intrigues sont simples, mais les situations sont subtiles. Certes, Marivaux fait flèche de tout bois pour décrire un monde du sentiment où il est bon que la passion l'emporte souvent, mais son théâtre incite aussi le spectateur à méditer sur l'exercice difficile de la liberté. Certes, il emprunte d'abord plus à la comédie italienne et à l'intrigue espagnole qu'au classique français, mais son comique est varié et il fera rire le spectateur comme seul Beaumarchais saura le faire plus avant dans le siècle.
Pierre Carlet de Marivaux (1688-1763), né d'un père normand directeur de la Monnaie à Riom, a 24 ans lorsqu'il se fait romancier après quelques études. Il fréquente alors le salon de Mme de Lambert où il a fait la connaissance de Houdar de La Motte et de Fontenelle. Sa notoriété ne viendra pas de ses premiers romans, ou parodies de romans – Pharsamon ou les folies romanesques *(1712),* Les Aventures de ***, ou les effets surprenants de la sympathie *(1713),* La Voiture embourbée *(1714) –, mais des pages*

qu'il publie dans le Nouveau Mercure *à partir de 1717. 1720 le voit ruiné par la banqueroute de Law, mais c'est aussi l'année à partir de laquelle il va donner au théâtre le meilleur de lui-même: en 1722,* La Surprise de l'amour *connaît un vif succès et Marivaux va enfiler les comédies comme des perles, alternant semi-échecs et grands succès. Dès 1724, ses pièces sont jouées à la Cour et rythment les saisons parisiennes. Sa prédilection le porte vers la scène italienne où il a trouvé les acteurs et les actrices pour faire valoir ses rôles et développer les effets et conséquences de l'amour-propre dans l'amour. En 1728, Marivaux entame la rédaction de son grand roman,* La Vie de Marianne, *tout en continuant d'écrire pour la scène et d'y être joué avec bonheur les dix années suivantes. Élu à l'Académie française en décembre 1742, sans doute grâce à Mme de Tencin, il participe régulièrement à ses travaux, notamment à l'édition de 1761 du* Dictionnaire.

16 novembre
Le cardinal de Noailles signe un mandement acceptant la bulle *Unigenitus* accompagnée d'explications.

4 décembre
Le Parlement enregistre la bulle *Unigenitus*. Cet enregistrement favorisera le rapprochement de la France avec l'Espagne.

9 décembre
Law démissionne de ses diverses fonctions gouvernementales et financières.

11 décembre
Félix Le Peletier de La Houssaye est nommé contrôleur général des Finances.

14 décembre
Law quitte Paris pour Bruxelles.

16 décembre
Première représentation par les comédiens du Théâtre-Français d'une tragédie de Marivaux, *Annibal*. La pièce ne sera jouée que trois fois.

17 décembre
Retour à Paris du Parlement rétabli par une déclaration du 16 décembre.

23 décembre
Dans la nuit du 22 au 23, début de l'incendie qui ravage Rennes pendant une semaine. Jacques Gabriel dirigera la reconstruction de la ville.

29 décembre
Assemblée générale de la Compagnie des Indes: le Régent y paraît et annonce son projet de séparer les affaires du roi et les affaires de la Compagnie.

autres événements
• Un arrêt du Conseil décide l'ouverture au public de la Bibliothèque du roi une fois par semaine de 11 h à 13 h. Pour les savants, les conditions d'accès seront de plus en plus libérales: à la fin du siècle, une centaine de personnes fréquenteront quotidiennement les lieux. Certains, dont Voltaire, auront même l'autorisation du roi d'emprunter des livres.
• Dom Calmet: *Dictionnaire historique, critique, chronologique, géographique et littéral de la Bible.*
• Publication de *La Vie de Mme J. M. Bouvier de La Motte-Guyon écrite par elle-même.*
• Daniel Defoe: *La Vie et les aventures surprenantes de Robinson Crusoë* (traduction).
• Construction de l'hôtel Matignon par Jean Courtonne (1671-1739).
• Jacques Cassini (1667-1756): *De la grandeur et de la figure de la Terre.*
• Publication de la traduction française du *Traité d'optique sur les réflexions, réfractions, inflexions et couleurs de la lumière* de Newton.
• René-Antoine Ferchault de Réaumur (1683-1757) présente à l'Académie des sciences ses *Remarques sur les coquilles fossiles de quelques cantons de la Touraine et sur les utilités qu'on en tire.*

1721

5 janvier
Un arrêt du Conseil ôte à la Compagnie des Indes les baux des monnaies, des fermes générales (sauf celle du tabac) et la régie des recettes générales. Un nouveau bail est conclu avec 40 traitants pour les fermes, et les receveurs généraux sont rétablis.

26 janvier
Le Conseil de régence, après une altercation entre Philippe d'Orléans et le duc de Bourbon, décide d'attribuer le passif de la Banque royale à la Compagnie des Indes. Les frères Pâris s'occuperont d'accorder un visa général à tous les titres et billets, opération qui durera jusqu'en 1722.
Un arrêt du Conseil ordonne de remettre à la commission chargée de les étudier tous les papiers du système Law: 477 000 personnes vont déposer leurs titres (il y en a pour 2,5 milliards de livres). Les vérifications vont durer un an, tous les titres seront détruits et les créanciers se partageront 46 millions de rentes créées par l'État.

16 mars
Entrée officielle à Paris de Mehemet Effendi, émissaire de l'Empire ottoman. Il séjournera cinq mois à Paris et quittera la région parisienne le 3 août. Le 21 mars, il est reçu par Louis XV.

27 mars
Le traité de Madrid scelle la réconciliation officielle des Bourbons de France et d'Espagne. La France rendra à l'Espagne les places conquises et usera de ses bons offices envers l'Angleterre; et l'Espagne accorde à la France la clause de la nation la plus favorisée pour le commerce. Les deux puissances se garantissent leurs possessions.

avril
Création d'un comptoir colonial à Mahé, dans l'Inde du Sud, par la Compagnie des Indes.

4 avril
À Londres, Robert Walpole (1676-1745) devient Premier ministre.

28 avril
Ordonnance réduisant les effectifs de l'armée.

5 mai
Le pape Innocent XIII succède à Clément XI, mort le 19 mars.

13 juin
Traité d'alliance entre la France, l'Angleterre et l'Espagne.

25 juillet
Paris apprend que le pape Innocent XIII a nommé Dubois cardinal le 16.

31 juillet
Maladie de Louis XV qui inquiète jusqu'au 4 août.

1er août
Déclaration royale portant règlement général pour le tabac.

septembre-octobre
Le Régent et l'abbé Dubois échouent à faire accepter l'archevêché de Reims à Fleury, ce qui leur aurait permis de l'éloigner de Louis XV.

6 septembre
Ordonnance sur les mesures à prendre contre la peste dans le Gévaudan.

10 septembre
Paix de Nystadt entre la Russie et la Suède qui met fin à la guerre du Nord où la Suède a été vaincue. Le cardinal Dubois a favorisé la conclusion de cet accord qui permet à la France de se rapprocher de la Russie sans rompre son alliance suédoise.

14 septembre
En présence de Louis XV, le Conseil de régence accepte officiellement la proposition faite le 26 juillet à Madrid par Philippe V de marier Louis XV (11 ans) à sa fille, Marie-Anne-Victoire (3 ans).
À la suite de la faillite de Law, Bignon obtient un arrêt du Conseil qui attribue à la Bibliothèque royale le palais Mazarin construit autour de l'hôtel de Tubeuf ainsi que l'hôtel de Nevers (entre les rues Richelieu et Vivienne). Le déménagement des collections auparavant conservées dans deux maisons de la rue Vivienne durera huit mois. L'établissement dépend de la Maison du roi et on y compte 34 employés en 1724.

28 septembre
Le Régent révèle au Conseil de régence, avec l'assentiment de Louis XV, le prochain mariage de sa fille, Louise-Élisabeth de Montpensier (12 ans), avec Louis (14 ans), prince des Asturies, fils de Philippe V d'Espagne.

14 octobre
Arrestation du chef de bande Jean-Dominique Cartouche (1693-1721).

21 novembre
L'abbé Dubois remplace, à la surintendance générale des courses, postes et relais, Torcy, qui est engagé à se retirer dans ses terres.

25 novembre
Signature à Madrid du contrat de mariage entre Louis XV, représenté par le duc de Saint-Simon qui est fait grand d'Espagne au cours de son ambassade, et l'infante Marie-Anne-Victoire.

28 novembre
Exécution de Cartouche, roué en place de Grève.

31 décembre
Louis XV danse *Les Éléments*, opéra-ballet de Destouches et Delalande. C'est le dernier ballet que danse le roi.

autres événements
• *Le Secret du système de M. Law dévoilé en deux lettres écrites par un duc et pair de France et un mylord*

anglais. Ce texte, publié au début de l'année, fait de l'Angleterre l'artisan de la chute de Law.
• Édition posthume du *Journal d'un voyage fait aux Indes orientales par une escadre de six vaisseaux commandés par M. Du Quesne, depuis le 24 février 1690 jusqu'au 20 août 1691* de Robert Challes.
• R. P. Gabriel Daniel: *Histoire de la milice française et des changements qui y sont faits depuis l'établissement de la monarchie française dans les Gaules, jusqu'à la fin du règne de Louis le Grand.*
• Marivaux publie le premier numéro du *Spectateur français.*
• Montesquieu: *Lettres persanes*. Deux Orientaux découvrent l'Occident et expriment, dans leurs lettres, leur étonnement devant les contradictions de l'univers occidental. L'effacement de l'auteur derrière les correspondants et leur exotisme permettent à Montesquieu, grâce à l'impertinence qu'autorise l'ignorance supposée des Persans, de dessiner une critique radicale de l'absolutisme. Le roi de France est ainsi un «grand magicien», le pape une «vieille idole», et on reconnaît Law sous les traits du fils d'Éole qui, ayant appris «le secret d'enfermer les vents dans des outres, qu'il vendait ensuite», réussit à persuader les peuples de régler leur imagination sur la sienne pour savoir ce que valait leur fortune: les obligeant à perdre la moitié de leurs biens, il leur donna un «écriteau» (sur lequel on trouvait le cours des actions de la Compagnie des Indes) comme source des richesses. L'immense curiosité de Montesquieu qui le porte à s'intéresser à tout, le ton enjoué de cette démystification élégante et la diversité de ses cibles apportèrent un succès immédiat au jeune magistrat qui séjournera fréquemment à Paris et sera élu à l'Académie française en 1728.
• Watteau: *L'Enseigne de Gersaint*, sa dernière œuvre.

1722

20 janvier
Mariage de la fille de Philippe d'Orléans, Louise-Élisabeth de Montpensier, avec Louis, prince des Asturies, fils de Philippe V d'Espagne.

8 février
Philippe d'Orléans, contrairement à ce qu'il avait promis, fait entrer le cardinal de Rohan au Conseil de régence. La préséance de Rohan incline les ducs et pairs et le chancelier à quitter le Conseil de régence. L'abbé Dubois, qui est aussi cardinal, peut ainsi revenir siéger dès le 22 février après cette manœuvre qui a permis au Régent d'«épurer» le Conseil de régence.

28 février
D'Aguesseau se voit retirer les Sceaux. Il est remplacé par Joseph-Jean-Baptiste Fleuriau d'Armenonville (1661-1728), secrétaire d'État à la Marine. Ce dernier démissionnera le 17 août 1727.

mars
Édit créant cinq intendants des finances.

2 mars
Entrée à Paris de la fiancée de Louis XV, l'infante d'Espagne, Marie-Anne-Victoire.

31 mars
Présentation à Louis XV de son nouveau confesseur, un jésuite, le R. P. Claude-Bertrand Taschereau de Linières, qui remplace Claude Fleury trop âgé. Or, le cardinal de Noailles qui, depuis août 1716, avait retiré aux jésuites le pouvoir de confesser dans son diocèse, refuse de faire une exception pour le confesseur royal, même si ce religieux confessait déjà Madame Palatine. On tournera l'interdiction en juin quand, une fois la Cour installée à Versailles, le confesseur exercera à Saint-Cyr, hors du diocèse de Paris.

avril
Huit académies de jeu reçoivent une autorisation en échange d'une redevance de 200000 livres.

21 avril
Charles-Gaspard Dodun (1676-1736) devient contrôleur général des Finances en remplacement de Le Peletier de La Houssaye démissionnaire. Derrière Dodun, issu d'une famille de financiers, on retrouve les frères Pâris.

3 mai
Les Comédiens italiens créent *La Surprise de l'amour*, comédie de Marivaux qui remporte un grand succès.

15 juin
Louis XV quitte les Tuileries pour Versailles. Philippe d'Orléans était favorable à la réinstallation de la Cour à Versailles: impopulaire à Paris après la faillite de Law, il espérait ainsi voir Louis XV plus souvent et contourner l'influence de son gouverneur, le maréchal de Villeroy.

22 juin
Le Conseil de commerce institué le 14 décembre 1715 est remplacé par un bureau de commerce.

10 août
Renvoi du gouverneur de Louis XV, le maréchal de Villeroy, qui est exilé par le Régent. Le 13, le duc Armand de Béthune de Charost (1662-1747) est nommé gouverneur du roi avec l'assentiment de Louis XV.

17-18 août
Fausse fugue de Fleury, qui se fait rappeler par Louis XV et Philippe d'Orléans. C'est une manière pour Fleury de confirmer et montrer l'emprise qu'il a acquise sous Louis XV ainsi que l'affection qui l'unit au roi: discrètement mais implacablement, Fleury est devenu un passage obligé.

22 août
L'abbé Dubois est déclaré principal ministre de l'État.

26 août
Première séance d'instruction politique de Louis XV avec le Régent, l'abbé Dubois, Fleury, le duc de Bourbon et le duc de Charost. Chaque jour, Philippe d'Orléans s'entretiendra avec Louis XV.

17 octobre
Dans la cour de l'hôtel de Nevers, on brûle les archives du visa général instauré le 26 janvier 1721, les comptes de la Banque royale et les papiers démonétisés. La dette publique, passée à 1,5 milliard, a été abaissée d'un milliard.

24-29 octobre
Cérémonies du sacre de Louis XV à Reims. Le sacre se déroule dans la cathédrale le dimanche 25.

novembre
Édit établissant des maîtrises d'arts et métiers dans toutes les villes du royaume.

14 décembre
Lettres patentes rétablissant les receveurs généraux des finances dans les fonctions de leurs offices.

15 décembre
Une ordonnance interdit le jeu, qui représente un danger pour le commerce, dans les colonies françaises d'Amérique.

autres événements
• Bossuet: *Introduction à la philosophie, ou Traité de la connaissance de Dieu et de soi-même* (posthume).
• Claude-César Chesneau Du Marsais (1676-1756): *Exposition d'une méthode raisonnée pour apprendre la langue latine.*
• Jean-Baptiste Labat (1663-1738): *Nouveau Voyage aux isles de l'Amérique.*
• Campra: *Requiem.*
• François Couperin: *Troisième livre de clavecin.*
• Jean-Philippe Rameau (1683-1764): *Traité de l'harmonie réduite à ses principes naturels.* Il s'agit de la première œuvre théorique et aussi de la plus importante œuvre de Rameau. Rameau poursuivra sa vie durant cette élaboration des principes du langage tonal.
• Jean-Baptiste Chardin (1699-1779): *Le Chat dans le garde-manger.*
• Édification du Palais-Bourbon à Paris pour la duchesse de Bourbon Louise-Françoise.
• Réaumur: *L'Art de convertir le fer forgé en acier et l'art d'adoucir le fer fondu.*

1723

février
Édit interdisant les duels.

16 février
Le roi Louis XV, né un 15 février, entre dans sa quatorzième année et devient majeur. La Régence est terminée.

22 février
Lit de justice proclamant la majorité de Louis XV. Dubois reste principal ministre. Philippe d'Orléans indique que Louis XV présidera tous les conseils. Le Conseil de régence est dissous: les conseils de gouvernement reprennent la forme qu'ils avaient avant 1715. Les actes souverains ne comporteront plus la clause « de l'avis de M. le duc d'Orléans ».

28 février
Règlement pour la librairie parisienne. Il sera étendu à l'ensemble du royaume en 1744. Les villes du royaume par lesquelles les livres peuvent entrer en France sont énumérées: Paris, Rouen, Nantes, Bordeaux, Marseille, Lyon, Strasbourg, Metz, Amiens, Lille. Les contrevenants s'exposent aux confiscations et poursuites si les ouvrages pénètrent dans le royaume par d'autres lieux.

6 avril
Création par les Comédiens italiens de *La Double Inconstance*, comédie de Marivaux.

19 avril
Déclaration royale sur la police locale du commerce des grains: toute transaction hors des marchés est interdite.

26 avril
Les bâtards légitimés par Louis XIV (le duc du Maine et le comte de Toulouse) retrouvent un rang intermédiaire entre les princes du sang et les ducs et pairs.

26 mai
Arrestation de Gérard-Michel de La Jonchère, trésorier de la caisse de l'extraordinaire des guerres, pour détournement de fonds publics.

31 mai
Une déclaration royale réduit au denier 40 les rentes dues par le clergé. Le Parlement s'élèvera contre cette déclaration en juillet.

1er juillet
Le secrétaire d'État à la Guerre, Le Blanc, est contraint de démissionner, compromis par les détournements de fonds de La Jonchère. Il est remplacé par l'intendant de Limoges, François-Victor Le Tonnelier de Breteuil (1686-1743).

août
Édit réduisant la valeur des monnaies.

10 août
Mort de Dubois à 67 ans; son état de santé se détériorait depuis le mois de mai. Philippe d'Orléans devient principal ministre. Le secrétaire d'État à la Marine, Charles-Jean-Baptiste Fleuriau de Morville (1686-1732), qui avait succédé là à son père, devient secrétaire d'État aux Affaires étrangères pour remplacer Dubois. La Marine s'ajoute aux attributions de Maurepas. Breteuil est maintenu à la Guerre, Maurepas à la Maison du roi et Dodun au contrôle général des Finances.

30 août
Arrêt du Conseil réglementant l'administration de la Compagnie des Indes. Elle reçoit le privilège exclusif de la vente du café.

2 décembre
Mort de Philippe d'Orléans à 49 ans. Le duc de Bourbon, qui annonce à Louis XV ce décès, demande à succéder au défunt comme principal ministre, ce que le roi, après avoir pris l'avis de Fleury, accorde. Le duc de Bourbon avait remplacé en août 1718 le duc du Maine dans la surintendance de l'éducation du roi, aussi n'était-il pas un inconnu pour Louis XV. Fleury, pris de court, ne s'oppose pas à la revendication du duc de Bourbon, mais il s'arrangera pour que le duc ne travaille jamais seul avec Louis XV.

autres événements
• Eusèbe-Jacques de Laurière (1659-1728): *Ordonnances des rois de France de la troisième race* (premier volume).
• Jacques Savary des Bruslons (1657-1716) et son frère Philémon-Louis (1654-1727): *Dictionnaire universel de commerce, d'histoire naturelle, d'arts et de métiers.*
• Voltaire: *La Ligue ou Henri le Grand*, première version de *La Henriade.* Voltaire en avait commencé la rédaction lors de son embastillement en 1717, et il avait espéré publier son poème épique par souscription et avec privilège. Dubois et Fleury n'étant pas favorables à cette publication, Voltaire n'obtient pas de privilège et doit rembourser les souscripteurs. Il décide alors de faire éditer son œuvre à Rouen, ville où de nombreux libraires imprimaient hors privilège. Le poème circulera clandestinement avec succès à Paris au début de 1724, et le public le surnommera rapidement « La Henriade », titre qui sera le sien dans sa version définitive.
• *Le Mercure galant* change de titre et devient *Le Mercure de France.*
• François Collin de Blamont (1690-1760): *Fêtes grecques et romaines*, opéra-ballet héroïque.
• Leclair: *Premier livre de sonates à violon seul avec la basse continue.* Cette publication marque le point de départ de l'école française de violon.

LECLAIR

Né à Lyon, Jean-Marie Leclair (1697-1764) est d'abord danseur et maître de ballet avant d'opter pour le violon et la composition en 1727. Il entre au Concert spirituel en 1728. On lui doit de nombreux concertos et sonates pour violon, et un opéra, Scylla et Glaucus *(1746). En 1748, il devient directeur de l'orchestre du théâtre du comte de Grammont. Il meurt assassiné par un inconnu le 23 octobre 1764.*

1724

10 janvier
Philippe V d'Espagne se démet en faveur de son fils Louis, prince des Asturies. À sa mort le 31 août, son père, Philippe V, remonte sur le trône.

février
Réévaluation de la monnaie.

4 février
Philippe d'Orléans est inhumé dans la basilique de Saint-Denis.

5 février
Représentation par les Comédiens italiens d'une comédie de Marivaux, *Le Prince travesti ou l'illustre aventurier*, qui rencontre un grand succès.

mars
Édit réglementant l'esclavage en Louisiane. Les dispositions de ce « Code noir » sont pour l'essentiel reprises de l'édit de 1685.

14 mai
Déclaration royale sur la religion: le seul culte autorisé est celui de la religion catholique apostolique et romaine. Il s'agit d'interdire les cultes clandestins des protestants qui doivent instruire leurs enfants dans la catholicité sous peine de galères.

16 mai
Lettres patentes affectant à perpétuité l'hôtel de Nevers à la Bibliothèque du roi.

22 mai
Éclipse du soleil que les astronomes Jacques Cassini et Giacomo-Felippo Maraldi (1665-1729) font observer à Louis XV. Régulièrement, le roi observera ainsi des phénomènes astronomiques, le 1er mars 1737 par exemple.

29 mai
Le cardinal Orsini succède sous le nom de Benoît XIII à Innocent XIII, mort le 7 mars.

juin
Édit portant création de quatre intendants de commerce.

juillet
Édit réduisant à 240 le nombre de secrétaires du roi.

8 juillet
Les Comédiens italiens créent *La Fausse Suivante ou le fourbe puni*, comédie de Marivaux.

18 juillet
Une déclaration royale condamne à cinq ans de galère ceux qui mendient en groupe ou simulent des maladies ou blessures. Les invalides seront enfermés et les autres doivent travailler: ils ont quinze jours pour trouver un emploi ou se présenter à un hôpital.

septembre
Édit prescrivant une refonte générale de toutes les espèces en argent.

Édit décidant l'établissement d'un canal entre la Somme et l'Oise.

12 septembre
Déclaration royale attribuant au lieutenant général de police de Paris la connaissance des rébellions de mendiants.

24 septembre
Arrêt du Conseil établissant la Bourse de Paris, rue Vivienne, à l'hôtel de Nevers. Le monopole des agents de change est reconnu.

octobre
Le duc de Bourbon (principal ministre), Villars et Fleury se mettent d'accord pour rompre les fiançailles de Louis XV et renvoyer en Espagne l'infante Marie-Anne-Victoire.

2 décembre
Création au Théâtre-Français d'une comédie de Marivaux, *Le Dénouement imprévu*.

autres événements
• Le Conseil supérieur de Pondichéry devient le Conseil supérieur de l'océan Indien.
• Le christianisme est interdit en Chine et tous les missionnaires sont expulsés, sauf 20 jésuites.
• Parution de la traduction par Jean Barbeyrac (1674-1744) du *De jure belli ac pacis* (1625) de Grotius. Il avait déjà traduit en français le *De jure naturae et gentium* de Pufendorf en 1706. Barbeyrac doit sa renommée plus à ses traductions qu'à ses propres ouvrages. S'il n'a pas toujours suivi le texte original avec toute la rigueur que l'on attend aujourd'hui d'une traduction, ses adaptations et commentaires ont permis une large diffusion de ces œuvres et des principes fondateurs du droit de la nature et des gens – le droit naturel. Libéral, proche des idées de Locke, Barbeyrac dessine aussi à travers ses traductions une critique politique des théories absolutistes de Grotius et Pufendorf: les auteurs du XVIIIe siècle, comme Rousseau, qui discutent l'idée contractualiste, le droit de propriété, le droit de résistance à l'oppression des peuples, dialogueront autant avec ce professeur de droit qu'avec les grands auteurs dont ils souhaitent réfuter les thèses.
• Fontenelle: *Origine des fables*. Cette critique rationnelle de la Révélation a été rédigée vers 1690. *De l'existence de Dieu*.
• Joseph-François Lafitau († 1740): *Mœurs des sauvages américains comparées aux mœurs des premiers temps*.
• Réédition des *Essais* de Montaigne en 3 volumes; c'est la première depuis 1669.

• Voltaire : *Mariamne*. Cette tragédie est un échec. Voltaire la remaniera l'année suivante sous le titre de *Hérode et Mariamne*.
• Joseph Bodin de Boismortier (1689-1755) : *Les Quatre saisons*, recueil de cantates de cet auteur connu pour ses motets.
• François Couperin : *Les Goûts-réunis* et *Le Parnasse ou l'apothéose de Corelli*.
• Rameau : *Pièces de clavecin avec une méthode pour la mécanique des doigts*.
• Louis-Bertrand Castel (1688-1757) : *Traité de la pesanteur universelle*. Ce jésuite, l'un des rédacteurs des *Mémoires de Trévoux*, cherche à réfuter les théories de Leibniz et de Newton.

1725

janvier
Édit créant un sixième office d'intendant des finances.

5 mars
Représentation par les Comédiens italiens de *L'Île des esclaves*, comédie de Marivaux.

18 mars
Création du Concert spirituel inauguré par Anne-Danican Philidor : au programme, motets de Corelli et de Delalande. Les motets, cantates et *Te Deum* seront les pièces habituelles de ces spectacles. La permission est accordée de donner des concerts de musique de chapelle, à condition de ne pas chanter en français, à Paris, les jours de fermeture des théâtres pour cause de fête liturgique. À partir de 1735, l'Académie royale de musique assurera la régie du Concert spirituel. Ces concerts auront une influence sur le développement de la musique instrumentale. Les œuvres de Telemann, Tartini, Bach, Haendel, Haydn y seront popularisées, notamment lorsque Gossec en prendra la direction après 1773. On y jouera des symphonies de Haydn, de Gossec et de Mozart en 1778. Le Concert spirituel se tenait aux Tuileries et il se maintiendra jusqu'en 1791.

31 mars
Conseil pour choisir une reine. Le choix s'arrête sur Marie Leszczynska (1703-1768), la fille de Stanislas Leszczynski, roi de Pologne détrôné, après que Louis XV a pris l'avis particulier de Fleury. Le 27 mai, Louis XV annonce publiquement son mariage.

avril
Le renvoi, annoncé à Madrid en mars, de l'infante Marie-Anne-Victoire qui devait épouser Louis XV (elle épousera en 1729 le futur roi Joseph Ier du Portugal) entraîne la rupture de l'Espagne avec la France.

1er mai
Philippe V accepte l'idée que Marie-Thérèse, la fille de Charles VI, succède à son père à la tête de l'Empire.

8 juin
Lit de justice au Parlement de Paris pour enregistrer la création d'un nouvel impôt, le cinquantième, établi pour douze ans (il sera supprimé en 1727). Il est perçu sur les rentes, produits de la terre, maisons, offices et biens-fonds et frappe tous les propriétaires sans distinction ; il est perçu en nature pour les propriétaires de terrains. Le 27 juillet, le parlement de Rennes émet des remontrances contre ce nouvel impôt. Quoique très impopulaire, le duc de Bourbon poursuit, avec le contrôleur général des Finances Dodun et le soutien du financier Pâris-Duverney, l'assainissement financier mené sous Dubois.

juillet-août
Les mauvaises récoltes provoquent des émeutes en Normandie, à Valenciennes, à Strasbourg, et aussi à Paris où les boulangeries du faubourg Saint-Antoine sont pillées en août.

15 août
Marie Leszczynska épouse Louis XV par procuration dans la cathédrale de Strasbourg.

19 août
Représentation par les Comédiens italiens de *L'Héritier de village*, comédie de Marivaux.

25 août
L'Académie de peinture expose au salon carré du Louvre. De cette exposition biennale qui était tombée en désuétude vient le terme Salon. Le Salon n'aura pas lieu entre 1727 et 1737, année à partir de laquelle il deviendra annuel et le livret présentant le catalogue de l'exposition systématique. Il sera biennal à partir de 1751.

3 septembre
Alliance entre la France et l'Angleterre contre l'Espagne à Herrenhausen (Hanovre). Le roi de Prusse Frédéric-Guillaume Ier adhère à cette alliance.

5 septembre
À 16 ans, Louis XV épouse Marie Leszczynska, âgée de 22 ans, à Fontainebleau où ils se sont rencontrés la veille.

5 novembre
Par un traité secret, l'Empire et l'Espagne promettent de s'appuyer mutuellement.

autres événements
• L'intendant de Tours, René Hérault (1691-1740), est nommé lieutenant général de police de Paris. Il le restera jusqu'en 1740.
• Création d'une Cour des comptes à Nancy.
• Constitution de la première loge maçonnique à Paris: la loge de Saint-Thomas.
• Dom Michel Félibien (1665-1719): *Histoire de la ville de Paris.*
• Montesquieu: *Le Temple de Gnide.*
• *Lettres choisies de Mme la marquise de Sévigné à Mme de Grignan, sa fille, qui contiennent beaucoup de particularités de l'histoire de Louis XIV*. Il s'agit de la première édition des lettres de la marquise de Sévigné. Alors que cet ouvrage présente 28 lettres, deux éditions paraissent l'année suivante à Rouen et à La Haye, comportant respectivement 138 et 177 lettres.
• Bodin de Boismortier: *Sonates pour trois flûtes sans accompagnement.*
• François Couperin: *Concert instrumental sous le titre d'Apothéose composé à la mémoire immortelle de l'incomparable Monsieur de Lully.*
• Jean Courtonne: *Traité de la perspective pratique, avec des remarques sur l'architecture suivies de quelques édifices considérables mis en perspective, et de l'invention de l'auteur.*
• Nicolas Coustou (1658-1733): *Vierge de pitié* (statue pour Notre-Dame de Paris).
• Jean-Baptiste Oudry (1686-1755): *Chasse au chevreuil.* Ce peintre, élève de Nicolas de Largillière, sera directeur de la manufacture de tapisserie de Beauvais en 1734, puis de celle des Gobelins à partir de 1736.
• C'est autour de 1725 qu'apparaît le fauteuil de type bergère. Sous le règne de Louis XV, le meuble conquiert une souplesse des formes, comme en témoigne l'évolution des pieds de meuble, mariant la richesse du décor sculpté avec la commodité d'usage et le confort.
• Bernard Forest de Bélidor (1697-1761): *Nouveau Cours de mathématiques à l'usage de l'artillerie et du génie.*

1726

25 février
Ordonnance réorganisant les milices comme armée de réserve en temps de paix.

17 avril
Pour avoir voulu provoquer en duel le chevalier de Rohan-Chabot qui l'avait fait bâtonner le 4 février à la suite d'une altercation au théâtre dans la loge d'Adrienne Lecouvreur, Voltaire est embastillé et exilé par Maurepas. Voltaire obtient de pouvoir s'embarquer à destination de l'Angleterre, où il séjournera jusqu'en février 1729.

Voltaire

*Le 30 mars 1778, Voltaire, qui assiste à la quatrième représentation d'*Irène *à la Comédie-Française, est ovationné par la salle. Son buste est couronné sur scène. Ce sacre de l'homme de lettres est le triomphe du roi de l'opinion publique. Comme une inauguration de la Révolution, pourra-t-on penser plus tard. En panthéonisant Voltaire en 1791, la Révolution française reconnut en l'écrivain dont les paroles sont des actes un héraut du bouleversement révolutionnaire.*
Après Voltaire et Rousseau, « la Révolution est faite, dans la haute région des esprits » écrit Michelet. Si la Révolution française marque l'avènement du droit et de la loi, tandis que Montesquieu écrit le droit et que Rousseau le fonde, Voltaire, avant que son rire ne fasse écrouler les bastilles, « pleure et crie pour le droit » continue Michelet. C'est que la pérennité de cet athlète littéraire réside aussi dans la ténacité de son combat pour la justice: Voltaire traverse et saisit le siècle en « victime universelle ».
Fils d'un notaire intégré à la bourgeoisie parisienne des offices, dont l'étude avait été fréquentée par des grands, et qui n'appréciait guère les succès scandaleux de son fils, frère d'un janséniste fanatique qu'il n'aime pas trop, François-Marie Arouet (1694-1778) devient Voltaire le 12 juin 1718 alors qu'il termine Œdipe, *qui sera son premier succès au théâtre en novembre.*
Mais le grand coup de pouce vers la notoriété lui sera donné, si l'on peut dire, par les coups de bâton de février 1726. Après avoir été battu par les gens du chevalier de Rohan-Chabot, Voltaire est exilé – ce n'est pas la première fois. Il choisit et obtient la permission de traverser la Manche, transformant cet exil en une grande rencontre, celle avec l'Angleterre.

Il y séjourne deux ans, connaît des amis, apprend la langue, se familiarise avec la littérature et l'histoire du pays. Cette dernière lui révèle une idée qui ne le quittera plus : la liberté se conquiert, rien n'est acquis, l'histoire est celle des hommes. Cet exil anglais inspire à Voltaire une œuvre grosse des exils suivants. Après la condamnation des Lettres philosophiques *en 1734, Voltaire, de lui-même, se réfugie à Cirey chez son amie Mme du Châtelet, avec laquelle les liens intellectuels redoublent les liens affectifs.*
Toujours menacé par cet exil jamais exécuté mais qui reste exécutoire, Voltaire est poussé par la suite à mener son existence aux marges du royaume, entre France, Suisse et Lorraine. Quand après son séjour en Prusse au service de Frédéric II (1750-1753), Louis XV lui fait signifier en 1754 que sa présence n'est définitivement pas souhaitée à Paris ou à Versailles, Voltaire achète Ferney où il s'installera en 1760. Il y passe sa vieillesse, honoré par toute l'Europe cultivée qui emplit son château de visiteurs avides de rencontrer le grand homme qui les reçoit avec sa nièce, Mme Denis, qui est aussi sa maîtresse depuis 1744 et qui partage sa vie depuis décembre 1749. Il noircit des milliers de pages, simples lettres ou épais volumes, théâtre ou philosophie, conte ou mémoire où il s'en prend aux autorités judiciaires ou ecclésiastiques. Cette existence campagnarde accompagnée de son exceptionnelle vigueur dans l'écriture lui permet de se livrer à l'une de ses passions favorites, jouer : au théâtre de Ferney, il incarne ainsi pleinement son personnage de patriarche des Lumières. Il souffrira cependant de demeurer écarté de Paris par le pouvoir et ne cessera de tenter les démarches nécessaires à un retour. Sans succès du vivant de Louis XV ; jusqu'au triomphe de 1778, qui lui permet de mourir à Paris.

11 juin
Disgrâce du duc de Bourbon qui est exilé à Chantilly.

15 juin
Michel-Robert Le Peletier des Forts (1675-1740) est nommé contrôleur général des Finances à la place de Dodun qui a démissionné la veille.
Arrêt du Conseil stabilisant la monnaie : la valeur du louis d'or est fixée à 24 livres et celle de l'écu d'argent à 6 livres. Cet arrêt est prorogé de six mois en six mois jusqu'au 11 novembre 1738, moment où l'on considère que l'arrêt est reconduit une fois pour toutes.

16 juin
Louis XV signifie au Conseil d'en haut qu'il assurera désormais lui-même le gouvernement du royaume. Le roi ajoute que Fleury assistera à tous ses entretiens avec les ministres. Si le titre de principal ministre n'existe plus depuis la disgrâce du duc de Bourbon, Fleury l'est de fait.

19 juin
Démission du secrétaire d'État à la Guerre, Breteuil, que remplace Le Blanc.

21 juin
Déclaration royale abandonnant la perception en nature du cinquantième qui soulevait des protestations de la part des propriétaires fonciers.

6 août
Pacte défensif entre l'Autriche, la Prusse et la Russie.

19 août
Réorganisation de la Ferme générale : un bail de six ans est passé avec 40 fermiers généraux pour la perception de 80 millions de livres d'impôts indirects (gabelles, aides, traités et domaines) par an. Ce n'est pas un traité avantageux pour l'État car on a pris comme base de calcul les chiffres de la régie précédente qui fonctionnait mal ; de plus, on va assister à un développement rapide des affaires.

28 août
Instruction pastorale de l'évêque de Senez, Jean Soanen : dans ce texte d'inspiration « figuriste » – une théologie de l'histoire qui décrypte les événements contemporains à travers le prisme de l'Écriture sainte – qui sera publié en 1727, l'évêque renouvelle son appel contre la bulle *Unigenitus*, fait l'éloge de Quesnel et soutient la nécessité d'une résistance minoritaire au sein de l'Église pour assurer le triomphe de la « vérité ».

11 septembre
Fleury, qui est âgé de 73 ans et fait office de principal ministre depuis la disgrâce du duc de Bourbon, est créé cardinal par le pape.

8 octobre
Le clergé, qui avait protesté contre l'établissement du cinquantième, obtient une déclaration royale confirmant ses immunités : les biens ecclésiastiques sont exemptés de la levée du cinquantième instauré en juin 1725.

autres événements
• Introduction de plants de café à la Martinique.

• Pierre de Guibours, dit le père Anselme (1625-1694): *Histoire généalogique et chronologique de la Maison de France.*
• Jean-Jacques Bel (1693-1738) et abbé Desfontaines: *Dictionnaire néologique à l'usage des beaux esprits de ce siècle.*
• Charles Rollin (1661-1741): *De la manière d'étudier et d'enseigner les belles-lettres par rapport à l'esprit et au cœur.*
• Claudine-Alexandrine Guérin, marquise de Tencin (1682-1749) ouvre un salon littéraire.
• Collin de Blamont: *Te Deum pour le couronnement de Louis XV.*
• Louis de Caix d'Hervelois (1680-1760): *Pièces pour la flûte traversière,* instrument alors en vogue pour lequel l'auteur, déjà célèbre, adapte commercialement quelques-unes de ses compositions pour la viole.
• Louis-Nicolas Clérambault, organiste et professeur de Mme de Maintenon à Saint-Cyr: *Cinquième et dernier livre de Cantates françoises.*
• François Couperin: *Les Nations (La Françoise, L'Espagnole, L'Impériale, La Piémontoise).* La première de ces sonates en trio avait été composée dès 1692 par Couperin, influencé par Corelli, sous le pseudonyme de Pernucio.
• Rameau: *Nouveau Système de musique.* Se fondant sur les travaux de Joseph Sauveur (1653-1716), qui avait publié en 1701 les *Principes d'acoustique et de musique,* Rameau établit la théorie de l'harmonie sur les principes physiques de la résonance et des harmoniques naturels.
• François Rebel (1701-1775) et François Francœur (1698-1787): *Pyrame et Thisbé* (tragédie lyrique).
• Henry Sully: *Description abrégée d'une horloge d'une nouvelle invention pour la juste mesure du temps sur mer.* Les horloges marines permettront de résoudre le problème de la longitude. Les premières horloges marines de précision seront expérimentées en 1768.

1727

7 janvier
Déclaration royale réglementant les juridictions de la chambre des comptes et de la Cour des aides de Paris.

20 février
Rappel du chancelier d'Aguesseau.

14 mars
Traité d'alliance entre la France et la Suède.

16 avril
Traité entre la France, le Danemark et l'Angleterre.

1er mai
Mort à Paris du diacre François de Pâris (1690-1727), appelant notoire contre la bulle *Unigenitus,* fils et frère de conseillers au Parlement de Paris. Il est enterré au cimetière Saint-Médard à Paris. Les actes de dévotion et les miracles, c'est-à-dire des guérisons, vont se multiplier sur sa tombe dès l'année suivante; ces guérisons miraculeuses s'accompagnent de tremblements corporels qu'on nomme convulsions. Le refus des autorités ecclésiastiques de reconnaître ces miracles et la fermeture du cimetière de Saint-Médard dès 1732 contraignent les convulsionnaires, comme on les appelle alors, à la clandestinité. Ils vont se réunir secrètement dans des appartements privés où ils revivront dans leur chair, en pratiquant la mutilation, la passion du Christ et les supplices des martyrs, symbolisant la persécution de l'Église et de la «vérité» qu'ils incarnent. Le mouvement, très féminisé, refluera dans la seconde moitié du XVIIIe siècle. Les convulsionnaires ont suscité l'ironie et l'inquiétude des philosophes, de Voltaire en particulier, qui y voyait une manifestation du fanatisme, et cette forme extrême ternira l'image du jansénisme.

31 mai
Les préliminaires de Paris permettent un arrangement entre la France, l'empereur Charles VI, l'Angleterre et la Hollande, et contraignent l'Espagne au compromis et à lever le siège de Gibraltar.

7 juillet
Déclaration royale supprimant le cinquantième (impôt frappant les propriétaires, établi en juin 1725) à compter du 1er janvier 1728.

août-septembre
Réunion d'un concile, présidé par l'archevêque d'Embrun, Pierre Guérin de Tencin, qui condamne l'instruction pastorale de l'évêque de Senez, Jean Soanen, d'août 1726 et le suspend de ses pouvoirs et juridictions jusqu'à ce qu'il se soit rétracté. Fin septembre, une lettre de cachet reléguera Mgr Soanen à l'abbaye de La Chaise-Dieu en Auvergne. Le concile sera approuvé en décembre par le pape. En convoquant ce concile pour faire un exemple, le cardinal de Fleury avait aussi le dessein d'impressionner l'archevêque de Paris, le cardinal de Noailles, toujours fluctuant sur la bulle *Unigenitus* et qui subissait une forte pression de la part des ecclésiastiques de son diocèse opposés à la

bulle, lesquels n'hésitaient pas à rendre publiques leurs objurgations à travers des mémoires rédigés par des théologiens jansénistes d'inspiration figuriste liés au séminaire de Saint-Magloire.

Le jansénisme, du gallicanisme à la contestation politique

Le concile d'Embrun est un fait capital pour les développements de l'histoire politique du XVIIIe siècle français. La condamnation d'un prélat français au nom des principes ultramontains durcit en profondeur l'aspect politique des polémiques autour de la bulle Unigenitus. *Les jansénistes développent alors une stratégie consistant à multiplier les mémoires rédigés par des théologiens du mouvement mais aussi par les avocats parisiens qu'ils mobilisent, faisant du bruit comme cent. Les parlementaires et une partie du clergé vont s'émouvoir de la sanction portée contre Jean Soanen et prendre ouvertement parti dans la querelle, leur gallicanisme glissant vers une opposition à la monarchie dont ils avaient été les alliés consubstantiels. Au modèle d'une monarchie absolue, ils vont opposer, au nom des libertés gallicanes, le modèle d'une monarchie plus contractualiste et plus représentative. Ils sont relayés dès 1728 auprès d'une opinion qu'ils inventent par les* Nouvelles ecclésiastiques, *journal imprimé clandestinement et disposant d'un réseau serré de correspondants, qui rendra compte des controverses religieuses et informera ses lecteurs des affaires du temps, mélange de faits divers qui dresse le procès des actes du clergé, des parlements, de la monarchie, dans une lutte implacable contre la bulle et ses défenseurs. C'est ainsi la société tout entière qui sera saisie de l'affaire janséniste, toutes les couches sociales étant peu ou prou atteintes par les querelles entre constitutionnaires et anticonstitutionnaires – ainsi appelle-t-on les partisans et adversaires de la bulle* Unigenitus *– où se trouve remise en cause la hiérarchie du monde, comme le révèle l'épisode des convulsionnaires.*

23 août
Germain-Louis Chauvelin (1685-1762), président au Parlement de Paris, devient secrétaire d'État aux Affaires étrangères. Fleuriau d'Armenonville ayant démissionné, la garde des Sceaux lui est confiée plutôt qu'au chancelier d'Aguesseau qui a pourtant été rappelé en février; il la conservera jusqu'en 1737.

11 septembre
Première au Théâtre-Français de la comédie de Marivaux, *L'Île de la Raison ou les petits hommes*, qui est sifflée.

octobre
Lettres patentes réglementant le régime de l'exclusif avec les Antilles et les colonies d'Amérique. On désigne par exclusif le cadre qui définit les échanges commerciaux entre la France métropolitaine et les colonies, en entendant par là celles qui n'appartiennent pas aux grandes compagnies commerciales comme la Compagnie des Indes. Les colonies n'ont pas le droit de commercer entre elles ni avec les puissances étrangères. Le royaume est un relais obligatoire: les colonies doivent exporter leurs denrées vers la métropole, sur des navires battant pavillon. En échange de ces produits bruts, la métropole, qui assure aussi leur transformation, fournit tout ce qui est nécessaire à la subsistance de la colonie. Avant la guerre de Sept Ans, ce cadre mis en place en 1670 est régi par les lettres patentes de 1727, jusqu'à ce que Choiseul assouplisse en 1767 ce régime qui encourageait le commerce interlope, c'est-à-dire la contrebande avec les colonies étrangères voisines.
Édit rétablissant 60 offices de secrétaires du roi sur les 100 supprimés en juillet 1724. Les secrétaires du roi sont donc 300 et leurs privilèges seront confirmés.

30 octobre
Publication d'une consultation signée de 50 avocats parisiens déclarant nul le concile d'Embrun. Il s'agit d'un véritable réquisitoire contre la bulle *Unigenitus* et Rome au nom des libertés gallicanes.

28 décembre
Louis XV écrit à l'archevêque d'Embrun, Tencin, pour l'assurer de son appui concernant les décisions prises au concile d'Embrun. En mars 1728, Louis XV autorisera l'impression et la diffusion des actes du concile.

31 décembre
Création au Théâtre-Français de *La Seconde Surprise de l'amour*, comédie de Marivaux.

autres événements
• Publication des enquêtes destinées à l'éducation du duc de Bourgogne effectuées auprès des généralités où les intendants ont dû répondre à un questionnaire à la fois vaste et précis sur les institutions locales mais aussi sur les ressources naturelles, économiques et humaines.

• Boulainvilliers: *Histoire de l'ancien gouvernement de la France* avec 14 lettres historiques sur les parlements ou états généraux.
• Jean-Charles de Folard (1669-1752): *Nouvelles Découvertes sur l'art de la guerre, commentaires sur Polybe* (7 volumes jusqu'en 1732). Folard y prône l'offensive et la bataille afin de favoriser une guerre courte et donc moins onéreuse. Ces commentaires accompagnent la nouvelle traduction que les mauristes donnent de Polybe.
• Traduction des *Voyages de Gulliver* de Swift.
• Jean-Joseph Mouret: *Les Amours des dieux* (ballet héroïque).
• Le cardinal de Rohan fait appel à l'architecte Robert de Cotte pour construire le palais épiscopal de Strasbourg.
• Charles-Antoine Coypel: *Persée délivrant Andromède.*
• Jean Bernoulli (1667-1748): *Discours sur les lois de la communication du mouvement.* Le mathématicien avait présenté le résultat de ses recherches à l'Académie des sciences en 1724 et 1726.

1728

28 février
Premier numéro des *Nouvelles ecclésiastiques.*

16 mars
32 curés parisiens publient une adresse au cardinal de Noailles, archevêque de Paris, protestant contre la condamnation de l'évêque de Senez, Soanen. Plusieurs pétitions signées par des ecclésiastiques des diocèses de Paris, Troyes, Auxerre et Châlons seront ainsi adressées à Noailles pour protester contre le concile d'Embrun et l'inciter à prendre fermement position contre la bulle *Unigenitus.*

24 avril
Le chancelier d'Aguesseau lance auprès des intendants une enquête pour connaître le nombre d'offices de chaque bailliage, sénéchaussée, etc., afin de fusionner les prévôtés des villes sièges de bailliages ou de sénéchaussées. Une série d'édits particuliers se succéderont jusqu'à un édit général en avril 1749.

4 mai
Après s'être réunis à l'instigation du cardinal de Fleury, les évêques réfutent la consultation des avocats parisiens du 30 octobre 1727 qui déclarait nul le concile d'Embrun.

10 mai
Déclaration royale contre ceux qui attaqueraient les bulles reçues dans le royaume, ou le pape ou les évêques.

13 juin
Au congrès de Soissons s'ouvrent des négociations entre la France, l'Angleterre, les Provinces-Unies et l'Empire.

juillet
Nicolas-Prosper Bauyn d'Angervilliers (1675-1740) est nommé secrétaire d'État à la Guerre en remplacement de Le Blanc décédé.

3 juillet
Arrêt du Conseil décidant la suppression de la consultation du 30 octobre 1727 contre le concile d'Embrun.
Arrêt du Conseil enjoignant à toute personne distribuant des médicaments de déposer devant le lieutenant général de police de Paris les privilèges l'autorisant à ce commerce. Le 25 octobre, cette mesure est complétée par un nouvel arrêt désignant une commission pour examiner les titres et les produits présentés.

10 octobre
Création par les Comédiens ordinaires du roi des *Fils ingrats*, comédie en vers d'Alexis Piron (1689-1773).

23 octobre
Mandement du cardinal de Noailles où il accepte la bulle *Unigenitus.*

10 novembre
Le chancelier d'Aguesseau lance auprès des parlements une enquête sur les donations: la première des grandes enquêtes qui vont lui permettre de fonder les ordonnances visant à l'unification du droit.

autres événements
• À Paris, mise en place d'écriteaux portant le nom des rues.
• Barbeyrac: *Traité de la morale des Pères.*
• Dom Calmet: *Histoire ecclésiastique et civile de la Lorraine.*
• Fontenelle: *Éléments de la géométrie de l'infini.*
• Labat: *Nouvelle Relation de l'Afrique occidentale.*
• Antoine-François Prévost d'Exiles (1697-1763): *Mémoires et aventures d'un homme de qualité qui s'est retiré du monde.*
• Voltaire: *La Henriade.*

• Couperin : *Pièces de viole avec basse chiffrée.*
• Rameau : *Le Berger fidèle* (cantate).
• Chardin : *La Raie dépouillée.* Il est reçu à l'Académie de peinture.
• Pierre Fauchard (1678-1761) : *Chirurgien dentiste, ou traité des dents*, ouvrage fondateur de la dentisterie moderne.

1729

1er mars
L'évêque d'Orléans publie un mandement qui condamne Soanen ainsi que la consultation du 30 octobre 1727 et prend la défense du concile d'Embrun. C'est une maladresse : six curés refusent de le publier et sont interdits dans leurs fonctions ; ils en appellent comme d'abus auprès du Parlement de Paris et l'affaire traînera en longueur.

25 avril
D'Aguesseau lance auprès des parlements une enquête sur les testaments.

4 mai
Mort du cardinal de Noailles. Lui succède sur le siège de Paris, Charles-Gaspard de Vintimille du Luc (1655-1746). Le décès de Noailles marque le déclin du jansénisme épiscopal. Vintimille cherchera à imposer aux ecclésiastiques comme aux fidèles la signature du formulaire d'Alexandre VII condamnant l'œuvre de Jansenius ainsi que la reconnaissance de la bulle *Unigenitus* comme loi de l'Église et de l'État.

18 juin
Représentation par les Comédiens italiens de *La Nouvelle Colonie ou la ligue des femmes*, comédie de Marivaux qui connaît l'échec.

2 août
Déclaration royale définissant les peines à infliger aux contrebandiers et ordonnant aux commis des Fermes de diligenter la répression de la contrebande.

4 septembre
Naissance du dauphin Louis. C'est le quatrième enfant du couple royal qui en aura au total 10, dont 8 filles.

octobre
Début du séjour de Montesquieu en Angleterre (jusqu'en octobre 1731).

9 novembre
Traité de Séville entre la France, l'Angleterre et l'Espagne : l'Espagne rend leurs privilèges commerciaux à la France et à l'Angleterre, et ces deux puissances lui garantissent la Toscane et Parme. Reste à convaincre l'empereur Charles VI.

20 décembre
Déclaration autorisant à tous les pêcheurs l'usage du chalut. Cette pratique était déjà tolérée depuis deux ans dans certains ressorts. On craignait que l'emploi de ce type de filet ne détériore les fonds. Suspendu momentanément en avril 1744, l'usage du chalut sera rétabli le 31 octobre 1744, du 1er septembre au 30 avril de chaque année.

autres événements
• Traduction du *Paradis perdu* de Milton.
• Montfaucon entame la publication des *Monuments de la Monarchie française* (5 volumes jusqu'en 1733).
• Bodin de Boismortier : *Sonates pour violoncelle.*
• Campra : *Te Deum.*
• Édition posthume de 40 grands motets de Delalande.
• Mouret : *Suites de symphonies.*
• Bélidor : *La Science des ingénieurs dans la conduite des travaux de fortifications et d'architecture civile.*
• Pierre Bouguer (1698-1758) : *Essai d'optique sur la gradation de la lumière.* Cet ouvrage fonde la photométrie.

1730

1er janvier
Le contrôleur général des Finances Le Peletier des Forts est nommé ministre d'État.

23 janvier
Les Comédiens italiens créent *Le Jeu de l'amour et du hasard* de Marivaux qui rencontre un vif succès.

24 février
Déclaration royale réglementant le statut des chirurgiens établis en Province.

15 mars
Mort d'Adrienne Lecouvreur (1692-1730), la célèbre actrice qui avait fait ses débuts à la Comédie-Française en 1717, à laquelle le clergé refuse une sépulture. Voltaire, indigné, lui consacre un poème, publié en octobre.

19 mars
Compromis dans un scandale financier, le contrôleur général Le Peletier des Forts est contraint de démissionner. Il avait donné ordre depuis 1727 à des banquiers de jouer la hausse des actions de la Compagnie des Indes pour relancer l'économie. Il est remplacé par l'intendant de Flandre Philibert Orry, qui restera au contrôle général des Finances jusqu'en 1745.

Philibert Orry

Philibert Orry (1689-1747) a 41 ans lorsqu'il est appelé au contrôle général des Finances où il restera quinze ans. Ancien conseiller au Parlement, maître des requêtes passé par l'administration provinciale, il a le profil type des grands serviteurs de l'État monarchique, plus à l'aise dans ses dossiers que dans les allées courtisanes du château de Versailles. Soucieux de proportionner les dépenses aux recettes dans sa gestion financière du royaume, il aura la charge de financer les guerres de Succession de Pologne et d'Autriche. Il est l'un des grands artisans de la modernisation du royaume et va ainsi acquérir la réputation d'être l'un des hommes les plus détestés de son époque. Il multiplie les enquêtes minutieuses qui lui apportent les renseignements précis sur les provinces dont il a besoin pour drainer le maximum de ressources vers l'État. Cependant, la monarchie ayant autant besoin de rentrées d'argent rapides et à moindre frais que d'exactitude et de justice dans ses demandes, le sens pratique de l'efficacité d'Orry tempère sa conjugaison de la nécessité d'une connaissance statistique avec un certain sens de l'équité: Orry, sans abandonner ses objectifs à plus long terme, devra composer et user d'expédients, consentir des exceptions selon la tradition monarchique. Il quitte le pouvoir en 1745, sous la pression des fournisseurs aux armées, les frères Pâris, qui sont très liés à la marquise de Pompadour. Louis XV n'acceptera de se séparer de ce fidèle serviteur qu'une fois la certitude acquise de le remplacer par un autre commis de valeur, Machault d'Arnouville.

24 mars
Déclaration royale qui confère la qualité de loi de l'État à la bulle *Unigenitus*, laquelle était déjà une loi de l'Église: les querelles d'interprétation sont interdites, la procédure d'appel comme d'abus restreinte et les écrits jansénistes prohibés. Le cardinal de Fleury voit dans les jansénistes plutôt des rebelles à l'autorité de l'État que des hérétiques.

3 avril
Lit de justice imposant l'enregistrement au Parlement de Paris de la déclaration royale du 24 mars qui fait de la bulle *Unigenitus* une loi de l'Église et de l'État. 150 des 180 magistrats étaient opposés à la bulle. Ce lit de justice marque une étape importante dans le crescendo qui met aux prises la monarchie avec les parlements tout au long du siècle. Les parlements de Rennes et de Rouen protesteront contre la déclaration les 14 et 17 mai.

mai
Le contrôleur général des Finances Orry résilie avant terme le bail de la Ferme générale pour en passer un nouveau de 84 millions par an.

2 mai
Le chancelier d'Aguesseau lance auprès des parlements une enquête sur les substitutions fideicommissaires. La substitution fideicommissaire consiste à léguer un bien à un héritier, à charge pour ce dernier de le conserver et de le transmettre à sa mort. C'est donc un moyen de protéger et de conserver un patrimoine dans une famille, en le rendant inaliénable, d'où son importance dans une société aristocratique. Certains juristes présentaient le roi de France comme un fideicommis. L'ordonnance que rendra d'Aguesseau en août 1747 à la suite de cette enquête supprimera la variété des coutumes et de la jurisprudence en soumettant les substitutions à des règles précises: la clause de substitution et le bénéficiaire devront être explicitement énoncés.

29 mai
Règlement instituant un Conseil du commerce. Sans être un véritable rouage du gouvernement, cette institution témoigne de l'intérêt du contrôleur général des Finances Orry pour le commerce et les manufactures, comme le confirmeront la création d'inspecteurs des manufactures et les grandes enquêtes administratives, minutieuses et systématiques, qu'il commandera. Déjà Dodun avait prescrit des dénombrements sur les prix, les salaires, les offices, mais Orry sent la nécessité d'une équité reposant sur une connaissance statistique. C'est ainsi qu'il suscitera de grandes enquêtes sur les bacs et les péages (1731), les tanneries (1733 et 1745), l'industrie papetière (1738 et 1745), les mines (1741-1742). Ces enquêtes donneront naissance à de nombreux règlements très précis.

12 juillet
Le pape Clément XII succède à Benoît XIII, mort en février.

3 septembre
Le roi de Sardaigne Victor-Amédée II de Savoie abdique en faveur de son fils Charles-Emmanuel III.

11 septembre
L'Assemblée générale du clergé, réunie depuis le 10 juin, adresse une lettre à Louis XV requérant son intervention contre le soutien que les parlements accordent au bas clergé.

23 septembre
Arrêt du Conseil cassant un arrêt du Parlement de Paris du 26 juillet (comme violant l'édit d'avril 1695) qui avait reçu l'appel comme d'abus du curé de Saint-Barthelémy de Paris suspendu par sa hiérarchie: en interdisant ses fonctions au curé, le pouvoir royal prête ainsi son concours au clergé contre le Parlement.

2 octobre
Arrêt du Conseil contre les curés du diocèse d'Orléans qui avait saisi le Parlement de Paris contre un mandement de leur évêque où il condamnait l'évêque de Senez, Soanen, et les avocats parisiens attaquant la bulle *Unigenitus*. Une consultation d'avocats en leur faveur va circuler à Paris. Le 30 octobre, un arrêt du Conseil donne un mois aux avocats pour rétracter leur consultation. Celle-ci révèle à la monarchie le poids croissant d'une opinion publique assise sur le développement de ce qui devient une quasi-idéologie.

5 décembre
Déclaration royale uniformisant les actes des notaires parisiens.

11 décembre
Création de *Brutus*, tragédie de Voltaire.

autres événements
• Mme du Deffand (1697-1780) ouvre un salon littéraire.
• Du Marsais: *Des tropes, ou des différents sens dans lesquels on peut prendre un même mot dans une même langue.*
• Labat: *Voyage du chevalier Des Marchais en Guinée.*
• Couperin: *Quatrième livre de Clavecin.*
• Leclair: *Premier livre de Sonates pour deux violons sans basse.*
• Oudry: *Louis XV chassant le cerf en forêt de Saint-Germain.*
• Début du développement d'un nouvel art de jardin: au jardin géométrique à la française, rectiligne et dessiné avec des contours nets, commence à se substituer le jardin à l'anglaise composé de successions de paysages ordonnés selon un équilibre qui combine formes et courbes et où alternent les vides et les pleins, l'espace et la nature. Le jardin à l'anglaise est une création d'imprévus, de hasards ordonnés selon les goûts du jardinier, souvent les grands seigneurs eux-mêmes ou des peintres, comme Hubert Robert qui participe au renouvellement des jardins du château de Versailles à la fin des années 1770 ou qui dessine un jardin, espace romanesque empli d'illusions, pour le banquier Jean-Joseph Laborde à Méreville en 1784. Des parcs de théâtre, parsemés de ruines et de cascades, nourrissent ainsi l'imagination du promeneur comme à Ermenonville à la fin des années 1760, chez le marquis de Girardin dans le jardin réalisé par Morel, auteur d'une *Théorie des jardins*, ou comme celui que conçoit Carmontelle pour le duc de Chartres à Monceau entre 1773 et 1778. En 1765, Jaucourt, dans l'*Encyclopédie*, constatera la décadence du jardin à la française et préconisera l'adoption du jardin à l'anglaise: Richard Mique transformera ainsi après 1774 les jardins du Petit Trianon que Jacques-Ange Gabriel avait dessinés pour Mme Du Barry.
• Quesnay: *Observations sur les effets de la saignée.*

François Quesnay

Né dans une famille de cultivateurs, François Quesnay (1694-1774) acquiert peu à peu tous les grades de médecin chirurgien, devient médecin de la marquise de Pompadour, s'installe en 1749 à la Cour où il soignera Louis XV et sera anobli. En 1756, il est à l'origine du mouvement de pensée économique qu'on désignera sous l'étiquette de physiocratie.

• Réaumur élabore un thermomètre à alcool qui est le premier à permettre de comparer entre elles les mesures selon une échelle allant de 0 (gel de l'eau) à 80 (eau bouillante).

1731

10 janvier
Mandement de l'archevêque de Paris, Mgr de Vintimille, contre la consultation des avocats d'octobre 1730. Le 5 mars, le Parlement de Paris reçoit l'appel comme d'abus dirigé contre le mandement de l'archevêque.

février
Le chancelier d'Aguesseau rend une ordonnance sur les donations à la suite de l'enquête lancée

auprès des parlements le 10 novembre 1728. Elle est enregistrée au Parlement de Paris le 9 mars.

5 février
Afin de faciliter la répression criminelle, une déclaration royale redéfinit les cas juridiques relevant des présidiaux et des prévôtés

10 mars
Arrêt du Conseil qui réserve au roi toute décision sur les limites des deux puissances, spirituelle et temporelle. D'Aguesseau entend ainsi limiter les conflits en évitant d'entrer dans le détail d'une discussion qui, en cherchant à préciser les domaines respectifs des deux puissances, serait non seulement attentatoire au pouvoir du roi, mais surtout risquerait d'aliéner à la monarchie le soutien épiscopal tout en mécontentant les magistrats des parlements, toujours prompts à s'enflammer en la matière.

16 mars
Accord entre l'Empire et l'Angleterre qui accepte la Pragmatique Sanction (la déclaration impériale du 19 avril 1713 par laquelle l'empereur Charles VI, qui à l'époque n'avait pas encore d'enfants, introduit le principe de primogéniture masculine et féminine afin de permettre une transmission indivisible des États sur lesquels règnent les Habsbourg) et reconnaît à Marie-Thérèse le droit de succéder à son père Charles VI. L'empereur consent à l'occupation des duchés italiens par l'Espagne.

mai
Édit portant réunion des villes de Clermont et de Montferrand sous le nom de Clermont-Ferrand.

18 mai
Déclaration royale ordonnant que les ecclésiastiques ne pourront acquérir en Bourgogne aucun biens-fonds sans en obtenir la permission royale par lettres patentes.

12 juillet
Ordonnance interdisant d'exporter des grains hors du royaume.

15 juillet
L'archevêque de Paris, Mgr de Vintimille, interdit d'honorer le tombeau du diacre Pâris au cimetière de Saint-Médard. Cette interdiction, loin de stopper efficacement le phénomène convulsionnaire, lui donne de la publicité et les miracles se multiplient jusqu'à la fermeture du cimetière par le cardinal de Fleury en 1732.

22 juillet
Accord entre l'Espagne et l'Empire: l'Espagne reconnaît la Pragmatique Sanction et l'empereur Charles VI confirme les droits du fils de Philippe V d'Espagne, don Carlos, sur Parme et Plaisance, ainsi que ceux des héritiers d'Élisabeth Farnèse (seconde femme de Philippe V) sur la Toscane (la mort d'Antoine Farnèse, duc de Parme, le 10 mars, avait ouvert la question successorale des Farnèse).

25 juillet
Remontrances du Parlement de Paris (réitérées le 18 août) contre les refus de sacrements opposés aux jansénistes adversaires de la bulle *Unigenitus*.

30 juillet
Un arrêt du Conseil autorisant la distribution du mandement de Mgr de Vintimille du 10 janvier et ordonnant le silence sur ces querelles provoque une grève de protestation des avocats parisiens du 27 août au 26 novembre.

13 août
Des curés parisiens demandent à Mgr de Vintimille de faire examiner les miracles opérés au cimetière de Saint-Médard.

5 septembre
Arrêt du Conseil réclamant le silence sur la question de la bulle *Unigenitus*.

7 septembre
Arrêt du Parlement de Paris rappelant les maximes générales du royaume parmi lesquelles les principes du gallicanisme parlementaire. Cet arrêt est cassé le lendemain par Louis XV.

12 novembre
Ordonnance renouvelant l'interdiction des jeux prohibés.

29 novembre
Les parlementaires parisiens se rendent à Marly pour y porter, sans succès, leurs revendications au roi. Le 8 décembre, Louis XV se contente d'exprimer son mécontentement au premier président du Parlement de Paris.

autres événements
• En Louisiane, les Indiens Natchez qui s'étaient révoltés contre les Français en 1729 sont écrasés. La Compagnie des Indes va céder à la couronne ses droits sur la Louisiane, laquelle sera dès lors administrée par un gouverneur nommé par le roi.

• Enquête demandée par Orry sur les bacs et les péages.
• Le cardinal de Fleury met fin aux réunions politiques du club de l'Entresol qui se tenaient à Paris depuis 1726.
• Laurent-François Boursier (1679-1749): *Explication abrégée des principales questions qui ont rapport aux affaires présentes, par demandes et par réponses ou par forme d'entretien, entre un ecclésiastique et un laïc.* Boursier compte parmi les plus militants des théologiens jansénistes.
• Nicolas Le Gros: *Abrégé chronologique des principaux événements qui ont précédé la Constitution Unigenitus, qui y ont donné lieu, ou qui en sont les suites avec les 101 propositions du père Quesnel mises en parallèle avec l'Écriture et la tradition.*
• Marivaux publie à la fin du printemps la première partie de *La Vie de Marianne, ou les aventures de Madame la comtesse de* ***, roman commencé en 1728.
• Abbé Prévost: *Histoire du chevalier Des Grieux et de Manon Lescaut.* Ce roman de l'abbé Prévost aura un énorme succès.
• Rollin: *Histoire ancienne.*
• Voltaire: *Histoire de Charles XII.* Cette édition sera interdite et saisie pour des raisons diplomatiques, mais Voltaire republie son œuvre l'année suivante après l'avoir augmentée. Ce sera alors un important succès et les éditions vont se multiplier. C'est véritablement le premier ouvrage historique de Voltaire, où il développe son sens de la synthèse et déploie son souci critique de méthode mariant la discussion des sources à ses jugements philosophiques.
• Bodin de Boismortier: *Six suites pour flûte.*
• Rameau: *Troisième livre de Clavecin.*
• Chardin: *Les Attributs des arts* et *Les Attributs des sciences.*
• Fondation de l'Académie de chirurgie.
• Bélidor: *Le Bombardier français, ou nouvelle méthode de jeter les bombes avec précision.*
• Alexis Clairaut (1713-1765): *Recherches sur les courbes à double courbure* (ouvrage de géométrie analytique).

1732

10 janvier
Députation du Parlement de Paris devant le roi et le Conseil des dépêches; elle subit les reproches de Louis XV et du chancelier d'Aguesseau.

29 janvier
Le cardinal de Fleury, en vertu d'une ordonnance du 27, fait fermer le cimetière de Saint-Médard pour empêcher l'agitation janséniste convulsionnaire autour de la tombe du diacre Pâris. Comme la foule continue de fréquenter l'église Saint-Médard et profite des enterrements pour pénétrer dans le cimetière, une ordonnance du 3 décembre interdira le cimetière aux convois funéraires. Les convulsionnaires seront réduits à la clandestinité.

30 janvier
L'archevêque de Paris, Mgr de Vintimille, publie un mandement condamnant le culte rendu au diacre Pâris.

12 mars
Les Comédiens italiens créent *Le Triomphe de l'amour*, comédie de Marivaux.

31 mars
Louis XV déclare le secrétaire d'État et garde des Sceaux Chauvelin adjoint et associé du cardinal de Fleury.

27 avril
L'archevêque de Paris, Mgr de Vintimille, déclare les *Nouvelles ecclésiastiques* hérétiques et interdit leur lecture sous peine d'excommunication. 21 curés refusent de lire en chaire ce mandement et en appellent au Parlement de Paris.

14 mai
Louis XV convoque à Compiègne et admoneste sévèrement le Parlement de Paris qui, malgré les ordres royaux, continue de recevoir les appels comme d'abus contre Mgr de Vintimille. L'arrestation de deux conseillers, l'abbé Pucelle, auteur des remontrances parlementaires, et Titon, provoque, le 16 mai, la grève des chambres des enquêtes et des requêtes du Parlement de Paris. Le 23 mai, le Parlement est sommé de reprendre ses fonctions. Il continuera malgré tout en juin à déclarer recevables les appels interjetés contre l'archevêque de Paris.

25 mai
Alliance entre la France et la Pologne.

8 juin
Création au Théâtre-Français d'une comédie de Marivaux, *Les Serments indiscrets*, laquelle est un échec.

20 juin
Les magistrats des sept chambres des requêtes et des enquêtes du Parlement de Paris démissionnent pour protester contre l'arrestation d'un président et

de trois conseillers du Parlement dans la nuit du 15 au 16 juin, démissions reprises le 5 juillet.

25 juillet
Représentation par les Comédiens italiens de *L'École des mères*, comédie de Marivaux qui rencontre un certain succès.

13 août
Le Parlement de Paris condamne le *Judicium Francorum* comme attentatoire à la souveraineté du roi. Ce pamphlet était la version adaptée aux circonstances d'un texte publié pendant la Fronde en 1652. D'abord imprimé, cette année 1732, avec les *Mémoires historiques et critiques* de Mézeray, puis seul quelques semaines après, on y voyait une monarchie, fondée sur la liberté des Germains, soumise à la tutelle du Parlement présenté comme une assemblée représentant la Nation et aussi ancienne que la royauté.
Voltaire: *Zaïre*. Cette tragédie connaît rapidement un important succès.

18 août
Déclaration royale réglementant la discipline du Parlement de Paris: les actes royaux enregistrés en lit de justice sont immédiatement exécutoires; la réponse royale aux remontrances doit entraîner l'obéissance et on ne peut faire de nouvelles remontrances qu'avec l'autorisation du roi; les matières religieuses seront portées devant la Grand Chambre à l'initiative du ministère public ou du premier président et les grèves sont interdites. Dès le 20, le Parlement de Paris entame une grève de protestation.

3 septembre
Lit de justice à Versailles pour enregistrer la déclaration du 18 août. Le 4, par 71 voix contre 64, le Parlement de Paris décide de refaire grève. Dans la nuit du 6 au 7, 139 parlementaires sont arrêtés et exilés. À partir du 10, la Grand Chambre du Parlement de Paris, restée fidèle au roi, assure les vacations.

11 novembre
Levée de l'exil des parlementaires parisiens qui reprendront leurs fonctions en décembre.

4 décembre
Louis XV reçoit une délégation du Parlement de Paris: le président lui assure la soumission du Parlement et le roi accepte de surseoir à l'exécution de la déclaration du 18 août. On peut noter la volonté du cardinal de Fleury de ne pas envenimer les choses. Il entend surtout que la déclaration du 24 mars 1730 imposant le silence dans les querelles religieuses soit appliquée, et se refuse à ce que les évêques usent de l'arme des refus de sacrements.

autres événements
• Introduction des « honneurs de la Cour »: seuls ceux dont la noblesse remonte au-delà de 1400 sont autorisés à être présentés au roi et à chasser avec lui.
• Réorganisation de l'artillerie par Joseph-Florent de Vallière (1717-1776): le nombre des calibres est réduit à cinq.
• Boulainvilliers: *Essais sur la noblesse contenant une dissertation sur son origine et son abaissement.*
• Philippe Néricault, dit Destouches (1680-1754): *Le Glorieux.*
• Abbé Noël-Antoine Pluche (1688-1761): *Le Spectacle de la nature.* Ces 9 volumes connaîtront un grand succès.
• Voltaire: *Ériphyle* (tragédie).
• Bodin de Boismortier: *Sonates pour basson.*
• Michel Pinolet de Montéclair (1667-1737): *Jephté* (opéra).
• Mouret: *Le Triomphe des sens* (opéra).
• François Boucher (1703-1770): *Vénus demandant à Vulcain des armes pour Énée.*
• Giovanni-Niccolo Servandoni (1695-1766) commence à travailler à la façade de l'église Saint-Sulpice à Paris.
• Pierre-Louis Moreau de Maupertuis (1698-1759): *Discours sur les différentes figures des astres.* Reçu à l'Académie des sciences en 1723 après une courte carrière militaire, Maupertuis reprend dans ce texte les théories newtoniennes, ce qui lui vaut l'inimitié des savants français majoritairement cartésiens. Il se rend en 1736 en Laponie afin d'y mesurer un arc de méridien. En 1740, Frédéric II l'appelle à Berlin où il prendra la direction de l'Académie non sans heurts par la suite avec Voltaire qui juge cet ex-professeur et ami de Mme du Châtelet aussi fantasque que tyrannique. Élu à l'Académie française en 1743, Maupertuis défend l'idée que la nature agit selon le principe de la « moindre action », c'est-à-dire avec une économie de moyens.

1733

2 février
La mort du roi de Pologne Auguste II ouvre la question de la succession au trône polonais.

17 février
Ordonnance contre les convulsionnaires qui, depuis la fermeture du cimetière de Saint-Médard

l'année précédente, se réunissaient secrètement en privé. Après 1734, l'agitation convulsionnaire, et ses miracles, peut être considérée par les autorités politiques et ecclésiastiques comme une simple question de police, et elle divise, de surcroît, les jansénistes eux-mêmes.

mars
Voltaire : *Le Temple du goût.* Cette courte revue critique des écrivains et artistes français, morts ou vivants, valut à Voltaire hostilité et rancune, ne serait-ce que par ses exclusions, puisqu'on n'y trouve pour le XVIIe siècle ni Guez de Balzac ni Voiture, ni pour le XVIIIe Marivaux, dont Voltaire méprisait le comique.

25 avril
Le Parlement de Paris interdit deux ouvrages de Claude Le Peletier, chanoine à Reims, où la bulle *Unigenitus* était présentée comme une règle de foi. L'arrêt sera cassé le 1er mai.

juin
Voltaire entame sa liaison avec Émilie Le Tonnelier de Breteuil, marquise du Châtelet (1706-1749). La condamnation des *Lettres philosophiques* obligeant Voltaire à quitter Paris en 1734, les amants s'installent chez Émilie, au château de Cirey. Ils y travaillent en couple, la marquise initiant le philosophe aux mathématiques et aux sciences expérimentales. Elle s'occupe de traduire Mandeville et Newton, tandis que lui écrit dans la sérénité et fait aménager le château selon ses goûts. Plusieurs années s'écoulent ainsi dans une complicité quasi mythique, jusqu'à ce que leur passion s'effiloche une dizaine d'années plus tard. La mort de Mme du Châtelet atteindra cruellement Voltaire, qui ne pourra jamais complètement s'en remettre : « Je n'ai point perdu une maîtresse, j'ai perdu la moitié de moi-même, une âme pour qui la mienne était faite. »

6 juin
Création par les Comédiens italiens de *L'Heureux Stratagème*, comédie de Marivaux.

12 septembre
Stanislas Leszczynski, appuyé par la France, est élu roi de Pologne par la diète de Wola. Mais dès le 22 septembre, il doit se réfugier à Dantzig devant l'avance de ses adversaires et des Russes.

26 septembre
Traité d'alliance entre la France et le roi de Sardaigne, Charles-Emmanuel III, qui s'engage à remettre le duché de Savoie à la France en échange de l'appui français pour entreprendre la conquête du Milanais.

5 octobre
Frédéric-Auguste II de Saxe (fils d'Auguste II et demi-frère de Maurice de Saxe) est élu roi de Pologne sous le nom d'Auguste III par la diète de Praga avec l'appui de la Russie et de l'Autriche.

La guerre de Succession de Pologne

En veilleuse pendant vingt ans, le conflit séculaire entre les Bourbons et les Habsbourg resurgit avec la crise successorale polonaise. La mort du roi de Pologne Auguste II, le 2 février 1733, engendre une guerre où la Russie et l'Autriche s'opposent à la France, l'Espagne et la Sardaigne, tandis que la Turquie, vieille alliée de la France, prend l'Empire à revers.
Le premier acte se joue en Pologne. Stanislas Leszczynski, beau-père de Louis XV, se fait élire roi de Pologne en septembre 1733. Il se trouve immédiatement confronté à une opposition polonaise, appuyée par les Russes et les Autrichiens, qui élit roi Frédéric-Auguste II de Saxe, fils du roi décédé. Stanislas est obligé de se réfugier à Dantzig (Gdansk), où il sera assiégé par les troupes russes pendant plusieurs mois. Ne pouvant envoyer une armée le secourir en traversant l'Allemagne et ne souhaitant pas s'attirer l'hostilité de l'Angleterre, de la Hollande ou de la Suède en envoyant une puissante flotte française dans la Baltique, Louis XV et Fleury, peu favorables à la guerre, ne lui dépêchent contre la Russie que de faibles secours symboliques. En revanche, l'occasion est bonne pour s'en prendre à l'Autriche et s'emparer à peu de frais de la Lorraine, dont le duc est fiancé à Marie-Thérèse d'Autriche. Aussi Louis XV déclare-t-il la guerre à l'empereur Charles VI le 10 octobre 1733.
Fleury agit habilement sur le terrain diplomatique en obtenant la neutralité des puissances maritimes, Grande-Bretagne et Hollande. Les succès militaires français et la modération de Paris permettront de régler rapidement le conflit au détriment de l'Autriche sans provoquer de large coalition antifrançaise comme à l'époque de Louis XIV. La France s'allie au roi de Sardaigne Charles-Emmanuel III et resserre ses liens avec l'Espagne, les deux étant intéressés par une intervention en Italie qui permettrait d'affaiblir l'emprise impériale sur la péninsule.
Les opérations militaires commencent à l'automne 1733 et durent deux ans. Les armées fran-

çaises sont menées par de vieux vétérans des guerres de Louis XIV, les maréchaux Villars et Berwick, dont ce sont les dernières campagnes.
Berwick commence par occuper la Lorraine, puis traverse l'Alsace pour passer en Allemagne où il s'empare de Kehl. Maurice de Saxe, fils d'Auguste II de Pologne et demi-frère du concurrent de Stanislas, qui combat dans les rangs français, remporte le 4 mai 1734 la bataille d'Ettlingen, gagnant dans cette campagne ses galons de lieutenant général. Le 24 mai, Berwick met le siège devant Philippsbourg, où il trouvera la mort avant que la place ne capitule le 18 juillet. Il sera remplacé par Coigny qui, en septembre-octobre 1735, fera campagne sur la Moselle. Mais, côté impérial comme côté français, la tendance est plutôt à la temporisation.
L'Italie est le principal théâtre militaire. Là, dès l'automne 1733, Villars, qui a fait sa jonction avec les troupes sardes, s'empare de la Lombardie: Pavie, Novare, Milan sont aux mains des armées françaises. Coigny bat les troupes impériales les 29-30 juin 1734 près de Parme, puis le 19 septembre à Guastalla. Entre-temps, Villars meurt à Turin au cours de l'été. Il sera d'abord remplacé par Coigny, puis celui-ci prenant la direction des armées d'Allemagne, par Noailles. De leur côté, dès l'automne 1734, les Espagnols se sont rendus maîtres du sud de l'Italie.
En août 1735, les diplomaties française et autrichienne entrent en pourparlers qui aboutiront le 3 octobre à des préliminaires de paix. Ils sont confirmés par le traité signé à Vienne le 18 novembre 1738, lequel scelle définitivement la fin de la guerre. L'Autriche sort affaiblie de cette crise, ayant perdu le sud de l'Italie qui passe sous domination espagnole et n'ayant pu résister à l'Est à la pression turque. Elle conserve le Milanais, mais cède toutefois quelques places au roi de Sardaigne, tandis que François de Lorraine reçoit la Toscane pour compenser la perte de son duché de Lorraine qui échoit à Stanislas Leszczynski, autant dire à la France.

10 octobre
Louis XV déclare la guerre à l'empereur Charles VI. L'Angleterre et les Provinces-Unies s'engagent à rester neutres tant que la France n'envahira pas ces dernières.

7 novembre
Traité de l'Escurial: «pacte de famille» entre la France et l'Espagne. En échange de privilèges commerciaux, la France aidera Philippe V à reprendre Gibraltar et son fils, don Carlos, à prendre Naples.

9 novembre
Ordonnance renouvelant l'interdiction d'exporter des grains hors du royaume.

17 novembre
Déclaration royale rétablissant le dixième afin de financer la guerre de Succession de Pologne. Il sera perçu jusqu'à la fin de 1736.

24 novembre
Le cardinal de Fleury obtient la neutralité hollandaise dans la guerre de Succession de Pologne, ce qui rend plus certaine l'inactivité anglaise.

autres événements
• À partir de cette année-là, le contrôleur général des Finances Orry cherche à substituer à la taille personnelle une taille tarifée, c'est-à-dire basée sur un dénombrement des revenus et une appréciation arbitraire des ressources.
• Enquête commandée par Orry sur les tanneries.
• Installation à Valence d'une commission chargée de réprimer la contrebande (au mépris de la compétence de la Cour des aides).
• Louis XV confie à Jacques Cassini le soin de lever des cartes géographiques générales et particulières du royaume. Avec son fils, César-François Cassini de Thury (1714-1784), il va, en dix ans, effectuer un relevé trigonométrique du royaume, posant les bases d'une cartographie de la France.
• Les bénédictins de Saint-Maur entament la publication de l'*Histoire littéraire de la France.*
• Joseph-François de Gallifet (1663-1749): *De l'excellence de la dévotion au Cœur adorable de Jésus-Christ.*
• Gilbert-Charles Legendre de Saint-Aubin (1688-1746): *Traité de l'opinion ou mémoires pour servir à l'histoire de l'esprit humain.*
• Nicolas Le Gros: *Mémoire sur les droits du second ordre du clergé, avec la tradition qui prouve les droits du second ordre.*
• Première parution de *Le Pour et le contre*, gazette animée par l'abbé Prévost.
• Claude-Prosper Jolyot de Crébillon, dit Crébillon fils (1707-1777), Charles Collé (1709-1783) et Alexis Piron fondent, avec quelques convives, une société de dîners à frais communs qui se réunit deux fois par mois rue de Buci à l'enseigne du Caveau. L'année suivante, ils se constituent en société d'entraide fraternelle. On compte notamment parmi les membres: Rameau, Boucher, Helvétius. Ces «dîners du Caveau» se tiendront régulièrement jusqu'en 1743, quand une

querelle entre les deux Crébillon, le père et le fils, entraînera la suppression du groupe. En 1762, Crébillon fils et Piron reprendront pendant cinq ans les dîners du Caveau en élargissant la société. Ces réunions du Caveau sont à l'origine de l'essor de la chanson littéraire française.

- François d'Agincourt (1684-1758): *Livre de clavecin.*
- Rameau: *Hippolyte et Aricie* sur un livret de l'abbé Pellegrin. C'est son premier opéra.
- Boucher: *Vénus et Adonis.*
- Chardin: *La Lettre cachetée* et *La Fontaine.*
- François Le Moyne (1688-1737) réalise la décoration du salon d'Hercule (jusqu'en 1736) au château de Versailles.
- Louis XV commande à Oudry une série de neuf tableaux représentant des chasses royales.
- À Versailles, Louis XV fait reprendre les travaux du bassin de Neptune commencés en 1679. Il sera achevé en 1741.
- Charles-François de Cisternay Du Fay (1698-1739) identifie deux sortes d'électricité.

1734

janvier
Édit confirmant les privilèges de l'ordre du Saint-Esprit et créant deux offices de trésoriers généraux du marc d'or.

février
Les troupes russes assiègent Dantzig où s'est réfugié Stanislas Leszczynski. Il s'en échappera le 27 juin et Dantzig capitulera le 9 juillet.

avril
Voltaire: *Lettres philosophiques.* À l'origine des *Lettres philosophiques* se trouve le séjour en Angleterre que Voltaire est contraint d'effectuer après son altercation, en avril 1726, avec le chevalier de Rohan-Chabot. Comme d'autres, Voltaire s'était déjà intéressé à cette île économiquement prospère et qui connaissait la diversité religieuse; il avait d'ailleurs déjà lu Locke et connu Bolingbroke. Outre-Manche, il découvre l'œuvre de Newton et est séduit par cette société émancipée des contraintes que la tradition religieuse impose encore sur le continent. Aussi ses *Lettres* ne sont-elles pas le récit d'un voyageur qui a fréquenté les élites culturelles, mais un plaidoyer pour l'activité humaine où la relativisation du dogme permet la recherche d'un bonheur raisonnable ici-bas. Les *Lettres philosophiques* ne sont pas tant un exposé de l'empirisme lockéen – qu'elles contribuent à diffuser en France – ou des idées de Newton sur la gravitation universelle, qu'un éloge de la tolérance comme fondant l'activité industrieuse de l'homme. Le Parlement ne s'y trompa pas en condamnant le 10 juin cet ouvrage qui marque le passage de l'homme pascalien à l'homme des Lumières.

30 avril
Philippe V d'Espagne nomme roi des Deux-Siciles son fils don Carlos. Ce dernier prend le nom de Charles VII.

14 juin
Le duc de Noailles est nommé maréchal de France.

6 novembre
La première représentation au Théâtre-Français du *Petit-Maître corrigé* de Marivaux est interrompue au deuxième acte. La pièce ne sera plus jouée qu'une fois.

autres événements
- Exploitation des premiers filons dans le bassin houiller d'Anzin par Jean-Jacques Desandrouin.
- Dubos: *Histoire critique de l'établissement de la monarchie française dans les Gaules.* Avec ce livre, l'abbé Dubos s'oppose à la thèse «germaniste», qu'avait défendue Boulainvilliers ou que reprendra dans un autre sens l'abbé Mably, selon laquelle la situation privilégiée de la noblesse résultait de la conquête franque. À l'idée d'une conquête brutale, par une caste militaire qui aurait asservi la population gallo-romaine, il substitue celle d'une fusion où les Francs se seraient assimilés à la masse gallo-romaine. Dans cette optique «romaniste», où l'accent est mis sur la persistance de la société romaine, le roi de France serait l'héritier de la souveraineté de l'Empire romain, ce qui justifie sa prétention à l'absolutisme.
- Jean-François Melon (1675-1738): *Essai politique sur le commerce.*
- Montesquieu: *Considérations sur les causes de la grandeur des Romains et de leur décadence.* «L'allure principale entraîne avec elle tous les accidents particuliers.» Avec cette citation, on entre ainsi, quinze ans avant la publication de *L'Esprit des lois*, dans le cœur de l'œuvre aussi riche que complexe de Montesquieu. Fasciné par l'histoire romaine, le magistrat bordelais réfléchit sur les causes profondes et principes qui animent l'histoire des sociétés. La grandeur de la République perd l'Empire romain. Destinée à s'agrandir, Rome en supporte le coût: corruption de la vertu républicaine et destruction de sa liberté. L'impossibilité de la République dans un grand pays restera l'un des thèmes majeurs de la réflexion politique du

XVIIIe siècle, Révolution française comprise, mais il serait injuste de réduire à cette thématique un livre qui, comme toujours avec Montesquieu, est bien plus touffu et d'une grande profondeur.
• Mondonville: *Pièces de clavecin en sonates avec accompagnement de violon.*
• Boucher: *Renaud et Armide, L'Enlèvement d'Europe.*
• Jacques Gabriel est nommé premier architecte du roi.
• Robert Le Lorrain (1666-1743) entreprend les *Chevaux du soleil,* sculpture destinée à orner la façade des écuries de l'hôtel de Rohan.
• Oudry devient directeur de la manufacture de tapisseries de Beauvais.
• Réaumur: *Mémoires pour servir à l'histoire des insectes* (6 volumes jusqu'en 1742).

1735

18 février
Le Parlement de Paris condamne une instruction pastorale de l'archevêque de Cambrai, Mgr de Saint-Albin, qui faisait l'apologie de la bulle *Unigenitus.* Le 10 mai, un arrêt du Conseil rappelle que la doctrine appartient aux évêques. Le Parlement présentera des remontrances en 1737 contre cet arrêt.

mai
Départ de La Rochelle de l'expédition envoyée au Pérou sous le commandement de Charles-Marie de La Condamine (1701-1774). Au Pérou, Pierre Bouguer et La Condamine effectueront des mesures géodésiques d'arcs de méridien. La Condamine sera de retour à Paris en janvier 1745.

9 mai
Première représentation, à la Comédie-Italienne, de *La Mère confidente* de Marivaux. C'est un grand succès.

août
Ordonnance du chancelier d'Aguesseau sur les testaments; elle est rendue à la suite de l'enquête qu'il avait demandée auprès des parlements le 25 avril 1729. Le Parlement de Paris l'enregistre le 3 février 1736.

23 août
Première représentation à Paris de l'opéra-ballet de Rameau, *Les Indes galantes,* sur un livret de Louis Fuzelier. Y apparaît un homme travesti en femme, ce qui choque le public, et Rameau doit modifier son livret dès la troisième représentation. Cette œuvre rencontrera cependant un grand succès et sera représentée 320 fois entre 1735 et 1773. Rameau renouvelle le genre avec cette réponse à *L'Europe galante* de Campra (1697).

3 octobre
Préliminaires de paix entre la France et l'Autriche à Vienne: le duché de Lorraine est cédé à Stanislas Leszczynski qui doit renoncer à la couronne polonaise; à sa mort, la Lorraine reviendra à la France. L'électeur de Saxe, Frédéric-Auguste II, est confirmé roi de Pologne sous le nom d'Auguste III. Le duc François de Lorraine recevra la Toscane quand le grand-duc sera mort; l'Autriche récupérera le duché de Milan; Naples irait à don Carlos qui rendrait Parme et Plaisance à l'Autriche.

autres événements
• Première exploitation de pétrole à Pechelbronn en Alsace.
• Collin de Blamont: *Les Caractères de l'amour.*
• Jean-Baptiste Du Halde (1674-1743): *Description géographique, historique, chronologique, politique et physique de l'empire de la Chine et de la Tartarie chinoise.* C'est le premier grand livre sur la Chine qui compile les informations ramenées par les missionnaires jésuites. L'influence chinoise se fera sentir au cours du siècle dans la décoration, la porcelaine et l'art des jardins.
• Marivaux: *Le Paysan parvenu* (roman).
• Abbé Prévost: *Le Doyen de Killerine.*
• Mme de Tencin: *Mémoires du comte de Comminges* (roman).
• Campra: *Achille et Deidamie* (tragédie lyrique).
• Louis-Claude Daquin (1694-1772): *Premier* (et unique) *livre de Clavecin* qui obtient un grand succès.
• Mondonville: *Les Sons harmoniques* (sonates pour violon).
• Boucher décore la chambre de la reine au château de Versailles.
• Nicolas Lancret (1690-1743): *Déjeuner de jambon.*
• Carle Van Loo (1705-1765): *Apollon écorchant Marsyas.* Il est reçu à l'Académie.

1736

8 janvier
L'actrice Claire-Josèphe Leris de La Tude, dite Mlle Clairon (1723-1803), fait ses débuts dans le rôle de Cléanthis dans *L'Île des esclaves* de Marivaux. Elle sera fameuse pour ses interprétations dans les pièces de Voltaire.

27 janvier
Stanislas Leszczynski abdique officiellement la couronne de Pologne. En mai, il s'installe à Meudon.
Création d'*Alzire ou les Américains*, tragédie de Voltaire. Cette pièce sera l'un des plus grands succès obtenus par Voltaire au théâtre.

12 février
Mariage à Vienne de François de Lorraine avec Marie-Thérèse d'Autriche.

9 avril
Déclaration royale, enregistrée au Parlement de Paris le 13 juillet, prescrivant la tenue de deux registres paroissiaux contenant les actes d'état civil, l'un versé au greffe royal, l'autre demeurant entre les mains du curé.

11 juin
Première représentation au Théâtre-Français de la comédie de Marivaux, *Le Legs*.

26 juin
Déclaration royale exigeant des nobles bretons présents aux états provinciaux d'être âgés de 25 ans, de jouir de cent ans de noblesse non contestée et d'avoir des grands-pères et pères ayant bénéficié du partage noble (ce que contestera le parlement de Rennes le 7 août). L'objectif est de réduire la turbulence de la noblesse bretonne. Cette déclaration est enregistrée en lit de justice le 27 août. Plusieurs parlementaires bretons sont exilés.

24 septembre
François de Lorraine signe l'acte de cession du duché de Bar à Stanislas Leszczynski. Le 30 septembre, ce dernier signe la déclaration de Meudon par laquelle il cède l'administration des finances des duchés de Bar et de Lorraine à son gendre Louis XV.

26 septembre
Louis XV, satisfait du plafond du salon d'Hercule au château de Versailles dont Le Moyne vient d'achever la peinture, le nomme premier peintre du roi, place vacante depuis la mort d'Antoine Coypel en 1722.

10 octobre
Création de *L'Enfant prodigue*, pièce de Voltaire.

11 novembre
Le contrôleur général des Finances Orry est nommé ministre d'État.

autres événements
• Un arrêt du Conseil prévoit que dorénavant les Ponts et Chaussées dépendront du contrôle général des Finances.
• Jean-Baptiste de Boyer d'Argens (1704-1771): *Lettres juives, ou Correspondance philosophique, historique et critique entre un juif voyageur à Paris et ses correspondants en divers endroits.*
• Mme du Châtelet traduit *La Fable des abeilles* de Mandeville.
• Crébillon fils: *Les Égarements du cœur et de l'esprit.*
• Marivaux: commencent à paraître, à Londres, des traductions anglaises du *Paysan parvenu* et de *La Vie de Marianne.*
• Charles de Fieux de Mouhy (1701-1784): *La Mouche ou les aventures de Bigaud.*
• Voltaire entre en correspondance avec le futur Frédéric II de Prusse et publie *Le Mondain.* On retrouve dans ce poème une thématique qui sera une constante dans l'œuvre de Voltaire: le bonheur se trouve dans le monde ici-bas. Contre les nostalgiques d'un âge d'or primitif imaginaire et les partisans de l'ascétisme religieux, Voltaire, qui a lu l'*Essai politique sur le commerce* de Melon publié en 1734, souligne l'utilité sociale de la vie mondaine qui stimule l'économie et crée richesses et emplois. Cette apologie morale et politique du luxe fait scandale et Voltaire fera circuler dès l'année suivante un autre poème intitulé *Défense du mondain.*
• Traduction de la *Logique ou réflexions sur les forces de l'entendement humain* du philosophe et mathématicien allemand Christian Wolff.
• Bodin de Boismortier: *Livre de clavecin, dans la tradition de Couperin.*
• Bernard de Bury (1720-1785): *Pièces de clavecin.* Ce brillant disciple de Couperin sera claveciniste de la Chambre à Versailles en 1741, surintendant dix ans plus tard et anobli à la fin de sa vie.
• Gabriel Boffard (1667-1754): pavillon de l'hôtel de Soubise à Paris.
• Façade de l'église Saint-Roch à Paris par Robert de Cotte.
• Quesnay: *Art de guérir par la saignée.*

1737

18 janvier
L'intendant de Soissons, Antoine-Martin Chaumont de La Galaizière (1697-1783, beau-frère du contrôleur général Orry), devient chancelier du duché de Lorraine c'est-à-dire, en fait, l'intendant du roi de France. Le 8 février, il prend possession du duché de Bar à Bar-le-Duc pour

lequel il avait reçu, le 13 janvier, des lettres patentes de Louis XV lui donnant plein pouvoir.

13 février
François de Lorraine signe sa renonciation au duché de Lorraine, cédé à Stanislas Leszczynski. Ce duché, comme le duché de Bar, sera rattaché à la France en 1766 à la mort de Stanislas. Le 21 mars, à Nancy, Chaumont de La Galaizière prend possession pour Stanislas Leszczynski du duché de Lorraine avant d'être nommé intendant des troupes françaises en Lorraine le 28 avril. Dès juillet 1738, les sujets lorrains de Stanislas seront réputés français.

20 février
Le cardinal de Fleury renvoie le garde des Sceaux, Chauvelin, qu'il tient pour responsable de l'engagement de la France dans la guerre de Succession de Pologne. Le chancelier d'Aguesseau prend les Sceaux et Jean-Jacques Amelot de Chaillou (1689-1749) les Affaires étrangères.

16 mars
Première représentation par les Comédiens italiens de la comédie de Marivaux, *Les Fausses Confidences.*

20 mars
Le contrôleur général des Finances Orry prend la direction générale des bâtiments, arts et manufactures.

7 avril
Remontrances du Parlement de Paris (réitérées le 6 septembre) sur les limites des deux puissances, spirituelle et temporelle.

29 juillet
Arrestation du conseiller au Parlement de Paris Louis-Basile Carré de Montgeron (1686-1754) pour avoir remis au roi un exemplaire de son livre *La Vérité des miracles opérés à l'intercession de M. de Pâris et autres appellants démontrée contre l'archevêque de Sens avec des observations sur le phénomène des convulsions.* Carré de Montgeron sera exilé à Viviers.

août
Ordonnance sur les évocations et règlements de juges. Enregistrée le 11 décembre au Parlement de Paris, elle règle les appels et conflits de juridiction, et traite du civil et du criminel.

24 octobre
Première représentation à l'Académie royale de musique de *Castor et Pollux*, tragédie lyrique de Rameau sur un livret de P.-J. Gentil-Bernard (1708-1775).

27 octobre
À Paris, dans la nuit du 26 au 27, la chambre des comptes est ravagée par un incendie qui cause d'importantes pertes dans les archives de la monarchie.

novembre
Maupertuis présente à l'Académie des sciences les résultats de son expédition de 1736 avec le Suédois Anders Celsius (1701-1744) en Laponie afin de mesurer les méridiens et l'aplatissement de la terre aux pôles.

autres événements
• D'Argens: *Philosophie du bon sens, Mémoires secrets de la république des lettres* et *Le Philosophe amoureux, ou les mémoires du comte de Mommejan.*
• Jérôme Besoigne (1686-1763): *Catéchisme sur l'Église pour les temps de trouble.*
• Boulainvilliers: *État de la France.* Il s'agit de la publication des résultats compilés d'enquêtes menées par les intendants.
• Marivaux: *Pharsamon ou les folies romanesques.* C'est le premier roman écrit par Marivaux en 1712.
• Publication du premier volume du *Traité de l'attaque et de la défense des places* de Vauban. Le second volume est publié en 1742.
• Bodin de Boismortier: *Diane et Actéon* (cantate).
• Leclair: *Six concertos pour violon à M. Chéron.*
• Rameau: *La Génération harmonique. Observations sur les méthodes d'accompagnement*: Rameau défend la sauvegarde de la plénitude harmonique des basses d'accompagnement.
• Jean-Ferry Rebel (1666-1747): *Les Éléments*, ballet. Célèbre violoniste, il avait publié en 1712 un recueil pour cet instrument.
• Réouverture de l'exposition annuelle de l'Académie de peinture (le Salon).
• Jacques-François Blondel (1705-1774): *De la distribution des maisons de plaisance et de la décoration des édifices en général.*
• Chardin: *La Fillette au volant* et *Le Dessinateur.*
• Charles-Antoine Coypel: *Le Sacrifice d'Iphigénie.*
• Amédée-François Frézier (1682-1773): *La Théorie et la pratique de la coupe de pierre* (ouvrage qui traite de l'évolution de l'architecture médiévale).
• Jacques Gabriel est nommé inspecteur général des bâtiments du roi.
• Charles Parrocel (1688-1752): *Une halte de la Maison du roi.*
• Jean-François de Troy (1679-1752): *Déjeuner de chasse* et *Le Cerf aux abois.*
• Carle Van Loo: *Une halte de chasse.*

• Bélidor: *Architecture hydraulique, ou l'art de conduire, d'élever et de ménager les eaux pour les différents besoins de la vie.*

1738

janvier
Édit supprimant la charge de premier président et les huit charges de président au Grand Conseil. Ils seront dorénavant respectivement remplacés par un conseiller d'État nommé pour un an et par huit maîtres des requêtes. Le Grand Conseil était dirigé par le chancelier. C'est par excellence l'organe de la justice retenue du roi. Cette cour souveraine a juridiction sur tout le royaume. Il a une compétence directe dans certaines matières, mais son rôle principal est de juger en dernière instance les affaires traitées par les parlements lorsque la décision de ces derniers a été cassée par le Conseil du roi. Il sera supprimé par Maupeou en 1771 mais rétabli avec les parlements au début du règne de Louis XVI.

6 janvier
Maurepas est nommé ministre d'État.

10 janvier
Création au Théâtre-Français de la *Métromanie, ou le Poète*, comédie en vers de Piron.

28 avril
Le pape Clément XII condamne la franc-maçonnerie dans la bulle *In Eminenti.* Déjà, en septembre 1737, le cardinal de Fleury avait interdit la formation d'associations de maçons.

juin
Édit attribuant au Grand Conseil la connaissance des fraudes concernant l'introduction ou la vente des toiles (tissus, draps, textiles...) prohibées dans le royaume.
Un édit érige Lorient en corps de ville. Ce port, qui était d'abord le chantier de construction navale de la Compagnie des Indes, connaît une croissance sans précédent au XVIIIe siècle.

13 juin
Circulaire du contrôleur général des Finances Orry réglementant la corvée royale (impôt payé en journées de travail) afin d'améliorer le réseau routier. Les ingénieurs devront dresser des cartes routières qui seront envoyées au bureau central des Ponts et Chaussées. Ce texte complète celui du 3 mai 1720 sur l'élargissement des grands chemins et la plantation d'arbres le long de ceux-ci. Le texte d'Orry hiérarchise les routes du royaume en cinq catégories, des grands chemins, qui relient Paris et Versailles aux frontières ou aux grands ports, aux chemins de traverse qui relient les villages entre eux.

28 juin
Règlement sur les procédures devant les conseils: mise au point du chancelier d'Aguesseau sur les évocations au Conseil.

9 juillet
Lettres patentes interdisant aux gens de mainmorte de Flandre et de Hainaut d'acquérir aucun bien immobilier sans permission royale.

septembre
Réduction du nombre de charges d'avocats aux conseils.

10 novembre
Traité d'alliance entre la France et la Suède.

11 novembre
Arrêt du Conseil prorogeant définitivement l'arrêt du 15 juin 1726 qui stabilisait la valeur de la monnaie. Celle-ci ne bougera plus jusqu'à la Révolution.

18 novembre
Fin de la guerre de Succession de Pologne: ratification de la paix à Vienne. Stanislas Leszczynski renonce au trône de Pologne au profit d'Auguste III et reçoit le duché de Lorraine; à sa mort, la Lorraine reviendra à sa fille, la reine Marie Leszczynska, et donc à la France.

15 décembre
Déclaration royale précisant que les esclaves ne pourront prétendre avoir acquis la liberté sous prétexte de leur arrivée dans le royaume.

23 décembre
Déclaration royale précisant que les condamnations à des amendes au profit du roi seront exécutées nonobstant un éventuel appel.

autres événements
• Enquête commandée par le contrôleur général des Finances Orry sur l'industrie papetière.
• Fin des travaux du canal de Picardie financés par Antoine Crozat.
• Jean-Frédéric Bernard († 1752), libraire à Amsterdam, publie un *Recueil des voyages dans l'Amérique méridionale.*
• Dom Martin Bouquet (1692-1754): *Rerum gallicarum et franciscarum scriptores.*

• Publication de l'*Armorial général ou registres de la noblesse de France* de d'Hozier.
• Rollin : *Histoire romaine.*
• Voltaire : *Éléments de la philosophie de Newton mis à la portée de tout le monde.* Avec l'aide de Mme du Châtelet, Voltaire s'est plongé dans l'œuvre scientifique de Newton dont il livre là une vulgarisation.
• Chardin : *La Gouvernante* et *L'Enfant au toton.*
• Le Français Jean-Baptiste Landé ouvre une école de danse en Russie. C'est le fondateur de l'école russe de ballet.
• Fondation d'une manufacture de porcelaine à Vincennes par Robert et Gilles Dubois. Elle deviendra la manufacture royale de Sèvres.
• Jacques de Vaucanson (1709-1782) présente ses automates (dont le joueur de flûte traversière réalisé en 1737) à l'Académie des sciences.
• Daniel Bernoulli (1700-1782) : *Hydrodynamica.*
• Cassini et d'autres mesurent la vitesse du son.

1739

mars
Louis XV renonce à toucher les écrouelles.

31 mars
Arrêt du Conseil fixant le nombre d'imprimeurs dans le royaume.

1er juin
Déclaration royale concernant les gens de mainmorte du ressort du parlement de Metz. Cette déclaration préfigure l'édit général de 1749.

11 septembre
Traité défensif entre la France et l'évêché de Dôle.

19 octobre
L'Angleterre déclare la guerre à l'Espagne : depuis deux ans, les incidents se multipliaient entre les navires des deux pays aux Antilles. De leur côté, les rapports franco-anglais se dégradent à partir de l'été 1740.

25 octobre
Célébration en Espagne du mariage de la fille de Louis XV, Marie-Louise-Élisabeth, avec l'infant d'Espagne don Philippe, deuxième fils de Philippe V et d'Élisabeth Farnèse.

21 décembre
Traité de commerce entre la France et les Provinces-Unies.

autres événements
• Création d'un inspecteur général de la Marine, Henri-Louis Duhamel du Monceau (1700-1782), un ingénieur et agronome réputé.
• Parution du premier volume du catalogue général imprimé de la Bibliothèque du roi.
• D'Argens : *Lettres chinoises, ou Correspondance philosophique, historique et critique, entre un Chinois voyageur à Paris et ses correspondants à la Chine, en Moscovie, en Perse et au Japon.*
• Charles de Brosses (1709-1777) écrit en Italie ses *Lettres familières.*
• Jacques-Joseph Duguet (1649-1733) : *Institution d'un prince ou traité des qualités, des vertus et des devoirs d'un souverain soit par rapport au gouvernement temporel de ses États, ou comme chef d'une société chrétienne qui est nécessairement liée avec la religion.* Cet Oratorien, professeur de théologie, avait été contraint à s'exiler auprès d'Arnauld dès 1684 après avoir refusé de signer le « formulaire » d'Alexandre VII condamnant l'*Augustinus* de Jansenius. Il prit dès lors une part active aux querelles jansénistes et écrivit de nombreux ouvrages érudits sur les livres historiques de l'Ancien Testament. L'*Institution d'un prince*, rédigée en Savoie, sera mise à l'index en 1742.
• Nicolas Le Gros : *Lettres théologiques contre le Traité des prêts de commerce et en général contre toute usure.* Cet ouvrage est typique du rigorisme janséniste qui cherche à éviter toute forme de contamination protestante.
• Abbé Pluche : *Histoire du ciel.*
• Pierre Restaut (1696-1764) : *Abrégé des principes de la grammaire française.*
• Saint-Simon entame la rédaction de ses *Mémoires.*
• Mme de Tencin : *Le Siège de Calais* (roman).
• Publication posthume du *Livre d'orgue* de Jean-François Dandrieu (1682-1738), l'un des plus fameux organistes du royaume. Louis-Claude Daquin lui succède à la chapelle royale ; il sera en 1755 titulaire de Notre-Dame de Paris.
• Rameau : *Dardanus* et *Les Fêtes d'Hébé*, opéra-ballet.
• Edme Bouchardon (1698-1762) : débuts des travaux de la fontaine des Saisons (rue de Grenelle à Paris). Il entame la réalisation de *L'Amour taillant un arc dans la massue d'Hercule*, sculpture achevée en 1750.
• Boucher : *Le Déjeuner, Chasse au crocodile* et *Le Sommeil de Vénus.*
• Chardin : *La Pourvoyeuse.*
• Georges-Louis Leclerc de Buffon (1707-1788) est nommé intendant du Jardin du roi.
• Louis de Menon : *Nouveau traité de la cuisine.*

1740

janvier
Claude-Henri Feydeau de Marville (1705-1787) est nommé lieutenant général de police de Paris. Il restera en charge jusqu'en 1747.

1er janvier
Dupleix est nommé gouverneur de Pondichéry, sur proposition du contrôleur général des Finances Orry et des directeurs de la Compagnie des Indes.

Dupleix

Aux Indes depuis 1722, Joseph-François Dupleix (1697-1763) devient gouverneur de Chandernagor en 1731. Son père s'était occupé de la régie du tabac pour la Compagnie des Indes et son frère aîné, Dupleix de Bacquencourt, fermier général et secrétaire du roi, avait succédé à ce dernier. Le gouvernement de Pondichéry, qu'il obtient en 1740, est le poste le plus important des Indes. Dupleix confortera les positions de la Compagnie française des Indes face aux ambitions anglaises dans le Deccan. Il augmentera les possessions françaises et développera une véritable politique coloniale, s'alliant aux potentats locaux et jouant des dissensions mogholes. Les deux compagnies, la française et l'anglaise, se livreront une guerre sans merci dans les années 1750, qui tournera finalement à l'avantage des Anglais. Dupleix, le marchand qui a victorieusement défendu Pondichéry, s'est égaré dans la politique militaire. Il mourra à Paris le 13 novembre 1763.

février
Le marquis François-Victor Le Tonnelier de Breteuil est nommé secrétaire d'État à la Guerre à la place de d'Angervilliers décédé.

11 avril
Arrêt du Conseil sur l'entrée dans le royaume des livres provenant de l'étranger: les libraires étrangers ne peuvent pas vendre directement leurs livres et doivent passer par les libraires parisiens, conformément au règlement édicté pour la librairie de Paris le 28 février 1723.

28 mai
Renouvellement des accords entre la France et la Turquie.

31 mai
Mort de Frédéric-Guillaume Ier de Prusse auquel succède son fils Frédéric II.

8 juin
Création de *Zulime*, tragédie de Voltaire.

17 août
Le cardinal Prospero Lambertini (1675-1758) est élu pape sous le nom de Benoît XIV.

20 octobre
Mort de l'empereur Charles VI. Si sa fille aînée, Marie-Thérèse, a la garantie de sa succession pour ce qui concerne les couronnes héréditaires des Habsbourg dont la Pragmatique Sanction de 1713 affirmait l'indivisibilité, il n'en va pas de même pour le titre impérial. On pense à son époux, François de Lorraine, devenu grand-duc de Toscane.

La guerre de Succession d'Autriche

Le décès de l'empereur Charles VI, le 20 octobre 1740, plonge l'Europe dans huit années de guerre générale, malgré les précautions prises au cours des décennies précédentes. Dès la fin de la guerre de Succession d'Espagne, qui avait profondément saigné l'Europe au cours du règne de Louis XIV, Charles VI s'était préoccupé de sa succession, avant même d'être père. Il avait édicté en 1713 la Pragmatique Sanction qui prévoyait l'indivisibilité des domaines des Habsbourg et la possibilité d'une succession féminine. Son souci avait dès lors été d'obtenir une reconnaissance de ces dispositions par les grandes puissances européennes qui, au fil des années, avaient les unes après les autres donné leur accord. Pourtant, à sa mort, en dépit des promesses assurées, les droits de sa fille, Marie-Thérèse d'Autriche, au trône impérial sont rapidement contestés.
La première phase se déroule d'abord sur le terrain diplomatique. Il s'agit de préparer l'élection au trône impérial, et chacun manœuvre auprès de la diète qui se réunit à Francfort. La France soutient l'Électeur de Bavière, Charles-Albert, qui sera le compétiteur le plus sérieux de Marie-Thérèse, mais le roi de Pologne, Auguste III, qui est aussi l'Électeur de Saxe couve quelque espoir, et Philippe V d'Espagne comme Charles-Emmanuel III de Savoie, roi de Sardaigne, ne sont pas sans l'espérance de tirer avantage de la situation.
Mais tout se précipite lorsque le roi de Prusse, Frédéric II, profitant de la faiblesse de Marie-Thérèse d'Autriche, reine de Hongrie et de

Bohême, envahit brusquement la Silésie en décembre 1740 et écrase les Autrichiens le 10 avril 1741 à Molwice. À Francfort, la diplomatie française, dans une tonalité belliciste, cherche à promouvoir son candidat bavarois, et noue dans ce but une alliance avec l'Espagne à laquelle se joignent la Saxe et la Sardaigne en mai 1741. En juin, la France s'abouche avec la Prusse contre l'Autriche en garantissant la conquête silésienne de Frédéric II, et dès juillet la décision est prise à Versailles d'intervenir militairement pour imposer son candidat.

En août 1741, les armées françaises franchissent le Rhin pour porter la guerre en Bohême. Fin novembre, Prague est entre leurs mains et Charles-Albert de Bavière s'y fait couronner roi de Bohême avant d'être élu empereur, le 24 janvier 1742, par la diète de Francfort sous le nom de Charles VII.

Entre-temps, Marie-Thérèse n'est pas restée inactive. Elle conclut une trêve avec Frédéric II de Prusse en octobre 1741, transformée en paix en juin 1742 où elle abandonne la Silésie à la Prusse. Frédéric II, sa conquête assurée, quitte la coalition française, bientôt suivi par l'Électeur de Saxe. Marie-Thérèse, qui dès février 1742 s'était rendue maître de la Bavière, a alors les mains libres pour prendre l'offensive en Bohême.

Français et Autrichiens s'affrontent en Bavière et en Bohême au cours de l'automne 1742, mais la guerre tourne à l'avantage de l'Autriche. Les Autrichiens reprennent Prague (2 janvier 1743), tandis que le maréchal de Belle-Isle, qui avait attisé le feu contre Marie-Thérèse à la diète de Francfort, doit battre en retraite vers le Rhin. Après avoir évacué la Bohême et la Bavière, les Français, commandés par le duc de Noailles, essuient une sévère défaite à Dettingen (27 juin 1743) et se replient sur l'Alsace, dont Maurice de Saxe va assurer la défense au cours de l'été et de l'automne. Forte de ses succès, Marie-Thérèse en profite pour se faire couronner impératrice à Prague le 12 mai 1743 et obtenir le soutien des Anglais.

Le traité de Worms (13 septembre 1743) marque un tournant: la Sardaigne quitte l'alliance française pour rejoindre l'Autriche et l'Angleterre alliées contre la France. Cette dernière resserre ses liens avec l'Espagne: avec le traité de Fontainebleau (25 octobre 1743) se rejoue une partition classique en Europe qui voit les Bourbons combattre les Habsbourg et l'Angleterre avec laquelle l'Espagne était déjà en guerre, tandis que les incidents franco-anglais s'étaient multipliés dans les colonies.

Le 15 mars 1744, Louis XV déclare la guerre à l'Angleterre, et le 26 avril à Marie-Thérèse, avec laquelle officiellement la France n'était pas en guerre, tandis que cette nouvelle puissance continentale qu'est la Prusse est de nouveau attirée dans l'alliance française.

À partir de 1744, les terres germaniques ne sont plus le principal champ de bataille. Français et Espagnols combattent Autrichiens et Sardes sur le terrain italien. Et au Nord, Maurice de Saxe conquiert la Flandre occidentale entre mai et juillet 1744. Si l'Alsace est un moment menacée par les Autrichiens au cours de l'été, c'est en Italie et dans les Flandres qu'aura lieu pour la France l'essentiel de la guerre continentale.

Le 20 janvier 1745, disparaît Charles VII, l'empereur bavarois allié de la France et rival de Marie-Thérèse. Le 13 octobre 1745, la diète de Francfort élit empereur sous le nom de François Ier le grand-duc de Toscane, François de Lorraine, l'époux de Marie-Thérèse d'Autriche. Mais la guerre a déjà montré son vrai visage: elle n'est plus tant une compétition pour la maîtrise du trône impérial que le règlement armé de la rivalité franco-anglaise et l'expression de la montée en puissance et des appétits de la Prusse contre l'Autriche.

Dès le printemps 1745, Maurice de Saxe reprend sa conquête des Flandres. Le 11 mai, il bat, en présence de Louis XV, les armées anglo-hollandaises à Fontenoy. L'été voit se succéder les capitulations des villes des Pays-Bas autrichiens devant les troupes du maréchal de Saxe. De son côté, Frédéric II inflige une série de défaites aux Saxons et aux Autrichiens, contraignant Marie-Thérèse à négocier avec lui une paix avantageuse (25 décembre 1745).

En Italie, Français et Espagnols remportent quelques succès au cours de l'automne, mais tout va mal en 1746, quand ils doivent battre en retraite devant l'avance sarde et autrichienne: la Provence est menacée d'invasion. Le maréchal de Belle-Isle parviendra à écarter cette menace en février 1747, et même à reprendre l'offensive à la fin du printemps, mais il sera vite bloqué au Piémont en juillet.

La guerre s'est étendue. Elle fait rage en mer, aux colonies et aux Indes, mais l'Angleterre montre sa supériorité sur ce terrain face aux Espagnols et aux Français. La Grande-Bretagne n'est elle-même pas épargnée par la guerre, puisque les partisans du descendant légitime des Stuarts, les jacobites, se sont soulevés en Écosse et que le prétendant au trône anglais, Charles-Édouard, les a rejoints. Mais ce n'est qu'un feu de paille et ils sont définitivement écrasés le 27 avril 1746 à Culloden.

Au Nord, le maréchal de Saxe trompe tout le monde en entrant en campagne en plein hiver (janvier 1746): Bruxelles tombe le 20 février. Après une courte pause, il reprend l'offensive en mai et poursuit la conquête de l'actuelle Belgique pendant l'été et l'automne. Il laisse alors passer l'hiver, reprend l'initiative en avril 1747 et se rend maître de l'Escaut en quelques semaines. Victorieux encore à Lawfeld (2 juillet 1747), il prend et met à sac Berg-op-Zoom en septembre. À l'automne, les Pays-Bas autrichiens sont conquis et Louis XV en nomme gouverneur le maréchal de Saxe. L'année suivante, en avril, tandis qu'il assiège Maastricht, des négociations s'ouvrent à Aix-la-Chapelle entre Français, Anglais et Autrichiens, impressionnés par la dure pression que leur fait subir le maréchal de Saxe. Le 11 mai 1748, quelques jours après la capitulation de Maastricht, un armistice est conclu. Le 18 octobre, enfin, la paix signée à Aix-la-Chapelle met un terme à la guerre de Succession d'Autriche.
Grâce au talent militaire de Maurice de Saxe, Louis XV apparaît comme l'arbitre de la paix. Il ne revendique aucune des conquêtes faites, ni en Flandre ni en Savoie ou en Italie, et les restitue. La France victorieuse n'a pas tiré profit de sa victoire; la rivalité franco-anglaise, confirmée par la guerre, a tourné à l'avantage de Londres dès qu'on a quitté le terrain européen. Si le titre impérial reste finalement à l'Autriche, cette dernière est cependant la principale perdante de ces huit années de belligérance, amputée qu'elle est de territoires en Italie au bénéfice de la Sardaigne ou des Bourbons, et de la Silésie que conserve Frédéric II de Prusse. Celui-ci est le vrai bénéficiaire de ce long conflit: ses louvoiements diplomatiques et son audace militaire lui ont permis de s'imposer comme une puissance continentale à prendre en compte, sans assurance.

26 octobre
Déclaration royale exemptant de droits jusqu'au 31 décembre 1741 les grains, farines et légumes importés dans le royaume.

11 décembre
Louis XV annonce que Charles-Louis-Auguste Fouquet de Belle-Isle (1684-1761) sera son ambassadeur à la diète qui se tient à Francfort pour l'élection de l'empereur. La France a pour candidat l'Électeur de Bavière, Charles-Albert. Belle-Isle, qui est le chef de file des bellicistes français, développera une politique consistant à isoler Marie-Thérèse et à intervenir contre elle.

16 décembre
Renouvellement du traité d'alliance entre la France et la république des Grisons.
Frédéric II de Prusse envahit la Silésie et attaque Marie-Thérèse d'Autriche, reine de Bohême et de Hongrie. Le 10 avril suivant, les Prussiens écrasent les Autrichiens à Molwice.

autres événements
- 3e édition du *Dictionnaire de l'Académie française.*
- Pierre Cérou (1709-1787): *L'Amant, auteur et valet.* Cette comédie connaît un grand succès.
- Frédéric II de Prusse: l'*Anti-Machiavel* (texte revu par Voltaire).
- Publication de l'*Histoire du gouvernement de la France, de l'origine et de l'autorité des pairs du royaume et du parlement* de Le Laboureur († 1675) qui circulait manuscrite.
- Gabriel Bonnot de Mably (1709-1785): *Parallèle des Romains et des Français par rapport au gouvernement.*
- Marivaux: *L'Épreuve.*
- Abbé Prévost: *Histoire de Guillaume le Conquérant* et *Histoire d'une Grecque moderne.*
- Hubert Le Blanc: *Défense de la basse de viole contre les entreprises du violon et les prétentions du violoncelle.*
- Boucher: *Le Triomphe de Galatée ou naissance de Vénus.*
- Chardin: *La Mère laborieuse, Le Bénédicité, Le Singe antiquaire* et *Le Singe qui peint.*
- Achèvement de l'église Notre-Dame des Victoires à Paris.
- Vaucanson crée le premier métier à tisser la soie entièrement automatique.
- Jacques Cassini: *Éléments d'astronomie* et *Tables astronomiques du Soleil, de la Lune, des planètes, des étoiles fixes et des satellites de Jupiter et de Saturne.*

1741

janvier
Incident aux Antilles entre une escadre anglaise et des navires français.

11 février
Belle-Isle est créé maréchal.

mars
Le secrétaire d'État à la Guerre, Breteuil, devient ministre d'État.

25 avril
Traité commercial entre la France et la Suède.

18 mai
Traité d'alliance, dirigé contre l'Autriche, entre la France, l'Espagne et la Bavière. La Saxe et la Sardaigne vont se joindre à l'alliance.

5 juin
Belle-Isle conclut un traité où la France déclare soutenir par les armes l'électeur de Bavière contre Marie-Thérèse et garantir la conquête silésienne de Frédéric II de Prusse.

11 juillet
Le Conseil décide d'entamer les hostilités contre l'Autriche.

14 août
Louis XV vient admirer le bassin de Neptune du château de Versailles qui est achevé. Au centre du bassin se trouve le *Triomphe de Neptune et d'Amphitrite* de Lambert-Sigisbert Adam (1700-1759).

15-21 août
Quatre colonnes françaises franchissent le Rhin.

29 août
Le contrôleur général des Finances Orry rétablit le dixième, supprimé fin 1736, pour faire face aux dépenses qu'occasionne la guerre de Succession d'Autriche.

2 septembre
La maîtresse de Louis XV, Pauline-Félicité de Nesle de Vintimille (1712-1741), donne naissance au marquis de Luc (mort en 1814). Elle meurt peu après. Au total, Louis XV aura 8 enfants naturels.

9 octobre
Frédéric II de Prusse accepte de conclure une trêve avec l'Autriche.

26 novembre
Prise de Prague grâce à une action de Maurice de Saxe. Charles-Albert de Bavière s'y fait couronner roi de Bohême.

autres événements
• Enquête commandée par le contrôleur général des Finances Orry sur les mines.
• Duhamel du Monceau, inspecteur général de la Marine, organise une école de marine chargée de former des charpentiers.
• Yves-Marie André (1675-1764): *Essais sur le beau, où l'on examine en quoi consiste précisément le beau dans le physique, dans le moral, dans les ouvrages d'esprit et dans la musique.*
• Charles-Simon Favart: *La Chercheuse d'esprit.*

FAVART

Le succès de cet opéra-comique fait connaître Charles-Simon Favart (1710-1792), qui devient deux ans plus tard régisseur à l'Opéra-Comique. En 1746, après sa suppression, Favart prend la direction des comédiens du maréchal de Saxe, qui entretiendra quelques années une liaison tumultueuse avec Mme Favart. En 1758, Favart devient directeur de l'Opéra-Comique, lequel avait été rétabli en 1752.

• Rameau: *Pièces de clavecin en concerts.*
• Toussaint de Rémond de Saint-Mard (1682-1757): *Réflexions sur l'opéra.*
• Maurice Quentin de La Tour (1704-1788): *Le Président de Rieux.*
• Jacques-Germain Soufflot (1713-1780) présente son *Mémoire sur l'architecture gothique* à l'académie des beaux-arts de Lyon.
• Clairaut: *Éléments de géométrie.*
• Nicolas-Louis de La Caille (1713-1762): *Leçons élémentaires de mathématiques ou éléments d'algèbre et de géométrie.*
• Pierre-Charles Le Monnier (1715-1799): *Histoire céleste, ou Recueil de toutes les observations astronomiques faites par ordre du roi, avec un discours préliminaire sur le progrès de l'astronomie.*

1742

24 janvier
L'électeur de Bavière, Charles-Albert, est élu empereur sous le nom de Charles VII par la diète de Francfort.

23 février
Après avoir repris Linz le 23 janvier et s'être emparés de Munich le 23 février, les Autrichiens sont maîtres de la Bavière.

15 mars
Traité d'alliance entre la France et le Danemark; il sera prorogé le 30 septembre 1749.

29 avril
Jacques-Ange Gabriel (1698-1782) succède à son père Jacques dans la charge de premier architecte du roi.

11 juin
Frédéric II de Prusse, qui négociait secrètement, abandonne l'alliance française et signe avec Marie-Thérèse d'Autriche le traité de Breslau: il reçoit la Silésie et se retire de la coalition. L'Électeur de Saxe déposera les armes à la suite de ce traité et Marie-Thérèse prendra l'offensive en Bohême.

9 août
Création à Paris de *Mahomet* de Voltaire. D'abord bien accueillie, cette pièce est cependant dénoncée par les jansénistes et le Parlement, et Voltaire doit la retirer après trois représentations.

22 août
Jean-Jacques Rousseau (1712-1778) lit son *Projet concernant de nouveaux signes pour la musique* devant l'Académie des sciences où Réaumur l'a introduit.

23 août
Traité commercial entre la France et le Danemark.

26 août
Le cardinal de Tencin et le comte Pierre-Marc de Voyer de Paulmy d'Argenson sont nommés ministres d'État.

septembre
Campagne de Bavière dirigée par le maréchal Jean-Baptiste-François Desmarets de Maillebois (1682-1762).

17 décembre
Dans la nuit du 16 au 17, le maréchal de Belle-Isle, bloqué dans Prague par les Autrichiens, réussit à s'enfuir et entame sa retraite vers le Rhin. Il laisse dans Prague 1 800 hommes commandés par François de Chevert (1695-1769); celui-ci capitule le 2 janvier 1743.

autres événements
• Jean-Jacques Bruhier d'Ablaincourt († 1756): *Dissertation sur l'incertitude des signes de la mort et l'abus des enterrements et des embaumements précipités.* Cet ouvrage prend place dans une période où les signes cliniques de la mort ne sont pas encore très bien définis et où la crainte des revenants n'est pas éteinte.
• Maupertuis: *Lettre sur la comète.*
• Édition posthume, à Cologne, de *L'Histoire abrégée de Port-Royal*, de Jean Racine.
• Louis Racine (1692-1763): *La Religion.*
• Traduction par l'abbé Prévost de *Pamela* de Richardson.
• Boucher: *Diane sortant du bain* et *Léda.*
• Coypel: *Jean-Baptiste prêchant dans le désert.*
• Nattier: *Madame Henriette en Flore.* Il est peintre attitré de la Cour depuis 1740.

1743

janvier
Rousseau: *Dissertation sur la musique moderne.*

7 janvier
Mort de Breteuil. Le comte d'Argenson devient secrétaire d'État à la Guerre.

29 janvier
Mort du cardinal de Fleury, âgé de 89 ans. Louis XV déclare qu'il gouvernera dorénavant lui-même avec l'aide de son Conseil, c'est-à-dire le Conseil d'en haut, dont les membres sont les ministres d'État. On en comptera théoriquement sept à cette époque: le duc d'Orléans (qui en réalité n'y vient plus depuis juillet 1741); le contrôleur général des Finances Orry; le comte de Maurepas, secrétaire d'État de la Maison du roi et de la Marine; le cardinal de Tencin; le comte d'Argenson, nouveau secrétaire d'État à la Guerre; Amelot de Chaillou, secrétaire d'État aux Affaires étrangères, qui sera remplacé par le marquis d'Argenson en 1744; et le duc de Noailles qui a toute la confiance et l'amitié de Louis XV. L'évêque de Mirepoix, Boyer, s'occupera de remplacer Fleury dans la gestion de la feuille des bénéfices, c'est-à-dire qu'il indiquera au roi les choix à faire dans la collation des bénéfices ecclésiastiques à nomination royale (évêchés, grandes abbayes...): c'est le ministre de la Feuille.

1er février
Édit réglementant les peines à infliger aux esclaves des colonies.

4 février
Réception de Marivaux, élu en décembre 1742, à l'Académie française.

20 février
Mérope, de Voltaire, reçoit un accueil triomphal.

10 mars
Le duc de Noailles devient ministre d'État et est chargé de la direction des affaires militaires.

avril
Campagne de Bavière dirigée par le maréchal François-Marie de Broglie (1671-1745) et le prince

Louis-François de Bourbon de Conti (1717-1776). En juin, l'offensive des Autrichiens contraint Broglie à évacuer la Bavière et à se retirer vers l'Alsace. Cette retraite lui vaut d'être destitué et exilé dans ses terres.

1er avril
L'intendant des finances, Daniel-Charles Trudaine (1703-1769), se voit confier la direction des Ponts et Chaussées. Il va chercher à dresser une carte des routes de France afin de planifier les travaux de corvée (six jours par an) réorganisés le 13 juin 1738.

23 avril
Déclaration royale exigeant la possession de la maîtrise ès arts pour devenir maître en chirurgie à Paris. Ces derniers jouissent des privilèges attachés aux arts libéraux.

12 mai
Marie-Thérèse d'Autriche se fait couronner impératrice à Prague.

27 juin
Le duc de Noailles est battu par les Autrichiens à Dettingen. Cet échec entraîne un statu quo militaire en Alsace que Maurice de Saxe s'occupera de préserver au cours de l'été et de l'automne.

1er juillet
Ordonnance augmentant les effectifs de la cavalerie. En quelques mois, une série d'ordonnances renforcent les effectifs de l'armée et améliorent son organisation tandis que parallèlement plusieurs édits sont pris pour financer ces réformes militaires.

13 septembre
Traité de Worms entre Charles-Emmanuel III de Sardaigne, George II d'Angleterre et Marie-Thérèse d'Autriche contre la France.

25 octobre
Traité de Fontainebleau: « pacte de famille » entre la France et l'Espagne, largement dirigé contre l'Angleterre.

autres événements
• Armand-Jérôme Bignon devient administrateur de la Bibliothèque du roi (jusqu'en 1770).
• Traduction de *Joseph Andrews* de Fielding.
• Publication du *Traité de la liberté*, rédigé par Fontenelle entre 1690 et 1700, dans un recueil anonyme: *Nouvelles Libertés de penser*. Il y affirme que les actions humaines sont soumises à des mécanismes physiologiques.
• Traduction par l'abbé Prévost de l'*Histoire de Cicéron* de Middleton.
• Morelly: *Essai sur l'esprit humain, ou principes naturels de l'éducation*.
• François Richer d'Aube (1688-1752): *Essai sur les principes du droit et de la morale*.
• Leclair: *Six concertos pour violon à l'infant d'Espagne*.
• Jacques-André-Joseph Aved (1702-1766) expose au Salon le portrait du *Marquis de Mirabeau*.
• D'Alembert: *Traité de dynamique*. Dans ce livre, réédité en 1758, l'un des grands mathématiciens du siècle se propose d'unifier les problèmes de la mécanique et formule les lois générales des mouvements des corps.

D'ALEMBERT

*Adjoint en 1742 à la section d'astronomie de l'Académie des sciences, Jean Le Rond d'Alembert (1717-1783) était le fils de Mme de Tencin et du chevalier Destouches. Lié à Julie de Lespinasse, ses travaux scientifiques lui apportent une renommée internationale, et son nom n'est pas dissociable du grand projet de l'*Encyclopédie.

• Clairaut: *Théorie de la figure de la Terre, tirée des principes de l'hydrostatique*.
• Jean-Antoine Nollet (1700-1770): *Leçons de physique expérimentale* (6 volumes jusqu'en 1748).

1744

1er janvier
Louis-François de Bourbon prince de Conti est nommé général d'une armée française chargée de coopérer avec les Espagnols pour conquérir le Piémont.

14 janvier
Arrêt du Conseil, préparé par Orry et Trudaine, définissant le cadre de l'exploitation des mines de charbon et de houille. Le roi, propriétaire du sous-sol, peut en déléguer l'exploitation à des concessionnaires qui devront indemniser les propriétaires des terrains sous lesquels se trouveront les mines qu'ils exploitent.

7 février
Ordonnance organisant le corps de génie qui remplace le corps des ingénieurs du roi créé par Vauban.

10 février
Trudaine, directeur des Ponts et Chaussées, crée un bureau de dessinateurs et un dépôt des cartes, afin de disposer de plans pour l'ensemble du royaume.

22 février
Combat naval entre une flotte anglaise et une escadre franco-espagnole.

15 mars
La France déclare la guerre à l'Angleterre.

24 mars
Arrêt du Conseil étendant à l'ensemble du royaume le règlement pour la librairie parisienne du 28 février 1723. En théorie, il faut un privilège d'impression pour publier un livre dans le royaume.

26 mars
Maurice de Saxe est nommé maréchal de France.

avril
Louis-François de Bourbon de Conti conquiert le comté de Nice.

5 avril
La France s'allie avec la Prusse, la Suède et l'Électeur palatin.

26 avril
La guerre est déclarée à « la reine de Hongrie » (Marie-Thérèse d'Autriche). Le soir même de la publication de l'entrée en guerre contre Marie-Thérèse d'Autriche, le secrétaire d'État aux Affaires étrangères, Amelot de Chaillou, est renvoyé. Louis XV prend la direction de la politique extérieure en se faisant aider par le premier commis du secrétariat, Jean-Gabriel de La Porte du Theil (1683-1755), ainsi que par le comte d'Argenson, secrétaire d'État à la Guerre, et le duc de Noailles, chargé des affaires militaires au Conseil.

3 mai
Ouverture de la campagne de Flandre sous la direction de Maurice de Saxe. Louis XV quitte Versailles pour participer à cette campagne. Au début de l'été, la Flandre occidentale a été conquise : Louis XV entre le 7 juin à Menin prise le 4, le 29 juin à Ypres investie le 25, et Furnes tombe le 10 juillet.

22 mai
Accord entre la Prusse et la Bavière auquel adhère la France.

5 juin
Alliance offensive entre la France et la Prusse contre Marie-Thérèse d'Autriche.

8 juin
La maîtresse de Louis XV, la duchesse de Châteauroux, Marie-Anne de Nesle (1717-1744), le rejoint à Lille.

27 juin
Le parlement de Rennes supprime un mandement de l'évêque de Vannes qu'il considère comme une entreprise contre la puissance séculière. L'arrêt est cassé et le procureur général exilé à Moulins.

1er juillet
Dans la nuit du 30 au 1er, les Autrichiens franchissent le Rhin vers Landau et Worms et menacent l'Alsace que le maréchal de Coigny cherche à protéger. On va laisser le maréchal de Saxe garder le Nord, et Louis XV ira à Metz, où il entre le 4 août, rejoindre le reste de l'armée que commande le duc de Noailles.

août
Répression d'émeutes à Lyon qui a connu une importante grève des soyeux.

7 août
À Metz, Louis XV tombe malade.

13 août
Aggravation de l'état de santé du roi. Poussé par son premier aumônier, l'évêque de Soissons, François de Fitz-James (1709-1764), afin de pouvoir recevoir le viatique, Louis XV enjoint à sa maîtresse, la duchesse de Châteauroux, de quitter Metz. La famille royale rejoindra bientôt le roi.

24 août
Dans la nuit du 23 au 24, l'archiduc Charles échappe à l'attention de Noailles et repasse le Rhin avec ses troupes : la retraite autrichienne écarte le danger d'une invasion de la Lorraine et de l'Alsace mais contraindra l'allié de la France, Frédéric II de Prusse, à se retirer de Bohême. La maladresse de Noailles lui coûtera son influence auprès de Louis XV.

25 août
À Metz, pour la première fois, Louis XV est surnommé le Bien-Aimé.

26 août
Amélioration de l'état de santé du roi : Louis XV n'est complètement guéri que fin septembre.

17 septembre
Les troupes françaises entament le siège de Fribourg-en-Brisgau, qui capitule le 6 novembre devant Louis XV.

19 octobre
Échec de la première représentation au Théâtre-Français de *La Dispute* de Marivaux.

3 novembre
Louis XV nomme secrétaire d'État aux Affaires étrangères Villeneuve, qui refuse en invoquant son âge.

13 novembre
Rentrée triomphale de Louis XV à Paris.

19 novembre
Louis XV appelle aux Affaires étrangères le marquis d'Argenson, René de Voyer de Paulmy (1694-1757), frère aîné du secrétaire d'État à la Guerre, le comte d'Argenson.

8 décembre
Mort de la duchesse de Châteauroux, la maîtresse que Louis XV avait été contraint de chasser de Metz lorsqu'il était malade et qu'il avait rappelée le 25 novembre.

17 décembre
Circulaire du contrôleur général des Finances Orry aux intendants leur demandant des renseignements précis et étendus pour chaque province : sur le commerce, l'industrie, la faculté des contribuables, le nombre exact de la population.

autres événements
• Cassini de Thury : *Nouvelle Carte qui comprend les principaux triangles qui servent de fondement à la description géométrique de la France, levée par ordre du roy.*
• François-Xavier de Charlevoix (1682-1761) : *Histoire et description générale de la Nouvelle-France, avec le journal historique d'un voyage fait par ordre du roi dans l'Amérique septentrionale.*
• Charles-Jean-François Hénault (1685-1770) : *Nouvel Abrégé chronologique de l'histoire de France.*
• Jean-François Marmontel (1723-1799) publie ses premières *Lettres*. Grand admirateur et protégé de Voltaire, le théâtre lui apportera ses premiers succès, confirmés avec la publication de ses *Contes moraux* de 1755. En 1758, Marmontel obtient, grâce à la marquise de Pompadour, la direction du *Mercure de France*. Membre de l'Académie française, son *Bélisaire* fera scandale en 1767, ce qui ne l'empêchera pas d'être nommé historiographe du roi en 1772.
• Maupertuis : *Accords des différentes lois de la nature qui avaient jusqu'ici paru incompatibles.*
• Nicolas Travers : *Les Pouvoirs légitimes du premier et du second ordre dans l'administration des sacrements et le gouvernement de l'Église.*
• Voltaire : *Nouvelles Considérations sur l'histoire.* Voltaire y prône une histoire culturelle et économique qui serait celle des hommes et non pas une histoire des princes qui ne serait qu'une histoire événementielle, une histoire des traités et des batailles.
• Jacques Duphly (1715-1789) : *Premier livre de Clavecin*. Il en publiera trois autres jusqu'en 1768.
• Jean-Baptiste Pigalle (1714-1785) : *Mercure attachant sa talonnière*. Cette sculpture lui permet d'être reçu à l'Académie.
• D'Alembert : *Traité de l'équilibre et du mouvement des fluides.*

1745

20 janvier
Mort de l'empereur Charles VII, l'Électeur de Bavière allié de la France qui avait été élu empereur en 1742.

février ou mars
Jeanne-Antoinette Poisson (1721-1764), épouse de Charles-Guillaume Le Normant d'Étiolles (1717-1799), devient la maîtresse de Louis XV, qui la fait marquise de Pompadour.

25 février
Mariage du dauphin Louis avec l'infante d'Espagne, Marie-Thérèse (1726-1746), fille de Philippe V et d'Élisabeth Farnèse.

27 mars
Voltaire est nommé historiographe du roi. Cette position officielle, obtenue peut-être grâce à son ami le marquis d'Argenson qui a été promu au ministère des Affaires étrangères, permet à Voltaire d'avoir accès aux archives de la monarchie. Il travaillera à une histoire de la guerre de 1741 qu'il reprendra dans son *Précis du règne de Louis XV*. Le roi lui retirera cette place d'historiographe en 1750, quand Voltaire sera passé au service du roi de Prusse Frédéric II.

31 mars
Création à Versailles, au théâtre de la Grande Écurie, de *Platée*, comédie-ballet de Rameau sur un livret de Jacques Autreau revu par Le Valois d'Orville et Ballot de Sauvot. *Platée* se présente comme une partition avancée sur le plan des formes et une caricature systématique de l'opéra français.

19 avril
Accord entre Marie-Thérèse d'Autriche et le nouvel Électeur de Bavière, Maximilien, le fils de Charles VII.

26 avril
Le maréchal de Saxe entame le siège de Tournai, qui capitule le 23 mai ; seule la citadelle résiste jusqu'au 19 juin.

1er mai
Traité d'alliance entre la France, l'Espagne, Naples et Gênes.

6 mai
Louis XV quitte Versailles pour rejoindre l'armée dans les Flandres.

11 mai
Maurice de Saxe bat l'armée anglo-hollandaise à Fontenoy en présence de Louis XV et du dauphin Louis. Il poursuit sa marche victorieuse dans les Flandres où les villes capitulent les unes après les autres : Tournai (23 mai), Gand (14 juillet), Bruges (18 juillet), Dendermonde (13 août), Ostende (25 août), Nieuport (5 septembre).

Maurice de Saxe

Maurice de Saxe (1696-1750) est le fils de l'Électeur Frédéric-Auguste II de Saxe qui sera roi de Pologne et de Marie-Aurore de Königsmark. Après avoir fait son apprentissage militaire de 1709 à 1717 auprès des grands capitaines que sont le comte de Schulenburg et le Prince Eugène, il s'installe à Paris en 1720 où il fait partie de l'entourage du Régent Philippe d'Orléans. Il obtient un brevet de maréchal de camp, achète le régiment de Sperre qui devient le régiment Saxe-Infanterie, et a pour maîtresse la célèbre actrice Adrienne Lecouvreur. Sa participation brillante à la guerre de Succession de Pologne lui vaut d'être nommé lieutenant général en 1734. La guerre de Succession d'Autriche lui permet d'appliquer ses idées militaires et lui apporte une gloire incontestée. Ses idées tactiques (l'avantage de la ligne sur la colonne, l'importance de l'infanterie et la nécessité pour celle-ci de conserver sa puissance de feu en tirant le plus tard possible, et l'utilisation de l'arme blanche dans les charges) sont exprimées dans un manuscrit intitulé Rêveries, *qui sera publié à Amsterdam en 1756, six ans après sa mort, survenue le 30 novembre 1750 au château de Chambord où il s'était retiré couvert d'honneurs par Louis XV à la fin de 1748. Il laissa le souvenir d'une certaine brutalité et d'une vie dissolue auprès d'actrices et de nombreuses maîtresses. Sa fille naturelle, Marie-Aurore, née en 1748 de Marie Rinteau, épousera Dupin de Francueil et sera la grand-mère de George Sand.*

4 juin
Frédéric II de Prusse bat les Saxons, alliés de l'Autriche, à Frieberg près de Breslau.

18 juillet
Charles-Édouard Stuart, prétendant au trône d'Angleterre, débarque en Écosse.

septembre
Les Espagnols s'emparent de Plaisance. Les armées franco-espagnoles remportent plusieurs succès au cours de l'automne.

7 septembre
Retour de Louis XV dans la capitale.

30 septembre
Frédéric II de Prusse bat les Autrichiens à Sohr.

13 octobre
Le grand-duc de Toscane, François de Lorraine, époux de Marie-Thérèse d'Autriche, est élu empereur sous le nom de François Ier par la diète à Francfort.

décembre
Machault d'Arnouville devient contrôleur général des Finances à la place d'Orry, disgracié sur l'influence de Mme de Pompadour, maîtresse de Louis XV depuis le printemps. Il se présente au roi le 11 décembre.

Machault d'Arnouville

Maître des requêtes depuis 1728, Jean-Baptiste Machault d'Arnouville (1701-1794) avait été associé de près aux réformes juridiques entreprises par le chancelier d'Aguesseau. Ami de Trudaine et du comte d'Argenson, il était inten-

dant du Hainaut depuis 1743. Il restera au contrôle général des Finances jusqu'en 1754 ; très apprécié du roi, il sera aussi garde des Sceaux après la démission de d'Aguesseau en 1750.

15 décembre
Frédéric II de Prusse bat les Saxons à Dresde.

25 décembre
Marie-Thérèse d'Autriche signe à Dresde un traité de paix avec Frédéric II de Prusse.

26 décembre
À Turin, accord provisoire franco-sarde qui soulève l'indignation espagnole.

autres événements
• Les rues de Paris sont pourvues de lanternes à réverbère, c'est-à-dire de lampes à huile munies de réflecteurs.
• Enquêtes commandées par Orry sur les tanneries et l'industrie papetière.
• Crébillon fils : *Le Sopha.*
• Denis Diderot : *Principes de la philosophie morale ou essai de M. S. *** [Shaftesbury] sur le mérite et la vertu.*

DIDEROT

*Après d'excellentes études en vue de la prêtrise, Denis Diderot (1713-1784) s'installe à Paris où il exerce divers métiers et végète en s'instruisant. Tandis qu'il réalise ses premières traductions, il fréquente Jean-Jacques Rousseau qui lui présentera Condillac en 1744. Ses premiers textes philosophiques paraissent et il travaille avec d'Alembert au projet de l'*Encyclopédie *à partir de 1747. En 1749, la publication de sa* Lettre sur les aveugles à l'usage de ceux qui voient, *où il révèle son matérialisme, le mène au donjon du château de Vincennes en juillet. Il en sort en novembre, se lie avec d'Holbach et Grimm, s'agite sur la scène des Lumières mais s'éloigne de Rousseau. Alternant théâtre et conte philosophique, il publie en septembre 1759 dans la* Correspondance littéraire *de Grimm son premier Salon où il déploie son talent de critique d'art. L'*Encyclopédie *a perdu son privilège en 1759, mais Diderot ne renonce pas – Voltaire lui reprochera de ne pas opter pour une stratégie plus détournée et d'affaiblir ainsi le combat des Lumières. En 1765, Catherine II de Russie lui achète sa bibliothèque dont il conserve la jouissance. Il voyage en Hollande et en Russie entre 1773 et 1775 et s'éteindra à Paris le 30 juillet 1784 sans avoir cessé d'écrire.*

*L'œuvre de Diderot, largement posthume ou confidentielle, reflète dans sa diversité son ambition encyclopédique. L'*Encyclopédie *a été la grande affaire de sa vie. Mais cet immense compilateur est aussi un philosophe, dramaturge, théoricien littéraire et critique d'art, simultanément ou tour à tour. La radicalité entretient une tension permanente chez ce moraliste bavard, satirique mais aussi sermonneur, à la fois gai et mélodramatique, naïf et lucide, secret et généreux. Il vit la rupture du monde des Lumières d'avec l'âge classique, mais annonce aussi le romantisme dans sa relation à l'esthétique.*

• La Condamine : *Relation abrégée d'un voyage fait dans l'intérieur de l'Amérique méridionale.*
• Julien Offray de La Mettrie (1709-1751) : *Histoire naturelle de l'âme.* Ce livre est condamné par le Parlement de Paris l'année suivante. Son matérialisme, qui heurte l'Église et le corps médical, et ses satires contre ce dernier vaudront à ce médecin de connaître l'exil en 1746.
• Maupertuis : *Vénus physique.*
• Abbé Prévost : *Mémoires d'un honnête homme.*
• Suppression de l'Opéra-Comique. Il sera rétabli en 1752.
• Extension du dépôt légal à la musique.
• Esprit Blanchard (1696-1795) : *Te Deum pour la victoire de Fontenoy.*
• Louis-Gabriel Guillemain (1705-1771) : *Pièces de clavecin en sonates avec accompagnement de violon.*
• Rameau : *Le Temple de la gloire, Pygmalion* (acte de ballet) et *Acante et Céphise* (pastorale héroïque).
• Boucher : *L'Odalisque brune.*
• Les *Chevaux retenus par des palefreniers* de Guillaume Coustou sont mis en place au château de Marly. Le sculpteur avait commencé à travailler cette œuvre en 1740.
• Nattier : *Madame Adélaïde en Diane.*
• Pigalle expose au Salon la *Vierge tenant l'Enfant.*
• Charles Bonnet (1720-1793) : *Traité d'insectologie, ou observations sur les pucerons.*

1746

janvier-février
Contrairement aux prévisions des alliés anglo-hollandais et autrichiens, Maurice de Saxe entreprend une campagne d'hiver : Bruxelles capitule le 20 février.

8 mars
Réouverture des hostilités par Charles-Emmanuel III de Sardaigne qui, avec l'aide des Autrichiens, s'empare d'Asti. Français et Espagnols vont devoir battre en retraite.

13 mars
Mort de l'archevêque de Paris, Mgr de Vintimille. Son successeur désigné par Louis XV, l'archevêque d'Arles Gigault de Bellefond, meurt de la variole dès le mois d'août. L'archevêque de Vienne, Christophe de Beaumont (1703-1781), lui succédera le 5 août. Il ranimera les querelles religieuses en donnant l'ordre de refuser les derniers sacrements à ceux qui ne présenteraient pas un billet de confession délivré par un prêtre autorisé, c'est-à-dire soumis à la bulle *Unigenitus*.

21 avril
Accord entre la France et Auguste III de Saxe, roi de Pologne.

23 avril-8 juin
Noailles séjourne à Madrid pour favoriser un rapprochement entre les Bourbons (contre la politique que suit le marquis d'Argenson, secrétaire d'État aux Affaires étrangères).

27 avril
Les partisans du prétendant au trône anglais Charles-Édouard Stuart (les jacobites) sont battus à Culloden en Écosse par le duc de Cumberland (1721-1765).

1er mai
Maurice de Saxe reprend l'offensive en Belgique. Dès le 31 mai, Anvers capitule. L'été et l'automne voient les capitulations successives de Mons (11 juillet), Charleroi (2 août), Namur (19 septembre et 1er octobre) et Rocourt (11 octobre).

22 mai
Accord entre Marie-Thérèse d'Autriche et Élisabeth de Russie où cette dernière s'engage à fournir des troupes à l'Autriche.

juin
Guillaume-François-Louis Joly de Fleury (né en 1709) succède à son père dans l'exercice de la charge de procureur général du Parlement de Paris: contrairement à son père qui, bien que janséniste, n'oubliait pas qu'il était le représentant du roi, le fils sera enclin à se considérer plus comme l'homme du Parlement que comme l'homme du roi.

19 juin
À Plaisance, Français et Espagnols sont battus par les Sardes et les Autrichiens.

juillet
Le Parlement de Paris condamne les *Pensées philosophiques* de Diderot dans lesquelles il s'est affirmé déiste.
Voltaire publie *Dissertation sur les changements arrivés dans notre globe et sur les pétrifications*.

6-7 juillet
Une flotte française commandée par Bertrand-François Mahé de La Bourdonnais (1699-1753), gouverneur des îles de France et de Bourbon (l'île de la Réunion et l'île Maurice), oblige l'escadre anglaise qui croisait aux Indes à rompre le combat et à rebrousser vers Ceylan. Le 21 septembre, La Bourdonnais s'empare de la colonie anglaise de Madras. Après avoir été capturé par les Anglais en 1747, La Bourdonnais sera incarcéré trois ans à la Bastille sous l'accusation de trahison avant d'être relaxé.

9 juillet
Mort de Philippe V d'Espagne. Ferdinand VI, son fils, lui succède.

22 juillet
Mort de la dauphine Marie-Thérèse qui a accouché d'une fille le 19.

6 août
Capitulation de Gênes assiégée par les Autrichiens et une flotte anglaise. Les Génois se soulèvent contre l'occupant autrichien dès le 5 décembre.

30 septembre
Une flotte anglaise tente une descente sur Lorient, le port de la Compagnie des Indes où sont entreposées ses marchandises.

4 octobre
Première représentation de l'opéra de Leclair, *Scylla et Glaucus*, à l'Académie royale de musique.

5 octobre
Sospel tombe aux mains des Autrichiens qui s'emparent de Vintimille le lendemain. Les Austro-Sardes vont menacer la Provence où les troupes françaises sont contraintes de se réfugier derrière l'Argens.

autres événements
- Dragonnades contre les protestants à La Rochelle et à Montauban.

• Abbé Charles Batteux (1713-1780): *Les Beaux-Arts réduits à un même principe.* Contre Dubos, il affirme que le génie et la raison sont indissociables.
• Étienne Bonnot de Condillac (1714-1780): *Essai sur l'origine des connaissances humaines.* Ordonné prêtre en 1740, frère de Mably, Condillac est lié à Rousseau et à Diderot.
• Nicolas-François Dupré de Saint-Maur: *Essai sur les monnaies, ou réflexions sur le rapport entre l'argent et les denrées.* Ce texte, comme le *Mémoire sur les blés* de Dupin (1748), marque le déclin du mercantilisme et l'essor du libéralisme économique.
• Mably: *Le Droit public de l'Europe fondé sur les traités conclus jusqu'en l'année 1740.*
• Maupertuis: *Les Lois du mouvement et du repos déduites d'un principe metaphysique.* Après avoir réorganisé l'Académie de Berlin, il la présidera jusqu'à sa mort en 1759.
• Menon: *Cuisinière bourgeoise, suivie de l'office, à l'usage de tous ceux qui se mêlent de dépenses de maisons.*
• Publication du premier volume de l'*Histoire générale des voyages* par l'abbé Prévost. Il y aura 16 volumes publiés jusqu'en 1761.
• Luc de Clapiers, marquis de Vauvenargues (1715-1747): *Introduction à la connaissance de l'esprit humain suivie de Réflexions et de Maximes.*
• Voltaire est élu à l'Académie française.
• Bouchardon: *Christ portant sa croix.*
• Boucher: *Le Matin.*
• Coypel: *Le Sacrifice d'Abraham.*
• Oudry: *La Chasse aux loups.*
• Mme de Pompadour obtient la direction des bâtiments, arts et manufactures pour son oncle, le fermier général Charles-François Le Normant de Tournehem (1684-1751), avec survivance pour son frère, Abel Poisson de Vandières, futur marquis de Marigny (1727-1781).
• Clairaut: *Éléments d'algèbre.*
• La Caille: *Leçons élémentaires d'astronomie géométrique et physique.*
• Le Monnier: *Institutions astronomiques ou leçons élémentaires d'astronomie.*
• Nollet: *Essai sur l'électricité des corps.*
• Publication de la traduction par Diderot, François-Vincent Toussaint (1715-1772) et d'autres du *Dictionnaire universel de médecine, de chirurgie, d'anatomie* de Robert James.

1747

10 janvier
Le marquis d'Argenson est renvoyé du ministère. Le marquis Louis-Philogène Brûlart de Puisieulx (1702-1771) lui succède au secrétariat d'État aux Affaires étrangères.

11 janvier
Maurice de Saxe est nommé maréchal général des armées du roi, titre qu'avaient porté Turenne et Villars.

février
Belle-Isle arrête une offensive austro-sarde en Provence. Le 3 juin, il prend l'offensive sur le Var puis investit Vintimille le 1er juillet.

9 février
Remariage du dauphin Louis (veuf de la dauphine Marie-Thérèse) avec Marie-Josèphe de Saxe (1731-1767, fille d'Auguste III de Saxe roi de Pologne et nièce du maréchal de Saxe).

14 février
Trudaine place les dessinateurs du bureau des Ponts et Chaussées sous l'autorité de Perronet, ingénieur de la généralité d'Alençon, qui est chargé de les instruire et de former des ingénieurs et inspecteurs: c'est la naissance de l'École des ponts et chaussées.

21 février
Le Conseil casse un arrêt du Parlement de Paris du 17 février où ce dernier annonçait qu'il réprimerait toute tentative d'introduire le schisme en France. Cet arrêt du Conseil confirme la déclaration du 24 mars 1730 faisant de la bulle *Unigenitus* une loi d'État et renforce la position du clergé.

15 mars
Représentation à Versailles du ballet de Rameau, les *Fêtes de l'hymen et de l'amour.*

17 avril
La France déclare la guerre aux Provinces-Unies. Maurice de Saxe entre en campagne; en quelques semaines, il se rend maître de l'Escaut. Le 31 mai, Louis XV rejoint son armée (il ne retournera à Versailles que le 26 septembre).

mai
L'intendant de Poitiers, Nicolas-René Berryer (1703-1762), est nommé lieutenant général de police de Paris. Il le restera jusqu'en 1757.

14 mai
Défaite par une flotte anglaise de l'escadre française, en route pour le Canada, commandée par Pierre-Jacques de Taffanel de La Jonquière (1685-1752), qui est fait prisonnier.

juin
Un édit, enregistré au Parlement de Paris le 14 juillet, reprend à la Compagnie des Indes la ferme des tabacs et augmente le capital de la Compagnie, permettant ainsi à celle-ci de faire face au manque à gagner et aux frais qu'engendre la guerre avec l'Angleterre.

juillet
Échec d'une offensive française dans le Piémont.

2 juillet
Maurice de Saxe remporte la victoire de Lawfeld.

12 juillet-16 septembre
Siège de Berg-op-Zoom au terme duquel la ville est prise d'assaut et pillée par les troupes du comte Ulrich-Frédéric de Löwendal (1700-1755) – qui y gagne son bâton de maréchal de France – et de Maurice de Saxe (qui devient gouverneur général des Pays-Bas en octobre).

août
Ordonnance du chancelier d'Aguesseau sur les substitutions fideicommissaires à la suite de l'enquête lancée auprès des parlements le 2 mai 1730. Elle sera enregistrée au Parlement de Paris le 27 mars 1748.

septembre
Voltaire : *Zadig, ou la destinée*. Une première version avait paru en juillet sous le titre de *Memnon, histoire orientale*. *Zadig* est une réflexion ironique sur l'ordre du monde et la sagesse nécessaire aux hommes pour tenter d'y vivre heureux. Le titre provient de l'hébreu *Zadoc* (homme juste) et de l'arabe *sadic* (homme loyal).

25 octobre
Défaite navale française au large de la Bretagne.

autres événements
• Diderot : *La Promenade du sceptique ou les allées*.
• Duhamel du Monceau : *Traité de la fabrique des manœuvres pour les vaisseaux, ou l'art de la corderie perfectionné*.
• Françoise de Grafigny (1695-1758) : *Lettres d'une Péruvienne* (roman).
• Jean-Baptiste Gresset (1709-1777) : *Le Méchant*. Cette comédie lui ouvrira les portes de l'Académie.
• Lafont de Saint-Yenne : *Réflexions sur quelques causes de l'état présent de la peinture en France*. Il s'agit d'une analyse et d'une critique de l'art contemporain français.
• Mouhy : *Mémoires d'une fille de qualité*.
• Louis Racine : *Réflexions sur la poésie*.
• Transcription pour clavecin des pièces de viole d'Antoine Forqueray, éditées par son fils Jean-Baptiste (1699-1782), qui sait qu'à l'époque la viole n'est plus à la mode et que la musique pour clavecin se vend mieux.
• Le Salon de peinture remporte un grand succès (près de 300 000 visiteurs). Devant l'afflux de propositions est institué un jury d'admission pour sélectionner les œuvres exposées ; déjà en 1746, une commission de l'Académie vérifiait la moralité des œuvres. Le jury sera supprimé en 1791, puis rétabli à partir de 1801.
• Coypel devient premier peintre du roi et directeur de l'Académie royale de peinture.
• Quentin de La Tour : portrait de *Maurice de Saxe*.
• Nollet effectue devant Louis XV quelques expériences sur l'électricité.

1748

5 février
Création de la première tragédie de Marmontel, *Denys le tyran*.

29 février
Première représentation de *Zaïs*, ballet héroïque de Rameau sur un livret de Louis de Cahusac († 1759).

mars
Ouverture de négociations à Aix-la-Chapelle entre Français, Anglais et Autrichiens.

11 avril
Circulaire du secrétaire d'État à la Guerre, le comte d'Argenson, pour que les places fortes accueillent des ingénieurs militaires venus acquérir un complément de formation.

29-30 avril
Alors que Maurice de Saxe assiège Maastricht depuis le 10, à Aix-la-Chapelle, les plénipotentiaires français, anglais et hollandais se mettent d'accord sur des préliminaires de paix et signent un armistice le 11 mai, quatre jours après la capitulation de Maastricht.

30 avril
Ordonnance réglementant le paiement du droit de marc d'or.

mai
Fondation de l'École du génie à Mézières.

10 mai
Convention entre la France et le duc de Wurtemberg sur l'Alsace et Montbéliard.

27 juin
Le directeur général des bâtiments, arts et manufactures, Le Normant de Tournehem, demande à l'Académie d'architecture d'élaborer des projets d'aménagement d'une place à Paris en l'honneur de Louis XV: ce sera la future place de la Concorde. Le bureau de la ville de Paris décide d'ériger une statue en l'honneur du monarque victorieux.

2 juillet
Lettres patentes confirmant l'établissement de l'Académie royale de chirurgie fondée en 1731.

10 août
Déclaration royale servant de règlement pour la Cour des aides de Paris.

29 août
Création de *Sémiramis*, tragédie de Voltaire.

septembre
Les hostilités étant terminées, pendant plusieurs mois une série d'ordonnances va réduire les effectifs de l'armée.

17 octobre
Les Anglais lèvent le siège de Pondichéry que défend Dupleix. Arrivés début août, l'escadre anglaise de Boscawen et son corps expéditionnaire n'avaient réellement entrepris d'emporter la place qu'à partir du début du mois de septembre.

18 octobre
Signature de la paix d'Aix-la-Chapelle qui met fin à la guerre de Succession d'Autriche. La France restitue les Pays-Bas à l'Autriche, Berg-op-Zoom et Maastricht aux Hollandais, la Savoie et le comté de Nice à la Sardaigne, Madras aux Anglais. Elle déclare reconnaître la dynastie hanovrienne qui trône à Londres et cesse de soutenir le prétendant Stuart. L'Angleterre rend à la France Louisbourg et le Cap Breton (au Canada). L'Autriche cède à l'infant d'Espagne Parme, Plaisance et Guastalla, à la Sardaigne une partie du Milanais, et la Silésie à la Prusse. Les droits de Marie-Thérèse d'Autriche sont reconnus et François de Lorraine est implicitement reconnu empereur. La paix d'Aix-la-Chapelle va décevoir. Elle profite à la Prusse. L'Autriche conserve le titre impérial mais a perdu des territoires. Louis XV est vainqueur mais il a restitué les conquêtes françaises. La rivalité commerciale franco-anglaise n'est pas réglée, et la France et l'Espagne se sont heurtées.

10 décembre
Arrestation et emprisonnement à Vincennes du prétendant au trône anglais, Charles-Édouard Stuart, qui sera conduit en Suisse.

15 décembre
Le comte Alphonse-Marie-Louis de Saint-Séverin d'Aragon (1705-1757), représentant de la France à Aix-la-Chapelle, est nommé ministre d'État.

autres événements
- Création du bureau de l'Agence générale du clergé. Les agents généraux du clergé sont chargés, dans l'intervalle des assemblées générales, de représenter le clergé et de suivre l'exécution des décisions prises par les assemblées. Élus pour cinq ans, ils sont conseillers d'État et accèdent ensuite généralement à l'épiscopat.
- Installation au Louvre de l'École de la Marine organisée par Duhamel du Monceau pour former des ingénieurs charpentiers.
- Désarmement des galères: le corps des galères est réuni à la Marine.
- Parution à Lyon du premier hebdomadaire français provincial.
- D'Argens: *Thérèse philosophe.*
- Jean-Jacques Burlamaqui (1694-1748): *Principes du droit naturel.*
- Diderot: *Les Bijoux indiscrets.*
- Claude Dupin (1684-1769): *Mémoire sur les blés.*
- La Mettrie: l'*Homme machine.*
- Benoît de Maillet (1656-1738): publication posthume de *Telliamed ou entretiens d'un philosophe indien avec un missionnaire français sur la diminution de la mer, la formation de la terre, l'origine de l'homme.*
- Maupertuis: *Réflexions philosophiques sur l'origine des langues et la formation des mots.*
- Montesquieu: *De l'esprit des lois.*

MONTESQUIEU, UN FONDATEUR DU LIBÉRALISME POLITIQUE

« Les lois, dans la signification la plus étendue, sont les rapports nécessaires qui dérivent de la nature des choses. » Ainsi s'ouvre le premier chapitre de L'Esprit des lois. *Publié d'abord anonymement à Genève, le livre connaît un extraordinaire succès; il est réédité 22 fois en deux ans et rapidement traduit en italien et en anglais. L'intention de Montesquieu est de rendre intelligible un monde où règne la diversité des lois*

et des mœurs. Il ne traite pas tant de ces « lois » qu'il ne cherche à comprendre leur « esprit ».
L'Esprit des lois, *malgré le caractère aisé de sa lecture dû au style fluide de son auteur, est un livre complexe : il est difficile d'en déceler le plan comme il est difficile d'épuiser le sens de ce livre à la composition hétérogène et fourmillant d'idées. Ce « cabinet mal rangé » ne peut se réduire à « de l'esprit sur les lois ». C'est une œuvre fondatrice à plus d'un titre, du point de vue de la méthode développée – idéaltypique, comparatiste et dynamique en multipliant les combinaisons de critères – comme du point de vue des idées : le livre est un monument fondateur du libéralisme politique.*
L'Esprit des lois *marque une rupture avec l'aristotélisme politique. Montesquieu y présente une typologie des formes de gouvernement définies à la fois par leur nature et leur principe. Sa classification est d'autant plus complexe qu'il recherche les principes présidant à la corruption des principes. Alors qu'Aristote distinguait la monarchie, l'aristocratie et la démocratie, chez Montesquieu les trois formes de gouvernement sont la monarchie, la république et le despotisme : l'aristocratie et la démocratie ne sont que les deux variantes d'un même type, la république. À chacun de ces trois régimes politiques correspond un principe, respectivement l'honneur, la vertu et la crainte.*
La préoccupation constante de Montesquieu est la question de la préservation de la liberté, toujours menacée par la dérive despotique. Aussi s'attache-t-il à déceler la corruption par l'histoire. « La corruption de chaque gouvernement commence presque toujours par celle des principes. » Cette unique phrase constitue le premier chapitre du livre VIII. Le risque inhérent à la monarchie est ainsi de se perdre dans le despotisme comme les fleuves se mêlent dans la mer. À la dynamique historique des régimes, Montesquieu ajoute aussi une théorie positive des climats qui a beaucoup frappé ses contemporains (« Dans les climats chauds, où règne ordinairement le despotisme, les passions se font plus tôt sentir, et elles sont aussi plus tôt amorties… ») et il consacre une partie au rapport que les lois entretiennent avec la nature du climat. En plein dans les débats de son temps, Montesquieu situe la naissance de la liberté dans « les bois » et rejoint ainsi, avec quelques nuances, les thèses germanistes de Boulainvilliers ou Saint-Simon.
Selon une formule devenue célèbre, Montesquieu a l'idée que le pouvoir arrête le pouvoir. Ainsi développe-t-il, à propos de la France par exemple, la nécessité des corps intermédiaires ou d'un dépôt des lois. Ainsi met-il en place, à propos de l'Angleterre, la fameuse théorie de la séparation des pouvoirs, source de la liberté anglaise. Il convient là de remarquer que lorsqu'il étudie l'Angleterre, Montesquieu formule plutôt une analyse de la division de la fonction législative entre plusieurs organes de pouvoir, qu'une théorie de la séparation des pouvoirs législatif, exécutif et judiciaire, centrée autour de la spécialisation fonctionnelle des organes de pouvoir d'État. L'Angleterre a pu incarner un régime libéral chez Montesquieu parce que chaque organe de pouvoir y représentait des forces différentes à la légitimité différenciée.
Cette rapide présentation ne rend pas justice aux riches réflexions de Montesquieu sur le commerce, sur la vertu ou à l'analyse, plus complexe qu'il n'y paraît, de la monarchie anglaise, réflexions qui laissent leur empreinte sur la postérité. Soulignons simplement encore une fois qu'on est là en présence d'une œuvre cardinale pour les grandes questions qui traversent alors, et traverseront, la philosophie politique moderne, celles de la liberté et de la représentation. Encore aujourd'hui, Montesquieu reste incontournable.

• Mouhy : *Les Mille et une faveurs.*
• François-André-Danican Philidor (1726-1795) : *Analyse du jeu d'échecs.*
• Voltaire : *Babouc ou le monde comme il va.* Ce conte oriental parabolique sera réédité en 1764 sous le titre de *Le Monde comme il va, vision de Babouc écrite par lui-même.*
• Rameau : *Pygmalion*, acte de ballet.
• Construction du château de Bellevue à Meudon pour Mme de Pompadour.
• Le sculpteur Jean-Jacques Caffieri (1725-1792) obtient le prix de Rome. On lui doit le *Lully* de l'église des Petits-Pères. Il entre à l'Académie en 1759.
• Chardin : *Perdrix morte, poire et collet sur une table de pierre.*
• Darthenay et Moussinot : *Mémoire historique et critique sur la ville souterraine découverte au pied du mont Vésuve.*
• Pigalle : *Vénus* et *Mercure.*
• Quentin de La Tour : portrait de *Marie Leszczynska* et portrait de *Louis XV.*
• Jean-François de Troy expose au Salon ses sept tableaux représentant l'*Histoire de Jason.*
• Léonard Euler (1707-1783) : *Introductio in analysin infinitorum.*

1749

avril
Aristomène, tragédie de Marmontel. Alors que les deux premières tragédies de Marmontel rencontrent le succès, les suivantes seront des échecs.
Édit, enregistré au Parlement de Paris le 13 juin, supprimant les juridictions de prévôtés, châtellenies, vigueries et autres juridictions royales dans les villes sièges de bailliages ou de sénéchaussées.

23 avril
Disgrâce du comte de Maurepas, hostile à Mme de Pompadour: Louis XV le destitue de toutes ses charges et l'exile à Bourges. Louis Phélypeaux de La Vrillière, comte de Saint-Florentin (1705-1777), devient secrétaire d'État à la Maison du roi. Il le restera jusqu'en 1775.

30 avril
Antoine-Louis Rouillé (1689-1761) est nommé secrétaire d'État à la Marine. Il le restera jusqu'en 1754.

mai
Édit, enregistré le 19 au Parlement de Paris, portant émission de 1800000 livres de titres à 5 % amortissables en douze ans.
Édit supprimant le dixième à partir du 1er janvier 1750 et le remplaçant par un vingtième réparti sur tous les sujets: un prélèvement de 5 % sur les revenus nets (il s'applique aux revenus fonciers, mobiliers, commerciaux, et des charges et offices). On va mettre en place, sous la direction des intendants, une administration chargée d'établir l'assiette de cet impôt et de le percevoir. Le 5 mai, le Parlement de Paris ajourne l'enregistrement et émet des remontrances, portées à Louis XV le 18 mai par son premier président, René-Charles de Maupeou (1688-1775), avant d'être contraint de l'enregistrer le 19 mai. Le 30 juin, le parlement d'Aix-en-Provence émet à son tour des remontrances que rédige le procureur général Jean-Pierre-François Ripert de Monclar (1711-1773). Le 24 août, l'épiscopat présente au roi un mémoire contre le vingtième.
À Paris, développement à partir de ce mois de l'affaire de l'Hôpital général. En juillet, mécontents de la nomination le 12 d'une nouvelle supérieure, Mme de Moysan, protégée de l'archevêque de Paris Christophe de Beaumont, les directeurs se mettent en grève et prennent appui sur les parlementaires jansénistes. Les *Nouvelles ecclésiastiques* s'attaquent à Mgr de Beaumont qui veut réorganiser l'Hôpital général. En août 1749, Beaumont fait désigner de nouveaux administrateurs. Alors qu'en septembre le Conseil des dépêches doit examiner l'affaire, le Parlement de Paris s'en saisit. La position du procureur général en la matière souligne son importance: sous ses apparences locales, cette affaire met en cause l'autorité royale et sa contestation par les parlements. Mais le Parlement de Paris restera tranquille face à l'arrêt du Conseil nommant des administrateurs; il s'agit d'une accalmie provisoire car on escompte la nomination à la chancellerie du premier président du Parlement, Maupeou, qu'on sait peu favorable à Beaumont.

7 mai
Série d'ordonnances concernant la police: sur les spectacles, la police des églises, l'interdiction des jeux de hasard, l'interdiction de vendre à l'étalage des livres prohibés sur les quais et ponts, et réglementant l'activité des colporteurs et afficheurs.

juin
Le contrôleur général des Finances Machault d'Arnouville, ministre d'État depuis le 24 mai, demande au clergé de faire une déclaration de ses propriétés et revenus.

août
Édit, enregistré le 2 septembre au Parlement de Paris, sur les biens de mainmorte: il s'agit, en contrôlant les propriétaires ecclésiastiques, de stopper l'extension abusive des biens ecclésiastiques.

12 novembre
Ordonnance sur la police: si ses dispositions ne sont pas très différentes des mesures antérieures, le lieutenant général de police, Berryer, entend lui donner une application efficace. Il en résulte un quadrillage plus serré de l'espace parisien et une présence alourdie du personnel de la police pratiquant une politique préventive plus radicale. Les mesures d'enfermement contre les vagabonds et les errants sont ranimées.

5 décembre
Première représentation de *Zoroastre*, tragédie lyrique de Rameau. Il introduit la clarinette en France.

autres événements
• Marie-Thérèse Geoffrin (1699-1777) ouvre son salon. Deux fois par semaine, elle reçoit les artistes d'une part, les gens de lettres d'autre part. Fréquenteront ainsi le salon de cette riche veuve d'un administrateur de la manufacture de Saint-Gobain: d'Alembert, Helvétius, d'Holbach, Grimm, Galiani, Marivaux, Marmontel, Morellet...

• Antoine-Gaspard Boucher d'Argis (1708-1791): *Code rural ou maximes et règlements concernant les biens des campagnes.*
• Condillac: *Traité des systèmes, où l'on en démêle les inconvénients et les avantages.*
• Crébillon père: *Catilina*, pièce qui remporte un vif succès.
• Diderot: *Lettre sur les aveugles à l'usage de ceux qui voient.* Ce livre, où son scepticisme découvre son matérialisme, vaudra à Diderot d'être emprisonné quelques mois à Vincennes. Rendu prudent, il ne publiera pas ses manuscrits les plus audacieux.
• Le duc de Saint-Simon achève la rédaction de ses *Mémoires.*
• Rameau: *Naïs*, opéra sur un livret de Cahusac.
• Spectacle de marionnettes de Levasseur à la foire Saint-Germain.
• Boucher: *Les Éléments* et *Apollon et Issé.*
• Sans doute à l'instigation de Mme de Pompadour, son frère Abel-François Poisson de Vandières voyage en Italie, accompagné de Soufflot, l'abbé Leblanc et Charles-Nicolas Cochin (1715-1790), afin de connaître l'art antique italien.
• D'Alembert: *Recherches sur la précession des équinoxes et sur la nutation de l'axe de la terre.*
• Buffon: premier des 36 volumes de l'*Histoire naturelle.*
• Nollet: *Recherches sur les causes particulières des phénomènes électriques et sur les effets nuisibles ou avantageux qu'on peut en attendre.*
• Quesnay: *Traité de la suppuration* et *Traité de la gangrène.*
• Réaumur: *Art de faire éclore et d'élever en toute saison des oiseaux domestiques de toutes espèces.* Il publiera en 1751 une *Pratique de l'art de faire éclore et d'élever en toute saison des oiseaux domestiques de toutes espèces.*

1750

12 janvier
Voltaire connaît l'échec au théâtre avec sa pièce *Oreste.* Après de laborieuses tractations et la mort de Mme du Châtelet, Voltaire accepte l'invitation de Frédéric II de venir s'installer à Berlin, et part fin juin. C'est son troisième séjour en Prusse (les deux premiers dataient de 1740 et 1743). La cohabitation avec Frédéric II, auprès duquel Voltaire a accepté la fonction de chambellan, en fait chargé de corriger les écrits littéraires du roi de Prusse, sera toujours difficile. Leurs relations sont d'abord épistolaires et elles survivront à la rupture de 1753: ils s'écriront quarante ans malgré les éclipses. Brouillé avec Frédéric II fin 1752, Voltaire, alors qu'il regagne la France, est arrêté par des agents du roi de Prusse le 31 mai 1753 à Francfort-sur-le-Main et retenu jusqu'au 6 juillet. Ses bagages sont fouillés par les Prussiens qui y cherchent les manuscrits de leur maître. Voltaire et Frédéric II ne se reverront plus. À Berlin, Voltaire travaille au *Siècle de Louis XIV* et fait la connaissance de La Mettrie et de l'abbé de Prades; il évite autant que possible Maupertuis qui tyrannise, selon lui, l'Académie berlinoise.

17 février
Les états de Languedoc s'opposent au vingtième, établi en mai 1749. Le 28 février, le Conseil suspend l'assemblée des états de Languedoc, casse leur arrêt du 17 et confie l'administration de la province à l'intendant. Les états de Languedoc seront rétablis ultérieurement.

mai
Des troubles agitent Paris: la rumeur d'enlèvements d'enfants par la police pousse la foule à s'en prendre aux exempts et commissaires de police. Ces émeutes correspondent à l'alourdissement de la présence policière voulu par le lieutenant de police Berryer. Après une instruction de deux mois, le Parlement de Paris rend un arrêt, le 1er août, qui condamne les procédures expéditives de la police de Berryer. L'arrêt précise que tout individu arrêté par des gardes ou exempts devra être conduit devant le commissaire le plus proche qui dressera procès-verbal et décidera de la suite à donner.

25 mai-20 septembre
Ouverture de l'assemblée générale du clergé: le clergé s'oppose au gouvernement dans l'affaire du vingtième, car ce dernier refuse de revenir sur le principe de la déclaration des biens et revenus réclamée en juin 1749. Le 17 août, une déclaration royale enjoint aux titulaires de bénéfices ecclésiastiques de déclarer dans les six mois les biens et revenus de leurs bénéfices. Elle est enregistrée le 21 par le Parlement de Paris. Comme l'assemblée générale du clergé refuse toujours d'exécuter les mesures concernant le vingtième après avoir été sommée par Louis XV le 16 septembre de délibérer sur le don gratuit à faire au roi, elle est dissoute le 20 par un arrêt du Conseil. Le gouvernement décide de taxer le clergé de 1,5 million de livres par an. L'obstination du clergé aura cependant raison de la volonté gouvernementale en décembre 1751.

9 juillet
L'académie de Dijon décerne le prix de morale à Rousseau pour son discours répondant à la question

mise au concours: « Si le rétablissement des sciences et des arts a contribué à épurer les mœurs? »

26 août
La dauphine Marie-Josèphe accouche d'une fille.

octobre
Diffusion du prospectus de l'*Encyclopédie* rédigé par Diderot.

23 octobre
Le dauphin Louis, âgé de 21 ans, est admis au Conseil des dépêches.

30 octobre-14 décembre
Tenue des états de Bretagne: le gouvernement réussit à ne pas céder sur le vingtième.

27 novembre
Démission du chancelier d'Aguesseau, qui décédera le 9 février 1751.

10 décembre
Louis XV nomme chancelier le premier président de la Cour des aides de Paris, Guillaume de Lamoignon de Blancmesnil (1683-1772), et garde des Sceaux le contrôleur général des Finances Machault d'Arnouville. Le fils de Lamoignon, Chrétien-Guillaume de Lamoignon de Malesherbes (1721-1794), lui succède à la Cour des aides et prend la direction de la Librairie.

autres événements
- Offensive anglaise en Acadie.
- Publication de *L'Art de vérifier les dates* par Charles Clémencet (1704-1778) et deux autres bénédictins de Saint-Maur.
- Duhamel du Monceau: *Traité de la culture des terres* (6 volumes jusqu'en 1761).
- Traduction de l'*Histoire de Tom Jones ou l'enfant trouvé* de Fielding parue l'année précédente à Londres.
- La Mettrie: les *Animaux plus que machines* et *Anti-Sénèque, ou le souverain bien.*
- Maupertuis: *Essai de cosmologie.*
- Montesquieu: *Défense de l'Esprit des lois.*
- Abbé Prévost: *Manuel lexique ou dictionnaire portatif des mots français dont la signification n'est pas familière à tout le monde.*
- Louis Racine: *Discours sur le poème épique.*
- Publication, qui se poursuit jusqu'en 1765, du *Nouveau Traité de diplomatique* par dom Tassin et dom Toustain, moines bénédictins de Rouen.
- François-Vincent Toussaint: l'*Anti-Thérèse ou Juliette philosophe.*
- Voltaire: *Lettre à l'occasion de l'impôt du vingtième* où il dénonce les immunités du clergé.
- Rameau: *Démonstration du principe de l'harmonie.*
- Bouchardon achève sa sculpture *Amour taillant un arc dans la massue d'Hercule commencée onze ans plus tôt.*
- Boucher: *Adoration des bergers.*
- De Brosses: *Lettre sur l'état actuel de la ville souterraine d'Herculée et sur les causes de son ensevelissement sous les ruines du Vésuve.*
- Pigalle: *L'Enfant à la cage.*
- La collection royale de tableaux de Rubens est ouverte deux fois par semaine au public. Plusieurs pamphlets de Lafont de Saint-Yenne avaient réclamé dès 1747 l'ouverture au public des collections royales. La Galerie sera fermée à partir de 1773.
- Claude Bourgelat (1712-1799): *Éléments d'hippiatrique, ou nouveaux principes sur la connaissance et sur la médecine des chevaux.* Il écrira des *Éléments de l'art des vétérinaires* et fondera l'École vétérinaire de Lyon et celle d'Alfort. Il sera nommé en 1764 inspecteur général des haras.
- La Caille: *Leçons élémentaires d'optique.*

1751

janvier
Édit, enregistré au Parlement de Paris le 22, créant une École royale militaire. Jacques-Ange Gabriel est chargé de la construction. Établie dans la plaine de Grenelle, elle commencera à fonctionner en 1756 et sera achevée en 1773.

4 mars
Le Parlement de Paris émet des remontrances contre le curé de Saint-Étienne-du-Mont, Bouëttin, pour son refus d'administrer les derniers sacrements au conseiller au Châtelet Coffin, neveu de l'ancien recteur de l'Université de Paris, Charles Coffin, décédé en juin 1749 lui aussi sans sacrements. C'est la première intervention importante du Parlement de Paris dans l'affaire dite des billets de confession.

6 mars
Déclaration royale interprétative de l'ordonnance d'août 1735 sur les testaments.

18 mars
Nouveau règlement pour l'Académie royale de chirurgie.

24 mars
Une déclaration royale promulgue le règlement de l'Hôpital général rédigé par Lamoignon. Le Parlement de Paris résistera à enregistrer ce règlement qui favorise l'archevêque de Paris Christophe de Beaumont : l'archevêque contrôle la nomination et la surveillance du personnel ecclésiastique de l'Hôpital général, et la composition du conseil d'administration est modifiée en sa faveur.

18 mai
Par la bulle *Providas*, le pape Benoît XIV condamne une nouvelle fois la franc-maçonnerie.

20 juillet
Le Parlement de Paris enregistre la déclaration du 24 mars sur l'administration de l'Hôpital général avec des modifications qui rétablissent l'état antérieur et annule la nomination de Mme de Moysan à la tête de la Salpêtrière. Le lendemain, un arrêt du Conseil ordonne l'exécution de la déclaration du 24 mars promulguant le règlement de l'Hôpital général. Le Parlement de Paris refusera de recevoir cet arrêt.

août
Le comte de Saint-Florentin, secrétaire d'État à la Maison du roi, et Rouillé, secrétaire d'État à la Marine, sont nommés ministres d'État.

5 août
Le Parlement de Paris déclare que les édits et déclarations ne peuvent être exécutés que conformément à leur enregistrement, c'est-à-dire avec les modifications du Parlement.

septembre
L'ambassadeur à La Haye, François-Dominique de Barberie de Saint-Contest (1701-1754), devient secrétaire d'État aux Affaires étrangères à la place du marquis de Puisieulx démissionnaire. Il le restera jusqu'en 1754.

13 septembre
La dauphine Marie-Josèphe accouche d'un garçon, Louis, duc de Bourgogne.

21 novembre
Louis XV reçoit le premier président du Parlement de Paris, Maupeou, accompagné de deux présidents à mortier, pour leur signifier que les arrêts du Parlement rendus depuis le 20 juillet sur l'affaire de l'Hôpital général sont cassés. Le 24, le Parlement de Paris se met en grève. Elle dure quatre jours au terme desquels les parlementaires parisiens reçoivent l'ordre exprès de reprendre leur service.

23 décembre
Arrêt du Conseil sur le vingtième : le clergé triomphe ; la taxe de 1,5 million de livres ne sera pas levée ; les bureaux diocésains dresseront eux-mêmes l'inventaire des biens et revenus du diocèse et les agents généraux du clergé prépareront pour la prochaine assemblée générale une nouvelle répartition des impôts à l'intérieur de l'ordre.

autres événements
• À Mézières, l'établissement militaire est chargé, après sélection, de former des ingénieurs des fortifications.
• Accord provisoire entre les Français et les Anglais d'Acadie.
• Publication par d'Alembert et Diderot des deux premiers volumes de l'*Encyclopédie ou Dictionnaire raisonné des sciences, des arts et des métiers par une Société de Gens de lettres*. 35 paraîtront jusqu'en 1780 dont 12 de planches.

*Au cœur des Lumières : l'*Encyclopédie

*En 1746, Diderot, à court d'argent, se voit proposer par ses libraires de travailler à la traduction d'une encyclopédie anglaise. Il s'adjoint d'Alembert. De cette association naît non pas une simple adaptation, mais l'*Encyclopédie *avec un grand E, le manifeste des Lumières.*
Le projet est défini dans le Discours préliminaire *que rédige d'Alembert : il y dessine une morphologie marquant les frontières de ce qui est connu à l'époque, mais aussi de ce qui est susceptible de connaissance et de ce qui reste hors des limites de celle-ci ; il s'agit de présenter l'homme à l'œuvre dans le monde et non la main de Dieu.*
Les premiers articles sont achevés en 1750. Les premiers volumes paraissent l'année suivante, mais en février 1752, un arrêt du Conseil révoque le privilège accordé. L'interdiction est cependant levée en 1753, et un volume paraît chaque année. Malgré les critiques et la vigueur des attaques dont elle sera l'objet, malgré son immensité, malgré les défections, l'entreprise sera menée à terme en vingt ans par l'infatigable maître d'œuvre qu'est Diderot, et grâce aussi à la complaisante protection des autorités, particulièrement de Malesherbes et Sartine, après la nouvelle révocation du privilège en mars 1759. On compte 2 000 souscripteurs en 1752 et déjà 4 000 cinq ans après.

*L'*Encyclopédie *est une œuvre collective à laquelle participent plus de 140 auteurs : on y trouve Buffon, Daubenton, Rousseau, Marmontel, d'Holbach, Helvétius, Quesnay, Jaucourt (l'un des principaux contributeurs)… Diderot pour sa part rédige plus de 5 000 articles. L'œuvre est donc composite, et des auteurs comme Rousseau ou d'Alembert vont rompre spectaculairement avec le projet à la fin des années 1750. Les articles sont forcément inégaux : certains sont de simples décalques du dictionnaire anglais de Chambers à l'origine du projet, d'autres compilent les informations dont on dispose alors dans certains domaines techniques ou scientifiques, les uns sont des manifestes philosophiques ou politiques, les autres de petits traités rédigés par les meilleurs spécialistes de l'époque. Aussi, plus qu'un dictionnaire des sciences et techniques ainsi qu'il était annoncé, est-on en présence d'une œuvre qui pose les philosophes comme les représentants légitimes de la culture moderne : la Société des gens de lettres présentée par le sous-titre comme étant l'auteur de l'ouvrage va être identifiée à la philosophie, et hors des lumières de celle-ci, pas de « lettres » possibles. C'est là l'épicentre de la philosophie des Lumières.*

- Jean-Jacques Burlamaqui : *Principes du droit politique.*
- Diderot : *Lettre sur les sourds et muets à l'usage de ceux qui entendent et qui parlent.*
- Charles Duclos (1704-1772) : *Considérations sur les mœurs de ce siècle.*
- La Condamine : *Journal du voyage fait par ordre du roi à l'Équateur.* Il présente également à l'Académie des sciences son mémoire sur le caoutchouc.
- Jean-Jacques Lefranc de Pompignan (1709-1784) : *Poésies sacrées.*
- Maupertuis : *Système de la nature.*
- Abbé Prévost : *Lettres anglaises.* Il traduit également *Clarissa* de Richardson.
- Armand-Louis Couperin (1727-1789), petit-cousin de François Couperin : *Pièces de clavecin.*
- Rameau : *La Guirlande ou les Fleurs enchantées* sur un livret de Marmontel.
- Cochin : *Lettre sur les peintures d'Herculanum, aujourd'hui Portici.*
- Oudry : *Un Chien avec une jatte auprès de lui.*
- Le Salon de peinture devient biennal. Il dure un mois et y exposent ceux qui sont reconnus par l'Académie royale de peinture.
- Nicolas Focq : à Maubeuge, machine à raboter le fer.
- Vaucanson : tour métallique à chariot.

1752

début

Le Siècle de Louis XIV de Voltaire est publié en Allemagne et dresse un tableau de la société française – « le siècle » – de la fin du XVIIe. Il s'inscrit dans une histoire universelle dont les autres éléments seront l'*Essai sur les mœurs* (1756) ou le *Précis du siècle de Louis XV* (1768).

28 janvier

Lettres patentes attribuant au Grand Conseil la juridiction de l'Hôpital général, qui échappe ainsi au Parlement de Paris, et publiant un règlement de son administration.

7 février

Arrêt du Conseil supprimant les deux premiers volumes de l'*Encyclopédie.* L'abbé de Prades, qui a rédigé plusieurs articles pour l'*Encyclopédie*, est décrété de prise de corps : sa thèse, présentée en Sorbonne en novembre 1751, après avoir été approuvée, est finalement censurée pour être trouvée trop contaminée par l'esprit voltairien. Il se réfugiera en Prusse.

23 mars 1752-2 septembre 1754

L'affaire des billets de confession et des refus de sacrements se développe en opposant épiscopat, parlements et monarchie.

Monarchie, parlements et refus de sacrements

Le conflit est particulièrement aigu à Paris, où l'intransigeance gallicane du Parlement avivée par les jansénistes se heurte au zèle de l'archevêque de Paris, Christophe de Beaumont, qui exige, pour leur conférer les sacrements, des jansénistes mourants des billets de confession signés par un prêtre non appelant contre la bulle Unigenitus. *L'enjeu de la crise est devenu la définition même des rapports entre les deux puissances, temporelle et spirituelle, et ne concerne plus seulement les discipline et hiérarchie ecclésiastiques.*

Cette escalade, qui conduira les parlementaires parisiens à la grève puis à l'exil jusqu'à ce que survienne l'apaisement de septembre 1754, prend son essor le 23 mars 1752, lorsque le Parlement de Paris condamne le curé de Saint-Étienne-du-Mont, Bouëttin, pour son refus d'administrer les sacrements à un oratorien notoirement appelant contre la bulle Unigenitus. *Cette décision du Parlement est cassée le 25 par un arrêt du Conseil rendu en présence de Louis XV. Trois jours plus tard, l'oratorien appelant meurt sans avoir reçu les derniers sacrements ; aussi le Parlement de Paris décrète-t-il de prise de corps celui qui avait refusé d'administrer les derniers sacrements, le curé de Saint-Étienne-du-Mont, qui s'enfuit. Le 7 avril, le Conseil du roi casse derechef les arrêts que le Parlement a rendus dans cette affaire. Loin de céder, le Parlement de Paris dénonce le 15 avril le schisme que provoquerait une multiplication du refus de sacrements, et il rend, le 18, un ferme arrêt de règlement : il interdit aux ecclésiastiques, sous peine d'être poursuivis comme perturbateurs du repos public, de faire acte de schisme et de refuser les sacrements sous prétexte d'appel contre la bulle* Unigenitus *ou de défaut de production de billet de confession.*

Le 29 avril, le Conseil du roi rend un arrêt prescrivant le silence sur la question de la bulle Unigenitus *et rappelant qu'elle est une loi de l'Église et de l'État. Mais Louis XV n'interdit pas expressément au Parlement de poursuivre les prêtres pour refus de sacrements. Les affaires prolifèrent au cours de l'été : le Parlement décrète de prise de corps des curés qui s'enfuient tandis que le roi annule ces procédures. Une déclaration royale précise la juridiction ecclésiastique le 2 juin. Le 21 novembre 1752, le Conseil, à la requête des agents généraux du clergé, casse enfin l'arrêt du Parlement de Paris du 18 avril. Mais ni le Parlement ni le clergé ne désarment. Et le 15 décembre, le Parlement de Paris saisit le temporel de l'archevêque de Paris et convoque les pairs dans l'intention de lui faire son procès (suite à un refus de sacrements opposé par le curé de Saint-Médard à deux religieuses). Le roi évoque l'affaire en son Conseil et le Parlement doit s'incliner. Mais l'accalmie n'est que de courte durée.*

Le conflit resurgit tout de suite et met cette fois aux prises le Parlement de Paris et l'évêque d'Orléans qui oppose systématiquement des refus de sacrements aux religieuses du couvent de Saint-Loup. Le 4 janvier 1753, le Parlement cite à comparaître l'évêque d'Orléans, mesure immédiatement cassée par le Conseil le lendemain. Le 22 février, des lettres patentes impérieuses interdisent au Parlement toute procédure en matière de refus de sacrements. Le 5 avril, remontrances du Parlement de Paris sur les refus de sacrements et il doit surseoir à toute poursuite. Louis XV refuse de recevoir les remontrances émises le 5 avril, tant que les lettres patentes n'ont pas été enregistrées. Le 9 avril, de nouvelles remontrances du Parlement de Paris, diffusées dans toute la France, reprennent les idées selon lesquelles les parlements sont des corps intermédiaires et le dépôt où l'autorité souveraine s'unit à la confiance des sujets. Le 15 avril, Louis XV prend connaissance de ces remontrances du Parlement de Paris et refuse de les recevoir. Le 5 mai, celui-ci décide alors de cesser ses fonctions. Après avoir refusé de reprendre leurs fonctions, dans la nuit du 8 au 9, les magistrats des chambres des enquêtes et des requêtes du Parlement de Paris sont exilés, voire emprisonnés. La Grand Chambre refuse de continuer à rendre la justice. Dans la nuit du 10 au 11, ses membres sont exilés à Pontoise. L'exil des parlementaires parisiens durera jusqu'en septembre 1754.

L'été 1753 voit en quelque sorte le relais pris par la province : les parlements d'Aix-en-Provence et de Rouen connaissent des affaires semblables de refus de sacrements. À Paris, en l'absence des magistrats du Parlement exilés, le gouvernement organise une chambre des vacations, composée de conseillers d'État et de maîtres des requêtes, pour rendre la justice (18 septembre) et, en novembre, une chambre royale reprenant les compétences judiciaires du Parlement de Paris. Ces mesures rencontrent la résistance des milieux judiciaires et la chambre royale est supprimée le 30 août 1754. Le gouvernement manifeste sa volonté d'apaisement avec la déclaration du 2 septembre 1754 qui prescrit le silence dans les affaires religieuses et lève l'exil des parlementaires parisiens. Cette déclaration apparaît d'autant plus favorable aux prétentions gallicanes du Parlement, qui a compétence pour réprimer les infractions à ce silence, qu'en décembre l'archevêque de Paris et l'évêque d'Orléans, qui continuaient d'approuver des refus de sacrements, sont à leur tour exilés. Le 1er mars 1755, une assemblée réunissant 26 prélats décide de suspendre l'obligation de présenter un billet de confession pour obtenir l'administration des sacrements.

Si les plus déterminés des magistrats ne désarmeront pas et si le gouvernement devra réaffirmer que la bulle Unigenitus *est une loi de l'Église et de l'État, on sentira cependant la volonté de Louis XV de ne pas envenimer un conflit déstabilisateur qui remet en cause les fondements mêmes de la monarchie absolue. Il importait au roi d'abaisser les prétentions politiques du Parlement qui s'étaient manifestées lors de cette crise. Aussi le gouvernement cherche-t-il, dès 1755 et 1756, à s'appuyer sur le Grand Conseil dont il élargira les attributions et à discipliner les parlements, provoquant une nouvelle crise dont le paroxysme sera atteint avec l'attentat de Damiens contre Louis XV (5 janvier 1757).*

Cette crise a suscité l'envol d'une littérature politique d'opposition, aux premières loges de laquelle on trouvera des jansénistes comme Le Paige ou Maultrot, inspirateurs ou rédacteurs des remontrances parlementaires et dont les premiers écrits d'importance sont publiés ces années-là. Le premier, lié au prince de Conti, sera jusqu'au début des années 1770 l'éminence grise des parlementaires parisiens jansénistes, animant l'intransigeance politique de sa théologie extrémiste d'inspiration figuriste. Le second, tête plus juridique que politique, sera le fer de lance du « parti » janséniste dans les années 1770-1780 quand il s'agira de défendre les droits des curés contre les évêques et d'opposer la souveraineté de la nation à la souveraineté royale.

13 juin
Aux Indes, à Sriringam, capitulation devant les Anglais de Jean Law de Lauriston, le lieutenant de Dupleix.

1er août
La troupe italienne des Bouffons joue sur la scène de l'Opéra *La Serva Padrona* de Pergolèse. Ce spectacle inaugure deux années de succès pour les représentations italiennes. Cette œuvre de Pergolèse avait déjà été montée au Théâtre italien en 1746, mais elle était alors passée inaperçue. Les représentations des Bouffons diviseront le public en deux partis échauffés: c'est la « querelle des Bouffons » entre partisans de la musique italienne et partisans de la musique française; elle suscitera de nombreuses publications et enrôlera des auteurs aussi fameux que Grimm, Diderot, Fréron, Rameau, Rousseau.

18 octobre
Première représentation à Fontainebleau, devant le roi, de l'opéra de Jean-Jacques Rousseau, *Le Devin du village*, opéra modèle de musique française mais qui utilise des récitatifs à l'italienne plutôt que des dialogues parlés. La représentation remporte un grand succès, mais Rousseau quitte Fontainebleau sans se rendre à l'audience royale à laquelle il était convoqué, laissant ainsi échapper l'occasion de recevoir une pension royale.

autres événements
- Début de l'exploitation minière de Carmaux.
- D'Alembert: *Essai d'une nouvelle théorie de la résistance des fluides* et *Essai sur la Société des gens de lettres et des grands, sur la réputation, sur les mécènes et sur les récompenses littéraires.*
- Fontenelle: *Théorie des tourbillons cartésiens.* Contre Newton et la théorie de l'attraction, Fontenelle prend la défense du Dieu grand horloger cartésien.
- Vincent de Gournay (1712-1759): *Considérations sur le commerce.*
- La Mettrie: *Vénus métaphysique, ou essai sur l'origine de l'âme humaine.*
- Claude Mey (1712-1796) et Gabriel-Nicolas Maultrot (1714-1803): *Apologie de tous les jugements rendus par les tribunaux séculiers contre le schisme.*
- Voltaire: *Micromégas* et *Défense de Milord Bolingbroke.* Voltaire se brouille à la fin de l'année avec Maupertuis et Frédéric II, et quittera la Prusse en mars 1753.
- Rétablissement de l'Opéra-Comique.
- Aménagement de la place Louis-XV à Nancy (l'actuelle place Stanislas).
- Blondel: *Architecture française.*
- Boucher: *L'Odalisque blonde.*
- Anne-Claude-Philippe de Caylus (1692-1765): *Recueil d'antiquités égyptiennes étrusques, grecques et romaines.* Après une carrière militaire, le comte de Caylus voyage en Italie, Grèce et Turquie, d'où il ramène antiquités et dessins. Il ouvrira ses collections aux artistes, contribuant ainsi à ranimer le goût de l'Antiquité.
- Jean-Honoré Fragonard (1732-1806): *Jéroboam sacrifiant aux idoles.*
- Jacques Lacombe: *Dictionnaire portatif des beaux-arts.*
- Clairaut: *Théorie de la Lune déduite du seul principe de l'attraction réciproquement proportionnelle aux quarrés des distances.*
- Expériences de Réaumur sur la digestion.

1753

9 janvier
Première représentation à l'Académie royale de musique de l'opéra *Titon et l'Aurore*, de Mondonville. Avec ce succès, le camp français remporte une victoire dans la querelle des Bouffons contre les italianisants.

Mondonville

Violoniste célèbre, Jean-Joseph Cassanea de Mondonville (1711-1772) a obtenu en 1739 une place de maître de musique à la Chapelle royale et, à partir de 1742, sa musique connaît vingt années de succès. On lui doit deux autres opéras: Le Carnaval du Parnasse *et* Daphnis et Alcimadure.

14 février
Traité commercial entre la France et la Prusse.

16 avril
Première audition du *Stabat Mater* de Pergolèse au Concert spirituel.

8-11 mai
Dans la nuit du 8 au 9, les magistrats des chambres des enquêtes et des requêtes du Parlement de Paris sont exilés, voire emprisonnés. La Grand Chambre refuse de continuer à rendre la justice. Dans la nuit du 10 au 11, ses membres sont exilés à Pontoise. L'exil des parlementaires parisiens va durer jusqu'en septembre 1754.

21 mai
Le parlement d'Aix-en-Provence rend un arrêt de règlement, sur la proposition de son procureur général Ripert de Monclar, pour interdire les refus de sacrements. Ripert de Monclar enverra le 26 juin une lettre d'explication au roi et l'affaire sera évoquée au Conseil (à l'origine, il s'agissait de la mort sans sacrements du lieutenant général de la sénéchaussée de Forcalquier à cause d'un refus de l'évêque de Sisteron).

20 juin
Arrêt de règlement du parlement de Rouen sur les refus de sacrements. Le gouvernement convoquera à Versailles plusieurs magistrats et procédera à la radiation des arrêts. Le parlement de Rouen continuant à émettre des remontrances sur ce sujet, le chancelier Lamoignon lui adressera le 2 septembre une déclaration rappelant que la bulle *Unigenitus* est un jugement de l'Église universelle, précisant les limites de la procédure d'appel comme d'abus et réaffirmant le droit d'évocation du roi.

3 juillet
Les Français s'emparent du fort anglais Nécessité dans la vallée de l'Ohio. Le conflit en Amérique entre les Anglais et les Français se durcit. On compte environ 55000 Français au Canada pour plus d'un million et demi d'Anglais.

8 septembre
La dauphine Marie-Josèphe donne naissance au duc d'Aquitaine ; il meurt six mois plus tard.

18 septembre
Des lettres patentes établissent une chambre des vacations composée de conseillers d'État et de maîtres des requêtes pour assurer le service des vacations en justice en l'absence du Parlement de Paris. Le personnel judiciaire refusera de reconnaître cette juridiction.

2 octobre
Le parlement d'Aix-en-Provence renouvelle son arrêt du 21 mai. Le lieutenant général de la sénéchaussée de Marseille refuse de le publier et le parlement entame des poursuites contre lui. Ripert de Monclar est convoqué à Versailles où il restera près d'un an.

29 octobre
D'accord avec Rouillé, le secrétaire d'État à la Marine, le contrôleur général des Finances et garde des Sceaux Machault d'Arnouville donne des ordres démettant Dupleix de ses fonctions aux Indes, plus une lettre de cachet au cas où cela serait nécessaire. Mais le gouvernement préfère néanmoins agir en douceur avec Dupleix à cause de la pression anglaise. Dupleix s'embarquera pour la France en octobre 1754 et débarquera à Lorient le 15 juin 1755. Un long contentieux l'opposera à la Compagnie des Indes à Paris les années suivantes.

11 novembre
Lettres patentes établissant une chambre royale. Elle est divisée le 18 novembre en deux chambres, l'une pour le civil, l'autre pour le criminel. Elle reçoit la compétence du Parlement de Paris pour les procès (22 décembre) et il est enjoint aux procureurs d'y exercer (3 décembre). La chambre royale sera supprimée le 30 août 1754.

15 novembre
Prenant parti pour la musique italienne dans la querelle des Bouffons, Rousseau publie sa *Lettre sur la musique française*.

autres événements
- Jean Astruc (1684-1766) : *Conjectures sur les mémoires originaux dont Moïse s'est servi pour écrire la Genèse*.
- Buffon : *Discours sur le style*.
- Duhamel du Monceau : *Traité de la conservation des grains et en particulier du froment*. Il propose un procédé d'étuvage, procédé qui sera critiqué notamment par Antoine-Augustin Parmentier (1737-1813). Cette question de la conservation des grains est l'un des problèmes essentiels que doit résoudre l'économie de l'Ancien Régime car les farines gâtées sont souvent accusées d'être à l'origine des disettes ou de maladies.
- François Véron Duverger de Forbonnais (1722-1800) : *Considérations sur les finances de l'Espagne*.

• Frédéric-Melchior Grimm (1723-1807) lance la *Correspondance littéraire, philosophique et critique.* Bimensuel composé d'articles, de textes inédits, de comptes rendus, aux auteurs aussi prestigieux que Voltaire ou Diderot, la *Correspondance* compte une quinzaine d'abonnés lorsqu'elle est reprise en 1773 par le Zurichois Jacques-Henri Meister (1744-1826).
• Siméon-Prosper Hardy entame la rédaction de *Mes loisirs ou journal des événements tels qu'ils parviennent à ma connaissance* qu'il poursuivra jusqu'au 14 octobre 1789.
• Claude-Jacques Herbert: *Essai sur la police générale des grains, sur ses prix et sur les effets de l'agriculture.* Il s'agit d'une critique détaillée de l'administration du commerce des grains.
• Louis-Adrien Le Paige (1712-1802): *Lettres historiques sur les fonctions essentielles du Parlement.* La deuxième partie est publiée en 1754.
• Abbé Marc-Antoine Laugier (1713-1769): *Essai sur l'architecture.* Il s'oppose aux ornementations architecturales et défend la fonctionnalité des formes.
• Mouhy: *Les Délices du sentiment.*
• Boucher: *Le Soleil chassant la nuit.*
• Pigalle reçoit la commande d'un mausolée en l'honneur du maréchal de Saxe.
• Joseph Vernet (1714-1789) est reçu à l'Académie avec son *Port de mer au coucher de soleil.* Le marquis de Marigny lui commande les vues de 22 ports français.
• Début de la construction de l'opéra de Versailles sur les plans de Jacques-Ange Gabriel. Il est inauguré le 16 mai 1770.

1754

17 janvier
Renouvellement du traité d'alliance du 10 novembre 1738 entre la France et la Suède.

26 janvier
Premier numéro de *L'Année littéraire* fondée par Élie-Catherine Fréron (1718-1776). Fréron reste surtout connu pour la véhémence de ses polémiques avec Voltaire, qui appelait cette revue « l'âne littéraire ».

30 janvier
Nouveau traité d'alliance entre la France et le Danemark.

28 mai
En Amérique, dans la vallée de l'Ohio, les Anglais attaquent une patrouille française, causant ainsi quelques morts.

24 juillet
Le secrétaire d'État aux Affaires étrangères, Saint-Contest, est remplacé par Rouillé qui cède la Marine à Machault d'Arnouville. Rouillé restera aux Affaires étrangères jusqu'en 1757.

30 juillet
L'intendant de Flandre, Jean Moreau de Séchelles (1690-1760), devient contrôleur général des Finances à la place de Machault d'Arnouville qui garde le secrétariat d'État à la Marine jusqu'en 1757. Moreau de Séchelles restera contrôleur général des Finances jusqu'en 1756.

23 août
Naissance du duc de Berry, le futur Louis XVI, fils du dauphin Louis et de Marie-Josèphe de Saxe.

30 août
Suppression de la chambre royale instituée le 11 novembre 1753.

2 septembre
Déclaration royale annonçant le retour du Parlement de Paris et prescrivant le silence sur les affaires ecclésiastiques. Cette déclaration, élaborée par l'ancien procureur général, Guillaume-François Joly de Fleury, fait cependant du Parlement le gardien de ce « silence » en lui donnant compétence pour réprimer les infractions au silence sur la question de la bulle *Unigenitus*, d'autant plus que l'archevêque de Paris sera à son tour exilé avant la fin de l'année. La déclaration est enregistrée le 5 par le Parlement revenu d'exil la veille. Plusieurs déclarations prescrivant ce silence dans les matières religieuses sont envoyées aux parlements de province qui ont participé à la querelle: Rennes (8 octobre), Aix (27 octobre), Rouen (14 novembre), Bordeaux (14 novembre).

4 novembre
Création à Fontainebleau de *Daphnis et Alcimadure* de Mondonville, « pastorale languedocienne ». Cet opéra, qui connaît un certain succès, sera représenté à Paris pour la première fois le 19 janvier 1755.

3 décembre
Louis XV exile à Conflans l'archevêque de Paris, Christophe de Beaumont, qui, comme d'ailleurs d'autres évêques, avait, à la fin du mois de novembre, approuvé un refus de sacrements. Le 19, c'est l'évêque d'Orléans qui est exilé à Meung-sur-Loire.

26 décembre
Godeheu, directeur de la Compagnie des Indes et nouveau gouverneur des Indes, signe un traité avec les Anglais remettant en cause l'œuvre politique de Dupleix.

autres événements
• D'Alembert: *Recherches sur différents points importants du système du monde.*
• Pierre Barral († 1772): *Manuel des Souverains.*
• Bonnet: *Essais de psychologie.*
• Condillac: *Traité des sensations*, qui répond à la *Lettre sur les aveugles* (1749) de Diderot. Condillac inventorie les connaissances que les sens apportent à l'homme en soulignant que seul le toucher permet à l'homme de véritablement acquérir la connaissance du monde extérieur.
• Diderot: *Pensées sur l'interprétation de la nature.*
• Forbonnais: *Traité élémentaire de commerce.*
• Laugier: *Apologie de la musique française contre M. Rousseau.*
• Rameau: *Observations sur notre instinct pour la musique.* Rameau y réfute la *Lettre sur la musique française* publiée par Rousseau l'année précédente, défend le génie de Lully et scelle la fin de la querelle des Bouffons, d'autant que ces derniers quittent la scène parisienne cette année-là. Il publie également *Anacréon*, sur un livret de Cahusac.
• Cochin et Bellicard: *Observations sur les antiquités de la ville d'Herculanum, avec quelques réflexions sur la peinture et la sculpture des Anciens, et une courte description de plusieurs antiquités des environs de Naples.* Les fouilles d'Herculanum avaient commencé dès 1711 mais des campagnes importantes sont entreprises vers 1738-1748. Le site de Pompéi sera dégagé en 1756.
• Le marquis de Marigny devient directeur général des bâtiments, arts et manufactures.
• Pigalle: *L'Amour embrassant l'Amitié.* On lui commande une *Vierge à l'enfant* pour l'église Saint-Sulpice.
• Hubert Robert (1733-1808) séjourne à Rome jusqu'en 1756. Il sera célèbre pour ses représentations de ruines.
• Soufflot, influencé par son voyage en Italie en 1749, construit à Lyon une salle de théâtre moderne ovale, inspirée du théâtre de Turin, avec trois rangs de loges en retrait dont un en balcon, alors que jusque-là les salles étaient étroites et allongées (sur le modèle du jeu de paume). Voltaire avait plaidé en faveur de la modernisation des salles de théâtre.
• Samuel Tissot (1728-1797): *Inoculation justifiée, ou dissertation pratique et apologétique sur cette méthode.*

1755

12 janvier
Moreau de Séchelles est nommé ministre d'État.

21 février
Après un nouveau refus de sacrements, l'archevêque de Paris, Mgr de Beaumont, est exilé de Conflans à Lagny-sur-Marne.

1er mars
À Paris, une assemblée de 26 prélats décide de suspendre la nécessité de produire des billets de confession pour obtenir l'administration des sacrements.

18 mars
Un arrêt de règlement du Parlement de Paris dénie à la bulle *Unigenitus* le caractère d'une règle de foi et déclare recevoir en appel comme d'abus tout ce qui concerne l'exécution de la bulle. Le 4 avril, le Conseil casse cet arrêt du Parlement et réaffirme que la bulle *Unigenitus* est une loi de l'Église et de l'État: le Conseil garde de cet arrêt ce qui concerne le chapitre d'Orléans, affaire à l'origine de l'arrêt, mais casse le reste, c'est-à-dire ce qui est relatif à la bulle elle-même.

avril
Publication dans le *Mercure* des *Réflexions sur l'esprit humain à l'occasion de Corneille et de Racine* de Marivaux, texte qu'il avait lu à l'Académie française en 1749.

7 avril
Déclaration modérée de Louis XV contre l'action du Parlement de Paris envers les curés parisiens.

26 mai
Exécution à Valence de Louis Mandrin (1724-1755). Chef d'une bande d'environ 400 hommes dont le quartier général était en Savoie, Mandrin se livrait surtout à la contrebande.

18 juillet
Louis XV rappelle ses représentants à Londres et au Hanovre. Ce rappel marque la rupture des relations diplomatiques entre la France et l'Angleterre après l'incident du 10 juin, où une escadre anglaise avait attaqué des vaisseaux français à Terre-Neuve et en avait capturé deux. Le 6 août, la marine anglaise reçoit l'ordre de capturer tout navire français. En septembre, les Anglais organisent la déportation des Français d'Acadie, qu'ils occupent depuis juillet, parce qu'ils refusent de jurer allégeance au roi d'Angleterre.

13 août
Mort de l'évêque de Mirepoix, Boyer, responsable de la feuille des bénéfices depuis la mort de Fleury en 1743. Le ministre de la Feuille était chargé d'indiquer au roi les choix à faire dans la promotion des prélats et grands bénéfices ecclésiastiques. Le 23 août, Louis XV confie la feuille des bénéfices à l'archevêque de Bourges, le cardinal Frédéric-Jérôme de Roye de La Rochefoucauld (1701-1757), plus modéré que Boyer. Il réussira à obtenir l'acceptation par Christophe de Beaumont de la bulle *Ex Omnibus* publiée le 16 octobre 1755.

20 août
Première représentation à Paris de *L'Orphelin de la Chine* de Voltaire, tragédie accueillie par le succès.

30 août
Le comte Georges-Adam de Starhemberg remet à Mme de Pompadour une lettre de Marie-Thérèse d'Autriche adressée à Louis XV où elle lui propose d'entrer en négociations. L'abbé François-Joachim de Pierre de Bernis (1715-1794) est chargé du contact avec le comte de Starhemberg.

30 septembre
Traité de Presbourg entre la Russie et l'Angleterre.

10 octobre
Déclaration royale ordonnant l'exécution directe dans tout le royaume des décisions du Grand Conseil, c'est-à-dire sans qu'il soit besoin de l'autorisation des parlements. Plus encore que le contenu de cette déclaration, c'est son envoi aux juridictions inférieures qui irrite les parlements; ils interdiront aux tribunaux de leurs ressorts d'enregistrer cette déclaration: Rouen (25 octobre), Toulouse (5 novembre), Aix-en-Provence et Metz (8 novembre), Grenoble (27 novembre), Dijon (12 décembre). Cette déclaration va permettre aux parlements de soutenir l'idée qu'ils sont les membres d'un corps unique et d'appliquer la thèse de «l'union des classes». Le 27 novembre, le Parlement de Paris émet des remontrances où il s'affirme aussi ancien que la monarchie elle-même.

26 octobre
L'assemblée générale du clergé, réunie depuis le 28 mai, se sépare après avoir remis au roi un mémoire à envoyer au pape, car elle s'est trouvée divisée sur la question de savoir si l'insoumission à la bulle *Unigenitus* est un péché «mortel» ou «grave». Le 19 décembre, Louis XV envoie au pape Benoît XIV une lettre des prélats lui demandant d'arbitrer le différend: 16 évêques pensent que le refus d'acceptation de la bulle est un péché mortel quand 17 pensent que c'est seulement un péché grave.

1er novembre
Tremblement de terre qui ravage Lisbonne. Ce séisme qui fit environ 30000 victimes impressionna toute l'Europe et inspira de nombreux écrits parmi lesquels le plus connu reste le *Poème sur le désastre de Lisbonne, ou examen de cet axiome: «tout est bien»* de Voltaire.

17 novembre
Naissance du comte de Provence, le futur Louis XVIII, frère de Louis XVI.

8 décembre
Ordonnance unissant l'artillerie au génie.

21 décembre
Ultimatum de Louis XV à l'Angleterre.

autres événements
• Le marquis de Pombal (1699-1782) devient Premier ministre du Portugal qu'il gouvernera jusqu'en 1777.
• À Rouen, Brizout de Barneville, qui dirige une manufacture, met au point une machine à filer et à Amiens, Bonvallet une machine à imprimer les étoffes.
• Première édition du *Bon Jardinier*.
• Richard Cantillon (vers 1690-1734): *Essai sur la nature du commerce en général*. Rédigé vers 1730, cet ouvrage posthume, issu de l'expérience internationale de ce banquier agioteur associé de Law, dessine une anatomie de l'économie et en dégage les principes dynamiques.
• Condillac: *Traité des animaux*.
• Antoine-Joseph Dezallier d'Argenville (1680-1765): *Voyage pittoresque aux environs de Paris*. Ce type d'ouvrage est symptomatique non seulement de l'intérêt qui se manifeste pour les paysages, mais aussi du développement des guides de voyage.
• Duhamel du Monceau: *Traité des arbres et arbustes qui se cultivent en France en pleine terre*.
• Forbonnais: *Histoire et commerce des colonies anglaises dans l'Amérique septentrionale*.
• Marmontel entame la publication de ses *Contes moraux*.
• Étienne Mignot (1698-1771): *Mémoire sur les libertés de l'Église gallicane* et *Traité des droits de l'État et du Prince, sur les biens possédés par le clergé* (6 volumes jusqu'en 1757).
• Morelly: *Code de la nature, ou le véritable esprit de ses lois de tout temps négligé ou méconnu*.

• Rousseau : *Discours sur l'origine et les fondements de l'inégalité parmi les hommes.*

Un virage radical : la philosophie politique de Rousseau

Ce texte n'avait pas été primé par l'académie de Dijon à laquelle Rousseau l'avait envoyé pour répondre à la question du concours de 1753 (quelle est l'origine de l'inégalité parmi les hommes et si elle est autorisée par la loi naturelle ?).
« Le premier qui ayant enclos un terrain s'avisa de dire : ceci est à moi, et trouva des gens assez simples pour le croire, fut le vrai fondateur de la société civile. » Avec ce texte, aussi incisif et provocateur que profond, Rousseau bouleverse le paysage de la philosophie politique dont il devient définitivement la figure incontournable. « Commençons donc par écarter tous les faits, car ils ne touchent point à la question. » Rousseau dépeint le malheur de l'homme, né bon et perverti par l'institution de la société. L'homme n'est pas naturellement méchant, écrit-il contre Hobbes. L'état de nature, hypothèse de départ chez Rousseau, n'est pas celui de la guerre de tous contre tous : « l'homme sauvage » de la philosophie hobbienne recouvre en fait « l'homme civil », et l'inégalité est moindre dans l'état de nature que dans la société instituée. Dans la seconde partie du Discours, *Rousseau suit les progrès de l'inégalité dans l'établissement de la loi et du pouvoir, à travers les mécanismes générateurs des intérêts, le « dernier terme de l'inégalité » ramenant les hommes à l'égalité « parce qu'ils ne sont rien » face à leurs maîtres. Le texte est ainsi un brûlot dirigé contre la philosophie contractualiste et les idées de Locke si prisées à l'époque.*

• Voltaire : *Pucelle d'Orléans.* Voltaire travailla près de trente ans à ce poème héroï-comique dont les éditions pirates et contrefaçons se multiplient à partir de 1755, l'auteur souhaitant à cette époque encore compléter son texte et ne pas nuire au succès de ses autres productions. La première édition avouée par Voltaire paraîtra en 1762 à Genève.
• Favart : *Ninette à la Cour,* opéra-bouffe inspiré de *Bertoldo in Corte* de Ciampi et Goldoni, dans le genre de l'opéra-bouffe italien à la mode ces années-là à Paris.
• Boucher achève la série des *Saisons* pour Mme de Pompadour, supervise la manufacture des Gobelins et crée des modèles pour la manufacture de porcelaines de Vincennes.
• Les plans de la place Louis-XV (actuelle place de la Concorde) dressés par Jacques-Ange Gabriel sont définitivement entérinés par le roi.
• Jean-Baptiste Greuze (1725-1805) : *Un père de famille expliquant la Bible* et *L'Aveugle trompé.* Il reste célèbre pour ses scènes rustiques et familiales mélodramatiques.
• Louis-Jean-François Lagrenée (1725-1805) : *L'Enlèvement de Déjanire par le centaure Nessus.*
• Quentin de La Tour : *Madame de Pompadour.*

1756

13 janvier
L'Angleterre rejette l'ultimatum de Louis XV du 21 décembre précédent.

16 janvier
Traité entre la Prusse et l'Angleterre. Il s'agit plutôt d'un accord de neutralité réciproque que d'une alliance.

21 janvier
Le parlement de Bordeaux interdit aux tribunaux de son ressort d'enregistrer la déclaration du 10 octobre 1755 qui ordonne l'exécution directe des décisions du Grand Conseil sans passer par les parlements. Le 12 mars, il émet des remontrances, proteste encore le 13 avril contre leur radiation et reçoit le soutien du Parlement de Paris le 2 juillet. D'autres parlements vont également manifester leur hostilité à la déclaration du 10 octobre 1755 en élevant des remontrances : Rouen (12 février, 26 juin), Metz (18 mars), Paris (6 avril), Grenoble (10 avril).

14 février
Le Grand Conseil annule l'arrêt du Parlement de Paris du 27 novembre 1755, où celui-ci s'affirmait aussi ancien que la monarchie elle-même. Le 17 février, le Parlement de Paris invite les pairs à venir siéger pour lutter contre les empiétements du Grand Conseil, mais Louis XV leur interdit de se rendre au Parlement. Le 19, Louis XV reçoit un mémoire des princes, ducs et pairs protestant contre la défense qui leur a été faite d'aller siéger au Parlement qu'il refuse de lire. La rupture entre Louis XV et le prince de Conti se profile d'autant plus sûrement que Le Paige, rédacteur de remontrances parlementaires, est lié à Conti.

25 mars
Traité d'alliance entre la Russie et l'Autriche contre la Prusse.

6 avril
Opposé à la déclaration du 10 octobre 1755, le Parlement de Paris interdit aux tribunaux de son ressort de reconnaître l'autorité du Grand Conseil; ils ne doivent plus enregistrer que les actes transmis par le procureur général du Parlement de Paris.

8 avril
Règlement pour les écoles du corps de l'artillerie et du génie. L'école d'artillerie de La Fère est créée cette année.

18 avril
Une escadre française commandée par Roland-Michel Barrin de La Galissonnière (1693-1756), partie de Hyères, débarque dans l'île de Minorque et s'empare de la capitale cinq jours plus tard. La Galissonnière avait été gouverneur de la Nouvelle-France (Canada) de 1747 à 1749.

24 avril
Moreau de Séchelles, malade, est remplacé au contrôle général des Finances par son gendre, l'intendant des finances François-Marie Peyrenc de Moras (1718-1771). Ce dernier reste contrôleur général des Finances jusqu'en 1757.

26 avril
Les enfants du duc Louis-Philippe d'Orléans (1725-1785, petit-fils du Régent) sont inoculés contre la variole par le médecin genevois Théodore Tronchin (1709-1781). Jean Astruc publie cette année-là ses *Doutes sur l'inoculation*.

1er mai
Traité de Versailles: renversement des alliances. La France et l'Autriche s'allient contre l'Angleterre et la Prusse. Signé par Bernis et Starhemberg, l'accord comprend une convention de neutralité, un traité défensif garantissant les possessions des deux puissances en cas d'agression (sauf anglaise) et une convention secrète dirigée contre l'Angleterre prévoyant de s'apporter réciproquement de l'aide en cas d'attaque d'une puissance quelconque, même alliée de l'Angleterre.

6 mai
À Minorque, le duc Louis-François-Armand du Plessis de Richelieu (1696-1788) s'empare de Port-Mahon, et le 28 juin du fort Saint-Philippe.

16 mai
Le maréchal de Belle-Isle est nommé ministre d'État.

18 mai
L'Angleterre déclare la guerre à la France.

20 mai
À Minorque, La Galissonnière repousse une flotte anglaise envoyée en secours.

25 mai
Les Provinces-Unies proclament leur neutralité.

juin
Aux Indes, Français et Anglais s'affrontent autour de Calcutta.

9 juin
Louis XV déclare la guerre à l'Angleterre (bien que l'état de belligérance soit antérieur).

La guerre de Sept Ans

Plutôt que le traditionnel affrontement entre les Bourbons et les Habsbourg sur la scène européenne, c'est la double rivalité franco-anglaise et prusso-autrichienne déjà révélée au cours de la guerre de Succession d'Autriche qui engendre cette fois ce nouveau conflit armé. Aussi cette guerre s'accompagne-t-elle d'une véritable révolution diplomatique, le renversement des alliances auxquelles l'Europe était habituée.
Une guerre navale et coloniale opposait déjà Français et Anglais en Amérique et aux Indes. Depuis 1754, la tension n'avait fait que croître, et un combat naval survenu à Terre-Neuve en juin 1755 déclenchait le processus menant à la rupture. La flotte anglaise, qui cherchait à bloquer le Canada, se livrant à la chasse aux vaisseaux français et refusant de restituer ses prises, Louis XV avait rappelé ses représentants en Angleterre et au Hanovre, puis adressé à Londres le 21 décembre un ultimatum repoussé le 13 janvier. Avant même que l'Angleterre et la France ne se soient respectivement déclaré la guerre les 18 mai et 9 juin 1756, les hostilités avaient gagné le théâtre méditerranéen, un corps expéditionnaire français s'étant emparé en avril-mai de Minorque qui était possession anglaise depuis 1713.
En toile de fond de l'exacerbation de ce conflit, un actif ballet diplomatique où chaque puissance cherche des appuis pour se préparer au choc qu'on sent être bientôt général en Europe. Comme les relations entre les Bourbons s'étaient refroidies avec la guerre de Succession d'Autriche, Louis XV cherchait à resserrer les liens avec l'Espagne. Or, en s'emparant de Minorque, on pouvait espérer attirer du côté français l'Espagne pour l'instant

neutre. Il faudra cependant attendre 1761 pour qu'un nouveau « pacte de famille » unisse les Bourbons de France, d'Espagne et d'Italie, et janvier 1762 pour que l'Espagne déclare tardivement la guerre à l'Angleterre.

Par ailleurs, la France était toujours alliée à la Prusse. Le traité devait arriver à expiration en juin 1756, mais Louis XV, qui en avait déjà fait l'expérience en 1742 et 1745, craignait les brusques revirements dont il savait Frédéric II capable. Aussi, tout en ne rompant pas l'alliance prussienne, n'avait-il pas fait la sourde oreille aux propositions d'ouverture faites en août 1755 par Marie-Thérèse d'Autriche en train de s'éloigner de l'Angleterre, et s'était-il aussi rapproché de la Russie. De son côté, George II d'Angleterre, qui craignait que la France ne cherche en cas de guerre à étendre celle-ci au continent pour s'en prendre au Hanovre, recherchait des appuis en Allemagne. Afin d'assurer la protection du Hanovre, il avait conclu en juin 1755 un accord avec la Hesse-Kassel pour engager un corps d'armée. Surtout, il va bénéficier de la crainte qu'éprouve Frédéric II d'être pris en tenaille entre l'Autriche et la Russie. En janvier 1756, sans avertir la France dont il est l'allié, le roi de Prusse signe un accord avec l'Angleterre qui prévoit que les deux puissances ne s'attaqueront pas l'une à l'autre, que la Prusse ne menacera pas le Hanovre et que les deux uniront leurs forces en cas d'invasion de l'Allemagne.

Cet accord anglo-prussien précipite le rapprochement entre la France et l'Autriche. Le 1er mai 1756, après des négociations confidentielles, est signé à Versailles un traité qui opère un renversement d'alliance spectaculaire aux yeux des contemporains qu'il déroutera. Le traité est surtout défensif, il ne concerne que le continent mais il comprend aussi une clause secrète contre l'Angleterre.

En ce printemps 1756, Louis XV reste réticent à s'engager contre Frédéric II tandis que l'Angleterre, prête à mettre les moyens pour obtenir l'hégémonie sur mer et dans les colonies, se trouve divisée sur la question du coût de la défense du Hanovre et souhaite éviter de s'engager en Allemagne. De fait, la guerre franco-anglaise reste pour l'heure extérieure à l'Europe continentale même si l'on s'en rapproche : elle se poursuit aux colonies, aux Indes, dans les îles américaines et au Canada où Montcalm remporte quelques succès, mais gagne aussi la Méditerranée où après son succès à Minorque, la France obtient de Gênes de placer quelques garnisons en Corse afin de prémunir cette île des entreprises anglaises.

Mais, encore une fois, le 29 août 1756, Frédéric II prend l'initiative d'ouvrir les hostilités sur le continent en envahissant la Saxe qui est l'alliée de la France. Le roi de Prusse espère une conquête rapide qui lui permettrait de surprendre les Autrichiens en Bohême et de venir menacer directement Vienne. Il bloque l'armée saxonne et obtient sa reddition le 16 octobre, mais ces quelques semaines de délai suffisent à l'Autriche pour s'organiser. Sept années de durs combats vont ravager l'Allemagne. Si l'on compare avec les guerres précédentes, on constate que la guerre se déplace vers l'Est : cette fois, ni l'Italie – les Bourbons d'Espagne ont évité de s'engager – ni les Pays-Bas – les Provinces-Unies ont tout de suite proclamé leur neutralité – ni la Rhénanie ne serviront de champ de bataille.

L'agression contre la Saxe et la conquête de la Bohême que Frédéric II entreprend au printemps 1757 inclinent la France à se rapprocher encore de l'Autriche. Ces deux puissances activent leur coopération militaire et incitent la Suède à intervenir. Un nouveau traité est conclu un an après le premier. La France, l'Autriche, la Russie et la Suède s'organisent contre leur adversaire commun, la Prusse, même si la France préfère intervenir au Hanovre plutôt qu'en Bohême.

Après avoir conquis la Bohême, Frédéric II est battu par les Russes et les Autrichiens à Kollin le 18 juin et doit reculer. Il se retire jusqu'en Saxe et se trouve sous la menace des Russes et des Suédois. Plus à l'Ouest, les armées françaises font la conquête du Hanovre et obtiennent la capitulation du duc de Cumberland le 8 septembre à Closterseven.

Mais en quelques semaines, Frédéric II redresse spectaculairement la situation en battant coup sur coup les armées franco-autrichiennes de Soubise à Rossbach (5 novembre 1757) et les Autrichiens à Leuthen (5 décembre 1757). Ces deux victoires à un mois d'intervalle font grande impression en Europe. Côté français, elles tempèrent les ardeurs bellicistes, et Bernis ne cachera pas ses critiques envers la poursuite de la guerre dans un contexte où le royaume connaît l'effervescence politique et où la monarchie a du mal à financer la guerre ; il quittera le pouvoir à l'automne 1758. Côté anglais, les succès de Frédéric II redonnent confiance en l'allié prussien, et Pitt, qui est au pouvoir, prend la conduite de la guerre et dénonce la capitulation de Closterseven.

Lorsque Choiseul accède au gouvernement en décembre 1758, si Frédéric II a continué de subir durement la pression russe et autrichienne au cours de l'été et de l'automne, en revanche l'Angleterre s'est bien remise de ses difficultés des années précédentes. Les Français ont été battus par les Hanovriens et Hessois du duc de Brunswick et ont dû se replier avant de parvenir à stabiliser une situation assez indécise : la Hesse devient le théâtre de combats assez confus. Les Anglais ont échoué dans leurs tentatives de débarquement sur les côtes françaises, mais ils remportent l'avantage sur mer et aux colonies : après leurs succès aux Indes, en Amérique la capitulation de Louisbourg leur permet de contrôler le cours du Saint-Laurent, et ils s'emparent de l'île de Gorée en Afrique.

1759 voit l'Angleterre confirmer sa maîtrise des mers aux dépens de la marine française régulièrement mise en échec. Les Anglais s'emparent de plusieurs îles des Antilles comme la Guadeloupe ou la Dominique et, au Canada, Québec tombe en septembre 1759 après la mort du marquis de Montcalm. Lorsque Montréal capitule l'année suivante, les Anglais ont achevé la conquête du Canada. En Europe, le duc de Brunswick l'emporte sur les Français à Minden (1er août 1759), mais Frédéric II est quant à lui battu à Kunersdorf par les Autrichiens et les Russes (12 août 1759) et se trouve réduit à la défensive par les Russes qui vont menacer Berlin. Cependant, après avoir encore perdu une bataille en juin 1760, Frédéric II inflige deux sévères défaites aux Autrichiens à Liegnitz (15 août 1760) et à Torgau (3 novembre 1760). Côté français, si Castries remporte la victoire de Klostercamp (16 octobre 1760), les Anglais consolident leurs succès dans les colonies ; après Montréal et le Canada, ils s'emparent des Indes : Pondichéry capitule en janvier 1761 et Mahé tombe le mois suivant.

Toutefois, entre décembre 1759 et septembre 1761, la France et l'Angleterre entament des négociations difficiles, plusieurs fois interrompues, mais qui manifestent le désir de limiter les pertes et obtenir un avantage ou d'engranger les bénéfices de plusieurs années d'une guerre dispendieuse. Les Anglais s'appuient sur leur réussite navale et coloniale mais ils ont aussi quelque inquiétude vis-à-vis de Frédéric II cerné par les Russes, les Autrichiens et les Français qui tiennent bien l'Allemagne. Parallèlement, la France négocie avec l'Espagne pour conclure un « pacte de famille » signé le 15 août 1761 et escompte que l'entrée en guerre de l'Espagne – effective en janvier 1762 – rétablira l'équilibre sur mer. Malgré tout, en 1762, la supériorité continue de favoriser les Anglais qui s'emparent de la Martinique. Ses nouvelles réussites aux Antilles placent l'Angleterre en position favorable pour négocier, d'autant que Pitt, qui était très hostile à la France et à l'Espagne, a quitté le pouvoir en octobre 1761 et que, à la différence de son père, le nouveau roi George III, qui a accédé au trône en octobre 1760, se sent plus anglais que hanovrien. Les négociations franco-anglaises reprennent donc en mars 1762. Survient alors un changement qui modifie profondément la situation et qui hâte la conclusion d'un règlement négocié de la guerre continentale comme de la guerre coloniale spécifiquement franco-anglaise. La tsarine Élisabeth meurt et le nouveau tsar, Pierre III, signe la paix avec Frédéric II le 5 mai 1762 et l'assure même d'une aide militaire. Catherine II, après s'être emparé du pouvoir en juillet, annulera cette mesure mais sans rompre la paix ; entre-temps, Frédéric II a aussi signé la paix avec la Suède.

Enfin, les 10 et 15 février 1763, les traités de Paris et de Hubertsbourg mettent fin à la guerre de Sept Ans. Le premier traité consacre les pertes françaises en Amérique, même si Choiseul obtient de récupérer les comptoirs indiens et les principales îles des Antilles essentielles à l'économie du royaume, tandis que le second traité met un terme à la guerre continentale, Frédéric II conservant la Silésie.

Le traité de Paris sera ressenti avec amertume en France où un fort ressentiment contre l'Angleterre se manifestera : en cela la guerre d'Amérique sera perçue comme une revanche. Mais les efforts pour préparer celle-ci auront commencé avant même la fin de la guerre de Sept Ans avec la réorganisation de l'armée entreprise par Choiseul et sa remise à flot de la marine militaire : dès 1772, la France pourra aligner 66 vaisseaux de ligne alors qu'il ne lui reste qu'une quarantaine de navires de guerre en 1763.

juillet-août

Victoires sur les Anglais du marquis Louis-Joseph de Montcalm (1712-1759) qui commande un corps militaire français au Canada et s'empare en août de Fort-Oswego.

7 juillet

Déclarations royales prorogeant les taxes sur les marchandises entrant dans Paris, instaurant un second vingtième qui devra disparaître trois mois après la signature de la paix et prévoyant l'extinction du premier dix ans après l'expiration du second. Ces déclarations sont enregistrées au Parlement de Paris au cours d'un lit de justice le 21 août. La Cour des aides de Paris proteste le 4 septembre contre ces déclarations. L'instauration du second vingtième suscite aussi des résistances en province: protestent ainsi le parlement de Toulouse (27 septembre), le parlement et la chambre des comptes d'Aix-en-Provence (5 et 18 novembre), le parlement de Rouen (15 novembre).

12 juillet
Les puissances nordiques signent à Stockholm une union maritime afin de protéger leurs flottes et leur commerce.

4 août
Traité entre la France et Gênes: la France obtient de placer des garnisons en Corse pour la prémunir contre un coup de force anglais.

22 août
Arrêt du Parlement de Paris reprenant les idées de Le Paige qui vient de publier sa *Lettre sur les lits de justice*: les parlements ne sont que les «diverses classes d'un seul et unique parlement».

29 août
Frédéric II de Prusse envahit la Saxe qui est l'alliée de la France et qui capitule mi-octobre.

13 septembre
La première page de la carte de Cassini de Thury est offerte à Louis XV.

27 septembre
Remontrances du parlement de Toulouse contre le vingtième où il défend l'exemption d'impôt des terres nobles. Il dénonce aussi les abus de l'intendant concernant la corvée, suivi en cela par le parlement de Pau.

1er octobre
Frédéric II bat les Autrichiens à Lobositz (Bohême).

16 octobre
Encyclique *Ex omnibus* de Benoît XIV confirmant l'obligation pour tout chrétien de se soumettre à la bulle *Unigenitus*, mais interdisant les refus de sacrements sauf pour les pécheurs publics et notoires. Louis XV en prend connaissance le 27, s'en déclare satisfait et en adresse, le 14 novembre, le texte à chaque évêque, en leur demandant toutefois de ne pas le diffuser.

15 novembre
Le parlement de Rouen accompagne d'importantes réserves son enregistrement des déclarations du 7 juillet: il précise que le deuxième vingtième sera levé sur les rôles existants et qu'il n'y aura pas de nouvelle enquête.

7 décembre
Le Parlement de Paris supprime l'encyclique *Ex omnibus* au motif qu'elle a été imprimée sans permission, car elle n'était pas encore revêtue de lettres patentes.

13 décembre
Lit de justice au Parlement de Paris pour y enregistrer deux déclarations royales et un édit daté du 10. Les décisions royales ont été préparées par le garde des Sceaux Machault d'Arnouville, aidé de Trudaine et Pierre Gilbert de Voisins (1684-1769).
La première déclaration reprend la substance de l'encyclique *Ex omnibus* et met fin aux affaires ecclésiastiques en supprimant toutes les poursuites; la bulle *Unigenitus* est une loi de l'Église et de l'État, mais elle n'est pas qualifiée de règle de foi; les refus de sacrements ne sont permis que pour les opposants notoires et leur connaissance appartient à la puissance ecclésiastique, sans préjudice d'appel comme d'abus; le silence doit être respecté sur les troubles dont la bulle *Unigenitus* a été la cause.
L'édit supprime deux chambres des enquêtes du Parlement de Paris (64 offices de conseillers et 15 de présidents); déjà, en 1755, une quarantaine d'offices étaient vacants, aussi cette mesure est-elle facilement acceptée par le Parlement.
La seconde déclaration réglemente la discipline du Parlement: les grèves sont interdites; les remontrances sont autorisées pendant quinze jours, mais un texte est exécutable dès le lendemain de la réponse royale; il faut dix ans d'ancienneté à un conseiller pour siéger à l'assemblée des chambres. C'est cette déclaration qui provoque l'opposition du Parlement. Pour protester, les conseillers des chambres des enquêtes et des enquêtes démissionnent le soir même, suivis, le 14 décembre, par 15 conseillers de la Grand Chambre.

autres événements
• Philippe-Auguste de Sainte-Foix, chevalier d'Arc († 1779): *La Noblesse militaire ou le patriote français*. Il est le fils naturel du comte de Toulouse.
• Charles de Brosses: *Histoire des navigations aux terres australes*.
• Abbé Gabriel-François Coyer (1707-1782): *La Noblesse commerçante*.
• Traduction des *Expériences sur l'électricité* de Benjamin Franklin (1706-1790).
• Victor Riqueti, marquis de Mirabeau (1715-1789): *L'Ami des hommes*.

• Quesnay rédige pour l'*Encyclopédie* l'article « Fermiers ».

LES PHYSIOCRATES

*C'est le premier écrit économique de Quesnay et le point de départ du mouvement physiocratique : s'y trouvent les linéaments de la doctrine reprise dans l'article « Grains » de l'*Encyclopédie *rédigé l'année suivante puis dans le* Tableau économique de la France *de 1758. L'économie est représentée chez Quesnay comme un tout dont les parties sont reliées entre elles et interdépendantes : les biens économiques, la richesse circulent dans ce système comme le sang dans le corps humain. À l'origine de la richesse productive se trouve la terre, le roi restant, en dernière instance, le propriétaire ultime des terres du royaume. Mais l'action du monarque doit consister principalement à s'abstenir d'intervenir. Cet « ordre naturel » que « l'évidence » permet à l'homme de découvrir s'accompagne donc du « despotisme légal » sur lequel ironiseront Rousseau ou Voltaire. Les principaux auteurs physiocrates sont le marquis de Mirabeau, Le Mercier de La Rivière, l'abbé Baudeau, Le Trosne, Dupont de Nemours et, dans une certaine mesure, Turgot.*

• Rousseau : *Lettre à Voltaire sur la Providence.*
• Voltaire : *Essai sur les mœurs et l'esprit des nations.* Voltaire a commencé à travailler cet essai dès 1741 et il ne cessera de remanier son texte jusqu'à sa mort en 1778. Il jette là un regard philosophique sur l'histoire du monde et rompt avec l'histoire événementielle : il écrit une histoire des peuples et non une histoire des princes. L'*Essai* est une histoire de la civilisation avant le mot. Alors que les monuments d'érudition critique se multipliaient, il lui paraissait urgent de déchiffrer le sens de l'histoire dans une synthèse universelle. Aussi l'*Essai sur les mœurs* est-il un peu la réplique des Lumières au *Discours sur l'histoire universelle* de Bossuet : c'est bien l'esprit des hommes qui gouverne l'histoire, mais ici Dieu ne gouverne plus leurs passions.
• Charles-Nicolas Cochin : *Voyage pittoresque d'Italie ou recueil de notes sur les ouvrages de peinture et de sculpture qu'on voit dans les principales villes d'Italie.* Après avoir acquis une notoriété suffisante six ans après son retour d'Italie, Cochin expose sa doctrine en matière d'art dans ce texte qui a vocation de programme. Il y lutte contre la mode, plaide pour le « grand goût », et critique l'école romaine pour laquelle l'Académie française a tant d'engouement. Il fait l'éloge de Venise et célèbre l'antique. Cochin anticipe la mode dans l'art décoratif, malgré des excès qu'il ne souhaitait pas.
• Boucher : *La Muse Clio* et *La Muse Erato.*
• Chardin : *Table de cuisine* et *Table d'office.*
• Jean-Honoré Fragonard (1732-1806) : *Les Blanchisseuses.* Il part pour Rome cette année-là et reste en Italie jusqu'en 1761.
• Pigalle : statue de *Louis XV.*
• La manufacture de porcelaine fondée par les frères Dubois à Vincennes est transférée à Sèvres.
• Philippe Buache (1700-1773) : *Essai de géographie physique.*

1757

2 janvier
Bernis est nommé ministre d'État.
Aux Indes, les Anglais prennent Calcutta, puis Chandernagor le 23 mars. La maîtrise du Bengale leur est acquise fin juillet.

5 janvier
Attentat de Robert-François Damiens (1715-1757) contre Louis XV dans les jardins du château de Versailles. Le roi n'est que légèrement blessé d'un coup de canif.

19 janvier
Le Parlement de Paris présente à Louis XV ses représentations sur le lit de justice du 13 décembre 1756. Dans la nuit du 26 au 27 janvier, le gouvernement exile 16 des parlementaires démissionnaires parmi les plus virulents qu'il tient pour responsables de la démission du Parlement. Leur exil prendra fin le 11 novembre. Les parlements de Rouen et de Rennes émettent des remontrances contre le lit de justice du 13 décembre 1756 les 6 et 12 août.

février
Publication de la pièce de Diderot, *Le Fils naturel ou les épreuves de la vertu.*

1er février
À l'instigation de la marquise de Pompadour, Louis XV retire les Sceaux et la Marine à Machault d'Arnouville, et demande sa démission au secrétaire d'État à la Guerre, le comte d'Argenson. Le neveu de d'Argenson, le marquis de Paulmy, Antoine-René de Voyer (1722-1787), va le remplacer à la Guerre, tandis que le comte de Saint-Florentin récupère le département de Paris dont d'Argenson était responsable. Peyrenc de Moras prend la Marine en plus du contrôle général des

Finances. Louis XV va garder les Sceaux lui-même pendant quatre ans et demi. Le marquis de Paulmy et Peyrenc de Moras sont nommés ministres d'État le 8 février.

12 février
Ouverture du procès de Damiens devant la Grand Chambre du Parlement de Paris.

24 février
Ordonnance réglementant le corps de l'artillerie et du génie.

25 février
Traité entre la France et l'Autriche organisant leur coopération militaire. En mars, la France et l'Autriche obtiennent le soutien de la Suède et s'engagent à financer des troupes suédoises qui interviendraient contre la Prusse.

28 mars
Exécution de Damiens.

avril
Mort du cardinal de La Rochefoucauld. L'évêque de Digne, Louis-Sextius de Jarente de La Bruyère (1706-1787), devient ministre de la Feuille et évêque d'Orléans.

16 avril
Déclaration royale interdisant d'imprimer et de distribuer des imprimés en dehors des règles prescrites.

18 avril
Frédéric II de Prusse prend l'offensive en Bohême: le 6 mai, il bloque dans Prague l'armée autrichienne de Charles de Lorraine (frère de l'empereur François Ier), mais le 18 juin, à Kollin, il est battu par les Autrichiens et les Russes et doit reculer jusqu'en Saxe.

mai-septembre
Les parlements s'opposent à la fiscalité royale.

1er mai
Traité entre la France et l'Autriche. Ce traité confirme celui de l'année précédente: il s'agit cette fois d'un traité offensif dirigé contre le roi de Prusse. La France, l'Empire, la Russie et la Suède sont réunies contre la Prusse, mais la France reste seule contre l'Angleterre.

31 mai
Première représentation des *Surprises de l'Amour*, opéra-ballet de Rameau.

28 juin
Bernis devient secrétaire d'État aux Affaires étrangères à la place de Rouillé.

26 juillet
Le maréchal Louis-Charles-César Le Tellier d'Estrées (1695-1771) bat les Hanovriens et les Hessois commandés par le duc de Cumberland à Hastenbeck. Mais il est remplacé à la tête de l'armée par le duc de Richelieu qui va occuper le Hanovre et obtenir, le 8 septembre, la capitulation du duc de Cumberland à Closterseven.

2 août
Montcalm prend Fort-William-Henry au Canada.

25 août
Peyrenc de Moras, tout en gardant la Marine, cède le contrôle général des Finances à l'intendant des finances Jean de Boullongne (1690-1769).

29 août
Convocation à Versailles de la Grand Chambre du Parlement de Paris: la déclaration de discipline est suspendue et les démissions des parlementaires sont déclarées nulles.

30 août
Les Prussiens sont battus par les Russes à Jaegersdorf. Le 13 septembre, les Suédois, incités par la France et l'Autriche à agir contre la Prusse, envahissent la Poméranie. Les Prussiens, pressés par les Russes et les Autrichiens, doivent évacuer la Silésie.

1er septembre
Discours du chancelier Lamoignon à une députation du Parlement à Versailles. La déclaration de décembre 1756 sur les matières ecclésiastiques sera appliquée. La déclaration de discipline n'est pas révoquée mais les exilés retrouveront leurs charges et le roi acceptera des mémoires sur cette question; d'autre part, l'édit portant suppression est amendé. Le 2 septembre, les chambres assemblées du Parlement de Paris acceptent la reprise des démissions. Il ne sera plus question de la déclaration de discipline: Bernis a convaincu Louis XV de la nécessité d'un apaisement avec le Parlement. L'exil des parlementaires parisiens arrêtés en janvier prend fin le 11 novembre.

7, 17 septembre
Les parlements de Bordeaux et de Toulouse protestent contre les abus commis par les intendants à propos de la corvée.

22 septembre
Démission du premier président du Parlement de Paris, Maupeou. Il sera remplacé par Mathieu-François Molé (1705-1794).

9 octobre
Naissance du comte d'Artois, le futur Charles X.

16 octobre
Louis XV décide que dorénavant deux conseillers d'État siégeront en permanence au Conseil des dépêches: le lieutenant général de police de Paris, Berryer, et Gilbert de Voisins.

5 novembre
À Rossbach, Frédéric II de Prusse bat les armées autrichiennes et françaises que commande le prince Charles de Rohan de Soubise (1715-1787). Cette bataille, qui permet à Frédéric II de retourner la situation en sa faveur, a un grand retentissement en Europe. Tandis qu'elle décourage une partie de l'opinion française, elle redonne confiance en son allié prussien à l'Angleterre.

19 novembre
Création de la Compagnie des mines d'Anzin par le marquis de Cernay, le duc Emmanuel de Croÿ (1718-1784), et Desandrouin. Ce dernier avait découvert le gisement en 1734.

29 novembre
Ordonnances sur la police des églises, la police des spectacles et interdisant les jeux de hasard et l'impression des livres sans privilège ou permission.

décembre
Retour des magistrats du parlement de Besançon qui avaient été exilés et emprisonnés. En 1756, le parlement de Besançon s'était révélé l'un des plus opiniâtres dans son opposition au deuxième vingtième. Le gouvernement avait cependant concédé un abonnement à la Franche-Comté.

5 décembre
Frédéric II de Prusse bat les Autrichiens à Leuthen.

autres événements
• Fondation à Rennes de la première Société royale d'agriculture.
• Michel Adanson (1727-1806): *Histoire naturelle du Sénégal*. Il avait exploré la région entre 1748 et 1754.
• Jacob-Nicolas Moreau (1717-1804): *Nouveau Mémoire pour servir à l'histoire des Cacouacs*. Futur historiographe de France et défenseur de la monarchie absolue, Moreau reprend le terme de «Cacouac» pour désigner les philosophes des Lumières.
• Gabriel-Nicolas Nivelle (1687-1761): *La Constitution «Unigenitus» déférée à l'Église universelle, ou Recueil général des actes d'appels interjetés au futur concile général.*
• Boucher: *Vulcain présentant à Vénus des armes pour Énée.*
• Chardin: *Lapin mort et ustensiles de chasse.*
• Étienne-Maurice Falconet (1716-1791): *L'Amour menaçant* et *La Baigneuse*. Il dirige l'atelier de sculpture de la manufacture de Sèvres jusqu'en 1766.
• Jacques-Ange Gabriel commence à aménager la place Louis-XV (actuelle place de la Concorde).
• Greuze: portrait de *Pigalle*.
• Antoine-Joseph Pernéty (1716-1801): *Dictionnaire portatif de peinture, sculpture et gravure.*
• Soufflot: projet de l'église Sainte-Geneviève. Il en dirigera les travaux jusqu'en 1778.

1758

janvier
L'archevêque de Paris, Christophe de Beaumont, est exilé dans le Périgord jusqu'en octobre 1759.

15 février
Ordonnance réglementant le service de la milice garde-côte en Normandie: ce règlement applique celui en vigueur dans l'infanterie. Succédant à celles des 25 février 1756 et 5 juin 1757, elle confirme la militarisation croissante de ces milices en une période où l'on craint les descentes que les Anglais pourraient effectuer sur la côte normande.

3 mars
Le maréchal de Belle-Isle devient secrétaire d'État à la Guerre à la place du marquis de Paulmy démissionnaire.

15 mars
Déclaration royale révoquant l'arrêt du Conseil du 21 novembre 1751: l'administration de l'Hôpital général revient au régime antérieur à mai 1749. Elle est enregistrée au Parlement le surlendemain.

avril
Les Anglais s'emparent de Saint-Louis du Sénégal.

29 avril
Aux Indes, à Gondelour, un combat naval indécis oppose les Français aux Anglais.

3 mai
Mort du pape Benoît XIV. Le conclave élit son successeur, Clément XIII, le 6 juillet.

5 mai
Ordonnance séparant le corps de l'artillerie de celui du génie.

31 mai
Le marquis Claude-Louis d'Espinchal de Massiac (1686-1770) devient secrétaire d'État à la Marine à la place de Peyrenc de Moras.

juin
Échec d'une tentative anglaise de débarquement à Cancale.

20 juin
Remontrances du parlement de Grenoble contre la corvée (à cette époque, l'intendant avait achevé de doter le Dauphiné d'un bon réseau routier).

23 juin
Le comte de Clermont, Louis de Bourbon-Condé (1709-1771), est battu par le duc Ferdinand de Brunswick à Krefeld et doit reculer jusqu'à Cologne.

9 juillet
Déclaration royale ordonnant la pose de lanternes dans les rues et faubourgs de Paris qui n'en ont pas. Les Anglais s'emparent de Cherbourg qu'ils occupent jusqu'au 15 août.

18 juillet
Montcalm bat les Anglais à Fort-Carillon au Canada.

26 juillet
Au Canada, les Anglais obtiennent la capitulation de Louisbourg qui leur assure le contrôle du Saint-Laurent.

août
Édit, enregistré le 1er septembre au Parlement, ordonnant le paiement, à partir du 1er janvier et pour six ans, d'un don gratuit par tous les villes et bourgs du royaume.

9 août
Remontrances du parlement de Besançon qui se plaint de la lourdeur de l'abonnement de la province pour les vingtièmes et de ce que le gouvernement a réduit en 1754 la superficie des terres destinées à la culture du tabac. Il dénonce aussi l'augmentation de la capitation.

25 août
Frédéric II bat les Russes à Zorndorf.

septembre
Rousseau : *Lettre à d'Alembert sur les spectacles.*

11 septembre
Un corps expéditionnaire anglais est battu près de Saint-Malo, à Saint-Cast.

octobre
Voltaire achète Ferney, situé près de Genève, où il s'installera en décembre 1760. En France, à côté de Genève, dans le pays de Gex, Ferney offre un refuge commode à Voltaire qui se sent toujours menacé par les tracasseries du pouvoir royal ou l'hostilité des pasteurs genevois. Voltaire restaurera et aménagera le château selon ses goûts et, seigneur du village, il se préoccupera de son développement économique. Rapidement, toute l'Europe cultivée se pressera à Ferney en pèlerinage pour voir le patriarche des philosophes ou pour recevoir l'intronisation du roi de Ferney. La position géographique, commode d'accès, aidera Voltaire à faire de Ferney un symbole de la philosophie des Lumières, un carrefour et détour obligé pour accéder au monde des intellectuels.

2 octobre
Le pape Clément XIII nomme Bernis cardinal.

9 octobre
Démission du cardinal de Bernis du secrétariat d'État aux Affaires étrangères.

10 octobre
Soubise bat les Hanovriens, Hessois et Prussiens à Lutzberg. Il devient maréchal de France le 19. En Saxe, Frédéric II est battu par les Autrichiens le 14 à Hockhirch.

31 octobre
Le lieutenant général de police Berryer devient secrétaire d'État à la Marine à la place du marquis de Massiac. Henri-Léonard-Jean-Baptiste Bertin (1719-1792) devient lieutenant général de police.

5 novembre
Ordonnance concernant le corps de l'artillerie.

décembre
Les Anglais s'emparent de Gorée en Afrique.

3 décembre
Le duc de Choiseul est nommé secrétaire d'État aux Affaires étrangères et ministre d'État.

CHOISEUL

Issu d'une famille lorraine, après avoir embrassé une carrière militaire et participé à la guerre de Succession d'Autriche, Étienne-François de Stainville, duc de Choiseul (1719-1785), obtient, grâce à la protection de la marquise de Pompadour, d'être nommé ambassadeur à Rome en 1753. Brillant, affable, cultivé et lié au monde des financiers, il entre au Conseil en 1758 et, toujours soutenu par la Pompadour, avec l'aide de son cousin César-Gabriel de Choiseul-Chevigny de Praslin (1712-1785) et de leur clan, il va marquer fortement la décennie suivante de son empreinte. L'alliance avec l'Autriche, le renforcement des capacités militaires et la reconstitution de la puissance navale française caractérisent la période. Mais ces efforts de réorganisation ne traduisent pas une volonté belliciste chez Choiseul. Sa politique étrangère préfère miser sur une expansion maritime commerciale profitable au négoce plutôt que sur l'intervention militaire. À l'intérieur, il bénéficie de la croissance économique et, hostile aux dévots, Choiseul penche vers un réformisme libéral.

13 décembre
Le cardinal de Bernis, devenu favorable à une cessation des hostilités, est exilé à Soissons. Il sera archevêque d'Albi en 1764 et ambassadeur à Rome à partir de 1769.

autres événements
• D'Alembert: *Essai sur les éléments de philosophie.*
• Diderot: *Le Père de famille.* Cette comédie sera représentée pour la première fois le 18 février 1761.
• Forbonnais: *Recherches et considérations sur les finances de la France depuis 1595 jusqu'à l'an 1721.*
• Claude-Adrien Helvétius (1715-1771): *De l'esprit.* Ce livre matérialiste fera scandale et sera condamné par le Parlement de Paris le 6 février 1759.
• Mably: *Des droits et des devoirs du citoyen.*
• Jean-Étienne Montucla (1725-1799): *Histoire des mathématiques.*
• Morellet: *Réflexions sur les avantages de la libre fabrication des toiles peintes en France.*
• Quesnay: *Tableau économique de la France.*
• Christian Wolff (1679-1754): *Principes du droit de la nature et des gens* (traduction d'extraits du *Jus naturae et gentium*).
• Mondonville: *Les Fêtes de Paphos.*
• Boucher: *Madame de Pompadour devant sa toilette.*
• Pierre-Antoine Demachy (1723-1807) est reçu à l'Académie avec un tableau d'architecture représentant des ruines.
• Gabriel-François Doyen (1726-1806): *La Mort de Virginie.* Cet élève de Carle Van Loo est reçu à l'Académie l'année suivante.
• François-Hubert Drouais (1727-1775) est reçu à l'Académie avec des portraits des sculpteurs *Guillaume Coustou* et *Edme Bouchardon.* Il deviendra le portraitiste de la Cour.
• Jean Lamour (1698-1771) achève les grilles de la place Stanislas à Nancy.
• Julien-David Leroy (1724-1803): *Ruines des plus beaux monuments de la Grèce.*
• De Tilly: *Mémoire sur l'utilité, la nature et l'exploitation du charbon minéral.*

1759

21 janvier
Les magistrats du parlement de Besançon sont exilés: ils avaient protesté contre l'absence de réaction du gouvernement à leurs remontrances du 9 août 1758. En mai, le nombre de chambres du parlement de Besançon sera réduit à trois et plusieurs offices supprimés. La plupart des parlements protesteront contre cette sanction en 1760: Toulouse (19 juillet 1760; protestation renouvelée les 9 août, 10 septembre, 17 novembre et 20 décembre), Rennes (22 août) et Rouen (8 janvier 1761).
Autorisation, confirmée le 5 septembre, de l'importation et de la fabrication de toiles peintes en France. Christophe-Philippe Oberkampf (1738-1815) fonde une manufacture de toiles imprimées à Jouy-en-Josas.

février
Parution simultanément à Paris, à Genève et à Amsterdam de *Candide ou l'optimisme* de Voltaire. Le succès de ce conte est immédiat et énorme: 6000 exemplaires sont vendus en un mois à Paris et les éditions se multiplient ainsi que les traductions.

13-17 février
Aux Indes, Français et Anglais s'affrontent à Madras.

18 février
Soubise est nommé ministre d'État.

24 février
Une ordonnance réunit les milices gardes-côtes au département de la Guerre et délimite ce qui relève

du domaine de la marine et ce qui relève de celui de la guerre.

mars
Traité franco-autrichien, antidaté du 30 décembre 1758, dissociant la guerre continentale de la guerre avec l'Angleterre.

4 mars
Étienne de Silhouette (1709-1767) est nommé contrôleur général des Finances à la place de Boullongne. Son nom restera célèbre en devenant un nom commun.

8 mars
Révocation du privilège de l'*Encyclopédie.*

10 mars
Ordonnance sur le corps du génie.
Création de l'ordre du mérite militaire.

15 mars
Observation de la comète de Halley.

21 mars
Le parlement de Bordeaux déclare que toute atteinte à la magistrature affecte la constitution de la monarchie.

avril-mai
Les Anglais s'emparent des îles Marie-Galante, Guadeloupe et Dominique.

2 avril
Ordonnance réglementant le service de l'artillerie.

13 avril
Le duc de Broglie bat à Bergen les armées anglaise et prussienne commandées par le duc de Brunswick.

17 avril
Le contrôleur général des Finances Silhouette fait adopter deux déclarations réduisant les pensions sur le Trésor et suspendant les privilèges d'exemption de taille.

juillet
L'amiral Rodney bombarde Le Havre.

3 juillet
Le Parlement de Paris réaffirme l'unité des parlements du royaume et l'obligation qu'a le roi de respecter le droit de la nation.

8 juillet
Déclaration royale augmentant le tarif postal.

août
Victoire de la marine anglaise sur la marine française au large du Portugal.

1er août
À Minden, Français et Saxons sont battus par le duc de Brunswick.

10 août
En Espagne, mort de Ferdinand VI. Son demi-frère, le roi de Naples Charles VII, fils de Philippe V et d'Élisabeth Farnèse, lui succède sous le nom de Charles III. Moins enclin à la neutralité que son demi-frère, il s'inquiète de l'effacement espagnol devant la montée en puissance anglaise en Amérique. Son fils âgé de 8 ans, Ferdinand IV, lui succède sur le trône de Naples.

12 août
Frédéric II est battu par les Autrichiens et les Russes à Kunersdorf.

19 août
La flotte française commandée par Jean-François de Bertet-Sabran de La Clue (1696-1764) est battue par l'amiral Boscawen au large de Lagos.

3 septembre
Au Portugal, expulsion des jésuites (conséquence d'un attentat contre le roi).

17 septembre
Capitulation de Québec que les Anglais assiégeaient depuis le 27 juin et où le marquis de Montcalm est mort quelques jours auparavant, après avoir été battu alentour.

20 septembre
Lit de justice imposant au Parlement l'enregistrement de l'édit de subvention générale préparé par Silhouette. Ce nouvel impôt provoque les remontrances des parlements de Toulouse (13 novembre 1759 et 29 janvier 1760), de Rouen (15 décembre) et de la chambre des comptes de Paris (19 décembre). L'opposition des parlementaires conduira le gouvernement à retirer la subvention générale en février 1760, mais en la remplaçant par un troisième vingtième.

23 septembre
La dauphine Marie-Josèphe donne naissance à une fille, Clotilde.

21 octobre
La pénurie du Trésor provoque la suspension pour un an des remboursements sur le Trésor royal et la Caisse d'amortissement.

26 octobre
Louis XV annonce qu'il envoie sa vaisselle d'argent à l'hôtel des Monnaies en invitant ses sujets à l'imiter. Des lettres patentes fixent le taux selon lequel la vaisselle d'argent des particuliers sera reconvertie en espèces. Le 11 novembre, c'est au tour de la vaisselle et des objets en or.

31 octobre
Arrêt du Conseil instituant une bibliothèque, rattachée au contrôle général des Finances, et qui sera composée de tous les règlements, lois ou textes pouvant intéresser l'administration publique. Jacob-Nicolas Moreau sera chargé de réunir les recueils d'édits, ordonnances, arrêts, registres du Parlement pour constituer le fonds de cette bibliothèque.

20 novembre
Défaite navale française au large de Belle-Île. Les Anglais ont la maîtrise sur mer.

23 novembre
Bertin est nommé contrôleur général des Finances à la place de Silhouette. Gabriel de Sartine (1729-1801) remplace Bertin à la lieutenance générale de police de Paris.

décembre
À La Haye, la France et l'Angleterre entament des négociations qui dureront jusqu'en avril 1761.

12 décembre
Nouvelle série d'ordonnances concernant la police des spectacles et des jeux de hasard.

autres événements
• Jean-Baptiste Descamps (1714-1791): *Voyage pittoresque de la Flandre et du Brabant*. Cet ouvrage est typique du mouvement qui voit éclore des récits de voyage d'amateurs d'art éclairés.
• Diderot: *Lettres à Sophie Volland*. Il rend compte du Salon de peinture qui siège tous les deux ans, et en publiera la critique jusqu'en 1781.
• Voltaire: première partie de l'*Histoire de l'empire de Russie sous Pierre le Grand*; la seconde paraîtra en 1763.
• Ouverture du premier théâtre du boulevard du Temple par Nicolet.
• Claude-Bénigne Balbastre (1727-1799): *Livre de pièces de clavecin*. Balbastre adaptera aussi pour le clavecin des parties de *Pygmalion* de Rameau et sera un organiste de Notre-Dame de Paris fort apprécié.
• Pierre-Alexandre Monsigny (1729-1817): *Les Aveux indiscrets*. Cet opéra-bouffe est joué au théâtre de la foire Saint-Germain.
• Philidor: *Blaise le savetier*. Cet opéra-comique, dont le livret est de Sedaine, remporte un triomphe en mars. Auteur dramatique, Michel-Jean Sedaine (1719-1797) fait surtout une brillante carrière de librettiste dans l'opéra-comique sur des musiques de Philidor, Monsigny ou Grétry.
• Boucher: *Nativité*.
• Deshays de Colleville: *Hector exposé sur les rives du Scamandre*. Il présente au Salon *Le Martyre de saint André*. Ce gendre de Boucher revivifie l'art religieux en mêlant violence et mystère et annonce le pathétisme qui se développera avec Géricault.
• Jean-Jérôme Lefrançois de Lalande (1732-1807): *Tables astronomiques de M. Halley pour les planètes et les comètes*.
• Publication posthume de la traduction par Mme du Châtelet des *Principes mathématiques de la philosophie naturelle* de Newton.

1760

20 janvier
Aux Indes, la bataille de Vandavashy ouvre la route de Pondichéry aux Anglais.

février
Édit supprimant la subvention générale mais créant pour 1760 et 1761 un troisième vingtième et doublant la capitation de ceux qui ne sont pas soumis à la taille. Le 3 février, une déclaration royale, enregistrée le 4 mars au Parlement de Paris, augmente les droits perçus par la Ferme générale. Alors que les 23 et 26 février la chambre des comptes et le parlement d'Aix-en-Provence protestent encore contre la subvention générale, l'instauration du troisième vingtième et la déclaration du 3 février provoquent un mouvement de protestation parmi les parlements qui n'hésitent pas à renouveler leurs remontrances: Rouen (10 mai, 4 juillet), Aix-en-Provence (13 mai, 30 juin), Dijon (28 juin, 18 août), Rennes (18 juillet), Grenoble (24 juillet, 15 octobre).

24 mars
Un traité signé à Turin avec le roi de Sardaigne, ratifié par Louis XV le 10 juillet, fixe les limites entre la France et la Savoie. Un procès verbal comportant la levée des plans sera adopté le 15 avril 1761.

23 juin
Les Prussiens sont battus par les Autrichiens à Landshut.

juillet
Le maréchal de Broglie prend Kassel et occupe la Hesse.

26 juillet
Remontrances de la Cour des aides de Rouen contre l'intendant de Caen qui encourageait les communautés à remplacer leur service de corvée par une contribution en argent, ce qui revenait à créer un nouvel impôt.

15 août
Frédéric II bat les Autrichiens à Liegnitz.

3 septembre
Voltaire: *Tancrède* (tragédie historique).

8 septembre
Montréal, la dernière place forte française au Canada, se rend aux Anglais.

22 septembre
Le parlement de Dijon enregistre avec réticence l'édit de février 1760. En 1761, il enregistre les abonnements conclus par les états de Bourgogne pour le vingtième, tout en soulignant que les tractations entre les États et le gouvernement se sont faites avant qu'il n'enregistre l'édit, et qu'il ne faut pas considérer l'enregistrement comme une formalité subalterne. Un arrêt du Conseil du 27 octobre 1761 condamnera ces critiques. Le 1er février 1762, le parlement se mettra en grève pour protester contre cette condamnation; il ne reprendra son service que le 23 février 1763.

16 octobre
Victoire du marquis de Castries, Charles-Eugène-Gabriel de La Croix (1727-1800), sur Charles de Brunswick (1735-1806) à Klostercamp.

25 octobre
Mort de George II d'Angleterre. Son fils, George III, moins attaché au Hanovre, lui succède; il régnera jusqu'en 1820.

3 novembre
Frédéric II de Prusse bat les Autrichiens à Torgau.

autres événements
• Organisation de l'École des ponts et chaussées et mise en place des statuts du corps.
• Bonnet: *Essai analytique des facultés de l'âme.*
• Diderot: *La Religieuse.* Ce roman que Diderot compose cette année-là sera diffusé en 1780 dans la *Correspondance littéraire* de Grimm mais ne sera publié qu'en 1796. L'histoire met en scène une religieuse mise au couvent contre son gré qui sollicite la protection d'un marquis, ami de Diderot, pour en sortir. Dans cette apologie de la liberté individuelle, Diderot dresse un sévère réquisitoire contre les couvents de femmes, leurs mœurs et les intrigues qui s'y déroulent et conduisent à la mélancolie suicidaire.
• Début de la publication du *Journal ecclésiastique ou bibliothèque des sciences ecclésiastiques* fondé par l'abbé Joseph-Antoine-Toussaint Dinouart (1716-1786).
• Le Paige et Coudrette: *Histoire générale de la naissance et des progrès de la Compagnie de Jésus et analyse de ses constitutions et principes.*
• Mirabeau: *Théorie de l'impôt* (livre qu'il a conçu avec Quesnay).
• Charles Palissot de Montenoy (1730-1814): *Les Philosophes.* Ce proche de Choiseul s'était fait remarquer depuis quelques années par ses attaques contre la philosophie des Lumières. La pièce obtient un grand succès en mai, mais la critique éreinta cette satire.
• Quesnay: *Maximes générales du gouvernement économique d'un royaume agricole.*
• Bernard-Joseph Saurin (1706-1781): *Les Mœurs du temps* (comédie). *Spartacus* (tragédie). Le succès de ces deux pièces représentées à la Comédie-Française permettra à l'auteur d'entrer l'année suivante à l'Académie française.
• Voltaire: *L'Écossaise.* Représentée en juillet, cette comédie, aussi intitulée *Le Café,* dirigée contre Fréron, fut perçue comme une réplique aux *Philosophes* de Palissot. Un personnage y figure Fréron sous le nom de Frélon dans le rôle d'un traître aussi méchant que vénal. Au mois de juillet, la plupart des philosophes assistent à la première en huant le nom de Fréron. Il écrit également *Épigrammes* (contre Lefranc de Pompignan).
• Christoph Willibald von Gluck (1714-1787): *L'Ivrogne corrigé,* opéra-comique.
• Gossec: *Messe des morts,* œuvre qui rencontre un succès retentissant.

GOSSEC

François-Joseph Gossec (1734-1829), né dans le Hainaut, quitte la Belgique en 1751 pour se rendre à Paris où il devient le protégé de Rameau. En 1754, il entre au service du fermier général Alexandre-Jean-Joseph Le Riche de La Pouplinière, puis du prince de Conti, pour ensuite devenir intendant de la musique du prince de Condé. Ses tentatives manquées dans la musique dramatique le poussent vers la musique instrumentale où il rencontre le succès. En 1780, il sera directeur adjoint de l'Académie royale de musique (l'équivalent de l'Opéra) et en 1784, directeur de l'École royale de chant et de déclamation (l'équivalent du Conservatoire).

• Monsigny : *Le Maître en droit* (opéra-bouffe).
• Noverre : *Lettres sur la danse et les ballets.*

NOVERRE

Après une carrière de danseur, Jean-Georges Noverre (1727-1810) s'affirme comme chorégraphe à Lyon où il publie cet ouvrage. Le succès de ce livre lui vaudra de séjourner à l'étranger et, en 1776, Marie-Antoinette lui fera obtenir le poste de maître de ballet de l'Opéra de Paris. Influençant l'art de la danse au XIX*e* *siècle, les* Lettres *seront traduites en plusieurs langues.*

• Rameau : *Les Paladins* et *Code de musique pratique* : il insiste dans ce livre sur la nécessité de développer les réflexes chez les interprètes et sur l'importance de la position des mains des instrumentistes.
• Soufflot : *Mémoire sur l'architecture gothique.*
• Claude-Henri Watelet (1718-1786) : *L'Art de peindre.*
• Samuel Tissot : *L'Onanisme ou dissertation physique sur les maladies produites par la masturbation.*

1761

janvier
Mise en vente à Paris de *Julie ou la Nouvelle Héloïse* de Rousseau. Le livre remporte un énorme succès.

16 janvier
Après huit mois de siège, Thomas-Arthur de Lally-Tollendal (1702-1766) capitule sans conditions à Pondichéry devant les Anglais. Rendu responsable de cette défaite aux Indes, Lally-Tollendal sera jugé devant le Parlement de Paris en 1763 et exécuté en 1766. Son fils, Trophime-Gérard de Lally-Tollendal (1751-1830), obtiendra en 1778 un arrêt du Conseil cassant cette procédure.

27 janvier
Choiseul devient secrétaire d'État à la Guerre à la place du maréchal de Belle-Isle décédé.

février
Aux Indes, les Anglais prennent Mahé.

31 mars
Ouverture, devant la Grand Chambre du Parlement de Paris, du procès La Valette qui va donner lieu à un examen des statuts de la Compagnie de Jésus. Les créanciers du R. P. Antoine de La Valette (1707-1767), qui avait fait faillite à la Martinique, assignent le procureur général des missions jésuites, le R. P. de Sacy ; les jésuites font appel devant le Parlement de Paris. Le 6 avril, l'abbé Henri-Philippe de Chauvelin (1716-1770), conseiller clerc à la troisième chambre des enquêtes du Parlement de Paris, réclame l'examen des statuts de la Compagnie de Jésus. Le Parlement décide, le 17 avril, qu'il y aura dépôt au greffe pour examen des constitutions de la Société de Jésus.

13 avril
Déclaration royale portant que la capitation sera inscrite sur le même rôle que la taille.

8 mai
Le Parlement de Paris condamne les jésuites à verser une lourde indemnité aux créanciers du R. P. La Valette. Tous les biens de l'ordre sont déclarés solidaires.

juin-septembre
Reprise des négociations franco-anglaises à Versailles. Les Anglais, forts de leurs succès aux Indes et en Amérique, et inquiets des difficultés de Frédéric II, inclinent vers un règlement négocié, d'autant que George III se sent moins hanovrien que son père. Ces pourparlers échoueront cependant face à la volonté française d'inclure dans la négociation les revendications espagnoles.

7 juin
Prise de Belle-Île par les Anglais après un siège de deux mois.

16 juin
Déclaration royale prorogeant jusqu'à la fin de 1763 le troisième vingtième et les suppléments de capitation édictés en février 1760. Un lit de justice contraint le Parlement à l'enregistrer le 21 juillet.

août
Édit réunissant les corps de musique de la Chapelle et de la Chambre du roi.

2 août
Déclaration royale ordonnant aux supérieurs jésuites de fournir au greffe du Conseil les titres de leur établissement dans les six mois et interdisant au Parlement de statuer en la matière pendant un an.

4 août
Établissement d'une école vétérinaire à Lyon. Fondée par Bourgelat, elle ouvre l'année suivante.

6 août
Le Parlement de Paris décide de recevoir le procureur général appelant comme d'abus de tous les actes fondant la Société de Jésus, de dissoudre les congrégations jésuites et de fermer leurs collèges, dès le 1er octobre s'il existe des collèges d'autres congrégations dans la circonscription visée, et à partir du 1er avril 1762 ailleurs. Le 29 août, des lettres patentes suspendent l'exécution de ces arrêts du Parlement de Paris. Le 7 septembre, le Parlement de Paris enregistre ces lettres patentes mais en accordant seulement qu'aucun collège ne sera fermé avant le 1er avril 1762.

15 août
Signature d'un troisième pacte de famille entre les Bourbons de France, d'Espagne, de Naples et de Parme (l'infant don Philippe) contre l'Angleterre. Charles III d'Espagne s'engage, secrètement, à déclarer la guerre à l'Angleterre le 1er mai 1762, et la France à inclure les revendications espagnoles dans ses négociations avec l'Angleterre.

13 octobre
Berryer devient garde des Sceaux. Le cousin de Choiseul, Praslin, devient secrétaire d'État aux Affaires étrangères. Le 15, Choiseul devient secrétaire d'État à la Marine à la place de Berryer.

21 décembre
Ordonnance sur l'artillerie.

autres événements
• Jean-Baptiste Dupuy Demportes: *Le Gentilhomme cultivateur.*
• Pierre-Toussaint Durand de Maillane (1729-1814): *Dictionnaire de droit canonique et de pratique bénéficiale.*
• Favart: *Soliman second ou les trois sultanes* (comédie).
• Jean-François Féraud: *Dictionnaire grammatical de la langue française contenant toutes les règles de l'orthographe, du régime, de la construction* (une nouvelle édition paraîtra en 1768).
• Installation à Paris de Carlo Goldoni (1707-1793).
• Paul-Henri Thiry d'Holbach (1723-1789): *Le Christianisme dévoilé.* Sa fortune considérable permet à ce matérialiste d'accueillir et aider les philosophes, et de financer la publication de nombreux livres clandestins. Lié à Diderot et Grimm, il contribue à l'*Encyclopédie*, mais rompt avec Rousseau dès 1760.
• Édition de l'*Histoire de Saint Louis* par Jean de Joinville, manuscrit saisi après la prise de Bruxelles par le maréchal de Saxe.
• Honoré Lacombe de Prézel (né en 1725): *Dictionnaire du citoyen, ou abrégé historique, théorique et pratique du commerce.*
• Gaspard de Réal de Curban (1682-1752): *La Science du gouvernement* (8 volumes jusqu'en 1764).
• Rousseau publie l'*Extrait du projet de paix perpétuelle* de l'abbé de Saint-Pierre.
• Gluck: *Le Cadi dupé* (opéra-comique) et *Don Juan ou le Festin de Pierre* (ballet).
• Monsigny: *On ne s'avise jamais de tout*, opéra sur un livret de Sedaine.
• Philidor: *Le Jardinier et son seigneur*, opéra sur un livret de Sedaine, et *Le Maréchal-ferrant* (opéra).
• Boucher: *Les Génies des arts.*
• Deshays de Colleville: *Saint Victor condamné au martyre.*
• Greuze: *L'Accordée de village.*
• D'Alembert: *Opuscules mathématiques* (7 volumes jusqu'en 1780).
• Premier mémoire de Clairaut sur la théorie de l'achromatisme. Il publie aussi en janvier, dans le *Journal des savants*, son *Mémoire sur les mouvements des corps célestes.*
• Réaumur: *Art de l'épinglier.* Duhamel du Monceau et l'Académie des sciences publient aussi la *Fabrique des Ancres* que Réaumur avait présenté à l'Académie en 1723 ainsi que son *Nouvel Art d'adoucir le fer fondu et de faire des ouvrages de fer fondu aussi finis que de fer forgé.*
• Valmont de Bomare (1731-1807): *Minéralogie ou nouvelle exposition du règne minéral.*

1762

2 janvier
L'Espagne déclare la guerre à l'Angleterre.

février
Voltaire publie l'*Extrait des sentiments de Jean Meslier* qu'il a rédigé en janvier. Dans une réédition en mai, il ajoute au titre: *Testament de Jean Meslier.* Jean Meslier (1664-1729) était un curé ardennois qui avait laissé à sa mort un manuscrit inti-

tulé *Mémoire des pensées et des sentiments de J... M...* Des copies en avaient circulé comme celle que Voltaire eut entre les mains. Ce texte dressait un violent réquisitoire contre tout le christianisme et affirmait avec force son matérialisme athée.

4 février
Les Anglais se rendent maîtres de la Martinique.

12 février
Le parlement de Rouen, sans attendre, rend un arrêt déclarant nuls les vœux formés par les jésuites, mettant leurs biens sous séquestre en Normandie et les soumettant à un serment de fidélité au roi s'ils postulent à un bénéfice. Cet arrêt est le premier d'une longue série que vont rendre les autres parlements: Bordeaux (26 mai), Rennes (27 mai), Perpignan (12 juin), Paris (6 août), Metz (20 septembre), Aix-en-Provence (28 janvier 1763), Toulouse (26 février 1763), Pau (28 avril 1763), Dijon (11 juillet 1763), Grenoble (29 août 1763).

mars
Reprise des négociations entre la France et l'Angleterre.

10 mars
À Toulouse, exécution du négociant protestant Jean Calas accusé d'avoir tué son fils pour l'empêcher d'abjurer. Dès le mois d'avril, Voltaire cherche à saisir l'opinion dans une campagne qui aboutira à la réhabilitation de Calas en mars 1765.

26 mars
Le Parlement de Paris refuse de délibérer sur un édit préparé par le chancelier Lamoignon et Louis XV pour préserver les jésuites. Cet édit les soumettait à la juridiction des évêques et à la surveillance des magistrats dans le royaume. Le 28, le Parlement de Paris présente au roi ses conclusions contre les jésuites.

1er avril
Fermeture des collèges des jésuites du ressort du Parlement de Paris.

mai
Début de la construction du Petit Trianon qu'a dessiné Jacques-Ange Gabriel.

5 mai
Traité de paix entre la Prusse et la Russie. Le nouveau tsar, Pierre III, qui a succédé à sa tante Élisabeth en janvier, restitue la Prusse orientale à Frédéric II avec qui il scelle une alliance le 16 juin.

22 mai
Traité de paix entre la Prusse et la Suède.

5 juin
Une flotte anglaise bat une flotte espagnole à La Havane.

9 juin
Arrêt du Parlement de Paris condamnant le livre de Rousseau, *Émile ou de l'éducation*, qui vient d'être mis en vente et a déjà été dénoncé par la Sorbonne deux jours auparavant. Rousseau quitte Paris à la suite de cette condamnation.

20 juin
La France déclare la guerre au Portugal.

10 juillet
En Russie, Catherine II s'empare du pouvoir et oblige son mari, Pierre III, qui sera étranglé peu après, à abdiquer. Elle ne rompt pas la paix avec la Prusse mais n'exécute pas le traité du 16 juin et rappelle les troupes russes envoyées à Frédéric II.

20 juillet
Déclaration interprétative de l'édit d'août 1749 sur les biens de mainmorte.

6 août
Arrêt du Parlement de Paris condamnant la Société de Jésus: il est interdit aux jésuites de porter leur habit et de correspondre avec leurs supérieurs.

20 août
Mandement de l'archevêque de Paris, Christophe de Beaumont, condamnant l'*Émile* de Rousseau.

27 septembre
Paul-Esprit Feydeau de Brou (1683-1767) devient garde des Sceaux à la place de Berryer décédé le 15.

3 novembre
Les préliminaires de paix de Fontainebleau mettent fin aux hostilités entre l'Angleterre, la France et l'Espagne. La France cède à l'Espagne la partie occidentale de la Louisiane.

7 novembre
Édit autorisant les habitants des campagnes à tisser les cotonnades.

décembre
Dès la fin des hostilités, commence une importante réorganisation de l'armée où le nombre de corps est fixé. L'ordonnance du 10 décembre réforme l'infan-

terie: rétablissement de l'uniformité des corps (habillement, armement); une présence effective est imposée aux officiers; le recrutement est enlevé aux capitaines et appartient au roi; les régiments ne porteront plus le nom de leur colonel mais celui d'une province du royaume. Le 21 décembre, plusieurs ordonnances réorganisent la cavalerie, les dragons, les hussards. Le recrutement est réglementé par une ordonnance le 1er février 1763, et le 1er mars, une autre réorganise les troupes légères.

autres événements

• La *Gazette* fondée par Renaudot prend le titre de *Gazette de France.*
• 4e édition du *Dictionnaire de l'Académie française.*
• Parution du premier volume de planches de l'*Encyclopédie.*
• Bonnet: *Considérations sur les corps organisés.*
• Diderot entame, dans le secret, la rédaction du *Neveu de Rameau*, qui ne sera publié qu'au XIXe siècle. Ce conte satirique consiste en un dialogue entre un philosophe (Diderot) et un neveu de Rameau, parasite aussi effronté que cynique mais non hypocrite, qui conversent à bâtons rompus dans le Palais-Royal et les cafés parisiens. Ces propos décousus sont l'occasion pour Diderot de dire leur fait à un certain nombre de ses collègues et célébrités de l'époque, écrivains, musiciens, actrices ou hommes politiques.
• Abbé Jean-Joseph Expilly (1719-1793): *Dictionnaire géographique, historique et politique des Gaules et de la France.*
• Marc-Antoine-Jacques Rochon de Chabannes (1730-1800): *Heureusement.* C'est une comédie adaptée de deux des *Contes moraux* de Marmontel.
• Rousseau: *Du Contrat social.* Publié à Amsterdam au printemps, le livre se voit interdire l'entrée dans le royaume. *Quatre lettres à M. le président de Malesherbes.*

L'ŒUVRE DE ROUSSEAU : UN TOURNANT POLITIQUE

1762 marque une étape importante dans la vie de Rousseau. Coup sur coup, il publie ses trois œuvres majeures, lesquelles ont un grand retentissement: La Nouvelle Héloïse *(50 éditions avant 1789), l'*Émile *(22 éditions avant 1789) et le* Contrat social *(13 éditions avant 1789). Le* Contrat social *est interdit en France, l'*Émile *est condamné par le Parlement de Paris ainsi que par l'Église et la Sorbonne, et Rousseau, décrété de prise de corps, doit prendre le chemin de l'exil. Le grand succès, c'est* La Nouvelle Héloïse, *un roman sentimental, plein de digressions, où la vertu et la raison triomphent sans éteindre la passion. L'*Émile *est un traité d'éducation dont le sujet est l'homme, le* Contrat social *un traité politique dont le sujet est le citoyen. Le devoir de perfectibilité de l'individu, la vertu, la liberté sont communs aux trois, même si l'œuvre de Rousseau reste, comme on l'a dit, une philosophie du malheur, un traité du désespoir. L'*Émile *et le* Contrat social *comptent parmi les grandes œuvres du siècle: révolutionnaires et libératrices. L'*Émile *dépeint une éducation où le précepteur doit permettre à l'enfant de découvrir par lui-même: son rôle est de préserver son élève en favorisant l'accomplissement de sa nature. La méthode éducative prônée par Rousseau n'est cependant pas une pédagogie inactive: le maître doit susciter un épanouissement dans la nature qui permettra à l'enfant de gagner son harmonie avec la culture. C'est surtout la publication au sein de cet ouvrage de la « Profession de foi du vicaire savoyard », dans laquelle Rousseau fait l'éloge d'une religion naturelle où la conscience est juge, qui lui vaudra les foudres des autorités.*
Dans le Contrat social, *le ton est en revanche donné dès le premier chapitre: « L'homme est né libre et partout il est dans les fers. » Avec ce livre, l'un des plus complexes qui ait jamais été écrit et dont les apories sont constitutives de la modernité politique, Rousseau tente de fonder le droit politique, c'est-à-dire d'établir les fondements de la constitution d'une société légitime et de son autorité. Le contrat social, c'est le pacte par lequel chacun s'unit à tous, où chaque individu contracte avec lui-même. La souveraineté est ainsi l'exercice de la volonté générale, et la liberté du citoyen est préservée, garantie, par son obéissance puisque l'autorité a pour origine cet acte par lequel l'individu s'engage à obéir à la volonté générale. La source de la souveraineté est donc dans l'individu même. Aussi la souveraineté est-elle inaliénable, indivisible, infaillible – elle ne peut « errer » – et absolue. La loi, l'égalité, l'unité et la difficulté de la représentation – « à l'instant qu'un peuple se donne des représentants, il n'est plus libre » écrit Rousseau – sont au cœur de l'œuvre. La tentative de Rousseau de dépasser ainsi l'égoïsme individuel par la théorie de la volonté générale fonde la politique démocratique; elle révèle aussi sa difficulté, et le monde moderne n'a cessé de débattre ces apories depuis.*

• Voltaire, qui avait recueilli la petite-fille d'un cousin de Corneille, publie une édition commentée des œuvres de Corneille.

• Fusion de la Comédie italienne et de l'Opéra-Comique.
• Favart: *Annette et Lubin* (opéra).
• Monsigny: *Le Roi et le fermier*, opéra sur un livret de Sedaine.
• Philidor: *Sancho Pança* (opéra).
• Demachy: *Incendie de la foire Saint Germain.*
• Carle Van Loo est nommé premier peintre du roi.
• Louis-Étienne Geoffroy (1725-1810): *Histoire abrégée des insectes.*
• Lalande: *Exposition du calcul astronomique.*
• Tissot: *Avis au peuple sur sa santé, ou traité des maladies les plus fréquentes. Ouvrage composé en faveur des habitants de la campagne, du peuple des villes, et de tous ceux qui ne peuvent avoir facilement les conseils des médecins.*

1763

février
Édit réglementant les collèges qui ne dépendent pas des universités.

10 février
Le traité de Paris met fin à la guerre de Sept Ans entre la France et l'Angleterre. Choiseul obtient la restitution des cinq comptoirs indiens (Pondichéry, Karikal, Yanaon, Mahé, Chandernagor) mais doit céder les colonies d'Amérique du Nord aux Anglais: la France garde ses possessions indiennes antérieures à 1749 ainsi que la Martinique, la Guadeloupe, Sainte-Lucie et l'ouest de Saint-Domingue, les îles Saint-Pierre et Miquelon (plus un droit de pêche à Terre-Neuve) et Gorée en Afrique. Elle remet à l'Angleterre les colonies américaines, le Canada, les îles du Cap-Breton, les îles du Saint-Laurent, la vallée de l'Ohio et la rive gauche du Mississippi, la Dominique, Grenade et les îles Grenadines, l'île de Minorque en Europe, et en Afrique le Sénégal. Pour récupérer Cuba, l'Espagne cède la Floride aux Anglais mais reçoit de la France l'ouest de la Louisiane en compensation.

15 février
Traité entre la Prusse et l'Autriche à Hubertsbourg: il marque la fin de la part continentale de la guerre de Sept Ans. Frédéric II de Prusse garde la Silésie et l'Électeur de Saxe retrouve ses États.

24 mars
Règlement administratif pour les îles de Saint-Dominique, la Martinique, la Guadeloupe et Sainte-Lucie.

avril
En Bretagne, le gouverneur de la province, Emmanuel-Armand de Vignerot du Plessis de Richelieu, duc d'Aiguillon (1720-1798), se heurte avec le procureur général du parlement de Rennes, Louis-René-François de Caradeuc de La Chalotais (1701-1785).

24 avril
Suppression du troisième vingtième mais maintien des deux autres pour six ans. Il est ordonné de procéder à un cadastre général de tous les biens-fonds sans exception afin de répartir proportionnellement les vingtièmes. La double capitation est supprimée. Le don gratuit des villes, établi en 1758 pour six ans, est maintenu. Création d'un sixième sol additionnel aux droits des fermes générales. Déclaration royale soumettant au centième denier les actes translatifs de propriété. Ces mesures rencontrent l'hostilité des parlements et des Cours des aides. Il faut un lit de justice pour en imposer l'enregistrement au Parlement de Paris le 31 mars et un autre à la Cour des aides le 6 juin. Le Parlement de Paris protestera contre le lit de justice du 31 mai dans des remontrances le 18 juin. Ces mesures édictées le 24 avril seront aussi la cible de remontrances des parlements de Rouen (16 juillet), Grenoble et Pau (17 août), Besançon (31 août) et des Cours des aides de Paris (23 juillet), Montpellier (30 août), Clermont-Ferrand (13 septembre).

mai
Publication de *Richesse de l'État*, où le conseiller au Parlement de Paris, Roussel de la Tour, préconise un impôt unique, une capitation que payeraient 2 millions de personnes et qui couvrirait toutes les dépenses publiques. Jacob-Nicolas Moreau cherchera à réfuter cet ouvrage.

14 mai
Première représentation à la Comédie-Française de la pièce de Favart, *L'Anglais à Bordeaux*, composée à la demande de Choiseul pour célébrer le traité de Paris.

25 mai
Déclaration royale qui rompt avec l'ancienne police sur les grains en accordant la liberté de transporter les grains d'une province à l'autre sans passeport ou autorisation spéciale. Cette déclaration institue un marché national pour les grains, farines et légumes selon une loi générale et uniforme où les agents royaux se trouvent dépossédés de leur droit de contrôle ou d'autorisation. Elle incite chacun, quelle

que soit sa qualité – y compris les privilégiés, donc –, à faire le commerce des grains. Précédée, en 1754, d'un arrêt du Conseil qui n'avait pas vraiment reçu d'application ni même de publicité, cette déclaration se trouve largement conforme à un projet présenté en 1762 par Bertin. Elle interdit le paiement de péages, etc., pour les grains et du coup heurte de nombreux intérêts. Son application sera controversée et finalement diverse selon les contextes locaux.

20 juin
La statue de Louis XV commandée en 1748 à Bouchardon, érigée sur un piédestal entouré de statues de Pigalle, est inaugurée au milieu de l'actuelle place de la Concorde.

23 juillet
Remontrances de la Cour des aides rédigées par son premier président, Malesherbes, réclamant la convocation d'états généraux.

29 juillet
Louis XV approuve un projet de déclaration sur les mariages mixtes interconfessionaux en Alsace. Mais ce projet, n'ayant aucun espoir de rencontrer l'assentiment de Rome, sera abandonné.

31 août
Le parlement de Besançon défend l'immunité fiscale personnelle des nobles.

2 septembre
Ordonnance défendant de publier aucun arrêt, remontrances ou acte des Cours supérieures si l'impression n'en a été ordonnée. Le Conseil va casser les arrêts protestant contre les édits du 24 avril.

3 octobre
Louis XV exile le chancelier Lamoignon, âgé de 80 ans, dans son château de Malesherbes, et reprend les Sceaux à Feydeau de Brou. Comme Lamoignon ne veut pas se démettre, on crée une charge de vice-chancelier confiée, avec les Sceaux, à l'ancien premier président du Parlement de Paris, Maupeou, âgé de 75 ans. Le Parlement refusera d'enregistrer la création de la charge de vice-chancelier.

5 octobre
Mort d'Auguste III de Pologne.

14 octobre
Afin de remplacer Molé démissionnaire, Louis XV choisit René-Nicolas-Charles-Augustin de Maupeou (1714-1792), le fils du vice-chancelier, pour être premier président du Parlement de Paris.

21 novembre
Déclaration royale retirant l'édit du cadastre et la déclaration du 24 avril. La perception du second vingtième est limitée au 1er janvier 1768 et les droits perçus par la Ferme générale sont augmentés. La formation d'une commission composée d'officiers des cours souveraines est annoncée et il est prescrit aux parlements, Cours des aides et chambres des comptes d'envoyer des mémoires au gouvernement sur la manière de simplifier les impôts. Le 28 novembre, des lettres patentes établissent une commission formée de quatre parlementaires (deux membres de la chambre des comptes et deux membres de la Cour des aides de Paris) pour faire la synthèse des mémoires qu'enverront les cours provinciales. Le centième denier sur les translations de propriété est supprimé. Le Parlement de Paris enregistre la déclaration le 1er décembre.

14 décembre
Clément-Charles-François de Laverdy (1723-1793) remplace Bertin au contrôle général des Finances. Bertin conserve cependant un secrétariat d'État aux attributions surtout économiques et conçu à son intention.

23 décembre
Laverdy confirme l'autorisation de libre circulation des grains entre les provinces du 25 mai.

24 décembre
Les Mozart (Wolfgang est âgé de 8 ans), séjournent à Versailles jusqu'au début de janvier 1764. Ils retourneront ensuite à Paris où ils resteront encore trois mois.

26 décembre
Le Parlement de Paris rappelle la nécessité de l'enregistrement libre des édits fiscaux au Parlement, dont le dépôt des lois forme le droit sacré de la nation.

autres événements
- La Chalotais: *Essai d'éducation nationale*. Le livre se situe dans le contexte de la désorganisation des collèges qui suit l'expulsion des jésuites.
- La Harpe: *Warwick* (tragédie).

La Harpe

Jean-François de La Harpe (1739-1803) est plutôt connu pour son activité de critique littéraire au Mercure de France *et son* Cours de littérature ancienne et moderne *(1799) que pour son théâtre. Protégé de Voltaire, membre de l'Académie française à 37 ans, La Harpe sera emprisonné pendant la Terreur et se convertira au catholicisme pendant sa détention.*

• Mably: *Entretiens de Phocion sur le rapport de la morale avec la politique.*
• Marmontel: *Poétique française.*
• Mignot de Bussy: *Lettres sur l'origine de la noblesse française.* L'auteur justifie là, contre Boulainvilliers, le droit d'anoblissement du souverain.
• Mirabeau: *Philosophie rurale.* Quesnay a aussi travaillé à ce texte.
• Rousseau: *Lettre à Christophe de Beaumont.*
• Voltaire: *Traité sur la tolérance à l'occasion de la mort de Jean Calas.*
• Philidor: *Le Bûcheron*, *Les Fêtes de la paix* (opéras).
• L'incendie de l'opéra du Palais-Royal relance les polémiques sur l'architecture des salles de spectacle.
• Boucher: *La Cage.*
• Chardin est chargé de la responsabilité de l'accrochage au Salon (300 œuvres et 57 exposants). Il assumera cette fonction jusqu'en 1773 et est ainsi le premier commissaire de cette exposition.
• Falconet: *Pygmalion et Galatée.*
• Carle Van Loo devient directeur de l'Académie royale de peinture.
• Joseph Vernet: *Vue du port de La Rochelle.*
• Adanson: *Familles des plantes.*
• Élie Bertrand (1713-1797): *Dictionnaire universel des fossiles propres et des fossiles accidentels.*

1764

14 janvier
Alors que le gouvernement réprime l'opposition manifestée par les parlements à l'occasion de la déclaration du 21 novembre 1763, le parlement de Toulouse proteste contre les sanctions infligées aux magistrats grenoblois. L'action gouvernementale contre les parlements de Grenoble, Rouen et Toulouse sera ainsi dénoncée par les parlements de Bordeaux (21 janvier), Dijon (14 février) et Rennes (1er février), qui enregistrera la déclaration du 21 novembre le 5 juin.

16 janvier
Traité entre la France et le dey d'Alger.

18 janvier
Arrêt du Conseil sur la bibliothèque créée en octobre 1759: elle devra fournir aux ministres les renseignements dont ils pourront avoir besoin.

20 janvier
Déclaration royale ordonnant l'exécution de la déclaration du 21 novembre 1763 qui suscitait les critiques des parlements, et imposant le silence à son sujet. Elle est enregistrée le lendemain au Parlement de Paris. Les 9 et 19 janvier encore, les parlements d'Aix-en-Provence et de Dijon affirmaient leur opposition à la déclaration du 21 novembre. Le 8 mars, des lettres patentes imposent un silence absolu sur tout ce qui s'est passé à propos de la déclaration du 21 novembre et qui est à considérer comme n'étant pas advenu. Le gouvernement cherche à apaiser cette crise.

mars
Arrêt du Parlement de Paris bannissant les jésuites et confisquant leurs biens.

8 mars
Le parlement de Metz autorise ses commissaires à saisir divers rôles d'imposition. Ce type de mesure inquiète le gouvernement qui craint que cela ne paralyse le recouvrement des impôts, aussi interdira-t-il en juillet aux magistrats d'enquêter auprès des receveurs des impôts.

16 mars
Le parlement de Rouen enregistre la déclaration du 21 novembre 1763. Louis XV accepte de reprendre les démissions des parlementaires et d'annuler les arrêts du Conseil qui avaient condamné le parlement.

20 mars
Le parlement de Grenoble, après avoir obtenu le retrait du lieutenant général de la province, revient à Grenoble.
Ordonnance réglementant l'infanterie.

28 mars
Déclaration royale interdisant de publier et vendre aucun écrit sur l'administration ou la réforme des finances: cette mesure, qui assure un monopole aux magistrats en cette matière du fait de la déclaration du 21 novembre 1763, est enregistrée au Parlement de Paris le 31 mars.

30 mars
Lettres patentes sur les biens dépendant des collèges qui étaient tenus par les jésuites.

2 avril
Déclaration royale sur la subsistance des jésuites.

7 avril
Lettres patentes établissant un pensionnat de 250 gentilshommes au Collège royal de La Flèche préparant à l'École militaire.

11 avril
Traité d'alliance défensive entre la Prusse et la Russie.

15 avril
Mort de Mme de Pompadour.

3 mai
La dauphine Marie-Josèphe accouche d'une fille, Élisabeth (1764-1794).

5 mai
Lettres patentes interprétatives de la déclaration du 25 mai 1763 autorisant la libre circulation des grains à l'intérieur du royaume.

juin
Voltaire: *Dictionnaire philosophique portatif.* « Ce livre n'exige pas une lecture suivie; mais, à quelque endroit qu'on l'ouvre, on trouve de quoi réfléchir. » Ainsi Voltaire, dans sa préface d'une des nombreuses éditions de ce livre, présentait-il son dictionnaire alphabétique dont chaque article constitue un essai personnel: une encyclopédie de poche, piquante et militante, une arme dans l'inlassable combat que le philosophe a mené en faveur de la tolérance, pour établir une liberté de pensée individuelle.

3 juin
Arrêt du Conseil autorisant l'école vétérinaire de Lyon, fondée par Bourgelat en août 1761, à prendre le titre d'École royale vétérinaire.

4 juin
Arrêt du Conseil cassant l'arrêt du parlement de Toulouse qui avait confirmé la condamnation à mort de Calas (10 mars 1762).

12 juillet
Lettres patentes interdisant aux cours souveraines toute inquisition auprès des receveurs des impôts: seul le ministère donnera aux magistrats les renseignements qu'ils demanderont.

19 juillet
Édit permettant l'exportation des grains et farines en 27 ports d'embarcation, sur des navires français employant des équipages majoritairement français.

août
Édit supprimant les offices municipaux dans les villes de moins de 4 500 habitants. Cet édit, enregistré le 11 au Parlement de Paris, est complété par un autre édit en mai 1765. La réforme municipale du contrôleur général des Finances Laverdy supprime la vénalité des offices municipaux et affaiblit la tutelle des intendants.
Édit confirmant l'établissement de la Compagnie des Indes.

11 août
Remontrances du parlement de Rennes contre les abus de la corvée.

23 août
Lettres patentes organisant la commission installée à Saumur en 1742 pour juger les contrebandiers conformément aux prérogatives des cours souveraines.

6 septembre
À Paris, Louis XV pose la première pierre de l'église Sainte-Geneviève conçue par Soufflot. Demachy représentera cette scène dans un tableau.

7 septembre
Élection comme roi de Pologne de Stanislas-Auguste Poniatowski (1732-1798), soutenu par la Prusse et la Russie.

12 septembre
Mort de Rameau, pris de fièvre le 23 août alors qu'il dirigeait les répétitions d'un nouvel opéra, *Les Boréades*, dont on ignore le nom du librettiste.

7 novembre
Lettres patentes fixant les droits de sortie et d'entrée à payer pour les grains et garantissant leur libre circulation contre le paiement de ces droits.

26 novembre
Édit supprimant la Compagnie de Jésus dans le royaume: le gouvernement confirme les décisions des différents parlements, afin de mettre un terme aux disparités provinciales et pour rappeler qu'une décision de cette ampleur relève de son autorité.

décembre
Édit sur la libération des dettes de l'État établissant une Caisse des amortissements.

autres événements
• Fondation de la verrerie Sainte-Anne à Baccarat.
• Julie de Lespinasse (1732-1776) ouvre son salon littéraire. Exclue par Mme du Deffand, elle sera soutenue par d'Alembert.
• Marquis d'Argenson : *Considérations sur le gouvernement ancien et présent de la France* (texte écrit dès 1737).
• Abbé Morellet : *Lettres sur la liberté des grains.*

MORELLET

*Collaborateur très militant de l'*Encyclopédie, *soutenu par d'Alembert, l'abbé André Morellet (1727-1819) porta la réponse des philosophes aux* Philosophes *de Palissot (1760). Il fréquente assidûment les salons, est élu en 1785 à l'Académie, et est lié à Turgot et Loménie de Brienne avec lesquels il avait fait ses études. Aussi publiera-t-il, après la Révolution, ses* Mémoires *sur le XVIIIe siècle.*

• Rousseau : *Lettres écrites de la montagne* ; l'ouvrage sera brûlé à Paris le 19 mars 1765.
• Inauguration de la nouvelle salle des machines des Tuileries avec la reprise de *Castor et Pollux* de Rameau.
• Gluck : *Les Pèlerins de La Mecque ou la rencontre imprévue.*
• Monsigny : *Rose et Colas*, opéra sur un livret de Sedaine.
• Philidor : *Le Sorcier.*
• Boucher : *Le Matin et le soir.*
• Caylus : *Histoire de l'art antique.*
• Jean-Antoine Houdon (1740-1828) séjourne à Rome. Il sera célèbre pour ses bustes, de Voltaire notamment, et son *Écorché.*
• Lalande : *Traité complet d'astronomie théorique et pratique.*
• Jean-François Lavoisien : *Dictionnaire portatif de médecine, d'anatomie, de chirurgie, de pharmacie, de chimie, d'histoire naturelle, de botanique et de physique* (rééditions en 1771 et 1781).
• Valmont de Bomare : *Dictionnaire raisonné universel d'histoire naturelle.*

1765

13 février
Pierre-Laurent Buirette de Belloy (1727-1775) : *Le Siège de Calais.* Cette pièce remporte un énorme succès auprès du roi et du public parisien.

mars
Édit autorisant toute personne, quelle que soit sa condition, à l'exception des magistrats, à faire librement du commerce en gros.

9 mars
Réhabilitation de Calas pour laquelle militait Voltaire depuis avril 1762.

15 mars
Réorganisation de l'École de marine que dirige Duhamel du Monceau : elle devient l'École du génie maritime.

25 mars
Série d'ordonnances modernisant l'organisation de la Marine et accentuant son aspect militaire.

11 avril
Conformément au traité de Paris du 10 février 1763, Law de Lauriston reprend possession de Pondichéry.

29 avril
Démission du Grand Conseil.

mai
Édit réglementant l'exécution de l'édit d'août 1764 supprimant les offices des villes de plus de 4 500 habitants : il réglemente les élections et le nombre des officiers, et étend le champ de compétence de celui de 1764 à l'ensemble des villes quel que soit le nombre de leurs habitants.

1er mai
Instructions réglementant le service dans les places et dans la cavalerie.

16 mai
Déclaration royale fixant les limites de la ville et des faubourgs de Paris.

21 mai
Traité entre la France et Tunis.

22 mai
Démission collective du parlement de Rennes. Le 18 juin, le parlement de Grenoble prend la défense des parlements de Rennes et de Pau dont un édit vient de réduire le nombre de conseillers et de présidents. Le parlement de Rouen fera de même en juillet. Les parlementaires bretons sont sommés de reprendre leurs fonctions le 8 novembre, et le 11, le gouvernement fait arrêter le procureur général du parlement de Rennes, La Chalotais. Plusieurs

offices sont supprimés et, en juillet 1766, un édit réglemente la discipline du parlement.

22 août
Publication des Actes de l'assemblée sur la religion. Les 32 évêques députés à l'assemblée générale du clergé y condamnent *De l'esprit* d'Helvétius, l'*Encyclopédie*, l'*Émile*, le *Contrat social* et les *Lettres de la montagne* de Rousseau, rappellent que la bulle *Unigenitus* est un jugement dogmatique de l'Église et réexposent la théorie des deux puissances, spirituelle et temporelle. Au total, dès septembre, 135 évêques souscrivent à cette déclaration. Le 4 septembre, un arrêt du Parlement de Paris déclare nuls les Actes sur la religion de l'assemblée générale du clergé. Cet arrêt est immédiatement cassé par le Conseil du roi.

novembre
L'abbé Nicolas Baudeau (1730-1792) fonde les *Éphémérides du citoyen*, mensuel dans lequel écriront les physiocrates.

11 novembre
Arrestation à Rennes du procureur général du parlement de Rennes, La Chalotais, accusé de l'instigation de l'opposition des états de Bretagne et du parlement de Rennes aux mesures prises par le gouverneur de la province, le duc d'Aiguillon. Le 16 décembre, des lettres patentes ordonnent au parlement de Rennes d'ouvrir une instruction contre La Chalotais. Le gouvernement relancera le parlement de Rennes le 14 février 1766.

27 novembre
Ordonnance sur les milices.

20 décembre
Mort du dauphin Louis à Fontainebleau. Le nouvel héritier de la couronne est le duc de Berry (futur Louis XVI), né en 1754, son frère aîné, le duc de Bourgogne, étant décédé en 1761. Il lui reste deux frères, le comte de Provence (futur Louis XVIII) et le comte d'Artois (futur Charles X), et deux sœurs, Élisabeth et Clotilde.

autres événements
• Joseph II succède à son père l'empereur François Ier de Lorraine, décédé en août. Il inaugurera son règne personnel à la mort de sa mère Marie-Thérèse d'Autriche en 1780.
• Les tensions entre l'Angleterre et ses colonies américaines se durcissent avec le vote par le Parlement de Londres d'un droit à percevoir sur tous les actes juridiques; il sera aboli l'année suivante.
• Réforme de l'artillerie et adoption des modèles de canons préconisés par l'inspecteur général de l'artillerie, Jean-Baptiste Vaquette de Gribeauval (1715-1789).
• D'Alembert: *La Destruction des jésuites en France par un auteur désintéressé.*
• Condorcet: *Du calcul intégral.*

CONDORCET

Lié à d'Alembert, Jean-Antoine-Nicolas Caritat de Condorcet (1743-1794) entre en 1769 à l'Académie des sciences dont il sera élu secrétaire perpétuel en 1776. Nommé par Turgot inspecteur des Monnaies en 1774, il soutient la politique de ce dernier contre les attaques de Necker. L'échec de Turgot le ramène à son travail scientifique, principalement consacré à l'étude du calcul des probabilités. Mais cette branche des mathématiques le rapprochera vite de la politique: il forge le projet d'une mathématique sociale, application aux hommes, aux choses et aux rapports entre les hommes et les choses de la théorie des probabilités. La science du probable légitime la politique représentative qui permettrait un exercice rationnel du pouvoir, aussi les années 1780 le voient-elles prendre la défense des droits de l'homme et de la jeune république américaine, tout en multipliant les projets de réforme politique ou administrative.

• Diderot: *Essai sur la peinture.*
• Mably: *Observations sur l'histoire de France.*
• Sedaine: *Le Philosophe sans le savoir.* Cette pièce, représentée en décembre, qui connaît quelques difficultés avec la censure, est soutenue par Diderot et Grimm.
• Philidor: *Tom Jones*, opéra d'après le roman de Fielding.
• Boucher devient premier peintre du roi et expose *La Jardinière endormie.*
• Chardin: *Les Attributs de la musique* et *Le Panier de prunes.*
• Falconet: *L'Hiver.*
• Fragonard présente au Salon le *Grand-Prêtre Corésus se sacrifiant pour sauver Callirhoé.* Il peint aussi *La Chemise enlevée.*
• Greuze: *Le Fils ingrat. Le Fils puni. La Jeune Fille pleurant son oiseau mort. La Malédiction paternelle.*
• Marie-Joseph Peyre (1730-1785): *Livre d'architecture.*
• Fondation de la maison de cognac Hennessy.

1766

6 janvier
Louis XV rédige son testament.

23 février
Mort de Stanislas Leszczynski. Des lettres patentes en forme d'édit établissent la prise de possession par la France des duchés de Bar et de Lorraine.

3 mars
Lit de justice au Parlement de Paris. Cette séance, tenue en présence de Louis XV, est restée célèbre sous le nom de « séance de la flagellation ». Exaspéré par la multiplication systématique des remontrances et la concertation des différents parlements, Louis XV tient à réaffirmer avec éclat les principes de la monarchie française, principes, prévient-il, qu'il n'acceptera pas de voir remettre en cause. Il rappelle aux magistrats qu'ils sont simplement chargés de rendre la justice au nom du roi et d'exécuter ses commandements; la magistrature ne forme pas un corps et les cours souveraines ne tiennent leur existence et leur autorité que des rois: « C'est en ma personne seule que réside la puissance souveraine [...]. C'est à moi seul qu'appartient le pouvoir législatif, sans dépendance et sans partage [...]. L'ordre public tout entier émane de moi et [...] les droits et les intérêts de la nation, dont on ose faire un corps séparé du monarque, sont nécessairement unis avec les miens et ne reposent qu'en mes mains. » La déclaration lue au Parlement a été élaborée par une commission du Conseil composée de Louis-Jean Bertier de Sauvigny (1709-1788), Jean-François Joly de Fleury (1718-1802), Jean-Baptiste Paulin d'Aguesseau de Fresnes (1701-1784), Pierre Gilbert de Voisins et Charles-Alexandre de Calonne (1734-1802).

10 avril
Choiseul-Praslin quitte les Affaires étrangères et devient secrétaire d'État à la Marine à la place de Choiseul, qui reprend les Affaires étrangères et reste secrétaire d'État à la Guerre.

mai
Voltaire: *Le Philosophe ignorant*. Rédigé en janvier-février, ce petit livre, diffusé à partir de mai, connaîtra rapidement plusieurs rééditions. Voltaire y expose son rationalisme sceptique et son déisme que Grimm critiquera. Il marque ce qui le sépare de l'athéisme.

9 mai
Exécution de Lally-Tollendal qui avait capitulé à Pondichéry. Il sera réhabilité en 1778.

24 mai
Arrêt du Conseil concernant les Actes de l'assemblée générale du clergé publiés en août 1765. Il renouvelle la prescription de silence dans les affaires ecclésiastiques et rappelle les principes qui régissent les relations entre les deux puissances, temporelle et spirituelle.

1er juin
Ordonnance réglementant l'exercice de la cavalerie.

15 juin
Déclaration royale interprétative de l'édit de mai 1765 pour l'administration des biens des villes. Elle cherche à limiter les effets des élections communales.

1er juillet
Exécution du chevalier Jean-François Lefebvre de La Barre (1747-1766), condamné pour athéisme et sacrilège. Son corps est brûlé avec un exemplaire du *Dictionnaire philosophique* de Voltaire qui entreprendra vainement une campagne pour sa réhabilitation. À travers La Barre, c'est « l'esprit philosophique » accusé de mettre en danger la religion et l'ordre établi qui est condamné. L'affaire avait commencé par la découverte d'un crucifix profané dans la nuit du 8 au 9 août 1765 sur un pont à Abbeville. L'émoi ayant gagné la petite ville, la rumeur désigne bientôt quelques jeunes gens qui ne s'étaient pas découverts lors du passage de la précédente procession de la Fête-Dieu. La Barre est arrêté le 2 octobre 1765 et condamné à mort en février 1766. Il interjette appel devant le Parlement de Paris. Ce dernier, qui est peu enclin à la clémence, d'autant plus qu'il est victime de l'accusation de favoriser l'impiété depuis qu'il a obtenu l'expulsion des jésuites, confirme la sentence en juin. Cette sévérité permet aussi au Parlement de donner une preuve de docilité peu après « la séance de la flagellation » du 3 mars, car on savait que Louis XV lui-même souhaitait faire un exemple avec cette affaire afin d'améliorer sa propre image de défenseur de l'Église.

27 juillet
Déclaration royale sur la comptabilité communale. Le Parlement de Paris refuse de l'enregistrer, mais la chambre des comptes l'enregistrera le 19 août.

31 juillet
Désignation des cinq évêques et cinq conseillers d'État membres de la commission des réguliers créée par arrêt du Conseil le 23 mai pour enquêter et réformer les différents ordres religieux dans le royaume. Le président est l'archevêque de Reims, Charles-Antoine de La Roche-Aymon (1697-1777), et le rapporteur l'archevêque de Toulouse, Étienne-Charles de Loménie de Brienne (1727-1794). La commission prononcera la suppression ou fusion de 450 maisons religieuses et la suppression de neuf ordres religieux. Elle sera dissoute en mars 1780.

13 août
Déclaration royale exemptant de la dîme pendant quinze ans les terres nouvellement défrichées afin d'encourager les défrichements.

1er novembre
Ordonnance réglementant le service dans les places et dans les quartiers.

5 décembre
Début du tour du monde de Bougainville. Il durera jusqu'en mars 1769.

BOUGAINVILLE

Doté d'une solide formation scientifique, protégé par Choiseul, Louis-Antoine de Bougainville (1729-1811) entre dans la Marine en 1763 après avoir été l'aide de camp de Montcalm au Canada. En 1766, il entreprend ce fameux voyage qui dure trois ans et promeut les îles de Tahiti en séjour enchanteur. Il participera aux opérations navales de la guerre d'Amérique et deviendra plus tard sénateur et comte d'Empire.

autres événements
• L'Université de Paris institue le concours d'agrégation pour les établissements de son ressort afin de répondre à la nécessité de trouver des remplaçants aux jésuites dont on vient de fermer les collèges.
• Guillaume-François Le Trosne (1728-1780): *La Liberté du commerce des grains toujours utile, jamais nuisible.*
• Mably: *Observations sur l'histoire de la Grèce ou les causes de la prospérité et des malheurs des Grecs.*
• Philippe Macquer (1720-1770): *Dictionnaire portatif des arts et métiers, contenant en abrégé l'histoire, la description et la police des arts et métiers, des fabriques et manufactures de France et des pays étrangers.*
• L'abbé Morellet traduit en français le *Traité des délits et des peines* de Beccaria.
• Traduction française de l'*Histoire de l'art chez les anciens* de Johann-Joachim Winckelmann (1717-1768) qui avait paru en 1764.
• Monsigny: *Aline, reine de Golconde* (ballet).
• Jean-Jacques Bachelier (1724-1806), réputé comme peintre de fleurs et de scènes historiques, est autorisé à ouvrir à Paris une école gratuite de dessin.
• Chardin: *Les Attributs des arts.*
• Coustou entreprend un mausolée pour le dauphin Louis et Marie-Josèphe de Saxe.
• Falconet est appelé en Russie pour ériger une statue équestre de *Pierre le Grand.* Il y restera jusqu'en 1779.
• Fragonard: *Le Baiser à la dérobée.*
• Hubert Robert est reçu à l'Académie de peinture avec sa *Vue du port de Ripetta.*
• Jean-Sylvain Bailly (1736-1793): *Essai sur la théorie des satellites de Jupiter.* Cette année, Bailly entre aussi à l'Académie des sciences.
• Claude Bourgelat fonde l'école vétérinaire d'Alfort.
• Pierre Leroy (1717-1785): *Mémoire sur la meilleure manière de mesurer le temps en mer.*

1767

mars
Édit créant des brevets de maîtrise dans les corps d'arts et métiers; il s'agit d'un expédient fiscal.

13 mars
Mort de la dauphine, Marie-Josèphe de Saxe, à Versailles.

25 avril
Règlement sur l'habillement et l'équipement de l'armée.

1er mai
Instruction réglementant l'exercice des dragons.

28 mai
Traité de commerce entre la France et le Maroc.

juin
Édit prorogeant le second vingtième jusqu'au 1er janvier 1770. Il est enregistré au Parlement de Paris le 22 juin.

19 juin
La bête du Gévaudan, un loup de grande taille qui, depuis plusieurs années, attaquait troupeaux

et paysans, est tuée par un villageois, Jean Chastel, dans la Sogne, en Auvergne.

29 juin
Distinction de la taille en deux brevets, l'un fixe, l'autre variable, et réparti par l'intendant.

août
Voltaire: *L'Ingénu, histoire véritable.* Rédigé pendant les premiers mois de l'année, ce conte est un nouveau plaidoyer en faveur de la tolérance mais dont la tonalité est optimiste. À la différence de Rousseau qu'il parodie au passage, Voltaire croit dans les progrès de la civilisation alors même qu'il ne cesse de dénoncer les grandes injustices des affaires Calas ou La Barre par exemple.

23 août
Renouvellement de l'ordonnance de 1673 sur les jurandes.

18 septembre
Arrêt du Conseil (lettres patentes du 16 avril 1768) plaçant sur le quai de Conti la construction de l'Hôtel des Monnaies à Paris. Le palais sera construit entre 1771 et 1775 sous la direction de l'architecte Jacques-Denis Antoine (1733-1801).

20 octobre
Lettres patentes établissant une École royale de dessin gratuite à Paris.

21 octobre
Arrêt du Conseil prescrivant l'établissement de dépôts de mendicité dans chaque généralité.

autres événements
• Pierre-Augustin Caron de Beaumarchais (1732-1799): *Essai sur le genre dramatique sérieux. Eugénie, drame bourgeois.*
• Condorcet: *Du Problème des trois corps.*
• Forbonnais: *Principes et observations économiques.*
• Pierre-Paul Le Mercier de La Rivière (vers 1719-1793): *L'Ordre naturel et essentiel des sociétés politiques.*
• Simon-Nicolas-Henri Linguet (1736-1794): *Théorie des lois civiles ou principes fondamentaux de la société.*
• Marmontel: *Bélisaire.*
• Nicolas-Edme Restif de la Bretonne (1734-1806): *La Famille vertueuse.* C'est le premier livre de ce compagnon imprimeur qui deviendra célèbre pour ses déambulations nocturnes dans Paris.
• Voltaire: *Questions sur les miracles,* recueil de 20 lettres fictives que Voltaire a publiées une à une depuis juillet 1765. *Examen important de milord Bolingbroke ou le tombeau du fanatisme.* Ce texte souligne les invraisemblances de la Bible et de l'histoire de Jésus et dénonce l'histoire de l'Église comme une longue suite de troubles. *Le Dîner du comte de Boulainvilliers,* un nouveau texte critique envers la religion révélée et son clergé où Voltaire, soucieux des dangers que l'incrédulité présente pour la société, promeut le déisme.
• Charles de Blainville: *Histoire générale critique et philologique de la musique.*
• Gluck: *Alceste.*
• Mondonville: *Thésée.*
• Construction de l'hôtel Saint-Florentin à Paris par Jean Chalgrin (1739-1811). Il construira l'église Saint-Philippe-du-Roule à Paris et concevra le plan de la place de l'Étoile.
• Doyen: *Le Miracle des ardents,* tableau réalisé pour l'église Saint-Roch à Paris.
• Fragonard: *L'Escarpolette.*
• Jacques-Ange Gabriel achève l'aménagement du Petit Trianon.
• Hubert Robert expose au Salon *Le Port de Rome* orné de différents monuments d'architecture antique et moderne.
• Louis-Michel Van Loo (1707-1771): portrait de *Diderot.*
• Joseph-Marie Vien (1716-1809): *Saint Denis prêchant la foi en France* pour l'église Saint-Roch à Paris. Vien s'efforcera d'éveiller chez ses élèves, comme David, le goût pour l'Antiquité.
• Louis-Jean-Marie Daubenton (1716-1800) introduit le mouton mérinos en France. En 1773, il sera titulaire de la nouvelle chaire d'histoire naturelle créée au Collège de France.

1768

janvier
Édit réglementant la discipline du Grand Conseil (lettres patentes du 19 juin). Sa compétence est élargie et ses liens renforcés avec le Conseil: tout ce qui concerne l'exécution des arrêts du Conseil relève de sa compétence. Ses membres, démissionnaires depuis le 29 avril 1765, reçoivent l'ordre de reprendre leurs fonctions. Une série de lettres patentes règle en janvier les questions de procédure et de personnel.

7 février
Déclaration royale concernant la perception et la répartition de la taille: elle généralise l'institution des commissaires aux rôles mais ne sera jamais réellement exécutée.

mars
Émeutes contre la cherté des grains à Rouen qui s'étendent à la région. Tout en organisant la répression, le Parlement rétablit un certain nombre de contrôles du commerce des grains que la récente libéralisation avait supprimés. Les parlementaires remettent en cause la politique libérale en matière de grains qu'ils dénoncent comme une altération de la constitution française, destructrice de la société car déniant la fonctionnalité du monarque souverain et donc sa légitimité qui fonde sa supériorité.
Voltaire: *L'Homme aux quarante écus*. Publié à Genève, ce conte, condamné peu après par le Parlement de Paris, connaît un fort et rapide succès en ironisant sur les idées des physiocrates, de Maupertuis ou de Benoît de Maillet. Voltaire publie un mois après *La Princesse de Babylone*.

1er mars
Règlement pour les écoles de chirurgie de la marine à Brest, Toulon et Rochefort.
Règlement pour le service dans les places et quartiers.

3 mars
Édit, enregistré au Parlement de Paris le 26, réglementant les ordres religieux. L'âge requis pour formuler des vœux est fixé à 21 ans pour les hommes et 18 ans pour les femmes.

19 mars
Remontrances du Parlement de Paris contre le Grand Conseil et les cassations du Conseil privé. Les parlements de province agissent de même.

mai
Édit, enregistré le 13 au Parlement de Paris, fixant les portions congrues des curés à 500 livres et celle des vicaires à 150 livres. La portion congrue est la rétribution que reçoivent pour leur entretien les curés ou vicaires qui desservent une paroisse sans en percevoir les dîmes. Armand-Gaston Camus (1740-1804) publiera en 1776 un *Commentaire sur l'édit de mai 1768 ou traité des portions congrues conformément à la jurisprudence actuelle des différentes cours du royaume*.

1er mai
Lettres patentes accordant à Cayenne et à la Guyane la liberté de commercer avec toutes les nations pendant douze ans.

15 mai
Traité entre la France et Gênes: la France pacifiera la Corse et la gardera si Gênes ne rembourse pas ses dépenses militaires. Il s'agit d'une vente déguisée où la France achète la Corse à Gênes 40 millions de livres. Il faudra plusieurs mois au comte de Vaux, Noël de Jourda (1705-1788), pour réduire Pascal Paoli (1725-1807) et les indépendantistes. Dès juin, un Conseil supérieur est créé à Bastia et une ordonnance réglemente les peines et délits en Corse. Le 15 août, un édit réunit la Corse à la France.

27 mai
Première représentation à la Comédie-Française de la pièce de Sedaine, *La Gageure imprévue*, qui va s'affirmer comme un succès.

1er juin
Lettres patentes incorporant dans le royaume Avignon et le Comtat Venaissin que Louis XV avait fait occuper à la suite de l'excommunication par le pape de son petit-fils le duc de Parme qui est aussi neveu de Charles III d'Espagne. Avignon et le Comtat seront restitués au pape en avril 1774.

24 juin
Mort à Versailles de la reine Marie Leszczynska, à l'âge de 65 ans.

28 juin
Lettres patentes comportant un règlement général pour l'administration de la Compagnie des Indes qui met fin au régime que connaissait la Compagnie depuis la guerre de Sept Ans et la replace sous la tutelle du gouvernement.

2 août
Jacques Necker (1732-1804) devient ministre résident de la République de Genève à Paris.

10 août
Suppression par remboursement des droits de marché seigneuriaux qui entravaient le commerce des grains. Cette mesure n'aura que peu d'application jusqu'à ce que Turgot, par un arrêt du 13 août 1775, ordonne la reprise de l'opération.

20 août
Grétry: *Le Huron*, en collaboration avec Marmontel. Cette œuvre inaugure le succès que connaît Grétry jusqu'en 1794.

GRÉTRY

Né à Liège, André-Modeste Grétry (1741-1813), après avoir été chantre à Saint-Denis et obtenu une bourse pour étudier à Rome (1760-1766), s'installe à Paris en 1767. En 1798, il abandonne la composition et se réfugie dans l'ermitage de Jean-Jacques Rousseau où il s'adonne à la littérature et à la philosophie jusqu'à sa mort.

11 septembre
Le duc Emmanuel-Félicité de Durfort de Duras (1715-1789) devient gouverneur de la Bretagne à la place du duc d'Aiguillon qui a démissionné à la fin du mois d'août.

14 septembre
Démission du chancelier Lamoignon.

18 septembre
René-Nicolas de Maupeou devient chancelier et garde des Sceaux, après que son père, le vice-chancelier, le fut fictivement 24 heures. Il restera chancelier jusqu'à la fin en 1790 mais perdra la garde des Sceaux au profit de Miromesnil en 1774 et se retirera alors dans ses terres.

20 septembre
Laverdy quitte le contrôle général des Finances.

22 septembre
Le conseiller d'État Étienne Maynon d'Invault (1721-1801), un physiocrate, est nommé contrôleur général des Finances. Ce maître des requêtes avait épousé la sœur de Trudaine de Montigny. Le renvoi de Laverdy et la nomination de Maynon ne signifient pas un changement d'orientation de la politique du grain : la tendance reste à la libéralisation.

décembre
Édit prorogeant le second vingtième dont la perception devait cesser au 1er janvier 1770. Il est enregistré en lit de justice par le Parlement de Paris le 11 janvier 1769 jusqu'au 1er juillet 1772.

autres événements
• Découverte du gisement de kaolin de Saint-Yrieix qui va permettre le développement de la porcelaine de Limoges.
• Début de la publication des *Proverbes dramatiques* (8 volumes jusqu'en 1781) de Louis Carrogis dit Carmontelle (1717-1806). Proche du duc d'Orléans, il s'occupe aussi de l'aménagement de ses jardins et concevra ainsi le parc Monceau.
• Quesnay : *Physiocratie ou constitution naturelle du gouvernement le plus avantageux au genre humain.* Ce recueil est publié par Pierre-Samuel Dupont de Nemours (1739-1817).
• Restif de la Bretonne : *Le Pied de Fanchette.*
• Rousseau : *Dictionnaire de musique.* Rousseau reprend là, en partie, des articles qu'il avait donnés pour l'*Encyclopédie*. L'idée en est que la séparation du langage et de la musique appauvrit cette dernière. Le livre sera souvent réédité et traduit.
• Voltaire : *Précis du siècle de Louis XV.* Voltaire y dépeint l'histoire diplomatique et militaire de l'Europe et y déroule la politique intérieure française dominée par l'antagonisme entre l'autorité séculière et la puissance ecclésiastique.
• Les auditeurs du Concert spirituel entendent pour la première fois un nouvel instrument, le pianoforte, où la corde frappée remplace la corde pincée.
• Le marquis de Marigny dresse un projet de galerie au Louvre, comme l'avait préconisé Diderot dans l'*Encyclopédie* trois ans auparavant.
• Construction du pont de Neuilly-sur-Seine par Jean-Rodolphe Perronet (1708-1794). Il dirigeait l'École des ponts et chaussées.
• Charles Bossut (1730-1814) : *Traité théorique et expérimental d'hydrodynamique.*
• Condorcet : *Essais d'analyse.*
• Jean-Henri Lambert (1728-1777) démontre que pi est un nombre irrationnel.
• Gaspard Monge (1746-1818) devient professeur de mathématiques à l'École du génie de Mézières.
• Tissot : *De la santé des gens de lettres.*

1769

janvier
Antoine Jars (1732-1769), qui avait été chargé d'étudier l'exploitation des houillères en Angleterre, expérimente en France la fonte de minerai de fer avec du coke.

mars
Le contrôleur général des Finances Maynon d'Invault bloque l'approbation d'un emprunt de 30 millions en faveur de la Compagnie des Indes parce que ses actionnaires refusent d'hypothéquer leur capital pour garantir l'emprunt.

6 mars
Monsigny : *Le Déserteur*, opéra sur un livret de Sedaine qui reçoit un vif succès.

1er avril
Traité commercial entre la France et la ville de Hambourg.

22 avril
Présentation à la Cour de la comtesse Du Barry. Il y a sans doute déjà plus d'un an que Jeanne Bécu (1743-1793) est la maîtresse de Louis XV.

1er mai
Ordonnance réglementant les troupes légères.

16 mai
Traité entre la France et Marie-Thérèse d'Autriche sur les limites de leurs États respectifs aux Pays-Bas.

18 mai
Le cardinal Ganganelli devient pape sous le nom de Clément XIV et succède à Clément XIII mort en février.

juillet
Afin d'apaiser le conflit qui couve toujours en Bretagne, le gouvernement décide de «reconstituer» le parlement de Rennes en prenant un édit fixant sa composition: les offices y sont attribués aussi bien aux parlementaires qui avaient démissionné en mai 1765 qu'à ceux qui sont en fonctions. Le parlement continuera cependant à marquer son opposition en demandant la réintégration de son procureur général, La Chalotais, l'adversaire du duc d'Aiguillon.

13 août
Un arrêt du Conseil suspend le privilège de la Compagnie des Indes: tous les sujets du roi peuvent négocier librement aux Indes et en Chine ainsi que sur les mers au-delà du cap de Bonne-Espérance.

septembre
En Corse, réglementation de la procédure civile et arrivée d'un intendant.

24 septembre
Ordonnance créant des compagnies de fusiliers marins et renforçant l'artillerie de marine.

22 décembre
Après la démission du contrôleur général des Finances Maynon d'Invault le 19 décembre, l'abbé Joseph-Marie Terray (1715-1778), conseiller clerc au Parlement de Paris, est nommé contrôleur général des Finances à l'instigation de Maupeou. Il reprend la tradition royale de politique d'approvisionnement en ce qui concerne les grains et farines. Il y est surtout contraint par les effets de la politique libérale sur la population et l'opinion: Terray réprime les troubles mais cherche aussi à supprimer la cause des mécontentements et envisage une politique nationale des subsistances avec une régie pour les grains; mais s'il se fie au commerce pour l'approvisionnement ordinaire, il est prêt à faire intervenir le pouvoir central en cas de difficulté. Avec le chancelier Maupeou et le duc d'Aiguillon, Terray compose le «triumvirat» qui gouverne les dernières années du règne de Louis XV et tente de réformer et rénover en profondeur la monarchie absolue. Pour sa part, Terray se chargera de rééquilibrer les finances royales en révisant la fiscalité et en traquant les abus, après avoir paré au plus pressé.

autres événements
• Publication du premier volume de la *Table chronologique des diplômes, chartes, titres et actes imprimés concernant l'histoire de France.*
• Bonnet: *Palingénésie philosophique ou idées sur l'état passé et futur des êtres vivants.*
• Diderot: *Mémoire contenant le projet d'une pompe publique pour fournir l'eau de Seine à la ville de Paris.*
• Duhamel du Monceau: *Traité général des pêches maritimes, des rivières et des étangs.*
• Dupont de Nemours remplace l'abbé Baudeau à la direction des *Éphémérides du citoyen.*
• Du Marsais: *Essai sur les préjugés* (ouvrage rédigé avant 1756).
• Morellet: *Mémoire sur la situation actuelle de la Compagnie des Indes.* Il se prononce pour la suppression de la Compagnie, ce qui suscitera une réponse de Necker.
• Restif de la Bretonne: *Le Pornographe ou idées d'un honnête homme sur un projet de règlement pour les prostituées.*
• Jean-François de Saint-Lambert (1716-1803): *Les Saisons.*
• Fondation du théâtre de l'Ambigu comique par Audinot sur les boulevards parisiens.
• Gossec fonde le Concert des amateurs.
• Grétry: *Lucile*, opéra sur un livret de Marmontel. *Le Tableau parlant.*
• Mondonville: *Psyché.*
• Boucher: *Marche des bohémiens.*
• Fragonard: portrait de *Diderot.*
• Jacques Gondoin (1737-1818) commence la construction de l'École de médecine, achevée en 1775.
• Greuze: *Sévère et Caracalla. La Petite fille au chien noir.*
• Buffon fait fonctionner son haut fourneau à Montbard.

1770

janvier
Le contrôleur général des Finances Terray réduit le montant de différentes rentes et pensions.

7 janvier
Une déclaration affecte pendant huit ans les fonds de la Caisse des amortissements au remboursement des sommes anticipées sur les revenus du roi.

20 janvier
Une délégation du parlement de Rennes présente à Louis XV des remontrances afin d'obtenir le retour de La Chalotais. Louis XV répond négativement: le maintien en exil du procureur général est justifié pour des raisons privées n'ayant pas de rapport avec l'affaire bretonne (La Chalotais avait pris connaissance de la correspondance de Louis XV avec une de ses maîtresses).

18 février
Terray est nommé ministre d'État. Après s'être occupé de réduire le coût des pensions pour l'État, Terray éprouve néanmoins des difficultés de trésorerie. Il suspend le paiement des rescriptions et assignations des receveurs généraux et billets des fermiers généraux qui produiront un intérêt de 5 % jusqu'à leur remboursement. Le 25 février, une déclaration ordonne que pendant quatre ans les remboursements des emprunts sur les deniers du roi seront affectés au paiement des rescriptions et assignations suspendues. Réduction des dépenses de l'État, ajournement d'une partie de ses remboursements, augmentation de ses recettes: cette politique de Terray visant à rétablir un équilibre financier rencontrera une large résistance qui accentuera l'impopularité du tandem Terray-Maupeou.

3 mars
Le parlement de Rennes nomme des commissaires pour enquêter sur le duc d'Aiguillon; cette mesure est cassée par un arrêt du Conseil du 9 mars. Le 24 mars, le duc d'Aiguillon obtient de porter son affaire devant la Cour des pairs. Celle-ci tient sa première séance le 4 avril.

5 mars
En Amérique, à Boston, cinq manifestants sont tués par les troupes anglaises au cours d'une émeute contre la taxation.

avril
Édit reconnaissant la noblesse corse.

11 avril
La fille cadette de Louis XV, Madame Louise, entre au carmel.

4 mai
Déclaration royale fixant les nouveaux tarifs du droit de marc d'or.

16 mai
Dans la chapelle du château de Versailles, célébration du mariage du dauphin, le futur Louis XVI, âgé de 16 ans, et de la fille de l'empereur François Ier et de Marie-Thérèse d'Autriche, Marie-Antoinette (1755-1793), âgée de 15 ans, arrivée à Strasbourg le 7 mai. L'opéra, réalisé par Jacques-Ange Gabriel, est inauguré à cette occasion. Ce mariage donne lieu à des festivités à Paris où se presse une grande foule: le 30 mai, on dénombre 132 morts et des centaines de blessés causés par le passage des carrosses.

27 juin
Lit de justice au Parlement de Paris sur l'affaire du duc d'Aiguillon: le chancelier Maupeou avait déclaré qu'en attaquant le duc, on mettait en cause le souverain, aussi Louis XV casse-t-il la procédure engagée contre le duc d'Aiguillon. Le 2 juillet, le Parlement de Paris exclut le duc d'Aiguillon de la pairie. L'arrêt du Parlement est cassé le lendemain mais il sera repris par les parlements de province. Le 3 septembre, Maupeou ordonnera en lit de justice qu'on lui communique toutes les pièces concernant le duc d'Aiguillon.

14 juillet
Arrêt du Conseil interdisant la sortie hors du royaume des grains et farines.

30 juillet
Première représentation de *La Veuve du Malabar ou l'empire des coutumes* d'Antoine-Marin Lemierre (1723-1793). Froidement accueillie, la pièce remportera un triomphe en 1780 grâce à une spectaculaire mise en scène. Le succès de ses poésies conduira Lemierre à l'Académie française en 1781.

14 août
Remontrances de la Cour des aides, rédigées par son premier président, Malesherbes, contre les lettres de cachet.

13 septembre
Traité définitif entre la France et Tunis.

27 novembre
Édit sur la discipline des parlements: préparé par Maupeou avec l'aide de Terray, l'édit rappelle que le pouvoir législatif appartient au roi qui ne tient sa couronne que de Dieu; les remontrances sont

autorisées mais les arrêts de défense interdits, ainsi que les grèves et correspondances des parlements entre eux. Louis XV jettera au feu les remontrances du Parlement de Paris que lui portait le premier président, Étienne-François d'Aligre (1727-1798).

décembre
Terray change la base de perception du droit de marc d'or.

7 décembre
Lit de justice: Maupeou rappelle les limites du droit de remontrance et fait enregistrer l'édit du 27 novembre qui réglemente la discipline des parlements.

10 décembre
Le Parlement de Paris cesse son service. Le 20 décembre, Louis XV lui ordonne de reprendre ses fonctions.

23 décembre
Louis XV écrit au roi d'Espagne qu'il ne souhaite pas de guerre actuellement et préfère que l'Espagne et l'Angleterre arrivent à un accord à propos des îles Malouines.
Arrêt du Conseil suivi d'une déclaration royale (27 décembre) et de lettres patentes (11 janvier 1771) sur le commerce des grains restreignant la liberté de circulation.

24 décembre
Disgrâce de Choiseul qui est exilé à Chanteloup, ainsi que son cousin Choiseul-Praslin.

autres événements
• Épidémie de variole.
• Jean-Frédéric Bignon (1747-1784) devient administrateur de la Bibliothèque du roi.
• Beaumarchais: *Les Deux amis ou le négociant de Lyon.*
• Sébastien-Roch Nicolas, dit Chamfort (1740-1794): *Le Marchand de Smyrne.*
• Durand de Maillane: *Histoire du droit canon.*
• Abbé Ferdinando Galiani (1728-1787): *Dialogues sur le commerce des blés.* Ce livre, qu'on dit corrigé par Diderot et approuvé par Sartine, critique les économistes libéraux et les physiocrates. Il est symptomatique de la division et de la confusion qui traversent les philosophes en matière d'économie où l'on trouve d'un côté Diderot, Grimm, Necker (soutenus par Voltaire et d'Holbach), et de l'autre Turgot, Dupont de Nemours et Condorcet.
• D'Holbach: *Le Système de la nature.*
• La Harpe: *Mélanie.* Cette pièce, dont le thème est les vocations forcées, ne sera jamais jouée en public avant 1791 mais circulera dans les salons.
• Marmontel: *Les Incas ou la destruction du Pérou.*
• Restif de la Bretonne: *La Mimographe ou Idées d'une honnête femme pour la réformation du théâtre national.*
• Turgot: *Réflexions sur la formation et la distribution des richesses.* Ce texte avait d'abord été publié l'année précédente dans les *Éphémérides du citoyen.*
• Voltaire: *Questions sur l'Encyclopédie* (9 volumes jusqu'en 1772).
• Balbastre: *Suites de noëls en variations, écrites pour l'orgue.*
• Grétry: *Les deux avares* (opéra-comique).
• Nicolas-Joseph Cugnot (1725-1804) met au point un fardier à vapeur se déplaçant à près de 4 km/h et pouvant tirer une masse de 5000 livres. La construction de cette machine avait été encouragée par Choiseul et Gribeauval.
• Jean-Dominique Cassini: *Voyage pour éprouver les montres marines inventées par M. [Pierre] Leroy.*
• Buffon: *Histoire naturelle des oiseaux.*
• Antoine Gouan (1733-1821): *Histoire des poissons.*
• Tissot: *Essai sur les maladies des gens du monde.*

1771

7 janvier
Le Parlement de Paris accepte de reprendre son service mais déclare continuer à refuser l'édit du 27 novembre 1770 imposé lors du lit de justice du 7 décembre. Comme Louis XV repousse cette restriction, la grève reprend. Le 13 janvier, Louis XV décide de maintenir cet édit de discipline.

18 janvier
Pour la cinquième fois, Louis XV ordonne au Parlement de Paris de reprendre ses fonctions.

19-21 janvier
Dans la nuit du 19 au 20, les parlementaires parisiens sont sommés de répondre immédiatement, et par écrit, à l'ordre de reprendre leurs fonctions par oui ou par non. Dans la nuit du 20 au 21, les 132 parlementaires ayant refusé de reprendre leurs fonctions sont exilés et leurs charges confisquées. Les 38 qui ont répondu oui la veille reprennent alors leur accord pour affirmer leur solidarité.

22 janvier
Maupeou annonce aux conseillers d'État et maîtres des requêtes qu'ils doivent remplacer le Parlement, et le lendemain des lettres patentes

confient aux officiers du Conseil l'administration de la justice à la place du Parlement. Le 24, ce nouveau Conseil, composé ainsi de conseillers d'État et maîtres des requêtes, s'installe au Palais de Justice de Paris. Le 25, Maupeou lit les édits du 23 au Conseil d'État formant Parlement.

26 janvier
Le marquis Louis-François de Monteynard (1713-1791) devient secrétaire d'État à la Guerre à la place de Choiseul.

31 janvier
Louis XV réprimande le duc d'Orléans Louis-Philippe pour sa participation à l'opposition au gouvernement des princes du sang qui ont demandé à Le Paige de rédiger un mémoire. Les princes du sang enverront des lettres à Louis XV pour protester contre la réforme de Maupeou les 19 mars et 4 avril. Et le roi les exclura de la Cour le 12 avril.

18 février
Remontrances de la Cour des aides de Paris, rédigées par son premier président Malesherbes, protestant contre la suppression des offices et prônant l'appel aux états généraux.

23 février
Le Conseil tenant lieu de Parlement enregistre trois édits réformant la justice. La vénalité des charges de judicature est supprimée et la gratuité de la justice établie. Le ressort du Parlement de Paris est restreint et démembré par la création de six conseils supérieurs à Arras, Blois, Châlons-sur-Marne, Clermont-Ferrand, Lyon et Poitiers; le Parlement de Paris conserve l'Île-de-France, l'Orléanais, la Picardie, Reims et Soissons. L'édit fixe aussi la composition des conseils dont les officiers seront nommés gratuitement et appointés par la Couronne. L'installation de ces conseils supérieurs commence dès mars 1771 et leur personnel est complété progressivement.

20 mars
Le ministre de la Feuille, l'évêque d'Orléans Jarente, est exilé et la feuille des bénéfices est confiée à l'archevêque de Reims, La Roche-Aymon.

22 mars
Arrêt de la Cour des aides refusant de reconnaître les conseils supérieurs.

6 avril
Le premier président de la Cour des aides, Malesherbes, reçoit une lettre de cachet lui ordonnant de rester à Malesherbes jusqu'à nouvel ordre.

9 avril
Pierre-Étienne Bourgeois de Boynes (1718-1783) devient secrétaire d'État à la Marine. Depuis la disgrâce de Praslin en décembre 1770, c'est l'abbé Terray, le contrôleur général des Finances, qui tenait la Marine.

13 avril
En lit de justice, enregistrement de l'édit supprimant les offices du Parlement et créant les nouvelles charges, supprimant le Grand Conseil et supprimant la Cour des aides. L'avocat général, Antoine-Louis Séguier (1726-1792), démissionne à la fin de la séance. Le nouveau Parlement, se composant de 7 présidents, 15 conseillers clercs et 53 conseillers laïcs, est installé l'après-midi dans un grand déploiement militaire. Le premier président en est Bertier de Sauvigny.

19 avril
Édit organisant le nouveau parquet.

21 avril
Arrêt du Conseil statuant sur le remboursement des offices supprimés.

mai
Réorganisation du Châtelet de Paris. Suppression des procureurs au Parlement de Paris. Suppression de la Cour des aides de Clermont-Ferrand.
Montée du prix du blé à Paris.

14 mai
Mariage du comte de Provence (futur Louis XVIII), frère de Louis XVI, avec Louise-Marie-Josèphe de Savoie.

juin
Suppression d'offices de sièges présidiaux, de bailliages ou de sénéchaussées, remodelage des attributions de ces circonscriptions et création dans chaque bailliage ou sénéchaussée des offices de conservateur des hypothèques.

6 juin
Le duc d'Aiguillon est nommé secrétaire d'État aux Affaires étrangères à la place de Choiseul disgracié en décembre 1770.

15 juin
Déclaration royale annulant les exils des prêtres éloignés depuis décembre 1756.

20 juin
Règlement pour les gardes du corps du roi.

juillet
Suppression des offices du parlement de Besançon qui est réorganisé. Les bailliages de Blois et Troyes sont de même réorganisés.

août
Suppression du parlement de Toulouse dont le ressort est réduit par la création d'un conseil supérieur à Nîmes. Suppression du parlement de Bordeaux, de la cour des monnaies de Lyon, du parlement de Douai et réunion de son ressort au conseil supérieur d'Arras.

septembre
Création à Douai d'un conseil supérieur. Suppression du parlement d'Aix-en-Provence dont tous les membres sont exilés tandis que la Cour des comptes est substituée au parlement (contrairement à ce qu'espérait le procureur général du parlement Ripert de Monclar). Suppression du parlement de Rouen et de la Cour des comptes: un conseil supérieur est installé à Bayeux, tandis que la Haute Normandie est rattachée au Parlement de Paris. À Rennes, le parlement est réorganisé et plusieurs offices sont supprimés.

octobre
Suppression du parlement de Metz dont la compétence est attribuée à la cour souveraine de Nancy. Suppression du parlement de Dombes et du conseil souverain d'Alsace. À Dijon et à Grenoble, il suffit de quelques exils et suppressions d'offices pour réorganiser les parlements.

novembre
Édit décrétant la perpétuité du premier vingtième et prorogeant le deuxième jusqu'en 1781. Les vingtièmes doivent être perçus en proportion exacte des revenus assujettis. On crée simultanément un corps de contrôleurs des vingtièmes. L'idée est de rectifier l'assiette tout autant que d'augmenter la recette. Les droits levés par la Ferme générale sont augmentés.
Suppression de la Cour des comptes de Dol et création d'un bureau des finances de Franche-Comté siégeant à Besançon.
Édit rétablissant dans les villes où il y a un corps municipal des offices de conseillers, de maires, de secrétaires, etc. Le contrôleur général des Finances Terray supprime les édits de 1764 et 1765 ainsi que les mesures les accompagnant et revient à un régime antérieur à la réforme municipale de Laverdy. Mais les anciennes élections ne seront pas rétablies et les rachats d'offices coûteront cher aux communautés.
Acquittement de Sirven par le parlement de Toulouse grâce à une campagne menée par Voltaire. Pierre-Paul Sirven (1709-1777), arpenteur à Castres, était accusé d'avoir tué sa fille qui s'était suicidée pour ne pas abjurer le protestantisme.

3 novembre
Les confédérés polonais, révoltés contre le protectorat que la Russie exerce sur la Pologne depuis 1768, enlèvent le roi Stanislas Poniatowski, donnant ainsi un prétexte à Frédéric II de Prusse pour intervenir.

décembre
Création d'un conseil supérieur à Rouen.

autres événements
• Création de l'École de cavalerie de Saumur.
• Le duc de Chartres, Louis-Philippe-Joseph (1747-1793, duc d'Orléans en 1785) est porté à la tête de la franc-maçonnerie française.
• Nicolas Bergier (1718-1790): *Examen du matérialisme.*
• Bougainville: *Voyage autour du monde.*
• Diderot écrit *Jacques le fataliste et son maître.* Des extraits paraîtront dans la *Correspondance* de Grimm en 1778, mais l'ouvrage ne sera publié qu'en 1796. C'est un long dialogue, plein de digressions, entre des personnages peu pressés, raisonneurs, philosophant sur tout en vagabondant. Le maître, un désœuvré, prend plaisir à écouter son valet Jacques, un bavard ingénieux mais un peu naïf. La soumission de l'homme à la Fatalité et l'anticléricalisme traversent cette histoire incertaine où le lecteur progresse dans l'apparent désordre de l'enchevêtrement brouillon des épisodes par associations d'idées, comme souvent chez Diderot.
• Durand de Maillane: *Les Libertés de l'Église gallicane prouvées et commentées suivant l'ordre et la disposition des articles dressés par M. Pierre Pithou et sur le recueil de M. Pierre Dupuy.*
• Goldoni: *Le Bourru bienfaisant* (écrit en français).
• Jean-Louis de Lolme (1741-1806): *Constitution de l'Angleterre ou État du gouvernement anglais comparé avec la forme républicaine et avec les autres monarchies de l'Europe.*
• Louis-Sébastien Mercier (1740-1814): *L'An 2440, rêve s'il en fut jamais.*

• Voltaire : *Raisons pour désirer une réforme dans l'administration de la justice. Réponse aux remontrances de la Cour des aides.* Voltaire prend la défense de la réforme Maupeou contre les parlementaires qu'il déteste ; il répond ainsi aux remontrances de Malesherbes.
• Grétry : *Zémire et Azor*, comédie-ballet sur un livret de Marmontel.
• Chardin : *Autoportrait aux besicles.*
• Fragonard : *La Lettre.*
• Houdon : buste de *Diderot.*
• Blondel : *Cours d'architecture.*
• Joseph-Louis Lagrange (1736-1813) : *Réflexions sur la résolution algébrique des équations.*
• Monge : *Mémoire sur les rayons de courbure.*
• *Journal de physique* de l'abbé Jean Rozier (1734-1793) : le premier périodique scientifique en France.

1772

8 mars
Les actes de la papauté concernant seulement le for intérieur et les dispenses de mariage sont déclarés exempts d'enregistrement devant les parlements.

avril
Série d'ordonnances concernant l'armée et que complète une ordonnance du 9 juin sur les hussards.

25 avril
Création d'une Commission royale de médecine.

30 avril
Déclaration royale sur la compétence des maréchaussées.

24 mai
Traité entre le roi de France et le prince-évêque de Liège sur les limites de leurs États respectifs. Ratifié le 1er juin, ce traité sera complété le 9 décembre 1773.

30 mai
Armistice entre la Turquie et la Russie. La Turquie, alliée de la France, avait été battue par la Russie. La France cherchera à retarder la signature d'un traité de paix définitif.

3 juillet
Le marquis de Monteynard, secrétaire d'État à la Guerre, devient aussi gouverneur de la Corse dont l'administration était déjà rattachée à son secrétariat d'État.

25 juillet
Signature de deux traités qui achèvent de consacrer le partage de la Pologne entre la Prusse, la Russie et l'Autriche. Cinq traités séparés ont déjà été conclus entre ces puissances en janvier et mars.

4 août
Ordonnance concernant les hôpitaux et créant cinq écoles de médecine militaire.

14 août
Circulaire de Terray demandant aux autorités ecclésiastiques détenant les registres où sont inscrits les baptêmes, mariages, etc., de fournir au gouvernement les chiffres des naissances, mariages et décès. Terray va doter le contrôle général des Finances d'un bureau de statistiques.

18 août
Deux ordonnances créent plusieurs régiments pour le service des colonies d'Amérique et la garde des îles de France (Maurice) et Bourbon (La Réunion). De nouvelles compagnies seront créées le 30 décembre pour renforcer la garde des îles et de l'Inde ainsi que du port de Lorient.

19 août
Gustave III de Suède (1771-1792), qui bénéficie du soutien de son armée et de la France, reprend le pouvoir exécutif ; les États ne conservent que le pouvoir de voter l'impôt.

30 octobre
Déclaration royale autorisant les habitants des côtes à cueillir et ramasser le varech.

novembre
Édit réglementant la contrainte par corps pour dettes à Paris.

7 décembre
Seuls parmi les princes du sang, Louis-Joseph de Bourbon prince de Condé (1736-1818) et les siens sont autorisés par Louis XV à revenir à la Cour.

15 décembre
Ordonnance réglementant le service dans le corps de l'artillerie dans les places et dans les écoles. Elle fait suite à une ordonnance datée du 23 août.

28 décembre
Le duc d'Orléans, Louis-Philippe, et le duc de Chartres, futur Philippe Égalité, font leur réconciliation avec Louis XV et reparaissent à la Cour.

30 décembre
Dans la nuit du 29 au 30, à Paris, un incendie ravage l'Hôtel-Dieu et fait des dizaines de victimes.

autres événements
• Yves-Joseph de Kerguelen de Trémarec (1734-1797) découvre les îles de la Désolation qui porteront son nom.
• Jacques Cazotte (1719-1792): *Le Diable amoureux.*
• Diderot: *Regrets sur ma vieille robe de chambre. Ceci n'est pas un conte.* Diderot part séjourner en Russie.
• Jacques-Antoine-Hippolyte de Guibert (1743-1790): *Essai général de tactique.* Il préconise l'ordre mince et la mobilité.
• Helvétius: *De l'homme.*
• D'Holbach: *Le Bon Sens.*
• Maultrot, Mey *et alii*: *Maximes du droit public français.* Il s'agit d'une critique érudite de la monarchie absolue par un consortium d'avocats jansénistes au Parlement de Paris. On trouvera dans la réédition de 1775 une radicale *Dissertation sur le droit de convoquer les États généraux* due à la plume de Maultrot qui circulera encore avec succès en 1788.
• Guillaume-Thomas Raynal (1713-1796): *Histoire philosophique et politique des établissements et du commerce des Européens dans les deux Indes.* En 1781, l'abbé Raynal sera décrété de prise de corps par le Parlement de Paris et devra s'exiler jusqu'en 1784.
• Rousseau: *Lettres sur la botanique.* Il rédige aussi ses *Considérations sur le gouvernement de Pologne* qui seront publiées en 1782.
• Wolff: *Institution du droit de la nature et des gens* (traduction de *Institutiones juris naturae et gentium* paru en 1750).
• Grétry: *L'Ami de la maison.*
• Monsigny: *Le Faucon.*
• Création du théâtre d'ombres de Séraphin. Installé à Versailles, ses représentations à la Cour prennent le titre de « Spectacle des enfants de France ».
• Claude-Nicolas Ledoux (1736-1806): projet de saline pour Arc-et-Senans. Architecte du roi, inspecteur des salines en Franche-Comté depuis 1771, Ledoux est célèbre pour ses projets architecturaux utopiques et la construction des pavillons d'octroi à Paris.
• Lagrange: *Addition à l'algèbre d'Euler.*
• Lalande: *Mémoire sur le passage de Vénus observé le 3 juin 1769, pour servir de suite à l'explication de la carte publiée en 1764.* En 1764, il avait publié l'*Explication de la figure du passage de Vénus sur le disque du soleil, qui s'observera le 3 juin 1769.*
• Jean-Baptiste Romé de Lisle (1736-1790): *Essai de cristallographie.*

1773

10 février
Pierre-Simon Laplace (1749-1827) présente à l'Académie des sciences ses *Recherches sur l'intégration des équations différentielles aux différences finies et sur leur usage dans la théorie des hasards; sur le principe de la gravitation universelle et sur les inégalités séculaires des planètes qui en dépendent.* Il y lira aussi la même année ses *Recherches sur le calcul intégral aux différences partielles.*

24 février
Un arrêt du Conseil prescrit un recensement de tous les loyers parisiens afin de réorganiser la capitation proportionnellement aux prix des loyers.

29 mars
Édit déclarant que l'entretien des bâtiments servant à l'administration de la justice sera à la charge des villes dans lesquelles leurs cours sont établies.

10 avril
Règlements concernant la cavalerie et les dragons.

juillet
Édit réglementant les instructions des contumaces.

21 juillet
Bref du pape Clément XIV, *Dominus ac redemptor,* qui dissout la Compagnie de Jésus. En France, afin de ne pas raviver une querelle éteinte, le bref est simplement envoyé aux évêques.

25 août
Necker: *Éloge de Colbert,* ouvrage couronné par l'Académie française.

29 août
Ordonnance établissant des écoles royales de marine.

6 octobre
Naissance de Louis-Philippe d'Orléans (1773-1850), futur roi des Français en 1830.

26 octobre
Fondation du Grand-Orient de France, qui remplace la Grande-Loge. Cette création marque une centralisation de l'ordre maçonnique, au moins au niveau du contrôle des affiliations: la constitution directe de loges en province n'est plus possible sans l'assentiment parisien. La première loge française a sans doute été créée à Paris vers 1725. Avant 1744, la maçonnerie provinciale est quasi

inexistante et son développement est faible en province jusqu'en 1760: c'est au cours de cette dernière décennie que le mouvement prend son essor, et touche le pays entier dans une croissance qui s'accélère (jusque-là le phénomène était plutôt méridional).

16 novembre
Mariage du deuxième frère de Louis XVI, le comte d'Artois (futur Charles X), avec Marie-Thérèse de Savoie.

16 décembre
Boston Tea Party: à Boston, des colons déguisés en indiens jettent dans le port une cargaison de thé qu'ils estiment trop taxée.

autres événements
• Beaumarchais: *Le Barbier de Séville.* Acceptée par les Comédiens français, la pièce sera représentée en 1775.
• Jacques-Henri Bernardin de Saint-Pierre (1737-1814): *Voyage à l'Île de France.*
• Diderot: *Réfutation suivie de l'ouvrage d'Helvétius intitulé l'Homme.* Il écrit aussi le *Paradoxe sur le comédien* qui ne sera publié qu'en 1830.
• D'Holbach: *La Politique naturelle.*
• Jacob-Nicolas Moreau: *Leçons de morale, de politique et de droit public puisées dans l'histoire de notre monarchie.*
• Voltaire: *Les Lois de Minos.* On vit dans cette tragédie le soutien apporté par Voltaire, toujours hostile aux parlementaires, à Maupeou.
• Grétry: *Céphale et Procris*, opéra-ballet sur un livret de Marmontel. Il écrit également *La Belle Arsène* et *Le Magnifique.*
• Drouais: portrait de *Louis XV.*
• Joseph Vernet: *Les Baigneuses.*
• Houdon: *Catherine II.*
• Terray devient directeur des bâtiments, arts et manufactures. Il succède au marquis de Marigny.
• Ledoux achève la construction du pavillon de Louveciennes pour Mme Du Barry.
• Victor Louis (1735-1810) entreprend la construction du Grand théâtre de Bordeaux achevé en 1780. Il réalisera aussi les galeries du Palais-Royal et l'actuelle Comédie-Française à Paris.
• Ferdinand Berthoud (1727-1807): *Traité des horloges marines, contenant la théorie, la construction, la main d'œuvre de ces machines, et la manière de les éprouver.*
• Louis-Bernard Guyton de Morveau (1737-1816): *Nouveau Moyen de purifier absolument et en peu de temps une masse d'air infectée.*
• Lalande: *Réflexions sur les comètes qui peuvent approcher de la terre.*
• Parmentier: *Examen chimique des pommes de terre dans lequel on traite des parties constituantes du blé.*

1774

2 janvier
Nouveau bail de la Ferme générale.

27 janvier
Démission du secrétaire d'État à la Guerre, le marquis de Monteynard. Le duc d'Aiguillon reprend son département.

19 mars
Promulgation de la déclaration sur les mariages entre catholiques et protestants en Alsace.

10 avril
Louis XV restitue au pape Avignon et le Comtat Venaissin que la France avait saisis en 1768.

19 avril
La première représentation d'*Iphigénie en Aulide* de Gluck est un triomphe. C'est la première œuvre que Gluck écrit directement sur un texte français (le livret est de M. F. L. du Roullet dit Leblanc) pour un public français.

20 avril
Bourgeois de Boynes devient ministre d'État.

27 avril
Louis XV tombe malade: il a la variole.

10 mai
Mort de Louis XV. Son petit-fils, Louis XVI, lui succède.

LOUIS XVI

Né le 23 août 1754-Mort le 21 janvier 1793
Roi à 20 ans
Règne: 1774-1792 (18 ans)
Roi constitutionnel de 1789 à 1792

*L*e trône échoit à un jeune homme de 20 ans qui n'était pas tout d'abord destiné à régner: petit-fils de Louis XV, Louis XVI n'est que le deuxième fils du dauphin Louis, et il n'a qu'un an de plus que son frère, le comte de Provence, futur Louis XVIII, et trois de plus que son autre frère, le comte d'Artois, futur Charles X. Cette succession saute donc une génération, mais le royaume fait cependant l'économie d'une régence. Le nouveau roi de France paraît gauche d'allure, sans grand caractère ni grandes idées, d'autant que, comme son grand-père Louis XV, il est peu communicatif et s'adonne sans retenue à sa passion de la chasse. Mais il semble sérieux, c'est un croyant sincère et l'histoire le révélera fidèle à ses devoirs royaux. Il bénéficie lors de son accession d'une réelle popularité alors que le dernier roi est mort déconsidéré dans l'opprobre général. Peu porté sur les femmes, à la différence de Louis XV, Louis XVI a été marié par Choiseul à une archiduchesse autrichienne, Marie-Antoinette. La reine a du caractère et sait séduire, mais égarée dans la politique française, elle est vite perdue dans l'opinion. La popularité de Louis XVI s'érode avec sa difficulté à consommer son mariage. Le doute sur la capacité du roi à enfanter discrédite le couple royal et alimente les intrigues de la Cour. La multiplication des attaques contre la reine et la Cour atteint bientôt Louis XVI alors que la monarchie s'épuise dans l'avortement des réformes. En 1778 naît Marie-Thérèse-Charlotte; suivront un enfant mort-né en 1780, Louis-Joseph-Xavier (1781-1789), un autre enfant mort-né en 1783, Louis-Charles (1785-1795) et, en 1786, Marie-Sophie-Hélène.

On a choisi ici de scinder ce règne de Louis XVI qui s'achève dans le plus grand écroulement qu'ait connu l'histoire de France: la Révolution française. 1789 est l'année où la Révolution met fin à cet Ancien Régime qu'elle définit par cette abolition. La Révolution française a un rythme propre différent de la légalité des régimes dans le cadre desquels elle évolue et qu'elle crée. Aussi aurait-il été vain de tenter de circonscrire la période dite constitutionnelle du règne de Louis XVI, tant elle est courte et happée par les événements, tant cette monarchie constitutionnelle ne sera qu'une république qui n'ose pas encore avouer son nom. Et puis, quelle date choisir ? Au sein du printemps ou de l'été 1789 si fertiles en événements décisifs, quand la table rase révolutionnaire détruit à la fois la monarchie absolue et sa société ? Ou bien l'installation de l'Assemblée législative après le vote d'une constitution sans avenir ? La fin du mois de décembre 1788, où se définit le cadre dans lequel se réunissent les États généraux, offre une commodité puisqu'à partir de là tout est suspendu à leur réunion, même s'il est vrai que c'est Calonne qui, en présentant son plan de réforme en août 1786, inaugure cette cascade événementielle où la France échappe au cours ordinaire de l'histoire et où le temps semble brutalement s'accélérer.

En ceignant la couronne, Louis XVI hérite d'une situation politique complexe. La gestion financière du contrôleur général Terray et la réforme du chancelier Maupeou offrent à la monarchie une marge de manœuvre inédite. Mais la dernière et la plus ferme tentative de réforme de Louis XV a provoqué une résistance à sa mesure chez des élites qui colorent leur opposition d'une teinte démocratique en en appelant à la nation entière. Pris entre les partisans de cette réforme autoritaire et les libéraux partisans de Choiseul qui espèrent revenir au pouvoir, Louis XVI appelle auprès de lui Maurepas, qui était tenu à l'écart depuis plusieurs décennies. Le « triumvirat » Maupeou, Aiguillon, Terray est bientôt remplacé par une nouvelle équipe : Vergennes, Miromesnil et surtout Turgot. La décision est prise de rétablir les parlements, lesquels n'attendront pas pour recontester l'autorité royale. Populaire, le nouveau roi n'abandonne pas l'idée de réforme ; il choisit la voie libérale. Mais, comme la manière autoritaire précédente, la tentative de Turgot d'appliquer la revendication physiocratique de la représentation des intérêts heurte suffisamment l'essence de la société pour s'abîmer à son tour dans la protestation générale qu'elle soulève. Isolé au ministère comme à la Cour, Turgot n'est pas soutenu par Louis XVI et il quitte le contrôle général des Finances en mai 1776. Par deux fois, la monarchie vient de se révéler incapable de se régénérer alors que simultanément le doute existe sur la capacité du monarque à se reproduire.

Turgot a le projet de moderniser la monarchie et de développer son économie. Pour stimuler la production, atténuer les disparités régionales et finalement élever le niveau de vie en augmentant la richesse nationale, il rétablit la liberté du commerce des grains dès septembre 1774. L'orientation économique libérale rencontre les réticences des privilégiés comme du peuple qui craint une hausse des prix. Celle-ci a lieu au printemps 1775 et provoque une série d'émeutes autour de Paris. Mais au cours de cette « guerre des farines», Louis XVI soutient encore Turgot qui va de l'avant. Le contrôleur général continue d'abattre les obstacles à la libre circulation des biens, supprime la corvée royale et la remplace par une contribution en argent, et abolit les corporations de métiers. Mais là, Louis XVI cède devant le tollé que déclenche cette subversion du tissu social traditionnel du royaume. Turgot est disgracié, ses réformes enterrées et il n'aura pas pu organiser le système d'assemblées représentant les propriétaires du royaume qu'il souhaitait voir établir pour gérer l'administration des impôts.

Louis XVI a manqué de fermeté, mais l'esprit de réforme n'a pas entièrement déserté la monarchie. L'armée se modernise avec Saint-Germain et le retour de Gribeauval qui avait été écarté en 1771. Entre octobre 1775 et septembre 1777, le comte de Saint-Germain prend près d'une centaine d'ordonnances animées du souci non seulement de faire des économies, mais aussi de perfectionner l'instrument militaire en rationalisant son organisation et en le professionnalisant. Ségur poursuit le même but en réglementant l'avancement en 1781. À la Marine, Sartine puis Castries prolongent les efforts de Choiseul, ce qui permettra à Suffren et à l'amiral de Grasse de remporter leurs victoires navales aux Indes et aux Antilles. La révolte des colonies américaines contre la métropole anglaise offre à Vergennes l'occasion de prendre une revanche sur l'Angleterre. La France s'allie aux Américains en février 1778, et déclare la guerre à l'Angleterre qui doit signer la paix en 1783. Cependant cette guerre victorieuse coûtera cher au Trésor royal. À l'issue de la guerre d'Amérique, hormis le prestige d'avoir battu les Anglais, la monarchie n'a récupéré que Dunkerque et quelques comptoirs coloniaux. Et les recettes financières de Necker se sont avérées insuffisantes pour combler le gouffre creusé par les dépenses publiques et le coût de la dette.

Necker a été appelé à prendre la direction des finances royales à l'automne 1776. Ce banquier plein d'idées, suisse et protestant, jouit d'un grand crédit auprès de l'opinion. Cependant Louis XVI a fixé les limites de son rôle en ne lui accordant pas l'entrée au Conseil: la monarchie ne souhaite plus tant de grandes réformes fiscales, sociales ou économiques que simplement gérer financièrement au mieux la modernisation administrative. Aussi Necker va-t-il multiplier les emprunts sous différentes formes pour financer le déficit et la guerre d'Amérique. Mais s'il gouverne à coup d'expédients pour assurer à la monarchie des recettes immédiates, soucieux de conforter le crédit de la monarchie dans l'opinion, il tente aussi de résoudre la crise de la représentation politique endémique au système absolutiste. Plus sensible peut-être que Turgot à l'idée de mobiliser les groupes économiques, il établit à Bourges en 1778 une première assemblée provinciale chargée de la levée et de la répartition des impôts sous le contrôle de l'intendant. Cette assemblée est composée de propriétaires pris dans les trois ordres (clergé, noblesse, tiers état) mais les membres du tiers état sont aussi nombreux que les représentants des deux ordres privilégiés. L'expérience est bientôt étendue aux généralités de Montauban et Moulins, ainsi que, sans succès, dans le Dauphiné. Parallèlement, Necker travaille à l'unification de la direction des finances royales. Mais il démissionne en mai 1781, découragé par l'absence de soutien de Louis XVI, notamment face aux parlements qui entravent la mise en place des assemblées provinciales.

Les succès militaires et diplomatiques ne suffisent pas à redorer le blason de l'État monarchique. Car si l'économie du royaume est globalement plutôt prospère en ce début des années 1780, l'État est, lui, désargenté. Aussi les fastes d'une Cour splendide à Versailles, à la fois trop isolée de la France et trop près de la société parisienne, choquent-ils une opinion prompte à s'émouvoir et à se politiser pour juger, quand bien même leur coût demeurerait-il marginal dans le déficit public. La conjonction des scandales et des oppositions n'éclabousse pas seulement la Cour ou le gouvernement, mais révèle aussi la sape qui atteint les fondements du système monarchique et de sa société. Calonne, le nouveau contrôleur général des Finances nommé au cours de l'automne 1783, sait que les expédients financiers, s'ils parent au plus pressé, ne font que reculer le terme auquel doit échoir une dette qu'ils contribuent à augmenter. Il n'a pas besoin de Necker, qui dénonce sa gestion dès 1784, pour savoir que ce système mène droit à la faillite.

Comme Turgot, Calonne est l'un de ces grands serviteurs de l'État qui ont fait leur carrière dans les intendances ou au Conseil et dont les compétences n'ont jamais fait défaut à la monarchie. Pour permettre à celle-ci de retrouver son crédit politique, il lui faut restaurer son crédit financier, et Calonne sait que celui-ci repose d'abord sur la confiance. Aussi finance-t-il les dépenses ostentatoires de la Cour et de la famille royale, prend-il en charge les faillites des grands qui entraînent toujours une cascade de banqueroutes. Ses premiers emprunts rencontrent le succès. Il croit dans les retombées économiques des investissements de l'État : il rétablit la Compagnie des Indes en 1785, entreprend d'améliorer le réseau routier et de moderniser les ports. Mais cette politique accroît dans l'immédiat les charges de l'État qui absorbent par anticipation les recettes. Le 20 août 1786, Calonne présente au roi un plan de réforme qui prévoit un impôt proportionnel aux revenus fonciers pour remplacer les vingtièmes, la suppression des droits de douane intérieure qui coûtent plus qu'ils ne rapportent et freinent l'activité économique, l'établissement d'un système d'assemblées provinciales et l'aliénation progressive du domaine pour rembourser les dettes de l'État. Pour éviter l'obstruction parlementaire qui a contribué à la chute de ses entreprenants prédécesseurs, il a l'idée de convoquer une assemblée de notables désignés par le roi, plus faciles à manier, espère-t-il, que les ombrageux magistrats des cours souveraines. Il inaugure ainsi sans le savoir le processus révolutionnaire qui va emporter tout l'Ancien Régime.

Les 144 notables sont réunis en février 1787. Calonne leur découvre alors l'ampleur d'un désastre financier qui n'est pas entièrement nouveau mais que Necker avait masqué. Les notables refusent de consentir aux propositions de Calonne. Au mois d'avril, Louis XVI renvoie ce ministre dépensier qui incarne le déficit aux yeux de l'opinion. Le brillant Loménie de Brienne, qui lui succède, dissout l'assemblée des notables, promet beaucoup à tous et reprend en fait le programme de son prédécesseur. Il ravive une opposition parlementaire qui se pose en représentant national de l'opinion et réclame des États généraux. Se rejoue alors le scénario devenu classique au XVIIIe siècle entre la monarchie et les magistrats : refus d'enregistrer les édits, lits de justice, remontrances, exils. Confronté à une opposition généralisée, le gouvernement ressort l'arme d'une refonte de l'organisation judiciaire du royaume qui, loin d'aplanir les difficultés, exacerbe une agitation qui touche tout le pays : les émeutes se multiplient dans les villes où siègent des parlements. Au milieu de l'été 1788, le pouvoir est paralysé, le gouvernement se déclare en faillite et décide de recourir aux États généraux. Loménie de Brienne est remplacé par Necker qui, cette fois, obtient son entrée au Conseil. Mais il ne s'agit plus d'engager une réforme ni même de gouverner grâce à des expédients. La nation n'attend que la réunion des États généraux et ignore encore qu'elle ne sera que l'ouverture de dix années de révolution.

Dès cet été 1788, l'absolutisme a sans doute déjà perdu la lutte en recourant à cette procédure tombée en désuétude depuis 1614 et en sollicitant l'opinion sur ce qu'il convient de faire ; d'autant plus que si le front de l'opposition ne tarde pas à se lézarder, la monarchie n'en recueille pas le bénéfice. La revendication libérale de la représentation des intérêts trouve sa limite en découvrant la passion égalitaire – la haine du privilège – qui constituera le moteur de la Révolution française contre la vieille société.

Papes

Clément XIV, 1769-1774; Pie VI, 1775-1799.

Souverains

Empire: Joseph II, 1765-1790; Léopold II, 1790-1792.

Espagne: Charles III, 1759-1788; Charles IV, 1788-1808.

Grande-Bretagne: George III, 1760-1820.

Prusse: Frédéric II, 1740-1786; Frédéric-Guillaume II, 1786-1797.

Russie: Catherine II, 1762-1796.

1774

10 mai
Louis X mort, son petit-fils, Louis XVI, lui succède.

20 mai
Maurepas est nommé ministre d'État.

MAUREPAS

À la surprise de beaucoup qui espéraient un retour au pouvoir de Choiseul, c'est un vieil homme, Jean-Frédéric Phélypeaux de Maurepas (1701-1781), disgracié depuis vingt-cinq ans, que le jeune roi installe auprès de lui à Versailles, un vieillard mais vif, plein d'esprit, et doté de beaucoup de savoir-faire. C'est que tout jeune, trop jeune même pour exercer, la retraite en 1715 de son père, Jérôme Phélypeaux de Pontchartrain, l'avait promu secrétaire d'État. Il exercera sa charge cependant, à la Marine et à la Maison du roi, et longtemps, jusqu'à son renvoi en avril 1749 quand il déplaît à Louis XV et à Mme de Pompadour. Dix jours après la mort de Louis XV, le voilà ministre d'État. Mentor du nouveau roi Louis XVI par le père duquel il avait été recommandé, Maurepas dirige aussi le Conseil royal des finances, et fait ou défait les ministres. Il appelle au gouvernement Vergennes et Turgot, puis décide Louis XVI à se défaire de Terray et Maupeou qu'il remplace par Turgot et Miromesnil. Le renvoi des deux ministres réformateurs de Louis XV va de pair avec l'abandon de leur politique : on retrouve le chemin du libéralisme économique en matière de commerce des grains et les anciens parlements font leur retour. S'il cherche à préparer Louis XVI à prendre des décisions, Maurepas s'avère cependant plus doué pour l'intrigue que doté de vues politiques profondes.

26 mai
Déclaration royale interprétative de l'édit d'août 1749 sur les gens de mainmorte.

juin
La famille royale est inoculée contre la variole dont Louis XV vient de décéder.

2 juin
Le duc d'Aiguillon démissionne du secrétariat d'État aux Affaires étrangères. Bertin est chargé de l'intérim jusqu'à la nomination de Vergennes le 21 juillet.

VERGENNES

Pour remplacer le duc d'Aiguillon, c'est à un diplomate de métier, un professionnel circonspect, un technicien prudent, que Maurepas fait appel. Entré tôt dans la diplomatie, Charles Gravier de Vergennes (1719-1787) a pour premier poste Coblence en 1750. Il est surtout ambassadeur à Constantinople de 1755 à 1768, jusqu'à ce que Choiseul, qui pense qu'il n'est pas assez pro-autrichien, le fasse rappeler. En 1771, il est nommé ambassadeur en Suède où il reste trois ans. Secrétaire d'État aux Affaires étrangères, Vergennes reste fidèle à l'alliance autrichienne, sans zèle cependant. Il est surtout le ministre de la revanche sur l'Angleterre : il soutient les insurgés américains, obtient l'appui de l'Espagne, s'allie avec les jeunes États-Unis d'Amérique et entre en guerre en 1778. Les efforts poursuivis depuis la guerre de Sept Ans pour renforcer la marine et la capacité militaire françaises portent leurs fruits : la guerre est un succès. Son coût est très élevé mais l'opinion avait épousé la cause américaine. Après la mort de Maurepas, Vergennes est le ministre de prédilection de Louis XVI : il dirige le Conseil royal des finances à partir de 1783 et coordonne le travail des ministres. Il avait été hostile à Turgot et à Necker, mais il soutiendra Calonne qui, avec sa mort juste avant la réunion de l'assemblée des notables en février 1787, perdra son plus solide appui.

5 juin
Le comte du Muy, Louis-Nicolas-Victor de Félix d'Ollières (1711-1775), devient secrétaire d'État à la Guerre.

22 juin
Le Parlement de Londres accorde un statut aux Canadiens français.

juillet
Traité de paix entre la Russie et la Turquie. C'est un échec diplomatique pour la France qui n'a déjà pas pu empêcher le premier partage de la Pologne en 1772.

20 juillet
Turgot devient secrétaire d'État à la Marine à la place de Bourgeois de Boynes.

août
Gluck reprend en français son *Orfeo ed Euridice* créé à Vienne en 1762.

24 août
Disgrâce du contrôleur général Terray et du chancelier Maupeou. Turgot devient contrôleur général des Finances, Miromesnil garde des Sceaux, Sartine secrétaire d'État à la Marine à la place de Turgot.

TURGOT

D'abord destiné à l'Église, Anne-Robert-Jacques Turgot (1721-1787) fait de bonnes études à la Sorbonne où il fréquente la future élite cléricale – et administrative – du royaume, comme Loménie de Brienne, Champion de Cicé, Boisgelin, Véri, Morellet. Mais ce sceptique quitte l'état ecclésiastique en 1751 et devient conseiller au Parlement de Paris. Maître des requêtes en 1753, il accepte de siéger au tribunal qui remplace le Parlement de Paris exilé à ce moment, ce qui lui coûtera sa carrière parlementaire. Il se lance alors dans les activités littéraires et devient un proche collaborateur de l'intendant de commerce Gournay, un adepte de la liberté économique. En 1761, Turgot devient intendant du Limousin. Dans cette province, il peut mettre en œuvre ses idées; il y établit la libre circulation des grains, cherche à y introduire la culture de la pomme de terre et en améliore le réseau routier. Nommé contrôleur général des Finances le 24 août 1774, il incarne l'ouverture de la monarchie à la modernisation libérale.
Proche de l'école physiocratique, Turgot aspire à un État à la fois rationnel et libéral, promouvant un intérêt public délié de la tradition, accoté sur une agriculture performante et la liberté des échanges économiques. Avec ses collaborateurs, Condorcet et Dupont de Nemours, il rêve d'une réforme de la fiscalité dont l'administration serait renouvelée par l'institution d'un système pyramidal d'assemblées représentatives des propriétaires qui s'occuperaient à la place des intendants de répartir l'assiette des impôts et de leur collecte.
Lorsqu'il accède au pouvoir, Turgot bénéficie de la popularité du nouveau ministère et surtout de l'impopularité de l'ancien. Il consent au rappel des parlements, qu'il n'aime guère et qui le lui rendent bien, et dont il sait qu'ils ne partagent pas ses idées. Il remet à plus tard ses grands projets de réforme mais tranche déjà, avec mesure toutefois, dans certaines dépenses de la Cour. Dès septembre 1774, il revient à une politique libérale en matière de commerce des grains en supprimant la complexe réglementation des marchés que Terray avait rétablie en 1770-1771. Malheureusement, la mauvaise conjoncture s'en mêle et ses effets se font sentir au printemps suivant. En avril 1775, en réaction à une forte hausse des prix, toute l'Île-de-France est le terrain d'émeutes qui culminent à Paris au début du mois de mai : c'est l'épisode de la « guerre des farines ». La politique libérale du contrôleur général est incriminée, mais le calme est bientôt restauré et Louis XVI soutient son ministre contre les parlements et une partie de la Cour où le clan Choiseul, que soutient Marie-Antoinette, espère le départ de Turgot.
Ce dernier poursuit sa politique. Il réorganise les messageries du royaume en août 1775, et, surtout, au début de l'année 1776, il s'attaque à la structure même de la société : il abolit les corporations de métiers et remplace la corvée en vigueur pour l'entretien des routes par un impôt prélevé sur les propriétaires fonciers. Un lit de justice est nécessaire pour contraindre le Parlement, qui clame son mécontentement, à enregistrer ces réformes le 12 mars 1776. L'opposition à la politique du contrôleur général des Finances, qui subvertit la hiérarchie des corps et des rangs et remet en cause les fondements de la société seigneuriale, se généralise. Turgot, en butte aux attaques de la Cour, est isolé, même au sein du gouvernement où seul Malesherbes le soutient encore. Bientôt Louis XVI, pressé par son entourage – Maurepas, ses frères, la reine –, cède à son tour et se sépare, le 12 mai, de son trop entreprenant ministre. Le renvoi de Turgot, comme celui de Maupeou et Terray, révèle l'incapacité de la monarchie à se réformer en profondeur.

MIROMESNIL

Ancien conseiller du Grand Conseil, premier président du parlement de Rouen de 1757 à 1771, Armand-Thomas Hue de Miromesnil (1723-1796) a laissé à ses contemporains l'image d'un grand seigneur désargenté suivant l'impulsion reçue de Maurepas auquel il était lié et qui l'a fait nommer garde des Sceaux. Favorable au retour des anciens parlements et peu enclin à l'innovation en politique, il se montrera hostile aux initiatives des successeurs de Maurepas, particulièrement à Calonne, mais devra abandonner les Sceaux au moment même de la disgrâce de ce dernier, en avril 1787.

septembre
Édit rétablissant le parlement de Rouen supprimé en septembre 1771.

13 septembre
Un arrêt du Conseil, que prolongent des lettres patentes le 2 novembre, remet en vigueur la déclaration du 25 mai 1763 sur le commerce des grains à l'intérieur du royaume et annule les restrictions à la liberté du commerce des grains imposées le 23 décembre 1770. Il proclame la nécessité de la liberté de circulation entre les provinces, moyen d'obtenir un prix juste et naturel pour les subsistances suivant les saisons et les besoins. L'arrêt précise cependant qu'il n'entend pas statuer sur la liberté de la vente hors du royaume.

15 septembre
Arrêt du Conseil supprimant les droits de péage.

25 septembre
20 régisseurs nommés par le roi sont chargés de la Ferme générale qui perd le recouvrement des droits domaniaux.

octobre
Édit rétablissant la Cour des comptes de Normandie supprimée en septembre 1771.

11 octobre
Jean-Pierre Lenoir (1732-1807) devient lieutenant général de police de Paris à la place de Sartine.

novembre
Édits rétablissant le parlement de Douai et le conseil provincial d'Artois, la Cour des aides de Clermont-Ferrand, le Parlement et la Cour des aides de Paris, le Grand Conseil.

12 novembre
Lit de justice enregistrant les édits rétablissant dans leurs offices les anciens parlementaires. Une ordonnance réglemente la discipline du Parlement de Paris.

25 novembre
Arrêt du Conseil sur les formalités à suivre pour la liquidation des offices des cours supérieures.

décembre
Édit rétablissant le Châtelet de Paris qui avait été supprimé en mai 1771. L'édit est enregistré au Parlement le 30 décembre. Le parlement de Rennes est rétabli et sa discipline réglementée. Création d'un sixième intendant des finances.

1er décembre
Ordonnance sur les régiments provinciaux et le recrutement de l'armée.

8 décembre
Le secrétaire d'État aux Affaires étrangères Vergennes présente à Louis XVI un *Mémoire sur le respect du droit dans les relations internationales.*

18 décembre
Arrêt du Conseil prenant des dispositions pour enrayer les progrès des maladies épizootiques dans les provinces méridionales. Cet arrêt couronne les efforts de médecins comme Vicq d'Azyr pour prévenir les épidémies dans les zones rurales. Le 30 janvier 1775, le Conseil ordonne l'exécution de cet arrêt, une ordonnance est publiée le 1er novembre et, en 1776, une commission pour l'étude des épidémies et des épizooties est instituée.

VICQ D'AZYR

Anatomiste réputé, Félix Vicq d'Azyr (1748-1794) appartient à cette élite éclairée des médecins modernes des Lumières, soucieux d'hygiène et dévoués à la santé publique, qui apporteront à leur profession une reconnaissance institutionnelle et scientifique. Professeur d'anatomie à Paris depuis 1773, il contribue à fonder avec l'appui de Turgot, en 1776, la Société royale de médecine qui recevra des lettres patentes en 1778 et dont il sera le secrétaire perpétuel et l'un des principaux promoteurs. En 1787, il élabore un plan de réforme visant à réunir médecine et chirurgie et à en uniformiser les diplômes et l'enseignement qui, dispensé en français et non plus en latin, insisterait davantage sur les exercices pratiques et les leçons cliniques. Il meurt en 1794 à Paris où il aurait pris froid en assistant à la fête de l'Être suprême.

26 décembre
Une ordonnance réunit en un corps d'infanterie de marine les différentes compagnies de fusiliers marins.

30 décembre
Arrêt du Conseil sur l'évaluation des offices des cours souveraines.
Remontrances du Parlement de Paris contre l'édit enregistré le 12 novembre. Le Parlement craint particulièrement la concurrence du Grand Conseil.

autres événements
- Condorcet : *Lettres sur le commerce des grains.*
- Diderot : *Pensées sur la peinture* et *Supplément au voyage de Bougainville ou dialogue entre A et B sur*

l'inconvénient d'attacher des idées morales à certaines actions physiques qui n'en comportent pas.

- Charles-Geneviève d'Éon de Beaumont (1728-1810): *Les Loisirs du chevalier d'Éon sur divers sujets importants.*
- Louise-Françoise-Pétronille Tardieu d'Esclavelles, marquise d'Épinay (1725-1783): *Les Conversations d'Émilie.*
- Jeanne-Marie Leprince de Beaumont (1711-1780): *Contes moraux.*
- Mlle de Lézardière (1754-1835): *Tableau des droits réels et respectifs du monarque et des sujets depuis le fondement de la monarchie française jusqu'à nos jours.* Ce manuscrit est communiqué à Louis XVI qui l'honorera de son approbation. Mlle de Lézardière rédigera en 1778 un *Essai sur le rétablissement possible de quelques points essentiels de la constitution politique en France*, qui lui vaudra des facilités pour travailler à une œuvre, inspirée de Montesquieu, dont la publication sera interrompue par la Révolution française.
- Première édition du *Journal de voyage en Italie* de Montaigne.
- Mathieu-François Pidansat de Mairobert (1727-1779): *Journal historique de la révolution opérée dans la constitution de la monarchie française par M. de Maupeou, chancelier de France.*
- Gossec: *Sabinus.*
- Grétry: *La Rosière de Salency.*
- Charles-Claude de La Billarderie d'Angiviller (1730-1810) remplace l'abbé Terray comme directeur général des bâtiments du roi.
- Jusqu'en 1784, Chalgrin dirige la construction de l'église Saint-Philippe-du-Roule.
- Jacques-Louis David reçoit le prix de Rome pour *Érasistrate découvrant le mal d'Antiochus.*

DAVID

Fils de commerçants aisés, Jacques-Louis David (1748-1825) étudie à partir de 1766 dans l'atelier de Vien auprès duquel il avait été introduit par Boucher. Quand son élève a enfin décroché un prix, Vien l'emmène avec lui à Rome et David restera ainsi plus de quatre ans en Italie à découvrir l'art antique. Lorsqu'il revient en France, son Bélisaire *lui permet d'être agréé en 1781 par l'Académie avant d'y être reçu avec son* Andromaque pleurant Hector *exposée au Salon de 1783. Les cinq années qui le séparent alors de la Révolution le consacrent comme le maître de l'art néoclassique que prônait Vien: le* Serment des Horaces *(1784),* La Mort de Socrate *(1787),* Brutus *(1789) démontrent sa maîtrise dans la composition de scènes tirées de l'histoire antique et témoignent de son engagement politique. Il immortalise le* Serment du Jeu de paume *dans un dessin présenté au Salon de 1791 et pour lequel il a obtenu le soutien financier du club des Jacobins et de l'Assemblée constituante grâce à ses amis Barère et Dubois de Crancé. Artiste engagé dans la Révolution et quasi officiel, il en est un peu le maître de cérémonie en jouant un rôle important dans la conception de la scénographie des fêtes (panthéonisation de Voltaire, fête du 10 août 1793). Député de Paris à la Convention, il est membre de son comité d'instruction publique, élabore de nouveaux programmes artistiques après avoir contribué à la suppression des anciennes académies et siège au Comité de sûreté générale à partir de septembre 1793. Il est le grand peintre républicain du moment, croquant les victimes du Tribunal révolutionnaire, peignant les martyrs républicains (Le Pelletier de Saint-Fargeau, Marat, Bara), inventant de nouveaux costumes pour les autorités. Robespierriste, grâce à Barère il échappe à la guillotine en Thermidor mais non à une année d'emprisonnement. Il réalise ensuite d'admirables portraits bourgeois et travaille plusieurs années à l'*Intervention des Sabines *qu'il présente en 1799 à un public que la nudité de la scène laissera perplexe. Admirateur de Bonaparte, il sera le premier peintre officiel de l'Empire et représentera le sacre de Napoléon sur une toile monumentale. La Restauration exilera ce régicide à Bruxelles où il mourra en 1825 après avoir encore réalisé quelques portraits, scènes antiques et figures mythologiques comme son* Léonidas *ou son portrait de* Sieyès.

- Publication posthume des *Voyages métallurgiques, ou recherches et observations sur les mines et forges de fer* (3 volumes jusqu'en 1781) de Jars.
- Lalande: *Abrégé d'astronomie.*
- Laplace: *Sur la probabilité des causes par les événements.*
- Lavoisier: *Opuscules physiques et chimiques.*

LAVOISIER

Admis à l'Académie des sciences dès 1768, Antoine-Laurent de Lavoisier (1743-1794) a isolé l'azote, découvert l'oxygène et proposé une méthode de nomenclature chimique. Après avoir identifié l'oxygène en 1775, il en apportera la preuve en analysant la composition de l'eau en 1784. Nommé par Turgot directeur de la régie des poudres et salpêtres en 1775, il loge à l'Arsenal où il a son laboratoire. En 1789, il publie un Traité élémentaire de chimie *où il expose les principes résultant de ses découvertes. Ce fondateur de la chimie moderne gère aussi une carrière parallèle de financier qui lui permet de subvenir à ses recherches mais lui coûtera la vie pendant la Révolution. Assistant d'un fermier général depuis 1768, il le devient lui-même en 1779, épouse la fille d'un de ses confrères et s'occupe plus particulièrement du tabac. Il participe à l'assemblée provinciale de l'Orléanais avant la Révolution, puis présentera au comité de l'imposition de l'Assemblée constituante son ouvrage* De la richesse territoriale du royaume de France *(1791) et sera membre de la Commission des poids et mesures. Ce chimiste de renom sera un fermier général suspect comme les autres. Il sera exécuté le 8 mai 1794 avec 26 d'entre eux.*

• Watelet: *Essai sur les jardins.*

1775

janvier

Revenu de Pologne, l'abbé Baudeau reprend la publication de ses *Éphémérides* sous le titre de *Nouvelles Éphémérides.*

18 janvier

Louis XVI répond aux représentations que les parlementaires parisiens lui ont adressées le 30 décembre 1774: rien dans les édits et ordonnances enregistrés lors du lit de justice du 12 novembre 1774 n'attente « aux lois primordiales qui ne sauraient être changées ».

20 janvier

Arrêt du Parlement de Paris déclarant qu'il ne consentira à aucune atteinte aux lois du royaume et à la constitution de l'État.

février

Gluck: *L'Arbre enchanté.*

Richard Mique (1728-1794) succède à Jacques-Ange Gabriel comme premier architecte du roi.

4 février

Arrêt du Parlement de Paris qui raye Linguet de l'ordre des avocats. Le 29 mai, Linguet est débouté de son recours contre cet arrêt.

23 février

Première représentation par les Comédiens français dans la salle des Machines des Tuileries du *Barbier de Séville* de Beaumarchais. Cette pièce écrite en 1772 est d'abord mal reçue; elle connaît un éclatant triomphe trois jours plus tard après que Beaumarchais l'a réduite d'un acte.

Beaumarchais

Pierre-Augustin Caron de Beaumarchais (1732-1799) compte certainement parmi les personnages à la fois les plus originaux et les plus caractéristiques du XVIII*e siècle français. Acquisitions d'offices et mariages permettent à ce fils d'horloger et inventeur lui-même d'un nouveau système d'échappement pour les mécanismes d'horlogerie d'obtenir une position sociale. Il accède à la Cour où il fait de la musique avec les filles de Louis XV. Ami de Maurepas, Le Normant d'Étiolles et Pâris-Duverney, il devient bientôt un financier entreprenant.*

Mais 1773 le voit perdre un procès contre le comte de La Blache qui le ruine; cette affaire débouche de surcroît sur un long procès avec le conseiller Goëzman qui en était le rapporteur auprès du Parlement de Paris. C'est ainsi que Beaumarchais, en proie à l'adversité, la quarantaine atteinte, est contraint à avoir du génie. Il saisit l'opinion publique – déjà peu favorable au Parlement qu'avait installé Maupeou – en rédigeant des Mémoires *qui ridiculisent ses adversaires par la saillie de ses traits. Sainte-Beuve écrivit justement que « l'art de Beaumarchais fut de confondre insensiblement sa cause dans l'injure de tous, et de se faire, par ses plaisanteries acérées, le vengeur universel ». Le 28 janvier 1775, les arrêts précédents sont cassés et l'affaire reportée devant le parlement d'Aix-en-Provence qui la réglera en sa faveur en 1778. Ses* Mémoires *sont blâmés, mais Beaumarchais atteint la consécration:* Le Barbier de Séville *est représenté le 23 février, et Beaumarchais se voit chargé par le gouvernement de la mission de fournir des armes aux insurgés américains.*

Le succès du Barbier de Séville *va modifier le rapport des auteurs aux comédiens. Alors que les comédiens s'appropriaient habituellement les profits lorsque après un certain nombre de représentations la recette se mettait inévitablement à baisser, voilà que Beaumarchais réclame des comptes aux Comédiens français, non pas le versement d'une somme forfaitaire mais un compte exact des recettes. L'affaire durera plusieurs années, mais elle contribuera à établir le respect de la propriété de l'auteur en matière artistique.*

Après son triomphe, Beaumarchais se consacre à ses affaires commerciales et écrit en 1778 La Folle

Journée ou Le mariage de Figaro *comme une sorte de suite au* Barbier de Séville. *Il prend ses distances d'avec la Cour tout en conservant le soutien de Vergennes avec qui il est en affaires.* Le Mariage de Figaro *lui vaut l'hostilité de Louis XVI qui en empêche la représentation malgré l'appui de Marie-Antoinette et du comte d'Artois. Il se lance dans l'édition des œuvres de Voltaire, connaît des difficultés financières lorsque, enfin, la représentation de* Figaro *est autorisée et remporte un succès éclatant en 1784. Auréolé d'un parfum de scandale, Beaumarchais devra défendre la moralité de sa pièce portée par l'insolence et qui révèle une société d'Ancien Régime dénudée.*
Si sa gloire le protège relativement des tracasseries gouvernementales, sa notoriété l'expose aux ambitions et talents littéraires des nouveaux venus que sont les Mirabeau ou Bergasse. Avec la Révolution, ce révolutionnaire par verve plus que par conviction va surtout apparaître comme un parvenu à la richesse suspecte. Il renoue en 1792 avec le trafic d'armes en se chargeant d'acheter en Hollande des fusils destinés à la France. L'affaire connaîtra divers rebondissements, et Beaumarchais finira par être inscrit sur la liste des émigrés en mars 1794. Au cours de l'été 1796, il revient à Paris où il meurt en 1799. L'œuvre de Beaumarchais, quelles que soient ses déclarations et intentions, fut portée par le siècle dans lequel elle était entraînée tout en pouvant en accélérer le cours. Aussi peut-on souscrire au jugement de Sainte-Beuve qui résume le personnage : « Dans toutes les occasions où il le put, Beaumarchais chercha à concilier son intérêt particulier avec l'intérêt public, à les confondre en quelque sorte pour en tirer du même coup profit, honneur, popularité. »

9 mars
Le duc de Lauzun, le prince de Guéméné, le comte d'Artois (futur Charles X) et le duc de Chartres (futur Philippe Égalité) parviennent à établir publiquement des courses de chevaux. Ils fonderont l'année suivante une sorte de club s'engageant à faire courir des chevaux de race française, nés et élevés en France.

23 mars
Ordonnance portant règlement sur les forges d'artillerie, la fabrication des boulets, etc.

avril
Necker : *Sur la législation et le commerce des grains.* Son exigence de l'équilibre social allié au souci du maintien de l'ordre le conduit à poser la subsistance du peuple comme la priorité essentielle de l'administration pour ne pas fragiliser davantage la société.

2 avril
Arrêt du Conseil supprimant le privilège de *L'Année littéraire* de Fréron.

19 avril
En Amérique, à Lexington, premiers combats de la guerre d'indépendance américaine.

22 avril
Arrêt du Conseil suspendant la perception de tous droits sur les grains et farines à l'entrée des villes et des marchés en Bourgogne.

23 avril
Arrêt du Conseil exemptant de droits d'entrée dans le royaume des livres imprimés ou gravés en français ou en latin. Cet arrêt a été pris sur le conseil de Turgot au motif que la perception de ces droits nuisait autant à l'exportation qu'à l'importation, et que les contrôles (l'ouverture des caisses et ballots) abîmaient les livres.

24 avril
Arrêt du Conseil qui accorde des gratifications à ceux qui importent des grains en France et qui interdit d'empêcher la circulation des grains entre les provinces.

28 avril
Début de la « guerre des farines » : des troubles importants agitent jusqu'au 9 mai les marchés de l'Île-de-France. La hausse des prix est attribuée à la libre circulation des grains dans une conjoncture aggravée par la mauvaise récolte de 1774. Le 3 mai, des boulangeries sont pillées à l'intérieur même de Paris.

4 mai
Turgot obtient le renvoi du lieutenant général de police de Paris, Lenoir.

5 mai
Lit de justice établissant une cour prévôtale et attribuant aux prévôts généraux la répression des troubles et pillages concernant les grains, mesure qui sera révoquée le 24 novembre.

6 mai
Remontrances de la Cour des aides rédigées par son premier président, Malesherbes, préconisant la

création d'assemblées provinciales élues par les propriétaires qui répartiraient et lèveraient les impôts.

11 mai
Ordonnance sur les attroupements.

30 mai
Instruction réglementant provisoirement l'exercice de l'infanterie.

juin
Turgot: *Mémoire sur la tolérance.* Il y condamne la révocation de l'édit de Nantes.

3 juin
Arrêt du Conseil suspendant la perception de tout droit sur les grains et farines à l'entrée des villes et marchés.

11 juin
Sacre de Louis XVI à Reims.

24 juin
Arrêt du Conseil qui déclare libre l'art de polir les aciers. Cet arrêt est dirigé contre les entraves que posent les corporations d'arts et métiers.

26 juin
Ordonnance de police demandant aux habitants de Paris d'illuminer les façades de leurs maisons le 29 à l'occasion du *Te Deum* donné pour le sacre de Louis XVI.

30 juin
Le Parlement de Paris condamne le *Catéchisme du citoyen, ou éléments du droit public français par demandes et réponses* de Saige.

juillet
Édit définissant la compétence du Grand Conseil.
Édit supprimant la chambre des comptes de Blois.
Édit rétablissant une chambre des requêtes au Parlement de Paris. Deux chambres des requêtes avaient été supprimées en novembre 1774, ce qui avait suscité des protestations.
Édit rétablissant l'amirauté de France supprimée en 1771.

6 juillet
Sartine est nommé ministre d'État.

21 juillet
Malesherbes devient secrétaire d'État à la Maison du roi à la place de Saint-Florentin.

MALESHERBES

*Chrétien-Guillaume de Lamoignon de Malesherbes (1721-1794), « héritier d'un nom si beau, qu'il devait rendre plus beau par sa vie et sacré par sa mort » (Sainte-Beuve), porte en lui la complexité et les ambivalences de ce XVIIIe siècle dont il partagera le destin. Entré à 20 ans au Parlement de Paris, Malesherbes reçoit en survivance de son père la charge de premier président de la Cour des aides de Paris, qu'il exercera de décembre 1750 à la réforme Maupeou dont il sera un adversaire résolu en 1771. C'est aussi en 1750 que son père, devenu chancelier, lui confie la direction de la Librairie du royaume. Issu d'une famille de grands serviteurs de la monarchie au catholicisme confirmé, ce directeur de la Librairie, responsable de la censure jusqu'en 1763, se révèle le protecteur de l'*Encyclopédie* et l'ami des Lumières qu'il est chargé de réprimer. Avec hardiesse dans la mesure, ce magistrat libéral rêvant de réforme judiciaire rédige des remontrances qui le hissent au sommet de l'opposition contre une monarchie réformatrice mais absolue et lui vaudront popularité et exil dans les dernières années du règne de Louis XV. Le rappel des cours souveraines lui permet de retrouver la Cour des aides en 1774 et il est secrétaire d'État à la Maison du roi de juillet 1775 à mai 1776, jusqu'à la chute de Turgot. Louis XVI le rappellera et le nommera ministre d'État le 30 juin 1787. Il ne siégera au Conseil qu'un peu plus d'un an, jusqu'en août 1788, mais il aura eu le temps de pousser en avant un projet qui lui tenait à cœur: en novembre 1787, un édit permet aux protestants d'obtenir un état civil. Retiré de la politique, il obtient de la Convention, en décembre 1792, de pouvoir défendre Louis XVI à qui il avait proposé ses services, avant de périr à son tour avec les siens sur l'échafaud au printemps 1794.*

août
Gluck: *Cythère assiégée.*

7 août
Arrêt du Conseil réunissant au domaine les privilèges concédés sur les messageries et diligences. L'idée est de former une administration royale, substituant aux carrosses des voitures légères et commodes pour assurer un service rapide à un prix modéré. Les nouvelles diligences sont définies dans une ordonnance du 12 août: sont prévues des diligences à 8 places ainsi que des berlines à 4 places pour ceux qui voyageraient à des jours et

heures non réglés ou qui souhaiteraient voyager tranquilles. Le 23 janvier 1777, un arrêt du Conseil réglementera les diligences et messageries du royaume.

13 août
Arrêt du Conseil ordonnant aux propriétaires de droits sur les grains de présenter leurs titres à des commissaires royaux nommés à cet effet.

23 août
George III d'Angleterre déclare rebelles les colons américains qui, réunis à Philadelphie, ont nommé George Washington (1732-1799) à la tête de leur armée.

29 août
Lettres patentes installant à Paris une commission pour lutter contre la contrebande, notamment de tabac.

septembre
Vergennes entre en pourparlers avec les insurgés américains. Benjamin Franklin (1706-1790), chargé en septembre 1776 de négocier un accord entre la France et les Américains, arrivera en décembre 1776 à Paris.
Rapport de Malesherbes sur les lettres de cachet et détentions arbitraires.
La princesse de Lamballe (1749-1792) devient surintendante de la Maison de la reine. Cette jeune veuve, amie de Marie-Antoinette, lui sera fidèle dans le malheur. Emprisonnée après la prise des Tuileries où elle se trouvait avec la reine le 10 août 1792, elle sera massacrée le 3 septembre et sa tête sera promenée devant les fenêtres du Temple où se tient captive la famille royale. Sa fin atroce et les mutilations de son corps alimenteront les plus macabres fantasmes. Comme la duchesse de Polignac, en faveur quelques années plus tard et qui sera en 1782 gouvernante des Enfants de France, la princesse de Lamballe appartient au proche entourage de la reine, ceux qui partagent sa vie privée, cette petite coterie de grands seigneurs délurés qui préfèrent chasser les honneurs et les charges rémunératrices chez la reine plutôt que chasser avec le roi. Avec eux, Marie-Antoinette occupe ses loisirs en marge du château de Versailles, à Trianon ou au Hameau, alimentant les ragots de la Cour et ceux de la ville, perdant un peu plus de popularité à Paris qui juge sévèrement ce petit milieu sans doute si dispendieux qu'il ne peut être qu'aussi débauché.
Création d'un parlement et érection d'un évêché à Nancy.

12 octobre
Règlement pour le transport par mer des blés, farines et légumes d'un port à l'autre du royaume.

27 octobre
Le comte Claude-Louis de Saint-Germain (1707-1778) est nommé secrétaire d'État à la Guerre à la place du comte du Muy décédé. Il entreprendra d'importantes réformes dans l'organisation de l'armée dont il augmentera les effectifs. Il rappellera Gribeauval afin de perfectionner l'artillerie.

novembre
Lettres patentes donnant statuts et règlement à l'Académie royale d'architecture.

26 novembre
Arrêt du Conseil supprimant la consultation pour les curés du diocèse de Lisieux. Cette affaire débute le 20 décembre 1773 avec un mandement de l'évêque de Lisieux, Mgr de Condorcet, un anti-janséniste notoire, qui prescrit l'organisation de conférences ecclésiastiques dans son diocèse. L'évêque entend connaître les matières qui y sont discutées et savoir qui y assiste ou non; il exige même des ecclésiastiques la production d'un certificat d'assiduité à ces conférences pour être autorisés à exercer des fonctions publiques dans le diocèse. Les curés du diocèse demandent une consultation à un groupe d'avocats parisiens jansénistes, parmi lesquels Maultrot et Camus. Cette consultation, rendue le 29 octobre 1774, leur conseille d'utiliser la procédure d'appel comme d'abus auprès du Parlement. Confronté à la résistance des curés, Mgr de Condorcet sollicite le concours de l'intendant et s'adresse aux agents généraux du clergé. Ce sont ces derniers qui obtiennent du Conseil du roi une condamnation de la conduite des curés du diocèse de Lisieux. Cette affaire conduit Maultrot à publier en 1778 et 1779 trois gros livres défendant les droits des curés contre les évêques. Au-delà même de son aspect janséniste, l'affaire est symptomatique des tensions entre le haut et le bas clergé qui agitent certains diocèses du royaume, comme par exemple dans le Dauphiné ou dans l'est de la France, durant le règne de Louis XVI: les curés s'organisent pour défendre leurs revenus et leurs droits à l'intérieur de l'Église, et le pouvoir royal leur interdira à plusieurs reprises de s'assembler sans autorisation.

11 décembre
Arrêt du Conseil réunissant au domaine les privilèges des coches et diligences d'eau.

12 décembre
Ordonnance réglementant les peines à infliger aux déserteurs.

15 décembre
Une série de règlements réduit les effectifs de la Maison militaire du roi. Sont modifiées l'organisation et la composition des gardes du corps, grenadiers, mousquetaires, gendarmes et chevau-légers de la garde.

autres événements
- Condorcet: *Lettre d'un laboureur de Picardie, à M. N***, auteur prohibitif, à Paris.*
- Diderot: *Le Rêve de D'Alembert.*
- Louis-Sébastien Mercier: *La Brouette du vinaigrier.*
- Mirabeau: *Essai sur le despotisme.*

Mirabeau

S'il est revenu au comte Honoré-Gabriel Riqueti de Mirabeau (1749-1791) d'être le symbole de son époque, c'est qu'il fut la voix même de la Révolution, comme ce 23 juin 1789 où il incarna la résistance du tiers état. À tel point que sa mort en 1791 sera encore ressentie comme une catastrophe nationale et qu'il sera le premier grand homme à entrer au Panthéon, l'église Sainte-Geneviève transformée à cette occasion.
Ses contemporains étaient d'abord frappés par son apparence, sa stature massive, épaisse, grossie encore par sa coiffure, la laideur de son visage ravagé par les sillons creusés par la petite vérole, l'exagération de sa toilette et de ses manières. Mais toute l'exubérance de son physique n'était rien devant l'impétuosité de son génie oratoire: la rapidité de son intelligence et la justesse de ses idées captivaient ses auditeurs. Mais sa réputation les effrayait.
Car lorsque la Révolution survient, il n'est qu'un polygraphe, un intermittent, toujours endetté, fameux par ses séjours en prison, connu pour vendre sa plume. Toute sa vie d'avant 1789 se déroule sous le signe du scandale et de l'immoralité. De l'Ancien Régime, il connaît la dureté. D'abord celle de son père, un redoutable tyran domestique, le célèbre marquis physiocrate, l'auteur de L'Ami des hommes, ou Traité de la population *(1756), Victor Riqueti de Mirabeau (1715-1789), qui dès 1767 obtient une première lettre de cachet contre son fils et le fait emprisonner. Toute la jeunesse de Mirabeau est ainsi faite de conflits familiaux, de procès, d'incarcérations, d'affaires de femmes et d'argent. Marié à une riche héritière en 1772, il rompt en 1774. En septembre, il est enfermé au château d'If. Alors qu'il est ensuite assigné à résidence au fort de Joux, il séduit la jeune femme d'un parlementaire de la région, Sophie de Monnier, s'évade en 1776 et se réfugie avec elle en Hollande. Cet enlèvement lui vaut d'être condamné à mort par le parlement de Besançon et d'être emprisonné au château de Vincennes en 1777. Il rédige durant ce quatrième séjour en prison, le plus long, les* Lettres à Sophie, *publiées en 1792 après sa mort,* Des lettres de cachet et des prisons d'État *(1782), mais aussi des textes pornographiques comme* Erotika Biblion *ou* L'Éducation de Laure. *Lorsqu'il sort de prison en décembre 1780, désargenté, il est décidé à vivre de sa plume, peu regardant sur les moyens pourvu qu'ils rapportent. Au cours d'un voyage à Neuchâtel en Suisse, il fait la connaissance en 1782 d'exilés genevois comme Clavière ou Dumont qui deviennent ses amis et proches collaborateurs, le noyau de son « atelier » qui lui préparera ses discours pendant la Révolution française. En 1784, il publie un texte antinobiliaire, les* Considérations sur l'ordre de Cincinnatus. *Il effectue plusieurs séjours en Prusse qui lui permettent de publier en 1787* Sur Moses Mendelssohn et la réforme politique des juifs, *et en 1788* De la monarchie prussienne sous Frédéric le Grand, *livre qu'il a plus que largement piraté. En France, Mirabeau suit de près la politique et, Clavière étant expert dans les matières financières, Mirabeau publie tantôt contre Necker, tantôt contre Calonne.*
Rejeté par la noblesse provençale, le comte de Mirabeau est élu aux États généraux par le tiers état d'Aix-en-Provence. À Versailles, il publie le 2 mai 1789 le Journal des États généraux *qui relate les séances mais est interdit par le gouvernement dès le 7 mai. Mirabeau brave l'interdiction en publiant immédiatement les* Lettres du comte de Mirabeau à ses commettants *qu'il diffuse largement.*
Mirabeau est la grande vedette de l'Assemblée constituante, son plus puissant orateur, omniprésent, la figure de la résistance au pouvoir royal. Il a aussi un projet: la sauvegarde de la liberté passe chez lui par la réconciliation de la monarchie avec la Révolution. Mais son passé et son talent plaident contre lui: Mirabeau est un isolé, une puissance en soi, et l'Assemblée s'en méfie, ainsi lorsqu'elle décide, pour l'écarter, qu'un député ne pourra être ministre.
Sa position devient plus difficile à tenir encore à partir du printemps 1790, car il se vend à la

Cour et la Cour l'achète: il incarne la Révolution mais il soutient l'autorité royale. En mai, après quelques semaines de tractations, Mirabeau obtient, par l'intermédiaire d'un de ses amis, le comte de La Marck (1753-1833), de conseiller Louis XVI en échange de la prise en charge de ses dettes. Quoique dédoublé entre son rôle secret auprès du roi et son rôle public à l'Assemblée, Mirabeau se laisse plus payer par la Cour qu'il ne se vend. Ses notes à la Cour sont une appréciation lucide de la situation politique: la politique qu'il prescrit est la sienne, il n'exprime que son avis, plaide en faveur de la Révolution auprès du roi; il déplore que Louis XVI ne saisisse pas cette opportunité unique que l'Assemblée constituante offre aux rois de France en les débarrassant des obstacles hérités du passé qui entravaient leur autorité. Son immoralité ne fausse donc toujours pas sa conscience. Pourtant, ce dialogue avec la Cour – un monologue en réalité, puisque Louis XVI refusera de se métamorphoser en roi constitutionnel – transpire. Le soupçon de corruption fait son chemin et Mirabeau doit régulièrement venir retremper son arme, sa popularité, dans des discours comme seul il a le secret d'en faire.
Lorsqu'il meurt le 2 avril 1791, emporté par la maladie, il est déjà suspect aux yeux de beaucoup et sa duplicité a été soulignée sans qu'on ait la preuve formelle de sa « trahison ». En novembre 1792, on révélera sa correspondance découverte dans l'armoire de fer secrète des Tuileries. Aussi, le héros et héraut de la Révolution de 1789, après avoir été le premier grand homme panthéonisé par la patrie reconnaissante, sera aussi le premier à être expulsé du Panthéon en septembre 1793 pour avoir voulu être le premier révolutionnaire à mettre fin à la Révolution.

- Moreau: *Les Devoirs du Prince réduits à un seul principe ou discours sur la justice dédié au Roi.*
- Restif de la Bretonne: *Le Paysan perverti ou les dangers de la ville.*
- Louis-Claude de Saint-Martin (1753-1819): *Des erreurs et de la vérité, ou les hommes rappelés au principe universel de la science.* Il publiera une suite en 1784.
- Armand-Louis Couperin (1727-1789): *Dialogue entre le chalumeau et le basson avec accompagnement de flûtes aux claviers d'en haut.* Cet organiste, notamment de Notre-Dame et de la Sainte-Chapelle, est membre de la dynastie des Couperin.
- Fragonard: *La Fête à Saint-Cloud.*
- Houdon: bustes de *Turgot* et de *Gluck.*
- Claude-Nicolas Ledoux entreprend la construction du théâtre de Besançon.
- Van Loo: *La Toilette d'une sultane.*
- Bailly: *Histoire de l'astronomie ancienne depuis son origine jusqu'à l'établissement de l'école d'Alexandrie.*
- Jean-Louis Baudelocque (1746-1810): *Art des accouchements.*
- Lagrange: *Recherches arithmétiques.*
- Parmentier: *Dissertation physique, chimique et économique sur la nature et la salubrité des eaux de la Seine.* Il présente son mémoire sur l'utilité de la culture de la pomme de terre à la Société d'agriculture de Paris.

1776

12 janvier
Par déclaration royale, les verriers de Normandie sont autorisés à vendre leurs produits partout afin de développer cette industrie.

février
Un édit supprime la corvée royale qui servait à la construction et à l'entretien des routes, et la remplace par une imposition additionnelle aux vingtièmes. Le Parlement de Paris s'y opposant le 4 mars, il y est enregistré en lit de justice le 12 et à la Cour des aides le 19.
Édit supprimant les corporations et jurandes, enregistré le 12 mars en lit de justice au Parlement de Paris.
Édit supprimant la Caisse de Poissy et les droits sur les bestiaux. Rétablie par lettres patentes le 18 mars 1779, cette caisse pour le commerce des bestiaux sera supprimée le 20 mai 1791.

1er février
Déclaration royale réglementant l'École militaire.

3 février
Établissement d'un nouveau Conseil supérieur à Pondichéry.

5 février
Déclaration royale qui abroge effectivement les restrictions à la liberté de circulation des grains; elle sera enregistrée en lit de justice le 12 mars.

6 février
Arrêt du Conseil fixant la largeur des routes et chemins du royaume.

23 février
L'ouvrage de Pierre-François Boncerf (1745-1794), *Les Inconvénients des droits féodaux*, est condamné par le Parlement de Paris.

10 mars
Une déclaration sur les inhumations préconise l'agrandissement des cimetières, mais hors des agglomérations, tout en permettant à certains de se faire enterrer dans des caveaux aménagés dans les églises.

24 mars
Arrêt du Conseil créant la Caisse d'escompte. Elle escomptera des lettres de change à un taux qui ne pourra dépasser 4 % et devra faire des avances au Trésor royal.

25 mars
Édit supprimant la finance de tous les emplois militaires (suppression de la vénalité des offices militaires). Série d'ordonnances réglementant la cavalerie, les dragons, les hussards, les légions, l'infanterie, l'administration, la discipline, l'habillement, le recrutement et les écoles militaires.

30 mars
Arrêt du Parlement de Paris ordonnant à tous les sujets d'acquitter les droits auxquels ils sont tenus envers leurs seigneurs.

avril
Condorcet: *Réflexions sur le commerce des bleds.*

1er avril
Publication du pamphlet *Le Songe de Maurepas ou les mannequins du gouvernement français.* Il s'agit d'un texte dirigé contre les physiocrates et parfois attribué au comte de Provence (futur Louis XVIII).

2 avril
Traité commercial entre la France et la république de Raguse (ratifié le 3 juin).

6 avril
Un édit garantit aux viticulteurs la liberté de faire circuler leurs vins dans le royaume. Cet édit est enregistré sans trop de difficultés, sauf à Bordeaux. Cette facilité de circulation contribuera à développer la production viticole.

23 avril
Première représentation à Paris d'*Alceste* de Gluck sur un livret adapté du livret original en italien de Calzabigi par Le Blanc du Roullet (1716-1786). Devant la réaction du public, Gluck révisera son troisième acte avec le concours de Gossec. Il avait aussi demandé à Rousseau de critiquer son opéra.

12 mai
Disgrâce de Turgot. Antoine-Jean Amelot de Chaillou (1732-1795) est nommé secrétaire d'État à la Maison du roi à la place de Malesherbes démissionnaire.

18 mai
Maurepas devient chef du Conseil royal des finances.

21 mai
Jean-Étienne-Bernard Ogier de Clugny (1729-1776) est nommé contrôleur général des Finances. Il annulera en les modifiant les édits de Turgot.

juin
Édit créant à Versailles un dépôt d'archives publiques pour les colonies: registres de baptême, actes de propriété, etc.
Lettres patentes reconfirmant les privilèges dont les juifs espagnols et portugais jouissent en France depuis 1550.

17 juin
Lenoir est renommé lieutenant général de police de Paris.
Réglementation de l'administration de l'hôtel des Invalides.

30 juin
Suppression de diverses loteries et création de la Loterie royale de France dont les tirages ont lieu deux fois par mois. Necker réduira le nombre de ses administrateurs pour limiter les frais de fonctionnement en 1777, mais en 1781, elle rapportera 7 millions de livres au Trésor.

4 juillet
Déclaration d'indépendance américaine.

11 août
Une déclaration royale, enregistrée au Parlement le 19 août, suivie d'une instruction du 6 septembre, rétablit la corvée en prescrivant de revenir à l'ancien usage pour les réparations des routes: les communautés peuvent soit exécuter directement les travaux, soit les confier à des entrepreneurs financés par une imposition supplémentaire. Cette possibilité d'option entre la corvée en nature et son remplacement par une contribution inquiétera les parlements.

23 août
Enregistrement au Parlement de Paris d'un édit modifiant l'édit de février sur la suppression des

corporations et jurandes : 6 corps de marchands et 44 communautés d'arts et métiers sont créés mais un certain nombre de professions restent cependant libres.

27 septembre
Ordonnance sur la régie et l'administration des ports et arsenaux de la Marine. Une série d'ordonnances réorganise ainsi l'encadrement de la Marine.

21 octobre
Le conseiller d'État Louis-Gabriel Taboureau des Réaux (1718-1782) est nommé contrôleur général des Finances à la place d'Ogier de Clugny décédé le 18. Mais le roi se réserve la direction du Trésor royal jusqu'à la nomination de Necker à ce poste le 12 novembre.

3 novembre
Ordonnance sur le corps de l'artillerie. Gribeauval, en disgrâce depuis 1771, a été nommé par le comte de Saint-Germain inspecteur général de l'artillerie. À ses réformes, on doit notamment le canon de campagne allégé qui permettra les victoires de la France révolutionnaire.

20 novembre
Laplace présente à l'Académie des sciences des additions aux *Recherches sur le calcul intégral et sur le système du monde.*

19 décembre
Déclaration établissant un syndic et un adjoint dans chaque profession libre.

22 décembre
Règlement pour la liquidation des dettes et le paiement des dépenses courantes de la Maison du roi. Il s'agit d'éponger le passif.

31 décembre
Ordonnance sur le corps royal du génie : elle militarise le corps ; les ingénieurs seront désormais officiers. Le génie utilisera comme main-d'œuvre un corps militaire de pionniers créé le 2 juillet précédent.

autres événements
• Condillac : *Le Commerce et le gouvernement considérés relativement l'un à l'autre.*
• Jean-Nicolas Démeunier (1751-1814) : *L'Esprit des usages et coutumes des différents peuples.*
• Goethe : *Les Souffrances du jeune Werther* (traduction).
• Mably : *De la législation ou principes des lois.*
• Morizot : *Le Sacre royal ou les droits de la nation française reconnus et confirmés par cette cérémonie.*
• Henri Reymond (1737-1820) : *Droits des curés et des personnes considérés sous leur double rapport, spirituel et temporel.*
• Michel Corette : *Les Délices de la solitude* (sonates pour basson). Organiste et fils d'organiste attaché au prince de Conti, le Rouennais Corette (1709-1795) est célèbre pour ses concertos comiques composés pour les entractes de la Comédie-Française et tirés d'airs populaires dont le plus célèbre reste *J'ai du bon tabac.*
• Abbé de l'Épée : *Instruction des sourds et muets par la voie des signes méthodiques.*

ABBÉ DE L'ÉPÉE

Prêtre janséniste, l'abbé Charles-Michel de l'Épée (1712-1789) se voit interdire l'exercice du ministère pastoral par l'archevêque de Paris, Christophe de Beaumont. C'est alors qu'il se consacre à l'instruction des sourds et muets, formant à sa méthode de nombreux élèves dans l'école qu'il a fondée. Son œuvre sera continuée par l'abbé Sicard (1742-1822) qui publiera en 1794 La Véritable Manière d'instruire les sourds et les muets, confirmée par une longue expérience.

• Louis-Bernard Guyton de Morveau (1737-1816) : *Éléments de chimie théorique et pratique.*
• Jean-Marie Morel (1728-1810) : *Théorie des jardins.*
• Parmentier : *Expériences et réflexions relatives à l'analyse du bled et des farines.*
• Jean-Jacques Paulet, dans *La Petite Vérole anéantie* et *Seul Préservatif de la petite vérole*, se prononce contre l'inoculation et prône l'isolement et l'édiction d'ordonnances royales pour faire face aux ravages de la maladie à propos de laquelle il raisonne comme pour la peste. Entre 1750 et 1760, les brochures sur l'inoculation se sont multipliées sans que la faculté de médecine se prononce.

1777

7 janvier
Lancement du premier emprunt de Necker. Un second suit un mois plus tard.

15 mars
Déclaration royale donnant de nouveaux statuts et règlements à l'Académie royale de peinture et de sculpture.

avril
Création de la Régie générale qui réunit différentes régies des aides.
Le marquis de La Fayette équipe à ses frais une frégate afin de rejoindre l'Amérique pour aider les insurgés.

La Fayette

Riche héritier d'une vieille famille noble d'Auvergne, Marie-Joseph-Paul-Yves-Roch-Gilbert Motier de La Fayette (1757-1834) aurait pu se contenter de la carrière militaire facile que lui ouvrait son mariage avec une Noailles en avril 1774, s'il n'avait découvert l'Amérique. Au printemps 1777, il équipe à ses frais un navire et offre ses services aux insurgés américains. Dès ce premier séjour, ce jeune homme qui s'illustre dans les combats est enthousiasmé par ce qu'il découvre : la liberté, l'égalité des droits, mais aussi la modération, l'esprit civique. Fêté à son retour en 1779 par Paris et Versailles, il rembarque en 1780, participe à la bataille de Yorktown et est adulé comme un héros en 1782 à son retour en France où il est nommé maréchal de camp.

Les années qui suivent le voient cultiver sa popularité, voyager en Europe et en Amérique où il reste en contact avec George Washington, fréquenter les salons et militer contre l'esclavage des Noirs. Il siège aux deux assemblées des notables de 1787 et 1788 où il réclame la réunion des États généraux et se prononce en faveur du doublement de la représentation du tiers état. Idole de la noblesse libérale des salons parisiens mais peu apprécié à la Cour, il inspire plus de défiance en province et est difficilement élu député de la noblesse de Riom aux États généraux.

Acclamé commandant de la garde nationale parisienne le lendemain de la prise de la Bastille, il reçoit, avec Bailly, Louis XVI à l'Hôtel de Ville le 17 juillet 1789 et lui offre la nouvelle cocarde nationale. Dès lors, il a l'ambition de réconcilier les Français avec la monarchie, sans en avoir d'ailleurs les moyens. Détesté par la Cour qui ne voit en lui qu'un démagogue attisant la révolte pour se rendre indispensable, suspecté par la gauche de vouloir étouffer le mouvement populaire, La Fayette s'épuisera au cours de ces années en petites manœuvres tactiques afin de tenter de contrôler, sans succès, le Paris révolutionnaire, révélant à chaque fois un peu plus son isolement et sa médiocrité politique. Loin d'être celui autour duquel se regrouperait un parti de la modération, il ne suscite qu'animosité et mépris chez ses adversaires ou ses concurrents qui n'ont aucune peine à le paralyser ou l'enfermer dans un rôle de dupe.

Lors des journées d'octobre, il minimise d'abord l'ampleur du danger, ne peut que suivre l'émeute, et, s'il évite le pire et réussit à sauver le roi et la reine, c'est au prix d'une humiliation que le couple royal ne lui pardonnera jamais. Si la fête de la Fédération, le 14 juillet 1790, lui permet d'incarner un instant la fraternité révolutionnaire et la concorde nationale, la rébellion des troupes nancéiennes un mois plus tard le révèle comme un partisan de la répression, sans qu'il ait même le bénéfice d'apparaître comme un homme fort à l'image de son cousin Bouillé qui réprime l'insurrection des troupes à Nancy. Attaqué de tous côtés en 1791, coupable de s'être laissé berner par Louis XVI lors de la fuite de Varennes, il voit encore se creuser le fossé qui le sépare des Parisiens quand la garde nationale ouvre le feu sur les manifestants républicains au Champ-de-Mars le 17 juillet 1791. Il perd le commandement de la garde nationale à l'automne 1791, est candidat à la mairie de Paris, essuie un échec cuisant et s'éloigne de la capitale pour prendre la tête de l'armée du Centre, puis de celle du Nord.

Aux yeux de l'opinion révolutionnaire, le « héros des deux mondes » n'est plus en 1792 qu'un factieux, un nouveau Cromwell sans le caractère, ni les troupes, ni les moyens. Ce général laisse son armée pour venir protester à l'Assemblée contre la journée du 20 juin 1792 et proférer quelques menaces ; il cherche vainement à rallier la garde nationale, est éconduit par le roi à qui il offre ses services et doit finalement quitter piteusement la capitale. Décrété d'accusation par l'Assemblée après le 10 août, il abandonne alors son armée qui refuse de marcher sur Paris et se réfugie auprès de l'armée prussienne. Les Prussiens le livreront aux Autrichiens qui l'emprisonneront à Olmütz jusqu'à la paix de Campo-Formio en 1797. Cette captivité aura eu l'avantage non seulement de lui permettre d'échapper à la Terreur et à l'émigration, mais encore de lui redonner une virginité politique qu'il avait bien perdue.

Se tenant à l'écart durant l'épisode napoléonien pour lequel il n'éprouve que peu de sympathie, il est élu député de Seine-et-Marne en mai 1815. La Fayette lutte alors pour empêcher une seconde restauration des Bourbons. Comme souvent dans sa vie, il est le jouet de plus habiles et de moins sincères que lui. Tandis qu'il l'envoit négocier avec les alliés, Fouché prépare secrètement le retour de Louis XVIII. Les élections d'octobre 1818 marquent pour lui le retour à la vie publique : il est élu dans la Sarthe. Réélu député de 1819 à 1824, il est de tous les combats d'une gauche qui dissimule mal la tiédeur de son affection pour les Bourbons. En 1820-1822, La Fayette cède aux sirènes de l'action secrète. Il est alors mêlé aux complots de la Charbonnerie. Fidèle à lui-même, il fait faire par son tailleur le bel uniforme qu'il revêtira une fois le soulèvement victorieux. Malheureusement le complot avorte, La Fayette détruit uniforme et papiers compromettants, se retire prudemment à la campagne et, ce qui est moins glorieux, laisse les lampistes trinquer. L'élection de la « Chambre retrouvée », en février 1824, le prive de son siège de député. Il s'embarque alors pour les États-Unis, la patrie de son cœur et de sa glorieuse jeunesse, où les Américains lui réservent un accueil triomphal (1824-1825). En 1827, les électeurs le renvoient à la Chambre des députés. Réélu en 1829, il fait partie des 221 députés qui signent l'adresse de défiance contre le ministère Polignac. Mais c'est pendant les Trois Glorieuses qu'il joue son dernier grand rôle. Il a 73 ans. Il se sent pousser des ailes, retrouve l'atmosphère enfiévrée de ses 30 ans. Le 28 juillet, il accepte (sans qu'on ait dû le prier beaucoup) le commandement de la garde nationale reconstituée. Néanmoins, il est assez prudent pour repousser les avances des républicains qui verraient bien en lui un nouveau George Washington (le rêve de toute sa vie pourtant), et le 31 juillet, c'est lui qui baptise le nouveau régime lorsque, présentant sur le balcon de l'Hôtel de Ville le duc d'Orléans à une foule peu enthousiaste, il a le geste qui sauve : il enveloppe le prétendant dans un drapeau tricolore et l'embrasse sous les vivats. Un nouveau régime est né. Sans La Fayette. Le 24 décembre, la Chambre adopte un plan de réorganisation de la garde nationale qui supprime son commandement. Sans attendre la promulgation de la loi, il démissionne, refusant toutes les compensations qui lui sont offertes. Il rompt définitivement avec le régime en juin 1832, en protestant contre la brutalité de la répression des troubles qui ont suivi les funérailles du général Lamarque.

18 avril

Arrivée à Paris du frère de la reine Marie-Antoinette, l'empereur Joseph II, qui voyage incognito. Le 14 mai, au cours d'un entretien avec Joseph II, Louis XVI parle du problème qui l'empêche de consommer son mariage. Cette incapacité physique, après avoir été matière à des rumeurs et des plaisanteries à la Cour mais aussi à des intrigues politiques, était devenue une affaire d'État, d'autant que le rire avait bientôt quitté le lieu circonscrit de la Cour et que de nombreux libelles étaient publiés sur ce sujet. Ses conversations avec son beau-frère aideront le roi à vaincre ses inhibitions, avec, peut-être, l'aide d'une petite intervention chirurgicale. La naissance du premier enfant de Louis XVI et de Marie-Antoinette, à la fin de l'année suivante, mettra ainsi un terme à ce vaudeville politique en résolvant l'une des principales questions qui se posaient à la monarchie, la question successorale.

7 mai

Règlement pour l'École du génie.

28 mai

Traité d'alliance conclu à Soleure pour une durée de cinquante ans entre la France et les 13 cantons suisses. Il est ratifié le 1er juillet.

juin

Édit supprimant les six intendants des finances. Ces derniers sont remplacés par un comité contentieux composé de trois magistrats choisis dans le Conseil. La monarchie ressent la nécessité d'avoir une mémoire et des archives centralisées, et de ne pas confier ces fonctions à des officiers inamovibles. Ces mesures sont enregistrées à la Cour des comptes le 2 juillet.

Édit remplaçant les quatre offices d'intendants du commerce créés en juin 1724 par quatre commissions d'intendants du commerce. Il est enregistré à la Cour des aides le 18 juin.

3 juin

Traité fixant les limites entre la France et l'Espagne dans l'île de Saint-Domingue.

29 juin

Après la démission du contrôleur général des Finances, Taboureau des Réaux, sa charge est déclarée vacante et Necker désigné pour assumer les autres fonctions avec le titre de directeur général des Finances.

NECKER

Installé à Paris depuis trente ans, Jacques Necker (1732-1804), suisse et protestant, a fait fortune dans la carrière bancaire et a, à la fin des années 1760, défendu les intérêts de la Compagnie des Indes en s'opposant à l'abbé Morellet qui prônait sa suppression. En 1773, il publie un Éloge de Jean-Baptiste Colbert, *et en 1775,* Sur la législation et le commerce des grains, *où il prend position contre le libéralisme économique.*

Environ un an après s'être séparée de Turgot, le grand serviteur de l'État qui menait une politique libérale à coups de réformes audacieuses, la monarchie place donc à la tête de ses finances un technicien, qui a réussi dans la société, un expert en crédit, favorable à un certain dirigisme économique mais à qui on demande surtout des ressources plutôt que de grandes réformes. Necker doit gérer le déficit que creuse la guerre d'Amérique en multipliant les emprunts coûteux – il en émettra pour un total de 530 millions – et les loteries. Il introduit néanmoins des changements dans l'administration du royaume, mais ceux-ci concernent avant tout l'organisation et la gestion de l'appareil financier. Necker cherche à abaisser le coût de la perception des impôts et à améliorer la comptabilité royale : il supprime des offices, démembre la Ferme générale, cherche à unifier la caisse du Trésor royal. Pour répartir et lever les impôts, il imagine des assemblées provinciales composées de propriétaires représentant chacun des trois ordres (clergé, noblesse, tiers état) mais où la représentation du tiers état est doublée. L'expérience est tentée en 1778 dans le Berry. Elle ne fonctionne que là et en Haute-Guyenne, mais dresse contre Necker les parlements et les intendants, bien qu'ils aient un pouvoir de contrôle sur ces assemblées, et accentue l'hostilité de la Cour. Pour riposter aux attaques dont il est l'objet, Necker publie en 1781 un Compte rendu au roi *qui laisse apparaître un excédent de recettes et cache l'ampleur du déficit. Le 19 mai 1781, après le refus de Louis XVI de le nommer ministre d'État et de lui accorder ainsi l'entrée au Conseil, Necker démissionne.*

Écarté du pouvoir, Necker, qui a toujours eu conscience de la puissance de l'opinion publique et su s'en servir, cultive sa popularité en continuant de soigner sa propagande bien organisée, notamment à travers le salon que tient sa femme, Suzanne Curchod (1739-1794), qu'il a épousée en 1764 et dont il a eu une fille, Germaine, la future Mme de Staël. En 1784, il publie De l'administration des finances de la France *et en 1788* De l'importance des opinions religieuses, *livre où il souligne la nécessité qu'il y a de conserver les secours de la religion pour maintenir l'ordre public tout en accroissant le bonheur des particuliers. Alors qu'il ne cesse de polémiquer avec Calonne, l'opinion et la banqueroute le ramènent au pouvoir après le départ de Loménie de Brienne fin août 1788.*

Fort de l'appui de l'opinion, de l'échec de ses prédécesseurs et du désarroi de la monarchie, Necker obtient cette fois d'être nommé ministre d'État et d'entrer au Conseil. Il prépare le règlement électoral des États généraux et fait ainsi accepter au Conseil le doublement de la représentation du tiers état, l'absence de distinction entre droit d'élire et droit d'être élu, ainsi que l'idée d'une proportionnalité entre population et représentation. Malgré ces éléments d'une grande modernité politique, la distinction des ordres est en revanche conservée et rien n'est décidé quant à la manière de voter au sein des États généraux.

Ceux-ci réunis, la ligne conciliatrice de Necker, axée sur les finances et ne proposant rien de neuf, déçoit le tiers état tout en irritant les privilégiés. Elle est finalement rejetée par le Conseil le 21 juin 1789 et désavouée par le roi lors de sa venue aux États généraux le 23. Louis XVI refuse d'abord sa démission à Necker, puis ayant opté pour la force face à l'Assemblée devenue constituante, le renvoie le 11 juillet avec ordre de quitter secrètement le royaume. Une fois connu, ce renvoi, dans lequel l'opinion voit le signe d'une contre-révolution doublée d'une banqueroute, propulse Necker au faîte de sa gloire : son buste est porté en triomphe dans Paris le 12 juillet. Les émeutes parisiennes qui consacrent la victoire de la Nation sur la Cour contraignent Louis XVI à rappeler Necker le 15.

Le dernier ministre de l'Ancien Régime est ainsi le premier de la Révolution. La tâche est impossible : trop audacieux pour la Cour, Necker est bien trop timide pour une Assemblée qui s'est emparée de la souveraineté et à laquelle il ne propose que des emprunts qui connaîtront l'échec. Rapidement discrédité alors qu'il n'offre que des expédients, Necker démissionne en septembre 1790, cette fois dans l'indifférence générale.

Necker termine sa vie dans son domaine de Coppet en Suisse en réfléchissant sur son expérience politique. Après avoir publié Sur l'administration de M. Necker par lui-même *en 1791, il écrit* Du pouvoir exécutif dans les grands États *(1792) et* De la Révolution française *(1797). Il y analyse la récente histoire de la France avec l'œil acéré du praticien, défendant l'idée d'un gouvernement représentatif inspiré de l'exemple anglais, pointant avec lucidité les défauts politiques et techniques des pouvoirs mis en place avec la Révolution. Méditant sur son échec, s'il comprend la difficulté qu'il y avait à défendre une ligne modérée, il a du mal à saisir qu'elle devait échouer sur la formidable puissance des idées radicales à l'œuvre dans la Révolution française.*

août
Création de l'Administration générale des domaines du roi: aux offices de receveurs, de contrôleurs généraux et aux régisseurs, Necker substitue 19 administrateurs. L'entretien des prisons qui était à la charge des villes depuis 1773 dépend de la collaboration du domaine et des villes.
Érection d'un évêché à Saint-Dié.

9 août
Déclaration sur la police des Noirs: l'entrée du royaume est interdite aux Noirs, à l'exception des habitants des colonies qui pourront venir avec leurs domestiques à condition qu'ils ne sortent pas des ports où ils débarqueront.

17 août
Arrêt du Conseil transformant la ferme des postes en une régie plus intéressante pour l'État.

30 août
Arrêt du Conseil sur la librairie: les privilèges des libraires sont limités à dix ans et à la vie de l'auteur. Le domaine public est là élargi et les réimpressions largement favorisées. En accordant une liberté d'imprimer aux libraires d'après des permissions simples, cet arrêt tend expressément à favoriser l'édition provinciale, notamment en en abaissant les coûts.

23 septembre
Première représentation d'*Armide*, opéra de Gluck.

27 septembre
Alexandre-Marie-Léonor de Saint-Mauris de Montbarrey (1732-1796), l'adjoint du comte de Saint-Germain démissionnaire, le remplace au secrétariat d'État à la Guerre.

16 octobre
Victoire américaine de Saratoga (dans l'actuel État de New York). La défaite anglaise convainc Louis XVI d'entrer en guerre contre l'Angleterre.

2 novembre
Arrêt du Conseil maintenant l'exigence des vérifications pour les vingtièmes. Après avoir suscité quelque temps la résistance du Parlement de Paris, cet arrêt est globalement bien accepté.

9 décembre
Lettres patentes établissant à Paris un mont-de-piété ou « bureau général de caisse d'emprunt sur nantissement » sous la direction du lieutenant général de police. Le 5 janvier 1778, l'administration du mont-de-piété est l'objet d'un règlement.

17 décembre
Vergennes, secrétaire d'État aux Affaires étrangères, promet aux États américains la reconnaissance officielle de la France.

30 décembre
Mort de l'électeur de Bavière, Maximilien III. À la suite de ce décès, l'empereur Joseph II va envahir la Bavière. Alors que la tension croît entre l'Autriche et la Prusse, la France avertit l'Autriche qu'elle ne la soutiendra pas dans une guerre en Allemagne, d'autant plus que côté français la guerre avec l'Angleterre apparaît comme certaine, et qu'elle n'interviendra dans un conflit continental que si les Pays-Bas autrichiens étaient menacés. C'est laisser le champ libre à Frédéric II de Prusse qui envahira la Bohême le 6 juillet 1778. En mai 1779, l'Autriche et la Prusse feront la paix, et Joseph II, en échange de quelques avantages territoriaux, renoncera à la Bavière qui restera à son héritier légitime, l'Électeur palatin, avec substitution en faveur de son fils le duc des Deux-Ponts.

autres événements
• Établissement d'un modèle unique de fusil dans l'armée. Il peut tirer deux coups par minute.
• Yves-Alexandre de Marbeuf (1734-1799), évêque d'Autun, succède à Mgr de La Roche-Aymon à la Feuille des bénéfices.
• Emprisonnement à Vincennes du marquis Donatien-Alphonse-François de Sade (1740-1814).
• Parution à Paris du premier quotidien français: *Le Journal de Paris*.
• Louis Petit de Bachaumont (1690-1771): *Mémoires secrets pour servir à l'histoire de la République des lettres en France, depuis 1762 jusqu'à nos jours ou journal d'un observateur*. Continués par Pidansat de Mairobert, ces *Mémoires* offrent une véritable chronique de la vie parisienne et de la Cour, fourmillant de détails et d'anecdotes qui portent aussi bien sur la vie littéraire ou artistique que sur la politique.
• Condorcet: *Éloge de Michel de L'Hospital, chancelier de France*.
• Gin: *Les Vrais Principes du gouvernement français démontrés par la raison et par les faits*.
• Le Trosne: *De l'ordre et de l'intérêt social*.
• Mably: *De l'étude de l'histoire*.
• Traduction française d'*Ossian* de l'Écossais Macpherson (1736-1796).
• Robinet: *Dictionnaire universel des sciences morale, économique, politique et diplomatique ou bibliothèque de l'homme d'État et du citoyen* (30 volumes jusqu'en 1783).
• Voltaire: *Commentaire sur l'Esprit des lois*.

• Monsigny : *Félix ou l'enfant trouvé*, opéra sur un livret de Sedaine.
• Le château de Bagatelle est construit en trois mois pour le comte d'Artois (futur Charles X).
• Gilles-Paul Cauvet : *Recueil d'ornements à l'usage des jeunes artistes qui se destinent à la décoration des bâtiments*. Cette publication marque l'avènement du style Louis XVI et scelle la fin de la rocaille.
• Couture et Vignon : église de la Madeleine.
• Fragonard : *Le Repos pendant la fuite d'Égypte*.
• Greuze : *La Malédiction paternelle*.
• Houdon : *Diane*.
• François-Guillaume Ménageot (1744-1816) : *Les Adieux de Polyxène et d'Hécube*.
• Pigalle : *Denis Diderot* et monument de *Maurice de Saxe*.
• D'Alembert, Bossut et Condorcet : *Nouvelles Expériences sur la résistance des fluides*.
• Charles-Augustin Coulomb (1736-1806) : *Recherches sur la meilleure manière de fabriquer les aiguilles aimantées*.
• René-Louis de Girardin (1735-1808) : *De la composition des paysages ou des moyens d'embellir la nature autour des habitations en joignant l'agréable à l'utile*. Le marquis de Girardin avait procédé à l'aménagement du parc d'Ermenonville en 1775.
• Jean-Baptiste de Monet de Lamarck (1744-1829) : *Flore française, ou description succincte de toutes les plantes qui croissent naturellement en France, disposée suivant une nouvelle méthode d'analyse* (3 volumes jusqu'en 1778). Il rédigera les volumes consacrés à la botanique de l'*Encyclopédie méthodique* éditée par Panckoucke.
• Lavoisier : *Instruction sur l'établissement des nitrières et sur la fabrication du salpêtre*. Il rend publiques ses analyses de l'air, sa théorie de la combustion et des acides.
• Parmentier : *Avis aux bonnes ménagères des villes et des campagnes sur la meilleure manière de faire leur pain*.

1778

6 février
Traité d'alliance entre la France et les États-Unis en guerre contre l'Angleterre. Un accord commercial est aussi conclu ; il sera ratifié le 16 juillet.

27 février
Arrêt du Conseil portant règlement pour l'Académie royale de musique.

1er mars
Règlement sur les troupes provinciales. Il sera complété par une ordonnance le 1er décembre 1781.

30 mars
Triomphe de Voltaire. Tenu à l'écart de Paris par la volonté royale depuis 1754, Voltaire y loge chez le marquis de Villette depuis le 10 février. Acclamé par toute la ville, les visiteurs affluent. Le 30 mars, après une séance à l'Académie qui le comble d'honneur, il se rend à la Comédie pour assister à une représentation de sa tragédie *Irène*. C'est un triomphe. Voltaire, longuement ovationné par le public, voit son buste couronné sur la scène.

5 avril
Arrêt du Conseil interdisant aux Blancs de se marier avec des Noirs ou gens de couleur dans le royaume.

23 avril
Déclaration royale réglementant la procédure en matière de taille afin de faciliter les réclamations des contribuables. Elle est enregistrée le 5 mai à la Cour des aides.

24 mai
Louis XVI déclare la guerre à l'Angleterre. Elle sera officielle le 10 juillet.

30 mai
Voltaire meurt à Paris chez le marquis de Villette. Avec l'accord du gouvernement, son corps est transporté en carrosse hors de Paris. Son neveu, l'abbé Mignot, le fait enterrer dans l'abbaye cistercienne de Notre-Dame de Scellières, près de Troyes, qu'il avait en commende, malgré l'opposition des autorités ecclésiastiques. Il y restera jusqu'à la panthéonisation de 1791.

17 juin
Combat naval opposant la frégate française *La Belle Poule* à une frégate anglaise, l'*Arethusa*, au large de Roscoff.

juillet
Les offices de la Cour des monnaies supprimés en septembre 1771 sont rétablis.

2 juillet
Rousseau meurt à Ermenonville.

12 juillet
Arrêt du Conseil créant une assemblée provinciale dans la généralité de Bourges. Composée de 48 propriétaires (12 représentant le clergé, 12 la noblesse et 24 le tiers état), elle s'occupera de lever et répartir les impôts, sous le contrôle de l'intendant. Elle se réunira tous les deux ans et dans

l'intervalle sera représentée par un bureau. Le roi nommera les 16 premiers membres qui coopteront les autres. Si Necker n'a pas connu les projets de Dupont de Nemours rédigés pour Turgot, il connaissait en revanche les idées de Malesherbes. Les lettres patentes instituant cette assemblée provinciale du Berry le 9 mai 1779 sont enregistrées le 15 mai par le Parlement de Paris.

23 juillet
Une flotte française partie de Brest fait sa jonction avec une flotte espagnole. L'escadre a l'intention d'envahir l'Angleterre, projet qui ne pourra être mené à bien.

26 juillet
Règlement concernant la navigation des bâtiments neutres en temps de guerre: les vaisseaux chargés de marchandises de contrebande destinées à l'ennemi pourront être arrêtés et leurs cargaisons saisies.

27 juillet
La France remporte une bataille navale au large de l'île d'Ouessant.

30 juillet
Arrêt du Conseil sur les privilèges en librairie et les contrefaçons: un auteur peut faire imprimer autant de fois qu'il le veut et faire vendre un ouvrage pour lequel il a obtenu un privilège sans qu'il puisse être réputé qu'il s'agit d'une cession de privilège.

28 août
Fondation de la Compagnie des eaux de Paris par Jacques-Constantin Périer (1742-1818) et son frère Auguste-Charles. Un arrêt du Conseil et des lettres patentes du 7 février 1777 les autorisaient à établir dans Paris des pompes à eau puisant dans la Seine pour alimenter les différentes parties de la ville et assurer la distribution à domicile. La Compagnie des eaux deviendra en 1788 l'Administration royale des eaux de Paris.

29 août
Lettres patentes établissant une société royale de médecine. Son règlement sera établi par des lettres patentes du 1er février 1780.

septembre
Les Français s'emparent de l'île de la Dominique qui était occupée par les Anglais depuis la guerre de Sept Ans.

27 septembre
Règlement concernant les prises que les corsaires français conduiront dans les ports américains et celles que les corsaires américains amèneront dans les ports français.

18 octobre
Arrêt du Conseil prescrivant à toutes les caisses ressortissant du Trésor royal de fournir chaque mois un état de leurs fonds. Le gouvernement cherche à réaliser une unité de caisse qui lui serait avantageuse.
Les Anglais s'emparent de Pondichéry.

6 novembre
Ordonnances de police sur les domestiques et sur les prostituées.

8 novembre
Lettres patentes portant établissement d'un nouvel ordre pour le paiement des pensions. La monarchie prescrit une refonte générale des brevets de pensions, et notamment une réunion pour ceux qui bénéficient de plusieurs pensions afin de favoriser une meilleure transparence.

21 novembre
Arrêt du Conseil établissant à Paris une maison pour les sourds et muets.

13 décembre
Ordonnance réglementant les garde-côtes.

19 décembre
Naissance du premier enfant de Louis XVI: Marie-Thérèse-Charlotte. Le 26, un *Te Deum* à Notre-Dame de Paris célèbre la naissance.

autres événements
• Les Anglais s'emparent du Sénégal.
• Condorcet: *Réflexions d'un citoyen catholique sur les lois de France relatives aux protestants.*
• Traduction du *Voyage dans l'hémisphère austral et autour du monde* de James Cook par Jean-Baptiste Suard (1733-1817).
• Marmontel: *Les Incas.*
• Maultrot: *L'Institution divine des curés et leur droit au gouvernement général de l'Église ou dissertation sur le 28e verset du 20e chapitre des Actes des Apôtres.*
• Jean-Baptiste Moheau (1745-1794): *Recherches et considérations sur la population de la France.*
• Barthélemy Faujas de Saint-Fond (1741-1819): *Recherches sur les volcans éteints du Vivarais et du Velay.*
• Grétry: *Les Trois Âges de l'opéra.*
• Fondation du théâtre des Variétés amusantes par Lécluze de Thilloy sur les boulevards.

- Fragonard: *Le Verrou.*
- Houdon: buste de *Molière.*
- Buffon: *Les Époques de la Nature.*
- Condorcet: *Sur quelques séries infinies.*
- Parmentier: *Le Parfait Boulanger, ou traité complet sur la fabrication et le commerce du pain.*
- Claude-François Jouffroy d'Abbans (1751-1832) fait naviguer un navire à vapeur sur le Doubs.

1779

17 janvier
Lettres patentes ordonnant l'exécution de l'édit de 1768 sur les religieux: les hommes ne peuvent pas s'engager dans des vœux solennels de religion avant 21 ans accomplis et les femmes 18.

29 janvier
Ordonnances augmentant les effectifs de la cavalerie légère et créant plusieurs régiments de chevau-légers et chasseurs à cheval.

14 mars
Arrêt du Conseil prescrivant de nouvelles formalités pour la levée de la capitation.

12 avril
Traité d'alliance entre la France et l'Espagne contre l'Angleterre. Les deux pays visent entre autres la reconquête de Gibraltar, de Minorque et de la Floride.

27 avril
Arrêt du Conseil décidant la création d'une assemblée provinciale dans le Berry; cette assemblée ne sera cependant ni installée ni organisée.

5 mai
Lettres patentes réglementant les manufactures: le titre de manufacture royale ne pourra être accordé qu'à des manufactures uniques dans leur genre (ce qui ne pourra nuire à leurs concurrentes), et les manufactures seront libres de fabriquer leurs étoffes comme elles l'entendent ou de suivre les règlements.

18 mai
Première représentation d'*Iphigénie en Tauride*, opéra de Gluck.

3 juin
À Notre-Dame de Paris, création du *Te Deum* à grand orchestre de Gossec.

5 juin
Louis XVI précise dans une lettre qu'il a donné l'ordre aux commandants de ses bâtiments et aux corsaires de ne pas inquiéter les pêcheurs anglais.

16 juin
Laplace présente à l'Académie des sciences son *Mémoire sur l'usage du calcul aux différences partielles dans la théorie des suites.*

6 juillet
L'amiral Charles-Hector-Jean-Baptiste d'Estaing (1729-1794) s'empare de l'île de Grenade aux Antilles.

11 juillet
Arrêt du Conseil créant une assemblée provinciale dans la généralité de Montauban (Haute-Guyenne). Elle est instituée par des lettres patentes du 26 novembre qui sont enregistrées le 23 décembre.

8 août
Abolition de la servitude personnelle et des droits de mainmorte dans les domaines royaux enregistrée le 10 au Parlement de Paris.

10 août
L'amiral d'Estaing entame le siège de Savannah en Géorgie. Ce sera un échec coûteux.

15 août
Arrêt du Conseil ordonnant aux propriétaires des péages de produire leurs titres, revenus, etc., afin, la paix revenue, que le roi puisse abolir tous les péages.

18 août
Laplace présente à l'Académie des sciences son *Mémoire sur la précession des équinoxes.*

18 septembre
Traité de commerce entre la France et le duché de Mecklembourg.

24 septembre
La création à Paris de l'opéra *Écho et Narcisse* de Gluck sur un livret de Theodor von Tschudi est un fiasco qui contribuera à convaincre Gluck de quitter la France et de tourner le dos au public français. Cet opéra ne rencontrera du succès que deux ans plus tard au cours d'une petite représentation dans un salon aristocratique: le livret, où l'on pouvait voir des allusions à un couple royal contraint d'accepter des réformes, paraissait politiquement déplacé.

18 novembre
Traité signé à Bruxelles entre la France et l'Autriche sur les limites et frontières des deux États aux Pays-Bas. Il est ratifié par Louis XVI le 29 décembre.

décembre
Aux Antilles, victoire de La Motte-Picquet (Toussaint-Guillaume Picquet de La Motte, 1720-1791) sur la flotte anglaise.

19 décembre
Arrêt du Conseil supprimant les *Observations sur le mémoire justificatif de la cour de Londres* de Beaumarchais, qui défend ses intérêts d'armateur.

autres événements
• Publication du *Journal de littérature, des sciences et des arts* qui prend la suite des *Mémoires de Trévoux*.
• Publication des *Amours de Charlot et Toinette*, souvent réédité, très recherché par la police, parfois attribué à Beaumarchais, et qui met en scène l'impuissance royale et les amours de Marie-Antoinette avec le comte d'Artois, frère du roi. Cette année voit ainsi la défaite définitive du roi de France dans son pouvoir séminal.
• Mme de Genlis: *Théâtre à l'usage des jeunes personnes*. Stéphanie-Félicité du Crest de Saint-Aubin (1746-1830), épouse du comte de Genlis, est depuis 1772 la maîtresse du duc de Chartres (le futur Philippe Égalité) dont elle élèvera les enfants.
• Linguet: *Dissertation sur le bled et le pain*.
• Maultrot: *Les Droits du second ordre défendus contre les apologistes de la domination épiscopale* et *Les Droits des prêtres dans le synode ou concile diocésain, avec un recueil de synodes de toutes les églises du monde, qui prouve que le synode est un véritable concile où les prêtres délibèrent et jugent avec l'évêque ou suite de la réfutation de la consultation publiée par M. de Condorcet contre les curés de son diocèse*.
• Première représentation à Paris de *Amadis des Gaules* de Jean-Chrétien Bach (1735-1782).
• Michel-Paul-Guy de Chabanon (1730-1792): *Observations sur la musique et principalement sur la métaphysique de l'art*. Il y affirme que la musique n'est pas imitation de la nature mais un langage universel: « Les sons ne sont pas l'expression d'une chose, ils sont la chose même. »
• Bailly: *Histoire de l'astronomie moderne* (3 volumes jusqu'en 1782).
• Étienne Bezout (1730-1783): *Théorie générale des équations algébriques*. Il était déjà l'auteur de *Cours de mathématiques* pour la Marine (1764-1769) et pour l'artillerie (1770-1772).
• Coulomb: *Théorie des machines simples* et *Recherches sur les moyens d'exécuter sous l'eau toutes sortes de travaux hydrauliques sans employer aucun épuisement*.
• Mesmer: *Mémoire sur la découverte du magnétisme animal*.

MESMER

Né près de Constance en Souabe, après des études de théologie et de droit, Franz-Anton Mesmer (1734-1814) se rend à Vienne où il opte pour l'étude de la médecine. En 1778, il s'installe à Paris où il applique les découvertes sur le magnétisme au traitement des malades. Son cabinet rencontre l'engouement du public mais aussi l'hostilité des milieux scientifiques établis. Mesmer sera condamné par l'Académie de médecine en 1784 et quittera Paris.

• Parmentier: *Manière de faire le pain de pommes de terre, sans mélange de farine*.

1780

janvier
Édit rendant au roi la vente des offices des Maisons du roi et de la reine. Un deuxième édit crée un bureau général des dépenses de la Maison du roi pour mieux en contrôler les dépenses. La chambre des comptes de Paris enregistre ces édits le 29 janvier.

1er janvier
Ordonnance réglementant l'administration des hôpitaux militaires.

9 janvier
Arrêt de règlement réorganisant en trois administrations distinctes la compétence de la Ferme générale qui était chargée du recouvrement de l'essentiel des impôts indirects. La Ferme générale conserve les gabelles, le tabac, les droits d'entrée à Paris, les droits de traite (sur toutes les importations et exportations de marchandises), et 40 fermiers généraux sont gardés. La Régie générale ajoute à ses compétences les Aides (tout ce qui touche à la fabrication) et est administrée par 25 régisseurs. L'Administration des domaines, gérée par 25 administrateurs, s'occupe des droits domaniaux, des bois et du centième denier.
Instruction réglant les formalités à suivre pour les prises faites par la marine royale.

février
Édit prorogeant jusqu'en 1790 le deuxième vingtième qui allait arriver à expiration. Il est enregistré, avec quelques modifications, le 25 février au Parlement de Paris.

13 février
Déclaration royale sur la taille et la capitation : leur montant ne pourra plus être augmenté par simples arrêts du Conseil, mais devra être enregistré par les cours souveraines (il ne sera plus arbitraire).

9 mars
Déclaration royale sur les attroupements avec port d'armes.

19 mars
Arrêt du Conseil créant une assemblée provinciale dans la généralité de Moulins. Le 20 avril 1781, le Parlement de Paris refuse d'enregistrer les lettres patentes du 13 mars l'instituant, et comme Necker démissionnera, l'installation d'une assemblée provinciale dans le Bourbonnais sera abandonnée.
Dissolution de la commission des réguliers instaurée en 1766.

avril
Édit supprimant 48 offices de receveurs généraux des finances. La levée des impositions directes (taille, capitation, vingtième) dans les 24 généralités des pays d'élection et des pays conquis était placée sous l'autorité de 48 receveurs généraux des finances (2 par circonscription) résidant à Paris. Cet édit n'en conserve que 12 formant une seule compagnie avec caisse unique. Il ne sera enregistré le 18 avril par la Cour des comptes de Paris que sur l'exprès commandement du roi et suscitera des protestations des princes du sang. La situation ancienne sera rétablie après le départ de Necker.

2 mai
Le corps expéditionnaire français commandé par Jean-Baptiste-Donatien de Vimeur, comte de Rochambeau (1725-1807), quitte Brest pour l'Amérique. Il débarque à Newport le 11 juillet avec 4000 hommes.

12 mai
Arrêt du Conseil supprimant l'écrit intitulé *Mémoire à consulter et consultation pour les curés du Dauphiné, sur l'insuffisance de la portion congrue.*

30 mai
En désaccord avec Necker, Bertin démissionne de son secrétariat d'État aux attributions essentiellement économiques qu'il détenait depuis le 14 décembre 1763. Bertin s'occupait notamment des manufactures, des mines et aussi du cabinet des chartes avec Moreau.

20 juin
Traité d'alliance entre la France et le prince-évêque de Bâle. Le traité précise les frontières entre les deux États. Il est ratifié le 11 juillet.

28 juin
Lettres patentes, enregistrées le 25 juillet au Parlement de Paris, réglementant la fabrication des toiles. Elles inaugurent une série qui réglementera la fabrication des toiles dans les généralités d'Auvergne, Châlons, Champagne, Limoges, Lyon, Picardie, Poitiers, Tours (30 septembre 1780), Bretagne (16 décembre), Provence (31 décembre), Alençon, Caen, Rouen (16 février 1781), Bourgogne (19 mars), Flandres et Hainaut (9 août). La fabrication des étoffes de laine est aussi réglementée par une série de lettres patentes dans les généralités d'Amiens, Auvergne, Bourges, Champagne, Orléans, Paris, Poitiers, Tours (22 juillet 1780), Auch (30 septembre), Provence, Grenoble (16 décembre), Montauban (25 février 1781), Alençon, Caen, Rouen (1er mars).

19 juillet
Laplace remet à l'Académie des sciences son *Mémoire sur les probabilités.*

24 août
Déclaration royale supprimant la question préparatoire dans la procédure criminelle.
Déclaration royale rappelant les dispositions de l'édit de 1749 sur les gens de mainmorte.

30 août
Déclaration royale portant établissement de nouvelles prisons, enregistrée au Parlement le 5 septembre. Cette réforme des prisons fait suite aux visites qu'y avait faites en 1779 Mme Necker qui en déplorait l'hygiène.

26 septembre
Necker, vu les dépenses que fait sans le prévenir le secrétaire d'État à la Marine Sartine, offre sa démission dans une lettre au roi.

13 octobre
Renvoi de Sartine du secrétariat d'État à la Marine. Le marquis de Castries lui succède et entre au Conseil d'État le 15.

CASTRIES

Neveu du maréchal de Belle-Isle, Charles-Eugène-Gabriel de La Croix, marquis de Castries (1727-1800), s'est illustré pendant la guerre de Sept Ans: blessé à la bataille de Rossbach (5 novembre 1757), il bat le duc Charles de Brunswick à Klostercamp le 16 octobre 1760. Ami de Necker sur la recommandation duquel il est nommé au secrétariat d'État à la Marine où il restera sept années, Castries contribue efficacement à faire adopter la stratégie navale qui permet de battre l'Angleterre dans la guerre d'Amérique. Son ministère est marqué par une augmentation du nombre de vaisseaux de guerre, les travaux entrepris dans les ports de Dunkerque et Cherbourg, et la poursuite des efforts de rationalisation dans l'administration de la Marine et ses services annexes comme les hôpitaux navals. Le 1er janvier 1786, une importante série d'ordonnances réorganise les forces navales et perfectionne l'organisation du service à bord et à terre. Nommé maréchal de France en 1783, Castries démissionne de son secrétariat d'État à la fin du mois d'août 1787. Il refuse la proposition de Louis XVI de reprendre la Marine le 13 juillet 1789 et émigre peu après. Il s'installe d'abord chez Necker à Coppet, puis chez son ami et vieil adversaire, le duc de Brunswick, chez lequel il mourra.

29 novembre
Mort de Marie-Thérèse d'Autriche, mère de la reine Marie-Antoinette.

1er décembre
Édit ordonnant la fermeture du cimetière des Innocents à Paris.

19 décembre
Renvoi du secrétaire d'État à la Guerre, Montbarrey, remplacé le 23 par le marquis Philippe-Henri de Ségur (1724-1801).

autres événements
- Jean-François Collin d'Harleville (1755-1806): *L'Inconstant* (comédie).
- Condillac: *Logique, ou les premiers développements de l'art de penser.*
- Restif de la Bretonne: *Les Contemporaines.*
- Turgot: *Théorie de l'intérêt de l'argent, tirée des principes du droit naturel, de la théologie et de la politique, contre l'abus de l'imputation d'usure.* Jean-Louis Gouttes (1739-1794), futur député à l'Assemblée constituante et futur évêque constitutionnel, aurait participé à la rédaction de l'ouvrage.
- Philidor: *Carmen saeculare.*
- Fragonard: *Le Baiser à la dérobée.*
- Houdon: *Voltaire assis.* Peu avant sa mort en 1778, Voltaire avait posé pour le sculpteur spécialisé dans les bustes des grands hommes. Ce Voltaire trônant, vêtu d'une toge à l'antique, les traits émaciés, fera sensation et connaîtra un grand succès.
- La construction de l'opéra de Bordeaux, que l'architecte Victor Louis a commencée en 1773, est terminée. Ce chef-d'œuvre de l'architecture théâtrale française influencera un siècle plus tard la construction de l'opéra Garnier à Paris. Le Grand Théâtre est inauguré le 7 avril avec une représentation d'*Athalie* de Racine.
- Parmentier: *Traité de la châtaigne.*
- Pierre Thouvenel: *Mémoire chimique et médicinal sur la nature, les usages et les effets de l'air.*

1781

14 janvier
Arrêt du Conseil sur les engagements du domaine: afin de lutter contre les tentatives d'effacement de la domanialité, les engagistes doivent fournir aux administrateurs généraux du domaine l'état des domaines dont ils jouissent et les revenus qu'ils en tirent, puis choisir entre une hausse modérée de leurs rentes ou l'abandon du domaine. En pratique, l'administration royale ne recevra que peu de réponses.

19 février
Publication et mise en vente du *Compte rendu au roi, par M. Necker, directeur général des finances au mois de janvier 1781.* 3000 exemplaires sont vendus le premier jour.

1er mars
Déclaration royale sur les jeux défendus: elle prévoit des amendes plus lourdes pour les joueurs.

21 mars
Une importante escadre sous les ordres de l'amiral François-Joseph-Paul de Grasse (1723-1783) quitte Brest pour l'Amérique. De son côté, Pierre-André de Suffren de Saint-Tropez (1727-1788) prend la direction de l'Inde avec une flotte.

13 avril
Arrêt du Conseil qui remplace la corvée royale en Berry par une contribution en argent conformément à une décision de l'assemblée provinciale du 25 octobre 1780.

22 avril
Un arrêt du Conseil force la Cour des aides de Montauban à accepter les lettres patentes du 10 juin 1780 qui entérinaient le plan de révision du cadastre préparé par l'assemblée provinciale de Haute-Guyenne.
Lettres patentes réorganisant l'Hôtel-Dieu.

23 avril
Arrêt du Conseil interdisant aux curés du diocèse de Nancy de s'assembler sans permission du roi.

2 mai
Victoire navale de La Motte-Picquet sur les Anglais aux Antilles.

19 mai
Necker remet sa démission à Louis XVI. Le roi avait refusé de lui donner l'entrée au Conseil, la direction des marchés de la guerre et de la marine, et il ne le soutient pas dans l'expérience des assemblées provinciales.

21 mai
Jean-François Joly de Fleury est nommé contrôleur général des Finances.

22 mai
Édit réglementant l'avancement dans l'armée : on ne peut devenir sous-lieutenant qu'à condition de posséder quatre générations de noblesse. Cet édit a longtemps été interprété comme exemplaire de « la réaction aristocratique » au XVIIIe siècle, alors qu'en préservant la noblesse provinciale contre celle, plus récente, bien introduite à la Cour, il s'agissait aussi et surtout de renforcer la professionnalisation des officiers français. Il demeure cependant que nombre de cadres de valeur plafonneront dans les grades de sous-officiers car ne remplissant pas les conditions de l'édit.

2 juin
L'amiral de Grasse s'empare de l'île de Tobago.

8 juin
Un incendie détruit l'opéra du Palais-Royal.

juillet-août
L'empereur Joseph II, frère de Marie-Antoinette, voyage en France.

août
Vergennes réussit à isoler diplomatiquement l'Angleterre en obtenant la neutralité de la Russie, de l'Autriche, des Provinces-Unies et de la Suède.

septembre
Édit réunissant la principauté de Dombes au pays de Bresse.

5 septembre
En Amérique, l'amiral de Grasse empêche la flotte anglaise de secourir les troupes du général Charles Cornwallis (1738-1805).

12 septembre
Lettres patentes portant règlement pour les maîtres et ouvriers des manufactures et des villes où il y a des communautés d'arts et métiers : elles instituent un livret obligatoire pour les salariés.

octobre
Édit, enregistré le 16, rétablissant les 48 offices de receveurs généraux des finances qui avaient été supprimés en avril 1780.

19 octobre
En Amérique, l'armée anglaise de Cornwallis capitule devant l'armée franco-américaine à Yorktown.

22 octobre
Naissance du dauphin, Louis-Joseph-Xavier-François (mort en 1789).

6 novembre
Les Français s'emparent de l'île de Saint-Eustache aux Antilles.

23 décembre
Louis XVI nomme l'évêque de Châlons, Antoine-Éléonor-Léon Leclerc de Juigné (1728-1811), à l'archevêché de Paris pour succéder à Christophe de Beaumont décédé.

autres événements
- Condorcet : *Réflexions sur l'esclavage des nègres.*
- Delisle de Sales : *Histoire des hommes ou histoire naturelle de tous les peuples de la terre.*
- Diderot : *Est-il bon ? Est-il méchant ?* (comédie) et *Pensées détachées sur la peinture.*
- Mably : *Du gouvernement et des lois de la Pologne.*
- Publication des deux premiers tomes du *Tableau de Paris* de Louis-Sébastien Mercier.
- Antoine-François Prost de Royer (1729-1784) : *Dictionnaire de jurisprudence et des arrêts* (7 volumes jusqu'en 1788).
- Restif de la Bretonne : *La Découverte australe par un homme volant.*
- David : *Les Funérailles de Patrocle* et *Bélisaire.* Il expose au Salon *Saint Roch intercédant auprès de la Vierge pour les pestiférés de Marseille* : il s'agissait

d'une commande du Bureau de la santé publique pour commémorer l'épidémie de 1720; on vit dans ce tableau une attaque contre l'Église car David semble y souligner la misère plutôt que l'intercession.
• Construction des galeries du Palais-Royal par Victor Louis. Dans celles-ci s'installeront les grands restaurants, dont les plus célèbres sont ceux de Beauvilliers et de Véfour, qui inaugurent pour le client le choix d'une table individuelle, un repas à la carte ou un menu à prix fixe.
• Vien: *Briséis.*
• Lavoisier établit la composition du gaz carbonique.
• Parmentier: *Recherches sur les végétaux nourrissants, qui, dans les temps de disette, peuvent remplacer les aliments ordinaires, avec de nouvelles observations sur la culture des pommes de terre.*

PARMENTIER

Après un apprentissage d'apothicaire, Antoine-Augustin Parmentier (1737-1813), devenu aide pharmacien, participe à la guerre de Sept Ans où il est fait prisonnier par les Prussiens. C'est au cours de cette captivité qu'il mange des pommes de terre. Rentré en France la paix signée, il devient en 1766 apothicaire adjoint aux Invalides; en 1772, il en est le pharmacien en chef. Il emporte le concours de l'académie de Besançon en 1771 en prônant la culture de la pomme de terre pour pallier les disettes. Les Recherches sur les végétaux nourrissants *sont une refonte augmentée de ce mémoire primé par l'académie de Besançon.*

1782

janvier
Retour d'Amérique du marquis de La Fayette à Paris où il est reçu triomphalement.

1er janvier
Première de *Colinette à la Cour* de Grétry à l'Académie royale de musique.

21-23 janvier
Importante fête à Paris pour célébrer la naissance du dauphin.

5 février
Prise de Minorque aux Anglais par les Français et les Espagnols. Ils vont aussi sans succès assiéger Gibraltar jusqu'en octobre.

9 mars
Déclaration renouvelant l'interdiction faite aux curés de s'assembler sans permission du roi. Les curés congruistes (dont la seule source de revenus est la portion congrue) de Provence et du Dauphiné s'assemblaient, délibéraient, s'organisaient en collectant des fonds et en nommant des syndics. De même, ceux du diocèse de Vienne contestaient l'autorité de leurs supérieurs. Aussi le gouvernement interdit-il aux curés qui ne forment ni corps ni communauté de tenir des assemblées sans permission expresse du roi, à l'exception des assemblées synodales ordinaires prévues par les règlements respectifs de chaque diocèse.

avril
Laclos: *Les Liaisons dangereuses.*

LACLOS

Le succès aussi immédiat qu'important et le scandale qui entoure Les Liaisons dangereuses *ont largement fait oublier que Laclos fut, plus encore qu'un romancier, un militaire qui se lança aussi dans la politique avec la Révolution française.*
Avant de publier cette œuvre puissante, Pierre-Ambroise-François Choderlos de Laclos (1741-1803) menait la vie obscure et monotone d'un officier d'artillerie en garnison. Sous-lieutenant en 1761, il stagne dans le grade de capitaine lorsqu'il entreprend la rédaction de son roman épistolaire où tout est minutieusement calculé. Les lettres du vicomte de Valmont et de la marquise de Merteuil y dépeignent comme des campagnes militaires les aventures libertines d'une noblesse nourrie de la littérature et du théâtre du siècle. Le scandale vient de la force sans précédent avec laquelle Laclos expose les calculs de ses personnages, tout à leur révolution pour eux-mêmes, de leur individualisme. En quelques jours, le tirage est épuisé et le livre est devenu le sujet de conversation de tout Paris. Ce succès inquiète – en comptant les contrefaçons, 16 éditions paraissent cette seule année 1782. Aussi Laclos se voit-il enjoindre, dès la fin du mois de mai, de quitter Paris où il était en congé et de regagner son poste.
Laclos retrouve la vie militaire de province et retourne aux réflexions et recherches plus techniques de son arme savante, l'artillerie: il préconise un autre type de fortifications que celui à la Vauban en faveur au ministère, étudie un nouveau modèle d'affût offrant un champ de tir plus étendu. En 1788, il quitte l'armée et se plonge dans la politique.

Laclos se lie, au cours de l'automne 1788, avec le duc d'Orléans dont il devient le secrétaire des commandements, et travaille à la campagne de celui-ci pour les États généraux. Ce conseiller politique suit son patron en Angleterre entre octobre 1789 et juillet 1790. Il s'inscrit au club des Jacobins à son retour à Paris, et pendant huit mois, jusqu'à la scission des Feuillants, publie le Journal des Amis de la Constitution, *l'organe du club. Il propose ses services au ministre de la Guerre, Servan, après le 10 août 1792, et est nommé commissaire du pouvoir exécutif à la fin du mois. Envoyé auprès de l'armée de l'Est que commande Luckner, Laclos rejoint ensuite, avec le grade de maréchal de camp, l'armée des Pyrénées que dirige Servan, pour être son chef d'état-major. Suspect comme orléaniste, Laclos est plusieurs fois arrêté au printemps 1793, démissionne de son grade, et est finalement emprisonné de novembre 1793 à décembre 1794. Secrétaire général des hypothèques de décembre 1795 à mars 1799, il retrouve l'artillerie avec le grade de général de brigade en janvier 1800 grâce à Bonaparte. C'est que Laclos n'a jamais cessé de s'intéresser à l'artillerie: depuis 1787, il a procédé aux essais mettant au point le boulet creux, l'ancêtre de l'obus. Il rejoint l'armée du Rhin puis celle d'Italie. Nommé inspecteur général de l'artillerie en 1802, il cherche à promouvoir un nouveau type d'affût, et meurt à Tarente en 1803.*

9 avril
Inauguration de la salle de théâtre de l'Odéon dont la construction, confiée à Marie-Joseph Peyre et Charles de Wailly (1730-1798), avait commencé en 1780.

12 avril
Défaite de l'amiral de Grasse, qui est fait prisonnier, à la bataille des Saintes aux Antilles.

30 avril
Rochambeau reçoit l'ordre de rejoindre Saint-Domingue.

12 mai
Déclaration royale sur les actes de baptême inscrits dans les registres des paroisses: les curés doivent se contenter d'enregistrer sans commenter.

20 mai
Visite à Versailles du grand-duc de Russie, Paul, qui voyage incognito.

31 mai
Ordonnance de police réglementant et fixant les prix des chaises à porteur.

juillet
Édit créant un troisième vingtième. Pour le faire accepter, le contrôleur général des Finances Joly de Fleury abandonne le principe des vérifications. Il est enregistré au Parlement de Paris le 12.

7 juillet
Ordonnance interdisant aux domestiques de porter aucune arme.

3 août
Déclaration rétablissant la Cour des aides de Clermont-Ferrand.

25 août
Aux Indes, après ses victoires sur les Anglais à Sadras (17 février), Porto-Novo (12 avril), Negapatam (6 juillet), Suffren s'empare du port de Trinquemale (Trincomalee, au Sri-Lanka).

8 septembre
Règlement du Conseil sur l'administration provinciale en Haute-Guyenne.

10 septembre
L'abbé Émery est élu supérieur général de la Compagnie de Saint-Sulpice.

Abbé Émery

Entré en 1750 au séminaire de Saint-Sulpice, Jacques-André Émery (1732-1811) est ordonné prêtre en 1758. Élu supérieur général de la Compagnie de Saint-Sulpice le 10 septembre 1782, Émery va y rétablir la discipline et l'autorité morale du grand séminaire. Au cours de la Révolution française pendant laquelle il n'émigre pas, il apparaît peu à peu comme le directeur de conscience du clergé français. Arrêté après le 10 août 1792, il est libéré et échappe aux massacres de Septembre. Il accepte le serment de liberté-égalité, mais est de nouveau incarcéré de juillet 1793 à octobre 1794; il obtiendra au cours de sa détention, auprès des prisonniers et condamnés à mort, de nombreuses réconciliations avec l'Église. Libéré après Thermidor, souvent consulté, ses avis sont reçus avec attention parmi les ecclésiastiques. Il autorisera ainsi la promesse de soumission aux lois de la République, refusera de condamner les prêtres qui jureront le serment de haine à la royauté, et autorisera la promesse de fidélité à la Constitution de l'an VIII (1799). Personnalité très respectée, il refusera le siège d'Arras lors de la signature du Concordat.

octobre
Ouverture de négociations avec l'Angleterre.
Faillite retentissante du prince de Rohan-Guéméné: son passif de 33 millions de livres ruine nombre de fournisseurs, artisans, etc.

26 novembre
Première de *L'Embarras des richesses* de Grétry à l'Académie royale de musique.

décembre
Rembarquement du corps expéditionnaire français d'Amérique.

18 décembre
Création d'un centre métallurgique au Creusot. La construction de la fonderie prend trois ans. On trouve parmi les actionnaires: Périer, Saint-James, Wendel et le roi.

autres événements
• Arnaud Berquin (1747-1791): *L'Ami des enfants.* 24 volumes composant cette série paraissent en deux ans. Ils sont suivis dès 1784 par une nouvelle série, *L'Ami des adolescents.* Cette littérature enfantine bénéficiera d'une bonne diffusion en Europe et influencera les auteurs anglais de contes pour enfants au XIXe siècle.
• Diderot: *Essai sur les règnes de Claude et de Néron, et sur les mœurs et les écrits de Sénèque, pour servir d'introduction à la lecture de ce philosophe.*
• Mme de Genlis: *Adèle et Théodore ou lettres sur l'éducation.*
• Mirabeau: *Des lettres de cachet et des prisons d'État.*
• Premier volume de l'*Encyclopédie méthodique* éditée (jusqu'en 1792) par Charles-Joseph Panckoucke (1736-1798).
• Publication à Genève de la première partie des *Confessions* de Jean-Jacques Rousseau (auxquelles il avait travaillé depuis 1765), ainsi que des *Considérations sur le gouvernement de Pologne* et des *Rêveries du promeneur solitaire.*
• Saint-Martin: *Tableau naturel des rapports qui existent entre Dieu, l'homme et l'univers.*
• Pierre Sonnerat (1748-1814): *Voyage aux Indes orientales et à la Chine depuis 1774 jusqu'en 1781.*
• Antoine-François de Fourcroy (1755-1809): *Leçons élémentaires d'histoire naturelle et de chimie.*
• Laplace: *Mémoire sur les approximations des formules qui sont fonctions de très grands nombres.*

1783

20 janvier
Signature d'articles préliminaires de paix entre la France et l'Angleterre. Une ordonnance du 4 février précise les termes de la cessation des hostilités en mer.

26 février
Le contrôleur général des Finances Joly de Fleury crée un Comité des finances composé de Vergennes, Miromesnil et lui-même, chargé de réduire les dépenses des secrétariats d'État. Calonne le supprimera en novembre.

19 mars
Création de l'École royale des mines. Son directeur est Balthazard-George Sage (1740-1824). Elle fonctionnait déjà sous une autre forme depuis plusieurs années. L'exploitation des mines de métaux et des mines de charbon est réglementée.

29 mars
Démission du contrôleur général des Finances Joly de Fleury. Henri-François de Paule Lefèvre d'Ormesson (1751-1808) lui succède. Il émettra un emprunt de 23 millions en avril.

4 juin
Les frères Joseph (1740-1810) et Étienne Montgolfier (1745-1799) font voler un ballon à air chaud à Annonay. La description de l'expérience sera faite par le géologue Faujas de Saint-Fond.

13 juin
Louis XVI interdit la représentation aux Menus-Plaisirs du *Mariage de Figaro* de Beaumarchais.

20 juin
Victoire de Suffren à Gondelour. Les Anglais vont lui proposer de cesser les hostilités en lui annonçant la signature de préliminaires de paix.

28 juin
Lavoisier et Laplace présentent à l'Académie des sciences leur *Mémoire sur la chaleur.*

27 août
À Paris, à partir du Champ-de-Mars, Jacques Charles (1746-1823) et les frères Robert font s'envoler un ballon gonflé à l'hydrogène.

3 septembre
Le traité de Versailles entre la France et l'Angleterre met fin à la guerre d'Amérique. L'Angleterre recon-

naît l'indépendance des 13 colonies américaines et la France se voit reconnaître la possession de ses comptoirs aux Indes, au Sénégal et à Saint-Pierre et Miquelon. L'île de Tobago est échangée contre la Dominique. L'Angleterre conserve Gibraltar mais reconnaît à l'Espagne la possession de Minorque et de la Floride. La paix sera publiée le 3 novembre.

19 septembre
À Versailles, devant Louis XVI, Étienne Montgolfier lâche un ballon où ont pris place un coq, un canard et un mouton.

19 octobre
Règlement sur les formalités d'admission à l'hôtel des Invalides.

24 octobre
Le contrôleur général des Finances Lefèvre d'Ormesson supprime le bail des fermes et met en régie la vente du sel et du tabac et la perception des traites.

1er novembre
Lefèvre d'Ormesson quitte le contrôle général. Il est remplacé le 3 par Calonne, qui est nommé ministre d'État le 18 janvier 1784.

CALONNE

Charles-Alexandre de Calonne (1734-1802) reste, dans l'opinion, l'homme qui incarne le gaspillage et le déficit, celui qui précipite avec inconséquence l'Ancien Régime dans la Révolution. Issu d'une famille parlementaire, Calonne est d'abord avocat général au conseil provincial d'Artois, puis procureur général au parlement de Douai avant d'entrer au Conseil comme maître des requêtes. En 1765, le jeune maître des requêtes est envoyé en Bretagne pour tenter, sans succès, de négocier un rapprochement avec La Chalotais, et il participe, l'année suivante, à l'élaboration du discours royal de la séance dite de « flagellation », actions qui lui attireront la rancune des parlementaires. Intendant de Metz en 1766, il devient intendant de Flandre en 1778. Lorsque paraissent, en 1784, ses Observations et jugements sur les coutumes d'Amiens, d'Artois..., *ce bon gestionnaire, compétent et travailleur, a été nommé contrôleur général des Finances (3 novembre 1783), fonction bien plus mêlée de politique qu'une intendance.*

Loin d'être dépourvu d'idées, Calonne comprend qu'il est impératif de redonner confiance en l'État : les investissements que l'État doit entreprendre pour dynamiser l'économie nécessitent du crédit qu'il n'est possible d'obtenir que par la confiance. Calonne dépense, investit, encourage le commerce et l'industrie, distribue les subventions et le statut de manufacture royale, finance d'importants chantiers de travaux publics, par exemple pour les ports de Dieppe, Le Havre, Cherbourg ou La Rochelle. Les recettes de l'État ne suffisent pas pour mener cette politique. Calonne doit emprunter, beaucoup, et cher. Cette circulation d'argent est dénoncée par Necker, avec d'autant plus de facilité que Calonne paye aussi les dettes de l'État et les fastueuses dépenses de la Cour, et accroît ainsi encore les charges de l'État.

Les desseins de Calonne sont cependant plus profonds qu'il n'y paraît. Alors que les finances de la monarchie sont au plus bas, que la moitié des recettes à venir sont dépensées par anticipation, il présente à Louis XVI en août 1786 un audacieux programme qui emprunte aux idées des physiocrates. Partisan de la liberté du commerce, Calonne propose de supprimer toutes les douanes intérieures qui entravent l'activité économique. Il n'hésite pas à préconiser une aliénation du domaine royal pour payer les dettes de l'État. Favorable à une répartition plus équitable de l'impôt, il projette une baisse des tailles et une simplification des gabelles, et il y ajoute la suppression des vingtièmes remplacés par une « subvention territoriale », un impôt proportionnel aux revenus fonciers et frappant toutes les terres sans exception. Pour accompagner le tout, on retrouve un système d'assemblées provinciales où, comme chez Turgot, les ordres ne sont pas distingués.

Calonne imagine bien qu'un tel plan ne recueillera pas l'assentiment des parlements, aussi a-t-il l'idée de recourir à une assemblée de notables désignés par le roi. Les notables se réunissent à partir du 22 février 1787. Mais loin d'être dociles, ils provoquent la chute du ministre. Calonne, peu soutenu et attaqué de toutes parts, doit justifier l'étendue du déficit qu'il révèle aux notables, c'est-à-dire qu'il doit dénoncer et montrer les supercheries du Compte rendu au roi *de Necker et aller donc à contre-courant de l'opinion. Confronté à l'hostilité croissante du clergé, de la noblesse, de la reine, des parlementaires, Calonne est contraint à la démission le 9 avril et exilé par Louis XVI peu après, pour être remplacé par l'un de ses plus véhéments adversaires parmi les notables, l'archevêque de Toulouse, Loménie de Brienne.*

Alors que le Parlement de Paris cherche à ouvrir une information contre lui, Calonne gagne Londres d'où il prendra la plume pour justifier sa politique et réfuter ses adversaires. Il revient en France en mars 1789 pour tenter de se faire élire aux États généraux par la noblesse de Flandre, échoue et regagne Londres. Il publie en octobre 1790 De l'état de la France présent et à venir, *suivi en novembre de* De l'état de la France tel qu'il peut et qu'il doit être, *et quitte l'Angleterre pour Turin ce même automne 1790. Ayant déjà offert ses services au comte d'Artois, il apparaît après l'acceptation de celui-ci comme le ministre de l'émigration. Il joue les entremetteurs entre les émigrés, l'empereur, le roi de Prusse et les princes allemands. Malgré l'intense activité diplomatique qu'il déploie à Coblence, Calonne se heurte aux divisions qui partagent les émigrés, et s'il obtient d'assister aux conférences de Pillnitz en août 1791, il ne réussit pas à faire adopter ses vues et se ruine dans cette entreprise. Quelque peu dépité, il retourne en Angleterre où il publie un* Tableau de l'Europe en novembre 1795 *très critique envers les émigrés et lucide sur l'avenir de la France. Bonaparte autorise Calonne à rentrer en France en 1802. Il meurt à Paris peu après son retour.*

18 novembre
Louis-Charles-Auguste Le Tonnelier de Breteuil (1730-1807) est nommé secrétaire d'État à la Maison du roi à la place d'Amelot de Chaillou.

21 novembre
Jean-François Pilâtre de Rozier (1756-1785), intendant du cabinet de physique et de chimie du comte de Provence (futur Louis XVIII), s'envole du château de La Muette et survole Paris en ballon pendant 25 minutes avec le marquis d'Arlandes. Pilâtre de Rozier trouvera la mort le 15 juin 1785 en essayant de traverser la Manche.

1er décembre
À partir des Tuileries, Charles et Robert effectuent un vol de 45 km dans un ballon gonflé à l'hydrogène alors que les vols précédents avaient eu lieu dans des ballons gonflés à l'air chaud.

10 décembre
Avec succès, Calonne lance un emprunt de 100 millions en rentes viagères.

autres événements
- La Harpe : *Philoctète* (tragédie).
- Mably : *Observations sur le gouvernement et les lois des États-Unis d'Amérique.*
- Mirabeau : *Erotika biblion.*
- Méhul : *Premier recueil de sonates.*
- Construction des ailes de l'École militaire par Alexandre-Théodore Brongniart (1739-1813).
- David expose au Salon *Andromaque pleurant Hector.*
- Construction du Hameau de la Reine à Versailles par Mique.
- Vien : *Le Départ de Priam.*
- À son tour, l'Opéra-Comique se dote d'une salle elliptique aménagée par Charles de Wailly.
- Parution des *Annales de chimie.*
- François-Ambroise Didot (1730-1804) invente les caractères d'imprimerie qui portent son nom.
- À Lyon, Jouffroy fait des essais de bateau à vapeur sur la Saône.
- Parmentier : *Moyen proposé pour perfectionner promptement dans le royaume la meunerie et la boulangerie.*
- Alexandre-Guy Pingré (1711-1796) : *Cométographie ou traité historique et théorique des comètes.*

1784

8 janvier
La Turquie, que la France n'a soutenue que faiblement dans les négociations, doit entériner l'annexion de la Crimée par la Russie.

15 janvier
Première à Paris de *La Caravane du Caire ou l'heureux esclavage*, opéra-ballet en trois actes de Grétry sur un livret d'Étienne Morel de Chédeville, déjà représenté le 30 octobre 1783 à Fontainebleau devant le roi. Cet opéra, qui mélange les formes de l'opéra-comique avec les effets des ballets, connaît un énorme succès et sera joué 500 fois jusqu'en 1829.

février
Édit établissant une généralité de Pau et de Bayonne.

mars
Le secrétaire à la Maison du roi, Breteuil, limite, dans une circulaire, la pratique des lettres de cachet dans les différends familiaux.

13 mars
Arrêt du Conseil réglementant l'Académie royale de musique.

31 mars
Édit réduisant les droits sur le sucre et le café.

4 avril
Le lieutenant général de police de Paris, Lenoir, devient administrateur de la Bibliothèque du roi (jusqu'en 1789).

21 avril
Lavoisier présente à l'Académie des sciences le résultat de ses recherches sur la composition de l'eau. Le même jour, Daubenton y lit son *Mémoire sur le premier drap de laine superfine du crû de la France.* Le 16 novembre 1785, il présentera à l'Académie ses *Observations sur la comparaison de la nouvelle laine superfine de France avec la plus belle laine d'Espagne, dans la fabrication du drap.* Il rédigera aussi en 1785 une *Instruction sur le parcage des bêtes à laine.*

26 avril
Première représentation de l'opéra *Les Danaïdes* que Gluck a composé avec Salieri.

27 avril
Triomphe à la Comédie-Française, où elle est représentée pour la première fois, de la pièce de Beaumarchais *La Folle Journée ou Le mariage de Figaro.* La pièce, terminée en 1778, était connue depuis 1781, mais Louis XVI, la jugeant scandaleuse, s'opposait jusque-là à sa représentation. Elle sera publiée l'année suivante.

mai
Necker achève *De l'administration des finances de la France,* livre qui sera imprimé en décembre.

18 juin
Règlement pour les écoles de chirurgie de Paris.

21 juillet
Lettres patentes exemptant les eaux-de-vie de droits à l'exportation.

août
Édit établissant une nouvelle caisse des amortissements.
Édit réglementant les offices de grands maîtres des eaux et forêts.

11 août
Le cardinal de Rohan rencontre dans un bosquet des jardins du château de Versailles une femme déguisée qui se fait passer pour la reine Marie-Antoinette. Le crédule Rohan se laisse persuader d'acheter un collier de diamants d'une valeur de 1,6 million de livres qu'il remet à une aventurière, Jeanne de La Motte, laquelle revend les diamants en Angleterre. Rohan ne payant pas ses traites, les joailliers contactent directement la reine qui découvre l'escroquerie.

23 septembre
Lettres patentes ordonnant que la longueur des mouchoirs fabriqués dans le royaume devra être égale à leur largeur.

24 octobre
Ordonnance créant un corps d'artillerie dans les colonies.

décembre
Lancement d'un emprunt à 5 % de 125 millions de livres. Il est enregistré au Parlement de Paris le 30.

autres événements
- Réorganisation de l'École des ponts et chaussées.
- Bernardin de Saint-Pierre : *Études de la nature.*

Bernardin de Saint-Pierre

Élève à l'École des ponts et chaussées, d'un caractère déjà irritable et en mauvais termes avec ses supérieurs, Jacques-Henri Bernardin de Saint-Pierre (1737-1814) n'a pas obtenu son brevet d'ingénieur-géographe du roi malgré sa participation à une campagne militaire en Hesse en 1760 et un séjour à Malte. Il décide alors de voyager, visite la Pologne et la Russie, puis revient en France en 1766, toujours sans ressources. En 1768, il obtient de partir, comme capitaine-ingénieur, pour l'île de France (l'île Maurice) où il séjournera de 1769 à 1771. De ce séjour, il ramènera une œuvre.
À son retour en France, il fréquente beaucoup, de 1772 à 1776, Rousseau, dont il partage bien des traits : Bernardin est susceptible et sermonneur comme Jean-Jacques, sollicitant et repoussant sans cesse ses amis. En 1773, son Voyage à l'île de France *ne remporte pas un grand succès. Mais en 1784, la publication des* Études de la nature *lui apporte notoriété et aisance matérielle : Bernardin de Saint-Pierre devient le paysagiste du siècle parmi les écrivains qui peignent la nature. En 1788, à l'occasion d'une réédition, il y inclut une rêverie insulaire,* Paul et Virginie, *son roman où sont condensés les éléments qui caractérisent son œuvre : le moralisme sentimental, l'effusion pour la nature, les interminables descriptions qui nourrissent ce soliloque permanent empli d'une sensualité proche de celle de Rousseau et qui marquera les romantiques malgré sa manie des systèmes. Il récidivera avec* La Chaumière indienne. *Intendant du Jardin*

des plantes en 1792, il est chargé en 1795 d'enseigner la morale à l'École normale de Paris et est membre de l'Institut.

• Publication en français des *Mémoires* de Goldoni.
• Mably : *Principes de morale chez Alexandre.*
• Maréchal : *Livre échappé au déluge.*

SYLVAIN MARÉCHAL

Entré au collège Mazarin en 1770 comme sous-bibliothécaire grâce à sa poésie, Sylvain Maréchal (1750-1803) glisse rapidement vers un genre plus moraliste et aussi plus subversif en dénonçant l'inégalité sociale et en vantant les mérites du travail. Il s'affirme rapidement comme athée et cette parodie de la Bible qu'est le Livre échappé au déluge *lui fait perdre son emploi en 1784. Il survit alors grâce à sa plume tout en exprimant son idéal d'une société rustique égalitaire. Emprisonné pendant trois mois en 1788 à la suite de la publication de son* Almanach des honnêtes gens *qui proposait de remplacer le calendrier grégorien, il s'engage dans la Révolution française, devient journaliste, collabore aux* Révolutions de Paris *à partir d'octobre 1790 et se lie à Chaumette dont il partage les convictions antireligieuses. Il donne aussi dans le genre théâtral avec* Le Jugement dernier des rois *(1793) et compose différentes hymnes pour les fêtes décadaires. Il participe au complot babouviste et rédige le* Manifeste des Égaux *(1796) mais est acquitté lors du procès. En 1801, il publie encore un* Dictionnaire des athées anciens et modernes *jugé bien inopportun par le gouvernement.*

• Rivarol : *Discours sur l'universalité de la langue française.*

RIVAROL

Né à Bagnols-sur-Cèze (Gard) dans un milieu pauvre à la noblesse contestée, Antoine de Rivarol (1754-1801) doit à la protection de l'évêque d'Uzès de pouvoir faire des études. À partir de 1777, ce méridional réside à Paris qu'il charme par la vivacité de son esprit. Le Discours sur l'universalité de la langue française *répond au thème mis au concours par l'Académie de Berlin qui couronne Rivarol. En 1785, il traduit l'*Enfer *de Dante, et publie en 1788 son* Petit Almanach de nos grands hommes. *Défenseur de la monarchie pendant la Révolution française, il collabore aux* Actes des apôtres *jusqu'en 1792 puis émigre. Il meurt à Berlin en 1801.*

• Gossec : *O Salutaris* (musique à trois voix pour l'église).
• Grétry : *Richard Cœur de Lion*, sur un livret de Sedaine, opéra qui inaugure l'opéra romantique et annonce *Fidelio* de Beethoven. *L'Épreuve villageoise.*
• Première exécution, au Concert spirituel, de la symphonie *Les Adieux* de Haydn.
• David : *Le Serment des Horaces.*
• Architecte de la Ferme générale, Ledoux est chargé d'édifier les pavillons de la barrière d'octroi autour de Paris. Le théâtre de Besançon, dont il dirigeait la construction depuis 1775, est achevé.
• Bergasse : *Considérations sur le magnétisme animal, ou sur la théorie du monde et des êtres organisés.*

BERGASSE

Depuis qu'il a été soigné par Mesmer, l'avocat Nicolas Bergasse (1750-1832) se consacre à la diffusion du mesmérisme. Proche de Brissot et Clavière, il fréquente alors les milieux radicaux parisiens et adhère en 1788 à la Société des amis des Noirs. Mais en 1789, député aux États généraux, il rejoint les positions de Mounier et des monarchiens. Il cesse de participer aux travaux de l'Assemblée après les journées d'octobre sans pourtant démissionner. Compromis lorsque sa correspondance avec Louis XVI, qu'il conseille, est découverte après le 10 août 1792, il se cache. Arrêté en janvier 1794, il est libéré en novembre et quitte la politique. Favorable à la Restauration, il soutiendra Charles X et s'opposera aux libéraux.

• Mise au point de la balance de Coulomb.
• Daubenton : *Tableau méthodique des minéraux, suivant leurs différentes natures et avec des caractères distinctifs, apparents ou faciles à reconnaître.*
• Fourcroy : *Mémoires et observations de chimie.*
• Haüy : *Essai d'une théorie sur la structure des cristaux applicable à tous les genres de substances cristallisées.* Prêtre, frère de Valentin célèbre pour son œuvre en faveur des aveugles, René-Just Haüy (1743-1822) fonde avec cet ouvrage la base de la théorie atomique en posant le principe de l'existence des molécules constitutives de la matière.
• Laplace : *Théorie du mouvement et de la figure elliptique des planètes* et *Mémoires sur les inégalités séculaires des planètes et des satellites.*
• Parmentier : *Méthode facile de conserver à peu de frais les grains et les farines.*

1785

1er février
Les Anglais restituent Pondichéry dont ils s'étaient emparés en 1778.

27 mars
Naissance du deuxième fils de Louis XVI, Louis-Charles (1785-1795), duc de Normandie, dauphin en 1789 à la mort de son frère aîné.

avril
Mise en vente de la pièce de Beaumarchais *La Folle Journée ou Le mariage de Figaro.*

7 avril
Arrêt du Conseil enjoignant aux curés et autres dépositaires de registres de sépulture de les communiquer à l'administration du domaine à la première réquisition.

14 avril
Calonne rétablit la Compagnie des Indes orientales.

1er août
Départ de Brest des deux frégates, l'*Astrolabe* et la *Boussole*, chargées, sous le commandement de Jean-François de Galaup de La Pérouse (1741-1788), de reconnaître les côtes Nord du Pacifique. On restera sans nouvelles de l'expédition après mars 1788 et plusieurs expéditions de secours commandées par d'Entrecasteaux et Dupetit-Thouars seront organisées. Une relation de la première partie du voyage sera publiée en 1797, mais on ne connaîtra le sort de l'expédition La Pérouse qu'en 1824, avec la découverte des lieux du naufrage, à Vanikoro où les survivants auront été massacrés par les indigènes.

11 août
Louis Thiroux de Crosne (1736-1794) devient lieutenant général de police de Paris.

15 août
Arrestation du cardinal de Rohan compromis dans l'affaire du collier de la reine. Le 5 septembre, des lettres patentes attribuent au Parlement de Paris l'affaire dont le procès s'ouvre le lendemain. Le 18 septembre, le président de l'assemblée générale du clergé, l'archevêque de Narbonne, Dillon, proteste contre l'arrestation de Rohan.

10 novembre
Traité d'alliance, signé à Fontainebleau, entre la France et les Provinces-Unies. Deux jours auparavant, la médiation française avait permis la conclusion d'un traité entre l'Autriche et les Provinces-Unies.

décembre
Émission d'un nouvel emprunt par Calonne.

11 décembre
Lettres patentes prorogeant le cours des anciennes monnaies d'or et suspendant leur change pendant quinze jours. Le 18 janvier 1786, le cours des anciens louis d'or est définitivement prorogé et on augmente le nombre d'hôtels des monnaies chargés de fabriquer de nouveaux louis. Le 13 décembre, une déclaration royale interdira le cours des anciens louis à compter du 1er janvier 1787.
Première fonte au coke au Creusot.

autres événements
• Après la sécheresse de l'été, Louis XVI décide la création d'un comité d'agriculture où siègent Lavoisier, Dupont de Nemours, le duc de La Rochefoucauld-Liancourt. Une maladie réduit le cheptel ovin de moitié.
• Condorcet: *Essai sur l'application de l'analyse à la probabilité des décisions rendues à la pluralité des voix.*
• Restif de la Bretonne: mise en vente de *La Paysanne pervertie*, ouvrage qui avait été rayé du registre des permissions en 1783.
• Sade: *120 journées de Sodome.*
• Chabanon: *De la musique considérée en elle-même et dans ses rapports avec la parole, les langues, la poésie et le théâtre.*
• Grétry: *Panurge dans l'île des lanternes* sur un livret de Morel de Chédeville, mais parfois aussi attribué au comte de Provence (futur Louis XVIII) dont Morel était le secrétaire.
• Haydn: *Les Six Symphonies parisiennes* (jusqu'en 1786).
• David: *Bélisaire demandant l'aumône.*
• Houdon: *Washington.*
• L'ébéniste Georges Jacob (1739-1814) crée pour le comte de Provence les deux premiers ensembles de chaises à l'anglaise en acajou.
• Au Salon, Jacques-Augustin Pajou (1730-1809) fait scandale avec sa sculpture *Psyché abandonnée.*
• Élisabeth-Louise Vigée-Lebrun (1755-1842): *La Paix ramenant l'abondance.*
• Claude-Louis Berthollet (1748-1822) découvre l'ammoniaque et invente l'eau de Javel.
• Blanchard (1753-1809) traverse la Manche en aérostat.
• Coulomb présente à l'Académie des sciences son premier *Mémoire sur l'électricité et le magnétisme.*

• Daubenton: *Mémoire sur les indigestions qui commencent à être plus fréquentes pour la plupart des hommes à l'âge de 40 à 45 ans.*
• Fourcroy: *L'Art de connaître et d'employer les médicaments dans les maladies qui attaquent le corps humain.*
• Laplace: *Théorie des attractions des sphéroïdes et de la figure des planètes.* Laplace est aussi l'auteur d'un *Mémoire sur la figure de la terre* et d'un *Mémoire sur la détermination des orbites des comètes.*

1786

1er janvier
Ordonnance réglementant le corps de l'artillerie des colonies. Une série d'ordonnances réglemente divers aspects concernant la Marine dont les forces navales sont organisées en neuf escadres: discipline à bord et à terre, tenue des journaux de bord, officiers de port, organisation du service, artillerie de marine.

14 janvier
La fille de Necker, Germaine (1766-1817), épouse le baron de Staël-Holstein.

15 février
Condorcet ouvre le Lycée – sorte d'université libre – avec une leçon de mathématiques. La Harpe y enseignera la littérature.

mai
Berthollet et Monge présentent à l'Académie des sciences un *Mémoire sur le fer considéré dans ses différents états métalliques.*

31 mai
Dans l'affaire du collier, acquittement du cardinal de Rohan par le Parlement de Paris qui condamne Mme de La Motte. L'acquittement de Rohan est un affront pour la reine Marie-Antoinette qui souhaitait voir le cardinal puni.

juin
Voyage de Louis XVI en Normandie. Il visite le port de Cherbourg.

1er juillet
Ordonnance sur les désertions.

8 août
Ascension du mont Blanc par Jacques Balmat (1762-1834) et Michel Paccard (1757-1827).

20 août
Calonne présente au roi son *Précis d'un plan d'amélioration des finances.* Il propose d'établir une subvention territoriale, un impôt levé sur tous les revenus fonciers sans exception, dont la répartition serait confiée à des assemblées provinciales composées de propriétaires. Il veut aussi lancer plusieurs emprunts et être soutenu par une banque centrale.

28 août
Arrêt du Conseil en faveur de la restauration des arènes de Nîmes: le roi, comme la ville, va contribuer pour 150000 livres.

2 septembre
Déclaration fixant les portions congrues des curés à 700 livres et celle des vicaires à 350. Elles avaient été respectivement fixées à 500 et 250 livres en 1768.

22 septembre
Destitution du stathouder Guillaume V d'Orange-Nassau. La rébellion hollandaise contre la prétention monarchique des princes d'Orange suscitera une intervention militaire prussienne qui rétablira le stathouder en septembre 1787. La rapidité de la campagne du duc de Brunswick empêchera la France de faire jouer sa médiation et de soutenir efficacement les patriotes hollandais.

26 septembre
Traité de commerce entre la France et l'Angleterre: abolition ou rabais réciproques de tarifs entre les deux pays. Les manufacturiers français ne cesseront de dénoncer âprement ce traité qui introduit une redoutable concurrence, particulièrement dans le domaine cotonnier.

26 novembre
Ordonnance réglementant la fonte des canons destinés à l'artillerie de marine.

27 novembre
Arrêt du Parlement de Paris interdisant aux aubergistes et cabaretiers de donner à boire les dimanches et jours de fête pendant l'office divin ainsi que le soir (en exceptant les voyageurs).

autres événements
• Condorcet: *Vie de M. Turgot.*
• Dalayrac: *Nina ou la folle par amour.*
• Philidor: *Te Deum.*
• Étienne-Louis Boullée (1728-1798) propose la construction d'une grande salle voûtée à la place

de la cour de la Bibliothèque du roi afin d'y accueillir les magasins.
• Création du théâtre de l'Ambigu-Comique sur le boulevard du Temple.
• Débuts de la construction du théâtre du Palais-Royal par Victor Louis.
• Louis Watteau, dit Watteau de Lille (1731-1798): *Départ des astronautes* et *Retour des astronautes*.
• Condorcet: *Traité du calcul intégral.*
• Coulomb pose la loi des forces électrostatiques.
• Valentin Haüy (1745-1822): *Essai sur l'éducation des aveugles.* Il a mis au point un système d'écriture pour les aveugles.
• Le chimiste Philippe Lebon (1767-1804) découvre le principe du gaz d'éclairage.
• Parmentier obtient de Louis XVI d'effectuer des plantations expérimentales de pommes de terre. Il publie aussi un *Mémoire sur les avantages que la province de Languedoc peut retirer de ses grains.*
• Création d'une bergerie modèle à Rambouillet pour favoriser la diffusion du mouton mérinos.
• Introduction de la betterave sucrière par Vilmorin (1746-1804).

1787

11 janvier
Traité de navigation et de commerce entre la France et la Russie.

15 janvier
Convention additionnelle et explicative au traité de commerce avec l'Angleterre du 26 septembre 1786.

17 janvier
Lettres patentes établissant une manufacture royale d'horlogerie à Paris.

11 février
Règlement sur le commerce des colonies françaises en Amérique.

14 février
Armand-Marc de Montmorin, comte de Saint-Herem (1746-1792), devient secrétaire d'État aux Affaires étrangères. Il succède à Vergennes, le plus ferme soutien de Calonne au ministère, décédé la veille.

22 février
Ouverture de l'assemblée des notables dont les séances dureront jusqu'au 25 mai. Les 144 notables, parmi lesquels siègent 7 princes du sang et 36 ducs et pairs, ont été choisis par Louis XVI et Calonne. Le discours inaugural de Calonne est largement dirigé contre Necker. Il propose d'établir un système d'assemblées provinciales à trois degrés. La fonction de ces assemblées serait de répartir les impôts que Calonne propose de bouleverser: il souhaite réformer la taille et la corvée et établir une subvention territoriale qui toucherait toutes les terres sans exception; il dénonce les privilèges du clergé qu'il souhaite voir assujetti à l'impôt et rembourser ses dettes. Calonne se prononce aussi en faveur de la liberté du commerce des grains.

mars
Abbé Baudeau: *Idées d'un citoyen presque sexagénaire sur l'état actuel du royaume de France, comparées à celles de sa jeunesse.*
Étienne Clavière (1735-1793) et Jacques-Pierre Brissot (1754-1793): *De la France et des États-Unis, ou de l'importance de la révolution de l'Amérique pour le bonheur de la France…*
Mirabeau: *Dénonciation de l'agiotage au roi et à l'assemblée des notables.*

2 mars
Calonne révèle à l'assemblée des notables qu'il estime le déficit public à 112 millions.

6 mars
Necker demande à Louis XVI, qui refuse, la permission de se justifier devant les notables.

8 avril
Chrétien-François de Lamoignon de Basville (1735-1789) devient garde des Sceaux à la place de Miromesnil.

9 avril
Calonne, auquel s'opposait l'assemblée des notables, est renvoyé par Louis XVI. Il est remplacé le lendemain par Michel Bouvard de Fourqueux (1719-1789) qui quittera le contrôle général des Finances le 2 mai mais restera ministre sans portefeuille.

10 avril
Publication de la réponse de Necker à Calonne.

13 avril
Louis XVI exile Necker à 20 lieues de Paris.

15 avril
Calonne reçoit l'ordre de quitter Versailles.

1er mai
L'archevêque de Toulouse, Loménie de Brienne, est nommé chef du Conseil royal des finances.

Loménie de Brienne

Dernier des grands cardinaux ministres de la monarchie d'Ancien Régime, Étienne-Charles de Loménie de Brienne (1727-1794) est issu d'une vieille famille de serviteurs de l'État. Intelligent, cultivé et ambitieux, il fait une brillante carrière ecclésiastique (vicaire général à Rouen en 1752, évêque de Condom en 1760, archevêque de Toulouse en 1763) et cumule les revenus de riches abbayes. Très actif rapporteur de la commission des réguliers créée en 1766 pour réformer les ordres monastiques, ce prélat imprégné de la culture des Lumières, ami de l'abbé Morellet, de Turgot, de Boisgelin, membre de l'Académie française depuis 1770, est un excellent administrateur à défaut d'être un évêque pieux – son absence de foi l'aurait desservi auprès de Louis XVI. Adversaire de Calonne à l'assemblée des notables de 1787, soutenu par Marie-Antoinette, Loménie de Brienne est nommé chef du Conseil royal des finances le 1er mai 1787, puis principal ministre à la fin du mois d'août. Il renvoie l'assemblée des notables, mais reprend largement le programme de Calonne et se heurte à l'hostilité des parlements : il installe dans les généralités des assemblées provinciales composées de délégués des trois ordres dont la moitié des membres sont nommés par le roi, les autres étant cooptés, et où la représentation du tiers état est doublée ; il reprend l'idée de la subvention territoriale et augmente les droits de timbre. Remontrances, lits de justice, exils et lettres de cachet se succèdent rapidement selon un scénario devenu classique au XVIIIe siècle, et Loménie de Brienne riposte en préparant avec le garde des Sceaux, Lamoignon, une grande réforme de la justice qui achève de mettre le feu aux poudres. Le 24 août 1788, le prélat démissionne. Entre-temps, il aura fait passer l'édit accordant l'état civil aux protestants, troqué son siège de Toulouse contre celui, plus rentable, de Sens et obtenu son chapeau de cardinal. Il voyage ensuite en Italie, en évitant Rome, et revient en France. Il prête serment à la constitution civile du clergé en 1791 et reste évêque de Sens, mais est publiquement condamné par Pie VI. Inquiété en 1793, il se justifie en août devant la Convention, regagne Sens et est de nouveau arrêté lorsqu'il meurt soudainement au début de l'année 1794.

3 mai
Pierre-Charles Laurent de Villedeuil (1742-1828) remplace Bouvard de Fourqueux au contrôle général des Finances.

21 mai
À l'assemblée des notables, La Fayette réclame la convocation d'États généraux.

25 mai
Loménie de Brienne renvoie l'assemblée des notables.

juin
Édit généralisant les assemblées provinciales. Il est enregistré au Parlement de Paris le 22 juin. En juin et juillet, une série de règlements organise les détails pour chacune de ces assemblées dans les différentes généralités et régions du royaume. Le duc de Nivernais (1716-1798) est nommé ministre d'État sans portefeuille.

5 juin
Création d'un Conseil royal des finances et du commerce qui a la haute main sur toutes les opérations importantes et qui répartit les fonds entre les départements. Ce Conseil cessera de se réunir après le départ de Loménie de Brienne en août 1788.

6 juin
Arrêt du Conseil supprimant l'ouvrage intitulé *Lettres du comte de Mirabeau, sur l'administration de M. Necker.*

8 juin
Première représentation de *Tarare*, opéra de Salieri sur un livret de Beaumarchais.

17 juin
Déclaration royale en faveur de la liberté du commerce des grains. Elle est enregistrée le 25 au Parlement de Paris.
Ordonnance établissant une assemblée coloniale à la Martinique et à la Guadeloupe.

18 juin
Une déclaration royale augmente les droits de timbre sur les actes sous seing privé. Le Parlement de Paris refuse de l'enregistrer en juillet. La tension croît entre le gouvernement et le Parlement.

27 juin
Déclaration royale encourageant la conversion de la corvée en prestation d'argent. Elle est enregistrée le lendemain au Parlement de Paris.

30 juin
Malesherbes est nommé ministre d'État sans portefeuille. Il le restera jusqu'au 25 août 1788.

juillet
Édit partageant entre l'intendance de Bordeaux et celle d'Auch le département de l'intendance de Pau et de Bayonne.

16 juillet
Remontrances du Parlement de Paris qui réclame des États généraux.

août
Édit établissant une subvention territoriale dans tout le royaume pour remplacer les deux vingtièmes supprimés. L'opposition gagne les parlements provinciaux.

5 août
Règlement sur le fonctionnement des assemblées provinciales et leurs relations avec les intendants. Une série de règlements particuliers s'occupe de leur composition.

6 août
Lit de justice imposant l'enregistrement de la subvention territoriale et d'une déclaration du 4 août sur les droits de timbre.

7 août
Le Parlement de Paris déclare nulle la séance de la veille et décide d'ouvrir une information contre Calonne qui s'installe à Londres.

8 août
Le parlement de Bordeaux interdit la réunion d'une assemblée provinciale tant qu'il n'a pas accepté d'enregistrer l'édit les instituant. Il reçoit des lettres de jussion datées du 27 août lui prescrivant d'enregistrer l'édit.

9 août
Loménie de Brienne restreint les dépenses de la Maison du roi et de la Cour.

13 août
Nouvel arrêt du Parlement de Paris contre Calonne rendu en présence des pairs.

15 août
Lettres patentes exilant à Troyes le Parlement de Paris.

17 août
Enregistrement des édits fiscaux à la Cour des aides et à la Chambre des comptes.

25 août
Montmorin est chargé du secrétariat d'État à la Marine par intérim jusqu'à la nomination du comte de La Luzerne le 23 décembre. Il remplace Castries qui a démissionné la veille.

26 août
Loménie de Brienne est nommé ministre principal.

29 août
Démission du secrétaire d'État à la Guerre, Ségur, qui était opposé à la réunion de l'assemblée des notables et était en conflit avec Loménie de Brienne. Breteuil assure la transition jusqu'à la nomination du frère de Loménie de Brienne, le comte de Brienne, en septembre.

31 août
Le conseiller d'État Charles-Claude-Guillaume Lambert (1726-1794) est nommé contrôleur général des Finances à la place de Laurent de Villedeuil.

19 septembre
L'édit d'août sur la subvention territoriale est supprimé, de même que celui augmentant les droits de timbre. Les deux vingtièmes sont rétablis, le second étant prorogé jusqu'en 1792.

20 septembre
Déclaration royale rétablissant le Parlement à Paris.

23 septembre
Le comte Athanase-Louis-Marie de Loménie de Brienne (1730-1794), frère de l'archevêque, est nommé secrétaire d'État à la Guerre.
Vote de la Constitution américaine.

9 octobre
Règlement établissant un conseil d'administration du département de la guerre sous le nom de Conseil de la guerre. Son fonctionnement est réglementé le 23 octobre.

19 novembre
Louis XVI tient une séance royale où le Parlement de Paris doit enregistrer en sa présence les mesures financières prises par le gouvernement (rétablissement des vingtièmes et emprunts successifs). Au cours de cette séance, le duc d'Orléans (futur Philippe Égalité) élève une protestation sur la légalité de ce qui se déroule qui lui vaudra d'être

exilé à Villers-Cotterêts jusqu'en avril 1788. Devant le Parlement, le garde des Sceaux, Lamoignon, promet la réunion d'États généraux pour une date indéterminée mais antérieure à 1791.

23 novembre
Arrestation du conseiller au Parlement de Paris Emmanuel-Marie-Michel-Philippe Fréteau de Saint-Just (1745-1794), l'un des meneurs de l'opposition parlementaire.

29 novembre
Édit concernant « ceux qui ne font pas profession de foi catholique » : l'édit accorde aux protestants un état civil en leur permettant de recourir aux officiers royaux pour enregistrer les actes de la vie civile. Considérant que la fiction selon laquelle le royaume ne serait composé que de catholiques n'est plus admissible à la fin du XVIIIe siècle, l'édit introduit une brèche dans le monopole que détenait le clergé catholique, mais précise aussi que seule la religion catholique jouit « des droits et honneurs du culte public ». L'édit avait été précédé d'une importante campagne en faveur de la tolérance. Les figures les plus notoires en avaient été Malesherbes, Turgot, Breteuil, Rulhière, Target, Rabaut Saint-Étienne, et La Fayette reprit la revendication devant l'assemblée des notables, appuyé par l'évêque de Langres, La Luzerne, qui était parent de Malesherbes. Le Parlement de Paris, travaillé par les magistrats et avocats jansénistes, enregistre l'édit le 29 janvier 1788, mais l'enregistrement rencontre des résistances en province et le clergé émettra des remontrances officielles lors de son assemblée de 1788.

15 décembre
Berthollet présente à l'Académie des sciences son *Mémoire sur l'acide prussique.*

23 décembre
César-Henri de La Luzerne (1737-1799) est nommé secrétaire d'État à la Marine.

autres événements
- Jean-François Féraud (1725-1807) : *Dictionnaire critique de la langue française* (3 volumes jusqu'en 1788).
- Louvet de Couvray : *Une année de la vie du chevalier de Faublas.*

LOUVET DE COUVRAY

Commis chez un libraire parisien, Jean-Baptiste Louvet de Couvray (1760-1797) a 27 ans lorsqu'il publie Une année de la vie du chevalier de Faublas. *Ce roman connaît un formidable succès qui permet à Louvet de vivre avec un certain confort, et il prolongera son roman en lui donnant deux suites publiées en 1788* (Six semaines de la vie du chevalier de Faublas, pour servir de suite à sa première année) *et en 1790* (La Fin des amours du chevalier de Faublas). *Dès 1791, les amours de Faublas sont adaptées au théâtre et à l'opéra (juillet 1791, création de* Lodoïska, *opéra de Cherubini). En 1791 encore, Louvet publie un second roman :* Émilie de Varmont ou le divorce nécessaire et les amours du curé Sévin.
Entre-temps, Louvet a aussi rencontré la politique. En 1789, après les journées d'octobre, il répond à Mounier en publiant Paris justifié contre M. Mounier. *Membre actif du club des Jacobins, lié à Roland, Louvet lance avec le soutien de ce dernier* La Sentinelle, *un journal-affiche, en 1792. Élu député à la Convention en septembre, Louvet se distingue par ses attaques contre Robespierre. Compris parmi les députés décrétés d'arrestation le 2 juin 1793, Louvet rejoint à Caen ses amis girondins, puis se rend à Bordeaux en passant par la Bretagne. Il retrouve clandestinement son épouse à Paris en décembre 1793 et gagne la Suisse en traversant le Jura en février 1794 ; Louvet racontera cette fuite dans ses* Mémoires *avec les accents de Rousseau. De retour à Paris à la fin de l'année, il est réintégré à la Convention au printemps 1795, et siège aux comités de constitution et de salut public. Proche de Benjamin Constant dont il partage la ligne politique, il siège au Conseil des Cinq-Cents jusqu'en mai 1797. Membre de l'Institut, nommé consul à Palerme en août 1797, il meurt de tuberculose et de faiblesse avant de rejoindre son poste.*

- Marmontel : *Éléments de littérature.*
- Gabriel Sénac de Meilhan (1736-1803) : *Considérations sur l'esprit et sur les mœurs.*
- Volney : *Voyage en Syrie et en Égypte.*

VOLNEY

Habité par le rationalisme anticlérical des Lumières, Volney appartient, comme Cabanis ou Destutt de Tracy, à ce groupe des Idéologues qui développe une anthropologie faisant le lien avec le positivisme du XIXe siècle.
Constantin-François Chassebeuf (1757-1820) étudie le droit, la médecine et les langues orientales. De 1775 à 1782, il réside à Paris où son ami

Cabanis l'introduit dans les salons de Mme Helvétius et de d'Holbach. En décembre 1782, il s'embarque pour l'Orient. Il y apprend l'arabe et y voyage jusqu'en 1785. À son retour, sous le pseudonyme de Volney, formé de la première syllabe de Voltaire et de la seconde de Ferney, il publie son Voyage en Syrie et en Égypte. *Ce n'est pas une peinture comme celles de Bernardin de Saint-Pierre, mais plutôt un dessin, un peu sec, sans embellissement ou animation. Volney, qui ne se met pas en scène, sera le voyageur de cette nouvelle école sérieuse, savante et positive. En 1788, il rédige des considérations sur la guerre entre la Turquie et la Russie, et s'engage à l'automne dans la campagne pour les États généraux. Actif à Angers et à Rennes, Volney combat la noblesse bretonne et publie à partir de novembre* La Sentinelle du peuple. *Élu député de l'Anjou, il est l'une des personnalités en vue aux débuts de l'Assemblée constituante. Il publie en août 1791* Les Ruines, ou Méditations sur les révolutions des empires, *livre qui influencera les romantiques. Il séjourne ensuite en Corse où il fait la connaissance de Bonaparte en 1792. En 1793, il publie* La Loi naturelle ou catéchisme du citoyen *et est incarcéré, pour un motif financier, de novembre 1793 à août 1794. Volney enseigne l'histoire quelques mois en 1795 à l'École normale de Paris avant de partir pour les États-Unis d'Amérique où il reste jusqu'au printemps 1798. À son retour à Paris, élu à l'Institut, il fréquente Bonaparte et appuie le coup d'État du 18 Brumaire. Nommé sénateur, ses rapports avec Bonaparte se refroidissent après 1804. Comte d'Empire, il sera fait pair de France par Louis XVIII.*

- Philidor: *La Belle Esclave.*
- Antoine-François Callet (1741-1823): *L'Hiver ou les saturnales* et *L'Automne ou les fêtes de Bacchus.*
- David: *La Mort de Socrate.*
- Houdon: *La Frileuse.*
- Hubert Robert: *Le Pont du Gard.*
- Pierre-Henri Valenciennes (1750-1819): *Cicéron découvre le tombeau d'Archimède.*
- Bailly: *Traité de l'astronomie indienne et orientale.*
- Berthollet, Fourcroy, Guyton de Morveau et Lavoisier: *Méthode de nomenclature chimique.*
- Fourcroy: *Principes de chimie.*
- Laplace: *Théorie de Jupiter et de Saturne.* Il est aussi l'auteur d'un *Mémoire sur la théorie de l'anneau de Saturne* et d'une *Théorie des satellites de Jupiter.*
- Parmentier: *Dissertation sur la nature des eaux de la Seine, avec quelques observations relatives aux propriétés physiques et économiques de l'eau en général.*

1788

4 janvier
Le Parlement de Paris déclare illégales les lettres de cachet. Il proteste là contre l'exil du duc d'Orléans et l'emprisonnement de Fréteau de Saint-Just. Les parlements provinciaux vont aussi émettre des remontrances contre les vingtièmes et les arrestations arbitraires.

février
Calonne: *Réponse de M. de Calonne à l'écrit de M. Necker publié en avril 1787*... Les polémiques sur l'administration des finances se développent entre partisans de Calonne, partisans de Necker et partisans de Loménie de Brienne.

2 février
Règlement pour le Bureau de commerce.

19 février
Fondation de la Société des amis des Noirs. Son but est l'abolition de la traite, le sort de l'esclavage n'étant pas précisé – l'arrêt de la traite devait provoquer son extinction. Se réunissent ainsi autour de Brissot et Clavière, Condorcet, Mirabeau, La Fayette, Bergasse. Avec la Révolution, la Société des amis des Noirs recevra de nouveaux militants qui contribueront à porter le débat colonial sur la scène des Assemblées.

mars
Édit supprimant tous les offices de garde du Trésor royal, de trésorier de la Guerre ou de la Marine, des Maisons du roi et de la reine, et création d'une Caisse unique régie par cinq administrateurs pour gérer conjointement toutes les recettes et dépenses du Trésor royal: l'unité du Trésor royal est réalisée. Cet édit est enregistré à la Chambre des comptes de Paris le 28 avril.
Necker: *De l'importance des opinions religieuses.*

15 mars
Création d'un comité consultatif sur les finances. Arrêt du Conseil autorisant les engagements du domaine.

17 mars
Série d'ordonnances réorganisant la cavalerie. Ordonnance réglementant le commandement dans les provinces ainsi que la police, la discipline et l'administration générale de l'armée.

19 mars
Règlement établissant un conseil d'administration du département de la Marine sous le nom de Conseil de la Marine.

13 avril
Remontrances du Parlement de Paris contre le lit de justice du 19 novembre 1787. Le roi y répond le 17.

17 avril
Ordonnance réglementant les fonctions des commissaires des guerres.

18 avril
Un arrêt du Conseil transforme la Compagnie des eaux en Administration royale des eaux de Paris.

28 avril
Publication par Loménie de Brienne d'un *Compte rendu au roi* qui est un véritable compte de prévision pour 1788 et ne masque pas l'ampleur du déficit.

1er mai
Déclaration royale sur la procédure criminelle : abolition de la question préalable. Édit portant suppression des tribunaux d'exception et ordonnance sur l'administration de la justice : nombre d'offices parlementaires sont supprimés et les attributions des parlements et des justices seigneuriales sont réduites au profit des présidiaux et de 47 grands bailliages ; rétablissement d'une cour plénière.

3 mai
Protestation du Parlement de Paris contre les atteintes aux lois fondamentales, c'est-à-dire la réforme de l'organisation de la justice. Cet arrêt rappelle le droit des cours souveraines de vérifier les textes édictés par le roi et l'inamovibilité des magistrats, le respect dû aux propriétés et réclame, comme appartenant à la nation, le droit d'accorder librement des subsides au roi par les États généraux régulièrement réunis. Les parlementaires parisiens font le serment de ne pas accepter de charge dans un parlement qui serait substitué (la cour plénière) à celui existant déjà. Ils craignent un nouveau « coup » à la manière de Maupeou. De fait, l'arrêt sera cassé et ses inspirateurs arrêtés.

DUVAL D'ÉPRÉMESNIL

Incarnant l'opposition parlementaire un moment hissée au rang de porte-parole de la Nation, Jean-Jacques Duval d'Éprémesnil (1745-1794) est l'une de ces figures typiques de la fin de l'Ancien Régime qui combat avec la même fougue le pouvoir de la monarchie absolue au nom des libertés françaises et la Révolution française au nom de la constitution du royaume. Né à Pondichéry, riche, adepte du mesmérisme, avocat du roi au Châtelet à 20 ans, exilé lors de la réforme de Maupeou, Duval d'Éprémesnil entre au Parlement de Paris en 1775. Au cours de l'été 1787, il incite le Parlement à résister à l'établissement des nouveaux droits de timbre et de la subvention territoriale, et à réclamer la convocation d'États généraux. Lors du lit de justice du 19 novembre 1787, s'il propose l'enregistrement des emprunts, il demande encore la réunion d'États généraux pour 1789. C'est toujours à son instigation que le Parlement de Paris déclare illégales les lettres de cachet (4 janvier 1788) et la séance du 19 novembre (13 avril). C'est lui enfin qui rédige la protestation du 3 mai qui apparaît comme le programme politique de l'opposition parlementaire. Après avoir immédiatement cassé ce dernier arrêt du Parlement de Paris, le Conseil procède à l'arrestation, mouvementée, de Duval d'Éprémesnil et l'emprisonne aux îles Sainte-Marguerite jusqu'en septembre 1788. À sa libération, il est au sommet de sa popularité. Il en glisse rapidement en approuvant l'arrêt rendu par ses collègues du Parlement le 25 septembre en faveur du maintien des formes de 1614 pour la convocation des États généraux. Il fera accepter au Parlement le doublement de la représentation du tiers état aux États généraux le 5 décembre, mais sans se prononcer sur la question du vote des députés : par tête ou par ordre ? Élu député de la noblesse, il s'oppose à la réunion des ordres et aux réformes, et perd tout crédit dans l'opinion. Après avoir été arrêté fin août 1792 et avoir échappé aux massacres de Septembre, il se retire en Normandie où il est de nouveau arrêté en août 1793. Traduit devant le Tribunal révolutionnaire, il est exécuté en avril 1794.

6 mai
Arrestation des conseillers au Parlement de Paris Duval d'Éprémesnil et Goislard de Montsabert, deux des principaux meneurs de l'opposition. Cette arrestation exacerbe l'agitation.

8 mai
Lit de justice pour contraindre le Parlement de Paris à enregistrer la réforme de la justice. Les parlements de province résistent à l'enregistrement forcé de ces réformes, et des émeutes éclatent en juin, notamment à Toulouse, à Grenoble et en Bretagne.

20 mai
Instructions sur l'exercice et les manœuvres de l'infanterie. Elles sont suivies le 16 juin par des instructions pour les troupes à cheval.

juin
L'assemblée générale du clergé critique les mesures prises en mai par Loménie de Brienne et ne lui accorde que moins d'un quart des subsides qu'il réclamait à l'ordre.
Antoine Barnave (1761-1793): *Esprit des édits enregistrés militairement au parlement de Grenoble.*
Naufrage des deux vaisseaux, l'*Astrolabe* et la *Boussole*, commandés par La Pérouse sur les récifs de Vanikoro aux îles Santa-Cruz.

7 juin
« Journée des tuiles » à Grenoble: le 10 mai, le parlement de Grenoble avait été contraint d'enregistrer par force la réforme de la justice, et la protestation avait gagné la ville. Le 7 juin, jour de marché où les paysans des environs sont nombreux en ville, la population, apprenant l'ordre d'exil émis contre les parlementaires dauphinois, manifeste pour les empêcher de partir. Des affrontements violents opposent les manifestants aux troupes qui sont criblées de pierres et de tuiles. Le gouverneur de la province cède et le parlement se réunit dans la soirée. Mais, dès le 12, les parlementaires doivent quitter Grenoble. Des émeutes contre les édits de Lamoignon réformant la justice éclatent aussi à Besançon (7 juin), Dijon et Toulouse (11 juin), Pau (19 juin).

14 juin
À Grenoble, réunion de 101 notables, sous l'égide de Jean-Joseph Mounier (1758-1806), qui réclament le retour du parlement et la convocation des états du Dauphiné avec un doublement de la représentation du tiers état.

20 juin
Ordonnances réglementant le recrutement ainsi que l'administration et la comptabilité de l'infanterie et des troupes à cheval.

1er juillet
Règlement sur le service intérieur et la discipline de l'infanterie et des troupes à cheval.

5 juillet
Arrêts du Conseil promettant des États généraux pour une date indéterminée et prescrivant d'enquêter sur la manière de les convoquer. Ce dernier arrêt introduit de fait une certaine liberté de la presse car, du coup, les pamphlets vont se multiplier. Arrêt du Conseil confirmant les immunités du clergé.

15 juillet
Une délégation de la noblesse bretonne venue protester contre la réforme judiciaire est arrêtée.

20 juillet
Ordonnance réglementant l'administration générale des hôpitaux militaires. Elle est complétée par des règlements les 1er septembre et 12 décembre.

21 juillet
Assemblée de Vizille: 165 nobles, 50 ecclésiastiques et 276 membres du tiers état du Dauphiné réclament la convocation des états du Dauphiné et des États généraux avec doublement de la représentation du tiers état. Ils revendiquent aussi l'admission de tous à tous les emplois. Le parlement de Grenoble sera rétabli en octobre, et les états du Dauphiné se réuniront à Romans en septembre, en novembre et en décembre-janvier.

26 juillet
Laurent de Villedeuil est nommé secrétaire d'État à la Maison du roi à la place de Breteuil.

8 août
Arrêt du Conseil suspendant l'installation de la cour plénière substituée au Parlement en mai 1788 et promettant la réunion des États généraux pour le 1er mai 1789.

16 août
Arrêt du Conseil qui crée des billets à 5 % pour acquitter les paiements de l'État. Le paiement en papier d'une partie des rentes et charges de l'État est prescrit. C'est un aveu de banqueroute de la part du gouvernement.

24 août
Loménie de Brienne donne sa démission à Louis XVI, qui l'accepte le lendemain.

25 août
Malesherbes, ministre d'État, donne sa démission.
La Société royale des sciences et des arts de Metz prime l'*Essai sur la régénération physique, morale et politique des juifs* de l'abbé Grégoire (1750-1831).

26 août
Necker est nommé directeur général des Finances en remplacement de Lambert qui exerçait les fonctions de contrôleur général sous la direction de Loménie de Brienne.

27 août
Necker est déclaré ministre d'État avec entrée aux Conseils. Il confie la direction du Trésor royal à Bertrand Dufresne.

septembre
Necker: *Sur le compte rendu au roi en 1781 Nouveaux éclaircissements*. Il s'agit d'une réponse à la publication de Calonne du début de l'année.

7 septembre
Un arrêt du Conseil interdit la sortie des grains hors du royaume.

14 septembre
Le garde des Sceaux, Lamoignon, démissionne et le lit de justice prévu pour le lendemain est annulé. Necker révoque l'arrêt du Conseil du 16 août pour mettre fin à la banqueroute.

19 septembre
Le nouveau garde des Sceaux, Charles-Louis-François de Paule de Barentin (1738-1819), premier président de la Cour des aides, prête serment.

23 septembre
Déclaration royale rappelant les cours à l'exercice de leurs fonctions et annonçant la réunion des États généraux pour janvier 1789. Les parlements sont rétablis et la réforme judiciaire de Lamoignon ajournée.

25 septembre
Arrêt du Parlement de Paris enregistrant la déclaration annonçant les États généraux. Le Parlement se prononce pour le maintien des formes utilisées en 1614, c'est-à-dire la séparation des ordres, ce qui lui coûtera sa popularité. Les parlements de province se montreront plus prudents dans leur formulation en enregistrant la déclaration du 23 septembre.

5 octobre
Arrêt du Conseil rappelant à Versailles l'assemblée des notables de 1787 pour délibérer sur la manière de procéder à la réunion des États généraux.

novembre
Sieyès: *Essai sur les privilèges*.

Sieyès

Emmanuel-Joseph Sieyès (1748-1836), l'homme qui, selon le mot de Rivarol, « a décidé la révolution en écrivant, et l'a prouvée en se faisant lire », est l'une des figures les plus considérables de la Révolution française, son premier et plus profond théoricien. L'abbé Sieyès a le destin singulier non seulement d'ouvrir la Révolution, mais aussi d'être celui qui en précipite la fin en la remettant à Bonaparte.
Né à Fréjus, Sieyès se voit destiné à l'état ecclésiastique sans en avoir la vocation. Il entre au petit séminaire de Saint-Sulpice à Paris en 1765, est ordonné prêtre en 1772 et licencié en Sorbonne deux ans plus tard. En 1775, il est engagé comme secrétaire par le nouvel évêque de Tréguier, Jean-Baptiste-Joseph de Lubersac (1740-1822), qui sera son protecteur. En Bretagne, Sieyès a une première expérience politique en représentant le chapitre de Tréguier aux états de Bretagne en 1778. En 1780, il suit Lubersac qui vient d'être nommé à Chartres et le fait vicaire général.
Mais cette honorable carrière ecclésiastique masque l'essentiel de son activité, la lecture. Sieyès lit, avec boulimie, et médite ses lectures tout au long de pages qu'il noircit et qui en font, lorsqu'il apparaît en politique, un esprit né maître: Hobbes, Locke, Condillac, les physiocrates, Adam Smith et la philosophie écossaise nourrissent sa réflexion et lui forgent une pensée aussi originale que radicale. Sieyès crée le discours révolutionnaire en reconceptualisant la politique.
Les trois pamphlets qu'il publie entre novembre 1788 et janvier 1789 (Essai sur les privilèges; Vues sur les moyens d'exécution dont les représentants de la France pourront disposer en 1789; Qu'est-ce que le tiers état?), *courts et incisifs, les plus marquants de la période, sont un condensé de cette pensée solitaire qui devient brusquement le programme politique de toute une nation et s'incarne dans la Révolution de 1789. S'y trouvent en effet les principes qui sont à l'œuvre dans la Révolution française: la théorie du gouvernement représentatif dérivée de la division du travail, la répudiation de l'histoire nationale et la condamnation intégrale de l'ordre existant, la haine du privilège et de l'aristocratie par essence contraires à l'universalisme démocratique de la loi qui est le seul droit naturel de la société conforme à la raison, l'affirmation de la volonté politique et la prescription pour les députés du tiers état aux États généraux de s'établir en Assemblée nationale et de s'approprier la souveraineté. Le ressentiment social et politique qui sera le moteur de la Révolution française a trouvé son mécanicien.*
Élu député du tiers état de Paris in extremis *en mai 1789, malgré la décision de l'assemblée électorale parisienne d'exclure les privilégiés de l'élection, l'abbé se révèle décisif pour pousser le tiers état à se constituer en Assemblée nationale en*

juin et il joue un rôle fondamental dans les débats constitutionnels de l'été. Mais son influence ira en s'amenuisant, dès 1790 : Sieyès reste un isolé, méprisant nombre de ses collègues ou ne parvenant pas à s'entendre avec eux, et il se cantonne rapidement au rôle d'oracle constitutionnel, certains déplorant d'ailleurs ses silences et sa rigidité. Député à la Convention en 1792, il siège avec la Plaine, vote la mort du roi, s'en tient prudemment au laconisme, reste éloigné de la lutte pour le pouvoir qui décime la Convention et survit ainsi à la dictature montagnarde : lorsqu'on lui demandera ce qu'il a fait pendant la Terreur, il pourra répondre « j'ai vécu ».
Sieyès revient au premier plan quelques mois après Thermidor : c'est que non seulement il appartient à ces révolutionnaires qui craignent la nostalgie jacobine et la surenchère révolutionnaire, et plus encore le retour des nobles et une restauration royaliste, mais aussi qu'il continue d'être le grand pourvoyeur d'idées politiques de la Révolution, donnant un sens à ce qui s'est fait et à ce qu'il conviendrait de faire. Il contribue à élaborer la Constitution de 1795, mais n'ayant souvent pas été suivi par ses collègues – par exemple, sur l'idée d'introduire un organe qui jugerait de la constitutionnalité des lois –, il ne croit pas en sa longévité et préfère se réfugier encore une fois dans une défiance silencieuse et critique. Il refuse donc d'être membre du Directoire exécutif comme d'être ministre, se contentant de siéger au Conseil des Cinq-Cents.
Ambassadeur à Berlin en 1798, il obtient le maintien de la neutralité prussienne. En mai 1799, il est élu au Directoire en remplacement de Reubell avec qui il ne s'entendait pas. Il accepte cette fois, avec le dessein de changer le régime politique, déclarant chercher une « épée » pour la République afin d'imposer la constitution de ses vœux. Joubert, à qui il destinait ce rôle, ayant trouvé la mort en Italie le 15 août à la bataille de Novi, Sieyès se rabat sur Bonaparte et prépare le coup d'État du 18 Brumaire. Mais le général aménagera les projets constitutionnels de Sieyès et le mettra sur la touche en le couvrant d'honneurs et de richesses. Membre du Sénat qu'il préside d'abord, grand officier de la Légion d'honneur, comte d'Empire, Sieyès passe la période napoléonienne confiné dans un silence morose. Ce régicide est en exil à Bruxelles pendant la Restauration. La révolution de 1830 lui permet de revenir à Paris, où il meurt en 1836.

À Rennes, Volney publie *La Sentinelle du peuple.*

1er novembre
Un arrêt du Conseil autorise la réunion des anciens états de la Franche-Comté, suspendus depuis 1666, comme l'avait promis Loménie de Brienne.

3 novembre
La noblesse fieffée de Provence obtient de siéger tout entière aux états provençaux.

6 novembre
Réunion à l'hôtel des Menus-Plaisirs à Versailles des 147 membres de la nouvelle assemblée des notables. Elle siégera jusqu'au 12 décembre.

8 novembre
Lettre de l'assemblée des notables demandant au roi la réunion des ordres, le tiers état étant la partie la plus nombreuse de la population.

10 novembre
On annonce la formation d'un club constitutionnel, la Société des Trente, qui se réunit chez un conseiller au Parlement de Paris, Adrien Duport (1759-1798). Se retrouvent Mirabeau, Talleyrand, Dupont de Nemours, Clavière, les frères Lameth, La Fayette, Condorcet, Target, Sieyès... D'autres clubs se réunissent ainsi en cette période, comme le Club de Valois, sous l'égide de Philippe d'Orléans, où se retrouvent Condorcet, Sieyès ou les Lameth.

23 novembre
Un arrêt du Conseil défend les achats de blé hors des marchés.

26 novembre-31 décembre
Réunion des états de Franche-Comté.

30 novembre
Le comte de Puységur, Pierre-Louis de Chastenet (1727-1807), devient secrétaire d'État à la Guerre en remplacement du comte de Brienne.

5 décembre
Le Parlement de Paris, sous l'impulsion de Duval d'Éprémesnil, adopte un arrêt neutre quant au doublement du tiers état. Cet arrêt suscitera un commentaire critique de Linguet.

7 décembre
François-Emmanuel Guignard de Saint-Priest (1735-1821) est nommé ministre sans portefeuille.
Un arrêt du Conseil autorise les directeurs des hôtels des monnaies à fabriquer de nouvelles espèces en or à partir du 1er janvier 1789 et fixe le cours des anciens louis d'or.

12 décembre
Les princes du sang remettent à Louis XVI un mémoire sur les États généraux préconisant la séparation des ordres.

22 décembre
La chambre des comptes de Montpellier lance une campagne contre les états du Languedoc et leur prétention à députer aux États généraux. Elle sera appuyée par le parlement de Toulouse.

27 décembre
Le Conseil décide de doubler la représentation du tiers état aux États généraux. Il décide aussi que le nombre de députés sera autant que possible proportionnel à la population et aux contributions de chaque bailliage.

29 décembre
À Rennes, ouverture des états de Bretagne où la noblesse s'est rendue massivement.

autres événements
• Pierre-Jean Agier (1748-1823): *Le Jurisconsulte national, ou principes sur les droits les plus élémentaires de la nation*. Dans cet ouvrage, d'abord publié en trois volumes entre l'automne 1787 et l'automne 1788, Agier affirme, contre le «coup» tenté par Loménie de Brienne, que seule la nation assemblée – les États généraux – peut remplacer le Parlement par une cour plénière.
• D'Antraigues: *Mémoire sur les États généraux, leurs droits et la manière de les convoquer*. Le succès de ce livre publié à la fin de l'année lui vaut 14 éditions.

D'Antraigues

Entré dans la carrière militaire en 1767, Emmanuel-Henri-Louis-Alexandre de Launay d'Antraigues (1753-1812) quitte l'armée en 1775. En 1778, il accompagne en Turquie son oncle Saint-Priest qui y est ambassadeur. De là, le comte d'Antraigues voyage en Égypte, en Syrie, en Anatolie, avant de regagner la France en traversant les Balkans, la Pologne, les territoires allemands. De retour en France, il vit de ses rentes, lit et écrit, visite Voltaire, rencontre Rousseau, fréquente Mirabeau et épouse une chanteuse d'opéra. En 1788, il entre sur la scène politique. Il publie un gros mémoire où il s'oppose à la prétention des états du Languedoc à députer aux États généraux. À la fin de l'année, sa nouvelle brochure, le Mémoire sur les États généraux, leurs droits et la manière de les convoquer, *connaît un extraordinaire succès: d'Antraigues apparaît alors comme l'un des premiers pamphlétaires de la Révolution, fortement hostile à la noblesse héréditaire, qui dénonce les usurpations du despotisme et les privilèges des états provinciaux et propose de donner le pouvoir législatif aux parlements associés aux États généraux.*
Élu en avril 1789 aux États généraux par la noblesse du Vivarais, le comte d'Antraigues s'affirme tout de suite comme l'un des adversaires résolus de la Révolution: s'il préconise l'abandon par la noblesse de ses privilèges fiscaux, il s'oppose à la réunion des ordres et au vote par tête des députés. Il émigre dès la fin du mois de février 1790 en Suisse où il rédige de nombreux libelles contre-révolutionnaires. Il monte un réseau de correspondants en France qui le renseignent sur la situation; il en tire des synthèses qu'il vend à l'ambassadeur d'Espagne à Venise où il s'installe bientôt. À court d'argent, il communique ses bulletins aux différentes puissances en guerre avec la France à partir de 1792 et renseigne aussi le comte de Provence, n'hésitant pas à broder lorsque ses sources lui font défaut comme pendant la Terreur. La répression antiroyaliste de l'automne 1795 détruit son réseau, mais d'Antraigues reconstitue rapidement son organisation.
Arrêté à Trieste en mai 1797, il est conduit à Milan auprès de Bonaparte. Ce dernier, ayant trouvé dans les papiers du comte d'Antraigues la preuve de la trahison de Pichegru, oblige d'Antraigues à falsifier ses papiers afin d'en éliminer tout ce qui pourrait compromettre des officiers de l'armée d'Italie. En échange de quoi, Bonaparte, après avoir transmis ces preuves au Directoire, laisse d'Antraigues s'évader fin août. D'Antraigues gagne alors Vienne où il reprend ses activités, d'abord au service de l'Autriche avant de travailler pour le tsar à partir de 1801. L'avance des troupes françaises le contraint à s'installer en Angleterre à partir de 1806, d'où il essaie, plutôt vainement, de maintenir ses réseaux d'informateurs, ce qui ne l'empêche pas de continuer à rédiger des rapports, tantôt pour la Russie, tantôt pour l'Angleterre, et de toucher des pensions. Il meurt en Angleterre en 1812, assassiné dans des circonstances troubles.

• Abbé Barthélemy: *Voyage du jeune Anacharsis en Grèce*.

Abbé Barthélemy

Le Voyage du jeune Anacharsis en Grèce *procure à l'abbé Jean-Jacques Barthélemy (1716-*

1795) un triomphe soudain qui le propulse à l'Académie française l'année suivante à plus de 72 ans. Ce Provençal était venu s'établir à Paris en 1744, protégé par le garde du Cabinet des médailles du roi auquel il succédera en 1753. En 1755, Choiseul l'emmène avec lui à Rome: l'amitié de l'abbé, du duc et de la duchesse durera autant que leurs vies. Cette protection attentionnée des Choiseul donne tout loisir à l'abbé Barthélemy, membre de l'Académie des inscriptions depuis 1747, de se consacrer à ses recherches savantes et érudites dans les domaines de la numismatique, de l'archéologie ou de la paléographie tout en se préoccupant d'enrichir les collections du Cabinet des médailles. Avec le voyage d'Anacharsis, ce jeune Scythe, élégant et poli, qui visite la Grèce à partir d'Athènes à l'époque de Philippe de Macédoine, l'abbé Barthélemy permet à ses lecteurs de connaître en quelques jours la civilisation grecque. Le style simple de ce livre très documenté et un peu fade, toujours à mi-chemin de la poésie et de l'histoire, séduit les gens du monde en mettant l'Antiquité à la mode à la portée d'un vaste public.

• Bernardin de Saint-Pierre: *Paul et Virginie.*
• Giacomo Casanova (1725-1798): *Histoire de ma fuite des prisons de la République de Venise, qu'on appelle les Plombs.*
• Condorcet publie quatre écrits: *Lettres d'un bourgeois de New-Haven à un citoyen de Virginie, sur l'inutilité de partager le pouvoir législatif entre plusieurs corps*; *Lettres d'un citoyen des États-Unis à un Français, sur les affaires présentes*; *Sentiments d'un républicain sur les assemblées provinciales et les États généraux*; enfin *Essai sur la constitution et les fonctions des assemblées provinciales.*
• Marie-Jean Hérault de Séchelles (1759-1794): *Théorie de l'ambition.*
• Sylvain Maréchal: *Almanach des honnêtes gens.*
• Rabaut Saint-Étienne: *Considérations sur les intérêts du tiers état, adressées au peuple des provinces, par un propriétaire foncier.*

Rabaut Saint-Étienne

Fils de pasteur, Jean-Paul Rabaut Saint-Étienne (1743-1793) étudie à Genève et à Lausanne, où il est consacré pasteur, et rentre à Nîmes en 1764 pour exercer son ministère. Il se lie d'amitié avec Boissy d'Anglas, milite pour la cause des réformés, fait la connaissance en 1785 de La Fayette et de Malesherbes qui le soutiennent, et participe à la campagne qui prépare l'édit accordant l'état civil aux protestants en 1787. Élu aux États généraux par le tiers état de Nîmes, Rabaut est l'un des députés en vue de la Constituante, où il réclame la liberté de culte et qu'il présidera en mars 1790. Il publie une histoire de la Révolution française en 1791, est l'un des principaux rédacteurs du journal La Feuille villageoise, *et est élu en septembre 1792 à la Convention où il siège parmi les Girondins. Opposé à l'exécution de Louis XVI, il est membre de la commission des 12 chargée d'enquêter sur les agissements de la Commune de Paris. Décrété d'arrestation le 2 juin 1793, il se cache mais est exécuté le 5 décembre après avoir été découvert.*

• Restif de la Bretonne: *Les Nuits de Paris.* 12 premiers volumes sont publiés cette année; la parution se poursuivra durant la Révolution française.
• Rivarol: *Petit Almanach de nos grands hommes.*
• Méhul: *Deuxième recueil de sonates.*
• Mme Vigée-Lebrun: *Marie-Antoinette et ses enfants.*
• Fourcroy: *Analyse chimique de l'eau sulfureuse d'Enghien pour servir à l'histoire des eaux sulfureuses en général.*
• Jussieu: *Catalogue des plantes du jardin botanique du Trianon.*

Jussieu

Professeur de botanique au Jardin du roi depuis 1777 et futur directeur du Muséum qu'il réorganisera pendant la Révolution, Antoine-Laurent de Jussieu (1748-1836) a été formé par ses oncles à la grande œuvre de sa vie: organiser un système de classification naturelle des plantes. Le bilan de décennies de travail familial est ainsi publié en juillet 1789 sous le titre Genera plantarum, *où près de 20 000 plantes connues sont distribuées en 1 754 genres selon une méthode qui s'attache aux fonctions essentielles des caractères des plantes et non à la description de leur structure visible.*

• Lagrange: *Mécanique analytique.*

Lagrange

D'origine française par sa famille paternelle, Joseph-Louis Lagrange (1736-1813) est né à Turin où il reste jusqu'en 1766. C'est donc dans les Mémoires *publiés par la Société des sciences qu'il a fondée en 1757 à Turin que paraissent les premiers résultats de ses recherches mathématiques. Ses travaux, qui complètent ceux d'Euler et portent sur les minima et maxima, les proba-*

bilités et aussi le son, valent rapidement à Lagrange une notoriété internationale et lui rapportent des distinctions académiques à Paris et à Berlin. De 1766 à 1787, il séjourne à Berlin où il dirige l'Académie des sciences. En 1787, il s'installe à Paris sur l'invitation de l'Académie des sciences et y restera jusqu'à sa mort. Ses Réflexions sur la résolution algébrique des équations *(1771) sont à l'origine de l'algèbre moderne et de la théorie des groupes. Avec sa* Mécanique analytique, *Lagrange entend faire œuvre d'unification en présentant « des formules générales, dont le simple développement donne toutes les équations nécessaires pour la solution de chaque problème » : les principes de la mécanique sont ainsi réduits à des opérations algébriques. Pendant la Révolution française, Lagrange participe à la commission qui établit le système métrique, il enseigne à l'École normale de Paris en 1795 puis à l'École centrale des travaux publics. Membre de l'Institut, il dirige aussi le Bureau des longitudes à partir de 1795, s'essaie au calcul différentiel et publie la* Théorie des fonctions analytiques *(1797). Fait sénateur, comte d'Empire et grand officier de la Légion d'honneur par Bonaparte, Lagrange est inhumé au Panthéon.*

• Bernard-Étienne de La Ville de Lacépède (1756-1825): *Histoire naturelle des quadrupèdes ovipares et des serpents.*
• Monge: *Traité élémentaire de statique.*

MONGE

Gaspard-Louis Monge (1746-1818) a formé plusieurs générations d'ingénieurs ou de mathématiciens. Fils d'un marchand ambulant relativement aisé, après avoir étudié au collège de Beaune puis chez les oratoriens de Lyon, Monge entre à l'École du génie de Mézières. Il y devient rapidement répétiteur puis professeur de mathématiques. Chargé par Turgot d'enseigner l'hydraulique à Paris, Monge participe aussi à l'examen des officiers de marine et entre à l'Académie des sciences. Ce scientifique, qui est aussi un technicien et un expérimentateur très versé sur les problèmes pratiques, milite au club des Jacobins pendant la Révolution française. Ministre de la Marine d'août 1792 à avril 1793, il s'occupe de réorganiser les arsenaux. En 1794, le Comité de salut public le charge de surveiller la fabrication des poudres pour l'artillerie. Il participe à la mise en place de l'École centrale des travaux publics et enseigne la géométrie à l'École normale en 1795; la Géométrie descriptive *publiée en 1799 est une édition de ses leçons. En 1796, il est en Italie comme commissaire du Directoire chargé de choisir des œuvres d'art et de science, et il se lie d'amitié avec Bonaparte. Ce dernier le charge d'accompagner le traité de Campo-Formio à Paris. Directeur de l'École polytechnique, Monge est envoyé à Rome au printemps 1798 avec Daunou, comme commissaire civil du Directoire, mais il suit bientôt en Égypte Bonaparte qui le lui a demandé. Il quitte l'Égypte et revient en France avec Bonaparte en 1799. Sénateur, comte d'Empire, grand officier de la Légion d'honneur, il continue de diriger l'École polytechnique pendant l'Empire. Il sera exclu de l'Académie des sciences en 1816 après avoir soutenu Napoléon pendant les Cent-Jours.*

1789

janvier
Sieyès publie *Qu'est-ce que le tiers état?*

QU'EST-CE QUE LE TIERS ÉTAT ?

*« Qu'est-ce que le tiers état? Tout. Qu'a-t-il été jusqu'à présent dans l'ordre politique? Rien. Que demande-t-il? À y devenir quelque chose. » Avec ce nouveau texte, dont la formule claque comme un coup de tonnerre, Sieyès approfondit l'argumentation de l'*Essai sur les privilèges *publié en novembre 1788. Le tiers état est devenu la réalité sociologique de la nation, tandis que la noblesse a perdu toute utilité sociale; elle n'est plus qu'un « mot »: « elle est étrangère à la nation par son principe » qui est l'intérêt particulier. Aussi Sieyès propose-t-il de renvoyer « dans les forêts de Franconie toutes ces familles » aux folles prétentions. L'exclusion des privilégiés de la représentation, qui ne peut être qu'unitaire, découle d'une logique sociale qui démontre l'inutilité des privilégiés. Mais elle a aussi une logique politique puisque l'existence même des privilèges nie les bases sur lesquelles doit s'établir la citoyenneté. Car à sa définition sociale de la nation, Sieyès ajoute une définition politique: « Un corps d'associés vivant sous une loi commune et représentés par la même législature. » La nation, unité de corps dotée d'une volonté commune, se compose d'individus égaux dans leur soumission à l'universalité de la loi. C'est donc un programme très radical que le futur élu du tiers état de Paris prescrit aux prochains repré-*

sentants. Puisque le privilège n'est pas représentable, affirme Sieyès, le tiers état doit s'assembler à part et ne pas coopérer avec les ordres privilégiés. « Le tiers seul, dira-t-on, ne peut pas former les États généraux. Eh ! tant mieux ! il composera une Assemblée nationale. » C'est chose faite le 17 juin.

Au Havre, le chimiste Philippe Lebon expérimente la thermolampe, système d'éclairage au gaz.

2 janvier
Publication du résultat du Conseil tenu le 27 décembre 1788.

3 janvier
Arrêt du Conseil suspendant pour un mois les états de Bretagne réunis depuis le 29 décembre à Rennes.

5 janvier
Émeute à Caen.

7 janvier
Échec à la Comédie-Française (l'actuel théâtre de l'Odéon) du *Présomptueux ou l'heureux imaginaire*, comédie de Philippe-François Fabre d'Églantine (1750-1794).

10 janvier
Déclaration de la noblesse bretonne accusant la bourgeoisie d'empêcher les États de s'occuper du sort du peuple; 7000 exemplaires de cette déclaration sont imprimés.

12 janvier
Les nobles bretons protestent contre la procédure de convocation aux États généraux et la suspension des états de Bretagne. Ils prêtent le serment de refuser leur concours à tout ce qui porterait atteinte à la « constitution » bretonne et donc de participer à des assemblées organisées au mépris des institutions bretonnes. En conséquence, la noblesse bretonne ne viendra pas à Versailles siéger aux États généraux. L'agitation se développe en Bretagne ainsi qu'à Besançon.

14 janvier
Création de *Deux Petits Savoyards*, opéra-comique de Dalayrac sur un livret de Marmontel.

24 janvier
Lettres de convocation à Versailles pour le 27 avril 1789 et règlement électoral des États généraux.

25 janvier
À Aix-en-Provence, le conflit entre les privilégiés et le tiers état se durcit.

26-27 janvier
« Journée des bricoles » le 26 à Rennes : les nobles, nombreux en ville du fait de la tenue des états, cherchent à dresser le petit peuple contre la municipalité; le lendemain, des affrontements, que décrira Chateaubriand dans les *Mémoires d'outre-tombe*, opposent les jeunesses noble et bourgeoise devant le siège des États, faisant plusieurs blessés et morts. Émeutes à Nantes.

31 janvier
Tandis que des troupes sont envoyées en Bretagne afin d'y maintenir l'ordre, arrivent à Rennes 600 Nantais appelés par la bourgeoisie de la ville. De leur côté, les nobles se retirent dans leurs châteaux.
À Aix-en-Provence, l'archevêque Boisgelin, qui préside les états de Provence, est malmené dans son carrosse.

2 février
Mort d'Armand-Louis Couperin, organiste de la chapelle royale de Versailles, auquel succède son fils Pierre-Louis (1755-1789), lequel, décédé un peu plus tard, sera à son tour remplacé par son frère Gervais-François (1759-1826).

3 février
Arrivée à Paris de Gouverneur Morris (1752-1816), représentant des intérêts commerciaux américains en France.

4 février
Publication des *Lettres du roi pour la convocation des États généraux* du 24 janvier et du *Règlement fait par le roi pour l'exécution des lettres de convocation*.

8 février
À Aix-en-Provence, la noblesse provençale exclut Mirabeau de son assemblée électorale.
Représentation à Paris de *La Maison à vendre ou la nuit de Grenade* de Joseph Fiévée (1767-1839).

9 février
À Londres, Calonne publie sa *Lettre adressée au roi par M. de Calonne*, texte auquel répondront Barnave et Joseph Cerutti (1738-1792), écrivain-journaliste qui animera *La Feuille villageoise* et prononcera l'éloge funèbre de Mirabeau en 1791.

11 février
Publication de l'*Appel à la nation provençale* de Mirabeau.

13 février
Réquisitoire de l'avocat général au Parlement de Paris, Séguier, contre *La Sentinelle du peuple* de Volney, journal publié en novembre et décembre 1788.

19 février
Les petits pays d'état du nord de la France sont soumis à la loi commune des bailliages pour l'élection aux États généraux, car l'on considère leurs états provinciaux comme non représentatifs.

22 février
Première représentation à la Comédie-Française de la comédie de Fabre d'Églantine, *Le Philinte de Molière, ou la suite du Misanthrope.*

mars
Rédaction des cahiers de doléances et début des élections aux États généraux.

Les cahiers de doléances

La monarchie a demandé aux Français d'exprimer leurs vœux. Ils le font dans les cahiers de doléances. Ceux-ci sont rédigés au cours des assemblées électorales. Chaque communauté rurale a donc rédigé le sien, et au sein des villes chaque corps de métier ou chaque quartier. Des cahiers généraux en font la synthèse dans chaque bailliage ou sénéchaussée. Les cahiers du tiers état ont souvent été élaborés suivant de véritables modèles qui circulaient; leur ressemblance peut aussi provenir du fait que le même rédacteur a pu prêter sa plume à différentes communautés. Composites, leur ton est plutôt réformateur, antiseigneurial. Mais l'on y trouve aussi la défense de la tradition, moins cependant que dans les cahiers de la noblesse qui, tout en faisant leur part aux idées nouvelles, entendent conserver la structuration par ordres de la société. Quant aux cahiers du clergé, s'ils marquent une volonté de défendre la religion contre les idées du siècle, ils sont aussi un écho de la lutte qui oppose le bas clergé au haut clergé.

Publication des *Instructions envoyées par M. le duc d'Orléans pour les personnes chargées de sa procuration aux assemblées de bailliages, relatives aux États généraux* rédigées par Laclos, suivies de *Délibérations* rédigées par Sieyès.

Mounier: *Nouvelles Observations sur les États généraux de France.*
Publication de l'*Essai sur la régénération physique, morale et politique des juifs* de l'abbé Grégoire, ouvrage couronné par l'académie de Metz l'année précédente.

13 mars
Émeute à Cambrai.

14 mars
Émeute à Manosque.

17 mars
Création d'*Apasie*, opéra de Grétry sur un livret de Morel de Chédeville.

23-25 mars
Émeutes à Marseille, Toulon et Aix-en-Provence: la Provence s'embrase.

28 mars
Règlement sur la tenue des élections à Paris.

30 mars
Des émeutes éclatent à Besançon qui dureront jusqu'au 3 avril.

avril
Jean-Louis Carra (1742-1793) publie, à la fin du mois, *L'Orateur des États généraux.*
Parution d'un nouveau périodique, les *Annales de chimie* que dirigent Berthollet, Fourcroy, Jean-Henri Hassenfratz (1755-1827), Lavoisier, Monge et Guyton de Morveau.

5 avril
Calonne: *Seconde Lettre adressée au roi, par M. de Calonne.*

6 avril
Mirabeau est élu député du tiers état à Aix-en-Provence.

13 avril
Règlement précisant celui du 28 mars sur les élections des députés aux États généraux du tiers état à Paris: la ville est divisée en 60 districts.

15 avril
Émeute à Montlhéry.

19 avril
La noblesse bretonne refuse d'élire une députation aux États généraux.

20 avril
Agitation paysanne dans la région de Gap.

23 avril
Début des opérations électorales à Paris.

24 avril
Émeute à Caen.

27-28 avril
À Paris, dans un climat alourdi par les difficultés économiques et l'effervescence des élections, la foule pille l'hôtel du fabricant de papiers peints Réveillon au faubourg Saint-Antoine.

28 avril
Jacques de Flesselles (1721-1789) devient prévôt des marchands de Paris.

30 avril
À Versailles, première réunion des députés bretons du tiers état.
Émeute à Manosque.

mai
Brissot: *Plan de conduite pour les députés aux États généraux de 1789.*

2 mai
Présentation au roi des députés aux États généraux. Théoriquement plus de 1100, ce seront au total 1315 députés, en comptant les suppléants, qui viendront effectivement siéger à Versailles ou à Paris de mai 1789 à septembre 1791. Mirabeau commence la publication du *Journal des États généraux.*

4 mai
Procession d'ouverture des États généraux: les députés assistent, dans l'église Saint-Louis de Versailles, au sermon de Anne-Louis-Henri de La Fare (1752-1829), évêque de Nancy, jugé aussi traditionnel qu'ennuyeux.

5 mai
Séance d'ouverture des États généraux: discours de Louis XVI, du garde des Sceaux Barentin et du directeur général des Finances Necker.

LA MONARCHIE CONSTITUTIONNELLE : LOUIS XVI ET LA RÉVOLUTION

1789 : États généraux
1789-1791 : Assemblée constituante
1791-1792 : Assemblée législative

En 1789, comme l'a souligné Edmund Burke dans ses *Réflexions sur la Révolution de France* (1790), la France sort du cours de l'histoire européenne. La Révolution française met fin à ce qu'elle va définir comme l'Ancien Régime. Elle se pense comme une rupture radicale avec le passé. Pour les révolutionnaires de 1789, au regard de ce qui doit être, l'histoire n'offre qu'une faible justification à l'existence de ce qui est. Fonder dans la loi une société politique composée d'individus libres et égaux en droits est l'ambition de bien des hommes qui se retrouvent à Versailles en mai 1789. Ils vont aussi inaugurer un registre de formes politiques inédit dans l'histoire de l'Europe, Robespierre le soulignera à propos du gouvernement révolutionnaire. Et comme ils lisent ce répertoire spécifique sur une portée universelle, ils sonnent le glas de toute une civilisation occidentale. L'Europe entière sera bouleversée par les idées comme par les armées révolutionnaires venues de France. Aussi le cours accidenté de la Révolution française n'épouse-t-il pas le rythme des autres règnes ou régimes. On a retenu les césures commodes du 10 août 1792 – la chute du trône – et du 9 thermidor an II (27 juillet 1794) – la chute de Robespierre. Les trois périodes ainsi dessinées, de la réunion des États généraux en 1789 à l'avènement de Bonaparte en 1799, recouvrent respectivement la destruction de la monarchie, la fondation de la république dans la Terreur, et sa conservation dans l'exportation. À cet épisode fondateur de la France moderne, la compétition électorale de 1789 n'est pas un mauvais point de départ.

La monarchie règle la convocation des États généraux, jamais réunis depuis 1614, par le Conseil qui s'est tenu le 27 décembre 1788 et le règlement électoral du 24 janvier 1789. Necker préside à l'établissement de ces textes qui traduisent toute l'ambivalence de la monarchie absolue française, mélange complexe de modernité et d'archaïsme traditionnel. Ainsi le doublement de la représentation du tiers état est-il accordé, mais on insiste sur la nécessité de la séparation des trois ordres (noblesse, clergé, tiers état), ce qui renforce encore aux yeux d'un pays en ébullition le caractère résiduel de l'aristocratie. On organise la plus gigantesque compétition électorale qui ait jamais été, mais on conserve les cahiers de doléances qui supposent l'unanimité de chaque circonscription. Si l'on se réfère encore à l'exemple de 1614, on prend cependant comme base pour la convocation l'œuvre administrative du siècle menée par les intendants et autres agents de la monarchie. Le bailliage est ainsi la circonscription électorale type – c'est le cas depuis 1484. Et nonobstant l'inextricable imbrication de ces bailliages et des autres circonscriptions, on décide de proportionner autant que possible le nombre de députés de chaque bailliage à sa population, puisqu'on connaît mieux celle-ci en cette fin du XVIIIe siècle qu'au début du XVIIe siècle et que cela paraît conforme à la rationalité de l'esprit du siècle. Du même coup, la monarchie renforce l'idée moderne de représentation où les individus politiques s'équivalent dans la formation du pouvoir législatif; il est vrai qu'elle ne sait pas encore que cette représentation du royaume la dépossédera de son pouvoir législatif.

En simplifiant, car incertitudes et exceptions sont multiples, c'est un scrutin très large et ouvert qui s'engage en ce printemps 1789, dans un climat social tendu par le développement du chômage en ville et par la mauvaise récolte précédente à la campagne. La noblesse désigne directement ses députés. Le clergé séculier est lui aussi directement électeur tandis que le suffrage indirect est la règle pour les réguliers. Le tiers état élit dans le cadre d'un suffrage masculin quasi universel, qui ne distingue pas le droit à l'éligibilité du droit d'électeur, mais avec un nombre de degrés qui varient entre les villes et les campagnes. Au total, après les diverses réductions prévues de la cascade des assemblées électorales, on peut estimer à environ 110000 le nombre des électeurs directs aux États généraux, parmi lesquels 58 % de privilégiés, pour une population qui dépasse les 28 millions d'habitants en 1789. La monarchie absolue lègue ainsi à la Révolution française la démocratie, mais elle y inscrit aussi les conflits qui la radicaliseront.

En mars 1789 commence la rédaction des cahiers de doléances. Réformateurs – car ils ne sont pas sans exprimer le point de vue des juristes qui les rédigent souvent –, ils révèlent aussi les profondes divergences qu'engendre la structure corporative de la société.

Le 4 mai 1789 se tient à Versailles la cérémonie d'ouverture des États généraux. La question du vote par ordre ou par tête, c'est-à-dire de savoir si on y délibérera par ordre ou si les trois ordres délibéreront en commun et si l'on y comptera les votes individuellement, n'a pas été tranchée, et c'est séparément, pour rappeler les distinctions traditionnelles du royaume, que le roi reçoit les députés du clergé, de la noblesse et du tiers état. Louis XVI entend bien limiter la compétence des États généraux aux questions financières pour lesquelles ils ont été convoqués. Mais ces hommes venus de toutes les provinces sont animés par la volonté de réformer l'État et de donner une constitution au royaume. Ils croient souvent en la bonne volonté royale et surtout dans celle du directeur général des Finances, Necker. Les discours du 5 mai leur montrent ce qu'il en est. Le roi accepte de faire une part aux revendications libérales mais se refuse à toute concession qui mettrait en péril l'ordre social et ses distinctions traditionnelles.

Pendant tout le mois de mai, les députés du tiers refusent de se livrer à une vérification de leurs pouvoirs séparément des autres ordres. Ils escomptent le ralliement du clergé dont la députation est très largement composée de curés puisqu'on y compte moins de 50 évêques pour 331 députés. En revanche, la noblesse, hormis une petite minorité de nobles acquis aux idées nouvelles, se crispe sur une position conservatrice. Mais le 10 juin, poussé par l'abbé Sieyès qui siège depuis quinze jours, le tiers décide d'entreprendre seul la vérification des pouvoirs et commence l'appel des députés deux jours plus tard. Quelques curés rejoignent alors le tiers, et le 17 juin, la chambre des communes se proclame Assemblée nationale.

Cette proclamation est un refus explicite de la structuration en ordres de la société. C'est aussi une véritable saisie de souveraineté. Les députés du tiers état érigent un nouveau pouvoir indépendant du monarque. Une nouvelle souveraineté vient concurrencer la vieille souveraineté du roi, et tout l'été est marqué par cette lutte. Ce 17 juin 1789, la monarchie absolue est morte. Le triple appui des révolutions parisienne, municipale et rurale permet à la jeune souveraineté nationale de l'emporter sur la souveraineté monarchique. Du coup, l'Assemblée ne doit plus seulement affronter la Cour et l'hostilité royale. Elle doit aussi compter avec la surenchère démocratique et la violence que l'appui populaire introduit dans la Révolution.

Les événements se précipitent après le 17 juin 1789. Le 19, le clergé décide de se réunir au tiers, et on attend la réaction de l'entourage royal. Le 20, les députés du tiers trouvent la salle des Menus-Plaisirs, où ils se réunissaient, fermée au prétexte des préparatifs que nécessite la séance royale prévue pour le 22 et repoussée au 23. Ils se rendent alors, sous une pluie battante, au Jeu de paume où ils prêtent le célèbre serment. Toute la philosophie de la Révolution française est inscrite dans cet acte qui institue en une volonté collective unique ces volontés individuelles indépendantes, qui transfigure cette collection d'individus en une communauté fraternelle d'hommes libres et égaux. Après le refus des députés de se plier aux injonctions royales à l'issue de la séance du 23 juin, Louis XVI cède et ordonne le 27 à la noblesse et au clergé de se réunir à l'Assemblée nationale. Le 9 juillet 1789, celle-ci se déclare constituante.

L'épreuve de force s'engage alors. L'entourage de Louis XVI incline vers la répression. La Cour concentre des troupes autour de Versailles et Paris, et les Parisiens craignent qu'il soit porté atteinte à la nouvelle représentation nationale. Le 12 juillet, la nouvelle du renvoi de Necker et de la constitution du ministère Breteuil met les Parisiens en émoi. C'est dans ce climat de défiance qu'a lieu la prise de la Bastille par une foule parisienne qui recherche des armes afin de faire face aux troupes royales qu'on imagine prêtes à fondre sur la capitale. Avec cette victoire de la ville sur la Cour, la France se découvre un nouveau maître : Paris, dont le poids sur la destinée politique du pays va peser lourd tout au long de la Révolution, et dont le nouveau pouvoir municipal s'affirme au cours de l'été.

Necker rappelé, l'Assemblée constituante, rassurée sur son sort par la victoire des Parisiens, peut entreprendre de régénérer le royaume et commencer à rédiger la première Constitution écrite de l'histoire de France. En quelques semaines, c'est tout l'édifice de l'Ancien Régime qui est jeté à bas, non seulement la monarchie absolue, mais aussi le système social.

La deuxième quinzaine de juillet procure une nouvelle surprise aux Constituants, surprise qui va aussi les inquiéter : l'irruption massive et inattendue des paysans dans la Révolution. Un peu partout en province éclatent des violences antiseigneuriales. La connaissance des nouvelles parisiennes provoque aussi des réflexes de panique dans les campagnes en cette période de moisson. On en craint d'autant plus la destruction que la soudure se révèle difficile consécutivement à la mauvaise année qu'a été 1788, et qu'on imagine que les errants qui parcourent les routes sont des brigands à la solde des aristocrates avides de se venger sur le peuple des campagnes de leurs dernières déconvenues. C'est la « Grande Peur ».

À la fin du mois de juillet, alors qu'ils débattent de l'articulation de la Déclaration des droits avec la constitution, les députés reçoivent des informations alarmantes sur ce qui se passe en province. Le 4 août au soir, l'Assemblée discute des moyens de rétablir l'ordre dans les campagnes et de protéger les biens et les personnes. C'est alors qu'un cadet de la noblesse, le vicomte de Noailles, et l'un des plus riches propriétaires du royaume, le duc d'Aiguillon, interviennent et déplacent le débat. Il s'agit de faire un geste en direction des campagnes. Les députés répondent à ces circonstances en opérant l'une des plus fantastiques destructions qui soit : le vieil ordre juridique et social édifié par des siècles d'histoire, cette vieille société organique composée d'ordres, de corps, de communautés, hiérarchisés et définis par leurs privilèges, sont détruits en quelques heures dans l'enthousiasme général. Mais dès le lendemain, la rédaction et la mise en forme de ces mesures s'avèrent âpres, notamment quand il s'agit des dîmes ou de définir les droits seigneuriaux qui ne seront pas soumis au rachat. Enfin, le 11 août, le texte définitif du décret rédigé par Duport est adopté : l'Assemblée a entièrement détruit le régime féodal, mais pas uniquement puisque sont aussi abolies les annates, les dîmes, la vénalité des offices, les prérogatives des corps.

Le 26 août, avec la Déclaration des droits de l'homme et du citoyen, l'Assemblée complète et systématise ce qu'elle a entrepris les 17 juin et 4 août.

On peut regarder la nuit du 4 août et le vote de la Déclaration des droits de l'homme comme deux des principaux actes fondateurs de la France moderne. C'est en effet au cours de cet été que la Constituante réalise ce qui sera son œuvre la plus durable, ce qui survivra à la Révolution : la destruction de l'ancienne société et la recomposition de la nouvelle à partir d'individus libres et égaux en droits dans leur soumission à l'universalité de la loi. Les droits de l'homme que protège la loi énoncés, les députés retournent au débat constitutionnel. Alors que certains, les monarchiens, étaient favorables à l'institution de deux chambres partageant le pouvoir avec le roi sur le modèle anglais, la Constituante décide, au début du mois de septembre, de n'établir qu'une chambre unique et de n'accorder au roi qu'un veto suspensif sur les textes votés par cette Assemblée, c'est-à-dire la faculté de suspendre l'exécution d'une loi pendant la durée de deux législatures. La majorité de l'Assemblée a tranché : elle n'entend pas partager la souveraineté avec le roi. Loin de clore cet été torride comme une parenthèse révolutionnaire selon le souhait des monarchiens, elle persiste à l'ouvrir.

La résistance de Louis XVI, qui refuse de publier les décisions de l'Assemblée, et la crainte d'un complot aristocratique, qui a envahi depuis le début de l'été l'imaginaire politique des Parisiens, redoublent l'agitation dans la capitale. Dans la nuit du 5 au 6 octobre, le château de Versailles est investi par la foule parisienne qui contraint le roi à accepter les conquêtes de l'été et à s'installer aux Tuileries sous sa surveillance. Burke vit à juste titre dans ces journées la fin d'un âge. Paris a vaincu la Cour, et le roi, pris au piège révolutionnaire, bientôt otage de la grande ville, doit entériner les actes fondateurs du nouveau monde qui le dépossèdent.

L'Ancien Régime, lentement sédimenté au cours des siècles, s'est écroulé en un été où le temps s'est brusquement accéléré. Avec l'automne, la Constituante entreprend de refonder l'ensemble des institutions du royaume. Cette mise en place va révéler les divisions profondes séparant les Français qui avaient applaudi à la fin du régime seigneurial. La crise religieuse, ouverte dès le printemps 1790, le montre, et elle s'accentuera au cours des mois, traversant le pays entier.

Paris devient le centre de la vie politique. Après le roi et l'Assemblée, le Club breton se transporte à Paris et s'installe au couvent des Jacobins. Il existe dans la ville un foisonnement de cercles de réflexion et de clubs. Si certains sont élitistes, d'autres sont plus ouverts comme celui des Cordeliers créé en 1790. Ces clubs vont servir de piédestal à la carrière politique d'hommes, députés de peu d'audience au départ comme Robespierre, ou d'activistes locaux comme Danton ou Billaud-Varenne, qui sauront utiliser comme un tremplin et transformer en légitimité la nouvelle puissance politique que confère l'opinion publique. Les pamphlets et les journaux prolifèrent, contre-révolutionnaires ou démocrates, et les journalistes deviennent eux aussi des personnages de la vie politique. La Constituante est tout de suite inquiète d'avoir à siéger au milieu de cette puissance, foyer potentiel de troubles, susceptible à tout moment de se retourner contre elle. Elle cherche donc rapidement à se donner des moyens de contrôler le nouvel ordre public. Et le réaménagement de l'organisation municipale de Paris fait partie de la refonte générale des institutions: les 60 districts qui siégeaient de fait en permanence sont remplacés par 48 sections le 21 mai 1790. Mais l'administration municipale, la garde nationale, les différents quartiers et leurs militants seront autant de pouvoirs avec lesquels l'Assemblée devra composer.

Au-delà de l'agitation qui peut troubler la grande ville ou des émeutes rurales qui éclatent au cours de l'hiver dans le Centre et le Sud-Ouest, l'Assemblée et ses comités élaborent les grandes lois qui doivent encadrer la nation. La fiscalité, l'organisation judiciaire, l'armée sont réformées, mais surtout la Constituante remplace l'ancienne mosaïque administrative sur une base rationnelle: le territoire national est redécoupé en 83 départements divisés en districts et communes, tous pourvus d'administrations élues. Elle établit un corps électoral de 4 millions d'électeurs, excluant de la citoyenneté active les plus pauvres, les domestiques, les femmes. Les comédiens, les protestants, les juifs du Midi deviennent à leur tour rapidement citoyens. Mais si la distinction entre citoyenneté active et citoyenneté passive suscite des critiques, dans l'immédiat c'est surtout le seuil d'éligibilité qui provoque les plus vives controverses.

Si l'enthousiasme, que traduit le mouvement des fédérations qui s'amplifie dès janvier 1790 et culmine avec la fête de la Fédération le 14 juillet, est réel, l'unanimité n'est qu'une apparence. La concorde ne règne pas entre tous les Français. Des émeutes ont lieu un peu partout en province. Les paysans sont déçus par les modalités d'application des décrets abolissant les droits seigneuriaux. L'armée et les arsenaux sont désorganisés et des mutineries doivent être réprimées. Et des aristocrates complotent réellement. Mais c'est la question religieuse qui divise le plus profondément et le plus durablement le pays. L'Église gallicane ne pouvait subsister intacte dans cette entreprise de régénération du royaume, non seulement parce qu'elle était un corps, mais aussi parce qu'elle était trop profondément imbriquée dans le système politique de la monarchie absolue. Elle paye le déficit financier : le 2 novembre 1789, les biens ecclésiastiques sont mis à la disposition de la nation. Bientôt mis en vente, ils servent de gage aux assignats créés en décembre. Cela permettra, espère-t-on, de rendre leurs acheteurs solidaires de la Révolution. La contrainte financière et la logique politique poussent l'Assemblée constituante à des incursions incessantes dans le domaine religieux. Le 12 juillet, elle vote la constitution civile du clergé. Débattu alors que dans le sud de la France catholiques et protestants s'affrontent, alors que les territoires pontificaux sont en pleine guerre civile, et après que la Constituante a refusé par deux fois de proclamer que le catholicisme était la religion de l'État, le nouveau statut du clergé salarié soulève la réprobation d'une fraction importante des ecclésiastiques et de leurs fidèles. On reproche à l'Assemblée de s'être transformée en concile, aux députés d'être intervenus unilatéralement dans un domaine qui ne relevait pas de leur compétence. Le conflit entre la Révolution et la religion se noue tandis que l'épiscopat, pris entre l'intransigeance pontificale et les exigences de l'Assemblée, perd l'espoir de voir aboutir un compromis. Exaspérée par l'attitude de certains ecclésiastiques qui multiplient les libelles contre sa réforme et par ceux qui mobilisent les fidèles contre la Révolution, par les obstacles mis à l'exécution de la loi, la Constituante décide, le 27 novembre 1790, d'obliger les ecclésiastiques fonctionnaires publics, c'est-à-dire surtout ceux qui sont pris en compte dans la nouvelle organisation du clergé, à jurer fidélité à la constitution sous peine d'être déchus de leurs fonctions.

Les protestations contre la réforme du clergé entraînent l'Assemblée sur la pente de la contrainte. Bientôt deux clergés, l'un dit constitutionnel et l'autre réfractaire, se disputent l'audience des fidèles. L'installation de nouveaux prêtres provoque des troubles, notamment dans l'Ouest. En touchant l'ensemble du pays au niveau paroissial, le serment scinde la France en deux, et la géographie des clivages qu'il fait apparaître montre la profondeur de la crise dont il est le révélateur. En voulant réformer les abus qui grevaient l'organisa-

tion du clergé et en intervenant ainsi dans la sphère du religieux, la Constituante fournit à la contre-révolution les cadres, les troupes et le drapeau qui lui manquaient.
Si l'Assemblée constituante continue de maintenir une activité législative importante au cours du printemps 1791, c'est dans un climat politique qui s'alourdit. À l'extérieur des frontières, les émigrés commencent à s'organiser, à l'intérieur, les complots visant à restaurer l'autorité royale se manifestent. Et à Paris, à l'Assemblée, alors que la droite a déjà perdu toute légitimité à la parole, les divisions s'approfondissent au sein même de la majorité. Lorsque Mirabeau meurt, celle-ci est non seulement déchirée par les rivalités personnelles, mais elle subit aussi les attaques toujours plus acérées de sa gauche menée par Robespierre et Pétion, tandis que les clubs, de plus en plus critiques, se posent comme prêts à assurer une relève révolutionnaire. Et alors que certains souhaitent arrêter la Révolution en s'appuyant sur le pouvoir royal, Louis XVI décide de fuir, abandonnant le rôle superficiel que lui destine la nouvelle organisation du pouvoir. Il laisse ainsi les Constituants face à un vide qu'ils n'osaient pas affronter ouvertement. Un gouffre sépare le roi de la nation. Dans la nuit du 20 au 21 juin 1791, le roi, la reine et leurs enfants quittent clandestinement Paris pour gagner la frontière de l'Est. Reconnue à Sainte-Menehould par le maître de poste Drouet, l'équipée est arrêtée à Varennes le 21 au soir. Le 25, Paris assiste silencieux au retour de son roi, captif, ramené par les commissaires que l'Assemblée a envoyés auprès de lui. La rupture entre Louis XVI et la Révolution est éclatante.
L'idée de fuir n'était pas nouvelle dans l'entourage royal depuis que le souverain était contraint de résider à Paris après les journées d'octobre 1789. Mais Louis XVI hésitait, et il semble que ce soit l'incident du 18 avril 1791, lorsqu'il est empêché de se rendre à Saint-Cloud, qui l'ait convaincu. Quand l'Assemblée prend connaissance de sa fuite et du texte sans équivoque qu'il a laissé, c'est la consternation. Rien ne pouvait tomber plus mal pour la ligne politique que le «triumvirat» (Barnave, Duport et Lameth) cherche à faire adopter par l'Assemblée, même si la majorité se rallie à la fiction de l'enlèvement d'un roi abusé pour minimiser ce départ et fait comme si ce roi pouvait encore être un monarque constitutionnel pour sauver la Constitution.
Dès 1790, le «triumvirat» a pu mesurer le péril de la surenchère démocratique. À la mort de Mirabeau en 1791, Barnave et ses amis ont repris son ambition: terminer la Révolution, c'est-à-dire établir fermement la monarchie constitutionnelle. Mais ils n'ont pas les moyens de leur politique. Forts à l'Assemblée, encore qu'ils y soient battus à différentes reprises, ils se sont déconsidérés auprès de l'opinion en prônant l'exclusion des

citoyens passifs de la garde nationale et en défendant les droits des planteurs dans les débats sur les colonies où les Lameth ont des intérêts. Ils saisissent l'occasion de la fuite du roi pour faire avancer leur programme. Ils peuvent sauver la façade monarchique, mais cette victoire n'est qu'apparente car ils ont déjà perdu l'essentiel : l'incarnation de la légitimité révolutionnaire. Cette dernière a quitté l'Assemblée pour les clubs. Et ils commettent l'erreur de déserter le club des Jacobins sans parvenir à faire des Feuillants, leur nouveau club, un instrument de pouvoir. Ayant laissé ainsi la place libre à Robespierre pour conquérir l'opinion et n'étant pas rééligibles à la prochaine Assemblée, il ne leur échoit que le rôle de conseillers du prince, lucides, mais non écoutés, avant de disparaître de la scène politique l'année suivante.

Que faire du roi ? Que faire de ce roi ? La question se pose à la Constituante dès son retour à Paris, tandis que des voix réclament sa destitution. Le débat sur l'inviolabilité royale commence le 13 juillet 1791, et le 16, Louis XVI est suspendu de ses fonctions jusqu'à son acceptation de la Constitution. Il a révélé l'ampleur de sa séparation d'avec la nation. Par sa fuite, Louis XVI a signé la mort de la monarchie dans l'opinion.

Mais la fuite à Varennes a aussi fait voler en éclats l'unité de la Révolution. Les Jacobins se sont divisés, la garde nationale a ouvert le feu sur le peuple, et les républicains se déclarent. La révision de la Constitution occupe l'Assemblée durant tout le mois d'août tandis que commencent, à la fin du mois, les élections des prochains députés. Le 14 septembre, Louis XVI prête solennellement serment à la Constitution révisée : on en a détaché la constitution civile du clergé qui gênait tant le roi et on a supprimé le seuil d'éligibilité, le marc d'argent, pour augmenter le cens électoral. Mais ce raccommodage n'est que l'illusion d'un régime qui n'ose ouvertement se déclarer. D'ailleurs, une importante minorité de députés affirme à différents moments ne reconnaître aucune validité aux lois votées par l'Assemblée.

Inquiète de la contre-révolution, la Constituante commence à prendre des mesures contre les nobles émigrés, dont le départ prive l'armée de ses cadres et auxquels l'empereur et le roi de Prusse promettent un appui contre la France le 27 août. Mais inquiète aussi des débordements populaires, elle cherche, à la veille de se séparer, à museler les clubs et réorganise la garde nationale.

Le 1er octobre 1791, la Constitution entre en application. En fait, comme le montre la suite des événements, la Constituante a pu écrire des règles constitutionnelles, elle n'a toujours pas réglé la question du gouvernement de la France.

Au sein de la nouvelle Assemblée, la Législative, l'esprit de surenchère l'emporte rapidement dans des débats marqués par la pression parisienne. De son côté, la Cour joue la politique du pire. Comme la Révolution française est devenue une question européenne, la famille royale espère qu'une guerre lui permettrait de recouvrer sa puissance, tandis que Brissot et ses amis y voient un moyen d'accéder au pouvoir. Aucun ne prévoit que le bon accord du sentiment national et du sentiment révolutionnaire va précipiter la chute du trône.

Deux questions dominent la scène parlementaire cet automne 1791 : celle des prêtres réfractaires et celle des émigrés.

Le clergé réfractaire est régulièrement accusé d'être à l'origine de tous les troubles qui agitent la province et plus particulièrement l'Ouest. Aussi, après un débat où les députés qui sont aussi membres du clergé constitutionnel ne sont pas les derniers à réclamer des mesures rigoureuses qui les débarrasseraient de leurs concurrents directs, la Législative décrète-t-elle les prêtres insermentés suspects et les prive-t-elle de pension, décret auquel Louis XVI oppose son veto.

De même que la Révolution apparaissait comme un péril pour l'Europe des rois, l'Europe paraissait menacer la Révolution. L'épisode de la fuite à Varennes a ravivé l'idée du danger d'une invasion militaire, d'autant que l'émigration des officiers désorganise l'armée. La question des émigrés est, par ailleurs, envenimée par celle de l'indemnisation des princes allemands qui possédaient des droits féodaux en Alsace que la Révolution a supprimés. Brissot et son groupe y saisissent l'opportunité d'adopter un ton résolument belliciste leur conférant la popularité nécessaire pour accéder au ministère. Le 9 novembre 1791, les émigrés sont déclarés suspects de conjuration et sommés de rentrer. Là encore, Louis XVI oppose son veto. Le ton monte à l'égard de l'Électeur de Trèves, sur les territoires duquel s'agitent les émigrés, et que l'empereur Léopold II déclare protéger contre toute menace. Ce bellicisme rencontre un écho favorable dans l'opinion et fait le jeu de Brissot comme de La Fayette, qui espère pouvoir y retrouver matière à popularité pour regagner de l'autorité. La Cour, qui a favorisé l'élection d'un Jacobin à la mairie de Paris, Pétion, pour diviser ses adversaires, escompte aussi la guerre. Rares sont ceux qui s'y opposent, comme Robespierre qui suspecte la manœuvre.

Le 17 janvier 1792, Brissot propose de déclarer la guerre à l'empereur. Elle l'est le 20 avril, après l'entrée des brissotins au gouvernement. Les opérations militaires commencent mal. L'armée connaît une série de revers. Avec la défaite apparaît le spectre de la trahison, thème majeur de l'imaginaire révolutionnaire qui renforce la mobilisation des sections contre les Tuileries où siégerait un «Comité autrichien». Robespierre de son côté dénonce inlassablement l'ennemi de l'intérieur, qu'il voit partout, chez les généraux, chez les politiques. Motif récurrent qu'alimentent les insurrections dans les campagnes où l'agitation des ennemis de la Révolution, les prêtres au premier chef, rencontre les difficultés que soulève l'approvisionnement des populations.

Le 27 mai 1792, l'Assemblée décide la déportation des prêtres qui seraient dénoncés par 20 citoyens actifs, le 29, de licencier la garde du roi, et le 8 juin, de former à Paris un camp de fédérés appelés des provinces. Louis XVI, profondément heurté dans ses convictions religieuses, décide de ne pas céder, met son veto et renvoie les ministres brissotins. La réaction des sections ne se fait pas attendre. Le 20 juin, les Tuileries sont envahies par la foule. Louis XVI coiffe le bonnet rouge, trinque à la santé de la nation, mais refuse de revenir sur ses décisions.

Dès lors, la tension ne cesse de croître. La Fayette, qui était venu à Paris menacer l'Assemblée, doit piteusement regagner son commandement après s'être même fait éconduire par le roi. Sa mise en accusation et la suspension de Louis XVI sont en tête des revendications sans-culottes. Le 11 juillet, l'Assemblée proclame la patrie en danger.

La déchéance du roi est dans toutes les bouches. Cependant, face à la Commune de Paris et à Robespierre qui jette un pont entre les Jacobins et les sans-culottes, Brissot et ses amis esquissent à la fin du mois de juillet un rapprochement avec l'entourage royal, tout en continuant de déclamer contre la Cour. La connaissance à Paris du manifeste du duc de Brunswick qu'a rédigé un émigré et qui menace la ville de destruction met le feu aux poudres au début du mois d'août. L'émeute est cette fois bien préparée. Le château des Tuileries est pris d'assaut le 10 août, sa garnison suisse massacrée. La famille royale se réfugie à l'Assemblée législative. Le peuple s'est réapproprié sa souveraineté primitive. Louis XVI, suspendu par une Assemblée qui est elle-même l'otage de la rue, n'est plus que le prisonnier de guerre de la Commune insurrectionnelle.

1789

6 mai
Les députés du tiers état rebaptisent leur chambre chambre des communes et réclament la vérification en commun des pouvoirs des députés: certains se rendent auprès de la noblesse et du clergé pour les inviter à se réunir au tiers état.
Le Conseil du roi défend aux journaux de rendre compte des séances des États généraux: Mirabeau est particulièrement visé.

7 mai
Le *Journal des États généraux* de Mirabeau est saisi par ordre du gouvernement.

8 mai
Les Parisiens réclament la liberté de la presse.

10 mai
Mirabeau tourne l'interdiction de son journal par le gouvernement en publiant les *Lettres du comte de Mirabeau à ses commettants.*

11 mai
La chambre de la noblesse se déclare constituée et rejette la délibération en commun et le vote par tête au sein des États généraux par 141 voix contre 47.
À Paris, l'assemblée électorale du tiers état déclare non éligibles les ecclésiastiques, ainsi que les nobles qui ne sont pas électeurs.

12 mai
L'académicien Bailly est élu au premier tour député du tiers état de Paris.

BAILLY

Astronome célèbre pour ses publications, académicien, Jean-Sylvain Bailly (1736-1793) est le premier élu du tiers état de Paris. Président de l'Assemblée nationale du 17 juin au début du mois de juillet 1789, les événements du 14 en font aussi un maire de Paris. Pris dans les luttes municipales auxquelles il participe, ne jouissant plus d'aucune popularité après avoir proclamé la loi martiale le 17 juillet 1791 contre les manifestants du Champ-de-Mars, il quitte la mairie de Paris en novembre. Arrêté en septembre 1793, il sera exécuté le 12 novembre sur le théâtre de ses « crimes », la guillotine ayant été placée au Champ-de-Mars pour l'occasion.

13 mai
La noblesse députée continue de refuser de se réunir au tiers état.
À Paris, élection de l'avocat janséniste Camus.

14 mai
Le clergé propose de réunir des commissaires pris dans les trois ordres afin de se prononcer sur la réunion des ordres réclamée par le tiers état.

19 mai
Nomination de commissaires pour les conférences de conciliation entre les trois ordres aux États généraux.
Le gouvernement autorise les journaux à rendre compte des séances à condition de se borner aux faits sans commentaires.
Fin des élections des députés du tiers état à Paris: l'abbé Sieyès est élu député en dépit de la décision de l'assemblée électorale du 11.

20 mai
Le clergé, deux jours plus tard, comme la chambre de la noblesse, accepte le principe de l'égalité fiscale.

23 mai
Début des conférences de conciliation auxquelles s'opposent nombre de députés du tiers état, parmi lesquels Barnave, Mirabeau et Isaac-René-Guy Le Chapelier (1754-1794).

25 mai
La députation du tiers état de Paris vient prendre place aux États généraux.

27 mai
Le tiers état cherche à convaincre le clergé de se réunir à lui.

28 mai
Émeute à Rouen.

30 mai
L'abbé Claude Fauchet (1744-1793), l'un des plus fameux orateurs de l'époque, publie *De la Religion nationale.*

juin
L'abbé Grégoire, député de Nancy, dénonce la connivence des aristocrates du clergé et de la noblesse dans sa *Nouvelle Lettre d'un curé à ses confrères, députés aux États généraux,* dans le but de hâter la réunion des ordres.

Les curés font la Révolution

La chambre du clergé n'avait décidé de vérifier seule ses pouvoirs que par 133 voix contre 114. Encouragé par cette faible majorité, le tiers état redoublait de sollicitations envers le clergé, tandis que celui-ci temporisait et proposait les conférences de conciliation. Au sein de la chambre du clergé, quelques curés, avec en tête Anne Thibault (1747-1813), Jean-Louis Gouttes (1739-1794) et l'abbé Grégoire, appuyés par des prélats libéraux comme l'évêque de Chartres, Jean-Baptiste-Joseph de Lubersac (1740-1822), dont Sieyès était le collaborateur depuis 1775, bataillaient afin de convaincre la majorité de la délégation du clergé de rallier le tiers état. Le soir du 19 juin, après une journée de débats animés et quelques tractations, une faible majorité se dégage en faveur de la réunion au tiers état. Entre-temps, quelques curés avaient, dès le 12, commencé individuellement à rejoindre la nouvelle Assemblée nationale. Les curés ont fait la Révolution.

Cette alliance du bas clergé et du tiers état cimente la révolution constituante et contribue à donner une dimension religieuse à la Révolution. À travers le clergé patriote, la religion – mais laquelle? celle de l'Église ou celle des philosophes? – se trouve associée à la régénération du royaume. La réunion des ordres, espère-t-on, est maintenant placée sous le signe d'une concorde fraternelle – qui n'est d'ailleurs pas incompatible avec l'exclusion d'une aristocratie par essence hors de la société comme l'a démontré Sieyès. Cette présence de la religiosité s'incarne alors dans les Te Deum *encore célébrés aux débuts de la Révolution comme dans l'œcuménisme fraternel exprimé par les serments.*

Ce succès a pu advenir grâce à l'action énergique de ces curés comme Grégoire, Thibault ou Gouttes, auxquels on peut ajouter Pierre-Jérôme Chatizel (1733-1817) ou Jacques Jallet (1732-1791). Mais s'ils ont pu ainsi emporter la victoire au sein de la chambre du clergé, c'est parce qu'ils avaient mené inlassablement d'autres combats les années précédentes et pu mettre en échec en bien des endroits le monopole de la représentation du clergé par les prélats et riches abbés. Leur ferme campagne électorale n'a été que la dernière traduction de leur défense des droits du second ordre du clergé, du mouvement richériste – syndicaliste dirait-on aujourd'hui – qui agitait l'Église gallicane depuis la fin des années 1770.

L'abbé Grégoire est exemplaire de cette génération d'ecclésiastiques qui conçoivent l'Église comme une société fondée sur la diversité des fonctions plutôt que comme une stricte et exclusive hiérarchie.

Abbé Grégoire

Né dans le diocèse de Metz de parents modestes, Baptiste-Henri Grégoire (1750-1831) était depuis 1782 curé d'Emberménil. Profitant de ses loisirs pour se livrer à des activités littéraires orientées vers la philosophie et la philanthropie, il avait surtout développé auprès de ses paroissiens une action pastorale et pédagogique, s'intéressant à l'agriculture, à l'hygiène, au sort des juifs, très présents dans l'est de la France. Son élection aux États généraux a paradoxalement été favorisée par l'évêque de Nancy, La Fare, qui, jouant des divisions des ecclésiastiques de sa circonscription, préféra ce curé extérieur à son diocèse à l'un de ses vieux opposants.

Grégoire arrive à Versailles au début du mois de mai. Il y fait tout de suite la connaissance du député du tiers état de Rennes, le juriste Jean-Denis Lanjuinais (1753-1827), lui aussi de sensibilité janséniste, qui l'entraîne au Club breton dont Grégoire devient vite un assidu. Il publie dans la première semaine de juin sa Nouvelle Lettre d'un curé à ses confrères, députés aux États généraux. *Ce texte ne passe pas inaperçu. Il y dénonce la collusion du haut clergé avec la noblesse contre le tiers état et souligne que les curés sont à la fois la partie la plus nombreuse et la plus utile du clergé. La dotation des cures en biens-fonds sera d'ailleurs, comme chez Gouttes, l'une de ses constantes revendications à la Constituante à laquelle il ne manquera jamais de rappeler que les cahiers de doléances souhaitaient l'amélioration matérielle du sort du clergé paroissial. Grégoire publie sa brochure pour réfuter l'argument suivant lequel le tiers état menacerait la religion et qui sert à prévenir le ralliement du clergé. Il retourne l'argument en affirmant que si c'était le cas, ce serait une raison de plus pour mêler les ordres, la forte présence des curés au sein de la représentation dissipant alors cette menace. Son texte est surtout dirigé contre le haut clergé, et il souligne que si le principe de proportionnalité édicté par la monarchie pour la convocation des États généraux avait été réellement respecté, il devrait y avoir encore moins de prélats au sein de la députation du clergé. Il rappelle à ses confrères députés que ce n'est pas le tiers état qui a freiné l'augmentation des portions congrues, enlevé aux curés le droit de participer au gouvernement des diocèses, empêché les curés d'agir collectivement en justice et de se concerter, demandé leur amovibilité ou exigé l'approbation épiscopale pour exercer la prédication ou la confession…*

Grégoire rejoint le tiers état le 14 juin pour y présenter ses pouvoirs, alors qu'il y était prêt bien avant. Mais ses nouveaux amis du tiers état lui avaient demandé de rester dans la chambre du clergé où sa présence était jugée nécessaire pour entraîner le reste de l'ordre. Reste à voir comment ce pragmatique conciliera l'héritage des Lumières avec sa foi chrétienne.

3 juin
Bailly est élu doyen de la chambre des communes et est chargé de demander au roi de recevoir une délégation du tiers état.

4 juin
Mort du dauphin, Louis-Joseph-Xavier-François, âgé de 7 ans.
Louis XVI refuse de donner une date à Bailly pour recevoir la délégation du tiers état.

10 juin
Après avoir encore une fois invité le clergé et la noblesse à le rejoindre, le tiers état, poussé par Sieyès, décide de commencer seul la vérification des pouvoirs des élus.

12 juin
La chambre des communes commence l'appel des députés, tandis que la chambre de la noblesse supplie le roi de maintenir l'ancienne «constitution» du royaume. Au sein de la chambre du clergé, tandis que l'abbé Grégoire déclare vouloir rejoindre le tiers état, l'archevêque d'Aix, Boisgelin, condamne les décisions individuelles tant que la chambre n'a pas tranché.

13 juin
Trois curés poitevins, Jallet, René Lecesve (1733-1791) et Pierre Ballard (1728-1798), rejoignent la chambre des communes.

14 juin
L'abbé Grégoire et quelques curés rejoignent à leur tour le tiers état. D'autres suivront le 16.

17 juin
Le tiers état se constitue en Assemblée nationale, conformément aux vues de Sieyès. Avec cette proclamation, les députés du tiers état signifient qu'ils refusent la structuration traditionnelle en ordres de la société. Mais il s'agit surtout d'une véritable saisie de souveraineté: une nouvelle souveraineté, qui se déclare indépendante de toute volonté royale, vient concurrencer la vieille souveraineté monarchique. La monarchie absolue est morte.

19 juin
Après un scrutin serré (149 voix contre 137), le clergé décide de se réunir au tiers état. La noblesse demande au roi de maintenir la distinction des ordres.
Parution du premier numéro du *Point du jour*, journal du député du tiers état de Bigorre, Bertrand Barère de Vieuzac (1755-1841), qui retrace les débats de l'Assemblée nationale.
Le Conseil se réunit à Marly pour examiner un projet de déclaration royale rédigé par Necker: Marie-Antoinette et les deux frères du roi, le comte de Provence (futur Louis XVIII) et le comte d'Artois (futur Charles X), s'y opposent.

20 juin
Serment du Jeu de paume. Ayant trouvé la salle des séances close en vue de la préparer pour la prochaine séance royale, les députés se réunissent au Jeu de paume et font le serment, rédigé par Target et lu par Bailly, de ne pas se séparer avant d'avoir donné une constitution au royaume. Seul Joseph Martin Dauch (1741-1801), député du tiers état de Castelnaudary, s'oppose au serment. Aucun député de la noblesse ne le signe.
Necker propose à Louis XVI un plan comportant le vote par tête, deux chambres, un veto royal absolu, l'égalité fiscale et l'admissibilité de tous aux emplois.

22 juin
Le plan de Necker définitivement rejeté par le Conseil, la séance royale est remise au lendemain. L'Assemblée nationale se réunit dans l'église Saint-Louis de Versailles: 150 députés du clergé et 2 de la noblesse ont alors rejoint l'Assemblée.

23 juin
Séance royale: Louis XVI ordonne aux ordres de siéger séparément. La séance terminée, les députés du tiers état et une partie de ceux du clergé refusent de se plier aux ordres du roi et de quitter la salle. C'est là qu'au maître des cérémonies qui demandait aux députés d'exécuter les ordres du roi, Bailly répond: «La nation assemblée ne peut pas recevoir d'ordre», et Mirabeau: «Allez dire à ceux qui vous envoient que nous sommes ici par la volonté du peuple, et qu'on ne nous en arrachera que par la puissance des baïonnettes». Sieyès résume la situation en déclarant à ses collègues: «Vous êtes aujourd'hui ce que vous étiez hier», et Louis XVI, en apprenant le refus des députés du

tiers état de se disperser, n'a d'autre ressource que de les laisser siéger. L'Assemblée nationale décrète l'inviolabilité de ses membres. Le soir, Necker, qui n'a pas paru à la séance royale, donne sa démission qui est refusée par le roi.

24 juin
Motion de Mounier à l'Assemblée nationale demandant au roi d'éloigner les troupes de Versailles.

25 juin
47 députés de la noblesse rejoignent l'Assemblée nationale.
À Paris, Nicolas de Bonneville (1760-1828) propose la constitution d'une milice bourgeoise à l'assemblée des électeurs de la ville qui ne s'est pas séparée une fois les opérations électorales terminées.

26 juin
Louis XVI donne l'ordre de regrouper des troupes autour de Versailles et Paris. Le maréchal Victor de Broglie (1718-1804), chargé de les commander, arrive à Versailles le lendemain.

27 juin
Le roi demande au clergé et à la noblesse de se réunir au tiers état.

28 juin
À Paris, rébellion d'une partie des gardes françaises.

29 juin
L'Assemblée nationale charge l'imprimeur Baudouin d'établir un atelier affecté à ses travaux.

30 juin
Les Parisiens délivrent de la prison de l'Abbaye les gardes françaises qui y avaient été enfermés à la suite de leur rébellion deux jours plus tôt.

juillet
Jussieu: *Genera plantarum.*

2 juillet
Manifestation au Palais-Royal protestant contre la concentration de troupes qui s'effectue autour de Versailles et Paris.

3 juillet
Après le refus du duc d'Orléans, l'archevêque de Vienne, Jean-Georges Lefranc de Pompignan (1715-1790), est élu président de l'Assemblée nationale, succédant ainsi à Bailly.

4 juillet
Après un débat commencé la veille, l'Assemblée nationale admet les députés de Saint-Domingue.
Émeute à Fougères.

5 juillet
Parution du premier numéro du *Courrier* d'Antoine-Joseph Gorsas (1751-1793).
Marie-Joseph Chénier (1764-1811): *Dénonciation des inquisiteurs de la pensée.*

7 juillet
À l'Assemblée nationale, élection des 30 membres du comité de constitution dont la création a été décidée la veille: Mounier en est élu rapporteur. L'évêque d'Autun, Charles-Maurice de Talleyrand-Périgord (1754-1838), se prononce pour l'annulation des mandats impératifs, c'est-à-dire pour la disparition du lien d'étroite dépendance qui existait entre les députés et leurs commettants. En effet, traditionnellement, dans une société où la logique sociale ne reconnaissait d'existence aux individus qu'à travers les solidarités organiques de leurs appartenances, les députés aux États généraux ne faisaient qu'exprimer auprès du roi les vœux de groupes d'hommes ou de territoires, de communautés, dont ils étaient les mandataires: ils n'étaient que les porte-parole de ces commettants et ne devaient pas s'écarter des termes de leurs mandats; ils ne représentaient pas une nation, une et indivisible. Tirant les conséquences de la séance du 17 juin, certains députés entendent éliminer ce qui pourrait soumettre la volonté générale née de la réunion de l'Assemblée aux vœux particuliers d'une minorité de bailliages, et ils proposent l'annulation des mandats impératifs. Certains, comme Lally-Tollendal, souhaitent que l'Assemblée autorise les députés à solliciter de nouveaux pouvoirs auprès de leurs commettants, mais Barère souligne que l'Assemblée, dès lors qu'elle délibère sur l'intérêt général, peut lever d'elle-même les clauses impératives de ces mandats et Sieyès déclare qu'il n'y a pas même lieu de délibérer, la question étant tranchée depuis le 17 juin, depuis la constitution de l'Assemblée nationale. Le lendemain, l'Assemblée déclare ne pouvoir être empêchée par les protestations qu'émettraient des députés se réclamant de leur mandat. Les députés expriment ainsi clairement leur sortie de la tradition représentative de l'Ancien Régime.

8 juillet
Mirabeau dénonce les manœuvres militaires de la Cour.

LA CONSTITUANTE : 1789-1791

9 juillet
L'Assemblée nationale se déclare constituante.
Mirabeau lit un projet d'adresse au roi lui demandant l'éloignement des troupes.
Rapport de Mounier au nom du comité de constitution : la constitution sera précédée d'une déclaration qui ne devra être cependant publiée qu'une fois la première rédigée.

10 juillet
Louis XVI reçoit une députation de l'Assemblée nationale lui portant l'adresse de Mirabeau.
À Paris, Fauchet et Bonneville proposent la transformation de l'assemblée des électeurs de la ville en commune.

11 juillet
Necker est renvoyé par Louis XVI et remplacé par Breteuil. Le maréchal de Broglie devient secrétaire d'État à la Guerre à la place de Puységur. Montmorin (Affaires étrangères), Guignard de Saint-Priest et le comte de La Luzerne vont quitter le gouvernement.
L'assemblée des électeurs de Paris demande la création d'une garde bourgeoise.
Émeute à Rouen.

12 juillet
Paris ayant appris le renvoi de Necker, l'agitation se développe au Palais-Royal où les orateurs improvisés comme Camille Desmoulins (1760-1794) haranguent la foule. Les premières manifestations, où sont portés en triomphe les bustes de Necker et du duc d'Orléans, se déroulent vers midi. Le commandant de la place de Paris, le baron de Besenval (1721-1791), masse ses troupes sur les Champs-Élysées, puis donne l'ordre au prince de Lambesc, Charles-Eugène de Lorraine (1751-1825), de charger dans les jardins des Tuileries afin de disperser les manifestants. Les troupes se replient en fin de journée.

13 juillet
Incendie de 40 des 54 barrières d'octroi de Paris dans la nuit et pillage du couvent Saint-Lazare au petit matin. L'assemblée des électeurs de Paris forme un comité permanent et constitue une milice bourgeoise. Les armes du Garde-Meuble sont pillées. L'Assemblée nationale constituante se déclare en permanence et demande au roi l'éloignement des troupes et le rappel des ministres renvoyés.
Necker arrive à Bruxelles.

14 juillet
Les Parisiens, à la recherche d'armes, envahissent l'hôtel des Invalides et se tournent vers la Bastille. Là, les pourparlers entre les assiégeants et le gouverneur de la prison, Bernard-René-Jordan de Launay (1740-1789), se succèdent. Après plusieurs heures de négociations, arrivent devant la Bastille des gardes françaises accompagnées de canons pris aux Invalides. Launay capitule à 17 h et est massacré une heure plus tard. Flesselles, prévôt des marchands de Paris depuis trois mois, subit le même sort. Besenval se replie avec ses troupes sur Saint-Cloud.
À l'Assemblée constituante, élection d'un nouveau comité de constitution composé de Mounier, Sieyès, Talleyrand, Stanislas de Clermont-Tonnerre (1757-1792), Lally-Tollendal, l'archevêque de Bordeaux Jérôme-Marie Champion de Cicé (1735-1810), Le Chapelier et Bergasse.

15 juillet
Bailly est proclamé maire de Paris et La Fayette commandant de la garde nationale de Paris.
Louis XVI annonce à l'Assemblée constituante le retrait des troupes.
Te Deum d'action de grâce le soir à Notre-Dame de Paris.

16 juillet
Sur les conseils du comte de Provence et malgré ceux du comte d'Artois, ses frères, Louis XVI renonce à gagner Metz pour se mettre sous la protection de l'armée et rappelle Necker tandis que le ministère démissionne.
L'assemblée des électeurs de Paris décide la démolition de la Bastille.

17 juillet
Louis XVI se rend à Paris où il est reçu à l'Hôtel de Ville par Bailly et La Fayette qui lui font arborer la nouvelle cocarde tricolore.
Camille Desmoulins diffuse sa brochure *La France libre*.

18 juillet
Dans la nuit du 17 au 18, premiers départs pour l'émigration : le comte d'Artois, le prince de Condé, Breteuil, Broglie, les Polignac.
Parution du premier numéro des *Révolutions de Paris*, journal dont le jeune avocat Élisée Loustalot (1762-1790) est le principal rédacteur.
Début des insurrections paysannes contre les châteaux.

19 juillet
Émeutes à Rennes et au Mans.
Création d'une milice bourgeoise à Angers.

20 juillet
Début de la Grande Peur.

La Grande Peur

Le processus de consultation qui prélude à la réunion des États généraux a soulevé les paysans contre l'injustice du prélèvement seigneurial, même s'ils ont souvent été écartés de la rédaction proprement dite des cahiers de doléances et des derniers actes de la procédure électorale. La mauvaise récolte de 1788, la crainte de la soudure ont provoqué un peu partout des émeutes frumentaires dont les privilégiés sont la cible dès le mois de mars. Les nouvelles de la révolution parisienne et les révolutions municipales alimentent la mobilisation antiseigneuriale dans les campagnes et on s'attaque aux châteaux, aux abbayes, on en brûle les terriers ou les archives. Cette violence rencontre la peur, celle des errants que la crise économique a propagés sur les routes, celle de la contre-révolution, qui se répand quand on apprend la prise de la Bastille et qu'on craint la revanche des privilégiés. Cette peur est multiforme et se diffuse à partir d'épicentres indépendants. Mais elle soude le sentiment antiseigneurial et marque l'entrée massive des paysans dans la politique révolutionnaire.

Lally-Tollendal demande à l'Assemblée constituante d'appeler le peuple au respect de l'ordre.

21 juillet
Émeutes à Lille, Strasbourg et Cherbourg.

22 juillet
À Paris, massacres du conseiller d'État Joseph Foullon de Doué (1715-1789) et de l'intendant Louis-Bénigne-François Bertier de Sauvigny (1737-1789). La municipalité de Paris arrête le baron de Besenval.

23 juillet
Émeute au Mans.

24 juillet
L'assemblée des districts de Paris s'arroge l'administration municipale.

25 juillet
Émeute à Colmar.

26 juillet
Des troubles paysans prennent de l'importance dans le Mâconnais.

27 juillet
Au nom du comité de constitution, Clermont-Tonnerre présente à l'Assemblée constituante les vœux des cahiers de doléances.

28 juillet
Création du comité des rapports, chargé de trier le courrier que reçoit l'Assemblée constituante et de l'en informer, et du comité des recherches, chargé de recueillir les renseignements intéressant la sûreté de l'État.
Premier numéro du *Patriote français*, journal de Brissot.

29 juillet
L'Assemblée constituante adopte son règlement et décide que ses votes se feront à la majorité simple.
Répression des troubles paysans près de Cluny par la milice bourgeoise.

30 juillet
Necker, arrivé la veille à Versailles, est triomphalement reçu à l'Hôtel de Ville de Paris.

août
Mounier publie à la fin du mois ses *Considérations sur les gouvernements, et en particulier sur celui qui convient à la France*, qui est en quelque sorte le manifeste des monarchiens.
Exposition au Salon du tableau de David *Les Licteurs portant à Brutus les corps de ses fils.*

1er août
L'Assemblée constituante débat pour savoir si la constitution sera précédée d'une Déclaration des droits de l'homme.
La garde nationale de Lons-le-Saunier propose de former une ligue contre les ennemis de la nation.
Émeute à Lyon.

2 août
Le député du tiers état d'Orléans Guillaume-Anne Salomon de La Saugerie (1743-1795) demande à l'Assemblée constituante de réprimer les émeutes paysannes.

3 août
Le peuple, qui réclame du pain, massacre à Saint-Denis le lieutenant de maire, Châtel.
Troubles à Rouen qui durent deux jours.

4 août
Remaniement du ministère : Necker et Montmorin restent en place ; Louis XVI nomme l'archevêque de Bordeaux Champion de Cicé garde des Sceaux, après un refus de Malesherbes, l'archevêque de Vienne Lefranc de Pompignan ministre d'État, Saint-Priest à l'Intérieur et Jean-Frédéric de La Tour du Pin-Gouvernet (1727-1794) à la Guerre ; le comte de La Luzerne retrouve la Marine et le maréchal de Beauvau est nommé ministre sans portefeuille.
L'Assemblée constituante repousse une proposition de Camus qui voulait voir précéder la déclaration des droits d'une déclaration des devoirs. Contre l'avis de Pierre-Victor Malouet (1740-1814), elle décide que la déclaration des droits précédera la constitution.
Au cours d'une séance nocturne, après les motions du vicomte de Noailles (1756-1804) et du duc d'Aiguillon (1761-1800), l'Assemblée constituante détruit le « régime féodal » : c'est la nuit du 4 août. Au petit matin, Louis XVI est proclamé le « restaurateur » de la liberté.

5 août
Service funèbre à Paris en l'honneur des citoyens tués lors du siège de la Bastille, dont Fauchet prononce l'oraison.
Émeute à Bayeux.

6 août
À l'Assemblée constituante, François Buzot (1760-1794) déclare que les biens ecclésiastiques appartiennent à la nation.

7 août
Necker réclame un emprunt de 30 millions décrété le 9 par l'Assemblée, emprunt qui n'aura aucun succès auprès du public.
Jean-Paul Marat (1743-1793) : *Projet dévoilé d'endormir le peuple.*

8 août
À l'Assemblée constituante, Benjamin-Éléonor-Louis Frotier de La Coste de Messelère (1760-1806) propose le pensionnement du clergé et la suppression des ordres monastiques.

9 août
L'Assemblée constituante décrète que les officiers et soldats devront prêter un serment de fidélité à la nation, au roi et à la loi.
Débat sur les dîmes ecclésiastiques : Sieyès se déclare partisan du rachat des dîmes tandis que l'avocat Charles-Antoine Chasset (1745-1824) réclame leur suppression ; l'abbé Gouttes demande une dotation des curés en biens-fonds tandis que Mirabeau prône le salariat du clergé.

11 août
Décret récapitulant les décisions prises depuis la nuit du 4 août : « L'Assemblée détruit entièrement le régime féodal. » Sont abolis : les droits féodaux et censuels, les droits de mainmorte et de servitude personnelle, les droits de chasse et de colombier, les justices seigneuriales, les dîmes ecclésiastiques, les annates, les rentes foncières perpétuelles en argent ou en nature, la vénalité des offices de judicature et municipaux, les droits casuels. Le principe de l'admission de tous à tous les emplois est décrété.

12 août
Création du comité ecclésiastique de l'Assemblée constituante.

13 août
L'Assemblée constituante se rend en corps chez le roi pour lui porter les décrets du 4 août.
Arrestation de Marat.

17 août
Début du débat sur la Déclaration des droits de l'homme.
Émeute à Besançon.

18 août
Après avoir lu son projet la veille, Mirabeau propose à l'Assemblée constituante de renvoyer la question de la Déclaration des droits de l'homme à la fin de l'élaboration de la constitution.

19 août
Lally-Tollendal propose d'organiser l'Assemblée en deux chambres. L'Assemblée constituante décide de discuter le projet de Déclaration des droits de l'homme élaboré par son sixième bureau.
Troubles à Marseille.

20 août
Vote du préambule et des premiers articles de la Déclaration des droits de l'homme et du citoyen : « les hommes naissent et démeurent libres et égaux en droits » (art. 1), « le principe de toute souveraineté réside essentiellement dans la Nation » (art. 3), « la liberté consiste à pouvoir faire tout ce qui ne nuit pas à autrui » dans les bornes déterminées par la loi (art. 4), « la loi est l'expression de la volonté générale » (art. 6).
Fondation de la Société correspondante des colons français qui défend les intérêts de ceux-ci.

22 août
Dans le débat sur la Déclaration des droits de l'homme, Mirabeau plaide sans réserve en faveur d'une liberté religieuse complète.

23 août
Après une discussion très houleuse, l'Assemblée constituante décide que « nul ne doit être inquiété pour ses opinions, même religieuses, pourvu que leur manifestation ne trouble pas l'ordre public établi par la loi ».

24 août
Proclamation de la liberté de la presse.
Premier numéro de *La Chronique de Paris* à laquelle participe Condorcet.

25 août
Troubles frumentaires à Paris.

26 août
Adoption du texte définitif des 17 articles de la Déclaration des droits de l'homme et du citoyen.

La Déclaration des droits de l'homme et du citoyen

Avec cette Déclaration, l'Assemblée complète et systématise ce qu'elle a entrepris les 17 juin et 4 août, c'est-à-dire le coup de force par lequel elle s'est emparée de la souveraineté et la destruction de la vieille société de corps fondée sur la cascade communautaire des privilèges. Avec solennité, elle énonce les droits imprescriptibles que possède l'individu en société et que la loi va garantir.
Une fois le principe d'une déclaration des droits précédant la constitution acquis en juillet et celui d'une déclaration des devoirs repoussé le 4 août, l'Assemblée décide le 19 août de travailler à partir du texte collectif élaboré par l'un de ses bureaux, le sixième, alors que les projets individuels fleurissent. Une semaine de débats lui suffit pour poser les maximes de ce code universel.
Les 20 et 21 août, le préambule et les six premiers articles sont rédigés : l'Assemblée constituante y affirme avec force la souveraineté de la nation et le légicentrisme. La loi, expression de la volonté générale, protège les droits de tous les citoyens également.
Le 22 août voit définir les garanties judiciaires. Du 22 au 24 ont lieu les discussions les plus animées, celles sur la liberté d'opinion et la liberté de la presse qui remettent en cause le monopole religieux du catholicisme. Au cours de ce débat se fait, selon le député Adrien Duquesnoy (1759-1808), le partage topographique entre la gauche et la droite. Alors que pendant la discussion des articles précédents, les formulations légicentristes avaient permis aux députés de trouver un terrain d'accord masquant leurs divergences, là, deux opinions contradictoires se heurtent. Et la rédaction finale de l'article 10 (« Nul ne peut être inquiété pour ses opinions, même religieuses, pourvu que leur manifestation ne trouble pas l'ordre public établi par la loi ») suscite les critiques des uns et des autres, de ceux qui souhaitent une liberté d'opinion et de culte indéfinie comme de ceux qui veulent en restreindre la manifestation pour conserver au catholicisme son statut dominant. Les deux camps ne convergent finalement, comme l'a remarqué Stanislas de Clermont-Tonnerre, qu'en se gardant de lever les ambiguïtés de la formulation adoptée.
Le 26 août, enfin, les députés, pressés d'en finir, votent les derniers articles parmi lesquels est ajouté in extremis *le 17e garantissant la propriété.*
Ce texte abstrait, dont Sieyès a souligné à l'Assemblée les difficultés, a révélé bien des fractures parmi les hommes de 1789. Malgré l'intention proclamée d'élaborer un texte de portée universelle, c'est largement le contexte, les circonstances mêmes de son élaboration qui commandent son abstraction et sa radicalité. Les Constituants devaient légitimer leur nouveau pouvoir sans heurter trop directement le séculaire pouvoir monarchique avant de rédiger la première constitution écrite de l'histoire de France, d'où leur détour par l'abstraction juridique du droit naturel pour contourner une histoire qu'ils réprouvaient.
L'économie du texte est celle de l'incomplétude, son cœur, le lieu des tensions constitutives de la démocratie : celles entre souveraineté et individu-citoyen, entre public et privé, entre une égalité juridique affirmée et une inégalité sociale perpétuellement renaissante.

27 août
Après l'échec de l'emprunt lancé le 9 août, Necker propose un nouvel emprunt de 80 millions à 5 %.

29 août
Après un rapport de Mounier la veille, séance tumultueuse à l'Assemblée constituante sur les principes de la constitution.
Décret sur la liberté de circulation des grains, sauf à l'exportation.
Parution du premier numéro du *Journal des débats*.

30 août
À Paris, agitation au Palais-Royal contre l'idée d'un droit de veto royal: le marquis de Saint-Huruge (1750-1810) tente d'entraîner les Parisiens à marcher sur Versailles.
Un arrêté municipal confirme la division de Paris en 60 districts et confie leur administration à un comité élu dans chacun.

31 août
À l'Assemblée, Malouet et Lally-Tollendal défendent la division du pouvoir législatif en deux chambres et la possibilité d'un droit de veto pour le roi.
À Paris, sermon de l'abbé Fauchet sur la liberté devant les districts réunis du faubourg Saint-Antoine.

septembre
Condorcet: *Sur la nécessité de faire ratifier la constitution par les citoyens, et sur la formation des communautés de campagnes.*
Desmoulins: *Discours de la lanterne aux Parisiens.*

1er septembre
Mirabeau soutient le droit de veto absolu du roi, c'est-à-dire la possibilité pour le roi de refuser de promulguer les lois de l'Assemblée, alors que Pétion se prononce pour un veto suspensif. Rabaut Saint-Étienne demande qu'on discute d'abord la question de la division du pouvoir législatif en deux chambres.

2 septembre
À l'Assemblée constituante, Barnave s'affirme favorable à un veto suspensif.
Arrestation de Saint-Huruge à Paris en vertu d'un arrêté, pris la veille, de la municipalité contre les attroupements.

4 septembre
Rapport de Mounier à l'Assemblée constituante favorable à la division du pouvoir législatif en deux chambres et à la nécessité de la sanction royale aux lois.

5 septembre
Louis XVI demande à l'épiscopat des prières publiques afin que le royaume retrouve son calme.

7 septembre
L'Assemblée constituante clôt le débat sur le veto. La séance est interrompue par une délégation de femmes d'artistes qui viennent déposer leurs bijoux à l'Assemblée.

9 septembre
Au cours d'une séance agitée, l'évêque de Langres, un monarchien, La Luzerne, démissionne de la présidence de l'Assemblée constituante, fonction à laquelle il avait été élu le 31 août.
Le maire de Troyes est massacré par la foule.

10 septembre
L'Assemblée constituante rejette l'institution d'une seconde chambre par 849 voix contre 89 et 122 abstentions: les monarchiens sont battus.

Les monarchiens

Comme Saturne, la Révolution dévore ses enfants, dit-on. Mais elle a aussi dévoré ses parents: les monarchiens, comme on appelle cette nébuleuse d'individualités articulée autour de Mounier et Malouet. Ils comptent parmi eux quelques-unes des grandes figures de la Constituante.
Au sein du tiers état, Jean-Joseph Mounier (1758-1806), tout d'abord. Il a été le symbole du combat contre l'absolutisme, l'inspirateur de la révolte du Dauphiné contre les édits de Loménie de Brienne et de Lamoignon, le champion du doublement de la représentation du tiers état, de la délibération en commun des ordres et du vote par tête. Mais cette révolution faite, dès l'été il est déjà dépassé par la révolution qui continue. Pierre-Victor Malouet (1740-1814), élu par acclamation à l'unanimité par le tiers état de Riom, était un ancien intendant de la Marine. Ce grand serviteur de l'État se rapproche de Mounier au cours de l'été sous l'effet des vues constitutionnelles qu'ils ont en commun. L'avocat Nicolas Bergasse (1750-1832), qui a troqué le mesmérisme pour la politique, est célèbre quand survient 1789, mais sa gloire ne dépassera pas cette année-là.
Chez les nobles, il faut mentionner Trophime-Gérard de Lally-Tollendal (1751-1830), orateur à la sensibilité exacerbée qui s'est battu des années durant afin d'obtenir la réhabilitation de son père, l'ancien vice-roi des Indes exécuté en 1766. Stanislas de Clermont-Tonnerre (1757-1810), futur fondateur de la Société des amis de la Constitution monarchique, et l'une des plus profondes intelligences de l'Assemblée constituante, qui périra massacré par la foule l'été 1792. François-Henri de Virieu (1754-1793), l'un des plus tenaces défenseurs de l'autorité royale à la Constituante, qui meurt au cours du siège de Lyon, tué par les républicains.
Enfin, à ces personnalités, il faut adjoindre certains de ces prélats libéraux de la fin du XVIIIe siècle qui sont aussi de remarquables administrateurs.

Jérôme-Marie Champion de Cicé (1735-1810), l'archevêque de Bordeaux, nommé garde des Sceaux le 4 août 1789 et que les émigrés tiendront en ostracisme à Londres pour avoir poussé Louis XVI à accepter la constitution civile du clergé. César-Guillaume de La Luzerne (1738-1822), évêque de Langres, qui a participé à la campagne pour accorder l'état civil aux protestants et qui est le frère du ministre de la Marine et un neveu de Malesherbes. Enfin, Jean-de-Dieu-Raymond de Boisgelin de Cucé (1732-1804), archevêque d'Aix et président des états de Provence, issu d'une vieille famille bretonne de la noblesse d'épée passée à la robe à la fin du XVIe *siècle. Il sera tout au long de la législature le porte-parole de l'Église gallicane, prêchant, en vieux routier de l'administration d'Ancien Régime, la concertation auprès des députés et l'acceptation de la nouvelle constitution du côté du roi. Ces trois prélats sont d'autre part unis entre eux par des liens d'amitié de longue date qu'ils partagent avec Loménie de Brienne, ainsi que par leur expérience commune confirmée des affaires administratives.*

Ces hommes, hormis les prélats qui forment un petit groupe homogène, n'appartiennent pas au même monde. Mais au-delà de leurs différences sociales – et aussi de leurs divergences d'opinion –, ils ont en partage les mêmes idées. Enfants des Lumières, ils sont les héritiers de l'esprit réformateur du siècle, les partisans d'une monarchie éclairée et modernisatrice, tolérante et réformiste, qui consacrerait la liberté dans une constitution à l'anglaise en mariant le progrès civilisateur à l'héritage du passé national. Favorables à une cosouveraineté du roi avec un parlement divisé en deux chambres, ils cimentent contre eux l'hostilité d'une droite, qui ne leur pardonne pas de prôner un équilibre constitutionnel à la Montesquieu, et d'une gauche, qui les accuse vivement d'élitisme aristocratique. Si l'on ajoute à cela que l'heure d'une réforme par le haut est passée, on comprend qu'ils soient battus à plate couture sur leurs deux idées constitutionnelles maîtresses : l'institution d'une deuxième chambre et d'un droit de veto absolu pour le roi. Ils croient la révolution finie quand elle commence à peine pour leurs adversaires. Ce qu'ils appellent la révolution n'est qu'un prélude. Ils apparaissent tout de suite désuets au milieu de l'esprit qui préside à la formation du nouveau monde sur les débris de l'ancien comme l'illustre cruellement ce mot rapporté sur Malouet : « Il répandait l'odeur ministérielle. » Balayés par leur échec de septembre 1789, ils commettent l'erreur d'abandonner le seul terrain qu'ils occupent, le comité de constitution de l'Assemblée constituante, laissant libre champ aux Thouret, Target et autres Sieyès. Découragés, certains quittent l'Assemblée et émigrent, comme Mounier, Lally-Tollendal ou La Luzerne, tandis que d'autres tenteront vaillamment de résister au mouvement, comme Malouet, Clermont-Tonnerre, Virieu ou Boisgelin.

Témoins d'une génération disparue, ceux qui survivront à la Révolution auront cependant la chance de voir leurs idées, pour partie, réinvestir la politique française au XIXe *siècle.*

11 septembre

L'Assemblée constituante accorde au roi un droit de veto suspensif, c'est-à-dire le droit de refuser la promulgation d'une loi pendant la durée de deux législatures (soit deux fois quatre ans), par 673 voix contre 325 et 11 abstentions.

12 septembre

Renouvellement du comité de constitution qui se compose dorénavant de Sieyès, Jacques-Guillaume Thouret (1746-1794), Target, Talleyrand, Démeunier, Rabaut Saint-Étienne, François-Denis Tronchet (1726-1806) et Le Chapelier.

Émeute à Orléans.

13 septembre

Émeute à Versailles.

Pie VI écrit à Louis XVI qu'il souhaite éviter une rupture avec la France.

14 septembre

L'Assemblée constituante décide que son président présentera immédiatement à la sanction royale les décrets des 4-11 août.

16 septembre

Marat intitule *L'Ami du peuple* le journal dont il commence la publication ce mois.

MARAT

Jean-Paul Marat (1743-1793) est né en Suisse de parents calvinistes et effectue plusieurs séjours en Angleterre avant de s'installer en France. Médecin dont les travaux ne reçoivent pas la reconnaissance intellectuelle à laquelle il croyait avoir droit, il est néanmoins nommé médecin des gardes du corps du comte d'Artois en 1777. La Révolution lui permet d'inventer le rôle auquel son caractère, encore aigri par la maladie de peau qui le rongeait, le destinait : le journaliste qui dénonce auprès de l'opinion les dangers qui la menacent. Pour cela, il s'identifie avec son journal, L'Ami du peuple. *Il est l'Ami du peuple, son quasi seul ami même. Or ce peuple, endormi et trompé, il faut lui ouvrir les yeux. Et pour Marat, la véritable contre-révolution est là, dans le sommeil du peuple plus encore que chez les contre-révolutionnaires eux-mêmes : en cela, il tient tout de suite le langage de la Terreur. Il dénonce ainsi perpétuellement une révolution jamais gagnée, jamais terminée, toujours menacée. Aussi, plus encore qu'un prédicateur révolutionnaire, est-il un prophète de malheur. Député de Paris à la Convention, Marat, peu après avoir obtenu l'élimination des Girondins, devient un « martyr de la liberté » grâce au couteau de Charlotte Corday qui l'assassine dans sa baignoire le 13 juillet 1793.*

17 septembre
L'Assemblée constituante décrète l'inviolabilité de la personne royale.
Insurrection dans l'île de la Martinique.

18 septembre
Observations critiques du roi sur les décrets des 4-11 août dont Le Chapelier et Mirabeau réclament la promulgation immédiate.
Motion de Volney demandant l'élection d'une nouvelle « représentation véritablement nationale ».

19 septembre
L'Assemblée constituante décrète que son président ira redemander au roi la promulgation des décrets des 4-11 août.
Les districts parisiens élisent une nouvelle assemblée municipale.

21 septembre
Louis XVI accepte la publication, mais non la promulgation (il entend réserver celle-ci aux lois revêtues des formes qui en procurent l'exécution, c'est-à-dire sanctionnées par le roi), des décrets des 4-11 août.

22 septembre
Adoption du premier article de la Constitution : « Le gouvernement français est monarchique : il n'y a point en France d'autorité supérieure à la loi ; le roi ne règne que par elle, et ce n'est qu'en vertu des lois qu'il peut exiger l'obéissance. »
Première représentation au théâtre de la Nation (nom pris par la Comédie-Française depuis juillet 1789) de la comédie de Sedaine, *Raymond V, comte de Toulouse.*

23 septembre
L'Assemblée constituante décrète que, tout pouvoir émanant de la nation, le pouvoir législatif réside essentiellement dans l'Assemblée et le pouvoir exécutif dans les mains du roi.
Décret sur la gabelle : elle sera supprimée sitôt son remplacement concerté avec les assemblées provinciales.

24 septembre
Necker dresse à l'Assemblée constituante un tableau inquiétant de la situation financière du royaume et propose une contribution égalant le quart des revenus. Le 26, l'Assemblée accepte les propositions de Necker et décide aussi que les impôts continueront d'être perçus.

27 septembre
Nouveau sermon de Fauchet sur la liberté.

28 septembre
Abolition des droits de franc-fief.
Comparution de Marat, dénoncé le 25, devant la municipalité parisienne.

29 septembre
Rapport de Thouret sur la division administrative du royaume.
Suite à une proposition de l'archevêque de Paris, Leclerc de Juigné, formulée le 26, l'Assemblée constituante vote un décret invitant les ecclésiastiques à porter l'argenterie des églises dans les hôtels des monnaies.
Rapports de Bon-Albert Briois de Beaumetz (1755-1801) et de Thouret sur la réforme de la législation criminelle.

octobre
Condorcet : *Sur la forme des élections.*

1er octobre
Banquet offert par les gardes du corps aux officiers du régiment de Flandre, arrivé à Versailles le 23 septembre, dans la salle de l'opéra du château où la famille royale est acclamée et la cocarde tricolore foulée aux pieds.
Parution du premier numéro de la *Gazette de Paris* animée par le royaliste Farmian Du Rozoi (1742-1792).

2 octobre
La Déclaration des droits de l'homme et les premiers articles de la Constitution sont présentés à Louis XVI.

3 octobre
L'Assemblée constituante autorise le prêt à intérêt.
Le journaliste Gorsas dénonce le banquet du 1er et les préparatifs militaires de la Cour.
Premier numéro des *Annales patriotiques et littéraires* de Jean-Louis Carra et Louis-Sébastien Mercier.

4 octobre
Les journaux parisiens dénoncent le complot aristocratique ourdi par la Cour.

5-6 octobre
Une foule de femmes parties de Paris et réclamant du pain arrive à Versailles en fin d'après-midi. Elles sont suivies par un second cortège de manifestants qu'accompagne La Fayette bon gré mal gré.
Après avoir reçu plusieurs délégations de manifestants et de l'Assemblée nationale dans la nuit du 5 au 6, Louis XVI accepte les décrets qu'il avait refusés jusque-là. Mais le château est envahi par la foule qui se heurte aux gardes du corps et en massacre quelques-uns pour tenter de pénétrer dans les appartements royaux. Menacée, la famille royale cède à la foule qui veut la ramener à Paris où elle sera contrainte de s'installer dans le château des Tuileries. Prisonnière des Parisiens, la famille royale ne pardonnera jamais cette humiliation d'avoir été ramenée à Paris entourée d'un cortège de piques à La Fayette, incapable de contrôler les événements mais qu'elle suspecte surtout d'attiser le feu pour se rendre indispensable. L'Assemblée constituante se déclare inséparable du roi; elle ira s'installer à Paris peu après.

7 octobre
Lally-Tollendal émigre pour la Suisse.

8 octobre
Marat est décrété de prise de corps par le tribunal du Châtelet.

9 octobre
L'Assemblée constituante décide qu'elle n'accordera plus de passeports qu'aux députés qui en exposeront les motifs devant elle.
Motion de Joseph-Ignace Guillotin (1738-1814) demandant l'uniformisation de la peine de mort: les condamnés auront la tête tranchée.

10 octobre
À l'Assemblée constituante, l'évêque d'Autun, Talleyrand, propose la remise des rentes et biens du clergé à la nation. L'Assemblée commencera à débattre sur la question de la propriété des biens ecclésiastiques à partir du 13.
L'Assemblée constituante décrète que Louis XVI sera appelé le roi des Français.
Malouet incrimine la presse parisienne et demande que la municipalité sévisse contre les attroupements.
Louis XVI nomme La Fayette commandant militaire de la place de Paris.
Mounier quitte l'Assemblée constituante pour rejoindre le Dauphiné.

12 octobre
Dans une lettre au roi d'Espagne Charles IV, Louis XVI déclare n'avoir consenti aux événements révolutionnaires que sous la contrainte. De son côté, le frère du roi, le comte d'Artois, écrit à l'empereur Joseph II, frère de Marie-Antoinette, pour lui demander d'intervenir en France.

14 octobre
Le duc d'Orléans se voit accorder par l'Assemblée constituante un passeport pour l'Angleterre; il s'embarquera le 20.
Admission à l'Assemblée constituante des députés de la Martinique.
Le tribunal du Châtelet est provisoirement chargé d'instruire les crimes de « lèse-nation »: à l'ordre du jour, le procès de Besenval, responsable de la répression à Paris en juillet 1789, procès qui commencera le 18 novembre.

15 octobre
Dernière séance de l'Assemblée constituante à Versailles. Pour lutter contre l'absentéisme et la défection, l'Assemblée décrète que les passeports accordés à des députés ne le seront plus que pour des motifs urgents et un temps bref et déterminé.
Au nom du comité des rapports, Charles-Jean-Marie Alquier (1752-1826) dénonce à l'Assemblée constituante un mandement de l'évêque de Tréguier publié peu avant contre les décrets du 4 août et la Déclaration des droits de l'homme.
L'Assemblée constituante décrète qu'il n'y aura plus de distinction entre les députés dans les séances ou cérémonies publiques.

17 octobre
Lally-Tollendal: *Lettre à ses commettants.*
Émeute à Rouen.

19 octobre
Pour sa première séance à Paris, l'Assemblée constituante siège à l'archevêché: elle débat sur l'organisation des municipalités.

21 octobre
L'Assemblée constituante vote une loi martiale pour réprimer les troubles, à laquelle s'oppose un député d'Arras, Maximilien Robespierre (1758-1794).

22 octobre
L'Assemblée constituante définit les conditions d'éligibilité aux assemblées primaires.

24 octobre
Les Belges déclarent l'empereur Joseph II déchu de sa souveraineté sur les Pays-Bas.

26 octobre
Décret prohibant toute convocation ou toute assemblée composée par ordre.
Mounier, arrivé à Grenoble le 16, publie l'*Exposé de la conduite de M. Mounier dans l'Assemblée nationale, et motifs de son retour en Dauphiné.*

28 octobre
L'Assemblée constituante suspend l'émission des vœux monastiques.

29 octobre
Décret du marc d'argent (50 livres environ) définissant les éligibles. Il fait suite à celui du 22 octobre définissant les électeurs, appelés les citoyens actifs: être âgé de 25 ans, être domicilié depuis un an et payer une contribution égale à la valeur locale de trois journées de travail. Ils participent aux assemblées primaires, qui elles-mêmes éliront des électeurs chargés de choisir les députés. Malgré quelques protestations, l'accord de l'Assemblée constituante est général pour exclure les plus pauvres et les domestiques (exclus le 27 octobre) d'un corps électoral, cependant encore très large puisqu'il compte alors plus de 4 millions d'électeurs pour une population qui dépasse les 28 millions d'habitants. En revanche, le débat sur les conditions fiscales de l'éligibilité suscite de vives controverses. La subordination du droit d'être élu au paiement d'une contribution égale au marc d'argent rassemble en effet une large opposition, aussi bien dans l'Assemblée qu'en dehors. Bien des talents sans fortune se sentent menacés dans leurs nouvelles carrières politiques, et on ne manque pas de souligner que Jean-Jacques Rousseau n'aurait pas pu être élu.

31 octobre
Émeute à Ajaccio.

novembre
Transformation du Club breton en Société des amis de la Constitution qui siège rue Saint-Honoré au couvent des Jacobins qu'on appellera club des Jacobins.
Publication, à la fin du mois, de l'*État nominatif des pensions sur le Trésor royal*, imprimé par ordre de l'Assemblée constituante.

2 novembre
Par 568 voix contre 346, l'Assemblée constituante met les biens ecclésiastiques à la disposition de la nation à charge de pourvoir aux frais du culte, à l'entretien de ses ministres et au soulagement des pauvres.
Parution du premier numéro des *Actes des apôtres* qu'anime le royaliste Rivarol, arrêté pendant quelques heures le lendemain.

3 novembre
Au nom du comité de constitution, Thouret présente à l'Assemblée constituante un plan de division administrative du royaume en 80 départements ayant la forme de carrés géométriques. Opposé à cette division « mathématique », Mirabeau déclare qu'il faut tenir compte des données historiques et géographiques.
Sur une proposition d'Alexandre de Lameth (1760-1829), l'Assemblée constituante met en vacance les parlements. Les parlements protesteront contre ce décret; ainsi, dès le 6, celui de Rouen par exemple, qui sera condamné pour cette protestation par l'Assemblée constituante le 10.

4 novembre
À Paris, *Charles IX, ou l'école des rois* de Marie-Joseph Chénier remporte un succès au théâtre.

5 novembre
On peut lire dans le décret pris sur l'élection des députés suppléants: « Il n'y a plus en France aucune distinction d'ordres. »

6 novembre
Mirabeau propose la création d'une caisse nationale qui serait chargée de la dette publique, et que les ministres aient un droit d'entrée à l'Assemblée.

7 novembre
Après une intervention de Lanjuinais, l'Assemblée décide que les ministres ne pourront pas être pris en son sein, mesure spécifiquement dirigée contre Mirabeau.
Les biens ecclésiastiques sont placés par l'Assemblée constituante sous la sauvegarde des autorités administratives locales.

9 novembre
L'Assemblée constituante s'installe dans la salle du Manège des Tuileries. Elle décrète la suspension des nominations aux bénéfices ecclésiastiques, à l'exception des cures.

11 novembre
L'Assemblée constituante décrète que la France sera divisée en départements.

12 novembre
L'Assemblée constituante décrète qu'il y aura une municipalité dans chaque ville, paroisse ou communauté de campagne, et que chaque département sera divisé en districts.

13 novembre
Les bénéficiers devront faire une déclaration des biens immobiliers et mobiliers dépendant de leurs bénéfices.

14 novembre
Necker demande la conversion de la Caisse d'escompte en banque nationale et réclame 170 millions. Le 20, Mirabeau s'oppose au projet de Necker que soutient Dupont de Nemours.
L'Assemblée constituante décrète qu'elle tiendra trois séances nocturnes par semaine.

15 novembre
Mounier envoie sa démission à l'Assemblée constituante.

21 novembre
L'avocat Charles-François Bouche (1737-1795), député d'Aix-en-Provence, publie *De la restitution du comté Venaissin, des villes et État d'Avignon.*
Malouet est dénoncé devant l'Assemblée constituante.

23 novembre
Au nom du comité ecclésiastique, Durand de Maillane présente à l'Assemblée constituante le plan de travail du comité et un projet de réforme du clergé.

24 novembre
Parution du premier numéro du *Moniteur universel*, publié par l'éditeur Charles-Joseph Panckoucke.

28 novembre
Parution du premier numéro des *Révolutions de France et de Brabant*, journal de Camille Desmoulins.

29 novembre
Fédération des gardes nationales du Dauphiné et du Vivarais à Étoile, près de Valence.

30 novembre
Sur une proposition d'Antoine-Christophe Saliceti (1757-1809), l'Assemblée constituante décrète l'intégration à l'empire français de la Corse, qui était jusque-là une province autonome.

1er décembre
L'Assemblée constituante adopte la motion de Guillotin présentée le 9 octobre sur l'égalité des peines indépendamment de la condition des coupables.
Révolte des équipages à Toulon.

3 décembre
Mort du peintre Claude-Joseph Vernet, célèbre pour ses marines.

5 décembre
Les paysans des environs de Paris dévastent les bois de Boulogne et de Vincennes.

7 décembre
Première représentation au théâtre de la Nation de la comédie de Jean-Marie Collot d'Herbois (1749-1796), *Le Paysan magistrat, ou il y a une bonne justice.*

10 décembre
L'Assemblée constituante décide que les intendants cesseront leurs fonctions sitôt que les administrations départementales seront en place.

11 décembre
Sur un rapport de Barère, l'Assemblée constituante met les forêts sous la sauvegarde de la nation et décide de réprimer les délits qui s'y commettent.

12 décembre
Au nom du comité militaire de l'Assemblée constituante, Edmond-Louis-Alexis Dubois de Crancé (1747-1814) critique l'armée de métier et propose l'établissement de milices nationales: « Tout citoyen doit être soldat et tout soldat citoyen. »

13 décembre
Marat, libéré la veille, récupère son matériel d'imprimerie qui avait été confisqué par la municipalité parisienne.
Fédération de gardes nationales à Montélimar.

14 décembre
Décret récapitulatif sur l'organisation des municipalités.

17 décembre
Rapport à l'Assemblée constituante de Jean-Baptiste Treilhard (1742-1810) sur la réforme des ordres religieux et proposant l'aliénation d'une tranche de 400 millions de livres de biens ecclésiastiques. Le lendemain, Treilhard déclare que si la nation a le droit de disposer des biens ecclésiastiques, elle peut aussi les administrer.

19 décembre
Création d'une caisse de l'extraordinaire et des assignats gagés sur les biens ecclésiastiques, dont on décide de vendre pour 400 millions.

21 décembre
À l'Assemblée constituante, Pierre Brunet de Latuque (1757-1824) réclame la citoyenneté pour les non-catholiques, et Adam-Philippe de Custine (1740-1793) réclame la liberté de l'exercice public du culte pour toutes les religions.

22 décembre
Décret récapitulatif sur la division et l'organisation administrative du royaume en départements.

Les départements

L'abolition des privilèges rendait nécessaire la nouvelle organisation territoriale du royaume dont les décrets des 14 et 22 décembre 1789 fixent pour l'essentiel les traits. Au sein des départements, se trouvent le conseil général, élu pour deux ans et représenté dans l'intervalle des sessions par un directoire pouvant prendre des arrêtés, et le procureur général syndic, élu pour quatre ans, qui requiert l'application des lois. Les districts sont organisés sur le même modèle. Les municipalités, une par paroisse, sont dotées d'un conseil, d'officiers municipaux et d'un maire élus. Un procureur, élu lui aussi, représente le roi et les contribuables, c'est-à-dire l'intérêt public. Leur pouvoir réglementaire est assez étendu, notamment en matière économique, et il leur est possible de proclamer la loi martiale et de requérir la force armée. Ce découpage administratif va s'imposer non seulement dans l'ordre judiciaire, mais aussi dans l'ordre religieux.
Après avoir retenu le critère territorial comme principe d'organisation du découpage, la Constituante s'est surtout préoccupée de la question de la subordination des administrations locales au pouvoir exécutif, la défiance envers ce dernier hantant les députés. Leur crainte était aussi que ceux qui seraient chargés de la correspondance entre le centre et la périphérie se transforment en des espèces d'intendants, figure honnie de l'absolutisme.
Si cette nouvelle organisation emprunte bien des aspects aux tentatives de réformes entreprises par la monarchie elle-même, le changement majeur réside dans la généralisation de l'élection. La nouvelle circonscription du royaume reflète autant un vouloir représenter qu'un vouloir administrer, même si l'Assemblée précise que les membres des administrations locales n'auront pas le caractère de représentants de la nation. Ambiguïté qui sera lourde de conséquence pour l'avenir.
Les Constituants cherchent ensuite à installer rapidement les nouvelles institutions pour éviter de laisser se développer une vacance du pouvoir local légal favorisant les troubles. Les élections se déroulent donc en 1790. Si les attributions des officiers municipaux et leurs obligations ont été assez bien spécifiées, en revanche celles des départements sont restées plus imprécises. Aussi ne peut-on pas dire que la relative décentralisation opérée par la Constituante soit le fruit de l'esprit de système. Elle reflète un état de fait. Livrés à eux-mêmes dans l'organisation de leurs nouvelles fonctions, l'information circulant mal et les demandes à Paris ne recevant pas toujours de réponse en temps voulu, les administrateurs locaux ont dû forger leurs propres priorités. Ils ont été en un sens contraints à l'indépendance. Pour pallier le manque d'information, ces administrations ont parfois été amenées à se consulter les unes les autres, pratique qui renforcera le mythe d'un fédéralisme qu'utiliseront les Jacobins centralisateurs pour éliminer leurs adversaires.

23 décembre
Stanislas de Clermont-Tonnerre défend les droits de citoyenneté des protestants, des juifs et des comédiens contre l'abbé Jean-Siffrein Maury (1746-1817) et l'évêque de Nancy, La Fare.

24 décembre
Les non-catholiques (c'est-à-dire les protestants) et les comédiens sont admis à l'éligibilité et à l'égalité d'emploi, mais le cas des juifs est réservé.
Arrestation du marquis de Favras (1744-1790), accusé d'avoir voulu enlever le roi à l'emprise de Paris pour le conduire à Metz. Le comte de Provence, frère du roi et futur Louis XVIII, soupçonné d'être complice dans cette affaire, devra se

justifier les jours suivants, tandis que Favras sera pendu le 19 février 1790.

28 décembre
Première représentation au théâtre de la Nation de *L'Esclavage des nègres, ou l'heureux naufrage* d'Olympe de Gouges.

Olympe de Gouges

Devenue veuve et prétendant être la fille illégitime de Lefranc de Pompignan, Marie-Olympe Aubry, dite Olympe de Gouges (1748-1793), s'installa à Paris où elle se lança dans une carrière demi-mondaine d'auteur dramatique. Dès 1788, elle s'intéresse à la politique et milite pour les droits des femmes. Opposée à Marat et à Robespierre qu'elle prend régulièrement à partie, elle se propose pour défendre Louis XVI devant la Convention, et, proche des Girondins, elle est arrêtée le 20 juillet 1793 et exécutée le 3 novembre.

29 décembre
Décret convoquant les assemblées primaires pour élire les municipalités.

autres événements
• Gabriel-Nicolas Maultrot: *Origine et étendue de la puissance royale suivant les livres saints et la tradition.* Cet avocat janséniste connu pour son opposition à la monarchie absolue publie avec ces trois volumes une tardive mais systématique attaque des fondements du pouvoir monarchique.
• Jacob-Nicolas Moreau: *Exposition et défense de notre constitution monarchique, précédée de l'historique de toutes nos assemblées nationales, dans deux mémoires où l'on établit qu'il n'est aucun changement utile dans notre administration dont cette constitution même ne nous présente les moyens.* Il publie également *Exposé historique des administrations populaires, aux plus anciennes époques de notre monarchie, dans lequel on fait connaître leurs rapports et avec la puissance royale et avec la liberté de la nation* et *Maximes fondamentales du gouvernement français.* Trois livres publiés par l'un des fidèles partisans et théoriciens de la monarchie absolue.
• Lamarck: *Dictionnaire encyclopédique de botanique.*
• Laplace: *Sur quelques points du système du monde.*
• Lavoisier: *Traité élémentaire de chimie, présenté dans un ordre nouveau, et d'après les découvertes modernes.*
• Parmentier: *Traité sur la culture et les usages des pommes de terre, de la patate et du topinambour.*

1790

janvier
Jacqueries paysannes en Bretagne, dans le Périgord et dans le Quercy.

3 janvier
Rassemblement royaliste à Pont-Saint-Esprit.

4 janvier
L'Assemblée constituante demande au roi de fixer le montant de la liste civile.

5 janvier
L'Assemblée constituante ordonne le séquestre des revenus des bénéficiers (les titulaires de bénéfices ecclésiastiques) absents du royaume.

8 janvier
Nouvelles poursuites de la municipalité parisienne contre Marat.

11 janvier
Les membres de la chambre des vacations du parlement de Rennes, qui ont comparu devant l'Assemblée constituante pour avoir protesté contre le décret du 3 novembre 1789, sont déchus de la citoyenneté active.

13 janvier
Création au théâtre des Italiens (l'Opéra-Comique) de *Pierre le Grand* de Grétry.
Le théâtre de la Nation (Comédie-Française) refuse *Guillaume le conquérant*, une tragédie de Rivarol.

15 janvier
Le nombre des départements est fixé à 83. L'Assemblée constituante précise que les trois journées de travail prévues pour accéder à la citoyenneté active doivent être calculées par rapport au travail de la terre.
Première fédération de Pontivy regroupant des délégations des gardes nationales de Bretagne et d'Angers. Une seconde est constituée le 15 février.

18 janvier
Marat: *Dénonciation contre Necker.*

20 janvier
Rapport de Sieyès à l'Assemblée constituante sur la liberté de la presse établissant le principe du jury pour la répression des délits de presse.
Le maire de Paris, Bailly, dénonce la misère qui règne dans la ville: l'Assemblée constituante forme le lendemain un comité de mendicité.

21 janvier
À l'Assemblée constituante, Guillotin propose la décapitation « par l'effet d'un simple mécanisme ». Adresse de Brissot à l'Assemblée constituante en faveur de l'abolition de la traite des Noirs.

22 janvier
Georges-Jacques Danton (1759-1794) et le district parisien des Cordeliers qui se rend en délégation à l'Assemblée constituante prennent la protection de Marat toujours poursuivi et décrété de prise de corps par le Châtelet: l'Assemblée décide néanmoins que l'action doit suivre son cours.

25 janvier
Discours de Robespierre à l'Assemblée constituante sur les droits des citoyens actifs: ce discours sera diffusé par les Cordeliers sous le titre de *Discours sur la nécessité de révoquer les décrets qui attachent l'exercice des droits de citoyen à la contribution du marc d'argent ou d'un nombre déterminé de journées d'ouvriers*.

26 janvier
L'Assemblée constituante interdit aux députés d'accepter du gouvernement aucun emploi, don ou pension pendant la durée de la session, même en démissionnant.

28 janvier
Après un rapport de Talleyrand, les juifs du Midi obtiennent le droit de cité.

31 janvier
Assemblée fédérative à Valence.

février
Élections et mise en place, au cours de ce mois et du suivant, des municipalités.

1er février
Réunion du club des Impartiaux. Dès la fin de l'année 1789, Malouet a cherché à rallier ses amis afin d'opposer un contrepoids au club des Jacobins et de défendre les prérogatives du pouvoir exécutif; il publie en 1790 un *Exposé des motifs qui ont porté les Impartiaux à se réunir*. Se retrouvent ainsi quelques évêques, La Luzerne, Boisgelin, Lubersac, La Fare, et le duc de La Rochefoucauld (1743-1792), le duc de La Rochefoucauld-Liancourt, Stanislas de Clermont-Tonnerre, Rulhière, Jacques Mallet du Pan (1749-1800), Louis de Fontanes (1757-1821). Les Impartiaux rejettent les extrémistes comme l'abbé Maury ou Duval d'Éprémesnil, mais ils cherchent à se rapprocher de La Fayette et ses amis. Le club des Impartiaux sera dissous au printemps 1790, mais Clermont-Tonnerre et Malouet fonderont à la fin de l'année un nouveau club, les Amis de la Constitution monarchique ou Club monarchique.

2 février
Fondation de la Société fraternelle des patriotes de l'un et l'autre sexe. Il s'agit de la première société populaire créée à Paris: ouverte aux hommes comme aux femmes, elle recrute souvent chez les artisans et les marchands qui s'informent là sur la vie politique. Dès la fin de l'été, elle se radicalisera pour devenir réellement militante.

4 février
Le roi se rend à l'Assemblée constituante où il proclame son attachement à la nouvelle Constitution et provoque, en les surprenant, l'enthousiasme des députés qui prêtent un serment civique.
Ce geste a une grande portée symbolique, car Louis XVI paraît reconnaître là officiellement le transfert de souveraineté opéré en 1789 et marquer sa volonté d'entrer dans le nouveau système politique: il semble accepter, de son plein gré, de prendre place dans la nouvelle configuration du pouvoir. Si, avec ce geste, le roi prend de court les révolutionnaires pour un moment – ils sauront se réapproprier dans un avenir proche la figure du serment fondée au Jeu de paume –, il révèle aussi, finalement, qu'il a définitivement abdiqué: les plus ultras des « aristocrates » comprennent que ce semblant d'approbation est en réalité un reniement.

5 février
Pour vaincre les résistances de la droite, Treilhard fait adjoindre 15 membres au comité ecclésiastique de l'Assemblée constituante. Les bénéficiers ont un mois pour remettre leurs déclarations à l'Assemblée sous peine d'être déchus des bénéfices et pensions non déclarés. L'Assemblée décrète provisoirement qu'il ne subsistera qu'une maison religieuse de chaque ordre par municipalité.

6 février
L'Assemblée constituante demande à son comité ecclésiastique de lui présenter incessamment un plan d'organisation du clergé.

7 février
Émeute à Lyon où le consulat est renversé. Agitation paysanne contre les droits seigneuriaux dans l'Aveyron.

9 février
Rapport de l'abbé Grégoire à l'Assemblée constituante sur les troubles en province (Quercy, Rouergue, Périgord, Bas-Limousin).

10 février
Une députation des districts parisiens demande à l'Assemblée constituante d'abolir les seuils fiscaux électoraux et d'éligibilité.

11 février
Début de la discussion sur les ordres religieux à l'Assemblée constituante.
Le garde des Sceaux, Champion de Cicé, transmet à l'Assemblée constituante la protestation des princes allemands possessionnés en Alsace, qui réclament la protection de l'Empire contre les mesures décrétées en France.

12 février
Première représentation au théâtre de la Nation (la Comédie-Française) de *Louis XII, père du peuple*, une tragédie de Charles-Philippe Ronsin (1751-1794).

13 février
Abolition des vœux monastiques et suppression des ordres monastiques autres qu'enseignants ou hospitaliers. Au cours du débat, l'évêque de Nancy, La Fare, tente de faire décréter que la religion catholique, apostolique et romaine est la religion de l'État.
Le faubourg Saint-Antoine dépose à l'Assemblée constituante une pétition contre la distinction entre citoyen actif et citoyen passif.

14 février
L'Assemblée constituante assiste en corps à un *Te Deum* à Notre-Dame de Paris.
Incendie de l'abbaye de Redon: on reprochait aux bénédictins l'étendue de leurs droits féodaux; l'abbaye est pillée sans que la garde nationale fasse mine d'intervenir, ni la municipalité d'inquiéter les coupables.

16 février
Les catholiques d'Uzès demandent à l'Assemblée constituante de déclarer la religion catholique religion de l'État.

20 février
Décret fixant le traitement des religieux qui sortiront de leurs couvents.

21 février
Fédération de gardes nationales de Bourgogne, Alsace et Franche-Comté à Dole.

23 février
Les municipalités reçoivent l'autorisation de proclamer la loi martiale et sont tenues responsables des attroupements qu'elles n'empêcheront pas.
L'abbé Fauchet prononce l'oraison funèbre de l'abbé de l'Épée, fondateur de l'Institut des sourds-muets, décédé le 23 décembre 1789.

26 février
Décret récapitulant les noms et limites des départements.

27 février
Émigration pour la Suisse du comte d'Antraigues.

28 février
Décret sur l'armée: le roi en est le chef; la vénalité des charges militaires est supprimée et l'égalité de l'accès à tous les emplois décidée; seize années de service conféreront la citoyenneté active; les militaires doivent prêter un serment de fidélité à la nation, à la loi et au roi.

mars
Louis XVI charge le comte Florimond-Claude Mercy d'Argenteau (1727-1794), ambassadeur d'Autriche, de prendre contact avec Mirabeau.
Sieyès: *Aperçu d'une nouvelle organisation de la justice et de la police en France.*

6 mars
Necker remet à l'Assemblée constituante un mémoire sur l'état des finances auquel répond, le lendemain, Rabaut Saint-Étienne.

7 mars
Fédération des milices des Vosges.

8 mars
Après avoir entendu Barnave, l'Assemblée constituante déclare que les colonies font partie intégrante de l'empire français et décrète que les assemblées coloniales qu'elle institue, composées et élues par des Blancs, lui soumettront des plans de constitution; l'Assemblée précise encore qu'elle entend n'apporter aucune innovation. Pétion s'élève contre la traite des Noirs.

9 mars
Rapport de Talleyrand à l'Assemblée constituante sur l'uniformisation des poids et mesures.

14 mars
L'Assemblée constituante décrète la suppression des gabelles à compter du 1er avril.

15 mars
Décret général sur l'abolition des droits féodaux.

16 mars
Abolition des lettres de cachet.

17 mars
L'Assemblée décide que les municipalités s'occuperont de la mise en vente de la tranche de 400 millions de livres de biens nationaux décidée le 19 décembre précédant.

21 mars
Suppression de la gabelle dans les départements de la Manche, de l'Orne, de l'Orne-Inférieure, et les provinces rédimées.

25 mars
Maultrot et Jabineau : *Mémoire à consulter et consultation sur la compétence de la puissance temporelle relativement à l'érection et suppression des sièges épiscopaux.*

28 mars
Lors du débat sur l'Instruction de l'Assemblée pour les colonies lue par Barnave, l'abbé Grégoire demande que les gens de couleur ne soient pas privés du droit d'éligibilité.

29 mars
Le pape Pie VI condamne la Déclaration des droits de l'homme et du citoyen en consistoire secret.

31 mars
Robespierre est élu président du club des Jacobins.

1er avril
Publication du *Livre rouge* contenant la liste et le montant des pensions accordées par le roi.

3 avril
Suppression du monopole commercial de la Compagnie des Indes.

5 avril
Émeute contre-révolutionnaire à Vannes.

9 avril
L'Assemblée constituante demande aux municipalités qui veulent acheter des biens nationaux de soumettre au comité d'aliénation les moyens qu'elles ont d'acquitter leurs achats.

11 avril
Dans le débat ouvert la veille à l'Assemblée constituante par le rapport de Chasset sur le remplacement des dîmes, l'abbé Grégoire réclame la dotation des cures en biens-fonds. L'évêque de Nancy, La Fare, déclare ne pouvoir participer ni adhérer aux décrets de l'Assemblée en la matière.

12 avril
Au cours d'une polémique entre Jean-Georges-Charles Voidel (1758-1812) et l'évêque de Nancy La Fare pendant la discussion sur le remplacement des dîmes, dom Gerle (1736-1801) propose de décréter que « la religion catholique, apostolique et romaine est et demeurera pour toujours la religion de la nation et son culte sera le seul public et autorisé ». Cette motion embarrasse vivement la gauche qui n'évite *in extremis* son adoption qu'en ajournant, au milieu des tumultes, le débat au lendemain.

13 avril
L'Assemblée constituante, « considérant qu'elle n'a et ne peut avoir aucun pouvoir à exercer sur les consciences et opinions religieuses » et que son attachement à la religion catholique, apostolique et romaine ne saurait être mis en doute au moment où son culte va être mis à la première place des dépenses publiques, décrète qu'elle ne doit pas délibérer sur la motion proposée la veille par dom Gerle.

14 avril
À son tour, l'abbé Gouttes défend la dotation des cures en biens-fonds à l'Assemblée constituante. Un décret confie l'administration des biens ecclésiastiques aux administrations locales, établit le salariat des ecclésiastiques et place le culte au rang des dépenses publiques. L'évêque de Clermont, François de Bonal (1734-1800), déclare ne pas pouvoir participer à une telle délibération ; un tiers de l'Assemblée constituante adhère à sa déclaration.

16 avril
L'Assemblée constituante décrète que les dettes du clergé sont réputées nationales et que les assignats auront cours comme monnaie.

18 avril
L'Assemblée constituante décide qu'à Paris les impositions directes seront calculées sur le cours des loyers : comme ceux-ci sont peu élevés, le décret limite l'éligibilité des Parisiens.

19 avril
Plus de 300 députés signent une protestation contre le décret du 13 avril, rédigée par l'évêque

d'Uzès, Henri-Benoît-Jules de Béthisy de Mézières (1744-1817). Ces députés qui se réunissent depuis peu sous l'autorité de l'archevêque d'Aix Boisgelin dans l'ancien couvent des Capucins, rue Saint-Honoré, vont se diviser entre intransigeants, conduits par l'abbé Maury, qui veulent en appeler à la rue, et modérés, fidèles à la stratégie de conciliation développée par Boisgelin.

20 avril
Adresse de la commune de Paris, rédigée par Condorcet, contre le décret du marc d'argent du 29 octobre 1789 définissant les conditions d'éligibilité.
Émeute contre-révolutionnaire à Nîmes où des catholiques rédigent une protestation contre le décret du 13 avril à laquelle la droite donnera une large publicité.

21 avril
Rapport de Louis-Simon Martineau (1733-1799) à l'Assemblée constituante sur la constitution civile du clergé.

27 avril
Création du club des Cordeliers.

28 avril
À l'Assemblée constituante, Philippe-Antoine Merlin de Douai (1754-1838) fait voter le principe de l'indemnisation des princes allemands possessionnés en Alsace: Louis XVI leur déconseillera d'accepter cette indemnisation afin de conserver un motif d'intervention dans les affaires françaises.
À l'Assemblée constituante, Robespierre demande que les conseils de guerre soient composés pour moitié de soldats et pour moitié d'officiers.

30 avril
L'Assemblée constituante décide que les gardes nationales resteront provisoirement organisées comme elles le sont jusqu'à ce qu'elle ait statué.
L'institution du jury est décidée en matière criminelle mais non en matière civile.

mai
Élections des administrations de districts et de départements.
Durcissement des affrontements entre catholiques et protestants dans le Midi.
La chanson *Ça ira* est composée par le chanteur Ladré sur un air de contredanse à la mode.

1er mai
Deux degrés de juridiction sont institués en matière civile.
Nouvelle émeute contre-révolutionnaire à Nîmes.

2 mai
Adresse de citoyens catholiques d'Uzès demandant à l'Assemblée constituante de déclarer solennellement le catholicisme religion de l'État, jouissant seul du culte public, et réclamant pour le roi la plénitude du pouvoir exécutif.

3 mai
Décret récapitulatif sur les droits seigneuriaux déclarés rachetables.
L'Assemblée décide que les juges seront élus pour un temps déterminé et rééligibles.
Début du débat sur l'organisation de la municipalité de Paris.
Émeute à Toulon où les ouvriers réclament la libération des marins emprisonnés après leur révolte le 1er décembre 1789.

7 mai
L'Assemblée constituante décrète que le roi ne pourra pas refuser d'instituer un juge élu par le peuple.

Des juges élus

Avoir le dernier ressort en justice et créer les officiers (les titulaires d'offices) comptaient parmi les prérogatives essentielles à la souveraineté du roi énumérées par Charles Loyseau. Même si les magistrats étaient devenus au cours de l'Ancien Régime propriétaires de leurs charges, même si la figure du roi législateur avait tendu à estomper sans toutefois l'effacer celle du roi justicier, toute justice en France émanait du roi. Elle pouvait bien être déléguée mais le roi conservait toujours la justice retenue, Louis XV l'avait encore rappelé plus de vingt ans auparavant, lors du lit de justice du 3 mars 1766.
Hostiles à la vénalité des charges comme aux prétentions des parlements – définitivement déconsidérés depuis l'épisode de 1788 où ils s'étaient prononcés en faveur de la conservation de la structure traditionnelle du royaume tout en s'opposant aux réformes modernisatrices de la monarchie absolue –, les Constituants décident à une petite majorité que les juges seront élus pour six ans (les élections des juges de district se dérouleront en novembre) et que le roi n'y aura aucun choix, pas même final entre plusieurs candidats comme le proposaient certains.

C'est donc l'un des principaux attributs de la souveraineté monarchique qui disparaît, traduisant ainsi le principe affirmé par la Constituante selon lequel c'est dans la nation que réside la souveraineté.

8 mai
L'Assemblée constituante décrète que les officiers du ministère public dans les tribunaux seront nommés par le roi.

9 mai
Les domaines de la Couronne sont déclarés aliénables.

10 mai
Création de la commission des poids et mesures.
Massacres de Montauban: la visite d'un couvent par la municipalité, le jour des rogations, déclenche contre les autorités municipales une émeute qui fait plusieurs victimes parmi les gardes nationaux; la tension croît encore entre catholiques et protestants.
Mirabeau écrit à Louis XVI qu'il s'engage à user de son influence pour servir les intérêts du roi à l'Assemblée constituante. En échange, le roi prend en charge ses dettes, lui verse une somme mensuelle de 6000 livres et lui promet 1 million à la séparation de l'Assemblée.

12 mai
Fondation de la Société de 1789: Bailly, Brissot, Condorcet, La Fayette, Sieyès et Talleyrand comptent parmi ses membres.
Agitation à Perpignan.

14 mai
L'Assemblée constituante décide le lotissement des biens nationaux et leur vente aux enchères.
Le ministre des Affaires étrangères, Montmorin, fait part à l'Assemblée constituante des préparatifs militaires entrepris par le roi pour venir en aide à l'Espagne en cas de conflit avec l'Angleterre.

15 mai
La communication faite la veille par Montmorin provoque un vif débat à l'Assemblée constituante sur le droit de déclarer la guerre.

Le droit de déclarer la guerre

Alexandre de Lameth pose la question de savoir à qui appartient le droit de faire la paix ou la guerre; l'Assemblée constituante décide de formuler ainsi la question: « La nation doit-elle déléguer au roi l'exercice du droit de la paix et de la guerre? » Là encore, la formulation même de la question par l'Assemblée montre que le roi n'est plus le détenteur de la souveraineté. Arbitrer la paix et la guerre, le droit exclusif du roi de décider de l'opportunité de déclarer la guerre ou de signer la paix avait été de tout temps la marque par excellence de la souveraineté. Une semaine plus tard, le roi de France, s'il en garde l'initiative, ne peut plus déclarer la guerre qu'en accord avec l'Assemblée nationale.
C'est néanmoins un demi-succès pour Mirabeau, qui s'engage à fond sur la question, car il a traité peu avant avec la Cour grâce aux médiations de son ami le comte de La Marck (1753-1833), de Mercy d'Argenteau et aussi de François de Fontanges (1744-1806), l'archevêque de Toulouse. Mais s'il est assez fort pour repousser la gauche, il n'arrive pas à faire partager ses vues à l'Assemblée. C'est que plaider pour le roi quand on incarne la Révolution n'est pas un rôle facile à tenir. Son grand drame est que le roi ne l'entendra pas plus: la réconciliation de la royauté et de la Révolution n'aura pas lieu. La monarchie ne saura profiter, comme le prônait Mirabeau, du grand déblaiement de la vieille société de corps opéré par la Constituante. L'autorité royale restera inconciliable avec la souveraineté de la nation.

Inauguration du théâtre des Variétés au Palais-Royal (l'actuelle salle de la Comédie-Française).

17 mai
À l'Assemblée constituante, Malouet défend les droits du roi dans la question de la paix et de la guerre, tandis que Pétion réclame un consentement exprès du corps législatif.

18 mai
Robespierre provoque les murmures de l'Assemblée constituante en affirmant que le roi est, non pas le « représentant » de la nation, mais son « commis », qu'un « pacte de famille » n'est pas un pacte national et que les querelles des rois ne sont pas celles des peuples. Volney demande à l'Assemblée de déclarer qu'il ne sera pas entrepris de guerre tendant à accroître le territoire.
Marat fait reparaître son journal *L'Ami du peuple.*
Fête de la fédération à Dijon.

19 mai
Entretien de Mirabeau avec le « triumvirat »: Duport, Barnave et Alexandre de Lameth.

20 mai
Grand discours à l'Assemblée constituante de Mirabeau qui, dans la question de la guerre, défend les prérogatives du pouvoir exécutif sous la surveillance du corps législatif.
Rapports à l'Assemblée constituante de Louis-Alexandre Expilly (1743-1794) sur le traitement du clergé et de Durand de Maillane sur les fondations et patronages laïques.

21 mai
Alors que Boisgelin défend la prérogative royale dans la question de la guerre, Barnave accuse Mirabeau de soutenir la droite.
Fin du débat sur l'organisation de Paris à l'Assemblée constituante.

La municipalité de Paris

Les 60 districts sont remplacés par 48 sections; la permanence de fait des districts est supprimée: les sections sont des circonscriptions électorales devant se séparer après les scrutins et ne pouvant s'assembler hors les opérations électorales que dans certaines circonstances et si 50 citoyens le demandent. Dans chaque section, un comité élu (le comité civil) sert d'intermédiaire entre l'assemblée générale et la municipalité. Chaque section a un commissaire nommé pour deux ans parmi les citoyens de l'arrondissement. C'est aussi la fin de la concordance entre les bataillons de la garde nationale et les districts. Les électeurs élisent le maire, le procureur et ses substituts, puis chaque section désigne trois délégués qui forment le conseil général de la commune dont sont issus les officiers municipaux.
Cette organisation prévaudra grosso modo *jusqu'en juillet 1794. Après le 10 août 1792, l'Assemblée législative devra reconnaître l'existence de la commune insurrectionnelle formée par des commissaires des sections qui se substitue à la commune légale. La municipalité retrouve une forme légale durant les premiers mois de la Convention au terme d'une dure compétition électorale, longue et féconde en rebondissements, qui voit la victoire de révolutionnaires prononcés. Après la chute de Robespierre qui, au printemps 1794, avec la liquidation des factions, avait procédé à la mise en place d'une commune de stricte obédience jacobine, les thermidoriens mettent fin à la commune: 91 de ses membres sont guillotinés et 40 incarcérés; Paris sera administré directement par les commissions exécutives de l'Assemblée.*

22 mai
À son tour, Mirabeau interpelle Barnave à l'Assemblée constituante: « Dites-nous qu'il ne faut pas de roi, ne nous dites pas qu'il ne faut qu'un roi impuissant, inutile. » L'Assemblée décide que le droit de guerre ou de paix appartient à la nation, mais que la guerre ne peut être déclarée que sur une proposition royale. Le décret affirme que la France renonce aux guerres de conquête comme le souhaitait Volney.
Mounier quitte le Dauphiné pour émigrer.

27 mai
L'Assemblée constituante décide d'établir une juridiction particulière pour les affaires de commerce.

29 mai
Ouverture à l'Assemblée constituante de la discussion du projet de constitution civile du clergé présenté par le comité ecclésiastique: l'archevêque d'Aix, Boisgelin, inaugure les débats avec un grand discours critique où il réclame le respect des formes canoniques pour les matières spirituelles et le concours de l'Église et de l'État pour les matières mixtes.
Première représentation à l'Opéra-Comique de *La Soirée orageuse* de Dalayrac.

30 mai
Dans le débat sur la constitution civile du clergé, Treilhard défend le projet du comité ecclésiastique en soulignant l'utilité des changements qu'il introduit et en affirmant la compétence de l'Assemblée à les édicter.
Après un rapport du duc de La Rochefoucauld-Liancourt, l'Assemblée constituante adopte un décret établissant des ateliers de charité pour lutter contre la mendicité.
Fête de la fédération à Lyon.

31 mai
Clôture de la discussion générale sur la constitution civile du clergé, après un long discours de Camus en faveur du projet.

1er juin
L'Assemblée constituante commence à discuter les articles du projet de constitution civile du clergé lorsque l'évêque de Clermont, Bonal, déclare ne pas reconnaître la compétence de l'Assemblée dans les matières spirituelles. L'archevêque d'Arles, Jean-Marie Du Lau (1738-1792), réclame la convocation d'un concile national pour traiter de la réforme de l'Église de France. L'évêque *in partibus* de Lydda et futur

évêque constitutionnel de Paris, Jean-Baptiste Gobel (1727-1794), s'y oppose et propose qu'on supplie le roi d'obtenir les mesures canoniques nécessaires à l'exécution du décret. Saisissant le danger recelé dans la suggestion de Gobel – se mettre à la merci du bon vouloir du pape –, Camus, fort de la réputation de canoniste averti que lui confèrent son jansénisme et sa qualité d'ex-avocat du clergé, réaffirme énergiquement la compétence de l'Assemblée, permettant ainsi à celle-ci d'éviter un dangereux débat sur le fond en retournant à l'élaboration du texte des articles. C'est à ce moment qu'il aurait lancé ces phrases célèbres, seule parole forte de l'affaire selon Michelet: « Nous sommes une Convention nationale; nous avons assurément le pouvoir de changer la religion: mais nous ne le ferons pas; nous ne pourrions l'abandonner sans crime. »
Première note secrète de Mirabeau à la Cour.
Parution du premier numéro de *L'Ami du roi* de l'abbé Thomas-Marie Royou (1743-1792).

2 juin
L'Assemblée constituante décide qu'il y aura coïncidence entre les départements et les diocèses, et interdit aux ecclésiastiques de reconnaître l'autorité d'évêques dont le siège serait à l'étranger, mesure qui vise essentiellement le pape. L'Assemblée décrète que les ecclésiastiques refusant de publier au prône les décrets sanctionnés par le roi seront déchus de la citoyenneté active.

3 juin
À Paris, l'Assemblée constituante suit la procession de la Fête-Dieu.
Début de l'insurrection des mulâtres à la Martinique.

4 juin
Le ministre de la Guerre, La Tour du Pin, souligne l'état de désorganisation potentielle où se trouve l'armée.

5 juin
La commune de Paris propose une garde nationale unique et l'organisation d'une fédération rassemblant tous les départements.
Parution du premier numéro du *Journal de la Société de 1789* dirigé par Condorcet.

6 juin
Fête de la fédération à Lille.

7 juin
L'Assemblée constituante décide de refondre complètement la circonscription des paroisses.

8 juin
Tous les bénéfices ecclésiastiques autres que ceux mentionnés dans la constitution civile du clergé sont supprimés: seules les fonctions pastorales sont conservées.
La municipalité de Paris est autorisée à exercer les fonctions attribuées au département jusqu'à la formation de celui-ci.

9 juin
L'Assemblée constituante décide de l'organisation d'une fête de la Fédération à Paris le 14 juillet.
L'Assemblée constituante adopte le principe de l'élection pour pourvoir aux évêchés et aux cures.

10 juin
À Avignon, insurrection contre-révolutionnaire dirigée contre la municipalité favorable à la France.
Troubles à Nîmes.

11 juin
À Londres, le duc d'Orléans publie l'*Exposé de la conduite de M. le duc d'Orléans dans la Révolution de France.*

12 juin
Avignon, où le parti révolutionnaire l'a emporté, demande son rattachement à la France et expulse le légat pontifical. Camus en informe l'Assemblée le 17.

13 juin
Insurrection contre-révolutionnaire à Nîmes et massacre de protestants.
Fête de la fédération à Strasbourg.

14 juin
L'Assemblée constituante décide que les nouveaux évêques ne pourront demander au pape la confirmation de leur élection mais seulement lui écrire en témoignage de communion.
Les patriotes, aidés par les paysans protestants des Cévennes, l'emportent à Nîmes.

16 juin
Fête de la fédération à Besançon.

19 juin
Abolition de la noblesse héréditaire et des titres de noblesse, ainsi que des livrées et armoiries.
Au nom d'une députation d'étrangers, Jean-Baptiste Cloots (1755-1794) demande à l'Assemblée constituante l'honneur d'assister à la prochaine fête de la Fédération.

20 juin
Banquet anniversaire au Ranelagh, dans le bois de Boulogne, commémorant le Serment du Jeu de paume.

21 juin
L'Assemblée constituante retire à la municipalité nîmoise le droit de requérir la force armée pour le confier à l'administration départementale.
Le comité de constitution de l'Assemblée constituante fixe les limites des 48 sections de Paris.

22 juin
Le Comtat Venaissin demande son rattachement à la France.

26 juin
L'Assemblée constituante accepte de recevoir une députation d'Avignon, mais réserve sa réponse quant au rattachement à la France.
Ouverture du théâtre lyrique et comique de la porte Saint-Martin.

27 juin
Organisation de la nouvelle municipalité de Paris : un maire, 16 administrateurs, un conseil de 32 membres, un procureur de la commune et deux substituts.

29 juin
Fête de la fédération à Rouen.

30 juin
Première représentation au théâtre de la Nation de *Barnevalt, grand pensionnaire de Hollande*, une tragédie de Lemierre.

1er juillet
L'Assemblée constituante décide de reporter les opérations électorales à Paris.
Lettre pastorale de l'évêque de Toulon Castellane-Mazanges hostile à l'Assemblée constituante. Les écrits épiscopaux critiques envers la constitution civile du clergé vont bientôt se multiplier.

3 juillet
Entrevue de Mirabeau et de Marie-Antoinette.
Condorcet publie, par voie de presse, son *Essai sur l'admission des femmes au droit de cité*, favorable au vote des femmes.

8 juillet
Louis XVI et Marie-Antoinette se rendent au Champ-de-Mars pour assister aux préparatifs de la fête de la Fédération.

10 juillet
Pie VI écrit à Louis XVI, Lefranc de Pompignan et Champion de Cicé : aux deux prélats, il déclare que la constitution civile du clergé est schismatique et que le roi ne doit pas lui donner sa sanction ; à Louis XVI, il souligne les dangers d'un schisme et d'une guerre civile et l'incite à prendre les conseils des deux prélats ministres.
Première représentation à l'Opéra-Comique du nouvel opéra de Dalayrac, *Le Chêne patriotique, ou la matinée du 14 juillet.*

11 juillet
Retour à Paris du duc d'Orléans.

12 juillet
Décret récapitulatif de la constitution civile du clergé.

LA CONSTITUTION CIVILE DU CLERGÉ

C'est le 21 avril 1790 que l'avocat parisien Martineau, au nom du comité ecclésiastique, rend son rapport sur la constitution civile du clergé. La discussion générale s'ouvre le 29 mai, avec un long discours de Boisgelin qui est une réponse très argumentée au projet du comité. L'archevêque d'Aix insiste sur l'incompétence de l'Assemblée à opérer unilatéralement une réforme du clergé de cette importance et souligne la nécessité d'une coopération de l'Église à l'élaboration des propositions qui seraient jugées utiles. Le lendemain, Treilhard entreprend de légitimer la réforme au nom de son utilité. Le 31 mai, enfin, c'est au tour de Camus de prononcer un discours-fleuve qui se veut une réfutation érudite du texte de Boisgelin. À travers leurs voix, en dehors de l'enjeu immédiat du débat, ce sont deux conceptions de l'Église qui s'affrontent à l'intérieur de la catholicité. Aussi le texte de Camus, publié peu après en incluant son intervention du 1er juin avec quelques modifications, va-t-il être le texte de référence que vont chercher à réfuter ou à soutenir les centaines d'ouvrages sur la question religieuse imprimés durant les années qui suivent.
D'autre part, le débat sur la constitution civile du clergé et les discours de Camus dévoilent l'éclatement du « parti » janséniste qui avait opposé un front commun tout au long du XVIIIe siècle aux despotismes ministériel et épiscopal. En effet, des jansénistes notoires comme Jabineau ou Maultrot, célèbres pour leurs ouvrages défendant les droits des curés contre les évêques ou le pouvoir des États généraux contre l'autorité royale, dispensent maintenant leurs

conseils appuyés sur leur immense érudition juridique et leur expérience polémique aux évêques, tandis que leurs vieux et éminents compagnons de route, comme Camus ou Le Paige, défendent activement la réforme. Les Nouvelles ecclésiastiques, *l'organe janséniste, qui soutiennent elles aussi la réforme, vont même voir pour un temps des* Nouvelles *concurrentes polémiquer avec elles. Le cœur du débat est le droit ou non pour l'État de fixer l'étendue des diocèses et des paroisses. Car la constitution civile du clergé aligne les circonscriptions ecclésiastiques sur les circonscriptions administratives. Le nombre des diocèses est donc réduit à 83, un par département, ce qui entraîne des suppressions et des remaniements importants. Or la question de la circonscription territoriale pose celle de la nature du pouvoir ecclésiastique et des fondements de sa légitimité, non seulement aux différents échelons de la hiérarchie de l'Église mais encore dans ses rapports avec l'ordre du monde. Toute la question de la division du travail entre temporel et spirituel, de leur autonomie respective et de leur définition même s'y trouve englobée. Aussi, pour l'essentiel, toute la ligne de défense des partisans de la réforme consistera-t-elle à dégager la Constituante de l'accusation d'avoir empiété sur les droits de la juridiction spirituelle, d'avoir confondu les deux domaines, spirituel et temporel.*

L'autre grand bouleversement qu'introduit la constitution civile du clergé est l'élection des curés et des évêques par le même corps électoral que celui qui élit les administrations locales. Ces élections doivent se tenir à l'issue d'une messe dominicale à laquelle les électeurs sont tenus d'assister afin de rassurer certains sur la catholicité de ces électeurs – d'ailleurs déjà désignés quand la loi vient en discussion. La nation ne peut être dépouillée du choix de celui qui parle à Dieu en son nom, avait affirmé Martineau dans sa présentation.

L'Église a été l'une des grandes victimes de 1789 en perdant ses ressources propres. En 1790, c'est son autonomie comme institution qu'elle perd. Après la suppression des dîmes et à la nationalisation des biens ecclésiastiques, l'État prenant en charge financièrement le culte conçu comme un service public, il était logique d'en rationaliser les dépenses. Et cette rationalisation passe non seulement par une redéfinition de qui est ecclésiastique chargé d'un service public, mais aussi par une redéfinition du rôle, de la fonction, voire du ministère pastoral. La loi brise la hiérarchie de l'appareil ecclésiastique. Seules sont conservées les fonctions pastorales : vicaires, curés, évêques. Ces derniers perdent le contrôle du séminaire diocésain, et s'ils peuvent choisir leurs vicaires, ils ne peuvent plus en revanche les destituer. De même sont-ils obligés de coopérer avec leur conseil épiscopal. Le pape est exclu : non seulement il ne confère pas l'institution canonique au nouvel évêque élu qui doit simplement lui écrire en signe de communion, mais encore le texte interdit expressément de reconnaître, sous quelque prétexte que ce soit, l'autorité d'un évêque dont le siège serait hors de France.

Enfin, les deux derniers titres de la loi règlent la résidence et le traitement du clergé : si les revenus des prélats et gros bénéficiers sont considérablement abaissés, en revanche le traitement des vicaires et des curés congruistes, maintenant salariés, est sensiblement augmenté. Reste qu'ils seront tributaires du bon vouloir de l'État à verser ces salaires. La nouvelle Église constitutionnelle n'aura d'existence que par l'État révolutionnaire.

Michel Regnaud de Saint-Jean-d'Angély (1762-1819) lit à l'Assemblée constituante une adresse du comédien François-Joseph Talma (1763-1826) dénonçant le refus du curé de Saint-Sulpice, Pancemont, de publier les bans de son mariage.

14 juillet

Fête de la Fédération à Paris.

LA FÊTE DE LA FÉDÉRATION

Le 14 juillet 1790, à midi, une décharge de canons donne à la France entière le signal de prêter le serment d'être fidèle à la nation, à la loi et au roi. Entouré des bataillons de la garde nationale de Paris, La Fayette prononce ce serment sur l'autel de la patrie où Talleyrand a célébré la messe desservie par les aumôniers des gardes nationaux le matin même. La Constitution n'était pas encore achevée mais ses principes rencontraient un assentiment universel, écrit Mme de Staël qui ajoute : « Le dernier moment d'un enthousiasme vraiment national s'est fait voir à cette fédération de 1790. »

La première fête de la Fédération est en effet une mise en scène de l'unanimité nationale, tout au moins de ce que la légalité révolutionnaire reconnaît comme telle. Elle offre comme un répit – qui bénéficie encore de l'intercession religieuse – dans un moment où les conflits tendent à se radicaliser du fait même de la politique religieuse. Elle est comme le miroir où une Révolution heureuse, non

encore entachée de trop d'entorses entre ses principes et sa réalité, n'a toujours pas honte de se regarder. Au vrai, plus qu'un anniversaire de la journée que la fête paraît commémorer, plus qu'une célébration, c'est un commencement qui s'achève. Un recommencement donc, qui renoue ce que l'histoire monarchique avait délié dans l'esprit des Constituants : la nation.
C'est Bailly qui, au nom de la municipalité parisienne, a proposé la date du 14 juillet pour la grande fédération des gardes nationales et des troupes de ligne. Car c'est là la réunion – Talleyrand l'a précisé dans son rapport – de la France armée et non de la France délibérante. Les acteurs en sont des soldats et non des civils. 300 000 spectateurs trempés – car la pluie était aussi au rendez-vous –, massés depuis le petit matin sur les tribunes installées pour l'occasion au Champ-de-Mars, assistent ainsi au défilé de 50 000 hommes. Spectacle un peu maussade au regard des fêtes provinciales moins réglées que la fête parisienne car l'Assemblée constituante n'a pas édicté de prescriptions précises : là, au défilé militaire se mêle une foule bigarrée alliée au syncrétisme du spectacle. Mais à Paris, c'est La Fayette qui tient la vedette. Au désespoir de Mirabeau qui ne comprend pas que Louis XVI ne saisisse pas cette occasion pour se réconcilier avec la nation.

17 juillet
Première, au théâtre de Monsieur, de *La Famille patriote*, comédie de Collot d'Herbois.

20 juillet
Le Conseil du roi prend la décision de sanctionner la constitution civile du clergé.
L'Assemblée constituante décrète qu'il y aura un tribunal par district.

21 juillet
Suppressions des jurés-priseurs et du dépôt légal par l'Assemblée constituante.

23 juillet
Le ministère reçoit les lettres de Pie VI condamnant la constitution civile du clergé mais décide de les garder secrètes, même à l'égard de Louis XVI, qui a prévenu la veille l'Assemblée constituante de son intention de sanctionner la constitution civile du clergé.

25-26 juillet
Troubles contre-révolutionnaires à Lyon.

26 juillet
À la suite des événements de mai, l'Assemblée constituante suspend la municipalité de Montauban.

27 juillet
Inquiètes de la situation française, l'Angleterre, la Prusse et l'Autriche signent un accord à Reichenbach, autorisant notamment l'Autriche à intervenir en Belgique. Le lendemain, l'Assemblée constituante refuse d'autoriser les troupes autrichiennes envoyées contre la Belgique à traverser le territoire français.

28 juillet
Louis XVI écrit à Pie VI, dans une lettre rédigée par Champion de Cicé, qu'il espère arriver à un accord avec l'Assemblée constituante sur la question religieuse.
Marat dénonce le club des Jacobins pour n'avoir pas admis de citoyens passifs en son sein.

31 juillet
Après une dénonciation de Malouet, l'Assemblée constituante décide de poursuivre Marat et Desmoulins. Le 2 août, à la suite d'un incident où, des tribunes accueillant le public, Camille Desmoulins interrompt Malouet qui le dénonçait, Robespierre intervient pour faire rapporter l'ordre d'arrestation de Desmoulins.
Une situation de guerre civile se développe à Saint-Domingue. Le 8 août, l'assemblée des colons de Saint-Domingue est dispersée par la force sur ordre du gouverneur de l'île.

1er août
Le ministère envoie au cardinal de Bernis, ambassadeur de France auprès du Saint-Siège, des instructions pour qu'il obtienne l'accord du pape Pie VI à la constitution civile du clergé.
Barnave est élu maire de Grenoble ; il démissionnera en octobre afin de conserver son mandat de député.

5 août
À Nancy, les soldats du régiment suisse de Châteauvieux demandent le règlement de leurs soldes et s'opposent à leurs officiers.

6 août
Suppression du droit d'aubaine après un rapport de Barère. Après avoir entendu ce dernier, l'Assemblée constituante décide de protéger de la vente les forêts nationales dépassant 100 arpents.
Après un mémoire du ministre de la Guerre, La Tour du Pin, et un rapport de Jean-Louis Emmery

(1742-1823), sur l'insubordination des soldats, l'Assemblée constituante déclare qu'ils doivent obéissance à leurs supérieurs mais qu'ils sont autorisés à se plaindre à l'Assemblée. À Nancy, les soldats des autres régiments soutiennent les Suisses. Le 16 août, après un rapport d'Emmery, l'Assemblée constituante décide que les soldats rebelles de Nancy seront traités comme des criminels de lèse-nation, et le 18, La Fayette conseille au marquis de Bouillé (1739-1800), commandant militaire de la région, de réprimer les troubles militaires de Nancy. Au nom de la Société des amis des Noirs, Pétion et Brissot dénoncent le Code noir.

9 août
Marat: *On nous endort, prenons-y garde!*

10 août
Dans l'organisation judiciaire, l'Assemblée constituante décide que l'accusation publique ne sera pas confiée aux commissaires du roi.

12 août
Institution du tribunal de cassation.

14 août
Le cabinet des chartes, créé en 1762, que dirigeait l'historiographe royal Jacob-Nicolas Moreau, est joint au département des manuscrits de la Bibliothèque royale.

15 août
L'Assemblée constituante réhabilite l'*Histoire philosophique et politique de l'établissement et du commerce des Européens dans les deux Indes* (1772) de l'abbé Raynal, qui avait été condamnée par le Parlement de Paris.
D'Aix-la-Chapelle où il a émigré, le vicomte André-Boniface-Louis de Riqueti de Mirabeau (1754-1792), le frère du grand tribun et l'un des orateurs de la droite à l'Assemblée surnommé «Mirabeau-Tonneau», envoie sa démission à l'Assemblée constituante.

16 août
Bouche se plaint à l'Assemblée constituante des lenteurs apportées dans la publication de la constitution civile du clergé: il dénonce le prétexte avancé par le garde des Sceaux Champion de Cicé – l'encombrement de l'imprimeur – et demande au ministère de s'expliquer. Le lendemain, Champion de Cicé assure à l'Assemblée que Louis XVI s'occupe de la publication de la constitution civile du clergé. Le 20, à Bouche qui s'inquiète de nouveau, Lanjuinais répond qu'on attend une réponse du pape afin de rassurer les «consciences timorées».
Décret récapitulatif sur l'organisation judiciaire.

18 août
Premier rassemblement royaliste armé au camp de Jalès dans le Vivarais regroupant 20000 hommes.

23 août
Première représentation à l'Opéra-Comique des *Rigueurs du cloître*, un opéra de Berton sur un livret de Fiévée.

24 août
Promulgation de la constitution civile du clergé.

25 août
Les sections de Paris sont pourvues d'un juge de paix.

26 août
L'Assemblée constituante décrète qu'elle observera les engagements défensifs et commerciaux passés avec l'Espagne, mais charge le roi de négocier un nouveau traité.
Marat: *C'est un beau rêve, gare au réveil!*

27 août
Après avoir entendu le rapport de Tronchet, Bouche demande à l'Assemblée constituante de prononcer la réunion d'Avignon à la France.

28 août
André Chénier (1762-1794): *Avis au peuple français sur ses véritables ennemis.*

31 août
Une nouvelle sédition des Suisses ayant éclaté à Nancy le 26 au moment même où le ministre de la guerre, La Tour du Pin, affirmait à l'Assemblée constituante que tout était rentré dans l'ordre, le marquis de Bouillé réprime la mutinerie de la garnison: 33 Suisses sont exécutés et 41 envoyés aux galères. Le 2 septembre, une manifestation parisienne proteste contre la répression des mutineries. Alors que les 3 et 4 septembre, l'Assemblée constituante puis le roi félicitent Bouillé.
Marat: *L'Affreux Réveil.*

septembre
Au tout début du mois, Jacques-René Hébert (1757-1794) entame la publication du journal *Le Père Duchesne.*
Louis-Thomas de Lavicomterie (1746-1809): *Du peuple et des rois.*

4 septembre
Démission de Necker dans une quasi-indifférence générale. Il quitte la France les jours qui suivent pour s'établir à Coppet, en Suisse. L'Assemblée constituante prend la direction du Trésor public.
Création à l'Opéra-Comique d'*Euphrosine ou le Tyran corrigé*, opéra de Méhul sur un livret de François-Benoît Hoffman (1760-1828).

6 septembre
Décret supprimant définitivement les parlements.
Répression d'une émeute demandant une baisse du prix du pain à Angers.
À Brest, une importante mutinerie agite les équipages de la flotte pendant plusieurs semaines.

7 septembre
Décret organisant les Archives nationales sous la direction de Camus.
L'Assemblée constituante décide que les offices de judicature et municipaux seront liquidés au prix de l'évaluation de 1771.

16 septembre
Le Misanthrope par amour ou Sophie et Desfrancs, comédie de Sade, est acceptée par la Comédie-Française (le théâtre de la Nation), mais elle n'y sera jamais jouée.

19 septembre
Mort du journaliste Loustalot.
Fête funèbre à Paris en l'honneur des défenseurs de l'ordre victimes des événements de Nancy; Gossec compose pour l'occasion sa *Marche lugubre* où il inclut de nombreuses percussions: c'est la première utilisation des tam-tams dans un ensemble orchestral.

20 septembre
Dénonciation à l'Assemblée constituante de la lettre pastorale sur la constitution civile du clergé de l'archevêque de Vienne et ministre d'État Lefranc de Pompignan, datée du 22 août.

22 septembre
Décret récapitulatif sur l'organisation de la justice militaire.

23 septembre
Décret récapitulatif réglementant l'avancement dans l'armée.

24 septembre
À Rome, la Congrégation des cardinaux se réunit pour condamner la politique de l'Assemblée constituante.

29 septembre
Émission de 800 millions d'assignats transformés en papier-monnaie sans intérêt et mise en vente d'une tranche équivalente de biens nationaux.

30 septembre
Parution du premier numéro de *La Feuille villageoise* animée par Cerutti.
Mort de l'évêque de Quimper, Conen de Saint-Luc: ce décès pose la question de l'application effective de la constitution civile du clergé, qui lui avait été notifiée le 26, car le chapitre cathédral décide, conformément au droit canon, d'administrer le diocèse pendant la vacance du siège épiscopal. Or ce chapitre n'a plus d'existence légale avec la nouvelle organisation du clergé. Aussi le district de Quimper consulte-t-il l'administration départementale du Finistère qui s'adresse au comité ecclésiastique de l'Assemblée constituante pour savoir ce qu'il convient exactement de faire en cas de vacance du siège épiscopal. Le comité ecclésiastique répond le 12 octobre à l'administration départementale d'organiser rapidement des élections épiscopales.
Léopold II est proclamé empereur à la place de son frère Joseph II décédé le 20 février.

octobre
Calonne publie *De l'état de la France présent et à venir*. Il publie une suite un mois plus tard: *De l'état de la France tel qu'il peut et qu'il doit être*.
Jacques Réattu (1760-1833) remporte le prix de Rome avec *Daniel faisant arrêter les vieillards accusateurs de la chaste Suzanne*.

2 octobre
Après le rapport présenté la veille par Jean-Baptiste-Charles Chabroud (1750-1816) sur l'information ouverte par le Châtelet à propos des journées d'octobre 1789, l'Assemblée constituante décharge Mirabeau et le duc d'Orléans de toute responsabilité dans ces journées.

3 octobre
Après un rapport de Barère, l'Assemblée constituante prescrit à la municipalité de Paris de se rembourser des frais occasionnés par la démolition de la Bastille sur la vente des biens nationaux.

5 octobre
Robespierre est élu juge au tribunal de district de Versailles.

6 octobre
Dans une lettre, Louis XVI fait part au roi d'Espagne Charles IV de son hostilité à la constitution civile du clergé.
Parmentier fonde *La Feuille du cultivateur* pour informer les ruraux des innovations agricoles.

7 octobre
L'Assemblée constituante décide que la contribution mobilière devra être payée en argent et non en nature.

9 octobre
Décret, complété le 20, sur les impôts remplaçant la gabelle.

11 octobre
Bonal, évêque de Clermont, demande à l'Assemblée constituante de surseoir à l'exécution de la constitution civile du clergé.

12 octobre
Après un rapport de Barnave, l'Assemblée constituante dissout l'Assemblée de Saint-Domingue.

13 octobre
Première réunion au cirque du Palais-Royal de la Confédération des amis de la vérité (le Cercle social de Bonneville): Fauchet y fait un discours et Bonneville lance leur journal, *La Bouche de fer*.

17 octobre
L'Assemblée constituante ordonne l'application de la constitution civile du clergé en Alsace.

22 octobre
L'Assemblée constituante décrète la substitution du drapeau tricolore au drapeau blanc.

22-23 octobre
Émeutes contre-révolutionnaires à Varaize (Charente-Maritime).

24 octobre
Jean-René Asseline, dernier évêque nommé par Louis XVI, publie l'*Instruction pastorale de J. R. Asseline, évêque de Boulogne, sur l'autorité spirituelle*, savante réfutation de la constitution civile du clergé, qui va connaître une très large diffusion et dont s'inspirera largement le clergé réfractaire.

25 octobre
À la demande de Robespierre, le tribunal du Châtelet est dessaisi des crimes de lèse-nation.

26 octobre
Le comte de La Luzerne quitte le ministère de la Marine où il est remplacé par Charles-Pierre Claret de Fleurieu (1738-1810) qui restera en place jusqu'en mars 1791.

28 octobre
Rapport de Merlin de Douai à l'Assemblée constituante sur les princes allemands possessionnés en Alsace où il défend le droit des peuples à disposer d'eux-mêmes: l'Assemblée décide que ses décrets doivent s'exécuter dans tout le royaume et charge le roi de négocier les indemnités à accorder.
Au club des Jacobins, Dubois de Crancé propose de lancer une souscription en faveur d'un tableau qui célébrera le Serment du Jeu de paume et que David réalisera.

29 octobre
Soulèvement des mulâtres dans le nord de l'île de Saint-Domingue.

30 octobre
Publication de l'*Exposition des principes sur la constitution civile du clergé*, rédigée par Boisgelin et signée par 30 évêques députés. Au total, 119 prélats vont y adhérer.

*L'*EXPOSITION DES PRINCIPES SUR LA CONSTITUTION CIVILE DU CLERGÉ

Ce texte est une réponse point par point à la constitution civile du clergé sur le plan du droit canonique et des libertés traditionnelles de l'Église gallicane. Si le ton est critique, il n'est en revanche pas agressif. Boisgelin reproche à l'Assemblée constituante d'opérer unilatéralement sa réforme sans recourir aux formes canoniques. Il propose des moyens de conciliation qui rendraient licite la volonté de la Constituante et permettraient d'éviter le schisme qui se profile ainsi que les troubles qui l'accompagneraient. Il souligne l'intenable dilemme dans lequel l'obstination de l'Assemblée enferme les évêques: abandonner leurs ouailles en démissionnant, c'est-à-dire consacrer l'oubli des règles canoniques et se mettre en contradiction avec leur obligation pastorale qui leur prescrit de ne pas abandonner le troupeau qui leur a été confié par une mission d'institution divine; ou bien résister et aller à l'encontre de la morale évangélique et de la tradition gallicane en risquant de provoquer des troubles à l'ordre public. Il conclut en plaçant ses espoirs dans une réponse mesurée du pape qui permettrait d'aplanir les difficultés.

31 octobre
Suppression des douanes intérieures.
La Société des amis de la Constitution (le club des Jacobins) charge Laclos de publier le *Journal des amis de la Constitution.*

novembre
Burke : *Réflexions sur la révolution de France.*

Burke et la Révolution française

Rapidement traduit en français puis en allemand, le livre de Burke connaît dès sa publication un énorme succès : en deux jours, 2 000 exemplaires s'arrachent à Paris, et l'ouvrage est réédité 11 fois en un an. Très vite donc, les Réflexions *apparaissent comme une référence indispensable à tous ceux qui prennent parti pour ou contre la Révolution française. Cette œuvre de circonstance, largement provoquée par des polémiques internes à la vie politique britannique, surgit au cœur des débats d'idées révolutionnaires et va se trouver à l'origine des grandes critiques de la philosophie du* XVIIIe *siècle, du romantisme allemand à la pensée contre-révolutionnaire française.*
Edmund Burke (1729-1797), brillant parlementaire whig depuis plus de trente ans, était alors connu pour avoir été le champion des grandes causes libérales outre-Manche : défenseur de la liberté religieuse en Irlande, il avait soutenu les insurgés américains en prônant la réconciliation de l'Angleterre avec ses colonies, et il s'était élevé contre les abus des colonisateurs aux Indes. En 1790, la Révolution française l'amène à rompre avec ses amis politiques, dont Fox.
Les Réflexions sur la révolution de France *s'insèrent d'abord dans un débat anglais qui oppose Burke aux radicaux et aux dissidents religieux, c'est-à-dire les protestants non anglicans. Elles mêlent à une polémique contre Richard Price – un savant prédicateur et ardent partisan de la Révolution française – une interprétation de la révolution anglaise de 1688 et une critique de l'Assemblée constituante, notamment sur son attitude à l'égard de l'Église. Car la spoliation de cette dernière – son « désétablissement » – définit pour Burke une vraie révolution. Alors qu'en 1688, la révolution anglaise s'enracinait dans le passé, dans l'histoire pour préserver sa constitution, bref n'était qu'une restauration, en 1789, en voulant créer une constitution, les Français introduisent une rupture stupéfiante dans le cours de l'histoire. Ce sont les journées d'octobre (5-6 octobre 1789) qui, pour Burke, dévoilent la signification de la Révolution : elles marquent la fin d'un âge, c'est toute une civilisation qui disparaît. La Révolution française est une cassure pour toute l'histoire de la civilisation européenne : la France sort du cours de cette histoire.*
Burke dénonce la folie française de la table rase, de la prescription politique qui renverse la civilisation apportée par l'histoire, par la sédimentation du temps, alors qu'il existait en France, malgré l'absolutisme, les éléments d'une constitution française. Il n'aime pas la monarchie absolue, qu'il sait de plus largement responsable du sort qui lui est fait, et qui partage avec la Révolution ce volontarisme en politique qu'il déteste. Mais l'individu abstrait et la raison législatrice de la Constituante sont pires encore car incapables de fonder une communauté : seul le chaos peut en résulter. D'où le succès, dans la pensée conservatrice, du tableau négatif qu'il brosse. D'autant qu'il identifie les groupes sociaux responsables du déclenchement de cet immense bouleversement dans une petite oligarchie : d'une part les créanciers de l'État qui voulaient imposer la circulation du papier-monnaie et s'approprier les richesses de l'Église, et de l'autre, les hommes de loi et gens de lettres fanatiques, tous inexpérimentés dans la haute politique, mais que l'Ancien Régime lui-même a rendus puissants.
S'il est facile de comprendre ce qui rapproche des monarchiens cette critique des droits de l'homme au nom des droits des hommes, il faut aussi souligner ce qui l'en sépare. Les monarchiens restent volontaristes en politique ; ils entendaient donner une constitution à la France et non en restaurer une. Le libéralisme français, qui situe son origine dans 1789, sera donc profondément différent de ce conservatisme libéral.

3 novembre
La municipalité de Paris se voit attribuer les compétences d'un district.

4 novembre
Insurrection de l'île de France (l'île Maurice).

7 novembre
Première au Théâtre-Français de *Nicodème dans la lune, ou la Révolution pacifique, folie en prose et en trois actes, mêlée d'ariettes et de vaudevilles* de Louis-Abel Beffroy de Reigny, dit Cousin Jacques (1757-1811). La pièce rencontre un grand succès, connaîtra de nombreuses représentations et sera publiée en 1791. Auteur de vaudevilles et de drames lyriques pour les théâtres de foire depuis 1786,

Beffroy de Reigny éditera aussi pendant la Révolution *Les Lunes du cousin Jacques*, une publication périodique qu'il prolonge avec différents titres : *Les Nouvelles Lunes du cousin Jacques*, *Le Cousin Jacques ou Çourrier de la lune et des planètes*, *Courrier des planètes*, mêlant fantaisie et politique.

10 novembre
L'Assemblée constituante décrète que « le tribunal de cassation ne pourra jamais connaître du fond d'aucune affaire ; qu'il sera tenu d'annuler tout jugement dans lequel les formes auront été violées, ou qui contiendront une contravention expresse au texte de la loi ».
Une députation parisienne, conduite par Danton, dénonce à l'Assemblée constituante les ministres Champion de Cicé, La Tour du Pin et Saint-Priest.

11 novembre
Publication de l'*Avertissement de M. Lefranc de Pompignan, archevêque de Vienne, au clergé séculier et régulier et aux fidèles de son diocèse.*

13 novembre
Le duc de Castries (1756-1842), qui a blessé la veille Charles de Lameth (1757-1832) au cours d'un duel, voit son hôtel mis à sac par la foule.

14-15 novembre
Décret sur l'exécution de la constitution civile du clergé : les nouveaux évêques élus pourront utiliser la procédure d'appel comme d'abus, c'est-à-dire saisir un tribunal laïque, afin d'obtenir l'institution canonique en cas de refus de leur évêque métropolitain ; le tribunal désignera alors un évêque qui devra effectuer la consécration. Ce décret est pris afin de lever les difficultés éprouvées pour se faire sacrer évêque par l'abbé Expilly, membre du comité ecclésiastique de l'Assemblée constituante, qui avait accepté le 7 novembre son élection au siège épiscopal de Quimper en remplacement de Conen de Saint-Luc décédé le 30 septembre.

16 novembre
L'Assemblée constituante décide que la Corse formera un seul département.
La Tour du Pin quitte le ministère de la Guerre où il est remplacé par Antoine-Jean-Louis Le Bègue de Presle Duportail (1743-1802).

18-20 novembre
Débat sur Avignon à l'Assemblée constituante : Robespierre réclame le rattachement pur et simple quand Durand de Maillane propose un rachat par la France ; l'abbé Claude Jacquemard (1739-1796) suggère qu'on demande au roi de solliciter du pape l'octroi d'une constitution aux Avignonnais. Le 20, l'Assemblée décide d'ajourner sa réponse à la demande de rattachement à la France formulée par les pétitionnaires avignonnais, mais incite le roi à envoyer des troupes en Avignon afin de protéger les intérêts français.

21 novembre
Marguerite-Louis-François Duport-Dutertre (1754-1793) devient ministre de la Justice à la place du garde des Sceaux Champion de Cicé. Il y restera jusqu'en mars 1792.

22 novembre
Brissot publie sa *Lettre à M. Barnave* où il dénonce les positions de ce dernier sur la question coloniale.
Les Autrichiens pénètrent en Belgique tandis que les révolutionnaires liégeois demandent leur rattachement à la France.

23 novembre
Affrontements entre protestants et catholiques à Uzès.

25 novembre
L'archevêque de Sens et ancien principal ministre de Louis XVI, Loménie de Brienne, écrit à Pie VI qu'il serait préférable que le clergé accepte la constitution civile afin de rester autant que possible en place et de sauver ce qui peut l'être dans la religion.
Soulèvement des esclaves de Saint-Domingue.

26 novembre
Rapport de Voidel à l'Assemblée constituante sur les protestations soulevées par la constitution civile du clergé. Bonal réclame de nouveau l'autorisation pour le clergé de tenir un concile national.

27 novembre
La discussion du rapport Voidel déclenche à l'Assemblée constituante une violente polémique qui oppose l'abbé Maury, Mirabeau et Camus. L'Assemblée décrète que les ecclésiastiques fonctionnaires publics doivent prêter serment à la constitution sous peine d'être réputés démissionnaires.

Le serment : clergé constitutionnel et clergé réfractaire

Le 27 novembre, après deux jours d'intenses polémiques, la Constituante répute démissionnaires de leurs fonctions pastorales les ecclésias-

tiques fonctionnaires publics qui ne prêteront pas le serment de maintenir la Constitution dans laquelle la constitution civile du clergé est incluse. Louis XVI sanctionne le décret un mois plus tard, le 26 décembre. Les députés ecclésiastiques ont alors huit jours pour jurer. Le lendemain, l'abbé Grégoire vient prêter serment à la tribune. Quelques députés ecclésiastiques, dont Talleyrand, font de même les jours qui suivent. Le 2 janvier 1791, Gobel, évêque in partibus *de Lydda et suffragant de l'évêque de Bâle pour la partie française du diocèse depuis 1772, se présente à son tour à la tribune et jure, « persuadé » que l'Assemblée n'a pas entendu empiéter sur la juridiction spirituelle. Lorsque Bonal, l'évêque de Clermont, prend la parole et commence à déclarer qu'il n'a pas reçu ses pouvoirs dans l'ordre spirituel de la puissance civile, il est interrompu par Treilhard qui le somme de jurer et non de s'expliquer. Comme l'Assemblée et le public des tribunes appuient ce dernier, l'évêque se retire sans prononcer le serment requis. Il publiera alors ce serment tel qu'il aurait souhaité le faire entendre, c'est-à-dire en « exceptant formellement les objets qui dépendent essentiellement de l'autorité spirituelle ».*

Lorsque le délai accordé aux députés ecclésiastiques expire, un tiers seulement d'entre eux a obtempéré. Au niveau national, plus de 45 % des ecclésiastiques concernés refusent le serment. Répartis inégalement sur le territoire, ils dessinent une carte qui, pour être celle des résistances à la Révolution, recoupe celle de la pratique religieuse jusqu'au milieu du XXe siècle, carte qui est aussi celle de la droite politique. Touchant les populations au niveau paroissial, le serment scinde la France en deux.

Le clergé se divise en deux factions rivales. Au sein de l'épiscopat, des sept prélats jureurs, quatre seulement sont titulaires d'un diocèse : Loménie de Brienne, archevêque de Sens, Talleyrand, évêque d'Autun, Jarente, évêque d'Orléans, et Lafont de Savine, évêque de Viviers. Surprise par cette résistance massive qu'elle ne soupçonnait pas – la constitution civile du clergé n'améliore-t-elle pas le sort matériel du bas clergé ? –, l'Assemblée constituante va chercher à rassurer, tandis que Talleyrand, qui avait démissionné de ses fonctions épiscopales pour se consacrer à la politique, recoiffe une fois la mitre pour sacrer Expilly et Marolles, deux évêques constitutionnels élus, de manière à conserver intacte la chaîne apostolique. Le clergé constitutionnel commence à s'organiser au printemps, mais la rupture avec Rome est bientôt consommée. Et la condamnation pontificale entraîne une vague de rétractations chez les assermentés. Ces rétractations, ou les réserves émises par les prêtres lors de leurs prestations de serment, ne sont pas toujours inscrites par des autorités locales soucieuses parfois de garder leurs prêtres. Ailleurs, au contraire, ils peuvent être perçus comme les vecteurs de la contre-révolution, et ils commencent alors à faire l'objet de mesures vexatoires ou répressives de la part d'administrations souvent poussées par les nouveaux ecclésiastiques élus soucieux d'éloigner la concurrence. À la fin de l'été 1791, le clergé constitutionnel est à peu près institué, malgré les difficultés, tandis que l'ancienne Église de France semble bien près de disparaître.

29 novembre

Après avoir entendu Barnave, l'Assemblée constituante suspend l'Assemblée de la Martinique et décide l'envoi de commissaires aux Antilles.

30 novembre

Mirabeau est élu président du club des Jacobins. Antoine Waldeck de Lessart, dit Delessart (1741-1792), devient ministre des Finances à la place du contrôleur général des Finances Lambert. Aux Finances jusqu'en mai 1791, Delessart sera aussi ministre de l'Intérieur de fin janvier 1791 à fin octobre 1791, moment où il prendra les Affaires étrangères qu'il conservera jusqu'au 10 mars 1792.

2 décembre

Entrée à Bruxelles des Autrichiens, qui vont rétablir leur domination.

3 décembre

Louis XVI écrit à Frédéric-Guillaume II de Prusse pour lui demander son soutien contre la Révolution. Envoi au pape Pie VI d'une lettre du ministre des Affaires étrangères, Montmorin, où est prônée la modération pour décrisper une situation qui se tend entre l'Assemblée constituante et le pape. Cette lettre est appuyée par un mémoire de Boisgelin qui propose de se rendre à Rome afin de négocier un compromis.

4 décembre

Dans une lettre à Louis XVI, l'empereur Léopold II prend la défense des princes allemands possessionnés en Alsace.

5 décembre

Le soir, après la discussion à l'Assemblée constituante d'un projet de Rabaut Saint-Étienne sur la

garde nationale, affrontement au club des Jacobins entre Mirabeau et Robespierre qui n'avait pu s'exprimer à l'Assemblée et refuse l'exclusion des citoyens passifs de la garde nationale.
Mirabeau rencontre Montmorin et rédige pour la Cour l'*Aperçu de la situation de la France et des moyens de concilier la liberté publique avec l'autorité royale.*

6 décembre
L'Assemblée constituante accorde aux citoyens passifs déjà membres de la garde nationale le droit d'y rester jusqu'à son organisation définitive.

14 décembre
L'Assemblée constituante décrète le droit à la retraite des soldats âgés de plus de 50 ans après trente ans de service.
À Aix-en-Provence, Pascalis est massacré par la foule.

15 décembre
Au club des Jacobins, violente attaque de Mirabeau contre La Fayette, qu'il renouvelle le 17.
L'Assemblée constituante supprime la vénalité et l'hérédité des offices ministériels mais déclare nécessaire le ministère des officiers publics pour un certain nombre d'actes juridiques comme les citations.
Instruction de l'Assemblée constituante pour la conservation des œuvres d'art, manuscrits et livres provenant du mobilier des établissements ecclésiastiques.

16 décembre
L'Assemblée constituante accorde 15 millions aux ateliers de charité.
L'évêque de Vannes organise un pèlerinage à Sainte-Anne-d'Auray pour invoquer le ciel contre les nouvelles lois.

17 décembre
Première représentation de *Calas, ou le fanatisme*, drame de Lemierre, au théâtre du Palais-Royal (les Variétés amusantes) qui deviendra en 1791 le Théâtre-Français (de la rue de Richelieu), l'actuelle Comédie-Française.

18 décembre
Décret récapitulatif sur le rachat des rentes foncières perpétuelles.
Parution du premier numéro du *Journal de la Société des amis de la Constitution monarchique* que dirige Fontanes. C'est le 15 novembre que Stanislas de Clermont-Tonnerre et Malouet préviennent la municipalité de Paris de leur intention d'organiser des réunions des Amis de la Constitution monarchique, et la première séance se tient le 17 décembre. On retrouve au sein du Club monarchique, comme on les appelle aussi, l'archevêque d'Aix Boisgelin, l'évêque de Langres La Luzerne, l'évêque de Chartres Lubersac, l'évêque de Châlons-sur-Marne Anne-Antoine-Jules de Clermont-Tonnerre (1749-1830), Bergasse, Louis Foucauld de Lardimalie (1755-1805), Saint-Priest, l'abbé Royou.

21 décembre
Suppression des apanages par l'Assemblée constituante.
Une pension annuelle de 1 200 livres est accordée à la « veuve » de Jean-Jacques Rousseau, Marie-Thérèse Levasseur; l'Assemblée constituante décide aussi d'élever au philosophe une statue avec cette inscription: « La Nation française libre, à J.-J. Rousseau ».

23 décembre
Louis XVI déclare à l'Assemblée constituante qu'il ne saurait s'élever de doute sur son intention de sanctionner le décret du 27 novembre obligeant les ecclésiastiques fonctionnaires publics à prêter serment à la constitution puisque ce décret n'est qu'une suite de la constitution civile du clergé et qu'il a sanctionné cette dernière. Poussée par Camus qui dénonce cette manœuvre temporisatrice, l'Assemblée décide que son président se rendra le lendemain chez le roi afin d'obtenir une réponse définitive.
Décret sur le rachat des rentes seigneuriales et des droits casuels en dépendant.

23-24 décembre
Organisation de la gendarmerie nationale.

24 décembre
Montmorin, qui conserve son portefeuille des Affaires étrangères, devient ministre de l'Intérieur par intérim après le départ de Saint-Priest. Il est remplacé un mois plus tard par Delessart.

26 décembre
Louis XVI sanctionne le décret du 27 novembre comme le lui conseillait encore la veille Boisgelin, qui cherche à éviter un durcissement de la tension.

27 décembre
L'abbé Grégoire prête le serment prescrit par le décret du 27 novembre.

29 décembre
Décès de Lefranc de Pompignan.

Le club des Jacobins décide de lancer la souscription proposée par Dubois de Crancé au bénéfice de David pour réaliser un tableau commémorant le Serment du Jeu de paume.

30 décembre
Toute découverte ou nouvelle invention sera la propriété de son auteur.

31 décembre
Organisation de l'administration des Ponts et Chaussées.

autres événements
• Jean-Antoine-Claude Chaptal (1756-1832): *Éléments de chimie.*

1791

2 janvier
Séance très mouvementée à l'Assemblée constituante où l'évêque *in partibus* de Lydda, Gobel, prête serment. Appuyé par l'Assemblée, Treilhard interrompt l'évêque de Clermont, Bonal, pour lui demander de déclarer purement et simplement s'il prête ou non le serment à la constitution, lequel déclare ne pas pouvoir prêter ainsi ce serment. Il fera imprimer et diffusera la formule de serment qu'il souhaitait prononcer: jurer mais en exceptant ce qui relève de l'autorité spirituelle.

3 janvier
Devant le peu d'empressement des ecclésiastiques députés à venir prêter le serment, l'Assemblée constituante déclare que le délai prescrit expirera le lendemain à une heure.

4 janvier
La majorité des députés ecclésiastiques refuse de jurer purement et simplement le serment à la Constitution, laquelle inclut la constitution civile du clergé.
Le couvent des Petits-Augustins est désigné pour rassembler les œuvres d'art sans abri; Alexandre Lenoir (1761-1839) en est nommé conservateur.

7 janvier
Mirabeau fait adopter un décret facilitant le recrutement des ecclésiastiques: tout prêtre ayant cinq années d'ancienneté pourra être élu curé.

8 janvier
Le recteur de l'Université de Paris, Jean-Baptiste Dumouchel (1748-1820), présente à l'Assemblée constituante l'adhésion de l'Université aux lois et particulièrement à la constitution civile du clergé.

9 janvier
À Paris, le curé de Saint-Sulpice, Pancemont, refuse spectaculairement de prêter le serment, ce qui provoque la colère et la mobilisation des Parisiens.
La garde nationale d'Avignon assiège Carpentras aux mains des royalistes.

12 janvier
Les troupes autrichiennes occupent Liège et rétablissent le prince-évêque.

13 janvier
Décret récapitulatif sur la contribution mobilière: son montant sera déterminé chaque année et évalué sur la base du revenu attesté par la valeur locative du logement.
Réglementation du théâtre: la liberté des théâtres et de représentation est accordée.

14 janvier
Mirabeau lit à l'Assemblée constituante un projet d'adresse aux Français sur la constitution civile du clergé qui provoque des protestations: tandis que la droite sort de la salle, à gauche, l'avocat janséniste Camus demande l'ajournement de la séance en qualifiant d'«abominations» ce qu'on vient d'entendre.

15 janvier
Première représentation à l'Opéra-Comique de l'opéra de Kreutzer, *Paul et Virginie, ou le naufrage*, inspiré de l'œuvre de Bernardin de Saint-Pierre.

18 janvier
Jacques-Joseph Defermon des Chapelières (1752-1831) dénonce à l'Assemblée constituante la circulation d'un faux bref pontifical condamnant la constitution civile du clergé.
Le commerce avec le Sénégal est déclaré libre pour tous les Français.

20 janvier
Institution d'un tribunal de simple police dans chaque commune, d'un tribunal de police dans chaque canton et d'un tribunal criminel dans chaque département.
Talleyrand, élu administrateur du département de Paris, démissionne de son évêché d'Autun.

21 janvier
Instruction de l'Assemblée constituante sur la constitution civile du clergé: les ecclésiastiques

qui ne jurent pas doivent continuer à exercer leurs fonctions jusqu'à leur remplacement.

24 janvier
Une émeute à Yvignac (Côtes-du-Nord), où les paysans veulent qu'un noble renonce à ses droits féodaux, fait cinq morts: ce sera la fin des violences antiféodales en Bretagne.

27 janvier
À Paris, établissement du tribunal de commerce.
L'hôtel de Stanislas de Clermont-Tonnerre est pillé par la foule.

28 janvier
Le ministre des Affaires étrangères Montmorin communique à l'Assemblée la lettre de l'empereur Léopold II du 4 décembre 1790 défendant les intérêts des princes allemands possessionnés en Alsace. L'Assemblée constituante décide de renforcer les régiments aux frontières.

30 janvier
Dubois de Crancé dénonce au club des Jacobins les projets de fuite de la famille royale.

31 janvier
Danton est élu administrateur du département de Paris.

février
Condorcet: *Mémoires sur l'instruction publique.*

1er février
Après que l'Assemblée constituante a décidé de renvoyer son serment au cardinal de Bernis, ambassadeur de France auprès du pape, qui n'a pas juré purement et simplement, le ministre des Affaires étrangères Montmorin écrit à Bernis qu'il sera relevé de ses fonctions s'il ne jure pas purement et simplement.

2 février
Élection de neuf évêques constitutionnels, parmi lesquels l'abbé Grégoire à Blois.

3 février
Marie-Antoinette exprime son intention de fuir dans une lettre à Mercy d'Argenteau.

5 février
L'obligation de prêter serment à la constitution est étendue aux prédicateurs.

7 février
Rassemblement paysan à proximité de Vannes: les campagnes du Morbihan, qui soutiennent le clergé réfractaire au serment, sont en effervescence.

8 février
Après un rapport de Lanjuinais, et suite aux propositions de Camus et Le Chapelier, l'Assemblée constituante accorde 500 livres de pension aux ecclésiastiques insermentés qui seront remplacés.

13 février
À Liziec, près de Vannes, les patriotes de Lorient et un détachement de l'armée arrivé à Vannes en renfort le 9, dispersent plusieurs milliers de paysans venus secourir leur évêque.
De nouveaux troubles éclatent à Uzès.

15 février
Rapport à l'Assemblée constituante de Pierre-Gilbert Leroy d'Allarde (1748-1809) sur les patentes.
Première représentation à l'Opéra de *Cora* de Méhul.

19 février
Départ pour Rome des tantes du roi, Madame Victoire et Madame Adélaïde, accompagnées par le comte Louis de Narbonne-Lara (1755-1813). La nouvelle met Paris en émoi et provoque, le 21, le premier débat à l'Assemblée constituante sur l'émigration et la liberté de circulation des personnes.

20 février
Le couple Roland vient s'installer à Paris: Roland est chargé par la municipalité de Lyon d'obtenir de l'Assemblée constituante la conversion en dette nationale des dettes de la ville.

Les Roland

Jean-Marie Roland de La Platière (1734-1793) et son épouse Marie-Jeanne Phlipon (1754-1793) forment l'un des couples les plus célèbres de la période révolutionnaire, au destin comparable à leur pendant montagnard, les Desmoulins. Roland était inspecteur des manufactures depuis déjà dix ans lorsqu'il avait fait la connaissance de « Manon » Phlipon en 1776. De cette rencontre naît une collaboration intellectuelle, une complicité bientôt transformée en mariage.
Les époux mènent la vie des élites des Lumières en province, faite de correspondances et écriture d'ouvrages savants sur les arts du commerce et des manufactures lorsque la Révolution les saisit, déjà passionnés de politique. C'est au titre d'officier municipal de la ville de Lyon que Roland se

rend à Paris accompagné de sa femme en février 1791. Rapidement, l'ambiance studieuse du salon que tient Mme Roland impose sa notoriété: les gloires présentes jacobines et futures gloires girondines y recherchent le sérieux des conversations qui s'y tiennent. Roland acquiert la réputation d'un républicain austère qui connaît l'économie financière, ce qui lui vaut d'accéder au ministère au printemps 1792.
À partir de ce moment, leur histoire se confond avec celle de la Gironde, au point que l'historiographie jugera longtemps Mme Roland, après le Tribunal révolutionnaire, avec le regard que l'on portait sur la politique girondine. En aidant son mari dans ses nouvelles activités politiques, au club des Jacobins comme au ministère, Manon aurait transgressé les réserves dues à son sexe en politique et contribué à la perte de sa coterie en l'inspirant de ses préjugés. Aussi est-elle arrêtée le 31 mai 1793 quand les sections parisiennes envahissent la Convention pour obtenir l'arrestation des députés girondins. Roland, qui avait pu fuir Paris, se suicidera en apprenant l'exécution de sa femme après le procès expéditif fait à ses amis.

22 février
L'Assemblée constituante décide que la consécration d'un évêque pourra être faite par n'importe quel évêque français, sans qu'il soit besoin d'obtenir une quelconque autorisation.
À Rome, le cardinal de Bernis refuse de prêter serment à la constitution.
Publication en Angleterre des *Droits de l'homme* de Thomas Paine. L'ouvrage, traduit en français en mai, connaît un grand succès; une seconde partie est publiée au printemps 1792.

PAINE

Anglais émigré en Amérique, Thomas Paine (1737-1809) était devenu une célébrité internationale après la publication en janvier 1776 de The Common Sense *où il avait prôné une rupture nette entre les colonies américaines et l'Angleterre en s'affirmant républicain. De retour en Europe en 1787, il alterne les séjours entre Londres et Paris où il a conservé des contacts depuis la guerre d'Amérique. Le premier volume des* Droits de l'homme *qui paraît en 1791 est une réponse aux* Réflexions sur la Révolution de France *de Burke où Paine entend réfuter l'argument d'une légitimité conférée par l'histoire, le temps. La violence de cette polémique entre Anglais traduit le drame de la politique intérieure anglaise, au socle constitué d'une sédimentation de l'histoire, confrontée à l'impact inédit d'une Révolution française qui entend faire table rase du passé. Proche du Cercle social de Condorcet et Bonneville, chez qui il loge, Paine se voit décerner la citoyenneté française en août 1792 et est élu député à la Convention. Emprisonné une dizaine de mois durant la Terreur, et tout en étant en retrait vis-à-vis de la politique, il restera en France jusqu'en 1802.*

23 février
Bref du pape Pie VI adressé à Loménie de Brienne, archevêque de Sens, lui reprochant sa prestation de serment.
À Worms, le prince de Condé commence à organiser l'armée des émigrés.

24 février
L'Assemblée constituante apprend l'arrestation des tantes du roi, Mesdames Victoire et Adélaïde, le 22, par la municipalité d'Arnay-le-Duc, en Côte-d'Or. Après une séance mouvementée, l'Assemblée décide qu'aucune loi ne s'oppose à leur voyage. Le 1er mars, le ministre de l'Intérieur Delessart écrit à la municipalité d'Arnay-le-Duc de les laisser poursuivre leur route.
À Paris, Talleyrand reprend un instant ses fonctions épiscopales et sacre les premiers évêques constitutionnels élus, Expilly et Claude-Eustache-François Marolles (1753-1794). Dès le 27, Expilly et Marolles prêtent leurs concours à Gobel pour sacrer Jean-Pierre Saurine (1735-1811) évêque des Landes.

26 février
Exécution de Vincent Ogé, qui avait dirigé l'insurrection des mulâtres à Saint-Domingue. Mulâtre riche et instruit, membre actif de la Société des amis des Noirs, Ogé a vécu à Paris les débuts de la Révolution. Fin octobre 1790, dès son arrivée à Saint-Domingue où l'Assemblée coloniale entendait bien réserver les droits politiques aux Blancs, il entreprend de mobiliser les mulâtres. L'insurrection éclate bientôt, mais elle est rapidement réprimée et ses meneurs sont contraints de se réfugier dans la partie espagnole de l'île, ce qui ne leur permettra néanmoins pas d'échapper à une exécution.

27 février
Dispersion des royalistes rassemblés depuis août 1790 au camp de Jalès par les patriotes.

28 février
Affaire des Chevaliers du poignard: de jeunes nobles qui voulaient aider le roi à s'enfuir sont chassés des Tuileries et arrêtés par la foule (ils seront libérés le 13 mars), tandis que La Fayette et la garde nationale étaient attirés à Vincennes.
Séance houleuse à l'Assemblée constituante où l'on débat sur l'émigration et la souveraineté du peuple: au cours de la discussion, le marquis Foucauld de Lardimalie réclame la dissolution des clubs.
Le soir, Mirabeau, Duport et Alexandre de Lameth s'affrontent au club des Jacobins.

1er mars
Décret simplifiant, à la demande de Treilhard, la procédure de confirmation canonique des nouveaux évêques.
Les nouveaux administrateurs du département de Paris se présentent à l'Assemblée constituante.

2 mars
Décret dit d'Allarde: suppression des corporations, des jurandes et des maîtrises; chacun a la liberté d'exercer le métier ou le commerce qu'il veut.
Première expérience publique du télégraphe optique de Claude Chappe (1763-1805) dans la Sarthe.

3 mars
L'argenterie des églises, chapitres et communautés religieuses inutile au culte devra être envoyée aux hôtels des monnaies.

4 mars
Première représentation au théâtre de la Nation (la Comédie-Française alors située à l'Odéon) de *Monsieur de Crac dans son petit castel, ou les Gascons* de Collin d'Harleville.

5 mars
Institution d'une Haute Cour de justice provisoire à Orléans.

6 mars
Décret récapitulatif sur l'organisation judiciaire.

10 mars
Bref du pape Pie VI *Quod aliquantum* condamnant la constitution civile du clergé. Le bref est reçu à Paris dix jours plus tard.

12 mars
Décret ordonnant de dresser la liste des ecclésiastiques jureurs et des réfractaires.

14-16 mars
Émeutes frumentaires à Douai.

15 mars
Comparution à l'Assemblée constituante des délégués des catholiques d'Uzès et de Nîmes.
Gobel, évêque *in partibus* de Lydda, est élu évêque constitutionnel de Paris.
Le ministre des Affaires étrangères, Montmorin, envoie au cardinal de Bernis une lettre le rappelant de Rome à Paris.
L'évêque de Langres, La Luzerne, qui émigre une semaine plus tard, publie son *Instruction donnée par M. l'évêque de Langres aux curés, vicaires et autres ecclésiastiques de son diocèse qui n'ont pas prêté le serment ordonné par l'Assemblée nationale*, où il conseille à ses ouailles catholiques d'utiliser les ressources de l'édit de novembre 1787 sur l'état civil des non-catholiques, c'est-à-dire de s'adresser aux officiers municipaux pour faire constater leurs naissances, mariages ou décès, afin d'éviter tout contact avec les schismatiques (les prêtres constitutionnels) conformément aux canons: l'évêque prône ouvertement la laïcisation de l'état civil.

17 mars
Fleurieu quitte le ministère de la Marine où il est remplacé par Antoine-Jean-Marie Thévenard (1733-1815) qui y restera jusqu'en septembre.
Affrontements à Toulouse entre royalistes et patriotes.

18 mars
L'Assemblée constituante décrète que les fonctionnaires publics ecclésiastiques qui prêteront le serment après le délai prescrit mais avant leur remplacement ne seront pas considérés comme démissionnaires.

19 mars
À la suite d'un rapport d'Alquier, l'Assemblée constituante décide de mettre en accusation la municipalité de Douai pour avoir refusé de proclamer la loi martiale alors que les troubles étaient envenimés par la proximité de l'application de la constitution civile du clergé dans le département.
Rapport à l'Académie des sciences sur le choix d'une unité de mesure par Charles de Borda (1733-1799), Condorcet, Lagrange, Laplace et Monge. Le 26, après avoir entendu un rapport de Talleyrand, l'Assemblée constituante décrète que la base du nouveau système de mesure sera le quart du méridien terrestre.
Première représentation à l'Opéra-Comique de *Camille, ou le souterrain* de Dalayrac.

20 mars
Décret récapitulatif supprimant la Ferme générale et la Régie générale à la suite d'un rapport présenté le 5 par Pierre-Louis Roederer (1754-1835).

22 mars
Début du débat à l'Assemblée constituante sur l'organisation de la régence après un rapport de Thouret.

23 mars
L'Assemblée constituante exclut les femmes de la régence.

28 mars
Décret organisant la régence. Les députés de la droite protestent le 30 contre ce décret remettant en cause la loi de succession par ordre de primogéniture et l'inviolabilité royale.
La municipalité de Paris fait fermer le Club des amis de la Constitution monarchique.

29 mars
L'Assemblée constituante décrète que les inventions seront protégées par le dépôt d'un brevet.
Mirabeau tombe malade; il aura participé le 27 à sa dernière séance parlementaire.
Émeute à Toulouse.

avril
Succès du cirque équestre de Franconi à Paris.

2 avril
L'Assemblée constituante décide de poursuivre les principaux signataires des protestations émises par les catholiques nîmois.
Mort de Mirabeau.

4 avril
À la suite de la proposition faite la veille par le département de Paris, l'Assemblée constituante décide de transformer l'église Sainte-Geneviève en Panthéon pour accueillir les cendres des grands hommes ayant mérité de la patrie et d'y déposer les restes de Mirabeau. Obsèques grandioses de Mirabeau: son éloge funèbre est prononcé par Cerutti à l'église Saint-Eustache.

7 avril
Sur une proposition de Robespierre, l'Assemblée constituante décide qu'aucun Constituant ne pourra être ministre pendant les quatre années suivant la session, ni recevoir de don ou de pension du gouvernement.
Le couvent Sainte-Marie du faubourg Saint-Antoine à Paris, suspecté d'abriter des prêtres réfractaires au serment, est envahi par la foule qui violente les religieuses. D'autres couvents parisiens sont victimes de scènes semblables les jours suivants.

8 avril
Décret sur les successions: l'Assemblée constituante affirme la supériorité de la succession *ab intesta* sur la volonté de tester et pose l'égalité des partages entre tous les héritiers en égal degré.

9 avril
Première représentation à l'Opéra-Comique de *Guillaume Tell* de Grétry sur un livret de Sedaine.

11 avril
Arrêté du directoire du département de Paris autorisant les fidèles catholiques à louer des locaux pour y célébrer le culte de leur choix.

13 avril
Nouveau bref pontifical *(Caritas)* condamnant la constitution civile du clergé, prévoyant des sanctions contre les prêtres jureurs qui ne se rétracteraient pas, et interdisant aux fidèles tout contact avec les jureurs, assimilés à des hérétiques.
À Paris, dans la nuit du 12 au 13, le marquis de Villette substitue l'inscription quai Voltaire à celle de quai des Théatins.

18 avril
Lecture à l'Assemblée constituante de l'arrêté du directoire du département de Paris du 11 avril: après une discussion très animée où Sieyès, membre de cette administration locale, prend la défense de l'arrêté tandis que Lanjuinais accuse l'administration parisienne d'envahir le pouvoir législatif, l'Assemblée décide de renvoyer l'examen de l'arrêté au comité de constitution (où siègent Sieyès et Talleyrand, lui aussi membre du directoire du département de Paris).
Louis XVI est bloqué dans son carrosse aux Tuileries par la foule, aidée des gardes nationaux, alors qu'il voulait aller à Saint-Cloud faire ses pâques. La Fayette ne parvient pas à se faire obéir, ni par la foule, ni par les gardes nationaux, et ses efforts pour dégager la voie au roi restent vains. Le lendemain, Louis XVI se rend à l'Assemblée constituante pour dénoncer ces incidents: il persiste dans son intention de se rendre à Saint-Cloud et affirme la nécessité d'apparaître libre si l'on désire réellement que la sanction qu'il confère aux lois ne soit pas illusoire. Le 21, La

Fayette démissionne de son commandement de la garde nationale.
L'abbé Fauchet est élu évêque du Calvados.

19 avril
Lecture à l'Assemblée constituante d'une lettre des états de la principauté de Porrentruy protestant contre l'accueil que le prince-évêque accorde aux ennemis de la France.

21 avril
Robespierre et Bouche demandent à l'Assemblée constituante de prononcer sur-le-champ l'annexion d'Avignon et du Comtat.

22 avril
La Fayette reprend sa démission, largement tactique, donnée la veille, après une succession de visites à son domicile de délégations de la garde nationale le priant de revenir sur sa décision.

23 avril
Le ministre des Affaires étrangères, Montmorin, lit à l'Assemblée constituante la lettre de Louis XVI aux ambassadeurs où il déclare accepter librement la nouvelle Constitution. Simultanément, le roi adresse un démenti à son ancien ministre émigré, Breteuil, en lui demandant de le diffuser largement auprès des Cours étrangères.

24 avril
Pie VI demande à Louis XVI de rétablir son autorité en Avignon.

26 avril
Le directoire du département et la municipalité de Paris demandent à l'Assemblée constituante de réglementer le droit de pétition.

27 avril
L'Académie d'architecture est remplacée par un conseil des bâtiments civils composé de neuf architectes.

28 avril
À l'Assemblée constituante, à Robespierre qui, la veille, s'opposait à l'exclusion des citoyens passifs de la garde nationale, Dubois de Crancé répond que seuls les brigands et les vagabonds sont citoyens non actifs, tandis que Pétion rétorque que ces citoyens qu'on présente comme dangereux sont ceux qui ont le plus contribué à affermir la révolution. L'Assemblée décide de restreindre aux seuls citoyens actifs l'accès à la garde nationale.

29 avril
L'Assemblée constituante décrète que les militaires peuvent, comme tous les citoyens, assister, mais sans armes et en dehors de leur service, aux séances des sociétés populaires.
Décret général sur l'organisation de la Marine.

1er mai
Entrée en application du décret du 19 février supprimant les octrois à l'entrée de Paris.

2 mai
À Paris, le nonce notifie au ministre des Affaires étrangères Montmorin que Pie VI ne recevra pas à Rome le nouvel ambassadeur français, Philippe de Ségur (1753-1830), parce qu'il a prêté le serment civique. La France ripostera en renvoyant le nonce. La correspondance avec Rome se fera désormais par l'intermédiaire d'un internonce, l'abbé Salamon, ex-conseiller clerc au Parlement de Paris, lié à l'abbé Maury – ils sont originaires de la même région, le Comtat – et très hostile à Boisgelin, l'archevêque d'Aix, ainsi qu'aux modérés.

3 mai
Le pape Pie VI est brûlé en effigie dans les jardins du Palais-Royal : c'est une des conséquences de la connaissance par la foule des brefs pontificaux condamnant la politique française. Boisgelin publie une *Lettre des évêques députés à l'Assemblée nationale en réponse au bref du pape du 10 mars 1791*, qu'il a rédigée, où il réaffirme son penchant pour la conciliation et cherche à faire mesurer les dangers que l'intransigeance fait encourir à la religion.
Breteuil demande à l'empereur Léopold II d'intervenir en France.

4 mai
Après avoir entendu le 30 avril la lecture d'un rapport de Jacques-François de Menou (1750-1810) sur la question du rattachement à la France d'Avignon et du Comtat qui a provoqué un débat animé, l'Assemblée constituante refuse, par 316 voix contre 287 et 67 abstentions, de prononcer la réunion d'Avignon à la France.
Suite à des mouvements de grève, la municipalité de Paris interdit les réunions des ouvriers.

6 mai
L'Assemblée constituante décide de créer des assignats de 5 livres, comme l'avait réclamé le 26 avril Rabaut Saint-Étienne, afin de favoriser l'attachement des gens modestes à la Révolution.

7 mai
Après un rapport de Talleyrand sur l'arrêté du directoire du département de Paris du 11 avril et un grand discours de Sieyès, l'Assemblée constituante, malgré l'opposition de Treilhard et de Lanjuinais, décrète que les principes de liberté religieuse qui ont inspiré l'arrêté sont les mêmes que les siens et autorise les prêtres réfractaires à dire la messe. Cette reconnaissance *de facto* du schisme qui divise l'Église de France en clergé constitutionnel et clergé réfractaire pèsera lourd dans l'avenir du premier, même si la loi ne sera finalement que peu appliquée.

LIBERTÉ DE CULTE ET CLERGÉ CONSTITUTIONNEL

En 1791, la présence de deux clergés catholiques en concurrence repose la question ouverte en 1789 de la publicité du culte. La liberté de culte découle-t-elle de la liberté des opinions et doit-on permettre aux insermentés d'exercer librement leur culte? Cette question est tranchée affirmativement le 11 avril par le directoire du département de Paris où siègent Talleyrand et Sieyès. En avril, en effet, tandis que les élections du clergé constitutionnel se déroulent en province, à Paris les incidents se multiplient: les couvents sont envahis par la foule, les religieuses battues, les fidèles catholiques malmenés. Le ministre de l'Intérieur se plaint de ces désordres, et, le 11 avril, le directoire du département de Paris rend un arrêté autorisant les particuliers à louer des bâtiments pour y pratiquer le culte de leur choix, à condition de placer à l'extérieur une inscription, visée par l'administration, indiquant la destination de l'édifice. Le 16, Pancemont, l'ex-curé de Saint-Sulpice déjà notoire pour avoir refusé le serment avec éclat, loue l'église des Théatins. Mais le 17, dimanche des Rameaux, la foule massée devant le bâtiment empêche le déroulement du culte sous l'œil passif de la garde nationale. Le lendemain, c'est Louis XVI, qui avait conservé un prélat insermenté pour confesseur, qu'elle empêche, avec la complicité de la garde nationale, de quitter les Tuileries pour Saint-Cloud où il voulait célébrer ses pâques.
Ces événements se répercutent sur l'Assemblée constituante dans un contexte alourdi par la question de la réunion à la France des territoires pontificaux revenue en discussion à l'Assemblée, par la connaissance que prennent les Parisiens des brefs pontificaux condamnant la constitution civile du clergé et les prêtres assermentés, et alors qu'en province, le directoire départemental de Quimper, à l'instigation de son évêque constitutionnel Expilly, édicte le 27 avril l'éloignement des prêtres réfractaires de leurs anciennes paroisses. Le 18 avril, l'évocation à l'Assemblée constituante de l'arrêté des autorités parisiennes provoque une discussion contradictoire.
Le 7 mai, au nom du comité de constitution auquel l'affaire a été renvoyée, Talleyrand présente un projet de décret confirmant que les principes de l'arrêté du département de Paris sont bien ceux que l'Assemblée constituante a reconnus et énoncés dans la Déclaration des droits de l'homme. Il défend les principes sur la tolérance déjà affirmés par Mirabeau en 1789 et est appuyé par Sieyès qui dénonce les dangers que l'exercice de la souveraineté fait courir aux droits individuels qui sont à sa source.
Sieyès et Talleyrand entraînent l'Assemblée constituante qui vote la loi. La liberté de culte est, dans le cadre de certaines précautions définies par la loi, une extension de la liberté d'opinion. Mais en adoptant cette loi, comme l'a souligné Treilhard, l'Assemblée consacre le schisme et hypothèque l'avenir de la constitution civile du clergé. En inquiétant les prêtres constitutionnels, qui n'ont pas entendu être schismatiques en jurant, et en officialisant ainsi l'existence d'un culte directement concurrent de celui qui est maintenant le culte public, l'Assemblée constituante reconnaît avant terme l'échec de sa réforme religieuse.

9 mai
Robespierre défend la liberté de la presse au club des Jacobins dans un discours qui sera imprimé le surlendemain par la Société.

10 mai
Après un rapport de Le Chapelier présenté la veille, l'Assemblée constituante interdit les pétitions collectives et réglemente le droit d'affichage. Organisation définitive de la Haute Cour de justice.

14 mai
Décret réglementant la propriété des auteurs d'invention.

15 mai
L'Assemblée constituante accorde les droits politiques aux gens de couleur nés de parents libres. Cette décision – un compromis proposé par Jean-François Reubell (1747-1807) – intervient après plusieurs jours de débats virulents: le 11 mai, alors que l'abbé Grégoire réclamait la citoyenneté active pour les gens de couleur, Barnave s'opposait

à ce que l'Assemblée se prononce; le 13, au cours d'une séance où Robespierre interpelle ses collègues («S'il fallait ou perdre vos colonies, ou leur sacrifier votre bonheur, votre gloire, votre liberté, périssent vos colonies!»), l'Assemblée décide de ne pas légiférer sur l'esclavage dans les colonies à moins d'être sollicitée par les assemblées coloniales. Le 24 septembre, l'Assemblée reviendra sur son décret du 15 mai que les colons blancs des Antilles refusent d'appliquer. Ces hésitations marquent l'embarras de l'Assemblée constituante prise entre ses principes et les intérêts économiques des planteurs défendus par Barnave et ses amis, entre la crainte des velléités d'indépendance des colons blancs et la peur des révoltes des mulâtres et des Noirs.

16 mai
Robespierre fait voter par l'Assemblée constituante la non-rééligibilité des Constituants à la prochaine Assemblée législative: il s'ouvre l'avenir.

Robespierre

Avocat à Arras avant la Révolution, ayant du mal à s'imposer comme orateur face aux notoriétés que compte la Constituante, Maximilien Robespierre (1758-1794) n'acquiert que progressivement, avec labeur, l'immense popularité qui fera de l'élu d'Arras le maître du Paris révolutionnaire.
Député, il a pu rapidement mesurer la force de la dynamique égalitaire de la Révolution et s'engouffrer dans la tension qui existe entre le principe de la souveraineté du peuple et sa représentation. Aussi, s'il n'est membre d'aucun comité de la Constituante, se pose-t-il dans ses discours en juge de l'Assemblée, faute d'en définir la politique. Et c'est paradoxalement parce qu'il est peu entendu des députés qu'il obtient son influence politique: c'est qu'il ne s'adresse pas tant à ses collègues qu'aux tribunes, à l'opinion publique dont il vise la conquête. L'hostilité que lui marque l'Assemblée nourrit ainsi sa popularité en dehors. Il ne manque donc pas une occasion de censurer avec toute la publicité voulue l'Assemblée constituante dès qu'elle commet un écart par rapport à la ligne de l'égalité: il dénonce par exemple l'exigence d'une imposition d'un montant de 1 marc d'argent (environ 50 livres) comme condition de l'éligibilité à l'Assemblée nationale, l'exclusion des citoyens passifs de la garde nationale.
Gardien des principes, il peut ainsi devenir président du club des Jacobins, vers lequel sont tournés tous ses efforts, dès mars 1790. Mais il lui faut encore compter avec les grandes figures que sont toujours les Mirabeau, Barnave ou La Fayette. Avec patience, il assoit sa position aux Jacobins, noue des liens avec les autres clubs parisiens ou les sociétés provinciales. Et en 1791, il a conquis le public du grand club parisien; mais il n'en maîtrise pas encore l'appareil. Pour cela, il lui faudra attendre la crise provoquée par la fuite du roi à Varennes: le départ des modérés lui déblaie la voie comme la mort de Mirabeau en avril. Le trait de génie de Robespierre est d'avoir compris que la légitimité révolutionnaire ne se situait plus dans l'Assemblée. Et comme il a déjà pris une option sur cette légitimité en dehors de l'Assemblée, il prive ainsi, par la décision du 16 mai, ses adversaires de terrain de manœuvre et prend une assurance sur l'avenir pour le monopole du magistère révolutionnaire.

17 mai
Grand discours d'Adrien Duport à l'Assemblée constituante dénonçant l'anarchie: «Ce que l'on appelle la Révolution est faite.»
L'assignat est coté en Bourse.
Le club des Cordeliers est expulsé du couvent du même nom par la municipalité de Paris; il s'installe dans l'hôtel de Genlis, rue Dauphine.

18 mai
Émission de 600 millions d'assignats.

18-22 mai
L'Assemblée constituante décide que les assemblées générales de sections ne peuvent plus être convoquées que pour des objets d'administration purement municipaux; toute autre délibération sera déclarée inconstitutionnelle et nulle.

19 mai
Après un débat de plusieurs jours sur l'organisation future du corps législatif, l'Assemblée constituante accepte un compromis de Barère: les députés seront immédiatement rééligibles mais devront ensuite laisser passer un délai avant de se représenter devant les électeurs.
Au nom du comité ecclésiastique, Treilhard demande à l'Assemblée constituante d'établir l'état civil, proposition ajournée après une intervention de Reubell jugeant le principe sage mais prématuré.

20 mai
Le comte d'Artois (futur Charles X) rencontre Léopold II à Mantoue pour le prier d'intervenir en France, mais se fait éconduire poliment par l'empereur.

23 mai
Rapport à l'Assemblée constituante de Louis-Michel Le Pelletier de Saint-Fargeau (1760-1793) sur le projet de code pénal.

24 mai
Après un nouveau rapport de Menou prônant la réunion d'Avignon à la France à laquelle s'oppose fermement l'abbé Maury, l'Assemblée constituante rejette cette annexion par 394 voix contre 374.

25 mai
Décret organisant le gouvernement en six ministères: Justice, Affaires étrangères, Guerre, Marine, Intérieur et Contributions. Le projet du comité de constitution présenté le 7 mars par Démeunier prévoyait aussi six ministères, mais les Finances étaient rattachées à l'Intérieur au lieu de constituer un ministère en soi (les Contributions), et on trouvait un ministère des Colonies.

26 mai
L'Assemblée constituante accorde 25 millions au roi pour son entretien.
Les bâtiments du Louvre sont chargés de réunir les monuments des sciences et des arts.

27 mai
Rupture entre Robespierre et Barnave au club des Jacobins: le premier va chercher à éliminer les partisans du triumvirat (Barnave, Duport, Lameth) du comité de correspondance.

30 mai
L'Assemblée constituante décide la panthéonisation de Voltaire.
Robespierre propose à l'Assemblée constituante d'abolir la peine de mort.

juin
Louis-Antoine de Saint-Just (1767-1794) publie *L'Esprit de la Révolution*, texte favorable à la monarchie constitutionnelle.
Parution de *Justine ou les malheurs de la vertu* de Sade.

1er juin
Sur une motion d'Antoine-Balthazar-Joseph d'André (1759-1825), l'Assemblée constituante interdit au public des tribunes de donner aucune marque d'approbation ou d'improbation aux orateurs.
Arrêté du directoire du département du Morbihan contre les prêtres réfractaires: les couvents et chapelles sont fermés au public, et les fonctions curiales interdites à tous ceux qui ne sont pas autorisés par l'évêque constitutionnel.

7 juin
Le comité des évêques gallicans qui se réunit depuis quelques semaines déplore la rigueur pontificale. Composé de moins de 10 membres, dont les principaux sont Boisgelin (archevêque d'Aix), Du Lau (archevêque d'Arles), Bonal (évêque de Clermont) et Béthisy de Mézières (évêque d'Uzès), ce comité est le dernier organe qui représente, officieusement, l'ancienne Église de France. Il oppose une ligne de conduite plus modérée face à l'intransigeance des ecclésiastiques que mènent l'abbé Maury et l'internonce Salamon, et se refuse ainsi, par exemple, à opter de prime abord pour une pure et simple excommunication des prêtres constitutionnels intrus. Car les prélats ont aussi conscience que la crise religieuse favorise l'ultramontanisme. Et s'ils n'oublient pas la primauté pontificale, ils entendent aussi préserver autant qu'il sera possible les libertés de l'Église gallicane dont ils sont les gardiens.

8 juin
Au club des Jacobins, Robespierre demande l'exclusion des officiers nobles de l'armée.
Troubles à Arles.

9 juin
L'Assemblée constituante décrète qu'aucun écrit de la Cour de Rome ne pourra être reconnu tel s'il n'a pas été vérifié et sa publication autorisée par un décret de l'Assemblée. Les ecclésiastiques qui contreviendront à cette décision seront poursuivis comme perturbateurs publics.

10 juin
Battant d'André, Robespierre est élu accusateur public du tribunal criminel de Paris; du coup, Duport, élu président la veille, démissionne et est remplacé par Pétion.

11 juin
Après un rapport de Fréteau de Saint-Just, l'Assemblée constituante fait appel aux volontaires et ordonne au prince de Condé de rentrer en France sous quinzaine. Les officiers et les soldats doivent prêter un serment de fidélité à la nation, au roi et à la loi.

12 juin
Début des réunions des assemblées primaires pour élire les électeurs de l'Assemblée législative.

13 juin
Décret général organisant le corps législatif et ses rapports avec le roi.

14 juin
Loi Le Chapelier abolissant les corporations et interdisant les coalitions. Cette loi achève de briser la structure corporative de la société. Avec le décret d'Allarde (2 mars 1791), elle fixe pour longtemps les relations de travail dans la société française en posant le libre contrat comme base de celles-ci. L'individualisme entraîne la proscription des associations de défense des intérêts professionnels et donc des coalitions ouvrières.

15 juin
Le comte d'Artois (futur Charles X) s'installe à Coblence.

16 juin
L'Assemblée constituante décide que le Trésor public cessera d'entretenir les ateliers de charité à partir du 1er juillet.

18 juin
Louis XVI se plaint au maire de Paris, Bailly, des rumeurs qui circulent sur son prochain enlèvement.
Première représentation au théâtre Molière de *La Ligue des fanatiques et des tyrans* de Ronsin.

19 juin
L'Assemblée constituante décide de poursuivre les anciens fonctionnaires publics ecclésiastiques qui auraient continué leurs fonctions après leur remplacement et de priver de tout traitement ou pension ceux qui rétracteraient leur serment.

20 juin
Louis XVI et Marie-Antoinette quittent clandestinement Paris vers minuit, tandis que le comte de Provence (futur Louis XVIII) rejoint la Belgique.

21 juin
Après l'annonce de la fuite du roi, l'Assemblée constituante se déclare en permanence, décide de fermer les frontières et convoque les ministres à la barre. Le commandant de la garde nationale de Paris, La Fayette, et le maire de Paris, Bailly, sont accusés de complicité avec Louis XVI par Reubell. L'Assemblée décide de se passer de sanction royale pour ses décrets et entend la déclaration aux Français que Louis XVI a laissée avant de fuir. Barnave, Alexandre de Beauharnais (1760-1794), La Fayette et d'André font adopter par l'Assemblée la thèse de l'enlèvement du roi. Le soir, à Varennes, la famille royale, qui a été reconnue par Jean-Baptiste Drouet (1763-1824) à Sainte-Menehould, est arrêtée par la municipalité avant d'avoir réussi à rejoindre les troupes de Bouillé. Danton accuse La Fayette d'avoir laissé partir Louis XVI.

22 juin
Barnave, Pétion et Marie-Charles-César de Fay de Latour-Maubourg (1757-1831) sont chargés par l'Assemblée constituante de ramener la famille royale à Paris. Le soir, le club des Cordeliers demande l'instauration de la république tandis que les Jacobins s'y opposent.

24 juin
L'Assemblée constituante suspend la tenue des assemblées primaires.

25 juin
Louis XVI, ramené à Paris, est suspendu de ses fonctions par l'Assemblée constituante. Malouet s'indigne de ce que le roi est prisonnier; Roederer, qui précise qu'il ne s'agit ni de juger le roi, ni de l'accuser, mais de l'arrêter provisoirement, se fait vivement interpeller. Beauharnais souligne qu'on n'en est pas à changer la forme du gouvernement.

26 juin
Contre l'avis de Robespierre et de Barère qui souhaitaient que Louis XVI soit entendu par des juges, l'Assemblée constituante décide de lui envoyer trois commissaires, Tronchet, d'André et Duport, qui devront faire un rapport le lendemain. Au club des Jacobins, Collot d'Herbois demande la libération des Suisses du régiment de Châteauvieux à Nancy condamnés aux galères à la suite de la mutinerie réprimée par Bouillé en août 1790.

28 juin
Décret réglementant les formalités à accomplir pour sortir du royaume.
Le duc d'Orléans renonce à ses droits à la régence.
Première représentation au Théâtre-Français de la tragédie de Jean-François Ducis (1733-1817), *Jean sans Terre*.

29 juin
Au club des Jacobins, François Anthoine (1758-1793) réclame la destitution de Louis XVI et Roederer affirme qu'on peut avoir « une très bonne monarchie sans monarque ».

30 juin
Lecture à l'Assemblée constituante de la lettre du marquis de Bouillé datée du 26 où il se déclare responsable de la fuite du roi et menace Paris au cas où il serait porté atteinte à la famille royale.

juillet
Billaud-Varenne publie *L'Acéphocratie, ou le gouvernement fédératif, démontré le meilleur de tous, pour un grand empire, par les principes de la politique et les faits de l'histoire.*

Billaud-Varenne

Le Rochelais Jacques-Nicolas Billaud-Varenne (1756-1819) s'était établi avocat en 1778 après des études classiques chez les oratoriens. La Révolution le trouve installé à Paris et lié à Danton. La fuite à Varennes permet à ce témoin jusqu'alors attentif mais passif des événements révolutionnaires d'apparaître sur la scène politique où il va rapidement s'affirmer comme républicain. Le texte qu'il publie en juillet 1791 est surprenant pour ce futur Montagnard rapporteur de la loi qui centralisera à outrance le gouvernement révolutionnaire en décembre 1793, et futur ennemi implacable des Girondins supposés fédéralistes. L'Acéphocratie *est en effet un ouvrage véritablement fédéraliste puisqu'il accorde aux administrations départementales élues le pouvoir de sanctionner les lois : un texte voté par l'Assemblée nationale ne peut devenir une loi que s'il est aussi voté par les trois quarts d'entre elles. Les 83 départements, qui seront comme effacés par la loi du 4 décembre 1793, sont là comme autant de petites républiques indépendantes.*

À la fin du mois, Barnave commence à correspondre avec Marie-Antoinette.

3 juillet
Parution du premier numéro du *Républicain ou le Défenseur du gouvernement représentatif* auquel participent Condorcet et Paine.
Manifestation à Paris.

6 juillet
Sieyès répond à Paine en publiant dans *Le Moniteur* un article où il affirme son indifférence à l'égard de la forme du régime politique.
L'empereur Léopold II demande aux souverains européens de se joindre à lui pour se déclarer solidaires de Louis XVI.

7 juillet
Première représentation au Théâtre-Français de la tragédie de M.-J. Chénier, *Calas, ou l'école des juges.*

8 juillet
Condorcet fait l'apologie de la république et publie *De la République, ou un roi est-il nécessaire à la conservation de la liberté?*
Au club des Jacobins, Pétion demande la mise en jugement de Louis XVI. Brissot fait de même deux jours après.

9 juillet
L'Assemblée constituante décrète que les émigrés qui ne rentreront pas en France dans le mois seront surimposés.
293 députés remettent au bureau de l'Assemblée constituante une protestation contre les décrets « qui suspendent l'exercice de l'autorité royale et portent atteinte à l'inviolabilité de la personne sacrée du roi ».

11 juillet
Les cendres de Voltaire sont portées au Panthéon. Marie-Joseph Chénier rédige pour l'occasion un hymne mis en musique par Gossec.

13 juillet
À l'Assemblée constituante, ouverture du débat sur l'inviolabilité du roi : Pétion demande que le roi soit jugé par l'Assemblée ou une convention *ad hoc.*
Au club des Jacobins, Robespierre déclare n'être ni républicain ni monarchiste et ajoute : « Le mot république ne signifie aucune forme particulière de gouvernement, il appartient à tout gouvernement d'hommes libres qui ont une patrie. Or, on peut être libre avec un monarque comme avec un sénat. Qu'est-ce que la constitution française actuelle ? C'est une république avec un monarque. Elle n'est donc point monarchie, ni république, elle est l'un et l'autre. »
Première représentation au théâtre de la Nation de *Washington, ou la liberté du Nouveau Monde,* une tragédie de Louis-Edme Billardon de Sauvignon (1730-1809).

14 juillet
À l'Assemblée constituante, Robespierre critique le rapport de Hyacinthe-François-Félix de Muguet de Nanthou (1760-1808) qui disculpe Louis XVI, tandis que Duport déclare que ce n'est pas le moment, alors qu'on termine la Constitution, de souligner la division entre le roi et l'Assemblée. Évoquant la situation qui se tend aux frontières, Pierre-Louis Prieur de la Marne (1756-1827) pose la question de savoir si on va rendre à Louis XVI le pouvoir exécutif, et Reubell celle de l'opportunité de présenter la Constitution au roi.
Fête de la Fédération à Paris.

15 juillet
L'abbé Grégoire se prononce à l'Assemblée constituante contre l'inviolabilité absolue du roi : ou bien Louis XVI est coupable, ou bien c'est la garde nationale de Varennes. Contre Buzot et Pétion qui demandaient la mise en jugement de Louis XVI, Barnave délivre un exposé des principes de la Constitution et déclare : « Allons-nous terminer la Révolution, allons-nous la recommencer ? [...] Si la Révolution fait un pas de plus, elle ne peut le faire sans danger ; c'est que dans la ligne de la liberté, le premier acte qui pourrait suivre serait l'anéantissement de la royauté ; c'est que dans la ligne de l'égalité, le premier acte qui pourrait suivre serait l'attentat à la propriété. » L'Assemblée, sur une motion de Jean-Baptiste Salle (1759-1794), décide que le roi sera censé avoir abdiqué s'il rétracte son serment à la constitution ou prend la tête d'une armée contre la nation. Bouillé, qui est en fuite, est déféré devant la Haute Cour de justice. Une pétition demande la déchéance de Louis XVI.

16 juillet
L'Assemblée constituante suspend Louis XVI jusqu'à son acceptation de la Constitution.
L'Assemblée constituante décide d'envoyer deux commissaires en Vendée pour enquêter sur les troubles que connaît cette région.
Scission du club des Jacobins : Duport, Barnave et les Lameth entraînent au couvent des Feuillants la plupart des membres qui sont aussi députés. Restent aux Jacobins, parmi les députés, Robespierre, Pétion et Buzot. D'autres, comme Roederer, Barère et Grégoire, vont quitter les Feuillants pour retourner au club des Jacobins les semaines qui suivent.

Les Jacobins

Le club des Jacobins a pour origine les réunions tenues dès mai 1789 par les députés bretons du tiers état, comme Le Chapelier ou Lanjuinais, et que rejoignent bientôt d'autres députés patriotes, comme l'abbé Grégoire. Ces réunions leur permettaient de se concerter pour préparer les séances de l'Assemblée. Ils suivent le roi et l'Assemblée constituante à Paris après les journées d'octobre 1789 et s'installent alors au couvent des Jacobins, rue Saint-Honoré. Le club des Jacobins – la Société des amis de la Constitution, de son vrai nom – est né. C'est donc d'abord un club parlementaire que fréquentent tous les grands meneurs patriotes : Mirabeau, La Fayette, Barnave, Duport, les Lameth, Buzot, Pétion, Robespierre, Barère, etc. Mais un nombre croissant de non-députés, comme Brissot par exemple, vont y être admis. La cotisation d'entrée en est élevée, mais en décembre 1789 le club compte déjà plus d'un millier d'adhérents.
La province n'échappe pas au mouvement. Des sociétés s'y créent et s'affilient au club parisien. Si on ne compte fin 1789 qu'une vingtaine de filiales, l'année suivante elles sont 276, et plus de 800 en juillet 1791. C'est donc tout un réseau qui maille la France, réseau qui recoupe par bien des aspects la sociabilité des anciennes sociétés de pensée de la France d'avant la Révolution. Une abondante correspondance s'échange entre ces filiales et leur société mère qui est aussi dotée d'un journal, rédigé par Laclos. Le club est donc devenu un important relais de l'opinion avec la province, d'où l'âpreté de la lutte pour en maîtriser le comité de correspondance que contrôlent Barnave et ses amis. Aussi est-ce au sein des séances nocturnes du club que se font et se défont les réputations des grands orateurs de l'Assemblée constituante, aux yeux des activistes parisiens comme aux yeux des militants provinciaux.
Le 16 juillet 1791, alors que le débat sur l'inviolabilité du roi après Varennes vient d'avoir lieu, combattu par la gauche que mènent Robespierre et Pétion à l'Assemblée constituante comme au club, le triumvirat (Barnave, Duport, Lameth), qui entend restaurer le pouvoir exécutif du monarque, quitte la salle des Jacobins pour aller se réunir au couvent des Feuillants, entraînant avec lui la plupart des députés membres du club. Robespierre, qui est resté avec une petite minorité de députés – que rejoindront d'ailleurs rapidement au cours de l'été certains de ceux qui étaient partis aux Feuillants –, entreprend alors de développer une alliance avec le mouvement populaire parisien. Bénéficiant de l'attentisme des sociétés affiliées en province, il parvient à les maintenir dans le giron de la société mère en déployant une grande activité qui lui permet même de resserrer les liens : il joue du caractère éponyme du club, multiplie les correspondances et l'envoi de commissaires auprès des clubs provinciaux.
Cette scission – désertion plutôt – révèle aussi un changement de nature qui va aller en s'accentuant : le club n'est plus une société parlementaire, un auxiliaire de l'Assemblée. Il devient un contre-pouvoir, un instrument de conquête du pouvoir. C'est là qu'auront lieu les grands débats qui ensuite résonneront à l'Assemblée. C'est lui qui donne son sens et unifie le mouvement révolutionnaire. L'admission du public aux séances à partir d'octobre 1791 est le signe de cette évolution.

L'Assemblée constituante – les adversaires Feuillants de Robespierre surtout – a bien senti ce changement de nature. Le 29 septembre 1791, par la voix de Le Chapelier, qui vise plus particulièrement le nouveau rôle qu'entendent incarner les Jacobins, les clubs se voient dénier le droit de participer à la vie politique : utiles lorsqu'il s'est agi de faire la Révolution, les clubs sont dangereux maintenant qu'elle est terminée. La France étant dotée d'une Constitution, il ne doit pas subsister de corps intermédiaires entre l'individu, le citoyen et l'Assemblée qui représente la souveraineté de la nation. La Constituante exclut les citoyens passifs de la garde nationale et interdit l'existence politique des clubs à la veille de se séparer, mais en vain : le 10 août 1792 est déjà en marche, et Robespierre sait bien que depuis la fuite du roi à Varennes, la légitimité révolutionnaire a déserté une Assemblée qui a ravaudé une constitution à laquelle ne reste que sa légalité.

Les Feuillants

Le 16 juillet 1791, donc, le club des Jacobins est victime d'une hémorragie de députés conduits à la terrasse des Feuillants par le triumvirat que rejoignent aussi quelques grandes figures du parti constitutionnel de 1789, comme Le Chapelier ou des amis de La Fayette ralliés après Varennes.

Les Feuillants, ce sont d'abord les triumvirs : Barnave, Duport et Lameth. Antoine Barnave (1761-1793), avocat à Grenoble, a fait la Révolution dans le Dauphiné en 1788 avec Mounier avant de la faire à Versailles où il a été envoyé député du tiers état et où il se découvre l'un des meilleurs orateurs de l'Assemblée constituante, brillant par la profondeur intellectuelle de ses improvisations. Adrien Duport (1759-1798) est issu d'une famille de parlementaires anoblie. Il s'est distingué au Parlement de Paris par son opposition aux réformes de Loménie de Brienne et en fondant la fameuse Société des trente en 1788. Excellent juriste, il est notamment l'auteur des décrets qui mettent en forme les conquêtes de la nuit du 4 août. Alexandre de Lameth (1760-1829), auquel il faut joindre son frère Charles, député comme lui, est de vieille noblesse d'épée. Gagnés par les idées libérales, ces jeunes nobles ont combattu pour l'indépendance de l'Amérique sous les ordres de Rochambeau.

Les trois hommes, qu'unissent l'âge, l'intelligence et les idées, se sont rencontrés à l'Assemblée constituante où ils ont été de tous les combats de 1789 pour détruire l'Ancien Régime. Mais le 17 mai 1791, Duport – qui répond à Robespierre – déclare que la Révolution est faite. C'est qu'ils sont proches par les idées de leur grand rival disparu qu'ils détestaient, Mirabeau. Ils en reprennent l'ambition : terminer la Révolution avec une monarchie constitutionnelle. Lorsque éclate la crise de Varennes qui met à bas l'édifice constitutionnel auquel ils ont contribué, ils se jettent dans la bataille parlementaire afin de sauver la Constitution. Il leur faut éviter la république dont la revendication commence à surgir – la nature du régime est un enjeu de débat à cette période – et empêcher la passion égalitaire de menacer la liberté et la propriété. Pour cela, il leur faut rallier les royalistes modérés avec lesquels ils entrent en contact ce mois de juillet 1791, isoler l'extrême gauche et contrecarrer les clubs qui menacent la légitimité de l'Assemblée nationale. Dans ce but, ils entraînent les modérés à quitter le club des Jacobins.

Leur drame vient de ce qu'ils n'ont pas les moyens de leur politique. Quand Mirabeau meurt, leur popularité est déjà atteinte, ils sont déjà la cible privilégiée de Robespierre et de la presse patriote. Le débat d'avril 1791 sur la garde nationale, où ils se sont affirmés favorables à l'exclusion des citoyens passifs, et le débat de mai sur les colonies, où ils se sont révélés hostiles à l'émancipation des gens de couleur (les Lameth ont des intérêts à Saint-Domingue), les ont déconsidérés dans l'opinion. Et ils ont même été battus à l'Assemblée par Robespierre le 16 mai sur la question de la rééligibilité des Constituants.

Quand s'ouvre l'été, renforcer l'exécutif et augmenter le cens électoral leur apparaissent deux objectifs primordiaux pour stabiliser la Révolution contre la surenchère démocratique. Ils gagnent la bataille parlementaire des deux derniers mois de la Constituante. Mais, non rééligibles et ainsi privés par Robespierre de terrain de manœuvre parlementaire, ils se sont eux-mêmes privés du terrain de manœuvre extra-parlementaire, faute d'un grand club à leur disposition puisqu'ils ont déserté celui-là et ne parviendront pas à faire des Feuillants une machine équivalente – ce qui d'ailleurs allait contre leurs principes. Aussi peuvent-ils bien avoir leur constitution et la majorité à l'Assemblée législative, ils demeurent impuissants parce que sans légitimité. Il ne leur reste plus qu'à tenter de jouer les Mirabeau et rencontrer en secret Marie-Antoinette à qui ils dispensent leurs bons conseils. Sans succès. Car le couple royal ne voit pas d'intérêt à accorder sa confiance à ces révolutionnaires repentis et sans troupes quand il a lui-même d'autres vues pour recouvrer le pouvoir.

17 juillet
Une manifestation se rend au Champ-de-Mars pour soutenir la pétition du club des Cordeliers réclamant la république. L'Assemblée constituante ordonne au maire de Paris, Bailly, de disperser le rassemblement, et la loi martiale est proclamée. La garde nationale de La Fayette fait feu sur la foule: il y a plusieurs dizaines de victimes. L'unité du mouvement révolutionnaire est ouvertement rompue et, avec la fusillade du Champ-de-Mars, un fossé sépare désormais les autorités constituées du mouvement populaire parisien.

18 juillet
L'Assemblée constituante décide de réprimer les écrits séditieux, les incitations à la désobéissance à la loi et les insultes à la force publique. Danton doit s'enfuir en Angleterre, tandis que Marat, bientôt décrété d'arrestation, va entrer pour quelque temps dans la clandestinité.
Première représentation de l'opéra de Cherubini, *Lodoïska*, inspiré des romans de Louvet.

22 juillet
Mise en activité de 97 000 gardes nationaux.

23 juillet
L'Assemblée constituante refuse d'instituer un tribunal spécial pour juger les manifestants du 17 comme le prônait Salle.

24 juillet
Robespierre entreprend de réorganiser la Société des Jacobins et de rallier les sociétés affiliées.

25 juillet
L'Assemblée constituante décide que les officiers émigrés seront passibles des cours martiales.

27 juillet
Adoption d'un projet de Démeunier sur la réquisition de la force publique et la répression des attroupements.
Décret ordonnant le recensement des habitants de Paris.

30 juillet
Abolition par l'Assemblée constituante des ordres de chevalerie et des signes extérieurs supposant des distinctions de naissance.

août
Barnave et Malouet se rencontrent au début du mois: Malouet promet d'essayer de convaincre la droite d'appuyer le triumvirat.
L'Assemblée constituante permet à tous les artistes, français et étrangers, membres ou non de l'Académie de peinture et de sculpture, d'exposer leurs œuvres au Salon.

1er août
Nouveau décret enjoignant aux Français émigrés après le 1er juillet 1789 de revenir en France dans le mois.
Robespierre publie une *Adresse aux Français*.
Première représentation à l'Opéra-Comique de *Lodoïska, ou les Tartares*, opéra de Rodolphe Kreutzer (1766-1831) inspiré des romans de Louvet.

4 août
Levée des premiers bataillons de volontaires.

5 août
Les assemblées primaires sont convoquées pour le 25 afin d'élire la nouvelle Assemblée nationale.
Thouret présente à l'Assemblée constituante l'ensemble du projet de Constitution et les modifications que propose le comité de constitution.

7 août
Reparution de *L'Ami du peuple*, le journal de Marat.

8 août
L'Assemblée constituante commence la révision des articles de la Constitution: alors que Malouet reprochait à celle-ci de placer « la souveraineté en abstraction », Le Chapelier fait préciser qu'on ne discutera que les articles sans entrer dans une discussion critique générale.

9 août
L'Assemblée constituante décrète l'unité et l'indivisibilité du royaume. Treilhard demande qu'on dissocie les biens nationaux de l'entretien du culte.

10 août
À l'Assemblée constituante, Roederer prononce un discours important où il conteste le caractère représentatif du roi: pour lui, un roi ne peut représenter la nation, car représentativité et élection sont liées. Robespierre l'appuie en demandant qu'on appelle le roi le « premier fonctionnaire public », le « chef du pouvoir exécutif », mais non le représentant de la nation. À la demande de Pétion et de Robespierre, la souveraineté est décrétée inaliénable. Sont votés deux articles additionnels qui consacrent l'engagement pris par la nation en disposant des biens du clergé: les citoyens ont le droit d'élire les ministres de leur culte et le traitement des ministres du culte catholique est compris dans la dette nationale.

11 août
Débat sur le cens électoral à l'Assemblée constituante: le comité de constitution proposait de supprimer le seuil du marc d'argent comme condition pour être éligible à l'Assemblée nationale, mais aussi d'augmenter le montant de la contribution nécessaire pour être électeur dans les assemblées primaires à la valeur de 40 journées de travail. Roederer et Robespierre s'opposent à ce projet que Barnave défend. Le lendemain, l'Assemblée décide d'ajourner cette discussion quelques jours après un discours de l'abbé Grégoire.

17 août
Le nombre de gardes nationaux destinés à la défense de la frontière Nord-Est est augmenté.

21 août
L'évêque constitutionnel du Calvados, Fauchet, est dénoncé à l'Assemblée constituante pour avoir contribué à renverser la statue de Louis XVI à Caen.

22 août
Troubles à Saint-Domingue où des Noirs massacrent des propriétaires blancs.

23 août
L'Assemblée constituante reprend la révision de la Constitution interrompue pendant quelques jours: deux articles additionnels à la Constitution sur la liberté de la presse et la répression des délits de presse sont votés.

24 août
Le duc d'Orléans renonce à ses droits de succession au trône. L'Assemblée constituante va débattre les jours suivants des droits politiques des parents du roi.

27 août
Déclaration de Pillnitz: l'empereur Léopold II et le roi de Prusse, Frédéric-Guillaume II, promettent leur appui aux émigrés contre la France.
L'Assemblée constituante reprend le débat ajourné le 12 août: le seuil pour l'éligibilité (le marc d'argent) est supprimé, mais le cens pour être électeur est augmenté.

28 août
Premier numéro de *L'Ami des citoyens* de Jean-Lambert Tallien (1767-1820).

29 août
Début des élections des députés à l'Assemblée législative.

30 août
L'Assemblée constituante décrète que la nation pourra réviser la Constitution quand elle le souhaitera tout en soulignant qu'il vaut mieux attendre trente ans pour le faire.

31 août
À l'Assemblée constituante, Barnave déclare que « pour le commun des hommes, la tranquillité est plus nécessaire que la liberté [...] la tranquillité est le premier besoin; la liberté politique n'est qu'un superflu qui fait le bonheur mais qui n'est pas rigoureusement nécessaire ».

septembre
Olympe de Gouges: *Déclaration des droits de la femme et de la citoyenne.*
Volney: *Les Ruines, ou Méditation sur les révolutions des empires.*

2 septembre
L'Assemblée constituante décrète l'institution de fêtes nationales pour « conserver le souvenir de la Révolution française, entretenir la fraternité entre les citoyens et les attacher à la Constitution, à la patrie et aux lois », ainsi que l'établissement d'un code civil pour tout le royaume.

3 septembre
Adoption du texte définitif de la Constitution. Louis XVI accepte la Constitution le 13 et prête serment le 14.
Le directoire du département du Morbihan décide l'éloignement de tout curé ou vicaire non remplacé, indépendamment de son attitude, à 10 lieues de sa paroisse d'exercice ou dans sa famille.

9 septembre
Retour à Paris de Danton, qui s'était réfugié en Angleterre le 18 juillet.
Émeute royaliste à Arles.

10 septembre
Rapport de Talleyrand sur l'instruction publique: ce rapport ne sera pas discuté par l'Assemblée constituante.

14 septembre
Après un nouveau rapport de Menou, l'Assemblée constituante vote la réunion à la France d'Avignon et du Comtat.

15 septembre
Une partie des députés de l'Assemblée constituante déclare ne pas reconnaître comme un acte

libre l'acceptation de la Constitution par Louis XVI.
Décret récapitulatif sur l'organisation de l'administration forestière.

16 septembre
Loi sur la police de sûreté, la justice criminelle et l'institution des jurés.

17 septembre
Organisation de la comptabilité générale de l'État: suppression des chambres des comptes.

18 septembre
Fête au Champ-de-Mars pour célébrer la nouvelle Constitution.

18-23 septembre
Loi organisant la garde nationale de Paris: sa division en 60 bataillons est maintenue.

19 septembre
L'Assemblée constituante décide de cesser ses fonctions le 30.

21 septembre
Décret établissant des commissaires de police dans les villes.

25 septembre
Relecture et adoption du code pénal.

27 septembre
La citoyenneté est accordée à tout juif prêtant le serment civique et remplissant les conditions pour être citoyen.

28 septembre
L'Assemblée constituante décrète que l'armée comportera 110 590 hommes dans l'infanterie et 30 040 dans la cavalerie, sans compter l'artillerie et le génie.
La liberté d'enclore est accordée.
Tout individu est déclaré libre, quelle que soit sa couleur, sitôt entré en France.
Les Suisses du régiment de Châteauvieux mutinés en août 1790 et condamnés aux galères le 31 août 1790 sont compris dans l'amnistie.
Sur la proposition de Barère, l'Assemblée constituante décide que le tableau représentant le *Serment du Jeu de paume* commencé par David sera terminé aux frais du Trésor public.

29 septembre
Après un rapport de Le Chapelier, malgré l'opposition de Robespierre, l'Assemblée constituante interdit les pétitions collectives au motif que nulle société ne peut avoir d'existence politique.
Décret récapitulatif sur l'organisation de la garde nationale: elle est réservée aux citoyens actifs et à leurs enfants.
Instruction de l'Assemblée constituante sur la procédure criminelle.

30 septembre
Dernière séance de l'Assemblée constituante.
L'amnistie est étendue aux condamnés pour émeute ou révolte depuis le 1er mai 1788.
Joseph-Antoine Bruni d'Entrecasteaux (1737-1793) appareille de Brest avec deux frégates à la recherche de l'expédition La Pérouse partie en août 1785.

octobre
Représentation au théâtre Molière de *Le Comte Oxtiern ou les malheurs du libertinage* de Sade.

LA LÉGISLATIVE: 1791-1792

1er octobre
Première séance de l'Assemblée législative composée de 745 députés dont la majorité plutôt proche des Feuillants.

4 octobre
L'Assemblée législative vote des remerciements aux députés de la Constituante et jure fidélité à la constitution.

5 octobre
Après un discours de Georges-Auguste Couthon (1755-1794), l'Assemblée législative supprime les mots «Sire» et «Majesté» et déclare que les députés seront autorisés à s'asseoir en présence du roi. L'Assemblée revient dès le lendemain sur ce décret.
Le soir, a lieu la première entrevue de Barnave et Alexandre de Lameth avec Marie-Antoinette.

6 octobre
Antoine-François Bertrand de Molleville (1744-1818) devient ministre de la Marine.

7 octobre
Couthon réclame à l'Assemblée législative qu'on prenne des mesures contre les prêtres réfractaires.
L'Assemblée législative décide de placer les effigies de Rousseau et de Mirabeau dans la salle des séances.

8 octobre
La Fayette démissionne de son commandement de la garde nationale.

9 octobre
Rapport de Jean-Antoine Gallois (1761-1828) et d'Armand Gensonné (1758-1793) à l'Assemblée législative sur les troubles en Vendée et dans les Deux-Sèvres qui souligne la responsabilité des prêtres réfractaires.

10 octobre
Louis XVI invite ses frères, les comtes de Provence et d'Artois (futurs Louis XVIII et Charles X), à rentrer en France.
Première représentation à l'Opéra-Comique de *Agnès et Olivier* de Dalayrac.

12 octobre
Deuxième entrevue entre Marie-Antoinette et Barnave.
Ouverture au public des séances du club des Jacobins.

14 octobre
L'Assemblée législative décide l'organisation de gardes nationales dans tous les cantons: dans l'Ouest, la plupart des paroisses rurales refuseront de les organiser.
Proclamation de Louis XVI aux émigrés les invitant à rentrer en France.

16 octobre
L'assassinat du patriote Lescuyer à Avignon déclenche le massacre des détenus de la prison de la Glacière, dans le palais des Papes, par une bande de patriotes dirigée par Mathieu Jouve dit Jourdan Coupe-Têtes (1746-1794).

20 octobre
Début du débat sur les émigrés à l'Assemblée législative. Brissot y prononce un discours belliciste contre les souverains étrangers: « Si vous préférez à l'amitié d'une grande nation vos rapports avec quelques brigands, attendez-vous à des vengeances: la vengeance d'un peuple libre est lente, mais elle frappe sûrement. »

21 octobre
Début du débat sur les prêtres réfractaires qui, avec le débat sur les émigrés, va principalement occuper l'Assemblée législative jusqu'à la fin du mois de novembre.

24 octobre
L'évêque constitutionnel de Périgueux, Pierre Pontard (1749-1832), déclare à l'Assemblée législative que les prêtres réfractaires ne sont soutenus que par les femmes et les nobles qui redécouvrent les vertus de la piété.

25 octobre
Condorcet déclare à l'Assemblée législative qu'il est de droit naturel que la nation prenne des mesures pour sa sûreté.

26 octobre
À l'Assemblée législative, Jean-François Ducos (1765-1793) affirme que les prêtres réfractaires ne sont pas dangereux parce qu'ils refusent de reconnaître la constitution civile du clergé, mais parce qu'ils confondent les opinions religieuses avec les opinions politiques. L'évêque constitutionnel du Calvados, Fauchet, demande qu'ils soient privés de traitement et qu'on ne mette plus d'églises à leur disposition.
Pie VI proteste auprès des souverains européens contre l'annexion par la France d'Avignon et du Comtat.

31 octobre
Le comte de Provence (futur Louis XVIII) est sommé de rentrer en France dans les deux mois sous peine de perdre son droit éventuel à la régence.
Montmorin démissionne du ministère des Affaires étrangères et est remplacé par Delessart.

3 novembre
Gensonné propose à l'Assemblée législative la création de l'état civil en dehors des registres paroissiaux.

6 novembre
À l'Assemblée législative, Joseph Delaunay (1752-1794) dénonce les agissements des prêtres réfractaires qui suscitent des troubles dans le Maine-et-Loire.
Première réunion du Bureau de comptabilité qui remplace la chambre des comptes.

7 novembre
La Harpe devient rédacteur en chef du *Mercure français*.

9 novembre
Décret sur les émigrés: les Français rassemblés hors des frontières sont déclarés suspects de conjuration contre la patrie; ils seront passibles de la peine de mort et leurs biens confisqués s'ils ne sont pas rentrés avant le 1er janvier 1792. Le 11 novembre,

Louis XVI oppose son veto au décret puis, le 12, demande aux émigrés de rentrer en France.
Première représentation au Théâtre-Français de la comédie de Fabre d'Églantine, *L'Héritière*.

10 novembre
Roederer est élu procureur général syndic du département de Paris.

12 novembre
La foule pille des stocks de blé à Melun.

16 novembre
Pétion est élu maire de Paris avec 6 728 voix contre 3 126 à La Fayette sur 80000 inscrits.
Le comte de Provence écrit à son frère Louis XVI que la constitution est l'œuvre de factieux.

28 novembre
Retour à Paris de Robespierre après six semaines d'absence: le club des Jacobins lui rend hommage alors qu'il prononce un discours teinté de bellicisme.

29 novembre
Les ecclésiastiques réfractaires sont déclarés suspects et privés de leurs pensions; les édifices employés au culte salarié par l'État ne pourront servir à aucun autre culte.

1er décembre
Dans un article, Marat se prononce contre la guerre.

2 décembre
Le ministre de la Guerre, Duportail, démissionne.
Pierre-Louis Manuel (1753-1793) est élu procureur de la commune de Paris.

3 décembre
Les frères du roi, les comtes de Provence et d'Artois, refusent de rentrer en France.
Les Révolutions de Paris, journal dirigé par Louis-Marie Prudhomme (1752-1830) dont le principal rédacteur était Loustalot et qui anime une équipe dont font partie Fabre d'Églantine, Sylvain Maréchal et Pierre-Gaspard Chaumette (1763-1794), s'opposent à la guerre.

5 décembre
Le directoire du département de Paris, à l'exception de Roederer, conseille à Louis XVI d'opposer son veto au décret du 29 novembre sur les prêtres réfractaires. Le 9 décembre, le club des Jacobins de Paris envoie aux sociétés affiliées une protestation dénonçant le directoire du département de Paris pour ce conseil.

6 décembre
Danton est élu second substitut du procureur de la commune de Paris.

7 décembre
Le comte de Narbonne est nommé ministre de la Guerre, Bon-Claude Cahier de Gerville (1751-1796) ministre de l'Intérieur et Louis-Hardouin Tarbé (1753-1806) ministre des Finances.
Première représentation au Théâtre-Français de *Mélanie ou la religieuse* de La Harpe.

10 décembre
L'empereur Léopold II ratifie la décision de la diète de Francfort de mettre sous sa protection les princes allemands possessionnés en Alsace.

12 décembre
Au club des Jacobins, premier discours de Robespierre où, contre l'opinion que Brissot cherche à entraîner, il s'oppose à la guerre. Le 16, Brissot prononce un grand discours en faveur de la guerre, et le 18, Robespierre continue de s'y opposer.
Les Révolutions de France et de Brabant de Camille Desmoulins cessent de paraître. Elles reparaîtront d'octobre à décembre 1792 et auront été poursuivies entre-temps par *La Tribune des patriotes* rédigée par Desmoulins et Louis-Stanislas Fréron (1754-1802).

14 décembre
Louis XVI déclare à l'Assemblée législative qu'il a sommé l'Électeur de Trèves de disperser les rassemblements d'émigrés situés sur son territoire.

15 décembre
Première représentation au théâtre de la Nation de *Jean-Jacques Rousseau dans l'île de Saint-Pierre*, drame de Mme de Genlis.

17 décembre
À ce jour, 2,1 milliards d'assignats ont été émis dont 1,6 est en circulation.

18 décembre
Collot d'Herbois fait hommage à l'Assemblée législative de son *Almanach du père Gérard*.

19 décembre
Veto de Louis XVI sur le décret du 29 novembre décrétant suspects les ecclésiastiques réfractaires.
Entrevue de Marie-Antoinette et Duport.

25 décembre
Discours belliciste d'Henri-Maximin Isnard (1758-1825) à l'Assemblée législative.

27 décembre
Proposés par le ministre de la Guerre le 14, Rochambeau et Nicolas de Luckner (1722-1794) sont nommés maréchaux de France et placés à la tête des armées du Nord et du Rhin.

28 décembre
Première représentation à l'Opéra-Comique de *Philippe et Georgette* de Dalayrac.

29 décembre
L'Assemblée législative adopte un projet de déclaration rédigé par Condorcet où il est affirmé que la guerre n'est pas dirigée contre les habitants des pays occupés par les émigrés; sa traduction dans toutes les langues est décrétée. L'Assemblée vote 20 millions de crédit pour la guerre.

30 décembre
Treilhard est élu président du tribunal criminel de Paris en remplacement de Pétion devenu maire.
Au club des Jacobins, Brissot continue de prôner la guerre offensive.

31 décembre
Lecture à l'Assemblée législative d'une note de l'empereur Léopold II transmise au gouvernement français où il se déclare prêt à défendre l'Électeur de Trèves contre toute agression française.

autres événements
• Bernardin de Saint-Pierre: *La Chaumière indienne.*
• Lavicomterie: *Les Crimes des rois de France depuis Clovis jusqu'à Louis XVI*, ouvrage qui obtient un certain succès commercial, et *Les Droits du peuple sur l'Assemblée nationale.*
• Lavoisier: *De la richesse territoriale du royaume de France.* Il s'agit d'un projet de statistique nationale présenté au comité des impositions de l'Assemblée constituante.
• Louis-Sébastien Mercier: *De Jean-Jacques Rousseau considéré comme l'un des premiers auteurs de la Révolution.*
• Necker: *Sur l'administration de M. Necker*, par lui-même.
• Berthollet: *Éléments de l'art de la teinture.*
• Les architectes Legrand et Molinos imaginent des «prytanées», espèces de bornes civiques susceptibles d'être implantées un peu partout pour afficher les lois et autres actes de l'autorité publique.
• Quatremère de Quincy: *Considérations sur les arts du dessin en France, suivies d'un plan d'Académie.* Cet ouvrage, dont deux suppléments sont aussi publiés en 1791, aura une grande influence dans la promotion de l'esthétique néoclassique.

Quatremère de Quincy

*Sculpteur de formation, Antoine-Chrysostome Quatremère de Quincy (1755-1849) avait beaucoup voyagé en Italie entre 1776 et 1784, et s'était lié avec David et Antonio Canova (1757-1822). En 1785, il remporte un prix de l'Académie des inscriptions avec un mémoire sur l'architecture égyptienne, et Panckoucke lui commande pour l'*Encyclopédie méthodique *un* Dictionnaire d'architecture *dont le premier volume paraît en 1788. Député à l'Assemblée législative, inquiété pour ses opinions modérées sous la Convention, député au Conseil des Cinq-Cents pendant le Directoire et opposé à l'enlèvement des œuvres d'art d'Italie, Quatremère sera victime de l'épuration suivant le coup d'État républicain du 18 fructidor an V (4 septembre 1797). Il revient après le 18 Brumaire et entre à l'Institut en 1804.*

• À Camembert, dans l'Orne, c'est cette année-là qu'une fermière aurait perdu le contrôle de la fermentation d'un fromage au lait de vache et donné ainsi naissance au célèbre fromage.

1792

janvier
Des troubles de subsistances se développent à la fin du mois et au cours du mois de février dans les campagnes, et plus particulièrement dans le nord de l'Île-de-France. Paris sera troublé jusqu'au 24 janvier par des émeutes, le peuple demandant la taxation du sucre et du café. À la fin du mois, 100 livres en assignats ne valent plus que 63 livres en numéraire.

2 janvier
L'Assemblée législative décide que l'ère de la liberté sera datée du 1er janvier 1789.
Les frères du roi, les comtes de Provence et d'Artois, le prince de Condé et Calonne sont décrétés d'accusation par l'Assemblée législative.
Au club des Jacobins, Robespierre s'oppose toujours à la guerre et à Brissot.

4 janvier
Après un rapport de Joseph Cambon (1756-1820), l'Assemblée législative décide la fabrication d'assignats en petites coupures de moins de 5 livres.

5 janvier
Barnave quitte Paris pour retourner dans le Dauphiné.

6 janvier
L'Électeur de Trèves disperse les rassemblements d'émigrés réfugiés sur ses terres.

10 janvier
L'Assemblée législative décide de hâter la mise en activité des tribunaux criminels.

11 janvier
Rapport à l'Assemblée législative du ministre de la Guerre, Narbonne, sur la situation aux frontières.
Nouveau discours de Robespierre contre la guerre au club des Jacobins.

12 janvier
Inauguration du théâtre du Vaudeville dirigé par Antoine-Auguste de Piis (1755-1832).

14 janvier
Rapport de Gensonné sur l'état des relations avec l'empereur Léopold II et violent discours de Marguerite-Élie Guadet (1755-1794) à l'Assemblée législative.

16 janvier
Le comte de Provence (frère du roi et futur Louis XVIII) est déchu de ses droits à la régence par l'Assemblée législative.
Première représentation à l'Opéra-Comique de *Cécile et Ermancé, ou les deux couvents* de Grétry. Cet opéra-comique sera repris en novembre sous le titre *Le Despotisme monacal.*

17 janvier
Brissot propose à l'Assemblée législative de déclarer la guerre à l'empereur Léopold II. Le 20, Isnard appuie la proposition de Brissot.

24 janvier
Après un rapport de Mathieu Dumas (1753-1837) présenté le 19, l'Assemblée législative décide le recrutement de 51 000 hommes destinés aux troupes de ligne.

25 janvier
Condorcet propose à l'Assemblée législative d'envoyer des ambassadeurs chargés de négocier des traités commerciaux ou d'alliance auprès des gouvernements étrangers.
Talleyrand arrive à Londres, chargé d'une mission diplomatique par le gouvernement.
Première représentation au théâtre de la Nation (la Comédie-Française) de la comédie de Joseph-Alexandre-Pierre de Ségur (1756-1805), *Le Retour du mari.*

28 janvier
À Saint-Domingue, offensive des esclaves révoltés.

29 janvier
Au club des Jacobins, Billaud-Varenne se prononce à son tour contre la guerre.

février
Camille Desmoulins: *Jacques-Pierre Brissot démasqué.*
Rabaut Saint-Étienne: *Précis de l'histoire de la Révolution française.*

1er février
Toute personne voyageant dans le royaume doit être munie d'un passeport, sous peine d'arrestation.
Première représentation à l'Opéra-Comique de *Charlotte et Werther* de Kreutzer.

3 février
Mort de Cerutti qui avait animé *La Feuille villageoise* et prononcé l'éloge funèbre de Mirabeau.

5 février
À l'Assemblée législative, l'évêque constitutionnel d'Ille-et-Vilaine, Claude Le Coz (1740-1815), réclame la suppression des congrégations de religieux séculiers.
Le ministre de l'Intérieur, Cahier de Gerville, souligne, dans un rapport à l'Assemblée législative, l'importance des troubles liés à l'approvisionnement en grains et voit dans ceux causés par les affaires religieuses un facteur d'explication de l'émigration.

6 février
Troubles frumentaires à Noyon.

8 février
Les officiers et soldats ayant déserté avant le 1er juin 1789 qui rentreraient en France au cours de l'année seront graciés et pourront reprendre du service dans l'armée.

9 février
Décret confisquant les biens des émigrés; un décret du 30 mars en règle l'administration.
Première représentation de *Caius Gracchus*, tragédie de M.-J. Chénier, au Théâtre-Français.

10 février
Emmanuel-Claude Pastoret (1756-1840) propose à l'Assemblée législative de panthéoniser Montesquieu.

12 février
On propose à l'Assemblée législative de panthéoniser Louis XII et Henri IV.
Le ministre de la Justice, Duport-Dutertre, annonce à l'Assemblée législative l'entrée en activité de la Haute Cour de justice.

13 février
Louis XVI proteste auprès de la municipalité de Paris contre les rumeurs circulant sur son prochain départ.
Pillages de magasins de grains à Montlhéry.

14 février
Robespierre démissionne de ses fonctions d'accusateur public auprès du tribunal criminel de Paris.
Émeutes à Dunkerque où les magasins de grains sont pillés.

15 février
Installation du tribunal criminel de Paris.

16 février
L'imprimeur Hoffmann se voit accorder un privilège de quinze ans protégeant son nouveau mode de composition, le logotype. Il s'agit de groupes de lettres fondues en un seul bloc (syllabes, mots, abréviations) ce qui permet d'accélérer la composition avant impression.
Traité d'alliance entre l'Autriche et la Prusse.

17 février
L'évêque constitutionnel du Calvados, Fauchet, dénonce le ministre des Affaires étrangères, Delessart, à l'Assemblée législative.

18 février
Le ministre de l'Intérieur, Cahier de Gerville, s'inquiète auprès de l'Assemblée législative de la rareté du numéraire et des subsistances; il souligne encore la responsabilité des prêtres réfractaires dans les troubles politiques.
Rébellion d'un régiment d'infanterie à Béthune.
Première représentation au théâtre du Vaudeville (théâtre ouvert le 12 janvier, près de l'actuelle place du Carrousel) de *L'Auteur d'un moment* de Léger. De graves incidents se produisent le 24 février lors d'une représentation de cette comédie qui attaquait M.-J. Chénier.

24 février
Première représentation au théâtre de la Nation de la comédie de Collin d'Harleville, *Le Vieux Célibataire*.

24-25 février
Décret punissant les contrefacteurs d'assignats.

26 février
Mende est occupée par des bandes de paysans conduits par des prêtres réfractaires.

28 février
Troubles à Rennes.

29 février
À l'Assemblée législative, Couthon propose la suppression sans indemnité de tous les droits féodaux qui ne sont pas justifiés par un titre constitutif suivi de prestations ou par trois reconnaissances successives suivies de prestations.
Au nom de la municipalité, le maire de Paris, Pétion, demande 200000 livres de secours en faveur des pauvres.

mars
Les troubles s'étendent en Dauphiné, Lozère, Quercy, Cantal, Dordogne, Corrèze, Ardèche, Gard, Hérault.

Les Girondins

Cette dénomination de Girondins est tardive; à l'époque, on les nommait plutôt « brissotins » ou « rolandistes ». Ce groupe aux frontières indécises est plutôt une nébuleuse constituée autour d'individualités que relie l'amitié, qui, montés à Paris, fréquentent les mêmes lieux et qui se retrouvent dans l'histoire révolutionnaire désignés par leurs ennemis.
Au centre, on trouve la députation du département de la Gironde à l'Assemblée législative (Vergniaud, Gensonné, Guadet, Ducos) qui se lie avec Brissot et se perpétue à la Convention. À ces députés s'en ajoutent d'autres de diverses provenances tels que Condorcet, l'abbé Fauchet, Valazé, Isnard, Barbaroux sans compter les personnalités extérieures comme Roland ou Clavière. Dès novembre 1791, ils se mobilisent contre le ministère Feuillant – ainsi que tous les « patriotes » – et font de leurs diatribes contre les prêtres réfractaires ou les rassemblements d'émigrés leur cheval de bataille. Brissot et ses amis prêchent la guerre contre l'Europe comme un moyen d'accéder au pouvoir. Et en mars 1792, Brissot obtient de

*superviser la constitution du ministère. Mais il est difficile d'assigner à la Gironde une ligne politique tant ces hommes se diviseront sur leurs votes à la Convention ou sur les grands problèmes. Même sur la question de la guerre, ils ne sont guère unis. Leur unité a été reconstruite par leurs accusateurs après le 2 juin 1793 qui scelle leur chute. Il est vrai cependant qu'à la Convention ils ont marqué de la constance à attaquer et réattaquer leurs adversaires de la Montagne et à prôner un recours aux départements pour contrebalancer l'influence du Paris révolutionnaire. De ce point de vue, c'est la presse qu'ils contrôlent (*La Feuille villageoise, La Sentinelle *ou les brochures publiées par le Cercle social, par exemple) qui offre le plus de consistance.*

1er mars
Mort de l'empereur Léopold II qui était le frère de Joseph II et de Marie-Antoinette. Son fils, François II, lui succède et est élu empereur le 7 juillet.

2 mars
Robespierre défend la constitution devant le club des Jacobins et déclare: « Je préfère l'individu que le hasard, la naissance, les circonstances nous ont donné pour roi, à tous les rois qu'on voudrait nous donner. »

3 mars
Au cours d'une émeute, le maire d'Étampes, Simoneau, qui s'opposait, au nom de la loi, à la taxation des grains, est tué par la foule principalement venue des villages alentour. Plus que le contexte de la crise due à la cherté du grain qui frappe beaucoup de départements en ce début d'année 1792, c'est le contexte politique qui transforme en enjeu national cette affaire locale. Alors que l'Assemblée législative est traversée par le conflit qui oppose les Jacobins au pouvoir exécutif appuyé sur les Feuillants, l'émeute d'Étampes offre à Brissot et ses amis une nouvelle occasion de dénoncer l'inaction du pouvoir exécutif, sa complicité avec les émigrés, la contre-révolution et ses complots, la Cour qui paye des brigands pour s'attaquer au nouvel ordre politique et social. C'est qu'en ce mois de mars, les futurs Girondins sont en passe d'accéder au ministère et ils se doivent donc d'appeler au respect de la loi et des autorités. En cela, l'affaire Simoneau sera aussi un révélateur des clivages qui séparent les Jacobins entre futurs Girondins et futurs Montagnards. Le 18 mars, l'Assemblée législative décide, sur une proposition de Jean Debry (1760-1834), d'ériger à Étampes un monument en l'honneur de son maire victime de son devoir civique, monument qui ne sera jamais réalisé. Le 3 juin, une fête de la Loi en hommage à Simoneau est organisée à Paris pour faire pendant à la fête de la Liberté du 15 avril.

6 mars
L'Assemblée législative constitue une commission de 12 membres pour examiner les causes des troubles qui agitent le royaume.
Une députation de Parisiennes demande des piques à l'Assemblée pour défendre la constitution.
Première représentation au théâtre de la Nation de *La Mort d'Abel*, une tragédie de Gabriel Legouvé (1764-1812) où le jeu des acteurs séduit particulièrement le public.
Première représentation au théâtre du Marais de *Robert, chef des brigands*, un drame de Jean-Henri-Ferdinand La Martelière (1761-1830), imité des *Brigands* de Schiller, qui remporte un très grand succès.

7 mars
Le duc Charles de Brunswick (1735-1806) est nommé généralissime des armées autrichiennes et prussiennes.
Première représentation au Théâtre-Français de la comédie de Fabre d'Églantine, *Le Sot orgueilleux ou l'École des élections.*

8 mars
Répression d'une émeute à Conches.

9 mars
Démission du ministre de la Marine, Bertrand de Molleville. Il sera remplacé le 17 mars par Jean de Lacoste (1730-1820).

10 mars
Louis XVI renvoie le ministre de la Guerre, Narbonne, et le remplace par Pierre-Marie de Grave (1755-1823).
L'Assemblée législative met en accusation le ministre des Affaires étrangères, Delessart, pour n'avoir pas dénoncé les préparatifs de guerre autrichiens; l'acte d'accusation sera rédigé par Brissot et adopté le 14. Brissot demande que le roi obtienne des explications formelles de l'empereur.

12 mars
Débuts de la conspiration du marquis de La Rouërie en Bretagne. Armand-Charles Tuffin de La Rouërie (1751-1793) avait obtenu des princes émigrés un brevet pour organiser une association

regroupant les partisans de la royauté. Le manque de discrétion de ses agents recruteurs et des rassemblements de nobles qui se tiennent dans son château près de Dol alertent les autorités.

15 mars
Dumouriez est nommé ministre des Affaires étrangères à la place de Delessart et Antoine Duranthon (1736-1793) ministre de la Justice à la place de Duport-Dutertre.

Dumouriez

Charles-François du Périer, dit Dumouriez (1739-1823), avait terminé la guerre de Sept Ans avec le grade de capitaine et la croix de Saint-Louis avant d'entamer une carrière mi-diplomatique mi-aventurière, tantôt en grâce auprès de Choiseul, tantôt en disgrâce à la Cour, voire embastillé. En 1788, il est maréchal de camp. Brillant, insinuant, intrigant, ambitieux dénué de scrupules et cependant imprudent, il parvient en 1792 aux premiers plans des scènes politique et militaire de l'Europe. Lieutenant général en février 1792, ses relations jacobines le font accéder au ministère à la mi-mars où il fait le jeu de Brissot. La crise du début de l'été le ramène à l'armée qu'il conduit à la victoire à l'automne: Valmy, Jemmapes libèrent le territoire des étaux prussien et autrichien. Fort de ses campagnes victorieuses, il est à Paris au début de l'année 1793 où ses amitiés girondines le rendent suspect aux Jacobins. Son jeu trouble en Belgique et en Hollande ainsi que sa défaite à Neerwinden en mars le désignent sans ambiguïté comme un adversaire à la Convention. Il trahit et passe aux Autrichiens en leur livrant le ministre de la Guerre et quatre députés au début du mois d'avril. Il ne lui restera plus alors qu'à chercher preneur en matière de conseils en politique européenne, petit rôle que lui offriront les Anglais sous l'Empire.

16 mars
Assassinat du roi de Suède, Gustave III, qui était très hostile à la Révolution française.

19 mars
Les auteurs des massacres d'Avignon et de crimes relatifs à la révolution commis en Avignon ou dans le Comtat jusqu'au 8 novembre 1791 sont amnistiés.
L'Assemblée législative décide de désarmer les citoyens arlésiens.

20 mars
L'Assemblée législative charge le gouvernement de mettre au point le nouveau mode d'exécution, la guillotine.

21 mars
Brissot, qui cherche à contrôler la formation d'un ministère jacobin, demande à Mme Roland d'inciter son mari à accepter le ministère de l'Intérieur.

22 mars
Chappe fait hommage de son télégraphe à l'Assemblée législative.

24 mars
Louis XVI annonce à l'Assemblée législative les nominations de Roland au ministère de l'Intérieur, où il remplace Cahier de Gerville, et de Clavière aux Contributions, où il remplace Tarbé.
Au cours du débat sur les troubles de Saint-Domingue, les mulâtres et les Noirs libres reçoivent les droits d'élection et d'éligibilité.

25 mars
Ultimatum du ministère à l'Autriche.

26 mars
Présentation des nouveaux ministres à l'Assemblée législative.
Décret sur l'organisation d'Avignon et du Comtat en deux districts.

27 mars
Plusieurs centaines de bûcherons envahissent Clamecy et réclament de meilleurs salaires.

28 mars
Reconnaissance de l'égalité politique des Blancs et des mulâtres et Noirs libres.

30 mars
Debry propose de réviser la constitution civile du clergé, le système électif excitant trop les esprits et les prêtres étant « les plus ardents ennemis [...] de la liberté ».

avril
Soulèvement des communes rurales autour de Quimper.
Tout au long du mois, Robespierre multiplie les attaques contre La Fayette au club des Jacobins.
Jean-Baptiste-Joseph Delambre (1749-1822) est primé par l'Académie des sciences pour avoir complété la table des satellites de Jupiter et Saturne.

9 avril
Émeute à Tulle.

14 avril
L'Assemblée législative réaffirme qu'elle renonce à entreprendre aucune guerre de conquête et à attenter à la liberté d'aucun peuple.
Décret sur la fabrication de monnaie à partir du métal des cloches.

15 avril
Une fête de la Liberté en l'honneur des Suisses du régiment de Châteauvieux se déroule à Paris où ils ont été triomphalement accueillis le 30 mars après avoir été libérés des galères auxquelles ils avaient été condamnés à la suite de leur mutinerie à Nancy en août 1790, grâce à Collot d'Herbois qui avait obtenu leur amnistie.

20 avril
La guerre est déclarée au roi de Bohême et de Hongrie (c'est-à-dire à l'Autriche).
Le soir, au club des Jacobins, Robespierre avertit que les plus grands périls se situent à l'intérieur du royaume et réclame la destitution de La Fayette.
Première représentation au théâtre de la Nation de *Lovelace*, une comédie de Louis-Népomucène Lemercier (1771-1840) d'après *Clarissa*, le roman de Richardson.

20-21 avril
Condorcet présente à l'Assemblée législative son rapport sur l'instruction publique.

23 avril
Le ministre de l'Intérieur, Roland, présente à l'Assemblée législative un rapport sur les troubles intérieurs du royaume où il met en cause les agissements des prêtres réfractaires. Antoine-Christophe Merlin de Thionville (1762-1833) demande qu'on embarque ces derniers vers l'Amérique.

24 avril
Marat relaie Robespierre dans ses attaques contre La Fayette.

25 avril
Au club des Jacobins, Brissot et Guadet répondent à Robespierre : Brissot affirme qu'on ne peut voir dans La Fayette un nouveau Cromwell car il n'en a pas le caractère, et Guadet dénonce en Robespierre « un homme qui, soit ambition, soit malheur, est devenu l'idole du peuple ».
Première utilisation de la guillotine à Paris pour un crime de droit commun.
À Strasbourg, chez le maire Frédéric de Dietrich (1747-1793), Rouget de Lisle chante le *Chant de guerre pour l'armée du Rhin*, la future *Marseillaise*.

28 avril
Début des hostilités militaires : Rochambeau pénètre en Belgique.
L'évêque constitutionnel de Bourges, Pierre-Athanase Torné (1727-1797), demande la suppression de la « corporation » du clergé.

29 avril
Offensive autrichienne dans le Nord : après avoir été battu, le général Théobald Dillon est massacré à Lille par ses troupes, prises de panique et qui se croient trahies. Rochambeau offre au roi sa démission de commandant en chef de l'armée du Nord.

30 avril
Le club des Jacobins, à la demande de Robespierre, décerne un blâme à Brissot.
Custine repousse les Autrichiens et investit le Porrentruy (Suisse).

mai
Necker publie *Du pouvoir exécutif dans les grands États*.

1er mai
Nicolas-Louis François de Neufchâteau (1750-1828) propose à l'Assemblée législative le désarmement des citoyens suspects.
Robespierre dénonce au club des Jacobins les officiers aristocrates et la trahison générale du gouvernement.
À Rome, l'abbé Maury est sacré archevêque de Nicée par Pie VI.

2 mai
L'Assemblée législative refuse d'écouter une députation du club des Cordeliers venue dénoncer les généraux.

3 mai
L'Ami du peuple et *L'Ami du roi* sont interdits et leurs directeurs respectifs, Marat et l'abbé Royou, décrétés d'accusation.
Première représentation à l'Opéra-Comique de *Stratonice*, comédie héroïque de Méhul.

4 mai
Première représentation au théâtre de la Nation de *Lucrèce*, une tragédie d'Antoine-Vincent Arnault (1766-1836).

5 mai
L'Assemblée législative décrète la levée de 31 bataillons de volontaires.

6 mai
Trahison du régiment Royal-Allemand au bénéfice des Autrichiens.

8 mai
Démission du ministre de la Guerre, de Grave. Il est remplacé par Joseph Servan (1741-1808).

12 mai
Deux régiments de hussards trahissent à leur tour et passent à l'ennemi.
Un prêtre parisien qui s'est marié se présente à l'Assemblée législative avec son épouse.

15 mai
Isnard demande à l'Assemblée législative d'interpeller Louis XVI.
Le Moniteur dénonce l'existence d'un «Comité autrichien» siégeant aux Tuileries.

16 mai
La Fayette, qui commande l'armée du Centre au nord, prend secrètement contact avec les Autrichiens. Il espère obtenir une suspension des hostilités qui lui permettrait de peser politiquement et militairement sur l'Assemblée législative et Paris.
L'Assemblée législative débat sur les prêtres: ne pas jurer fidélité aux lois, déclare Pierre-Victurnien Vergniaud (1753-1793), équivaut à déclarer la guerre à l'État; il propose de déporter les prêtres en cas de troubles religieux; comme le débat s'engage sur le maintien ou non de la constitution civile du clergé, il fait préciser qu'il s'agit de combattre les prêtres perturbateurs de l'ordre public et non les prêtres constitutionnels.

17 mai
Parution du premier numéro du *Défenseur de la constitution* de Robespierre.

18 mai
Mort de Favart, qui dirigeait l'Opéra-Comique.

20 mai
À l'Assemblée législative, Brissot, Guadet et Gensonné dénoncent le «Comité autrichien».

24 mai
Jacques Roux (1752-1794): *Discours sur les moyens de sauver la France et la liberté.*

27 mai
Décret sur la déportation des prêtres réfractaires dont l'Assemblée législative a admis le principe deux jours plus tôt: une dénonciation par 20 citoyens actifs d'un même canton entraîne la déportation.

28 mai
L'Assemblée législative apprend que Montmorin a émigré en Angleterre.
Sur la proposition de Lazare Carnot (1753-1823), l'Assemblée législative se déclare en permanence.
Création de 54 compagnies franches pour renforcer les effectifs des forces légères.

29 mai
L'Assemblée législative dissout la garde du roi, comme le proposait la veille Claude Basire (1761-1794), et met en accusation son commandant, le duc de Brissac.
Le district de Dol, averti de la tenue la veille d'un rassemblement royaliste au château de La Rouërie, y envoie des troupes mais ne trouve pas le marquis.

30 mai
Gensonné propose à l'Assemblée législative de confier aux administrations locales la recherche des crimes contre la sûreté extérieure ou intérieure de l'État.

31 mai
Dans le *Défenseur de la constitution*, Robespierre accuse Brissot et Condorcet de faire le jeu des aristocrates.

juin
Delambre est chargé de mesurer l'arc du méridien de Paris entre Dunkerque et Barcelone afin de déterminer la longueur de ce qui deviendra le mètre.

1er juin
Première représentation au théâtre de la Nation de *Virginie*, une tragédie de Lamierre.

8 juin
L'Assemblée législative décrète la formation à Paris d'un camp de 20000 fédérés, projet auquel s'oppose Robespierre au club des Jacobins. Il s'agissait de lever des gardes nationaux dans tous les départements afin de renforcer les forces armées. L'Assemblée législative les fera venir à Paris pour célébrer la fête de la Fédération le 14 juillet 1792. Partis pour défendre la France aux frontières, ces fédérés se transforment vite en troupes de choc révolutionnaires à Paris une fois

en contact avec les militants révolutionnaires parisiens. Les Marseillais et les Bretons du Finistère appuieront ainsi décisivement l'insurrection du 10 août 1792.

9 juin
François-Joseph Lange (1743-1793) publie à Lyon les *Moyens simples et faciles de fixer l'abondance.*

10 juin
Une pétition signée par 8000 personnes proteste contre la formation d'un camp de fédérés à Paris et demande la mise en accusation du ministre de la Guerre, Servan, qui avait fait cette proposition à l'Assemblée législative le 4.

11 juin
Louis XVI oppose son veto aux décrets sur la déportation des prêtres réfractaires (27 mai) et la création d'un camp de fédérés à Paris (8 juin).
Dans une lettre à Louis XVI, rédigée par sa femme, le ministre de l'Intérieur, Roland, proteste contre ce veto.
Le marquis de La Rouërie publie *Aux Bretons vrais citoyens* afin de justifier l'action qu'il mène depuis le 12 mars.

13 juin
Luckner, qui a remplacé depuis le 20 mai Rochambeau dans le commandement des opérations militaires, prend l'offensive en Belgique. Il va cependant se replier sur Lille et Valenciennes après quelques jours sans raison bien définie ce qui contribuera à augmenter les inquiétudes et l'effervescence à Paris.
Louis XVI annonce à l'Assemblée législative le renvoi des ministres jacobins: après Servan, renvoyé la veille au soir, c'est au tour de Roland et Clavière le matin. Dumouriez est nommé ministre de la Guerre à la place de Servan, Jacques-Augustin Mourgue (1734-1818) ministre de l'Intérieur à la place de Roland et Pierre-Paul de Méredieu de Naillac (1737-?) remplace Dumouriez aux Affaires étrangères.
L'Assemblée législative renouvelle sa confiance aux ministres congédiés tandis que Robespierre critique ceux dont l'objectif se limite au rappel des ministres renvoyés.

14 juin
Dumouriez demande sans succès à Louis XVI de retirer son veto du 11 juin.
Suppression sans indemnité de divers droits féodaux qui avaient été déclarés rachetables le 15 mars 1790.

15 juin
Démission de Dumouriez du ministère de la Guerre.

17 juin
La section de la Croix-Rouge vient dénoncer Louis XVI à l'Assemblée législative.
Rivarol arrive à Bruxelles où il s'est exilé.

18 juin
Louis XVI annonce qu'il a nommé Scipion-Charles-Auguste-Victor de Chambonas (1750-1830) au ministère des Affaires étrangères à la place de Méredieu de Naillac, Pierre-Auguste Lajard (1757-1837) à la Guerre à la place de Dumouriez, Antoine-René Terrier de Monciel (1757-1831) à l'Intérieur à la place de Mourgue, Jules-Émile-François-Hervé de Beaulieu (1752-1807) aux Contributions pour remplacer Clavière, et que Duranthon reste à la Justice.
Texte définitif du décret sur l'abolition des droits féodaux: ils sont abolis sans indemnité à moins de prouver qu'ils constituaient le prix de la cession d'un fonds. À l'abolition enthousiaste des droits féodaux la nuit du 4 août 1789 avait succédé les jours suivants une âpre discussion lorsqu'il avait fallu mettre en forme les décisions prises cette nuit-là. Le décret détruisant le régime féodal est rendu le 11 août et la complexité de la matière amène les Constituants à former un comité des droits féodaux. Il s'agissait pour les députés de distinguer entre les usurpations attentatoires à la liberté des individus et ce qui se rattachait au droit de propriété. Aussi l'Assemblée constituante avait-elle en mars 1790 décrété rachetables nombre de droits et en avait fixé les taux en mai. Ce transfert de propriété et les délicates négociations qu'il engendrait suscitèrent bien des troubles dans les campagnes. L'Assemblée législative dut donc intervenir à différentes reprises dans ce domaine. Sans supprimer la distinction entre les droits qui ont été abolis et ceux qui ont été déclarés rachetables, elle étend la catégorie des droits supprimés sans indemnité en renversant et radicalisant la charge de la preuve: c'est au bénéficiaire des droits de produire un titre primitif pour prouver que l'origine des redevances qu'il perçoit correspond bien au prix de la concession d'un fonds, preuve bien difficile à établir dans la plupart des cas. C'est la Convention montagnarde qui, le 17 juillet 1793, posera le principe absolu de l'abolition définitive sans indemnité des droits féodaux et redevances seigneuriales.
Lecture à l'Assemblée législative d'une lettre de La Fayette écrite de Maubeuge le 16, où il

dénonce l'indiscipline dans l'armée, mais aussi et surtout les désordres intérieurs et les clubs.

19 juin
Après un rapport de Condorcet, l'Assemblée législative décrète que tous les titres et généalogies déposés dans des dépôts publics seront brûlés.
L'Assemblée législative autorise Dumouriez à aller servir sous les ordres de Luckner.

20 juin
La foule envahit les Tuileries pour contraindre le roi à retirer son veto du 11 juin; Louis XVI refuse de céder à la force. Le veto de Louis XVI et le renvoi des ministres girondins avaient exacerbé les tensions politiques à Paris déjà bien alimentées par les échecs militaires, la suspicion envers la Cour et le «Comité autrichien», la campagne menée par les clubs, les sections ou la presse pour abolir la distinction entre citoyenneté active et passive et radicaliser la Révolution. L'attitude menaçante de La Fayette envers eux incline les Girondins à laisser le champ libre à la mobilisation parisienne qui point depuis la démission de Dumouriez. Le 20 juin, les militants des faubourgs parisiens, conduits notamment par le riche brasseur du faubourg Saint-Antoine Antoine-Joseph Santerre (1752-1809) et encadrés par les gardes nationaux, défilent à l'Assemblée législative avant de se rendre au château des Tuileries, envahi sans difficulté, Pétion et la municipalité n'ayant rien fait pour entraver le déroulement de la journée. Louis XVI subit plusieurs heures durant la pression de la foule armée, doit coiffer le bonnet rouge des sans-culottes, trinque à la santé de la Nation mais ne cède rien. Ce n'est que plus tard que Pétion et les autorités interviendront et obtiendront des manifestants qu'ils évacuent le château. Pour l'heure, cette démonstration de force n'a rien réglé. D'un côté, le sang-froid de Louis XVI lui suscitera même quelque soutien dans l'opinion et Pétion sera suspendu pour son active passivité. De l'autre, la paralysie dans laquelle sombre l'Assemblée législative, la menace de la guerre et les manœuvres politiques de La Fayette toujours plus pesantes, renforceront les plus radicaux des révolutionnaires dans l'opinion que seul un coup de force permettra de dénouer la situation.

21 juin
Une pétition demandant la punition des émeutiers de la veille recueille 20 000 signatures.

22 juin
Proclamation de Louis XVI sur les événements du 20. La diffusion de cette déclaration rallie au roi une partie de l'opinion modérée.
Définition des pouvoirs des commissaires envoyés dans les colonies.

24 juin
Louis XVI passe en revue un bataillon de la garde nationale composé de bourgeois modérés du faubourg Saint-Germain.

26 juin
Première représentation au théâtre du Marais de *L'Autre Tartuffe ou la Mère coupable* de Beaumarchais qui clôt la trilogie formée avec *Le Barbier de Séville* et *Le Mariage de Figaro*.

28 juin
La Fayette, qui a quitté son armée et cherche à appuyer son action en produisant des adresses dans lesquelles les troupes condamnent la journée du 20 juin, vient à Paris proférer à l'Assemblée législative des menaces contre les «factieux»: il réclame la poursuite des manifestants du 20. Guadet le dénonce pour s'être rendu à Paris sans autorisation, ce qui équivaut à un abandon de poste en temps de guerre mais l'Assemblée refuse, par 339 voix contre 234, de sanctionner le général qui précisait s'être entendu avec Luckner pour pallier son absence. Le soir, La Fayette essaie, sans succès, de rallier la garde nationale puis le roi qui l'éconduit. Brissot et Robespierre montent le club des Jacobins contre La Fayette. Cependant Brissot souligne aussi l'incapacité de La Fayette à mobiliser derrière lui et Robespierre insiste sur l'inutilité d'une insurrection «partielle».
Soulèvement royaliste dans l'Ardèche.

29 juin
Le maire de Paris, Pétion, averti par Marie-Antoinette de l'état d'esprit de La Fayette, annule la revue de la garde nationale qui devait avoir lieu.

30 juin
La Fayette, qui s'apprête à quitter Paris pour rejoindre ses troupes, est brûlé en effigie au Palais-Royal, tandis que Debry et Brissot réclament sa mise en accusation.

juillet
Certains districts des Côtes-du-Nord et du Finistère se soulèvent pour s'opposer à la levée d'hommes destinés aux batteries côtières.

1er juillet
L'Assemblée législative décrète la publicité des séances des corps administratifs, pratique qui s'étendra, sous la pression populaire, à toute la vie politique.

2 juillet
L'Assemblée législative décide que les fédérés assisteront à la fête de la Fédération le 14 juillet à Paris avant de se rendre à Soissons dans le camp prévu pour accueillir une armée de réserve constituée des gardes nationaux, et tourne ainsi le veto royal du 11 juin contre la formation d'un camp de fédérés à Paris.

3 juillet
L'Assemblée législative décide de diffuser en province un discours de Vergniaud très hostile au roi, le sommant de se rallier à l'Assemblée pour prouver sa bonne foi quand les dangers extérieurs et intérieurs sont si alarmants.

4 juillet
Étienne-Louis-Hector Dejoly (1756-1837) devient ministre de la Justice à la place de Duranthon.

5 juillet
Décret sur les mesures à prendre lorsque la patrie est en danger.
Louis-Joseph Charlier (1754-1797) propose à l'Assemblée législative de confisquer tous les biens des émigrés pour compenser les frais causés par la guerre.
Première représentation au théâtre de la Nation d'une comédie de Louis-Jean-Baptiste Simonnet de Maisonneuve (1745-1819), *Le Faux Insouciant.*

6 juillet
Le département de Paris suspend de leurs fonctions le maire de Paris, Pétion, et le procureur de la commune, Manuel, pour leur rôle dans la journée du 20 juin.
À Valenciennes, Luckner et La Fayette se mettent d'accord pour permuter leurs armées, manœuvre autorisée et commencée dès le 12 juillet: La Fayette défendra le Nord tandis que Luckner couvrira le Rhin. La Fayette espère ainsi pouvoir s'assurer une position plus commode pour intervenir à Paris.

7 juillet
« Baiser Lamourette »: séance de réconciliation entre les députés à l'Assemblée législative, à l'initiative de l'évêque constitutionnel de Rhône-et-Loire, Antoine-Adrien Lamourette (1742-1794); les députés jurent de rejeter également la république et le bicamérisme. Louis XVI qui s'est rendu à l'Assemblée et proclame son attachement à la constitution, lui demande de statuer elle-même sur la destitution de Pétion et de Manuel.

9 juillet
À l'Assemblée législative, Brissot dénonce le ministère et le roi dans un long discours où il réclame la constitution d'un ministère révolutionnaire.

10 juillet
Le ministère annonce sa démission collective, démarche qui tombe à plat.
Collot d'Herbois, au nom d'une députation parisienne, dénonce La Fayette à l'Assemblée législative.
La garde nationale réprime une émeute à Fouesnant (Finistère).

11 juillet
L'Assemblée législative proclame la patrie en danger. Le décret sera lu sur les places publiques entre le 21 et le 23 juillet.
Au club des Jacobins, Robespierre déclare que c'est au peuple de sauver la patrie, mais il modère son propos en demandant l'épuisement préalable des moyens constitutionnels.

12 juillet
Au club des Jacobins, les fédérés de plusieurs départements déclarent qu'ils ne se rendront aux frontières que lorsque Louis XVI sera suspendu.

13 juillet
Pétion et Manuel sont réintégrés dans leurs fonctions par l'Assemblée législative qui, du 8 au 12, a reçu 17 des sections parisiennes appuyées par les fédérés arrivés à Paris et de nombreuses pétitions soutenant le maire de Paris.
Au club des Jacobins, Danton conseille de temporiser tandis que Desmoulins dénonce encore La Fayette.

14 juillet
Pétion est acclamé à la fête de la Fédération.

15 juillet
Au club des Jacobins, Billaud-Varenne propose de déporter Louis XVI et réclame la convocation des assemblées primaires au suffrage universel. Le club des Cordeliers demande la convocation d'une Convention nationale.
Sur les conseils de Malesherbes, Chateaubriand quitte Paris pour rejoindre l'armée des princes.

16 juillet
Bernardin de Saint-Pierre est nommé intendant du Jardin du roi.

17 juillet
Les fédérés demandent à l'Assemblée législative la suspension de Louis XVI et la mise en accusation de La Fayette.
Terrier de Monciel quitte le ministère de l'Intérieur.

18 juillet
Au club des Jacobins, le procureur de la commune, Manuel, propose d'organiser une manifestation au Champs-de-Mars pour dénoncer le roi.

19 juillet
L'Assemblée législative décide la mise en vente des palais épiscopaux.

20 juillet
Les députés girondins Vergniaud, Guadet et Gensonné prennent secrètement contact avec l'entourage de Louis XVI. Ils écrivent ainsi à Louis XVI le lendemain que le rappel de Servan, Clavière et Roland au ministère est le seul moyen d'éviter un soulèvement de Paris.
Démission du directoire du département de Paris.
Lacoste quitte le ministère de la Marine.

21 juillet
Anne-Clément-Félix Champion de Villeneuve (1748-1844) est nommé ministre de l'Intérieur à la place de Terrier de Monciel. Beaulieu quitte le ministère des Contributions et est remplacé par René Delaville-Leroulx (1749-1797).

23 juillet
Charles-Xavier-Joseph Franqueville d'Abancourt (1758-1792) est nommé ministre de la Guerre à la place de Lajard, François-Joseph de Gratet Dubouchage (1749-1821) ministre de la Marine à la place de Lacoste, et Louis Bigot de Sainte-Croix (1743-1803) remplace Chambonas aux Affaires étrangères.
Nouvelle pétition des fédérés réclamant la déchéance de Louis XVI.

24 juillet
Vergniaud demande à l'Assemblée législative de « ne pas se laisser entraîner dans des mouvements inconsidérés ».

25 juillet
Déclaration du duc de Brunswick menaçant Paris de destruction si violence était portée contre le roi et sa famille. Ce manifeste, rédigé par un émigré, va compromettre davantage encore le roi; loin d'intimider les révolutionnaires, il va galvaniser les énergies contre les Prussiens.
L'Assemblée législative, cédant à la pression parisienne, décrète la permanence des sections.
Arrivée à Paris des fédérés du Finistère.

26 juillet
À l'Assemblée législative, Brissot dénonce les factions qui recherchent la déchéance du roi.
Banquet civique offert aux fédérés place de la Bastille. Le soir, un comité composé de représentants des fédérés et des militants sans-culottes se réunit dans l'idée de préparer une insurrection et de s'emparer des Tuileries le lendemain. Le soulèvement sera ajourné après l'intervention du maire de Paris, Pétion, qui temporise.

27 juillet
Les biens des émigrés sont confisqués.
La section du Théâtre-Français abolit la distinction entre citoyen passif et citoyen actif, exemple suivi par les autres sections parisiennes. Les sections établissent un bureau central de correspondance avec la province.

28 juillet
Louis XVI reçoit la déclaration du duc de Brunswick.
L'Assemblée législative décide de ne plus délivrer de passeports pour sortir de France tant que la patrie sera en danger.

29 juillet
Au club des Jacobins, Robespierre demande la déchéance de Louis XVI et l'élection d'une Convention au suffrage universel.

30 juillet
L'Assemblée législative autorise l'admission des citoyens passifs dans la garde nationale.
Arrivée à Paris des fédérés marseillais. Le soir, au cours d'un banquet offert aux fédérés, rixe entre ceux-ci et gardes nationaux monarchistes.

31 juillet
À Paris, la section Mauconseil déclare Louis XVI déchu et invite les sections à se rendre à l'Assemblée législative le 5 août.

1er août
L'Assemblée législative charge les municipalités de fabriquer des piques aux frais de l'État et de les distribuer aux citoyens qui n'ont pas de fusils.

La radiation de Brissot du club des Jacobins est demandée par ses adversaires qui dénoncent ses négociations avec la Cour.
Les collections généalogiques de Clairambault entrent à la Bibliothèque royale.

3 août
Publication à Paris de la déclaration du duc de Brunswick.
L'Assemblée législative accorde la citoyenneté active à quiconque aura fait « la guerre de la liberté » dans les volontaires ou dans les troupes de ligne.
Au nom de 47 des 48 sections parisiennes, Pétion demande à l'Assemblée législative la déchéance de Louis XVI.

4 août
Tandis que la Cour fait venir des Suisses pour renforcer la garde des Tuileries, réunion d'un comité insurrectionnel où l'on retrouve Santerre, Charles-Alexis Alexandre (1754-1825), Claude-François Lazowski (1752-1793), François-Joseph Westermann (1751-1794), Claude Fournier dit l'Américain (1745-1825). Ce comité, qui s'était déjà réuni le 26 juillet, décide de déclencher l'insurrection pour le lendemain. Après une intervention de Pétion, on décide de reporter l'action jusqu'au 9 août minuit.

5 août
Les Prussiens bombardent Thionville.
Robespierre dénonce un nouveau complot royaliste destiné à organiser la fuite de Louis XVI et conseille de surveiller les Tuileries.

6 août
L'Assemblée législative reçoit une nouvelle délégation des sections parisiennes et des fédérés réclamant la déchéance du roi.

8 août
L'Assemblée législative rejette la mise en accusation de La Fayette réclamée par Brissot et Debry.

9 août
Décret obligeant les municipalités à afficher les demandes de certificat de résidence.

10 août
Prise d'assaut des Tuileries et suspension de Louis XVI.

La chute du trône

Alors que Brissot et ses amis semblent se rapprocher de la Cour et que l'Assemblée législative tombe dans la paralysie sans pouvoir endiguer la mobilisation parisienne ni vouloir se prononcer sur la déchéance du roi Louis XVI, la gauche des Jacobins, les Cordeliers, les sections réclament la convocation d'une Convention nationale et la déchéance du roi. Tandis qu'aux Tuileries, on renforce la garde du château, fédérés et militants sans-culottes sont bien résolus à passer à l'action. L'insurrection a été bien préparée par le Comité qui se réunissait depuis le 26 juillet. Au son du tocsin, passé minuit dans la nuit du 9 au 10 août, les délégués des sections et des fédérés se rendent à l'Hôtel de Ville où ils constituent une commune insurrectionnelle qui destitue la municipalité et met le maire de Paris, Pétion, sous bonne garde. L'un des membres du Comité dirigeant l'insurrection, Santerre, est placé à la tête de la garde nationale dont les bataillons, mêlés avec les militants sans-culottes et les fédérés, vont converger vers le château des Tuileries. Sur les conseils du procureur général syndic du département de Paris, Roederer, Louis XVI et la famille royale se réfugient dans l'enceinte de l'Assemblée législative. Pendant ce temps, le drame se joue au château : après quelques scènes de fraternisation entre gardes nationaux assaillants et gardes nationaux en service au château, les Suisses ouvrent le feu dans la cour du Carrousel. Les assaillants refluent alors en laissant de nombreuses victimes jusqu'à ce que l'arrivée des fédérés brestois et marseillais rétablisse la situation avec l'appoint des canons du faubourg Saint-Antoine. Le château est pris d'assaut et les Suisses massacrés. Sous la pression de l'insurrection victorieuse, l'Assemblée législative – les députés, plutôt à gauche, qui sont restés siéger – prononce la suspension de Louis XVI (et non sa déchéance), décide de convoquer une Convention nationale et autorise les administrations locales à procéder à des visites domiciliaires pour rechercher des armes. Le roi de France est le prisonnier de la Commune de Paris.

La commune insurrectionnelle qui s'est constituée décide d'envoyer des commissaires aux armées.

LA RÉPUBLIQUE JACOBINE : 1792-1794
1792: Assemblée législative
1792-1794 : Convention

Le 10 août 1792, le château des Tuileries est pris d'assaut par les insurgés parisiens aidés des fédérés marseillais et brestois, et la famille royale doit trouver refuge au sein de l'Assemblée législative. Après avoir déclaré ne pouvoir concilier la fidélité due à la constitution avec la résolution de défendre «la liberté», les députés, sous la contrainte, suspendent le chef de l'exécutif, le roi, et invitent «le peuple français» à former «une Convention nationale». Louis XVI n'est plus que le prisonnier de guerre de la commune insurrectionnelle.
L'assemblée qui est convoquée doit théoriquement être élue au suffrage universel masculin. Elle devait être à la fois une assemblée législative et une nouvelle constituante. L'histoire allait montrer qu'elle serait aussi un pouvoir exécutif. Surtout, le 10 août, en révélant au grand jour la tension entretenue par la souveraineté de la nation avec la représentation, va peser sur le cours de la Révolution. Si la Convention accomplira un travail législatif important, elle ne parviendra cependant jamais à se libérer de la scène primitive qui marque son enfantement : la légitimité révolutionnaire commandera sa légalité et la vie parlementaire sera rythmée par les amputations successives soldant les conflits entre les députés.
Mais en attendant que les nouveaux députés s'installent – ils sont élus à partir de la fin du mois d'août au cours d'un scrutin se déroulant sous l'emprise de la machine jacobine qui cherche à en contrôler l'épuration –, la Législative continue de siéger. Elle doit compter avec le Conseil exécutif provisoire dont Roland et Danton font partie, et surtout avec la Commune de Paris. Le 10 août n'a pas fait disparaître la menace militaire et le châtiment des coupables se trouve dans toutes les bouches. Le mouvement sectionnaire et la Commune, suivis maussadement par l'Assemblée législative, inaugurent la politique de la Terreur. Un tribunal extraordinaire est créé le 17 août pour châtier les «coupables» du 10 août, et les réquisitions et les perquisitions se succèdent jusqu'au paroxysme atteint par les massacres des détenus dans les prisons parisiennes au début du mois de septembre.
Dans sa dernière séance, la Législative vote deux mesures appelées à durer : l'institution du divorce et la laïcisation de l'état civil. Le même jour, le 20 septembre 1792, a lieu la victoire de Valmy qui amorce les succès militaires de l'automne. Le lendemain, les nouveaux députés abolissent la royauté.

Un bon tiers des Conventionnels sont Montagnards. Si les célébrités de la Gironde entendent effacer le sombre été précédent, dominent les comités de l'Assemblée et multiplient les attaques contre la délégation parisienne où ont été élues les grandes figures de la Montagne, c'est cependant la Plaine, bientôt ralliée à la politique de salut public, qui détient la majorité et va arbitrer. Le procès du roi en est l'occasion.

Louis XVI, Marie-Antoinette, leurs enfants et Madame Élisabeth étaient détenus au Temple, sous la surveillance de la Commune. Que faire de ce roi renversé quand la Constitution de 1791 prévoyait son inviolabilité ? Cette question est le centre du procès ouvert les 6 et 7 novembre 1792 devant une Assemblée soucieuse de la légalité du jugement du roi. Au milieu des arguties légalistes, le discours de Saint-Just détonne dès le 13 novembre, et la découverte de la correspondance royale dans une armoire secrète aux Tuileries contribue à en radicaliser les termes. Le 10 août a tranché, le contrat passé en 1791 est nul, martèlent les sectionnaires parisiens. Louis XVI doit régner ou mourir. Robespierre pose clairement le dilemme : ou le roi est coupable, ou c'est la Révolution, c'est-à-dire le peuple qui a fait le 10 août.

Louis XVI comparaît deux fois devant la Convention en décembre et s'en tient à une défense platement procédurière. Certains Girondins, qui souhaitent sauver Louis XVI tout en se débarrassant de la royauté, imaginent alors de passer par-dessus la représentation nationale et de soumettre le jugement de la Convention à la ratification du peuple. Un grand discours de Barère, le 4 janvier 1793, convainc les députés d'assumer leurs devoirs. Le 16 janvier, après avoir déclaré Louis XVI coupable à l'unanimité, la Convention commence à voter la mort du roi. Le 21 janvier 1793, la tête du Roi Très Chrétien tombe.

Le procès de Louis XVI a révélé que la Gironde n'était pas aussi puissante qu'elle voulait le croire ; l'équilibre des forces s'est déplacé en faveur de la Montagne. Leurs votes dans ce procès vont peser sur le destin de chacun de ces hommes comme sur les régimes succédant à cette monarchie séculaire. Sa mort en chrétien exemplaire transforme Louis XVI en héros de la geste monarchique, redorant le blason d'une monarchie qui en avait bien besoin. Mais en exécutant Louis XVI, la Convention a tué plus que le roi ; elle a surtout fondé la République en brûlant ses vaisseaux.

L'exécution de Louis XVI et les tendances annexionnistes de la Convention radicalisent le conflit avec l'Europe. Le 1er février 1793, la guerre est déclarée à l'Angleterre et à la Hollande, et bientôt l'Espagne, les principautés allemandes et italiennes rejoignent la coalition. La guerre entre la France et l'Europe va durer plus de vingt ans. Au printemps

1793, comme l'été précédent, la France est de nouveau menacée militairement. Mais là, aux défaites à l'extérieur, s'ajoute la révolte intérieure.

La levée de 300000 hommes décrétée par la Convention pour faire face à la guerre provoque de nombreux troubles dans les campagnes. À l'Ouest, elle est l'occasion d'un embrasement. Si en Bretagne, un vieux militaire de l'Ancien Régime, Canclaux, parvient à contenir l'insurrection, en revanche, en Vendée, c'est une véritable guerre civile qui débute, avec son cortège d'atrocités de part et d'autre. Le 19 mars, les Vendéens mettent en déroute une armée régulière et toute une région échappe à l'autorité de la Convention. Cette dernière n'a pas attendu l'annonce de cette défaite pour réagir, puisque le même jour elle estampille les révoltés du label contre-révolutionnaire alors que ni la destruction de l'Ancien Régime ni la mort du roi n'étaient les moteurs de leur soulèvement.

Cette crise saisit un pouvoir politique très divisé. La Convention siège dans un climat d'émeute permanente et la lutte pour le pouvoir entre Montagne et Gironde redouble d'âpreté. La question sociale pèse lourdement dans la pression que les sans-culottes parisiens font subir à l'Assemblée. Si toute la Convention est d'accord pour condamner les désordres, attribués d'office aux intrigues de la contre-révolution, et si tous les députés partagent des convictions libérales en matière économique, cependant les députés Montagnards intègrent progressivement les revendications sans-culottes et prennent appui sur la pression parisienne contre la Gironde.

Au mois de mars, quand Danton, de retour de sa mission en Belgique auprès de Dumouriez de plus en plus en suspect à la Convention, souligne la gravité de la situation, l'Assemblée décide d'envoyer des représentants en mission dans les départements afin d'accélérer l'exécution de la levée des 300000 hommes. Le lendemain 10 mars, elle décide la création du Tribunal révolutionnaire. Le 21, sont institués les comités révolutionnaires locaux et le 6 avril est créé le Comité de salut public. La trahison de Dumouriez au début du mois d'avril expose les Girondins, dont il était le protégé, aux attaques de la Montagne. Et loin de calmer le jeu, ils rivalisent d'acrimonie avec Robespierre ou Marat. Au cours des débats constitutionnels du mois de mai, pas une occasion n'est perdue pour dénoncer les activités de la Commune et des militants parisiens. La riposte de ceux-ci ne se fait pas attendre. Forts de l'appui des Jacobins, ils envahissent la Convention le 31 mai et exigent la destitution des principaux députés Girondins. Rien n'est encore résolu au terme de cette «journée» car les insurgés se heurtent toujours au légalisme de Robespierre et de la Montagne.

Paris ne désarme pas. Le 2 juin, tandis que les députés s'invectivent et dénoncent la paralysie de l'Assemblée, la foule armée des sectionnaires investit la Convention. Sous la menace des canons que braque la garde nationale commandée par Hanriot, les députés s'inclinent et votent par acclamation les arrestations réclamées par les Parisiens. La Montagne triomphe au prix de l'abaissement de la représentation nationale. La rue exerce la souveraineté. Nul ne peut ignorer le coup de force parisien contre l'Assemblée nationale maintenant que la royauté n'est plus là pour faire écran de fumée.

La violence faite à l'Assemblée envenime une situation intérieure déjà chargée. Les Vendéens remportent succès sur succès même si Canclaux réussit à les repousser fin juin à Nantes. À Lyon, fin mai, le pouvoir municipal a été renversé. La résistance Girondine s'organise dans l'Eure. Marseille, Bordeaux, Toulouse se révoltent contre la Convention et près de soixante administrations départementales protestent contre le 2 juin. Si l'insurrection normande est réprimée sans difficulté, en revanche ailleurs la Convention doit se livrer à une véritable reconquête militaire au cours de l'été : l'armée est ainsi envoyée contre Lyon ou contre les « fédéralistes » marseillais. Et à la fin du mois d'août, Toulon se livre aux Anglais.

Car avec l'Europe, la guerre va mal aussi. Les Anglais et les Autrichiens investissent les grandes places du Nord. En Alsace, ce sont les Prussiens et les Autrichiens. Au Sud, ce sont les Espagnols, et une offensive sarde perce en Savoie. Le haut commandement est sous le feu de la critique révolutionnaire, et les officiers, souvent des nobles dont on réclame la destitution, payent leurs échecs de leur tête comme Custine. L'idée de levée en masse fait son chemin dans l'opinion, et Barère la fait décréter le 23 août.

L'application de la constitution élaborée hâtivement en juin 1793 est suspendue sitôt sa rédaction achevée. Débarrassée de la Gironde – on emprisonnera les députés qui protesteront contre le coup de force du 2 juin –, la Montagne doit compter avec les meneurs parisiens auxquels elle doit disputer la clientèle populaire. Contre Barère et Danton qui auraient souhaité rassurer le reste de la Convention et apaiser les départements, Robespierre prône une ligne politique qui reprend en partie les revendications des militants parisiens. Il continue ainsi d'apparaître comme le lien nécessaire entre Paris et l'Assemblée. Son pouvoir devient officiel le 27 juillet, date à laquelle il entre au Comité de salut public dont Danton s'est retiré et où siègent déjà depuis le 13 juin deux de ses proches, Couthon et Saint-Just. Robespierre entend bien ne pas se laisser déborder : il mène l'offensive contre les Enragés mais reprend à son compte les revendications punitives des sections. De nouveau, le 5 septembre, la Convention est envahie. Seulement cette fois-ci, même si elle se fait forcer la main, elle garde le contrôle de la situation. La Terreur est mise à l'ordre du jour, le principe du maximum général adopté, les visites domiciliaires autorisées la nuit, une armée révolutionnaire formée, l'arrestation des suspects décrétée, l'épuration des comités révolutionnaires décidée. Mais la Convention endigue aussi la poussée populaire, jette en prison Jacques Roux qui menait les Enragés, supprime en douceur la permanence des sections et réduit l'influence de la Commune de Paris.

Le mois de septembre est largement consacré à l'élaboration des mesures votées au cours de cette dernière journée révolutionnaire. Le Comité de salut public s'affirme de plus en plus comme un arbitre entre ceux qui souhaitent accentuer la pente révolutionnaire et les dantonistes qui le critiquent. Le 10 octobre, la Convention se décide à appeler enfin ce régime par son nom : elle décrète que le gouvernement de la France sera révolutionnaire jusqu'à la paix, et que le Conseil exécutif, les autorités constituées et les généraux seront soumis à l'autorité du Comité de salut public qui devient le pivot de la centralisation organisée par la loi du 4 décembre. Le gouvernement révolutionnaire s'appuie à la fois sur la crainte et un quadrillage systématique du territoire par les institutions et la propagande idéologique.

Le Comité de salut public définit la politique intérieure et la politique extérieure. Le Comité de sûreté générale détient les fonctions de police et est chargé de l'application de la loi des suspects. Au centre de l'économie dirigée, une administration créée le 22 octobre 1793 pour veiller à l'application du maximum : la Commission des subsistances. Ses bureaux réglementent la production et la consommation, et elle est chargée des réquisitions, du contrôle des prix et du ravitaillement de Paris et des armées.

Robespierre présente le 25 décembre à la Convention la théorie de ce gouvernement de fait. Il définit le gouvernement révolutionnaire comme une forme inédite de pouvoir qui échappe à l'emprise de la loi puisque son but est précisément de fonder la République c'est-à-dire l'empire de la loi. Fonder la République, c'est d'abord préserver la Révolution contre ses ennemis extérieurs et intérieurs.

Dans la réalité, la volonté d'uniformisation se heurte à la diversité des situations locales. Les municipalités et les comités révolutionnaires, placés sous l'autorité des agents nationaux nommés qui remplacent les magistrats élus, sont en concurrence pour l'exécution des lois. Quant aux agents nationaux, ils se cantonnent souvent dans une attitude circonspecte, louvoyant entre Paris et les autorités locales. Les représentants en mission, dotés de très larges pouvoirs, se montrent parfois particulièrement infidèles aux consignes du Comité de salut public qui cherchera à contrôler leur action. C'est qu'ils sont partie prenante dans le jeu politique qui se règle à Paris et dont dépend le sort du Comité de salut public en théorie renouvelable tous les mois par la Convention.

La Terreur entre pleinement en application à l'automne 1793. L'ère des grands procès commence : Marie-Antoinette, les Girondins, d'anciens Constituants, des généraux suspects ou simplement malchanceux. Pourtant, à l'extérieur, la situation militaire se redresse. Jourdan bat les Autrichiens à Wattignies le 16 octobre. Toulon est repris aux Anglais le 19 décembre, et Hoche réussit à rompre la menace prussienne sur l'Alsace à la fin du mois. Au sud, les Espagnols sont repoussés et la Savoie réoccupée.

À l'intérieur, l'armée de la Convention s'est emparée de Lyon. Quant à « l'inexplicable Vendée » que Barère dénonçait encore le 1er octobre, elle est en passe d'être réduite. Battus à Cholet le 17 octobre, les Vendéens ont dû franchir la Loire et remonter vers le Nord. Ils ont échoué à prendre le port de Granville qui leur aurait permis d'espérer un secours des Anglais, et doivent se replier vers leur région d'origine. Au cours de ce reflux, ils sont successivement écrasés par Marceau et Westermann au Mans et à Savenay en décembre. La guerre civile ne sera plus qu'une guérilla menée par des bandes dispersées. Une répression systématique débute alors, en 1794, avec la constitution des colonnes infernales chargées de quadriller et dévaster le territoire de la Vendée militaire.

L'automne 1793 est aussi le moment fort de la surenchère déchristianisatrice des hébertistes. Le coup d'arrêt que lui porte Robespierre, avec l'appui de Danton, est le signal pour ceux qui sont las de la Terreur de réclamer une autre politique. Le Comité de salut public, qui souhaite ne pas alimenter gratuitement les résistances que suscite la Révolution, se retrouve en position d'arbitre entre les menées des Cordeliers proches d'Hébert et l'offensive des Indulgents dont les amis de Danton sont les organes. L'hiver 1794 se caractérise par le jeu de bascule du Comité de salut public qui lui permet d'éliminer tour à tour les factions : en quelques semaines, Hébert, les meneurs Cordeliers, Danton, Desmoulins et leurs amis sont arrêtés et exécutés.

Après la chute des factions et les quelques grandes charrettes qui s'ensuivent, la Commune obéit, les clubs et les sections se taisent : le Paris révolutionnaire est réduit au silence. Le Comité de salut public règne en maître. Le 1er avril 1794, le Conseil exécutif des ministres est supprimé et remplacé par des commissions exécutives. Le Comité de salut public entend gouverner la France par les agents nationaux, et le 19 avril on procède à un

rappel massif de représentants en mission. La Commune de Paris, dont les membres les plus remuants ont été guillotinés, est domestiquée et le nouveau maire est un fidèle de Robespierre. Après le 15 avril, la Terreur se concentre à Paris sous la surveillance du Comité de salut public. C'est enfin l'heure, pour Robespierre et son groupe, de gouverner. Les derniers procès ont libéré la Convention de la pression de la rue, mais pour mettre les députés sous la coupe du Comité de salut public. La position de ce dernier est plus fragile qu'il n'y semble. Car ce pouvoir terroriste a perdu son assise populaire parisienne. La liquidation des meneurs des Cordeliers et de la Commune a jeté le trouble chez les sans-culottes sans que les mesures sociales proposées par Saint-Just, Billaud-Varenne ou Barère parviennent à rassurer les militants. Le défaut de ce soutien coûtera cher au groupe robespierriste quelques semaines plus tard. D'autant plus que, paradoxalement, au moment où il n'est plus qu'une bureaucratie fonctionnant à la terreur, ce régime retrouve une dose de parlementarisme : en fragilisant la base de sa légitimité, le Comité de salut public s'est plus que jamais mis à la merci d'un changement de majorité à la Convention et d'un vote de défiance, sauf que l'Assemblée est pour l'instant exsangue et apeurée.
La Terreur s'est emballée et elle s'est bureaucratisée ; l'écart s'est creusé entre sa réalité et sa légitimation. Robespierre, dont le génie policier est plus éveillé que jamais, sent la nécessité pressante de formuler une apparence de critères à la sélection des coupables. Puisque le règne de la loi a cédé la place au règne de la Terreur, il faut un fondement moral à ce régime. Le 7 mai 1794, il fait décréter par la Convention que le peuple français reconnaît l'existence de l'Être suprême. Tout un système de fêtes civiques est institué, destiné à enserrer les citoyens dans les devoirs que leur prescrit la morale robespierriste. Le 8 juin se déroule la fête de l'Être suprême dans une grande procession à Paris, brève parenthèse d'accalmie dans ce printemps sanglant, avant le vote, deux jours plus tard, de la loi qui inaugure ce qu'on a baptisé la Grande Terreur.
Mais les victoires vont s'acharner contre Robespierre. Le 26 juin, Jourdan remporte une victoire décisive à Fleurus, libérant l'étau qui pesait sur le Nord, tandis qu'au Sud, dès mai, les Espagnols ont été battus. La Terreur perd sa justification avec le triomphe des armes et alors que la Montagne est prétendue pure.
Les robespierristes tout-puissants étaient en fait otages du silence de leurs collègues. Or l'Être suprême de Robespierre n'offre aux Conventionnels qu'une bien mince garantie dans le discernement des méchants. La Convention, contre ce maître du discours aux effets bien réels qu'est Robespierre, va redécouvrir la force de la parole. En retournant la

Terreur contre les agents de la Terreur, en déclamant contre des coupables dont il ne livre ni le nom, ni le nombre, ni les critères de culpabilité, Robespierre rassemble contre lui les députés que la peur soude, et qui se souviennent qu'il leur suffit d'agir ensemble pour échapper au carcan robespierriste. La suspicion croissante qui émane de ses discours inquiète tout le monde, même ceux qui l'ont soutenu jusque-là comme Barère.

Les plus actifs dans le complot ourdi en thermidor sont ceux qui tremblent depuis la liquidation des factions : les représentants en mission terroristes qui ont été rappelés et exclus du club des Jacobins comme Tallien ou Fouché ; des dantonistes comme Bourdon de l'Oise. À ceux-là se réunit la gauche du Comité de salut public, Billaud-Varenne et Collot d'Herbois, auxquels se joignent Lindet et Carnot, et qui s'entendent avec les membres du Comité de sûreté générale. Il leur faut l'appui de la majorité d'une Convention à moitié désertée : la Plaine. Des contacts sont pris avec ces hommes silencieux depuis des mois et avec Barère, le symbole de l'unité de la Convention. Ce dernier, sentant finalement le retournement qui se prépare, apporte aux conjurés son savoir-faire qui lui permettra, espère-t-il, l'orage passé, de rester maître du pouvoir.

L'affaire est bien préparée. Le 9 thermidor (27 juillet 1794), Robespierre et ses amis sont arrêtés au sein de la Convention sans avoir pu s'exprimer. Libérés par leurs partisans, les robespierristes se retrouvent la nuit à l'Hôtel de Ville, hésitant sur la stratégie à suivre, sans réel soutien populaire. Du côté de la Convention, Barras et Barère prennent toutes les précautions pour rassurer leurs collègues dans cette course de vitesse dont ils savent que la seule issue est la vie ou la mort. L'Hôtel de Ville est pris d'assaut dans la nuit, et Robespierre et ses amis, mis hors la loi, sont exécutés sans jugement. La Convention, pour reprendre le mot de Barère, a fait sa révolution.

Pape

Pie VI, 1775-1799.

Souverains

Empire : Léopold II, 1790-1792 ; François II, 1792-1806.

Espagne : Charles IV, 1788-1808.

Grande-Bretagne : George III, 1760-1820.

Prusse : Frédéric-Guillaume II, 1786-1797 ; Frédéric-Guillaume III, 1797-1840.

Russie : Catherine II, 1762-1796 ; Paul Ier, 1796-1801.

1792

11 août

Constitution d'un Conseil exécutif provisoire: Danton à la Justice, Roland à l'Intérieur, Clavière aux Finances, Servan à la Guerre, Pierre Lebrun (1754-1793) aux Affaires étrangères, Monge à la Marine.

DANTON

Mme Roland, qui le détestait, a bien saisi que Georges-Jacques Danton (1759-1794) était une nature, un homme d'instinct, un orateur-né, à la fois terrible et jovial, capable de prêter sa voix à la patrie en danger mais aussi de laisser s'accomplir, sans férocité, les plus abominables massacres. Champenois monté à Paris en 1780, Danton a été clerc de procureur avant d'acquérir en 1784 sa licence en droit et d'acheter en 1787 un office d'avocat aux Conseils. Sa notoriété est d'abord celle d'un tribun de quartier, particulièrement actif dans son district des Cordeliers en 1789 et 1790 où il lutte contre le pouvoir municipal de Bailly et de La Fayette. Membre des clubs des Cordeliers et des Jacobins, il siège au département de Paris en 1791. Mais décrété de prise de corps comme instigateur de la manifestation qui se termine en fusillade au Champ-de-Mars, il doit se réfugier en Angleterre en juillet 1791. Amnistié, il est élu en décembre substitut du procureur de la Commune. Peu présent dans les débats de 1792, absent des grandes journées révolutionnaires, il suit le mouvement plus qu'il ne le prépare, mais la Commune insurrectionnelle le reconduit dans ses fonctions. Cela lui vaut d'être désigné ministre de la Justice après le 10 août 1792, quasi-délégué de la Commune auprès du Conseil exécutif. C'est alors qu'il impose son ascendant en galvanisant les énergies dans ce moment où l'invasion menace. Mais c'est aussi là qu'il consent à la Terreur: les massacres de Septembre, comme ses comptes ministériels, resteront une tache qui lui sera constamment reprochée, même avec mauvaise foi. Élu à la Convention, il démissionne du ministère pour conserver son mandat de député et sa gestion ministérielle, au demeurant peu nette, est l'objet des attaques des députés Girondins. Sa vénalité ne fait pas mystère et sa désinvolture vis-à-vis des comptes est certaine, sans que l'on voie très bien en quoi celles-ci aient dirigé sa politique. Il effectue plusieurs missions en Belgique, et à son retour, au printemps 1793, entre en guerre contre la Gironde qui ne manque pas de dénoncer ses liens avec Dumouriez. Il réclame des mesures de salut public, prône la centralisation du gouvernement et pousse à l'organisation d'un tribunal révolutionnaire. Chargé de la diplomatie au sein du premier Comité de salut public, il échoue au cours de l'été, une fois la Gironde éliminée, à ériger le comité en gouvernement.

Écarté d'un pouvoir qu'il a lui-même refusé en septembre, il se retire à Arcis-sur-Aube où il est né et où il a acquis du bien pour jouir de son récent remariage. La mise en cause de ses amis provoque son retour précipité à Paris à la fin du mois de novembre 1793: il appuie alors le Comité de salut public contre les hébertistes et la déchristianisation mais s'élève aussi contre le système de la Terreur. Arrêté dans la nuit du 30 au 31 mars 1794 avec Camille Desmoulins, il est la cible d'un terrible réquisitoire dressé par Saint-Just sur un canevas de Robespierre, et est exécuté le 5 avril.

Convocation des assemblées primaires et suppression de la distinction entre citoyens actifs et citoyens passifs.

Interdiction de la presse royaliste.

Les municipalités sont chargées de la police de sûreté générale.

La Commune insurrectionnelle de Paris suspend les comités civils des sections issus d'élections censitaires. De nouvelles modalités seront définies le 15 pour l'élection des juges de paix et des comités civils, mais la permanence des sections leur fait perdre leur importance.

12 août

La Commune décide d'envoyer des commissaires dans les départements.

Arrestation de Charles de Lameth près de Rouen.

L'Assemblée législative décrète que le Louvre servira au logement des artistes et des fonctionnaires.

13 août

Incarcération de la famille royale au Temple (dans le donjon de l'ancien domaine parisien des templiers qui sera détruit en 1811) sous la surveillance de la Commune de Paris.

Les sections sont autorisées par la Commune à former les citoyens, armés, en compagnies.

14 août

Sous peine d'en être privé, tout Français recevant un traitement ou une pension de l'État doit prêter un nouveau serment devant la municipalité de son domicile: «Je jure d'être fidèle à la nation, et de maintenir la liberté et l'égalité, ou de mourir en la

défendant.» Ce serment de liberté-égalité est obligatoire pour les fonctionnaires.
L'Assemblée législative décide le partage des biens communaux autres que les bois et la vente des biens des émigrés. Elle décrète aussi l'enlèvement de tous les monuments susceptibles de rappeler la féodalité et annule la procession traditionnelle du 15 août.

15 août
Les pères, mères, femmes et enfants d'émigrés sont consignés dans leurs municipalités.
L'Assemblée législative décide d'effacer le nom du roi de tous les actes officiels.
Barnave, Duport, Alexandre de Lameth sont décrétés d'arrestation ainsi que les anciens ministres Tarbé, Duportail et Bertrand de Molleville.

16 août
Retraite de l'armée du Nord.

17 août
Après avoir reçu une délégation de la Commune, l'Assemblée législative décide la création d'un tribunal spécial chargé de juger les crimes commis le 10 août. Robespierre refuse d'en être le président.

18 août
Abolition des congrégations religieuses qui subsistaient encore (hospitalières et enseignantes).
L'Assemblée législative met 100000 livres à la disposition du ministre de l'Intérieur, Roland, afin de favoriser la distribution dans les départements et les armées d'«écrits propres à éclairer les esprits sur les trames criminelles des ennemis de l'État».
Dumouriez est nommé commandant en chef de l'armée du Nord à la place de La Fayette.

19 août
Organisation de la nouvelle garde nationale parisienne issue du 10 août 1792: elle est divisée en 48 sections dont les compagnies sont proportionnelles à la population de chaque section.
À Saint-Égrève, arrestation de Barnave qui sera emprisonné à Grenoble.
Alors qu'il vient d'être décrété d'accusation par l'Assemblée législative, La Fayette, n'ayant pu convaincre son armée de marcher sur Paris, rejoint, dans la nuit du 19 au 20, avec Alexandre de Lameth et Latour-Maubourg, les Autrichiens qui l'interneront.
Nomination de deux bibliothécaires nationaux pour diriger l'ancienne Bibliothèque royale devenue nationale: Carra et Chamfort.

21 août
L'Assemblée législative décrète que tout Français âgé de 21 ans pourra voter dans les assemblées primaires devant élire la Convention nationale, mais qu'il faudra être âgé de 25 ans pour être électeur ou député.

22 août
Émeutes royalistes dans le Dauphiné.

23 août
Le ministre de la Guerre, Servan, prévient l'Assemblée législative que le général François-Christophe Kellermann (1735-1820) remplace Luckner.
Laporte, intendant de la liste civile de Louis XVI, est guillotiné. C'est la première exécution politique depuis la création du tribunal le 17 août.
Capitulation de Longwy que les Prussiens assiégeaient depuis le 20.

24 août
L'Assemblée législative accorde la citoyenneté française à tous les philosophes qui ont défendu la cause de la liberté et de l'égalité.

25 août
Suppression sans indemnité des redevances seigneuriales.
Le journaliste royaliste Farmian Du Rozoi, qui dirigeait la *Gazette de Paris*, est guillotiné.

26 août
Les prêtres réfractaires doivent demander un passeport et ont huit jours pour quitter le département de leur résidence et quinze pour quitter le royaume, sous peine d'être déportés en Guyane.
Paris apprend la chute de Longwy. L'Assemblée législative décrète que «tout citoyen qui, dans une ville assiégée, parlera de se rendre, sera puni de mort».
À Lyon, émeute dirigée par Châlier.

CHÂLIER

Piémontais d'origine, représentant de commerce pour une maison lyonnaise de négociants en soie, Joseph Châlier (1747-1793) se trouve à Paris le 14 juillet 1789 où il assiste à la prise de la Bastille. Il retourne ensuite à Lyon où son activisme en faveur de la Révolution le signale. Officier municipal en novembre 1790, il siège au tribunal de commerce mais sa rigueur au cours des visites domiciliaires provoque sa suspension fin 1791. Après le 10 août 1792, il se distingue par la véhémence de ses revendications sociales et l'agitation qu'il entretient avec ses amis. Ces Jacobins s'assurent le contrôle du club central de Lyon et occupent de nombreux postes au sein de la municipalité. Candidat à la mairie, il est battu par le Girondin Nivierre-Chol mais devient quand même président du tribunal de district fin 1792. La lutte sans merci qu'il mène autant contre les Girondins que contre les royalistes s'accompagne d'une propagande apocalyptique, de mesures terroristes destinées à effrayer les aristocrates de la noblesse comme ceux du commerce, et de l'organisation d'émeutes plus ou moins réussies au gré des rapports de force locaux. Forts de l'appui de trois Conventionnels montagnards en mission à Lyon, les Jacobins réussissent enfin à devenir maîtres du pouvoir municipal au début de mars 1793. La collusion des oppositions girondine et royaliste renverse la municipalité jacobine à la fin de mai 1793 et, le 16 juillet, Châlier est guillotiné. Il devient alors, comme Marat, l'un des « martyrs de la liberté ».

27 août
Début des élections à la Convention.
Célébration en l'honneur des victimes du 10 août.

28 août
À la demande de Danton, le Conseil exécutif envoie des commissaires dans les départements.

29 août
Le conseil général de la Commune de Paris, conformément au vœu des sections, déclare que les opérations électorales se feront par appel nominal et à haute voix, et que les séances seront publiques.

30 août
L'Assemblée législative décide de destituer les fonctionnaires dont le père ou le fils ont émigré.
La Commune procède, suivant un décret du 28, à des visites domiciliaires et arrête 600 « suspects ».
Le ministre de l'Intérieur Roland obtient de l'Assemblée législative un décret cassant la Commune issue de l'insurrection du 10 août. Mais dès le lendemain, confrontée à la résistance de la Commune et aux menaces à peine voilées de Tallien, l'Assemblée annulera son décret.

fin août-début septembre
Des troubles agitent la Bretagne, la Mayenne et la Vendée.

2 septembre
Début des massacres de détenus dans les prisons parisiennes. Les massacres vont durer jusqu'au 5.

Les massacres de Septembre

Tout commence vers 14 h le 2 septembre, dans un Paris alarmé par les mauvaises nouvelles reçues des frontières. Un convoi de prisonniers, après avoir quitté le Palais de Justice pour gagner la prison de l'abbaye de Saint-Germain, est molesté en cours de route. Le massacre débute devant l'abbaye et s'étend rapidement aux autres prisons parisiennes, faisant plus de 1 200 victimes, parmi lesquelles de nombreux prêtres réfractaires. Les autorités, débordées, laissent s'accomplir des simulacres de jugements, et tous préfèrent recouvrir ces événements d'un voile pudique selon l'expression de Roland. Ce n'est que rétrospectivement, une fois la Convention réunie, que ces massacres deviennent une arme politique: les députés Girondins en attribuent la responsabilité à Danton, Marat et Robespierre, et ils alimentent ainsi leurs attaques contre la députation parisienne et la Commune de Paris. Indépendamment du jeu trouble de certains, y compris de ceux qui les dénoncent comme Brissot, on ne trouve pas de preuve d'une organisation préméditée de ces massacres. Mais cet épisode sanglant fait comprendre aux royalistes modérés qui n'ont pas encore émigré, comme Boisgelin par exemple, que l'heure est maintenant celle de la Terreur et que le seul mode d'expression qu'il leur reste est l'exil.

3 septembre
Paris apprend que Verdun, assiégé depuis le 30 août par les Prussiens, a capitulé la veille.
Germaine de Staël, la fille de Necker, quitte Paris pour la Suisse.

4 septembre
Réquisition et taxation des grains pour l'armée par l'Assemblée législative. L'Assemblée fait un serment de « haine éternelle à la royauté ».
Le ministre de la Justice, Danton, fait rapporter un mandat d'arrêt lancé par la Commune contre le ministre de l'Intérieur Roland.
Assassinat à Gisors du duc de La Rochefoucauld, ancien Constituant.
Les émigrés font le siège de Thionville. Chateaubriand sera blessé le 6 au cours de ce siège.

8 septembre
Les six tribunaux criminels établis à Paris en mars 1791 sont supprimés.
Émeute à Tours.
L'ancien Constituant, Anne-Pierre de Montesquiou-Fezensac (1739-1798), qui commande l'armée du Midi, reçoit l'ordre d'envahir la Savoie.

9 septembre
Les prisonniers déférés devant la Haute Cour de justice siégeant à Orléans sont massacrés à Versailles au cours de leur transfert.

10 septembre
Réquisition de tous les objets cultuels en or ou argent.

12 septembre
Tous les pères et mères de fils émigrés devront entretenir deux soldats par enfant émigré.

13 septembre
Séquestre des biens des émigrés; l'Assemblée législative a décidé le 11 que les administrations de district dresseraient la liste des émigrés dont les biens ne sont pas compris dans ces lois.

14 septembre
L'Assemblée législative décide que les municipalités ne pourront pas donner d'ordres ni envoyer de commissaires ailleurs que dans leur circonscription.
Retraite des armées françaises en direction de Châlons-sur-Marne.

17 septembre
L'Assemblée législative interdit aux ecclésiastiques réfractaires sortant du royaume de se rendre dans les pays avec lesquels la France est en guerre.
L'abbé Fauchet est dénoncé au club des Jacobins pour avoir sollicité un passeport pour le comte de Narbonne, ancien ministre décrété d'accusation le 28 août.
Le ministre de l'Intérieur, Roland, avertit l'Assemblée législative du cambriolage, dans la nuit, du Garde-Meuble où ont été dérobés les diamants de la couronne.

19 septembre
L'Assemblée législative convoque les députés élus à la Convention pour le lendemain. Ont été élus à Paris du 5 au 19: Robespierre, Danton, Collot d'Herbois, Manuel, Billaud-Varenne, Desmoulins, Marat, Fabre d'Églantine, Augustin Robespierre (1767-1794) le frère de Maximilien, le peintre David et le duc d'Orléans qui se fait maintenant appeler Philippe Égalité.
Décret confirmant les pouvoirs des commissaires de police et prescrivant aux Parisiens de signaler leurs changements de domicile aux autorités.
Décret ordonnant la vente des biens de l'ordre de Malte.
Les armées de Kellermann, Dumouriez et Pierre de Riel de Beurnonville (1752-1821) font leur jonction.
Les œuvres artistiques des maisons royales seront déposées au Louvre.

20 septembre
L'Assemblée législative, dans sa dernière séance, décrète le divorce et la laïcisation de l'état civil.

L'ÉTAT CIVIL ET LE DIVORCE

Les registres constatant les naissances, mariages et décès, jusque-là tenus par le clergé catholique – qui devait toutefois en confier un double aux officiers royaux –, relèvent maintenant uniquement des officiers publics des municipalités. C'est notamment pour éviter aux catholiques fidèles à Rome le sort des non-catholiques du XVIIIe siècle que l'idée de confier à des fonctionnaires civils le constat des naissances, mariages et décès a été reprise par le pouvoir sous l'impulsion d'hommes comme Durand de Maillane. Déjà des évêques réfractaires, comme l'évêque de Langres, La Luzerne, ou l'évêque de Blois, Thémines, avaient conseillé à leurs ouailles d'utiliser l'édit de 1787 qui avait permis aux protestants d'acquérir une existence juridique que la révocation de l'édit de Nantes leur avait enlevée, plutôt que de se souiller par un contact avec des prêtres schismatiques, c'est-à-dire le clergé constitutionnel qui avait pris possession des églises paroissiales. L'Église perd ainsi le contrôle de la publicité de ce qui appartient maintenant à la vie privée. Entre les deux clergés concurrents – le constitutionnel et le réfractaire –, le grand perdant est le premier qui se voit là dépossédé d'une de ses principales prérogatives. Étroitement lié à l'État à qui il doit son existence et dont il est dépendant, le clergé constitutionnel se voit peu à peu relégué hors de la sphère publique alors que le clergé réfractaire, déjà largement dans la clandestinité, a prévenu cette évolution : de nombreux registres clandestins seront tenus par les prêtres fidèles à Rome, ce qui entraînera plus tard d'interminables querelles entre l'Église et la République sur la question de savoir si les sacre-

ments doivent précéder ou non le passage devant les représentants de l'État.
Officiellement, le mariage n'est plus un sacrement indissoluble mais un contrat civil constaté publiquement. Des cas déterminés par la loi, mais aussi le consentement mutuel ou la simple incompatibilité suffisent à prononcer le divorce.

La Convention tient séance à huis clos et élit son bureau; président: Pétion; secrétaires: Camus, Rabaut Saint-Étienne, Brissot, Vergniaud, Marie-David Lasource (1763-1793), Condorcet.
Victoire de Valmy: l'enthousiasme et les canonnades des troupes de Kellermann brisent les assauts des Prussiens de Brunswick près du village de Valmy. Étonné de la résistance des Français à laquelle il ne s'attendait pas, voyant son armée atteinte par la dysenterie, Brunswick préfère battre en retraite en bon ordre pour assurer ses quartiers d'hiver plutôt que risquer une marche aventureuse sur Paris.

LA CONVENTION : 1792-1795

21 septembre
Réunion de la Convention: sur une proposition de Danton, elle décide que la nouvelle constitution qu'elle rédigera devra être ratifiée par les assemblées primaires.
La royauté est abolie après les interventions de Collot d'Herbois et de l'abbé Grégoire qui déclare: « Les rois sont dans l'ordre moral ce que les monstres sont dans l'ordre physique. Les Cours sont l'atelier du crime, le foyer de la corruption et la tanière des tyrans. L'histoire des rois est le martyrologe des nations. »
La Société des amis de la Constitution (le club des Jacobins) change son nom en Société des Jacobins, amis de la liberté et de l'égalité.

22 septembre
Sur une proposition de Billaud-Varenne, la Convention décide de dater les actes publics à partir de ce jour de « l'an I de la République française »: c'est par le biais de ce décret que le régime républicain est déclaré. L'Assemblée décide aussi de renouveler les corps administratifs, municipaux et judiciaires.
La Convention envoie des commissaires à Lyon où le ministre de l'Intérieur Roland a signalé des troubles de subsistances.

22-28 septembre
L'armée de Montesquiou pénètre en Savoie et entre à Chambéry le 24. Après avoir reçu une lettre de Montesquiou l'informant de ses opérations en Savoie, la Convention suspend le 26 l'exécution d'un décret du 23 septembre qui le destituait de son commandement, elle annulera son décret le 7 octobre à la demande de Barère. Le 28 septembre, la Convention décide de célébrer les victoires françaises en Savoie et de faire chanter l'hymne des Marseillais en cette occasion.

23 septembre
Les Autrichiens investissent Lille.

25 septembre
À la Convention, violente attaque de la Gironde contre Robespierre, la députation parisienne et la Commune.
Couthon demande à la Convention de décréter l'unité de la république et Buzot qu'elle est représentative. Barère précise qu'« il faut distinguer la république du gouvernement. La république est une et indivisible, et son gouvernement est représentatif ». La Convention décrète que la république est une et indivisible.

29 septembre
Après avoir décidé le 25 que les fonctions de représentant de la nation étaient incompatibles avec toute autre fonction publique, la Convention décide que les ministres ne pourront être choisis en son sein: le ministre de l'Intérieur, Roland, opte pour le ministère et le ministre de la Justice, Danton, pour la députation.
Les troupes françaises occupent le comté de Nice.
Les Autrichiens bombardent Lille. Dumouriez prend secrètement contact avec les Prussiens.

30 septembre
Custine s'empare de Spire.

1er octobre
La Convention divise les forces françaises en huit armées: Nord, Ardennes, Moselle, Rhin, Vosges, Alpes, Pyrénées, Intérieur.
Brunswick bat en retraite vers le Rhin.

3 octobre
La Convention élit Jean-Nicolas Pache (1746-1823) ministre de la Guerre pour remplacer Servan.
Les troupes françaises occupent Bâle. Au cours de l'automne sera proclamée une République rauracienne, mais elle sera bientôt réunie à la France

pour constituer, avec d'autres parties de l'ancienne principauté épiscopale de Bâle, le département du Mont-Terrible.

4 octobre
Prise de Worms par Custine.

6 octobre
Danton communique à la Convention les comptes de son administration au ministère de la Justice.

7 octobre
François de Neufchâteau, élu la veille ministre de la Justice par la Convention pour remplacer Danton, refuse en invoquant sa santé.
Les Autrichiens lèvent le siège de Lille et se retirent vers la Belgique.

8 octobre
À la Convention, Buzot accuse la Commune de fomenter des troubles et propose la formation d'une garde composée de citoyens des 83 départements qui serait chargée de protéger la Convention. Les sections parisiennes protesteront le 19 contre ce projet.
La mort de Louis XVI est réclamée au club des Jacobins.

9 octobre
La Convention décrète que les émigrés pris les armes à la main ou ayant servi contre la France sont passibles de la peine de mort dans les 24 heures.
Joseph-Dominique Garat (1748-1833) est élu ministre de la Justice par la Convention.

10 octobre
Cambon demande aux ministres de rendre compte de leur gestion, y compris de leurs dépenses secrètes.
Comme l'abbé Fauchet, Brissot est exclu du club des Jacobins.
La Convention charge son comité d'instruction publique de lui présenter un projet de décret sur la conservation des bibliothèques et des collections des émigrés.

11 octobre
La Convention élit les membres de son comité de constitution: Condorcet, Sieyès, Paine, Barère, Brissot, Pétion, Vergniaud, Gensonné et Danton.

14 octobre
Les Prussiens évacuent Verdun.

15 octobre
Réélection à la mairie de Paris de Pétion qui démissionne pour conserver son mandat de député.
Sur une proposition de Manuel, la Convention supprime la croix de Saint-Louis, la décoration militaire par excellence de la monarchie.

16 octobre
Pierre Bourbotte (1763-1795) réclame à la Convention la mort de la famille royale.

17 octobre
Première représentation à l'Opéra-Comique de *Basile, ou À trompeur, trompeur et demi*, opéra de Grétry sur un livret de Sedaine.

18 octobre
Après la présentation à la Convention que le ministre de l'Intérieur Roland a faite de ses comptes, la Gironde s'en prend à la gestion ministérielle de Danton qui refuse de justifier toutes ses dépenses.
Le duc de Brunswick propose à Kellermann l'ouverture de négociations et accepte d'évacuer Longwy au préalable comme le lui demande Kellermann.
La Convention décide de former une commission pour la conservation des monuments des arts et des sciences.

21 octobre
L'armée de Custine entre à Mayence.

22 octobre
Les Prussiens évacuent Longwy. À Chambéry, une assemblée nationale des Allobroges demande le rattachement de la Savoie à la France.

23 octobre
Sur la motion de Buzot, la Convention décrète que les émigrés sont bannis à perpétuité du territoire de la République et que ceux qui rentreront sont passibles de la peine de mort.
Création à Mayence d'une société jacobine dirigée par Georg Forster (1754-1794), tandis que Custine entre à Francfort.

24 octobre
Brissot publie *À tous les républicains de France.*

25 octobre
Première représentation au théâtre de la République (nouveau nom du Théâtre-Français de la rue de Richelieu) de *L'Émigrante ou le Père jacobin*, une comédie de Jean-Baptiste-Henri Gourgaud, dit Dugazon (1746-1809).

27 octobre
Dumouriez pénètre en Belgique.

28 octobre
Au club des Jacobins, Robespierre accuse Brissot et ses amis Girondins d'être les successeurs des Feuillants.

29 octobre
Violent réquisitoire de Louvet contre Robespierre à la Convention : il l'accuse d'aspirer à la dictature après avoir tyrannisé Paris et menacé l'Assemblée législative ; Louvet conclut en demandant un décret d'accusation contre Marat et l'examen de la conduite de Robespierre. Le 1er novembre, la Convention décide de discuter l'accusation contre Marat. Le 5, Robespierre répond à Louvet et défend la légitimité de l'insurrection du 10 août 1792 et de la Commune de Paris. Louvet et Charles Barbaroux (1767-1794) veulent riposter mais Barère, en minimisant les accusations portées contre Robespierre, obtient d'une Convention incertaine qu'elle passe à l'ordre du jour.

novembre
Thomas Lindet (1743-1823), député et évêque constitutionnel de l'Eure, annonce son mariage à la Convention.

4 novembre
Une députation de Niçois demande à la Convention de prononcer la réunion de Nice à la France : contre Joseph-Marie Lequinio (1755-1814) qui souhaitait une décision immédiate, Barère convainc l'Assemblée d'attendre de connaître le vœu des populations exprimé dans les assemblées primaires.

6 novembre
Rapport à la Convention de Valazé sur les crimes de Louis XVI révélés par les papiers saisis par la Commune de Paris.
Victoire de Dumouriez contre les Autrichiens à Jemmapes.

7 novembre
Rapport de Jean-Baptiste Mailhe (1750-1834) concluant au jugement de Louis XVI par la Convention.
Entrée des armées françaises à Mons.

8 novembre
Émeute à Rouen où la loi martiale est proclamée par la municipalité.

9 novembre
Les troupes françaises occupent le Palatinat.

11 novembre
Début des opérations électorales pour le renouvellement des autorités parisiennes.
Une délégation de Savoyards demande à la Convention la réunion de la Savoie à la France.
Une députation d'artistes parisiens réclame la suppression des Académies de peinture, de sculpture et d'architecture ; la pétition, appuyée par David, est renvoyée au comité d'instruction publique.

13 novembre
La Convention commence la discussion du rapport Mailhe sur le jugement de Louis XVI. Pétion réclame un débat préalable sur l'inviolabilité royale : le roi peut-il être jugé ? Barère fait décréter l'impression de tous les discours ayant trait au procès du roi. Saint-Just prononce le discours qui le révèle : « Je dis que le roi doit être jugé en ennemi ; nous avons moins à le juger qu'à le combattre [...]. On s'étonnera un jour qu'au XVIIIe siècle on ait été moins avancé que du temps de César : là le tyran fut immolé en plein Sénat, sans autres formalités que trente coups de poignards [...]. Les mêmes hommes qui vont juger Louis ont une République à fonder ; ceux qui attachent quelque importance au juste châtiment d'un roi ne fonderont jamais une République [...]. De peuple à roi, je ne connais plus de rapport naturel [...]. Pour moi je ne vois point de milieu : cet homme doit régner ou mourir. »

SAINT-JUST

Le discours de ce jeune homme éclate comme un coup de tonnerre et électrise la Convention ce 13 novembre 1792. L'Assemblée n'a pas à juger Louis XVI, dit-il aux députés, car juger c'est appliquer la loi et donc établir un rapport de justice ; or, Louis n'est qu'un « étranger », une altérité, et il ne peut y avoir de « rapport de justice entre l'humanité et les rois ». La question est celle de la fondation de la république. Louis-Antoine de Saint-Just (1767-1794) confère ainsi une inclination décisive au procès du roi, et Robespierre saura resserrer et politiser l'argumentation de son jeune admirateur qui vient de se révéler à la scène politique.
Son père, un militaire picard décoré de la croix de Saint-Louis, meurt quand il a une dizaine d'années, après avoir pris sa retraite à Blérancourt dans l'Aisne. C'est là que grandit Saint-Just qui fréquente le collège oratorien de Soissons. Quelque brouille familiale suscite une

lettre de cachet à son encontre. Un long poème, vaguement scandaleux et platement subversif, sera le résultat de ses loisirs forcés. Son âge l'empêche de prendre activement part à la Révolution, mais son ambition le pousse à s'agiter dans son district où, faute de rôle officiel, il se montre déjà habile dans son art de la scénographie. En juin 1791, à un moment mal choisi, celui de la fuite du roi, il publie un texte sans originalité glorifiant l'œuvre de la Constituante. Mais son admiration pour Robespierre s'affirme, et ses 25 ans lui permettent bientôt de rejoindre son héros à la Convention.

Contrairement à ce que peut laisser penser la fascination qu'il a exercée, Saint-Just n'est pas un grand théoricien. Son œuvre consiste plutôt en une succession d'aphorismes enfilés sans ordre. Mais il a un grand sens du geste et de la formule, un usage de la parole dont il mesure l'efficacité: bref, il possède la science des effets. À la Convention, comme au Comité de salut public, il déborde d'activité et se drape dans son rôle de procureur de la Révolution: ses missions en Alsace et auprès de l'armée du Nord ne contribueront pas peu à forger sa légende de beau jeune homme héroïque, soucieux d'exemplarité et inflexible, sachant donner la mort et la recevoir. À la Convention même, il est le praticien de la Terreur, le dénonciateur inlassable des factions toujours renaissantes qui nouent un complot permanent contre la république, l'implacable rapporteur du Comité de salut public contre Hébert ou Danton. Sa haine de l'altération comme son refus de la politique dans sa dimension constitutive l'y poussent. Son rêve d'une société de frères-amis, pas toujours cohérent, l'incline aussi, à travers sa traque des contre-révolutionnaires potentiels, à se pencher sur le social: les mesures qu'il édicte contre les riches, ses références au bonheur hors de toute perspective individualiste, le désignent comme une sorte de précurseur en terre d'utopie socialiste. Et, son attitude dans la mort au côté de Robespierre lui confère comme une aura de romantisme.

À la Convention, l'abbé Fauchet, qui défendait la destitution et la mise en détention de Louis XVI, interrompu par les murmures, ne peut terminer son discours.
Cambon réclame la suppression du budget des cultes.
Décret concernant les biens du clergé situé en Belgique.

14 novembre
Les troupes de Dumouriez entrent à Bruxelles.
Première représentation au théâtre de Monsieur de l'opéra-comique de Kreutzer, *Le Siège de Lille.*

15 novembre
À la Convention, l'abbé Grégoire réclame la mise en jugement de Louis XVI. Le ministre de la Justice, Garat, se plaint des excès du tribunal institué le 17 août 1792.

16 novembre
À la Commune, Chaumette déclare que l'Europe sera bientôt « jacobinisée ».

19 novembre
La Convention promet « fraternité et secours à tous les peuples qui voudront recouvrer leur liberté ».

20 novembre
Découverte au château des Tuileries de l'armoire de fer contenant les papiers secrets de la famille royale. La Convention décide de nommer une commission chargée d'étudier ces documents.

21 novembre
La Convention entend lecture de l'opinion de Thomas Paine (qui est député) sur le jugement de Louis XVI: ce procès doit démontrer l'iniquité de tout pouvoir monarchique.
Le ministre de l'Intérieur, Roland, qui a vu sans témoin le contenu de l'armoire de fer, est suspecté d'en avoir soustrait les pièces compromettant ses amis.
D'Ormesson, élu maire de Paris contre le Jacobin Louis-Marie Lullier (1746-1794), refuse ces fonctions.
Les troupes françaises entrent à Namur.

22 novembre
Émeutes en Beauce où l'on réclame la taxation des grains; ces troubles vont durer jusqu'au début décembre.

25 novembre
Nice se prononce pour la réunion à la France.

26 novembre
Sur la proposition de Barère, la Convention interdit au Conseil exécutif d'envoyer des commissaires dans les départements sans son autorisation.
Première représentation au théâtre de la République d'*Othello, ou le More de Venise* de Ducis.

27 novembre
La Convention vote la réunion de la Savoie à la France.

28 novembre
Dumouriez entre à Liège.

29 novembre
Suppression du tribunal spécial créé le 17 août.
La Commune et les sections de Paris réclament à la Convention la taxation des denrées de première nécessité.
Les troupes françaises de Francisco Miranda (1756-1816) entrent à Anvers.

30 novembre
Suivant Pétion qui lui demandait de réprimer l'insurrection beauceronne, la Convention décrète l'envoi à Chartres d'une force armée suffisante pour rétablir l'ordre.
Camus, Danton, Charles Delacroix (1741-1805) et Eugène Gossuin (1758-1827) sont nommés par la Convention commissaires pour enquêter sur l'état de l'armée de Dumouriez qui avait protesté auprès de la Convention contre les restrictions qu'elle voulait lui imposer.
Nicolas Chambon (1748-1828) est élu maire de Paris contre Lullier.

décembre
Le port du bonnet rouge devient obligatoire dans les sections.
Jean-François Varlet (1764-?) publie *Projet d'un mandat spécial et impératif aux mandataires du peuple à la Convention.*

1er décembre
À Paris, Jacques Roux dénonce les accapareurs et les agioteurs devant la section de l'Observatoire.
Mort à Lille du chef des patriotes belges, Jean-François Vonck.

2 décembre
Rapport à la Convention de Philippe Rühl (1737-1795) sur les papiers trouvés dans l'armoire de fer des Tuileries: Barère, mis en cause, se justifie.
Renouvellement de la Commune de Paris: 122 élus parmi lesquels Jacques Roux; Chaumette est procureur syndic, Hébert et Pierre-François Réal (1757-1834) substituts; Lullier est procureur général syndic du département de Paris. Les sections parisiennes demandent à la Convention d'accélérer le procès du roi.
Les Prussiens reprennent Francfort.

3 décembre
À la Convention, Robespierre, impressionné par le discours prononcé par Saint-Just le 13 novembre, en systématise les termes et réclame la mort du roi comme «traître à la nation française» et «criminel envers l'humanité»: «Il n'y a point ici de procès à faire. Louis n'est point un accusé. Vous n'êtes point des juges. Vous n'êtes, vous ne pouvez être que des hommes d'État et les représentants de la nation. Vous n'avez point une sentence à rendre pour ou contre un homme, mais une mesure de salut public à prendre, un acte de providence nationale à exercer. [...] Louis a été détrôné par ses crimes [...]. La victoire et le peuple ont décidé que lui seul était rebelle; Louis ne peut donc être jugé; il est déjà jugé. Il est condamné ou la République n'est point absoute [...]. Louis doit mourir parce qu'il faut que la patrie vive.»
Discours de Pétion demandant le jugement de Louis XVI par la Convention. La Convention décide qu'elle jugera Louis XVI elle-même.

4 décembre
Sur proposition de Buzot, la Convention décrète que quiconque proposera le rétablissement en France de la royauté sera puni de la peine de mort.
Une députation belge demande à la Convention de reconnaître l'indépendance de la Belgique.

5 décembre
Sur la motion de Jacques-Alexis Thuriot (1753-1829), la Convention décrète la peine de mort contre ceux qui exporteraient des grains hors de France.
Rühl continue d'exposer à la Convention le contenu des papiers découverts dans l'armoire de fer des Tuileries: d'André, Mirabeau et d'autres sont mis en cause; la Convention décide de voiler le buste de Mirabeau placé dans la salle et de faire arrêter, notamment, Rivarol et Talleyrand.

6 décembre
Marat réclame un vote de la Convention par appel nominal dans le procès du roi et la publication de celui-ci. La Convention décide que Louis XVI sera entendu à la barre.

7 décembre
À Bruxelles, les troupes françaises répriment une manifestation favorable à l'indépendance.

8 décembre
Après un rapport de Jacques-Antoine Creuzé-Latouche (1749-1800), la Convention décrète la liberté du commerce des grains à l'intérieur du territoire de la République.

9 décembre
Après une intervention de Manuel, la Convention interdit à Marat de prendre le titre d'« Ami du Peuple » dans les écrits publiés par ordre de l'Assemblée.

10 décembre
Cambon dénonce le coût de la guerre : « Plus nous avançons dans le pays ennemi, plus la guerre devient ruineuse, surtout avec nos principes de philosophie et de générosité. »

CAMBON

Fils d'un négociant en toile de Montpellier dont il a repris les activités, membre de la municipalité montpelliéraine, Joseph Cambon (1756-1820) est élu député de l'Hérault à la Législative, après avoir été député suppléant à la Constituante. À la Convention, il vote avec la Montagne et s'impose comme le spécialiste des questions financières : il dirige le comité des finances du 10 octobre 1792 au 5 avril 1795. Cambon contribue à la chute de Robespierre qui avait fini par critiquer sa gestion. Décrété d'arrestation en avril 1795, il doit quitter momentanément la France. Rentré à la fin de la même année, il se retire alors de la vie politique. Il mourra en Belgique où la Restauration l'avait exilé comme régicide.

Rapport de Robert Lindet (1746-1825) sur les crimes imputés à Louis XVI.

11 décembre
Première comparution de Louis XVI devant la Convention où il est interrogé par son président, Barère. La Convention autorise Louis XVI à être assisté de conseils.

12 décembre
Louis XVI choisit pour avocat Target, ou à défaut Tronchet.

13 décembre
Target refuse d'assurer la défense de Louis XVI ; la Convention autorise le roi à choisir un autre avocat ; Tronchet accepte et Malesherbes se propose dans une lettre à la Convention. Le lendemain, la Convention autorise Malesherbes à communiquer avec Louis XVI.
Décret invitant les volontaires à ne pas abandonner leurs bataillons.

15 décembre
Sur proposition de Laurent Lecointre (1742-1805), la Convention autorise Louis XVI à communiquer avec sa famille. L'Assemblée censure Tallien qui s'y opposait et soulignait que la garde du roi relevait de la compétence de la Commune. Drouet demande lui aussi le report de cette mesure, et la Convention cède en autorisant finalement Louis XVI à ne voir que ses enfants. Dans une lettre à la Convention, Olympe de Gouges offre de défendre Louis XVI.
Rapport de Cambon à la Convention sur la conduite à tenir dans les pays occupés : « Guerre aux châteaux, paix aux chaumières » ; la France doit protéger les peuples disposés à avoir un régime libre et populaire, mais dire à ceux « qui voudraient conserver des castes privilégiées : vous êtes nos ennemis ; alors on les traitera comme tels, puisqu'ils ne voudront ni liberté, ni égalité ».

16 décembre
Sur proposition de Thuriot, la Convention décrète la peine de mort pour quiconque proposerait de rompre l'unité de la République ou de son gouvernement, ou d'en détacher des parties pour les unir à un territoire étranger.
Afin d'embarrasser la Montagne où siège Philippe Égalité (le duc d'Orléans), Buzot, appuyé par Louvet, réclame l'expulsion hors de France du duc d'Orléans et de tous les Bourbons. Après un débat très violent, la Convention décrète que tous les Bourbons-Capet auront une semaine pour sortir de France, sauf Philippe Égalité pour lequel la décision est ajournée. Bien que comprenant la manœuvre de la Gironde, la Montagne s'est divisée sur cette question : Robespierre, par exemple, était favorable à la motion.
Après avoir entendu Rühl et Thuriot, la Convention décide d'annuler tous les décrets accordant des indemnités aux princes étrangers possessionnés en Alsace.
Danton et Delacroix, commissaires de la Convention auprès de l'armée de Belgique, écrivent à l'Assemblée pour dénoncer le dénuement dans lequel ils ont trouvé cette armée.

17 décembre
Tronchet et Malesherbes écrivent à la Convention pour demander à être aidés par Raymond de Sèze (1748-1828) dans la préparation de la défense de Louis XVI.
La Convention décide que la souveraineté du peuple sera proclamée dans les territoires occupés par les armées françaises.
L'évêque constitutionnel de Versailles, Clément, est dénoncé à la Convention pour avoir refusé de

conférer l'institution canonique à un prêtre marié; alors que Couthon soutient que les prêtres « n'ont pas le droit de suspendre des élus du peuple » (les curés sont élus depuis la constitution civile du clergé), Lanjuinais demande qu'on passe à l'ordre du jour au motif qu'il existe des tribunaux pour juger si la loi a été violée.

18 décembre
Débat sur l'organisation des écoles primaires: François-Xavier Lanthenas (1754-1799) demande qu'on discute les bases générales de l'instruction publique avant de traiter des écoles primaires.

20 décembre
Gilbert Romme (1750-1795) défend à la Convention l'idée de deux degrés d'instruction publique.
Le comité d'instruction publique est chargé de préparer un rapport sur l'avantage d'accorder l'ère républicaine et l'ère vulgaire.

21 décembre
Marat publie *Les Renards rolandins et les dindons patriotes*.
À Londres, plusieurs députés whigs demandent au Premier ministre Pitt d'intervenir en faveur de Louis XVI.

25 décembre
Louis XVI rédige son testament.
Marat demande à la Convention de retirer au ministre de l'Intérieur, Roland, les fonds mis à sa disposition pour financer la diffusion d'écrits patriotes.

26 décembre
Seconde comparution de Louis XVI devant la Convention. De Sèze prononce la plaidoirie des avocats du roi. Au cours de cette séance, à la demande de Robespierre qui le jugeait trop favorable au roi, le président de l'Assemblée, Defermon, est remplacé par Barère. La Convention décide l'impression de la défense du roi après correction par ses avocats.

27 décembre
Salle propose à la Convention de faire ratifier par le peuple le verdict qu'elle rendra dans le procès de Louis XVI.
Première représentation au théâtre de la République de *Catherine ou la Belle Fermière*, une comédie de Julie-Émilie Candeille (1767-1834).

28 décembre
Le ministre des Affaires étrangères, Lebrun, fait savoir à la Convention que la condamnation à mort de Louis XVI remettrait en cause la neutralité de l'Espagne. Rabaut Saint-Étienne soutient que la Convention doit se prononcer sur la culpabilité de Louis XVI mais doit renvoyer au peuple la détermination de la peine à appliquer tandis que Buzot appuie l'appel au peuple et que Robespierre s'y oppose.

29 décembre
Soulèvement en faveur de la République à Pointe-à-Pitre en Guadeloupe.

31 décembre
Dans le procès du roi, Vergniaud se prononce en faveur de l'appel au peuple.
Marat accuse Roland, Brissot et leurs amis d'intriguer avec Dumouriez afin d'expulser Pache du ministère de la Guerre.

autres événements
- Gossec compose son hymne l'*Offrande à la liberté*.
- Adaptation en français par Pierre Bertin du procédé de transcription sténographique de l'Anglais Taylor.
- Fourcroy: *Philosophie chimique ou Vérités fondamentales de la chimie moderne, disposées dans un nouvel ordre*.

1793

1er janvier
Création d'un comité de défense générale de 24 membres, parmi lesquels on compte notamment Barère, Brissot, Sieyès, Pétion, Guadet, Treilhard, Dubois de Crancé.
Dans le procès du roi, Brissot se déclare en faveur de l'appel au peuple et Jean Bon Saint-André (1749-1813) contre.

2 janvier
Tandis que Gensonné plaide en faveur de la ratification de la sanction par les assemblées primaires (l'appel au peuple), Carra demande à la Convention de prononcer elle-même le jugement de Louis XVI.
Au club des Jacobins, Basire dénonce le projet des Girondins de « fédéraliser la République ».
Première représentation au théâtre de la Nation de *L'Ami des lois* de Jean-Louis Laya (1761-1833). Interdite après cinq représentations, cette comédie sera reprise, sans succès, en juin 1795.

3 janvier
Pétion réclame la mort de Louis XVI et la ratification de la sanction par les assemblées primaires.

4 janvier
Grand discours de Barère dans le procès de Louis XVI. Ce discours applaudi le soir au club des Jacobins est un moment clé car, faisant voler en éclats l'argumentation développée par certains Girondins en faveur de l'appel au peuple, il incline les Conventionnels à prendre leurs responsabilités.

BARÈRE

Bertrand Barère de Vieuzac (1755-1841) était originaire de la Bigorre. Cet ancien avocat au parlement de Toulouse était réputé pour ses manières affables et son esprit brillant qui lui avaient permis, en 1787-1788, de pénétrer dans le cercle gravitant autour du duc d'Orléans. Député aux États généraux, il participe aux grands débats de la Constituante. David, dont il était l'ami, le fait figurer dans son Serment du Jeu de paume *la plume à la main, captant la mémoire de la séance : à l'époque de la réalisation du dessin, Barère avait en effet créé un journal,* Le Point du jour, *qui retraçait les débats de l'Assemblée ; et c'est Barère qui avait déterminé l'Assemblée à financer la réalisation du tableau de David. Élu au tribunal de cassation après la dissolution de la Constituante, Tarbes l'envoie de nouveau siéger à la Convention qu'il présidera lors de la comparution de Louis XVI. Ses qualités de négociateur et de médiateur et son grand sens de la synthèse en font rapidement une figure en vue au sein de cette Assemblée entre la Plaine, et la Montagne et la Gironde qui se déchirent. Le premier il est élu au Comité de salut public lors de sa création. Il y a la charge de l'activité diplomatique mais son champ d'action est beaucoup plus étendu car il est surtout le porte-parole du Comité, son rapporteur auprès de la Convention. Doté d'une énorme capacité de travail reconnaissent ses amis comme ses ennemis, il est l'homme des grandes proclamations – et des péroraisons – qui provoquent l'enthousiasme des députés et il sait faire passer l'inconciliable auprès de la Convention. Au sein du Comité, il favorise l'entrée des techniciens – Carnot, Prieur de la Côte-d'Or – et marche avec Robespierre qu'il n'abandonne que tardivement au 9 Thermidor (27 juillet 1794). En août 1794, pour la première fois, son opportunisme lui fait défaut et il ne comprend pas que l'heure du grand comité terroriste est passée. Il quitte le pouvoir le 1er septembre. En 1795, quand la Convention se préoccupe de le mettre en jugement avec Billaud-Varenne et Collot d'Herbois, sa défense embarrasse les députés. Déporté sans jugement, il s'évade avant d'être embarqué pour la Guyane et reste caché en France durant tout le Directoire. Réélu député par le département des Hautes-Pyrénées, son élection est invalidée à chaque fois par les Conseils qui ne tiennent pas à voir revenir cet encombrant souvenir. Amnistié par Bonaparte auquel il s'était rallié, il est confiné par ce dernier à lui rapporter l'état de l'opinion publique. Exilé comme régicide par la Restauration, il reste à Bruxelles jusqu'à ce que la révolution de 1830 lui permette de rentrer en France. Réélu en 1834 député des Hautes-Pyrénées, son élection sera cassée pour vice de forme, mais il demeurera conseiller général de son département jusqu'en 1840.*

LA MONTAGNE

On désigne par Montagne les députés qui, autour de Robespierre et d'autres, siégeaient à gauche sur les degrés les plus élevés de la Convention. Le succès que rencontre le terme en 1793 auprès des sociétés populaires est sans doute dû au riche potentiel métaphorique dont il est porteur. Antonyme des sombres cavernes du despotisme, c'est de la Montagne qu'est lancée la foudre qui détruit les ennemis de la Révolution ; la Montagne peut aussi se représenter, et participer à la mobilisation des Français : en témoignent la toponymie et toutes ces buttes en plâtre érigées au cours des fêtes civiques. La dimension tragique de son histoire et les nostalgies qu'elle suscitera vont permettre à la Montagne d'incarner l'épopée révolutionnaire dans la légende. Pourtant, la politique de salut public dont elle est auréolée est l'œuvre de la Convention et non de la seule Montagne qui compte pour environ 35 % des députés (entre 260 et 300 députés, quand on crédite la Gironde de 80 à 150 députés). Si la Montagne reste l'exécutrice privilégiée de la politique de salut public, notamment par le biais des représentants en mission, on ne peut pas lui en attribuer la seule responsabilité. Car la mort du roi et les pressions du printemps 1793 scellent autour de Barère le ralliement des autres députés – la Plaine – à la politique de salut public.

Une pétition présentée par la ville de Mâcon demande la mise en jugement de la reine Marie-Antoinette.
La Caisse de l'extraordinaire, créée en décembre 1790, est supprimée et ses attributions sont confiées à la Trésorerie nationale.

Après un rapport de Le Pelletier de Saint-Fargeau, la Convention abolit le droit d'aînesse dans les successions *ab intestat* (en l'absence de testament).

6 janvier
À la Convention, Salle s'oppose à la permanence des sections parisiennes tandis que Robespierre en défend la nécessité tant que la patrie est en danger.
Étienne-Vincent de Sédillot de Fontaine (1737-?) est battu par les Prussiens à Stockheim.

7 janvier
La Convention déclare clos les débats du procès de Louis XVI.

11 janvier
Manifestation en faveur de Louis XVI à Rouen.

12 janvier
Première représentation à l'Opéra-Comique d'*Ambroise, ou voilà ma journée* de Dalayrac sur un livret de Jacques-Marie Boutet, dit Monvel (1745-1812).

13 janvier
Assassinat à Rome de l'ambassadeur de France, Nicolas-Jean-Hugon de Bassville (1753-1793). Ce meurtre marque la rupture des relations diplomatiques avec Rome.

15 janvier
La Convention déclare Louis XVI coupable de conspiration contre la liberté à l'unanimité et décide que le jugement ne sera pas soumis à la sanction du peuple par 424 voix contre 287.

16 janvier
Le soir, commence, à la Convention, l'appel nominal des députés sur la question: «Quelle peine infligera-t-on à Louis Capet?»

17 janvier
À 21 h, Vergniaud, qui préside alors la Convention, annonce que la peine sera la mort par 387 voix contre 334. Les défenseurs du roi réclament l'appel au peuple que rejette la Convention.

18 janvier
Le vote de la veille étant contesté, un nouveau scrutin donne 361 voix pour la mort contre 360.

19 janvier
Appel nominal à la Convention sur la question du sursis du jugement de Louis XVI.

20 janvier
Dans la nuit du 19 au 20, à 2 h, la Convention décide, par 380 voix contre 310, que l'exécution du jugement ne sera pas différée. À 14 h, le décret de la Convention est notifié à Louis XVI.
Assassinat à 17 h du Conventionnel Michel Le Pelletier de Saint Fargeau qui avait voté la mort du roi. Son assassin, Philippe-Nicolas de Pâris (1763-1793), se suicidera avant d'être arrêté.

21 janvier
Exécution de Louis XVI à 10 h 20 sur l'actuelle place de la Concorde. La place Louis-XV avait été rebaptisée place de la Révolution le 11 août 1792. Lieu privilégié pour les grandes fêtes civiques, elle servait aussi pour les exécutions exceptionnelles comme celle du roi. Le 11 mai 1793, la guillotine y est installée de manière permanente, et la place sera ainsi le lieu des exécutions jusqu'au 8 juin 1794, puis de nouveau à partir du 28 juillet 1794. C'est le 26 octobre 1795 qu'elle devient place de la Concorde.
Robespierre fait l'éloge de Le Pelletier de Saint-Fargeau à la Convention et impute son assassinat au bureau de formation de l'esprit public du ministre de l'Intérieur, Roland.

22 janvier
Roland démissionne du ministère de l'Intérieur et est remplacé par Garat, déjà ministre de la Justice.

23 janvier
Partage de la Pologne entre la Prusse et la Russie.
Première représentation au théâtre de la République d'une pièce d'Olympe de Gouges, *Dumouriez à Bruxelles ou les Vivandiers*.

24 janvier
Pompe funèbre à Paris en l'honneur de Le Pelletier de Saint-Fargeau.
À l'annonce de l'exécution de Louis XVI, l'Angleterre rompt ses relations diplomatiques avec la France.

26 janvier
Des députés belges viennent protester à la Convention contre le décret rendu le 15 décembre 1792 à la suite d'un rapport de Cambon.

27 janvier
Plantation d'un arbre de la liberté place du Carrousel à Paris.
Première représentation à l'Opéra d'un divertissement lyrique de Gossec sur un livret de Marie-

Joseph Chénier, *Le Triomphe de la République, ou le Camp de Grand Pré.*

28 janvier
À Hamm en Westphalie, déclaration du comte de Provence (le futur Louis XVIII) qui s'intitule régent au nom de Louis XVII ; il nomme son frère, le comte d'Artois (futur Charles X), lieutenant général du royaume.

31 janvier
La Convention décide d'annexer le comté de Nice et Danton réclame l'annexion de la Belgique.
Interprétant le décret du 20 septembre 1792 sur l'état civil, la Convention précise que l'âge de la majorité est fixé à 21 ans.

1er février
Déclaration de guerre à l'Angleterre et à la Hollande.

2 février
À la Convention, François-Trophime Rebecqui (1760-1794) réclame la destitution du ministre de la Guerre, Pache.

3 février
La Convention décrète que tous les rapports des comités tendant à entraîner des dépenses pour le Trésor public seront communiqués au comité des finances.
Première représentation à l'Opéra de *La Patrie reconnaissante, ou l'Apothéose de Beaurepaire* de Pierre-Joseph Candeille (1744-1827), le père de Julie Candeille.

4 février
La Convention remplace le ministre de la Guerre, Pache, par Pierre de Riel de Beurnonville.
Après un rapport de l'abbé Fauchet, la Convention décide que le comté de Nice formera le département des Alpes-Maritimes.
Première représentation au théâtre de la Nation d'une comédie de Louis-Benoît Picard (1769-1828), *Le Conteur ou les deux postes.*

6 février
Mort de l'écrivain vénitien Carlo Goldoni qui s'était fixé en France en 1787.

7 février
Le maire de Lyon, Nivierre-Chol, un Girondin, est contraint de démissionner sous la pression des Jacobins que mène Châlier. Il sera cependant réélu maire le 18 février.

8 février
Les troupes françaises occupent le duché des Deux-Ponts en Allemagne.

9 février
Première représentation au théâtre de la République de *Fénelon ou les religieuses de Cambrai*, une tragédie de Marie-Joseph Chénier.

12 février
Les sections parisiennes présentent à la Convention une pétition, rédigée par Jacques Roux, qui demande la taxation des denrées et la punition des accapareurs. L'orateur de la députation provoque la colère de l'Assemblée en déclarant parler au nom de ses frères des départements : Louvet, Marat et Barère dénoncent la pétition comme destructrice de la législation sur la libre circulation des grains. Les sectionnaires répondent que Saint-Just leur a conseillé de réclamer à la Convention une loi sur les subsistances. Ce dernier précise que, dénoncé dans la pétition, il leur avait simplement dit qu'il l'appuierait auprès de la Convention.

Les Enragés

Le 12 février, Jacques Roux demande à la Convention de taxer les subsistances et de punir les accapareurs. S'il n'organise pas les émeutes qui se déroulent à Paris ce mois-là, il les justifie. L'action des Enragés, appuyée sur certaines sections parisiennes, se développe entre les mois de février et septembre 1793 sur un fonds d'antiparlementarisme. Les Enragés, appellation péjorative car leurs attaques contre la Convention leur valent l'hostilité de la Montagne, Robespierre et Marat en tête, ce sont d'abord trois hommes dont les biographies se croisent cette année 1793.
Jacques Roux (1752-1794), ordonné prêtre en 1779, poursuit une carrière ecclésiastique dans les campagnes de l'Angoumois et de la Saintonge. À Paris en 1790, il fréquente le club des Cordeliers, est vicaire constitutionnel de Saint-Nicolas-des-Champs dans la section des Gravilliers en 1791 et se lie un moment avec Marat. Il se distingue par ses prêches radicaux qui brocardent les spéculateurs et les accapareurs de subsistances. Fin 1792, il représente sa section à la Commune. Son action culmine en août 1793 quand, profitant du vide laissé par la mort de Marat, il présente à la Convention un programme aussi radical que répressif. En butte à l'hostilité de Robespierre et de la Montagne qui ne

le ménagent pas, il est arrêté définitivement en septembre et finira par se suicider dans sa prison.
Jean-François Varlet (1764-?), qui disposait d'une relative aisance matérielle et avait fait de bonnes études au Collège d'Harcourt, est d'abord un harangueur de place publique, souvent arrêté. Très actif au club des Cordeliers à partir de 1791, il se tiendra tranquille jusqu'au 9 Thermidor (27 juillet 1794) après avoir séjourné en prison en 1793. Il sera de nouveau arrêté fin 1794 pour être libéré en 1795 et ne fera plus parler de lui ensuite.
Jean-Théophile Leclerc (1771-?), après un séjour aux Antilles, est volontaire dans le régiment du Morbihan en 1791. Envoyé à Paris par la société populaire de Lorient en 1792, il séjourne à Lyon en 1793 et est chargé par Châlier d'activer, à Paris, la formation d'une armée révolutionnaire. Il se lie avec Varlet et Roux et participe à leurs menées. Arrêté en avril 1794, il sera libéré en août, et l'on perd sa trace par la suite.
À ces hommes, qui s'appuient sur des militants sectionnaires confirmés, il faut ajouter la Société des républicaines révolutionnaires fondée le 10 mai par Claire Lacombe et Pauline Léon qui épousera Leclerc en novembre 1793.
Si en septembre 1793 la Convention édicta en partie les mesures que réclamaient les Enragés, elle entendit ne plus leur laisser d'initiative politique, et une fois la Terreur mise à l'ordre du jour, s'occupa de contrôler étroitement le mouvement sans-culotte des sections parisiennes et de se débarrasser de ceux qui apparaissaient comme des dirigeants remuants et excessifs.

14 février
La Convention accorde 100 livres de récompense à qui découvrira et fera arrêter un émigré ou un prêtre réfractaire.
Après un rapport de Lazare Carnot (1753-1823), la principauté de Monaco est réunie à la France. Carnot a déclaré: « Les limites anciennes et naturelles de la France sont le Rhin, les Alpes et les Pyrénées; les parties qui en ont été démembrées ne l'ont été que par usurpation. »
Pache remplace Chambon à la mairie de Paris.

15-16 février
Condorcet présente à la Convention son projet de constitution: les assemblées primaires élisent le législatif et l'exécutif et la procédure de référendum y tient une large place.

Condorcet et la Révolution

L'univers encyclopédique des Lumières et l'univers politique de la Révolution française se sont rencontrés en la personne de Condorcet dans un heurt tragique. Le principal héritier des philosophes des Lumières n'a été ni un novice ni un modéré qui se serait égaré dans l'arène politique révolutionnaire comme on le décrit parfois au regard d'un destin qui s'achève au fond d'une cellule de Bourg-la-Reine à la fin du mois de mars 1794 après une succession d'échecs.
Secrétaire perpétuel de l'Académie royale des sciences, membre distingué de l'Académie française, philosophe reconnu dont la femme anime un salon fréquenté, mathématicien célèbre – même si ses travaux sur les probabilités souffrent quelque peu de l'ombre que lui fait Laplace –, défenseur des droits des Noirs et de l'égalité des sexes, Condorcet n'avait besoin ni de la Révolution pour se plonger dans la politique, ni d'être élu à la Législative ou à la Convention – il avait échoué à être député par la noblesse de Mantes aux États généraux – pour proposer les réformes que lui dictaient ses extrêmes convictions philosophiques. La rationalisation de la vie sociale et politique selon des principes scientifiques constitués en une nouvelle discipline – les mathématiques sociales – est déjà l'ambition qui traverse ses écrits qui s'alimentent aussi aux réflexions que lui inspire la révolution américaine dans les années 1780. Fidèle à Turgot, qu'il avait activement soutenu et dont la disgrâce l'avait renvoyé pour un temps à ses études scientifiques avant que le démon de la politique ne le ressaisisse, Condorcet souhaitait le succès des réformes entreprises par Loménie de Brienne pour établir dans le royaume une hiérarchie d'assemblées provinciales où seraient représentés les intérêts rationnels des propriétaires. Et il n'avait que peu de confiance en cette procédure archaïque que constituait la convocation d'États généraux et qui ramenait au pouvoir un vieil ennemi de Turgot, Necker.
Après la tentative de fuite du roi arrêtée à Varennes, il s'est prononcé immédiatement et ouvertement pour la république, une république rationnelle à défaut d'une monarchie rationalisée. Député à la Législative, il a soutenu la politique extérieure prônée par Brissot, et proposé ses vues sur l'instruction publique sans parvenir à convaincre ses collègues. Alors qu'il défend les institutions représentatives, surviennent le 10 août 1792 qui porte atteinte à la représentation nationale, puis le procès du roi où il voit le

triomphe de la volonté révolutionnaire et non de l'autorité de la loi.
Sa réponse à l'insurrection parisienne du 10 août 1792 et à la pression que la légitimité révolutionnaire fait subir à la légalité est dans ce projet qu'il soumet à la Convention ces 15 et 16 février 1793 et où il cherche une réponse constitutionnelle à la question de l'insurrection. Le problème est d'établir la responsabilité de la représentation devant la nation sans permettre à une partie d'usurper la volonté nationale. Aussi confère-t-il un rôle majeur aux assemblées primaires : celui d'élire l'Assemblée et les ministres, de ratifier ou repousser les lois constitutionnelles, et aussi de statuer sur des grands problèmes. Enfin, il élabore tout un mécanisme pour permettre la promotion pacifique de changements constitutionnels ou législatifs avec la garantie qu'ils seraient l'expression de la volonté nationale et non d'une minorité active : une assemblée primaire peut mettre en branle la cascade des assemblées primaires afin que leur réunion soumette une proposition à l'Assemblée nationale qui fera alors ratifier sa décision ou son absence de décision. Conscient du risque que la logique de l'action collective fait encourir à cette procédure demandant une participation élevée – il a sous les yeux l'exemple parisien –, Condorcet y introduit l'une de ses grandes idées : les assemblées primaires devront se prononcer sur des formulations rationnelles sans délibérer. Ainsi la somme des décisions des parties serait-elle l'expression de la raison collective. Chacun, auparavant informé, n'aurait qu'à se prononcer individuellement, à l'intérieur de chaque assemblée primaire, sur une série de propositions identiquement et logiquement formulées, ne réclamant qu'une simple réponse positive ou négative. Pour Condorcet, se trouvent là résolus : le coût de la participation pour les citoyens – peu élevé puisqu'elle est rapide – et le risque de la mobilisation – puisque les assemblées ne délibérant pas sont éphémères, ne pourront s'y développer ni la concurrence des intérêts ni la tentation de devenir un instrument de pouvoir.
Cette traduction de la république dans le langage de la raison, tellement complexe qu'il faut deux longues séances pour l'exposer, laisse la Convention perplexe. Elle remet la discussion à plus tard, et finalement adoptera, après la chute de la Gironde, une constitution hâtivement rédigée par Hérault de Séchelles, sans aucune intention de l'appliquer. Mais alors, Condorcet, qui a protesté contre l'amputation subie par la représentation nationale le 2 juin 1793, doit se cacher : la politique de la raison s'est perdue dans la politique de la volonté, à la fois si proche et si différente. Proscrit, il rédigera son testament philosophique qui assurera la postérité de son rationalisme laïque une fois qu'il aura été revisité par le positivisme.

17 février
Dumouriez envahit la Hollande.

18 février
Monge est réélu ministre de la Marine par la Convention.
Tentative de débarquement français en Sardaigne conduite par Pascal Paoli (1725-1807) et à laquelle participe Napoléon Bonaparte à la tête des volontaires d'Ajaccio. Paoli, l'ancien adversaire des Génois et des Français, avait été élu président du directoire départemental et commandait les forces de l'île. Mais l'expédition échouera, Bonaparte et Paoli se brouilleront, et Paoli va rompre avec la France. Il mènera alors une politique indépendantiste et fera bientôt appel aux Anglais chez lesquels il s'était déjà réfugié dans les années 1770.

19 février
La Convention décrète la réquisition permanente des gardes nationales.

21 février
Décret sur l'amalgame des troupes de ligne et des volontaires suite au rapport présenté par Dubois de Crancé le 7 février : chaque demi-brigade sera composée d'un bataillon de troupes de ligne et de deux de volontaires.

Dubois de Crancé

Le rapporteur de ce projet et de la levée des 300 000 hommes qui l'accompagne, Edmond-Louis-Alexis Dubois de Crancé (1747-1814), avait été mousquetaire. Député à la Constituante où il s'était déclaré en faveur de la conscription, il avait repris du service en 1791. Jacobin, ami du peintre David, il est élu à la Convention où il s'occupe des affaires militaires. Commissaire de l'Assemblée auprès de l'armée des Alpes en 1793, il devra faire face à l'insurrection de Lyon où son attitude, jugée trop temporisatrice, lui vaudra l'hostilité de Robespierre. Député sous le Directoire, il est en 1797 inspecteur général de l'armée du Rhin. Ministre de la Guerre en septembre 1799, il est écarté par Bonaparte et prend sa retraite.

Jacques Roux réclame la peine de mort contre les accapareurs.

22 février
Troubles dans les faubourgs parisiens.
Le club des Jacobins installe un buste de Le Pelletier de Saint-Fargeau dans ses locaux de la rue Saint-Honoré.

23 février
Renouvellement du conseil général de la Commune.

24 février
La Convention décrète la levée de 300000 hommes proposée le 25 janvier par Dubois de Crancé dans son rapport sur l'organisation de l'armée.

L'Armée de la Révolution

En ce début d'année 1793, quand la France est en guerre avec toute l'Europe, la crise des effectifs rend nécessaire une nouvelle levée de troupes. En effet, les volontaires partis en 1791 avaient légalement le droit de rentrer chez eux, et en décembre 1792, malgré la Convention, ils sont nombreux à quitter leurs bataillons. Si le principe du service militaire dû à la République est acquis, en fait cette levée des 300000 hommes s'apparente à une réquisition où chaque département doit fournir son contingent. Les autorités locales ont la charge de compléter les effectifs selon des modalités qu'elles choisissent quand les volontaires ne sont pas assez nombreux. D'où des abus, des injustices dans la répartition et des résistances pouvant se transformer en véritables insurrections de populations qui se croient revenues au temps des vieilles pratiques monarchiques, d'autant plus que l'option du remplacement reste prévue par la loi. L'envoi de représentants en mission dans les départements pour surveiller le bon déroulement de cette opération sera la conséquence directe des réticences qu'on sent poindre dans les campagnes. Sans doute le nombre de 300000 ne sera-t-il jamais atteint par cette levée, mais il sera dépassé par la levée en masse d'août 1793, véritable réquisition permanente de tous les célibataires âgés de 18 à 25 ans, sans remplacement possible hors les exemptions prévues essentiellement pour des raisons de service public. Si le nombre d'hommes sous les drapeaux dépassera les 400000, reste que les phénomènes d'insoumission et de désertion seront loin d'être négligeables. Quant à l'idée d'amalgame qui accompagne le renforcement des effectifs, elle marque moins le triomphe de la démocratie dans l'armée que la volonté de l'État révolutionnaire de se doter d'une armée de professionnels compétents. Les idées de professionnalisation et de compétence imprègnent le rapport de Dubois de Crancé dont le but est d'assurer l'encadrement des volontaires par des militaires de carrière. Car, en 1793, 85 % des colonels des régiments de ligne ont servi au moins vingt-cinq ans sous les armes. Même si la Révolution a permis la promotion de nombre d'entre eux, ils restent des professionnels de la guerre, et même les officiers élus des bataillons de volontaires seront la plupart du temps des professionnels.

Les administrations départementales sont autorisées à procéder à la vente des ornements cultuels jugés inutiles.
Émeute des blanchisseuses à Paris.

25 février
La Convention autorise les directoires de département et de district à nommer des commissaires afin d'opérer des visites domiciliaires.
À Paris, le peuple envahit les épiceries et taxe les marchandises. Jacques Roux déclare que les « épiciers n'ont fait que restituer au peuple ce qu'ils lui faisaient payer beaucoup trop cher depuis longtemps ». Robespierre condamne le mouvement comme étant le produit des intrigants qui espèrent rendre le peuple coupable de ses excès.
La Convention décide d'envoyer des commissaires à Lyon pour y rétablir l'ordre.

26 février
Tandis que les émeutes se poursuivent à Paris, Barère dénonce à la Convention l'« indulgence perfide » pour les désordres « sous prétexte de révolution ». Salle demande, après ce discours, la mise en accusation de Marat qui aurait contribué à provoquer les pillages par ses écrits. Au cours du débat tumultueux qui suit, Barère réclame l'expulsion de Marat hors de la Convention et son enfermement afin d'examiner s'il est fou.
Décret enjoignant aux propriétaires et locataires de transmettre aux municipalités une liste des personnes logées chez eux.
Dumouriez s'empare de Breda.

1er mars
Décret sur les émigrés : « Les émigrés sont bannis à perpétuité du territoire français ; ils sont morts civilement : leurs biens sont acquis à la République » ; le décret définit comme « coupables d'émigration, ceux qui, par un esprit de haine contre la

République, de lâcheté, d'indifférence ou de trahison envers la patrie ont abandonné le territoire de la République » dans les circonstances et aux époques déterminées par le texte.
Adresse du club des Jacobins dénonçant tous les ennemis de la Révolution, des royalistes aux Enragés.
Les traités d'alliance et de commerce passés entre la France et les puissances avec lesquelles elle est en guerre sont annulés.
La Convention prononce la réunion de Bruxelles à la France. Sont aussi réunis à la France les jours suivants: le Hainaut, Stavelot, Franchimont, Logne, Salm, Gand (2 mars), Bruges (3 mars), Tournai (6 mars), Louvain (8 mars), Namur (11 mars) et 32 communes du bord du Rhin (14 mars).
Offensive des Autrichiens en Belgique: ils atteignent Liège le 3 tandis que Dumouriez poursuit son offensive en Hollande – malgré cette menace autrichienne.

2 mars
Jean-Baptiste-Cyrus de Thimbrune de Valence (1757-1822) est battu par Saxe-Cobourg sur la Roer; les Français évacuent Aix-la-Chapelle.

4 mars
À Cholet, émeute contre la conscription.

5 mars
À Lyon, Louis Legendre (1752-1797), envoyé par la Convention, fait arrêter le maire girondin Nivierre-Chol, bloquant ainsi une tentative de rébellion. Le 8, un Jacobin, Antoine-Marie Bertrand (1754-1796), est élu maire de Lyon.

7 mars
Après un rapport de Barère commençant par « Citoyens, un ennemi de plus pour la France n'est qu'un triomphe de plus pour la liberté », la Convention déclare la guerre à l'Espagne.

8 mars
Charles Delacroix et Danton, revenus de leur mission en Belgique, soulignent à la Convention la gravité de la situation militaire: l'Assemblée ordonne à Dumouriez de se replier en Belgique. Elle décide aussi d'envoyer des commissaires dans les 48 sections parisiennes afin d'inciter les citoyens à se porter à la défense de la Belgique.

9 mars
À la Convention, Jean-Baptiste Carrier (1756-1794) convertit en motion les pétitions des sections parisiennes qui réclamaient l'établissement d'un tribunal révolutionnaire. Malgré l'opposition de Lanjuinais, la Convention admet le principe d'un tribunal criminel extraordinaire jugeant sans appel possible au tribunal de cassation.
Après un rapport de Carnot, la Convention décrète l'envoi de représentants en mission dans les départements: ces députés devront notamment hâter le recrutement et s'informer de l'état des subsistances. Leur rôle dans les départements et auprès des armées sera considérable.
Danton obtient la mise en liberté des prisonniers pour dettes.
Alors que Paris est agitée, une députation de la section des Gravilliers réclame à la Convention la taxation des riches.
Le général Miranda est battu par les Autrichiens à Maastricht.

10 mars
Organisation du Tribunal criminel extraordinaire (le Tribunal révolutionnaire): les jurés sont nommés par la Convention et pris en nombre égal dans tous les départements. Faisant allusion aux massacres de Septembre, Danton déclare au cours du débat: « Soyons terribles pour dispenser le peuple de l'être »; il réclame aussi l'organisation du pouvoir exécutif, proposition appuyée le lendemain par Robespierre.
Le club des Cordeliers invite le département de Paris à s'emparer de l'exercice de la souveraineté mais celui des Jacobins s'y oppose.
L'application en Bretagne de la levée des 300 000 hommes y provoque de violents incidents.
À Machecoul, ce jour et le suivant, se déroulent les massacres qui marquent le début de l'insurrection vendéenne.

La guerre de Vendée

L'application de la levée des 300 000 hommes provoque des résistances dans les campagnes. À la différence d'autres régions où les troubles sont jugulés plus ou moins rapidement par les autorités en place, dans les Mauges et dans le Bocage vendéen les choses s'enveniment rapidement sans que les autorités locales et les forces à leur disposition parviennent à maîtriser la situation. Cholet, au début du mois de mars 1793, est le théâtre d'une émeute où le commandant de la garde nationale est tué. Les 10 et 11 mars, c'est le bourg de Machecoul qui est envahi par les paysans qui y perpètrent de véritables massacres. Dans les jours qui suivent, nombre de petits bourgs de la région sont ainsi envahis et les représentants ou sympathisants de la République soumis à la vio-

lence des paysans. Et, surtout, le 19 mars, une colonne de l'armée venant de La Rochelle pour rétablir l'ordre, conduite par le général Marcé, est mise en déroute par des paysans. Il ne s'agit pas d'une grande bataille. Mais le fait qu'une armée régulière, de troupes de ligne, soit défaite par une bande de paysans mal armés aura un retentissement psychologique terrible : c'est pour la Convention le signal qu'il ne s'agit pas simplement d'une révolte de la contre-révolution mais d'une véritable guerre civile qui s'engage.

Le facteur religieux apparaît déterminant dans le soulèvement de l'Ouest. Ces paysans qui font de la résistance armée n'ont pas pour but la restauration de l'Ancien Régime et de ses seigneurs. Ni la ruine du régime seigneurial, ni l'exécution du roi n'ont provoqué de révolte. L'occasion est bien la levée des 300 000 hommes et l'organisation des recrutements. Mais ces événements ont été précédés par de nombreux incidents locaux liés à l'application de la constitution civile du clergé : les villageois souhaitent conserver leurs curés. Aussi la guerre qui commence aura-t-elle la férocité d'une guerre de religion. La défense de la foi catholique induit le reste : l'appel aux nobles, la tradition royaliste, l'héroïsme. L'armée vendéenne sera catholique avant d'être royale, et si sa devise est « Dieu et le roi », son emblème est le sacré cœur de Jésus.

La Convention réagit promptement et durement à l'annonce des premières nouvelles alarmantes : elle donne ainsi au conflit qui débute la couleur d'un affrontement sans merci. Les paysans sont allés chercher leurs chefs pour les encadrer dans leur lutte contre l'autorité : ce seront souvent des nobles locaux ayant une expérience de la chose militaire et qui auront bien du mal à tenir en organisation cohérente ces troupes aussi enthousiastes que disparates ainsi qu'à surmonter leurs rivalités. L'armée catholique et royale groupera environ 40 000 hommes dans les Mauges et dans le Bocage vendéen, auxquels il faut ajouter les bandes comme celle de Charette qui conservera toujours son autonomie. Au cours du printemps, les petites villes tombent aux mains des Vendéens les unes après les autres. Les insurgés maîtrisent bientôt un quadrilatère au sud de la Loire qui s'étend des Sables-d'Olonne à Parthenay. Mais ils ne réussissent pas à s'emparer de Nantes, le grand port qui leur aurait permis d'avoir une ouverture sur l'extérieur. Car victorieux sur leur territoire, ils y sont cependant confinés par les troupes républicaines postées autour.

Au cours de l'été, les Vendéens conservent l'initiative et la victoire leur sourit. Côté bleu, ce ne sont que division et erreurs de commandement. Mais bientôt arrive une armée républicaine aguerrie, celle qui a capitulé à Mayence et que commande Kléber. D'abord battues à Torfou en septembre, les troupes républicaines remportent une victoire importante à Cholet le 17 octobre qui contraint les Vendéens à franchir la Loire. Ceux-ci, alors que la plupart de leurs chefs sont tués ou blessés, prennent finalement la décision de remonter vers le Nord afin de s'emparer de Granville et d'obtenir une aide des Anglais et des émigrés. C'est ce qu'on appelle « la virée de galerne », une véritable cohue que la victoire républicaine a jetée sur la route car aux combattants sont mêlés femmes et enfants. Ils saccagent les villes mal défendues trouvées sur leur passage, livrent de sanglants combats du côté de Dol, mais échouent à prendre Granville et repartent vers la Loire qu'ils ne réussissent pas à passer à Angers bien défendue. Ils finissent par se faire écraser au Mans par Marceau le 14 décembre et achever à Savenay le 23 décembre par Westermann. La véritable guerre est finie ; ne restera qu'une guérilla qu'on désignera du terme générique de chouannerie et qui touchera d'ailleurs tout l'Ouest et non la seule Vendée.

Mais c'est alors que vont entrer en application les mesures décidées par la Convention pour détruire la Vendée en août et octobre 1793 à la suite des rapports de Barère. 1794 voit, jusqu'au mois de mai, les colonnes infernales du général Turreau dévaster la région insurgée : les villages sont brûlés, les populations massacrées, le bétail et les cultures détruits systématiquement. Ne restent que les bandes de Stofflet réfugié dans les forêts de Maulévrier, et de Charette dans le Marais poitevin.

Il faut attendre février 1795 pour qu'un accord pacifique soit conclu avec Charette : la République promet le respect du culte et s'engage à ne pas lever de soldats qui devraient servir loin de chez eux. Mais dès l'été les hostilités reprennent, alimentées par une tentative de débarquement des émigrés et des Anglais dans le sud de la Bretagne. Hoche, qui commande à l'Ouest, écrase ceux-ci et a les mains libres pour réduire les insurgés. Contrôlant la population en évitant l'intolérance, il traque ces derniers qui sont de plus en plus isolés. Et en 1796, Stofflet et Charette sont pris et fusillés.

Cette guerre, qui a au minimum fait 150 000 victimes, marquera profondément et durablement la mémoire nationale par l'ampleur de ses destructions. C'est elle qui confère jusqu'à aujourd'hui son identité à la région qu'on appelle la Vendée.

12 mars
Les Vendéens s'emparent de Saint-Florent, Tiffauges et Savenay, tandis que Clisson, attaqué, résiste jusqu'au 17.

13 mars
La Convention décrète que les auteurs des mouvements séditieux qui se déroulent dans le district de Cholet seront déférés devant le tribunal criminel de Mayenne-et-Loire. Les Vendéens s'emparent de Beaupréau, Montaigu et Mortagne. Troubles à Rennes.

14 mars
La Convention reçoit une lettre menaçante de Dumouriez datée du 12 où il la rend responsable de ses défaites.
Les Vendéens sont maîtres de Chemillé, Cholet et La Roche-sur-Yon. Troubles à Vannes. À Pluméliau, près de Pontivy, les paysans font irruption au cours du tirage au sort des conscrits et massacrent les deux commissaires du district, des gardes nationaux et des gendarmes.

15 mars
De violents combats se déroulent à Pontivy assiégé par des milliers de paysans. Tout le sud-est de la Bretagne (environ un tiers de la province) est en état d'insurrection: l'effervescence couvre toute la Loire-Atlantique, les deux tiers du Morbihan, la moitié de l'Ille-et-Vilaine, le tiers des Côtes-du-Nord et le Léon dans le Finistère.
Danton et Delacroix repartent en mission en Belgique.

16 mars
Léonard Bourdon (1754-1807), en mission dans le Loiret, est blessé dans un attentat près d'Orléans. La ville sera déclarée en état de rébellion et une quarantaine de notables seront traduits devant le Tribunal révolutionnaire à Paris.

17 mars
Prévenue de la gravité des troubles qui agitent l'Ouest, la Convention décrète que tout individu suspecté d'avoir empêché le recrutement de l'armée sera arrêté et traduit devant le Tribunal révolutionnaire à Paris.
Les Vendéens s'emparent de Noirmoutier. Combats près de Rennes où la garde nationale doit reculer. Vitré et Montfort sont assiégés par les paysans.
Une convention de révolutionnaires rhénans se réunit à Mayence et demande le 21 le rattachement de Mayence à la France.

18 mars
Après la lecture à la Convention des lettres des administrateurs des départements de Vendée, Mayenne, Deux-Sèvres et Loire-Inférieure sur les troubles que connaissent ces départements, Lanjuinais demande que la loi s'appliquant aux émigrés pris les armes à la main soit appliquée à ceux qui s'opposent au recrutement de l'armée ou portent la cocarde blanche.
Après un discours de Barère, la Convention décrète passibles de la peine de mort ceux qui réclameraient la loi agraire. Barère fait mettre à l'ordre du jour l'organisation des secours publics, et la Convention décide, sur sa motion, que les étrangers « sans aveu » seront chassés du territoire de la République. Pierre-Joseph Duhem (1758-1807) obtient que les émigrés et les prêtres réfractaires qui seront arrêtés après un délai de huit jours soient punis de mort dans les 24 heures.
Comme à Paris les jours précédents, des troubles agitent Lyon.
Dumouriez est battu à Neerwinden par l'armée autrichienne de Saxe-Cobourg, défaite que la Convention apprend le 21.

19 mars
Après un rapport de Jean-Jacques Régis de Cambacérès (1753-1824), la Convention décrète la peine de mort pour tout rebelle pris les armes à la main.
La Convention déclare que tout individu se livrant à des actes d'indécence dans les lieux consacrés à la religion sera convaincu de profanation et poursuivi par les tribunaux. Cambon réclame la déportation en Amérique des prêtres réfractaires et l'expulsion hors de France de tous les étrangers.
L'armée républicaine du général Louis-Henri-François de Marcé (1731-1793) est battue par les Vendéens à Pont-Charrault.

20 mars
Louis-Jérôme Gohier (1746-1830) devient ministre de la Justice à la place de Garat qui conserve le ministère de l'Intérieur.
À Fougères, la garde nationale réussit à prendre l'offensive contre les paysans qui menaçaient la ville depuis le 18.
En Belgique, Danton et Delacroix rencontrent Dumouriez et lui demandent de s'expliquer sur sa lettre du 12. Marat dénonce Dumouriez dans *L'Ami du peuple*.

21 mars
Abolition des patentes après un rapport de Marc-Alexis-Guillaume Vadier (1736-1828).

Institution des comités de surveillance locaux: un par commune ou section.
Défaite de Dumouriez à Louvain.
À Paris, Franconi rachète l'amphithéâtre d'Astley pouvant ainsi diriger son propre cirque qui ne se limite plus aux spectacles équestres.

22 mars
La Convention décide de former un comité chargé de surveiller le pouvoir exécutif.

23 mars
La Convention décrète que tous les prêtres n'ayant pas prêté le serment civique devront quitter le lieu où ils habitent dans les 24 heures et la République dans les huit jours sous peine de mort. Elle précise que les prêtres constitutionnels ne sont pas compris dans les décrets sur le recrutement.
La Convention décide, après avoir entendu Barère, que le général Marcé sera traduit devant la cour martiale de La Rochelle. Jean-François Berruyer (1738-1804) reçoit le commandement des troupes chargées de réprimer l'insurrection qui se développe dans l'Ouest. Le général Jean-Baptiste-Camille de Canclaux (1740-1817) est attaqué près de Saint-Pol-de-Léon mais dès le lendemain l'insurrection marque le pas pour bientôt reculer en Bretagne.
Le territoire de Porrentruy est incorporé à la France sous le nom de Mont-Terrible.
Dumouriez entame des négociations avec les Autrichiens.

24 mars
Échec des Vendéens devant Les Sables-d'Olonne.

25 mars
Renouvellement du Comité de sûreté générale et réorganisation du comité de défense générale.
Offensive de Brunswick en Rhénanie.
Traité d'alliance entre l'Angleterre et la Russie.

26 mars
Le nouveau comité de défense générale prend le nom de commission de salut public.

27 mars
Dumouriez menace de marcher sur Paris. Revenu à Paris, Danton propose d'armer chaque Français d'une pique et d'activer la mise en activité du Tribunal révolutionnaire. Robespierre réclame la traduction de Marie-Antoinette devant le Tribunal révolutionnaire et l'expulsion de tous les Capets hors de France.

28 mars
Proclamation de Dumouriez aux départements du Pas-de-Calais et du Nord dénonçant «l'anarchie» intérieure. Dans une lettre à la Convention, Roland se défend de l'accusation de complicité avec Dumouriez.
Texte définitif du décret sur les émigrés; il définit les émigrés et règle l'administration de leurs biens: ils sont morts civilement et bannis à perpétuité sous peine de mort.
La garde nationale reprend Pornic et massacre les insurgés.
En Allemagne, Custine est battu par les Prussiens sur la Nahe.
Première représentation à l'Opéra-Comique du *Jeune Sage et le vieux fou* de Méhul sur un livret d'Hoffman.

29 mars
Obligation pour les propriétaires d'afficher le nom de ceux qui résident chez eux.
Discours de Robespierre au club des Jacobins prônant la régénération du gouvernement et appelant la nation à exterminer ses ennemis en respectant seulement la représentation nationale.

30 mars
Après un rapport de Camus, la Convention cite Dumouriez à comparaître à sa barre et lui envoie quatre commissaires – Camus, Nicolas-Marie Quinette (1762-1821), François Lamarque (1753-1839), Jean-Henri Bancal des Issarts (1750-1826) – et le ministre de la Guerre, Beurnonville, pour le ramener à Paris.
Annexion de Mayence, Worms et d'autres villes allemandes.

31 mars
Au nom de la Commune de Paris, Chaumette réclame la traduction de Dumouriez devant le Tribunal révolutionnaire et son remplacement par un «chef plébéien», tandis que Marat somme Danton de clairement condamner Dumouriez.

avril
Publication de la traduction des *Voyages en France* d'Arthur Young (1741-1820) qui contient les observations que l'agronome anglais a rassemblées sur les campagnes françaises et leur économie de mai 1787 à janvier 1790.

1er avril
Dumouriez se saisit des quatre députés de la Convention (Camus, Quinette, Lamarque, Bancal des Issarts) et du ministre de la Guerre,

Beurnonville, venus pour l'arrêter, et les livre aux Autrichiens. Il publie aussi une proclamation: « Il est temps que l'armée émette son vœu, purge la France des assassins et des agitateurs et rende à notre malheureuse patrie le repos qu'elle a perdu par les crimes de ses représentants. » À la Convention, attaqué par le Girondin Lasource, Danton dénonce les complicités girondines de Dumouriez.
Custine évacue la rive gauche du Rhin, se replie sur Landau et laisse la garnison de Mayence assiégée par les Prussiens; il offre sa démission à la Convention qui la refuse.

2 avril
Marat demande à la Convention d'interdire à tout ex-noble de commander une armée. Cambon dénonce Dumouriez, réclame la publication de sa correspondance et l'examen de sa gestion ministérielle.
Formation d'un comité insurrectionnel à l'Évêché.

3 avril
Ayant appris l'arrestation de ses commissaires, la Convention déclare Dumouriez hors-la-loi. Robespierre réclame la mise en accusation des complices de Dumouriez et notamment de Brissot.

4 avril
Dumouriez échoue à entraîner son armée contre la Convention et passe aux Autrichiens, emmenant avec lui le duc de Chartres (futur Louis-Philippe). La Convention décrète que le duc d'Orléans (Philippe Égalité) et Charles-Alexis-Pierre de Brûlart de Genlis de Sillery (1737-1793) seront gardés à vue à Paris. Laclos sera lui aussi arrêté comme orléaniste. Jean-Baptiste-Noël Bouchotte (1754-1840) est nommé ministre de la Guerre en remplacement de Beurnonville. Auguste-Marie-Henri Picot de Dampierre (1756-1793) est nommé commandant en chef de l'armée du Nord en remplacement de Dumouriez. La Convention décide de doubler la garde du Temple.
Les Vendéens réunis chez Sapinaud de La Verrie (1738-1793) constituent un conseil de l'armée catholique et royale.

5 avril
Isnard et Barère dénoncent l'inutilité du comité de défense générale dont les débats sont publics. Barère propose d'organiser un « bon Comité de salut public », responsable devant la Convention, qui n'aura pas d'activité législative mais surveillera le Conseil exécutif et l'administration.
La Convention autorise le Tribunal révolutionnaire à poursuivre les conspirations qui lui seront dénoncées sans qu'il soit besoin d'un décret d'accusation prononcé par la Convention; l'autorisation de cette dernière n'est nécessaire que pour les députés, les généraux et les ministres.
À Saint-Domingue, reprise des affrontements entre mulâtres et colons.

6 avril
Institution du Comité de salut public dont les membres seront renouvelables tous les mois.

Le Comité de salut public

La monarchie absolue lègue à la Révolution française le concept de raison d'État qui renvoyait à des mesures exceptionnelles, ponctuelles et provisoires. À cette acceptation de l'arbitraire au nom de l'efficacité, la Révolution ajoute son ambition d'universalité et sa dimension millénariste: elle récupère la notion chrétienne de salut et érige le salut public au-dessus de la loi. À la différence de l'Ancien Régime, cette politique de l'extraordinaire va devenir l'ordinaire, la suspension de la loi ne se voyant pas fixer de limite précise dans la durée. L'organe en est le Comité de salut public chargé de surveiller le Conseil exécutif des ministres.
Émanation directe de la Convention, le Comité sera le véritable pouvoir exécutif que la Révolution se cherchait et qu'elle avait craint tant que la fiction de la monarchie durait malgré le caractère artificiel de la séparation des pouvoirs.
Le Comité de salut public est directement issu du Comité de défense générale créé le 1er janvier 1793. Surchargé de travail, bien informé, celui-ci avait été réorganisé en mars et avait pris le nom de commission de salut public. Son fonctionnement public et délibératif avait suscité la critique et Barère avait convaincu la Convention de créer un comité, directement responsable devant elle, sans trésorerie indépendante, chargé de surveiller l'exécutif et l'administration. Renouvelable tous les mois, sa dictature serait celle de la Convention elle-même. C'est lui qui va gouverner la France avec le soutien réitéré de la Convention.
Ses bureaux s'étoffent rapidement: si on ne compte encore que 67 employés en décembre 1793, ils sont déjà 418 en juin 1794. Doté de fonds secrets, le Comité de salut public dirige la diplomatie, les opérations militaires, la politique économique et sociale. La loi du 4 décembre 1793 le définit comme le bras armé de la Convention, et en avril 1794, le Conseil exécutif des ministres est remplacé par 12 commissions exécutives subor-

données au Comité de salut public qui contrôle l'administration, la police et empiète sur les prérogatives des autres comités de la Convention. Après le 9 Thermidor an II (27 juillet 1794), sa prééminence est réduite malgré les efforts de Barère pour la conserver. Le Comité garde encore la direction de la diplomatie, de la guerre et de l'approvisionnement mais les administrations locales sont soustraites à son autorité et il perd le droit d'arrestation sauf pour les fonctionnaires qu'il doit surveiller. Il devient renouvelable par quart et les hommes de l'an II sont bientôt remplacés. S'il regagne un peu d'autorité en mai 1795 en étant seul autorisé à prendre des arrêtés exécutoires, la décision de donner enfin un gouvernement constitutionnel à la France signe définitivement son arrêt de mort.

Première séance du Tribunal révolutionnaire.
Sapinaud et d'Elbée (1752-1794) décident d'offrir à l'Angleterre l'aide de la rébellion vendéenne.

7 avril
Sont élus membres du Comité de salut public dans l'ordre des suffrages obtenus: Barère, Jean-François-Bertrand Delmas (1751-1798), Jean-Jacques Bréard (1751-1840), Cambon, Debry, Danton, Guyton de Morveau, Treilhard et Delacroix. Debry refuse pour des raisons de santé et est remplacé par Robert Lindet.

Robert Lindet

Avocat originaire de Bernay dans l'Eure où il est procureur du roi, Jean-Baptiste-Robert Lindet (1746-1825), après avoir été député à la Législative, siège à la Convention parmi la Montagne au côté de son frère Thomas, ex-Constituant et évêque constitutionnel de l'Eure. Il entre au Comité de salut public dès sa création et y restera jusqu'au 6 octobre 1794. Envoyé en mission par la Convention dans l'Eure et le Calvados au cours de l'été 1793, il parvient à mettre fin à la rébellion contre la Convention de ces départements où s'étaient réfugiés les députés Girondins en fuite. Au sein du Comité de salut public, Lindet s'occupe principalement des questions économiques, particulièrement des subsistances et, tout à son travail, s'efforce de se maintenir à l'écart des conflits qui traversent la Montagne: c'est ainsi qu'il refusera de signer l'ordre d'arrêter Danton. Au printemps 1795, il se déclare solidaire de ses collègues du Comité de salut public mis en accusation et revendique la nécessité de ce qui a été accompli par le Comité en 1793-1794, ce qui lui vaudra d'être emprisonné un moment au cours de l'été. Compromis dans la conspiration babouviste des Égaux en mai 1796, il sera cependant acquitté lors du procès de Vendôme en 1797 et deviendra un temps ministre des Finances en juillet 1799 avant de quitter la politique après l'accession au pouvoir de Bonaparte.

8 avril
La Convention décrète que les prix de tous les marchés publics seront stipulés en assignats.
La Convention ordonne l'arrestation de tous les Bourbons et leur transfert à Marseille.

9 avril
Décret organisant les pouvoirs des représentants en mission auprès des armées.
À Lyon, après les sections, le club des Jacobins réclame la création d'une armée révolutionnaire.

10 avril
Dans un grand discours à la Convention, Robespierre dénonce Brissot, Vergniaud et Gensonné comme complices de Dumouriez à l'égal de la faction Orléans; il les accuse de s'être opposés à la déchéance de Louis XVI, d'avoir fait le jeu de La Fayette, d'avoir déclaré la guerre à l'Autriche et intrigué contre Paris. Le discours de Robespierre suscite une longue réponse argumentée de Vergniaud.
Jean Dalbarade (1743-1819) devient ministre de la Marine à la place de Monge qui a démissionné.

11 avril
La Convention interdit la vente du numéraire et établit le cours forcé de l'assignat.
Une intervention de Marat réclamant la tête des complices de Dumouriez provoque des tumultes à la Convention où les députés en viennent aux mains.

12 avril
Guadet répond au discours de Robespierre du 10 et demande la mise en accusation de Marat qui, élu président du club des Jacobins, avait signé le 5 une circulaire incendiaire; la Convention vote l'arrestation de Marat au milieu des tumultes.
La Convention décide de traduire le général Miranda devant le Tribunal révolutionnaire. Il sera acquitté le 16 mai.

MIRANDA

Francisco Miranda (1756-1816) a participé à la guerre d'indépendance américaine avant de gagner l'Europe. Après un séjour à Londres en 1791, ce Sud-Américain se rend à Paris où il se lie avec Brissot et Pétion. Général dans l'armée de Dumouriez, suspecté par Barère d'être un agent anglais, il est néanmoins acquitté par le Tribunal révolutionnaire. La disgrâce politique de ses amis Girondins le conduit à retourner en Angleterre qui l'emploiera contre l'Espagne. Au Venezuela, il participe aux soulèvements de 1806 et 1811, mais, tombé aux mains des Espagnols, il finira sa vie en prison à Cadix.

13 avril
La Convention décrète la peine de mort à l'encontre de quiconque proposera de transiger avec des puissances ennemies n'ayant pas préalablement reconnu l'indépendance de la France, la souveraineté, l'indivisibilité et l'unité de la République.
Marat écrit à la Convention qu'il ne se soumettra pas au décret le plaçant en arrestation à l'Abbaye.
La Convention vote par appel nominal par 226 voix contre 92 le décret d'accusation contre Marat.
La Rochejaquelein bat le général républicain Pierre Quétineau (1756-1794) aux Aubiers.

LA ROCHEJAQUELEIN

Membre de la garde constitutionnelle de Louis XVI aux Tuileries, Henri du Vergier de La Rochejàquelein (1772-1794) est à Paris le 10 août 1792 lors de la chute du trône. Réfugié au château de Clisson chez son cousin Lescure, à la différence de beaucoup de chefs vendéens il n'attend pas qu'on vienne le solliciter et s'efforce de soulever les paysans de sa région. Le 13 avril 1793, il s'empare des Aubiers tenus par Quétineau. Il s'illustre ensuite dans tous les combats auxquels il participe et prend une part importante à la victoire de Torfou en septembre. Élu général en chef de l'armée vendéenne le 20 octobre 1793, il tente, après les défaites consécutives à la «virée de galerne», d'organiser une nouvelle armée dans le Bocage vendéen mais meurt au cours d'une escarmouche en janvier 1794.

14 avril
Le ministre de la Guerre, Bouchotte, nomme François-Nicolas Vincent (1767-1794), un militant cordelier hébertiste, secrétaire général du ministère; il donnera aussi peu après un poste au même ministère à Ronsin.
Les Anglais s'emparent de l'île de Tobago aux Antilles.

15 avril
La Convention décide d'ouvrir le débat sur la constitution par une discussion générale sur les droits de l'homme et du citoyen.
Pache présente à la Convention une pétition signée par 35 des 48 sections parisiennes à laquelle a adhéré la Commune de Paris et qui demande la destitution de 22 députés Girondins.

19 avril
Première représentation au théâtre de la Nation d'une comédie de Charles-Albert Demoustier (1760-1801), *Les Femmes*. Cette comédie qui remporte un bon succès sera reprise en 1798.

20 avril
La Convention discute l'accusation de Marat et désapprouve la pétition parisienne présentée le 15.
Les Espagnols menacent Perpignan.

22 avril
Victoire des Vendéens Charles-Melchior-Artus de Bonchamps (1760-1793) et d'Elbée sur Berruyer à Beaupréau.
Les États-Unis d'Amérique proclament leur neutralité dans la guerre européenne.

24 avril
Robespierre présente à la Convention son projet de déclaration des droits de l'homme qu'il a déjà lu le 21 au club des Jacobins.
Marat, qui s'est constitué prisonnier la veille, est acquitté par le Tribunal révolutionnaire et porté en triomphe à la Convention par la foule.

26 avril
La Convention, après un rapport de Joseph Lakanal (1762-1845) sur les expériences de Chappe, décide la création d'une ligne de télégraphe optique entre Paris et Lille. Après plusieurs essais concluants, la Convention chargera, le 26 juillet, le Comité de salut public de déterminer les lignes à établir en priorité.

29 avril
Début de l'insurrection marseillaise: un comité antimontagnard est créé.
Les troupes républicaines reprennent l'île de Noirmoutier.

30 avril
Armand-Louis de Gontaut de Lauzun de Biron (1747-1793) est nommé commandant en chef de l'armée des Côtes-de-La Rochelle à la place de Berruyer destitué le 28. Le commandement est ainsi partagé à l'Ouest entre trois généraux: Biron, Canclaux à Brest et Félix-Louis de Wimpffen (1744-1814) à Cherbourg.

1er mai
Chaumette annonce à la Convention que Santerre est prêt à partir pour la Vendée avec 12000 hommes et 30 canons. Santerre démissionnera de son commandement de la garde nationale parisienne le 17 mai avant de gagner la Vendée et sera remplacé le 19 par Servais-Baudouin Boulanger (1756-1794). Le 8 mai, face aux défaites qui s'accumulent, la Convention décidera d'envoyer des députés dans les sections de Paris afin de discuter les mesures à prendre pour lever une force armée contre la Vendée.
Une députation des sections du faubourg Saint-Antoine qui menacent de se déclarer en insurrection, adresse à la Convention un véritable ultimatum: elle réclame un emprunt forcé sur les riches et le maximum des prix.

2 mai
Soumise à la pression des militants sans-culottes des sections et des autorités parisiennes confrontées aux troubles qu'engendrent les rassemblements devant les boulangeries, la Convention, soucieuse de l'approvisionnement de la capitale, décrète qu'il sera fait un recensement général des grains et farines, que les corps administratifs seront autorisés à réquisitionner les grains des cultivateurs, et que ceux qui feront le commerce des grains devront le déclarer aux municipalités.
Première représentation à l'Opéra-Comique d'*Asgill, ou le prisonnier de guerre américain* de Dalayrac.

3 mai
À Paris, suivant les conseils de Pétion, les adversaires des Jacobins cherchent à prendre le contrôle des sections.
Bonchamps et La Rochejaquelein s'emparent de Bressuire.

4 mai
La Convention décrète le maximum du prix des grains dont le principe a été adopté le 2: fixation des prix des grains par chaque administration départementale en fonction du prix moyen pendant les premiers mois de l'année; recensement des stocks et droit de réquisition par les districts afin d'approvisionner les marchés. Ce système est étendu aux prix et salaires en septembre 1793: c'est le maximum général. Le prix des produits autres que les grains est fixé au prix de 1790 plus un tiers et les salaires à 150 % de ceux de 1790. Certaines marchandises ont leur prix fixé nationalement, alors que d'autres l'ont par les administrations locales (municipalité ou district). En ce qui concerne les grains, chaque commune doit fournir un contingent fixé par le district, à charge pour elle de le répartir entre les agriculteurs et d'assurer la surveillance.

5 mai
À Thouars, Bonchamps, La Rochejaquelein et Louis-Marie de Lescure (1766-1793) contraignent le général Quétineau à capituler. Il sera libéré sur sa parole de ne plus combattre la Vendée.

8 mai
Offensive autrichienne dans le Nord.

9 mai
La Convention autorise l'arrestation des navires neutres portant des marchandises appartenant aux ennemis de la France, le temps de la confiscation de ces dernières.

10 mai
La Convention abandonne la salle du Manège pour siéger aux Tuileries dans la salle des Machines. Le Comité de salut public siège au pavillon de Flore.
Sur la motion de Danton, la Convention décrète que seuls les chefs et instigateurs de révoltes seront sujets aux peines définies dans le décret du 19 mars.
Claire Lacombe (1765-?) et Pauline Léon (1768-?) fondent la Société des républicaines révolutionnaires.

11 mai
La Convention décerne les honneurs du Panthéon au commandant en chef de l'armée du Nord, Dampierre, mort le 9 à Valenciennes.

13 mai
Au cours du débat sur la constitution, Condorcet réclame la convocation d'une nouvelle Convention.
Custine est nommé commandant en chef des armées du Nord et des Ardennes; il accepte ce poste le 18.

14 mai
Une députation bordelaise proteste auprès de la Convention contre les menaces adressées aux députés Girondins.

La Convention demande au Conseil exécutif de dresser un état de tous les agents et employés des bureaux.

15 mai
La Convention décrète qu'il y aura une administration centrale dans chaque département mais aussi une administration intermédiaire entre les municipalités et le département.
À Lausanne, Joseph de Maistre (1753-1821) commence à publier les *Lettres d'un royaliste savoisien à ses compatriotes*, publication achevée le 30 juillet.

16 mai
Défaite des Vendéens à Fontenay.

17 mai
Camille Desmoulins présente au club des Jacobins son *Histoire des Brissotins*, violent pamphlet contre les Girondins.

18 mai
Alors qu'Isnard avait déjà provoqué l'agitation des députés en dénonçant une conspiration contre la Convention, Guadet propose de casser les autorités parisiennes et de réunir les suppléants des députés à Bourges. Suivant Barère qui s'oppose à Guadet, la Convention décide de nommer une commission de 12 membres chargée d'enquêter sur les activités de la Commune de Paris. Mais ses membres, élus le 21, seront tous Girondins.

19 mai
Marat affirme au club des Jacobins: « C'est au sein de la Convention qu'est le foyer de la contre-révolution ! » Une députation du club des Cordeliers et des Républicaines révolutionnaires lit au club des Jacobins une pétition réclamant à la Convention l'arrestation des principaux députés Girondins ainsi que la constitution d'armées révolutionnaires dans les villes importantes et des mesures contre les riches.

20 mai
La Convention décrète un emprunt forcé d'un milliard sur les riches.

22 mai
Brissot réclame la dissolution de la Commune de Paris.

24 mai
La commission des 12 fait arrêter Hébert, substitut du procureur de la Commune de Paris, et Varlet, un des meneurs des Enragés. Elle décide aussi que les assemblées générales des sections devront être levées tous les soirs à 22 h, ce dont les sections ne tiendront pas compte.
Les Anglais s'emparent des îles de Saint-Pierre et Miquelon.

25 mai
Isnard menace les représentants de la Commune venus demander à la Convention la libération d'Hébert: « Si par ces insurrections toujours renaissantes, il arrivait qu'on portât atteinte à la représentation nationale, je vous le déclare, au nom de la France entière, Paris serait anéanti [...]. Bientôt on chercherait sur les rives de la Seine si Paris a existé. » Cette déclaration provoque la réplique instantanée de Danton: « S'il fallait choisir entre deux excès, il vaudrait mieux se jeter du côté de la liberté, que rebrousser vers l'esclavage [...]. S'il n'y avait pas eu des hommes ardents; si le peuple lui-même n'avait pas été violent, il n'y aurait pas eu de révolution [...]. Paris sera toujours digne d'être le dépositaire de la représentation nationale. »
À la Convention, Lequinio propose que les commissaires livrés aux Autrichiens par Dumouriez soient échangés contre les Bourbons prisonniers du Temple et de Marseille.
Les Vendéens s'emparent de Fontenay.

26 mai
16 sections réclament à la Convention la libération d'Hébert tandis qu'au club des Jacobins, Marat et Robespierre prônent l'insurrection contre la commission des 12.
La municipalité jacobine de Lyon taxe les riches pour entretenir sa nouvelle armée révolutionnaire formée sur l'initiative de Châlier le 3 mai.
Révolte de la Corse contre la Convention.
L'armée anglo-hollandaise investit Valenciennes.

27 mai
Séance très agitée à la Convention où s'affrontent les députés Girondins et Montagnards dans de violentes polémiques entrecoupées par le défilé de députations parisiennes. Vers minuit, dans une Convention qui s'est vidée, on décide de libérer Hébert et Varlet, de casser la commission des 12, et de confier au Comité de sûreté générale l'examen de la conduite de ses membres.

28 mai
Au cours d'une séance tumultueuse, la Convention rétablit la commission des 12 par 279 voix contre 238 mais décrète que les citoyens arrêtés par ordre de la commission seront provisoirement remis en liberté.

29 mai
Au club des Jacobins, Robespierre invite la Commune à résister à la Convention.

30 mai
Une nouvelle députation des sections réclame à la Convention la suppression de la commission des 12, tandis que le soir un comité se réunit en secret à l'Évêché pour préparer une insurrection.
À Lyon, Châlier est emprisonné et la municipalité, renversée la veille, aux mains des Girondins et des royalistes.
L'armée républicaine reprend Fontenay.
Après un rapport de Barère, la Convention décide d'organiser des écoles primaires dans toutes les communes de plus de 400 habitants.

31 mai
Dès l'aube, le tocsin sonne dans Paris. Le comité insurrectionnel nomme François Hanriot (1759-1794) commandant de la garde nationale de Paris. Mobilisées, les sections parisiennes se dirigent vers la Convention. Le ministre de l'Intérieur, Garat, prévient alors l'Assemblée que la cause de l'agitation est le rétablissement de la commission des 12. Tandis que se succèdent les députations qui réclament la suppression de la commission des 12, l'arrestation des suspects, l'épuration des administrations, l'établissement d'une armée révolutionnaire et des distributions de secours publics, la Convention se retrouve bientôt envahie, les délégués se mélangeant aux députés de la Montagne. Après de violentes polémiques, Vergniaud et ses amis Girondins quittent la salle des séances. Lorsqu'ils reviennent, c'est pour entendre Robespierre proposer la suppression de la commission des 12. Apostrophé par Vergniaud qui lui demande de conclure, Robespierre déclare: « Oui, je vais conclure, et contre vous; contre vous qui, après la révolution du 10 août, avez voulu conduire à l'échafaud ceux qui l'ont faite; contre vous qui n'avez cessé de provoquer la destruction de Paris; contre vous qui avez voulu sauver le tyran; contre vous qui avez conspiré avec Dumouriez; contre vous qui avez poursuivi avec le même acharnement les mêmes patriotes dont Dumouriez demandait la tête; contre vous dont les vengeances criminelles ont provoqué ces mêmes cris d'indignation, dont vous voulez faire un crime à ceux qui sont vos victimes. Eh bien! ma conclusion, c'est le décret d'accusation contre tous les complices de Dumouriez et contre tous ceux qui sont désignés par les pétitionnaires. » La Convention se contente de casser la commission des 12. Billaud-Varenne déclare au club des Jacobins que la suppression de la commission des 12 est insuffisante et qu'il faut anéantir « les scélérats de la Convention ».

1er juin
Tandis que le tocsin continue de sonner toute la journée dans Paris, Barère, au nom du Comité de salut public, présente un projet d'adresse aux Français sur les événements de la veille où il affirme que la liberté des opinions a été préservée. Les Girondins protestent violemment contre « ce projet de mensonge », que la Convention finit par adopter. Le soir, une délégation de la Commune demande à la Convention l'arrestation des députés Girondins. La Convention charge le Comité de salut public de lui présenter un rapport dans les trois jours.

2 juin
Coup de force des sections parisiennes contre la Convention qui provoque la chute de la Gironde: à la Convention, Lanjuinais réclame la cassation des autorités révolutionnaires parisiennes, demande que les Parisiens insurgés soient déclarés hors-la-loi, et se bat avec Legendre qui cherchait à le faire descendre de la tribune. Une délégation de la Commune redemande l'arrestation des députés Girondins. La Convention décide d'entendre le Comité de salut public et se rend compte, au milieu des désordres, qu'elle est cernée par la foule en armes. Barère invite alors les 22 députés dénoncés à se suspendre volontairement de leurs fonctions, et propose le remplacement des ministres Girondins Lebrun, Clavière mais aussi de Bouchotte que les Girondins cherchaient à écarter du ministère. Isnard déclare se suspendre volontairement afin de calmer les esprits comme l'a préconisé Barère, puis va s'asseoir au milieu de la Montagne; Lanthenas et l'abbé Fauchet suivent son exemple. Lanjuinais, dénonçant le coup de force contre la Convention, affirme ne vouloir ni démissionner ni se suspendre. Marat intervient pour réclamer l'arrestation de Louvet et de Valazé, mais il demande aussi que soient enlevés de la liste des accusés Jean-Joseph Dusaulx (1728-1799), « vieillard radoteur », Lanthenas, « pauvre d'esprit » et Ducos qui n'a eu que des opinions erronées. Billaud-Varenne réclame un appel nominal cas par cas. C'est alors que Delacroix, qui a eu peine à pénétrer dans la salle, déclare que la Convention n'est pas libre mais entourée de forces armées. Barère suggère à l'Assemblée de se rendre « en corps au milieu du peuple et des hommes armés qui l'entourent, pour s'assurer que ses membres n'ont rien à craindre d'eux ». Suivant alors leur président, Hérault de Séchelles, les

députés sortent – sauf une partie des députés Montagnards restés groupés autour de Marat et Robespierre – pour faire le tour des jardins. Se heurtant à Hanriot et ses canonniers aux armes braquées sur eux, ils doivent refluer précipitamment dans la salle des séances. Les députés entendent alors Couthon froidement leur déclarer: « Tous les membres de la Convention doivent être maintenant rassurés sur leur liberté. » Et il propose la mise en arrestation chez eux des 22 députés dénoncés, des membres de la commission des 12, ainsi que de Clavière et Lebrun. Ces deux ministres et 20 députés sont décrétés d'arrestation (parmi lesquels Barbaroux, Brissot, Buzot, Gensonné, Guadet, Lanjuinais, Louvet, Pétion, Rabaut Saint-Étienne, Salle, Valazé, Vergniaud). Isnard et Fauchet se voient seulement interdire de quitter Paris. Neuf autres députés, membres de la commission des 12 sont arrêtés. Nombre de députés déposeront des protestations contre cette journée auprès du secrétaire de la Convention, Durand de Maillane. L'ancien ministre de l'Intérieur Girondin, Roland, que l'on recherche, parvient à s'échapper, mais son épouse est arrêtée et emprisonnée.
Comme les députés arrêtés sont d'abord gardés à domicile, alors que certains, Vergniaud ou Valazé par exemple, réclament un jugement et entendent préparer leur défense, d'autres saisissent cette opportunité pour s'évader sans difficulté. Pour la plupart, cette fuite se terminera tragiquement. Ainsi Brissot sera arrêté le 10 juin à Moulins et ramené à Paris où il sera incarcéré jusqu'à son exécution. Pétion, Guadet, Barbaroux, Salle puis Louvet gagneront Caen où ils seront rejoints par Buzot d'abord passé par sa ville d'Évreux. De Caen, en concertation avec les administrateurs du département, les Girondins appellent les autres départements à lutter contre une Convention contrôlée par la Montagne et les sans-culottes parisiens, et constituent une armée pour marcher sur Paris. Bordeaux, Marseille s'insurgent – Lyon est déjà en révolte contre la Convention – et de nombreuses administrations départementales protestent contre l'éviction des Girondins. Mais dès le 13 juillet, leur armée est défaite à Pacy-sur-Eure et la Convention maîtrise rapidement l'insurrection dite fédéraliste en Normandie. Les Girondins abandonnent Caen pour se réfugier en Bretagne d'où ils s'embarquent pour Bordeaux. En octobre 1793, la Convention reprend le contrôle de Bordeaux, et les Girondins passent les mois qui suivent proscrits dans la clandestinité. Louvet, après bien des tribulations, parviendra à gagner la Suisse. Les autres seront moins heureux. Se croyant découverts, Buzot, Pétion et Barbaroux ainsi que Salle et Guadet quitteront leurs refuges de Saint-Émilion; on retrouvera le cadavre à moitié dévoré par les loups des deux premiers qui se seraient suicidés, tandis qu'à quelques jours d'intervalle, les trois autres seront exécutés à Bordeaux en juin 1794. Quant à Lanjuinais, évadé le 23 juin 1793, il refusera de participer à la révolte fédéraliste et vivra plusieurs mois caché dans un grenier à Rennes où il s'était réfugié.

3 juin
La Convention décide de renouveler ses comités.
Vergniaud écrit à la Convention refuser de démissionner mais déclare se soumettre aux décisions de la Convention.
La Convention décide de former des compagnies de canonniers dans chaque département.

4 juin
La Convention, après une réclamation de Valazé, décide de maintenir leur traitement aux députés arrêtés.
Après un rapport de Cambacérès sur les enfants naturels, la Convention les déclare aptes à hériter, sur la motion de Thuriot.
Les prévenus du complot organisé par La Rouërie, qui est mort le 30 janvier 1793, comparaissent devant le Tribunal révolutionnaire. À l'issue du procès, le 18 juin, 12 accusés sur 27 sont condamnés à mort et exécutés.

6 juin
52 députés signent une protestation contre l'arrestation de leurs collègues. Barère, appuyé le lendemain par Danton, cherche à élaborer un compromis avec la droite de la Convention tout en désarmant les sections parisiennes: il propose la suppression des comités révolutionnaires de surveillance, le renouvellement du commandement de la garde nationale parisienne et l'envoi d'otages, pris parmi les députés Montagnards, dans les départements dont les députés ont été arrêtés. Robespierre, hostile à cette proposition, convainc la Convention de la repousser le 8.
Bordeaux et Marseille se révoltent contre la Convention. À Évreux où s'est réfugié Buzot, l'administration départementale de l'Eure proteste contre la Convention et menace de lever une armée pour marcher sur Paris. Au total, près d'une soixantaine d'administrations départementales vont protester contre le coup de force parisien.
Après un rapport de Lakanal au nom du comité d'instruction publique, la Convention décide de punir de deux ans de fers quiconque dégradera les monuments des arts dépendant des propriétés nationales.

7 juin
Dubois de Crancé et Antoine-Louis Albitte (1761-1812) avertissent la Convention de la gravité de la situation lyonnaise et l'informent qu'ils ont demandé à Kellermann d'envoyer des troupes à Lyon.

8 juin
Un comité de surveillance est substitué au comité insurrectionnel de la Commune de Paris.
Le Vendéen Bonchamps bat l'armée républicaine à Doué.
L'Angleterre décide le blocus des côtes françaises.

9 juin
Au club des Jacobins, Billaud-Varenne réclame la destitution de tous les officiers nobles.
La Convention reçoit une protestation de la ville de Rennes, dont Lanjuinais était député, contre la journée du 2 juin. Caen, en révolte contre la Convention, retient en otages les députés Montagnards Romme et Prieur de la Côte-d'Or (1763-1832) qui y étaient en mission.
Rochambeau bat les royalistes à la Martinique.
Prise de Saumur par les Vendéens; de son côté, Charette s'empare de Machecoul.

CHARETTE

Les insurgés du Marais vendéen vinrent chercher cet ancien officier de marine chez lui le 14 mars 1793 pour le mettre à leur tête. Opérant d'abord à partir de Machecoul, François-Athanase Charette de La Contrie (1763-1796) s'installe à Legé avec une véritable petite cour et mène le plus souvent une action autonome. Après la bataille de Torfou à laquelle il participe, il refuse de prendre part à la « virée de galerne » et s'empare de Noirmoutier. Le 17 février 1795, il signe les accords de pacification de La Jaunaye mais reprend les armes dès juin. Capturé en mars 1796, il est fusillé à Nantes le 29.

10 juin
Hérault de Séchelles présente son projet de constitution à la Convention qui sera discuté par l'Assemblée au cours des deux semaines suivantes. Robespierre déclare en défendant ce projet devant le club des Jacobins: « J'ajouterai moi-même des articles populaires qui y manquent. »
Le Jardin du roi devient le Muséum d'histoire naturelle que dirige Daubenton.

11 juin
Le ministre de l'Intérieur, Garat, prescrit aux administrations départementales d'enquêter sur les prix des denrées et de la journée de travail.

12 juin
Thomas Augustin Gasparin (1754-1793) et Jean Bon Saint-André entrent au Comité de salut public.

JEAN BON SAINT-ANDRÉ

Issu d'une famille calviniste de Montauban, André Jeanbon, dit Jean Bon Saint-André (1749-1813), fut d'abord officier dans la marine marchande. En 1771, ce capitaine au long cours se rend à Lausanne où il est consacré pasteur en 1773. Il exerce son ministère à Castres jusqu'en 1783 puis s'installe à Montauban. Officier municipal en novembre 1791, il vient en mai 1792 à Paris où il entre au club des Jacobins. Élu à la Convention, il devient membre du Comité de salut public le 12 juin 1793. Souvent en mission, particulièrement à Brest et à Toulon, il s'occupe de réorganiser la flotte et les arsenaux. Il est encore à Toulon en juillet 1794 lors de la chute de Robespierre et y reste jusqu'en janvier 1795. Revenu à Paris, il est arrêté en mai 1795 comme ses anciens collègues du Comité de salut public. Libéré en octobre 1795, le Directoire le nomme consul à Alger, puis à Smyrne où les Turcs l'emprisonnent jusqu'en 1801 lors de l'expédition d'Égypte. De retour en France, il devient préfet du département du Mont-Terrible et commissaire général pour la rive gauche du Rhin à Mayence où il meurt du typhus en 1813.

Conflit entre le ministre de la Guerre, Bouchotte, et Custine qui commande les armées du Nord.
Au club des Jacobins, Robespierre critique le manque de vigueur de la Montagne.
À Saumur, Cathelineau est élu généralissime de l'armée catholique et royale; les généraux royalistes sont divisés sur la stratégie à suivre, certains souhaitant marcher sur Paris.

CATHELINEAU

Le premier général en chef de l'armée catholique et royale, Jacques Cathelineau (1759-1793), n'est qu'un modeste voiturier du Pin-aux-Mauges dans le Maine-et-Loire, quelque peu colporteur. D'une grande piété – il interrompt ses opérations militaires le temps de célébrer ses pâques –, il déclare combattre pour Dieu lors-

qu'il prend la tête de paysans insurgés le 13 mars 1793. Il meurt en juillet 1793 à Saint-Florent-le-Vieil des suites d'une blessure reçue au cours de l'assaut contre Nantes.

13 juin
Couthon, Saint-Just et Hérault de Séchelles entrent au Comité de salut public.

Couthon

Proche de Robespierre, fils d'un notaire du Puy-de-Dôme, avocat et franc-maçon, Georges Couthon (1755-1794), atteint de paralysie en 1788, avait bientôt perdu l'usage de ses jambes. Si, malgré ses efforts, il ne parvient pas à se faire élire aux États généraux, en revanche, il devient un membre influent de la municipalité de Clermont en 1790 et de la société jacobine locale, et il siège en 1791 à la Législative. Réélu à la Convention, il s'y distingue par sa radicalité toujours croissante lors des épurations successives de l'Assemblée et dans les réorganisations de la justice révolutionnaire : membre du Comité de salut public, il est l'un des plus fermes défenseurs de la Terreur, sans toutefois tomber dans les excès de certains de ses collègues pendant ses missions en province. Arrêté avec Robespierre le 9 Thermidor (27 juillet 1794), il est blessé au cours de l'assaut contre l'Hôtel de Ville et exécuté le lendemain.

Hérault de Séchelles

Issu d'une famille de robins, Marie-Jean Hérault de Séchelles (1759-1794) était devenu, très jeune, avocat général au Parlement de Paris en 1785. Écarté de la députation aux États généraux, il est nommé commissaire du roi auprès du tribunal de cassation en 1791, après la suppression des parlements. Député à la Législative, il est réélu à la Convention qui l'envoie en mission en Savoie avec l'abbé Grégoire et Simond qui sera arrêté avec lui. Il rédige et présente à la Convention la constitution de l'an II qui ne sera jamais appliquée, et est en théorie chargé des relations extérieures au sein du Comité de salut public. En mission en Alsace, à l'automne 1793, il est suspect à Saint-Just et, de retour à Paris, en butte à l'hostilité de Robespierre qui fustige son immoralité et son athéisme. Il cesse alors de paraître au Comité de salut public, est arrêté en mars 1794 et adjoint aux dantonistes avec lesquels il est exécuté.

La Convention décrète d'accusation Buzot et les administrateurs du département du Calvados, et décide de traduire à sa barre les administrateurs du département de l'Eure. À Caen, les députés Girondins qui s'y sont réfugiés et les administrateurs des départements de l'Ouest hostiles à la Convention chargent Wimpffen, ex-Constituant, qui avait défendu Thionville contre les Prussiens en 1792 et qui dirigeait les forces armées en Normandie, d'organiser une armée pour marcher contre la Convention. Il prend pour chef d'état-major son ancien collègue à la Constituante le comte Joseph de Puisaye (1755-1827).
Beauharnais est nommé ministre de la Guerre à la place de Bouchotte et Louis-Grégoire Deschamps-Destournelles (1744-1795), ministre des Contributions à la place de Clavière arrêté le 2 juin. Jean-Nicolas Houchard (1738-1793) est nommé commandant en chef des armées du Rhin en remplacement de Beauharnais.

14 juin
Destitution du directoire du département de la Somme qui avait protesté contre le 2 juin.
Au club des Jacobins, Robespierre réclame la réintégration de Bouchotte au ministère de la Guerre en précisant que la noblesse de Beauharnais suffit à empêcher de lui faire confiance.

15 juin
À la Convention, Robespierre condamne l'élection de l'exécutif au suffrage universel, craignant qu'il puisse rivaliser avec la représentation nationale.

16 juin
Beauharnais refuse le ministère de la Guerre. Bouchotte conservera ce ministère jusqu'à sa suppression en avril 1794.

18 juin
Déclaration de la Convention affirmant qu'elle ne fera pas de paix avec un ennemi occupant le territoire national.
De Caen où il s'est réfugié, le député Girondin Barbaroux envoie une adresse aux Marseillais pour les inciter à marcher sur Paris.
D'Elbée et Stofflet s'emparent d'Angers.

19 juin
Cambacérès et Barère défendent l'idée de l'établissement du jury civil combattue par Couthon et Robespierre.
19 députés s'associent à la protestation du 6 juin ; au total, 76 députés protesteront contre l'éviction des députés Girondins.

21 juin
Marat demande à la Convention de traduire Châlier à sa barre afin de le soustraire à la vengeance des contre-révolutionnaires lyonnais. Il réclame aussi la suppression de la permanence des sections qui favorise les riches et les intrigants car ceux qui sont obligés de travailler ne peuvent s'y rendre.
François-Louis-Michel Chemin Deforgues (1759-1840) est nommé ministre des Affaires étrangères à la place de Lebrun arrêté le 2 juin.

22 juin
La Convention maintient Houchard au commandement de l'armée de Moselle et Beauharnais dans celui de l'armée du Rhin.

23 juin
Hérault de Séchelles présente une nouvelle rédaction de la Déclaration des droits de l'homme et du citoyen à la Convention qui l'adopte. Les autorités parisiennes félicitent la Convention d'avoir achevé la constitution.
Jacques Roux, venu présenter à la Convention une pétition de la section des Gravilliers et du club des Cordeliers contre les agioteurs, est interrompu par Robespierre. Le soir, il tente, sans succès, de convaincre les Jacobins de s'associer à la pétition.

24 juin
Adoption du texte de la nouvelle constitution qui ne sera jamais appliquée.
La Convention décide, suite à plusieurs évasions, de transférer dans des maisons d'arrêt les députés décrétés d'arrestation le 2 juin qui étaient jusque-là simplement gardés à domicile.
À Parthenay, Westermann bat les Vendéens, mais ils marchent sur Nantes.
Aux Indes, les Anglais font le blocus de Pondichéry.

25 juin
Jacques Roux, au nom du club des Cordeliers et des sections des Gravilliers et de Bonne-Nouvelle, présente à la Convention une pétition réclamant la punition des agioteurs et des accapareurs: « Législateurs! Nous vous le déclarons, vous n'avez pas tout fait pour le bonheur du peuple! Les riches seuls, depuis quatre ans, ont profité des avantages de la Révolution »; « l'aristocratie marchande » a remplacé « l'aristocratie nobiliaire ». La pétition provoque l'indignation de la Montagne et de la Convention: Thuriot dénonce le prêtre en Jacques Roux et Robespierre soutient qu'il s'agit là d'une manœuvre destinée à faire perdre aux patriotes la confiance du peuple. Désavoué par un membre de sa délégation, Jacques Roux n'échappe à l'arrestation que grâce à une intervention de Legendre, et est chassé de la Convention. Seule, la section des Gravilliers continuera de le soutenir.
Création d'un nouveau département: le Vaucluse.

26 juin
À Paris, tandis que Jacques Roux poursuit son action politique, au cours d'une émeute les blanchisseuses pillent les bateaux de savon et se partagent la marchandise après l'avoir taxée; les troubles vont se poursuivre jusqu'au 28.
Lakanal présente à la Convention son plan d'éducation nationale qui sera critiqué par le club des Jacobins et jugé trop onéreux pour l'État.

27 juin
La Convention ferme la Bourse de Paris et convoque sous huitaine les assemblées primaires pour ratifier la constitution.
La Convention inclut le traitement des ecclésiastiques dans la dette publique.

28 juin
Au club des Jacobins, Robespierre s'en prend aux Enragés et accuse Jacques Roux de faire le jeu de Pitt et Brissot; au conseil général de la Commune, Chaumette accueille froidement Jacques Roux.
Bordeaux chasse les représentants de la Convention.

29 juin
À Nantes, Canclaux parvient à repousser l'armée vendéenne.

30 juin
Robespierre et Collot d'Herbois conduisent au club des Cordeliers une délégation du club des Jacobins et obtiennent l'exclusion de Jacques Roux et Leclerc ainsi que la suspension de Varlet.

juillet
Fichte: *Contributions destinées à rectifier le jugement du public sur la révolution française*. Cet ouvrage du philosophe est une réponse à la critique de l'œuvre de la Constituante publiée par W. A. Rehberg la même année *(Untersuchungen über die Französische Revolution: Recherches sur la Révolution française)*.
Le *Journal d'instruction sociale* publie un texte inachevé de Condorcet, le *Tableau général de la science*, qui a pour objet l'application du calcul aux sciences politiques et morales.

1er juillet
La Convention décrète la peine de mort contre ceux qui altéreraient la constitution.

Après un rapport de Barère, la Convention divise la Corse en deux départements.
Le conseil général de la Commune, entraîné par Pache, Hébert et Chaumette, condamne publiquement la conduite de Jacques Roux, accusé d'avoir calomnié la Convention. Les jours qui suivent, Jacques Roux est désavoué par les sections des Gravilliers et de Bonne-Nouvelle.
Joseph Lebon, ex-prêtre constitutionnel et maire d'Arras (1765-1795), remplace Antoine-Guislain Magniez (1738-1823), un député Girondin, à la Convention.
La Convention diminue le nombre des vicaires épiscopaux qui devront de plus desservir les paroisses qui manquent de curés.
Westermann reprend Bressuire aux Vendéens.

3 juillet
Après un rapport de Couthon, au nom du Comité de salut public, la Convention décrète que les détenteurs actuels de l'autorité à Lyon sont responsables du sort des hommes arrêtés le 29 mai.
Louis XVII est séparé de sa mère Marie-Antoinette et confié à la garde du savetier Simon.
En Vendée, Westermann prend Châtillon.

4 juillet
Robert Lindet est chargé par la Convention de réprimer l'insurrection dans l'Eure.
Violente attaque de Marat contre Jacques Roux.
Mort de Cathelineau blessé au cours de l'attaque contre Nantes.

5 juillet
Selon un rapport de la Commune, on compte 1 278 détenus dans les prisons parisiennes.
Westermann est battu par les Vendéens à Châtillon qu'il doit abandonner.

6 juillet
La section du Luxembourg réclame une levée en masse.

7 juillet
Avignon tombe aux mains des fédéralistes marseillais. Le jeune Agricol Viala, qui commandait la garde national avignonnaise, a peu avant trouvé la mort, massacré par les Marseillais qu'il essayait d'empêcher de franchir la Durance. Robespierre fera de ce jeune militant jacobin un martyr républicain destiné au Panthéon, et David lui consacrera un émouvant tableau.

8 juillet
À la Convention, rapport de Saint-Just sur les députés Girondins décrétés d'arrestation le 2 juin: plaçant le cas de Brissot à part et condamnant 14 députés, il considère les autres plutôt comme des égarés que comme des coupables.
Condorcet, dénoncé par François Chabot (1756-1794) à la Convention, est décrété d'arrestation; il se réfugie chez Mme Vernet.

9 juillet
Delaunay, qui s'en prend aux compagnies financières, attire l'attention de la Convention sur la spéculation à la baisse des assignats.

10 juillet
Marc-Antoine Baudot (1765-1837) réclame le renouvellement du Comité de salut public. Danton n'est pas réélu. Le nouveau Comité se compose de Barère, Couthon, Gasparin, Hérault de Séchelles, Robert Lindet, Prieur de la Marne, Jean Bon Saint-André, Saint-Just et Thuriot.

Prieur de la Marne

Avocat, député aux États généraux, membre du club des Jacobins, Pierre-Louis Prieur, dit Prieur de la Marne (1756-1827) est réélu à la Convention en septembre 1792. Membre du comité de défense générale, il est toujours en mission, réorganisant les administrations locales du Loiret et de Normandie. Élu au Comité de salut public le 10 juillet 1793, il ne restera que peu de temps à Paris, repartant en mission dans l'Ouest, en Bretagne particulièrement, parfois avec Jean Bon Saint-André. Il est encore en mission, à Toulon cette fois, lorsque survient la chute de Robespierre le 9 thermidor (27 juillet 1794) et est peu après remplacé au Comité. Il est néanmoins renommé au Comité de salut public par la Convention en octobre 1794 et y reste jusqu'en février 1795. Décrété d'arrestation après l'émeute du 20 mai 1795 qui envahit la Convention, il se cache jusqu'à l'automne et reprend sa profession d'avocat. Administrateur du mont-de-piété de 1799 à 1803, il mourra dans la misère à Bruxelles, soutenu par d'autres Conventionnels comme lui exilés en 1815 par la Restauration.

Après avoir reçu une lettre de ses représentants en mission, François-Louis Bourdon de l'Oise (1758-1798) et Jean-François Goupilleau (1753-1823), lui annonçant la défaite de Westermann à Châtillon, la

Convention décide de convoquer le général tandis que Rühl et Billaud-Varenne demandent sa traduction devant le Tribunal révolutionnaire.
Les Autrichiens s'emparent de Condé-sur-Escaut.

11 juillet
Le club des Cordeliers annonce à la Convention qu'il a exclu Jacques Roux.
Couthon prévient la Convention que Lyon est en insurrection, insurrection provoquée par Jean-Bonaventure Birotteau (1758-1793) et Chasset qui est décrété d'arrestation. Birotteau et la municipalité lyonnaise seront déclarés traîtres à la nation le lendemain.

12 juillet
Jean-Michel Beysser (1739-1815) est nommé commandant en chef de l'armée des Côtes-de-La Rochelle. Il remplace Biron destitué la veille par la Convention. L'Assemblée avait désavoué Biron le 9 pour avoir arrêté Jean-Antoine Rossignol (1759-1802), un actif militant du faubourg Saint-Antoine ayant participé à la prise de la Bastille (14 juillet 1789), et à celle des Tuileries (10 août 1792), qui avait gagné la Vendée comme officier avec d'autres volontaires parisiens.
Rébellion royaliste à Toulon.

13 juillet
Assassinat de Marat par Charlotte Corday (1768-1793), arrivée peu avant de Caen où elle fréquentait les députés Girondins qui s'y étaient réfugiés.
Dupont de Nemours est décrété d'arrestation.
L'armée fédéraliste de Wimpffen et Puisaye est battue à Pacy-sur-Eure.

14 juillet
Les sections parisiennes portent à la Convention leur acceptation unanime de la constitution.
L'abbé Fauchet, accusé de complicité avec Charlotte Corday, est décrété d'arrestation.
Robespierre s'irrite, au club des Jacobins, qu'on perde son temps à discuter des honneurs à rendre à Marat au lieu de débattre des moyens de sauver la patrie.
L'avance des troupes de la Convention contraint les fédéralistes marseillais à abandonner Avignon. Une municipalité jacobine y sera réinstallée avant la fin du mois.

15 juillet
La Convention décide qu'elle assistera en corps aux obsèques de Marat.
Billaud-Varenne réclame la mise en accusation des Girondins détenus.

16 juillet
Obsèques de Marat: Robespierre s'opposant à son transfert au Panthéon, il est inhumé au club des Cordeliers. Jacques Roux, qui prétend à la succession de Marat, publie *Le Publiciste de la République française par l'Ombre de Marat, l'Ami du peuple*, et clame son loyalisme envers la Montagne.
Châlier est exécuté à Lyon.

17 juillet
La Convention décrète l'abolition sans indemnité de tous les droits féodaux et redevances seigneuriales.
La Convention décide de raser la maison de Buzot à Évreux, d'arrêter Defermon qui, en fuite, restera caché et réintégrera la Convention à la fin de l'année 1794, et déclare hors-la-loi Beysser qui est destitué de son commandement ainsi que Paoli. Ce dernier, qui commandait en Corse, était devenu dès le printemps suspect à la Convention qui l'avait destitué. Fin mai, il avait ouvertement rompu avec la Convention et pris la tête d'un gouvernement provisoire indépendant. Bientôt, il sollicitera l'aide des Anglais.
Charlotte Corday est condamnée à mort par le Tribunal révolutionnaire et exécutée.
Les Républicaines révolutionnaires déclarent qu'elles élèveront leurs enfants dans le culte de Marat.
Santerre est battu par les Vendéens à Vihiers dans le Maine-et-Loire.

19 juillet
Les administrateurs du département du Finistère, parmi lesquels on compte l'abbé Expilly, ancien député à la Constituante, sont décrétés d'accusation après un rapport de Barère.
La Convention décrète que les évêques qui s'opposeront au mariage des prêtres seront déportés, et précise qu'aucune loi ne prive de traitement les ecclésiastiques mariés.
Charles-Guillaume Sepher (1753-1836) est nommé commandant en chef de l'armée des Côtes-de-Cherbourg à la place de Wimpffen.
D'Elbée est élu généralissime de l'armée catholique et royale, tandis que le royaliste Louis-François Perrein de Précy (1742-1820) prend la tête des forces lyonnaises.

D'Elbée

La politique religieuse de la Constituante transforme en contre-révolutionnaire l'ancien militaire favorable aux réformes en 1789, Maurice-Joseph-Louis Gigost d'Elbée (1752-

1794). Il émigre en novembre 1791 pour rejoindre l'armée des princes mais, mal à l'aise parmi les émigrés, il décide de rentrer en France en avril 1792. C'est à contrecœur qu'il prend la tête des insurgés venus le chercher le 14 mars 1793 dans son domaine de Beaupréau où il vivait retiré. Général en chef de l'armée vendéenne le 19 juillet, il remporte l'importante victoire de Torfou le 19 septembre. Grièvement blessé à Cholet le 17 octobre, il est capturé et exécuté à Noirmoutier en janvier 1794.

Décret protégeant la propriété littéraire et artistique: l'auteur a un droit de propriété sur son œuvre qu'il peut exploiter ou céder, et les contrefacteurs seront punis. Le décret institue aussi un dépôt légal facultatif: un auteur devra avoir déposé deux exemplaires de son ouvrage à la Bibliothèque nationale s'il veut être admis à poursuivre en justice les contrefacteurs.

20 juillet
Comme Jacques Roux, Billaud-Varenne réclame la peine de mort contre les accapareurs et les agioteurs.
Leclerc, qui prétend lui aussi à la succession de Marat, publie le premier numéro de *L'Ami du peuple, par Leclerc.*
Des troubles éclatent à Paris place Maubert, et le Comité de salut public prend des mesures pour assurer le ravitaillement de Paris.

21 juillet
Hébert déclare au club des Jacobins: « S'il faut un successeur à Marat, s'il faut une seconde victime, elle est toute prête et bien résignée, c'est moi. »

22 juillet
À Paris, Jacques Roux prononce l'oraison funèbre de Marat à Saint-Nicolas-des-Champs.
Custine, commandant en chef des armées du Nord et des Ardennes, en butte aux attaques de Robespierre, est destitué de son commandement, arrêté et remplacé par Dominique Diettman (1739-1794). Celui-ci refusera ce poste et retrouvera dès le 1er août le commandement de la cavalerie de l'armée du Rhin.

23 juillet
La Convention apprend la rébellion de Toulon.
Capitulation de Mayence: la garnison française s'engage à ne plus combattre les armées étrangères; elle sera affectée en Vendée.

25 juillet
Le chimiste Fourcroy remplace Marat à la Convention.

26 juillet
Le club des Cordeliers prévient la Convention qu'il élèvera un autel à Marat au cours d'une fête civique célébrée le dimanche suivant; la Convention déclare qu'une délégation assistera le 28 juillet au dépôt du cœur de Marat au club des Cordeliers.
Bouchotte est maintenu dans ses fonctions de ministre de la Guerre, comme le réclamait le club des Cordeliers, après une intervention de Robespierre en sa faveur.
Après un rapport de Collot d'Herbois, la peine de mort est décrétée contre les accapareurs. Le lendemain, la Convention rend le texte définitif du décret sur l'agiotage et l'accaparement.
Mort du chef vendéen Sapinaud.

27 juillet
Robespierre remplace au Comité de salut public Gasparin qui avait démissionné le 24.
La Convention approuve la nomination de Rossignol à la tête de l'armée des Côtes-de-La Rochelle. Il remplace Beysser destitué le 17, cinq jours après avoir été nommé.
La Convention décide l'ouverture du musée de la République dans la galerie du Louvre.

28 juillet
Barère, venu annoncer à la Convention la prise de Mayence, fait décréter la mise en accusation de Custine et autoriser le ministre de la Guerre à remplacer les officiers généraux sans respecter les règles sur l'avancement.
Capitulation de Valenciennes assiégée depuis le 26 mai.

29 juillet
Billaud-Varenne fait rapporter le décret mettant en accusation Custine et le fait renvoyer directement devant le Tribunal révolutionnaire.
Le comité de législation est chargé de préparer le décret d'accusation contre Brissot et les députés Girondins détenus.
À Avignon où il se trouve, Bonaparte publie *Le Souper de Beaucaire*, texte pro-jacobin écrit sous forme de dialogue.
Robespierre propose à la Convention l'adoption du plan d'éducation de Le Pelletier de Saint-Fargeau qu'il a lu à l'Assemblée le 13 juillet, projet qui soulève des objections dont débat la Convention les jours qui suivent. Il sera voté le 13 août.
Offensive sarde en Savoie.

30 juillet
Échec des Vendéens à Luçon.

31 juillet
Moyse Bayle (1755-1811 ?) demande l'abolition du maximum ; tout en soulignant les inconvénients du maximum, Robespierre obtient l'ajournement du débat.
Les assignats de plus de 100 livres à face royale sont démonétisés et ne seront reçus qu'en paiement des contributions publiques ou des biens nationaux et pour être ensuite brûlés.
Réorganisation du Tribunal révolutionnaire.

août
À Paris, au début du mois, montée de la tension : les extrémistes, Roux, Hébert, Leclerc, réclament l'arrestation des suspects, la punition des traîtres. Comme l'on craint de nouveaux massacres comme en septembre 1792, le Comité de salut public renforce la garde des prisons – on atteint les 1 600 détenus au cours du mois – et fait tenir en main la garde nationale par Hanriot.
Le culte des martyrs se développe dans les sections.
Volney publie *La Loi naturelle ou Catéchisme du citoyen français*.
À Bruxelles, Jacques Mallet du Pan publie les *Considérations sur la nature des événements de France*.

1er août
La Convention adopte les mesures préconisées par Barère dans son rapport sur la situation de la République : le transfert, dès le lendemain, de Marie-Antoinette du Temple à la Conciergerie avant sa prochaine traduction devant le Tribunal révolutionnaire ; la destruction des mausolées et tombeaux royaux de Saint-Denis pour le 10 août ; l'affectation de l'ancienne garnison de Mayence en Vendée ; la destruction de la Vendée : « Les forêts seront abattues, les repaires des rebelles seront détruits, les récoltes seront coupées [...] les femmes, les enfants et les vieillards seront conduits à l'intérieur » ; l'arrestation des ressortissants des pays en guerre avec la République et non domiciliés en France avant le 14 juillet 1789.
Danton propose de supprimer le Conseil exécutif et d'ériger le Comité de salut public en gouvernement provisoire. Robespierre s'y oppose, et la Convention renvoie au Comité de salut public la proposition de Danton après la déclaration faite par ce dernier de ne jamais accepter de fonctions au sein du Comité.
Houchard est nommé commandant en chef de l'armée du Nord.
La Convention décide, après un rapport d'Arbogast, que « le nouveau système de poids et mesures, fondé sur la mesure du méridien de la terre et la division décimale, servira uniformément dans la République ». C'est Delambre qui avait été chargé de la mesure géodésique de l'arc de méridien entre Dunkerque et Barcelone afin de déterminer l'unité de longueur, et un mètre provisoire avait été défini à la fin de l'automne 1792. Le nouveau système devait être appliqué dès juillet 1794, mais il faudra attendre le printemps 1795 pour que soit fabriqué un mètre-étalon en platine et adoptée la nouvelle nomenclature des mesures (mètre, gramme, litre, stère) avec leurs préfixes décimaux.

2 août
La Convention s'oppose à ce que le Comité de salut public devienne gouvernement provisoire mais lui accorde 50 millions de livres de crédit.
Couthon fait décréter d'arrestation le journaliste et député Girondin Carra au prétexte qu'il aurait voulu relever le trône et y placer le duc d'York.
Beauharnais démissionne de son commandement de l'armée du Rhin.

3 août
Attaque de Fabre d'Églantine contre les banques et les compagnies financières qui jouent la baisse des assignats.
La Convention décide d'utiliser le métal des cloches à la fabrication de canons.

4 août
La constitution est ratifiée par 1 800 000 voix contre moins de 20 000.
La Commune de Paris réclame une levée en masse.

5 août
Le député Montagnard Carrier avertit la Convention dans une lettre que le calme revient dans le Calvados. La Convention entend Romme et Prieur de la Côte-d'Or, qui étaient prisonniers des rebelles « fédéralistes » dans le Calvados, exposer les conditions de leur élargissement.
Au club des Jacobins, Robespierre prend la défense de Danton contre la nouvelle génération de révolutionnaires comme les Vincent, Leclerc ou Jacques Roux qu'il accuse de faire le jeu de la contre-révolution.

6 août
Comme la veille au club des Jacobins, Léonard Bourdon propose à la Convention d'établir dans chaque district un grenier d'abondance alimenté par l'acquittement de l'impôt foncier en nature et

les réquisitions, et d'établir le monopole de l'État pour le commerce extérieur des grains. Le 9 août, la Convention retient les greniers d'abondance mais rejette l'idée d'une économie dirigée.

7 août
Le Comité de salut public met 30000 livres à la disposition de la mairie de Paris pour rétribuer les commissaires révolutionnaires.
À la demande de Couthon, la Convention déclare que « William Pitt, ministre du gouvernement britannique, est l'ennemi du genre humain ».
Charles-Édouard Jennings de Kilmaine (1751-1799), qui a remplacé Custine, bat en retraite vers Arras.

8 août
Robespierre fait venir à la Convention Simone Évrard (1764-1824), la compagne de Marat, qui dénonce ceux qui usurpent le nom de l'*Ami du peuple*, et plus particulièrement Jacques Roux et Leclerc, dans une intervention qu'a rédigée Robespierre.
Léonard Bourdon, au club des Jacobins, propose que les places sacerdotales soient réservées aux seuls prêtres mariés.
Les troupes républicaines de Kellermann, chargé le 4 par la Convention de reprendre Lyon, en entament le siège.
Suppression des Académies après un rapport de l'abbé Grégoire appuyé par David.

9 août
Cambacérès présente, au nom du comité de législation, le projet de Code civil.

10 août
Grande fête nationale commémorant la chute de la royauté et promulgation de la constitution. À l'occasion de cette fête, on joue à Strasbourg le *Tocsin allégorique* d'Ignace Pleyel (1757-1831), manière pour le musicien d'origine autrichienne de prouver son civisme.
Inauguration du Muséum central des arts au Louvre. De ce salon où se trouvent exposés de nombreux paysages date l'essor du genre dans la peinture moderne: contre l'académisme, la nature sera un inépuisable sujet pictural. Ouverture au public du musée des Monuments français constitué des sculptures qu'Alexandre Lenoir a pu sauver des destructions révolutionnaires; on compte parmi celles-ci les mausolées Renaissance des rois de France qui faisaient partie des tombaux royaux de la basilique de Saint-Denis dont la destruction avait commencé quelques jours auparavant.

11 août
La Convention ordonne le recensement de la population de chaque commune.
Au club des Jacobins, Robespierre stigmatise les lenteurs du Tribunal révolutionnaire: il réclame l'arrestation des suspects et dénonce le spectacle offert par le Comité de salut public où s'opposent aux patriotes des traîtres qui intriguent.

12 août
Division du département de Rhône-et-Loire en Rhône et Loire.
Les délégués des assemblées primaires, appuyés par Danton, réclament à la Convention l'arrestation des suspects et la levée en masse. La Convention décide d'arrêter les suspects et charge Barère de préparer un rapport sur la levée en masse.

14 août
Carnot et Prieur de la Côte-d'Or entrent au Comité de salut public.

Lazare Carnot

Après des études au collège d'Autun, Lazare Carnot (1753-1823) entre en 1770 à l'École du génie de Mézières. Il en sort quatre ans plus tard ingénieur militaire passionné de mathématiques, pour connaître alors la vie morne des garnisons provinciales. En 1783, il est capitaine à Arras où il fait la connaissance de Robespierre. Là se forge son animosité envers l'aristocratie: ses origines bourgeoises lui interdisent de faire carrière et brisent ses espoirs amoureux. Député à la Législative en 1791, réélu à la Convention, spécialisé dans les affaires militaires, il siège à gauche sans jamais être membre du club des Jacobins. Ce technicien est élu au Comité de salut public grâce à Barère qui entend ainsi contrebalancer l'influence des robespierristes. Chargé de la guerre, Carnot entreprend de réorganiser les armées et d'y rétablir la discipline, et, entouré d'officiers de carrière issus de l'Ancien Régime, il se heurte souvent à Saint-Just ainsi qu'aux hébertistes du ministère de la Guerre. C'est alors que cet ancien adepte de Vauban, partisan de la guerre défensive autour de places fortes, se révèle comme un grand commis de l'État et acquiert sa réputation d'organisateur de la victoire qui lui permettra en 1795, malgré sa défense de Barère et de Billaud-Varenne, d'éviter l'arrestation qui frappe les anciens membres du Comité de salut public. Élu au Conseil des Anciens, il devient, le 4 octobre 1795, membre du Directoire à la place de Sieyès qui avait refusé. Là, en 1796, il organise la répression du complot babouviste et s'occupe d'écarter les anciens Jacobins. Il se rapproche des royalistes. Cela lui vaut d'être contraint à l'exil par le coup d'État républicain du 18 Fructidor (4 septembre 1797) organisé par ses collègues Directeurs ; il rentre en France en janvier 1800. Il ne fait qu'un bref passage au ministère de la Guerre (2 avril-8 octobre). Le 27 mars 1802, il entre au Tribunat où, non sans courage, il s'oppose à l'établissement du Consulat à vie puis de l'Empire. Rentré dans la vie privée en 1807, il offrira ses services à l'Empereur à l'heure de la défaite en janvier 1814 et dirigera le ministère de l'Intérieur pendant les Cent-Jours. Proscrit en juillet 1815, il meurt à Magdebourg le 22 août 1823.

Prieur de la Côte-d'Or

Sorti sous-lieutenant de l'École du génie de Mézières en 1784, Claude-Antoine Prieur-Duvernois, dit Prieur de la Côte-d'Or (1763-1832) occupe ses loisirs aux expériences chimiques avec son cousin Guyton de Morveau qui le fait entrer à l'académie de Dijon. Président du club des Jacobins de Dijon en 1791, il est élu à la Législative où il se lie avec Carnot. À la Convention, il est souvent en mission, ce qui lui vaut d'être retenu en otage à Caen après la journée du 2 juin 1793 et la proscription des députés Girondins. Entré au Comité de salut public, il se partage entre ses missions en province et ses responsabilités techniques dans la conduite de la guerre : fabrication des armes et munitions, expérimentation d'armes et de techniques nouvelles. Membre également du comité d'instruction publique, il contribue à la création de l'École des travaux publics (Polytechnique), de l'École normale, comme auparavant de l'École de Mars ou de celle des Mines. Pendant le Directoire, son rôle est discret et cantonné au domaine technique : il s'occupe surtout des poids et mesures. Réintégré dans l'armée pendant le Consulat, il prend sa retraite en 1808.

Fabre d'Églantine dénonce à la Convention les spéculations des compagnies financières.
Jacques Roux et Leclerc, qui critiquent violemment le Comité de salut public, mobilisent respectivement la section des Gravilliers et la Société des républicaines révolutionnaires et agitent la menace d'une intervention populaire contre la Convention.
Le général Augustin Tuncq (1746-1800) bat les Vendéens à Luçon.

15 août
La Convention décrète l'embargo des navires étrangers dans les ports français et réquisitionne les grains dans les départements voisins de Paris.
Inauguration à Paris du Théâtre National, construit par l'architecte Victor Louis pour Marguerite Brunet, dite Mlle Montansier (1730-1820), sur l'emplacement de l'actuel square Louvois. On y joue *Adèle et Paulin ou la prévention paternelle*, une comédie d'Étienne-Joseph-Bernard Delrieu (1763-1836).

16 août
Les sections parisiennes réclament à la Convention une levée en masse.

17 août
Collot d'Herbois et Jacques Isoré (1758-1839), en mission dans l'Oise, dressent la liste des suspects : les prêtres réfractaires, les parents d'émigrés, les nobles non fonctionnaires, tous ceux qui n'ont pas de certificat de civisme, ceux qui ont été suspendus de leurs fonctions, ceux qui sont dénoncés comme accapareurs ou comme mauvais citoyens par les sociétés populaires ou un certain nombre de citoyens.

18 août
Battant Léonard Bourdon, Jacques Roux et ses partisans prennent le contrôle de la section des Gravilliers.
Les Autrichiens investissent Le Quesnoy.

19 août
La Convention autorise les directoires de département à taxer les combustibles.
L'arrestation, décrétée le 2 sur la proposition de Cambon, de l'ancien contrôleur général de Louis XVI, l'archevêque de Sens Loménie de Brienne, mis en cause dans la gestion de la Compagnie des eaux, est levée par la Convention.
Après avoir rendu compte devant la Convention et le Comité de sûreté générale de sa conduite, le général Beysser est rétabli dans ses fonctions à la tête de l'armée des Côtes-de-La Rochelle.

20 août
Jules-François Paré (1755-1819), secrétaire du Conseil exécutif, un protégé de Danton, est élu ministre de l'Intérieur par la Convention contre Hébert pour remplacer Garat qui a démissionné.
Une délégation du club des Jacobins réclame à la Convention la taxation des subsistances et des biens de nécessité, une baisse du prix du pain, la fabrication d'armes ainsi que la destitution des nobles de tous les emplois civils et militaires.

21 août
Les Anglais investissent Dunkerque.

22 août
Cambacérès continue sa présentation du Code civil dont les débats vont occuper la Convention plusieurs mois.
Les partisans de la Convention doivent abandonner Bordeaux pour se réfugier à La Réole.

23 août
Après un rapport de Barère, la Convention décrète la levée en masse: «La République n'est plus qu'une grande ville assiégée.»
Arrestation de Jacques Roux encore dénoncé la veille à la Commune de Paris, tandis que Leclerc affirme la nécessité d'une nouvelle journée populaire autour du programme: Terreur, guerre, organisation du pouvoir exécutif.
Le gouverneur de Pondichéry livre la ville aux Anglais après avoir appris l'exécution de Louis XVI.

24 août
Création du *Grand Livre de la dette publique* où sont portés les noms de tous les créanciers de la République.
Suppression de la Caisse d'escompte, de la Compagnie d'assurance à vie et des sociétés dont les capitaux reposent sur des actions.

25 août
Au club des Jacobins, Robespierre critique les lenteurs du Tribunal révolutionnaire.
Leclerc attaque le Comité de salut public tout en ménageant Robespierre. La Société fraternelle des deux sexes propose la formation d'un comité central des sociétés populaires auquel sont hostiles les Jacobins.
Le général Jean-François Carteaux (1751-1813) reprend Marseille pour le compte de la Convention.
Les bombardements de Lyon par l'armée républicaine de Kellermann y provoquent d'importants incendies.
Début de la vente aux enchères du mobilier du château de Versailles.
Le médecin aliéniste Philippe Pinel (1745-1826) est nommé à Bicêtre. Comme Pierre Cabanis (1757-1808), il est favorable à une médicalisation de l'aliénation mentale et préconise un traitement moral de la folie plutôt qu'une coercition physique. Aussi sa première action est-elle de libérer les fous de leurs chaînes.

26 août
Une députation des Républicaines révolutionnaires réclame à la Convention l'application des lois constitutionnelles.
Gossec fait jouer sa *Marche funèbre* aux Tuileries en hommage aux victimes du 10 août 1792.

27 août
Jacques Roux est mis en liberté sous caution.
Toulon se livre à la flotte anglaise. L'amiral Hood sera officiellement reçu dans la ville le 29.

28 août
Robespierre fait nommer Martial-Joseph-Armand Hermann (1759-1795) président du Tribunal révolutionnaire.
Le club des Jacobins réclame la destitution des nobles et des mesures de salut public.
Le général Custine est guillotiné.
Le général Houchard, qui a succédé à Kilmaine, reprend Tourcoing.

29 août
Billaud-Varenne propose à la Convention de créer une commission chargée de surveiller le Conseil exécutif et l'exécution des lois. Robespierre s'y oppose et Danton propose d'adjoindre au Comité de salut public trois membres qui rempliront la mission de surveillance prônée par Billaud-Varenne.
Léger-Félicité Sonthonax (1763-1813), le commissaire de la Convention à Saint-Domingue, y abolit l'esclavage.

30 août
Au club des Jacobins, l'abbé Claude Royer demande «qu'on place la Terreur à l'ordre du jour», motion adoptée par le club.

2 septembre
À la Convention, attaque de Billaud-Varenne contre le Comité de salut public.
Westermann, dont la responsabilité dans la défaite de Châtillon a été mise hors de cause par le Tribunal révolutionnaire, se présente à la Convention.
Paris apprend la trahison de Toulon (le Comité de salut public ne rendra la nouvelle officielle que le 4).
Le soir, le club des Jacobins décide de passer à l'action.
Le Comité de salut public ordonne la fermeture du théâtre de la Nation et l'arrestation des Comédiens français ainsi que de François de Neufchâteau pour avoir donné une nouvelle représentation de la pièce de ce dernier, *Paméla ou la vertu récompensée*, qui avait été interdite par le Comité le 29 août. Jouée depuis le 1er août, la pièce

triomphait auprès du public mais rencontrait l'hostilité des Jacobins et de Robespierre qui la trouvaient trop complaisante envers l'Ancien Régime et n'appréciaient pas ses allusions élogieuses pour la constitution anglaise. *Paméla* sera reprise avec succès au cours de l'été 1795.

4 septembre

Dans un Paris agité depuis le matin, la place de Grève est envahie, en début d'après-midi, par des manifestants qui réclament du pain. Le procureur syndic de la Commune, Chaumette, jugeant qu'il ne peut pas rétablir l'ordre, se rend à la Convention où Robespierre, qui préside, déclare que l'Assemblée s'occupe du problème des subsistances et vient d'adopter le principe du maximum général. De retour à l'Hôtel de Ville où il porte cette réponse, Chaumette se voit déborder par la foule et déclare: « Moi aussi j'ai été pauvre [...]. C'est ici la guerre ouverte des riches contre les pauvres: ils veulent nous écraser; eh bien! il faut les prévenir [...]. Nous avons la force en main. » Hébert suggère à la foule de se rendre en masse à la Convention le lendemain et réclame que la guillotine accompagne l'armée révolutionnaire. Le soir, malgré Robespierre qui tente d'endiguer le mouvement et prend la défense de Barère accusé de manquer de vigueur, les Jacobins décident de se joindre à la manifestation du lendemain.
À Senlis, Collot d'Herbois prend un arrêté destituant tous les nobles et parents d'émigrés.

5 septembre

Précédés de Chaumette et de Pache, les manifestants se dirigent vers la Convention à midi. Quand ils arrivent, celle-ci vient de voter la division du Tribunal révolutionnaire en quatre sections. Chaumette demande aux députés d'organiser l'armée révolutionnaire. Billaud-Varenne appuie les revendications des manifestants. Danton propose de décréter tout de suite la formation de l'armée révolutionnaire ainsi que l'indemnisation de ceux qui participent aux assemblées de section mais en réduisant celles-ci à deux par semaine. Billaud-Varenne réclame aussi l'autorisation d'effectuer des visites domiciliaires nocturnes. La Convention vote l'indemnisation des sectionnaires et aussi, sur la proposition de Barère, l'arrestation des suspects et l'épuration des comités révolutionnaires. Une députation du club des Jacobins demande ensuite à la Convention de placer la Terreur à l'ordre du jour, de mettre en jugement les Girondins, d'organiser une armée révolutionnaire qui serait suivie de tribunaux ambulants et d'exclure les nobles des emplois publics. Barère présente enfin, au nom du Comité de salut public, le décret sur l'armée révolutionnaire. Après avoir placé la Terreur à l'ordre du jour, la Convention élit le soir Billaud-Varenne président. L'épuration du conseil général de la Commune commence immédiatement. Jacques Roux qui s'était rendu au club des Jacobins au nom de la section des Gravilliers est dénoncé et conduit au comité révolutionnaire des Gravilliers qui le renvoie devant les autorités parisiennes. Il sera incarcéré le lendemain.

La Terreur

Ce 5 septembre 1793, la Convention met la Terreur à l'ordre du jour. Elle cède à la pression des sans-culottes parisiens mais conserve le contrôle de la situation. La Terreur devient alors le mode ordinaire de fonctionnement du gouvernement révolutionnaire qui proclame ainsi sa détermination en institutionnalisant les principales revendications sectionnaires et en systématisant la répression.
Les instruments de la Terreur préexistent à sa mise en forme administrative au cours du mois de septembre 1793. Si l'on ne peut réduire la Terreur aux violences populaires que connaît la Révolution française dès ses débuts, l'idée répressive est néanmoins enracinée dans les mentalités révolutionnaires. La guerre exacerbe la volonté punitive, et l'opposition à la Révolution, déjà coupable, devient définitivement trahison. Aussi la Terreur fait-elle réellement son entrée sur la scène révolutionnaire en août 1792, après la prise des Tuileries (institution d'un tribunal spécial le 17 août, accentuation de la répression contre les prêtres réfractaires, organisation de visites domiciliaires...) pour culminer avec les massacres des détenus dans les prisons parisiennes en septembre. Mars 1793 marque une étape dans l'organisation de la répression : le 10, le Tribunal révolutionnaire est organisé sous le nom de Tribunal criminel extraordinaire ; le 21, sont institués les comités révolutionnaires de surveillance chargés localement de repérer les suspects. En septembre 1793, le champ d'application de la Terreur est systématisé. Le Tribunal révolutionnaire est réorganisé ; une armée de sans-culottes qui va sillonner la province est créée ; et la loi des suspects est votée le 17 après un rapport de Merlin de Douai : elle décide l'arrestation immédiate de tous les suspects et consacre les pouvoirs que les comités révolutionnaires s'étaient arrogés tout en les plaçant sous la surveillance du Comité de sûreté générale. S'ajoute à tout cela l'action des représentants en mission, des tribunaux spéciaux en province, des

commissions extraordinaires militaires ou civiles, bref tout un encadrement coercitif qui va enserrer la province de ses liens. En octobre, l'ère des grands procès s'ouvre.
Avec la liquidation des factions, la Terreur s'emballe au printemps 1794. Elle s'est bureaucratisée. Le 10 juin 1794, Couthon et Robespierre font voter la loi qui inaugure ce qu'on a appelé la Grande Terreur: la Terreur se concentre à Paris et la loi supprime la nécessité de la preuve, l'interrogation préalable, les moyens de défense; le tribunal n'a plus d'autre choix qu'entre l'acquittement ou la mort. Le Tribunal révolutionnaire a prononcé alors plus de peines capitales en un mois et demi qu'en plus d'un an.
Environ 17 000 personnes auraient été exécutées entre mars 1793 et août 1794 en vertu des lois de la Convention. En fait, la Terreur aurait fait 30 000 à 40 000 victimes si on inclut dans le calcul les exécutions sommaires ou les répressions massives qu'ont connues Lyon, Nantes ou Toulon par exemple, et en excluant les victimes de la guerre civile qui ravage l'Ouest.
Mais l'essentiel reste que la Terreur a pu menacer tout le monde: au moins un demi-million de personnes ont séjourné en prison entre l'été 1793 et l'été 1794, expérience d'autant plus inquiétante qu'aucun critère juridique ne leur permettait de savoir quand elles sortiraient ni si elles sauveraient leur vie. Le recours à la Terreur est d'abord un renoncement à la loi comme garantie des droits des citoyens. Il renvoie à la nature inédite de l'État révolutionnaire, soulignée par Robespierre dans ses discours. Sa légitimité est dans sa conformité révolutionnaire. Mais l'écart s'est rapidement creusé entre sa réalité et sa légitimation. Aussi Robespierre a-t-il senti le besoin d'en donner une justification pour formuler une apparence de critères dans la sélection des coupables. Le règne de la loi ayant cédé la place à celui de la Terreur, il fallait trouver un fondement moral à ce régime. Ce sera le rôle de l'Être suprême, et les méchants dont on ne peut convaincre l'âme n'auront qu'à trembler pour leur tête. En cela la Terreur n'est pas tant l'instrument de la victoire qu'elle est chargée de promouvoir la morale robespierriste, la régénération de la France pour en faire surgir l'homme nouveau. Car justifier la Terreur comme un expédient de défense nationale, comme une réponse aux circonstances, ne rend pas compte de la chronologie: la Terreur s'accentue quand la situation se redresse. Et si l'action gouvernementale a permis ce redressement, la Terreur était-elle pour autant indispensable à cette activité? Sporadiquement réactivée après la chute de Robespierre, sa menace continuera de peser sur la vie politique française.

6 septembre

Entrée de Billaud-Varenne et Collot d'Herbois au Comité de salut public et refus de Danton d'y entrer.

COLLOT D'HERBOIS

Fils d'un marchand-orfèvre appartenant à la bourgeoisie moyenne parisienne, Jean-Marie Collot d'Herbois (1749-1796) est avant tout un homme d'action. Acteur, auteur dramatique – on ne sait pas grand-chose sur son passé –, il dirige le théâtre de Lyon en 1787 et se trouve à Paris en 1789. Membre du club des Jacobins, dont il sera souvent secrétaire après mars 1791, c'est son Almanach du père Gérard, *récompensé par l'Assemblée la même année, qui lui assure une notoriété nationale. C'est lui qui obtient l'amnistie des soldats suisses du régiment de Châteauvieux et organise la fête en leur honneur en avril 1792. Membre de la Commune insurrectionnelle de Paris en août 1792, il est élu à la Convention. Au cours de la première année de cette Assemblée, il est souvent en mission en province où ses mesures radicales le distinguent: destitution d'autorités constituées modérées, taxation des riches, arrestation de suspects. Élu le 6 septembre 1793 au Comité de salut public en son absence, il est peu après envoyé à Lyon: la répression qu'il y organise avec les militants parisiens qui l'accompagnent scelle définitivement son image de terroriste. De retour à Paris quand le Comité de salut public doit faire front à l'offensive dantoniste et à l'agitation hébertiste, Collot tente les dernières conciliations entre Cordeliers et Jacobins tout en épousant étroitement la ligne du Comité contre les factions et l'agitation sectionnaire. Président de la Convention qui empêche Robespierre de prendre la parole le 9 Thermidor (27 juillet 1794), il est arrêté en avril 1795, déporté en Guyane et meurt d'épuisement à Cayenne l'année suivante.*

Le général Jean-Baptiste Kléber (1753-1800) et l'armée de Mayence arrivent à Nantes. Le général Tuncq est battu par les Vendéens.

7 septembre

La Convention décide d'arrêter les banquiers anglais et espagnols.

8 septembre
Décret abolissant tous les droits féodaux qu'on a oublié de nommer.
Merlin de Thionville et Reubell, qui étaient en mission auprès de l'armée du Rhin, sont mis en cause pour avoir signé la capitulation de Mayence.
Houchard bat le duc d'York à Hondschoote, contraignant ainsi les Anglais à lever le siège de Dunkerque.

9 septembre
Décret organisant l'armée révolutionnaire dont le commandement sera confié à Ronsin.
Fin de la permanence des sections: la Convention reprend la proposition faite par Danton le 5 réduisant à deux par semaine les assemblées générales et accordant une indemnité de 40 sous à ceux qui y participent. Barère, en présentant le décret, en a donné une interprétation restrictive: ne pourront bénéficier de l'indemnité que ceux qui vivent de leur travail en cas de besoin constaté dont les sections dresseront la liste; les séances ouvertes à 17 h devront être closes à 22 h. De leur côté, les sections excluront les domestiques. Pour tourner la fin de la permanence des sections, les sans-culottes vont former des sociétés sectionnaires.
Suppression des écoles militaires.
La destitution de tous les nobles et la mise en jugement des Girondins sont réclamées par Hébert, revendications reprises par le club des Cordeliers et les sections les jours qui suivent.
Les troupes de la Convention s'emparent de Montbrison.

10 septembre
Kellermann, dénoncé le 8 par Robespierre comme responsable des lenteurs du siège de Lyon, est destitué de son commandement.

11 septembre
Le maximum du prix des grains, farines et fourrages est décrété.
Renouvellement du Comité de sûreté générale.
Leclerc dénonce toute définition de la catégorie de suspect.

13 septembre
La Convention décide le renouvellement de tous ses comités, à l'exception des comités de salut public et de sûreté générale.
La section des Gravilliers réclame la libération de Jacques Roux.
Offensive de Kellermann en Savoie.

14 septembre
Défaite de Balthazar Schauenbourg (1748-1832), commandant de l'armée de Moselle, à Pirmasens; il est destitué de son commandement à la suite de cette défaite.

15 septembre
Le département de Paris réclame l'organisation de l'enseignement supérieur: la Convention adopte un décret discuté et suspendu le lendemain.
Défaite de Houchard à Menin.

16 septembre
Vincent, secrétaire général du ministère de la Guerre, adresse aux comités révolutionnaires une circulaire indiquant qu'il n'admettra plus dans ses bureaux que ceux qui ont un certificat de civisme délivré par un comité révolutionnaire.
Attaque des Jacobins contre les Républicaines révolutionnaires: arrêtée, Claire Lacombe est conduite au Comité de sûreté générale mais est libérée dans la nuit. Le journal de Leclerc, dont les Jacobins réclament l'arrestation, cesse de paraître.
Charette est battu par les troupes républicaines à Montaigu.

17 septembre
Vote de la loi des suspects après un rapport de Merlin de Douai: tous les suspects seront immédiatement arrêtés; la loi consacre les pouvoirs que les comités révolutionnaires de surveillance s'étaient arrogés mais ils doivent en retour correspondre directement avec le Comité de sûreté générale, ce qui, à Paris, permet d'affaiblir le contrôle de la Commune; les auteurs de rumeurs seront envoyés devant le Tribunal révolutionnaire.
À Salses, victoire de Charles-Joseph d'Aoust (1763-1794) sur les Espagnols.
La Convention décide qu'il n'y aura plus qu'une seule paroisse dans les communes de moins de 10000 habitants.

18 septembre
Robespierre s'oppose à une proposition de Collot d'Herbois visant à déclarer suspects les marchands pratiquant des prix trop élevés.
Arrestation de Varlet, l'un des meneurs des Enragés. Les arrestations d'« indifférents » ou « insouciants » commencent à Paris.
Reprise en main de Bordeaux par les partisans de la Convention.

19 septembre
Dans la Nièvre où il se trouve en mission, Joseph Fouché (1754-1820) établit une taxe sur les riches.

À Torfou, l'armée de Mayence commandée par Kléber est battue par les Vendéens.

20 septembre
Le club des Cordeliers refuse d'affilier les Républicaines révolutionnaires.
Houchard, à qui la Convention reproche de n'avoir pas su exploiter sa victoire de Hondschoote, est destitué de son commandement de l'armée du Nord.

21 septembre
Barère fait adopter par la Convention l'acte de navigation: en riposte à l'interdiction d'exporter des grains en France décrétée par le Premier ministre anglais Pitt, seuls des navires français pourront importer des marchandises en France.
Le port de la cocarde est rendu obligatoire pour les femmes.
Après un réquisitoire d'Hébert, le conseil général de la Commune décide de procéder à l'épuration des comités révolutionnaires, épuration qui commence à la fin du mois.
Défaite de Beysser à Montaigu devant les Vendéens.
À Nevers, Chaumette assiste au côté de Fouché à l'inauguration d'un buste de Brutus dans la cathédrale.

23 septembre
La section des Arcis annonce à la Convention que tenant ses assemblées générales deux fois par semaine conformément à la loi, elle se réunit les autres jours en tant que société populaire.
Jean-Baptiste Jourdan (1762-1833) remplace Houchard à la tête de l'armée du Nord; Jean-Henri Ferrand (1736-1813) remplace Jourdan à la tête de l'armée des Ardennes; Delmas remplace Charles-Hyacinthe Leclerc de Landremont (1739-1818) à la tête de l'armée du Rhin; Jean-Victor Moreau (1763-1813) remplace Schauenbourg à la tête de l'armée de Moselle.

24 septembre
Déclaration de Robespierre sur les arrestations: il suffit que «la notoriété publique accuse un citoyen de crimes dont il n'existe point de preuves écrites mais dont la preuve est dans le cœur de tous les citoyens indignés».

25 septembre
À la Convention, attaque des dantonistes contre le Comité de salut public: il faut tout leur poids à Barère et Robespierre pour contrecarrer cette offensive menée par Thuriot qui a démissionné le 20 du Comité.

26 septembre
Les Comités de salut public et de sûreté générale adoptent la liste des juges et jurés du Tribunal révolutionnaire.
Chaumette rend compte au conseil général de la Commune du voyage qu'il vient de faire dans la Nièvre.
À Moulins, Fouché déclare vouloir substituer le culte de la République et de la morale naturelle «aux cultes superstitieux et hypocrites».

27 septembre
Au club des Jacobins, Hébert réclame l'ouverture du procès de Marie-Antoinette.

28 septembre
Émission de 2 milliards d'assignats.
Jean-Charles Pichegru (1761-1804) est nommé commandant en chef de l'armée du Rhin.
L'abbé Grégoire présente à la Convention un projet d'*Annales du civisme*.

29 septembre
Vote, après trois jours de débat, du maximum général.
Arrestation de l'abbé Lamourette, évêque constitutionnel de Lyon.

30 septembre
Les Autrichiens investissent Maubeuge.

octobre
Coulomb: *Mémoire sur l'électricité et le magnétisme.*

1er octobre
Rapport de Barère sur la Vendée: après avoir déclaré «l'inexplicable Vendée existe encore», il souligne la nécessité de la détruire si l'on veut voir cesser les troubles ailleurs en France et met en cause la multiplicité des autorités qu'il faut réduire; Canclaux est destitué de son commandement et remplacé par Jean Léchelle (1760-1793) à la tête de l'armée des Côtes-de-Brest.
Une députation du club des Jacobins se rend à la Convention pour réclamer la punition de Brissot et ses complices: Thuriot appuie la pétition; la Convention décide que le Comité de sûreté générale dressera l'acte d'accusation.
Poussée par Drouet, la société populaire de Maubeuge vient déposer à la Convention les «ornements du fanatisme et de l'ignorance».
Rapport et projet de décret de Romme sur les écoles publiques.

2 octobre
À Nevers, Fouché réquisitionne les biens des riches et séquestre les biens des suspects.
Couthon, qui était en mission dans son département du Puy-de-Dôme, arrive à Lyon, accompagné d'une force qu'il a levée, pour remplacer Dubois de Crancé jugé trop modéré et qui tarde trop à reprendre la ville insurgée.
Après un rapport de Marie-Joseph Chénier, la Convention décide de transférer les restes de Descartes au Panthéon.

3 octobre
Discussion du rapport présenté au nom du Comité de sûreté générale par Jean-Pierre-André Amar (1755-1816) contre les députés Girondins: Robespierre s'oppose à la mise en accusation des députés qui avaient protesté contre le 2 juin et qui ont été destitués de leur mandat car la Convention ne doit pas multiplier les coupables et doit distinguer les égarés des chefs de factions. 41 députés sont prévenus de conspiration contre la République, 20 déclarés traîtres à la patrie et 75 décrétés d'arrestation.
La Convention décide de traduire Marie-Antoinette devant le Tribunal révolutionnaire.

4 octobre
Condorcet achève son *Esquisse d'un tableau historique des progrès de l'esprit humain.*

Esquisse d'un tableau historique

*Rédigée dans la clandestinité, quand la vie politique de Condorcet n'a abouti qu'à un échec, l'*Esquisse *ne sera publiée qu'en 1795, à la suite d'une proposition de Daunou, aux frais de la Convention. Croyant en la perfectibilité de l'homme que prouve l'histoire, Condorcet y retrace la marche de l'espèce humaine vers la vérité et le bonheur. Le livre – en réalité dans l'esprit de Condorcet, il ne s'agissait que du « prospectus » d'un ouvrage plus vaste – est divisé en dix époques. Les trois premières brossent le tableau d'une humanité encore réduite à deviner, tandis que les six suivantes mènent l'homme de l'écriture à la Révolution française, cette dernière ouvrant un avenir indéfini : la dixième époque. À la différence du* Tableau philosophique des progrès successifs de l'esprit humain *prononcé à la Sorbonne en 1750 par Turgot qui l'influença, Condorcet, proche de d'Holbach et d'Helvétius, n'accorde qu'un rôle négatif dans l'histoire à la religion, et particulièrement au christianisme qu'il réduit souvent à l'Église catholique. Ce point le sépare aussi de Saint-Simon ou de Comte qui se réclameront de ce testament philosophique des Lumières en le dénaturant, le progrès – progrès humain chez Condorcet lié au développement de la raison – devenant chez eux développement historique dans une vision organique de la société.*

5 octobre
La Convention décide de transférer de Marseille à Paris le duc d'Orléans, Philippe Égalité, afin qu'il comparaisse devant le Tribunal révolutionnaire.
Cloots lit au club des Jacobins sa *Diplomatie révolutionnaire* dont il veut faire subventionner l'impression mais il se heurte à Chabot qui déclare qu'il faut d'abord sauver la République avant d'en étendre les frontières. Ce dernier annonce aussi son mariage avec la sœur des banquiers Junius (1759-1794) et Emmanuel (1767-1794) Frey.
Adoption du calendrier révolutionnaire présenté par Romme le 20 septembre: l'ère républicaine commence le 22 septembre 1792.

6 octobre
Rappel à Paris de Dubois de Crancé en mission à Lyon.
Victoire de Kléber sur les Vendéens à Saint-Symphorien.

7 octobre
Arrestation et exécution du journaliste et député Girondin Gorsas.
À Reims, Rühl brise la sainte ampoule qui servait à oindre les rois de France lors de leur sacre.

8 octobre
Rapport de Delaunay sur la liquidation de la Compagnie des Indes: Fabre d'Églantine fait voter un amendement stipulant que la liquidation sera faite par l'État et non par la Compagnie comme le demandait Delaunay.

9 octobre
Prise de Lyon par l'armée de la Convention.
Les marchandises fabriquées ou manufacturées en Angleterre, Écosse, Irlande ou dans les pays soumis au gouvernement britannique, sont interdites en France.

10 octobre
Après un rapport de Saint-Just, la Convention proclame que «le gouvernement provisoire de la France est révolutionnaire jusqu'à la paix». Saint-Just a déclaré: «La liberté doit vaincre à tel prix

que ce soit [...]. Vous avez à punir non seulement les traîtres, mais les indifférents même; vous avez à punir quiconque est passif dans la République [...]. Dans les circonstances où se trouve la République, la Constitution ne peut être établie; on l'immolerait par elle-même [...]. Il faut que le glaive des lois se promène partout avec rapidité [...]. Il est impossible que les lois révolutionnaires soient exécutées, si le gouvernement lui-même n'est constitué révolutionnairement.» Le Conseil exécutif, les corps constitués et les généraux sont placés sous la surveillance directe du Comité de salut public. Les généraux seront nommés par la Convention sur la proposition du Comité de salut public.
La Convention décide d'arrêter tous les Anglais se trouvant en France.
Sur la proposition de Chaumette, la Commune élargit aux indifférents la notion de suspect.
Les troupes françaises occupent Montbéliard.
Dans la Nièvre, arrêté de Fouché prohibant les signes religieux dans les lieux publics, interdisant le port du costume religieux hors des lieux cultuels et les cérémonies religieuses lors des enterrements: les morts seront simplement conduits dans les cimetières à la porte desquels sera inscrit: «La mort est un sommeil éternel.»

12 octobre
Après un rapport de Barère, la Convention vote la destruction de Lyon. Le décret précise que «la ville de Lyon sera détruite [...]. Le nom de Lyon sera effacé [...]. La réunion des maisons conservées portera le nom de "Ville affranchie"» et que l'inscription suivante pourra être lue sur une colonne élevée sur les ruines: «Lyon fit la guerre à la Liberté; Lyon n'est plus.»
Danton obtient le congé qu'il sollicitait pour aller se reposer à Arcis-sur-Aube.
Charette reprend Noirmoutier aux républicains.
Exhumation des dépouilles royales des tombeaux de Saint-Denis.

13 octobre
Les Autrichiens menacent Strasbourg.
Fouché écrit à la Convention avoir anéanti l'aristocratie et le fanatisme religieux dans la Nièvre: «On rougit ici d'être riche et l'on s'honore d'être pauvre.»

14 octobre
Fabre d'Églantine dénonce devant les Comités de salut public et de sûreté générale la «conspiration de l'étranger»: il cite Chabot, Basire, Jean Julien de Toulouse (1750-1828) dont les Jacobins réclamaient l'arrestation, Jean de Batz (1756-1822), Hérault de Séchelles, Cloots, Pierre-Jean-Bertchtold Proly (1752-1794), Jacob Pereyra (1743-1794), les frères Frey, André-Marie Gusman (1753-1794), François Desfieux (1755-1794) et Dubuisson, c'est-à-dire des dantonistes, des Cordeliers et des hommes d'affaires liés à ceux-ci.
Une députation de la société populaire de Nevers présente au conseil général de la Commune de Paris les mesures sociales et religieuses prises dans la Nièvre. La Commune interdit l'exercice du culte à l'extérieur des édifices religieux.
Première représentation à l'Opéra-Comique d'*Urgande et Merlin* de Dalayrac sur un livret de Monvel.

16 octobre
Exécution de Marie-Antoinette après un procès expéditif devant le Tribunal révolutionnaire. Longuement interrogée au préalable, Marie-Antoinette voit ensuite défiler en deux jours de débats les accusations traditionnelles portées contre une reine dépensière et légère avec les vieux griefs révolutionnaires comme l'organisation du banquet des gardes du corps du 1er octobre 1789. La reine déchue doit surtout entendre et se défendre contre les insinuations infamantes qui en font une mère monstrueuse et une femme immorale qu'Hébert se charge de colporter.
Les représentants de la Convention entrent à Bordeaux.
Victoire de Jourdan sur les Autrichiens à Wattignies que la Convention apprend le 18. Le 17, Jourdan et Carnot, qui est en mission auprès de l'armée du Nord, entrent à Maubeuge.

17 octobre
Publication du décret sur la liquidation de la Compagnie des Indes.
Défaite des Vendéens à Cholet devant Kléber et François-Séverin Marceau (1769-1796): les chefs vendéens, d'Elbée, Lescure et Bonchamps (qui décédera le lendemain) sont blessés; c'est à la suite de cette grande défaite que les Vendéens franchissent la Loire à Saint-Florent-le-Vieil les deux jours qui suivent et entament leur remontée vers le nord (la «virée de galerne»).
Première représentation au théâtre de la République du *Jugement dernier des rois* de Sylvain Maréchal.

18 octobre
Saint-Just et Philippe Lebas (1764-1794) sont envoyés en mission à Strasbourg.
Hébert fait interdire l'exposition et la vente des objets «de jonglerie superstitieuse» à Paris.

19 octobre
La Convention déclare que les femmes d'émigrés qui ont divorcé ne sont pas comprises parmi les suspects.
Chaumette propose à la Commune d'adopter l'arrêté de Fouché du 10 octobre sur les cimetières.

20 octobre
La Convention dissout la Société des Républicaines révolutionnaires.
Les ecclésiastiques sujets à la déportation découverts munis de signes contre-révolutionnaires seront punis de mort dans les 24 heures; tout citoyen est tenu de les dénoncer et touchera 100 livres par prêtre pris; ceux qui les cacheront seront passibles de la même peine; les prêtres constitutionnels dénoncés seront déportés en Afrique.
La Commune interdit la fermeture des boutiques le dimanche.
L'armée catholique et royale de Vendée élit La Rochejaquelein généralissime et décide de marcher sur Granville afin de s'emparer d'un port permettant d'établir le contact avec les Anglais.

21 octobre
Décret organisant l'enseignement primaire.
Les Vendéens s'emparent de Château-Gontier.

22 octobre
Création de la Commission des subsistances. Chargée de veiller à l'exécution du maximum, dirigée par Robert Lindet, elle siégera jusqu'au 19 avril 1794. Elle se préoccupera particulièrement du bon approvisionnement de Paris et des armées, mais organisera aussi des réquisitions en faveur des départements en ayant besoin. À ce titre, elle passera directement des marchés. Elle surveillera l'exploitation des mines et des forêts, encouragera la production de tout ce qui lui paraît utile, contrôlera les exportations et aura le monopole des importations de subsistances.
Malgré les efforts de François-Antoine Boissy d'Anglas (1756-1826), l'ordre est donné de transférer à Paris Barnave qui avait été arrêté en août 1792 près de Grenoble.
Lazare Hoche (1768-1797) est nommé commandant de l'armée de Moselle.

23 octobre
Les Vendéens s'emparent de Laval et font leur jonction avec les bandes bretonnes de Jean Cottereau (1767-1794).
La Commune ordonne la destruction des statues de rois ornant la façade de Notre-Dame de Paris.

24 octobre
Ouverture du procès de 21 députés Girondins devant le Tribunal révolutionnaire.
Annulation d'un décret rendu le 18 ordonnant aux comités révolutionnaires de communiquer aux détenus les procès-verbaux contenant les motifs de leur arrestation.
La Convention défère le général Houchard devant le Tribunal révolutionnaire.
Rapport de Fabre d'Églantine sur les noms des mois et des jours du nouveau calendrier républicain.

Fabre d'Églantine

Poète de second ordre, Philippe-François Nazaire, dit Fabre d'Églantine (1750-1794) s'établit à Paris comme auteur dramatique en 1787, mais pour la postérité les plus notoires des œuvres de ce Méridional resteront la chanson Il pleut bergère *et les noms bucoliques des mois et jours du calendrier révolutionnaire. C'est la Révolution qui lui ouvre la voie à la reconnaissance sociale à laquelle il aspirait: il entre en politique, se montre très actif au district des Cordeliers et, intime de Danton, dont il est le secrétaire, avec Desmoulins, au ministère de la Justice en 1792, se fait élire à la Convention dans son sillage. Mêlé à de troubles affaires (falsificateur du décret liquidant la Compagnie des Indes), il est finalement arrêté en janvier 1794, compromettant ses amis politiques avec lesquels il est guillotiné.*

Après un rapport de Marie-Joseph Chénier, la Convention interdit la destruction des œuvres d'art.

25 octobre
Victoire de La Rochejaquelein sur les troupes républicaines à Entrammes.

26 octobre
La Convention suspend l'élection des municipalités.

27 octobre
Le Comité de salut public reproche au représentant en mission dans la Somme, André Dumont (1765-1838), sa politique de déchristianisation.
À Fougères, au moment où les Vendéens font irruption en Bretagne, l'administration utilise pour la première fois le terme de « chouan »; le 6 novembre, on parlera de la prise de Vitré par les « brigands de la troupe des chouans » accompagnés des Vendéens; ce n'est qu'au printemps 1794 que le terme de chouannerie va se généraliser.
Les Prussiens investissent Landau.

28 octobre
À l'instigation d'Hébert et Chaumette, le club des Jacobins décide d'envoyer le lendemain une délégation à la Convention afin d'accélérer le procès des Girondins.
Décret sur les instituteurs: la Convention interdit aux ecclésiastiques d'enseigner.
Première représentation au théâtre de la République d'une comédie de Dugazon, *Le Modéré*.

29 octobre
Sur la proposition de Billaud-Varenne, la Convention décrète que le Tribunal criminel extraordinaire portera désormais le nom de Tribunal révolutionnaire. On compte alors 3 181 détenus à Paris.
La Commune institue des cartes de pain dont la distribution se poursuivra jusqu'au 15 décembre.
La Convention décrète la liberté des costumes après une attaque de Fabre d'Églantine contre les « grenadiers femelles » qui voudraient, comme les Républicaines révolutionnaires, imposer le port du bonnet rouge aux femmes.

30 octobre
Condamnation à mort des Girondins; parmi ceux-ci, Valazé se suicide.
Après un rapport d'Amar, la Convention interdit les clubs féminins: les femmes n'ayant pas de droits politiques, elles ne peuvent pas se réunir en clubs.

31 octobre
Exécution des Girondins, parmi lesquels on compte Brissot, Vergniaud, Gensonné, Carra, Fauchet, Lasource, Ducos et son beau-frère Jean-Baptiste Boyer-Fonfrède (1765-1793).
Une députation des sociétés populaires parisiennes proteste à la Convention contre le vouvoiement: alors que Basire réclame un décret le proscrivant expressément, la Convention se contente d'accorder une mention honorable à la délégation.
La commune de Ris-Orangis annonce qu'elle prend Brutus pour patron à la place de saint Blaise et qu'elle entend se passer de curé et de culte.
Prieur de la Marne met la Terreur à l'ordre du jour à Vannes.
À Strasbourg où il est en mission avec Lebas, Saint-Just établit une taxe de 9 millions sur les riches.

1er novembre
À Strasbourg, Saint-Just répond à une proposition de pourparlers par: « La République française ne reçoit de ses ennemis et ne leur envoie que du plomb. »

2 novembre
À la suite d'un rapport présenté par Cambacérès le 30 octobre, la Convention accorde aux enfants naturels des droits successoraux égaux à ceux des enfants légitimes.
À Strasbourg, Saint-Just et Lebas cassent les autorités municipales.

3 novembre
Les biens des fabriques des paroisses et des fondations sont déclarés propriétés nationales.
François-Amédée Doppet (1753-1799) est nommé commandant de l'armée des Pyrénées-Orientales, Jacques-Christophe Dugommier (1738-1794) commandant de l'armée d'Italie et Carteaux commandant de l'armée des Alpes.

4 novembre
Exécution d'Olympe de Gouges.
Mort du général vendéen Lescure. Les Vendéens s'emparent de Fougères.
Création d'une ménagerie au Jardin des plantes.

5 novembre
Une délégation des Républicaines révolutionnaires se fait huer à la Convention sans parvenir à s'exprimer.
Discours de Marie-Joseph Chénier sur l'instruction publique et les fêtes nationales.
La Convention décide de placer le buste de Marat dans la salle des séances.
À Strasbourg, Saint-Just et Lebas refusent d'entrer en contact avec Hérault de Séchelles en mission dans le Rhin.

6 novembre
La commune de Mennecy (district de Corbeil) inaugure à la Convention les mascarades antireligieuses et demande la suppression de sa paroisse: la Convention reconnaît aux administrations locales le droit de supprimer leurs paroisses. Au club des Jacobins, Léonard Bourdon prononce un long discours contre les prêtres. Vers 23 h, Cloots et Pereyra viennent trouver l'évêque constitutionnel de Paris, Gobel, pour l'inviter à abjurer.

7 novembre
Séance de déchristianisation à la Convention: Gobel et ses vicaires se démettent de leurs fonctions à la tribune; ils sont imités par plusieurs ecclésiastiques, membres de la Convention; seul l'abbé Grégoire refuse ostensiblement de se plier au mouvement général.

La déchristianisation

Le phénomène qu'on appelle déchristianisation dans l'histoire révolutionnaire s'étend, globalement, de l'automne 1793 au printemps 1794. Ses manifestations varient selon les hommes, les lieux et les moments. Les plus connues sont les scènes d'iconoclasme qu'incarnent les mascarades et les autodafés d'objets cultuels ou d'art sacré. Spectaculaires aussi peuvent être les fermetures d'églises, les descentes de cloches, les livraisons d'argenterie sacrée, les abdications des prêtres, voire leurs mariages.

Mais la déchristianisation n'est pas uniquement destruction ; elle recouvre aussi les diverses tentatives de remplacer le culte chrétien par les cultes révolutionnaires (Raison, Être suprême, Martyrs de la liberté) et les fêtes. Comme l'espace, le temps est lui aussi arraché à l'emprise de la religion, encore que le calendrier républicain ne puisse se réduire à un acte antireligieux.

On date traditionnellement de la mission de Fouché dans la Nièvre les débuts de la phase active de la déchristianisation : sa déclaration du 26 septembre et son arrêté du 10 octobre initient le mouvement. Sous l'impulsion de Chaumette, qui avait rencontré Fouché dans la Nièvre, la Commune de Paris s'engage à son tour. Et au mois de novembre, les communes de Seine-et-Oise, autour de Corbeil particulièrement, déclarent à la Convention avoir l'intention de se passer de culte et ferment leurs églises.

Le mouvement atteint son apogée à la Convention le 7 novembre. La veille, dans la nuit, Cloots a persuadé l'évêque constitutionnel de Paris, Gobel, de renoncer à ses fonctions et de venir le proclamer publiquement à l'Assemblée. Les prêtres qui sont députés abandonnent alors leurs fonctions ecclésiastiques ou leur état à grand renfort de déclarations. Seul l'abbé Grégoire, qu'on est pourtant allé rechercher jusqu'au comité d'instruction publique qui tenait séance, reste inébranlable dans sa foi et refuse d'abjurer. Trois jours plus tard, Notre-Dame de Paris est le théâtre d'une fête où une actrice incarne la Raison. S'ensuivent des fermetures d'églises accompagnées de scènes iconoclastes, et bientôt s'ouvrent les temples de la Raison. Il est difficile d'apprécier le succès de ce mouvement, moins éphémère qu'on ne l'a dit, mais il est certain en revanche que son intensité décroît lorsqu'on s'éloigne de son épicentre, le Bassin parisien.

Dès le 21 novembre, Robespierre s'inquiète de ces débordements, vite soutenu par Danton, et la Commune de Paris doit mettre une sourdine aux intentions qu'elle affichait hautement. La Convention réaffirme le principe de la liberté des cultes pour rassurer les catholiques, mais elle maintient les fermetures d'églises afin de ne pas paraître contredire les autorités locales qui y ont procédé un peu partout. Au cours de l'hiver 1794, le mouvement persiste en partie, moins spectaculaire qu'à ses débuts à Paris : si les mascarades ou les manifestations iconoclastes s'essoufflent au printemps, les abdications comme les changements toponymiques se poursuivent. Ces derniers cultivent la mémoire des héros révolutionnaires comme Marat, Châlier ou Le Pelletier de Saint-Fargeau.

Comme l'épisode déchristianisateur, le culte de Marat échappe à l'initiative gouvernementale. À partir de la fin du mois de juillet 1793, se sont répandues un peu partout en France les cérémonies funèbres en l'honneur du journaliste transfiguré en martyr laïque par le poignard de Charlotte Corday. Les sections parisiennes entretiennent la mémoire de Marat et son buste trouve place au sein des sociétés populaires à travers la France. Il sera bientôt englobé dans les honneurs rendus à la Raison mais resurgira épisodiquement, ce qui témoigne de son implantation chez les militants révolutionnaires.

Les éléments qui constituent la déchristianisation n'obéissent pas à la même chronologie : plus précoces sont les livraisons d'argenterie sacrée ou les mariages d'ecclésiastiques ; les mascarades ou les autodafés connaissent des flambées brutales, surtout en janvier-février 1794, période populaire de carnaval ; les changements toponymiques obéissent à un rythme plus régulier comme les descentes de cloches. Si ces dernières, ainsi que les livraisons d'argenterie sacrée, sont d'inspiration officielle, en revanche le Comité de salut public ne voit pas d'un bon œil les abdications, susceptibles de choquer une partie de la population. Si certains représentants en mission ou l'armée révolutionnaire ont joué un rôle déterminant dans l'affaire, la déchristianisation révèle aussi, par son impact différencié, un mouvement plus ancien et plus profond de détachement à l'égard du religieux.

Mais, même inscrite dans un mouvement de longue durée, elle a favorisé le reflux des pratiques dans certaines régions. Elle a surtout aussi opéré une ponction importante sur le corps pastoral : on estime entre 18 000 et 20 000 le nombre de prêtres ayant abdiqué leurs fonctions entre 1793 et 1794. Ces abdications touchent surtout le clergé paroissial, celui qui est le plus visible c'est-à-dire le clergé constitutionnel et non les prêtres réfractaires dans la clandestinité : plus de la moi-

tié du clergé constitutionnel est affectée. Beaucoup cèdent à la pression de l'opinion ou choisissent simplement d'obéir à la loi, avec enthousiasme vrai ou déguisé, ou silencieusement pour devenir laïcisés de fait. De ce point de vue, la France napoléonienne sera un désert clérical.

Exécution du duc d'Orléans, Philippe Égalité, condamné à mort la veille.
La Convention repousse le port obligatoire du bonnet rouge adopté la veille par la Commune, comme elle l'avait déjà fait pour le tutoiement.

8 novembre
Exécution de Mme Roland.
Création de l'Institut national de musique.

9 novembre
Sur la proposition de la Commune, la Convention accepte de transformer Notre-Dame de Paris en temple de la Raison. Entre ce jour et le 25, les sections parisiennes vont déclarer abandonner la religion catholique.
Au club des Jacobins, Robespierre fait l'apologie de la politique gouvernementale et attaque Hébert et les sociétés sectionnaires.

10 novembre
Fête de la Raison à Notre-Dame de Paris.
À Lyon, Fouché et Collot d'Herbois organisent une commission militaire chargée de la répression.
Après avoir appris l'exécution de sa femme, Roland se suicide à Bourg-Baudoin, près de Rouen.

11 novembre
À Nancy, Saint-Just impose une taxe de 5 millions sur les riches.

12 novembre
Au Champ-de-Mars, exécution de Bailly qui avait comparu la veille devant le Tribunal révolutionnaire.
Barère fait annuler un décret voté le 10 à l'instigation de Chabot et Thuriot stipulant que tout député serait entendu par la Convention avant d'être envoyé devant le Tribunal révolutionnaire.
Les Vendéens s'emparent d'Avranches.

13 novembre
Le Comité de salut public demande aux sociétés populaires parisiennes de dresser une liste des citoyens les plus propres à remplir des fonctions publiques.
Thuriot est exclu du club des Jacobins; Hébert réclame aussi l'exclusion de Basire et de Chabot.

14 novembre
À leur tour, Chabot et Basire dénoncent la « conspiration de l'étranger » et donnent au Comité de salut public les noms d'Hébert, Cloots et Proly.
Libération de Varlet sous la pression conjuguée des sections et de la Commmune.
Échec des Vendéens à prendre Granville: ils doivent se replier sur la Loire.
La Convention décide d'accorder à Marat les honneurs du Panthéon sur une proposition de David qui offre son tableau représentant le journaliste assassiné dans sa baignoire.

15 novembre
Exécution de Manuel, ancien procureur de la Commune qui, député à la Convention, s'était rapproché des Girondins et avait été condamné la veille par le Tribunal révolutionnaire.
La Convention décrète que les prêtres mariés ne sont pas sujets à la déportation.
Suppression des loteries.

16 novembre
Exécution du général Houchard.
Reprise au théâtre de la République d'une « tragédie patriotique » de Ronsin, *Arétophile.*

17 novembre
Dans un grand rapport sur la situation politique, Robespierre souligne à la Convention que la déchristianisation risque d'aliéner à la France les pays neutres.
Arrestation de Basire, Chabot et Delaunay compromis dans le scandale de la liquidation de la Compagnie des Indes. Julien de Toulouse, Batz, et Proly sont aussi décrétés d'arrestation, et Amar et Fabre d'Églantine sont chargés du rapport de l'affaire. L'arrestation de ses amis provoque le retour précipité de Danton à Paris le 20 novembre.
La Commune décide de ne plus admettre de députation de femmes.
Carrier, représentant en mission à Nantes, informe la Convention de la marche de la « régénération » dans une lettre où il écrit à propos des prêtres: « 90 de ceux que nous désignons comme réfractaires étaient enfermés dans un bateau sur la Loire; j'apprends à l'instant, et la nouvelle en est très sûre, qu'ils ont tous péris dans la rivière: quelle triste catastrophe! ».
Le comte de Provence (futur Louis XVIII) quitte Hamm pour Vérone.

18 novembre
Rapport de Billaud-Varenne sur l'organisation du gouvernement révolutionnaire: « Il faut que l'épée

de Damoclès plane sur toute la superficie. » La Convention discutera ce rapport du 23 novembre au 4 décembre.
Ouverture officielle du Muséum des arts du Louvre.

19 novembre
Les Vendéens restent maîtres de Dol dont ils se sont emparés malgré les attaques de l'armée républicaine.

21 novembre
Au club des Jacobins, Robespierre défend la liberté des cultes proclamée par la Convention. Il déclare que le fanatisme, en train d'expirer devant le progrès des Lumières, est moins à craindre que l'ambition. « On a dénoncé les prêtres pour avoir dit la messe [...]. Celui qui veut les empêcher est plus fanatique que celui qui dit la messe. » Il ajoute que « l'athéisme est aristocratique », alors que l'idée d'un Être suprême punissant le crime est populaire : « Si Dieu n'existait pas, il faudrait l'inventer. » Il ne faut pas donner de la Révolution une image immorale et il propose d'exclure des Jacobins les « hommes immoraux », agents de l'étranger : Desfieux, Dubuisson, Proly et Pereyra.
Chaumette fait adopter par la Commune un nouveau cérémonial pour les enterrements.

22 novembre
À la Convention, Danton s'élève contre la persécution religieuse et demande « l'économie du sang et des hommes ».
Pour mettre fin aux abjurations publiques, la Convention décide que les prêtres renonçant à leurs fonctions se présenteront devant le comité d'instruction publique et non devant la Convention entière. Décret sur les secours accordés aux ecclésiastiques qui abdiquent leur état et leurs fonctions.

23 novembre
La Commune ferme tous les édifices consacrés au culte.

24 novembre
La Convention décrète l'application du calendrier républicain.
Les anciens fermiers généraux, intendants et receveurs généraux des finances sont décrétés d'arrestation. 19 des 27 anciens fermiers généraux sont arrêtés le lendemain. Condamnation à mort de l'ancien contrôleur général des Finances, Laverdy.
La Convention institue un musée au château de Versailles pour accueillir les œuvres qui ne trouveraient pas place au Louvre.

25 novembre (5 frimaire an II)
Arrivée à Lyon de Ronsin à la tête de l'armée révolutionnaire.
Après un discours de Marie-Joseph Chénier, la Convention décide d'expulser du Panthéon les restes de Mirabeau.

26 novembre (6 frimaire)
À la Convention, Danton s'élève contre les mascarades antireligieuses et la Terreur ; il demande aussi qu'un rapport soit fait sur la « conspiration de l'étranger ».

28 novembre (8 frimaire)
Au club des Jacobins, Robespierre continue de souligner les dangers de la déchristianisation et prend la défense de Barère.

29 novembre (9 frimaire)
Coup d'arrêt porté à la déchristianisation : Chaumette demande à la Commune de ne plus entendre de motions aux idées métaphysiques ; si les églises demeurent fermées, il est cependant possible de louer un local privé pour célébrer son culte.
Exécution de Barnave et Duport-Dutertre condamnés à mort la veille par le Tribunal révolutionnaire.
Le général Louis-Marie Turreau (1756-1816) est nommé en Vendée.

30 novembre (10 frimaire)
Lavoisier, décrété d'arrestation en tant qu'ancien fermier général, se constitue prisonnier.
Hoche est battu par les Prussiens à Kaiserslautern.

décembre
Lamarck présente son mémoire *Sur les variations de l'état du ciel*. Il publie aussi en l'an II *Recherches sur les causes des principaux faits physiques*.

1er décembre (11 frimaire)
Danton s'oppose à l'échange forcé de numéraire contre des assignats proposé par Cambon et déclare que les « ultra-révolutionnaires » sont aussi dangereux avec leurs actions inconsidérées que les contre-révolutionnaires.

3 décembre (13 frimaire)
Au club des Jacobins, Danton, soutenu par Robespierre, dénonce ceux qui proposent des mesures ultra-révolutionnaires et cherchent à entraîner le peuple au-delà de la Révolution.

4 décembre (14 frimaire)
Organisation du gouvernement révolutionnaire : la Convention devient le « centre unique de l'impul-

sion gouvernementale ». Les pouvoirs des administrations départementales sont considérablement réduits au profit des administrations de district où des agents nationaux nommés par les représentants en mission ou la Convention remplaceront les procureurs-syndics élus. Ces agents nationaux devront rendre compte de leur activité tous les dix jours à la Convention. L'armée révolutionnaire est supprimée. Un bulletin des lois est créé afin d'assurer la publicité de la loi et sa diffusion.
Après un rapport de Prieur de la Côte-d'Or, la Convention invite les citoyens à lessiver le sol de leurs caves pour trouver du salpêtre (nécessaire à la fabrication de poudre à canon).
À Lyon, première fusillade collective qui se substitue aux exécutions individuelles dans la répression des Lyonnais révoltés organisée par Collot d'Herbois et Fouché.
En échouant à prendre Angers qu'ils assiégeaient depuis la veille, les Vendéens ne peuvent pas franchir la Loire et doivent se replier vers la Sarthe.

5 décembre (15 frimaire)
Barère et Robespierre défendent la liberté des cultes devant la Convention qui adopte le lendemain un décret en rappelant le principe.
Amar annonce à la Convention l'arrestation de Rabaut Saint-Étienne et de son frère Jacques-Antoine Rabaut-Pommier (1744-1820). Le premier est exécuté le jour même.
Parution du premier numéro du *Vieux Cordelier* de Camille Desmoulins.

CAMILLE DESMOULINS

Atteint de bégaiement, boursier au collège Louis-le-Grand où il a pour camarades Robespierre et Fréron, Camille Desmoulins (1760-1794) est reçu avocat en 1785. Il vivote à Paris jusqu'à ce que la Révolution le révèle comme l'un des pamphlétaires les plus incisifs de la période. Son appel à l'insurrection dans les jardins du Palais-Royal le 12 juillet 1789 et ses Discours de la lanterne aux Parisiens *lui confèrent une célébrité révolutionnaire que confirme la rédaction des* Révolutions de France et de Brabant. *Actif dans son district des Cordeliers, il fréquente avec assiduité aussi bien le club des Jacobins que celui des Cordeliers où il est, avec son ami Danton, l'une des personnalités les plus en vue du Paris révolutionnaire : il a ainsi pour témoins lors de son mariage avec Lucile, en décembre 1790, Robespierre et Pétion. L'année 1792 le voit s'opposer violemment à la politique belliciste menée par Brissot contre lequel il lance de féroces pamphlets. Secrétaire de Danton, avec Fabre d'Églantine, au ministère de la Justice, il est élu à la Convention et continue en 1793 à mobiliser contre les Girondins tous les talents de sa plume. Parfois accusé d'inconséquence et de ne pas sentir où pouvait mener l'acuité de ses attaques, l'aspect tragique du drame qui noue sa fin et l'épisode du* Vieux Cordelier, *espace de liberté de parole dans le silence glacé de la Terreur, donnent à Camille Desmoulins une gloire posthume qui lui vaudra d'être réhabilité par la Convention thermidorienne. Le 5 décembre 1793, il lance un nouveau journal,* Le Vieux Cordelier, *contre la surenchère hébertiste et l'emballement des exécutions. Six numéros paraissent en moins de deux mois, qu'accompagne un énorme succès. Très vite, c'est la politique du Comité de salut public, menée par Robespierre et Barère, qui est mise en cause. Devenu suspect aux clubs qui réclament son exclusion et sa destitution en tant que député, bientôt abandonné par Robespierre qui l'a longtemps défendu, touché par le discrédit que Fabre d'Églantine jette sur tous les amis de Danton, il est arrêté et exécuté avec ce dernier. Sa femme les suivra quelques jours plus tard sur l'échafaud.*

Nouvelle exécution collective à Lyon (209 victimes).

6 décembre (16 frimaire)
Les taxes levées par des comités révolutionnaires ou des autorités incompétentes devront être versées au Trésor national sous la responsabilité des autorités de district.
Pierre-Nicolas Philippeaux (1756-1794) critique la conduite des opérations en Vendée où il a été en mission et s'en prend particulièrement aux hébertistes et à Rossignol et Ronsin, qui ont fait la preuve de leur incapacité militaire.

7 décembre (17 frimaire)
La Convention décide que les comités révolutionnaires doivent motiver les mandats d'arrêt qu'ils émettent.

8 décembre (18 frimaire)
La Convention précise, sur la proposition de Barère, n'avoir pas voulu, avec ses décrets du 6, porter atteinte aux mesures prises par les représentants en mission. Elle interdit aussi aux comités révolutionnaires de lever des taxes.
Au club des Jacobins, affrontement entre Couthon, revenu de Lyon le 3, et Dubois de Crancé sur la manière dont le siège de Lyon a été conduit.

La Convention décide que jusqu'au 21 décembre, les cordonniers ne devront plus fabriquer que des souliers pour l'armée.
Suicide de l'ancien ministre Girondin Clavière dans sa prison.
Exécution de Mme Du Barry, l'ancienne maîtresse de Louis XV.

9 décembre (19 frimaire)
Au club des Jacobins, Robespierre accentue ses attaques contre les hébertistes et s'en prend particulièrement à Cloots.

10 décembre (20 frimaire)
Deuxième numéro du *Vieux Cordelier*: Desmoulins y attaque Cloots et les hébertistes.
Carrier avertit la Convention qu'une nouvelle noyade dont ont été victimes 58 prêtres réfractaires a eu lieu à Nantes.
Prise du Mans par les Vendéens.

11 décembre (21 frimaire)
Chaque commune est autorisée à garder une cloche pour timbrer son horloge.

12 décembre (22 frimaire)
Robespierre fait exclure du club des Jacobins Cloots après avoir dénoncé ses attributs d'aristocrate prussien et de déchristianisateur. Duhem et d'Aoust sont aussi exclus.

13 décembre (23 frimaire)
Malgré l'opposition des amis de Danton, la Convention suit Barère et proroge les pouvoirs du Comité de salut public.

14 décembre (24 frimaire)
Au club des Jacobins, Robespierre prend la défense de Desmoulins.
Les Cordeliers réclament le jugement des «73» députés détenus comme complices des Girondins.
Les Vendéens, attaqués depuis le 12 par Marceau, sont écrasés au Mans.

15 décembre (25 frimaire)
Troisième numéro du *Vieux Cordelier* qui s'en prend à la Terreur et au gouvernement révolutionnaire.

16 décembre (26 frimaire)
Au club des Jacobins, Robespierre oppose les nobles aux prêtres: les premiers sont toujours inutiles, alors qu'on doit distinguer au sein des seconds des hommes attachés à la Révolution et issus de ce qu'on appelait le bas clergé. Sa noblesse fait exclure du club Pierre-Antoine d'Antonelle (1747-1817), ex-maire d'Arles, ex-député à la Législative et juré au Tribunal révolutionnaire.
Léonard Bourdon donne lecture à la Convention du premier numéro des *Annales du civisme et de la vertu*.

17 décembre (27 frimaire)
François-Nicolas Vincent et Stanislas Maillard (1763-1794), dénoncés par Fabre d'Églantine, sont décrétés d'arrestation ainsi que Ronsin. Louis-Julien Héron (1746-1796), un agent du Comité de sûreté générale est aussi dénoncé et les comités sont chargés d'examiner sa conduite. Les Cordeliers soutiennent Ronsin et Vincent tandis que le club des Jacobins approuve leur arrestation.

Les Cordeliers

Alors que le club des Jacobins s'était constitué pour préparer et suivre le travail de l'Assemblée nationale, celui des Cordeliers, d'abord centré sur la politique locale, privilégiait l'idée de surveillance suspicieuse des nouvelles autorités. C'est surtout en 1791 que sa renommée se renforce. Si de nombreux dirigeants révolutionnaires ont fait leurs premières armes dans ce club parisien qui ne fut jamais monolithique, il n'acquiert de dimension véritablement nationale qu'en 1793, c'est-à-dire quand se renforce sa tendance hébertiste. À partir de l'automne 1793 se durcit l'offensive menée contre l'hégémonie du pouvoir jacobin, offensive qui se terminera par l'élimination des dirigeants cordeliers. Parmi ceux-ci, il faut citer, en cette fin d'année 1793:
Jacques-René Hébert (1757-1794). Né à Alençon où son père présidait le tribunal de commerce, il s'installe à Paris en 1780 et y vit d'abord d'expédients. En 1786, il végète encore comme chargé de la location des loges au théâtre des Variétés. Comme Marat, c'est le journal qu'il lance en septembre 1790 pour lutter contre La Fayette, Le Père Duchesne, *qui lui confère la notoriété grâce à la scénographie et au langage populaires qu'il met en œuvre. Fin 1792, Hébert devient substitut du procureur de la Commune, Pierre-Gaspard Chaumette (1763-1794), autre dirigeant Cordelier. Cependant, s'il est un actif propagandiste ayant une large audience, Hébert ne sera jamais réellement un chef de faction.*
Antoine-François Momoro (1756-1794) était typographe-imprimeur. Après avoir accompagné Ronsin en Vendée, il est à la pointe du mouvement déchristianisateur à Paris avec Chaumette en novembre 1793, et c'est lui qui préside les séances du club des Cordeliers où est prônée la

nécessité d'organiser de nouvelles journées révolutionnaires au cours de l'hiver 1793-1794.
Petit clerc de procureur quand la Révolution éclate, François-Nicolas Vincent (1767-1794) devient secrétaire greffier du club des Cordeliers. Nommé par Bouchotte au secrétariat général du ministère de la Guerre en avril 1793, il en fera la place forte du mouvement cordelier.
Après un début de carrière militaire, Charles-Philippe Ronsin (1751-1794) s'était lancé dans celle des lettres et était devenu auteur dramatique. Militant cordelier, c'est un protégé de Pache qui l'envoie en mission auprès de Dumouriez en Belgique en novembre 1792. En avril 1793, il devient l'adjoint du ministre de la Guerre Bouchotte, et part en Vendée en mai. Grâce à ses appuis cordeliers au ministère, il est promu en une semaine du grade de capitaine à celui de général, puis, de retour à Paris, dirige l'armée révolutionnaire en septembre. Il sera au centre des polémiques contre les Cordeliers à partir de l'automne 1793.
Réticents devant l'action que mènent les Enragés au printemps 1793, à la mort de Marat, les Cordeliers en disputent l'héritage à Roux et Leclerc. Ils prennent alors leurs distances vis-à-vis de la Montagne. Si la pression exercée sur la Convention en août 1793 aboutit, tandis que leurs concurrents Enragés sont éliminés, à adjoindre au Comité de salut public Collot d'Herbois et Billaud-Varenne qui sont réputés proches des Cordeliers, ils ne désarment cependant pas leurs critiques. Ils vont au contraire accentuer leurs attaques contre la composante dantoniste de la Montagne. Les excès de leur campagne amènent l'arrestation de certains de leurs dirigeants le 17 décembre 1793, mais leur mobilisation et l'appui de Collot d'Herbois vont leur permettre d'obtenir leur libération. La crise de subsistances que connaît Paris au cours de cet hiver rigoureux et la mauvaise passe dans laquelle leur semblent être Danton et ses amis Indulgents, les incitent à amplifier leurs attaques contre le Comité de salut public. Repoussant les offres d'apaisement tentées par Collot d'Herbois et le club des Jacobins, ils sont bientôt lâchés par leurs meilleurs appuis comme Bouchotte. Arrêtés dans la nuit du 13 au 14 mars 1794, les principaux meneurs Cordeliers sont exécutés dix jours plus tard, Chaumette, qui s'était désolidarisé, étant, lui, guillotiné en avril.

18 décembre (28 frimaire)
Élie Lacoste (1745-1806) et Baudot, représentants en mission auprès de l'armée de Moselle, protestent contre la traduction d'Euloge Schneider (1756-1794), chef de file des Jacobins de Strasbourg, devant le Tribunal révolutionnaire, par Saint-Just.

19 décembre (29 frimaire)
Amar, membre du Comité de sûreté générale, découvre dans les papiers de Delaunay la preuve du faux en écriture commis par Fabre d'Églantine dans la publication du décret liquidant la Compagnie des Indes. Il prévient Robespierre, mais tous deux décident de conserver le secret. À la Convention, Lecointre réclame au Comité de sûreté générale un rapport sur Chabot, Basire, Delaunay et Julien de Toulouse.
Le général Dugommier reprend Toulon aux royalistes qui s'étaient accordés avec les Anglais fin août. Le capitaine Bonaparte, protégé des représentants en mission Augustin Robespierre et Antoine-Christophe Saliceti qui lui ont confié la direction de l'artillerie, s'est illustré au cours du siège.
Gabriel Bouquier (1739-1810) fait voter la loi organisant l'instruction publique: l'enseignement est libre et public, et les instituteurs sont salariés par l'État.

20 décembre (30 frimaire)
Quatrième numéro du *Vieux Cordelier*. Les Cordeliers demandent à la Convention de mettre en accusation les députés Girondins incarcérés.

21 décembre (1er nivôse)
Escorté de sans-culottes parisiens et lyonnais portant la tête et les cendres de Châlier et réclamant sa panthéonisation, Collot d'Herbois, de retour de Lyon, se présente à la Convention qui approuve sa conduite au cours de sa mission. Le soir, il se rend au club des Jacobins, lui reproche sa mollesse et fait l'éloge de Ronsin. Hébert dénonce Bourdon de l'Oise, Philippeaux, Desmoulins, Fabre d'Églantine et réclame leur exclusion. Il propose aussi de se rendre à la Convention pour soutenir Vincent et Ronsin et réclamer le jugement des « 73 » députés Girondins incarcérés, ce qui sera fait le lendemain.

22 décembre (2 nivôse)
Développement de la campagne en faveur de Vincent et Ronsin. Les Cordeliers félicitent Collot d'Herbois, radient Desmoulins et retirent leur confiance à Bourdon de l'Oise, Fabre d'Églantine et Philippeaux, les principaux amis de Danton qui s'opposent au Comité de salut public.
Le général Alexandre Davy de La Pailleterie, dit Alexandre Dumas (1762-1807), père du romancier, devient commandant en chef de l'armée des Alpes à la place de Carteaux incarcéré le 19 par les autorités grenobloises.

23 décembre (3 nivôse)
Une délégation des Cordeliers réclame à la Convention la libération de Ronsin et Vincent.
Victoire de Westermann à Savenay : l'armée catholique et royale est détruite et la guerre civile de l'Ouest va désormais se réduire à une guérilla.

24 décembre (4 nivôse)
Barère annonce à la Convention la reprise de Toulon dont le nom est changé en Port-la-Montagne.

25 décembre (5 nivôse)
Rapport de Robespierre à la Convention sur les principes du gouvernement révolutionnaire : « La théorie du gouvernement révolutionnaire est aussi neuve que la Révolution qui l'a amenée. Il ne faut pas la chercher dans les livres des écrivains politiques qui n'ont point prévu cette révolution, ni dans les lois des tyrans qui, contents d'abuser de leur puissance, s'occupent peu d'en chercher la légitimité [...]. Le but du gouvernement constitutionnel est de conserver la République ; celui du gouvernement révolutionnaire est de la fonder. La Révolution est la guerre de la liberté contre ses ennemis ; la Constitution est le régime de la liberté victorieuse et paisible. [...] Si le gouvernement révolutionnaire doit être plus actif dans sa marche et plus libre dans ses mouvements que le gouvernement ordinaire, en est-il moins juste et moins légitime ? Non ; il est appuyé sur la plus sainte de toutes les lois, le salut du peuple ; sur le plus irréfragable de tous les titres, la nécessité. [...] Il doit voguer entre deux écueils, la faiblesse et la témérité, le modérantisme et l'excès ; le modérantisme, qui est à la modération ce que l'impuissance est à la chasteté, et l'excès qui ressemble à l'énergie, comme l'hydropisie à la santé. »

26 décembre (6 nivôse)
La Convention constitue une commission pour s'occuper de la mise en liberté des suspects arrêtés. Elle ordonne au Tribunal révolutionnaire de juger sans délai les généraux Marcé et Quétineau vaincus en Vendée.
Après une attaque de Robespierre contre les sociétés sectionnaires, le club des Jacobins retire son affiliation à toutes les sociétés fondées après le 31 mai 1793 (avant la fin janvier 1794, les Cordeliers vont faire la même chose).
À Sens, après avoir abjuré, l'ancien ministre de Louis XVI, l'archevêque Loménie de Brienne, est libéré par la municipalité qui l'avait arrêté quelques semaines auparavant.
Hoche, nommé la veille commandant en chef des armées de la Moselle et du Rhin par les représentants en mission, bat l'armée autrichienne de Wurmser à Geisberg.

27 décembre (7 nivôse)
Hoche s'empare de Wissenbourg et Louis-Charles-Antoine des Aix, dit Desaix (1768-1800), de Lauterbourg.

28 décembre (8 nivôse)
Exécution de l'ancien maire de Strasbourg, Dietrich, et de l'ancien ministre des Affaires étrangères, Lebrun.
Robespierre fait décerner les honneurs du Panthéon à Bara, jeune garçon républicain tué le 8 décembre en Vendée.
Décret facilitant les procédures de divorce.

29 décembre (9 nivôse)
Hérault de Séchelles rend compte à la Convention de sa mission dans le Rhin et doit se défendre de ses liens avec Proly, Pereyra et Dubuisson.
On compte 4 621 détenus à Paris.
Les victoires de Hoche contraignent les Prussiens à lever le siège de Landau. Le duc de Brunswick doit se replier sur Mayenne, libérant ainsi l'Alsace de l'étau qui l'enserrait.

30 décembre (10 nivôse)
Arrestation d'Anacharsis Cloots.

Anacharsis Cloots

Né près de Clèves d'une famille originaire des Pays-Bas qui avait fait fortune dans le commerce des Indes, Jean-Baptiste (dit Anacharsis) Cloots (1755-1794) s'installe à Paris à 21 ans. Il fréquente les salons, côtoie Condorcet, Lavoisier, La Fayette, écrit des libelles et se révèle à la scène politique en se présentant à la Constituante, avant la fête de la Fédération en 1790, comme l'orateur du genre humain. Élu à la Convention par le département de l'Oise où il possédait de nombreux biens nationaux et où il jouissait de la protection de l'ami de Voltaire, le marquis de Villette, il est à la Convention l'ardent propagandiste d'une guerre libératrice de la féodalité, poussant à l'annexion des conquêtes pour fonder une république universelle. Ses idées et son rôle actif dans la déchristianisation à Paris en font une cible privilégiée pour Robespierre qui n'aime ni son activité brouillonne ni ses origines sociales. Exclu du club des Jacobins, arrêté, il est adjoint aux Cordeliers et guillotiné avec eux.

Fin de la mission de Saint-Just et Lebas en Alsace.
Fête civique à Rouen dans la cathédrale transformée en temple de la Raison.

31 décembre (11 nivôse)
Exécution du duc de Biron.
Arrestation de Babeuf sous l'inculpation de faux en écriture.
Attaque d'Hébert contre Desmoulins au club des Jacobins.

1794

1er janvier (12 nivôse)
Le Comité de salut public condamne les mesures déchristianisatrices prises par Lequinio en Charente-Inférieure.

2 janvier (13 nivôse)
Charette est battu par les troupes républicaines à Machecoul.

3 janvier (14 nivôse)
Les généraux Turreau et Nicolas Haxo (1749-1794) reprennent Noirmoutier aux Vendéens.

4 janvier (15 nivôse)
Les députations des troupes à la Convention sont interdites.
Le Comité de salut public ordonne la fabrication de baïonnettes.
Cinquième numéro du *Vieux Cordelier*.
Exécution du maréchal Luckner.

5 janvier (16 nivôse)
Au club des Jacobins, Collot d'Herbois réclame l'exclusion de Philippeaux et la censure de Desmoulins qui s'en prend à Hébert. Danton et Robespierre cherchent à calmer les esprits.
Première représentation à l'Opéra de *Toute la Grèce ou ce que peut la liberté*, musique de Lemoyne sur un livret de Beffroy de Reigny.

6 janvier (17 nivôse)
Décret sur les successions abolissant radicalement l'ordre successoral ancien. Ce décret est rétroactif pour toutes les successions ouvertes depuis le 14 juillet 1789.

7 janvier (18 nivôse)
Débat sur la conduite de la guerre en Vendée à la Convention : Philippeaux, qui a été en mission dans l'Ouest, dénonce Ronsin et Rossignol. Merlin de Thionville déclare que les défaites en Vendée ont plus été le fruit de l'incapacité que de la trahison. Westermann, destitué de son commandement, est laissé en liberté jusqu'au rapport du Comité de salut public.
Au club des Jacobins, Robespierre blâme Desmoulins pour son dernier numéro du *Vieux Cordelier* où l'on trouve une critique de la politique du Comité de salut public ; tout en lui reprochant de faire le jeu des aristocrates, Robespierre continue à le protéger mais demande qu'on brûle les derniers numéros du *Vieux Cordelier*, s'attirant une réplique cinglante de Desmoulins : « Robespierre a dit qu'il fallait brûler mes numéros ; je lui répondrai comme Rousseau : Brûler n'est pas répondre ! » Robespierre s'emporte alors et finit par déclarer que « l'homme qui tient si fortement à des écrits si perfides est peut-être plus qu'un égaré ».

8 janvier (19 nivôse)
La polémique autour de Desmoulins se poursuit au club des Jacobins : pour Robespierre, Desmoulins et Hébert ont tous deux des torts, les « ultra-révolutionnaires » comme les « citra-révolutionnaires » sont des contre-révolutionnaires.
Le général vendéen Gui-Joseph de Donnissan (1737-1794), le père de la veuve de Lescure et future marquise de La Rochejaquelein, est fusillé à Angers.

9 janvier (20 nivôse)
Carnot destitue Jourdan de son commandement de l'armée du Nord. Il sera remplacé le 5 février par Pichegru.
Exécution du général vendéen d'Elbée fait prisonnier à Noirmoutier.

10 janvier (21 nivôse)
Desmoulins est exclu du club des Jacobins mais réintégré aussitôt grâce à Robespierre pour qui si l'on chasse Desmoulins il faut aussi exclure Bourdon de l'Oise.
Après un rapport de l'abbé Grégoire, la Convention décrète que les inscriptions des monuments publics seront désormais en langue française et précise que celles des monuments antiques seront conservées comme les modernes qui ne concernent ni la royauté ni la féodalité.
Mort à Paris du Jacobin allemand Georg Forster (1754-1794), victime d'une pneumonie. Après avoir enseigné les sciences naturelles à Kassel et en Pologne, Forster s'était installé à Mayence où il avait trouvé un emploi de bibliothécaire à l'université. Lors de l'invasion des troupes françaises de Custine, Forster se montre très actif dans la révolution qui agite Mayence. Il est délégué pour porter à la Convention la demande de rattache-

ment à la France de Mayence dont le siège le contraindra à rester à Paris.

11 janvier (22 nivôse)
Le club des Cordeliers retire sa confiance à Bourdon de l'Oise, Desmoulins, Fabre d'Églantine et Philippeaux.
Exécution de l'abbé Lamourette, évêque constitutionnel de Lyon et ex-député à la Législative.

12 janvier (23 nivôse)
Après un rapport de Vadier au nom du Comité de sûreté générale, la Convention libère Albert Mazuel (1766-1794), arrêté le 21 décembre sur la proposition de Fabre d'Églantine. Vadier déclare n'avoir aucune charge à retenir contre Ronsin et Vincent.

13 janvier (24 nivôse)
Au nom du Comité de sûreté générale, Amar apprend à la Convention l'arrestation dans la nuit du 12 au 13 de Fabre d'Églantine et révèle le faux en écriture dont il s'est rendu coupable: Fabre d'Églantine avait contresigné le décret chargeant la Compagnie des Indes de sa propre liquidation, commettant ainsi un faux en écriture puisque la Convention avait décidé que la liquidation serait faite par des commissaires nationaux. Amar précise que l'original du décret se trouve dans les papiers de Chabot. Vadier expose la manœuvre de Chabot, Fabre d'Églantine et leurs complices consistant à faire peur aux compagnies en les attaquant à la Convention pour faire baisser leurs actions et racheter celles-ci à la baisse, avant de faire remonter leur cours et les revendre. Billaud-Varenne apostrophe Danton qui proposait à la Convention d'entendre Fabre d'Églantine: « Malheur à celui qui a siégé à côté de Fabre d'Églantine, et qui est encore sa dupe; il a trompé les meilleurs patriotes. »
Hoche, qui s'entend mal avec Pichegru, conserve seulement le commandement de l'armée de Moselle.

15 janvier (26 nivôse)
Sixième numéro du *Vieux Cordelier*.

16 janvier (27 nivôse)
Marseille est rebaptisée Ville-sans-Nom mais, le 12 février, la Convention autorisera la ville à conserver son nom.
La Convention supprime la Commission du Muséum et réorganise le Conservatoire du Muséum des arts d'après un rapport de David.

17 janvier (28 nivôse)
Turreau donne leurs ordres de mission aux colonnes, bientôt surnommées infernales, chargées de dévaster la Vendée.
À la fin du mois de décembre 1793, l'armée de l'Ouest que commandait par intérim Marceau a vu arriver son nouveau général, Turreau, nommé par la Convention le 29 novembre. Ce dernier, qui ne s'entend ni avec Marceau ni avec Kléber, décide, après la prise de Noirmoutier, d'élaborer le plan qui doit achever la Vendée. En attendant de déloger Charette qui tient le Marais, il s'agit d'isoler toute la région et de la détruire. 12 colonnes mobiles devront parcourir le territoire en fusillant tout suspect rencontré, en évacuant les villages et en brûlant les maisons sans oublier les moulins: quatre colonnes quitteront les Deux-Sèvres en direction du Haut-Bocage vers lequel convergeront deux colonnes parties de Cholet, les six autres quadrillant les Mauges. Pendant plusieurs mois – Turreau est rappelé à Paris en mai – elles ravageront ainsi la région, pillant et massacrant sans compter sur leur passage.

19 janvier (30 nivôse)
Les Anglais, qui négociaient leur aide aux séparatistes avec Paoli, débarquent en Corse.

21 janvier (2 pluviôse)
Célébration de l'exécution de Louis XVI place de la Révolution (l'actuelle place de la Concorde).

22 janvier (3 pluviôse)
La Convention prescrit la plantation d'arbres de la liberté dans chaque commune.

23 janvier (4 pluviôse)
Rappel à Paris des représentants en mission dans le Midi, Paul-François de Barras (1755-1829) et Louis-Stanislas Fréron (1754-1802), le fils de l'adversaire de Voltaire et qui a côtoyé Robespierre et Desmoulins pendant ses études. Les deux députés avaient été chargés de réprimer l'insurrection fédéraliste dans le Midi. Pendant plusieurs mois, ils y ont appliqué la Terreur, mais ils sont aussi soupçonnés d'y avoir commis nombre de malversations. Terroristes sans vertu, menacés par Robespierre, ils travailleront ferme à le renverser au 9 thermidor (27 juillet 1794).
Première représentation au théâtre de la Cité de *La Folie de Georges, ou l'ouverture du Parlement d'Angleterre*, une tragédie de Jean-Antoine Lebrun-Tossa (1760-1837).

27 janvier (8 pluviôse)
Barère propose à la Convention de révolutionner la langue : « Le législateur parle une langue que ceux qui doivent exécuter et obéir n'entendent pas [...]. Vous avez décrété l'envoi des lois à toutes les communes de la République [...]. Les lumières portées à grands frais aux extrémités de la France s'éteignent en y arrivant, puisque les lois n'y sont pas entendues. Le fédéralisme et la superstition parlent bas-breton ; l'émigration et la haine de la République parlent allemand ; la contre-révolution parle italien, et le fanatisme parle le basque. Cassons ces instruments de dommage et d'erreur. » La Convention décide d'établir des instituteurs de langue française dans les communes des départements désignés par Barère, c'est-à-dire en Bretagne, en Alsace, en Corse et dans les départements frontaliers avec l'Espagne et l'Italie.
Une députation d'Américains réclame à la Convention la libération de Thomas Paine qui, proche des Girondins, avait été arrêté deux semaines auparavant.

28 janvier (9 pluviôse)
Robespierre s'oppose à Léonard Bourdon, qui tentait de mobiliser le club des Jacobins pour réclamer la libération de Ronsin et Vincent, et demande qu'on s'en remette au Comité de sûreté générale.
La Convention établit, après un rapport de Jacques-Michel Coupé (1737-1809), des bibliothèques publiques dans les districts.

29 janvier (10 pluviôse)
Mort du général vendéen La Rochejaquelein dans une escarmouche.

31 janvier (12 pluviôse)
On compte 5 309 détenus à Paris.

février
Aggravation de la crise des subsistances à Paris où, vers la fin du mois, on fait la queue devant les boulangeries.

1er février (13 pluviôse)
Création d'une Commission nationale des armes et des poudres après un rapport de Barère où il affirme que la paix ne sortira que de la force des armes de la République.
Un crédit de 10 millions est accordé au ministre de l'Intérieur Paré pour secourir les indigents.
Stofflet est élu à la tête des Vendéens pour remplacer La Rochejaquelein. L'unité de l'armée catholique et royale est largement fictive car les chefs vendéens qui ont survécu à la répression resteront divisés.

STOFFLET

Garde-chasse du comte de Maulévrier, Jean-Nicolas Stofflet (1753-1796) a déjà des démêlés avec la garde nationale quand éclate l'insurrection vendéenne. Cet ancien militaire s'illustre dans toutes les grandes batailles du printemps et de l'été 1793 et participe à la « virée de galerne ». En 1794, il est réfugié avec sa bande dans la forêt de Maulévrier et ne traite avec la République qu'en mai 1795. Il appelle à un nouveau soulèvement sur l'ordre du comte d'Artois le 26 janvier 1796, mais, surpris par les républicains, il est fusillé le 25 février 1796.

Première représentation au théâtre Feydeau (le théâtre construit en 1790 par les architectes Legrand et Molinos pour la troupe de Monsieur) de *La Prise de Toulon* de Dalayrac sur un livret de Picard.

2 février (14 pluviôse)
Sur la proposition du Comité de sûreté générale, la Convention vote la libération de Vincent et Ronsin. Danton a appuyé le comité en espérant que les Comités de salut public et de sûreté générale poursuivront une politique d'équilibre et libéreront Fabre d'Églantine.
Arrêté du Comité de salut public organisant des cours pour familiariser les citoyens avec l'extraction du salpêtre : chaque district doit envoyer deux hommes à Paris pour suivre ces cours.

4 février (16 pluviôse)
Abolition de l'esclavage dans les colonies après une motion de René Levasseur de la Sarthe (1747-1834) et de Delacroix.
Le Comité de salut public définit le rôle des sociétés populaires dans une circulaire : elles ont une mission de surveillance et doivent collaborer avec les autorités constituées pour les nominations aux places.

5 février (17 pluviôse)
Rapport de Robespierre sur « les principes de morale politique qui doivent guider la Convention nationale dans l'administration intérieure de la République » : « Si le ressort du gouvernement populaire dans la paix est la vertu, le ressort du gouvernement révolutionnaire est à la fois la vertu et la terreur : la vertu, sans laquelle la terreur est funeste, la terreur sans laquelle la vertu est impuissante. La terreur n'est autre chose que la justice prompte, sévère, inflexible ; elle est donc une émanation de

la vertu; elle est moins un principe particulier, qu'une conséquence du principe général de la démocratie, appliquée aux plus pressants besoins de la patrie [...]. Le gouvernement de la révolution est le despotisme de la liberté contre la tyrannie.»

6 février (18 pluviôse)
Le Comité de salut public charge Monge de rédiger une *Description de l'art de fabriquer les canons.*

10 février (22 pluviôse)
Suicide de Jacques Roux dans sa prison.

12 février (24 pluviôse)
Momoro dénonce aux Cordeliers le modérantisme du club des Jacobins.
La Commission des subsistances est autorisée à réquisitionner les denrées destinées aux armées et aux établissements publics.
Transfert à Metz de l'École du génie de Mézières.

15 février (27 pluviôse)
Dans la Marine, l'ancien pavillon est remplacé par un pavillon tricolore dont les couleurs sont disposées verticalement.
Décret exigeant que les officiers et sous-officiers sachent lire.

20 février (2 ventôse)
L'île Bourbon prend le nom d'île de la Réunion.

21 février (3 ventôse)
Barère présente à la Convention le tableau du maximum général (c'est-à-dire la tarification générale applicable à chaque département).
Après avoir décrit la situation en Vendée à la Convention, Carrier, rappelé de Nantes à Paris par la Convention le 8, vient faire l'éloge de Ronsin, Rossignol et Santerre au club des Jacobins et mettre en cause Philippeaux, qui avait dénoncé l'incapacité des volontaires parisiens en Vendée.
À Rome, l'ancien Constituant, l'abbé Maury, déjà fait archevêque de Nicée et évêque de Montefiascone, est nommé cardinal par Pie VI.

22 février (4 ventôse)
Les Comités de salut public et de sûreté générale réunis examineront désormais le cas des suspects détenus afin de décider des libérations.
Au club des Cordeliers, Hébert dénonce les Indulgents et les «endormeurs».

23 février (5 ventôse)
Charette s'empare de Legé, près de Nantes.

26 février (8 ventôse)
La Convention décide la mise sous séquestre des biens des personnes reconnues ennemies de la Révolution. Dans son rapport, Saint-Just a fait l'apologie de la Terreur et du gouvernement révolutionnaire: «La première loi de toutes les lois est la conservation de la République [...]. La justice n'est pas clémence, elle est sévérité [...]. Quiconque ménage le crime veut rétablir la monarchie et immoler la liberté [...]. La force des choses nous conduit peut-être à des résultats auxquels nous n'avons point pensé. L'opulence est dans les mains d'un assez grand nombre d'ennemis de la Révolution; les besoins mettent le peuple dans la dépendance de ses ennemis [...]. Ceux qui font des révolutions à moitié n'ont fait que se creuser un tombeau. La Révolution nous conduit à reconnaître ce principe que celui qui s'est montré l'ennemi de son pays n'y peut être propriétaire.»
La Convention décrète que les citoyens acquittés par le Tribunal révolutionnaire pourront reprendre leurs fonctions.
Une députation du club des Cordeliers se rend au club des Jacobins pour jurer union et fraternité et Collot d'Herbois prêche l'union.

2 mars (12 ventôse)
Au club des Cordeliers, Hébert s'oppose à Ronsin qui clame la nécessité d'une insurrection. Pour Hébert, il suffit de punir les Girondins ainsi que Desmoulins, Bourdon de l'Oise et Philippeaux. Les Cordeliers décident de transmettre à la Convention un acte d'accusation contre ces trois derniers.
On compte 6 018 détenus à Paris.

3 mars (13 ventôse)
Décret additionnel à celui du 26 février: Saint-Just fait décider le recensement des patriotes indigents dans les communes afin de permettre au Comité de salut public de préparer un rapport sur les moyens de distribuer les biens des ennemis de la République aux indigents.

4 mars (14 ventôse)
Le club des Cordeliers appelle à l'insurrection: le tableau des droits de l'homme est voilé d'un crêpe noir, Vincent dénonce les modérés et Carrier réclame «une sainte insurrection» avec Hébert qui, soutenu par Momoro et Vincent, s'en prend aussi à deux membres du Comité de salut public, Carnot et Robespierre. C'est une attaque en règle contre le gouvernement révolutionnaire, mais ils en restent aux imprécations. Seule la section Marat, dont beaucoup de membres sont Cordeliers, les appuie.

5 mars (15 ventôse)
La Commune refuse de suivre les Cordeliers.

6 mars (16 ventôse)
À la Convention, Barère menace ceux qui agitent le peuple à propos des subsistances – ils relèveront des tribunaux révolutionnaires – et désigne les factions : les Indulgents et les « insurgents ». Il annonce que Saint-Just va rendre, au nom du Comité de salut public, un rapport sur ces « complots ». Le soir, au club des Jacobins, Collot d'Herbois reprend l'argumentation de Barère, dissocie la masse des militants Cordeliers dupés de leurs dirigeants intrigants et recommande l'envoi d'une députation des Jacobins aux Cordeliers. Présents au club des Jacobins, Momoro et Carrier font machine arrière et minimisent la séance du 4 mars.

7 mars (17 ventôse)
Collot d'Herbois conduit une délégation du club des Jacobins au club des Cordeliers où la conciliation échoue. Momoro et Hébert déclarent que le Comité de salut public et le club des Jacobins ont été égarés par des récits infidèles de la séance du 4 mars où insurrection signifiait liaison plus intime avec les vrais Montagnards, les Jacobins et les patriotes, mais Ronsin continue à s'en prendre aux modérés.
Perquisition chez Hébert où l'on saisit 24 livres de lard fumé.

8 mars (18 ventôse)
Adoption du code des douanes.

9 mars (19 ventôse)
Violente diatribe de Vincent contre la politique gouvernementale au club des Cordeliers. Le durcissement de la position des Cordeliers s'accompagne d'une active campagne d'affiches et de presse. Le commandant de la garde nationale de Paris, Hanriot, demande qu'on réprime les partisans de « l'anarchie ».

10 mars (20 ventôse)
Jourdan est nommé commandant de l'armée de Moselle à la place de Hoche qui est affecté à l'armée d'Italie. En disgrâce pour avoir refusé de marcher sur Trèves au cours de l'hiver, Hoche est décrété d'arrestation le 20 mars, arrêté à Nice le 1er avril et emprisonné à Paris jusqu'en août 1794.

11 mars (21 ventôse)
Création, après un rapport de Barère, d'une Commission des travaux publics dont l'une des missions consiste à créer une École centrale de travaux publics.
Une délégation du club des Cordeliers se rend au club des Jacobins pour l'assurer de leur fraternité.

12 mars (22 ventôse)
Le Comité de salut public, renforcé par les présences de Billaud-Varenne, rentrant d'une mission à Saint-Malo, et de Robespierre et Couthon, malades depuis quelques semaines, approuve le rapport que Saint-Just présentera le lendemain à la Convention.

13 mars (23 ventôse)
Rapport de Saint-Just « sur les conjurations contre le peuple français et la liberté » où il dénonce les Indulgents et les exagérés : les oisifs comme les factions attisées par l'étranger sont criminels ; est patriote « celui qui soutient la république en bloc, quiconque la combat en détail est un traître ». Il faut donc combattre à la fois les Indulgents et les « insensés ». La Convention adopte un décret ordonnant au Tribunal révolutionnaire de poursuivre les auteurs et complices de la « conjuration » contre le peuple français et sa liberté : toute résistance à l'autorité du gouvernement révolutionnaire sera punie de mort. Le ministre de la Guerre, Bouchotte, demande à Vincent sa démission du secrétariat général de la Guerre. Dans la nuit du 13 au 14, arrestation des principaux dirigeants Cordeliers : Hébert, Vincent, Ronsin, Momoro.
Établissement de commissions populaires pour trier les détenus.

14 mars (24 ventôse)
Billaud-Varenne dénonce au club des Jacobins le complot ourdi par Hébert et ses complices Cordeliers et attaque Chabot.
Saisie du *Vieux Cordelier* de Camille Desmoulins.

15 mars (25 ventôse)
Intervention groupée du Comité de salut public à la Convention contre les factions : Robespierre déclare que « toutes les factions doivent périr du même coup » ; Couthon et Barère lui prêtent main-forte, Couthon en laissant entendre que Danton n'a pas encore choisi son camp dans le conflit qui oppose les Cordeliers au Comité de salut public, et Barère en dénonçant les intentions des « insurgents ». Le peuple doit reconnaître ses ennemis dans la rue et les arrêter sur-le-champ.

16 mars (26 ventôse)
Rapport d'Amar à la Convention sur l'affaire de la Compagnie des Indes qui conclut sur l'accusation de Delaunay, Julien de Toulouse, Chabot et Fabre d'Églantine ainsi que de Basire, coupable de ne pas les avoir dénoncés. Billaud-Varenne déclare ce

rapport trop technique et incomplet. Robespierre demande que le rapport ne soit pas soumis à l'impression avant d'avoir été révisé et affirme que la Convention ne compte que «quelques individus atteints de corruption» mais, prévient-il, «parmi nous quand nous découvrons un traître ou un homme corrompu, nous l'envoyons à l'échafaud.»
Exécution du général Quétineau qui avait capitulé devant les Vendéens en mai 1793.

17 mars (27 ventôse)
Arrestation de Hérault de Séchelles et Simond. Saint-Just fait confirmer leur arrestation par la Convention.

18 mars (28 ventôse)
Arrestation de Chaumette. Robespierre et Couthon interdisent au club des Jacobins de rendre compte pour la province des débats au Tribunal révolutionnaire dans le procès des Cordeliers en soulignant qu'on ne doit pas attirer l'attention sur les conspirateurs car c'est ce qu'ils souhaitent.

19 mars (29 ventôse)
Scène d'effusion à la Convention: alors que Pache et Lubin informent l'Assemblée de la nouvelle composition du conseil général de la Commune, le Montagnard Rühl, qui préside la séance, descend de sa tribune pour embrasser Danton qui était intervenu dans le débat. Amar présente le texte définitif du décret d'accusation contre Chabot, Delaunay, Fabre d'Églantine, Basire et Julien de Toulouse. Barère annonce la découverte de nouvelles branches à la «conspiration»: «Le comité ne souffrira point qu'une faction quelconque s'élève sur les débris d'une autre [...]. Toutes les factions doivent rentrer dans la poussière, tous les petits Cromwell doivent aller à l'échafaud.»

20 mars (30 ventôse)
Bourdon de l'Oise obtient de la Convention l'arrestation d'Héron, un agent du Comité de sûreté générale. Couthon interdit alors à la Convention d'intervenir ainsi sans consulter les Comités de salut public et de sûreté générale, et avec l'aide de Robespierre, fait rapporter l'arrestation d'Héron.

21 mars (1er germinal)
Ouverture du procès des Cordeliers qui va susciter l'anxiété des sans-culottes parisiens: à leurs dirigeants, Hébert, Momoro, Vincent, Ronsin, on amalgame Cloots, Proly, Desfieux, Pereyra, Dubuisson accusés de conspiration avec l'étranger, Laumur, ancien aide de camp de Dumouriez, le chirurgien Armand, Catherine Quétineau (l'épouse du général exécuté le 16), deux employés du ministère de la Guerre, Leclerc et Bourgeois, Mazuel, membre de l'armée révolutionnaire de Ronsin, Ancard et Ducroquet, deux proches de Momoro, Descombes, membre de la Commune, et le médecin Laboureau, seul acquitté du procès.

23 mars (3 germinal)
Les Anglais s'emparent de la Martinique.

24 mars (4 germinal)
Exécution d'Hébert et des dirigeants Cordeliers.
Tadeusz Kosciuszko (1746-1817) prend la tête de l'insurrection polonaise contre la Russie. Les Russes sont battus à Raclawia le 4 avril et Kosciuszko entre à Varsovie le 19. Battus par les Prussiens en juin, les révolutionnaires polonais seront écrasés par les Russes en octobre 1794 et Kosciuszko fait prisonnier. Libéré en 1796, il s'établira à Paris en 1798.

26 mars (6 germinal)
Exécution de l'abbé Gouttes, ancien Constituant et évêque constitutionnel d'Autun.

27 mars (7 germinal)
Barère, au nom du Comité de salut public, fait décréter le licenciement de l'armée révolutionnaire.

28 mars (8 germinal)
Réorganisation de la commune prise en main par le Comité de salut public qui nomme Joseph-François Payan (1759-1852) agent national de la Commune, et Moënne et Lubin substituts. Paris sera administré comme une place de guerre et la Commission des subsistances prend en charge le ravitaillement de la capitale.
Suicide, dans sa cellule à Bourg-la-Reine, de Condorcet, arrêté la veille.

29 mars (9 germinal)
Les Comités de salut public et de sûreté générale décident d'arrêter Danton et ses amis.

30 mars (10 germinal)
Barère fait approuver par la Convention l'épuration de la Commune.
Offensive de Pichegru contre les Autrichiens au Cateau-Cambrésis.

31 mars (11 germinal)
Legendre, qui a appris que Danton, Camille Desmoulins, Philippeaux et Marie-Sébastien-Bruno de Lacroix (1768-1794) avaient été arrêtés dans la nuit du 30 au 31, demande à la Convention de les entendre, provoquant une riposte fou-

droyante de Robespierre qui affirme qu'il ne doit y avoir ni privilèges ni idoles et que Danton n'est pas supérieur aux autres: «Nous verrons dans ce jour si la Convention saura briser une prétendue idole pourrie depuis longtemps, ou si dans sa chute elle écrasera la Convention et le peuple français [...]. On veut vous faire craindre les abus du pouvoir, de ce pouvoir national que vous avez exercé et qui ne réside pas dans quelques hommes seulement. Qu'avez-vous fait que vous n'ayez fait librement, qui n'ait sauvé la République, qui n'ait été approuvé par la France entière? On veut vous faire craindre que le peuple périsse victime des comités qui ont obtenu la confiance publique, qui sont émanés de la Convention nationale, et qu'on veut en séparer [...]. Je dis que quiconque tremble en ce moment est coupable; car jamais l'innocence ne redoute la surveillance publique.» Robespierre ajoute que le nombre des coupables n'est au reste pas si grand: «J'en atteste l'unanimité, la presque unanimité, avec laquelle vous avez voté depuis plusieurs mois pour les principes.» Devant cette défense violente et menaçante des Comités de salut public et de sûreté générale, Legendre fait machine arrière tandis que Barère surenchérit et défend les Comités de l'accusation de dictature. Saint-Just présente alors son rapport dans lequel Fabre d'Églantine est décrit comme un royaliste et Danton accusé d'avoir mis sa vie au service de la tyrannie: lié à Mirabeau qui a fait sa carrière, à Brissot, à Dumouriez, complice de la faction orléaniste, Danton est de plus, poursuit Saint-Just, un mauvais citoyen, un être immoral dont les silences et les retraites sont coupables. Le décret d'accusation est voté: Danton, Camille Desmoulins, Hérault de Séchelles, Philippeaux, Lacroix sont «prévenus de complicité avec d'Orléans et Dumouriez, avec Fabre d'Églantine et les ennemis de la République; d'avoir trempé dans la conjuration tendant à rétablir la monarchie, à détruire la représentation nationale et le gouvernement républicain».
Au club des Jacobins, Couthon stigmatise l'intervention de Legendre à la Convention.

avril
La chouannerie se développe en Bretagne, dans le Maine et en Anjou.

1er avril (12 germinal)
Après un rapport de Carnot, le Conseil exécutif des ministres et les ministères sont supprimés et remplacés par 12 commissions exécutives dont les membres seront nommés le 18. Création d'un bureau de police rattaché au Comité de salut public qui empiète ainsi sur les attributions du Comité de sûreté générale. Il commence à fonctionner le 23 sous la direction de Saint-Just (et en son absence sous celles de Robespierre et Couthon).
Euloge Schneider est exécuté. Animateur de la Terreur à Strasbourg où il avait fortement contribué à la mise en place d'un pouvoir jacobin, cet ancien prêtre allemand aux idées proches de celles de Cloots suscitait l'hostilité de Saint-Just et de Robespierre.

2 avril (13 germinal)
Couthon fait approuver par la Convention l'arrestation de Westermann qui est déféré devant le Tribunal révolutionnaire avec les dantonistes dont le procès commence. Comparaissent: Danton, Desmoulins, Fabre d'Églantine, Lacroix, Philippeaux, Chabot, Basire, Delaunay, Hérault de Séchelles, les frères Frey, Diederichsen, l'abbé d'Espagnac, Westermann, Lullier (le seul qui sera acquitté et qui se suicidera en prison) et Gusman.
Le Comité de sûreté générale lance un mandat d'arrêt contre les Enragés Leclerc, Claire Lacombe et Pauline Léon.

3 avril (14 germinal)
Interrogatoire de Danton qui se défend avec éloquence au Tribunal révolutionnaire.

4 avril (15 germinal)
L'accusateur public du Tribunal révolutionnaire, Antoine-Quentin Fouquier-Tinville (1746-1795), écrit au Comité de salut public pour souligner l'état d'agitation dans lequel les dantonistes ont plongé le tribunal et sollicite un décret pour les faire taire. À la demande de Saint-Just, afin de bâillonner Danton, la Convention vote que tout prévenu résistant ou insultant la justice sera mis hors des débats et jugé sur-le-champ.
Les Anglais s'emparent de l'île de Sainte-Lucie aux Antilles.

5 avril (16 germinal)
Exécution de Danton, Desmoulins, Fabre d'Églantine et des dantonistes.
Vadier dénonce à la Convention une conspiration des prisons organisée par Dillon et Simond qui auraient voulu délivrer Danton.
On compte 7 007 détenus à Paris.

6 avril (17 germinal)
Exécution de Westermann.

7 avril (18 germinal)
Fouquier-Tinville dénonce la conspiration de la prison du Luxembourg sur laquelle il donne des préci-

sions. Ces soi-disant conspirations des prisons à répétition seront utilisées comme prétexte pour désengorger les prisons parisiennes à l'intérieur desquelles on craint des troubles, en donnant au Tribunal révolutionnaire plusieurs « fournées » de victimes à guillotiner, particulièrement après le vote de la loi du 22 prairial (10 juin 1794) et la mise en activité d'une commission chargée d'enquêter dans les prisons et permettant de traduire un détenu devant le Tribunal révolutionnaire dans les 24 heures.

8 avril (19 germinal)
René Dumas (1753-1794) remplace Hermann à la présidence du Tribunal révolutionnaire, et Hermann est nommé provisoirement ministre de l'Intérieur à la place de Paré qui était dantoniste.

10 avril (21 germinal)
Fouché, qui craint Robespierre, rend compte à la Convention de sa mission à Lyon.

13 avril (24 germinal)
Fin du procès de la conspiration du Luxembourg commencé le 10 avril: 19 des 26 accusés sont condamnés à mort, parmi lesquels Chaumette, Lucile Desmoulins, la veuve d'Hébert, Gobel, ancien évêque constitutionnel de Paris et ex-Constituant, et Simond.
L'ancien ministère de la Guerre est divisé en plusieurs commissions.
Au nom du Comité d'instruction publique, Bouquier propose à la Convention l'institution d'écoles supérieures formant des spécialistes.
Mort de Chamfort des suites de ses blessures provoquées par sa tentative de suicide en novembre 1793 alors qu'il était sous la menace d'une arrestation.

14 avril (25 germinal)
La Convention décrète le transfert des cendres de Jean-Jacques Rousseau au Panthéon.

15 avril (26 germinal)
Centralisation de la Terreur au profit du Tribunal révolutionnaire de Paris après un rapport de Saint-Just.
Il est interdit aux nobles et aux étrangers de résider à Paris ou dans les places fortes.
On compte 7 412 détenus à Paris.

19 avril (30 germinal)
Rappel de 21 représentants en mission.
La société populaire de Brutus déclare à la Convention se dissoudre; en deux mois, une quarantaine de ces sociétés populaires vont ainsi se dissoudre.
Au traité de La Haye, l'Angleterre s'engage à financer 62 000 Prussiens dans la guerre contre la France.

20 avril (1er floréal)
Rapport de Billaud-Varenne à la Convention sur « la théorie du gouvernement démocratique ».
Les Anglais s'emparent de Pointe-à-Pitre à la Guadeloupe.

22 avril (3 floréal)
Exécution des ex-Constituants Duval d'Éprémesnil, Le Chapelier et Thouret, ainsi que de Malesherbes et de Jean-Baptiste de Chateaubriand, le frère de l'écrivain.

23 avril (4 floréal)
Simplification du divorce: une simple séparation de six mois suffit désormais pour l'obtenir.

26 avril (7 floréal)
La Convention décide que nul ne pourra percevoir d'autre traitement que celui correspondant à la fonction exercée.
Altercation au Comité de salut public entre Carnot et Saint-Just sur la conduite de la guerre.
Le général Pichegru entre dans Courtrai.

27 avril (8 floréal)
Destitution de Rossignol de ses fonctions militaires.
Dénonciation à la Convention d'une conspiration à la prison de Bicêtre.

28 avril (9 floréal)
Exécution de l'ancien ministre de la Guerre La Tour du Pin et de Thiroux de Crosne, ancien lieutenant de police de Paris.
Division des chefs vendéens: Charette et Stofflet condamnent Augustin-Gaspard de Bernard de Marigny (1754-1794), qui commandait dans le Poitou, à mort par contumace. Stofflet le fera abattre le 10 juillet.

29 avril (10 floréal)
Saint-Just part en mission pour l'armée du Nord.
En Belgique, Pichegru s'empare de Furnes.
Fondation de *La Décade philosophique*, revue littéraire et politique, animée par Pierre-Louis Ginguené (1742-1815).

30 avril (11 floréal)
Une armée française capitule à Landrecies (près de la frontière belge). Les Autrichiens, en occupant la place, vont couper les armées du Nord en deux, jusqu'à ce qu'ils se rendent eux-mêmes le 15 juillet.

1er mai (12 floréal)
Victoire de Dugommier et de Charles-Pierre-François Augereau (1757-1816) contre les Espagnols au Boulou.

5 mai (16 floréal)
La Convention décide de traduire les fermiers généraux devant le Tribunal révolutionnaire.

6 mai (17 floréal)
Première représentation à l'Opéra-Comique de *Mélidore et Phrosine* de Méhul sur un livret d'Arnault.

7 mai (18 floréal)
Rapport de Robespierre sur « les principes de morale politique qui doivent guider la Convention dans l'administration intérieure de la République » : la Convention décrète que « le peuple français reconnaît l'existence de l'Être suprême et de l'immortalité de l'âme » et institue la célébration des fêtes décadaires.

8 mai (19 floréal)
Exécution de 27 fermiers généraux parmi lesquels Lavoisier.
Après avoir pris Saorgro le 29 avril aux Piémontais, le général André Masséna (1758-1817) occupe le col de Tende.

10 mai (21 floréal)
Le maire de Paris, Pache, est arrêté et remplacé par Jean-Baptiste-Edmond Lescot-Fleuriot (1761-1794).
Exécution de la sœur de Louis XVI, Madame Élisabeth.
Création de la Commission populaire d'Orange ; installée le 3 juin, elle prononcera 332 condamnations à mort.

11 mai (22 floréal)
Rapport de Barère « sur les moyens d'extirper la mendicité dans les campagnes et sur les secours que doit accorder la République aux indigents » : il propose de vendre les biens des suspects et de constituer un fonds de mendicité qui distribuera des secours aux indigents. Un registre sera ouvert dans chaque département : le « livre de la bienfaisance nationale ».

12 mai (23 floréal)
Au club des Jacobins, Legendre et Collot d'Herbois interdisent à ses membres sous peine d'exclusion de participer aux sociétés sectionnaires devenues, selon eux, le repaire des intrigants.

14 mai (25 floréal)
Exécution de trois fermiers généraux.
David est chargé de dessiner les costumes des fonctionnaires.

17 mai (28 floréal)
Le Comité de salut public relève le général Turreau de son commandement en Vendée.

18 mai (29 floréal)
Installation dans les départements des agents nationaux prévus par la loi du 4 décembre 1793.
Les Autrichiens sont battus à Tourcoing.

20 mai (1er prairial)
Prise du Mont-Cenis par les Français.

21 mai (2 prairial)
Exécution à Brest des 26 administrateurs du département du Finistère, parmi lesquels on compte l'abbé Expilly, ancien Constituant et évêque constitutionnel, accusés d'avoir voulu livrer la Bretagne aux Anglais.

22 mai (3 prairial)
Arrestation de la maîtresse de Tallien, Thérésa Cabarrus (1773-1835), fille d'un banquier espagnol armateur à Bordeaux. Tallien avait été envoyé en mission dans le Sud-Ouest par la Convention à la fin du mois d'août 1793. Il avait installé une commission militaire à Bordeaux pour réprimer les fédéralistes, taxé les riches, favorisé la déchristianisation, mais avait aussi été dénoncé comme un modéré. Désavoué par le Comité de salut public dans ses conflits avec les autorités révolutionnaires locales, Tallien avait regagné Paris en février 1794 pour se justifier. L'arrestation de sa maîtresse accroît encore l'inimitié de longue date qu'il voue à Robespierre et dont il sait être une des cibles : Tallien comptera parmi les plus actifs contributeurs à la chute de Robespierre le 9 thermidor (27 juillet 1794).
Les Anglais s'emparent de Bastia.
Dans la nuit du 22 au 23, Henri Ladmiral (1735?-1794), après avoir vainement guetté Robespierre, décharge ses pistolets sur Collot d'Herbois qu'il rate.

23 mai (4 prairial)
Première représentation à l'Opéra-Comique de *L'Enfance de J.-J. Rousseau* de Dalayrac sur un livret d'Andrieux.

24 mai (5 prairial)
Cécile Renault (1774-1794) tente d'assassiner Robespierre.

25 mai (6 prairial)
Le Comité de salut public demande à Saint-Just de rentrer à Paris. Il y arrivera le 2 juin.

26 mai (7 prairial)
Après un rapport de Barère sur « les perfidies et tous les genres de corruptions et de crimes employés par le gouvernement anglais », la Convention décrète que la France ne fera plus de prisonniers anglais ou hanovriens. Les attentats contre les membres du Comité de salut public offrent à Barère et Robespierre une nouvelle occasion de souligner l'activité néfaste des ennemis de la République soudoyés par « l'étranger ».

27 mai (8 prairial)
Instruction de Carnot aux representants en mission auprès des armées : « Nous devons vivre aux dépens de l'ennemi. »
Exécution de Jourdan Coupe-Têtes, responsable du massacre de la Glacière en octobre 1791 à Avignon.

28 mai (9 prairial)
Reprise aux Espagnols de Collioure et de Port-Vendres par les troupes françaises.

31 mai (12 prairial)
Émeutes antifrançaises en Catalogne.

1er juin (13 prairial)
Création de l'École de Mars après un rapport de Barère : « Il faut former à la patrie des défenseurs entièrement républicains [...]. Il s'agit donc de hâter les lumières et d'accélérer l'enseignement public militaire [...]. Les enfants appartiennent à la famille générale, à la République, avant d'appartenir aux familles particulières. Sans ce principe pas d'éducation républicaine. » La Convention décide que chaque district enverra 6 jeunes à Paris à l'école.
Un combat naval oppose au large de l'île d'Ouessant la flotte anglaise à la flotte française de Villaret de Joyeuse qui parvient, malgré les lourdes pertes, à protéger ainsi l'arrivée à Brest d'un important convoi de blé en provenance d'Amérique.

3 juin (15 prairial)
Le Comité de salut public nomme 16 membres au conseil général de la Commune.
Dans la nuit du 2 au 3, une armée républicaine française conduite par Victor Hugues (1762-1826) débarque à la Guadeloupe.

4 juin (16 prairial)
Rapport de l'abbé Grégoire sur « la nécessité et les moyens d'anéantir les patois et d'universaliser l'usage de la langue française » : « l'usage unique et invariable de la langue de la liberté » est nécessaire pour conserver l'égalité dans une république une et indivisible. « Le peuple doit connaître les lois pour les sanctionner et leur obéir. »

5 juin (17 prairial)
Première représentation à l'Opéra-Comique de *Joseph Bara* de Grétry.

8 juin (20 prairial)
Fête de l'Être suprême à Paris : cette fête est l'occasion d'une belle journée dont peut profiter la foule alors qu'on a temporairement éloigné la guillotine qui aurait pu déparer la scénographie paisible de David. Dans les jardins des Tuileries, face aux spectateurs bien ordonnés, la Convention paraît sur une estrade, présidée par Robespierre dans le costume bleu qu'a dessiné David. Après avoir célébré l'Auteur de la Nature, Robespierre descend, torche en main, pour mettre le feu à l'immense groupe sculptural dressé devant le grand bassin. Les monstres qui y sont figurés – l'athéisme, l'égoïsme, l'ambition, la discorde – se consument pour laisser apparaître, un peu noircie par les flammes, la statue de la Sagesse. Les députés se forment ensuite en cortège, chacun portant un gros bouquet composé d'épis de blé, de fruits et de fleurs. Robespierre en tête, ils se rendent au Champ-de-Mars où se trouve une montagne artificielle qui sert d'immense piédestal à l'arbre de la liberté planté à son sommet. La Convention et la foule qui l'entoure entonnent l'*Hymne à l'Être suprême* écrit pour l'occasion par M.-J. Chénier. Avec ce culte civique étendu à toute la France, Robespierre donne un fondement moral à ce régime de la Terreur, bien nécessaire pour légitimer son emballement ; il a offert deux jours de répit jusqu'au 10 juin.

10 juin (22 prairial)
La loi sur le Tribunal révolutionnaire, qui inaugure ce qu'on appelle la Grande Terreur en accélérant et simplifiant les procédures, est votée après un rapport de Couthon et des interventions de Barère et Robespierre. La « sévérité, affirme ce dernier, n'est redoutable que pour les ennemis de la liberté », et après avoir énoncé que la loi proposée au vote de la Convention n'était pas plus compliquée que celles que proposait habituellement le Comité de salut public, il conclut et avertit : « J'observe d'ailleurs que depuis longtemps la Convention nationale discute et décrète sur-le-champ, parce que depuis longtemps elle n'est plus asservie à l'empire des factions. » Le Tribunal révolutionnaire de Paris a prononcé 1 231 condamnations à mort du 6 avril

1793 au 10 juin 1794; il en prononcera 1376 entre le 11 juin et le 27 juillet 1794.
Parution du premier numéro du *Bulletin des lois*: la loi sur le Tribunal révolutionnaire est la première à y figurer.

11 juin (23 prairial)
Bourdon de l'Oise fait préciser par la Convention qu'elle conserve son droit exclusif à décréter ses membres d'accusation et à les traduire devant le Tribunal révolutionnaire.
Alors que le club des Jacobins reçoit une délégation de la société de Nevers, Robespierre dénonce l'action menée par Chaumette au cours de son séjour à Nevers, ses mesures déchristianisatrices, et brocarde l'insignifiance des réponses faites aussi bien par la société nivernaise que par Fouché mis en cause.

12 juin (24 prairial)
Tension à la Convention alors que Couthon et Robespierre font révoquer la précision apportée la veille par la Convention. «Il ne peut y avoir que deux partis dans la Convention, les bons et les méchants, les patriotes et les hypocrites», avertit Robespierre. Apostrophé par Bourdon de l'Oise, il rétorque: «Je n'ai pas nommé Bourdon; malheur à celui qui se nomme lui-même! [...] Oui, la Montagne est pure, elle est sublime, et les intrigants ne sont pas de la Montagne.» Interrompu par une voix qui lui demande de les nommer, il répond: «Je les nommerai quand il le faudra», ce qui inquiète toute l'Assemblée. Delacroix cherche à se dédouaner ainsi que Merlin de Douai qui a contribué à la rédaction du texte voté la veille. Robespierre déclare que ses réflexions sont générales et non individuelles et ne visent pas Merlin. «Ceux que cela regarde se nommeront», dit-il avant de s'en prendre nommément à Tallien. La Convention rapporte le considérant voté la veille après une dernière intervention de Barère qui appuie Robespierre et le Comité de salut public.
Transfert de la guillotine à la barrière du Trône.

13 juin (25 prairial)
Saint-Just repart en mission auprès de Jourdan.
Première représentation au théâtre de la République d'une comédie de Jean-Baptiste Pujoulx (1762-1821), *Les Dangers de l'ivresse ou Philippe.*

14 juin (26 prairial)
Tallien est exclu du club des Jacobins.

15 juin (27 prairial)
Rapport à la Convention de Vadier, au nom du Comité de sûreté générale, sur Catherine Théot (1716-1794) arrêtée le 17 mai: il s'agit d'une illuminée qui réunissait autour d'elle quelques mystiques parmi lesquels l'ancien Constituant dom Gerle auquel Robespierre avait obtenu un certificat de civisme. La Convention décrète que dom Gerle et Catherine Théot seront traduits devant le Tribunal révolutionnaire. L'animosité entre Robespierre et Vadier va encore croître avec cette affaire.
Les députés Girondins, Guadet et Salle, sont arrêtés à Saint-Émilion. Ils seront exécutés à Bordeaux le 20 juin.

16 juin (28 prairial)
Robespierre se fait remettre par Dumas et Fouquier-Tinville le dossier de Catherine Théot.
Première représentation au théâtre de la République de *Rose et Picard ou les suites de l'Optimiste*, une comédie de Collin d'Harleville.

17 juin (29 prairial)
54 condamnations à mort dans le procès des «chemises rouges».
Pichegru s'empare d'Ypres.

21 juin (3 messidor)
Paoli offre la Corse au roi d'Angleterre. La Corse aura un vice-roi et un secrétaire d'État britanniques, et Paoli sera écarté au profit de Charles-André Pozzo di Borgo (1764-1842). L'occupation anglaise et le retour des émigrés provoqueront des soulèvements paysans au cours de l'automne 1795 puis du printemps 1796. Le retour de l'île à la République sera assuré avec le débarquement en octobre 1796 d'un corps expéditionnaire français envoyé par Bonaparte.

25 juin (7 messidor)
Robespierre et Billaud-Varenne s'opposent au sein du Comité de salut public.
Exécution du Girondin Barbaroux à Bordeaux.
À Saint-Domingue, conformément aux intentions qu'il avait exprimées le 18 mai, Pierre-Dominique Toussaint-Louverture (1743-1803) se rallie à la République, tandis que le représentant de la Convention, Sonthonax, suspecté de sympathies girondines, doit rembarquer pour Paris. C'est l'obstination des colons à refuser l'égalité politique entre les hommes libres quelle que soit leur race qui a poussé cet ancien esclave, affranchi en 1776 et devenu un petit exploitant, à soutenir les esclaves révoltés. Ambitieux, Toussaint-Louverture sait louvoyer entre les Espagnols, les Anglais et Sonthonax, et s'impose peu à peu comme une puissance militaire dans l'île. Avec ses hommes, il prend le dessus sur les colons blancs

alliés aux Anglais et les métis. En octobre 1797, il contrôle la partie française de l'île avec ses fidèles qui, en quatre ans, ont eu le temps de s'emparer des exploitations agricoles abandonnées par les colons et de remettre les ex-esclaves au travail. Fin 1797, Toussaint-Louverture peut négocier avec les Anglais qui occupaient une partie de l'île et chasser les représentants français, premier pas vers un État noir indépendant qui verra le jour une fois la conquête et l'unité de l'île achevées.
Prise de Charleroi par Jourdan.

26 juin (8 messidor)
Nouvelle altercation entre Billaud-Varenne et Robespierre au Comité de salut public. Billaud-Varenne soutient le Comité de sûreté générale dans l'affaire Catherine Théot alors que Robespierre souhaite que Fouquier-Tinville abandonne cette affaire. Robespierre obtient un sursis en étant chargé de faire un nouveau rapport sur cette affaire.
Découverte, près de Saint-Émilion, des cadavres des Girondins Pétion et Buzot qui se sont suicidés.
Victoire de Jourdan à Fleurus. Pour fêter cette importante victoire qui confirme le redressement de la situation militaire en faveur de la France, les sections vont organiser des banquets, seul moyen qu'il leur reste d'exprimer leur existence politique.

27 juin (9 messidor)
Au club des Jacobins, Robespierre dénonce les accusations de tyrannie portées contre lui à la Convention et les conspirations dont il est l'objet.
Arrestation de Théroigne de Méricourt qui a perdu la raison.

28 juin (10 messidor)
Saint-Just revient à Paris dans la soirée.

29 juin (11 messidor)
Au Comité de salut public, une violente altercation oppose Robespierre et Saint-Just à Billaud-Varenne, Collot d'Herbois et Carnot. À la suite de celle-ci, Robespierre cesse de paraître aux séances du Comité, rendant plus visibles encore ses divisions. Tandis que Jean Bon Saint-André et Prieur de la Marne sont en mission et ne font que de brèves apparitions à Paris, les tensions s'accumulent au sein du Comité entre Billaud-Varenne et Collot d'Herbois d'un côté, Robespierre, Couthon et Saint-Just de l'autre. Accusé de se comporter en dictateur par Billaud-Varenne et Collot d'Herbois, Robespierre se trouve isolé et commet une erreur d'appréciation. L'amitié de Saint-Just lui aliène le soutien de Carnot que suit Prieur de la Côte-d'Or. En désertant le Comité et en choisissant de porter le conflit devant les Jacobins, Robespierre compromet la possibilité de trouver un accord à l'intérieur du Comité. Ce choix contribue à l'éloigner de ceux qui, comme Barère ou Lindet, pourraient encore choisir de le soutenir plutôt que de devoir opter pour les extrémistes Billaud-Varenne et Collot d'Herbois.
Les armées du Nord, des Ardennes et de la Moselle sont réunies sous le nom de Sambre-et-Meuse.

30 juin (12 messidor)
Couthon remplace Robespierre au bureau de police.

1er juillet (13 messidor)
Prise de Mons par Jourdan.

4 juillet (16 messidor)
Barère annonce la prise d'Ostende par Pichegru la veille dans un discours belliciste qui provoque l'enthousiasme de la Convention. Elle décide que les troupes ennemies occupant des places françaises qui ne se rendront pas dans les 24 heures suivant la première sommation ne seront admises à aucune capitulation et seront passées au fil de l'épée.

7 juillet (19 messidor)
Première fournée de la conspiration des prisons : les 60 accusés sont condamnés à mort.

8 juillet (20 messidor)
Jourdan et Pichegru entrent à Bruxelles.

9 juillet (21 messidor)
Barère prend la défense à la Convention de Lebon dénoncé pour son activité terroriste dans le Pas-de-Calais. Il présente ensuite l'héroïsme du vaisseau *Le Vengeur* qui a préféré couler plutôt que de se rendre dans le combat naval du 1er juin.
Robespierre se plaint au club des Jacobins des intrigues nouées contre lui.
Deuxième fournée de la conspiration des prisons : 48 des 50 accusés sont condamnés à mort.

10 juillet (22 messidor)
Troisième fournée de la conspiration des prisons : 38 des 46 accusés sont condamnés à mort.

11 juillet (23 messidor)
Robespierre fait exclure Dubois de Crancé du club des Jacobins à cause de son attitude temporisatrice pendant le siège de Lyon.
La fête en l'honneur des martyrs Bara et Viala est fixée au 10 thermidor (28 juillet).

13 juillet (25 messidor)
Après que Fouché s'est plaint des attaques de Robespierre contre lui au club des Jacobins, la Convention décide que les Comités feront un rapport sur ses missions.
Instructions de Carnot aux représentants en mission auprès des armées leur rappelant de ne pas négliger de saisir les œuvres d'art en pays conquis.

14 juillet (26 messidor)
Après un rapport de Barère, l'Agence nationale des poudres et salpêtres est supprimée.
Payan attire l'attention du Comité de salut public sur les banquets des sections parisiennes.
Fouché est exclu du club des Jacobins à la demande de Robespierre qui le dénonce comme « le chef de la conspiration que nous avons à déjouer ».
Composé pour célébrer la victoire de Jourdan à Fleurus (26 juin), le *Chant du Départ* (paroles de M.-J. Chénier sur une musique de Méhul) est donné au concert de commémoration devant les Tuileries.

16 juillet (28 messidor)
Tenant compte des arguments présentés au Comité de salut public par Payan les jours précédents, Barère condamne devant la Convention les banquets des sections parisiennes. Soutenu par Robespierre, il présente le soir son discours au club des Jacobins.
On compte 7765 détenus à Paris.

19 juillet (1er thermidor)
Insurrection pro-française à Genève.

20 juillet (2 thermidor)
À la Convention, Barère fait l'éloge de la politique du gouvernement révolutionnaire qui, affirme-t-il, a permis d'obtenir la victoire à l'extérieur et la réduction des ennemis à l'intérieur. Elle décide d'expulser hors de Paris les représentants d'autorités constituées qui n'ont rien à faire dans la capitale.
Après un rapport de Merlin de Douai, la Convention décrète que les actes publics ne seront écrits qu'en français.

21 juillet (3 thermidor)
Arrestation de l'ex-ministre de la Guerre Bouchotte.

22 juillet (4 thermidor)
Séance de conciliation entre les Comités de salut public et de sûreté générale en l'absence de Robespierre. Barère est chargé de présenter un rapport à la Convention.

23 juillet (5 thermidor)
Barère dénonce les complots ourdis contre la Convention, notamment dans les prisons parisiennes, et les « héritiers d'Hébert » qui souhaitent l'indulgence à l'intérieur et des « transactions au-dehors ».
Nouvelle séance de conciliation entre les Comités de salut public et de sûreté générale en présence cette fois de Robespierre. Saint-Just est chargé de présenter un rapport sur les institutions à la Convention.
La Commune publie le nouveau maximum des salaires qui mécontente les Parisiens du fait de l'absence d'augmentation significative des salaires.
Conspiration de la prison des Carmes : 46 des 49 accusés sont condamnés à mort et exécutés, parmi lesquels Alexandre de Beauharnais.

24 juillet (6 thermidor)
Couthon, au club des Jacobins, dénonce, sans les nommer, les « hommes impurs qui cherchent à corrompre la morale publique » à la Convention.
Première fournée de la conspiration de la prison Saint-Lazare : les 25 accusés sont condamnés à mort.
Les armées françaises entrent à Liège et Anvers.

25 juillet (7 thermidor)
À la Convention, Dubois de Crancé répond aux attaques de Robespierre dont sa mission à Lyon fait l'objet. Barère défend la politique menée par Robespierre et souligne que les victoires ont suivi l'épuration à la Convention des factions girondine, hébertiste et dantoniste.
Deuxième fournée de la conspiration de Saint-Lazare : 25 des 26 accusés sont condamnés à mort, parmi lesquels le frère de M.-J. Chénier, le poète André Chénier (1762-1794).

26 juillet (8 thermidor)
Devant la Convention, Robespierre réclame la punition des traîtres et l'épuration des Comités, auxquels il ne participe plus ; Bourdon de l'Oise s'oppose à l'impression du discours et demande son renvoi pour examen devant le Comité de salut public. Barère et Robespierre refusent et la Convention vote l'impression après une intervention de Couthon. Vadier, à qui Robespierre ne pardonne pas son rôle dans l'affaire Catherine Théot, se défend tandis que Cambon déclare : « Il est temps de dire la vérité tout entière : un seul homme paralysait la volonté de la Convention nationale ; cet homme est celui qui vient de faire le discours, c'est Robespierre ; ainsi jugez. » Robespierre répond qu'il ne peut paralyser la Convention, surtout dans les matières financières,

et qu'il n'est pas question des intentions de Cambon mais uniquement des conséquences ou de l'utilisation de certains décrets par les agioteurs. À Billaud-Varenne qui vient défendre le Comité de salut public, Robespierre assure qu'il n'a pas attaqué le Comité dans son ensemble. Robespierre est ensuite mis en cause pour les exclusions qu'il fait prononcer au club des Jacobins et les proscriptions qu'il aurait en vue. Fréron en profite pour réclamer qu'on retire au Comité de salut public l'autorisation d'arrêter les députés, ce que refuse Billaud-Varenne. Une altercation éclate entre Robespierre qui souhaite reprendre la parole et le président de la Convention, Collot d'Herbois, qui l'en empêche. Le ton continue de monter entre Robespierre et les députés qui l'apostrophent en le sommant de nommer ceux qu'il accuse. Robespierre s'y refuse tandis qu'Amar, du Comité de sûreté générale, prend à son tour la défense des Comités. Enfin, Barère intervient pour clore cette discussion: « J'ai proposé l'impression du discours de Robespierre, parce que mon opinion est que dans un pays libre, on doit tout publier [...]. Si depuis quatre décades, Robespierre eût suivi les opérations du comité, il aurait supprimé son discours. Il faut surtout que le mot d'accusé soit effacé de toutes vos pensées. Ce n'est point à nous à paraître dans l'arène. Nous répondrons à cette déclamation par les victoires des armées, par les mesures que nous prendrons contre les conspirateurs, par celles que nous prendrons en faveur des patriotes et enfin par des écrits polémiques, s'il le faut. » La Convention rapporte l'impression du discours de Robespierre qu'elle avait décidée en début de séance.
Le soir, au club des Jacobins, Robespierre répète son discours et Billaud-Varenne et Collot d'Herbois sont exclus du club sans parvenir à prendre la parole.
Troisième fournée de la conspiration de Saint-Lazare: les 25 accusés sont condamnés à mort. Le nombre de détenus à Paris s'élève à 7742.

27 juillet (9 thermidor)
Interrompu par Tallien alors qu'il commençait un discours devant la Convention, Saint-Just est dénoncé par Billaud-Varenne pour ne l'avoir pas soumis aux Comités comme il était prévu. Ce dernier accuse ensuite Robespierre d'avoir, contre l'avis de la majorité du Comité de salut public, voulu la loi du 22 prairial (10 juin 1794) et organisé un système d'espionnage des députés. Des cris (« À bas le tyran! », « Barère à la tribune! ») empêchent Robespierre de prendre la parole. Vadier révèle alors ses interventions dans l'affaire Catherine Théot. La Convention décrète d'accusation Robespierre, Couthon, Saint-Just, Lebas et Augustin Robespierre sans les entendre. Elle décide aussi d'arrêter le commandant de la garde nationale parisienne, Hanriot, ainsi que Dumas, le président du Tribunal révolutionnaire. Barère rédige un décret réorganisant la garde nationale et une proclamation aux sections parisiennes.
La prison du Luxembourg refuse de recevoir Robespierre comme prisonnier. Libérés par leurs partisans, Robespierre et ses amis sont conduits à l'Hôtel de Ville, tandis que la Convention interdit toute convocation des sections sans l'autorisation des Comités et vote l'arrestation des autorités municipales, de Payan et Lescot-Fleuriot.

28 juillet (10 thermidor)
Au cours de la nuit, les troupes fidèles à la Convention conduites par Barras s'emparent de l'Hôtel de Ville où les robespierristes ne sont pas parvenus à mobiliser les Parisiens. Au cours de l'assaut, Robespierre est blessé à la mâchoire ou tente de se suicider tandis que Lebas y parvient. Transporté inconscient à la Convention qui refuse de l'admettre, Robespierre est conduit et allongé sur une table de l'antichambre du Comité de salut public où il sera sommairement pansé. Saint-Just et Couthon y sont conduits au début de la matinée.
Fouquier-Tinville fait part à la Convention d'une difficulté juridique: pour punir les rebelles, il faut constater leur identité; or la loi exige que cela soit fait par deux officiers municipaux et ceux-ci font justement partie des rebelles qu'il s'agit de punir. La Convention abroge cette formalité et dans la journée, Robespierre, Couthon, Saint-Just et 19 de leurs partisans sont guillotinés sans jugement.
Barère tire à la Convention la leçon de ces événements: « Le 31 mai, le peuple fit sa révolution; le 9 thermidor la Convention a fait la sienne; la liberté a applaudi également à toutes les deux. »
Legendre fait fermer le club des Jacobins.

LA RÉPUBLIQUE THERMIDORIENNE : 1794-1799

1794-1795 : Convention

1795-1799 : Directoire

*L*a Convention survit quinze mois à Robespierre.

Au lendemain de la chute de Robespierre, Barère présente le 9 Thermidor comme une commotion passagère : il propose simplement de remplacer les membres du Comité de salut public qui ont été exécutés. L'illusion d'un simple changement de personnel ne va pas durer. Le programme de Barère paraît bien insuffisant à des députés qui reprennent goût au pouvoir. Et surtout l'opinion publique renaît. Les Conventionnels n'ont pas le choix : ils vont devoir s'expliquer sur ce qui s'est passé depuis le 2 juin 1793.

C'en est terminé du Comité de salut public reconduit par acclamation, quand ce n'était pas tacitement. Barère a beau défendre sa prééminence et faire proclamer par la Convention que le gouvernement continue d'être révolutionnaire, le 24 août le gouvernement est réorganisé autour de 16 comités. Alors que le Comité de sûreté générale voit augmenter ses attributions, les pouvoirs du Comité de salut public sont abaissés.

Les débats du mois d'août 1794 montrent bien les contradictions dans lesquelles sont pris les Conventionnels : ils entendent se maintenir au pouvoir, mais ils doivent aussi faire des concessions sous la pression de l'opinion et de la Plaine qui veut participer au pouvoir. Mais comment mettre fin à la Terreur sans inquiéter les terroristes ? Et comment définir ces derniers ? La Convention n'a-t-elle pas pendant des mois entériné les décrets que lui présentait le Comité de salut public ? Comment fonder la République, c'est-à-dire comment expulser la Terreur de l'héritage révolutionnaire ? Les réponses à ces questions révèlent dès l'été la fragilité de la coalition qui a renversé Robespierre. La position de la Convention paraît bien précaire : elle n'a plus de base populaire et la politique terroriste l'a déconsidérée dans un large secteur de l'opinion. Mais elle reste incontournable. Elle incarne le pouvoir et l'exerce. Et ces députés régicides, qui ont lié leur vie à la Révolution, entendent bien la conserver.

La majorité de la Convention agit d'abord avec prudence, tandis que les prisons s'ouvrent. Si l'expérience fait redouter à la Convention le pouvoir qu'avaient acquis les Jacobins, elle incline cependant, comme le préconise Lindet, vers la solidarité qui lie les révolutionnaires. Mais la pression de l'opinion et de la presse, de nouveau florissante, les luttes de pouvoir entre Thermidoriens – c'est-à-dire ceux qui ont contribué à renverser

Robespierre mais aussi ceux qui ont approuvé après coup – et surtout le retentissement, en septembre 1794, du procès des Nantais déférés devant le Tribunal révolutionnaire par Carrier, empêchent la Convention de couvrir le passé du voile de l'oubli. Les attaques se font de plus en plus fréquentes contre les anciens membres des Comités de salut public et de sûreté générale ainsi que contre les Jacobins au mois d'octobre. En novembre, la Convention vote la mise en accusation de son ex-représentant en mission à Nantes, Carrier, qui est décapité le 16 décembre 1794. Les réintégrations de députés Girondins redoublent les divisions des Conventionnels en accusant leur passé. À la fin du mois de mars 1795, débutent, devant la Convention, les débats sur le sort de Barère, Billaud-Varenne, Collot d'Herbois et Vadier. Ils sont l'occasion de rudes règlements de comptes entre les députés. Les accusés seront finalement déportés sans jugement après l'invasion de la Convention par les sans-culottes des faubourgs parisiens le 1er avril 1795.

L'heure des comptes a donc sonné. Déjà, le 12 novembre 1794, le club des Jacobins a été fermé, après avoir été la cible de plusieurs manifestations. En février 1795, les Jacobins continuent d'être sujets à la vindicte, et des «terroristes» sont massacrés à Marseille et à Lyon. La punition de ces Jacobins qui ont terrorisé la France est publiquement demandée à la Convention. Le 10 avril, celle-ci rend un décret les désarmant. Ils seront ainsi désignés et exposés à la Terreur blanche qui va embraser le midi de la France au cours du printemps 1795. Celle-ci n'est pas l'envers de la Terreur jacobine. Elle n'appartient pas au registre de la terreur étatique du gouvernement révolutionnaire; elle s'apparente plus aux massacres de septembre 1792 et à des règlements de conflits entre voisins.

Dans plusieurs domaines, le climat est néanmoins plutôt à la détente, dans le domaine religieux par exemple. Après l'épisode déchristianisateur qui a laminé le clergé constitutionnel, la Convention entend se débarrasser de la charge financière qu'incarnait ce clergé. Le 18 septembre 1794, elle décide que la République ne salarie plus aucun culte et n'en paie plus les frais. Mais séparation ne veut pas pour autant dire tolérance. Il faut attendre le 21 février 1795 pour qu'une loi institue la liberté de l'exercice du culte, accordée quelques jours auparavant aux rebelles de l'Ouest. Là aussi les choses ont évolué vers l'apaisement. En décembre 1794, la Convention propose une amnistie aux chouans et Vendéens qui déposeront les armes. C'est consacrer la politique des représentants en mission et de certains généraux qui, depuis l'automne, favorisaient une politique alliant quadrillage militaire et souplesse. Des négociations avec les insurgés aboutiront à des accords, dont le plus important est celui signé à La Jaunaye en février 1795 avec Charette.

À vrai dire, cette pacification est encore très imparfaite. D'une part, certains, comme Charette lui-même, reprennent les armes dès le mois de juin, et d'autre part, de nombreuses bandes ne participent pas aux accords et continuent de semer le trouble. Néanmoins, si l'Ouest n'est pas sûr, la région n'échappe plus au contrôle des autorités.

En héritant du pouvoir, les Thermidoriens ont hérité de la guerre avec l'Europe. Les armées françaises connaissent le succès sur le Rhin, et la Prusse va se désengager de la coalition. Le 5 avril 1795, avec le traité de Bâle, la Prusse reconnaît la République française. L'Espagne suit en juillet. Ces paix expriment plus les divisions de la coalition européenne qu'une volonté française de parvenir à un règlement pacifique. Car guerre et Révolution vont être de plus en plus liées, comme si, après sa domestication à l'intérieur, la révolution populaire trouvait un exutoire en s'exportant. Le cas hollandais en est un symptôme en 1795. Pichegru a rapidement conquis la Hollande en janvier. Par le traité de La Haye, le 16 mai 1795, elle devient une «République sœur». Il s'agit en fait plus d'un protectorat que d'un accord de puissance à puissance, car la France annexe une partie du territoire hollandais, impose une importante contribution tant en argent qu'en œuvres d'art et encadre son évolution politique. Mais la guerre, c'est aussi la guerre contre des Français, les émigrés. La Convention distingue en 1795 entre ceux qui ont dû quitter le pays après les événements tragiques de la fin du printemps 1793 et les autres. Les premiers peuvent être autorisés, dans certains cas, à rentrer en France, tandis que nobles et prêtres se voient interdire le territoire national. À la fin du mois de juin 1795, une armée d'émigrés tente, avec l'aide de la flotte anglaise, de débarquer aux alentours de Quiberon. Malgré les soulèvements qui les appuient, ces émigrés sont vite refoulés.

La récolte a souffert de la chaleur de l'été 1794. L'hiver est, lui, particulièrement rigoureux. La disette et l'inflation conjuguent leurs effets, d'autant plus que la Convention a aboli le maximum le 24 décembre 1794. Les assignats ont chuté catastrophiquement, et le problème du ravitaillement de Paris revient à l'ordre du jour. La question des subsistances alourdit ainsi un climat politique déjà tendu au printemps 1795, alors que sont mis sur la sellette les anciens membres des Comités de salut public et de sûreté générale, quand le principe du gouvernement révolutionnaire est remis en cause et donc quand la question de l'application de la constitution, suspendue depuis juin 1793, est posée. À différentes reprises, des délégations des faubourgs défilent à la Convention. Le 1er avril 1795, la Convention est envahie par les Parisiens, mais elle parvient sans difficulté à dominer le mouvement. Les émeutiers du faubourg Saint-Antoine sont facilement matés par Pichegru,

on arrête quelques députés Montagnards, et on expédie au loin les ex-membres des comités afin de conjurer les tentations. Le 20 mai, la Convention est de nouveau envahie, mais cette fois il s'agit d'une véritable insurrection : tout l'est de la capitale est insurgé. Les manifestants occupent la salle des séances durant plusieurs heures et les députés subissent des violences. Pendant que quelques-uns d'entre eux appuient les émeutiers et rendent des décrets, la majorité de la Convention, qui a le bénéfice de l'expérience, temporise et rameute les bataillons de la garde nationale qui lui sont restés fidèles. Les Thermidoriens reprennent le contrôle de la salle dans la nuit. L'armée réprime en quelques jours l'est parisien, et on procède à l'arrestation d'une nouvelle fournée de députés Montagnards qui seront exécutés en juin. Paris, vaincu, restera silencieux jusqu'en 1830.
Ces troubles ont révélé aux députés qu'il n'était plus possible d'éluder la question d'un retour à un gouvernement régulier : le but originel de la convocation de la Convention n'était-il pas de donner une constitution à la France ? L'Assemblée, où les Girondins ont été réintégrés, est réticente à l'idée d'appliquer la constitution de juin 1793 rédigée après leur brutale expulsion du champ du pouvoir. Après avoir caressé un instant l'idée de confectionner un ensemble de lois organiques afin de rendre applicable cette constitution, la Convention décide finalement d'en élaborer une nouvelle. En attendant, la loi du 4 décembre 1793 est démantelée, et les administrations départementales retrouvent droit de cité. Le 23 juin 1795, Boissy d'Anglas présente le nouveau projet, dont le principal rédacteur est Daunou. Après des débats passionnants où l'expérience terroriste est présente dans tous les esprits, le texte est adopté à la fin du mois d'août. Les députés, qui souhaitent ne pas renouveler les erreurs du passé, ont pris leurs précautions. Il s'agit certes de limiter les effets de la souveraineté populaire, mais non de brader la Révolution dont ils sont étroitement solidaires : les nouvelles Assemblées devront comporter deux tiers de Conventionnels, ce qui assurera la majorité aux régicides.
Les députés ont clairement marqué qu'ils n'entendaient pas revenir aux excès de l'an II, au point de laisser faire la Terreur blanche. Ils ont réprimé sévèrement les velléités des faubourgs parisiens qui pourtant ne menaçaient guère leur pouvoir. Ces émeutes du printemps 1795 ont plus été le fait de la misère sociale que d'une compétition pour le pouvoir. C'est sur leur droite que celui-ci est menacé, car le royalisme refait surface, nourri de la lassitude des populations à l'égard de ce gouvernement d'exception. Les Français aimeraient jouir de la vie en paix, bénéficier de la sûreté individuelle, et finalement sauvegarder ce qu'ils ont acquis depuis 1789. C'est d'ailleurs bien là qu'est le problème de Louis XVIII. Car Louis XVII

mort, il n'a pas perdu un instant pour revendiquer son héritage. Or, avec la déclaration de Vérone du 24 juin 1795, il n'offre aux Français qu'un retour à l'Ancien Régime, embarrassant ainsi les royalistes modérés, qui ont tant progressé dans l'opinion au point d'inquiéter les Conventionnels. Quant aux autres royalistes, ils s'agitent surtout hors de France et sont impuissants à inquiéter la Révolution forte de ses armées et de ses brillants généraux. Un complot tente bien de soulever Paris en octobre 1795, mais il suffit de quelques heures à Barras et Bonaparte pour rétablir l'ordre. Les résultats des élections déçoivent l'attente des Thermidoriens : certains retrouvent même leurs vieux réflexes et proposent de les casser. En tout cas, les décrets des deux tiers démontrent leur efficacité, et pour que le message soit clair, au cours de ses dernières séances, la Convention décide d'arrêter les poursuites contre les terroristes et renouvelle, à la veille de se séparer, les mesures d'exception contre les émigrés et leurs parents. On ne peut plus nettement marquer la continuité de la Révolution.

Les décrets des deux tiers permettent aux Conventionnels de se maintenir au pouvoir malgré leur échec électoral. Ils peuvent ainsi contrôler la nomination du pouvoir exécutif, le Directoire. Ces régicides devenus Thermidoriens savent ce qu'ils veulent : durer et conserver les intérêts acquis avec la Révolution. Ils vont ainsi s'appuyer, pour gouverner, sur l'armée et l'argent, des nouveaux financiers aux petits acquéreurs de biens nationaux et sur tous ceux qui sont liés à l'État révolutionnaire.

Le Directoire hérite d'une crise financière et d'une crise économique qui s'accentuent avec l'hiver 1795-1796. Les récoltes ont été médiocres, les impôts rentrent mal et les assignats sont en chute libre. Le 19 février 1796, l'émission de ces derniers est arrêtée. À peine un mois plus tard, après que le Directoire a déclaré être sans ressources, apparaissent les mandats territoriaux. Mais ils sont déjà complètement dévalués peu après. Le résultat de cette expérience se traduit, pour l'État, par le gaspillage de biens nationaux au profit de leurs acquéreurs.

La rigueur de l'hiver est telle que le Directoire doit, en février 1796, maintenir en partie les distributions de vivres dans la capitale. Le ressentiment des plus pauvres face à l'ostentation affichée par certains s'exacerbe avec la dureté de la vie pendant cette période. Les conditions météorologiques et économiques rencontrent les souvenirs politiques : les nostalgiques de la Montagne relèvent la tête. Des ex-Jacobins se joignent au complot égalitaire préparé par Babeuf et ses complices. Mais le complot babouviste est facilement réprimé par le Directoire qui est bien aise de trouver cet épouvantail pour rallier à lui les timorés.

Si le Directoire n'est guère réellement menacé sur sa gauche, en revanche le vrai péril reste à droite. L'idée royaliste s'est répandue chez les électeurs, aussi les élections du printemps 1797 sont-elles une échéance que le Directoire appréhende, car il risque bien d'être dépouillé de cette majorité que lui avaient assurée les décrets des deux tiers. Si la royauté retrouve une image positive contre cette République dont les deux premières années ont été si sanglantes, la masse du pays ne souhaite pourtant pas du tout un retour de l'Ancien Régime. Là est la pierre d'achoppement des royalistes français, tout au moins des royalistes constitutionnels, les émigrés, comploteurs et autres chouans n'intervenant que souterrainement. Il manque à ces monarchistes constitutionnels qui voudraient accommoder certaines des valeurs de 1789 avec la royauté une pièce essentielle : un roi, un candidat au trône acceptable. Car les frères de Louis XVI ont suffisamment déclaré qu'une restauration se traduirait en fait par une nouvelle révolution qui ramènerait l'Ancien Régime dont personne ne veut hormis les émigrés. Cependant Louis XVIII saisit l'opportunité que lui offrent cette remontée en surface des monarchistes et l'établissement d'un jeu électoral – certes précaire et constamment violé – pour tenter d'investir légalement le régime. Des réseaux royalistes sont ainsi créés, avec l'aide de prêtres réfractaires, afin de préparer les élections de 1797. Le Directoire, prévenu, ne peut empêcher que le résultat de celles-ci lui soit défavorable. Les royalistes disposent de la majorité dans les Conseils. Ils élisent Directeur, en remplacement du membre sortant, l'un des leurs, Barthélemy, et escomptent la neutralité bienveillante de Carnot qui s'est montré fermement antijacobin depuis son retour au pouvoir. Ils doivent affronter l'hostilité de Reubell et de Barras qui se posent en rempart de la République. Et leurs tentatives pour restaurer une liberté effective de culte, qui permettrait à l'Église catholique, restée fidèle à Rome et accessoirement au roi, de se réimplanter dans le pays, leur aliènent le cinquième Directeur, La Révellière-Lépeaux. Des débats houleux agitent ainsi les Conseils durant le printemps où leur majorité cherche à priver le Directoire de ses pouvoirs financiers et à abolir la législation répressive qui subsiste contre les prêtres et les émigrés. Certains semblent même incliner vers un coup de force contre le Directoire. Mais trois des cinq Directeurs sont déterminés, et ils bénéficient d'un appui d'importance : l'armée.

La guerre avec l'Europe fait toujours partie de l'héritage révolutionnaire. Et la poursuite de cette guerre, d'autant qu'elle est victorieuse, offre au Directoire le meilleur moyen de se garder sur sa droite tout en lui procurant un puissant dérivatif pour canaliser vers l'extérieur la passion populaire réprimée à l'intérieur. L'exportation de la Révolution à l'étranger par la conquête militaire identifie l'expansion de la République avec sa simple sauvegarde.

La campagne sur le Rhin de 1796 se solde par un échec. En revanche, sur le front italien, le succès est complet. En moins de deux mois, Bonaparte a contraint les Piémontais à la paix, conquis la Lombardie et battu les Autrichiens qui doivent se replier sur le Tyrol en abandonnant Mantoue assiégée. Les offensives successives que lancent les Autrichiens pendant l'été et l'automne 1796 pour débloquer Mantoue n'aboutissent pas. En janvier 1797, une nouvelle attaque autrichienne connaît l'échec, mais cette fois Mantoue tombe aux mains des Français. Bonaparte est maître de l'Italie. Il signe avec le pape, le 19 février 1797, le traité de Tolentino : ferme sur le temporel, il a la précaution – sage pour son avenir personnel – de ne pas heurter le pape de front sur le spirituel. En mars, il prend l'offensive et se dirige vers Vienne. L'Autriche, affolée, négocie, et le 18 avril 1797, Bonaparte conclut des préliminaires de paix avec les Autrichiens à Leoben.

Le traité de Leoben est une date capitale dans l'histoire de la Révolution. Non seulement parce que les armées françaises ne mènent plus simplement une guerre révolutionnaire mais aussi une guerre de conquête. Mais surtout parce que le pouvoir révolutionnaire, si jaloux de cette prérogative, ne maîtrise plus l'initiative de sa politique extérieure. Le Directoire, mis devant le fait accompli, doit s'incliner. Il a d'autant moins le choix que les généraux lui apparaissent comme son plus ferme soutien.

Déjà le Directoire demande à Bonaparte son aide pour maintenir l'ordre dans le Midi. Bonaparte transmet, d'autre part, à Barras les preuves de la trahison du général Pichegru, qui vient d'être élu président du Conseil des Cinq-Cents. À la fin du mois de juin, Barras, Reubell et La Révellière-Lépeaux se mettent d'accord pour prendre les Conseils de vitesse et organiser un coup d'État. Ils s'entendent avec Hoche, et procèdent le 16 juillet à un remaniement ministériel, tandis que les troupes de Hoche font route vers Paris. L'épreuve de force est engagée avec les Conseils qui comptent sur l'appui de Carnot et Barthélemy. Mais ce dernier est inconsistant, tandis que le premier est réticent depuis que Barras lui a prouvé la trahison de Pichegru. Le mois d'août se passe ainsi en manœuvres de part et d'autre.

Les trois Directeurs n'attendent que le moment favorable pour agir. Bonaparte leur a délégué Augereau pour les aider, et le 3 septembre, ils décident de passer à l'action. Le lendemain, Paris est occupé militairement, une large rafle décime l'opposition et les élections sont cassées. La jeune République ne parvient pas à échapper aux vieux réflexes que lui impose son passé.

Depuis 1795, les Conventionnels survivants ont montré qu'ils entendaient bien se maintenir au pouvoir et préserver la Révolution contre les débordements possibles, à gauche comme à droite. Le fil des événements révèle que la République est piégée par son passé. Cette jeune République n'a d'autre tradition que révolutionnaire: elle n'ose, elle ne peut, affronter l'opinion qu'elle s'est donnée pour juge et ne se maintient que par le coup d'État et les mesures arbitraires.

Guerre et Terreur: tel est le double héritage que lègue la Révolution à la République. La France est devenue la Grande Nation qui exporte sa Révolution, exaspérant toute l'Europe par sa volonté dominatrice. Le régime ne repose plus que sur la perpétuation du personnel révolutionnaire et la conquête. Incapable d'établir durablement la paix à l'extérieur et d'édifier la paix civile à l'intérieur, le Directoire, qui a adopté le coup d'État permanent et la guerre perpétuelle comme méthode de gouvernement, va tomber le 18 Brumaire (9 novembre 1799) aux mains du plus prestigieux de ses généraux, Bonaparte.

L'automne 1797 marie le couple que Robespierre n'était pas parvenu à unir: la Terreur et la Victoire. Les victoires de Bonaparte ont imposé la paix avec l'Autriche, signée à Campo-Formio le 17 octobre. Seule l'Angleterre continue à être en guerre avec la France. À l'intérieur, le coup d'État du 18 Fructidor (4 septembre) ramène le spectre de la Terreur, retour des lois d'exception plutôt que de la guillotine. Après avoir «épuré» les Conseils, le Directoire remet en vigueur les lois répressives contre les prêtres et les émigrés. La Révolution continue de désigner ses ennemis de toujours, les prêtres et les nobles. Sous l'impulsion de La Révellière-Lépeaux et de François de Neufchâteau, le régime renoue avec son ambition pédagogique: jamais le calendrier révolutionnaire n'aura été si appliqué ni si chargé de fêtes civiques.

Malgré l'ampleur de ses réalisations administratives, le régime directorial est en complet discrédit auprès de l'opinion. Mais il est aussi à court d'argent. La liquidation de la dette publique par Ramel de Nogaret, dite des deux tiers, le 30 septembre 1797, ne suffit pas à maintenir le tiers consolidé. Le retour au numéraire n'est qu'un vœu pieux lorsqu'un régime inspire aussi peu de confiance. Ceci renforce la pente qui mène le Directoire vers le gouvernement d'exception: il gouverne grâce aux expédients financiers, en puisant dans les biens nationaux ou à l'étranger.

Les élections de 1798 sont favorables à la gauche, aussi le Directoire s'arrange-t-il, tout naturellement, pour faire invalider nombre d'élus. Celles de l'année suivante lui sont elles aussi défavorables. Mais le 9 mai, Reubell, l'homme le plus énergique du Directoire depuis que Barras incline vers une jouissance représentative, doit quitter le Directoire après tirage au sort. Son remplaçant sera Sieyès, l'homme qui a ouvert les horizons de 1789, et qui se tient prêt pour son dernier grand rôle révolutionnaire. Sieyès boudait depuis quatre ans ce régime, dont il détestait les institutions, et ne rêvait que de l'occasion où il pourrait donner à la France une constitution adaptée. Animé par sa haine envers les nobles et contre les excès de la souveraineté populaire, il parvient enfin au pouvoir, auréolé de la réputation d'être l'homme du recours, dans un contexte de crise politique que les défaites militaires rendent plus aiguë.

En juin 1799, les Conseils prennent leur revanche sur l'exécutif. L'élection de Treilhard au Directoire est invalidée. Merlin de Douai et La Révellière-Lépeaux sont contraints de démissionner. Comme Barras paraît sombrer dans la torpeur, Sieyès a le chemin dégagé pour manœuvrer. S'attachant à dompter les néo-Jacobins revenus avec le cortège de la défaite, Sieyès cherche le général qui exécutera son coup d'État. Il pense à Joubert, lorsque celui-ci disparaît au cours de la bataille de Novi en août 1799.

Car la guerre fait de nouveau rage, et les armées françaises, de surcroît en butte à l'hostilité des populations occupées, refluent. La paix de Campo-Formio n'a été qu'une trêve. En janvier et février 1798, la France a continué de bouleverser les affaires européennes. Non seulement les «Républiques sœurs» calquent leur vie politique sur la République française, mais encore la France occupe Rome et la Suisse. En mai, Bonaparte part pour l'Égypte, faute de pouvoir atteindre l'Angleterre sur son propre territoire, et à l'automne, la guerre éclate avec le roi de Naples Ferdinand IV. Le 29 décembre 1798, le souverain signe un traité d'alliance avec l'Angleterre et la Russie contre la France. Les hostilités reprennent avec l'Autriche, inquiète de l'expansion française, en mars 1799. Tout va mal au cours du printemps et de l'été: les défaites se succèdent sur le Rhin, et en Italie, les Français évacuent le Sud avant de perdre le Nord. Seul Masséna parvient à se maintenir en Suisse. Les Anglais se font menaçants en Hollande, et on retrouve en France les accents de la Patrie en danger. Mais à l'automne 1799, la situation est redressée: au Nord, Brune bat les Anglais et les Russes à Bergen et à Castricum; en Suisse, Masséna met les Russes et les Autrichiens en déroute à Zurich.

Lorsque Bonaparte revient en France après avoir laissé son armée en Égypte, le péril militaire qui menaçait la France est écarté. Mais l'affaire a été chaude, et grâce à une publicité savamment orchestrée, il apparaît comme un sauveur. Cette popularité dicte son choix à Sieyès: il tient son «épée». L'avenir révélera à Sieyès l'étendue de sa méprise. Bonaparte n'est pas Augereau et le 18 Brumaire ne peut être la réplique du 18 Fructidor. Le général n'a aucune intention de lâcher la proie pour l'ombre: il ramènera les armées françaises triompher en Italie, mais seulement après avoir campé son pouvoir à Paris.

1794

29 juillet (11 thermidor)
Exécution de 71 robespierristes.
Barère souligne l'utilité du Tribunal révolutionnaire et propose à la Convention trois noms pour remplacer les membres du Comité de salut public exécutés. Après un débat où Cambon a réclamé la formation de 12 commissions exécutives, la Convention décide de renouveler ses comités par quart tous les mois. Il est précisé que les membres sortants ne pourront être réélus qu'après un délai d'un mois. Pierre-Antoine Laloy (1749-1846), Joseph Eschasseriaux (1753-1823), Bréard, Thuriot, Treilhard et Tallien rejoignent Barère, Billaud-Varenne, Collot d'Herbois, Carnot, Prieur de la Côte-d'Or et Robert Lindet au Comité de salut public.

TALLIEN

Membre de la Commune de Paris du 10 août 1792 mais député par la Seine-et-Oise à la Convention car Robespierre s'était opposé à une candidature parisienne, Jean-Lambert Tallien (1767-1820) effectue en 1793 différentes missions pour l'Assemblée, dont la principale est la restauration de l'ordre jacobin dans la région bordelaise. À Bordeaux, il se lie avec la fille d'un riche banquier, Thérésa Cabarrus (1773-1835), qu'il épousera plus tard. De retour à Paris en février 1794, il est dans le collimateur de Robespierre et craignant pour sa vie, comme pour celle de Thérésa emprisonnée en mai, il est l'un des principaux instigateurs du 9 Thermidor. Après avoir contribué à la répression contre les Jacobins en 1794, il sera envoyé à Quiberon par la Convention pour liquider les émigrés pris par Hoche. Son rôle politique s'efface avec le Directoire où il est député au Conseil des Cinq-Cents. Il participera à l'expédition d'Égypte.

31 juillet (13 thermidor)
David, Lavicomterie et Grégoire-Marie Jagot (1750-1838) sont exclus du Comité de sûreté générale comme robespierristes. David est particulièrement visé, et la Convention soumet son cas à l'examen des comités.
Les textes permettant aux comités d'arrêter des députés sans que la Convention les entende sont abrogés.

1er août (14 thermidor)
Renouvellement du Comité de sûreté générale.
Barère défend la prééminence du Comité de salut public sur les autres comités.
La Convention abolit la loi du 22 prairial (10 juin 1794) sur le Tribunal révolutionnaire et fait arrêter Fouquier-Tinville qu'elle entendra le 8. Le 10 août, le Tribunal révolutionnaire est réorganisé après un rapport présenté par Merlin de Douai le 4, Claude-Emmanuel Dobsent (1743-?) en devient président à la place de Dumas, guillotiné comme robespierriste.
Legendre demande la réouverture du club des Jacobins qui va reprendre ses séances.

2 août (15 thermidor)
Arrestation de David, Lebon, Héron et Rossignol.
Le Comité de salut public est chargé de faire un rapport sur l'organisation de la municipalité de Paris.

3 août (16 thermidor)
Bourdon de l'Oise propose le rappel à Paris de tous les représentants en mission.

4 août (17 thermidor)
La Convention ordonne la libération de ses commissaires civils à Saint-Domingue, Sonthonax et Étienne Polverel qui, soupçonnés de sympathies girondines, avaient été arrêtés sitôt leur arrivée en France en juillet.
Bon-Adrien Janot de Moncey (1754-1842) s'empare de San Sebastian.

5 août (18 thermidor)
La Convention ordonne la libération des suspects contre lesquels il n'existe pas de charges et décrète que les motifs des mandats d'arrêt seront transmis aux détenus, ou à leurs parents ou amis. Si le 7 août, on compte 6808 détenus à Paris, en cinq jours le Comité de sûreté générale élargit 478 personnes.
La Convention autorise les ci-devant ministres du culte, religieux et religieuses à toucher les arriérés des sommes qui leur sont dues.

6 août (19 thermidor)
Le commandement général et l'état-major de la garde nationale parisienne sont placés sous le contrôle direct de la Convention, du Comité de salut public et du Comité de sûreté générale.

8 août (21 thermidor)
Première représentation au théâtre Feydeau d'une comédie de Picard, *Rose et Aurèle*, sur une musique de Devienne.

9 août (22 thermidor)
Les armées françaises s'emparent de Trèves.

11 août (24 thermidor)
Barère fait proclamer par la Convention que le gouvernement continue d'être révolutionnaire.

13 août (26 thermidor)
Débat à la Convention sur la libération des prisonniers: deux décrets, l'un donnant la liste de ceux ayant appuyé les demandes de mise en liberté, l'autre donnant la liste des dénonciateurs, sont annulés après avoir été votés dans la même séance. Cet épisode souligne la fragilité de la coalition qui a renversé Robespierre. Les Conventionnels ne peuvent éviter que la question des responsabilités de la Terreur se pose dans un climat de revanche. Ils vont devoir affronter la fin de la Terreur sans y être prêts, divisés sur les moyens d'y parvenir, incertains sur ce qu'il convient de céder à l'opinion.
La Convention décrète que les missions des représentants auprès des armées ne pourront excéder six mois. Elle précisera le 29 août qu'ils ne pourront repartir en mission qu'après avoir passé trois mois à l'Assemblée.

14 août (27 thermidor)
Première représentation d'une comédie de Louis Archambault, dit Dorvigny (1734-1812), *Le Fermier républicain, ou le champ de l'Égalité*, au théâtre de l'Égalité, nom pris au printemps 1794 par le théâtre de la Nation dirigé par la Montansier pendant l'incarcération des Comédiens français.

17 août (30 thermidor)
Edme-Bonaventure Courtois (1754-1816), un député dantoniste, est chargé de la levée des scellés des papiers de Robespierre. Il présentera son rapport à la Convention le 5 janvier 1795, en ayant enlevé ce qui pouvait compromettre une partie de ses collègues.
La section du Muséum réclame la liberté de la presse et le rétablissement des élections municipales.
Le général Moncey est nommé commandant en chef de l'armée des Pyrénées-Occidentales.

20 août (3 fructidor)
Libération de Bonaparte qui, suspecté de robespierrisme, avait été arrêté le 9 à Nice.

21 août (4 fructidor)
Suppression de l'indemnité de 40 sous pour ceux qui participent aux assemblées générales des sections dont les séances sont réduites à une par décadi.
Hoche, libéré le 4, est nommé à la tête de l'armée des Côtes-de-Cherbourg.
Les Anglais s'emparent de Calvi qu'ils investissaient depuis le 3 et se rendent ainsi maîtres de la Corse.

23 août (6 fructidor)
Première représentation à l'Opéra de *Denys le tyran, maître d'école à Corinthe* de Grétry, sur un livret de Sylvain Maréchal.

24 août (7 fructidor)
Réorganisation du gouvernement révolutionnaire en 16 comités: l'essentiel du projet présenté par Cambon le 5 est voté. Le Comité de salut public conserve la direction de la diplomatie, de la guerre, de l'approvisionnement, mais perd le droit d'arrestation, sauf sur les fonctionnaires qu'il surveille; les administrations locales sont soustraites à son autorité. Les attributions du Comité de sûreté générale sont renforcées. Les comités révolutionnaires des sections parisiennes sont remplacés par 12 comités de surveillance d'arrondissement ayant chacun 4 sections dans son ressort. Le Comité de sûreté générale est chargé de la formation de ces nouveaux comités qui sont sous sa dépendance directe.
Le général Barthélemy-Louis-Joseph Scherer (1747-1804) libère Valenciennes.

26 août (9 fructidor)
Jean-Claude-Hippolyte Méhée de la Touche (1762-1827) publie *La Queue de Robespierre*, violent pamphlet dirigé contre les « terroristes ».
Le comte de Puisaye, ancien Constituant qui avait commandé en second l'armée fédéraliste normande en juin 1793, gagne Londres dans l'espoir d'obtenir l'aide des Anglais pour organiser une nouvelle insurrection dans l'Ouest.

27-28 août (10-11 fructidor)
Agitation au faubourg Saint-Antoine à Paris.

29 août (12 fructidor)
À la Convention, Laurent Lecointre (1742-1805) dénonce Barère, Billaud-Varenne, Collot d'Herbois, Amar et Vadier. La Convention lui décernera un blâme le lendemain.
Manifestation antijacobine à Paris.

30 août (13 fructidor)
Reprise de Condé-sur-l'Escaut: tout le territoire est libéré.

31 août (14 fructidor)
La Convention adopte un régime spécial pour l'administration de Paris.
Rapport de l'abbé Grégoire « sur les destructions opérées par le vandalisme et sur les moyens de le réprimer ». C'est à cette occasion que l'abbé forge le néologisme « vandalisme ». Il présentera à la Convention trois autres rapports sur le vandalisme

révolutionnaire les 13 septembre (27 fructidor an II), 29 octobre (8 brumaire an III) et 14 décembre (24 frimaire an III).
Explosion de la poudrière de Grenelle à Paris près de l'École militaire.

1er septembre (15 fructidor)
Renouvellement du Comité de salut public: Barère, Billaud-Varenne et Collot d'Herbois le quittent, tandis qu'y entrent Merlin de Douai, Delmas, Fourcroy et Charles Cochon de Lapparent (1750-1825).

2 septembre (16 fructidor)
Première représentation à l'Opéra de *La Rosière républicaine, ou la fête de la vertu* de Grétry, sur un livret de Sylvain Maréchal, dont le titre était originellement *La Fête de la raison*.
Première représentation au théâtre Feydeau des *Montagnards ou l'École de la bienfaisance* de Pujoulx.

3 septembre (17 fructidor)
Lecointre, Tallien et Fréron, qui réclamaient la liberté de la presse, sont exclus du club des Jacobins à la demande de Carrier.
Premier numéro du *Journal de la liberté de la presse* de Babeuf.

5 septembre (19 fructidor)
Le club des Jacobins demande à la Convention de procéder à la panthéonisation de Marat qu'elle avait votée à l'initiative de David en novembre 1793. La Convention se décide le 12, et les restes de Marat sont transférés au Panthéon le 21.

7 septembre (21 fructidor)
Prorogation du maximum.

8 septembre (22 fructidor)
Ouverture devant le Tribunal révolutionnaire du procès des 94 Nantais. En novembre 1793, Carrier avait dressé avec le comité révolutionnaire de Nantes une liste de 132 soi-disant comploteurs, des notables nantais. Transférés à Paris après avoir été arrêtés pour comparaître devant le Tribunal révolutionnaire, ils effectuèrent le voyage à pied dans des conditions telles qu'ils n'étaient plus que 97 à l'arrivée; ils passèrent des mois dans les prisons parisiennes où trois moururent encore. Lorsque s'ouvre enfin leur procès, ces 94 survivants se muent en accusateurs et dénoncent les pratiques terroristes de Carrier et du comité nantais: des membres de ce dernier, cités à la barre des témoins, se retrouvent accusés. Les 94 Nantais sont acquittés le 14 septembre (28 fructidor). Cet acquittement reçoit une large publicité dans la presse qui insiste sur les crimes commis par Carrier à Nantes. La conséquence directe de ce procès sera de faire celui du comité révolutionnaire de Nantes et du représentant de la Convention en mission à Nantes, Carrier, dont les agissements et l'appartenance au mouvement cordelier suscitaient déjà l'hostilité de Robespierre.

9 septembre (23 fructidor)
Rapport de Cambacérès sur le Code civil.

10 septembre (24 fructidor)
Prenant prétexte d'un attentat commis contre Tallien, Merlin de Thionville dénonce le club des Jacobins et Durand de Maillane souligne que le système d'affiliation des sociétés populaires au club des Jacobins est dangereux pour la liberté.

11 septembre (25 fructidor)
Reparution de *L'Orateur du peuple* de Fréron.
Représentation au théâtre de la République de *Timoléon*, une tragédie de M.-J. Chénier avec chœurs et musique de Méhul. La pièce avait été interdite en mai par le Comité de salut public: elle avait provoqué la colère d'Albitte au cours d'une répétition à laquelle il assistait, et Robespierre et Barère, qui connaissaient aussi la pièce, avaient demandé à Chénier de la retirer.

15 septembre (29 fructidor)
La Convention reçoit une adresse des Jacobins de Dijon réclamant la publication de la liste des suspects remis en liberté, l'exécution de la loi des suspects, la suspension de la liberté de la presse jusqu'à la paix, l'expulsion des nobles et des prêtres. Ils retireront leur pétition un mois plus tard.
Premier numéro de *L'Ami du peuple* de Pierre-Jacques-Michel Chasles (1753-1826).

17 septembre (1er jour complémentaire)
Kléber entame le siège de Maastricht.

18 septembre (2e jour complémentaire)
Après un rapport de Cambon, la Convention décrète que la République ne paie plus les frais ni les salaires d'aucun culte.

19 septembre (3e jour complémentaire)
À Paris, heurts au Palais-Royal entre Jacobins et Muscadins.

LES MUSCADINS

Une nouvelle force envahit les rues parisiennes au début du mois de septembre 1794. Son point de ralliement, le café de Chartres au Palais-Royal (l'actuel Grand Véfour); son journal, L'Orateur du peuple *de Fréron qui lui inspire ses mots d'ordre. Ces jeunes gens, souvent des employés du petit négoce, de l'administration ou du monde judiciaire, détestent la Révolution. Leur mise élégante les fera surnommer Muscadins, Incroyables, Jeunesse dorée… Armés de gourdins, ils hantent les jardins du Palais-Royal, des Tuileries, du Luxembourg, se livrant à la chasse aux Jacobins dont ils finissent par obtenir la fermeture du club après avoir attaqué plusieurs fois son local. Ils se préoccuperont aussi de conquérir la majorité dans les sections parisiennes, car derrière leurs meneurs comme Saint-Huruge, on retrouve aussi d'anciens Montagnards terroristes comme Fréron, Tallien, Merlin de Thionville. Mais une fois tout danger sans-culotte écarté en juin 1795, cette Jeunesse dorée aura perdu toute utilité aux yeux d'une Convention occupée de se perpétuer au pouvoir et qui fera fermer le café de Chartres au cours de l'été. L'écrasement de l'insurrection royaliste à Paris par Barras en octobre 1795 ne leur laissera que leur élégance et les bagarres de rue pour manifester leur hostilité à la Révolution.*

Première représentation à l'Opéra-Comique de *Callias, ou Nature et patrie* de Grétry, sur un livret d'Hoffman.

20 septembre (4e jour complémentaire)
Rapport de Robert Lindet sur « la situation intérieure de la République ». Comme Barère, il met sur un même plan le 9 Thermidor et les 31 mai-2 juin 1793 : « Faisons oublier à nos concitoyens les malheurs inséparables d'une grande révolution; disons-leur que le passé n'est plus à nous, qu'il appartient à la postérité […]. Ne nous reprochons ni nos malheurs ni nos fautes […]. Nous avons tous été lancés dans la même carrière […]. Chacun de nous a contribué à fonder, à affermir la République, à conserver les armes, à détruire les ennemis de la liberté et de l'égalité. Qui voudra nous interroger et nous demander compte de ces mouvements qu'il est impossible de prévoir et de diriger ? La Révolution est faite; elle est l'ouvrage de tous. » Si les erreurs et les fautes sont inséparables de l'idée de révolution, il ne faut cependant pas imposer le silence aux tribunaux, affirme Lindet. La Convention décide de faire un rapport sur la liberté du commerce en faveur de laquelle s'est prononcé Lindet. Elle décide aussi que les municipalités devront motiver les refus de délivrance des certificats de civisme et que le Comité d'instruction publique s'occupera de donner un contenu aux fêtes décadaires.
Victoire française à Dego (Italie).

23 septembre (2 vendémiaire an III)
Jourdan s'empare d'Aix-la-Chapelle.

24 septembre (3 vendémiaire)
Promesse d'amnistie aux rebelles d'Ille-et-Vilaine.

25 septembre (4 vendémiaire)
Première représentation au théâtre de l'Égalité de *Le Bienfait de la loi, ou le double divorce* de Nicolas-Julien Forgeot (1758-1798).

26 septembre (5 vendémiaire)
Les représentants que la Convention a envoyés en mission à Marseille forment une commission militaire qui organisera la répression contre les Jacobins.

28 septembre (7 vendémiaire)
Création de l'École centrale des travaux publics d'après un rapport présenté par Fourcroy le 24. Il s'agit d'une nouvelle école qui reprend le principe des stages d'enseignement de quelques mois expérimentés avec l'École de Mars et dont les élèves sont sélectionnés sur concours. Au 1er septembre 1795, elle prendra le nom d'École polytechnique. L'enseignement y est à dominante scientifique et les travaux pratiques y occupent une grande part: il faut avant tout former les ingénieurs dont ont besoin les services techniques de l'État. Le passage par cette école sera ainsi le titre permettant d'accéder aux Écoles du génie, des mines ou des ponts et chaussées. Les modalités de recrutement et la destination des élèves au sein des services techniques de l'État sont fixées le 22 octobre (1er brumaire).
Méhée de la Touche publie *Les Noyades ou Carrier au Tribunal révolutionnaire.*

29 septembre (8 vendémiaire)
Le général Turreau est décrété d'arrestation.

2 octobre (11 vendémiaire)
Offensive de Jourdan en Belgique.

3 octobre (12 vendémiaire)
Séance agitée à la Convention: Merlin de Thionville fait instituer une commission pour enquêter sur Barère, Billaud-Varenne et Collot d'Herbois, dénoncés par Lecointre au cours de la même séance. La Convention revient sur sa décision après des interventions de Carnot et Prieur de la Côte-d'Or qui défendent leurs anciens collègues du Comité de salut public. Carnot révèle là que

certains membres du Comité de salut public étaient opposés à l'éviction des Girondins.
Arrestation de militants sans-culottes à Paris.

4 octobre (13 vendémiaire)
Les députés Girondins encore détenus saisissent les révélations faites par Carnot la veille pour demander leur mise en liberté à la Convention.

5 octobre (14 vendémiaire)
Le journal de Babeuf change de titre et devient *Le Tribun du peuple.*

6 octobre (15 vendémiaire)
Carnot, Lindet et Prieur de la Côte-d'Or quittent le Comité de salut public.
Jean-Étienne Vachier, dit Championnet (1762-1800), s'empare de Cologne.

7 octobre (16 vendémiaire)
La Convention autorise Lyon à reprendre son nom.

8 octobre (17 vendémiaire)
Canclaux prend le commandement de l'armée de l'Ouest, Alexandre Dumas de l'armée de Brest et Jean-François Moulin (1752-1810) de l'armée des Alpes.
Marceau entre à Bonn.

10 octobre (19 vendémiaire)
Organisation du tribunal correctionnel de Paris.
Création du Conservatoire des arts et métiers après un rapport présenté par l'abbé Grégoire le 29 septembre. Sans être véritablement une école professionnelle, le Conservatoire, installé dans les locaux de l'ancienne abbaye de Saint-Martin-des-Champs à Paris, rassemblera des collections de machines et d'instruments scientifiques employés dans l'industrie ou ayant contribué au développement de la production.
Pichegru prend Bois-le-Duc.
Le Russe Alexandre Souvorov (1729-1800) bat les Polonais et fait prisonnier Kosciuszko.

11 octobre (20 vendémiaire)
Les restes de Jean-Jacques Rousseau sont transférés au Panthéon.

13 octobre (22 vendémiaire)
L'amnistie est promise aux insurgés du Morbihan à condition qu'ils déposent les armes dans les dix jours.

14 octobre (23 vendémiaire)
Ouverture devant le Tribunal révolutionnaire du procès du comité révolutionnaire de Nantes que la Convention a décidé d'accélérer. Carrier étant impliqué, la Convention va élaborer une procédure lui permettant de lever l'immunité parlementaire de ses membres et de faire leur procès aux terroristes.

15 octobre (24 vendémiaire)
Décret sur l'incompatibilité des fonctions judiciaires et administratives.
En Allemagne, Desaix prend Frankenthal et Laurent Gouvion Saint-Cyr (1764-1830) Ober-Moschel.
Première représentation au théâtre de l'Égalité de *Le Lendemain de la bataille de Fleurus, ou la cavalcade* de Kreutzer, sur un livret de Bertin d'Antilly.

16 octobre (25 vendémiaire)
La Convention interdit aux sociétés populaires toute affiliation ou correspondance.

18 octobre (27 vendémiaire)
Desaix prend Worms.

19 octobre (28 vendémiaire)
La Convention décide que les sections n'auront que 12 commissaires renouvelables par quart tous les trois mois.

20 octobre (29 vendémiaire)
Dumont réclame à la Convention l'examen de la conduite de Carrier au cours de sa mission à Nantes.

21 octobre (30 vendémiaire)
Fête au Champ-de-Mars pour célébrer la libération du territoire.

22 octobre (1er brumaire)
Desaix prend Oppenheim et Gouvion Saint-Cyr Alzey.

23 octobre (2 brumaire)
Rapport de Merlin de Douai sur la mission de Carrier à Nantes.
Prise de Coblence par Marceau : jonction de l'armée de Sambre-et-Meuse et de l'armée Rhin-et-Moselle. À la fin du mois, les armées françaises occupent toute la rive gauche du Rhin, sauf Maastricht, Mayence et le Luxembourg.

24 octobre (3 brumaire)
Le Comité de salut public fait arrêter Babeuf qui sera libéré peu après.

25 octobre (4 brumaire)
La Prusse dénonce son alliance avec l'Angleterre et la Hollande.

26 octobre (5 brumaire)
Les prévenus d'émigration qui ont obtenu des arrêtés administratifs favorables sont réintégrés provisoirement dans leurs biens.

27 octobre (6 brumaire)
Duhem demande le respect de l'immunité parlementaire de Carrier.

28 octobre (7 brumaire)
Rapport de Lakanal sur l'organisation des écoles primaires.

29 octobre (8 brumaire)
La Convention décide de constituer des commissions de 21 députés pour enquêter sur ses membres qui lui seront dénoncés et nomme une commission pour statuer sur le cas de Carrier. Celle-ci rendra un rapport favorable à l'inculpation de Carrier le 11 novembre (21 brumaire).

30 octobre (9 brumaire)
Établissement de l'École normale, qui n'aura qu'une existence éphémère, après un rapport présenté par Lakanal et largement rédigé par Garat. Les instituteurs se rendront à Paris pour y être instruits aux frais de l'État sur la manière d'enseigner pendant quatre mois avant de retourner dans leurs départements où ils formeront à leur tour des maîtres suivant les principes appris à Paris.
Première représentation à l'Opéra-Comique de *Encore une victoire, ou les déserteurs liégeois et les prisonniers français* de Kreutzer, sur un livret de Bertin d'Antilly.

31 octobre (10 brumaire)
William Wickham (1761-1840) arrive en Suisse pour représenter le gouvernement anglais. Il travaillera à la restauration des Bourbons, subventionnant les émigrés et encourageant les royalistes en France. En 1797, il soutiendra les royalistes du groupe de Clichy aux élections, et le Directoire réclamera l'expulsion de Wickham au gouvernement de Berne en septembre. Il quittera la Suisse lors de l'invasion française en 1798.

1er novembre (11 brumaire)
Décret relatif aux biens des prévenus: on lève le séquestre mis sur les biens des suspects; les suspects victimes de haines personnelles ou d'excès de zèle seront relâchés; ceux qui ont été simplement «égarés» ne seront pas déférés devant le Tribunal révolutionnaire mais resteront en prison jusqu'à la paix.
Hoche est nommé commandant en chef de l'armée de l'Ouest.

3 novembre (13 brumaire)
Au club des Jacobins, Billaud-Varenne déclare qu'il est contraint au silence, et ajoute ces propos qui inquiètent: «Mais le lion n'est pas mort quand il sommeille, et, à son réveil, il extermine tous ses ennemis.»
Libération de Paine, après une intervention du représentant des États-Unis d'Amérique, James Monroe (1758-1831).
Scherer est nommé commandant de l'armée d'Italie.

4 novembre (14 brumaire)
Kléber reçoit la capitulation de Maastricht.

6 novembre (16 brumaire)
Les Russes de Souvorov s'emparent de Varsovie.

8 novembre (18 brumaire)
Les troupes françaises entrent à Nimègue.

10 novembre (20 brumaire)
À la Convention, alors que Duhem dénonce les manifestations des Muscadins contre le club des Jacobins, Reubell réclame la fermeture du club: «Qui a couvert la France de deuil, porté le désespoir dans les familles, peuplé la République de bastilles, rendu le régime républicain si odieux qu'un esclave courbé sous le poids de ses fers eût refusé d'y vivre? Les Jacobins. Qui regrette le régime affreux sous lequel nous avons vécu? Les Jacobins.»

12 novembre (22 brumaire)
La Convention décrète la fermeture du club des Jacobins contre lequel se sont multipliées les manifestations de la Jeunesse dorée ces derniers jours.
Nicolas-Jacques Conté (1755-1805) fonde à Paris une fabrique de crayons à la mine de carbure.
Première représentation au théâtre de la République d'une comédie de Picard, *La Perruque blonde.*

14 novembre (24 brumaire)
Après avoir prononcé devant la Convention un long discours contre la paix, Barère est pris à partie par Tallien.

15 novembre (25 brumaire)
Les municipalités sont chargées de dresser la liste des émigrés.
Pour favoriser une réconciliation avec les pays neutres, la Convention abroge l'acte de navigation qu'elle avait voté à l'instigation de Barère le 21 septembre 1793.
La Convention met les compagnies de canonniers des sections de Paris à la disposition du Comité de salut public qui pourra les envoyer aux armées.

17 novembre (27 brumaire)
Le décret Bouquier de décembre 1793 sur les écoles primaires est abrogé et remplacé par le projet présenté par Lakanal le 28 octobre: la Convention décide d'établir une école pour 1000 habitants; les instituteurs seront payés par l'État.

18 novembre (28 brumaire)
Première représentation à l'Opéra-Comique de *Les Détenus, ou Cange, commissionnaire de Lazare* de Dalayrac.

19 novembre (29 brumaire)
Traité de commerce entre les États-Unis d'Amérique et l'Angleterre.

21 novembre (1er frimaire)
Carrier comparaît devant la Convention et présente sa défense. Après plusieurs jours de débats, le 24 novembre, la Convention vote à l'unanimité moins 2 voix (498 voix sur 500 votants) la mise en accusation de Carrier qui est arrêté sur-le-champ. Il se retrouve deux jours plus tard devant le Tribunal révolutionnaire qui doit ainsi reprendre le procès du comité révolutionnaire de Nantes depuis le début. Le 16 décembre, Carrier est guillotiné. Ce procès, au-delà de ce qu'il a pu révéler sur les horreurs commises à Nantes, a été le premier grand procès politique contre les terroristes. La violence et la publicité données aux actes d'accusation généralisent l'opprobre jeté sur la Terreur et ses animateurs jacobins.

22 novembre (2 frimaire)
Arrivée à Bâle d'un envoyé du roi de Prusse chargé de négocier une paix avec la France.

26 novembre (6 frimaire)
La liberté d'importer des marchandises non prohibées (c'est-à-dire ne provenant pas d'Angleterre) est accordée.
Alexandre Lenoir se voit décerner le titre de Conservateur des monuments.

27 novembre (7 frimaire)
Le général Dominique-Catherine Pérignon (1754-1818), qui remplace Dugommier mort au combat une semaine auparavant, s'empare de Figueras en Espagne.

28 novembre (8 frimaire)
Première représentation au théâtre de l'Égalité du *Commissionnaire*, une comédie de Julie Candeille.

2 décembre (12 frimaire)
La Convention promet l'amnistie aux Vendéens et aux chouans qui déposeront les armes dans le mois.

3 décembre (13 frimaire)
Antoine-Claire Thibaudeau (1765-1854) attaque le maximum à la Convention.

4 décembre (14 frimaire)
Dumont réclame la mise en accusation de Lebon, l'ancien représentant en mission dans la Somme et le Pas-de-Calais, à la Convention qui charge les Comités de salut public, de sûreté générale et de législation de présenter un rapport.
Création d'écoles de santé à Paris, Montpellier et Strasbourg, après un rapport présenté par Fourcroy le 27 novembre.

5 décembre (15 frimaire)
Nouvelle attaque à la Convention contre les anciens membres du Comité de salut public.

7 décembre (17 frimaire)
Première représentation à l'Opéra-Comique d'*Albert et Antoine, ou le service récompensé* de Grétry, sur un livret de Sedaine. Il s'agit en fait d'une reprise avec modification de leur opéra de 1786, *Le Comte d'Albert.*

8 décembre (18 frimaire)
Réintégration à la Convention des députés survivants qui avaient été exclus pour avoir protesté contre l'éviction des Girondins (les « 73 »). Ils recommencent à siéger dès le lendemain. Cambacérès propose de décréter une amnistie qui n'excepterait que les royalistes.

10 décembre (20 frimaire)
Les députés Girondins réintégrés dénoncent l'ancien maire de Paris et ministre de la Guerre Pache, et l'ancien ministre de la Guerre Bouchotte, emprisonnés par les robespierristes respectivement depuis mai et juillet. Traduits devant le Tribunal révolutionnaire d'Eure-et-Loir, ils seront libérés au cours de l'automne 1795.

11 décembre (21 frimaire)
Victor Hugues reprend la Guadeloupe aux Anglais.
Première représentation au théâtre de la République d'une tragédie d'Arnault, *Cincinnatus ou la Conjuration de Spurius Melius.*

14 décembre (24 frimaire)
Kléber commence le siège de Mayence.

Première représentation au théâtre Feydeau de l'opéra de Cherubini, *Eliza, ou le voyage aux glaciers du mont Saint-Bernard.*

16 décembre (26 frimaire)
Rapport de Lakanal sur les écoles centrales.
Exécution de Carrier.

18 décembre (28 frimaire)
La Convention amnistie les députés mis hors-la-loi en 1793, mais refuse de les réintégrer comme « 73 ». Legendre fait casser le jugement du Tribunal révolutionnaire relaxant les complices de Carrier à Nantes et réclame leur renvoi devant le tribunal de Nantes. La Convention décide de renouveler le Tribunal révolutionnaire.

21 décembre (1er nivôse)
Rapport de M.-J. Chénier sur l'organisation des fêtes décadaires.
À la Convention, l'abbé Grégoire réclame la liberté effective des cultes mais en exclut les religions n'admettant pas la souveraineté nationale, la liberté, l'égalité: pour lui, il convient de ne pas confondre les prêtres qui ont prêché le carnage en Vendée avec ceux qui ont combattu le despotisme, c'est-à-dire le clergé réfractaire avec le clergé constitutionnel.

22 décembre (2 nivôse)
La diète d'Empire accepte l'idée de la paix avec la France.

24 décembre (4 nivôse)
La Convention abolit le maximum comme la demande en est faite régulièrement depuis le début du mois malgré les protestations de Lindet. Les districts conservent cependant la faculté d'organiser des réquisitions pour approvisionner les marchés.

27 décembre (7 nivôse)
Rapport de Merlin de Douai concluant à la mise en accusation de Barère, Billaud-Varenne, Collot d'Herbois et Vadier. La Convention nomme une commission pour examiner leur cas.
Pichegru franchit la Meuse.

28 décembre (8 nivôse)
Réorganisation du Tribunal révolutionnaire après un rapport de Merlin de Douai. La Convention ordonne la libération de David.

autres événements
• Adrien-Marie Legendre (1752-1833): *Éléments de géométrie.*

1795

1er janvier (12 nivôse)
Le Comité de sûreté générale ordonne aux administrateurs de district, aux agents nationaux et aux comités révolutionnaires de s'opposer aux rassemblements fanatiques ou royalistes.

2 janvier (13 nivôse)
Rétablissement de la liberté du commerce avec l'étranger.

3 janvier (14 nivôse)
La Russie et l'Autriche s'accordent pour partager la Pologne.

5 janvier (16 nivôse)
Rapport de Courtois à la Convention sur « les papiers trouvés chez Robespierre et ses complices ».

8 janvier (19 nivôse)
Agier est nommé président du Tribunal révolutionnaire à la place de Dobsent.

11 janvier (22 nivôse)
La Convention accorde aux émigrés sortis du territoire après mai 1793 la faculté de rentrer en France pourvu qu'ils ne soient ni nobles ni prêtres et qu'ils travaillent de leurs mains; ils se verront restituer leurs biens non vendus.

12 janvier (23 nivôse)
Arrivée à Bâle de François-Marie Barthélemy (1747-1830), chargé de négocier une paix avec la Prusse que le Comité de salut public a informée au préalable des revendications françaises sur la rive gauche du Rhin.

13 janvier (24 nivôse)
Un arrêté des représentants en mission rétablit la liberté de culte dans le Morbihan pour les prêtres constitutionnels et réfractaires.

16 janvier (27 nivôse)
La Convention accorde les pleins pouvoirs aux représentants en mission dans l'Ouest pour négocier avec les insurgés.

17 janvier (28 nivôse)
Organisation des pouvoirs des commissaires des guerres dans les armées.
Pichegru entre à Utrecht.

19 janvier (30 nivôse)
À Paris, au sein de la section Guillaume-Tell, on chante pour la première fois en public *Le Réveil du peuple contre les terroristes* de Pierre Gaveaux (1761-1825) qui va devenir l'hymne des Muscadins.

20 janvier (1er pluviôse)
Les troupes de Pichegru occupent Amsterdam.

21 janvier (2 pluviôse)
Célébration de l'exécution de Louis XVI. La Convention, qui avait décidé le 10 janvier d'ériger cette fête nationale pour commémorer l'exécution du roi, décide de célébrer aussi « la révolution du 9 Thermidor », c'est-à-dire la chute de Robespierre.

22 janvier (3 pluviôse)
Rapport de Cambon sur les moyens de retirer les assignats de la circulation. En octobre 1794, 100 livres en assignats ne s'échangeaient plus que contre 20 en numéraire, et en mars, la valeur des assignats sera tombée à 8 % de leur valeur initiale.
Pichegru entre à La Haye.

23 janvier (4 pluviôse)
La cavalerie de Pichegru capture la flotte hollandaise prise dans la glace au Helder (sur la mer du Nord).

24 janvier (5 pluviôse)
La Convention affecte le local du club des Jacobins au service des écoles normales d'instituteurs.
Première représentation au théâtre de la République d'une comédie de Julie Candeille, *La Bayadère*.

26 janvier (7 pluviôse)
À la suite d'un rapport de Jean-Baptiste Clauzel (1746-1803) sur les troubles marseillais, la Convention transfère à Aix-en-Provence l'administration des Bouches-du-Rhône.

27 janvier (8 pluviôse)
Restitution aux époux survivants ou aux enfants des condamnés des meubles et effets ayant appartenu à ces derniers.

31 janvier (12 pluviôse)
La rigueur de l'hiver et la disette provoquent des émeutes à Rennes.

1er février (13 pluviôse)
Le Comité de sûreté générale ordonne le rétablissement dans les lieux publics des bustes de Marat auxquels les Muscadins font la chasse. La tension qui oppose les Jacobins à leurs adversaires Muscadins ne fait que croître en cette période de règlement de comptes. Les bagarres ont souvent pour origine des affrontements sur les symboles, autour de chansons, que l'on entonne au théâtre par exemple, comme *Le Réveil du peuple contre les terroristes* de Gaveaux ou *Le Chant de la Fraternité* de Piis, ou bien autour des représentations de Marat dont les Muscadins entendent faire disparaître les bustes de l'espace politique parisien. Dès le lendemain, comme les jours précédents, de violentes rixes opposent Muscadins et Jacobins à Paris.
Babeuf interrompt la publication de son journal, *Le Tribun du peuple*.

2 février (14 pluviôse)
À Lyon, assassinats de « terroristes » arrêtés. Le terme de terroriste, qui désigne les artisans de la Terreur de l'an II, va recouvrir de son opprobre les Jacobins et partisans de la Montagne.

3 février (15 pluviôse)
Pérignon prend Rosas en Espagne.
À La Haye, proclamation de la République batave, nouveau nom pris par les Provinces-Unies que le stathouder a quittées devant l'avance des armées françaises.

7 février (19 pluviôse)
Arrestation de Babeuf.

8 février (20 pluviôse)
Expulsion des restes de Marat hors du Panthéon.
La Convention décide que les honneurs du Panthéon ne pourront être décernés à un citoyen que dix ans après sa mort.

9 février (21 pluviôse)
Signature de la paix entre la France et le grand-duché de Toscane.

14 février (26 pluviôse)
Massacres de Jacobins dans les rues de Lyon.

17 février (29 pluviôse)
Accords de La Jaunaye entre les représentants de la Convention et les Vendéens.

La pacification de l'Ouest

Après six jours de négociations, au château de La Jaunaye, sur la route de Clisson près de Nantes, la paix est signée entre une délégation de la Convention, menée par Delaunay, et le chef vendéen Charette et les délégués de quelques autres chefs vendéens. Cet accord – la Convention souhaitait éviter de lui donner la forme d'un traité qui aurait conféré aux insurgés un statut de belligérants reconnus – est le résultat de la politique intelligente de militaires comme Canclaux ou Hoche. Les rebelles sont amnistiés, le service militaire qu'ils doivent à la République sera limité au cadre territorial, et surtout ils obtiennent la liberté de culte. Cette dernière, déjà rétablie dans le Morbihan, constituait le principal obstacle à lever dans les pourparlers entamés avec Charette depuis la fin du mois de décembre 1794: le culte sera libre pourvu que l'ordre public ne soit pas troublé, et les ministres de tous les cultes sont admis à exercer leurs fonctions en Vendée, ce qui comprend les insermentés. À la suite de cet accord, la pacification s'étendra aux chouans (convention signée le 20 avril à La Mabilais), et Stofflet se soumettra à son tour. Bien que les accords de La Jaunaye marquent la fin de l'insurrection vendéenne, la paix s'avérera précaire, une trêve car, à l'annonce d'un débarquement émigré, Charette reprendra bientôt les armes. Sans connaître l'ampleur d'un soulèvement, les troubles continueront ainsi à agiter l'Ouest jusqu'à ce que Bonaparte impose la paix civile avec l'aide de l'abbé Bernier.

18 février (30 pluviôse)
Une délégation venue d'Arras dénonce l'ancien représentant en mission dans la Somme et le Pas-de-Calais, Joseph Lebon, à la Convention.

19 février (1er ventôse)
La Convention supprime les comités révolutionnaires dans les communes de moins de 50000 habitants.

21 février (3 ventôse)
Décret proclamant la liberté de culte après un rapport de Boissy d'Anglas: la République ne salarie aucun culte et ne fournit aucun local; l'exercice du culte est circonscrit sous la surveillance des autorités et doit se dérouler sans signes extérieurs.

22 février (4 ventôse)
Le député Joseph-Stanislas Rovère (1748-1798) réclame à la Convention la punition des terroristes.

23 février (5 ventôse)
La Convention assigne à résidence à leur domicile les fonctionnaires, civils et militaires, suspendus ou destitués depuis le 10 thermidor an II, c'est-à-dire depuis la chute de Robespierre.

25 février (7 ventôse)
Décret sur les écoles centrales départementales après un rapport de Lakanal. La Convention renoue là avec le plan d'éducation proposé par le défunt Condorcet en avril 1792. Est mis en avant l'aspect encyclopédique de l'enseignement où la tradition classique dominée par le latin cède la place aux sciences mathématiques et physiques et à leurs applications morales et politiques. Avec l'institution des écoles centrales organisées autour d'une succession de classes de niveaux différents, un véritable cursus obligatoire se substitue aux choix individuels des élèves. Il était prévu initialement d'installer une école centrale pour 300000 habitants, mais le 25 octobre 1795, la Convention décide d'en établir une par département et de diminuer la part de l'enseignement technique. Les écoles centrales, ancêtres des lycées, seront progressivement mises en place de 1795 à 1797.

26 février (8 ventôse)
Charette, qui a fait la paix avec la République, entre à Nantes aux côtés de Canclaux.

27 février (9 ventôse)
Les affrontements entre Jacobins et Muscadins provoquent la fermeture provisoire des théâtres à Paris.

1er mars (11 ventôse)
Fréron réclame la révision de la constitution de 1793 à la Convention.

2 mars (12 ventôse)
Après un rapport du député Jean-Baptiste-Michel Saladin (1752-1812), la Convention décide l'arrestation et la mise en accusation de Barère, Billaud-Varenne, Collot d'Herbois et Vadier. Ce dernier décide de se cacher.

3 mars (13 ventôse)
Réouverture de la Bourse après un rapport de Boissy d'Anglas qui en avait fait la proposition dès la mi-janvier afin de réguler l'agiotage.
Pichegru est nommé commandant de l'armée Rhin-et-Moselle; Jean-Victor Moreau le remplace à l'armée du Nord.

4 mars (14 ventôse)
La Convention autorise son comité de législation à nommer les officiers municipaux, les administrateurs et les membres des tribunaux.

8 mars (18 ventôse)
Après un rapport de M.-J. Chénier, rappel à la Convention des députés Girondins mis hors-la-loi

par le décret du 28 juillet 1793 et l'acte d'accusation du 3 octobre 1793.

9 mars (19 ventôse)
Les Girondins réintégrés à la Convention réclament la mise en accusation des auteurs de la journée du 2 juin 1793 à laquelle Tallien s'oppose.

14 mars (24 ventôse)
Le Comité de sûreté générale est autorisé par la Convention à nommer les commissaires de police.

15 mars (25 ventôse)
Lettre encyclique des évêques «réunis»: l'abbé Grégoire et quatre autres évêques constitutionnels cherchent à réorganiser ce qui subsiste du clergé constitutionnel dans le contexte nouveau d'une séparation de l'Église et de l'État. Les évêques constitutionnels doivent combler les vides laissés par la Terreur sans le concours de l'État. Ils organisent des élections et prendront soin de rejeter les prêtres mariés.

17 mars (27 ventôse)
Une délégation des faubourgs défile à la Convention alors que Paris, où le pain manque, est agité par des troubles. La Convention charge Boissy d'Anglas de préparer un rapport sur l'agitation parisienne. Il avait déjà présenté plusieurs rapports à la Convention sur la question des subsistances à Paris et restait attaché au libéralisme dans la détermination du prix des grains, s'opposant au rétablissement du maximum des prix réclamé par les faubourgs. La disette continuera à faire sentir ses effets dans la capitale tout au long du mois.
Première représentation au théâtre Feydeau de *Le Bon Fermier*, une comédie de Joseph-Alexandre-Pierre de Ségur, le fils du maréchal.

19 mars (29 ventôse)
À la Convention, Lecointre réclame l'abolition du gouvernement révolutionnaire et l'organisation du gouvernement selon la constitution.

20 mars (30 ventôse)
La vente des biens des condamnés est suspendue après un discours de Boissy d'Anglas.

21 mars (1er germinal)
Les sections du faubourg Saint-Antoine réclament à la Convention du pain et l'application de la constitution de 1793. Après un rapport de Sieyès, la Convention adopte un décret réprimant les attentats contre la représentation nationale et le gouvernement: les mouvements séditieux seront punis de mort.

22 mars (2 germinal)
Le début du procès devant la Convention des anciens membres du Comité de salut public, Barère, Billaud-Varenne et Collot d'Herbois, suscite de violents affrontements entre les députés Girondins réintégrés et les autres pendant les huit jours suivants. Barère est la figure centrale de ce règlement de comptes: ses interventions, qu'il multiplie, brouillent les clivages au sein de la Convention, embarrassant nombre de députés qui du coup s'affrontent et s'accusent les uns les autres. Les accusés reçoivent un actif et réitéré soutien de leurs ex-collègues du Comité, Robert Lindet, Carnot, Prieur de la Côte-d'Or. Et Sieyès déclare en direction des Girondins, le 24 mars, qu'on ne peut considérer comme nul ce qui a été fait depuis le 2 juin 1793.
Échec de Stofflet, qui n'a pas déposé les armes, à Saint-Florent-le-Vieil.

28 mars (8 germinal)
Début du procès de Fouquier-Tinville, l'ancien accusateur public du Tribunal révolutionnaire, devant ce même Tribunal. Le procès durera plus d'un mois et Fouquier-Tinville s'y défendra avec habileté et ténacité.
Première représentation au théâtre Feydeau de *Pausanias*, une tragédie de Charles-Joseph Trouvé (1768-1860), le rédacteur en chef du *Moniteur* qui sera aussi commissaire du Directoire en République cisalpine, où les allusions à Robespierre sont si transparentes qu'elles paraissent même outrées aux spectateurs.

29 mars (9 germinal)
Bonaparte est rappelé de l'armée d'Italie où il commandait l'artillerie.
Arrestation du révolutionnaire toscan Filippo Buonarroti (1761-1837). Déjà lié aux robespierristes et aux Montagnards depuis plusieurs années, il retrouvera en prison d'autres victimes de la répression thermidorienne avec lesquelles il militera et complotera.

30 mars (10 germinal)
Création, après un rapport de Lakanal, de l'École des langues orientales, qui va s'établir à la Bibliothèque nationale, près des manuscrits. Elle ne déménagera que lors de son rattachement au Collège de France en 1868.

1er avril (12 germinal)
Alors que la veille encore certaines sections réclamaient l'application de la constitution, la Convention est envahie par une manifestation sans-culotte qui bouscule facilement les Muscadins auxquels le Comité de sûreté générale avait confié la garde de l'enceinte de la Convention. Les manifestants occupent la salle des séances, réclament du pain, la libération des patriotes incarcérés et l'application de la constitution. Le Comité de sûreté générale rallie en fin d'après-midi les sections de l'Ouest parisien restées fidèles à la Convention et dominées par la Jeunesse dorée, et avec leur aide, Legendre, épaulé par Pichegru et quelques troupes, chasse les manifestants hors de la Convention. Pichegru maintiendra l'ordre dans les faubourgs les jours suivants. Barère, Billaud-Varenne, Collot d'Herbois et Vadier – qui se cache toujours – sont déportés sans jugement car l'on craint un mouvement de foule en leur faveur. Huit députés Montagnards, parmi lesquels Amar, Léonard Bourdon, Chasles et Duhem, sont arrêtés par la Convention.

2 avril (13 germinal)
Amiens et Rouen sont agités par des troubles jusqu'au 4.
Stofflet est battu à Chemillé.

3 avril (14 germinal)
La Convention forme une commission de sept membres chargée d'étudier les moyens de rendre la constitution applicable.
La Convention exclut Cambon du comité des finances.
La Convention décide, suite à une proposition faite par Pierre-Claude-François Daunou (1761-1840) la veille, d'acheter et de distribuer 3000 exemplaires de l'*Esquisse d'un tableau historique des progrès de l'esprit humain* de Condorcet.

5 avril (16 germinal)
Neuf députés Montagnards sont décrétés d'arrestation, parmi lesquels Cambon, Thuriot, Bayle, Maignet, Levasseur de la Sarthe et Lecointre.
Traité de Bâle entre la France et la Prusse. Il est ratifié par la Convention le 14 avril.

Le traité de Bâle

Par le traité de Bâle, négocié par Barthélemy, la Prusse reconnaît la République française et accepte, jusqu'à la paix générale, l'occupation par la France de la rive gauche du Rhin. S'il n'est pas le premier – la France a déjà fait la paix avec le propre frère de l'empereur, le grand-duc de Toscane –, ce traité sort la France de l'isolement dans lequel l'a plongée la guerre révolutionnaire et renoue avec la stratégie de l'ancienne monarchie tournée contre l'Autriche, rompue par Louis XV au milieu du siècle. De son côté, le roi de Prusse, Frédéric-Guillaume II, inquiet du partage de la Pologne entre la Russie et l'Autriche, avait intérêt à signer une paix avec la France tout en refusant l'alliance de celle-ci – le Directoire reviendra à la charge, sans succès, en envoyant Sieyès à Berlin en 1798. La Prusse y gagne d'affirmer son influence sur l'Allemagne. Quant à la France, elle réintègre là le champ d'une diplomatie conservatoire qui va lui permettre de traiter avec les principautés allemandes et de détacher l'Espagne de la coalition: la République trouve sa place à la table de jeu des grandes combinaisons européennes.

7 avril (18 germinal)
Décret relatif aux poids et mesures: le système décimal devient obligatoirement la base de toutes les mesures. Le décret ordonne la fabrication d'un mètre étalon en platine et présente la nomenclature des nouvelles mesures: mètre, gramme, litre... avec leurs préfixes kilo, hecto, déci, centi... En pratique, cette uniformité mettra des années à s'imposer.

10 avril (21 germinal)
Après un rapport de M.-J. Chénier, la Convention rend un décret désarmant les « terroristes ».

11 avril (22 germinal)
La Convention restitue leurs droits civiques aux citoyens mis hors-la-loi après le 31 mai 1793, en exceptant certains royalistes.

12 avril (23 germinal)
Le Comité de sûreté générale demande aux sections de lui fournir la liste des terroristes à désarmer.
Première représentation au théâtre de la République d'*Abufar ou la famille arabe*, une tragédie de Ducis.

16 avril (27 germinal)
Décret restituant aux administrations départementales les pouvoirs qu'elles avaient avant le décret du 4 décembre 1793: les procureurs syndics sont rétablis; les représentants en mission ou le comité de législation de la Convention sont chargés de compléter les directoires de département.

17 avril (28 germinal)
Réorganisation de la garde nationale parisienne: elle est placée sous la direction du comité militaire de la Convention, et celle-ci interdit aux bataillons de la garde nationale de correspondre avec les sections; les hommes devront, d'autre part, s'équiper à leurs frais.

18 avril (29 germinal)
Rapport à la Convention de Cambacérès qui préconise le remplacement de la constitution. Le 23 avril, la Convention nomme une commission de 11 membres pour réviser la constitution.

20 avril (1er floréal)
Accords de pacification de La Mabilais (près de Rennes): seule une minorité de chefs chouans va les accepter.

23 avril (4 floréal)
Première représentation au théâtre Feydeau d'une comédie de Demoustier, *Le Tolérant ou la tolérance morale et religieuse.*

24 avril (5 floréal)
Le comité militaire de la Convention est chargé d'épurer les états-majors.
Assassinats de Jacobins à Lyon.

26 avril (7 floréal)
Les troupes républicaines surprennent le camp de Stofflet dans la forêt de Maulévrier.

mai
La disette continue à faire durement sentir ses effets à Paris.

1er mai (12 floréal)
M.-J. Chénier fait voter par la Convention un décret contre les prêtres réfractaires et les émigrés et contre tous ceux qui prôneraient le retour de la royauté en France: les émigrés trouvés en France seront promptement traduits devant les tribunaux.
Premier numéro des *Annales de la Religion*, le journal du clergé constitutionnel.

2 mai (13 floréal)
Accords de Saint-Florent avec Stofflet et les derniers chefs chouans.

4 mai (15 floréal)
Important massacre des Jacobins emprisonnés à Lyon. La Terreur blanche se développe dans la vallée du Rhône et le Midi.

6 mai (17 floréal)
La commission des 11 nommée le 23 avril, où siègent notamment Boissy d'Anglas, Daunou, Durand de Maillane, Louis-Marie de La Révellière-Lépeaux (1753-1824) et Lanjuinais, est chargée par la Convention de rédiger une nouvelle constitution.

7 mai (18 floréal)
Exécution des anciens accusateur public et président du Tribunal révolutionnaire, Fouquier-Tinville et Hermann, ainsi que de 14 jurés du Tribunal révolutionnaire (parmi lesquels le dessinateur Jean-Louis Prieur, auteur des *Tableaux historiques de la Révolution française*).

9 mai (20 floréal)
Les autorités administratives sont autorisées à dénoncer elles-mêmes les terroristes.

11 mai (22 floréal)
Massacre de Jacobins à Aix-en-Provence.

12 mai (23 floréal)
Rapport de Dubois de Crancé à la Convention sur les avantages et inconvénients d'acquitter l'impôt en nature.

16 mai (27 floréal)
Traité de La Haye entre la France et la République batave. Il est ratifié le 27 par la Convention.

La première République sœur

Les victoires françaises et la débâcle anglaise de l'hiver 1794-1795 ont entraîné un changement de régime politique en Hollande où le stathouderat est aboli et une République batave proclamée par des États généraux réunis à La Haye le 3 février. Après la signature du traité de Bâle le 5 avril, le Comité de salut public envoie Reubell et Sieyès à La Haye où ils arrivent le 8 mai. Contrairement aux espoirs hollandais, les négociateurs français agissent en vainqueurs et donnent le choix à la jeune République batave, ou d'accepter les propositions françaises, ou d'être traitée comme un pays conquis. Le 16 mai, est signé ce traité inégal qui fait des Provinces-Unies une « République sœur ». La France annexe la Flandre hollandaise (la région de Maastricht), obtient une lourde indemnité et l'entretien de troupes, sans compter l'appropriation de nombreuses œuvres d'art. Ce protectorat inaugure la politique extérieure consistant à entourer la France d'un cordon protecteur de républiques qui contribuent à financer la guerre révolutionnaire et dont on contrôlera étroitement l'évolution politique. En l'occurrence, le traité de La Haye reste un épisode de la rivalité franco-anglaise.

17 mai (28 floréal)
Insurrection populaire à Toulon: les Jacobins reprennent le contrôle de la ville jusqu'au 23.

19 mai (30 floréal)
Renaissance de l'agitation sans-culotte dans les faubourgs parisiens.
Fermeture de l'École normale.

20 mai (1er prairial)
La Convention est envahie par des manifestants qui réclament « du pain et la constitution de 93 » et qui massacrent le député Jean-Bertrand Féraud. Sa tête est présentée au bout d'une pique à Boissy d'Anglas qui préside la Convention. Tandis que les émeutiers occupent la salle, les députés Montagnards font voter quelques décrets satisfaisant les revendications populaires. Mais après avoir mobilisé les gardes nationales de l'ouest de Paris qui lui sont restées fidèles, la Convention reprendra le contrôle de la salle de séance et votera l'arrestation des députés Montagnards qui ont paru soutenir l'émeute (Prieur de la Marne – qui va s'évader –, Albitte, Romme, Rühl, Soubrany, Bourbotte, Duquesnoy, Goujon, et sept autres; Robert Lindet est dénoncé mais n'est pas arrêté).

21-22 mai (2-3 prairial)
Tout l'est de Paris est en insurrection.

23 mai (4 prairial)
Les troupes de Menou reprennent le contrôle de l'Est parisien au nom de la Convention: le faubourg Saint-Antoine est désarmé. Les Thermidoriens peuvent ainsi à la fois se débarrasser des députés Montagnards conservant des nostalgies jacobines susceptibles de les gêner et réduire durablement à l'impuissance le mouvement populaire parisien.

25 mai (6 prairial)
Massacre de Jacobins à Tarascon.
Traité entre la France et la régence de Tunis.
Arrivée à Paris de Benjamin Constant de Rebecque (1767-1830) et de Germaine de Staël.

26 mai (7 prairial)
Billaud-Varenne et Collot d'Herbois sont embarqués pour la Guyane; Barère, dont l'embarquement a été retardé, réussira, pour sa part, à éviter la déportation en s'évadant le 28 octobre. Il restera caché en France jusqu'à son amnistie par Bonaparte.

27 mai (8 prairial)
Reprise de la chouannerie dans le Morbihan.

28 mai (9 prairial)
La Convention décrète l'arrestation des membres encore libres des Comités de salut public et de sûreté générale de l'an II, sauf Carnot, Prieur de la Côte-d'Or et Jean-Antoine Louis dit du Bas-Rhin (1742-1796).

30 mai (11 prairial)
Après un rapport de Lanjuinais, la Convention décrète que les églises qui n'ont pas été encore vendues seront restituées aux fidèles.

Une séparation de l'Église et de l'État

Le décret du 30 mai 1795 complète ceux du 18 septembre 1794 et du 21 février 1795 qui inaugurent le régime de séparation de l'Église et de l'État que connaît la France jusqu'au Concordat de 1801. En septembre 1794, la Convention avait, à la suite d'un rapport de Cambon, décidé de ne plus contribuer aux frais d'aucun culte ni d'en salarier les ministres. En laissant à la charge des fidèles l'entretien des cultes, la Convention favorisait finalement le clergé réfractaire qui avait, du fait de la constitution civile du clergé puis de la Terreur, acquis l'expérience de l'autonomie, ce que d'ailleurs soulignera à la Convention l'abbé Grégoire, évêque constitutionnel de Blois, en réclamant, au mois de décembre, une liberté religieuse dont profiteraient les prêtres fidèles à la Révolution. Le 21 février 1795, la Convention a suivi Boissy d'Anglas en affirmant la liberté cultuelle, à condition qu'elle soit circonscrite sous la surveillance des autorités et sans manifestation extérieure. Le 30 mai, Lanjuinais insiste pour que cette liberté soit réelle et non simplement nominale. La Convention décide alors la réouverture des églises qui n'ont pas encore été vendues comme biens nationaux, avec l'idée que les rassemblements de fidèles seront plus faciles à surveiller dans des lieux visibles et définis plutôt que chez des particuliers. Il suffit aux ministres du culte de faire acte de soumission aux lois de la République devant la municipalité pour bénéficier de l'usage des édifices religieux. La concurrence cultuelle et la neutralité de l'État vont définitivement nuire au clergé constitutionnel en ne le privilégiant plus, alors que les prêtres réfractaires, malgré leurs divisions sur la question de l'allégeance au régime républicain, sauront saisir les opportunités offertes par la législation et les mouvements d'opinion.

31 mai (12 prairial)
Suppression du Tribunal révolutionnaire.
La Convention décide que les biens nationaux ne seront plus obligatoirement vendus aux enchères. L'exécution de ce décret sera suspendue le 7 juin. Le 15, un nouveau texte fixera les modalités des ventes.

1er juin (13 prairial)
Arrestation de neuf députés Montagnards.

4 juin (16 prairial)
Massacre de Jacobins à Nîmes.

5 juin (17 prairial)
À Marseille, le représentant en mission de la Convention laisse massacrer des prisonniers jacobins détenus au Fort Saint-Jean.

8 juin (20 prairial)
Mort à Paris de Louis XVII.
Les sections de Paris doivent rendre leurs canons.

10 juin (22 prairial)
Ceux qui ont quitté la France à la suite du 31 mai 1793 sont radiés de la liste des émigrés; ceux qui ont émigré pour échapper aux poursuites dirigées contre les (soi-disant) « fédéralistes » sont autorisés à rentrer en France. Les Toulonnais ayant livré la ville ou qui se sont enfuis sur des navires anglais, c'est-à-dire la plus grande part d'entre eux, seront expressément exclus du bénéfice de cette loi le 6 septembre. La Convention atténuera toutefois sa rigueur en exceptant de cette dernière loi, le 24 septembre, les matelots, artisans, femmes, enfants, vieillards et impotents.

12 juin (24 prairial)
Début du procès des députés Montagnards arrêtés à la suite des émeutes de prairial (20-22 mai).

15 juin (27 prairial)
Bonaparte, mécontent de son affectation à l'Ouest, obtient un congé.

16 juin (28 prairial)
Réorganisation des gardes nationales départementales.

17 juin (29 prairial)
Condamnation à mort de six députés Montagnards: Romme, Duquesnoy et Goujon se suicident à l'issue du procès; Soubrany se rate et est guillotiné agonisant avec Bourbotte et Duroy.
Le comité de législation de la Convention demande aux administrations locales de ne pas enquêter sur le passé des prêtres qui font leur soumission aux lois de la République.

18 juin (30 prairial)
La Convention décide que les habitants des départements pacifiés (c'est-à-dire de l'Ouest) qui reprendraient les armes relèveront de commissions militaires.

20 juin (2 messidor)
Massacre de Jacobins emprisonnés à Tarascon.

21 juin (3 messidor)
La Convention institue une échelle de proportion pour les assignats: ceux-ci ne sont acceptés qu'avec une certaine perte en fonction de leur date d'émission. C'est une véritable échelle de dévaluation qui est ainsi établie.

23 juin (5 messidor)
Rapport de Boissy d'Anglas à la Convention sur le projet de constitution dont le principal rédacteur est Daunou.
Villaret de Joyeuse est battu par la flotte anglaise de l'amiral Warren transportant des émigrés qui vont débarquer quelques jours plus tard dans la région de Quiberon où se regroupent les chouans.

24 juin (6 messidor)
À Vérone, déclaration du comte de Provence où il se proclame roi de France sous le nom de Louis XVIII et où il annonce la punition des régicides et le prochain retour de l'Ancien Régime.

25 juin (7 messidor)
Les bandes de Charette reprennent les hostilités en Vendée.
Création du Bureau des longitudes après un rapport de l'abbé Grégoire.

27 juin (9 messidor)
Création à Paris de la Légion de police. Remplaçant la gendarmerie, elle est chargée de la sécurité de Paris et plus particulièrement de la garde de la Convention, des tribunaux et des prisons.
Les membres de la commission populaire d'Orange sont massacrés à Avignon.

30 juin (12 messidor)
La Convention propose de libérer la fille de Louis XVI, Marie-Thérèse, et de la remettre aux soins du gouvernement autrichien lorsque celui-ci aura libéré les députés, le ministre et les membres de leur suite qu'avait livrés Dumouriez en avril 1793.
Les émigrés échouent à prendre Vannes et sont refoulés par Hoche vers la presqu'île de Quiberon qu'il bloquera dès le 7 juillet.

1er juillet (13 messidor)
La Convention envoie Tallien et Claude-Antoine-Auguste Blad (1764-1802) près de Hoche.

4 juillet (16 messidor)
Première lecture du projet de constitution à la Convention.

10 juillet (22 messidor)
La Convention rend un décret d'accusation contre Joseph Lebon et le renvoie devant le tribunal criminel de la Somme afin d'examiner sa conduite au cours de ses missions.

11 juillet (23 messidor)
Les ressortissants des pays en guerre avec la France qui n'y étaient pas domiciliés avant le 1er janvier 1792 doivent sortir du territoire.

14 juillet (26 messidor)
Le député Debry propose que *La Marseillaise* devienne l'hymne national.

15 juillet (27 messidor)
2000 émigrés débarquent à Quiberon.

16 juillet (28 messidor)
Accord entre la Prusse et la France: le nord de l'Allemagne est déclaré neutre sous la protection de la Prusse.

17 juillet (29 messidor)
Moncey bat les Espagnols à Vitoria et s'empare de Bilbao le 19.

20 juillet (2 thermidor)
Discours de Sieyès à la Convention: très critique envers le projet de constitution, il développe ses vues sur le système représentatif. Il s'oppose au mécanisme des «contrepoids» et prône une division du travail réelle et non factice comme celle imaginée par Daunou et Boissy d'Anglas. Il propose ainsi l'établissement d'une «jurie constitutionnaire» qui serait un véritable corps de représentants chargé de juger des atteintes à la constitution. Sieyès se livre enfin à une sévère et profonde critique explicative de l'expérience politique de ces dernières années: «Ce mot [la souveraineté du peuple] ne s'est présenté si colossal devant l'imagination que parce que l'esprit des Français, encore plein des superstitions royales, s'est fait un devoir de le doter de tout l'héritage de pompeux attributs et de pouvoirs absolus, qui ont fait briller les souverainetés usurpées [...]. La souveraineté du peuple n'est point illimitée, et bien des systèmes prônés, honorés, y compris celui auquel on se persuade encore d'avoir les plus grandes obligations, ne paraîtront plus que des conceptions monacales, de mauvais plans de ré-totale, plutôt que de république, également funestes à la liberté, et ruineux de la chose publique comme de la chose privée.»
Thibaudeau s'oppose à Sieyès et lui reproche notamment d'avoir refusé son concours à la commission à partir du moment où ses membres refusaient de le suivre entièrement.

21 juillet (3 thermidor)
Capitulation à Quiberon des émigrés écrasés par Hoche.

22 juillet (4 thermidor)
La Convention rétablit la patente.
Paix de Bâle avec l'Espagne. Ce traité est ratifié le 1er août par la Convention.

24 juillet (6 thermidor)
M.-J. Chénier dénonce la Terreur blanche à la Convention.

La Terreur blanche

Si elle sévit depuis l'hiver, elle connaît un regain de vigueur avec l'échec de l'agitation sans-culotte des faubourgs parisiens. C'est surtout dans le Midi et la vallée du Rhône qu'elle est le plus intense: au harcèlement des anciennes autorités, s'ajoutent exécutions sommaires et vengeances. Si les assassinats politiques auront cours durant tout le Directoire, la période la plus meurtrière reste le printemps 1795. C'est à Lyon que s'inaugure cette épidémie de meurtres collectifs, avec le massacre du 4 mai 1795, quand la foule, après les incarcérations massives de Jacobins, force les portes des prisons et écharpe plus de 100 détenus. Une semaine plus tard, à Aix-en-Provence, ce sont les insurgés marseillais dont on instruit le procès qui sont massacrés. Le mouvement culmine avec la tuerie des prisonniers du Fort Saint-Jean à

Marseille le 5 juin, perpétrée sous les yeux du représentant de la Convention. Le calme est rétabli pendant l'été, sans que les autorités parviennent néanmoins à mettre fin aux meurtres isolés. Les victimes de la Terreur blanche auront surtout été d'anciens administrateurs et cadres jacobins, des prêtres constitutionnels, des militants et soldats républicains, victimes toutes désignées par les mesures d'assignation à résidence prises contre les fonctionnaires destitués, par la renaissance de la propagande royaliste et la liberté de la presse, par la constitution de bandes ivres de revanche comme la Compagnie du Soleil dans le Midi ou celle de Jésus dans le Lyonnais.

À Paris, reprise au théâtre de *Paméla*, la pièce de François de Neufchâteau dont la représentation avait provoqué l'arrestation de l'auteur et des Comédiens français par le Comité de salut public en septembre 1793.

25 juillet (7 thermidor)
La Convention rétablit la contribution mobilière.

27 juillet (9 thermidor)
Célébration de la chute de Robespierre.
Entrée en fonctions des commissions militaires formées par Tallien et Blad pour juger les émigrés capturés à Quiberon: sur 751 émigrés condamnés, 748 seront fusillés. Le 2 août, la Convention rappellera à Paris ses deux représentants.

28 juillet (10 thermidor)
La Convention amnistie les déserteurs qui ont quitté l'armée à cause de la misère qui y règne.

31 juillet (13 thermidor)
Première représentation au théâtre de la République de *Quintus Fabius, ou la discipline romaine*, une tragédie de Legouvé.

2 août (15 thermidor)
La Convention ordonne la célébration du 10 août dans toutes les communes de France et aux armées.

3 août (16 thermidor)
Jean-François Goupilleau (1753-1823) est nommé à la tête des forces armées de Paris.
Nouvel accord de partage de la Pologne entre la Russie, la Prusse et l'Autriche.
Création du Conservatoire national de musique: l'école de musique créée par Bernard Sarette (1765-1858), capitaine de la garde nationale, pour former des instrumentistes devant participer aux fêtes nationales, était déjà devenue l'Institut national de musique le 8 novembre 1793. En 1795, elle est pourvue de professeurs – parmi lesquels on compte Cherubini, Gossec, Grétry, Méhul – chargés d'enseigner gratuitement l'art musical à 600 élèves et d'organiser, dès 1797, les premiers concours.

4 août (17 thermidor)
Jacques Ramel de Nogaret (1760-1829) est envoyé en mission en Belgique.
Le peintre David, arrêté en août 1794 en tant que membre robespierriste du Comité de sûreté générale, est libéré.

5 août (18 thermidor)
Suppression des certificats de civisme.

8 août (21 thermidor)
Trois députés Montagnards, dont Lequinio, sont décrétés d'arrestation.

9 août (22 thermidor)
Sept députés Montagnards, dont Fouché, Laplanche, Massieu et Bo, sont décrétés d'arrestation (Fouché, pour sa part, parviendra à échapper à la déportation).

11 août (24 thermidor)
Institution d'une administration de la police pour Paris.
Le clergé constitutionnel récupère la jouissance de Notre-Dame de Paris pour l'exercice du culte.

12 août (25 thermidor)
La Convention rejette les idées de Sieyès en matière de constitution.

14 août (27 thermidor)
Massacre de Jacobins emprisonnés à Aix-en-Provence.

15 août (28 thermidor)
Création d'une nouvelle unité monétaire légale: le franc. Le franc n'est plus défini théoriquement par un poids de 10 gr en argent au sein du système décimal mais représenté par une pièce de 5 g d'argent (au 9/10e de pureté), de manière à correspondre à la livre définie stablement depuis 1726. Les premières pièces seront frappées à l'automne.

16 août (29 thermidor)
Arrivée à Bâle de Reubell chargé de négocier avec l'Autriche.
Entrevue à Blatzheim du général Pichegru et de l'agent royaliste Louis Fauche-Borel (1762-1829),

imprimeur à Neuchâtel. Pichegru aura un nouvel entretien avec des agents royalistes le 20, et s'engagera le 25 avec Fauche-Borel qu'il reverra en octobre.

18 août (1er fructidor)
Rapport de Pierre Baudin des Ardennes (1748-1799) sur « les moyens de terminer la révolution ». Il s'agit de déclarer rééligibles les Conventionnels pour ne pas répéter l'erreur de la Constituante qui avait déclaré ses membres inéligibles à la Législative. Il faut aussi s'assurer, afin de sauvegarder la République, que les Conventionnels soient majoritaires dans le nouveau corps législatif.
Les individus portés sur la liste des émigrés qui n'ont pas encore obtenu leur radiation doivent se rendre dans les communes où ils étaient domiciliés avant d'être considérés comme émigrés ; Paris leur est interdit.
Bonaparte est rattaché au Bureau topographique dirigé par le général Henri-Jacques Clarke (1765-1818).

20 août (3 fructidor)
Libération de Claire Lacombe, l'animatrice des Républicaines révolutionnaires incarcérée depuis avril 1794, qui abandonnera ses activités politiques.

22 août (5 fructidor)
La Convention adopte la nouvelle Constitution. Elle est précédée d'une Déclaration des droits et des devoirs des citoyens. Le corps législatif comporte deux chambres : le Conseil des Cinq-Cents, qui prend des « résolutions », et le Conseil des Anciens (250 membres), qui les vote ou les rejette ; ces assemblées sont renouvelables par tiers chaque année. Le pouvoir exécutif – le Directoire – est collégial : il se compose de cinq membres élus par le corps législatif et l'un de ses membres doit être chaque année renouvelé. Le suffrage est universel mais à deux tours : les citoyens élisent des électeurs qui doivent remplir certaines conditions de richesse.
Décret des deux tiers : la Convention, suivant les conseils prescrits dans le rapport de Baudin des Ardennes, décrète que le nouveau corps législatif devra comporter deux tiers de Conventionnels.
Le département de Paris est transformé en département de la Seine.
Cambacérès fait part à la Convention de son scepticisme sur l'efficacité des serments d'allégeance aux régimes politiques qu'on a multipliés depuis les débuts de la Révolution.

23 août (6 fructidor)
Mailhe fait voter la dissolution des clubs ou sociétés populaires subsistant encore.

24 août (7 fructidor)
La Convention décrète que les cinq derniers jours du calendrier républicain seront intitulés jours complémentaires et non plus sans-culottides.

26 août (9 fructidor)
Suspension de la vente des biens des hôpitaux.

28 août (11 fructidor)
Dans un tableau dressé à partir d'un relevé des cartes de pain sur les registres des comités de section, la Convention compte 650 504 habitants à Paris (nombre surestimé).
Traité de paix entre la France et le landgrave de Hesse-Cassel. Il est ratifié par la Convention le 4 septembre.

29 août (12 fructidor)
Traité de paix entre la France et la Suède.

30 août (13 fructidor)
Suivant Baudin des Ardennes, la Convention adopte le second décret des deux tiers : si moins des deux tiers des Conventionnels étaient réélus, ceux qui le seraient choisiraient eux-mêmes parmi les Conventionnels les députés manquants pour atteindre ce quota des deux tiers.
Décret interdisant la vente de numéraire hors de la Bourse.

31 août (14 fructidor)
Avant même d'être définitivement annexée, la Belgique est divisée en neuf départements.
Kellermann est nommé commandant de l'armée des Alpes, Scherer de celle d'Italie, Hoche de celle de l'Ouest et Moncey de celle des Côtes-de-Brest.

1er septembre (15 fructidor)
La Convention supprime la commission des approvisionnements et remet la fourniture des armées à la commission des mouvements des armées et à celle de la Marine. Une agence des approvisionnements doit être créée dans chaque armée : elles seront chargées de passer les marchés, de mettre en régie ou de demander les services d'entreprises.
L'École centrale des travaux publics est rebaptisée École polytechnique.

2 septembre (16 fructidor)
Le Comité de salut public décide de maintenir provisoirement les fournisseurs et les agences exécutives.

4 septembre (18 fructidor)
La Convention autorise Talleyrand à rentrer en France: il est rayé de la liste des émigrés grâce à l'intervention de Germaine de Staël. Il avait quitté l'Angleterre en février 1794 pour gagner Philadelphie où il retrouvera d'autres Constituants; il reviendra à Paris en 1796.

6 septembre (20 fructidor)
Les prêtres déportés rentrés d'exil sont bannis à perpétuité et leurs biens non vendus sont restitués à leurs familles.
L'armée de Sambre-et-Meuse, que commande Jourdan, repousse les Autrichiens et franchit le Rhin.

7 septembre (21 fructidor)
La Convention interdit aux assemblées primaires de communiquer entre elles alors que la Constitution leur est soumise depuis la veille pour ratification.

10 septembre (24 fructidor)
Décret autorisant d'acquitter l'impôt en nature pour partie.
Suppression de la commission militaire établie à Marseille.
Babeuf est transféré à la prison du Plessis où il rejoint Buonarroti et Joseph Bodson (1765-?) dont il fait la connaissance.

11 septembre (25 fructidor)
Décret constitutionnel organisant les élections.

13 septembre (27 fructidor)
Insurrection royaliste dans la région de Dreux.

14 septembre (28 fructidor)
Décret constitutionnel organisant le pouvoir législatif.

17 septembre (1er jour complémentaire)
Émeute à Chartres.

18 septembre (2e jour complémentaire)
Décret sur les conseils militaires: ils seront uniquement composés de militaires nommés par le général; parmi les neuf juges, trois seront des sous-officiers et trois des soldats; le rapporteur sera élu pour trois mois; le jury disparaît.

20 septembre (4e jour complémentaire)
Pichegru s'empare de Mannheim.
L'amiral Warren prend l'île d'Yeu: le comte d'Artois (futur Charles X) va y débarquer avec un millier d'émigrés et 2000 soldats anglais, mais il rembarquera pour l'Angleterre le 18 novembre sans avoir cherché à gagner les côtes françaises.

21 septembre (5e jour complémentaire)
Décret interdisant toute fonction publique aux parents d'émigrés.

23 septembre (1er vendémiaire an IV)
Proclamation de la Constitution de l'an III: elle a été adoptée dans les assemblées primaires par un peu plus de 1 million de voix contre moins de 50000. Les décrets des deux tiers n'obtiennent que 205000 voix contre 108000.
Suppression de la commission des armes et des poudres.

24 septembre (2 vendémiaire)
L'agitation royaliste se développe et se maintient à Paris les jours qui suivent.

26 septembre (4 vendémiaire)
Rapport de Fourcroy à la Convention sur les écoles destinées aux services publics de l'État.
Jourdan et Kléber investissent Mayence.

28 septembre (6 vendémiaire)
Insurrection royaliste à Avignon. Le représentant de la Convention, Jean-François Boursault (1750-1842), reprendra la ville le 3 octobre et cassera la municipalité.
Traité entre l'Angleterre, la Russie et l'Autriche.

29 septembre (7 vendémiaire)
Les prêtres doivent prêter le serment suivant: « Je reconnais que l'universalité des citoyens français est le souverain, et je promets soumission et obéissance aux lois de la République. »
Rétablissement de la réglementation économique: vente au marché, permis d'achat pour les consommateurs, réquisition des districts. Cette loi sera mal appliquée du fait de la quasi-disparition des districts, intermédiaires entre les communes et les départements.

octobre
Au Salon, Jean-Baptiste Regnault (1754-1829) expose *La Liberté ou la mort*, et David les portraits de *M. et Mme Sériziat*.

1er octobre (9 vendémiaire)
Annexion de la Belgique, divisée en neuf départements.

2 octobre (10 vendémiaire)
Décret sur la police intérieure des communes.
Décret sur l'organisation du ministère: six ministères sont institués: Justice, Intérieur, Finances, Guerre, Marine et Colonies, Relations extérieures.

3 octobre (11 vendémiaire)
La Convention décide d'honorer la mémoire des députés Girondins victimes de la Terreur auxquels elle ajoute Camille Desmoulins et Philippeaux.

5 octobre (13 vendémiaire)
Barras et Bonaparte écrasent une insurrection des royalistes à Paris. La proclamation de l'acceptation des décrets des deux tiers avait indisposé une large partie de l'opinion. L'opposition à la Convention, déjà fortement exprimée dans les assemblées primaires, s'était renforcée à Paris. Les royalistes, même divisés, attiraient à eux nombre de mécontents, et à la fin du mois de septembre, la tension allait croissant entre la Convention et les sections. Le 2 octobre, les royalistes, qui dominent quelques sections, appellent à l'insurrection contre la Convention, mais le mouvement n'est que mollement suivi par les sections et peu soutenu par une population qui sait que la Terreur n'est pas loin et que la contre-révolution effraye. Menou, chargé de réprimer l'insurrection, se montre hésitant et tergiverse le soir du 4. Il est destitué et remplacé par Barras – la Convention se souvient de son énergie au soir du 9 Thermidor (27 juillet 1794) – à la tête de l'armée de l'Intérieur. Barras fait appel à Bonaparte, et dès l'aube du 5, ce dernier charge Joachim Murat (1767-1815) de s'emparer de l'artillerie du camp des Sablons et de la ramener aux Tuileries. Bonaparte peut ainsi constituer un solide périmètre défensif autour de la Convention, et lorsque la bataille s'engage rue Saint-Honoré, c'est au bénéfice des troupes de la Convention. Les derniers points de résistance des royalistes, comme l'église Saint-Roch, sont nettoyés au cours de la nuit. La rupture entre les Thermidoriens et les royalistes est bien consommée.

8 octobre (16 vendémiaire)
La garde nationale est placée sous les ordres du général en chef de l'armée de l'Intérieur, Barras, et Bonaparte est nommé général en second de l'armée de l'Intérieur.
Réhabilitation de Rabaut Saint-Étienne.

9 octobre (17 vendémiaire)
La Convention interdit les assemblées de section à Paris.

11 octobre (19 vendémiaire)
Création des cantons. Les 48 sections de Paris sont remplacées par 12 arrondissements. La Convention décide de surseoir aux élections communales dans les grandes villes (Paris, Lyon, Marseille, Bordeaux).
Les Autrichiens débloquent Mayence.

12 octobre (20 vendémiaire)
Début des élections législatives.
La mise en accusation de Barère est rapportée par la Convention.
Réintégration dans l'armée des officiers Jacobins destitués.
En Allemagne, l'armée de Sambre-et-Meuse, commandée par Jourdan, doit se replier. Il se plaindra auprès de la Convention de l'état de délabrement dans lequel se trouve son armée.

13 octobre (21 vendémiaire)
La Convention décrète l'arrêt des poursuites contre les terroristes.

14 octobre (22 vendémiaire)
Organisation de l'administration des monnaies.

16 octobre (24 vendémiaire)
Exécution à Amiens de Joseph Lebon, l'ancien représentant en mission de la Convention dans la Somme et le Pas-de-Calais pendant la Terreur.
Les députés Rovère et Saladin, que Tallien dénonce comme royalistes, sont décrétés d'arrestation par la Convention.

17 octobre (25 vendémiaire)
Décret sur l'organisation de la Bibliothèque nationale: le poste de bibliothécaire national est supprimé et la bibliothèque reçoit une direction collégiale, le «Conservatoire». Les salles de lecture sont ouvertes au public de 10 h à 14 h. Joseph Van Praet (1754-1837), entré à la Bibliothèque en 1784, est nommé cette année conservateur; c'est lui qui crée la Réserve des livres rares et précieux.

21 octobre (29 vendémiaire)
Fin des élections législatives: 379 Conventionnels seulement sont réélus alors qu'il en faudrait 500 pour atteindre le quota des deux tiers.

22 octobre (30 vendémiaire)
À la Convention, Tallien propose de casser les élections et se heurte à Thibaudeau.

25 octobre (3 brumaire)
Loi excluant des fonctions publiques électives ceux qui, dans des assemblées primaires ou électo-

rales, ont signé des motions séditieuses, ceux qui ont été inscrits sur la liste des émigrés et n'en n'ont pas été définitivement radiés, ainsi que leurs pères, beaux-pères, fils, petits-fils, frères, beaux-frères, oncles et neveux, etc. Ils ont 24 heures pour se démettre s'ils ne veulent pas être bannis. Les parents féminins des émigrés, y compris les femmes divorcées si elles ne sont pas remariées, doivent résider dans les municipalités où elles résidaient en 1792, sous leur surveillance. Les officiers nommés entre le 4 avril et le 2 août 1795 sont suspendus; sont destitués ceux qui ayant démissionné après le 10 août 1792 avaient été réintégrés. Tous ceux qui souhaitent quitter la France peuvent le faire à la condition de ne plus y entrer. Les lois de 1792 et 1793 à l'encontre des prêtres sujets à déportation ou à réclusion seront exécutées dans les 24 heures.
Loi sur l'instruction publique d'après un rapport présenté par Daunou le 19: l'accent est mis sur les écoles centrales et les écoles spécialisées et non plus sur l'enseignement primaire.
Création de l'Institut de France.
Institution de 7 fêtes nationales: Fondation de la République (1er vendémiaire), Jeunesse, Époux, Reconnaissance, Agriculture, Liberté (9 thermidor), Vieillesse.
Réorganisation de la Marine. Les Français qui pratiquent la pêche ou la navigation doivent être répertoriés dans un registre d'inscription maritime afin de faciliter une éventuelle réquisition.
Publication du code pénal.
Le Directoire exécutif est chargé des nominations militaires qui appartenaient à la Convention.

26 octobre (4 brumaire)
Séparation de la Convention. Les Conventionnels réélus cooptent leurs collègues afin d'atteindre le quota des deux tiers.
Amnistie exceptant les émigrés et les déportés (ce dernier point vise essentiellement Billaud-Varenne, Collot d'Herbois et surtout Barère dont on craint un éventuel retour sur la scène parlementaire).
Bonaparte, nommé général de division le 16 octobre, devient commandant en chef de l'armée de l'Intérieur à la place de Barras.

LE DIRECTOIRE : 1795-1799

28 octobre (6 brumaire)
Installation des nouvelles Assemblées: le Conseil des Anciens va siéger aux Tuileries, tandis que le Conseil des Cinq-Cents s'installe dans la salle du Manège. Les Directeurs s'installeront au palais du Luxembourg.

31 octobre (9 brumaire)
Élection du Directoire exécutif par les Conseils: Barras, Reubell, La Révellière-Lépeaux, Letourneur et Sieyès sont élus.

2 novembre (11 brumaire)
Sieyès refuse les fonctions de Directeur.
Jean-Joseph-Victor Génissieu (1749-1804) demande qu'on vérifie les pouvoirs des députés car certains entrent dans les catégories visées par la loi du 25 octobre sur les parents d'émigrés.

3 novembre (12 brumaire)
Entrée en fonction du Directoire et constitution du ministère: Delacroix aux Relations extérieures, Merlin de Douai à la Justice, Jean-Baptiste Aubert-Dubayet (1757-1797) à la Guerre, Pierre Bénezech (1745-1802) à l'Intérieur.

4 novembre (13 brumaire)
Carnot est élu Directeur pour remplacer Sieyès.

Les Directeurs

Le bicamérisme de la nouvelle constitution renvoyait à un simple partage des tâches entre les deux assemblées: le Conseil des Cinq-Cents discutait et votait des résolutions que le Conseil des Anciens transformait ou non en lois. Ces assemblées élisaient un pouvoir exécutif collégial, le Directoire, mais ne le contrôlaient pas. Composé de cinq membres – l'un devant être renouvelé chaque année –, le Directoire disposait d'un pouvoir étendu. Les ex-Conventionnels peuplant les nouvelles assemblées ont préparé l'élection des Directeurs et désignent cinq des leurs. Cinq régicides sont ainsi aux commandes de la République; Reubell ne l'est pas stricto sensu *car il était en mission à Mayence lors du procès de Louis XVI, mais il avait approuvé par écrit ce qu'avait fait la Convention. Sieyès, mécontent de n'avoir pas été écouté sur la constitution, refuse et est remplacé par Carnot malgré les réticences de certains. Les Directeurs se répartissent ainsi les compétences: Carnot prendra la direction de la guerre, Letourneur la Marine, La Révellière-Lépeaux l'instruction, Reubell la diplomatie et les finances, et Barras la politique intérieure et la police; ils présideront à tour de rôle le Directoire.*
Carnot, l'homme du Comité de salut public de l'an II, sera le modéré de l'équipe et devra s'en-

fuir, proscrit par le coup d'État de septembre 1797 qu'organiseront Barras et Reubell.
Louis-François-Honoré Letourneur (1751-1817), capitaine du génie, était un ami de Carnot. Figure un peu effacée, il est désigné par le sort pour quitter le Directoire en mai 1797. Il rejoindra l'armée, sera préfet sous le Consulat puis conseiller à la Cour des comptes.
Louis-Marie de La Révellière-Lépeaux (1753-1824) avait retrouvé son siège de député à la Convention en 1795. Ce Girondin, proscrit pendant la Terreur, reste un républicain farouche, antiterroriste mais anticlérical et annexionniste à l'extrême, rêvant de développer une politique d'encadrement civique des citoyens. Il sera celui qui a le pouvoir de faire pencher la balance d'un côté ou de l'autre au sein du Directoire.
Les deux hommes forts du Directoire sont Reubell et Barras, deux ex-terroristes prêts à user de l'exception pour conserver l'héritage de la Révolution dont ils représentent les intérêts.
Jean-François Reubell (1747-1807), député alsacien à la Constituante et à la Convention, très républicain et très soucieux de la contre-révolution, peu regardant sur les moyens, aimant le pouvoir et accusé de corruption, intransigeant sur les frontières qu'il souhaite pour la France.
Paul-François de Barras (1755-1829), après une vie aventureuse, élu à la Convention, s'illustre avec Fréron dans ses missions dans le Midi. Sans scrupule, il est l'un des plus actifs contre Robespierre qui détestait ce vicomte perdu de réputation: Barras joue un rôle clé au 9 Thermidor en commandant pour la Convention les forces qui s'emparent de l'Hôtel de Ville de Paris et en capturant les robespierristes. Cet intermittent, décrit tout à ses plaisirs, sait aussi être énergique quand il le faut et s'avère être un bon tacticien. C'est lui qui réprime en octobre 1795 l'agitation royaliste à Paris et organise le coup d'État républicain du 4 septembre 1797. Au Directoire, ses intérêts se confondent avec ceux que la Révolution a promus, sachant à la fois contenir et tenir en lisière les Jacobins tout en se posant en rempart face à la contre-révolution.

Laurent-Jean-François Truguet (1752-1839) est nommé ministre de la Marine.

5 novembre (14 brumaire)
Le Directoire propose aux Conseils de remplacer par des Conventionnels les députés nommés ministres. Cette demande provoque un débat qui dure plusieurs mois pendant lesquels les ex-Conventionnels et les nouveaux députés s'affrontent sur le nombre de Conventionnels que l'on doit compter au sein des conseils.
Rapport de Lakanal au Conseil des Cinq-Cents sur les livres élémentaires destinés à l'instruction publique mis au concours ouvert le 28 janvier 1794.

6 novembre (15 brumaire)
Le Directoire nomme Joseph-Jean Lagarde (1755-1839) secrétaire général du Directoire.
Babeuf, libéré quelques semaines auparavant, relance la publication de son journal, *Le Tribun du peuple.*

8 novembre (17 brumaire)
Guillaume-Charles Faipoult (1752-1817) est nommé ministre des Finances.

16 novembre (25 brumaire)
Loi autorisant le Directoire, lorsque les élections n'ont pas pu être achevées, à nommer lui-même les administrateurs des départements et les juges des tribunaux civils jusqu'à l'organisation de nouvelles élections. Le Directoire nomme aussi les municipalités des grandes villes.
Ouverture du club du Panthéon ou « Réunion des Amis de la République »: ses séances se tiennent à l'abbaye Sainte-Geneviève et le club rencontre rapidement du succès; dès janvier 1796, on compte déjà 2000 membres. S'y retrouvent des nostalgiques de l'an II comme Amar, Buonarroti, Drouet, Félix Le Pelletier de Saint-Fargeau (1767-1837)... Le club soutient d'abord le Directoire mais glisse rapidement vers l'opposition, aussi le Directoire fait-il fermer ce foyer néo-jacobin à la fin du mois de février 1796, les plus radicaux se tournant alors vers l'action clandestine.

20 novembre (29 brumaire)
La Révellière-Lépeaux nomme les 48 premiers membres de l'Institut.

21 novembre (30 brumaire)
Les troupes françaises de Mannheim capitulent sans avoir été secourues par Pichegru, replié sur Landau depuis le 16.

24 novembre (3 frimaire)
Victoire de Scherer à Loano en Italie.

28 novembre (7 frimaire)
Hoche s'empare du camp de Charette.

30 novembre (9 frimaire)
Babeuf publie le « Manifeste des plébéiens » dans *Le Tribun du peuple.*

2 décembre (11 frimaire)
Le Directoire autorise la Trésorerie à régler en secret des achats en numéraire.

3 décembre (12 frimaire)
Moratoire étendu aux lettres de change et aux obligations.
Le roi d'Angleterre se déclare prêt à signer une paix dans des conditions acceptables.

5 décembre (14 frimaire)
Babeuf, menacé d'arrestation par le Directoire, entre dans la clandestinité.

7 décembre (16 frimaire)
La Trésorerie interdit d'escompter plus de 200 000 francs par jour: tout crédit est impossible.

9-10 décembre (18-19 frimaire)
Vote de l'emprunt forcé de 600 millions que le Directoire avait proposé le 6, mais les Conseils en autorisent le règlement en assignats à 1 %, ce qui est un cadeau pour les contribuables.

10 décembre (19 frimaire)
Au Conseil des Cinq-Cents, Boissy d'Anglas réclame une loi sur la liberté de la presse.

11 décembre (20 frimaire)
Le Directoire ferme la Bourse à cause des spéculations.

14 décembre (23 frimaire)
Première représentation au théâtre de la République d'une comédie de Picard, *Les Amis de collège, ou l'homme oisif et artisan.* Cette comédie sera reprise avec succès au cours de l'été 1798.

15 décembre (24 frimaire)
Le Directoire propose de reprendre les ventes de biens nationaux suspendues depuis le 22 novembre.

15-16 décembre (24-25 frimaire)
Loi autorisant le Directoire à nommer les juges de paix et les administrations municipales qui n'ont pas été élues.

17 décembre (26 frimaire)
Marceau bat les Autrichiens à Soultzbach.

23-24 décembre (2-3 nivôse)
Deux lois autorisent la mise en vente des forêts de moins de 300 arpents, l'engagement pour trente ans de quatre grandes forêts nationales et la vente de châteaux comme Saint-Cloud ou Chambord.

26 décembre (5 nivôse)
La fille de Louis XVI, Marie-Thérèse, libérée le 18, est échangée à Bâle aux Autrichiens contre Camus, Beurnonville, Lamarque, Quinette, Bancal, Drouet (capturé par les Autrichiens à Maubeuge en octobre 1793) et deux diplomates enlevés par les Autrichiens dans les Grisons en juillet 1793, Hugues-Bernard Maret (1763-1839) et Charles-Louis Huguet de Sémonville (1759-1839).
Hoche est nommé commandant de l'armée des Côtes-de-l'Océan qui réunit les armées de l'Ouest.

31 décembre (10 nivôse)
Armistice avec l'Autriche sur le Rhin.

autres événements
- Sade: *La Philosophie dans le boudoir.*
- Sénac de Meilhan: *Du gouvernement, des mœurs et des conditions en France avant la Révolution.*

1796

2 janvier (12 nivôse)
Création d'un ministère de la Police générale dont Camus refuse la direction.
Le Conseil des Cinq-Cents décide qu'on ne réexaminera pas les pouvoirs de tous les députés mais seulement de ceux qui ont été dénoncés. Quelques députés seront exclus pour avoir été inscrits sur la liste des émigrés.
Les Conseils ajournent une demande du Directoire d'appliquer la législation sur les émigrés aux colons des îles.

4 janvier (14 nivôse)
Merlin de Douai devient ministre de la Police.

5 janvier (15 nivôse)
Génissieu devient ministre de la Justice à la place de Merlin de Douai.

7 janvier (17 nivôse)
Le Directoire interdit de chanter des airs inciviques au spectacle.

9 janvier (18 nivôse)
Arrivée à Lyon d'un envoyé du Directoire chargé de réprimer la Terreur blanche.

12 janvier (22 nivôse)
L'administration du département de l'Allier est dissoute par le Directoire. Ce sera aussi le cas de celles de 10 autres départements.
Le Directoire autorise la réouverture de la Bourse car sa fermeture le 11 décembre n'a pas empêché la spéculation de se poursuivre.

18 janvier (28 nivôse)
Le Conseil des Cinq-Cents décide de remettre en vigueur une loi du 28 avril 1795 sur les émigrés qui prescrit leur traduction devant les tribunaux et un partage de leurs biens profitant à l'État, loi que certains qualifient de brigandage. Le Conseil des Anciens s'oppose à cette résolution. Il l'acceptera le 9 mai, mais à condition que le partage ne soit prononcé que si des parents d'émigrés le demandent.

21 janvier (1er pluviôse)
Dans le discours qu'il prononce à l'occasion de la célébration de l'exécution du roi, Reubell adresse un avertissement aux républicains qui s'agitent.

25 janvier (5 pluviôse)
Le Directoire est autorisé par les Conseils à nommer provisoirement les administrateurs municipaux de Paris, Lyon, Marseille et Bordeaux.

26 janvier (6 pluviôse)
Stofflet reprend les armes en Vendée. La chouannerie se développera de nouveau au cours des six mois qui suivent.

28 janvier (8 pluviôse)
Le ministre de l'Intérieur, Bénezech, accusé par la presse depuis le 8 janvier d'intriguer avec les royalistes, offre sa démission au Directoire qui la refuse.

29 janvier (9 pluviôse)
Loi ordonnant l'exécution de la loi du 25 octobre 1795 sur l'organisation de la Marine, qui avait été suspendue le 14 décembre 1795.

30 janvier (10 pluviôse)
Saliceti est nommé commissaire auprès de l'armée d'Italie.

4 février (15 pluviôse)
Le Directoire réquisitionne un cheval sur 30 pour l'armée : 23000 chevaux seront ainsi obtenus.
Scherer démissionne de son commandement en chef de l'armée d'Italie.

6 février (17 pluviôse)
Pichegru obtient un congé pour se rendre à Paris. Il est provisoirement remplacé par Desaix à la tête de l'armée de Rhin-et-Moselle.
L'archiduc Charles d'Autriche (1771-1847), troisième fils de l'empereur Léopold II et frère de François II, est nommé général en chef des troupes autrichiennes.

8 février (19 pluviôse)
Claude-Louis Petiet (1749-1806) devient ministre de la Guerre à la place d'Aubert-Dubayet.

9 février (20 pluviôse)
Lucien Bonaparte (1775-1840) est nommé commissaire des guerres auprès des armées du Nord.

14 février (25 pluviôse)
Ramel de Nogaret devient ministre des Finances en remplacement de Faipoult.

17 février (28 pluviôse)
Loi chargeant le Directoire de statuer sur les demandes de radiation de la liste des émigrés.
Le Conseil des Anciens adopte la résolution du Conseil des Cinq-Cents d'imprimer les livres d'instruction élémentaire aux frais de l'État.

18 février (29 pluviôse)
Le Directoire met en gage une partie des diamants de la Couronne.

19 février (30 pluviôse)
L'émission des assignats est arrêtée conformément à une loi votée le 30 janvier. On brûle publiquement place Vendôme les planches à assignats. Sur les 45 à 50 milliards qui ont été émis, 39 restent en circulation.

LES ASSIGNATS

Au départ, la création de l'assignat est apparue comme un simple expédient de trésorerie temporaire permettant d'éviter l'institution d'une banque qui aurait pu apporter au gouvernement – alors le roi, car on est en décembre 1789 – un appui en capitaux : la mise en vente de 400 millions de biens nationaux et l'émission de billets portant intérêt à 5 % s'apparentaient en quelque sorte à un emprunt forcé auprès des créanciers de l'État. Mais l'accroissement de la dette publique provoque de nouvelles émissions, et surtout, en septembre 1790, la Constituante ordonne le cours forcé de l'assignat qui devient ainsi un assignat-monnaie. L'idée était de lier plus étroitement les

intérêts particuliers à l'intérêt général que représente la Révolution. Cependant, l'assignat va rencontrer la crise de confiance politique, la crise monétaire métallique et la spéculation sur les prix des biens nationaux. La multiplication des petites coupures – 5 livres sous la Constituante, 10 sous dès 1792 – loin de résoudre les problèmes, les accentuera: bien que se dépréciant chaque jour davantage, l'assignat est ainsi substitué à la monnaie qui se cache. Une fois devenu une véritable monnaie, on ne supprimera cependant pas le lien de l'assignat avec les biens nationaux: on continuera de détruire les assignats ayant servi à payer l'achat de ces propriétés acquises à bon prix en assignats, la perte économique de capital pour l'État étant compensée politiquement par la solidarité que ces ventes créent avec l'État révolutionnaire. En 1795, les victoires extérieures qui doivent apporter des ressources à l'État, la libéralisation de l'économie, le retour de la Bourse et des métaux précieux, et la création d'une nouvelle unité monétaire – le franc – contribuent à la chute du cours des assignats.
Le successeur de l'assignat, le mandat territorial né en mars 1796, connaîtra lui aussi une dépréciation spectaculaire pour avoir été émis en quantité trop importante et surtout pour avoir été handicapé dès sa naissance par un lien étroit avec les anciens assignats démonétisés. Le retour à une monnaie métallique ne se fera qu'avec une forte chute des prix, socialement coûteuse.

La Compagnie Flachat est chargée par le Directoire de l'approvisionnement en blé de l'armée d'Italie.

20 février (1er ventôse)
Alors qu'il avait été prévu, le 1er février, de cesser les distributions de pain à Paris, sauf pour les indigents, le Directoire doit maintenir la plus grande part de celles-ci et ne supprime que celles concernant la viande.

21 février (2 ventôse)
On ne peut plus vendre d'assignats à la Bourse que par l'intermédiaire d'agents de change qui doivent attester les avoir reçus.

22 février (3 ventôse)
Le Conseil des Cinq-Cents repousse l'idée de créer une banque nationale d'émission qui fournirait à l'État 50 millions par an gagés sur les biens nationaux.

23 février (4 ventôse)
Abandon du système des régies.

24 février (5 ventôse)
À Paris, l'Irlandais Wolfe Tone (1763-1798), en France depuis le début du mois, tente de convaincre Carnot de soutenir les révolutionnaires irlandais.

25 février (6 ventôse)
Capturé le 23, Stofflet, qui avait repris les armes, est fusillé.
Louis XVIII donne mission à un ancien officier de marine, Thomas-Laurent-Madeleine Duverne de Presle (1763-1844) et à l'abbé André-Charles Brotier (1751-1798), d'organiser une agence royaliste à Paris.

27 février (8 ventôse)
Arrêté du Directoire ordonnant la fermeture des cercles jacobins et des sociétés royalistes. Le club du Panthéon, particulièrement visé par cette mesure, sera fermé le lendemain par Bonaparte.

28 février (9 ventôse)
Le Directoire réclame une loi sur les associations et une loi sur la presse.

mars
Calonne publie à Londres *Tableau de l'Europe, jusqu'au commencement de 1796, et pensées sur ce qui peut procurer promptement une paix solide* qui actualise son *Tableau de l'Europe en novembre 1795, et pensées sur ce qu'on a fait et qu'on n'aurait pas dû faire, sur ce qu'on aurait dû faire et qu'on n'a pas fait, sur ce qu'on devrait faire et que peut-être on ne fera pas.*

1er mars (11 ventôse)
Première réunion de la Convention batave.

2 mars (12 ventôse)
Bonaparte est nommé général en chef de l'armée d'Italie.

7 mars (17 ventôse)
Le Directoire déclare n'avoir plus de ressources.

9 mars (19 ventôse)
Les autorités constituées doivent prêter un serment de haine à la royauté.
Au Conseil des Cinq-Cents, Defermon, au nom de la commission des finances, propose d'émettre un nouveau papier-monnaie: le mandat territorial.
Bonaparte épouse Joséphine de Beauharnais (1763-1814), veuve du général exécuté en 1794; Barras et Tallien sont témoins. Bonaparte quittera Paris deux

jours plus tard pour rejoindre son quartier général à Nice.

10-11 mars (20-21 ventôse)
Les Conseils votent l'émission de 1800 millions de mandats territoriaux. Destinés aux paiements courants, ils devront être donnés aux fournisseurs, sans pour autant constituer une monnaie.

13 mars (23 ventôse)
Le Directoire demande que le mandat territorial devienne monnaie avec cours forcé et qu'on en émette suffisamment pour retirer les assignats de la circulation.
Boissy d'Anglas et Emmanuel-Claude-Joseph-Pierre Pastoret défendent la liberté de la presse devant le Conseil des Cinq-Cents. Le débat durera plusieurs jours.

14 mars (24 ventôse)
Pichegru, suspecté de royalisme, est remplacé par Moreau à la tête de l'armée Rhin-et-Moselle. Beurnonville prend la tête de l'armée du Nord.

16 mars (26 ventôse)
Charles-Antoine Germain (1770-?), un militant du club du Panthéon dont le Directoire a ordonné l'arrestation, écrit à Babeuf pour lui demander de prendre la tête d'un mouvement insurrectionnel.

17 mars (27 ventôse)
Le Directoire décide d'épurer les administrations et de réviser toutes les nominations.

18 mars (28 ventôse)
Les Conseils votent l'émission de 2400 millions de mandats territoriaux ayant cours forcé de monnaie et hypothéqués sur les biens nationaux. Mais dès le début du mois d'avril, les mandats territoriaux auront perdu 80 % de leur valeur.
Insurrection royaliste dans l'Indre. Elle sera réprimée au bout de dix jours.

19 mars (29 ventôse)
Louis-Gustave Doulcet de Pontécoulant (1764-1853) fait rejeter par le Conseil des Cinq-Cents toute mesure restrictive de la liberté de la presse.

21 mars (1er germinal)
Buonarroti remet au ministre des Relations extérieures, Delacroix, un mémoire où il expose que les patriotes piémontais appuieront l'armée française si celle-ci les aide à établir un régime républicain. Le 27 mars, le Directoire chargera Buonarroti d'organiser une révolution dans le Piémont.

25 mars (5 germinal)
Le Directoire arrête que seuls les indigents invalides profiteront des distributions gratuites de pain; les indigents valides ou les malaisés devront payer une partie du prix.

29 mars (9 germinal)
Charette, capturé le 23, est fusillé à Nantes.

30 mars (10 germinal)
Conspiration des Égaux: Babeuf forme un Comité insurrecteur de sept membres – Babeuf, Buonarroti, Augustin-Alexandre-Joseph Darthé (1769-1797), Sylvain Maréchal, Félix Le Pelletier de Saint-Fargeau, Antonelle, Debon – qui constitue un réseau d'agents militaires et place un agent révolutionnaire dans chaque arrondissement parisien.

31 mars (11 germinal)
Développement d'une insurrection royaliste dans le Sancerrois qui sera réprimée le 9 avril.
Bonaparte passe ses troupes en revue à Nice et donne à cette occasion sa première proclamation: « Soldats, vous êtes nus, mal nourris; le gouvernement vous doit beaucoup, il ne peut rien vous donner [...]. Je vais vous conduire dans les plus fertiles plaines du monde [...]. Vous y trouverez honneurs, gloire et richesses. »
Première représentation au théâtre de la République du *Lévite d'Éphraïm*, une tragédie de Lemercier qui obtiendra un certain succès après quelques remaniements.

3 avril (14 germinal)
Merlin de Douai redevient ministre de la Justice à la place de Génissieu et Cochon de Lapparent le remplace à la Police.

4 avril (15 germinal)
Première séance publique de l'Institut et publication de son règlement.

6 avril (17 germinal)
Publication du *Manifeste des Égaux* de Sylvain Maréchal.

10 avril (21 germinal)
Début de la campagne d'Italie.

La campagne d'Italie

En 1796, la France restait en guerre avec l'Angleterre, l'Autriche et la Sardaigne. Le Directoire prévoyait que les armées de Sambre-et-Meuse commandée par Jourdan et de Rhin-et-

Moselle commandée par Moreau prendraient l'offensive en Allemagne et chemineraient vers Vienne, la première par la vallée du Main, la seconde par celle du Danube. Dans cette perspective, la petite armée des Alpes de Kellermann devait rester sur ses positions tandis que celle d'Italie, 40 000 hommes mal équipés, soit moins que chacune des armées du Rhin, commandée par Bonaparte, ne devait mener que des opérations jugées secondaires pour occuper les forces autrichiennes. Mais tandis qu'en Allemagne, l'archiduc Charles va battre séparément chacune des armées françaises, en Italie, Bonaparte vaincra successivement tous ses adversaires et bouleversera toutes les prévisions. Son génie règle le sort de la guerre sur le théâtre italien et modifie les relations entre la République et ses armées.

Lorsque Bonaparte prend son commandement, l'armée d'Italie, qui avait fait la conquête du comté de Nice et de la Savoie, tenait les cols des Alpes et la côte entre Gênes et Toulon. En infériorité numérique, Bonaparte a l'idée de tourner les Alpes pour attaquer entre les Alpes et les Apennins à partir du Sud, de manière à séparer l'armée sarde de Colli des armées autrichiennes de Beaulieu, Argenteau et Provera, puis de les battre séparément en espérant qu'ils se diviseront encore pour couvrir leurs capitales respectives, Turin et Milan.

Bonaparte entre en mouvement le 10 avril. Dès le 12, sa manœuvre a séparé les Sardes des Autrichiens, et après avoir battu Argenteau à Montenotte, il peut se tourner contre les Sardes tandis que ses généraux tiennent en échec les Autrichiens. Vaincu à Mondovi, Colli sollicite un armistice et dès le 28 avril, un traité est signé à Cherasco avec le roi de Sardaigne, Victor-Amédée III, qui quitte la coalition, abandonne la Savoie, Nice, et livre quelques places fortes qui garantissent à Bonaparte la bonne jonction de son armée avec ses arrières et l'armée des Alpes. En à peine plus de deux semaines, Bonaparte a complètement modifié l'équilibre militaire de la guerre.

Avant même de savoir si le Directoire approuve le traité passé à Cherasco, Bonaparte, débarrassé des Sardes, peut s'occuper des Autrichiens et entamer la conquête de la Lombardie. Beaulieu s'était retiré derrière le Pô, sur la rive gauche, mettant le fleuve entre lui et les Français, bloquant le passage là où il estimait que son adversaire arriverait. Mais Bonaparte le prendra de vitesse en longeant le fleuve jusqu'à Plaisance et en traversant là le 7 mai. Menacé dès lors d'être coupé de ses arrières, Beaulieu choisit de se replier vers le Tyrol. Bonaparte se portera sur Lodi pour lui couper la retraite mais arrivera trop tard : Beaulieu est déjà passé et a laissé une forte arrière-garde pour protéger les restes de son armée et bloquer le pont que Bonaparte franchit quand même (10 mai).

Retirés dans le Tyrol, les Autrichiens avaient cependant laissé une forte garnison dans Mantoue dont les Français vont faire le siège et que les Autrichiens s'efforceront de secourir pendant les mois qui suivent. Comme en Allemagne, les armées françaises tardent à prendre l'offensive, l'Autriche rappelle sur le Tyrol l'armée de Wurmser stationnée sur le Haut-Rhin. Fin juillet, Wurmser divise son armée en deux colonnes qui descendent vers Brescia et Mantoue, battant au passage les divisions françaises qu'elles rencontrent d'abord. Mais le 5 août, après avoir battu l'une de ces colonnes et empêché la réunion des forces autrichiennes, Bonaparte bat Wurmser à Castiglione, le contraignant à se replier en direction du Tyrol, jusqu'à Trente.

Tandis que le siège de Mantoue par les armées françaises reprend, Bonaparte imagine une manœuvre pour neutraliser l'armée de Wurmser. Il décide de s'emparer de Trente, comme si son projet était ensuite de faire sa liaison avec l'armée de Moreau en territoire autrichien. Wurmser saisit l'occasion de ce mouvement pour aller débloquer Mantoue, offrant ainsi en réalité à Bonaparte l'occasion de lui tomber dans le dos et de le battre à Bassano le 8 septembre. Toute retraite coupée, Wurmser ne peut que s'enfermer dans Mantoue avec les débris de son armée.

Par deux fois encore, les Autrichiens lanceront des offensives pour délivrer Mantoue à partir du Tyrol. Commandées par Alvinczy, les deux échoueront, la première à Arcole les 15-17 novembre 1796, la seconde à Rivoli le 14 janvier 1797. Le 2 février, Wurmser capitule à Mantoue. Bonaparte a alors les mains libres pour à son tour prendre l'offensive à travers le Tyrol et attaquer directement l'Autriche. Il bouscule les armées de l'archiduc Charles appelé à la rescousse et menace Vienne au début du mois d'avril. Les Autrichiens décident alors rapidement de négocier et sollicitent un armistice. Le 18 avril 1797, des préliminaires de paix sont signés à Leoben. La première coalition a vécu. L'Italie du Nord est aux mains de Bonaparte.

11 avril (22 germinal)

Le Directoire aggrave les peines contre ceux qui abattraient des arbres de la liberté.

Loi interdisant les sonneries de cloches et toute autre espèce de convocation publique incitant à l'exercice d'un culte quelconque.
Les généraux Masséna et Augereau passent le col de Cadibone, près de Savone, manœuvre qui leur permet de se positionner entre les Sardes et les Autrichiens.

12 avril (23 germinal)
Victoire de Bonaparte à Montenotte: Antoine-Guillaume Rampon (1759-1842), Amédée-Emmanuel-François Laharpe (1754-1796) et Masséna mettent en déroute le général autrichien Eugène d'Argenteau († 1819). Les armées sarde et autrichienne sont séparées.

13 avril (24 germinal)
Victoire d'Augereau sur les Sardes à Millesimo: les armées françaises peuvent pénétrer dans le Piémont.

14 avril (25 germinal)
Le Directoire dénonce l'agitation « anarchiste » à Paris.
Le général autrichien Provera (1740-1804) capitule devant Augereau à Cossiria et Masséna s'empare de Dego qu'il perdra et reprendra aux Autrichiens le lendemain.

16 avril (27 germinal)
Loi punissant de la peine de mort ceux qui demanderaient la dissolution du Directoire ou des Conseils, le rétablissement de la Constitution de 1793 ou de la royauté, ou l'institution de la loi agraire.
Le général sarde Colli (1760-1812) tient Augereau en échec devant Ceva.

17 avril (28 germinal)
Loi sur la presse: les journaux devront publier les noms des auteurs de chaque article ainsi que les nom et adresse de l'imprimeur; les imprimeurs et les vendeurs-distributeurs seront responsables devant la loi.

20 avril (1er floréal)
Les Égaux diffusent le *Cri du peuple français contre ses oppresseurs.*

21-22 avril (2-3 floréal)
Bonaparte et Jean-Mathieu-Philibert Sérurier (1742-1819) battent Colli à Mondovi.

25 avril (6 floréal)
Augereau occupe Cherasco et Alba. Dans la nuit du 25 au 26, l'armistice que Colli a sollicité auprès de Bonaparte le 23, est signé à Cherasco.

27 avril (8 floréal)
Benjamin Constant publie *De la force du gouvernement actuel de la France et de la nécessité de s'y rallier.*

Benjamin Constant et la défense républicaine de la Révolution

Benjamin Constant est arrivé à Paris avec son amie, Germaine de Staël, en mai 1795, après les émeutes parisiennes, animé de l'ambition de se trouver une place dans la politique. S'il échouera dans sa carrière politique, il sera en revanche l'un des plus profonds penseurs de la politique de son époque. Tout d'abord hostile aux décrets des deux tiers qui assuraient la prépondérance des Conventionnels dans les nouvelles assemblées législatives, il se rallie rapidement à la nécessité d'appuyer le nouveau gouvernement contre les extrémistes des deux bords, royalistes et Jacobins, et prend la plume pour défendre la société issue de la Révolution et le nouveau régime politique. Dès octobre 1795, il travaille à ce texte avec Germaine de Staël. Le Directoire fait reproduire cette brochure de Constant dans Le Moniteur *du 1er mai 1796.*
« La République est un but, la Révolution fut une route. » Il s'agit pour Constant de défendre les principes et les résultats de la Révolution tout en désapprouvant le cours qu'elle a pris, c'est-à-dire la Terreur: il faut conforter le gouvernement du Directoire, à la fois modéré et révolutionnaire. Par cela seul qu'elle est maintenant établie, la République doit être préférée. Un autre choix n'entraînerait que des bouleversements néfastes, car la « contre-révolution ne serait elle-même qu'une nouvelle révolution » et la royauté n'apporterait que la guerre civile. « La République a pour elle d'être, plus les intérêts d'une foule d'hommes » qui ont à défendre et leur fortune et leur vie: en avertissant ainsi tous ceux qui ont pris une part quelconque à la Révolution depuis 1789, Constant ne se contente pas de rallier les timorés ou ceux dont les intérêts sont nés avec la Révolution, il renverse aussi l'argument traditionaliste contre-révolutionnaire. La Révolution a réussi à mettre le temps de son côté, elle a acquis la durée et peut se targuer elle aussi d'une tradition; elle représente un ordre social dont il serait dorénavant dangereux de menacer la stabilité. Et pour rallier les modérés de la droite, Constant

inaugure dans ce texte un thème promis à un bel avenir dans la politique française, celui de la défense républicaine du gouvernement, en rappelant que les terroristes (l'extrême gauche jacobine), bien que toujours redoutables, ne constituent plus une menace parce que le gouvernement les tient en lisière, mais, prévient il, si ce dernier se sentait menacé, ils seraient son recours ultime pour se sauvegarder.

28 avril (9 floréal)
À Paris, mutinerie de la Légion de police qui ne veut pas être envoyée aux armées comme le Directoire le souhaite. Sa dissolution est prononcée le lendemain et elle sera désarmée le 30 par Guillaume-Marie-Anne Brune (1763-1815).
Traité de Cherasco entre Bonaparte et le roi de Sardaigne Victor-Amédée III : la Savoie et le comté de Nice sont cédés à la France qui reçoit aussi une indemnité de 3 millions; le Piémont livre quelques places fortes à Bonaparte et s'engage à ne pas entraver la circulation des armées françaises. Le traité de paix avec le Directoire sera définitivement signé le 15 mai.

30 avril (11 floréal)
Le Comité insurrecteur des Égaux décide de passer à l'action et contacte les ex-Conventionnels Amar et Drouet.

mai
Les chouans du Maine et de l'Anjou acceptent la pacification offerte par Hoche.

4 mai (15 floréal)
Georges Grisel (1765-1812), un militaire chargé de travailler le camp de Grenelle pour le Comité insurrecteur, dénonce à Carnot la Conspiration des Égaux.

6 mai (17 floréal)
Après quelques jours de débats houleux, le Conseil des Cinq-Cents prend une résolution sur l'exécution de la loi du 25 octobre 1795 remettant en vigueur les lois de 1792 et 1793 contre les prêtres réfractaires: la déportation n'est pas considérée comme une peine mais comme une mesure de sûreté générale.

7 mai (18 floréal)
Le Directoire arrête que les membres des administrations locales démissionnaires ou décédés seront remplacés par cooptation s'il reste une majorité absolue de membres dans l'administration, et que lorsque ce n'est pas le cas, ils seront nommés par le Directoire.
Dernière réunion du Comité insurrecteur des Égaux où l'on se met d'accord sur un gouvernement de type dictatorial.
Bonaparte passe le Pô à Plaisance. Le Directoire envoie une lettre à Bonaparte où il lui demande de diviser son armée en deux parties et de confier le commandement de l'une à Kellermann.

9 mai (20 floréal)
Armistice entre Bonaparte et le duc de Parme: ce dernier s'engage à verser une indemnité de 2 millions et à livrer 20 tableaux, parmi lesquels le Saint Jérôme du Corrège.

10 mai (21 floréal)
Le Directoire arrête les chefs de la Conspiration des Égaux dont les papiers sont saisis: Babeuf, Drouet, Buonarroti, Darthé, Germain sont arrêtés; Robert Lindet, accusé de complicité, se cache (la Haute Cour de justice de Vendôme prononcera sa relaxe). Les Conseils, inquiets de la situation insurrectionnelle, prennent des mesures de sûreté: les bureaux centraux des grandes villes sont autorisés à délivrer des mandats d'amener; les anciens Conventionnels sans fonctions qui n'étaient pas domiciliés à Paris avant de siéger à la Convention sont expulsés de Paris, ainsi que les fonctionnaires ou militaires qui n'y étaient pas domiciliés avant le 1er janvier 1793 et les étrangers qui ne l'étaient pas avant le 14 juillet 1789; il en va de même pour les prévenus d'émigration et les terroristes amnistiés. Enfin, Carnot est chargé d'organiser la répression.
Victoire de Bonaparte sur les Autrichiens à Lodi. L'armée autrichienne de Johann von Beaulieu (1725-1819) se replie en direction du Tyrol.

11 mai (22 floréal)
Première représentation au théâtre Feydeau de *Télémaque dans l'île de Calypso, ou le triomphe de la sagesse*, un opéra de Jean-François Lesueur (1760-1837).

14 mai (25 floréal)
Masséna atteint Milan.
Répondant à la lettre du Directoire du 7 mai, Bonaparte offre sa démission au Directoire qui la refusera et capitulera devant ses exigences le 21.

15 mai (26 floréal)
Bonaparte entre à Milan.

17 mai (28 floréal)
Le duc de Modène signe un armistice avec Bonaparte.

19 mai (30 floréal)
Bonaparte promet l'indépendance aux Milanais dans une proclamation.

20 mai (1er prairial)
Reprise de la campagne militaire en Allemagne où les armées de Sambre-et-Meuse dirigée par Jourdan et de Rhin-et-Moselle dirigée par Moreau doivent franchir le Rhin et tenter de gagner l'Autriche.
En Italie, Bonaparte décide de payer la moitié de la solde de ses hommes en numéraire.

23 mai (4 prairial)
Loi prescrivant l'échange des assignats supérieurs à 100 livres contre des mandats territoriaux avant le 28 juin, dernier délai.

24 mai (5 prairial)
Soumission à la République du comte d'Autichamp (1770-1859) qui commandait les débris de l'armée de Stofflet.

26 mai (7 prairial)
Jean Lannes (1769-1809) livre au pillage de ses troupes Pavie dont les habitants s'étaient insurgés contre les Français le 23.

27 mai (8 prairial)
Occupation de Brescia par les Français.

31 mai (12 prairial)
Les prêtres réfractaires qui se sont déportés sans y être tenus se voient restituer leurs biens.

juin
Les chouans de Bretagne se soumettent à Hoche.

1er juin (13 prairial)
En Allemagne, Kléber (Sambre-et-Meuse) bat les Autrichiens à Uckerath.

3 juin (15 prairial)
Arrestation à Toulouse de Vadier, compromis dans la Conspiration des Égaux.
Le Directoire autorise le ministre de la Guerre, Petiet, à recourir aux réquisitions.
Bonaparte entre à Vérone.

4 juin (16 prairial)
Bonaparte commence le siège de Mantoue où les Autrichiens, repliés dans le Tyrol, ont laissé une importante garnison de 14000 hommes. Mantoue devient l'enjeu autour duquel tourne la campagne militaire en Italie.
Victoire de Kléber sur les Autrichiens à Altenkirchen en Allemagne.

5 juin (17 prairial)
Armistice entre Bonaparte et le roi de Naples, Ferdinand IV, qui se retire de la coalition et rappelle sa cavalerie qui servait dans les rangs autrichiens.

6 juin (18 prairial)
Jourdan franchit le Rhin.

7 juin (19 prairial)
Réorganisation du Grand Orient de France.

8 juin (20 prairial)
Les Conseils autorisent le Directoire, qui le leur avait demandé le 6, à faire venir 10000 hommes de troupe à l'intérieur du « périmètre constitutionnel » autour de Paris (un article de la constitution prévoyait que le Directoire ne pouvait faire passer ou séjourner aucune troupe à moins d'une certaine distance – environ une cinquantaine de kilomètres – de la commune où les Conseils siégeaient si ce n'est sur leur réquisition ou avec leur autorisation).
Mort de Collot d'Herbois à Cayenne où il avait été déporté.

9 juin (21 prairial)
Tallien dénonce au Conseil des Cinq-Cents les dangers d'une Terreur blanche.
Les Conseils suspendent le partage des biens communaux.

11 juin (23 prairial)
Le Conseil des Cinq-Cents déclare recevable la demande de mise en accusation de Drouet, député compromis dans la Conspiration des Égaux.

12 juin (24 prairial)
En Italie, les troupes françaises pénètrent dans les territoires pontificaux.

15 juin (27 prairial)
En Allemagne, Jourdan, battu par l'archiduc Charles à Wetzlar, doit battre en retraite. Il repasse le Rhin le 18.

19 juin (1er messidor)
Le chouan Georges Cadoudal (1771-1804) fait sa soumission à la République.
Augereau entre à Bologne.

20 juin (2 messidor)
Augereau entre à Ferrare.

22 juin (4 messidor)
Le royaliste Louis de Frotté (1755-1800) quitte la Normandie et gagne l'Angleterre pour échapper à Hoche.

23 juin (5 messidor)
Armistice de Bologne entre Bonaparte et Pie VI: le pape s'engage à verser un lourd tribut en argent, œuvres d'art et manuscrits, à laisser circuler librement sur ses territoires les armées françaises, et à fermer ses ports aux Anglais.

24 juin (6 messidor)
Les troupes françaises entrent à Ravenne.
À son tour, l'armée de Rhin-et-Moselle de Moreau entre en action et franchit le Rhin. Desaix prend Kehl.

25 juin (7 messidor)
Drouet présente sa défense au Conseil des Anciens.

27 juin (9 messidor)
Entrée de Bonaparte à Livourne. L'occupation de ce port permet de s'emparer d'un riche butin de marchandises anglaises, contraint les Anglais à se réfugier sur l'île d'Elbe, et constitue une base de départ pour reprendre la Corse aux Anglais. Le général autrichien Dagobert-Sigismond de Wurmser (1724-1797) reçoit l'ordre de quitter le front du Rhin pour organiser une offensive en Italie afin de libérer Mantoue.

28 juin (10 messidor)
Apprenant que Moreau a franchi le Rhin, Jourdan reprend l'offensive.

29 juin (11 messidor)
Ouverture de la Caisse des comptes courants fondée par plusieurs banquiers parmi lesquels Jacques-Rose Récamier (1751-1830) et Jean-Frédéric Perrégaux (1744-1808).

4 juillet (16 messidor)
En Allemagne, Moreau bat les Autrichiens à Rastadt.

5 juillet (17 messidor)
Pierre-Louis de Lacretelle (1751-1824) attaque la politique italienne du Directoire dans les *Nouvelles politiques nationales et étrangères*.
Projet de bref pontifical *(Pastoralis Sollicitudo)* reconnaissant la République française et conseillant aux catholiques français la soumission.

6 juillet (18 messidor)
Rapport de Hoche au Directoire sur la possibilité d'un débarquement en Irlande. Le 12, le Directoire décide de lui confier le commandement d'un corps expéditionnaire.

7 juillet (19 messidor)
En Italie, Augereau réprime la révolte paysanne qui avait éclaté à Imola le 4.
En Allemagne, Kléber bat les Autrichiens à Runkel.

9 juillet (21 messidor)
En Allemagne, Moreau bat les Autrichiens à Ettlingen.

10 juillet (22 messidor)
Les auteurs de crime seront désormais soumis à la juridiction des tribunaux ordinaires s'il y a des civils parmi eux.

13 juillet (25 messidor)
Pierre Dorfeuille (1745-1806) reçoit l'autorisation du Directoire d'ouvrir le théâtre de l'Odéon, nouveau nom que prend le théâtre de l'Égalité, ex-théâtre de la Nation où était la Comédie-Française. La salle de l'Odéon brûlera le 18 mars 1799.

16 juillet (28 messidor)
Prise de Francfort par Kléber.

18 juillet (30 messidor)
Moreau entre à Stuttgart.

23 juillet (5 thermidor)
Les particuliers sont autorisés à contracter en numéraire aussi bien qu'en mandats territoriaux.

25 juillet (7 thermidor)
Prise de Würzburg par Jourdan.

26 juillet (8 thermidor)
Louis XVIII s'installe à Blankenburg chez le duc de Brunswick.

28 juillet (10 thermidor)
Célébration de la chute de Robespierre. Loi instituant des fêtes nationales au 14 juillet et au 10 août, conformément à un rapport de M.-J. Chénier.

29 juillet (11 thermidor)
Offensive autrichienne commandée par Wurmser dans le Tyrol en direction de la plaine du Pô: Wurmser marche sur Mantoue tandis que Peter Qasdanovitch marche sur Brescia.

30 juillet (12 thermidor)
Wurmser entre à Vérone.
Première représentation au théâtre Feydeau de *L'Original ou les Rivaux amis*, une comédie d'Hoffman qui remporte un bon succès.

31 juillet (13 thermidor)
Une loi décide que le cours des mandats territoriaux sera fixé par le Directoire tous les cinq jours, et prévoit que l'achat de biens nationaux devra être réglé pour un quart en mandats tout en accordant un délai aux acheteurs.
Bonaparte lève le siège de Mantoue pour se porter contre Qasdanovitch.

août
Le Directoire décide de payer les fonctionnaires pour moitié en blé. Le Directoire donne 10 millions au ministre des Finances, Ramel de Nogaret, pour acheter en sous-main des mandats territoriaux afin d'en faire remonter le cours.

2 août (15 thermidor)
Loi sur les droits successoraux des enfants naturels.

3 août (16 thermidor)
Victoire de Bonaparte et Masséna sur Qasdanovitch à Lonato: elle empêche les Autrichiens de réunir leurs forces.

4 août (17 thermidor)
En Allemagne, Kléber entre à Bamberg.

5 août (18 thermidor)
Victoire de Bonaparte sur Wurmser à Castiglione. Wurmser doit se replier sur Trente.

6 août (19 thermidor)
Loi définissant les marchandises autorisées à l'exportation.

7 août (20 thermidor)
Loi organisant la Haute Cour de justice.
Traité de paix entre la France et le duché de Wurtemberg qui cède à la France ses possessions sur la rive gauche du Rhin: Montbéliard, Héricourt, Riquewihr. Il est ratifié le 15.
Bonaparte reprend le siège de Mantoue.
En Allemagne, Kléber bat les Autrichiens à Forcheim.

8 août (21 thermidor)
Suppression des distributions aux malaisés.

9 août (22 thermidor)
Loi prescrivant que les contributions devront être payées en numéraire ou au cours pour les biens nationaux. Le Directoire interdit de payer les biens nationaux entièrement en numéraire: un quart devra l'être en mandats territoriaux.

10 août (23 thermidor)
Bataille de Neeresheim opposant Moreau à l'archiduc Charles.

11 août (24 thermidor)
Jourdan entre à Nuremberg.

12 août (25 thermidor)
Les Conseils décident de traduire Drouet et ses complices devant la Haute Cour de justice.

14 août (27 thermidor)
Expulsion du représentant du pape à Paris.

15 août (28 thermidor)
Une pétition d'artistes français proteste contre l'enlèvement d'œuvres d'art en Italie.

16 août (29 thermidor)
Le Directoire demande aux Conseils de créer des contributions indirectes.
M.-J. Chénier fait voter une loi instituant une fête nationale le 1er vendémiaire (22 septembre) pour célébrer la fondation de la République.

17 août (30 thermidor)
Évasion de Drouet qui a sans doute bénéficié de la complicité de Barras. L'ancien maître de poste de Sainte-Menehould qui avait fait arrêter Louis XVI à Varennes, ex-Conventionnel et député, ne sera d'ailleurs pas condamné et il reviendra en France après le coup d'État républicain du 18 fructidor an V (4 septembre 1797).
Le paiement de ce qui reste à payer de l'emprunt forcé est exigé selon les modalités décidées le 9 pour les contributions.
L'archiduc Charles, qui avait franchi le Danube le 13, repasse le fleuve à Ingolstadt, laissant devant Moreau son lieutenant, Maximilien de Latour († 1806), et remonte au Nord pour se porter contre Jourdan.

18 août (1er fructidor)
Traité de Saint-Ildefonse entre la France et l'Espagne: une alliance offensive et défensive est conclue entre les deux pays. Ce traité, négocié par le général Pérignon, est ratifié le 12 septembre.

19 août (2 fructidor)
Moreau franchit le Danube et se dirige vers Munich.

22 août (5 fructidor)
Traité de paix entre la France et le margrave de Bade. Il est ratifié le 31.

23 août (6 fructidor)
Défaite de Jean-Baptiste-Jules Bernadotte (1763-1844) devant l'archiduc Charles à Neumarkt.

24 août (7 fructidor)
Défaite de Jourdan devant l'archiduc Charles à Amberg en Bavière. Les armées du Rhin ne peuvent faire leur jonction et vont devoir battre en retraite. Victoire de Moreau sur le général autrichien Latour à Augsbourg.

25 août (8 fructidor)
Suppression de l'armée de l'Intérieur et de l'armée des Côtes-de-l'Océan (l'armée de l'Ouest).

26 août (9 fructidor)
Guillaume-François-Charles Goupil de Préfelne (1727-1801) fait rejeter par le Conseil des Anciens la résolution du Conseil des Cinq-Cents du 6 mai qui voulait remettre en vigueur les lois de 1792 et 1793 permettant la déportation des prêtres réfractaires.
Bonaparte établit à Milan une Administration générale de la Lombardie.

27 août (10 fructidor)
Dans la nuit du 26 au 27, Babeuf et ses complices sont transférés à Vendôme où s'installera la Haute Cour de justice le 5 octobre pour le procès de la Conspiration des Égaux.
Les arriérés des contributions de l'an III sont exigés en mandats territoriaux.
Roederer fonde le *Journal d'économie publique.*

30 août (13 fructidor)
Offensive autrichienne de Wurmser dans la vallée de l'Adige.

1er septembre (15 fructidor)
Kléber, qui ne s'entend pas avec Jourdan, son chef au sein de l'armée de Sambre-et-Meuse, offre sa démission qui sera acceptée à la fin de la campagne.
Suppression des établissements religieux en Belgique. Leurs biens seront mis en vente.

3 septembre (17 fructidor)
Défaite de Jourdan devant les Autrichiens à Würzburg.

4 septembre (18 fructidor)
Victoire de Bonaparte sur les Autrichiens à Rovereto. Il entre le lendemain à Trente.

5 septembre (19 fructidor)
Les prêtres réfractaires reclus, c'est-à-dire ceux de plus de 60 ans et les infirmes, se voient restituer leurs biens.
Armistice avec la Bavière qui s'engage à verser une importante contribution en numéraire, fournitures et tableaux.

6 septembre (20 fructidor)
Un agent du comte d'Artois, Du Theil, obtient des crédits anglais pour créer en France des agences royalistes afin de préparer les élections législatives.

7 septembre (21 fructidor)
Les loyers sont payables en numéraire ou en mandats territoriaux.
Victoire de Bonaparte sur les Autrichiens à Primolano.

8 septembre (22 fructidor)
Victoire de Bonaparte, Augereau et Masséna sur Wurmser à Bassano.

10 septembre (24 fructidor)
Dans la nuit du 9 au 10, des Jacobins tentent de soulever les soldats du camp de Grenelle. Le Directoire, où Carnot et Letourneur ont été prévenus de la conspiration par le colonel Malo, fait réprimer la tentative par la troupe. Les Conseils autorisent le Directoire à procéder à des visites domiciliaires dans la région parisienne. Une commission militaire sera chargée d'instruire l'affaire.

11 septembre (25 fructidor)
Victoire de Bonaparte sur Wurmser à Cerea.
Première représentation au théâtre de la République d'une comédie d'Alexandre-Vincent Pineu, dit Duval (1767-1842), *Le Chanoine de Milan ou le souper imprévu.*

15 septembre (29 fructidor)
La Révellière-Lépeaux, dans un article du *Rédacteur*, prône l'utilisation des fêtes publiques pour consolider les institutions républicaines.
Toute retraite lui étant coupée, Wurmser s'enferme dans Mantoue.

16 septembre (30 fructidor)
Marceau contient les Autrichiens à Limburg pour couvrir la retraite de Jourdan.

19 septembre (3e jour complémentaire)
Début du jugement des accusés de l'affaire du camp de Grenelle; il se terminera le 27 octobre après 86 condamnations dont 33 à mort, parmi lesquelles celles du Conventionnel Claude Javogues (1759-1796) et de deux de ses collègues.
Bataille d'Altenkirchen. Marceau y est blessé et décède deux jours plus tard.

20 septembre (4e jour complémentaire)
Première représentation au théâtre de la République de *René Descartes*, une comédie de Jean-Nicolas Bouilly (1763-1842) qui remporte un franc succès.

21 septembre (5e jour complémentaire)
Les rentiers toucheront une partie de leurs rentes en numéraire (fixée à un quart en février 1797), le reste étant réglé en bons pouvant servir à l'achat de biens nationaux.

22 septembre (1er vendémiaire an V)
Publication du *Manuel des théoanthropophiles ou adorateurs de Dieu et amis des hommes* par Jean-Baptiste Chemin-Dupontès (1760-1852).

23 septembre (2 vendémiaire)
Jourdan démissionne de son commandement de l'armée de Sambre-et-Meuse; il est remplacé par Beurnonville.

octobre
Succès de *Madame Angot, ou la poissarde parvenue.* Ce personnage d'opéra-comique connaît une grande fortune dans les théâtres de foire ou de boulevard. Comme pour le personnage de Cadet Roussel, Jean Aude (1755-1841) lui imaginera de nombreuses aventures.

2 octobre (11 vendémiaire)
Victoire de Moreau contre Latour à Biberach.

4 octobre (13 vendémiaire)
Bonaparte occupe Modène.
L'Espagne, alliée à la France, déclare la guerre à l'Angleterre.

7 octobre (16 vendémiaire)
Loi sur les hôpitaux: ils retrouvent une personnalité juridique afin de pouvoir recevoir des donations et une administration propre sous la tutelle des municipalités et des départements; les municipalités désigneront une commission pour les diriger.

10 octobre (19 vendémiaire)
Traité de paix entre la France et le royaume des Deux-Siciles (Naples). Il est ratifié le 24.

12 octobre (21 vendémiaire)
Moreau atteint Fribourg.

14 octobre (23 vendémiaire)
Le Directoire est autorisé par une loi à établir des ordres de paiement.
À Lille, ouverture de négociations de paix entre la France et l'Angleterre.
Manifestation à Milan en faveur de l'indépendance.

16 octobre (25 vendémiaire)
Jusqu'au 6 novembre, le Conseil des Cinq-Cents débat de l'abrogation de la loi du 25 octobre 1795. Le 22 octobre, le Directoire, qui s'oppose à l'abrogation de cette loi, communique au Conseil de nombreuses pièces dénonçant les agissements des prêtres réfractaires.
Proclamation de la République cispadane regroupant les États de Bologne, Modène, Ferrare et Reggio. Mort de Victor-Amédée III de Piémont-Sardaigne; lui succède Charles-Emmanuel IV.

19 octobre (28 vendémiaire)
Les Français reprennent Bastia aux Anglais qui abandonnent la Corse.
Toussaint-Louverture rembarque pour la France le gouverneur de Saint-Domingue.

25 octobre (4 brumaire)
Bonaparte charge le général Louis Baraguay d'Hilliers (1764-1813), commandant militaire de la Lombardie, de surveiller toute l'administration du pays, ce qui revient à passer par-dessus l'autorité des commissaires du Directoire.

26 octobre (5 brumaire)
L'armée de Moreau atteint et franchit le Rhin à Huningue; Desaix est chargé de défendre Kehl.

31 octobre (10 brumaire)
Loi interdisant l'entrée en France des marchandises anglaises, même transportées par des navires neutres.

2 novembre (12 brumaire)
Nouvelle offensive autrichienne à partir du Tyrol commandée par Joseph Alvinczy (1726-1810). Il dispose de 45000 hommes, soit près de deux fois plus que Bonaparte.

3 novembre (13 brumaire)
Nouvelle loi sur la composition des conseils militaires: il n'y aura plus qu'un seul sous-officier parmi les juges; le rapporteur sera nommé par le général.

4 novembre (14 brumaire)
Daunou s'oppose à la vente des presbytères comme biens nationaux en soulignant que ceux qui souhaitent leur mise en vente espèrent les voir rachetés par des fidèles, et il propose de les affecter à l'instruction publique.

5 novembre (15 brumaire)
Traité de paix entre la France, le duc de Parme et Plaisance. Il est ratifié le 18.

6 novembre (16 brumaire)
Vote de la taxe foncière, mais sa répartition ne sera fixée que le 6 juin 1797. Mise en vente aux enchères de 500 millions de biens nationaux.
Bonaparte est battu à Bassano par Alvinczy.

7 novembre (17 brumaire)
Une circulaire du ministre de la Police, Cochon de Lapparent, recommande aux commissaires du Directoire de ne pas inquiéter par des serments ou des déclarations inutiles les prêtres qui restent tranquilles; le Directoire se préoccupe du mécontentement que pourrait causer l'intolérance envers les prêtres.
Claude-Henri Belgrand de Vaubois (1748-1839) est battu par Alvinczy à Calliano.
Mort de Catherine II de Russie. Paul Ier lui succède.

9 novembre (19 brumaire)
Première représentation d'une comédie de Collin d'Harleville, *Les Artistes*, au théâtre de la République.

11 novembre (21 brumaire)
Code des délits militaires.

12 novembre (22 brumaire)
Au cours d'une réunion du Directoire, Carnot avertit le ministre des Relations extérieures, Delacroix, qu'on va envoyer un plénipotentiaire aux Autrichiens afin de négocier un armistice, provoquant ainsi la colère de Barras, mécontent de ce que le Directoire n'en ait pas délibéré avant. Le 15, le Directoire désigne le général Clarke pour cette négociation.

15-17 novembre (25-27 brumaire)
Victoire décisive de Bonaparte à Arcole: Alvinczy bat en retraite après avoir subi de lourdes pertes.

19 novembre (29 brumaire)
En Italie, Barthélemy-Catherine Joubert (1769-1799) bat le lieutenant d'Alvinczy et le général autrichien Paul Davidovitch (1750-1820) à Campara.

21 novembre (1er frimaire)
Les Conseils autorisent le paiement des biens nationaux en numéraire comme en mandats au cours.

22 novembre (2 frimaire)
Rapport de Baudin des Ardennes au Conseil des Anciens sur l'abrogation de la loi du 25 octobre 1795, qui avait été discutée par le Conseil des Cinq-Cents en octobre.
Première représentation au théâtre Feydeau d'*Être et paraître, ou les deux voisins*, une comédie de Collin d'Harleville.

23 novembre (3 frimaire)
À Mantoue, Wurmser tente une sortie mais est battu par Sérurier.

27 novembre (7 frimaire)
Loi instituant un bureau de bienfaisance au profit des indigents de chaque commune: ils seront financés par des centimes perçus sur les billets des spectacles.

30 novembre (10 frimaire)
Lettre de Carnot à Bonaparte lui recommandant la rigueur avec le pape.

décembre
Le Directoire décide de payer les fonctionnaires en numéraire.

4 décembre (14 frimaire)
La loi du 25 octobre 1795 est maintenue, sauf les mesures remettant en vigueur contre les prêtres réfractaires et les émigrés les lois de 1792 et 1793. Elle est étendue aux amnistiés et aux Conventionnels déportés le 1er avril 1795 – ce dernier point vise Vadier et Barère qu'avait défendus François Lamarque (1753-1839).

6 décembre (16 frimaire)
Rappel des commissaires du Directoire auprès des armées pour le 21 décembre, exception faite de celui près de Moreau.

8 décembre (18 frimaire)
Beurnonville, qui commande l'armée de Sambre-et-Meuse, signe un armistice avec l'archiduc Charles.

15 décembre (25 frimaire)
Boissy d'Anglas reproche au Directoire d'usurper l'initiative législative.
Départ pour l'Irlande de la flotte transportant le corps expéditionnaire commandé par Hoche.

19 décembre (29 frimaire)
Rupture des négociations avec l'Angleterre qui avaient débuté le 14 octobre à Lille: le Directoire renvoie le représentant anglais.

22 décembre (2 nivôse)
Le Directoire révèle à la presse ses difficultés financières afin d'embarrasser les Conseils.

23 décembre (3 nivôse)
Le Directoire arrête que l'État ne passera désormais plus que des marchés généraux; ainsi, par exemple, l'approvisionnement en blé de toutes les armées sera conféré à une seule compagnie afin d'améliorer tout à la fois la comptabilité, le contrôle et l'organisation.
Une tempête sépare Hoche du reste de la flotte transportant l'expédition d'Irlande.

24 décembre (4 nivôse)
Emmanuel Grouchy (1766-1847), commandant à la place de Hoche, donne l'ordre à l'expédition d'Irlande de rebrousser chemin vers la France. Hoche parviendra au large de l'Irlande le 29 et, ne trouvant personne, fera lui aussi demi-tour.

25 décembre (5 nivôse)
Loi sur le colportage des journaux: il est interdit aux vendeurs de crier autre chose que le titre du journal.

26 décembre (6 nivôse)
Première représentation au théâtre de la République de *La Jeunesse du duc de Richelieu ou le Lovelace français*, une comédie de Monvel et Duval.
On joue une comédie de Laya, *Les deux sœurs*, pour l'ouverture du théâtre Louvois (rue Louvois), construit sur des plans d'Alexandre-Théodore Brongniart, que dirige Françoise-Marie-Antoinette-Josèphe Saucerotte, dite Mlle Raucourt (1756-1815). Le théâtre sera fermé par le Directoire après le coup d'État du 18 fructidor an V (4 septembre 1797). Il abritera jusqu'en 1808 les comédiens du théâtre de l'Odéon, après l'incendie de ce dernier en mars 1799, sous la direction de Picard. En 1820, il accueillera l'opéra après l'assassinat du duc de Berry.

27 décembre (7 nivôse)
Ouverture d'un congrès à Reggio nell'Emilia chargé d'établir les bases d'une constitution pour la République cispadane. La République adopte un drapeau tricolore vert, blanc, rouge.

31 décembre (11 nivôse)
Pierre-François Réal (1757-1834) propose de réformer le code hypothécaire.

autres événements
• Bonald: *Théorie du pouvoir politique et religieux dans la société civile démontrée par le raisonnement et par l'histoire.*
• Restif de la Bretonne: *Philosophie de Monsieur Nicolas.*
• Lamarck: *Réfutation de la théorie pneumatique ou de la nouvelle doctrine des chimistes modernes présentée, article par article, dans une suite de réponses aux principes rassemblés et publiés par le citoyen Fourcroy, dans sa philosophie chimique…*
• Laplace: *Exposition du système du monde.*

1797

7 janvier (18 nivôse)
Les délégués des négociants des grandes villes, réunis par le ministre des Finances Ramel de Nogaret pour discuter du projet de création d'une banque émettant du papier-monnaie, refusent de soutenir ce projet tant que les lois révolutionnaires ne sont pas abolies.
En Italie, Alvinczy lance une nouvelle offensive autrichienne pour délivrer Mantoue. Tandis que lui-même passe par la vallée de l'Adige, Provera prend la vallée de la Brenta.

9 janvier (20 nivôse)
En Allemagne, Desaix doit évacuer Kehl, ville située sur la rive droite du Rhin en face de Strasbourg qu'assiègent les Autrichiens.

13 janvier (24 nivôse)
Loi sur le serment de haine à la royauté et à l'anarchie que doivent prêter tous les ans le 21 janvier les fonctionnaires publics.

14 janvier (25 nivôse)
Bonaparte bat Alvinczy à Rivoli.

15 janvier (26 nivôse)
Première réunion publique du culte des théophilanthropes à l'église Sainte-Catherine à Paris.

La théophilanthropie

La théophilanthropie est née avec le Manuel des Théoanthropophiles *du libraire franc-maçon Chemin-Dupontès et l'idée s'est répandue au cours de l'automne 1796. Il s'agit d'une prédication morale prônant les vertus de l'harmonie familiale. Elle suscitera l'ironie de ses adversaires qui en souligneront l'ennui tout en se montrant intéressés par les aspects anticatholiques de cette religion civile. L'entreprise connaîtra un succès relatif dans l'Yonne et à Paris où dès le printemps 1797 les théophilanthropes obtiennent l'usage d'une quinzaine d'églises, entraînant ainsi l'hostilité inquiète du clergé constitutionnel. Pendant près d'un an, les théophilanthropes bénéficient de la bienveillance des autorités, grâce à l'appui plus particulier de La Révellière-Lépeaux qui en fait l'éloge devant l'Institut en mai 1797 dans ses* Réflexions sur le culte, sur les cérémonies civiles et sur les fêtes nationales. *Mais dès 1798, le culte est en régression et au même moment, c'est le culte décadaire qui obtient les faveurs du Directoire plus soucieux d'encadrer les citoyens par des fêtes civiques que par des dialogues moralisateurs débités par des pères de famille dans des églises désertes.*

16 janvier (27 nivôse)
Le Directoire donne ses instructions au général Clarke pour négocier avec les Autrichiens, mais stipule qu'il doit prendre l'avis de Bonaparte.
Capitulation du général autrichien Provera à La Favorite près de Mantoue.

20 janvier (1er pluviôse)
Le commissaire du Directoire nommé le 22 novembre 1795 en Belgique pour en préparer l'intégration achève sa mission: la Belgique assimilée à la France participera aux prochaines élections.
Jean-Henri Dombrowski (1755-1818) appelle les Polonais à la révolte. Le Directoire l'avait autorisé à former des légions polonaises combattant hors de France et Bonaparte l'aidera à les constituer en Italie.

24 janvier (5 pluviôse)
Hoche est nommé à la tête de l'armée de Sambre-et-Meuse. Il rejoindra son commandement le 26 février.

28 janvier (9 pluviôse)
Joubert entre à Trente.

30 janvier (11 pluviôse)
Carnot, en contact avec les royalistes, et sachant Barras prévenu, organise grâce au colonel Malo une perquisition et l'arrestation de conspirateurs royalistes. On trouve dans les papiers confisqués des listes de sympathisants où sont cités notamment le ministre de l'Intérieur Bénezech, le ministre de la Police Cochon de Lapparent, et plusieurs députés. L'abbé Brotier et ses complices sont arrêtés et leur réseau démantelé. Le Directoire décide de traduire les accusés devant un conseil de guerre.

février
Le Directoire estime à 120000 les individus portés sur la liste des émigrés.

2 février (14 pluviôse)
Reddition de Mantoue où Wurmser était assiégé. Les Autrichiens ont été poussés hors de l'Italie du Nord.

3 février (15 pluviôse)
La Révellière-Lépeaux, Reubell et Barras écrivent à Bonaparte pour lui recommander de détruire le centre de l'unité de l'Église romaine, Rome, car la religion catholique romaine et la République sont des ennemies inconciliables.

4 février (16 pluviôse)
Retour à la monnaie métallique: alors qu'il y a encore pour près de 4 milliards d'assignats en circulation, les mandats perdent leur valeur de monnaie; ils sont admis jusqu'au 20 avril en paiement des arriérés des contributions, de l'emprunt forcé et pour une partie du prix dans l'achat des biens nationaux; après cette date, ils seront échangés contre des bons dont l'usage sera limité à l'achat de biens nationaux.
Les jugements des tribunaux révolutionnaires pourront être portés devant le tribunal de cassation.
En Italie, Claude-Victor Perrin, dit Victor (1764-1841), bat les troupes pontificales à Faenza.

5 février (17 pluviôse)
La place de Huningue capitule devant les Autrichiens.

8 février (20 pluviôse)
Au Conseil des Cinq-Cents, Lamarque reproche au ministre des Finances, Ramel de Nogaret, d'empiéter sur les attributions du pouvoir législatif en suspendant de lui-même la vente de biens nationaux, même s'il est vrai qu'il existe des biens dont l'intérêt de la République exige qu'on en suspende la vente.

9 février (21 pluviôse)
Le Conseil des Anciens rejette la résolution, adoptée par le Conseil des Cinq-Cents, de créer un journal tachygraphique reproduisant les débats parlementaires et les nouvelles que le Directoire veut faire connaître.
Victor occupe Ancône.

12 février (24 pluviôse)
Le Directoire propose d'accorder un délai aux prêtres « déportés » rentrés, pour leur permettre de quitter la France, et de remplacer la peine de mort par la déportation en Guyane pour ceux qui n'obtempèrent pas.

13 février (25 pluviôse)
Réorganisation de la gendarmerie nationale.
Première représentation au théâtre Louvois de *Saint-Elmont et Verseuil ou le danger d'un soupçon*, un drame de Ségur qui obtient le succès malgré ses longueurs. Ségur réduira cette pièce qui sera reprise au théâtre de l'Odéon en mars 1798 sous le titre de *Duval ou le remords.*

14 février (26 pluviôse)
L'amiral anglais Jervis bat la flotte espagnole au large du cap Saint-Vincent.

18 février (30 pluviôse)
Rapport de Pierre-Jean-Joseph Dubruel (1760-1828) au Conseil des Cinq-Cents sur la proposition du Directoire du 12 qui mécontente tout le monde: il prévoit la mise en liberté des prêtres reclus qui doivent faire une déclaration de soumission aux lois s'ils veulent exercer le culte, ou bien sortir de France sous peine d'emprisonnement.

19 février (1er ventôse)
Arrêté du Directoire ordonnant la clôture des registres des administrations départementales contenant les demandes de radiation de la liste des émigrés.
Traité de paix de Tolentino entre le pape et la France: Pie VI reconnaît l'annexion d'Avignon et du Comtat Venaissin et doit verser une lourde contribution en numéraire et œuvres d'art; en revanche, Bonaparte s'est gardé d'exiger du pape la rétractation des brefs condamnant la constitution civile du clergé.

20 février (2 ventôse)
Début du procès de Babeuf et de ses complices dans la Conspiration des Égaux devant la Haute Cour de justice à Vendôme.

23 février (5 ventôse)
Clôture de l'emprunt de 600 millions voté le 10 décembre 1795.
Loi sur les assemblées primaires réglementant la forme des procès-verbaux des assemblées électorales afin de limiter la fraude.

24 février (6 ventôse)
Le Grand Orient de France appelle toutes les loges à se rallier à lui.

25 février (7 ventôse)
Le Directoire épure les listes électorales: ceux qui figurent sur la liste des émigrés ne pourront voter.

26 février (8 ventôse)
Le Directoire autorise la délivrance de passeports aux prêtres français, non détenus pour un crime prévu par le code pénal, qui déclarent vouloir se rendre en Italie.

1er mars (11 ventôse)
Révélations de Duverne de Presle sur les activités de l'Institut philanthropique et du groupe de Clichy. L'Institut philanthropique avait été créé par l'abbé Brotier afin de favoriser les modérés lors des élections. Depuis l'automne 1795, Jean-Louis Gibert-Desmolières (1746-1799) accueillait chez lui, rue de Clichy, des anciens Feuillants, des monarchistes constitutionnels dont la préoccupation était d'éviter le retour (ou le maintien) au pouvoir des Jacobins et terroristes, objectif qu'ils partagent avec Carnot. Se retrouvent ainsi des hommes comme Mathieu Dumas, Vincent-Marie Viénot de Vaublanc (1756-1845), Joseph-Jérôme Siméon (1749-1842), Pastoret, Jean-Étienne-Marie Portalis (1746-1807), Boissy d'Anglas, Joseph-Vincent Dumolard (1766-1819), Guillaume-Alexandre Tronson-Ducoudray (1750-1798). À ces modérés, se joignent bientôt des royalistes plus affirmés comme Robert-Gaspard Lemerer (1757-1820), François Barbé-Marbois (1745-1837) ou Pierre-François-Joachim Henry-Larivière (1761-1838). Si les révélations consécutives au démantèlement du réseau de l'abbé Brotier compromettent nombre de Clychiens, ils entendent cependant agir dans la légalité et préparent les élections: une partie des ex-Conventionnels devant quitter les Conseils au cours de ce mois de mars, il existe une réelle possibilité pour les royalistes de conquérir la majorité législative et d'investir légalement le Directoire. Des comités électoraux sont formés sous la houlette de l'ancien Constituant d'André et les élections sont remportées par les royalistes. Dès lors,

ces nouveaux députés menés par Gibert-Desmolières vont pratiquer une guerre d'usure, parfois freinée par le Conseil des Anciens moins virulent que celui des Cinq-Cents, contre le Directoire, attaquant sa gestion et cherchant à l'asphyxier financièrement. Parmi leurs espoirs: diriger le pouvoir exécutif dans un avenir proche, si le membre sortant du Directoire n'est ni Carnot ni Letourneur; dans ce cas les modérés deviendraient trois au sein du pouvoir exécutif puisque la majorité aux Conseils leur permettra de désigner le candidat de leur choix pour entrer au Directoire.

2 mars (12 ventôse)
Pour riposter au traité commercial anglo-américain du 19 novembre 1794, le Directoire autorise la saisie des navires américains qui transporteraient des marchandises prohibées ou seraient porteurs de commissions délivrées par les pays ennemis de la France.

5 mars (15 ventôse)
Tirage au sort du tiers sortant des Conseils: les morts et les démissionnaires sont comptés comme sortants. Les ex-Conventionnels cherchent toujours à protéger leur suprématie.

9 mars (19 ventôse)
Loi sur les conditions de résidence ouvrant le droit de vote: les fonctionnaires publics ou les militaires doivent voter là où ils sont domiciliés; ils peuvent voter sur les lieux de leurs fonctions s'ils ont transféré leur domicile dans ce lieu depuis plus d'un an.
Bonaparte prend l'offensive contre l'Autriche qu'il va menacer au cœur de son territoire.

10 mars (20 ventôse)
Déclaration de Louis XVIII encourageant les royalistes à gagner les élections législatives.

11 mars (21 ventôse)
Révolution à Bergame.

12 mars (22 ventôse)
Les Conseils, contre l'arrêté du Directoire du 25 février, décident que seuls seront exclus du droit de vote les émigrés proprement dits; les radiés en attente de confirmation pourront voter.

14 mars (24 ventôse)
Loi rapportant le décret du 9 mars 1793 qui abrogeait la contrainte par corps.
Victoire de Masséna sur les Autrichiens à Longarone.

16 mars (26 ventôse)
Le Conseil des Cinq-Cents repousse la proposition du Directoire de faire prêter aux électeurs un serment de haine à la royauté et à l'anarchie et propose à la place une promesse de ne rien faire contre la Constitution.

17 mars (27 ventôse)
Instruction du ministre de l'Intérieur, Bénezech, « sur la célébration des fêtes nationales à l'usage des commissaires du Directoire près des administrations ».
Révolution à Brescia.

18 mars (28 ventôse)
Publication à Londres où il a émigré de l'*Essai historique, politique et moral sur les révolutions anciennes et modernes, considérées dans leurs rapports avec la Révolution française de nos jours* de Chateaubriand.

20 mars (30 ventôse)
Le Conseil des Anciens adopte la résolution du Conseil des Cinq-Cents du 16 mars; chaque électeur devra faire la déclaration suivante au sein des assemblées électorales: « Je promets attachement et fidélité à la République et à la Constitution de l'an III. Je m'engage à les défendre de tout mon pouvoir contre les attaques de la royauté et de l'anarchie. »

21 mars-4 avril (1er-15 germinal)
Élections législatives dont les résultats seront favorables aux royalistes.

22-23 mars (2-3 germinal)
Après que les avocats de la défense ont contesté la compétence du conseil de guerre dans la répression du complot du 30 janvier, l'affaire est portée devant le Conseil des Cinq-Cents; le tribunal de cassation est désigné pour s'occuper de l'affaire mais le Directoire s'y opposera et interdira au ministre de la Justice d'obéir. Le 8 avril, le conseil de guerre rendra une sentence où seuls quatre des accusés seront légèrement condamnés, les autres bénéficiant de circonstances atténuantes.

23 mars (3 germinal)
Bernadotte s'empare de Trieste.

27 mars (7 germinal)
Loi réglementant l'avancement dans la gendarmerie: le Directoire choisit les officiers supérieurs, un capitaine sur deux, un sous-lieutenant sur deux; les lieutenants et un capitaine sur deux sont choisis à l'ancienneté.

Masséna s'empare de Villach.
À Bologne, la constitution de la République cispadane est proclamée.

28 mars (8 germinal)
Bonaparte et Masséna s'emparent de Klagenfurt et menacent Vienne.
Révolution à Crema.

29 mars (9 germinal)
Loi ordonnant la vente des bâtiments nationaux qui ne sont liés ni à une exploitation rurale ni à une usine; sont aussi exceptés de la vente les bâtiments réservés au service public ou dont la jouissance a été donnée aux communes.

30 mars (10 germinal)
Publication de *Des Réactions politiques* de Benjamin Constant.

31 mars (11 germinal)
Bonaparte écrit à l'archiduc Charles, rappelé d'Allemagne pour s'opposer à l'avance française, et lui propose d'ouvrir des négociations.

1er avril (12 germinal)
Bernadotte s'empare de Laybach.

2 avril (13 germinal)
Émeute frumentaire à Rouen.
Bonaparte bat les Autrichiens à Neumarkt.

3 avril (14 germinal)
Bonaparte bat les Autrichiens à Unzmarkt.

5 avril (16 germinal)
Séance orageuse, dans la nuit du 4 au 5, entre les Directeurs: Carnot et Letourneur s'opposent à Reubell et Barras qui veulent casser les élections, et réussissent à entraîner La Révellière-Lépeaux dans leur camp.
Traité d'alliance conclu à Turin entre la France et le roi de Sardaigne Charles-Emmanuel IV. Il sera ratifié le 25 octobre.

6 avril (17 germinal)
L'avant-garde de l'armée de Bonaparte entre dans Leoben. Vienne n'est plus qu'à 150 km.

7 avril (18 germinal)
Armistice provisoire entre Bonaparte et l'Autriche.

13 avril (24 germinal)
Ouverture des négociations à Leoben entre Bonaparte et l'Autriche.

14 avril (25 germinal)
Bonaparte envoie Andoche Junot (1771-1813) à Venise pour sommer le Sénat de réprimer les insurrections sur la terre ferme.

15 avril (26 germinal)
Le code pénal est aggravé contre les brigands.

16 avril (27 germinal)
L'armée de Sambre-et-Meuse prend l'offensive en Allemagne sous le commandement de Hoche.

17 avril (28 germinal)
Soulèvement à Vérone contre les troupes françaises: les «Pâques véronaises» vont servir de prétexte à une intervention en territoire vénitien. Cette insurrection sera sévèrement réprimée le 27 avril.
Jean-Étienne Championnet (1762-1800) bat les Autrichiens à Altenkirchen.

18 avril (29 germinal)
Signature des préliminaires de paix entre Bonaparte et l'Autriche à Leoben.

Leoben ou la paix malgré le Directoire

Pour la première fois depuis 1792 s'esquisse la possibilité de la paix avec l'Autriche, aussi le 18 avril 1797 est-il une date importante dans l'histoire de la Révolution française. C'est aussi un tournant important parce que la négociation a échappé au pouvoir politique parisien. Le gouvernement a perdu l'initiative de sa politique étrangère au bénéfice d'un général qui, de surcroît, modifie les rapports de la France révolutionnaire avec l'Europe: la guerre ne semble plus tant avoir pour but les frontières naturelles de la France ou la sauvegarde de la Révolution que l'expansion française sous l'égide de Bonaparte. En renouant avec la vieille diplomatie dynastique des partages, Bonaparte entame l'entreprise napoléonienne consistant à refaçonner l'Europe à sa guise.
Au milieu d'une campagne victorieuse qui lui ouvre la route de Vienne, Bonaparte écrit le 31 mars à l'archiduc Charles pour lui proposer une négociation. L'Autriche, menacée, accepte. Après quelques jours de discussions, dans la nuit du 17 au 18 avril, l'accord est signé. L'Autriche renonce à la Belgique ainsi qu'à la Lombardie mais la France ne gagne pas la rive gauche du Rhin: celle-ci sera l'objet d'une négociation à Rastadt entre la France et la diète d'Empire. La France gagne les îles Ioniennes et l'Autriche, par des articles secrets, reçoit la Dalmatie et la Vénétie,

sauf Venise. Fort de cet accord, Bonaparte contraint le Directoire, mis devant le fait accompli, d'en accepter les termes. Bonaparte dépêche d'abord Leclerc auprès de Hoche et de Moreau pour leur demander de suspendre leurs offensives, les victoires françaises en Allemagne pouvant modifier l'équilibre atteint. Et, à ses émissaires qui portent le traité à Paris, il donne pour instruction de répandre tout au long du chemin l'idée que la paix est faite. Au Directoire, seul Carnot approuve Bonaparte. Barras, Reubell et La Révellière-Lépeaux sont déçus de l'ajournement des ambitions françaises sur le Rhin. Mais ils n'ont pas le choix : les récentes élections ont été défavorables et ils vont avoir besoin du soutien de l'armée contre les royalistes des Conseils. Aussi peuvent-ils montrer de l'intérêt pour les Républiques sœurs d'Italie tout en conservant l'espoir que la situation évoluera conformément à leurs ambitions.

Les Vénitiens coulent un navire français au Lido.
En Allemagne, Hoche franchit la Lahn après un violent combat.

20 avril (1er floréal)
Moreau prend l'offensive et franchit le Rhin près de Strasbourg.

21 avril (2 floréal)
Hoche s'empare de Wetzlar et François-Joseph Lefebvre (1755-1820) marche sur Francfort.

22 avril (3 floréal)
Hoche et Moreau apprennent les préliminaires de Leoben et suspendent leurs manœuvres offensives en Allemagne. Au cours de son avance, Moreau s'est emparé d'une correspondance entre Pichegru et les Autrichiens montrant son intelligence avec les royalistes. Mais Moreau tardera à communiquer les preuves de cette connivence au Directoire.

24 avril (5 floréal)
Les Français occupent Padoue.

27 avril (8 floréal)
Boissy d'Anglas demande que les émigrés relèvent des tribunaux ordinaires.

29 avril (10 floréal)
Loi ratifiant le traité de Tolentino.

30 avril (11 floréal)
Le Directoire ratifie les accords de Leoben.

1er mai (12 floréal)
La Révellière-Lépeaux lit à l'Institut ses *Réflexions sur le culte, sur les cérémonies civiles et sur les fêtes nationales* où il fait l'éloge de la théophilanthropie.

2 mai (13 floréal)
Bonaparte déclare la guerre à Venise.

4 mai (15 floréal)
Le Conseil des Cinq-Cents abroge la loi du 25 octobre 1795, mais le Conseil des Anciens repoussera cette résolution le 18 mai.

12 mai (23 floréal)
Le Sénat de Venise est renversé par les « patriotes » vénitiens qui appellent les Français à l'aide.

15 mai (26 floréal)
Les Conseils rejettent une proposition du Directoire d'augmenter le nombre de juges au tribunal de cassation.
Joseph Bonaparte (1768-1844) est nommé ambassadeur à Rome.
Baraguay d'Hilliers entre à Venise.

16 mai (27 floréal)
Traité de paix entre Bonaparte et Venise.

19 mai (30 floréal)
Au Conseil des Cinq-Cents, Lamarque plaide pour la validation de l'élection de Barère.

20 mai (1er prairial)
Ouverture de la nouvelle session législative : les royalistes dominent, Pichegru est élu président du Conseil des Cinq-Cents et Barbé-Marbois président du Conseil des Anciens ; l'élection de Barère est annulée tandis que plusieurs députés royalistes comme Jacques-Pierre Imbert-Colomès (1729-1809) seront rayés par la suite de la liste des émigrés.

21 mai (2 prairial)
Arrestation du comte d'Antraigues à Trieste par Bernadotte.

22 mai (3 prairial)
Nomination par les Conseils d'une nouvelle commission chargée d'examiner les terroristes.
Insurrection pro-française à Gênes. Ne parvenant pas à s'imposer, les insurgés feront appel à Bonaparte qui adressera un ultimatum à la République génoise le 29 mai. Le 6 juin, un accord entre Gênes et Bonaparte établira la République ligure, et le 14 juin, un gouvernement provisoire « jacobin » entrera en fonctions.

23 mai (4 prairial)
Examen aux Conseils d'une pétition des curés de Liège demandant un sursis – jusqu'à ce que le pape se prononce – à l'obligation de promettre soumission aux lois de la République; Pastoret intervient pour réclamer une loi générale et l'abrogation de la législation répressive envers les prêtres.

26 mai (7 prairial)
À Vendôme, fin du procès des babouvistes: Babeuf et Darthé sont condamnés à mort et exécutés le lendemain.

La Conspiration des Égaux

La Conspiration des Égaux a rassemblé en 1796 autour de Babeuf et d'Amar, un ex-membre du Comité de sûreté générale, des nostalgiques du jacobinisme de l'an II: on y trouve Buonarroti, Darthé, Drouet (alors député au Conseil des Cinq-Cents), Sylvain Maréchal et Félix Le Pelletier de Saint-Fargeau, le frère du Conventionnel assassiné en janvier 1793 qui a certainement financé l'affaire.
Babeuf, un ancien feudiste, s'était tôt penché sur la question de l'inégalité de la propriété des terres et la Révolution a ouvert un champ d'action à ses idées. Militant patriote, il est convaincu de faux en écriture et le pouvoir de l'an II l'emprisonne. Un temps antirobespierriste après le 9 Thermidor, il revient vite à l'égalitarisme qu'il défend dans son journal, Le Tribun du peuple, *et séjourne à nouveau en prison. Là, se constitue le noyau du complot autour d'un programme égalitaire et autoritaire: suppression de la propriété, répartition égalitaire du travail et de ses produits, et dictature. Dans la clandestinité, Babeuf, partisan de l'action directe, constitue, après la fermeture du club du Panthéon, un directoire secret de salut public qui va mettre en place un réseau d'agents afin de préparer l'insurrection. Informé, le Directoire entreprend le 10 mai 1796 une rafle qui coupe court à l'entreprise. Le procès qui se déroule l'année suivante se clôt par deux condamnations à mort: cette clémence relative dans la répression trouve son explication dans la solidarité qui pouvait encore lier les ex-Conventionnels Montagnards.*
Le complot babouviste n'a pas réellement mis en danger le pouvoir du Directoire. Sa notoriété tient plus dans sa postérité orchestrée par Buonarroti: la promesse d'une société égalitaire plus juste imposée d'autorité après la prise de pouvoir d'une minorité consciente et agissante. À l'ère des coups d'État que facilitent les centralisations politique et administrative, le babouvisme apporte aussi sa contribution avec l'idée du «grand soir» porteur d'espoirs, qui refondrait la société par un acte de volonté politique. Grâce à Buonarroti, son souvenir restera vivant au sein des socialismes du XIXe siècle.

Barthélemy est élu Directeur par les Conseils en remplacement de Letourneur tiré au sort pour quitter le Directoire le 20 mai. Il entrera en fonctions le 6 juin.

28 mai (9 prairial)
Le Directoire charge Bonaparte de rétablir l'ordre dans le Midi où couve la Terreur blanche. Bonaparte déléguera Lannes pour cette mission.

29 mai (10 prairial)
Débat sur Saint-Domingue au Conseil des Cinq-Cents: Vaublanc demande le rappel des commissaires du Directoire. Après une discussion animée, Thibaudeau obtiendra le 3 juin l'ajournement de cette mesure, mais le Directoire rappellera de lui-même ses commissaires. Le 21 juin, le Conseil des Cinq-Cents acceptera, après un rapport de Bourdon de l'Oise, que le Directoire envoie à Saint-Domingue trois nouveaux agents pour une période de dix-huit mois.
Benjamin Constant publie *Des effets de la Terreur.*

Des effets de la Terreur

De la force du gouvernement actuel de la France et de la nécessité de s'y rallier, *publié l'année précédente, a suscité des réponses, du côté de la tradition contre-révolutionnaire, mais aussi dans le camp même de la Révolution. En 1796, Adrien de Lezay-Marnesia (1769-1814), futur préfet de Napoléon et fils d'un député à la Constituante, publie ainsi* De la faiblesse d'un gouvernement qui commence, et de la nécessité où il est de se rallier à la majorité nationale. *Constant y répond au début du printemps 1797 dans* Des réactions politiques*; de même,* Des effets de la Terreur *répondent à une autre brochure de Lezay. Constant y poursuit la défense des principes révolutionnaires qu'il avait entamée en 1796, avec d'autant plus d'empressement que les résultats des élections ont été défavorables au Directoire – il approuvera d'ailleurs, nonobstant ses convictions libérales pour le principe représentatif qu'il établit, le coup d'État du 18 Fructidor (4 septembre 1797). La défense du gouvernement républicain nécessite de* *le dissocier de la Terreur car « la Terreur a lié à des souvenirs affreux tout ce qui tient à la République ». Il lui faut donc montrer que la Terreur n'a été ni une conséquence des principes révolutionnaires affirmés en 1789, ni nécessaire à leur établissement. Pour cela, Constant développe l'idée, dans* Des réactions politiques, *qu'une révolution est d'abord un processus d'adaptation de la société pour rétablir l'accord nécessaire entre ses idées et ses institutions. La question est qu'aux principes généraux doivent correspondre des principes intermédiaires pour appliquer les premiers aux circonstances. C'est la méconnaissance du principe intermédiaire – pour Constant, la représentation – qui explique le cours tumultueux et tragique qu'a pris la Révolution française. Mais cette absence ne suffit pas à condamner les principes généraux qui fondent cette dernière. La Terreur n'était en rien une phase obligée de la Révolution : elle n'est pas, écrit Constant dans* Des effets de la Terreur, *le « renfort » nécessaire à la Révolution et n'a pas sauvé la République. Ce serait attribuer à la Terreur un mérite qui aurait dû revenir à la simple action gouvernementale. On crédite la Terreur d'avoir ainsi renversé des obstacles qu'elle seule avait créés, car sans la Terreur, il n'y aurait pas eu de soulèvements, sans soulèvements aucune nécessité de l'horrible remède de la répression. Loin d'avoir conforté la République en France, continue Constant, la Terreur l'a au contraire durablement mise en péril en permettant aux « ennemis de la République » de s'emparer « habilement de la réaction » qu'elle a causée : son souvenir « sert aujourd'hui les amis du despotisme ». Il faudra un siècle à la tradition républicaine pour extirper cet encombrant « souvenir ».*

30 mai (11 prairial)
On réclame une loi au Conseil des Cinq-Cents pour régler la surveillance et la mise en accusation des agents du Directoire.

juin
Le succès au théâtre de la République d'*Œdipe à Colone* de Ducis, une nouvelle version de sa tragédie de 1778 *Œdipe chez Admète*, permet à ce théâtre de faire face à ses concurrents, notamment au théâtre Feydeau dont la troupe n'hésite jamais à reprendre Marivaux auquel le public reste toujours fidèle.

1er juin (13 prairial)
Dans la nuit du 31 au 1er, entrevue de Bonaparte avec le comte d'Antraigues : Bonaparte lui fait recopier les documents compromettant Pichegru en éliminant les éléments concernant des officiers de l'armée d'Italie.

4 juin (16 prairial)
Fondation du Cercle constitutionnel qui réunit des républicains modérés comme Sieyès, Daunou, Treilhard, Garat, Talleyrand, Tallien, M.-J. Chénier, Constant. Il compte 400 membres, parmi lesquels 160 députés, avant la fin du mois de juin.

5 juin (17 prairial)
Le Conseil des Anciens décide que la cooptation est de droit dans le remplacement des administrations incomplètes, même s'il ne reste qu'un seul administrateur, alors que le Directoire avait publié un arrêté prescrivant qu'il n'y aurait cooptation que si trois administrateurs au moins subsistaient.

6 juin (18 prairial)
Établissement de la répartition de la taxe foncière votée le 6 novembre 1796 et qui doit être payée en numéraire.

9 juin (21 prairial)
La loi du 25 octobre 1795 est abrogée par les Conseils pratiquement sans débat : seuls les membres des anciens Comités de salut public et de sûreté générale demeurent frappés.
La liberté économique, qui existait de fait depuis l'été 1796, est établie : une loi précise que la circulation des grains est entièrement libre à l'intérieur de la République.

10 juin (22 prairial)
Les Autrichiens occupent la Dalmatie vénitienne.

14 juin (26 prairial)
Long rapport de Gibert-Desmolières au Conseil des Cinq-Cents où il attaque la gestion financière du ministre Ramel de Nogaret et du Directoire. Malgré l'opposition de Tallien et de Jacques-Charles Bailleul (1762-1843), le Conseil des Cinq-Cents adoptera, après des débats tumultueux, les conclusions de Gibert-Desmolières confiant la totalité de la gestion publique des finances à la Trésorerie nationale, mais le Conseil des Anciens rejettera cette résolution le 27 juin. Gibert-Desmolières reviendra à la charge et réussira au mois de juillet à faire voter une loi abaissant les pouvoirs financiers du Directoire au bénéfice de la Trésorerie nationale.

17 juin (29 prairial)
Au Conseil des Cinq-Cents, rapport de Camille Jordan (1771-1821) sur la liberté des cultes : l'État

garde un droit de surveillance et de police sur les cultes mais on ne doit pas demander de promesse aux prêtres; la liberté des cultes réclamée est pour l'intérieur des églises; Jordan demande qu'on autorise les sonneries de cloches et que l'on réprime aussi bien ceux qui troublent l'exercice du culte que ceux qui profitent de la liberté de culte pour faire de la politique. Ce rapport discuté au mois de juillet provoquera des débats virulents.

23 juin (5 messidor)
Loi ordonnant de dresser dans chaque département un tableau de la dépréciation du papier-monnaie décade par décade, c'est-à-dire tous les dix jours.

24 juin (6 messidor)
Barras, à qui le député Jean-Claude Fabre dit Fabre de l'Aude (1755-1832) a apporté, la veille, de Milan, les papiers saisis à d'Antraigues et l'assurance du soutien de Bonaparte, décide de prendre contact avec Hoche afin de s'appuyer sur l'armée contre les Conseils que dominent les royalistes.
Les *Annales de la Religion* signalent qu'au début de l'an V, le ministère des Finances a relevé 31214 communes ayant repris l'exercice public du culte et que 4511 étaient en instance de l'obtenir.

26 juin (8 messidor)
Au Conseil des Cinq-Cents, Dubruel réclame la suppression des peines de détention et de déportation contre les prêtres réfractaires; il demande aussi qu'on lie la discussion du rapport Jordan (17 juin) à celle de l'abrogation de la législation répressive contre les prêtres.

27 juin (9 messidor)
Abrogation des mesures excluant les émigrés des fonctions publiques.

28 juin (10 messidor)
Les Français occupent Corfou.

29 juin (11 messidor)
Barras, Reubell et La Révellière-Lépeaux se mettent d'accord sur l'idée d'un coup d'État pour empêcher les Conseils d'opérer une restauration royaliste.

30 juin (12 messidor)
Le Directoire est autorisé par les Conseils à envoyer de nouveaux agents à la Guyane, la Martinique et la Guadeloupe.
Bonaparte rend publique une lettre où il se défend des attaques portées contre lui le 23 juin au Conseil des Cinq-Cents par le député royaliste Dumolard et demande un congé.

juillet
Succès au théâtre Louvois de *Médiocre et rampant, ou le moyen de parvenir*, une comédie de Picard.

1er juillet (13 messidor)
Hoche, en accord avec Barras, donne l'ordre à des troupes de son armée de Sambre-et-Meuse de marcher vers Paris, en prenant prétexte d'aller à Brest en vue de participer à l'expédition d'Irlande.

3 juillet (15 messidor)
Mémoire de Talleyrand à l'Institut proposant une expédition militaire en Égypte.
Première représentation au théâtre de la Cité de *Turlututu, empereur de l'île verte* de Beffroy de Reigny.

7 juillet (19 messidor)
Reprise des pourparlers avec l'Angleterre à Lille.

8 juillet (20 messidor)
Discussion du rapport Jordan du 17 juin au Conseil des Cinq-Cents: Jourdan rappelle que c'est au nom du catholicisme qu'ont eu lieu les soulèvements de 1793.

9 juillet (21 messidor)
Proclamation à Milan de la République cisalpine qui réunit la Lombardie et la République cispadane.

10 juillet (22 messidor)
Les Conseils décident que les colons français réfugiés aux États-Unis d'Amérique seront ramenés à Saint-Domingue aux frais de la République.
À Paris, manifestation de la Jeunesse dorée.

11 juillet (23 messidor)
Boissy d'Anglas défend la liberté des cultes au Conseil des Cinq-Cents, tandis que Lamarque et Eschasseriaux appuient le discours de Jourdan du 8.
Arrêté du Directoire prescrivant de dresser un état des chemins vicinaux.

12 juillet (24 messidor)
Au Conseil des Cinq-Cents, la majorité s'inquiète de la recrudescence des clubs et demande leur suppression. Le 23 juillet, le Conseil des Cinq-Cents vote une résolution supprimant les sociétés politiques qui est approuvée le 25 par le Conseil des Anciens.

13 juillet (25 messidor)
Gibert-Desmolières présente au Conseil des Cinq-Cents un nouveau projet sur les finances

publiques qui laisse au Directoire le visa et la détermination de l'ordre de paiement. Ce projet est adopté le 22 par le Conseil des Cinq-Cents, et le 27, le Conseil des Anciens vote la loi abaissant les pouvoirs financiers du Directoire au bénéfice de la Trésorerie nationale qui en est indépendante. Restitution des biens donnés aux collèges sous l'Ancien Régime.

14 juillet (26 messidor)
Pierre-Paul Royer-Collard (1763-1845) et Pastoret défendent la liberté des cultes au Conseil des Cinq-Cents. Après une altercation entre Henry-Larivière, qui présidait, et Thibaudeau, le Conseil des Cinq-Cents vote l'abrogation des lois de 1792 et 1793 contre les prêtres. Le 24 août, cette résolution deviendra loi après son approbation par le Conseil des Anciens: les prêtres déportés ne sont plus assimilés à des émigrés. Henry-Larivière lève la séance malgré la gauche qui réclame un appel nominal sur la question de savoir si les prêtres feront une promesse de fidélité au régime.
À Paris, la Jeunesse dorée attaque sur les Champs-Élysées le cortège des républicains qui chantent *La Marseillaise*.
Proclamation de Bonaparte à son armée prônant la défense du gouvernement et des républicains: il se déclare prêt à rentrer en France avec ses troupes afin de défendre la constitution.
À Londres, l'évêque de Tréguier invite les prêtres réfractaires à rentrer en France.

16 juillet (28 messidor)
Remaniement ministériel où sont remplacés les ministres proches de Carnot ou soupçonnés de sympathies royalistes: Merlin de Douai et Ramel de Nogaret conservent leurs portefeuilles respectifs de la Justice et des Finances; François de Neufchâteau est nommé à l'Intérieur à la place de Bénezech, Talleyrand aux Relations extérieures à la place de Delacroix, Hoche à la Guerre à la place de Petiet, Jean-Jacques Lenoir-Laroche (1749-1825) (un proche de La Révellière-Lépeaux) à la Police à la place de Cochon de Lapparent, et Georges-René Pléville Le Pelley (1726-1805) à la Marine à la place de Truguet.
Suite du débat sur la liberté des cultes au Conseil des Cinq-Cents: après un appel nominal (Lamarque a rappelé la veille que celui-ci était de droit), l'idée d'une déclaration de soumission pour les prêtres est adoptée par le Conseil des Cinq-Cents par 210 voix contre 204. Le 27 août, après avoir tergiversé, les Conseils décideront de maintenir la formule adoptée le 29 septembre 1795.

17 juillet (29 messidor)
Les troupes pénètrent dans le périmètre constitutionnel. Les députés clichyens, qui comptent sur l'appui de Carnot, réclament leur retrait, et Jordan dénoncera le lendemain le complot préparé par le Directoire.

18 juillet (30 messidor)
Le Directoire est autorisé à nommer des administrateurs provisoires de département ou de canton quand une administration a perdu tous ses membres.
Le soir, le Directoire envoie une lettre de félicitations à Bonaparte pour sa conduite à l'égard de Venise et de Gênes.

19 juillet (1er thermidor)
Le Conseil des Cinq-Cents apprend qu'un mouvement de troupes est prévu pour La Ferté-Alais, à la limite du périmètre constitutionnel. Pichegru demande des précisions à Carnot qui répond ne rien savoir.

20 juillet (2 thermidor)
Barras produit à Carnot les preuves des relations entre Pichegru et Louis XVIII. Les Conseils décident d'envoyer un message au Directoire en l'invitant à s'expliquer séance tenante sur les mouvements de troupes. Le Directoire répond, dans un message qu'a signé aussi Carnot, que La Ferté-Alais se trouve bien dans le rayon constitutionnel, et que ces manœuvres sont le résultat d'une erreur d'un commissaire des guerres.

21 juillet (3 thermidor)
Barras cherche à gagner Pichegru qui refuse; le Directeur le menace alors de révéler le contenu des papiers d'Antraigues.

22 juillet (4 thermidor)
Mis en cause par les Conseils, Hoche, qui n'a pas l'âge requis pour être ministre, démissionne du ministère de la Guerre.
Le ministre de l'Intérieur, François de Neufchâteau, souligne, dans un rapport au Directoire, que, depuis le renouvellement électoral, les administrations sont aux mains de la majorité royaliste.

23 juillet (5 thermidor)
Scherer est nommé ministre de la Guerre en remplacement de Hoche.

26 juillet (8 thermidor)
Pierre-Jean-Marie Sotin de La Coindière (1764-1810) est nommé ministre de la Police à la place de Lenoir-Laroche.

Barras, fort de l'appui de Hoche et de Bonaparte, fait confirmer par un arrêté du Directoire l'ordre de marche des troupes censées se rendre à Brest pour participer à l'expédition d'Irlande.

27 juillet (9 thermidor)
Bonaparte décide d'envoyer Augereau à Paris pour soutenir Barras.

28 juillet (10 thermidor)
Les Conseils votent une loi fixant la limite constitutionnelle autorisée pour le passage des troupes.

31 juillet (13 thermidor)
Le Conseil des Cinq-Cents met en cause la gestion des généraux: Bonaparte et Hoche sont particulièrement visés.

août
Sénac de Meilhan: *L'Émigré.*

SÉNAC DE MEILHAN

Gabriel Sénac de Meilhan (1736-1803) était le fils d'un premier médecin de Louis XV. Maître des requêtes, il a poursuivi une carrière d'intendant à partir de 1766, d'abord en Artois, puis en Provence et dans le Hainaut. Il a publié en 1787 des Considérations sur l'esprit et les mœurs, *puis en 1790* Des principes et des causes de la Révolution française. *Il émigre sans doute au début de l'année 1791 et visite l'Allemagne et la Russie. L'exil l'inspire et la société allemande qu'il observe va lui fournir des modèles. En 1797, il publie à Hambourg, où il séjourne,* L'Émigré, *un roman historique en quatre volumes. Cette histoire d'amour, dont le héros est un émigré blessé, recueilli par une noble famille allemande, qui par honneur, pour commander sa passion amoureuse, va faire preuve d'héroïsme en combattant la France pour, une fois prisonnier, se suicider, est symptomatique de cette transition littéraire entre le matérialisme brillant et clinquant des beaux esprits du XVIIIe siècle et la réhabilitation de l'émotion romantique du XIXe siècle. Le héros du roman est ainsi un Werther français, animé d'une passion honnête dont Sénac de Meilhan analyse minutieusement les sentiments qu'il sait entourer de détails domestiques.*

1er août (14 thermidor)
Institution de la taxe mobilière.
Thibaudeau fait adopter par le Conseil des Cinq-Cents la mise en vente des presbytères, sauf si les administrations départementales, après approbation du Directoire, les désignent pour servir à un service public ou aux institutions.

4 août (17 thermidor)
Publication dans *Le Moniteur* d'adresses des armées d'Italie et de Sambre-et-Meuse où les soldats se déclarent prêts à soutenir le régime républicain par les armes.

8 août (21 thermidor)
Arrivé la veille à Paris, Augereau, envoyé par Bonaparte pour soutenir les Directeurs républicains, est nommé commandant de la place de Paris. Le Conseil des Cinq-Cents déclare que l'état de siège ne peut pas être proclamé dans une ville si elle n'est pas investie par l'ennemi ou par des rebelles. Le Conseil des Anciens approuvera cette résolution le 28.

10 août (23 thermidor)
Le Directoire explique aux Conseils que l'affaire de La Ferté-Alais est une erreur minime et que ces troupes font route vers Brest. Il dresse aussi un tableau du complot royaliste et accuse les Conseils de refuser de voter des crédits dans l'intention de lui couper les vivres.
Traité de paix entre la France et le Portugal.

12 août (25 thermidor)
Loi réorganisant la garde nationale.

15 août (28 thermidor)
Ouverture à Paris du premier concile national de l'Église constitutionnelle. Avec ce concile, l'abbé Grégoire et les évêques constitutionnels qui exercent encore des fonctions pastorales cherchent à raviver le clergé constitutionnel décimé par la Terreur. Devant un pouvoir devenu largement indifférent, même s'il accorde ponctuellement et conjoncturellement parfois son appui à ce clergé qui lui sert de faire-valoir dans d'autres négociations, il importe à ces ecclésiastiques, qui insistent sur leur identité gallicane, de reconstituer un encadrement clérical qui soit véritablement national. Il leur faut aussi définir une ecclésiologie leur permettant de répondre aux demandes des fidèles face à la concurrence cultuelle des prêtres réfractaires qui ont su saisir les opportunités du désengagement religieux de l'État révolutionnaire.

17 août (30 thermidor)
Le Conseil des Cinq-Cents, à la suite d'un rapport d'Émery du 30 juin qui soulignait leur caractère « antijuridique », rapporte les lois sur les parents

d'émigrés; mais l'hostilité du Conseil des Anciens et le coup d'État du 18 Fructidor feront que cette résolution du Conseil des Cinq-Cents ne sera jamais discutée.

21 août (4 fructidor)
Thibaudeau propose que la connaissance de tous les délits et crimes de conspiration relève du jury de la Seine, c'est-à-dire soit concentrée à Paris; cette proposition provoque une discussion houleuse, du 29 août au 1er septembre, où Thibaudeau est accusé de vouloir reconstituer le Tribunal révolutionnaire.

22 août (5 fructidor)
À Saint-Domingue, Toussaint-Louverture rembarque de force pour la France le commissaire de la République Sonthonax qui y avait été renvoyé en mission en mars 1796: l'île est virtuellement indépendante.

24 août (7 fructidor)
La Révellière-Lépeaux devient président du Directoire à la place de Carnot.

27 août (10 fructidor)
Le Conseil des Cinq-Cents abroge l'article du code pénal qui autorise le Directoire à saisir les correspondances avec l'étranger.

29 août (12 fructidor)
Évasion du comte d'Antraigues.

30 août (13 fructidor)
Loi organisant le service de la garde nationale.
Loi réglementant l'exploitation du salpêtre.

31 août (14 fructidor)
Loi annulant les mises hors-la-loi prononcées par la Convention ou ses représentants en mission.

4 septembre (18 fructidor)
Coup d'État. Le 3, peu avant minuit, Barras, Reubell et La Révellière-Lépeaux, décidés à prendre de vitesse la majorité royaliste des Conseils, s'organisent et donnent leurs ordres aux ministres et à Augereau. Le matin, les soldats d'Augereau occupent Paris et placardent sur les murs un avis déclarant passibles de la peine de mort ceux qui voudraient rétablir la royauté ou la constitution de 1793; Barthélemy, Pichegru et nombre de députés et journalistes sont arrêtés, tandis que Carnot s'enfuit. Les Conseils sont convoqués, et le Conseil des Cinq-Cents demande des explications au Directoire.

5 septembre (19 fructidor)
Les élections sont cassées dans 49 départements. Déportation de 42 députés membres du Conseil des Cinq-Cents (parmi lesquels Boissy d'Anglas, Bourdon de l'Oise, Dumolard, Gibert-Desmolières, Henry-Larivière, Imbert-Colomès, Jordan, Lemerer, Pastoret, Pichegru, Quatremère de Quincy, Saladin, Siméon, Vaublanc, Villaret de Joyeuse), de 11 députés membres du Conseil des Anciens (parmi lesquels Barbé-Marbois, Portalis, Rovère, Tronson-Ducoudray), et de deux Directeurs (Carnot et Barthélemy). Sont aussi déportés l'ancien ministre de la Police, Cochon de Lapparent, trois agents royalistes, l'abbé Brotier, Duverne de Presle et Charles-Honoré Berthelot de La Villeheurnois (1750-1799), ainsi que le commandant de la garde du Directoire, Jean-Pierre Ramel (1768-1815), Mailhe et Miranda. Remise en vigueur de la censure et des lois contre les émigrés et les prêtres réfractaires; la loi du 24 août qui supprimait la législation répressive contre les prêtres est rapportée: ils sont déportables; la loi du 29 septembre 1795 sur la police extérieure du culte est confirmée, sauf qu'à la place de la soumission aux lois, les prêtres doivent jurer un serment individuel de haine à la royauté et à l'anarchie; la loi du 25 octobre 1795 est rétablie. Bailleul propose d'exclure tous les nobles des fonctions publiques, sauf ceux qui ont donné des gages à la Révolution comme Barras. Reubell reprend la direction de la diplomatie et rappelle Clarke. Le Directoire demande aux Conseils de lui donner des moyens financiers.

6 septembre (20 fructidor)
Bonaparte envoie Lannes à Marseille pour y réprimer les troubles fomentés par les royalistes.

8 septembre (22 fructidor)
Merlin de Douai et François de Neufchâteau sont élus Directeurs à la place de Carnot et Barthélemy.
Loi sur la presse après un rapport présenté la veille par Bailleul au Conseil des Cinq-Cents: les journaux sont soumis à l'autorité de la police qui peut les interdire pour une durée d'un an; 42 journaux, dont les directeurs ou journalistes sont déportés, sont touchés par la répression.
La loi du 25 juillet interdisant les clubs est abrogée.
Reubell remplace les négociateurs de Lille par Treilhard et Ange-Élisabeth-Louis-Antoine Bonnier d'Alco (1750-1799).

10 septembre (24 fructidor)
Hoche ajoute au commandement de l'armée de Sambre-et-Meuse celui de l'armée de Rhin-et-Moselle, car Moreau, qui commandait cette der-

nière, ayant attendu le coup d'État pour envoyer au Directoire la correspondance de Pichegru qu'il avait saisie aux troupes autrichiennes, est soupçonné de collusion avec les royalistes.

11 septembre (25 fructidor)
Loi suspendant la vente de tous les édifices servant ou ayant servi à l'enseignement public.

12 septembre (26 fructidor)
Loi suspendant la vente des presbytères.
Loi établissant la liste des individus rayés de la liste des émigrés.

13 septembre (27 fructidor)
Loi réorganisant l'administration des poudres et salpêtres.

14 septembre (28 fructidor)
Letourneux remplace François de Neufchâteau au ministère de l'Intérieur.

15 septembre (29 fructidor)
Le Directoire réclame l'expulsion de Wickham au gouvernement de Berne.

18 septembre (2e jour complémentaire)
Rupture des négociations à Lille entre la France et l'Angleterre.

23 septembre (2 vendémiaire an VI)
Moreau est destitué et Augereau est nommé à la tête des armées de Rhin-et-Moselle et de Sambre-et-Meuse à la place de Hoche mort le 19, sans doute de tuberculose, à Wetzlar en Allemagne. Le 29 septembre, le Directoire réunit ces deux armées sous le nom d'armée d'Allemagne.

24 septembre (3 vendémiaire)
Antoine Boulay de la Meurthe (1761-1840) propose au Conseil des Cinq-Cents l'expulsion des nobles hors de la République.
Charles-Joseph-Mathieu Lambrechts (1753-1823) remplace Merlin de Douai au ministère de la Justice.

26 septembre (5 vendémiaire)
Début des négociations en vue d'établir une paix définitive avec l'Autriche entre Bonaparte et Ludwig von Cobenzl (1753-1809) à Udine.

29 septembre (8 vendémiaire)
Instructions du Directoire à Bonaparte sur l'attitude à adopter envers l'Autriche: ne pas transiger et marcher sur Vienne en cas de refus des prétentions françaises.

30 septembre (9 vendémiaire)
Banqueroute des deux tiers: un tiers de la dette est consolidé en étant inscrit «au grand livre de la dette publique», les deux autres tiers sont remboursés en titres permettant l'achat de biens nationaux. L'émission de ces bons ne se fera que lentement. Le ministre des Finances, Ramel de Nogaret, assainit ainsi durablement les finances publiques mais en mécontentant les rentiers.
Rétablissement de la Loterie nationale.

1er octobre (10 vendémiaire)
Suspension des négociations entre Bonaparte et Cobenzl. Ils reprendront leurs conférences le 9.

5 octobre (14 vendémiaire)
Bonaparte indique à Cobenzl que le Directoire ne veut rien céder sur Venise, et lui propose de prendre sur lui de laisser l'Autriche s'étendre jusqu'à l'Adige, à condition d'abandonner les îles Ioniennes.

10 octobre (19 vendémiaire)
Bonaparte annexe la Valteline à la République cisalpine.

11 octobre (20 vendémiaire)
Arrêté du Directoire réglementant la radiation de la liste des émigrés.

13 octobre (22 vendémiaire)
La Révellière-Lépeaux lit à l'Institut un *Essai sur les moyens de faire participer l'universalité des spectateurs à tout ce qui se pratique dans les fêtes nationales.*
Bonaparte, se rendant compte que l'enneigement des Alpes rend difficile une attaque sur Vienne, écrit au Directoire qu'il faut sérieusement penser à la paix.

16 octobre (25 vendémiaire)
Boulay de la Meurthe soumet au Conseil des Cinq-Cents le projet de Sieyès interdisant aux nobles toute activité politique à moins qu'ils ne se fassent naturaliser à nouveau.
Reprise des négociations entre la France et l'Angleterre à Lille.

17 octobre (26 vendémiaire)
Bonaparte signe la paix de Campo-Formio avec l'Autriche.

La paix de Campo-Formio

L'Autriche obtient Venise et ses possessions jusqu'à l'Adige; la France obtient la Belgique, la rive gauche du Rhin jusqu'au sud de Cologne et les îles

Ioniennes; un congrès se réunira à Rastadt pour régler la paix avec l'Empire. Ce traité montre que la modification des rapports entre le pouvoir politique révolutionnaire et ses armées est achevée. Fort du soutien qu'il a accordé au gouvernement pour le coup d'État du 18 Fructidor contre les royalistes, Bonaparte modifie unilatéralement la carte de l'Italie en supprimant l'ancienne République de Venise et met fin aux illusions des patriotes italiens quant à la générosité des intentions françaises. Malgré ses réserves, le Directoire n'a d'autre choix que de suivre l'opinion séduite à l'idée de la paix que lui propose un général victorieux et ratifie le traité le 26 octobre, suivi par les Conseils le 3 novembre.

Circulaire du ministre de la Police, Sotin, énumérant les différentes catégories de prêtres à déporter (alors que la législation de 1792-1793 prévoyait la peine de mort).

18 octobre (27 vendémiaire)
Bonaparte délègue Monge et son chef d'état-major, Louis-Alexandre Berthier (1753-1815), pour porter à Paris le traité de Campo-Formio.

20 octobre (29 vendémiaire)
Boulay de la Meurthe déclare renoncer à l'expulsion des nobles et s'en tenir à la privation du droit de cité. Le Conseil des Cinq-Cents adopte le projet.

21 octobre (30 vendémiaire)
Les théophilanthropes s'établissent dans l'église Saint-Étienne-du-Mont que les prêtres constitutionnels doivent partager avec eux: fort de la protection des autorités directoriales, le culte théophilanthropique progresse à Paris.

26 octobre (5 brumaire)
Le Directoire ratifie le traité de Campo-Formio mais refuse de ratifier le traité conclu avec le Portugal le 10 août précédent au motif que certaines places fortes ont été remises aux Anglais par les Portugais.

27 octobre (6 brumaire)
Bonaparte est nommé par le Directoire plénipotentiaire pour représenter la France au congrès de Rastadt.

29 octobre (8 brumaire)
Le Directoire prescrit de nouvelles formalités pour la radiation de la liste des émigrés.

3 novembre (13 brumaire)
Première représentation au théâtre de la République de *La Paix*, une comédie de Jean Aude.

4 novembre (14 brumaire)
La rive gauche du Rhin est divisée en quatre départements.
Première représentation au théâtre de l'Odéon de *Geneviève de Brabant*, une tragédie d'A.-M. Cécile (1770-1804).

7 novembre (17 brumaire)
Bonaparte organise les îles Ioniennes en trois départements.

12 novembre (22 brumaire)
Réorganisation de l'administration des contributions directes: création dans chaque département d'une agence des contributions directes dont les commissaires du Directoire seront les agents.
Arrivée à Cayenne des députés déportés lors du coup d'État du 18 Fructidor.

18 novembre (28 brumaire)
Première représentation au théâtre de l'Odéon d'une comédie de Joseph Patrat (1732-1801), *L'Espiègle*.

19 novembre (29 brumaire)
Le ministre de l'Intérieur, Letourneux, charge les départements et les municipalités d'inviter les prêtres à sanctifier le décadi.

21 novembre (1er frimaire)
Proclamation belliqueuse du Directoire contre l'Angleterre.

24 novembre (4 frimaire)
Création de la Caisse d'escompte du commerce.

25 novembre (5 frimaire)
Les Conseils refusent de donner au Directoire le droit de destituer les présidents, accusateurs publics et greffiers des tribunaux criminels.
Le Directoire proscrit les congrégations enseignantes et hospitalières en Belgique.

27 novembre (7 frimaire)
Première représentation au théâtre de l'Odéon d'une comédie de Patrat, *Le Complot inutile*.

28 novembre (8 frimaire)
Ouverture du congrès de Rastadt où Bonaparte est arrivé d'Italie le 26.

29 novembre (9 frimaire)
Le Conseil des Anciens vote la résolution du Conseil des Cinq-Cents du 20 octobre sur les nobles: ceux-ci sont assimilés à des étrangers; sont exceptés ceux qui contribuent à servir la République.

décembre
Les chefs royalistes (Puisaye, Frotté...) réunis à Londres adressent une lettre au comte d'Artois où ils lui soulignent que la France n'est pas royaliste mais simplement mécontente.

1er décembre (11 frimaire)
Bonaparte signe avec les Autrichiens à Rastadt un accord prévoyant l'évacuation réciproque de Mayence et de Venise.

2 décembre (12 frimaire)
Bonaparte quitte Rastadt; il arrive à Paris le 5.

8 décembre (18 frimaire)
Dîner chez Reubell réunissant Bonaparte, Berthier et le Bâlois Pierre Ochs (1752-1821), où l'on discute de la situation de la Suisse.

9 décembre (19 frimaire)
Réorganisation des armées: Berthier est nommé à la tête de l'armée d'Italie; l'armée d'Allemagne est divisée en deux: l'armée du Rhin avec à sa tête Augereau, et celle de Mayence avec Jacques-Maurice Hatry (1742-1802); Bonaparte prend la tête de l'armée d'Angleterre, et Desaix le supplée jusqu'à la fin de ses missions diplomatiques.

10 décembre (20 frimaire)
Réception triomphale de Bonaparte par le Directoire.

14 décembre (24 frimaire)
Loi appliquant le système de la liquidation des deux tiers aux rentes viagères.

15 décembre (25 frimaire)
Au Conseil des Cinq-Cents, l'abbé Grégoire se plaint des pressions de l'administration sur les prêtres constitutionnels pour les obliger à respecter le décadi; son discours est en partie dirigé contre les théophilanthropes.

16 décembre (26 frimaire)
Première représentation au théâtre de la République d'une comédie de Pujoulx, *Les Modernes enrichis*.

25 décembre (5 nivôse)
Bonaparte est élu membre de l'Institut pour remplacer Carnot.

26 décembre (6 nivôse)
L'imprimeur Firmin Didot (1764-1836) fait breveter son procédé de stéréotypie.

27 décembre (7 nivôse)
Première représentation au théâtre de l'Odéon de *Manlius Torquatus*, une tragédie de Christian-Siméon Le Prévost d'Iray (1768-1849).

28 décembre (8 nivôse)
Émeute antifrançaise à Rome où le général Léonard Duphot (1769-1797) est assassiné. Le Directoire rejettera les excuses du pape et l'ambassadeur de France, Joseph Bonaparte, quittera Rome.

30 décembre (10 nivôse)
Les Français entrent à Mayence.
Arrivée à La Haye de Delacroix chargé de représenter la France.

autres événements
• Première édition de *Jacques le Fataliste* et de *La Religieuse* de Diderot.
• Joseph Fiévée: *La Dot de Suzette ou histoire de Madame de Senneterre racontée par elle-même.*
• Grétry: *Mémoires ou essais sur la musique.*
• La Harpe: *Du fanatisme dans la langue révolutionnaire.* Il s'agit d'une attaque en règle contre la philosophie des Lumières et les Idéologues de l'Institut.
• Publication au cours du printemps, à Bâle, des *Considérations sur la France* de Joseph de Maistre.

Joseph de Maistre

Ce Savoyard franc-maçon d'origine bourgeoise (1753-1821), que son milieu inclinait à la sympathie envers l'opposition parlementaire, a d'abord approuvé l'abolition des droits féodaux et les projets de réforme des Monarchiens. Mais la Déclaration des droits de l'homme, la dissolution des parlements et la lecture de Burke altèrent rapidement ses sympathies pour la Révolution. L'invasion de la Savoie, qui le contraint à émigrer en novembre 1792, achève de le convaincre. En 1793, il publie les Lettres d'un royaliste savoisien, *et en 1797, le libraire Fauche-Borel publie ces* Considérations sur la France. *Ce texte, qui répond aux brochures de Benjamin Constant, tente de donner une explication à cette nouveauté absolue qu'est le phénomène révolutionnaire.*
Avec cet ouvrage, Maistre, plus que Burke, fonde la tradition de la réaction contre-révolutionnaire qui rejette la Révolution tout entière, une révolution contraire à la nature même de l'homme. « Le rétablissement de la monarchie, qu'on appelle

contre-révolution, ne sera point une révolution contraire mais le contraire de la révolution », écrit Maistre. Il insiste sur le caractère extraordinaire de la Révolution, signe d'un destin qui dépasse les volontés humaines. L'histoire emprunte des chemins mystérieux où les acteurs ne sont que des jouets dont la volonté et les intentions importent peu. Seule une intervention divine peut expliquer l'avènement de ces événements qui ont la force de l'irrésistible : « Ce ne sont point les hommes qui mènent la Révolution, c'est la révolution qui emploie les hommes. » Tous sont coupables car « l'immense majorité du peuple a voulu [...] toutes ces folies », la principale de ces folies étant d'avoir eu l'ambition de créer un monde fondé sur le néant c'est-à-dire reposant uniquement sur lui-même. La Révolution est donc finalement la manifestation de la Providence qui par ce moyen châtie la France et l'Europe de leur longue impiété. Son irruption dans l'histoire est une preuve en soi de l'existence d'un destin supérieur suprahumain. La pensée théocratique de Maistre puise dans l'histoire universelle de Bossuet que la Providence vient de dramatiser à l'extrême. Ce rejet en bloc de la Révolution – parenthèse satanique qui offre cependant son salut à la France – caractérise l'œuvre de Maistre : les droits de l'homme ne sont qu'une mystification intéressée car « l'homme » pour lequel prétend légiférer la Révolution n'existe pas, et « l'histoire du neuf thermidor n'est pas longue : quelques scélérats firent périr quelques scélérats ».

• Necker : *De la Révolution française.*

NECKER, ANALYSTE DE LA RÉVOLUTION FRANÇAISE

En septembre 1790, Necker a démissionné et quitté la France dans une indifférence générale. En 1792, il publie Du pouvoir exécutif dans les grands États *et poursuit les réflexions que lui inspire l'observation des événements français dans* De la Révolution française. *S'il n'est pas toujours bien informé en détail dans sa retraite de Coppet, il conserve en revanche le regard aigu du grand praticien qu'il a été. La justification de la politique qu'il a menée et de celle qu'il a été empêché de mener est l'occasion d'une bonne peinture des forces en présence et des enchaînements qui se sont succédé. Cela lui permet aussi de délivrer ses critiques en technicien de la politique, plus soucieux des moyens de gouvernement que des principes abstraits sur lesquels repose la politique. S'il ne manque pas de stigmatiser l'esprit de système qui anime les révolutionnaires, au point d'être parfois superficiel dans l'analyse des ressorts de la Révolution, il excelle cependant à souligner les inconséquences et contradictions de la politique révolutionnaire et ses effets : ainsi, celles de la Constituante qui a instauré un gouvernement, républicain dans les formes et monarchique dans le titre, et qui conserve le même roi absolu pour le mettre à la tête d'une démocratie ; ainsi celles du Directoire dont le régime se caractérise par l'absence de liaison entre les pouvoirs constitutionnels.*

• Restif de la Bretonne : *Monsieur Nicolas ou le cœur humain dévoilé.*
• François-Adrien Boieldieu (1775-1834) : *La Famille suisse.*
• Méhul : *Le Jeune Henri.*
• Lagrange : *Théorie des fonctions analytiques, contenant les principes du calcul différentiel.*
• Lamarck : *Mémoires de physique et d'histoire naturelle* et *Mémoires présentant les bases d'une nouvelle théorie, physique et chimique, fondée sur la considération des molécules essentielles des composés, et sur celle des trois états principaux du feu dans la nature, servant en outre de développement à l'ouvrage intitulé* Réfutation de la théorie pneumatique.

1798

1er janvier (12 nivôse)
Loi sur l'organisation constitutionnelle des colonies.

3 janvier (14 nivôse)
Talleyrand donne une réception en l'honneur de Bonaparte.

4 janvier (15 nivôse)
Toute la France est soumise à des visites domiciliaires afin de rechercher d'éventuelles marchandises anglaises et les confisquer.

5 janvier (16 nivôse)
Vote d'un emprunt de 80 millions à 5 %. Il sera liquidé le 23 décembre.

11 janvier (22 nivôse)
Le Directoire ordonne au commandant de l'armée d'Italie, Berthier, de marcher sur Rome, d'en chasser le pape et d'instaurer la république.

12 janvier (23 nivôse)
Bonaparte expose au Directoire son plan d'invasion de l'Angleterre. Jourdan propose la création d'une

armée auxiliaire de 100000 hommes recrutés par tirage au sort parmi les hommes de 18 à 21 ans.

13 janvier (24 nivôse)
Loi sur les arbres de la liberté : ceux qui ont péri ou ont été abattus seront remplacés aux frais des communes, et toute tentative de dégradation sera punie de quatre années de détention.

18 janvier (29 nivôse)
Les navires neutres transportant des objets d'origine anglaise ou ayant relâché dans un port anglais sont déclarés de bonne prise : comme les Anglais arraisonnent tous les navires pour vérifier qu'ils ne font pas de propagande, les pays neutres vont bientôt cesser de commercer avec la France.
Le Conseil des Anciens vote une résolution du Conseil des Cinq-Cents proposée par le Directoire réprimant le brigandage : la peine de mort est requise pour les vols commis sur les routes ou les attaques contre les voitures publiques ; à partir du moment où il y a plus de deux agresseurs, on considère qu'une bande est constituée et qu'elle relève des commissions militaires.
Les Autrichiens occupent Venise, contrepartie prévue par le traité de Campo-Formio de l'occupation de Mayence par la France.

21 janvier (2 pluviôse)
Célébration de l'anniversaire de l'exécution de Louis XVI.

22 janvier (3 pluviôse)
Coup d'État organisé par le général Joubert et Delacroix à La Haye. Ils font arrêter une cinquantaine de députés modérés de la Convention batave. Les Jacobins hollandais rédigeront une constitution ratifiée le 23 avril.

23 janvier (4 pluviôse)
Bonaparte cherche, sans succès, à convaincre Barras de l'aider à devenir Directeur.

24 janvier (5 pluviôse)
Insurgé contre Berne depuis le 15 janvier, le pays de Vaud sollicite l'aide de la France. Le 26 janvier, les troupes françaises chassent les Bernois du canton vaudois.

27 janvier (8 pluviôse)
Brune est nommé à la tête de l'armée d'Helvétie.

31 janvier (12 pluviôse)
Loi conférant aux assemblées sortantes la vérification des élections des assemblées leur succédant.

1er février (13 pluviôse)
Institution d'une fête de la souveraineté du peuple pour le 20 ventôse (10 mars).

7 février (19 pluviôse)
La loi du 31 octobre 1796 interdisant l'importation en France de produits anglais ne s'applique pas aux instruments aratoires ou aux outils dont on ne peut pas se passer.

8 février (20 pluviôse)
Bonaparte part inspecter l'armée destinée à l'invasion de l'Angleterre.
Arrivée à Vienne du nouvel ambassadeur de France, Bernadotte.

11 février (23 pluviôse)
Berthier entre à Rome.

12 février (24 pluviôse)
La loi du 14 mai 1797 qui prescrivait au Directoire de procéder en public au tirage au sort du Directeur sortant est abrogée ; son remplaçant sera élu par les Conseils sortants et non par les nouveaux élus.

13 février (25 pluviôse)
Nicolas Dondeau (1752-1834) remplace Sotin au ministère de la Police.

14 février (26 pluviôse)
Le ministre des Relations extérieures, Talleyrand, qui avait proposé le 26 janvier d'attaquer la Turquie, remet au Directoire un mémoire défendant l'idée d'une invasion de l'Égypte.
Dans la nuit du 13 au 14, le Directoire ordonne à Brune et à Schauenbourg de s'emparer de Berne et de proclamer la République helvétique.

15 février (27 pluviôse)
À Rome, proclamation de la République romaine par les Jacobins qui demandent la protection de l'armée française.

17 février (29 pluviôse)
Pie VI est sommé par Berthier de quitter Rome ; il va se réfugier à Sienne.

21 février (3 ventôse)
Traité d'alliance, ratifié le 17 mars, entre la France et la République cisalpine : la France garantit l'indépendance de la République cisalpine et cette dernière promet son soutien à la France en cas de conflit ; un traité de commerce limite à 6 % les droits de douane entre les deux républiques.

22 février (4 ventôse)
Arrivée à Rome des commissaires civils du Directoire, Daunou et Monge.

23 février (5 ventôse)
Exclusion des fonctions publiques et du droit de vote de tous ceux ayant exercé des fonctions quelconques parmi les rebelles à la République.
Après avoir inspecté les troupes destinées à envahir l'Angleterre, Bonaparte remet au Directoire un mémoire où il abandonne l'idée d'un débarquement en Angleterre et préconise celle d'une expédition en Égypte.
Masséna prend le commandement des troupes françaises à Rome. Sa rapacité provoque dès le lendemain une rébellion de l'armée contre lui.

25 février (7 ventôse)
Berthier oblige Masséna à quitter Rome.

26 février (8 ventôse)
Berthier doit à son tour quitter Rome.

1er mars (11 ventôse)
Réunion de Mulhouse à la France: les Mulhousiens l'avaient décidée le 3 janvier, et ils avaient ratifié le 28 un accord conclu le 5 avec un représentant du Directoire.

2 mars (12 ventôse)
Brune s'empare de Fribourg.

5 mars (15 ventôse)
Le Directoire confie à Bonaparte la conduite d'une expédition en Égypte.

L'expédition d'Égypte

L'expédition d'Égypte est née de la rencontre de l'idée de nuire aux Anglais en Méditerranée et de leur couper la route des Indes avec un double dessein: pour le Directoire, celui d'éloigner Bonaparte, et pour ce dernier, celui de retrouver gloire et triomphe. Le secret de l'expédition est bien gardé jusqu'au départ le 19 mai. Bonaparte emmène avec lui ses meilleurs généraux (Berthier, Davout, Lannes, Murat...) mais aussi Kléber, Desaix et Menou. L'armée est accompagnée d'une commission de savants que mènent Monge, Berthollet, Geoffroy Saint-Hilaire. Après une croisière où l'île de Malte est prise sans difficulté, la Basse Égypte est rapidement conquise en juillet 1798. Mais l'amiral Nelson détruit la flotte française à Aboukir: Bonaparte est ainsi prisonnier de sa facile conquête sur la souveraineté ottomane. Tandis que la charge de s'emparer de la Haute Égypte est confiée à Desaix, Bonaparte organise son pouvoir au nord. Ayant eu soin de souligner qu'il faisait la guerre aux mamelouks et non à l'islam, il s'associe les notables dans le gouvernement et les assemble en « Divan », s'emploie à ne pas heurter de front inutilement les habitudes locales et ménage la religion. Il emmène ses troupes en février 1799 vers la Syrie d'où les Turcs cherchent à reprendre l'offensive, expédition qui devra rebrousser chemin après quelques mois. À la fin du mois d'août, Bonaparte décide de rentrer en France avec ses fidèles, laissant à la tête du corps expéditionnaire Kléber qui sera assassiné en 1800. En septembre 1801, l'Égypte sera évacuée par Menou. La découverte des splendeurs archéologiques de l'Égypte frappa les esprits, et son influence se fit rapidement sentir dans la décoration et la mode. L'Institut d'Égypte fondé au Caire sous la présidence de Monge permit l'établissement de liens culturels et l'amélioration des connaissances de cette région dans divers domaines. L'expédition d'Égypte contribua décisivement au développement de l'égyptologie puisqu'on lui doit la découverte de la pierre de Rosette, inscription trilingue qui permettra à Champollion de percer le secret des hiéroglyphes, ainsi que la célèbre Description de l'Égypte *réalisée par Vivant Denon.*

Schauenbourg s'empare de Soleure.

6 mars (16 ventôse)
Brune et Schauenbourg s'emparent de Berne.

9 mars (19 ventôse)
La diète de Rastadt accepte le principe de l'annexion par la France de la rive gauche du Rhin, y compris la région de Cologne. L'Autriche réclame une compensation en invoquant les termes de Campo-Formio; Treilhard refuse, au motif qu'il ne s'agit pas là d'une acquisition nouvelle car la France occupait déjà de fait ces territoires.

13 mars (23 ventôse)
Masséna reprend son commandement à Rome, ce qui entraîne derechef une mutinerie des troupes françaises contre lui dès le lendemain.
Louis XVIII se réfugie à Mitau en Lettonie.

18 mars (28 ventôse)
Contrairement au Conseil des Cinq-Cents, le Conseil des Anciens refuse que les fonctionnaires

remplaçant ceux démis par le Directoire exercent leurs fonctions jusqu'au terme du mandat de leurs prédécesseurs; ils resteront en fonctions jusqu'aux prochaines élections.
Les commissaires civils du Directoire à Rome, Daunou et Monge, destituent Masséna.

27 mars (7 germinal)
Brune remplace Berthier à la tête de l'armée d'Italie; Berthier reprend ses fonctions de chef d'état-major de Bonaparte et Schauenbourg remplace Brune à la tête de l'armée d'Helvétie.

28 mars (8 germinal)
L'état de siège est proclamé à Saint-Étienne où les royalistes provoquent des troubles depuis plusieurs semaines.
Traité entre la France et la République romaine: cette dernière doit verser 35 millions à la France.
Gouvion Saint-Cyr prend le commandement de l'armée à Rome.

3 avril (14 germinal)
Arrêté du Directoire imposant la stricte observation du calendrier républicain.

4 avril (15 germinal)
Loi rétablissant la contrainte par corps.

9-18 avril (20-29 germinal)
Élections renouvelant un tiers des députés des Conseils. Elles sont plutôt favorables aux Jacobins, mais de nombreuses assemblées électorales se sont divisées, comme à Paris: les Jacobins d'un côté, les modérés de l'autre, ce qui fait que l'on se trouve souvent en présence de deux listes d'élus concurrentes. Aussi le débat sur la vérification des élections, qui dure du 21 avril au 11 mai, sera-t-il houleux.

13 avril (24 germinal)
Émeute à Vienne contre le drapeau français arboré à l'ambassade de France: l'ambassadeur, Bernadotte, quittera l'Autriche le 15.
Coup d'État organisé par Brune à Milan: des Jacobins sont substitués aux modérés.

15 avril (26 germinal)
Occupation de Genève par les troupes françaises.

21 avril (2 floréal)
Proclamation de la République helvétique dotée d'une constitution calquée sur celle de la France.

26 avril (7 floréal)
Traité de Genève: Genève renonce à son indépendance et est rattachée à la France. Cette réunion est ratifiée par les Conseils le 17 mai.

27 avril (8 floréal)
Au cours du débat sur la vérification des élections, Claude-Ambroise Regnier (1746-1814) demande au Conseil des Anciens de commencer par les assemblées primaires où il y a eu des scissions afin de les encourager; Baudin des Ardennes et Creuzé-Latouche l'appuient, et le Conseil des Anciens vote cette proposition.
L'amiral Eustache Bruix (1759-1805) remplace Pléville Le Pelley au ministère de la Marine.
Les Bernois obtiennent du Directoire la réduction à 6 millions de l'indemnité qu'ils doivent verser à la France.

3 mai (14 floréal)
L'administration du département de la Seine interdit les réunions de plus de 10 personnes dans les oratoires.

4 mai (15 floréal)
La ratification des élections est ajournée.

8 mai (19 floréal)
Le Conseil des Cinq-Cents adopte les conclusions du rapport de Bailleul sur les élections et décide d'invalider de nombreux élus.
Sieyès est nommé ambassadeur à Berlin.

11 mai (22 floréal)
Le Conseil des Anciens adopte la résolution du Conseil des Cinq-Cents sur la validation des élections: elles sont annulées dans 48 départements, c'est-à-dire la moitié; plus de 100 élus sont ainsi invalidés dont la moitié ne seront pas remplacés et plusieurs départements ne seront donc pas représentés. Les députés exclus sont pour la plupart des Jacobins, mais on trouve aussi des royalistes. D'autre part, les élections de nombre d'administrateurs locaux ou juges seront elles aussi invalidées.
Succès à l'Opéra-Comique de *Zoraïme et Zulnare* de Boieldieu.

14 mai (25 floréal)
La diète de Rastadt rejette les prétentions françaises (avoir des têtes de pont sur la rive droite du Rhin).

15 mai (26 floréal)
Treilhard est élu Directeur par les Conseils en remplacement de François de Neufchâteau désigné par le sort le 9 mai pour quitter le Directoire.

16 mai (27 floréal)
Marie-Jean-François-Philibert Lecarlier d'Ardon (1752-1799) remplace Dondeau au ministère de la Police.

17 mai (28 floréal)
Les Français occupent le Valais.

18 mai (29 floréal)
Une loi charge le Directoire de nommer, jusqu'aux élections de l'année suivante, les présidents, les accusateurs publics et les greffiers des tribunaux criminels.

19 mai (30 floréal)
Départ de l'expédition d'Égypte de Toulon où Bonaparte est arrivé le 9.

23 mai (4 prairial)
Insurrection républicaine dirigée par Wolfe Tone en Irlande. Écrasée par les Anglais, elle prendra fin le 14 juillet, et Wolfe Tone se suicidera dans sa prison le 19 novembre.

24 mai (5 prairial)
Création d'une entreprise générale des vivres destinés à la Marine.

25 mai (6 prairial)
Première représentation au théâtre Feydeau d'un drame de Laya, *Falkland ou la conscience.* Malgré son éclatante distribution qui rassemble les acteurs les plus célèbres de l'époque comme Talma ou François-René Molé (1734-1802), la pièce n'obtiendra qu'un succès mitigé.
Première représentation au théâtre de l'Odéon de *Géta* de Claude-Bernard Petitot (1772-1825).

30 mai-7 juillet (11 prairial-19 messidor)
À Seltz, négociations entre François de Neufchâteau et Cobenzl: elles aboutissent à un échec car François de Neufchâteau a pour instruction de ne s'occuper que de l'affaire du drapeau français à Vienne (13 avril) et de renvoyer à Rastadt la question des compensations entre la France et l'Autriche.

3 juin (15 prairial)
Évasion de Guyane de Pichegru et Barthélemy qui réussiront à gagner l'Angleterre.

5 juin (17 prairial)
Le Directoire révoque son commissaire à la Guadeloupe, Victor Hugues.

9 juin (21 prairial)
Bonaparte arrive devant l'île de Malte. Il s'empare de l'île en deux jours.

12 juin (24 prairial)
Nouveau coup d'État profrançais en Hollande: les Jacobins font place à des modérés.

16 juin (28 prairial)
À Berne, coup d'État organisé par le beau-frère de Reubell, Rapinat, qui recompose le Directoire de la République helvétique à sa guise et y fait entrer Pierre Ochs.

17 juin (29 prairial)
François de Neufchâteau est nommé ministre de l'Intérieur à la place de François-Sébastien Letourneux (1752-1814).

François de Neufchâteau

Aussi doué que précoce, Nicolas-Louis François de Neufchâteau (1750-1828) s'illustra d'abord, jeune adolescent, dans les belles-lettres et devint membre correspondant à 15 ans de plusieurs académies provinciales, avant d'être avocat et professeur de rhétorique à 20 ans, puis de se lancer dans la carrière administrative. Subdélégué de l'intendant de Lorraine à Toul en 1781, il est procureur général du roi à Saint-Domingue de 1783 à 1786. La Révolution lui permettra, avec des aléas, de manifester les diverses facettes de son talent. Il participe en 1789 à la rédaction du cahier de doléances du tiers état de Toul et est élu député suppléant aux États généraux, puis député à la Législative en 1791. Il refuse en octobre 1792 le ministère de la Justice auquel la Convention l'avait élu pour remplacer Danton. Il triomphe au théâtre avec sa pièce Paméla ou la vertu récompensée *jouée par la Comédie-Française en août 1793, mais ce succès lui coûte sa liberté: les représentations provoquent son arrestation ainsi que celle des comédiens par le Comité de salut public au début du mois de septembre. Il passe ainsi la Terreur en prison. Libéré en août 1794, il entre au tribunal de cassation. Protégé de La Révellière-Lépeaux qui le nomme à l'Institut, il représente le Directoire dans les Vosges, puis est ministre de l'Intérieur quelques semaines de la mi-juillet 1797 au coup d'État du 18 Fructidor (4 septembre). Il devient alors Directeur pour remplacer l'un des deux évincés par le coup d'État.*
Désigné par le sort pour quitter le Directoire en mai 1798, il est un court moment plénipotentiaire avant de redevenir ministre de l'Intérieur

le 17 juin 1798. Il le reste un an et déploie au cours de cette année une activité aussi considérable que remarquable. Comme La Révellière-Lépeaux, il se montre particulièrement soucieux d'installer la République à la place de l'Église, de donner un cadre culturel aux citoyens et se préoccupe particulièrement de l'instruction publique, des fêtes nationales, des cérémonies civiques ou de l'application du calendrier républicain. Il veille à l'enrichissement des fonds de la Bibliothèque nationale et au développement des bibliothèques départementales, fait aménager le Muséum au Louvre, agrandit le Jardin des plantes, soigne la ménagerie de ce dernier augmentée, elle aussi, grâce aux victoires militaires, d'animaux saisis à Berne et au Wurtemberg. Féru d'économie, c'est peut-être dans ce domaine que son second passage au ministère est le plus marquant et son œuvre la plus durable. Il encourage l'agriculture et la recherche, subventionne La Feuille du cultivateur *pour diffuser l'innovation, organise en septembre 1798 une exposition des produits de l'industrie nationale avec un concours pour stimuler les producteurs, entreprend de recenser la population et les richesses du pays : il lance ainsi les enquêtes statistiques départementales pour obtenir une description économique de chaque région sur laquelle pourra s'appuyer et s'adapter l'administration.*

Rallié immédiatement à Bonaparte lors du 18 Brumaire, celui-ci le nomme au Sénat qu'il présidera de 1804 à 1806. Comte d'Empire, il consacrera après 1807 l'essentiel de son activité à l'agronomie.

19 juin (1er messidor)
Bonaparte quitte Malte pour l'Égypte après avoir laissé dans l'île une garnison sous les ordres de Claude-Henri Belgrand de Vaubois (1748-1839) et de Michel-Louis Regnaud de Saint-Jean-d'Angély (1762-1819) qui devront faire face à une révolte le 2 septembre. Vaubois sera assiégé deux ans dans La Valette avant de capituler.

25 juin (7 messidor)
Insurrection antifrançaise à Rome.

27 juin (9 messidor)
Ginguené impose au roi de Sardaigne de livrer aux Français la citadelle de Turin.

28 juin (10 messidor)
La flotte anglaise de l'amiral Nelson qui croise en Méditerranée à la recherche de l'expédition d'Égypte, ne voyant pas arriver la flotte française, quitte Alexandrie.
Le Polonais Kosciuszko s'installe à Paris après avoir été libéré des prisons russes et avoir transité par les États-Unis d'Amérique.

30 juin (12 messidor)
Le financier Gabriel-Julien Ouvrard (1770-1846), un ami de Barras, obtient du ministre de la Marine, Bruix, le marché des fournitures générales de la Marine. À cet énorme marché qu'il conservera jusqu'en 1804, il ajoutera en août 1799 celui de l'approvisionnement de l'armée d'Italie.

1er juillet (13 messidor)
En Égypte, Bonaparte débarque à Alexandrie dont il s'empare le lendemain.

5 juillet (17 messidor)
On se plaint au Conseil des Cinq-Cents de ce que les bons émis lors de la liquidation des deux tiers ne sont pas assez nombreux et sont sujets à la spéculation.
Le gouvernement interdit les *Annales de la religion*, le journal de l'Église constitutionnelle ; elles vont bientôt reparaître sous le titre de *Recueil historique*.

6 juillet (18 messidor)
Après avoir entendu un tableau des activités des royalistes, les Conseils autorisent le Directoire à procéder à des visites domiciliaires pendant un mois.

7 juillet (19 messidor)
Bonaparte prend la route du Caire.

10 juillet (22 messidor)
Victoire de Bonaparte à El-Ramanyeh contre la cavalerie mamelouk.

11 juillet (23 messidor)
À Rome, Étienne-Jacques-Joseph Macdonald (1765-1840) remplace Gouvion Saint-Cyr à la tête des troupes françaises.

13 juillet (25 messidor)
Victoire de Bonaparte à Chebreis.

15 juillet (27 messidor)
Arrêté du Directoire, complété le 5 août, prescrivant les formalités à remplir pour obtenir un certificat de non-inscription sur la liste des émigrés.

21 juillet (3 thermidor)
Bonaparte gagne la bataille des Pyramides.

23 juillet (5 thermidor)
Prise du Caire.

25 juillet (7 thermidor)
Le Directoire est autorisé à remplacer les juges de paix.

27-28 juillet (9-10 thermidor)
Célébration de la chute de Robespierre: le Directoire organise à Paris un immense défilé avec les objets d'art pris en Italie.

août
François Gérard (1770-1837) expose *Psyché et l'Amour* au Salon.

1er août (14 thermidor)
Nelson détruit la flotte française à Aboukir. Seuls quatre bâtiments parviendront à gagner Corfou sous les ordres de Villeneuve; les 13 autres seront détruits et les pertes humaines considérables. Bonaparte est bloqué en Égypte.

4 août (17 thermidor)
Loi rendant obligatoire le chômage le décadi: repos obligatoire pour les autorités constituées, fermeture des boutiques.

5 août (18 thermidor)
Première au théâtre Feydeau d'une comédie de Duval, *Les Projets de mariage ou les deux militaires.*

6 août (19 thermidor)
Ignorant que l'insurrection irlandaise a été écrasée par les Anglais, un petit corps expéditionnaire français part pour l'Irlande. Il y débarque le 22 août mais doit capituler le 15 septembre.

19 août (2 fructidor)
Traité d'alliance, ratifié le 9 septembre, entre la France et la République helvétique.

22 août (5 fructidor)
Bonaparte fonde l'Institut du Caire.

25 août (8 fructidor)
Le Directoire décide que tous les marchés concernant le département de la Guerre seront passés par adjudication.
Desaix part pour la Haute Égypte.

26 août (9 fructidor)
Prorogation pour un an des pouvoirs de la police sur la presse (surveillance et interdiction).

30 août (13 fructidor)
Loi organisant la célébration des décadis: chaque décadi, les administrations municipales devront se rendre, en costume, dans un local spécialement affecté à la réunion des citoyens.
Coup d'État antijacobin à Milan organisé par le commissaire du Directoire, Trouvé, malgré l'opposition de Brune.

31 août (14 fructidor)
Coup d'État projacobin à Gênes.

2 septembre (16 fructidor)
Répression d'une insurrection royaliste dans le sud du Massif central.

4 septembre (18 fructidor)
Convocation au Caire par Bonaparte d'une assemblée de notables (le « Divan général ») qui se réunira le 5 octobre. En associant ainsi les notables à l'administration, sous la surveillance française, Bonaparte entend signifier qu'il fait avant tout la guerre aux mamelouks turcs.

5 septembre (19 fructidor)
Vote de la loi, dont Jourdan avait déposé le projet le 20 juillet, instituant le service militaire obligatoire pour les Français âgés de 20 à 25 ans.

6 septembre (20 fructidor)
Circulaire du ministre de l'Intérieur François de Neufchâteau prescrivant l'exécution des lois sur le calendrier républicain et les fêtes nationales.

9 septembre (23 fructidor)
Loi sur l'exacte observation du calendrier républicain: il est défendu d'utiliser des dates qui n'appartiennent pas au calendrier républicain.
La Turquie déclare la guerre à la France.

13 septembre (27 fructidor)
Le ministre de l'Intérieur François de Neufchâteau lance une enquête statistique afin de connaître la réalité sociale et économique de la France.

15 septembre (29 fructidor)
Loi suspendant l'aliénation des domaines nationaux.

17 septembre (1er jour complémentaire)
Au Conseil des Cinq-Cents, Pierre-Joseph Briot (1771-1827) souligne l'échec probable des négociations de Rastadt et la guerre qui couve avec l'Autriche.
Coup d'État projacobin organisé par les commissaires du Directoire à Rome.

17-21 septembre (1er-5e jours complémentaires)
Exposition nationale des produits de l'industrie à Paris inaugurée par le ministre de l'Intérieur François de Neufchâteau.

23 septembre (2 vendémiaire an VII)
Le Directoire réclame 125 millions de ressources complémentaires et la levée de 200000 conscrits. Cette dernière est votée par les Conseils dès le lendemain.

5 octobre (14 vendémiaire)
Fouché remplace Trouvé comme commissaire du Directoire à Milan.

7 octobre (16 vendémiaire)
Victoire de Desaix à Sédiman en Égypte.

8 octobre (17 vendémiaire)
Le ministre de l'Intérieur François de Neufchâteau crée le Conseil supérieur de l'Instruction publique.

12 octobre (21 vendémiaire)
Début de la «guerre des paysans» en Belgique. En Flandre orientale, où elle éclate d'abord, cette révolte sera réprimée à la fin du mois. Mais d'autres foyers ont surgi au Luxembourg et dans le nord-est de la Belgique où les paysans s'empareront de la ville de Diest le 13 novembre. Ils seront battus à Hasselt par les troupes françaises le 4 décembre, défaite qui met fin à cette insurrection paysanne.

14 octobre (23 vendémiaire)
Jourdan remplace Joubert à la tête de l'armée de Mayence.

16 octobre (25 vendémiaire)
Première représentation au théâtre de la République de *Blanche et Montcassin ou les Vénitiens*, une tragédie d'Arnault.

17 octobre (26 vendémiaire)
La mise en vente de 125 millions de biens nationaux payables en numéraire est décidée conformément à la demande du Directoire du 23 septembre. En fait, il ne sera vendu que pour environ 40 millions de biens nationaux, malgré la possibilité accordée le 17 novembre 1798 d'acquitter les maisons et les usines (mais non les terres) en bons des deux tiers.

18 octobre (27 vendémiaire)
Établissement d'un octroi à Paris.
Coup d'État projacobin organisé à Milan par Fouché et Brune.

19 octobre (28 vendémiaire)
Les Autrichiens pénètrent dans les Grisons.

21 octobre (30 vendémiaire)
Révolte du Caire contre les Français sévèrement réprimée le lendemain par Bonaparte.

29 octobre (8 brumaire)
Jean-Pierre Duval (1753-1817) est nommé ministre de la Police à la place de Lecarlier.

novembre
Germaine de Staël travaille à son livre *Des circonstances actuelles qui peuvent terminer la Révolution et les principes qui doivent fonder la République en France.* Rédigé en 1798, après le coup d'État du 4 septembre 1797 qui introduit, pour la fille de Necker, le gouvernement militaire en France, le livre demeurera inédit jusqu'en 1906. On y retrouve la même thématique que dans les brochures publiées par Benjamin Constant les années précédentes. Germaine de Staël est alors républicaine et défend l'idée que les crimes de la Révolution ne sont pas une suite du régime républicain qu'il s'agit au contraire de renforcer. Le problème du moment qu'il faut résoudre est que les républicains savent que les résultats d'élections libres seraient défavorables au maintien de la Révolution. Au lieu de recourir à l'arme de la Terreur pour établir un régime auquel les esprits ne sont pas encore prêts, les républicains devraient injecter dans leur système quelque idée aristocratique afin d'enraciner les institutions populaires. Parmi les recettes qu'elle propose, il y a l'idée d'un Conseil des Anciens, expression des élites et non produit d'une simple division du travail entre les chambres, qui, élu à vie, serait chargé de veiller aux principes. On retrouve dans ce livre les grands thèmes sur la représentation et le gouvernement des élites qui marquent les débuts du libéralisme politique en France.

1er novembre (11 brumaire)
Le ministre de l'Intérieur François de Neufchâteau crée une commission chargée de contrôler les livres en usage dans l'enseignement.
Joubert remplace Brune à la tête de l'armée d'Italie.

4 novembre (14 brumaire)
Le Directoire décide la déportation des prêtres belges accusés d'être à l'origine de l'insurrection paysanne d'octobre.

9 novembre (19 brumaire)
Les condamnés du coup d'État du 18 Fructidor (4 septembre 1797) qui se sont évadés seront assimilés à des émigrés s'ils ne se présentent pas dans les deux mois suivant leur fuite.

16 novembre (26 brumaire)
L'Autriche et l'Angleterre s'accordent sur un retour de la France à ses frontières de 1789.

17 novembre (27 brumaire)
Les acquéreurs de biens nationaux sont autorisés à les payer en numéraire ou en bons des deux tiers.

19 novembre (29 brumaire)
Première représentation au théâtre de l'Odéon d'une comédie de Picard, *Le Voyage interrompu*, qui obtiendra un bon succès et tiendra longtemps l'affiche.

20 novembre (30 brumaire)
Championnet prend le commandement de l'armée française à Rome.

22 novembre (2 frimaire)
Offensive napolitaine commandée par le général autrichien Karl Mack (1752-1828) contre les troupes françaises de Rome.
Le gouverneur de la Guadeloupe fait arrêter Victor Hugues.

23 novembre (3 frimaire)
Loi sur la répartition, l'assiette et le recouvrement de la contribution foncière.

24 novembre (4 frimaire)
Loi établissant l'impôt sur les portes et fenêtres. Cet impôt sur les signes extérieurs de richesse ne sera supprimé qu'au XXe siècle.

25 novembre (5 frimaire)
Arrêté du Directoire rétablissant les commissaires aux armées.
Fouché est rappelé de Milan par le Directoire et remplacé par Olivier Rivaud (1766-1839).

27 novembre (7 frimaire)
L'armée napolitaine s'empare de Rome que Championnet a évacuée la veille.

29 novembre (9 frimaire)
Traité d'alliance entre la Russie et Naples.

5 décembre (15 frimaire)
Championnet bat à Civita Castellana l'armée napolitaine qui l'avait chassé de Rome.

6 décembre (16 frimaire)
Le Directoire exige auprès de la diète réunie à Rastadt d'avoir des têtes de pont sur la rive droite du Rhin, exigence à laquelle la diète cède le 9.
Le Directoire déclare la guerre au roi de Naples Ferdinand IV et au roi de Sardaigne Charles-Emmanuel IV désigné comme complice. Ce dernier préfère traiter et se retire en Sardaigne; il abandonne le Piémont aux Français.
Les Anglais débarquent à Livourne.

9 décembre (19 frimaire)
Masséna remplace Schauenbourg à la tête de l'armée d'Helvétie.

10 décembre (20 frimaire)
Coup d'État antijacobin organisé à Milan par Rivaud.

14 décembre (24 frimaire)
Championnet reprend Rome.

16 décembre (26 frimaire)
Le cirque du Palais-Royal, salle construite par Victor Louis en 1786, est détruit par un incendie.

21 décembre (1er nivôse)
Le roi de Naples, Ferdinand IV, doit se réfugier sur un navire anglais qui le transportera à Palerme pour échapper à l'offensive de Championnet.

22 décembre (2 nivôse)
Première représentation au théâtre de la République d'*Ophis*, une tragédie de Lemercier avec décors et costumes dans le style égyptien.

23 décembre (3 nivôse)
Loi sur la répartition, l'assiette et la perception de la contribution personnelle et mobilière.

27 décembre (7 nivôse)
Louis-Gabriel Suchet (1770-1826), chef d'état-major de l'armée d'Italie nommé à celle d'Helvétie, est destitué pour malversations.

29 décembre (9 nivôse)
Alliance entre la Russie, l'Angleterre et Naples qui marque le début de la deuxième coalition.

31 décembre (11 nivôse)
Championnet s'empare de Gaète.

autres événements
• Augustin Barruel (1741-1820): *Mémoires secrets pour servir à l'histoire du jacobinisme*. Il y développe

la vision d'une révolution causée par le complot ourdi par les francs-maçons et les philosophes.
• Necker publie des *Mélanges* extraits des manuscrits de son épouse, Suzanne Curchod (1739-1794), qui avait écrit des *Réflexions sur le divorce*.
• Bernard-Germain-Étienne de La Ville-sur-Illon de Lacépède: *Histoire naturelle des poissons*.
• Lagrange: *De la résolution des équations numériques de tous les degrés*.
• Parution du premier volume du *Traité de mécanique* céleste de Laplace (5 volumes jusqu'en 1825).
• Legendre: *Essai sur la théorie des nombres*.

1799

2 janvier (13 nivôse)
Les plénipotentiaires français à Rastadt demandent à la diète de s'opposer au passage des troupes russes sur le territoire de l'Empire.

4 janvier (15 nivôse)
Sérurier prend Lucques.

7 janvier (18 nivôse)
L'administration de la Seine organise le «simultaneum», c'est-à-dire désigne des églises pour servir au culte décadaire: les prêtres assermentés doivent faire disparaître tous leurs «accessoires» les décadis.
Faipoult est nommé par le Directoire commissaire auprès de l'armée de Naples.

9 janvier (20 nivôse)
Brune est nommé commandant de l'armée de Batavie.

10 janvier (21 nivôse)
Championnet s'empare de Capoue.
Soulèvement à Naples en faveur de la France.

20 janvier (1er pluviôse)
Première représentation au théâtre de l'Odéon de *Laurent de Médicis*, une tragédie de Petitot.

22 janvier (3 pluviôse)
Démission de Joubert du commandement de l'armée d'Italie à la suite d'un conflit avec le commissaire civil auprès de l'armée.

23 janvier (4 pluviôse)
Championnet entre à Naples.

26 janvier (7 pluviôse)
Proclamation de la République parthénopéenne à Naples en accord avec Championnet mais contre les instructions de Faipoult.

29 janvier (9 pluviôse)
Gabriel Malès (1755-1837) présente au Conseil des Cinq-Cents un projet d'impôt indirect sur le sel.

31 janvier (12 pluviôse)
Alexandre Wassiliewitch Souvorov (1729-1800) est nommé à la tête des troupes des coalisés en Italie.

1er février (13 pluviôse)
En Égypte, victoire de Desaix à Assouan.

2 février (14 pluviôse)
Le Directoire, pour presser la discussion de l'impôt sur le sel, adresse un message aux Conseils où il expose sa détresse financière et menace de bientôt suspendre ses paiements. Le Conseil des Cinq-Cents adoptera cet impôt le 5, mais le Conseil des Anciens repoussera cette proposition le 22.

3 février (15 pluviôse)
Arrêté de Faipoult à Naples où il s'arroge tous les pouvoirs.

6 février (18 pluviôse)
Après avoir suscité la veille une émeute contre Faipoult, Championnet le fait expulser de Naples.

7 février (19 pluviôse)
Le cardinal Fabrice-Denis Ruffo (1744-1832) débarque en Calabre avec la mission confiée par Ferdinand IV d'organiser un soulèvement paysan contre les Français.

10 février (22 pluviôse)
Bonaparte quitte Le Caire avec son armée et se dirige vers la Syrie.

13 février (25 pluviôse)
Le Directoire approuve Faipoult, révoque Championnet, qui sera arrêté le 24, et le remplace par Macdonald qui prend son commandement le 27. Championnet sera traduit devant un conseil de guerre mais le 23 juin, le Directoire arrêtera toute poursuite contre lui.

15 février (27 pluviôse)
Première représentation au théâtre de l'Odéon d'une comédie burlesque de Laya, *Une journée du jeune Néron*, qui obtient un certain succès.

20 février (2 ventôse)
Prise d'El-Arich dans le Sinaï par Kléber et Jean-Louis Reynier (1771-1814) qui permet à Bonaparte de continuer de marcher vers la Syrie.

21 février (3 ventôse)
Scherer remplace Joubert à la tête de l'armée d'Italie, et Louis-Marie-Antoine Milet de Mureau (1751-1825) remplace Scherer au ministère de la Guerre.

25 février (7 ventôse)
Bonaparte entre à Gaza.

1er mars (11 ventôse)
L'armée du Danube commandée par Jourdan passe le Rhin entre Bâle et Kehl.

2 mars (12 ventôse)
Jourdan est nommé commandant en chef des armées du Danube, d'Helvétie et d'Observation; les deux dernières sont respectivement commandées par Masséna et Bernadotte. Bernadotte franchit le Rhin près de Spire.

3 mars (13 ventôse)
Capitulation de la garnison française de Corfou devant l'armée turco-russe.

6 mars (16 ventôse)
Prise de Coire dans les Grisons par Masséna.

7 mars (17 ventôse)
Prise de Jaffa par Bonaparte.

8 mars (18 ventôse)
L'impôt sur les portes et fenêtres est doublé.

9 mars (19 ventôse)
Soulèvement des paysans calabrais organisés par le cardinal Ruffo (les Sanfédistes) contre les Français et leurs partisans. Ils s'emparent de la ville de Paola.

12 mars (22 ventôse)
La France déclare la guerre à l'Autriche qui rejoint ainsi la deuxième coalition.

13 mars (23 ventôse)
Jourdan franchit le Danube.

15 mars (25 ventôse)
Victoire de Claude-Jacques Lecourbe (1759-1815) à Schulz.

17 mars (27 ventôse)
Première représentation au théâtre de l'Odéon de *L'Envieux*, une comédie de Hyacinthe Dorva (1769-1859) qui a connu le succès à Nantes mais se déroule là sous les sifflets et ne peut même s'achever. Dans la nuit du 17 au 18, au petit matin, un incendie éclate et détruit la salle.

19 mars (29 ventôse)
Bonaparte entame le siège de Saint-Jean-d'Acre: la ville est défendue par Antoine Le Picard de Phélippeaux (1768-1799) et soutenue par la flotte anglaise de Sidney Smith (1764-1840).

21 mars (1er germinal)
Jourdan est battu par l'archiduc Charles à Ostrach.

25 mars (5 germinal)
Jourdan, battu par l'archiduc Charles à Stokach près du lac de Constance, se replie sur le Rhin.

26 mars (6 germinal)
Scherer est battu à Legnano sur l'Adige par les Autrichiens.

27 mars (7 germinal)
Les Autrichiens entrent à Vérone.

28 mars (8 germinal)
Pie VI est arrêté à Florence par les troupes françaises qui ont envahi la Toscane.

3 avril (14 germinal)
Jourdan démissionne de son commandement.

5 avril (16 germinal)
Scherer est battu à Magnano au sud de Vérone par les Autrichiens.

8 avril (19 germinal)
Junot bat les Turcs à Nazareth.

9-18 avril (20-29 germinal)
Élections pour remplacer le tiers sortant des Conseils: les résultats profitent à la gauche jacobine.

10 avril (21 germinal)
Pie VI est transféré en France.

12 avril (23 germinal)
Masséna ajoute au commandement de l'armée d'Helvétie celui de l'armée du Danube.

14 avril (25 germinal)
L'armée autrichienne de Michaël Melas (1729-1806) fait sa jonction avec l'armée russe de Souvorov sur le Mincio. Macdonald reçoit l'ordre d'évacuer Naples.

16 avril (27 germinal)
Bonaparte bat au Mont-Thabor une armée turque venue secourir Saint-Jean-d'Acre.

17 avril (28 germinal)
La levée des 200000 hommes n'en ayant effectivement fourni à l'armée que 74000, les Conseils votent une loi appelant les deuxième et troisième classes de conscrits prévues par la loi Jourdan.
Les Français s'emparent de Livourne où les Anglais avaient débarqué le 6 décembre.

21 avril (2 floréal)
Rapport de Génissieu au Conseil des Cinq-Cents sur la situation des finances: il conteste l'importance du déficit avoué par le Directoire et dénie toute responsabilité aux Conseils en la matière. Le ministre des Finances, Ramel de Nogaret, contestera ce rapport le 28 mai et stigmatisera la négligence des Conseils.
Les armées d'Helvétie et du Danube sont réunies. Moreau remplace Scherer à la tête de l'armée d'Italie.

23 avril (4 floréal)
La reprise des hostilités interrompt les négociations de Rastadt.

27 avril (8 floréal)
Souvorov bat Moreau à Cassano. Les Français évacuent Milan, et Moreau demande à Macdonald de remonter le soutenir au Nord.

28 avril (9 floréal)
Les plénipotentiaires français sont attaqués par des hussards hongrois alors qu'ils quittaient Rastadt: deux d'entre eux, Bonnier d'Alco et Claude Roberjot (1752-1799), sont assassinés, tandis que le troisième, Debry, blessé, parvient à regagner la France. Cet attentat soulèvera une forte indignation en France et ranimera la flamme belliciste anti-autrichienne. Le Directoire organisera une cérémonie funèbre en l'honneur des victimes.

29 avril (10 floréal)
Souvorov entre à Milan.

5 mai (16 floréal)
Macdonald évacue Naples.

6 mai (17 floréal)
Insurrection contre les Français en Toscane.

10 mai (21 floréal)
Souvorov entre à Novi.

12 mai (23 floréal)
Souvorov cherche à couper Moreau de Turin.

16 mai (27 floréal)
Sieyès est élu Directeur par les Conseils en remplacement de Reubell désigné par le sort le 9 mai pour quitter le Directoire. Sieyès, ambassadeur à Berlin, arrivera à Paris le 9 juin et ne cachera pas son hostilité envers les institutions et les hommes en place.

17 mai (28 floréal)
Moreau bat les Russes à Marengo.
Bonaparte lève le siège de Saint-Jean-d'Acre et se replie vers l'Égypte.

20 mai (1er prairial)
Réunion des Conseils renouvelés où dominent maintenant les Jacobins.
Battus, les Anglais abandonnent Ostende où ils ont débarqué la veille.

24 mai (5 prairial)
Moreau, qui bat en retraite, arrive à Coni. Des paysans insurgés contre les Français font le siège des garnisons françaises laissées à Naples.

25 mai (6 prairial)
Masséna attaque l'archiduc Charles mais doit se replier sur Zurich.

26 mai (7 prairial)
Les troupes russes et autrichiennes entrent dans Turin.

4 juin (16 prairial)
Masséna résiste à l'offensive de l'archiduc Charles qui a fait sa jonction avec le général Hötze en Suisse: c'est la première bataille de Zurich dont l'archiduc Charles s'empare néanmoins le 6.
Première représentation à l'Opéra d'*Adrien* de Méhul sur un livret d'Hoffman. Cet opéra avait été interdit par la Commune de Paris en février 1793.

5 juin (17 prairial)
Les Conseils demandent au Directoire de s'expliquer sur la situation militaire.

10 juin (22 prairial)
À Mitau, Marie-Thérèse, fille de Louis XVI (Madame Royale), épouse le duc d'Angoulême, fils du comte d'Artois.

12 juin (24 prairial)
Macdonald bat les Autrichiens à Modène.

14 juin (26 prairial)
Retour de Bonaparte au Caire.

15 juin (27 prairial)
Première représentation de *L'Entrée dans le monde*, une comédie de Picard jouée par les comédiens de l'Odéon au théâtre des Variétés de la Cité, salle construite par Alexandre Lenoir en 1797.

16 juin (28 prairial)
N'ayant pas obtenu de réponse le 5 juin, les Conseils somment le Directoire de s'expliquer sur la situation militaire et se déclarent en permanence jusqu'à la réponse du Directoire. En fin d'après-midi, le Directoire répond que Sieyès venant seulement d'arriver, le message n'est pas encore rédigé mais assure qu'il sera communiqué le lendemain; les Conseils décident de continuer à siéger. En fin de soirée, Bergasse dénonce au Conseil des Cinq-Cents l'élection de Treilhard au Directoire. Le Conseil des Cinq-Cents vote une résolution, adoptée par le Conseil des Anciens, invalidant l'élection de Treilhard. Ce dernier, qui n'est pas soutenu par Barras et Sieyès, donne sa démission au cours de la nuit.

17 juin (29 prairial)
Louis-Jérôme Gohier est élu par les Conseils pour remplacer Treilhard au Directoire.

18 juin (30 prairial)
Au Conseil des Cinq-Cents, Antoine Français dit de Nantes (1756-1836) fait voter une résolution mettant hors-la-loi ceux qui attenteraient au Corps législatif. Barras demande leurs démissions à Merlin de Douai et La Révellière-Lépeaux; ils sont aussi pressés par Jourdan et Boulay de la Meurthe ainsi que par le Conseil des Anciens qui souhaite résoudre la crise sans violence. Le soir, les deux Directeurs démissionnent. Joubert est nommé commandant militaire de la place de Paris.

19 juin (1er messidor)
Roger Ducos (1747-1816) remplace Merlin de Douai au Directoire.
Macdonald est battu par Souvorov près de Plaisance. Reddition des garnisons françaises de Naples au cardinal Ruffo qui leur accorde le droit de quitter Naples avec les patriotes napolitains. Le 24, Nelson, de retour à Naples, refusera les termes de cette capitulation et les partisans des Français seront victimes d'une sévère répression.

20 juin (2 messidor)
Le général Moulin remplace La Révellière-Lépeaux au Directoire.
Moreau bat l'Autrichien Heinrich de Bellegarde (1756-1845) à Marengo mais doit se retirer vers Gênes du fait de l'échec de Macdonald.

22 juin (4 messidor)
Nicolas-Marie Quinette (1762-1821) remplace François de Neufchâteau au ministère de l'Intérieur.

23 juin (5 messidor)
Claude-Sébastien Bourguignon (1760-1829) remplace Duval au ministère de la Police.

27 juin (9 messidor)
Jourdan propose au Conseil des Cinq-Cents de rétablir la levée en masse.
Première représentation de *Mathilde*, un drame de Monvel, au théâtre Français de la République, nouveau nom pris par le théâtre de la République depuis le 31 mai quand se sont réunis rue de Richelieu les Comédiens-Français dispersés depuis 1791 avec la sécession de Talma qui avait quitté le théâtre de la Nation pour celui de la rue de Richelieu.

28 juin (10 messidor)
Loi mettant toutes les classes de conscrits en activité et établissant un emprunt forcé de 100 millions sur les riches.
Les paysans insurgés s'emparent de Sienne et massacrent les partisans de la Révolution.

29 juin (11 messidor)
Marc-Antoine Bourdon de Vatry (1761-1828) remplace Bruix au ministère de la Marine.

2 juillet (14 messidor)
Bernadotte remplace Milet de Mureau au ministère de la Guerre.

5 juillet (17 messidor)
Le Conseil des Cinq-Cents dénonce la situation militaire en Italie. Joubert est de nouveau nommé à la tête de l'armée d'Italie à la place de Moreau, et Championnet, envers qui le Directoire a annulé les poursuites engagées, à la tête de l'armée des Alpes.

6 juillet (18 messidor)
Le Conseil des Cinq-Cents se plaint des incursions incessantes des arrêtés du Directoire dans le domaine législatif.
Réouverture d'un club des Jacobins sous le nom de Réunion des Amis de la liberté et de l'égalité aux Tuileries dans la salle du Manège: on compte parmi ses membres Hugues Destrem (1754-1800), Drouet, Augereau, Bouchotte, Félix Le Pelletier de Saint-Fargeau, Prieur de la Marne, Antonelle; 250 députés y sont inscrits.

11-12 juillet (23-24 messidor)
Bagarres à Paris entre les Jacobins et leurs adversaires.

12 juillet (24 messidor)
Le Conseil des Anciens vote la loi des otages adoptée par le Conseil des Cinq-Cents le 10: dans les départements troublés, les administrations dresseront dans le mois des listes de parents d'émigrés destinés à être reclus; en cas d'assassinat d'un fonctionnaire public ou d'un ancien fonctionnaire (ce qui permet d'inclure les prêtres constitutionnels), quatre otages seront déportés; les otages devront, en outre, solidairement payer des amendes.
Loi sur la répression du brigandage.

14 juillet (26 messidor)
Lors de la célébration de la fête, Sieyès, débarrassé des anciens Directeurs, adresse un avertissement aux Jacobins.
Pie VI est interné à Valence.

15 juillet (27 messidor)
Le Conseil des Cinq-Cents accepte la mise en accusation des anciens Directeurs La Révellière-Lépeaux, Merlin de Douai, Reubell, Treilhard et de l'ex-ministre de la Guerre, Scherer.

17 juillet (29 messidor)
Macdonald parvient à Gênes et fait sa jonction avec Moreau.

19 juillet (1er thermidor)
Découverte de la pierre de Rosette en Basse-Égypte. Cette inscription en trois langues permettra à Jean-François Champollion (1790-1832) de déchiffrer les hiéroglyphes.

20 juillet (2 thermidor)
Remaniement ministériel: Cambacérès remplace Lambrechts à la Justice, Charles-Frédéric Reinhard (1761-1837) remplace Talleyrand aux Relations extérieures, Lindet remplace Ramel de Nogaret aux Finances et Fouché remplace Bourguignon à la Police.

21 juillet (3 thermidor)
Lamarque, au Conseil des Cinq-Cents, réussit à obtenir en faveur de Barère le rapport de la loi du 4 décembre 1796, mais le Conseil des Anciens rejette cette résolution.

25 juillet (7 thermidor)
Victoire de Bonaparte à Aboukir sur une nouvelle armée turque qui avait débarqué en Égypte et s'était emparée de la ville le 17.

26 juillet (8 thermidor)
Le club du Manège est dénoncé au Conseil des Anciens.

29 juillet (11 thermidor)
Réorganisation de la garde nationale.

30 juillet (12 thermidor)
Capitulation de la garnison française de Mantoue.

31 juillet (13 thermidor)
Rapport de Mathieu-Augustin Cornet (1750-1832) au Conseil des Anciens invitant le Directoire à fermer le club du Manège (ouvert le 6).

1er août (14 thermidor)
Le Conseil des Anciens abroge la loi de septembre 1797 qui donnait tout pouvoir sur la presse au Directoire.

4 août (17 thermidor)
Le Directoire communique au Conseil des Cinq-Cents un rapport du ministre de la Police, Fouché, dirigé contre les clubs.

5 août (18 thermidor)
Soulèvement royaliste dans la région de Toulouse. Cette révolte se termine avec l'écrasement des royalistes par l'armée à Montréjeau le 20 août.
Joubert prend son commandement en Italie.

10 août (23 thermidor)
Sieyès dénonce le club du Manège.

11 août (24 thermidor)
Le général Antoine Marbot (1753-1800), membre du club du Manège, est destitué de son commandement de la place de Paris et remplacé par Lefebvre.

13 août (26 thermidor)
Le ministre de la Police, Fouché, fait fermer le club jacobin du Manège. Le Directoire demande aux Conseils de voter une loi réglementant les clubs.
Le Conseil des Cinq-Cents, où Destrem a souligné le danger de l'insurrection royaliste du Midi toulousain, envoie un message au Directoire et vote une résolution, adoptée tout de suite par le Conseil des Anciens, autorisant le Directoire à procéder, pendant un mois, à des visites domiciliaires.
Joubert bat le général autrichien Bellegarde à Acqui.

15 août (28 thermidor)
Défaite de Novi où Joubert est tué.

18 août (1er fructidor)
L'accusation (lancée le 15 juillet) contre La Révellière-Lépeaux, Merlin de Douai, Reubell, Treilhard et Scherer est rejetée par le Conseil des Cinq-Cents.

21 août (4 fructidor)
Le Directoire réclame une loi répressive contre la presse.

23 août (6 fructidor)
Bonaparte s'embarque pour la France avec Berthier, Lannes, Murat, Auguste-Frédéric-Louis Viesse de Marmont (1774-1852), Monge, Berthollet et quelques autres de ses fidèles. Kléber prend le commandement en Egypte.

27 août (10 fructidor)
Débarquement anglais au Helder en Hollande.

29 août (12 fructidor)
Mort du pape Pie VI à Valence.

30 août (13 fructidor)
Échec des offensives de Masséna sur la Limmat et de Jean de Dieu Soult (1769-1851) sur la Linth en Suisse.

31 août (14 fructidor)
Le Directoire est autorisé à créer des conseils de guerre dans les circonscriptions administratives où s'applique la loi des otages.
Les Anglais s'emparent de la flotte hollandaise au Texel.

2 septembre (16 fructidor)
Arrêté du Directoire déportant à Oléron les propriétaires, directeurs et journalistes de 34 journaux royalistes parisiens; parmi eux: La Harpe, Louis de Fontanes (1757-1821), Isidore Langlois (1770-1800) et Jean-Thomas-Élisabeth Richer-Serizy (1754-1803).

3 septembre (17 fructidor)
Le Directoire fait arrêter les journalistes de 10 autres journaux; mais là sont aussi touchées les feuilles jacobines.

8 septembre (22 fructidor)
Brune est battu en Hollande par le général anglais Ralph Abercromby (1734-1801).
Championnet s'empare de Suse.

11 septembre (25 fructidor)
Souvorov quitte le Piémont pour rejoindre la Suisse et faire sa jonction avec les forces de Hötze et de Rimsky-Korsakov.

13 septembre (27 fructidor)
Jourdan demande au Conseil des Cinq-Cents de proclamer la patrie en danger: après des débats tumultueux, le Conseil des Cinq-Cents refusera le lendemain.

14 septembre (28 fructidor)
Dubois de Crancé devient ministre de la Guerre à la place de Bernadotte à qui Sieyès avait la veille demandé sa démission.

15 septembre (29 fructidor)
Cadoudal, d'Autichamp et Louis-Auguste-Victor de Ghaisne de Bourmont (1773-1846) se réunissent afin de mettre au point une insurrection royaliste dans l'Ouest.

18 septembre (2e jour complémentaire)
Les royalistes s'emparent de Pontorson.
L'archiduc Charles reprend Mannheim.

19 septembre (3e jour complémentaire)
Victoire de Brune à Bergen contre les Anglais et les Russes.

23 septembre (1er vendémiaire an VIII)
Marie-Pierre-Louis de Frotté (1766-1800) débarque en Normandie pour diriger une insurrection royaliste.
Lecourbe bloque le passage du Saint-Gothard à Souvorov.

24 septembre (2 vendémiaire)
Le Conseil des Cinq-Cents déclare passibles de la peine de mort ceux qui proposeraient une paix entraînant des modifications de la constitution ou du territoire.

25-27 septembre (3-5 vendémiaire)
Deuxième bataille de Zurich: Masséna met en déroute les Russes et les Autrichiens de Rimsky-Korsakov et Hötze qui est tué dans la bataille. Au cours des jours qui suivent, Souvorov, contenu d'abord par Lecourbe et Gabriel-Jean-Joseph Molitor (1770-1849) puis par Masséna et Adolphe-Édouard-Casimir Mortier (1768-1835), doit lui aussi battre en retraite et quitter la Suisse.

2 octobre (10 vendémiaire)
En Hollande, Brune doit évacuer Alkmaar.

6 octobre (14 vendémiaire)
Victoire de Brune à Castricum contre les Anglais et les Russes.

9 octobre (17 vendémiaire)
Bonaparte débarque en France à Fréjus. Le 13, Paris apprend la nouvelle qui suscite un enthousiasme bien orchestré sur tout le trajet.

14 octobre (22 vendémiaire)
Moreau refuse la proposition de Sieyès de s'associer à lui pour faire un coup d'État.
Briot fait l'éloge de Bonaparte au Conseil des Cinq-Cents.
Les chouans de Bourmont s'emparent du Mans dont ils restent maîtres trois jours.

15-18 octobre (23-26 vendémiaire)
Les commissaires civils sont supprimés.

16 octobre (24 vendémiaire)
Bonaparte arrive à Paris, et se présente, accompagné par Monge, devant Gohier, président en exercice du Directoire.

17 octobre (25 vendémiaire)
Bonaparte est officiellement reçu par le Directoire.

18 octobre (26 vendémiaire)
Signature à Alkmaar d'une convention prévoyant l'évacuation de la Hollande par les troupes russes et anglaises.

19 octobre (27 vendémiaire)
Le royaliste Louis-Marie-Antoine-Auguste d'Andigné (1765-1857) s'empare de Nantes qu'il doit abandonner le lendemain.

22 octobre (30 vendémiaire)
Bonaparte rencontre Moreau chez Gohier.

23 octobre (1er brumaire)
Lucien Bonaparte est élu président du Conseil des Cinq-Cents.
Entretiens de Bonaparte avec Sieyès et Roger Ducos.

24 octobre (2 brumaire)
Le Conseil des Anciens rejette une résolution votée par le Conseil des Cinq-Cents qui prévoyait la peine de mort pour quiconque proposerait de modifier la constitution.

27 octobre (5 brumaire)
Les chouans doivent abandonner Saint-Brieuc dont ils s'étaient emparés la veille.

28 octobre (6 brumaire)
Entretien de Bonaparte avec Bernadotte.

29 octobre (7 brumaire)
D'Autichamp est battu par les troupes républicaines près de Cholet. Cette défaite sonne le glas de l'offensive royaliste dans l'Ouest, de toute façon compromise par les défaites militaires subies par la coalition ailleurs que sur le terrain italien.

1er novembre (10 brumaire)
Entrevue entre Sieyès et Bonaparte.
Daunou se déclare favorable à une révision de la constitution dans *La Décade philosophique.*

3 novembre (12 brumaire)
Entrevue entre le ministre de la Police, Fouché, et Bonaparte.

4 novembre (13 brumaire)
Championnet est battu par Melas à Genola.

7 novembre (16 brumaire)
Les Conseils offrent un banquet en l'honneur de Bonaparte. Jourdan sonde Bonaparte pour le compte de la gauche. Le soir, la date du coup d'État est fixée au 18 brumaire (9 novembre) par Bonaparte, Sieyès et Fouché.

8 novembre (17 brumaire)
Mise au point du coup d'État chez Cambacérès.

9-10 novembre (18-19 brumaire)
Coup d'État de Bonaparte.

Le 18 Brumaire

Le Directoire est sorti très affaibli des élections d'avril 1799, tandis que la situation militaire ne cesse de s'aggraver, les troupes françaises essuyant des défaites sur tous les fronts, de l'Italie à l'Allemagne. Les jours du régime sont comptés, d'autant plus que celui des Directeurs qui était le plus résolu, Reubell, est désigné par le tirage au sort comme membre sortant. Son remplacement par Sieyès a valeur d'acte de décès pour des institutions dont l'ex-abbé affirme publiquement qu'elles doivent être réformées. La Constitution de l'An III (1795) prévoyait bien une procédure de révision, mais si prudente et si lente qu'elle était impraticable. En 1792 déjà, il avait fallu que le peuple parisien s'insurge pour « réviser » une Constitution, celle de 1791, qui ne pouvait l'être réellement par aucun moyen légal; sept ans plus tard, signe des temps, Sieyès cherche une « épée » pour faire accomplir par l'armée ce qui l'avait été en 1792 par le peuple insurgé. Bonaparte toujours en Orient, Sieyès songe un instant à Joubert, mais au milieu d'octobre, on apprend à Paris que le héros d'Italie a débarqué à Fréjus et qu'il approche de la capitale dans un cortège d'acclamations populaires. Le complot prend rapidement forme après le retour de Bonaparte à Paris. Talleyrand sert d'intermédiaire entre le Directeur et le général, qui sont rapidement tombés d'accord sur le moyen (un coup d'État), Bonaparte se gardant toutefois de faire savoir à Sieyès qu'il n'entendait nullement se contenter du rôle honorifique que l'« oracle de la Révolution » lui réservait dans le nouveau régime.

Le 18 Brumaire, les opérations commencent avec une intervention au conseil des Cinq-Cents du député Cornet qui, prétextant la menace d'un complot jacobin, obtient le transfert des deux assemblées à Saint-Cloud. Pendant ce temps, le Directoire se saborde: Sieyès, Roger Ducos et Barras démissionnent, leurs deux collègues, Gohier et Moulin, qui s'y sont refusés, sont arrêtés.

La journée du lendemain 19 brumaire doit être décisive. Simple formalité? Les conjurés l'espéraient sans doute, mais rien ne se passe comme prévu. Les Cinq-Cents, au lieu d'approuver le transfert du pouvoir à la commission consulaire imaginée par Sieyès, décident d'examiner la procédure à suivre pour l'élection d'un nouveau Directoire. Bonaparte, qui s'impatiente, choisit alors de se présenter en personne aux parlementaires. Reçu sans enthousiasme par les Anciens, il est violemment pris à partie par les Cinq-Cents. Désemparé, perdant contenance, il doit se retirer. Le coup d'État aurait échoué sans l'intervention de Lucien, qui vient à la rescousse de son frère et harangue la troupe, et sans la détermination de Murat, qui lance ses soldats à l'assaut de la salle des séances, au cri de « Foutez-moi tous ces bougres-là dehors ! » Mission accomplie. Le soir, ceux des députés qu'on a réussi à rassembler nomment une commission consulaire composée de Sieyès, Roger Ducos et Bonaparte, votent la déchéance de 91 de leurs collègues, et confient l'élaboration de la nouvelle constitution à deux commissions qui seront nommées par les Conseils des Anciens et des Cinq-Cents.

NAPOLÉON BONAPARTE

Né le 15 août 1769-Mort le 5 mai 1821
Premier Consul: 1799-1804 (5 ans)
Devenu Empereur sous le nom de Napoléon Ier: 1804-1814 et pendant les Cents-Jours en 1815 (10 ans)
Accède au pouvoir à 30 ans.

Napoléon Bonaparte est né à Ajaccio le 15 août 1769, un an à peine après la cession de la Corse à la France (15 mai 1768). Charles Marie Buonaparte et Letizia Ramolino avaient déjà donné le jour à deux enfants: l'un était décédé, l'autre, Joseph, avait tout juste un an. Six autres enfants naissent après Napoléon: Lucien, Elisa, Louis, Pauline, Caroline, enfin Jérôme. Pour toute fortune, le chef de famille possède un titre de noblesse et quelques arpents de vignes et de figuiers. Rallié à la France après avoir combattu pour l'indépendance de la Corse au côté de Paoli, Charles Marie s'épuise en démarches pour assurer la pitance de sa progéniture. En 1778, les deux aînés, Joseph et Napoléon, découvrent le continent. Boursiers, ils sont placés en pension au collège d'Autun pour apprendre le français avant de rejoindre, le premier le séminaire, le second l'école militaire de Brienne. Napoléon reçoit dans cet établissement, puis à l'École militaire de Paris, une formation qui l'apparente, comme Carnot, à ces élites nouvelles vouées au service de l'État plus qu'à celui du roi. Devenu français par l'éducation, Napoléon reste corse. Pendant toutes ces années, et jusqu'à ce que la tribu, chassée en 1793 par l'insurrection antifrançaise, ne passe la Méditerranée, le jeune officier artilleur cultive la nostalgie de son île, se veut italien, exprime sa détestation de la France et des Français, et profite du moindre congé pour rejoindre Ajaccio. La France assure sa subsistance et celle de sa famille, mais lui n'a pas épousé la France, et encore moins ses querelles. Le 20 juin 1792, spectateur de l'invasion des Tuileries, il ne prend parti ni pour les insurgés ni pour le roi. Seule l'afflige la faiblesse des troupes chargées de maintenir l'ordre et de contenir des émeutiers qu'une bonne mitraillade eût suffi à «faire rentrer sous terre». C'est peut-être cette absence d'attachement sentimental à la France qui lui permettra, après 1799, de jouer un rôle comparable à celui de ces podestats étrangers auxquels les cités de la Renaissance faisaient appel pour mettre fin à leurs dissensions internes. Ni royaliste ni révolutionnaire, il s'attache cependant à la République: il faut bien vivre, et l'armée de l'an II offre la possibilité de brûler les étapes et fabrique des généraux de 30 ans. Remarqué au siège de Toulon par Barras et Augustin Robespierre, Bonaparte, après un bref séjour en prison pour «robespierrisme» au lendemain du 9 Thermidor, devient l'exécuteur sans état d'âme des basses œuvres de ses protecteurs. Le 13 vendémiaire (5 octobre 1795), il mate au canon l'insurrection royaliste et reçoit pour récompense un brevet de général.

Il existe dans la trajectoire de Bonaparte un mystère du surgissement. C'est en Italie que l'ancien officier jacobin, jusqu'alors inférieur à un Kléber, un Hoche ou un Marceau, déploie un génie que rien ne laissait présager. Il en a lui-même la révélation sur le champ de bataille de Lodi (10 mai 1796): «Je me vis dans l'Histoire», confiera-t-il à Bourrienne. Dès lors il étonne, surprend, éblouit par son talent, par ses victoires en chaîne. L'armée qu'il commande devient bientôt son armée, les soldats de la République ses soldats, liés à lui par la victoire, la gloire et le butin. Il dicte ses conditions, négocie de son propre chef, modifie à son gré la politique étrangère d'un régime qui se délite à l'intérieur et devient peu à peu l'otage de la protection que lui accorde le général victorieux. L'expédition d'Égypte, malgré sa fin tragique, fait de Bonaparte un héros de légende. Auréolé de gloire et devenu un recours pour un pays las de la liberté, Bonaparte n'a plus qu'à ramasser un pouvoir déliquescent. Le 18 Brumaire (9 novembre 1799), la fortune se montre sans doute capricieuse, et Bonaparte singulièrement hésitant. Les conseils législatifs regimbent au suicide exigé d'eux, et il faut l'audace de Lucien pour que le coup d'État ne tourne pas au fiasco.

Bonaparte, devenu Premier Consul, ajoute le génie politique au génie militaire. Le général prend alors une apparence civile, sans toutefois rien perdre de l'esprit de décision et de l'autoritarisme propre au commandement des troupes. Efficacité, sens du concret et du possible deviennent les règles d'action imposées au personnel hérité de la Révolution. Monarque sans couronne, Bonaparte redessine en quelques mois la carte politique et administrative de la France, lui donnant une physionomie qu'elle conservera tout au long du siècle et au-delà. En favorisant le retour des émigrés, puis en signant avec Rome un Concordat (15 juillet 1801) pour remplacer celui de 1516, il désarme les oppositions à la Révolution, dont il garantit simultanément les principes fondateurs et les intérêts. De cette œuvre de consolidation et de clôture du processus révolutionnaire, le Code civil de 1804 constitue le couronnement. Ces «édits de Nantes» successifs n'excluent pas, le cas échéant, le recours à la force et même à des mesures de terreur: des Jacobins sont frappés d'exil après l'attentat de la rue Saint-Nicaise en décembre 1800, des conspirateurs sont exécutés, le duc d'Enghien est enlevé et exécuté après un jugement sommaire en

1804. Dans le temps même où il écrit la conclusion de la Révolution française, Bonaparte fait la paix avec l'Autriche (9 février 1801), à l'issue de la fulgurante campagne de 1800 en Italie, et avec l'Angleterre (25 mars 1802). Mais lorsque, par une évolution logique et préméditée de longue date, le Premier Consul, devenu Consul à vie, ceint la couronne impériale le 2 décembre 1804, la guerre a déjà repris avec l'Angleterre.
La rupture de la paix d'Amiens (11 mai 1803) est inscrite dans les succès qui l'ont permise. En devenant le chef d'une République italienne formée par les territoires arrachés à l'Autriche (25 janvier 1802), Bonaparte, non seulement modifie la carte politique de l'Europe et bouleverse ses équilibres, mais porte un coup décisif au principe de la légitimité. En cela, il renoue moins avec les conflits séculaires pour la prépondérance européenne qu'il ne continue la guerre déclenchée en 1792, qui avait vu s'affronter, non des États divisés d'ambition et d'intérêt, mais deux mondes, deux principes : l'Ancien Régime et la Révolution. Si l'avènement de l'Empire marque à l'intérieur le terme de la Révolution, le nouveau régime continue de présenter à l'extérieur le visage d'une Révolution toujours active et menaçante pour les légitimités établies. Napoléon Ier est sans doute acculé par l'Angleterre à une guerre sans fin. Ne pouvant atteindre directement les Anglais, il est contraint de les frapper dans leurs alliés, chaque humiliation infligée à une nation ou à une couronne européenne augmentant le nombre de ses ennemis. Mais il ne semble pas avoir cru qu'une paix durable serait possible sans une défaite des monarchies européennes, c'est-à-dire sans un bouleversement en profondeur de la carte politique de l'Europe. Son rêve d'une fédération européenne d'États rassemblant des peuples de même langue et de même culture que l'Histoire avait séparés n'était pas une idée en l'air, mais un projet mûrement pensé qui impliquait de détruire partout les anciennes légitimités, avec l'avantage secondaire de satisfaire l'appétit vorace du clan : Joseph ceint la couronne de Naples (1807) puis celle d'Espagne (1808), Louis celle de Hollande (1806) et Jérôme celle de Westphalie (1807), tandis que les sœurs deviennent, Elisa grande-duchesse de Toscane (1809), Pauline duchesse de Guastalla (1806) et Caroline, qui a épousé Murat, grande-duchesse de Berg (1806) puis reine de Naples (1808). Ainsi, s'il est exact que le blocus décrété contre l'Angleterre (21 novembre 1806) condamne l'Empereur à soumettre toute l'Europe, ce blocus, en même temps, ne fait que revêtir du sceau de la nécessité une politique déjà esquissée par le Premier Consul en Italie en 1801-1802. Il faut à cela ajouter ce qui restera la part de mystère du personnage : le rêve démesuré du conquérant, qui à l'exemple d'Alexandre le Grand proposera un jour au tsar de marcher sur l'Inde par la Perse.

En 1808, Napoléon Ier s'engage dans ce qui va devenir le tombeau de l'Empire : l'aventure espagnole. D'une certaine façon contraint de traverser la péninsule pour frapper l'Angleterre dans son allié portugais, l'Empereur déclenche une expédition qui, l'effondrement de la monarchie espagnole aidant, se transforme vite en conquête. Marche triomphale, puis bourbier : les intrigues des généraux, la médiocrité de Joseph promu roi d'Espagne et surtout un inattendu soulèvement populaire, aussi incompréhensible pour Napoléon Ier que l'avait été le soulèvement vendéen pour les Conventionnels, tout conspire à fabriquer une tragédie. En 1812, le reflux de la puissance française commence en Russie, et la débâcle s'accélère en 1813. L'Empereur doit affronter la plus formidable coalition qui ait jamais menacé la France. L'Empire perd l'un après l'autre les royaumes créés par la volonté du maître, les territoires annexés, ses alliés, et rentre pour finir dans les frontières de 1792. La dernière campagne, en 1814, est l'une des plus brillantes, peut-être parce que désespérée, de l'épopée impériale. Cette fois, les forces adverses sont trop nombreuses, et les armées de l'Empereur privées de plusieurs de leurs meilleurs chefs et composées de recrues de fortune. Napoléon Ier bat encore ces adversaires, mais il ne peut rien lorsque ceux-ci décident de réunir leurs forces et de marcher sur Paris (24 mars). Le 6 avril 1814, Napoléon Ier abdique à Fontainebleau.

Les Bonaparte

De Charles Marie Bonaparte (1746-1785) et Marie Letizia Ramolino (1750-1836) naissent :

• Joseph (1768-1844), roi de Naples, 1806-1808, puis roi des Espagnes et des Indes, 1808-1813. Il épouse en 1794 Julie Clary (1771-1845).

• Napoléon (1769-1821), Premier Consul, 1799-1804, Empereur des Français, 1804-1814 et 1815 et roi d'Italie, 1805-1814. Il épouse en 1796 la veuve d'Alexandre de Beauharnais, Marie-Josèphe Rose Tascher de la Pagerie, dite Joséphine (1763-1814), mère d'Eugène (1781-1824), vice-roi d'Italie, 1805-1814, qui épouse en 1806 la fille du roi de Bavière Auguste-Amélie (1788-1851), et d'Hortense (1783-1837). Divorcé en 1809, Napoléon épouse en 1810 la fille de l'empereur d'Autriche Marie-Louise de Habsbourg-Lorraine (1791-1847), dont il a François-Charles-Joseph, dit l'Aiglon (1811-1832), roi de Rome, 1811-1814, proclamé empereur sous le nom de Napoléon II en 1815, duc de Reichstadt, 1818-1832.

• Lucien (1775-1840), ministre de l'Intérieur, 1799-1800, puis ambassadeur à Madrid. Parmi ses enfants : Pierre-Napoléon (1815-1881).

• Marie-Anne, dite Elisa (1777-1820), princesse de Lucques et Piombino, 1805-1814, et grande-duchesse de Toscane, 1809-1814.

• Louis (1778-1846), roi de Hollande, 1806-1810. Il épouse en 1802 la fille de Joséphine, Hortense de Beauharnais (1783-1837), dont il a trois enfants. Le dernier, Charles-Louis-Napoléon (1808-1873), est Empereur des Français sous le nom de Napoléon III, 1852-1870. Il épouse en 1853 Eugénie-Marie Palafox (1826-1920), dont il a Napoléon-Louis (1856-1879).

• Marie-Paulette, dite Pauline (1780-1825), duchesse de Guastalla, 1806. Elle épouse en 1797 le général Charles-Victoire-Emmanuel Leclerc (1772-1802), puis en 1803 Camille, prince Borghèse (1775-1832).

• Marie-Annonciade, dite Caroline (1782-1839). Elle épouse en 1800 Joachim Murat (1767-1815), roi des Deux-Siciles.

• Jérôme (1784-1860), roi de Westphalie, 1807-1813. Il épouse en secondes noces en 1807 la princesse Catherine de Wurtemberg (1783-1835), dont il a Mathilde (1820-1904) et Napoléon, dit le prince Napoléon (1822-1891). Ce dernier épouse en 1859 Clotilde de Savoie (1843-1911), dont il a Victor, prince Napoléon (1862-1926), Louis-Napoléon (1864-1932) et Letizia-Napoléon (1866-1926).

Papes

Pie VI, 1775-1799 ; Pie VII, 1800-1823.

Souverains

Bavière : Maximilien-Joseph IV puis Ier, Électeur puis roi de Bavière, 1799-1825.
Empire, puis Empire d'Autriche : François II, 1792-1806, puis Ier, 1804-1835.
Empire ottoman : Selim III, 1789-1807 ; Mustafa IV, 1807-1808 ; Mehmet II, 1808-1839.
Espagne : Charles IV, 1788-1808 ; Ferdinand VII, 1808, 1813-1833.
Grande-Bretagne et Irlande : George III, 1760-1820 (et roi du Hanovre à partir de 1815).
Naples : Ferdinand IV puis Ier, 1802-1825.
Prusse : Frédéric-Guillaume III, 1797-1840.
Russie : Paul Ier, 1796-1801 ; Alexandre Ier, 1801-1825.
Sardaigne : Charles-Emmanuel IV, 1796-1802 ; Victor-Emmanuel Ier, 1802-1821.
Saxe : Frédéric-Auguste III puis Ier, Électeur, 1763-1806, puis roi, 1806-1827.
Suède et Norvège : Gustave IV Adolphe, roi de Suède, 1792-1809 ; Charles XIII, 1809-1818 (et roi de Norvège à partir de 1814).

1799

11 novembre (20 brumaire)
37 Jacobins sont bannis, 22 autres internés: cet arrêté, publié au *Moniteur*, ne sera finalement pas promulgué, le ministre de la Justice Cambacérès ayant insisté dans ce sens auprès de Bonaparte.

11-22 novembre (20 brumaire-1er frimaire)
Nomination des ministres: Fouché (Police), Gaudin (Finances), Berthier (Guerre). D'abord maintenu aux Relations extérieures, Reinhard est remplacé par Talleyrand le 22. Bourdon (Marine) cédera ce même jour sa place à Forfait. Laplace (Intérieur) et Cambacérès (Justice) sont remplacés le 25 décembre par Lucien Bonaparte et Abrial. Le même jour, Maret devient secrétaire d'État.

Fouché

Joseph Fouché (1759-1820) conserve la direction du ministère de la Police générale en récompense de l'appui qu'il a apporté à Bonaparte le 18 Brumaire. Il s'y maintient jusqu'au 13 septembre 1802 où, hostile au Consulat à vie, il est congédié, avant de retrouver son poste en juillet 1804, après la découverte du complot de Cadoudal. En juillet 1810, opposé au mariage autrichien de l'Empereur, Fouché est une nouvelle fois révoqué, plus tard exilé (mai 1813). L'effondrement de l'Empire le ramène à Paris le 6 avril 1814, jour de l'abdication de Napoléon. Les jeux sont alors faits, mais Fouché sait si bien s'introduire auprès du comte d'Artois que celui-ci, à la veille du retour de Napoléon, va jusqu'à lui proposer le ministère. Fouché refuse, se rallie à Napoléon en mars 1815 et reprend la direction de la Police. Certain de la chute prochaine de l'Empereur, il intrigue de plus belle, et joue le grand rôle de sa vie après Waterloo. Il est alors l'homme incontournable. Le 6 juillet 1815, Louis XVIII se résigne à lui confier le ministère de la Police. Fouché donne des gages de bonne volonté en établissant lui-même la liste des personnalités à proscrire (24 juillet 1815), mais l'élection de la Chambre introuvable (août 1815) sonne le glas de sa carrière. Les ultras ont juré d'obtenir sa tête. Fouché doit démissionner le 15 septembre. En mars 1816, il est à son tour proscrit comme régicide. Fouché meurt à Trieste le 26 décembre 1820.

Talleyrand

Charles-Maurice de Talleyrand-Périgord (1754-1838) joue auprès du Premier Consul puis de l'Empereur le rôle de mentor. Il lui apporte non seulement sa grande connaissance des affaires et des hommes, mais celle du monde de l'Ancien Régime, des Cours et des princes. Bonaparte et Talleyrand composent un étrange attelage qui avance au rythme des disputes, des brouilles et des réconciliations. Bonaparte a besoin de Talleyrand, qui l'introduit dans l'intimité des rois et qui exerce sur lui un ascendant certain par ce qu'il incarne d'un monde disparu mais que le nouveau régime, et son chef, tendent à reproduire. Talleyrand de son côté joue de cette fascination pour conserver la faveur d'un maître dont il désapprouve bientôt la politique étrangère – encore que ceci demeure controversé. Il est exact qu'il existe un point fixe dans cette vie faite de tant de reniements: la volonté de créer un nouvel ordre européen autour d'une alliance avec l'Autriche. Cette fidélité à la diplomatie d'Ancien Régime le conduit à tout entreprendre pour « torpiller » le rapprochement avec la Russie entamé en 1807, mais dans le même temps Talleyrand est de ceux qui incitent Napoléon à renverser les Bourbons de Madrid. Le 9 août 1807, Napoléon Ier le renvoie du ministère des Relations extérieures. En 1814, Talleyrand est sur la brèche. Il intervient de manière décisive, d'abord pour amener le Sénat à prononcer la déchéance de l'Empereur, ensuite pour hâter le retour des Bourbons. De retour aux Affaires étrangères, il représente la France au congrès de Vienne, où il réussit à la faire admettre, quelques mois à peine après l'effondrement de l'Empire. Après l'épisode des Cent-Jours, et après avoir tergiversé jusqu'au dernier moment, il fait le pari d'une seconde Restauration et se voit chargé de former le gouvernement. Règne de courte durée: le 19 septembre 1815, les négociations internationales sur la conclusion de la paix provoquent sa chute. Quinze années de semi-retraite commencent alors. Partageant son temps entre son hôtel de la rue Saint-Florentin et le château de Valençay, Talleyrand ne disparaît pas de la scène politique. Ses fonctions de grand chambellan le conduisent à la Cour tandis que ses dîners de la rue Saint-Florentin le maintiennent au contact du Paris politique. Lorsque la révolution de 1830 éclate, il est une nouvelle fois à pied d'œuvre. Il persuade Louis-Philippe d'accepter la couronne et les ambassadeurs étrangers de reconnaître la légitimité du nouveau régime. Sollicité pour le minis-

tère des Affaires étrangères, il refuse mais accepte l'ambassade de Londres. De 1830 à 1834, date de sa retraite définitive, il travaillera à un rapprochement franco-anglais et à faire reconnaître la neutralité du nouvel État belge indépendant.

Cambacérès

Jean-Jacques-Régis Cambacérès (1753-1824) ne reste pas longtemps à la tête du ministère de la Justice : le 15 décembre, Bonaparte le choisit comme second Consul. Son savoir juridique, sa familiarité avec les milieux révolutionnaires que le Premier Consul connaît mal se révéleront précieuses. Loyal, éprouvant une secrète fascination pour le jeune général, il contribue à la proclamation du Consulat à vie. Si l'avènement de l'Empire le prive de sa dignité de Consul, il en est dédommagé par les honneurs et les prébendes qui lui permettent de mener l'existence fastueuse qu'il affectionne. Il préside en 1813 le Conseil de régence chargé de veiller au grain pendant l'absence de l'Empereur. Ayant fait, sans enthousiasme, sa soumission à Louis XVIII en avril 1814, il n'aspire plus qu'à la retraite. Nommé ministre de la Justice au retour de l'Empereur, il refuse d'exercer ses fonctions. Banni en mars 1816, Cambacérès s'installe à Bruxelles. Pardonné en 1818, il revient mourir à Paris, après avoir dépensé sans compter pour soulager ses anciens collègues de la Convention exilés et dans le besoin.

Maret

Ancien avocat au parlement de Bourgogne entré au service des Affaires étrangères en 1792, Hughes-Bernard Maret (1763-1839) est devenu le secrétaire de Bonaparte après le retour d'Égypte. Nommé secrétaire d'État, il coordonne l'action du gouvernement et tient à ce titre une place importante auprès du Premier Consul puis de l'Empereur. Ministre des Affaires étrangères d'avril 1811 à novembre 1813, il retrouve la secrétairerie d'État aux Cent-Jours. Exilé après 1815, il rentre en France en 1820 pour se livrer à une intense activité de propagandiste bonapartiste. Pair de France en 1831, il occupera brièvement les fonctions de président du Conseil en 1834.

13 novembre (22 brumaire)
Abrogation de la loi des otages du 12 juillet 1799.

Le nouveau ministre des Relations extérieures, Reinhard, demande aux représentants de la France à l'étranger d'informer les puissances que la France souhaite une paix « honorable et solide ». Il communique le lendemain le même message aux diplomates étrangers en poste à Paris.

15 novembre (24 brumaire)
La rente perpétuelle 5 %, cotée 11 francs le 17 brumaire, remonte à 22,50 francs. Le 24, le ministre des Finances Gaudin obtient des banquiers parisiens une avance de 3 millions.

16 novembre (25 brumaire)
Les autorités parisiennes, suspendues depuis le 18 Brumaire, sont autorisées à s'assembler : les deux tiers de leurs membres ont été épurés.

18 novembre (27 brumaire)
Suppression de l'emprunt forcé établi le 28 juin 1799, que remplace une taxe de 25 centimes additionnels par franc de contribution foncière.

23 novembre (2 frimaire)
Suspension d'armes dans l'Ouest. Des négociations ont commencé entre le général Hédouville et les chefs de l'insurrection.

24 novembre (3 frimaire)
Création de l'administration des contributions directes. Ses agents sont nommés, astreints au cautionnement et soumis aux règles de l'avancement (loi complémentaire du 27 novembre).

27 novembre (6 frimaire)
Création de la Caisse d'amortissement, chargée de garantir les cautionnements des receveurs généraux. Elle est dirigée par Mollien jusqu'en 1806, ensuite par Jean Bérenger. La Caisse remplira bientôt d'autres fonctions : souscription au capital de la Banque de France (créée le 13 février 1800), soutien de la rente, financement du crédit public par l'émission de bons portant intérêt (444 millions de 1806 à 1814) ; enfin, gestion du Domaine extraordinaire créé le 30 janvier 1810.

Mollien

Fils d'un maître passementier rouennais qui employait plusieurs centaines d'ouvriers, Nicolas-François Mollien (1758-1850) commence sa carrière au contrôle général des Finances. La Révolution rend ce technicien très compétent à l'industrie. Le 18 Brumaire et la nomination de son ami Gaudin aux Finances le ramènent au service de l'État. Directeur de la Caisse d'amortissement, conseiller d'État (1805), il accède en janvier 1806 au ministère du Trésor public. On doit à Mollien de nombreuses réalisations dans les domaines de la technique financière et de la comptabilité publique. Il reprend ses fonctions aux Cent-Jours, ce qui lui vaut ensuite quelques années de retraite. Mais dès 1819, il rentre en grâce: devenu pair de France, il préside la commission de surveillance de la Caisse des dépôts et consignations (1819-1826, 1831-1837).

29 novembre (8 frimaire)
Suppression des peines de déportation frappant les prêtres réfractaires.

13 décembre (22 frimaire)
Après avoir rejeté (1er décembre) le plan de Constitution préparé par Sieyès qui le cantonnait dans la fonction honorifique de «grand électeur», Bonaparte charge Daunou de rédiger un nouveau projet et impose le texte définitif de la Constitution de l'an VIII. La nouvelle Constitution, promulguée le 15 décembre, bouleverse-t-elle les institutions existantes? Le pouvoir exécutif reste en effet collégial et le pouvoir législatif divisé, tandis que le suffrage universel est rétabli. En réalité, les citoyens perdent le droit d'élire leurs gouvernants, puisqu'un système complexe de «listes de notabilités» imaginé par Sieyès leur consent seulement la faculté de désigner des candidats, parmi lesquels le gouvernement choisit les responsables politiques à tous les échelons. L'exécutif est renforcé: trois Consuls nommés par le Sénat pour dix ans, mais dont seul le premier, Bonaparte, possède la réalité du pouvoir; les deux autres (Cambacérès et Lebrun) n'ont que voix consultative. Le pouvoir législatif est affaibli, son exercice étant réparti entre quatre organes: le Conseil d'État, dont les 40 membres sont nommés et présidés par le Premier Consul, prépare les projets de loi; le Tribunat (100 membres renouvelés par cinquième tous les ans) les discute; le Corps législatif (300 députés renouvelés annuellement par cinquième) adopte ou rejette les résolutions du Tribunat après avoir pris connaissance des intentions du Premier Consul. Enfin, le Sénat (80 membres nommés à vie en 1800: 31 désignés par Bonaparte, les autres cooptés; 141 en 1813) nomme les membres des Assemblées législatives, vérifie la constitutionnalité des lois et peut modifier la Constitution par sénatus-consulte. «Citoyens, déclarent les Consuls, la Révolution est fixée aux principes qui l'ont commencée: elle est finie!»

18 décembre (27 frimaire)
L'administration de la poste est mise en régie. Son directeur général, Lavalette, dirigera également le «cabinet noir».

22 décembre (1er nivôse)
Installation du Conseil d'État. Ses 29 premiers membres sont nommés par le Premier Consul. Ils émettent, avec l'aide de maîtres des requêtes, des avis sur les projets de lois préparés par le gouvernement. 115 conseillers d'État sont nommés de 1799 à 1813.

23 décembre (2 nivôse)
Le 14 juillet et le 22 septembre (anniversaire de la proclamation de la République) sont retenus comme fêtes nationales. La célébration du 21 janvier (exécution de Louis XVI) est supprimée.

24 décembre (3 nivôse)
Les Consuls nomment une «fournée» de 29 sénateurs, sur 80, le reste devant être choisi par cooptation. Promulgation d'une amnistie en faveur des membres des comités de l'an II (Barère, Vadier...) et des «royalistes» proscrits après le 18 Fructidor (Carnot notamment).
Le château des Tuileries est affecté à la résidence des Consuls.

25 décembre (4 nivôse)
Sans attendre les résultats du plébiscite, la Constitution entre en vigueur.
Abrogation des lois privant parents d'émigrés et ci-devant nobles des droits politiques.
Création d'«Armes d'honneur» pour les militaires ayant accompli des actions d'éclat.
Une proclamation consulaire confirme l'abolition de l'esclavage à Saint-Domingue et Toussaint-Louverture comme commandant en chef de l'île.
Bonaparte adresse à l'Angleterre et à l'Autriche des ouvertures de paix qui sont rejetées.

26 décembre (5 nivôse)
Les anciens membres des comités de l'an II déportés en l'an III et les royalistes déportés après le 18 fructidor an V sont autorisés à rentrer en France.

27 décembre (6 nivôse)
Installation du Sénat, qui nomme les membres du Corps législatif et du Tribunat. Daunou est élu président du Tribunat.
Un serment de «fidélité à la Constitution [de l'an VIII]» est imposé au clergé.
Le Moniteur devient le seul journal à pouvoir publier officiellement les communiqués du gouvernement.

28 décembre (7 nivôse)
Une amnistie est accordée aux insurgés de l'Ouest qui acceptent de déposer les armes. Les chefs chouans capitulent en janvier-février 1800. Frotté, qui a rejeté l'offre, est fusillé le 18 février.
Réouverture des églises le dimanche.

30 décembre (9 nivôse)
Les honneurs sont rendus à la dépouille de Pie VI, décédé le 29 août à Valence où le Directoire le retenait prisonnier.

autres événements
• Monge: *Géométrie descriptive.*
• Parmentier: *Précis d'expériences et observations sur les différentes espèces de lait, considérées dans leurs rapports avec la chimie, la médecine et l'économie rurale.*

1800

janvier
Caroline Bonaparte épouse Joachim Murat.

1er janvier (11 nivôse)
Installation du Corps législatif et du Tribunat.

17 janvier (27 nivôse)
Suppression «jusqu'à la paix» de 60 des 73 journaux politiques paraissant à Paris, et interdiction d'en créer de nouveaux sans autorisation du gouvernement. La censure des périodiques est confiée au ministre de la Police Fouché.

18 janvier (28 nivôse)
Arrestation à Paris du chevalier Toustain, trouvé en possession de cocardes blanches: il est exécuté le 22.

21 janvier (1er pluviôse)
Création de la direction du Trésor public, qui devient ministère du Trésor en 1801.
Des royalistes placardent le testament de Louis XVI sur les murs de Paris.

7 février (18 pluviôse)
Le gouvernement annonce que la Constitution a été approuvée par 3 011 007 oui contre 1 562 non. En réalité, 1 500 000 votes favorables ont été ajoutés au résultat final pour dissimuler l'importance de l'abstention (environ 6 millions).

13 février (24 pluviôse)
La Caisse des comptes courants est réorganisée sous le nom de Banque de France, établissement privé au capital de 30 millions par actions de 1 000 francs. Les 200 plus importants actionnaires élisent 15 régents et trois censeurs. La Banque de France est chargée de réguler le marché monétaire et de pratiquer le crédit, tant à l'égard de l'État que des particuliers.
À Londres, le duc d'Orléans (futur Louis-Philippe) fait sa soumission à Louis XVIII.

17 février (28 pluviôse)
Loi sur l'organisation administrative. Le principe électif est abandonné. Le gouvernement nomme un préfet par département, un sous-préfet dans chaque arrondissement et les maires des communes, assistés chacun d'un conseil municipal aux attributions limitées. La capitale est pourvue d'un statut particulier: elle est placée sous l'autorité d'un préfet (Frochot, nommé le 2 mars) et d'un préfet de police (Dubois, nommé le 8 mars), avec lesquels correspondent les maires nommés des 12 arrondissements. Le maire de Paris et le conseil municipal sont supprimés.

19 février (30 pluviôse)
Bonaparte s'installe aux Tuileries.

3 mars (12 ventôse)
La liste des émigrés étant close depuis le 25 décembre 1799, une commission est chargée d'examiner (avec bienveillance) les nouvelles demandes de radiation.

8 mars (17 ventôse)
Dans une «Proclamation aux Français», Bonaparte annonce la reprise imminente des hostilités, pour imposer la paix.

14 mars (23 ventôse)
Élection du pape Pie VII.

18 mars (27 ventôse)
La réorganisation du système judiciaire constitue, avec celle de l'ordre administratif, l'une des réalisations les plus durables du nouveau régime: un juge de paix élu par canton (qui dresse la liste des jurés, loi du 27 mars), un tribunal de première instance et un tribunal correctionnel par arrondissement, un tribunal criminel par département. 29 tribunaux d'appel (devenus cours d'appel en 1804) sont institués et un tribunal de cassation à Paris. Les juges, inamovibles, sont nommés par le Premier Consul; le ministère public est confié à un commissaire du gouvernement. Dans les tribunaux criminels, le double jury d'accusation et de jugement établi par la réforme judiciaire du 16 août 1790 est maintenu.

20 mars (29 ventôse)
Kléber bat les Turcs à Héliopolis. L'Égypte se soulève. Kléber reçoit la reddition des insurgés le 22 avril.

2 avril (12 germinal)
Carnot remplace Berthier à la Guerre.

8 avril (18 germinal)
Le répertoire des théâtres est soumis à l'obtention d'une autorisation gouvernementale.

20 avril (30 germinal)
Levée de l'état de siège dans les départements de l'Ouest.

25 avril-15 juillet (5 floréal-26 messidor)
Campagne de 1800. Tandis que les Autrichiens prévoient de se porter de Ligurie en Provence, Bonaparte a décidé de lancer Moreau en Allemagne, Masséna fixant le feldmaréchal Melas autour de Gênes. Moreau s'étant dérobé, Bonaparte décide de conduire en Italie l'armée de réserve rassemblée à Dijon. Le 5 avril, Melas a pris l'initiative, provoquant la rupture des lignes françaises en Ligurie: Masséna est rejeté dans Gênes, Suchet sur le Var. Sur le front allemand, Moreau franchit le Rhin le 28 avril, déborde l'Autrichien Kray qui se retranche dans Ulm (10 mai) et atteint Augsbourg le 27 mai. Il s'arrête alors, attendant les événements d'Italie. Du 14 au 23 mai, l'armée réunie sous les Alpes par Bonaparte franchit le col du Grand-Saint-Bernard et surgit le 26, à la stupéfaction de l'ennemi, dans la plaine du Pô. Il entre à Milan le 2 juin et rétablit la République cisalpine. Melas, menacé d'isolement, se replie sur la Ligurie où la capitulation de Masséna dans Gênes assiégée (4 juin) lui ouvre la route de Plaisance. Lannes et Murat ont occupé la ligne Alessandria-Plaisance. La rencontre des deux armées a lieu le 14 juin dans la plaine de Marengo. Les Français sont sur le point d'essuyer une sévère défaite, lorsqu'une contre-attaque dirigée par Desaix (qui trouve la mort dans cette action) rétablit la situation. Contraints à la retraite, les Autrichiens signent le 15 la convention d'Alessandria: les Français reprennent le contrôle de la Cisalpine, du Piémont et de la Ligurie. En Allemagne, Moreau repart à l'attaque le 19 juin: le 23, il coupe toute voie de retraite aux Autrichiens; le 28, il s'empare de Munich. Le 15 juillet, il accorde à l'Autriche l'armistice de Parsdorf.

Moreau

Suspecté d'avoir été mêlé, en 1796 et 1797, aux intrigues royalistes ourdies par Pichegru, Jean-Victor Moreau (1763-1813) a été rappelé à Paris et réformé. Il reprend du service en avril 1799, et remporte à Hohenlinden, le 3 décembre 1800, une victoire si éclatante qu'elle éclipse presque celles de Bonaparte en Italie. Moreau est-il jaloux? Nourrit-il des ambitions politiques? Est-il inquiet de la dérive monarchique du régime? Toujours est-il qu'en 1801-1803, il rallie autour de son nom tout ce que la France compte d'opposants illustres: il fréquente les libéraux et encourage la fronde des généraux contre le Concordat... Le 15 février 1804, suspecté de complicité dans le complot royaliste de Cadoudal, il est arrêté et condamné à deux ans de prison. Gracié mais obligé de quitter la France, il se fixe aux États-Unis d'où il revient en août 1813 pour mettre son épée au service du tsar. Le 27 août 1813, il est mortellement blessé lors de la bataille de Dresde.

mai
Mme de Staël: *De la littérature considérée dans ses rapports avec les institutions sociales.*

Mme de Staël

De Jacques Necker, de son épouse Suzanne et de leur fille unique Germaine, Napoléon dira qu'ils avaient vécu « tous trois à genoux, en constante adoration les uns des autres », au point d'ailleurs d'avoir voulu se réunir pour l'éternité dans le tombeau de leur propriété de Coppet (Suisse). Germaine Necker (1766-1817) est élevée dans le culte du grand homme de la famille, son père, banquier riche et respecté devenu le ministre de Louis XVI adulé par l'opinion publique. Un peu de la gloire de ce père tant aimé rejaillit sur la jeune fille. La vie serait une fête de chaque instant si les humeurs d'une mère inquiète, despotique et d'une piété calviniste étroite ne l'assombrissaient quelque peu. Le salon maternel, fréquenté par les notabilités de la politique et de la littérature, par les grandes fortunes de la finance et les grands noms de l'aristocratie, est l'école où Germaine, très vite, révèle l'esprit et le prodigieux don de la conversation qui, sa vie durant, subjugueront ses auditeurs, non sans parfois les irriter. Dans le domaine de l'esprit, sinon dans celui de la beauté, elle est sans rivale. L'époux qu'on lui donne en 1786 au terme d'interminables marchandages, le baron Éric-Magnus de Staël, ambassadeur du roi de Suède, n'est cependant guère digne d'une reine. Devenu à la fois baron et diplomate pour satisfaire les exigences des Necker, Éric-Magnus ne tardera pas à s'éclipser de la scène où brille sa femme, laissant à celle-ci un nom qu'elle saura rendre immortel. Mme de Staël vit en 1789 quelque chose qui ressemble au bonheur, à travers la gloire de son père et l'amour qu'elle porte au comte de Narbonne. D'autres déjà avaient enflammé cette femme, moitié mante religieuse, moitié cœur d'artichaut, et bien d'autres suivront, de Talleyrand à Mathieu de Montmorency et de Benjamin Constant à John Rocca. Aucun ne remplacera vraiment son père. Certains l'aimeront sincèrement, d'autres feindront de l'aimer, mais tous chercheront bientôt à secouer le joug que leur impose cette femme excessive en tout et qui se croit délaissée si elle ne reçoit pas chaque jour dix pages de l'homme aimé. C'est que de son côté, elle ne ménage pas ses efforts pour offrir la gloire à l'élu du moment, cette gloire sans laquelle elle est convaincue qu'il est impossible de vivre. On dit de Mme de Staël qu'elle a inventé la figure de l'intellectuelle ; on dit moins souvent qu'elle fut sous la Révolution la dernière descendante des aventurières de l'époque de la Fronde, de la duchesse de Chevreuse et de Mme de Longueville, pour qui aucun prix n'était trop élevé s'il pouvait permettre d'élever leur favori. Qui dira combien est néfaste le rôle joué par Mme de Staël en 1792 lorsque, voulant porter Narbonne au pouvoir, elle contribue par ses extravagances et son absence totale de scrupules à la chute de la monarchie ? Qui dira combien est lourde sa responsabilité dans l'insurrection royaliste manquée d'octobre 1795, puis dans le coup d'État antiparlementaire du 18 Fructidor (4 septembre 1797) ? Libérale par tempérament et par conviction, elle aura contribué chaque fois, entraînée par ses sentiments, à la ruine du parti et des idées que sa raison l'avait conduite à embrasser. Singulier caractère, dont elle a elle-même brossé le tableau dans son premier grand livre, publié en 1796, De l'influence des passions sur le bonheur des individus. *Le 18 Brumaire est la seule crise de la Révolution dans laquelle elle ne joue pas un rôle équivoque. Si, comme tout un chacun, elle admire Bonaparte à cette époque, la réciproque est loin d'être vraie. Non qu'il ne rende grâce à son esprit comme à son intelligence, mais en même temps, la fille de Necker, qu'il traitera un jour de « virago enturbannée », ne correspond pas exactement à l'idée qu'il se fait des femmes. Sans compter ses opinions libérales qui l'irritent. Le maître est agacé par* De la littérature *(mai 1800), ouvrage publié peu après le retentissant discours prononcé par Benjamin Constant au Tribunat. Bonaparte ne s'y trompe pas : les ouvrages signés par l'un ou par l'autre sont le fruit de leur collaboration, au point de ne pouvoir démêler précisément la part de chacun. Comme le dira Édouard Herriot, l'amitié amoureuse et la complicité intellectuelle de Germaine et Benjamin « avait abouti à la constitution d'une sorte d'androgyne », pensant de concert et écrivant à quatre mains. Mécontent en 1800, le Premier Consul se fâche en 1803 lorsque paraît* Delphine, *dédié à « la France silencieuse et éclairée » : en octobre, Mme de Staël doit s'éloigner de Paris, ce qui assurément représente une terrible punition pour cette intellectuelle si éprise de vie sociale et mondaine. En 1803, elle se fixe à Coppet, sur les bords du lac Léman, où sa résidence devient bientôt un carrefour pour les intellectuels européens, le foyer du romantisme naissant et le rendez-vous de tous les opposants plus ou moins déclarés au régime impérial. Mme de Staël voyage en Allemagne et en Italie, d'où elle rapporte le manuscrit de* Corinne, ou l'Italie *(1807). En septembre 1810, son nouvel ouvrage,* De l'Allemagne, *est interdit et Mme de Staël assignée à résidence à Coppet. Le 23 mai 1812, elle s'évade et se réfugie en Russie, puis à Stockholm où Bernadotte lui accorde sa protection. Mme de Staël regagne la France après la chute de Napoléon. La lutte qui l'a opposée pendant tant d'années au maître de la France est terminée. Mais sans rien changer à son opinion sur l'empereur et son régime, elle ne fait pas chorus avec tous ceux qui rachètent leur servilité envers le vainqueur par un excès de haine envers le vaincu : ayant appris qu'on allait assassiner Napoléon à l'île d'Elbe, Mme de Staël vole au secours de son persécuteur en le faisant prévenir. Mais lorsque l'empereur revient, en mars 1815, elle reprend le chemin de l'exil. Si elle avait pardonné à l'homme, elle refusait de se soumettre au despote. Après la chute finale de Napoléon et le rétablissement de Louis XVIII, elle consacre ses dernières années à plaider la cause de la France auprès des souverains alliés et à écrire ses* Considérations sur les principaux événements de la Révolution française, *qui paraîtront en mai 1818, après sa mort survenue le 14 juillet 1817.*

16 mai (26 floréal)

Une circulaire ordonne de procéder à un recensement de la population française, dont les résultats sont publiés en 1801 : 27 349 631 habitants.

28 mai (8 prairial)
Un arrêté réorganise les Archives nationales. Camus est confirmé dans ses fonctions d'archiviste le 23 juillet; Daunou lui succédera à partir de 1804 (et jusqu'en 1840).

29 mai (9 prairial)
Interdiction des journaux *Le Bien informé*, *L'Ami des lois* et le *Journal des hommes libres*.

1er juin (12 prairial)
Premiers essais de vaccination contre la variole, d'après le procédé mis au point par l'Anglais Edward Jenner qui, en 1796, avait inoculé à des patients l'exsudat des lésions d'une maladie voisine, la vaccine (*cow-pox*), préalablement inoculée à une génisse et recueillie après quelques jours. C'est beaucoup plus tard, en 1879, que Pasteur découvrira le principe de la vaccination par l'inoculation de microbes de la même maladie.

5 juin (16 prairial)
S'adressant au clergé de Milan, Bonaparte exprime son désir de parvenir à une réconciliation religieuse. C'est le début des négociations avec le pape qui aboutiront au Concordat du 15 juillet 1801.

14 juin (25 prairial)
Kléber est assassiné au Caire par un fanatique musulman. Le général Menou lui succède.

20 juin (1er messidor)
Traité d'alliance entre l'Autriche et l'Angleterre, contre la France.

juillet
Bichat: *Recherches physiologiques sur la vie et la mort.*

Une révolution médicale

Les années du Consulat et de l'Empire comptent parmi les plus importantes dans l'histoire de la médecine. Comme dans bien d'autres domaines, l'impulsion a été donnée sous le Directoire, par la réorganisation de l'enseignement de la médecine, où l'observation clinique est désormais privilégiée. Les progrès sont décisifs et rapides dans les deux domaines de la clinique et de l'anatomie, grâce au développement d'une science du diagnostic dans un cas, et à celui de l'anatomie pathologique (par le recours à la dissection des cadavres) dans l'autre cas. Quatre noms s'imposent: ceux de Bichat, Broussais, Corvisart et Pinel.
Xavier Bichat (1771-1802) avait d'abord étudié la chirurgie, qui rayonnait déjà en France d'un vif éclat, grâce à l'Académie de chirurgie et à l'un de ses plus illustres membres, Desault, dont Bichat devint l'élève en 1793. Dès 1797, Bichat, qui n'a que 26 ans, ouvre son propre cours d'anatomie où il s'affirme comme le fondateur de l'anatomie générale en étudiant, non pas les organes, mais les tissus qui, entrant dans leurs structures, peuvent participer à la constitution de plusieurs organes. En 1800, il publie avant ses Recherches physiologiques *un* Traité des membranes *qui l'impose comme le successeur du grand anatomiste et collaborateur de l'*Encyclopédie *Théophile de Bordeu (1722-1776). Il publie enfin une* Anatomie générale *(1801). Médecin-chef à l'Hôtel-Dieu, Bichat est prématurément emporté par la typhoïde le 22 juillet 1802.*
François Broussais (1772-1838), nommé médecin-chef de l'armée d'Espagne en 1808, développe une doctrine fondée sur la notion d'« irritation » et sur une thérapeutique meurtrière: la saignée. Il exposera ses idées dans un Examen des doctrines médicales *(1817) et les appliquera plus tard aux maladies neurologiques (*Traité de l'irritation et de la folie, *1828).*
Jean-Nicolas Corvisart (1755-1821) appartient à une génération antérieure, formée avant la Révolution. Titulaire de la chaire de clinique interne à l'hôpital de la Charité et choisi par Napoléon comme premier médecin, Corvisart contribue à établir la médecine sur des bases scientifiques, notamment en vulgarisant l'emploi de la méthode dite de la « percussion » dans les affections de poitrine (1808). Ses recherches dans ce domaine ont ouvert la voie aux travaux de son élève, René-Théophile-Hyacinthe Laennec (1781-1826), nommé médecin de l'hôpital Necker en 1806, qui invente en 1815 le stéthoscope: il publiera en 1819 un Traité d'auscultation médiate.
Philippe Pinel (1745-1826) s'est illustré dans un tout autre domaine: celui des maladies mentales. Nommé en 1793 médecin-chef de Bicêtre, il opère une véritable révolution dans le traitement des aliénés en les délivrant de leurs chaînes pour les considérer désormais comme des malades. Nommé à la Salpêtrière en 1795, il publie en 1801 un Traité médico-philosophique sur l'aliénation mentale ou la manie *qui fonde la psychiatrie moderne.*
Époque novatrice pour la connaissance des maladies du corps et de l'esprit, l'Empire ne le fut pas moins pour la chirurgie. Les atrocités militaires des campagnes napoléoniennes offrent en effet un champ d'observations et d'expérimentations en tous genres. On citera Dominique-Jean Larrey (1766-1842), baron d'Empire et chirur-

gien de la Grande Armée, qui assista à 60 batailles et plus de 400 combats; Pierre-François Percy (1754-1825), créateur du corps mobile de chirurgie aux armées, et Guillaume Dupuytren (1777-1835), nommé chirurgien-chef de l'Hôtel-Dieu en 1815 et qui deviendra ensuite le chirurgien attitré de Louis XVIII, puis de Charles X.

2 juillet (13 messidor)
Retour de Bonaparte à Paris.

14 juillet (25 messidor)
Réouverture du Louvre rénové. Le Louvre, devenu Muséum national de l'art, avait ouvert ses portes le 10 août 1793 mais l'ampleur des travaux nécessaires avait entraîné la fermeture de la Grande Galerie en 1796.
Place Vendôme, pose de la première pierre d'une « colonne nationale ».

26 juillet (7 thermidor)
Les Français sont autorisés à choisir librement leur jour chômé entre le dimanche et le décadi, jour chômé de la semaine de dix jours instaurée par le calendrier révolutionnaire.

11 août (23 thermidor)
La reprise du paiement des rentes et pensions en numéraire renforce la confiance dans le régime.

12 août (24 thermidor)
Début des travaux de la commission chargée de préparer un projet de Code civil.

2 septembre (15 fructidor)
Création, au théâtre de l'Ambigu-Comique, de *Coelina ou l'enfant du mystère*, début de la productive carrière (près de 200 pièces en un tiers de siècle) de Guilbert de Pixérécourt (1773-1844), surnommé « le Corneille du Boulevard ».

3 septembre (16 fructidor)
Les Anglais s'emparent de Malte. Bonaparte refuse de reconnaître cette conquête et cède l'île à la Russie (16 octobre).

5 septembre (18 fructidor)
Rétablissement de la fonction d'avoué.

7 septembre (20 fructidor)
Bonaparte répond à une lettre du 20 février précédent où Louis XVIII l'invitait à restaurer le trône des Bourbons: « Vous ne devez pas souhaiter votre retour en France; il vous faudrait marcher sur cent mille cadavres. Sacrifiez votre intérêt au repos et au bonheur de la France: l'histoire vous en tiendra compte. »

22 septembre (5e jour complémentaire)
Transfert des cendres de Turenne aux Invalides.

23 septembre (1er vendémiaire an IX)
Le sénateur Clément de Ris est enlevé près de Tours: une « ténébreuse affaire » (titre du roman qu'en tirera Balzac) dont toutes les pièces seront détruites par Fouché.

1er octobre (9 vendémiaire)
Par le traité de Saint-Ildefonse, l'Espagne restitue la Louisiane à la France, et la Toscane est érigée en royaume d'Étrurie, dont la couronne est donnée à titre viager à l'infant Louis de Parme, gendre du roi Charles IV d'Espagne. Le 15 a lieu une insurrection antifrançaise en Toscane.

3 octobre (11 vendémiaire)
Le traité de Mortefontaine rétablit avec les États-Unis une paix « ferme et inviolable ».

8 octobre (16 vendémiaire)
Berthier remplace Carnot au ministère de la Guerre.

10 octobre (18 vendémiaire)
Informée d'une « conspiration des poignards », la police arrête plusieurs anciens Jacobins (le sculpteur Ceracchi, le peintre Topino-Lebrun, Demerville, Aréna, frère de l'ancien Conventionnel) qui projetaient de poignarder Bonaparte à son arrivée à l'Opéra.

20 octobre (28 vendémiaire)
Un arrêté fixe les modalités pour une nouvelle révision de la liste des émigrés, qui passera de 100000 à 52000 noms.
Après une première tentative, le 24 août précédent, réouverture de pourparlers avec l'Autriche à Lunéville. Ils sont interrompus le 17 novembre. Les Autrichiens se dirigent alors vers la Toscane; les Français occupent Florence.

1er novembre (10 brumaire)
Fontanes: *Parallèle entre César, Cromwell, Monk et Bonaparte*. Lucien Bonaparte recommande aux préfets cette brochure favorable à une restauration monarchique au profit de Bonaparte, rédigée par Fontanes sous la direction de Lucien, et peut-être avec l'accord du Premier Consul.

FONTANES

Louis de Fontanes (1757-1821), lié sous la Révolution aux monarchiens (1789) et aux clichyens (1797), est entré au ministère de l'Intérieur puis au Corps législatif, qu'il préside de 1804 à 1810, grâce à l'appui de Lucien Bonaparte. Fontanes joue un rôle important dans l'évolution monarchique du régime. En 1808, Napoléon, soucieux de rallier l'opinion catholique, lui confie la direction de l'Université. Nommé pair de France en 1814 par Louis XVIII, il se range après 1815 sous la bannière des libéraux avant de se rapprocher des ultraroyalistes au soir de sa vie.

6 novembre (15 brumaire)
Bonaparte cède à Fouché, qui a protesté contre la diffusion de la brochure de Fontanes: il renvoie son frère Lucien du ministère de l'Intérieur, où Chaptal le remplacera le 21 janvier 1801. Lucien est nommé ambassadeur à Madrid.

CHAPTAL

Docteur en médecine (1776), titulaire de la chaire de chimie de la faculté de médecine de Montpellier (1780) et directeur d'une entreprise de fabrication de produits chimiques, Jean-Antoine Chaptal (1756-1832) monte à Paris en 1794 pour diriger la poudrerie de Grenelle. Professeur à l'École polytechnique et membre de l'Académie des sciences (1798), Bonaparte le nomme conseiller d'État à la fin de 1799. Le 21 janvier 1801, il accède au ministère de l'Intérieur. Dans cette fonction qu'il occupe jusqu'au 8 août 1804 (date à laquelle, hostile à la proclamation de l'Empire, il démissionne), Chaptal joue un rôle considérable dans la réorganisation administrative et la politique économique de la France. Napoléon ne tient pas rigueur de sa démission à un ministre qui l'a si bien et si fidèlement servi : il le nomme sénateur. Chaptal retourne à l'industrie jusqu'à ce que les revers de l'Empereur, en 1813, ne le conduisent à venir se mettre avec beaucoup de noblesse au service de celui dont il désapprouvait pourtant depuis longtemps la politique. Chargé au début de 1814 d'organiser la résistance à Lyon, il accepte aux Cent-Jours les titres de ministre d'État et de pair de France. Sa notoriété internationale, mais aussi sa grandeur d'âme, le mirent à l'abri des persécutions; Louis XVIII le comprit assez pour confirmer son élévation à la pairie. Il publie De l'industrie française *en 1819 et* La Chimie appliquée à l'agriculture *en 1823.*

19 novembre (28 brumaire)
Des chouans assassinent Audrein, évêque constitutionnel du Finistère.

27 novembre (6 frimaire)
L'armée autrichienne franchit l'Inn et entreprend de contourner les troupes de Moreau stationnées au nord de Munich. Le 3 décembre, Moreau lui inflige une sévère défaite à Hohenlinden. L'armée française franchit l'Inn à son tour et prend Salzbourg (13 décembre). Le 21, Moreau n'est plus qu'à 170 km de Vienne. Un armistice est signé le 25 décembre. En Italie, Brune bat les Autrichiens sur le Mincio (26 décembre) et entre à Vérone le 3 janvier 1801. Le 2 janvier, les négociations reprennent avec l'Autriche à Lunéville.

22 décembre (1er nivôse)
Retour des religieuses dans les hôpitaux.

24 décembre (3 nivôse)
Une machine infernale explose rue Saint-Nicaise au passage de la voiture du Premier Consul qui se rend à l'Opéra: on relève quatre morts et 60 blessés. Bonaparte est indemne. Malgré les informations de Fouché sur l'origine royaliste de l'attentat, Bonaparte attribue celui-ci aux Jacobins.

26 décembre (5 nivôse)
La Russie, la Prusse, la Suède et le Danemark s'allient au sein d'une Ligue des neutres pour protéger leurs navires de commerce des attaques anglaises. La flotte britannique en imposera la dissolution en bombardant Copenhague le 2 avril 1801.

1801

5 janvier (15 nivôse)
Déportation sans jugement de 130 Jacobins (68 le seront effectivement). Les responsables de l'attentat de la rue Saint-Nicaise, les royalistes Carbon et Saint-Réjeant, arrêtés les 18 et 28 janvier, sont exécutés le 20 avril.

20 janvier (30 nivôse)
Exécution du Jacobin Metge, qui a appelé dans un pamphlet *(Le Turc et le militaire français)* des « milliers de Brutus » à se dresser contre le « tyran ».
Le tsar Paul Ier propose une alliance à la France et demande à Louis XVIII de quitter la Russie.

30 janvier (10 pluviôse)
Exécution des responsables de la « conspiration des poignards » éventée le 10 octobre précédent, Ceracchi, Topino-Lebrun, Demerville et Aréna.

7 février (18 pluviôse)
Une loi crée des tribunaux spéciaux jugeant sans jury ni appel les coupables de rassemblements séditieux, rébellions, assassinats et brigandages.

9 février (20 pluviôse)
Paix de Lunéville entre la France et l'Autriche. Le traité reproduit celui de Campo-Formio (17 octobre 1797): il confirme la cession de la rive gauche du Rhin à la France et étend la sphère d'influence de celle-ci en Italie du Nord (Piémont, Républiques ligurienne et cisalpine). En Italie, l'Autriche conserve seulement la Vénétie. À l'annonce du traité, le cours de la rente s'envole : cotée 22 francs après le 18 Brumaire, dopée par Marengo (14 juin 1800), elle se négocie à 68 francs en février 1801.

23 février (4 ventôse)
La direction des hôpitaux est confiée à un administrateur unique : la tutelle de l'État est renforcée. Les établissements parisiens se spécialisent; ailleurs, les différentes affections se voient attribuer des salles distinctes.

4 mars (13 ventôse)
Une loi règle les modalités de la formation des « listes de notabilités » prévues par la Constitution de l'an VIII.

19 mars (28 ventôse)
Réorganisation des Bourses des valeurs (à la fois de change, de commerce et de valeurs): désormais sous la tutelle du gouvernement, celui-ci nomme les agents de change et les courtiers de commerce qui sont astreints à verser un cautionnement. Environ 80 Bourses seront ouvertes.

21 mars (30 ventôse)
Le traité d'Aranjuez avec l'Espagne confirme celui de Saint-Ildefonse (1er octobre 1800). Madrid s'engage en outre à déclarer la guerre au Portugal, allié de Londres, et cède Parme à la France.

24 mars (3 germinal)
Assassinat du tsar Paul Ier. Son fils Alexandre Ier lui succède.

29 mars (8 germinal)
Le traité de Florence met fin à la guerre entre la France et le royaume de Naples qui ferme ses ports aux bâtiments anglais et livre à la France l'île d'Elbe et Piombino.

avril
Le marquis de Sade, qui a publié l'année précédente *Les Crimes de l'amour, précédés d'une idée sur les romans*, est emprisonné à Sainte-Pélagie. Il sera ensuite transféré à Charenton, où il mourra le 2 décembre 1814.

3 avril (13 germinal)
Chateaubriand : *Atala, ou les Amours de deux sauvages dans le désert.*

8 mai (18 floréal)
Début de la pacification des départements de l'Ouest. Les derniers rebelles sont dispersés à la fin de l'année.

9 mai (19 floréal)
Louis-Benoît Picard, surnommé le « Molière du XIXe siècle », triomphe au théâtre Louvois avec *La Petite Ville.*

20 mai (30 floréal)
L'Espagne déclenche (sans ardeur excessive) une offensive contre le Portugal, qui s'arrête dès le 6 juin par la signature d'un traité entre les deux pays.

21 juin (2 messidor)
Arrivée à Paris du cardinal Consalvi, chargé de négocier le Concordat directement avec Bonaparte, après l'échec des discussions entre le nonce Spina et l'abbé Étienne Bernier.

27 juin (8 messidor)
Après la défaite de Canope (21 mars), Menou signe une convention de capitulation et d'évacuation qui marque la fin de l'expédition d'Égypte. Le 2 septembre, les troupes françaises quittent Alexandrie.

28 juin (9 messidor)
Les négociations sur le Concordat s'enlisent. Plusieurs projets ont déjà été rejetés par la Curie romaine ou le gouvernement français. Bonaparte menace Rome d'une invasion militaire si le Saint-Siège n'accepte pas les termes d'un accord sous cinq jours.

29 juin (10 messidor)
Ouverture, à Notre-Dame, d'un « concile national » de l'Église constitutionnelle. L'abbé Grégoire, évêque d'Orléans, prononce un violent réquisitoire contre le pape Pie VII.

15 juillet (26 messidor)
Après d'âpres négociations, le Concordat est signé. Le Saint-Siège reconnaît la République française et accepte une Église de France fonctionnarisée, dont la vocation est essentiellement sociale. Pie VII renonce à réclamer les biens du clergé vendus comme biens nationaux, consent à la démission forcée des évêques nommés avant 1790 et à une nouvelle circonscription des diocèses, et se résigne à ce que la religion catholique soit seulement proclamée « religion de la grande majorité des citoyens français ». Le pape se résigne également au silence observé à l'égard des ordres réguliers, à la neutralité religieuse de l'État (à l'exception d'une référence à la « profession particulière » que les Consuls font du catholicisme) et au maintien de la législation révolutionnaire sur l'état civil, le mariage et le divorce. Pie VII, par les sacrifices consentis, obtient surtout la reprise d'une vie pastorale régulière en France, posant ainsi pour l'avenir les bases d'une reconquête spirituelle. Il obtient également la reconnaissance de l'investiture canonique, celle de la liberté du culte comme liberté publique et non plus seulement privée, enfin la déposition des évêques élus depuis 1790. Le Premier Consul nommera les titulaires des évêchés, ramenés à 60, qui recevront du pape l'investiture canonique.

10 août (22 thermidor)
Le ministre de l'Intérieur est chargé des cultes. Leur direction est confiée à Portalis le 8 octobre.

Portalis

Jean-Étienne-Marie Portalis (1746-1807), fils d'un professeur de droit canon à l'université d'Aix, exerçait au parlement d'Aix lorsqu'en 1778 il fut élu l'un des administrateurs de la Provence. Emprisonné sous la Terreur, il est nommé en 1795 au Conseil des Anciens. Membre du club royaliste de la rue de Clichy, il doit émigrer après le 18 Fructidor. Un moment conseiller de Louis XVIII à qui il prêche l'acceptation de 1789, il rentre après le 18 Brumaire. Présenté par Lebrun à Bonaparte, celui-ci rend bientôt hommage à ses compétences comme à son intégrité morale en le nommant au Conseil d'État, puis en lui confiant la rédaction du projet de Code civil auquel il va attacher son nom. À partir d'octobre 1801, Portalis joue à la direction des Cultes (transformée en ministère en juillet 1804) un rôle très important dans la mise en œuvre du Concordat.

15 août (27 thermidor)
Pie VII ratifie le Concordat et trois bulles d'application, dont l'une demande aux évêques légitimes de démissionner, tandis qu'une autre accorde aux prêtres mariés (mais non aux évêques qui sont dans ce cas) l'absolution et la validation de leur mariage sous la condition d'un sincère repentir. Bonaparte signe à son tour le Concordat le 10 septembre.

20 août (2 fructidor)
Première représentation en France des *Mystères d'Isis*, adaptés de *La Flûte enchantée* de Mozart. Le public parisien sera redevable de la découverte de Mozart à une troupe de chanteurs italiens qui donnera *Les Noces de Figaro* en 1807, *Cosi fan tutte* en 1809, *Don Giovanni* en 1811 (dirigé par Luigi Cherubini).

24 août (6 fructidor)
La Bavière adhère au traité de Lunéville du 9 février précédent et cède à la France la partie du Palatinat située sur la rive gauche du Rhin.

1er septembre (13 fructidor)
Création de musées dans 12 villes de province (Lyon, Marseille, Toulouse, Bordeaux, Nantes, Rennes, Caen, Rouen, Lille, Nancy, Strasbourg, Dijon) et trois villes alors françaises: Mayence, Genève et Bruxelles. Ces musées exposent des œuvres prises dans les collections nationales. Deux autres musées seront créés en province, à Tours en 1803 et à Montpellier en 1806. Jusqu'en 1811, un millier de tableaux et d'œuvres d'art prendront ainsi le chemin de la province (seulement 376 entre 1814 et 1830).

23 septembre (1er vendémiaire an X)
Le système décimal des poids et mesures entre en vigueur.
La Russie exige que la France se retire du Piémont.

27 septembre (5 vendémiaire)
Nommé directeur en février, Barbé-Marbois devient ministre du Trésor public détaché du ministère des Finances dirigé par Gaudin. Le 6 septembre, création d'un corps des inspecteurs généraux du Trésor.

Barbé-Marbois

Fils d'un épicier en gros devenu directeur de la Monnaie à Metz, François Barbé-Marbois (1745-1837) a commencé sa longue carrière dans la diplomatie et l'administration des colonies. Après une prudente retraite (1792-1795), il est élu au Conseil des Anciens où il devient l'un des chefs de file du parti clichyen. Déporté en Guyane après le 18 Fructidor, il rentre en France après Brumaire. Il devient alors conseiller d'État, fonction dans laquelle il acquiert une réputation méritée d'intégrité. Mais l'homme nommé directeur du Trésor public en 1801 (ministre quelques mois plus tard) est également candide. En 1804, les fourberies d'Ouvrard et des financiers auxquels il a confié le service de la trésorerie le ridiculisent et provoquent son renvoi (janvier 1806). Napoléon accepte pourtant en septembre 1807 de lui confier la présidence de la Cour des comptes. Rédacteur en 1814 de l'acte prononçant la déchéance de l'Empereur, Barbé-Marbois devient pair de France (juin 1814). En septembre 1815, après la démission du ministère Talleyrand, il prend le portefeuille de la Justice dans le ministère formé par le duc de Richelieu : les ultras le contraignent à la démission en mai 1816. Président de la Cour des comptes jusqu'en 1834, il s'éteint en 1837, âgé de 92 ans.

30 septembre (8 vendémiaire)
La France reconnaît la souveraineté de l'Empire ottoman sur l'Égypte.

octobre 1801-été 1803
Après les années de dépression qui ont marqué la période du Directoire, le rétablissement de l'ordre à l'intérieur et les victoires militaires à l'extérieur ont ramené la confiance et relancé l'économie. Mais en 1801 et 1802, les récoltes sont mauvaises. Le prix de l'hectolitre de blé, de 20,30 francs en 1800, monte à 24,30 francs en 1802 et plus de 32 francs à Paris. Si les effets de la crise (troubles sociaux, baisse de la consommation, ralentissement de l'activité économique et montée du chômage) se font partout sentir jusqu'à l'été 1803, le gouvernement réussit à en atténuer les effets dans la capitale : loi sur la boulangerie du 11 octobre 1801, organisation de « soupes économiques », lancement de travaux publics (ouverture du canal de l'Ourcq, achat massif de céréales à l'étranger en mai 1802).

1er octobre (9 vendémiaire)
Aboutissement de pourparlers entamés le 21 février, signature à Londres de préliminaires de paix avec l'Angleterre : celle-ci s'engage à restituer leurs colonies à la France, l'Espagne et la Hollande ; Malte est restituée aux Chevaliers de Saint-Jean, la cession de l'île d'Elbe à la France confirmée, la France s'engageant en retour à évacuer Naples, les États romains et à renoncer à l'Égypte.

2 octobre (10 vendémiaire)
Decrès est nommé ministre de la Marine.

4 octobre (12 vendémiaire)
Un arrêté interdit aux adeptes du mouvement déiste apparu en 1796 – les théophilanthropes – l'usage des églises.

7 octobre (15 vendémiaire)
Formation d'un corps expéditionnaire placé sous le commandement du général Leclerc et chargé de rétablir l'autorité de la France à Saint-Domingue. Le 25 décembre 1799, le Consulat avait confirmé l'irréversibilité de l'abolition de l'esclavage dans l'île, et le 4 mars 1801, Toussaint-Louverture, désormais seul maître, avait reçu le titre de capitaine-général de la colonie. Mais dès le mois de janvier, Toussaint avait occupé la partie espagnole de Saint-Domingue, et le 8 juillet, promulgué une constitution qui le nommait gouverneur à vie avec droit de désigner son successeur. Proclamation d'indépendance ? Rien n'est moins sûr, mais Bonaparte le croit. La flotte quitte Brest le 14 décembre 1801, emportant avec elle une guillotine.

8 octobre (16 vendémiaire)
Traité de paix franco-russe. En échange de l'oubli de la question piémontaise, la Russie conserve le protectorat des îles Ioniennes et une garnison à Corfou.

11 octobre (19 vendémiaire)
La dispersion des théophilanthropes provoque un regain d'hostilité au Concordat dans tous les corps constitués. Le 29 novembre, le Corps législatif choisit pour président un athée notoire, l'ancien Conventionnel Dupuis, et propose l'abbé Grégoire comme candidat au Sénat. Celui-ci est élu le 26 décembre.

3 novembre (12 brumaire)
Une loi ordonne l'établissement de cadastres parcellaires types pour deux communes par arrondissement (au total, 1 925).

19 novembre (28 brumaire)
Une circulaire confirme la permanence des bureaux de bienfaisance créés le 7 frimaire an V (27 novembre 1796).

29 novembre (8 frimaire)
Pie VII proclame la vacance de l'ensemble des évêchés français : 48 évêques ont donné la démission demandée mais 37, la plupart émigrés, l'ont refusée. Le nombre des diocèses a été ramené de 139 avant 1789 à 60 (dont 10 archevêchés).

6 décembre (15 frimaire)
Les Assemblées législatives ouvrent la discussion sur le projet de Code civil élaboré par la commission nommée le 12 août 1800.

15 décembre (24 frimaire)
Le Corps législatif manifeste son opposition au Concordat en rejetant le titre premier du projet de Code civil.

27 décembre (6 nivôse)
Traité entre la France et la régence d'Alger sur le recouvrement par celle-ci d'une créance contractée par le Directoire.

autres événements
• Baour-Lormian (1770-1854), déjà connu par une traduction de *La Jérusalem délivrée* (1795) du Tasse, publie un recueil inspiré d'Ossian, *Poésies galliques*, qui lui vaut une réputation de novateur préromantique.
• Girodet et Gérard peignent deux tableaux inspirés par Ossian, «l'Homère du Nord», pour la bibliothèque de la Malmaison. L'œuvre de Gérard, *Ossian invoquant les fantômes au son de la harpe sur les bords du Lora* (connue par une copie), est l'une des plus importantes du romantisme naissant. Girodet, quant à lui, mêle les généraux illustres de la Révolution aux personnages du poème dans l'*Apothéose des héros morts pour la patrie pendant la guerre de la liberté* (Salon de 1802): ce tableau à l'arrière-plan historique très savant déplaît à David qui en critique les «personnages de cristal». Napoléon, grand lecteur d'Ossian, commandera pour sa chambre à coucher du palais du Quirinal, à Rome (annexée à l'Empire en 1809), un *Songe d'Ossian* que réalisera Ingres en 1813. En 1801, Gros, dont *Le Combat de Nazareth* vient de recevoir un prix, expose *Sappho à Leucate* qui exalte le suicide dicté par la passion amoureuse. Avec ces œuvres de Gérard, Girodet et Gros, le romantisme s'introduit dans le davidisme alors tout-puissant.

1802

1er janvier (11 nivôse)
Le Tribunat présente Daunou (brouillé avec Bonaparte) comme candidat au Sénat. La riposte ne tarde pas: le lendemain, le Premier Consul retire tous les projets de loi en discussion, mettant ainsi les Conseils législatifs en vacances forcées.

4 janvier (14 nivôse)
Louis Bonaparte, frère de Napoléon, épouse Hortense de Beauharnais, issue du premier mariage de Joséphine Bonaparte avec Alexandre de Beauharnais, guillotiné en 1794.

26 janvier (5 pluviôse)
Bonaparte est élu président de la République cisalpine (devenue «République italienne») par une «consulte» de députés italiens réunie à Lyon depuis la fin de décembre 1801.

5 février (16 pluviôse)
Leclerc débarque à Saint-Domingue où, durant trois mois, il livre de rudes combats contre l'armée noire. Finalement battu, Toussaint-Louverture négocie sa soumission (1er-6 mai).

6 février (17 pluviôse)
Alors que Vivant Denon fait paraître *Voyage dans la Basse et la Haute-Égypte pendant les campagnes du général Bonaparte* qui révèle l'art égyptien aux Français, Bonaparte décide la publication des résultats des travaux scientifiques de l'expédition d'Égypte: la *Description de l'Égypte* paraîtra de 1809 à 1828.

18 mars (27 ventôse)
Malgré la loi qui prévoit le renouvellement annuel des Assemblées par tirage au sort, Bonaparte fait désigner par le Sénat les 20 membres sortants du Tribunat et les 60 du Corps législatif. Les animateurs de l'opposition, les Idéologues notamment, sont écartés. Le 27 mars, des élus plus dociles leur succèdent.

Les Idéologues

Le groupe des Idéologues s'est formé dans la fréquentation du salon d'Anne-Catherine Helvétius, l'épouse du fermier général (1719-1800), auteur du célèbre traité De l'esprit *(1758), à Auteuil. Le médecin Pierre-Jean-Georges Cabanis (1757-1808) et Constantin-François Volney (1757-1820) y avaient été introduits bien avant la Révolution par Turgot. De cette époque dataient leurs liens avec Condorcet, dont Cabanis épousa la belle-sœur, Charlotte de Grouchy. C'est dans l'entourage de Condorcet et des Girondins que Cabanis et Volney, tous deux députés aux États généraux de 1789, se lièrent avec Pierre-Claude-François Daunou (1761-1840), ordonné prêtre en 1787 et député du Pas-de-Calais à la Convention, Antoine-Louis-Claude Destutt de Tracy (1754-1836), député de la noblesse en*

1789, et Dominique-Joseph Garat (1749-1833), député en 1789, ministre de la Justice puis de l'Intérieur en 1792-1793. En 1794, Pierre-Louis Ginguené (1748-1816) avait fondé La Décade philosophique *qui devint l'organe d'un groupe qui s'affirma après Thermidor comme le double héritier de la philosophie du siècle, notamment celle de Condillac, et de Condorcet (dont les Idéologues font connaître après 1794 l'*Esquisse d'un tableau historique sur les progrès de l'esprit humain*).*

*L'ambition des Idéologues est de fonder, dans le sillage de Condillac et Condorcet, une « science des idées », comme l'écrira Destutt de Tracy (*Éléments d'idéologie, *1803-1815), une « théorie des théories » pour servir d'« introduction naturelle à tous les genres d'études », et dont l'application devait aider l'homme à s'affranchir du joug des préjugés et créer les moyens permettant de soustraire la décision politique à toute incertitude. La méthode préconisée par Destutt de Tracy et ses amis consistait à recueillir toutes les données des faits et de l'expérience pour tirer des lois générales ensuite appliquées aux « sujets les plus intéressants pour le bonheur de l'homme ». Aussi sont-ils conduits, au-delà du domaine strictement politique, à aborder les problèmes économiques au travers d'analyses inspirées pour l'essentiel par Jean-Baptiste Say (1767-1832). Ce dernier, ancien secrétaire du ministre girondin Clavière, cofondateur de* La Décade philosophique *avec Ginguené, publie en 1803 son* Traité d'économie politique ou simple exposé de la manière dont se forment, se distribuent et se consomment les richesses, *qui fait la synthèse entre le libéralisme économique d'Adam Smith et le rationalisme philosophique de ses amis Idéologues. Autre « compagnon de route » : le philosophe Maine de Biran (François-Pierre Gontier de Biran, 1766-1824). Éphémère député en 1797, épuré le 18 Fructidor, il a rencontré Cabanis et Destutt de Tracy dans le salon d'Auteuil. Rentré en Dordogne (où il est membre du conseil général en 1802, sous-préfet en 1806, avant de revenir siéger au Corps législatif à partir de 1812), il ne tarde pas à prendre ses distances avec l'Idéologie dont il adoucit les contours plutôt abrupts en réintroduisant la vie du sujet dans la science de l'homme (*Influence de l'habitude sur la faculté de penser, *1803 ;* Essai sur les fondements de la psychologie, *1812 ;* Nouveaux Essais d'anthropologie, *1823).*

Groupe philosophique, les Idéologues ont aussi voulu peser sur les événements. Ils ont eu leur moment d'influence au lendemain de Thermidor lorsque, proches de Sieyès et de Roederer, ils ont pris une part importante à la rédaction de la Constitution de l'an III et à celle de la loi du 3 brumaire an IV qui créait une « école centrale » par département, chargée de l'enseignement secondaire. Le coup d'État du 18 fructidor an V fut pour eux une défaite qui sonna le glas de leurs projets de rationalisation de la politique. Disposant d'une chaire prestigieuse dans la classe des Sciences morales et politiques de l'Institut (créée en octobre 1795), dont Garat, Volney et Destutt de Tracy sont membres, ils n'en poursuivent pas moins leur réflexion. Tous sont plus ou moins directement mêlés au coup d'État du 18 Brumaire, dans lequel ils voient l'occasion de remettre leur ouvrage sur le métier. Ils croient alors pouvoir se servir de l'épée de Bonaparte, s'imaginant qu'il serait ensuite aisé d'enfermer les ambitions de ce dernier dans le carcan d'institutions représentatives. C'est l'inverse qui se produit, comme ils ne tardent pas à s'en apercevoir. Dans l'immédiat, les services qu'ils ont rendus sont récompensés : Cabanis, Garat, Volney et Destutt de Tracy entrent au Sénat, Daunou, Ginguené et Say au Tribunat. La Constitution de l'an VIII est sans doute un peu leur œuvre, mais dès 1800 la déception et l'amertume l'emportent. Le Tribunat, aréopage des illustrations intellectuelles de l'époque où siègent également Marie-Joseph Chénier et Benjamin Constant, devient un foyer d'opposition libérale. En 1800-1801, il contraint le gouvernement à retirer trois projets de lois et émet un avis défavorable sur quatre autres. Les manifestations de mauvaise humeur se multiplient à la fin de 1801 après la signature d'un Concordat qui ne pouvait que blesser les convictions de ces rationalistes farouchement anticléricaux.

Le 18 mars donc, le Premier Consul fait le ménage en épurant les plus turbulents des tribuns (dont Daunou et Ginguené ; Say sera écarté en 1804). Le 4 août, afin de briser définitivement toute velléité d'indépendance, le Tribunat est ramené de 100 à 50 membres et divisé en sections. Un an plus tard, le 23 janvier 1803, les Idéologues se verront privés de leur tribune de la classe des Sciences morales et politiques, supprimée à la faveur d'une réorganisation de l'Institut. La Décade philosophique *ne résistera pas davantage à la dérive autoritaire du régime. Devenue* La Revue philosophique *en 1804, elle sera arbitrairement réunie au* Mercure de France *en 1807. Dès lors, les Idéologues se renferment dans une réserve boudeuse, et poursuivent leur œuvre. Cabanis publie* Rapports du physique et du moral de l'homme *(1802) et* Coup d'œil sur les révolu-

tions et sur la réforme de la médecine *(1804), Destutt de Tracy poursuit la rédaction de ses* Éléments d'idéologie, *dont le dernier volume paraît en 1815, et compose un* Commentaire sur L'Esprit des lois de Montesquieu, *publié aux États-Unis en 1811. Daunou publiera sous la Restauration un* Essai sur les garanties individuelles que réclame l'état actuel de la société *(1819), défense des principes de 1789.*
On ne lit plus guère les Idéologues. C'est à peine si l'on se souvient d'eux. Et pourtant, par « l'exigence d'une médiation permanente entre culture et politique », fil conducteur d'une réflexion conduite dans le sillage de Condorcet, ils occupent une place éminente aux origines du républicanisme français.

25 mars (4 germinal)
La paix d'Amiens est conclue entre, d'une part la France, l'Espagne et la Hollande, d'autre part l'Angleterre. Pour la première fois depuis 1792, la France est en paix.

1er avril (10 germinal)
Sur la proposition de Lucien Bonaparte, le Tribunat adopte un nouveau règlement intérieur qui divise l'Assemblée en trois sections délibérant à huis-clos. Le 3 avril, le Tribunat et le Corps législatif ratifient docilement le Concordat.

5 avril (15 germinal)
Un arrêté crée le premier régime de retraite des fonctionnaires.

8 avril (18 germinal)
Bonaparte ajoute unilatéralement des Articles organiques au Concordat de 1801 : l'autorisation du gouvernement devient nécessaire pour la publication des bulles pontificales et des actes des conciles; la déclaration gallicane des Quatre Articles (1682) devient loi de l'État. Les prêtres catholiques sont fonctionnarisés et placés sous l'autorité d'un directeur des cultes: ils deviennent les auxiliaires du gouvernement pour assurer la paix sociale.
Les Articles règlent également la situation des Églises protestantes, qui reçoivent une organisation en Églises consistoriales de 6000 âmes soumises à l'État pour tout ce qui concerne leur administration, leur discipline et même leur doctrine. Les pasteurs sont salariés par l'État, et si les luthériens conservent leurs «inspecteurs» traditionnels (correspondant aux évêques catholiques), les calvinistes sont privés de leurs synodes.
Le Concordat, ainsi complété par les 77 Articles organiques, est voté par le Tribunat et par le Corps législatif (dont 51 membres s'abstiennent, 21 votant contre la loi).
Dès le 11 avril (21 germinal), le cardinal Caprara, légat du pape, sacre les premiers évêques. Sur les 60 évêques nommés en application du Concordat de 1801, 28 étaient déjà en activité (12 constitutionnels et 16 réfractaires); 3 constitutionnels figurent parmi les 32 nouveaux prélats. Leur traitement est fixé à 15000 francs par an, les curés recevant pour leur part de 1000 à 1500 francs et les desservants des paroisses secondaires une simple indemnité de 500 francs. De pauvres traitements, qui n'encourageront guère la reprise du recrutement ecclésiastique sous le Consulat et l'Empire.
L'Église concordataire compte vers 1808 environ 39000 prêtres, dont 2976 curés cantonaux, 29680 desservants des paroisses secondaires et 6255 vicaires. Le nombre des ordinations excède rarement les 600 par an, insuffisant pour assurer le renouvellement d'un clergé vieillissant. De 1801 à 1814, 6000 prêtres sont ordonnés, mais dans le même laps de temps, le nombre des décès dépasse 10000. En 1816, 3 345 cures sont vacantes, soit 15 %. Concernant le clergé régulier, dont le Concordat de 1801 ne souffle mot, sanctionnant ainsi la destruction opérée par la Révolution, l'Empire fera preuve d'une grande prudence. Trois congrégations d'hommes seront autorisées (Pères lazaristes, Missions étrangères, Missions du Saint-Esprit), les autres étant seulement tolérées et soumises à une étroite surveillance: en 1807 les Pères de la Foi et en 1808 les sulpiciens sont dispersés. Le gouvernement autorise en revanche les congrégations féminines qui se consacrent à l'enseignement et à l'assistance: elles compteront 1776 maisons et 12 400 religieuses en 1814.

14 avril (24 germinal)
Chateaubriand: *Génie du christianisme, ou Beautés de la religion chrétienne.*

Chateaubriand

Né à Saint-Malo, dixième enfant d'un hobereau breton, François-René de Chateaubriand (1768-1848) est sous-lieutenant au régiment de Navarre lorsque la Révolution éclate. Il assiste, à Paris, aux premiers événements. En 1791, il part pour l'Amérique. Rentré en France au début de 1792, il émigre quelques mois plus tard et combat dans l'armée du prince de Condé. Blessé devant Thionville, il trouve refuge en Angleterre. Chateaubriand rentre d'émigration le 21 avril

*1800. Après la publication d'*Atala *(avril 1801), puis celle de* Génie du christianisme, *l'obscur auteur de l'*Essai sur les révolutions *(1797) devient l'écrivain à la mode. En mai 1803, il part pour Rome où Bonaparte l'a nommé secrétaire de la légation dirigée par son oncle, le cardinal Fesch. Mais Chateaubriand ne tarde pas à se brouiller avec Fesch et il quitte Rome en novembre pour occuper de nouvelles fonctions: ministre de France auprès de la République du Valais. Avant de rejoindre ce poste sans prestige, Chateaubriand voyage. À Paris, il apprend l'exécution du duc d'Enghien et saisit ce prétexte pour démissionner. Dès lors il voyage, écrit (*René, *1804), échappe à la surveillance de sa femme pour rejoindre Mme de Custine ou Natalie de Noailles... La publication dans le* Mercure de France, *le 4 juillet 1807, d'un violent réquisitoire contre le « Néron » moderne le contraint à une prudente retraite. Chateaubriand se retire alors dans sa propriété de La Vallée-aux-Loups pour se consacrer à l'écriture (*Les Martyrs, ou le triomphe de la religion chrétienne, *1809;* Itinéraire de Paris à Jérusalem, *1811). Après l'exécution de son cousin Armand, fusillé en 1809 comme agent royaliste, il rompt définitivement avec le régime. Celui-ci cherche pourtant à se le concilier, par exemple en soutenant son élection à l'Académie française (20 février 1811). Chateaubriand, qui succède à Marie-Joseph Chénier, prépare alors un discours de réception qui attaque le régicide et la Révolution. Le discours est interdit, Chateaubriand prié de se faire le plus rare possible à Paris. Le 5 avril 1814, il publie sa première grande brochure politique* (De Buonaparte et des Bourbons, et de la nécessité de se rallier à nos princes légitimes pour le bonheur de la France et celui de l'Europe), *dont le moindre des mérites est non pas de rappeler l'existence des Bourbons comme il l'affirmera, mais d'essayer de les populariser. Apôtre du «juste milieu» et du régime de la Charte pendant la première Restauration, Chateaubriand suit Louis XVIII à Gand en mars 1815. Admis à siéger au Conseil du roi en exil, intervenant auprès de Louis XVIII pour qu'il ne s'écarte pas, malgré les événements, du chemin tracé en 1814 par la Charte, Chateaubriand commence alors véritablement sa carrière politique.*

Royaliste de cœur mais conscient du tremblement de terre provoqué par la Révolution, et finalement secrètement convaincu de la mort de la royauté, il ne va plus cesser dans les nombreux ouvrages qu'il publie sous l'empire des circonstances, ou dans ses articles destinés au Conservateur *ou au* Journal des débats, *de plaider pour la monarchie constitutionnelle et l'établissement d'un gouvernement représentatif dont il a peut-être plus que tout autre contribué à expliquer à ses contemporains la nature et les mécanismes (*De la monarchie selon la Charte, *1816). Mû en même temps par une insatiable ambition appuyée sur la conviction profonde, parfois déplaisante et souvent ridicule, qu'il se situait à cent coudées au-dessus de ses alliés et rivaux, il ne va plus cesser d'intriguer pour se faire ouvrir toutes grandes les portes du ministère cher à son cœur: les Affaires étrangères. Il y parvient en 1823, après avoir fait tomber Decazes et Richelieu. Il faut cependant reconnaître que ses airs de matamore cachent une véritable vision politique que son rôle au congrès de Vérone et l'expédition d'Espagne, dont il est l'artisan, manifestent: rendre à la France sa place dans le concert européen par une politique étrangère audacieuse et fondée sur une volonté de grandeur, politique qui permettrait en retour de renouer les liens qui avaient jadis uni les Bourbons et la France, en délivrant les premiers de l'image qu'ils traînent depuis 1815 d'un pouvoir imposé au pays par les armées de l'étranger. L'ambition de Chateaubriand et ses projets, grandioses mais coûteux, ne tardent pas à envenimer ses rapports avec Villèle qui, en 1824, commet l'erreur qu'il ne fallait pas faire: il obtient le renvoi de Chateaubriand. Celui-ci dès lors engage une guerre à outrance contre le ministre, entraînant dans sa querelle une fraction du parti royaliste qui fera défection à Villèle lorsque l'heure du danger aura sonné (1827). Après les journées de Juillet 1830, Chateaubriand refuse de prêter serment au nouveau régime et quitte la Chambre des pairs, pour se consacrer à l'écriture (*Voyage en Amérique, *1827;* Études historiques, *1831;* Le Congrès de Vérone, *1838;* Vie de Rancé, *1844) et à la rédaction de ses* Mémoires d'outre-tombe. *Il meurt le 4 juillet 1848.*

18 avril (28 germinal)

Proclamation du Concordat: de nombreux dignitaires de l'armée s'abstiennent ostensiblement d'assister aux cérémonies.

23 avril (3 floréal)

Louis XVIII dénonce le marchandage que lui a proposé Bonaparte: renoncer à ses droits à la couronne en échange d'une forte indemnité.

26 avril (6 floréal)
Les émigrés non encore radiés sont amnistiés s'ils prêtent serment. Sont exclus de cette mesure les émigrés qui ont porté les armes contre la France.

1er mai (11 floréal)
La loi sur l'instruction publique crée un lycée par département pour remplacer les «écoles centrales» du Directoire. 45 lycées sont créés, à côté de 370 «écoles secondaires» (en 1806). L'enseignement primaire est en revanche abandonné aux municipalités, qui feront largement appel aux Frères des écoles chrétiennes. Création de l'école militaire de Saint-Cyr.

6 mai (16 floréal)
Première manifestation favorable au Consulat à vie: le Tribunat déclare désirer l'adoption d'un gage de reconnaissance nationale pour Bonaparte. Le général Richepanse débarque en Guadeloupe pour rétablir l'esclavage dans l'île. Il rencontre, à la Basse-Terre, la résistance du colonel abolitionniste Louis Delgrès qui, le 28 mai, refusant de se soumettre, se fait sauter à l'explosif avec 300 de ses hommes au lieu dit de Matouba.

8 mai (18 floréal)
Le Sénat, inspiré par Fouché qui craint toujours un éventuel glissement monarchique du régime, propose de réélire Bonaparte pour dix ans. Le 10, afin de vaincre les réticences du Sénat, l'institution du Consulat à vie est soumise à plébiscite.

12 mai (22 floréal)
Le Tribunat, à l'unanimité moins une voix, celle de Lazare Carnot, et le Corps législatif, à l'unanimité moins trois voix, votent le Consulat à vie.

18 mai (28 floréal)
Les conscrits ayant tiré au sort un numéro les obligeant à rejoindre l'armée sont autorisés à se faire remplacer, à condition que leurs remplaçants aient déjà servi et qu'ils s'engagent pour cinq ans. Cette restriction sera bientôt levée. Le 6 août, l'organisation de la conscription sera confiée aux préfets.

19 mai (29 floréal)
Institution de la Légion d'honneur, non sans réticences: 36 tribuns sur 92 et 110 législateurs sur 276 votent contre ce qu'ils considèrent comme un premier pas vers le rétablissement d'une noblesse. Il s'agit, comme l'a dit Bonaparte, de s'appuyer sur «ce ressort de l'honneur qui tient si puissamment à la nation française» pour fonder une élite méritocratique servant de corps intermédiaire entre le pouvoir et l'opinion. Méritocratie axée sur les valeurs militaires: sur 32 000 titulaires de la Légion d'honneur en 1814, on compte seulement 1 500 civils.

20 mai (30 floréal)
Une loi maintient l'esclavage là où il existe encore (Martinique et colonies de l'océan Indien). Ce texte ne concerne donc ni la Guadeloupe ni Saint-Domingue où il a été aboli.

24 mai (4 prairial)
Pie VII proteste contre les Articles organiques promulgués le 8 avril précédent.

7 juin (18 prairial)
Leclerc fait arrêter Toussaint-Louverture au mépris de la parole donnée. Transféré en France, Toussaint sera interné au fort de Joux le 23 août; il y meurt le 7 avril 1804.

24 juin (5 messidor)
Le général Simon, chef d'état-major de Bernadotte, est arrêté: il est accusé d'être à l'origine des libelles circulant dans l'armée qui appellent à renverser «le tyran», campagne en réalité inspirée par Bernadotte.

25 juin (6 messidor)
Traité de paix franco-ottoman.

30 juin (11 messidor)
Création du cadastre.

16 juillet (27 messidor)
Le général Richepanse, approuvé par Bonaparte, restaure, malgré la loi du 20 mai, l'esclavage à la Guadeloupe. En août, une insurrection générale éclate à Saint-Domingue.

2 août (14 thermidor)
L'institution du Consulat à vie ayant été approuvée par 3 568 885 oui contre 8 374 non (le régime a gagné par rapport à 1799 le soutien de 1,5 million de voix réelles), le Sénat proclame Bonaparte, Cambacérès et Lebrun Consuls à vie.

4 août (16 thermidor)
Constitution de l'an X. Bonaparte voit ses pouvoirs renforcés (conclusion des traités, droit de grâce); nommé à vie, il désignera ses collègues à la mort de Cambacérès et Lebrun, et pourra présenter son successeur au Sénat; il préside le Sénat dont il peut augmenter le nombre des membres en y nommant «des citoyens distingués par leurs talents et leurs

services». Le Tribunat, ramené de 100 à 50 membres, et le Corps législatif, qui cesse de se réunir régulièrement, font les frais de l'opération. Un Conseil privé limitant l'influence du Conseil d'État est institué. Les «listes de confiance» de l'an VIII sont supprimées et remplacées par des collèges électoraux élus à vie parmi les 600 citoyens les plus imposés du département. Le Premier Consul nomme les présidents de ces collèges et peut augmenter le nombre de leurs membres.

26 août (8 fructidor)
Annexion de l'île d'Elbe.

2 septembre (15 fructidor)
Ouverture du Salon de 1802, où plus de 200 artistes sont présents. L'exposition, qui présente peu d'œuvres nouvelles, est rehaussée par les œuvres plus anciennes de la plupart des grands artistes du temps (sauf David, qui organise sa propre exposition dans son atelier du Louvre): Gérard présente ainsi son *Bélisaire* (1796) et *L'Amour et Psyché* (1798), et Girodet *Endymion* (1793). Regnault, Isabey et le paysagiste Hubert Robert sont également présents. Parmi les œuvres nouvelles, le public distingue l'*Apothéose des héros morts pour la patrie pendant la guerre de la liberté* de Girodet et, surtout, *Hippolyte et Phèdre* peint par Guérin, un élève de Regnault.

4 septembre (17 fructidor)
Régnier remplace Abrial au ministère de la Justice, avec le titre de Grand Juge.

11 septembre (24 fructidor)
Annexion du Piémont, qui est divisé en quatre départements.

13 septembre (26 fructidor)
Fouché, hostile au Consulat à vie, quitte le ministère de la Police. Ce dernier est démantelé, ses attributions sont réparties entre le Grand Juge Régnier, le préfet de police Dubois et le directeur de la police politique Desmarest.

22 septembre
(5e jour complémentaire de l'an X)
Bonaparte inaugure la première exposition, dont le principe a été décidé le 4 mars 1801, de l'industrie nationale.

23 septembre (1er vendémiaire an XI)
Début des travaux du nouveau canal de l'Ourcq. Sont également ouverts les canaux de Saint-Quentin et de Nantes à Brest. Début de la construction de la digue de Cherbourg et, dans les Alpes, des routes du Simplon et du Mont-Cenis. La construction de la route de la Grande Corniche commencera en 1805 sur le littoral méditerranéen.

octobre
Maine de Biran: *De l'influence de l'habitude sur la faculté de penser.*

9 octobre (17 vendémiaire)
Le duc Louis de Parme étant décédé, les Français entrent dans le duché, conformément au traité de Saint-Ildefonse signé avec l'Espagne le 1er octobre 1800.

20 octobre (28 vendémiaire)
La France réclame l'évacuation de Malte par les Anglais en application du traité d'Amiens du 25 mars précédent.

novembre
Bonald: *Législation primitive, considérée dans ces derniers temps, par les seules lumières de la raison.*

2 novembre (11 brumaire)
À Saint-Domingue, le général Leclerc meurt de la fièvre jaune.

19 novembre (28 brumaire)
Vivant Denon est nommé directeur général du musée du Louvre, qu'il réorganise pour mettre en valeur les collections prises à l'étranger. Entre 1802 et 1815, le Louvre est le plus grand musée du monde où sont réunis tous les chefs-d'œuvre de l'art européen, de l'Antiquité aux productions contemporaines. Le Louvre réorganisé par Denon contribuera à façonner la sensibilité des contemporains et exercera une grande influence sur les artistes de l'époque impériale.

10 décembre (19 frimaire)
Fourcroy succède à Roederer à la tête de la direction de l'Instruction publique.

FOURCROY

Une ombre plane sur la mémoire d'Antoine-François Fourcroy (1755-1809): celle d'avoir, en 1794, provoqué la mort de son collègue Lavoisier en dénonçant les fondateurs du Lycée, en tout cas de n'avoir rien fait pour le sauver. Soupçons et accusations empoisonnèrent son existence sans qu'il parvînt jamais à apporter la preuve de son innocence. C'est donc un assez triste personnage, aux compétences scientifiques d'ailleurs controversées, que Bonaparte charge de préparer l'applica-

tion de la loi du 1er mai 1802 sur l'instruction publique. Fourcroy se consacre à cette tâche jusqu'en 1808. Le 7 mars 1808, l'Empereur, malgré le labeur accompli, lui préfère Fontanes pour occuper le poste de grand maître de l'Université. Fourcroy, qui cumulait les handicaps (ancien Jacobin, suspecté de vilenie, divorcé et franc maçon), avait peu de chances de séduire le clergé qu'il s'agissait alors de ramener. Le choix de Fontanes, monarchiste modéré et catholique, était plus judicieux. Fourcroy ne se relève pas de sa disgrâce. Il meurt le 16 décembre 1809.

24 décembre (3 nivôse)
Établissement de chambres de commerce dans 22 villes.

1803

23 janvier (3 pluviôse)
Réorganisation de l'Institut. La loi du 25 octobre 1795 créant l'Institut l'avait divisé en trois classes: Sciences physiques et mathématiques, Sciences morales et politiques, Littérature et Beaux-Arts. La réforme supprime la deuxième et réorganise l'Institut en quatre classes: Sciences, Histoire et Littérature ancienne, Lettres et poésie, Beaux-Arts. Elle fixe le nombre des membres des diverses sections et rétablit les fonctions de secrétaire perpétuel.

28 janvier (8 pluviôse)
Les bibliothèques des académies et sociétés savantes, dissoutes en 1793, et depuis confiées à l'État, sont remises aux municipalités: environ 200 bibliothèques municipales auront été créées en 1830.

19 février (30 pluviôse)
Un «acte de médiation» octroyé par Bonaparte crée la Confédération helvétique.

25 février (6 ventôse)
Création à Compiègne du premier établissement consacré à l'enseignement technique.

mars
Grimod de la Reynière: *Almanach des gourmands ou Calendrier nutritif* (qui paraîtra jusqu'en 1812). Le plus connu des quelque 450 *Almanachs* qui paraissent sous le Consulat, l'Empire et la Restauration. Mme de Staël: *Delphine*.

6 mars (15 ventôse)
Decaen part reconquérir les comptoirs français en Inde. Il n'atteindra pas Pondichéry et engagera, après la rupture de la paix d'Amiens, le 11 mai, une guerre de course contre les navires anglais.

8 mars (17 ventôse)
L'Angleterre annonce son intention de conserver Malte pour compenser l'annexion du Piémont par la France.

10 mars (19 ventôse)
L'exercice de la médecine est soumis à l'obtention du grade de docteur en médecine après quatre années d'études. Des cours gratuits d'accouchement sont organisés afin d'augmenter le nombre des sages-femmes.

24 mars (3 germinal)
La diète du Saint Empire romain germanique adopte et transforme en Recès un projet de remaniement de la carte politique de l'Allemagne présenté par la France: 112 États disparaissent, dont trois Électorats, toutes les principautés ecclésiastiques (sauf Ratisbonne), 45 des 51 villes libres. 82 États subsistent. Liés entre eux, ils ont pour fonction de contenir, avec l'appui de la France, les ambitions de la Prusse et de l'Autriche. Celle-ci se voit menacée, avec la création de nouveaux électorats protestants, de perdre à moyenne échéance la couronne du Saint Empire romain germanique. L'empereur François II ratifie cependant le Recès le 27 avril.

28 mars (7 germinal)
Création du franc germinal, à la fois monnaie de compte et monnaie réelle, dont le poids est fixé à 5 g d'argent fin au titre de 9/10e. Si l'argent est confirmé dans son rôle de métal monétaire principal, le bimétallisme est conservé, le rapport de l'or à l'argent étant fixé à 15,5 pour 1.

9 avril (19 germinal)
Création des auditeurs au Conseil d'État. Attachés à une section du Conseil et à un ministre, ils sont chargés de préparer les dossiers, parfois de rédiger les rapports.

11 avril (21 germinal)
Création de six écoles de pharmacie.

12 avril (22 germinal)
Une loi sur les manufactures, fabriques et ateliers renouvelle l'interdiction des grèves et «coalitions» ouvrières prononcée par la loi Le Chapelier de 1791.

Cette loi règle également les rapports entre patrons et ouvriers (au bénéfice exclusif des premiers).

14 avril (24 germinal)
La Banque de France reçoit pour quinze ans le privilège d'émettre des billets de banque sous forme de grosses coupures.

26 avril (6 floréal)
Chute de météorites à Laigle (Orne): Jean-Baptiste Biot en établit l'origine céleste.

Biot

Jean-Baptiste Biot (1774-1862) est à la fois astronome, mathématicien, chimiste et physicien. Touche-à-tout de génie, il aide aux recherches sur les substances gazeuses effectuées par Arago (qu'il accompagne en Espagne pour continuer l'opération de la triangulation de la méridienne) et les recherches de Gay-Lussac, montant avec celui-ci dans la nacelle d'un ballon qui, en août 1804, les emporte à une altitude de 4000 m. Professeur au Collège de France, membre de l'Académie des sciences, Biot tient à l'indépendance plus qu'à toute autre chose: aussi refuse-t-il de prêter serment à l'Empire. La science, et quelques incursions dans la littérature (il publie en 1812 un Éloge de Montaigne *remarqué) ne lui laissent guère le temps de s'occuper de politique. Mathématicien, il étudie l'intégration des équations aux différences partielles; chimiste, les pouvoirs réfringents des gaz; physicien, les propriétés optiques du quartz et les champs magnétiques; astronome, les météorites.*

30 avril (10 floréal)
Bonaparte vend la Louisiane aux États-Unis pour 80 millions.

mai
Sismondi: *De la richesse commerciale, ou principes de l'économie politique appliqués à la législation du commerce.* Une contribution majeure au libéralisme économique, inspirée par l'œuvre d'Adam Smith, dont Sismondi reniera les principes en 1819, dans ses *Nouveaux Principes d'économie politique, ou la richesse dans ses rapports avec la population*, en déclarant se défier désormais des bienfaits de l'action de la main invisible du libéralisme: « Gardons-nous de la dangereuse théorie de cet équilibre qui se rétablit lui-même… Un certain équilibre se rétablit, il est vrai, à la longue, mais c'est une effroyable souffrance. »

1er mai (11 floréal)
Ultimatum anglais sommant la France d'évacuer le territoire de la Hollande.

11 mai (21 floréal)
Rupture de la paix d'Amiens conclue le 25 mars 1802. La France rejette l'ultimatum anglais.
Cotée au-dessus de 55 francs depuis la fin de 1800, la rente 5 % s'effondre à 47 francs, son cours le plus bas avant 1814. La fermeture des circuits commerciaux, dont la signature de la paix d'Amiens en mars 1802 avait entraîné la réouverture, provoque (mai-septembre 1803) la faillite de nombreux négociants qui avaient parié sur le rétablissement durable de la paix et fait d'importants investissements outre-mer.

16-22 mai (26 floréal-2 prairial)
L'Angleterre met l'embargo sur les navires français et hollandais. Les sujets britanniques se trouvant sur le territoire français sont arrêtés. Le 20 juin, l'entrée en France des denrées anglaises est prohibée.

27 mai (7 prairial)
Occupation du Hanovre, possession anglaise.

12 juin (23 prairial)
Le tsar Alexandre Ier propose sa médiation entre la France et l'Angleterre, rejetée par cette dernière le 19 juillet.

22 juin (3 messidor)
L'Espagne, peu désireuse d'affronter militairement l'Angleterre, s'engage à fournir un subside mensuel de 6 millions à son allié français.
Les Anglais s'emparent de Sainte-Lucie et de Tobago le 30 juin.

juillet
Une armée et une flotte d'environ 1 500 navires se rassemblent le long des côtes de la mer du Nord, de Boulogne à Anvers, dans la perspective d'un débarquement et d'une invasion de l'Angleterre.

août
Jean-Baptiste Say: *Traité d'économie politique, ou simple exposition de la manière dont se forment, se distribuent et se consomment les richesses.*

9 août (21 thermidor)
L'ingénieur américain Robert Fulton fait marcher le premier bateau à vapeur sur la Seine. Il n'obtient pas plus de succès que le sous-marin à hélice, baptisé *Nautilus*, que Fulton avait proposé en 1798 et que les gouvernements français et anglais

avaient refusé. C'est aux États-Unis que Fulton obtient les moyens de perfectionner ses découvertes: en 1807, il est chargé de mettre en service la première ligne régulière de navigation à vapeur entre New York et Albany. En France, il faut attendre le 16 mars 1816 pour que la navigation à vapeur éveille l'intérêt, lorsque l'*Élise* réussit la traversée de la Manche en dix-huit heures, mais c'est seulement en 1829 que la marine royale commande son premier bâtiment à vapeur, l'aviso *Le Sphinx*. En 1835, la France possède 80 navires propulsés par la vapeur, l'Angleterre 500. L'essor de la vapeur n'empêche cependant pas la navigation à voile d'être partout à son apogée. Ce sont des voiliers qui emportent Dumont d'Urville en Océanie (1826-1829) et Dupetit-Thouars dans les Aléoutiennes (1837-1839). En 1847, la France lancera même, avec le *Valmy*, trois mâts et 4500 m² de voilure, le plus grand voilier en bois jamais construit, au moment où commence le déclin irréversible de la voile: la construction du cuirassé à vapeur *Gloire*, en 1860, annoncera la fin du règne de la voile.

20 août (2 fructidor)
Cadoudal, venant d'Angleterre, débarque à Biville (Seine-Maritime) avec quatre complices. Son plan est d'enlever Bonaparte et de former un gouvernement provisoire sous la direction de Pichegru (émigré en Angleterre) en attendant l'arrivée en France du comte d'Artois (futur Charles X). D'autres agents royalistes débarquent sur les côtes en décembre 1803 et janvier 1804.

Cadoudal

Issu d'une famille de cultivateurs établie près d'Auray, dans le Morbihan, Georges Cadoudal (1771-1804) a pris les armes dès 1793, s'imposant peu à peu comme le chef de la chouannerie. À la fin de 1799, il décide de poursuivre le combat que les autres chefs chouans ont abandonné, mais battu en janvier 1800, il doit à son tour déposer les armes. Il passe alors en Angleterre. S'il n'est pour rien dans l'attentat de la rue Saint-Nicaise en décembre 1800, sa résolution reste entière. Contraint de ronger son frein après la signature de la paix d'Amiens (25 mars 1802), la reprise des hostilités en mai 1803 lui permet de passer à l'action. Dénoncé par l'un de ses complices, Cadoudal est arrêté le 9 mars 1804, condamné à mort et guillotiné le 28 juin.

5 septembre (18 fructidor)
Création de 31 «sénatoreries» au bénéfice de sénateurs fidèles au régime: les heureux élus reçoivent un revenu annuel de 20000, 25000 francs et un palais de fonction où ils sont tenus de résider trois mois par an. Les titulaires, nommés à vie, sont désignés le 28 septembre (Roederer, Fouché, Monge, mais aussi Joseph Bonaparte).

24 septembre (1er vendémiaire an XII)
Dernière commémoration de l'instauration de la République en 1792.
Première promotion dans l'ordre de la Légion d'honneur, instituée le 19 mai 1802.

27 septembre (4 vendémiaire)
Tous les ouvrages doivent recevoir, avant publication, l'autorisation d'une commission de révision.
Un traité d'alliance est imposé à la Confédération helvétique.

28 novembre (6 frimaire)
Rochambeau, qui a succédé à Leclerc, capitule à Saint-Domingue. L'indépendance de l'île, redevenue Haïti, est proclamée le 1er janvier 1804.

1er décembre (9 frimaire)
Rétablissement du livret ouvrier (créé en 1781).

18 décembre (26 frimaire)
Le Corps législatif perd le droit d'élire son président. Celui-ci sera choisi par le Premier Consul sur une liste de cinq noms proposés par les députés.

25 décembre (3 nivôse)
Charles Nodier est emprisonné à Sainte-Pélagie pour une ode contre le Premier Consul *(La Napoléone)*. Il est libéré au début de 1804.

1804

21 janvier (30 nivôse)
Arrêté le 12 octobre précédent, condamné à mort comme agent royaliste, Querelle, l'un des agents de Cadoudal, offre de révéler un complot en échange de sa grâce. La police apprend ainsi la présence de Cadoudal à Paris.

27 janvier-6 février (6-16 pluviôse)
Cadoudal organise trois entrevues entre Pichegru (arrivé d'Angleterre le 16 janvier) et Moreau.

10 février (20 pluviôse)
Une ordonnance crée dans les communes des bureaux de placement pour les ouvriers.

15 février (25 pluviôse)
Moreau est arrêté sur ordre de Bonaparte. Il nie avoir rencontré Pichegru et Cadoudal.

22 février (2 ventôse)
Création de la Caisse des incendies du département de la Marne, première compagnie d'assurances à renaître après leur suppression sous la Révolution.

25 février (5 ventôse)
Établissement d'une régie des droits réunis pour percevoir les impôts indirects ressuscités (tabacs) ou nouveaux (boissons). L'impôt sur le sel sera rétabli le 24 avril 1806. En 1808, les impôts indirects produiront le quart des recettes de l'État.

26 février (6 ventôse)
Un sénatus-consulte supprime pour deux ans le jury dans les tribunaux criminels, pour les crimes contre la sûreté intérieure ou extérieure de l'État, ou contre la personne du Premier Consul.

27 février (7 ventôse)
Arrestation de Pichegru.

1er mars (10 ventôse)
Un rapport de police persuade à tort Bonaparte que le prince attendu par les conjurés pour un soulèvement général est le duc d'Enghien, qui réside à Ettenheim dans le pays de Bade.

9 mars (18 ventôse)
Cadoudal est arrêté. Il avoue, mais nie toute implication de Moreau.

10 mars (19 ventôse)
Bonaparte, approuvé à la fois par Talleyrand et par Fouché, ordonne l'enlèvement du duc d'Enghien.

14 mars (23 ventôse)
Création de 10 grands séminaires dotés par l'État.

15 mars (24 ventôse)
Le duc d'Enghien est enlevé à Ettenheim et conduit à Strasbourg. Le 17, il est transféré à Paris et écroué au château de Vincennes dans l'après-midi du 20.

21 mars (30 ventôse)
À 0 h 30, le duc d'Enghien comparaît devant une commission militaire. Déclaré coupable, il est condamné à mort. Hulin refuse d'exécuter la sentence sans en avoir reçu l'ordre exprès du Premier Consul. Savary, persuadé d'accomplir la volonté de son maître (qui ne l'a d'ailleurs jamais désavoué), écarte Hulin. À 3 h, le duc d'Enghien est fusillé dans les fossés du château de Vincennes.

Savary

Lorsque le 14 juin 1800, à Marengo, un jeune officier, Jean-Marie-René Savary (1774-1833), se présente à lui pour l'informer de la mort de Desaix, Bonaparte est si favorablement impressionné qu'il le prend aussitôt à son service. Savary dirige d'abord la garde rapprochée du Premier Consul. C'est l'homme des basses œuvres du régime. Après avoir brièvement exercé la fonction d'ambassadeur à Saint-Pétersbourg en 1807, il succède le 3 juin 1810 à Fouché à la tête de la Police où, ministre consciencieux, borné et tatillon, il ne manque pas de se rendre odieux, jusqu'à ce que le 23 octobre 1812 le général Malet, en se saisissant de lui et en l'incarcérant à la Force, ne le couvre de ridicule. Savary n'en est pas moins nommé au Conseil de régence en 1813. Élevé à la pairie pendant les Cent-Jours, il est arrêté par les Anglais et emprisonné à Malte (1815-1816). Condamné à mort par contumace en France en 1816, il se livre en 1819. Acquitté, il cherche alors en vain à rentrer en grâce auprès du nouveau régime. Louis-Philippe lui confiera en 1831 le commandement des troupes en Algérie où il se fera remarquer par ses extravagances.

Publication du Code civil (rebaptisé le 3 septembre 1807 Code Napoléon).

Le Code civil

L'unification du droit civil est un projet ancien qui a connu, sous l'impulsion de Cambacérès, plusieurs débuts de réalisation entre 1793 et 1796. Une commission où figurent d'éminents spécialistes de la question, Portalis, Bigot de Préameneu, Tronchet et Maleville, a été nommée le 12 août 1800. Prêt en quatre mois, le projet est alors transmis au Conseil d'État qui lui consacre 102 séances (dont 57 en présence de Bonaparte). Transmises à la fin de 1801 aux Assemblées législatives, les 36 lois successivement votées sont rassemblées en un « Code civil des Français » destiné « à diriger et à fixer les relations de sociabilité, de famille et d'intérêt qu'ont entre eux des hommes qui appartiennent à la même cité ». Le Code de

1804 consacre les grands principes de 1789 (liberté de la personne, liberté et sûreté de la propriété, droit de contracter) et l'œuvre sociale de la Révolution, l'abolition de la féodalité et des corps intermédiaires. Il réalise aussi la synthèse entre le droit révolutionnaire et l'ancien droit, romain ou coutumier, et retrouve là bon nombre de maximes et de règles en usage sous l'Ancien Régime que la Révolution avait voulu effacer. Transaction entre les différents droits, prise en compte de la jurisprudence, réaffirmation du rôle de la famille comme ciment de la société, le Code civil réhabilite les valeurs fondamentales de la société française tout en unifiant le droit, désormais applicable à l'ensemble du territoire national, et en le rapportant à une source unique: la volonté de l'État. Deux facteurs expliquent la longévité d'un ouvrage qui ne sera pas réformé avant les années 1880, et son succès dans les pays occupés qui, une fois libérés, le conserveront pour base de leurs institutions: le pragmatisme qui a présidé à son élaboration, et le fait qu'il était, notamment dans les dispositions régissant les rapports familiaux ou le régime de la propriété, l'expression des réalités sociales de la France du début du XIXe siècle: celles d'une nation de paysans propriétaires aux mœurs patriarcales.

27 mars (6 germinal)
Le Sénat invite Bonaparte à « rendre son ouvrage immortel comme sa gloire ». C'est la première évocation d'un possible couronnement.

6 avril (16 germinal)
Pichegru est découvert mort dans sa cellule. L'enquête conclura au suicide, mais la rumeur penchera plutôt pour un assassinat commandité par Savary.

17 avril (27 germinal)
Les comédiens du Théâtre-Français signent un nouvel acte de société qui, deux siècles après, régit toujours les rapports entre sociétaires.

3 mai (13 floréal)
Après le Conseil privé et le Sénat, à l'unanimité moins une voix (celle de Carnot), le Tribunat approuve l'institution de l'Empire.

18 mai (28 floréal)
Constitution de l'an XII: « Le gouvernement de la République est confié à un Empereur qui prend le titre d'Empereur des Français », Napoléon Ier, dont la succession est dévolue à sa descendance directe et légitime par ordre de primogéniture et à l'exclusion perpétuelle des femmes et de leur descendance. En cas d'absence de descendance et d'adoption, par Napoléon, de descendants de ses frères, la couronne reviendra à Joseph ou Louis (Lucien et Jérôme étant passés sous silence), ou conférée par élection sénatoriale à un nouvel empereur. L'établissement de l'hérédité de la dignité impériale dans la famille de Napoléon (et non l'établissement de l'Empire) est présenté à l'acceptation du peuple. Création de grands dignitaires de l'Empire et de grands officiers civils:

Grands dignitaires

Joseph Bonaparte (grand électeur), Louis Bonaparte (connétable), Joachim Murat (grand amiral), Eugène de Beauharnais (archichancelier d'État), Cambacérès (archichancelier d'Empire), Lebrun (architrésorier).

Grands officiers civils

Talleyrand (vice-grand électeur et grand chambellan, remplacé dans cette dernière fonction par Élisabeth-Pierre de Montesquiou-Fezensac en 1810), Berthier (grand veneur et vice-connétable), Duroc (grand maréchal du palais, remplacé en 1813 par le général Henri-Gratien Bertrand), Caulaincourt (grand écuyer), cardinal Fesch (grand aumônier), Louis-Philippe de Ségur (grand maître des cérémonies).

Un sénatus-consulte rétablit le titre de maréchal aboli par la Convention le 21 février 1793, et élève à cette dignité civile (et non militaire) 14 titulaires et quatre autres à titre honoraire.

Les maréchaux

Les 14 premiers sont des généraux en activité: Augereau (1757-1816), Bernadotte (1763-1844), Bessières (1768-1813), Brune (1763-1815), Davout (1770-1823), Jourdan (1762-1833), Lannes (1769-1809), Masséna (1758-1817), Moncey (1754-1842), Mortier (1768-1835), Murat (1767-1815), Ney (1769-1815), Soult (1769-1851); les quatre autres ont commandé les armées de la Révolution et siègent au Sénat: Kellermann (1735-1820), Lefebvre (1755-1820), Pérignon (1754-1818), Sérurier (1742-1819).
Le sénatus-consulte fixe à 16 le nombre total des maréchaux titulaires, mais huit autres seront nommés sans toutefois que le nombre des maréchaux inscrits sur le tableau dépasse le chiffre prescrit:

Victor (1764-1841) le 19 juillet 1807 après la bataille de Friedland; Macdonald (1765-1840), Marmont (1774-1852) et Oudinot (1767-1847) le 12 juillet 1809 après Wagram; Suchet (1770-1826) le 8 juillet 1811; Gouvion Saint-Cyr (1764-1830) le 27 août 1812; le prince Poniatowski (1763-1813) le 16 octobre 1813, trois jours avant qu'il ne se noie dans l'Elster à l'issue de la bataille de Leipzig; enfin Grouchy (1766-1847) le 15 avril 1815, deux mois avant Waterloo.

Une image s'est attachée à ces 26 maréchaux de l'Empire: celle d'hommes jeunes, venus du peuple, purs produits de la Révolution, élevés par elle au firmament de la gloire militaire. Même si l'on excepte Kellermann et Sérurier, nés respectivement en 1735 et 1742, donc âgés de plus de 60 ans lorsqu'ils furent élevés au rang de maréchal, les autres n'étaient pas aussi jeunes qu'on le croit souvent. Si Marmont, le benjamin, avait 30 ans en 1804, Suchet, Lannes, Ney ou Soult étant à peine plus âgés, six autres atteignaient la cinquantaine qu'ils portaient, il est vrai, fort bien. Ainsi Lefebvre, le mari de « Madame Sans-Gêne », reprit-il du service en 1806, à 61 ans, démontrant jusqu'en 1813 sur tous les champs de bataille que le poids des années ne l'avait pas amoindri.

La très grande majorité d'entre eux avaient embrassé la carrière des armes avant 1789, même si, à cette époque, plusieurs étaient déjà rentrés dans la vie civile et devaient reprendre l'uniforme sous la Révolution (18 sur 25). Cela dit, peu nombreux étaient ceux qui avaient gravi sous l'Ancien Régime les échelons d'une hiérarchie qui leur était de fait inaccessible. Sauf Berthier, fils du gouverneur de l'hôtel de la Guerre à Versailles, diplômé de l'École royale du génie de Mézières et vétéran de la guerre d'indépendance américaine qui, en 1789, commandait la garde nationale de Versailles. Les autres piétinaient à des postes subalternes: Bernadotte et Moncey n'étaient que sous-officiers en 1789, Sérurier, engagé en 1755, major.

La Révolution, en provoquant la défection d'une grande partie de l'encadrement militaire et en ouvrant les grades au mérite, leur permit de collectionner rapidement les galons et les épaulettes sans autre mesure que leur bravoure, qualité qu'ils possédaient tous au plus haut degré. Masséna avait quitté l'armée au début de 1789; il revêt à nouveau l'uniforme en 1791 et devient lieutenant-colonel la même année, général de brigade en août 1793, général de division en décembre. Sous-officier en 1789, Bernadotte est général en 1794, malgré une valeur militaire pour le moins médiocre. Moncey devient capitaine en 1791, lieutenant-colonel deux ans plus tard, général de division en juin 1794. Augereau, Sérurier ou Soult suivent la même pente ascendante à la faveur des guerres de la Révolution. Six futurs maréchaux seulement n'ont jamais servi dans l'armée royale. Suchet, Lannes, Brune, Mortier, Bessières et Gouvion Saint-Cyr se sont engagés en 1791-1793 dans les rangs des volontaires. Avancement rapide pour tous, mais parfois contrarié par les vicissitudes de la vie politique. Berthier, suspect de royalisme, est destitué après la chute du trône et ne retrouve son grade qu'au lendemain de Thermidor, tout comme Moncey, auquel ses opinions royalistes valent d'être réformé après le 18 Fructidor (réintégré en 1799); Kellermann, le vainqueur de Valmy, échappe de peu à la guillotine sous la Terreur… Le titre de maréchal, dans la plupart des cas, récompense une carrière déjà longue.

Autre légende: celle de l'origine populaire des généraux de la Révolution et des maréchaux de l'Empire. C'est vrai pour Ney, sorti d'une modeste famille de Sarrelouis, Lannes, d'extraction paysanne, et Augereau, fils d'un domestique; mais ce n'est le cas ni de Davout, descendant d'une famille de vieille noblesse bourguignonne, ni celui de Suchet, fils d'un riche soyeux lyonnais, et encore moins du marquis de Grouchy dont la sœur avait épousé Condorcet.

La promotion de 1804 obéit en partie à des considérations politiques. On distingue assez nettement deux groupes. Le premier est composé des « anciens » d'Italie et d'Égypte, de ceux qui ont connu et servi Bonaparte avant Brumaire. C'est le cercle rapproché. On trouve là Berthier, qu'une solide amitié lie au jeune général depuis 1796 et qui sera son ministre de la Guerre de 1799 à 1807 avant de devenir le chef d'état-major de la Grande Armée. Figurent également parmi ces fidèles des premiers jours Augereau, Murat, Sérurier, Davout et Masséna, même si les amitiés jacobines de ce dernier, sans compter son goût immodéré pour le pillage et la prévarication, lui vaudront la méfiance de Napoléon et une carrière heurtée, émaillée de plusieurs disgrâces.

Le second groupe comprend des généraux de l'armée du Rhin, réputée plus républicaine et commandée par Moreau qui fut un temps le rival de Bonaparte: Lefebvre, proche de Hoche, ne figure pas au nombre des généraux qui ont soutenu le 18 Brumaire; Ney a servi sous Moreau à partir de 1799. Macdonald doit sans doute à ses anciens liens avec Pichegru et Moreau, et bien *qu'il ait secondé Bonaparte au 18 Brumaire, une carrière en dents de scie et l'obtention tardive (juillet 1809) du bâton de maréchal. Officier courageux et homme intègre dévoué au service de l'État, Macdonald est entraîné dans la chute de Moreau et Pichegru, ses anciens chefs, accusés de complicité avec Cadoudal en 1804 : une disgrâce l'éloigne jusqu'en 1809. Comme dans l'ordre civil, Bonaparte affectionne dans l'armée les officiers fidèles, attendant d'eux qu'ils fassent preuve plutôt d'obéissance que de caractère. Bref, un Ney, qui exécute avec une bravoure exceptionnelle des ordres qu'il a parfois quelque peine à comprendre, un Soult, sorte de reptile toujours d'accord avec le plus fort, sont aux yeux du maître plus rassurants qu'un Macdonald ou un Gouvion Saint-Cyr, trop indépendants à son gré. Gouvion, qui servait en 1799 sous Moreau, a refusé de prêter serment au Consulat. Bonaparte l'appelle néanmoins au Conseil d'État en 1800. Envoyé ensuite représenter la France à Madrid (1801-1802), puis diriger les troupes d'occupation dans le royaume de Naples (1803-1806), il remplit ces missions avec tact et habileté, mais la dernière se termine par une disgrâce. Nouvelle disgrâce en 1809 alors qu'il sert en Espagne. Amnistié après la naissance du roi de Rome le 20 mars 1811, il réintègre le Conseil d'État et l'armée et s'illustre l'année suivante en Russie où Napoléon le fait maréchal.*

En 1804, la création de maréchaux est directement liée à l'établissement du régime impérial. Les heureux promus doivent figurer au premier rang des grands officiers du régime et de la Cour. Vêtus d'un somptueux uniforme, portant tous le grand cordon de la Légion d'honneur, cumulant les charges honorifiques, ils sont le socle du nouveau régime, les diamants qui scintillent sur la couronne du souverain. Tous ou presque reçoivent des titres de noblesse. Brune et Jourdan en revanche ne seront pas anoblis : le premier, membre du club des Cordeliers au début de la Révolution et journaliste d'un extrémisme frénétique, demeure suspect de républicanisme ; le second, héros fatigué des guerres de la Révolution, s'est rallié sans enthousiasme au Consulat et Napoléon ne l'emploie que de manière intermittente et subalterne. Tous sont riches, très riches : Berthier reçoit une dotation annuelle supérieure à 1 million de francs, Masséna et Davout plus de 900 000 francs annuels, Ney 730 000, etc. Aucun des grands officiers civils ne bénéficie de sommes aussi énormes (puisqu'il s'agit de revenus annuels), Cambacérès étant le plus fastueusement traité avec 450 000 francs. Par ailleurs, certains maréchaux siègent au Sénat ou au Conseil d'État, cumulent diverses charges honorifiques et perçoivent les revenus attachés à ces fonctions.

Par-delà la constitution de fortunes immenses, deux des maréchaux de l'Empire, Murat et Bernadotte, connaissent un destin exceptionnel.

Joachim Murat, dernier des 11 enfants d'un aubergiste du Lot, chassé de l'armée en 1789, entré ensuite en politique par l'intermédiaire des clubs jacobins, réintègre l'armée comme simple soldat en 1791. Chef d'escadron en 1793, on le retrouve le 13 vendémiaire aux côtés de Bonaparte qu'il accompagne ensuite en Italie et en Égypte. Promu général en juillet 1799, c'est lui qui, le 18 Brumaire, alors que Bonaparte et son frère Lucien vacillent devant la résistance imprévue des parlementaires, envahit la salle avec ses soldats et lance : « Foutez-moi tout ce monde-là dehors ! » Le 20 février 1800, il épouse Caroline, l'une des sœurs du Premier Consul. Son beau-frère le fait maréchal en 1804, grand amiral et prince en 1805, dignités qui récompensent autant le parent que l'officier qui remporte partout, en Autriche, en Prusse, en Pologne, d'époustouflantes victoires à la tête de la cavalerie. Rêve-t-il d'une couronne lorsqu'en 1808 Napoléon le charge de s'emparer de Madrid ? Joseph Bonaparte la lui souffle. Murat n'a cependant pas tout perdu. Le 15 juillet de cette année, il devient, à la place de Joseph, roi de Naples et de Sicile sous le nom de Joachim Ier. Murat se consacre dès lors à son royaume. Il épouse si bien les intérêts de celui-ci qu'il ne tarde pas à trouver dans la politique napoléonienne des motifs d'inquiétude. Comme Louis Bonaparte devenu roi de Hollande et Jérôme roi de Westphalie, Murat s'efforce d'échapper à la tutelle impérieuse de celui qui l'a couronné en adoptant une politique indépendante. Il se rapproche des partisans de l'unité italienne lorsque Napoléon épouse Marie-Louise d'Autriche. Ses relations virent alors à l'aigre avec l'Empereur irrité de voir les roitelets de son invention vouloir jouer aux souverains. Murat n'en continue pas moins de servir Napoléon en Russie en 1812 puis en Allemagne en 1813, jusqu'à ce que, l'heure de l'effondrement ayant sonné, il regagne son cher royaume pour tenter, en s'abouchant avec les Autrichiens, de sauver ce qui peut l'être encore.

L'itinéraire de Bernadotte est tout aussi météorique : sous-officier en 1789, il porte les épaulettes de général en 1794 et dirige le ministère de la Guerre à l'agonie du Directoire, de juillet à septembre 1799. Mais à la différence de Murat, il n'est ni un officier de talent ni l'un des fidèles de

Bonaparte. Il refuse d'apporter son concours au coup d'État de Brumaire et passe ensuite pour inspirer les intrigues des néojacobins contre le Premier Consul. Bonaparte le ménage pourtant, malgré sa conduite équivoque à son égard, pour des raisons qui n'ont rien à voir avec la politique : Bernadotte a épousé son ancienne fiancée, Désirée Clary (dont la sœur Julie s'est unie à Lucien Bonaparte). En 1810, la vie de Bernadotte devient un conte de fées : le 21 août la diète suédoise l'élit prince héréditaire de Suède pour succéder à Charles XIII, l'oncle déjà âgé du roi Gustave IV déposé en 1809 par un coup d'État militaire. Bernadotte demande à l'Empereur l'autorisation de s'expatrier. Napoléon la lui donne, croyant ainsi se concilier un solide allié parmi les États de l'Europe du Nord. À tort : dès 1812, Bernadotte entame un rapprochement avec la Russie et en 1813, il rejoint la coalition anti-française et participe à l'invasion de la France en 1814. Le 5 février 1818, il accédera, sous le nom de Charles XIV, au trône de Suède que ses descendants occupent toujours.

À partir de 1808, le temps des victoires foudroyantes est révolu. Les batailles sont de plus en plus meurtrières, les entreprises militaires de l'Empereur semblent de moins en moins dictées par la nécessité. La poursuite de la guerre avec l'Europe sur un théâtre de plus en plus vaste et sans que rien permette d'entrevoir une issue inquiète ces hommes vieillissants, chargés de richesses et d'honneurs et par là même moins enthousiastes qu'à leurs débuts. « Il nous fera tous tuer », dit Lannes quelques jours avant d'être mortellement blessé à Essling en mai 1809. Les rangs des maréchaux se clairsèment dans les dernières années de l'Empire : après Lannes, Bessières trouve la mort à Weissenfels le 30 avril 1813, Poniatowski le 19 octobre 1813 ; Bernadotte est passé à l'ennemi, Murat songe à sa couronne, Masséna et Brune sont en disgrâce, Gouvion Saint-Cyr a été capturé par les alliés en novembre 1813. À l'instar de Ney, ils sont marqués par les dernières campagnes. En avril 1814, tous, à la seule exception de Davout, prêtent serment de fidélité à Louis XVIII. Ils ajoutent alors à leurs décorations, leurs dignités et leurs pensions, qui un titre de duc, qui un titre de pair de France. Leur comportement pendant les Cent-Jours décide de leur avenir. Berthier, que Napoléon de retour aux Tuileries a radié de la liste des maréchaux et qui s'est retiré dans les États de son beau-père le roi de Bavière, se suicide le 1er juin 1815. Après le second retour de Louis XVIII, Mortier, Sérurier et Suchet subissent une brève disgrâce, Masséna est démis de toutes ses fonctions, Davout, ministre de la Guerre des Cent-Jours, est assigné à résidence, rayé de la liste des maréchaux, privé de son traitement et condamné à mener une existence misérable. Grouchy s'est exilé aux États-Unis (d'où il reviendra en 1824, n'étant réhabilité qu'après 1830). Le 2 août 1815, Brune est assassiné en Avignon par des bandes royalistes. Murat qui, après avoir trahi l'Empereur, l'a rejoint aux Cent-Jours, est pris par les Autrichiens et fusillé en Calabre le 13 octobre. Le 7 décembre, Ney paie de sa vie son ralliement à Napoléon, au terme d'un procès instruit par la Chambre des pairs où siègent la plupart des maréchaux (Moncey, toutefois, a refusé de présider le conseil de guerre initialement chargé de juger Ney).

Parmi ceux qui ont rallié les Bourbons en 1814 et refusé de retourner à l'Empereur en mars 1815, plusieurs, comme Marmont et Oudinot, font également preuve d'une fidélité à toute épreuve. On ne peut en dire autant de Soult. Nommé à la fin de 1814 ministre de la Guerre par Louis XVIII mais renvoyé le 11 mars 1815, Soult retourne aussitôt vers celui qu'il dénonçait la veille comme un « usurpateur » et un « aventurier ». Élevé par Napoléon à la pairie, il est contraint à l'exil après le second retour de Louis XVIII, malgré la lettre violemment hostile à l'Empereur qu'il s'est empressé d'écrire afin de se concilier les bonnes grâces du roi. Amnistié en 1819, il rentre en France, dès lors chaud partisan des Bourbons, surtout lorsque Charles X lui rend son titre de pair. Ce qui ne l'empêche pas en 1830 de se rallier avec enthousiasme à Louis-Philippe. Ministre de la Guerre et président du Conseil (1832-1834, 1835-1837) sous la monarchie de Juillet, il a l'insigne honneur de recevoir en 1847 le titre de maréchal-général de France que Turenne avait porté avant lui et dont il devient ainsi le peu glorieux héritier.

La plupart poursuivent sous la Restauration et la monarchie de Juillet, à l'instar de Soult, une carrière politique, les uns à la Chambre des pairs dès 1814, d'autres après leur réhabilitation en 1819 (Suchet, Davout, Sérurier, Moncey), plusieurs enfin comme ministres : Gouvion Saint-Cyr est deux fois ministre de la Guerre, en juillet-septembre 1815 puis en septembre 1817-novembre 1819, lorsqu'il fait voter, le 10 mars 1818, malgré la droite déchaînée, la loi sur le recrutement et l'avancement militaires qui porte son nom ; Victor figure au nombre de ses successeurs entre 1821 et 1823. Quant à Mortier, après avoir exercé les fonctions d'ambassadeur auprès de la Cour de Saint-Pétersbourg et de ministre de la Guerre sous le régime de Juillet, il devient président du Conseil et trouve la mort dans l'attentat perpétré par Fieschi le 28 juillet 1835. Des 26 maréchaux de l'Empire, 8 vivent encore et suivent peut-être ses obsèques.

25 mai (5 prairial)
Ouverture du procès de Cadoudal et 45 autres prévenus. Le 10 juin, 20 des accusés, dont Cadoudal et Armand de Polignac, sont condamnés à mort; trois, dont Moreau et Jules de Polignac, écopent de deux ans de prison; les 22 autres sont acquittés. Le 21 juin, à la demande de Joséphine, Napoléon gracie neuf des condamnés. Le 24, Moreau est relâché et «autorisé» à s'exiler aux États-Unis. Le 28 juin, Cadoudal est guillotiné en place de Grève avec 10 autres condamnés.

3 juin (14 prairial)
Une société de vaccination antivariolique est établie dans chaque département.

23 juin (4 messidor)
Un décret dissout toutes les congrégations non autorisées. Le décret vise les Pères de la Foi qui ont ouvert plusieurs collèges, notamment dans le diocèse de Lyon. Deux autres congrégations, les sulpiciens et les trappistes, seront dissoutes en février 1810 et juillet 1811. En revanche seront autorisés les prêtres des Missions étrangères, les Pères du Saint-Esprit et, seuls parmi les congrégations enseignantes, les Frères des écoles chrétiennes.

10 juillet (21 messidor)
Le ministère de la Police est rétabli au bénéfice de Fouché. Création du ministère des Cultes, dirigé par Portalis.

13 juillet (24 messidor)
Création de «Maisons» de l'Empereur, de l'Impératrice et des princes. Un décret règle l'ordre des préséances et l'étiquette.

16 juillet (27 messidor)
Réorganisation de l'École polytechnique: le décret prescrit l'internat et militarise l'institution. De 1804 à 1813, 1 400 élèves y seront formés.

27 juillet (8 thermidor)
«L'aigle éployée» devient l'emblème de l'Empire.

29 juillet (10 thermidor)
Organisation de la Garde impériale.

2 août (14 thermidor)
Proclamation des résultats du plébiscite sur l'établissement de l'Empire, qui est approuvé par 3 521 675 oui contre 2 579 non: compte tenu des manipulations, Napoléon perd environ 400000 voix par rapport à 1802. En présentant les résultats à l'Empereur, le 1er décembre, François de Neufchâteau le félicitera de «faire entrer au port le vaisseau de la république».

8 août (20 thermidor)
Au ministère de l'Intérieur, Champagny succède à Chaptal.

11 août (23 thermidor)
Jusqu'alors roi de Bohême et de Hongrie et empereur élu d'Allemagne, François II ajoute à ces titres celui d'empereur héréditaire d'Autriche. Le 3 septembre, il reconnaît l'Empire napoléonien. Seule la Suède s'y refuse.

26 août (8 fructidor)
Réorganisation de la Société d'agriculture de Paris, qui devient l'organe officiel du gouvernement pour tout ce qui concerne le développement de l'agriculture.
Un autre décret réorganise l'administration des Ponts et Chaussées.
Beethoven propose à l'éditeur Breitkopf la *Symphonie Bonaparte* qu'il vient de terminer. Informé de la proclamation de l'Empire, il raye le titre et rebaptise son œuvre *Symphonie héroïque.*

septembre
Au Salon de 1804, Gros présente un tableau monumental, *Les Pestiférés de Jaffa*, mise en scène savante de l'un des épisodes les plus tragiques de l'expédition d'Égypte. La toile, révolutionnaire dans sa forme et qui ouvre sur l'orientalisme et le réalisme, fera rêver Delacroix.

7 septembre (20 fructidor)
Napoléon, qui fait une tournée triomphale en Belgique et en Rhénanie (27 août-12 octobre), s'incline sur le tombeau de Charlemagne à Aix-la-Chapelle. Une alliance est conclue avec la Bavière et le Wurtemberg.

29 octobre (7 brumaire an XIII)
Pie VII accepte de venir sacrer Napoléon à Paris. Il espère ainsi obtenir en échange l'annulation des Articles organiques de 1802 et la rétrocession au Saint-Siège des légations cédées à la République italienne.

9 novembre (18 brumaire)
Joseph Bonaparte est nommé grand maître du Grand Orient de France, qui unifie désormais l'ensemble des loges maçonniques. Les frères maçons doivent jurer fidélité aux lois, au gouvernement et à la personne de l'Empereur.

1er décembre (10 frimaire)
Joséphine, toujours sans enfant et qui craint un divorce, avoue au pape en confession qu'elle est unie civilement à l'Empereur. Pie VII exige un mariage religieux. La nuit suivante, le cardinal Fesch, oncle de l'Empereur, bénit l'union. Le sacrement rend une éventuelle séparation plus difficile.

2 décembre (11 frimaire)
Couronnement et sacre de Napoléon Ier à Notre-Dame. À l'issue de la cérémonie religieuse du sacre célébrée par Pie VII, Napoléon se couronne lui-même et prête un serment par lequel il s'engage à maintenir les principaux acquis de la Révolution, l'égalité civile, la liberté politique, les ventes de biens nationaux.

4 décembre (13 frimaire)
Louis XVIII promet aux Français l'oubli du passé et s'engage à respecter la liberté, l'égalité et toutes les propriétés, y compris « nationales ».
L'Espagne déclare la guerre à l'Angleterre qui a capturé plusieurs de ses navires.

5 décembre (14 frimaire)
Au Champ-de-Mars, Napoléon remet les drapeaux surmontés de l'aigle impériale à l'armée.

autres événements
• Pivert de Senancour : *Oberman*.

1805

3 janvier (13 nivôse)
Talma triomphe à la Comédie-Française dans le rôle-titre du *Nicomède* de Corneille.

TALMA

Depuis la création du Charles IX *de Marie-Joseph Chénier, le 4 novembre 1789, François-Joseph Talma (1763-1826) n'a cessé de triompher sur la scène du Français où il a fait ses débuts en novembre 1787. Acteur favori du Paris révolutionnaire, protégé par sa célébrité des turbulences de l'époque, Talma est ensuite l'acteur préféré de l'Empereur, et plus tard des Parisiens de l'époque de la Restauration où, interprétant les grands rôles du répertoire ou créant de nouvelles pièces, notamment* Sylla *de Jouy (27 décembre 1821) ou* Régulus *d'Arnault (5 juin 1822), il reste le plus grand tragédien de son temps. Il surprend toutefois lorsqu'en 1823, une fois n'est pas coutume, il insiste pour jouer au côté de Mlle Mars dans une comédie de Casimir Delavigne,* L'École des vieillards *(créée le 6 décembre 1823). Talma, atteint d'un cancer, monte pour la dernière fois sur une scène, celle du Théâtre-Français, le 3 juin 1826 ; il s'éteint le 19 octobre.*
En 1791, Talma avait épousé Louise-Julie Careau (1756-1805), traversant brièvement la vie de cette ancienne danseuse à l'Opéra, dont il se sépare dès 1794, mais à laquelle il laisse un nom. Julie Talma a déjà troqué les passions du cœur pour celles de la politique lorsqu'elle rencontre le célèbre comédien. Quand la Révolution de 1789, écrit Benjamin Constant dans sa Lettre à Julie, *« fit naître dans la tête de presque tous les Français des espérances qui furent longtemps trompées, elle embrassa cette révolution avec enthousiasme, et suivit de bonne foi l'impulsion de son âme et la conviction de son esprit ». Amie passionnée de la Révolution, sa haine était si forte envers le parti adverse qu'elle aurait applaudi les excès et jusqu'aux crimes, si un sentiment de pitié pour les victimes n'avait étouffé en elle l'enthousiasme des principes et l'intolérance de l'esprit de parti. Lorsque Benjamin Constant se lie d'amitié avec Julie Talma, « le temps des orages était passé pour elle ». Durement éprouvée par la mort de son fils aîné, elle tenait toutefois un salon, rue Neuve-du-Luxembourg, où jusqu'à ses derniers jours elle reçut le Tout-Paris de la fin du Consulat et du début de l'Empire.*

23 janvier (3 pluviôse)
L'Autriche rassemble des troupes sur sa frontière occidentale.

9 mars (18 ventôse)
Un bureau de presse est chargé de surveiller journaux, théâtres et imprimeries.

17 mars (26 ventôse)
L'Assemblée réunissant à Paris les délégués de la République italienne proclame Napoléon roi d'Italie.

20 mars (29 ventôse)
L'Institut de France, créé par la Convention le 25 octobre 1795, hébergé au Louvre, est transféré

dans les locaux de l'ancien Collège des Quatre Nations, quai Conti; il en prendra possession en août 1806.

31 mars (10 germinal)
Napoléon part pour Milan recevoir la couronne d'Italie.

mars-août
Échec de la descente en Angleterre. Au début de mars, Napoléon a mis au point son plan naval: Villeneuve (basé à Toulon) et Missiessy (basé à Rochefort) doivent rallier la flotte espagnole à Cadix et faire route vers les Antilles afin d'y attirer les Anglais puis, les gagnant de vitesse, reprendre le chemin de l'Europe. À ce moment, Ganteaume doit sortir de Brest pour barrer la Manche durant deux jours, délai suffisant pour permettre à l'Empereur de débarquer en Angleterre au plus tard vers le 15 juin. Le 30 mars, Villeneuve appareille pour Cadix et réussit à tromper la surveillance de Nelson qui ne se lance à sa poursuite que le 19 avril. Le 14 mai, Villeneuve atteint la Martinique. Mais après avoir en vain cherché Missiessy, il décide de regagner l'Europe (9 juin). Napoléon repousse la date du débarquement à la mi-août, mais au moment où il demande à Ganteaume de sortir de Brest, Villeneuve, après un accrochage avec les Anglais, se réfugie à La Corogne (22 juillet). Le 11 août, il en sort et se dirige sur Brest quand on l'informe (à tort) de l'arrivée d'une flotte britannique. Villeneuve fait alors demi-tour et gagne Cadix (20 août) où les Anglais le bloquent. Las d'attendre Villeneuve, Ganteaume tente une sortie de Brest le 21 août, mais Cornwallis l'oblige à rentrer au port. La descente en Angleterre est définitivement compromise. Napoléon y renonce le 25 août.

4 avril (14 germinal)
Publication du Code de procédure civile.

8 avril (18 germinal)
L'Angleterre et la Russie s'engagent à ramener la France dans ses frontières de 1789 (troisième coalition, à laquelle l'Autriche adhère le 9 août). Louis XVIII, redevenu l'hôte du tsar, quitte Varsovie et regagne Mitau (aujourd'hui Elgava, en Lettonie), où il avait déjà séjourné entre 1798 et 1801.

25 mai (5 prairial)
Le nombre des charges d'agents de change est porté de 80 à 100, pour un marché plutôt étroit: exceptée la rente, cinq sociétés seulement sont cotées en Bourse.

26 mai (6 prairial)
Napoléon est sacré roi d'Italie dans la cathédrale de Milan. Le 7 juin, il confie la vice-royauté à Eugène de Beauharnais.

EUGÈNE DE BEAUHARNAIS

Fils de Joséphine et d'Alexandre de Beauharnais, Eugène de Beauharnais (1781-1824) a commencé sa carrière militaire auprès de Hoche. En 1797, il devient aide de camp de son nouveau beau-père, Bonaparte, dont il va dès lors suivre l'ascension avec fougue. Le 14 janvier 1806, il épouse Auguste-Amélie (1788-1851), fille du roi de Bavière. Napoléon l'adopte alors sous le nom d'Eugène Napoléon, avec reconnaissance de ses droits à la couronne d'Italie en cas d'absence d'héritiers directs de l'Empereur. Au moment de la débâcle, en mars-avril 1814, Eugène tente de conserver sa couronne mais doit fuir Milan le 27 avril. Ayant condamné le retour de l'île d'Elbe, il s'établit en Bavière sous la protection de son beau-père Maximilien-Joseph Ier, aidant discrètement les bonapartistes pourchassés en France. Il meurt à Munich le 21 février 1824, âgé seulement de 43 ans.

4 juin (15 prairial)
Annexion de Gênes et de la Ligurie.

15 juillet (26 messidor)
La Prusse s'oppose au passage des troupes russes sur son territoire.

9 août (21 thermidor)
L'Autriche adhère à la convention anglo-russe du 8 avril qui inaugure la troisième guerre de coalition.

25 août (7 fructidor)
Ayant tiré un trait sur l'expédition d'Angleterre et informé des préparatifs autrichiens, Napoléon ordonne le transfert de l'armée de Boulogne vers la frontière allemande.

31 août (13 fructidor)
Création du Prytanée militaire de La Flèche, destiné aux fils de militaires se destinant à la carrière des armes.
Un décret organise des courses hippiques pour la sélection et l'amélioration de la race chevaline.

septembre
Krach des Négociants réunis. Le financement de la guerre exigeant la disponibilité immédiate de

fonds importants, et Napoléon refusant de recourir à l'emprunt pour anticiper les rentrées fiscales, Barbé-Marbois, ministre du Trésor, a confié en juin 1804 à la Compagnie des Négociants réunis (fondée par Ouvrard, Vanlerberghe et le régent de la Banque de France Desprez), qui assure par ailleurs les fournitures de l'armée, le service des avances de trésorerie. En garantie de celles-ci, la Compagnie a reçu des obligations remboursables sur les rentrées fiscales en attente et sur les subsides mensuels que l'Espagne s'est engagée à verser à la France (22 juin 1803). Pour se procurer les liquidités nécessaires, les Négociants comptent sur le rapatriement rapide en Europe de piastres espagnoles bloquées à Cuba par la flotte anglaise. À cette fin, Ouvrard obtient de Madrid le monopole du commerce avec l'Amérique espagnole (novembre 1804). N'ayant pu récupérer les piastres américaines, il imagine alors, pour obtenir du numéraire, de faire escompter par la Banque de France, non seulement les obligations reçues du Trésor, mais des traites de complaisance que les Négociants ont tirées les uns sur les autres. La Banque débourse ainsi plusieurs dizaines de millions. Le scandale éclate en septembre. Les porteurs de billets se ruent aux guichets, la Banque s'efforçant de tenir en limitant le montant de ses paiements à 300 000 francs par jour. La nouvelle d'Austerlitz (2 décembre) rétablit la confiance. Le 27 janvier 1806, la Banque de France reprend ses paiements.

OUVRARD

Fils d'un papetier de Clisson, Gabriel-Julien Ouvrard (1770-1846) avait le génie des affaires. Devenu millionnaire dès les premières années de la Révolution, il arrondit son magot sous le Directoire et devient en 1798 le fournisseur de la marine, puis celui de l'armée d'Italie (1799). Après Brumaire, il propose à Bonaparte un ambitieux plan de réforme de la politique financière, réforme dont il eût naturellement été le maître d'œuvre : développer le commerce grâce à l'importation massive de piastres espagnoles et fonder un nouveau crédit public sur un grand emprunt. Bonaparte, qui craindra toujours de subir le sort de Louis XVI en recourant à l'emprunt, refuse, se résignant toutefois à utiliser les services d'Ouvrard en cas de nécessité. C'est le cas en 1804 lorsque la reprise des hostilités avec l'Angleterre crée de pressants besoins de liquidités. Ouvrard imagine alors la vaste combinaison qui provoque à la fin de 1805 le scandale des Négociants réunis. Condamné avec ses associés à rembourser 87, puis 141 millions, Ouvrard est emprisonné en 1809 parce qu'il ne peut acquitter l'intégralité de cette dette, puis de 1810 à 1813 parce qu'il a noué des contacts avec Londres. Nullement ruiné, Ouvrard reprend son rang après le retour de Louis XVIII. Il devient un familier du duc de Richelieu et participe à la négociation de l'emprunt de libération du territoire. En 1823, il est le munitionnaire de l'expédition française en Espagne et commet, comme à son habitude, quelques indélicatesses qui l'obligent à effectuer un nouveau séjour à la Conciergerie (1824-1829), d'où il continue de gérer ses nombreuses affaires. Ouvrard jouera encore un rôle important tout au long de la monarchie de Juillet, avant de se fixer à Londres peu avant sa mort (janvier 1846).

9 septembre (22 fructidor)
L'abandon du calendrier révolutionnaire est décrété à compter du 1er janvier 1806.

10 septembre (23 fructidor)
Le roi de Naples Ferdinand IV signe un traité de neutralité avec la France, le lendemain un traité secret d'alliance avec la Russie et l'Angleterre.

23 septembre (1er vendémiaire an XIV)
Appel par anticipation de 60 000 conscrits de 1806. Le lendemain, Napoléon Ier rejoint l'armée.

25 septembre-26 décembre (3 vendémiaire-5 nivôse)
Campagne d'Autriche. Le gros des forces autrichiennes commandées par le général Mack est concentré à Ulm, tandis que l'allié russe, sous les ordres de Koutouzov, est encore en Galicie. Le 25 septembre, les Français passent le Rhin et se dirigent vers le Danube (Masséna étant chargé d'immobiliser en Italie les troupes de l'archiduc Charles d'Autriche). Le 6 octobre, l'armée de Napoléon (rebaptisée Grande Armée) franchit le Danube à Günzbourg, à l'est d'Ulm, et coupe Mack de ses lignes de communication. Mack s'enferme dans Ulm où, encerclé, il capitule le 19. À partir du 22, les Français progressent rapidement le long du Danube (Salzbourg, 30 octobre; Innsbruck, 7 novembre). Le 11 novembre, ils repoussent Koutouzov arrivé à la rescousse et entrent le 13 dans Vienne déclarée ville ouverte. Repliés à Austerlitz, Autrichiens et Russes affrontent Napoléon le 2 décembre et essuient une défaite totale. L'armistice est signé avec la Russie le 5 et avec l'Autriche le 6. Le 26 décembre, la France et l'Autriche signent le traité de Presbourg: l'Autriche cède la Vénétie, l'Istrie et la Dalmatie au

royaume d'Italie, ses possessions allemandes à la Bavière et au Wurtemberg; elle perd quatre millions de sujets et doit payer une indemnité de guerre de 50 millions de florins.

5 octobre (13 vendémiaire)
Napoléon signe un traité d'alliance avec les électorats de Bade et du Wurtemberg.

7 octobre (15 vendémiaire)
Premier numéro des *Bulletins de la Grande Armée.*

17 octobre (25 vendémiaire)
Talleyrand conseille à l'Empereur une alliance avec l'Autriche contre la Prusse et la Russie. Napoléon refuse.

18 octobre (26 vendémiaire)
En Italie, Masséna occupe Vérone, Gouvion Saint-Cyr la ville pontificale d'Ancône.

21 octobre (29 vendémiaire)
La flotte commandée par Villeneuve, qui, la veille, a quitté Cadix pour la Méditerranée, est anéantie lors de la bataille navale de Trafalgar par l'amiral Nelson (qui trouve la mort au combat). Déféré devant un conseil de guerre, l'amiral de Villeneuve se suicidera le 22 avril 1806.

28 octobre (6 brumaire)
Création de la Caisse de l'extraordinaire, destinée à recevoir les contributions de guerre levées sur les pays vaincus.

13 novembre (22 brumaire)
Pie VII dénonce l'occupation d'Ancône.

19 novembre (28 brumaire)
Débarquement anglo-russe dans le royaume de Naples, qui déclare la guerre à la France.

10 décembre (19 frimaire)
Napoléon transforme l'électorat de Bavière en royaume, accordant le lendemain la même faveur au Wurtemberg.

15 décembre (24 frimaire)
Création de trois maisons pour les filles des membres de la Légion d'honneur.
Traité d'alliance franco-prussien: la Prusse reçoit le Hanovre et la France Neuchâtel.

24 décembre (3 nivôse)
Le Conseil d'État accorde un statut juridique aux fondations charitables: le Code civil de 1804 a proscrit les associations de personnes, sans se prononcer sur les groupements de biens, comme les fondations charitables.

27 décembre (6 nivôse)
Napoléon proclame la déchéance des Bourbons de Naples et charge Masséna d'aller les déloger.

30 décembre (9 nivôse)
Napoléon accepte la proposition du Tribunat de l'appeler « le Grand ».

31 décembre (10 nivôse)
Dernier jour d'application du calendrier républicain.

1806

27 janvier
De retour à Paris, Napoléon renvoie Barbé-Marbois du ministère du Trésor public et le remplace par Mollien. Il exige qu'Ouvrard et ses acolytes rendent gorge. Le 6 février, un décret place sous séquestre les biens des Négociants réunis.

14 février
Masséna entre à Naples, Ferdinand IV et Marie-Caroline de Naples se réfugient en Sicile.

19 février
Un décret fixe la fête officielle du régime le 15 août, jour de la Saint-Napoléon.

2 mars
La France transmet des ouvertures de paix au gouvernement britannique.

18 mars
Création des conseils de prud'hommes. 26 conseils seront installés en 1813.

21 mars
Pie VII refuse d'accéder à la demande de Napoléon de le reconnaître, comme jadis les empereurs germaniques, « roi de Rome ». Le contentieux entre le Saint-Siège et l'Empire s'aggrave ainsi, déjà lourd de l'application du Concordat en Italie.

30 mars
Les territoires vénitiens pris à l'Autriche sont incorporés au royaume d'Italie, tandis que Napoléon se réserve dans les royaumes d'Italie et de Naples, pour les distribuer, 21 fiefs ducaux héréditaires (mais n'impliquant l'exercice d'aucune forme de souveraineté).

avril
À partir de la fin de 1805, le régime doit affronter une nouvelle crise économique, provoquée par l'affaire des Négociants réunis qui a conduit la Banque de France à réduire ses paiements, mettant en difficulté plusieurs établissements bancaires (faillite des banques Récamier en novembre, Bastide et Desprez en décembre). D'autre part, le climat d'incertitude et de défiance créé par la reprise des hostilités avec l'Angleterre, puis par le désastre de Trafalgar, encourage thésaurisation et baisse de la consommation. Comportements de crise et troubles financiers se conjuguent pour atteindre de plein fouet, tout au long de 1806, le commerce et l'industrie. Le gouvernement réagit par des mesures protectionnistes (prohibition de l'importation des tissus de coton; taxation des tissus filés, 30 avril 1806) qui annoncent le Blocus continental (21 novembre 1806). Il débloque également des aides pour les employeurs s'engageant à ne pas licencier (4 janvier 1807). Le triomphe des armées impériales à Friedland (14 juin 1807), puis la paix continentale conclue à Tilsitt (7-9 juillet 1807) auront raison de cette crise et inaugureront une période de prospérité qui durera jusqu'en 1810.

4 avril
Publication du *Catéchisme impérial*, désormais seul autorisé, qui ajoute au service de Dieu celui de l'Empereur.

22 avril
Afin d'éviter le renouvellement de l'affaire Ouvrard, les régents de la Banque de France sont remplacés par un gouverneur choisi par l'Empereur. Crétet est nommé à ce poste. Le capital est porté à 90 millions et le privilège d'émission prorogé jusqu'en 1843.

10 mai
Création de l'Université de France, qui reçoit le monopole «de l'enseignement et de l'éducation publics dans tout l'Empire». Les décrets d'application seront promulgués en mars 1808.

16 mai
Le gouvernement anglais déclare en état de blocus tous les ports de l'Elbe à Brest.

24 mai
La République batave devient un royaume satellite dont la couronne est donnée à Louis Bonaparte.

30 mai
Une assemblée de 111 notables de la «nation juive» choisis par les préfets est convoquée à Paris.

5 juin
Le sultan Selim III reconnaît Napoléon comme Empereur et lui envoie une ambassade.

8 juin
Un décret ramène de 17 à 12 le nombre des théâtres autorisés à Paris. Un deuxième décret, du 29 juillet 1807, le réduit encore à huit: l'Opéra, le Théâtre-Français, l'Opéra-Comique, l'Odéon, la Gaîté, l'Ambigu-Comique, le Vaudeville et les Variétés.

11 juin
Création de maîtres des requêtes au Conseil d'État, chargés du contentieux administratif.
Les marchandises anglaises sont prohibées dans le royaume d'Italie.

21 juin
Les troupes françaises occupent le port de Civita Vecchia, en territoire pontifical, afin de mettre un terme à la contrebande des produits anglais.

6 juillet
Début de négociations franco-russes.

12 juillet
Création de la Confédération du Rhin, qui réunit 16 principautés et royaumes allemands. Le duc Dalberg, grand-duc de Francfort, en devient le prince-primat, tandis que Napoléon s'en déclare le Protecteur. La Confédération se lie à la France par un traité d'alliance offensive et défensive. C'est la fin du Saint Empire romain germanique, dont la diète se dissout le 6 août. François II renonce à son titre d'empereur d'Allemagne, pour conserver seulement celui d'empereur d'Autriche sous le nom de François Ier.

16 juillet
Création de la Caisse de service, qui donne au Trésor la disposition immédiate de ses ressources et lui évite de recourir aux services des financiers privés.

20 juillet
Entamées le 6, les négociations franco-russes aboutissent à un projet d'accord.

5 août
Lord Lauderdale arrive à Paris. Il présente un projet de traité (7 août): l'Angleterre gardera Malte et les colonies et récupérera le Hanovre; la Sicile sera cédée à Joseph Bonaparte et l'ancien roi de Naples, Ferdinand IV, indemnisé. Napoléon, prêt à accepter, attend pour ce faire que le tsar ait ratifié le projet d'accord franco-russe négocié à Paris.

9 août
Informée des projets de restitution du Hanovre à l'Angleterre, la Prusse mobilise et appelle à l'aide l'allié russe.

14 août
Un sénatus-consulte autorise Napoléon à constituer dans tout l'Empire des majorats en faveur des familles sénatoriales, ces grands fiefs étant héréditaires avec substitution du domaine au fils aîné.

15 août
Célébration de la Saint-Napoléon, désormais seule fête nationale.
Pose de la première pierre de l'Arc de Triomphe de l'Étoile, sur des plans de Jean François Chalgrin (1739-1811). L'Arc de Triomphe sera inauguré par Louis-Philippe le 29 juillet 1836.

Les architectes

*Napoléon dit un jour des architectes qu'ils étaient « la honte » de son règne. Il se lie pourtant d'amitié avec Fontaine (1762-1853) qui devient en 1813 son premier architecte et qui, avec Percier (1764-1838), domine l'époque de sa forte personnalité. Fontaine dirige à partir de 1800 les aménagements du palais des Tuileries et avec Percier ceux du Louvre (1806-1813). De 1806 à 1808, les deux architectes édifient l'arc de triomphe de la place du Carrousel (inauguré le 15 août 1808). « Ce qui est grand est beau », disait Napoléon, et les différentes écoles doivent se plier aux goûts du maître, quelle que soit par ailleurs leur sensibilité : fidèle au XVIIIe siècle (Brongniart, 1739-1813 ; Cellerier, 1742-1814) ou néoclassique (Poyet, 1742-1824 ; Vignon, 1763-1828). Ledoux, décédé le 20 novembre 1806 après la publication de son œuvre gravé (*L'Architecture considérée sous le rapport de l'art, des mœurs et de la législation*, 1804), n'a guère de continuateurs. L'architecture de l'époque reprend trois grands types antiques : arc de triomphe, monument en colonne, temple. Elle vise au grandiose : la colonne Vendôme par Gondouin (1737-1818) et Lepère (1761-1844), inaugurée le 15 août 1810 ; les plans de Vignon pour le Temple de la Gloire qui doit combler sur l'emplacement de la Madeleine l'église démolie en 1798 (1806, terminé en 1842 et rendu au culte) ; le péristyle du Palais-Bourbon commencé par Poyet le 22 novembre 1806 et destiné à faire face au futur édifice de la Madeleine ; la Bourse de Paris enfin, construite à partir du 24 mars 1808 par Brongniart (qui en 1801 a réalisé l'aménagement du cimetière du Père-Lachaise), et auquel succède en 1811 Hippolyte Lebas (1782-1867) : la Bourse sera inaugurée le 4 novembre 1826. À ces monuments qui remodèlent le visage de Paris, il faut ajouter les premières constructions métalliques (pont des Arts, 1802-1804 ; coupole de la Halle aux blés, 1811) et d'importants travaux d'urbanisme : percement de la rue de Castiglione (1801), puis de la rue de Rivoli (1802 – à partir de la rue Saint-Florentin, la rue de Sévigné étant atteinte en 1856) dont les façades côté Nord ont été dessinées par Fontaine et Percier ; ouverture de plusieurs rues et construction d'une halle sur l'emplacement de l'ancien enclos du Temple (1808-1811) ; construction du marché Saint-Honoré (inauguré le 14 novembre 1810) à la place du couvent des Jacobins, construction des ponts d'Austerlitz, de Saint-Louis et du pont d'Iéna (1809). En 1823, Fontaine réalisera la Chapelle expiatoire, à la mémoire de Louis XVI, temple en rotonde à portique et fronton encadré par des murs qui délimitent un* campo santo *(aujourd'hui le square Louis-XVI).*

23 août
L'évêque de Vannes, Pancemont, est enlevé et rançonné par des chouans. Fouché reçoit tout pouvoir pour en finir avec « l'arrière-chouannerie ».

25 août
L'armée prussienne se met en marche en direction de Magdebourg et Goettingen.

septembre
Pie VII prépare une bulle condamnant « tout le mal qui règne en France et en Italie, contrairement à la doctrine et aux bonnes coutumes ».
Berthollet : *Nouvelles Recherches sur les lois de l'affinité physique.*

Berthollet et Gay-Lussac

Les noms de ces deux savants sont associés au renouvellement de la chimie au début du XIXe siècle. Claude-Louis Berthollet (1748-1822) a fait ses études à Turin avant de venir à Paris où, grâce à la protection du docteur Tronchin, le duc d'Orléans met à sa disposition le laboratoire installé au Palais-Royal. Lorsque Lavoisier révolutionne la chimie, Berthollet ne fait pas partie de ceux, rares au demeurant, qui reconnaissent l'importance de ses travaux. Il reste fidèle à l'ancienne doctrine expliquant la combustion par un dégagement de « phlogistique » jusqu'en 1785 où, *mesurant enfin l'importance des découvertes de Lavoisier, il abjure publiquement son erreur. Très proche de Monge, Berthollet travaille à ses côtés sous les ordres du Comité de salut public de l'an II, avant de l'accompagner en Italie en 1796 et en Égypte en 1798. Napoléon, qui appelait Berthollet « mon chimiste », le couvrira d'honneurs qui ne lui troubleront cependant pas la cervelle. Se consacrant avec toujours autant d'ardeur et de modestie à la science, Berthollet fonde avec Laplace la Société d'Arcueil (1807) qui devient bientôt le rendez-vous des savants confirmés et des jeunes espoirs : Laplace, Biot, Candolle, mais également Gay-Lussac, Malus, Arago, Chaptal, etc. Berthollet apporte une aide chaleureuse aux jeunes chimistes et défend les principes de la chimie moderne qu'il avait d'abord combattus. Fidèle serviteur de la Convention puis de l'Empire, il renie pourtant Napoléon en 1814, ce que l'Empereur ne pardonnera pas à « son » chimiste préféré ; mais Louis XVIII le récompense en le nommant pair de France (4 juin 1814).*

Joseph-Louis Gay-Lussac (1778-1850) est de trente ans le cadet de Berthollet. Sa jeunesse avait été assombrie par les années de la Terreur qui faillit coûter la vie à son père, un ancien magistrat. Diplômé de Polytechnique en 1800, Gay-Lussac travaille au côté de Berthollet qui lui accordera toujours une attention amicale et admirative. Gay-Lussac inaugure son œuvre en énonçant la loi de dilatation des gaz, puis celle de la combinaison volumétrique des gaz (1804). C'est cette même année 1804, d'abord en compagnie de Biot, puis seul, qu'il effectue deux impressionnantes ascensions en ballon pour réaliser diverses mesures : le 2 août, Gay-Lussac et Biot s'élèvent à près de 4000 m, et le 16 septembre Gay-Lussac monte à plus de 7000 m. Il entreprend ensuite avec Louis-Jacques Thénard (1777-1857) des recherches sur la potasse, la soude et plus tard le bleu de Prusse où il manquera perdre la vue à la suite d'une explosion. Gay-Lussac et Thénard découvrent ainsi un grand nombre de corps nouveaux, le chlore, le bore et l'acide fluoborique (1809), l'iode (1814), le cyanogène et l'acide prussique (1815), l'eau oxygénée en 1818. Élu député en 1831, Gay-Lussac conserve son mandat en 1839, Louis-Philippe l'appelant ensuite à la pairie où Berthollet l'avait, au moment de mourir, désigné pour lui succéder.

3 septembre
Le tsar refuse de signer le projet de traité avec la France.

5 septembre
Voyant s'évanouir ses espoirs de paix, Napoléon demande à Berthier de rassembler la Grande Armée sur Bamberg.

12 septembre
Les Prussiens envahissent la Saxe.

13 septembre
Décès de James Fox, le moins francophobe des dirigeants britanniques. À cette nouvelle, la Bourse de Paris enregistre une forte baisse.

25 septembre
Napoléon rejoint l'armée.

26 septembre
Ouverture de l'exposition industrielle de Paris.
La durée maximum de la journée de travail est fixée à 12 h.
Ultimatum prussien à la France : celle-ci doit se retirer en deçà du Rhin et dissoudre la Confédération créée le 12 juillet précédent.

5-27 octobre
Campagne de Prusse. La Grande Armée est rassemblée à Bamberg le 5 octobre. Elle pivote vers le Nord et bat les Prussiens commandés par le duc de Brunswick à Saalfeld le 10. L'armée prussienne se replie sur Leipzig après avoir laissé le corps d'armée du prince de Hohenlohe à Weimar. Le 14, à Iéna, Napoléon taille en pièces l'armée de Hohenlohe, tandis qu'à Auerstaedt, Davout met en fuite les troupes de Brunswick, qui est tué. 16-27 octobre : marche sur Berlin, où Napoléon reçoit la capitulation des Prussiens. Les 30 et 31 octobre, Mortier s'est emparé des États de Brunswick et de Hesse-Cassel, et le 10 novembre il occupe le Hanovre.

6 octobre
Convocation à Paris d'un « Grand Sanhédrin » adressé à toutes les synagogues de l'Empire et du royaume d'Italie ; il doit se réunir « sous la protection de Napoléon, qui a l'intention d'abolir toute distinction humiliante séparant les juifs de ses autres sujets ». La réunion, prévue le 20 octobre, sera reportée au 4 février 1807. En 1806, Berr Isaac Berr publie des *Réflexions sur la régénération complète des juifs en France*, qui soulignent les limites de l'émancipation réalisée par les décrets de 1789-1791.

10 novembre-26 décembre
Au lendemain de la conquête éclair de la Prusse, Davout, bientôt rejoint par l'Empereur, franchit l'ancienne frontière de Pologne et entre à Posen.

Napoléon a donné l'ordre de fournir armes et encouragements aux patriotes polonais, mais sans trop s'engager sur la reconstitution d'un État indépendant. Le 27 novembre, les Russes sont chassés de Varsovie où Murat entre triomphalement le lendemain. Le 6 décembre, Jérôme Bonaparte, parti conquérir la Silésie, assiège Breslau qui capitulera le 8 janvier 1807. Le 19 décembre, Napoléon arrive à Varsovie où il forme un gouvernement polonais provisoire avec le prince Joseph Poniatowski à la Guerre. Le 22 décembre, l'Empereur déclenche les opérations contre les Russes commandés par Bennigsen. Menacé d'encerclement, Bennigsen amorce sa retraite vers la Narew. Le 26, la Grande Armée remporte simultanément les victoires de Solau, Golymin et Putulsk. Le mauvais temps empêche de lancer la cavalerie à la poursuite des Russes.

21 novembre
Napoléon décrète le Blocus continental contre l'Angleterre (décret de Berlin): « Tout commerce et toute correspondance avec les îles britanniques sont interdits. »

26 novembre
Le roi de Prusse Frédéric-Guillaume III refuse de signer l'armistice avec la France.

1er décembre
La France propose une alliance à l'Empire ottoman.

11-15 décembre
L'Électeur de Saxe devient roi sous le nom de Frédéric-Auguste Ier et entre dans la Confédération du Rhin.

1807

7 janvier
L'Angleterre met en état de blocus tous les ports de France et des colonies.

18 janvier-17 février
L'armée russe déclenche une contre-offensive le 18 janvier. Elle accroche Ney et Bernadotte (23-24 janvier), mais, craignant d'être enveloppé par les armées françaises, Bennigsen lui ordonne de se replier en direction de Königsberg (28 janvier). Comprenant qu'il n'atteindra pas assez vite Königsberg pour échapper à Napoléon, Bennigsen décide de faire front et regroupe ses forces sur Eylau. Le 8 février, après un affrontement longtemps indécis, les Français restent maîtres du terrain, mais en payant un prix élevé: 25 000 hommes hors de combat, 30 000 chez les Russes. Techniquement victorieuse, l'armée française n'en passe pas moins pour avoir perdu cette sanglante bataille. Le 17 février, la Grande Armée se replie pour prendre ses quartiers d'hiver.

4 février-9 mars
Réunion, à Paris, du « Grand Sanhédrin » convoqué le 6 octobre 1806.

19 février
L'Espagne adhère au Blocus continental.

mars
Monge: *Application de l'analyse à la géométrie*, qui développe la théorie de la géométrie infinitésimale.

Les mathématiciens du Premier Empire

Les recherches de Monge sur la géométrie descriptive et sur la géométrie analytique seront prolongées par Charles Dupin dans ses Développements de géométrie *(1813). Savant distingué à qui l'on doit l'établissement de plusieurs notions fondamentales en géométrie, Charles Dupin (1784-1873) sera également un homme politique en vue de la Restauration jusqu'au Second Empire. Louis XVIII le fait baron en 1824, Louis-Philippe conseiller d'État en 1831, ministre de la Marine en 1833 et pair de France en 1837, Napoléon III sénateur en 1852. Charles Dupin n'a qu'un principe politique, mais auquel il sera fidèle et dont il sera bien récompensé: être toujours du côté du plus fort. Au moment où Dupin publie ses* Développements de géométrie, *Jean-Victor Poncelet (1788-1867), officier du génie dans l'armée impériale, rédige en captivité (il a été fait prisonnier en Russie en 1812) les manuscrits qui serviront de base à son important* Traité des propriétés projectives des figures *(1822) qui fonde la géométrie projective moderne. Promu général en 1848, Poncelet est le contraire de Dupin: en 1852, il refuse le siège de sénateur proposé par Napoléon III. Les travaux de Poncelet seront continués par Michel Chasles (1793-1880), notamment dans son* Traité de géométrie supérieure *(1852).*

avril
Chênedollé: *Le Génie de l'homme*. Une étape dans la transition de la poésie du classicisme au romantisme.
Mme de Staël: *Corinne, ou l'Italie*.

15 avril
Fouché fait campagne pour la paix, seul moyen d'enrayer la dérive autoritaire du régime impérial. Napoléon envisage un moment de le disgracier; il en est dissuadé par Lannes et Murat, très liés au ministre.

18 avril
Menacés d'être chassés de Poméranie, les Suédois signent un armistice avec Mortier.

25 avril
Le tsar Alexandre Ier et le roi de Prusse Frédéric-Guillaume III s'engagent à ne pas traiter avec la France avant d'avoir ramené celle-ci à la rive gauche du Rhin.

27 avril
Napoléon reçoit une ambassade perse, avec laquelle il signe un traité d'amitié (4 mai).

27 mai
À Constantinople, Selim III est détrôné et remplacé par Mustafa IV: Napoléon se considère délié de tout engagement envers l'Empire ottoman.

4-21 juin
Bennigsen reprend l'offensive; il attaque l'avant-garde de Ney. La Grande Armée fait aussitôt mouvement pour l'attaquer sur son flanc (6 juin). Le Russe, comprenant qu'on l'attire dans un piège, ordonne à ses troupes de faire marche arrière. Le 13 juin, une habile manœuvre fait croire à Bennigsen que l'essentiel des forces ennemies fait route vers Königsberg et que Lannes est isolé à l'aile droite. Il décide d'affronter celui-ci à Friedland (14 juin) et est battu. Königsberg capitule le 16, Napoléon entre à Tilsitt le 19. Le 21, il accorde un armistice à la Russie.

24 juin
Message du tsar Alexandre Ier à Napoléon: « L'alliance entre la France et la Russie a toujours été l'objet constant de mes désirs. »

25 juin
Napoléon rencontre le tsar Alexandre Ier sur un radeau au milieu du Niémen. Le lendemain, le roi de Prusse Frédéric-Guillaume III est admis à participer à leurs entretiens.

juillet
Dans un compte rendu du *Voyage en Espagne* d'Alexandre de Laborde, publié par le *Mercure*, Chateaubriand exalte le citoyen obscur qui ose « lutter seul contre toute la puissance de Sylla » et, à Néron triomphant, il annonce que lui aussi aura son Tacite.

7 juillet
Signature du traité de Tilsitt entre la France et la Russie. La Russie s'engage à proposer sa médiation à l'Angleterre et en cas de refus à lui déclarer la guerre. Elle obtient en échange le droit de prendre la Finlande à la Suède; les deux souverains ont également projeté un partage de l'Empire ottoman.

8 juillet
La Suède dénonce l'armistice signé avec la France le 18 avril.

9 juillet
Signature du second traité de Tilsitt entre la France et la Prusse. Celle-ci conserve le Brandebourg, la Silésie et la Poméranie, mais perd tous ses territoires situés à l'ouest de l'Elbe (création du royaume de Westphalie, donné à Jérôme Bonaparte) et ses provinces polonaises: celles-ci sont données au roi de Saxe Frédéric-Auguste Ier pour former le grand-duché de Varsovie. Dantzig devient ville libre, Bialystok est cédée à la Russie.

14 juillet
Bernadotte devient gouverneur des villes hanséatiques, fonctions dans lesquelles il va ménager les intérêts suédois et se créer de nombreuses amitiés dans ce pays.

15 juillet
Conséquence du rapprochement avec la France, le tsar Alexandre Ier invite Louis XVIII à trouver un nouveau lieu d'exil: ce sera, jusqu'en 1814, l'Angleterre, où le prétendant, venant de Mitau en Lettonie, débarque le 2 novembre.

19 juillet
La France ordonne au Portugal de fermer ses ports aux Anglais avant le 1er septembre.

22 juillet
La création du grand-duché de Varsovie, confié au roi de Saxe Frédéric-Auguste Ier, adhérent de la Confédération du Rhin, marque la fin des illusions polonaises, habilement entretenues par l'Empereur, sur le rétablissement d'un royaume souverain.

27 juillet
Napoléon est de retour à Saint-Cloud, après dix mois d'absence.

La rente atteint son cours le plus élevé de toute la période impériale, à 93,40 francs. Elle se maintiendra au-dessus de 80 francs jusqu'au début de 1813.

29 juillet
Une armée se rassemble à Bordeaux pour aller mettre le Portugal à la raison s'il n'applique pas le Blocus continental.

9 août
Remaniement ministériel. Talleyrand devient vice-grand électeur mais, trop attaché à une alliance autrichienne, il perd le portefeuille des Relations extérieures, confié à Champagny, lui-même remplacé à l'Intérieur par Crétet; à la Guerre, Clarke (1765-1818) remplace Berthier. Hulin devient gouverneur de Paris et Jaubert gouverneur de la Banque de France.

16 août
Les Anglais débarquent au Danemark pour imposer à ce pays une alliance contre la France. Le Danemark capitule le 7 septembre.

19 août
Un sénatus-consulte supprime le Tribunat.

28 août
Napoléon donne l'ordre de s'emparer des territoires pontificaux situés le long de l'Adriatique.

29 août
Londres rejette l'offre de médiation russe.

3 septembre
Le taux d'intérêt de l'argent est limité à 5 % en matière civile et 6 % en matière commerciale.

4 septembre
Après de multiples interventions de son frère, le roi de Hollande Louis Bonaparte se résout à fermer les ports hollandais aux navires britanniques.

7 septembre
Nouvel armistice franco-suédois.

15 septembre
Publication du Code de commerce.
Une loi ordonne l'établissement d'un cadastre parcellaire général, afin d'asseoir l'impôt foncier sur une base sûre. À la fin de l'Empire, plus de 10 000 communes auront été cadastrées.

16 septembre
Rétablissement de la Cour des comptes. Elle vérifie les comptes sans étudier la légalité des dépenses. Elle fait des observations générales, peut proposer des réformes et infliger des amendes.

30 septembre
Une loi met à la charge de l'État tous les desservants du culte catholique dans l'Empire. Elle entérine le nouveau découpage des diocèses et des paroisses.

octobre
Fouché conseille à Napoléon, toujours sans descendance, de divorcer.

15 octobre
Napoléon lance un ultimatum au Portugal.

17 octobre 1807-9 janvier 1808
Trois corps d'armée commandés par Junot, Dupont et Moncey pénètrent en Espagne, se dirigeant vers le Portugal. Le 27 octobre, la France et l'Espagne signent une convention secrète sur le partage du Portugal. Le 30 novembre, Junot entre dans Lisbonne abandonnée par la famille royale qui a fui au Brésil.

JUNOT

Après des études de droit, Andoche Junot (1771-1813) s'engage au début de la Révolution dans un bataillon de volontaires. Dès 1793 il se lie avec Bonaparte, auquel il vouera un véritable culte. Promu général en 1798, il devient gouverneur de Paris après Brumaire, mais Bonaparte ne tarde pas à éloigner cet homme fidèle mais trop exalté. L'amertume qu'il ressent (et exprime) après la première promotion de maréchaux, dont il ne fait pas partie, puis ses liens avec le banquier Récamier, lui valent plusieurs affectations loin du maître, à Lisbonne et Parme. Rétabli en 1807 au poste de gouverneur de Paris, il ne tarde pas à renouer avec les excentricités et excès dont il est coutumier. Il sert au Portugal (1807-1808), en Autriche (1809) puis en Russie (1812) où il donne les premiers signes de la folie qui le conduit à se suicider le 29 juillet 1813.

30 octobre
Alliance franco-danoise.

3 novembre
Caulaincourt est nommé ambassadeur à Saint-Pétersbourg.

Caulaincourt

Chassé de l'armée pour cause de noblesse en 1792, Armand-Augustin, marquis de Caulaincourt (1773-1827) s'est engagé comme volontaire avant d'être réintégré dans les troupes régulières après Thermidor. En 1802, il devient aide de camp de Bonaparte. En mars 1804, il est chargé avec Ordener d'enlever le duc d'Enghien. Ignorant tout du sort réservé au prince, il ne se reprochera pas moins toute sa vie d'avoir coopéré à cette exécution. Ambassadeur en Russie (novembre 1807-mai 1811), il y accompagne Napoléon en 1812, puis devient ministre des Affaires étrangères du 20 novembre 1813 au 3 avril 1814 et de mars à juin 1815. Proscrit le 24 juillet 1815, il reste en France.

7 novembre
La Russie déclare la guerre à l'Angleterre.

23 novembre
Un décret ordonne de confisquer tout navire ayant touché terre en Angleterre.

2 décembre
Pie VII refuse de se soumettre aux exigences de la lutte française contre l'Angleterre; il rejette également toute application du Concordat italien en Vénétie et toute discussion sur un éventuel Concordat allemand.

8 décembre
Jérôme Bonaparte devient roi de Westphalie. Deux jours plus tard, Joseph reçoit la couronne du royaume de Naples, qu'il échangera l'année suivante contre celle d'Espagne.

15 décembre
Création triomphale à l'Opéra de Paris de *La Vestale* de Gaspare Spontini (1774-1851), livret d'Étienne de Jouy. Cette œuvre exerça une grande influence sur les compositeurs romantiques (de Bellini à Wagner) et marque une date importante dans l'histoire de l'opéra français, entre Gluck, Meyerbeer et Berlioz.

17 décembre
En réplique à la décision britannique d'imposer un blocus à tous les pays rejetant son pavillon et de taxer les navires neutres relâchant dans les ports français, un décret stipule que tout navire neutre qui se soumettra aux exigences anglaises sera considéré comme propriété britannique et traité comme tel.

1808

janvier
Napoléon propose au tsar Alexandre Ier, d'une part de conserver les principautés danubiennes et de laisser en échange la France confisquer la Silésie à la Prusse, d'autre part, après avoir conquis l'Empire ottoman, de marcher sur l'Inde en passant par la Perse. Il propose à Metternich d'associer l'Autriche au partage de la Turquie.

4 janvier
Bigot de Préameneu succède à Portalis (décédé) au ministère des Cultes.
Le couple impérial admire dans l'atelier de David *Le Couronnement* que l'artiste a commencé de peindre au lendemain du sacre du 2 décembre 1804.

Le néoclassicisme

*L'époque reste dominée par Jacques-Louis David (1748-1825). Avant la Révolution, David a donné sa forme la plus achevée au retour à la pureté des formes inspirée de la statuaire antique. L'esthétique néoclassique triomphe sous la Révolution, où David traduit avec force l'esprit révolutionnaire, et sous l'Empire. David peint alors quelques-unes de ses œuvres les plus célèbres (*Bonaparte passant les Alpes au Grand-Saint-Bernard, *1801;* La Distribution des Aigles au Champ-de-Mars, *1810). Il renoue même en 1814, avec* Léonidas aux Thermopyles, *avec l'austère conception républicaine du dévouement civique. En 1813, il réalise un* Autoportrait *de facture très différente qui annonce les portraits peints en exil après 1815.*
Dans l'atelier très fourni des élèves de David, il faut citer Jean-Auguste-Dominique Ingres (1780-1867). Couronné par le prix de Rome pour Achille recevant les députés d'Agamemnon *(1801), Ingres part pour l'Italie en 1806 et y séjourne jusqu'en 1824. En Italie, il peint* La Baigneuse *(1807),* Œdipe et le sphinx *(1808),* Jupiter et Thétis *(1811),* Le Songe d'Ossian *(1813), et en 1814* La Grande Odalisque, *ainsi qu'un extraordinaire ensemble de portraits, où la réalité est simplifiée, purifiée au prix même de déformations. Certains de ces portraits, dessinés à la mine de plomb, qui répondent à des nécessités alimentaires, sont aujourd'hui considérés comme la perfection du genre. D'autres œuvres plus tardives,* Raphaël et la Fornarina *(1813),* Roger et Angélique *(1817),* Paolo et Francesca *(1819), témoignent de son éloignement du davi-*

disme. Ingres rentre en France en 1824, au moment de la bataille romantique.

C'est cependant dans la sculpture que s'impose le plus fortement le néoclassicisme, notamment dans l'œuvre d'Antonio Canova (1757-1822). Très lié au clan Bonaparte à partir de 1797, il réalise notamment une statue de Pauline Borghèse en Vénus victorieuse *(1808), un colossal nu de* Napoléon *en marbre (1811) et* Trois Grâces *(1816).*

*L'art de Canova se dégrade toutefois en académisme chez ses suiveurs: Bosio (1768-1845) (*La Paix conduite sur un char de triomphe, *1828), Milhomme (1758-1822) (*L'Abondance, *1817;* Colbert, *1819), ou encore Chaudet (1763 1810), le plus académique mais aussi le plus comblé d'honneurs. Deux sculpteurs retrouvent le sens du mouvement et de la réalité: Lemot (1772-1827), dont la* Statue équestre d'Henri IV *sera inaugurée sur le Pont-Neuf en octobre 1817, et Chinard (1756-1813) (buste de* Madame Récamier, *1805).*

Le chef-d'œuvre de cette sculpture étroitement liée aux commandes politiques est donné par Pierre Cartellier (1757-1831): La Gloire distribuant des couronnes *(1807), bas-relief placé au-dessus de la porte centrale de la colonnade du Louvre et qui transpose un camée antique à l'échelle monumentale.*

La sculpture, discipline modèle pour l'école néoclassique, car seule à pouvoir reproduire authentiquement la statuaire antique, est condamnée à l'imitation, comme Canova lui-même le reconnaîtra. En peinture, il existe une « école davidienne », rapidement figée en un académisme dont l'oubli qui l'enveloppe aujourd'hui ne doit pas occulter le fait qu'il a longtemps été le miroir de la société du XIXe siècle, et ses représentants les lauréats des prix, des commandes officielles, des honneurs. Ceux de ses élèves qui font « le plus d'honneur » à David sont également ceux qui ont su suivre un chemin personnel, parfois très éloigné du sien: Isabey (1767-1855), Gérard (1770-1837), Girodet (1767-1824) et Gros (1771-1835).

Gérard, qui se consacre principalement à son activité de portraitiste des célébrités du temps, ne participe à cette révolution que par son Ossian évoquant au son de sa harpe les fantômes des membres de sa famille sur les rives du Lora *(1801), œuvre dont la lumière contrastée témoigne déjà d'une sensibilité préromantique (*Madame Récamier, *1802;* Napoléon en grand costume, *1805;* Entrée d'Henri IV à Paris, *1817;* Le Sacre de Charles X, *1827).*

Girodet expose en 1806 une Scène de Déluge *(tableau qui sera préféré pour le prix décennal de 1812 aux* Sabines *de son maître David). En 1808, Girodet fait l'événement avec les* Funérailles d'Atala. *Dans cette peinture inspirée par le livre de Chateaubriand (*Atala, *avril 1801), il combine ses goûts pour l'exotique et le merveilleux chrétien.*

Le disciple le plus infidèle de David, Antoine Gros, est celui qui, après l'exil du maître en 1815, s'attachera à maintenir les principes davidiens contre le romantisme naissant qui devait beaucoup à ses œuvres: situation intenable qui conduira Gros au suicide après l'échec de son Hercule et Diomède *(1835). Le romantisme pictural est né au cœur même du néoclassicisme. David lui-même a su reconnaître les premiers accents romantiques: au Salon de 1812, il s'arrêta, intéressé, devant l'*Officier de chasseurs à cheval chargeant *de Géricault.*

10 janvier

Décidé à briser la résistance du pape Pie VII, Napoléon ordonne aux troupes de Miollis de marcher sur Rome, qu'elles occupent le 2 février.

février

La France dans le guêpier espagnol. Tout a commencé en juillet 1807 lorsque l'ambassadeur de France à Madrid a entrepris d'aider Ferdinand, fils du roi Charles IV, à se débarrasser du ministre Godoy en lui suggérant de renforcer son autorité par un mariage avec une princesse impériale. Ferdinand a écrit dans ce sens à l'Empereur (11 octobre), mais le 27, poussé par Godoy, son père le faisait arrêter, l'accusant de comploter contre lui avec la complicité des Français, avant de lui pardonner (5 novembre). Charles IV approuve dès lors même l'idée d'un mariage français et se met d'accord avec la France sur le futur partage du Portugal (27 octobre 1807). Mais la situation change au début de 1808 avec l'entrée du général Duhesme en Catalogne (9 février 1808). Le 29, les Français occupent Barcelone. Dupont est à Valladolid (12 janvier) et Pampelune (15 février), Murat a pris le commandement des armées françaises au-delà des Pyrénées (20 février): l'expédition sur le Portugal s'est transformée en invasion de l'Espagne. La France a désormais de tout autres objectifs: le 24 février, elle propose à Charles IV d'échanger les territoires espagnols au nord de l'Elbe contre le Portugal. Le 29, Charles IV abandonne Madrid, projetant d'imiter les souverains portugais et de se réfugier en Amérique du Sud. Murat s'empare de Burgos le 13 mars.

27 février
Une députation de l'Institut, conduite par Marie-Joseph Chénier, remet à Napoléon un *Rapport historique sur l'état et les progrès de la littérature* qui défend les valeurs du néoclassicisme et « oublie » de mentionner Chateaubriand.

1er mars
Un sénatus-consulte crée la noblesse impériale; les titres de prince, duc, comte, baron et chevalier sont décernés à vie par l'Empereur pour services rendus. Ils peuvent être transmis héréditairement au fils aîné (et à lui seul) si un majorat, ou capital de 200 000 francs de rente pour les princes, 3 000 pour les chevaliers, est constitué au nom de l'héritier. De 1808 à 1814 seront créés quatre princes, 33 ducs, 388 comtes, 1 090 barons et 1 600 chevaliers, soit, au total, une noblesse d'Empire équivalente, par le nombre, à moins d'1/6e de la noblesse française de 1789. Seulement 200 chefs de famille constitueront un majorat.

7 mars
Décret organisant l'Université impériale. Celle-ci est divisée en académies dont le recteur dirige la hiérarchie des collèges, lycées et établissements d'enseignement supérieur. Celui-ci est réparti en facultés de droit, médecine, sciences, lettres et théologie. Le grand maître (Fontanes) décerne les grades: baccalauréat, licence et doctorat. Il y aura 1 700 bacheliers en 1813. Le concours de l'agrégation est rétabli.

12 mars
Les négociations avec la Russie sur le partage de l'Empire ottoman achoppent sur le sort de Constantinople et des détroits.

17 mars
Un décret accorde au judaïsme un statut officiel et donne au culte israélite une organisation en consistoires: un Consistoire central (dont les membres seront nommés par l'Empereur le 19 octobre) et sept consistoires départementaux, installés à Paris, Strasbourg, Wintzenheim, Metz, Nancy, Bordeaux et Marseille (neuf autres consistoires départementaux seront créés avec l'extension de l'Empire). Les rabbins ne sont pas salariés par l'État; le culte israélite est placé sous l'autorité conjointe du ministre des Cultes et du ministre de l'Intérieur. Un second décret (qui ne s'applique pas aux juifs « portugais » du Sud-Ouest) réglemente pour une période de dix ans les activités économiques, le droit de résidence et les obligations militaires des juifs (il leur est notamment interdit de présenter des remplaçants); il limite l'immigration juive dans l'Empire et soumet l'exercice de toute activité commerciale à l'obtention d'une patente renouvelable chaque année. En juillet, un dernier décret oblige les juifs à se faire enregistrer auprès de l'état civil.
Un décret rétablit les Frères de la Doctrine chrétienne comme congrégation enseignante.

18 mars
À Aranjuez, une émeute populaire contraint Charles IV d'Espagne à renvoyer Godoy, et le lendemain, à abdiquer en faveur de son fils qui accède au trône d'Espagne sous le nom de Ferdinand VII. Le 23, Murat entre à Madrid, bientôt rejoint par Ferdinand VII et Charles IV venus chercher l'un et l'autre son soutien. Murat leur conseille de recourir à l'arbitrage de Napoléon. L'Empereur a d'ores et déjà décidé de remplacer par un Bonaparte les Bourbons d'Espagne, alliés peu sûrs et ridiculisés par leur ménage à trois avec Godoy. Le 2 avril, il se met en route pour Bayonne où Ferdinand VII, Charles IV, la reine et son amant Godoy le rejoignent (20-30 avril). Le 5 mai, Charles IV et sa femme, la reine Marie-Louise, avant tout désireux de ne pas se séparer de Godoy, cèdent à Napoléon tous leurs droits sur la couronne d'Espagne et contraignent Ferdinand à abdiquer. Ferdinand est expédié chez Talleyrand, à Valençay, et Charles IV, sa femme et Godoy, envoyés batifoler à Compiègne.

24 mars
Épuration de la magistrature: 68 destitutions, 94 « démissions ».

27 mars
Les provinces pontificales de l'Adriatique sont réunies au royaume d'Italie.

20 avril
Naissance de Charles-Louis-Napoléon (1808-1873), futur Napoléon III, fils de Louis Bonaparte, frère de l'Empereur et roi de Hollande, et de Hortense, fille de l'impératrice Joséphine.

2-3 mai
À Madrid, un soulèvement éclate contre l'occupant français, brutalement réprimé par Murat (300 morts). L'insurrection, qui s'étend les jours suivants aux Asturies et à la Galice, gagne ensuite le pays tout entier: Valence (où 388 soldats français sont massacrés le 27 mai), Cadix (28 mai), Grenade (30 mai), Valladolid (31 mai). Le 26 mai, une junte provisoire réunie à Oviedo appelle l'Angleterre au secours de l'Espagne.

22 mai
Le pape Pie VII interdit à ses sujets de prêter serment à « un gouvernement protecteur de toutes les sectes et de tous les cultes » et refuse d'instituer l'archevêque de Malines nommé par Napoléon. Il va multiplier les refus d'investiture, paralysant ainsi la vie de l'Église de France.

24 mai
Les duchés de Parme, de Plaisance et de Toscane (l'ancien royaume d'Étrurie) sont réunis à l'Empire.

juin
Les troupes françaises « pacifient » la Catalogne, le Pays basque et la Castille. Seule Valence résiste, assiégée par Moncey (28 juin). En revanche, Dupont est harcelé en Andalousie (il doit évacuer Cordoue le 16 juin), où la flotte rescapée de Trafalgar a capitulé à Cadix (14 juin).

4 juin
Napoléon cède la couronne d'Espagne à son frère Joseph. Le 7 juillet, une « assemblée nationale » approuve la Constitution de Bayonne.

16 juin
Échec de la conspiration du général Malet. Ancien gouverneur de Rome, destitué à cause de ses opinions républicaines, Claude-François de Malet (1754-1812) est passé à l'opposition. Profitant du départ de Napoléon pour Bayonne, il projetait de publier un faux acte de déchéance de l'Empereur. Des indiscrétions ont provoqué son arrestation. Incarcéré à Vincennes, puis, en 1810, interné dans une maison de santé, Malet fomentera un nouveau complot (23 octobre 1812) qui, cette fois, le conduira devant le peloton d'exécution.

5 juillet
Création dans chaque département d'un « dépôt de mendicité ».

9 juillet
Joseph Bonaparte entre en Espagne prendre possession de son royaume. Il cède le trône de Naples à Murat (15 juillet).

22 juillet
Après trois jours de combats (16-19 juillet), Dupont, encerclé avec 17000 soldats, capitule à Baylen, près d'Andujar. La nouvelle fait dans toute l'Europe l'effet d'un coup de tonnerre. Joseph Bonaparte doit précipitamment abandonner Madrid (30 juillet) et se réfugier derrière l'Èbre.

1er août
Arthur Wellesley (futur duc de Wellington) débarque au Portugal avec 13000 hommes. Refoulant Junot, il le contraint à capituler le 30 août à Cintra. Il ne reste plus un seul Français au sud de l'Èbre.

septembre
Les juntes insurrectionnelles espagnoles forment une Junte centrale qui, en 1809, nommera un Conseil de régence.
Gros expose au Salon *Le Cimetière d'Eylau*. Parmi 27 concurrents, Gros a obtenu la commande de cette toile dont le sujet avait été choisi par l'Empereur. Pourtant, l'œuvre est loin de donner l'image attendue de Napoléon témoignant sa pitié et sa compassion aux victimes des combats. Par son sujet – la première grande boucherie du règne –, par sa noirceur et par la mise en scène d'un Napoléon livide, comme saisi par la mort, *Le Cimetière d'Eylau* marque l'entrée dans les années noires de l'Empire.
Fourier : *Théorie des quatre mouvements et des destinées générales*.

Charles Fourier

Fils d'un marchand aisé de Besançon, François-Marie-Charles Fourier (1772-1837) passe sa vie solitaire de vieux garçon dans d'obscurs emplois, consacrant le reste de son temps à écrire des livres largement ignorés de son vivant. Fourier est un esprit bizarre, obsédé de chiffres et de classifications, divisant l'histoire universelle en 32 époques, classant les caractères humains en 810 espèces et fixant à 1620 le nombre idéal des membres des communautés futures, le tout présenté dans un charabia qui fera, comme il est naturel, les délices de l'intelligentsia du siècle suivant. Au milieu de tout cela, des fulgurances poétiques qui méritent seules l'attention de la postérité mais que ses disciples gomment comme autant d'extravagances nuisibles au sérieux d'un système extravagant dans son principe. Fourier déteste la « civilisation » et ses inégalités, autrement dit la société, et le fait savoir. Il a un système, organisé jusque dans ses moindres détails, pour remédier à ses maux : « l'harmonie ». Il s'agit d'encaserner l'humanité dans des « phalanstères », communautés de base fondées sur la complémentarité des besoins à partir d'une connaissance scientifique des caractères et des passions établie d'après le principe de l'attraction universelle. Fourier se croit le Newton de la science sociale. Il est convaincu d'avoir trouvé la clé scientifique du bonheur. Ses élucubrations restent malheureuse-

ment couchées sur le papier. Pour qu'elles prennent corps, pour que l'eau de mer se change en limonade et les crocodiles en « anticrocodiles » bienveillants, pour que les phalanstères éclosent, il faut des moyens dont le malheureux est loin de disposer. Aussi chaque jour attend-il le capitaliste philanthrope qui lui donnera les moyens de réaliser ses chimères. En vain. Quelques adeptes finissent cependant par passer de la théorie à la pratique. Un premier phalanstère voit le jour dans un village de Seine-et-Oise en 1832, mais l'inspirateur n'y reconnut pas son rêve. D'autres récidivent, d'abord en Roumanie, où les paysans de l'endroit brûlent le phalanstère, puis aux États-Unis, mais les communautés se dispersent bientôt. Partout « l'harmonie universelle » fait faillite. Il ne serait rien resté de Fourier, sinon une utopie vieille comme le monde, si plusieurs aspects de sa réflexion critique sur la spéculation, le pouvoir ou la condition faite aux femmes n'avaient, dans la seconde moitié du siècle, influencé dans des proportions variables socialistes, anarchistes et féministes : Traité de l'association domestique-agricole *(1823),* Le Nouveau Monde industriel et sociétaire, ou invention du procédé d'industrie attrayante et naturelle distribuée en séries passionnées *(1829-1830),* La Fausse Industrie morcelée, répugnante, mensongère, et l'antidote : l'industrie naturelle, combinée, attrayante, véridique, donnant quadruple produit *(1835-1836),* Théorie de l'unité universelle *(1841),* L'Harmonie universelle et le phalanstère *(1849).*

3 septembre
Mobilisation des exemptés des classes 1806-1809 et levée anticipée de la classe 1810, au total 180000 hommes. Le 10, les hommes mariés et les veufs pères de famille sont exemptés du service militaire, mesure qui provoque une hausse importante du nombre des mariages.

27 septembre-4 octobre
Napoléon rencontre le tsar Alexandre Ier à Erfurt. Les deux souverains renouvellent leur alliance. Talleyrand, qui est du voyage, entre en contact avec le tsar et le met en garde contre la « folie » de l'Empereur, lui suggérant de se rapprocher de l'Autriche, prête à reprendre le combat dès qu'elle sera assurée de la neutralité russe.

6 novembre-4 décembre
Ayant rejoint l'armée à Vitoria en Espagne, Napoléon ordonne de marcher immédiatement sur Burgos, dont il s'empare le 10. Le 11, sous les ordres de Moore, 35000 Anglais débarquent à La Corogne. Le 30, après avoir forcé le passage de la Somosierra, Napoléon débouche sur Madrid. La capitale espagnole capitule le 4 décembre. Joseph Bonaparte est rétabli, les droits féodaux et l'Inquisition abolis, les deux tiers des couvents fermés. Le 11 décembre, Moore se met en marche vers Madrid. Napoléon remonte alors au Nord pour le stopper. Moore fait demi-tour, pourchassé par les Français qui veulent l'empêcher de réembarquer à La Corogne. Battue à Lugo (8 janvier 1809), puis à La Corogne, l'armée de Moore réussit tout de même à prendre la mer.

8 novembre
Arrestation et expulsion du père Varin, directeur des Pères de la Foi.

12 décembre
Malus découvre la polarisation de la lumière par réfraction.

Malus

Fils d'un trésorier de France, Étienne-Louis Malus (1775-1812) vient d'être admis à l'École du génie de Mézières lorsque la Convention décide la suppression de cette école. Il s'engage alors dans un bataillon de volontaires qui, en 1796, est versé dans l'armée de Sambre-et-Meuse. En 1798, il fait partie de l'expédition d'Égypte, se partageant entre ses devoirs d'officier du génie et ses recherches scientifiques. Atteint de la peste à Jaffa, il en réchappe par miracle. Rapatrié en France en 1801, après la capitulation de l'armée française, Malus est ensuite envoyé partout où ses compétences dans le domaine des fortifications rendent sa présence utile. C'est sous la tente, en Égypte, qu'il avait commencé d'étudier la théorie de la lumière, mais c'est à Paris, en 1808, qu'il découvre fortuitement sa voie, en observant le Soleil à travers un cristal depuis une fenêtre de son appartement. La nuit même, il couche sur le papier la loi de la polarisation de la lumière. Le 13 août 1810, il est élu à l'Académie des sciences, puis admis au sein de la Société d'Arcueil fondée par Laplace et Berthollet en 1807.

16 décembre
Publication du Code d'instruction criminelle. Il réalise une synthèse entre la procédure inquisitoire d'Ancien Régime et la procédure inspirée par le modèle anglais, à dominante accusatoire, adoptée par le droit révolutionnaire.

autres événements

• Félicité de Lamennais (1782-1854) publie avec son frère Jean des *Réflexions sur l'état de l'Église de France pendant le* XVIIIe *siècle et sur sa situation actuelle*, début de son combat contre le gallicanisme. L'ouvrage sera réédité en 1814, puis en 1819.

1809

17 janvier

Informé des intrigues de Fouché, Talleyrand et Murat (ce dernier succéderait à Napoléon s'il venait à disparaître), Napoléon rentre précipitamment à Paris, où il arrive le 23.

19 janvier-21 février

Les Anglais s'emparent de la Martinique; ils occupent Saint-Louis du Sénégal et la Guyane française.

26 janvier

Benjamin Constant: *Wallstein*, précédé de *Réflexions sur la tragédie de Wallstein et sur le théâtre allemand.*

27-28 janvier

Napoléon règle ses comptes; il réprimande Fouché, fait en plein conseil une scène à Talleyrand et le démet de ses fonctions de grand chambellan.

31 janvier

Le cardinal Fesch est nommé archevêque de Paris. Il refusera cette nomination après l'enlèvement du pape Pie VII.

février

350000 soldats français ou originaires des États satellites et alliés de la France se rassemblent en Allemagne; 100000 autres sont en Italie du Nord.

2 mars

Metternich avise le gouvernement français que les mouvements de troupes observés en Allemagne sont considérés par son pays comme des provocations.

13 mars

Un coup d'État militaire dépose le roi de Suède Gustave IV Adolphe, plaçant sur le trône son oncle, le duc de Sudermanie (Charles XIII).

20 mars

Décret organisant les maisons des orphelines de la Légion d'honneur à Écouen et Saint-Denis.

27 mars

Exploitant les sentiments nationalistes naissants, l'archiduc Charles d'Autriche lance un manifeste appelant les Allemands à se soulever contre Napoléon.

Mise en vente des *Martyrs* de Chateaubriand.

8 avril-12 juillet

Campagne de 1809. Le 8 avril, l'armée autrichienne pénètre en Bavière, en Saxe et au Tyrol où éclate le 11, à l'instigation de l'Autriche, un soulèvement dirigé par Andreas Hofer. Le 10, l'archiduc Jean d'Autriche entre en Vénétie. Le 13, Napoléon prend la direction des opérations en Allemagne. Le 22 avril, il défait l'archiduc Charles d'Autriche à Eckmühl et, suivant le Danube, marche sur Vienne. Cette fois la ville ne se rend pas et il faut la bombarder (11-12 mai) pour obtenir sa reddition (13 mai). Du 19 au 22 mai, la Grande Armée tente en vain de franchir le Danube. Elle prend pied sur l'île Lobau mais ne peut atteindre la rive gauche. Lannes est mortellement blessé au cours de cette bataille (Essling, 21-22 mai). L'archiduc Charles se retranche à Wagram. En Italie en revanche, les Autrichiens sont battus. Après avoir rapidement progressé en avril, une contre-attaque dirigée par Eugène de Beauharnais les a rejetés (14 juin) sur la Hongrie. Entre le 30 juin et le 4 juillet, après six semaines de répit, la Grande Armée franchit le Danube et remporte très chèrement (27000 tués et blessés) la bataille de Wagram (5-6 juillet). L'armistice est signé avec l'Autriche le 12 juillet.

21 avril

La fonction publique est réorganisée: son personnel est enregistré sur des tableaux complets et détaillés, les emplois sont divisés en grades et classes, la hiérarchie et les règles d'avancement sont clairement définies et les traitements fixés.

6 mai

En application du décret du 7 mars 1808, fondation de la faculté des lettres de Paris: 8 professeurs en 1809, 10 en 1812, 12 en 1870, 47 en 1900. En 1814, 17 docteurs et 31 licenciés seront sortis de la faculté. Provisoirement installée dans les locaux du collège du Plessis, rue Saint-Jacques, la faculté des lettres réintégrera la Sorbonne en 1821.

17 mai

Réunion de Rome et des États pontificaux à l'Empire.

10 juin
La bulle *Quem memoranda* excommunie (sans le nommer) Napoléon.

29 juin
Crétet étant malade, Fouché, qui conserve le portefeuille de la Police, est nommé ministre de l'Intérieur par intérim.

4-6 juillet
Des spéculations imprudentes sur les biens domaniaux du royaume de Westphalie manquent de provoquer un krach financier. Un agent de change se suicide, 11 autres font faillite. Suite à cette affaire, le volume des affaires traitées à la Bourse tombera à un faible niveau jusqu'en 1817.

6 juillet
Le pape Pie VII est enlevé par le général Radet et conduit à Savone, où il restera prisonnier jusqu'en 1812, date de son transfert en France. L'arrestation a été décidée par le général Miollis. Napoléon, mis devant le fait accompli, confie à Fouché : « C'est une grande folie. »

29 juillet
Débarquement de 45 000 Anglais en Zélande, qui marchent sur Flessingue et Anvers. De son propre chef, Fouché ordonne la levée des gardes nationales de 15 départements du Nord. Le 11 août, il confie la défense d'Anvers à Bernadotte. Le 7 septembre, il étend la mobilisation des gardes nationales à 12 départements du Midi puis à la capitale.

août
Lamarck publie sa *Philosophie zoologique, ou Exposition des considérations relatives à l'histoire naturelle des animaux.*

Naissance de la théorie de l'évolution

*Lamarck (1744-1829) poursuit l'élaboration de la théorie du transformisme avec l'*Histoire naturelle des animaux sans vertèbres *(1815-1822), puis le* Système analytique des connaissances positives de l'homme, restreintes à celles qui proviennent directement ou indirectement de l'observation *(1820). Il se heurte à l'idée toujours dominante d'un monde créé une fois pour toutes, aux caractères fixes.*
*Le tenant le plus célèbre de l'existence d'espèces fixes distribuées dans la nature selon le plan de la Création est alors Georges Cuvier (1769-1832). En s'employant à classer les espèces, Cuvier fonde la science de la paléontologie (*Le Règne animal distribué d'après son organisation, pour servir de base à l'histoire naturelle des animaux et d'introduction à l'anatomie comparée, *1817 ;* Histoire naturelle des poissons, *1828-1849). Fidèle à la théorie fixiste, Cuvier engage d'âpres controverses avec les partisans de l'évolution des espèces, Lamarck (Cuvier publie en 1812 un* Discours sur les révolutions de la surface du globe *pour répondre à la* Philosophie zoologique, ou Exposition des considérations relatives à l'histoire naturelle des animaux *publiée par Lamarck), et surtout Étienne Geoffroy Saint-Hilaire (1772-1844). Ce dernier publie en 1818-1834 une* Philosophie anatomique *qui déclenche une polémique avec Cuvier. Sur le moment, Cuvier sort vainqueur de ces disputes ; à terme, Lamarck et Geoffroy Saint-Hilaire ouvrent la voie à Darwin.*

18 août
Ouverture des négociations de paix entre la France et l'Autriche, représentées par Champagny et Metternich.

26 août
Retenu à Savone, le pape Pie VII refuse d'accorder l'institution canonique aux évêques récemment nommés par Napoléon.

septembre
Publication de la traduction française du traité de Thomas Robert Malthus, *Essai sur les principes de la population, ou recherches sur l'influence de ce principe sur le bonheur de l'espèce humaine dans les temps anciens et modernes, suivi de l'examen des moyens propres à adoucir les mœurs dont ce même principe est la cause, et du tableau des espérances que l'on peut concevoir à ce sujet.* L'édition originale avait été publiée en 1798.

16 septembre
Après une série de revers – le Portugal, occupé par Soult en mars, a été repris par Wellington en mai ; les Anglais sont entrés en Espagne le 27 juin, profitant des querelles qui opposent Soult, Ney et Mortier –, Soult prend le commandement de toutes les forces françaises en Espagne.

30 septembre
Décimé par les épidémies, le corps expéditionnaire anglais débarqué en Hollande en juillet se replie sans rien tenter contre Anvers.

1er octobre
Napoléon retire à Fouché l'intérim du ministère de l'Intérieur, confié à Montalivet.
Fondation de la faculté des sciences de Paris.

12 octobre
Un nationaliste allemand, Friedrich Staps, tente d'assassiner Napoléon à Vienne. Staps est fusillé le 27.

14 octobre
Signature du traité de Vienne: la Galicie est partagée entre le grand-duché de Varsovie et la Russie; la Bavière reçoit Salzbourg et Braunau; l'Empire s'accroît de Trieste, du Frioul, de la Croatie et de la Carniole qui, réunies, formeront avec la Dalmatie et l'Istrie détachées du royaume d'Italie le gouvernement général de l'Illyrie. Le royaume d'Italie annexe le Tyrol du Sud. L'Autriche perd tout accès à l'Adriatique; elle doit au surplus réduire ses effectifs militaires à 150000 hommes et payer à la France une indemnité de 85 millions.

26 octobre
Napoléon est de retour à Fontainebleau.

4 novembre
Napoléon, qui vient d'avoir un enfant de Marie Walewska et qui cette fois est résolu à divorcer, fait demander au tsar Alexandre Ier de lui accorder la main de la grande-duchesse Anne. Le 26 décembre, le tsar refuse, sous mille prétextes insignifiants. Il pense ainsi, ce qui lui permettrait de changer d'avis et d'approuver le mariage, conduire son interlocuteur à s'opposer à tout ce qui pourrait mener à la restauration d'une Pologne indépendante. Le 6 février 1810, Napoléon écrira à Alexandre Ier pour retirer sa demande de mariage. Le tsar ne pardonnera pas l'affront.

16 novembre
Une commission ecclésiastique est formée pour examiner les questions posées par le conflit avec le pape Pie VII.

29 novembre
Metternich, dans un entretien avec le chargé d'affaires français à Vienne, suggère que Napoléon épouse l'archiduchesse Marie-Louise, fille de l'empereur François Ier.

30 novembre
Fouché dépêche à Londres un émissaire secret chargé de faire des ouvertures de paix au gouvernement britannique.

14 décembre
Napoléon et Joséphine annoncent leur décision de divorcer par consentement mutuel. Le lendemain, le Sénat adopte le sénatus-consulte prononçant le divorce.

1810

6 janvier
La Suède adhère au Blocus continental contre l'Angleterre.

8 janvier
Arrestation et exécution du chef des indépendantistes tyroliens, Andreas Hofer.

9 janvier
Le tribunal diocésain de Paris déclare le mariage de Napoléon et Joséphine nul quant au lien spirituel.

14 janvier
Napoléon réunit le Hanovre à la Westphalie. Il ordonne à son frère Louis, après de multiples incidents, de fermer les ports hollandais aux navires britanniques, sous peine de lui confisquer sa couronne.

18 janvier
Joseph Bonaparte et Soult pénètrent en Andalousie. Ils occupent Cordoue le 23, Grenade le 28, Séville le 1er février. Ils achèvent ainsi la reconquête de la plus grande partie de l'Espagne (sauf Valence, Cadix et la Galice aux mains des Anglais). Mais partout la guérilla fait rage contre l'occupant français.

29 janvier
Au cours d'un conseil extraordinaire, les partisans d'un mariage autrichien (Talleyrand, Fontanes) se heurtent à ceux d'une union russe (Fouché, Cambacérès, Murat).

30 janvier
Création du Domaine extraordinaire. Financé par les revenus tirés des États vassaux, il permettra de contrôler la circulation monétaire, d'encourager l'industrie et de récompenser les serviteurs du régime.

5 février
La création de la direction générale de l'Imprimerie et de la Librairie, placée sous l'autorité du ministre de l'Intérieur et dirigée par Joseph-Marie Portalis, fils de l'ancien ministre des Cultes, permet de retirer la censure des attributions du ministère de la Police. Fouché conserve cependant le contrôle des journaux. Le décret

diminue le nombre des libraires et imprimeurs et les astreint à l'obtention d'un brevet, à la prestation du serment et à de nombreuses obligations qui permettent le contrôle préalable de tous les imprimés. Sur 720 ouvrages présentés à l'approbation en 1812, 30 seront censurés et 43 corrigés. Tous les ouvrages doivent être déposés à la Bibliothèque impériale dès parution.

6 février-3 décembre
L'Angleterre conquiert successivement la Guadeloupe, l'île Bourbon (future île de la Réunion) où Decaen capitule, et l'île Maurice.

7 février
Signature, à Paris, du contrat de mariage provisoire entre Napoléon et Marie-Louise d'Autriche.

10 février
Napoléon refuse de ratifier le protocole d'accord franco-russe sur la Pologne signé le 4 janvier par l'ambassadeur Caulaincourt.

12-20 février
Adoption du Code pénal. Ses auteurs ont été guidés par la recherche d'une voie moyenne entre deux excès contraires: l'extrême rigueur des peines infligées sous l'Ancien Régime (dont le choix était par ailleurs abandonné à la décision des magistrats) et l'indulgence du Code pénal de 1791. Le Code de 1810, dont Target est la cheville ouvrière, privilégie le maintien de l'ordre, laissant de côté ou ignorant plusieurs problèmes qui alimenteront ensuite les critiques, telles la punition du crime appréhendé du point de vue moral ou la réhabilitation du condamné. Le nouveau Code se révèle rigoureux: il élargit le domaine d'application de la peine de mort, rétablit la perpétuité abolie en 1791 et maintient un certain nombre de châtiments corporels. Corrigeant l'indulgence du système révolutionnaire, il remédie à un autre de ses défauts en supprimant le principe de la fixité des peines au bénéfice d'un barème qui laisse au juge une certaine latitude d'appréciation. Critiqué dès la Restauration pour son utilitarisme ou au nom d'arguments humanitaires, le Code pénal réaliste de 1810 devait cependant, dans ses grandes lignes, régler l'administration de la justice jusqu'à une époque récente.

17 février
Un sénatus-consulte stipule que Rome devient la seconde capitale de l'Empire, que le prince impérial héritier de la couronne en portera le titre de roi, et que l'Empereur des Français, après avoir été couronné à Notre-Dame de Paris, le sera à Saint-Pierre de Rome. Un revenu de 2 millions est attribué au pape qui résidera à Paris ou Rome et prêtera serment de ne rien faire de contraire à la déclaration des Quatre Articles du 19 mars 1682, d'inspiration gallicane, déclarée commune « à toutes les Églises catholiques de l'Empire ». Les archives pontificales sont transférées à Paris. Le pape devient, en théorie, une sorte de superministre des Cultes.

2 mars
Bigot de Préameneu ordonne aux évêques d'enregistrer la déclaration gallicane de 1682.

3 mars
Rétablissement des prisons d'État, qui en 1814 hébergeront 2 500 « personnes détenues sans qu'il soit convenable de les faire traduire devant les tribunaux, ni de les faire mettre en liberté ».

8 mars
Loi sur les expropriations pour cause d'utilité publique.

20 mars
Fouché continue de négocier secrètement avec le cabinet de Londres, qui se dit prêt à entamer des pourparlers si la France évacue l'Espagne. Napoléon sera informé par son frère Louis Bonaparte.

30 mars
Promulgation du statut de l'École normale supérieure.

1er-2 avril
Le mariage civil de Napoléon et Marie-Louise est célébré à Saint-Cloud et le mariage religieux aux Tuileries.

20 avril
Publication d'un statut réglementant l'organisation et le fonctionnement de l'Ordre des avocats (rétabli le 13 mars 1804).

28 mai
La mort de Charles-Auguste, adopté par Charles XIII pour lui succéder sur le trône de Suède, laisse la succession vacante.

juin
Nicolas Appert, qui a créé en 1804 une usine pour la fabrication des conserves alimentaires, publie *Le Livre de tous les ménages, ou l'art de conserver pendant plusieurs années toutes les substances animales et végétales.*

3 juin
De retour à Saint-Cloud, Napoléon chasse Fouché du ministère de la Police et le remplace par Savary.

6 juin
Création du Conseil du commerce et des manufactures, composé de 60 membres choisis par l'Empereur et doté de pouvoirs consultatifs.

25 juin
Bernadotte est contacté pour poser sa candidature à la succession suédoise. Il en informe Napoléon qui, à tort persuadé de pouvoir compter sur un allié fidèle, l'autorise à courir sa chance.

3 juillet
Louis Bonaparte, qui refuse de céder la moindre parcelle de son royaume de Hollande (l'Empereur lui réclame la rive gauche du Waal), abdique en faveur de son fils et se réfugie en Bavière. Le 9, la Hollande est annexée.

25 juillet
Le décret de Saint-Cloud instaure le système des licences qui confère à la France le monopole des dérogations au Blocus continental, et celui de la redistribution en Europe des produits coloniaux ainsi importés.

3 août
Un décret porte qu'excepté dans la Seine il n'y aura plus qu'un journal par département, placé sous la surveillance du préfet. Quatre journaux continuent de paraître à Paris: le *Moniteur universel*, le *Journal de l'Empire*, le *Journal de Paris* et la *Gazette de France*. Les autres titres leur ont été réunis et le gouvernement a pris le contrôle financier des publications restantes.

5 août
Le décret de Trianon taxe lourdement les produits coloniaux entrant en France grâce au système des licences, afin de les mettre au pair avec les marchandises de contrebande et décourager celle-ci. Un décret complémentaire du 18 octobre frappe sévèrement la contrebande et permet de vastes opérations de saisie et de destruction de marchandises dans les États vassaux et alliés.

7 août
Lucien Bonaparte, qui a ostensiblement quitté Rome pour protester contre l'annexion de la ville, s'embarque pour les États-Unis. Il sera capturé et conduit en Angleterre.

15 août
Inauguration du bronze colossal de Claude Dejoux, représentant *Desaix*, qui sera fondu sous la Restauration pour couler la statue équestre d'*Henri IV* placée sur le Pont-Neuf.

21 août
Bernadotte est élu prince héréditaire par la diète suédoise.

28 août
Parti à la reconquête du Portugal, Masséna s'ouvre la route de Lisbonne. Il entre à Coïmbra le 1er octobre. Les 10 et 11, il se heurte aux défenses établies par Wellington devant Lisbonne. Masséna demande l'envoi de renforts qu'il n'obtiendra pas. Il décide d'attendre Soult qui guerroie en Andalousie. La défection de ce dernier le contraindra finalement (4 mars 1811) à se replier sur la frontière espagnole.

septembre 1810-mai 1811
Une crise économique secoue l'Empire. Cette crise est une conséquence de l'utilisation du Blocus continental, dirigé à l'origine contre la seule Angleterre, comme instrument de domination économique européenne – tournant marqué en juillet-août 1810 par l'établissement du système des licences et la répression accrue de la contrebande: non seulement les négociants européens se trouvent dans l'incapacité d'acheter les produits français, faute de débouchés pour leurs propres produits, mais ceux dont la France a confisqué les marchandises achetées aux contrebandiers ne peuvent acquitter les droits réclamés. Le 19 septembre, la maison Rodde (de Lübeck) suspend ses paiements. Cette faillite provoque une réaction en chaîne qui atteint bientôt la France (faillites des banques Berr-Fould, Bidermann, Simons, Roussel en décembre 1810 et janvier 1811) et frappe de plein fouet l'industrie: 41 faillites à Paris en novembre 1810, 39 en décembre, 61 en janvier 1811… Au 3 février, 1 400 entreprises textiles sur 1 700 ont cessé toute activité; à Paris, en mai, 39 % des ouvriers sont au chômage. Le gouvernement intervient en accordant des prêts aux entreprises en difficulté et décide de grands travaux, mesures qui permettent d'enrayer la crise au début de l'été. Momentanément, car bientôt éclate une crise frumentaire.

24 septembre
Réunion des Cortes extraordinaires à Cadix.

octobre
Alexandre Ier, inquiet de l'élection de Bernadotte en Suède et toujours soucieux de reconstituer la Pologne à son profit, entame des préparatifs de guerre.

14 octobre
Pasquier remplace Dubois comme préfet de police de Paris.

2 novembre
Bernadotte arrive à Stockholm où, s'étant converti au luthéranisme, il prend le nom de Charles-Jean.
Les États-Unis rétablissent la liberté de commerce avec la France.

18 novembre
Création du corps impérial des Mines.
La Suède déclare la guerre à l'Angleterre.

25 novembre
Réforme de plusieurs éléments du système judiciaire. Des cours d'assises remplacent les tribunaux criminels de département. Elles ne sont plus permanentes et se composent de juges occasionnels choisis pour la durée de la session par le premier président; le parquet général fait office de ministère public; le jury d'accusation est supprimé, le jury de jugement (désormais composé de notables tirés au sort sur une liste établie par le préfet) est maintenu.

2 décembre
Le gouvernement russe prend contact avec Bernadotte.

10 décembre
Napoléon annexe les villes hanséatiques, le nord de la Westphalie, la République du Valais, le Tessin et le duché d'Oldenbourg dont le prince n'est autre que le beau-frère du tsar.

13 décembre
La Hollande, annexée en juillet, est divisée en départements. La France compte à cette date 130 départements, couvre 750000 km² et réunit environ 44 millions d'habitants.

24 décembre
Inquiet de l'attitude de la Russie, Napoléon ordonne la mobilisation de 120000 conscrits.

30 décembre
La Russie rompt l'alliance de Tilsitt du 7 juillet 1807, ouvre ses ports aux neutres et taxe lourdement les produits français.

1811

5 janvier
Portalis est renvoyé de la direction de la Librairie pour avoir dissimulé des informations à l'Empereur.

19 janvier
Décret réglementant l'assistance aux enfants trouvés, abandonnés ou orphelins.

5 février
Caulaincourt est rappelé de son ambassade en Russie et remplacé par Lauriston.

20 mars
Naissance à Paris de Napoléon-François-Joseph-Charles, héritier du trône impérial et roi de Rome (1811-1832), surnommé plus tard L'Aiglon.

25 mars
Réorganisation de l'hôtel des Invalides: son administration, confiée depuis la Révolution aux 5 700 pensionnaires, est désormais placée sous l'autorité du gouvernement.
Un décret ordonne d'ensemencer 32000 hectares en betteraves à sucre afin de compenser la pénurie de sucre de canne provoquée par le Blocus continental.
Vidocq s'enfuit de prison avec la complicité du préfet de police.

Vidocq

*Fils d'un boulanger d'Arras, Eugène-François Vidocq (1775-1857) se livre à des occupations variées et le plus souvent répréhensibles. Successivement débauché, voleur, acrobate, déserteur, escroc, bagnard, il ajoute sous l'Empire une corde à son arc en devenant mouchard dans les prisons où le gouvernement l'héberge. Le 25 mars 1811, il s'évade à nouveau, mais cette fois avec la permission du préfet de police. Vidocq disparaît et bientôt reparaît sous une livrée bien différente: celle de chef de la police de sûreté, secrète et sans liens avec la police officielle, qui vient d'être créée. Vidocq commande à une poignée d'agents, 4 puis 12. En dépit de ces effectifs restreints, la brigade affiche bientôt des résultats impressionnants. En 1817, par exemple, son tableau de chasse fait état de 811 arrestations. « Nous étions tous des colosses, peut-on lire dans l'autobiographie de Vidocq (*Histoire de Vidocq, chef de la police de sûreté, écrite d'après lui-même, *1829). Nous cassions bras et jambes; rien ne nous résistait; et* *nous étions partout.» Vidocq abandonne ses fonctions en 1827. Entré rapidement dans la légende, il a inspiré à Balzac le personnage de Vautrin, et à Victor Hugo celui de Javert.*

4 avril
Masséna ayant évacué le Portugal, Wellington se dirige vers le Sud à la recherche de Soult. Le 16 mai, Soult est battu à l'Albufera; il fait sa jonction avec Marmont (qui a remplacé Masséna le 10 mai) et déclenche une contre-attaque: le 18 juin, Wellington regagne le Portugal.

17 avril
Comprenant qu'une attaque russe est imminente, Napoléon renvoie Champagny, qui n'a pas su voir clair dans le jeu du tsar, du ministère des Relations extérieures, où Maret lui succède. À la secrétairerie d'État, Daru remplace Maret.

7 mai
Percier et Fontaine lancent les travaux de construction du palais du roi de Rome sur la colline de Chaillot. Sur l'autre rive de la Seine est prévu un ensemble architectural plus grandiose encore, qui comprend l'Université et des bâtiments officiels, mais qui ne verra pas le jour.

17 juin-20 octobre
Le concile national convoqué par Napoléon réunit 104 prélats français, belges, rhénans (60) et italiens (44), sur 149 convoqués. L'Empereur entend faire plier le pape, qui refuse toujours d'accorder l'investiture à 27 évêques, mais dès le premier jour, le concile manifeste ses velléités d'indépendance en prêtant serment de «véritable obéissance» à Rome. Le 26 juin, le cardinal Fesch empêche *in extremis* le concile d'exiger la libération du pape comme préalable à toute résolution. Le 10 juillet, Napoléon dissout le concile national qui a déclaré le consentement de Pie VII indispensable à la validité des décrets conciliaires. Trois évêques jugés responsables de cette fronde sont arrêtés. Le 17, Napoléon profite de la peur qui a saisi les évêques après ces arrestations pour leur faire signer individuellement un décret stipulant que si le pape refuse d'instituer un évêque nommé par l'Empereur, le métropolitain pourra se substituer au souverain pontife après un délai de six mois. 85 évêques, dont le cardinal Fesch, signent cette déclaration. Le 5 août, le concile adopte en séance plénière le décret sur l'institution canonique. Une délégation d'évêques est envoyée à Savone auprès de Pie VII. Le concile est dissous le 20 octobre.

16 juillet
La Russie, qui a entamé des négociations avec les Polonais et l'Autriche, entre en contact avec la Prusse qui, de son côté, négocie simultanément une alliance avec la France.

août
Des orages détruisent la récolte 1811 dans plusieurs régions (Sud-Ouest, Midi, Normandie). En Seine-Inférieure, de 1811 à 1812, le prix de l'hectolitre de blé passe de 17 à 40 francs, en Gironde de 24 à 40 francs. Dès le 28 août, un comité est chargé de transférer les grains des départements excédentaires vers les départements déficitaires. Les «soupes économiques» de 1801-1802 rouvrent leurs portes. Des subventions sont accordées aux villes, mais les mesures prises n'empêchent pas des troubles graves d'éclater, comme à Caen le 2 mars 1812: six manifestants, dont deux femmes, sont fusillés le 15. Les 4 et 8 mai, le gouvernement oblige les producteurs à déclarer leurs stocks et à vendre les grains sur les marchés; le prix maximum de l'hectolitre est fixé à 33 francs en région parisienne, laissé à la discrétion des préfets en province. En fait, la crise ne prend fin qu'avec les bonnes récoltes de 1812 et 1813.

4 septembre
Napoléon est informé des armements auxquels procède la Russie.

18 septembre
Réorganisation du corps des garde-pompiers de Paris, qui seront désormais militarisés, casernés et porteront l'uniforme.

20 septembre
Pie VII signe un bref d'approbation du décret du concile national mais réaffirme que l'Église de Rome est «maîtresse de toutes les Églises» et que l'investiture canonique peut seulement être accordée «au nom du pape». Le Conseil d'État refuse d'enregistrer ce bref.

18 octobre
Création de l'Ordre impérial de la Réunion pour soulager la Légion d'honneur engorgée et permettre au souverain de mieux moduler les récompenses qu'il décerne pour services rendus.

15 novembre
Décret sur le régime de l'Université impériale. Le nombre des lycées est porté de 45 à 100, mais aucun nouveau lycée n'ouvrira ses portes avant

1814. La compagnie de Saint-Sulpice ayant été dissoute, l'inspection des séminaires diocésains est confiée à l'Université et les petits séminaires sont intégrés au système universitaire.

17 novembre
Pie VII renouvelle son refus d'instituer les évêques nommés par le gouvernement français dans ses anciens États.

17-24 décembre
Napoléon propose à l'Autriche et à la Prusse une alliance contre la Russie. L'offre est accueillie favorablement par l'ambassadeur de Vienne et le ministre prussien Hardenberg.

19 décembre
Levée de 120000 conscrits.

26 décembre
Suchet investit Valence en Espagne, qui capitule le 9 janvier 1812.

1812

janvier
Benjamin Delessert obtient les premiers pains de sucre de betterave.

Delessert

Jules-Paul-Benjamin Delessert (1773-1847) est rentré dans la vie civile en 1796 après avoir servi dans l'armée. Associé à la banque de son père et de ses frères, il monte alors une filature de coton et une raffinerie à Passy pour traiter le sucre de canne (1801). En 1811, il découvre le procédé de fabrication du sucre de betterave. Baron de l'Empire (1812), il est élu au conseil de régence de la Banque de France le 12 octobre 1812. Sous la Restauration et la monarchie de Juillet, il représente la Seine puis le Maine-et-Loire à la Chambre des députés, et figure parmi les principaux responsables du parti libéral.

7 janvier-12 août
Wellington déclenche, à partir de ses bases portugaises, une offensive sur le nord de l'Espagne. Marmont doit évacuer le Portugal (23 avril). Le 16 juin, Wellington repart à l'attaque: il prend Salamanque (28 juin) et repousse les Français sur Burgos (bataille des Arapiles, 22 juillet). Le 10 août, Joseph Bonaparte abandonne Madrid (Wellington entre dans la capitale le 12) et se réfugie à Valence où Soult le rejoint après avoir évacué l'Andalousie (25 août).

16 janvier
Collin de Sussy est nommé à la tête du nouveau ministère des Manufactures et du Commerce.

20 janvier
Les troupes françaises occupent la Poméranie suédoise sous prétexte de faire respecter le Blocus continental.

26 janvier
Annexion de la Catalogne.

18 février
Bernadotte propose l'alliance suédoise à la Russie.

23 février
Napoléon abroge le Concordat de 1801, estimant que Pie VII l'a rendu caduc en ne l'observant pas. L'armée française se met en marche vers l'Elbe et le Niémen, à travers l'Allemagne.

24 février
La Prusse autorise la Grande Armée à traverser son territoire et fournit 20000 soldats à la France.

14 mars
Traité d'alliance franco-autrichien.

18 mars
Les Cortes réunies à Cadix adoptent une Constitution libérale.

1er avril
La Grande Armée est sur l'Oder.

8 avril
Ultimatum russe à la France.

9 avril
La Suède s'allie avec la Russie.

9 mai
Napoléon part pour Dresde où il arrive le 16, rejoint par ses alliés l'empereur d'Autriche et le roi de Prusse.

19 mai
Eugène Scribe: *L'Auberge, ou les brigands sans le savoir*, au théâtre du Vaudeville. Le premier succès de Scribe (1791-1861) à la scène, qu'il réédite dès 1813 avec *La Chambre à coucher, ou une demi-heure de*

Richelieu et avec *Koulikan*, et qui marque le début d'une prolifique carrière consacrée au théâtre (*Le Solliciteur*, 1817; *L'Ours et le pacha*, 1820; *Valérie*, 1822; *Le Mariage d'argent*, 1827; *Le Verre d'eau*, 1840; *Adrienne Lecouvreur*, créée par la comédienne Rachel en 1849), à l'opéra et à l'opéra-comique, pour lesquels il écrit de nombreux livrets (*La Muette de Portici* d'Auber, 1828; *Robert le diable* de Meyerbeer, 1831). Au total, près de 300 pièces où la bourgeoisie de l'époque aime contempler, comme dans un miroir rassurant, les mœurs et les sentiments qu'elle se prête.

28 mai
Guizot et Pauline de Meulan traduisent l'*Histoire de la décadence et de la chute de l'Empire romain* de l'Anglais Gibbon.

29 mai
Napoléon quitte Dresde et prend le commandement de la Grande Armée.

4 juin
Étienne de Jouy publie *L'Ermite de la Chaussée d'Antin, ou observations sur les mœurs et les usages parisiens au commencement de ce siècle*, premier d'une série de volumes (*L'Ermite de la Guyane, en province, en prison, en liberté*) parus de 1812 à 1824 et qui développent une satire voltairienne de la société du XIXe siècle commençant.

9 juin
Pie VII est transféré de Savone à Fontainebleau.

21 juin
La France déclare la guerre à la Russie.

22-25 juin
La diète de Varsovie proclame le rétablissement du royaume de Pologne.

24 juin-14 septembre
Campagne de Russie. L'armée impériale, forte de près de 700000 hommes dont 300000 Français, franchit le Niémen. À gauche, Macdonald et le corps prussien d'Yorck marchent sur Riga; au centre, Napoléon et Eugène de Beauharnais se dirigent vers Vilna; l'aile droite, commandée par Jérôme Bonaparte et l'Autrichien Schwartzenberg, s'avance vers Minsk. Les Russes sont répartis en deux armées, l'une sous Barclay de Tolly se trouve aux alentours de Vilna, l'autre sous Bagration s'avance vers Minsk. Les Russes ont opté pour une stratégie défensive: le tsar Alexandre Ier a ordonné de tout détruire sur la route de l'ennemi. Le 28 juin, Napoléon entre sans combattre dans Vilna. La chaleur est si accablante qu'il décide de faire halte. Davout, envoyé sur Minsk, occupe la ville le 8 juillet. Les dissensions entre Davout et Jérôme Bonaparte (qui conduiront ce dernier à quitter l'armée) permettent à Bagration de s'échapper. Le 17 juillet, Napoléon quitte Vilna; Barclay se replie sur Vitebsk, puis (25 juillet) sur Smolensk où il fait sa jonction avec Bagration (5 août). Le 14, la Grande Armée franchit le Dniepr: Barclay abandonne Smolensk (17 août) et s'engage sur la route de Moscou. Le 18, Napoléon entre dans Smolensk en flammes et désertée par ses habitants. Contre l'avis de ses maréchaux, il décide de continuer vers Moscou, bientôt retardé dans sa marche par les pluies torrentielles qui, le 1er septembre, succèdent à la chaleur torride de l'été. L'armée russe, dont Koutouzov a pris le commandement, décide de faire front. Le 7 septembre, les deux armées se rencontrent à Borodino (bataille de la Moskowa). Après de furieux combats, les Russes se replient sur Moscou. Ils ont perdu 50000 hommes, les Français 25000 dont 47 généraux. Le 14 septembre, Napoléon entre dans Moscou bientôt ravagée par un incendie (15-20 septembre).

1er septembre
Levée anticipée de la classe 1813.

15 octobre
Charte de la Comédie-Française (« décret de Moscou »): les comédiens du Théâtre-Français sont réunis en société et le produit des recettes est divisé entre les sociétaires qui s'engagent à jouer durant vingt ans; l'administration est confiée, sous l'autorité du surintendant des spectacles, à un comité de six membres présidé par un administrateur général. En 1816, puis en 1822, des ordonnances royales confirmeront les dispositions du « décret de Moscou ».

19 octobre-13 décembre
La retraite de Russie. Napoléon quitte Moscou où la neige a fait son apparition. Il prend la direction du Sud où il pense livrer une bataille décisive contre les Russes, mais le 25 octobre, il décide de reprendre au Nord le chemin de l'aller. Le 9 novembre, par -12°, la Grande Armée, harcelée par les cosaques, se regroupe à Smolensk. Le 14, les Français quittent la ville: la température est de 25°. 16-17 novembre: à Krasnoë, Napoléon évite l'encerclement. Le 19, il franchit le Dniepr. Les Russes ont détruit, à Borisov, le seul pont enjambant la Bérézina. Du 23 au 29, Napoléon réussit à

faire franchir la rivière sur des ouvrages de fortune à près de 50 000 hommes et à échapper à la menace d'encerclement. Les ponts détruits, des milliers d'hommes sont abandonnés sur la rive orientale de la Bérézina. Au début de décembre, alors que le froid s'aggrave (-36°), la retraite se transforme en déroute. Napoléon a quitté l'armée, dont il a confié le commandement à Murat. Le 8 décembre, les débris de la Grande Armée passent à Vilna, qu'ils pillent avant de fuir en abandonnant 20 000 blessés et malades aux cosaques. Le 13 décembre, ils repassent le Niémen : les pertes s'élèvent à 380 000 tués et blessés et 130 000 prisonniers, dont les derniers ne rentreront en France qu'en 1852.

23 octobre
À Paris, échec du coup d'État du général Malet. Ce dernier, emprisonné en 1808 à Vincennes, mais placé en résidence surveillée en 1810, s'est lié avec des républicains et des royalistes. Son plan est le même qu'en juin 1808. S'étant évadé dans la nuit du 22 au 23 octobre, il réquisitionne une cohorte de la garde nationale en annonçant la mort de l'Empereur, produit un faux décret qui prononce la déchéance du régime impérial et établit un gouvernement provisoire. Ayant obtenu du préfet de la Seine une salle de l'Hôtel de Ville pour installer le nouveau pouvoir, il fait arrêter Savary et le préfet de police, mais ne peut capturer le gouverneur militaire Hulin, qui se rebiffe et le fait garrotter : tout est terminé.

25 octobre
En Espagne, une contre-attaque française contraint les Anglais à repasser le Douro. Joseph Bonaparte rentre dans Madrid le 2 novembre.

28 octobre
Malet et ses complices sont condamnés à mort et fusillés le 29.

16 décembre
Le Moniteur publie le « XXIXe Bulletin » qui reconnaît toute l'étendue du désastre de la campagne de Russie.

18 décembre
Napoléon est de retour aux Tuileries.

23 décembre
Le tsar Alexandre Ier entre à Vilna, tandis que les débris de l'armée française sont à Königsberg.

1813

janvier
Talleyrand entre en contact avec Louis XVIII, ce qui fait dire à celui-ci : « Dieu soit loué, Bonaparte doit toucher à sa chute. »

2 janvier
Publication des *Fables* d'Arnault.

ARNAULT

Antoine-Vincent Arnault (1766-1834) connaît un premier succès d'auteur dramatique dès 1791, avec une tragédie, Marius à Minturnes. *Émigré sous la Terreur, revenu en France après la chute de Robespierre, il est présenté en 1796 à Bonaparte, dont il sera dès lors l'un des plus fervents admirateurs et des plus fidèles serviteurs, au point que l'Empereur le chargera d'écrire sa biographie « officielle » (*Vie politique et militaire de Napoléon, *1822). Choyé par le régime impérial, pilier de l'Institut, comblé par le succès que remportent ses nombreuses tragédies dans le genre classique, Arnault est un auteur heureux, du moins jusqu'à l'écroulement de l'Empire : Louis XVIII l'exclut de l'Institut puis le condamne à l'exil. S'il peut rentrer en France dès 1819, il devra attendre 1829 pour retrouver son fauteuil à l'Académie française.*

7 janvier
Napoléon demande à l'Autriche sa médiation pour négocier avec le tsar Alexandre Ier.

11 janvier
Mobilisation de 350 000 hommes : 150 000 de la classe 1814, 100 000 des classes 1809-1812, 100 000 gardes nationaux étant versés dans l'active.

13 janvier
En Allemagne, Murat abandonne le commandement de l'armée à Eugène de Beauharnais et regagne son royaume de Naples. Pour sauver sa couronne, il entre en contact avec l'Autriche.

19-25 janvier
Napoléon négocie avec Pie VII à Fontainebleau. Il obtient satisfaction sur la question de l'investiture des évêques : le pape confirme le décret du concile de 1811 et renonce à l'investiture canonique s'il n'en a pas usé dans les six mois suivant la nomination du nouvel évêque. Les deux parties conviennent du caractère provisoire de ce traité, qui servira

de base à « un arrangement définitif » et doit rester secret jusqu'à ce moment. Napoléon promulgue ces articles en les présentant comme un nouveau concordat (dit concordat de Fontainebleau).

30 janvier
Armistice austro-russe.

9 février
L'armée russe occupe Varsovie, mettant fin à l'existence du grand-duché.

22 février
La Prusse rompt l'alliance française. Le 17 mars, elle déclare la guerre à la France.

3 mars
Bernadotte engage la Suède aux côtés de l'Angleterre.

4 mars
Eugène de Beauharnais se replie sur l'Elbe après avoir évacué Berlin où les Russes entrent le 11. Le 18, il évacue Dresde.

11 mars
Manifeste de Louis XVIII réaffirmant ses droits au trône.

24 mars
Pie VII rétracte la signature qu'il a donnée au « concordat » de Fontainebleau le 25 janvier. Le lendemain, l'Empereur décrète l'accord obligatoire dans tout l'Empire.

30 mars
Napoléon organise un Conseil de régence présidé par l'impératrice Marie-Louise.

3 avril
Mobilisation de 180 000 hommes, dont 90 000 de la classe 1814.

14 avril
L'Autriche rompt son alliance avec la France et propose sa médiation.

16 avril
Napoléon rejoint l'armée à Erfurt. Les effectifs (200 000 hommes) sont en grande partie composés de jeunes recrues peu entraînées et sans expérience du feu ; après la mort de Lannes, la disgrâce de Masséna et l'absence de Davout qui se trouve en Allemagne du Nord, l'état-major est lui aussi amoindri.

21 avril
Le roi de Saxe Frédéric-Auguste Ier, jusqu'alors allié de la France, rejoint le camp de l'Autriche.

29 avril-4 juin
Campagne d'Allemagne. Napoléon franchit la Saale en direction de Leipzig et refoule l'ennemi à Weissenfels (30 avril) puis à Lützen (2 mai) au prix de lourdes pertes. Le général Maison s'empare de Leipzig (2 mai). Napoléon marche alors sur Dresde où il entre le 8. L'avant-garde franchit l'Elbe le 10 mai. Le 12, le roi de Saxe, repentant, rejoint Napoléon à Dresde. L'Autriche propose sa médiation (16 mai). Napoléon diffère sa réponse, mais envoie Caulaincourt négocier un armistice. Les armées alliées se retranchent à Bautzen et Würschen, où l'armée impériale remporte une double victoire les 20 et 21 mai. La poursuite commence (Duroc y trouvera la mort) : le 27, les Français sont au-delà de la Kaltzbach, où leur parvient une nouvelle offre de médiation autrichienne. Napoléon veut la rejeter, mais pressé par Berthier et Caulaincourt qui font valoir l'aspiration générale à la paix, il se résout à négocier. Le 30 mai, Davout reprend Hambourg puis Lübeck, et le 1er juin, les Français entrent à Breslau. Le 4 juin, la France, la Prusse et la Russie signent une suspension d'armes valable jusqu'au 20 juillet.

6 mai
Des funérailles quasi nationales sont faites à l'abbé Delille, né en 1738, qui régnait sur le Parnasse français depuis sa traduction en vers des *Géorgiques* de Virgile (1769). L'époque n'est guère faste pour la poésie. C'est le temps de Millevoye (*Les Plaisirs du poète*, 1801 ; *Élégies*, 1812 ; *Alfred, roi d'Angleterre*, 1816).

15 mai-31 juillet
La perte de l'Espagne. À peine Madrid reconquise (2 novembre 1812), Joseph Bonaparte a massé ses troupes à Valladolid, face à Wellington. Le 15 mai, les forces anglo-espagnoles déclenchent une offensive sur Salamanque et Valladolid. Les Français se replient sur Burgos (2 juin). Le 13, tandis que Suchet tient en Catalogne, Joseph abandonne Burgos. Le 21, il affronte l'ennemi à Vitoria et essuie une sanglante défaite. L'armée française reflue en désordre et repasse la Bidassoa le 2 juillet. Le 31, elle est une nouvelle fois battue à Irun. Suchet, à l'Est, doit évacuer Valence. L'aventure espagnole est terminée.

20-23 mai
Panique boursière.

juin
Mme de Staël publie, à Londres, *De l'Allemagne*. Commencé en 1803, puis abandonné par son auteur, l'ouvrage a été repris et achevé en 1809. En septembre 1810, Napoléon, informé de la prochaine publication du livre, a ordonné la saisie de l'ouvrage et la destruction des exemplaires déjà imprimés. Une nouvelle édition sera publiée à Paris, après l'abdication de Napoléon, le 21 mai 1814.

10 juin
Fouché part pour l'Illyrie remplacer Junot devenu fou.

14-15 juin
La Grande-Bretagne, la Prusse et la Russie s'engagent à ne pas signer de paix séparée avec la France. Le 27, l'Autriche déclare qu'elle rejoindra les alliés si Napoléon rejette les conditions fixées par ces derniers.

29 juin
Blücher prend le commandement en chef des armées prussiennes.

30 juin
L'armistice est prorogé jusqu'au 10 août.

9 juillet
Bernadotte rejoint les alliés avec 25000 soldats suédois.

5-11 août
Échec des négociations de Prague.

12 août
L'Autriche déclare la guerre à la France.

14 août-2 novembre
Blücher déclenche les hostilités. Les alliés disposent de 500000 hommes répartis en trois armées, celles du Nord (Bernadotte), de Silésie (Blücher), de Bohême (Schwartzenberg). Blücher s'avance, mais il se heurte à Napoléon (22 août) et doit se replier au-delà de la Kaltzbach. Le même jour, Schwartzenberg attaque Dresde. La bataille de Dresde (26-27 août) est remportée par les Français. Au début de septembre, Napoléon reprend l'initiative. Il refoule Schwartzenberg sur la Bohême, tandis que Blücher et Bernadotte convergent vers Leipzig. Napoléon concentre ses troupes derrière l'Elbe, que Blücher et Bernadotte franchissent les 2 et 4 octobre. Le 10, Bernadotte, harcelé par Ney, fait marche arrière. Du 16 au 19, Napoléon affronte Blücher à Leipzig. Après un combat longtemps indécis, l'armée française doit battre en retraite. Elle se replie sur Erfurt. Le 2 novembre, Napoléon repasse le Rhin à Mayence.

17 septembre
La Bavière rompt avec la France et signe un armistice, puis un traité d'alliance (8 octobre) avec les alliés. Le 3 novembre, le Wurtemberg abandonne à son tour le camp français.

30 septembre
Jérôme Bonaparte, devant l'avance des armées russes, abandonne son royaume de Westphalie.

3 octobre
Fouché évacue l'Illyrie.

9 octobre
Appel par anticipation de la classe 1815 (160000 hommes) et rappel de 120000 hommes des classes 1808-1814.

9 novembre
Napoléon est de retour à Saint-Cloud. Metternich fait proposer à Napoléon la paix sur la base des « frontières naturelles » de la France.

10 novembre
Les Anglais, qui ont refoulé l'armée française d'Espagne au-delà d'Irun, l'attaquent sur la ligne de la Nivelle, à l'est de Saint-Jean-de-Luz. Soult se replie sur Bayonne (12 novembre).

14 novembre
Les Français évacuent Amsterdam menacée par l'avance prussienne. Le 2 décembre, le prince d'Orange rentre en Hollande, salué comme « prince souverain » des Pays-Bas.

16 novembre
Napoléon invite les puissances alliées à fixer la date d'un nouveau congrès pour la paix.

20 novembre
Remaniement ministériel: Caulaincourt (Relations extérieures), Maret (secrétairerie d'État), Molé (Justice).
Dissolution de la Confédération du Rhin.

1er décembre
Le favori de Louis XVIII, le comte de Blacas, assure Talleyrand du pardon et de la faveur du roi.

4 décembre
Les alliés déclarent que Napoléon, n'ayant pas répondu aux offres de paix qui lui ont été faites, portera toute la responsabilité de la guerre qu'ils vont entreprendre contre sa personne et non contre la France, à laquelle ils garantissent « une étendue de territoire qu'[elle] n'a jamais connue sous ses rois ».

10 décembre
Les Anglais débarquent en Toscane.

11 décembre
Le traité de Valençay rétablit Ferdinand VII sur le trône d'Espagne.

15 décembre
Les alliés mettent au point le plan de la campagne de France: Schwartzenberg passera par Bâle, Blücher franchira le Rhin entre Coblence et Mannheim, Bernadotte marchera sur Paris par la Hollande.

29 décembre
La Suisse dénonce l'Acte de médiation de 1801 et se déclare neutre.
Au Corps législatif, Lainé fait voter une adresse à l'Empereur (par 223 voix contre 51) qui condamne « l'activité ambitieuse si fatale depuis vingt ans à tous les peuples de l'Europe », dénonce la « guerre barbare et sans but » qui « engloutit périodiquement une jeunesse arrachée à l'éducation, à l'agriculture, au commerce et aux arts », et déclare que l'Empereur doit garantir à la nation « le libre exercice de ses droits politiques ». Deux jours plus tard, Napoléon interdit la publication de l'adresse du Corps législatif. Celui-ci est ajourné, Lainé exilé.

LAINÉ

Joseph-Louis-Joachim Lainé (1767-1835), né à Bordeaux, exerçait la profession d'avocat au commencement de la Révolution. Il représente la Gironde au Corps législatif à partir de 1808. Après avoir inspiré l'adresse à l'Empereur du 29 décembre 1813, il doit quitter Paris. Il regagne Bordeaux où, le 12 mars 1814, il contribue à l'entrée du duc d'Angoulême dans la ville. Nommé préfet de la Gironde par le prince, il devient ensuite président de la Chambre des députés (1814-1815). Revenu à Bordeaux pendant les Cent-Jours, il est réélu à la Chambre « introuvable » (1815-1816) qu'il préside à nouveau. Nommé ministre de l'Intérieur le 7 mai 1816, il est l'un des artisans de la dissolution de la Chambre en septembre 1816 et de la loi électorale de février 1817. Réélu député en 1816 puis en 1820, il entre à la Chambre des pairs en 1823 et se retire de la vie politique après la révolution de 1830.

1814

janvier
La rente 5 %, encore cotée 80 francs au début de 1813, s'effondre à 54 francs.

1er janvier
Blücher franchit le Rhin; Schwartzenberg marche sur Belfort.
Louis XVIII renouvelle sa déclaration du 4 décembre 1804.

3-4 janvier
Les Autrichiens occupent Montbéliard, les Russes Haguenau.

4 janvier
Création de corps francs. 30000 hommes de la garde nationale de Paris sont mis en activité: 12000 seulement répondent à la réquisition.

11 janvier
Murat trahit Napoléon et s'allie à l'Autriche.

19 janvier
Les alliés sont à Dijon.

21 janvier
Napoléon renvoie Pie VII à Savone.

23 janvier
La régence est confiée à l'impératrice; Joseph Bonaparte est nommé lieutenant général de l'Empire.

24 janvier
Napoléon rejoint à Châlons une armée d'à peine 50000 hommes. Le 27, il passe à l'attaque et bat l'avant-garde prussienne à Saint-Dizier, puis Blücher à Brienne (le 29).

30 janvier
Benjamin Constant: *De l'esprit de conquête et de l'usurpation*. Ce réquisitoire contre le despotisme impérial fait l'objet de trois éditions en trois mois.

4 février
Blücher repousse Macdonald vers Château-Thierry et Meaux. Afin de garder le contact avec ce dernier, Napoléon, le 6, se replie de Troyes sur Nogent.

7 février
Napoléon rejette les conditions alliées (retour de la France à ses frontières de 1791). Les pourparlers de Châtillon-sur-Seine, entamés le 3, sont interrompus le 9 avant de reprendre le 16. Le 19, Napoléon rejette une nouvelle fois les conditions alliées.

10-18 février
Napoléon remporte les batailles de Champaubert et de Montmirail (10-11). Le 12, il repousse le Prussien Yorck de Wartenburg sur Soissons. Le 14, il bat Blücher à Vauchamps, mais doit interrompre le lendemain la poursuite pour se retourner contre Schwartzenberg qui approche de Paris. Il l'arrête à Guignes le 16 et le bat à Montereau le 18.

22 février
L'Empereur repousse à Méry l'offensive lancée par l'avant-garde prussienne. Le 24, il envoie un émissaire négocier avec les alliés.

27 février
Progressant au nord de la frontière franco-espagnole, les Anglais battent Soult à Orthez.

mars
La rente atteint son cours le plus bas, à 45 francs. Elle remontera au-dessus de 70 francs à partir de juin.

1er-7 mars
Marchant contre Blücher, Napoléon arrive à Jouarre. Blücher se replie derrière l'Aisne le 3 mars et se dirige vers Laon, qu'il réussit à atteindre avant les Français le 7.

5 mars
Décret ordonnant la levée en masse.

8 mars
Par le pacte de Chaumont (antidaté au 1er mars), les alliés renouvellent leur engagement de ne pas signer de paix séparée avec la France.

9-10 mars
À Laon, l'affrontement tourne à l'avantage des Prussiens. Napoléon bat en retraite sur Soissons. Il ordonne la libération de Pie VII.

12 mars
Les Chevaliers de la foi, société secrète royaliste créée en 1810, prennent le contrôle de Bordeaux avec la complicité du maire Lynch et livrent la ville aux Anglais : le duc d'Angoulême, entré avec ces derniers, proclame le rétablissement de Louis XVIII.

13 mars
Napoléon repousse les alliés à Reims. Le 17, il décide de se porter entre Troyes et Nogent pour affronter Schwartzenberg.

19 mars
Les alliés mettent fin aux conférences de Châtillon-sur-Seine, ouvertes en février.

20-21 mars
Battus à Arcis-sur-Aube, les Français repassent l'Aube.

24 mars
Les alliés décident de marcher sur Paris avec toutes les forces disponibles. Ils occupent Lyon.

28 mars
Informé de la décision alliée, Napoléon, qui se trouve à Saint-Dizier, se dirige à marches forcées vers la capitale.

29 mars
Napoléon arrive à Troyes. Les alliés sont aux portes de Paris. Le Conseil de régence, avec Marie-Louise et Cambacérès, se replie sur Blois. Talleyrand reste à Paris.

30 mars
Bataille de Paris : Schwartzenberg et Blücher attaquent Pantin et Montmartre. Joseph Bonaparte et le gouvernement quittent Paris pour Rambouillet. Dans l'après-midi, Marmont, responsable de la défense de Paris, entame des pourparlers avec les alliés. Napoléon arrive dans la soirée à Juvisy.

31 mars
À 2 h, Marmont signe l'armistice : l'armée se retire au sud de la capitale. Les alliés entrent dans Paris à 11 h. Le tsar Alexandre Ier et le roi de Prusse Frédéric-Guillaume III, accompagnés de Blücher et Schwartzenberg, arrivent à Paris. Talleyrand, prétextant que le palais de l'Élysée est miné, reçoit Alexandre Ier à son domicile de la rue Saint-Florentin et réussit à le convaincre de se rallier à la solution du rétablissement des Bourbons. Les souverains signent une déclaration qui exclut toute négociation avec Napoléon ou sa famille et invite le Sénat à former un gouvernement provisoire et à rédiger une nouvelle Constitution.

1er avril
À l'instigation de Talleyrand, le conseil général de la Seine proclame le rétablissement de Louis XVIII. Talleyrand, en sa qualité de vice-

grand électeur, réunit le Sénat (64 membres présents). Formation d'un gouvernement provisoire (Talleyrand, Dalberg, Jaucourt, Montesquiou, Beurnonville) et d'une commission constitutionnelle. Le général Dessolle est nommé commandant en chef de la garde nationale parisienne.

Dessolle

Jean-Joseph-Paul-Augustin Dessolle (1767-1828) a longtemps servi sous les ordres de Moreau, ce qui lui vaut d'être disgracié en 1804. Rappelé en 1808, il sert en Espagne puis en Pologne. À la retraite depuis 1812, il accepte le 1er avril 1814 le commandement de la garde nationale (qu'il conservera jusqu'en octobre 1815) et après le retour des Bourbons un titre de comte et la pairie. Il suit Louis XVIII à Gand. Fait marquis (1817), il est appelé en décembre 1818, après la chute du duc de Richelieu, à former le nouveau ministère (décembre 1818-novembre 1819).

2 avril
Vitrolles négocie avec le tsar et Talleyrand l'entrée du comte d'Artois, frère cadet de Louis XVIII, dans la capitale.

Vitrolles

Eugène-François-Auguste d'Arnaud de Vitrolles (1774-1854) a émigré en 1793 et combattu dans l'armée du prince de Condé. Rentré en France après Brumaire, il exerce les fonctions d'« inspecteur des Bergeries impériales » et reçoit en 1812 le titre de baron. Fervent royaliste, son heure sonne en 1814. D'une grande habileté manœuvrière, aimant l'intrigue, il est alors, dans l'ombre de Talleyrand, l'un des artisans du retour des Bourbons. Placé à l'instigation du comte d'Artois au poste essentiel de secrétaire d'État, il se heurte bientôt à l'hostilité de ses collègues qui l'accusent de servir dans ces fonctions les intérêts du comte d'Artois de préférence à ceux du roi. Arrêté lors du retour de Napoléon et interné à Vincennes, Fouché le fait libérer après Waterloo et l'utilise pour entrer en contact avec le comte d'Artois. La seconde Restauration marque le terme de son influence politique. Le roi ne l'apprécie guère, et en 1818 une note qu'il rédige à l'intention des alliés sur la situation de la France finit de le déconsidérer. L'avènement de Charles X, qu'il a pourtant fidèlement servi, n'entraînera son retour en grâce qu'à la veille de la chute du régime: il entre à la Chambre des pairs en janvier 1830. Les Mémoires et Relations politiques du baron de Vitrolles, *témoignage de premier ordre sur les bouleversements de cette époque, seront publiés en 1884.*

3 avril
Le Sénat proclame la déchéance de Napoléon.

4 avril
À Fontainebleau, Napoléon abdique en faveur du roi de Rome, son fils.

5 avril
L'armée chargée de la défense de la capitale se rend aux Autrichiens sur l'ordre de Marmont ou de certains de ses officiers (ce point reste obscur).
Chateaubriand: *De Buonaparte, des Bourbons, et de la nécessité de se rallier à nos princes légitimes pour le bonheur de la France et celui de l'Europe.*

6 avril
Napoléon abdique sans conditions.
Le Sénat adopte une nouvelle Constitution dont le but est surtout de garantir les intérêts acquis: biens nationaux, titres, dignités, pensions; elle réaffirme le principe de la souveraineté nationale en appelant « librement » Louis-Stanislas-Xavier de France, comte de Provence – frère cadet de Louis XVI, devenu Louis XVIII après la mort du Dauphin (Louis XVII) à la prison du Temple en 1795 –, à devenir « roi des Français » par le « vœu de la nation ».

8 avril
Retour de Fouché à Paris.

9 avril
Le gouvernement provisoire arrête que « les conscrits actuellement rassemblés sont libres de retourner chez eux, et ceux qui n'ont pas encore été enlevés de leurs domiciles sont autorisés à y rester ».

10 avril
Soult est battu devant Toulouse.

11 avril
Le traité de Fontainebleau garantit à Napoléon la souveraineté de l'île d'Elbe, une rente de 2 millions et le duché de Parme pour Marie-Louise avec promesse de succession pour son fils.

12 avril
Le comte d'Artois, qui avait émigré en juillet 1789, rentre dans Paris après vingt-cinq ans d'absence : le futur Charles X a alors 57 ans. Dans la nuit du 12 au 13, Napoléon aurait tenté de s'empoisonner.

14 avril
Le Sénat confère au comte d'Artois la lieutenance générale du royaume, en échange de la promesse que son frère Louis XVIII respectera les bases de la Constitution sénatoriale.

15 avril
Le comte d'Artois forme un « Conseil d'État » comprenant les membres du gouvernement provisoire, le général Dessolle et les maréchaux Moncey et Oudinot. Au même moment, il réunit autour de lui un cabinet secret composé de Vitrolles et d'anciens émigrés. L'une des premières décisions du Conseil est de libérer les 640 prisonniers d'État encore détenus dans les prisons de l'Empire.

16 avril
En Italie, Eugène de Beauharnais signe un armistice avec l'Autriche.

20 avril
Napoléon quitte Fontainebleau pour se rendre à Fréjus, où l'attend le navire anglais qui doit le conduire à l'île d'Elbe, son nouveau royaume.

22 avril
Le comte d'Artois dépêche en province des commissaires chargés de rallier les fonctionnaires au nouveau régime.

23 avril
Armistice franco-allié.

24 avril
Louis XVIII débarque à Boulogne.

28 avril
Napoléon embarque pour l'île d'Elbe.

29 avril
Louis XVIII reçoit à Compiègne les serments de fidélité des dignitaires de la Révolution et de l'Empire.

2 mai
Déclaration de Saint-Ouen : Louis XVIII se déclare « résolu d'adopter une Constitution libérale » mais rejette le « projet » du Sénat. Il s'engage à instituer un gouvernement représentatif, promet une amnistie générale, garantit les intérêts mais rappelle que sa légitimité étant de droit divin, aucun pouvoir ne peut lui imposer une Constitution.

3 mai
Louis XVIII fait son entrée dans Paris.

LA PREMIÈRE RESTAURATION

LOUIS XVIII

Né le 17 novembre 1755-Mort le 16 septembre 1824

Règne: 1814-1815 (1 an)

Roi à 59 ans

Remontera sur le trône après les Cent-Jours.

En 1814, le rétablissement des Bourbons sur le trône de leurs ancêtres fut le résultat d'une intrigue. Rien ne le laissait prévoir quelques semaines auparavant. Les armées coalisées avaient déferlé sur la France. Sans doute peut-on estimer rétrospectivement que l'effondrement du régime impérial était inéluctable, qu'il avait commencé un an plus tôt lorsque les armées françaises, après avoir évacué la Russie, s'étaient vu refouler toujours plus loin vers l'Ouest, lâchant les uns après les autres les territoires arrachés à l'Europe monarchique depuis quinze ans; mais jusqu'au dernier moment l'issue du combat était restée incertaine. Le génie de l'Empereur pouvait une nouvelle fois renverser une situation compromise, et il faillit bien terrasser un adversaire pourtant supérieur en nombre. Aucune logique ne conduisait la France de l'Empire à la Restauration, de Napoléon à Louis XVIII. Que savait-on d'ailleurs de ce dernier, exilé depuis vingt-trois ans? Chateaubriand exagère sans doute lorsqu'il affirme que la Révolution et l'Empire avaient labouré si profond que nul ne se souvenait plus des derniers descendants des Capétiens, les Bourbons, et qu'en les présentant aux Français de 1814, c'était comme s'il avait fait «le dénombrement des enfants de l'empereur de la Chine». Les Français se souvenaient d'eux mais tout au plus les considéraient-ils avec une curiosité mêlée d'une vague hostilité. Ils s'étaient dépris de l'homme auquel ils avaient livré leur destinée quinze ans plus tôt, sans pour autant renouer leurs liens anciens avec les Bourbons. S'ils aspiraient à quelque chose, ce n'était nullement à une forme particulière de gouvernement, mais au régime qui leur apporterait la paix. Avec les dernières campagnes, de plus en plus meurtrières, la multiplication des levées, l'alourdissement des impôts, le parfum de gloire qui les avait si longtemps enivrés avait viré à l'aigre. Les élites elles-mêmes avaient abandonné l'Empereur: faveurs, rentes, rubans et titres ne parvenaient plus à compenser les tracasseries d'un régime que chaque défection rendait plus despotique.

L'aspiration universelle à la paix servait la cause de Louis XVIII; elle ne suffisait pas à décider en sa faveur. Les chancelleries européennes, si l'on excepte l'Angleterre, étaient d'ailleurs réticentes. Les Bourbons furent redevables de leur retour à Talleyrand, l'ancien ministre de Napoléon, et à lui seul. Au cours des journées cruciales qui vont du 30 mars au 6 avril, Talleyrand déploya tous ses talents pour l'intrigue. Ayant accueilli chez lui le tsar Alexandre après l'entrée des alliés dans la capitale, il parvint à le circonvenir en faveur de Louis XVIII. Dans le même temps, il faisait proclamer la déchéance de l'Empereur par le Sénat qu'il amenait enfin à appeler «Louis-Stanislas-Xavier» sur le trône.

Le petit-fils de Louis XV, le frère cadet de Louis XVI a 59 ans. Né le 17 novembre 1755, il a longtemps occupé la position peu enviable de second. Monsieur avait rongé son frein, à l'écart des affaires, d'autant plus négligé qu'il reste sans héritier alors que la reine Marie-Antoinette, sa belle-sœur, mettait au monde un fils (1785) et que son frère le comte d'Artois engendrait coup sur coup deux fils, les ducs d'Angoulême et de Berry, nés en 1775 et 1777. «Longtemps, confiera Louis XVIII, j'ai vécu assez retiré.» La Révolution fut pour lui, comme pour beaucoup d'autres de plus basse extraction, l'occasion de jouer enfin ce rôle auquel il aspirait. Appelé en 1787 à présider l'assemblée des notables, il se fit une réputation de prince patriote qu'il conforta encore à la fin de l'année suivante en se prononçant pour le doublement de la représentation du tiers aux États généraux. À dire vrai, là s'arrêta sa carrière politique. Officiellement du moins, car jusqu'à son départ pour l'émigration le 20 juin 1791, il trempa dans différentes intrigues plus ou moins propres, d'une alliance avec Mirabeau à la sombre affaire Favras, où il apporta la double preuve qu'il n'était pas meilleur politique que le roi Louis XVI et que tout lui était bon pour acquérir de l'influence, même si ses agissements devaient compromettre la position de son frère. Avec son autre frère Artois, qu'il avait rejoint en 1791 à Coblence, il suivit une ligne identique, sourd aux appels de Louis XVI, et Napoléon put dire avec raison que le futur Louis XVIII portait une lourde responsabilité dans l'exécution de son frère.

Si Louis XVIII peut être décrit d'un mot, c'est par l'égoïsme qui est le sien. Rien ne peut l'affecter qui ne concerne pas sa personne. C'est à cette complexion que l'on doit quelques mots justement passés à la postérité: en mars 1815, alors qu'il s'apprête à partir pour un nouvel exil et à laisser la place à Napoléon de retour de l'île d'Elbe, «on aurait dû m'épargner cette émotion» fut tout ce qu'il trouva à dire; en 1820, il dit au duc de Berry mourant qui, victime du poignard de Louvel, s'excuse d'avoir interrompu le sommeil du roi: «J'ai fait ma nuit.» S'il a une qualité, c'est de n'avoir jamais cessé de croire en sa naissance, dans le rang qu'elle lui donne et dans les devoirs qu'elle lui impose. Du jour où il apprend la mort du dauphin (Louis XVII) au Temple (8 juin 1795), il est roi. Jamais il ne se départit de sa dignité au cours des longues années d'exil qu'il passe en Italie, en Allemagne, en Russie, en Pologne, enfin en Angleterre (1807-1814), au gré des intérêts et des humeurs des souverains qui l'accueillent. Il ne cède pas même devant le manque d'argent, fort cruel pour un homme chez qui l'enrichissement a toujours été une passion. Inoccupé, entouré de rares fidèles, avec pour tout loisir ce qu'il aime tant et que rien ne peut lui ôter – la lecture et la table –, il demeure roi. Même devenu obèse et à demi paralysé par la goutte, il garde un air royal qui sent « le maître et le commandement » et impressionne tous ceux qui le rencontrent, jusqu'aux maréchaux pourtant confrontés chaque jour à un homme d'une autre trempe. Il croit en sa légitimité.

On comprend l'embarras des alliés en 1814. Les Bourbons sont peut-être la moins mauvaise des solutions, ce n'est pas, au premier abord, la solution idéale : le roi a fui son pays depuis un quart de siècle, et il est entouré d'une navrante famille. À 57 ans, son cadet le comte d'Artois est un vieil enfant gâté, sincèrement attaché à la royauté, respectueux même de l'autorité de son frère, mais facilement entraîné par un entourage qui voit en lui ce qu'il n'est pas : un roi-chevalier digne des chansons de geste du Moyen Âge. Ses fils, espérances de la dynastie, sont encore moins appétissants : Angoulême, brave garçon au demeurant, est bègue, agité de tics, impuissant, et traîne à ses côtés l'inconsolable « orpheline du Temple », la fille de Louis XVI qu'il a épousée en 1799 et qui trouve dans une piété inquiète un remède à ses souvenirs douloureux comme à son triste présent ; Berry est plus frétillant mais brutal et stupide, et il n'y a rien à dire de lui sauf qu'il aime les actrices.

Louis XVIII possède cependant une autre qualité : dans son cas, l'exil a été de bon conseil, ce qui n'est pas si fréquent. Plus le temps passait, plus il s'éloignait de sa patrie, plus ses chances de régner un jour s'estompaient, plus il modéra ses prétentions, renonçant au rêve d'une restauration intégrale de l'Ancien Régime qu'il avait caressé tant qu'il avait pu nourrir l'espoir que les excès de la Révolution conduiraient les Français à venir se blottir sous son aile. La proclamation de l'Empire en 1804 anéantit ses illusions. De ce jour, il sent qu'il ne pourra jamais régner sans et *a fortiori* contre la France nouvelle issue de 1789. Non qu'il aime celle-ci ou le gouvernement représentatif, non qu'il s'engage par conviction à entériner la vente des biens d'Église. Il devint monarque constitutionnel non par goût ou par conviction, mais par raison. Une de ses lettres, écrite en 1817, dit tout : « Quand j'ai dit à M. Canning : "J'avais la jambe belle ; elle a été cassée, on me l'a remise tellement quellement; mais enfin je marche, et j'aime mieux boiter que subir une opération dont le résultat serait de me rendre cul-de-jatte", je crois avoir eu raison; mais qu'on ne me soutienne pas que c'est un avantage pour moi d'avoir une jambe cassée!» Louis XVIII préfère régner constitutionnellement plutôt que de ne pas régner du tout.

La Charte octroyée par le roi «la dix-neuvième année de son règne» et proclamée le 4 juin 1814 est le manifeste de cette volonté de réconcilier les deux France sans rien sacrifier de la légitimité. Au début, il semble qu'une ère nouvelle commence. Louis XVIII donne de nombreux gages à cette France qu'au fond il n'accepte ni n'aime. Le personnel politique révolutionnaire et impérial conserve ses places, les acquéreurs de biens nationaux reçoivent la garantie de leurs propriétés, les régicides mêmes ne sont pas inquiétés. Sans doute le ministère nommé le 13 mai n'a-t-il pas le caractère d'unité qui serait souhaitable, mais après tout il n'est nullement question à cette époque d'instaurer un régime parlementaire fondé sur la solidarité politique des ministres, et le roi se préoccupe surtout d'illustrer sa volonté d'«union et d'oubli» en réunissant dans son conseil des hommes de l'Ancien Régime (Dambray, Blacas) et des hommes de la Révolution (Talleyrand, le baron Louis). Il y a sans doute quelques signes de mauvais aloi, la nomination du général Dupont (le vaincu de Baylen) à la Guerre et celle de Vitrolles (l'homme du comte d'Artois) au secrétariat d'État. Mais l'essentiel n'est-il pas dans la protection légalement accordée à toutes les opinions comme à tous les intérêts?

Le climat ne tarde cependant pas à se détériorer. Il y a des décisions maladroites, tels l'ordonnance du 7 juin interdisant de travailler le dimanche ou le culte rendu aux victimes de la Révolution, de Louis XVI à Cadoudal; des propos intempestifs, tel l'éloge de l'émigration fait par l'insipide Ferrand le 13 septembre; des scènes grotesques, tel le dîner donné par la Ville de Paris le 29 août en l'honneur de la famille royale, où les magistrats de la capitale servent le roi et les princes une serviette sur le bras, comme des domestiques... La très rigoureuse, et nécessaire, politique financière du baron Louis contribue à la progression des sentiments hostiles vers la fin de 1814. Le maintien des droits réunis (ensemble de taxes sur les boissons), dont le comte d'Artois a imprudemment promis la suppression lors de son retour en France, la réduction des effectifs de l'armée et la mise à la retraite avec demi-solde de milliers d'officiers sont justifiés par la nécessité de combler l'énorme déficit budgétaire légué par l'Empire. Mais dans le même temps, le gouvernement rétablit les maisons militaires du roi et des princes, avec leurs mousquetaires, gardes suisses et gardes de la porte. On ajoute ainsi l'humiliation à l'inconséquence.

Les imprudences gouvernementales ne sont cependant rien à côté de l'ardeur vengeresse des royalistes, des émigrés ou de ceux qui compensent par des excès de zèle la nouveauté de leurs sentiments monarchiques, et qui ne comprennent pas que la royauté victorieuse use de ménagements à l'égard de la France de 1789 vaincue, qui veulent que cette dernière expie ses «crimes» et qu'on revienne purement et simplement au monde qu'elle a détruit. Ce sont des appels à la restitution des biens nationaux à leurs anciens propriétaires, des cérémonies expiatoires, de petites humiliations infligées à la Cour et dans les salons à la noblesse impériale. Même si le roi n'y donne pas la main, il doit nécessairement s'y trouver associé dans l'esprit de tous ceux que blesse la morgue des vestiges de l'ancienne France que l'effondrement militaire de l'Empire a ramenés. Le préfet de la Loire-Inférieure écrit dans un rapport au début de 1815: «La classe haineuse n'est pas très nombreuse; la classe méfiante est presque universelle.»

Frères de Louis XVIII

Louis XVI (1754-1793); Charles X (1757-1836), comte d'Artois.

Pape

Pie VII, 1800-1823.

Souverains

Autriche: François Ier, 1804-1835.
Bavière: Maximilien-Joseph Ier, 1799-1825.
Empire ottoman: Mehmet II, 1808-1839.
Espagne: Ferdinand VII, 1813-1833.
Grande-Bretagne et Irlande: George III, 1760-1820.
Naples: Ferdinand Ier, 1802-1825.
Pays-Bas: Guillaume Ier, 1815-1840.
Prusse: Frédéric-Guillaume III, 1797-1840.
Russie: Alexandre Ier, 1801-1825.
Saxe: Frédéric-Auguste Ier, 1806-1827.
Suède et Norvège: Charles XIII, 1809-1818.

1814

12 mai
Ordonnance sur la réorganisation de l'armée: 300000 soldats sont mis en congé illimité (sur un total de 530000 en avril 1814) et 12000 officiers, sur 66000, en demi-solde (73 francs par mois pour un capitaine, 44 francs pour un lieutenant). On dénombrera 15 639 demi-solde, dont 10 904 pour l'infanterie, à la fin de 1817.

13 mai
Formation du gouvernement: Talleyrand (Affaires étrangères), Dupont (Guerre), Louis (Finances), Montesquiou (Intérieur), Dambray (Justice), Malouet (Marine), Blacas d'Aulps (Maison du roi). Beugnot est nommé le 16 mai à la direction générale de la police (qui remplace le ministère du même nom, supprimé), et Ferrand à celle des postes. Vitrolles est nommé aux fonctions de secrétaire d'État (poste conservé de l'organisation impériale). Le comte d'Artois, frère du roi, devient colonel-général des gardes nationales de France et Dessolle major-général de la garde parisienne.

LE BARON LOUIS

C'est dans les fonctions de « conseiller-clerc » au Parlement de Paris (1781) que l'« abbé » Joseph-Dominique Louis (1755-1837) se lie avec Talleyrand et s'initie aux questions financières dans l'entourage du banquier Panchaud. Il travaille au côté de Calonne puis de Talleyrand lorsque ce dernier est élu aux États généraux. Le 14 juillet 1790, il participe comme diacre à la messe célébrée au Champ-de-Mars pour la fête de la Fédération. Il abandonne l'état ecclésiastique à la fin de 1790, puis émigre au début de 1793. Rentré en France après Brumaire, il sert successivement dans l'administration de la Guerre et au Trésor auprès de Mollien (1806). En mai 1814, grâce à Talleyrand, il obtient le portefeuille des Finances. L'ex-abbé, qui occupe cette fonction à plusieurs reprises (mai 1814-mars 1815, juillet-septembre 1815, décembre 1818-novembre 1819, juillet-novembre 1830, mars 1831-octobre 1832), se révèle un excellent technicien qui, en 1814-1815 notamment, met en œuvre un audacieux plan de rétablissement de la confiance par l'assainissement des finances publiques.

BLACAS

Le comte de Blacas d'Aulps (1771-1839) a émigré à la fin de 1789. Après avoir servi dans l'armée des princes, il entre en 1803 au service de Louis XVIII qui l'emploie comme ambassadeur officieux auprès de la Cour de Russie. C'est après 1808, lorsqu'il rejoint le roi en Angleterre, que ce dernier fait de lui son favori. En mai 1814, le souverain récompense ce fidèle d'entre les fidèles par le poste de ministre de sa Maison. Couvert de faveurs, Blacas passe pour le chef occulte du gouvernement. Détesté par les libéraux, jalousé par les ultras, excitant rancœurs et critiques par ses maladresses et son ignorance d'un siècle pour lequel il n'est pas fait, il devient le symbole des fautes du régime. Après Waterloo, Louis XVIII cède aux exigences de Talleyrand et de Wellington et se sépare de Blacas, nommé ambassadeur à Naples, puis à Rome. En 1830, Blacas, dont la fidélité aux Bourbons reste entière, suit Charles X dans son exil.

16 mai
Retour du duc d'Orléans (futur Louis-Philippe) à Paris: une ordonnance (18-20 mai) lui restitue aussitôt le Palais-Royal et ceux de ses biens qui n'ont pas été vendus.

22 mai
Début des travaux de la commission chargée de préparer le texte de la Charte, composée de neuf députés, de neuf sénateurs et de quatre commissaires du roi (Dambray, Montesquiou, Ferrand et Beugnot).

24 mai
Retour de Pie VII à Rome.
Benjamin Constant: *Réflexions sur les constitutions, la distribution des pouvoirs et les garanties dans une monarchie constitutionnelle.*

26 mai
Rétablissement de la maison militaire du roi, en tout 6000 hommes. Le comte d'Artois obtient lui aussi une maison militaire composée de deux compagnies de gardes du corps.

29 mai
Mort de Joséphine de Beauharnais à la Malmaison.

30 mai
Signature du premier traité de Paris, plutôt favorable à la France: celle-ci, ramenée à ses frontières du

1er janvier 1792, conserve plusieurs de ses conquêtes révolutionnaires (Mulhouse, Montbéliard, les arrondissements de Chambéry et Annecy en Savoie, et l'ancien Comtat Venaissin). Elle récupère également ses colonies, à l'exception de l'île de France, de Tobago et de Sainte-Lucie qu'elle doit céder à l'Angleterre. La France n'est soumise à aucune occupation et n'est astreinte à payer aucune indemnité de guerre.

juin
Charles Comte et Charles Dunoyer fondent un hebdomadaire, *Le Censeur*, organe des libéraux qui s'interrompra dès le 20 septembre pour reparaître ensuite (jusqu'en septembre 1815) à dates irrégulières. Il tire à 4 500 exemplaires environ.

3 juin
Les souverains alliés quittent la capitale. Début de l'évacuation du territoire.

4 juin
Proclamation solennelle de la Charte en présence de Louis XVIII et des corps constitués mais en l'absence du comte d'Artois, resté ostensiblement à Saint-Cloud en prétextant le mauvais état de sa santé. La Charte consacre les principes déclarés en 1789 (liberté, égalité devant la loi, liberté des cultes et de la presse), garantit les propriétés, y compris « celles qu'on appelle *nationales* », et interdit toute recherche « des opinions et des votes émis jusqu'à la restauration ». L'œuvre sociale et administrative de la Révolution et de l'Empire, notamment le Code civil de 1804, est entérinée. Plusieurs articles témoignent cependant des préoccupations propres aux revenants de 1814: ainsi le catholicisme proclamé « religion de l'État ».
Concernant l'organisation politique, l'exercice du pouvoir exécutif réside dans les mains du roi.
Ce dernier exerce le pouvoir législatif avec le concours de députés élus pour cinq ans, renouvelables annuellement par cinquième, et de pairs nommés par le souverain à vie ou à titre héréditaire, en nombre illimité. Le roi possède l'initiative et la sanction de la loi votée par les Chambres. Il peut dissoudre la Chambre des députés. Celle-ci est élue par les citoyens payant un cens de 300 francs, parmi moins de 10000 éligibles acquittant un cens de 1 000 francs.
Les Chambres ne sont pas sans pouvoir: elles votent l'impôt et peuvent, si le roi y consent, proposer des projets de lois. Le roi nomme les ministres qui sont déclarés responsables, mais cette responsabilité devant les Chambres n'est ni politique ni collective: les ministres ne peuvent être accusés « que pour fait de trahison ou de concussion ». Rien n'est donc prévu pour résoudre un conflit politique entre le roi et les Chambres.
Enfin, l'indépendance du pouvoir judiciaire est assurée par l'inamovibilité des juges et le maintien de l'institution du jury. La volonté de composer avec la France issue de la Révolution est évidente, et d'anciens révolutionnaires attaqués par les ultras verront bientôt dans la Charte une protection. Mais le texte n'est pas exempt de formules maladroites: « Nous avons volontairement [...] fait concession et octroi à nos sujets » [...] « Donné à Paris, l'an de grâce 1814, et de notre règne *le dix-neuvième* ».
Les deux Chambres se constituent: les membres du Corps législatif en place au début de l'année forment celle des députés; 154 pairs sont nommés, dont 47 ducs de l'Ancien Régime et 103 dignitaires de l'Empire (51 sénateurs impériaux, dont Fouché, Sieyès, l'abbé Grégoire, et les membres de la famille impériale ont été écartés).
Même stabilité relative pour ce qui concerne le corps préfectoral et l'ensemble du personnel politique et administratif: 35 des 86 préfets ne sont pas inquiétés, et la moitié des nouveaux sont choisis parmi les fonctionnaires impériaux. Au total, l'épuration aurait seulement concerné un quart du personnel en place en mars 1814.

10 juin
Rétablissement de la procession solennelle de la Fête-Dieu, avec obligation de tapisser sur son passage.
Une ordonnance maintient en vigueur « les lois, décrets et règlements relatifs à l'usage de la presse ».

11 juin
Sur présentation de la Chambre des députés, le roi nomme Lainé président.

16 juin
Une ordonnance autorise les communautés religieuses reconnues par la loi à recevoir dons et legs avec l'autorisation du roi.

22 juin
L'Université impériale est provisoirement maintenue.

29 juin
Résurrection du Conseil d'en haut. Le Conseil d'État est maintenu.

juillet
Lazare Carnot: *Mémoire adressé au Roi en juillet 1814*, publié à Bruxelles, dans lequel il dénonce le

traité de Paris (30 mai 1814) et la réaction. Les manifestations se multiplient en faveur de l'annulation des ventes de biens nationaux. En application du traité de Paris, des dizaines de milliers de prisonniers de guerre commencent à rentrer.

5 juillet
Le ministre de l'Intérieur Montesquiou présente un projet de loi sur la presse préparé par Royer-Collard et Guizot, respectivement directeur général de la Librairie et secrétaire général du ministère de l'Intérieur. Le projet suscite des réactions. Benjamin Constant s'y oppose dans *De la liberté des brochures, des pamphlets et des journaux, considérée sous le rapport de l'intérêt du gouvernement*, et Guizot le défend dans *Quelques idées sur la liberté de la presse.*

16 juillet
Une ordonnance place les gardes nationales sous la double direction des préfets (qui dépendent du ministre de l'Intérieur) et de leur colonel-général, le comte d'Artois.

27 juillet
La Chambre des députés atténue les dispositions de l'ordonnance du 7 juin sur les fêtes et dimanches qui interdisait toute espèce de travail.

août
Lamennais: *Tradition de l'Église sur l'institution des évêques*, contre le Concordat de 1801, une défense des pouvoirs du pape.

29 août-3 septembre
Discussion de la loi de finances 1815 à la Chambre des députés. Le budget de la Guerre est ramené de 55 % du total des dépenses prévues (548 millions) à 38 %. Le montant de la liste civile est fixé pour la durée du règne à 25 millions par an. Pour rembourser l'arriéré exigible (les dettes de la Révolution et de l'Empire) évalué à 759 millions et restaurer le crédit de l'État sans recourir à l'emprunt ou à la banqueroute, le baron Louis met en œuvre une politique de réduction drastique des dépenses publiques, qui prévoit la suppression de 15000 emplois civils et la baisse du traitement des fonctionnaires, la mise en demi-solde de 12000 officiers, la réduction du budget des administrations locales, enfin, et surtout, le maintien des droits réunis (impôt sur les boissons, depuis la fabrication jusqu'à la consommation, créé en 1804), très impopulaires, dont le comte d'Artois avait imprudemment promis la suppression peu après son retour en France. Le baron Louis propose enfin aux créanciers de l'État de les rembourser au moyen de rentes portant un intérêt de 5 %, ou d'obligations à 8 % venant à échéance après trois ans, le financement étant assuré par la vente de 300000 hectares de forêts confisquées à l'Église sous la Révolution. Malgré la fureur du parti royaliste, les députés votent le budget.

13 septembre
Ferrand, directeur des Postes, présente à la Chambre des députés un projet de loi qui confirme les ventes de biens nationaux faites avant la publication de la Charte et restitue aux émigrés les biens confisqués non vendus. L'exposé des motifs gâche, par sa maladresse, la volonté d'apaisement du gouvernement: Ferrand fait l'éloge des émigrés restés fidèles jusqu'en 1814, qui auraient seuls « suivi la ligne droite sans jamais dévier ». Le texte est voté le 4 novembre, mais la Chambre censure l'exposé des motifs.

23 septembre
Le gouvernement s'engage à honorer les dettes contractées par l'État sous les régimes précédents.

4 octobre
Chateaubriand: « Réflexions politiques sur les questions du jour » (article commandé par Louis XVIII pour répondre à la fois aux attaques de Lazare Carnot en juillet et aux surenchères royalistes, et publié dans le *Journal des débats*): « La double leçon de l'anarchie et du despotisme nous enseigne donc que c'est dans un sage milieu que nous devons chercher la gloire et la grandeur de la France. »

5 octobre
Les petits séminaires sont affranchis de la tutelle de l'Université. Les évêques sont autorisés à ouvrir une école ecclésiastique par département pour assurer le recrutement des grands séminaires.

21 octobre
Promulgation de la loi sur la presse votée le 11 août par les députés. Elle définit comme délits toute attaque contre le pouvoir royal, les autorités établies et l'ordre public, rétablit l'autorisation préalable et le brevet pour les imprimeurs et les libraires. Les députés ont obtenu que la censure ne s'exerce que sur les journaux et sur les écrits de moins de 20 feuilles d'impression (320 pages in-octavo), l'exemption pour les opinions des députés et la limitation de l'application de la loi à la fin de la session de 1816 (été 1817). Les contrevenants sont passibles du tribunal correctionnel. 22 censeurs sont nommés le 22 octobre.
La surveillance de la presse parisienne est confiée au ministère de la Police et exercée par une com-

mission présidée par l'abbé Frayssinous; celle de la presse de province relève de la direction générale de la Librairie. Sept quotidiens politiques paraissent alors à Paris. Le plus important est le *Journal des débats, politiques et littéraires* des frères Bertin (ancien *Journal de l'Empire*), qui compte Chateaubriand au nombre de ses collaborateurs et suit une ligne du juste milieu: il possède 23000 abonnés à l'automne 1814. Loin derrière, avec 6 300 abonnés, vient la poussiéreuse mais fidèle *Gazette de France*. Le vénérable *Journal de Paris* (fondé en 1777) a été relevé par Jay (il avait été supprimé le 30 novembre 1811), et devient l'organe des libéraux. Il reçoit, à partir du 1er septembre, le renfort du *Journal général de France* inspiré par Royer-Collard, de nuance constitutionnelle et libérale. Les ultraroyalistes ne sont pas en reste: le *Journal royal* (1er octobre 1814-20 mars 1815) diffuse les thèses de Bonald, et dès le mois de juin Michaud a fondé *La Quotidienne*.

1er novembre
Ouverture officielle du congrès de Vienne. Il réunit les représentants des États engagés dans la dernière guerre de 1813-1814, pour régler le sort des territoires conquis par Napoléon et auxquels la France a renoncé (traité de Paris, 30 mai 1814), et pour fonder un nouvel équilibre européen. Talleyrand représente la France.

21 novembre
Le ministre de l'Intérieur Montesquiou présente à la Chambre des députés un projet de loi sur la réorganisation et la réforme de la Cour de cassation dans lequel il fait allusion aux magistrats «dont les services, pour quelque cause que ce fût, seraient jugés n'être plus nécessaires». Cette épuration annoncée soulève une vive opposition qui aboutit au rejet de la réforme par les députés, le 27 décembre.

26 novembre
Ambassadeur du roi de Sardaigne auprès du tsar depuis 1802, Joseph de Maistre publie l'*Essai sur le principe générateur des constitutions politiques et des autres institutions humaines*, dans lequel il donne une forme systématique à la critique du volontarisme révolutionnaire qu'il avait développée en 1797 dans ses *Considérations sur la France*.

3 décembre
Remaniement ministériel: Soult remplace à la Guerre le général Dupont soupçonné de prévarication; Dandré succède à Beugnot à la Police, et Beugnot à Malouet (décédé le 7 septembre) à la Marine.

Claude-Henri de Saint-Simon et Augustin Thierry publient, au moment où le congrès de Vienne est réuni pour décider du sort de l'Europe, *De la réorganisation de la société européenne, ou de la nécessité et des moyens de rassembler les peuples de l'Europe en un seul corps politique, en conservant à chacun son indépendance nationale*.

5 décembre
Promulgation de la loi sur la restitution des biens nationaux non vendus à leurs anciens propriétaires.

15 décembre
Cauchois-Lemaire rachète le *Journal des arts* et fonde *Le Nain jaune ou journal des arts, des sciences et de la littérature*. Un *Extrait du Moniteur du 30 germinal an VI* circule dans Paris, qui accuse Louis XVIII d'avoir sciemment participé à tous les crimes de la Révolution pour s'élever au trône.

16 décembre
Un crédit de 30 millions est accordé aux Bourbons pour acquitter les dettes contractées durant leur exil.

17 décembre
700 nouveaux officiers sont mis en demi-solde et assignés à résidence au lieu de leur naissance.
Une loi autorise le gouvernement à fixer le tarif douanier, sous réserve de ratification par les Chambres.

20 décembre
Arrestation du général Exelmans, accusé d'avoir correspondu avec Murat. Le 23 janvier 1815, le tribunal militaire de Lille l'acquitte à l'unanimité.

30 décembre
La Chambre des députés est ajournée au 1er mai 1815.

1815

3 janvier
Dans le cadre du congrès de Vienne, un traité secret d'alliance défensive est signé à Vienne entre l'Autriche, l'Angleterre et la France (contre une éventuelle menace russo-prussienne).

21 janvier
Translation des cendres de Louis XVI à Saint-Denis. Le char funèbre s'étant accroché à un réverbère, quelques cris fusent: «À la lanterne!»

2 février
Benjamin Constant: *De la responsabilité des ministres*.

15 février
Une ordonnance épure *de facto* la Cour de cassation en réduisant le nombre des magistrats à 49.

17 février
Réorganisation de l'instruction publique: les académies sont supprimées et remplacées par 17 universités supervisant chacune les facultés et les collèges royaux et communaux. Chaque université est présidée par le recteur assisté d'un conseil où siègent le préfet et l'évêque du diocèse. Le poste de grand maître de l'Université est supprimé, l'ensemble des universités étant soumises à la surveillance d'un Conseil royal de l'instruction publique nommé par le roi: le cardinal de Bausset est placé à sa tête. Cette réforme ne pourra être appliquée avant le retour de Napoléon. Après les Cent-Jours, l'Université impériale survivra en devenant simplement royale, le grand maître étant remplacé par une commission de l'Instruction publique. Épuration de l'Institut, d'où sont exclus notamment Napoléon, ses parents et les régicides.

26 février
Napoléon embarque sur l'*Inconstant* et fait voile vers la France, à la tête d'une flottille emportant 1 200 hommes.

27 février
Une ordonnance confirme l'organisation de la Cour des comptes établie par la loi du 16 septembre 1807 et l'inamovibilité de ses magistrats.

1er-5 mars
Napoléon débarque au Golfe-Juan. Le 4, il est à Digne, le 5 à Gap.

2 mars
Rétablissement de la congrégation des Missions étrangères dont les statuts ont été approuvés début janvier.

6 mars
Une ordonnance déclare «Napoléon Buonaparte traître et rebelle». Convocation extraordinaire des Chambres, qui se réunissent le 8. Pour organiser la résistance au retour de l'Empereur, le comte d'Artois et le duc d'Orléans sont envoyés à Lyon, le duc de Berry à Besançon et le duc d'Angoulême à Nîmes.

7 mars
Napoléon entre à Grenoble. Le général de La Bédoyère se range à ses côtés. Les généraux Lefebvre-Desnouettes, François-Antoine et Henry-Dominique Lallemand tentent de soulever les troupes stationnées dans l'Aisne et de marcher sur Paris. Ils échouent. Les deux derniers sont arrêtés le 12. Ils seront libérés après le retour de Napoléon et nommés pairs de France.

8 mars
Ney promet à Louis XVIII de lui ramener Bonaparte «dans une cage de fer».

10 mars
Napoléon approchant, le comte d'Artois et le duc d'Orléans doivent évacuer Lyon.

11 mars
Clarke remplace Soult au ministère de la Guerre.

12 mars
Bourrienne est nommé à la tête de la police à la place de Dandré.

13 mars
Napoléon arrive à Mâcon. Il décrète la dissolution des Chambres, supprime la cocarde blanche, ordonne l'expulsion des émigrés non amnistiés et destitue les officiers nommés depuis son abdication. Au congrès de Vienne, les puissances déclarent que «Napoléon Bonaparte a détruit le seul titre légal auquel son existence se trouvait attachée, il s'est placé hors des relations civiles et sociales et, comme ennemi et perturbateur du monde, il s'est livré à la vindicte publique».

14 mars
Ney se rallie à Napoléon, qui arrive le 15 à Autun.

16 mars
«Pourrais-je, à 60 ans, déclare solennellement Louis XVIII devant les députés, mieux terminer ma carrière qu'en mourant pour la défense de la patrie?» Paris apprend la trahison de Ney dans la soirée. Fouché échappe à l'ordre d'arrestation lancé contre lui par Bourrienne.

17 mars
Napoléon est à Auxerre. La Chambre des députés «supplie» Louis XVIII de renouveler le ministère et de choisir des hommes «énergiques à la fois et modérés, dont les noms seuls soient une garantie pour tous les intérêts, une réponse à toutes les inquiétudes».

18 mars
La décision de faire partir le roi est prise en secret.

19 mars
Benjamin Constant publie dans le *Journal des débats* un violent article contre le retour de Napoléon.
Les régiments stationnés à Villejuif pour défendre la capitale arborent la cocarde tricolore. Exelmans rassemble des demi-soldes à Saint-Denis et s'empare de l'artillerie. Napoléon arrive à Fontainebleau. À minuit, Louis XVIII quitte Paris en direction de Lille.

20 mars
Vers 21 h, Napoléon rentre aux Tuileries et forme un gouvernement : Davout (Guerre), Fouché (Police, qui redevient un ministère à part entière), Maret (secrétairerie d'État), Cambacérès (Justice), Carnot (Intérieur), Caulaincourt (Relations extérieures), Gaudin (Finances), Mollien (Trésor) et Decrès (Marine). Réal est nommé préfet de police.

LES CENT-JOURS

NAPOLÉON Ier
Né le 15 août 1769-Mort le 5 mai 1821
Règne en 1815 (100 jours)
Remonte sur le trône à 46 ans.

*L*e 11 avril 1814, le traité de Fontainebleau avait accordé à Napoléon Ier, l'Empereur déchu, la souveraineté de l'île d'Elbe et une rente de 2 millions. Le 28, accompagné de quelques soldats, il embarquait pour ce rocher situé à quelques encablures de sa Corse natale et de ces côtes italiennes où son extraordinaire aventure avait commencé. Au congrès de Vienne, les alliés avaient évoqué la possibilité de le reléguer loin de l'Europe, et peut-être en fut-il informé ; la pension promise tardait à venir, des amis l'informaient du mécontentement des Français... Mais ce n'est pas là ce qui le décida à revenir. Sa démesure lui faisait un devoir de terminer sa carrière sur une scène plus vaste ; il lui fallait une fin digne de lui.
Ce n'est pas le général d'Arcole qui, moins d'un an après avoir quitté le sol de France, débarque le 1er mars 1815 au Golfe-Juan. L'Empereur a 45 ans, le corps empâté et le teint jaune. Mais pour cette dernière aventure, la plus personnelle, celle où se montre toute la folie qui l'habite, son génie et son mépris de la France, il a des jambes de vingt ans. Napoléon est déjà à Fontainebleau, le soir du 19 mars, lorsque Louis XVIII s'éloigne pesamment pour un second exil au milieu d'une cohue indescriptible. Napoléon a retrouvé les Tuileries le 20 mars. Si rien n'est changé dans son palais, il n'en va pas de même en France, au terme d'une année de régime constitutionnel. Le Conseil d'État veut bien s'incliner devant le fait accompli et annuler l'acte de déchéance voté par le Sénat en avril 1814, mais il précise que l'Empereur rétabli garantira l'égalité civile et politique, la liberté de la presse et les institutions représentatives, soit les principes énoncés par la Charte du roi Louis XVIII. Napoléon peut se ressaisir du sceptre, mais pour mettre ses pas dans ceux de Louis XVIII. Autrement dit, la France est prête à se rallier à lui à la condition qu'il devienne le garant d'institutions que sa chute, l'année précédente, a seule permis d'établir. Or le séjour de l'île d'Elbe n'a nullement changé Napoléon. Il revient aussi peu épris de liberté qu'il l'était à son départ. S'il se résigne à donner une Constitution libérale à la France (l'Acte additionnel aux Constitutions de l'Empire du 22 avril 1815, rédigé

par Benjamin Constant), c'est seulement à titre de concession momentanée, dont décideraient ses armes sur le champ de bataille où l'Europe coalisée l'attend.

Louis XVIII est parti. Peu nombreux sont ceux qui le regrettent. La greffe de la monarchie sur la France nouvelle n'a pas pris. Non que les institutions de 1814 fussent mauvaises : tout au contraire, les Français ont fait de leur maintien la condition de leur ralliement à l'Empereur. Mais s'ils se sont attachés aux institutions de 1814, on ne peut en dire autant du roi et de la légitimité : « Quand on leur parlait du trône et de l'autel, ils répondaient : ce sont quatre ais de bois ; nous les avons cloués et décloués. » Ces mots d'Alfred de Musset sont justes : la légitimité avait été tuée deux fois, par la guillotine le 21 janvier 1793 et par vingt et une années d'absence qui avaient creusé un abîme impossible à combler entre la vieille dynastie et la France issue de 1789. Celle-ci laisse partir son roi pour Gand en mars 1815. On ne tente pas de l'arrêter, comme Louis XVI à Varennes, mais on ne cherche pas non plus à le retenir. Le pays accueille-t-il pour autant Napoléon à bras ouverts ? Rien n'est moins sûr. L'Empereur a sans doute pour lui la nation militaire, quelques villes aussi, mais Paris reste morne. Le plébiscite attire peu de monde, non seulement dans le Midi ou l'Ouest hostiles, mais à Dijon (23 % de votants) et à Lyon (15 %) même, villes pourtant réputées bonapartistes. Les élites sont encore plus méfiantes. On dit souvent qu'elles étaient prêtes à pencher toujours du côté non seulement du plus fort, mais du côté où coulait l'or. C'est exact pour un certain nombre, mais beaucoup d'autres se rallient tout bonnement au gouvernement légitime, dès lors que le roi a déserté le territoire national. Il faut également compter avec la menace de la guerre, certaine dès le retour de l'Empereur aux Tuileries. Les libéraux sont partagés entre la crainte d'une victoire des alliés, qui leur commande de servir Napoléon, puisqu'il est là, et la crainte d'une victoire de l'Empereur qui entraînerait le retour immédiat au despotisme des dernières années de l'Empire.

Certains ont cependant senti que, malgré tout son talent militaire, Napoléon ne pourrait sortir vainqueur de l'épreuve qu'il allait affronter. À Gand, Louis XVIII voit ses salons se remplir de dignitaires repentants. À Paris, tandis que La Fayette et ses amis s'efforcent toujours d'obtenir de Napoléon des assurances sur le respect des libertés, Fouché, tout en ayant accepté en mars de reprendre du service auprès de l'Empereur, s'abouche avec le comte d'Artois et les émigrés de Gand, convaincu de la défaite prochaine des armées françaises. La campagne est brève : quatre jours (14-18 juin) au terme desquels le désastre de Waterloo met fin à la dernière et plus folle aventure de Bonaparte, ouvrant la route de Paris aux alliés, bien décidés cette fois à briser la puissance française qu'ils avaient ménagée en avril 1814.

1815

22 mars
Napoléon Ier dresse la liste des traîtres condamnés à l'exil, à la confiscation de leurs biens ou, pour les militaires, à la dégradation. Louis XVIII arrive à Lille, première étape du roi exilé, où l'hostilité de la garnison (commandée par le duc d'Orléans) le contraint à partir et à franchir la frontière.

24 mars
Suppression de la censure. Mais Fouché prend ses précautions: le *Journal des débats* redevient le *Journal de l'Empire*, et le ministre de la Police installe des hommes sûrs à la tête des journaux.

25 mars
Un décret remet en vigueur les lois rendues sous la Révolution contre les Bourbons. Les alliés renouvellent le pacte de Chaumont du 8 mars 1814.

26 mars
Le Conseil d'État annule la déchéance prononcée en avril 1814, mais rappelle à l'Empereur qu'il s'est engagé à garantir la liberté (autrement dit les principes consacrés par la Charte de 1814).

29 mars
Murat déclenche en Italie les hostilités contre l'Autriche. Il occupe Bologne et Modène (2-4 avril). Le 9, une contre-offensive le rejette sur Ancône. Battu, il se réfugie en Corse le 21 mai.

30 mars
Louis XVIII se fixe à Gand.

avril
Fouché cherche un successeur (Napoléon II ou le duc d'Orléans) et noue de nombreux contacts, y compris avec les exilés de Gand.

1er avril
Abolition de la traite des Noirs, mesure prise moins par philanthropie que pour se concilier la mansuétude du puissant parti abolitionniste anglais. Dès le 7 avril, le cabinet britannique dissipe toutes les illusions qu'a pu nourrir Napoléon sur les dispositions de l'Angleterre à son égard.

2 avril
Le général Clauzel chasse la duchesse d'Angoulême, nièce de Louis XVIII, de Bordeaux.

4 avril
Vitrolles est arrêté à Toulouse.

8 avril
Le duc d'Angoulême capitule à La Palud. Il est expulsé de France le 14.

14 avril
Caulaincourt reconnaît publiquement que le maintien de la paix est peu probable. Napoléon charge B. Constant de préparer une nouvelle Constitution. Parution à Gand du premier numéro du *Journal universel*, ou *Moniteur de Gand*, chargé de publier les actes officiels du gouvernement royal en exil (dernier numéro le 21 juin).

22 avril
Promulgation de l'Acte additionnel aux Constitutions de l'Empire. C'est, en somme, la Charte corrigée par l'introduction de l'hérédité de la pairie (réclamée par les libéraux afin de soustraire la Haute Assemblée au bon plaisir royal), par le renouvellement quinquennal intégral et non plus partiel de la Chambre des représentants. Par ailleurs, garanties individuelles, liberté de la presse et responsabilité des ministres sont clairement réaffirmées. Là où le bât blesse, c'est dans le maintien des collèges électoraux à vie de l'an X, dont les pouvoirs sont d'ailleurs accrus puisqu'ils ne désignent plus des candidats, mais nomment directement les représentants. C'est également dans plusieurs articles, tel celui qui rétablit la peine de la confiscation des biens ou celui qui stipule que le texte sera présenté à l'acceptation du peuple sans être auparavant soumis à l'examen des Assemblées, enfin, et surtout, le fait que loin de fonder un nouveau régime, il s'agit seulement d'un «acte» venant s'ajouter à l'édifice constitutionnel de l'Empire.
Pierre Laromiguière (1756-1837), qui a cessé d'enseigner à la Sorbonne pour occuper un modeste emploi de bibliothécaire dans cette université, publie le premier volume de ses *Leçons de philosophie, ou essai sur les facultés de l'âme* (1815-1818), première œuvre du spiritualisme français.

24 avril
Louis XVIII publie un *Manifeste* (rédigé par Lally-Tollendal) où il réaffirme son attachement à la Charte.

30 avril
Afin de contrer l'accueil négatif fait à l'Acte additionnel, Napoléon se résout à convoquer les collèges électoraux pour l'élection de la Chambre des représentants, manière de rassurer l'opinion en prouvant qu'il désire sincèrement instaurer une monarchie constitutionnelle. Il fait une autre concession et autorise toutes les communes dont

les maires sont nommés par les préfets à élire leurs municipalités selon les dispositions datant du 14 décembre 1789.

2 mai
Louis XVIII, à Gand, publie une déclaration au ton très différent de celle du 24 avril: il y insiste sur ses droits et ne fait aucune allusion à la Charte.

8-22 mai
Élection des 391 membres de la Chambre des représentants. La participation est faible (7 669 votants sur 69000 électeurs, soit 11 %) mais les résultats favorables aux libéraux. Les Chambres se réunissent le 3 juin.

9 mai
Les lois révolutionnaires contre les émigrés sont rétablies.

12 mai
Chateaubriand, dans un *Mémoire au Roi*, presse Louis XVIII de se déclarer en faveur de la Charte. En autorisant la publication de ce texte, Louis XVIII provoque la fureur du camp ultra.

15 mai
Soulèvement royaliste en Vendée. Les insurgés, battus le 19 à Aizenay, acceptent le 31 de déposer les armes. Dès le 14 juin, nouveau soulèvement.

29 mai
Benjamin Constant: *Principes de politique applicables à tous les gouvernements représentatifs.*

1er juin
Les résultats du plébiscite sur l'Acte additionnel sont proclamés lors d'un «champ de mai»: 1532527 oui, 4802 non, entre 5 et 6 millions d'abstentions.

2 juin
Nomination de 117 pairs de France, dont une trentaine d'anciens sénateurs ayant voté la déchéance en avril 1814 et 23 pairs de Louis XVIII.

4 juin
Contre l'avis de l'Empereur, Lanjuinais est élu président de la Chambre des représentants.

9 juin
Acte final du congrès de Vienne. Le congrès de Vienne s'est ouvert officiellement le 1er novembre 1814. Grâce à son habileté, Talleyrand est parvenu à faire admettre la France à la table des négociations où les quatre grands redessinent la carte politique de l'Europe. Deux blocs s'opposent: Russie-Prusse d'un côté, Autriche-Angleterre de l'autre, la France rejoignant le 3 janvier 1815 le second bloc.
Le 11 février, un premier accord aboutit à un nouveau partage de la Pologne. La Prusse reçoit la Posnanie, l'Autriche la Galicie, le reste devenant un royaume étroitement lié à la Russie. La Prusse annexe également l'ancien duché de Saxe et, n'ayant pu s'emparer de tout le royaume de Saxe, elle reçoit en compensation les territoires rhénans de Coblence à Clèves.
L'Autriche récupère la Bavière et le Tyrol; elle obtient la présidence de la nouvelle Confédération germanique qui regroupe 39 États (8 juin).
Surtout, Vienne accroît son emprise sur l'Italie, au Nord par la création du royaume lombardo-vénitien, par l'installation de Habsbourg sur les trônes de Toscane, de Modène et de Parme; au Sud par une alliance étroite avec le royaume de Naples rendu au Bourbon Ferdinand IV (qui prend le nom de Ferdinand Ier en décembre 1816, après l'abolition de l'autonomie de la Sicile).
Enfin, un royaume des Pays-Bas est formé par la réunion de la Hollande et de la Belgique sous la souveraineté de la maison de Nassau. Le nouvel ordre européen fait obstacle à toute nouvelle expansion française (la Prusse est établie sur le Rhin). Il évite ensuite que la Prusse ne domine toute l'Allemagne et que la Russie (qui souhaitait annexer la Pologne) ne succède à la France comme puissance hégémonique en Europe. Mais ces découpages arbitraires ne tiennent aucun compte des aspirations nationales qui se sont développées au cours de la lutte contre la domination française.

14-18 juin
Campagne de 1815. Napoléon, qui a rejoint l'armée le 12, déclare dans une proclamation que «le moment est arrivé de vaincre ou de périr». Wellington se trouvant à Bruxelles et Blücher à Namur, Napoléon envisage de se glisser entre eux et de les vaincre l'un après l'autre. Le 15, il franchit la Sambre à Charleroi et s'avance jusqu'à Fleurus. Le 16, il bat Blücher à Ligny, mais Grouchy, chargé de poursuivre les Prussiens, reçoit l'ordre trop tard, les laissant s'échapper le 17. Wellington, qui se replie sur Bruxelles, talonné par les Français, se retranche sur le plateau du Mont-Saint-Jean, près de Waterloo, où Napoléon décide de l'affronter (17 juin).
18 juin: bataille de Waterloo. Vers 20 h, alors que les Français, menacés depuis le milieu de l'après-midi par les troupes prussiennes de Bülow, n'ont pas réussi à s'emparer du Mont-Saint-Jean malgré l'importance des forces engagées (et sacrifiées), la

colonne prussienne que Grouchy devait immobiliser transperce les lignes françaises. À 21 h 30, Napoléon ordonne la retraite. À Paris, où l'on ignore tout du désastre, des salves d'artillerie célèbrent la victoire remportée à Ligny le 16.

16-18 juin
Gérando fonde la Société pour l'instruction élémentaire. Destinée à concurrencer l'enseignement primaire dispensé par le clergé, elle patronne l'ouverture d'une école à Paris et la préparation de manuels.

20 juin
Les armées alliées pénètrent en France. La rumeur d'une immense défaite se répand dans la capitale. Vers 23 h, Napoléon regagne l'Élysée.
Lamarque bat les Vendéens à La Rocheservière.

21 juin
Napoléon réunit un Conseil qui, contre l'avis de Fouché, se prononce en faveur de la résistance et de l'adoption de mesures de salut public. La Chambre des représentants (alertée par Fouché) déclare aussitôt, suivie par celle des pairs, que « toute tentative pour la dissoudre serait un acte de haute trahison ». Informé de cette délibération, Napoléon suspend l'exécution des mesures arrêtées par le Conseil.

22 juin
La Chambre somme l'Empereur de lui faire connaître ses intentions. Après avoir un instant envisagé un nouveau 18 Brumaire, Napoléon dicte l'acte de sa seconde abdication en faveur de son fils. Les Chambres forment une Commission exécutive composée de Fouché (président), Lazare Carnot, Grenier, Caulaincourt et Quinette.
Le roi Louis XVIII quitte Gand et se rapproche de la frontière en s'installant à Mons où Talleyrand, parti de Vienne le 10, arrive après avoir attendu l'issue des événements pour prendre un parti, et fait savoir ses exigences: le renvoi du favori Blacas, la présidence d'un ministère homogène et une amnistie générale; mais il diffère le moment de rencontrer le roi.

23 juin
À l'instigation de Fouché, la Chambre proclame Napoléon II, mais sans renoncer à prendre ultérieurement d'autres dispositions dictées par « le salut de l'État ». La Chambre désigne ensuite des plénipotentiaires munis d'instructions leur enjoignant de persuader les alliés qu'ils ne doivent ni imposer le rétablissement des Bourbons ni amputer la France des territoires garantis par le traité de 1814: ils échoueront. Blücher s'empare d'Avesnes. Wellington invite Louis XVIII à passer la frontière. Le roi, cédant aux pressions de son entourage et à celles des alliés, se résout à accepter la démission que lui présente Blacas.

24 juin
Davout est chargé de prendre les mesures nécessaires pour la défense de Paris.
Les chefs vendéens déposent les armes et signent à Cholet un traité de pacification.
Début de la Terreur blanche dans le Midi: à la nouvelle de la défaite de Waterloo, Marseille se soulève et contraint la garnison à quitter la ville.
Au moment de quitter Mons, Louis XVIII disgracie Talleyrand après un bref entretien. Le roi est accueilli au Cateau-Cambrésis par Wellington qui le presse de rappeler son ministre. Une très impolitique déclaration royale qualifie d'« alliés du roi » l'Angleterre et la Prusse et menace les « coupables » des Cent-Jours de la rigueur des lois.
Les alliés s'emparent de Cambrai et marchent sur Compiègne.

25 juin
Napoléon quitte Paris pour la Malmaison.
La Chambre des représentants adopte une loi de sûreté générale.
À Dijon, émeute antiroyaliste.

25-26 juin
À Marseille, les royalistes massacrent bonapartistes, Jacobins et membres de la communauté arabe. Bilan des deux premiers jours de troubles: 50 morts (certains rapports font état de 240 morts), 200 blessés, 80 maisons ou boutiques incendiées.

26 juin
À Bordeaux et Toulouse, la troupe disperse des manifestations royalistes.
Les Prussiens atteignent Chauny et Noyon. Les plénipotentiaires français reçoivent des assurances (trompeuses) quant à la volonté des puissances de laisser la France choisir librement la forme de son gouvernement.
Louis XVIII arrive à Cambrai, où Talleyrand, rétabli dans ses fonctions grâce à l'insistance de Wellington, le persuade d'effacer la mauvaise impression laissée par la proclamation du 24 juin et de reconnaître publiquement les fautes commises lors de la première Restauration en promettant de les réparer.

27 juin
Drouet d'Erlon accroche les Prussiens à Compiègne. Grouchy marche sur Villers-Cotterêts et Nanteuil; l'arrière-garde est à Soissons.

Déclaration de Cambrai: Louis XVIII déclare venir se placer « entre les armées ennemies et les Français, afin d'adoucir des maux [qu'il] n'avait pu prévenir »; « Mon gouvernement, ajoute-t-il, devait faire des fautes, peut-être en a-t-il fait. Il est des temps où les intentions les plus pures ne suffisent pas pour diriger, où quelquefois même elles égarent; l'expérience seule pouvait avertir, elle ne sera pas perdue. » Le roi s'engage à ajouter à la Charte plusieurs garanties, notamment « l'unité du ministère ». Il promet l'oubli et le pardon, excepté pour « les instigateurs et les auteurs de cette trame horrible [les Cent-Jours] ».
Dans la région de Nîmes, les « miquelets » (miliciens royalistes) provoquent les premiers troubles.

28 juin
Combats de Nanteuil. Les troupes françaises se replient sur Le Bourget. La capitale est placée en état de siège. La Commission ordonne le départ immédiat de Napoléon pour Rochefort.

29 juin
Toute l'armée est réunie sous Paris face aux troupes de Blücher. Vers 5 h, Napoléon monte en voiture pour gagner Rochefort. Wellington pose ses conditions: livrer Napoléon aux alliés, faire évacuer l'armée de la capitale et former un gouvernement capable de gagner la confiance de l'Europe. À titre personnel, il se déclare en faveur de Louis XVIII.
La Chambre des représentants adopte un projet de Constitution: « La souveraineté nationale, précise le préambule, réside dans l'universalité des citoyens. » Son exercice est confié conjointement au roi, astreint à prêter serment de fidélité à la nation, à une Chambre des représentants élue et à une Chambre des pairs héréditaire, qui partagent l'initiative. Le projet réaffirme les principes de l'égalité civile et politique, l'abolition de « la noblesse ancienne et nouvelle » comme des anciens droits seigneuriaux, et l'« irrévocabilité des aliénations de biens nationaux de toute origine »; enfin, il est précisé que la Constitution sera présentée à l'acceptation du peuple.

30 juin
À l'aube, les Prussiens prennent le contrôle du pont de Saint-Germain. Tandis que l'armée, répondant à l'appel signé par 18 généraux, exprime son soutien à Napoléon II, la Chambre des représentants se borne à déclarer que le futur « chef légitime de l'État » devra « reconnaître les droits de la nation ». Le soir, les Prussiens franchissent la Seine à Saint-Germain. Louis XVIII s'établit à Roye, où les premiers « transfuges » viennent à sa rencontre.

1er juillet
Blücher occupe Versailles, alors que Wellington se trouve encore à deux jours de marche de la capitale. Entre Verrières et Roquencourt, Exelmans anéantit deux régiments de l'avant-garde prussienne, mais faute de soutien il doit se replier sur Gentilly et Montrouge. Dans la nuit du 1er au 2, le conseil de guerre réuni par Davout admet que, le retour des Bourbons étant désormais inévitable, il est inutile de verser le sang pour retarder cette issue. L'entourage de Louis XVIII s'occupe de la formation d'un gouvernement. Le comte d'Artois, qui juge impossible d'écarter Fouché, demande à Wellington de faire pression sur le roi pour qu'il accepte de nommer le régicide au ministère.

2 juillet
Quelques combats sont engagés aux abords de Paris, à Sèvres et Vaugirard. Le soir, les Anglais franchissent la Seine à Argenteuil. Louis XVIII s'établit au château d'Arnouville.

3 juillet
Blücher accepte une suspension d'armes de vingt-quatre heures (5 h du matin). L'armistice est signé à Saint-Cloud dans l'après-midi: il garantit le respect des personnes et des propriétés et accorde à l'armée trois jours pour évacuer la capitale. Napoléon arrive à Rochefort.

4 juillet
Sollicité par Fouché de lui faire connaître ses intentions, Wellington répond, dans un mémorandum secret, que les alliés ne voulant traiter ni avec Napoléon ni avec son gouvernement, les Chambres doivent « se déclarer dissoutes, après avoir exprimé au roi, dans une adresse respectueuse, leurs sentiments et leurs vœux ». Il ajoute à cet « ordre » la liste des concessions que Talleyrand, sur ses conseils, a obtenues de Louis XVIII: une nouvelle loi sur la presse, l'unité du ministère, la possibilité pour les Chambres de proposer des lois, l'hérédité de la pairie.

5-6 juillet
L'armée quitte la capitale pour se retirer, conformément à la convention du 3, au sud de la Loire.

5 juillet
La Chambre des représentants publie une déclaration qui réaffirme son attachement aux principes contenus dans le projet de Constitution du 29 juin.
À Neuilly, Fouché est reçu par Wellington, Pozzo di Borgo (l'ambassadeur du tsar à Paris) et Talleyrand. Il réclame une amnistie générale et l'adoption par le

roi des couleurs nationales, mais rien n'est décidé. Louis XVIII refuse de céder sur le drapeau, mais se résigne à l'entrée de Fouché au ministère.

6 juillet
Les troupes alliées occupent les barrières. Blücher ordonne de miner le pont d'Iéna et décide la destruction du pont d'Austerlitz et de la colonne Vendôme.
Louis XVIII signe, non sans répugnance, une ordonnance qui rétablit le ministère de la Police au profit de Fouché. Le soir même, Talleyrand présente Fouché au roi.

7 juillet
Les troupes alliées occupent les Tuileries, siège de la Commission exécutive, laquelle se sépare après avoir annoncé le retour de Louis XVIII. Une ordonnance nomme le général Dessolle à la tête de la garde nationale et rétablit dans leurs attributions les fonctionnaires en place avant le 20 mars. Formation du ministère: Talleyrand (chef du gouvernement et Affaires étrangères), Fouché (Police), Gouvion Saint-Cyr (Guerre), Louis (Finances), Pasquier (Justice et Intérieur), Jaucourt (Marine). Le duc de Richelieu, officiellement chargé de la Maison du roi, refuse. Élie Decazes est nommé préfet de police sur la recommandation du baron Louis.

DECAZES

Fils d'un notaire de Libourne, Élie Decazes (1780-1860) avait d'abord servi dans la maison de madame mère puis était devenu conseiller à la Cour impériale de Paris. Il est âgé de 35 ans lorsqu'en juillet 1815 le baron Louis le fait nommer préfet de police de Paris. Quand le ministère Talleyrand-Fouché tombe en septembre 1815, Decazes succède au second à la tête du ministère de la Police. C'est dans l'exercice de ces fonctions qu'il prend l'habitude de rencontrer le roi. Louis XVIII aime par-dessus tout sa propre conversation, et Decazes sait écouter; le souverain s'amuse des travers de ses contemporains, et Decazes sait les raconter. Louis XVIII se prend de passion pour Decazes, conservant dans son bureau un portrait de son « cher fils », le couvrant de bienfaits et prenant soin du bien-être de sa famille. Il lui adresse des billets affectueux: « Mon Élie, je t'aime, je te bénis de toute mon âme, je te presse contre mon cœur. Viens y recevoir les plus tendres baisers de ton ami, de ton père, de ton Louis! » Decazes est sans doute le seul être que Louis XVIII ait jamais tutoyé, faveur à laquelle même son frère le comte d'Artois n'a pas droit. Decazes est bien un favori à l'ancienne mode, mais on aurait tort de ne voir en lui qu'un opportuniste seulement soucieux de conserver la faveur royale dont il tire son pouvoir. Decazes est l'artisan de la dissolution de la Chambre introuvable qui brise le parti ultraroyaliste, l'homme du tournant libéral de 1816. Par conviction, par intérêt, par politique? Decazes possédait un talent essentiellement politique où les convictions comptaient sans doute peu. Mais ce rejeton de la nouvelle société, ce roturier dont aucun souvenir ne peut entretenir la nostalgie pour l'ordre ancien (même mythique) qui anime les ultras, a compris que la rupture de 1789 est irréversible et que la monarchie doit s'accommoder du monde nouveau ou disparaître. Sa politique tient en une formule: nationaliser la royauté pour royaliser la nation. Les lois votées en 1815 entraînent la France sur la pente inverse; elles font rétrograder la société et perpétuent ses divisions. Servant sous les ordres du duc de Richelieu mais véritable inspirateur de la politique intérieure suivie par le gouvernement à partir de septembre 1816, Decazes passe à l'Intérieur après le départ de Richelieu et la formation du ministère Dessolle (décembre 1818). Vers la fin de 1819, confronté aux progrès électoraux constants de la gauche, il prépare un renversement d'alliance au bénéfice du centre-droit lorsque l'assassinat du duc de Berry, le 13 janvier 1820, met un terme brutal à sa carrière ministérielle. Louis XVIII, qui l'a fait duc et pair, se sépare en pleurant de son « cher fils », tente de le consoler par une ambassade à Londres, puis l'oublie. Rentré en France à la fin de 1821, Decazes se consacre à ses fonctions de pair, combattant dans la Chambre haute la politique des royalistes au pouvoir. En 1830, il se rallie au régime de Juillet, continuant de siéger (et présidant) à la Chambre des pairs jusqu'en 1848. Mais entre-temps Decazes s'est lancé dans les affaires. En 1825-1826, il fonde la SA des Houillères et Fonderies de l'Aveyron pour l'exploitation de gisements dont il s'est rendu acquéreur grâce à l'immense fortune qu'il devait à la générosité de Louis XVIII. Il y construit un complexe minier et métallurgique autour duquel grandit peu à peu la ville qui porte toujours son nom: Decazeville.

8 juillet
Les Chambres sont dissoutes. 53 députés signent une protestation solennelle. Dans l'après-midi, Louis XVIII regagne les Tuileries. Napoléon embarque à bord de l'une des deux frégates françaises mouillées près de l'île d'Aix, la *Saale*, mais depuis le 1er, la rade est fermée par des bâtiments anglais.

LA SECONDE RESTAURATION

LOUIS XVIII

Né le 17 novembre 1755-Mort le 16 septembre 1824
Règne: 1815-1824 (9 ans)
Remonte sur le trône à 60 ans.

CHARLES X

Né le 9 octobre 1757-Mort le 6 novembre 1836
Règne: 1824-1830 (6 ans)
Roi à 67 ans

Le 8 juillet 1815, Louis XVIII reprend possession de son trône, mais dans des conditions très différentes de celle qui ont entouré la Restauration de 1814. Alors les alliés s'étaient retirés sans infliger à la France l'humiliation d'une occupation militaire. Mais elle vient de se donner une nouvelle fois à Napoléon et de le suivre dans son ultime aventure. La facilité avec laquelle l'Empereur a regagné les Tuileries et la fuite précipitée des Bourbons les persuadent que la France est prête à renouer, pour peu que l'occasion s'en présente, avec ses errements passés. Aussi les alliés entrent dans Paris (6 juillet) avec la résolution de punir la France et de lui imposer un traité de paix assez draconien pour mettre un terme à ses rêves d'hégémonie européenne.
Louis XVIII ne trouve pas à l'intérieur une situation moins changée. Les Cent-Jours ont ranimé l'affrontement des deux camps, un moment suspendu en 1814. Celui de la Révolution est vaincu, mais d'autant plus hostile au vieux roi qui cette fois ne rentre pas comme un rempart contre les vengeances de la contre-révolution, mais dans «les fourgons de l'étranger», traînant derrière lui la cohorte des exilés de Gand et leurs rêves de représailles et de vengeances contre la nation coupable. Les violences avaient été limitées en 1814; elles se répandent comme une traînée de poudre en 1815. Louis XVIII sans doute n'éprouve aucune sympathie pour les massacreurs à l'œuvre dans le Midi de la France, mais il doit plier devant les appels à la vengeance de ses proches et de l'opinion royaliste. Des listes de proscription, dressées par Fouché, sont publiées, l'administration est épurée, les nominations faites pendant l'intermède napoléonien sont révoquées.

L'avenir de la combinaison ministérielle nommée au retour du roi et dirigée par Talleyrand et Fouché est suspendu au résultat des élections organisées au mois d'août 1815. Le scrutin sonne le glas du ministère. Les neuf dixièmes des députés élus sont des royalistes si intransigeants que Louis XVIII, qui ne pouvait escompter un tel raz de marée, qualifie la nouvelle Chambre d'«introuvable». Le 19 septembre, Talleyrand, après s'être débarrassé de Fouché, doit à son tour céder la place. Le roi fait alors appel au duc de Richelieu, un émigré de la première heure, entré au service de la Russie après 1789. Sa nomination assurément n'est pas faite pour rassurer les héritiers de la Révolution, mais elle présente l'avantage de confier la délicate négociation du traité de paix avec les alliés à un homme qui bénéficie de leur confiance. D'ailleurs, étranger à la France de 1815, qu'il a quittée depuis un quart de siècle, et sans goût pour les choses de la politique, Richelieu consacre ses efforts aux négociations diplomatiques et se décharge de la direction de la politique intérieure sur le favori du roi, nommé ministre de la Police, Élie Decazes. Si Richelieu, par sa naissance et son passé, rassure plutôt la majorité parlementaire ultraroyaliste, l'action du gouvernement, qui s'efforce de sauver ce qui peut l'être de la ligne juste milieu suivie en 1814, ne tarde pas à provoquer des conflits répétés entre la Chambre et le ministère.
La Chambre introuvable de 1815-1816 trouve son unité dans la haine de la Révolution. Profondément royaliste, elle est moins entraînée par la nostalgie du régime que la Révolution de 1789 a renversé que par celle d'un passé sans véritable réalité historique, repeint aux couleurs de la pacotille médiévale, chevaleresque et aristocratique que le romantisme naissant a mis au goût du jour. La royauté qu'elle révère ne possède les traits ni de la monarchie anglaise, trop républicaine à son goût, ni ceux de la monarchie absolue qui avait domestiqué la noblesse. Les ultras rêvent d'un État décentralisé, d'une monarchie tempérée par l'aristocratie où le trône serait adossé à une noblesse fidèle mais indépendante.
De cette passion aristocratique de l'indépendance, la Chambre de 1815 apporte bientôt de nombreuses preuves, en se dressant au nom du roi contre les ministres qu'il a choisis et dont il soutient l'action. «Vive le roi, quand même!» Le mot, lancé par Béthisy en janvier 1816, résume à lui seul ou presque la session, tout entière occupée par l'âpre bataille menée par la Chambre pour contraindre Louis XVIII à former un ministère plus conforme à ses goûts. Les ultras font de chaque question, de chaque projet, un prétexte pour accroître les pouvoirs de la Chambre et lui donner un caractère d'organe de l'opinion nationale que la Charte de 1814 ne lui accorde pas. Si la session de 1815-1816 contribue au progrès des idées parlementaires en France en accréditant l'idée que le ministère choisi par le

monarque doit bénéficier de la confiance des Chambres, c'est en quelque sorte par effraction, malgré des députés qui pour la plupart ne sont nullement versés dans les théories politiques, et qui sont encore moins des libéraux : ils agissent seulement par hostilité à l'encontre d'un ministère qui leur apparaît trop sensible aux sirènes libérales, et par la déception que leur inspire la conduite du roi, dont les preuves de soutien répétées à ses ministres démontrent combien il répugne à s'engager dans la voie de la contre-révolution.

Si la crise s'éternise jusqu'à l'été de 1816, c'est moins à cause de l'impossibilité de frapper les ultras qu'en raison des hésitations du roi. Louis XVIII, sans doute, est revenu de son enthousiasme premier. Il s'offusque des atteintes portées à sa dignité comme à son autorité ; il n'en voit pas moins dans ces énergumènes des royalistes selon son cœur, et il se refuse longtemps à les renvoyer. Cependant, le 5 septembre 1816, il cède aux pressions des chancelleries étrangères et aux conseils de Decazes et signe l'ordonnance qui dissout la Chambre des députés.

Secondé par les préfets, Decazes gagne son pari : faire élire une Chambre plus libérale et plus docile que celle d'août 1815. Les ultras perdent la majorité. Decazes devient l'homme fort du gouvernement. Le duc de Richelieu en conserve la présidence jusqu'à la libération effective du territoire par les occupants des puissances alliées (décembre 1818), mais Decazes dirige plus que jamais la politique intérieure. Secondé par Pasquier et Molé, plus tard par de Serre et Gouvion Saint-Cyr, Decazes prend en 1819 le portefeuille de l'Intérieur, et à la fin de l'année il accède à la présidence du Conseil. Son règne dure trois années (1817-1819), pendant lesquelles il s'efforce de promouvoir une politique semblable à celle qui avait été suivie en 1814 : réaliser la réconciliation des deux France autour de compromis imposés par un pouvoir royal fort. Plusieurs lois d'inspiration libérale et conformes aux principes de 1789 sont adoptées en dépit de la fureur des ultras (la loi électorale Lainé en 1817, la loi Gouvion Saint-Cyr sur le recrutement et l'avancement militaires en 1818, les lois de Serre sur la répression des délits de presse en 1819). Dans chaque cas, le gouvernement a été secondé par Guizot qui, avec ses amis « doctrinaires », soutient la politique des cabinets Richelieu, Dessolle et Decazes. Mais ce dernier, s'il est convaincu de la double nécessité d'accepter la France issue de 1789 et de protéger ses intérêts, n'est pas moins résolu à combattre toute résurgence des passions révolutionnaires : d'où le caractère ambigu de cette époque, marqué par l'adoption simultanée de lois libérales qui consolident le compromis de 1814 et de mesures d'exception, censure, loi martiale et procès sommaires, qui illustrent la profondeur des divisions qui traversent le pays, et contribuent même à les entretenir comme à les radicaliser. D'ailleurs ceux qu'on appelle les «libéraux», ou les «indépendants», progressent aux élections: Constant, La Fayette puis Manuel dirigent la petite opposition de gauche dans la Chambre des députés. Comme les ultras à l'autre extrémité de l'échiquier politique, la gauche mène la vie dure au ministère, grignote peu à peu sa majorité, soutenue par des hommes comme Casimir Perier ou Laffitte, et Decazes prépare un renversement d'alliance, pour prendre appui au centre-droit, au prix d'une révision de la loi électorale, lorsque le 13 février 1820, Louvel poignarde le fils aîné du comte d'Artois, le duc de Berry, à sa sortie de l'Opéra.

L'assassinat du seul Bourbon capable d'assurer la descendance dynastique (la duchesse de Berry donne le jour, le 29 septembre 1820, à un fils, le futur comte de Chambord, aussitôt surnommé «l'enfant du miracle») ramène aux affaires le parti ultra tenu à l'écart depuis la fin de 1816. Sont adoptées une loi de sûreté générale (26 mars), une loi qui rétablit la censure (31 mars), enfin une nouvelle loi électorale, dite du double vote, qui confie la réalité des choix aux plus imposés (12 juin). Decazes doit céder la place. «Les pieds lui ont glissé dans le sang», écrit Chateaubriand. Louis XVIII résiste un temps aux pressions, supplie, pleure beaucoup, puis cède, congédie son «cher fils», et l'oublie. Le duc de Richelieu reprend du service pour assumer ce virage à droite et en tempérer les conséquences, mais les ultras n'ont nullement l'intention cette fois de laisser échapper le ministère: Richelieu est flanqué de deux ministres sans portefeuille pour le moins encombrants, Villèle et Corbière, les deux leaders de la majorité ultra de 1815. En 1821, grâce à la loi du double vote adoptée l'année précédente, les ultras remportent les élections, et jettent Richelieu par-dessus bord. Villèle prend le portefeuille des Finances et la direction du gouvernement qu'il conservera jusqu'en 1827.

Ce long règne tient à la fois au caractère et à l'habileté de Villèle. Il joint à une grande compétence dans les questions financières un goût pour les petits calculs politiciens et les intrigues qui lui permettra, n'étant pas regardant sur les moyens, de brider les velléités d'indépendance de sa majorité mieux que n'avaient pu le faire ses devanciers. Sans doute Villèle ne parvient-il pas toujours à imposer l'idée que le gouvernement de la nation se résume à publier chaque année un budget excédentaire. Il lui faut compter avec son peu maniable ministre des Affaires étrangères, Chateaubriand, et il doit en 1823 se résigner à l'envoi en Espagne d'un corps expéditionnaire commandé par le duc d'Angoulême, chargé accessoirement de soutenir le trône ébranlé de Ferdinand VII, et principalement de donner à la Restauration un peu de la gloire militaire et nationale qui lui fait cruellement défaut. Mais

Villèle est assez habile pour conserver son pouvoir après la mort de Louis XVIII (16 septembre 1824) et l'avènement de Charles X. En 1824, une nouvelle victoire électorale des ultraroyalistes (la «Chambre retrouvée») et surtout le renvoi de Chateaubriand compliquent sa tâche. Les députés, forts de leur triomphe, renouent avec l'esprit frondeur de 1815, tandis que le vicomte devient un adversaire implacable du gouvernement. Pour Villèle, le danger est désormais à droite. La gauche en effet est exsangue depuis 1820, et la compromission de plusieurs de ses ténors (La Fayette et Manuel notamment) dans les complots avortés organisés par la Charbonnerie en 1821 et 1822 ont encore aggravé son isolement. Les ultras, sans adversaires à gauche, déclenchent une nouvelle guérilla contre le gouvernement pour l'entraîner sur la voie d'une contre-révolution qui réussirait ce qui avait été manqué en 1815 et 1816: défaire entièrement l'œuvre de la Révolution. Les ultras sont d'autant plus confiants dans leurs chances de réussite que le trône n'est plus occupé par le timoré Louis XVIII, mais par le fringant Charles X, champion de l'émigration, alors mêlé à tous les complots contre la Révolution, et qui depuis 1814 inspire et protège les ultras. Villèle doit lâcher du lest, présenter une loi sur l'indemnisation des émigrés et une autre sur la répression du sacrilège. Les ultras triomphent. Ils croient pouvoir compter sur le soutien du roi pour mener à bien leur grande réforme, avec l'aide d'une Église qui rêve de reconquête spirituelle. La France se couvre de missionnaires, l'Université glisse sous le contrôle de l'épiscopat. Les conséquences de cette vague de réaction ne tardent pas à se manifester: les troubles provoqués par les missions se multiplient, la vieille fibre gallicane se réveille, y compris dans le parti royaliste, les diverses oppositions, des libéraux aux républicains, serrent les rangs. Villèle, qui a essuyé plusieurs défaites dans les débats parlementaires en 1826, décide en 1827 de recourir à l'arme de la dissolution, confiant dans l'efficacité de la machine préfectorale pour assurer à son gouvernement une majorité dans la prochaine Chambre.

Villèle perd les élections de novembre 1827. Pour lui succéder, Charles X fait appel à Martignac. Celui-ci ne peut faire mieux que bricoler un ministère de fortune, et en dépit d'efforts méritoires, gouverne au jour le jour, en butte d'un côté à l'hostilité du roi et des ultras, de l'autre à la méfiance de la gauche. Charles X espère et attend la chute de ses ministres. C'est qu'il tient déjà prêt le nom du successeur de Martignac, un pur entre les purs, ancien complice de Cadoudal qui rejette tout de la Révolution et qui ignore tout du pays réel: le prince Jules de Polignac, dont le nom seul est un appel à l'insurrection. Lorsque Martignac enfin est acculé à la démission (6 août 1829), le roi confie les rênes du gouvernement, et le sort du régime, à Polignac flanqué de deux autres épouvantails: La Bourdonnaie, le plus violent des tribuns ultras de 1815, et Bourmont, un militaire qui a trahi Napoléon à la veille de Waterloo. Le 18 mars 1830, 221 députés signent une motion de défiance contre les ministres. Charles X riposte en prononçant la dissolution de la Chambre (16 mai), mais les électeurs, qui se réunissent à la fin du mois de juin et au début de juillet, renvoient siéger dans la capitale une majorité encore plus forte d'opposants. Le 25 juillet, Charles X signent quatre ordonnances : dissolution de la Chambre qui vient d'être élue, suspension de la liberté de la presse, réforme de la loi électorale et convocation des électeurs pour le mois de septembre. Les ordonnances sont publiées le 26. Le 27, Paris se couvre de barricades. Après trois jours de combats de rue, Charles X s'incline et annonce le retrait des ordonnances, mais trop tard. Il doit abdiquer et prendre le chemin de l'exil. Le 9 août 1830, le duc d'Orléans, proclamé « roi des Français », prête serment de fidélité à la Charte révisée.

Enfants de Charles X et de Marie-Thérèse de Savoie

Louis-Antoine (1775-1844), duc d'Angoulême ; Charles-Ferdinand (1778-1820), duc de Berry, dont le fils est Henri « V » (1820-1883), duc de Bordeaux, comte de Chambord.

Papes

Pie VII, 1800-1823 ; Léon XII, 1823-1829 ; Pie VIII, 1829-1830.

Souverains et chefs d'État

Autriche : François Ier, 1804-1835.

Bavière : Maximilien-Joseph Ier, 1799-1825 ; Louis Ier, 1825-1848.

Deux-Siciles : Ferdinand Ier, 1816-1825 ; François Ier, 1825-1830.

Égypte : Méhémet-Ali, vice-roi, 1804-1849.

Empire ottoman : Mehmet II, 1808-1839.

Espagne : Ferdinand VII, 1813-1833.

États-Unis : James Madison, 1809-1817 ; James Monroe, 1817-1825 ; John Quincy Adams, 1825-1829 ; Andrew Jackson, 1829-1837.

Grande-Bretagne, Irlande et Hanovre : George III, 1760-1820 ; George IV, 1820-1830.

Piémont-Sardaigne : Victor-Emmanuel Ier, 1802-1821 ; Charles-Félix, 1821-1831.

Portugal : Jean VI, 1808/1811-1826 ; Pierre IV, 1826, empereur du Brésil (Pierre Ier), 1822-1831 ; Marie II, 1826-1828 ; Miguel, 1828-1833.

Russie : Alexandre Ier, 1801-1825 ; Nicolas Ier, 1825-1855.

1815

9 juillet
Le roi signe l'ordonnance de nomination des ministres. Le considérant porte la griffe de Talleyrand et répond à deux des revendications des libéraux: Louis XVIII déclare avoir voulu, par son choix, donner au ministère «un caractère d'unité et de solidarité qui inspire à nos sujets une juste confiance». Talleyrand devient officiellement président du Conseil. Afin d'empêcher les Prussiens de faire sauter certains ponts de Paris, une ordonnance rend aux places, ponts et édifices publics les noms qu'ils portaient au 1er janvier 1790: le pont d'Iéna redevient pont des Invalides et celui d'Austerlitz pont du Jardin-du-Roi. Démarche inutile, les mines placées sur l'ordre de Blücher endommagent le pont d'Iéna.
Réouverture des spectacles.

10 juillet
Les souverains alliés arrivent à Paris. À la demande du tsar, le roi de Prusse ordonne à Blücher de cesser les destructions.

12-19 juillet
Épuration du corps préfectoral, des tribunaux, de la Cour de cassation et de la Cour des comptes. Toutes les administrations sont progressivement épurées. Entre 50000 et 80000 fonctionnaires, soit un tiers du total, auraient été remplacés.

13 juillet
Capitulation du château de Vincennes.
Une ordonnance royale dissout la Chambre des députés (celle de 1814) et règle les modalités de convocation de la nouvelle Chambre. L'électorat et l'éligibilité restent respectivement subordonnés au paiement d'un cens de 300 et 1000 francs, mais l'âge est abaissé de 30 à 21 ans pour voter, de 40 à 25 ans pour être élu tandis que le nombre des députés est augmenté de 262 à 402. Concernant les modalités de l'élection, les collèges d'arrondissement et de département, institués par le sénatus-consulte du 4 août 1802, sont conservés: les premiers établissent une liste de candidats pour la députation; les seconds nomment les députés, la moitié d'entre eux étant obligatoirement pris sur les listes établies au degré inférieur. Les présidents des collèges sont nommés par le roi qui peut par ailleurs adjoindre 10 membres aux collèges d'arrondissement, 20 à ceux de département. L'article 14 de l'ordonnance appelle les Chambres à se prononcer sur la réforme de plusieurs articles de la Charte de 1814, ceux notamment qui concernent les conditions d'exercice du suffrage et les élections, qui réservent au roi seul l'initiative des lois et exigent son consentement pour tout amendement à un projet présenté par le gouvernement. L'état-major de l'armée repliée au sud de la Loire sous les ordres de Davout envoie au roi une adresse de soumission et arbore la cocarde blanche.

14 juillet
Le garde des Sceaux Pasquier nomme deux secrétaires généraux: Prosper de Barante au ministère de l'Intérieur et François Guizot au ministère de la Justice.

15 juillet
Le Nain jaune est supprimé. Il continue de paraître sous divers titres jusqu'au 3 octobre; Cauchois-Lemaire s'exilera alors à Bruxelles.
Les troupes du général Cassan évacuent Avignon insurgée: arrestations, assassinats, pillages dureront jusqu'en décembre.
Napoléon embarque à bord du navire anglais le *Bellérophon*, qui quitte Rochefort le 17.

16 juillet
Licenciement de l'armée. Elle est réorganisée, sur le papier, par plusieurs ordonnances: l'infanterie le 3 août (préparée par Gouvion Saint-Cyr, la loi crée 86 légions départementales recrutées sur le principe du volontariat et maintient le principe de l'avancement à l'ancienneté), la cavalerie et l'artillerie les 30 et 31 août, le génie et la gendarmerie les 6 et 10 septembre. Le 6 septembre, les huit régiments «étrangers» sont licenciés et remplacés par une Légion étrangère.
Une ordonnance rassure les acquéreurs de bois appartenant à l'État et de biens communaux en confirmant les ventes effectuées pendant les Cent-Jours.

17 juillet
Lyon, défendue par Suchet, capitule.

18 juillet
Le départ des troupes du général Gilly de Nîmes donne le signal des vengeances et des pillages, perpétrés par des bandes royalistes, qui s'étendent bientôt à Uzès puis dans tout le département du Gard, et dureront jusqu'au début du mois d'août. Bilan à Nîmes: une centaine de morts, presque tous protestants; plusieurs centaines de maisons pillées; de juillet à octobre, 2 500 personnes fuient la ville.

19 juillet
Les pouvoirs extraordinaires accordés aux commissaires envoyés par le roi dans les départements après le 20 mars, et qui bien souvent laissent faire, lorsqu'ils n'encouragent pas, les violences perpétrées dans le Midi, sont révoqués. Jusqu'au 14 août cependant, le duc d'Angoulême exerce dans le Midi un pouvoir absolu.
Benjamin Constant reçoit un ordre d'exil, qui sera annulé le 24 par Louis XVIII.

20 juillet
Une ordonnance modifie la loi du 21 octobre 1814 sur la presse: elle abroge l'article qui soumettait les ouvrages de 20 feuilles d'impression et au-dessus, périodiques ou non, à la censure; les journaux seuls restent soumis à la surveillance de la police.
La ville de Paris est autorisée à lever un impôt extraordinaire de 10 millions, somme exigée par Blücher, qui avait dans un premier temps réclamé 100 millions pour l'entretien des troupes occupant la capitale.

24 juillet
Ordonnance royale (préparée par Fouché) contre les complices des Cent-Jours. Elle frappe 57 personnalités: 19 militaires (dont Ney, La Bédoyère, Grouchy, Cambronne, Lavalette et Caulaincourt) sont déférés devant le conseil de guerre permanent de la 1re division militaire, les 38 autres (dont Boissy d'Anglas, Lanjuinais, Carnot, Thibaudeau, Barère, Merlin de Douai, Soult et Exelmans) sont placés en résidence surveillée hors de la capitale, jusqu'à ce qu'une loi ait statué sur leur sort. Un article stipule que « les deux listes sont définitivement closes et ne pourront jamais être étendues à d'autres individus, pour quelque cas et sous quelque prétexte que ce fût, autrement que dans les formes et suivant les lois constitutionnelles ».
29 pairs ayant siégé dans la Chambre des pairs des Cent-Jours sont exclus. Davout dénonce le sort réservé aux militaires, revendique la responsabilité des actes commis par ses subordonnés et présente sa démission de commandant en chef des armées. Il est remplacé par le maréchal Macdonald.
À Toulon, le maréchal Brune fait arborer le drapeau blanc.
Metz capitule le lendemain.

26 juillet
Capitulation de la forteresse de Huningue.
Début de la Terreur blanche à Montpellier et dans toute la région.

28 juillet
Nomination des présidents des collèges électoraux. Les nominations faites dans l'ordre de la Légion d'honneur entre le 27 février et le 7 juillet 1815 sont révoquées, tout comme les nominations et promotions militaires. Une ordonnance admet les dettes des Cent-Jours comme dettes de l'État. Les alliés décident d'interner Napoléon à Sainte-Hélène.

31 juillet
Après avoir résisté pendant un mois, le fort de Rodemach, entre Luxembourg et Thionville, tombe aux mains des Prussiens.
Le maréchal Brune quitte Toulon; son départ donne le signal des vengeances: un millier d'habitants fuient la ville.

juillet
1 200 000 soldats alliés occupent 61 départements. Les conséquences de l'occupation se font durement sentir. Les alliés, notamment les Prussiens, réquisitionnent, rançonnent, pillent, confisquent, se livrent à de multiples exactions, administrent en fait. Les préfets qui tentent de s'opposer à leurs exigences sont arrêtés et internés en Allemagne: 20 d'entre eux subissent ce sort en août et septembre. Un général prussien gouverne la capitale, placée sous état de siège.

2 août
Arrêté en Avignon, le maréchal Brune est assassiné et son corps jeté dans le Rhône. Le général La Bédoyère, compris dans l'ordonnance du 24 juillet mais en fuite (comme beaucoup d'autres que Fouché a secrètement fait prévenir après avoir porté leurs noms sur la liste de proscription), est arrêté à Paris. Condamné à mort, il est exécuté le 19 août.

3 août
Le gouvernement interdit l'exportation des subsistances.
Le maréchal Ney, compris dans l'ordonnance du 24 juillet, est arrêté au château de Bessonies (Lot) où il avait trouvé refuge.

8 août
Révocation des autorisations accordées aux journaux, qui sont contraints d'obtenir une nouvelle autorisation pour continuer à paraître. Moins de trois semaines après l'ordonnance libérale du 20 juillet, la censure est rétablie sur tous les écrits périodiques, disposition qui permettra toutefois aux feuilles semi-périodiques de paraître librement. Le gouvernement supprime *Le Censeur* pour

avoir critiqué les actes du ministère (4 septembre) et interdit *L'Indépendant* (fondé par Jay et Jullien) pour avoir pris la défense de La Bédoyère (8 août). Ce journal reparaît le lendemain sous un autre titre, *L'Écho du soir ou l'ami du prince*, puis, après s'être intitulé *Le Courrier* (26 août-23 octobre), il devient *Le Constitutionnel*, titre sous lequel cet organe du libéralisme politique reste le plus connu.
Le *Northumberland*, navire britannique sur lequel Napoléon a été transféré, appareille pour Sainte-Hélène.

12 août
Fouché présente au roi deux rapports (dont Manuel serait l'auteur): le premier stigmatise les exactions commises par les troupes d'occupation, le second invite le monarque à s'appuyer sur les républicains et sur les principes de 1789. Wellington dissuade Louis XVIII de congédier Fouché immédiatement.

14-22 août
Élections à la Chambre des députés. 48000 électeurs, dont 15000 dans les collèges de département, se rendent aux urnes (sur un total de 72000, soit 67 %). Les neuf dixièmes des élus sont des royalistes « purs », hostiles à l'héritage révolutionnaire et impérial. Louis XVIII est si heureusement surpris lorsqu'il prend connaissance du résultat qu'il qualifie la nouvelle Chambre d'« introuvable ».

15 août
L'inspection des académies et de l'Université est confiée à une commission composée notamment de Royer-Collard, de Cuvier et de l'abbé Frayssinous. Ampère est nommé inspecteur général des études.

MGR FRAYSSINOUS

Denis-Luc-Antoine Frayssinous (1765-1841), ordonné prêtre en 1789, s'est fait un nom sous l'Empire en donnant des cours d'instruction religieuse (rassemblés dans Défense du christianisme ou conférences sur la religion, *1825). Sacré évêque d'Hermopolis en 1822 et nommé grand maître de l'Université, il devient en août 1824 ministre de l'Instruction publique, poste qu'il occupe jusqu'en mars 1828. Il entreprend de démanteler l'Université centralisée héritée de l'ère napoléonienne et doit en 1825-1827 arbitrer le conflit qui oppose gallicans et ultramontains, combat politique dont il se tirera plutôt mal. En 1830, il suit Charles X en exil et devient le tuteur du duc de Bordeaux en 1833. En 1838, il rentre en France.*

16 août
Afin d'acquitter les frais d'occupation, un impôt extraordinaire de 100 millions est établi sur les « principaux négociants, patentables, propriétaires et capitalistes ». La ville de Paris émet un emprunt de 12 millions afin de subvenir à ses dépenses.

17 août
Nomination de 94 nouveaux pairs, ce qui porte le total à 215 (ils étaient 150 en 1814). Cette « fournée » comprend des proches du roi comme Jules de Polignac ou le comte de Blacas, des royalistes « purs » comme Chateaubriand, des militaires fidèles comme le maréchal Victor, mais également des hommes proscrits par l'ordonnance du 24 juillet, comme Boissy d'Anglas, Lanjuinais ou Lacépède. Deux jours plus tard, la pairie est déclarée héréditaire – mesure plutôt libérale et même contraire à l'autorité royale puisqu'elle conforte l'indépendance des pairs face à la couronne.
À Toulouse, le général Ramel est assassiné par la milice royaliste locale.

23 août
Réorganisation du Conseil d'État: 30 conseillers et 40 maîtres des requêtes en exercice sont choisis chaque année par le roi. Ceux-ci sont divisés en cinq sections: législation, contentieux, finances, guerre, colonies. Le Conseil examine projets de loi et ordonnances, prépare les règlements d'administration publique et juge le contentieux administratif. L'auditorat créé par Napoléon est supprimé.

1er septembre
Louis XVIII condamne la Terreur blanche dans le Midi.
Formation d'une garde royale de 25000 hommes destinée à remplacer la maison militaire de 1814.

6 septembre
À Paris, arrestation de Lavalette, directeur des Postes pendant les Cent-Jours; condamné à mort le 20 novembre, Lavalette fait appel.

15 septembre
Fouché est la première victime des élections des 14-22 août: pressé par Talleyrand, il se résout à présenter sa démission, en échange d'une ambassade en Saxe.

16 septembre
Les dernières places qui tiennent encore capitulent: Longwy le 16 septembre, Sarrelouis le 30, La Fère le 5 novembre. Les alliés communiquent au gouvernement français le projet du second traité

de Paris. Le lendemain, Pasquier informe le roi de l'intention du gouvernement de démissionner.

18 septembre
Nomination et institution des magistrats de la Cour royale de Paris. Pasquier et Dessolle soumettent au Conseil d'État un projet de loi instituant une organisation uniforme de la garde nationale; le Conseil rejette ce projet. Depuis juillet 1815, la garde nationale a été épurée par les inspecteurs généraux nommés par le comte d'Artois, et elle prend de plus en plus le caractère de milice du parti ultra.

19 septembre
Talleyrand présente la démission du gouvernement. Louis XVIII fait appel au duc de Richelieu qui refuse, avant de céder le 21 aux pressions qui s'exercent sur lui.

20 septembre
Les alliés soumettent le projet définitif du traité de paix à Talleyrand qui, bien qu'il ait démissionné la veille, en accepte les conditions, liant ainsi les mains de son successeur.

20-27 septembre
Pour punir la France, le Louvre de Napoléon est démantelé: les œuvres d'art «volées» par les armées impériales sont retirées des musées parisiens par les troupes alliées. Au total, 5 084 œuvres d'art doivent être restituées. Invités à approuver ces «restitutions», le roi et Talleyrand ont refusé, contraignant les alliés à s'emparer par la force des œuvres d'art. Le Musée des Monuments français, installé par Alexandre Lenoir dans l'ancien couvent des Petits-Augustins en 1795, est également démantelé: les œuvres sauvées du vandalisme révolutionnaire sont rendues aux églises ou replacées sur leurs sites d'origine.

24 septembre
Le duc de Richelieu est officiellement nommé «président du Conseil des ministres» et prend le portefeuille des Affaires étrangères. La liste des ministres est publiée le lendemain: Barbé-Marbois (Justice et garde des Sceaux), Corvetto (Finances), Clarke (Guerre), Dubouchage (Marine et Colonies), Vaublanc (Intérieur), Decazes (Police). Le secrétariat d'État, confié en juillet à Vitrolles, est supprimé.

RICHELIEU

Talleyrand épingla un jour d'un mot, juste au fond, son prédécesseur, Armand-Emmanuel du Plessis, duc de Richelieu (1766-1822): «l'homme de France qui connaît le mieux la Crimée». Émigré en 1791, entré au service de la Russie après un bref passage dans l'armée de Condé, Richelieu acquiert l'essentiel de son expérience dans le gouvernement de la Nouvelle-Russie (Crimée). Il y développe d'indéniables talents d'administrateur, mais dans une contrée où l'on gouverne par oukazes, où l'on ne doit lutter qu'avec la faveur du tsar et non avec une opposition déchaînée. Richelieu est peu fait pour prendre la direction des affaires dans un régime représentatif pour lequel il n'éprouve guère de sympathie. Méprisant par ailleurs les choses de la politique, il ne pouvait que se trouver mal à l'aise: revenu après vingt-cinq ans d'absence dans une France qu'il ne reconnaît plus, il ignore tout des hommes comme des choses. Malhabile dans la gestion des affaires courantes, il préfère mettre ses talents (qui n'étaient pas minces), son honnêteté et son intégrité (absolues) au service d'une cause plus noble qui le laisse hors de l'arène: la libération du territoire qu'il obtient en 1818. En 1820, l'assassinat du duc de Berry et la chute de Decazes le ramènent, contre son gré, au pouvoir. Il conduit le changement de politique qui doit, en échange de son soutien parlementaire, faire entrer la droite royaliste (Villèle, Corbière) au gouvernement. Le but atteint, elle renverse Richelieu (décembre 1821). Le 17 mai 1822, une congestion cérébrale l'emporte à l'âge de 55 ans.

26 septembre
Le traité de la Sainte-Alliance est conclu entre la Russie, la Prusse et l'Autriche. Il s'agit d'un document personnel aux trois souverains, qui déclarent vouloir dans leurs relations maintenir les principes du christianisme, et se disent prêts à accueillir dans cette entente les puissances qui reconnaîtront ces principes sacrés. La Sainte-Alliance est une simple déclaration d'intention qui n'implique pour les partenaires aucune obligation précise, contrairement aux intentions du tsar qui souhaitait ainsi renforcer les liens entre les alliés jusqu'à se donner des «garanties réciproques». L'Angleterre, soucieuse de conserver une entière indépendance, refuse d'y adhérer. Louis XVIII y adhère le 19 novembre.

27 septembre
Les généraux en retraite César et Constantin Faucher, qui ont servi Napoléon aux Cent-Jours, sont condamnés à mort et fusillés.

2 octobre
Les empereurs d'Autriche et de Russie quittent Paris après la conclusion de la version définitive du traité de paix.

9 octobre
Oudinot succède à Dessolle à la tête de la garde nationale parisienne.

12 octobre
Une commission nommée par le gouvernement est chargée d'examiner la conduite des officiers ayant servi pendant «l'usurpation», afin «d'écarter du tableau d'activité des hommes dangereux, capables de corrompre encore l'esprit des troupes».

13 octobre
Murat, après avoir rallié une poignée de partisans, a débarqué en Calabre. Fait prisonnier, condamné à mort par une commission militaire, il est fusillé.

14 octobre
La Chambre des députés adopte une adresse au roi: elle renouvelle son serment de fidélité, mais supplie le souverain «de faire enfin que la justice marche là où la clémence s'est arrêtée».

16 octobre
Napoléon débarque à Sainte-Hélène.

18 octobre
Le duc d'Orléans, revenu à Paris pour l'ouverture de la session (il siège à la Chambre des pairs), regagne Londres.

29 octobre
Votée par les Chambres, les 23 et 27 octobre, malgré l'opposition de Royer-Collard et de De Serre, la loi de sûreté générale est promulguée, qui autorise l'emprisonnement sans jugement de toute personne suspectée de complot contre la famille royale ou la sûreté de l'État. Un article additionnel précise qu'en cas de non-renouvellement à la session suivante, la loi cessera d'avoir son effet. 419 «suspects» seront emprisonnés en vertu de cette loi en 1816, 900 internés et 253 relégués hors de leur département.

De Serre

Émigré sous la Révolution, magistrat sous l'Empire et la première Restauration, Pierre-François-Hercule de Serre (1776-1824) a suivi Louis XVIII à Gand durant les Cent-Jours. Élu en 1815 à la Chambre des députés, il s'y affirme au côté de Royer-Collard et de Pasquier comme l'un des principaux opposants aux ultras. Réélu en 1816, 1817 et 1818, il préside la Chambre de janvier 1817 à la fin de 1818. Il est alors, avec Royer-Collard et Guizot, au cœur du petit groupe que l'on commence à appeler les «doctrinaires». Chargé du portefeuille de la Justice dans le ministère Dessolle (décembre 1818), il met en chantier une réforme de la législation sur la presse qui lui vaut de devenir un temps, et malgré lui, le champion du parti libéral. Mais dès juin 1819, ce dernier s'éloigne de lui en raison de son opposition intraitable à l'amnistie des anciens régicides. Vers la fin de 1819, inquiet des progrès de la gauche, il soutient Decazes dans son projet de contracter une nouvelle alliance au centre-droit. Resté ministre de la Justice dans le gouvernement Richelieu qui succède à celui de Decazes en 1820, de Serre soutient les concessions faites à la droite royaliste. Il rompt avec les doctrinaires et fait exclure du Conseil d'État ses anciens amis Royer-Collard et Guizot. Ayant refusé de siéger dans le cabinet formé par Villèle en décembre 1821, de Serre revient peu à peu à sa modération initiale. Nommé ambassadeur à Naples en janvier 1822, il meurt à Castellamare le 21 juillet 1824.

3 novembre
Afin de faire échec au gouvernement qui multiplie les ordonnances instituant les magistrats et devance ainsi d'éventuelles demandes en faveur d'une épuration plus complète de la magistrature, Hyde de Neuville propose une loi qui réduit le nombre des tribunaux et ajourne pour un an l'institution des magistrats. La Chambre adopte le 28 novembre la deuxième partie de la proposition, mais le 19 décembre, la Chambre des pairs rejette le texte comme contraire à la Charte.

Hyde de Neuville

Ancien agent des Bourbons, suspecté d'avoir trempé dans l'attentat du 24 décembre 1800 contre Bonaparte, Hyde de Neuville (1776-1857) s'est exilé aux États-Unis, d'où il rentre en 1814. Membre de la Chambre introuvable de 1815, il se range, du moins en apparence, au côté des ultras, les soutenant verbalement sans toujours voter avec eux. Ambassadeur aux États-Unis de janvier 1816 à 1821, puis au Portugal en 1823-1824 (où il s'oppose au parti absolutiste), il retrouve ensuite son siège à la Chambre des députés où, très lié à Chateaubriand, il combat Villèle jusqu'à sa chute au début de 1828. Alors nommé ministre de la Marine dans le gouvernement

Martignac, il soutient la cause de l'indépendance de la Grèce et fait voter une loi contre la traite des Noirs. Lorsque Martignac tombe en août 1829, il rejoint le camp des opposants au nouveau gouvernement Polignac. En août 1830 pourtant, toujours fidèle aux Bourbons en dépit de son opposition à la politique suivie depuis 1824, il refuse de reconnaître le nouveau régime et se retire de la scène politique.

9 novembre

Accusé de haute trahison et d'attentat contre la sûreté de l'État, le maréchal Ney comparaît devant un conseil de guerre présidé par Jourdan. Ney récuse la compétence du tribunal et demande à être jugé par la Chambre des pairs qui, le 12, vote sa mise en accusation. Le 6 décembre, Ney est déclaré coupable de haute trahison par 159 voix contre une (celle du duc de Broglie) et une abstention (Lanjuinais). Il est ensuite condamné à mort par 128 voix contre 17 et 5 abstentions, et fusillé le 7 à 8 h dans l'avenue de l'Observatoire.

Promulgation de la loi sur les cris séditieux: elle stipule que tout discours ou manifestation tendant à renverser le gouvernement légitime (ainsi le fait d'arborer la cocarde tricolore) ou constituant une menace contre la vie du roi ou celle des membres de la famille royale est passible d'un jugement en cour d'assises et d'une peine de déportation; les paroles ou les actes tendant à affaiblir le respect dû à l'autorité du monarque seront jugés par les tribunaux correctionnels qui pourront punir les coupables d'une peine de prison de un mois à cinq ans et d'une amende allant jusqu'à 20000 francs. Le projet de loi présenté par le gouvernement a finalement été voté après le rejet par la Chambre des pairs (7 novembre) des amendements ajoutés par la majorité ultra de la Chambre des députés pour en durcir les dispositions répressives.

12 novembre

La réouverture du temple protestant de Nîmes, fermé depuis les troubles de l'été, provoque de nouvelles violences perpétrées par les bandes catholiques.

14 novembre

La Chambre des députés renvoie à une commission composée presque exclusivement d'ultras diverses propositions (Duplessis-Grenedan, La Bourdonnaie, Bouville) visant à élargir le cercle des individus compris dans l'ordonnance d'amnistie du 24 juillet précédent. « Le moment de la justice est arrivé, dit La Bourdonnaie. Ses effets doivent être prompts et terribles, pour que le calme et la tranquillité renaissent de toutes parts [...]. Ce ne sera donc, Messieurs, qu'en jetant une salutaire terreur dans l'âme des rebelles, que vous préviendrez leurs coupables projets. »

La Bourdonnaie

Ancien officier mêlé à de nombreux complots sous la Révolution, puis émigré, François-Régis La Bourdonnaie (1767-1839) est rentré en France en 1802. Conseiller général du Maine-et-Loire depuis 1803, il est élu député en août 1815. Il est l'énergumène de la Restauration comme Marat avait été celui de la Révolution. Il n'est pas de mesure qui trouve un plus bouillant défenseur pourvu qu'elle soit vengeresse et si possible sanglante. La Bourdonnaie défend le trône avec les mots de l'an II. On ne saurait méconnaître sa contribution aux institutions parlementaires, mais celle-ci est purement involontaire: La Bourdonnaie ne plaide en faveur des droits du Parlement que parce qu'il trouve les ministres du roi et le roi lui-même trop timorés. La Bourdonnaie, jusqu'en 1829, ne quitte pas les rangs de l'opposition. Il combat Decazes, sa bête noire, Dessolle, Richelieu et même Villèle, qu'il accuse bientôt d'avoir trahi la cause de ses amis royalistes pour accéder au pouvoir. Après la chute de Villèle pourtant, il coupe son vin aigre d'eau tiède. Il s'éloigne alors de ses compères ultras pour prendre la tête de la résistance au ministère Martignac. Les intrigues de Charles X pour porter au pouvoir Polignac lui font entrevoir la récompense à laquelle il croit avoir droit après quinze ans de bons et loyaux services. En août 1829, il obtient en effet le portefeuille de l'Intérieur, mais dès le mois de novembre il démissionne, refusant de devoir se soumettre au prince de Polignac officiellement nommé président du Conseil. La révolution de Juillet met un terme à sa carrière politique.

20 novembre

Richelieu appose sa signature au second traité de Paris. La France doit payer une indemnité de guerre de 700 millions, à raison de 40 millions tous les quatre mois, et les dettes contractées par les régimes précédents à l'égard des particuliers des pays alliés. Elle est amputée de 5000 km^2 et perd 500000 habitants: c'est peu, comparé aux amputations infligées à la Prusse en 1807 et à l'Autriche en 1809, mais la France perd aussi toutes les places fortes qui protègent ses frontières Nord et Est des invasions. « Je viens, confie Richelieu, de signer un traité pour lequel je devrais poser ma tête sur l'échafaud ; cependant pouvais-je faire autrement ? » Le même jour, la Russie, la Prusse, l'Autriche et l'Angleterre concluent le pacte de garantie. Les quatre puissances déclarent former une « ligue permanente » pour faire respecter le second traité de Paris ; elles renouvellent, contre toute éventuelle révolution en France, le pacte militaire de Chaumont (8 mars 1814) et décident de se réunir périodiquement en congrès. Ce pacte, qui complète le traité de la Sainte-Alliance signé le 26 septembre 1815, n'implique aucune limitation de la souveraineté des États signataires au profit d'un organe supranational : les congrès prévus représentent seulement l'ébauche d'une sorte de directoire associant les vainqueurs de 1815 pour la défense de l'ordre international établi à Vienne au mois de juin. Un article additionnel au traité stipule que les puissances mettront tout en œuvre pour défendre « sans restriction à leurs colonies et sujets toute part quelconque » à la traite des Noirs. Les alliés forment à Paris une conférence chargée de surveiller l'application du traité, qui va beaucoup peser sur la politique française jusqu'à sa dissolution le 24 novembre 1818. Elle est composée du baron de Vincent pour l'Autriche, du comte de Golz pour la Prusse, de Charles Stuart pour l'Angleterre et surtout de Pozzo di Borgo pour la Russie.

24 novembre
La Chambre des députés examine un projet de réforme de la Cour des comptes déjà approuvé par les pairs. Question technique en apparence, les ultras saisissent ce prétexte pour attaquer le ministre de la Justice, Barbé-Marbois, auquel ils reprochent une trop grande modération. La Chambre, après avoir adopté séparément tous les articles de la loi sur la Cour des comptes, rejette l'ensemble du texte par 145 voix contre 132, exprimant ainsi sa défiance contre le ministre. Incident sans doute, mais capital, qui entraîne le système de la Charte sur la voie du parlementarisme.

décembre
Début de l'évacuation du territoire par les troupes alliées : les derniers occupants quittent Paris le 15 janvier 1816, à l'exception des 150 000 hommes qui occupent les 17 places fortes cédées par la France le 20 novembre.

4-5 décembre
Discussion d'un projet de loi créant une cour prévôtale par département. Les ultras tentent d'imposer le principe de la rétroactivité, mais la Chambre vote finalement le texte sans l'amender.

5 décembre
Richelieu, Decazes et la commission parlementaire chargée d'examiner les propositions relatives à l'amnistie tiennent une réunion : les ministres défendent le droit du roi d'accorder une amnistie et d'en fixer souverainement les limites, la commission soutenant au contraire la prérogative parlementaire.

7 décembre
Publication de *Chansons morales et autres*, premier recueil de Pierre-Jean Béranger. D'autres recueils paraîtront en 1821, 1825, 1828, 1833, 1834, 1842.

8 décembre
Afin de devancer toute initiative du parti ultra, Richelieu présente le projet d'une loi d'amnistie générale dont seraient exclus les seuls individus compris dans l'ordonnance du 24 juillet, les membres de la famille de Napoléon et ceux contre lesquels des poursuites auraient été engagées avant le 24 juillet. Il s'oppose à toute autre exception, notamment celle visant les régicides ayant siégé dans les Chambres des Cent-Jours, mais l'Assemblée confirme les pouvoirs de sa commission, engageant ainsi une épreuve de force avec le gouvernement.

20 décembre
Lavalette, condamné à mort, et dont le pourvoi vient d'être rejeté, s'évade.
Promulgation de la loi instituant une cour prévôtale dans chaque département ; composée de quatre magistrats civils et d'un procureur militaire, elle est chargée de juger, sans jury ni appel, les crimes politiques ayant un caractère de violence publique et de flagrant délit, la sentence étant exécutoire dans les vingt-quatre heures.

23 décembre
La Chambre des députés envisage de présenter au roi une adresse déclarant que Decazes et Barbé-Marbois « ont perdu la confiance de la nation ». Informé de ce projet, Louis XVIII menace de dissoudre la Chambre, qui retire son projet. Le ministre des Finances Corvetto présente le projet de budget pour 1816. Pour réunir les 1 495 millions nécessaires au service de la dette et à l'acquittement des indemnités imposées à la France par le second traité de Paris, Corvetto propose l'augmentation des impôts, la diminution des traitements (le roi abandonnant un tiers de sa liste civile), et la

liquidation de l'arriéré au moyen d'obligations à 8 % gagées sur la vente de 400000 hectares de forêts nationales. Cette proposition est finalement écartée par le gouvernement le 26 février 1816. La commission nommée par la majorité pour examiner le projet du gouvernement fait savoir à ce dernier que la Chambre refusera d'aliéner des biens ayant appartenu à l'Église pour honorer les dettes de l'Empire, et propose une banqueroute partielle, en remboursant les créanciers par des rentes 5 % au pair (soit, pour ces derniers, une perte sèche de 40 %).

27 décembre
Au nom de la commission chargée d'examiner le projet de loi d'amnistie, Corbière affirme que la liste établie le 24 juillet doit être complétée, et inclure diverses autres catégories de complices des Cent-Jours (conseillers d'État, ministres, préfets, dignitaires de l'armée et régicides), tout en laissant au roi le soin de décider de l'opportunité des poursuites.

1816

janvier
Delavigne: *La Bataille de Waterloo.*

Delavigne

Par cette ode, Casimir Delavigne (1793-1843), qui avait déjà composé un Dithyrambe sur la naissance du roi de Rome *(1811), s'impose comme le poète du patriotisme blessé et de la résistance à la réaction royaliste: « Malheur à vous si vos yeux inhumains / N'ont point de pleurs pour la patrie... » Sentiments estimables, vers médiocres. Le succès de Delavigne, immense lors de la publication des premières* Messéniennes *en 1818, tient au patriotisme de l'auteur plutôt qu'à ses dons de poète. En 1819, nouveau triomphe, mais au théâtre cette fois, avec* Les Vêpres siciliennes, *qu'il renouvellera plus tard avec* Les Enfants d'Édouard *(1833).*

2-12 janvier
Débat sur la loi d'amnistie présentée le 8 décembre précédent. Le 6 janvier, la Chambre des députés s'apprête à passer au vote lorsque Richelieu, qui craint d'essuyer une défaite, demande l'ajournement afin d'aller prendre les ordres du roi. Moins de deux heures plus tard, le chef du gouvernement vient informer l'Assemblée que le roi « consent » à rester maître du sort des 38 individus assignés à résidence par l'ordonnance du 24 juillet, mais qu'il rejette tous les autres amendements. La majorité cependant persiste et, à l'unanimité moins trois voix, décide le bannissement des régicides ayant occupé des fonctions publiques pendant les Cent-Jours. C'est à cette occasion que M. de Béthisy lance sa fameuse apostrophe: « Et si l'inflexible honneur nous force un instant à dépasser [les] volontés [du roi]; si, mécontent de ses fidèles serviteurs, de les voir contrarier sa royale et pieuse clémence, il détourne un moment de nous le regard de bonté, notre plus belle récompense, nous dirons comme les nobles soldats du trône et de l'autel, dont rien ne peut altérer l'amour pour les Bourbons: *Vive le roi quand même!* » Le projet amendé est adopté par 334 voix contre 32. Richelieu transmet le 9 janvier à la Chambre des pairs le projet de loi d'amnistie voté par les députés, en précisant que le roi a cédé au vœu qui lui était présenté (autrement dit, qu'il n'opposera pas son veto au texte adopté par la Chambre). Sur la proposition de Lally-Tollendal, et pour ne pas embarrasser le gouvernement, les pairs votent sans débat la loi d'amnistie (promulguée le 12), par 120 voix contre 21. Les 38 « complices » des Cent-Jours désignés dans l'ordonnance du 24 juillet 1815, les régicides dont la Chambre vient de décider le bannissement et les membres de la famille Bonaparte (ils sont déjà tous en exil) doivent quitter la France avant le 25 février. Quant aux 19 généraux renvoyés en juillet 1815 devant les tribunaux militaires, ils connaîtront des sorts divers. Parmi eux, La Bédoyère et Ney ont déjà été exécutés, Lavalette est en fuite, les autres seront jugés à partir du mois de mars. En mars, les généraux Travot et Debelle sont condamnés à mort puis graciés. En avril, le général Drouot est acquitté par le conseil de guerre de Paris, qui acquitte également le général Cambronne, fait prisonnier par les Anglais à Waterloo, et qui s'est constitué prisonnier à son retour en France en décembre 1815. En mai et juin, au lendemain de l'insurrection de Grenoble, durcissement des tribunaux: le général Chartran est fusillé; le général Bonnaire est dégradé publiquement place Vendôme avant d'être déporté, tandis que son aide de camp, le lieutenant Mietton, est exécuté plaine de Grenelle. Un mois plus tard, le général Mouton-Duvernet subit le même sort. D'autres cependant ont pu s'échapper et sont jugés par contumace: les généraux Rigau, Lefebvre-Desnouettes, François-Antoine et Henry-Dominique Lallemand, Drouet d'Erlon et Gilly (ce dernier sera amnistié le 11 février 1820).

13 janvier
Une ordonnance porte renouvellement (prévu tous les cinq ans) des maires et des conseils municipaux: les uns et les autres sont nommés par le roi sur proposition du préfet.

17 janvier
Interdiction du journal libéral *L'Aristarque français*.

19 janvier
Le roi promulgue une loi votée le 28 décembre précédent instituant un deuil général le 21 janvier, et ordonne l'érection de monuments dédiés à Louis XVI, portant l'inscription « la France libre à Louis XVI », à Louis XVII, à Marie-Antoinette, à Madame Élisabeth et au duc d'Enghien.

10 février
Les alliés acceptent une première (et symbolique) diminution des troupes d'occupation stationnées dans le nord et l'est du pays, donc des frais d'entretien qui incombent à la France.

28 février
À l'initiative de Pozzo di Borgo, qui agit sur ordre du tsar, les représentants des souverains alliés décident d'informer Louis XVIII de la nécessité « de soutenir son ministère contre les violences d'une majorité factieuse et impopulaire à la fois, et de préparer, sans s'écarter de la Constitution, l'élection d'une représentation nationale plus conforme aux intérêts de la France ». Pozzo di Borgo effectuera une nouvelle démarche dans ce sens auprès du roi en juillet.

29 février
Une ordonnance astreint les instituteurs à passer un examen et à obtenir un brevet de capacité pour enseigner: cette mesure vise à soumettre à l'autorité de l'Université les Frères de la doctrine chrétienne qui ont pris en charge l'instruction primaire. Dans chaque département est créé un comité, placé sous l'autorité du recteur d'académie et du préfet, pour surveiller et encourager l'instruction primaire. L'ordonnance oblige chaque commune à organiser l'instruction primaire, à charge pour elle d'en assurer la gratuité pour les enfants des familles indigentes. L'application de cette dernière disposition restera limitée.

mars
Mise en place des cours prévôtales. Elles jugeront 2 280 affaires jusqu'à leur suppression en 1818, dont seulement 237 purement politiques. Au total, entre juillet 1815 et décembre 1816, les tribunaux prononcent environ 5000 condamnations politiques, 3 400 opposants sont placés sous surveillance ou internés, et plus de 50000 fonctionnaires (entre un tiers et un quart) sont révoqués.
Parution, à Bruxelles, du premier numéro du *Nain jaune réfugié*. Les interventions du gouvernement français et des alliés auprès du souverain des Pays-Bas contraignent Cauchois-Lemaire à interrompre la publication en novembre: il se réunit alors à un autre journal en exil, *Le Mercure surveillant*, pour fonder *Le Libéral* (12 novembre 1816). En mai 1817, Cauchois-Lemaire est expulsé de Belgique.
Alexandre de Laborde publie *Les Monuments de la France, classés chronologiquement et considérés sous le rapport des faits historiques et de l'étude des arts*. Les trois parties de douze livraisons chacune sont respectivement consacrées: aux monuments celtiques, grecs, romains et du Moyen Âge jusqu'à la fondation de la monarchie; à l'architecture gothique jusqu'au règne de Louis XII; à la Renaissance et au XVIe siècle.

3 mars
Réorganisation de la maison royale de Saint-Denis, où 400 places (sur 500) seront gratuitement attribuées « aux filles des membres de nos ordres royaux qui se trouveront hors d'état de pourvoir à leur éducation ».

16 mars
L'*Élise*, bateau à vapeur à roue et voiles, traverse la Manche et rallie Paris par la Seine.

21 mars
Réforme de l'Institut de France, dont les quatre sections reprennent leurs noms d'avant 1789: Académie française, Académie des inscriptions et belles-lettres, Académie des sciences, Académie des beaux-arts. La section des sciences morales et politiques, supprimée sous l'Empire, n'est pas rétablie. Les quatre académies recouvrent le droit d'élire leurs membres et leur secrétaire perpétuel. L'ordonnance nomme les 40 membres de l'Académie française. De nombreux académiciens de la période impériale sont exclus: Cambacérès, Merlin de Douai, Roederer, Arnault, le cardinal Maury, Sieyès et Lucien Bonaparte. Au nombre des nouveaux académiciens figurent Bonald, Lally-Tollendal et Lainé. L'Académie réorganisée et épurée tient sa première séance le 24 avril.

22 mars
À la tribune de la Chambre des députés, Kergorlay accuse la Charte d'assurer *l'irresponsabilité* des ministres, et demande qu'une loi complète l'ar-

ticle 56, qui stipule que les ministres « ne peuvent être accusés que pour fait de trahison ou de concussion ». La Chambre décide de ne pas faire imprimer ce discours, qui marque la contribution des ultras à l'invention du régime parlementaire.

25 mars

Le *Journal général de France* publie une *Déclaration de principes de la majorité de la Chambre des députés* rédigée par Vitrolles qui, tout en approuvant les revendications des ultras en faveur du rétablissement de l'influence du clergé, plaide pour l'acceptation des principes de 1789.

10 avril

Le gouvernement renonce à réformer le système électoral. Cette défaite marque l'issue d'une bataille parlementaire de quatre mois.

Le 18 décembre 1815, Vaublanc, ministre de l'Intérieur, avait soumis à la Chambre des députés un projet qui prévoyait de fixer à 400 le nombre des députés; ceux-ci seraient élus au second degré par des collèges départementaux composés de membres de droit et de délégués des collèges cantonaux (eux-mêmes formés exclusivement de membres de droit); la Chambre élue sur ces bases serait renouvelée par cinquième tous les ans.

L'examen du projet avait commencé le 12 février 1816, les ultras le combattant en observant que seul un renouvellement quinquennal intégral garantirait une exacte représentation de l'opinion publique. Paradoxalement, les ultras défendaient ainsi les principes du régime parlementaire, tandis que les « constitutionnels » soutenaient une conception fort peu libérale des institutions, qui faisait de la Chambre élective un simple conseil du monarque.

Royer-Collard, chef de file des « constitutionnels », lança une mise en garde contre les effets possibles de la « dérive » parlementaire en cours: « Le jour où le gouvernement n'existera que par la majorité de la Chambre, le jour où il sera établi que la Chambre peut repousser les ministres du roi, ce jour-là, c'en est fait, non seulement de la Charte, mais de notre royauté; ce jour-là, nous sommes en République. »

Villèle riposta au nom des ultras en proposant un projet alternatif: les assemblées cantonales, composées des citoyens âgés de 25 ans et payant un impôt de 25 francs, nommeraient les membres des collèges départementaux parmi les citoyens acquittant un impôt d'au moins 300 francs; ceux-ci éliraient à leur tour les députés (âgés de 30 ans et payant un cens de 1 000 francs) qui seraient renouvelés intégralement tous les cinq ans.

La majorité se rangea à l'avis de Villèle, optant pour le renouvellement quinquennal intégral, en élevant toutefois le cens exigé des électeurs cantonaux de 25 à 50 francs. Si cet amendement créait encore un corps électoral relativement large, les ultras retirèrent ensuite d'une main ce qu'ils venaient d'accorder de l'autre: ils autorisèrent en effet le roi à désigner lui-même un dixième des membres des collèges départementaux, et décidèrent que le tiers des sièges restant à pourvoir serait attribué aux citoyens les plus fortement imposés du département. Le 3 avril 1816, la Chambre des pairs donna un coup d'arrêt à la fronde des ultras en rejetant le texte qu'ils avaient fait voter.

Deux jours plus tard, Vaublanc revint devant les députés avec un nouveau projet. Il leur annonça d'emblée que la question litigieuse, celle du renouvellement de la Chambre, partiel ou intégral, était ajournée à la prochaine session parlementaire. La majorité ultra ne l'entendait bien sûr pas ainsi, et une nouvelle épreuve de force commença.

Le 8 avril, Villèle contre-attaqua en proposant de conserver provisoirement les collèges électoraux organisés par l'ordonnance du 13 juillet 1815, tout en précisant qu'ils ne pourraient être convoqués qu'en cas de dissolution de la Chambre par le roi. Les ultras mettaient ainsi le roi au défi d'en appeler au corps électoral contre la majorité royaliste élue en août 1815.

Le 10 avril, la discussion sur la motion de Villèle commence dans une atmosphère chauffée à blanc, lorsque Vaublanc, à la stupéfaction des « constitutionnels » qui défendent pied à pied la cause du gouvernement, monte à la tribune pour déclarer qu'à titre personnel il partage les idées des ultras sur les bienfaits du renouvellement intégral. Forte de l'appui du ministre, la majorité ultra obtient le vote du projet déposé par Villèle. Le soir même, le gouvernement, affaibli par la défection de Vaublanc, décide d'ajourner *sine die* la question de la réforme du système électoral.

13 avril

L'École polytechnique, dont les élèves avaient pris fait et cause pour l'Empereur aux Cent-Jours, est dissoute; les élèves sont licenciés et renvoyés dans leurs foyers.

17 avril

Après un très long et difficile débat, la Chambre des députés vote l'ensemble du budget.

20 avril

La Chambre des députés adopte une proposition en faveur de la restitution à l'Église des biens ecclésiastiques restés invendus depuis la Révolution, mesure à laquelle on sait Louis XVIII personnellement favorable.

26 avril
La police prévient un complot (dit des « patriotes de 1816 ») monté par trois anciens fédérés de 1815 : un corroyeur, Plaignier, un écrivain public, Carbonneau, et un ciseleur de la rue des Francs-Bourgeois, Tolleron. Il s'agissait d'introduire sous le château des Tuileries, par l'égout s'ouvrant sur la Seine, un bateau chargé d'une vingtaine de barils de poudre. Un mouchard de la police était entré dans la confidence : au total, 28 arrestations. Trois des accusés, Plaignier, Carbonneau et Tolleron, seront exécutés le 27 juillet.

28 avril
Réorganisation de la Caisse d'amortissement : la Caisse créée le 27 novembre 1799 est supprimée ; le nouvel établissement est chargé du soutien de la rente (par immobilisation des titres) au moyen des fonds versés par le Trésor (6 millions par an) et du revenu des postes qui lui est affecté. Sa fonction initiale, le service du cautionnement, retourne au Trésor royal, tandis que la gestion des consignations et dépôts volontaires, qu'elle avait prise en charge à partir de 1804, est confiée à une Caisse des dépôts et consignations (organisée par la loi du 3 juillet 1816).
Une loi officialise le principe de la vénalité des offices ministériels.

29 avril
Clôture de la session parlementaire. Les députés sont convoqués pour le 1er octobre.

4 mai-10 juin
Un mouvement insurrectionnel éclate à Grenoble, fomenté par Paul Didier, ancien émigré et serviteur successif de l'Empereur et des Bourbons sous la première Restauration. Le complot vise à renverser les Bourbons, mais les suites à donner à cette opération restent incertaines : Didier voulait-il proclamer Napoléon II ? le duc d'Orléans ? la République ? Son objectif est de s'emparer de Grenoble, de réunir une armée et de marcher ensuite sur Lyon. Les 400 à 500 insurgés sont refoulés hors de la ville, après avoir perdu six des leurs dans l'échauffourée. Plusieurs des complices de Didier sont arrêtés. Le 6 mai, le général Donnadieu, commandant militaire de Grenoble, informe le gouvernement que 4000 « brigands » ont attaqué la ville et que les cadavres « couvrent tous les chemins à une lieue » à la ronde. Le ministère, abusé par ces fausses informations, place la ville de Grenoble en état de siège. Le 7, la cour prévôtale de Grenoble prononce trois condamnations à mort, et la commission militaire établie par Donnadieu en vertu de l'état de siège 21 autres peines capitales, dont 16 sont exécutées.
Remaniement ministériel : Vaublanc, trop lié aux ultras, est remplacé au ministère de l'Intérieur par Lainé, le président de la Chambre de 1815 ; le ministre de la Justice Barbé-Marbois, cible favorite des ultras, est remplacé par le chancelier Dambray. Le 12, le gouvernement ordonne d'exécuter immédiatement tous les condamnés de Grenoble, y compris ceux qui ont obtenu un sursis ou font l'objet d'un recours en grâce. Le 13, informé de la réalité des faits survenus à Grenoble, le gouvernement rappelle Donnadieu à l'ordre. Le 17, Didier, qui s'est réfugié en Savoie, est arrêté. Conduit à Turin, il est livré à la France le 23 mai. Le 30, l'état de siège est levé à Grenoble. Le 10 juin, Didier, l'instigateur de l'insurrection de Grenoble, est condamné à mort et guillotiné.

8 mai
La loi de Bonald abolit le divorce pour des motifs confessionnels.

17 juin
Le mariage du duc de Berry, fils du comte d'Artois, et de Marie-Caroline de Naples est célébré à Notre-Dame.

2 juillet
Un bureau de bienfaisance est établi dans chacun des 12 arrondissements de Paris afin d'aider les indigents, sous certaines conditions : sobriété, moralité, propreté. En 1821, le clergé obtiendra une influence prépondérante au sein des comités. En 1828 sera organisé un système d'inspection placé sous la responsabilité du ministre de l'Intérieur.

17 juillet
Une ordonnance réorganise la garde nationale : tous les Français âgés de 20 à 60 ans, contribuables ou fils de contribuables, feront leur service lorsqu'ils en seront requis ; la direction des bataillons est exclusivement confiée aux préfets et aux maires, c'est-à-dire au pouvoir administratif, les inspecteurs généraux du comte d'Artois créés par une ordonnance du 27 décembre 1815 étant ramenés à des fonctions purement exécutives.

22 juillet
Réorganisation du jury du Salon, désormais composé d'artistes choisis par le roi et de représentants de la Maison du roi. Louis XVIII décide égale-

ment le maintien d'un musée au Louvre. Le 21 juin, le comte de Forbin a été nommé à la direction des musées.

27 juillet
Guizot traduit de l'allemand *De la souveraineté et des formes de gouvernement* de Frédéric Ancillon, avec de nombreux notes et commentaires où s'affirme sa pensée.

août
Joseph Fiévée: *Histoire de la session de 1815* (un panégyrique de la conduite du parti ultra).

FIÉVÉE

L'itinéraire politique de Joseph Fiévée (1767-1839) est l'un des plus singuliers de l'époque. Journaliste contre-révolutionnaire pendant la Révolution, il était devenu le correspondant secret de Napoléon. En 1813, celui-ci l'avait envoyé comme préfet dans la Nièvre, où Fiévée avait fort choqué les autochtones en faisant recevoir ses invités par son « ami » promu maîtresse de maison. Lors du changement de régime en 1814, Fiévée reprend sa correspondance secrète, mais cette fois avec Louis XVIII. À partir de l'année suivante, lassé de n'être pas écouté, il préfère livrer ses réflexions au public, publiant de 1815 à 1819 une Correspondance politique et administrative *irrégulière, des comptes rendus annuels des sessions parlementaires et de nombreuses brochures de circonstance. Marginalisé, notamment en raison de ses mœurs, au sein du parti ultra, Fiévée ne s'affirme pas moins comme l'un des plus intelligents des royalistes, l'un des plus spirituels aussi. Après avoir un moment collaboré avec Chateaubriand (en 1818-1820, au* Conservateur*), il rompt avec ce dernier et Villèle en 1823 à propos de l'intervention française en Espagne. C'est le signal de sa rupture avec ses anciens amis et le début d'une dérive qui pour finir le conduira dans les rangs de la gauche libérale : évolution achevée en 1829 lorsqu'il commence à collaborer au journal* Le Temps. *S'il adhère d'abord au régime orléaniste, l'évolution de ce dernier ne tarde pas à le décevoir. Mais peut-être Fiévée était-il de ces hommes auxquels aucun gouvernement ne convient, même celui dont ils ont soutenu l'avènement.*

14 août
Louis XVIII, pressé par Decazes qui a rallié Richelieu à son point de vue, accepte de dissoudre la Chambre.

29-30 août
La conférence alliée à Paris intervient auprès du prince d'Orange, roi des Pays-Bas, afin qu'il cesse d'accorder sa protection aux exilés français et à leurs journaux (*Le Nain jaune réfugié* notamment) qui depuis leur refuge multiplient les attaques contre la Restauration.

4 septembre
Michaud, propriétaire du journal *La Quotidienne*, proche des ultras, est privé de son brevet d'imprimeur pour avoir publié dans ses colonnes un article attaquant le Concordat et l'irrévocabilité de la vente des biens nationaux.

5 septembre
Louis XVIII signe l'ordonnance, publiée le surlendemain par *Le Moniteur*, prononçant la dissolution de la Chambre introuvable. De nouvelles élections sont ordonnées selon le mode prévu par l'ordonnance du 13 juillet 1815. Le nombre des députés est ramené de 402 à 262, et l'âge exigé pour être éligible porté de 25 à 40 ans. Les collèges électoraux sont convoqués le 25 septembre et le 4 octobre, et l'ouverture de la session est fixée au 4 novembre. L'ordonnance précise qu'« aucun des articles de la Charte constitutionnelle ne sera révisé », annulant ainsi ce qui avait été promis le 13 juillet de l'année précédente.

18 septembre
Chateaubriand: *De la monarchie selon la Charte.* Plusieurs milliers d'exemplaires, fabriqués par l'imprimeur Lenormand, sont prêts à la vente lorsque Decazes en ordonne la saisie. Prévenu à temps, Chateaubriand tente vainement de l'empêcher. Cet ouvrage est resté justement célèbre pour avoir proposé une interprétation parlementaire de la Charte conforme à l'orientation que les ultras ont voulu lui imprimer au cours de la session 1815-1816. Chateaubriand soutient que les ministres ne sont pas les simples exécutants de la volonté royale devant laquelle ils seraient seulement responsables, mais qu'ils sont d'abord politiquement et solidairement responsables devant les Chambres dont ils doivent obtenir la confiance. Chateaubriand défend également la compétence des députés en matière d'initiative législative et de droit d'amendement, et prône enfin la publicité des séances de la Chambre et la liberté de la presse, fondement du gouvernement représentatif. Cette doctrine parlementaire contraire à la monarchie limitée instaurée par la Charte de 1814 ne fait pas l'unanimité dans le camp royaliste. Plusieurs lui répondent, soit en argumentant sur le

caractère consultatif et non représentatif du régime de 1814 (C.-G. de La Luzerne: *Sur la responsabilité des ministres*), soit en dénonçant l'irresponsabilité des royalistes partisans du gouvernement représentatif et l'application à la France du modèle britannique (A.-J. Serre de Saint-Roman: *Réfutation de la doctrine de Montesquieu sur la balance des pouvoirs*). Parmi les réfutations libérales, Guizot: *Du gouvernement représentatif et de l'état actuel de la France.* La brochure de Chateaubriand devient pourtant bientôt le bréviaire de l'opinion royaliste, moins par les thèses savantes qu'elle développe que par les violentes attaques contre Decazes et les «intérêts moraux révolutionnaires» qu'elle contient. L'ouvrage, achevé à la fin du mois d'août, allait être livré à l'impression lorsque est tombée la nouvelle de la dissolution. Chateaubriand a alors ajouté un post-scriptum qui d'un côté dénonce le danger de «voir sortir des collèges électoraux une fille sanglante de la Convention», de l'autre appelle les royalistes à la mobilisation en laissant entendre que Louis XVIII a voulu, au moyen de la dissolution, désavouer ses ministres infidèles en donnant au corps électoral la faculté de confirmer ses choix d'août 1815. Deux jours plus tard, Chateaubriand est déchu de son titre de ministre d'État.

20 septembre
Une aide de 11 millions est accordée aux départements «qui ont le plus souffert des calamités de la guerre».

25 septembre-4 octobre
Les élections à la Chambre des députés tournent à l'avantage du ministère. Sur 238 élus, la nouvelle Chambre compte seulement 92 ultras, et 146 «ministériels» (quoique une dizaine d'entre eux, réputés hostiles à la dynastie, ne puissent être qualifiés ainsi qu'en raison de leur hostilité aux ultras). L'ordonnance du 5 septembre reçoit ainsi l'appui du pays légal (et celui du pays réel: la rente est remontée de 57 francs avant la dissolution à 60 francs après).

27 septembre
Benjamin Constant: *De la doctrine politique qui peut réunir les partis en France.*

Benjamin Constant

Benjamin Constant (1767-1830), le «maître d'école» de la liberté, était-il dans le secret du 18 Brumaire? Se situant incontestablement dans le camp de ceux qui prônaient la réforme des institutions de l'an III dont la faillite était patente, il ne perçoit pas moins aussitôt le coup d'État accompli, et avec une acuité qui fait défaut à tant de ses contemporains, les dangers que recèle la nouvelle situation. Le 19 brumaire en effet, il écrit à Sieyès pour solliciter bien sûr un emploi, mais en situant son action future dans la perspective du rôle de frein que devront nécessairement jouer les représentants face à un général auréolé de gloire et dont tous les propos, tous les actes montrent «que dans tout ce qu'il fait il ne voit que sa propre élévation». Nommé au Tribunat, Constant défend ce qui peut l'être de la nature représentative du régime. Dès le 7 janvier 1800, un discours dans lequel il dénonce «le régime de servitude et de silence» qui s'installe le brouille avec le Premier Consul. Il est, jusqu'au début de 1802, de tous les combats pour imposer légalement une limite au pouvoir consulaire. Aussi le 18 mars fait-il partie, avec les Idéologues, des 20 tribuns écartés. Il se consacre alors à la rédaction d'un traité sur la religion (1804-1805) – question qui l'oppose aux Idéologues – et d'un ouvrage (1806) qu'il publiera finalement en mai 1815 sous le titre: Principes de politique applicables à tous les gouvernements, *et qui contient l'essentiel de sa pensée politique. Il écrit ensuite (1809-1810) le roman,* Adolphe, *qui fera sa gloire après sa publication en 1816 et part vivre en Allemagne avec Charlotte de Hardenberg, qu'il a épousée à l'époque de sa difficile rupture avec Mme de Staël. L'effondrement de l'Empire le ramène aux affaires françaises. Le 30 janvier 1814 paraît à Hanovre ce qui reste son meilleur ouvrage politique:* De l'esprit de conquête et de l'usurpation dans leurs rapports avec la civilisation européenne. *De retour à Paris au lendemain de l'abdication de Napoléon, il multiplie les brochures afin de soutenir le combat mené par les libéraux pour défendre le régime de la Charte contre la réaction (*Réflexions sur les constitutions, la distribution des pouvoirs et les garanties dans une monarchie constitutionnelle, *mars 1814;* De la liberté des brochures, *juillet 1814). C'est dans ce sens qu'en mars 1815 le retour de l'Empereur lui apparaît comme une chance: Louis XVIII n'offre aucune garantie pour l'établissement durable d'une alliance entre la monarchie et la nation; Napoléon au contraire peut permettre de réaliser cette alliance de l'autorité et de la liberté parce qu'il a dû renoncer à son ancien «esprit de conquête» (du moins Constant veut-il le croire). S'il traite encore Napoléon d'«ennemi de l'hu-*

*manité» le 19 mars, il rencontre, le 14 avril, l'Empereur qui lui demande de rédiger une nouvelle Constitution. Ce sera l'Acte additionnel aux Constitutions de l'Empire du 22 avril, la Charte en mieux sans doute, mais sur le destin de laquelle nul ne se faisait d'illusions: Napoléon vaincu, tout serait à recommencer, Napoléon vainqueur, les « intentions libérales » exprimées le 14 avril s'inverseraient bientôt en pratique « despotique ». Benjamin Constant préfère s'éloigner après le second retour de Louis XVIII et séjourne à Bruxelles, puis à Londres, avant de regagner Paris en octobre 1816. Radié de la liste des proscrits par Louis XVIII, il ne tarde pas à faire son entrée sur la scène politique. Élu député en 1819 (et réélu jusqu'à sa mort en 1830), Constant est alors l'un des principaux orateurs de l'opposition libérale. S'il siège à gauche et vote avec la gauche, on ne peut dire cependant qu'il soit l'homme d'un parti. Il ne suit pas la gauche lorsqu'en 1820 plusieurs de ses membres, de La Fayette à Manuel, sont tentés par l'aventure des conspirations; il n'adhère pas aux menées antidynastiques de ces années et la tribune parlementaire n'est pour lui qu'un moyen de réaffirmer ses convictions de toujours sur la nécessité du gouvernement représentatif et de l'acceptation de la société issue de 1789 (*Collection complète des ouvrages publiés sur le gouvernement représentatif et la Constitution actuelle de la France, formant une espèce de cours de politique constitutionnelle, *1818-1819;* De la liberté des Anciens comparée à celle des Modernes, *conférence prononcée en février 1819 à l'Athénée royal). Une chose d'ailleurs le sépare des députés qui siègent à ses côtés: sa profonde piété, qui lui fait consacrer beaucoup de son temps à l'écriture d'un immense traité sur la religion (*De la religion considérée dans ses sources, sa forme et ses développements, *1824-1826). Déjà malade lorsque la révolution de Juillet éclate, il ne descend pas moins dans la rue visiter les barricades et exhorter les insurgés à ne déposer les armes qu'après la chute de Charles X. Nommé conseiller d'État le 27 août 1830, il s'éteint à Paris le 8 décembre suivant.*

octobre
Retour de Mme de Staël à Paris. Son salon devient le centre de ralliement d'un nouveau parti, dit des « Indépendants » (Benjamin Constant, La Fayette, Manuel), qui a approuvé l'ordonnance du 5 septembre par haine des ultras, défend la France issue de la Révolution, mais comprend aussi dans ses rangs des ennemis de la dynastie (à commencer par La Fayette et Manuel).

4 novembre
Dans son discours d'ouverture de la session parlementaire, Louis XVIII prévient les députés que la Charte sera maintenue: « Mon ordonnance du 5 septembre, dit-il, le prouve assez. » Le 12, Louis XVIII nomme Pasquier à la présidence de la Chambre.

8 novembre
Une nouvelle édition de *La monarchie selon la Charte* de Chateaubriand est mise en vente. Le gouvernement ne l'a pas saisie mais engage contre son auteur des poursuites qui se terminent par un non-lieu.

14 novembre
Le duc de Richelieu obtient des alliés un sursis de deux mois pour le règlement des échéances prévues en janvier et février 1817. Le ministre Corvetto présente à la Chambre des députés un rapport sur les principes du redressement financier. Pour apurer le déficit estimé des années 1817-1820, le ministre des Finances se prononce en faveur d'un recours au crédit public: 30 millions de rente seront créés pour 1817, emprunt garanti par une augmentation de la dotation annuelle de la Caisse d'amortissement et financé par la vente de 150000 hectares de forêts de l'État. Le débat s'ouvrira à la Chambre des députés le 24 janvier 1817.

novembre
Le ministre des Finances Corvetto, conscient de la difficulté de placer auprès du public l'emprunt qu'il a proposé pour éteindre le déficit des quatre années à venir (1817-1820), au moment où une grave crise économique provoque un « resserrement » des liquidités et la chute de la rente 5 % (56 francs en novembre), fait appel aux services d'Ouvrard. Il l'envoie à Amsterdam et Londres négocier auprès des banques Hope (dont l'agent, Labouchère, est le beau-frère du financier français) et Baring la souscription de l'emprunt.

2 décembre
Le député ultra Castelbajac demande la levée de la censure.

7 décembre
Decazes présente à la Chambre des députés deux projets de loi sur la presse. Le premier proroge la censure sur les journaux et les écrits périodiques jusqu'au 1er janvier 1818, le second stipule qu'en cas

de saisie, un procès-verbal sera notifié à la partie saisie qui pourra se pourvoir contre cette décision, le jugement définitif étant rendu sous huitaine.

7 décembre 1816-8 février 1817
Decazes demande à la Chambre des députés la prorogation de la loi de sûreté générale du 29 octobre 1815. Les ultras combattent le projet au nom de la défense de la liberté individuelle, s'alliant pour la circonstance à une poignée de députés libéraux comme Voyer d'Argenson. Le ministère et la majorité peuvent bien leur rétorquer que ce sont eux qui ont fait voter cette loi en 1815, la réplique est un peu courte pour justifier le maintien de cette loi d'exception par un ministère qui prétend rompre avec toute politique de vengeance. La thèse de la raison d'État l'emporte néanmoins le 16 janvier 1817 par 136 voix contre 92 (ultras et Indépendants mêlés). À la Chambre des pairs, le projet de loi se heurte à l'hostilité de nombreux libéraux (Boissy d'Anglas et Lanjuinais notamment), avant d'être finalement adopté le 8 février par les deux tiers de la Chambre haute.

10 décembre
Courier: *Pétition aux deux Chambres en faveur des habitants de Luynes* (un tableau au vitriol de la réaction royaliste dans un village de Touraine).

COURIER

D'origine noble, Paul-Louis Courier (1773-1825) s'est frotté à la guerre sous l'Empire, servant comme officier d'artillerie jusqu'à la bataille de Wagram (1809). Rendu malade par ce qu'il y a vu, il s'est alors retiré pour se livrer à sa passion de toujours, l'étude de la culture classique. Sous la Restauration, Courier revient dans le monde pour défendre la monarchie constitutionnelle dans de nombreux articles de presse et d'admirables pamphlets dirigés contre les attaques des ultraroyalistes et d'une partie du clergé. Pourfendeur de génie, et d'une grande pureté de style, de la bigoterie et de l'étroitesse d'esprit des ultras provinciaux, Courier meurt assassiné le 18 août 1825. D'après Sainte-Beuve, le crime fut commis par des « domestiques grossiers, irrités et cupides, voulant en finir avec un maître dur et de caractère difficile ».

23 décembre
Le maréchal Marmont prend le commandement de la garde nationale parisienne.

1817

2 janvier
Loi autorisant les établissements ecclésiastiques reconnus par la loi à recevoir, avec l'autorisation du roi, des legs et des donations. Cette loi maintient la distinction établie sous l'Empire entre les congrégations légalement autorisées et celles qui sont simplement tolérées.

8 janvier
Ordonnance relative à la traite des Noirs: les bâtiments se livrant à ce trafic seront confisqués et leur capitaine privé de tout commandement.

19 janvier
Le ministre de la Justice, Dambray, qui s'est ouvertement prononcé contre la loi électorale Lainé, est démis de ses fonctions et remplacé par Pasquier, auquel de Serre succède à la présidence de la Chambre.

25-29 janvier
Débat sur la prorogation de la censure jusqu'à la fin de l'année 1817. Les ultras viennent au secours de la liberté de la presse, âme des gouvernements représentatifs. Royer-Collard justifie le maintien de la censure par la nécessité de ne pas ouvrir une nouvelle arène aux « partis » (27 janvier). La loi est votée le 29 janvier par les députés (128 voix contre 89) et le 24 février suivant par les pairs, malgré l'opposition de Chateaubriand (22 février). Une Société des amis de la liberté de la presse est fondée pour venir en aide aux écrivains et aux journalistes poursuivis ou condamnés.

février
Comte et Dunoyer font reparaître *Le Censeur* supprimé par Fouché le 4 septembre 1815, sous le titre de *Censeur européen*.
Crise frumentaire: des troubles éclatent en Brie et en Champagne.

4 février-6 mars
Débat sur le budget 1817 à la Chambre des députés. Les affrontements les plus vifs ont pour motif le taux de l'emprunt (9,5 %), cadeau injustifié aux banquiers souscripteurs selon les ultras, et sur la mise en vente de 150000 hectares des forêts de l'État, pour l'essentiel d'anciennes propriétés ecclésiastiques. La Chambre vote le budget 1817 le 6 mars, après avoir adopté un amendement qui institue le principe de la spécialité des votes sur les différents postes budgétaires et le principe du contrôle par la Chambre de l'emploi des fonds

(amendement réclamé par Roy dans son rapport du 24 janvier). Le texte de la loi de finances 1817 est transmis à la Chambre des pairs.

5 février
Promulgation de la loi électorale (loi Lainé): la Chambre sera renouvelée annuellement par cinquième; les députés seront élus au scrutin direct (parmi les citoyens âgés de 40 ans et payant au moins 1 000 francs en impôt direct) par le collège des électeurs (âgés de 30 ans et acquittant 300 francs d'impôt) réuni au chef-lieu du département; les présidents des collèges sont nommés par le roi. En dépit des dimensions restreintes de l'électorat, dont les dispositions figurent d'ailleurs dans la Charte constitutionnelle de 1814, la loi est d'inspiration libérale: elle vise, par l'élection directe, à renforcer la représentativité de la Chambre des députés afin qu'elle apparaisse comme l'organe légitime de l'opinion publique; elle vise également, par la réunion des électeurs au chef-lieu de département, à affaiblir «l'esprit des petites localités», autrement dit l'influence des grands propriétaires fonciers qui régnait en maître dans les collèges d'arrondissement, au bénéfice des classes moyennes des villes. La loi ne va pas toutefois jusqu'à neutraliser toute possibilité d'intervention gouvernementale dans les élections, puisqu'elle maintient, notamment, le principe de la nomination par le roi des présidents des collèges électoraux. Une nouvelle fois, la discussion avait été âpre, l'essentiel des débats tournant autour de la double question de l'élection directe et du vote au chef-lieu du département, modalités auxquelles les ultras étaient hostiles parce qu'elles visaient clairement à marginaliser l'influence des ruraux et de la propriété foncière. Mais la dissolution de la Chambre des députés, le 5 septembre 1816, a changé le rapport des forces: si les ultras avaient eu, en avril 1816, les moyens de mettre en échec les projets de réforme du gouvernement, ils sont condamnés, un an plus tard, à une opposition certes bruyante, mais stérile. Cette fois, le projet du gouvernement est adopté par les deux Chambres (8 et 11 janvier 1817).

10 février
Les alliés accordent à la France, à compter du 1er avril, une réduction de 30000 hommes des troupes d'occupation, soit une diminution de 20 % des frais occasionnés par cette occupation.

12 février
Prorogation de la loi de sûreté générale du 29 octobre 1815. Plusieurs garanties ont toutefois été apportées concernant l'application de cette «loi des suspects»: les ordres d'arrestation seront revêtus de la signature du président du Conseil et du ministre de la Police; le procureur du roi dressera un procès-verbal de l'audition du suspect appréhendé et le communiquera au ministre de la Justice pour qu'il en soit fait rapport au Conseil des ministres.

28 février
Promulgation de la loi renouvelant la censure sur les journaux et les écrits périodiques et l'autorisation préalable jusqu'au 1er janvier 1818, et d'une loi offrant la garantie d'une procédure d'appel pour les auteurs ou éditeurs d'ouvrages saisis.

mars
Salvandy: *La Coalition et la France.* Cette brochure, qui invite les partis à faire taire leurs querelles pour reprendre tous ensemble la lutte contre l'occupant et dont le premier tirage est épuisé en quelques jours, provoque la colère des alliés. La seconde édition est saisie par la police, avec l'accord de l'auteur, acheté par un poste de maître des requêtes au Conseil d'État.

6 mars
Les restes de Molière et de La Fontaine, exhumés du cimetière Saint-Joseph en 1792, puis confiés au musée des Monuments français d'Alexandre Lenoir, sont déposés au Père-Lachaise.

22 mars
Les banques Hope (Amsterdam) et Baring (Londres) signent avec Corvetto un accord sur l'emprunt de quatre ans destiné à résorber le déficit des années 1817-1820. Les deux banques, associées à plusieurs établissements parisiens, notamment Laffitte et Delessert, souscrivent les 30 millions de rente qui vont être créés pour 1817 et rapporteront au gouvernement français 315 millions de francs. Casimir Perier dénonce cet accord qui livre selon lui la France à l'étranger dans deux brochures, *Réflexions sur le projet d'emprunt* et *Dernières réflexions sur le projet d'emprunt.*
Au Théâtre-Français, la représentation de *Germanicus*, tragédie d'Antoine-Vincent Arnault, exclu de l'Académie française et proscrit l'année précédente, provoque une bataille rangée entre demi-soldes et gardes du corps. L'interdiction de la pièce à Paris n'empêche pas les troubles de se poursuivre les jours suivants. Les mêmes scènes se répètent à Lille où Talma est venu jouer la pièce. Pour mettre un terme aux désordres provoqués par les gardes du corps, la compagnie de Noailles est dissoute.

24 mars
L'assistance aux enfants trouvés et abandonnés, jusqu'alors assurée par l'État, est transférée à la charge des administrations départementales.

26 mars
Préfets et sous-préfets sont admis aux conseils généraux et conseils d'arrondissement avec voix consultative.

2 avril
Publication d'un règlement pour les maisons centrales de détention, maisons de force pour les individus condamnés à la réclusion et les femmes condamnées aux travaux forcés, maisons de correction pour les individus condamnés en correctionnelle, à condition que la peine soit supérieure à une année.

16 avril
Le duc d'Orléans (futur Louis-Philippe) regagne la France.
Réorganisation du Conservatoire des arts et métiers, qui est placé sous la surveillance du duc de La Rochefoucauld-Liancourt, nommé inspecteur général.

6-23 mai
La cour d'assises de la Gironde juge les 28 responsables d'un «complot bonapartiste», en réalité monté par un agent provocateur, Laurent-Frédéric-Ermel Randon, qui s'est pris au jeu et a fini par préparer une véritable insurrection. Randon et deux de ses malheureux complices sont guillotinés le 6 juillet.

juin-novembre
À Lyon et dans les communes environnantes, le 8 juin, un millier de manifestants se rassemblent aux cris de «Vive Napoléon II!». La répression, dirigée par le général Canuel et le préfet Chabrol de Croussol, est sans rapport avec la faible gravité des faits. Plus de 500 suspects sont arrêtés, la troupe parcourt la campagne à la recherche de complices et multiplie les visites domiciliaires... La cour prévôtale de Lyon prononce 23 condamnations à mort, dont 11 par contumace: 11 des 12 condamnés présents sont exécutés.

11 juin
La France et le Saint-Siège signent le texte révisé du nouveau Concordat. Decazes a obtenu que l'abrogation des Articles organiques de 1802 soit assortie de la restriction «en ce qu'ils avaient de contraire à la doctrine et aux lois de l'Église»; il a également obtenu qu'une disposition accordant conjointement au roi et au pape le droit de révoquer ou de déplacer un évêque sans le jugement de ses pairs soit atténuée et limitée à quelques cas très graves.

18 juin
Chevalier, futur rédacteur de *La Bibliothèque historique*, est condamné pour une brochure dénonçant les violations de la liberté de la presse *(Première Lettre à M. le comte Decazes, en réponse à son discours sur la liberté individuelle)*. Chevalier reçoit le soutien de Benjamin Constant: *Questions sur la législation actuelle de la presse en France et sur la doctrine du ministère public.*

23 juin
Remaniement ministériel: Gouvion Saint-Cyr remplace Dubouchage (proche des ultras) à la Marine.

juillet
Guizot et Royer-Collard fondent les *Archives philosophiques, politiques et littéraires* (le dernier numéro paraîtra en décembre 1818).

1er juillet
Une instruction du ministre de l'Intérieur règle les modalités pour l'obtention des brevets d'inventeur.

14 juillet
Mme de Staël meurt dans la nuit du 13 au 14 juillet.

16 juillet
Le Constitutionnel est interdit pour avoir parlé avec trop d'insistance d'un portrait d'enfant peint par Isabey, sur lequel on remarque ici ou là des myosotis (en anglais «Forget me not», «Ne m'oubliez pas»). La censure y voit une allusion au captif de Sainte-Hélène et supprime le journal. Celui-ci reparaît bientôt, après que ses éditeurs eurent racheté le titre du *Journal du commerce.*

28 juillet
Pie VII proclame officiellement le Concordat de 1817. Dès son retour en France, en 1814, Louis XVIII avait manifesté son intention de rompre avec l'œuvre révolutionnaire, en rétablissant le catholicisme comme religion d'État et en retirant la direction des affaires ecclésiastiques au ministère de l'Intérieur pour la confier à une commission composée d'ecclésiastiques. Mgr Cortois de Pressigny avait été dépêché à Rome en juillet 1814, muni de pouvoirs le chargeant d'obtenir du pape l'annulation de tous les actes «arrachés à sa faiblesse». Le ton comminatoire de ces instruc-

tions semblait exiger du pape un acte de soumission auquel Pie VII, si hostile fût-il au Concordat de 1801, répugnait. Interrompues par les Cent-Jours, les négociations reprennent au printemps de 1816, désormais conduites par le comte de Blacas. Ce dernier signe le 25 août 1816 un accord avec le cardinal Consalvi, représentant du pape, qui rétablit le Concordat de 1516 et précise que celui de 1801 «cesse d'avoir son effet». Les Articles organiques de 1802 sont abrogés et les antiques métropoles (Albi, Rennes, Auch, Sens, etc.) rétablies. Reste une question en litige: celle du sort, d'une part des anciens évêques qui ont refusé de se soumettre au Concordat de 1801 approuvé par le pape et dont ce dernier exige qu'ils fassent amende honorable de leur désobéissance, d'autre part des évêques concordataires dont Louis XVIII exige la démission. Le résultat n'est pas livré à la connaissance du public. Le pape confirme les bulles de circonscription rétablissant en France les 132 évêchés de l'Ancien Régime.

août
Comte et Dunoyer, les directeurs du *Censeur européen*, sont condamnés à trois mois de prison pour la publication d'articles attaquant les Missions de France et pour celle d'un *Manuscrit venu de l'île de Sainte-Hélène*, dans lequel Napoléon est censé justifier sa conduite. Le *Manuscrit* est l'œuvre d'un familier de Mme de Staël, Lullin de Chateauvieux. Le succès rencontré par ce faux illustre l'essor de la légende napoléonienne. Au même moment circule clandestinement la traduction, publiée à Bruxelles, des lettres écrites par le chirurgien du *Northumberland*: *Correspondance de Guillaume Warden, à bord du vaisseau de Sa Majesté britannique le* Northumberland *qui a conduit Napoléon Buonaparte à l'île de Sainte-Hélène*. Commence également la publication de la collection du *Manuel des Braves, ou Victoires et conquêtes de l'armée française* (1817-1819). Tout un commerce de petits objets célébrant le souvenir de l'Empereur se développe par ailleurs, aux risques et périls de leurs fabricants: cannes dont le pommeau représente le visage de l'Empereur, coquetiers où se trouve peint son portrait, bustes de bronze ou de plâtre, tabatières dont la forme est celle du célèbre chapeau, bretelles tricolores, colonnes Vendôme miniatures, etc.

6 août
Le roi nomme les titulaires de 34 nouveaux évêchés. Dans le même temps, Decazes fait décider que le texte du Concordat sera présenté comme loi organique à l'acceptation des Chambres.

13 août
Une amnistie est accordée à tous ceux qui ont été condamnés «à des peines correctionnelles pour les délits auxquels la rareté des subsistances a pu les entraîner, depuis le 1er septembre 1816 jusqu'à ce jour».

25 août
Trois ordonnances concernant la pairie sont publiées: les pairs qui seront nommés par le roi ou qui le sont déjà devront désormais constituer un majorat héréditaire de 10000 à 30000 francs de revenu en rente; les pairs sont également organisés en cinq classes (ducs, marquis, comtes, vicomtes, barons) qui détermineront leur rang lors des séances solennelles et des cérémonies publiques.

3 septembre-3 novembre
Le maréchal Marmont et le colonel Fabvier enquêtent à Lyon sur les troubles du 8 juin. Bientôt convaincus que le général Canuel et les ultras lyonnais ont délibérément exagéré la gravité des faits et déclenché une répression injustifiée, ils obtiennent la mutation de tous les fonctionnaires mis en cause: Canuel est nommé inspecteur général d'infanterie, Chabrol de Croussol sous-secrétaire d'État à l'Intérieur.

Fabvier

Diplômé de l'École polytechnique (1802), Charles-Nicolas Fabvier (1782-1855) a participé à la plupart des campagnes napoléoniennes sous les ordres de Marmont. Il se fait remarquer en dénonçant la répression de la conspiration de Lyon (1817), dans laquelle il voit une machination des ultras locaux appuyés par l'état-major de l'armée. Sanctionné, Fabvier s'engage dans l'action clandestine. Comploteur invétéré, il est de toutes les conjurations des années 1820-1822. Il échappe à l'arrestation en passant en Espagne où il prend fait et cause pour les libéraux et tente, avec une poignée d'exilés français, d'empêcher l'entrée des troupes françaises en 1823. Ferdinand VII rétabli sur le trône de Madrid, Fabvier file en Grèce où un soulèvement a éclaté contre les Turcs. Il sillonne l'Europe afin de collecter des fonds et, sur le terrain, prend le commandement des troupes indépendantistes. Il organise la défense d'Athènes, sans toutefois pouvoir empêcher les Turcs de prendre la ville en 1827. Il rentre en France peu avant la révolution de Juillet et se jette bien entendu dans le mouvement, combattant les troupes commandées par son ancien protecteur Marmont. Sa nomination au commandement de la place de Paris, le 4 août 1830, marque la fin de la partie aventureuse de son existence. Marié à la duchesse de Frioul, décoré de la Légion d'honneur, nommé inspecteur général de l'infanterie (1838) puis pair de France (1845), député sous la IIe République, il pantoufle.

12 septembre
Remaniement ministériel: Gouvion Saint-Cyr remplace Clarke à la Guerre, et Molé prend le portefeuille de la Marine.

13 septembre
Stendhal: *Rome, Naples et Florence en 1817*. Une seconde édition, remaniée, sera publiée en 1826, une troisième en février 1827.

18 septembre
Léon Thiessé lance les *Lettres normandes, ou petit tableau moral, politique et littéraire*, journal non-périodique de tendance bonapartiste. Quelques semaines plus tard, le 1er décembre, Chevalier et Reynaud fondent *La Bibliothèque historique, ou Recueil de matériaux pour servir à l'histoire du temps*, spécialisée dans la dénonciation de la réaction royaliste. Un autre journal bonapartiste a vu le jour en 1817: *L'Homme gris* d'Amédée Févet et Creton.

20 septembre
Renouvellement du premier cinquième de la Chambre des députés. À Paris, un comité «indépendant» s'est formé, où siègent Manuel, Laffitte, La Fayette et Benjamin Constant. Ce dernier a publié *Des élections prochaines* où il prône l'élection de membres du «parti» des Indépendants, c'est-à-dire de députés résolus à faire triompher la monarchie constitutionnelle contre les ultraroyalistes, mais également sans recourir aux lois d'exception (allusion à la politique du ministère depuis la dissolution de la Chambre introuvable). Guizot, dans les *Archives philosophiques*, et l'ensemble de la presse gouvernementale, le *Journal des débats* notamment, ripostent à cette nouvelle menace en conjurant les électeurs de ne pas «recommencer toutes les vieilles luttes» entre révolutionnaires et contre-révolutionnaires. Les Indépendants gagnent 12 sièges: Laffitte et Casimir Perier sont élus à Paris, Dupont de l'Eure à Évreux, Chauvelin en Côte-d'Or. Ils contrôlent 25 sièges à la Chambre. Les ultras ont perdu 12 sièges, la majorité ministérielle reste stable. Guizot prend acte du résultat des élections et appelle à une union de tous les libéraux, députés du centre ministériels et Indépendants, autour d'un programme en trois points: maintien de la loi électorale, liberté de la presse et jugement des affaires de presse par le jury.

DUPONT DE L'EURE

Jacques-Charles Dupont de l'Eure (1767-1855) avait une qualité très rare: l'indépendance. Il avait servi la Révolution et l'Empire dans diverses fonctions judiciaires, mais un jour qu'on lui suggérait de condamner des royalistes pour l'attaque d'une diligence, alors que tout les innocentait, il avait refusé. Cet épisode résume finalement toute sa vie. Jamais personne ne put l'amener à transiger avec ses convictions. Aussi une aura de popularité l'entoura-t-elle très vite. En décembre 1813, il avait appuyé la motion présentée par Lainé en faveur du rétablissement des libertés; sous la Restauration (député à partir de 1816), il est l'un des plus constants et des plus ardents défenseurs de la cause libérale. Après l'adoption de la loi du double vote (1820), ses électeurs de l'Eure et de la Seine-Inférieure, qui craignent que sa modeste fortune ne compromette ses chances de réélection, se cotisent pour acquérir en son nom une propriété dans l'Eure. Sans doute impliqué dans les complots carbonaristes de 1821-1822, il adhère en 1830 à la révolution de Juillet et devient le 11 août ministre de la Justice. Le nouveau garde des Sceaux épure avec vigueur, ce qui satisfait le régime, mais il se met aussi en tête de mettre son monde à la diète, réduisant le train de vie de son ministère, ce qui plaît beaucoup moins aux hommes de Juillet. Un si honnête homme n'était pas fait pour un pareil régime. Le 27 décembre 1830, il se solidarise avec son ami La Fayette et quitte les Sceaux. Réélu député en juillet 1831, il se situe désormais dans l'opposition, rédigeant même en 1833 des articles pour La Revue républicaine. *Constamment réélu dans son fief normand, Dupont de l'Eure participe au mouvement en faveur de la réforme électorale qui précède la révolution de 1848. Membre du gouvernement provisoire de février 1848, battu pour la première fois en 1849 aux élections législatives, il abandonne la vie politique.*

5 novembre
Louis XVIII annonce aux Chambres que la loi de sûreté générale et celle instituant les cours prévôtales ne seront pas renouvelées. Il les informe également que le Concordat le 11 juin précédent leur sera soumis pour ratification. Cette initiative,

conseillée par Decazes, provoquera une protestation du pape Pie VII (16 mars 1818). Quelques jours plus tard, le gouvernement s'inclinera en renonçant à organiser un débat parlementaire sur ce traité régissant les rapports entre l'Église et l'État. Mais pris entre la double crainte d'irriter le souverain pontife et de mécontenter les parlementaires, le gouvernement décidera finalement de demander au pape... d'abroger le Concordat de 1817! Les discussions reprendront à Rome en juillet 1818, non plus pour aboutir à la signature d'un nouveau Concordat se substituant à celui de 1801, mais pour revenir au *statu quo ante*.

novembre

Le nouveau Concordat abolissant celui de 1801, présenté le 22 à la Chambre des députés, provoque de nombreuses réactions négatives, tant des partisans de l'Église concordataire que de tous ceux qui sont attachés aux libertés de l'Église gallicane. Ainsi paraissent J.-D. Lanjuinais: *Appréciation du projet de loi relatif aux trois Concordats*; H.-B. Grégoire: *Essai historique sur les libertés de l'Église gallicane et des autres Églises de la catholicité, pendant les deux derniers siècles*. Parmi les rares plaidoyers favorables au Concordat de 1817, Frayssinous: *Les Vrais Principes de l'Église gallicane sur le gouvernement ecclésiastique, la papauté, les libertés gallicanes, la promotion des évêques, les trois concordats et les appels comme d'abus*.

11-24 décembre

La Chambre des députés examine le projet de loi sur la presse (la loi du 28 février précédent prorogeant la censure sur les journaux vient à expiration le 31 décembre). La droite ultra et la gauche indépendante se liguent pour obtenir son rejet, dénonçant ensemble le renouvellement de la censure et le maintien de la juridiction correctionnelle pour le jugement des délits de presse. Les doctrinaires eux-mêmes, Royer-Collard et Camille Jordan, expriment leurs réticences. Le 20, le gouvernement se résigne à extraire du projet l'article renouvelant la censure pour en faire une loi séparée. La Chambre vote cette loi sur les journaux en limitant l'exercice de la censure à la fin de la session de 1818 (printemps 1819). Ce qui reste de la loi sur la presse (essentiellement la gradation des responsabilités entre l'auteur et l'imprimeur) est adopté le 24 décembre à une faible majorité (122 voix contre 111) et transmis à la Chambre des pairs. Après avoir voté la loi séparée sur les journaux le 29 décembre, celle-ci rejette le 23 janvier 1818 le projet de loi sur la presse.

20 décembre

Lamennais: *Essai sur l'indifférence en matière de religion* (les trois autres parties de l'ouvrage paraîtront de 1820 à 1823). 40000 exemplaires de la première partie sont vendus en 1817-1818.

Lamennais

*Ordonné prêtre en 1816, Félicité-Robert de Lamennais (1782-1854) acquiert la notoriété l'année suivante avec un ouvrage, l'*Essai sur l'indifférence en matière de religion*, procès en règle du primat de la raison individuelle et plaidoyer pour la reconstruction de la société sur le socle de la religion, qui lui vaut d'emblée les faveurs du parti royaliste. Mais la violence avec laquelle Lamennais défend la foi comme ses thèses en faveur de la suprématie du pouvoir pontifical ne tarde pas à éloigner de lui une large partie du clergé, majoritairement gallican, et les royalistes au pouvoir à partir de 1820. Vers le milieu de la décennie, Lamennais engage la réflexion qui le conduit, dans un premier temps à séparer la cause de la religion de celle de la monarchie, puis à prôner l'alliance de l'Église et du libéralisme. En février 1829, il publie *Des progrès de la Révolution et de la guerre contre l'Église*, réclamant le respect des libertés qui seul permettra à l'Église d'engager le combat auquel la condamne la ruine des « croyances morales ». Il définit également les devoirs du clergé en préconisant une séparation de la cause de l'Église de celle de la royauté qui provoque un grand émoi dans les milieux royalistes: « Abandonner à elle-même la société politique qui se dissout et meurt en repoussant toute influence divine; ne prendre aucune part à la guerre des souverainetés et du libéralisme [...]; préparer la renaissance de l'ordre, en ramenant par une libre conviction les intelligences à la vérité. » En 1830, aboutissement de ce virage politique, il fonde avec Lacordaire et Montalembert *L'Avenir*, plaidant pour la liberté de l'enseignement et la séparation effective de l'Église et de l'État. En août 1832, le pape Grégoire XVI condamne ses idées, que l'épiscopat français a déjà blâmées. C'est alors que les idées de Lamennais prennent un tour social. En mai 1834, il publie *Paroles d'un croyant*. 70000 exemplaires sont bientôt vendus: « L'évangile de l'insurrection, Babeuf divinisé », s'insurge Lamartine, tandis que Lacordaire riposte par des *Considérations sur le système philosophique de M. de Lamennais*. Le 25 juin 1834, une encyclique condamne l'ouvrage. Lamennais abandonne le* *sacerdoce. La rupture de Lamennais et de l'Église est cette fois consommée, Lamennais s'engageant dès lors toujours plus avant en faveur d'une réforme politique (le suffrage universel) et sociale (*Le Livre du peuple, *1838;* Esclavage moderne, *1839;* Du passé et de l'avenir du peuple, *1841). L'un des fondateurs du catholicisme social, il fait en 1848 une courte apparition sur la scène politique: élu à l'Assemblée constituante, il siège sur les bancs de l'extrême gauche.*

30 décembre
Promulgation de la loi renouvelant la censure sur les journaux jusqu'à la fin de la session de 1818 (printemps 1819).

autres événements
• Création de l'Institut cartographique national. Début de l'établissement d'une carte de la France au 1/80 000e, qui sera achevé en 1880.

1818

29 janvier
Le jour même du rejet de la loi sur la presse par la Chambre des pairs, le 23, Louis XVIII a reçu une lettre de son frère dressant un véritable acte d'accusation contre le ministère accusé de conduire la France vers une nouvelle révolution, et demandant le renvoi de tous les ministres, excepté Richelieu et Lainé. Le 29, Louis XVIII renouvelle son soutien à ses ministres.

février
Parution du premier numéro de *La Minerve française*, périodique fondé par Benjamin Constant, Étienne, Jay, Lacretelle aîné et Évariste Dumoulin pour succéder au *Mercure de France* supprimé en janvier pour avoir critiqué le Concordat de 1817. À ce moment, et malgré la censure, chaque opinion s'exprime à travers un ou plusieurs organes de presse. Les ultras lisent la *Correspondance politique et administrative* de Fiévée, les rares doctrinaires les *Archives philosophiques, politiques et littéraires* de Guizot, les libéraux *Le Censeur européen* de Comte et Dunoyer; les «constitutionnels» font comme tout le monde: ils évitent les organes du gouvernement, *Moniteur*, *Journal des maires* (fondé par Decazes) et *Journal des débats*, préférant s'informer dans *Le Publiciste* fondé le 1er février par Loyson et Lourdoueix s'ils sont plutôt de nuance centre-droit, dans *Le Spectateur politique et littéraire* (mars) dirigé par Droz et Lacretelle jeune si leurs préférences les inclinent plutôt vers la gauche. Mais la véritable floraison de titres se situe dans le camp libéral. Outre *La Minerve* paraissent désormais plusieurs journaux parfois franchement bonapartistes, comme les *Lettres normandes* de Léon Thiessé, *La Bibliothèque historique* de Chevalier et Reynaud, *L'Homme gris* de Féret et *Le Nouvel Homme gris* de Cauchois-Lemaire (rentré en France), Brissot-Thivars et Cugnet de Montarlot.

6 février
Une ordonnance institue des remises de peine pour les condamnés «qui se seront fait remarquer par leur bonne conduite pendant l'expiation de leur peine» et dont la liste sera établie chaque année le 25 août, jour de la Saint-Louis.

11 février
Un coup de pistolet est tiré en direction de la voiture de Wellington. Un ancien sous-officier de hussards, Cantillon, est arrêté. Il sera acquitté en mai 1819.

14 février
Benjamin Constant: *Collection complète des ouvrages publiés sur le gouvernement représentatif et la Constitution actuelle de la France, formant une espèce de cours de politique constitutionnelle* (1818-1819).

mars
La onzième livraison de la *Correspondance politique et administrative* de Fiévée est saisie pour avoir amoindri «le respect dû à la personne et à l'autorité du roi». En octobre, Fiévée est pour le même motif condamné à trois mois de prison et incarcéré à la Force.

10 mars
Promulgation de la loi sur le recrutement militaire, présentée le 29 novembre 1817 par le ministre de la Guerre, le maréchal Gouvion Saint-Cyr, et examinée par la Chambre des députés du 14 janvier au 5 février.
Le débat avait mis aux prises les «deux France», celle de l'Ancien Régime et celle de la Révolution: d'un côté les ultras, qui dénonçaient dans le projet un complot révolutionnaire, de l'autre le centre ministériel, soutenu par les doctrinaires et les Indépendants, qui appuyait un texte destiné à forger «une armée de soldats et de citoyens tout ensemble» (Jordan, 17 janvier). Deux points surtout avaient focalisé l'attention: l'incorporation des anciens militaires (ceux de l'Empire) au sein de légions de vétérans sédentaires et l'avancement à l'ancienneté. Le 26 janvier, par un discours rédigé

par Guizot, Gouvion Saint-Cyr devint même le champion des libéraux en prenant la défense des armées de la Révolution et de l'Empire.
La loi fixe les effectifs de l'armée de terre à 240 000 hommes recrutés sur la base du volontariat et, le cas échéant, par tirage au sort (avec possibilité de payer un remplaçant), le nombre des appelés ne pouvant excéder 40 000 hommes, sur 300 000 atteignant chaque année l'âge requis.
La durée du service actif est de six ans; les vétérans sont versés dans des légions sédentaires mobilisables en cas de guerre. L'avancement est réglé à l'ancienneté pour les deux tiers des grades jusqu'à celui de lieutenant-colonel, le dernier tiers restant au choix du roi. Alors que l'armée composée de volontaires compte moins de 120 000 hommes en 1817, les effectifs s'élèveront bientôt, grâce au rétablissement partiel de la conscription, à plus de 150 000 hommes. Ce sera là le résultat le plus tangible de cette loi dont les autres dispositions, notamment celles relatives à l'avancement, seront bientôt éludées, lorsque Gouvion Saint-Cyr aura quitté le ministère de la Guerre (20 novembre 1819).

22 mars
Une brochure du colonel Fabvier *(Lyon en 1817)* accusant le général Canuel d'avoir « monté » l'insurrection lyonnaise du 8 juin 1817 avec la complicité des ultras locaux provoque un vif débat à la Chambre des députés. Suite à cette publication, Canuel porte plainte pour diffamation contre Fabvier et le préfet de police de Lyon de l'époque, Sainneville. Tous deux sont condamnés, malgré le soutien du maréchal Marmont (1er juillet). Une souscription organisée à Lyon en faveur des deux condamnés permet de payer les amendes.

1er avril
Les troupes d'occupation sont ramenées de 150 000 à 120 000 hommes.

15 avril
Une loi votée par les Chambres renouvelle les sanctions prévues par l'ordonnance du 8 janvier 1817 contre ceux qui se livreraient à la traite des Noirs, conformément à un article additionnel du second traité de Paris (20 novembre 1815).

25 avril
Le montant total des dettes contractées par la France à l'étranger avant 1815, et que le gouvernement s'est imprudemment engagé à honorer en 1814 et 1815, s'élève à 1,6 milliard, alors qu'il était estimé en 1815 à 200 millions. Plus de 130 000 particuliers ont déposé des demandes d'indemnisation, parfois extravagantes. Depuis près d'un an, le duc de Richelieu négocie avec les alliés la réduction de cette énorme dette que, le voudrait-il, il ne pourrait acquitter. Si la Prusse fait preuve d'intransigeance, la Russie appuie le ministre. En janvier 1818, un accord préparé par Wellington a été conclu: la France se libère en cédant aux États alliés 16 millions de rente (soit un capital de 240 millions). La Chambre des députés (imitée par celle des pairs le 1er mai) accorde au gouvernement un crédit de 24 millions de rente (le surplus étant destiné à faire face aux 700 autres millions restant dus aux alliés), dont 21 sont placés le 30 mai auprès des banques Hope et Baring.

29 avril
Adoption du budget 1818 (voté le 14 mai par la Chambre des pairs, promulgué le 15). Les Chambres ont amendé le projet, décidant qu'à l'avenir la vérification de l'exercice passé serait séparée de l'examen du budget et confiée au début de la session à une commission spéciale. La seconde tranche de l'emprunt 1817-1820 est lancée pour 16 millions de rente. Les Chambres ont décidé que, à la différence de ce qui s'était passé en 1817, tous les Français seraient appelés à y souscrire pour un total de 14,6 millions. L'emprunt 1818 connaîtra un vif succès: 163 millions (dix fois le montant prévu) seront bientôt souscrits. Conséquence du succès remporté par l'emprunt, la rente remonte fin août à 80 francs.

mai
Vitrolles fait remettre au tsar une note secrète inspirée par le comte d'Artois qui demande aux puissances d'intervenir auprès du roi pour obtenir le changement du ministère dont la politique pourrait conduire, après le départ des troupes d'occupation, au retour des Jacobins. Fin juin, le texte de la note secrète commence à circuler. Le 24 juillet, Vitrolles est déchu de son titre de ministre d'État et renvoyé du Conseil privé du roi.

16 mai
Publication posthume des *Considérations sur les principaux événements de la Révolution française* de Mme de Staël.

29 mai
Laffitte et Antoine-Scipion Perier fondent la Caisse d'épargne et de prévoyance, banque de dépôt dont les versements, consacrés à l'achat de rentes sur l'État, rapportent un intérêt de 5 %.

6 juillet
Découverte de la conspiration dite « du bord de l'eau », conjuration royaliste dont le but aurait été d'enlever Louis XVIII pour le contraindre à renvoyer Decazes ou, en cas de refus, à abdiquer en faveur du comte d'Artois. Cette fois, le complot est réel, mais il n'a pas dépassé le stade des conciliabules. Plusieurs conjurés sont arrêtés. Le général Canuel, compromis, se constitue prisonnier le 21 juillet. Le général Donnadieu, également compromis, est simplement entendu comme témoin. Les poursuites seront abandonnées en novembre, faute de preuves suffisantes.

26 juillet
La garde nationale du Gard, suspecte d'avoir prêté la main aux violences perpétrées par les royalistes dans ce département, est dissoute et désarmée sans que le comte d'Artois ait été informé de cette décision.

août
Camille Jordan: *Session de 1817* (manifeste pour une rupture définitive du ministère avec la droite royaliste et l'accentuation de la voie libérale choisie en septembre 1816).

septembre
Le Dr Jean Étienne Dominique Esquirol (1772-1840) présente au ministre de l'Intérieur un mémoire: *Des Établissements des aliénés en France et du moyen d'améliorer le sort de ces infortunés*. Le gouvernement a confié au jeune aliéniste, qui a été interne auprès de Pinel, la mission de visiter tous les hôpitaux d'aliénés de France. Au cours de deux ans de tournée (1808-1810), il rapportera des observations précieuses et la conviction que tout reste à faire. Pour améliorer le régime auquel étaient encore trop souvent soumis les aliénés, il se préoccupa des plans et de la construction des hôpitaux. En 1825, il prend la direction de l'hospice de Charenton. Il publie en 1838 son principal ouvrage: *Des Maladies mentales considérées sous les rapports médical, hygiénique et médico-légal*.

27 septembre-15 novembre
Congrès d'Aix-la-Chapelle chargé d'examiner la possibilité d'une libération anticipée du territoire français. Le 9 octobre, les puissances signent une convention décidant l'évacuation complète du territoire français pour le 20 novembre suivant, l'extinction de tous les paiements liés à cette occupation et la réduction de l'indemnité de guerre restant à payer de 280 à 265 millions (100 millions payables sur-le-champ; 165 millions payables en neuf mensualités à compter du 1er janvier 1819), enfin restituant à la France plusieurs de ses possessions coloniales (Martinique, Guadeloupe, Guyane). Reste à trancher une dernière question: celle de la place de la France en Europe. Le 28 octobre, le tsar Alexandre Ier rencontre Louis XVIII à Paris. De retour à Aix-la-Chapelle, il impose à ses alliés, le 1er novembre, une note invitant le roi de France « à unir désormais ses conseils et ses efforts à ceux des quatre puissances, et à prendre part à leurs délibérations présentes et futures, consacrées au maintien de la paix et des traités sur lesquels elle repose ». La France rentre dans le concert européen, mais les alliés de 1815, prudents, renouvellent toutefois par une clause secrète l'alliance conclue contre elle à Chaumont (8 mars 1814).

30 septembre
Ordonnance réorganisant la garde nationale: celle-ci est replacée sous l'autorité de l'administration (préfets, sous-préfets, maires); elle sera désormais organisée d'après les rôles fiscaux afin d'y inclure en priorité les plus imposés mais sans tenir aucun compte des opinions politiques; les inspecteurs généraux nommés par le comte d'Artois sont supprimés. Monsieur, dont le titre de colonel-général devient purement honorifique, proteste puis s'incline.
Cadet de Gassicourt: *Les Quatre Âges de la garde nationale ou Précis historique de cette institution militaire et civile depuis son origine jusqu'en 1818*. L'ouvrage plaide pour un retour à l'institution de 1791.

8 octobre
Chateaubriand, Mathieu de Montmorency, Villèle, Fiévée et Lamennais fondent *Le Conservateur*, journal dont le succès contraste avec l'affaiblissement sans cesse plus prononcé du parti royaliste.

MATHIEU DE MONTMORENCY

Lorsqu'il rentre d'émigration, sous le Directoire, Mathieu de Montmorency (1767-1826) a rompu avec son passé libéral. L'ancien combattant de la guerre d'indépendance américaine, l'ami de La Fayette et de Condorcet en 1789, qui a fui la France après la chute du trône, revient non pas tant royaliste, ce qu'il n'a jamais cessé d'être, mais pénétré d'une foi profonde. Ce retour à la religion comme appui principal de l'État et principe organisateur de la société n'a rien de singulier: l'itinéraire de Montmorency est celui de beaucoup d'autres nobles qui ont abandonné dans les rigueurs de l'exil le scepticisme de leur insouciante jeunesse. L'un des premiers membres de la

Congrégation, vers 1810 Montmorency organise à l'ombre de cette organisation charitable la société secrète des Chevaliers de la foi. Proche du comte d'Artois dont il est l'un des conseillers, il devient pair après la Restauration et ministre des Affaires étrangères en 1821. Nommé gouverneur du duc de Bordeaux en janvier 1826, il meurt subitement le 26 mars, alors qu'il est en train de prier à Saint-Thomas-d'Aquin.

20 octobre
Élections législatives (renouvellement du second cinquième de la Chambre des députés). 55 sièges sont à pourvoir. La droite ultra n'obtient aucun élu et perd 15 sièges. Le ministère, au début confiant dans la possibilité de remporter une quarantaine de sièges, ne tarde pas à déchanter. À Paris même, il réussit difficilement à faire élire Ternaux contre Constant, mais Manuel a été élu en Vendée et dans le Finistère, La Fayette dans la Sarthe: le centre ministériel conserve la majorité mais perd quatre sièges, tandis que les Indépendants sont les vrais vainqueurs (parmi eux, Constant et Daunou). Résultat: Indépendants, 19 élus; centre, 36; ultras, aucun.

MANUEL

Après avoir fait carrière dans les armées révolutionnaires, Jacques-Antoine Manuel (1775-1827) était devenu avocat. Très lié avec Fouché, il s'efforce après Waterloo de faire proclamer le roi de Rome afin d'empêcher le retour des Bourbons. Un moment retiré de la politique, il tente sa chance aux élections de septembre 1817. Battu à Paris, il l'est de nouveau en 1818 mais réussit à se faire nommer par les électeurs vendéens. Il devient à la Chambre l'un des principaux ténors de l'opposition libérale, et l'un des rares ennemis de la dynastie qui y siègent. Toujours prompt à monter à la tribune pour y tonner contre la réaction royaliste, il est également mêlé de près aux conspirations fomentées par des officiers libéraux ou par les carbonari français entre 1820 et 1822. Réélu en 1822 en Vendée, il est cependant exclu de la Chambre le 3 mars 1823 pour avoir fait, selon ses adversaires, l'apologie du régicide. « Lâché » par plusieurs de ses « amis » libéraux qui le trouvent désormais bien encombrant, il ne réussit pas à se faire élire en 1824. Sa mort à Maisons, au domicile de son ami Laffitte, sera l'occasion d'une imposante manifestation libérale dans les rues de Paris, le 24 août 1827.

3 novembre
Le remboursement immédiat de 100 millions sur les 265 restant dus aux alliés contraint le ministre des Finances à inscrire plus de 6 millions de francs en rentes 5 %, ces 6 millions venant s'ajouter à toutes les rentes déjà lancées sur le marché. Cette fois, l'offre dépasse largement la demande: la rente, cotée 80 francs le 31 août, s'effondre à 65 francs, puis à 62 francs le 14 décembre. Ne pouvant compter sur le soutien des banquiers parisiens, qui ont eu l'impression d'être écartés de l'emprunt 1818 au bénéfice du public, le ministre Corvetto doit recourir à l'intervention du Trésor.

24 novembre
Dissolution de la conférence alliée formée à Paris pour surveiller l'application du traité du 20 novembre 1815.

28 novembre
Retour du duc de Richelieu à Paris où il doit arbitrer les divisions au sein du ministère que les élections d'octobre ont ravivées. Deux tendances s'opposent: Pasquier, Molé et Decazes entendent persévérer dans la politique suivie depuis septembre 1816, Lainé souhaitant au contraire, tout comme Richelieu également inquiet des progrès de la gauche, se rapprocher des royalistes en leur accordant le renvoi de Gouvion Saint-Cyr et la révision de la loi électorale du 5 février 1817.

30 novembre
Les troupes d'occupation alliées évacuent le territoire français.

7 décembre
Corvetto, malade, abandonne le ministère des Finances que Louis XVIII confie à Roy.

14-18 décembre
Scrutins pour la formation du bureau de la Chambre des députés. Plusieurs « réunions » se sont formées: l'une regroupe les députés du centre-droit proches de Lainé et, alliée à la droite, elle réussit à placer son candidat, Ravez, en tête des cinq candidats présentés au roi pour la présidence; une seconde (Ternaux) de centre-gauche s'allie à la réunion Laffitte qui regroupe les Indépendants et parvient à porter Courvoisier et Beugnot à la vice-présidence. Le 17, le roi a nommé Ravez président. Il sera reconduit dans cette fonction jusqu'en 1827.

21-26 décembre
Molé, qui a tourné casaque et rompu avec Pasquier et Decazes, démissionne du gouvernement en

compagnie de Lainé. Richelieu « suggère » à Louis XVIII qui répugne à le laisser partir de former un ministère homogène, de renvoyer Decazes et même, pour éviter qu'il ne devienne le point de ralliement de l'opposition, de lui donner une ambassade à Naples ou Saint-Pétersbourg. Louis XVIII s'apprête à sacrifier son « cher fils » lorsque les scrupules de l'honnête Lainé font capoter la manœuvre de Richelieu, qui démissionne le 26. Decazes et Pasquier suggèrent au monarque de faire appel au général Dessolle.

26 décembre
Marceline Desbordes-Valmore: *Élégies, Marie et romances.*

MARCELINE DESBORDES-VALMORE

Issue d'une famille ruinée par la Révolution, Marceline Desbordes (1785-1859) a été successivement couturière, comédienne et chanteuse, avant de renoncer à la scène après son mariage, en 1817, avec un comédien, Valmore, lequel, comme il sied à une poétesse romantique, la rendra très malheureuse. De son premier recueil de poèmes, les Élégies *de 1818, au dernier,* Bouquets et poésies, *en 1843, elle traverse l'histoire du romantisme aux côtés des plus grands, dont elle accompagne les chants de sa petite musique, sombre et délicate.*

29 décembre
Après la démission de Richelieu, le 26, formation du ministère Dessolle (président du Conseil et Affaires étrangères): Decazes (Intérieur), de Serre (Justice), Louis (Finances), Gouvion Saint-Cyr (Guerre), Portal (Marine). Le ministère de la Police est supprimé et redevient comme en 1814 une simple direction générale placée sous l'autorité du ministre de l'Intérieur. L'une des premières décisions du gouvernement est d'épurer ce qui reste d'ultras dans le corps préfectoral: 16 préfets et 40 sous-préfets sont remplacés.

1819

janvier
Martainville fonde *Le Drapeau blanc*, le plus violent des organes du parti royaliste.

6 janvier
Guizot est nommé directeur général de l'administration communale et départementale.

13 janvier
Rétablissement de l'exposition des produits de l'industrie, qui n'a plus été organisée depuis la fin de l'Empire. La première est prévue à partir du 25 août au palais du Louvre.

20 janvier
Une ordonnance autorise l'exportation des farines (interdite depuis 1815), à condition d'importer des grains étrangers en quantité au moins équivalente. D'autres ordonnances libérant l'exportation des denrées comestibles suivent cette première mesure.

2 février
Une loi accorde une récompense nationale au duc de Richelieu en érigeant en sa faveur un majorat de 50 000 francs de revenu. Les Chambres ont toutefois décidé, contre l'avis du ministère, que ce majorat retournerait à l'État en cas d'extinction de la ligne directe, chacun sachant pertinemment que le duc de Richelieu n'a pas d'enfants. Richelieu refuse cette récompense et en fait don à la ville de Bordeaux pour fonder un hôpital.

18 février
Le Moniteur publie un manifeste hostile à la droite royaliste rédigé par Rémusat et inspiré par Guizot qui marque la volonté du ministère (et surtout celle du ministre de la Justice, de Serre) d'ancrer la majorité au centre-gauche.

20 février-23 mars
Barthélemy, ancien membre du Directoire proscrit en 1797 et pair de France, se prononce en faveur d'une révision de la loi électorale de 1817. Cette proposition, combattue par le ministère et la faction libérale de la Chambre des pairs mais appuyée par la droite, donne lieu à l'un des plus vifs débats de la session. Les pétitions favorables à la loi de 1817 affluent sur le bureau de la Chambre des députés. La Chambre des pairs n'en adopte pas moins la proposition Barthélemy le 2 mars, par 98 voix contre 55. Elle est rejetée par la Chambre des députés le 23 mars.

4 mars
La Chambre des pairs confirme sa rupture avec le ministère en rejetant (93 voix contre 54) un projet de loi présenté par le baron Louis et voté par les députés le 16 février précédent qui reporte le début de l'année financière, pour des raisons techniques, du 1er janvier au 1er juillet et oblige en conséquence les députés à voter l'impôt pour dix-huit mois au lieu de douze.

Une ordonnance supprime les exemptions de taxes concédées aux importateurs de grains à l'époque de la crise des subsistances de 1816.

5 mars
Nomination de 59 nouveaux pairs (dont 15 des 22 pairs éliminés après les Cent-Jours): le gouvernement retrouve une majorité dans la Chambre des pairs (il lui avait manqué 43 voix le 2 mars).

16 mars
Decazes trouve un compromis dans le conflit qui l'oppose aux Frères de la doctrine chrétienne, ceux-ci refusant de se soumettre à l'ordonnance du 29 février 1816 sur l'enseignement primaire: l'Université continuera d'être seule habilitée à délivrer les brevets de capacité permettant d'enseigner, mais la congrégation jugera elle-même de l'aptitude de ses maîtres d'école.

30 mars
Sur quatre élections législatives partielles, le ministère ne l'emporte qu'en Loire-Inférieure. Dans le Rhône, la Sarthe et le Finistère, la consultation tourne à l'avantage des candidats indépendants.

9 avril
Formation, sous la présidence du duc d'Angoulême, d'une Société royale pour l'amélioration des prisons.

10 mai
Un conseil réuni par Decazes préconise l'élection des officiers de la garde nationale au-dessous du grade de chef de bataillon.

17, 26 mai
La Chambre des députés passe à l'ordre du jour sur de nombreuses pétitions demandant le rappel des proscrits de 1815 qui lui ont été adressées. Dès 1818 cependant, plusieurs victimes de l'ordonnance du 24 juillet 1815 (les généraux Lobau et Marbot; Defermon, etc.) sont rentrées en France, amnistiées en vertu de décisions individuelles. Soult sera à son tour amnistié le 26 mai.

17, 26 mai et 9 juin
Promulgation des trois lois de Serre sur la presse. Le ministre de la Justice a présenté ces trois projets à la Chambre des députés le 22 mars: le premier concerne les crimes et délits commis par voie de presse, le second la juridiction chargée de poursuivre ces crimes et délits, le troisième les journaux et les écrits périodiques. Ils s'ordonnent respectivement autour de trois principes fondamentaux: ce ne sont pas les opinions livrées à la publicité qui seront passibles de poursuites mais les délits de droit commun dont elles peuvent être le véhicule; les affaires de presse seront déférées devant les tribunaux criminels, donc jugées par les jurys; l'autorisation préalable et la censure seront supprimées et remplacées par une déclaration signée par deux éditeurs ou propriétaires engageant leur responsabilité et par le dépôt d'un cautionnement de 10000 francs en titres de rente. Le débat s'est ouvert à la Chambre le 10 avril; il dure jusqu'au 5 mai.
Les députés ont apporté plusieurs amendements aux projets. Ainsi, pour éviter que le seul fait de l'impression puisse établir la complicité de l'imprimeur, ils ont précisé que celle-ci ne pourrait être engagée que s'il avait sciemment imprimé un ouvrage condamné, ce qui revenait de fait, en raison de l'impossibilité de prouver l'intention, à décréter l'irresponsabilité de l'éditeur (16 avril).
Ils ont également décidé que seraient passibles de poursuites les offenses non seulement aux bonnes mœurs et à la morale publique, mais «à la morale publique et religieuse», façon de repousser les demandes de la droite qui souhaitait une protection spéciale pour la religion catholique (19 avril).
Enfin – et c'est la modification principale apportée au projet –, les simples injures et diffamations envers les particuliers resteraient du ressort des tribunaux correctionnels, tous les autres délits (notamment politiques) étant déférés devant le jury (26 avril). Les trois projets, votés les 21, 30 avril et 5 mai, sont ensuite communiqués à la Chambre des pairs qui les adopte à son tour les 15, 24 et 28 mai.
Première application des lois de Serre sur la presse: l'éditeur de *La Bibliothèque historique* et le rédacteur de *L'Homme Gris*, qui comparaissent devant le tribunal criminel de la Seine, seront acquittés par les jurés le 15 juillet.

1er juin
Abrogation de la censure. *L'Aristarque français* et *Le Constitutionnel*, supprimés respectivement en janvier 1816 et juillet 1817, reparaissent. Le *Journal général de France* est racheté par les libéraux et prend le titre d'*Indépendant*, le *Journal des débats*, ministériel, passe sous le contrôle de Chateaubriand, *Le Censeur européen* et *Le Drapeau blanc* deviennent des quotidiens. Le 15 juin, Benjamin Constant, Jouy et J.-P. Pagès lancent *La Renommée*. Six jours plus tard, Guizot et Rémusat fondent avec l'argent de Decazes *Le Courrier* pour remplacer les *Archives philosophiques* disparues en décembre 1818 (le 1er février 1820, *Le Courrier* deviendra *Le Courrier français*).

1er juillet
Des bagarres éclatent à Paris après la suspension du cours de Bavoux, professeur à l'École de droit, accusé d'avoir dénoncé la législation despotique de l'Empire au nom des principes de 1789. L'École de droit est fermée, Bavoux poursuivi devant les tribunaux. Le 10 juillet, saisie d'une pétition rédigée par les élèves, la Chambre des députés passe à l'ordre du jour malgré les efforts de la gauche pour obtenir le renvoi de la pétition au président du Conseil.

10 juillet 1819-10 avril 1820
Courier: *Dix lettres au rédacteur du Censeur.*

14-17 juillet
Promulgation du budget 1819 voté par les Chambres. Pour la première fois, celui-ci fait l'objet de deux lois (dépenses, recettes) présentées, discutées, votées et publiées séparément.

16 juillet
Une loi réduit les taxes à l'importation des grains.

31 juillet
L'affaire du Concordat arrive à son dénouement. À la demande du cardinal Consalvi, le gouvernement français adresse au pape une note officielle affirmant que le clergé de France exécutera la mesure provisoire prise par le souverain pontife (le rétablissement du Concordat de 1801), et que l'intention du roi est d'abréger le plus possible la durée de cette mesure et d'obtenir progressivement, « selon les formes constitutionnelles », l'augmentation du nombre des évêchés (de 60 à 80, soit un par département). À la suite de cet accord, Pie VII rétablit provisoirement le Concordat de 1801. Les évêques y adhèrent le 13 septembre; le surlendemain, le Conseil d'État vérifie les bulles: le texte de 1817 est enterré pour de bon.

août
Royer-Collard démissionne de la présidence de la commission royale de l'Instruction publique.
Début de la publication des *Œuvres complètes* de Byron (1788-1824). Le succès est immédiat et la gloire de Byron universelle.

23 août
Création d'un Conseil général du commerce composé de négociants et d'un Conseil général des manufactures auprès du ministère de l'Intérieur.

25 août
Au Salon, *Le Radeau de la Méduse* de Géricault fait scandale. La toile est reçue comme une attaque contre le régime qui nommait des officiers ayant gagné leurs galons dans l'émigration. C'est surtout le premier grand tableau romantique.

28 août
Henri de Latouche publie la première édition, incomplète, des *Œuvres complètes* d'André Chénier. Il révèle ainsi au public l'œuvre du poète guillotiné en 1794, dont seules quelques pièces avaient été publiées précédemment: *La Jeune Captive* en 1795 dans *La Décade philosophique*, *La Jeune Tarentine* en 1801 dans le *Mercure*. André Chénier sera l'une des gloires littéraires des années 1820 et 1830, les romantiques voyant en lui un précurseur dont ils opposent l'œuvre poétique à celle, d'inspiration néoclassique et révolutionnaire, de son frère Marie-Joseph (décédé en 1811).

8 septembre
Le préfet de la Côte-d'Or, Stanislas de Girardin, organise les premières fouilles sur le site d'Alésia.

11 septembre
Élections législatives portant sur 55 sièges (renouvellement du troisième cinquième de la Chambre élue en 1816). La gauche remporte 35 sièges (gagnant ainsi 25 voix à la Chambre), tandis que la droite perd 10 sièges et le ministère 15. L'abbé Grégoire, soutenu par *Le Censeur*, est élu dans l'Isère grâce à l'appoint des voix royalistes. Benjamin Constant a refusé son appui.

23 octobre
Le résultat des élections a convaincu Decazes de ne pas courir le risque d'une nouvelle victoire de la gauche lors du renouvellement partiel de 1820. Ayant rallié de Serre à l'idée d'une réforme de la loi électorale de 1817, il recherche le soutien de la droite pour former une nouvelle majorité et contacte Villèle. Pour donner à la droite un gage de sa bonne foi et apporter la preuve qu'il a abandonné toute idée d'alliance à gauche, Decazes fait dissoudre la Société des amis de la liberté de la presse et poursuivre ceux qui abritent à leur domicile ses réunions.
Première, à l'Odéon, des *Vêpres siciliennes* de Casimir Delavigne. À cette tragédie d'inspiration libérale (« Va mourir pour ton prince, Et moi pour mon pays »), les légitimistes opposent le *Louis XI* d'Ancelot, créé à la Comédie-Française le 5 novembre.

24-27 octobre
À Brest, des rassemblements tumultueux contraignent les prêtres des Missions de France à inter-

rompre leurs prédications et à quitter la ville. Quelques jours plus tard, ils sont menacés et insultés à Morlaix puis Châteaulin.

L'Église à la reconquête des âmes

Fondée en 1814, la congrégation des Missions de France s'est donné pour but la rechristianisation de la France. D'autres sociétés voient le jour après 1815, toute une armée bien résolue à reconquérir l'âme des populations d'un royaume qui fut jadis la fille aînée de l'Église. À grandes ambitions grands moyens.

Les missionnaires débarquent en groupe, interdisent les réjouissances profanes et organisent des exercices répétés de piété assortis de prédications qui forment le clou du spectacle. Le ton est militant ; il s'agit d'impressionner pour mieux ramener les âmes égarées. Les habitants sont réunis dans les églises ou dans les cimetières ; là, ils sont fermement invités à expier les péchés commis par les Français depuis un quart de siècle. Confessions en masse, communions collectives, longues processions où se trouvent associés les autorités et les gardes nationaux, le crucifix à la boutonnière, érections de gigantesques croix... tout un théâtre religieux dont l'effet est des plus douteux, même si les foules sont nombreuses. Mais les missionnaires partis, rien n'indique que leurs sermons et leurs mises en scène aient plongé des racines profondes dans les esprits. Conversions d'un jour : la fête terminée, chacun retourne à ses habitudes.

Le seul résultat tangible est sans doute d'aviver davantage encore les haines et les rancœurs qui divisent le pays. L'audace des missionnaires irrite les libéraux et les pousse à réagir avec une vigueur qui ne manque pas en retour d'exaspérer les croyants. Des incidents violents éclatent à Rennes en janvier 1817 ; en avril 1818, le préfet de l'Allier interdit la mission prévue à Moulins. L'abbé Rauzan, son organisateur, est rappelé à Paris par le ministre de l'Intérieur, Lainé, et une sourdine est mise aux missions. Mais elles reprennent de plus belle dès la fin de l'année, provoquant de plus en plus souvent des incidents que les préfets s'efforcent d'éviter en contraignant les missionnaires à ne déployer leurs talents que dans des lieux fermés, placés sous la protection de la gendarmerie.

Le bilan des missions est négatif : non seulement elles n'ont pas réussi à reconquérir les âmes, ou dans des proportions négligeables, mais surtout elles ont contribué à éloigner la société nouvelle de la religion, dans la mesure où le combat qu'elles ont mené pour la restauration de la foi était aussi un combat en faveur de la restauration du trône : pas une mission en effet où l'on n'invite le peuple à demander pardon à Dieu pour la mort de Louis XVI, de Louis XVII et de Marie-Antoinette. L'époque post-révolutionnaire et post-impériale est sans aucun doute possible le moment d'un renouveau religieux. Mais de celui-ci, le Génie du christianisme *de Chateaubriand est un meilleur symbole que les missions. Encore que le choix du symbole suffise à marquer les limites d'un renouveau qui s'exprime plus dans les arts et la vie intellectuelle que dans la société.*

On n'a jamais autant lu Voltaire et Rousseau : plus de 2 700 000 volumes des œuvres des philosophes du XVIIIe siècle sont imprimés entre 1817 et 1824. Si Chateaubriand règne sur le faubourg Saint-Germain, Voltaire gouverne les esprits en province. Pour singulier qu'il soit, ce trait n'en est pas moins significatif. L'œuvre de restauration religieuse n'a pas eu lieu.

Il ne faut pas exagérer l'importance d'une organisation telle que la Congrégation (organisation charitable créée clandestinement en 1801 et dirigée depuis 1814 par le père Ronsin). Les libéraux en ont fait une sorte de pieuvre étendant ses tentacules sur le pays entier : elle ne regroupe pas plus de 2 400 membres à Paris au début des années 1820.

Sans doute l'organisation des Chevaliers de la foi sort du sein de la Congrégation et, notamment à partir de 1822, favorise une politique de réaction religieuse. Mais celle-ci échoue. Il faut d'ailleurs distinguer ces tentatives infructueuses de contre-révolution religieuse de l'œuvre de reconstitution d'une Église capable de répondre aux besoins.

Ici les gouvernements successifs de la Restauration ont obtenu des résultats positifs : le nombre des ordinations, d'environ 600 par an sous l'Empire, s'élève à 1 400 en 1821 et atteint le chiffre de 2 350 en 1829. Il y avait 53 « écoles ecclésiastiques » destinées à assurer le recrutement pour les grands séminaires en 1814, on en dénombre 128 en 1828. À la veille de la révolution de 1830, la France compte 40 500 prêtres : c'est mieux qu'en 1814 (36 000), c'est encore loin de 1789 (72 000). L'augmentation du nombre des vocations est encouragée par une politique suivie par tous les gouvernements depuis 1815 : le budget des cultes double entre 1814 et 1830, de 1,2 million à 2,4 millions ; les traitements sont augmentés (1 200 francs pour un curé au lieu de 1 000, 800 francs pour un simple desservant au lieu de 500).

Surtout, la Restauration renforce la présence du clergé dans l'enseignement, façon d'entreprendre la reconquête des âmes par un investissement à long terme bien différent des grotesques démonstrations des missionnaires. Le clergé se voit accorder une influence importante sur l'organisation et la surveillance de l'enseignement, notamment primaire. L'Église, sans doute, n'a jamais pu réunir les moyens de sa politique. Il y a au début des années 1820 près de 28 000 écoles primaires, mais seulement quelques centaines de Frères des écoles chrétiennes (un millier en 1822) susceptibles de prendre en main l'éducation des enfants. Celle-ci, dispensée par les Frères ou non, est à base religieuse, ce qui explique l'attention sourcilleuse avec laquelle les évêques exercent le droit de surveillance qui leur a été accordé.
L'Église rencontre plus de succès dans l'enseignement secondaire, notamment après la nomination en 1824 de Mgr Frayssinous au poste (supprimé en 1815) de grand maître de l'Université: les cours de philosophie deviennent la chasse gardée des prêtres, les ecclésiastiques en assurant plus des trois quarts.
La Restauration a même sa guerre scolaire, entre 1817 et le milieu des années 1820, lorsqu'une Société pour l'instruction élémentaire soutenue par les libéraux (notamment le duc de La Rochefoucauld-Liancourt) entreprend d'implanter en France la méthode anglaise du monitorial system *ou système d'enseignement mutuel. Celle-ci permet de remédier au manque d'instituteurs en donnant à chaque maître la possibilité de s'occuper de plusieurs écoles à la fois: le maître n'a en effet pas de contact direct avec l'ensemble des élèves. Il enseigne seulement aux plus doués, chargés ensuite de transmettre ce qu'ils ont appris à leurs camarades. Ce mode d'éducation qui favorise en même temps l'apprentissage civique, et déplaît fortement à l'Église, remporte un certain succès.*
À partir de 1817, la commission de l'Instruction publique encourage l'enseignement mutuel en subventionnant ses écoles et en autorisant les recteurs à l'introduire dans leurs académies. C'est également un moyen de soustraire ces établissements à l'influence « révolutionnaire » en les faisant rentrer dans le giron de l'Université, mais cette bienveillance favorise l'essor du système: il existe 912 écoles mutuelles en 1819, dont 67 de filles, 1 300 en 1820, groupant environ 150 000 élèves. Mais après 1820, et surtout après l'arrivée de Villèle au pouvoir, l'enseignement mutuel, dénoncé sans relâche par l'Église, privé d'une bonne partie de ses subventions, périclite: il ne groupe plus que 258 écoles et 27 000 élèves en 1827.
Tout au long de la Restauration, l'école constitue un enjeu de premier plan pour l'Église, au sortir d'un quart de siècle de tourmente révolutionnaire qui l'a laissée appauvrie, affaiblie et déshonorée dans ses hautes sphères par sa conduite servile à l'égard de l'Empereur, servilité qu'elle a trop souvent cherché à se faire pardonner par des excès de zèle royaliste et contre-révolutionnaire qui ont moins servi sa cause qu'ils ne lui ont nui.

octobre
Le gouvernement met au point le projet d'une nouvelle loi électorale, inspirée par de Serre et le duc de Broglie: la Chambre des députés, composée de 456 députés (au lieu de 262) sera renouvelée intégralement tous les sept ans; chaque département sera divisé en collèges électoraux d'arrondissement où voteront les citoyens payant 300 francs d'imposition. Ces collèges éliront les députés au scrutin direct. Un certain nombre de députés toutefois seront élus par des collèges électoraux de département regroupant les citoyens acquittant un impôt de 600 francs. Ceux-ci bénéficieront donc d'un double vote, puisqu'ils feront partie à la fois du collège de leur arrondissement et du collège du département.
La France et l'Angleterre font une démarche commune auprès du dey d'Alger, Husayn, pour lui demander de mettre un terme aux actes de piraterie dirigés contre leurs vaisseaux. Le dey n'en tient aucun compte. Pour manifester sa colère, il augmente même la redevance que lui paie la France pour les comptoirs commerciaux qu'elle possède en Afrique du Nord, exigeant 214 000 francs au lieu des 60 000 francs versés en exécution d'un traité de 1817. La France refuse d'acquitter pareille somme. Sur un autre point pourtant, elle parvient à un accord avec le dey: il s'agit de la dette contractée par le Directoire à l'égard de deux commerçants bien introduits dans le commerce algérois, Bacri et Busnach. Ces derniers réclamaient depuis cette époque 14 millions que Bonaparte et les gouvernements suivants avaient refusé de payer, jugeant la somme extravagante. Le gouvernement français accepte en 1820 de payer 7 millions. Cette affaire conduira à la conquête de l'Algérie en 1830.

10 novembre
Dessolle, Louis et Gouvion Saint-Cyr étant hostiles à toute révision de la loi électorale, Decazes se prépare à former un nouveau ministère. Il contacte à nouveau Villèle, qui se dérobe, et fait appel au duc de Richelieu qui, le 13, informe Decazes de son refus.

20 novembre
De Serre ayant présenté le projet de réforme électorale au Conseil des ministres, Dessolle, Gouvion Saint-Cyr et le baron Louis démissionnent. Formation du ministère Decazes (président du Conseil et Intérieur), de Serre (Justice), Portal (Marine), Pasquier (Affaires étrangères), Roy (Finances), Latour-Maubourg (Guerre).

21 novembre
Une ordonnance rappelle à la Chambre des pairs les huit pairs des Cent-Jours encore tenus à l'écart. Le 24, le maréchal Grouchy est amnistié. Le 1er décembre, les bannis de 1815, à l'exception des Conventionnels régicides, sont autorisés à rentrer en France.

6 décembre
L'élection de l'abbé Grégoire le 11 septembre est invalidée par la Chambre des députés. Un seul député se lève pour s'opposer à cette exclusion lors de la contre-épreuve: Lambrechts.

24 décembre
Ternaux, chef de file du centre-gauche à la Chambre des députés, propose de n'accorder au ministre des Finances que quatre des six douzièmes provisoires de la contribution directe de 1820 qu'il demande. La Bourdonnaie renchérit en ne voulant accorder que deux douzièmes, ce qui revient à refuser de financer le gouvernement. La demande du ministre des Finances est cependant votée par 137 voix contre 79, grâce notamment à l'intervention de Villèle qui, pour la première fois, s'est opposé aux plus radicaux des ultras.

1820

24 janvier
Siméon assure l'intérim du ministère de la Justice, où il remplace de Serre, gravement malade.

5 février
Les libéraux commémorent le second anniversaire de la loi électorale de 1817 au cours d'un banquet.

5-9 février
Le gouvernement apporte, avec le concours discret de Villèle, quelques modifications au projet de loi électorale: le renouvellement septennal intégral est abandonné au profit du renouvellement annuel par cinquième rétabli, mais il est prévu que la loi ne sera appliquée qu'à partir de 1825.

13-14 février
Le duc de Berry est poignardé à sa sortie de l'Opéra par Étienne Louvel, un garçon sellier qui voulait par ce geste tuer le seul prince royal susceptible de perpétuer la race des Bourbons (en fait, il a agi trop tard: la duchesse de Berry est enceinte). Le duc de Berry meurt à 6h du matin. Il est inhumé à Saint-Denis le 22 février.
Un Conseil réuni par Louis XVIII décide le principe de plusieurs lois d'exception.

15 février
Decazes présente à la Chambre des députés le projet de loi électorale, à celle des pairs un texte suspendant la liberté de la presse pour une durée de cinq ans; Pasquier dépose à la Chambre des députés un projet de loi renouvelant jusqu'à la fin de la session 1820 (été 1821) la loi du 12 février 1817 sur la liberté individuelle (qui elle-même prorogeait la loi du 29 octobre 1815).
L'un des lieux de rendez-vous favoris des libéraux, le café Lemblin, est mis à sac.

16-17 février
Informé que la droite est bien résolue à s'allier s'il le faut à la gauche, en faisant rejeter les lois d'exception pour obtenir coûte que coûte le renvoi de Decazes, celui-ci, avec l'appui de Louis XVIII, contacte une nouvelle fois Richelieu: nouveau refus.

16-18 février
Le comte d'Artois et la duchesse d'Angoulême supplient à plusieurs reprises le roi de renvoyer Decazes. Louis XVIII refuse.

20 février
Convaincu la veille par le comte d'Artois, Richelieu forme son second ministère: Siméon remplace Decazes à l'Intérieur, Portalis succède à Siméon à l'intérim du portefeuille de la Justice (de Serre reprend son portefeuille le 18 mai). Les autres ministres (Portal, Pasquier, Roy, Latour-Maubourg) conservent leurs portefeuilles. Guizot quitte la direction de l'administration départementale au ministère de l'Intérieur.

27 février
La Chambre des pairs vote la loi sur la presse rétablissant l'autorisation préalable et la censure, mais en limitant son application à la fin de la session de 1820 (été 1821).

mars
Élections partielles: les libéraux remportent trois des quatre sièges à pourvoir (Seine-Inférieure,

Charente-Inférieure, Isère), les ultras un (Vaucluse). Benjamin Constant: *Des motifs qui ont dicté le nouveau projet de loi sur les élections.*

6 mars
Un pronunciamiento militaire contraint Ferdinand VII d'Espagne à rétablir la Constitution libérale de 1812.

11 mars
Fiévée, dans *La Quotidienne,* rompt publiquement avec ses amis royalistes qui ont finalement décidé de voter les lois d'exception.
Mise en vente et succès foudroyant des *Méditations poétiques* de Lamartine, publiées sans nom d'auteur, qui marquent la naissance, en France, de la poésie romantique.

Lamartine

Issu d'une famille au service du duc d'Orléans, Alphonse de Lamartine (1790-1869) avait reçu dans l'émigration une éducation catholique et royaliste. Frappé comme le héros de Musset par le « mal du siècle », Lamartine passe sa jeunesse à rêver, cultiver son spleen, attendre une hypothétique mission diplomatique et écrire. On peut dire qu'il se révèle en 1820 lorsque ses Méditations poétiques *le hissent d'un coup au firmament des lettres. Comme un bonheur ne vient jamais seul, il entre la même année dans la carrière par un poste d'attaché de l'ambassade de France à Naples, poste qu'il troque en 1825 pour un autre à Florence. C'est en Italie qu'il compose ses* Nouvelles Méditations poétiques *(1823). Rentré en France en 1828, Lamartine est élu à l'Académie française l'année suivante, événement qui marque le triomphe du romantisme, admis pour la première fois dans la citadelle du classicisme. En juin 1830, la publication des* Harmonies poétiques et religieuses *confirme Lamartine dans le rôle de chef de file du romantisme. Dans les années 1830, il compose quelques chants destinés à une vaste composition épique qui ne verra pas le jour (*Jocelyn, *1836;* La Chute d'un ange, *1838), et publie en 1839 un recueil de pièces diverses* (Recueillements poétiques), *mais déjà il se consacre de plus en plus à l'action politique.*
C'est en octobre 1830, après avoir mis un terme à sa carrière diplomatique, que Lamartine fait son entrée sur la scène politique, en publiant un essai sur La Politique rationnelle*: monarchie constitutionnelle, séparation de l'Église et de l'État, liberté de la presse, abolition de la peine de mort et de l'esclavage, éducation libre mise à la portée de tous... En 1832 et 1833, il entreprend un long voyage au Moyen-Orient qui le conduit en Grèce, en Turquie, en Palestine, au Liban, et ajoute une couleur à sa palette: une bonne connaissance des questions diplomatiques auxquelles il s'est déjà initié en Italie sous la Restauration. En 1833, il est élu député par les électeurs de Bergues (Nord) et il occupe à la Chambre une position originale: celle d'un légitimiste défendant des idées libérales en matière d'éducation et de questions sociales ou humanitaires. À partir de 1838, il se dévoue plus particulièrement en faveur d'un développement des chemins de fer dirigé par l'État, combat qu'il poursuivra, en dépit d'échecs répétés, jusqu'à la fin de la IIe République. Le 15 février 1842, il rompt avec Guizot en dénonçant l'immobilisme gouvernemental, et rejoint l'opposition. Adversaire de Guizot, Lamartine ne souhaite pas la chute du régime, craignant les conséquences d'une nouvelle révolution.*
C'est après bien des hésitations qu'il se résigne, le 24 février 1848, à appuyer la demande de formation d'un gouvernement provisoire auquel il est aussitôt élu. Il est désormais en première ligne, face aux vagues de manifestants qui ne cessent de déferler devant l'Hôtel de Ville, face également à l'aile radicale du gouvernement qui tente d'imposer la proclamation de « l'organisation du travail ». Remarquable orateur, Lamartine fait front, apaise les manifestants, colmate les brèches entre ses collègues et se démène en même temps au ministère des Affaires étrangères pour rassurer l'Europe sur les intentions pacifiques de la République. En avril 1848, il est si populaire que dix départements l'élisent à la Constituante. En mai encore Paris l'acclame lorsqu'il est élu l'un des cinq membres de la Commission exécutive qui succède au gouvernement provisoire. En juin, il ne reste rien de cette belle popularité. L'imminence de la confrontation, inéluctable, avec les ouvriers des Ateliers nationaux le broie. Dans les rues, le 23 juin, on crie « À bas Lamartine ! » Il est fini, oublié par la rue tandis que ses collègues députés élus en avril et vivant dans la terreur de juin continuent de voir en lui le symbole des illusions généreuses de la révolution de Février. Score lamentable à l'élection présidentielle du 10 décembre: 21 000 suffrages, soit 0,3 %.
Il abandonne la politique pour se consacrer à la rédaction d'une autobiographie romancée, Raphaël, *publiée en 1849. La même année, il publie ses* Confessions. *Jusqu'à sa mort, en 1869, il s'attelle à la rédaction d'un monumental* Cours familier de Littérature *en 28 volumes (1856-1869), principalement destiné à payer d'énormes dettes.*

18 mars
Le journal *Le Conservateur* décide, à l'instigation de Chateaubriand, de cesser de paraître après le rétablissement de la censure.

26 mars
Prorogation de la loi du 12 février 1817 suspendant la liberté individuelle: elle permet (jusqu'à l'été de 1821) de mettre en état d'arrestation pendant trois mois les individus prévenus de complot contre la personne du roi ou la sûreté de l'État. Le 30-31, un comité regroupant les principales figures du parti libéral lance une souscription en faveur des futures victimes de la loi sur la liberté individuelle.

31 mars
Promulgation de la loi sur la presse présentée par Decazes le 15 février: l'autorisation préalable et la censure sur les journaux politiques sont rétablies jusqu'à la fin de la session de 1820 (juillet 1821). Les journaux existants sont dispensés de solliciter une nouvelle autorisation. En cas d'infraction et de poursuites devant les tribunaux, le gouvernement peut interdire la publication incriminée avant même un éventuel procès, et six mois après. Les infractions à la censure sont jugées en correctionnelle, les délits politiques continuant d'être renvoyés devant les cours d'assises (jury) conformément aux lois de Serre de mai-juin 1819.

avril
Fiévée: *Quelques réflexions sur les trois premiers mois de l'année 1820*, dans lesquelles il dénonce l'alliance des royalistes et de la «coterie» ministérielle contre les libertés publiques.

5 avril
Entrée en vigueur de la censure. *Le Conservateur*, *La Minerve*, *La Bibliothèque historique* et *L'Aristarque français* cessent de paraître. Les éditeurs de *La Bibliothèque historique* continuent cependant de publier leur feuille sous divers titres éphémères (*Documents historiques*, *Aperçus historiques* ou *Variétés historiques*). L'un des rédacteurs de la défunte *Minerve*, Lacretelle aîné, recourt lui aussi à cette astuce: il fait paraître successivement des *Lettres sur la situation de France*, un *Portefeuille politique*, un *Panorama*, etc. Beaucoup d'autres feuilles éphémères paraissent également, dont un grand nombre sortent des presses de l'imprimerie Corréard, au Palais-Royal. D'autres journaux laissent des blancs là où les ciseaux de la censure ont coupé (au total 40 800 lignes d'avril à décembre 1820). La censure et les tribunaux sévissent contre les journaux continuant de paraître: les éditeurs du *Constitutionnel* sont condamnés à deux ans de prison et 10 000 francs d'amende, ceux des *Lettres normandes* à un mois de détention. En avril, *L'Indépendant* fusionne avec *Le Censeur européen* qui à son tour, le 22 juin, se réunit avec *La Renommée* au *Courrier français*. À la fin du mois de juin, il ne reste plus que deux journaux libéraux, *Le Constitutionnel* et *Le Courrier français*. Quant au *Journal des débats*, il redevient ministériel. La répression n'empêche pas la création de plusieurs journaux, de droite il est vrai: *Le Défenseur, journal religieux, politique et littéraire*, fondé par Bonald, Lamennais et Lamartine qui s'étaient opposés au sabordage du *Conservateur* (1er mars), *L'Étoile*, considéré comme l'organe officieux de la Congrégation, *Le Régulateur* (1er novembre), *La France chrétienne* (3 janvier 1821).

17 avril
Le gouvernement remanie une nouvelle fois le projet de loi électorale: chaque collège d'arrondissement nommera autant de candidats que le département doit élire de députés, le collège de département, composé des électeurs les plus imposés (dans la proportion de 20 %), choisissant les députés sur cette liste.

15 mai-1er juin
Débat sur la loi électorale. Les débats vont se poursuivre jusqu'au 14 juin dans une atmosphère très tendue. Le 30 mai, Camille Jordan propose un amendement qui reçoit l'appui des libéraux et d'une partie du centre: former autant de collèges qu'un département doit nommer de députés. L'amendement Jordan est adopté par 128 voix contre 127. Le gouvernement est mis en minorité. Mais deux jours plus tard, l'amendement Jordan est rejeté par 133 voix contre 123. La rumeur ne tarde pas à s'emparer de l'affaire et à suggérer que des députés ont été achetés par le gouvernement.

3 juin
Tandis que le débat se poursuit sur la loi électorale, des bagarres éclatent sur la place Louis-XV et le pont Louis-XVI entre jeunes royalistes et jeunes libéraux. Un étudiant, Lallemand, est tué.

4 juin
Une ordonnance interdit les rassemblements. Le maréchal Macdonald est placé à la tête des troupes de Paris.

7 juin
Condamné à mort la veille par la Chambre des pairs siégeant en cours de justice, Louvel est exécuté en place de Grève.

9 juin
Manifestations et affrontements se poursuivent et font un nouveau mort.

10 juin
L'agitation retombe.

29 juin
Promulgation de la loi électorale adoptée à la Chambre des députés le 12 juin, par la Chambre des pairs le 28: le nombre des députés est porté de 258 à 430. Les 258 députés jusqu'alors élus par les collèges départementaux le sont désormais par des collèges d'arrondissement comprenant les citoyens domiciliés payant 300 francs d'imposition; 172 nouveaux députés sont élus par des collèges de département auxquels sont admis le quart des électeurs les plus imposés: ceux-ci votent dans les deux types de collège et disposent d'un double vote. La Chambre est élue pour cinq ans et renouvelée annuellement par cinquième.

2-9 juillet
Insurrection libérale dans le royaume de Naples: Ferdinand Ier est contraint de promulguer la Constitution espagnole de 1812.

4 juillet
Une loi répartit entre les propriétaires des 67 900 actions de la Banque de France en circulation le bénéfice net mis en réserve par une loi du 22 avril 1806, et qui s'élève à 13 768 527 francs, soit un peu plus de 200 francs par action de 1 000 francs.

16 juillet
Royer-Collard, Guizot et Camille Jordan sont exclus du Conseil d'État. Leur révocation complète l'épuration qui depuis plusieurs semaines frappe à gauche et au centre-gauche: le général Foy, inspecteur général de l'infanterie, et Laffitte, régent de la Banque de France, ont déjà été révoqués. Prosper de Barante est à son tour démis de ses fonctions de directeur des Contributions indirectes.

Le général Foy

Le général Maximilien-Sébastien Foy (1775-1825) avait effectué une brillante carrière militaire sous la Révolution et l'Empire. Aux Cent-Jours, il sert de nouveau Napoléon lors de la brève campagne qui s'achève par le désastre de Waterloo. Alors rentré dans la vie civile, il est élu député en 1817. À la Chambre, il siège avec la gauche libérale dont il se révèle bientôt le meilleur orateur. À l'inverse de beaucoup de ses amis politiques, il ne s'engage pas dans les conspirations des années 1820. Adversaire résolu du gouvernement Villèle, Foy s'illustre surtout dans les débats de politique étrangère, soutenant les révolutions libérales en Italie et en Amérique du Sud, condamnant l'intervention française en Espagne. Ses obsèques, après sa mort survenue le 28 novembre 1825, sont l'occasion d'une imposante manifestation libérale. Le sculpteur David d'Angers réalise pour son tombeau du Père-Lachaise un nu (esthétique néoclassique oblige) du général Foy à la tribune: un ridicule que ne méritait certes pas cet honnête homme.

23 juillet
Le Censeur européen publie la première des « Lettres sur l'histoire de France » d'Augustin Thierry. Un constat: « Nous n'avons point encore d'histoire de France. » Les neuf autres lettres seront publiées dans *Le Courrier français* (23 juillet-18 octobre 1820). Refondues, ces lettres seront publiées en volume en 1827. Cet ouvrage qui, selon Renan, « a changé complètement la face des études historiques ou, pour mieux dire, qui a fondé l'histoire parmi nous », inaugure l'exploration du passé national – si riche au XIXe siècle – pour comprendre la rupture de 1789.

19 août
Une tentative d'insurrection libérale, dite « conspiration du Bazar », est étouffée dans l'œuf. Elle a pris naissance par la rencontre, au début de l'été, de plusieurs groupes libéraux constitués vers la fin de 1819: une société secrète, l'« Union »; une loge regroupant les étudiants républicains, les « Amis de la Vérité », qui compte un millier de membres; la Société des amis de la liberté de la presse dont le recrutement s'est radicalisé depuis sa dissolution, sous l'impulsion notamment de Bérenger (de la Drôme); enfin des officiers bonapartistes (le colonel Maziau, le capitaine Noël Nantil, bientôt rejoints par les colonels Fabvier et Caron) qui se réunissent au « Bazar Français », rue Cadet. Ces différents groupes sont entrés en relation avec les chefs parlementaires du parti libéral, La Fayette, Voyer d'Argenson et Manuel. La date de l'insurrection qui doit aboutir au renversement des Bourbons est fixée dans plusieurs villes au 19 août. Mais comme souvent dans ce genre d'entreprise, certains conjurés ont pris peur et parlé. Le 19 août, 138 conjurés sont arrêtés; les chefs prennent le large.

Voyer d'Argenson

Arrière-petit-fils du lieutenant de police de Louis XIV, petit-fils du ministre de la Guerre de Louis XV, Marc-René-Marie Voyer d'Argenson (1771-1842) a servi dans l'armée jusqu'à la chute du trône en 1792. Il reprend, comme préfet (1809-1813), du service sous l'Empire. Élu député en août 1815, réélu en 1816, il commence une longue carrière à l'extrême gauche de l'hémicycle. Figure de proue du parti des « indépendants », apportant un soutien critique à la politique de Decazes, il se lance dans l'aventure des conspirations où se jette une partie de la gauche après la mort du duc de Berry et le virage à droite du pouvoir. L'un des chefs de la Charbonnerie française, il ne sera pourtant pas inquiété. Battu aux élections de 1824 mais réélu en 1828 puis après les journées de Juillet, il reprend sa place à gauche, mais sa contribution à la création de la Société des droits de l'homme, comme son républicanisme de plus en plus virulent et teinté d'idées sociales depuis sa rencontre avec Buonarroti en 1828, ne tardent pas à l'éloigner de la scène parlementaire : il n'est pas réélu en 1834.

Le baron Taylor commence avec Charles Nodier la publication des *Voyages pittoresques et romantiques dans l'ancienne France* (1820-1878) : près de 3000 planches lithographiées, 121 vignettes, 182 collaborateurs – auteurs, artistes (Géricault, Isabey, Ingres, Vernet) et photographes pour les derniers volumes.

Le baron Taylor

Issu d'une famille d'origine anglaise, le baron Isidore-Justin-Séverin Taylor (1789-1879) a reçu une éducation artistique approfondie. Proche de la famille Orléans et protecteur des artistes, il est nommé en 1825 commissaire royal près le Théâtre-Français, fonctions qu'il exerce avec tact en ces temps difficiles où s'affrontent partisans du romantisme et défenseurs du classicisme. En 1838, le baron Taylor devient inspecteur général des Beaux-Arts. À partir de 1821, il effectue de nombreux voyages, en France et hors de France, qui lui inspireront le meilleur de son œuvre écrite. Après la série des Voyages pittoresques et romantiques dans l'ancienne France, *le baron Taylor publiera notamment* Voyages pittoresques en Espagne, au Portugal et sur la côte d'Afrique *(1826-1832),* La Syrie, la Palestine et la Judée *(1835-1839),* Pèlerinage à Jérusalem *(1841) et* Voyages en Suisse, en Italie, en Angleterre *(1843).*

9 septembre
Saint-Simon : *Considérations sur les mesures à prendre pour terminer la Révolution.*

13 septembre
Le baccalauréat n'est plus seulement le premier des grades universitaires : désormais exigé pour entrer dans les facultés, les grandes écoles et les grandes administrations de l'État, il accède au rang d'institution.

15 septembre
L'assemblée des Cortes réunie à Lisbonne proclame une Constitution libérale inspirée de la Constitution espagnole de 1812.

29 septembre
La duchesse de Berry, sept mois après la mort de son mari, donne naissance à un fils, Henri-Dieudonné, duc de Bordeaux, « l'enfant du miracle ».

octobre
Guizot : *Du gouvernement de la France depuis la restauration et du ministère actuel.* En deux mois, cet ouvrage fait l'objet de quatre éditions. « La Révolution a été une guerre, la vraie guerre, telle que le monde la connaît entre deux peuples étrangers, écrit Guizot. Depuis plus de treize siècles, la France en contenait deux, un peuple vainqueur et un peuple vaincu [...]. » En 1789 vint le jour de vider leur querelle : « Le résultat de la Révolution n'était pas douteux. L'ancien peuple vaincu était devenu un peuple vainqueur », celui que les ultras attaquent aujourd'hui.

4 octobre
Ordonnance sur les études supérieures de droit et de médecine. Lainé est nommé président de la commission royale de l'Instruction publique.

23 octobre 1820-février 1821
Congrès de Troppau (Silésie autrichienne), convoqué pour déterminer la position des puissances à l'égard des événements de juillet 1820. Le 19 novembre, l'Autriche, la Prusse et la Russie signent un projet de protocole qui reconnaît à la première un droit d'intervention, diplomatique ou militaire, dans les affaires intérieures de la péninsule. Le 19 décembre, l'Angleterre refuse de signer ce projet. À la fin du mois de décembre, les congressistes se transportent à Laybach, où le roi

de Naples Ferdinand Ier, avec l'autorisation des révolutionnaires napolitains, doit les rejoindre.

1er novembre
Le marquis de Lauriston est nommé ministre de la Maison du roi (fonction supprimée depuis le renvoi de Blacas en 1815).

4 novembre
Une ordonnance accroît les pouvoirs de la Cour des comptes en étendant sa juridiction aux receveurs des différentes régies financières. Le 19 novembre 1826, une autre ordonnance étendra ces règles de comptabilité aux communes et aux établissements de bienfaisance, faisant de la Cour des comptes un organe central dans le fonctionnement des institutions.

4-13 novembre
La droite remporte les élections législatives pour le renouvellement d'un cinquième de la Chambre élue en 1816 (51 sièges) et l'élection de 172 nouveaux députés. Les libéraux remportent seulement 35 des 223 sièges à pourvoir. La physionomie de la nouvelle Chambre est profondément changée: sur 430 députés (au lieu de 258), la gauche en compte 80, les royalistes 160, dont 75 de 1815-1816. Les royalistes « circonspects », qui suivent les directives de Villèle, se séparent bientôt des anciens ultras, La Bourdonnaie en tête, rebaptisés « impatients ».

20 décembre
Une Académie royale de médecine est instituée à Paris pour tout le royaume.

21 décembre
Un accord est trouvé entre le ministère et le parti royaliste des « circonspects »: Villèle, Corbière et Lainé entrent au gouvernement comme ministres sans portefeuille. Corbière est par ailleurs nommé à la présidence du Conseil royal de l'instruction publique.

autres événements
- Dumont d'Urville ramène en France la *Vénus de Milo*.

1821

12 janvier-22 février
Congrès de Laybach, chargé d'examiner la situation napolitaine en présence du roi de Naples. Ferdinand Ier dénonce la Constitution qu'on lui a imposée (2-9 juillet 1820), répudie tous ses engagements et demande aux puissances leur soutien armé. L'Autriche obtient la permission d'intervenir en cas d'échec des négociations (elle a en fait déjà donné l'ordre à ses troupes de franchir le Pô et de se rapprocher de la frontière napolitaine).

27 janvier
Explosion d'un petit baril de poudre placé dans un escalier dérobé du château des Tuileries, non loin des appartements du roi.

février
Joubert et Dugied, tous deux impliqués dans la « conspiration du Bazar » du 19 août 1820 et réfugiés en Italie où ils sont entrés en contact avec les carbonari italiens, regagnent la France et fondent, avec quelques autres dont Buchez, la Charbonnerie. Celle-ci est organisée en « ventes » hiérarchisées et cloisonnées, jusqu'à la « haute vente » siégeant à Paris. La Charbonnerie aurait réuni jusqu'à 40000 membres. Parmi eux, des figures connues: Pierre Leroux, Arnold et Ary Scheffer, Cauchois-Lemaire, Augustin Thierry... Bientôt la « haute vente » passe sous le contrôle des principaux responsables du mouvement libéral, La Fayette, Voyer d'Argenson, Dupont de l'Eure, Manuel, le colonel Fabvier...

7 février
Séance tumultueuse à la Chambre, après un éloge de la cocarde tricolore par le général Foy.

10-12 février
À la Chambre, Chauvelin demande que les ministres s'expliquent sur la conduite du gouvernement français au congrès de Laybach et sur l'adhésion qu'ils ont donnée à l'intervention autrichienne dans le royaume de Naples.

22 février
Le ministre de l'Intérieur présente à la Chambre des députés un projet de réforme municipale et départementale. Sans remettre en cause la centralisation, le projet délègue aux préfets certaines attributions jusque-là dévolues aux ministres; si maires et adjoints restent nommés par le roi, conseillers municipaux, conseillers d'arrondissement et généraux seront désormais élus par un collège de forme variable, mais qui associe magistrats sortants, notables et contribuables les plus imposés. La droite et la gauche s'opposent à cette loi insuffisamment décentralisatrice. Le gouvernement, comprenant qu'il court à l'échec, retire le projet. Création de l'École des Chartes destinée à former les futurs archivistes et bibliothécaires et à ensei-

gner les disciplines auxiliaires de l'histoire (12 élèves en 1822). Fermée en 1823, l'École des Chartes rouvrira ses portes en janvier 1830.

26 février
Mort de Joseph de Maistre. *Du pape* est paru quelques mois avant sa mort; *Les Soirées de Saint-Pétersbourg, ou Entretiens sur le gouvernement temporel de la Providence*, dans lesquelles il a consigné le plus complètement sa pensée, tant politique que religieuse, paraissent peu après sa disparition. Maistre laisse de nombreux manuscrits, et une importante correspondance, qui feront l'objet d'une première édition, partielle, en 1853, et complète en 1884-1886.

27 février
Une ordonnance place les collèges, « pour tout ce qui concerne la religion », sous la surveillance des évêques. Les recteurs d'académie perdent ainsi une partie de leurs prérogatives. La même ordonnance permet aux « maisons particulières d'éducation » (c'est-à-dire aux établissements religieux) d'obtenir le statut et les privilèges des collèges royaux.

mars
À Lyon et Grenoble, des débuts de soulèvement provoqués par la rumeur de l'abdication de Louis XVIII sont enrayés.

3 mars
Saint-Simon: *Du système industriel*. En 1823-1824, Saint-Simon publiera, comme suite à cet ouvrage, un *Catéchisme des industriels*, complétant ainsi le projet d'une réorganisation scientifique de l'ordre social, placé sous la direction des « producteurs », savants et industriels.

Saint-Simon

*Issu d'une branche cadette de la famille du mémorialiste du siècle de Louis XIV, Claude-Henri de Rouvroy, comte de Saint-Simon (1760-1825), mène longtemps une existence aventureuse avant de se consacrer entièrement, à partir du début des années 1800, à la « science ». Jusque vers 1816, il s'attache, dans la voie tracée par les Idéologues, à fonder une science de l'homme susceptible d'expliquer rationnellement les faits moraux et les faits sociaux. Il définit la Révolution française comme « le passage du système féodal et théocratique au système industriel et scientifique ». À partir de cette analyse qui rapporte la rupture de 1789 à la nécessité historique, Saint-Simon élabore un projet de réorganisation de la société qui substituerait au pouvoir des élites traditionnelles de la naissance et de la propriété foncière celui des élites nouvelles de la richesse mobilière et du savoir (ce qu'il appelle le « parti industriel »), proposant de leur confier le gouvernement au moyen d'une stricte répartition des tâches: l'invention serait confiée aux intellectuels et aux ingénieurs, l'examen aux scientifiques, l'exécution aux entrepreneurs (*Du système industriel*; *Catéchisme des industriels*).*

À ces classes productives, Saint-Simon oppose les classes oisives, ainsi lorsqu'en 1820, dans l'un de ses journaux éphémères, L'Organisateur, *il présente la célèbre parabole dans laquelle il compare les effets que produirait respectivement, d'un côté la disparition subite de la famille royale et des 30 000 individus « réputés les plus importants de l'État », d'autre part celle des 3 000 membres de l'élite artistique, scientifique et économique: un simple « chagrin » dans le premier cas, « car il n'en résulterait aucun mal pour l'État », une profonde douleur dans le second, car ce serait la ruine de la nation (*Considérations sur les mesures à prendre pour terminer la Révolution*, 1820).*

*En 1824, avec Augustin Thierry, Saint-Simon propose un plan de réorganisation de l'Europe (*De la réorganisation de la société européenne, ou de la Nécessité et des moyens de rassembler les peuples de l'Europe en un seul corps politique, en conservant chacun son indépendance nationale*): il s'agit d'instituer un gouvernement fédéral européen, indépendant des gouvernements nationaux, qui réglerait les différends entre États et statuerait sur « toutes les questions d'intérêt général de la société européenne ». Ce gouvernement aurait pour principal organe un « Parlement européen » élu au suffrage direct par les savants, les magistrats, les commerçants et les industriels.*

*Il est impossible de rendre compte en quelques lignes d'une pensée aussi foisonnante que le fut celle de Saint-Simon. Pensée politique, pensée économique, sociale, religieuse aussi, puisque son objectif ultime fut toujours de fonder un « nouveau christianisme » indispensable à l'édification de la future société réconciliée (*Nouveau Christianisme, dialogues entre un conservateur et un novateur*, 1825). Du fédéralisme européen à la définition du rôle de la technocratie dans les sociétés modernes, de la perception des effets sociaux de l'essor du capitalisme industriel (encore à venir) au rôle accru de l'État dans les sociétés d'individus, les anticipations de Saint-Simon sont innombrables.*

Foisonnante, paradoxale, prémonitoire sur certains points et utopique sur d'autres, son œuvre fut l'une des principales matrices de l'histoire des idées au XIXe siècle. Saint-Simon se voulait un guide pour les générations futures. Même si son audience ne dépassa jamais de son vivant des limites très restreintes, il attira auprès de lui plusieurs des esprits les plus brillants du temps: Charles Dunoyer, Augustin Thierry qui fut son secrétaire de 1813 à 1817 et Auguste Comte qui lui succéda dans ces fonctions jusqu'en 1824 (même s'il nia par la suite toute influence de Saint-Simon sur la formation de ses idées).

En juin 1817, Saint-Simon lance avec Augustin Thierry L'Industrie, ou discussions politiques, morales et philosophiques dans l'intérêt de tous les hommes livrés à des travaux utiles et indépendants, *mais le journal cesse bientôt de paraître faute de lecteurs. Saint-Simon récidive pourtant en 1819, d'abord avec* Le Politique *(janvier-avril), puis avec* L'Organisateur *qui sera interdit en février 1820. En 1825, à la veille de sa mort, il fonde* Le Producteur.

C'est seulement après la disparition de Saint-Simon en 1825 que vient le temps du mouvement. Buchez, Enfantin et Carrel continuent la publication du Producteur *jusqu'en 1826, et relèvent ensuite (août 1829-août 1831)* L'Organisateur.

Au terme d'un lent travail souterrain, cette idéologie du gouvernement technocratique comme remède aux maux des passions et à l'affrontement des besoins se ramifie en multiples branches, dont certaines conduiront aux nombreuses écoles socialistes des années 1830 et 1840, tandis que d'autres inspireront le capitalisme en son essor des années 1850 et 1860.

5-17 mars

Élections législatives partielles portant sur 12 sièges: un seul libéral est élu.

9 mars

Guizot publie une édition des *Œuvres complètes* de Shakespeare dont il a revu la traduction, et qu'il fait précéder d'un *Essai sur la vie et les œuvres de Shakespeare.*

10 mars-8 avril

Révolution libérale à Turin, où les insurgés arborent les couleurs nationales et proclament la Constitution espagnole. Le roi de Piémont Victor-Emmanuel Ier refuse de prendre la tête de la révolution, abdique le 13 et se réfugie à Nice. Le 15, la France propose sa médiation pour éviter une conflagration entre les troupes autrichiennes et les forces napolitaines. Le 23, les Autrichiens occupent Naples, abrogent la Constitution libérale et rétablissent Ferdinand Ier. Le 8 avril, les troupes autrichiennes s'emparent de Turin et rétablissent Victor-Emmanuel Ier.

7 avril

En Grèce, un soulèvement éclate en faveur de l'indépendance. Le 18 juillet, la Russie adresse un ultimatum à l'Empire ottoman. Mais l'escalade s'arrête là: l'Angleterre et l'Autriche sont hostiles à une intervention russe en Méditerranée, la France hésite à s'engager. Cependant l'opinion publique prend feu pour les insurgés grecs.

11-25 avril

Malade depuis plusieurs mois et son état s'aggravant (il était probablement atteint d'un ulcère à l'estomac devenu cancéreux), Napoléon dicte son testament à Montholon.

4 mai

Début de la publication de la monumentale *Histoire des Français* de Sismondi (1821-1844).

5 mai

Napoléon meurt à Sainte-Hélène.

7 mai-16 juillet

Procès devant la Cour des pairs de 34 accusés dans la «conspiration du Bazar» éventée le 19 août 1820: trois accusés contumaces sont condamnés à mort, six autres à des peines de prison. Quelques jours avant le début du procès, Guizot a publié *Des conspirations et de la justice politique.*

21 mai

Loi de dotation de 12 nouveaux évêchés et créant les moyens de financement pour la création ultérieure de 18 autres.

22-30 mai

La Chambre examine un projet de loi affectant les restes du domaine extraordinaire au dédommagement des donataires qui ont perdu les dotations que l'Empire leur avait données à l'étranger. Cette mesure concerne 3 600 personnes. La droite dénonce un projet qui «récompense les ennemis les plus cruels de la maison royale et de la patrie» (Clausel de Coussergues) et contraint une nouvelle fois le gouvernement à plier devant ses exigences en acceptant un amendement laissant au roi le droit de juger de l'utilité d'accorder ce dédommagement (une rente s'élevant au maximum à 1000 francs soit, au total, le versement annuel de moins de 2 millions de pensions).

7 juin
Le gouvernement demande la prolongation de la censure sur la presse jusqu'à la fin de la session 1821 (juillet 1822).

4 juillet
Loi protectionniste sur l'importation des grains.

5 juillet
Paris apprend la mort de Napoléon.

La légende napoléonienne

Depuis l'accession de Bonaparte au pouvoir, l'historiographie officielle avait divinisé le héros et célébré à l'envi « les talents extraordinaires de cet homme prodigieux ». Comme devait l'écrire bien plus tard, en 1836, Alfred de Musset, Napoléon était l'Homme, « le seul homme en vie en Europe », dont « le reste des êtres tâchait de se remplir les poumons de l'air qu'il avait respiré ».
De celui dont le souffle nourrit toute vie à celui dont la vie tue toute vie, il n'y a qu'un pas que la propagande anglaise avait bientôt franchi, proposant de l'Empereur un portrait tout différent – celui de l'Ogre, du « tyran cruel et dégénéré » que les très nombreux pamphlets publiés en France après la déportation de Napoléon à Sainte-Hélène avaient répandu sans réussir toutefois à éteindre le culte jusqu'alors rendu à l'Empereur.
Les vétérans de la Grande Armée, oubliant les souffrances endurées pour ne plus se souvenir que de la gloire et de ce temps extraordinaire qui produisait des généraux de 30 ans, et jugeant le passé à l'aune des humiliations du présent, avaient entretenu la flamme. La légende noire de Napoléon n'avait pas pris racine. La mort de l'Empereur, le 5 mai précédent, l'ensevelit sous un regain de ferveur.
Les chansonniers s'en mêlent. Béranger chante le grand disparu : « Peut-être il dort, ce boulet invincible / Qui fracassa vingt trônes à la fois. »
L'émotion est d'autant plus forte que le rétablissement du régime impérial est plus improbable. L'homme est mort, mais avec lui le despote, pour libérer la légende du héros personnifiant la gloire de la France, la liberté et la défense des conquêtes de 1789.
Napoléon mort devient un drapeau pour l'opposition libérale. Edgar Quinet l'a écrit mieux que personne : « Lorsque en 1821 éclata aux quatre vents la formidable nouvelle de la mort de Napoléon, il fit de nouveau irruption dans mon esprit. Il revint hanter mon intelligence, non plus comme mon Empereur et mon maître absolu, mais comme un spectre que la mort a presque entièrement changé […]. Nous revendiquions la gloire comme un ornement de la liberté ».
Dès le mois d'août paraissent les premières brochures demandant le retour des cendres. L'une d'entre elles (Demande de translation des dépouilles mortelles de l'Empereur Napoléon) *vaut des poursuites à son auteur, Pierre Barthélemy. L'année suivante, en 1822, il faut imprimer, pour satisfaire la demande, 10 éditions successives du* Testament de l'Empereur.
En 1822 encore, la publication des souvenirs de son médecin, Barry O'Meara, et celle des Mémoires pour servir à l'histoire de France sous Napoléon, écrits à Sainte-Hélène par les généraux *[Gourgaud et Montholon]* qui ont partagé sa captivité et publiées sur les manuscrits entièrement corrigés de la main de Napoléon, *inaugurent une nouvelle phase du culte de l'Empereur, celui des mémoires de ses anciens compagnons ou de ceux qui l'ont suivi en exil : le comte de Ségur (1824), Bausset (1828), Bourrienne (1829), Gouvion Saint-Cyr, Larrey et Marco Saint-Hilaire en 1829-1831, plus tard Caulaincourt (1837).*
Mais le grand succès est celui remporté par le Mémorial de Sainte-Hélène, ou Journal où se trouve consigné jour par jour ce qu'a dit et fait Napoléon durant dix-huit mois *de Las Cases, publié en 1823. Les biographies de « l'homme extraordinaire » ont déjà commencé de se multiplier. Dès la mort de Napoléon, un auteur anonyme publie un* Napoléon, sa naissance, son éducation, sa carrière militaire, son gouvernement, sa chute, son exil et sa mort. *En 1822, Antoine-Vincent Arnault, répondant au souhait exprimé par l'Empereur dans son testament de le voir écrire son histoire, publie une* Vie politique et militaire de Napoléon *qui connaît un vif succès.*
Sans constituer un tournant, l'année 1827 est marquante à plusieurs titres. C'est en effet en 1827 que Walter Scott publie sa Vie de Napoléon Buonaparte, *dont les analyses nuancées entraînent cependant de promptes et vives répliques de la part des thuriféraires de l'Empereur. Le fidèle Gourgaud écrit une* Réfutation de la Vie de Napoléon par Sir Walter Scott *(1827) et Louis Bonaparte, frère cadet du disparu, une* Réponse à Sir Walter Scott sur son histoire de Napoléon *(1829).*

*L'année 1827 est également marquée par la publication de l'*Histoire de Napoléon *de Jacques Marquet de Montbreton de Norvins, dont le caractère souvent hagiographique n'exclut pas la pénétration d'esprit: «Napoléon, écrit-il notamment, est plutôt un homme de Plutarque qu'un héros moderne. Il est tombé comme un être d'une nature unique au milieu d'une civilisation qui lui était contraire»... Enfin, c'est en 1827 que les romantiques, rompant avec le légitimisme, expriment leur ralliement aux idées libérales en célébrant à leur tour le culte de l'Empereur. Ainsi, Victor Hugo qui, en 1822, écrivait encore que Napoléon ayant passé par la gloire et par le crime, n'était arrivé qu'au malheur, entonne en 1827, dans son* Ode à la colonne de la place Vendôme, *un tout autre refrain: «Que de fois, tu le sais, quand la nuit sous ses voiles / Fait fuir la blanche lune et trembler les étoiles, / Je viens, triste, évoquer tes fastes devant moi; / Et d'un œil enflammé dévorant ton histoire, / Prendre, convive obscur, ma part de tant de gloire, / Comme un Pâtre au banquet d'un Roi.» L'avènement de la monarchie de Juillet, en 1830, ne fera que donner une dimension officielle au culte né dès la mort de Napoléon: sa statue sera symboliquement replacée au sommet de la colonne Vendôme le 28 juillet 1833, et le gouvernement organisera en 1840 la cérémonie du retour des cendres.*

13 juillet
Publication posthume des souvenirs de Mme de Staël sur l'Empire: *Dix années d'exil.*

15-27 juillet
Villèle et Corbière posent leurs conditions à Richelieu: ils continueront de le soutenir en échange de trois portefeuilles ministériels donnés à des membres de leur parti (les ultras). Le président du Conseil ayant rejeté ces exigences, ils quittent le gouvernement le 27 juillet. Chateaubriand se solidarise avec eux et abandonne son ambassade de Berlin.

26 juillet
Une loi proroge la censure sur la presse jusqu'en 1822.

août
Création d'une «Association constitutionnelle pour la défense des intérêts légitimes» qui milite pour la restitution des biens nationaux à leurs anciens propriétaires.

28 août
Paul-Louis Courier est condamné à deux mois de prison pour un pamphlet dénonçant la Cour et faisant l'éloge de l'éducation reçue par le fils du duc d'Orléans *(Simple discours de Paul-Louis, vigneron de la Chavonnière, aux membres du Conseil de la commune de Véretz, département d'Indre-et-Loire, à l'occasion d'une souscription proposée par Son Excellence le ministre de l'Intérieur pour l'acquisition de Chambord).*

septembre
Fondation de la Société de la morale chrétienne: Guizot figure parmi les fondateurs.

27 septembre
La frontière entre la France et l'Espagne, où sévit une épidémie de fièvre jaune, est fermée.

octobre
Guizot: *Des moyens de gouvernement et d'opposition dans l'état actuel de la France.* Les 3000 exemplaires de ce livre à mi-chemin du pamphlet et du traité politique sont épuisés en moins d'un mois. Une seconde édition sort dès novembre.

Les doctrinaires

S'il est un groupe politique dont l'influence ne se peut comparer au nombre de ses membres, c'est bien celui formé par les cinq ou six hommes qu'en 1819 on baptisa du nom de «doctrinaires». Leurs relations et leur engagement dans un combat commun datent déjà de plusieurs années lorsqu'ils reçoivent ce nom de baptême.
Pierre-Paul Royer-Collard (1763-1845), le plus âgé d'entre eux, et le seul avec Camille Jordan (1771-1821) à avoir vécu la Révolution, est le pivot du groupe. Ancien secrétaire de la commune de Paris (1790-1792), député au Conseil des Cinq-Cents (1797) révoqué après le 18 Fructidor, il a exercé quelque temps les fonctions de conseiller secret de Louis XVIII (à partir de 1800), poursuivant parallèlement une carrière de philosophe. En 1811, il occupe la chaire d'histoire de la philosophie à la Sorbonne, se liant avec plusieurs de ses rares étudiants, notamment Victor Cousin, Guizot et Rémusat.
François Guizot (1787-1874) est né à Nîmes dans une famille protestante, mais il a passé l'essentiel de sa jeunesse à Genève, après que son père a été guillotiné sous la Terreur. Il arrive à Paris en 1805. En 1812, il obtient, grâce à Royer-Collard, un poste de professeur d'histoire moderne à la Sorbonne.

Quant à François-Marie-Charles Rémusat (1797-1875), il est le fils d'un avocat au parlement d'Aix exerçant d'importantes fonctions sous l'Empire et de la nièce de Vergennes, l'ancien ministre de Louis XVI. Quelques travaux de philosophie lui ont ouvert les portes des milieux intellectuels et ont attiré sur lui l'attention de Royer-Collard et de Guizot.

L'effondrement de l'Empire marque pour tous le début d'une longue carrière politique. Royer-Collard et Guizot servent Louis XVIII dès 1814, le second travaillant au ministère de l'Intérieur qu'il quitte après la seconde Restauration pour devenir secrétaire général du ministère de la Justice et maître des requêtes au Conseil d'État.

C'est à cette époque que les rejoint Prosper de Barante (1782-1866) qui, après avoir débuté dans le corps préfectoral sous l'Empire, devient en 1815 directeur des contributions indirectes. En août, il est élu à la Chambre des députés où, avec Royer-Collard et de Serre, il appartient à la maigre opposition qui défend les prérogatives du roi et la politique de réconciliation nationale du gouvernement, également menacées par les ultra-royalistes majoritaires.

Royer-Collard fait alors figure de chef de file de cette opposition, s'imposant par un talent qui fait incontestablement de lui le plus grand orateur de son temps, dont chacun des discours constitue un événement à la fois politique et mondain. Soutenue par les plumes de Guizot et Rémusat, la petite cohorte fait front à la surenchère ultra. La dissolution de la Chambre introuvable, le 5 septembre 1816, est avant tout la victoire de Decazes, mais ceux que l'on n'appelle pas encore les doctrinaires y ont contribué. Si Royer-Collard conserve son siège dans la nouvelle Assemblée, Barante en est écarté en raison du relèvement de l'âge exigé. Il ne continue pas moins de collaborer avec le gouvernement, intervenant à la Chambre en qualité de commissaire de ce dernier et plus spécialement du ministre de la Guerre Gouvion Saint-Cyr. De la fin de 1816 à la chute de Decazes en février 1820, les doctrinaires sont étroitement associés à l'élaboration des réformes libérales qui sont alors mises en œuvre. À l'exception de Royer-Collard, député, ce sont plutôt des hommes d'influence. Dans l'ombre de Decazes, ils préparent les projets de lois, écrivent les discours des ministres. En mars 1819, Barante est élevé à la pairie.

C'est à cette époque que le « canapé doctrinaire » reçoit le renfort d'un nouveau venu, le duc de Broglie (1785-1870). Descendant de l'une des plus illustres familles de l'Ancien Régime, il doit les opinions ultra-libérales qui seront un temps les siennes à l'éducation que lui a dispensée son beau-père, Marc-René Voyer d'Argenson. Auditeur au Conseil d'État sous l'Empire, pair de France sous la Restauration, le duc de Broglie se signale en 1816, alors que déferle la vague ultra, en étant le seul membre de la Chambre haute à voter contre la condamnation à mort du maréchal Ney. Son mariage, la même année, avec la fille de Mme de Staël, l'ancre définitivement dans le camp libéral. Au début même, il flirte avec l'extrême gauche. C'est à l'époque où celle-ci se lance dans l'aventure des sociétés secrètes et des conspirations qu'il rejoint les doctrinaires.

Après l'assassinat du duc de Berry (13 février 1820) et la chute de Decazes, tous passent à l'opposition, luttant par le verbe (Royer-Collard) ou la plume (Guizot rédige alors plusieurs pamphlets qui sont autant d'exposés de la pensée des doctrinaires) contre la montée des royalistes vers le pouvoir puis contre la politique du gouvernement Villèle.

*Guizot est écarté des cercles gouvernementaux, exclu du Conseil d'État, son cours à la Sorbonne est suspendu. Ces loisirs forcés ne seront pas perdus. Il entreprend alors la rédaction de ses ouvrages sur la Révolution anglaise et sur l'histoire de la civilisation européenne (*Histoire des origines du gouvernement représentatif en Europe, *1820-1822;* Histoire de la Révolution d'Angleterre, *1826-1827;* Cours d'histoire moderne, *1828;* Histoire générale de la civilisation en Europe et Histoire de la civilisation en France, *1829-1832). Avec Rémusat, il participe en septembre 1824 à la fondation du* Globe *(avec Pierre Leroux, Paul Dubois et Achille de Jouffroy notamment), journal voué au départ à la philosophie et à la littérature, mais qui devient après 1825 l'un des principaux organes de l'opposition. Guizot n'abandonne pas pour autant la lutte politique: en 1827, il fonde la société Aide-toi le ciel t'aidera destinée à organiser la mobilisation électorale contre le gouvernement, devenant ainsi l'un des principaux artisans de la chute de Villèle.*

Ces années de combat politique ont également été pour les doctrinaires des années de maturation intellectuelle. Ce qui les rassemble, c'est l'idée de la Révolution comme un événement nécessaire, point d'orgue d'une évolution séculaire: la montée concomitante des classes moyennes et de la liberté. En cela ils ne pensent pas différemment de Thiers et de Mignet qui, en 1823 et 1824, publient chacun une Histoire de la Révolution française. *Mais l'analogie s'arrête là. Thiers et Mignet estiment aussi nécessaire le déroulement politique de la Révolution que son résultat.*

De la Révolution ainsi interprétée comme l'aboutissement de la lutte entre deux principes et deux France, les doctrinaires, quant à eux, acceptent pleinement le bilan social (l'égalité civile), mais en rejettent le cours politique: ils célèbrent 1789 mais condamnent 1793. La Révolution, écrira Rémusat, « avait eu raison d'être, et presque toujours tort en agissant ». Les doctrinaires refusent l'alternative posée par les contre-révolutionnaires à leurs contradicteurs de l'admettre ou de la rejeter en bloc. Si 1789 était nécessaire, 1793 était « un accident » provoqué par une méconnaissance de la nature exacte de la souveraineté, dont les révolutionnaires avaient abstraitement investi la multitude et concrètement un pouvoir unique censé représenter celle ci. Une large part de la réflexion théorique des doctrinaires consiste à défaire l'identification de la souveraineté avec le peuple ou avec un pouvoir particulier, pour la placer dans la raison que les mécanismes du gouvernement représentatif ont pour fonction de reconnaître là où elle se trouve et d'extraire. C'est bien cette position que les doctrinaires soutiennent lorsqu'en 1815-1816 ils défendent la prérogative royale contre les ultras dont la rhétorique parlementariste leur semble reproduire dangereusement l'illusion révolutionnaire de l'existence d'un pouvoir souverain. Sur un plan moins théorique, leur combat consiste, comme le dit Guizot, à « séparer la cause de la royauté restaurée de celle de l'ancien régime et la cause de la liberté politique des théories et des passions révolutionnaires ».

La révolution de 1830 leur apparaît comme la confirmation de leurs théories et la justification de leur combat. Le cénacle des doctrinaires ne résiste cependant pas à l'épreuve du pouvoir. Royer-Collard est réélu à la Chambre, mais il se tient désormais en retrait, ne trouvant plus dans la défense de la nouvelle dynastie la force qu'il tirait de son attachement sentimental aux Bourbons. Rémusat, ministre en 1836 puis 1840, rompt ensuite avec Guizot et passe à l'opposition.

*Guizot est celui qui s'identifie le plus au nouveau régime (Barante et Broglie – ce dernier ministre de l'Instruction publique en 1830, des Affaires étrangères en 1832-1834, et président du Conseil en 1835-1836 – lui apportent également leur appui jusqu'en 1848). En juillet 1830, Guizot participe à la fondation du régime de Juillet. Dès lors, et jusqu'en 1848, il ne va plus quitter le timon des affaires ou presque, puisqu'il occupe des postes ministériels durant treize années sur dix-neuf. Après un long passage à l'Instruction publique, où il fait voter la loi de 1833 sur l'instruction primaire, il prend en charge en octobre 1840 les Affaires étrangères, et de fait la direction du gouvernement, où il devient l'incarnation de l'évolution conservatrice du régime de Juillet. Renvoyé le 23 février 1848, un moment exilé en Angleterre, il échoue aux élections de 1849 et se retire de la vie politique (*Mémoires pour servir à l'histoire de mon temps, *1858;* L'Église et la société chrétienne, *1861).*

*Rémusat, le plus jeune du groupe, restera présent sur la scène politique jusqu'au début des années 1870: hostile à la République instaurée en 1848 il n'en vote pas moins la Constitution. S'il soutient le candidat Bonaparte puis le président Bonaparte, le Second Empire trouvera en lui un opposant. Désormais écarté de la vie politique, il retournera à ses chers travaux et aux idées libérales de sa jeunesse qu'il avait quelque peu oubliées dans les troubles récents (*Politique libérale, ou fragments pour servir à la défense de la Révolution française, *1860). En 1869, il participera au lancement du* Progrès libéral *(Toulouse). En 1870, il répondra aux appels de son ami Thiers en acceptant le portefeuille des Affaires étrangères. Né sous le Directoire, Rémusat participera ainsi, huit régimes après, à la fondation de la III*^e^ *République.*

1er-10 octobre

Élections portant sur 88 sièges: les libéraux en remportent 14, les ministériels 20 et la droite 54 (dont 20 ultras).

17 novembre

Charles Nodier publie une traduction (très) libre de *Bertram ou le château de Saint-Aldobrand* de C. R. Maturin.

26 novembre

La Chambre adopte une adresse au roi qui critique la politique étrangère du gouvernement Richelieu. Villèle a refusé, avec une vingtaine d'autres députés de la droite, de voter cette adresse.

27 novembre

Roy présente à la Chambre des députés un projet de budget excédentaire d'un million.

9 décembre

Béranger écope de trois mois de prison pour un recueil de ses *Chansons* qui lui a déjà valu de perdre son emploi d'expéditionnaire dans les bureaux de l'Université. L'ouvrage remporte un grand succès: 8000 souscripteurs, 11000 exemplaires vendus en une semaine.

13 décembre
Démission du ministère Richelieu mis en minorité le 8 dans la discussion de deux projets de loi sur la presse.

14 décembre
Formation du ministère Villèle, qui prend le portefeuille des Finances (il ne prend le titre de président du Conseil que le 4 septembre 1823). Les autres portefeuilles sont confiés à Mathieu de Montmorency (Affaires étrangères), Corbière (Intérieur), Peyronnet (Justice), Victor (Guerre), Clermont-Tonnerre (Marine), Lauriston (Maison du roi).

VILLÈLE

Officier de marine au début de la Révolution, fixé ensuite aux Antilles, Joseph Villèle (1773-1854) a regagné en 1807 Toulouse, sa ville natale, dont il est ensuite le maire. Élu député en août 1815, il s'affirme rapidement comme le leader du parti ultra, mais sans partager la furia réactionnaire de la plupart de ses amis d'alors. Il n'est pas seulement plus modéré qu'eux, il est le plus politique, celui avec qui les ministres négocient. En 1820, avec son ami Corbière, il fait entrer la droite royaliste au gouvernement, se contentant certes d'un strapontin (ministre sans portefeuille), mais dont il se sert très habilement comme d'un levier pour évincer Richelieu et cette fois obtenir les pleins pouvoirs (décembre 1821). Son très long règne (1822-1827) commence. Villèle se révèle un excellent administrateur, très compétent dans le domaine financier, capable comme personne de rogner sur les dépenses pour présenter un budget en ordre. Sous son administration, la France liquide en effet les séquelles de l'occupation. Les comptes sont apurés, le pays prospère. La faiblesse de Villèle est sans doute de confondre l'action politique avec le métier de comptable. Il eût fait merveille sous l'Ancien Régime comme intendant, il devait se révéler beaucoup plus médiocre sous un gouvernement parlementaire. Cette audace, ces initiatives qui auraient permis de rallier les esprits au nouveau régime, et que préconise Chateaubriand, Villèle y répugne. Il n'est pas de petit moyen qu'il néglige d'employer pour faire tenir sa majorité tranquille. « Les 300 députés de Villèle », dûment salariés, deviennent un adage. Pour museler la presse, il fait acheter les journaux d'opposition pour ensuite les supprimer. Tout ce qui se fait alors de « grand », l'intervention en Espagne, se fait malgré lui, et finalement contre lui. En 1827, l'opposition acharnée de Chateaubriand, les maladresses de son gouvernement (« la loi de justice et d'amour » contre la presse) et le réveil des libéraux après un long sommeil, ont raison de lui. Après la chute de son ministère, il siège à la Chambre des pairs, avant d'abandonner la vie politique après la révolution de 1830.

15 décembre
Fondation de la Société de géographie de Paris, dont les travaux seront redevables aux grandes expéditions maritimes de l'époque : celles de *L'Uranie* (1817-1820), de *La Coquille* de Duperrey (1822-1823), de *La Thétis* de Bougainville fils (1824-1826) et de *L'Astrolabe* de Dumont d'Urville (1826-1829 et 1837-1840).

24-26 décembre
La Bourdonnaie et Chabrol de Croussol sont élus vice-présidents de la Chambre en remplacement de Villèle et Corbière.

29 décembre 1821-10 janvier 1822
Une tentative d'insurrection générale concertée sur tout le territoire, préparée par la Charbonnerie, échoue. Le soulèvement est prévu à Saumur, à Colmar et dans le Midi pour la nuit du 29 au 30 décembre. Mais les indiscrétions des uns, les imprudences des autres, parfois le hasard, ont déjà donné l'alerte. Le 23, plusieurs conjurés ont été arrêtés à Saumur ; d'autres le sont à Belfort et Colmar. À Marseille, où un soulèvement est également prévu, les choses ne vont même pas jusqu'à la veille d'une exécution. Arnold Scheffer, arrivé le 10 janvier pour en prendre la direction, doit décommander l'opération. Une nouvelle fois, La Fayette et ses amis de la « vente centrale » doivent se mettre à l'abri.

1822

9 janvier
Chateaubriand est nommé ambassadeur à Londres, où il remplace Decazes, démissionnaire.

12 janvier
À l'occasion d'une nouvelle édition des œuvres de Gaetano Filangieri – auteur, notamment, de *La Science de la législation* (1784-1786) et de *Des lois politiques et économiques* (1804) –, Benjamin Constant publie un *Commentaire sur l'ouvrage de Filangieri*.

16 janvier
Publication du résultat du recensement de la population, par départements: 30 465 291 habitants. Paris compte 714000 habitants, loin devant Lyon (149000) et Marseille (109000).

22 janvier
Discours de Royer-Collard sur la liberté de la presse.

15 février
Élections législatives partielles dans sept départements: les libéraux l'emportent dans cinq d'entre eux.

16 février
Ampère: *Exposé des nouvelles découvertes sur l'électricité et le magnétisme de MM. Oersted, Arago, Ampère, H. Davy, Biot, Erman, Schweiger, de La Rive, etc.*

AMPÈRE

L'enfance d'André-Marie Ampère (1775-1836) a été marquée par un grand malheur: l'exécution de son père, ordonnée par les Jacobins lyonnais en 1793. Le jeune homme faillit en perdre la raison. L'étude fut son refuge et son salut. Devenu professeur à Bourg (Ain), Ampère publie en 1802 des Considérations sur la théorie mathématique des jeux *assez remarquées pour qu'on lui demande de venir enseigner à l'École polytechnique, puis au Collège de France. Ampère est un professeur très populaire auprès de ses étudiants que sa distraction, proverbiale, égaie beaucoup. Mais Ampère n'est pas seulement ce doux distrait qui jette sa montre dans la Seine en croyant se débarrasser d'un caillou ou se mouche dans le chiffon destiné à essuyer le tableau. Après s'être consacré d'abord à la chimie (il énonce en 1814 la différence entre molécules et atomes), Ampère se tourne vers la physique. À la suite du physicien danois Oersted qui établit en 1819 l'existence d'une relation entre phénomènes magnétiques et électriques, Ampère fonde en 1820 l'électrodynamique en découvrant l'action réciproque des courants électriques. Dans son petit laboratoire, inventions et découvertes se succèdent: il imagine le premier commutateur destiné à inverser le sens du courant; il invente le principe du télégraphe électrique et, avec François Arago, met au point les premiers électro-aimants qui permettront l'invention du télégraphe de Morse (1843). En 1832, exploitant la loi de l'induction établie par Faraday, Ampère construit un générateur à induction, lointain ancêtre de la dynamo de Siemens (1866). Les travaux d'Ampère ont ouvert la voie à d'autres découvertes, celles d'Antoine Masson et Louis Bréguet sur l'induction (1841), de Gramme sur le courant continu (1869), d'Hippolyte Fontaine et Marcel Deprez sur le transport d'énergie à distance (1873), qui aboutiront à l'invention du téléphone par l'Américain Bell (1875).*
*Mais Ampère n'est pas seulement un homme de science et de laboratoire. Moraliste et philosophe, lecteur de l'*Encyclopédie *dont à la fin de sa vie il peut encore réciter de mémoire, mot à mot, des articles entiers, il entreprend une classification de toutes les connaissances humaines que la mort l'empêche de mener à son terme (*Essai sur la philosophie des sciences, ou exposition analytique d'une classification naturelle de toutes les connaissances humaines, *1834-1843).*

Joseph Fourier: *Théorie analytique de la chaleur.*

JOSEPH FOURIER

Orphelin de bonne heure, Jean-Baptiste-Joseph Fourier (1768-1830) fait ses études, grâce à la protection de l'évêque d'Auxerre, à l'école militaire de cette ville, et en devient ensuite le professeur de mathématiques. C'est en 1789 qu'il présente son premier mémoire consacré à l'un des problèmes qui l'occuperont toute sa vie, la résolution des équations algébriques. Au même moment, Fourier s'enthousiasme pour la Révolution et devient l'un des leaders les plus en vue du club jacobin d'Auxerre. La chute de Robespierre marque, pour lui, le début d'une époque difficile. Isolé, persécuté par les Thermidoriens, il semble condamné à l'obscurité lorsque Monge le fait venir à Paris pour enseigner les mathématiques à Polytechnique. En 1798, il accompagne Bonaparte et Monge en Égypte. De retour en France en 1801, Fourier devient le fidèle serviteur du nouveau maître de la France. Nommé préfet de l'Isère (1802-1815), il emploie les moments de loisir que lui laissent ses fonctions pour jeter les bases de sa future Théorie de la chaleur *et poursuivre d'autres recherches sur les séries trigonométriques. Après les Cent-Jours, accusé, à tort, d'avoir ouvert les portes de Grenoble à Napoléon de retour de l'île d'Elbe, le baron Fourier est privé de ses fonctions. En 1816, Louis XVIII refuse même de confirmer son élection à l'Académie des sciences, avant de s'incliner l'année suivante. Fourier peut alors se consacrer entièrement à la rédaction de son grand ouvrage.*

24 février
Le général Berton (1769-1822), chef de la « vente » carbonariste de Saumur, qui après l'échec du mois de décembre a mis au point un nouveau plan d'insurrection, s'empare de Thouars. Le lendemain, il échoue devant Saumur.

27-28 février
Des incidents éclatent autour de l'église des Petits-Pères où prêchent des missionnaires. Plusieurs étudiants des facultés de droit et de médecine qui ont participé à ces manifestations sont exclus. L'agitation gagne alors le quartier Latin. Les deux facultés sont fermées pour six mois.

17, 25 mars
Deux lois sur la liberté de la presse suppriment la censure, sauf en cas de circonstances graves, mais allongent la liste des délits passibles de poursuites: outrage à la religion d'État et aux cultes reconnus, attaques contre le droit héréditaire, infidélité dans le compte rendu des débats parlementaires et des procès, délit de tendance enfin, que la loi définit ainsi: « L'esprit d'un journal ou d'un écrit périodique, résultant d'une succession d'articles, [...] de nature à porter atteinte à la paix publique, au respect dû à la religion d'État ou aux autres religions légalement reconnues, à l'autorité du roi, à la stabilité des institutions constitutionnelles, à l'inviolabilité des ventes de domaines nationaux. » Les affaires de presse sont soustraites à la connaissance du jury et rendues à celle du tribunal correctionnel, tandis que les Chambres reçoivent le pouvoir facultatif de juger les délits qui les concernent. L'obtention d'une autorisation préalable à la publication est imposée à tout journal fondé à partir du 1er janvier 1822. Enfin, le gouvernement reçoit la faculté de rétablir la censure par voie d'ordonnance dans l'intervalle des sessions parlementaires. Ces lois seront diversement appliquées, les magistrats répugnant à utiliser l'article définissant un droit de tendance. Si *Le Courrier français* est suspendu pour quinze jours en vertu de cet article en avril 1823, il sera relaxé un an plus tard, tout comme *Le Constitutionnel* en décembre 1825.

19 mars
Affaire des quatre sergents de La Rochelle. Bories, Pommier, Raoulx et Goubin, sergents au 45e de ligne, avaient fondé une « vente » au sein de leur régiment. Les autorités militaires ayant eu vent de l'affaire, le régiment est transféré de Paris à La Rochelle; il quitte la capitale le 22 janvier. Les quatre sergents décident alors d'organiser un soulèvement dans leur régiment et d'aller prêter main-forte aux insurrections prévues à Saumur (le 24 février) et Nantes. Dénoncés, ils sont arrêtés le 19 mars. Leur interrogatoire révèle au gouvernement l'organisation et les ramifications de la Charbonnerie.

20 mars
Dissolution de l'École d'équitation de Saumur, dont plusieurs élèves ont pris part au complot du général Berton en février.

28 mars
Une proposition de loi présentée à la Chambre des pairs par le duc de Broglie pour réprimer plus efficacement la traite des Noirs est ajournée.

avril
Les Turcs s'emparent de l'île grecque de Chio dont ils massacrent la population. En Europe, l'émotion est considérable et renforce le mouvement philhellène.

13 avril
René-Just Haüy: *Traité de cristallographie.*

HAÜY

Fils d'un pauvre tisserand, l'abbé René-Just Haüy (1743-1822) a été remarqué très tôt par les moines de l'abbaye de Saint-Just (Oise), son village natal, qui le font admettre, grâce à une bourse, au prestigieux Collège de Navarre. D'abord attiré par la botanique, c'est en suivant les cours de Daubenton que Haüy découvre la minéralogie, qu'il renouvellera par ses travaux sur la structure cristalline des minéraux et la composition chimique des corps. En 1783, l'abbé Haüy devient académicien. Sans goût pour les mondanités, absorbé par ses recherches, l'abbé s'aperçoit à peine qu'une révolution a éclaté en France jusqu'au jour où, après la chute du trône (10 août 1792), il est emprisonné. L'affection de l'un de ses élèves, Geoffroy Saint-Hilaire, lui sauve la vie: il obtient la libération de son professeur quelques jours avant les massacres de septembre 1792. Après cette épreuve, Haüy retourne à ses chers minéraux, préparant le Traité de minéralogie *(1801) que prolongera le* Traité de cristallographie *publié quelques semaines avant sa mort. Sans qu'on puisse y trouver aucun motif, la Restauration se montre particulièrement mesquine avec Haüy. Privé de ses fonctions, il retombe dans la pauvreté où il avait passé son enfance. À sa mort, en 1822, il laisse pour tout héritage la collection de ses précieux minéraux. Son œuvre sera poursuivie par Auguste Bravais (1811-1863).*

24 avril
Delacroix expose au Salon *La Barque de Dante.*

2 mai
Exécution de l'un des officiers arrêtés à Saumur après l'échec du soulèvement carbonariste du 29 décembre 1821.

3 mai
Création à Lyon de la Société pour la propagation de la foi.

10-17 mai
Élections législatives portant sur 86 sièges: 54 candidats ministériels sont élus, les libéraux remportent 32 sièges.

juin
Guizot: *De la peine de mort en matière politique.*

1er juin
La fonction de grand maître de l'Université est rétablie au profit de Mgr Frayssinous, qui reçoit ainsi le pouvoir de nommer les enseignants des collèges royaux et d'établir le programme des enseignements. Il la quittera en 1824 pour le ministère de l'Instruction publique.

7 juin
Dans le scrutin pour la nomination des candidats à la présidence de la Chambre, La Bourdonnaie bat le candidat de Villèle, Ravez. Le lendemain, ce dernier est cependant nommé président par le roi.

10 juin
Exécution du capitaine Vallé, arrêté à Toulon en janvier pour avoir fomenté un complot carbonariste.

14 juin
À la Comédie-Française, première du *Régulus* d'Arnault: Talma prête au héros de la pièce des traits de Napoléon.

24 juin
La France et les États-Unis signent un traité de navigation et de commerce qui diminue les droits prélevés sur les marchandises des deux pays.
Publication du premier recueil de vers de Victor Hugo, *Odes et poésies diverses.*

7 juillet
Une tentative de contre-révolution est écrasée dans le sang à Madrid. Cette défaite amène par contrecoup au pouvoir les plus radicaux des constitutionnels. Les partisans de Ferdinand VII, qui se trouve de fait prisonnier du nouveau pouvoir madrilène, se regroupent dans le Nord: ils créent une régence à Seo d'Urgel (le 14 septembre) et déclenchent la guerre civile.

16 juillet
Paul-Louis Courier: *Pétition à la Chambre des députés pour les villageois que l'on empêche de danser.*

22 juillet-30 septembre
La cour d'assises de Colmar juge 44 accusés (dont 21 contumaces) poursuivis pour la tentative de soulèvement organisé par la Charbonnerie en décembre 1821. Trois des accusés présents sont condamnés à cinq ans de prison, les autres sont acquittés. Le jugement des 21 contumaces est prononcé le 30 septembre: six d'entre eux sont condamnés à mort.

27 juillet
Une loi sur les douanes renforce le système protectionniste.
Nodier: *Trilby ou le lutin d'Argail.*

31 juillet
Précédées d'une violente campagne de presse orchestrée par les défenseurs de l'esthétique classique, les représentations d'une troupe anglaise qui joue Shakespeare au théâtre de la Porte-Saint-Martin tournent au naufrage.

août
Un congrès réunit clandestinement à Bordeaux les délégués d'un certain nombre de «ventes» de la Charbonnerie. Certains délégués prônent une nouvelle prise d'armes, mais la majorité décide, après l'échec de toutes les tentatives d'insurrection, d'ajourner une éventuelle entreprise. La période d'action de la Charbonnerie est close: plusieurs de ses membres, Armand Carrel et le colonel Fabvier par exemple, se réfugient à l'étranger tandis que les parlementaires, tel La Fayette, de la «vente» suprême, qui n'ont pas été inquiétés et ont laissé périr de simples comparses, retrouvent les voies de l'action légale.

août-octobre
Nomination de 17 nouveaux évêques, sans attendre que l'extinction des pensions ecclésiastiques le permette.

3-5 août
La publication par *Le Moniteur* de l'acte d'accusation rendu dans l'affaire de Saumur provoque deux séances tumultueuses à la Chambre. Quatre députés libéraux se trouvent en effet nommément mis en cause : l'un d'eux, La Fayette, à juste titre, les trois autres, Foy, Constant et Laffitte, à tort. L'extrême droite, appuyée par La Fayette, réclame à grands cris la formation d'une commission d'enquête, mais Villèle fait clore le débat.

17 août
Stendhal : *De l'amour.*

26 août-13 septembre
Procès du général Berton et de ses 55 co-accusés (40 présents). Berton et cinq autres accusés sont condamnés à la peine capitale (ainsi que 11 contumaces sur 16). Lui-même est exécuté le 5 octobre.

6 septembre
L'École normale (fondée en 1808), accusée de dispenser un enseignement « entièrement détaché de la religion », est supprimée et remplacée par des « écoles normales secondaires » créées auprès des collèges royaux dans chaque chef-lieu d'académie.

18 septembre
Arrêté le 3 juillet, le colonel Caron, l'un des chefs de la Charbonnerie de Colmar, est condamné à mort. Il est fusillé le 1er octobre.

21 septembre
Arrêtés le 19 mars, condamnés à mort le 5 septembre, les quatre sergents de La Rochelle sont guillotinés en place de Grève.

27 septembre
Champollion présente à l'Académie des inscriptions et belles-lettres le résultat de ses travaux sur le déchiffrement des hiéroglyphes.

CHAMPOLLION

Jean-François Champollion (1790-1832) commence ses études sous la direction de son frère Jacques-Joseph, son aîné de treize ans. Il s'initie très tôt à l'étude des langues anciennes et en 1807, il entre à l'École des langues orientales de Paris. En 1804, son frère a présenté devant l'Académie des sciences et des arts de Grenoble un premier mémoire sur la pierre de Rosette. Lorsque Jean-François regagne Grenoble pour y enseigner l'histoire, en 1810, il présente à son tour, devant la même Académie, le résultat de ses premiers travaux sur L'Écriture des Égyptiens, *dans lequel il émet l'hypothèse que les hiéroglyphes ont un caractère phonétique. Après les Cent-Jours, les deux frères, qui ont bruyamment soutenu Napoléon de retour de l'île d'Elbe, sont assignés à résidence à Figeac, la ville natale de Jean-François. De retour à Grenoble à la fin de 1817, Jean-François reprend ses recherches sur la pierre de Rosette :* Quelques hiéroglyphes de la pierre de Rosette *(1819). Il n'abandonne pas pour autant l'action politique. Hostile au régime de la Restauration, il doit de nouveau quitter Grenoble après avoir pris part au soulèvement des étudiants de la ville au mois de mars précédent. Il rejoint son frère à Paris. C'est dans les derniers mois de 1821 et au début de 1822 qu'il franchit un pas décisif vers le déchiffrement de l'écriture hiéroglyphique. Le 14 septembre 1822, en comparant deux cartouches du temple d'Abou-Simbel, il découvre le caractère simultanément idéographique et phonétique de l'alphabet égyptien. Le 27 septembre, il présente sa découverte à l'Académie des inscriptions et belles-lettres* (Lettre à M. Dacier). *Il publie en 1824 un* Précis du système hiéroglyphique des anciens Égyptiens ou recherche sur les éléments premiers de cette écriture sacrée *qui constitue l'ébauche de la* Grammaire égyptienne *que son frère publiera après sa mort (1836). Chargé en 1826 d'organiser le département des antiquités égyptiennes au Louvre (inauguré à la fin de 1827), Champollion, malgré l'importance de sa découverte et sa célébrité, échoue l'année suivante, puis en 1829, lorsqu'il se porte candidat à l'Académie des inscriptions et belles-lettres. En 1828-1829, il découvre enfin l'Égypte à laquelle il a consacré sa vie, en dirigeant une expédition franco-toscane. Le temps des honneurs sonne enfin, mais bien tard. En mai 1830, Champollion est élu à l'Académie, et le 12 mars 1831, Louis-Philippe crée à son intention une chaire d'archéologie égyptienne au Collège de France, qu'il occupe quelques mois seulement. Tombé malade en décembre 1831, il doit renoncer à ses leçons. Il meurt le 4 mars 1832.*

octobre
Alfred de Vigny : *Poèmes.*

12 octobre
Suspension des cours de Guizot et de Victor Cousin à la Sorbonne.

31 octobre-14 décembre
Réunion du congrès de Vérone pour examiner la situation espagnole. Le gouvernement français est divisé sur l'attitude à adopter vis-à-vis de l'Espagne. Tandis que le ministre des Affaires étrangères, Montmorency, prône une intervention pour rétablir Ferdinand VII, Villèle conseille la neutralité afin de ne pas engager la France dans une aventure qui pourrait mal tourner (le souvenir de 1808 ne s'est pas estompé) et compromettre le redressement financier de la France. Le 29 août, Villèle charge Chateaubriand de représenter la France au congrès. Ce dernier est officiellement ouvert le 31 octobre. Chateaubriand adopte alors le point de vue de Montmorency, et met Villèle devant le fait accompli. Le 19 novembre, la France, la Russie, l'Autriche et la Prusse signent le procès-verbal du congrès qui énumère les cas donnant lieu à intervention et renvoie les autres cas à la décision concertée du roi de France avec les ambassadeurs des États signataires. L'Angleterre, dont l'Espagne a sollicité l'appui, refuse de signer le protocole du 19 novembre.

novembre
L'éventualité de plus en plus précise d'une guerre avec l'Espagne fait chuter la rente de 2 francs, mais à un niveau toujours très élevé (88 francs).

13-20 novembre
Élections législatives. Sur 86 sièges à pourvoir, 78 vont aux ministériels ou à des ultras. Les libéraux comptaient 45 députés sortants sur 86 : 8 seulement sont réélus. Si La Fayette et Manuel retrouvent leur siège, Constant et Daunou sont battus.

21 novembre
Suite à la manifestation des étudiants libéraux qui a troublé la séance solennelle de rentrée du 18 novembre, la faculté de médecine de Paris est fermée (jusqu'au 2 février), les étudiants sont transférés à Strasbourg et Montpellier.

22-28 décembre
Réunion de plusieurs Conseils des ministres pour arrêter la position française. Partisan de l'intervention en Espagne, Montmorency semble l'emporter, grâce au soutien de tous les autres ministres (y compris Corbière), dans la lutte qui l'oppose à Villèle, favorable à la neutralité, lorsque Louis XVIII, qui s'est tu jusqu'alors, prend la parole pour soutenir le président du Conseil et proposer, non pas la paix, mais l'ajournement de la guerre. Le 25 au soir, Montmorency démissionne ; Chateaubriand lui succède le 28.

1823

4 janvier
Première livraison des *Tablettes romantiques*, revue littéraire.

9 janvier
Le gouvernement espagnol rejette l'ultimatum du congrès de Vérone.

18 janvier
Chateaubriand obtient de Villèle le rappel de l'ambassadeur français à Madrid et le rassemblement sur la frontière d'une armée de 100 000 hommes.

26 janvier
Le colonel Fabvier se met au service du gouvernement espagnol. En février, il lance un journal de propagande contre une intervention française, *L'Observateur*.

28 janvier
Louis XVIII annonce une intervention imminente en Espagne. La rente baisse de 2 francs. Le lendemain, le duc d'Angoulême prend le commandement des troupes d'intervention (100 000 hommes).

3 février
Talleyrand publie un discours contre l'intervention en Espagne *(Opinion de M. le prince de Talleyrand sur le projet d'adresse en réponse au discours du roi, à l'ouverture de la session)* qui marque son passage à l'opposition.

8 février
Victor Hugo publie, sans nom d'auteur, *Han d'Islande*.

22 février
Charles Fourier : *Traité de l'association domestique-agricole*.

24 février
Ouverture du débat sur les crédits militaires réclamés par le gouvernement. Royer-Collard dénonce l'intervention française en Espagne dont le véritable motif, affirme-t-il, est d'établir « que les gouvernements seuls ont des droits naturels, inaliénables, imprescriptibles ». Chateaubriand plaide pour une guerre qu'il estime capable de rendre à la France sa place dans le concert des nations.

26 février-3 mars
Manuel provoque une tempête à la Chambre des députés en lançant à ceux qui justifient la guerre

par les dangers que courait Ferdinand VII: « Prenez garde de renouveler les circonstances qui précisément ont conduit à l'échafaud ceux pour qui vous témoignez un si vif intérêt. » Le lendemain, La Bourdonnaie réclame l'exclusion de Manuel, adoptée le 3 mars « pendant la durée de la présente session ».

mars

Fiévée: *De l'Espagne et des conséquences de l'intervention armée.* De plus en plus en délicatesse avec le parti royaliste, Fiévée prend position contre la guerre.

Stendhal: *Racine et Shakespeare.* Ce manifeste du romantisme, dirigé contre les « classiques », provoquera une vive sortie d'Auger, directeur de l'Académie française, contre le romantisme, dans un discours prononcé en février 1824. Stendhal répliquera à son tour avec une nouvelle édition, remaniée, de *Racine et Shakespeare.*

Le drame historique

Le drame et le roman historique du XIXe siècle ont un père commun: Walter Scott, dont les traductions s'enchaînent à partir de 1816. Après Guy Mannering, *ce sont* Les Puritains *en 1817,* La Prison d'Édimbourg *en 1818,* Waverley, L'Officier de fortune *et* La Fiancée de Lammermoor *en 1819, enfin, at last but not least,* Ivanhoé *en 1820 dont Augustin Thierry fait un compte rendu enthousiaste dans* Le Censeur européen *(27 mai). Walter Scott a inspiré Balzac* (Les Chouans), *Hugo* (Notre-Dame de Paris) *et Vigny* (Cinq-Mars). *Son influence s'est d'abord exercée au théâtre, à travers l'essor du drame historique dont les premiers succès, à la fin des années 1820 (*Henri III et sa cour *et* La Tour de Nesle *de Dumas,* Hernani *de Hugo), sont accompagnés par plusieurs manifestes retentissants: d'abord le* Racine et Shakespeare *de Stendhal, ensuite la préface écrite par Victor Hugo pour son* Cromwell *(1827), enfin la* Lettre à Lord L*** *de Vigny (1829). Le drame fait désormais œuvre historique, en se donnant pour vocation d'accéder par la restitution du passé à l'intelligence du présent:* Cromwell *(1827) parle en réalité du destin de Napoléon,* Lorenzaccio *(1834) de la révolution « avortée » de 1830,* Ruy Blas *(1838) de la corruption et de la décadence de la monarchie. Mais déjà, lorsque Victor Hugo fait représenter* Ruy Blas, *les beaux jours du drame historique appartiennent au passé. Ses thèmes et ses ambitions se sont redéployés dans le roman. Encore une fois, Stendhal a donné le branle, dès 1828, avec* Armance. *Le roman historique, qui triomphe dans les années 1830 et 1840 avec Dumas, Hugo et Vigny, connaîtra une tardive descendance dans le* Quatre-vingt-treize *publié par Victor Hugo en 1874. Mais alors, il aura perdu son ancienne dignité. En 1863, Taine présentera l'œuvre de Scott et de ses héritiers français comme relevant d'un genre mineur, propre à délasser mais bien incapable de livrer un quelconque enseignement sur le présent. L'histoire, se préoccupant moins de restituer l'air du temps que d'établir la vérité des faits, sera devenue tristement sérieuse.*

4 mars

Les gendarmes expulsent Manuel de la Chambre. 62 députés siégeant sur les bancs de la gauche se solidarisent avec lui, refusant de remplir leur mandat tant que leur collègue n'aura pas été réintégré.

5 mars

La Chambre vote les crédits militaires extraordinaires.

29 mars

Guizot: *Essais sur l'histoire de France, pour servir de complément aux Observations sur l'histoire de France de l'abbé de Mably.*

5 avril

Par un traité signé avec le duc d'Angoulême, Ouvrard devient le munitionnaire général de l'armée d'intervention en Espagne.

7 avril

Les troupes françaises franchissent la Bidassoa. Une petite troupe de réfugiés français (environ 150 hommes) qui arbore le drapeau tricolore, conduite par Fabvier, tente vainement de s'opposer à leur passage.

9-12 avril

Le Courrier français et *Le Pilote* sont condamnés par le tribunal correctionnel à quinze jours de suspension en vertu de l'article définissant le « délit de tendance » (17, 25 mars 1822).

10 avril

Les Cortes transfèrent Ferdinand VII de Madrid à Séville.

17 avril

L'armée française entre à Vitoria. Le 9 mai, elle sera à Burgos, sans avoir rencontré de résistance ou presque. Les troupes constitutionnelles reculent devant les Français, le gouvernement replié sur Séville gardant l'espoir d'un compromis avec la France, voire que la France garantira au moins la sécurité des libéraux espagnols en cas de rétablissement de Ferdinand VII. Les seuls engagements sérieux ont lieu en Catalogne.

23 avril
Une ordonnance prescrit la numérotation des maisons de toutes les villes et communes.

30 avril
L'Angleterre proclame sa neutralité dans le conflit entre la France et l'Espagne.

7 mai
La Chambre des pairs rejette un projet de loi concernant sa dotation : il prévoyait de convertir en dotations transmissibles les pensions versées aux pairs, avec cette condition qu'à la mort de leurs titulaires, ces pensions seraient réduites à 12000 francs ou reviendraient à l'État en cas d'absence de descendance mâle en ligne directe. Depuis sa présentation le 10 février, ce projet a suscité de nombreuses critiques, la presse royaliste accusant le gouvernement de vouloir créer des pairs « demi-solde » (12000 au lieu de 36000 francs) et d'asservir la Chambre haute.

10 mai
Promulgation du budget 1824, qui présente un excédent de 471000 francs. Comme les budgets 1823 et 1824, ceux de 1825 et 1826 seront également excédentaires, celui de 1826 de plus de 6 millions. Profitant de la bonne situation financière de la France, Villèle met en adjudication 23 millions de rentes émises au cours des dernières sessions : la totalité est souscrite au taux de 89,55 francs par la banque Rothschild. Le président du Conseil poursuit également la politique de dégrèvement des contributions directes initiée par Richelieu en 1821 : de 1816 à 1829, le produit de la contribution foncière diminue de 172 à 155 millions et celui de l'impôt mobilier de 870 à 701 millions. Dans le même temps, signe de prospérité autant que d'accroissement de la pression fiscale, le rendement des impôts indirects passe de 140 à 212 millions.

23-24 mai
Les Français entrent dans Madrid dont la population, après plusieurs jours de combats de rue meurtriers entre royalistes et libéraux, les acclame, les uns voyant dans l'arrivée de l'armée française le signal de la revanche, les autres la promesse d'une protection. Le duc d'Angoulême installe dans la capitale un gouvernement provisoire espagnol. Entre lui et cette « régence », les rapports deviennent vite tendus. Le gouvernement provisoire multiplie en effet les décrets d'épuration et de proscription, suivant une politique que le ministère français se refuse à empêcher mais qu'Angoulême répugne à cautionner. À la fin du mois de juin, alors que le gouvernement espagnol, emmenant avec lui Ferdinand VII, s'est retranché dans Cadix, et que la violence se déchaîne partout, le duc envisage le rapatriement de l'armée française.

27 mai
Au Portugal, les constitutionnels sont renversés et la Constitution libérale de 1822 abrogée.

11 juin
Ferdinand VII refusant de suivre le gouvernement espagnol à Cadix, les Cortes le suspendent (en fait jusqu'au 18 juin) et nomment une régence. Le lendemain, Ferdinand est transféré de force à Cadix. Le 13 juin, les royalistes se soulèvent et s'emparent de Séville.

juillet
Première livraison de *La Muse française* (1823-1824). Cette revue est animée par un groupe de jeunes écrivains, préfiguration des futurs cénacles romantiques, qui se réunit autour d'Émile Deschamps. On y trouve quelques talents confirmés (les poètes Soumet, Baour-Lormian et Chênedollé), mais surtout de nouveaux venus promis à la gloire : Victor Hugo, Vigny et, dans un registre mineur, Marceline Desbordes-Valmore. Le groupe se disperse lorsqu'en 1824, Charles Nodier, auteur en 1823 de *Du genre romantique*, commence à accueillir les romantiques à l'Arsenal.

Le romantisme

Le romantisme est né au nord de l'Europe. Il est d'abord anglais, le classicisme n'ayant jamais poussé de racines profondes en Angleterre, et allemand, forgé au creuset, d'une part des évolutions qui ont marqué la littérature germanique à partir des années 1770, d'autre part de l'éveil de la conscience nationale et de la réaction contre le rationalisme du XVIII*e siècle qu'a provoqué l'épopée napoléonienne. En 1815, la France n'est guère touchée encore par ce nouveau courant philosophique et esthétique. Sans doute quelques œuvres l'annoncent : celle de Chateaubriand qui, d'*Atala *au* Génie du christianisme, *a renouvelé les thèmes de la littérature ; celle de Mme de*

Staël, notamment De l'Allemagne, *qui a ouvert une fenêtre sur ce nouveau continent de l'intelligence; le livre publié par Ballanche en 1801* (Du sentiment considéré dans ses rapports avec la littérature et les arts), *ou encore* Adolphe, *publié par Benjamin Constant en 1816. Il existe également tout un courant de sensibilité issu de Rousseau favorable à la remise en cause du rationalisme et du classicisme. Mais ceux-ci dominent encore les esprits. Ils occupent de fortes positions institutionnelles. La poésie et la littérature restent soumises aux règles de perfection et de clarté classiques, les arts plastiques demeurent voués à l'imitation de l'antique: ici, David règne toujours et Géricault est encore un cas isolé; là, beaucoup préfèrent à Lamartine le poète Lemercier et sa torrentielle* Mérovéide *(1818), ode à la gloire des règles classiques de versification…*

Mais pour autant, hors des bastions académiques, la nouvelle sensibilité progresse. Plusieurs raisons à cela. Il y a d'abord le renouvellement des générations, qui équivaut ici presque à une rupture. La désagrégation de l'ancienne société a emporté avec elle les instances du beau et du goût qu'elle imposait. Rien ne les a remplacées: l'Empire est un temps de relative atonie artistique (sinon scientifique). Le silence imposé par le maître a comme laissé un vide. Un territoire vierge s'offre donc aux nouvelles générations qui ont désappris ce que leurs aînés aimaient et qui se trouvent en même temps d'autant plus disponibles pour révolutionner le monde de la littérature ou celui de la peinture que l'action politique, resserrée dans les étroites limites définies par le cens, ne leur offre plus un champ d'action comparable à ce qu'il avait été pour la génération de 1789. La passion politique est moins forte, les armées françaises ont cessé de sillonner l'Europe: les enfants du siècle trouvent un refuge dans les choses de l'esprit.

Dans le même temps, la France a perdu son hégémonie. Hégémonie culturelle, qui lui avait permis de régner sur l'Europe au siècle précédent; hégémonie politique aussi bien. À tout point de vue la France, provisoirement du moins, est rentrée dans ses frontières. À tout point de vue elle a cessé de se répandre sur l'Europe et en 1815, c'est l'Europe qui se déverse sur elle, non seulement ses armées, mais ses cultures, les idées qui sont nées du choc révolutionnaire. Passé le temps du patriotisme sourcilleux consécutif à la défaite et à l'invasion de 1815, le public cultivé, déjà mis en appétit par Chateaubriand et Mme de Staël, redécouvre Dante, découvre Shakespeare, Goethe et Schiller, Byron et Walter Scott, Maturin et Mary Shelley.

En 1820, le sentiment romantique fait une entrée fracassante en littérature avec les Méditations poétiques *de Lamartine. Mais le mouvement ne prend véritablement forme que lorsque le groupe de* La Muse française *(1823-1824) commence à se réunir en 1824, dans le salon de Charles Nodier.*

Au début des années 1820, classicisme et libéralisme vont de pair. À travers l'esthétique classique, les libéraux défendent les valeurs qui sont celles de la Révolution. On ne peut combattre pour 1789 sans défendre David. Aussi accablent-ils d'injures et de sarcasmes les « saturnales littéraires » d'une nouvelle école qui, de Vigny à Hugo et de Charles Nodier à Balzac, marche au côté du parti royaliste et catholique. « La littérature nouvelle, proclame alors Victor Hugo, est l'expression de la société religieuse et monarchique qui sortira de tant d'anciens débris et de tant de ruines récentes. »

L'année 1824 où ces lignes sont écrites représente un moment décisif. Tandis que le pouvoir, par la voix de Mgr Frayssinous, prend ses distances avec les romantiques, plusieurs événements vont rapidement conduire ces derniers à rompre avec leurs premières attaches politiques. C'est d'abord le renvoi de Chateaubriand du ministère des Affaires étrangères. Ce renvoi signifie la défaite d'une certaine conception « poétique » de l'action politique, qui juge les choses de haut et place l'honneur et la grandeur de la France au-dessus de l'équilibre budgétaire, du ronronnement d'un pays bien géré et de la cuisine électorale. Le triomphe de Villèle apparaît bientôt comme celui d'une politique sans envergure. Un tel royalisme devait naturellement peu convenir aux aspirations d'une génération qui célèbre le lyrisme, la spiritualité et les sentiments absolus. Si Hugo et Lamartine chantent en 1825 le sacre de Charles X, leur fidélité monarchique déjà se lézarde. Un autre élément, extérieur celui-là, est venu s'ajouter aux déceptions provoquées par la politique de Villèle: la lutte des Grecs pour leur indépendance. En conciliant le combat pour la liberté et la défense de la foi chrétienne, le soulèvement national en Grèce a abaissé la barrière qui semblait irréductiblement opposer les deux principes de liberté et de religion. C'est à la même époque que Lamennais amorce l'évolution qui le conduira, vers 1828, sans rien renier de sa foi, de l'ultracisme au libéralisme. Le renouvellement des termes du débat intellectuel était préparé par un autre changement encore: celui qui affecte le parti libéral. Ici aussi une nouvelle génération apparaît, provoquant la marginalisation de ceux que l'on nomme avec un peu de commisération les « vieux libéraux », gens formés dans les luttes révolutionnaires et que leur ardeur à ressusciter les anathèmes du siècle précédent contre les jésuites rejettent un peu plus encore vers le passé.

En publiant en février 1827 À la colonne de la place Vendôme, *Victor Hugo passe au camp libéral. Il explique les raisons esthétiques de son choix dans la préface de* Cromwell *(décembre 1827) et ses raisons politiques dans la préface d'*Hernani *(février 1830) : « Le romantisme, proclame-t-il, n'est [...] que le libéralisme en littérature. La liberté dans l'art, la liberté dans la société, voilà le même but auquel doivent tendre d'un même pas tous les esprits conséquents et logiques. » La désertion des romantiques du camp royaliste est d'autant plus retentissante qu'à cette date ils ont écrasé leurs adversaires. Lamartine a écrasé Lemercier, Hugo a pulvérisé Jouy. La postérité ne démentira pas le jugement des contemporains. Le Théâtre-Français lui-même, bastion du classicisme, a fini par ouvrir ses portes au drame romantique alors que celui-ci refuse, sacrilège suprême, de se soumettre à la sacro-sainte règle des trois unités. Le 10 février 1829, Alexandre Dumas obtient un triomphe lors de la première d'*Henri III et sa cour. *Les réactions sont indignées. À la Chambre, le député Méchin dénonce la décadence du Théâtre-Français « qui repousse la haute littérature pour accueillir celle du Boulevard ». Plusieurs auteurs classiques, Arnault, Jouy et Étienne, demandent à Charles X de maintenir la scène française dans son ancienne dignité : « Que voulez-vous, Messieurs, répond le roi, je n'ai, comme vous, qu'une place au parterre. » Si la même année, la censure interdit* Marion Delorme *de Victor Hugo, le Théâtre-Français accepte de représenter l'adaptation que Vigny a faite d'*Othello. *Une brèche est ouverte. Le 25 février 1830 a lieu l'affrontement décisif à l'occasion de la première d'*Hernani. *Avec le drame romantique, c'est l'ensemble de la nouvelle école qui triomphe. L'Académie française elle-même, qui en 1824 avait excommunié les romantiques, a capitulé le 5 novembre 1829 en ouvrant ses portes à Lamartine.*

*Le romantisme littéraire est à son apogée sous la monarchie de Juillet. Si Lamartine a déjà produit la part la plus importante de son œuvre poétique, Vigny, Musset, Hugo, Balzac et Alexandre Dumas un peu plus tard, sont alors au sommet de leur art. La révolution de 1848 marque le terme de la période la plus créatrice du romantisme. L'âge d'or est terminé. Lamartine et Hugo sont happés par la politique, Stendhal est mort en 1842, Nodier en 1844 ; Balzac s'éteint en 1850, Musset en 1857 ; Dumas, Vigny ou Mérimée ne publient plus guère après 1850 – ou des œuvres de moindre qualité. Le romantisme continuera surtout de vivre par Hugo, qui s'éloigne de France après le coup d'État du 2 décembre 1851 et écrira en exil une œuvre considérable, poétique (*Les Châtiments, *1853,* Les Contemplations, *1856,* La Légende des Siècles, *1859) et romanesque (*Les Misérables, *1862,* Les Travailleurs de la mer, *1866,* L'Homme qui rit, *1869).*

Dans les arts plastiques, les succès du romantisme sont plus mitigés. L'architecture lui sera largement imperméable, la sculpture n'étant quant à elle pas touchée avant 1833. Le renouveau avait commencé précocement en peinture avec le génial Géricault, puis s'était poursuivi avec Delacroix. En musique, seul Hector Berlioz (1803-1869) s'engage sur les traces de la musique romantique allemande, mais sans jamais obtenir pour ses Huit scènes pour Faust *(1828) ou sa* Symphonie fantastique *(1830) l'audience réservée aux poètes ou dramaturges romantiques. En 1837, cependant, il triomphe avec sa* Grande Messe des morts, *mais l'année suivante son opéra* Benvenuto Cellini *est un échec. Nouvel échec en 1846 avec* La Damnation de Faust, *puis en 1863 avec* Les Troyens. *Si le romantisme musical occupe cependant une place importante en France, c'est grâce aux longs séjours à Paris de Frédéric Chopin (1831-1849) et Franz Liszt (après 1833). Rossini s'est installé dans la capitale dès 1824, pour y prendre la direction du Théâtre-Italien. Verdi séjournera également à Paris à plusieurs reprises (1847-1849, 1853-1855, 1865-1867), créant à l'Opéra* Les Vêpres siciliennes, *une nouvelle version de* Macbeth *(1865) et* Don Carlos *(1867).*

L'insuccès de Berlioz conduit d'ailleurs à juger avec nuances les succès initiaux du romantisme. Bien des noms aujourd'hui tombés dans l'oubli remportaient alors les plus éclatants succès. C'est particulièrement le cas pour ce qui concerne la musique, où le public de la Restauration et de la monarchie de Juillet préférait, et de loin, les œuvres lyriques d'Auber et de Boïeldieu aux compositions symphoniques ou lyriques de Berlioz, mais c'est également vrai pour la peinture, où les succès de Delacroix ne doivent pas faire oublier que les toiles d'un Horace Vernet, d'un Delaroche ou d'un Decamps attiraient un public plus nombreux encore.

La littérature ne fait pas exception, même si c'est dans ce domaine, et particulièrement dans la poésie et le roman, que le romantisme reçoit la plus large audience. Pour autant, le XVIIIe siècle n'est pas mort. L'édition tire encore une grande partie de ses ressources de la réédition des œuvres des philosophes. Les nombreuses rééditions des œuvres de Rousseau, et surtout de Voltaire (1 600 000 exemplaires imprimés entre 1814 et 1824), montrent que le rationalisme philosophique a encore de beaux jours devant lui.

2 juillet
Création, à l'Ambigu-Comique, de *L'Auberge des Adrets*, par Antier, Saint-Amand et Paulyanthe avec Frédérick Lemaître dans le rôle principal. C'est la première apparition du personnage de Robert Macaire qui, après 1830, dans diverses pièces de théâtre (*Robert Macaire*, 1834) ou dans les dessins de Daumier et les romans d'Eugène Sue, personnifiera l'égoïsme du régime de Juillet.

6 août
Le curé d'Ars, Jean-Marie Vianney, conduit ses paroissiens en pèlerinage à Notre-Dame de Fourvière. Vers 1850, plusieurs dizaines de milliers de pèlerins se rendront chaque année à Ars. La nouvelle basilique de Notre-Dame de Fourvière sera construite à partir de 1862.

17 août
Arrivé devant Cadix, le duc d'Angoulême lance un ultimatum et fait parvenir à Ferdinand VII une lettre lui demandant de s'engager à promulguer, après son rétablissement, une amnistie et une nouvelle Constitution inspirée de la Charte française.

20 août
Réforme de l'organisation des consistoires israélites, fixant les modalités de l'élection des rabbins et des notables et modifiant plusieurs articles relatifs à l'administration et à la comptabilité des consistoires.

22 août
Dans *Le Drapeau blanc*, Lamennais publie une lettre ouverte à Mgr Frayssinous violemment hostile à l'institution universitaire dont le prélat est le grand maître.

25 août
Ouverture, au Louvre, de l'exposition des produits de l'industrie française.

31 août
Les Français s'emparent du fort de Trocadéro.

6 septembre
Les Cortes se prononcent pour la résistance.

23 septembre
Début du bombardement de Cadix.

28 septembre
Les Cortes rétablissent Ferdinand VII et se séparent.
À Rome, le conclave élit, pour succéder à Pie VII mort le 20 août, le cardinal Della Genga, qui devient pape sous le nom de Léon XII.

29-30 septembre
La milice constitutionnelle de Cadix se soulève et refuse de libérer Ferdinand VII sans avoir rien obtenu en échange: le roi doit promettre une amnistie et une nouvelle Constitution. À peine sorti de Cadix, il rétracte son serment.

1er octobre
Ferdinand VII s'installe à Xérès. Il décerne au duc d'Angoulême le titre de prince de Trocadéro: Angoulême refuse.

4 octobre
Les dernières places constitutionnelles, Barcelone et Tarragone, se rendent aux Français.

9 octobre
Molitor est élevé à la dignité de maréchal de France.

19 octobre
Le baron de Damas remplace le maréchal Victor dans les fonctions de ministre de la Guerre.

novembre
Stendhal: *Vie de Rossini.*

13 novembre
Ferdinand VII fait sa rentrée dans Madrid.

14 novembre
Le gouvernement résilie le traité conclu le 5 avril précédent à des conditions exorbitantes avec Ouvrard pour les fournitures destinées à l'armée d'Espagne.

2 décembre
Le gouvernement, «porté» par le succès des armes françaises en Espagne, décide de consolider sa position par la modification de la loi électorale: un projet est élaboré qui prévoit le renouvellement intégral de la Chambre, désormais élue pour une durée de sept ans. Il décide également de dissoudre la Chambre des députés afin de recueillir

au plus tôt les bénéfices de l'intervention en Espagne : c'est chose faite le 24.

4 décembre
À la Société des bonnes lettres, l'académicien Pierre-Louis de Lacretelle attaque violemment le romantisme.

23 décembre
Création de 27 pairs, parmi lesquels deux évêques et treize députés, dont Bonald et Lainé.

29 décembre
Charles Nodier est nommé bibliothécaire de l'Arsenal.

NODIER

Charles Nodier (1780-1844) a déjà une œuvre importante à son actif qui mêle romans noirs et contes fantastiques lorsqu'il prend ses fonctions à la bibliothèque de l'Arsenal. Il a notamment publié Jean Sbogar *en 1818 et* Trilby ou le lutin d'Argail *en 1822. À partir du mois d'avril 1824, il prend l'habitude de réunir, tous les dimanches, à l'Arsenal, la jeune génération des écrivains romantiques. Après 1830, les liens noués avec des romantiques désormais au sommet de leur art et de leur influence se relâchent. Nodier peut désormais donner son plein essor à son inspiration et à son goût pour le fantastique (*La Fée aux miettes, *1832 ;* Le Chien de Brisquet, *1844). Ses* Contes fantastiques *seront réunis en volume après sa mort (1846-1853).*

autres événements
• Début du démantèlement du mur des Fermiers généraux, percé de 52 barrières d'octroi.
• Ouverture, entre Andrézieux et Saint-Étienne, de la première voie ferrée pour le transport du charbon.

1824

2 janvier
Les paiements dus à Ouvrard sont suspendus. Ouvrard est expulsé d'Espagne le 17 mai.

6 janvier
Création d'un Conseil supérieur du commerce et des colonies.

février
La rente 5 % atteint le cours record de 104,80 francs.

10 février
La constitution d'un majorat devient une condition nécessaire pour la transmission d'un titre nobiliaire. Cette disposition régit l'accession à la pairie depuis l'ordonnance du 25 août 1817. Seulement 228 majorats seront créés hors de la pairie.

25 février-6 mars
Renouvellement de la Chambre des députés. La victoire des candidats ministériels et des royalistes ultras est totale, plus large même qu'en août 1815. L'opposition libérale est réduite à une infime minorité de parlementaires : 19 sur 430 députés, au lieu de 110 dans la Chambre de 1823. C'est la « Chambre retrouvée ». Concernant le rapport des forces dans l'hémicycle, si les bataillons villélistes n'ont rien à craindre d'une gauche exsangue, et d'un centre-droit décapité par la nomination de Lainé à la pairie, il leur faut compter avec 70 ou 80 ultraroyalistes.

26-27 mars
Débat sur l'admission à la Chambre des députés de Benjamin Constant, nouvel élu dont la nationalité française est contestée. Constant est admis le 22 mai.

avril
Delacroix : *Les Massacres de Scio*.

LE ROMANTISME EN PEINTURE

*Si Antoine-Jean Gros (qui se suicide en 1835) a été le précurseur du romantisme dans la peinture, celui-ci naît véritablement avec Théodore Géricault (1791-1824) et Eugène Delacroix (1798-1863). Tous deux sont les élèves de Pierre-Narcisse Guérin (1774-1833), nommé directeur de l'École française de Rome en janvier 1816 (*Andromaque et Pyrrhus, *1810 ;* Clytemnestre, *1817). Géricault entre dans l'atelier de Guérin en 1810, Delacroix en 1816. Le premier, dont Guérin pensait qu'il possédait à lui seul « l'étoffe de trois ou quatre peintres », réalise dans cet atelier* Officier de chasseur de la Garde impériale *(1812), une étude destinée à rivaliser au Salon avec le* Portrait équestre de Murat *peint par Gros qu'il admirait tant, puis le* Cuirassier blessé quittant le feu *(1814), par lequel l'histoire de la peinture s'inscrit pour la première fois dans celle du romantisme naissant. Géricault peint encore* Le Radeau de la Méduse *(1819), inspiré du naufrage de la frégate* La Méduse *au large des côtes du Sénégal en 1816, ainsi qu'une série de portraits d'aliénés, avant sa disparition accidentelle en 1824.*

Le romantisme, à peine né avec Géricault, puis Delacroix, dont La Barque de Dante *est présentée au Salon de 1822, a beaucoup de mal à s'imposer dans un contexte encore dominé par le néoclassicisme davidien: le maître règne depuis son exil bruxellois jusqu'en 1825. Le clan classique accueille d'ailleurs avec joie Ingres à son retour d'Italie en 1824. La bataille romantique se joue dans les Salons de 1819 (Géricault), 1822, 1824 (où* Les Massacres de Scio *de Delacroix s'oppose au* Vœu de Louis XIII *d'Ingres) et atteint son apogée lors du Salon de 1827. Delacroix y présente 12 tableaux dont* Le Christ au jardin des Oliviers *– commandé pour l'église Saint-Paul-Saint-Louis – et* La Mort de Sardanapale, *parfaite antithèse de* L'Apothéose d'Homère *d'Ingres. Il y est entouré de jeunes peintres, Eugène Devéria* (La Naissance d'Henri IV), *Louis Boulanger* (Le Supplice de Mazeppa) *et d'autres, moins jeunes: Ary Scheffer (dont* La Mort de Géricault *avait été présentée en 1824), Horace Vernet* (Mazeppa aux loups), *Paul Delaroche* (Mort d'Élisabeth d'Angleterre). *Les contemporains ont eu l'impression que la vague romantique refluait au Salon de 1830 malgré l'épique* Barricade *de Delacroix. Le combat semblait donc gagné. Par qui? Plus encore qu'à Delacroix, ou à son rival Ingres, le goût du public allait aux peintres improprement appelés «juste milieu», romantiques d'intention, classiques de facture et qui savaient plaire. Parmi eux, Ary Scheffer qui passe des illustrations de Goethe à une religion sentimentale* (Le Christ consolateur), *Horace Vernet, infatigable peintre de batailles capable de fortes images orientalistes* (Rebecca à la fontaine) *ou fantastiques* (Les Morts vont vite), *Paul Delaroche qui fait évoluer la peinture d'histoire vers l'anecdote historique* (Les Enfants d'Édouard, L'Assassinat du duc de Guise), *mais aussi les aimables imagiers d'Italie, Léopold Robert, Victor Schnetz…*

Si Delacroix n'est pas chef d'école, il ne manque ni de commandes ni d'honneurs officiels. Après avoir imposé de nouveaux thèmes et une technique qui rejette le dessin-carcan avec ses toiles manifestes (La Barque de Dante, Les Massacres de Scio, La Grèce sur les ruines de Missolonghi, La Mort de Sardanapale), *Delacroix se fait le chantre de la révolution de 1830* (La Liberté guidée par le peuple), *puis il évolue vers des sujets différents: un voyage au Maroc (1832) lui apprend l'Orient (*Femmes d'Alger, *1834;* Noce juive dans le Maroc, *1841). On lui commande de nombreux chantiers de décoration au Palais-Bourbon, au Louvre (le plafond de la galerie d'Apollon), à l'Hôtel de Ville… Son testament pictural est réalisé sur les murs de la chapelle des Saints-Anges à Saint-Sulpice (1855-1861) où un* Héliodore chassé du temple *mouvementé fait face à* La Lutte de Jacob avec l'Ange *dont les impressionnistes admireront la technique de juxtaposition des couleurs par hachures.*

*L'orientalisme, d'abord historique et littéraire, devient un véritable champ de la création picturale. S'y rattachent Alexandre Decamps (*Le Supplice des crochets, *1837), Adrien Dauzats et Eugène Fromentin (*Les Gorges de la Chiffa, *1847), qui sut allier par ailleurs le pinceau et la plume en publiant ses souvenirs de voyage en Afrique du Nord (*Un été dans le Sahara, *1857;* Une année dans le Sahel, *1858). L'Orient marque durablement Théodore Chassériau qui s'efforça de réaliser la synthèse entre Ingres, son premier maître, et Delacroix:* La Toilette d'Esther *(1841) aux déformations ingresques,* Les Juives d'Alger au balcon *(1849) aux couleurs éclatantes.*

Le romantisme, comme un phénix, renaît plusieurs fois de ses cendres, notamment dans l'illustration des années 1860 avec Gustave Doré, Charles Meryon ou Rodolphe Bresdin. Il connaît un autre réveil avec le symbolisme. Paradoxalement bref dans ses succès publics, le romantisme est pourtant le mouvement qui aura le plus marqué la peinture du siècle.

8 avril

Réforme de l'enseignement primaire: les recteurs d'académie continuent de délivrer les brevets permettant d'enseigner, mais l'autorisation et la surveillance relèvent désormais de l'évêché. Le comité cantonal qui dirige l'école se compose de l'évêque, du maire, de quatre citoyens «notables», de deux laïcs nommés par le préfet et de deux ecclésiastiques choisis par l'évêque.

mai

Les armées turques, appuyées par un corps expéditionnaire égyptien commandé par le vice-roi Méhémet-Ali, entreprennent la reconquête de la Grèce. Athènes est encerclée: malgré une âpre défense dirigée notamment par le colonel Fabvier venu prêter main-forte aux Grecs, la ville capitulera le 5 juin 1827. En France, royalistes et libéraux soutiennent les insurgés grecs et fondent un comité philhellénique dans lequel Chateaubriand côtoie La Fayette.

1er mai
La Chambre des députés adopte par 136 voix sur 147 votants (un tiers des députés sont présents) un projet de loi punissant des travaux forcés à perpétuité les vols de vases sacrés dans les églises catholiques, avec ou sans effraction du tabernacle. Le texte est ensuite transmis à la Chambre des pairs. Mais il sera retiré par le gouvernement le 7 juin.

5 mai
La Chambre des députés adopte (par 238 voix contre 145) la loi de conversion des rentes. En février 1824, le cours de la rente 5 % au capital de 100 francs (qui représente la dette publique depuis son unification à l'époque du Directoire) dépasse son cours nominal (104,80 francs). Cela ne s'est encore jamais produit, le 5 % n'ayant franchi la barre des 90 francs qu'une seule fois, en 1807. Les investisseurs étant disposés à donner plus de 100 francs pour un revenu annuel de 5 francs, le taux réel de l'argent s'établit donc à un niveau inférieur à 5 %. L'État n'a aucune raison d'assurer aux prêteurs des avantages financés par les contribuables. Le projet de loi présenté par Villèle leur offre le choix suivant: ou bien accepter le remboursement de leurs titres de rente à leur valeur nominale de 100 francs (alors qu'ils les ont dans la plupart des cas achetés à un prix inférieur), ou bien, s'ils veulent conserver leurs créances sur l'État, échanger leurs titres 5 % contre de nouveaux titres portant un revenu de 3 %, qui leur seront cédés sur la base de 75 francs par titre de 100 francs, soit portant un revenu réel de 4 %. Compte tenu de la masse des titres en circulation, le Trésor estime pouvoir économiser 30 millions sur le service des intérêts de la dette publique.
Le problème posé par ce projet n'est pas d'ordre technique ou financier mais d'ordre politique: il s'agit en fin de compte de faire payer par les rentiers, en majorité parisiens, les dettes de la Révolution et de la Restauration à l'égard des émigrés, puisque les économies budgétaires ainsi réalisées doivent être affectées à un plan d'indemnisation des émigrés. Aussi le projet est-il attaqué, non seulement par les libéraux hostiles à ce qui remettrait en cause les acquisitions de biens nationaux, mais par les rentiers qui s'estiment lésés. Leurs défenseurs à la Chambre font valoir que les rentiers, dont beaucoup touchent un revenu modeste, ne se soucient guère de réaliser une plus-value sur leur médiocre capital mais qu'en revanche, ils comprennent que leur revenu annuel va être amputé d'un cinquième. Malgré une vive opposition, le projet est voté et transmis à la Chambre des pairs – qui le rejette le 3 juin.

8 mai
Mignet: *Histoire de la Révolution française depuis 1789 jusqu'en 1814.*

6 juin
Après l'échec d'un projet de loi de conversion des rentes que Chateaubriand ne soutient pas, celui-ci est renvoyé du ministère des Affaires étrangères. Il n'est pas remplacé et l'intérim en est confié à Villèle. Chateaubriand devient le martyr de la cause des rentiers. Dans l'immédiat, il reçoit le soutien de la presse royaliste encore indépendante, celui également du *Journal des débats*, dans lequel il va livrer une guerre implacable à Villèle et Corbière.

9 juin
Une nouvelle loi modifie la loi sur le recrutement militaire du 10 mars 1818: elle supprime l'institution des vétérans, porte la durée du service de six à huit ans et le nombre des appelés de 40000 à 60000.
Après cinq jours de débats, promulgation de la loi prescrivant le renouvellement intégral de la Chambre des députés désormais élue pour sept ans. La loi s'applique à la Chambre élue en février 1824, qui devait donc être renouvelée après la session de 1830.

11 juin
Les lois des 17 et 25 mars 1822 avaient eu pour effet de rendre une liberté relative à la presse en supprimant la censure. Face à la floraison des titres, notamment d'opposition, Villèle réagit en mettant au point un système d'« amortissement » des journaux: il s'agit de prendre le contrôle des titres puis de les supprimer ou de leur donner une direction favorable au gouvernement. La tentative de rachat de *La Quotidienne* de Michaud se solde par un échec. Le 11 juin 1824, Michaud est expulsé de sa rédaction. Il fait paraître dès le lendemain une *Quotidienne* concurrente et porte l'affaire devant la Cour royale de Paris qui lui donne raison. Une statistique du 15 décembre 1824 montre l'inefficacité de ces tentatives pour étouffer la presse. Sur 12 quotidiens publiés à Paris, 6 appartiennent à l'opposition libérale ou royaliste (*Journal des débats*, *La Quotidienne*, *L'Aristarque français*, *Le Constitutionnel*, *Le Courrier français*, *Le Journal du commerce*): ils totalisent 41 330 abonnés contre 14 344 aux six journaux ministériels.

12 juin
Sadi Carnot (1796-1832), fils aîné de Lazare Carnot, fonde la thermodynamique en démontrant l'équivalence entre chaleur et énergie, dans des *Réflexions sur la puissance motrice du feu et les machines propres à développer cette puissance.* L'importance des

travaux de Sadi Carnot ne sera réellement mesurée qu'après la mort de l'auteur, emporté par l'épidémie de choléra de 1832, lorsque Émile Clapeyron (1799-1864) leur donnera de nouveaux développements dans son étude: *La Force motrice de la chaleur* (1834).

14 juin
La Chambre des députés rejette une proposition de La Bourdonnaie en faveur de l'indemnisation des émigrés.

25 juin
Une loi introduit le principe des circonstances atténuantes en matière criminelle. Le droit de les accorder est réservé au juge et non au jury.

28-29 juin
Villèle forme une commission d'enquête sur les marchés passés entre Ouvrard et l'État à l'occasion de l'intervention en Espagne.

juillet
Benjamin Constant: *De la religion considérée dans ses sources, sa forme et ses développements*. Un second volume paraîtra en octobre 1825, le troisième en novembre 1827.

12 juillet
Le député ultra La Bourdonnaie dénonce les atteintes portées à la liberté de la presse (l'« amortissement » des journaux d'opposition, 11 juin) et à la liberté électorale par le gouvernement Villèle.

13 juillet
La Fayette embarque au Havre, à l'invitation du président américain James Monroe, pour les États-Unis, où une tournée triomphale le conduira à travers tout le pays. La Fayette regagnera la France en octobre 1825.

28 juillet
La construction et l'entretien des chemins vicinaux sont mis à la charge des communes.

4 août
Remaniement ministériel: Doudeauville (Maison du roi), La Rochefoucauld (Beaux-Arts), Damas (Affaires étrangères), Clermont-Tonnerre (Guerre), Chabrol de Croussol (Marine). Les autres portefeuilles gardent leurs titulaires.

16 août
Riposte du gouvernement au désaveu que lui inflige la magistrature en acquittant les publications qu'il poursuit: la censure est rétablie sur les journaux. Cette mesure se révèle totalement inefficace. Elle provoque le traditionnel flot des brochures qui permettent d'échapper aux ciseaux des censeurs. Chateaubriand donne le branle avec *De la censure qu'on vient d'établir.*

26 août
Création d'un ministère des Affaires ecclésiastiques détaché de celui de l'Intérieur et confié à Mgr Frayssinous.
Réforme de l'organisation du Conseil d'État: l'auditorat, supprimé le 23 août 1815, est rétabli; les conseillers d'État ne peuvent plus être révoqués par une décision individuelle.

13 septembre
Louis XVIII, dont les appartements ont été clos la veille, reçoit les derniers sacrements.
Fermeture de la Bourse et des spectacles.

15 septembre
Pierre Leroux et P.-F. Dubois fondent *Le Globe*, revue littéraire devenue politique après la chute de Villèle, qui cessera de paraître après les journées de Juillet 1830. Les saint-simoniens relèveront ensuite le titre.

16 septembre
Louis XVIII s'éteint à 4 h du matin. Son frère, le comte d'Artois, devenu Charles X, confirme les pouvoirs des ministres venus prendre ses ordres.

17 septembre
Charles X fait entrer au Conseil l'héritier du trône, le duc d'Angoulême, et s'engage à « maintenir la Charte et les institutions que nous devons au souverain dont le ciel vient de nous priver ». Il promulgue des amnisties (29 septembre, 6 octobre) et rétablit la faculté de droit de Grenoble (22 septembre).

27 septembre
Entrée solennelle de Charles X dans Paris.

30 septembre
Publication de l'ordonnance imposée par Charles X contre l'avis de Villèle levant la censure sur la presse. La popularité du nouveau roi est à son comble. La presse libérale exulte, célébrant le roi qui a su prendre une décision perçue comme un cinglant désaveu de la politique du ministère Villèle. Chateaubriand enfonce le clou en publiant *De l'abolition de la censure.*

18 octobre
Les obsèques de Philippe, un populaire acteur de la Porte-Saint-Martin, tournent à l'émeute, le curé de Saint-Roch ayant refusé de recevoir son corps.

24 octobre
Louis XVIII est inhumé à Saint-Denis quarante jours après sa mort.

25 octobre
Ouverture, dans l'île de la Cité, du magasin de mode de la Belle-Jardinière (superficie: 12 m^2). Au milieu du siècle, la Belle-Jardinière fera un chiffre d'affaires de plus de 5 millions, emploiera 1 500 ouvriers-tailleurs et possédera quatre succursales (Marseille, Nantes, Lyon, Angers). Le magasin sera transféré sur la rive droite en 1867.

21 novembre
Charles X présente au Conseil la liste des lois qu'il souhaite voir soumises à l'examen des Chambres: l'indemnisation des émigrés, et deux lois réclamées par le clergé, l'une sur les communautés religieuses, l'autre sur la répression du sacrilège.

2 décembre
Une ordonnance (préparée avant le remaniement ministériel du 4 août) met à la retraite 56 lieutenants généraux et 111 maréchaux de camp parvenus à la limite d'âge et non employés depuis l'année précédente. La mesure répond à des raisons purement financières, mais, en raison des personnalités concernées (Grouchy, Vandamme, Exelmans), elle passe pour un acte de vengeance.

22 décembre
Charles X réaffirme son attachement aux « institutions » octroyées par son frère et annonce la présentation d'une loi indemnisant les émigrés, d'une autre pour répondre aux « intérêts sacrés de la religion », enfin son intention de se faire sacrer à Reims. C'est la fin de la brève lune de miel entre les libéraux et le nouveau roi.

24 décembre
Arrestation d'Ouvrard, accusé par la commission d'enquête de malversations et corruption. Une instruction est ouverte.

31 décembre
L'adresse de la Chambre des pairs au roi insiste sur le serment de fidélité que Charles X prêtera à la Charte lors de son sacre.

1825

janvier-février
Grande mission à Besançon.

22 janvier
Prosper de Barante: *Histoire des ducs de Bourgogne, de la maison de Valois, 1364-1477* (1825-1826).

9 février
Un état de tous les établissements industriels considérés comme insalubres, incommodes ou dangereux est dressé afin de lutter contre les accidents du travail.

mars
Entretiens Villèle-Metternich sur l'attitude à adopter vis-à-vis de l'Angleterre qui vient de reconnaître l'indépendance des nouveaux États d'Amérique du Sud. Lord Canning devient le héros de l'opinion libérale pour avoir secoué le joug de la Sainte-Alliance. En octobre, la France fera un pas timide vers la reconnaissance des Républiques sud-américaines en autorisant les navires arborant leurs pavillons à accoster dans les ports français.

14 mars
Mérimée lit devant les habitués de son cénacle, à la bibliothèque de l'Arsenal, les pièces de son *Théâtre de Clara Gazul.*

avril
Mise en service des premiers omnibus parisiens: ils transporteront 5 millions de voyageurs en 1827, 75 millions en 1860. En juillet 1854, les nombreuses sociétés parisiennes fusionneront dans la Compagnie générale des Omnibus.

10 avril
Loi sur la sûreté de la navigation et du commerce maritime qui définit et réprime les actes de piraterie.

12 avril
Charles X célèbre le onzième anniversaire de sa première entrée dans Paris (1814) en défilant sur les Boulevards, bordés de spectateurs silencieux.

20 avril
Promulgation d'une loi punissant le sacrilège des travaux forcés à perpétuité ou de la peine de mort, selon la gravité des faits. En présentant le projet le 4 janvier précédent, le ministre de la Justice, Peyronnet, avait clairement indiqué le but de cette loi: il devait s'agir d'« une expiation nécessaire, après tant d'années d'indifférence ou d'impiété »,

dont témoignait l'augmentation du nombre des délits commis dans les églises, 538 en quatre ans. Aussi le texte proposait-il de punir ce genre de faits selon leur gravité: la profanation de vases sacrés par les travaux forcés à perpétuité, la profanation de vases contenant des hosties consacrées par la peine capitale, la profanation des hosties elles-mêmes par le supplice réservé aux parricides (peine capitale précédée de mutilation). Son application était cependant entourée de conditions draconiennes qui la rendaient peu probable: le crime devait avoir été commis « publiquement, volontairement, par haine ou mépris de la religion ». Le texte ne sera jamais appliqué.

27 avril
Promulgation d'une loi indemnisant les émigrés dont les biens avaient été confisqués sous la Révolution. Le projet présenté par Villèle prévoyait de répartir entre les anciens possesseurs des biens confisqués environ un milliard de rentes portant un intérêt de 3 %. Le débat parlementaire, en février et mars, a pris d'emblée l'aspect d'une guerre civile opposant l'émigration et la Révolution. Pour celle-ci, indemniser les émigrer revient à spolier la France en faveur de ceux qui ont pris les armes contre elle. Pour le parti de l'émigration en revanche, la loi est trop timorée en ce qu'elle ne va pas jusqu'à présenter l'indemnisation comme la juste et exacte réparation du « vol » commis par la Révolution. Pire encore à leurs yeux, au lieu d'indemniser les acquéreurs de biens nationaux et de rendre ceux-ci à leurs propriétaires légitimes, elle conduit à revêtir du sceau de la légalité les acquisitions illégales de l'époque révolutionnaire. Le projet de loi se heurtait ainsi à l'opposition conjuguée de la gauche et de l'extrême droite. Le 15 mars, le texte est cependant voté par les députés et communiqué à la Chambre des pairs, qui ajoute un amendement destiné à garantir les acquéreurs de biens nationaux contre toute contestation de la légalité de leurs acquisitions.

28 avril
La Chambre des pairs vote une loi destinée au financement de l'indemnisation des émigrés. La moitié de la somme nécessaire sera fournie par la Caisse d'amortissement, l'autre moitié par l'excédent budgétaire attendu et, le cas échéant, par une conversion des rentes facultative.

mai
La nouvelle rente 3 %, créée le 5 mai 1824, plafonne à son cours d'émission (75 francs), et seulement grâce au soutien de l'État. La presse libérale, les journaux royalistes et le *Journal des débats* de Chateaubriand mènent une campagne active pour dissuader les détenteurs de rentes 5 % de convertir leurs titres. Le ministère tente d'enrayer ce mauvais départ en faisant pression sur les établissements publics, en mobilisant les receveurs généraux et en laissant entendre aux fonctionnaires qui possèdent du 5 % qu'ils doivent, fidélité au gouvernement oblige, l'échanger contre du 3 %. Le titre remonte provisoirement au-dessus du pair, à 76 francs. Mollien démissionne de la direction de la Caisse d'amortissement pour protester contre l'affectation de la totalité de ses fonds au rachat du 3 %, et cela au détriment du titre 5 % qui n'a cessé de se maintenir au-dessus du pair, entre 101 et 104 francs. À la fin de juillet, 9 millions seulement auront été convertis, alors que le terme de l'opération a été fixé au 6 août.
Lamennais publie la première partie de *La Religion dans ses rapports avec l'ordre politique et civil* (la seconde paraîtra en février 1826).

2 mai
Les députés décident qu'à la prochaine session les ministres présenteront « le compte de leurs opérations relatives à la guerre d'Espagne, et de la liquidation générale des fournitures faites par le munitionnaire général », c'est-à-dire Ouvrard, toujours en prison.

7 mai
Augustin Thierry: *Histoire de la conquête de l'Angleterre par les Normands, de ses causes et de ses suites jusqu'à nos jours, en Angleterre, en Écosse, en Irlande et sur le continent.*

Le récit historique

Marie-Joseph Chénier, dans son Tableau historique de l'état et des progrès de la littérature française depuis 1789, *distingue et oppose deux traditions historiques: celle des antiquaires, attentifs aux faits, et celle de l'histoire philosophique qui, dans la lignée de Montesquieu, n'accorde qu'une attention intermittente à l'établissement des faits. Ces deux traditions sont richement représentées au* XIX*e* *siècle. Du côté de l'histoire philosophique, Thierry, Sismondi, Guizot, Mignet ou Barante s'attachent à une histoire dont la vocation est de restituer le rôle émancipateur joué souterrainement, pendant des siècles, par « la partie la plus nombreuse et la plus oubliée de la nation ». Non plus l'histoire de la France ou de l'Europe vue à travers les rois, les princes ou les grands hommes, mais à travers le peuple, agent silencieux et obstiné du change-*

ment et du mouvement collectif et anonyme vers la liberté. Si tous les historiens libéraux de la première moitié du siècle partagent une même conception de l'histoire et de sa pratique, bien des nuances les séparent : tandis que Guizot voit dans l'histoire le déroulement progressif de la nécessité et conçoit le travail de l'historien comme étant voué à révéler la raison cachée dans le tumulte des événements, Barante reste fidèle au caractère essentiellement narratif de l'histoire et récuse tout postulat déterministe : comme les individus, écrira-t-il, les peuples « ne portent pas en eux-mêmes une mission qu'ils ignorent ; leur caractère moral tient à leurs personnes, à leurs actes volontaires ». « J'avais l'ambition de faire de l'art en même temps que de la science », confiera Augustin Thierry, et plusieurs autres auraient pu évoquer ce qu'ils devaient à la lecture de Walter Scott, « le plus grand maître qu'il y ait jamais eu en matière de divination historique » (Thierry). De l'art, tant d'art que le positivisme devait juger sévèrement ces œuvres, comme autant de fantaisies étrangères à l'Histoire, mais aussi de la science, puisque les mêmes qui entendaient redonner vie au passé disparu ont été des pionniers dans l'exhumation et la publication des sources de l'histoire de France qui permettraient d'éclairer le grand mystère d'époque : l'ébranlement gigantesque de 1789.

14 mai
Lamartine publie *Le Dernier Chant du pèlerinage de Harold* à la mémoire de Byron, mort à Missolonghi le 19 avril 1824.

21 mai
Les Chambres sont prorogées au 7 juin, après les cérémonies du sacre.

24 mai
Promulgation de la loi permettant aux congrégations religieuses de femmes fondées avant le 1er janvier 1825 d'acquérir une existence civile en vertu d'une simple autorisation administrative, les congrégations d'hommes étant, pour ce qui les concerne, toujours astreintes à l'obtention d'une autorisation légale. Le nombre des religieuses passe de 12 400 en 1825 à 25 000 en 1830.
Dans *Le Globe*, Théodore Jouffroy publie « Comment les dogmes finissent », dirigé à la fois contre la politique réactionnaire de l'Église et contre l'incroyance du XVIIIe siècle : « une génération nouvelle s'élève » qui fondera l'autorité politique sur le savoir philosophique.

29 mai
Sacre de Charles X à Reims. Le cérémonial a fait l'objet de quelques aménagements pour l'accorder, dans la mesure du possible, à l'esprit du temps, et inclure un serment de fidélité à la Charte de 1814. Charles X est entré dans Reims le 28 au matin, accueilli avec allégresse, et la cérémonie du 29 est éclatante. Mais l'éclat du rituel ne peut cependant compenser l'absence d'émotion et de dimension sacrale. Le 1er juin, Charles X se rend pour le toucher des écrouelles à Saint-Marcoul où l'on a rassemblé 121 scrofuleux. Si Lamartine et Victor Hugo composent des odes pour célébrer l'événement, Béranger le salue à sa façon. Sa chanson, *Le Sacre de Charles le Simple*, pour laquelle il sera condamné le 17 septembre 1828, obtient les faveurs du public.

juin
Au lendemain de la mort du comte de Saint-Simon, décédé le 19 mai, ses disciples, Enfantin et Bazard, lancent *Le Producteur* (juin 1825-octobre 1826). Ils fonderont deux autres périodiques, créant *L'Organisateur* (1829-1831) et reprenant *Le Globe* (1830-1832).

juillet
Chateaubriand lance un appel en faveur de l'indépendance de la Grèce « égorgée par des hordes sauvages ».
Kératry : *Du culte en général et de son état, particulièrement en France* (le renouveau du vieux gallicanisme parlementaire du XVIIIe siècle).

20 juillet
Création, à Paris, d'une « maison centrale de hautes études ecclésiastiques ».

26 juillet-2 août
Dubois et Jouffroy publient dans *Le Globe* deux articles défendant la liberté des croyances et le principe de la neutralité religieuse de l'État, dirigés à la fois contre les ultramontains du *Mémorial catholique* et contre le sectarisme des « patriarches du parti libéral », athées, déistes ou gallicans, que les auteurs renvoient dos à dos.

6 août
Les démarches de dernière minute effectuées par le gouvernement auprès des investisseurs permettent de porter le montant total des rentes converties de 9 à 30 millions de francs. Résultat médiocre : le 11 août, la rente 3 % s'effondre au-dessous du pair, à 72 francs. Elle chutera même à 60 francs au début de décembre. Prenant acte de l'échec de l'opération, Villèle offre sa démission au roi, qui la refuse.

11 août
Le gouvernement rend publique l'ordonnance du 17 avril par laquelle la France reconnaît l'indépendance de son ancienne colonie de Saint-Domingue (Haïti). Chateaubriand réclame dans le *Journal des débats* la mise en accusation des ministres qui ont persuadé au roi qu'il possédait le pouvoir d'aliéner une portion du territoire national.

14 août
Des poursuites sont intentées pour «attaques contre la religion de l'État» contre *Le Constitutionnel* et *Le Courrier français* qui ont publié les déclarations de catholiques convertis au protestantisme pour riposter à la publicité donnée aux conversions inverses. Les deux journaux seront acquittés en décembre.

21 août
Réorganisation des pouvoirs dans l'île Bourbon (la Réunion), placés sous l'autorité d'un gouverneur.

septembre
Benjamin Constant: *Appel aux nations chrétiennes en faveur des Grecs.*

24 septembre
Lamartine: *Nouvelles Méditations poétiques.*

29 octobre
Charles-Barthelémy Dunoyer, qui édite avec Charles Comte *Le Censeur européen*, publie *L'Industrie et la morale considérées dans leurs rapports avec la liberté.* Charles Comte publiera de son côté, en 1827, un *Traité de législation, ou exposition des lois générales suivant lesquelles les peuples prospèrent, dépérissent ou restent stationnaires.*

novembre
Le Drapeau blanc publie trois lettres de Montlosier dénonçant un complot jésuite et antigallican.

28 novembre
Mort du général Foy, l'un des chefs de file du parti libéral. Le 30, 100000 personnes accompagnent le cortège funèbre au Père-Lachaise. Chateaubriand déclare que ces obsèques constituent un référendum contre Villèle.

1er décembre
Premier numéro de *La Gazette des tribunaux.*

10 décembre
Brillat-Savarin: *Physiologie du goût, ou Méditations de gastronomie transcendante*: «Les animaux se repaissent, l'homme mange, l'homme d'esprit seul sait manger.» Souvenirs, réflexions, mais seulement trois recettes de cuisine.

19 décembre
La Cour des pairs est chargée d'instruire l'affaire Ouvrard, le munitionnaire de l'expédition d'Espagne en 1823.

29 décembre
Le peintre David meurt à Bruxelles.

autres événements
• Kuhlmann fonde une usine de soude et d'acide sulfurique.

KUHLMANN ET PÉCHINEY

Frédéric Kuhlmann (1803-1881), né à Colmar, professeur de chimie à Lille, vient en aide aux industriels du textile qui ont le plus grand mal à se procurer les produits chimiques nécessaires à la fabrication des teintures. C'est le début d'une fabuleuse aventure industrielle marquée par l'expansion continue d'un groupe qui, en 1924, possède tout un réseau de filiales, une quinzaine d'usines spécialisées dans la fabrication de chlore, d'engrais chimiques et de matières colorantes.
La définition par Henri Sainte-Claire Deville (1818-1881) des propriétés de l'aluminium (découvert en 1827) s'inscrit dans l'histoire, riche au XIXe siècle, de la découverte de corps nouveaux. Ainsi furent mis au jour par des chercheurs français: le bore et le cyanogène (Gay-Lussac et Thénard, 1809-1815), la strychnine et la quinine (Joseph Pelletier et Joseph-Bienaimé Caventou, 1818-1820), le brome (Balard, 1826), le bérillium et le magnésium (Bussy, 1828-1829), les acides sulfurique et nitrique, découverts en 1833-1838 par Kuhlmann, les nitriles (Pelouze, 1834), l'uranium (Péligot, 1841), les amines et le glycol (Wurtz, 1849-1855), l'aspirine (Gerhardt, 1853) et le fluor (Moissan, 1887).
De trente ans plus jeune, Alfred Rangod (1833-1916), orphelin de père et qui, pour la postérité, porte le nom de son beau-père Péchiney, est également chimiste. À la différence de Kuhlmann cependant, il ne crée pas son entreprise, mais devient gérant de la société Merle et Compagnie, installée à Salindres (Gard), en 1874. Celle-ci fabrique de la soude, du chlore, des sels de potasse et de magnésie, ainsi que de l'aluminium (à partir de 1859), selon le procédé chimique inventé par Sainte-Claire Deville. La firme prend la raison sociale A. R. Péchiney et Compagnie en 1881, avant de devenir société anonyme en 1896.

1826

janvier
Élections législatives partielles: les libéraux Dupin l'aîné et Sébastiani sont élus, le premier dans le Calvados, le second dans l'Aisne (où il succède au général Foy).

ANDRÉ-MARIE ET CHARLES DUPIN

André-Marie Dupin l'aîné (1783-1865) est le fils d'un avocat au Parlement de Paris et député à l'Assemblée législative de 1791. Son frère François-Pierre-Charles joue lui aussi un rôle politique important, tandis que Simon-Philippe (1795-1846) est avocat de renom sous la monarchie de Juillet. Dupin l'aîné commence sa carrière comme avocat et comme député à la Chambre des représentants des Cent-Jours. N'ayant pas été réélu en août 1815, il retourne au barreau où il s'illustre dans la défense d'accusés célèbres: le maréchal Ney, Caulaincourt, Béranger... Dans les années 1820, il devient l'un des proches conseillers du duc d'Orléans. Revenu à la Chambre en 1827, il siège avec l'opposition libérale. Son heure sonne en 1830. Il s'affirme bientôt comme l'un des chefs de file, avec Guizot, du parti de la résistance. Député pendant toute la monarchie de Juillet, il préside la Chambre de 1832 à 1840. Défenseur acharné du régime, il est naturellement contre la révolution de 1848, mais n'en réussit pas moins à prendre en marche le train de la République. Favorable en 1851 à une révision constitutionnelle qui permettrait de prolonger le mandat du prince-président, il condamne le coup d'État du 2 Décembre. Après une brève éclipse, il revient siéger dans les assemblées parlementaires à partir de 1857.
La carrière politique de son frère cadet Charles Dupin (1784-1873) est marquée par la même longévité: rien n'atteint les Dupin. Ingénieur et mathématicien, il entre en politique comme député en 1827. Sous la monarchie de Juillet, il siège à la Chambre des députés, au Conseil d'État, au Conseil de l'agriculture et à celui de l'amirauté. Nommé pair de France en 1837, il redevient député après la révolution de Février 1848, approuve le coup d'État de Louis-Napoléon Bonaparte, et entre au Sénat.

15 janvier
Maurice Alhoy et Lepoitevin-Saint-Alme fondent *Le Figaro* (qui sera repris en novembre 1833 par Armand Dutacq).

30 janvier
Victor Hugo: *Bug-Jargal* (sans nom d'auteur); Alfred de Vigny: *Poèmes antiques et modernes*.

février
Des évêques protestent auprès du roi contre les «persécutions» dont ils sont les victimes, allusion à la campagne lancée contre les jésuites, contre le «parti prêtre», accusé de fomenter une contre-révolution. Le débat se développe également à un niveau plus élevé, opposant ultramontains et gallicans. Le comte de Montlosier publie *Mémoire à consulter sur un système politique tendant à renverser la religion, la société et le trône*, violente dénonciation des jésuites et de la Congrégation au nom des principes gallicans. Lamennais réplique avec la seconde partie de *La Religion considérée dans ses rapports avec l'ordre civil et politique*. Il y dénonce la doctrine gallicane et notamment la Déclaration de 1682 qui reconnaît l'indépendance de l'autorité séculière envers la puissance spirituelle. Désavoué par l'épiscopat, puis poursuivi par le gouvernement, Lamennais, que défend l'avocat Berryer, est condamné le 20 avril à une légère amende.

8 février
Le gouvernement met la dernière main au projet de loi sur les successions et les substitutions annoncé le 31 janvier par Charles X. Le texte modifie les dispositions du Code civil sur l'égalité des partages, dans le but de freiner le morcellement des propriétés foncières. D'après le Code de 1804, le partage égal était la règle, le testateur disposant toutefois de la faculté d'augmenter la part de l'un de ses héritiers. Le projet de loi présenté à la Chambre des pairs le 10 février par le ministre de la Justice Peyronnet prévoit d'inverser la règle et l'exception: désormais la règle sera l'application du droit d'aînesse, le testateur disposant de la faculté de partager ses biens à égalité entre ses héritiers à condition de le stipuler expressément. L'application de la loi sera toutefois limitée aux successions supérieures à 300 francs: le projet concerne environ 80000 familles sur 6 millions. Aussitôt connu, le projet déclenche un tollé. Pour l'opinion libérale, il s'agit d'une attaque frontale contre les principes de 1789.

9 février
La majorité ministérielle demande, malgré Villèle, une loi sur la presse plus répressive. Charles X s'y oppose.

27 février
La Chambre rejette une proposition visant à soumettre à réélection les députés promus à des fonctions amovibles et salariées par l'État.

mars
Alfred de Vigny : *Cinq-Mars*. Le chef-d'œuvre du roman historique, inspiré par Walter Scott.
Bonald : *Sur la liberté de la presse* (pour le rétablissement de la censure, « amie éclairée » des auteurs).

BONALD

En 1818, Louis de Bonald (1754-1840) écrira ne pas connaître ce que Germaine de Staël et les libéraux appellent les excès de la Révolution : tous les crimes produits par la Révolution française n'en sont que les conséquences naturelles. Pourtant Bonald avait d'abord accueilli favorablement la Révolution. Maire de Millau depuis 1785, il avait été reconduit dans cette fonction par l'élection de février 1790. C'est la constitution civile du clergé qui provoque sa rupture et l'amène à repenser les événements en lui révélant la véritable nature de la Révolution qui se déroule en France. Bonald démissionne le 31 janvier 1791 et émigre le 18 octobre. On trouve dans la Théorie du pouvoir politique et religieux, *la première formulation des thèmes et principes que Bonald développera ultérieurement. Produit d'une tradition immémoriale, son Ancien Régime, c'est-à-dire la religion, la monarchie et sa société d'ordres, est l'expression d'un ordre naturel et rationnel qu'il s'agit de restaurer. Cette restauration suppose d'inverser le cours de la Révolution pour sortir de l'ornière où la déraison révolutionnaire et les Lumières ont entraîné l'histoire. Il ne suffit pas d'attendre le retour inéluctable de cet ordre conforme à la raison. En fait, au projet révolutionnaire, Bonald oppose son propre programme : une société domestique structurée autour de la cellule familiale. Rentré en France sous le Directoire, il s'affirme dès lors comme l'un des principaux penseurs de la contre-révolution en publiant deux nouveaux ouvrages qui instruisent le procès du volontarisme révolutionnaire et proposent une défense, dans un style souvent indigeste, de l'ordre naturel des sociétés (*Du divorce considéré au XIXe siècle relativement à l'état domestique et à l'état public de la société, *1801 ;* Législation primitive considérée dans les derniers temps, par les seules lumières de la raison, *1802). Membre du conseil de l'Université en 1810, élu à la Chambre introuvable en 1815, Bonald devient le théoricien du parti ultra.*

7-20 mars
Les députés examinent le projet d'indemnisation des colons de Saint-Domingue déposé par Villèle le 11 février précédent. L'opposition royaliste, négligeant les aspects techniques du texte, porte le débat sur l'examen de la légalité de l'ordonnance du 17 avril 1825 reconnaissant l'indépendance de Saint-Domingue. Elle conteste au roi le pouvoir d'aliéner sans le concours des Chambres une portion du territoire national. Les libéraux, embarrassés, approuvent l'émancipation de l'ancienne colonie française, mais contestent eux aussi la procédure. Le 20 mars, la Chambre adopte le projet de loi, que les pairs voteront à leur tour le 25 avril.

13 mars
La Chambre des pairs examine un projet de loi sur les crimes et délits commis par des citoyens français dans les Échelles du Levant (qui comprennent les ports de l'Empire ottoman, Constantinople, Smyrne, Alexandrie, plusieurs villes de l'intérieur comme Le Caire, Alep et Damas, ainsi que la Crète, Chypre et la Morée). Les pairs adoptent un amendement de Chateaubriand rendant passibles de cette loi les Français qui, combattant aux côtés des Turcs, se rendraient complices de la capture et de la vente comme esclaves de ressortissants grecs.

26 mars
Le gouvernement décide de poursuivre Lamennais en justice pour incitation à la désobéissance aux lois, en raison de ses critiques contre la déclaration gallicane des Quatre Articles (1682). Pour tenir la balance égale, il retire à Montlosier, le chantre du gallicanisme, la pension qu'il touche sur le budget du ministère des Affaires étrangères.

28 mars-8 avril
Débat à la Chambre des pairs sur la loi rétablissant le droit d'aînesse. D'emblée les opposants à la loi (Molé, Roy, Pasquier, Barante, Decazes) prennent l'ascendant. « Au fond, et à vrai dire, déclare le duc de Broglie, cette loi n'est pas une loi, mais un manifeste contre l'état actuel de la société. » Le 8 avril, les pairs rejettent l'article rétablissant le droit d'aînesse, ne laissant subsister du projet initial qu'un article relatif aux substitutions. La loi ainsi vidée de sa substance est adoptée et envoyée à la Chambre des députés. La presse libérale, des manifestations et des illuminations saluent la défaite du gouvernement.

4 avril
La Grande-Bretagne et la Russie décident de proposer leur médiation pour régler l'affaire grecque. Les deux États établissent un protocole prévoyant l'autonomie de la Grèce sous suzeraineté turque.

22 avril
Defauconpret traduit *Le Dernier des Mohicans, histoire de 1757*, de Fenimore Cooper. Fenimore Cooper, qui vient d'arriver en France, résidera à Lyon, où il a été nommé consul des États-Unis, jusqu'en 1835. Son œuvre, traduite en français dès 1823, connaîtra jusqu'après le milieu du siècle un immense succès. Loin de peindre l'Amérique démocratique, moderne et finalement proche – « l'avenir de l'Europe » décrite par Tocqueville –, les romans de Cooper offrent au lecteur le dépaysement d'une Amérique restée celle de la légende du XVIIIe siècle: une terre fabuleuse.

mai
À Rouen, un charivari contre les missionnaires tourne à l'émeute, aux cris de « À bas les jésuites! À bas les missionnaires! »
Benjamin Constant publie dans *L'Encyclopédie progressive*: « Du développement progressif des idées religieuses ».
Guizot: *Histoire de la Révolution d'Angleterre, depuis l'avènement de Charles Ier jusqu'à sa mort* (1826-1827).

3 mai
Charles X et sa famille, accompagnés des corps constitués, suivent à pied, cierge en main, les 2000 prêtres qui ouvrent la procession ordonnée par l'archevêque de Paris pour le jubilé.

11 mai
La Chambre des députés adopte ce qui reste de la loi sur les successions (le « triste débris d'une défaite célèbre », dit Benjamin Constant) après son passage devant la Chambre des pairs.

15 mai-14 juin
Examen du budget pour 1827 (adopté le 14 juin). Le député ultra Agier ouvre les hostilités par un violent réquisitoire contre un « complot » ourdi par les jésuites, dont le ministre des Affaires ecclésiastiques Mgr Frayssinous dément l'existence, à la tribune de la Chambre, le 25 mai. Mais dès le lendemain, Casimir Perier lance une nouvelle attaque contre les jésuites. Mgr Frayssinous intervient de nouveau, mais ne fait qu'envenimer la polémique. Simultanément, le débat budgétaire est l'occasion de nombreuses prises de position en faveur de l'indépendance de la Grèce, tant à gauche (Perier, Constant) qu'à droite (Hyde de Neuville). Mais, habillement « retournée » par Villèle, la majorité repousse un amendement présenté par Alexis de Noailles pour créer une caisse vouée au rachat des Grecs vendus comme esclaves par les Turcs.

16 mai
Répondant aux attaques croisées dirigées contre le gouvernement, Villèle laisse entendre que la censure sera rétablie si les circonstances l'exigent.

17 mai
Réquisitoire de Benjamin Constant contre le gouvernement Villèle.
À la galerie Lebrun, inauguration d'une exposition organisée au profit des Grecs: des œuvres de David, Gros, Delacroix et Devéria ont été réunies.

3 juin
Dernière apparition sur scène de Talma.

juillet
Montlosier: *Dénonciation aux Cours royales relativement à un système religieux et politique*. Cette nouvelle attaque contre les jésuites avive la polémique. 40 avocats parisiens apposent leur signature au bas d'une consultation de Charles Dupin approuvant la plainte de Montlosier.

4 juillet
Devant la Chambre des pairs, Lainé conteste les explications de Mgr Frayssinous sur l'influence des jésuites et demande que cette question soit soumise à l'examen des Chambres.

21 juillet
La Cour des pairs renvoie Ouvrard devant la justice correctionnelle, pour y répondre de ses agissements comme munitionnaire de l'expédition d'Espagne en 1823. Ouvrard sera acquitté le 18 novembre.

10 août
Le gouvernement français adhère au protocole anglo-russe du 4 avril sur la Grèce.

15 août
Charles X participe à la procession organisée dans Paris pour célébrer la Saint-Louis. Il suivra une autre procession le 20 septembre, gestes interprétés comme la preuve de la toute-puissance de la Congrégation et des jésuites.

16 août
La Cour royale de Paris se déclare incompétente sur la plainte de Montlosier. Elle déclare toutefois

dans son arrêt « que l'état actuel de la législation s'oppose formellement au rétablissement de la Société dite de Jésus » et qu'il appartient à l'État de faire appliquer la loi. Montlosier, bien qu'il ait obtenu gain de cause sur le fond sinon sur la forme, se tourne vers la Chambre des pairs: *Pétition à la Chambre des pairs, précédée de quelques observations sur les calamités.*

20 septembre
Violent article de Chateaubriand dans le *Journal des débats* contre la politique intérieure et étrangère du gouvernement Villèle.

25 septembre
Le gouvernement turc, qui croit alors être sur le point d'achever la reconquête militaire de la Grèce commencée en mai 1824, accède aux revendications russes concernant les principautés danubiennes (convention d'Ackerman) mais rejette la médiation britannique sur la Grèce.

octobre
La présence des missionnaires à Brest provoque des troubles.
Cottu: *De la situation du clergé, de la magistrature et du ministère* (un plaidoyer contre les jésuites et contre le gouvernement, par un magistrat royaliste et gallican).
Auguste Barthélemy et Joseph Méry: *La Villéliade*, satire en six chants qui connaît un succès prodigieux et est réédité 15 fois en moins de six mois.
Béranger lance l'une de ses plus célèbres chansons, sur les « Révérends Pères ».

Béranger

Pierre-Jean Béranger (1780-1857) avait pris pour devise des vers qui certes n'ont pas contribué à enrichir la poésie française: « Ah! pour étouffer, / N'étouffons que de rire. » Paradoxalement, celui qui devait devenir sous la Restauration, par ses chansons, le principal artisan de la légende napoléonienne, acquiert la célébrité en 1813 avec une chanson, Le Roi d'Yvetot, *qui dénonce l'insatiable appétit de gloire de l'Empereur. Mais après l'effondrement de l'Empire en 1814, et surtout au spectacle de l'occupation et de l'humiliation nationale qui suit Waterloo, il se prend d'admiration pour l'homme à qui la nation devait en réalité ses malheurs, voyant en lui le symbole de l'indépendance et de la grandeur nationales, chantant l'Empereur sans pour autant célébrer l'Empire. Adulé sous la Restauration par les nostalgiques de la geste napoléonienne comme par les libéraux, acclamé en 1830 et en 1848, il se tiendra à l'écart sous le Second Empire et il aura en 1857 ce dernier geste qui décrit le personnage: mourant, il bénit le prêtre venu lui donner l'extrême-onction.*

19 octobre
Mort de Talma. 80000 personnes accompagnent le cortège funèbre du célèbre acteur, qui a refusé de recevoir l'extrême-onction, jusqu'au Père-Lachaise.

novembre
Victor Hugo: *Odes et Ballades.*

25 novembre
Guizot publie « De la souveraineté » dans *Le Globe.*

30 décembre
Chateaubriand publie, dans les tomes XIX et XX de ses *Œuvres complètes* publiées par l'éditeur Ladvocat (1826-1831), *Les Natchez*, écrit en 1799.

autres événements
• Le chimiste et pharmacien Antoine Jérôme Balard (1802-1876), professeur à Montpellier puis à la faculté des Sciences de Paris et au collège de France, découvre le brome, qui sera utilisé comme sédatif sur les aliénés.

1827

12 janvier
Le tribunal correctionnel de Brest condamne à des peines de prison 13 jeunes gens accusés d'avoir fomenté les troubles d'octobre 1826 contre les missionnaires. 10 d'entre eux seront relaxés en appel.

18-19 janvier
La Chambre des pairs examine la Pétition contre les jésuites que lui a adressée Montlosier au mois d'août 1826 et, malgré l'intervention à la tribune de Mgr Frayssinous, décide de la transmettre au président du Conseil. Autrement dit, les pairs mettent le gouvernement en demeure d'appliquer les lois qui s'opposent au retour des jésuites.

9 février
Réorganisation des pouvoirs administrant la Guadeloupe et la Martinique.
Victor Hugo publie dans le *Journal des débats* une ode *À la colonne de la place Vendôme* (« Ô monument vengeur... ») qui marque sa rupture avec le légitimisme de sa jeunesse.

10 février
Villèle présente à la Chambre des députés le projet de budget pour 1828. Pour la première fois depuis la fin de l'occupation étrangère, le budget présente un déficit (de 38 millions).

13 février-17 avril
Le 29 décembre 1826, Peyronnet avait déposé à la Chambre des députés le projet d'une nouvelle loi sur la presse: il imposait un délai entre le dépôt légal et la mise en vente de cinq jours pour les publications non périodiques jusqu'à 20 feuilles d'impression, de dix jours pour les ouvrages plus importants; il frappait les brochures en les astreignant à payer un droit de timbre de 1 franc pour la première feuille et de 10 centimes pour les suivantes, et augmentait le timbre des journaux et les amendes pour certains délits; il substituait au système de l'éditeur responsable (souvent un prête-nom impossible à atteindre) la responsabilité du propriétaire, dont le nom devait figurer sur chaque exemplaire, et établissait la responsabilité civile des imprimeurs. La loi ayant un effet rétroactif, les journaux existants devaient se mettre en règle dans un délai de trente jours.
La discussion sur ce texte baptisé « loi de justice et d'amour » est longue et orageuse. La Chambre, notamment, rejette l'article imposant un timbre aux brochures et le remplace par un doublement des amendes prévues en cas de contravention. Elle restreint également l'application de l'article sur la responsabilité civile des imprimeurs aux écrits inférieurs à 20 feuilles d'impression, autorisant dans les autres cas les tribunaux à décharger l'imprimeur de sa responsabilité. Enfin, après avoir adopté les autres dispositions de la loi, la Chambre décide que le propriétaire-responsable devra posséder la moitié du capital et du cautionnement, au lieu d'un tiers. Cet article, qui va au-delà des intentions du gouvernement, provoque l'indignation des libéraux et de l'opposition royaliste.
L'ensemble de la loi est finalement adopté par 233 voix contre 134 votes négatifs qui témoignent d'une érosion de la majorité villéliste. Le 9 avril, la Chambre des pairs communique à Villèle la liste des 21 amendements qu'elle compte présenter à son tour: le 17, le gouvernement capitule, il retire le projet de loi. Illuminations et manifestations saluent la défaite du ministère.

mars
Les libéraux, dont Laffitte, remportent trois législatives partielles sur quatre.

19 mars
Charles X évoque pour la première fois le remplacement de Villèle par Polignac.

30 mars
Obsèques du duc de La Rochefoucauld-Liancourt, ancien Constituant de 1789, décédé le 27 mars. Une foule immense assiste à l'office. Le cortège doit ensuite se rendre à la barrière de Clichy, d'où une voiture conduira la dépouille du duc à Liancourt (Oise). Mais au moment où des élèves de l'école des arts et métiers de Châlons s'apprêtent à charger le cercueil sur leurs épaules, la police intervient. Cris, coups, le cercueil tombe sur le pavé... La presse libérale accuse la police d'avoir troublé les obsèques du duc de La Rochefoucauld-Liancourt sur l'ordre de la Congrégation et des jésuites. La Chambre des pairs ordonne une enquête. Le 2 avril, après avoir entendu un rapport sur les événements du 30 mars présenté par Sémonville, elle ajournera son verdict après la publication des investigations demandées par le gouvernement.

10 avril
La Chambre des députés rejette, comme l'année précédente, une proposition pour soumettre à réélection les députés qui seraient appelés à des fonctions salariées par l'État.

19 avril
Chateaubriand « supplie » Charles X de renvoyer Villèle.
Royer-Collard est élu à l'Académie française.

25 avril
Loi réprimant la traite des Noirs.

29 avril
Lors d'une revue présidée par Charles X, des gardes nationaux conspuent Villèle et Peyronnet. Villèle obtient la dissolution de la garde parisienne, mesure qui provoque la démission du duc de Doudeauville (ministre de la Maison du roi).

30 avril
Publication de l'ordonnance prononçant la dissolution de la garde nationale de Paris.
À Alger, le consul général de France, Delval, est publiquement frappé par le dey dont il venait de rejeter les prétentions relatives au remboursement de la créance Bacri-Busnach (la France s'était, en octobre 1819, engagée à payer 7 millions à ces deux derniers, mais refuse d'en soustraire 250000 francs dus au dey par Bacri et Busnach). Une escadre fait route vers Alger pour lui imposer un blocus.

2 mai
Promulgation d'une loi sur le jury: les jurés seront pris parmi les électeurs, les fonctionnaires publics, les officiers en retraite, les diplômés des facultés et les notaires. Les listes seront établies chaque année au 15 août et closes au 30 septembre.

7 mai
Chateaubriand condamne la dissolution de la garde nationale.

21 mai
Publication du Code forestier (225 articles).

juin
Deux législatives partielles voient la victoire de La Fayette et d'un ultra parmi les plus intransigeants, Delalot.

5 juin
Guerre d'indépendance de la Grèce. Malgré une défense acharnée dirigée par le colonel Fabvier, Athènes assiégée par les Turcs capitule.

6 juin
Augustin Thierry: *Lettres sur l'histoire de France, pour servir d'introduction à l'étude de cette histoire* (édition revue de dix *Lettres* publiées en 1820 dans *Le Censeur européen* et *Le Courrier français*).

Augustin Thierry

Augustin Thierry (1795-1856) a découvert sa vocation d'historien en lisant Les Martyrs *de Chateaubriand. Devenu professeur de collège, il abandonne bientôt l'enseignement pour devenir le secrétaire du comte de Saint-Simon. Avec celui-ci, puis sans lui (ils rompent avec éclat en 1817), Thierry est de tous les combats en faveur des idées nouvelles, jusqu'à participer aux activités secrètes des carbonari français. Mais dès 1821, c'est à l'histoire qu'il dévoue sa vie. En 1825, il écrit ces mots qui résument la méthode de ce maître du mariage du récit historique avec les idées philosophiques: « Il faut pénétrer jusqu'aux hommes, à travers la distance des siècles; il faut se les représenter vivant et agissant sur le pays où la poussière même de leurs os ne se retrouverait pas aujourd'hui. » Après une* Histoire de la conquête de l'Angleterre par les Normands *(1825), Augustin Thierry donne son chef-d'œuvre en 1827, avec les* Lettres sur l'histoire de France, *c'est-à-dire sur la double histoire de la France du tiers état issue des Celtes et des Gallo-Romains, et de la France des nobles issue des conquérants germains, des vainqueurs et des vaincus de 1789. « Nous croyons être une nation et nous sommes deux nations sur la même terre, deux nations ennemies dans leurs souvenirs. » L'étude de l'histoire finit par le ramener à la politique dont il s'est longtemps tenu éloigné. Il en avait embrassé les peines pour combattre la tradition; elle lui enseignera au soir de sa vie le prix de la fidélité aux traditions.*

16 juin
Un Conseil réuni par Villèle décide de rétablir la censure après la fin de la session parlementaire: c'est chose faite le 24 juin.

18 juin
Chateaubriand annonce à la tribune de la Chambre des pairs qu'il votera contre le budget 1828 afin de censurer la politique du ministère Villèle. Sa voix figure au nombre de celles des 11 pairs qui, le 21 juin, votent contre le budget (adopté par 128 voix).

30 juin
Chateaubriand: *Du rétablissement de la censure.*

juillet
Création d'une Société des amis de la liberté de la presse.

6 juillet
Guerre d'indépendance de la Grèce. La Russie, l'Angleterre et la France décident d'obliger la Turquie, le cas échéant par un blocus naval, à signer un armistice avec les insurgés grecs et à rechercher avec eux les conditions d'un traité de paix sur la base de l'autonomie de la Grèce (traité de Londres).

12 juillet
N.-A. de Salvandy publie les deux premières d'une série de 16 brochures sur les affaires du jour qui connaîtront un large succès: *Première Lettre au rédacteur du Journal des débats sur l'état des affaires publiques*; *Lettre de la Girafe au Pacha d'Égypte, pour lui rendre compte de son voyage à Saint-Cloud.*

14 juillet
Charles Dupin: *Les Forces productives et commerciales de la France.* Dupin dresse le tableau d'une population jeune et en forte croissance. L'année suivante, Fazy peindra un tableau tout différent du gouvernement décrépit de cette nation jeune: *De la gérontocratie ou abus de la sagesse des vieillards dans le gouvernement de la France.*

août
De nombreux comités se forment dans toute la France pour assister les électeurs dans les démarches nécessaires à l'inscription sur les listes de jury en vertu de la loi du 2 mai précédent. Le plus célèbre est la société Aide-toi le ciel t'aidera, fondée par l'équipe du *Globe* en juin et présidée par Guizot. On estime à 15000 le nombre d'électeurs que son inlassable activité permettra de rétablir sur les listes électorales.

24 août
Les obsèques de Manuel, décédé le 20 août, attirent plus de 100000 personnes qui suivent le cortège jusqu'au Père-Lachaise.

septembre
Charles X effectue un voyage dans le nord de la France. Chaleureusement accueilli, il rentre rasséréné, voyant dans ces acclamations la preuve de l'attachement des Français à la dynastie.

1er septembre
Ordonnance établissant le vote par sections du budget de chaque ministère.

6 septembre
Première à l'Odéon des représentations des Comédiens anglais, qui influenceront les premiers essais dramatiques des romantiques français (Hugo, Dumas).

20 octobre
Guerre d'indépendance de la Grèce. Le 8 septembre, la Turquie a acheminé en Grèce un renfort de 5000 hommes que la flotte égyptienne a débarqués dans le port de Navarin. Le 20 octobre, les flottes navales française, anglaise et russe forcent l'entrée du port de Navarin, défendu par 130 bâtiments égyptiens. Après quatre heures de combat, 55 des 82 navires de guerre que comptait la flotte égyptienne sont coulés.

5 novembre
Le roi signe trois ordonnances que *Le Moniteur* publie le lendemain: la première dissout la Chambre des députés et fixe la réunion des collèges électoraux aux 17 et 24 novembre; la seconde abroge la censure, conformément aux dispositions des lois des 17 et 25 mars 1822; la dernière nomme une «fournée» de 76 pairs, dont 35 députés et cinq prélats, le reste étant composé de notables des départements.

6 novembre
Les leaders parisiens des deux oppositions, libérale et royaliste, mettent au point une liste commune de candidats aux élections.

17 novembre
Réunion des collèges d'arrondissement pour les élections législatives. Les libéraux sont les grands vainqueurs de cette première série de scrutins. Ils remportent à Paris les huit sièges à pourvoir, et 130 dans l'ensemble des départements. Le ministère ne remporte que 83 sièges, 65 autres allant aux candidats de l'opposition royaliste. Le garde des Sceaux Peyronnet est battu en Gironde.

18-20 novembre
À Paris, illuminations et manifestations saluent la victoire des libéraux. Le 19 et le 20, ces démonstrations tournent à l'émeute dans le quartier Saint-Denis.

19 novembre
Charles X refuse la démission de Villèle.

24 novembre
Suite des élections législatives: réunion des collèges de département. Les candidats ministériels résistent mieux: ils remportent plus de 100 sièges, contre une cinquantaine aux oppositions. Le 24 novembre ne permet toutefois pas de réparer le désastre du 17: Villèle a perdu la majorité dans la Chambre. Il peut compter au total sur le soutien d'environ 170 députés; les libéraux de toutes nuances comptent également 170 députés, auxquels il faut ajouter de 70 à 80 ultraroyalistes.

29 novembre-16 décembre
Villèle essaie de monter différentes combinaisons ministérielles: toutes échouent.

5 décembre
Victor Hugo publie son drame, *Cromwell*, et la préface-manifeste de la nouvelle école dramatique qui l'accompagne.

20 décembre
Le gouvernement ottoman rejette les conditions de paix posées par les alliés après la défaite navale essuyée par les Turcs à Navarin le 20 octobre.

autres événements
• Début des missions françaises d'évangélisation dans les îles du Pacifique, afin de faire barrage aux entreprises des missionnaires protestants qui ont fait main basse sur Hawaii.

• F. Fries et J. G. Stotz dessinent le « nouveau quartier » de Mulhouse, au plan en éventail. Les maisons collectives, à l'élévation uniforme, enferment des jardins trapézoïdaux. Le bâtiment le plus noble, la Bourse-bibliothèque-musée, termine l'ensemble, fortement influencé par la pensée saint-simonienne.

1828

3 janvier
Villèle démissionne.

4 janvier
Formation du nouveau gouvernement, sans président du Conseil en titre: Martignac (Intérieur), Portalis (Justice), La Ferronnays (Affaires étrangères), Roy (Finances), Chabrol de Croussol (Marine), Mgr Frayssinous (Affaires ecclésiastiques), Lefebvre de Vatimesnil (Instruction publique), de Caux (Guerre).

Martignac

Homme de loi bordelais, Jean-Baptiste de Martignac (1776-1831) entre à la Chambre des députés en 1821. Orateur élégant, Martignac soutient le ministère Villèle. Anobli après son retour d'Espagne, où il a accompagné le duc d'Angoulême en qualité de commissaire civil du gouvernement, Martignac devient ministre de l'Intérieur en janvier 1828, pour succéder à Villèle qui l'a recommandé à Charles X. Martignac fait bientôt figure de chef du gouvernement. Sans avoir eu l'intention de rompre avec la politique suivie par Villèle, Martignac est contraint de faire des concessions à la gauche qui lui aliènent le soutien de la droite sans pour autant rallier l'appui de libéraux peu désireux de soutenir un ministère royaliste, même si celui-ci multiplie les réformes libérales. Privé d'appuis dans la Chambre, abandonné par le roi qui souhaite confier le gouvernement à son fidèle Polignac, Martignac démissionne en août 1829. En décembre 1830, lors du procès de Jules de Polignac et de plusieurs des collègues de ce dernier, Martignac viendra avec noblesse plaider la cause des ultras qui avaient provoqué sa chute.

12 janvier
Arrêté pour avoir lancé en décembre un appel au duc d'Orléans *(Sur la crise actuelle, lettre à S. A. R. le duc d'Orléans)*, Cauchois-Lemaire est condamné à quinze mois de prison.

22 janvier
Une commission est chargée de vérifier que les lois du royaume sont respectées dans les écoles secondaires ecclésiastiques (dites « petits séminaires »).

31 janvier
Suppression du « cabinet noir » hérité de l'Ancien Régime et de l'Empire, et rétabli par Villèle auprès de la direction des Postes pour surveiller les correspondances.

février
Villemain, Guizot et Victor Cousin sont autorisés à reprendre leurs cours à la Sorbonne. Michaud, Lacretelle et Villemain retrouvent les fonctions dont ils ont été privés en 1827.

Victor Cousin

Disciple de Laromiguière, Victor Cousin (1792-1867) devient l'assistant de Royer-Collard à la Sorbonne en 1815, et professeur l'année suivante. Enseignant la philosophie allemande, il fait notamment connaître en France, mais arrangée à sa façon, la pensée de Hegel. Sa carrière universitaire s'interrompt net en 1820 lorsque son cours, comme ceux de Guizot et Villemain, sont suspendus par le pouvoir pour crime de collusion avec le libéralisme (ses Cours de philosophie *des années 1816-1820 seront publiés en 1831 et 1839-1842). Martignac le rétablit en 1828 et lui confie une chaire à l'École normale qu'il occupe jusqu'en 1837, présidant parallèlement aux destinées de cet établissement (jusqu'en 1851). La « doctrine » de Victor Cousin, l'éclectisme philosophique, n'est pas à proprement parler une philosophie, plutôt une vaste synthèse, parfois brouillonne, et aujourd'hui indigeste, mais qui a au moins le mérite d'orienter les esprits de l'époque vers l'étude de l'histoire de la philosophie (*Fragments philosophiques *et* Nouveaux fragments philosophiques, *1828-1833;* Du vrai, du beau, du bien, *1853;* Sur la philosophie de Kant, *1854;* Histoire générale de la philosophie, *1861). Son immense succès tient peut-être moins à son contenu qu'au talent de professeur de Cousin qui exerce une grande fascination sur ses élèves. Véritable mandarin, Cousin aime les honneurs: la monarchie de Juillet le comble à cet égard. Directeur de l'École normale, académicien, Louis-Philippe le fait pair de France et lui confie même le ministère de l'Instruction publique durant quelques mois en 1840. La Révolution de 1848 met fin à son règne. Victor Cousin s'oriente alors vers de nou-*

velles études, plus modestes sans doute, mais mieux adaptées à son talent. Oubliant la philosophie, il écrit de fines biographies des grandes dames du XVII*e siècle: Jacqueline Pascal (1852), Mme de Chevreuse (1856), Mlle de Scudéry (1858), etc. La littérature y a gagné et la philosophie n'y a rien perdu.*

Fondation de la Société des concerts du Conservatoire, dirigée par François-Antoine Habeneck: «une date capitale de l'histoire de la vie musicale française» (Jean Mongredien). Le premier concert, donné le 9 mars, débute par la *Symphonie héroïque* de Beethoven. Très vite renommé pour la qualité de ses exécutions, l'orchestre sera aussi considéré (par Mendelssohn, Wagner, etc.) comme le meilleur interprète de Beethoven en Europe.

5 février
Ouverture de la session parlementaire. Charles X prononce un discours dont le ton libéral satisfait la gauche.
Vatimesnil publie une circulaire sur l'enseignement qui invite les recteurs à veiller au respect de la Charte, des lois et des statuts universitaires dans les établissements scolaires, relativement à la liberté de conscience.

8-21 février
Le débat sur la vérification des pouvoirs des députés est l'occasion de dénoncer les pratiques électorales (corruption, intimidation, manipulation) de rigueur sous Villèle et Corbière.

25 février
Le roi nomme Royer-Collard président de la Chambre des députés.

2 mars
Une commission est chargée de préparer un plan de réforme de l'organisation municipale et départementale.

3 mars
Démissions de Mgr Frayssinous et de Chabrol de Croussol. Mgr Feutrier, évêque de Beauvais, succède au premier aux Affaires ecclésiastiques; Hyde de Neuville remplace le second à la Marine.

9 mars
La Chambre des députés présente au roi une adresse qui demande une loi faisant respecter dans l'enseignement «les maximes héréditaires de l'Église gallicane», une réforme des pouvoirs locaux et qui blâme ouvertement la politique du ministère Villèle.

12 mars
Roy présente le projet de budget 1829 et révèle un déficit de 200 millions, mettant ainsi gravement en cause la gestion de Villèle.

14 mars
La Chambre des députés prend en considération une proposition de Benjamin Constant pour l'abolition de la loi de mars 1822 permettant le rétablissement de la censure entre les sessions.

21 avril
L'Université recouvre en matière d'enseignement primaire les pouvoirs dont l'avait dépouillée l'ordonnance du 8 avril 1824: le recteur redevient l'autorité exclusivement habilitée à délivrer les brevets et à juger de l'aptitude des maîtres, les comités implantés dans chaque canton sont remplacés par un comité d'arrondissement dans lequel le clergé ne dispose plus que d'un tiers des sièges, enfin la discipline est du ressort exclusif de l'Université. Élections législatives partielles: sur 45 sièges à pourvoir, l'ancienne majorité villéliste n'en remporte que 5.

23 avril
Les députés adoptent la proposition plusieurs fois repoussée de renvoyer devant les électeurs les députés qui seraient nommés à des fonctions publiques amovibles salariées par l'État. Cette résolution est communiquée à la Chambre des pairs qui la rejette le 29 mai.

26 avril
La Russie déclare la guerre à l'Empire ottoman: le 7 mai, les troupes du tsar pénètrent en Moldavie.

24 mai
Le mathématicien Augustin Cauchy (1789-1857) publie la seconde partie de ses *Leçons sur les applications du calcul infinitésimal à la géométrie* (la première partie date de 1816). L'importance des travaux de Cauchy a été longtemps méconnue. Sous son impulsion, pourtant, l'analyse mathématique a abandonné le champ des applications pour s'orienter vers l'examen des principes. Ses travaux ont esquissé une théorie des fonctions d'où sont sortis le calcul des variations, l'analyse vectorielle et l'analyse des équations intégrales.

14 juin
La Chambre des députés adopte une proposition accusant «les membres du dernier ministère des crimes de trahison et de concussion». Mais le 21 juillet, elle décide d'ajourner le vote sur la mise en accusation de Villèle et des anciens ministres après l'adoption du budget des recettes pour 1829. Cette décision revient à renoncer à prendre cette mesure avant la clôture de la session, qui intervient le 18 août.

16 juin
Ordonnances sur les écoles secondaires ecclésiastiques. La première frappe les jésuites en obligeant les membres de l'enseignement à souscrire une déclaration de non-appartenance à une congrégation non autorisée par la loi; la seconde donne un coup d'arrêt au développement de l'enseignement secondaire ecclésiastique, en limitant le nombre des élèves des petits séminaires à 20000, en les astreignant au port du costume ecclésiastique après deux années d'étude, en décidant que le grade de bachelier ne sera définitivement accordé qu'à ceux qui seront entrés dans les ordres et en interdisant l'admission d'élèves en externat. L'ordonnance stipule encore que les directeurs de ces établissements devront être agréés par l'Université et que les établissements qui contreviendraient à ces dispositions seront retirés à la direction de l'Église. 8000 bourses de 500 francs sont créées.

17 juin
Guerre d'indépendance de la Grèce. La France rejette l'offre turque de reprendre les négociations à Constantinople.

2 juillet
Une nouvelle loi sur la révision annuelle des listes électorales et du jury modifie celle du 2 mai 1827. Les listes seront désormais permanentes. Arrêtées au 1er janvier de chaque année, elles seront affichées dans toutes les communes. Réclamations et contestations seront portées devant les conseils de préfecture avec possibilité d'appel devant les Cours royales. Cette loi qui entame, au bénéfice des tribunaux, le pouvoir des préfets, vise à empêcher le renouvellement des irrégularités et des manipulations qui ont été commises en 1827.

16 juillet
Guerre d'indépendance de la Grèce. La France et l'Angleterre décident d'envoyer des troupes en Morée. L'opération, prévue depuis le début de l'année, a été retardée par les réticences de Wellington et les obstacles dressés par Metternich, toujours hostile à une intervention en faveur des Grecs.

18 juillet
Une loi sur la presse périodique abroge les lois des 17 et 25 mars 1822. Elle supprime l'autorisation préalable, le rétablissement facultatif de la censure entre les sessions et le «délit de tendance»; elle fixe le cautionnement exigé des journaux à 120000 francs et en étend l'application; elle institue le système du gérant responsable; enfin, elle maintient la compétence des tribunaux correctionnels en matière de presse, les autorisant, en cas de récidive, à suspendre le journal incriminé pour une durée maximum de trois mois.

30 juillet
Une loi confie conjointement aux trois organes du pouvoir législatif (la Chambre des députés, celle des pairs et le roi) le droit de fixer l'interprétation des lois qui était jusqu'alors réservé au roi seul.

1er août
Dans un *Mémoire adressé au roi par les évêques de France*, l'épiscopat rejette les ordonnances du 21 avril et surtout du 16 juin. Pour mettre un terme à cette fronde, le gouvernement sollicite l'appui du Saint-Siège.

16 août
Stendhal: *Armance, ou quelque scènes d'un salon de Paris.*

29 août
Guerre d'indépendance de la Grèce. Un corps expéditionnaire français de 14000 hommes commandés par le général Maison débarque en Morée et négocie avec le vice-roi d'Égypte, Méhémet-Ali, l'évacuation séparée du contingent égyptien.

septembre
Voyage de Charles X dans l'est de la France. Comme la duchesse de Berry qui vient de parcourir l'Ouest, le roi rentre réconforté sur l'attachement des Français pour la dynastie.

4 septembre
Le Moniteur publie un article justifiant les ordonnances du 16 juin sur les écoles secondaires ecclésiastiques.

17 septembre
Les *Nouvelles Chansons* de Béranger sont saisies. Le 10 décembre, Béranger sera condamné à neuf

mois de prison et 1 000 francs d'amende, notamment pour la chanson intitulée *Le Sacre de Charles le Simple*.

22 septembre
Le Saint-Siège blâme le *Mémoire* publié le 1er août par les évêques français contre l'ordonnance du 16 juin.

octobre
Alfred de Musset traduit (librement) *Les Confessions d'un mangeur d'opium* de Thomas de Quincey.

6 octobre
Guerre d'indépendance de la Grèce. La dernière division égyptienne évacue la Morée. Le Péloponnèse est entièrement libéré. Le 12, l'offensive russe en direction de Constantinople est stoppée par les Turcs.

16 novembre
Guerre d'indépendance de la Grèce. La France, la Russie et l'Angleterre signent un protocole sur la Grèce qui fixe les limites territoriales du nouvel État: son territoire comprend la Morée et les Cyclades, la frontière étant établie à l'isthme de Corinthe. Français et Russes ont donc cédé aux Anglais, en acceptant une Grèce dont Athènes ne fait pas partie.

décembre
Les saint-simoniens donnent à Paris une série de leçons pour expliquer leur doctrine à un public nombreux. Ces leçons seront réunies en 1830 dans *Exposition de la doctrine de Saint-Simon*. L'« école » sort de l'anonymat.

Le saint-simonisme

*C'est après la mort du maître, le 19 mai 1825, que le saint-simonisme devient un mouvement. Ses disciples relèvent plusieurs des titres lancés par Saint-Simon (*Le Producteur, *1825-1826;* L'Organisateur, *1829-1831). L'audience de leurs idées demeure d'abord aussi confidentielle qu'elle l'avait été du vivant de Saint-Simon. Mais cette époque de réunions privées, de conciliabules est aussi celle d'un approfondissement et d'une extension des idées saint-simoniennes à de nouveaux territoires: la critique de la société ou de la religion, la sexualité, la condition des femmes – période de maturation qui conduit les saint-simoniens à porter leurs idées sur la place publique à partir de décembre 1828. Ils organisent alors lectures et débats publics dont les résultats seront publiés en 1830 dans* Exposition de la doctrine de Saint-Simon.
Les idées de Saint-Simon exercent à l'époque de la révolution de 1830 une grande attraction sur les intellectuels de la jeune génération. Nombreux sont ceux qui, venus d'horizons différents, se mêlent aux activités du groupe. C'est ainsi le cas de Pierre Leroux qui met au service de la cause Le Globe, *journal qu'il avait fondé avec Dubois en 1824 et qui, pour quelques mois, est l'organe prestigieux du mouvement. C'est encore le cas de Buchez, ancien carbonaro, qui a rejoint les disciples de Saint-Simon dès la mort du fondateur de l'école. C'est enfin le cas de quelques-unes des fondatrices du mouvement féministe français, comme Claire Demar ou Suzanne Voilquin (1801-1877), celle-ci déjà familière du groupe qu'elle a rejoint en 1823, et qui fonde en 1832, avec Claire Demar,* La Tribune des femmes.
Rapprochements aux rapports lointains, et souvent sans lendemain (Buchez s'éloigne dès 1829), mais qui montrent la capacité du saint-simonisme, par son foisonnement théorique même, à répondre aux interrogations de la génération de 1830. Certains, comme Michel Chevalier (1806-1879) ou les frères Pereire, restent avant tout séduits par l'inspiration industrialiste qui a présidé à la réflexion de Saint-Simon; Leroux et Buchez sont davantage sensibles aux promesses que contient le projet saint-simonien de réorganisation de la société pour résoudre la question sociale et à son mysticisme; Suzanne Voilquin ou Flora Tristan sont attirées par la critique du mariage et de l'autorité patriarcale… Véritable auberge espagnole, simultanément technocratique, étatique et libertaire, la philosophie saint-simonienne ratisse large. Pas pour longtemps.
*Sous l'impulsion de Prosper Enfantin (1796-1864), le mouvement se transforme bientôt en secte. Avec Olinde Rodriguès et Armand Bazard (1791-1832), ancien carbonaro, Enfantin recueille l'héritage du maître en 1825 et contribue de manière importante à l'approfondissement et à l'inflexion de la théorie dans le domaine économique et social (*Économie politique et politique, *1831). Mais l'essentiel est ailleurs. Dès la fin des années 1820, Enfantin s'impose comme le leader charismatique du groupe, volant bien vite la vedette à Bazard, qui s'est pourtant affublé lui aussi du titre de « Père de la doctrine ». La forte personnalité d'Enfantin n'explique pas tout, à commencer par la véritable adulation que lui vouent un certain nombre de saint-simoniens. Ceux-ci sont convaincus d'avoir percé à jour le secret de l'histoire. Quelles que soient les vicissi-*

*tudes du présent, quelque démenti que leur opposent les faits, l'histoire est de leur côté. Ce messianisme inhérent au système ne pouvait que se renforcer lorsque la prédication saint-simonienne eut, très vite, rencontré ses limites. La société française dans ses profondeurs demeure imperméable. L'évolution conservatrice de la monarchie de Juillet n'arrange rien. La police s'avise de l'existence du groupe, le surveille, multiplie les tracasseries et du même coup aggrave l'obsession du complot chez un Enfantin de plus en plus fantasque, qui se fait appeler « Le Père » et se comporte d'autant plus en pontife que le nombre des fidèles fond au rythme de ses excentricités. Dès le 19 novembre 1831, Bazard, l'un des fondateurs du mouvement, s'éloigne avec éclat, bientôt suivi par Pierre Leroux (avril 1832) et Olinde Rodriguès. Enfantin et 40 disciples se retirent alors à Ménilmontant pour y mener dans la retraite, protégés du monde extérieur par les murs de leur propriété, une existence conforme aux principes mais à laquelle la justice mettra bientôt un terme en poursuivant Prosper Enfantin et Michel Chevalier pour « immoralité » (juillet 1832) : même si les accusés, condamnés à un an de prison, sont libérés au bout de six mois, c'est la fin du saint-simonisme comme mouvement. Tandis que Chevalier part aux États-Unis, où son saint-simonisme se mariera à l'esprit du capitalisme (*Lettres sur l'Amérique du Nord, *1833-1835), Enfantin et ses derniers fidèles s'embarquent pour l'Orient à la rencontre du Messie, la « Mère », dont l'union avec le « Père » doit donner le signal de la réconciliation et de la régénération sociales. Au nombre des compagnons d'exil de Prosper Enfantin figure Suzanne Voilquin qui, après la dispersion du groupe, défait par la mort, la maladie et surtout les désillusions, restera en Égypte pour se consacrer à la médecine et à la création au Caire d'un hôpital destiné aux femmes (1835). Comme Suzanne Voilquin, tous ceux qui avaient participé à un moment ou un autre aux activités de la « secte » en reçurent, de leur aveu même, une empreinte ineffaçable. Leurs destins devaient pourtant être fort différents : Michel Chevalier, comme les frères Pereire, deviendra un apôtre du capitalisme, et un conseiller écouté de Napoléon III ; Olinde Rodriguès et Jules Vinçard embrasseront la cause de la classe ouvrière ; Adolphe Guéroult rejoindra le camp du libéralisme politique. Gustave d'Eichthal, en revanche, fidèle à sa jeunesse, continuera de se vouer à l'invention de la nouvelle religion qui devait, en remplaçant le christianisme, ouvrir les portes de l'âge d'or. Quant à Prosper Enfantin, ayant renoncé à devenir « empereur et pape », il accomplira plusieurs missions d'enquête en Algérie (*Colonisation de l'Algérie, *1843), puis il siégera au conseil d'administration du chemin de fer Paris-Lyon et sera au nombre des fondateurs de la Compagnie générale des Eaux en février 1853.*

autres événements

• René Caillié est le premier Européen à entrer dans la ville sainte de Tombouctou. Ses observations permettront d'établir une carte de l'Afrique nigérienne jusqu'alors inconnue. René Caillié publie *Journal d'un voyageur* en 1830.
• Construction de la cité ouvrière d'Anzin.
• À Bruxelles, Buonarroti publie *Conspiration pour l'égalité, dite de Babeuf.*

BUONARROTI

*Originaire de Pise, Philippe Buonarroti (1761-1837) vient à Paris où a éclaté la Révolution française. Reçu membre du club des Jacobins, il en devient bientôt un orateur en vue. Familier de Robespierre, naturalisé français, il remplit diverses missions pour la Convention. Jeté en prison après la chute de Robespierre, le 27 juillet 1794 (9 thermidor an II), il fait la connaissance de Babeuf qui, en 1796, l'entraîne dans sa pitoyable équipée pour renverser le régime thermidorien. De nouveau arrêté, Buonarroti est cette fois condamné à la déportation. Amnistié par Bonaparte, il refuse cependant de regagner la France et de faire sa soumission au régime. Il s'installe à Bruxelles, où il écrit son livre sur la *Conspiration pour l'égalité. *Il ne reviendra à Paris qu'après la révolution de 1830, pour y mourir en 1837.*

1829

1er janvier
Le ministre des Affaires étrangères La Ferronnays est frappé d'une attaque de paralysie. Portalis, ministre de la Justice, assure l'intérim jusqu'au 14 mai, où, ayant cédé le portefeuille de la Justice à Bourdeau, il devient le nouveau ministre des Affaires étrangères.

14 janvier
Hugo publie *Les Orientales.*

27 janvier
Ouverture de la session parlementaire.

février
Lamennais: *Des progrès de la Révolution et de la guerre contre l'Église.* Lamenais prône l'alliance du catholicisme et du libéralisme autour de l'enseignement social de l'Église et reprend ses attaques contre le gallicanisme. Mgr de Quelen, archevêque de Paris, condamne dans un mandement les thèses de Lamennais. Celui-ci réplique par deux *Lettres à l'archevêque de Paris.*

9 février
Le ministère dépose un projet de réforme administrative qui reprend plusieurs des dispositions du projet de février 1821: les conseillers municipaux (le maire et ses adjoints restent nommés par le roi), d'arrondissement et de département seront élus par des collèges associant les principaux contribuables à des citoyens appelés en raison de leurs capacités (curés, fonctionnaires, gradués, avoués, officiers en retraite); les conseils seront élus pour six ans et renouvelés par moitié tous les trois ans. Leur rôle demeure purement consultatif, la réalité du pouvoir restant entre les mains des préfets, sous-préfets et maires nommés par le gouvernement: la centralisation est à peine écornée par ces projets. De plus, une statistique établie à cette occasion prévoit 1 500 000 électeurs pour les conseils municipaux, environ 160 000 pour les conseils d'arrondissement et 40 000 électeurs appelés à élire conseillers généraux (89 000 participent au choix des députés). 15 700 seront éligibles aux conseils généraux, contre 18 500 à la Chambre. L'attrait exercé par l'introduction du régime électif ne résiste pas longtemps à ces chiffres, et ces projets, d'abord bien accueillis à gauche, deviennent rapidement la cible de tous les partis. En décidant, le 19 mars, d'examiner en priorité les articles concernant l'organisation départementale – les plus critiqués – la Chambre affirme clairement son hostilité au projet, et le 8 avril, elle lui porte le coup de grâce en supprimant purement et simplement les conseils d'arrondissement: Martignac s'incline et retire le texte.

10 février
Représentation à la Comédie-Française d'*Henri III et sa cour*, d'Alexandre Dumas.

mars
Les candidats libéraux remportent trois élections législatives partielles.
Fondation du *Correspondant*, qui veut réconcilier catholicisme et libéralisme politique – tâche que poursuivra *L'Avenir* de Lamennais à partir d'octobre 1830.

5 mars
Mérimée: *Chronique du règne de Charles IX.*

7 mars
La Chambre communique au garde des Sceaux une pétition demandant l'interdiction des missions religieuses, apportant ainsi son appui à cette revendication.

22 mars
Guerre d'indépendance de la Grèce. L'Angleterre, la Russie et la France signent le protocole de Londres fixant le destin de la Grèce, qui deviendra une monarchie héréditaire, indépendante, sous la réserve de payer tribut au sultan. Les Turcs ayant rejeté ces conditions, la guerre reprend avec la Russie.

28 mars
Charles Fourier: *Le Nouveau Monde industriel et sociétaire, ou invention du procédé d'industrie attrayante et naturelle distribuée en séries passionnées* (1829-1830).

31 mars
Après le décès de Léon XII le 10 février, le cardinal Castiglioni est élu pape sous le nom de Pie VIII.

avril
Honoré Balzac publie, pour la première fois sous son nom, mais sans la particule (ajoutée en 1831), un roman: *Le Dernier Chouan, ou la Bretagne en 1800.* Une nouvelle édition, remaniée, sera publiée en 1834.

4 avril
Sainte-Beuve: *Vie, poésies et pensées de Joseph Delorme.*

mai
Mérimée: *Mateo Falcone.*

juin
Après une décennie de prospérité, la conjoncture économique s'inverse: baisse des prix, baisse des salaires (- 30 % pour les ouvriers du bâtiment à Paris et ceux de la métallurgie), forte augmentation du nombre des faillites et du chômage. 663 faillites sont enregistrées dans le département de la Seine, soit le double du nombre annuel de banqueroutes depuis 1820. La même année, le déficit de la récolte des pommes de terre provoque la hausse du prix des grains, hausse encore accrue en 1828 par une maigre récolte de grains. En mai 1829, le prix du blé est en augmentation de 60 % par rapport au prix moyen de 1825. Le marasme

gagne l'industrie, notamment le textile et la métallurgie. Un hiver 1828-1829 particulièrement froid rend la situation plus difficile. Des soupes populaires sont mises en place et des cartes de pain distribuées (227000 bénéficiaires parisiens en juin 1829). La récolte de céréales plus abondante de 1829 fait progressivement baisser le prix du pain, tandis qu'un hiver plus clément permet la reprise de l'activité. La situation économique se rétablit au printemps de 1830, sans qu'il s'agisse toutefois d'un retour à la prospérité d'avant 1826.

3 juin
Une loi prescrit l'organisation du service des postes dans l'ensemble des communes du royaume, au moins une fois tous les deux jours.

6 juin
Le gouvernement dépose un projet de loi sur la Librairie à la Chambre des pairs: suppression de la limitation du nombre des libraires-éditeurs, octroi automatique du brevet à toute personne satisfaisant aux conditions légales, transfert de l'administration aux tribunaux du pouvoir de retirer le brevet en cas de contravention aux lois et règlements régissant la Librairie. La Chambre renvoie ce projet libéral à une commission, d'où il ne ressortira pas.

8 juin
Premier numéro de *La Tribune des départements*, journal dont La Fayette est l'un des commanditaires, et de *La Jeune France*. Plusieurs feuilles royalistes sont également créées: *L'Universel* (1er janvier), *L'Écho français* (10 janvier) et *L'Apostolique* (17 juillet). 132 journaux et périodiques paraissent alors dans la capitale, dont 16 organes politiques (13 d'entre eux sont des quotidiens) et 15 feuilles d'annonces, les autres étant spécialisés dans les questions religieuses (7), la science (34), les arts et la littérature (19), le théâtre (6), les affaires judiciaires (10) et les questions administratives (6). À ces journaux, il convient d'ajouter la presse féminine en plein essor, puisqu'à l'ancien *Journal des dames et des modes* sont venus se joindre *L'Observateur des modes* (1818), *Le Petit Courrier des dames* (1822) et *La Mode* fondé par Émile de Girardin en 1829 (octobre 1829-septembre 1854).

1er juillet
Parution du premier numéro de *La Revue des deux mondes*. Créée par François Buloz (1804-1877), elle sera reprise en 1877, après la mort de son fondateur, par Brunetière. La revue, qui aura 350 abonnés en 1831, en comptera 15000 en 1870. Elle se distingue à la fois par la qualité de ses collaborateurs – Buloz y publiera la plupart des meilleurs écrivains du temps – et par son conformisme politique. Orléaniste en 1830, la revue marque une discrète hostilité à Guizot dans les années 1840. Devenue républicaine en 1848, elle épouse avec soulagement le virage conservateur qui suit l'insurrection ouvrière de Juin 1848. S'abstenant de toute fronde contre le régime de Napoléon III, elle se rallie à Thiers en 1871. C'est seulement vers la fin des années 1870 que *La Revue des deux mondes* s'opposera au régime en place en s'affirmant catholique à l'initiative de son directeur, Brunetière.

29 juillet
Le poète Auguste Barthélemy est poursuivi pour une ode à la gloire de l'Aiglon, *Le Fils de l'homme, ou Souvenirs de Vienne*. Il est condamné à trois mois de prison le 31 juillet, bien qu'il se soit défendu... en vers.

Barthélemy

Poète catholique et légitimiste, Auguste Barthélemy (1794-1867) se convertit aux idées politiques libérales avec le truculent Joseph Méry (1798-1865). Il comprend alors que des vers satiriques contre le régime et ses ridicules, ou des vers à la gloire de l'Empereur défunt, seront d'un meilleur rendement que les odes à la gloire du duc d'Angoulême ou de Charles X qu'il avait jusqu'alors publiées. Bien sûr, Barthélemy et Méry célèbrent avec enthousiasme la révolution de juillet 1830 victorieuse (L'Insurrection). *Récompensé par le nouveau souverain qui lui accorde une pension annuelle de 1500 francs, Barthélemy ne tarde pas, fidèle à la maxime qu'il a adoptée comme ligne de conduite – « L'homme absurde est celui qui ne change jamais » –, à devenir un adversaire du régime aussi résolument qu'il en avait été le partisan. Entre mars 1831 et avril 1832, il publie chaque semaine des vers dénonçant la confiscation et la trahison des espérances de 1830* (Némésis), *avant de faire une nouvelle volte-face et de devenir, peut-être parce qu'il vieillit, un personnage plus ordinaire qu'il n'y paraît au premier abord.*

août
Benjamin Constant: *Mélanges de littérature et de politique.*
Création de *La Revue de Paris*, qui aura pour collaborateurs tous les grands noms de la littérature de l'époque. Elle sera rachetée par Buloz en 1834.

août-septembre
Voyage triomphal de La Fayette dans le Massif central, à Grenoble et à Lyon.

3 août
La Provence, dont le commandant est venu à Alger pour rechercher les conditions d'un compromis honorable avec le dey dans la crise déclenchée fin avril 1827, essuie 80 coups de canon.

4-7 août
Charles X ayant pris en secret la décision de renvoyer le ministère Martignac, Jules de Polignac consulte secrètement pour former un nouveau gouvernement.

7 août
La Turquie, de nouveau menacée par l'avancée des armées russes, promet d'adhérer au protocole de paix du 22 mars précédent.

8 août
Une ordonnance royale nomme un nouveau gouvernement: Jules de Polignac (Affaires étrangères), La Bourdonnaie (Intérieur), Courvoisier (Justice), Bourmont (Guerre), Chabrol de Croussol (Finances), Montbel (Instruction publique et Affaires ecclésiastiques), Rigny (Marine). Le ministère du Commerce est supprimé au bénéfice de l'ancien Conseil des manufactures. Mangin est nommé préfet de police. Ce ministère à deux têtes (Polignac et La Bourdonnaie) ne sera définitivement constitué que le 23 août, lorsque le baron d'Haussez remplacera à la Marine Rigny qui finalement a refusé le poste.

POLIGNAC

Très lié au comte d'Artois, Jules-Auguste-Armand-Marie, prince de Polignac (1780-1847), est secrètement rentré en France à la fin de 1803 avec son frère Armand pour participer au complot organisé par Cadoudal. Arrêté, condamné à une courte peine de prison, il ne recouvre cependant la liberté qu'en s'évadant en janvier 1814, toujours en compagnie de son frère. Polignac déteste tout ce qui tient à la Révolution et à l'Empire. Fait prince romain par Pie VII, il refuse de prêter serment à la Charte, estimant qu'elle porte atteinte à la religion catholique. L'homme n'est pas fait pour les compromis, et encore moins pour gouverner. C'est pourtant à lui que Charles X se met en tête de confier la direction du gouvernement dès l'époque de la chute de Villèle. Son « cher Jules » doit cependant patienter un peu, le temps d'épuiser Martignac. Polignac accède enfin au pouvoir, s'entoure d'une kyrielle de repoussoirs et tombe aussitôt dans l'inaction la plus absolue, ne sachant trop comment user de l'autorité que le roi lui a donnée, jusqu'à ce que la résistance de la Chambre des députés et la menace de nouvelles élections désastreuses ne le lancent dans une tentative de coup d'État mal conçue, mal préparée et mal exécutée. Arrêté après la chute de Charles X, Polignac est condamné à la prison à vie et incarcéré à la forteresse de Ham. Il est amnistié en 1837.

10 août
Le *Journal des débats* déclare que « le lien d'amour qui unissait le peuple au monarque » est brisé. Il continue sa campagne malgré les poursuites aussitôt engagées contre lui en dénonçant dans son numéro du 14 août, sous la plume de Saint-Marc Girardin, le trio infernal: Polignac, « l'homme de Coblence et de la contre-révolution », Bourmont, le déserteur de Waterloo « aujourd'hui exposé sur l'échafaud du ministère », et La Bourdonnaie, le chef de « la faction de 1815 avec ses amnisties meurtrières, ses lois de proscription et sa clientèle de massacreurs méridionaux ». « Pressez, tordez ce ministère, conclut Girardin, il ne dégoutte qu'humiliations, malheurs et chagrins. » Le 26, Bertin l'aîné, propriétaire du *Journal des débats*, est condamné à six mois de prison pour ces articles.

14 août
Marion Delorme de Victor Hugo est interdite par la censure, malgré une entrevue de l'auteur avec Charles X, le 7 août.

30 août
Chateaubriand démissionne de son ambassade de Rome.

septembre
Une commission est chargée d'examiner le contenu politique et religieux des cours donnés par Guizot, Villemain et Cousin.

5 septembre
Stendhal: *Promenades dans Rome.*

14 septembre
Guerre d'indépendance de la Grèce. Les Russes étant arrivés aux portes de Constantinople, l'Empire ottoman signe le traité d'Andrinople. Le sultan reconnaît l'autonomie de la Valachie, de la Moldavie et de la Serbie, ouvre aux navires russes

le détroit des Dardanelles et le Bosphore, enfin adhère aux traités alliés sur la Grèce.

15 octobre
Jacques Coste fonde *Le Temps*, patronné par 71 députés libéraux et qui se donne pour mission de « défendre les libertés garanties par la Charte et tous les intérêts nés en France depuis quarante ans » (15 octobre 1829-17 juin 1842).

24 octobre
Création au Théâtre-Français du *More de Venise* d'Alfred de Vigny, adapté de l'*Othello* de Shakespeare. Quelques jours plus tard, Vigny publie une *Lettre à Lord *** sur la soirée du 24 octobre 1829 et sur un système dramatique.* En 1828, il avait adapté *Le Marchand de Venise* de Shakespeare : la pièce, sans avoir été jouée, sera publiée en 1839.

novembre
Auguste Comte ouvre chez lui, rue Saint-Jacques, un cours libre de philosophie.

Auguste Comte

C'est peu après son renvoi, avec l'ensemble de ses condisciples, de l'École polytechnique, en 1816, que Auguste Comte (1798-1857) fait la connaissance de Saint-Simon et devient son secrétaire. Très tôt il pose les bases de son propre système, qui se trouve en germe dans le Plan des travaux scientifiques pour réorganiser la société *rédigé en 1822. Saint-Simon n'ayant pas approuvé l'œuvre du disciple, le disciple rompt avec le maître. Se débattant entre déboires conjugaux – Comte s'est marié en 1825 –, difficultés matérielles et périodes de dépression plus ou moins profonde, Comte ouvre en 1829 à son domicile un cours de philosophie dans lequel il précise, développe sa pensée et fonde son système. De 1830 à 1842, il publie le résultat de cet enseignement dans le* Cours ou système de philosophie positive *qui contient l'essentiel de sa doctrine.*
*Comte se plaisait à affirmer que l'œuvre de Saint-Simon n'avait exercé aucune influence sur la formation de sa propre pensée. En réalité, Comte, bien plus que l'excentrique Prosper Enfantin, est le véritable successeur du maître. À celui-ci, il emprunte l'idée d'une réorganisation de la société selon les lois de la science et sous l'égide des scientifiques. Ce projet s'inscrit à l'intérieur d'une conception déterministe et particulièrement rigide de l'histoire, divisée par Comte en trois âges : théologique, métaphysique et positif. De ce dernier âge, la Révolution française n'a été que l'ébauche : elle a fait table rase de l'ancienne société, mais sans la remplacer par rien ; sur les ruines de la société des ordres, elle n'a laissé debout que des individus isolés et séparés dont la Science doit maintenant faire une société, cette société qu'il faut réinventer pour entrer dans l'âge positif, cette Terre promise de l'histoire des hommes. Si le système de Comte ne change pas, ses termes évoluent. Ainsi, confiant en 1830 dans la capacité des hommes de science, la décennie suivante le voit investir le peuple de la mission jusqu'alors dévolue aux savants (*Discours sur l'esprit positif, *1844;* Discours sur l'ensemble du positivisme, *1848). De même, le positivisme, au fil du temps, ménage une place de plus en plus importante à la religion (*Catéchisme positiviste, *1855), au point de conduire Comte à élaborer une utopie qui, en fantaisie, ne cède rien à celle dont Enfantin s'était proclamé le pontife au début des années 1830. Opposant résolu de la monarchie de Juillet, proche des courants révolutionnaires, et en particulier de Barbès, en 1848, Auguste Comte se rallie ensuite au régime issu du coup d'État du 2 décembre 1851 et publie en 1855 un* Appel aux conservateurs *par lequel il achève sa mue politique.*
*Si Auguste Comte a été le continuateur de Saint-Simon, mêlant comme son maître scientisme et poésie, il a trouvé lui-même un continuateur, la poésie en moins, en Émile Littré (1801-1881). Bien qu'il ait rompu avec Comte lorsque ce dernier se rallia au régime de Louis-Napoléon Bonaparte (*Conservation, Révolution, Positivisme, *1852), Littré est le vrai fondateur du positivisme scientifique, que par ailleurs il lie à l'idée républicaine en insistant sur l'importance de l'éducation comme condition d'une réorganisation future de la société.*

5 novembre
Lamartine est élu à l'Académie française.

17-18 novembre
Crise ministérielle provoquée par les partisans de Polignac. Ceux-ci contraignent La Bourdonnaie à la démission en faisant officiellement nommer Polignac président du Conseil. Montbel prend en charge l'Intérieur, abandonnant l'Instruction publique à Guernon-Ranville.

décembre
Alfred de Musset : *Contes d'Espagne et d'Italie.*

5 décembre
Niepce et Daguerre s'associent pour exploiter l'invention de la photographie.

L'INVENTION DE LA PHOTOGRAPHIE

Le procédé de la photographie a été mis au point par Joseph-Nicéphore Niepce (1765-1833). Ancien sous-lieutenant des armées révolutionnaires (1792), réformé à cause d'une vue trop faible (1794), Niepce exerce pendant quelques années des fonctions administratives puis il se retire pour se consacrer entièrement à son goût pour les recherches scientifiques. Il s'occupe tout d'abord de perfectionner la technique de la lithographie inventée en 1812. En 1824, Niepce, qui poursuit des années durant l'idée de remplacer le crayon lithographique par la lumière elle-même, réussit ce que personne avant lui n'avait jamais réussi. On savait en effet que le chlorure d'argent, blanc dans l'obscurité, noircit à la lumière. On en concluait à la possibilité de reproduire dessins et gravures en rendant le papier translucide et en les appliquant sur une surface recouverte de chlorure d'argent. Les parties noires, ne laissant pas passer la lumière, devaient laisser blanches les parties correspondant au chlorure d'argent; on obtiendrait ainsi une épreuve négative qui permettrait, par une deuxième opération, de reproduire exactement l'original. L'idée était juste, mais aussitôt qu'on exposait le négatif à la lumière, les blancs noircissaient à leur tour. Niepce découvre en 1824 qu'une couche de bitume de Judée, naturellement noir, blanchit dans les parties qui reçoivent l'impression d'une source vive de lumière et que ces parties ne sont, dès lors, plus solubles dans l'essence de lavande. Le problème est résolu. Niepce recouvre de bitume de Judée une plaque métallique et l'expose au foyer de la chambre noire; il lave ensuite la surface influencée par la lumière dans un bain d'essence de lavande, puis il répand un acide sur le métal mis à nu: l'acide creuse le métal dans les endroits dénudés et il ne reste plus qu'à enlever le bitume restant pour obtenir une image gravée en relief.
Pendant que Niepce perfectionne son invention, Louis-Jacques-Mandé Daguerre (1787-1851) travaille aux mêmes recherches. En janvier 1826, il apprend que Niepce a résolu le problème. Il se met en relation avec lui, et les deux hommes s'associent en décembre 1829 pour mener en commun les recherches encore nécessaires et exploiter l'invention. Il est vrai que Daguerre fait progresser le procédé de Niepce, mais Niepce étant mort en 1833, Daguerre arrache au fils de l'inventeur disparu la signature d'un nouveau contrat qui reconnaît Daguerre comme le véritable inventeur de la photographie: d'où le nom de « daguerréotype » donné au procédé.
Le 30 juillet 1839, à la suite du soutien apporté par Arago au procédé de Niepce et Daguerre, l'État achète les procédés du daguerréotype, moyennant une rente annuelle versée à Daguerre et aux héritiers de Niepce. La nouvelle découverte excite un enthousiasme considérable. En 1849, on compte 56 ateliers de photographie à Paris, plus de 200 en 1860.
En 1853, Nadar – de son vrai nom Félix Tournachon (1820-1910) – ouvre un atelier rue Saint-Lazare. Bientôt les célébrités se bousculent chez cet ancien caricaturiste. En septembre 1861, Nadar transporte son atelier boulevard des Capucines. Depuis quelques années, il a commencé une série de photos aériennes, prises depuis un ballon. En 1863, il décide de troquer le ballon contre un immense aérostat baptisé Le Géant. *Ayant englouti sa fortune dans l'entreprise, Nadar se spécialise dans la production en série de photographies au format d'une carte de visite qui lui permettra de survivre à cette débâcle financière.*

31 décembre
Mort du poète Alphonse Rabbe (1784-1829). Les poèmes en prose de son *Album d'un pessimiste*, admirés par Baudelaire, seront publiés en 1835-1836.

autres événements
• Création de l'École centrale des arts et manufactures de Paris, à l'initiative du chimiste Dumas, du mathématicien Olivier et de l'homme d'affaires Lavallée.

1830

3 janvier
Thiers, Mignet et Armand Carrel fondent *Le National.*

ARMAND CARREL

Nicolas-Armand Carrel (1800-1836) avait, jeune officier, pris part à l'aventure de la Charbonnerie (1821-1822). En 1823, il rejoint les maigres troupes du colonel Fabvier qui, en Espagne, veulent s'opposer à l'intervention française. De retour en France, il collabore un moment aux activités du groupe saint-simonien mais s'en éloigne bientôt pour rejoindre La

Revue américaine *fondée par La Fayette (1826). Lié avec Thiers, Victor Cousin et Guizot, Armand Carrel contribue à la relecture des Révolutions anglaise et française. Collaborateur du* Temps *et de* La Revue de Paris *en 1829, il fonde* Le National *avec Thiers et Mignet. Si Carrel a dès le début de 1830 entretenu l'idée d'un changement de dynastie au profit du duc d'Orléans, le régime de Juillet ne tarde pas à décevoir ses espoirs. Sous son impulsion,* Le National *passe au républicanisme. En 1835, il est emprisonné en vertu des lois de septembre. Le 22 juillet 1836, Armand Carrel est tué en duel par Émile de Girardin.*

24 janvier
Législatives partielles: Guizot à Lisieux et Berryer en Haute-Loire.

31 janvier
Conséquence de l'incident du 3 août 1829, la décision est prise d'une intervention contre le dey d'Alger. Le reste de l'Algérie est alors partagé entre trois vassaux du sultan de Constantinople, le bey de Constantine, le bey d'Oran et le bey de Titteri (dont la capitale est Médéa, au sud d'Alger). Leur autorité reste limitée aux villes; elle ne s'exerce ni sur les vastes étendues occupées par les tribus arabes, ni sur la Kabylie à l'est d'Alger.

février
Mérimée: *Le Vase étrusque.*

février-juin
De nombreux incendies (34 en mars, 72 en mai, 64 en juin) se déclarent en Normandie. Les coupables ne seront jamais découverts.

3 février
La Grèce devient une monarchie indépendante.

14 février
Une ordonnance «municipalise» l'enseignement primaire. Emportée par la révolution de Juillet, elle ne sera pas appliquée, mais elle ouvre la voie à la loi Guizot de 1833. Chaque commune doit créer et entretenir une école dont elle paiera l'instituteur, avec le soutien de l'État. Plus des deux tiers des communes possèdent une école primaire à la fin de la Restauration: 30 996 écoles sont recensées, contre 27 581 dix ans plus tôt et 20 500 à la fin de l'Empire, soit une augmentation de 51 %. À ce progrès régulier correspond celui de la scolarisation. Celle-ci n'est pas obligatoire: 865000 élèves en 1815, 1122700 en 1821, 1372000 en 1830, soit un accroissement de 58 % entre 1815 et 1830.

15 février
Le National et *Le Globe* évoquent les avantages d'un changement dynastique. Les deux journaux sont saisis.

25 février
La «bataille» d'*Hernani*, drame de Victor Hugo. Lors de la première, les Jeune France conduits par Théophile Gautier, Gérard de Nerval et Petrus Borel font un triomphe à Hugo. Les «classiques» contre-attaquent le 27 février. Dès lors chaque représentation devient l'occasion d'affrontements bruyants entre les deux partis.

26 février
Création d'ateliers de charité pour les ouvriers au chômage.

mars
Sainte-Beuve: *Les Consolations.*

2 mars
Ouverture de la session parlementaire. Après avoir évoqué la situation internationale et annoncé la présentation de différentes lois financières, Charles X affirme sa détermination à s'opposer aux «coupables manœuvres» qui pourraient être dirigées contre le gouvernement.

9 mars
Les députés chargent neuf opposants résolus de préparer un projet d'adresse au roi.

12 mars
Le gouvernement français informe les puissances de l'imminence d'un débarquement de ses troupes en Algérie. 103 bâtiments de guerre, 350 transports de troupes, une nombreuse artillerie et près de 40000 soldats ont été rassemblés à Toulon.

16 mars
221 députés (contre 181) adoptent une adresse de défiance contre le ministère, inspirée par Royer-Collard, qui met le roi en demeure de renvoyer les ministres ou de dissoudre la Chambre.

18 mars
L'adresse est présentée au roi. Charles X affirme que ses «résolutions sont immuables».

19 mars
Les Chambres sont prorogées au 1er septembre.

avril
Balzac publie, sous le titre *Scènes de la vie privée*, un recueil de six nouvelles, parmi lesquelles *Gobseck*, *Le Bal de Sceaux* et *La Paix du ménage*. Une nouvelle édition en quatre volumes est publiée en mai 1832. Le dernier volume contient cinq nouvelles qui seront ensuite réunies sous le titre de l'une d'entre elles : *La Femme de trente ans*.

1er avril
700 convives, dont 70 députés, participent aux Vendanges de Bourgogne à un banquet donné en l'honneur des 221.

21 avril
Courvoisier et Chabrol de Croussol démissionnent afin de protester contre la dissolution de la Chambre que le Conseil vient de décider.

25 avril
Translation des reliques de saint Vincent de Paul dans la chapelle des Lazaristes, rue de Sèvres.

16 mai
Dissolution de la Chambre des députés.

18 mai
Le général Bourmont prend la tête de l'expédition française sur Alger. La flotte appareille le 25. Polignac se charge de l'intérim du ministère de la Guerre.

19 mai
Remaniement ministériel. Montbel remplace Chabrol de Croussol aux Finances et cède l'Intérieur à Peyronnet. Cappelle prend la direction d'un nouveau ministère des Travaux publics. Le 30, Chantelauze succède à Courvoisier à la Justice.

30 mai
Arrivé en vue des côtes d'Afrique, l'amiral Duperré, jugeant les vents contraires, dirige la flotte sur les Baléares.

10 juin
La flotte française reprend la direction d'Alger. Mise en vente des *Harmonies poétiques et religieuses* de Lamartine.

13 juin
Ordonnance nommant les présidents des collèges électoraux, convoqués les 23 et 30 juin. Charles X adresse une proclamation aux électeurs : « Remplissez vos devoirs, je saurai remplir les miens. »

14-18 juin
Débarquement du corps expéditionnaire sur la péninsule de Sidi-Ferruch, à 20 km à l'ouest d'Alger.

18 juin
Le gouvernement repousse les élections de 20 départements, dont celui de la Seine, aux 12 et 19 juillet. Il veut ainsi éviter que les choix de Paris n'influencent les électeurs de province.

23-30 juin
Élections législatives. Le gouvernement essuie une sévère défaite le 23 juin, jour de la réunion des collèges d'arrondissement. Il ne remporte que 57 des 195 sièges pourvus. Le 30 juin, la réunion des collèges de département confirme les résultats du 23.

24-29 juin
Difficile progression des troupes françaises en direction d'Alger. Le 29, le siège du Fort-l'Empereur, la citadelle qui défend la ville, commence.

29 juin
Charles X refuse la démission de Polignac.

5 juillet
Capitulation d'Alger. Le dey abdique. Bourmont est fait maréchal de France. Des contingents occupent Bône près de la frontière tunisienne et Oran à l'Ouest, mais ils se retireront après les journées de Juillet. La prise d'Alger est connue à Paris le 9 juillet.

6 juillet
Sans attendre les élections dans les 20 départements ajournés (12-19 juillet), le Conseil décide de dissoudre la Chambre nouvellement élue, d'en faire nommer une autre sous un nouveau système électoral et de suspendre la liberté de la presse en vertu de l'article 14 de la Charte. Charles X appuie ces mesures, convaincu qu'aucun compromis n'est possible avec l'opposition sans mettre en danger la Couronne. Peyronnet et Chantelauze sont chargés de préparer les textes.

12-19 juillet
Suite des élections législatives dans les 20 départements ajournées par l'ordonnance du 18 juin. Lorsque se réunissent, le 12 juillet, les collèges d'arrondissement, puis le 19 les collèges de département, la débâcle est consommée. À Paris, l'opposition remporte les huit sièges ; au total, l'opposition compte 274 députés et le ministère

143. 202 des 221 députés ayant voté l'adresse du 16 mars ont été réélus. De discrètes négociations entre la Cour et certains leaders de l'opposition (Sébastiani) échouent.

24 juillet
Le texte définitif des ordonnances est arrêté par le Conseil. Celui-ci décide qu'elles seront soumises à l'approbation des Chambres dans leur prochaine session.
À la clôture de la Bourse, la rente 5 % cote 105 francs.

25 juillet
Charles X signe les ordonnances. L'exposé des motifs dénonce la «démocratie turbulente» qui «tend à se substituer au pouvoir légitime» et fausse «les conditions ordinaires du gouvernement représentatif». Suivent quatre ordonnances.
La première suspend la liberté de la presse, soumet à l'autorisation préalable (valable pour trois mois et toujours révocable) les écrits, périodiques ou non, de moins de 20 feuilles d'impression.
La seconde dissout la Chambre des députés.
La troisième convoque les collèges électoraux pour les 6 et 13 septembre.
La quatrième enfin modifie le système électoral: la patente et l'impôt des portes et fenêtres sont exclus du calcul du cens électoral (afin de renforcer la prépondérance de l'impôt foncier); la septennalité est abandonnée et le nombre des députés ramené à 258: la Chambre sera élue pour cinq ans et renouvelée chaque année par cinquième (retour au système en vigueur avant 1824); les députés seront élus par les collèges départementaux composés par le quart des électeurs les plus imposés; les collèges d'arrondissement se borneront à présenter des candidats au vote des grands collèges qui devront choisir au moins la moitié des élus sur ces listes (retour au système de 1815).
Les ordonnances sont communiquées au rédacteur du *Moniteur* qui doit les publier le lendemain. Rien n'a filtré. Marmont est nommé commandant des troupes de la garnison de Paris (environ 12000 hommes).

26 juillet
Publication des ordonnances au *Moniteur*. La Bourse accuse le coup: à l'ouverture, la rente baisse de 2 points, à 103 francs. À la fin de la journée, elle se négocie à 101,50 francs. *Le National* sort une édition spéciale et lance un appel à la résistance, appelant les «contribuables à sauver la cause des lois» par la grève de l'impôt. Les journaux d'opposition décident de paraître le lendemain. À l'initiative de Thiers et de Cauchois-Lemaire, 44 journalistes signent une protestation contre la suspension de la liberté de la presse. Dans la soirée, quelques attroupements ont lieu dans le quartier du Palais-Royal: les vitres du ministère des Finances sont lapidées. Le calme revient vers minuit.

27 juillet
Quatre journaux d'opposition paraissent sans autorisation: *Le National*, *Le Temps*, *Le Globe* et *Le Journal du commerce*. Le préfet de police fait saisir leurs presses et lance des mandats d'arrêt contre les 44 journalistes signataires de la protestation du 26. Dans l'après-midi, une trentaine de députés se réunissent au domicile de Casimir Perier: ils décident de ne pas soutenir une insurrection armée et chargent Guizot de rédiger une protestation contre les ordonnances. Les premiers affrontements se produisent aux abords du Palais-Royal et sur le boulevard des Capucines. Un premier insurgé est tué vers 15 h, alors que les troubles gagnent tous les quartiers du centre. Le calme revient en fin de soirée.

28 juillet
Dès l'aube, l'insurrection s'étend et s'aggrave: attaque des corps de garde isolés, barricades, les insurgés arborent le drapeau tricolore. Ils s'emparent de l'Arsenal, du dépôt de poudre de la Salpêtrière, occupent l'Hôtel de Ville et Notre-Dame. Paris est mis en état de siège, alors que les troubles gagnent la rive gauche. Premières scènes de fraternisation entre soldats et insurgés. Marmont divise ses troupes en trois colonnes et leur ordonne d'occuper plusieurs points stratégiques. Elles progressent très difficilement vers leurs objectifs. Tandis que la fusillade fait rage, les députés répugnent toujours à soutenir l'insurrection; ils adoptent la protestation rédigée par Guizot. Les colonnes de Marmont ont atteint leurs objectifs, mais derrière elles les barricades ont été relevées. Les troupes sont isolées les unes des autres, parfois encerclées. Nouvelle réunion des députés: Casimir Perier dit que le temps de la conciliation est fini, Laffitte évoque le nom du duc d'Orléans (qui s'est retiré à Neuilly). Marmont rappelle ses troupes et les regroupe autour du Louvre et des Tuileries qu'il estime pouvoir «tenir» pendant au moins trois jours, en attendant l'arrivée des renforts rappelés de province.

29 juillet
À l'exception du secteur s'étendant vers l'Ouest du Louvre à l'Étoile, Paris échappe au contrôle de

l'État. Les insurgés tentent de déborder le Louvre par la rive gauche : ils attaquent le Palais-Bourbon et la caserne des Suisses de la rue de Babylone, envahissent l'archevêché et le mettent à sac. Convaincus par Marmont, les ministres partent pour Saint-Cloud demander au roi le retrait des ordonnances. Deux régiments (les 5e et 53e) stationnés place Vendôme font défection. Pour les remplacer, Marmont est contraint de prélever des bataillons sur les troupes du Louvre. Les insurgés profitent de ces mouvements pour s'introduire dans le palais par la façade côté Saint-Germain-l'Auxerrois et font feu sur les soldats qui se trouvent dans les cours intérieures. Ces coups de feu provoquent une panique générale. Un bataillon entraînant l'autre dans sa fuite, les troupes se débandent et abandonnent Louvre et Tuileries. Envahies par les insurgés, les Tuileries sont mises à sac. Marmont réussit à grand-peine à rassembler les débris de son armée sur les Champs-Élysées et ordonne le repli sur la barrière de l'Étoile : Paris est entièrement aux mains des insurgés. Les combats cessent.

Le Conseil réuni à Saint-Cloud remplace Marmont par le duc d'Angoulême, qui regroupe aussitôt les troupes sur Saint-Cloud. Les députés reconstituent la garde nationale dissoute en 1827 et en confient le commandement à La Fayette ; le général Gérard est nommé à la tête des troupes régulières ; enfin une commission municipale est formée : y siègent Laffitte, Perier, Mouton, Audry de Puyraveau, Schonen et Mauguin. Alexandre de Laborde est nommé préfet de la Seine, et Bavoux préfet de police.

30 juillet

Charles X retire les ordonnances du 25 et nomme le duc de Mortemart président du Conseil. Dans la matinée, Thiers et Mignet lancent un appel au duc d'Orléans : « Charles X ne peut plus rentrer dans Paris : il a fait couler le sang du peuple. La République nous exposerait à d'affreuses divisions ; elle nous brouillerait avec l'Europe. Le duc d'Orléans est un prince dévoué à la cause de la Révolution [...] il accepte la Charte [...] c'est du peuple français qu'il tiendra sa couronne. » 60 députés réunis sous la présidence de Laffitte invitent le duc d'Orléans à venir à Paris pour être nommé lieutenant général du royaume. Les républicains, qui viennent de fonder la Société des amis du peuple (Cavaignac, Buchez, Raspail, Trélat), sollicitent le concours de La Fayette pour les aider à abolir la royauté. Peu avant minuit, le duc d'Orléans regagne le Palais-Royal.

À Nantes, les affrontements font plusieurs victimes : ce sont les seules que provoque la révolution de Juillet en province. Dans la plupart des départements, le changement de régime se fait sans heurts ni même véritable mobilisation de la population. Au rang des exceptions figurent Nîmes et le Gard, où la chute des Bourbons provoque un regain de tension entre catholiques et protestants, et quelques départements ruraux, comme l'Ariège, où les paysans profitent de la circonstance pour brûler des châteaux, briser les clôtures d'anciens terrains communaux et détruire les archives fiscales.

31 juillet

Le roi quitte Saint-Cloud pour Versailles où il arrive vers 7 h, mais le mauvais accueil de la population le contraint dans la soirée à poursuivre sa route jusqu'à Rambouillet. La commission municipale forme un gouvernement provisoire : Gérard (Guerre), Bignon (Affaires étrangères), Dupont de l'Eure (Justice), Louis (Finances), Perier (Intérieur), Guizot (Instruction publique), Rigny (Marine). Le duc d'Orléans accepte la lieutenance générale du royaume offerte par les députés. À 14 h, il se rend à l'Hôtel de Ville où La Fayette, rallié à la solution orléaniste, paraît au balcon avec le duc d'Orléans, l'enveloppe dans les plis d'un drapeau tricolore et l'embrasse. Le tour est joué, la foule applaudit.

1er août

Le duc d'Orléans convoque les Chambres pour le 3 août et nomme un nouveau gouvernement provisoire : il maintient Gérard, Dupont de l'Eure et Louis, et fait passer Guizot de l'Instruction publique à l'Intérieur. (Le lendemain il confiera la Marine à Tupinier, les Affaires étrangères au maréchal Jourdan, l'Instruction publique à Bignon.) Une ordonnance rétablit la cocarde tricolore. À Rambouillet, Charles X se résout à confier la lieutenance générale du royaume au duc d'Orléans.

2 août

Le duc d'Orléans rejette les pouvoirs que lui confère le roi, déclarant ne tenir son autorité que des représentants du pays.

Charles X abdique (ainsi que le duc d'Angoulême) en faveur de son petit-fils le duc de Bordeaux (Henri V) et charge le duc d'Orléans, « son » lieutenant général, de « faire proclamer l'avènement d'Henri V à la couronne ».

Les condamnés dans des affaires de presse sont amnistiés.

3 août
Une ordonnance stipule que les tribunaux rendront la justice au nom de « Louis-Philippe d'Orléans, lieutenant général du royaume ».
Charles X ayant refusé de quitter Rambouillet, La Fayette prend la tête d'une troupe de volontaires et marche sur Rambouillet : Charles X se retire en direction de Maintenon.
Au Palais-Bourbon, le duc d'Orléans ouvre la session des Chambres en présence de 240 députés et de 70 pairs. Il annonce l'abdication de Charles X, en omettant soigneusement de faire allusion au duc de Bordeaux, et une réforme de la Charte. Pasquier est nommé président de la Chambre des pairs.

3-16 août
Le « cortège funèbre de la monarchie » (Chateaubriand) se dirige vers Cherbourg, traversant lentement la Normandie. Le 16, le roi et ses proches arrivent en Angleterre ; le 23, ils s'installent au château de Lulworth.
Quatre ministres de Charles X (Polignac, Peyronnet, Chantelauze et Guernon-Ranville) sont arrêtés alors qu'ils tentent de quitter la France.

4 août
Bérard propose à la Chambre la liste des modifications à apporter à la Charte. Le soir même, Guizot et Broglie remanient le texte de la proposition Bérard et le communiquent ensuite à une commission parlementaire (à laquelle appartient Bérard).

5 août
Réouverture de la Bourse, où la rente 5 % remonte à 104 francs. Casimir Perier est élu président de la Chambre des députés.

6 août
Autour du Palais-Bourbon et à l'Odéon, des manifestants, entraînés par Ferdinand Flocon, dénoncent le pouvoir constituant que s'est arrogé la Chambre et réclament l'abolition de l'hérédité de la pairie.

7 août
Adoption de la Charte révisée. Plusieurs articles de la Charte de 1814 ont été supprimés, notamment la phrase du préambule qui faisait de l'acte constitutionnel un don librement octroyé par le monarque et non l'effet de la volonté nationale. L'article 6 proclamant le catholicisme religion de l'État est remplacé par un article repris du Concordat de 1801 qui définit le catholicisme comme la religion « professée par la majorité des Français ». L'article 14 autorisant le roi à faire des ordonnances est explicitement limité à la seule exécution des lois.
Plusieurs innovations : droit d'initiative pour les deux Chambres, élection de la Chambre des députés pour cinq ans, élection du président de la Chambre par les parlementaires, publicité des débats de la Chambre des pairs, réduction de la majorité électorale de 30 à 25 ans et de l'éligibilité de 40 à 30 ans, interdiction des tribunaux d'exception, abrogation des dispositions limitant la mise en accusation des ministres aux cas de trahison et de concussion. La Chambre annule les nominations de pairs faites par Charles X et s'engage à examiner dans la session de 1831 l'article 27 de la Charte qui autorise le roi à créer un nombre illimité de pairs.
Elle s'engage également à mettre en chantier un certain nombre de réformes : le rétablissement de la compétence du jury dans les affaires de presse, l'organisation de la garde nationale et l'élection de ses officiers, la création d'un système d'éducation publique, la réforme des administrations municipales et départementales sur une base élective, l'abolition de la loi du double vote, une loi sur la responsabilité des ministres.
Enfin la Chambre annonce « que l'intérêt du peuple français appelle au trône S. A. R. Louis-Philippe d'Orléans [...] et ses descendants, à perpétuité, de mâle en mâle, par ordre de primogéniture, à l'exclusion perpétuelle des femmes et de leurs descendants », et elle invite le prince « à accepter et à jurer les clauses et engagements ci-dessus énoncés, l'observation de la Charte constitutionnelle et des modifications indiquées, et, après l'avoir fait, à prendre le titre de roi des Français ».
La Charte de 1830 est adoptée par 219 députés contre 33 (188 députés ont quitté la Chambre). La Chambre des pairs, consultée pour la forme, adhère à son tour par 89 voix contre 10 et 14 abstentions (251 pairs n'ont pas participé au débat). Le soir, des illuminations et des feux d'artifice célèbrent l'avènement du nouveau régime.

9 août
Le duc d'Orléans prête serment à la Charte et prend le titre de Louis-Philippe Ier, roi des Français.

LA MONARCHIE DE JUILLET

LOUIS-PHILIPPE

Né le 6 octobre 1773-Mort le 26 août 1850

Règne: 1830-1848 (18 ans)

Roi à 57 ans

Abdique le 24 février 1848.

*N*é en 1773, Louis Philippe a 57 ans. Il en avait moins de 20 lorsqu'en 1791, suivant son père le duc d'Orléans dans la carrière de prince patriote acquis aux idées nouvelles, il avait été solennellement reçu membre du club des Jacobins. C'était après Varennes, et Danton songeait peut-être à lui pour un grand rôle que son père ne pouvait ni ne voulait tenir. Affecté ensuite à l'état-major de Dumouriez, Louis-Philippe avait suivi son chef lorsque ce dernier était passé à l'ennemi. Un long exil de vingt années commence alors. Les biens de sa famille confisqués, Louis-Philippe enseigne pour subsister, séjourne en Suisse, aux États-Unis, enfin à Naples. En 1809, il épouse la princesse Marie-Amélie, fille du roi de Naples déchu. Cette époque n'est pas la plus glorieuse de sa vie, Louis-Philippe s'efforçant, mais en vain, d'employer ses talents militaires contre la France napoléonienne. Rentré en France à la suite des Bourbons, il n'y fait que de brefs séjours, soucieux de reconstituer le patrimoine familial, mais peu désireux de servir de drapeau ou d'otage aux partis. D'une discrétion à toute épreuve sur les questions politiques du moment, s'abstenant de toute démarche susceptible d'accréditer les rumeurs classiques sur les ambitions de la branche cadette, Louis-Philippe gère sa maison, avec une économie qui confine à l'avarice, s'occupe de l'éducation de ses enfants, qu'il envoie au collège, comme tout un chacun, et cultive son image, trompeuse, de prince bourgeois qui comprend et accepte la société: une sorte d'anti-Charles X.

En juillet 1830, sollicité par Thiers, Louis-Philippe hésite, mais le 9 août, il se présente devant les Chambres pour jurer fidélité à la Charte révisée.

À l'inverse du texte de 1814, celui de 1830, qui fonde le nouveau régime, n'est pas octroyé à la nation par le roi en vertu d'une légitimité propre, mais présenté à l'acceptation du roi par la nation qui l'a choisi. Le nouveau régime n'est plus, comme en 1814, une monarchie limitée, mais une monarchie constitutionnelle. Ce qu'exprime le changement du titre porté par le monarque: non plus «roi de France» comme Louis XVIII ou Charles X, mais «roi des Français» comme Louis XVI en 1791. Pour le reste, la Charte de 1814 est remaniée afin de renforcer les prérogatives parlementaires, et le nouveau régime promet un élargissement de la participation électorale. Le 11 août est formé un ministère où s'affrontent bientôt deux tendances. L'une, représentée par Guizot et Casimir Perier, interprète le changement dynastique de 1830 comme une sorte de 1688 (la «Glorieuse Révolution» d'Angleterre) qui marquerait le terme de la Révolution déclenchée en 1789. L'autre, représentée par La Fayette et Dupont de l'Eure, et qui a le soutien de la rue, refuse de voir dans 1830 un aboutissement, une conclusion, mais bien au contraire y voit un commencement dont l'issue divise d'ailleurs ses partisans. La position du nouveau régime est longtemps précaire, face à l'agitation de ceux qui veulent développer les conséquences de la chute des Bourbons, et qu'entretiennent les mouvements révolutionnaires qui éclatent au même moment en Belgique, en Italie ou en Pologne. Au début de novembre, Louis-Philippe décide de lever l'hypothèque révolutionnaire en confiant les rênes du gouvernement à Laffitte, l'un des principaux leaders du parti du «mouvement». Le banquier, égaré en politique, épuise vite son crédit en cautionnant des mesures impopulaires: l'éviction de La Fayette du commandement de la garde nationale, le verdict de clémence à l'égard des anciens ministres de Charles X, le refus de soutenir l'agitation révolutionnaire en Europe. Le 12 mars 1831, Laffitte est contraint à la démission; Casimir Perier lui succède.

Perier, qui disparaîtra prématurément en mai 1832, victime du choléra, impose une ligne qui ne sera ensuite plus mise en cause jusqu'en 1848: celle de la «résistance». Il s'attache en priorité à rétablir l'ordre à l'intérieur et à rassurer les puissances européennes. La disparition soudaine de Perier, si elle ne signifie pas l'abandon de sa politique autoritaire, est cependant suivie par un regain d'agitation révolutionnaire, en fait incessante jusqu'en 1834. Surtout, elle compromet le résultat obtenu par Perier: le respect par le roi de la liberté d'action du gouvernement. Louis-Philippe doit ensuite compter avec la volonté d'indépendance du duc de Broglie, qui a succédé à Perier, mais aucun des successeurs de ce dernier ne sera plus en mesure d'imposer au monarque cette liberté d'action. En 1834 sonne l'heure de l'épreuve de force avec l'opposition républicaine: les insurrections de Lyon et de Paris sont écrasées dans le sang. La répression renforce le régime, qui reçoit le soutien de tous ceux qui aspirent à l'ordre et commencent à craindre les opinions socialistes qui gagnent du terrain à gauche. L'attentat manqué de Fieschi, le 28 juillet 1835, finit de retourner l'opinion contre les républicains.

Les dix années qui suivent sont celles de la «France des notables». Le pays prospère, et se détourne de la politique. Si le débat demeure agité, ce n'est pas à cause de l'importance des enjeux, mais de l'âpreté des conflits d'ambitions qui opposent Molé, Dupin, Broglie, Thiers ou Guizot. Les coalitions se font et se défont. Louis-Philippe ne reste pas inactif. User les ministres, opposer les uns aux autres les principaux prétendants au pouvoir est pour lui le meilleur moyen de garder prise sur les décisions et de ne pas devenir ce roi constitutionnel dont il refuse le mince emploi. De ce point de vue, le «cher Molé» se révèle, entre 1836 et 1839, comme un ministre selon son cœur. Mais en 1839, l'opposition conjuguée de Thiers et Guizot a raison de Molé, et Louis-Philippe doit se résoudre à faire appel à Thiers. Le second ministère Thiers (il a brièvement présidé le Conseil en 1836), en 1839 et 1840, voit un regain de tension, tant à l'intérieur que sur la scène internationale. Sans politique bien définie, Thiers doit faire face à une reprise sans lendemain de l'agitation républicaine, à une recrudescence de troubles sociaux et à une campagne de banquets en faveur de la réforme du système parlementaire et électoral. Incapable de réunir une majorité sur les questions de politique intérieure, Thiers s'empare de la crise orientale qui vient d'éclater en Égypte entre Méhémet-Ali et l'Empire ottoman pour canaliser les ardeurs sur les problèmes extérieurs. Tout au long de 1840, il joue un jeu dangereux qui conduit la France à s'opposer aux puissances européennes à propos du règlement de la question égyptienne, jusqu'à faire planer la menace d'une confrontation franco-britannique. Le 20 octobre 1840, Louis-Philippe impose silence aux va-t-en-guerre; il congédie Thiers et fait appel à Guizot.

Le long règne de Guizot se prolonge jusqu'à l'écroulement du régime. Jusqu'en 1847, la présidence du Conseil appartient nominalement au maréchal Soult, mais c'est Guizot qui gouverne, avec l'appui total du roi. Période de prospérité économique, mais d'immobilisme politique. Le gouvernement n'est confronté qu'à de rares crises, ainsi lorsqu'en 1842 l'héritier du trône se tue accidentellement. Un seul débat anime les mornes sessions parlementaires: la liberté de l'enseignement, en faveur de laquelle Montalembert suscite un puissant courant d'opinion catholique. À l'extérieur, la grande affaire est la consolidation de la présence française en Algérie, dont la conquête est achevée et où les derniers foyers de résistance sont éradiqués avec la reddition d'Abd el-Kader en décembre 1847.

Le gouvernement Guizot remporte encore une large victoire électorale en 1846 (avec l'aide des préfets), mais en 1847 la mécanique s'enraye: à une crise économique qui provoque un regain d'agitation s'ajoutent de nombreux scandales qui révèlent la sclérose dont souffre le régime. Les intransigeances conjuguées du roi et de Guizot redonnent vie à l'opposition qui relance le mouvement pour la réforme électorale. Les banquets se multiplient à partir de l'automne. L'interdiction du banquet prévu à Paris le 19 janvier 1848 va transformer une manœuvre destinée à obtenir le renvoi de Guizot en crise révolutionnaire. Interdite, la manifestation est reportée au 22 février. Nouvelle interdiction. Si les promoteurs parlementaires de la manifestation s'inclinent, de plus radicaux s'emparent de la direction du mouvement de contestation. Comme dix-huit ans plus tôt, la confrontation tourne à l'émeute, puis à l'insurrection. Mais cette fois, les républicains ont le vent en poupe, et le régime, de son côté, s'effondre sans même avoir été vaincu dans la rue : Louis-Philippe abdique et, comme Charles X en 1830, prend le chemin de l'exil. Il s'éteint en Angleterre le 26 août 1850.

Enfants de Louis-Philippe et de Marie-Amélie de Naples

Ferdinand-Philippe (1810-1842), duc d'Orléans ; Louise (1812-1850) ; Marie (1813-1839) ; Louis (1814-1896), duc de Nemours ; Françoise (1816-1818) ; Clémentine (1817-1907) ; François (1818-1900), prince de Joinville ; Charles-Ferdinand (1820-1823) ; Henri (1822-1897), duc d'Aumale ; Antoine (1824-1890), duc de Montpensier.

Les Orléans

Le fils de Ferdinand-Philippe, Louis-Philippe (1838-1894), comte de Paris, chef de la maison de France. Le fils de Louis-Philippe, Philippe (1869-1926), comte de Paris, chef de la maison de France.

Papes

Grégoire XVI, 1831-1846 ; Pie IX, 1846-1878.

Souverains et chefs d'État

Autriche : François Ier, 1804-1835 ; Ferdinand Ier, 1835-1848.

Belgique : Léopold Ier, 1831-1865.

Deux-Siciles : Ferdinand II, 1830-1859.

Empire ottoman : Mehmet II, 1808-1839 ; Abdülmecit (ou Abd al-Madjïd), 1839-1861.

Espagne : Ferdinand IV, 1813-1833 ; Isabelle II, 1833-1868.

États-Unis : Andrew Jackson, 1829-1837 ; Martin Van Buren, 1837-1841 ; William Henry Harrison, 1841 ; John Tyler, 1841-1845 ; James Knox Polk, 1845-1849.

Grande-Bretagne et Irlande : Victoria Ire, 1837-1901.

Maroc : Abd al-Rahman, 1822-1859.

Parme : Marie-Louise d'Autriche, impératrice des Français (1810-1814), duchesse de Parme, 1816-1847.

Piémont-Sardaigne : Charles-Albert, 1831-1849.

Portugal : Marie II, 1826-1828, 1833-1853.

Prusse : Frédéric-Guillaume III, 1797-1840 ; Frédéric-Guillaume IV, 1840-1861.

Russie : Nicolas Ier, 1825-1855.

1830

11 août

Formation d'un nouveau gouvernement: Guizot (Intérieur), Dupont de l'Eure (Justice), Gérard (Guerre), Louis (Finances), Molé (Affaires étrangères), Sébastiani (Marine), Broglie (Instruction publique et Cultes). Laffitte, Perier, Dupin et Bignon, nommés ministres sans portefeuilles, sont révoqués le 28; Broglie est nommé président du Conseil d'État. L'absence de président du Conseil en titre souligne le disparate de ce gouvernement où Dupont de l'Eure côtoie Guizot, et Laffitte Casimir Perier. Une autre révolution commence: « l'insurrection des solliciteurs, la levée en masse de tous les chercheurs de places » (Saint-Marc Girardin) qui profitent de l'aubaine officiellement annoncée par Louis-Philippe: « L'autorité doit être entre les mains d'hommes attachés à la cause nationale. » Henri-Auguste Barbier compose un poème de circonstance, *La Curée*, et le 25 septembre, le Vaudeville affiche *La Foire aux places* de J.-F.-A. Bayard: « Qu'on nous place / Et que justice se fasse, chante le chœur. [...] / Que les placés soient chassés. »

SÉBASTIANI

Général et comte d'Empire, ancien ambassadeur de France à Constantinople (1806-1807), Horace-François-Bastien Sébastiani (1772-1851) a pris part à de nombreuses campagnes jusqu'à celle de France en 1814. Rallié aux Bourbons, puis aux Cent-Jours, il s'exile en Angleterre après le second retour de Louis XVIII. Rentré en France en 1816, il est élu député en 1819 et siège avec l'opposition libérale. Très lié avec le duc d'Orléans, il devient ministre de la Marine en août 1830 et des Affaires étrangères en novembre. Après sa démission en octobre 1832, Sébastiani continue d'être un proche conseiller du roi. Ambassadeur à Naples puis à Londres, il reçoit le titre de maréchal de France en 1840. Dans les années 1840, il s'efface, bien qu'il continue de siéger à la Chambre des députés. L'assassinat de sa fille, la duchesse de Praslin, perpétré en août 1847, l'affecte profondément et détruit sa santé. Le maréchal Sébastiani est inhumé aux Invalides.

13 août

La Chambre renvoie en commission une proposition pour l'abolition de la peine de mort et une autre pour la mise en accusation pour haute trahison des ministres signataires des ordonnances du 25 juillet. Villemain entre au Conseil royal de l'Instruction publique.

VILLEMAIN

Cette nomination vient couronner la carrière déjà longue de l'un des plus prestigieux représentants de l'Université. Abel-François Villemain (1790-1870) avait en effet été nommé professeur de littérature française à la Sorbonne à l'âge de 26 ans (1816). Cinq ans plus tard, il entrait à l'Académie française. C'est après la révocation de ses fonctions de maître des requêtes au Conseil d'État, décidée par Villèle en 1827, qu'il entre en politique, dans le camp de l'opposition. Longtemps fidèle soutien du régime de Juillet et non moins intraitable défenseur du monopole de l'Université contre les revendications des catholiques en faveur de la liberté de l'enseignement, il accède aux responsabilités gouvernementales en étant chargé du portefeuille de l'Instruction, d'abord dans le ministère Soult (1839-1840), puis dans le ministère Soult-Guizot (1840-1844). C'est dans ce dernier poste qu'il doit gérer la crise ouverte par la campagne de Montalembert et des catholiques pour desserrer l'étau de l'Université. En 1841, puis en 1844, il présente des projets de loi qui, en dépit de quelques concessions, maintiennent l'essentiel du monopole de l'État sur l'éducation et même amenuisent l'autonomie des « petits séminaires ». Chaque fois battu, Villemain doit en 1844 céder son portefeuille à Salvandy. Villemain rejoint alors l'opposition, mais la chute du régime en 1848 marque le terme de sa carrière politique.

14 août

Proclamation officielle de la Charte de 1830.

15-31 août

Début d'une vague de grèves et de manifestations ouvrières qui dure jusqu'en octobre. Les grévistes réclament l'expulsion des travailleurs étrangers, une hausse des salaires, la diminution du temps de travail et l'amélioration des conditions de travail. *Le National* de Thiers et Carrel condamne l'agitation ouvrière le 17, affirmant que « les véritables ouvriers » ne songent pas « à exiger des salaires plus élevés ».

16 août

La Fayette reçoit le commandement général des gardes nationales du royaume.

17 août

Le général Gérard est fait maréchal.

19 août
Hugo : *À la jeune France*. Le poète célèbre les journées de Juillet tout en exprimant sa pitié pour Charles X, le roi déchu.

20 août
Odilon Barrot est nommé préfet de la Seine. Afin d'éviter que les sans-emploi ne se joignent aux manifestations ouvrières, le conseil municipal de Paris débloque 150 000 francs pour financer le nivellement du Champ-de-Mars.

21 août
Le gouvernement ordonne une enquête sur « la situation commerciale et industrielle du pays ». La révolution de 1830 a remis en cause le rétablissement précaire de la situation économique à la fin de 1829. Les troubles sociaux endémiques dans nombre de villes et dans les campagnes (taxation des grains, désordres dirigés contre les agents des contributions directes et de l'administration forestière) entretiennent un climat d'insécurité peu propice aux affaires. Le ralentissement de l'activité commerciale se répercute bientôt sur l'activité financière : l'action de la Banque de France chute de 1 890 francs à 1 510 francs. En octobre 1830, le baron Louis crée des comptoirs d'escompte dans 11 villes où le commerce connaît de graves difficultés et débloque un crédit de 30 millions pour secourir les entreprises les plus menacées. La baisse des escomptes de la Banque de France traduit l'ampleur de l'aggravation de la situation économique : 909 millions en 1830, moins de 185 millions en 1832. La situation ne se rétablira qu'à la fin de 1833.

25 août
Une insurrection éclate à Bruxelles au cri de « Imitons les Parisiens ! » contre la réunion de la Belgique et des Pays-Bas imposée par le congrès de Vienne en juin 1815.

26 août
Amnistie des condamnés pour délits politiques commis depuis le 7 juillet 1815, des déserteurs de l'armée (28 août) et de la Marine (5 septembre).
L'église Sainte-Geneviève est enlevée au culte catholique et retrouve sa destination révolutionnaire de Panthéon dédié aux « grands hommes » par « la Patrie reconnaissante ».

27 août
Les quatre ministres de Charles X (Guernon-Ranville, Chantelauze, Polignac et Peyronnet) sont incarcérés à Vincennes.
L'Ordre des avocats recouvre le droit d'élire son bâtonnier et son conseil de discipline.

30 août
Débat sur le remplacement des députés démissionnaires (ou exclus). La gauche réclame le renouvellement intégral de la Chambre élue avant la révolution de Juillet. La Chambre décide d'organiser des élections complémentaires pour remplir les 113 sièges vacants. Une loi institue une commission des Récompenses nationales chargée d'administrer tous les secours, indemnités et récompenses relatifs à la révolution. Cette commission présidée par le général Fabvier achèvera ses travaux en octobre 1831, après avoir accordé 1 108 pensions à des veuves et à des invalides, 381 titres de pupilles de la nation à des orphelins et 864 postes de sous-officiers à des combattants de Juillet. Pour ce qui concerne les « hochets », la commission distribue 3 831 médailles de Juillet et 1 830 croix de Juillet (dont 95 en province, où il ne s'est rien passé).

31 août
Une loi contraint pairs, députés et fonctionnaires à jurer fidélité au roi des Français et à la Charte révisée. L'Angleterre reconnaît le nouveau régime. L'Autriche (5 septembre), la Prusse (le 16) et la Russie l'imitent bientôt, suivies le 29 par le Saint-Siège. L'Espagne ne consent à reconnaître la monarchie de Juillet que le 13 octobre, suivie par la Sardaigne et le Danemark. Seul le duc de Modène s'y refusera obstinément.
Le ministre des Affaires étrangères Molé informe l'ambassadeur de Prusse que la France n'a pas l'intention d'aider les Belges mais qu'elle ne pourra rester l'arme au pied en cas d'intervention militaire prussienne en Belgique.

2 septembre
Le général Clauzel prend le commandement des forces françaises en Algérie.

5 septembre
Talleyrand est nommé ambassadeur de France à Londres.

7 septembre
Le roi des Pays-Bas Guillaume Ier fait appel aux signataires des traités de 1815 pour mater l'insurrection belge. La menace française d'une contre-intervention conduit les Prussiens à ne pas bouger.

7-8 septembre
Insurrection libérale dans le grand-duché de Brunswick.

12 septembre
La loi dite d'amnistie du 12 janvier 1816 est abrogée. Seul l'article qui proscrit les membres de la famille de Napoléon est maintenu. Les quelques régicides encore exilés (et vivants) regagnent la France.

14 septembre
Une loi décide que les députés devenus fonctionnaires salariés par l'État devront obtenir un nouveau mandat de leurs électeurs pour continuer à siéger.

19 septembre
Premier numéro du *Journal des ouvriers* (jusqu'au 12 décembre 1830). Deux autres feuilles socialistes, plus éphémères encore, sont lancées dans les jours qui suivent: *L'Artisan* (26 septembre-17 octobre) et *Le Peuple* (un seul numéro, le 30 septembre 1830).

21 septembre
Manifestation pour commémorer l'exécution des quatre sergents de La Rochelle en 1822.

25 septembre
Guizot déclare que le but de la révolution de Juillet n'était pas de « mettre la France en état révolutionnaire » permanent.
Fermeture du manège Pellier où se réunit la Société des amis du peuple.
À Londres, Talleyrand se prononce en faveur de l'indépendance belge, assortie de la neutralité du nouvel État.

27-28 septembre
Polignac, Peyronnet, Guernon-Ranville et Chantelauze sont mis en accusation pour crime de haute trahison et déférés devant la Cour des pairs.

29 septembre
Perier répond au républicain Mauguin, qui demandait au gouvernement de tirer toutes « les conséquences de Juillet », que « tout ce qui devait être détruit l'avait été dans les trois jours ».

octobre
Création d'un Service des Monuments historiques, préfiguration de la Commission des Monuments historiques qui sera créée le 29 septembre 1837.

4 octobre
Déclaration d'indépendance de la Belgique.

6 octobre
Mise à sac du séminaire de Metz.
Talleyrand et l'Angleterre font prévaloir le principe de non-intervention dans la crise belge.

7 octobre
La Chambre rejette une pétition demandant le retour en France des cendres de Napoléon.

8 octobre
La Chambre des députés émet le vœu (par 225 voix contre 21) que la peine de mort soit supprimée, notamment en matière politique. Le souhait exprimé par les députés est interprété comme une tentative pour soustraire les anciens ministres au peloton d'exécution.
La compétence du jury pour les délits de presse est rétablie, sauf pour ce qui concerne les cas de diffamation privée qui restent du ressort des tribunaux correctionnels et les attaques contre les Chambres dont la poursuite appartient à la Cour des pairs.

10 octobre
La Chambre des députés s'ajourne après les élections complémentaires.

11 octobre
Abrogation de la loi du sacrilège votée le 20 avril 1825.
Une loi fixe les modalités de l'indemnisation des victimes de la révolution de Juillet.

16 octobre
Lamennais, Lacordaire, Charles de Coux et Montalembert fondent *L'Avenir*. « Catholiques, déclarent-ils, nous avons à sauver la foi, et nous la sauverons par la liberté [...]. Il n'y a de vie désormais que dans la liberté. » Les débuts sont modestes (1 500 abonnés en mai 1831). Dans le numéro du 7 décembre, Lamennais publie un manifeste: « Des doctrines de *L'Avenir* ». Le dernier numéro paraîtra le 15 novembre 1831. Hugo et Lamartine figureront au nombre des collaborateurs occasionnels du journal.

17 octobre
Ouverture d'un crédit extraordinaire de 30 millions pour soutenir les entreprises en difficulté.
Lamennais publie « De la position du gouvernement »: « Il ne peut exister aujourd'hui en France qu'un seul genre de gouvernement, la république. » Il récidive le 9 mai 1831 avec un nouvel article intitulé « De la République ».

17-18 octobre
Manifestations pour demander la condamnation à mort des anciens ministres de Charles X, qui sont détenus au fort de Vincennes.

19 octobre
Dans une proclamation, Odilon Barrot, préfet de la Seine, blâme le vote des députés du 8 octobre en le qualifiant de « démarche inopportune ». Guizot, Broglie et Perier demandent au roi la révocation de Barrot, qui reçoit en revanche le soutien de Dupont de l'Eure.

BARROT

Fils d'un député à la Convention, Odilon Barrot (1791-1873) a débuté dans la politique comme secrétaire d'un autre Conventionnel, Jean Mailhe. D'abord lié au parti royaliste, il est bientôt passé dans le camp libéral, s'illustrant dans la défense de journalistes poursuivis. À partir de 1827 et de son affiliation à la société Aide-toi le ciel t'aidera fondée par Guizot, il s'engage plus activement dans le combat politique. Très actif durant les journées de Juillet, Barrot devient préfet de la Seine le 20 août 1830. Mais sa rupture avec le nouveau régime survient bientôt, lorsqu'il s'oppose à la répression réclamée par Guizot contre les manifestations réclamant la mort des anciens ministres de Charles X, puis lorsque La Fayette est contraint à la démission (décembre 1830). En février 1831, accusé d'avoir laissé faire la mise à sac de Saint-Germain-l'Auxerrois, il est révoqué. À partir de ce moment, il s'impose comme le leader de « l'opposition dynastique ». Membre de la Chambre des députés sans interruption de 1830 à 1848, Barrot prend une part active à la campagne des banquets de 1847, même si cette dernière lui paraît bientôt prendre un tour trop radical. Le 23 février 1848, après avoir vainement tenté de trouver une issue politique à la crise, Barrot accepte de former un nouveau gouvernement en compagnie de Thiers, mais échoue à rallier les insurgés. Après l'abdication de Louis-Philippe le 24 février, Barrot tente encore de plaider la cause d'une régence, et c'est en toute dernière extrémité qu'il se rallie à la IIe République naissante. L'avènement de celle-ci ne met toutefois pas un terme à sa carrière : aussitôt élu président de la République, Louis-Napoléon Bonaparte le nomme chef du gouvernement. Barrot s'attache à rétablir l'ordre à l'intérieur, mais la crise italienne provoque sa chute en octobre 1849. Barrot retourne à la Chambre. En décembre 1851, il est emprisonné pendant quelques jours pour avoir signé une protestation contre le coup d'État du 2 Décembre. Il se retire alors de la vie publique pour n'y rentrer qu'en 1872 lorsque, cédant aux appels de Thiers, il accepte la présidence du Conseil d'État.

21-28 octobre
Des élections législatives partielles portant sur 113 sièges vacants à la Chambre des députés (démission, refus de serment, nomination à une fonction publique salariée) consacrent la victoire des orléanistes et la déroute des légitimistes.

novembre
Apparitions de la Vierge à Catherine Labouré, sœur des Filles de la Charité, rue du Bac à Paris. La congrégation entretient soigneusement le culte de ces apparitions en distribuant des millions de « médailles miraculeuses » frappées à cette occasion.

2 novembre
À l'instigation de Guizot et du duc de Broglie, Louis-Philippe décide de lever l'hypothèque révolutionnaire en plaçant à la tête du gouvernement un homme qui soutienne la politique du « mouvement » : Laffitte. Une ordonnance nomme Laffitte (président du Conseil et Finances), Dupont de l'Eure (Justice), Sébastiani (Marine), Montalivet (Intérieur), Maison (Affaires étrangères), Mérilhou (Instruction publique et Cultes). Le 17, Gérard, qui avait conservé le ministère de la Guerre mais a démissionné pour raison de santé, est remplacé par le maréchal Soult. Le même jour, Maison ayant accepté l'ambassade de Vienne, Sébastiani passe aux Affaires étrangères, Argout lui succédant à la Marine.

LAFFITTE

Jacques Laffitte (1767-1844) s'est longtemps consacré aux affaires avant d'entrer en politique. Fils d'un modeste charpentier de Bayonne, il monte à Paris dans les années 1780. D'abord employé du banquier Perrégaux, il devient son associé en 1806. La banque Perrégaux, Laffitte & Cie est alors au sommet de sa puissance. Devenu très riche, Laffitte cumule responsabilités et honneurs, à la Banque de France ou bien à la chambre de commerce de Paris. Les vicissitudes politiques des années 1814-1815 ne le touchent pas. Nommé gouverneur de la Banque de France en 1814, il conserve son poste durant les Cent-Jours comme après Waterloo. En 1816, il entre à la Chambre des députés, qu'il ne quittera plus guère jusqu'à sa mort. La politique réactionnaire des ultras le rejette dans le camp de l'opposition libérale dont il devient l'un des principaux chefs de file. En 1827, le mariage de sa fille avec le fils du défunt maréchal Ney prend valeur de symbole. L'un des premiers à avoir évoqué l'alternative orléaniste, il joue un rôle déterminant dans l'élévation de Louis-Philippe au trône pendant les journées de Juillet. Il semble qu'il n'ait pas saisi le sens de sa nomination à la présidence du Conseil le 2 novembre 1830, prenant pour une adhésion du roi à la politique du « mouvement » qu'il préconisait ce qui n'était qu'une concession toute provisoire aux revendications du « parti révolutionnaire ». Dirigeant un cabinet hétéroclite, apportant par ailleurs la preuve que le sens des affaires n'implique nullement le talent politique, « guetté » par le roi et bientôt lâché par ses propres amis, Laffitte doit quitter le pouvoir en mars 1831. Même s'il continue de siéger à la Chambre, sa carrière politique est terminée. Il consacre désormais son temps, d'abord au redressement de sa situation financière que son passage au pouvoir et l'impéritie de ses collaborateurs ont mise à mal, ensuite à la Caisse générale du commerce et de l'industrie, établissement de prêt qui jouera un rôle important dans le développement économique et industriel de l'époque.

Mérilhou

Joseph Mérilhou (1788-1856) est l'illustration même des effets du temps sur les enthousiasmes de la jeunesse. Sous la Restauration, il avait été carbonaro, mêlé à toutes les conspirations, militant anticlérical enragé, membre des sociétés qui rassemblaient les opposants de toutes obédiences. En juillet 1830, il avait encore joué un rôle actif. En novembre 1830, l'ancien clandestin goûte au confort du pouvoir. Ministre de l'Instruction publique, puis de la Justice, il sert la « politique du mouvement » conduite cahin-caha par Laffitte. Il conduit l'épuration de la magistrature, fait abroger la loi du sacrilège et dissoudre la Société des missions. Mais en même temps, l'ancien carbonaro a bien disparu, et lorsque l'arrivée de Casimir Perier au pouvoir (mars 1831) le contraint à résigner ses fonctions, ce sera pour aller s'assoupir doucement, d'abord à la Cour de cassation (avril 1832), enfin à la Chambre des pairs (octobre 1837).

3 novembre
Complétée par l'élection de 113 nouveaux députés, la Chambre reprend ses travaux. Elle manifeste aussitôt des sentiments hostiles au nouveau gouvernement en élevant Casimir Perier au fauteuil de président (180 voix contre 60).

4 novembre
Réunion, à Londres, d'une conférence internationale réunissant les représentants des cinq puissances (France, Angleterre, Russie, Prusse, Autriche) pour examiner la situation du royaume des Pays-Bas créé en 1815. L'insurrection de Bruxelles (25 août 1830) avait rapidement fait tache d'huile, et, en octobre, les provinces belges du royaume des Pays-Bas se trouvaient dans une situation de sécession de fait. La conférence en prend acte dès le 20 décembre, en reconnaissant à l'initiative de l'ambassadeur de France, Talleyrand, et du chef du Foreign Office, lord Palmerston, la dissolution du royaume des Pays-Bas et l'indépendance de la Belgique. Un mois plus tard, en janvier 1831, la conférence déclare la neutralité du nouvel État belge et fixe ses frontières : malgré la protestation des Belges et l'opposition de la France, elle cède le Limbourg et le Luxembourg aux Pays-Bas et met la moitié de la dette commune à la charge de la Belgique. Enfin, au début de février, elle décide que la Belgique sera un royaume dont le souverain sera choisi, hors des familles des cinq États membres de la conférence, par un Congrès national belge. Le roi des Pays-Bas ratifie ces décisions le 18 février 1831. Attentive au développement des affaires de la Belgique, puis de la Pologne, la conférence de Londres se séparera seulement à la fin de 1832.
Thiers devient secrétaire d'État aux Finances pour seconder Laffitte.
Premier numéro de *La Caricature*, fondée par Charles Philipon, où Daumier fera ses débuts. Grandville et Gavarni y donneront des dessins.

6 novembre
Le ministre de la Marine Sébastiani déclare devant la Chambre : « La politique du gouvernement est la paix à l'intérieur et à l'extérieur. »

13 novembre
Stendhal : *Le Rouge et le Noir.*

15-23 novembre
Clauzel prononce la déchéance du bey de Titteri et lance ses troupes sur Médéa, la capitale du beylicat, située derrière la première chaîne de l'Atlas.

18 novembre
Le Congrès national de Bruxelles ratifie l'indépendance de la Belgique. Le 22, il opte en faveur d'une monarchie constitutionnelle, le 24 il prononce la déchéance de la maison d'Orange-Nassau.

22 novembre
À Varsovie, une révolte contre la domination russe éclate parmi les troupes rassemblées par le tsar Nicolas Ier en vue d'une intervention en Belgique. L'opinion française s'enflamme pour les patriotes

polonais. La position du gouvernement est cependant vite fixée: en dehors de quelques pieuses démarches diplomatiques, il ne fera rien pour la Pologne.

29 novembre
La loi du 25 mars 1822 punissant les attaques par voie de presse contre la dignité royale (de trois à cinq années d'emprisonnement, de 300 à 6000 francs d'amende) est renouvelée.

1er décembre
Laffitte annonce le renforcement des capacités militaires de la France. Le maréchal Soult portera rapidement les effectifs de moins de 200000 hommes en juillet 1830 à 434000.
Échec, à l'Odéon, de *La Nuit vénitienne* d'Alfred de Musset qui prend la décision de ne pas faire jouer ses pièces futures.

4 décembre
Une loi alloue au culte israélite un budget annuel de 60000 francs.

5 décembre
La *Symphonie fantastique* d'Hector Berlioz est créée par la Société des concerts du Conservatoire sous la direction de Habeneck.

10 décembre
Les crieurs, afficheurs et colporteurs d'écrits imprimés ne sont plus astreints à l'obtention d'une autorisation préalable de la police: ils devront fournir une simple déclaration.
Mort de Benjamin Constant. Le 12, après une cérémonie au temple protestant de la rue Saint-Antoine, Constant est inhumé au Père-Lachaise.

13 décembre
Loi prescrivant la construction d'un monument commémorant les journées de Juillet.

14 décembre
Réduction du cautionnement exigé des propriétaires de journaux. Il passe de 6000 francs de rentes à 2 400, souscrits par le gérant, pour les journaux paraissant plus de deux fois par semaine à Paris. Le timbre est ramené à un maximum de 6 centimes au lieu de 8. La taxe postale est diminuée d'un cinquième. L'ensemble de ces mesures favorise la création de nouveaux journaux et l'élargissement de leur diffusion. Un rapport du préfet de police au président du Conseil (8 avril 1831) fera état d'une substantielle augmentation du tirage de la presse parisienne (81000 exemplaires contre 61000 avant la révolution de Juillet), qui bénéficie à tous les partis.

15 décembre
Lamartine publie une *Ode contre la peine de mort.*

15-16 décembre
En vertu d'un accord passé avec la France, le bey de Tunis renverse le bey de Constantine. Une opération similaire est conduite à Oran par les troupes du général Damrémont.

15-21 décembre
Procès de Polignac, Chantelauze, Peyronnet et Guernon-Ranville devant la Cour des pairs. Les quatre anciens ministres sont déclarés coupables de haute trahison et condamnés à la prison à vie, la peine qui frappe Polignac étant assortie de la mort civile. Ils sont transférés à la forteresse de Ham. Le 22, ont lieu quelques manifestations de protestation contre le verdict.

18 décembre
Lamennais, Montalembert et Lacordaire créent une Agence pour la défense de la liberté religieuse.

24 décembre
La Chambre des députés examine un projet de loi sur l'organisation de la garde nationale; elle adopte un article qui supprime tout commandement s'exerçant au-delà des limites d'une commune.

25 décembre
La Fayette démissionne afin de protester contre le vote de la veille. Il est remplacé par le général Mouton.
Une ordonnance révoque l'autorisation accordée à la Société des missions de France en 1816.

27 décembre
Dupont de l'Eure suit La Fayette dans la retraite et démissionne du ministère de la Justice où le remplace Mérilhou, Félix Barthe prenant en charge l'Instruction publique et les Cultes.

autres événements
- 38 titres sont cotés à la Bourse de Paris: 27 titres français (6 emprunts, 9 compagnies de canaux, 2 compagnies de ponts, 4 compagnies d'assurances, la Banque de France, la Caisse des boulangers, la Caisse hypothécaire, la compagnie gazière Pawels, les Salines de l'Est, les Fonderies du Creusot) et 11 emprunts étrangers.
- Le cachet postal est imposé en France.
- Corot: *Cathédrale de Chartres.*

Corot

Lorsque Jean-Baptiste Corot (1796-1875) débute, le paysage est prisonnier de codes contraignants : le peintre doit aller au-delà de l'étude sur le terrain pour bâtir de mémoire une œuvre calculée, peuplée de quelques silhouettes classiques pour le « paysage historique ». Lors de ses premiers voyages en Italie (1825-1828), Corot reste fidèle à cet esprit qu'illustrait peu de temps auparavant encore Pierre Henri Valenciennes (1750-1819). Les études lumineuses et d'apparence spontanée réalisées alors par Corot sont en fait très savantes. De retour en France, Corot peint de nombreux paysages calmes et limpides, telle la Cathédrale de Chartres. *Pour tenter d'échapper à un genre jugé mineur mais qu'il révolutionne silencieusement, il se risque dans le portrait, le nu (*Marietta, *1843), les figures de fantaisie (*Femme à la perle, *1869), la peinture d'histoire (*Le Baptême du Christ, *1847). Corot, qui a su changer le regard par un certain « réalisme », finit par réinventer un nouveau type de paysage historique qui n'appartient qu'à lui, où centaures, nymphes et dryades peuplent des clairières dans une atmosphère brumeuse ou dorée aux antipodes du « pleinairisme » des peintres de Barbizon, ses amis. Parmi eux : Théodore Rousseau, qui s'est installé à Barbizon vers 1830, Narcisse Diaz, Jules Dupré et Charles Daubigny (*Vue prise dans la vallée de l'Oisans, *1840) que l'on considère souvent, mais à tort, comme des prédécesseurs de l'impressionnisme.*

• Barthélemy Thimonnier construit une machine à coudre qui lui permet de produire le point de chaînette.

Thimonnier

Lorsqu'il invente sa machine à coudre, Barthélemy Thimonnier (1793-1857) décide de quitter Amplepuis (Rhône), le village où il habite avec sa famille, pour aller montrer son invention dans la capitale. Comme ses moyens ne lui permettent pas de prendre la diligence, il part à pied, emportant sur son dos sa précieuse machine et un théâtre de marionnettes. À l'étape du soir, il exhibe sa machine à coudre et fait la quête pour payer son dîner. Lorsque la recette est trop maigre, il monte le théâtre de marionnettes. Thimonnier chemine ainsi jusqu'à Paris, où son invention est loin de faire sensation, du moins dans le sens où il l'espérait. Tandis qu'elle laisse la plupart des gens indifférents, elle provoque la colère des ouvriers tailleurs qui, craignant que son adoption ne ruine leurs emplois, menacent de faire un mauvais sort à l'inventeur. Thimonnier n'a plus qu'à regagner Amplepuis comme il est venu, à pied. C'est seulement en 1851, à l'Exposition universelle de Londres, que son invention lui permettra de gagner un peu d'argent, tout juste de quoi faire vivre sa famille.

1831

janvier
Armand Carrel fait campagne dans *Le National* pour l'exportation de la révolution de 1830. La guerre, soutient-il, pourra seule consolider la révolution à l'intérieur et en accomplir toutes les promesses.

18 janvier
Les saint-simoniens, qui ont acquis *Le Globe* après les journées de Juillet, le rebaptisent *Journal de la doctrine de Saint-Simon*. Aux publications, la secte ajoute la prédication : elle réunit des auditoires nombreux à Paris et à Lyon. La nouvelle église peu à peu sort de son obscurité.

25 janvier
Proclamation de l'indépendance de la Pologne, après l'insurrection de Varsovie le 22 novembre 1830. Quelques jours plus tard, les armées russes envahissent la Pologne.

27 janvier
Mauguin accuse le gouvernement français d'avoir trahi les patriotes belges qui, selon lui, demandaient la réunion de la Belgique à la France.

29 janvier
Louis-Philippe répond à une députation de la ville de Gaillac venue lui demander « le développement des conquêtes de juillet » : « Nous chercherons à nous tenir dans un juste milieu, également éloigné des excès du pouvoir populaire et des abus du pouvoir royal. » Le régime a trouvé sa maxime.
Roederer : *L'Esprit de la Révolution de 1789.*

31 janvier
Sébastiani désavoue les accords passés par le général Clauzel avec le bey de Tunis (15-16 décembre 1830) ; il ordonne le rapatriement d'une partie de l'armée d'Afrique, l'occupation devant rester limitée aux villes d'Alger et d'Oran.

2 février
Élection à Rome du cardinal Cappellari qui, sous le nom de Grégoire XVI, succède au pape Pie VIII, décédé le 30 novembre 1830.

3 février
Une commission présidée par le ministre de l'Instruction publique, Barthe, est chargée de préparer une réforme de l'enseignement.
Le Congrès belge défère la couronne au fils de Louis-Philippe, le duc de Nemours. Le 4, Louis-Philippe informe les Belges qu'il décline l'offre faite à son fils. Le 25, le Congrès national belge confie la régence à son président.

4 février
Les sociétés secrètes italiennes déclenchent des insurrections à Bologne et à Modène. Les troubles s'étendant, le duc de Modène, la duchesse de Parme et Grégoire XVI sollicitent l'intervention de l'Autriche.

5 février
Arcisse de Caumont: *Cours d'antiquité monumentale... Histoire de l'art dans l'ouest de la France depuis les temps les plus reculés jusqu'au XVIIe siècle* (1831-1841).

11 février
Laffitte présente à la Chambre des députés un projet de budget prévoyant 200 millions de dépenses «extraordinaires».

14 février
Mise à sac de l'église Saint-Germain-l'Auxerrois, pour protester contre une messe célébrée à l'initiative des légitimistes pour l'anniversaire de l'assassinat du duc de Berry en 1820. Le lendemain, les émeutiers pillent l'archevêché et détruisent les croix dans de nombreuses églises. Les troubles s'étendent à la province. Les croix érigées par les missionnaires sous la Restauration sont renversées à Chalon-sur-Saône, Niort, Poitiers; des séminaires et des palais épiscopaux sont mis à sac à Auxerre, Saint-Omer, Lille, Dijon, Arles, Nîmes, Perpignan, Angoulême, Nancy, etc.

16 février
Le ministre de l'Intérieur Montalivet déclare «comprendre» les manifestations iconoclastes du 14 et du 15. Le gouvernement Laffitte fait lancer des mandats d'amener contre les victimes, l'archevêque de Paris et le curé de Saint-Germain-l'Auxerrois. Les troubles des 14-15 février provoquent dans l'opinion un mouvement de réaction contre l'agitation révolutionnaire, incessante depuis juillet 1830.

17-20 février
Delessert et Guizot dénoncent «la faiblesse du gouvernement».

21 février
Odilon Barrot est démis de ses fonctions de préfet de la Seine.
En Algérie, le général Berthezène succède à Clauzel.

22 février
Ouverture du débat sur la loi électorale.

25 février
Achille Ricourt lance la revue *L'Artiste* (1831-1904).

4 mars
Le nombre des juges composant les cours d'assises est ramené de cinq à trois. Les jurys doivent se prononcer à la majorité de sept voix contre cinq.
Une loi aggrave les peines contre les capitaines de navire, armateurs ou assureurs qui se livreraient à la traite des Noirs.

8 mars
Le ministre de la Justice Mérilhou démissionne, estimant que le gouvernement abandonne la politique du «mouvement». Le comte d'Argout est chargé de l'intérim.

9 mars
Laffitte présente en Conseil son programme de politique étrangère, favorable à une intervention française pour empêcher l'offensive autrichienne contre les libéraux italiens.
Création de la Légion étrangère. Une ordonnance du 10 mars règle sa formation et son organisation.

10 mars
Une ordonnance met en activité 80000 conscrits de la classe 1830.

11 mars
Désavoué par ses collègues et par le roi, Laffitte démissionne.

12 mars
La rente 5 %, cotée à 94 francs le 28 janvier, tombe à 82 francs.

13 mars
Formation du ministère Casimir Perier (président du Conseil et Intérieur): Louis (Finances), Rigny (Marine), Sébastiani (Affaires étrangères), Soult (Guerre), Montalivet (Instruction publique et

Cultes), Barthe (Justice), Argout (Commerce et Travaux publics). La préfecture de police est confiée à Gisquet.

CASIMIR PERIER

Le père de Casimir Perier (1777-1832), Claude Perier, banquier et industriel grenoblois, avait en 1788 accueilli les états du Dauphiné dans son château de Vizille et ainsi contribué au déclenchement de la Révolution française. Le jeune Casimir avait un temps servi dans les armées de la République, avant de reprendre avec son frère Scipion la direction des affaires familiales. Élu député de la capitale en 1817, Casimir Perier avait rejoint les rangs de l'opposition après la chute de Decazes en 1820. L'un des 221 signataires de l'adresse au roi (16 mars 1830), il hésite toutefois à s'associer à la révolution de Juillet, s'y résignant lorsque la chute de Charles X apparaît consommée. Nul opportunisme en cela. Si une notion peut définir Perier, c'est l'amour de l'ordre. Instinctivement, naturellement ennemi des troubles, cet homme de grande volonté, autoritaire jusqu'à la brutalité, possède au plus haut point l'étoffe d'un homme d'État. Il est assurément celui qui convient le mieux à la situation, au sortir d'une révolution qui, pour limitée qu'elle ait été dans ses résultats politiques, n'en a pas moins favorisé la résurgence des passions révolutionnaires et profondément affecté le tissu social. Perier prend ses fonctions en affirmant clairement que le temps du désordre est passé. En treize mois d'exercice du pouvoir, il rétablit l'autorité de l'État, impose celle du chef du gouvernement en écartant le roi des délibérations du Conseil, et trace une ligne conservatrice qui ne sera plus remise en cause jusqu'en 1848, résultats que ses successeurs, après sa mort provoquée par l'épidémie de choléra (16 mai 1832), gâcheront largement par leur nullité politique ou par un conservatisme étriqué.

14 mars
Les journaux d'opposition lancent une souscription pour une « Association nationale » destinée à lutter contre le retour des Bourbons en France. Patronnée par les ténors de la gauche, de La Fayette à Barrot, cette Association vise à coordonner l'action pour la poursuite de la politique du « mouvement ».

16 mars
Victor Hugo : *Notre-Dame de Paris.*

18 mars
Casimir Perier résume d'une formule le programme du nouveau gouvernement : « Au-dedans, nous voulons l'ordre, sans sacrifice pour la liberté ; au-dehors, nous voulons la paix, sans qu'il en coûte rien à l'honneur. » Il fixe également la portée du principe de non-intervention : la France avoue le principe, mais sans pour autant promettre son assistance aux peuples en révolte contre leurs souverains légitimes, dès lors que ses intérêts ne sont pas directement engagés. Le 8 avril, le gouvernement obtient la confiance par 227 voix contre 32.

21 mars
Création du corps des zouaves.
Loi municipale : elle prévoit l'élection des conseillers municipaux par les électeurs communaux. Peuvent voter et être élus les plus imposés jusqu'à concurrence de 10 % de la population dans les communes de moins de 1 000 habitants (5 % de la population de 1 000 à 5 000 habitants, 4 % de 5 000 à 15 000, 3 % au-delà). Diverses « capacités » obtiennent le droit de vote sans condition de cens. Les conseillers municipaux sont élus pour six ans et renouvelés par moitié tous les trois ans. Le maire et ses adjoints sont nommés par le roi parmi les conseillers municipaux. La nouvelle loi confère le droit de vote à 2 millions de citoyens. Ce chiffre est plus de dix fois supérieur à celui des électeurs appelés à élire les députés (loi du 19 avril 1831).
Les Autrichiens occupent Bologne.

22 mars
Le gouvernement interdit aux fonctionnaires et autres agents de l'État de s'affilier à l'Association nationale.
Loi sur la garde nationale (votée par les députés le 5 mars, par les pairs le 10). Composée de tous les Français âgés de 20 à 60 ans, elle est organisée en bataillons communaux placés sous l'autorité des maires, des préfets et du ministre de l'Intérieur. Les officiers sont élus jusqu'au grade de colonel tandis que colonels et lieutenants-colonels sont nommés par le roi. Le texte distingue le service de réserve, auquel tous les Français sont appelés, et le service ordinaire, le seul qui soit effectif, auquel le conseil de recrutement de la commune appelle seulement ceux qui sont assez riches pour payer leur équipement. Un recensement (tout théorique) de 1832 dénombrera 3 781 206 gardes nationaux pour le service habituel et 1 947 846 versés dans la réserve.

24 mars
Chateaubriand : *De la Restauration et de la monarchie élective.*

29-31 mars
Débat sur un projet de loi contre les attroupements. La gauche dénonce les mesures prises contre les fonctionnaires membres de l'Association nationale.

30 mars
Perier déclare que la France n'interviendra pas en Italie.

1er avril
Michelet: *Introduction à l'histoire universelle.*

2 avril
Odilon Barrot et le général Lamarque, entre autres, sont révoqués de leurs fonctions pour s'être affiliés à l'Association nationale. Ces sanctions suffisent à provoquer la dissolution de l'Association. Suppression des conseils de charité créés sous la Restauration.

6, 16 avril
19 officiers de la garde nationale (dont Godefroy Cavaignac) poursuivis pour leur participation aux troubles de décembre 1830 – lors du procès des ministres de Charles X – sont acquittés. Le 15 et le 16, un début d'insurrection salue le verdict.

GODEFROY CAVAIGNAC

En 1815, Godefroy-Éléonore-Louis Cavaignac (1801-1845) avait suivi son père, le Conventionnel régicide Jean-Baptiste Cavaignac, en exil à Bruxelles. Dès son retour en France, il s'engage dans l'action révolutionnaire clandestine. Il redescend dans la rue en juillet 1830. Enrôlé dans la garde nationale, Cavaignac ne tarde pas à rejoindre les opposants les plus résolus du nouveau régime. Il est de toutes les manifestations, milite dans les sociétés secrètes, rédige des articles pour les journaux républicains. Arrêté en 1831, 1832 et 1834, il s'évade de Sainte-Pélagie en juillet 1835 et se réfugie en Angleterre jusqu'à l'amnistie de 1840. Nullement assagi ni découragé, il reprend le combat dès son retour en France, collaborant aux journaux de Ledru-Rollin et Louis Blanc jusqu'à sa mort prématurée en 1845. Une figure typique du républicanisme et de son imprégnation par les théories socialisantes dans les années 1830 et 1840, que le destin de son frère Louis-Eugène a éclipsée.

8 avril
Une ordonnance décide la réinstallation de la statue de Napoléon au sommet de la colonne Vendôme.

10 avril
Loi contre les attroupements. Elle règle les modalités de leur dispersion après trois sommations. Des peines de prison et des mesures de relégation sont prévues pour les contrevenants.

15 avril
Loi sur les incompatibilités entre certaines fonctions publiques et le mandat de député.

17 avril
La conférence de Londres décide de démanteler une partie des forteresses construites après 1815 en Belgique pour surveiller la frontière française.

19 avril
Loi électorale. La Charte de 1830 a déjà fixé l'âge exigé pour l'électorat (25 ans) et l'éligibilité (30 ans). La loi fixe le cens à 200 francs pour voter et 500 francs pour être élu député. Des exceptions sont prévues en faveur de diverses «capacités». Le nombre des députés est fixé à 459, élus pour cinq ans. Chaque collège électoral, comprenant entre 300 et 600 électeurs, désigne un député. La nouvelle loi confère le droit de vote à 167 000 électeurs censitaires auxquels il faut ajouter environ 2 000 électeurs capacitaires. Chiffre supérieur à ce qu'il était sous la Restauration (un peu moins de 100 000), mais qui ne représente que 2 % de la population masculine majeure.

29 avril
Création de conseils généraux du commerce, des manufactures et de l'agriculture.

mai
Publication du règlement sur le concours de l'agrégation.

3 mai
Au théâtre de la Porte-Saint-Martin, création d'*Antony* d'Alexandre Dumas.

5 mai
Rassemblement bonapartiste place Vendôme pour commémorer le dixième anniversaire de la mort de l'Empereur.

7 mai
Lacordaire, Montalembert et de Coux ouvrent une école libre (catholique) et gratuite rue Saint-André-des-Arts. Le jour même, la police disperse les neuf premiers élèves et ferme les locaux.
La conférence de Rome décide que les Autrichiens quitteront l'Italie avant le 15 juin. La

France subordonne son accord à la réalisation des réformes politiques promises par Grégoire XVI. La mauvaise volonté du pape bloque les négociations. Charles Nodier: *Souvenirs, épisodes et portraits pour servir à l'histoire de la Révolution et de l'Empire.*

9 mai
Un banquet républicain réunissant 200 convives fête l'acquittement (15 avril) de Godefroy Cavaignac et de ses coaccusés. Évariste Galois est arrêté pour avoir crié «À Louis-Philippe, s'il trahit!» en brandissant un couteau.

10 mai
La conférence de Londres menace la Belgique de lui retirer sa protection si elle ne signe pas avant le 1er juin les accords de janvier, déjà ratifiés par les Pays-Bas.

30 mai
Le préfet de police réquisitionne une église pour que soient célébrées religieusement, malgré l'opposition de Mgr de Quelen, les obsèques de l'abbé Grégoire. L'ancien Conventionnel Thibaudeau prononce l'oraison funèbre.

31 mai
Dissolution de la Chambre des députés. Les élections sont fixées au 5 juillet, la réunion de la Chambre au 9 août.

4 juin
Le Congrès national belge offre la couronne au prince Léopold de Saxe-Cobourg (qui, l'année précédente, a refusé la couronne grecque). Léopold est le candidat de l'Angleterre.
Début de la publication des *Mémoires de Mme la duchesse d'Abrantès, ou souvenirs historiques sur Napoléon, la Révolution, le Directoire, le Consulat, l'Empire et la Restauration* (1831-1835).

Laure d'Abrantès

Laure Permon (1784-1838) prétendait descendre par sa mère des empereurs Comnène qui régnèrent sur l'Empire byzantin aux XIe et XIIe siècles. Comme elle disait aussi que la famille de Napoléon était issue de la même souche, elle était un peu la cousine de l'Empereur dont elle épousa l'un des plus braves et des plus fidèles lieutenants, le général Junot. Laure Junot, devenue duchesse d'Abrantès après que son mari eut conquis ce titre sur les champs de bataille du Portugal, en 1807, régna alors sur le Tout-Paris de la politique, de la fortune et de l'intelligence. Sa beauté, son esprit attirèrent auprès d'elle de fervents admirateurs: Metternich, qui fut son amant, le tsar Alexandre, qui ne le fut pas, plus tard Balzac, qui le devint. Jean-Andoche, son jaloux de mari, était aussi brave que sa femme était belle, mais son esprit était aussi dérangé et bizarre que celui de Laure était délié. Depuis longtemps, Junot avait, par ses excentricités, donné des signes inquiétants quant à sa santé mentale, mais les souffrances de la campagne de Russie, en 1812, achevèrent de lui faire perdre le peu de raison qui lui restait: il se suicida en 1813. La période de la Restauration ne fut pas aussi bienfaisante pour Laure que l'avait été l'Empire. Si elle avait beaucoup brillé et beaucoup aimé, elle avait aussi beaucoup dépensé et, lorsqu'elle eut vendu ses meubles et ses tableaux, il lui fallut songer à vivre. Riche de souvenirs, elle entreprit de les vendre. Lorsqu'elle rencontra Balzac, elle avait 41 ans, lui 26. Commença une longue liaison, moins amoureuse que littéraire. Laure nourrissait l'imagination d'Honoré (on la retrouve dans La Femme de trente ans *et dans* La Femme abandonnée*), Honoré aidait Laure à faire ses premiers pas dans la littérature. Il en sortit une œuvre torrentielle, mais qui ne permit pas à cette femme que les années n'avaient nullement assagie de calmer l'avidité de ses créanciers. De cette collaboration où il est bien difficile de faire la part respective qui revient à Laure et à Balzac, restent les* Mémoires de Mme la duchesse d'Abrantès.

14-16 juin
Émeutes dans le quartier Saint-Denis. L'ordre est rétabli dans la nuit du 14 au 15, mais des affrontements sporadiques se poursuivent le 15 et le 16.

15 juin
Évariste Galois comparaît devant la cour d'assises et revendique hautement ses propos du 9 mai. Il est acquitté par le jury.

18 juin
Une loi donne un statut à la communauté juive de France.

25 juin
La Maréchale d'Ancre, de Vigny, à l'Odéon.

26 juin
Traité des Dix-huit articles sur la Belgique. Il règle à l'avantage des Belges plusieurs points litigieux: le remboursement des dettes, l'attribution du

Luxembourg, l'accès à la navigation sur l'Escaut. Le traité signé, Léopold de Saxe-Cobourg accepte la couronne de Belgique.

29 juin
Lamennais: «De l'avenir de la société», dans *L'Avenir.*

2 juillet
L'Ami de la religion déclare que le clergé est frappé «d'une sorte de mort civile» en France. Depuis un an en effet, de nombreuses églises ont été fermées, des séminaires et des palais épiscopaux saccagés, les croix des missions renversées.

3 juillet
Grégoire XVI s'incline devant les décisions du 7 mai. Il accepte l'évacuation de Bologne par les Autrichiens.

4 juillet
Un traité règle le contentieux franco-américain sur l'indemnisation des dommages causés aux ressortissants américains par les corsaires armés par la France sous l'Empire: la France doit verser une indemnité globale de 25 millions aux États-Unis qui s'engagent en échange à baisser les droits de douane sur les soieries et les vins français.

5 juillet
Élections législatives. Résultats décevants pour le gouvernement: les collèges électoraux ont choisi 200 nouveaux venus dont il est difficile de prévoir l'attitude.

6 juillet
Une ordonnance prescrit de transférer au Panthéon les dépouilles des victimes des journées de Juillet 1830. Les journées des 27 au 29 juillet sont déclarées fêtes nationales.

8-14 juillet
Afin de venger les insultes faites à deux ressortissants français, l'escadre de l'amiral Roussin s'engage sur le Tage et bloque Lisbonne jusqu'à ce que le roi Miguel fasse les excuses et accorde les réparations exigées par la France (14 juillet).

14 juillet
Une pension de 500 francs est accordée aux «vainqueurs de la Bastille» de 1789.

15 juillet
Les dernières troupes autrichiennes évacuent l'Italie. Leur départ est suivi de la mise en œuvre (juillet-novembre) des réformes promises par Grégoire XVI, mais aussi par le retour des insurgés de février qui entraînent bientôt les provinces de Bologne, Ravenne et Forli dans une sécession de fait.
Edgar Quinet: «De l'avenir des religions», dans *La Revue des deux mondes.*

25 juillet-5 août
Soulèvement des tribus arabes de l'Atlas et de la Mitidja (au sud d'Alger).

27 juillet
Pose de la première pierre de la colonne de Juillet, place de la Bastille.
Cérémonie d'hommage aux morts de Juillet 1830, au Panthéon, en présence du roi et du gouvernement.

1er août
Girod de l'Ain, candidat du gouvernement, l'emporte de justesse, contre Laffitte, pour la présidence de la Chambre. Estimant ne pas disposer de la majorité nécessaire, Casimir Perier présente sa démission au roi.
Balzac: *La Peau de chagrin.*

3 août
Le roi des Pays-Bas Guillaume Ier rompt l'armistice et envahit la Belgique, qui demande l'aide de la France.

4 août
À la nouvelle de l'invasion de la Belgique, Casimir Perier et ses ministres reprennent leur démission. Perier ordonne au maréchal Gérard de marcher sur la Belgique à la tête d'une armée de 50000 hommes.

5 août
Le préfet de Loire-Inférieure ordonne la dispersion des trappistes du couvent de La Meilleraye, accusés de se livrer à de la propagande en faveur du retour de Charles X. La troupe intervient le 28 septembre.

6 août
La conférence de Londres approuve l'intervention française en Belgique.

8 août
L'armée belge est mise en déroute par les Hollandais.

11 août
Interdite le 14 août 1829, *Marion Delorme* de Victor Hugo est créée à la Porte-Saint-Martin.

12 août
Les Français occupent Bruxelles menacée par l'avance de l'armée hollandaise. Le 20, celle-ci se retire derrière la ligne d'armistice.

29 août
Mgr de Quelen dénonce la décision du gouvernement de faire démolir l'archevêché mis à sac en février.

septembre
Rapatriement du corps expéditionnaire français en Belgique.

7 septembre
Les Russes s'emparent de Varsovie, mettant fin à l'indépendance de la Pologne. La nouvelle de la chute de Varsovie provoque de violentes manifestations à Paris. Un débat sur la question polonaise a lieu à la Chambre des députés. Casimir Perier obtient l'ordre du jour (le 22).

13 septembre
La Chambre rejette une nouvelle pétition pour le retour en France des cendres de Napoléon.

21 septembre
Louis-Philippe quitte le Palais-Royal et emménage aux Tuileries.

octobre
Lamartine, qui a essuyé un triple échec aux élections du 5 juillet, publie un essai intitulé *De la politique rationnelle.*

10 octobre
Le 27 août, Casimir Perier propose de supprimer l'hérédité de la pairie pour la rendre viagère, les pairs restant nommés par le roi. Perier précise qu'en proposant cette mesure qu'il désapprouve, il ne fait que céder à « l'imagination des peuples ». Le 10 octobre, la Chambre des députés abolit l'hérédité de la pairie (324 voix contre 26). Le 18, contre l'avis du gouvernement, qui souhaitait conserver la nomination des pairs au libre choix du roi, elle décide que le roi nommera les pairs (sans limitation de nombre) parmi les citoyens ayant exercé de hautes fonctions (énumérées par la loi) ou payant 3000 francs d'impôts directs (386 voix contre 40).

12 octobre
Chateaubriand: *De la nouvelle proposition relative au bannissement de Charles X et de sa famille.*

15 octobre
La conférence de Londres remanie le traité des Dix-huit articles du 26 juin et adopte le traité des Vingt-quatre articles sur l'indépendance de la Belgique. Celle-ci ratifie le 15 novembre ce texte qui lui accorde le Limbourg oriental et une partie du Luxembourg, et qui cède à la Hollande Maastricht et la rive gauche de l'Escaut. La part belge de la dette commune est allégée. Les Pays-Bas refusent de signer.

23 octobre
Guizot crée un poste d'inspecteur général des Monuments historiques: il est d'abord confié à Ludovic Vitet (1831-1834), puis à Mérimée (1834-1863).

25-26 octobre
À Lyon, 6000 canuts et ouvriers défilent à l'instigation des sociétés de secours mutuels (apparues à Lyon en 1828) pour réclamer un tarif fixe qui garantisse leurs revenus menacés par la baisse du prix des soieries.

15 novembre
L'Avenir suspend sa parution. Lamennais, Lacordaire et Montalembert partent pour Rome afin d'obtenir l'arbitrage de Grégoire XVI dans le conflit qui les oppose à l'épiscopat depuis février 1829.

19 novembre
En prévision de l'examen par la Chambre des pairs de la loi sur la pairie votée par la Chambre en octobre, nomination d'une « fournée » de 36 pairs.

21-23 novembre
Le refus d'une centaine de « fabricants » (les 500 maisons de commerce qui commandent, financent et commercialisent la production des 8000 canuts, artisans propriétaires de leurs métiers, que compte alors la ville et de leurs 30000 salariés) de signer le tarif provoque le soulèvement des quartiers ouvriers de Lyon. Des gardes nationaux et des soldats se joignent aux insurgés. Dans la nuit du 22 au 23, le général Roguet évacue la ville.

22 novembre
Première triomphale à l'Opéra de Paris de *Robert le diable* de Giacomo Meyerbeer (1791-1864), livret d'Eugène Scribe. Combinant sens dramatique, savoir-faire musical et effets de mise en scène spectaculaires, cette œuvre marque la naissance du « grand opéra français », genre consacré en 1836 par le succès plus triomphal encore des *Huguenots* du même compositeur.

26 novembre
Le maréchal Soult entre dans Lyon sans effusion de sang. Il annule le tarif, révoque le préfet, dissout la garde nationale qui a pactisé avec les insurgés et établit une importante garnison dans la ville.

30 novembre
La France et l'Angleterre s'accordent un droit de visite réciproque des navires croisant sous leurs pavillons afin de faire respecter les traités sur la répression de la traite des Noirs. Plusieurs États adhèrent à ce traité (Danemark, Suède, Sardaigne, Naples); la Prusse et la Russie refusent. Ce premier accord sera complété par deux conventions (du 22 mars 1833 et du 20 décembre 1842).

1er décembre
Victor Hugo: *Les Feuilles d'automne.*

14 décembre
Guillaume Ier d'Orange, roi des Pays-Bas, proteste contre le traité du 15 octobre.
Les puissances, sauf l'Angleterre, approuvent la décision prise par le pape Grégoire XVI de reprendre militairement le contrôle de Bologne, aux mains des révolutionnaires, et condamnent solennellement la conduite des «agitateurs» italiens.

17 décembre
Buchez développe dans *L'Européen* un «Plan d'association ouvrière» qui sera suivi de plusieurs essais de coopératives ouvrières, notamment chez les menuisiers (Association des menuisiers, 1831) et chez les ouvriers bijoutiers de la capitale (1834-1870).

26 décembre
Savary remplace Berthezène en Algérie. Il installe des camps retranchés autour d'Alger et déclenche une féroce répression qui aggrave encore la situation.

28 décembre
La Chambre des pairs adopte la loi abolissant l'hérédité de la pairie, par 102 voix contre 68. La loi est promulguée le lendemain.

autres événements
• Hippolyte Lebas construit la prison panoptique de la Petite Roquette.

1832

janvier
Procès de la Société des amis du peuple. Blanqui et Raspail transforment le prétoire en tribune politique.

Auguste Blanqui

Fils d'un Conventionnel, Louis-Auguste Blanqui (1805-1881) monte de Nice à Paris à la fin de la Restauration et se mêle aussitôt au monde trouble des complots et des sociétés secrètes. Menant une existence austère tout entière consacrée à la révolution, ayant adopté la clandestinité et l'action violente comme raisons de vivre, Blanqui est de tous les soulèvements, toutes les manifestations qui scandent les premières années de la monarchie de Juillet. Avec Raspail, avec Barbès, on le trouve à l'origine des principales sociétés plus ou moins secrètes du temps: la Société des amis du peuple en 1830, celle des Droits de l'homme en 1832, celle des Familles en 1834, enfin celle des Saisons en 1837. Une tentative ratée de coup d'État (12 mai 1839) le conduit finalement en prison puis en exil (1840-1847). Il n'échappe à l'échafaud qu'en livrant à la police Barbès et ses complices. Les années n'assagissent pas cet homme dont l'âme, selon Ledru-Rollin, était «remplie de fiel et de sang». Lorsqu'il rentre à Paris, c'est pour se jeter dans la révolution de 1848, puis tenter contre ses bénéficiaires un nouveau putsch raté. Cette fois Blanqui ne sortira plus guère de prison. Détenu de 1848 à 1859, puis de 1861 à 1865, exilé ensuite en Belgique, il ne rentre en France que pour tenter de renverser le Second Empire (août 1870). Il a alors 65 ans et retourne derrière les barreaux pour de longues années (1870-1879).

Raspail

François-Vincent Raspail (1794-1878), républicain dans l'âme, médecin distingué auteur d'ouvrages remarqués de chimie ou de santé publique, a sacrifié sa carrière à ses convictions en refusant de rien devoir à un régime qu'il abhorrait. Emprisonné à plusieurs reprises entre 1832 et 1835, Raspail se lance également dans le journalisme en fondant l'un des grands quotidiens du temps, Le Réformateur *(1834-1835). Après avoir joué un rôle capital dans la proclamation de la République en février 1848, il est emprisonné pour avoir participé à l'insurrection du 15 mai. Condamné en mars 1849, il n'en est pas moins élu député de Paris et, lors de l'élection présidentielle, 37 000 électeurs lui accordent leurs suffrages. Amnistié en 1859, Raspail regagne la France: fondateur du journal* La République politique et sociale *en 1869, il sera encore élu député de Marseille en 1876.*

2 janvier
Armand Carrel annonce son ralliement au parti républicain.

13 janvier
Le journal républicain *La Tribune* publie un article rappelant que Louis-Philippe était le complice de Dumouriez en 1793 et qu'il a offert ses services à l'Angleterre et à l'Espagne pour combattre la France. Les auteurs écopent de six mois de prison.

19 janvier
L'armée pontificale se met en marche en direction de Bologne. Le pape fait parallèlement appel à l'Autriche qui réoccupe la ville le 28.

31 janvier
Paris est informé du retour de l'Autriche en Italie. Perier décide de riposter en occupant Ancône.

1er février
Complot de la «rue des Prouvaires». La police arrête des conjurés qui projetaient de capturer la famille royale au cours du grand bal des Tuileries et de proclamer Henri V (petit-fils de Charles X). 56 suspects sont renvoyés en cour d'assises: 27 d'entre eux seront condamnés à la prison, deux à la mort par contumace.

23 février
Daumier est condamné à six mois de prison pour «Gargantua», une caricature au vitriol de Louis-Philippe parue dans *La Caricature.*

4 mars
Savary, malade, rentre en France; le général Voirol prend le commandement des troupes en Algérie et rompt avec la politique répressive de son prédécesseur. Il crée le premier bureau arabe, dirigé par le colonel Lamoricière.

12-15 mars
Insurrection à Grenoble où la garnison, comme à Lyon, doit évacuer la ville. Casimir Perier réagit avec fermeté: l'armée investit la ville, la garde nationale est dissoute.

13 mars
Lamennais est reçu par le pape.

15 mars
Victor Hugo ajoute à une nouvelle édition du *Dernier Jour d'un condamné* (1829) une longue préface contre la peine de mort.

22-23 mars
Les Français occupent Ancône. Le 17 avril, Grégoire XVI se résigne à accepter cette occupation temporaire. Ils y resteront en fait jusqu'en 1839.

avril
Prosper Enfantin et ses disciples se retirent dans une communauté à Ménilmontant, où la police ne tarde pas à les débusquer. C'est l'agonie de l'école saint-simonienne.
Les chefs des tribus de la province d'Oran confient le commandement de la résistance à Mahi-ed-Dine, qui le cède peu après à son fils Abd el-Kader.
Sainte-Beuve publie le premier recueil de ses *Critiques et portraits littéraires.* Une nouvelle édition, augmentée, en cinq volumes, paraîtra en 1836 et 1839, puis sera scindée en trois parties en 1844-1846: *Portraits littéraires*, *Portraits de femmes* et *Portraits contemporains.*

8 avril
Le *Journal des débats* révèle que Casimir Perier est atteint du choléra. Apparue en Inde vers 1815, l'épidémie mondiale de choléra atteint Paris en plein Carnaval. «C'était, dira un témoin, un bourreau masqué qui marchait dans Paris escorté d'une invisible guillotine.» L'épidémie provoque le décès de 16000 Parisiens, dont près de 13000 au seul mois d'avril. Elle n'est pas éradiquée avant le mois d'octobre. En province, le choléra touche 22 départements, et fait au total 40000 victimes.

10 avril
Une loi condamne les membres de la famille de Charles X au bannissement perpétuel. La proscription est bientôt étendue aux parents de Napoléon.

14 avril
Loi sur l'avancement dans l'armée.

17 avril
Loi sur la contrainte par corps, qui limite son application aux personnes condamnées pour une dette commerciale d'au moins 200 francs.

27 avril
La maladie de Casimir Perier provoque un remaniement ministériel: Montalivet laisse l'Instruction publique à Girod de l'Ain et passe à l'Intérieur. Officiellement, Perier conserve la présidence du Conseil.

28 avril
Réforme du Code pénal et du Code d'instruction criminelle. La nouvelle loi supprime les châti-

ments corporels maintenus par Napoléon (carcan, marque, amputation du poing) et abolit la peine de mort dans neuf des cas jusqu'alors prévus. L'application des circonstances atténuantes est élargie et la procédure est modifiée par rapport à la loi du 25 juin 1824: il appartient désormais au jury d'accorder les circonstances atténuantes. L'entrée en vigueur de cette loi entraîne la diminution sensible du nombre des condamnations à la peine capitale: 108 encore en 1831, 74 en 1832. Jusqu'en 1846, leur nombre n'excédera pas 50 par an. De 1832 à 1847, 749 condamnations à mort seront prononcées: 534 seront exécutées (71 %), 195 commuées par le roi.

29 avril
La duchesse de Berry (belle-fille de Charles X), accompagnée par le maréchal de Bourmont, débarque en secret près de Marseille. Son plan est de susciter une insurrection en Provence et en Vendée et de proclamer roi son fils le duc de Bordeaux. Le soulèvement de Marseille ayant échoué le 30 avril (Kergorlay est arrêté), la duchesse rejoint la Vendée.

mai
George Sand: *Indiana.*

7 mai
La conférence de Londres fixe le statut et les frontières du nouvel État grec indépendant et lui donne un roi, le prince Othon de Bavière.

11 mai
Publication du recensement: la France compte 32 560 934 habitants.

16 mai
Mort de Casimir Perier. Il n'est pas remplacé à la présidence du Conseil.

23 mai
Premiers rassemblements légitimistes en Vendée, où la duchesse de Berry est arrivée le 17 mai.

28 mai
134 députés de l'opposition signent un manifeste dénonçant la politique de « résistance ».

29 mai
Alexandre Dumas et Gaillardet triomphent à la Porte-Saint-Martin avec *La Tour de Nesle.*

31 mai
Mort d'Évariste Galois.

Évariste Galois

Évariste Galois (1811-1832) n'a pas 16 ans lorsque, encore élève au lycée Louis-le-Grand, il révèle un don exceptionnel pour les mathématiques. En dépit de ce don et de l'étendue de ses connaissances, il échoue à deux reprises au concours d'entrée à l'École polytechnique. Finalement admis à l'École normale (1829), il délaisse bientôt ses études pour l'action politique. Partisan vite déçu de la révolution de 1830, il est de toutes les réunions et de toutes les manifestations. En 1831 et 1832, il passe dix mois dans les geôles de Louis-Philippe. C'est au sortir d'un de ses séjours derrière les barreaux que, le 30 mai 1832, il est blessé au cours d'un duel et abandonné par son adversaire et les témoins. Découvert par un promeneur quelques heures plus tard, il meurt le lendemain à l'hôpital Cochin. Galois laisse dans ses papiers une œuvre novatrice sur les équations algébriques (théorie des groupes, résolution des équations par radicaux) et les intégrales du mathématicien Abel, qui sera reprise et développée par Camille Jordan (1838-1922), le petit-fils du célèbre « doctrinaire » de l'époque de la Restauration.

juin
Alfred de Vigny: *Les Consultations du Docteur Noir, Stello ou les Diables bleus.*

4-5 juin
Les troupes royales dispersent les bandes légitimistes en Vendée. Le 9 juin, la duchesse de Berry se réfugie à Nantes.

5 juin
L'enterrement du général Lamarque, mort du choléra le 1er juin, tourne à l'émeute lorsque les républicains décident de porter le corps au Panthéon. Dans la nuit, les troupes du général Mouton dégagent les quartiers périphériques. Les quartiers du centre restent aux mains des insurgés jusqu'au lendemain. On dénombre environ 800 morts et blessés de part et d'autre. Des mandats sont lancés contre trois députés: Garnier-Pagès aîné, Laboissière et Cabet.

7 juin
Paris est mis en état de siège: les insurgés capturés seront déférés devant des tribunaux militaires et non en cour d'assises.
Arrestation de Berryer, Chateaubriand, Fitz-James et Hyde de Neuville, accusés de complicité avec la duchesse de Berry. Les trois derniers sont remis en liberté trois jours après.

29 juin
La Cour de cassation casse le verdict de condamnation à mort prononcé le 18 contre le premier accusé jugé pour sa participation à l'insurrection des 5 et 6 juin. La Cour a conclu à l'incompétence des tribunaux militaires. Louis-Philippe s'incline et révoque l'ordonnance du 6 juin qui plaçait la capitale en état de siège. La cour d'assises prononcera 82 condamnations, dont sept à mort (toutes commuées).

juillet
Enfantin, Duveyrier, Chevalier, Olinde Rodriguès et Barrault comparaissent en cour d'assises pour outrage à la morale publique. La condamnation d'Enfantin, « le Père », à un an de prison marque la fin de l'aventure saint-simonienne : les disciples se dispersent.

14 juillet
Charles Nodier : *La Fée aux miettes.*

22 juillet
Le fils de Napoléon, le duc de Reichstadt, meurt à Vienne.

1er août
Edgar Quinet : « De l'Allemagne et de la Révolution », dans *La Revue des deux mondes.*

9 août
À Compiègne, Louis-Philippe marie sa fille aînée Louise au roi des Belges Léopold.

15 août
L'encyclique *Mirari vos* condamne le catholicisme libéral de *L'Avenir.*

8 septembre
Albert Laponneraye et Armand Carrel publient les *Œuvres choisies* de Maximilien Robespierre. Réhabilitant la figure de Robespierre, cette publication marque un tournant : après quarante ans de triomphe de la « légende noire », elle inaugure la « légende blanche » de l'Incorruptible.

10 septembre
Lamennais, Montalembert et Lacordaire se soumettent à l'encyclique *Mirari vos.* Ils annoncent que *L'Avenir* ne reparaîtra pas.

LACORDAIRE ET MONTALEMBERT

Jean-Baptiste Henri Lacordaire (1802-1861), venu à Paris en 1822 pour y terminer ses études de droit, est entré dans l'Église en 1827 au terme d'une longue crise spirituelle, à l'époque même où Félicité-Robert de Lamennais entamait l'évolution qui devait, à la veille de la révolution de 1830, le conduire de l'ultracisme au libéralisme. Au lendemain des journées de Juillet, Lamennais, avec Lacordaire et Charles-Forbes de Montalembert (1810-1870), fils d'un pair de la Restauration, fonde L'Avenir *(1830-1831), organe du catholicisme libéral qui, à travers ses prises de position en faveur de la liberté de l'enseignement ou de l'abolition de la censure, prêche avant tout pour que le catholicisme renoue avec l'esprit du siècle. Lorsque Rome condamne le catholicisme libéral de* L'Avenir, *le trio se soumet, et se sépare. Désormais chacun suit son chemin. Tandis que Lamennais évolue vers des positions de plus en plus radicales qui le conduiront à l'extrême gauche de l'échiquier politique et qui surtout provoqueront sa rupture avec l'Église, Montalembert, de la tribune de la Chambre des pairs, continue de militer contre le monopole universitaire en s'efforçant d'organiser un grand parti catholique capable, par sa cohésion, d'intervenir efficacement dans le jeu politique. C'est dans ce but qu'en 1833 il participe au lancement de* L'Univers *qui, sous la houlette de Veuillot, prendra pour finir une orientation ultramontaine opposée aux convictions de Montalembert. Lacordaire, sans rien renier de ses convictions libérales, même s'il désavoue publiquement les idées radicales de Lamennais (*Considérations sur le système philosophique de M. de La Mennais, *1834), abandonne le terrain politique pour se consacrer à son ministère. Prédicateur à Notre-Dame, où il attire de grandes foules (mars 1835), Lacordaire entre en 1839 dans l'ordre de saint Dominique, dont il restaure en France les premières maisons à partir de 1843. La politique le rattrape cependant en 1848. Élu par le département des Bouches-du-Rhône à l'Assemblée constituante le 23 avril, il va s'asseoir sur les bancs de l'extrême gauche. Mais dès le 15 mai, mesurant tout ce qui l'éloigne désormais de l'action politique, Lacordaire se retire. Montalembert demeure également silencieux en 1848. Désapprouvant l'enthousiasme de plusieurs de ses amis qui croient l'heure venue d'une union entre la révolution et le christianisme, il évolue rapidement vers des positions conservatrices qui feront de lui l'un des leaders du parti de l'ordre au moment du vote de la loi Falloux (1849-1850), avec laquelle triomphe la liberté de l'éducation dont il avait fait le combat de sa vie. En 1852, l'avènement du Second Empire le conduit à renouer avec les idées du catholicisme libéral. Il publie* Des intérêts catholiques au XIXe siècle, *sur l'alliance nécessaire de la religion et de la* *liberté politique. Montalembert met les catholiques en garde contre toute collusion trop étroite entre eux et le régime autoritaire du 2 Décembre : « De tous les despotismes, le plus intolérable aux nations, de nos jours, est celui qui s'exerce ou semble s'exercer avec le concours de la religion. [...] On y sent l'exploitation d'une chose sainte au profit d'un intérêt profane. »*

1er octobre
La France propose à la conférence de Londres une action pour contraindre les Hollandais à évacuer la citadelle d'Anvers qu'ils occupent toujours.

11 octobre
Formation du ministère du maréchal Soult (président du Conseil et Guerre) : Broglie (Affaires étrangères), Thiers (Intérieur), Guizot (Instruction publique et Cultes), Humann (Finances), Barthe (Justice), Argout (Commerce et Travaux publics), Rigny (Marine). Nomination de 60 pairs viagers. La rentrée parlementaire est fixée au 19 novembre.

16 octobre
Berryer, maintenu en prison depuis le 7 juin, comparaît devant la cour d'assises de Blois. Le ministère public abandonne l'accusation.

22 octobre
Signature d'une convention franco-anglaise réglant les modalités d'une intervention militaire contre les Pays-Bas. La Prusse, qui s'oppose à celle-ci, rassemble des troupes sur la frontière belge et sur le Rhin.

26 octobre
Une ordonnance rétablit l'Académie des sciences morales et politiques (supprimée en janvier 1803).

7 novembre
La duchesse de Berry est arrêtée à Nantes et incarcérée au fort de Blaye sous la garde du général Bugeaud (17 novembre).

9 novembre
Le Moniteur annonce la présentation d'un projet de loi « pour statuer relativement à madame la duchesse de Berry ». La loi du 10 avril précédent n'a en effet pas prévu le cas où un parent de Charles X rentrerait en France.

15 novembre
Réorganisation de la brigade de sûreté (l'ancêtre de la direction de la police judiciaire). Cette réforme termine la réorganisation de la police parisienne entreprise en 1830.

19 novembre
Ouverture de la session parlementaire. Alors que le roi se rend au Palais-Bourbon, un coup de feu est tiré sur lui. Le coupable présumé, un étudiant en droit nommé Bergeron, membre de la Société des droits de l'homme (dissoute), sera acquitté par la cour d'assises le 18 mars 1833.
Dans son discours du trône, Louis-Philippe confirme que le changement de ministère n'entraînera aucun changement dans la politique suivie : la lutte contre la révolution et la contre-révolution à l'intérieur, la paix à l'extérieur. Charles Dupin est élu président de la Chambre (il sera reconduit à cette fonction jusqu'en 1840).

22 novembre
Première à la Comédie-Française du *Roi s'amuse* de Victor Hugo. La pièce est interdite le lendemain.

décembre
Musset publie *Un spectacle dans un fauteuil*, recueil de trois pièces, dont *À quoi rêvent les jeunes filles*.

1er décembre
Charles Philipon, propriétaire de *La Caricature*, fonde *Le Charivari*.

22 décembre
Les troupes du maréchal Gérard investissent la citadelle d'Anvers : les Hollandais capitulent le 23 décembre. Sa mission accomplie, le contingent français quitte la Belgique.

29 décembre
Chateaubriand : *Mémoire sur la captivité de Mme la duchesse de Berry*.

31 décembre
Thiers et Argout échangent leurs portefeuilles : le premier passe au Commerce et aux Travaux publics, le second à l'Intérieur.

autres événements
• Karl Wilhelm Naundorff, ancien horloger à Spandau, qui a pris en 1824 le titre de duc de Normandie et prétend être Louis XVII, publie, après des *Mémoires* (1831), des *Révélations sur l'existence de Louis XVII*. Expulsé par le gouvernement français en 1836, Naundorff, dont on ignore la date et le lieu de naissance, mourra en 1845.
• Découverte du tumulus de l'île de Gavr'inis (Morbihan).

1833

7 janvier

Lamartine est choisi comme député par les électeurs de Bergues (Nord). Il prendra séance à la Chambre le 23 décembre.

Balzac publie l'*Histoire intellectuelle de Louis Lambert* puis, en septembre, *Le Médecin de campagne*. En décembre, Balzac, qui a signé un contrat pour la publication d'une série intitulée *Études de mœurs au XIXe siècle* (la future *Comédie humaine*), publie un premier volume des *Scènes de la vie de province*, avec deux inédits, *Eugénie Grandet* et *L'Illustre Grandmart*.

février

Tocqueville et Gustave de Beaumont, de retour d'un voyage aux États-Unis (avril 1831-mars 1832), publient *Du système pénitentiaire aux États-Unis et de son application en France*, rapport accompagné d'un projet de réforme du système pénitentiaire en France. Le livre est couronné par l'Académie française.

27 février

La cour d'assises acquitte Chateaubriand et les journalistes qui ont reproduit la célèbre phrase de son *Mémoire* du 29 décembre 1832: « Madame, votre fils est mon Roi ».

29 février

L'aventure de la duchesse de Berry, toujours détenue au fort de Blaye, tourne au vaudeville. Le gouvernement confirme les rumeurs laissant entendre que la duchesse est enceinte.

2 mars

Petrus Borel (1809-1859), qui se fait appeler « Le lycanthrope », et cultive une saine misanthropie, publie *Champavert, contes immoraux*, avant *Madame Putiphar* (1839).

23 mars

Sébastiani entre au gouvernement comme ministre sans portefeuille. Il doit cette nomination à sa bonne connaissance des affaires d'Orient. L'année précédente, le fils du pacha d'Égypte Méhémet-Ali, Ibrahim, a entrepris la conquête éclair de la Syrie, s'ouvrant la route de Constantinople (21 décembre 1832). Le sultan Mehmet II, menacé, a fait appel à la Russie dont les troupes débarquent à Constantinople le 5 avril 1833.

24 avril

Loi sur le gouvernement des quatre anciennes colonies (Guadeloupe, Martinique, île Bourbon, Guyane): elles sont dotées d'un Conseil élu chargé de voter le budget. Le roi conserve l'administration directe des autres colonies (comptoirs de l'Inde, Sénégal, Saint-Pierre et Miquelon, enclaves françaises sur la côte algérienne).

mai

Grève des mineurs d'Anzin contre la baisse des salaires. 90 mouvements de grève sont enregistrés en 1833. C'est un premier pic qui ne sera dépassé qu'en 1840, avec 130 grèves recensées. De l'un à l'autre, la physionomie des mouvements sociaux change. Au début des années 1830, et jusque vers 1839, les grèves concernent plutôt les métiers de l'artisanat traditionnel. Rares sont celles qui éclatent dans le textile, le bâtiment ou les mines, secteurs où la concentration ouvrière est importante. À la fin de la décennie en revanche, les mouvements deviennent de plus en plus nombreux dans les secteurs les plus modernes de l'industrie. C'est le cas notamment dans les mines, où plusieurs grèves très dures éclatent en 1843-1844. Cette évolution correspond bien sûr aux mutations qui affectent le paysage industriel de la France, mais elle est également associée à l'émergence de structures d'encadrement et de mobilisation embryonnaires, concernant des ouvriers qui, dans ces secteurs de pointe de l'industrialisation, ne sont plus intégrés aux organisations corporatives traditionnelles. Au total, plus d'un millier de grèves donnent lieu à des poursuites entre 1830 et 1847.

Frédéric Ozanam fonde la Société de Saint-Vincent-de-Paul: la visite à domicile comme moyen de la solidarité entre les classes. L'essor est rapide: 39 conférences ont été fondées en France en 1839, 141 en 1844, 282 en 1848, auxquelles il faut ajouter, à la même date, 306 filiales hors de France.

5 mai

Diplomates français et anglais contraignent le sultan Mehmet II à signer la convention de Kütahya: la souveraineté de Méhémet-Ali sur l'Égypte devient héréditaire et il reçoit la Syrie à titre viager. La crise ayant été dénouée, les Russes doivent se retirer (10 juillet). Auparavant, ils font signer au sultan le traité d'Unkiar-Skelessi (8 juillet) qui accorde à la Russie un droit d'intervention dans les affaires ottomanes.

10 mai

La duchesse de Berry accouche en prison d'une fille.

15 mai

Alfred de Musset: *Les Caprices de Marianne*.

18 mai
Marceline Desbordes-Valmore : *Les Pleurs, poésies nouvelles.*

21 mai
Le roi des Pays-Bas Guillaume Ier affirme une nouvelle fois qu'il ne signera pas le traité du 15 octobre 1831 ; il accepte seulement de conclure un armistice avec la Belgique.

25 mai
Michelet publie le premier des 17 volumes de son *Histoire de France* (1833-1844, puis 1855-1867).

30 mai
À l'Opéra, création de *Quitte pour la peur* d'Alfred de Vigny.

juin
Rambuteau est nommé préfet de la Seine.

RAMBUTEAU

Ancien préfet de l'Empire (1813-1815) revenu à la vie publique comme député, Claude-Philibert Barthelot de Rambuteau (1781-1869) est nommé préfet de la Seine en juin 1833, poste qu'il conservera jusqu'à la chute du régime en février 1848. L'œuvre accomplie par Rambuteau a souffert de la comparaison avec les réalisations de son successeur, le baron Haussmann. Rambuteau a géré la capitale, s'efforçant surtout d'en maintenir les équilibres financiers, il ne l'a pas transformée. Pour cela, il eût fallu une volonté politique qui manquait. Louis-Philippe notamment se montrait assez indifférent à ces questions. Pour cela, il eût encore fallu que le préfet disposât de pouvoirs étendus que l'établissement d'un conseil municipal électif (avril 1834) tendait au contraire à rogner. Les grandes réalisations, en ce qu'elles blessent nécessairement de nombreux intérêts, se marient mieux avec le despotisme éclairé (celui des deux Empires) qu'avec le régime électif. Enfin Rambuteau, confronté à une forte immigration, à la pauvreté, vivant dans la hantise des révoltes et des émeutes, comme tous les gouvernants de l'époque, a consacré une part importante de son activité à améliorer la situation sanitaire et sociale. Il entreprend cependant des travaux d'urbanisme non négligeables : aménagement de trottoirs, accélération de l'éclairage au gaz des rues de Paris, couverture de la Bièvre, percement de nouvelles rues (la rue Rambuteau), tous travaux qui visent, avec les moyens disponibles, à trouver des solutions aux problèmes posés par la rapide croissance de la capitale.

8 juin
La duchesse de Berry est expulsée vers Palerme.

10 juin
Levée de l'état de siège instauré en juin 1832 dans l'Ouest.

22 juin
Une loi introduit l'élection dans la formation des conseils d'arrondissement et des conseils généraux de département et complète la réforme engagée en 1831 pour les communes. Les conseillers généraux sont élus par les citoyens inscrits sur les listes du jury. Ils doivent être âgés d'au moins 25 ans et payer un cens de 200 francs. Élus pour neuf ans et rééligibles, les conseillers sont renouvelés par tiers tous les trois ans.

27 juin
Promulgation d'une loi préparée par Thiers et qui débloque des crédits, sans recours à l'emprunt, pour l'achèvement de divers grands travaux : monuments (Arc de Triomphe de l'Étoile, Madeleine, Panthéon, Muséum, École des beaux-arts), canaux, routes royales, routes stratégiques dans l'Ouest, développement des chemins de fer.
Fondation de la Société de l'Histoire de France, dont Guizot est le premier président.

28 juin
Loi Guizot sur l'enseignement primaire. Elle repose sur deux principes. Le premier consiste dans la liberté de l'enseignement primaire : tout individu majeur de 18 ans peut enseigner, sous la réserve d'avoir obtenu un brevet de capacité et de présenter un certificat de moralité. Le second principe est celui du caractère public de cet enseignement, intégré à l'Université. Chaque département doit créer une école normale pour la formation des instituteurs. Chaque commune doit entretenir une école primaire. À cet effet, une taxe spéciale sera établie pour l'entretien de l'école et la rémunération de l'instituteur (200 francs). L'école sera gratuite pour les enfants des familles indigentes. La loi permet toutefois aux communes d'autoriser en guise d'école publique une école confessionnelle existant déjà sur leur territoire. La loi crée des postes d'inspecteur et prévoit l'édition de manuels approuvés et distribués par le ministère. Sous la pression des parlementaires, Guizot a été contraint d'abandonner le chapitre relatif à l'éducation primaire des filles, lequel continuera donc de ressortir à la seule initiative privée (jusqu'à l'ordonnance du 23 juin 1836).
L'article premier définit la matière de l'instruction destinée au peuple : « L'instruction morale et reli-

gieuse, la lecture, l'écriture, les éléments de la langue française et du calcul, le système légal des poids et mesures.» La loi sur l'instruction primaire vise autant à «moraliser» le peuple qu'à préparer un futur élargissement de la participation politique. Si ce dernier est indéfiniment ajourné, la loi n'en aura pas moins des effets concrets.
Le nombre des garçons scolarisés, de 372000 en 1829 et 1690000 en 1832 (auxquels il faut ajouter 795000 filles), passe à 3240000 en 1846, accueillis dans 32 964 écoles communales (chiffres de 1848) contre 22 641 en 1834. Ces progrès de la scolarisation publique se font au détriment de l'enseignement privé.
Un effort considérable est également accompli pour la formation des maîtres dans les écoles normales (10 545 en 1848 contre 1 044 en 1834), même si l'augmentation est loin de correspondre aux besoins: ces 10000 instituteurs ne représentent que 10 % de ceux en fonctions. Même observation pour la proportion des enfants scolarisés qui, en dépit de ses incontestables progrès, laisse encore de nombreux enfants en dehors de l'école: la moitié des garçons en 1850, près de 30 % encore en 1867. L'amélioration est toutefois certaine et se traduit dans un chiffre: entre 1835 et 1850, la proportion des conscrits analphabètes passe de 50 % à 39 %.

juillet
Premier congrès des sociétés savantes, organisé par Arcisse de Caumont, à Caen, où avait été fondée en 1824 la première société savante, la Société des antiquaires de Normandie.

7 juillet
Loi sur l'expropriation pour cause d'utilité publique. Elle contribuera beaucoup à l'achèvement du réseau routier et au développement du réseau ferroviaire.

11 juillet
Dom Guéranger restaure à l'abbaye de Solesmes l'ordre des bénédictins.

18 juillet
George Sand: *Lélia.*

28 juillet
Inauguration de la statue de Napoléon, qui a retrouvé sa place au sommet de la colonne Vendôme, d'où elle avait été enlevée en 1815.

17 août
Théophile Gautier: *Les Jeunes Frances. Romans goguenards.*

septembre
Mérimée: *La Double Méprise.*

1er septembre
Cabet fonde *Le Populaire.*
Louis-Philippe décide de transformer le château de Versailles en «Musée historique».

6 septembre
L'Autriche et la Russie, rejointes par la Prusse, renouvellent le traité de la Sainte-Alliance de 1815 contre les mouvements libéraux et nationaux en Europe, et contre l'axe libéral franco-anglais qui se dessine.

5 octobre
L'abbé Migne lance *L'Univers* (dont Veuillot prendra la direction à partir de 1842).

22 octobre
Armand Marrast publie dans *La Tribune des départements* le manifeste de la Société des droits de l'homme reconstituée par les républicains vers la fin de 1832. Elle est dirigée par un comité directeur (Voyer d'Argenson, Audry de Puyraveau, Godefroy Cavaignac et Trélat notamment), divisée en sections à Paris, et correspond avec des filiales implantées principalement dans l'Est et dans la région lyonnaise. 3000 militants composent l'effectif parisien de la Société.

MARRAST

Armand Marrast (1801-1852) prend la direction de La Tribune des départements *au printemps de 1831. Républicain, il milite également dans la Société des amis du peuple qui en 1830 tente de poursuivre l'élan révolutionnaire de Juillet, puis dans la Société des droits de l'homme qui lui succède en 1832-1833. L'année suivante, il est au nombre des militants que la police rafle en saisissant l'occasion des insurrections de Lyon et de Paris pour frapper un coup décisif contre les républicains. Traduit devant la Cour des pairs, Marrast réussit à s'évader de Sainte-Pélagie avec 27 de ses coaccusés le 12 juillet 1835. Réfugié en Angleterre, il découvre le «chartisme» et son utopie d'une réconciliation sociale par l'égalité politique. Rentré en France à la fin des années 1830, Marrast renoue avec le journalisme, plaidant dans* Le National *pour son nouvel idéal, le suffrage universel, dénonçant l'égoïsme bourgeois de la société issue de Juillet mais sans s'associer aux idées socialistes en plein essor. En février 1848, Marrast hésite. Il penche pour une solution poli-*

tique de la crise avant de se rallier à l'insurrection. Membre du gouvernement provisoire formé à l'Hôtel de Ville le 24 février, Marrast en représente bientôt l'aile la plus modérée. Devenu maire de Paris le 9 mars, et usant de ses pouvoirs pour freiner autant qu'il le peut l'agitation révolutionnaire, il est élu en avril à l'Assemblée constituante, où il se montre fidèle à ses convictions, plaidant même après les terribles journées de Juin 1848 pour une réforme sociale réalisée sous l'égide du suffrage universel. La séparation de l'Assemblée constituante le 27 mai 1849 met un terme à sa carrière politique.

novembre
Les préfets sont chargés d'inventorier les manuscrits conservés dans les institutions et dépôts publics.
Publication du premier numéro de *La France catholique* (1833-1836), proche par l'esprit de *L'Avenir* de Lamennais, qui a cessé de paraître le 15 novembre 1831.

9 novembre
Eugénie Niboyet (1796-1883) fonde *Le Conseiller des femmes*. Militante féministe, influencée par les idées saint-simoniennes, elle organise à partir de janvier 1834 des réunions féministes à l'Athénée, dont les meilleures conférences sont ensuite publiées dans la revue. Dix ans plus tard, après avoir également milité contre la peine capitale (*De la nécessité d'abolir la peine de mort*, 1836) et pour la réforme du système pénitentiaire (*De la réforme du système pénitentiaire en France*, 1838), elle mettra sur pied la première association pacifiste française en la dotant d'un journal *(La Paix des deux mondes)*.

décembre
Michelet publie *Tableau de la France*, placé en tête du livre III, consacré à la France féodale, de son *Histoire de France*: l'ancêtre du *Tableau géographique de la France* de Vidal de La Blache (1903).

11 décembre
Lamennais, par souci d'apaisement, signe une déclaration de soumission à l'autorité du pape (qu'il a par avance désavouée par l'envoi, le 6 décembre, d'un mémoire peu conciliant adressé au pape).

16 décembre
Talleyrand entame des négociations avec le gouvernement britannique sur la conclusion d'un traité d'alliance défensive entre les deux pays. La démission du ministre des Affaires étrangères, Broglie, le 1er avril 1834, les interrompra.

25 décembre
Création d'une inspection générale chargée de contrôler le service des enfants trouvés ou abandonnés, l'administration et la comptabilité des hospices et établissements de bienfaisance.

autres événements
• Félix Duban construit les bâtiments de l'École des beaux-arts, rue Bonaparte, manifeste de l'éclectisme.
• Rude: *Le Départ des volontaires de 1792*, sur le piédestal de l'Arc de Triomphe (achevé en 1836).

La sculpture romantique

La sculpture romantique apparaît au début de la décennie 1830 avec Jehan Du Seigneur, Étex, Barye, David d'Angers, Préault... Bien des œuvres présentées en plâtre (ou refusées par un jury féroce) ont disparu faute de commande, donc de réalisation en marbre ou de tirage en bronze. Le corpus reste pourtant d'une richesse exceptionnelle, s'ouvrant à la petite sculpture d'édition et au portrait en médaillon – spécialité qui fit la gloire de David d'Angers.
Ce dernier est l'artiste le plus engagé dans son temps. Si le monument au chef vendéen Bonchamps *(1819-1825) s'explique par sa biographie, il réalise ensuite* La Jeune Grecque au tombeau de Botzaris *(1827) et de nombreuses effigies d'hommes illustres du passé et du présent. Cette pédagogie des grands hommes dont les statues envahissent les places publiques se trouve résumée dans le fronton du Panthéon (1830-1837) où la patrie partage ses couronnes entre les intellectuels, savants et hommes politiques et les soldats.*
François Rude a laissé l'image la plus puissante du temps, Le Départ des volontaires de 1792, *aussi appelé* La Marseillaise*: un génie de la guerre désigne de son glaive le chemin que doivent emprunter les volontaires de tous âges. Cet accent d'épopée se retrouve à Fixin dans le* Napoléon s'éveillant à l'immortalité *(1847).*
Le plus incompris des sculpteurs romantiques est Auguste Préault, proscrit par les jurys, reconnu très tardivement. Sa Tuerie *(1834), relief à l'espace sans repères, à la composition presque illisible, dominé par la figure d'une femme qui hurle est l'équivalent sculptural du* Sardanapale *de Delacroix. Préault retrouvera cette puissance d'inspiration dans* Ophélie *(1842, bronze 1876).*
Le plus populaire – ne serait-ce que par le succès d'édition – est sans conteste Antoine-Louis Barye, souvent réduit à la part animalière d'une œuvre bien plus vaste.

1834

1er janvier
Entrée en vigueur de l'union douanière des États allemands, le Zollverein (l'Autriche en est exclue). Musset: *Fantasio*, dans *La Revue des deux mondes*.

11 janvier
Philippe Buchez, avec la collaboration de P.-C. Roux, publie le premier volume de l'*Histoire parlementaire de la Révolution française, ou journal des Assemblées nationales depuis 1789 jusqu'en 1815* (1834-1838, 40 volumes).

février
Grève des ouvriers lyonnais de la peluche.

1er février
Échec d'une insurrection déclenchée en Savoie par Mazzini.

16 février
Les crieurs publics sont astreints à l'obtention d'une autorisation révocable. Des échauffourées entre les colporteurs et la police se prolongent jusqu'au 24 février.

26 février
En Algérie, signature d'un traité entre le général Desmichels et l'émir Abd el-Kader. Le traité consacre l'autorité de l'émir sur la province d'Oran et l'autorise à installer des représentants dans les villes de la province occupées par les Français.

8 mars
Jouffroy: *Cours de droit naturel* (1834-1835).

avril
Parution de *La Revue républicaine* (jusqu'en juin 1835) à laquelle collaborent occasionnellement Godefroy Cavaignac et le jeune Louis Blanc.
Les révolutionnaires européens réfugiés en Suisse fondent la Jeune Europe, une fédération qui réunit différents mouvements nationaux (Jeune Italie, Jeune Allemagne, Jeune Pologne, Jeune France, etc.). L'Autriche demande aux autorités helvétiques l'expulsion des réfugiés. La France et l'Angleterre refusent de s'associer à cette démarche.

1er avril
De Broglie et Sébastiani démissionnent après le refus de la Chambre de ratifier le traité franco-américain du 4 juillet 1831.

4 avril
Remaniement ministériel du gouvernement Soult: Rigny (Affaires étrangères), Persil (Justice), Jacob (Marine), Thiers (Intérieur), Duchâtel (Commerce et Travaux publics).

5 avril
Le procès des ouvriers lyonnais qui se sont mis en grève en février provoque des manifestations. Un ouvrier est tué.

9-13 avril
À Lyon, après plusieurs jours de troubles sporadiques, c'est l'explosion: ouvriers et artisans de la ville se soulèvent sous la direction des dirigeants locaux de la Société des droits de l'homme. D'abord contrainte d'abandonner la ville aux insurgés, l'armée en reprend le contrôle le 13. On dénombre 129 morts du côté de la troupe, près de 200 morts dans les rangs des insurgés et parmi la population. Les troubles s'étendent à Grenoble, Saint-Étienne, Chalon-sur-Saône, Arbois, Clermont-Ferrand, Marseille. L'ordre est partout rapidement rétabli.

10 avril
Informé de l'imminence dans la capitale d'une tentative d'insurrection de la Société des droits de l'homme, le gouvernement interdit *La Tribune des départements* et fait arrêter 150 militants de la Société. Promulgation de la loi sur les associations: elle étend l'obligation d'obtenir une autorisation préalable et révocable aux associations de plus de 20 personnes, et non plus de 30 (les sociétés républicaines ont en effet tourné la difficulté en se divisant en sections de moins de 30 membres); elle aggrave la sanction jusqu'alors prévue pour les contrevenants (une amende) par des peines de prison et le jugement par les tribunaux correctionnels. Les « délits politiques » restent quant à eux de la compétence des cours d'assises.

13 avril
Début d'insurrection à Paris. Des barricades sont dressées dans les quartiers du centre. Bugeaud et Thiers en personne prennent la direction de la répression.

14 avril
40000 soldats mobilisés reprennent, au prix d'une violente bataille de rues, le contrôle des quartiers insurgés. Rue Transnonain, les soldats de Bugeaud investissent le n°12 et massacrent ses occupants, habitants et insurgés mêlés. Daumier immortalisera cette scène dans une lithographie: *Rue Transnonain*.

20 avril
Création d'un conseil municipal à Paris, composé des conseillers généraux de la Seine élus par la ville (36 membres).

1er mai
Le président du Conseil Soult profite des récentes insurrections de Lyon et de Paris pour réclamer une augmentation des crédits militaires.
Inauguration de l'exposition des produits de l'industrie française.

5 mai
Lamennais: *Paroles d'un croyant*. Le livre est condamné par l'encyclique *Singulari nos* (25 juin) comme une «détestable production d'impiété et d'audace».

13 mai
La Chambre accorde au gouvernement un crédit supplémentaire de 14 millions pour l'entretien d'une armée de 360 000 hommes vouée principalement au maintien de l'ordre intérieur.

20 mai
Mort de La Fayette. Ses obsèques, le 22, se déroulent sans incidents sous la surveillance d'un important dispositif militaire.

23 mai
Le budget 1834, après la hausse des dépenses consécutive à la révolution de Juillet, retrouve l'équilibre. La bonne santé des finances publiques, favorisée par la prospérité économique, durera jusqu'en 1840. La loi de finances de 1834 marque également le rattachement de la dotation de l'Université au budget du ministère de l'Instruction publique, qui coiffe désormais l'enseignement supérieur comme l'enseignement secondaire.

25 mai
Dissolution de la Chambre élue en 1831.

27 mai
Mérimée succède à Ludovic Vitet au poste d'inspecteur général des Monuments historiques: secondé par Arcisse de Caumont – qui fonde la même année la Société française d'archéologie et publiera en 1841-1843 un inventaire des monuments religieux du Moyen Âge: le *Cours d'antiquités monumentales* – et par Viollet-le-Duc, il effectue, à partir de 1834 (et jusqu'en 1855), une tournée annuelle.

juin
Fondation du Jockey-Club.

7 juin
Paul de Kock: *La Pucelle de Belleville*. L'édition des œuvres complètes de Paul de Kock, romans et pièces de théâtre, nécessitera 299 volumes.

21 juin
Élections législatives: Les candidats du gouvernement remportent 320 sièges sur 459, ceux de l'opposition 90. Parmi ces derniers, une trentaine de légitimistes; le reste est composé pour l'essentiel de députés appartenant à l'opposition dynastique, les républicains ayant partout échoué. La réunion des Chambres est avancée du 20 août au 31 juillet.

juillet
Sainte-Beuve: *Volupté*.

1er, 23 juillet
Musset publie *On ne badine pas avec l'amour* dans *La Revue des deux mondes*, puis *Lorenzaccio*.

12 juillet
L.-N. et H. Bescherelle: *Grammaire nationale*. Nombreuses rééditions, l'ouvrage donnant par ailleurs naissance à d'innombrables *Abrégés* (le premier paraît en 1840), *Dictionnaires*, *Manuels*, *Cahiers d'orthographe* (1865), *Petite Grammaire nationale* (1865 également) ou *Petit Manuel de conjugaison* (1860), etc. Une institution.

18 juillet
Le maréchal Gérard remplace Soult au ministère de la Guerre.
Guizot crée un «comité chargé de diriger les recherches et la publication de documents relatifs à l'histoire de France»: le Comité des travaux historiques et scientifiques. Un comité analogue, pour l'histoire de la philosophie, des sciences et des arts, sera créé le 10 janvier 1835. À partir de 1835, le Comité des travaux historiques dirigera la publication d'une *Collection de documents inédits sur l'histoire de France*.

Le siècle de l'histoire

La publication de cette collection s'inscrit dans une vaste entreprise éditoriale, commencée sous la Restauration, qui vise à restituer les sources de l'histoire nationale qu'exige le développement sans précédent des études historiques. Dès 1819, Claude-Bernard Petitot avait lancé la publication d'une Collection complète des mémoires relatifs à l'histoire de France *dont les 52 volumes allaient jusqu'au règne d'Henri III. Il avait ensuite mis en chantier une seconde série, dont le 78e volume parut en 1829, qui couvrait l'histoire de France du règne d'Henri IV jusqu'au traité de paix de 1763. Au même moment, Jean-François Barrière d'un côté, Guizot de l'autre, s'étaient attelés à des entreprises comparables. Barrière, avec son complice Berville, avait lancé une* Collection des mémoires relatifs à la Révolution française *(1820-1828, 60 volumes), suivant ensuite les traces de Petitot avec une* Bibliothèque des mémoires relatifs à l'histoire de France pendant le XVIIIe siècle *(1846-1864, 28 volumes). De son côté, Guizot avait commencé de publier en 1823, outre une* Collection de mémoires relatifs à l'histoire d'Angleterre *(1823-1825, 25 volumes), une* Collection des mémoires relatifs à l'histoire de France depuis la fondation de la monarchie française jusqu'au XIIIe siècle *dont les 30 volumes parurent entre 1823 et 1825.*

La Restauration, après 1820, est l'époque d'un renouvellement de l'histoire, dans la manière de l'écrire et d'enquêter sur le passé pour éclairer les énigmes du présent, mais également dans la restitution méthodique des éléments nécessaires à une connaissance positive du passé national. La monarchie de Juillet et les années 1830 voient la poursuite du mouvement. Guizot joue là encore un rôle décisif, avec la création du Comité des travaux historiques. Au moment où cet organisme voit le jour, les publications érudites continuent de se succéder: aux 24 volumes des Archives curieuses de l'histoire de France depuis Louis XI jusqu'à Louis XVIII *(1834-1839) succède une* Nouvelle Collection des mémoires relatifs à l'histoire de France, du XIIIe au XVIIIe siècle, *dirigée par Jean-François Michaud (1836-1839, 32 volumes). Diverses publications savantes, périodiques, prolongent cet effort et contribuent aux progrès de l'érudition historique: le* Bulletin de la Société de l'Histoire de France, *fondé en 1834, le* Bulletin archéologique *et la* Bibliothèque de l'École des Chartes, *tous deux lancés en 1838, ou encore la* Revue archéologique, *dont le premier numéro paraîtra en 1844.*

Si la période la plus riche dans cette entreprise d'exhumation des sources de l'histoire nationale est incontestablement celle des années 1820-1840, tout le siècle poursuit l'effort alors engagé. En 1855 commencera la publication du Catalogue de l'histoire de France, *en 1868 celle de l'inventaire des* Manuscrits français *conservés par la Bibliothèque nationale, puis, en 1886, celle d'un* Catalogue général des manuscrits des bibliothèques publiques de France. *Lorsque, en 1888, Gabriel Monod publiera une* Bibliographie de l'histoire de France *recensant plus de 4 500 titres, suivie, en 1899, par le* Répertoire méthodique de l'histoire moderne et contemporaine de la France *de Pierre Caron et Georges Brière, le positivisme régnera sans partage dans le domaine des études historiques: tout le siècle y aura contribué. Mais les lointains initiateurs du mouvement, se voulant érudits et romantiques, avaient su, du moins, donner à l'évocation du passé des couleurs que le triomphe de l'érudition et une fréquentation trop assidue d'archives ensevelies dans la poussière devaient, pour finir, lui faire perdre.*

22 juillet

Une ordonnance place les «possessions françaises dans le nord de l'Afrique» sous le régime des ordonnances. L'autorité est confiée à un gouverneur général relevant du ministre de la Guerre et assisté par un conseil d'administration composé de civils et de militaires. Le territoire occupé est limité aux enclaves d'Alger, Bône, Oran et Bougie; la colonisation est restreinte aux deux premières de ces villes. Le général Drouet d'Erlon est nommé gouverneur général (27 juillet). Cette ordonnance sera réformée en 1845 par la division de l'Algérie en trois zones: civile, mixte (où l'autorité militaire remplit les fonctions civiles) et arabe (soumise à la seule autorité militaire). En 1848, la République troquera ce système contre une division du territoire conquis en trois provinces, soumises chacune à une double tutelle militaire et civile, celle-ci comprenant un département dirigé par un préfet – l'autorité suprême restant confiée au gouverneur général.

1er août

Lamennais: «De l'absolutisme et de la liberté», dans *La Revue des deux mondes*.

8 août

Signature entre la France, l'Angleterre et la Sardaigne d'une convention sur la répression de la traite des Noirs.

10 août

Reparution de *La Tribune des départements*, suspendue le 10 avril.

22 août

Création d'une chaire de droit constitutionnel français à la faculté de droit de Paris.

septembre

Sainte-Beuve publie une étude sur l'œuvre de Ballanche.

BALLANCHE

Fils d'un imprimeur lyonnais, Pierre-Simon Ballanche (1776-1847) a vécu les horreurs du siège, puis de la répression de 1793. Les relations d'amitié qui, sa vie durant, devaient l'attacher à Chateaubriand, ont commencé en 1802, bien que le succès qui accueillit alors le Génie du christianisme *(1801) ait éclipsé l'ouvrage publié au même moment par Ballanche* (Du sentiment considéré dans ses rapports avec la littérature et les arts) *et dans lequel il plaidait lui aussi en faveur d'un renouveau spirituel. La passion de cet homme timide, malheureux, défiguré depuis une opération au visage subie dans son enfance, pour Juliette Récamier lui inspire un poème,* Antigone *(1814). Ballanche était né dans la patrie de Jean-Baptiste Willermoz et de Louis-Claude de Saint-Martin, les pères de l'illuminisme, dont, comme Joseph de Maistre, il demeura toute sa vie le disciple. On trouve notamment chez lui le thème martiniste cher à Maistre de la réhabilitation de l'humanité déchue à travers les épreuves et les expiations providentielles. Venu rejoindre Juliette Récamier à Paris en mai 1817, Ballanche publie plusieurs ouvrages dans la veine de son poème de 1814 : un* Essai sur les institutions sociales *en 1818,* Le Vieillard et le jeune homme *en 1819 et, l'année suivante, l'histoire romancée d'un régicide condamné à la solitude par le remords* (L'Homme sans nom). *Resté légitimiste même s'il désapprouvait le conservatisme du règne de Charles X, Ballanche refuse en 1830 de se rallier à la monarchie de Juillet. Il choisit l'exil intérieur, comme Chateaubriand, comme Juliette Récamier qui le veillera à ses derniers instants et, fidèle à la promesse qu'elle lui avait faite, le fera inhumer dans le caveau où elle-même le rejoindrait ensuite. Ballanche avait continué d'écrire, travaillant à une vaste épopée en trois parties, intitulée* Palingénésie sociale *: la première,* Orphée, *avait été publiée en 1829 ; de la seconde, destinée à livrer une « formule générale de tous les peuples », seul le début était paru, la même année ; de la troisième,* La Ville sans nom, *où l'on apprendrait la « perspective future et finale des destinées humaines sur la terre », Ballanche ne livra que des fragments, publiés entre 1832 et 1835. Par cet effort de synthèse entre philosophie moderne et christianisme, modernité et tradition, entre la Révolution et l'Église, Ballanche, auteur étrange et souvent obscur, est l'un des grands témoins de son temps.*

20 septembre
Villeneuve-Bargemont publie *Économie politique chrétienne ou Recherches sur la nature et les causes du paupérisme en France et en Europe et sur les moyens de le soulager et de le prévenir* : les débuts du catholicisme social. En 1845, Armand de Melun fondera les *Annales de la charité*, organe de ce nouveau courant de pensée.

octobre
Augustin Thierry : *Dix ans d'études historiques.*

9 octobre
Raspail fonde *Le Réformateur.*

29 octobre
Crise ministérielle provoquée par un projet d'amnistie des insurgés d'avril, auquel s'est associé le maréchal Gérard. Louis-Philippe, Guizot et Thiers étant hostiles à l'amnistie, Gérard démissionne.

4 novembre
Thiers et Guizot, suivis par Duchâtel, Humann et Rigny, démissionnent à leur tour.

10-13 novembre
Gouvernement Maret (président du Conseil et Intérieur) : Charles Dupin (Marine), Teste (Commerce et Travaux publics), Passy (Finances), Persil (Justice), Bresson (Affaires étrangères), général Bernard (Guerre), Sauzet (Instruction publique et Cultes). Sitôt la composition du cabinet rendue publique, les créanciers de Maret, fort endetté, font prononcer une saisie-arrêt sur son traitement de ministre. Talleyrand profite de l'événement pour démissionner de ses fonctions d'ambassadeur à Londres. La réunion des Chambres, prévue le 29 décembre, est avancée au 1er. L'« affaire » Maret entraîne la démission du gouvernement le 13.

18 novembre
Formation du gouvernement présidé par le maréchal Mortier : Thiers (Intérieur), Rigny (Affaires étrangères), Humann (Finances), Persil (Justice), Guizot (Instruction publique et Cultes), Duchâtel (Commerce et Travaux publics), Duperré (Marine), maréchal Mortier (Guerre).

1er décembre
Réunion des Chambres. Thiers lance aux députés : « Nous sommes des ministres de la résistance. »

2 décembre
Le président des États-Unis Jackson demande au Congrès américain de l'autoriser, en cas de non-

paiement de l'indemnité due par la France au terme du traité franco-américain du 4 juillet 1831, à confisquer les biens des Français aux États-Unis à concurrence de 25 millions. Les Chambres américaines refusent, mais la France riposte en rompant ses relations diplomatiques avec les États-Unis.

6 décembre
Le gouvernement du 18 novembre obtient la confiance par 184 voix contre 117.

16 décembre
La Cour des pairs, qui instruit le procès des 2000 prévenus arrêtés lors des insurrections d'avril, condamne Armand Carrel qui a injurié la Haute Assemblée.

autres événements
- Baltard : palais de justice de Lyon.
- Ingres : *Le Martyre de saint Symphorien.*

INGRES

Revenu d'Italie en 1824, Ingres (1780-1867) est reçu triomphalement par le clan « classique » qui l'avait jusqu'alors toujours critiqué. Le peintre devient « Monsieur Ingres », membre de l'Institut, professeur à l'École des beaux-arts, dirigeant un important atelier. L'Apothéose d'Homère *(1827) s'oppose au romantisme triomphant sans s'imposer dans l'opinion. Après l'échec critique du* Martyre de saint Symphorien, *Ingres repart pour sa chère Italie, où il prend la direction de l'Académie de France à Rome. Il triomphe dans les portraits (*M. Bertin, *1832;* Le Duc d'Orléans, *1832;* La Comtesse d'Haussonville, *1845;* Mme Moitessier, *1851); il échoue à décorer le château de Dampierre, seul* L'Âge d'or *étant réalisé. Il revient alors aux sujets qu'il avait traités lors de son premier séjour italien : l'*Odalisque à l'esclave *(1840) précède* Le Bain turc *(1859-1863) dans lequel Ingres reprend les nus de sa longue carrière. Le tableau sera jugé aussi scandaleux que le contemporain* Déjeuner sur l'herbe *de Manet.*

1835

3 janvier
Les députés du tiers parti (fraction de la majorité ministérielle dirigée par André Dupin, et dont l'indépendance affichée cache mal une coalition d'intérêts et d'ambitions) relancent l'idée d'une amnistie politique.

16 janvier
Tocqueville : *De la démocratie en Amérique* (première partie). La seconde partie sera publiée en avril 1840.

TOCQUEVILLE

Issu d'une famille de la noblesse d'Ancien Régime, Alexis de Tocqueville (1805-1859) compte parmi ses parents de prestigieux représentants de l'aristocratie ultra de la Restauration. Descendant de Malesherbes par sa mère, il est apparenté à Chateaubriand par son père, préfet et pair de France ; Kergorlay est l'un de ses cousins. Rien donc, dans ce milieu familial réactionnaire, ne prédispose le jeune Alexis à s'interroger sur cette société moderne qui a dépossédé les siens de leur ancienne supériorité. 1830 s'abat sur la maison comme un coup de tonnerre bientôt suivi d'un nouveau malheur : Alexis, juge auditeur à Versailles, prête serment à Louis-Philippe. Le 2 avril 1831, Tocqueville et son ami Gustave de Beaumont embarquent au Havre pour l'Amérique, chargés d'une mission d'étude officielle sur le système pénitentiaire des États-Unis (avril 1831-mars 1832). Comme son parent Chateaubriand, il part à la rencontre de ce qui est encore le Nouveau Monde, une société au berceau, une nature vierge. Mais avec un tout autre questionnaire en poche. Il ne ramène pas Atala *de son voyage, mais* De la démocratie en Amérique, *méditation sur « l'avènement prochain, irrésistible, universel, de la démocratie dans le monde », exploration du futur inexorable de la vieille Europe à la lumière du présent de la jeune Amérique. Les deux premiers volumes sont mis en vente en janvier 1835 ; les deux suivants le seront en avril 1840. Le tirage est faible (500 exemplaires), les ventes modestes, mais le succès considérable : l'ouvrage a rencontré les lecteurs qui comptent et font les réputations. Son auteur devient la nouvelle étoile brillant au firmament de la philosophie politique. Il est happé par la politique, avec un sort commun aux intellectuels : celui de caution que les partis s'arrachent pour la faire servir à leurs desseins. Après un premier échec aux élections législatives de 1837, il est élu dans l'arrondissement de Valognes en 1839. Tocqueville rejoint bientôt (1842) les rangs de l'opposition au ministère Guizot-Soult. Rapporteur dans plusieurs débats importants, sur l'abolition de l'esclavage (1839), la réforme des prisons (1843) ou l'Algérie (1847), il se signale surtout le 29 janvier 1848 par un discours prophétique sur l'imminence d'une nouvelle révolution. Élu après la révolution de Février à l'Assemblée constituante (avril 1848), il siège dans la commission chargée de tracer le plan de la future Constitution du 4 novembre 1848. Il joue dans ses travaux un rôle mineur, plaidant en vain contre le législatif monocaméral réclamé par Marrast et la majorité de la commission. Il soutient en revanche l'article qui interdit un second mandat au futur président de la République. Réélu à l'Assemblée législative (mai 1849), Tocqueville prend le portefeuille des Affaires étrangères dans le gouvernement présidé par Odilon Barrot (juin 1849), et se voit contraint de justifier ce qu'il n'a pas voulu : l'intervention française à Rome pour rétablir l'autorité temporelle du pape. Le coup d'État du 2 décembre 1851 met un terme à sa carrière politique. Il consacre ses dernières années (1852-1859) à la rédaction de* L'Ancien Régime et la Révolution, *dont la première partie est publiée en juin 1856.*

janvier-mars
Recrudescence des troubles dans la Mitidja.

6 février
La Chambre des pairs renvoie en jugement, sur près de 2000 prévenus arrêtés après les émeutes d'avril 1834, 164 inculpés (dont 43 contumaces).

12 février
Première à la Comédie-Française de *Chatterton* d'Alfred de Vigny, avec Marie Dorval dans le rôle de Kitty Bell. ,

VIGNY

Alfred de Vigny (1797-1863) a longtemps servi dans l'armée royale, qu'il quitte en 1827 avec le grade de capitaine. Il est encore officier lorsque, en 1822, il publie un premier recueil de Poèmes, *suivi en 1826 par un deuxième,* Poèmes antiques et modernes. *La même année, Vigny publie un roman historique influencé par l'œuvre de Walter Scott,* Cinq-Mars. *Le succès rencontré par l'ouvrage conduit Vigny à poursuivre dans la voie de l'écriture en prose : il publie* Stello *en 1832, suivi en 1835 par* Grandeur et servitude militaires. *Mais déjà il a ajouté une nouvelle corde à son arc en écrivant pour la scène. Après une adaptation d'*Othello *en 1829, il fait représenter* La Maréchale d'Ancre *en 1831,* Quitte pour la peur *en 1833 et, surtout,* Chatterton, *qui remporte un triomphe en 1835. Deux ans plus tard, les épreuves qui l'accablent – décès de sa mère, longue maladie de sa femme et rupture avec l'actrice Marie Dorval – le décident à s'éloigner de Paris. Il se retire près d'Angoulême. Dans les années 1840, il donne encore à* La Revue des deux mondes *quelques poèmes, notamment, en 1843 et 1844,* La Mort du loup, La Maison du berger *et* Le Mont des Oliviers. *Élu en 1845 à l'Académie française, Vigny s'enferme ensuite dans la solitude et le silence.*

20 février
Le maréchal Mortier, malade, abandonne la présidence du Conseil.

2 mars
Balzac : *Le Père Goriot.*

BALZAC

Après avoir terminé ses études au lycée de Tours, Honoré Balzac (1799-1850) rejoint Paris en 1816. Destiné à la carrière du droit par ses parents, il découvre chez un avoué puis chez un notaire les « antres de la chicane », sans passion ni dégoût, mais non sans profit. C'est au moment où sa famille quitte Paris pour Villeparisis, en 1819, que Balzac décide, lui qui n'a rien écrit encore, si ce n'est un peu convaincant Traité de la volonté, *de vivre de sa plume. Vivant chichement sous les toits d'un immeuble de la rue Lesdiguières, il s'initie au métier des lettres, fréquentant la bibliothèque de l'Arsenal, s'essayant à des tragédies (un* Cromwell *notamment) et, pour subsister, écrivant, seul ou en collaboration, des romans de commande.*
Balzac succombe aussi à ce qu'il croit être une vocation pour les affaires. Il se lance dans l'édition et dans l'imprimerie, la tête pleine de projets grandioses et les poches garnies des subsides que lui ont consentis sa mère et Mme de Berny ; mais l'entreprise périclite bientôt, comme ce sera le cas de toutes les entreprises – de l'exploitation des mines d'argent de Sardaigne à l'ouverture d'un canal parallèle à la Loire et de la création d'une plantation d'ananas près de Paris à la mise en coupe des forêts d'Ukraine où Mme Hanska possède de vastes propriétés – imaginées par cet homme prodigue et peu fait pour la spéculation.
En 1829, déjà criblé de dettes, Balzac revient à la littérature et publie, cette fois sous son nom, un premier roman : Les Chouans. *L'année suivante paraît le premier volume des* Scènes de la vie privée *(dont la nouvelle* Le Bal de

Sceaux), *puis un second en 1832, avec* Le Curé de Tours. *C'est à partir de 1833 qu'il donne le meilleur de son œuvre, mais le succès est venu dès 1831 avec* La Peau de chagrin.
Balzac songe aussi à la politique. Collaborant à divers journaux, il tente l'aventure de la députation, mais après un échec cinglant essuyé en 1831, il y renonce et commence à prendre ses distances avec le légitimisme dont il avait défendu les couleurs. Entre 1833 (Eugénie Grandet) *et 1835* (Le Père Goriot), *Balzac publie plusieurs de ses œuvres principales et conçoit l'idée de créer, à travers la réapparition des mêmes personnages d'un roman à l'autre, un univers romanesque fermé et pourvu d'une unité. C'est après la publication du* Lys dans la vallée *(1836) et le début de celle des* Illusions perdues *(1837-1843) qu'il trouve un titre pour ce monde né de sa plume,* La Comédie humaine *(1841), et qu'il envisage de continuer son œuvre selon un plan systématique afin de donner un tableau complet de la société de son temps. Mais son départ pour la Russie en 1843, puis ses longs voyages à travers l'Europe en compagnie de Mme Hanska (1845 et 1846), ralentissent son activité créatrice. Il termine cependant* Splendeur et misère des courtisanes *et publie encore* La Cousine Bette *et* Le Cousin Pons *(1846-1847). Balzac, qui a rejoint Mme Hanska en Ukraine à l'automne de 1848, l'épouse enfin le 14 mars 1850. Mais à peine le couple a-t-il regagné Paris que Balzac, affaibli par la maladie, doit s'aliter. Il s'éteint le 18 août 1850.*

8 mars
Lacordaire inaugure les conférences de Carême à Notre-Dame. Il créera une conférence à Metz (1837-1838) avant son départ pour Rome.

12 mars
Après trois semaines de vaines tractations, formation du second ministère Broglie (président du Conseil et Affaires étrangères): Thiers (Intérieur), Guizot (Instruction publique et Cultes), Humann (Finances), Persil (Justice), Duchâtel (Commerce et Travaux publics), Duperré (Marine), maréchal Maison (Guerre). Rigny est nommé ministre sans portefeuille.

18 mars
La Chambre des députés ratifie le traité signé avec les États-Unis le 4 juillet 1831 (et rejeté le 1er avril 1834).

avril
Abd el-Kader, qui a consolidé son autorité dans la province d'Oran, franchit la frontière orientale du beylicat d'Oran et s'empare des cités de Miliana et Médéa. Seul le beylicat de Constantine et les villes occupées par les Français sur la côte échappent à son autorité.
Lamartine publie *Voyage en Orient*, évocation du long périple qu'il a effectué entre juillet 1832 et octobre 1833.

25 avril
Henri Heine: *De l'Allemagne*.

2 mai
Adolphe Quételet: *Sur l'homme et le développement de ses facultés, essai de physique sociale*. Les bases de la «statistique morale» ont été posées en 1827 avec la publication des premiers *Comptes de la justice criminelle* de Guerry. L'année qui suit la parution du livre de Quételet, Parent-Duchâtelet fait paraître le célèbre *De la prostitution dans la ville de Paris, considérée sous le rapport de l'hygiène publique, de la morale et de l'administration*, et d'Angeville un *Essai sur la statistique de la population française considérée sous quelques-uns de ses rapports physiques et moraux*. Deux autres contributions majeures seront publiées en 1840: *La Misère des classes laborieuses en France et en Angleterre*, de Buret, et le *Tableau de l'état physique et moral des ouvriers employés dans les manufactures de coton, de laine et de soie*, de Villermé.

3 mai-11 octobre
Franz Liszt publie dans la *Gazette musicale de Paris* une série de six articles intitulée «De la situation des artistes et de leur condition dans la société». Dans la même revue, Liszt publie le 6 décembre 1835 une *Lettre d'un voyageur, à M. George Sand*. Tous ces textes sont dédiés à l'art défini comme un sacerdoce.

5 mai
Ouverture du procès, devant la Chambre des pairs, de 164, dont 43 contumaces, inculpés (parisiens et lyonnais) pour leur participation aux insurrections d'avril 1834. Daumier dessine la peu flatteuse galerie de portraits des *Juges des accusés d'avril*.

9 mai
Bautain: *La Philosophie du christianisme*.

11 mai
Les journaux républicains publient un manifeste de soutien aux accusés d'avril: «L'infamie du juge

fait la gloire de l'accusé.» Il est revêtu de 110 signatures, dont celles des députés Cormenin et Audry de Puyraveau. La Cour des pairs engage des poursuites contre les auteurs du manifeste, Trélat et l'avocat Michel de Bourges, condamnés l'un à quatre ans, l'autre à un mois de prison.

12 mai
Abolition des majorats.
La Tribune des départements d'Armand Marrast cesse de paraître, accablée sous le poids des condamnations: vingt en quatre ans, pour un total de quarante-neuf années de prison et 150000 francs d'amendes.

14 mai
Montalembert, qui vient d'atteindre l'âge de 25 ans, prend place à la Chambre des pairs où il est l'un des derniers à bénéficier de l'élévation à la pairie à titre héréditaire.

17 mai
La mort du roi d'Espagne Ferdinand VII, en 1833, a déclenché une lutte de succession entre la reine Isabelle II, désignée par son père pour lui succéder, et le frère du feu roi, don Carlos. La régente Marie-Christine, qui gouverne au nom d'Isabelle II (née en 1830), sollicite l'aide de la France et de l'Angleterre afin de contrer l'avance des carlistes (partisans de don Carlos). Les deux puissances adoptent une attitude dilatoire (8 juin). Thiers s'est prononcé pour une intervention, mais il a dû s'incliner: Louis-Philippe s'y oppose.

23 mai
Édition des *Chansons complètes* (1835-1836) de Paul-Émile Debraux, auteur de «Fanfan la Tulipe», condamné à six mois de prison en 1822 pour ses chansons à la gloire de l'Empire.

15 juin
Musset publie *La Nuit de mai* dans *La Revue des deux mondes*; il y publiera le 1er décembre *La Nuit de décembre*, et le 15 août 1836 *La Nuit d'août*.

25 juin
Gros se suicide dans un étang à Meudon.

26 juin
Un incident mineur déclenche dans l'Oranais les hostilités entre les troupes de Trézel et celles d'Abd el-Kader. Le 28, une colonne française est décimée dans le défilé de la Macta. Drouet d'Erlon révoque le général Trézel.

8 juillet
Le gouverneur général des possessions françaises en Algérie, Drouet d'Erlon, est rappelé à Paris et remplacé par le maréchal Clauzel, partisan déclaré d'une extension de la colonisation. Des renforts sont envoyés à Alger.

9 juillet
Émile Pereire reçoit l'autorisation de construire «à ses frais, risques et périls» la ligne de chemin de fer reliant Paris à Saint-Germain-en-Laye.

12 juillet
Les 28 principaux accusés parisiens du «procès d'avril», dont Godefroy Cavaignac et Marrast, s'évadent de Sainte-Pélagie par un souterrain.

28 juillet
Boulevard du Temple, Louis-Philippe échappe à un attentat. La machine infernale tue 11 personnes, dont le maréchal Mortier, et en blesse plusieurs dizaines d'autres, dont sept mourront peu après. En août et septembre, les responsables, Fieschi, Morey, Pépin et Boireau, sont arrêtés. Les trois premiers sont des habitués des sociétés secrètes et des conspirations, le dernier un simple comparse.

4 août
Le gouvernement dépose trois projets de lois d'exception: sur le déroulement des procès pour rébellion, sur les jurys d'assises et sur la presse.

13 août
Par 212 voix contre 72, les députés adoptent une loi qui, dans les procès pour détention d'armes de guerre ou participation à une insurrection, renforce les pouvoirs du président de la cour d'assises et du procureur général.
Verdict de la Chambre des pairs contre les 59 accusés lyonnais. Le 15, elle décide de juger les accusés parisiens sur pièces. Les audiences sont suspendues.

20 août
Révision, par 224 voix contre 149, de la loi du 4 mars 1831 qui écartait les magistrats de la cour d'assises de la connaissance du fait et réservait la déclaration de culpabilité aux jurés décidant à la majorité des deux tiers (huit contre quatre). La majorité exigée pour emporter la déclaration de culpabilité est ramenée à la majorité simple (sept contre cinq).

29 août
Adoption, par 226 voix contre 153, d'une loi qui interdit aux journaux d'attaquer et même de discuter, sous quelque forme que ce soit, la personne

du roi, la Charte et la forme du gouvernement. La loi interdit également à la presse de rendre compte des procès pour outrage ou injure, de s'associer à des souscriptions pour venir en aide aux journaux condamnés à des amendes. Certains délits sont qualifiés d'attentats et renvoyés au jugement de la Cour des pairs. Les tribunaux reçoivent le droit de suspendre pendant quatre mois les journaux qui auraient fait l'objet de deux condamnations la même année. Le montant du cautionnement est relevé de 2400 francs de rentes à 100000 francs en numéraire pour les journaux paraissant plus de deux fois par semaine; il varie pour les autres périodiques entre 25000 et 75000 francs. Enfin, la loi soumet la publication des gravures, lithographies, dessins et estampes à l'obtention d'une autorisation délivrée par le ministre de l'Intérieur.

9 septembre
Promulgation des lois votées les 13, 20 et 29 août («lois de septembre»). La loi du 29 août sur la presse entraîne la disparition d'une trentaine de publications républicaines. Parmi les plus connues, *La Caricature* de Philipon, *Le Populaire* de Cabet et *Le Réformateur* de Raspail.

11 septembre
Nomination d'une «fournée» de 30 pairs.

19 septembre
Charles Fourier: *La Fausse Industrie morcelée, répugnante, mensongère et l'antidote: l'industrie naturelle, combinée, véridique donnant quadruple produit* (1835-1836).

octobre
Vigny: *Grandeur et servitude militaires*. Les deux premiers récits avaient été publiés dans *La Revue des deux mondes* en mars 1833 et en avril 1834.

26 octobre
Victor Hugo: *Les Chants du crépuscule*.

26 novembre-21 décembre
Le maréchal Clauzel et le duc d'Orléans (fils aîné de Louis-Philippe) s'emparent de Mascara (Oranais), la «capitale» de l'émir Abd el-Kader.

28 novembre
Théophile Gautier: *Mademoiselle de Maupin, double amour* (la publication s'achève en 1836).

décembre
Charles-Auguste Havas transforme en Agence le «bureau» qu'il avait installé à Paris en 1832 pour collecter des informations ensuite vendues aux journaux. L'Agence Havas se dote bientôt d'un important réseau de correspondants.

décembre 1835-janvier 1836
La Chambre des pairs rend son jugement à l'encontre des accusés du «procès d'avril» qui n'ont pas encore été condamnés. Aucun des 164 accusés n'a été condamné à mort; la plupart le sont à quelques années de prison (43 avaient réussi à échapper aux poursuites, 28 autres se sont évadés le 12 juillet). Ce procès a provoqué la dissolution de la Société des droits de l'homme. Bientôt naît de ses débris, sous l'impulsion de Blanqui et de Barbès, la Société des familles. Strictement hiérarchisée et cloisonnée, cultivant le secret le plus absolu, elle compte un millier de membres au début de 1836. D'autres sociétés secrètes existent à Paris (les Légions révolutionnaires par exemple), dans certaines grandes villes (Lyon) et dans l'armée: l'une de celles-ci est démantelée à Tours en janvier 1836.

BARBÈS

Né en Guadeloupe, mais ayant passé son enfance à Carcassonne où son père exerçait la profession de médecin, Armand Barbès (1809-1870) est comme beaucoup d'autres monté à Paris. On le retrouve après la révolution de Juillet militant actif de la Société des droits de l'homme, très lié à Blanqui. C'est en sa compagnie qu'il fonde la Société secrète des familles puis, en 1838, la Société des saisons dont la manifestation la plus éclatante est l'insurrection manquée du 12 mai 1839. Arrêté avec plusieurs de ses complices, Barbès est condamné à mort. Gracié par Louis-Philippe, il goûte cette fois durablement de la paille des cachots, jusqu'à ce que la révolution de Février 1848 le rende à la liberté. Comme d'autres conspirateurs, Barbès aurait alors pu prendre une retraite confortable, en acceptant la place de gouverneur du palais du Luxembourg que lui offrait le gouvernement provisoire. Mais Barbès refuse et redescend dans la rue. Président du Club de la Révolution, il rompt bientôt avec Blanqui qui dirige un club rival. Élu député de l'Aude le 23 avril 1848, Barbès ne fait que passer à l'Assemblée constituante. Il est bien sûr de l'insurrection du 15 mai, et se retrouve derechef derrière les barreaux. Condamné à la prison à vie, il sera gracié par Napoléon III en 1854 et finira sa vie en exil à La Haye.

1836

janvier
Guizot dépose un projet de loi sur la liberté de l'enseignement secondaire, jusqu'alors soumis, à l'exception des « petits séminaires », au monopole de l'Université. Le projet supprime l'autorisation préalable pour l'ouverture d'établissements privés; l'administration conserve un droit de surveillance, mais la décision de fermer un établissement privé est attribuée aux seuls tribunaux civils. Le projet ne modifie pas le régime des « petits séminaires ». Il ne sera examiné par les députés qu'en mars 1837. L'enseignement secondaire repose alors sur 46 collèges royaux (18 700 élèves), 312 collèges communaux (26 600 élèves), 112 institutions et 914 pensions (environ 70000 élèves), soit un total d'environ 115000 élèves auxquels il faut ajouter 20000 séminaristes, soit un élève du secondaire pour 493 habitants. La proportion était à la fin de l'Ancien Régime d'1 pour 382 habitants.

9 janvier
Exécution de Lacenaire. Il avait été arrêté après avoir, en décembre 1834, sauvagement assassiné la veuve Chardon et son fils, et agressé un garçon de recette, rue Montorgueil.

14 janvier
L'annonce par le ministre des Finances Humann d'une conversion de la rente 5 % fait l'effet d'une bombe.

18 janvier
Humann doit démissionner. Argout le remplace aux Finances. De Broglie retire le projet de conversion des rentes, mais la Chambre exige des explications.

février
Lamartine: *Jocelyn*. L'ouvrage est mis à l'Index le 22 septembre, avec le *Voyage en Orient* publié en avril 1835.

1er février
Alfred de Musset: *La Confession d'un enfant du siècle.*

MUSSET

Alfred de Musset (1810-1857) a tout juste 20 ans lorsque paraissent ses Contes d'Espagne et d'Italie *(1831). Mais c'est au théâtre qu'il souhaite consacrer son œuvre. Ses débuts sont cependant malheureux. Pièces refusées, échecs, il décide de ne plus faire jouer ses œuvres. En 1833, une brève, passionnée et orageuse liaison avec George Sand libère son énergie créatrice. Il publie alors en quelques années une série d'incomparables chefs-d'œuvre:* Les Caprices de Marianne *(1833),* On ne badine pas avec l'amour *et* Lorenzaccio *(1834),* Il ne faut jurer de rien *(1836) – auxquels il faut ajouter des poèmes (*Les Nuits, *1835-1837) et un roman inspiré par ses tumultueuses amours avec George Sand,* La Confession d'un enfant du siècle. *Musset n'a que 26 ans, mais il a brûlé sa vie, épuisé son génie et perdu la prodigieuse facilité de ses 20 ans.*

4-5 février
La Chambre rejette (194 voix contre 192), les explications fournies par Broglie sur le projet de conversion des rentes. Le 5, le gouvernement démissionne.

19 février
Exécution de Fieschi, Morey et Pépin, auteurs de l'attentat du 28 juillet 1835 contre Louis-Philippe.

22 février
Gouvernement Thiers (président du Conseil et Affaires étrangères): Sauzet (Justice), Passy (Commerce et Travaux publics), Pelet de la Lozère (Instruction publique), Montalivet (Intérieur), Maison (Guerre), Duperré (Marine), Argout (Finances).

THIERS

En septembre 1821, Louis-Adolphe Thiers (1797-1877), fraîchement diplômé de la faculté de droit d'Aix, arrive à Paris, bien décidé à se faire une place dans le monde brillant de la politique et de la littérature. Pas plus handicapé par sa petite taille que par ses origines modestes, Thiers, l'esprit pétillant, la repartie vive, se multiplie dans les salons, dans les rédactions, dans les entours du pouvoir. D'une ambition sans limite, il lui faut briller partout.
À peine arrivé, il se faufile auprès des éditeurs du Constitutionnel, *le journal de l'opposition libérale. La tribune est d'importance, et Thiers peut y exprimer ses talents multiples, dissertant sur la politique, la littérature ou l'art. En 1823, il commence la publication de l'œuvre qui le signale définitivement à l'attention du camp libéral et lui donne l'épaisseur intellectuelle alors fort utile pour accéder aux premiers rangs du petit monde de la politique: une* Histoire de la Révolution française *torrentielle (1823-1827, 10 volumes), dont*

le principal mérite, au moment où la mort du duc de Berry a ramené les ultras au pouvoir, est de célébrer 1789 tout en portant un regard nuancé, pour ne pas dire complaisant, sur 1793.
Thiers politique est tout entier dans Thiers historien. Une intelligence remarquable, l'art de mesurer les circonstances et de saisir les opportunités, juste ce qu'il faut de convictions pour prétendre au premier rôle. En 1829, il est à la pointe du combat contre le ministère Polignac. En janvier de l'année suivante, il fonde en compagnie d'Armand Carrel et de son ami d'enfance Mignet Le National *où, dans plusieurs articles retentissants, il plaide à mots à peine couverts pour un 1688 à la française qui permettrait de réussir là où les ancêtres de 1789 ont échoué: faire une monarchie nationale, cette fois en changeant la dynastie. Lorsque Cauchois-Lemaire avait le premier lancé publiquement l'idée, elle avait choqué. Cette fois elle est dans l'air, avant de s'inscrire dans les faits en juillet 1830, grâce notamment à l'activité inlassable de Thiers qui s'agite et se démène, d'abord pour convaincre Louis-Philippe d'accepter la couronne, ensuite pour écarter la menace républicaine en la prenant de vitesse.*
Le nouveau régime proclamé, Thiers va être l'un des principaux agents de sa consolidation. Entre 1832 et 1834, il dirige tantôt l'Intérieur, tantôt les Travaux publics. Dans le premier de ces deux postes, il fait preuve d'une brutalité telle dans la répression des mouvements sociaux ou des soulèvements républicains qu'elle lui aliène le soutien de ses anciens amis libéraux, comme Carrel, mais lui vaut l'estime des amis de l'ordre. Entre Thiers et Guizot, il existe finalement d'assez minces différences d'analyse ou de projet politiques. S'ils deviennent bientôt d'inconciliables rivaux, c'est davantage affaire de compétition auprès du roi, affaire de tempérament surtout.
En février 1836, la chute du ministère Broglie amène pour la première fois Thiers au pouvoir. L'expérience sera brève: six mois, au terme desquels Thiers, désavoué par le roi, doit céder la place à Molé et Guizot. Ce premier passage au pouvoir n'a guère été marqué par d'importantes réalisations, mais bien plutôt par une sinueuse politique étrangère calculée à l'aune d'un seul mobile: le maintien au pouvoir d'Adolphe Thiers. Le nouveau président du Conseil trouve à son arrivée une politique déjà entamée de rapprochement avec les monarchies absolues d'Europe. Thiers creuse ce sillon et imagine une somptueuse combinaison matrimoniale franco-autrichienne pour l'héritier du roi de 1830 qui lui attacherait la faveur royale. Malgré toute son habileté, l'affaire capote. Thiers fait alors volte-face et tente d'entraîner Louis-Philippe dans une intervention aux côtés des libéraux espagnols contre les souverains absolus d'Europe. Louis-Philippe refuse; Thiers démissionne.
Là où il fait merveille, c'est dans le rôle d'opposant. De la fin de 1836 à celle de 1839, il est de tous les assauts lancés contre la forteresse Molé, si déterminé qu'il réussira à vaincre ses répugnances pour faire alliance avec Guizot.
Son second passage à la présidence du Conseil, entre mars et octobre 1840, ne dément pas la supériorité du Thiers opposant sur le Thiers gouvernant. Excepté peut-être le retour des cendres de Napoléon, nulle mesure utile, mais une escalade diplomatique à propos de l'Égypte qui manquera de très peu d'entraîner la France dans une guerre avec l'Angleterre. Thiers devient alors le général en chef des matamores qui croient revivre le temps de Valmy et conjurent la France de se lancer à l'assaut de l'Europe. Encore une fois Louis-Philippe met un brutal coup d'arrêt à l'aventure. Thiers rejoint le camp de l'opposition, ses chances d'en sortir et de retrouver le timon des affaires s'amenuisant avec la consolidation du ministère dirigé par Soult et Guizot.
Il retourne alors à l'histoire et commence la publication d'une monumentale Histoire du Consulat et de l'Empire *(1845-1862, 20 volumes). Ce n'est cependant pas l'heure de la retraite.*
En 1847, avec Odilon Barrot, Thiers patronne, du moins à ses débuts, le mouvement des banquets, pensant ainsi exercer une pression suffisante sur le roi pour l'amener à «lâcher» Guizot. La manœuvre réussit trop bien. Louis-Philippe abandonne en effet Guizot pour charger Thiers et Barrot de former un nouveau gouvernement, mais le 24 février 1848, alors que le régime est à terre.
Élu à l'Assemblée constituante d'avril 1848, Thiers soutient en décembre l'élection de Louis-Napoléon Bonaparte à la présidence de la République. S'il retrouve alors son influence parlementaire d'antan, jouant un grand rôle dans le vote de la loi de 1850 qui restreint le suffrage universel, le coup d'État du 2 Décembre l'oblige à quitter la France. L'exil est bref, Thiers est de retour en France en 1852, mais il ne fait plus parler de lui jusqu'aux élections législatives de 1863, où il est élu comme député orléaniste. Il figure en tête de l'opposition libérale au régime, multipliant les interventions en faveur de l'établissement des «libertés nécessaires». En 1870, hostile à la mobilisation, il tente une médiation auprès de Bismarck, mais ses efforts restent vains. Après l'effondrement du Second Empire, Thiers est élu à l'Assemblée nationale de février 1871 et

nommé chef du pouvoir exécutif. La lourde tâche lui incombe alors de négocier et de faire ratifier le traité de paix, puis de négocier l'évacuation des troupes prussiennes qu'il obtiendra par le paiement anticipé, grâce à l'emprunt, de l'énorme indemnité imposée par le vainqueur, au milieu de difficultés de toutes sortes : il doit tempérer l'ardeur de ses amis orléanistes qui le pressent de préparer le rétablissement de la monarchie et, surtout, venir à bout de la Commune de 1871. Officiellement président de la République depuis août 1871, Thiers annonce en novembre 1872 qu'il est désormais partisan de l'instauration d'une République conservatrice. Il s'aliène le soutien de la majorité monarchiste qui, le 24 mai 1873, le contraint à la démission. En 1876, un an avant sa disparition, il est élu député de la Seine.

29 février
À l'Opéra, création des *Huguenots* de Meyerbeer.

18 mars
Thiers rejette un nouvel appel à l'aide de la régente d'Espagne Marie-Christine, menacée par l'avancée des troupes fidèles au prétendant don Carlos, et qui a obtenu le soutien de l'Angleterre.

21 mars
Une loi établit une distinction entre les chemins vicinaux proprement dits et les chemins vicinaux de grande communication, qui peuvent bénéficier de subventions départementales.

11 avril
Au Collège de France, première leçon du chimiste Jean-Baptiste Dumas.

JEAN-BAPTISTE DUMAS

La vie de Jean-Baptiste Dumas (1800-1884) se divise en deux parties : l'une consacrée à la chimie, l'autre à accumuler honneurs et décorations ; l'une dans la solitude du laboratoire, l'autre dans les entours du pouvoir. Remarqué par Thénard, Dumas est bientôt reconnu comme l'un des premiers chimistes de son temps. Ses travaux sur les alcools et sur les densités de vapeur font époque, tout comme sa découverte de la loi des « substitutions » et les recherches réalisées avec Jean-Baptiste Boussingault (1802-1887) dans le domaine de la chimie végétale et organique. En 1829, il est l'un des fondateurs de l'École centrale des arts et manufactures. Mais sous la IIe République, Dumas déserte son laboratoire et l'enseignement, leur préférant désormais la politique et les honneurs : député et ministre en 1849, sénateur sous le Second Empire, il se montre partisan zélé de Napoléon III et d'un régime autoritaire qui convient bien au tempérament de cet homme dominateur, entêté, bienveillant avec les esprits dociles mais incapable de reconnaître les mérites éventuels des caractères mieux trempés. Nombreux sont ses élèves qui en ont fait l'amère expérience. Son Traité de chimie appliquée aux arts *(1828-1846) a longtemps fait autorité.*

14 avril
Clauzel regagne Paris pour venir défendre son projet de conquête du Constantinois.

27 avril
Abd el-Kader inflige une sévère défaite aux Français à l'embouchure de la Tafna. Des renforts placés sous le commandement du général Bugeaud sont envoyés à Oran.

7 mai
Claude Fauriel publie *Histoire de la Gaule méridionale sous la domination des conquérants germains* (l'invention de l'Occitanie).

juin
Échec des négociations entamées par Thiers pour conclure un mariage entre le duc d'Orléans et une princesse autrichienne. Thiers tente de rétablir sa situation en faisant volte-face en Espagne : après avoir refusé le 18 mars de secourir la régente Marie-Christine, il accepte de réunir à Pau une légion de 3000 « volontaires » commandés par le général Lebeau et esquisse un rapprochement avec l'Angleterre.

5 juin
Loi sur les caisses d'épargne. Entre 1834 et 1837, 241 caisses d'épargne sont créées. On dénombre en 1844 150000 déposants et 393 millions en dépôt, et trois ans plus tard 364 caisses, 737000 déposants et 358 millions de dépôts.

10 juin
Thiers et Guizot s'affrontent sur la question algérienne : Guizot dénonce les projets du maréchal Clauzel au sujet des Constantinois.

23 juin
Une ordonnance réglemente l'organisation et le fonctionnement des écoles primaires de filles (de 5 463 écoles en 1837, elles passent à 7 658 en 1848).

25 juin
Un ancien sous-officier, Louis Alibaud, tire sur le roi au Pont-Royal. Condamné à mort, il est guillotiné le 11 juillet.

juillet
Balzac : *Le Lys dans la vallée.*

1er juillet
Musset publie *Il ne faut jurer de rien.*
Émile de Girardin fonde *La Presse*, journal quotidien d'information à bon marché, grâce à la place plus grande faite aux annonces publicitaires, et vendu au numéro à une époque où les journaux tirent l'essentiel de leurs ressources d'abonnements souvent onéreux. Le même jour, Armand Dutacq lance un quotidien concurrent au même prix, *Le Siècle.*

LA NAISSANCE DE LA PRESSE

Dutacq a fondé l'année précédente (décembre 1835) Le Droit, *revue judiciaire concurrente de* La Gazette des tribunaux. *Après le lancement du* Siècle, *il se lance dans de multiples entreprises journalistiques (il rachète* Le Charivari, *crée une nouvelle formule du* Figaro, *finance* Les Guêpes *d'Alphonse Karr en novembre 1839) et théâtrales qui le conduiront pour finir à devoir céder en février 1840 la gérance du plus beau fleuron de son empire,* Le Siècle, *à Louis Perrée. À cette date, le tirage du* Siècle *est passé d'environ 11 000 exemplaires en 1837 à plus de 33 000. L'audience de* La Presse *est plus modeste, moins de 12 000 exemplaires en 1838. Le journal souffre de sa réputation d'auxiliaire des ambitions politiques de Molé et surtout de l'hostilité des républicains qui ne pardonnent pas à son directeur, Émile de Girardin, d'avoir tué Armand Carrel en duel (22 juillet 1836). Longtemps déficitaire,* La Presse *ne dégagera des bénéfices qu'après l'entrée de Dujarrier dans le capital de la société éditrice (31 août 1839). En 1846, 22 000 exemplaires de* La Presse *sont vendus chaque jour, loin encore du* Siècle, *celui-ci devenu l'organe de l'opposition dynastique (34 000 exemplaires). Cette hausse des ventes s'inscrit d'ailleurs dans un mouvement dont profite l'ensemble de la presse quotidienne : 73 000 exemplaires vendus à Paris en 1836, 148 000 en 1845. Autre facteur explicatif de l'audience croissante de la presse quotidienne à bon marché : la publication de romans en feuilleton.* La Presse *inaugure le genre dès le mois d'octobre 1836 avec* La Vieille Fille *de Balzac, que désormais de nombreux journaux s'arrachent à prix d'or : non seulement* La Presse *et* Le Siècle, *mais également le vieux* Journal des débats *et, après son rachat par Véron en mars 1844,* Le Constitutionnel. *George Sand, Alexandre Dumas et Frédéric Soulié sont également très sollicités. Mais Eugène Sue sera le vrai roi du roman-feuilleton, d'abord avec* Les Mystères de Paris *publiés entre juin 1842 et octobre 1843 dans le* Journal des débats, *ensuite avec* Le Juif errant *vendu au* Constitutionnel *(juin 1844-juillet 1845).*

6 juillet
En Algérie, le général Bugeaud inflige de lourdes pertes aux troupes d'Abd el-Kader près de Tlemcen.

15 juillet
Armand Carrel plaide dans *Le National* les circonstances atténuantes pour l'assassinat politique.

22 juillet
Émile de Girardin tue Armand Carrel en duel.

GIRARDIN

Émile de Girardin (1806-1881) est entré dans la carrière du journalisme, à la veille de la révolution de Juillet, par un coup d'éclat : la création de La Mode, *réédité le 1er juillet 1836 lors du lancement de* La Presse. *En tuant Armand Carrel en duel, c'est un peu l'ancienne presse qu'il tue. En 1845, une sombre affaire de concurrence provoque la rupture de Girardin et de Guizot qu'il a jusqu'alors plutôt soutenu. Dès lors, Girardin met* La Presse *au service du combat de l'opposition contre l'inamovible ministre. Orléaniste de conviction, il intervient toutefois en Février 1848, d'abord pour amener Louis-Philippe à abdiquer, ensuite en faveur de la proclamation de la République. Ennemi juré d'Eugène Cavaignac, Girardin se range par la suite derrière Louis-Napoléon Bonaparte, avec lequel il ne tarde d'ailleurs pas à rompre. Bientôt il subit les conséquences de cette rupture avec l'Empereur : les ventes de* La Presse *s'effondrent ; en 1856 Girardin doit céder ses parts. L'avènement de « l'Empire libéral » le remet en selle (*La Liberté, *1866-1870, puis* Le Petit Journal *et* La France*).*

29 juillet
Inauguration de l'Arc de Triomphe de la place de l'Étoile.

11 août
La Société des familles est démantelée, mais bientôt remplacée par une nouvelle société secrète, la Société des saisons.

12 août
Un putsch contraint la reine régente d'Espagne Marie-Christine à accepter la Constitution libérale de 1812. Le général Lebeau se prépare à entrer en Espagne pour combattre les carlistes et appuyer le nouveau gouvernement. Mais, Louis-Philippe désapprouvant toute intervention militaire en Espagne, Thiers démissionne le 16, suivi le 25 par les autres ministres.

28 août
Le maréchal Clauzel regagne Alger après avoir obtenu un accord de principe sur une offensive en direction de Constantine.

31 août
Création, aux Variétés, de *Kean* d'Alexandre Dumas.

6 septembre
Gouvernement Molé (président du Conseil et Affaires étrangères): Gasparin (Intérieur), Duchâtel (Finances), Guizot (Instruction publique), Persil (Justice), Rosamel (Marine). Le 19 septembre, le portefeuille de la Guerre est attribué au général Bernard et celui du Commerce et des Travaux publics à Martin du Nord.

MOLÉ

Louis-Mathieu de Molé (1781-1855), descendant d'une illustre lignée de parlementaires et fils d'une victime de la Terreur, s'était signalé à l'attention de Napoléon par un éloge du despotisme (Essai de morale et de politique). *Membre du Conseil d'État, ministre de la Justice en 1813, ses liens avec le régime impérial apparaissaient si étroits qu'il avait été écarté par Louis XVIII en 1814. Souvent accusé d'opportunisme, Molé avait exprimé dans son* Essai de morale et de politique *très controversé le fond de sa pensée: la conviction que le despotisme, tel qu'il s'était incarné dans le régime impérial, constituait la meilleure digue contre la dissolution sociale dont menaçaient tant les rémanences de l'esprit révolutionnaire que les entreprises des contre-révolutionnaires. C'est bien pourquoi après 1815, luttant d'un côté contre les ultras, il se range d'instinct derrière le moins libéral et le moins politique, le plus autoritaire aussi, des ministres de Louis XVIII: le duc de Richelieu. Désapprouvant la politique trop démocratique de Decazes et de Gouvion Saint-Cyr, il ne critique pas moins les mesures réactionnaires prises par Villèle. La formation du ministère Polignac le jette dans l'opposition. Hostile par tempérament à l'insurrection de 1830, Molé devient rapidement l'un des proches de Louis-Philippe. Celui-ci, dès lors, n'aura de cesse de porter son « cher Molé » à la tête du gouvernement. Le roi se résigne à Laffitte, à Casimir Perier, au duc de Broglie, à Thiers ou à Guizot, mais sa prédilection va à Molé dont il partage l'inclination pour un pouvoir exécutif fort, soustrait à la domination des Chambres, qui du même coup lui donnerait une prise directe sur la direction des affaires qu'il n'a cessé de chercher à s'assurer tout au long de son règne, au rebours de son image (mensongère) de monarque parlementaire. Le règne de Molé ne dure cependant que moins de trois ans: de septembre 1836 à mars 1839. Molé survit à la révolution de 1848. Il continue de jouer un rôle dans les Assemblées de la IIe République, mais en mineur, et le coup d'État du 2 décembre 1851 met un terme à sa carrière politique.*

17 octobre-23 novembre
Une amnistie est accordée à 62 condamnés pour délits politiques, dont Peyronnet, Chantelauze et Guernon-Ranville. La condamnation de Polignac à la prison perpétuelle est commuée en vingt années de bannissement hors de France.

23 octobre-4 novembre
La Vieille Fille de Balzac est publié en feuilleton dans *La Presse*.

25 octobre
L'obélisque de Louqsor, offert par Méhémet-Ali à la France au début de 1830, est érigé sur la place de la Concorde.

30 octobre
Le prince Louis-Napoléon Bonaparte (neveu de Napoléon Ier) tente, avec l'aide de quelques complices, de soulever la garnison de Strasbourg qu'il se propose de faire marcher sur Paris pour renverser Louis-Philippe. Cette tentative de putsch échoue, Louis-Napoléon et ses complices sont arrêtés.

5 novembre
Lamennais: *Affaires de Rome*. L'ouvrage contient « Des maux de l'Église et de la société et des moyens d'y remédier ». Lamennais rompt avec l'Église:

entre le « faux » christianisme de Rome et le « vrai » christianisme de l'humanité, son choix désormais est fait. Lamennais ne reviendra pas en arrière.

9 novembre-1er décembre
En Algérie, échec de l'expédition lancée sur Constantine par le maréchal Clauzel, aussitôt remplacé par Damrémont.

21 novembre
Louis-Napoléon Bonaparte, conduit sous bonne escorte de Strasbourg à Lorient, est embarqué sur un navire à destination de l'Amérique (où il débarquera le 30 mars 1837). Ses complices sont renvoyés en cour d'assises.

26 novembre
Michel Chevalier : *Lettres sur l'Amérique du Nord.*

27 décembre
Louis-Philippe échappe à un nouvel attentat. Le tireur, Meunier, un exalté de 22 ans, est arrêté.

30 décembre
La France compte 33 540 910 habitants.

autres événements
• Les deux frères Schneider rachètent les forges du Creusot.

LES « BARONS DU FER » : SCHNEIDER, WENDEL, DE DIETRICH

Le patronat de la sidérurgie s'incarne dans des dynasties qui constituent tout au long du siècle des empires puissants. Eugène Schneider (1805-1875), fils de notaire et descendant de laboureurs, a passé sa jeunesse au château familial de Bidestroff en Meurthe-et-Moselle. Après son baccalauréat, il entre à la banque Seillière, bientôt rejoint par son frère aîné Adolphe. En 1836, les deux frères rachètent les forges du Creusot, en dépôt de bilan depuis 1833, et forment la société en commandite par actions Schneider Frères et Compagnie. Ils sont en fait les gérants d'une société en majorité contrôlée par Seillière et le maître de forges Louis Boigues, beau-père d'Adolphe. La mort accidentelle de ce dernier en 1845 fait d'Eugène le seul gérant d'une entreprise qu'il va perfectionner sur le plan technique (bateau à vapeur à coque métallique, construction de la première locomotive française, la « Gironde » en 1838, premier grand marteau-pilon à vapeur en 1841) tout en s'attachant à en devenir l'actionnaire majoritaire. En quelques décennies se constitue un vaste complexe industriel intégré, depuis les mines de charbon jusqu'aux ateliers de construction mécanique. Le paternalisme est omniprésent. Après 1870, Thiers charge l'entreprise de fondre à nouveau des canons et de produire diverses pièces d'artillerie capables de rivaliser avec les fabrications de l'Allemand Krupp. Depuis 1867, le roi « Eugène Ier », par ailleurs régent de la Banque de France, fondateur du Comité des forges et président du Corps législatif, laisse la responsabilité des établissements à son fils Henri. Les productions ne cessent de se diversifier sous son règne (constructions navales, construction de matériel électrique, etc.). À sa mort, en 1898, son fils Eugène, deuxième du nom, lui succède. L'entreprise est gérée par la famille jusqu'en 1966, date à laquelle elle devient société anonyme.

Les origines de la société de Wendel remontent à 1704 lorsque Jean-Martin Wendel (1665-1737) acquiert les forges d'Hayange, en un temps où la Lorraine est encore terre d'Empire. Tour à tour au service de la monarchie déclinante et du Premier Empire, la société parvient, malgré de nombreuses vicissitudes, à demeurer la propriété de la famille, les épouses assumant souvent un rôle remarquable de régentes dans l'attente de la majorité de l'héritier. Après Ignace (1741-1795), qui expérimente la fonte au coke, et François (1779-1825), qui achète les forges de Moyeuvre en 1811, Charles (1809-1870) fait de la société lorraine l'une des plus puissantes firmes sidérurgiques de France. Engagé dans la construction des voies, Charles devient même administrateur de la Compagnie de l'Est, avant d'être en 1864 l'un des fondateurs du Comité des forges. Endommagée par la guerre de 1870, l'entreprise se redresse de manière spectaculaire à partir de 1872-1875, d'abord en concentrant ses activités à Hayange et Moyeuvre, puis en acquérant au prix fort, en 1879, le brevet du procédé Thomas-Gilchrist. Dispersée de part et d'autre de la frontière franco-allemande, l'affaire est séparée en deux raisons sociales : les petits-fils de François de Wendel et Compagnie côté français, De Wendel et Compagnie côté allemand. C'est l'époque de la sixième génération dont les chefs sont Henri et Robert. Parmi les 33 arrière-petits-fils de François de la septième génération, cinq portent encore le nom de Wendel. François (1874-1949), ingénieur civil des Mines, est l'un des personnages les plus puissants de France au tournant du siècle et, comme son illustre arrière-grand-père, il mêle activités industrielles et politiques. L'apogée de la société se situe sous son « règne ». La crise des années 30, la fermeture du marché allemand, la Deuxième Guerre mondiale sont autant de facteurs de perturbation des activités. La SA Wendel et Compagnie participe à la restructuration de la sidérurgie française à partir des années 60 (Sollac, Sacilor en 1964, fusion avec Sidelor en 1968). Cette aventure industrielle longue de près de trois siècles s'achève avec la nationalisation de 1978. Plus ancien encore, le patronyme des de Dietrich apparaît sous Louis XIV et figure comme l'un des plus vieux de l'industrie française. Comme pour les Wendel, la Révolution fut fatale à une entreprise que les descendants n'ont de cesse de vouloir rétablir au XIXe siècle. En 1856, la société Veuve Dietrich et fils est transformée en De Dietrich et Compagnie. La firme alsacienne partage alors ses activités entre les usines sidérurgiques (Mouterhouse et Mertzwiller notamment) d'une part, et les ateliers de construction ferroviaire installés à Reichshoffen d'autre part. La principale figure de la famille est Albert (1802-1888), considéré comme le dernier maître de forges de la famille. Il épouse successivement ses deux cousines, les baronnes de Stein, qui lui donnent en tout neuf enfants. Ardent piétiste confiant dans la divine Providence, cet ingénieur de l'École des mines de Saint-Étienne est l'un des premiers entrepreneurs à installer le convertisseur Bessemer en Europe, qui fait entrer l'acier dans l'âge de la modernité technique. Le plus jeune de ses trois fils, Eugène-Dominique, lui succède à sa mort.

1837

6-18 janvier
La cour d'assises du Bas-Rhin acquitte les complices du coup de main de Louis-Napoléon Bonaparte sur Strasbourg (30 octobre 1836).

12-17 janvier
Discussion d'un projet d'adresse au trône. Thiers, passé à l'opposition, attaque la politique étrangère de Molé et surtout l'abstention française en Espagne.

18 janvier
Une pétition à la Chambre des députés réclame une amnistie générale.

24 janvier
Afin d'éviter que des militaires ne bénéficient de nouveau, comme le 18 janvier, de la mansuétude des jurys d'assises, le gouvernement dépose un projet de loi dit de « disjonction » qui rompt avec le principe d'indivisibilité de la procédure : les inculpés de tentative d'insurrection seront renvoyés devant le conseil de guerre s'ils sont militaires, en cour d'assises s'ils sont civils. Un autre projet prévoit de sanctionner par des peines de prison la non-révélation de complot ou d'attentat.

28 janvier
Chateaubriand et Alfred Nettement lancent *Le Populaire royaliste*, journal légitimiste qui cessera de paraître en avril 1839.

février
Balzac publie deux nouveaux volumes des *Scènes de la vie de province*, dont un inédit : la première partie des *Illusions perdues* (la deuxième paraîtra en juin 1839 et la troisième en juin 1843).

10 février-4 juin
Publication dans *Le Monde* d'une série d'articles de Lamennais rassemblés ensuite sous le titre de *Politique à l'usage du peuple*.

12 février
En Algérie, Bugeaud prend le commandement des troupes d'Oran ; il est chargé d'en finir, par la guerre ou par la négociation, avec Abd el-Kader.

Bugeaud

Thomas-Robert Bugeaud (1784-1849), issu d'une famille de la petite noblesse périgourdine, entre dans la carrière des armes en 1804 et rejoint bientôt les armées de l'Empereur en Espagne. La chute de Napoléon Ier en 1814 sonne le glas de sa carrière. Mis en congé avec demi-solde, Bugeaud rentre chez lui et se consacre à ses terres. Gentleman farmer féru d'agronomie, il expérimente les nouvelles techniques, fonde une ferme modèle, jusqu'à ce que le changement de régime l'appelle à dévoiler une nouvelle facette de sa personnalité : le goût de la politique. En 1831, il est élu député en Dordogne (1831-1848). En même temps il réintègre l'armée, et la célébrité lui vient d'un coup, lorsqu'il devient le geôlier de la duchesse de Berry. Bugeaud exécute les ordres ponctuellement et, comme il le fera toujours, sans inutiles ménagements. Un de ses jeunes collègues parlementaires, Charles Dulong, critique ses méthodes ? Il le tue en duel sans plus de façon. En 1836 commence l'époque la plus haute en couleur de sa vie : la conquête de l'Algérie. Il y contribue d'abord dans une position secondaire, rétablissant une situation compromise par l'incompétence des généraux, avant de revenir à Alger, cette fois comme gouverneur général, en 1840. Il est fait maréchal en juillet 1843. Expéditif lorsqu'il s'agit de vaincre l'ennemi, ne répugnant à employer aucun moyen (il met en pratique les razzias à grande échelle et d'autres méthodes moins recommandables encore), s'amusant même des cris d'orfraie des « amis de l'humanité », Bugeaud sait se montrer conciliant lorsque vient le temps de faire la paix. Il en apporte la preuve dès 1837 en traitant avec Abd el-Kader. Singulier personnage que Bugeaud. Une caricature de soudard, mais qui cache un fin négociateur. Un militaire autoritaire et plein de mépris pour les civils, mais que la moindre critique conduit à s'embarquer illico pour la France afin de se justifier aux yeux de ces mêmes « pékins » qu'il tient pour quantité négligeable. Un partisan de l'ordre à tout prix (en février 1848, il promet au roi en perdition qui le consulte qu'il rétablira l'ordre dans les rues si on lui ouvre un crédit de 20 000 vies), mais qui s'entoure d'officiers suspects de sympathies républicaines, voire saint-simoniennes (Lamoricière). Au final, un militaire qui n'est pas dénué de vues politiques. Ferme partisan de la colonisation de l'Algérie, il rêve pour sa conquête de l'établissement de colonies de militaires agriculteurs, sur le modèle romain, qui permettraient de se passer des bas-fonds de la société française et même européenne qui, flairant la bonne affaire, se déversent en masse dans les villes d'Afrique du Nord. Plusieurs fois il franchit la Méditerranée pour venir défendre son projet auprès des ministres ; plusieurs fois il menace de démissionner. En vain. Le 30 mai 1847, après une ultime campagne victorieuse en Kabylie, Bugeaud regagne définitivement la France.

18 février
George Sand publie les *Lettres d'un voyageur*. En août paraît *Mauprat*.

mars
Cormenin publie *Lettre sur la liste civile et l'apanage*, une violente charge contre la cupidité du monarque de Juillet dont le succès est immense : la brochure fait l'objet de 24 éditions.

7 mars
La Chambre des députés rejette le projet de loi de « disjonction » du 24 janvier par 211 voix contre 209. Le gouvernement annonce qu'il ne démissionnera pas.

9 mars
Entrevue Molé-Dupin. Dupin, président de la Chambre des députés, chef de file des adversaires de la loi de « disjonction », laisse entendre qu'un accord pourrait être trouvé autour d'une amnistie (que Guizot refuse).

14-29 mars
Discussion du projet Guizot sur l'enseignement libre présenté en janvier 1836. Vatout fait voter un amendement obligeant les chefs d'établissement à jurer qu'ils n'appartiennent à aucune association ou congrégation non autorisée par la loi (notamment celle des jésuites). Guizot réussit en revanche à obtenir pour les « petits séminaires » gérés par l'épiscopat le maintien du statu quo. La loi est votée le 29. Après la démission du premier ministère Molé (15 avril), le projet sera abandonné.

15 avril
Formation du second gouvernement Molé (président du Conseil et Affaires étrangères) : Montalivet (Intérieur), Barthe (Justice et Cultes), Lacave-Laplagne (Finances), Salvandy (Instruction publique), Rosamel (Marine), Bernard (Guerre), Martin du Nord (Commerce et Travaux publics).

18 avril
Le nouveau gouvernement abandonne le projet du 24 janvier sur la non-révélation des complots.

22 avril
La Chambre porte la dotation annuelle du prince héritier de 1 à 2 millions par an et lui accorde un million à l'occasion de son mariage.

25 avril
Condamné à mort par la Cour des pairs pour l'attentat du 27 décembre 1836, Meunier est gracié par Louis-Philippe.

27 avril
La Chambre des députés constitue une dot de 1 million au bénéfice de la reine Louise de Belgique (fille de Louis-Philippe).

8 mai
Une ordonnance amnistie « tous les individus détenus pour crimes ou délits politiques » dans les prisons d'État. La condamnation des régicides Boireau et Meunier est commuée en dix années de bannissement.

12 mai
L'église Saint-Germain-l'Auxerrois, fermée à la suite des incidents du 14 février 1831, est rendue au culte.

14 mai
Un crédit de 115 millions est ouvert pour financer les grands travaux d'infrastructure (canaux, routes, chemins de fer).

26 mai
Théophile Gautier: *Fortunio* (1837-1838).

27 mai
La dignité de chancelier de France est rétablie au bénéfice du baron Pasquier.

30 mai
Le duc d'Orléans épouse à Fontainebleau la princesse Hélène de Mecklembourg-Schwerin, apparentée au roi de Prusse.
En Algérie, Bugeaud et Abd el-Kader signent le traité de la Tafna. Le traité précise les zones d'influence respectives de la France et de l'émir: la France limite l'occupation aux territoires d'Alger et d'Oran jusqu'aux premières crêtes du petit Atlas, abandonnant le reste des deux provinces et la totalité de celle de Médéa à Abd el-Kader; elle n'exige aucun tribut de l'émir en échange d'une reconnaissance de « la souveraineté de la France en Afrique ».

4 juin
La rente 5 % affiche un cours record de 111 francs.

10 juin
Louis-Philippe inaugure les galeries historiques du château de Versailles, destinées à enseigner l'histoire de France par l'image. L'idée remonte à 1816: elle avait inspiré la décoration de la galerie de Diane au château de Fontainebleau (1817-1818), la décoration historique des plafonds du Louvre (1826-1833) et, toujours au Louvre, la décoration de la galerie d'Apollon (à partir de 1833). Quatre ans de travaux ont été nécessaires à Versailles, pour ce musée consacré « À toutes les gloires de la France ». Le cœur en est la galerie des Batailles – depuis celle de Tolbiac (496), qui vit la conversion de Clovis jusqu'à celle de Wagram (1809). Elle jouxte la galerie consacrée à la République (avec *Le Départ des volontaires* de Léon Cogniet) et la salle consacrée à la monarchie de Juillet, présentée comme la réconciliation des deux histoires, des deux France, de l'Ancien Régime et de la Révolution. La majorité des œuvres présentées en 1837 au Musée de Versailles seront dispersées en 1887.

26 juin
Victor Hugo: *Les Voix intérieures.*

8 juillet
Frédéric Soulié: *Les Mémoires du Diable* (1837-1838). L'un des premiers romans-feuilletons qui contribua, avant ceux d'Alexandre Dumas et d'Eugène Sue, au succès du genre.

18 juillet
La loi sur les attributions des conseils municipaux complète celle du 21 mars 1831.
Loi organisant le culte israélite.

26 août
Inauguration de la ligne de chemin de fer (18 km) construite et financée par Émile Pereire reliant Paris à Saint-Germain-en-Laye. L'année suivante sera inaugurée la ligne Strasbourg-Bâle.

31 août
Inauguration du fronton du Panthéon, sur lequel David d'Angers a représenté notamment Voltaire, Rousseau, David, La Fayette, Carnot, Mirabeau et Bonaparte. Mgr de Quelen ordonne des prières expiatoires pour protester contre cette œuvre « sacrilège ».

2 septembre
L'abbé Migne (1800-1875) commence la publication du *Theologiae cursus* – l'ensemble des cours de théologie parus depuis le Moyen Âge – en 25 volumes (1837-1840). Simultanément il entreprend de publier la collection des commentaires de la Bible en 28 volumes publiés de 1837 à 1845 *(Scripturae sacrae cursus)*. En 1842, il lance une collection de dictionnaires et d'ouvrages d'apologétique (1842-1853, 50 volumes), puis une collection des orateurs sacrés en 99 volumes (1844-1866). Entre 1845 et 1859, l'abbé Migne publie trois *Encyclopédies théologiques*, et à partir de 1845, lance l'édition de la *Patrologie latine et grecque.* Au total, en trente années, de 1837 à 1866, l'abbé Migne aura publié 653 volumes.

29 septembre
Guizot crée la Commission des Monuments historiques, chargée d'en dresser l'inventaire et de pourvoir à leur conservation: en 1840, 934 monuments auront été classés, et 2 800 en 1848.

1er-13 octobre
Damrémont (qui trouve la mort au combat) et Valée s'emparent de Constantine, nouvelle étape dans la colonisation de l'Algérie. Cette expédition est suivie d'une période de calme relatif qui durera jusqu'à la fin de 1839. Valée emploie ces deux années à ressusciter « l'Afrique romaine »: il fait

construire des routes, bâtit des villes, entreprend le défrichement des terres et l'assèchement des marais. À l'Ouest, Abd el-Kader met à profit ces deux années pour consolider l'empire qu'il s'est taillé grâce au traité de la Tafna du 30 mai.

3 octobre
Dissolution de la Chambre des députés. Nomination de 50 nouveaux pairs.

21 octobre
Ravaisson: *Essai sur la métaphysique d'Aristote* (1837-1846). L'année suivante, il publie *De l'habitude*.

novembre
Deux feuilles clandestines d'une grande violence, *Le Moniteur républicain* et *L'Homme libre*, prêchent le « tyrannicide ».
Dans *La Revue française*, Guizot rend compte de *La Démocratie en Amérique* de Tocqueville: « De la démocratie dans les sociétés modernes ».

4 novembre
Élections législatives anticipées. Le gouvernement peut compter sur le soutien de 220 députés sur 459. Légitimistes et républicains (une quinzaine de députés chacun) restent très affaiblis, mais on compte une centaine de députés du centre incertains et 65 membres de la gauche dynastique d'Odilon Barrot.

29 novembre
Le Constitutionnel, porte-parole de Thiers, lance une campagne contre Molé sur le thème « le roi doit régner mais ne pas gouverner ». Il réclame « la sincérité et la vérité du gouvernement représentatif, c'est-à-dire cet admirable axiome que la Chambre fait le ministère, et que le ministère gouverne sous sa propre responsabilité ». La campagne se poursuit en décembre, après la réunion de la nouvelle Chambre.

décembre
Lamennais: *Le Livre du Peuple*.

1er décembre
Le maréchal Valée est nommé gouverneur général de l'Algérie.

5 décembre
Création, en la chapelle Saint-Louis des Invalides, de *La Grande Messe des morts* d'Hector Berlioz.

8 décembre
La police prévient un nouvel attentat contre le roi.

10 décembre
Louis Desnoyers, directeur du journal *Le Siècle*, fonde la Société des gens de lettres, destinée à défendre leurs intérêts en l'absence de toute législation sur la propriété littéraire. 85 adhérents participeront à l'assemblée générale du 16 avril 1838. Un comité de 18 membres est élu: Dumas, Hugo et Lamennais en font partie. Villemain est élu président; Balzac lui succédera en 1839.

18 décembre
Ouverture de la session parlementaire. Dans les scrutins pour la formation du bureau, Thiers joint ses voix à celles de l'opposition dynastique.

autres événements
• Laffitte fonde à Paris la Caisse générale du Commerce et de l'Industrie, qui deviendra la banque Gouin après la mort de son fondateur. Elle sera alors l'un des cinq grands établissements bancaires français avec la banque Baudon, la caisse Ganneron (1844-1847), la banque Béchet, Dethomas & Cie (1846) et la banque Cusin, Legendre & Cie. Ces cinq banques totalisent un capital supérieur à 54 millions de francs. Aucune ne survivra aux événements de 1848.

1838

7 janvier
Ouverture au Louvre du Musée espagnol de Louis-Philippe (1838-1848). Le baron Taylor et Dauzats avaient acheté pour le souverain beaucoup d'œuvres dans les couvents: les Français découvrent Velázquez, Murillo, Zurbarán, le Greco, toute une peinture âpre et noire qui influencera fortement les peintres réalistes.

février
Expédition française contre la République d'Haïti, pour la contraindre à indemniser les anciens colons français.

13 février
Michelet est élu professeur au Collège de France. Il donne sa leçon inaugurale le 23 avril.

février-octobre
Guizot publie une série de trois articles sur la religion dans *La Revue française*: « De l'état des âmes », « De la religion dans les sociétés modernes », « Du catholicisme, du protestantisme et de la philosophie en France ».

mars
Le roi des Pays-Bas ratifie le traité du 15 octobre 1831 créant un État belge indépendant et neutre.
Jules Barthélemy Saint-Hilaire commence la publication d'une traduction nouvelle de la *Logique* d'Aristote (1838-1839). Cette édition a été précédée par celle de la *Politique* (1837). Au total, l'édition des œuvres d'Aristote établie par Barthélemy Saint-Hilaire occupera 33 volumes publiés entre 1838 et 1892.

13-15 mars
Le gouvernement sort à nouveau victorieux d'une attaque lancée cette fois par Thiers et Guizot à propos du vote des fonds secrets.

5 mai
Première alerte pour le gouvernement: la Chambre vote (251 voix contre 145) un projet de loi sur la conversion des rentes déposé, contre l'avis du cabinet, par le député Gouin. Le texte est communiqué à la Chambre des pairs.

9 mai
Lamartine: *La Chute d'un ange.*

10 mai
Par 196 voix contre 69, les députés rejettent un projet de loi sur les chemins de fer qui prévoyait la mise en chantier par l'État de neuf grandes lignes: repris et élargi, il sera voté le 11 juin 1842.
Une loi précise les attributions des conseils généraux et des conseils d'arrondissement.

15 mai
Montalembert publie un article sur les « rapports de l'Église catholique et du gouvernement de Juillet ».

25 mai
Une loi organise les justices de paix.

28 mai
Une nouvelle loi sur les faillites et les banqueroutes remplace les dispositions du Code de commerce publié en 1807.

31 mai
Publication d'une ordonnance royale sur la comptabilité publique (695 articles), œuvre du marquis d'Audiffret.

juin
Stendhal: *Mémoires d'un touriste.*

12 juin
Débuts de Rachel à la Comédie-Française dans le rôle de Camille *(Horace)*. Le talent de Rachel provoquera un regain d'intérêt pour les classiques.

Rachel

Élisabeth-Rachel Félix (1821-1858) est née en Suisse où ses parents, d'origine juive, menaient la vie dure des colporteurs. C'est dans la rue, où elle chante et mendie, que la découvre le musicien Choron. Admise au Conservatoire grâce à la protection de ce dernier (1836), elle doit bientôt cesser d'en suivre les cours, son père préférant la voir monnayer sans attendre un talent que tous s'accordent déjà à lui reconnaître : elle est engagée par le directeur du théâtre du Gymnase. Bref passage sur la scène du boulevard, puis deux mois après sa première apparition sur scène, elle entre à la Comédie-Française où elle débute dans le rôle de Camille. Le public, subjugué par ses talents de tragédienne – elle a 17 ans – lui réserve dès lors un triomphe à chacune de ses apparitions. Le succès de Rachel ne représente pas seulement le triomphe d'une tragédienne d'exception ; il marque la renaissance du théâtre classique qui, depuis la mort de Talma, le 19 octobre 1826, avait connu une longue éclipse, supplanté par le drame romantique. Le triomphe de Rachel est contemporain des premiers échecs essuyés à la scène par Hugo. Le succès de Rachel ne se démentira pas jusqu'à sa dernière apparition sur la scène du Français, en 1855 (dans La Czarine *de Scribe). Interprète de Corneille et de Racine, elle a également joué Voltaire, des auteurs contemporains, Soumet, Scribe, Ponsard, Alexandre Dumas (*Mademoiselle de Belle-Isle *en 1840), faisant même au début des années 1840, avec Molière, quelques incursions dans le registre de la comédie. Partie en 1855 pour une tournée aux États-Unis, Rachel monte pour la dernière fois sur scène le 17 décembre 1855 à Charleston, dans le rôle-titre d'*Adrienne Lecouvreur. *Atteinte de tuberculose, elle s'éteindra au Cannet (Var) le 3 janvier 1858.*

26 juin
La Chambre des pairs rejette la conversion des rentes décidée par les députés.
L'un des conjurés de Strasbourg, Laity, publie une *Relation historique des événements du 30 octobre 1836* qui pose la candidature de Louis-Napoléon Bonaparte au trône de son oncle l'Empereur. Laity est arrêté et condamné à cinq ans de prison.

30 juin
Loi sur le placement des aliénés. Elle crée un asile par département, réglemente le régime des placements, soit volontaires, soit ordonnés par l'autorité publique et prévoit une procédure de recours contre les internements abusifs.

14 juillet
Augustin Cournot: *Recherches sur les principes mathématiques de la théorie des richesses.*

1er août
La France réclame à la Suisse l'extradition de Louis-Napoléon Bonaparte de son exil américain depuis l'été 1837). L'ultimatum restant sans réponse, une armée est rassemblée sur la frontière du Jura. Le 14 octobre, Louis-Napoléon partira pour l'Angleterre.

21 août
Le temps consacré à l'étude des langues dans les lycées est fixé à une heure par semaine. Il sera porté à deux heures en 1865 et à trois heures en 1871.

24 août
Naissance du premier enfant (Louis-Philippe, titré comte de Paris) du duc Ferdinand et de la duchesse d'Orléans.

septembre
Début de la publication de *Splendeurs et misères des courtisanes.* La fin de la première partie et la deuxième seront publiées entre mai et juillet 1843. Balzac publiera la troisième partie en avril 1846, et la quatrième paraîtra après sa mort, en 1855.

15 septembre
À l'Opéra, *Benvenuto Cellini* de Berlioz.

13 octobre
Publication du *Recueil des pensées de M. Joubert procurées par M. de Chateaubriand* (1838-1842). Joseph Joubert est décédé en mai 1824.

novembre
Duvergier de Hauranne *(Des principes du gouvernement représentatif et de leur application)* lance un appel à l'union des oppositions contre le gouvernement Molé et pour une interprétation parlementaire du gouvernement représentatif.

12 novembre
Ruy Blas de Victor Hugo, pour l'inauguration du théâtre de la Renaissance.

17 novembre
Sous le pseudonyme de Timon, Cormenin publie *Études sur les orateurs parlementaires* (plus connu sous le titre de *Livre des orateurs*).

4 décembre
Les Autrichiens ayant évacué Bologne qu'ils occupaient depuis 1832, les Français quittent Ancône.

5 décembre
Une escadre française s'empare de Vera Cruz afin de contraindre le Mexique à respecter les intérêts français. Des navires français font le blocus de Buenos Aires pour des raisons analogues.

11 décembre
Le maréchal Gérard est nommé au commandement supérieur des gardes nationales du département de la Seine.

14 décembre
Mort du comte de Montlosier. L'évêque de Clermont refuse la sépulture catholique au vieux champion du gallicanisme.

26 décembre
Victor Cousin dénonce devant la Chambre des pairs la «renaissance de la domination ecclésiastique».

30 décembre
Le Conseil d'État condamne pour «abus» la décision de l'évêque de Clermont. Timon (Cormenin): *Défense de l'évêque de Clermont.*

autres événements
• Construction de l'hospice de Charenton: le rationalisme architectural au service des nouvelles théories des aliénistes, l'hôpital comme «machine à guérir».

1839

7-19 janvier
Discussion de l'adresse au roi. La commission chargée de préparer le projet d'adresse, composée de six opposants contre seulement trois ministériels, propose à la Chambre d'accorder le «concours» demandé par Louis-Philippe sous trois conditions: une interprétation parlementaire de la Charte que le roi rejette; l'abandon des pressions administratives et de la corruption; enfin, un changement de cabinet. Molé l'emporte finalement et obtient un vote de confiance (221 voix contre 208).

9 janvier
Fondation d'un établissement français au Gabon. La colonisation du Gabon s'effectuera pour l'essentiel sous le Second Empire.

10 janvier
Discours de Lamartine sur l'adresse au roi: « La France est une nation qui s'ennuie. Vous avez laissé le pays manquer d'action. »

15 janvier
Félix Pyat publie dans la *Revue du progrès* un éloge de l'œuvre d'Hégésippe Moreau, récemment disparu.

22 janvier
Malgré la victoire parlementaire qu'il vient de remporter, Molé juge impossible de gouverner durablement avec une majorité si étroite et présente sa démission au roi. Louis-Philippe la refuse.

31 janvier
Les Chambres sont prorogées au 15 février.

2 février
Louis-Philippe dissout la Chambre, fixe les élections au 2 mars et la rentrée parlementaire au 26.
Lamennais publie *De l'esclavage moderne*: « Peuple, peuple, réveille-toi enfin. Esclaves, levez-vous, rompez vos fers; ne souffrez pas que l'on dégrade plus longtemps en vous le nom d'homme! »
Marceline Desbordes-Valmore: *Pauvres fleurs*.

22 février
Une ordonnance détermine le fonctionnement, les horaires d'ouverture, les principes de l'établissement et du classement du catalogue des bibliothèques publiques. Ravaisson est nommé inspecteur des bibliothèques. En 1857, la France comptera 340 bibliothèques publiques, conservant près de 4 millions de volumes.

mars
Lamartine: *Les Recueillements poétiques*.

2 mars
Élections législatives. Le gouvernement, malgré les pressions administratives et la corruption mises en œuvre à un niveau jusqu'alors jamais atteint, est battu: il remporte moins de 200 sièges, les diverses oppositions 240.

8 mars
Louis-Philippe accepte la démission de Molé et du gouvernement.

11-29 mars
Soult entame des pourparlers pour la formation d'un nouveau gouvernement, mais sans pouvoir aboutir. Le 24, Louis-Philippe reporte le début de la session parlementaire au 4 avril. Le lendemain, le roi fait appel au duc de Broglie pour constituer un ministère comprenant Guizot et Thiers. Thiers fait capoter l'opération. Le 29, après avoir vainement essayé d'éloigner Thiers en lui offrant une ambassade, Louis-Philippe se résout à nommer un ministère provisoire qui assurera l'interrègne pendant la rentrée parlementaire.

31 mars
Formation du gouvernement: Gasparin (Intérieur, Commerce, Travaux publics), Girod de l'Ain (Justice, Cultes), Lannes, duc de Montebello (Affaires étrangères), général Despans-Cubières (Guerre), Tupinier (Marine), Parant (Instruction publique), Gautier (Finances).

4 avril
L'ouverture de la session parlementaire est marquée par des incidents autour du Palais-Bourbon. L'agitation se prolonge les jours suivants. 300 manifestants sont arrêtés.

6 avril
Stendhal: *La Chartreuse de Parme*.

STENDHAL

Henri Beyle (1783-1842) n'a pas 3 ans lorsque sa mère disparaît. Il grandit au côté de son père dans une atmosphère empoisonnée par une sourde hostilité et une incompréhension mutuelle qu'il évoquera, non sans cruauté ni injustice, dans son autobiographie, Vie de Henry Brulard. *En 1796, il s'évade enfin de cette maison où, entre son père et sa bête noire, son précepteur l'abbé Raillane, il ne trouvait de réconfort qu'auprès de son grand-père, le bon docteur Gagnon, en entrant à l'école centrale (l'ancêtre de nos lycées) de Grenoble. Son diplôme en poche, il part pour Paris, sous prétexte de tenter le concours d'entrée à Polytechnique, mais ayant négligé de se présenter devant les examinateurs, sa vie prend une tout autre direction: il s'engage dans l'armée. En 1800, il franchit le Grand-Saint-Bernard avec les soldats du Premier Consul. Le voici en Italie, dont il découvre ce qui le marquera si profondément: ses paysages, sa musique, ses femmes. Mais en 1802, fatigué de la vie militaire, Henri Beyle est de retour à Paris, occupant les loisirs que lui laissent ses amours en étudiant la pensée des*

Idéologues alors en vogue. En 1806, il reprend du service. Nommé adjoint aux commissaires des guerres, il suit la Grande Armée jusqu'à Brunswick. L'Allemagne ne le séduit guère: elle ne touche ni son cœur, resté en Italie, ni son esprit, toujours occupé de la pensée des Idéologues, ces héritiers de la pensée des Lumières. Un poste de conseiller d'État le ramène à Paris en 1810, mais deux ans plus tard, il participe à la campagne de Russie puis à la longue retraite qui, de Moscou à Dresde et de Dresde à Paris, marque l'écroulement de l'Empire. Henri Beyle, à qui l'on avait promis une préfecture, voit ses espérances réduites à néant. Il prend le chemin de Milan. Là, il retrouve sa grande passion de 1800, Angela Pietragrua, fréquente musées et salons libéraux, et commence, par des études sur la peinture italienne, Haydn et Mozart, sa carrière littéraire. C'est en 1817, avec Rome, Naples et Florence, *qu'il adopte le pseudonyme de Stendhal. La mort de son père (1819), les soulèvements en Italie (1821) et surtout une passion dévorante et malheureuse pour une belle Milanaise le décident à quitter l'Italie. Il va rester dix ans dans le Paris d'une Restauration qu'il abomine. Le régime des Bourbons n'a pas d'emploi pour lui. Il écrit beaucoup, publiant successivement* De l'amour *(1822),* Vie de Rossini *et* Racine et Shakespeare *(1823) dans lequel il invente le néologisme «romantisme»,* Armance, *son premier roman (1828),* Promenades dans Rome *(1829), enfin, peu après la révolution de 1830,* Le Rouge et le Noir. *La monarchie de Juillet fait de Stendhal un consul de France. On l'envoie à Trieste, mais le gouvernement autrichien obtient bientôt son déplacement à Civitavecchia, dans les États du pape. Stendhal s'est promis de ne rien publier tant qu'il exercerait ses fonctions diplomatiques, ce qui ne l'empêche pas d'écrire, notamment* Lucien Leuwen, *qu'il laissera inachevé, et son autobiographie. Un congé, obtenu en 1836, lui permet de regagner Paris où, coup sur coup, il publie en 1839 ses deux plus purs chefs-d'œuvre, les* Chroniques italiennes *et* La Chartreuse de Parme, *avant de rejoindre son poste. Le 15 mars 1841, une attaque le laisse aphasique, par intermittences. Cette fois, il lui faut dire adieu à sa chère Italie. Rentré en France à la fin de l'année, il s'éteint le 23 mars 1842, après avoir été terrassé par une nouvelle attaque.*

9 avril
Début des travaux pour l'achèvement du bassin Vauban du port du Havre.

13-26 avril, 10-19 mai
Le Siècle publie en feuilleton *Béatrix ou les amours forcés* de Balzac. La même année, Balzac publie *Une fille d'Ève*, le début du *Curé de village*, la suite des *Illusions perdues*, *Le Cabinet des Antiques*, *Les Secrets de la princesse de Cadignan*, etc.

16 avril
Passy est élu président de la Chambre contre le candidat soutenu par Thiers, Odilon Barrot.

21 avril
Rupture du traité de Kütahya (5 mai 1833). Les Turcs franchissent l'Euphrate pour attaquer en Syrie les troupes du pacha d'Égypte, Méhémet-Ali.

23 avril
Grand déballage à la Chambre: Thiers, Guizot, Barrot et Dupin dévoilent par le menu les tractations qui ont précédé la formation du ministère du 31 mars. Ce débat provoque la rupture entre Guizot et Barrot.

28 avril
À l'invitation du roi, Passy met au point un cabinet présidé par Dupin, avec Thiers et Sauzet; au dernier moment, Dupin se rétracte.

1er mai
Exposition des produits de l'industrie française.

12 mai
La Société secrète républicaine des saisons déclenche une insurrection. Conduits par Barbès, Blanqui et Martin Bernard, quelques centaines d'insurgés tentent de s'emparer de l'Hôtel de Ville et de la préfecture de police. Ils sont repoussés. Barbès, Blanqui et Bernard sont arrêtés. 143 blessés ont été conduits dans les hôpitaux; le nombre des morts ne sera pas révélé. Le soir même, Soult constitue un nouveau cabinet: Soult (président du Conseil et Affaires étrangères), Teste (Justice), Schneider (Guerre), Duperré (Marine), Villemain (Instruction publique), Cunin-Gridaine (Agriculture et Commerce), Duchâtel (Intérieur), Passy (Finances), Dufaure (Travaux publics).

14 mai
Sauzet remplace Passy, devenu ministre, à la présidence de la Chambre des députés. Il est élu par 213 voix (contre 206 à Thiers) à un poste qu'il conservera sans interruption jusqu'en 1848.

25 mai
Paris apprend l'invasion de la Syrie (21 avril) par les troupes turques. Le gouvernement demande le vote de crédits militaires. Des émissaires partent pour Constantinople et Alexandrie avec mission d'imposer aux belligérants la suspension des hostilités. Des négociations s'engagent entre la France, l'Angleterre et l'Autriche afin de trouver une solution européenne à la crise et de se concerter sur l'attitude à observer au cas où la Russie interviendrait militairement en invoquant le traité d'Unkiar-Skelessi (8 juillet 1833). Les trois gouvernements évitent d'évoquer l'Égypte, pomme de discorde entre Paris et Londres.

29 mai
Loi sur la propriété littéraire.

1er juin
Quatremère de Quincy, l'un des chefs de file de la résistance au romantisme et de la défense du classicisme, démissionne de ses fonctions de secrétaire perpétuel de l'Académie des beaux-arts.

22 juin
Seguin: *De l'influence des chemins de fer et de l'art de les tracer et de les construire.*

SEGUIN

L'ingénieur Marc Seguin (1786-1875) avait construit en 1824, entre Tain-l'Hermitage et Tournon sur le Rhône, le premier pont suspendu, et en 1826 la ligne de chemin de fer entre Saint-Étienne et Lyon. Inventeur également de la chaudière tubulaire, que l'Anglais Stephenson expérimenta en 1830 sur l'une de ses locomotives, Seguin fera adopter les rails en fer et le système des traverses en bois, et plus tard il percera les premiers tunnels ferroviaires.

24 juin-4 juillet
Effondrement de la Porte ottomane. Ses troupes sont écrasées à Nézib par les forces égyptiennes (24 juin); à Constantinople, la mort du sultan Mehmet II (30 juin) laisse le pouvoir quasi vacant, occupé par un héritier de 16 ans, Abdülmecit; enfin, la flotte ottomane trahit et se rallie à Méhémet-Ali (4 juillet). Le pacha d'Égypte réclame la souveraineté héréditaire de toutes ses possessions, d'Alexandrie à Damas.

27 juin-12 juillet
La Cour des pairs juge une première fournée d'insurgés du 12 mai. Armand Barbès est condamné à mort, ses coaccusés à des peines de prison ou à la déportation. Le verdict provoque des manifestations contre la peine de mort. Louis-Philippe gracie Barbès dont la peine est commuée en travaux forcés à perpétuité.

29 juin
Étienne Cabet: *Histoire populaire de la Révolution française, de 1789 à 1830* (1839-1840).

1er-3 juillet
La Chambre vote des crédits militaires extraordinaires.

27 juillet
Les ambassadeurs des cinq puissances à Constantinople s'accordent pour recommander au nouveau sultan de ne pas traiter avec Méhémet-Ali sans leur concours.

août
Léon Faucher lance dans *Le Courrier français* une campagne pour la réforme électorale. Le mouvement s'étend et se divise: la gauche réclame l'élargissement du droit de vote à tous les citoyens admissibles dans la garde nationale et fonde un Comité présidé par Laffitte; l'opposition dynastique préconise d'accorder le droit de vote aux «capacités», aux officiers de la garde nationale et aux conseillers municipaux des villes de plus de 2000 habitants; les légitimistes demandent l'instauration du suffrage universel.
Théodore Hersart de La Villemarqué: *Barzaz-Breiz, Chants populaires de la Bretagne.* Une édition bilingue de chants traditionnels dont l'autorité sera contestée.

10 août
Louis-Napoléon Bonaparte: *Des idées napoléoniennes.*

25-27 août
L'Angleterre demande à Méhémet-Ali de restituer au sultan ottoman tous les territoires dont il s'est emparé au Moyen-Orient.

31 août
Boucher de Perthes: *De la création, essai sur la progression des êtres* (1839-1841). Le fondateur des études sur la Préhistoire publiera en 1847 *Antiquités celtiques et antédiluviennes; de l'industrie primitive ou des arts à leur origine* (1847-1864).

3 octobre
Le cabinet britannique contraint Palmerston à rejeter les ouvertures russes en faveur d'une solution qui écarterait la France du règlement de la question d'Orient. Palmerston doit même assurer publiquement le gouvernement français de son « désir » de maintenir les bonnes relations entre les deux pays, et lui proposer d'accorder à Méhémet-Ali la souveraineté héréditaire de l'Égypte et de Saint-Jean-d'Acre.

14 octobre
Soult rejette le compromis proposé par Palmerston.

28 octobre
Peytel, un notaire de Belley (Ain) accusé du meurtre de sa femme, est guillotiné. Un fait divers retentissant: Balzac a tenté, sans succès, d'obtenir sa grâce.

16 novembre
Premier numéro des *Guêpes*, revue mensuelle satirique (novembre 1839-mai 1847) d'Alphonse Karr, à laquelle feront suite, entre 1853 et 1855, de *Nouvelles Guêpes*, consacrées comme les premières à la satire de la vie politique et artistique. Un mot suffit à peindre Alphonse Karr: Louise Colet ayant choisi de venger Flaubert, raillé par Karr, en frappant celui-ci de plusieurs coups de couteau dans le dos, il conserva l'arme du crime bien en évidence sur sa cheminée, avec cette inscription: « Donné par Mme Louise Colet... dans le dos ».

20 novembre
Abd el-Kader, estimant qu'en traversant ses territoires, le duc d'Orléans a violé le traité de la Tafna (1837), déclenche la guerre.

26 novembre
Jean-Louis-Eugène Lerminier (1803-1857), professeur de législation comparée au Collège de France, est chassé de sa chaire par des insultes et une pluie de pièces de monnaie. On l'accuse d'avoir été « acheté » par le gouvernement, Molé l'ayant fait nommer au Conseil d'État. Le 2 décembre, il tente en vain de reprendre son enseignement; dix ans plus tard, après de nouvelles manifestations, il donnera sa démission. On lui doit notamment une *Introduction générale à l'histoire du droit* (1829) et un essai sur *L'Influence de la philosophie du XVIIIe siècle sur la législation et la sociabilité du XIXe* (1833).

décembre
Premier numéro de *La Ruche populaire*, l'un des très rares journaux rédigés par des ouvriers qui ait connu une existence durable (jusqu'en décembre 1849).

6 décembre
Reprise des négociations anglo-russes sur la question d'Orient.

7 décembre
Agricol Perdiguier: *Le Livre du compagnonnage*, l'univers des 800000 artisans migrants que l'on recense en France.

19 décembre
Une ordonnance stipule que sur les cartes géographiques, les distances devront être indiquées en kilomètres, et non plus en lieues de poste: tardive consécration du système métrique.

28 décembre
Stendhal publie ses *Chroniques italiennes*, dont il avait commencé la rédaction en 1833.
Victor Schoelcher: *Abolition de l'esclavage; examen critique du préjugé contre la couleur des Africains et des sang-mêlés.* L'année précédente, l'ancien saint-simonien Gustave d'Eichthal avait publié des *Lettres sur la race noire et la race blanche.*

Schoelcher

Après une jeunesse républicaine et anticléricale, c'est au cours d'un voyage aux Antilles, en 1829, que Victor Schoelcher (1804-1893) découvre ce qui deviendra le combat de sa vie: la cause de l'abolition de l'esclavage. Revenu en France après la chute de Charles X, il publie en 1833 un traité sur L'esclavage et la législation coloniale. *Parallèlement, Schoelcher participe à la création de journaux républicains,* La Revue indépendante, La Réforme. *En 1840, et jusqu'à la révolution de Février 1848, il fait de nombreux voyages. Il retourne aux Antilles, découvre le Proche-Orient, enfin l'Afrique. Plusieurs ouvrages ponctuent ces expéditions: l'un consacré aux* Colonies françaises *(1842), un autre aux* Colonies étrangères et Haïti *(1843), un troisième à l'*Histoire de l'esclavage pendant les deux dernières années *(1847). Revenu en France à la nouvelle de la chute de Louis-Philippe, il est à l'origine du décret du 27 avril 1848 qui abolit l'esclavage. En avril 1848, il est élu par la Martinique à l'Assemblée constituante, et réélu l'année suivante à l'Assemblée législative de mai 1849. Dans ces deux Assemblées, il siège sur les bancs de l'extrême gauche. Condamné à l'exil après le coup d'État du 2 décembre 1851, Schoelcher se fixe en Angleterre où il publie, en 1852, une* Histoire des crimes du 2 Décembre. *En février 1871,* *les électeurs de la Martinique lui renouvelleront leur confiance en le chargeant de les représenter à l'Assemblée nationale.*

31 décembre
Mort de Mgr de Quelen. Mgr Denis Affre lui succède à l'archevêché de Paris.

MGR AFFRE

Les légitimistes ressentent comme une injure la nomination, pour succéder à leur cher Mgr de Quelen, de cet évêque qui s'est souvent opposé aux prises de position tranchées de son prédécesseur. Denis-Auguste Affre (1793-1848) joue un rôle important tant au côté du pouvoir, lorsqu'en 1845 il intervient auprès de Grégoire XVI pour obtenir la dispersion des jésuites, que contre lui, lorsqu'il s'associe aux efforts de Montalembert en faveur d'un assouplissement du monopole universitaire. En 1845 encore, Mgr Affre jette les bases de ce qui deviendra en 1876 l'Institut catholique de Paris. En 1848, il se rallie à la IIe République, convaincu que l'Église peut jouer un rôle utile dans l'accomplissement de la réorganisation sociale qui s'engage. Le 25 juin 1848, Mgr Affre descend dans la rue, pour adjurer les combattants de déposer les armes. Se frayant un chemin entre insurgés et soldats, il est sur le point de réussir lorsque pour des raisons obscures le feu reprend. Mgr Affre s'effondre, mortellement blessé.

autres événements
• Les ouvriers typographes de Paris fondent la Société typographique (1 200 membres en 1845). Elle obtient en 1843 un premier tarif général des travaux typographiques. Les fondeurs de caractères et les imprimeurs créent à son initiative, à partir de 1840, des caisses de prévoyance.

1840

janvier
Procès de la seconde fournée des insurgés du 12 mai 1839. Blanqui est condamné à la déportation.
Pierre-Jean Béranger: *Ma biographie* (posthume).

9-15 janvier
Discussion de l'adresse au roi. Thiers soutient les prétentions du pacha d'Égypte sur la Syrie et déclare qu'en cas d'opposition de l'Angleterre, la France devra « se retirer dans sa force et attendre ».

13 janvier
À Foix, la troupe disperse une manifestation contre la cherté des grains: 13 morts.

14 janvier
Les gardes nationaux parisiens manifestent pour obtenir le droit de vote. Des pétitions les soutenant recueillent près de 190 000 signatures.

15 janvier
Le général Bugeaud intervient à la Chambre pour poser la question de la politique française en Algérie: évacuation immédiate ou occupation totale.

26 janvier
Le gouvernement Soult réaffirme sa position: la possession héréditaire de l'Égypte et de la Syrie doit être reconnue à Méhémet-Ali.

5 février
Guizot est nommé ambassadeur de France à Londres pour succéder à Sébastiani.

20 février
La Chambre rejette sans débat la dotation réclamée par le gouvernement en faveur du duc de Nemours par 226 voix contre 200: le ministère Soult démissionne le 22.

24 février
Lancement d'une enquête nationale sur la pauvreté en France.

1er mars
Formation du second ministère Thiers (président du Conseil et Affaires étrangères): Rémusat (Intérieur), Vivien (Justice et Cultes), Despans-Cubières (Guerre), Pelet de la Lozère (Finances), Roussin (Marine et Colonies), Victor Cousin (Instruction publique), Jaubert (Travaux publics), Gouin (Agriculture et Commerce).

8 mars
Buloz succède au baron Taylor en qualité de commissaire du roi près la Comédie-Française.

14 mars
Augustin Thierry: *Récits sur les temps mérovingiens.*

15 mars
Interdiction du *Vautrin* de Balzac, dont la première a eu lieu la veille au théâtre de la Porte-Saint-Martin: Frédérick Lemaître, qui interprète le rôle-titre, s'était grimé en Louis-Philippe.

15 mars-8 juin
En Algérie, les troupes françaises lancent une contre-offensive contre Abd el-Kader qui a rouvert les hostilités le 20 novembre précédent.

24 mars
Thiers repousse toute idée de réforme électorale et l'abrogation des lois de septembre 1835. 246 députés contre 160 lui accordent leur confiance.

avril
Sainte-Beuve publie le premier tome de *Port-Royal*; les quatre tomes suivants seront publiés en 1842, 1848 et 1859.
Publication de la seconde partie de *De la démocratie en Amérique*. La première partie du livre de Tocqueville avait paru en janvier 1835.

14-16 avril
Thiers déclare que la France soutient les revendications légitimes de Méhémet-Ali et qu'elle ne cédera rien à l'Angleterre, même si cette intransigeance doit conduire à une crise.

25 avril
Guizot: *Histoire générale de la civilisation en Europe depuis la chute de l'Empire romain jusqu'à la Révolution française*. Le 27 juin, Guizot publie l'*Histoire de la civilisation en France depuis la chute de l'Empire romain*.

27 avril
L'amnistie du 8 mai 1837 est étendue à ceux qui, condamnés pour délits politiques avant cette date, n'étaient pas détenus dans une prison d'État.

12 mai
Rémusat sollicite des députés un crédit de 1 million pour la translation des cendres de Napoléon de Sainte-Hélène aux Invalides.

15 mai
George Sand publie *Le Centaure*, poème en prose composé par Maurice de Guérin en 1835, dans *La Revue des deux mondes*.

16 mai
La Chambre, saisie de nombreuses pétitions réclamant une réforme électorale, Thiers prononce un long réquisitoire contre le suffrage universel et contre la réforme sociale, et obtient l'ordre du jour sur l'ensemble des pétitions.
Victor Hugo: *Les Rayons et les ombres*.
Flora Tristan publie ses *Promenades dans Londres*, écrites au retour d'un voyage en Angleterre.

FLORA TRISTAN

Militante féministe, connue pour ses combats en faveur du rétablissement du divorce et de l'abolition de la peine de mort, Flora Tristan (1803-1844) entreprend dès lors de mettre sur pied une organisation internationale des travailleurs dont elle publiera le programme en 1843 (L'Union ouvrière). *Elle part sur les routes de France porter la bonne parole. C'est alors qu'elle fait étape à Bordeaux que la mort la saisit. En novembre 1846, est publié* L'Émancipation de la femme, ou le Testament de la paria.

24 mai
Un millier d'ouvriers se rendent à l'Observatoire pour féliciter François Arago d'avoir parlé, le 16, en faveur d'une « réforme sociale ».

26 mai
La Chambre vote le crédit demandé par le gouvernement pour la translation des cendres de Napoléon. Seul Lamartine a refusé de s'associer à l'enthousiasme général: « J'ose l'avouer devant vous, [...] ce n'est pas sans un certain regret que je vois les restes de ce grand homme descendre trop tôt peut-être de ce rocher au milieu de l'océan... »

juin
Proudhon publie *Qu'est-ce que la propriété? ou Recherches sur le principe du droit et du gouvernement*, le plus fameux (« La propriété, c'est le vol ») des trois mémoires consacrés par Proudhon à la question de la propriété. Le deuxième, adressé à Blanqui, paraîtra en avril 1841, et le troisième, adressé au fouriériste Victor Considerant, en 1842.
Toujours en 1840, Pierre Leroux publie *De l'humanité, de son principe et de son avenir, où se trouve exposée la vraie définition de la religion, et où l'on explique le sens, la suite et l'enchaînement du mosaïsme et du christianisme*; Philippe Buchez achève la publication de son *Essai d'un traité complet de philosophie du point de vue du catholicisme et du progrès* (1838-1840); Louis Blanc publie de son côté *L'Organisation du travail*, qui reprend une formule lancée par François Arago le 16 mai 1840 et qui rassemble les articles publiés par Louis Blanc en 1839 dans la *Revue du progrès*; enfin, Victor Considerant publie une *Description du phalanstère et considérations sociales sur l'architectonique*. En 1840 toujours, plusieurs enquêtes sur la condition ouvrière sont publiées: Villermé, *Tableau de l'état physique et moral des ouvriers employés dans les manufactures de coton, de laine et de soie*; H.-A. Frégier, *Des classes*

dangereuses de la population des grandes villes et des moyens de les rendre meilleures; E. Buret, *De la misère des classes laborieuses en Angleterre et en France*. Louis Reybaud, pour finir, publie ses *Études sur les réformateurs contemporains ou socialistes modernes*: une revue (critique) des courants saint-simoniens, socialistes ou communistes qui fera l'objet de sept rééditions jusqu'en 1864.

SOCIALISMES ET UTOPIES

Plusieurs des fondateurs du socialisme ont passé par les rangs du saint-simonisme: Leroux et Buchez sont de ce nombre.

L'imprimeur Pierre Leroux (1797-1871) avait en 1824 fondé Le Globe, *l'un des plus remarquables journaux de l'opposition libérale sous Charles X avant de devenir l'éphémère tribune des idées saint-simoniennes. Brève fréquentation des cercles saint-simoniens, mais qui le marque profondément. Si Leroux s'éloigne parce qu'il rejette les aspects élitistes de la doctrine, s'il désapprouve le sectarisme et les excentricités d'Enfantin, son socialisme conserve de nombreux traits empruntés au saint-simonisme: l'association des trois facultés et des trois principes sociaux complémentaires (la connaissance – les savants; le sentiment – les artistes; la « sensation » – les industriels) qui doit présider à la formation des ateliers autogérés qui se fédéreront depuis l'échelon communal jusqu'au niveau supérieur de l'État. Autre exemple: le spiritualisme qui imprègne le socialisme de Leroux, hérité non seulement de l'œuvre de Saint-Simon, mais des écrits d'Enfantin. En dépit de son affiliation à la Société des droits de l'homme, au côté de Blanqui et Barbès, Leroux n'a jamais été un partisan de l'action révolutionnaire, attendant plutôt les changements nécessaires d'une régénération morale conçue sur le modèle de la conversion religieuse. Pierre Leroux devient dans les années 1840 un utopiste à la mode. On fait le pèlerinage de Boussac où il a fondé une petite communauté et George Sand, qui s'est entichée de lui, le montre dans les salons. Théoricien injustement oublié, journaliste (il fonde en 1841 avec George Sand et Pauline Roland* La Revue indépendante, *puis en 1845* La Revue sociale ou solution pacifique du problème du prolétariat*), Leroux se révélera médiocre politique. Élu aux Assemblées de la IIe République (1848-1849), il manque le coche, amuse ses collègues de la droite, déçoit ceux de la gauche, avant de se mêler de conspirations qui le contraindront à s'exiler en Angleterre (1851). Il a publié* De l'égalité *(1838),* Réfutation de l'éclectisme *(1839),* De l'humanité *(1840),* De la ploutocratie ou du gouvernement des riches *(1845),* Malthus et les économistes, ou y aura-t-il toujours des pauvres? *(1849).*

Avant de rallier Saint-Simon, Philippe Buchez (1796-1865) a quant à lui trempé dans les complots qui ont émaillé l'histoire de la Charbonnerie (1820-1822). En 1825, il rejoint Bazard et Enfantin, rompt avec son goût passé pour l'action directe et le républicanisme libéral de sa jeunesse. D'abord disciple du saint-simonisme, il s'éloigne dès 1829, au moment où Pierre Leroux découvre la doctrine, pour ouvrir sa propre boutique au marché des utopies. L'enseigne en sera socialiste et chrétienne. En décembre 1831, Buchez fonde son journal, L'Européen *(1831-1832, qu'il relancera en 1835). Mais c'est sa monumentale* Histoire parlementaire de la Révolution française *qui livrera l'essentiel de sa philosophie de l'histoire dans les préfaces qui ouvrent chacun des 40 volumes publiés entre 1834 et 1838. La philosophie de l'histoire de Buchez (qu'il avait esquissée en 1833 dans* Introduction à la science de l'histoire, ou science du développement de l'humanité*) rencontre un écho certain, et il peut les années suivantes organiser plusieurs petites associations coopératives qui doivent témoigner du double message révolutionnaire et chrétien de l'égalité et de la fraternité. Les communautés buchéziennes ne connaîtront pas un sort meilleur que celles, saint-simoniennes, fouriéristes ou icariennes, qui se multiplient à cette époque. Partout, les disciples se dispersent et rejoignent selon leur pente personnelle l'un des deux principes que Buchez voulait lier: les uns rejoignent le parti de la révolution, les autres celui de la religion. Parmi ces derniers, plusieurs parcourent même un chemin considérable, puisqu'il les conduira à rallier l'ordre des Frères prêcheurs récemment restauré par Lacordaire.*

Louis Blanc (1811-1882) avait rompu avec les opinions légitimistes de sa famille et de sa jeunesse après son arrivée à Paris en 1834. Après avoir collaboré au journal d'opposition le Bon Sens, *il fonde la* Revue du progrès *où, en 1839, il commence la publication d'une série d'articles sur* L'Organisation du travail *qu'il réunit en volume en 1840 et qui font de lui l'une des figures en vue du mouvement socialiste. Parmi les multiples écoles qui proposent des plans clés en main pour la réorganisation sociale, celle de Louis Blanc est sans aucun doute l'une des plus originales, même si la part du rêve y est des plus restreintes. Sa république sociale s'inspire de celle de 1793, revue et corrigée par une historiographie complaisante dont il sera l'un des principaux représentants à travers son* Histoire de la Révolution *(1847-1862). Les ouvriers doivent se réunir par branches d'industrie au sein de vastes ateliers créés à l'initiative de l'État, pour se substituer aux entrepreneurs défaillants, mais qu'ils posséderont collectivement. La complémentarité des ateliers et la suppression du salariat devraient, après cette socialisation des moyens de production, supprimer la compétition, source des inégalités sociales. Alors commencerait, naturellement sous l'égide de l'État garant de la pérennité de l'égalité, le temps de la fraternité. L'apport de Louis Blanc est d'esquisser, l'un des premiers, la théorie d'un État socialiste guide et agent de la nécessaire révolution. Cet apôtre du socialisme étatique ne devait jamais avoir l'occasion de donner le plus petit début de réalisation à ses projets. La révolution de 1848 le propulse bien au gouvernement provisoire, mais comme ministre sans portefeuille, donc sans moyens, chargé de plancher sur les problèmes de l'organisation du travail. Après avoir vainement lutté pour obtenir la création d'un ministère du Travail qui soutiendrait le mouvement en faveur de « l'organisation », Louis Blanc se lance dans toutes les aventures pour renverser le gouvernement provisoire; il sera pour finir condamné à un long exil dont il ne rentrera qu'en 1870.*

Louis Blanc, par son culte de l'État omnipotent, par sa conception d'une révolution sociale accomplie par le sommet, conduit, malgré tout ce qui l'en sépare, aux doctrines communistes. En novembre 1839, un congrès a réuni à Londres les délégués de plusieurs sociétés secrètes néobabouvistes, pour définir les moyens qui mettront « la France dans une voie révolutionnaire au lendemain d'une insurrection victorieuse ». Les délégués ont adopté un programme d'action: insurrection suivie de l'établissement d'un triumvirat dictatorial, étatisation de l'économie, prise en charge de l'éducation des enfants par l'État, Terreur visant notamment tous ceux qui ont exercé à un titre ou un autre le pouvoir depuis 1793 et leur famille. Le 1er juillet 1840, les communistes français organisent, pour la première fois au grand jour, un banquet à Belleville. Les activistes communistes restent cependant très peu nombreux, plus bruyants que dangereux. Aucun théoricien d'envergure dans leurs rangs.

Celui en qui ils peuvent le plus aisément se reconnaître est sans doute Étienne Cabet (1788-1856). Cet avocat avait d'abord suivi un itinéraire comparable à celui de nombreux libéraux qui, sous la Restauration, avaient fréquenté les sociétés secrètes avant de se ranger sous la monarchie de Juillet. Cabet avait ainsi exercé après juillet 1830 les fonctions de procureur général à Bastia. Mais la ressemblance s'arrête là. Cabet se radicalise après 1830. Élu député de la Côte-d'Or, il rejoint les rangs de l'extrême gauche. En 1834, il lui faut fuir les poursuites. Il se réfugie en Angleterre. C'est pendant cet exil (1834-1839) qu'il découvre les véritables bagnes que sont alors les usines de l'ère industrielle naissante, et qu'il écrit le Voyage en Icarie *(publié en 1842): tableau de la société idéale selon Cabet, incarnation terrestre du royaume de Dieu où l'État possède tout et donne à chacun selon ses besoins tout en exerçant la dictature qui garantit la moralité des heureux citoyens du nouveau paradis. Le communisme icarien de Cabet, mêlé, comme la plupart des théories socialistes de l'époque, à l'esprit du christianisme primitif (*Le Vrai Christianisme selon Jésus-Christ, *1846), exerce aussitôt une forte séduction qui conduit à la création de cercles icariens. Mais dans le cours des années 1840, l'influence de Cabet, devenu le rédacteur en chef du* Populaire *et qui, à la différence des communistes de tradition babouviste, refuse la violence, décline. Il décide alors de quitter la France pour réaliser l'utopie dans une terre vierge. Le 9 mai 1847, il lance dans* Le Populaire *un appel aux volontaires pour le suivre en Amérique. Comme Victor Considerant quelques années plus tard, Cabet choisit le Texas. À la veille de la révolution de Février 1848, ses disciples le précèdent vers la nouvelle Terre promise. Cabet ne les rejoindra pas. Février survient: « Quelle révolution! », s'exclame-t-il. Croyant que la situation nouvelle permettra de faire l'économie d'une transplantation outre-Atlantique, il se jette dans la bataille, pour en sortir bientôt déçu. Il rejoint ses fidèles disciples qui, en Illinois et non au Texas, ont commencé d'organiser la cité du futur. Celle-ci connaîtra le sort de toutes les expériences millénaristes. Bientôt l'idéal se lézarde au contact du réel. Inimitiés, ambitions, jalousies, isolement taraudent l'unanimité initiale. Des Icariens rentrent même en France pour intenter un procès au faux prophète qui les a trompés. En 1855, une révolution de palais chasse Étienne Cabet de Nauvoo (Illinois). Le prophète, suivi de quelques partisans, part pour Saint-Louis (Missouri) fonder une communauté dissidente. La mort ne lui en laissera pas le temps.*

En 1848, les utopistes n'ont pas été à la hauteur de l'événement. « Les faiseurs d'utopies, écrit Proudhon dès le 15 mars 1848, sont à bout de science; ils ont le pouvoir, ils taillent, ils tranchent et ne produisent rien. »

C'est aussi bien le cas des disciples de Fourier: après avoir publié d'éphémères journaux (le Phalanstère, *1832; la* Phalange, *1836), ils lancent* La Démocratie pacifique *(août 1843-novembre 1851) dirigée par Victor Considerant (1808-1893), le continuateur de Fourier, qui en a infléchi la pensée dans le sens du socialisme. En 1848, comme Cabet, Considerant déçoit, se montre insignifiant, pusillanime. Impliqué avec Ledru-Rollin et Pyat dans la préparation de l'insurrection du 13 juin 1849, il doit fuir. Il se réfugie d'abord en Belgique, puis au Texas où il fonde une communauté, La Réunion, qui sera dispersée lorsqu'éclatera la guerre de Sécession. Victor Considerant regagne la France en 1869.*

Ancien imprimeur, venu s'établir à Paris en 1838, Pierre-Joseph Proudhon (1809-1865) publie en 1840 son essai Qu'est-ce que la propriété? *En 1842, l'*Avertissement aux propriétaires ou lettre à Considerant *le conduit devant une cour d'assises. Après avoir donné au public (restreint)* De la création de l'ordre dans l'humanité *(1842), Proudhon publie en 1846* Système des contradictions économiques, ou philosophie de la misère, *qui provoque l'année suivante sa rupture avec Marx, lequel publie en réponse* Misère de la philosophie. *En 1848, Proudhon est élu député à l'Assemblée constituante, mais il ne s'engage qu'à demi. Il est l'un des rares à ne pas succomber à l'espérance d'un possible indéfini subitement ouvert par les journées de Février 1848. Le drame de Juin 1848 le confirme dans son idée: pas de socialisme sans révolution sans doute, mais pas de socialisme par les seules barricades, pas de socialisme si la société n'y est pas prête, si les hommes ne se sont pas au préalable élevés à l'idée véritable de la justice. « Le nouveau programme, écrit-il alors, n'est pas prêt, je veux dire qu'il n'a pas encore pénétré la conscience des masses. » Ni Blanqui ni Cabet n'ont donné la bonne solution. La conquête violente du pouvoir d'État, telle que la prône le premier, conduit seulement à changer la forme de la domination sans supprimer la domination elle-même. Il ne s'agit pas davantage de renoncer au monde tel qu'il est pour aller au désert fonder de petites communautés d'élus. La solution consiste à multiplier les bases de la société future, à susciter la création de ces ateliers autogérés dont la fédération ultime signalera la disparition de l'État. En 1849, Proudhon fonde une Banque du peuple. Le fiasco est à la mesure de l'utopie, mais Proudhon n'abandonne pas son combat solitaire. Si les opinions sociales du Prince-Président le conduisent à publier en 1852 une apologie du coup d'État du 2 décembre 1851* (La Démocratie sociale démontrée par le coup d'État), *l'Empire autoritaire le retrouve dans le camp de l'opposition au régime. Il est emprisonné en 1858 pour la publication de* La Justice dans la Révolution et dans l'Église*; il est ensuite contraint à l'exil. C'est à Bruxelles qu'en 1861 il publie sa* Théorie de l'impôt. *L'année suivante, il regagne Paris et publie* Du principe fédératif *(1863) et* Théorie de la propriété *(1865).*

2 juin

Lancement à Paris d'une campagne de banquets en faveur de la réforme électorale.

17 juin

Abolition du monopole de la fabrication du sel, qui sera désormais soumise au régime des concessions.

24 juin

Guizot propose à Thiers un projet d'accord franco-anglais pour résoudre la crise ottomane: la France doit consentir à ne céder la Syrie au pacha d'Égypte qu'à titre viager. Thiers, toujours favorable à une négociation directe turco-égyptienne sous l'égide de la France, tergiverse (30 juin). Pendant ce temps, les négociations anglo-russes se poursuivent. L'Angleterre exploite une révolte anti-égyptienne qui a éclaté au Liban pour amener les autres États européens à trouver une solution sans la participation de la France. Une course de vitesse s'engage entre Paris et Londres.

1er juillet

1 200 convives participent à un banquet organisé à Belleville en faveur de la réforme électorale.

Mérimée publie *Colomba* dans *La Revue des deux mondes*.

MÉRIMÉE

*Prosper Mérimée (1803-1870) est entré dans la carrière des lettres par deux pastiches: un recueil de pièces présentées comme traduites de l'espagnol (*Théâtre de Clara Gazul, *1825) et un autre recueil prétendument traduit de l'illyrien (*La Guzla, *1827). En 1829, dans la voie ouverte par le succès du* Cinq-Mars *de Vigny (1826), Mérimée publie un roman historique* (Chronique du règne de Charles IX) *et* Mateo Falcone, *l'une des plus importantes pièces d'un genre dans lequel Mérimée excelle: la nouvelle. Suivront notamment,* Le Vase étrusque *(1830),* Colomba *(1840),* Carmen

(1845) et La Chambre bleue *(1869). Inspecteur général des Monuments historiques en 1833, Mérimée sillonne chaque année les routes de France pour dresser l'inventaire de son patrimoine (1833-1840). Élu à l'Académie des inscriptions et belles-lettres en 1843 pour son action dans le recensement des monuments français, et en 1844 à l'Académie française, Mérimée sera nommé sénateur sous le Second Empire en raison de ses liens avec la famille de l'impératrice Eugénie. Dans les dernières années de sa vie, il contribuera à faire découvrir les écrivains russes au public français, en traduisant Tourgueniev, Gogol et Pouchkine.*

7 juillet
La frégate *La Belle Poule* met à la voile pour Sainte-Hélène. À son bord se trouvent le prince de Joinville et plusieurs anciens fidèles de l'Empereur: Bertrand, Gourgaud, Marchand, Ali.

14 juillet
Un banquet de commémoration de la prise de la Bastille est interdit à Paris. D'autres se tiennent en revanche à Rouen, Marseille, Poitiers, etc.
Publication du règlement sur le concours du baccalauréat.

15 juillet
L'Angleterre, la Russie, la Prusse et l'Autriche signent le traité de Londres sur la question d'Orient: il confirme la cession de l'Égypte au pacha Méhémet-Ali à titre héréditaire; ce dernier reçoit également une partie de la Syrie, mais à titre viager. Si le pacha refuse ces propositions ou diffère sa réponse, la souveraineté ottomane sur l'Égypte sera rétablie de plein droit.

16 juillet
Mise en service d'une ligne régulière de navigation à vapeur entre Le Havre et New York.

17 juillet
Lord Palmerston rend public le traité signé le 15.

23 juillet
Ordonnance sur l'organisation des pouvoirs dans les comptoirs français de l'Inde (Chandernagor, Pondichéry, Mahé, Karikal et Yanaon).

24 juillet
Une réunion organisée par *Le National* pour commémorer la mort d'Armand Carrel tourne à l'affrontement entre républicains modérés et socialistes.

25-26 juillet
Le traité du 15 juillet est publié par les journaux parisiens. Tous les partis s'accordent pour dénoncer le renouvellement de la coalition antifrançaise de 1814.

28 juillet
Le roi inaugure la colonne de la Bastille commémorant la révolution de 1830. À cette occasion, création de la *Symphonie funèbre et triomphale* de Berlioz. Le lendemain, les dépouilles mortelles des 504 victimes officielles de Juillet 1830 (dont la liste a été publiée le 22 juillet) sont inhumées dans les caveaux de la crypte située sous la colonne.

29 juillet
Mobilisation des classes 1836-1839. Des crédits militaires extraordinaires sont débloqués.

août
Les appels à la guerre contre « les coalisés de 1815 » redoublent.

août-septembre
Lamartine publie quatre articles contre la politique de Thiers: *La Question d'Orient, la guerre et le ministère.*

1er août
Thiers écrit dans un article anonyme de *La Revue des deux mondes*: « Si certaines limites sont franchies, c'est la guerre, la guerre à outrance, quel que soit le ministère. »

6 août
Louis-Napoléon Bonaparte et une poignée de partisans débarquent secrètement à proximité de Boulogne-sur-Mer. Mais, faute de recrues en nombre suffisant pour s'emparer des édifices publics, ils décident d'investir la caserne du 42e régiment pour rallier la garnison et marcher sur Paris. La tentative échoue; le prince est arrêté.

14 août
En exécution du traité de Londres (15 juillet), une escadre anglaise se présente devant Beyrouth et ordonne aux troupes de Méhémet-Ali d'évacuer la ville.

31 août
Le banquet pour la réforme électorale organisé à Châtillon se termine aux cris de « Mort aux Anglais ! ».

septembre
Des ouvriers typographes buchéziens fondent *L'Atelier*, revue mensuelle socialiste et catholique (jusqu'en juillet 1850) fidèle à l'enseignement du maître.

3 septembre
10000 ouvriers parisiens en grève se rassemblent à Bondy.

7 septembre
Ordonnance sur l'administration française au Sénégal.
Les grèves et les manifestations qui agitent les métiers traditionnels du textile et du bâtiment tournent à l'émeute faubourg Saint-Antoine lorsque les ébénistes rejoignent le mouvement.

11 septembre
Capitulation de Beyrouth bombardée par les Anglais.

14 septembre
À l'instigation des Anglais, les autorités turques prononcent la déchéance de Méhémet-Ali.

15 septembre-6 octobre
Après l'échec de son équipée du 6 août, Louis-Napoléon Bonaparte est condamné à la détention perpétuelle dans une forteresse, ses 14 complices à diverses peines de déportation ou d'emprisonnement. Il est incarcéré au fort de Ham (Somme).

octobre
Des banquets en faveur de la réforme électorale sont organisés dans de nombreuses villes du sud de la France, du Var à Toulouse.

2 octobre
Paris apprend la capitulation de Beyrouth et la déchéance de Méhémet-Ali. La guerre paraît imminente entre la France et l'Angleterre.

2-7 octobre
Louis-Philippe rejette la rupture avec les puissances préconisée par Thiers, mais refuse la démission que lui présente son président du Conseil.

7 octobre
Le gouvernement français renonce à soutenir les prétentions de Méhémet-Ali sur la Syrie, se contentant d'affirmer qu'il ne tolérera aucune attaque dirigée contre l'Égypte. Une note est adressée aux quatre puissances le 8 octobre. Les Chambres sont convoquées le 28 octobre. L'escadre du Levant, qui mouille dans le golfe de Salamine à proximité des navires britanniques, regagne Toulon.

9 octobre
Thiers décide d'accélérer les préparatifs militaires, au cas où Méhémet-Ali ne serait pas rétabli en Égypte.

15 octobre
Darmès, un ouvrier frotteur, tire sur la voiture du roi. Il sera exécuté le 31 mai 1841.
Palmerston, contraint à la conciliation par ses collègues du cabinet, « invite » le sultan à rétablir Méhémet-Ali comme pacha héréditaire de l'Égypte. L'apaisement diplomatique n'entraîne pas le reflux du mouvement belliciste en France.
À Sainte-Hélène, les restes de Napoléon sont exhumés et déposés à bord de *La Belle Poule*, qui reprend la mer le 18 octobre.

19-20 octobre
Perquisitions au domicile de plusieurs auteurs de publications révolutionnaires, dont Lamennais.

20 octobre
Louis-Philippe contraint Thiers à la démission, et fait appel à Soult et Guizot.

21 octobre
Poursuite des manifestations bellicistes et anglophobes dans Paris.

26 octobre
Retour de Guizot à Paris.

29 octobre
Formation du ministère Soult (président du Conseil et Guerre): Guizot (titulaire des Affaires étrangères, il est le véritable chef du gouvernement et le restera jusqu'en 1847), Duchâtel (Intérieur), Humann (Finances), Villemain (Instruction publique), Martin du Nord (Justice et Cultes), Cunin-Gridaine (Agriculture et Commerce), Duperré (Marine et Colonies), Teste (Travaux publics).

5 novembre
Louis-Philippe déclare souhaiter que « la paix générale ne soit point troublée ».

10 novembre
Palmerston rejette la note française du 8 octobre. La France, selon lui, ne peut interdire au sultan de détrôner le pacha d'Égypte. Le ministre des Affaires étrangères britannique est cependant de plus en plus isolé. Non seulement ses collègues, mais la

reine Victoria, aspirent à la fin de la crise et à la réintégration de la France dans le concert européen.

17-18 novembre
La Chambre des pairs adopte une adresse au roi favorable au gouvernement dont Guizot a clairement exprimé la position: « L'intérêt supérieur de l'Europe [...], c'est le maintien de la paix partout et toujours. »

23 novembre
Les troupes égyptiennes évacuent Saint-Jean-d'Acre.

25 novembre
Une escadre anglaise arrive en vue d'Alexandrie. Après quelques heures de résistance, Méhémet-Ali accepte d'évacuer la Syrie et de rendre sa flotte à la Turquie. En échange, le sultan doit rétablir officiellement le pacha dans sa souveraineté héréditaire sur l'Égypte.

30 novembre
La frégate *La Belle Poule* accoste à Cherbourg, ramenant à son bord les restes de Napoléon. Le convoi funèbre part le 8 décembre pour Paris, par Le Havre et la Seine.

1er décembre
George Sand publie *Le Compagnon du tour de France*, qui marque sa conversion au socialisme, sous l'influence de Pierre Leroux. George Sand publiera, dans la même veine, *Consuelo* (1842-1843) et *Le Péché de Monsieur Antoine* (1847).

15 décembre
Translation des restes de Napoléon aux Invalides. Le char funèbre descend les Champs-Élysées puis traverse la Seine pour rejoindre les Invalides au milieu d'une foule immense. La cérémonie religieuse se déroule en présence du roi, du gouvernement, des parlementaires et du corps diplomatique. Alexandre Soumet publie *La Divine Épopée*, inspirée par le retour des cendres. Hugo et Casimir Delavigne ont également produit des vers de circonstance: respectivement *Le Retour de l'Empereur* et *Le Retour des cendres de l'Empereur*.

26 décembre
Lamennais est condamné à un an de prison pour *Le Pays et le gouvernement*, dans lequel il dénonçait la corruption. Il est écroué le 4 janvier 1841.

29 décembre
Le général Bugeaud remplace le maréchal Valée comme gouverneur général en Algérie. Sa nomination marque la fin des hésitations: l'Algérie (du littoral à la chaîne de l'Atlas) sera entièrement soumise à la domination française. Théodore Jouffroy s'élève contre ce choix: *De la politique de la France en Afrique*.

autres événements
• César Dely fonde la *Revue générale de l'architecture et des travaux publics*.

1841

7 janvier
Après plusieurs tentatives infructueuses, élection de Victor Hugo à l'Académie française.

31 janvier
Les quatre puissances signataires du traité de Londres (15 juillet 1840) « invitent » l'Empire ottoman à reconnaître Méhémet-Ali comme souverain héréditaire de l'Égypte. Le gouvernement turc s'inclinera le 19 avril.

février
Ouverture de négociations internationales afin de parvenir à un accord des cinq puissances sur la crise égyptienne.

21 février
Le général Bugeaud débarque en Algérie avec d'importants renforts. Son arrivée marque un changement de tactique: les effectifs sont divisés en colonnes très mobiles qui doivent surprendre les forces d'Abd el-Kader et les priver de tout soutien et de tout ravitaillement par des « razzias ».
Cinq établissements charitables (les Quinze-Vingts, l'asile de Charenton, l'Institution des sourds-muets et celles des Jeunes Aveugles de Paris et de Bordeaux) reçoivent le statut d'établissements publics. Ils rejoignent ainsi les hôpitaux parisiens et les bureaux de bienfaisance déjà placés sous le contrôle de l'État.

25 février
Début d'un recensement des personnes et des biens imposables destiné à corriger les inégalités de la répartition des impôts directs et à augmenter leur rendement. Cette mesure déclenche des troubles un peu partout dès l'été.

mars
Balzac: *Le Curé de village*.

10 mars
Un projet de loi sur l'enseignement secondaire, beaucoup plus restrictif et favorable au monopole

de l'Université que le précédent présenté par Guizot en janvier 1836, est déposé par le ministre Villemain, mais retiré peu après sous les pressions conjuguées de l'épiscopat et de l'opinion catholique. Le retrait n'apaise pas les controverses sur la liberté de l'enseignement. Les évêques encouragent les critiques de l'enseignement universitaire, en particulier de l'« éclectisme philosophique » qui règne alors en maître sous la férule d'un Victor Cousin installé à tous les postes de commande: Conseil royal de l'Instruction publique, direction de l'École normale, présidence perpétuelle du jury d'agrégation de philosophie, Chambre des pairs, Académie française et Académie des sciences morales et politiques. L'abbé Maret publie un *Essai sur le panthéisme* dirigé contre l'Université, l'abbé Des Garets *Le Monopole universitaire destructeur de la religion et des lois.*

14 mars
Cabet fait reparaître *Le Populaire* (supprimé en 1835), mais en lui donnant un tour « communiste » conforme aux idées nouvelles de son directeur. Le journal comptera 3000 abonnés en 1846.

22 mars
Loi sur le travail des enfants: elle fixe l'âge minimum à 8 ans; elle interdit le travail de nuit et limite la durée du travail diurne à 8h de 8 à 12 ans, à 12h de 12 à 16 ans. Mais cette loi – qui ne s'applique qu'aux entreprises employant moins de 20 ouvriers, soit une minorité (seulement 124000 patrons emploient plus de 10 salariés, contre 1,5 million qui emploient moins de 3 salariés) –, ne sera que lentement et partiellement appliquée.

3 avril
Loi sur les fortifications de Paris: la construction de l'enceinte continue de 36 km, flanquée de 94 bastions et de 17 forts détachés et qui englobe les communes limitrophes de la capitale, sera achevée en 1845.

13 avril
Thiers accuse le gouvernement d'avoir trahi les engagements de la France envers Méhémet-Ali.

24 avril
Cournot: *Traité élémentaire de la théorie des fonctions et du calcul infinitésimal.*

mai
Les babouvistes lancent le journal *La Fraternité*, qui à partir de 1846 portera le sous-titre: « Organe du communisme ».

Lamartine: *La Marseillaise de la paix.* Une *Marseillaise* pacifiste expurgée de ses références au « sang impur » de l'ennemi.

3 mai
Loi sur l'expropriation pour cause d'utilité publique.

18 mai-3 juin
Bugeaud et Lamoricière s'emparent de la « capitale » d'Abd el-Kader, Mascara. D'autres troupes françaises reprennent le contrôle du sud de la province d'Alger (de Médéa à Miliana). La campagne d'automne est consacrée au renforcement des garnisons de Mascara, Médéa et Miliana et à la « pacification » des régions reconquises.

28 juin
Le ballet *Giselle*, de Théophile Gautier et Adolphe Adam, est créé à l'Opéra.

3 juillet
Lamennais publie *Du passé et de l'avenir du peuple* et *De la religion.*

9-13 juillet
À Toulouse, la révision de l'assiette des impôts directs provoque la révolte des électeurs censitaires qui chassent le préfet de la ville. Les troubles s'étendent en août à Montpellier, Bordeaux, Céret et Lille, en septembre à Clermont-Ferrand.

13 juillet
À Londres, signature par la Grande-Bretagne, la France, la Russie, l'Autriche et la Prusse de la convention des Détroits qui interdit en temps de paix l'accès du Bosphore et des Dardanelles à tous les vaisseaux de guerre étrangers et garantit à Méhémet-Ali la souveraineté héréditaire de l'Égypte.

23 juillet
Élection législative partielle au Mans, pour donner un successeur à Garnier-Pagès décédé le 23 juin. Le candidat des radicaux, Ledru-Rollin, est poursuivi pour les propos hostiles aux institutions tenus pendant la campagne électorale et condamné le 23 novembre par la cour d'assises d'Angers à quatre mois de prison. L'arrêt sera annulé par la Cour de cassation pour vice de forme. Ledru-Rollin sera finalement acquitté par les jurés de la Mayenne.

8-9 septembre
Affrontements à Mâcon entre la troupe et des ouvriers en grève.

11 septembre
Troubles à Paris. Des cortèges de manifestants arborant le drapeau rouge défilent dans Paris aux cris de «Vive la république! À bas Louis-Philippe!» L'agitation persiste les jours suivants.

13 septembre
Le régiment commandé par le duc d'Aumale, de retour d'Algérie, défile dans Paris. Un tireur embusqué rue du Faubourg-Saint-Antoine rate le duc. Le 23 décembre, l'auteur de l'attentat, un ouvrier nommé Quénisset, est condamné à mort. Sa peine sera commuée.

4 décembre
Louis Blanc publie le premier tome de son *Histoire de dix ans*: une relecture de la révolution de 1830. Charles Fourier: *Théorie de l'unité universelle.*

20 décembre
Signature d'une convention sur le droit de visite des navires et la traite des Noirs complétant le traité du 30 novembre 1831. Elle élargit les zones d'application, supprime tout contingentement du nombre des navires affectés à la surveillance et inclut l'adhésion de la Prusse, de la Russie et de l'Autriche.

31 décembre
La France compte 571 km de voies ferrées en exploitation: il y en avait 37 en 1830, 166 en 1837, 246 en 1839, 433 en 1840. L'Angleterre compte à la même date 2500 km de voies exploitées, l'Autriche 747, la Belgique 378, les États-Unis 5 800.

autres événements
• L'amiral Dupetit-Thouars prend possession des îles Marquises. Il y établit un protectorat français. La France renonce en revanche à imposer le même régime aux îles Gambier et à Wallis et Futuna afin de ménager les susceptibilités anglaises, mais non à étendre dans ces îles l'influence française. La France prend également possession de l'île de Mayotte. En Afrique, elle établit des postes fortifiés à l'embouchure des principaux fleuves du golfe de Guinée.

1842

22 janvier
Le gouvernement présente à la Chambre des députés la convention de Londres du 20 décembre 1841 sur le droit de visite. Une coalition dirigée par Thiers et Dupin met en échec Guizot: la Chambre adopte un amendement affirmant «la nécessité de préserver de toute atteinte les intérêts du commerce et l'indépendance du pavillon». Cet article interdit de fait l'exercice du droit de visite sur les navires français.

1er février
Bugeaud s'empare de Tlemcen. La France contrôle désormais deux zones assez larges: Oran-Mostaganem-Mascara-Tlemcen à l'Ouest; Alger-Cherchel-Miliana-Médéa au centre. La sécurité reste toutefois précaire. Dans *L'Algérie: Du moyen de conserver et d'utiliser cette conquête*, Bugeaud plaide pour l'établissement d'une administration militaire.

10 février
La Chambre rejette une proposition visant à interdire l'accès des fonctions publiques aux députés qui ne sont pas fonctionnaires au moment de leur élection (198 voix contre 190).

15 février
Discussion d'une proposition demandant que le droit de vote soit accordé à tous les citoyens inscrits sur les listes départementales du jury. Guizot prononce un discours contre le suffrage universel auquel, selon lui, tend cette proposition. Lamartine riposte en dénonçant l'immobilisme du gouvernement. La proposition est repoussée par 234 voix contre 193.

20 février
Conséquence du vote du 22 janvier: la France ne ratifie pas la convention du 20 décembre 1841 sur le droit de visite.

mars
Suite de la «guerre scolaire» déclenchée par le projet sur l'enseignement secondaire présenté le 10 mars 1841. Veuillot attaque dans *L'Univers* l'enseignement «athée» dispensé dans les facultés et au Collège de France où officient Michelet et Edgar Quinet.

Quinet

Arrivé à Paris à la fin de 1820, le jeune Edgar Quinet (1803-1875) fait la rencontre, décisive pour lui comme pour tous les jeunes gens de sa génération, de l'éclectisme philosophique de Victor Cousin. C'est sous l'influence directe de cette pensée qu'il publie en 1824 son premier ouvrage: Introduction à la philosophie de l'histoire, *qu'il accompagne d'une traduction de Herder. La familiarité qui est la sienne avec la philosophie allemande, partagée par Cousin qui avait introduit l'œuvre de Hegel en France, lui ouvre les portes des milieux du romantisme, férus de tout ce qui vient d'outre-Rhin, et est à l'origine de la longue amitié qui unira Quinet et Michelet. Après la révolution de Juillet, qu'il approuve, Quinet poursuit son œuvre historique, tout en manifestant un intérêt de plus en plus marqué pour les questions religieuses, dont témoignent un poème philosophique,* Ahasvérus *(1833), et surtout* Du génie des religions *(1842). À ce moment, Quinet est devenu professeur au Collège de France (1841), où il a retrouvé Michelet. Dès l'année suivante, inquiets du climat de réaction religieuse qu'ils croient déceler, les deux amis donnent un cours sulfureux sur les jésuites qui participe moins de la science que de la polémique d'actualité. Leur cours commun est un triomphe. La controverse fait rage : en 1845, l'année où Quinet publie* Le Christianisme et la Révolution française, *Salvandy suspend leurs cours. Député sous la IIe République, Edgar Quinet figure au premier rang des opposants à Louis-Napoléon Bonaparte. Aussi celui-ci lui rend-il la monnaie de sa pièce au lendemain du coup d'État du 2 décembre 1851 en le faisant exiler parmi les premiers. L'exil durera dix-huit années, qui verront Quinet publier notamment sa* Révolution *(1865) qui, en 1866, provoque une réplique du « jacobin » Alphonse Peyrat :* La Révolution et le livre de M. Quinet. *Il rentre en France au moment de la chute du Second Empire et de l'avènement d'une IIIe République dont les lois constitutionnelles, adoptées en 1875, l'année de la mort de Quinet, viendront enfin (à l'exception de l'institution du Sénat) combler les vœux qu'il avait consignés en 1872 dans un petit ouvrage de théorie politique :* La République.

1er mars
Discours de Montalembert en faveur de la liberté de l'enseignement.

10 mars
Guizot fait face à de nouvelles attaques contre sa politique « d'abaissement » de la France. Les opposants invoquent cette fois une déclaration du gouvernement anglais hostile à l'intervention française en Algérie. Les attaques contre le droit de visite reprennent en avril et mai, cette fois contre le traité de 1831 qui reste en vigueur.

12 mars
Étienne Cabet : *Voyage en Icarie.*

23 mars
Mort de Stendhal.

10 avril
Balzac publie le prospectus de *La Comédie humaine.* En janvier, il a fait paraître les *Mémoires de deux jeunes mariées*, en mars *Ursule Mirouët* ; en décembre, *La Rabouilleuse* est publié sous le titre *Les Deux Frères* ; en décembre encore, il publie *Un épisode sous la Terreur.*

25 avril
Décès du ministre des Finances Humann. Lacave-Laplagne le remplace.

8 mai
Collision ferroviaire sur la ligne Paris-Versailles : plus de 50 victimes, parmi lesquelles l'amiral Dumont d'Urville.

11 juin
Une loi décide la création d'un réseau de neuf lignes de chemin de fer en étoile à partir de Paris (aboutissant à la frontière belge, à Strasbourg, Marseille, Sète, Nantes, Bordeaux) et de plusieurs lignes secondaires (Bordeaux-Marseille, Marseille-Bâle, Orléans-Bourges et Bordeaux-Bayonne). L'État financera un tiers des infrastructures, départements et communes desservis assumant les deux autres tiers. L'exploitation est confiée à des compagnies privées pour un temps déterminé, ces compagnies devant fournir rails et matériels roulants. Entre 1842 et 1848, 17 lignes représentant un total de 4000 km seront concédées pour une durée moyenne de quarante-six ans.
Hippolyte Carnot et David d'Angers éditent les *Mémoires de Bertrand Barère*, l'ancien membre du Comité de salut public de 1793-1794 décédé en 1841.

12 juin
Le gouvernement riposte aux attaques incessantes à propos du droit de visite en prononçant la dissolution de la Chambre des députés. Les élections sont fixées au 9 juillet.

22 juin
Dans le *Journal des débats*, publication des *Mystères de Paris* d'Eugène Sue (jusqu'au 15 octobre 1843).

30 juin
Un discours du grand maître de l'Université, Villemain, contre les jésuites, relance les attaques contre la Compagnie. Au même moment, l'Académie française met au concours l'éloge de

Voltaire. Appuyée par Victor Cousin, cette initiative avive la polémique sur la liberté de l'enseignement.

9 juillet
Le gouvernement remporte les élections législatives, renforçant sa majorité d'une vingtaine de voix, mais Paris a élu des opposants (dont deux républicains) à 10 des 12 sièges à pourvoir. La France compte alors environ 250000 électeurs payant le cens de 200 francs et 56000 éligibles acquittant un impôt direct de 500 francs. La capitale, avec 18138 électeurs inscrits (1,9 % de la population) possède la population électorale la plus élevée. L'inclusion de la patente, très lourde à Paris, dans le calcul du cens a pour conséquence d'accorder dans la capitale le droit de vote à une majorité de commerçants et d'artisans souvent exclus en province. Inversement, fonctionnaires et professions libérales sont pénalisés. Les collèges électoraux parisiens de la monarchie de Juillet sont dominés par la « boutique ».

13 juillet
Le duc Ferdinand d'Orléans, héritier du trône, se tue accidentellement en sautant d'une voiture dont les chevaux se sont emballés. Une chapelle sera édifiée porte Maillot, lieu de l'accident, décorée par Ingres et Ary Scheffer. Le décès du duc d'Orléans pose le problème de la succession: son fils le comte de Paris, né en 1838, ne sera majeur qu'en août 1859. La régence apparaît à peu près certaine, le roi Louis-Philippe étant né en 1773.

Ferdinand d'Orléans

Ferdinand-Philippe-Louis, duc d'Orléans (1810-1842), fils aîné de Louis-Philippe et héritier du trône, avait participé à la conquête de l'Algérie en 1834 et 1835, comme lieutenant général. Il était surtout apprécié comme le mécène du régime, familier des artistes, ami de Victor Hugo et d'Alexandre Dumas… Il passait aussi pour un prince éclairé rassurant ceux qui, tout en soutenant le régime, étaient déçus par son conservatisme souvent étroit. Sa mort accidentelle est un rude coup porté aux réformateurs, d'autant que le nouvel héritier du trône, le comte de Paris, étant né en 1838, une régence du duc de Nemours, connu pour son peu de sympathie pour les idées libérales, devient à peu près certaine. En février 1848, Louis-Philippe abdiquera en faveur du fils encore mineur du défunt duc d'Orléans, son petit-fils Louis-Philippe, comte de Paris.

16 juillet
Une convention douanière franco-belge diminue les droits perçus sur les tissus de lin fabriqués en Belgique et prévoit l'adoption par la Belgique du tarif français sur les textiles étrangers. Ce premier traité doit conduire à terme à une union douanière entre les deux pays.

9 août
Les États-Unis rejettent le traité du 20 décembre 1841 sur le droit de visite.

18-30 août
Discussion et vote d'un projet de loi sur la régence présenté par le gouvernement: elle fixe la majorité du roi à 18 ans, confère la régence au successible le plus proche âgé d'au moins 21 ans (c'est-à-dire au duc de Nemours), mais laisse la tutelle et la garde du roi mineur à sa mère non remariée ou, à défaut, à son aïeule paternelle non remariée. Thiers s'associe à Guizot pour combattre Barrot, Berryer et Tocqueville qui réclament une régence élective. La loi, votée sans amendements par les députés et les pairs, est promulguée le 30 août.

27 août
Cristina Trivulzio, princesse de Belgiojoso (1808-1871), égérie de Mignet et d'Augustin Thierry, qui compta parmi ses admirateurs Musset et Heine, infatigable militante de la liberté de l'Italie, publie un *Essai sur la formation du dogme catholique* (1842-1843).

30 août
Les Chambres sont prorogées au 9 janvier 1843. Création de cinq écoles normales primaires d'institutrices.

9 septembre
L'amiral Dupetit-Thouars établit un protectorat de la France sur Tahiti et les îles de la Société. Le gouvernement ratifiera l'initiative de l'amiral le 17 avril 1843.

26 septembre
Une ordonnance organise l'administration de la justice en Algérie.

21 octobre
L'Angleterre intervient auprès de la Belgique pour faire échec à tout accord douanier avec la France.

26 octobre
Réunion de parlementaires pour décider des mesures à prendre contre le projet d'union doua-

nière franco-belge du 16 juillet précédent. Les chambres de commerce organisent un congrès à Paris afin de dénoncer le projet. Les adversaires du traité sont soutenus dans le gouvernement par Cunin-Gridaine et Martin du Nord. Guizot renonce à l'union douanière avec la Belgique.

9 novembre
Guizot renonce à obtenir l'adhésion de la Chambre au protocole du 20 décembre 1841 sur le droit de visite.

12 novembre
Louis Reybaud: *Jérôme Paturot à la recherche d'une position sociale.*

autres événements
• Le mime Jean-Baptiste Gaspard Deburau joue *Le Marchand d'habits.*
• Gustave Courbet: *Autoportrait au chien noir.*
• Publication d'une enquête sur le taux de réussite des opérations chirurgicales dans les hôpitaux parisiens: 0 % pour les trépanations, 50 % pour les amputations, 25 % pour les hernies et autres opérations « bénignes ».

1843

27 janvier
Lamartine annonce son passage à l'opposition. Il dénonce une nouvelle fois ceux (Guizot est principalement visé) qui croient pouvoir « arrêter les idées du temps », et endiguer « la force invincible de l'idée démocratique » afin de préserver un « intérêt dynastique trop étroitement assis » et « quelques intérêts groupés autour d'une monarchie récemment fondée ».

1er février
Les députés réclament la révision des traités de 1831 et 1833 sur le droit de visite des navires.

7 février
L'amiral Roussin remplace l'amiral Duperré, malade, au ministère de la Marine.

4 mars
Charton fonde *L'Illustration.*

7 mars
Échec des *Burgraves* de Victor Hugo à la Comédie-Française.

avril
En Algérie, Lamoricière et Changarnier progressent au sud de la ligne la plus avancée de la présence française (Médéa-Miliana-Orléansville-Mascara-Tlemcen). Abd el-Kader doit se replier dans la région des hauts-plateaux.

9 avril
Drouet d'Erlon est fait maréchal de France.

22 avril
Ponsard triomphe à l'Odéon avec *Lucrèce*: c'est la revanche des classiques sur les romantiques.

mai
Inauguration des lignes Paris-Rouen (prolongée en 1847 jusqu'au Havre) et Paris-Orléans. Les investisseurs, jusqu'alors sceptiques sur l'avenir des chemins de fer, commencent à se lancer dans l'aventure. Dès 1844, la construction de plusieurs lignes (Paris-Marseille et Bordeaux-Sète), initialement mise à la charge de l'État, est concédée à des compagnies privées.

13 mai
Custine: *La Russie en 1839.* Le tableau de la Russie peint par Custine sera corrigé en 1847 par le livre plus nuancé de Nicolas Tourgueniev, *La Russie et les Russes.*

16 mai
La capitale ambulante d'Abd el-Kader, la « smala », est prise d'assaut par le duc d'Aumale près de Taguine.

juillet
Création d'un Comité de défense pour la liberté de l'enseignement patronné par Montalembert, Louis Veuillot et *L'Univers.* C'est l'amorce de l'organisation d'un « parti » catholique dont Montalembert a fixé l'objectif: la liberté de l'enseignement, et défini les moyens: même minoritaires, les catholiques forment partout l'appoint nécessaire aux majorités; ils doivent donc monnayer leur soutien aux différents gouvernements (Montalembert: *Le Devoir des catholiques dans la question de la liberté d'enseignement*).

Louis Veuillot

Originaire du Loiret, Louis Veuillot (1813-1883) se lance dans le journalisme au début de la monarchie de Juillet. Pour modeste qu'il soit, L'Écho de la Seine-Inférieure *révèle une plume acérée. Les années suivantes, la réputation de Veuillot s'étend, non seulement à cause de ses articles, mais également en raison de sa propension à provoquer en duel tous ceux qui s'opposent à lui. Après un détour par Périgueux, le voici établi dans la capitale où les amis de Guizot l'enrôlent dans leur croisade contre Thiers (1837). C'est l'année suivante qu'en voyage à Rome Veuillot, jusqu'alors fort indifférent aux choses de la religion, se convertit et embrasse la cause qui va déterminer le reste de sa vie: la défense du catholicisme. Après un court séjour en Algérie où il a été le secrétaire de Bugeaud, il prend la direction de* L'Univers *dont son talent et sa virulence vont bientôt faire l'organe de pointe du parti catholique dans son combat pour la liberté de l'enseignement. La révolution de 1848 le radicalise. Après un bref moment d'hésitation, il passe avec armes et bagages dans l'opposition à la IIe République, rompant du même coup avec la fraction libérale et sociale du parti catholique comme avec une partie de l'épiscopat beaucoup plus prudente dans ses réactions. Ses attaques sont d'une violence telle que des évêques condamnent* L'Univers *et en interdisent la lecture à leurs ouailles. Fort cependant du soutien du pape Pie IX, Veuillot persiste. L'avènement du Second Empire suspend un moment sa plume mais l'expédition d'Italie (1859), en menaçant la papauté, le détermine à repartir une nouvelle fois à l'attaque. Veuillot devient alors un défenseur si excessif de l'ultramontanisme et de la monarchie pontificale que même le pape est contraint de le désavouer. En 1860,* L'Univers *est interdit. Le journal reparaît en 1870, cette fois au service d'une restauration monarchique, mais il est à nouveau interdit en 1874, mesure qui ne réduit pas pour autant au silence un Veuillot dont aura seulement raison la maladie qui, à partir de 1878, mine ses forces.*

5 juillet
Tocqueville dépose à la Chambre un rapport sur la réforme des prisons.

15 juillet
Barnave: *Introduction à la Révolution française*, publiée dans l'édition des œuvres du député du Dauphiné aux États généraux de 1789, guillotiné en 1793, établie par Bérenger de la Drôme.

20 juillet
Michelet et Quinet: *Des jésuites*. Le livre réunit les leçons données au Collège de France par les deux hommes pour s'opposer à ce qu'ils considèrent comme une montée de la réaction catholique. 10000 exemplaires sont vendus avant la fin de l'année.

24 juillet
L'amiral de Mackau succède à la Marine à l'amiral Roussin, qui avait pris ses fonctions le 7 février.

29 juillet
Ledru-Rollin, Godefroy Cavaignac, Étienne Arago, Louis Blanc et Ferdinand Flocon fondent *La Réforme*. Ce nouveau journal concurrence bientôt *Le National* qui, repris en 1840 par un Armand Marrast revenu assagi de son exil en Angleterre (1835), restait le seul organe un peu consistant du parti républicain. Militant pour la réforme politique comme préface à la réforme sociale, *La Réforme* vend moins de 2000 exemplaires en 1846.

1er août
Premier numéro de *La Démocratie pacifique*, dirigée par Victor Considerant.

2-7 septembre
La reine Victoria est reçue par Louis-Philippe dans son château d'Eu. L'essentiel des discussions entre les ministres des deux gouvernements, Guizot et Aberdeen, concerne le futur mariage de la jeune reine d'Espagne (Isabelle II est âgée de 12 ans). Les Anglais refusent l'éventuelle candidature d'un Orléans, les Français toute candidature étrangère à la maison de Bourbon. Ils craignent notamment l'installation à Madrid d'un Saxe-Cobourg dont les rejetons règnent déjà à Bruxelles et à Londres.

30 septembre
Edgar Quinet: *Ahasvérus*.

5 novembre
Dupetit-Thouars, qui se heurte à Tahiti à la résistance du pasteur Pritchard, consul d'Angleterre, détrône la reine Pomaré et prononce l'annexion de Tahiti.

11 novembre
En Algérie, les forces françaises détruisent à l'ouest de Saïda ce qui reste des troupes régulières d'Abd el-Kader. L'émir trouve refuge dans les territoires qui, à l'Ouest, ne font partie ni de l'ancienne régence d'Alger ni du sultanat du Maroc.

27 novembre
Ouverture de la session parlementaire. Louis-Philippe mentionne la «cordiale entente» qui existe entre la France et l'Angleterre.

29 novembre
Plusieurs centaines de légitimistes, dont cinq députés (notamment Berryer) vont à Londres rendre hommage au comte de Chambord, petit-fils de Charles X, seul candidat au trône pour les légitimistes. À la demande du gouvernement français, la reine Victoria refuse de recevoir le prétendant. Un mois plus tard, une circulaire adressée aux préfets par le ministre de l'Intérieur Duchâtel condamne la manifestation légitimiste de Londres.

2 décembre
Sainte-Beuve publie avec une préface les poèmes en prose d'Aloysius Bertrand (1807-1841): *Gaspard de la nuit, fantaisies à la manière de Rembrandt et de Callot.*

16 décembre
Teste quitte le ministère des Travaux publics, où le remplace Dumon.

27 décembre
Louis-Philippe annonce une réforme de l'enseignement secondaire qui conciliera « la liberté de l'enseignement » et « l'autorité et l'action de l'État sur l'instruction publique ».

autres événements
• Construction de la bibliothèque Sainte-Geneviève sur des plans d'Henri Labrouste (1843-1850). L'édifice, chef-d'œuvre de fonctionnalité, peut être lu comme un manifeste de la nouvelle architecture: celle de Duban (École des beaux-arts, 1833), Duc (colonne de Juillet) et Vaudoyer (Conservatoire des Arts et Métiers). Pour la première fois, la fonte de fer est utilisée sans être cachée: la grande salle de lecture est partagée en deux nefs portées par de fines colonnes de fonte.
• Hervé Faye (1814-1902) découvre la comète à laquelle son nom a été donné. En 1865, Faye découvrira la nature gazeuse du Soleil. Ses travaux ont ébranlé le système cosmogonique de Pierre Simon de Laplace (1749-1827), qui pensait que le système solaire a pour origine une nébuleuse primitive entourant un noyau et tournant autour d'un axe central, et que le refroidissement des couches extérieures, et la rotation de l'ensemble, auraient engendré à l'équateur de la nébuleuse des anneaux d'où seraient issues les planètes, le noyau central ayant quant à lui formé le Soleil (*Exposition du système du monde*, 1796).

1844

19 janvier
Le député Billault, chef de file du « parti anglophobe » à la Chambre, dénonce la « cordiale entente » franco-anglaise.

26 janvier
Démission des cinq députés légitimistes (Berryer, Blin de Bourdon, Larcy, La Rochejaquelein et le duc de Valmy, fils du maréchal Kellermann) qui ont assisté à Londres à la cérémonie en l'honneur du comte de Chambord. Ils seront réélus le 1er mars lors de législatives partielles.

février
Publication de l'unique numéro des *Annales franco-allemandes* fondées par Karl Marx et Ruge. Marx y publie son essai *À propos de la question juive* et *Contribution à la critique de la philosophie du droit de Hegel.* Le mois suivant, Marx rompt avec Ruge. Il rencontre Proudhon et Bakounine.

1er février
Création dans les provinces d'Alger, Oran et Constantine d'une direction des Affaires arabes qui supervise les bureaux arabes locaux chargés des relations entre l'occupant européen et la population indigène. L'administration française veut coiffer les structures traditionnelles de la société arabe sans les supprimer.

2 février
Villemain dépose devant les pairs un nouveau projet de loi sur la liberté de l'enseignement dans les écoles secondaires: les « petits séminaires » conservent leur statut (ils sont placés sous l'autorité de l'épiscopat); les établissements libres sont en revanche placés sous l'autorité et la surveillance de l'Université. Le projet multiplie les conditions exigées pour enseigner ou être admis dans ces établissements. Il exige notamment des professeurs qu'ils jurent n'appartenir « à aucune association ou congrégation religieuse ». Les catholiques avancent aussitôt un contre-projet: substitution du contrôle de l'État à celui de l'Université, assouplissement des conditions imposées aux enseignants, suppression du serment.

8 février
À Poissy, premier Concours général agricole.

26 février
Le gouvernement annule la décision d'annexer Tahiti prise par Dupetit-Thouars le 5 novembre

1843 et confirme l'établissement d'un protectorat sur l'île. L'opposition accuse le ministère de s'abaisser honteusement devant les Anglais.

29 février-2 mars
L'opposition tente d'obtenir un vote blâmant la conduite du gouvernement dans l'affaire tahitienne, mais 233 députés contre 187 rejettent le blâme. La presse d'opposition redouble ses attaques contre Guizot.

mars
À Tahiti, le capitaine Bruat, nommé commandant des établissements français en Océanie, fait expulser le pasteur anglais Pritchard.
Véron rachète *Le Constitutionnel* qui était sur le point de disparaître, le nombre de ses abonnés ayant chuté de 9000 en 1836 à 3 600 au début de 1844. Grâce au *Juif errant* d'Eugène Sue, Véron porte le tirage à 25000 exemplaires dès 1845.

11 mars
La direction de la restauration de Notre-Dame est confiée à Viollet-le-Duc et Lassus. Les travaux vont durer vingt ans: ils seront achevés en mai 1864.

14 mars
Le Siècle commence de publier *Les Trois Mousquetaires* d'Alexandre Dumas (jusqu'au 11 juillet). *Le Commerce* publie simultanément un autre roman de Dumas, *Une fille du Régent* (25 avril-13 juillet). Le 28 août, le sévère *Journal des débats* se lance à son tour dans le feuilleton: Dumas lui donne *Le Comte de Monte-Cristo* (28 août 1844-15 janvier 1846). À la fin de la même année, c'est au tour de *La Presse*, qui commence la publication de *La Reine Margot* (25 décembre 1844-5 avril 1845). *Le Constitutionnel* s'est lancé dans cette guerre du feuilleton en juin 1844, avec le début de la publication triomphale du *Juif errant* d'Eugène Sue (juin 1844-juillet 1845). Paul Féval (1817-1888) est également sollicité: pour faire pièce aux *Mystères de Paris* d'Eugène Sue, il commence, sous la signature de Sir Francis Trollop, *Les Mystères de Londres*, qui rempliront 11 volumes dont le succès fut considérable puisqu'on en compte une vingtaine d'éditions.

Dumas

Alexandre Dumas (1802-1870) fut le plus populaire et le plus prolifique des écrivains de la génération romantique. Même Hugo a connu des éclipses, Dumas aucune. Il s'était signalé à l'attention du public en 1826, par un recueil de nouvelles (Nouvelles contemporaines), *mais il débute vraiment, en fanfare, en février 1829, avec le triomphe à la Comédie-Française, de* Henri III et sa cour. *Après le succès de ce drame par lequel s'impose l'esthétique romantique, Dumas récidive avec* Antony *en 1831,* La Tour de Nesle *en 1832,* Kean ou désordre du génie *en 1836. Mais c'est en se tournant vers le roman qu'il trouve véritablement sa voie. En l'espace de six ans, Dumas ne donne pas moins d'une dizaine de chefs-d'œuvre écrits avec l'aide, à doses variables, d'Auguste Maquet:* Les Trois Mousquetaires *(1844),* Le Comte de Monte-Cristo *(1844-1846),* La Reine Margot *(1844-1845),* Vingt ans après *(1845),* Le Chevalier de Maison-Rouge *(1845-1846),* La Dame de Monsoreau *(1845-1846),* Joseph Balsamo *(1846-1848),* Le Vicomte de Bragelonne *(1847-1850) et* Le Collier de la reine *(1848-1850). Après 1850, Dumas continue de publier à un rythme frénétique, il y est condamné même par les exigences de ses créanciers, mais il n'écrira plus rien qui puisse être comparé aux sommets atteints entre 1844 et 1850. À sa mort, survenue le 5 décembre 1870, il laissera derrière lui une œuvre de près de 650 titres, tous genres confondus.*

17 mars
Inauguration du musée de Cluny, créé à partir de la collection Du Sommerard. Ce musée prend la relève du musée des Monuments français d'Alexandre Lenoir.

19 mars
Dupin dénonce à la Chambre le «parti prêtre» et demande au gouvernement de se montrer «implacable».

22 avril-24 mai
Discussion à la Chambre des pairs du projet de loi sur les écoles secondaires libres. Les champions respectifs de l'Université et de la liberté de l'enseignement, Victor Cousin et Montalembert, s'affrontent devant une assemblée peu encline à embrasser un parti extrême et davantage séduite par les propositions conciliantes du duc de Broglie, rapporteur du projet. Les pairs amendent le projet sur plusieurs points. Ils associent ainsi le Conseil d'État à la surveillance de l'enseignement libre afin de modérer l'influence de l'Université. En revanche, ils conservent l'obligation pour les enseignants du serment de non-appartenance à une congrégation religieuse. Le texte amendé est transmis à la Chambre des députés.

mai
La Chambre des députés adhère au principe de l'abolition de l'esclavage.

25 mai
Mgr Parisis, évêque de Langres, approuve publiquement l'action de Montalembert pour organiser un grand « parti » catholique. Sa prise de position est approuvée par de nombreux évêques.

28 mai
Guizot déclare que la « cordiale entente » « fait l'orgueil de notre temps et l'orgueil du cabinet qui n'a fait à ce grand résultat aucun sacrifice qui puisse être regardé comme une atteinte réelle aux intérêts du pays ».

30 mai
Abd el-Kader entraîne le sultan du Maroc Abd al-Rahman dans sa guerre contre la France. Le 12 juin, le gouvernement condamne l'entrée en guerre du sultan du Maroc au côté d'Abd el-Kader. Des renforts partent pour l'Algérie; une escadre commandée par le prince de Joinville se dirige vers les côtes marocaines.

3 juin
Mort du duc d'Angoulême, dernier fils survivant de Charles X. Le comte de Chambord (fils posthume du duc de Berry) devient le chef de la maison de Bourbon.

29 juin
Achille de Vaulabelle: *Histoire des deux Restaurations de 1814 et de 1815, jusqu'à la chute de Charles X en 1830* (1844-1854).

juillet
Michelet et Quinet proposent d'ériger une statue à Voltaire. L'idée, à laquelle s'associe Béranger, sera abandonnée, mais elle refera surface en 1867, lorsque Michelet, encore lui, lancera dans le journal *Le Siècle* une souscription. Les 200000 dons reçus par le journal ne serviront pas, finalement, à réaliser le monument annoncé, mais à publier une édition des œuvres complètes de Voltaire (huit volumes, 1867-1870) à prix modique.

5 juillet
Loi sur les brevets d'invention.

13 juillet
Thiers, rapporteur de la loi sur l'enseignement libre votée par les pairs le 24 mai, préconise le retour des écoles libres « dans la grande institution de l'Université ». La clôture de la session, quelques jours plus tard, entraîne l'ajournement de la discussion.
Le Juif errant, d'Eugène Sue, déjà publié en feuilleton, commence à paraître en volume.

26 juillet
Le retour en Angleterre du pasteur Pritchard, expulsé de Tahiti en mars 1844, provoque une vague de francophobie. Certains parlent de déclarer la guerre à la France, mais en sous-main, Guizot et Aberdeen négocient.

août
Le Comité de défense de la liberté de l'enseignement fondé par Montalembert en juillet 1843 devient le Comité électoral pour la défense de la liberté religieuse. Sa création marque une nouvelle étape dans l'engagement des catholiques dans le combat politique.

3 août
Une loi stipule que les héritiers des auteurs dramatiques conserveront les droits sur la représentation des œuvres pour une durée de vingt années.
Louis-Napoléon Bonaparte: *Extinction du paupérisme.*

3-5 août
Guizot refuse de s'expliquer sur l'affaire Pritchard.

14 août
Bugeaud remporte une importante victoire sur les troupes du sultan du Maroc Abd al-Rahman sur l'Isly. Le 6 août, l'escadre du prince de Joinville a bombardé Tanger, et Mogador le 15.

6 septembre
La France autorise le retour du pasteur Pritchard à Tahiti et accepte de l'indemniser.

10 septembre
Un traité signé par Bugeaud et le sultan du Maroc Abd al-Rahman met fin à l'engagement des troupes marocaines aux côtés d'Abd el-Kader. La frontière entre le Maroc et l'Algérie est fixée; la France renonce à intervenir en territoire marocain.

8-14 octobre
Voyage officiel de Louis-Philippe en Angleterre.

24 octobre
Traité de Whampoa entre la France et la Chine: la France obtient que la Chine facilite et protège l'action des missionnaires.

16 novembre 1844-18 mars 1845
Voyage triomphal du maréchal Bugeaud de Marseille à Paris, ponctué de nombreux banquets organisés pour fêter le vainqueur de l'Isly.

23 novembre
Des crédits sont alloués à l'expérimentation du télégraphe électrique. La première ligne est établie entre Paris et Rouen.

3-21 décembre
Balzac publie dans *La Presse* la première partie des *Paysans* – la seule publiée du vivant de l'auteur. La même année, il publie en volumes *Un début dans la vie*, *La Fausse Maîtresse*, *Honorine* et *Modeste Mignon*.

26 décembre
Louis-Philippe célèbre le « mutuel esprit de bon vouloir et d'équité qui a maintenu entre la France et l'Angleterre cet heureux accord qui garantit le repos du monde ».

29 décembre
Création de conseils de prud'hommes (établis depuis le 18 mars 1806) dans l'industrie des métaux. De nouvelles sections sont créées le 9 juin 1847 dans les industries textile et chimique. En 1845-1846, les conseils de prud'hommes examineront 30 710 dossiers.

1845

15 janvier
Michelet : *Du prêtre, de la femme, de la famille*.

21 janvier
Le Siècle publie la suite des *Trois Mousquetaires*, *Vingt ans après* (jusqu'au 28 juin). La même année, Dumas publie *Le Chevalier de Maison-Rouge* et *La Dame de Monsoreau*.

24 janvier
À la Chambre, Bugeaud repousse les projets visant à instaurer un pouvoir civil en Algérie.

1er février
Salvandy est nommé ministre de l'Instruction publique à la place de Villemain.

3 février
Marx est expulsé de France à la demande du gouvernement prussien. Il se fixe à Bruxelles (jusqu'en mars 1848). Il publie avec Engels *La Sainte Famille* (1845), rédige ses *Thèses sur Feuerbach* (1845) et *L'Idéologie allemande* (1846).

22 février
Eugène de Mirecourt : *Fabrique de romans. Maison d'Alexandre Dumas et compagnie*. Une description au vitriol de « l'usine » Dumas.

mars
Grève des 2 500 ouvriers de l'arsenal de Toulon.

8 mars
Edgar Quinet : *Le Christianisme et la Révolution française*. Une nouvelle édition sera publiée le 25 juillet 1846.

9 mars
Le Corsaire commence la publication des *Scènes de la vie de bohème* d'Henry Murger. L'œuvre sera publiée en volume en janvier 1851.

30 mars
La Compagnie des Chemins de fer de Paris à Orléans invente la participation des salariés aux bénéfices de l'entreprise. L'expérience se prolongera jusqu'en 1870.

avril
Baudelaire inaugure la série de ses *Salons* par le *Salon de 1845*. C'est aussi sa première œuvre publiée. Le 25 mai, *L'Artiste* publie un poème de Baudelaire, *À une dame créole*.

15 avril
Ordonnance sur l'administration des possessions françaises en Algérie. Les territoires conquis sont divisés en trois catégories (« civils », « mixtes » et « arabes ») selon l'importance de la population européenne. Les premiers sont dirigés par une administration civile, les seconds par l'armée exerçant les fonctions administratives et judiciaires, les troisièmes sont gouvernés militairement. L'ordonnance crée un conseil supérieur et un conseil du contentieux qui, composés de civils, limitent l'autorité du gouverneur général (Bugeaud). Ce dernier doit également collaborer avec un directeur général des affaires civiles directement placé sous l'autorité du gouvernement.

2-3 mai
Thiers interpelle le gouvernement, l'accusant de ne pas faire appliquer les lois des 16 juin 1828 et 29 mars 1837 relatives aux congrégations religieuses non autorisées (les jésuites).

29 mai
Traité franco-anglais sur le droit de visite des navires: les deux pays établissent chacun sur la côte occidentale de l'Afrique une force navale de 26 bâtiments chargés d'exercer conjointement le droit de visite.

juin
Granier de Cassagnac fonde *L'Époque*, concurrent guizotiste de *La Presse* et du *Siècle*. Girardin livre une bataille féroce contre l'intrus, bataille qu'il gagne en prenant le contrôle du nouveau quotidien.

11-12 juin
Montalembert et Beugnot prennent la défense des jésuites devant la Chambre des pairs.

19 juin
La Russie établit des taxes prohibitives sur les produits français, paralysant les échanges entre les deux pays.

25 juin
Bugeaud ordonne de désarmer les tribus qui ont participé au mois d'avril à un soulèvement à l'ouest d'Alger. Le 25, les troupes du colonel Pélissier encerclent une tribu qui a trouvé refuge dans des grottes. Pélissier décide de les enfumer: plus de 500 morts. Le 11 juillet, la Chambre des pairs interpelle le gouvernement sur le massacre. Bugeaud « couvre » son subordonné et en endosse la responsabilité.

27 juin
La Chambre accorde les crédits nécessaires pour l'exécution du traité franco-anglais du 29 mai. Les adversaires du droit de visite n'ont pas participé au vote.

6 juillet
Afin de désamorcer la crise, le gouvernement français annonce la fermeture de quelques-unes des 27 maisons possédées par les jésuites en France.

15 juillet
L'exposé des motifs qui accompagne l'acte de concession des chemins de fer du Nord aux Rothschild condamne la fièvre spéculative qui entoure le développement du réseau ferroviaire: 1 320 km sont exploités en 1846, contre 598 en 1842.

18-19 juillet
Une loi fixe les conditions de rachat des esclaves et prévoit l'abolition de l'esclavage, mais sans fixer aucun calendrier.

9 août
Dans une circulaire, Bugeaud demande à ses officiers de se tenir prêts « à entreprendre un peu en grand les essais de colonisation militaire » dont il défend l'idée depuis 1838 *(De l'établissement de légions de colons militaires dans les possessions françaises du nord de l'Afrique)*. L'installation des colons demeure un phénomène limité: 1 765 familles se sont installées dans une trentaine de villages créés autour d'Alger, alors que 90000 Européens vivent dans les villes. Bugeaud est rappelé à l'ordre par Guizot.

16 août
Toussenel: *Les Juifs, rois de l'époque. Histoire de la féodalité financière*. Collaborateur de *La Démocratie pacifique*, la revue fouriériste dirigée par Victor Considerant, Toussenel publiera en 1853, dans un tout autre genre, *Le Monde des oiseaux, ornithologie passionnelle*. En 1843, Maximilien-Charles-Alphonse Cerfbeer de Medelsheim avait publié, contre l'antisémitisme anticapitaliste de l'extrême gauche dont Toussenel se fait le porte-parole, *Ce que sont les juifs de France*. Après la parution du livre de Toussenel, Cerfbeer publiera en 1846 *Les Juifs, leur histoire et leurs mœurs*.

8 septembre
Louis-Philippe reçoit la reine Victoria dans son château d'Eu. Guizot et Aberdeen se mettent d'accord pour favoriser le mariage de la reine d'Espagne Isabelle II avec le comte de Trapani, frère de Ferdinand II de Bourbon-Naples. En revanche, Louis-Philippe affirme son intention de marier son dernier fils, Montpensier, à l'infante d'Espagne Louise-Fernande, sœur cadette d'Isabelle II. Il consent toutefois à différer cette union jusqu'à ce que le couple royal madrilène ait un premier enfant.

23-26 septembre
Abd el-Kader reprend les armes. Bugeaud le rejettera vers le désert marocain pendant l'hiver 1845-1846.

1er octobre
Mérimée: *Carmen*.

octobre-novembre
Crise boursière provoquée par le manque de capitaux disponibles, ceux-ci ayant été drainés par les emprunts publics décidés pour financer la construction des fortifications de Paris et les investissements industriels (notamment le développement des chemins de fer).

1er novembre
Alfred de Musset : *Il faut qu'une porte soit ouverte ou fermée*, dans *La Revue des deux mondes*.

10 novembre
Le maréchal Soult conserve la présidence du Conseil mais cède le portefeuille de la Guerre au général Moline de Saint-Yon.

22 novembre
L'abbé Constant publie un ouvrage posthume de Flora Tristan : *L'Émancipation de la femme ou le Testament de la paria*.

7 décembre
Suppression du Conseil royal de l'Instruction publique (composé d'un petit nombre de membres inamovibles), auquel succède un conseil de 30 membres dont les deux tiers sont renouvelés chaque année.

13 décembre
Traité de commerce franco-belge.

25 décembre
Thiers et Odilon Barrot concluent une alliance des gauches pour renverser Guizot et former un nouveau gouvernement.

autres événements
• L'ancien saint-simonien Duveyrier fonde la Société générale des annonces, régie publicitaire qui compte parmi ses clients le *Journal des débats*, *Le Constitutionnel*, *La Presse* de Girardin et son concurrent *Le Siècle*. À cette date, 230 journaux se disputent le marché parisien. On compte en France 750 journaux.
• Mgr Affre ouvre l'École des hautes études ecclésiastiques, au monastère des Carmes à Paris (qui deviendra l'Institut catholique de Paris en 1876).
• Jean-Eugène Robert-Houdin ouvre le théâtre des Soirées fantastiques.
• Construction par Léonce Reynaud de la première gare de l'Est dont le modèle sera souvent repris.

1846

5 janvier
Alfred de Vigny refuse de faire l'éloge de la dynastie Orléans dans son discours de réception à l'Académie française (où il a été élu le 8 mai 1845) en échange d'un siège à la Chambre des pairs.
Ordonnance royale sur l'organisation des Archives du royaume.

28 janvier
Michelet : *Le Peuple*.

31 janvier
Guizot répond aux attaques dirigées contre l'ordonnance du 7 décembre 1845 en réaffirmant son hostilité au monopole de l'Université.

21 février
Thiers et Barrot relancent les hostilités en demandant que la Chambre remette à l'ordre du jour le projet de loi sur l'enseignement secondaire, mais ils essuient un nouvel échec.

16 mars
Thiers dénonce l'intervention directe du roi dans les affaires gouvernementales au nom de la maxime « Le roi règne et ne gouverne pas ».

16 avril
À Fontainebleau, un ancien garde du domaine de la Couronne, Lecomte, ouvre le feu sur la voiture de Louis-Philippe. Le 6 juin, il est condamné à mort par la Cour des pairs. Seuls trois membres de la Cour, dont Victor Hugo (élevé à la pairie le 13 avril 1845), ont voté contre la condamnation à la peine capitale. Louis-Philippe ayant refusé de gracier le condamné, Lecomte est guillotiné le 8 juin.

24 avril
En Algérie, Abd el-Kader fait massacrer 280 soldats français qu'il retient prisonniers. Un seul réussit à s'échapper.

mai
Les députés renouvellent leur adhésion au principe de l'abolition de l'esclavage.

25 mai
Louis-Napoléon Bonaparte s'évade du fort de Ham (où il était incarcéré depuis octobre 1840) et se réfugie en Belgique.

28 mai
Duel parlementaire Thiers-Guizot. Le premier offre ses services au roi tout en affirmant qu'il n'acceptera de le servir qu'à la condition de rester maître de la politique du gouvernement. Guizot rejette cette interprétation parlementaire de la Charte, puis revient à la tribune pour un long discours sur les finances. La crise internationale de 1840 et les opérations militaires en Algérie ont aggravé le déficit budgétaire qui s'élève à 165 millions en 1841 et encore à 65 millions en 1842. Des économies et l'amélioration du rendement fiscal ont rétabli la

situation, mais dans le même temps, les dépenses extraordinaires ont beaucoup augmenté (chemins de fer, fortifications et réseau routier). Guizot justifie les dépenses engagées: « La paix aussi a ses grandes entreprises, la paix a aussi ses témérités. »

31 mai-6 juin
Joseph Balsamo, de Dumas, paraît en feuilleton dans *La Presse.*

juin
Contre Bugeaud, Dufaure, Tocqueville et Lamartine se prononcent pour l'établissement d'un gouvernement civil en Algérie.

16 juin
L'évêque d'Imola succède sous le nom de Pie IX au pape Grégoire XVI décédé. La première année de son pontificat est marquée par d'importantes réformes qui contribuent à relancer les mouvements libéraux et nationaux dans toute l'Italie. Le grand-duc de Toscane est le premier souverain italien à suivre le mouvement en ébauchant plusieurs réformes et en promettant à ses sujets une constitution libérale. La France appuie l'expérience réformatrice.

juillet
Le Paris-Amiens déraille à Fampoux, provoquant la mort de 20 voyageurs.

3 juillet
Installation des premières lignes télégraphiques électriques, de Paris à Lille et de Valenciennes à Douai.

6 juillet
La Chambre des députés est dissoute. Les élections sont fixées au 1er août.

19 juillet
Le très francophobe lord Palmerston, de retour au Foreign Office, relance la candidature de Léopold de Saxe-Cobourg, à laquelle s'oppose la France, au mariage avec Isabelle II d'Espagne.

21 juillet
Les esclaves qui, dans les colonies, appartiennent au domaine de l'État, sont affranchis. 126 esclaves bénéficient de cette mesure.

29 juillet
Joseph Henri, un artisan, tire sur Louis-Philippe en train de saluer la foule depuis le balcon des Tuileries. Henri sera condamné aux travaux forcés à perpétuité le 27 août.

août
Voyage en France de Richard Cobden, le chef de file anglais de la lutte contre le protectionnisme.

1er août
Élections législatives. L'opposition remporte 11 des 14 sièges du département de la Seine. Dans les autres départements en revanche, le gouvernement s'impose largement. Au total, la Chambre compte une majorité de 291 ministériels, auxquels font face 168 opposants de toutes nuances (parmi eux 16 légitimistes et 12 députés d'extrême gauche). Louis-Philippe et Guizot disposent enfin d'une majorité solide.

8 août
George Sand publie *La Mare au diable.*

George Sand

Aurore Dupin (1804-1876) a passé sa jeunesse au château familial de Nohant, dans l'Indre. Mariée au baron Dudevant en 1822 – elle a 18 ans –, elle commence à écrire avec Jules Sandeau dont elle est devenue la maîtresse. Ensemble, ils publient Rose et Blanche *en 1831. Ayant rompu avec Sandeau, elle lui emprunte toutefois la moitié de son nom pour signer ses premiers ouvrages:* Indiana *et* Valentine, *publiés en 1832, puis* Lélia, *paru peu de temps avant le début de son orageuse liaison avec Alfred de Musset, qu'elle délaisse bientôt, lors d'une escapade à Venise, pour le médecin venu au chevet de son amant malade. En 1837,* Mauprat *est le dernier roman de George Sand appartenant à la veine passionnelle de ses premiers livres. La « dame de Nohant » s'est en effet convertie au socialisme et à la religion humanitaire de l'époque après avoir rencontré Pierre Leroux. Sous cette inspiration nouvelle, elle écrit* Le Compagnon du tour de France *(1840),* Consuelo *(1842-1845) et* Le Péché de Monsieur Antoine *(1847). Durant ces années, une longue liaison, commencée en 1838, l'avait unie à Chopin. Ils rompent en 1847. L'année suivante, George Sand se jette dans l'action révolutionnaire. Elle participe activement aux événements, mais doit quitter Paris après l'insurrection ouvrière du mois de juin. Retirée à Nohant, elle commence à écrire des romans champêtres dans la veine de* La Mare au diable, *notamment* La Petite Fadette *(1849) et* François le Champi *(1850), et de nombreux écrits autobiographiques: l'*Histoire de ma vie *(1854-1855); en 1859, elle évoque sa liaison avec Musset, décédé en mai 1857, dans* Elle et

Lui, *provoquant en avril de la même année une réplique du frère du poète, Paul de Musset* (Lui et Elle), *et une mise au point d'une autre ancienne maîtresse de Musset, Louise Colet* (Lui). *Les dernières années de George Sand sont consacrées à la rédaction de ses* Impressions et souvenirs *(1873-1876).*

28 août
Après un mois d'intense activité diplomatique entre Paris et Madrid, Isabelle II se résigne à épouser le duc de Cadix, homosexuel notoire, tandis que sa sœur sera mariée à Montpensier. En Angleterre, la reine Victoria et l'opinion publique font bloc derrière lord Palmerston pour dénoncer le manque de loyauté du gouvernement français. Ils reçoivent l'appui de Thiers qui impute à Guizot la responsabilité de la rupture de la « cordiale entente ».

4 septembre
La session des Chambres est prorogée au 11 janvier 1847.

11 septembre
Création de l'École française d'Athènes. Elle servira de modèle aux écoles fondées plus tard à l'étranger pour contribuer au rayonnement de la culture française : Rome (1876), Le Caire (1890), Hanoi (1901), Florence (1908), Madrid (1909), Saint-Pétersbourg (1912), Londres (1913).

16 septembre
Un traité commercial franco-russe marque la reprise des relations entre les deux pays, paralysées depuis juin 1845.

19 septembre
Apparitions de la Vierge Marie à deux enfants de La Salette (Isère).

23 septembre
La planète Neptune est découverte à partir des calculs de Le Verrier.

LE VERRIER

Les travaux d'Urbain Le Verrier (1811-1877) sur la planète Mercure et différentes comètes lui ouvrent en 1846 les portes de l'Académie des sciences. C'est peu de temps après cette élection qu'il présente un mémoire sur une question qui fait depuis longtemps le désespoir des astronomes : les irrégularités de l'orbite d'Uranus. Le Verrier suggère qu'elles sont le fait des perturbations provoquées, non par Jupiter, comme le pensait Laplace, mais par une planète encore inconnue. Ayant déterminé par le calcul l'emplacement probable de cet astre mystérieux, Le Verrier demande au directeur de l'Observatoire de Berlin d'observer cette région du ciel : le 23 septembre 1846, la planète Neptune est découverte à l'endroit indiqué. Le Verrier devient célèbre ; décoré par Louis-Philippe et par plusieurs souverains étrangers, il est élu député en 1849 et nommé sénateur en 1852. Le 30 janvier 1854, il prend la direction de l'Observatoire où, très vite, son comportement despotique et imprévisible le rend impopulaire. Il applique en fait dans ce sanctuaire scientifique les principes politiques antilibéraux qu'il aurait aimé voir appliqués avec plus de fermeté par Napoléon III. C'est au point qu'en novembre 1867, Victor Duruy ordonne une enquête et flanque le directeur de l'Observatoire d'un conseil de surveillance avant de prononcer sa révocation le 5 février 1870. Chassé de l'Observatoire, privé par la chute du Second Empire de ses fonctions sénatoriales, Le Verrier ronge son frein et finit même par adopter des principes plus modérés. Après s'être comporté à l'Observatoire, avant 1870, comme un monarque absolu, il y rentrera en février 1873 en monarque constitutionnel.

25 septembre
L'Angleterre proteste contre les mariages décidés le 28 août par les gouvernants français et espagnol.

8 octobre-3 décembre
Balzac : *La Cousine Bette*, dans *Le Constitutionnel.*

10 octobre
Double mariage à Madrid de la reine Isabelle avec le duc de Cadix, et de l'infante avec le duc de Montpensier.

novembre
Une commission parlementaire se rend en Algérie pour arbitrer le débat sur l'avenir du pays qui oppose Bugeaud à Lamoricière. Le premier plaide en faveur du maintien du gouvernement militaire et d'une colonisation par des paysans-soldats propriétaires de petits lopins de terre ; le second réclame une administration civile et une colonisation confiée à des compagnies financières concessionnaires de vastes domaines. Tocqueville prend le parti de Lamoricière.
Premier numéro du périodique économique *Le Libre-échange*, qui combat les doctrines protectionnistes.

7 novembre
Le comte de Chambord (petit-fils de Charles X) épouse l'archiduchesse Marie-Thérèse, sœur du duc de Modène (seul souverain européen à n'avoir pas reconnu le régime de Juillet).

9 novembre
Berlioz: *La Damnation de Faust*, à l'Opéra. Un échec.

L'OPÉRA-COMIQUE

Depuis le XVIII*e siècle, les compositeurs français ont fait leur spécialité de l'opéra-comique. Après 1800, le genre jette ses derniers feux: Lesueur (1760-1837) triomphe avec* Les Bardes *en 1804 et Méhul (1763-1817) avec* Joseph en Égypte *en 1807. Cette œuvre fera plus tard, jusqu'à Wagner, l'admiration des romantiques. Le troisième, et dernier, grand nom de cette école est François-Adrien Boïeldieu (1775-1834), dont* Jean de Paris *(1812) est triomphalement reçu et dont* La Dame blanche *(1825) est considéré comme la dernière grande œuvre d'un genre que le romantisme condamne au déclin, mais sans le remplacer, comme en témoigne l'insuccès des œuvres de Berlioz. Tout au long du siècle règnent Auber, Halévy, et, dans un registre mineur, Hérold, Adam ou Thomas.* La Muette de Portici, *d'Auber (1782-1871), est jouée plus de 500 fois après sa création en 1826,* Le Domino noir *(1837) franchit le cap des 1 000 représentations;* Fra Diavolo *(1830) et* Haydée *(1847) remportent un succès comparable, comme bien d'autres pièces d'une prolifique carrière commencée avant 1820 et qui s'achève en 1869 (Auber a 87 ans) avec* Rêve d'amour. *Halévy (1799-1862) triomphe pareillement avec* La Juive *en 1835. Le public préfère Hérold (1791-1833) à Berlioz, et* Zampa *(1831) à* Benvenuto Cellini. *Succès tout aussi vif pour Adolphe Adam (1803-1856), devenu célèbre avec* Le Postillon de Longjumeau *(1836),* Le Roi d'Yvetot *(1841) et le ballet* Giselle *écrit avec Théophile Gautier (1841). Cet élève de Boïeldieu a écrit plusieurs ouvrages de critique musicale:* Souvenirs d'un musicien *(1857) et* Derniers Souvenirs d'un musicien *(1859). Le plus grand succès lyrique du dernier tiers du siècle sera* Mignon, *d'Ambroise Thomas, créé en 1866 et joué, comme* Le Domino noir *d'Auber trente ans plus tôt, à plus de 1 000 reprises. Les seuls opéras français qui puissent se comparer avec l'opéra italien de ce siècle sont dus à deux Italiens et un Allemand: Luigi Cherubini (1760-1842), venu à Paris à la veille de la Révolution française, plus tard nommé directeur du Conservatoire (1822); Gaspare Spontini (1774-1851), qui habite lui aussi Paris (1803-1820), où il compose* La Vestale *(1807),* Fernand Cortez *(1809), et dirige la première représentation du* Don Giovanni *de Mozart (1811); enfin Giacomo Meyerbeer (1791-1864), qui compose de nombreuses œuvres, dont plusieurs des grands succès du temps, comme* Robert le diable *(1831),* Les Huguenots *(1836),* Le Prophète *(1849) ou* L'Africaine, *créé après sa mort, en 1865.*

19 décembre
Proudhon: *Système des contradictions économiques, ou philosophie de la misère* (auquel Marx répliquera en 1847 avec *Misère de la philosophie*).

31 décembre
Décret réorganisant l'École des chartes créée le 22 février 1821.

autres événements
• Crise agricole, provoquée par un déficit en céréales dû à la maladie de la pomme de terre qui, apparue en Irlande en 1845, arrive en France, ainsi qu'à la mauvaise récolte de 1846 provoquée par la sécheresse. Le gouvernement procède dès les premiers signaux d'alerte à des importations massives de grains, mais les pluies diluviennes de l'automne retardent ou empêchent le ravitaillement.
• Les principaux groupes industriels se fédèrent au sein d'une Association pour la défense du travail national: la première organisation patronale.

1847

30 janvier
Recensement de la population française: 35 400 486 habitants. Paris (785 000 en 1831) dépasse le million d'habitants intra muros.

6 février
Louis Blanc: *Histoire de la Révolution* (1847-1862).

13 février
Michelet: *Histoire de la Révolution française* (1847-1853). 1789 comme accomplissement de la liberté et de l'unité de la nation.

MICHELET

Jules Michelet (1798-1874) est né à Paris dans la maison d'un petit imprimeur jacobin. Ses souvenirs étaient ceux des grandes heures de la

Révolution, agonisante lorsqu'il avait vu le jour. Ses parents vivaient chichement, mais ils réussirent à donner à leur fils une bonne éducation que couronnent en 1819 un doctorat et une agrégation. Dans les années 1820, Michelet approfondit sa connaissance de l'histoire et de la philosophie de l'histoire (c'est alors qu'il se lie avec Quinet), tout en enseignant au collège Sainte-Barbe, poste qu'il quitte en 1827 pour enseigner la philosophie et l'histoire à l'École normale (il traduit en 1827 les Principes de la philosophie de l'histoire *de Vico). Michelet, tout à ses recherches, ne prend aucune part à la révolution de 1830. Il poursuit ses leçons à l'École normale. L'année suivante cependant, année où il est nommé directeur de la section historique des Archives, il publie une* Introduction à l'histoire universelle *dans laquelle il voit dans les journées de Juillet l'accomplissement du mouvement de l'histoire dont la promesse figurait sur le drapeau de 1789. Pour restituer cet ample mouvement initié par la libération des communes médiévales, Michelet commence alors à écrire une immense* Histoire de France. *Les six premiers volumes, qui couvrent la période allant des origines à la fin du Moyen Âge, paraissent de 1833 à 1844; onze autres volumes – de la Renaissance à la Révolution – les suivent entre 1855 et 1867, auxquels il faut ajouter les trois volumes d'une* Histoire du XIXe siècle *publiée de 1872 à 1874. De ce tableau épique de la naissance de la Nation France, Michelet recrée avec un génie inégalé le moment d'incandescence dans son* Histoire de la Révolution française. *En 1838, Michelet a quitté l'École normale pour le Collège de France où il retrouve bientôt son ami Quinet, et commence à davantage s'impliquer dans le débat politique. À cela plusieurs raisons : l'évolution de sa réflexion sur l'histoire de la France, qui nourrit chez lui une hostilité de plus en plus marquée envers le catholicisme, mais également les attaques virulentes lancées par les catholiques les plus militants, comme Veuillot, contre l'enseignement dispensé dans les facultés et au Collège de France, qu'ils dénoncent comme athée et subversif. Aussi Michelet, accompagné par Quinet, se jette-t-il dans la nouvelle campagne qui, dans le camp opposé, se développe contre le « complot jésuite ». Après le succès-scandale de leur cours consacré aux jésuites en 1843* (Des jésuites), *Michelet ne fléchit pas et approfondit sa réflexion, ponctuée d'ouvrages, sur la nécessité de détruire le catholicisme et de lui substituer une religion que l'on peut définir indifféremment comme celle de la Fraternité ou celle de la France, celle de la Nation (*Du prêtre, de la femme, de la famille, *1845;* Le Peuple, *1846). Le 2 janvier 1848, le gouvernement suspend le cours de Michelet. S'il peut reprendre son enseignement après février 1848, dès l'élection de Louis-Napoléon Bonaparte à la présidence de la République les ennuis recommencent. Son cours est de nouveau suspendu (mars 1851) avant qu'il ne soit révoqué (mars 1852). Michelet dès lors se consacre à l'écriture:* La Femme *(1859),* La Mer *(1861),* La Sorcière *(1863),* La Bible de l'humanité *(1864). Il s'éteint à Hyères le 9 février 1874.*

20 février
Ouverture du Théâtre-Historique avec une adaptation du roman de Dumas, *La Reine Margot.*

27 février
Le ministre de la Guerre, Moline de Saint-Yon, présente un projet de loi pour la création de colonies militaires en Algérie inspiré par Bugeaud.

mars
Pierre Flourens (1794-1867) découvre les propriétés anesthésiques du chloroforme (*De la découverte de l'action anesthésique du chloroforme,* 1847) découvert simultanément par Soubeiran et par le chimiste allemand Liebig en 1831. Dès 1847, l'anesthésie au chloroforme est expérimentée par James Young Simpson. Son emploi se répand rapidement, concurremment à celui de l'éther.

6 mars
Duvergier de Hauranne dépose un projet de réforme électorale: abaissement du cens électoral à 100 francs (il y a à ce moment 260000 électeurs à 500 francs), élargissement du droit de vote aux « capacités », augmentation du nombre des députés de 459 à 538. Le 26, le projet est rejeté par 252 voix contre 154.

12 mars
Le ministre de la Justice Martin du Nord meurt d'une attaque d'apoplexie; la rumeur publique évoque un suicide. Hébert le remplace le 14. Cette affaire renforce le climat délétère soudainement provoqué par la découverte de nombreuses malversations impliquant fonctionnaires, députés, pairs...

17 mars-19 juin
Lamartine: *Histoire des Girondins.*

18 mars-10 mai
Balzac: *Le Cousin Pons*, dans *Le Constitutionnel*. Au même moment, *L'Union monarchique* commence la publication du *Député d'Arcis* (qui sera terminé, après la mort de Balzac en 1850, par Charles Rabou, et publié en 1854).

12 avril
Salvandy dépose un nouveau projet de loi sur l'enseignement, cette fois hostile au monopole de l'Université. Le texte, en dépit de ses concessions, ne satisfait pas les exigences des catholiques réunis au sein des comités pour la liberté de l'enseignement. Le projet est renvoyé à l'examen d'une commission parlementaire.

19-21 avril
Par 219 voix contre 170, la Chambre repousse la proposition Rémusat du 26 mars visant à exclure de la Chambre les députés fonctionnaires.

mai
Le prix de l'hectolitre de blé atteint 46 francs à Caen (22 francs en mai 1846), celui du seigle 42 francs dans la Sarthe (15 francs en juillet 1846). De nombreux troubles éclatent: les indigents employés dans les ateliers de charité de Montauban s'insurgent en février 1847, les boulangeries sont pillées à Lille en mai, à Mulhouse en juin, à Évreux en juillet; à Buzançais (Indre), un riche propriétaire est tué en janvier: trois condamnations à mort sont prononcées, et exécutées le 16 avril 1847 sur la place du village. La bonne récolte de l'été 1847 rétablit la situation sur le front des subsistances, mais les difficultés ne sont pas terminées pour autant: en entraînant une baisse de la consommation des produits manufacturés, la crise agricole a provoqué une crise industrielle.
À la montée du chômage (on estime le nombre des chômeurs à 700000 à la fin de 1847), s'ajoute une aggravation de la crise financière, les importations de céréales ayant encore réduit le volume des capitaux disponibles pour les investissements intérieurs. En province, la situation financière est plus grave encore: les huit banques départementales (Rouen, Nantes, Bordeaux, Lyon, Marseille, Lille, Toulouse, Orléans) sont acculées à la faillite au début de 1848. Les caisses d'épargne connaissent elles aussi de grandes difficultés. Le déficit budgétaire, qui était déjà de 500 millions en 1846, franchit la barre des 600 millions en 1847 (sans compter un milliard de dépenses extraordinaires de travaux publics).
Pour financer le déficit public, le gouvernement recourt à l'émission de bons du Trésor, enfin à l'emprunt: le 8 août 1847, un emprunt de 350 millions est lancé, dont seulement 250 sont mis en adjudication. La banque Rothschild souscrit la totalité de cette somme au taux (très) avantageux de 75 francs pour 100. À l'automne, le rétablissement de la situation économique et financière se dessine.

9 mai
Remaniement ministériel: Jayr (Travaux publics), Dumon (Finances), Trézel (Guerre); le duc de Montebello (fils du maréchal Lannes) est nommé à la Marine.

30 mai
Bugeaud, après avoir achevé la conquête (toute provisoire) de la Kabylie, démissionne de ses fonctions de gouverneur de l'Algérie. Il regagne la France le 5 juin.

2 juin
Tocqueville demande le rejet du projet de loi créant des colonies militaires en Algérie. Le gouvernement retire le projet.

7 juillet
Esquiros: *Histoire des Montagnards*. Alfred Esquiros avait auparavant consacré trois ouvrages à la cause de l'émancipation des femmes: *Les Vierges folles* (1840), *Les Vierges sages* (1840) et *Les Vierges martyres* (1842).

8-17 juillet
Accusés de corruption, les anciens ministres Teste et Despans-Cubières sont jugés par la Cour des pairs. Le général Despans-Cubières s'était lancé dans les affaires au début des années 1840. En 1843, pour obtenir le renouvellement de la concession d'une mine de sel en Saône-et-Loire, il a versé un pot-de-vin de 100000 francs à Teste, alors ministre des Travaux publics. Les deux anciens ministres et leurs complices sont condamnés à de fortes amendes et à la dégradation civique, Teste écopant en prime de trois ans de prison. Le général Despans-Cubières sera réhabilité par la cour de Rouen le 17 août 1852.

9 juillet
L'opposition dynastique (Odilon Barrot) lance la campagne des banquets en faveur de la réforme électorale et de la réforme parlementaire. La décision de Barrot d'étendre le mouvement à toutes les composantes de l'opposition, y compris l'opposition républicaine, provoque plusieurs défections: celles de Tocqueville et Rémusat notamment. Les promoteurs de cette campagne d'appel direct au pays ont décidé que seuls les électeurs pourraient participer à ces banquets. 1 200 convives (dont 86 députés) dînent dans le

jardin public du Château-Rouge à l'invitation des députés de Paris et du Comité central électoral (à dominante républicaine) créé dans la capitale.

24 juillet
La commission chargée d'examiner le projet Salvandy sur l'enseignement (12 avril) présente son rapport: elle a durci le texte, le dépouillant de bon nombre des concessions par lesquelles le ministre pensait amadouer les catholiques. Pressentant un débat difficile, le gouvernement préfère enterrer le projet. À la Chambre des pairs, Montalembert condamne la reculade du gouvernement.

2 août
Les machines du bateau à vapeur le *Comte-d'Eu* explosent, alors qu'il relie Le Havre et Cherbourg.

16 août
L'Autriche, inquiète de la politique libérale du pape Pie IX, occupe Ferrare, l'une des villes des Légations (le Bolonais et la Romagne, possessions pontificales). Le roi de Sardaigne, Charles-Albert, promet son aide au pape en cas d'agression autrichienne. Très vite la question des réformes est partout supplantée par la question nationale.

18 août
Le duc de Choiseul-Praslin assassine sa femme, fille unique du maréchal Sébastiani. Le duc est incarcéré au Luxembourg, mais le 24 il se suicide en s'empoisonnant à l'arsenic. Cette banale affaire d'adultère a un retentissement énorme. Les uns y voient un effet de «la politique corruptrice du ministère», d'autres vont jusqu'à montrer du doigt les Tuileries dont les Choiseul-Praslin étaient des familiers...
Jusqu'à la fin de l'année, les affaires retentissantes se multiplient: après le procès Teste, le suicide d'Alfred de Montesquiou, pair de France, celui de Bresson, ancien ambassadeur de France (2 novembre), l'internement du fils du maréchal Davout qui a poignardé sa maîtresse, celui du fils de Mortier qui séquestrait ses petits-enfants et menaçait de les larder de coups de rasoir (11 novembre), le procès de Léotade, un frère de la Doctrine chrétienne accusé d'avoir violé et assassiné une fillette de 14 ans à Toulouse...

29 août
François Buloz, commissaire du roi près la Comédie-Française depuis 1840, en devient l'administrateur général. Les fonctions d'administrateur seront supprimées après la révolution de Février 1848, mais rétablies le 27 avril 1850 au profit d'Arsène Houssaye.

septembre
Jérôme Bonaparte, dernier survivant des frères de Napoléon, est autorisé à rentrer en France.

1er septembre-5 octobre
Organisation en Algérie d'une administration à dominante civile, sous l'autorité du gouverneur général. Le 11, le duc d'Aumale succède à Bugeaud comme gouverneur général en Algérie (il sera à son tour remplacé par Eugène Cavaignac après la révolution de Février 1848). Il débarque à Alger le 5 octobre.

19 septembre
Le maréchal Soult abandonne la présidence du Conseil à Guizot.

octobre
La campagne des banquets s'étend à de nombreuses villes de province. Ledru-Rollin et Albert, consultés par Caussidière sur la possibilité d'organiser une insurrection, rejettent toute tentative violente.

20 octobre
Dans *Le Siècle*, Alexandre Dumas commence la publication du *Vicomte de Bragelonne* (jusqu'au 12 janvier 1850).

7 novembre
À Lille, les républicains les plus radicaux (Ledru-Rollin, Flocon, Charles Delescluze) prennent la tête du mouvement des banquets. L'opposition dynastique refuse finalement de s'associer au banquet de Lille où Ledru-Rollin réclame le suffrage universel. Désormais, royalistes et républicains organisent des banquets distincts. La rupture est consommée à Rouen le 25 décembre, les républicains refusant de s'associer à un banquet où serait porté un toast aux «institutions de Juillet». Au total, environ 70 banquets sont organisés entre les mois de juillet et de décembre, réunissant 20000 personnes dans 28 départements. On est loin du raz-de-marée.

15 novembre
Réunion, à Rome, d'une consulte d'État convoquée par Pie IX pour donner son avis sur les réformes entreprises par le souverain pontife. L'agitation libérale et nationale se développe en Toscane et dans le Piémont.

27 novembre
Un caprice, d'Alfred de Musset (qui avait renoncé à faire jouer ses pièces en 1830), triomphe à la Comédie-Française, où *Il faut qu'une porte soit*

ouverte ou fermée (1845) sera créée le 7 avril 1848, et *Il ne faut jurer de rien* (1836) le 22 juin 1848.

20-21 décembre
Battu par les troupes du sultan du Maroc Abd al-Rahman avec lequel il est entré en guerre, Abd el-Kader doit se réfugier en territoire français. Il tente de se frayer une route vers le Sud, mais les passages sont gardés par le général Lamoricière.

23 décembre
Abd el-Kader se rend au général Lamoricière, sous la promesse de pouvoir se retirer en Égypte ou en Syrie. L'émir est transféré à Toulon.
En Italie, les Autrichiens restituent au pape Pie IX les positions qu'ils avaient occupées à Ferrare le 16 août.

28 décembre
Louis-Philippe écarte toute idée de réforme électorale.

autres événements
• La France compte 2000 km de voies ferrées, construites depuis la promulgation de la loi du 11 juin 1842.
• Découverte du bassin houiller du Pas-de-Calais.
• Le Salon présente deux chefs-d'œuvre de l'éclectisme : *Les Romains de la décadence* de Thomas Couture et *La Femme piquée par un serpent* d'Auguste Clésinger. Ces œuvres annoncent la réaction du Second Empire contre le réalisme naissant.

1848

2 janvier
Suspension du cours de Michelet au Collège de France.

10-18 janvier
La Chambre des pairs dénonce la campagne des banquets.

12-29 janvier
Insurrections à Palerme et Naples. Ferdinand II doit promulguer une constitution. Le roi de Sardaigne, Charles-Albert, suit son exemple le 17 février. Pie IX, pressé de donner de nouveaux développements aux réformes déjà entreprises, doit mettre à l'étude un plan de constitution. Les manifestations hostiles à l'Autriche et en faveur de l'unité italienne se multiplient. Le 27, des troupes sont rassemblées à Toulon, prêtes à intervenir en Italie à l'appel du pape ou en cas d'intervention autrichienne. En février, un regain d'agitation dans toute l'Italie contraint Pie IX à promettre des réformes.

14 janvier
Le préfet de police interdit le banquet annoncé pour le 19 par un comité du XIIe arrondissement (auquel se sont associés quelques députés, Crémieux, Garnier-Pagès et Pagnerre, un républicain du Comité central électoral).

21 janvier
À l'occasion d'un débat agité sur une nouvelle affaire de concussion, Guizot obtient un vote de confiance, par 225 voix contre 146. La discussion de l'adresse au roi (22 janvier-12 février) n'est pas moins agitée, mais Guizot réussit à faire voter un texte favorable à sa politique, par 241 des 244 députés présents (ceux de l'opposition se sont abstenus).

29 janvier
Discours de Tocqueville en faveur de la réforme du système électoral parlementaire : « Ne voyez-vous pas qu'il se dit dans [le] sein [des classes ouvrières] que tout ce qui se trouve au-dessus d'elles est incapable et indigne de les gouverner ; que la division des biens faite jusqu'à présent dans le monde est injuste ; que la majorité repose sur des bases qui ne sont pas des bases équitables ? Et ne croyez-vous pas que, quand de telles opinions prennent racine, quand elles descendent profondément dans les masses, elles amènent, tôt ou tard, les révolutions les plus redoutables ? [...] Les mœurs publiques se dégradent, la dégradation des mœurs publiques vous amènera dans un temps court, prochain peut-être, à des révolutions nouvelles. [...] Pour Dieu ! changez l'esprit du gouvernement, car cet esprit-là vous conduit à l'abîme ! »

10 février
Le prince de Joinville rejoint son frère le duc d'Aumale à Alger.

13 février
Une centaine de députés appartenant au centre-gauche de Thiers et à l'opposition dynastique de Barrot décident de participer au banquet organisé le 22 aux Champs-Élysées. Les radicaux lancent l'idée d'une manifestation parallèle.

19 février
Barrot, craignant la manifestation qui doit accompagner le banquet, passe un accord avec le gouvernement : il s'engage à disperser les convives sitôt qu'ils seront réunis.

21 février
Informés de l'accord conclu le 19, *Le National*, *La Réforme* et *La Démocratie pacifique* publient le détail des manifestations prévues, faisant du cortège populaire l'événement majeur de la journée du 22. Le préfet interdit la manifestation et le banquet. L'opposition s'incline. Lamartine, presque seul, annonce qu'il se joindra aux manifestants.

22 février
Manifestation de la Madeleine au Palais-Bourbon. La Chambre rejette une demande de mise en accusation du gouvernement Guizot déposée par Odilon Barrot. Les premiers incidents éclatent en fin d'après-midi dans le quartier de la Madeleine. On relève un premier mort. Les troubles se déplacent vers l'église Saint-Roch en fin de soirée.

23 février
Des affrontements se produisent dans les quartiers du centre et de l'est. La majorité des bataillons de la garde nationale, que le gouvernement a mobilisée, font défection. Aussitôt une partie de l'armée adopte une attitude passive. En début d'après-midi, alors que la garde nationale réclame à son tour « la réforme », Louis-Philippe s'incline : il renvoie Guizot. Molé, contacté par le roi, se dérobe et demande l'appui préalable de Thiers.
Boulevard des Capucines, vers 21 h 30, une fusillade fait 52 victimes dans les rangs des manifestants : l'insurrection a ses martyrs, l'émeute devient révolution. Les corps sont chargés sur une voiture, promenés dans Paris aux cris de « On égorge le peuple ! » Échec des négociations pour la formation d'un gouvernement Molé. Louis-Philippe se résigne à appeler Thiers, qui pose ses conditions. Le roi ajourne sa réponse, et place les troupes sous le commandement de Bugeaud. Dans la nuit, les quartiers de l'est et du centre, jusqu'à la place Vendôme, se couvrent de barricades.

24 février
Trois colonnes font mouvement pour reprendre le contrôle du centre de Paris. L'une d'entre elles est stoppée par une barricade dressée à l'angle du boulevard Bonne-Nouvelle et de la rue Saint-Denis. Bugeaud décide d'éviter l'affrontement et ordonne aux trois colonnes de se replier sur les Tuileries. La garde nationale, qui vient d'être placée sous le commandement du général Lamoricière, devient le seul, et douteux, rempart contre l'insurrection. L'Hôtel de Ville est envahi par les insurgés. À 11 h, Louis-Philippe dissout la Chambre, puis passe en revue les gardes nationaux réunis aux Tuileries. Quelques vivats, surtout des slogans et des cris hostiles. Thiers renonce à former un nouveau gouvernement. Vers midi, les insurgés atteignent le Palais-Royal.
Louis-Philippe abdique en faveur de son petit-fils le comte de Paris, puis il quitte Paris pour atteindre Dreux dans la soirée. Les Tuileries et le Palais-Royal sont mis à sac.
À l'Hôtel de Ville, les insurgés rétablissent la mairie de Paris (supprimée en 1794) et nomment Garnier-Pagès maire. À la Chambre, Barrot se prononce pour une régence, proposition combattue par Lamartine. L'irruption d'insurgés en armes interrompt le débat.
Lamartine fait voter la création d'un gouvernement provisoire, formé par lui-même, Dupont de l'Eure, Arago, Ledru-Rollin, Garnier-Pagès, Crémieux et Marie. Lamartine entraîne ensuite ses collègues et la foule à l'Hôtel de Ville tenu par les radicaux de *La Réforme* qui s'apprêtent à former un gouvernement rival. Vers minuit un compromis est trouvé : Marrast (du *National*), Flocon (de *La Réforme*), Louis Blanc et l'ouvrier Albert sont nommés « secrétaires du gouvernement » ; la République n'est pas explicitement proclamée, contrairement aux revendications des insurgés, mais une déclaration précise que « le gouvernement provisoire veut la République ».
Tandis qu'à la préfecture de police, Caussidière organise une nouvelle garde municipale en enrégimentant 2 500 insurgés, tandis qu'Étienne Arago, chargé des Postes, envoie partout des dépêches annonçant la chute de Louis-Philippe, le gouvernement provisoire prend ses premières décisions (le commandement de la division militaire de Paris et de la garde nationale est confié au général Courtais), et répartit les fonctions gouvernementales entre ses membres : Dupont de l'Eure préside le gouvernement provisoire, Lamartine prend les Affaires étrangères, Ledru-Rollin l'Intérieur, Marie les Travaux publics, Crémieux la Justice, François Arago la Marine. Louis Blanc réclame un ministère du Progrès mais n'obtient rien. Autres attributions ministérielles : Hippolyte Carnot (Instruction publique et Cultes), Goudchaux (Finances), Bethmont (Commerce et Agriculture). La Guerre est confiée à Subervie. Victor Schoelcher est nommé sous-secrétaire d'État à la Marine et aux Colonies, Duclerc aux Finances ; le 29, Pagnerre devient secrétaire du gouvernement. Les Tuileries sont affectées aux invalides du travail.
Eugène Bareste, jusqu'alors connu par son interprétation des prophéties de Nostradamus, fonde *La République*, le premier journal de la révolution de 1848, qui sera interdit après le coup d'État du 2 décembre 1851.

LA IIe RÉPUBLIQUE

Gouvernement provisoire : février-décembre 1848 (10 mois)
Louis-Napoléon Bonaparte : décembre 1848-décembre 1852 (4 ans)

*L*a crise politique se transforme en révolution le 23 février. Plusieurs facteurs concourent à cette évolution, dont le principal est la défection d'une partie de la garde nationale. À celle-ci s'ajoute le soulèvement spontané, sans chefs et sans mots d'ordre, du Paris populaire, après la fusillade du boulevard des Capucines. Au soir du 23, il est déjà trop tard pour dénouer la crise par une solution politique à laquelle Louis-Philippe vient pourtant de se résigner en renvoyant Guizot et en faisant appel à Molé, puis à Thiers, enfin à Odilon Barrot. Le 24, alors que Paris se hérisse de barricades, le régime s'effondre. Ayant pu mesurer l'hostilité des gardes nationaux, Louis-Philippe abdique au profit de son petit-fils, le comte de Paris, et se réfugie à Saint-Cloud. Les députés discutent de l'établissement d'une régence lorsque la foule des insurgés envahit le Palais-Bourbon, se mêle aux parlementaires et leur impose l'abolition du régime de Juillet. L'Assemblée nomme, à l'instigation de Lamartine, un gouvernement provisoire, composé de républicains modérés, parfois proches de l'opposition dynastique. Pendant ce temps, les révolutionnaires les plus radicaux se sont emparés de l'Hôtel de Ville, de la préfecture de police, et ont formé de leur côté un gouvernement rival. Les négociations entre les deux pouvoirs issus de l'insurrection se prolongent tard dans la nuit du 24. Un accord est enfin trouvé : le gouvernement nommé par l'Assemblée s'engage à proclamer la République et coopte comme « secrétaires » les chefs de la tendance radicale, Louis Blanc, Marrast, Flocon et l'ouvrier Albert.

À la différence de ce qui s'est passé en juillet 1830, la révolution ne fait cette fois que commencer. Tandis que clubs et journaux de tous bords prolifèrent, la foule bivouaque place de l'Hôtel-de-Ville où siège le gouvernement provisoire. Ce sont d'innombrables délégations qui viennent plaider la cause de l'égalité, celle de l'humanité ou celle de la liberté des nations. Le gouvernement, mi-enthousiaste mi-contraint, abolit la peine de mort pour les délits politiques, l'esclavage, la censure, l'emprisonnement pour dettes, proclame le suffrage universel, se déclare pour l'émancipation de la Pologne, de l'Italie ou de la Savoie. Tout cède au romantisme révolutionnaire. Le bourgeois communie avec l'ouvrier, et, à la différence encore de 1830, le clergé se tient aux avant-postes de la révolution. Mais l'unanimisme de rigueur n'empêche pas des tensions de bientôt apparaître. Le gouvernement provisoire refuse en effet de créer le ministère du Travail, ou du Progrès, réclamé par Louis Blanc ; il doit en revanche consentir à former une Commission, composée de délégués ouvriers et réunie au Luxembourg, pour plancher sur la question, chère à Louis Blanc, de « l'organisation du travail ». Le gouvernement doit surtout trouver une solution d'urgence pour subvenir aux besoins des ouvriers sans emploi qui s'entassent dans la capitale. Le 26 février, il crée des Ateliers nationaux, avatar des traditionnels ateliers de charité, qui salarieront 15000 ouvriers au milieu de mars, et plus de 100000 en juin.

Moins d'un mois après la révolution de Février, des lézardes apparaissent dans le consensus de façade. La raison en est la convocation d'une Assemblée constituante, fixée au 9 avril. Le gouvernement provisoire attend de ces élections le retour à la légalité ; les révolutionnaires, Blanqui en tête, craignent, à juste titre, que le suffrage universel ne se prononce contre la poursuite du processus révolutionnaire. Le 17 mars, ils manifestent pour obtenir l'ajournement des élections, mais n'obtiennent que leur report au 23 avril. Nouvelle démonstration de force le 16 avril. Cette fois Louis Blanc est de la partie, au côté des clubs. La manifestation est un échec, mais elle consomme la rupture entre les hommes de Février. Les élections du 23 avril donnent la victoire aux républicains modérés du gouvernement provisoire, et infligent une sévère défaite aux candidats de la gauche républicaine ou socialiste. Le 15 mai, celle-ci joue le tout pour le tout, en tentant de dissoudre par la force l'Assemblée constituante. Le nouvel échec des insurgés permet de mettre sous les verrous plusieurs des principaux animateurs des clubs (Raspail, Blanqui, Barbès, Sobrier), de dissoudre la Commission du Luxembourg et de préparer le démantèlement des Ateliers nationaux.

Le licenciement des ouvriers provoque, du 23 au 26 juin 1848, une terrible et atroce bataille de rues. Le général Eugène Cavaignac, alors ministre de la Guerre, est investi des pleins pouvoirs pour commander les troupes régulières, les gardes nationales et les volontaires venus en hâte de province, qui reconquièrent Paris, rue par rue. 4000 insurgés, 1 600 défenseurs de l'ordre trouvent la mort, plus de 4000 prisonniers sont déportés en Algérie. L'insurrection finit de retourner le pays contre la révolution.

Tandis qu'Eugène Cavaignac est nommé président du Conseil par l'Assemblée pour conduire une politique de rétablissement de l'ordre, les représentants préparent une constitution. C'est seulement le 4 novembre 1848 que la IIe République est dotée d'institutions régulières. À la tradition révolutionnaire française, la nouvelle Constitution emprunte l'idée d'une Assemblée législative unique; au modèle américain, l'élection au suffrage universel, pour quatre ans, d'un président de la République, mais qui ne peut être réélu avant un intervalle de quatre autres années.

L'élection présidentielle se déroule le 10 décembre. Louis-Napoléon Bonaparte l'emporte avec plus de 5 millions de suffrages, devançant largement le général Cavaignac (1,4 million) et Ledru-Rollin (380000). Les élections législatives ont lieu en mai 1849. Elles confirment le revirement de l'opinion depuis l'insurrection de Juin, en donnant une majorité au parti de l'ordre où se côtoient légitimistes, orléanistes et catholiques, Berryer, Thiers et Falloux. À gauche, symétriquement, les électeurs ont écarté les modérés au profit de candidats plus radicaux: 200 Montagnards se serrent autour de Ledru-Rollin.

La grande affaire du moment est l'intervention française à Rome, pour venir en aide au pape chassé de la Ville éternelle. Ledru-Rollin s'empare de ce prétexte afin de refaire, dans la rue, les élections de mai. L'insurrection du 13 juin 1849, la dernière avant longtemps, est un échec. Paris est las des troubles: Ledru-Rollin prend le chemin de l'exil, la gauche est décapitée. Le parti de l'ordre exploite aussitôt son succès. La liberté de la presse et le droit de réunion sont restreints, les grèves interdites. Poussant son avantage, il vote la loi Falloux qui consacre la liberté de l'enseignement (15 mars 1850), puis une loi qui rétablit *de facto* le cens en durcissant les conditions de domicile exigées pour voter (31 mai 1850).

Le président s'est jusqu'alors tenu en embuscade, laissant le gouvernement d'Odilon Barrot appliquer la politique du parti de l'ordre. Tout au plus exprime-t-il de temps à autre ses réserves, par exemple sur l'expédition d'Italie, ou sur les mesures prises par l'Assemblée pour remettre en cause les avancées sociales de 1848. Louis-Napoléon louvoie, l'œil fixé sur l'échéance de 1852 qui, aux termes de la Constitution, marquera la fin de son mandat présidentiel. En 1850, il passe à l'offensive, en suscitant un mouvement favorable à une révision constitutionnelle qui rendrait possible sa réélection. Les conseils généraux se mobilisent, les pétitions s'empilent sur le bureau de l'Assemblée. Celle-ci s'efforce de résister au mouvement, de faire barrage aux ambitions du président, ainsi dans les premiers mois de 1851, lorsqu'elle s'efforce de lui imposer des ministres de son choix. Mais l'opération échoue. À l'approche de l'été, Louis-Napoléon s'engage ouvertement en faveur de la révision constitutionnelle, mais en juillet 1851, l'Assemblée met un terme à tout espoir de solution légale en rejetant une proposition de révision. Dès lors, le coup d'État s'impose comme la seule alternative. Le 2 décembre 1851, l'armée occupe Paris, l'Assemblée est dissoute, le suffrage universel rétabli, et le peuple appelé à confirmer par un plébiscite «l'autorité de Louis-Napoléon Bonaparte». Le plébiscite est organisé le 21 décembre: 7350000 Français approuvent le coup d'État, contre 650000. La IIe République a vécu.

Pape

Pie IX, 1846-1878.

Souverains et chefs d'État

Autriche: Ferdinand Ier, 1835-1848; François-Joseph Ier, 1848-1916 (et roi de Hongrie, 1867-1916).

États-Unis: James Knox Polk, 1845-1849; Zachary Taylor, 1849-1850; Millard Fillmore, 1850-1853.

Piémont-Sardaigne: Charles-Albert, 1831-1849; Victor-Emmanuel II, 1849-1861.

Prusse: Frédéric-Guillaume IV, 1840-1861.

1848

25 février
Les curés, sur ordre de Mgr Affre, chantent le *Domine salvum fac populum.* Le ministre de l'Intérieur du gouvernement provisoire, Ledru-Rollin, révoque la totalité des préfets, qu'il remplace par des commissaires du gouvernement. La foule qui campe place de l'Hôtel-de-Ville réclame la proclamation définitive de la République et la substitution du drapeau rouge au drapeau tricolore. Le gouvernement provisoire lui donne satisfaction sur le premier point après une sommation lancée par Raspail (« La République est proclamée ») et promet le suffrage universel. Lamartine affronte la foule et défend les trois couleurs. La Chambre des députés est dissoute, la Chambre des pairs dispersée. Le gouvernement provisoire proclame le droit au travail et la nécessité de son « organisation », thème cher à Louis Blanc. Libération des détenus politiques. Création d'une garde mobile permanente et soldée (1,50 francs par jour) composée de 24 bataillons de 1 000 hommes recrutés parmi les volontaires âgés de 16 à 30 ans. Le général Duvivier prend le commandement de la garde mobile, encadrée en partie par des officiers élus et pour l'autre partie par des officiers de l'armée de ligne. Le général Eugène Cavaignac est nommé au commandement de l'armée d'Algérie. Louis-Philippe reprend la route en direction de Honfleur, qu'il atteint le lendemain.

25-26 février
Des troubles éclatent à Lyon, Marseille, Limoges, Besançon, Reims; mais dans la plupart des villes, le changement de régime s'effectue dans le calme. La nouvelle de la proclamation de la République provoque surtout une flambée de troubles ruraux: les paysans coupent le bois des forêts domaniales ou communales, brandissent d'anciennes revendications sur les droits d'usage et les communaux. Les troubles restent cependant circonscrits et s'apaisent rapidement. La révolution de Février reste celle d'une seule ville, la capitale.

26 février
Les quatre secrétaires du gouvernement provisoire (Louis Blanc, Marrast, Flocon et l'ouvrier Albert) en deviennent membres à part entière.
Création d'Ateliers nationaux pour employer les chômeurs. Ces Ateliers sont loin de marquer la victoire de Louis Blanc. Il ne s'agit pas en effet de créer, branche par branche, des coopératives placées sous la tutelle de l'État appelé à se substituer aux entrepreneurs défaillants (les « ateliers sociaux »), mais plus classiquement de soulager la misère ouvrière par l'enrôlement des chômeurs dans des « ateliers de charité » où ils seront payés 2 francs par jour, ateliers dont le ministre des Travaux publics, Alexandre Marie, prend la direction.
Abolition de la peine de mort en matière politique (elle l'est en fait depuis 1822). Le ministre de la Justice Adolphe Crémieux ordonne qu'il soit sursis à toutes les exécutions capitales, y compris celles concernant les criminels de droit commun, dans l'attente d'une future décision sur la peine de mort.
Lamartine, ministre des Affaires étrangères, s'efforce de rassurer l'Angleterre sur l'attachement de la France à la paix civile en Europe. Au même moment, la gauche du gouvernement provisoire, Blanc et Ledru-Rollin en tête, apporte un bruyant soutien à l'agitation révolutionnaire en Europe.
L'ambassadeur américain à Paris reconnaît le gouvernement provisoire. Son initiative sera officiellement approuvée par le président Polk le 22 mars.

27 février
Proclamation solennelle de la République. Le nonce du pape exprime sa satisfaction pour « le respect que le peuple de Paris a témoigné à la religion » pendant la révolution.
Le ministre de l'Instruction publique Hippolyte Carnot annonce un projet de loi rendant l'instruction primaire obligatoire et gratuite et ouvrant plus largement l'accès à l'enseignement secondaire.
Lamennais fonde *Le Peuple constituant.*

28 février
Nouvelles manifestations devant l'Hôtel de Ville. Les manifestants réclament la création d'un ministère du Travail et la journée de 10 h. Ils obtiennent seulement la création d'une Commission du gouvernement pour les travailleurs, composée de délégués élus par les corps de métier, qui siégera au Luxembourg sous la présidence de Louis Blanc assisté d'Albert.
Le prince Louis-Napoléon Bonaparte arrive à Paris et offre ses services au gouvernement provisoire. Lamartine demande et obtient qu'il quitte la France.

29 février
Amnistie des délits de presse.
Abolition des titres de noblesse.
Le gouvernement provisoire se déclare « fermement résolu à maintenir le libre exercice de tous les cultes ».
Hippolyte Carnot établit une Commission des études scientifiques et littéraires chargée de préparer la réforme du système d'éducation.

Le ministre des Finances Goudchaux annonce le maintien des impôts existants alors que les conséquences économiques de la révolution de Février sont d'emblée sensibles: effondrement de l'encaisse du Trésor, retrait des fonds déposés dans les caisses d'épargne, chute de la consommation, disparition du numéraire, arrêt immédiat de la rentrée des impôts. De nombreuses entreprises ferment leurs portes, débauchent une partie de leurs salariés ou baissent les salaires.

1er mars

Première réunion, au Luxembourg, de la Commission du gouvernement pour les travailleurs: Louis Blanc préside une assemblée de plus de 150 délégués des corporations.

Abolition du serment pour les fonctionnaires et les magistrats.

Confiscation des biens de la famille royale.

Ozanam, Lacordaire et l'abbé Maret fondent *L'Ère nouvelle* qui se donne pour objectif la réconciliation de la démocratie et de la religion en prônant un catholicisme progressiste (protection de l'enfance, progressivité de l'impôt, droit au travail, etc.). Le premier numéro paraîtra le 15 avril. Lamennais, qui a basculé à l'extrême gauche, n'a pas été sollicité; Montalembert, qui ne partage nullement l'enthousiasme de nombreux catholiques pour la révolution, a refusé sa collaboration et se rapproche de *L'Univers* de Louis Veuillot.

2 mars

Sur proposition de la Commission du Luxembourg, le gouvernement provisoire abolit le marchandage (le recrutement des travailleurs par des intermédiaires) et fixe la durée de la journée de travail à 10 h à Paris, 11 h en province (soit une diminution d'une heure).

3 mars

Louis-Philippe s'embarque pour l'Angleterre.

4 mars

Service funèbre à la Madeleine à la mémoire des victimes de la révolution de Février. Les corps des martyrs sont inhumés sous la colonne de Juillet. Les plantations d'arbres de la Liberté se multiplient, avec souvent le concours de prêtres.

Une commission est instituée pour préparer, «dans le plus bref délai», l'abolition de l'esclavage. Sa présidence est confiée le lendemain à Victor Schoelcher qui vient tout juste de rentrer du Sénégal.

Suppression du droit de timbre sur les journaux. Cette mesure provoque un déferlement de nouveaux journaux: près de 280 entre février et juin 1848. Plusieurs écrivains se lancent dans l'aventure: George Sand fonde *La Cause du peuple*, Alexandre Dumas *Le Mois*, Pierre Leroux *Le Volcan* et *La Vraie République*, Eugène Sue *La Commune de Paris*, Baudelaire un éphémère *Salut public*. Parmi les plus notables, *La Voix du peuple* de Raspail, *Le Peuple constituant* de Lamennais et *Le Représentant du peuple* de Proudhon.

Le versement des intérêts trimestriels sur les rentes, prévu le 22 mars, est avancé au 6 mars afin de rétablir la confiance.

Circulaire de Lamartine aux représentations diplomatiques. Tout en proclamant que «les traités de 1815 n'existent plus en droit aux yeux de la République», Lamartine précise à l'intention des gouvernements étrangers que la République de 1848 sera pacifique et qu'elle admettra même les frontières établies en 1815 «comme base et comme point de départ dans ses rapports avec les autres nations». Seul bémol à ces propos apaisants: la France ne restera pas neutre en cas d'intervention autrichienne en Italie.

5 mars

Convocation d'une Assemblée constituante élue au suffrage universel direct par tous les Français âgés de 21 ans et domiciliés. Le nombre des électeurs passe de 250000 à 9395000. Sont éligibles tous les citoyens âgés de 25 ans. L'Assemblée comptera un député pour 40000 habitants, soit 884 députés pour la métropole et 16 pour l'Algérie et les colonies.

Goudchaux abandonne le ministère des Finances afin de protester contre la suppression de l'impôt du timbre (4 mars) dont il n'a pas été informé. Armand Marrast remplace à la mairie de Paris Garnier-Pagès qui prend les Finances.

6 mars

Abrogation des lois de septembre 1835 sur la censure des journaux, gravures, dessins et spectacles.

La Société républicaine centrale (Blanqui) réclame le report des élections. Refus de Lamartine, la date du 9 avril est maintenue.

Publication du statut des Ateliers nationaux, dont Émile Thomas prend la direction. À la fin du mois, 23000 ouvriers ont déjà été enrôlés, l'affluence contraignant les pouvoirs publics à ramener le salaire journalier de 2 à 1 francs (15 mars).

Reprise des cours de Michelet et Edgar Quinet au Collège de France.

Réouverture de la Bourse: la rente 5 % s'effondre aussitôt, de 116,10 francs le 23 février à 75 francs le 8 mars, l'action de la Banque de France chute de 3195 francs à 1995 francs (950 francs le 6 avril). Le gouvernement provisoire appelle les contribuables

à acquitter par anticipation les impôts de 1848. Création de comptoirs d'escompte dans « les villes industrielles et commerciales » destinés « à répandre le crédit et à l'étendre à toutes les branches de la production ».
L'île Bourbon est rebaptisée île de la Réunion.
Le Grand Orient de France apporte son adhésion au gouvernement provisoire.

7 mars
L'intérêt sur les dépôts des caisses d'épargne est relevé de 4 % à 5 % afin d'enrayer les retraits.

8 mars
Réorganisation de la garde nationale où sont admis tous les citoyens âgés de 20 à 55 ans; les officiers seront élus, les élections sont fixées au 18 mars.
La clôture des listes électorales pour la formation de l'Assemblée constituante est fixée au 26 mars.
Création d'une école d'administration (l'ancêtre de l'ENA), qui sera supprimée après le départ d'Hippolyte Carnot du ministère de l'Instruction publique en juillet.

9 mars
Rapport de Garnier-Pagès sur la situation financière de la République. Lancement de la dernière tranche (100 millions) d'un emprunt lancé par la loi de finances du 8 août 1847, et décrets autorisant l'aliénation des diamants de la Couronne, des biens de la liste civile et de 100 millions de bois appartenant à l'État (ce dernier décret ne sera pas appliqué, et l'emprunt sera un échec).
Abolition de la contrainte par corps pour dettes.

10 mars
Réunion au Luxembourg de nouveaux délégués des corps de métier.
Création d'une légion de volontaires polonais placée sous l'autorité du ministre de la Guerre (Subervie).
Montalembert adresse une lettre-circulaire aux évêques pour organiser la campagne électorale du « parti » catholique.

12 mars
Abolition des châtiments corporels infligés dans la Marine.
Le ministre de l'Intérieur Ledru-Rollin envoie une circulaire aux commissaires du gouvernement pour leur rappeler, dans le style de 1793, qu'ils sont investis de la souveraineté du peuple et peuvent prendre toutes les mesures qu'ils jugeront nécessaires. Il leur enjoint également d'organiser partout des comités électoraux afin de préparer le triomphe des candidats républicains: « Que le jour de l'élection soit le jour de la révolution. »

13 mars
À Vienne, une insurrection provoque la chute de Metternich. L'empereur Ferdinand Ier promet une Constitution libérale et convoque une Assemblée constituante (mai). L'agitation gagne Budapest en mai, Prague en juin.

14 mars
Dissolution des compagnies d'élite de la garde nationale (grenadiers et voltigeurs). Le lendemain, l'élection des officiers de la garde nationale dans le département de la Seine est reportée au 25 mars. Plusieurs milliers de gardes nationaux appartenant aux compagnies dissoutes manifestent le 16 devant l'Hôtel de Ville. Le gouvernement provisoire condamne la manifestation.

15 mars
Les billets émis par la Banque de France sont investis du cours forcé. La Banque va profiter de cette mesure pour augmenter la circulation du papier-monnaie en émettant des billets de 100 francs (la plus petite coupure en circulation était jusqu'alors de 500 francs).

16 mars
45 centimes supplémentaires sont ajoutés à chaque franc d'impôt à payer en 1848 (soit une augmentation de 45 % des impôts directs, dont l'État attend une recette supplémentaire de 190 millions). Cette décision provoque de nombreuses protestations et rend encore un peu plus difficile le recouvrement des impôts. Dès le 18 mars, le ministre des Finances Garnier-Pagès ordonne de dégrever les contribuables les plus défavorisés, notamment dans les campagnes.

17 mars
Les clubs, appuyés par la Commission du Luxembourg, organisent une manifestation pour le report des élections au 31 mai. Une députation est reçue par le gouvernement provisoire, mais n'obtient pas satisfaction. Les clubs prolifèrent dans Paris. On en dénombre environ 300 à la fin du mois: clubs républicains, clubs socialistes, clubs légitimistes même; clubs regroupant les membres d'une même profession, clubs féministes de toutes nuances, les uns versés dans la charité (Désirée Gay), les autres voués à la cause de l'émancipation des femmes (Eugénie Niboyet); clubs où l'on célèbre une révolution pacifique teintée de messianisme religieux (la Société fraternelle de Cabet, le

Club des amis du peuple de Raspail), clubs où l'on appelle au renversement de la société, mais avec des nuances parfois. Ainsi Barbès, qui préside aux destinées du Club de la Révolution installé au Palais-Royal, supporte mal la notoriété qui est désormais la sienne: il ramollit à force de prendre des bains de foule et se brouille avec son ancien complice Blanqui, lequel, retranché rue Bergère, siège de la Société républicaine centrale, prépare, toujours aussi farouche, le grand soir. Le 21 mars, 60 clubs parisiens délèguent des députés qui se réunissent en un «Club des clubs» financé en sous-main par Ledru-Rollin et inaugurent leur action en adoptant la Déclaration des droits de 1793. Blanqui refuse de s'y associer. Les émissaires du «Club des clubs» prennent une part active à la campagne électorale, s'efforçant d'organiser en province les militants révolutionnaires qui se heurtent à l'influence des notables légitimistes ou ralliés au nouveau régime.

18 mars

L'élection des officiers de la garde nationale, déjà reportée, est fixée au 5 avril. Un rapport recense 190000 gardes nationaux enrôlés à Paris, contre 56 700 avant les journées de Février.

Insurrection à Berlin. Frédéric-Guillaume est contraint de convoquer à Francfort un Parlement chargé de rédiger une Constitution pour une Allemagne unifiée. Le Parlement se réunit en mai, mais se divise bientôt sur l'étendue à donner à cette nouvelle Allemagne, avec ou sans l'Autriche. À Paris, les réfugiés allemands forment une «Légion démocratique» qui se propose de marcher sur Berlin. Ledru-Rollin leur a accordé plusieurs milliers de francs. Karl Marx, de retour à Paris, condamne cette entreprise qui tournera court. Assuré par Lamartine que la France ne tentera rien en faveur de la maigre troupe, celle-ci est décimée sitôt franchie la frontière française.

Venise se soulève aux cris de «L'Italie libre!». Pie IX adresse à l'épiscopat français un bref qui tempère «l'enthousiasme» initial du souverain pontife à l'égard de la révolution de Février.

18-25 mars

Les Milanais chassent les troupes autrichiennes. Les souverains de Parme et de Modène abandonnent leurs États. Les troupes autrichiennes se retranchent dans les places fortes de Vérone et Mantoue. Le 25, le roi de Piémont-Sardaigne Charles-Albert lance un appel à «la patrie italienne» pour qu'elle unisse ses forces contre l'occupant autrichien. Fort du soutien de Parme, Modène, Venise et de la Lombardie, Charles-Albert repousse l'aide que lui fait proposer Lamartine.

20 mars

Le général Eugène Cavaignac succède comme ministre de la Guerre au général Subervie.

24 mars

Les autorités belges mettent en déroute deux colonnes de réfugiés venues de France, avec le soutien financier et militaire de Ledru-Rollin et Caussidière, et qui se proposaient de marcher sur Bruxelles.

Caussidière

Louis-Marc Caussidière (1808-1861) avait de qui tenir: son père, artisan à Saint-Étienne, était un ancien sans-culotte de l'an II. Le fils avait pris la succession professionnelle et politique du père, organisant diverses émeutes en 1831 et 1834. Arrêté lors de cette dernière échauffourée au cours de laquelle son frère a trouvé la mort, il est enfermé au Mont-Saint-Michel. Une tentative d'évasion ratée, et Caussidière se morfond jusqu'à l'amnistie de 1837. Il monte alors à Paris, se liant bientôt à tout ce que la capitale compte de conspirateurs, et tâte du journalisme. Vers la fin de 1847, Caussidière se trouve à la tête d'un petit groupe révolutionnaire et attend l'occasion. Il ne la manque pas. Sitôt la révolution de Février en marche, il prend d'assaut la préfecture de police et s'y installe, décidé à ne pas décamper, si bien que le gouvernement provisoire se résigne à le nommer officiellement préfet de police. Contre toute attente, la garde prétorienne dont il s'est entouré (les Montagnards) contribue au maintien de l'ordre, encore que Caussidière l'utilise également pour maintenir à un bon niveau la température révolutionnaire. Féru de légende révolutionnaire, Caussidière, qui a été élu à la Constituante, est le seul député qui le 4 mai 1848 se présente vêtu du rutilant uniforme prévu pour les représentants. Sa chute est proche cependant. Le 15 mai, il est mis en cause pour n'avoir pris aucune mesure visant à empêcher l'invasion de l'Assemblée par les insurgés mobilisés par les clubs. Sa garde prétorienne est dissoute, et lui-même contraint d'abandonner ses fonctions. La vague conservatrice qui enfle après l'insurrection de Juin ne tarde pas à l'atteindre. Il est, en compagnie de Louis Blanc, décrété d'accusation comme complice des journées du 15 mai et de Juin 1848, mais un retard opportun dans l'exécution des mandats d'arrêt lui permet de prendre le large. Il se réfugie en Angleterre où, renonçant aux conspirations et oubliant la révolution, il devient un prospère marchand de spiritueux.

26 mars
L'élection des députés à l'Assemblée constituante est reportée, non au 31 mai comme le demandaient les manifestants du 17 mars, mais au 23 avril. *Le National* fonde un comité central des électeurs républicains destiné à contrebalancer l'action des missionnaires radicaux du «Club des clubs» et du comité central du département de la Seine en vue des élections.

30 mars-2 avril
Échec d'une expédition lancée, avec l'appui du commissaire du gouvernement Étienne Arago, sur la Savoie par des réfugiés savoyards et italiens.

1er avril
La Commission du Luxembourg organise une commission paritaire patrons-ouvriers chargée de favoriser la concertation dans le règlement des conflits sociaux.
Proudhon fonde *Le Représentant du peuple*, auquel succéderont *Le Peuple* et *La Voix du peuple*.

3 avril
Au Luxembourg, discours de Louis Blanc sur l'organisation du travail.

5-12 avril
Élection des officiers de la garde nationale.

8 avril
Ledru-Rollin coiffe les commissaires du gouvernement par des «commissaires généraux». Il s'efforce ainsi de diminuer à la veille des élections l'influence des commissaires liés à la majorité modérée du gouvernement provisoire (dont *Le National* est l'organe), et de renforcer celle de la minorité radicale (Ledru-Rollin et *La Réforme*).
Le gouvernement provisoire place les travailleurs étrangers, dont les ouvriers parisiens réclament l'expulsion, «sous la sauvegarde des travailleurs français».

12 avril
Abolition de la peine de l'exposition publique au carcan.

13-15 avril
Réunions secrètes chez George Sand, au Luxembourg et chez Ledru-Rollin. George Sand étudie avec Barbès les moyens de forcer le gouvernement provisoire à démissionner; Ledru-Rollin réunit Flocon et Barbès pour envisager un coup d'État à la manière du 18 Fructidor au cas où les élections du 23 avril tourneraient à l'avantage des modérés. Au Luxembourg, Louis Blanc et Albert préparent une manifestation pour le 16.

15 avril
George Sand publie dans le *Bulletin de la République*, l'organe du ministère de l'Intérieur, un violent article menaçant les modérés du gouvernement provisoire d'une nouvelle révolution si les élections tournaient à leur avantage.
Les Ateliers nationaux comptent près de 40000 ouvriers.

16 avril
Effrayé par les rumeurs qui circulent sur la formation d'un triumvirat dictatorial Blanqui-Cabet-Raspail, Ledru-Rollin fait volte-face et offre ses services à Lamartine. Les deux hommes, assistés par Marrast, organisent la mobilisation de la garde nationale et s'assurent du concours du général Changarnier. Pendant ce temps, 40000 manifestants se rassemblent au Champ-de-Mars, puis se dirigent vers l'Hôtel de Ville. Ils longent les quais de la rive droite lorsqu'ils sont soudain encerclés par les légions de la garde nationale qui les escortent jusqu'à la place de l'Hôtel-de-Ville où de nouveaux détachements coupent le cortège en plusieurs tronçons aux cris de «À bas Louis Blanc!» et «Les communistes à l'eau!». Le coup de force organisé par les hommes du Luxembourg (Louis Blanc, Caussidière, Flocon) a fait long feu. Le 18, une commission d'enquête est nommée pour faire la lumière sur ces événements.

17 avril
Suppression de l'inamovibilité de la magistrature.

19 avril
L'Ère nouvelle lance un appel au clergé pour qu'il «se dévoue au rapprochement entre l'Église et la société moderne».
Garnier-Pagès promet la progressivité de l'impôt.

20 avril
Fête de la Fraternité: la garde nationale et les troupes stationnées à proximité de la capitale défilent à l'Arc-de-Triomphe.

21 avril
Plusieurs régiments d'infanterie et de cavalerie entrent dans Paris.

23-24 avril
Élections à l'Assemblée constituante. La participation est élevée: 7 385 327 votants sur 9 395 035 inscrits (84 %). Les résultats consacrent

la victoire écrasante de la République modérée (la tendance du *National*). Les candidats qui se réclament de celle-ci remportent environ 500 sièges sur 880 pourvus, les légitimistes une centaine, les orléanistes 200, les républicains de gauche et les socialistes moins de 100. La liste des députés élus dans plusieurs départements confirme le succès des républicains modérés: Lamartine est élu dans 10 départements, dont la Seine; Dupont de l'Eure, Arago, Garnier-Pagès, Marrast et Crémieux ont également été élus à Paris et dans un autre département. Les légitimistes l'ont emporté dans l'Ouest. Les orléanistes (Dupin, Molé, Dufaure), certains issus de l'ancienne opposition dynastique (Barrot, Rémusat, Tocqueville), reviennent en force. En revanche Thiers est battu à Marseille par le légitimiste Berryer qui a reçu le soutien du commissaire du gouvernement Émile Ollivier. Ledru-Rollin et les hommes du Luxembourg (Blanc, Albert, Caussidière, Flocon) réussissent sans doute à se faire élire dans la capitale, mais ils sont loin derrière Lamartine. Quant aux chefs des clubs, ils essuient une véritable débâcle à Paris: Blanqui obtient moins de 6000 voix (259 800 se sont portées sur Lamartine), Cabet, Leroux et Raspail sont également battus. Seul Barbès a échappé à la défaite, mais chez lui, dans l'Aude. Quelques élections singulières: Lamennais à Paris, Lacordaire à Marseille, et trois rejetons du clan Bonaparte: les fils de Lucien, de Jérôme et de Murat. Les 26 et 27 avril, le résultat des élections provoque des insurrections à Rouen, Limoges, Nîmes et Nantes.

25 avril

Les enrôlements dans la garde mobile sont interrompus.

27 avril

Un décret, signé par le ministre de la Marine Arago, mais préparé par Schoelcher, abolit l'esclavage. 250000 esclaves environ sont concernés, et doivent être effectivement émancipés deux mois après la promulgation du décret dans chacune des colonies.

François Arago

François Arago (1786-1853), né à Estagel, est admis à Polytechnique à 17 ans. Ses études terminées, il entre au bureau des longitudes où il est chargé avec Jean-Baptiste Biot de terminer la mesure de l'arc du méridien terrestre commencée par Delambre et Méchain. C'est, pour Arago, le début d'une odyssée tourmentée. Il se trouve aux Baléares lorsque les armées impériales envahissent l'Espagne (1808). Il réussit à échapper à la population locale, mais pour tomber aux mains d'un corsaire espagnol. Après bien d'autres aventures, il réussit quand même à regagner la France. Professeur à Polytechnique, il poursuit ses recherches sur la polarisation chromatique, la densité des gaz et la tension de la vapeur. Proche de Napoléon, il conserve toutefois après la chute de l'Empereur la direction de l'Observatoire. En 1830, il succède à Joseph Fourier dans les fonctions de secrétaire perpétuel de l'Académie des sciences. Élu peu après député des Pyrénées-Orientales, Arago siège à l'extrême gauche. Républicain convaincu, défenseur des libertés publiques et partisan du suffrage universel, Arago est nommé après la révolution de Février 1848 membre du gouvernement provisoire, où il est plus spécialement chargé de la Guerre et de la Marine. Appartenant dès lors à l'aile modérée du parti républicain, il prend part en juin 1848 à la répression de l'insurrection ouvrière. Ces terribles événements semblent l'avoir moralement brisé. Réélu à l'Assemblée législative de 1849, il n'intervient plus guère, ne retrouvant son énergie d'antan que pour refuser de prêter serment de fidélité au régime issu du coup d'État du 2 décembre 1851.

27 avril-5 mai

La Banque de France prend sous son contrôle neuf banques départementales. Ce sont ses premières succursales (29 en 1851, 49 en 1859).

29 avril

Le général Changarnier est nommé gouverneur général en Algérie, où il succède à Eugène Cavaignac.

2 mai

Thiers publie dans *L'Ami de la religion* un article contre le droit à l'instruction.

4 mai

Réunion de l'Assemblée constituante. Elle déclare, « au nom du peuple français et à la face du monde entier, que la République, proclamée le 24 février (en fait, elle l'avait été seulement le lendemain), est et restera le gouvernement de la France ».

5 mai

Buchez est élu à la présidence de l'Assemblée constituante pour un mois (382 suffrages sur 727 votants).

6-8 mai
Les membres du gouvernement provisoire présentent le bilan de leur gestion devant l'Assemblée.

7 mai
Lamartine, qui assure l'intérim des Affaires étrangères en attendant la formation d'un nouvel exécutif, adresse à la Prusse une protestation officielle contre la répression de l'agitation en faveur de la réunification et de l'indépendance de la Pologne dans le grand-duché de Posnanie (créé en 1815 au bénéfice de la Prusse).

8 mai
L'Assemblée, à l'unanimité moins 4 voix, dont celle de Barbès, vote des remerciements au gouvernement provisoire.

9 mai
L'Assemblée constituante institue, par 411 voix contre 385, une «Commission du pouvoir exécutif» de cinq membres pour succéder au gouvernement provisoire. Les commissaires seront élus par l'Assemblée constituante, mais désigneront eux-mêmes les ministres.

10 mai
Élection au scrutin secret des membres de la Commission exécutive: Arago (725 voix sur 794), Garnier-Pagès (715), Alexandre Marie (702), Lamartine (643), Ledru-Rollin (458). L'Assemblée rejette la formation d'un ministère du Progrès une nouvelle fois réclamée par Louis Blanc, mais crée une commission d'enquête «sur la situation des travailleurs agricoles et industriels».

11 mai
La Commission exécutive nomme les ministres: Crémieux (Justice), Carnot (Instruction publique), Recurt (Intérieur), Bastide (Affaires étrangères), Trélat (Travaux publics), Duclerc (Finances), Cavaignac (Guerre), Flocon (Commerce et Agriculture), Bethmont (Cultes), vice-amiral Cazy (Marine). La Commission désigne ensuite Arago pour présider ses délibérations. Pagnerre est nommé secrétaire de la Commission avec voix délibérative. Caussidière conserve la préfecture de police, Marrast la mairie de Paris. Un décret autorise le président de l'Assemblée à requérir directement la troupe pour la défense du lieu des séances. La Commission du Luxembourg décide de ne pas assister à la fête de la Concorde prévue pour le 14 mai, puis reportée au 21.

FLOCON

Ferdinand Flocon (1800-1866) appartient à la troupe nourrie des anciens carbonari propulsés sur le devant de la scène en 1848. Républicain, Jacobin mais qui ne basculera jamais dans le socialisme, Flocon conservait précieusement sur lui, dit-on, une édition de la Déclaration des droits rédigée en avril 1793 par Robespierre. Après la fin des complots de la Charbonnerie, il s'était lancé dans le journalisme, prenant la direction du vénérable Constitutionnel *dans les dernières années de la Restauration, puis celle de* La Réforme. *En février 1848, avec Marrast et Louis Blanc, il entre au gouvernement provisoire de la République avec le titre de secrétaire sans portefeuille, à la grande satisfaction de son épouse qui résume d'un mot le grand résultat de la récente révolution: «C'est nous qu'on est aujourd'hui les princesses!» L'agitateur républicain s'assagit dans les entours du pouvoir. Élu en avril à l'Assemblée constituante, on le retrouve en mai ministre de l'Agriculture et du Commerce, et en juin au côté du général Cavaignac pour écraser l'insurrection ouvrière. Il faudra rien moins que la perte de son portefeuille au lendemain du rétablissement de l'ordre pour que Flocon renoue avec ses principes passés et dénonce le reniement des principes et la trahison des espérances de Février. Comme beaucoup d'autres dirigeants de la IIe République, le coup d'État du 2 Décembre le condamne à l'exil: il s'établit en Suisse et ouvre une librairie.*

13 mai
Manifestation sur les boulevards, dont le prétexte est le soutien à la Pologne. Le maire de Paris, Marrast, fait battre le rappel de la garde nationale.

15 mai
Nouvelle manifestation, de la Bastille au Palais-Bourbon. Plus de 100000 personnes, dont de nombreux ouvriers des Ateliers nationaux et délégués provinciaux, défilent, la plupart sans armes, derrière les bannières des clubs et des corporations. Certains des principaux leaders des clubs révolutionnaires, Sobrier et Huber, rejoints ensuite par Blanqui, mènent le cortège. Ni la garde nationale ni la garde mobile ne se montrent. Peu après midi, les manifestants franchissent le pont de la Concorde et investissent sans coup férir l'Assemblée. Raspail s'empare de la tribune et lit une pétition sommant l'Assemblée de prendre position en faveur de la Pologne. Blanqui prend le

relais. Les manifestants reçoivent le soutien de Barbès, député, et de Louis Blanc qu'ils portent en triomphe. Le son des tambours qui battent le rappel change une situation jusqu'alors plutôt débonnaire. Buchez est chassé de son fauteuil et Huber proclame la dissolution de l'Assemblée constituante. Une partie des manifestants, conduite par Barbès et Albert, quitte le Palais-Bourbon et marche sur l'Hôtel de Ville pour y proclamer, comme au 24 février, un nouveau gouvernement, entraînant avec elle un Louis Blanc cette fois terrorisé. Tandis que la garde nationale chasse les manifestants restés à l'Assemblée, Barbès s'empare de l'Hôtel de Ville, Sobrier du ministère de l'Intérieur. La garde intervient bientôt. Barbès, Albert, Sobrier, Blanqui, Raspail et Huber sont arrêtés. Louis Blanc, pris à partie par des gardes, est blessé. Dans « L'art en 1848 », publié par *L'Artiste*, Théophile Gautier écrit que, pour les artistes, « jamais le moment ne fut plus beau » – et plus favorable : avec Lamartine, la poésie et l'art sont au pouvoir.

16 mai
Le préfet de police Caussidière est contraint à la démission. Dissolution de la Commission du Luxembourg.

17 mai
Lacordaire résilie son mandat de représentant à l'Assemblée constituante.
Duclerc présente un projet de loi nationalisant les compagnies de chemin de fer.
Le général Cavaignac, qui a quitté Alger le 12, arrive à Paris pour prendre ses fonctions de ministre de la Guerre.

17 mai-17 juin
L'Assemblée nomme une commission constitutionnelle de 18 membres présidée par Cormenin. La majorité est formée par les hommes du *National* (Marrast, Vaulabelle), la minorité par des orléanistes (Tocqueville, Barrot, Dufaure, Vivien, Dupin) et deux représentants de la gauche plutôt inclassables, Victor Considerant et Lamennais (qui démissionne le 23 mai). La commission constitutionnelle rédige un premier projet. Elle se prononce pour la rédaction d'une déclaration des devoirs et des droits contenant notamment un article sur le droit à l'instruction et un autre proclamant le droit au travail. Concernant les institutions, la commission rejette la division du pouvoir législatif en deux Chambres, au bénéfice d'une Assemblée unique de 750 députés élus pour trois ans et rééligibles ; elle propose de confier le pouvoir exécutif à un président de la République élu pour quatre ans au suffrage universel direct mais non rééligible. L'Assemblée nomme un vice-président sur proposition du président. Le président nomme et révoque les ministres ; ces derniers peuvent être choisis dans l'Assemblée nationale où ils ont par ailleurs entrée. Le président a l'initiative des lois, auxquelles il ne peut opposer son veto, mais seulement faire part à l'Assemblée de ses « observations » ; il ne peut dissoudre la Chambre. Le projet comporte enfin une série d'articles relatifs à l'établissement d'une Haute Cour nationale et aux modalités de révision de la Constitution.

20 mai
L'administration des Cultes, un instant détachée de celle de l'Instruction publique et confiée à Bethmont, y est rattachée.
Baraguey d'Hilliers, Berryer, Baze et Granger de La Marinière réunissent, rue de Poitiers, leurs collègues représentants du Lot-et-Garonne et de la Gironde, première ébauche du parti de l'ordre rassemblant républicains conservateurs et royalistes des diverses tendances. Bientôt 200 députés rejoignent le comité de la rue de Poitiers.

21 mai
Célébration au Champ-de-Mars de la fête de la Concorde.

22 mai
L'Assemblée ouvre un crédit extraordinaire de 1 million pour le financement des Ateliers nationaux, où 87 000 ouvriers sans emploi sont enrôlés.
Les élections aux sièges vacants de l'Assemblée constituante sont fixées au 4 juin.
Dissolution du « club Raspail » et du « club Blanqui », deux des instigateurs de l'insurrection du 15 mai.
Les esclaves de la Martinique se révoltent, réclamant leur émancipation immédiate.

23 mai
L'Assemblée constituante avalise l'impôt des 45 centimes décidé le 16 mars par le gouvernement provisoire. 96 millions (sur 160) auront été recouvrés à la fin du mois de juin. Malgré la résistance des contribuables qui se développe pendant l'été, l'intégralité de l'impôt sera, avec retard, recouvrée.

24 mai
Le ministre des Travaux publics, Trélat, décide de dissoudre les Ateliers nationaux, dont les ouvriers célibataires âgés de 18 à 25 ans seront enrôlés dans l'armée. Émile Thomas refuse d'exécuter cet arrêté. Trélat révoque Thomas, mais renonce à son projet de dissolution immédiate des Ateliers nationaux.

Trélat

Ulysse Trélat (1798-1879) a 50 ans en 1848, et une déjà longue carrière politique. Médecin aliéniste à Charenton, puis à la Salpêtrière, Trélat était un proche de Buchez. Avec lui, il avait conspiré sous la Restauration, puis rejoint les rangs de l'opposition libérale au ministère Villèle, participant notamment au côté de Guizot à la création de la société Aide-toi, le ciel t'aidera (1827). Mais ses amis du jour étaient devenus ses ennemis du lendemain. En 1834, sa défense des insurgés et ses attaques contre la Chambre des pairs le conduisent en prison. Amnistié en 1837, il rejoint l'équipe du National. *Après la révolution de 1848, Ledru-Rollin fait de lui l'un des commissaires de la République qui remplacent les préfets de la monarchie de Juillet. Quelques semaines plus tard, élu à l'Assemblée constituante, Trélat regagne la capitale où il est nommé ministre des Travaux publics. Écarté du pouvoir après l'insurrection de Juin, non réélu à l'Assemblée législative en mai 1849, hostile à l'ascension de Bonaparte, Trélat regagne la Salpêtrière pour se consacrer à ses recherches sur l'aliénation mentale.*

Louis-Napoléon Bonaparte, de Londres, écrit à l'Assemblée pour réclamer la jouissance de ses droits de citoyen français, et décide de se présenter aux élections complémentaires du 4 juin. La Constituante adopte un ordre du jour sur la politique étrangère de la France dont elle énumère les objectifs: pacte fraternel avec l'Allemagne, reconstitution de la Pologne, affranchissement de l'Italie.

25 mai
Le Théâtre-Historique crée *La Marâtre* de Balzac. La pièce est bien accueillie par la critique, mais elle est retirée de l'affiche dès le 30, en raison des événements; elle sera reprise en juillet et août pour 21 représentations.

26 mai
Une loi, qui étend les dispositions du texte voté le 10 avril 1832 contre les Bourbons de la branche aînée, bannit Louis-Philippe et sa famille et confisque leurs biens.

27 mai
Les républicains du *National* organisent un comité au Palais-National (ex-Palais-Royal) pour faire pièce au comité de la rue de Poitiers et soutenir la Commission exécutive (200 membres). À l'extrême gauche, ceux qu'on n'appelle pas encore les « démoc-soc » fondent rue des Pyramides une Société des représentants républicains qui compte une soixantaine de parlementaires.

30 mai
L'Assemblée vote un projet de réglementation des Ateliers nationaux présenté par Falloux. Le projet substitue la rémunération à la tâche à la rémunération à la journée et décide le renvoi en province des ouvriers résidant depuis moins de trois mois dans le département de la Seine.

31 mai
Saisie par la Commission exécutive d'une demande de poursuites contre Louis Blanc pour complicité dans les événements du 15 mai, la Constituante renvoie l'affaire à une commission présidée par Jules Favre mais, le 2 juin, l'Assemblée refuse la levée de l'immunité parlementaire de Louis Blanc par 369 voix contre 337.

juin
Les armées autrichiennes écrasent la révolution à Prague. C'est le début du rétablissement de l'autorité de Vienne, en Europe centrale comme en Italie.

4-5 juin
Élections complémentaires portant sur 39 sièges, dont 11 pour la Seine. À la surprise générale, Louis-Napoléon Bonaparte est élu dans quatre départements (Seine, Corse, Yonne, Charente-Inférieure). Les royalistes, légitimistes ou orléanistes, sont les grands vainqueurs du scrutin: ils remportent six sièges dans la capitale. Thiers est élu dans quatre départements (Seine, Mayenne, Orne, Seine-Inférieure), Victor Hugo à Paris. La gauche peut également se déclarer satisfaite. Caussidière a été réélu à Paris; Proudhon et Pierre Leroux font leur entrée dans l'hémicycle.

7 juin
Loi sur les attroupements, votée par 478 voix contre 82. Elle remplace la loi du 10 avril 1831, en aggrave les dispositions sur de nombreux points, notamment les peines encourues par les participants à des rassemblements tumultueux, mais subordonne le déclenchement des poursuites à l'avis du jury.
Trélat présente plusieurs projets de grands travaux destinés à employer les ouvriers des Ateliers, dont les manifestations se multiplient depuis le vote du décret du 30 mai. Crémieux, ministre de la Justice, démissionne.

Crémieux

Né dans une famille israélite nîmoise, Isaac-Adolphe Crémieux (1796-1880) a longtemps illustré le barreau avant d'entrer en politique. Il est élu à la Chambre des députés en 1842 et rejoint les rangs de l'opposition dynastique. Avec Odilon Barrot, il anime la campagne des banquets à la fin de 1847. Lorsque l'insurrection contraint Louis-Philippe à l'abdication, Crémieux, dans le sillage de Barrot, propose l'établissement d'une régence, mais comprenant très vite la vanité du projet, il s'abandonne au courant qui entraîne les esprits vers la République. Aussi est-il le seul orléaniste de conviction dont le nom soit plébiscité pour devenir membre du gouvernement provisoire. Il prend en charge le portefeuille de la Justice, qu'il conserve durant quelques semaines après la formation de la Commission exécutive (10 mai 1848). Mais le 7 juin, refusant de s'associer aux poursuites projetées contre Louis Blanc, il démissionne. Élu député à l'Assemblée législative de 1849, le coup d'État du 2 décembre 1851 le rend au barreau où il assure la défense de nombreux opposants au régime impérial. De retour sur les bancs parlementaires en 1869, Crémieux, comme en 1848, devient en 1870 membre du gouvernement de Défense nationale où l'un de ses derniers gestes politiques sera de promulguer le décret accordant l'égalité politique aux juifs d'Algérie.

8 juin
L'Assemblée constituante rejette une proposition d'interdiction de tous les clubs.

9-14 juin
La Commission exécutive autorise Louis-Napoléon Bonaparte à occuper son siège de député. Du 12 au 14, les manifestations bonapartistes se multiplient autour du Palais-Bourbon. Laity et Persigny, soupçonnés d'avoir inspiré ces manifestations, sont arrêtés. Le 13, l'Assemblée valide l'élection de Louis-Napoléon.

14 juin
La Constituante crée une commission chargée spécialement de la question des Ateliers nationaux, qui comprend des adversaires résolus de ce système comme Goudchaux et Sénard.

15 juin
L'Assemblée prononce l'incompatibilité entre la qualité de représentant et l'exercice de fonctions publiques. Discours de Pierre Leroux en faveur de l'organisation du travail en Algérie par l'association. Goudchaux dénonce les Ateliers nationaux.

Goudchaux

Le banquier Michel Goudchaux (1797-1862) s'est bâti une réputation dans les milieux républicains et socialistes de la monarchie de Juillet en plaidant dans Le National *pour la nationalisation des chemins de fer et la création de coopératives ouvrières. Le 24 février 1848, ministre des Finances, il s'attaque d'emblée au rétablissement de la confiance, résistant vaillamment aux revendications qui pleuvent sur un gouvernement provisoire souvent trop enclin à céder. Le 5 mars, informé de la prochaine suppression de l'impôt sur le sel, décidée sans qu'on ait jugé bon de l'informer, il démissionne. Élu à l'Assemblée constituante en avril, Goudchaux se range au côté des partisans du rétablissement de l'ordre. L'insurrection de Juin 1848 le ramène aux Finances. Le 12 octobre, la chute du premier ministère Cavaignac marque le terme de sa carrière politique.*

16 juin
À peine admis à siéger à l'Assemblée constituante, Louis-Napoléon Bonaparte, qui n'avait pas posé sa candidature aux élections d'avril et dont les partisans avaient agi sans son consentement, résilie son mandat de député.

18 juin
Les délégués des ouvriers des Ateliers nationaux publient une protestation contre les menaces qui pèsent sur « l'organisation du travail ».

19 juin
Le projet de Constitution de Marrast est distribué pour examen aux 15 bureaux de l'Assemblée constituante.

22 juin
L'Assemblée rejette un projet de loi nationalisant les chemins de fer.
À l'instigation de Trélat, la Commission exécutive a arrêté le 21 juin que les ouvriers âgés de 17 à 25 ans seront enrôlés dans l'armée et que les autres seront envoyés travailler sur des chantiers en province. La publication de cet arrêté au *Moniteur* provoque des rassemblements spontanés d'ouvriers dans divers quartiers de Paris. En fin d'après-midi, un cortège se dirige du Panthéon vers la Bastille.
Soulèvement ouvrier à Marseille pour protester contre la baisse des salaires consécutive à la dimi-

nution légale des heures de travail. La troupe intervient et rétablit l'ordre en fin de journée.

23 juin
Les quartiers Est de la capitale se couvrent de centaines de barricades. Le général Eugène Cavaignac, chargé de rétablir l'ordre, déploie l'armée, la garde mobile et les légions fidèles de la garde nationale dans trois secteurs: les boulevards (Lamoricière), l'Hôtel de Ville (Bedeau), le faubourg Saint-Jacques (Damesne). Les combats sont d'une extrême violence. L'Assemblée ajourne le vote sur la dissolution officielle des Ateliers nationaux demandé par Montalembert.

24 juin
Les insurgés ont fortifié leurs positions au cours de la nuit. Les premiers volontaires provinciaux, venus d'Île-de-France, de Normandie, arrivent à Paris pour combattre l'insurrection. L'Assemblée décrète l'état de siège et accorde les pleins pouvoirs à Cavaignac. Les membres de la Commission exécutive, révoqués de fait, présentent leur démission. Les ministres conservent leurs postes. Début d'insurrection à Lyon.

25 juin
Les combats, toujours aussi furieux, commencent à tourner à l'avantage des forces de l'ordre. Place de la Bastille, Mgr Affre, qui tente de s'interposer entre les combattants, est abattu par un tireur de l'un des deux camps. Le général Bréa, qui dirige les opérations sur la rive gauche, est capturé par les insurgés: il sera fusillé près de Gentilly. Cavaignac interdit plusieurs journaux, parmi lesquels *La Presse* (Émile de Girardin est arrêté), et ordonne la fermeture de tous les clubs. Dans la nuit, les insurgés sont repoussés dans le faubourg Saint-Antoine, où environ 10000 combattants se retranchent.

26 juin
À 10 h, des tirs d'artillerie donnent le signal de l'attaque du faubourg Saint-Antoine. Les combats cessent en milieu de journée. La République a vaincu, mais le plus terrible commence: aux 4000 insurgés morts, aux 1 600 soldats et gardes tués, il faut ajouter les 1 500 insurgés raflés et abattus sans jugement après la fin des combats, les 11000 autres qui sont arrêtés et entassés dans des prisons de fortune en attendant d'être jugés.

27 juin
L'Assemblée décide que les «chefs» de l'insurrection seront déférés devant des conseils de guerre, tandis que les autres insurgés faits prisonniers seront «transportés», avec femmes et enfants s'ils le veulent, en Algérie. Sur 10 722 prévenus maintenus en arrestation, 6 374 seront relâchés, 4 348 «transportés» sans jugement en Algérie.

28 juin
Cavaignac dépose les pleins pouvoirs et remet à l'Assemblée constituante la démission des ministres. L'Assemblée le nomme aussitôt président du Conseil des ministres (pour une durée indéterminée mais, du moins en principe, révocable à tout moment par l'Assemblée). Cavaignac forme son cabinet: Lamoricière (Guerre), Sénard (Intérieur), Bethmont (Justice), Bastide (Affaires étrangères), Goudchaux (Finances), H. Carnot (Instruction publique et Cultes), Tourret (Agriculture et Commerce), Recurt (Travaux publics), Leblanc (Marine et Colonies). L'état de siège est maintenu.

Eugène Cavaignac

Louis-Eugène Cavaignac (1802-1857) était le fils du Conventionnel Jean-Baptiste Cavaignac, et le frère cadet de Godefroy Cavaignac. Comme son frère disparu en 1845, Louis-Eugène avait contracté par héritage familial ses convictions républicaines. Celles-ci avaient gêné son entrée dans l'armée, et il avait fallu l'intercession d'un parent légitimiste pour qu'au sortir de Polytechnique il soit enrôlé. En août 1832, Eugène Cavaignac embarque pour l'Algérie où il va rester jusqu'en 1848, participant à toutes les campagnes militaires. Bon sang ne saurait mentir: outre la foi républicaine, il a hérité de son père la brutalité caractéristique des hommes de 1793. Aussi fut-il l'inventeur de la méthode qui consistait à enfumer les rebelles arabes pour les faire sortir de leurs repaires, et un expert dans la pratique des «razzias» préconisées par Bugeaud. Nommé gouverneur général en Algérie au lendemain de la chute de Louis-Philippe, Cavaignac y reste peu de temps. Élu à l'Assemblée constituante, il regagne Paris (17 mai 1848). Commence alors sa grande époque. Lorsque Paris se hérisse de barricades en juin, l'Assemblée, paniquée, se tourne vers lui et le 24 juin lui confie les pleins pouvoirs. Investi de la dictature, Cavaignac mate l'insurrection; le danger passé (28 juin), républicain scrupuleux, il dépose l'autorité exceptionnelle qui lui a été confiée. Mais l'Assemblée lui renouvelle aussitôt sa confiance: jusqu'à l'élection présidentielle du 10 décembre, Cavaignac exerce les fonctions de chef de l'État nommé par l'Assemblée et révocable par elle. Il s'efforce de préserver les conquêtes de Février tout en assumant la politique de réaction qui suit les journées de Juin. L'ouverture de la campagne pour l'élection présidentielle voit cependant son étoile rapidement pâlir. Candidat républicain modéré, coincé entre Ledru-Rollin qui effraie et Louis-Napoléon Bonaparte qui rassure, Cavaignac essuie un échec cinglant, même s'il arrive en seconde position avec quelque 1,5 million de suffrages, derrière Louis-Napoléon Bonaparte, qui en a obtenu plus de 5 millions. Cavaignac quitte dès lors l'avant-scène. Réélu à l'Assemblée législative en 1849, il s'oppose à la loi électorale du 31 mai 1850 et l'année suivante à la révision de la Constitution. Emprisonné durant quelques jours après le 2 Décembre, il est réélu en 1852 mais refuse de prêter serment et se retire de la vie publique.

29 juin
Le général Changarnier est nommé à la tête de la garde nationale.

30 juin
Marrast est élu à la présidence de l'Assemblée constituante.
Hippolyte Carnot présente à l'Assemblée un projet de loi sur l'instruction primaire: scolarisation gratuite et obligatoire des garçons et des filles jusqu'à 14 ans, réforme des écoles normales chargées de la formation des maîtres, mise en place d'un système d'avancement et d'un régime de retraite pour les instituteurs et institutrices. Le projet libéralise également l'enseignement privé, en subordonnant l'ouverture des écoles privées à une simple déclaration préalable faite au maire et au recteur; le certificat de moralité jusqu'alors exigé est supprimé et remplacé par un certificat d'aptitude délivré par une commission ministérielle et départementale. Le ministre de l'Instruction publique prévoit enfin de porter le budget de l'instruction primaire à 47 millions financés par l'État et par les communes.

juin-septembre
Multiplication en province des troubles provoqués par l'impôt supplémentaire des 45 centimes, validé par l'Assemblée le 23 mai précédent.

3 juillet
Dissolution par décret des Ateliers nationaux.
Décret sur le renouvellement intégral des conseils municipaux et des conseils d'arrondissement et de département. Les maires et leurs adjoints seront nommés par les conseils municipaux parmi leurs membres. Ce décret ne s'applique pas à la capitale.
Goudchaux présente un projet de loi qui établit un impôt progressif sur les successions. Le projet sera rejeté.

4 juillet
Nomination d'un conseil municipal provisoire à Paris.
Mort de Chateaubriand.

5 juillet
L'Assemblée réduit le montant des crédits alloués aux instituteurs: Hippolyte Carnot démissionne et est remplacé par Vaulabelle. Lorsqu'il quitte ses fonctions, Carnot peut se prévaloir de nombreuses réalisations (création de bibliothèques municipales et de lectures du soir pour les ouvriers, écoles maternelles, collèges royaux rebaptisés lycées, organisation de concours pour l'obtention de bourses dans l'enseignement secondaire, réorganisation des chaires du Collège de France et création auprès de celui-ci d'une école d'administration) et de multiples projets (transformation des maisons de la Légion d'honneur en écoles normales d'institutrices, projet de réforme de l'instruction primaire présenté le 30 juin).

6 juillet
Célébration, place de la Concorde, d'une messe pour les victimes (les « bonnes » victimes) de l'insurrection de Juin. Les autres enterrent leurs morts en cachette.

7 juillet
Le gouvernement annonce le maintien de l'état de siège.
Obsèques à Notre-Dame de Mgr Affre, tué le 25 juin.
La Presse, suspendue le 25 juin, reparaît.

11 juillet
Le gouvernement présente à l'Assemblée un projet de loi sur les crimes et délits de presse. Lamennais arrête la parution de son journal *Le Peuple constituant*: « Silence au pauvre ».

12 juillet
Une commission présidée par Barthélemy Saint-Hilaire commence l'examen du projet Carnot sur l'enseignement primaire (30 juin).

18 juillet
Alexandre Marie remplace Bethmont, malade, au ministère de la Justice. Il est remplacé au perchoir de l'Assemblée constituante par Marrast. Trouvé-Chauvel succède à ce dernier à la mairie de Paris, mais avec le titre de préfet de la Seine.

22 juillet
Création d'une commission chargée de surveiller les théâtres.

24 juillet-5 août
Les 15 bureaux de l'Assemblée présentent à la commission de constitution leurs observations sur le projet distribué par celle-ci le 19 juin. Duvergier de Hauranne et Thiers, deux des délégués des bureaux, attaquent l'article proposé par le comité sur le droit au travail et l'établissement d'une seule Chambre. Les délégués s'accordent pour approuver l'élection du président au suffrage universel, mais plusieurs demandent que la durée de son mandat soit prolongée (cinq ou sept ans au lieu de quatre) et qu'il puisse être réélu.

25 juillet
Les troupes piémontaises du roi Charles-Albert sont battues à Custozza par les Autrichiens. Le roi de Piémont-Sardaigne doit signer un armistice. Les Autrichiens rentrent dans Milan en août et assiègent Venise.

27 juillet
Un décret dispense les associations ouvrières de l'obtention d'une autorisation préalable; une simple déclaration devant l'autorité municipale suffira. Ce décret donne un nouvel essor au développement des sociétés de secours mutuels.

28 juillet
Loi sur les clubs: elle astreint leurs fondateurs à une déclaration préalable, impose la publicité de leurs séances (un quart des places devant être réservé à des non-membres), interdit aux femmes et aux mineurs de s'affilier à un club, prévoit la présence d'un agent de l'autorité, proscrit toute motion, discussion ou publication contraires à l'ordre public, aux bonnes mœurs et plus généralement aux lois, enfin interdit les correspondances ou affiliations entre clubs. La loi prévoit des sanctions allant de l'amende à des peines de prison et à la fermeture du club, et renvoie le jugement aux jurys.

29 juillet
Maxime Du Camp rapporte d'un voyage dans les Balkans, en Turquie et en Algérie (1844-1845) des *Souvenirs et paysages d'Orient. Smyrne, Éphèse, Magnésie, Constantinople.* En 1852, un nouveau voyage, qui le conduira avec son ami Flaubert jusqu'en Syrie, lui inspirera *Égypte, Nubie, Palestine et Syrie.*
Publication du roman d'Alexandre Dumas fils, *La Dame aux camélias.*

31 juillet
Par 691 voix contre 2 (celles de Proudhon et du tisserand lyonnais Louis Greppo), l'Assemblée blâme Proudhon qui, après avoir évoqué le sort terrible des chômeurs, a proposé d'organiser un système de crédit gratuit financé par une remise d'un tiers sur le montant des fermages et des loyers.

1er août
Victor Hugo dénonce la suspension des journaux en vertu de l'état de siège. Le même jour paraît le premier numéro de *L'Événement* qu'il a fondé avec ses fils.

3 août
La commission d'enquête parlementaire présidée par Odilon Barrot et chargée de faire la lumière sur les événements du 15 mai présente son rapport à l'Assemblée. Elle lie l'insurrection de Juin aux «journées» des 17 mars, 16 avril et 15 mai et met en cause Louis Blanc, Caussidière et Ledru-Rollin.

7 août
Une loi sur la composition des jurys fixe les conditions pour être juré: être âgé de 30 ans, savoir lire et écrire, n'être pas en état de domesticité.
La France rejette les appels à l'aide lancés par Charles-Albert de Piémont-Sardaigne.

7-26 août
La commission de constitution révise son projet sur la base des observations des bureaux de l'Assemblée (24 juillet-5 août). La déclaration des devoirs et des droits du premier projet fait place à un texte plus court, et de moindre portée, rédigé par l'orléaniste Vivien, d'où a disparu notamment le droit au travail, remplacé par un devoir d'assistance dans la limite des moyens dont dispose l'État. Aucune modification notable aux chapitres sur les pouvoirs législatif et exécutif.

9 août
Loi sur le cautionnement des journaux, applicable jusqu'au 1er mai 1849: le cautionnement, porté par la loi du 29 août 1835 à un maximum de 100000 francs en numéraire, puis supprimé *de facto* après la révolution de Février, est rétabli, mais avec un plafond de 24000 francs.

11 août
Loi sur les crimes et délits commis par voie de presse. Elle punit d'un mois à trois ans de prison les attaques contre les institutions, la liberté des cultes et «les bases de la société», la propriété et la famille.

24 août
Une loi établit le système du timbre-poste, taxe uniforme, modique (20 centimes), payée par l'expéditeur, et fixe son entrée en vigueur au 1er janvier 1849.

25 août
Lamartine publie un exposé de sa conduite depuis la Révolution: *Lettre aux dix départements*. L'Assemblée autorise les poursuites engagées contre Louis Blanc pour complicité dans la journée du 15 mai (par 504 voix contre 252), et contre Caussidière pour participation à la journée du 15 mai (par 477 voix contre 278). Ledru-Rollin est épargné. Ayant obtenu un sursis de quarante-huit heures, les deux inculpés en profitent pour passer en Angleterre.

28 août
Goudchaux demande le rétablissement de l'impôt sur le sel. Renvoyée en commission, sa proposition ne sera pas examinée avant la chute du ministère en octobre.

30 août
Le projet de constitution révisé est distribué aux députés. Timon [Cormenin]: *Petit pamphlet sur le projet de Constitution, suivi du texte exact et corrigé du projet de Constitution*. Cormenin, qui présidait la commission de constitution, désavoue l'œuvre de ses collègues, notamment la suppression de l'article sur le droit au travail, et claque la porte avec fracas.

2 septembre
Proudhon fonde *Le Peuple*.

4 septembre-1er novembre
Discussion en première lecture du projet de Constitution (7-26 août) défendu, en l'absence de Cormenin, par les orléanistes Dupin et Dufaure. La discussion article par article est marquée par trois débats principaux.
Lamartine fait accepter le principe d'un préambule que le parti de l'ordre voulait supprimer, ou réduire à la portion congrue. Un amendement pour inscrire le droit au travail dans le préambule est repoussé par 596 voix contre 187. Le 6 octobre, à l'issue d'un long débat, l'Assemblée rejette par 643 voix contre 158 l'amendement présenté par Jules Grévy qui tendait à la suppression de la magistrature présidentielle en remplaçant le président de la République choisi au suffrage universel par un simple président du Conseil élu par le Corps législatif pour un temps indéterminé et révocable par lui.
Le 8, l'Assemblée constituante rejette un nouvel amendement, qui cette fois vise à faire nommer le président de la République par l'Assemblée et non par le suffrage universel (602 voix contre 211). L'Assemblée décide toutefois que le Corps législatif procédera à l'élection du président si aucun candidat n'obtient un minimum de 2 millions de voix. Le lendemain, dernière offensive des adversaires de l'élection du président au suffrage universel: Anthony Thouret demande que les membres des familles ayant régné sur la France soient déclarés inéligibles à la magistrature présidentielle: rejeté.
Duvergier de Hauranne, Rouher et Odilon Barrot remettent la question du bicaméralisme sur le tapis. Combattu par Lamartine, leur amendement pour instituer deux Chambres est repoussé par 530 voix contre 289. Citons également: l'abolition de la peine de mort en matière politique, plusieurs amendements rejetés en faveur de la séparation de l'Église et de l'État, la tentative de Montalembert pour la liberté de l'enseignement, un article rejetant la progressivité de l'impôt... Le 1er novembre, le texte amendé de la Constitution est renvoyé pour un dernier examen au comité de constitution.

9 septembre
La journée de travail, abaissée à 10 h le 2 mars, est portée à 12 h.

17-18 septembre
Élections législatives partielles portant sur 17 sièges dans 13 départements. Orléanistes et légitimistes remportent 15 sièges. Louis-Napoléon Bonaparte est élu dans cinq départements (Charente-Inférieure, Corse, Moselle, Seine, Yonne). À l'annonce des résultats, des manifestants arpentent les boulevards aux cris de «Vive l'Empereur!».

25 septembre
Louis-Napoléon Bonaparte, qui a quitté Londres l'avant-veille, fait son entrée dans l'hémicycle.

6 octobre
Un passeport est imposé aux ouvriers qui veulent changer de département.

9 octobre
Le gouvernement commande à Thomas Couture un tableau représentant *L'Enrôlement des Volontaires de 1792*, destiné à l'Assemblée nationale, qui restera inachevé. Par ailleurs, il lance un concours sur la représentation de la République: aucun des concurrents ne sera récompensé. Daumier avait

envoyé un chef-d'œuvre, *La République*. Le nouveau régime passe de nombreuses commandes aux artistes: Delacroix se voit demander un plafond pour la galerie d'Apollon au Louvre (*Apollon vainqueur du serpent Python*, réalisé en 1850-1851).

11 octobre
Abrogation de la loi d'exil du 12 janvier 1816 frappant les membres de la famille Bonaparte.
L'Assemblée écarte une nouvelle proposition visant à ôter au gouvernement le droit de suspendre les journaux, même en cas d'état de siège: le gouvernement obtient satisfaction, mais à la très faible majorité de cinq voix. Le lendemain, les ministres démissionnent.

13 octobre
Formation du second ministère Cavaignac: Dufaure (Intérieur), Vivien (Travaux publics), Freslon (Instruction publique et Cultes), tous trois orléanistes. Lamoricière (Guerre), Bethmont (Justice), Bastide (Affaires étrangères), Tourret (Agriculture et Commerce), Verninac (Marine et Colonies). Recurt est nommé préfet de la Seine. Le 25, Trouvé-Chauvel remplace Goudchaux aux Finances.

19 octobre
Levée de l'état de siège.
La Presse commence la publication des *Mémoires d'outre-tombe* de Chateaubriand.

26 octobre
Un décret fixe au 10 décembre l'élection du président de la République au suffrage universel. Louis-Napoléon Bonaparte se déclare candidat. D'autres candidats se sont déclarés: Cavaignac, Lamartine (qui ne nourrit aucune illusion sur ses chances) et Changarnier (soutenu par les légitimistes qui se refusent à toute alliance avec les orléanistes). Le 3 décembre, l'association de la Solidarité républicaine fondée par Félix Pyat et Charles Delescluze lance la candidature de Ledru-Rollin et tente de fédérer les gauches. Sans succès: les socialistes décident de soutenir une candidature Raspail.

DELESCLUZE

Charles Delescluze (1809-1871), ou la vie bien remplie d'un révolutionnaire. Il a quitté en 1830 son Dreux natal pour la capitale, et s'est aussitôt jeté dans le petit monde des sociétés secrètes et des complots en tous genres. En 1836, suspecté de préparer un attentat contre Louis-Philippe, il quitte précipitamment la France. Dès 1840, il est de retour, installé à proximité de la frontière, à Valenciennes. En février 1848, Ledru-Rollin prend en charge le ministère de l'Intérieur et nomme Delescluze au nombre des commissaires de la République qui remplacent les anciens préfets. Delescluze applique les lois de la République dans le département du Nord jusqu'en mai, puis il s'installe à Paris et prend en main un club (la Solidarité républicaine) et un journal (La République démocratique et sociale) *également proches de Ledru-Rollin. Le 13 juin 1849, la chute de Ledru-Rollin entraîne celle de Delescluze. De nouveau exilé, il rentre clandestinement après le coup d'État du 2 Décembre pour organiser la résistance, mais il est arrêté et déporté à l'île du Diable (Guyane). Amnistié en 1859, Delescluze regagne Paris, et repique dans l'action clandestine. Sans surprise, il est, à 60 ans passés, des insurrections d'octobre 1870 et janvier 1871. Élu député de Paris à l'Assemblée nationale en février 1871, Delescluze se jette en mars dans l'aventure de la Commune. Il siège au Comité de salut public et défend les barricades où, le 25 mai 1871, le fauche une balle tirée par un versaillais.*

30 octobre
Le ministre des Finances Trouvé-Chauvel révèle devant l'Assemblée l'existence d'un déficit budgétaire de 300 millions.

31 octobre
Secouée par une nouvelle révolution, la capitale autrichienne est reconquise par l'armée. Le rétablissement de l'ordre à Vienne donne le signal de la reprise en main en Allemagne. Frédéric-Guillaume, qui depuis le mois de mai doit s'accommoder d'un Parlement élu au suffrage universel et réuni à Francfort, met Berlin en état de siège, refuse la couronne impériale que lui proposent les députés de Francfort et promulgue une constitution pour la Prusse (5 décembre). Ce coup de force rassure le gouvernement français, Bastide en particulier, à juste titre inquiet du pangermanisme du Parlement de Francfort qui incitait le roi de Prusse à organiser un empire allemand fédéral séparé de l'Autriche.

novembre
Baudelaire: *Le Vin de l'assassin*, publié dans *L'Écho des marchands de vin*.

4 novembre
La Constitution est adoptée par 739 voix contre 30. Elle consacre les droits fondamentaux des citoyens: égalité politique (tous les hommes âgés de 21 ans sont électeurs et éligibles), liberté de culte, abolition de la peine de mort en matière politique. Elle consacre également les libertés publiques: liberté d'association et de pétition, liberté de la presse, interdiction de la censure, jugement des délits de presse par le jury.
L'exercice du pouvoir législatif est confié à une Assemblée législative de 750 représentants âgés d'au moins 25 ans, élus pour trois ans et rééligibles. Une commission de 25 représentants choisis par l'Assemblée est instituée pour la durée des vacances parlementaires.
Le pouvoir exécutif est délégué à un président de la République (âgé d'au moins 30 ans) élu au suffrage universel pour quatre ans et qui ne peut être réélu qu'après un intervalle de quatre années. Il est flanqué d'un vice-président aux fonctions purement honorifiques. Il reçoit une indemnité de 600 000 francs par an. Le président nomme et révoque les ministres. Le droit d'initiative législative appartient conjointement aux représentants et au président, les projets de loi étant soumis à l'examen préalable du Conseil d'État. Le président ne peut dissoudre l'Assemblée mais il possède un veto qui oblige les représentants à réexaminer en seconde lecture la loi contestée par l'exécutif; ce second vote est définitif. Les ministres ont entrée dans l'enceinte de l'Assemblée.
L'article 68 qui règle la responsabilité est particulièrement flou: « Le président de la République, les ministres, les agents dépositaires de l'autorité publique, sont responsables, chacun en ce qui le concerne, de tous les actes du gouvernement et de l'administration. » L'article précise le seul cas où le président tenterait de dissoudre, de proroger l'Assemblée ou de « mettre obstacle à l'exercice de son mandat », tentatives qualifiées de « crime de haute trahison » qui entraîneraient sa déchéance et son jugement en Haute Cour: « Une loi déterminera les autres cas de responsabilité », conclut l'article.

11 novembre
Les catholiques républicains de *L'Ère nouvelle* apportent leur soutien à Cavaignac.

5-16 novembre
Pie IX est chassé de Rome par une insurrection républicaine.

2 décembre
L'empereur d'Autriche Ferdinand Ier abdique en faveur de son neveu François-Joseph, pour désarmer les oppositions et augmenter les chances d'un rétablissement durable de l'ordre dans l'empire.

9 décembre
Pierre Leroux publie trois ouvrages: *De la ploutocratie, ou du gouvernement des riches*; *De l'égalité*; *Du christianisme et de ses origines démocratiques*. Le premier avait paru en 1843, sous forme d'articles, dans *La Revue indépendante*. En août 1848, Leroux a également publié *Doctrine de l'humanité*. Solution pacifique du problème du prolétariat.

10-11 décembre
Élection présidentielle au suffrage universel. La participation s'élève à 75 %. Louis-Napoléon Bonaparte est élu par 5 587 759 voix sur 7 506 600 suffrages exprimés (74,4 %). Cavaignac a obtenu 1 474 687 voix (19,6 %), Ledru-Rollin seulement 381 026 (5 %). Pour les autres candidats, c'est la débâcle: 37 121 voix se sont portées sur Raspail (0,5 %), 21 032 sur Lamartine, le héros si populaire en Février (0,3 %) et 4 975 sur Changarnier. « Le 10 décembre fut le jour de l'insurrection des paysans », a écrit Marx.
Par son ampleur comme par son extension géographique irréductible à toute variable connue, culturelle ou politique, le vote favorable à Louis-Napoléon est un choc pour les contemporains comme il sera un mystère pour les historiens. Pour en dessiner la géographie, en faire ressortir les traits saillants, il faut même recourir à des subterfuges, par exemple en calculant le score du neveu de l'Empereur, non d'après le nombre des votants, mais d'après celui des inscrits. Sinon la carte se brouille: ni la répartition des propriétés, ni les traditions religieuses, ni les traditions politiques ne livrent la moindre clé pour comprendre l'élan du corps électoral. La France des paysans a massivement voté pour Louis-Napoléon. Celle des villes également, à l'exception de trois agglomérations importantes: Marseille, Lille et Nantes. Les Français ont-ils plébiscité un nom?
Les paysans ont d'abord voté contre la République née en février, celle de l'impôt supplémentaire des 45 centimes qui leur paraissait menacer les conquêtes de 1789 que l'Empereur avait jadis garanties; ils ont voté contre les troubles, contre l'anarchie, contre la révolution parisienne, et peut-être surtout contre la politique...
Dans les villes, et d'abord à Paris, les ouvriers ont voté contre la trahison des espérances de Février, contre les responsables de la répression de Juin.

Ledru-Rollin paie très cher le fait de s'être rangé sans états d'âme du côté de Cavaignac et de l'Assemblée constituante, d'avoir associé son nom à la répression. Le vote Cavaignac n'est pas moins divers : il obtient ses meilleurs résultats dans les régions périphériques qui après 1789 se sont montrées réfractaires à la centralisation jacobine, dans les régions les plus imperméables à la légende napoléonienne (le Midi, le Nord), là où vivent de fortes minorités protestantes…

18 décembre
Projet Tourret sur le crédit agricole.

20 décembre
Publication des résultats de l'élection présidentielle. Démission du ministère Cavaignac. Marrast, président de l'Assemblée constituante, proclame Louis-Napoléon Bonaparte président de la République.
Louis-Napoléon se présente à la tribune et jure « en présence de Dieu et du peuple français, représenté par l'Assemblée nationale, de rester fidèle à la République démocratique, une et indivisible et de remplir tous les devoirs que [lui] impose la Constitution ». Des applaudissements polis saluent le discours de réception du prince-président que Marrast et les membres du bureau de l'Assemblée accompagnent ensuite à sa nouvelle résidence, le palais de l'Élysée.
Formation du gouvernement présidé par Odilon Barrot (Justice) : Drouin de Lhuys (Affaires étrangères), Malleville (Intérieur), Destutt de Tracy (Marine et Colonies), Hippolyte Passy (Finances), Léon Faucher (Travaux publics), Rulhières (Guerre), Bixio (Agriculture et Commerce), Falloux (Instruction publique et Cultes). Le général Changarnier, qui commande la garde nationale de la Seine, reçoit en outre celui de la garde nationale mobile et de la division militaire de Paris. Berger prend en charge la préfecture de la Seine et Rebillot la préfecture de police. Le 26 décembre, Ledru-Rollin interpelle le gouvernement sur le triple commandement conféré à Changarnier.

23 décembre
Jérôme Bonaparte, le dernier frère de Napoléon encore vivant, est nommé gouverneur des Invalides.

27-28 décembre
Premier conflit entre le président et son gouvernement. Odilon Barrot soutient son ministre de l'Intérieur, Malleville, qui a refusé de remettre au président les papiers concernant les tentatives de putsch de Strasbourg (30 octobre 1836) et de Boulogne (6 août 1840), et qui présente sa démission. Louis-Napoléon Bonaparte a adressé à Malleville une note comminatoire : « Je m'aperçois que les ministres que j'ai nommés veulent me traiter comme si la fameuse Constitution de Sieyès [la Constitution de l'an VIII-1799] était en vigueur ; mais je ne le souffrirai pas. » Barrot menaçant de démissionner, Louis-Napoléon s'incline. Malleville et Bixio maintiennent cependant leur démission. Léon Faucher remplace Malleville à l'Intérieur, Lacrosse succède à Faucher aux Travaux publics, et Buffet remplace Bixio à l'Agriculture et au Commerce.

28 décembre
Rateau propose d'avancer au 19 mai 1849 la réunion de l'Assemblée législative et de consacrer la fin des travaux de l'Assemblée constituante à la confection de deux lois organiques seulement sur les dix prévues : la loi électorale et l'organisation du Conseil d'État. La proposition Rateau vise surtout à en finir avec l'Assemblée constituante.

29 décembre
Début de la publication, dans *La Presse*, du *Collier de la reine* d'Alexandre Dumas.

autres événements
• Au Salon de 1848, l'État acquiert *L'Après-dîner à Ornans*, première des œuvres les plus importantes de Courbet, qui présente par ailleurs *Les Casseurs de pierre*. Le Salon de 1848, le premier sans jury, voit l'avènement du réalisme : *Le Vanneur* de Millet est très remarqué. Millet s'installe à Barbizon en 1849.
• Lambot invente le ciment armé. La première application industrielle est mise au point deux ans plus tard par Monnier.

1849

janvier
Guizot, exilé en Angleterre, publie *De la démocratie en France*.

1er janvier
Louis-Napoléon Bonaparte se prononce pour la restauration de l'autorité temporelle du pape.

2 janvier
La Presse commence la publication des *Confidences* de Lamartine. Le même mois, publication, en volume, de *Raphaël*.

4 janvier
Retrait du projet d'Hippolyte Carnot sur l'instruction primaire (30 juin 1848). Falloux met en place deux commissions, également présidées par Thiers, pour préparer la réforme des enseignements primaire et secondaire.

5 janvier
La Constituante forme à son tour une commission sur l'instruction primaire où siègent Hippolyte Carnot, Barthélemy Saint-Hilaire, Jules Simon, Vaulabelle et Edgar Quinet.

Hippolyte Carnot

Second fils de Lazare Carnot, Hippolyte Carnot (1801-1888) a hérité de son père ses convictions républicaines. Il a rejoint les rangs des saint-simoniens, collaborant régulièrement au Globe *et à d'autres journaux plus éphémères, comme* Le Producteur *ou* L'Organisateur. *Mais les excentricités de Prosper Enfantin l'ont conduit, comme beaucoup d'autres, à prendre ses distances avec « l'église », sans pour autant rien renier de ses convictions. Devenu député de Paris en 1839, Carnot s'efforce de conserver son libre arbitre entre les partis, plaidant par exemple en 1847, au moment de la campagne des banquets, pour une alliance des républicains avec l'opposition dynastique d'Odilon Barrot. En retrait pendant la révolution de Février, Carnot est cependant aussitôt appelé au ministère de l'Instruction publique pour conduire la réforme de l'éducation qui figurait depuis longtemps au premier rang de ses préoccupations. Modéré au fond, il ne doit pas moins affronter de fortes préventions. Le 5 juillet 1848, battu dans la discussion du budget, il démissionne. Redevenu député en 1850, Hippolyte Carnot cesse de siéger à la Chambre en 1852, refusant de prêter serment à Napoléon III. Il retrouve cependant son siège en 1864. Maire du XVIIe arrondissement après la chute du Second Empire en 1870, député en février 1871, Carnot est élu sénateur en 1875. Douze ans plus tard, il verra son fils Sadi accéder à la présidence de la République.*

10 janvier
Création de l'Assistance publique. Cette administration centralisée gère un nombre d'institutions déjà considérable : 1 324, auquel il faut ajouter les bureaux de bienfaisance qui, de 19 pour 100 000 habitants en 1833, passent à 33 en 1852. Surtout, le nombre des admissions progresse : 470 000 en 1833, près de 620 000 en 1852.

20 janvier
Boulay de la Meurthe, candidat soutenu par Louis-Napoléon Bonaparte pour la vice-présidence de la République créée par la Constitution, est élu par l'Assemblée par 417 voix sur 695.
Charles Fourier : *L'Harmonie universelle et le phalanstère.*

22 janvier
L'Assemblée constituante renvoie devant la Haute Cour Raspail et les autres accusés dans l'affaire du 15 mai 1848.

27 janvier
L'Assemblée rejette le projet de dissolution des clubs, loi demandée par le gouvernement la veille. Ledru-Rollin demande à l'Assemblée constituante la mise en accusation du gouvernement. Sa proposition est rejetée le 31.

Ledru-Rollin

Inscrit au barreau de Paris en 1830, Alexandre-Auguste Ledru-Rollin (1807-1874) se fait un nom en défendant les républicains arrêtés après l'insurrection d'avril 1834, point de départ de sa carrière politique. Battu aux législatives de 1839, il récupère deux ans plus tard le siège laissé vacant dans la Sarthe par la mort de Garnier-Pagès. Ledru-Rollin figure dès lors à la tête du petit contingent des républicains qui siègent à la Chambre pendant les dernières années du régime de Juillet. En 1843, il fonde La Réforme, *journal créé pour contrebalancer* Le National *jugé trop modéré, notamment en matière de réformes sociales qui, selon Ledru-Rollin, doivent compléter la proclamation de la République. À la fin de 1847, Ledru-Rollin rejoint la campagne des banquets lancée par l'opposition dynastique, mais pour lui donner un tour radical de contestation du régime. Le 24 février 1848, il est parmi les premiers à demander la formation d'un gouvernement provisoire, où la Chambre le nomme sitôt la motion adoptée. Ledru-Rollin est le plus à gauche des membres du gouvernement provisoire, du moins jusqu'à ce que Blanc et Albert réussissent à se faire coopter. Chargé en outre du ministère de l'Intérieur, il joue dans les semaines qui suivent un jeu ambigu. Solidaire de ses collègues du gouvernement, majoritairement proches du républicanisme modéré du* National, *il ne s'associe publiquement à aucune des manifestations qui ponctuent l'histoire de cette période. Mais peut-être les encourage-t-il en sous-main tout comme, poussé par un entourage plus révolutionnaire que*

lui où se distingue George Sand, il aide les Européens réfugiés à Paris à exporter le feu révolutionnaire, agissant ainsi contre la politique de non-intervention suivie par Lamartine.
Réélu en mai à la Commission exécutive qui succède au gouvernement provisoire, Ledru-Rollin est écarté du pouvoir lorsque Cavaignac obtient le 24 juin les pleins pouvoirs. Le virage à droite pris par l'Assemblée après l'insurrection de Juin l'atteint directement. Mis en cause avec Louis Blanc et Caussidière dans la préparation des insurrections du 15 mai et de juin, il échappe aux poursuites. Il se consacre dès lors à l'élection présidentielle, s'efforçant de réunir autour de sa candidature le parti de la réforme et les socialistes. En vain. Les socialistes se rallient derrière Raspail, et le 10 décembre Ledru-Rollin subit une déroute en obtenant moins de 400 000 voix. La campagne n'a cependant pas été sans résultat. Un « parti démocratique socialiste », comme se proclame maintenant Ledru-Rollin, est sorti de l'échec et montre son influence, dans un climat de polarisation aux extrêmes, aux élections législatives de mai 1849. L'expédition française en Italie va cependant mettre un terme brutal à sa carrière. Le 13 juin, il se place à la tête d'une nouvelle insurrection. C'est l'échec : il échappe de justesse à l'arrestation et se réfugie à Londres où il restera jusqu'en 1870.

LAMORICIÈRE

Louis Juchault de Lamoricière (1805-1865) a participé en 1830 à l'expédition d'Alger, d'où il ne rentre définitivement qu'en 1848. En Algérie, il est de la plupart des opérations militaires pour la défense et l'extension des conquêtes françaises. Surtout il fait montre de grands talents en matière d'administration, s'efforçant d'appliquer autant que les circonstances le permettent les convictions retirées de sa fréquentation assidue des milieux saint-simoniens. Souvent en conflit avec Bugeaud, il acquiert la gloire en 1847 lorsqu'il reçoit la reddition d'Abd el-Kader. Élu à l'Assemblée constituante (avril 1848), Lamoricière rentre en France. Après avoir combattu les insurgés de Juin, il prend le portefeuille de la Guerre dans le ministère formé par le général Cavaignac. Adversaire résolu de Louis-Napoléon Bonaparte, Lamoricière est arrêté, puis expulsé, après le coup d'État de décembre 1851. En 1860, au soir de sa vie, il mettra son épée au service du pape mais sera sévèrement battu par les partisans de l'unité italienne.

28 janvier
Licenciement partiel de la garde nationale mobile, dont le nombre de bataillons passe de 25 à 12. Manifestation des gardes licenciés.
Dissolution du club de la Solidarité républicaine dirigé par Delescluze.
Rétablissement de la censure des spectacles.

29 janvier
Dans *Le Moniteur*, le président Louis-Napoléon Bonaparte se déclare solidaire de son gouvernement et prévient qu'en dépit du vote du 27, la politique suivie ne sera pas modifiée. Au matin, la troupe commandée par Changarnier cerne le Palais-Bourbon où doit être discutée la motion Rateau sur la dissolution anticipée de l'Assemblée constituante le 19 mai. Manœuvre d'intimidation ou tentative larvée de coup d'État dirigée depuis l'Élysée ? Des députés envisagent un moment de confier la défense du Palais-Bourbon au général Lamoricière, mais Barrot intervient pour justifier le déploiement des troupes par l'agitation de la garde mobile et des clubs. Les troupes de Changarnier regagnent leurs quartiers.

4 février
L'Assemblée interpelle le ministre de l'Intérieur, Faucher, qu'elle accuse de soutenir les partisans d'une dissolution de la Constituante. « Laissez-moi tranquille avec vos interpellations perpétuelles », réplique Faucher. L'Assemblée envisage le vote d'une motion de défiance.

5 février
Le Moniteur annonce que le ministère ne démissionnera pas.
Jules Simon, au nom de la commission formée le 5 janvier, présente un projet de loi sur l'instruction primaire et sur les écoles privées (largement favorable à ces dernières).

8 février
L'Assemblée constituante repousse une proposition de vote immédiat sur le projet Simon.

9 février
Proclamation de la République romaine. La France refuse de reconnaître le nouveau régime.

14 février
Adoption de la proposition Rateau sur la dissolution anticipée de l'Assemblée constituante au 19 mai (présentée le 28 décembre 1848) : l'Assemblée décide qu'avant de se séparer elle fera

trois lois organiques (loi électorale, organisation du Conseil d'État et loi sur la responsabilité du président et des ministres) et qu'elle votera le budget.

24 février
Morne célébration officielle du premier anniversaire de la IIe République. Dans de nombreuses villes, les républicains organisent des banquets. Il y a des troubles à Sète, Lyon, Auch, Limoges, etc.

2 mars
L'Assemblée constituante dénonce les nombreuses révocations de maires que le ministre de l'Intérieur, Faucher, prononce sans prendre l'avis du Conseil d'État (celui-ci restant à organiser).

3 mars
Loi organique sur le Conseil d'État. Ses membres, nommés par l'Assemblée, examinent tous les projets de loi déposés par le gouvernement et, s'il en est saisi, les projets présentés par les parlementaires. Il rédige les règlements d'administration publique, contrôle les administrations et juge le contentieux administratif. Un tribunal des conflits est institué pour trancher les litiges entre magistrats et administration.
L'inspecteur Louis Canler, qui avait mis un terme aux «exploits» de Lacenaire (guillotiné le 9 janvier 1836), devient chef de la Sûreté.

7 mars-2 avril
Les inculpés dans les événements du 15 mai 1848 sont jugés par la Haute Cour réunie à Bourges: le général Courtais est acquitté, Barbès et Albert sont condamnés à la déportation, Blanqui écope de dix ans de prison, Sobrier de sept, Raspail de six.

15 mars
Loi organique électorale: elle fixe les modalités de la confection des listes électorales, celles du vote, du dépouillement des bulletins et de la proclamation des résultats, détermine enfin les incompatibilités et les facteurs d'inéligibilité. La date des élections législatives est fixée au 13 mai.

20 mars
Le roi de Piémont-Sardaigne Charles-Albert est contraint par ses sujets de rompre l'armistice signé avec l'Autriche. La guerre pour l'indépendance de l'Italie reprend. Le 23 mars, Charles-Albert est écrasé à Novare et doit abdiquer en faveur de son fils, Victor-Emmanuel (24 mars). L'Autriche accorde un nouvel armistice mais prend des gages: ses troupes occupent une partie du Piémont, la Toscane et le nord des États pontificaux.

24 mars
Vote en première lecture d'une loi supprimant les clubs. Le vote définitif n'aura pas lieu avant la séparation de l'Assemblée constituante.

28 mars
Proudhon est condamné par contumace à trois ans de prison pour avoir injurié le président de la République dans une série d'articles. Bientôt arrêté, il restera incarcéré du 7 juin 1849 au 4 juin 1852.

avril
Lamartine fonde *Le Conseiller du peuple*, qui cessera de paraître après le coup d'État du 2 décembre 1851.

3 avril
L'Assemblée supprime l'indemnité allouée au général Changarnier au titre de commandant des gardes nationales du département de la Seine.

10 avril
Rapport de Barthélemy Saint-Hilaire (au nom de la commission formée le 12 juillet 1848) sur le projet Carnot de réforme de l'instruction primaire (30 juin 1848): il accepte l'obligation mais rejette la gratuité, réintroduit l'enseignement religieux, limite les facilités accordées par Carnot à l'ouverture d'écoles privées, mais admet des représentants de l'Église dans la commission chargée de délivrer des certificats de capacités aux responsables des écoles privées.

14 avril
La Hongrie, qui sous la direction de Kossuth s'est soulevée contre la domination autrichienne en mai 1848, proclame la déchéance des Habsbourg. Le 13 août, l'intervention conjointe des armées autrichiennes et russes mettra fin à l'indépendance hongroise.
Création, au théâtre de la République, d'*Adrienne Lecouvreur*, d'Ernest Legouvé, avec Rachel.

16 avril
Le président du Conseil Odilon Barrot s'engage à défendre l'intégrité du Piémont envahi par l'Autriche, mais garde le silence sur le sort de la République romaine proclamée le 9 février précédent que la France refuse toujours de reconnaître.
Mgr Dupanloup est nommé évêque d'Orléans.

Mgr Dupanloup

Félix-Antoine-Philibert Dupanloup (1802-1878) était le fils illégitime d'une fille de ferme. Son père resté inconnu pourvut cependant à son éducation, lui permettant d'entrer en 1821, après de brillantes études, au séminaire de Saint-Sulpice. Ordonné prêtre quatre ans plus tard, le jeune Dupanloup devient bientôt le prédicateur favori de la haute société, réputation encore accrue lorsqu'il eut persuadé Talleyrand mourant de faire sa paix avec l'Église. Protégé par l'archevêque de Paris, Mgr de Quelen, qui lui confie la direction du séminaire de Saint-Nicolas-du-Chardonnet, il est moins en faveur lorsque l'archevêché est confié à Mgr Affre (1840). Nommé au chapitre de Notre-Dame, Dupanloup consacre ses loisirs à préparer un long traité sur l'éducation, et se lance dans la politique, militant au côté de Montalembert pour la liberté de l'enseignement. Après 1848, il participe aux diverses commissions dont les travaux aboutiront au vote de la loi Falloux (15 mars 1850). Devenu évêque d'Orléans, élu à l'Académie française en 1854, Dupanloup se consacre dès lors à la défense des libertés de l'Église. En 1869, il dénonce vigoureusement la déclaration sur l'infaillibilité pontificale qu'adoptera le concile Vatican I le 18 juillet 1870. Élu à l'Assemblée nationale de 1870, son dernier combat sera pour plaider la cause d'une restauration des Bourbons.

21 avril
Prorogation jusqu'au 1er août de la loi du 9 août 1848 sur le cautionnement des journaux, qui sera cependant suspendue pendant les quarante-cinq jours précédant les élections générales.

25 avril
La République française vole au secours du pape: 12000 soldats français commandés par le général Oudinot débarquent à Civitavecchia mais sont bientôt arrêtés par l'artillerie des troupes républicaines de Mazzini qui défendent les accès de Rome (27 avril). Oudinot assiège la ville.

mai
Épidémie de choléra.

7 mai
Par 328 voix contre 241, l'Assemblée constituante condamne l'intervention française à Rome (25 avril).

9 mai
Rumeurs de coup d'État (Morny et Changarnier ont de fait pris contact avec Bugeaud qui a donné son accord de principe). Marrast, président de l'Assemblée, demande deux bataillons pour protéger les représentants.

9-11 mai
Débat à l'Assemblée sur le renforcement des moyens militaires pour le siège de Rome. Ledru-Rollin réclame la mise en accusation du président de la République et des ministres; Barrot obtient l'ordre du jour, par 329 voix contre 292.

13-14 mai
Élections législatives. Les Français sont appelés à élire 750 représentants au scrutin de liste départemental majoritaire à un tour, procédure favorable à la bipolarisation des forces politiques.
La «droite» (légitimistes, orléanistes, catholiques militants entraînés par Montalembert) a regroupé ses forces au sein de l'Union libérale. Celle-ci a reçu le soutien d'une grande partie de l'épiscopat. Même si le président n'a pas pris publiquement parti, les candidats de l'Union se réclament de son patronage, et le pouvoir est représenté auprès de l'Union libérale par plusieurs proches de Louis-Napoléon Bonaparte, Morny, Persigny et le général Piat. Un mot d'ordre: «Ordre, propriété, religion», guerre aux «partageux» et aux «rouges».
En face: le comité démocratique socialiste, fondé par Ledru-Rollin et les 58 députés de la gauche sortants. Félix Pyat a rédigé la plate-forme électorale des démoc-soc: liberté de la presse et de réunion; abolition de la peine de mort; extension du principe électif; suppression de la magistrature présidentielle et stricte subordination de l'exécutif au législatif; progressivité de l'impôt; droit au travail; nationalisation des chemins de fer, des assurances et des mines. Les hommes du *National* enfin, ceux de la République de Février, dont l'échec a été si cuisant aux présidentielles de décembre, ont fondé une Association des Amis de la Constitution. 68 % des électeurs ont voté.
Les candidats de l'Union libérale obtiennent 53 % des suffrages exprimés, les démocrates-socialistes 35 %, les républicains modérés étant laminés avec à peine plus de 10 % des voix.
713 sièges sur 750 (compte tenu des élections multiples) sont pourvus: le parti de l'ordre compte 450 élus (64 %, contre 34 % dans l'Assemblée constituante), la gauche démocrate-socialiste 180 (25 %, contre 11 % en avril 1848). Les républicains du *National* sont les grands perdants: ils avaient obtenu 55 % des sièges en avril 1848, ils n'en ont plus que 11 % en 1849: 80 députés. Ni Lamartine, ni Garnier-Pagès, ni Marrast, ni Marie, ni Goudchaux n'ont été réélus. La France apparaît coupée en deux parties: l'une, au nord d'une ligne

grossière allant de La Rochelle à Metz, a voté pour le parti de l'ordre, l'autre, au Sud, a donné leurs meilleurs scores aux démocrates-socialistes. La progression des votes démocrates-socialistes, spectaculaire même si les 200 élus que l'on peut ranger sous cette étiquette n'ont aucune chance d'influer sur la conduite des affaires face aux bataillons serrés du parti de l'ordre, fait souffler un vent de panique sur la Bourse: le cours de la rente 5 % s'effondre de 5 points.

17 mai
Le pape Pie IX interdit la tenue d'un concile national réclamée en juillet 1848 par un manifeste signé par 63 évêques. Il autorise seulement la réunion de conciles provinciaux.

27 mai
Séparation de l'Assemblée constituante.

28 mai
Réunion de l'Assemblée législative. Dupin, l'inamovible président de la Chambre sous la monarchie de Juillet (1832-1839), est à nouveau élu. Il s'y maintiendra jusqu'au coup d'État du 2 décembre 1851.

1er juin
L'Ère nouvelle, l'organe d'un catholicisme libéral marginalisé depuis l'insurrection de Juin 1848, cesse de paraître: 20000 exemplaires en juin 1848 encore, 3 200 en février 1849.

2 juin
Démission du ministère Barrot et formation du second ministère Barrot (président du Conseil et Justice): Dufaure (Intérieur), Tocqueville (Affaires étrangères), Passy (Finances), Rulhières (Guerre), Destutt de Tracy (Marine et Colonies), Falloux (Instruction publique et Cultes), Lacrosse (Travaux publics), Lanjuinais (Agriculture et Commerce).

10 juin
À Toulouse, manifestations contre l'intervention française en Italie.

11 juin
Ledru-Rollin renouvelle sa demande de mise en accusation du président et du gouvernement. Sa motion est repoussée par 361 députés contre 203. Il menace: « La Constitution violée sera défendue par nous, même les armes à la main. »

12 juin
L'Assemblée législative poursuit la discussion sur l'intervention française à Rome. Violents échanges entre Ledru-Rollin et Tocqueville soutenu par Thiers.

13 juin
120 députés signent un manifeste appelant les citoyens à prendre les armes pour défendre la République menacée par le gouvernement et la majorité de l'Assemblée législative. Le cortège, plus maigre que ne l'escomptaient Ledru-Rollin et ses amis, et sans armes, se forme au Panthéon et se dirige sur l'Assemblée, via les boulevards. Les troupes mobilisées par Changarnier chargent les manifestants alors que ceux-ci défilent sur les boulevards. Un manifestant est tué. L'Assemblée vote l'état de siège. Ledru-Rollin et une vingtaine d'autres députés se réfugient dans les locaux du Conservatoire des Arts et Métiers où ils sont bientôt encerclés. Ledru-Rollin réussit à s'échapper (il se réfugiera en Angleterre, d'où il ne rentrera qu'en 1870), une dizaine de députés sont arrêtés. Les bureaux du *Peuple*, le journal de Proudhon, sont mis à sac. Cinq autres journaux sont suspendus: *La Démocratie pacifique*, *La Réforme*, *La République démocratique et sociale*, *La Tribune du peuple*, *La Vraie République*. Dans la soirée, Louis-Napoléon Bonaparte est acclamé sur les boulevards. 31 députés, pour la plupart en fuite, seront déférés devant la Haute Cour. Brisée à Paris, l'agitation se poursuit en province. Les manifestations tournent à l'émeute à Lyon (plusieurs dizaines de victimes, plus d'un millier d'arrestations) où l'état de siège est instauré le 15. Les démocrates-socialistes organisent également des manifestations à Grenoble, Strasbourg, Perpignan.

18 juin
Projet de loi Falloux sur l'instruction primaire et secondaire. Falloux propose de dépouiller l'Université de son monopole et de sa personnalité civile, de faire entrer le clergé dans le Conseil supérieur substitué au Conseil de l'Université qui supervisera l'enseignement public et privé, de coiffer les recteurs par un conseil académique présidé par le préfet et l'évêque. Le projet fait droit à la plupart des revendications des partisans de la liberté de l'enseignement. Au niveau primaire, il ne prévoit la gratuité que pour les enfants d'indigents. Le projet est renvoyé à une commission présidée par Thiers et Beugnot.
En Allemagne, dissolution du Parlement de Francfort qui, après que Frédéric-Guillaume IV de Prusse eut refusé la constitution du Reich, s'était

réfugié à Stuttgart. Les troubles qui suivent sa dissolution sont vigoureusement réprimés (300 opposants sont tués à Dresde).

19 juin
Une loi autorise pour un an le gouvernement à interdire les clubs et les réunions publiques dont les activités mettraient en danger la sécurité publique.

juillet-août
Nombreux déplacements du président de la République en province. Sa popularité, la ferveur bonapartiste qui se manifeste à chaque fois l'obligent à se défendre publiquement de vouloir perpétrer un nouveau 18 Brumaire.

3 juillet
Capitulation de Rome. Garibaldi, qui commandait la Légion italienne, évacue la ville.

7 juillet
L'Assemblée avalise le double commandement exercé par le général Changarnier sur la garde nationale de la Seine et les troupes de ligne de la division militaire de Paris.

8 juillet
Élu dans le Loiret et en Saône-et-Loire, Lamartine fait sa rentrée à l'Assemblée.

9 juillet
Victor Hugo présente le rapport sur la proposition d'Armand de Melun qui, soutenue par Louis-Napoléon Bonaparte, vise à « rechercher les moyens pratiques d'améliorer la situation morale et matérielle du peuple » : « Cette misère, cette immense souffrance publique, est aujourd'hui toute la question sociale, toute la question politique. » Le parti de l'ordre accueille avec des « murmures » le discours prononcé par Hugo. Les propositions faites par Melun ne seront jamais adoptées.

14 juillet
Le général Oudinot proclame la fin de la République romaine et le rétablissement de Pie IX, lequel s'empresse de remercier les « armées catholiques » qui se sont portées à son secours (17 juillet), et de révoquer les concessions qu'il a été contraint de faire avant d'être renversé.
Lamartine : *Histoire de la révolution de 1848.*

27 juillet
Une loi sur la presse maintient le cautionnement (rétabli le 9 août 1848), soumet toutes les formes de colportage à l'autorisation préalable des préfets ; elle élargit la liste des délits passibles de poursuites, notamment aux offenses envers le président de la République, aux souscriptions destinées à payer les amendes et aux incitations à la désobéissance concernant les militaires. La loi provoque la disparition de nombreux journaux.

4 août
George Sand : *La Petite Fadette.*

7 août
Le général Oudinot, qui ne s'est pas opposé au rétablissement de l'ancien régime dans les États pontificaux, est rappelé et remplacé par Rostolan.

8 août
L'Assemblée législative annule les révocations de magistrats prononcées après la révolution de Février 1848.

9 août
Loi sur l'état de siège.

22 août
Les Autrichiens reprennent Venise. Le royaume de Piémont-Sardaigne, où règne désormais le jeune Victor-Emmanuel II, échappe seul en Italie à l'occupation autrichienne.

7 septembre
Le Moniteur publie une lettre du président de la République Louis-Napoléon Bonaparte dénonçant la réaction qui a suivi le rétablissement du pape et enjoignant Pie IX de prononcer une amnistie, de séculariser l'administration et de nommer un gouvernement libéral. La publication de cette lettre provoque la démission de Falloux. Lanjuinais assure l'intérim au ministère de l'Instruction publique.

12 septembre
Pie IX fait partiellement marche arrière : il accorde une amnistie limitée et l'établissement de conseils élus consultatifs.

17 septembre
Réunion du concile provincial de Paris. Quelques jours plus tard se réunit un autre concile provincial à Reims. D'inspiration gallicane, ces conciles, qui se multiplient, ont cependant pour effet de révéler le progrès des idées ultramontaines au sein du clergé.

1er octobre
Publication, dans *Le Constitutionnel*, du premier *Lundi* de Sainte-Beuve. Les *Causeries du lundi* paraîtront en 15 volumes de 1851 à 1862.

Sainte-Beuve

Monté à Paris pour entreprendre des études de médecine, Charles-Augustin Sainte-Beuve (1804-1869) collabore au Globe *en écrivant des critiques littéraires. Lié à Victor Hugo, il contribue à l'essor du mouvement romantique, notamment par son premier ouvrage, publié en 1828* (Tableau historique et critique de la poésie française au XVIe siècle), *dans lequel il rattache le romantisme à une tradition nationale remontant au XVIe siècle. En 1834, Sainte-Beuve publie* Volupté *et se sépare des romantiques. Désormais il se consacre à la critique littéraire, sans toujours faire preuve de beaucoup d'équité ni de générosité:* Critiques et portraits littéraires *(1836-1839),* Portraits de femmes *(1844),* Portraits contemporains *(1846),* Derniers Portraits littéraires *(1852), et surtout* Causeries du lundi *(1851-1862) et* Nouveaux Lundis *(1863-1870). Auteur entre 1840 et 1859 d'une imposante histoire de* Port-Royal *et du jansénisme, Sainte-Beuve, sous le Second Empire, enseigne à l'École normale (1857-1861) et siège au Sénat (1865-1869).*

20 octobre
Le président de la République Louis-Napoléon Bonaparte fait volte-face à propos de la politique pontificale et approuve les mesures limitées prises par Pie IX le 12 septembre.

31 octobre
Louis-Napoléon contraint son président du Conseil Odilon Barrot et les autres ministres à donner leur démission, et annonce la formation d'un gouvernement qui ne sera responsable que devant lui, l'Assemblée étant invitée à se cantonner dans ses attributions législatives. Le général d'Hautpoul, placé à la tête du nouveau gouvernement, ne prend pas le titre de président du Conseil mais celui, beaucoup plus significatif de la volonté de Louis-Napoléon d'assumer lui-même la direction des affaires, de « vice-président »: d'Hautpoul (vice-président et Guerre), Rouher (Justice), Ferdinand Barrot (Intérieur), Fould (Finances), Parieu (Instruction publique et Cultes), Desfossés (Marine et Colonies), J.-B. Dumas (Agriculture et Commerce), Bineau (Travaux publics). Rayneval, pressenti pour les Affaires étrangères, refuse: le poste est confié à La Hitte le 17 novembre. Rouher et Ferdinand Barrot s'attaquent aussitôt à l'épuration de l'administration préfectorale et judiciaire pour y placer des « hommes du président ».

8 novembre
Pierre Carlier est nommé préfet de police.

13-15 novembre
La Haute Cour juge 67 accusés, dont 31 députés, pour leur participation aux événements du 13 juin. 30 seulement sont présents sur le banc des accusés. Les 37 contumaces, dont la plupart des 31 députés mis en accusation (parmi lesquels Ledru-Rollin, Victor Considerant et Félix Pyat), sont condamnés à la déportation en Algérie. Les 30 accusés présents sont condamnés à des peines de prison ou à la déportation. En décembre, le conseil de l'ordre des avocats de Paris sanctionnera plusieurs des défenseurs des accusés, notamment Crémieux, pour avoir invoqué le droit d'insurrection.

15 novembre
La direction de la Comédie-Française, jusqu'alors confiée à un comité, est déléguée à un administrateur nommé par le gouvernement. Arsène Houssaye est désigné.

22 novembre
Première, au théâtre des Variétés, de *La Vie de bohème* d'Henry Murger et Théodore Barrière.

27 novembre
Une loi contre les coalitions d'ouvriers rétablit la loi Le Chapelier de 1791 et les articles du Code pénal de 1810 qui interdisent les grèves.

11 décembre
Les insurgés de Juin 1848 condamnés à la déportation et provisoirement détenus à Belle-Île se révoltent.

24 décembre
Le Conseil d'État remet son rapport sur le projet de loi Falloux. La plupart des amendements apportés au texte initial ont pour objet de préserver l'autorité de l'Université et de renforcer le contrôle de l'État sur l'enseignement privé. Le 31, la commission de l'Instruction publique Thiers-Beugnot dépose un nouveau rapport qui rejette la plupart des amendements introduits par le Conseil d'État et rétablit le texte primitif présenté par Falloux le 18 juin.

autres événements
• Hippolyte Fizeau (1819-1896) réalise, par la méthode de la roue dentée, la première mesure de la vitesse de la lumière faite sur des bases terrestres (en 1676, les calculs de Römer avaient pris pour base l'observation des ellipses des satellites

de Jupiter). Un an après Fizeau, Léon Foucault (1819-1868) obtient le même résultat, mais par la méthode du miroir tournant. En 1845, Fizeau et Foucault avaient réalisé le premier daguerréotype du Soleil. En 1851, Léon Foucault démontrera le mouvement de rotation de la Terre; inventeur du gyroscope en 1852, il inventera en 1857 le télescope à miroir parabolique.

1850

1er janvier
Jérôme Bonaparte, le dernier des frères de Napoléon Ier encore en vie, est fait maréchal de France.

11 janvier
Adoption, par 385 voix contre 223, de la loi Parieu présentée le 13 décembre précédent qui défère aux préfets la nomination et la révocation des instituteurs, lesquelles, depuis 1833, étaient du ressort du comité d'arrondissement.

12 janvier
George Sand: *François le Champi.*

14 janvier
Ouverture de la discussion sur le projet de loi Falloux.

15 janvier
Discours de Victor Hugo contre la loi Falloux et le risque d'une division durable de la France en deux camps.

24 janvier
Une loi ordonne l'envoi immédiat en Algérie, pour dix ans, des condamnés à la transportation de Juin 1848, qui sont toujours détenus à Belle-Île.

2 février
Réintégration des magistrats de la Cour des comptes révoqués le 1er mai 1848.

8 février
L'Assemblée déclare vacants les sièges des 31 parlementaires condamnés dans l'affaire du 13 juin 1849. Les élections partielles organisées pour les remplacer sont fixées au 10 mars.

mars
Une loi permet de dissoudre les sociétés de secours mutuels qui ne poursuivraient pas « un but purement bienfaisant ».

9 mars
Jean-Baptiste Dumas est remplacé au ministère de l'Agriculture et du Commerce par Bonjean.

10 mars
Élections législatives partielles pour remplacer les 31 condamnés du 13 juin. À la surprise générale, la gauche remporte 21 sièges sur 31, notamment les trois sièges qui étaient à pourvoir dans la Seine (François Vidal, Paul de Flotte, tous deux journalistes socialistes, et Hippolyte Carnot). L'Assemblée invalide six des dix élus (tous de gauche) du département de la Saône-et-Loire. De nouvelles élections sont fixées au 28 avril dans ce département et dans celui de la Seine, où Vidal a opté pour le Bas-Rhin.

15 mars
Baroche remplace Ferdinand Barrot au ministère de l'Intérieur.
Adoption de la loi Falloux par 399 voix contre 237. Dans l'enseignement primaire, la gratuité est accordée aux seuls indigents.
L'accès du clergé aux fonctions d'instituteur est favorisé: les membres des congrégations ne doivent plus obtenir nécessairement un brevet de capacité, le baccalauréat, un certificat de stage ou la qualité de ministre du culte étant déclarés suffisants; quant aux religieuses, elles peuvent enseigner avec une simple lettre d'obédience. Le nombre des religieuses, dont les deux tiers se consacrent à l'enseignement, passe de 66000 en 1850 à 104000 en 1861 et 130000 en 1878.
Les instituteurs sont placés sous la surveillance du maire et du curé et peuvent être révoqués par le préfet. La part de la religion dans l'enseignement primaire est augmentée. Les écoles normales ne sont pas supprimées mais sont mises à la charge des conseils généraux.
Dans l'enseignement secondaire les lycées subsistent, mais tout bachelier peut désormais ouvrir une école secondaire privée.
La loi Falloux entraîne la multiplication des écoles confessionnelles (257 créées entre 1850 et 1852). Simultanément elle brise l'Université. Celle-ci perd la personnalité civile qui était la sienne. Les académies provinciales sont remplacées par des académies départementales dont les recteurs perdent une grande partie de leur autorité, notamment en matière de sélection du personnel enseignant, celle-ci passant souvent sous le contrôle de l'évêque, membre de droit du conseil académique. L'ensemble du système est coiffé par un Conseil supérieur dans lequel le clergé est représenté.

La loi Falloux aura deux conséquences principales: elle entraînera une association plus étroite entre la défense de la laïcité et les idées démocratiques; en favorisant le développement d'un enseignement confessionnel et, par réaction, la «crispation» anticléricale des lycées, elle accroîtra le fossé qui sépare les deux écoles et les «deux jeunesses».
La loi Falloux s'inscrit dans un climat d'embellie pour l'Église: les vocations se font plus nombreuses, le clergé rajeunit. On dénombrait 36000 prêtres en 1814, ils sont 44000 en 1848, ils seront 56000 en 1870. Cette Église rajeunie se fait aussi plus active, avec la réunion de synodes diocésains, de conférences ecclésiastiques et avec les grands rassemblements auxquels donnent lieu processions et pèlerinages. Ces derniers, comme le regain pour le culte des reliques et le progrès général des idées ultramontaines, montrent que le XVIIIe siècle est bien mort. Le gallicanisme, si puissant encore sous la Restauration, devient presque résiduel: si l'épiscopat en reste imprégné, la grande majorité des prêtres se tourne vers Rome.

23 mars
Daniel Stern (pseudonyme de Marie d'Agoult): *Histoire de la révolution de Février 1848* (1850-1853).

MARIE D'AGOULT

*Marie de Flavigny, comtesse d'Agoult (1805-1876), a provoqué un énorme scandale lorsque, en 1835, elle a quitté son mari pour suivre Franz Liszt, auquel elle donnera trois enfants, dont Cosima, la future épouse de Wagner. Après sa rupture avec Liszt en 1844, elle rentre en France, écrit des romans (*Nélinda *notamment, en 1846, évocation à peine transposée de sa liaison avec le compositeur) et des articles qu'elle signe du pseudonyme de Daniel Stern. Son* Histoire de la révolution de Février 1848, *écrite au lendemain des événements, reste un modèle d'«histoire immédiate», genre risqué entre tous, et l'un des meilleurs témoignages, parmi les mieux informés et les plus lucides, sur cette époque. Ses* Souvenirs *seront publiés après sa mort, en 1877.*

28 avril
Élections législatives partielles. Les six députés de gauche de la Saône-et-Loire invalidés en mars sont triomphalement réélus. À Paris, la gauche remporte le siège laissé vacant par Vidal: Eugène Sue est élu par 127 812 voix contre 119 726 à son concurrent conservateur. L'élection de l'auteur des *Mystères de Paris* fait figure de symbole; boursiers et épargnants croient au retour de la révolution: la rente 5 % fléchit, les épargnants se ruent aux guichets.

4 mai
L'Assemblée rejette une proposition de Crémieux pour célébrer la proclamation de la République le 4 mai 1848.

29 mai
La police intervient pour disperser une assemblée de l'association d'instituteurs et d'institutrices fondée par Pauline Roland et Jeanne Deroin.

31 mai
Adoption, par 433 voix contre 241, d'une loi présentée par Léon Faucher qui réforme la législation électorale en vigueur. Le droit de vote est subordonné à trois ans de résidence continue dans la même commune (au lieu de six mois). D'autres articles subordonnent l'électorat à l'inscription sur le rôle de la taxe personnelle et à l'absence de toute condamnation même minime. Le nombre des électeurs passe de 9618000 à 6809000. À Paris, l'épuration du corps électoral est encore plus brutale: de 224000 à 74000. Une campagne de pétitions contre cette loi a réuni un demi-million de signatures.

6 juin
Prorogation jusqu'au 21 juin 1851 de la loi du 19 juin 1849 contre les clubs. Les dispositions en sont étendues aux réunions électorales.

18 juin
Création d'une caisse des retraites, financée par les versements volontaires des salariés.

24 juin
L'Assemblée accorde, à la courte majorité de 354 voix contre 308, et après un long débat, l'allocation supplémentaire pour frais de représentation de 2400000 francs demandée par le président de la République Louis-Napoléon Bonaparte.

30 juin
Une loi précise les missions de la Banque de France (escompte et émission de papier-monnaie).

juillet
Un député bonapartiste, le général Jacques-Philippe Delmas de Grammont, fait voter une loi qui réprime les mauvais traitements infligés «en public» à des animaux «domestiques»: la loi

Grammont vise d'abord à protéger les chevaux. Le vote de cette loi suit de quelques années la naissance de la Société protectrice des animaux, fondée en 1846 par un médecin, le docteur Parisot, sur le modèle de la Royal Society for the Prevention of Cruelty to Animals (fondée à Londres en 1824 et devenue Société Royale en 1840, grâce à la protection de la reine Victoria).

16 juillet
Loi sur la presse : le montant du cautionnement est fixé, selon la périodicité des journaux et le lieu de publication, de 1800 francs à 24000 francs ; le droit de timbre est rétabli ; les articles doivent être signés par leurs auteurs ; des dispositions restrictives s'ajoutent à celles qui limitent déjà le colportage.

30 juillet
Établissement d'une censure des gravures et prorogation pour un an de celle des spectacles (rétablie le 28 janvier 1849). La loi sur les spectacles sera renouvelée le 30 juillet 1851, et deviendra définitive le 30 décembre 1852. En 1852, sur 682 pièces examinées par les censeurs, 323 seront renvoyées à leurs auteurs pour « corrections » et 59 interdites.

août-septembre
Louis-Napoléon Bonaparte entreprend un tour de France qui le conduit à Dijon, Lyon, Strasbourg, puis en Normandie. Partout le président rappelle qu'il est l'élu du suffrage universel et suggère ainsi qu'il est hostile à la nouvelle loi électorale du 31 mai précédent. En même temps, il demande aux préfets d'organiser un mouvement de pétitions en faveur d'une révision constitutionnelle qui autoriserait le renouvellement du mandat présidentiel (en principe non renouvelable) pour une durée de dix années. 52 conseils généraux se prononcent pour la révision.

11 août
Les 84 représentants appartenant à la « Montagne parlementaire » signent un « Manifeste de la Montagne » qui désavoue toute action illégale et désapprouve la résurgence des sociétés secrètes à laquelle on assiste dans certaines régions (Lyon, le Sud-Est) depuis le vote de la loi électorale du 31 mai. Ils sont soutenus par Proudhon. 24 autres représentants, qui forment la « Nouvelle Montagne » et qui sont inspirés par Ledru-Rollin et Louis Blanc depuis leur exil londonien, préconisent une stratégie inverse.

18 août
Mort de Balzac.

26 août
Mort de Louis-Philippe au château de Claremont (Surrey). Louis-Philippe ayant toujours refusé de sacrifier les droits au trône de son petit-fils, le comte de Paris, la mort du roi déchu rend l'espoir aux orléanistes (Guizot) et aux légitimistes (Berryer) partisans d'une « fusion » entre la branche aînée des Bourbons et la branche cadette des Orléans. À tort : l'intransigeance du comte de Chambord, petit-fils de Charles X, alors âgé de 30 ans, qui refuse tous les symboles et tous les principes de 1789, fait échouer les tentatives de rapprochement.

BERRYER

Avocat brillant et admiré, qui avait commencé sa carrière en assistant son père dans la défense du maréchal Ney en 1815, Pierre-Antoine Berryer (1790-1868) avait été élu député en janvier 1830. Bientôt remarqué pour un discours en faveur des droits de la Couronne, Berryer avait été l'un des rares légitimistes à accepter de prêter serment à Louis-Philippe, sans toutefois rien renier de sa fidélité aux Bourbons. Entre 1830 et 1848, Berryer est, par son éloquence, sa chaleur et son esprit, le plus remarquable défenseur d'une cause perdue : celle de la légitimité. Sous la IIe République, il siège aux Assemblées, se consacrant à la réunion des divers courants de la droite au sein du comité de la rue de Poitiers (20 mai 1848). Le 2 décembre 1851, le coup d'État du second Bonaparte interrompt soudainement une carrière parlementaire vieille de vingt ans déjà, à laquelle Berryer ajoutera un dernier chapitre quelques années avant sa mort (1863-1868).

10 octobre
Revue militaire au camp de Satory. Une vive altercation oppose le général d'Hautpoul, qui veut faire crier « Vive le président », au général Changarnier qui s'y oppose.

22 octobre
D'Hautpoul, qui n'a pu obtenir du président de la République la destitution de Changarnier, démissionne. Il est remplacé au ministère de la Guerre par le général Schramm et reçoit le poste de gouverneur général en Algérie.

26 octobre
Le pasteur G. de Felice publie une *Histoire des protestants de France, depuis la Réformation jusqu'à présent.* En 1852, Charles Read fondera la Société de l'histoire du protestantisme français.

novembre
L'Autriche reconstitue sous sa présidence la Confédération germanique. L'éventualité de la création d'un empire allemand autour de la Prusse est, semble-t-il, écartée.

2 novembre
Le général Neumayer, qui le 10 octobre a interdit aux fantassins d'acclamer le président, est muté à Rennes. Changarnier prend sa défense.

18 novembre
Baroche lit à l'Assemblée un message du président: Louis-Napoléon Bonaparte réaffirme solennellement son attachement à la légalité, tout en disant espérer que l'Assemblée entendra les vœux exprimés en faveur de la révision constitutionnelle.

29 novembre
Une proposition (orléaniste) d'abrogation des lois d'exil, qui devait être discutée le lendemain, est ajournée au 1er mars 1851.

6 décembre
Loi autorisant les particuliers à prendre l'initiative des demandes de partage des communaux.

autres événements
• Au Salon, Gustave Courbet fait scandale avec son monumental *Enterrement à Ornans*, toile-manifeste de la nouvelle école réaliste.

L'école réaliste

Le réalisme pictural a été préparé par le romantisme et ses principes de liberté et de vérité, par la multiplication des images, estampes ou photographies, par le rejet du pathos et de l'excès. Trois artistes illustrent inégalement cette révolution qui coïncide à peu de chose près avec la rupture politique de 1848.
Gustave Courbet (1819-1877) est l'homme des combats réalistes. Originaire de Franche-Comté, il se forme hors du moule académique, dans des circonstances mal connues: on décèle des accents de romantisme dans ses Autoportraits *de jeunesse; il fréquente beaucoup les musées, mais regarde aussi les estampes populaires; s'il voyage en Hollande, il n'accomplit pas le traditionnel pèlerinage en Italie… Son premier grand succès date du Salon de 1848 où il présente* L'Après-dîner à Ornans, *tableau austère, sombre et sans « sujet » qui est acquis par l'État.* Un enterrement à Ornans, *dans un format gigantesque – celui des grands tableaux de David – réunit autour d'une tombe fraîchement creusée tout un village: curé, bedeaux, enfants de chœur, fossoyeurs, notables et paysans. Courbet donne à ces silhouettes la dignité des personnages de la grande Histoire. Ce tableau déclenche de vives polémiques. Certains accusent Courbet, qui avait affirmé en 1849 que le moment était venu d'« encanailler l'art », d'être l'apôtre du laid. Les années de combat, les années difficiles continuent jusqu'en 1855. Cette année-là, mécontent de la place que lui offre l'Exposition universelle – où triomphent Ingres et Delacroix –, Courbet se pose en rival. Il construit un pavillon indépendant aux portes de l'Exposition, le pavillon du réalisme, où ses œuvres sont accrochées au côté de son nouveau manifeste,* L'Atelier du peintre. *Autour de Courbet en train de peindre sont groupés les amis de l'artiste et des figures de réprouvés, puissants ou mendiants: tout s'organise autour du peintre-démiurge. Pendant le Second Empire, dont il refuse les avances, Courbet évolue: il peint des toiles plus claires, des paysages enneigés, des scènes de chasse, tous sujets politiquement neutres. Il réalise néanmoins quelques œuvres provocantes comme* Le Sommeil *ou* L'Origine du monde. *Courbet, dont la réputation est internationale, doit s'exiler après la Commune à laquelle il a pris part. Son combat a été relayé par des écrivains: Champfleury (*Le Réalisme, *1857) ou Proudhon (*Du principe de l'art et de son utilité sociale, *1865).*
Le deuxième grand peintre réaliste est Jean-François Millet (1814-1875). Son Vanneur *est très remarqué au Salon de 1848. Dans cette veine paysanne, il donne ensuite* Le Semeur, *avant ses chefs-d'œuvre,* Les Glaneuses *(1857) et* L'Angélus *(1858). Il y a dans le catalogue de Millet deux veines entrecroisées, l'une tragique, dans l'esprit des* Glaneuses (L'Homme à la houe), *l'autre plus tendre, parfois religieuse (*Le Greffeur, *1855). La dernière partie de la carrière de Millet est davantage consacrée au paysage (*L'Église de Gréville, *1871-1874). Il n'y a pas d'engagement social dans l'œuvre de Millet, différent en cela de Courbet. Millet recompose le réel à partir de la statuaire grecque et dans le souvenir des grands textes (la Bible, Homère, Hésiode).*
Le cas d'Honoré Daumier (1808-1879) est paradoxal. Pour ses contemporains, Daumier est un dessinateur de presse. Ses œuvres les plus remarquables datent du début de la monarchie de Juillet: Le Ventre législatif, Rue Transnonain… *Au fur et à mesure que la liberté de presse est limitée, Daumier devient l'observateur féroce des mœurs de la petite bourgeoisie*

(série des Gens de justice, *1845-1848, et des* Locataires et propriétaires, *1848): une* Comédie humaine *en dessins. Sa peinture fut très peu montrée. Il s'agit le plus souvent d'œuvres privées. Hors* La République *(1848), la thématique est celle du spectacle* (Drame) *et de la vie quotidienne* (Lavandière, L'Amateur d'estampes, Le Wagon de IIIe classe). *Daumier travaillait souvent d'après des figures qu'il modelait lui-même. Après les bustes des parlementaires juste milieu (1832-1835) à partir desquels il élabore les portraits-charges publiés par* La Caricature *et* Le Charivari, *il crée le personnage de* Ratapoil *(1850), statuette qui représente un agent provocateur du parti bonapartiste, et qu'il utilise dans ses lithographies. Daumier s'éteint dans la misère en 1879.*

• Philippoteaux: *Le Dernier Banquet des Girondins.*

1851

2 janvier
Changarnier conteste au président de l'Assemblée le droit de requérir des troupes.

3 janvier
Louis-Napoléon Bonaparte demande au gouvernement de prononcer la destitution de Changarnier. Les ministres refusent et présentent leur démission.

Changarnier

Sans goût pour le droit auquel le destinait son père, Nicolas-Anne-Théodule Changarnier (1793-1877) avait rejoint l'armée, s'illustrant lors de la campagne d'Espagne (1823) et de la prise d'Alger (1830) où il retourne en 1835, après cinq années languissantes passées en garnison à Perpignan avec pour tout loisir les duels qui opposent ce fervent légitimiste aux républicains locaux. Promu maréchal de camp en juin 1840, Changarnier, qui ne s'entend pas avec Bugeaud, regagne la France en 1843, retournant en Afrique lorsque Bugeaud résilie son commandement (1847). En dépit de son hostilité à la République, il offre ses services au gouvernement provisoire qui, le 29 avril 1848, le nomme gouverneur général en Algérie pour succéder à Cavaignac élu à l'Assemblée constituante. Il exerce ses fonctions un mois seulement: le 4 juin, les électeurs de la Seine l'envoient siéger à l'Assemblée constituante. Revenu à Paris, Changarnier combat les insurgés de Juin. Le 29, il prend le commandement de la garde nationale. Il est alors proche du président Bonaparte (élu le 10 décembre). Le 13 juin 1849, lorsque éclate une nouvelle insurrection, Changarnier fait preuve d'une détermination qui lui vaut de devenir très populaire dans le parti de l'ordre. Popularité telle qu'il s'imagine un grand destin. Il s'éloigne de plus en plus du président et se rapproche d'autant de l'Assemblée législative, prêt à jouer le rôle de recours providentiel que les circonstances, croit-il, imposeront. Dans les escarmouches qui opposent Bonaparte à l'Assemblée, il prend ouvertement le parti de cette dernière. Le 9 janvier 1851, la crise se dénoue: le président relève Changarnier de son double commandement. Changarnier endosse la toge du défenseur de la République contre la menace césariste. Arrêté le 2 décembre, banni le 9 janvier 1852, Changarnier émigre, consacrant ses sept années d'exil à tenter de rapprocher les royalistes en vue d'une restauration. En 1870, Napoléon III lui confie un dernier commandement (il a 77 ans). Changarnier, le Second Empire disparu, revient sur la scène politique, renouant avec le légitimisme de sa jeunesse.

9 janvier
Formation d'un nouveau ministère: Baroche (Intérieur), Fould (Finances), Parieu (Instruction publique et Cultes) et Rouher (Justice) conservent leurs portefeuilles. Drouin de Lhuys (Affaires étrangères), Regnaud de Saint-Jean-d'Angély (Guerre), Ducos (Marine et Colonies), Magne (Travaux publics), Bonjean (Agriculture, Industrie et Commerce). Un décret supprime le double commandement confié à Changarnier. Le commandement de la Ire division militaire est confié au général Baraguey d'Hilliers, celui de la garde nationale de la Seine au général Perrot.

18 janvier
L'Assemblée, conduite par Thiers qui dénonce le risque du rétablissement de l'Empire, vote une motion de défiance contre le nouveau ministère.

20 janvier
Démission du gouvernement nommé le 9 janvier.

21 janvier
Formation d'un gouvernement composé de « techniciens »: Royer (Justice), Vaïsse (Intérieur), Germiny (Finances), Charles Giraud (Instruction publique et Cultes), Randon (Guerre), Vaillant

(Marine et Colonies), Magne (Travaux publics), Schneider (Agriculture, Industrie et Commerce), Brenier (Affaires étrangères).

22 janvier
Loi sur l'assistance judiciaire gratuite.

3 février
L'Assemblée refuse de voter une nouvelle subvention de 1,8 million de francs en faveur du président de la République (396 voix contre 294).

22 février
Loi sur l'apprentissage.

1er mars
L'Assemblée refuse d'abroger la loi d'exil visant les descendants de Louis-Philippe.
Ouverture au public du réseau du télégraphe électrique.

14 mars
Le cours de Michelet au Collège de France est suspendu à cause des manifestations hostiles à Louis-Napoléon Bonaparte dont il est l'occasion. Du 14 au 20 mars, les étudiants manifestent contre cette mesure.

9 avril
Le Messager de l'Assemblée publie 11 poésies de Baudelaire sous le titre *Les Limbes*. Au mois de mars précédent, le même journal avait publié un essai de Baudelaire: *Du vin et du haschisch comparés comme moyens de multiplication de l'individualité.*

11 avril
Formation d'un nouveau gouvernement: Léon Faucher (Intérieur), Randon (Guerre), Magne (Travaux publics), Fould (Finances), Rouher (Justice), Baroche (Affaires étrangères), Chasseloup-Laubat (Marine et Colonies), Dombidau de Crouseilhes (Instruction publique et Cultes), Buffet (Agriculture, Industrie et Commerce). Le 12, l'Assemblée accorde sa confiance (à la courte majorité de 52 voix).

mai
Création à Paris d'un comité central pour la révision de la Constitution et la rééligibilité du président de la République.

16 mai
Charles Hugo publie dans *L'Événement*, fondé avec son frère François-Victor, un article contre la peine de mort: il écope de six mois de prison.

31 mai
Une pétition en faveur de la révision de la Constitution, rédigée par Montalembert et le duc de Broglie notamment, est déposée à l'Élysée.

1er juin
À Dijon, Louis-Napoléon Bonaparte dénonce «l'inertie» de l'Assemblée et les obstacles qu'elle oppose aux réformes.

13 juin
Loi sur la garde nationale. Elle prévoit l'exclusion de nombreuses catégories de citoyens et rétablit l'élection à deux degrés pour les grades supérieurs.

14 juin
Création à la Comédie-Française des *Caprices de Marianne* (1833) d'Alfred de Musset.

9 juillet
Tocqueville propose de réviser la Constitution de 1848. Armand de Melun lui succède à la tribune pour un rapport sur les pétitions adressées à l'Assemblée: 13 247 pétitions, revêtues de 1 123 625 signatures ont demandé la révision, dont 45 000 en faveur de la rééligibilité du président et 12 103 pour la prorogation immédiate de ses pouvoirs.

14-19 juillet
Débat sur la révision. Victor Hugo s'y oppose: «Quoi! Après Auguste, Augustule! Quoi! parce que nous avons eu Napoléon le Grand, il faut que nous ayons Napoléon le Petit!» Le 19, sur 724 votants, 446 se prononcent pour la révision de l'article interdisant la réélection du président, 278 votent contre. La révision est cependant rejetée: il a manqué 97 voix (543) pour obtenir la majorité des trois quarts exigée en pareil cas par la Constitution. L'Assemblée blâme la conduite des conseils généraux qui ont pétitionné en faveur de la révision.

30 juillet
La loi du 30 juillet 1850 sur la police des théâtres est prorogée jusqu'au 30 juillet 1852.

août
Procès, dit du «complot de Lyon», de membres de sociétés secrètes arrêtés à Lyon et dans le Sud-Est en août 1850. Sur le banc des accusés figure l'ancien représentant Adolphe Gent, qui sera condamné à la déportation dans les îles Marquises.
71 conseils généraux se prononcent encore en faveur de la révision. Un seul, celui du Vaucluse, demande explicitement le maintien de la République.

7 août
Une loi organise le fonctionnement des hôpitaux et des hospices publics, et la prise en charge gratuite des indigents.

14 août
Labiche: *Le Chapeau de paille d'Italie*, première au Palais-Royal. Le premier triomphe d'Eugène Labiche (1815-1888), déjà remarqué l'année précédente avec *Embrassons-nous Folleville*. Beaucoup d'autres succès suivront: *L'Affaire de la rue de Lourcine* (1857), *Le Voyage de M. Perrichon* (1860), *La Station Champ-Baudet* (1862), *La Cagnotte* (1864), *La Grammaire* (1867).

15 août
Angélique Brulon, née en 1772 et qui s'était illustrée en l'an II à Calvi dans les armées révolutionnaires où elle s'était enrôlée, est la première femme décorée de la Légion d'honneur.

20 août
Première réunion, à Saint-Cloud, en vue de préparer un coup d'État. Sont présents autour du président de la République Louis-Napoléon Bonaparte ses fidèles, Morny, Persigny, le préfet de police Carlier, Rouher et le général de Saint-Arnaud qui commande depuis le 15 août une division de l'armée de Paris. Le coup d'État est d'abord fixé avant la rentrée parlementaire de novembre, mais les hésitations de Carlier et les tergiversations de Saint-Arnaud forcent les conjurés à le reporter après le retour des députés.

28 août
La Dame aux camélias d'Alexandre Dumas fils, adaptation du roman paru en 1848, est interdite pour atteinte aux bonnes mœurs.

9 septembre
Saisie de *L'Événement* qui, dans un article de François-Victor Hugo, réclamait le droit d'asile pour les proscrits. L'auteur est condamné le 15 septembre à neuf mois de prison; il sera écroué le 18 novembre à la Conciergerie. Bénéficiant d'une remise de peine en avril 1852, François-Victor rejoindra avec son frère Charles son père en exil.

25 septembre
Dernière apparition, dans *Le Charivari*, de Ratapoil, agent électoral bonapartiste créé par Daumier.

8 octobre
Granier de Cassagnac déclare dans *Le Constitutionnel* que le président Louis-Napoléon Bonaparte va demander l'abrogation de la loi électorale du 31 mai 1850.

11-12 octobre
Soulèvements paysans dans la Nièvre et le Cher après l'arrestation de militants républicains.

14 octobre
Le président demande l'abrogation de la loi électorale du 31 mai 1850 et le rétablissement du suffrage universel. Léon Faucher, ministre de l'Intérieur, refuse d'engager le gouvernement: il est renvoyé.

17 octobre
Maupas remplace à la préfecture de police un Carlier trop peu sûr.

26 octobre
Formation d'un nouveau gouvernement: l'un des conjurés, Leroy de Saint-Arnaud, reçoit le portefeuille de la Guerre. Le général Magnan, ancien complice de Louis-Napoléon Bonaparte dans l'affaire de Boulogne, est nommé à la tête des troupes de Paris. Daviel (Justice), L. de Turgot (Affaires étrangères), Thorigny (Intérieur), Fortoul (Marine et Colonies), Giraud (Instruction publique et Cultes), Casabianca (Finances), Lefebvre-Duruflé (Agriculture et Commerce).

1er novembre
Dans une circulaire, Saint-Arnaud rappelle aux militaires leur devoir d'« obéissance passive ».

4 novembre
Le président de la République demande officiellement dans un message l'abrogation de la loi électorale du 31 mai 1850.

13 novembre
Par le score serré de 355 voix contre 348, l'Assemblée refuse d'abroger la loi électorale du 31 mai 1850. Rumeurs d'un coup d'État imminent.

17 novembre
L'Assemblée législative examine une proposition pour donner valeur de loi au décret du 11 mai 1848 autorisant le président de la Chambre à requérir la force armée pour défendre la représentation nationale. Les divisions entre royalistes et la haine de la gauche pour la majorité de droite profitent à Louis-Napoléon Bonaparte: la proposition est rejetée par 408 voix contre 300.

2 décembre
Coup d'État de Louis-Napoléon Bonaparte.

Le coup d'État du 2 décembre : fin de la IIe République

À 2 h du matin, le préfet Maupas remet aux commissaires de police la liste des personnes à arrêter : 16 députés et 62 militants républicains ou monarchistes jugés dangereux, parmi lesquels Changarnier, Thiers, Lamoricière, Bedeau et Cavaignac, se retrouvent sous les verrous. Le coup d'État est déclenché par le déploiement dans Paris de 50 000 soldats, l'occupation du Palais-Bourbon et celle de l'Imprimerie nationale dont les typographes, encerclés par l'armée, doivent imprimer deux proclamations qui sont affichées aux premières heures du jour sur les murs de la capitale. La première annonce la dissolution de l'Assemblée législative et du Conseil d'État, informe les Français qu'ils seront convoqués au mois de décembre pour approuver au suffrage universel une nouvelle Constitution répondant au besoin d'institutions « qui survivent aux hommes ». La seconde proclamation s'adresse à l'armée.
Vers 10 h, 218 députés se réunissent à la mairie du Xe arrondissement (aujourd'hui la mairie du VIIe). Protégés par des gardes nationaux en armes, ils proclament la déchéance et la mise en accusation du président et des ministres, et confient à Oudinot le commandement des forces armées. Mesures symboliques.
Vers 15 h, la troupe investit la mairie et arrête les représentants présents (parmi eux, Berryer, Tocqueville, Falloux, Odilon Barrot), qui sont conduits à la caserne du quai d'Orsay. Dans la soirée, les représentants qui ont échappé à la police, comme Victor Hugo, se réunissent pour lancer un appel à la résistance armée et nommer un « comité de résistance » (Hugo, Schoelcher, Hippolyte Carnot, Michel de Bourges, Madier de Montjau, Jules Favre et Flotte). Paris reste calme.

3 décembre
Dans la nuit, les 230 députés arrêtés la veille sont transférés au Mont-Valérien et à Vincennes. Les signataires de l'appel aux armes parcourent le faubourg Saint-Antoine, sans réussir à soulever les ouvriers qui assistent, passablement indifférents, à l'écroulement de la République. Les représentants dressent une barricade symbolique à l'intersection des rues Cotte et Sainte-Marguerite que la troupe balaie rapidement, tuant le représentant Victor Baudin. Des barricades s'élèvent cependant dans les quartiers du centre, de l'Hôtel de Ville à la porte Saint-Martin, à l'appel d'un comité central des corporations.
Formation d'un nouveau ministère : Morny (Intérieur), Rouher (Justice), L. de Turgot (Affaires étrangères), Fould (Finances), Saint-Arnaud (Guerre), Magne (Travaux publics), Ducos (Marine et Colonies), Fortoul (Instruction publique et Cultes), Lefebvre-Duruflé (Agriculture et Commerce).

3-4 décembre
Tandis que les prisons se remplissent d'insurgés capturés, les députés arrêtés le 2 sont libérés, à l'exception d'un petit groupe de Montagnards qui est transféré à la forteresse de Ham (Somme).

4-10 décembre
La troupe rétablit rapidement l'ordre dans les quartiers du centre. Sur les boulevards en revanche, une colonne ouvre le feu sur la foule pour des raisons inconnues : on relève plusieurs centaines de victimes, peut-être 400 morts et 500 blessés, il y a au moins un millier d'arrestations. De nombreux journaux (dont *Le National*) sont interdits, des journalistes emprisonnés. On compte au total, depuis le 2, environ 26 000 arrestations. La nouvelle du coup d'État provoque des soulèvements en province. Pour la plupart rapidement étouffés, ces mouvements s'étendent principalement à quatre régions : le Centre (Nièvre, Cher, Allier et quelques cantons de la Loire et de la Saône-et-Loire) ; le Sud-Ouest (Gers, Lot et Lot-et-Garonne) ; le Sud-Est, des Basses-Alpes et de la Drôme au Vaucluse et au Var ; le Languedoc. Soulèvements ruraux pour l'essentiel : les villes n'ont pas bougé ou presque. 32 départements sont mis en état de siège. Le calme revient dans la capitale dès le 5. Les chiffres officiels font état de 25 soldats, 175 insurgés et 8 « civils » tués. *Le Moniteur* du 30 août 1852 parlera de 380 « civils » tués. Selon le *Times*, le nombre des morts et des blessés aurait été d'au moins 1 200.

6 décembre
Le Panthéon est rendu au culte catholique.

8 décembre
Le président de la République Louis-Napoléon Bonaparte dénonce les insurgés comme des « insensés ». Un décret met en accusation les membres des sociétés secrètes.

11 décembre
Publication dans le *Times* de Londres d'un article de Tocqueville sur le coup d'État.
Les généraux Vaillant et Harispe, compagnons d'armes de Napoléon Ier lors des Cent-Jours, sont faits maréchaux de France.

Victor Hugo s'exile en Belgique où, le 23, il commence *Histoire d'un crime.*

HUGO

Le fils du général Joseph Hugo a publié son premier recueil de poèmes en 1822 (Odes et poésies diverses). *Dès lors, chaque année ou presque, Victor Hugo (1802-1885) livre au public un ouvrage en vers (*Odes et ballades, *1826;* Les Orientales, *1829), une œuvre dramatique ou un roman (*Han d'Islande, *1823;* Bug-Jargal, *1826;* Le Dernier Jour d'un condamné, *1829). « Je veux être Chateaubriand ou rien. » Comme Chateaubriand avait été le prophète du romantisme naissant dans les premières années du siècle, Hugo en devient l'un des chefs de file vers la fin des années 1820 lorsque, avec* Cromwell *(1827) puis* Hernani *(1830), il rompt avec le légitimisme de sa jeunesse et engage le mouvement romantique au côté d'un libéralisme jusqu'alors associé au classicisme hérité de la Révolution française. Hugo célèbre dès lors tant les idées libérales que la légende bonapartiste, subissant d'un côté l'influence de Sainte-Beuve, de l'autre celle du souvenir paternel. Les années 1830 sont pour lui celles d'une créativité exceptionnelle. En 1831, il publie un recueil de poèmes* (Les Feuilles d'automne), *un drame (*Marion Delorme, *écrit en 1829) et un roman* (Notre-Dame de Paris). *Suivent, dans le domaine poétique* Les Chants du crépuscule *(1835),* Les Voix intérieures *(1837),* Les Rayons et les ombres *(1840); dans le roman,* Claude Gueux *(1834); pour la scène,* Le Roi s'amuse *(1832),* Lucrèce Borgia *et* Marie Tudor *(1833),* Ruy Blas *(1838). Victor Hugo est élu à l'Académie française (après plusieurs tentatives infructueuses) en 1841. Hugo, toujours aussi éclectique en matière de convictions, flirte alors avec les idées républicaines tout en fréquentant assidûment les Tuileries et Louis-Philippe. Période peu productive concernant son œuvre, employée surtout à fréquenter les entours du pouvoir pour y chercher une gloire politique qui viendrait heureusement compléter une gloire littéraire déjà assurée. Le 13 avril 1845, il est élevé à la pairie. La révolution de 1848 lui offre l'opportunité de jouer un rôle politique. Lors des élections complémentaires du 4 juin 1848, il conquiert un siège à l'Assemblée constituante qu'il n'a d'ailleurs pas brigué. En août, révolté par la brutalité de la répression de l'insurrection de Juin, il se tourne vers Louis-Napoléon Bonaparte et fonde avec ses fils un journal,* L'Événement, *destiné à soutenir la candidature bonapartiste à l'Élysée. S'imagine-t-il devenir le mentor du neveu de l'Empereur, que les mieux disposés considèrent comme une marionnette ridicule, comme un jouet utile? Toujours est-il que réélu à l'Assemblée législative les 13-14 mai 1849, Hugo doit déchanter. Il ne tarde pas à s'opposer au président, qu'il s'agisse de l'expédition organisée en Italie pour rétablir le pape ou de la campagne pour la révision de la Constitution. C'est alors qu'il épingle Bonaparte d'un surnom qui passera à la postérité: Napoléon le Petit, devenu plus tard le titre d'un pamphlet écrit après le coup d'État du 2 Décembre, alors que Victor Hugo, frappé par le décret de bannissement du 9 janvier 1852, s'est exilé en Belgique, puis à Jersey. Commence alors un exil de près de vingt années, où il retrouve toute sa puissance créatrice. C'est à Jersey, puis à Guernesey, où il se fixe en 1855, qu'il écrit ses plus grandes œuvres en vers (*Les Châtiments, *1853;* Les Contemplations, *1856;* La Légende des siècles, *1859) et en prose (*Les Misérables, *1862;* Les Travailleurs de la mer, *1866;* L'Homme qui rit, *1869). Revenu en France après la chute du Second Empire, il est accueilli comme le symbole de la résistance à l'usurpateur. Véritable gloire nationale, il est triomphalement élu à l'Assemblée nationale en février 1871 mais en démissionne aussitôt et repart en exil. Élu sénateur de Paris en 1876, il rejoint son poste, consacrant ses dernières interventions à plaider en faveur de l'amnistie des communards, mais aussi à écrire (*Quatre-vingt-treize, *1874; deuxième et troisième séries de* La Légende des siècles, *1878 et 1883). Décédé le 22 mai 1885, Victor Hugo a droit à des funérailles nationales. Le 1er juin, son cercueil, exposé sous l'Arc de Triomphe, est conduit au Panthéon, en présence d'une foule immense, qui lui fait cortège huit heures durant.*

14 décembre

Premier numéro du *Public*, journal à un sou financé par l'Élysée et qui se veut « le journal de tout le monde ».

16 décembre

La Presse commence la publication des *Mémoires* d'Alexandre Dumas (jusqu'au 26 octobre 1853).

20 décembre

Cournot: *Essai sur les fondements de nos connaissances et sur le caractère de la critique philosophique.*

21-22 décembre
Plébiscite sur la question suivante: « Le peuple français veut le maintien de l'autorité de Louis-Napoléon Bonaparte et lui délègue les pouvoirs nécessaires pour établir une Constitution sur les bases proposées dans la proclamation [du 2 Décembre]. » 1 500 000 électeurs sont restés chez eux. 7 439 216 ont voté oui (contre 640 737 non et 36 880 bulletins nuls). On a voté au scrutin secret, mais l'armée quadrille les départements mis en état de siège, et les fonctionnaires, menacés de révocation, se sont transformés en agents électoraux particulièrement zélés. 132 981 Parisiens ont voté oui, mais on recense dans la capitale 80 691 non (près de 38 %).

29 décembre
Jules Simon est révoqué de sa chaire à la Sorbonne.

31 décembre
Proclamation officielle des résultats du plébiscite. « La France, déclare Louis-Napoléon Bonaparte, a compris que je n'étais sorti de la légalité que pour rentrer dans le droit. » Les délits de presse sont renvoyés au jugement des tribunaux correctionnels.

autres événements
• La France compte 35 783 170 habitants. La population s'est accrue de près d'un tiers depuis le début du siècle (un peu moins de 27350000 en 1801). Accroissement important, mais moins rapide que dans plusieurs autres pays européens (la population double presque en Angleterre et en Allemagne), et qui marque l'affaissement de sa prépondérance démographique en Europe. La population française ne représente plus que 13,3 % de la population européenne, contre 15,7 % au début du siècle. La société française reste essentiellement rurale, dans des proportions qui n'ont d'ailleurs guère changé depuis la fin de l'Ancien Régime (74,5 % des Français habitent des communes de moins de 2000 habitants). La capitale, qui comptait moins de 550000 habitants en 1801, franchit en 1851 le cap du million au terme de près de deux décennies (1831-1846) de forte immigration.
• Création de la Sacem (Société des auteurs, compositeurs et éditeurs de musique).
• Construction à Paris de la Cité Napoléon, premier ensemble de logements locatifs subventionnés. En 1869, Paris comptera 63 immeubles de ce type, logeant 1 200 locataires. Le logement social hésite entre cet habitat collectif – jugé dangereux politiquement – et les cités ouvrières de petites maisons, formule expérimentée à Mulhouse (1846-1855). À l'Exposition universelle de 1867, une section confronte les différentes expériences internationales.
• Amédée Prouvost crée son premier peignage de laine à Roubaix. L'année suivante, Alfred Motte débute, également à Roubaix, dans la teinturerie des fils.

1852

1er janvier
Louis-Napoléon Bonaparte quitte l'Élysée et emménage aux Tuileries. Un *Te Deum* célèbre, à Notre-Dame, les résultats du plébiscite.

5 janvier
En 1846, les compagnies de chemin de fer avaient demandé l'allongement de la durée des concessions d'exploitation (quarante-six ans en moyenne, en vertu de la loi du 11 juin 1842), en arguant du niveau plus élevé que prévu des investissements nécessaires, notamment en raison de l'augmentation des prix des matières premières soumises à la législation protectionniste. Cette situation avait pour effet d'alourdir la charge des emprunts et d'empêcher toute réduction significative des tarifs. Le gouvernement donne satisfaction aux compagnies et fixe la durée des concessions à quatre-vingt-dix-neuf ans. Il privilégie dès lors la concession de grands réseaux gérés chacun par une compagnie en situation de monopole, assez puissante pour réaliser l'extension et la ramification du réseau voulues par le pouvoir. Le chemin de fer Paris-Lyon est concédé à un consortium financier où figurent James de Rothschild et les frères Pereire. Lancement d'une nouvelle obligation au capital de 300 francs et portant un revenu fixe, qui va drainer l'épargne et puissamment aider au développement du réseau ferroviaire. Entre 1852 et 1859 se constituent sur ces bases les six grands réseaux: Nord, Ouest, Paris-Orléans, Midi, Est et Paris-Lyon-Méditerranée.

6 janvier
Suppression de la devise « Liberté, Égalité, Fraternité ».

8 janvier
Le ministre de l'Intérieur Morny demande aux préfets de lui faire connaître les candidats les plus dignes de la confiance du gouvernement, afin que ce dernier puisse les « signaler à la préférence des électeurs ». C'est le début du système des « candidatures officielles ». Dans une nouvelle circulaire

du 20 janvier, Morny précise que ce système est légitimé par la nature du Corps législatif, lequel n'a pas pour vocation de représenter le pays, mais de confirmer la confiance accordée par le pays au chef de l'État lors du plébiscite de décembre 1851.
Le prince Lucien Murat est élu grand maître du Grand Orient de France.

9 janvier
66 députés, dont Changarnier, sont expulsés du territoire français « pour cause de sûreté générale ».

11 janvier
Dissolution de la garde nationale sur tout le territoire.

12-23 janvier
Le Directoire luthérien de Strasbourg donne son adhésion au coup d'État du 2 Décembre. Il est imité par le Consistoire réformé de Nîmes le 23.

14 janvier
Promulgation de la Constitution. Le pouvoir exécutif est confié pour dix ans à un président de la République élu au suffrage universel direct qui nomme et révoque les ministres. Ceux-ci ne forment pas un Conseil solidaire (il n'y a pas de président du Conseil) et ne sont responsables que devant le président. Le président possède seul l'initiative des lois. Les projets de loi sont discutés par un Conseil d'État dont les membres sont nommés et révoqués par le président. Le Conseil d'État, et non les ministres, présente et défend les projets de loi devant le Corps législatif. Ce dernier comprend 270 membres élus pour six ans au suffrage universel masculin. Le droit d'amendement est strictement limité, la durée des sessions parlementaires limitée à trois mois par an et les délibérations se déroulent à huis clos; le Corps législatif est convoqué, ajourné, et peut être dissous par le président. Le système, inspiré du modèle de l'an VIII (1799), est complété par la création d'un Sénat gardien de la Constitution qui peut annuler les décisions du Corps législatif et réviser la Constitution par sénatus-consulte: les sénateurs inamovibles (150 au maximum) sont membres de droit (cardinaux, maréchaux, amiraux) ou nommés à vie par le président de la République.

22 janvier
Création d'un ministère d'État pour servir d'intermédiaire entre le gouvernement et les pouvoirs publics. Le poste est confié au comte de Casabianca. Rétablissement d'un ministère de la Police, dont la direction est confiée à Maupas.

Maupas

Charlemagne-Émile de Maupas (1818-1888) est entré dans la carrière préfectorale sous la monarchie de Juillet. C'est à la veille de l'élection présidentielle de décembre 1848 qu'il rencontre Louis-Napoléon Bonaparte, dont il devient l'un des appuis les plus fidèles. Devenu président, Louis-Napoléon lui confie des préfectures réputées « sensibles », et en 1851, Maupas est mis dans le secret du coup d'État en préparation. Nommé préfet de police à la veille du 2 Décembre, il contribue au succès de l'entreprise, et se voit récompensé en janvier 1852 par un ministère de la Police reconstitué sur le modèle de celui de Fouché. En 1853, Maupas tâte de la diplomatie mais, envoyé à Naples, il ne brille guère et doit regagner la France sans tambours ni trompettes l'année suivante. Il siège ensuite au Sénat.

23 janvier
Confiscation des biens personnels de la famille d'Orléans. Le produit de la vente est affecté aux sociétés de secours mutuels, à la construction de logements ouvriers et aux établissements pratiquant le crédit foncier. Morny, Rouher, Fould et Magne quittent le gouvernement afin de n'être pas associés à cette mesure.
Renouvellement ministériel: Abbatucci (Justice), L. de Turgot (Affaires étrangères), Persigny (Intérieur, Agriculture et Commerce), Bineau (Finances), Saint-Arnaud (Guerre), Ducos (Marine et Colonies), Fortoul (Instruction publique et Cultes), Lefebvre-Duruflé (Travaux publics).

24 janvier
Rétablissement des titres de noblesse.

26 janvier
Publication de la liste des sénateurs nommés par le prince-président.

31 janvier
Le Conseil d'État est chargé d'autoriser les congrégations religieuses féminines.

1er février
Première triomphale au Vaudeville de *La Dame aux camélias*, drame adapté par Dumas fils de son roman.

2 février
Un décret organique sur les élections confirme le rétablissement du suffrage universel masculin, la

fixation de la majorité électorale à 21 ans et de l'éligibilité à 25 ans.

3 février
Institution de commissions mixtes formées par le préfet, le procureur et un officier de l'armée, pour juger les républicains emprisonnés.

11 février
Le général Randon est nommé gouverneur général en Algérie (1852-1858).

12 février
Musset et le légitimiste Berryer sont élus à l'Académie française. L'élection de Berryer fait figure de manifestation d'opposition au régime du 2 Décembre.

16 février
Comme sous le Premier Empire, la fête nationale est fixée le 15 août, jour de la Saint-Napoléon.

17 février
Un décret sur le régime de la presse rétablit l'autorisation préalable, maintient le timbre et le cautionnement, interdit aux journaux de rendre compte des débats parlementaires et des procès autrement qu'en reproduisant les procès-verbaux officiels et rétablit la censure des images. Le même texte instaure le régime des avertissements aux journaux, qui peuvent être suspendus au second avertissement et supprimés au troisième. En un an (mars 1852-juin 1853), le ministre de la Police Maupas délivre 91 avertissements et prononce 3 suspensions; 6 journaux seront suspendus entre 1852 et 1868, dont *L'Univers* en 1860.

28 février
Une loi autorise la création de sociétés de crédit foncier destinées à consentir des prêts à long terme. Louis Wolowski fonde alors (28 mars) la Banque foncière de Paris qui, après avoir absorbé les établissements fondés à Nevers et Marseille, devient le Crédit foncier de France. En 1854, le Crédit foncier, en difficulté, sera placé sous tutelle, le gouverneur et le sous-gouverneur étant nommés par le gouvernement. Un proche d'Achille Fould, Georges de Soubeyran, nommé sous-gouverneur en 1860, sera le véritable patron du Crédit foncier jusqu'à sa destitution en 1878. Voué à l'origine à alléger la dette hypothécaire des paysans, le Crédit foncier se consacrera surtout au financement des projets du baron Haussmann.

29 février
Élection des 261 membres du Corps législatif. La nouvelle Chambre compte seulement 8 opposants, dont 5 légitimistes intransigeants élus dans l'Ouest et 3 républicains, Cavaignac, Hénon et Hippolyte Carnot, qui, refusant de prêter serment, démissionnent aussitôt. Un seul parlementaire issu des précédentes Assemblées y siège: Montalembert.

mars-juin
La justice belge acquitte les éditeurs du *Bulletin français* et de *La Nation*, deux journaux publiés par les opposants au coup d'État réfugiés à Bruxelles.

3 mars
Signature d'une convention entre l'État et la Banque de France, dont le privilège d'émission des billets est prorogé jusqu'en 1867. Plus ou moins enthousiastes, les dirigeants de la Banque de France s'engagent à consentir des avances sur les titres des compagnies de chemin de fer, à baisser le taux d'escompte de 4 à 3 %, enfin à opérer immédiatement la conversion des rentes.

9 mars
Un décret abroge les dispositions de la loi Falloux concernant les nominations dans l'enseignement, qui sont rendues au gouvernement; le Conseil supérieur de l'enseignement devient une simple chambre d'enregistrement des décisions prises par le ministère.

20 mars
Une circulaire interdit aux professeurs de porter la barbe, « symbole d'anarchie ».

22 mars
Publication d'un décret sur les procédures du travail législatif et l'élaboration des sénatus-consultes.
Un décret modifie les modalités de l'élection des membres du conseil de l'Ordre des avocats par l'assemblée générale de l'Ordre (sans cependant remettre en cause le principe de l'élection). Il confie en revanche la désignation du bâtonnier au conseil (restreint) de discipline.

24 mars
Une loi réglemente les activités des 40 monts-de-piété recensés en France l'année précédente.

25 mars
Un décret élargit les compétences des autorités départementales, mais simultanément place celles-ci sous la responsabilité des préfets (14 des 87 préfets ont été remplacés après le

2 Décembre). Les préfets reçoivent les pouvoirs de police dans les villes de plus de 40000 habitants. Un décret soumet les réunions de plus de 20 personnes au régime de l'autorisation préalable.

26 mars
Un décret-loi sur les sociétés de secours mutuels leur consent plusieurs avantages légaux tout en les plaçant sous la surveillance du pouvoir (leur président sera nommé par le gouvernement). Le nombre de ces sociétés passe de 2 400 en 1852 à 6000 en 1869, celui des sociétaires de 271000 à 900000.
Un autre décret-loi réorganise les Églises protestantes: il reconnaît l'église locale et son conseil presbytéral et institue l'élection au suffrage universel masculin des membres laïcs des conseils presbytéraux et des consistoires; il renforce la centralisation dans l'Église luthérienne, mais ne rétablit pas le système synodal dans l'Église réformée. Pour celle-ci, il crée un Conseil central dont les membres sont nommés par le chef de l'État, et dont le rôle est purement consultatif.

27 mars
Un décret rend au Code civil de 1804 le nom de Code Napoléon (qu'il perdra de nouveau en 1870).
Levée de l'état de siège instauré après le coup d'État du 2 Décembre.
La répression qui a suivi le coup d'État et les insurrections de décembre 1851 est conduite par des commissions mixtes départementales organisées le 3 février. Elles ont jugé 26 884 cas. 5 857 inculpés ont été remis en liberté (22 %). Les chefs présumés ou les insurgés pris les armes à la main sont renvoyés devant des conseils de guerre (247); les insurgés armés déjà condamnés sont déportés au bagne de Cayenne (239); les accusés jugés politiquement dangereux sont «transportés» en Algérie, soit en résidence forcée (4 549), soit en résidence libre (5 032); les républicains qui peuvent représenter une menace de désordre sont exilés (980) ou éloignés de leur domicile (640). Les autres sont assignés à résidence, internés ou placés sous surveillance (8 695). Enfin 645 inculpés accusés de délits de droit commun sont renvoyés devant les tribunaux correctionnels. Par suite de diverses mesures de clémence, le nombre des individus remis en liberté passera finalement de 5 857 à 12 632, celui des accusés soumis aux décisions frappant les «meneurs» de 11 687 à 4 115 et celui des accusés condamnés pour simple participation de 9 340 à 10 137. En 1856, il reste encore 1 058 «transportés», 400 avant l'amnistie du 15 août 1859.
Un décret ordonne la construction, aux Champs-Élysées, de bâtiments pour accueillir l'Exposition universelle. Le palais de l'Industrie accueillera ensuite les Salons annuels: il sera remplacé en 1900 par le Grand et le Petit Palais.

29 mars
Louis-Napoléon Bonaparte écarte toute idée d'un rétablissement de l'Empire.

10 avril
Décret sur le déroulement des études dans l'enseignement primaire et secondaire. Ce décret, dit décret Fortoul, introduit notamment le principe d'une bifurcation entre section littéraire et section scientifique à partir de la classe de 3e.

11 avril
Michelet, dont le cours au Collège de France a été suspendu le 14 mars 1851, est officiellement destitué.

20 mai
Karl Marx publie à New York *Le 18 Brumaire de Louis Bonaparte* (traduit en français en 1891).

26 mai
Inauguration de l'hôpital Rothschild (XIIe arrondissement).

1er juin
Louis-Napoléon Bonaparte gracie Marie Capelle, condamnée à la prison à vie pour l'empoisonnement de son mari (l'affaire Lafarge).

22 juin
Montalembert dénonce l'avilissement de la représentation parlementaire.

juillet
Victor Hugo publie à Bruxelles *Histoire d'un crime* (sur le coup d'État du 2 Décembre) et, le 5 août, *Napoléon le Petit*. Le même jour, il débarque à Jersey.

1er juillet
La Librairie Hachette, qui a passé un accord avec les principales compagnies, lance la *Collection des chemins de fer*, série de guides sur les différents itinéraires, ancêtre des *Guides bleus*.

7 juillet
Une loi confie au chef de l'État le choix des maires et de leurs adjoints dans les communes de plus de 3 000 habitants. Nommés pour cinq ans, ils peuvent être choisis en dehors des conseillers municipaux qui restent élus.

12 juillet
Décret sur l'organisation de la Haute Cour de justice instituée par la Constitution du 14 janvier précédent.

16 juillet
Un décret sur le fonctionnement des écoles communales publiques place l'enseignement religieux au premier rang des devoirs des instituteurs.

17 juillet
Théophile Gautier: *Émaux et camées.*

THÉOPHILE GAUTIER

*Théophile Gautier (1811-1872) est entré dans la carrière des lettres avec la génération de 1830. Cette année-là, il participe à la « bataille d'*Hernani *» à la Comédie-Française, le 25 février. Quelques mois plus tard, en juillet, il publie son premier recueil de* Poésies. *Mais dès 1833, il manifeste avec un roman railleur sur les ridicules des milieux romantiques,* Les Jeunes Frances, *une indépendance dont il fera à nouveau preuve en 1838 avec* La Comédie de la mort. *C'est alors qu'il vient de publier* Mademoiselle de Maupin, double amour *(1835) – qui fait scandale – que Gautier commence à collaborer régulièrement à des journaux, la* Chronique de Paris *où l'a appelé Balzac,* La Presse *où l'engage Émile de Girardin. Gautier écrit des contes fantastiques (*Fortunio, *1837-1838) et des ballets:* Giselle *est créée à l'Opéra en 1841, pour Carlotta Grisi. La révolution de 1848 inaugure pour Théophile Gautier des temps difficiles: appauvri, éprouvé par la disparition de ses parents, Gautier devient cependant le maître reconnu de la nouvelle génération. Baudelaire, Flaubert ou Banville rendent ainsi hommage à* Émaux et camées *comme au manifeste du retour à « l'art pour l'art ». Le Second Empire marque une embellie de la situation de Théophile Gautier: la princesse Mathilde, cousine germaine de Napoléon III et plus que liée au surintendant des Beaux-Arts, Nieuwerkerke, le fait nommer son bibliothécaire particulier. C'est alors qu'il donne quelques-unes de ses œuvres les plus célèbres:* Le Roman de la momie *(1858) et* Le Capitaine Fracasse *(1863).*

22 juillet
Aimé-Félix Pyat, qui s'est réfugié à Londres après la journée du 13 juin 1849 et dirige une société secrète, la Commune révolutionnaire, est condamné par contumace à dix ans de prison pour un complot visant à assassiner le prince-président.

PYAT

À peine diplômé en droit, Aimé-Félix Pyat (1810-1889) renonce au barreau pour se consacrer à l'écriture: des pièces, qui font scandale par leurs attaques contre la monarchie et le clergé, des articles publiés dans la presse révolutionnaire ou dans la presse artistique, pour combattre tantôt le régime, tantôt le romantisme dans lequel, disciple tardif du classicisme, il dénonce un avatar du légitimisme. Directeur de La Revue britannique *et associé à la création de la Société des gens de lettres (10 décembre 1837), Pyat entre en politique après la révolution de 1848. Éphémère commissaire du gouvernement provisoire dans le département du Cher, il siège à l'Assemblée constituante et est réélu à l'Assemblée législative en mai 1849. Le 13 juin, il est compromis dans l'insurrection et doit quitter précipitamment la France. En février 1850, il fonde à Bruxelles une société secrète, le Comité central de résistance, et après le coup d'État du 2 Décembre, à Londres, une nouvelle association, socialiste, la Commune révolutionnaire, qui prône l'action violente contre le nouveau régime et organise même une tentative d'assassinat. Le complot échoue mais Pyat ne renonce pas pour autant. En 1859, il applaudit Orsini et se trouve à nouveau impliqué dans un complot en 1862. Revenu en France à la chute du Second Empire, il participe à la Commune. Après un dernier discours enflammé prononcé le 22 mai 1871, il prend la tangente et se réfugie à Londres. Condamné à mort, Pyat ne revient en France qu'après l'amnistie de 1880.*

28 juillet
Magne retrouve le portefeuille des Travaux publics; Drouin de Lhuys est nommé aux Affaires étrangères.

30 juillet
Achille Fould est nommé ministre d'État.

14 août
Proudhon: *La Révolution sociale démontrée par le coup d'État.*

20 août
Contraint à l'exil après le 2 décembre 1851, Thiers rentre en France.

14 septembre-16 octobre
Voyage du prince-président dans les départements du Midi, de Marseille à Bordeaux. À Bourges, il est

accueilli aux cris de « Vive l'Empereur ! » Il échappe à Marseille au premier des nombreux attentats qui seront fomentés contre lui.

9 octobre
Discours de Louis-Napoléon Bonaparte à Bordeaux : « Aujourd'hui la France m'entoure de ses sympathies [et] semble vouloir revenir à l'Empire. Il est néanmoins une crainte à laquelle je dois répondre. Par esprit de défiance, certaines personnes se disent : "L'Empire c'est la guerre." Moi je dis : "L'Empire c'est la paix." [...] Nous avons d'immenses territoires incultes à défricher, des routes à ouvrir, des ports à creuser, des rivières à rendre navigables, des canaux à terminer, notre réseau de chemins de fer à compléter. Voilà comment je comprendrai l'Empire, si l'Empire doit se rétablir. »

16 octobre
Retour triomphal à Paris de Louis-Napoléon Bonaparte, qui a fait halte à Amboise pour rencontrer Abd el-Kader et lui annoncer sa libération (l'émir est prisonnier depuis la fin de 1847).
L'entrée du jardin des Tuileries est surmontée d'un arc de triomphe portant l'inscription : « À Napoléon III empereur, sauveur de la civilisation moderne, les ouvriers reconnaissants. »

novembre
Montalembert publie dans *Le Correspondant* un article (« Des intérêts catholiques au XIXᵉ siècle ») hostile à l'établissement d'un régime autoritaire.
Renouvellement, sans l'Autriche, du Zollverein (union douanière créée le 1er janvier 1834 par 20 États membres de la Confédération germanique, sous la houlette de la Prusse).

4 novembre
Louis-Napoléon Bonaparte reprend, dans un message au Sénat, l'essentiel du discours de Bordeaux.

7 novembre
Le Sénat propose de rétablir la dignité impériale au bénéfice de Louis-Napoléon Bonaparte qui prendra le nom de Napoléon III. La Constitution du 14 janvier précédent sera maintenue dans ses autres dispositions. Les Français sont convoqués pour ratifier le nouveau régime.

18 novembre
Les frères Émile et Isaac Pereire, associés à Benoît Fould et au duc de Morny, fondent le Crédit mobilier, banque au capital de 60 millions destinée à rassembler les capitaux nécessaires au développement des chemins de fer et au soutien des industries indispensables à ce développement. L'idée centrale est de drainer vers l'industrie privée une épargne qui se porte traditionnellement sur les emprunts d'État. Jusqu'au ralentissement de ses activités en 1866, prélude à sa chute l'année suivante, le Crédit mobilier participe à la création de nombreuses sociétés, réalise des investissements importants dans les chemins de fer, dans les travaux d'urbanisme tant à Paris qu'à Marseille ; il finance le développement d'Arcachon et investit dans la construction de voies ferrées à l'étranger.

21-22 novembre
Plébiscite sur le rétablissement de l'Empire : 7 824 189 oui, 253 145 non et 65 126 bulletins nuls. Près de 2 millions d'électeurs se sont abstenus.

23 novembre
Création, à l'Odéon, de *Grandeur et décadence de M. Joseph Prudhomme*, d'Henri Monnier et Gustave Vaez.

2 décembre
Louis-Napoléon Bonaparte est solennellement proclamé empereur sous le nom de Napoléon III. Les généraux Castellane et Magnan sont faits maréchaux de France.

LE SECOND EMPIRE

NAPOLÉON III

Né le 20 avril 1808-Mort le 9 janvier 1873
Président de la République sous le nom de Louis-Napoléon Bonaparte: 1848-1852
Empereur sous le nom de Napoléon III: 1852-1870 (18 ans)
Accède au pouvoir à 40 ans.

Charles-Louis-Napoléon Bonaparte est né le 20 avril 1808, de Louis Bonaparte, roi de Hollande, et Hortense de Beauharnais, fille de l'impératrice Joséphine. Élevé par sa mère dans leur exil d'Arenenberg, sur les bords du lac de Constance, Louis-Napoléon participe à la fin de 1830 à sa première aventure politique: il organise à Rome, avec un groupe de carbonari, un complot pour élever le duc de Reichstadt (l'Aiglon) au trône d'Italie. Bien décidé à entretenir la flamme du souvenir qui doucement se meurt, étouffée par la légende de l'Empire, Louis-Napoléon se rappelle à ses compatriotes, d'abord à Strasbourg en octobre 1836, ensuite à Boulogne en août 1840. Chacun de ces coups de main se solde par un piteux échec. La première fois, Louis-Napoléon est exilé aux États-Unis; la seconde, il est incarcéré au fort de Ham, d'où il s'évade le 25 mai 1846. Durant ses cinq années de captivité, il écrit *Fragments historiques* et surtout *Extinction du paupérisme*, publié en 1844, mélange des thèses de Saint-Simon et de Louis Blanc qui lui vaut la sympathie des milieux réformateurs.

Réfugié à Londres après son évasion, il s'apprête à vivre un long exil lorsque éclate la révolution de Février 1848. Aucun parti bonapartiste n'existe qui fasse de lui une solution envisageable, mais quelques-uns de ses plus fidèles partisans, au premier rang desquels Persigny, se démènent pour susciter la renaissance du bonapartisme. Louis-Napoléon ne tente pas sa chance aux élections d'avril 1848, mais en juin, il est élu, à la surprise générale, dans quatre départements. Le bonapartisme est comme ressuscité par cette victoire inattendue. Lorsque le gouvernement provisoire manifeste son intention d'invalider son élection, de violentes manifestations éclatent. Louis-Napoléon temporise et renonce à occuper son siège. Ce n'est que partie remise: en septembre, il est élu cette fois dans cinq départements. Son entrée dans l'hémicycle passe presque inaperçue, mais le 26 octobre, alors que la Constitution de la IIe République n'est pas encore votée, il annonce sa candidature à la présidence de la République. Le 10 décembre 1848, il est triomphalement élu. Écoutons les *Souvenirs* de Tocqueville : « Louis-Napoléon avait, comme homme privé, certaines qualités attachantes [...] Sa conversation était rare et stérile [...] Sa dissimulation, qui était profonde comme celle d'un homme qui a passé sa vie dans les complots, s'aidait singulièrement de l'immobilité de ses traits et de l'insignifiance de son regard [...] Très insouciant du danger, il avait un beau et froid courage dans les jours de crise et, en même temps, chose assez commune, il était fort vacillant dans ses desseins. Il avait toujours, dit-on, été très adonné aux plaisirs et peu délicat dans le choix. Il y alanguissait chaque jour son énergie, y amortissait et rabaissait son ambition même [...] En général, il était difficile de l'approcher longtemps et de très près sans découvrir une petite veine de folie. On peut dire, au demeurant, que ce fut sa folie plus que sa raison qui, grâce aux circonstances, fit son succès et sa force : car le monde est un étrange théâtre. Il se fiait à une étoile ; il se croyait fermement l'instrument de la destinée et l'homme nécessaire. » Dans les premiers mois de sa présidence, Louis-Napoléon s'efface, laisse Odilon Barrot gouverner et prend soin de ne pas entrer en conflit avec l'Assemblée élue en mai 1849. Mais peu à peu, il garnit le ministère de fidèles et s'assure le soutien de l'administration préfectorale. C'est pendant l'été 1850 que, prenant prétexte de la loi du 31 mai 1850 qui restreint le suffrage universel grâce auquel il avait accédé au pouvoir, il lance une campagne en faveur de la révision de la Constitution qui a déclaré que le président ne pourrait être réélu à l'expiration de son mandat. L'année 1851 est émaillée d'épreuves de force avec l'Assemblée, afin de contraindre celle-ci à accepter la révision. Mais le 19 juillet, l'Assemblée s'y refuse. Dès lors, la décision est prise de recourir au coup d'État. Le coup d'État réussi (2 décembre 1851), l'ordre rétabli, Louis-Napoléon entreprend de refermer la parenthèse ouverte par l'abdication de son oncle Napoléon Ier en 1814, et de revenir aux institutions fondées sous le Consulat. La Constitution du 14 janvier 1852 restaure le suffrage universel. Le président de la République, élu pour dix ans, détient l'essentiel du pouvoir, qu'il exerce par l'intermédiaire de ministres qu'il nomme et révoque et qui n'ont aucune relation directe avec les Chambres. Comme à l'époque du Consulat, le pouvoir législatif est exercé par trois Assemblées : le Corps législatif élu, le Conseil d'État et le Sénat, les membres de ces deux dernières Assemblées étant nommés. Au Conseil d'État appartient la réalité du pouvoir législatif. C'est lui qui, sur proposition du chef de l'État et du gouvernement, prépare les projets de loi qui sont ensuite soumis à l'acceptation pure et simple du Corps législatif. Enfin, le texte voté est communiqué au Sénat, chargé théoriquement de juger de sa constitutionnalité. Mais le Sénat du Second Empire, comme celui du Premier, s'illustrera surtout par sa soumission aux volontés de Napoléon III. Ce sera également le cas dans l'autre domaine de compétence des sénateurs : la révision constitutionnelle par sénatus-consultes. Le président, puis l'empereur, contrôle tous les rouages du pouvoir politique, et, le cas échéant, il est libre d'en appeler au peuple par plébiscite.

Tandis que des « commissions mixtes » jugent les opposants au coup d'État du 2 décembre 1851, le nouveau régime met en place les instruments de sa domination : la presse est muselée par une loi qui institue le système de « l'avertissement », un éphémère ministère de la Police (1852-1853), emprunté au régime consulaire, voit le jour, les compétences des préfets sont accrues. Par leur intermédiaire, le gouvernement dirige l'ensemble des administrations locales, et les élections : la pratique des « candidatures officielles », mise en œuvre dès 1852 et conduite avec le concours de l'administration tout entière, garantit à cette époque un résultat sans surprise : en 1852, tous les candidats officiels sont élus.

On ne saurait cependant réduire le bilan de l'année 1852 aux mesures qui conduisent à supprimer en fait les libertés politiques. À peine aux commandes, le nouveau régime s'attelle à une politique de réformes économiques de grande ampleur. Qu'il s'agisse du secteur bancaire ou des chemins de fer, le gouvernement rénove ou invente les structures qui doivent favoriser l'investissement dans le développement des infrastructures économiques.

La proclamation de l'Empire, le 2 décembre 1852, est l'aboutissement logique du coup d'État du 2 décembre 1851. L'année 1852 reproduit les événements qui, entre 1799 et 1804, ont conduit Napoléon du Consulat au Consulat à vie, puis à l'Empire. L'acclamation populaire qui doit permettre au prince-président de ceindre la couronne impériale est soigneusement organisée : le *Te Deum* célébré à Notre-Dame le 1er janvier 1852 constitue le premier acte d'une pièce dont les scènes se succèdent ensuite avec rapidité, notamment au cours du voyage officiel à travers la France que Louis-Napoléon entame au mois de septembre. Les manifestations favorables au rétablissement de l'Empire se multiplient. Louis-Napoléon se déclare enfin à Bordeaux, le 9 octobre ; le 16, lors de son retour dans la capitale, une grande manifestation est organisée pour l'élever sur le pavois. Il n'y a plus dès lors qu'à finir les choses dans les règles : sénatus-consulte du Sénat le 7 novembre, plébiscite le 21. Le 2 décembre 1852, l'Empire est solennellement rétabli.

« L'Empire c'est la paix » avait déclaré le futur Napoléon III à Bordeaux en 1851. Le rétablissement du régime impérial en 1852 démontre cependant très vite, sinon que «l'Empire, c'est la guerre», du moins que dans ce domaine comme dans les autres, le neveu est prisonnier de la légende de l'oncle.

Le 24 mai 1853, il offre son alliance à l'Angleterre qui s'oppose aux tentatives d'expansion orientale, au détriment de l'Empire ottoman, de la Russie. Les intérêts en jeu concernent de fort près les Britanniques, très peu les Français. La France est cependant impliquée, et lorsque éclate la guerre de Crimée (1854-1855), elle prend une part bien supérieure à celle de l'Angleterre aux combats, très meurtriers. Lors de la signature du traité de Paris (30 mars 1856), l'Angleterre obtient les avantages réels de la victoire, la France un succès de façade. Napoléon III, en s'engageant en Crimée, suivait-il un plan d'ensemble visant à affaiblir les puissances continentales pour favoriser la réorganisation du continent européen sur le principe des nationalités? Voulait-il réaliser le dessein de Napoléon Ier, du moins tel que ce dernier l'avait défini à Sainte-Hélène? Deux ans après le traité de Paris, la France s'engage en effet au côté des patriotes italiens. Napoléon III rencontre Cavour, le chef du gouvernement du royaume de Piémont-Sardaigne, et conclut avec lui un accord pour expulser l'Autriche de la péninsule et former une Confédération italienne respectueuse de l'intégrité des territoires pontificaux. En avril 1859, la guerre éclate avec l'Autriche. Elle est brève. La victoire de Solferino (24 juin 1859) contraint les Autrichiens à négocier. Napoléon III renonce à réaliser dans toute son étendue les articles de l'accord conclu avec Cavour, mais ce dernier, les mois suivants, provoque une série d'annexions (Parme, Modène, Romagne) qui posent le problème de la puissance temporelle du pape. Dans l'immédiat, la France, pour prix de son aide, reçoit Nice et la Savoie. En août et septembre 1860, Napoléon III est contraint d'abandonner l'État pontifical, pris en tenaille par Garibaldi au Sud et les troupes de Cavour au Nord: le 14 mars 1861, Victor-Emmanuel est proclamé roi d'Italie.

À peine l'expédition française dans la péninsule italienne est-elle terminée que commence cette fois une indéniable aventure: l'intervention française au Mexique (1863-1866). Mexico tombe le 5 juin 1863. La France, par l'intermédiaire d'une assemblée de notables, offre la couronne impériale à Maximilien, le frère cadet de l'empereur d'Autriche. Pitoyable équipée. Les troupes françaises se heurtent à la résistance des républicains mexicains et, à aucun moment, l'empereur hagard imposé aux Mexicains ne réussit à se concilier les faveurs du puissant parti catholique. En avril 1866, Napoléon III annonce le rapatriement du contingent français. Abandonné par ses protecteurs, Maximilien doit précipitamment fuir Mexico: il est fusillé le 19 juin 1867.

L'attentat manqué perpétré par Orsini contre l'empereur, le 14 janvier 1858, était survenu après une série déjà longue d'attentats. Orsini et ses complices avaient été exécutés. Une vague d'arrestations avait suivi. Ce paroxysme dans la répression devait cependant annoncer la fin de l'Empire autoritaire : en août 1859, Napoléon III proclame une amnistie.

Ce n'est pas l'existence d'une opposition qui le contraint à cette première ouverture, suivie de beaucoup d'autres. L'opposition parlementaire existe à peine plus en 1859 qu'en 1852. Au Corps législatif élu en 1857, elle comprend cinq républicains, dont Émile Ollivier et Jules Favre. C'est l'intervention en Italie et les tensions qu'elle provoque avec Rome et l'épiscopat français qui « gauchit » le régime. Le 22 novembre 1860, Napoléon III rétablit le droit, pour les Chambres, d'adresser publiquement au chef de l'État, à l'occasion de la rentrée parlementaire, leurs réflexions sur la conduite de la politique de la nation. Le 31 décembre 1861, un sénatus-consulte renforce les pouvoirs du Corps législatif en matière budgétaire. Ces réformes, même si elles ne tendent nullement à établir une quelconque responsabilité parlementaire, provoquent la renaissance d'une discussion sur les affaires publiques. Aux élections de 1863, les votes d'opposition, tout en restant très minoritaires, triplent. Le nouveau Corps législatif compte 32 opposants, dont 17 républicains.

Prisonnier de la légende forgée par son oncle, Napoléon III n'était pas aveugle à son temps. Par certains côtés, il était même en avance. Le 5 janvier 1860, il publie un manifeste qui annonce une réorientation, dans un sens libéral et antiprotectionniste, de la politique économique, destinée à favoriser la croissance rendue possible par l'action conduite depuis 1852 pour développer les structures bancaires et industrielles indispensables. Cette politique favorable à l'essor d'un capitalisme dynamique s'est développée, depuis le début, parallèlement à une politique sociale qui fit grincer bien des dents. En 1852 déjà, un décret avait favorisé la création des sociétés de secours mutuels. Le gouvernement avait également pris des mesures en faveur du développement du logement ouvrier, ou de l'assistance aux ouvriers malades (1855). Cependant, à la même époque, le gouvernement impérial prêtait systématiquement son appui au patronat en cas de conflits sociaux, réprimant les grèves sans faiblesse. Un tournant décisif est pris après 1860. Le gouvernement finance l'envoi d'une délégation ouvrière à l'Exposition universelle de Londres en 1862 ; une loi légalise le droit de grève en mai 1864. Trois ans plus tard, la convocation d'un « parlement ouvrier » à l'initiative de l'empereur inaugure l'autorisation de fait des chambres syndicales et plusieurs réformes relatives au droit du tra-

vail. Dans le domaine social, tout sans doute n'a pas été fait de ce qui aurait pu l'être, mais le régime impérial a entamé ou mené à bien plus de réformes que n'en réalisera la IIIe République.
En 1866, le rapatriement sans gloire des troupes françaises du Mexique puis l'appui imprudent apporté par la France à la cause de l'unité allemande sous égide prussienne ternissent l'image du pouvoir. Napoléon III, miné par la maladie, semble exercer une influence de moins en moins efficace sur les décisions. L'entourage, les camarillas s'agitent. L'impératrice Eugénie, le prince Napoléon, Rouher et Morny s'efforcent, les uns de conserver en l'état le régime du 2 Décembre, les autres de le faire évoluer. Le Corps législatif lui-même retrouve la voix, lorsqu'en janvier 1864, Thiers fait sa rentrée dans l'arène politique en réclamant «les libertés nécessaires». Morny, champion de l'ouverture du régime, joue la carte Ollivier, le seul parmi les opposants républicains élus en 1863 qui soit prêt à se rallier au régime en échange de réformes profondes. Napoléon III résiste, mais en juillet 1866, affaibli sur la scène internationale par la crise austro-prussienne, il tente de rehausser son prestige à l'intérieur en proposant une révision constitutionnelle qui autorise le Corps législatif à amender les projets de loi. Le 19 janvier 1867, un pas supplémentaire est franchi: l'Assemblée reçoit le droit d'interpellation, et Napoléon III annonce une réforme de la législation sur la presse et sur le droit de réunion. Aux élections de mai-juin 1869, la libéralisation se retourne contre le régime. L'opposition recueille 40 % des voix et environ 75 sièges (sur 292). La majorité est formée de partisans d'un Empire plus libéral: les fidèles de l'Empire autoritaire sont seulement 92. Progrès des républicains, naissance d'un puissant courant libéral: le régime né après le 2 décembre 1851 touche à son terme. L'empereur le sent et sacrifie Rouher, signal d'une nouvelle réforme constitutionnelle. Cette fois, elle bouleverse la physionomie du régime (8 septembre 1869): le Corps législatif devient une véritable Chambre parlementaire qui propose et vote les lois, le Sénat une seconde Chambre. Seule une ambiguïté subsiste, celle qui entoure la notion de responsabilité ministérielle: elle montre que l'empereur est rien moins que prêt à accepter la parlementarisation du régime. Pour diriger la mise en œuvre du nouveau régime, Napoléon III se résigne à faire appel à Émile Ollivier (27 décembre 1869). Ollivier abroge le système des candidatures officielles, met en chantier plusieurs réformes, et ajoute une dernière touche au processus de la réforme des institutions en établissant une double responsabilité ministérielle devant les députés et l'empereur. Le nouveau texte est publié le 20 avril 1870 et présenté à l'acceptation du

peuple. Cet ultime plébiscite permet au régime de se retremper aux sources de sa légitimité : le suffrage universel. Le succès est éclatant, sauf à Paris (8 mai).

C'est au moment où, malgré la montée des oppositions, le régime semble trouver un second souffle qu'il s'effondre. Une crise diplomatique éclate au début de juillet, lorsque la France s'oppose à la candidature au trône d'Espagne de Léopold de Hohenzollern. En quelques jours, elle tourne à l'épreuve de force avec la Prusse, attisée par la fièvre patriotique et par les manœuvres du chancelier Bismarck pour entraîner la France dans un conflit armé. Le 15 juillet 1870, malgré les avertissements de Thiers, la guerre est déclarée. Le 28, Napoléon III prend le commandement des troupes. Les premiers engagements se produisent le 4 août, et l'armée française essuie ses premières défaites. Le 2 septembre, c'est l'effondrement : Napoléon III, encerclé dans Sedan, capitule. La nouvelle du désastre parvient à Paris le 4. Comme en 1848, les députés tergiversent, espèrent éviter de prononcer la déchéance, évoquent une régence. Comme en 1848, la foule envahit le Palais-Bourbon. Le sort du régime est scellé. Fait prisonnier par les Prussiens, interné en Allemagne, Napoléon III regagne l'Angleterre de l'exil de sa jeunesse en mars 1871. Il s'installe avec l'impératrice à Camden Place, où il s'éteint le 9 janvier 1873.

Enfant de Napoléon III et d'Eugénie de Montijo

Napoléon-Louis (1856-1879), prince impérial.

Pape

Pie IX, 1846-1878.

Souverains et chefs d'État

Autriche : François-Joseph Ier, 1848-1916 (et roi de Hongrie, 1867-1916).

Bavière : Louis II, 1864-1886.

Cambodge : Ang Duong, 1845-1859 ; Norodom Ier, 1859-1904.

Danemark : Frédéric VII, 1848-1863 ; Christian IX, 1863-1906.

Égypte : Abbas, vice-roi, 1849-1854 ; Mohammed-Saïd, vice-roi, 1854-1863.

Empire ottoman : Abdülmecit (ou Abd al-Madjïd), 1839-1861.

Espagne : Isabelle II, 1833-1868 ; général Prim, 1868-1870 ; Amédée Ier, 1870-1873.

États-Unis: Millard Fillmore, 1850-1853; Franklin Pierce, 1853-1857; James Buchanan, 1857-1861; Abraham Lincoln, 1861-1865; Andrew Johnson, 1865-1869; Ulysses Grant, 1869-1877.

Grande-Bretagne et Irlande: Victoria Ire, 1837-1901.

Italie: Victor-Emmanuel II, roi de Piémont-Sardaigne, 1849-1861, roi d'Italie, 1861-1878.

Mexique: Benito Juarez, président de la République, 1861-1864, 1867-1872; Maximilien Ier, empereur, 1864-1867.

Pays-Bas et Luxembourg: Guillaume III, 1849-1890.

Prusse: Frédéric-Guillaume IV, 1840-1861; Guillaume, 1861-1888 = Guillaume Ier, empereur d'Allemagne, 1871-1888.

Russie: Nicolas Ier, 1825-1855; Alexandre II, 1855-1881.

1852

4 décembre
Le général Pélissier s'empare en Algérie de Laghouat, bastion des irrédentistes qui contrôlent les régions du Sud. Le général Randon, gouverneur général, lance simultanément des opérations sur les confins de l'ouest de l'Algérie pour y consolider les positions françaises.
Leconte de Lisle: *Poèmes antiques.*

11 décembre
Inauguration du Cirque d'Hiver, boulevard des Filles-du-Calvaire, sur les plans de Hittorff.

20 décembre
Le gouvernement belge, pressé par son homologue français, se résigne à faire voter une loi réprimant les offenses faites par voie de presse aux dirigeants étrangers. Plusieurs réfugiés français sont expulsés.

21 décembre
Libéré le 16 octobre précédent, Abd el-Kader embarque pour Constantinople.

25 décembre
Un sénatus-consulte fixe les règles de la succession de la dignité impériale dans la descendance de Napoléon III, puis celle de Jérôme Bonaparte, dernier frère survivant de Napoléon Ier, à l'exclusion des autres membres de la famille (notamment les descendants de Lucien). Un autre sénatus-consulte autorise l'empereur à modifier les tarifs douaniers, lui accorde le droit de nommer jusqu'à 150 sénateurs et limite la compétence du Corps législatif dans le domaine budgétaire au vote par ministère (et non plus par chapitre).

30 décembre
Rétablissement par décret de la censure sur le répertoire des théâtres.
Baroche est nommé ministre présidant le Conseil d'État (1852-1863).

Baroche

Avocat depuis 1823, Pierre-Jules Baroche (1802-1870) entre en politique en 1847 lorsqu'il est élu, avec le soutien de l'opposition dynastique, député de Charente-Inférieure. Rallié à la République en 1848, réélu député en avril 1848 puis en 1849, Baroche ne tarde pas à se ranger dans le parti de l'ordre, d'abord sous la bannière de Cavaignac, ensuite sous celle de Louis-Napoléon qu'il sert comme ministre de l'Intérieur (mars 1850-janvier 1851) et des Affaires étrangères (avril-octobre 1851). Il approuve le coup d'État du 2 Décembre et coopère à la rédaction de la Constitution du 14 janvier 1852. La présidence du Conseil d'État va faire de lui, pendant plus de dix ans, le défenseur intransigeant de l'Empire autoritaire. L'évolution libérale de l'Empire à partir de 1860, qu'il désapprouve, le conduit à se retirer de l'avant-scène. Il ne quitte cependant pas le service de l'empereur. Si on le voit moins à la tribune parlementaire, où sa fermeté n'est plus de saison, il accepte en juin 1863 le portefeuille de la Justice, qu'il conserve jusqu'en juillet 1869, Napoléon III le sacrifiant alors avec Rouher sur l'autel des résultats électoraux, très défavorables au gouvernement. Baroche conserve son siège au Sénat, espérant, mais en vain, la chute d'Émile Ollivier qui incarne ce libéralisme politique qu'il a toujours détesté. Il meurt le 29 octobre 1870, moins de deux mois après l'effondrement du Second Empire.

autres événements
• Construction de la nouvelle gare de l'Est (la précédente datait de 1845) et de la gare Montparnasse. Les contemporains voient ces vastes halls métalliques comme des cathédrales des temps nouveaux, dont l'exemple le plus remarquable sera la gare du Nord, construite par Hittorff (1861-1864).

1853

1er janvier
Anne-Marie Belloc traduit *La Case de l'Oncle Tom* de Harriet Beecher-Stowe. Quinze ans auparavant, Gustave de Beaumont, qui avait visité les États-Unis en compagnie de Tocqueville, avait écrit un roman remarqué sur l'esclavage en Amérique: *Marie ou l'esclavage aux États-Unis.*

20 janvier
Napoléon III épouse, à Notre-Dame, Eugénie de Palafox, comtesse de Teba (1826-1920).

L'impératrice Eugénie

« Triomphe de l'amour sur les préjugés » écrit Alexandre Dumas à propos de ce mariage qui suscite la désapprobation d'une partie de l'entourage de l'empereur. Malgré son épisodique participation au Conseil des ministres vers le milieu des années 1860, et en dépit du rôle néfaste que

lui attribue la tradition dans la malheureuse aventure mexicaine et dans le déclenchement de la guerre de 1870, l'impératrice ne se mêle guère de politique, même si elle est, par force, au cœur des intrigues qui agitent la Cour impériale. En 1870, le départ de Napoléon III pour le front, puis les revers, la portent comme régente, très brièvement, à la tête des affaires. La capitulation de Sedan et l'effondrement du régime la condamnent à un long exil en Angleterre dont elle ne rentre qu'en 1895, pour mourir à Madrid en 1920.

février-juin
Le tsar Nicolas Ier exige l'établissement d'un protectorat religieux russe sur les chrétiens orthodoxes vivant dans l'Empire ottoman. Le sultan Abdülmecit oppose un refus le 23 mai suivant. Le 24 mai, la France propose une alliance à l'Angleterre pour défendre l'Empire ottoman en cas d'agression russe: le 2 juin, la flotte française appareille pour le détroit des Dardanelles, afin de fermer l'accès de Constantinople aux navires russes. L'engrenage, qui va conduire à la guerre de Crimée (27 mars 1854), est déclenché.

19 mars
Jules Janin (1804-1874): *Histoire de la littérature dramatique.* Le recueil en 6 volumes des articles du « prince de la critique ».

21 mars
Le pape Pie IX invite les évêques français à tenir tous les trois ans des conciles provinciaux. Le gouvernement condamnera en 1860 ces conciles (Reims, 1856; Bordeaux, 1857) trop ouverts aux thèses ultramontaines.

mai-juillet
En Kabylie, soulèvement des Babors, une tribu de l'Atlas, au sud de Bougie.

13 mai
Au Salon, Courbet expose *Les Baigneuses.*

17 mai
Création, au Vaudeville, des *Filles de marbre* de Théodore Barrière, que suivront, le 11 novembre 1856, *Les Faux Bonshommes*: une peinture acide de la société du Second Empire.

4 juin
Loi sur la formation des jurys et les garanties de capacité et de moralité qui doivent guider le choix des jurés.

9 juin
Une loi établit un système de pensions de retraite pour les 250000 fonctionnaires que compte le pays.

21 juin
Suppression du ministère de la Police. Ses attributions sont réparties entre le ministère de l'Intérieur et les préfets en province. Maupas a été renvoyé pour avoir voulu provoquer une émeute, afin de se prévaloir de sa répression dans la lutte d'influence qui l'opposait aux ministres de l'Intérieur (Persigny) et de la Guerre (Saint-Arnaud) qui lui disputaient ses pouvoirs.

22 juin
Haussmann est nommé préfet de la Seine.

HAUSSMANN ET PARIS

Petit-fils de Conventionnels par sa mère comme par son père, Georges-Eugène Haussmann (1809-1891) entre dans la carrière préfectorale au lendemain de la révolution de Juillet. Ni la révolution de 1848, ni le coup d'État du 2 décembre 1851 ne troublent un parcours sans faute qui le conduit en vingt ans du secrétariat de la préfecture de la Vienne à la prestigieuse préfecture de la Seine. C'est lors de son voyage à Bordeaux en octobre 1852 que le futur Napoléon III remarque Haussmann. De 1853 à sa chute au début de 1870, Haussmann s'attelle à son grand œuvre: la transformation de Paris en une ville moderne. Bénéficiant du soutien indéfectible de l'empereur, de l'appui des milieux bancaires et riche de budgets faramineux (qui n'empêcheront pas Haussmann de devoir recourir à l'emprunt), le préfet tranche au vif dans le Paris historique. La libéralisation d'un régime, dont il incarne l'efficacité technocratique et l'autoritarisme, annonce cependant la fin de son règne. Émile Ollivier exige son départ pour prix de son ralliement. Pressé par Napoléon III de s'effacer, Haussmann refuse: le 5 janvier 1870, alors que ses méthodes pour financer ses grands travaux font l'objet d'une vive polémique, il est révoqué. Durant les dix-sept années de son règne, le baron Haussmann a su s'entourer de collaborateurs remarquables.
Parmi ces derniers, Jean-Charles-Adolphe Alphand (1817-1891), que Haussmann a fait venir de Bordeaux en 1854 pour prendre la direction du service des promenades. Alphand s'attache aussitôt à la création de squares, à la plantation d'arbres le long des quais de la Seine, à l'aménagement de parcs (les Buttes-Chaumont); il réalise

également l'aménagement des bois de Vincennes et de Boulogne, avant d'ajouter à la responsabilité des promenades celle de la voirie: à ce titre, il dirige le percement du boulevard Voltaire. Maintenu dans ses fonctions après la chute d'Haussmann au début de 1870 et après celle du Second Empire, il devient le maître d'œuvre de tous les aménagements de la capitale (jardins du Trocadéro). En 1889, il dirige l'Exposition universelle, dernière étape d'une longue carrière administrative au service de la ville de Paris.
Victor Baltard (1805-1874) dirigeait depuis 1849 les services de l'architecture. Il commence par un échec retentissant: la construction d'un pesant édifice de pierre pour abriter les Halles centrales de Paris, dont les critiques unanimes ont bientôt raison. Baltard remet l'ouvrage en chantier et édifie les célèbres pavillons métalliques, appliquant ensuite les mêmes techniques de construction à différents autres marchés de la capitale. En 1860, il entreprend la construction de l'église Saint-Augustin (1860-1868).
Eugène Belgrand (1810-1878), ingénieur des Ponts et Chaussées, entre au service de la ville en 1854, chargé par Haussmann d'assurer l'approvisionnement de la capitale en eau potable et de résoudre le problème de l'évacuation des eaux usées. Belgrand réalise l'adduction des eaux de la Dhuys, de la Vanne et du Loing, amenées jusqu'à Paris par deux aqueducs aboutissant à Ménilmontant et Montsouris. En 1870, le raccordement des immeubles parisiens est loin d'être terminé: les occupants de la moitié d'entre eux doivent encore recourir aux services des porteurs d'eau. Parallèlement, il rénove et étend le réseau des égouts: 155 km en 1855, 600 km en 1870, auxquels sont alors raccordés 10 % des immeubles. Le réseau parisien des égouts ne sera pas achevé avant la fin du siècle. La politique haussmannienne, aujourd'hui très décriée, fut copiée en province (notamment à Lyon, Montpellier ou Toulouse) et à l'étranger. Les transformations des quartiers anciens et le tracé de nouvelles voies aux façades uniformes se poursuivent sous la IIIe République.

23 juin
Magne ajoute au portefeuille des Travaux publics celui du Commerce et de l'Agriculture.

MAGNE

Fils d'artisan, Pierre Magne (1806-1879) exerce à Périgueux la profession d'avocat lorsqu'il est élu député en 1843. Proche de Guizot, il abandonne la vie politique après la révolution de 1848. Brève retraite puisque, un an plus tard, Fould le choisit comme sous-secrétaire au ministère des Finances. Dès lors, Magne ne quitte plus les affaires, tant au gouvernement qu'au Conseil d'État. Spécialiste des finances et des travaux publics, il lui revient en particulier de diriger la politique de développement du réseau ferroviaire. Excellent technicien, Magne est aussi un orateur de qualité: à partir de 1860, c'est fréquemment à lui que revient le soin de défendre les projets gouvernementaux devant les Chambres. Ministre des Finances peu avant (10 août 1870) la chute du Second Empire, Magne le sera une dernière fois sous Mac-Mahon.

3 juillet
Les Russes envahissent les principautés danubiennes (Moldavie, Valachie) sous tutelle ottomane, puis occupent Bucarest le 6. L'Autriche élève une protestation.

5 juillet
Arrestation de plusieurs conjurés qui projetaient d'assassiner Napoléon III lors d'une soirée à l'Opéra-Comique.

10 septembre
Gobineau publie la première partie de l'*Essai sur l'inégalité des races humaines*; la seconde paraîtra en 1855.

GOBINEAU

Arthur de Gobineau (1816-1882) n'était ni comte ni descendant de Vikings, comme il se plaisait à le dire, mais fils d'un officier d'origine bordelaise. Successivement employé par la Compagnie d'éclairage par le gaz, puis par l'administration des postes, Gobineau commence à écrire vers 1840: des articles pour La Quotidienne, *quelques romans (*Ternove, *1847). Par l'intermédiaire de Charles de Rémusat, il rencontre Tocqueville. Ministre des Affaires étrangères en juin 1849, celui-ci fait de Gobineau son chef de cabinet. Ses fonctions prennent fin avec celles de Tocqueville dès le mois d'octobre, mais c'est pour Gobineau le début d'une nouvelle carrière, dans la diplomatie. Secrétaire de légation en Suisse, puis en Allemagne, il participe en 1854 à une mission en Perse, avant d'être nommé ambassadeur à Téhéran en 1855. Jusqu'en 1877, Gobineau voyage au gré de ses affectations (Athènes, Rio de Janeiro, Stockholm enfin), publiant dans l'inter-*

valle ses deux autres œuvres principales, Les Pléiades *(1874) et les* Nouvelles asiatiques *(1875). Se situant quelque part entre Stendhal et Nietzsche, entre le mépris de la médiocrité moderne, l'éloge de la volonté et la résignation au cours des choses, l'œuvre de Gobineau a été la victime de son annexion par les théoriciens du pangermanisme et du racisme allemand.*

24 septembre
La France prend possession de la Nouvelle-Calédonie.

4 octobre
Le sultan Abdülmecit déclare la guerre à la Russie.

novembre
Napoléon III annonce la baisse des droits de douane, mais doit renoncer face à l'hostilité des industriels.

21 novembre
À Bruxelles, publication des *Châtiments* de Hugo.

25 novembre
Rétablissement de l'auditorat auprès du Conseil d'État: 235 auditeurs seront nommés jusqu'en 1870.

30 novembre
La flotte russe détruit une escadre turque dans le port de Sinope, en mer Noire. La flotte anglo-française barre, sur le Bosphore, l'accès de Constantinople aux bâtiments russes.

1854

27 janvier
Nerval publie *Les Filles du feu* (Angélique, Sylvie, Jenny, Octavie, Isis, Corilla, Émilie) et les *Chimères.*

NERVAL

Gérard de Nerval (1808-1856) entre au lycée Charlemagne en 1820. Son père le destine à la médecine, mais son fils a déjà décidé d'embrasser la carrière des lettres. Aux bancs de l'école, il préfère la compagnie de Théophile Gautier et des jeunes gens qui acclimatent alors le romantisme venu d'outre-Rhin dans la France de la Restauration. La notoriété arrive soudainement, en 1827, lorsque Nerval publie une traduction du Premier Faust *de Goethe. Réputé dès lors comme le spécialiste de la littérature allemande, il publie des recueils de poètes allemands, traduit Jean-Paul et adapte Schiller, avant de traduire le* Second Faust *en 1840. Dans l'intervalle, il voyage, fait quelques essais au théâtre et s'éprend d'une actrice, Jenny Colon. C'est au retour de l'un de ces voyages, en février 1841, qu'il est atteint pour la première fois des troubles mentaux qui le contraindront à des internements de plus en plus fréquents dans la clinique du docteur Blanche et ne lui laisseront plus que des intervalles de lucidité. Sa puissance créatrice ne semble pas se tarir pour autant. Bien au contraire, puisque c'est alors que les crises se succèdent, de plus en plus rapprochées, que Nerval, tout en cherchant dans le voyage un impossible apaisement, multiplie les publications:* Voyage en Orient *en 1851,* Les Illuminés, Les Nuits d'octobre, La Bohême galante, Sylvie *et* El Desdichado *en 1852,* Les Petits châteaux de Bohême *et* Contes et facéties *en 1853,* Les Filles du feu *et les sonnets des* Chimères *en 1854. Après un long séjour auprès du docteur Blanche, Nerval quitte la clinique le 19 octobre pour mener une vie errante, mais non improductive puisqu'il fait paraître à ce moment le début de* Pandora *et, quelques semaines plus tard, celui d'*Aurélia. *Mais le 26 janvier 1856, on découvre à l'aube Nerval pendu rue de la Vieille-Lanterne, dans le quartier des Halles.*

4 février
Eugène de Mirecourt, qui avait fait scandale en 1845 en s'attaquant à Alexandre Dumas, récidive avec une imposante (100 volumes) et réjouissante *Galerie des contemporains* dans laquelle nul n'est épargné: Émile de Girardin est sa première victime. En 1857, Mirecourt fera à son tour l'objet d'un pamphlet anonyme *(Confession d'un biographe de la fabrique de biographies, Maison Eugène de Mirecourt et compagnie)* dénonçant ce que lui-même avait reproché à Dumas en 1845.

27 février
Mort de Lamennais. Ses obsèques au Père-Lachaise, le 1er mars, provoquent des incidents. Selon ses dernières volontés, son corps est «porté directement au cimetière, sans être présenté à aucune église».

mars
Inauguration de l'hôpital Lariboisière.

11 mars
Le ministère de la Guerre est confié au maréchal Vaillant.

12 mars
La France et la Grande-Bretagne s'engagent à défendre l'Empire ottoman et décident des réformes politiques et sociales que doit accepter le sultan en contrepartie de cette aide.

18 mars
Guizot: *Histoire de la République d'Angleterre et de Cromwell (1649-1658).*

27 mars
La déclaration de guerre franco-anglaise à la Russie déclenche la guerre de Crimée.

2 avril
Villemessant lance une nouvelle édition, hebdomadaire, du *Figaro.*

10 avril
La France, la Grande-Bretagne, l'Autriche et la Prusse signent un traité garantissant la liberté des Détroits.

20 avril
Traité austro-prussien d'alliance défensive.

29 avril
Un arrêté fixe les modalités de l'admission dans les hôpitaux de Paris.

1er mai
Rétablissement de la garde impériale.

3 mai
Un sénatus-consulte règle l'organisation administrative des colonies et crée un comité consultatif des colonies de 12 membres.

14 mai
Publication du premier numéro de *L'Illustration,* qui se veut « un miroir fidèle où viendra se réfléchir la vie de la société ».

20 mai
Guerre de Crimée. Le corps expéditionnaire franco-anglais (55 000 hommes) se rassemble sur le détroit des Dardanelles, à Gallipoli.

21 mai
Frédéric Mistral, Théodore Aubanel et Joseph Roumanille fondent le Félibrige, mouvement poétique pour la renaissance de la culture et de la langue provençales.

25 mai
Alexandre Dumas publie, dans *Le Mousquetaire,* le premier épisode des *Mohicans de Paris* (jusqu'au 26 mars 1856).

30 mai
Une loi stipule que les condamnés aux travaux forcés purgeront leur peine hors de France et qu'ils ne pourront plus y rentrer après leur libération.

31 mai
Abolition de la mort civile, qui frappe les condamnés de droit commun et les prive, à l'expiration de leurs peines, de la jouissance des droits civils et politiques.

10 juin
Loi sur le drainage, qui permettra l'assainissement de la Sologne et des Landes.

14 juin
Une loi sur l'enseignement crée le système des académies et confie aux préfets la nomination des instituteurs.

22 juin
Une loi maintient en vigueur le système du livret ouvrier institué sous le Premier Empire, mais l'assouplit: l'ouvrier est désormais détenteur de son livret (à la place du patron), changement qui amenuise sa dépendance à l'égard de l'employeur.
Les Russes évacuent les principautés danubiennes (Valachie, Moldavie).

23 juin
Billault remplace Persigny au ministère de l'Intérieur.

Billault

Né en 1805 à Nantes, où son père travaillait dans l'administration des douanes, Adolphe Billault (1805-1863) est admis en 1825 au barreau de Nantes. Très capable, très ambitieux, il s'impose bientôt: il devient bâtonnier de l'Ordre en 1838. Ses capacités et un mariage avec la fille de l'un des armateurs les plus riches de la ville (1830) lui ouvrent les portes de la politique. De 1837 à 1848, il représente la circonscription d'Ancenis à la Chambre des députés où, figurant d'abord au côté des plus conservateurs (en dépit de sa sympathie pour le saint-simonisme), il rejoint pour finir les rangs de l'opposition dynastique. La révolution de 1848 n'interrompt pas sa carrière politique. Élu à l'Assemblée consti-

tuante, mais battu aux législatives de mai 1849, il revient à un conservatisme nourri, comme chez beaucoup d'autres, par le spectacle des désordres révolutionnaires et le traumatisme provoqué par l'insurrection de Juin 1848. Partisan de Cavaignac en décembre 1848, il se rapproche ensuite de Louis-Napoléon Bonaparte, approuve le coup d'État et retrouve un siège, celui de l'Ariège, au Corps législatif de 1852. Nommé à la présidence du Corps législatif, il a l'insigne honneur de présenter officiellement les résultats du plébiscite sur le rétablissement de l'Empire. En juin 1854, Billault décroche le portefeuille de l'Intérieur, chargé notamment de l'organisation des élections. S'il réussit pleinement dans cette tâche en 1857, l'attentat d'Orsini, le 14 janvier 1858, vient soudainement enrayer la mécanique; Billault est congédié. Il écrit à l'empereur, se justifie, supplie le souverain de lui rendre sa confiance, et obtient satisfaction un an plus tard. Rappelé à l'Intérieur en 1859, nommé ministre sans portefeuille en 1860, Billault est chargé des relations avec le Corps législatif dans un domaine à la fois prestigieux et gros d'enjeux de premier plan: les Affaires étrangères. Habile et talentueux orateur, Billault brille devant la Chambre. Thuriféraire de l'empereur, il est récompensé de sa fidélité par un poste spécialement créé pour lui: ministre d'État (23 juin 1863). Billault atteint le sommet. Il n'en profitera pas: il meurt le 13 octobre 1863.

26 juin
Guerre de Crimée. Français et Anglais occupent la Grèce, afin d'empêcher les troupes de ce pays orthodoxe de rejoindre leurs coreligionnaires russes contre les Turcs. Les troupes franco-anglaises sont arrivées à Varna (côte ouest de la mer Noire). Une expédition sur la Dobroudja tourne au désastre à cause d'une épidémie de choléra. L'état-major commandé par le maréchal de Saint-Arnaud décide de marcher sur Sébastopol (Crimée), dont le port abrite une importante flotte russe.

juillet
Neuf compagnies parisiennes d'omnibus fusionnent au sein de la Société générale des Omnibus de Paris. Aux 25 lignes desservies par des voitures tractées par des chevaux s'ajoutent bientôt deux lignes de tramway du Louvre à Saint-Cloud et Sèvres. La taille toujours plus importante des voitures, puis les infrastructures imposées par l'utilisation de la vapeur et de l'électricité se conjugueront pour concentrer le trafic sur les grandes artères de la capitale. L'engorgement de ces dernières conduira en 1895 à la décision de construire un métro souterrain.

8 août
Signature à Vienne d'un protocole entre les alliés franco-anglais et l'Autriche sur les conditions de la paix avec la Russie: établissement d'un protectorat collectif sur les principautés danubiennes (Moldavie et Valachie), limitation des forces navales russes en mer Noire, liberté de navigation sur le Danube, renonciation par la Russie à tout protectorat sur les populations chrétiennes orthodoxes de l'Empire ottoman. L'empereur d'Autriche François-Joseph exclut toutefois d'engager des troupes contre la Russie.

19 août
Charles Renouvier (1815-1903), le principal représentant français du néocriticisme issu de Kant, publie des *Essais de critique générale* (1854-1864).

septembre
Une bombe est découverte sur la voie ferrée que doit emprunter le train impérial pour se rendre à Tournai.

13-14 septembre
Français et Anglais débarquent à Eupatoria (en Crimée, au nord de Sébastopol). Leur objectif est Sébastopol, où les Russes ont établi leurs défenses sur la rivière de l'Alma.

19 septembre
Saint-Arnaud attaque les Russes sur l'Alma. Dans la soirée, ceux-ci sont contraints d'abandonner leurs positions.

23 septembre
La flotte russe de la mer Noire se saborde.

26 septembre
Français et Anglais occupent le port de Balaklava au sud de Sébastopol. Le siège commence sous la direction du général Canrobert (il durera jusqu'en août 1855).

6 octobre
Napoléon III décide la construction à Paris d'un pont qui portera le nom de l'Alma (inauguré le 2 août 1856).

17 octobre
Échec d'une attaque alliée contre Sébastopol.

25 octobre
Échec d'une contre-attaque russe sur Balaklava pour briser l'encerclement de Sébastopol.

4 novembre
Début de la publication de l'*Histoire de ma vie* de George Sand jusqu'en 1855.

5 novembre
Nouvel échec d'une contre-attaque russe, à Inkerman. Le front se stabilise.

12 novembre
Un emprunt est lancé directement auprès du public et non, comme c'était jusqu'alors l'usage, placé d'abord auprès de financiers ou de banques françaises ou étrangères.
Morny remplace Billault à la présidence du Corps législatif, fonction qu'il conservera jusqu'à sa mort en 1865.

Morny

Charles-Auguste-Louis-Joseph de Morny (1811-1865) est le fils du comte de Flahaut, aide de camp de Napoléon Ier, et de la reine Hortense, épouse de Louis Bonaparte et mère du futur Napoléon III, dont Morny est donc le demi-frère. Les deux jeunes gens apprennent leur lien de parenté en 1837, à la mort de leur mère. Après une courte carrière militaire (1832-1838), Morny se lance dans les affaires, puis dans la politique. Élu député en 1842, il soutient la politique de Guizot. Riche, mondain, Morny frôle le désastre lorsque la révolution de 1848 balaie les Orléans dont il était l'un des familiers. Mais l'accession au pouvoir de son demi-frère ne tarde pas à le remettre en selle. En 1851, il est l'un des principaux artisans du coup d'État. Nommé à l'Intérieur, Morny dirige la reprise en main du pays et met en place les principaux instruments d'un régime autoritaire, comme le système des candidatures officielles. La politique et les affaires partagent son temps. Il participe à la fondation du Crédit mobilier, se lance dans l'aventure des chemins de fer, spécule à Paris sur des terrains dont les travaux du baron Haussmann font flamber les prix... Morny est de toutes les fêtes, symbole de ce qu'on nommera la « fête impériale ». Compromis dans différents scandales à la fin des années 1850, en butte à l'hostilité déclarée de Rouher, Morny revient au premier plan en 1860 en se faisant le champion de la libéralisation du régime. Il meurt soudainement le 10 mars 1865.

18 novembre
La brusque arrivée de l'hiver en Crimée fige les positions autour de Sébastopol assiégée depuis le 26 septembre.

30 novembre
Un arrêté du vice-roi d'Égypte Mohammed-Saïd accorde à Ferdinand de Lesseps un privilège pour le percement et l'exploitation pendant quatre-vingt-dix-neuf ans du futur canal de Suez.

décembre
Faidherbe est nommé gouverneur du Sénégal.

2 décembre
L'Autriche promet d'envoyer des troupes en Crimée, sous réserve de l'accord de la Confédération germanique, si la Russie persiste à rejeter les termes du protocole du 8 août.

autres événements
- Épidémie de choléra en France. Ce sera la dernière : 145 000 victimes.
- Baltard entreprend la construction des Halles centrales de Paris, l'un des chefs-d'œuvre de l'architecture métallique.
- Louis-Auguste Boileau ose introduire le fer dans la construction d'une église néogothique : les voûtes de Saint-Eugène à Paris (IXe arrondissement) reposent sur des colonnes de fonte.
- Henri Labrouste commence les travaux d'agrandissement et de modernisation de la Bibliothèque nationale (alors impériale), rue de Richelieu. Il construit une nouvelle salle de lecture, couverte de coupoles plates portées par de hautes et fines colonnes de fer.

1855

25 janvier
La France et l'Angleterre signent avec le roi de Piémont-Sardaigne Victor-Emmanuel II un traité d'alliance contre la Russie.

3 février
Magne est nommé ministre des Finances, Rouher ministre de l'Agriculture, du Commerce et des Travaux publics.

Rouher

Avocat à Riom, Eugène Rouher (1814-1884) est élu en février 1848 à l'Assemblée constituante. Partisan de Cavaignac encore en décembre 1848, il rejoint l'année suivante le parti de l'ordre, attirant l'attention de Louis-Napoléon qui, le 31 octobre, le nomme ministre de la Justice. C'est le début d'une longue carrière comme ministre, président du Conseil d'État et président du Sénat impérial. Partisan du libre-échange, Rouher joue un grand rôle dans la préparation du traité franco-britannique de 1860. À partir de 1863, il assure la défense des projets gouvernementaux devant un Corps législatif que les progrès constants de l'opposition libérale rendent de moins en moins facile à manœuvrer. Il passe alors pour une sorte de « vice-empereur ». D'ailleurs hostile au tournant libéral du régime, il s'efforce de freiner les réformes. Le 12 juillet 1869, il quitte ses fonctions, sacrifié au nécessaire accommodement avec l'opposition victorieuse dans les élections. Il ne quitte pas pour autant le devant de la scène, présidant le Sénat jusqu'à la chute du régime. Après un court exil en Angleterre et un échec électoral en juillet 1871, Rouher fait sa rentrée parlementaire en février 1872, consacrant le reste de sa vie à travailler à une improbable restauration impériale.

8 février
Représentant de la Prusse, Bismarck (1815-1898) fait rejeter par la diète germanique une proposition autrichienne de mobilisation contre la Russie.

9-14 mars
Cours de poésie de Sainte-Beuve, nommé professeur de poésie latine au Collège de France le 13 décembre 1854. Son éloge de Napoléon III est hué : Sainte-Beuve démissionne le 14 mars.

28 mars
Création, à la Bourse, du marché à règlement mensuel. Une loi autorise l'achat à crédit sur « tout marché à terme sur effets publics et autres, tout marché portant sur les valeurs mobilières et les denrées. »

avril
Qualification des crus de Bordeaux (hors Saint-Émilion et Pomerol) en cinq classes. Quatre crus appartiennent à la première classe : Châteaux Lafite, Latour, Margaux et Haut-Brion (graves). Château Mouton, racheté par les Rothschild en 1853, devient Mouton-Rothschild et les rejoint en 1973. Château-Yquem est classé premier cru supérieur dans la catégorie, établie à part, des Sauternes-Barsac.

9-19 avril
Reprise des bombardements alliés contre Sébastopol.

14 avril
Clôture de la session parlementaire.

19 avril
L'amiral Hamelin est nommé ministre de la Marine.

25 avril
Établissement d'une ligne télégraphique directe entre Paris et l'état-major français en Crimée.

26 avril
Une loi sur la conscription supprime la possibilité du remplacement (moyennant finances) pour les conscrits qui ont tiré un « mauvais numéro ». La somme jusqu'alors nécessaire est désormais versée par les exemptés à une caisse de dotation destinée à payer les primes de rengagement. Cette loi encourage la professionnalisation de l'armée.

28 avril
Pianori, un réfugié italien, vide son pistolet sur Napoléon III et le manque. Il est exécuté le 14 mai.

1er mai-novembre
Exposition universelle, à Paris (la première a eu lieu à Londres en 1851) : 9 500 exposants français, 10 500 exposants étrangers. Le palais construit aux Champs-Élysées pour accueillir l'Exposition est surmonté par un groupe monumental d'Élias Robert : *La France couronnant l'art et l'industrie*. Le *Te Deum* composé par Berlioz en 1849 est, à cette occasion, joué pour la première fois.

mai
Débuts de la vogue du spiritisme et des tables tournantes. L'un des principaux protagonistes de cette déplorable mode est Allan Kardec, qui publiera en 1857 *Le Livre des esprits* et fondera l'année suivante un périodique, *La Revue spirite*, organe de la Société des études spirites. En 1861, Kardec publiera *Le Livre des médiums*.

1er mai
Gustave Courbet organise une exposition de ses toiles refusées par le Salon dans un baraquement de l'avenue Montaigne : le « pavillon du réalisme ». Il expose notamment *L'Atelier du peintre* et *Un enterrement à Ornans*.

7 mai
Alexandre Walewski, fils de Napoléon Ier et de Marie Walewska, est nommé ministre des Affaires étrangères.

17 mai
Le général Canrobert, qui dirigeait les opérations en Crimée depuis le 26 septembre 1854, est remplacé par le général Pélissier.

7 juin
Le général Pélissier déclenche l'assaut contre Sébastopol.

18 juin
Les assaillants alliés sont arrêtés dans leur progression vers Sébastopol par la résistance du fort de Malakoff.

2-13 juillet
En session extraordinaire, le Corps législatif vote un emprunt de guerre de 750 millions, de nouveaux impôts et la garantie de l'emprunt turc.

7 juillet
Augustin Thierry: *Essai sur l'histoire de la formation et des progrès du tiers état.* En octobre 1850, Thierry a lancé la publication d'un *Recueil des monuments inédits de l'histoire du tiers état.*

21 juillet
Avec *Les Ouvriers européens*, Frédéric Le Play publie un programme d'enquête sur la condition ouvrière en Europe.

LE PLAY

Membre du corps des Mines, Frédéric Le Play (1806-1882) a embrassé les divers courants de pensée de son siècle avant d'être lui-même l'un des précurseurs, en France, de la sociologie. Il peut être considéré tour à tour comme un héritier des Lumières quand il participe à la rédaction de L'Encyclopédie nouvelle *de Pierre Leroux, un homme tenté par le saint-simonisme dans les années 1830, puis par le socialisme dans les années 1844-1848, un réformateur social enfin sous le Second Empire, régime dont il devient l'un des personnages les plus en vue. Le Play s'interroge moins sur les nouveautés de la civilisation industrielle que sur leurs conséquences sociales susceptibles de rompre les anciennes solidarités. Toute son œuvre intellectuelle s'applique, avant même l'avènement de la sociologie universitaire incarnée par Durkheim, à constituer une science de la société dont la méthode d'investigation serait fondée sur l'enquête monographique. Considérant qu'une société ne peut être observée scientifiquement dans sa globalité, il concentre son attention sur la cellule de base qu'est la famille. De là découlent ces innombrables enquêtes sur les familles ouvrières, les plus fragilisées par la révolution industrielle, qui fournissent notamment la matière des* Ouvriers européens, *et de ses initiatives en faveur de l'économie domestique, à l'occasion notamment des Expositions universelles de 1855 et de 1867 dont il est le maître d'œuvre. La deuxième surtout lui permet d'illustrer sa théorie des rapports entre ouvriers et patrons d'après le modèle familial. À cette occasion, il crée aussi un groupe, désigné par l'expression d'« économie sociale », dont la fonction est de présenter tout ce qui est susceptible, depuis le vêtement jusqu'à l'habitat, d'améliorer la condition matérielle et morale des classes laborieuses. Considéré comme l'une des références majeures du catholicisme social, le professeur de l'École des mines prône à partir de 1864 (il publie alors* La Réforme sociale en France*) une réforme de la société qui serait confiée à des « autorités sociales », sorte de classe supérieure formée d'individus exemplaires, dégagés des rivalités partisanes et des contingences politiques. Ses disciples, qui vont bientôt se déchirer, se regroupent au sein de la Société d'économie sociale fondée en 1856 avec Armand de Melun et Michel Chevalier. Cette société réalisera, entre 1857 et 1862, une vaste enquête sur* Les Ouvriers des deux mondes.

août
Visite officielle en France de la reine Victoria et du prince Albert.

16 août
Échec d'une contre-attaque russe lancée à partir du fort de Malakoff.

27 août
Une société secrète républicaine, La Marianne, organise un soulèvement à Trélazé (Maine-et-Loire). Les meneurs sont arrêtés et déportés.

septembre
Magne, ministre des Travaux publics, interdit au Crédit mobilier (fondé par les frères Pereire le 18 novembre 1852) d'émettre de nouvelles obligations, système surexploité pour financer le développement des chemins de fer.

8 septembre
Napoléon III échappe à un nouvel attentat, fomenté par un nommé Bellamare.
Guerre de Crimée. Les troupes franco-anglaises commandées par le général Mac-Mahon s'empa-

rent du fort de Malakoff. Les pertes sont très lourdes: 12900 Russes et 10000 alliés, dont 7600 Français, sont mis hors de combat. Sébastopol, évacuée par les Russes, tombe au terme d'un siège qui a duré un an et fait 120000 morts dans les rangs alliés, dont 95000 Français.

12 septembre
Le général Pélissier devient maréchal de France.

15 septembre
Publication, sous le titre *Le Chasseur vert*, des 18 premiers chapitres de *Lucien Leuwen*. L'édition intégrale du roman inachevé de Stendhal ne sera publiée qu'en 1952.

16 décembre
L'Autriche adresse à la Russie un tardif ultimatum.

22 décembre
Un décret réorganise les Archives de l'Empire: il établit la répartition des documents en sections (historique, administrative, etc.).

autres événements
• *La Sémillante* fait naufrage au large de Bonifacio: 750 morts. Autre catastrophe: la rupture du barrage de Bouzey (Vosges).
• Ouverture des magasins du Louvre à Paris. De nouveaux bâtiments seront construits en 1877. Les premiers «magasins de nouveautés» ont ouvert leurs portes sous la Restauration: La Belle Jardinière en 1824, Aux Trois Quartiers en 1829. Même si ces établissements se sont rapidement agrandis, c'est seulement sous le Second Empire que les «magasins de nouveautés» deviennent de «grands magasins»: surface exceptionnelle; personnel nombreux (2 400 employés au Louvre en 1882); chiffre d'affaires en constante progression. À l'origine de ce succès auprès d'une clientèle principalement féminine, une révolution des techniques commerciales associant la vente à prix fixe de produits de qualité courante fabriqués en série, la possibilité de reprise des articles et le principe du libre accès de la clientèle: le shopping est né. Au début du Second Empire, deux magasins occupent une position dominante: le Bon Marché, repris par Boucicaut en 1852, qui innove avec la division en rayons spécialisés et la pratique des soldes, et le Louvre. D'autres se lancent ensuite dans l'aventure, le Printemps en 1856 et le Bazar de l'Hôtel de Ville en 1857. Le 1er janvier 1870, Théodore-Ernest Cognacq fonde la Samaritaine. Selon le mot de Michelet, avec l'accès du plus grand nombre à la consommation, l'égalité devient «visible».
• Fondation de la Compagnie parisienne d'éclairage et de chauffage au gaz: 34 800 abonnés en 1857, 86 500 en 1869.

1856

janvier
La Russie déclare accepter la convention du 8 août 1854. Le 1er février, un accord préliminaire est signé entre les Russes et les alliés franco-anglais.

15 février
Article de Taine sur Dickens, alors à peine connu en France. Taine a commencé de travailler à sa future *Histoire de la littérature anglaise* (1864-1869).

25 février-8 avril
Réunion du congrès de Paris qui met un terme à la guerre de Crimée. Le 30 mars, Français, Anglais et Russes signent le traité de Paris qui consacre l'intégrité et l'indépendance de l'Empire ottoman. Celui-ci s'engage à établir l'égalité des droits entre tous ses sujets, musulmans ou chrétiens. Le traité place sous la garantie collective de l'Europe les principautés de Moldavie, Valachie et Serbie, garantit la libre navigation sur le Danube et neutralise la mer Noire.

29 février
Leçon inaugurale de Claude Bernard au Collège de France.

Claude Bernard

*Claude Bernard (1813-1878) avait été l'élève et le préparateur des expériences de François Magendie (1783-1855) qui avait, notamment, établi la distinction entre nerfs sensitifs et nerfs moteurs (1816). Comme son maître, Claude Bernard fonde sur une pratique intensive de la vivisection ses recherches sur les mécanismes organiques. Au Collège de France, il présente le résultat de ses travaux et sa conception de la science médicale, fondée sur l'opposition entre expérimentation et observation clinique et dont il publiera l'exposé dans l'*Introduction à la médecine expérimentale *(1865) et dans* La Science expérimentale *(1878). Claude Bernard possédait surtout le don de la vulgarisation, qu'il exerçait lors de conférences du soir données à la Sorbonne devant un plus large public.*

12 mars
Baudelaire publie une traduction des *Histoires extraordinaires* d'Edgar Poe, mort en 1849, avec un essai: *Edgar Poe, sa vie, ses œuvres*. Quatre autres volumes seront publiés par Baudelaire: *Les Nouvelles Histoires extraordinaires*, accompagnées de *Notes nouvelles sur Edgar Poe*, le 8 mars 1857; *Les Aventures de Gordon Pym*, le 13 mai 1858; *Euréka*, le 25 novembre 1863; les *Histoires grotesques et sérieuses*, le 16 mars 1865. Du vivant de Poe, en 1842, le journal *Le Commerce* avait publié une traduction française de l'*Assassinat dans la rue Morgue*. L'œuvre poétique d'Edgar Poe sera traduite par Mallarmé.

16 mars
Naissance du prince impérial, baptisé Napoléon-Louis. Son baptême, le 14 juin, est l'occasion d'une cérémonie religieuse à laquelle assiste l'épiscopat français au grand complet (sauf deux évêques). Le pape a accepté d'être le parrain de l'héritier du trône. À la demande des évêques, formulée à cette occasion, le pape étend la fête du Sacré-Cœur à l'Église universelle.

18 mars
Les généraux Bosquet, Randon et Canrobert sont faits maréchaux de France.

29 mars
Pierre Larousse publie la première édition du *Nouveau Dictionnaire de la langue française*. Ce dictionnaire, dont 5 millions d'exemplaires auront été vendus à la fin du siècle, deviendra en 1905 le *Petit Larousse illustré*.

8 avril
Cavour, chef du gouvernement du royaume de Piémont-Sardaigne, dénonce l'occupation autrichienne en Italie.

23 avril
Hugo: *Les Contemplations*. Les 3000 exemplaires sont vendus le jour même.

21 juin
Élection de Berlioz à la section de musique de l'Académie des beaux-arts.

28 juin
Tocqueville publie la première partie de *L'Ancien Régime et la Révolution*. Par-delà la rupture de 1789, une démonstration de la continuité profonde de l'histoire de France, de l'absolutisme monarchique aux deux Empires: la centralisation administrative comme signe de la malédiction française, de la révérence des Français à l'égard de l'État et de leur inaptitude à la liberté.

17 juillet
Un décret sénatorial organise la régence et crée un Conseil de régence.
Une loi réglemente, dans un sens restrictif, les sociétés en commandite par actions, dont le nombre passe dès lors de 463 en 1856 à 96 en 1861.

2 août
Inauguration du pont de l'Alma. La statue du *Zouave*, qui garde le pont, œuvre de Georges Diebolt, sera inaugurée le 15 août 1858.

13 août
Rouland devient ministre de l'Instruction publique et des Cultes.

21 août
L'armée française est dotée du canon et de l'obus à ailettes inventés par le Britannique Sir Henry Bessemer.

12 septembre
En Algérie, des cavaliers assassinent près d'Oran le chef de la tribu des Beni Sous, peut-être à l'instigation du chef du bureau arabe de Tlemcen, le capitaine Doisneau, qui sera condamné aux travaux forcés à perpétuité.

octobre
Les gouvernements français et anglais rompent avec le roi Ferdinand II des Deux-Siciles dont ils contestent les méthodes de gouvernement.
Charles de Montigny, consul de France à Shanghai, rencontre le roi du Cambodge Ang Duong qui a sollicité en 1853 l'aide de la France contre la double tutelle imposée au Cambodge par le Siam et l'Annam (l'une des provinces du Vietnam). La longue aventure de la conquête de l'Indochine commence.

1er octobre
Madame Bovary commence à paraître en feuilleton dans *La Revue de Paris*. Des poursuites sont bientôt annoncées contre l'éditeur pour immoralité et irréligion. Le 7 février 1857, Flaubert et le directeur de *La Revue de Paris* sont acquittés: *Madame Bovary* est publiée en volume en avril 1857.

FLAUBERT

Gustave Flaubert (1821-1880) est encore adolescent lorsqu'il se livre à ses premiers essais litté-

raires: Mémoires d'un fou *datent de 1836-1838. Bachelier en 1840, il s'échappe ensuite de Rouen, où son père est médecin-chef à l'hôtel-Dieu, pour une longue randonnée qui le conduit des Pyrénées en Provence. À Paris, où il s'est installé pour suivre de peu passionnantes études de droit civil, Flaubert est victime, au début de 1844, d'une attaque nerveuse qui, d'une certaine façon, le sauve: il abandonne ses études et revient vivre dans la propriété familiale de Croisset. Déjà il a repris ses travaux littéraires, commençant d'écrire une première version de* L'Éducation sentimentale. *En 1847, il en abandonne le manuscrit pour accomplir avec son ami Maxime Du Camp un long périple sur les rives de la Loire et en Bretagne dont la chronique, signée par les deux amis* (Par les champs et par les grèves), *sera publiée bien plus tard, en 1885, après la disparition de Gustave. Toujours avec Du Camp, il repart en 1852, mais cette fois pour une lointaine expédition en Orient. C'est l'occasion pour lui d'oublier l'échec de* L'Éducation sentimentale, *qu'il n'a pas achevée, et de* La Tentation de saint Antoine, *dont il a abandonné la rédaction en 1849, et dont il écrira plusieurs versions avant la publication en avril 1874. Revenu en Normandie en juin 1851, Flaubert s'isole: cinq années de labeur dont sort* Madame Bovary. *Le 1er octobre 1856,* La Revue de Paris, *dirigée par Maxime Du Camp, commence de publier le roman, en ayant pris la précaution de l'expurger de certains passages (la scène du fiacre notamment). Malgré la prudence de Du Camp, des poursuites sont bientôt engagées contre le livre et son auteur, qui aboutissent, le 7 février 1857, à un triomphal acquittement. D'un voyage en Tunisie accompli l'année suivante, Flaubert rapporte* Salammbô *(1862). Enfin, en 1869, paraît une* Éducation sentimentale *qui n'a plus guère à voir avec la première version écrite vingt ans plus tôt. Après avoir achevé* La Tentation de saint Antoine *(1874) et publié encore* Trois contes *(1877), Flaubert, disparu le 8 mai 1880, laissera inachevé* Bouvard et Pécuchet.

novembre

Louis-Émile Duranty publie le premier des 6 numéros de son journal mensuel, *Réalisme*.

Le réalisme littéraire

Le réalisme s'affirme après 1850, comme une réaction contre le romantisme et le culte de l'imaginaire, qui avaient dominé la première moitié du siècle. Sous l'influence de l'essor des sciences biologiques, et plus généralement de l'esprit scientiste, la nouvelle école prétend donner une image exacte de l'homme et de la nature en privilégiant, sur le mode de l'observation scientifique, les faits et l'observation du monde réel. « La peinture, proclame Courbet, est essentiellement un art concret et ne peut consister qu'en la présentation des choses réelles et existantes. » Le peintre organise, en 1855, une exposition intitulée « Du réalisme », dont le catalogue est rédigé sans doute par Champfleury, l'auteur de Chien-caillou *(1847). C'est autour de Courbet que se réunissent à la brasserie Andler les peintres et écrivains qui partagent ce souci de représenter ce que l'académisme stigmatise comme vulgaire ou moderne: Corot, Baudelaire (qui utilise le terme dans ses* Salons*), Daumier, Proudhon, Duranty, qui publie en 1860* Le Malheur d'Henriette Gérard.

Madame Bovary *de Flaubert, pourtant critiqué dans la revue, apparaît, à sa parution en volume et lors du procès qui s'ensuit, comme l'exemple même du réalisme littéraire dont se réclament encore les frères Edmond (1822-1896) et Jules (1830-1870) de Goncourt. Après avoir écrit des ouvrages historiques (*Histoire de la société française pendant la Révolution, *1854, puis* pendant le Directoire, *1855), et notamment* La Femme au XVIIIe siècle *(1862), ils publient de nombreux romans consacrés à l'étude des états pathologiques que le réalisme a mis au goût du jour:* Charles Demailly *(1860),* Germinie Lacerteux *(1867), précédé d'une préface-manifeste. Émile Zola, qui admire l'œuvre des Goncourt, préfère, pour son œuvre propre, parler de naturalisme, mot aux connotations moins péjoratives.* Thérèse Raquin *(décembre 1867) est son premier roman « naturaliste ». En octobre 1871, il inaugure le cycle des Rougon-Macquart avec* La Fortune des Rougon.

6 novembre

Création, à l'Odéon, de *Madame de Montarey* de Louis Bouilhet, ami de Flaubert. Entre 1856 et 1866, Louis Bouilhet (1821-1869) fera représenter avec succès pas moins de six pièces. Il triomphera à l'automne 1866 avec *La Conspiration d'Amboise*.

22 novembre

Auguste Comte: *Système de logique positive*.

autres événements

• Léon Vaudoyer commence la construction de Sainte-Marie-Majeure à Marseille, achevée en 1872.

1857

3 janvier

Un prêtre défroqué, frappé d'une sentence d'interdit pour démence, Jean-Louis Verger, assassine Mgr Sibour, l'archevêque de Paris. Verger est guillotiné le 30 janvier.

10 janvier

Taine: *Les Philosophes français du XIXe siècle.*

17 janvier

Mort de Frédéric Sauvage, l'inventeur de l'hélice marine.

FRÉDÉRIC SAUVAGE

Frédéric Sauvage (1785-1857) dirige une entreprise de construction de bateaux lorsque, vers 1811, il commence la carrière d'inventeur qui fera à la fois sa gloire et son malheur. Il révolutionne la technique du moulin horizontal, puis invente un appareil, le « physionomètre », qui permet de prendre l'empreinte des objets et de les reproduire à l'infini. Tandis qu'il poursuit avec acharnement, et en se ruinant, recherches et inventions, d'autres que lui en tirent profit: ainsi, le « physionomètre », rebaptisé « physionotype », est mis sur le marché avec succès sans rapporter le moindre bénéfice à son inventeur. En 1832, l'esprit fécond de Sauvage s'applique à débarrasser les bateaux à vapeur de leurs lourdes roues à aubes: il invente l'hélice à un filet et une seule spire, puis l'hélice à pales (1835-1837). Son invention se heurte à une indifférence générale. Ruiné, Frédéric Sauvage, incapable de satisfaire ses créanciers, finit en prison. Pire encore, le brevet qu'il avait pris en 1832 pour son hélice tombe dans le domaine public. Harcelé de procès, réduit à la misère, usé et aigri, Sauvage sombre dans la folie. Il est interné à la maison de santé de Picpus, où il meurt au moment où la marine française adopte l'hélice qu'il avait inventée.

5 février

Le comte de Chambord (petit-fils de Charles X) rejette les tentatives de fusion entre orléanistes et légitimistes.

21 février

Eugène Fromentin publie *Un été dans le Sahara*, que suivra en 1858 *Une année dans le Sahel*, souvenirs de voyages faits par le peintre entre 1846 et 1853.

11 avril

Création de la Compagnie de chemin de fer du Paris-Lyon-Méditerranée (PLM).

27 avril

Inauguration de l'hippodrome de Longchamp, créé par Morny. L'hippodrome de Vincennes sera inauguré en 1863, celui de Deauville en août 1864.

2 mai

Un décret impérial crée la commune d'Arcachon, favorisant l'essor rapide de cette station balnéaire où Napoléon III séjournera à plusieurs reprises.

9 mai

Prosper Duvergier de Hauranne: *Histoire du gouvernement parlementaire en France de 1814 à 1848* (1857-1871). L'ouvrage ne couvre en fait que la période 1813-1830.

25 mai

Les colons français de l'île de Gorée annexent la presqu'île du Cap-Vert.

28 mai

Dissolution du Corps législatif (élu en 1852).

juin

Jules Vallès: *L'Argent.* Violente dénonciation de la France bourgeoise, première œuvre de l'un des futurs chefs de la Commune de 1871.

9 juin

Signature d'une convention entre l'État et la Banque de France. Celle-ci obtient le droit de fixer librement son taux d'escompte, le cas échéant au-dessus de la limite de 6 % (en mars 1852 le taux d'escompte avait été ramené à 3 %), et le renouvellement de son privilège jusqu'en 1897. En échange, la Banque s'engage à doubler son capital, à verser 100 millions sur un fonds disponible de rentes sur l'État qui sera utilisé pour « assurer la confiance du public dans les billets », à porter le montant des avances consenties à l'État à 80 millions, enfin à reverser sur un compte ouvert au profit du Trésor les bénéfices réalisés sur l'escompte au-delà du taux de 6 %. La Banque de France devient ainsi, sinon une banque d'État, du moins le banquier privilégié de l'État. La Banque

de France change simultanément de direction: Charles de Germiny succède au gouverneur d'Argout (en fonctions depuis 1836); Eugène Schneider et Alphonse de Rothschild deviennent les plus en vue des 15 régents.
On recense en France près de 300 banques privées, une seule banque d'affaires (le Crédit mobilier) et les nouvelles banques de dépôt et de crédit apparues depuis 1852.

21-22 juin
Le résultat des élections législatives (65 % de votants) confirme l'efficacité du système des candidatures officielles: les candidats soutenus par le gouvernement recueillent 85 % des suffrages, soit 5471000 voix, contre 665000 aux oppositions. Les républicains ont cependant emporté 5 des 10 sièges attribués à la Seine: Émile Ollivier, Darimon, Eugène Cavaignac (qui décède peu après), Hippolyte Carnot et Goudchaux. Les deux derniers refusent de prêter serment et démissionnent. Deux autres élus républicains: Hénon à Lyon et Curé à Bordeaux.

Émile Ollivier

Jeune avocat en 1848, Émile Ollivier (1825-1913) est nommé commissaire de la République dans les Bouches-du-Rhône. Sa carrière politique, à peine commencée, prend fin après l'insurrection de Juin 1848. Ollivier regagne le barreau. En 1857, pressenti pour représenter les républicains aux législatives, il se lance dans la bataille et remporte un siège à Paris. Devenu le chef de file de la minuscule opposition républicaine au Corps législatif, Ollivier s'attache à mener son combat dans le cadre constitutionnel. Après 1860, le tournant libéral du régime le conduit à se rapprocher de Morny, ardent partisan des nouvelles orientations. Rapporteur du projet de loi sur les coalitions en 1864, il se trouve en butte à l'hostilité de la gauche, qui l'accuse de collusion avec le régime. En 1865, il rencontre Napoléon III et lui fait part de ses vues sur la libéralisation du régime. L'empereur, qui n'est pas hostile à son programme, préfère le réaliser avec ses fidèles partisans. L'heure d'Émile Ollivier sonne après les élections de 1869, qui donnent une majorité aux partisans de l'Empire libéral: le 2 janvier 1870, il est chargé de former le nouveau gouvernement. Tout en s'efforçant de consolider le régime parlementaire annoncé par les réformes de 1869, il doit lutter sur deux fronts: déjouer l'agitation révolutionnaire et neutraliser les partisans de l'Empire autoritaire. La crise déclenchée par la candidature Hohenzollern, puis la guerre, auront raison de lui: il est renversé le 9 août 1870.

23 juin
Loi sur la propriété industrielle et les marques de fabrique.

24 juin
Le maréchal Randon, après une campagne éclair, achève la conquête de la Kabylie, qui restait le seul foyer de résistance active à la colonisation française de l'Algérie.
Baudelaire: *Les Fleurs du mal.* Six des pièces du recueil sont condamnées le 20 août pour «outrage à la morale publique et aux bonnes mœurs»: il doit les supprimer de son recueil. Le 24 août, la revue *Le Présent* publie six poèmes en prose *(Poèmes nocturnes).*

Baudelaire

Le père de Charles Baudelaire (1821-1867), prêtre défroqué, avait exercé les fonctions de précepteur chez le duc de Choiseul-Praslin. Peintre à ses heures, il en communiqua le goût à son fils. Charles a 6 ans lorsqu'il perd son père. L'année suivante, en 1828, sa mère épouse en secondes noces le commandant Aupick, dont les relations avec son beau-fils s'assombrissent lorsque ce dernier, qui poursuit ses études au lycée Louis-le-Grand, choisit d'embrasser la poésie, non comme métier, mais comme manière de vivre. Il fréquente les milieux littéraires, se liant notamment avec Théophile Gautier, au moment où celui-ci vient de rompre avec les romantiques. Las des frasques de Charles, ses parents l'envoient à l'île de la Réunion (1841). Six mois après, il est de retour pour prendre possession, à la faveur de sa majorité, de sa part de l'héritage paternel. Il dilapide ce bien avec tant d'application que Mme Aupick obtient qu'il soit placé sous tutelle. Baudelaire a renoué avec son genre de vie, rebelle à tout ce qui pourrait menacer sa liberté. Il a beaucoup écrit déjà, mais rien publié. C'est seulement au printemps de 1845 qu'il fait paraître son Salon de 1845 *et le sonnet* À une dame créole. *Dès lors, il consacre régulièrement des essais aux Salons et à la peinture (*L'Œuvre et la vie d'Eugène Delacroix *et* Le Peintre de la vie moderne, *1863). Critique d'art, il s'affirme également comme traducteur: il révèle au public français l'œuvre d'Edgar Poe, traduisant entre 1856 et 1865 plusieurs recueils de nouvelles de l'écrivain.*

De temps à autre, une revue publie l'un des nombreux poèmes qu'il conserve dans ses cartons. La minceur de son œuvre poétique publiée le fera longtemps passer pour un critique d'art poète d'occasion ; jusqu'à la publication, en 1857, des Fleurs du mal, *recueil de 100 poèmes dédiés à Théophile Gautier. En 1861 est mise en vente une nouvelle édition augmentée de 35 pièces nouvelles.* Les Paradis artificiels *sont publiés en 1860, les* Petits Poèmes en prose *en 1862. En 1864, Baudelaire s'installe à Bruxelles, où il compose ses* Poèmes en prose. *Rentré à Paris en mars 1866, très malade, il s'éteint un an plus tard, âgé de 46 ans. En 1869, Charles Asselineau publiera la première biographie du poète* (Charles Baudelaire, sa vie et son œuvre) *et, avec Théodore de Banville, ses* Œuvres complètes *(1869-1870).*

16 juillet
Funérailles du chansonnier Pierre-Jean Béranger.

14 août
Inauguration du nouveau Louvre de Louis Visconti et Hector Lefuel : le vieux palais des rois est relié aux Tuileries par une aile occupée par le ministère d'État.

septembre
Entrevue de Stuttgart entre Napoléon III et le tsar Alexandre II.

octobre
La crise économique, qui a éclaté aux États-Unis pendant l'été, gagne l'Europe, mais avec des effets moindres. En France, elle met cependant un terme à l'exceptionnelle prospérité des années 1851-1857.

10 novembre
La Banque de France est autorisée à soutenir les compagnies de chemin de fer en difficulté en leur consentant des avances et en se chargeant d'écouler sur le marché les obligations qu'elles ont émises. Entre 1858 et 1861, la Banque de France écoule plus de 3 millions d'obligations.

16 novembre
Royer succède au ministère de la Justice à Abbatucci, décédé le 11 novembre.

autres événements
• Création de l'École centrale de Lyon.
• Charles-Frédéric Worth fonde, rue de la Paix, la première maison de couture.
• Napoléon III confie à Viollet-le-Duc la restauration du château de Pierrefonds (Oise).

Viollet-le-Duc

Eugène Viollet-le-Duc (1814-1879) se forme lui-même au contact des monuments étudiés lors de visites en France et en Italie. En 1840, il relève le défi lancé par Mérimée, inspecteur des Monuments historiques, de sauver la basilique de la Madeleine de Vézelay. Il réussit et devient alors le grand restaurateur des monuments du Moyen Âge sur lesquels il laisse son empreinte : Notre-Dame de Paris (à partir de 1844), Saint-Sernin de Toulouse et la basilique Saint-Denis (1847), la cathédrale d'Amiens et les remparts de Carcassonne (1849). Pour lui, « restaurer un édifice, ce n'est pas l'entretenir, le réparer ou le refaire, c'est le rétablir dans un état complet qui peut n'avoir jamais existé à un moment donné ». À Pierrefonds, on lui demande d'abord une restauration, puis la création d'un palais : Viollet-le-Duc réinvente un Moyen Âge coloré et pittoresque qui influencera toute l'Europe. Créateur polymorphe et inspiré, Viollet-le-Duc a peu construit – son projet pour l'Opéra de Paris fut refusé en 1860 –, mais il exerça une grande influence dans les services de l'État et par ses livres. Le Dictionnaire de l'architecture française du XIe au XVIe siècle *(10 volumes à partir de 1854) et son* Dictionnaire du mobilier français *sont de véritables encyclopédies. Les* Entretiens sur l'architecture *(1863-1872), synthèse rigoureuse du rationalisme architectural, seront la bible des plus grands créateurs de la fin du siècle.*

1858

janvier 1858-février 1861
Publication au *Moniteur* d'un article dénonçant les persécutions infligées aux missionnaires catholiques dans les trois provinces du Vietnam (Tonkin, Annam, Cochinchine). Le gouvernement français assure le pape Pie IX, qui s'émeut du sort réservé aux catholiques, qu'il interviendra si nécessaire pour assurer leur sécurité. Le consul de France à Shanghai propose au souverain annamite allié de la Chine, Tu Duc, un traité garantissant la liberté religieuse. Celui-ci ayant refusé, un contingent français occupe Saigon, mais se retrouve encerclé par les troupes annamites et chinoises en mars 1860 : l'encerclement sera brisé le 24 février 1861.

14 janvier
Trois bombes sont jetées en direction de la voiture de Napoléon III et de l'impératrice. Le couple impérial est indemne; l'attentat fait 8 morts et 150 blessés. Les coupables sont rapidement arrêtés. Il s'agit de deux réfugiés italiens, Felice Orsini et Pierri, qui pensaient ainsi déclencher un nouveau 1848 à l'échelle de l'Europe.

18 janvier
Interdiction de *La Revue de Paris*, qui avait publié *Madame Bovary* en 1856.

28 janvier
La justice piémontaise acquitte le journal *La Ragione*, poursuivi pour avoir fait l'apologie d'Orsini.

1er février
Institution d'un Conseil privé qui, en cas de régence, aura pour fonction d'assister l'impératrice. Un projet de loi de sûreté générale est communiqué par Fould, ministre d'État, au Conseil d'État et au Corps législatif.

7 février
Nomination du général Espinasse au ministère de l'Intérieur, où il succède à Billault. Espinasse s'emploie aussitôt à se faire craindre, multipliant perquisitions et arrestations.

8 février
Napoléon III menace Victor-Emmanuel II de Piémont-Sardaigne de rompre l'alliance franco-sarde après l'acquittement des apologistes piémontais d'Orsini. Le roi de Piémont-Sardaigne et son ministre Cavour apaisent l'empereur en prenant quelques mesures contre les réfugiés et la presse, et en faisant condamner à la peine de mort par contumace Mazzini qui, depuis les années 1830, a fomenté de nombreux complots et insurrections en faveur de l'unité italienne. Mais, signe que la colère du 8 février était feinte, Napoléon III fait savoir au gouvernement sarde le 20 février qu'en cas de conflit avec l'Autriche, la France le soutiendra militairement.

11 février-16 juillet
À Lourdes, apparitions de la Vierge à Bernadette Soubirous. Dès le début, la foule accompagne Bernadette qui, en juillet 1866, entrera au couvent, où elle décédera en 1879, à l'âge de 35 ans.

19 février
Promulgation de la loi de sûreté générale (adoptée par 227 députés contre 24, et à l'unanimité des suffrages des sénateurs moins un, celui de Mac-Mahon). Elle permet d'interner ou d'expulser du territoire « tout individu qui a été soit condamné, soit interné, expulsé ou transporté par mesure de sûreté générale à l'occasion des événements de mai et juin 1848, de juin 1849 ou de décembre 1851 et que des faits graves signalent de nouveau comme dangereux pour la sûreté publique ». Dès le 17, le ministre de l'Intérieur, le général Espinasse, avait demandé aux préfets de dresser la liste des suspects.

24-25 février
Arrestation de suspects dans toute la France. Ils sont présentés en mars à des commissions départementales qui prononcent 375 sentences de déportation en Algérie.

25-26 février
Procès d'Orsini et de ses complices pour l'attentat du 14 janvier. Le 26, Jules Favre, qui défend les accusés, est autorisé par Napoléon III à lire la lettre écrite par Orsini pour supplier l'empereur de délivrer l'Italie : « Que Votre Majesté, écrit Orsini, ne repousse pas le vœu suprême d'un patriote sur les marches de l'échafaud ; qu'elle délivre ma patrie et les bénédictions de 25 millions de citoyens la suivront dans la postérité. » Orsini et Pierri sont condamnés à mort. Le 27 février, *Le Moniteur* publie la lettre d'Orsini et le texte de la plaidoirie de Jules Favre.

12 mars
En Belgique, une nouvelle loi répressive, après celle du 20 décembre 1852, contre les journaux publiés par les exilés français met un terme à la tension franco-belge provoquée par l'indulgence d'une partie de la presse belge envers l'attentat d'Orsini.

13 mars
Exécution d'Orsini et de Pierri.

25 avril-10 mai
Élections législatives partielles à Paris. Ernest Picard et Jules Simon, élus, portent à cinq le nombre des députés républicains au Corps législatif (avec Ollivier, Darimon et le Lyonnais Hénon, tous trois élus en juin 1857).

28 avril
Saisie de *La Justice dans la Révolution et dans l'Église* de Proudhon, qui sera condamné le 2 juin à trois mois de prison pour outrage à la morale publique et religieuse.

15 mai

Comtesse de Ségur: *Les Petites Filles modèles.* Sophie Rostopchine, comtesse de Ségur (1799-1874), commence sur le tard, à l'intention de ses petits-enfants, une carrière de romancière. Chaque année ou presque, un succès: après *Les Petites Filles modèles*, *Les Vacances* (1859), *Les Mémoires d'un âne* (1860), *Les Deux nigauds* (1862), *Les Malheurs de Sophie* (1864), *Un bon petit diable* (1865), *Le Général Dourakine* (1866).

22 mai

Les compagnies étrangères de chemins de fer font leur entrée à la Bourse où, en 1869, 307 valeurs seront cotées, contre 118 en 1851.

28 mai

Institution des magasins généraux et création du warrant de marchandises, qui permet aux commerçants d'emprunter en gageant leurs marchandises. Le système du warrant sera renforcé en 1863 par une loi sur le gage commercial.

11 juin

Napoléon III met un terme à la vague de répression qui a suivi l'attentat d'Orsini: Espinasse est congédié du ministère de l'Intérieur. « Les ministres, lui écrit l'empereur, sont les grands rouages avec lesquels je gouverne et je les change lorsque je le crois nécessaire pour le bien public sans qu'aucune condition particulière vienne paralyser un intérêt général. Aussi ne suis-je jamais entré dans aucune explication avec un ministre que j'ai remercié. » Delangle est nommé ministre de l'Intérieur le 14.

24 juin

Le prince Napoléon, cousin germain de l'empereur, est chargé d'un éphémère ministère de l'Algérie et des Colonies, investi en Algérie des pouvoirs du gouvernement général militaire qu'exerçait depuis 1852 le général Randon. Celui-ci a conclu sa mission en achevant la conquête de la Kabylie (24 juin 1857). Depuis 1851, la population européenne en Algérie est passée de 131 000 à 193 000 individus, habitant pour la plupart dans les villes. La colonisation rurale, malgré les centaines de milliers d'hectares confisqués aux indigènes, reste timide.

Le prince Napoléon

Le prince Napoléon (Jérôme-Joseph-Charles-Paul-Napoléon, 1822-1891) est le fils du roi Jérôme, le plus jeune frère de Napoléon Ier. Élu en février 1848 représentant de la Corse à l'Assemblée constituante, celui que l'on surnomme familièrement « Plonplon » fréquente l'extrême gauche. Lorsque l'Empire est restauré, Plonplon devient, après son père, l'héritier de la couronne impériale, du moins jusqu'à la naissance du prince impérial, le 16 mars 1856. Le 30 janvier 1859, il épouse Marie-Clotilde de Savoie, la fille du roi de Piémont-Sardaigne et futur roi d'Italie Victor-Emmanuel II. Brièvement responsable des affaires algériennes, le prince Napoléon joue surtout un rôle important dans les années 1860 en encourageant les velléités sociales du régime. Exilé en Suisse après la chute du Second Empire, Plonplon redevient le prétendant officiel lorsque le prince impérial trouve la mort en Afrique australe en juin 1876. Dernier coup d'éclat: le 15 janvier 1883, il proclame le rétablissement de l'Empire. Aussitôt arrêté, il est frappé par une loi d'exil en juin 1886.

17 juillet

Loi sur les défrichements.
Création de la Commission de topographie de la Gaule, chargée d'établir une carte, mais aussi de superviser les fouilles, notamment celles qui sont envisagées sur le site de l'antique Alésia, dont la localisation exacte nourrit une âpre polémique entre plusieurs localités de Bourgogne.

20-21 juillet

Napoléon III rencontre Cavour dans la ville d'eaux de Plombières où il séjourne. Ils esquissent les objectifs d'une action commune entre la France et le royaume sarde contre l'Autriche: la France recevra Nice et la Savoie; le royaume de Piémont-Sardaigne annexera la Lombardie, la Vénétie, les duchés de Modène et Parme, pour former avec eux un « royaume de Haute-Italie ». Le pape conservera Rome et le Latium, mais le reste de ses États sera réuni à la Toscane pour former un « royaume d'Italie centrale » dont la couronne pourrait être donnée à un Bonaparte. Enfin, l'ensemble des États italiens seront réunis au sein d'une Confédération présidée par le pape.

août

L'amiral Rigault de Genouilly débarque sur la côte annamite et s'empare de Da Nang. Renonçant à marcher sur Hué, il décide de porter ses efforts au Sud et d'occuper la Cochinchine.

4-8 août
Napoléon III inaugure le bassin du port de Cherbourg (dont les plans avaient été tracés en 1792) et la ligne de chemin de fer Paris-Cherbourg.

15-19 août
Le voyage de Napoléon III en Bretagne est l'occasion de manifestations solennelles de ralliement de la part du clergé.

24 août
Un décret impérial lance des travaux de rénovation du port militaire de Brest et la construction d'un port de commerce adjacent. Des travaux sont également entrepris à Lorient, Rochefort et surtout Toulon pour la construction ou l'agrandissement d'importants arsenaux.

28 août
Louis Veuillot publie dans *L'Univers* un article sur Bernadette Soubirous. Les pèlerinages à Lourdes ne cessent de gagner en ampleur, malgré une interdiction préfectorale (8 juin), levée le 5 octobre.
Leconte de Lisle: *Poésies complètes.*
Edgar Quinet: *Histoire de mes idées.*

31 août
Fondation de l'Association générale des médecins de France (AGMF). Elle compte en 1859 plus de 1 500 membres, 4 400 en 1862. Elle défend les intérêts de la profession, coordonne les poursuites pour exercice illégal de la médecine et entretient sa réputation par quelques actions charitables.

18 septembre
Guizot publie ses *Mémoires pour servir à l'histoire de mon temps.* L'ouvrage (8 volumes publiés jusqu'en 1867) s'arrête avec la chute politique de Guizot en février 1848.

octobre
Montalembert fait l'éloge du parlementarisme anglais dans *Le Correspondant.* Cet article lui vaut une condamnation, qu'il ne purgera pas, à six mois de prison.

9 octobre
Théophile Gautier: *Le Roman de la momie.*

17 novembre
La France prend possession de l'île Clipperton dans le Pacifique nord.

22 novembre
Au théâtre du Vaudeville, création du *Roman d'un jeune homme pauvre* d'Octave Feuillet.

15 décembre
Ferdinand de Lesseps lance sur le marché 400 000 actions pour financer les travaux du canal de Suez et constitue une société.

1859

22 janvier
Sainte-Claire Deville: *De l'aluminium, ses propriétés, sa fabrication et ses applications.*

28 janvier
Signature d'un traité d'alliance entre la France et le royaume de Piémont-Sardaigne, moins explicite que l'accord de Plombières du 21 juillet 1858, notamment en ce qui concerne le futur statut de l'Italie: rien n'est précisé quant à la formation d'une Confédération d'États souverains qui respecterait l'intégrité des États pontificaux.

30 janvier
Le prince Napoléon épouse à Turin Clotilde de Savoie, fille du roi de Piémont-Sardaigne Victor-Emmanuel II.

4 février
L'empereur fait publier *Napoléon III et l'Italie*, où il expose son projet pour la péninsule: l'expulsion de l'Autriche et la formation d'une Confédération italienne présidée par le pape.

3 mars
La Russie se déclare neutre en cas de conflit entre l'Autriche et le Piémont-Sardaigne. La Prusse et l'Angleterre ont fait savoir leur hostilité à toute modification des frontières en Italie.

5 mars
Frédéric Mistral: *Mireille.*

18 mars
Sentant l'opinion rétive à une intervention française en Italie, Napoléon III fait mine de battre en retraite, et propose la médiation française pour trouver une solution négociée dans le conflit austro-sarde.

19 mars
Décret réglementant l'ouverture des lieux de culte.
Première, au Théâtre-Lyrique, du *Faust* de

Gounod. Le succès, rapidement international, ne commencera vraiment qu'avec l'entrée de l'œuvre, très remaniée, à l'Opéra de Paris dix ans plus tard.

La musique lyrique sous le Second Empire

La création de Faust *marque la renaissance de la musique française d'opéra, après une période de stagnation dominée par la présence des compositeurs étrangers à Paris (Donizetti, Meyerbeer). Le retentissement de cet opéra, composé par Charles Gounod (1818-1893) dont les premières œuvres avaient été reçues avec indifférence (*Sapho, *1851), est immense, comme le sera celui des deux suivants,* Mireille *(1864) et* Roméo et Juliette *(1867). Également compositeur de mélodies comme* Le Soir *et* Le Vallon, *Gounod se distingue encore davantage dans la musique religieuse. Une* Messe à trois voix *(1841) et un* Requiem *(1842) avaient marqué les débuts de cet ancien étudiant en théologie qui avait brièvement porté la soutane. À la fin de sa vie, il ne composera plus que de la musique religieuse.*
Deux autres noms marquent l'histoire de la musique sous le Second Empire: Offenbach et Bizet.
Né à Cologne et venu très jeune à Paris, Jacques Offenbach (1819-1880) est devenu chef d'orchestre de la Comédie-Française. En 1855, il fonde le théâtre des Bouffes-Parisiens, où il crée de nombreux et célébrissimes opéras bouffes: Orphée aux Enfers *(1858),* La Belle Hélène *(1864),* La Vie parisienne *(1866),* La Grande-Duchesse de Gerolstein *(1867),* La Périchole *(1868), et plus tard* La Fille du tambour-major *(1879) ou un opéra-comique,* Les Contes d'Hoffmann *(créé en 1881). Offenbach fait des émules, mais au talent moins étincelant: André Messager (1853-1929) avec* Fortunio, *Emmanuel Chabrier (1841-1894) avec* L'Étoile *(1877) et* Une éducation manquée *(1879), mais l'opérette française n'a déjà plus le même rayonnement, supplantée par l'opérette viennoise.*
Georges Bizet (1838-1875), ancien élève de Ludovic Halévy, débute en septembre 1863 avec un succès, Les Pêcheurs de perles, *qu'il confirme en 1872 avec* L'Arlésienne *(lyriques d'Alphonse Daudet). En 1875,* Carmen *reçoit un accueil mitigé. On joue la trente-troisième représentation, le 2 juin 1875, lorsque Bizet meurt subitement.*

24 mars
Le prince Napoléon démissionne du ministère de l'Algérie. Son successeur, Chasseloup-Laubat, poursuit la politique du prince, favorable au développement d'une colonisation et d'une administration également contrôlées par les civils. L'armée continue cependant de jouer le premier rôle en lançant une expédition contre les bandes qui, venues du Maroc, font des incursions jusque dans la région d'Oran. Les tribus sont vaincues, mais les troupes françaises décimées par le choléra (3 500 morts).

16 avril
Mort de Tocqueville.

23 avril
L'Autriche lance un ultimatum au Piémont.

25 avril
Début des travaux de construction du canal de Suez. Interrompus au début de 1862, ils ne pourront reprendre que l'année suivante.

26 avril
Cavour, approuvé par Napoléon III, rejette l'ultimatum autrichien.

27 avril
Les troupes autrichiennes franchissent le Tessin; la France décide d'intervenir, en vertu du traité du 28 janvier.

3 mai
Déclaration de guerre franco-sarde à l'Autriche. Le Corps législatif vote la levée d'un contingent de 140000 hommes.

5 mai
Arrighi de Casanova ministre de l'Intérieur, Delangle ministre de la Justice, Randon ministre de la Guerre.

7 mai
Un groupe de banquiers proches du duc de Morny crée le Crédit industriel et commercial (CIC), dont la présidence est confiée au marquis d'Audiffret. Le CIC est la première grande banque de dépôt et de crédit, dont l'idée avait été partiellement réalisée par le Comptoir national d'escompte de Paris (CNEP) créé sous la IIe République (dont la fusion avec la BNCI, créée en 1932, donnera naissance à la BNP en 1966).

10 mai
Napoléon III quitte Paris pour prendre le commandement de l'expédition française en Italie. La foule l'escorte jusqu'à la gare en chantant *La Marseillaise* et dételle sa voiture pour la tirer à bras.

20 mai
Les troupes françaises battent les Autrichiens à Montebello.

25 mai et 5 juin
Les généraux Niel et Regnaud de Saint-Jean-d'Angély reçoivent le bâton de maréchal.

31 mai
Les Sardes l'emportent à leur tour à Palestro.

4 juin
Les armées franco-sardes commandées par Mac-Mahon battent les Autrichiens à Magenta.

8 juin
Napoléon III et Victor-Emmanuel II entrent dans Milan et occupent la Lombardie. Les Autrichiens se replient sur Venise, leur retraite entraînant des insurrections favorables à l'unité italienne à Modène, à Parme et dans les États pontificaux (Romagne, Ombrie, Marches).

11 juin
Une loi institue le régime des conventions de partenariat entre l'État et les compagnies de chemins de fer.

14 juin
La Prusse mobilise, craignant que la France n'exploite ses succès contre l'Autriche pour tenter de récupérer les territoires de la rive gauche du Rhin perdus en 1815. Berlin fait cependant savoir à Vienne qu'il n'interviendra pas si le territoire allemand n'est pas directement menacé.

15-21 juin
Entrevue de Baden-Baden entre Napoléon III, le prince-régent de Prusse, Guillaume, et les princes de la Confédération germanique. Napoléon III s'efforce de les rassurer sur les intentions de la France et de les empêcher ainsi de rejoindre l'Autriche dans la guerre.

20 juin
Publication d'une instruction sur les règles de la comptabilité du Trésor.

24 juin
Baraguey d'Hilliers remporte une difficile victoire (1 600 Français tués, et 1 500 autres portés disparus) à Solferino. Les Autrichiens, dont la contre-attaque est brisée, battent en retraite. Napoléon III ordonne à ses troupes de ne pas poursuivre les Autrichiens en Vénétie et propose un armistice.

Baraguey d'Hilliers

Achille Baraguey d'Hilliers (1795-1878) est entré dans la carrière militaire dès 1806. D'abord élève au Prytanée militaire, il reçoit le baptême du feu pendant la campagne de Russie de 1812. Héritier en 1813 du titre de comte accordé à son père par Napoléon Ier, il le conserve sous la Restauration et poursuit sa carrière militaire. Il participe en 1823 à l'expédition d'Espagne, en 1830 à la conquête d'Alger, où il gagne ses épaulettes de colonel. Après dix ans passés à la tête de Saint-Cyr, Baraguey d'Hilliers, devenu maréchal de camp, retrouve l'Algérie en 1843. Sa carrière politique commence à l'Assemblée constituante d'avril 1848, sur les bancs de la droite monarchiste. Membre du comité de la rue de Poitiers fondé le 20 mai 1848, il se rallie à Louis-Napoléon Bonaparte après l'élection présidentielle du 10 décembre. Il est récompensé de son adhésion au coup d'État du 2 décembre 1851 par un fauteuil de sénateur qu'il conservera jusqu'en 1870. Il participe à la guerre de Crimée (et reçoit le bâton de maréchal le 28 août 1854), à la campagne d'Italie de 1859 et aux combats de 1870. Le 6 juin 1878, ayant soudainement eu la révélation de la diminution de ses facultés physiques, il prend congé de ses amis et se suicide.

8 juillet
Signature d'un armistice franco-autrichien.

11 juillet
Signature de préliminaires de paix à Villafranca, où Napoléon III rencontre l'empereur François-Joseph. L'Autriche cède la Lombardie à la France, qui la remet à son tour au Piémont. Mais l'Autriche conserve la Vénétie. Les duchés de l'Italie centrale sont restaurés en vue de la formation d'une Confédération de l'Italie centrale dans laquelle Vienne serait partie prenante. Cavour démissionne de la présidence du Conseil du royaume de Piémont-Sardaigne, estimant que la France n'a pas tenu ses engagements.

4 août
Mort de Jean-Marie Vianney, le curé d'Ars.

15 août
Amnistie des condamnés pour délits politiques.

août-septembre
Des Assemblées constituantes réunies en Toscane, en Romagne, à Parme et à Modène votent le rattachement de ces territoires au Piémont. Les trois derniers se fédèrent et confient le commandement de leurs troupes à Garibaldi.

septembre
Mgr Dupanloup: *Protestations contre les attaques dont Notre Très Saint Père le pape et le siège apostolique sont menacés.* Une brochure de Montalembert sur le même sujet, *Pie IX et la France en 1849 et 1859*, est interdite. 50 évêques prennent position, dans *L'Univers*, en faveur du pouvoir temporel du pape. Napoléon III autorise le lancement de *L'Opinion nationale*, journal dirigé par A. Guéroult, qui va devenir l'organe de saint-simoniens comme Michel Chevalier gravitant dans l'entourage de l'empereur et du prince Napoléon.

26 septembre
Hugo: *La Légende des siècles.*

15 octobre
Ponson du Terrail: *Les Exploits de Rocambole*, premier des 22 romans consacrés aux aventures de Rocambole.

1er novembre
Billault, ministre de l'Intérieur.

10 novembre
Le traité de Zurich entérine une seule disposition de l'armistice du 11 juillet: la cession de la Lombardie au Piémont.

12 novembre
Vacherot: *La Démocratie.*

21 novembre
Napoléon III propose de réunir un congrès international sur l'Italie.

25 novembre
L'Angleterre approuve les décisions de rattachement au Piémont qui ont été mises au point en août et septembre à l'instigation du gouvernement piémontais.

26 novembre
Michelet: *La Femme.*

7 décembre
Brocz présente à l'Académie des sciences ses travaux sur l'anesthésie par hypnose, qui ne parviendra pas à concurrencer l'éther et le chloroforme.

22 décembre
Napoléon III fait publier une brochure, *Le Pape et le Congrès*, approuvant l'amputation du territoire pontifical, diminué de la Romagne au profit du Piémont. L'empereur écrit à Pie IX pour le convaincre de consentir à cette cession.

30 décembre
Malgré l'hostilité du Conseil d'État qui a délivré un avis négatif en décembre 1857, un décret autorise la fondation d'une Caisse générale des assurances agricoles, qui couvre l'ensemble des risques, mortalité du bétail, grêle, incendie. En dépit du soutien de l'empereur, les différentes caisses périclitent rapidement et sont liquidées entre 1863 et 1867.

autres événements
• Félix Potin ouvre son premier magasin boulevard Sébastopol.

1860

1er janvier
La ville de Paris annexe des communes limitrophes et est divisée en 20 arrondissements.
Lancement de *La Mode illustrée* (jusqu'en 1937).

4 janvier
Thouvenel, connu pour son hostilité à la puissance temporelle du pape, remplace Walewski aux Affaires étrangères.

14 janvier
Pie IX qualifie la lettre que lui a adressée Napoléon III en décembre 1859 de « tissu ignoble de contradictions ».

15 janvier
Le Moniteur publie une lettre de Napoléon III (datée du 5 janvier et adressée à Fould) qui annonce que la France va s'engager sur la voie d'une libéralisation de l'économie et d'une levée progressive du système protectionniste qui, depuis Colbert, régit les relations commerciales de la France. L'empereur annonce la signature

d'un traité de libre-échange avec la Grande-Bretagne.

19 janvier
Pie IX condamne dans une encyclique la politique italienne de la France, rappelle les principes qui fondent le pouvoir temporel du souverain pontife et appelle les évêques français à soutenir sa cause.

20 janvier
Retour de Cavour au pouvoir (il avait démissionné le 11 juillet 1859).

23 janvier
Traité de libre-échange entre la France et l'Angleterre. Ce traité a été négocié par Rouher et Michel Chevalier du côté français, et Richard Cobden du côté anglais. Il supprime toutes les prohibitions, abolit les taxes sur les matières premières et la majorité des produits alimentaires; il fixe à 30 % le plafond des droits à percevoir sur les articles manufacturés.

24 janvier
Étienne Lenoir (1822-1900) prend un brevet pour le premier moteur à explosion, qui fonctionne soit au gaz d'éclairage, soit par combustion d'hydrocarbures.

28 janvier
Louis Veuillot publie dans *L'Univers* le texte de l'encyclique pontificale du 19 janvier.

30 janvier
L'Univers est interdit.

10 février
Rétablissement du gouvernement général en Algérie.

24 mars
Par le traité de Turin, Victor-Emmanuel II cède à la France Nice et la Savoie. Le Piémont annexe la Romagne, la Toscane et les duchés de Parme et de Modène qui ont approuvé cette annexion par plébiscite.

26 mars
Pie IX excommunie tous ceux qui concourent à « la criminelle rébellion ». Edmond About réplique par *La Question romaine*, pamphlet talentueux contre le pouvoir temporel du pape, écrit par un faux « indépendant », en fait proche de l'entourage impérial, à une époque où Napoléon III se rapproche – politique oblige – des milieux les plus hostiles à Rome.

Malheureux au théâtre, où ses nombreuses pièces furent souvent refusées ou sifflées, Edmond About (1828-1885) connaît le succès avec le roman, notamment lorsqu'il publie, en 1861, *L'Homme à l'oreille cassée*. Également journaliste, il collabore à *L'Opinion nationale* et dirige *Le XIX*^e^ *siècle*.

avril
Émeutes à Palerme, pour le rattachement du royaume des Deux-Siciles au Piémont.

11, 13 avril
Le Corps législatif interpelle le gouvernement sur les affaires italiennes, puis, le 13 avril, sur le traité de libre-échange franco-britannique du 23 janvier.

15 avril
Les habitants de Nice et de la Savoie ratifient par référendum le rattachement à la France décidé à Turin le 24 mars. La participation a été de 85 % à Nice et 97 % en Savoie, le pourcentage des oui de 99 % à Nice et de 99,8 % en Savoie. Les nouveaux territoires sont divisés en trois départements: Alpes-Maritimes, Savoie et Haute-Savoie.

21 avril
Granier de Cassagnac: *Histoire des Girondins et des massacres de Septembre*. Contre les historiens de 1848 – Michelet et Quinet – une apologie du Second Empire, présenté comme l'accomplissement de l'histoire de la France, par l'un des plus fervents thuriféraires du régime.

26 avril-5 juin
Les Druzes massacrent 6000 chrétiens maronites en Syrie et au Liban. 5000 sont peu après (juillet) tués à Damas. Mandaté par une conférence internationale réunie à Londres, un corps expéditionnaire français débarque au Liban le 16 septembre pour protéger les chrétiens maronites. Les soldats français restent sur place jusqu'en juin 1861.

mai
Charles Baudelaire: *Les Paradis artificiels*.

5 mai
Garibaldi et les Chemises rouges quittent Gênes pour la Sicile (Expédition des Mille).

11 mai
Le pape s'étant doté d'une armée de zouaves pontificaux pour la défense de ses États (cette armée est commandée par le général Lamoricière), la France annonce l'évacuation de Rome, mais se garde de rien faire.

17 mai
Fondation de l'Alliance israélite universelle.

26 mai
Charles de Rémusat: *Politique libérale, ou fragments pour servir à la défense de la Révolution française.*

31 mai
Une circulaire ministérielle prescrit la création de bibliothèques scolaires. Grâce à l'impulsion donnée par Victor Duruy lorsqu'il sera au ministère, leur nombre passera de 4 833 en 1865 à 14 395 en 1869.

5 juin
Installation de la Société de statistique de Paris, présidée par Michel Chevalier.

12 juillet
Le député républicain Darimon demande l'abrogation de la loi de sûreté générale du 19 février 1858.

15 août-7 septembre
Ayant débarqué en Sicile le 11, et s'étant rendu maître de Palerme, le 20, Garibaldi et ses partisans franchissent le détroit de Messine, grâce à l'appui anglais et malgré les tentatives de la France pour empêcher un débarquement des Chemises rouges en Sicile. Convaincu par Cavour de l'existence d'une menace révolutionnaire en Italie, Napoléon III approuve la décision piémontaise d'occuper les Marches et l'Ombrie, possessions pontificales (27 août). Après avoir conquis la Sicile, Garibaldi fait son entrée dans Naples le 6 septembre, d'où il a l'intention de marcher sur Rome et sur Venise pour parachever l'unité italienne. Le 7, les troupes sardes envahissent les Marches et l'Ombrie pour barrer la route de Rome à Garibaldi.

10 septembre
Au Gymnase, *Le Voyage de M. Perrichon* de Labiche.

17-20 septembre
Voyage de Napoléon III à Alger. Le 19, il organise à Alger une réunion entre les responsables civils et militaires, afin de mettre un terme à la sourde guerre qui les oppose pour le contrôle de la politique algérienne. L'empereur esquisse dans ses grandes lignes la conduite que doit tenir la France en Algérie: « Élever les Arabes à la dignité d'hommes libres, répandre sur eux l'instruction, tout en respectant leur religion, améliorer leur existence en faisant sortir de cette terre tous les trésors que la providence y a enfouis. »

18 septembre
Les troupes pontificales commandées par le général Lamoricière sont battues à Castelfidardo par les forces sardes, qui occupent ensuite les Marches et l'Ombrie. Victor-Emmanuel II poursuit vers le Sud et pénètre dans le royaume de Naples.

29 septembre
Lamoricière, commandant des troupes pontificales, capitule à Ancône devant les troupes de Victor-Emmanuel II.

18 octobre
Français et Anglais, qui occupent Pékin depuis le 13 octobre, mettent à sac le palais d'Été.

L'ouverture des ports de Chine au commerce occidental

En 1842 et 1844, à l'issue de la guerre de l'Opium (1839-1842), la Chine avait ouvert cinq ports au commerce européen et américain, et autorisé la France à protéger les missions catholiques. Depuis, les incidents commerciaux et les assassinats de missionnaires se sont multipliés: une flotte franco-britannique bombarde Canton le 5 janvier 1858 et débarque un corps expéditionnaire. Celui-ci atteint T'ien-tsin en mai et impose à la Chine un traité qui ouvre 11 nouveaux ports aux Occidentaux. Mais les hostilités reprennent bientôt: en juin, un autre corps expéditionnaire franco-anglais est repoussé à Pékin. Le 8 avril 1860, la France et l'Angleterre déclarent officiellement la guerre à la Chine. En septembre, Français et Anglais l'emportent sur les Chinois à Palikao. Le 13 octobre, ils occupent Pékin et mettent à sac, le 18, le palais d'Été. Quelques jours plus tard, les 24-25 octobre, sont signés les traités de Pékin: la Chine confirme l'ouverture de 16 ports au commerce occidental; elle autorise la navigation sur le Yang Tsé-kiang sur 1 000 km, accorde un privilège de juridiction aux étrangers et accepte l'installation permanente à Pékin de représentations diplomatiques étrangères (le système des « concessions »). Les troupes européennes évacuent Pékin le 9 novembre.

23 octobre
Réunion par plébiscite du royaume de Naples au royaume de Piémont-Sardaigne. Garibaldi s'incline et renonce à marcher sur Rome.

24 novembre
Annoncé le 22, un décret lance un train de réformes politiques libérales: rétablissement du droit

d'adresse en réponse au discours du trône et publication des débats de l'adresse; droit pour le Corps législatif de débattre en séance secrète des projets de loi avant leur examen par une commission parlementaire; nomination de trois ministres sans portefeuille (Billault, Magne, Baroche) chargés, avec le ministre d'État (Walewski), de défendre les projets gouvernementaux devant les Chambres. C'est un premier pas vers un retour aux formes du gouvernement parlementaire. L'empereur précise toutefois que le rejet d'un projet de loi par les députés ne saurait passer pour un vote de défiance à l'égard du gouvernement, ce dernier restant responsable devant le seul chef de l'État.

26 novembre
Remaniement ministériel: Persigny (Intérieur), Forcade La Roquette (Finances). Le ministère spécial pour l'Algérie, dont le responsable était Chasseloup-Laubat, est supprimé; Chasseloup-Laubat retrouve son poste de ministre de la Marine et des Colonies; le gouvernement général militaire rétabli en Algérie est confié au maréchal Pélissier, chargé de superviser la politique d'assimilation voulue par l'empereur.

PERSIGNY

Jean-Gilbert-Victor Fialin, duc de Persigny (1808-1872) est devenu bonapartiste en lisant le Mémorial *de Las Cases. Ardent et entreprenant, Persigny se lie avec Joseph Bonaparte et, par son entremise, avec Louis-Napoléon. Les deux hommes, en dépit de brouilles passagères, ne se quitteront plus. Il est à la base de toutes les (désastreuses) aventures du prétendant. C'est lui qui monte les incursions sur Strasbourg (octobre 1836) et Boulogne (août 1840). Condamné, emprisonné, il recouvre la liberté après les journées de Février 1848 et reprend aussitôt le combat. L'élection de Louis-Napoléon le 10 décembre 1848, le coup d'État du 2 décembre 1851, la proclamation de l'Empire le 2 décembre 1852 voient la réalisation de ses rêves. Ministre, sénateur, ambassadeur, Persigny occupe de nombreuses fonctions jusqu'à sa disgrâce en 1863, où il est sacrifié sur l'autel des concessions faites par Napoléon III à l'opposition libérale en progrès.*

CHASSELOUP-LAUBAT

Justin-Napoléon-Samuel-Prosper de Chasseloup-Laubat (1805-1873), fils d'un général d'Empire et filleul de Napoléon Ier, commence sa carrière d'homme public à la fin de la Restauration, comme conseiller d'État. Élu député sous la monarchie de Juillet, réélu en mai 1849, il rejoint alors les rangs du parti de l'ordre et dirige une première fois le ministère de la Marine et des Colonies en 1851. Le coup d'État du 2 Décembre, qu'il approuve, fait de lui un député officiel, mais indocile: Chasseloup-Laubat critique la nationalisation des biens de la famille Orléans et réclame l'élargissement des prérogatives du Corps législatif. En dépit de ces manifestations d'indépendance, il continue de siéger au Corps législatif jusqu'au 24 mars 1859, date à laquelle il prend en charge la politique coloniale de la France, qu'il dirigera jusqu'en janvier 1867. Partisan d'une politique d'assimilation prudente et progressive en Algérie, il est surtout l'artisan de la création de l'empire colonial français en Indochine. Redevenu membre du gouvernement en juillet 1869, il en est définitivement écarté par l'arrivée d'Émile Ollivier aux affaires en janvier 1870. Après la chute du régime, il siège comme député: demeuré fidèle à l'Empire, il ne s'associe cependant pas aux initiatives des bonapartistes et préfère soutenir l'action de Thiers.

autres événements
• En dépit de l'existence de quelques grandes usines (les usines Cail, quai de Grenelle, qui emploient 1 800 ouvriers, Christofle, porte Saint-Martin, la fonderie Thiébault, les usines de sucre Lebaudy, Sommier & Say), l'artisanat reste largement dominant dans la capitale où l'on compte un patron pour 4,6 ouvriers (1 pour 4,8 en 1872). La situation est identique en province, où le complexe industriel du Creusot fondé par Schneider est, avec ses 10000 employés, considéré comme le plus important du monde, où les usines textiles Amédée Prouvost à Roubaix (1500 ouvriers), et Dollfus-Mieg à Mulhouse (3000 ouvriers) sont encore l'exception.

1861

13 janvier
Discours du député catholique Émile Keller contre la politique italienne de Napoléon III.

14 janvier
Émile Ollivier approuve le décret du 24 novembre 1860, s'il peut conduire à la libéralisation du régime. Ce quasi-ralliement à l'Empire entraîne la dislocation du groupe des cinq qui depuis les élections de juin 1857 et avril-mai 1858, constitue le fer de lance de l'opposition républicaine.

2 février
Un décret sénatorial autorise la presse à publier *in extenso* les débats parlementaires, mais sans pouvoir les commenter.

18 février
Création du royaume d'Italie. Le 14 mars, Victor-Emmanuel II est proclamé roi d'Italie.

22 février
Mgr Pie, le très ultramontain évêque de Poitiers, publie une lettre pastorale comparant Napoléon III à Ponce Pilate.

mars
À l'Opéra de Paris, chute retentissante du *Tannhäuser* de Richard Wagner (1813-1883) qui quitte l'affiche après la troisième représentation. Un scandale plus politique qu'esthétique: en donnant l'ordre de monter l'œuvre, Napoléon III a ligué contre elle les républicains et les légitimistes du Jockey-club, lesquels ont bruyamment interrompu le spectacle. Baudelaire prend la défense du compositeur dans *Richard Wagner et Tannhäuser à Paris.*

1er mars
Discours anticlérical du prince Napoléon au Sénat.

2 mars
Michelet: *La Mer.*

14 mars
Émile Ollivier promet au gouvernement de l'appuyer s'il approfondit sa politique de réformes.

22 mars
Installation à Pékin des premières légations étrangères, françaises et anglaises.

2 avril
Transfert des cendres de Napoléon Ier de la chapelle Saint-Jérôme des Invalides dans le tombeau placé sous la coupole et réalisé par Louis Visconti. Le général d'Ornano, qui avait combattu au côté de l'Empereur, est fait maréchal de France.

8 avril
Manifestation anti-russe à Varsovie: 200 morts.

13 avril
Le corps expéditionnaire français, qui contrôle la région de Saigon, élargit la présence française en s'emparant de My Tho et, en décembre, de Biên Hoa.

20 avril
Début des fouilles sur le site d'Alésia. Les travaux se poursuivent jusqu'en décembre 1865 (ils seront alors interrompus et reprendront en 1905). Eugène Stoffel prend la direction des fouilles en septembre 1862. Aimé Millet est chargé de réaliser une statue de Vercingétorix pour être placée sur le site avec une dédicace de Napoléon III (27 août 1865). En juin, Napoléon III visite le site des fouilles d'Alésia, où les premières traces du siège ont été découvertes quelques jours auparavant.
Garibaldi rompt avec Cavour.

25 avril
A. Nefftzer lance le quotidien *Le Temps* (1861-1942).

11 mai
Cournot: *Traité de l'enchaînement des idées fondamentales dans les sciences et dans l'histoire.*

juin
Une loi déclare d'intérêt public 25 nouvelles lignes de chemin de fer. Succès de l'emprunt lancé pour financer les travaux.
Les troupes françaises quittent le Liban, où elles stationnaient depuis septembre 1860, après avoir obtenu du sultan de Constantinople l'octroi pour le Liban d'un statut qui prévoit la nomination par le sultan d'un gouverneur chrétien chargé de diriger les deux districts du Mont-Liban, l'un druze, l'autre maronite.

6 juin
Mort de Cavour.

10 juin
La France déclare sa neutralité dans la guerre de Sécession qui oppose le Nord au Sud des États-Unis.

juillet
Julie-Victoire Daubie, née en 1824, est la première bachelière de France.
Le président mexicain Juarez suspend le paiement de la dette extérieure du Mexique.

31 juillet
Le commerce des colonies est affranchi des entraves protectionnistes jusqu'alors imposées par la métropole.

août
Rapport ministériel sur la diffusion de la presse politique.

L'audience de la presse sous le Second Empire

L'officiel Moniteur *tire à 17 252 exemplaires, auxquels il faut ajouter les 52 832 exemplaires des journaux favorables au régime. Face à ce tirage de 70 084 exemplaires, les diverses oppositions totalisent un lectorat largement plus important: 91 292 exemplaires sortent des presses qui impriment les journaux qualifiés de « progressistes » par l'administration, tandis que la presse légitimiste diffuse 38 285 exemplaires et la presse orléaniste 36 859. Cette statistique ne tient pas compte des tirages de la presse non politique, en particulier de ceux des journaux religieux publiés sous le contrôle de l'épiscopat. Entre 1853 et 1868, 188 titres sont lancés dans les diocèses. Parmi ces derniers, les différentes* Semaines religieuses *(il en existe dans les trois quarts des diocèses), ou les* Annales de l'œuvre de la sainte enfance *qui tirent à 132 000 exemplaires, loin devant les plus lus des journaux politiques, le bonapartiste* Constitutionnel *(environ 20 000 exemplaires) ou le « progressiste »* Siècle *(52 000 exemplaires), mais loin derrière les deux grandes réussites de l'époque dans le domaine de l'information générale:* Le Figaro *(1854) et* Le Petit Journal *(1863): un demi-million de lecteurs chaque jour.*

3 août

Adolphe-Laurent Joanne: *Réseau de chemin de fer de Paris à Lyon et à la Méditerranée.* En 1852, l'éditeur Hachette avait signé avec les compagnies de chemin de fer une convention qui lui concédait des points de vente dans les gares de leurs réseaux. 43 librairies avaient été créées dès 1853 (près d'un millier à la fin du siècle). En 1855, Hachette s'adjoignit les services d'Adolphe Joanne, auteur d'un guide, *Itinéraire descriptif et historique de la Suisse, du Jura français...* publié en 1841. Le premier *Guide Joanne*, consacré à la ligne du PLM, paraît donc en 1861, suivi par de nombreux autres titres qui prennent collectivement le titre d'*Itinéraire de la France.* En 1881, Paul Joanne succédera à son père, et en 1910, le *Guide Joanne* deviendra le *Guide bleu.*

29 septembre

Sur l'état des finances, programme financier adressé à l'empereur par un candidat au ministère: Achille Fould.

Fould

L'ancêtre, issu de la communauté juive de Metz, a bâti la fortune familiale sous la Révolution. Achille Fould (1800-1867) laisse à son frère aîné le soin de gérer les affaires familiales, préférant une vie plus oisive dans l'entourage des Orléans. Fidèle soutien du régime de Juillet à la Chambre des députés où il siège depuis 1842, Achille Fould est contraint à une semi-retraite par la révolution de 1848. Retraite toute provisoire: quelques écrits judicieux sur les questions financières et quelques appuis, comme celui de Thiers, lui permettent de rentrer en politique dès l'automne 1848. Mais, remis en selle, Fould néglige ses amis orléanistes pour se rapprocher en 1849 du prince-président. Nommé ministre des Finances le 31 octobre 1849, il devient dès lors l'un des hommes liges de Louis-Napoléon Bonaparte. Il participe aux préparatifs du coup d'État du 2 décembre 1851 et dès le lendemain se voit une nouvelle fois confier le portefeuille des Finances. Fould est au cœur du pouvoir, au centre de toute décision, de toute nomination. Un parent, Benoît Fould, qui préside le Crédit mobilier, tient de surcroît les cordons de la bourse: voici venu le temps de la toute-puissance. La publication, le 15 janvier 1860, d'un programme de libéralisation économique sonne le glas de cette puissance. Fould, qui s'y est opposé, abandonne les Finances, se retire ostensiblement à Tarbes... et prépare son retour. C'est chose faite le 14 novembre 1861: Fould reprend le portefeuille des Finances, qu'il conserve cette fois jusqu'en janvier 1867, date à laquelle le ministère démissionne, quelques mois avant sa mort.

octobre

Armand Lévy, lié au journal impérialiste *L'Opinion nationale* dirigé par A. Guéroult, commence la publication d'une série de brochures favorables à un bonapartisme social et populaire. Il appuie dans le journal de Guéroult l'envoi d'une délégation ouvrière française à l'Exposition universelle de Londres en 1862.

Jean-Baptiste Girard, ouvrier typographe, fonde la Bibliothèque des amis de l'instruction du IIIe arrondissement. Cette première bibliothèque populaire comptera en 1862 400 adhérents et possédera un fonds de 1 200 volumes, chiffres passant à 2 800 ouvrages et 800 adhérents en 1868.

16 octobre

Un décret oblige les Conférences de Saint-Vincent-de-Paul à se soumettre à une procédure d'autorisation. À cette date, on dénombre en France 86 congrégations d'hommes (2026 établissements et 17800 membres) et 922 congrégations de femmes (12000 établissements et 90000 membres).

17 octobre
Henri Tolain, ouvrier ciseleur, répond favorablement à l'invitation du pouvoir d'envoyer une délégation ouvrière française à l'Exposition universelle de Londres.

27 octobre
Le premier « concert populaire de musique classique » dirigé par Jules Pasdeloup (1819-1887), au Cirque Napoléon (l'actuel Cirque d'hiver) remporte un succès considérable. « C'est une espèce de 1789 musical que Pasdeloup vient d'opérer en proclamant l'égalité des Français devant la musique », déclare la *Revue et gazette musicale*. Le billet coûte 50 centimes. L'entreprise durera jusqu'en 1884, suscitant de nombreuses imitations en province et à l'étranger.

31 octobre
Signature d'une convention entre la France, l'Angleterre et l'Espagne, pour le recouvrement des créances mexicaines dont le gouvernement Juarez a suspendu le paiement en juillet.

novembre
Premier congrès des sociétés savantes, organisé par le ministère de l'Instruction publique. Le gouvernement s'efforce ainsi de fédérer les nombreuses sociétés savantes, héritières des académies provinciales du XVIIIe siècle, qui ont vu le jour depuis les années 1810-1820. L'essor de ces sociétés avait été encouragé par Arcisse de Caumont, lui-même animateur du mouvement en Normandie, qui, vers 1830, avait projeté de créer un Institut des provinces. Ce projet visant à fonder ainsi un nouvel Institut de France – mais décentralisé – n'avait pas abouti. Le gouvernement lui donne en quelque sorte corps en 1861, mais en le plaçant sous son contrôle.

14 novembre
Achille Fould ministre des Finances. Napoléon III a, la veille, approuvé dans *Le Moniteur* le programme financier rendu public par Fould le 29 septembre.

16 novembre
Mortimer Ternaux: *Histoire de la Terreur, 1792-1794* (1861-1869).

25 novembre
Victor Laprade publie dans *Le Correspondant* « Les muses d'État », violente satire des écrivains courtisans, en particulier Sainte-Beuve, « l'ignoble bonapartiste ».

21 décembre
Jean Macé: *Histoire d'une bouchée de pain.*

31 décembre
Extension par sénatus-consulte des pouvoirs financiers du Corps législatif: le budget sera voté par sections, et les crédits extraordinaires devront être approuvés par les députés.

autres événements
• La croissance démographique, dont le ralentissement avait déjà été constaté en 1851, reste quasi nulle pendant le Second Empire, la population passant de 36 millions en 1851 à 38,5 millions en 1870 (soit une croissance de 0,27 %). Cette stagnation résulte de la conjonction de deux mouvements: un ralentissement de la baisse de la fécondité qui avait commencé vers 1840, mais qui est annulé ou presque par le ralentissement de la baisse de la mortalité, ralentissement provoqué notamment par une multiplication des épidémies (typhus, choléra, dysenterie, tuberculose). Certains s'inquiètent de la baisse du poids démographique de la France en Europe. Ainsi Block écrit dans son *Europe politique et sociale* (1861): « Les pays qui ont pu opposer en 1815 140 millions d'âmes à nos 30 millions d'alors peuvent actuellement mettre 200 millions en regard de nos 38 millions. » Au sein de cette population, la part urbaine augmente sensiblement. La population urbaine représente 11,6 millions d'habitants en 1866 contre 9,1 millions en 1851. Désormais, 11 % des Français habitent des villes de plus de 50000 âmes (5,4 % en 1851). Paris compte 2 millions d'habitants en 1870 (le double de 1851), Marseille franchit la barre des 300000 au milieu des années 1860, Lille celle des 150000, tandis que Bordeaux frôle les 200000 habitants.
• Création de la Compagnie générale transatlantique, qui exploite les lignes de navigation Le Havre-New York et Saint-Nazaire-Panama.
• Gustave Doré illustre *La Divine Comédie* de Dante, en 1862 les *Contes* de Perrault, en 1863 *Don Quichotte*, la *Bible* en 1866 et les *Fables* de La Fontaine en 1868.
• Charles Garnier commence la construction de l'Opéra de Paris (1861-1875). L'Opéra, pour lequel un concours est ouvert – procédure inhabituelle – donne à Charles Garnier l'occasion exceptionnelle

de construire le bâtiment qui incarnera le mieux le style du Second Empire et qui deviendra le symbole de la « fête impériale ». Ce bâtiment de prestige, placé au cœur d'un quartier neuf, mis en scène par une large avenue, paraît au premier abord traditionnel. Mais sa riche façade masque par ses références l'originalité de la structure. Contrairement à ses prédécesseurs, Garnier a développé au maximum les espaces dévolus aux circulations, là où le public se donne en spectacle: grand escalier, foyers, buffet. Le bâtiment est significatif de l'éclectisme « Beaux-Arts »: une architecture du paraître.

1862

8 janvier
Résultat de la convention du 31 octobre, un corps expéditionnaire franco-anglo-espagnol débarque à Veracruz. Le président Juarez s'incline et accepte de reprendre le remboursement de la dette mexicaine.

11 janvier
Afin de mettre un terme à la crise de succession qui secoue le Grand Orient de France, Napoléon III désigne le général Magnan, qui n'est pas maçon, pour succéder à Lucien Murat aux fonctions de grand maître.

18 janvier
Mgr Laurence, évêque de Tarbes, autorise officiellement le pèlerinage de Lourdes, déjà fort fréquenté. Prévost-Paradol ironise: « C'est la création d'une industrie exceptionnelle qui n'exige aucune mise de fonds, qui ne connaît ni morte-saison, ni chômage, ni coalition d'ouvriers. »

22 janvier
Le général Cousin-Montauban reçoit, pour ses succès militaires en Chine, le titre de comte de Palikao.

février
Une commission, formée par les présidents des sociétés de secours mutuels et présidée par le prince Napoléon (son secrétaire est Tolain), se réunit pour désigner les membres de la délégation ouvrière qui participera à l'Exposition universelle de Londres. 50 professions désignent 183 délégués. Guéroult publie dans *L'Opinion nationale* un article favorable à la création de syndicats ouvriers. Pasteur est élu à l'Académie des sciences.

2 février
Le canal d'eau douce dans l'isthme de Suez est terminé. Mais une campagne orchestrée en Angleterre, notamment pour protester contre les conditions de travail des milliers d'ouvriers égyptiens employés sur le chantier, contraint Lesseps à suspendre les travaux jusqu'en 1866.

22 février
La leçon inaugurale d'Ernest Renan, nommé à la chaire d'hébreu du Collège de France le 11 janvier, et consacrée à Jésus, « homme incomparable », fait scandale et entraîne la suspension du cours, le 26 février.

22 mars
Après Saigon (février 1859), My Tho (avril 1861) et Biên Hoa (décembre 1861), les Français s'emparent de Vinh Long, achevant ainsi l'occupation de la Cochinchine.

29 mars
Traité de libre-échange commercial et douanier avec la Prusse et l'Union douanière allemande (Zollverein).

30 mars-15 mai
Hugo: *Les Misérables*.

9 avril-5 mai
L'Angleterre et l'Espagne mettent fin à leur engagement commun avec la France au Mexique et évacuent leurs troupes. Le 27 avril, le général de Lorencez, commandant le corps expéditionnaire français, donne l'ordre de marcher sur Mexico. Le 5 mai, les Français échouent devant Puebla.

19 mai
La France occupe la rade d'Obock, sur la côte érythréenne, en « dédommagement » de l'assassinat, le 4 juin 1859, du consul de France à Aden.

31 mai
Un décret abroge les articles du sénatus-consulte du 31 décembre 1861 qui accordait au Corps législatif le vote des crédits extraordinaires et rétablit le système du seul contrôle *a posteriori* en vigueur depuis 1855. Il fixe pour la comptabilité publique des règles qui demeureront jusqu'en 1962. Un décret complémentaire est promulgué le 16 mai 1863.

5 juin
Signature avec l'Annam du traité de Hué qui cède à la France les trois provinces formant la Cochinchine (partie méridionale du Vietnam).

21 juin
« L'homme descend du singe » : première traduction du livre de Darwin (1859). *De l'origine des espèces, ou des lois du progrès chez les êtres organisés*, provoque de vives polémiques dès sa parution.

juillet
À Francfort, imposante manifestation des partisans de l'unité allemande.

19 juillet-15 octobre
Une délégation ouvrière française, financée par le gouvernement, participe à l'Exposition internationale de Londres. Cette délégation est présidée par Tolain. Les représentants des ouvriers anglais évoquent la création d'un « moyen international de communication entre les travailleurs de tous les pays ». La délégation française remet à son retour un rapport demandant la légalisation du droit de grève et la liberté syndicale.

26 août-24 septembre
La Presse publie 20 poèmes en prose de Baudelaire, sous le titre *Petits Poèmes en prose*.

29 août
Des amendements sont apportés à l'ordonnance de 1844 réglementant l'exercice du culte israélite.
Garibaldi, qui a repris les armes pour conquérir Rome, est battu à Aspromonte par l'armée italienne. Blessé, fait prisonnier, Garibaldi sera amnistié.

septembre
Le général Forey prend le commandement du contingent français au Mexique.

7 septembre
Berryer défend des ouvriers typographes déférés en justice pour avoir fait grève. L'avocat dénonce la loi Le Chapelier qui depuis 1791 régit les rapports entre patrons et ouvriers, abrogée en 1848 et rétablie en 1849 : « Le traité de gré à gré, c'est le marché de la faim ; c'est la faim hissée à la discrétion de la spéculation industrielle. » Les condamnés sont graciés par l'empereur le 23 novembre.

15 octobre
Crise ministérielle. Drouin de Lhuys remplace Thouvenel aux Affaires étrangères.

novembre
Jean-Henry Dunant publie *Un souvenir de Solferino*, où le futur fondateur de la Croix-Rouge (1863) a organisé les secours aux blessés.
Flaubert : *Salammbô*.

22 novembre
Michelet : *La Sorcière*.

autres événements
• Construction à Paris du futur théâtre Sarah-Bernhardt et du théâtre du Châtelet. Le Cirque-Olympique fondé au début du siècle par Franconi, boulevard du Temple, est rasé. La fermeture la même année des Funambules, où avait régné Deburau, marque la fin du « Boulevard du crime ».
• Découverte du tumulus Saint-Michel à Carnac.
• Premières attaques du phylloxéra. Venu des États-Unis, d'où des plants de vigne sont importés depuis les années 1830, le parasite fait son apparition dans les vignes du Gard en 1862-1863. L'épidémie s'étend peu à peu à la vallée du Rhône : elle atteint le Beaujolais en 1871, exerçant de véritables ravages à partir de 1874. La Bourgogne est atteinte en 1878, puis, jusqu'en 1882, l'épidémie se propage à l'ensemble du vignoble français, dont la moitié sera détruite. La reconstitution du vignoble, bien engagée vers 1895-1900, durera une trentaine d'années.

1863

10 janvier
Malgré l'opposition du Saint-Siège, Mgr Darboy, évêque de Nancy, est nommé archevêque de Paris.

Mgr Darboy

Fils d'un épicier de Fayl-Billot (Haute-Marne), Georges Darboy (1813-1871), ordonné prêtre en 1836, a été remarqué par l'archevêque de Paris, Mgr Affre. Républicain convaincu, l'abbé Darboy accueille avec enthousiasme la IIe République. Il s'impose peu à peu dans les milieux gallicans, et c'est grâce à leur appui qu'il est nommé en 1863 à l'évêché de Nancy. La politique romaine de Napoléon III, qu'il soutient avec fermeté contre l'hostilité d'une grande partie de l'opinion catholique et du clergé sensibles aux thèses ultramontaines, le conduit à l'archevêché de Paris puis au Sénat en 1864. En 1870, toujours en conflit avec Rome, Mgr Darboy dirige l'opposition au dogme de l'infaillibilité pontificale. C'est à son retour du concile Vatican I qu'il est arrêté par les communards : il est fusillé le 24 mai 1871.

17 janvier
Jules Verne : *Cinq semaines en ballon*.

JULES VERNE

Jules Verne (1828-1905) s'est essayé au théâtre et à l'écriture de livrets pour l'opéra avant de publier ces Cinq semaines en ballon *qui lui apportent le succès. Suivront, notamment,* Voyage au centre de la terre *(1864),* De la Terre à la Lune *(1865),* Les Enfants du capitaine Grant *(1867-1868),* Vingt mille lieues sous les mers *(1870),* Le Tour du monde en quatre-vingts jours *(1873).*

31 janvier
Eugène Fromentin: *Dominique*. L'unique roman écrit par Fromentin, peintre, orientaliste et critique d'art.

janvier 1863-août 1864
Insurrection polonaise contre l'occupation russe et pour l'indépendance. Environ 20000 morts, 40000 déportés en Sibérie, 5000 exilés en France. L'état de siège ne sera levé qu'en 1914. En mars, Napoléon III menace la Russie de venir à la rescousse des insurgés polonais. Le 27 juin, la France, la Grande-Bretagne et l'Autriche adressent une note commune au gouvernement russe, qui énumère les réformes à réaliser en Pologne. En novembre, Napoléon III proposera de réunir une conférence internationale sur la Pologne.

1er février
Moïse Millaud fonde *Le Petit Journal*. Le succès est immédiat. Vendu 5 centimes, soutenu par d'importantes rentrées publicitaires, son tirage s'élève à 280000 exemplaires dès 1866 et franchit le cap des 500000 en 1869. L'exemple est suivi par *Le Moniteur universel du soir* (mai 1864) et *La Petite Presse* (août 1866).

6 février
Dans une *Lettre à Pélissier*, gouverneur général en Algérie, Napoléon III affirme sa volonté de parvenir à «une égalité parfaite» entre Européens et Arabes.

9 février
Jean-Henry Dunant fonde le Comité international de secours aux blessés (Croix-Rouge). Un congrès auquel participent les représentants des États européens se réunit en octobre. En 1864, une Société de secours aux blessés militaires reprendra la mission de la Croix-Rouge dans le cadre national.

21 février
Première livraison du *Dictionnaire de la Langue française* d'Émile Littré (1863-1872, supplément et addition en 1877 et 1880).

mars
L'empereur présente à l'Autriche un projet de révision des traités de 1815: reconstitution d'une Pologne indépendante, partage de la Belgique entre la France et les Pays-Bas, création d'un État allemand tampon entre la France et la Prusse.
Début de la publication des *Nouveaux Lundis* de Sainte-Beuve (13 volumes jusqu'en 1870).

16 mars-17 mai
Expédition du Mexique. Siège de Puebla. Les Français capturent 11000 soldats mexicains lors de la reddition de la ville.

23 mars
Le conseiller d'État Paul Boudet est nommé ministre de l'Intérieur.

30 mars
Magne démissionne de ses fonctions de ministre sans portefeuille.

avril
Contre l'idée de candidatures ouvrières aux élections, Proudhon recommande l'abstention dans *Les Démocrates assermentés et les réfractaires*.

14 avril
Cession à la France des provinces orientales de la Cochinchine.

23 avril
Doudart de Lagrée signe au nom de la France un traité avec le nouveau roi du Cambodge, Norodom: la France s'engage à défendre le Cambodge contre toute agression extérieure; les ressortissants français reçoivent en échange le droit de commercer librement et le pays s'ouvre aux missions catholiques. Doudart de Lagrée est nommé résident permanent au Cambodge. Le protectorat français sur le Cambodge est ratifié le 11 août.

30 avril
Au Mexique, un détachement de 65 légionnaires est presque anéanti (12 survivants), après une longue résistance contre plusieurs milliers de partisans du président Juarez, dans une hacienda de Camerone.

mai
Jean-Baptiste Carpeaux (1827-1875), ancien élève de Rude, qui a réalisé ses premières sculptures à Rome (*Jeune Pêcheur à la coquille*, 1858), fait scandale au Salon avec le groupe en bronze *Ugolin et ses enfants*, modelé en 1860. Carpeaux réalise ensuite un buste de la *Princesse Mathilde*, qui lui vaut de nombreuses commandes officielles (dont le groupe *La Danse*, pour la façade de l'Opéra de Paris).

15 mai
Napoléon III autorise l'organisation d'un Salon des refusés (au Salon officiel). Les Parisiens peuvent y voir 604 œuvres, dont *Le Déjeuner sur l'herbe* d'Édouard Manet. L'expérience, qui avait eu un précédent en 1827, sera renouvelée en 1864.

Manet

*Édouard Manet (1832-1883) appartient, comme Degas, à la deuxième génération du réalisme, celle qui s'inspire de l'esthétique baudelairienne sur l'héroïsme de la vie moderne (*Salons de 1845, 1846, Le Peintre de la vie moderne, *1863). Alors que la génération de 1848 (Courbet, Millet) s'était surtout inspirée de la vie rustique, Manet et ses amis vont dire les plaisirs et les joies de la ville et de la villégiature avec de nouvelles références (Velázquez ou Franz Hals). Le Salon avait déjà refusé* Le Buveur d'absinthe *(1859) et le* Concert aux Tuileries *(1862), lorsqu'en 1863 Manet présente, sans plus de succès,* Le Déjeuner sur l'herbe. *Exposé au Salon des refusés, le tableau provoque l'indignation du public et de la critique. Élève de Thomas Couture, Manet exerce déjà une grande influence, notamment sur les jeunes peintres qui vont fonder le mouvement impressionniste et qui peignent alors leurs premières toiles: Monet, Pissarro, Bazille ou Sisley. Manet fait de nouveau scandale en 1865 avec* Olympia. *En 1866* Le Fifre *est refusé, mais reçoit le soutien d'Émile Zola dans* L'Événement, *et en 1869, si le Salon accepte d'exposer* Le Déjeuner à l'atelier *et* Le Balcon, *le succès public n'est toujours pas au rendez-vous. C'est après 1870, alors qu'il est enfin consacré (*Le Bon Bock, *1873), qu'Édouard Manet, qui s'est lié avec Monet, aborde le plein air et fait une incursion dans l'univers des impressionnistes* (Les Canotiers d'Argenteuil). *Manet peint sa dernière grande œuvre en 1882* (Le Bar des Folies-Bergère).

20 mai
Une loi autorise le jugement sous trois jours des cas de flagrant délit.

23 mai
Le Conseil d'État, hostile au courant qui se développe en faveur de la libéralisation de la législation sur les sociétés, fait adopter une loi qui instaure la liberté pour les seules sociétés dont le capital est inférieur à 20 millions de francs.

24 mai
Le Temps soutient la candidature aux prochaines élections d'un ouvrier, Jean-Jacques Blanc, typographe à *L'Opinion nationale.*

31 mai-1er juin
Élections législatives. 27 % d'abstentions, contre 35 % en 1857. L'augmentation de la participation profite aux oppositions, qui totalisent 1 900 000 voix (665 000 en 1857). Les candidats gouvernementaux obtiennent 5 300 000 voix (5 471 000 en 1857). À Paris, l'opposition républicano-orléaniste réunie autour de Thiers rafle les 9 sièges à pourvoir. Le candidat ouvrier, Jean-Jacques Blanc, essuie une sévère défaite en recueillant seulement 332 suffrages. Sept évêques, dont Mgr Dupanloup, ont signé un manifeste appelant les catholiques à voter pour les candidats qui s'engageraient à défendre les intérêts de la religion (*Réponse de plusieurs évêques aux consultations qui leur ont été adressées relativement aux élections prochaines*). Les candidats officiels triomphent cependant largement, notamment dans les campagnes, mais ils essuient quelques échecs retentissants dans les grandes villes, à Nantes, Lille, Lyon et Marseille (où le légitimiste Berryer bat le maire de la ville). La nouvelle Chambre compte 32 opposants sur 282 députés. Dans *La Lutte électorale en 1863*, Jules Ferry dénonce les candidatures officielles, la mobilisation des fonctionnaires derrière les candidats du gouvernement, les pressions exercées sur les tenanciers de débits de boissons ou, le jour du vote, sur les électeurs, les irrégularités, etc.

5 juin
Les Français occupent Mexico abandonnée par le président Juarez. Le général Forey installe une junte de 35 membres et une assemblée de notables.

22 juin
Suppression de la Caisse de la boulangerie: déréglementation du prix du pain.

23 juin
Nominations ministérielles: Victor Duruy (Instruction publique et Cultes), Baroche (Justice), Béhic (Agriculture, Commerce et Travaux publics). Boudet conserve l'Intérieur. Rouher succède à Baroche comme ministre présidant le Conseil d'État. Billault est nommé ministre d'État, seul habilité, à la place des ministres sans portefeuille, à intervenir devant les Chambres au nom du gouvernement.

Duruy

Professeur au collège Henri-IV et secrétaire de Michelet, Victor Duruy (1811-1894) a soutenu tardivement (1853) une thèse sur l'histoire romaine. L'œuvre ayant été remarquée par Napoléon III, Duruy est nommé en 1862 à l'inspection générale, et l'année suivante à la tête du ministère de l'Instruction publique. Il y réalise une œuvre imposante, principalement dans les domaines de l'enseignement primaire et de l'enseignement féminin, protégé par l'empereur à qui il ne ménage ni les compliments ni les marques de fidélité. Mais l'avenir de Duruy, privé de véritables appuis dans le monde politique, dépendait de l'évolution, sinueuse, des relations de Napoléon III avec l'opinion catholique. Duruy, libre-penseur, a été appelé à une époque où elles se sont largement détériorées; la volonté de l'empereur de se rapprocher des catholiques entraîne six ans plus tard la fin de sa carrière politique: Duruy démissionne le 12 juillet 1869.

24 juin
Ernest Renan publie *Vie de Jésus*, premier tome de son *Histoire des origines du christianisme*. Le second, *Les Apôtres*, paraît en 1866. Viennent ensuite: *Saint Paul* (1869), *L'Antéchrist* (1873), *Les Évangiles* (1877), *L'Église chrétienne* (1879) et *Marc Aurèle* (1882). La *Vie de Jésus*, malgré sa mise à l'Index le 17 mars 1864, remporte un succès considérable: 170000 exemplaires vendus en 1863-1864, un demi-million jusqu'à la Seconde Guerre mondiale. L'application des règles de la critique philologique aux textes sacrés a sans doute moins contribué au succès de l'ouvrage que la restitution du monde exotique de la Bible.

Renan

Ernest Renan (1823-1892) est né à Tréguier. Tôt orphelin de son père, disparu en mer, il est élevé par sa mère dans une atmosphère très pieuse. Destiné à la prêtrise, il entre en 1838 au séminaire (1838-1845). La clôture du séminaire n'est pas si complète que l'air du temps n'y puisse pénétrer: Renan s'y initie à la philosophie allemande, découvre l'éclectisme de Victor Cousin et le socialisme de Pierre Leroux. En 1845, Renan renonce à la prêtrise et décide de se consacrer à la philologie hébraïque, qu'il a apprise à Saint-Sulpice. En 1852, il soutient une thèse sur Averroès et l'averroïsme et rédige L'Avenir de la science *(qui ne sera publié qu'en 1890). Nommé à cette époque à la Bibliothèque nationale, il est élu à l'Académie des sciences morales et politiques en 1856, l'année de son mariage avec Cornélie Scheffer, issue d'une famille protestante, et à la chaire d'hébreu du Collège de France en 1861. Renan vient d'écrire, au retour d'une mission d'étude en Syrie, sa* Vie de Jésus *(publiée en 1863). Le cours qu'il en tire, ses réflexions sur le Christ, « homme incomparable », provoquent un scandale. Suspendu, puis révoqué en 1864, Renan se consacre dès lors à cette* Histoire des origines du christianisme *dont la* Vie de Jésus *forme le premier volume. La traumatisante expérience de l'effondrement national de 1870 et de la Commune lui inspire une vibrante exhortation au redressement,* La Réforme intellectuelle et morale de la France *(1871). Il retrouve sa chaire au Collège de France après la chute de l'Empire. Après avoir achevé en 1882 l'œuvre commencée en 1863, il publie entre 1887 et 1893 (le dernier volume est publié après la mort de l'auteur) une* Histoire du peuple d'Israël. *Rallié à la République, académicien (1878), administrateur du Collège de France (1883), Ernest Renan est l'un des grands notables du régime. On le voit, on l'entend aux inaugurations et aux enterrements. Il livre encore des* Souvenirs d'enfance et de jeunesse *en 1884 et rassemble en 1888 ses textes philosophiques et politiques* (Drames philosophiques). *Il publie enfin en 1890* L'Avenir de la science, *écrit près de quarante années auparavant, mais parfaitement accordé à l'esprit scientiste devenu l'idéologie officielle de la IIIe République, avant de s'éteindre le 20 octobre 1892.*

juillet
Henri Germain fonde le Crédit lyonnais. Parmi les cofondateurs, les saint-simoniens Michel Chevalier et Prosper Enfantin en personne. Le but: drainer l'épargne populaire en acceptant les dépôts d'un petit montant (50 francs) que refusent les banques traditionnelles.

6 juillet
Fondation de la Société des dépôts et des comptes courants.

10 juillet
L'assemblée des notables installée le 5 juin à Mexico vote le rétablissement de la monarchie et offre la couronne à l'archiduc Maximilien de Habsbourg, frère de l'empereur d'Autriche François-Joseph. C'est l'impératrice Eugénie qui a suggéré le nom de Maximilien. Peu après, Bazaine remplace Forey à la tête du corps expéditionnaire français.

22 juillet
Au cours d'un meeting en faveur de l'indépendance de la Pologne organisé à Londres, les participants anglais et français (parmi lesquels Tolain) décident la création de comités ouvriers correspondant entre eux sur « les questions internationales d'industrie ».

2 septembre-22 novembre
Dans *L'Opinion nationale*, Baudelaire publie *L'Œuvre et la vie d'Eugène Delacroix*.

30 septembre
À l'Opéra, *Les Pêcheurs de perles* de Bizet.

13-18 octobre
Rouher succède à Billault, décédé, comme ministre d'État. Rouland prend la présidence du Conseil.

18 octobre
Prodromes de la guerre des Duchés. La diète germanique condamne l'annexion du duché du Schleswig par le Danemark. La diète danoise n'en vote pas moins le 13 novembre une Constitution commune au Danemark et au Schleswig.

23-24 octobre
Bismarck fait échouer un projet de réforme de la Confédération germanique qui prévoyait le renforcement des institutions fédérales, ceci afin de répondre aux aspirations nationales, mais qui pérennisait la position dominante de l'Autriche.

4 novembre
Napoléon III propose, à nouveau sans succès, aux chancelleries européennes l'organisation d'une conférence internationale pour la révision des traités de 1815.
À l'Opéra, échec des *Troyens à Carthage* de Berlioz.

5 novembre
Édouard Laboulaye : *Le Parti libéral, son programme et son avenir*.

7 novembre
Théophile Gautier : *Le Capitaine Fracasse*.

15 novembre
Mort du roi du Danemark, Frédéric VII. Christian IX lui succède, et ratifie l'annexion du Schleswig par le Danemark.

décembre
Hippolyte Taine publie dans *La Revue germanique* un article, « L'Histoire, son présent et son avenir », dans lequel il expose sa théorie déterministe et qui sera repris en introduction aux quatre volumes de son *Histoire de la littérature anglaise* (1864).

TAINE

Fils d'un notaire de Charleville, dans les Ardennes, Hippolyte Taine (1828-1893) a enseigné à Nevers, puis à Poitiers, avant de gagner Paris où, tout en préparant ses thèses sur la philosophie platonicienne et sur La Fontaine, il subsiste en donnant des leçons. Outre quelques écrits sur l'histoire de la littérature et sur ses voyages dans les Pyrénées ou en Italie (1866), Taine développe dans un recueil d'articles, Les Philosophes français du XIXe siècle *(1857) puis dans une vaste* Histoire de la littérature anglaise *(1864), une théorie déterministe des conditions du développement de l'esprit et de ses productions dont il donnera l'exposé théorique complet en 1870 dans* De l'intelligence. *Mais dès la fin de 1863, Taine en a proposé une première esquisse dans l'introduction de son* Histoire de la littérature anglaise, *publiée séparément dans* La Revue germanique *: « L'Histoire, son présent et son avenir ». Il applique les thèses de son article aux œuvres artistiques – Taine a été nommé professeur à l'École des beaux-arts –, études rassemblées en 1865 dans* La Philosophie de l'art, *et surtout à l'histoire : les six parties de son étude monumentale, et inachevée,* Les Origines de la France contemporaine, *paraîtront entre 1876 et 1893.*

23-24 décembre
Guerre des Duchés. Occupation du Holstein par les troupes fédérales levées par la Confédération germanique.

autres événements
- Premier volume des *Entretiens sur l'architecture* de Viollet-le-Duc, la bible des architectes modernes (le dernier volume paraîtra en 1872).
- Ingres termine sa dernière grande œuvre, *Le Bain turc*, résumé de toutes les *Baigneuses* et *Odalisques* de sa carrière.

1864

5 janvier
Expédition du Mexique. Prise de Guadalajara.

11 janvier
Discours de Thiers pour le rétablissement des cinq « libertés nécessaires » : liberté individuelle, liberté de la presse, liberté électorale, droit d'interpellation et responsabilité ministérielle. Thiers accepte le suffrage universel qu'il avait combattu avec résolution sous la monarchie de Juillet. Il prend la direction d'un « tiers parti » fort d'une soixantaine de députés qui compte dans ses rangs plusieurs bonapartistes ralliés à la transformation parlementaire du régime. Rouher, devenu l'homme fort du régime, répond au discours de Thiers le 14 janvier : « L'empereur n'a pas relevé le trône pour ne pas gouverner et livrer le pouvoir aux manœuvres du régime parlementaire. » Au cours de ce débat, Picard dénonce publiquement le coup d'État du 2 décembre 1851 comme un « crime ».

12 janvier
Guerre des Duchés. Après l'occupation danoise du Schleswig et celle du Holstein par la Confédération germanique à l'automne précédent, le Danemark réclame (à l'initiative de son protecteur anglais) la médiation des puissances. La France refuse.

16 janvier
Guerre des Duchés. Accord austro-prussien pour une intervention contre le Danemark. Bismarck n'a pas l'intention d'agrandir la Confédération germanique de deux États supplémentaires, mais d'annexer le Schleswig et le Holstein à la Prusse. Le Danemark refuse d'abroger la Constitution qu'il a imposée au Schleswig le 13 novembre 1863.
Publication posthume des *Destinées* d'Alfred de Vigny, décédé le 16 septembre 1863. Ce recueil contient plusieurs « poèmes philosophiques » publiés du vivant de l'auteur dans *La Revue des deux mondes* : *La Mort du loup* en 1843, *Le Mont des Oliviers* et *La Maison du berger* en 1844.

1er février
Guerre des Duchés. Les troupes austro-prussiennes envahissent le Schleswig. Afin de se concilier les Russes, Bismarck assure Alexandre II de l'appui de la Prusse pour l'écrasement de l'insurrection polonaise (qui ne sera achevé qu'en août).

15 février
Les patrons de la métallurgie créent le Comité des forges, présidé par Eugène Schneider.

17 février
L'Opinion nationale publie le Manifeste des soixante rédigé par Tolain et signé par 60 ouvriers, qui préconise pour les prochaines élections législatives partielles la présentation de candidatures ouvrières séparées, dont la campagne mettra en avant les revendications spécifiquement ouvrières : l'abrogation de l'article 1781 du Code civil qui pénalise les ouvriers face aux patrons, l'instruction professionnelle, le droit de grève et d'association. Le Manifeste énonce un certain nombre de revendications que ses auteurs partagent avec l'opposition libérale, telles que l'instruction primaire gratuite et obligatoire, les libertés et la séparation de l'Église et de l'État. Le Manifeste des soixante, fidèle au corporatisme traditionnel, rejette en revanche les thèses blanquistes sur l'abolition de la propriété privée et la dictature révolutionnaire.

29 février
L'opposition libérale et les républicains réservent un accueil défavorable au Manifeste des soixante. *Le Siècle* publie un Manifeste des quatre-vingts affirmant : « Il n'y a plus ni bourgeois ni ouvriers en France », seulement des citoyens partageant un même intérêt.

3 mars
Le républicain Darimon se rallie à l'Empire.

12 mars
Première livraison du *Grand Dictionnaire universel du XIXe siècle* de Pierre Larousse ; la publication se poursuivra jusqu'en 1876, suivie de deux suppléments en 1878 et 1890.

19 mars
À l'Opéra, *Mireille* de Gounod.

21 mars
Hippolyte Carnot et Garnier-Pagès sont élus députés de la Seine à l'occasion d'une élection partielle. Carnot cette fois accepte de prêter serment. Tolain a obtenu seulement 424 voix, contre plus de 14 000 pour Garnier-Pagès.

6 avril
Les États-Unis condamnent l'intervention française au Mexique.

10 avril
Maximilien de Habsbourg, frère de l'empereur d'Autriche François-Joseph, signe avec la France une convention qui lui confère la couronne de l'empire du Mexique en échange du rembourse-

ment de la dette mexicaine, et subordonne le départ des troupes françaises à la formation d'une armée maximilienne.

18 avril
Guerre des Duchés. Les Prussiens envahissent le Jutland.

27 avril-3 mai
Débat au Corps législatif sur la liberté syndicale.

4 mai
Fondation de la Société générale, par des banquiers proches des dirigeants de la Banque de France (Schneider, Rothschild) et hostiles au Crédit mobilier fondé par les frères Pereire en novembre 1852.

9 mai
Guerre des Duchés. Signature d'un armistice entre le Danemark et les Austro-Prussiens. Une conférence internationale se réunit à Londres. Les opérations militaires reprennent cependant, et tournent au désastre pour les Danois.

25 mai
Adoption par 222 voix contre 36 de la loi sur les coalitions, qui légalise le droit de grève à condition que celle-ci se déroule sans violence ni atteinte à la liberté du travail. Les abus sont punis par un emprisonnement de six jours à trois ans et une amende pouvant aller jusqu'à 3000 francs. La promulgation de la loi entraîne la multiplication des mouvements de grève: 110 sont recensés dans les mois qui suivent, alors qu'on en dénombrait les années précédentes moins de 80 par an.

29 mai-12 juin
En application de la convention du 10 avril, Maximilien de Habsbourg et son épouse Charlotte débarquent à Veracruz le 29 mai. Le 12 juin, Maximilien fait son entrée dans Mexico. Il doit aussitôt faire face aux intrigues ourdies contre lui par le commandant des troupes françaises, Bazaine, et aux opérations de guérilla conduites par les partisans du président Juarez.

30 mai
Une loi ordonne que les peines de travaux forcés seront désormais purgées dans des «colonies pénales transatlantiques», et que les forçats seront, à l'expiration de leur peine, assignés à résidence dans la colonie pour une durée pouvant aller jusqu'à la perpétuité.

juin
Le général Mac-Mahon succède au poste de gouverneur général de l'Algérie au maréchal Pélissier, décédé.

15 juin
Le navire sudiste *Alabama*, autorisé le 11 juin à faire relâche dans le port de Cherbourg pour réparations, affronte à proximité des côtes le *Kearsage* nordiste: l'*Alabama* est coulé sous les yeux d'une foule ravie du spectacle, venue spécialement par train de Paris. Manet en fait le sujet d'un tableau.

16 juin
Nombreuses perquisitions chez des personnes suspectes d'appartenir à des associations illicites. Elles visent en particulier des avocats du barreau de Paris qui venaient de se signaler en portant au conseil de l'Ordre des opposants aussi résolus que Jules Favre, Ernest Picard ou Émile Ollivier.

23 juillet
Guizot: *Méditations sur l'essence de la religion chrétienne*. Guizot publiera en 1866 *Méditations sur l'état actuel de la religion chrétienne*, et en 1868 *Méditations sur la religion chrétienne dans ses rapports avec l'état actuel des sociétés et des esprits*.

5-6 août
Procès «des treize», parmi lesquels Garnier-Pagès, Carnot, Floquet, Jules Ferry, accusés d'avoir organisé un comité électoral républicain lors des élections de 1863 et 1864. Les accusés sont condamnés à des amendes.

15 août
Mise en service de la ligne de chemin de fer Paris-Madrid, réalisée par une compagnie fondée par les frères Pereire.

22 août
Signature de la convention de Genève, sur l'initiative de Henry Dunant et de la Croix-Rouge: elle tend à améliorer le sort des blessés et des prisonniers de guerre et celui des civils en temps de guerre, en leur apportant un certain nombre de garanties. Issue de l'expérience de Dunant lors de la guerre de Crimée, la convention de Genève de 1864 sera suivie par l'adoption de nouveaux textes, en 1929 puis en août 1949, qui seront autant de témoignages sur les limites de son efficacité.

15 septembre
Signature d'une convention franco-italienne qui prévoit l'évacuation de Rome par les troupes fran-

çaises en 1866 et stipule que l'Italie s'engage à respecter le territoire de l'État pontifical. Le royaume d'Italie adopte Florence pour capitale.

28 septembre
Fondation, à Londres, de l'Association internationale des Travailleurs (AIT, 1re Internationale). Tolain présente l'adresse de la délégation française pour l'action autonome de la classe ouvrière, l'abolition de la propriété bourgeoise des moyens de production et l'instauration d'un système d'association inspiré des thèses de Proudhon. Marx, minoritaire, est cependant élu au secrétariat de l'Internationale.

30 octobre
Fin de la guerre des Duchés. Signature de la paix entre le Danemark et les Austro-Prussiens: le Danemark, battu, renonce à tous ses droits sur le Schleswig et le Holstein (40 % de son territoire). Ces deux duchés sont placés sous administration austro-prussienne.

5 novembre
Publication des statuts de la Ire Internationale.
Michelet: *Bible de l'humanité.*

26 novembre
Fustel de Coulanges: *La Cité antique, étude sur les cultes, le droit, les institutions de la Grèce et de Rome.*

8 décembre
Publication de l'encyclique *Quanta cura* et du *Syllabus*. Pie IX y condamne la société moderne et les thèses du catholicisme libéral, défendues en France par Montalembert, Mgr Dupanloup ou Albert de Broglie.

17 décembre
Aux Variétés, *La Belle Hélène* d'Offenbach.

24 décembre
Émile Zola publie les *Contes à Ninon*. Les *Nouveaux Contes à Ninon* paraîtront en novembre 1874.

1865

8 janvier
Création de la section parisienne de l'AIT. En février, après l'adhésion de Jules Simon et d'Henri Martin, le bureau décide que les responsabilités au sein de la section seront réservées aux ouvriers. La section de Paris comptera 600 adhérents en 1867, tandis que certaines sociétés de secours mutuels rassemblent jusqu'à 5000 adhérents. D'autres sections sont créées à Lyon, Caen, Vienne, Roubaix et Marseille en 1865 et 1866.

21 janvier
Edmond et Jules de Goncourt: *Germinie Lacerteux.*

25 janvier
Embarrassé, Mgr Dupanloup qualifie le *Syllabus* du 8 décembre 1864 de «catalogue de propositions diverses» et condamne ceux qui s'appuient sur ce document pour rejeter le libéralisme et la société moderne. «M. Dupanloup, écrit Prosper Mérimée, explique fort bien que lorsque la bulle dit noir, il faut entendre blanc.» Le ministre de l'Intérieur Baroche interdit la publication officielle du *Syllabus*. Les évêques protestent mais à l'exception de deux d'entre eux, Mgr de Dreux-Brézé et Mgr Mathieu, s'inclinent.

28 janvier
Adolphe Vuitry (1813-1885) remplace Rouland à la présidence du Conseil d'État.

février
Porfirio Diaz capitule à Oaxaca. À cette date, les Français contrôlent les deux tiers du territoire mexicain. Juarez s'est retranché dans la région de Chihuahua.

1er février
L'Artiste publie la *Symphonie littéraire* de Stéphane Mallarmé, alors âgé de 23 ans.

15 février
«Dans un pays de suffrage universel, déclare Napoléon III pour l'ouverture de la session parlementaire, tout citoyen doit savoir lire et écrire.» Victor Duruy fait peu après voter une loi qui supprime le système de «bifurcation» instauré le 10 avril 1852 par Fortoul (le choix entre la filière classique et la filière scientifique au début des études secondaires), et le remplace par la création d'un enseignement secondaire spécial, caractérisé par la suppression du latin et l'ouverture à l'enseignement professionnel.

18 février
Élias Regnault et François-Odysse Barot traduisent l'*Histoire de la Révolution française* de Thomas Carlyle (traduction: 1865-1867).

10 mars
Décès du duc de Morny, qui depuis 1863 s'était rangé du côté des partisans de la libéralisation du

régime. Eugène Schneider lui succède à la présidence du Corps législatif (jusqu'au 1er septembre).

28 mars
Le ministère de l'Intérieur est confié à La Valette.

11 avril
Les États allemands membres du Zollverein rejettent la demande d'adhésion de l'Autriche et acceptent seulement de signer avec elle un simple traité de commerce. L'hypothèse d'une Allemagne sans l'Autriche se précise.

22 avril
Un sénatus-consulte déclare les tribus algériennes « propriétaires incommutables de leurs terres ». La colonisation des terres agricoles est frappée d'un coup d'arrêt.

26 avril
À Paris, manifestation silencieuse à la mémoire du président Lincoln, assassiné le 14 avril.

29 avril
Erckmann-Chatrian (Émile Erckmann et Alexandre Chatrian): *L'Ami Fritz*. La même année, Erckmann et Chatrian publient *Waterloo* (26 éditions entre 1865 et 1881), troisième et dernier volume du cycle sur les guerres de la Révolution et de l'Empire inauguré en 1863 avec *Madame Thérèse*, qui raconte l'épopée de l'armée de Hoche en 1792, et poursuivi en 1864 avec l'*Histoire d'un conscrit de 1813*. Les trois romans seront ensuite réédités sous forme de fascicules hebdomadaires: un million et demi d'exemplaires vendus en moins d'un an. Avec Erckmann et Chatrian s'éteint la tradition romantique du roman historique née avec Balzac, Hugo et Dumas.

mai
Au Salon, Manet fait scandale avec *Olympia*.

3 mai-7 juin
Voyage de Napoléon III en Algérie. « Vous connaissez mes intentions, déclare-t-il aux notables arabes. J'ai irrévocablement honoré vos chefs, respecté votre religion. Je veux augmenter votre bien-être, vous faire participer de plus en plus à l'administration de votre pays comme aux bienfaits de la civilisation. »

15 mai
Le prince Napoléon inaugure à Ajaccio le *Monument de la famille Bonaparte* dont Viollet-le-Duc a réalisé le socle et que surmonte un *Napoléon Ier à cheval en empereur romain* sculpté par Barye. Le prince profite de l'occasion pour prendre position en faveur de la liberté de la presse et de la responsabilité ministérielle. Napoléon III le désavoue.

20 mai
Jules Verne: *De la Terre à la Lune*.

22 mai
Décret décidant la reconstruction et l'agrandissement de l'Hôtel-Dieu.

1er juin
Discours de Garnier-Pagès en faveur de l'impôt sur le revenu.

13 juin
Discours d'Eugène Pelletan contre le « cabinet noir » (l'espionnage des correspondances par les services du ministère des Postes).

14 juin
Le chèque reçoit valeur légale. C'est l'aboutissement d'une campagne lancée en 1861 par Michel Chevalier et soutenue par les dirigeants des banques de dépôts qui se sont multipliées depuis 1860. La loi définit le chèque comme « un écrit qui, sous la forme d'un mandat de paiement, sert au tireur à effectuer le retrait, à son profit ou au profit d'un tiers, de tout ou partie des fonds portés au crédit de son compte et disponibles »: le chèque est endossable, payable à vue, il doit être préalablement provisionné, il n'est pas soumis au droit de timbre. Cette loi ne sera modifiée que le 30 octobre 1935.

20 juin
Napoléon III: *Lettre sur la politique de la France en Algérie adressée par l'Empereur au maréchal de Mac-Mahon, successeur de Pélissier*. Elle reprend le contenu des discours prononcés lors du voyage de l'empereur en Algérie en mai-juin.

24 juin
Proudhon, dans *De la capacité politique des classes ouvrières*, plaide pour l'abstention politique du monde ouvrier et l'organisation horizontale de la solidarité, au moyen des mutuelles.

12 juillet
Loi sur les lignes de chemin de fer d'intérêt local. La concession de ces lignes reconnues d'utilité publique par l'État est confiée aux préfets et aux conseils généraux.

14 juillet
Un sénatus-consulte assure aux Algériens la jouissance des droits civils garantis aux citoyens français, tout en les laissant libres de demander ou non la citoyenneté française.

1er août
Taine : *La Philosophie de l'art. Leçons professées à l'École des beaux-arts.*

14 août
La Prusse et l'Autriche parviennent à un accord sur les duchés « danois » (Schleswig, Holstein, Lauenburg). Les deux pays exercent sur ces territoires leur souveraineté commune. L'Autriche administre le Schleswig et le Holstein, la Prusse le Lauenburg. Berlin a obtenu plusieurs droits particuliers dans les deux duchés administrés par Vienne, notamment de pouvoir construire un port de guerre à Kiel. La Confédération germanique a été tenue à l'écart.

29 août
Napoléon III assure la Prusse de la neutralité bienveillante de la France en cas de conflit avec l'Autriche.

1er septembre
Walewski est nommé président du Corps législatif.

15 septembre
Signature d'une convention sur l'évacuation de Rome par les troupes françaises.

25-29 septembre
Conférence de l'AIT à Londres. La section française est représentée notamment par Tolain, Jules Varlin et Charles Limousin.

4-12 octobre
Bismarck rencontre Napoléon III à Biarritz. L'empereur confirme la neutralité de la France en cas de conflit austro-prussien. Rassuré, Bismarck laisse entendre que la France pourrait obtenir certaines compensations après la guerre.

1er novembre
Ouverture, dans le XIe arrondissement, de la première « Bibliothèque pour tous » : réservée aux hommes, elle ouvre de 8 h à 10 h, six jours sur sept. Le prêt est réservé aux instituteurs.

25 novembre
Edgar Quinet : *La Révolution*. Ce chef-d'œuvre de l'historiographie de la Révolution française, écrit par Quinet dans l'exil auquel l'a condamné le coup d'État du 2 décembre 1851, tombe comme un pavé dans la mare républicaine. Voyant dans le Second Empire le signe de l'échec de la démocratie française, et surtout présentant le jacobinisme comme l'ancêtre du bonapartisme, Quinet est à l'origine d'une virulente polémique qui éclate dès la parution de son livre, et dans laquelle se jettent tous les ténors de l'opposition républicaine au Second Empire, pour accuser (comme Alphonse Peyrat) ou défendre (comme Jules Ferry) l'œuvre d'Edgar Quinet.

décembre
Fin des fouilles entamées le 20 avril 1861 sur le site d'Alésia. La fin de ces recherches archéologiques coïncide avec la publication, patronnée par Napoléon III, d'une *Vie de César*, préfacée par l'empereur et tirée à 100 000 exemplaires : l'empereur, voix du peuple. Napoléon III revendique ainsi une filiation avec le dictateur romain que ses adversaires avaient l'habitude d'invoquer, mais avec des intentions opposées (par exemple, le *César* publié en 1859 par Jean-Jacques Ampère).

autres événements
• Boudin : *La Plage de Trouville à l'heure du bain.*
• Ernest et Pierre Michaux inventent le pédalier. Le vélocipède succède à la draisienne. La première course cycliste est organisée en 1867 entre Paris et Versailles, et le premier championnat de France a lieu en 1890, l'année de la fondation du Touring Club de France, alors dévoué au vélocipède. L'année suivante sont créées plusieurs épreuves : Paris-Brest et retour, et surtout Bordeaux-Paris.

1866

23 janvier
Manifestation antiprussienne au Schleswig-Holstein. Les manifestants reçoivent le soutien de l'Autriche.

janvier-novembre
Taine : *Voyage en Italie* (en deux volumes).

12 février
Les États-Unis réclament une deuxième fois, après octobre 1865, le départ des troupes françaises du Mexique.

mars
La construction du canal de Suez, interrompue en février 1862, reprend.

3 mars
Premier numéro du *Parnasse contemporain*, avec des vers de Gautier, Banville et Hérédia. Le 31 mars, le *Parnasse* publie 15 poèmes de Baudelaire sous le titre de *Nouvelles Fleurs du mal*. Le dix-huitième et dernier fascicule est publié en juin. Deux nouvelles séries paraîtront en 1871 et 1876.

LES POÈTES PARNASSIENS

Après une carrière politique manquée, Leconte de Lisle (1818-1894), ancien ingénieur et ancien disciple de Fourier, se consacre à la poésie. Il publie en 1852 son premier recueil, Poèmes antiques, *qui développe une esthétique antiromantique et témoigne de son admiration pour la littérature grecque. En 1857, ses efforts pour retrouver la pureté de la forme trouvent un écho dans les* Odes funambulesques *publiées par Théodore de Banville (1823-1891) pour prôner « l'art pour l'art » et le strict respect des règles de la versification (*Petit Traité de poésie française, *1872). À partir de 1860, Leconte de Lisle réunit à son domicile ses premiers disciples. Parmi ces derniers, François Coppée (1842-1908), qui publie* Le Reliquaire *en 1865 et* Intimités *en 1868, Sully Prudhomme (1839-1907), dont* Les Solitudes *paraissent en 1869, et José-Maria de Hérédia (1842-1905), dont les poèmes seront réunis en recueil en 1893* (Les Trophées). *Tous se groupent en 1861 autour de* La Revue fantaisiste *fondée par Catulle Mendès (1841-1909), puis de l'éphémère revue* L'Art *(1865). Lorsque celle-ci disparaît, Leconte de Lisle, dont vient de paraître un second volume de poèmes (*Poèmes barbares, *1862), lance l'idée d'une publication collective qui regrouperait des pièces composées par les membres du groupe comme par plusieurs poètes alors proches d'eux (Verlaine, Mallarmé): ainsi paraît en 1866 le premier des recueils collectifs intitulés* Le Parnasse contemporain, *que suivent deux autres volumes en 1871 et 1876. Leconte de Lisle publiera en 1884, avec ses* Poèmes tragiques, *sa dernière grande œuvre.*

7-11 mars
Le Conseil privé et les ministres déclarent leur désaccord avec les réformes libérales.

19 mars
Émile Ollivier propose d'inclure dans l'adresse du Corps législatif un paragraphe demandant à Napoléon III de donner de nouveaux prolongements au « grand acte de 1860 ». Son amendement est rejeté. Il a obtenu 63 voix.

5 avril
Napoléon III annonce le retrait progressif des troupes françaises du Mexique en décembre 1866, mars et novembre 1867. L'évacuation sera plus rapide, prenant fin le 11 mars 1867.

8 avril
L'Italie offre son concours à la Prusse en cas de guerre avec Vienne, et demande la Vénétie en échange. Napoléon III, informé de ces tractations, s'est engagé à soutenir l'Italie au cas où l'Autriche la menacerait.

9 avril
Bismarck dénonce le traité signé avec l'Autriche le 14 août 1865, qui assurait une présence autrichienne en Allemagne.

12 avril
Victor Hugo: *Les Travailleurs de la mer*.

27 avril
Dans *L'Événement*, Zola prend la défense de Manet qui expose le 1er mai dans son atelier *Le Fifre*, refusé par le Salon.

3 mai
« Politique pacifique, neutralité loyale, entière liberté d'action » dirigeront la position française face au conflit austro-prussien, déclare Rouher au nom de l'empereur. Le même jour, à Auxerre, Napoléon III lance à l'intention d'une opinion inquiète des ambitions prussiennes: « Je déteste ces traités de 1815 dont on voudrait faire aujourd'hui l'unique base de notre politique extérieure. » Thiers se prononce au contraire pour le maintien des traités de 1815 et contre l'unification de l'Allemagne sous l'égide de la Prusse.

25 mai
Napoléon III propose de réunir une conférence internationale pour statuer sur le Schleswig-Holstein, examiner le cas de la Vénétie et préparer la réforme de la Confédération germanique.

juin
Incursion jusqu'aux portes de Saigon de bandes rebelles venues des provinces occidentales sous souveraineté annamite.

2 juin
Thiers dénonce la complication de la présentation des budgets, destinée selon lui à masquer les déficits croissants.
L'Autriche réunit des états généraux au Holstein.

5 juin
Doudart de Lagrée et Francis Garnier entreprennent, à partir de Saigon, l'exploration du Mékong pour découvrir s'il existe une voie d'accès vers la Chine. L'expédition dure jusqu'en 1868. En octobre 1867, elle pénètre au Yunnan et atteint le cours supérieur du fleuve Rouge, puis se dirige vers le Yang Tsé-kiang. Doudart de Lagrée, malade, meurt le 12 mars 1868. Le 29 juin, Garnier est de retour à Saigon.

7 juin
L'armée prussienne pénètre au Holstein: début de la guerre austro-prussienne.

11 juin
Drouin de Lhuys expose au Corps législatif les raisons de la proposition impériale d'un congrès européen. Le but visé par l'empereur est d'arriver à la constitution d'une Prusse plus forte dans le nord de l'Allemagne et à une plus grande unité des autres États de la Confédération germanique.

12 juin
Signature d'un accord secret franco-autrichien. L'Autriche s'engage, en échange de la neutralité française, à céder la Vénétie (possession autrichienne) à la France, qui la cédera aussitôt au royaume d'Italie. Les deux puissances se mettent également d'accord sur un plan de réorganisation de la Confédération qui prévoit l'agrandissement de l'Autriche et des trois royaumes de Bavière, de Saxe et du Wurtemberg. Rupture des relations diplomatiques entre la Prusse et l'Autriche.

14 juin
Guerre austro-prussienne. L'Autriche mobilise. La Prusse déclare quitter la Confédération germanique. La diète allemande décide à son tour de mobiliser contre la Prusse, jugée responsable de la guerre (interdite par les statuts) qui l'oppose à un autre État membre.

16 juin
Guerre austro-prussienne. Les troupes prussiennes envahissent la Saxe, le Hanovre et la Hesse, qui ont voté contre Berlin à la diète. Les petites armées de ces trois États sont rapidement battues.

juillet
Au Mexique, les partisans de Juarez reprennent Monterrey, et en août Tampico.

3 juillet
Guerre austro-prussienne. La Prusse bat sévèrement l'Autriche à Sadowa, mais l'armée autrichienne réussit à battre en retraite sans être totalement détruite.

4 juillet
Guerre austro-prussienne. Napoléon III répond favorablement à la demande autrichienne de médiation (Vienne se déclare prêt à céder la Vénétie à l'Italie). Les troupes prussiennes infligent une sévère défaite à l'armée de Bavière.

5 juillet
Au Conseil des ministres, Drouin de Lhuys, qui a inspiré la proposition française de médiation dans le conflit austro-prussien, est mis en minorité par Rouher et La Valette, qui ont persuadé Napoléon III de renoncer au projet de médiation pour rechercher une alliance avec la Prusse.

14 juillet
Guerre austro-prussienne. La France propose un plan de paix à la Prusse: Berlin accepte les propositions françaises. Défaite, devant les Prussiens, des troupes réunies par les États du sud de l'Allemagne.

18 juillet
Un sénatus-consulte sur le droit d'amendement limite les pouvoirs du Conseil d'État au profit du Corps législatif: ce dernier recouvre le droit de renvoyer en commission les amendements rejetés par le Conseil d'État. Le même texte abroge le maximum de trois mois imposé depuis 1852 à la durée de la session parlementaire.

24 juillet
Les Autrichiens battent les Italiens à Custozza.

26 juillet
Signature de préliminaires de paix entre la Prusse et l'Autriche, sur les bases présentées par la France: dissolution de la Confédération germanique, création d'une nouvelle Confédération regroupant les États situés au nord du Main et contrôlée par la Prusse, incorporation à la Prusse du Schleswig-Holstein, paiement par l'Autriche d'une indemnité de guerre, cession par l'Autriche de la Vénétie à l'Italie. La France a soulevé avec Bismarck la question des compensations territo-

riales auxquelles ses bons offices lui permettaient de prétendre. Elle a réclamé le retour aux frontières de 1814 (Landau, Sarrelouis, Sarrebrück, le Luxembourg); le chancelier Bismarck a proposé le Palatinat bavarois.

août
La France est touchée par une crise économique née en Angleterre. La récession se prolonge au début de 1867.
L'impératrice du Mexique, Charlotte, vient en France réclamer des secours.

2 août
Le *Courrier du dimanche* est interdit pour avoir publié un article de Prévost-Paradol attaquant personnellement Napoléon III.

5-7 août
La France renouvelle sa demande d'annexion du Palatinat bavarois, de Mayence (dans le Hesse-Darmstadt) et de rectification de frontière le long de la Sarre. Le 7, les préliminaires de paix étant signés, Bismarck rejette les compensations territoriales sur le Rhin demandées par Napoléon III. Une nouvelle demande française sera de nouveau rejetée par la Prusse au début de 1867.

13-22 août
La Prusse signe des traités de paix avec les États du Sud qu'elle a battus, la Bavière, le pays de Bade, le Wurtemberg, le Hesse-Darmstadt. Ces traités comportent des clauses secrètes pour une alliance défensive au cas où la France tenterait d'obtenir par la force les compensations territoriales qu'elle réclame.

17 août
Bismarck informe Napoléon III de l'annexion prochaine de Francfort, du Hanovre, de Nassau et de la Hesse électorale par la Prusse. Napoléon III approuve ces annexions, conservant encore l'espoir d'obtenir des compensations sur la rive gauche du Rhin. En favorisant la constitution d'un grand État prussien qui, au nord de l'Allemagne, ferait contrepoids à l'Autriche au Sud, il espère également favoriser au centre la réunion des États moyens qui passeraient sous influence française pour se protéger contre leurs puissants voisins.

18 août
La Prusse et 17 États allemands situés au nord du Main s'associent au sein d'une Confédération de l'Allemagne du Nord. Trois autres les rejoignent peu après, dont la Saxe. La Constitution fédérale entrera en vigueur en juillet 1867 et sera maintenue jusqu'en 1918.
Sous le nom de Marie Gaston, Alphonse Daudet publie dans *L'Événement* la première des *Lettres de mon moulin*.

20 août
Nouvelles revendications françaises, portant cette fois sur le Luxembourg, propriété du roi des Pays-Bas, et sur la Belgique.

23 août
Signature de la paix entre la Prusse et l'Autriche. Un seul gagnant: la Prusse; parmi les perdants, nombreux, la France, qui n'a retiré aucun bénéfice de sa médiation, aucun de ces territoires censés consolider la frontière orientale pour faire pièce à l'accroissement de la puissance prussienne voulu en même temps par Napoléon III.

25 août
Louis-Eugène Hatin, déjà auteur d'une *Histoire politique et littéraire de la presse en France* (1859-1861), publie une monumentale *Bibliographie historique et critique de la presse périodique en France*, qui reste aujourd'hui encore un outil indispensable.

1er septembre
Drouin de Lhuys démissionne du ministère des Affaires étrangères. Moustier, alors titulaire de l'ambassade de Constantinople, lui succède. Le ministre de l'Intérieur La Valette assure l'intérim.

3-8 septembre
À Genève, premier congrès de l'AIT. Les délégués français s'opposent à Marx, mais se divisent à leur tour, Varlin rompant avec les thèses mutuellistes défendues par Tolain. En octobre, la section parisienne se dote d'une commission administrative, dans laquelle Varlin siège au côté de Tolain.

16 septembre
La Valette, ministre des Affaires étrangères par intérim, publie une circulaire qui exprime le soutien de la France à l'unification allemande.
Le général de Castelnau se rend au Mexique afin de préparer le rapatriement des troupes françaises.

31 octobre
Offenbach: *La Vie parisienne*.

novembre
Barbey d'Aurevilly attaque les poètes parnassiens (Banville, Hérédia) dans *Le Nain jaune*.

16 novembre
Le Figaro, hebdomadaire depuis 1854, devient quotidien.

17 novembre
Verlaine : *Poèmes saturniens*.

VERLAINE

Paul Verlaine (1844-1896), né à Metz, est engagé comme expéditionnaire à l'Hôtel de Ville de Paris. La poésie et la fréquentation des cafés littéraires occupent ses nombreux loisirs. Après ses premiers poèmes publiés en 1865, paraissent, en 1866, les Poèmes saturniens, *encore influencés par le Parnasse dont il fréquente plusieurs des représentants.* Les Fêtes galantes *paraissent en 1869, l'année de sa rencontre avec Mathilde Mauté, qu'il épouse en août 1870. Mais la belle idylle est déjà morte. Verlaine, qui a recommencé à boire, perd son emploi après la Commune de 1871, et rencontre Rimbaud. Tous deux vagabondent, en Angleterre, en Belgique, errances qui inspirent à Verlaine* Romances sans paroles *(1874). À Bruxelles, le 10 juillet 1873, après une nouvelle querelle, Verlaine blesse Rimbaud d'une balle de revolver. Arrêté, jugé, il est condamné à deux ans de prison. Venu à la religion lors de son incarcération (*Sagesse, *1880), il ne tarde pas à renouer avec ses habitudes antérieures (*Jadis et naguère, *1885). La mort de sa mère, en 1886, le laisse sans ressources. Une tardive reconnaissance n'empêchera pas qu'en janvier 1896, il s'éteigne dans la misère. Lorsque Verlaine meurt, accompagné au cimetière des Batignolles par un long cortège d'admirateurs, Rimbaud est mort, seul et oublié, depuis cinq ans déjà.*

27 novembre
Début de la publication, dans *Le Moniteur universel du soir*, du roman d'Alphonse Daudet, *Le Petit Chose*.

DAUDET

Alphonse Daudet (1840-1897) publie ses premiers vers en 1858 (Les Amoureuses). *Devenu secrétaire du duc de Morny en 1860, Daudet s'essaie au théâtre (*La Dernière idole, *1862), et obtient un premier succès en 1866 avec* Le Petit Chose. *La consécration vient en 1869 lorsque paraissent* Les Lettres de mon moulin. *La Provence inspire une grande partie de son œuvre : le livret de* L'Arlésienne *qu'il écrit en 1872 sur la musique de Bizet,* Tartarin de Tarascon *(1872), auquel il donne une première suite en 1885 avec* Tartarin sur les Alpes, *et une seconde en 1890 avec* Port-Tarascon. *Mobilisé en 1870, Daudet tire de son expérience les* Contes du lundi. *Il publie ensuite de nombreux romans dans le style réaliste, dont bien peu sont passés à la postérité (*Le Nabab, *1877,* Numa Roumestan, *1881).*

13 décembre
Les troupes françaises évacuent Rome, conformément aux dispositions de la convention du 15 septembre 1864.

22 décembre
Émile Gaboriau, ancien secrétaire de Paul Féval, publie *L'Affaire Lerouge*, premier d'une longue série de romans policiers (*Le Crime d'Orcival* et *Le Dossier n° 113* en 1867, *Monsieur Lecoq* en 1869) dont le héros, M. Lecoq, est l'ancêtre des Sherlock Holmes et autres Hercule Poirot.

27 décembre
Un décret organise les conseils municipaux dans les territoires civils d'Algérie. Musulmans et juifs élisent des conseillers particuliers, dont le nombre total ne peut toutefois excéder le tiers des sièges.

autres événements
• Jean Macé crée la Ligue française de l'enseignement, qui comptera 59 cercles locaux en 1870. Le nombre des adhérents passera, entre 1870 et 1877, de 18000 à 60000. En 1867, les catholiques fondent la Société générale d'éducation et d'enseignement.
• Mise au point du fusil à aiguille Chassepot, dans lequel la cartouche est introduite dans le canon par une culasse mobile. Inventé au XVIIe siècle, adopté par l'armée française en 1703, le fusil, qui se chargeait par le canon, ne subit aucun perfectionnement notable jusqu'à l'invention, vers 1830, du fusil à percussion, puis du fusil à piston, enfin du fusil à aiguille qui se charge par la culasse, et dont le Chassepot de 1866 est le continuateur. En 1874, l'aiguille sera remplacée par un percuteur. En 1886, le Chassepot sera abandonné au profit du fusil Lebel.

1867

janvier
Napoléon III s'inquiète auprès de l'ambassadeur prussien en France du courant qui se développe en Allemagne en faveur de l'annexion de l'Alsace

et de la Lorraine au nom du pangermanisme. En Allemagne, la France est accusée de vouloir empêcher l'unification.

5 janvier
Napoléon III entre en contact avec Émile Ollivier et lui demande son appui pour mener à bien la libéralisation des institutions.

12 janvier
La Prusse annexe le Schleswig-Holstein.

14 janvier
La junte de Mexico se prononce pour le maintien de l'Empire, malgré le départ des troupes françaises.

17 janvier
Napoléon III présente en Conseil des ministres un plan de réformes (liberté de la presse, liberté de réunion, droit d'interpellation) et demande la démission du ministère.

19 janvier
Renvoi des ministres. Napoléon III annonce dans une lettre publiée au *Moniteur* des réformes politiques : la substitution d'un droit d'interpellation limité (qui doit se traduire par le renvoi au gouvernement ou le vote d'un ordre du jour non motivé) au droit d'adresse qui avait été rétabli le 24 novembre 1860, la comparution directe des ministres devant le Corps législatif pour défendre les projets gouvernementaux, enfin de nouvelles lois sur la presse et le droit de réunion. Rouher s'incline.

20 janvier
Rouher est nommé aux Finances, Niel à la Guerre, Rigault de Genouilly à la Marine et aux Colonies, Forcade La Roquette à l'Agriculture et aux Travaux publics.

5 février
Bazaine quitte Mexico avec les derniers soldats français.

13 février
Maximilien abandonne Mexico et se réfugie, avec moins de 10 000 hommes, à Queretaro.

14 février
Ouverture de la session parlementaire. Napoléon III se déclare favorable à une réforme des législations sur la presse et le droit de réunion, ainsi qu'à une réforme militaire.

19 février
Le gouvernement lève l'interdiction prononcée contre *L'Univers* de Louis Veuillot en janvier 1860.

février-mars
Grève des ouvriers bronziers de la capitale : leur Société de crédit mutuel reçoit l'appui de l'AIT. Le 27 mars, le bureau parisien de l'AIT dénonce les bris de machines qui ont eu lieu à Paris et Roubaix.

14 mars
Un sénatus-consulte accorde au Sénat le droit de demander une seconde délibération sur les lois votées par le Corps législatif : le Sénat devient ainsi une seconde Chambre.

29 mars
Walewski abandonne la présidence du Corps législatif à la suite d'une altercation avec Rouher. Walewski est remplacé par Eugène Schneider.

avril
Grève des mineurs de Fuveau.

1er avril-novembre
Troisième Exposition universelle : 52 000 exposants, plus de 6 millions de visiteurs. Hippolyte Marinoni y présente une rotative capable d'imprimer 20 000 exemplaires de journaux à l'heure, et Léon Édoux fait découvrir au public ravi son ascenseur hydraulique. Mise en circulation des premiers bateaux-mouches sur la Seine. L'Exposition est l'occasion d'un concours pour la construction de logements ouvriers, qui aboutira à la construction de la cité ouvrière de la rue Saint-Maur, à Paris. Le tsar Alexandre II et le roi de Prusse Guillaume Ier sont reçus à Paris, à l'occasion de l'Exposition universelle. Les Expositions universelles de Paris, qui se succèdent tous les onze ans environ (1855, 1867, 1878, 1889, 1900), ne permettent pas seulement des confrontations internationales : elles sont aussi des vitrines pour l'innovation architecturale.

10 avril
Les communes sont autorisées à instaurer la gratuité totale de l'enseignement primaire. La loi améliore la condition matérielle des instituteurs et prévoit la création d'une école de filles dans toutes les communes de plus de 500 habitants. En 1872, 4 641 000 garçons et filles sont scolarisés dans l'enseignement primaire, contre 3 300 000 en 1850. Environ 20 % des enfants ne sont pas scolarisés. Sur le chiffre de 1872, 3 800 000 élèves fréquentent

les écoles publiques, moins d'un million les écoles confessionnelles. La forte prépondérance de l'enseignement public doit cependant être relativisée, puisque une école publique sur 10 est en fait administrée par des congrégations (c'est le cas pour plus de la moitié des écoles de filles). Dans l'enseignement secondaire, on dénombre 161000 collégiens en 1865, contre 103000 en 1850. À ce niveau, l'enseignement privé (100000 élèves en 1865) domine largement.

2 mai
Jules Favre, l'un des opposants les plus résolus au régime impérial, est élu à l'Académie française.

7-11 mai
Une conférence internationale déclare la neutralité du grand-duché du Luxembourg et maintient son union avec Guillaume III de Hollande. En mars, la France avait entamé des négociations avec Guillaume III pour racheter le grand-duché du Luxembourg, mais Bismarck les a fait échouer.

12 mai
Inauguration du musée des Antiquités nationales (alors baptisé musée des Antiquités celtiques et gallo-romaines) dans le château de Saint-Germain-en-Laye.

juin
La France occupe les provinces occidentales de l'Annam.

1er juin
Jules Vallès lance l'hebdomadaire *La Rue*.

6 juin
Mauvaise journée pour le tsar Alexandre II. Le matin, l'avocat Floquet, en robe sur les marches du palais de justice, lui lance: « Vive la Pologne, Monsieur. » L'après-midi, un réfugié polonais, Antoine Berezowski, tire deux coups de pistolet dans sa direction. Alexandre II, qui se trouve en voiture avec Napoléon III, est indemne. Berezowski, qui a échappé de peu au lynchage, est arrêté et condamné le 15 juillet à vingt ans de travaux forcés.

19 juin
Assiégé dans Queretaro depuis le 6 mars, Maximilien se rend aux troupes de Juarez le 15 mai. Condamné à mort, Maximilien est fusillé le 19 juin à Queretaro. Très peu de temps après la réception de la nouvelle, Manet se lance dans l'exécution d'une vaste toile, *L'Exécution de Maximilien* (trois versions successives en 1867-1868) qui témoigne de l'indignation de l'opinion publique – et de la volonté de refonder la peinture d'histoire.

12 juillet
Discours d'Émile Ollivier contre Rouher, qu'il traite de « vice-empereur sans responsabilité ».

14 juillet
Bismarck est nommé chancelier fédéral de la Confédération de l'Allemagne du Nord, dont la Constitution, qui vient d'entrer en vigueur au 1er juillet, garantit la suprématie de la Prusse sur les 20 autres États-membres. Le 8 juillet a été promulgué un nouveau traité d'union douanière avec les États du sud de l'Allemagne, leurs délégués se réunissant aux députés de la Confédération du Nord pour former, sur le plan commercial, une représentation unique de toute l'Allemagne.

22 juillet
Abolition de la contrainte par corps civile et commerciale. Elle est toutefois maintenue pour le recouvrement des condamnations pécuniaires. Le gouvernement a passé outre à l'opposition presque unanime des députés, des conseillers d'État comme des responsables de la Banque de France, à son abolition.
Le roi de Bavière Louis II est reçu par Napoléon III qui le met en garde contre la politique favorable à la Prusse menée par le gouvernement de Munich.

24 juillet
Une loi autorise la création sans autorisation des sociétés anonymes. « L'autorité, déclare l'exposé des motifs, ne doit pas se mêler aux transactions privées. »

25 juillet
La France abandonne au royaume de Siam trois provinces cambodgiennes (Battambang, Siemréap et Sisophon, qui seront rétrocédées au Cambodge en 1907), en échange de la reconnaissance par le Siam du protectorat français sur le Cambodge (établi, sur le papier, en avril 1863).

18-22 août
Entrevue Napoléon III-François-Joseph d'Autriche à Salzbourg. Ses offres d'alliance pour faire barrage à l'unification allemande sous la direction d'une Prusse hégémonique restent sans réponse.

26 août
200 000 personnes accueillent Napoléon III à Lille pour la célébration du bicentenaire de la réunion de la ville à la France.

2-7 septembre
Les délégués français au 2e congrès de l'AIT réuni à Lausanne votent contre une déclaration qui qualifie la grève de « chose juste et sainte », mais signent un autre texte qui rejette toute distinction entre émancipation politique et émancipation sociale. Varlin, partisan de l'engagement systématique de l'AIT aux côtés des travailleurs en grève, est écarté du bureau parisien.

20 septembre
Faillite du Crédit mobilier. Fondé en 1852 pour financer des entreprises couvrant tout l'éventail des activités économiques, le Crédit mobilier avait été bientôt contraint de financer par des émissions d'obligations (600 millions) ses nombreuses activités que son capital de 60 millions ne lui permettait pas d'assumer. Ayant également recours à la spéculation sur la vente d'actions de sociétés filiales, le Crédit mobilier a été frappé de plein fouet par le ralentissement de l'activité économique en 1866. Sa liquidation met également un terme à la sourde guerre qui depuis 1857 opposait Émile et Isaac Pereire et leurs amis saint-simoniens aux dirigeants de la Banque de France pour briser le monopole d'émission du papier-monnaie consenti à cette dernière depuis le Consulat. L'offensive des Pereire a culminé en 1863 avec le rachat par le Crédit mobilier de la Banque de Savoie, banque d'émission qui devait devenir une première succursale. Mais en 1864, le ministre des Finances Achille Fould a mis un terme aux ambitions des Pereire en annulant le rachat de 1863. La Banque de France a alors racheté le privilège de l'ancienne Banque de Savoie et a établi deux nouvelles succursales à Annecy et Chambéry. En 1867, les frères Pereire, acculés par les difficultés (notamment un dramatique manque de liquidités, malgré le doublement du capital initial de 60 millions en 1866), doivent se résoudre à demander à la Banque de France un secours de 75 millions. La Banque, qui redoute les effets d'un krach soudain, accorde la moitié de cette somme : trop peu pour sauver le Crédit mobilier, suffisamment pour lui permettre de mourir en douceur.

23 octobre
Garibaldi envahit l'État pontifical.

30 octobre
Une circulaire de Victor Duruy recommande aux recteurs d'encourager la création de « cours secondaires » destinés aux jeunes filles. Les initiatives de Duruy dans ce domaine ont des résultats limités : elles permettent à seulement 2 000 jeunes filles d'accéder à l'enseignement secondaire.

novembre
La créance à court terme du Crédit foncier sur la Ville de Paris (398 millions) est transformée en dette à long terme remboursable sur soixante ans.

2 novembre
Les dirigeants français de la Ire Internationale participent à une cérémonie organisée au cimetière Montparnasse sur la tombe de Manin, le président de la République de Venise en 1848.

3 novembre
Garibaldi est battu à Mentana par les troupes françaises envoyées au secours du pape le 26 octobre et commandées par le général de Failly. Les Français réoccupent Rome (qu'ils quitteront en août 1870). L'armée française est équipée du fusil Chassepot.

13 novembre
Magne est nommé aux Finances, Pinard à l'Intérieur.

5 décembre
Thiers et Rouher s'affrontent à la tribune du Corps législatif à propos de la question romaine.

7 décembre
Zola : *Thérèse Raquin*.

8 décembre
Première course cycliste, de Paris à Versailles.

12 décembre
Un coup de grisou dans les mines de Blanzy tue 89 des 175 ouvriers qui travaillent au fond. Les opérations de secours sont interrompues le 2 janvier 1868 : 17 corps restent emmurés.

30 décembre
Des poursuites sont déclenchées contre la section française de la Ire Internationale, pour sa participation à la manifestation du 2 novembre.

autres événements
• Invasion de sauterelles, sécheresse, tremblement de terre à Blida : la famine qui suit fait plus de 200 000 victimes en Algérie, peut-être davan-

tage: la population arabe passe de 2700000 en 1866 à 2200000 en 1872. Dans le même temps, la population européenne augmente: 193000 en 1861, 245000 en 1872.
• Inauguration de l'hôpital Sainte-Anne dont la construction avait commencé en 1863. Les asiles pour aliénés de Paray-Vaucluse et de Ville-Évrard sont ouverts en 1868 et 1869.

1868

14 janvier
Vote de la loi Niel sur le service militaire. Le tirage au sort est maintenu, la durée du service est portée de sept à neuf ans, dont cinq dans l'active. Une garde mobile est créée pour incorporer les jeunes gens qui n'ont pas été intégrés dans le contingent annuel et les exemptés valides.
Le 18 novembre 1867, Napoléon III s'était incliné face aux réactions négatives en retirant le projet de réforme préparé par le maréchal Niel. Celui-ci proposait de ramener la durée du service de sept à cinq ans, mais de maintenir la partie mobilisée du contingent dans la réserve pendant quatre années supplémentaires, et d'affecter la partie non mobilisée à la réserve pendant quatre ans avant de la verser dans la garde nationale.
Le 19 décembre, un nouveau projet était présenté au Corps législatif, les républicains, Jules Favre, Allain-Targé, demandant le désarmement unilatéral de la France et se prononçant contre les armées permanentes.

31 janvier
Granier de Cassagnac s'oppose aux réformes libérales entreprises depuis le début de 1867, en particulier à la libéralisation du régime de la presse. Il demande que soit maintenu dans son intégrité le régime instauré en 1852, qui a eu le mérite, ajoute-t-il, de « protéger les Français pendant seize ans ».

1er février
Baroche tente de faire pression sur l'empereur afin qu'il retire son projet de loi sur la presse: il demande à tous les députés d'ignorer les consignes gouvernementales et de voter selon leur conscience. Le lendemain, Rouher conseille à son tour à Napoléon III de renoncer au projet instaurant la liberté de la presse et de dissoudre le Corps législatif. Napoléon III rejette ses conseils. Rouher, après avoir une nouvelle fois brandi la menace de sa démission, s'incline et annonce qu'il défendra le projet devant le Corps législatif. Le texte est examiné par les députés du 9 mars au 11 mai.

18 mars
Une circulaire ministérielle recommande aux préfets de faire preuve de tolérance à l'égard des associations syndicales.

20 mars
Tolain et les autres dirigeants de la section française de l'AIT sont condamnés à une amende de 100 francs pour avoir participé à la manifestation organisée sur la tombe du président vénitien Manin le 2 novembre 1867. Ce procès permet à des militants plus radicaux, conduits par Varlin, de prendre le contrôle du bureau de la section française (19 février-8 mars), mais le nouveau bureau ne tarde pas à être poursuivi à son tour.

24 mars
Violentes manifestations de mineurs à Charleroi.

27 mars
Signature d'un traité secret d'alliance entre la Russie et la Prusse. La première s'engage à contenir l'Autriche en cas de conflit franco-prussien.

avril
Débat parlementaire sur la convention signée en novembre 1867 entre la ville de Paris et le Crédit foncier. Jules Ferry dénonce la gestion financière d'Haussmann, qui laisse en effet 115 millions de dettes, dans *Les Comptes fantastiques d'Haussmann*.

11 mai
Libéralisation du régime de la presse: l'autorisation préalable et le régime des avertissements sont supprimés, le tarif du timbre abaissé. Une trentaine de quotidiens paraissaient à Paris, et autant en province, à la veille de 1848. Le rétablissement de la censure après le coup d'État du 2 Décembre avait réduit à 12 le nombre des quotidiens parisiens. La promulgation de la loi de 1868 entraîne une augmentation du nombre des publications: 33 quotidiens paraissent à la fin de 1869, près de 100 en province, sans compter une trentaine de journaux spécialisés dans la caricature. Le tirage lui aussi augmente: un million d'exemplaires à Paris en 1870, 350000 en province. Challemel-Lacour, rentré en France après l'amnistie de 1859, et Gambetta fondent *La Revue politique*.

19 mai
La France acquiert le Dahomey.

22 mai
Procès de Varlin et des dirigeants parisiens de la Ire Internationale. L'AIT est déclarée illégale et

dissoute. Ses dirigeants, condamnés à trois mois de prison, sont écroués à Sainte-Pélagie.

28 mai
Inauguration de l'église Saint-Augustin, due à Victor Baltard.

30 mai
Premier numéro de *La Lanterne* de Rochefort. 120 000 exemplaires sont bientôt vendus de ce journal qui, par son agressivité, ses attaques *ad hominem* et son goût pour la diffamation, invente un genre promis à un bel avenir.

ROCHEFORT

Fils d'un descendant, légitimiste, d'une des plus illustres familles de France et de la fille, républicaine, d'un soldat de l'an II, le jeune Victor-Henri de Rochefort (1831-1913) tâte de la médecine, de l'enseignement et de quelques autres emplois avant de se lancer dans une non moins brève carrière d'auteur dramatique et, par elle, de rencontrer le journalisme. C'est comme chroniqueur, à partir de 1859, au Charivari *qu'il commence à donner toute la mesure de son exceptionnel talent de polémiste. Brillant, incisif, railleur, grand amateur de duels, bien décidé à ne pas quitter le parti des rieurs, Rochefort rejoint* Le Figaro *en 1864. Trois ans plus tard, lorsque le directeur du journal, Villemessant, lui confie la rubrique parlementaire, Rochefort devient l'auteur préféré de tout ce que Paris recèle d'esprit. Pourvu d'une cible de choix, il peut donner le meilleur de lui-même, à tel point que Villemessant prend peur et se sépare de son trop fougueux polémiste. Rochefort en tire bientôt les leçons, et pour être sûr de pouvoir ridiculiser et traîner librement dans la boue les puissants du jour, il lance son propre journal,* La Lanterne. *En août 1868, coup sur coup, deux numéros sont saisis, les amendes pleuvent: Rochefort court à Bruxelles, chez Victor Hugo, se mettre à l'abri. De retour en 1869, il tente l'aventure politique et malgré les menaces et les pressions, rafle un siège dans la Seine. Décrété d'accusation au lendemain de la mort de Victor Noir (11 janvier 1870), Rochefort est condamné à six mois de prison et arrêté le 7 février. Il ne recouvre la liberté qu'au 4 septembre, après l'effondrement du Second Empire, pour devenir membre du gouvernement de défense nationale. Mais il démissionne bientôt, prône avec Gambetta la poursuite de la guerre contre l'Allemagne et le 3 mars 1871, sitôt connue la signature de l'armistice, il renonce à son mandat de la Seine. Il est à Paris pendant la Commune, apportant un soutien critique aux insurgés. Lorsque les troupes de Thiers écrasent les communards, il tente de fuir mais est capturé (20 mai). Déporté à Saint-Martin-de-Ré, Rochefort est transféré en 1873 en Nouvelle-Calédonie, et c'est lors de son transfert qu'il réussit à s'échapper. Il bourlingue, puis réapparaît après l'amnistie de 1880 pour lancer* L'Intransigeant. *La flamme révolutionnaire ne s'est pas éteinte en lui, et c'est logiquement qu'il rejoint le général Boulanger et partage son aventure jusqu'à la défaite finale. De nouveau condamné à l'exil, il regagne la France en 1895 et, nouveau combat mené tambour battant, il ferraille contre les dreyfusards, désormais très proche de l'Action française qu'il renoncera à finalement rejoindre.*

6 juin
Suppression du régime de l'autorisation pour les réunions publiques, assujetties désormais à une simple déclaration avec préavis de trois jours. Les réunions religieuses restent toutefois soumises au régime de l'autorisation préalable.

18 juin
Seconde condamnation de la Ire Internationale.

juillet
Création de deux caisses d'assurances facultatives, l'une sur la vie, l'autre contre les accidents du travail.

5 juillet
Premier numéro du *Gaulois*, fondé par le bonapartiste Henri de Pène.

18 juillet
Lucien Prévost-Paradol: *La France nouvelle*, esquisse du régime politique qui verra le jour après 1870, fondé sur la liberté de la presse, la responsabilité des ministres et un régime parlementaire corrigé par le droit de dissolution accordé au chef de l'État, même si Prévost-Paradol préfère la monarchie constitutionnelle à la République. *La France nouvelle* plaide également en faveur de l'expansion coloniale, comme compensation au déclin de l'influence française en Europe.

31 juillet
Victor Duruy crée à Paris l'École pratique des hautes études, dont les quatre sections (mathématiques, physique et chimie, histoire naturelle et physiologie, histoire et philologie) sont vouées à la recherche. La création d'une cinquième section

(sciences économiques) sera ajournée par la démission de Duruy le 12 juillet 1869.

août
Lautréamont (Isidore Ducasse, 1846-1870) publie les premiers poèmes des *Chants de Maldoror* (jusqu'en 1869).

2 août
Suppression de l'article 1781 du Code civil qui établissait une différence entre le témoignage de l'ouvrier et celui du patron.

13 août
Le onzième numéro de *La Lanterne* est saisi. Rochefort, condamné par défaut à un an de prison, s'enfuit et se réfugie à Bruxelles.

août-septembre
Cluseret, fondateur avec Jules Vallès du magazine *L'Art*, est emprisonné pour ses articles hostiles au régime.

Cluseret

Après s'être enrôlé dans la garde nationale mobile en 1848 et avoir à ce titre participé à la répression de l'insurrection de Juin, Gustave-Paul Cluseret (1823-1900) a rejoint l'armée. Pour peu de temps: en 1850 il est congédié pour indiscipline. Réintégré en 1853, il combat en Crimée, puis est affecté en Algérie où il se livre à divers trafics dont la découverte le contraint à démissionner (1858). On le retrouve bientôt aux États-Unis, devenu sergent recruteur pour le compte de Garibaldi. Il prend part à l'Expédition des Mille en Sicile puis, la guerre de Sécession ayant éclaté, il s'engage dans les rangs des Nordistes qui l'élèvent au grade de général en juin 1862. Certains esprits simples voient un nouveau La Fayette dans cet aventurier sans convictions autres que le goût de l'action. Rentré en France en 1867, Cluseret se lance dans le journalisme, goûte à la prison pour ses articles contre le régime, se lie avec Varlin et prend du service dans la Ire Internationale. En juin 1869, une nouvelle fois menacé d'arrestation, il reprend le chemin des États-Unis, d'où il ne rentre qu'après l'effondrement du Second Empire, pour se jeter tête baissée dans l'aventure de la Commune. Éphémère général en chef des fédérés, du 3 avril au 3 mai 1871, il parvient à s'enfuir avant la débâcle finale et se réfugie en Suisse d'où il rentrera en 1884 pour devenir, à partir de 1888, député socialiste du Var.

6-13 septembre
3e congrès de l'Internationale, à Bruxelles. En l'absence des dirigeants de l'AIT, emprisonnés, la France est représentée par des militants de sociétés mutuellistes.

10 octobre
Dans *La Lanterne*, Rochefort complimente à sa façon Barye pour son *Napoléon III à cheval* qui vient d'être inauguré aux guichets du Carrousel: « On sait que M. Barye est le plus célèbre de nos sculpteurs d'animaux. »

13 novembre
Gambetta assure la défense de Delescluze, poursuivi pour avoir lancé dans son journal, *Le Réveil*, une souscription pour l'érection d'un monument à la mémoire du député Baudin, tué sur les barricades le 3 décembre 1851. Delescluze est condamné à six mois de prison.

14 novembre
Vacherot: *La Religion*. Le manifeste de l'anticléricalisme républicain de la fin du Second Empire.

8 décembre
Une compagnie ferroviaire française, la Compagnie de l'Est, déjà concessionnaire de l'exploitation du réseau ferré de la société luxembourgeoise Guillaume Luxembourg, signe une convention pour le rachat de deux compagnies privées belges en faillite, le Liégeois Limbourgeois et le Grand Luxembourg.

17 décembre
La Valette est nommé aux Affaires étrangères, Forcade La Roquette à l'Intérieur, Gressier à l'Agriculture et aux Travaux publics.

autres événements
- Découverte du squelette de l'homme de Cro Magnon aux Eyzies-de-Tayac (Dordogne).
- Charles-Louis-Abel Tellier découvre le principe de la conservation des aliments par le froid. En 1876, il fera construire un navire baptisé *Le Frigorifique* qui lui permettra de transporter des viandes de Rouen à Buenos Aires.

1869

6 janvier
Forcade La Roquette, ministre de l'Intérieur, annonce la suppression prochaine du système des candidatures officielles.

14 janvier
Première, à l'Odéon, du *Passant* de François Coppée.

février
Une nouvelle direction de l'AIT, dissoute en mai 1868, se met en place, avec Varlin et Camille Langevin. Elle se donne pour façade légale un Cercle d'études sociales. Le nouveau bureau s'attache à prendre le contrôle des sociétés ouvrières (chambres syndicales, coopératives, mutuelles) et à créer des comités de quartier. En province, l'AIT s'efforce d'élargir les bases de son recrutement.

1er février
Le baron de Benoist, l'un des chefs de file au Corps législatif des partisans de l'Empire autoritaire, interpelle le gouvernement sur l'application trop libérale à son goût de la loi sur les réunions.

4 février
Jules Vallès fonde *Le Peuple.*

10 février
Le gouvernement belge refuse le rachat de la compagnie ferroviaire belge Liégeois Limbourgeois par la Compagnie (française) de l'Est, signé le 8 décembre 1868. Le 25 février, une loi impose l'obtention d'une autorisation gouvernementale pour toute vente ou concession de lignes de chemins de fer. Le gouvernement français dénonce une manœuvre prussienne pour l'empêcher d'acquérir un contrôle sur le réseau ferroviaire belge, et envisage un moment de déclarer la guerre à la Belgique.

27 février
Le Corps législatif approuve la gestion du baron Haussmann.

24 avril
Victor Hugo : *L'Homme qui rit.*

27 avril
La France renonce à acheter les chemins de fer du Limbourg après avoir reçu un avertissement de Londres, qui voit dans ce rachat un premier pas vers une annexion de la Belgique. Un accord entre les deux réseaux ferroviaires sera signé le 9 juillet.

mai
Formation d'une commission chargée de rédiger un projet de régime administratif pour l'Algérie. Ce plan prévoit d'élargir la superficie des territoires civils, de créer des conseils généraux composés de 30 membres élus, dont 6 musulmans, et d'accorder à l'Algérie trois députés au Corps législatif.
Napoléon III propose une alliance tripartite dirigée contre la Prusse à l'Autriche et à l'Italie.

2 mai
Inauguration des Folies-Bergère, qui confirme le succès des cafés-concerts nés avec l'Eldorado en 1858 et le Bataclan en 1865. Le premier music-hall de Paris fermera ses portes, pour cause de faillite, dès mars 1870, avant d'être racheté et de connaître le succès en 1872.

13 mai
De retour d'exil, François-Victor Hugo, le fils cadet de Victor Hugo, fonde *Le Rappel* (1869-1872).

23-24 mai, 6-7 juin
Élections législatives. À Paris, la campagne électorale est l'occasion d'un affrontement à l'intérieur du camp républicain, entre vétérans de 1848 (Garnier-Pagès, Jules Favre) et radicaux (Gambetta, Rochefort). Gambetta, qui l'emporte contre Hippolyte Carnot, a présenté à ses électeurs de Belleville le programme radical : « Application la plus radicale du suffrage universel tant pour l'élection des maires que pour celle des députés ; [...] abrogation de la loi de sûreté générale ; délits politiques déférés au jury ; liberté de la presse dans toute sa plénitude ; liberté de réunion sans entraves ; séparation des Églises et de l'État ; instruction publique laïque, gratuite et obligatoire ; nomination de tous les fonctionnaires publics par l'élection ; suppression des armées permanentes ; abolition des privilèges et des monopoles ; réformes économiques qui touchent au programme social, dont la solution, quoique subordonnée à la transformation politique, doit être constamment étudiée et recherchée au nom du principe de justice et d'égalité sociale. »
Au scrutin du mois de mai, l'opposition remporte à Paris 234000 voix, les candidats du gouvernement seulement 77000. Plusieurs radicaux, Bancel, Gambetta, sont élus dès le premier tour, Thiers et les républicains modérés comme Jules Favre ou Garnier-Pagès doivent attendre le second tour, pour obtenir une victoire parfois difficile, comme celle remportée par Favre contre Rochefort. Jules Ferry commence sa carrière parlementaire en battant Jules Vallès. Au niveau national, l'opposition obtient 40 % des suffrages (3355000 voix, contre 4438000 en faveur des candidats du gouvernement), et le nombre de ses députés passe de 32 à 75 (sur 292). Le nouveau Corps législatif compte 25 républicains, 50 royalistes hostiles au régime, et seulement 90 partisans de l'Empire autoritaire : un « tiers parti » se forme, nébuleuse libérale qui compte 116 députés.

6 juin
Légalisation du pari mutuel sur les courses de chevaux.

7-8 juin
De violentes manifestations, montées de toutes pièces par le préfet de police, saluent l'élection de Rochefort.

15-16 juin
La grève des 1 500 mineurs de La Ricamarie, près de Saint-Étienne, tourne à l'émeute : 13 morts.

28 juin-13 juillet
Session parlementaire extraordinaire pour la vérification des pouvoirs du nouveau Corps législatif.

juillet
L'Alliance internationale de la démocratie socialiste (Bakounine) adhère à la Ire Internationale.

9 juillet
116 députés demandent à interpeller le gouvernement sur « la nécessité d'associer le pays d'une manière plus efficace et plus complète à la direction des affaires publiques [grâce à] la constitution d'un ministère responsable devant l'empereur et la Chambre ».

10 juillet
Verlaine : *Les Fêtes galantes.*

12 juillet
Napoléon III annonce une réforme constitutionnelle renforçant les prérogatives du Corps législatif et contraint Rouher à quitter le gouvernement.

17 juillet
Formation d'un nouveau ministère : Duvergier (Justice et Cultes), La Tour d'Auvergne (Affaires étrangères), Forcade La Roquette (Intérieur), Magne (Finances), Rigault de Genouilly (Marine et Colonies), Bourbeau (Instruction publique), Gressier (Travaux publics), Le Roux (Agriculture et Commerce), Chasseloup-Laubat (ministre présidant le Conseil d'État). Niel, nommé à la Guerre, est remplacé dès le 21 août par le général Lebœuf.

15 août
L'impératrice Eugénie et le prince impérial assistent aux cérémonies organisées à Ajaccio pour le centenaire de Napoléon Ier.
Le canal de Suez est terminé.

LESSEPS

Fils d'un diplomate, Ferdinand de Lesseps (1805-1894) embrasse en 1832 la carrière paternelle. C'est dans les fonctions consulaires qu'il exerce à Alexandrie et au Caire qu'il forme le projet d'un canal reliant la Méditerranée et la mer Rouge. Mais diverses affectations en Europe l'amènent ensuite à en abandonner l'idée. C'est en 1854, lorsqu'il apprend que l'un de ses amis, Mohammed Saïd, est devenu vice-roi d'Égypte, qu'il décide de se lancer dans cette entreprise. Il court au Caire, obtient le soutien de Mohammed Saïd, puis rentre en Europe pour vaincre les réticences anglaises. En 1858, 20 000 actionnaires répondent à son appel et lui permettent de fonder la Compagnie universelle du canal maritime de Suez. Les travaux commencent. Contretemps et embûches se succèdent. Les travaux, plusieurs fois interrompus, se poursuivent cahin-caha, au gré des humeurs turques ou anglaises. Lesseps doit aussi compter avec son pays, où il compte de nombreux et puissants ennemis, comme Morny, mais aussi des soutiens, comme l'impératrice Eugénie. Le 15 août 1869, le passage est enfin ouvert entre les deux mers, et le canal est solennellement inauguré le 17 novembre. En 1878, Lesseps se lance dans une nouvelle aventure, le percement d'un canal dans l'isthme de Panama. L'entreprise se révèle cependant bientôt un gouffre financier ; elle se heurte à l'hostilité des États-Unis, et finit dans un scandale qui vaut à Ferdinand de Lesseps, un an avant sa mort en 1894, une condamnation à cinq ans de prison.

septembre
Le général Prim, qui dirige l'Espagne depuis la chute de la reine Isabelle II (septembre 1868), propose la couronne au prince Léopold de Hohenzollern-Sigmaringen, catholique, marié à une Portugaise. Conseillé par Bismarck, le roi de Prusse Guillaume Ier refuse de donner son accord.

5-12 septembre
Le congrès de l'AIT, à Bâle, voit la marginalisation des mutuellistes (Tolain), qui ont voté contre une résolution sur la collectivisation des terres.

8 septembre
Un sénatus-consulte accorde au Corps législatif le droit d'élire son président et de rédiger son règlement intérieur, l'initiative législative et le droit d'amendement, rétablit le vote du budget par chapitres (supprimé le 25 décembre 1852) et la néces-

saire approbation parlementaire pour toute modification des tarifs douaniers. Les séances du Sénat deviennent publiques. Le Sénat reçoit également le droit de proposer des amendements aux textes adoptés par le Corps législatif. Les deux Chambres reçoivent le droit d'interpellation et la faculté de fermer le débat par un ordre du jour motivé entraînant le blâme des ministres. Le Conseil d'État, en revanche, perd son droit de veto sur les amendements présentés par le Corps législatif; il ne peut plus que délivrer un avis en cas de conflit entre le gouvernement et la commission parlementaire. Les ministres peuvent désormais être choisis par l'empereur parmi les députés, ils ont droit d'entrée et de parole dans les deux Chambres; mais si le texte précise que les ministres sont «responsables», c'est devant le seul Sénat, nommé par l'empereur.

20 septembre
Découverte de six cadavres au carrefour des Quatre-Chemins, à Aubervilliers. Le début de l'un des faits divers les plus célèbres du siècle. L'assassin, Troppmann, est bientôt arrêté.

8 octobre
14 morts à Aubin (Aveyron), lors d'affrontements entre les mineurs en grève et la troupe.

novembre
Mgr Dupanloup: *Observations sur la controverse soulevée relativement à la définition de l'infaillibilité au futur concile.* Mgr Maret publie, également pour s'opposer au mouvement en faveur de l'infaillibilité pontificale animé par *L'Univers*, *Du concile général et de la paix religieuse.* En octobre, Montalembert a lancé un appel aux évêques pour qu'ils rejettent la définition de l'infaillibilité pontificale qui sera soumise au concile Vatican I.

6 novembre
Rochefort regagne la France, où il est toujours sous le coup d'une condamnation, pour se présenter au siège devenu vacant dans la Seine lorsque Gambetta a opté pour les Bouches-du-Rhône. Rochefort est aussitôt arrêté, mais craignant de faire de lui un martyr, le gouvernement le fait relâcher.

17 novembre
L'impératrice Eugénie inaugure le canal de Suez construit par Ferdinand de Lesseps. L'exploitation du canal est concédée pour quatre-vingt-dix-neuf ans à une Compagnie universelle. Le gouvernement égyptien percevra 15 % des droits de péage, le reste étant versé aux fondateurs et actionnaires.
Flaubert: *L'Éducation sentimentale.*

21-22 novembre
Élections législatives partielles dans la Seine. Les républicains remportent les 4 sièges: Arago, Crémieux et Glais-Bizoin sont élus; Carnot est battu par Rochefort, qui a reçu le soutien de l'AIT.

décembre
Fondation de la Bourse du travail à Paris.

1er décembre
Eugène I Schneider est le premier président élu du Corps législatif.

8 décembre
Ouverture du concile Vatican I.

19 décembre
Henri Rochefort lance le journal *La Marseillaise.*

27 décembre
Napoléon III demande à Émile Ollivier de former un nouveau gouvernement: «Je vous prie de me désigner les personnages qui peuvent former avec vous un cabinet homogène représentant fidèlement la majorité du Corps législatif.»

31 décembre
17 000 km de voies ferrées sont exploitées, contre 7 400 en 1852.

autres événements
• *La Danse* de Carpeaux, dévoilée sur la façade de l'Opéra, fait scandale: l'empereur décide de faire remplacer le groupe. Or Carpeaux a bien exprimé la destination du bâtiment par une exaltation, toute païenne d'esprit, de la fête et de la jeunesse: il retrouve le brillant mouvement du baroque et s'accorde parfaitement avec l'architecture de Garnier.

1870

janvier
7 000 ouvriers se mettent en grève au Creusot pour obtenir des augmentations de salaire et la diminution de la journée de travail.

1er janvier
Un camelot, Théodore-Ernest Cognacq, ouvre le magasin de la Samaritaine à l'angle des rues du Pont-Neuf et de la Monnaie.

2 janvier
Formation du gouvernement présidé par Émile Ollivier (Justice et Cultes): Daru (Affaires étran-

gères), Chevandier de Valdrôme (Intérieur), Buffet (Finances), Lebœuf (Guerre), Rigault de Genouilly (Marine et Colonies), Segris (Instruction publique), Talhouët (Travaux publics), Louvet (Agriculture et Commerce), Parieu (ministre présidant le Conseil d'État).

5 janvier
En février 1869, le Corps législatif avait approuvé la gestion financière du baron Haussmann. Mais depuis, une polémique s'est développée sur le coût réel des « grands travaux » dirigés par Haussmann. La formation du gouvernement Ollivier sonne le glas du « règne » du baron-entrepreneur. Un décret relève le baron Haussmann de ses fonctions de préfet de la Seine : « invité » à donner sa démission, il a refusé.

10 janvier
Ollivier présente le nouveau gouvernement au Corps législatif.
Paschal Grousset, rédacteur du journal *La Revanche*, qui estime avoir été insulté par un article publié dans *La Marseillaise* par le prince Pierre-Napoléon Bonaparte, l'un des fils de Lucien, envoie au prince ses témoins. Le prince Pierre-Napoléon, qui croit avoir affaire aux témoins de Rochefort qui l'a injurié dans *La Marseillaise*, assassine l'un d'eux, le journaliste Victor Noir. Pierre Bonaparte est arrêté et conduit à la Conciergerie.

11 janvier
« J'ai eu la faiblesse de croire, écrit Rochefort dans *La Marseillaise*, qu'un Bonaparte pouvait être autre chose qu'un assassin. » Émile Ollivier décide de poursuivre Rochefort.

12 janvier
Obsèques de Victor Noir.
Abolition du système des candidatures officielles.

17 janvier
Levée de l'immunité parlementaire d'Henri Rochefort.

19 janvier
Condamné le 30 décembre pour les assassinats découverts en septembre 1869, Troppmann est guillotiné en présence d'une foule immense.

février
Mise en place de commissions chargées de préparer, sous l'autorité du gouvernement, un nouveau statut administratif pour la capitale, un texte instaurant la liberté de l'enseignement supérieur et un projet de décentralisation administrative.
Albert de Broglie publie les *Vues sur le gouvernement de la France* écrites par son père, Victor de Broglie, en 1859, plaidoyer en faveur de la décentralisation administrative.

7 février
Condamné à six mois de prison le 22 janvier, Henri Rochefort est arrêté.

9 février
Après l'arrestation de Rochefort, l'AIT lance un appel au calme.

24 février
Bismarck, qui craint une intervention française, refuse l'entrée de la Confédération de l'Allemagne du Nord au grand-duché de Bade.

février-mars
Échec des négociations pour une alliance austro-italo-française contre la Prusse.

9 mars
Le Corps législatif adopte à l'unanimité une motion demandant l'instauration d'une administration entièrement civile en Algérie, mais rejette la création de trois départements et la présence de représentants arabes dans les conseils généraux.

27 mars
Pierre Bonaparte, jugé par la Haute Cour réunie à Tours pour l'assassinat de Victor Noir, est acquitté. Napoléon III lui écrit afin de lui conseiller de quitter la France ; le prince n'en fait rien.

avril
Taine : *De l'intelligence.*

7 avril
L'Académie française élit Émile Ollivier au fauteuil de Lamartine. L'une des très rares élections qui, depuis 1852, ait reçu l'approbation du pouvoir. Encore s'agit-il du champion de l'Empire libéral.

10 avril
Discours de Jules Ferry en faveur de l'enseignement primaire obligatoire, gratuit et laïque.

14 avril
Segris remplace Buffet aux Finances.

20 avril
Un sénatus-consulte instaure l'Empire libéral. Il confirme le sénatus-consulte du 8 septembre 1869,

et achève notamment la transformation du Sénat en seconde Chambre : le Sénat reçoit des pouvoirs identiques à ceux du Corps législatif et perd ses pouvoirs constituants. La nomination de nouveaux sénateurs est limitée à 20 chaque année, et leur nombre total est fixé aux deux tiers de celui des membres du Corps législatif. Le texte rappelle enfin que l'empereur « est responsable devant le peuple français auquel il a toujours le droit de faire appel ». Démission du ministre des Affaires étrangères Napoléon Daru, qui désapprouve la décision de Napoléon III de faire ratifier le sénatus-consulte par plébiscite sans l'avoir auparavant soumis à l'approbation du Corps législatif.

30 avril
Accusés d'avoir fomenté de nombreuses grèves, les dirigeants français de l'Internationale sont arrêtés.

mai
Discours de Napoléon III annonçant la présentation de plusieurs projets de loi, le premier supprimant le livret ouvrier, le second instituant une inspection du travail, le troisième créant un système facultatif de pensions de retraite. Le projet sur l'inspection du travail sera déposé le 26 juin, mais la guerre, puis la chute du régime, empêcheront le vote de ces trois textes.

2 mai
La Marseillaise publie un manifeste de l'Internationale, où elle se définit comme « la conspiration permanente de tous les opprimés et de tous les exploités ».

8 mai
Plébiscite demandant aux Français s'ils approuvent « les réformes libérales opérées dans la Constitution depuis 1860, par l'empereur, avec le concours des grands corps de l'État », et pour ratifier le sénatus-consulte du 20 avril précédent : 7 359 000 oui, 1 572 000 non, 1 895 000 abstentions. Paris a rejeté les réformes par 184 000 non contre 138 000 oui.

15 mai
Le duc de Gramont, partisan d'une alliance avec l'Autriche contre la Prusse, est nommé ministre des Affaires étrangères, Mège ministre de l'Instruction publique, Plichon ministre des Travaux publics.

29 mai
Un décret autorise les ministres, en cas d'urgence, à présenter les projets de loi directement aux députés, sans prendre l'avis préalable du Conseil d'État.

4 juin
Gambetta et Jules Ferry interpellent le gouvernement sur sa politique algérienne.

26 juin
Une loi réglemente la durée du travail dans les mines et les manufactures.

30 juin
Le Corps législatif décide de réduire les effectifs du contingent de 100 000 à 90 000 hommes.

juillet
Un mouvement de grève déclenché par les ouvriers de Mulhouse s'étend à toute la région.

2 juillet
Le Corps législatif approuve le retour en France des princes d'Orléans.

3 juillet
Léopold de Hohenzollern-Sigmaringen pose sa candidature au trône d'Espagne. Cette démarche, sollicitée par le gouvernement espagnol en septembre 1869 mais alors restée sans suite, est perçue en France comme une « provocation » : le 25 juin, le gouvernement français a en effet obtenu de la reine d'Espagne Isabelle II qu'elle abdique en faveur de son fils. C'est Bismarck qui a relancé la candidature Hohenzollern afin de provoquer une crise franco-allemande qu'il juge inévitable après le renforcement du régime napoléonien dû au succès du plébiscite du 8 mai. La France proteste auprès de la Prusse. Napoléon III déclare à ses ministres qu'il ne fera pas la guerre à la Prusse.

5 juillet
La presse bonapartiste, suivie par une partie des journaux libéraux, s'empare de l'affaire et appelle à venger l'honneur national outragé. Le député Cochery demande au Corps législatif d'interpeller le gouvernement sur la candidature Hohenzollern. 34 militants de l'AIT sont condamnés à la prison. Varlin a trouvé refuge en Belgique.

6 juillet
Réunion du Conseil des ministres pour arrêter la réponse à faire à Cochery. Rassuré par l'exposé du ministre de la Guerre Lebœuf sur l'excellent état des armées françaises, le gouvernement prépare un texte aux intonations bellicistes, dont le duc de Gramont donne lecture devant le Corps législatif. Le roi de Prusse, Guillaume Ier, suggère au père de Léopold, Charles-Antoine de Hohenzollern, de retirer la candidature de son fils. L'ambassadeur français

à Berlin, Benedetti, reçoit de son ministre Gramont une note exigeant du roi de Prusse une condamnation formelle de la candidature Hohenzollern et communication des preuves de son retrait.

10 juillet
Guillaume Ier de Prusse refuse de céder aux exigences françaises, mais parallèlement il renouvelle ses conseils de retrait de la candidature Hohenzollern.

12 juillet
Retrait de la candidature Hohenzollern au trône d'Espagne. La crise semble terminée. Du moins Ollivier le croit et s'en félicite. Manifeste de l'AIT contre la guerre, qualifiée de « criminelle absurdité ».

12-13 juillet
Dans la nuit, Napoléon III, peut-être conseillé par l'impératrice, adresse à Guillaume Ier un télégramme lui demandant sur un ton comminatoire de ne pas autoriser une nouvelle candidature Hohenzollern.

13 juillet
Guillaume Ier reçoit l'ambassadeur de France Benedetti et refuse d'accéder à la demande française, considérant l'affaire « terminée » par la renonciation de Léopold de Hohenzollern. Il adresse ensuite à Bismarck une dépêche lui exposant les faits. Bismarck, qui désapprouve la faiblesse du roi à l'égard de la France et qui envisage alors de présenter sa démission, modifie de son propre chef la dépêche royale en lui donnant un tour belliciste et la communique à la presse (la dépêche d'Ems).

14 juillet
Le gouvernement français propose la réunion d'un congrès européen sur la succession espagnole. Mais dans la soirée, Paris prend connaissance de la dépêche d'Ems. Des manifestations ont lieu aux cris de « Vive l'Empereur ! » et « À bas la Prusse ! ». Gramont réunit à Saint-Cloud le Conseil des ministres, qui décide de proposer au Corps législatif de déclarer la guerre à la Prusse.

15 juillet
Gramont se prononce devant les députés enthousiastes pour la déclaration de guerre. Thiers est seul ou presque à s'interroger sur la nécessité de la guerre, pour s'inquiéter de l'état réel de l'armée et pour juger « l'occasion détestablement choisie ». La mobilisation générale est décrétée. Napoléon III sollicite l'alliance de l'Autriche et de l'Italie.

16 juillet
Le Corps législatif vote les crédits de guerre. Mobilisation en Prusse et dans la Confédération de l'Allemagne du Nord.

17 juillet
Loi autorisant les conseils généraux de département à élire leur président. Le gouvernement russe annonce qu'il s'opposera à l'entrée en guerre de l'Autriche au côté de la France.

18 juillet
Le concile Vatican I proclame le dogme de l'infaillibilité pontificale. 47 évêques français ont voté le décret, 22 se sont abstenus.

19 juillet
La France déclare officiellement la guerre à la Prusse. À Berlin, les députés du Reichstag (moins Bebel et Liebknecht) votent les crédits de guerre demandés par Bismarck.

20 juillet
Lecture officielle, devant le Corps législatif, de la déclaration de guerre. Le général Pierre Dejean est nommé ministre de la Guerre par intérim après le départ pour le front du ministre en titre, le maréchal Lebœuf. L'empereur d'Autriche François-Joseph, après avoir évoqué la possibilité d'un engagement au côté de la France, se range à la solution de la neutralité armée.
Prévost-Paradol, qui s'est rallié au régime et a accepté de représenter la France aux États-Unis, se suicide à Washington.

21 juillet
Le Corps législatif autorise un emprunt de 500 millions.

23 juillet
Napoléon III confie la régence à l'impératrice Eugénie.

27 juillet
Clôture de la session parlementaire. Jules Guesde, qui dirige à Montpellier le quotidien *Les Droits de l'homme*, est condamné à six mois de prison pour propagande pacifiste.

28 juillet
Napoléon III arrive à Metz pour prendre le commandement de l'armée du Rhin. La seconde armée, stationnée en Alsace, est commandée par Mac-Mahon. La France dispose à ce moment de moins de 240 000 hommes, auxquels font face les

500 000 soldats rassemblés par la Prusse et ses alliés allemands.

1er août
Le gouvernement italien offre son alliance à la France, à condition que celle-ci évacue Rome et laisse l'Italie régler conformément à ses intérêts le sort de l'État pontifical. Paris refuse.

2 août
Les troupes françaises font mouvement sur Sarrebrück : simples escarmouches. En réalité, Napoléon III a différé le déclenchement de l'offensive sur le Rhin. L'armée n'est pas prête.

4 août
Les Prussiens déclenchent les hostilités et s'emparent de la forteresse de Wissembourg.

5 août
Les Français évacuent Rome.

6 août
L'artillerie allemande brise la résistance française en Alsace (Frœschwiller) comme en Lorraine (Forbach). Les troupes allemandes pénètrent sur le territoire français. Napoléon III ordonne à Mac-Mahon de replier l'armée d'Alsace sur le camp de Châlons, tandis que l'armée du Rhin se repliera sur Metz.

6-7 août
Renouvellement des conseils municipaux.

7 août
Les Chambres sont convoquées le 9. Informés des premiers revers, les députés de la gauche demandent l'armement des citoyens de Paris. Le lendemain, ils réclament la formation d'un comité de défense parlementaire investi des pouvoirs du gouvernement. L'état de siège est décrété à Paris. L'armée d'Alsace commandée par Mac-Mahon bat en retraite en direction de Châlons-sur-Marne.

7-13 août
Manifestations anti-impériales en province, à Marseille le 7 et le 8, au Creusot le 8, à Lyon du 8 au 13.

8 août
Incorporation dans la garde nationale des hommes de 30 à 40 ans. Les citoyens de moins de 30 ans sont incorporés le 10 août. Le gouvernement interdit deux journaux, *Le Réveil* de Delescluze et *Le Rappel* des fils Hugo.

9 août
Réunion des Chambres en session extraordinaire. Les républicains renouvellent leur demande de formation d'un comité de gouvernement nommé par le Corps législatif. Chute du ministère dirigé par Émile Ollivier. Place de la Concorde, des manifestants réclament la déchéance de Napoléon III.

9-11 août
La France et la Prusse s'engagent réciproquement à respecter la neutralité belge.

10 août
L'impératrice Eugénie confie la formation du nouveau gouvernement au général Cousin-Montauban, comte de Palikao, qui prend le portefeuille de la Guerre : Grandperret (Justice et Cultes), La Tour d'Auvergne (Affaires étrangères), Chevreau (Intérieur), Magne (Finances), Rigault de Genouilly (Marine et Colonies), Brame (Instruction publique), David (Travaux publics), Duvernois (Agriculture et Commerce), Busson-Billault (ministre présidant le Conseil d'État).

12 août
Décret de levée en masse. Le gouvernement lance un emprunt de 700 millions qui produit la somme de 804 millions. Le maréchal Bazaine est nommé généralissime et prend le commandement de l'armée du Rhin. Napoléon III lui demande d'organiser le repli de l'armée du Rhin sur le camp de Châlons, par Verdun. Bazaine doit faire à Châlons sa jonction avec Mac-Mahon.

13 août
Instauration d'un moratoire des effets de commerce.

14 août
Un groupe d'environ 60 hommes dirigés par Blanqui et Eudes tente de s'emparer de la caserne de pompiers de la Villette. Eudes est arrêté et condamné à mort par un tribunal militaire.

14-18 août
Début de la retraite de l'armée du Rhin. Bazaine essuie plusieurs défaites à Borny le 14, Rezonville le 16, Saint-Privat et Gravelotte le 18. Menacé d'encerclement, Bazaine décide de se retrancher dans Metz avec ses 180 000 hommes, ses chevaux, son artillerie.

15 août
Napoléon III quitte Metz et rejoint Mac-Mahon à Châlons. Les Prussiens occupent Nancy abandonnée par les troupes françaises.

16 août
Bismarck évoque officiellement pour la première fois l'annexion de l'Alsace et de la Lorraine par la future Allemagne unifiée qui doit naître de la guerre.
À Hautefaye (Dordogne), jour de foire, un jeune noble accusé d'avoir crié « Vive la République ! » est supplicié pendant plusieurs heures sous les yeux d'une foule de plusieurs centaines de personnes, puis brûlé, sans doute vif. 19 personnes seront condamnées, dont 4 à la peine capitale : elles seront guillotinées le 6 février 1871.

17 août
Le général Trochu est nommé gouverneur militaire de Paris. Il forme un comité de défense où siègent quatre députés, parmi lesquels Thiers.

18 août
Les Allemands occupent Bar-le-Duc.

20 août
L'encerclement de Bazaine et de l'armée du Rhin dans Metz est achevé.

21 août
Mac-Mahon et Napoléon III quittent Châlons en direction de Metz, croyant aller à la rencontre de Bazaine.

30 août
Le général de Failly se heurte aux forces prussiennes à Beaumont. L'essentiel de l'armée de Mac-Mahon bivouaque sous Sedan.

31 août
Mac-Mahon franchit la rive droite de la Meuse et fait halte à l'est de Sedan : il se trouve pris au piège, au cœur du dispositif d'encerclement mis en place depuis le 26 août par le généralissime prussien Moltke.

31 août-2 septembre
À Sedan, au terme d'une bataille acharnée (3000 Français sont tués et 14000 autres blessés), l'armée française capitule. 83000 soldats français tombent aux mains de l'ennemi. Napoléon III se constitue prisonnier.

3 septembre
Entrevue Napoléon III-Guillaume Ier ; l'empereur est ensuite transféré au château de Wilhelmshöhe, en Westphalie. Paris apprend la défaite de Sedan et la captivité de l'empereur. Le Corps législatif est convoqué d'urgence. Palikao reconnaît l'ampleur du désastre, mais déclare que la France poursuivra la guerre jusqu'à l'expulsion des Prussiens hors du territoire national. Jules Favre demande la déchéance de l'empereur, tandis qu'au dehors éclatent des manifestations aux cris de « Déchéance ! Déchéance ! »

4 septembre
Le Corps législatif se réunit à 1 h du matin. 27 députés signent une proposition rédigée par Jules Favre pour la déchéance de Napoléon III, la formation d'une commission de gouvernement élue par les députés et la nomination du général Trochu comme gouverneur général de Paris. La séance est aussitôt levée, alors que les manifestations, qui se sont poursuivies durant la nuit, se concentrent désormais autour du Palais-Bourbon.
Dans la matinée, le Corps législatif repousse une proposition du comte de Palikao pour former un Conseil de régence, et adopte la motion de Thiers pour la formation d'un gouvernement de défense nationale élu par les députés. Pendant cette discussion, la foule envahit le Palais-Bourbon : il est 14 h 30. Gambetta et Jules Favre réussissent à entraîner la majeure partie des manifestants à l'Hôtel de Ville, où siègent déjà les révolutionnaires (Blanqui et Delescluze) bien décidés à former un gouvernement insurrectionnel.
Mais la tentative blanquiste tourne court : Favre et Gambetta font plébisciter la nomination du général Trochu comme gouverneur général de Paris, et celle d'un gouvernement de défense nationale composé par les députés de la Seine : Arago, Favre, Crémieux, Garnier-Pagès, Gambetta, Ferry, Glais-Bizoin, Pelletan, Picard, Jules Simon et (malgré les répugnances de ses collègues) Rochefort.
Les ministres sont nommés dans la foulée : Crémieux (Justice et Cultes), Gambetta (Intérieur), Favre (Affaires étrangères), Le Flô (Guerre), Fourichon (Marine et Colonies), Picard (Finances), Simon (Instruction publique), Dorian (Travaux publics), Magnin (Agriculture et Commerce). Kératry est placé à la tête de la préfecture de police. Étienne Arago est nommé maire de Paris, chargé de désigner à son tour les maires d'arrondissement : Carnot dans le VIIIe, Ranc dans le IXe, Clemenceau dans le XVIIIe.
La République est proclamée dans la salle du Trône aux Tuileries. Formation d'un Comité de salut public à Lyon, d'inspiration communaliste.

LA IIIe RÉPUBLIQUE

De la chute du Second Empire à la Première Guerre mondiale : 1870-1914

Née d'une débâcle militaire, politique et morale, la IIIe République (1870-1940) s'effondrera soixante-dix ans plus tard dans des circonstances comparables. En 1870 comme en 1940, l'effondrement de la nation est brutal et imprévu, même si l'historien peut, *a posteriori*, lui assigner des causes : selon l'un ou l'autre cas, l'impréparation militaire, le défaitisme des élites, le pacifisme de l'opinion...

Le 4 septembre 1870, tandis que Napoléon III est prisonnier des Prussiens, l'armée de Mac-Mahon vaincue, celle de Bazaine encerclée, tandis que les armées ennemies poursuivent leur avance, à Paris la déchéance de l'Empire et la formation d'un Gouvernement de défense nationale, composé par les députés de la Seine, permettent de faire l'économie d'un dérapage révolutionnaire et de préserver un minimum de légalité. Dès les premiers jours, le gouvernement est divisé entre partisans d'une recherche de la paix aux meilleures conditions possibles, comme Thiers ou Jules Favre, et partisans de la poursuite de la lutte à outrance, comme Gambetta. Ceux-ci sont bien souvent d'anciens pacifistes, qui enveloppent leur détermination toute neuve dans le drapeau du passé, la mystique de la levée en masse et la rhétorique du salut public. Les négociations aussitôt engagées par Thiers et Favre échouent devant l'intransigeance et les exigences d'un Bismarck fort du succès de ses armes, mais l'encerclement de Paris, à partir du 19 septembre, réduit comme une peau de chagrin la marge de manœuvre des plénipotentiaires français, confrontés de surcroît à la montée d'un mouvement révolutionnaire qu'entretiennent dans la capitale les souffrances provoquées par le siège. Ce mouvement mêle élan patriotique et aspirations révolutionnaires, jacobinisme et socialisme. Il ne se manifeste de façon significative qu'à Paris, s'éteint rapidement à Lyon ou Marseille, sans jamais s'étendre à la majeure partie du pays, où l'on aspire surtout à la paix. L'échec des contre-offensives lancées à la fin de l'année par les armées reconstituées sous l'impulsion de Gambetta, et pour finir le sanglant échec de la « sortie en masse » décidée par le général Trochu pour briser l'encerclement de Paris le 19 janvier 1871, donnent définitivement l'ascendant aux partisans de la paix : l'armistice est signé le 28 janvier. Gambetta doit s'incliner, puis démissionner (6 février).

Thiers l'a emporté, tout comme il l'emporte le 8 février, à l'occasion de l'élection d'une Assemblée nationale organisée à la faveur de l'armistice. Une seule question a été agitée, celle de la paix. Si Paris vote en faveur de candidats liés au mouvement révolutionnaire et en majorité hostiles à la capitulation, 26 départements plébiscitent Thiers, et le suffrage universel accorde une écrasante majorité aux candidats monarchistes. 400 d'entre eux sont élus, contre 150 républicains. D'abord réunie à Bordeaux, puis à Versailles, l'Assemblée remet à Thiers, à titre provisoire, la direction du pouvoir exécutif. Thiers proclame aussitôt l'ajournement du débat sur la forme définitive des institutions après la conclusion de la paix et la libération du territoire («Pacte de Bordeaux»). Le nouveau régime est de fait républicain, mais sans en porter encore le titre. Ce provisoire va durer quatre ans. Dans l'immédiat, le nouveau gouvernement s'attelle aux difficiles négociations sur la paix, s'efforçant de sauver ce qui peut l'être. Très peu. Les préliminaires de paix, ratifiés par l'Assemblée le 2 mars 1871 (le traité définitif sera signé le 10 mai) imposent à la France le versement d'une indemnité de 5 milliards de francs-or et amputent son territoire de l'Alsace et de la Moselle, incorporées à l'Empire allemand.

À Paris, la fièvre patriotique et révolutionnaire n'est pas retombée après la signature de l'armistice. Elle redouble même avec l'annonce de l'entrée des Allemands dans la capitale, fixée au 1er mars. Ils n'y resteront que deux jours mais la garde nationale, devenue pouvoir municipal de fait, parallèle à l'autorité légale représentée par Jules Ferry, décide de mettre hors de portée des Allemands l'artillerie de la capitale. Le 17 mars, Thiers ordonne à l'armée de s'emparer des canons. L'opération, déclenchée à l'aube du 18 mars, tourne au désastre. Paris s'insurge, deux généraux sont tués, l'armée évacue la capitale, les responsables prennent la fuite. En quelques jours, l'échec des démarches conciliatrices effectuées par certains maires d'arrondissement, en particulier Clemenceau, tout comme le durcissement et la radicalisation des deux camps, transforme le soulèvement patriotique du 18 mars en révolution, avec l'appel à la constitution d'une Commune souveraine et révolutionnaire.

L'assemblée municipale parisienne élue le 26 mars, et qui le 29 prend le nom de Commune, témoigne de la diversité des courants révolutionnaires qui existent alors, et dont l'éventail va du jacobinisme teinté de radical-socialisme de Delescluze au socialisme, lui-même divers, des militants de l'Internationale, de Malon à Varlin. Le socialisme de la Commune annonce cependant moins celui du XXe siècle qu'il ne prolonge les tentatives de réorganisation sociale ébauchées en 1848: plutôt Proudhon et Louis Blanc

que Marx et Jules Guesde. Évoquer les idéaux de la Commune – que le manque de temps ne devait guère permettre de concrétiser – ne doit pas occulter l'essentiel: la dérive terroriste qui, très vite, en moins d'un mois, brise les élans généreux, marginalise les plus modérés et offre le spectacle hideux de la dictature d'un «Comité de salut public», des appels quotidiens au massacre des prêtres et des riches, et de l'arrestation d'«otages»: Malon et Vallès cèdent bientôt la place à Delescluze et Rigault.
On le sait, la reconquête militaire de Paris (21-28 mai) fut atroce. Destructions par le feu et assassinats d'un côté, répression sauvage de l'autre: 20000 morts sans doute, sans compter les effets de la répression judiciaire mise en œuvre sitôt les combats finis. Épisode terrible, dont les effets se feront sentir pendant longtemps, notamment du point de vue de l'amélioration de la condition ouvrière, mais qui a eu également des conséquences positives: en dissociant la République de la révolution, la répression de la Commune a permis d'enraciner la première dans un pays très profondément hostile à la seconde. Toutes les élections partielles organisées à partir de ce moment en témoignent, profitant essentiellement aux candidats républicains, même si ce résultat ne remet pas en cause, dans l'Assemblée, un rapport de force massivement favorable aux monarchistes depuis février 1871.
Thiers, le vainqueur de la Commune, en a pris acte. Il ne cache plus tenir l'avènement de la République pour inévitable, et cela d'autant plus que les tractations entre légitimistes et orléanistes pour parvenir à une restauration se heurtent à l'intransigeance de l'héritier des Bourbons, le comte de Chambord, qui refuse tout accommodement avec les principes de la Révolution française et rejette son symbole le plus fort: le drapeau tricolore. Entre une droite acculée à prôner une révolution «à l'envers» et des républicains qui ont fait la preuve, sanglante, de leur capacité à faire barrage à la révolution, les électeurs n'hésitent pas. Thiers est dès lors condamné par la majorité parlementaire, qui souhaite placer au pouvoir des hommes résolus à s'opposer aux progrès de la République. La majorité est d'autant plus résolue que Thiers a rempli la tâche qui lui avait été confiée en obtenant la libération anticipée du territoire (qui sera effective le 16 septembre 1873). Le 23 mai 1873, Albert de Broglie dirige l'attaque des droites coalisées: Thiers est contraint à la démission. Il est aussitôt remplacé à la présidence par le maréchal de Mac-Mahon. L'élection de ce dernier est-elle comprise comme le cheval de Troie destiné à préparer les voies pour une restauration? La majorité des députés de droite l'envisage ainsi; Broglie est plus sceptique. Le printemps et l'été de 1873 sont occupés par de fiévreuses négocia-

tions pour tenter de faire plier le comte de Chambord. Les princes d'Orléans se prêtent au jeu, ou feignent de s'y prêter. Doutes, espoirs, illusions, tout est finalement balayé en octobre, lorsque le journal *L'Univers* publie une lettre sans équivoque de Chambord, dans laquelle le petit-fils de Charles X réaffirme qu'il ne deviendra à aucun prix le «roi de la Révolution». Le 20 novembre 1873, Broglie peut enfin rallier la droite à son propre plan: l'hypothèque légitimiste étant levée, il fait voter la prorogation des pouvoirs de Mac-Mahon pour sept années, dans la perspective, après le décès du comte de Chambord, d'une restauration orléaniste.

Les événements vont en décider autrement. L'éclatement de la coalition des droites provoqué par l'intransigeance de Chambord et les calculs orléanistes, les progrès électoraux des républicains modérés, la crainte d'une restauration bonapartiste qui se fait jour en 1874, tout favorise la fixation au centre de l'échiquier politique d'une majorité décidée à un compromis sur la nature du régime. Les lois constitutionnelles sont votées entre janvier et juillet 1875: la gauche obtient l'introduction du mot «République», la droite la création d'un Sénat composé en partie de membres inamovibles, qui flanque la Chambre des députés et coopère avec elle à l'élection du président de la République pour un mandat de sept ans.

Une fois la Constitution de 1875 promulguée, l'Assemblée élue en février 1871 se dissout. Si au Sénat, organisé en janvier 1876, les partisans d'une restauration monarchique disposent d'une courte majorité (qu'ils perdront dès 1879), les élections de février 1876 donnent une confortable majorité républicaine à la Chambre des députés: 340 élus, contre 160 conservateurs. En décembre, Mac-Mahon est contraint de former, sous la direction de Jules Simon, un gouvernement en accord avec la majorité parlementaire. En fait, c'est une épreuve de force qui s'engage et doit décider de la nature du régime. La crise du 16 mai 1877, déclenchée par le renvoi de Jules Simon, sera tranchée par le suffrage universel appelé à renouveler la Chambre dont le président Mac-Mahon a prononcé la dissolution. Sans doute observe-t-on un tassement du vote républicain, mais les candidats soutenus par Broglie, revenu aux affaires après le renvoi de Simon, n'obtiennent nullement la majorité. Sommé par Gambetta de «se soumettre ou se démettre», Mac-Mahon finit par se soumettre au mois de décembre 1877: la République sera parlementaire. La crise trouve son épilogue en janvier 1879, avec la démission de Mac-Mahon et l'élection de Jules Grévy à la présidence de la République.

La République est enfin fondée, si solidement qu'elle peut se montrer magnanime en amnistiant les proscrits de 1871 (10 juillet 1880). Reste à la faire exister dans les esprits et la société. Un homme domine les années 1880-1885, Jules Ferry, qui attache son nom à toutes les réformes par lesquelles s'enracinent les principes de 1789 : réforme scolaire, garantie des libertés, expansion coloniale. C'est bien au triomphe de la Révolution, disputé depuis près d'un siècle, que l'on assiste au cours de ces années qui sont l'âge d'or de la République. La chute de Ferry, en 1885, est une ligne de partage. Elle sépare deux époques : celle des fondateurs et celle des héritiers, celle des temps héroïques où il s'agissait de fonder la République et celle des temps plus prosaïques où il ne s'agit plus que d'en gérer les acquis. La France de 1880 n'est ni unanime ni paisible : la République de Ferry se veut conquérante, et elle sait se montrer sans faiblesse envers ses adversaires. Elle mène une guerre sans merci contre le « cléricalisme », mot générique qui désigne tout ce qui subsiste encore de l'ancienne France vaincue en 1789. Mais la République de Ferry est encore préservée du climat délétère qui, à travers scandales et déchirements, va miner les institutions à partir du milieu des années 1880. Sans doute observe-t-on déjà le contraste offert par la stabilité d'un régime républicain solidement établi avec l'instabilité ministérielle. Le parlementarisme, dont aucune force ne compense les effets, est un ver qui ronge le fruit, et que Gambetta s'efforce vainement, au cours d'un bref passage au pouvoir entre novembre 1881 et janvier 1882, de corriger dans un sens conforme aux principes républicains.

Voici donc le temps des triomphes de « l'opportunisme » républicain. Dans trois domaines principaux : la séparation de l'enseignement et de l'Église tout d'abord, marquée par les lois qui réforment les instances dirigeantes de l'éducation (février 1880), crée un enseignement secondaire pour les jeunes filles (décembre 1880), enfin, et surtout, instaure l'instruction primaire obligatoire, gratuite et laïque (juin 1881-mars 1882) ; la garantie des libertés ensuite, avec les lois instaurant la liberté de la presse (juillet 1881) et la liberté syndicale (mars 1884), ou les réformes politiques qui rendent aux conseils municipaux le droit d'élire leurs maires (avril 1884) et suppriment les magistratures sénatoriales inamovibles (décembre 1884) ; l'expansion coloniale enfin, en Tunisie, en Indochine et en Afrique, par laquelle la France retrouve son rang international et renoue avec sa « vocation civilisatrice » (même s'il y a des échecs, comme l'éviction hors d'Égypte des intérêts français).

Une œuvre considérable, donc. La chute de Jules Ferry, le 30 mars 1885, ne la remet pas en cause, mais ouvre une longue période d'instabilité politique.

L'entrée dans la crise tient sans doute au renouvellement des générations politiques, à l'effacement des fondateurs de 1870, mais également à des facteurs plus techniques, comme l'abaissement de la fonction présidentielle ou l'adoption malheureuse du scrutin de liste pour les législatives d'octobre 1885. En provoquant la désunion des candidats républicains et en permettant inversement l'union des candidats conservateurs, il aboutit à fabriquer une Chambre divisée en trois forces à peu près égales: les droites coalisées, les républicains opportunistes de Ferry associés aux gambettistes, les radicaux de Clemenceau. Clemenceau, placé en position d'arbitre de toute coalition gouvernementale, réussit à forcer les portes du pouvoir en faisant donner le portefeuille de la Guerre à l'un de ses protégés, le général Boulanger. Ce dernier est au gouvernement le symbole de l'intransigeance républicaine, de la rupture avec les prudences de l'opportunisme, de la «Revanche» agressive. Son éviction à la fin de l'année 1886, alors que sa popularité croissante commence à inquiéter jusqu'à ses amis radicaux, porte sa réputation à son zénith et fait de lui le centre d'une improbable coalition: anciens communards haïssant les élites républicaines embourgeoisées comme Eudes ou Rochefort, héritiers de Gambetta républicains et hostiles aux excès du parlementarisme comme Déroulède, revanchards exaltés, bonapartistes nostalgiques du gouvernement plébiscitaire et même conspirateurs royalistes. Le boulangisme est une auberge espagnole qui remplit de son tumulte les années 1887-1889, au moment où, au regain des tensions franco-allemandes, s'ajoutent des scandales (l'affaire des décorations) qui salissent et affaiblissent le régime. Le 27 janvier 1889, l'élection triomphale de Boulanger comme député de la Seine marque l'apogée du mouvement, et son dernier succès. Le mouvement boulangiste aurait peut-être eu plus d'avenir s'il avait eu un chef moins velléitaire. Boulanger ne doit en effet ses succès qu'à la faiblesse de ses ennemis. Que ceux-ci décident de relever le gant, et c'en est fini du fringant général: menacé d'arrestation, Boulanger prend la fuite le 1er avril 1889. L'aventure est terminée. La vague boulangiste reflue aussi vite qu'elle avait déferlé.

Le régime est sûrement sorti consolidé de cette crise, qui a notamment permis le recentrage de radicaux qui longtemps avaient campé aux frontières de la révolution. Mais simultanément, dans ce qu'initialement le boulangisme comportait d'aspiration à une révision républicaine des institutions fondées en 1875, aspiration où revivait l'esprit du «gambettisme» de 1881, son échec a rendu d'autant plus difficile une réforme pourtant nécessaire. Une nouvelle occasion se présentera quelques années plus tard, avec l'élection de Casimir-Perier à la présidence de la République en juin 1894: le nouveau président affirme aussitôt sa volonté d'exercer pleinement ses prérogatives constitutionnelles. De cette déclaration de guerre au Parlement, celui-ci mesure si exactement la portée qu'à force de diffamations et de campagnes de presses préparées en sous-main, il ne désarmera pas avant d'avoir obtenu la démission de Casimir-Perier (15 janvier 1895), aussitôt remplacé par le peu gênant Félix Faure.

La crise ainsi continue, entretenue à partir de 1892 par les révélations sur le scandale de Panama. Si la classe politique est atteinte de plein fouet, la République n'a jamais été aussi forte : ces années sont également celles du ralliement catholique, préparé dès 1890 par l'évêque d'Alger, Mgr Lavigerie, puis imposé par Léon XIII en dépit de l'hostilité d'une partie de l'épiscopat et de l'opinion fidèle à l'Église. Si de nouvelles failles s'ouvrent, c'est aux extrêmes : non pas avec l'essor d'un puissant mouvement socialiste dont la contamination limitée par le marxisme facilitera l'intégration au jeu politique démocratique, sous l'impulsion de Millerand ou de Jaurès ; mais avec la flambée anarchiste de 1892-1894, meurtrière, mais trop isolée et trop privée d'écho dans la société pour réellement menacer les fondements du régime : la guillotine règle le problème.

Cette fin de siècle n'est pas exempte de grands travaux. C'est le cas dans le domaine social où, même si le conservatisme domine, aboutissent des projets en chantier depuis des années et jusque-là bloqués par le Sénat, comme la loi limitant la durée du travail ou celle supprimant le livret ouvrier. En revanche, les projets en faveur de l'établissement d'un système de protection sociale ou de l'impôt sur le revenu sont régulièrement repoussés. Avancées également dans le domaine diplomatique où l'accord franco-italien qui met fin à une décennie de conflit larvé, l'alliance franco-russe et l'amorce d'un rapprochement, un moment contrarié par la crise de Fachoda (1898), avec l'Angleterre, rétablissent la position internationale de la France face au système d'alliances mis en place par l'Allemagne. Le siècle se termine cependant avec la guerre civile « froide » déclenchée par l'affaire Dreyfus.

Au départ, en 1894, on trouve une machination des services de renseignement « couverte » par l'état-major. Jusqu'en 1897, l'affaire mobilise peu, à l'exception des proches du capitaine Dreyfus et de ceux qui, alertés par le commandant Picquart, comme Bernard Lazare ou Joseph Reinach, clament l'innocence du condamné. C'est au cours de l'été 1897 que l'affaire prend une dimension politique, lorsque le vice-président du Sénat, Scheurer-Kestner, exprime publiquement ses doutes sur la culpabilité de Dreyfus. Dans les semaines qui suivent, Zola, Clemenceau, puis un Jaurès longtemps réticent, s'engagent à leur tour. En janvier 1898, tandis que les gouvernements successifs, au nom de la défense de l'armée et de la raison d'État, se refusent obstinément à rouvrir le dossier, la publication du «J'accuse!» de Zola dans *L'Aurore* fait franchir aux controverses un palier supplémentaire. Désormais, c'est la tourmente: dreyfusards et antidreyfusards s'empoignent à propos de la révision du procès, que la découverte du «faux» Henry conduit le gouvernement à décider. Ligues contre ligues, l'Affaire, avec une majuscule, remplit de son tumulte la vie politique. Elle dresse l'une contre l'autre deux France, celle de l'Ancien Régime et celle de la Révolution, républicains et catholiques, partisans des droits de l'homme et antisémites, avocats de la justice et défenseurs de la raison d'État. L'Affaire rouvre des fractures que l'on croyait réduites par la victoire de la République vers 1880, et fait apparaître des passions mauvaises qui traversent plutôt qu'elles n'opposent les partis. Ainsi les socialistes, dont certains, derrière Jaurès, s'engagent du côté des dreyfusards, mais dont beaucoup refusent de prendre parti dans une querelle qui, à leurs yeux, oppose une armée et une bourgeoisie également honnies.

En février 1899, l'échec d'une ridicule tentative de coup d'État orchestrée par Déroulède porte un coup irréparable au camp nationaliste et prélude à la fin de l'Affaire, au moins sur le plan judiciaire: Dreyfus est renvoyé devant un nouveau tribunal militaire réuni à Rennes (août 1899). Il est une nouvelle fois condamné, mais il bénéficie aussitôt d'une grâce signée par le président Loubet. Le premier effet de l'affaire Dreyfus est, en juin 1899, la formation d'un Gouvernement de défense républicaine présidé par René Waldeck-Rousseau. Il s'emploie à regrouper tous les courants décidés à contrecarrer les initiatives des ennemis – minoritaires – du régime: monarchistes, nationalistes, cléricaux ou survivants du bonapartisme. Au gouvernement siègent le général républicain Galliffet et le socialiste Alexandre Millerand: scandale à l'extrême gauche, Galliffet ayant participé à la répression de la Commune; indignation à droite, et parfois à gauche, un socialiste reçoit le portefeuille du Commerce et de l'Industrie. Pourtant, cette participation d'un socialiste à un «gouvernement bourgeois» représente un premier pas vers le mariage, semé d'embûches, du socialisme et de la République, et l'un des signes de la recomposition générale des forces politiques dans les premières années du XXe siècle: effondrement électoral des nationalistes en mai 1900, fondation de l'Alliance démocratique conservatrice (mai 1901), du Parti radical-socialiste (juin 1901) et du Parti socialiste français (mars 1902), victoire enfin du Bloc des gauches aux élections législatives d'avril 1902.

«Républicain modéré, mais pas modérément républicain», comme il se définit lui-même, Waldeck-Rousseau parvient, grâce à cette synthèse originale, à mener sa politique. Il fait dissoudre la congrégation des assomptionnistes, éditeur de *La Croix*, dont les membres s'étaient particulièrement distingués par leur antisémitisme virulent; avec quelques mises à la retraite et des mutations, il inaugure la reprise en main de l'armée où nombre de monarchistes ont trouvé refuge. Il fait voter la loi de 1901 sur le contrat d'association qui introduit dans le droit français la notion d'activité sans but lucratif. Les congrégations refusant de rentrer dans le droit commun se trouvent progressivement exclues.

Avec la séparation des Églises et de l'État (loi du 9 décembre 1905), préparée par Émile Combes (1902-1905) et menée à bien par son successeur Maurice Rouvier (1905-1906), un cycle s'achève dans la vie politique française: la République trouve un équilibre en dépit des oppositions prudentes ou farouches. À moyen terme, la loi de Séparation provoque un reclassement des partis; bientôt le Bloc des gauches, rassemblant les radicaux, les socialistes et les républicains démocrates, qui avait mené le combat, du dreyfusisme à la laïcité, se désagrège, miné par la question sociale.

Paradoxalement la Séparation, vécue dramatiquement par nombre de catholiques (alors qu'elle coïncide très bien avec la vision de la République qu'ont les protestants et les juifs), ouvre à certains d'entre eux la perspective d'un renouveau par un engagement laïque dans les Unions diocésaines. Le catholicisme français tire finalement un certain avantage de la nouvelle situation, comme en témoigne son influence auprès de la jeunesse quelques années plus tard. Favorisant l'émergence d'une Action française qui ne renonce nullement à renverser le régime, la crise a révélé le profond enracinement des sentiments anticléricaux dans les milieux populaires urbains. Après la loi de Séparation, ces milieux où l'anticléricalisme s'allie souvent à la culture socialiste, attendent de la part des hommes de gauche au pouvoir qu'ils engagent des réformes sociales voire, pour les plus extrémistes, les mènent vers une révolution sociale. Mais les divergences sont grandes à propos des moyens de parvenir à la justice sociale, considérée comme le prolongement du combat républicain. Sous le ministère de Clemenceau (1906-1909), l'opposition entre révolutionnaires et radicaux fait apparaître une ligne de partage irréfragable: les républicains «classiques», restés patriotes sans être fermés au règlement de la «question sociale», affrontent les révolutionnaires antipatriotes et extra-parlementaires et se divisent sur le sens de la démocratie. Des luttes sociales extrêmement dures scandent ces années.

Cependant, l'époque put paraître rétrospectivement «belle» parce que la France connaît alors une certaine prospérité que symbolise la stabilité du franc. Le niveau de vie s'est lentement amélioré. Dans l'immédiat avant-guerre (1910-1913), l'industrie française bénéficie d'un taux de croissance exceptionnel, surtout dans les industries « neuves » telle celle de l'automobile ; le parc des véhicules passe de 300 unités en 1895 à 107 535 en 1914. L'apparition et le développement du cinématographe ont certainement conféré un cachet particulier à ces années et l'image d'une France dynamique a été confortée par les succès des aviateurs français : Clément Ader, Louis Blériot, Henri Farman, Roland Garros, Édouard Nieuport, les frères Voisin ont bâti la légende des pionniers, faisant naître un sentiment de confiance et de fierté dans toutes les couches de la population. Néanmoins, la faiblesse de la démographie française est une cause d'inquiétude pour des hommes aussi différents que Zola (*Fécondité*, 1899) ou Leroy-Baulieu ; en quarante ans, la France est passée de 36 à 39 millions d'habitants, alors que l'Allemagne, dans le même laps de temps, s'accroît de 26 millions (elle passe de 41 à 67 millions). D'où la nécessité, selon les gouvernants, d'allonger la durée du service militaire si l'on veut contrebalancer la supériorité numérique allemande. La bataille autour de la loi des trois ans occupe une place majeure dans la vie politique et sociale de la France à partir de 1913. Le patriotisme, tout en restant distinct du nationalisme pur, reprend peu à peu son emprise sur les consciences ouvrières aux dépens du syndicalisme d'action directe. Dans *L'Action française* (1er avril 1912), Charles Maurras, espérant encore le renversement de la République sous les coups conjugués des luttes ouvrières et du mouvement monarchiste, écrit : « Qu'on le veuille ou non, le syndicalisme et le nationalisme sont les deux grandes forces qui dirigent le monde moderne. »

L'Europe est tout entière enserrée dans un chaînage complexe d'alliances : à l'alliance franco-russe s'ajoute l'Entente cordiale avec la Grande-Bretagne pour former la Triple-Entente tandis que l'Autriche-Hongrie, soutenue dès 1882 par l'Allemagne, forme, avec le concours de l'Italie, la Triple-Alliance. Lorsqu'un des partenaires estime être menacé par l'un des membres du système adverse, il en appelle tout naturellement au soutien de ses alliés. Lors de la rivalité maritime anglo-allemande, l'Angleterre s'est appuyée sur la France. Celle-ci joue les intermédiaires entre la Grande-Bretagne et la Russie qui, toutes deux, s'accordent en août 1907, sur le Tibet et la Perse. Pour sa part, la diplomatie française, prise dans l'écheveau complexe des traités secrets avec la Russie impériale – alliance célébrée dès la fin du XIXe siècle par François Coppée comme le moyen de reconquérir l'Alsace-Lorraine –, loin de freiner les initiatives belliqueuses de son alliée, lui prodigue l'assurance de son soutien dans ses entreprises motivées par le désir de contrôler les Détroits (Dardanelles et Bosphore) et lui promet son concours en cas de conflit.

Au fil des mois, les questions de politique internationale, sans effacer les problèmes intérieurs, prennent une place de plus en plus grande dans la vie de la nation. Raymond Poincaré, le nouveau président de la République (17 janvier 1913) voit se dresser devant lui avec toute sa fougue Jean Jaurès ; devenu le leader incontesté des socialistes, celui-ci s'oppose à la loi des trois ans et exige la publicité des termes de l'alliance franco-russe. En mai 1914, la victoire électorale de la gauche radicale et socialiste traduit en partie l'inquiétude de l'opinion publique face à un conflit probable. Chacun perçoit la montée des périls, les comportements se modifient dans toutes les catégories de l'opinion comme sous l'effet d'un réactif chimique ; la figure de l'Allemagne comme ennemi s'impose à nouveau à partir des différends autour du Maroc (1905, 1911) ; elle semble menacer l'empire colonial français. Une image négative de l'Allemagne perdure dans les profondeurs de la conscience, une conscience nourrie des leçons de l'école qui magnifie dans ses manuels les héros de l'histoire de France. Cependant, c'est moins un patriotisme de revanche que d'appartenance, de façon conjointe, à leur grande et petite patrie qui rassemble la quasi-totalité des Français – dès 1912, les syndicalistes antimilitaristes observent le succès croissant des défilés militaires dans les rues de Paris – comme s'ils avaient trouvé à travers lui le moyen de réunifier la République, la nation et la France ancestrale. La guerre n'avait pas complètement disparu de l'horizon, même si elle se déroulait à des milliers de kilomètres (guerre des Boers), de l'autre côté de la Méditerranée (Maroc, Algérie), ou sur le théâtre européen (Balkans, 1912 et 1913). Elle emportera le monde et son déclenchement clôt définitivement le long XIXe siècle.

Papes

Pie IX, 1846-1878 ; Léon XIII, 1878-1903 ; Pie X, 1903-1914.

Souverains et chefs d'État

Allemagne : Guillaume Ier, 1871-1888 ; Frédéric III, 1888 ; Guillaume II, 1888-1918.

Autriche-Hongrie : François-Joseph, 1867-1916.

Belgique : Léopold II, 1865-1909 ; Albert Ier, 1909-1934.

Chine : Ts'eu-hi, 1881-1908 ; Puyi, 1908-1912 ; République : Sun Yat-Sen, 1912-1925.

Égypte : Ismaïl pacha, vice-roi, 1863-1867, khédive, 1867-1879 ; Tewfik, khédive, 1879-1892.

Espagne : Alphonse XII, 1875-1885 ; Alphonse XIII, 1886-1931.

États-Unis : Ulysses Grant, 1869-1877 ; Rutherford Hayes, 1877-1881 ; James Garfield, 1881 ; Chester Arthur, 1881-1885 ; Grover Cleveland, 1885-1889 ; Benjamin Harrison, 1889-1893 ; Grover Cleveland, 1893-1897 ; William McKinley, 1897-1901 ; Theodore Roosevelt, 1901-1909 ; William Taft, 1909-1913 ; Woodrow Wilson, 1913-1921.

Grande-Bretagne et Irlande : Victoria Ire, 1837-1901 (et impératrice des Indes, 1876-1901) ; Édouard VII, 1901-1910 ; George V, 1910-1936.

Italie : Victor-Emmanuel II, 1861-1878 ; Humbert Ier, 1878-1900 ; Victor-Emmanuel III, 1900-1946.

Japon : Mutsuhito, 1867-1912 ; Taisho Yoshihito, 1912-1926.

Madagascar : Ranavalona III, 1883-1897.

Russie : Alexandre II, 1855-1881 ; Alexandre III, 1881-1894 ; Nicolas II, 1894-1917.

Serbie : Alexandre Ier Obrenovic', 1889-1903 ; Pierre Ier Karageorgevic', 1903-1914.

Tunisie : Mohammed es-Sadok, 1859-1882.

Turquie : Abdul-Aziz Ier, 1861-1876 ; Murad V, 1876 ; Abdul-Hamid II, 1876-1909 ; Mahomet V, 1909-1918.

1870

5 septembre
Le Corps législatif est dissous et le Sénat supprimé. Abrogation de l'impôt du timbre. Formation d'un Comité central républicain des vingt arrondissements. Composé de blanquistes (Duval, Raoul Rigault), de disciples de Proudhon (Malon, Varlin) ou de Bakounine, de socialistes révolutionnaires (Cluseret, Vallès, Vaillant), il constitue l'embryon d'un pouvoir communal concurrent de celui des maires d'arrondissement.
Retour triomphal de Victor Hugo à Paris, après dix-neuf années d'exil.

6 septembre
Bismarck reçoit Jules Favre à Ferrières et lui présente les conditions allemandes pour la signature d'un armistice: livraison de Strasbourg et occupation du Mont-Valérien à Paris. Jules Favre rejette les exigences allemandes et affirme dans un manifeste aux chancelleries européennes que la France ne cédera « pas un pouce de son territoire ».
Jules Ferry est nommé préfet de la Seine.

6-12 septembre
Réorganisation de la garde nationale: une solde journalière de 1,50 franc est accordée aux gardes nationaux; les effectifs sont augmentés: au 30 septembre, la garde nationale compte plus de 300000 hommes. Gambetta suspend les inscriptions le 1er octobre. Certains bataillons choisissent des révolutionnaires pour officiers: Blanqui, Ranvier, Eudes, Varlin ou Flourens.

7 septembre
Gambetta ordonne une épuration des municipalités.

9 septembre
Le gouvernement envoie une délégation gouvernementale à Tours.

9-17 septembre
Victor Hugo publie un appel *Aux Allemands* et un appel *Aux Français* qui les exhortent à la guerre à outrance.

10 septembre
L'exercice des professions de libraire et d'imprimeur est désormais soumis à une simple déclaration administrative.

12 septembre
Thiers entame une tournée européenne pour demander le soutien des autres puissances: il est à Londres le 12 septembre, à Vienne le 24, à Saint-Pétersbourg le 27, en Italie le 12 octobre, de retour en France le 21.

15 septembre
Le Comité central des vingt arrondissements publie une affiche rouge demandant la liberté de la presse, de réunion et d'association, le transfert des pouvoirs de police aux communes et l'organisation d'élections municipales, des mesures de réquisition des subsistances et des logements vacants, l'armement des citoyens et l'envoi de « missionnaires » parisiens dans les départements.

16 septembre
Le gouvernement de défense nationale fixe au 25 septembre la date de nouvelles élections municipales et au 2 octobre l'élection d'une Assemblée nationale.

17 septembre
Les autorités parisiennes refusent de réquisitionner les logements vacants au bénéfice des 200000 personnes – réfugiés ou gardes mobiles – qui sont sans domicile, mais établit une taxe sur les logements vides.

18 septembre
Les délégués de 13 départements du Sud-Est créent une Ligue du Midi pour la défense de la République, communaliste et fédéraliste.

19-20 septembre
Les troupes prussiennes encerclent Paris, dont Trochu fait évacuer une partie des défenses extérieures. Les Prussiens installent leur quartier général à Versailles.

20 septembre
L'armée italienne occupe Rome.

20-21 septembre
Jules Favre rencontre Bismarck au château de Ferrières. Favre rejette toute cession territoriale et offre en échange le paiement d'une indemnité de guerre à la Prusse. Bismarck refuse et exige l'Alsace et la Lorraine.

21 septembre
Le Comité central des vingt arrondissements demande l'élection d'une Commune de Paris composée d'un conseiller municipal pour 10 000 habitants.

22 septembre
L'évêque de Nantes consacre son diocèse au Sacré-Cœur pour réparer « les malheurs de la France ».

23 septembre
Capitulation de Toul.

25 septembre
Ajournement des élections municipales annoncées à Paris pour le 28.

27 septembre
Delescluze appelle à instaurer une Commune révolutionnaire sur le modèle de celle de 1792.

28 septembre
Capitulation de Strasbourg. Les Allemands avancent jusqu'à Dijon, mais échouent devant Besançon.
Bakounine déclenche une insurrection à Lyon : la Commune est proclamée, l'État aboli et Cluseret nommé général en chef des troupes communalistes. Le mouvement fait long feu : Bakounine et Cluseret sont expulsés de la ville.

30 septembre
Un décret autorise le retrait gratuit du mont-de-piété des objets dont la valeur est inférieure à 15 francs et instaure un moratoire des loyers.

1er octobre
Un décret fixe au 16 octobre l'élection d'une Assemblée nationale.

5 octobre
Le gouvernement de défense nationale décide d'envoyer Gambetta à Tours afin d'imposer à ses délégués réunis dans cette ville un nouveau report des élections législatives prévues d'abord le 2, puis le 16 octobre. Les gardes nationaux de Belleville, Flourens en tête, manifestent contre l'ajournement des élections municipales, pour l'adoption de mesures de réquisition des subsistances et pour l'organisation d'une sortie en masse contre les troupes allemandes.

7 octobre
Gambetta quitte Paris en ballon, et rejoint la délégation du gouvernement à Tours.

8 octobre
Une nouvelle manifestation organisée par le Comité central des vingt arrondissements devant l'Hôtel de Ville de Paris réunit moins de 10000 manifestants.

9 octobre
Les Prussiens sont à Tours.

10 octobre
Suppression du cautionnement des journaux. Bataille d'Arthenay.

11 octobre
Le préfet de police Kératry, qui n'a pu obtenir l'autorisation de faire arrêter les chefs révolutionnaires, quitte ses fonctions.

12 octobre
Chute d'Épinal.

13-28 octobre
Combats autour de Paris, à Bagneux (le 13), à la Malmaison (le 21), au Bourget (dont les Prussiens s'emparent le 28).

14 octobre
Gambetta organise une armée auxiliaire.

17 octobre
Un jésuite, le père de Boylesve, propose au cours d'un sermon prononcé au Mans d'ouvrir une souscription pour construire une basilique consacrée au Sacré-Cœur.

18 octobre
Combats de Châteaudun.

24 octobre
Un décret signé par le ministre de la Justice Crémieux abolit le gouvernement général militaire en Algérie, divise le pays en trois départements rattachés au ministère de l'Intérieur, accorde aux ressortissants français le droit d'élire leurs conseillers généraux et six députés. Le décret Crémieux émancipe les juifs d'Algérie en leur donnant la possibilité d'acquérir la citoyenneté française par naturalisation.

27 octobre
Bazaine capitule à Metz où il était encerclé depuis le 20 août. Il est avec ses 173000 soldats fait prisonnier par les Prussiens, et expédié à Cassel où se trouve détenu Napoléon III. Les Prussiens marchent vers la Loire.
Un décret rétablit la compétence du jury pour les délits de presse : le décret du 17 février 1852 et la loi du 11 mai 1868 sont abrogés.

30 octobre
Gambetta accuse Bazaine de trahison, appelle à la levée en masse et à la guerre à outrance. Rumeurs

sur l'ouverture de pourparlers entre le gouvernement de défense nationale et les Prussiens.
La Russie annonce qu'elle ne se considère plus liée par le traité de Paris de 1856 qui restreint sa liberté d'action en mer Noire.

31 octobre
Manifestation devant l'Hôtel de Ville pour la poursuite de la guerre. Dans l'après-midi, Blanqui, Flourens et les gardes nationaux de Belleville envahissent l'Hôtel de Ville et proclament la déchéance du gouvernement de défense nationale, l'arrestation des ministres et la formation d'un Comité de salut public. Dans la nuit, Trochu et Ferry font encercler l'Hôtel de Ville par des bataillons fidèles de gardes nationaux. Les insurgés se soumettent en échange d'un sauf-conduit. Rochefort quitte le gouvernement de défense nationale.

1er novembre
Le nouveau préfet de police, Cresson, ordonne l'arrestation des meneurs de l'insurrection: Pyat et Lefrançais sont capturés, Blanqui et Flourens échappent aux recherches. Le général Clément Thomas prend le commandement de la garde nationale.

1er-5 novembre
Rencontre Thiers-Bismarck à Versailles. Thiers n'obtient aucune concession.

2 novembre
La délégation de Tours proclame « la patrie en danger ».

3 novembre
Les électeurs parisiens sont appelés par le gouvernement à répondre à la question: « La population maintient-elle les pouvoirs du gouvernement de la défense nationale? » 321 373 répondent par l'affirmative, contre 53 584. Des élections municipales sont fixées au 5 novembre.

4 novembre
Début du siège de Belfort.

5 novembre
Levée en masse de tous les hommes âgés de 20 à 40 ans. Aurelle de Paladines, qui commande l'armée de la Loire organisée par Gambetta, repousse les Allemands à Coulmiers et libère Orléans le 9.

5-7 novembre
Élections municipales à Paris: la participation s'élève à plus de 50 %; 13 des 20 maires nommés par Arago le 4 septembre sont réélus; sur les 7 nouveaux maires, 5 sont des modérés; communalistes et révolutionnaires sont battus, sauf dans deux arrondissements, le XIXe (Delescluze) et le XXe (Ranvier).

11 novembre
Arrêté préfectoral ordonnant la réquisition des céréales.

12 novembre
Capitulation de Verdun.

13 novembre
Élection à Marseille d'une municipalité gambettiste. Le 27 décembre, la Ligue du Midi (créée le 18 septembre) est dissoute.

16 novembre
Accusé, à tort, de complicité dans la tentative d'insurrection du 31 octobre, Étienne Arago résilie ses fonctions de maire de Paris. Il est remplacé, à titre provisoire, par Jules Ferry.

20 novembre
Aurelle de Paladines reçoit de Gambetta l'ordre de lancer une offensive pour libérer Paris.
Suppression du gaz d'éclairage à Paris.

24 novembre
Les troupes françaises libèrent Dijon, avec l'appui de volontaires commandés par Garibaldi. Thionville en revanche capitule.

27 novembre
Les Prussiens occupent Amiens.

28 novembre
Battue à Beaune-la-Rolande, l'armée de la Loire se replie sur Vendôme.
Frédéric Bazille, qui a peint *L'Atelier de Manet* juste avant le début de la guerre, est tué à Beaune-la-Rolande.

29-30 novembre
Échec de la tentative lancée par Trochu en direction de Champigny pour desserrer le blocus prussien autour de la capitale.

2 décembre
Jules Janssen quitte en ballon la capitale assiégée par les Prussiens, pour aller observer l'éclipse solaire du 22 décembre visible à Alger.

JANSSEN

Si Jules Janssen (1824-1907) avait obéi aux vœux de ses parents, il serait devenu artiste peintre. À la différence de la plupart des parents, qui s'affligent de voir leur enfant préférer la vie d'artiste à une carrière sûre, ceux de Janssen s'affligèrent de voir leur fils préférer les mathématiques au pinceau. Jules Janssen est pourtant, à sa façon, un artiste, un poète en tout cas. Nommé professeur de physique à l'École spéciale d'architecture, il passe en fait son temps à courir la planète partout où une éclipse du Soleil est visible. Au passage, il découvre l'origine tellurique des raies du spectre solaire et il identifie l'hélium présent dans l'atmosphère solaire. De Paris à Alger, de l'Italie au Japon, Janssen traverse la vie le nez en l'air. En 1876, le gouvernement lui permet de rester dans cette position en lui confiant le soin de créer l'observatoire astronomique de Montmartre (qui sera transféré à Meudon l'année suivante), puis, en 1878, l'observatoire du Pic du Midi.

2-5 décembre
L'armée de la Loire est battue successivement à Montargis, Loigny et Patay. Le 5 décembre, les Prussiens reprennent Orléans. La délégation de Tours se replie sur Bordeaux.

4 décembre
Les Prussiens occupent Rouen.

6 décembre
Aurelle de Paladines est relevé de son commandement. L'armée de la Loire est scindée en deux parties : Chanzy prend le commandement de la première (armée de la Loire), dont il ordonne le repli sur Blois et Le Mans, Bourbaki le commandement de la seconde (armée de l'Est).

12 décembre
Capitulation de Phalsbourg.

15 décembre
L'armée de la Loire est battue à Vendôme ; elle se replie en direction du Mans.

17 décembre
Premiers bombardements prussiens sur Paris.

autres événements
• Léo Delibes : *Coppélia ou la fille aux yeux d'émail*, ballet représenté à l'Opéra. En 1883, Delibes triomphera à l'Opéra-Comique avec *Lakmé*.

1871

1er janvier
Le Comité central des vingt arrondissements fusionne avec un Club central blanquiste pour former la Délégation des vingt arrondissements.

3 janvier
Les troupes commandées par Faidherbe remportent la bataille de Bapaume.
Rochefort fonde *Le Mot d'ordre* pour soutenir la campagne de Gambetta en faveur de la poursuite de la guerre.

4 janvier
Devant une assemblée des maires de Paris, Delescluze demande la démission du général Trochu.

5 janvier
Intensification du bombardement de Paris.

6 janvier
La Délégation des vingt arrondissements appelle le peuple de Paris à « prendre lui-même le soin de sa délivrance » : formation d'une Commune révolutionnaire, « réquisitionnement général, rationnement gratuit, attaque en masse ».

7 janvier
Trochu proclame que Paris ne capitulera pas.

9 janvier
Bourbaki, qui commande l'armée de l'Est et a reçu pour mission de briser l'encerclement de Belfort, l'emporte à Villersexel.

11 janvier
L'armée de la Loire commandée par Chanzy doit abandonner Le Mans et reculer jusqu'à Laval.

17 janvier
Apparition de la Vierge à Pontmain (Mayenne).

18 janvier
Victorieuse le 9, l'armée de l'Est commandée par Bourbaki est battue à Héricourt. Elle se replie en Suisse, où elle est désarmée au début de février. Bourbaki tente de se suicider.
La mairie de Paris organise le rationnement du pain.
Proclamation de l'Empire allemand dans la galerie des Glaces du château de Versailles.

19 janvier
Une tentative de sortie en masse organisée par Trochu pour forcer le blocus prussien autour de Paris échoue à Montretout et Buzenval: 5000 morts.

21 janvier
Consultés par Trochu, les maires d'arrondissement refusent de capituler. Trochu, tout en restant chef du gouvernement de défense nationale, transmet le commandement en chef de l'armée de Paris au général Vinoy. Les gardes nationaux libèrent les détenus politiques de la prison de Mazas: Flourens recouvre la liberté.

21-23 janvier
À Dijon, qu'il tient depuis le 24 novembre précédent, Garibaldi repousse les attaques allemandes.

22 janvier
Nouvelle insurrection, aux cris de «Vive la Commune! Guerre à outrance!». Cette fois, la troupe ouvre le feu sur les insurgés (5 morts, une vingtaine de blessés).

23 janvier
Vinoy interdit les réunions publiques; il ordonne la dissolution des clubs, la suppression des journaux révolutionnaires et l'arrestation de Delescluze.

24 janvier
Un éditorial du *Temps* définit d'une formule l'enjeu des élections législatives fixées au 8 février: «L'Assemblée de Bordeaux n'aura qu'un seul objet: le vote sur la paix.»

28 janvier
Capitulation de Paris et signature à Versailles d'un armistice de vingt et un jours, pour permettre la convocation d'une Assemblée nationale. La convention d'armistice autorise le gouvernement à entretenir une garnison de 40000 hommes dans la capitale et impose à la ville de Paris le paiement d'une indemnité de guerre de 200 millions. La signature de l'armistice est suivie de manifestations dans la capitale. À Lille, Gambetta réaffirme sa détermination de continuer la guerre.

29 janvier
Les Allemands occupent des forts autour de Paris.

31 janvier
Un décret (réclamé par Gambetta) déclare inéligibles à l'Assemblée nationale «les individus qui de 1851 à 1870 ont accepté une candidature officielle». Dans une circulaire aux préfets, Gambetta appelle une nouvelle fois à la résistance.

1er-6 février
Création d'une Fédération des gardes nationales de la Seine, organe communaliste et révolutionnaire concurrent du Comité central formé en septembre 1870.

3 février
Bismarck dénonce le décret du 31 janvier comme contraire à la convention d'armistice qui stipule la liberté des élections. Le décret est annulé par Jules Simon. La délégation de Tours, gambettiste, proteste contre l'annulation. Le gouvernement dépêche à Tours trois de ses membres, Garnier-Pagès, Pelletan et Arago, pour soutenir Jules Simon contre Gambetta. Un rapport sur la situation militaire conclut en faveur des partisans de la paix.

6 février
Gambetta démissionne du gouvernement de défense nationale. Une assemblée de délégués des gardes nationales de Paris jette les bases d'une organisation fédérative et forme un comité central provisoire.

8 février
Élection de l'Assemblée nationale. 645 sièges sur 798 (dont 30 pour l'Alsace et la Lorraine) sont pourvus. Thiers est élu dans 26 départements, Gambetta et Trochu dans 9, Garibaldi dans 4. L'Assemblée compte environ 400 monarchistes (dont plus de 200 orléanistes), 150 républicains (dont 40 radicaux), 80 libéraux et une vingtaine de bonapartistes. Les communalistes obtiennent six élus à Paris: Delescluze, Garibaldi, Pyat, Malon, Tolain et Gambon. Blanqui et Cluseret sont battus. La capitale a également élu Louis Blanc, Hugo, Schoelcher, Rochefort, Clemenceau, Gambetta, Floquet, Lockroy, Brisson et Alphonse Peyrat.

TOLAIN

Henri Louis Tolain (1828-1897), graveur sur bronze, milite dans les sociétés d'entraide mutuelle lorsque, en 1862, il joue un rôle de premier plan dans l'organisation, approuvée par le pouvoir impérial, d'une délégation ouvrière à l'Exposition internationale de Londres. Le 17 février 1864, il rend public le Manifeste des soixante qui appelle à l'émancipation des travailleurs au moyen d'une représentation spécifiquement ouvrière au Parlement. Incarnant l'aile modérée, proudhonienne, du mouvement ouvrier, Tolain participe à la fondation de la Ire Internationale. Très influent les premières années, il est cependant battu aux congrès de 1868-1869, lorsque l'Internationale adopte des thèses collectivistes opposées au projet coopératif des héritiers de Proudhon. Élu député de la Seine le 8 février 1871, Tolain vote contre les préliminaires de paix signés par Thiers. Quelques jours plus tard, il doit affronter le choix le plus douloureux de son existence : entre la révolution parisienne et la légalité républicaine. Tolain tente, avec d'autres représentants de Paris, une médiation entre la Commune et le gouvernement de Versailles, mais l'intransigeance mutuelle des deux camps entraîne bientôt l'échec de ces tentatives. Tolain dès lors choisit son camp, celui de la légalité. Considéré par ses anciens amis comme un traître à la cause commune, Tolain pour autant n'approuve pas la violence de la répression, et lorsque commence l'enquête sur les origines de la Commune, il vient témoigner pour réfuter la thèse d'un complot ourdi par l'Internationale. Sénateur de la Seine à partir de 1876, Tolain jouera de nouveau un rôle important dans la préparation de la loi de mars 1884 instaurant la liberté syndicale.

12 février
L'Assemblée nationale se réunit à Bordeaux. Garibaldi, accueilli par les huées des députés monarchistes, démissionne. Victor Hugo, qui a pris sa défense, démissionne également.

16 février
Jules Grévy est élu président de l'Assemblée nationale. Les députés alsaciens, lorrains et vosgiens demandent à l'Assemblée nationale de proclamer que l'Alsace et la Lorraine sont « indissolublement attachées au territoire français ».

17 février
L'Assemblée nationale élit Thiers « chef du pouvoir exécutif provisoire de la République française », « avant qu'il soit statué sur les institutions de la France », pour exercer ses fonctions « sous l'autorité de l'Assemblée nationale, avec le concours des ministres qu'il aura nommés et qu'il présidera ». L'Angleterre, l'Autriche, l'Italie, et la Russie le 21, reconnaissent le nouveau régime.

18 février
Reddition de la garnison de Belfort, assiégée depuis le 4 novembre 1870.

19 février
Thiers forme son gouvernement : Favre (Affaires étrangères), Simon (Instruction publique), Le Flô (Guerre), Picard (Intérieur), Pothuau (Marine), Dufaure (Justice), Lambrecht (Commerce), Larcy (Colonies), Pouyer-Quertier (Finances). Thiers ajourne la question des institutions après le redressement du pays et appelle les députés à faire taire leurs « divergences de principes ».

21-24 février
Entretiens Thiers-Bismarck, à Versailles, sur les préliminaires de paix.

22 février
Jules Vallès fonde *Le Cri du peuple*.

24 février
Le Comité central provisoire de la garde nationale appelle à la poursuite de la guerre, s'oppose au désarmement de Paris et dénonce « l'exploitation humaine ».

24-26 février
Manifestations de gardes nationaux pour commémorer la révolution de Février 1848. Le 26, un agent de police est tué par les manifestants.

25 février
Le nouveau gouvernement décide de réserver l'indemnité de 1,50 franc versée aux gardes nationaux à ceux qui feront la preuve qu'ils n'ont pas d'autres ressources.

26 février
Signature des préliminaires de paix. La France abandonne l'Alsace et une partie de la Lorraine (Moselle), qui sont cédées à l'Allemagne « à perpétuité, en toute souveraineté et propriété ». Elle réussit à conserver le territoire de Belfort, et doit payer une indemnité de guerre de 5 milliards, dont le versement conditionnera l'évacuation des troupes d'occupation.

27 février
À la nouvelle de l'entrée imminente des Prussiens dans la capitale, les gardes nationaux s'emparent de l'artillerie parquée dans les XVIe et XVIIe arrondissements, et la rassemblent à Montmartre, aux Buttes-Chaumont, place des Vosges et place d'Italie, hors de portée des Allemands.

28 février
De retour à Bordeaux, Thiers présente à l'Assemblée nationale l'acte des préliminaires de

paix. À Paris, Jules Bergeret, qui préside une assemblée de délégués de divers comités de gardes nationaux, appelle la population à s'opposer à l'entrée des Allemands annoncée pour le 1er mars.

mars-juillet
Soulèvement des tribus de la région de Sétif. L'insurrection s'étend à la Kabylie, les régions d'Alger et d'Oran ne sont pas touchées. Sétif est repris en mai, la Kabylie soumise en juin. 100000 hectares de terres algériennes sont confisqués pour être distribués aux Alsaciens-Lorrains qui opteraient pour la France.

1er mars
L'Assemblée « confirme la déchéance de Napoléon III et de sa dynastie [...] et le déclare responsable de la ruine, de l'invasion et du démembrement de la France ». Par 546 voix contre 107 et 23 abstentions, l'Assemblée ratifie les préliminaires de paix. Les députés alsaciens et lorrains signent une protestation et démissionnent, tout comme Gambetta, Rochefort, Pyat et Malon. Delescluze demande la mise en accusation des ministres. Les troupes prussiennes occupent les Champs-Élysées: elles se retirent au matin du 3 mars.

2 mars
Échange des ratifications de l'acte des préliminaires de paix.

3 mars
Le général d'Aurelle de Paladines est nommé commandant en chef de la garde nationale. Création de la Fédération des gardes nationales. Les délégués des bataillons renouvellent les pouvoirs du comité central provisoire formé le 6 février. Ils adoptent une résolution affirmant leur attachement à la République fondée sur le suffrage universel, et une autre qui prévoit que Paris se constituera en « république indépendante » si le siège du gouvernement est transféré hors de la capitale.

5 mars
Jules Ferry, préfet de la Seine et maire de Paris, demande au gouvernement de revenir siéger dans la capitale.

7 mars
Dissolution de l'armée de la Loire.
L'Assemblée nationale annule le retrait gratuit des objets engagés au mont-de-piété.

9-12 mars
Un conseil de guerre juge les responsables de l'insurrection du 31 octobre 1870 et condamne à mort par contumace Blanqui et Flourens.

10 mars
L'Assemblée nationale décide de se transférer de Bordeaux à Versailles. Thiers s'engage à ouvrir le débat sur la forme du régime « lorsque le pays sera réorganisé » (« Pacte de Bordeaux »). Abrogation du moratoire des loyers et du moratoire des effets de commerce: du 13 au 17 mars, 150000 protêts sont délivrés. Clemenceau, maire du XVIIIe, s'efforce vainement de persuader les gardes nationaux de Montmartre de rendre les canons dont ils se sont emparés.

11 mars
Renforcement des mesures de répression des délits de presse. Six journaux sont interdits, dont *Le Cri du peuple* (Vallès), *Le Mot d'ordre* (Rochefort), *Le Vengeur* (Pyat) et *La Bouche de fer* (Paschal Grousset).

13 mars
Signature du traité de Londres qui rend à la Russie sa liberté d'action en Orient.

15 mars
Thiers, de retour à Paris, s'installe au ministère des Affaires étrangères, quai d'Orsay. 240000 soldats, marins et gardes mobiles désarmés évacuent la capitale, où ils sont remplacés par la garnison autorisée par la convention d'armistice.
Les militants de l'Internationale prennent le contrôle du Comité central de la Fédération des gardes nationales (au moins 16 membres sur 38). Les blanquistes, minoritaires au sein du Comité central (trois membres), prennent en revanche le contrôle de l'organisation militaire.

17 mars
Arrestation de Blanqui. Thiers ordonne l'enlèvement des canons gardés à Montmartre. Vallès fonde *Le Drapeau*: le premier numéro est saisi avant d'avoir pu être mis en vente.

18 mars
Début de la Commune. Peu avant l'aube, l'armée occupe les XVIIIe et XIXe arrondissements. Quelques dizaines de canons sont enlevés. Moins d'un millier de gardes nationaux ont répondu à l'appel du gouvernement, tandis qu'une centaine de bataillons se placent sous les ordres du Comité central de la Fédération des gardes nationales. Dès le début de la matinée, la population de Montmartre

descend dans la rue pour s'opposer à l'enlèvement des canons et fraternise avec la troupe. Les généraux Lecomte et Thomas sont faits prisonniers. Les mêmes scènes de fraternisation se produisent à la Villette, à Belleville, à l'Hôtel de Ville, à la Bastille et au Luxembourg. À midi, le général Vinoy ordonne aux troupes fidèles de se replier aux Invalides. Le retrait des troupes des quartiers insurgés est suivi de l'érection de barricades. Vers 16 h 30, les généraux Lecomte et Thomas, capturés à Montmartre, sont transférés rue des Rosiers, où ils sont lynchés par la foule. Le ministre de la Guerre, Le Flô, ordonne l'évacuation de la capitale. Dans la soirée, Jules Ferry abandonne l'Hôtel de Ville au Comité central de la garde nationale. Celui-ci confie le commandement des gardes nationaux à Lullier.

19 mars
Le Comité central lève l'état de siège, amnistie les prisonniers politiques, abolit les conseils de guerre et annonce des élections municipales pour le 22 mars. Il nomme des commissaires: Jourde et Varlin (Finances), Vaillant et Grêlier (Intérieur), Eudes, Duval et Brunel (Guerre), Duval et Rigault (préfecture de police), Grousset (Affaires extérieures). Bergeret est nommé commandant de la place de Paris. Le Comité central refuse de faire arrêter les maires d'arrondissement et les députés de la capitale. Des négociations s'engagent d'ailleurs avec les maires, notamment Clemenceau et Lockroy. Louis Blanc obtient l'adhésion des parlementaires parisiens à un projet de conciliation: il s'agit d'obtenir de l'Assemblée nationale qu'elle reconnaisse le principe de l'élection des officiers de la garde nationale et de l'établissement d'un conseil municipal élu au suffrage universel. Le Comité central fait à son tour un pas: il autorise les maires à reprendre possession de l'Hôtel de Ville.

19-20 mars
Les troupes fidèles au gouvernement occupent le Mont-Valérien; les insurgés s'emparent des forts d'Issy, Vanves, Ivry, Bicêtre et Montrouge. Les autres forts sont occupés par les Allemands.

19-24 mars
Des comités révolutionnaires prennent possession des mairies d'arrondissement.

20 mars
L'Assemblée nationale tient sa première séance à Versailles. Les blanquistes mettent en échec la transaction du 19 mars: ils contraignent le Comité central à dénoncer l'accord passé avec Clemenceau et Louis Blanc et à renoncer à évacuer l'Hôtel de Ville.

21 mars
Le Comité central suspend l'application des décrets des 7 et 10 mars supprimant le moratoire des effets de commerce et des loyers.
L'Assemblée nationale rejette tout compromis avec les insurgés parisiens.
28 journaux publient une déclaration inspirée par Guéroult, le rédacteur bonapartiste de *L'Opinion nationale*, qui condamne la convocation des électeurs parisiens par le Comité central comme une usurpation de la souveraineté nationale.

21-22 mars
Manifestations, place Vendôme, contre l'insurrection. Le 22, les affrontements entre manifestants, en majorité bonapartistes, et fédérés, font 13 victimes. Les étudiants de la faculté de médecine prennent position contre l'insurrection. Les élections prévues le 22 sont ajournées.

22-25 mars
Mouvement insurrectionnel à Lyon.

23 mars
À Versailles, l'Assemblée nationale refuse de recevoir une députation des maires d'arrondissement.
Mouvement insurrectionnel à Saint-Étienne (23-28 mars) et Marseille; l'armée reprend la cité phocéenne le 4 avril.

24 mars
L'élection d'une Commune est fixée au 26.

24-31 mars
Mouvements communalistes à Toulouse et Narbonne (24-31 mars).

24 mars-4 mai
Réunion à Bruxelles des plénipotentiaires français et allemands chargés de négocier le traité de paix. Les pourparlers sont rompus le 4 mai.

25 mars
Bismarck autorise Thiers à porter les effectifs de l'armée de Versailles de 40000 à 80000 hommes. Ce chiffre est ensuite porté à 100000.

26 mars
Le Comité central publie un manifeste: autonomie communale; suffrage universel; élection, mandat impératif et révocabilité de tous les responsables politiques et administratifs; suppression de la préfecture de police et des armées permanentes; laïcité de l'enseignement; organisation d'un système communal d'assurance «contre tous les risques

sociaux, y compris le chômage et la faillite»; enfin l'«extinction du salariat». 47 % des électeurs parisiens (229 167 sur 484 569 inscrits) se rendent aux urnes pour élire les 92 membres de la Commune de Paris. 79 sièges sont pourvus. 50 élus ont reçu le soutien du Comité central, les autres appartiennent au «parti des maires». 60 des 79 élus sont issus des différents groupes révolutionnaires: blanquistes (Eudes, Ferré), «Jacobins» (Delescluze, Pyat), représentants des gardes nationaux (Jules Vallès, Gustave Courbet, Flourens), membres de l'Internationale (Varlin, Vaillant, Malon). Parmi les membres du conseil général: Eugène Pottier (1816-1887) qui composera *L'Internationale*, mise en musique par Pierre Degeyter (1848-1932), et Jean-Baptiste Clément (1836-1903), l'auteur du *Temps des cerises*. Instauration d'une Commune au Creusot (26-27 mars).

27 mars
Thiers assure qu'il ne brisera pas la République «que nous avons trouvée établie»: «Quand tout sera rétabli, le pays aura la liberté de choisir comme il le voudra, en ce qui concerne ses futures destinées.»

28 mars
Installation de la Commune. Elle décide le huis clos de ses séances et interdit à la presse de rendre compte de ses débats au nom de «la gravité des circonstances». Les 19 élus du «parti des maires» démissionnent pour protester contre l'autorité souveraine que s'arroge la Commune.

29 mars
La Commune forme un gouvernement: Jourde (Finances), Clément (Subsistances), Rigault et Ferré (Sûreté générale), Vermorel (Justice), Vallès (Enseignement), Malon (Travail), Grousset et Delescluze (Relations extérieures). Pyat, Vaillant, Tridon, Lefrançais siègent à la commission exécutive. Abolition de la conscription et de l'armée permanente, remise des trois derniers mois de loyer, suspension de la vente des objets engagés au mont-de-piété.

29-31 mars
Dans l'ouest et le sud-ouest de Paris, premières escarmouches entre patrouilles versaillaises et avant-postes fédérés.

30 mars
Suppression des mairies d'arrondissement.
Le Comité central de la garde nationale confie au «général» Cluseret la direction des opérations militaires.

31 mars
La Commune annule la nomination de Cluseret. Elle supprime le culte à l'église Sainte-Geneviève, qui redevient Panthéon.

2 avril
Le traitement maximum des fonctionnaires de la Commune est fixé à 6000 francs. La Commune proclame la séparation de l'Église et de l'État et la suppression du budget des cultes. Heurts entre fédérés et versaillais aux abords du Mont-Valérien: premières exécutions sommaires de fédérés pris les armes à la main. Cluseret est nommé commissaire à la Guerre. La Commune décide une sortie sur Versailles.

3 avril
La Commune lance une attaque sur Versailles. La première colonne, commandée par Bergeret et Flourens, est arrêtée par le feu nourri du Mont-Valérien. Flourens est tué. Au Sud, Duval est arrêté à Villacoublay, et Eudes doit bientôt abandonner Meudon. Duval est capturé par les versaillais et fusillé. L'armée de Versailles occupe Courbevoie: elle bloque désormais tous les accès de la capitale, à l'exception du pont de Neuilly tenu par les fédérés. La Commune ordonne l'arrestation de Bergeret, destitue Eudes, et nomme Cluseret délégué général à la Guerre.

4 avril
La Commune fait arrêter Mgr Darboy. Environ 200 prêtres sont arrêtés dans les jours qui suivent.

4-5 avril
Échec du mouvement communaliste à Limoges.

5 avril
Début du siège de Paris par l'armée de Versailles. La Commune met en accusation les membres du gouvernement Thiers, place leurs biens sous séquestre et adopte le «décret des otages»: arrestation de tous les suspects de «complicité avec le gouvernement de Versailles» qui seront «les otages du peuple de Paris», formation d'un jury d'accusation; «Toute exécution d'un prisonnier de guerre ou d'un partisan du gouvernement régulier de la Commune de Paris sera, sur-le-champ, suivie de l'exécution d'un nombre triple des otages, qui seront désignés par le sort.»
La Commune interdit trois journaux: *Les Débats*, *Le Constitutionnel*, *Paris-Journal*. Les journaux hostiles à la Commune, autrement dit tous les journaux à l'exception des feuilles révolutionnaires, sont interdits durant les semaines qui suivent ou,

comme *Le Monde* ou *Le Pays*, se sabordent. Circulaire de la Commune en faveur de l'ouverture de bureaux de placement gratuits.

6 avril
Rigault propose l'échange de Mgr Darboy contre Blanqui : Thiers refuse.

7 avril
L'armée de Versailles est placée sous le commandement du maréchal de Mac-Mahon (Vinoy est écarté).
Dans une adresse aux départements, la Commune de Paris les appelle à rejoindre son combat pour le rétablissement des « franchises communales ».

8 avril
Une loi accorde aux conseils municipaux élus des communes de moins de 20 000 habitants le droit d'élire leurs maires. Dans les autres communes, le maire reste « provisoirement » nommé par décret. Les élections municipales, organisées en province le 30 avril, tournent à l'avantage des républicains.

10-13 avril
Courbet fonde une Fédération des artistes. Le 18, les auteurs, compositeurs et artistes lyriques imitent cet exemple et fondent une Fédération artistique.

12 avril
La Commune décide la destruction de la colonne Vendôme.

12-18 avril
À l'ouest de Paris, le général Ladmirault refoule les fédérés sur la rive droite de la Seine en occupant Colombes, Asnières et Bois-Colombes. Il établit ses avant-postes à Neuilly-sur-Seine.

14 avril
À Versailles, l'Assemblée vote une loi instituant à Paris un conseil municipal de 80 membres élus. Les maires et les adjoints des 20 arrondissements sont nommés par décret. La Commune rejette cette loi.

15 avril
Une loi confirme le décret du 27 octobre 1870 qui rétablissait la compétence du jury pour connaître des délits de presse, mais renvoie devant les tribunaux correctionnels les affaires de diffamation envers les particuliers. Les fédérés mettent à sac l'église Saint-Leu.

16 avril
Rivet, un proche de Thiers, propose de donner pour trois ans au chef de l'État le titre de président de la République.
Les élections complémentaires organisées pour compléter l'assemblée de la Commune sont marquées par une baisse massive de la participation : moins de 20 % de votants. 18 sièges sur 32 sont pourvus. Le conseil général comprend au total 79 membres : parmi eux, une vingtaine d'ouvriers et 16 employés, 43 gardes nationaux, 34 militants de l'Internationale, 17 francs-maçons, 17 membres du Comité central de la garde nationale.
La Commune décide la confiscation des ateliers abandonnés par leurs patrons depuis le 18 mars, et de confier leur direction à « l'association coopérative des ouvriers ». Une seule entreprise sera « communalisée » : la fonderie Brosse dans le XVe arrondissement.
Établissement d'une cour martiale présidée par Rossel et chargée de juger les déserteurs et les réfractaires.

17 avril
La Commune instaure un délai de trois ans (12 versements trimestriels) pour le remboursement des effets de commerce arriérés.
Échec du mouvement communaliste à Bordeaux.

19 avril
Publication d'une *Déclaration au peuple français* rédigée par Vallès et Delescluze, qui prévoit de réorganiser l'État sur la base d'une fédération de communes autonomes : « L'unité politique telle que la veut Paris, c'est l'association volontaire de toutes les initiatives locales [...] en vue d'un but commun, le bien-être et la sécurité de tous. » Le texte se prononce également pour l'élection de tous les fonctionnaires et pour « la garantie absolue de la liberté individuelle et de la liberté de conscience » : une semaine plus tard, la Commune met en œuvre les principes énoncés dans cette *Déclaration* en mettant à sac les églises et en interdisant le culte.

20 avril
La Commune confie l'autorité exécutive à l'assemblée des délégués aux différentes commissions ministérielles : Cluseret, Jourde, Viard, Grousset, Vaillant, Protot, Rigault, Andrieu, Frankel.
Les versaillais s'emparent de Bagneux.

23 avril
La Commune fonctionnarise les notaires, huissiers, commissaires-priseurs et greffiers des tribunaux.

24 avril
La Commune réquisitionne au bénéfice des sans-abri les logements abandonnés par leurs occupants depuis le 18 mars.
Rigault obtient l'annulation d'une enquête sur son action comme responsable de la sûreté générale et des prisons.

25 avril
Début du blocus alimentaire de la capitale ordonné par Thiers.

27 avril
La Commune interdit les amendes et les retenues sur les salaires. Elle ordonne de détruire l'église Saint-Marcel, lieu d'une cérémonie annuelle pour célébrer la mémoire du général Bréa, tué à cet endroit par les insurgés de Juin 1848. Cette décision n'est pas suivie d'exécution, tout comme celle du 5 mai ordonnant de raser la chapelle expiatoire élevée en l'honneur de Louis XVI. Au total, 23 églises sur 67 sont fermées, le culte partout supprimé, de nombreux édifices mis à sac, l'église Notre-Dame-de-Lorette transformée en prison, Saint-Pierre de Montmartre en école.

28 avril
Interdiction du travail de nuit dans les boulangeries.

28 avril-1er mai
La Commune, par 45 voix contre 23, révoque les pouvoirs de la commission exécutive formée le 20 avril et crée un Comité de salut public composé de cinq membres, responsable devant elle et investi de tout le pouvoir exécutif: Antoine Arnaud, Léo Meillet, Ranvier, Charles Gérardin et Félix Pyat. Les commissions ministérielles spécialisées sont maintenues en place sous la direction du Comité de salut public.

29 avril
Manifestation des francs-maçons en faveur de la paix. Thiers, convaincu que force doit rester à la loi et conscient de l'impossibilité de traiter avec les révolutionnaires au pouvoir à Paris, rejette toutes les tentatives de médiation faites par les associations patronales, l'ancien «parti des maires», la franc-maçonnerie ou les délégués des conseils généraux.

30 avril
Les versaillais reprennent le fort d'Ivry. Cluseret évacue puis réoccupe le fort d'Issy.

1er mai
Rossel remplace Cluseret à la tête des troupes fédérées. Cluseret est arrêté et incarcéré à la Conciergerie.

2 mai
«Coup d'État» du Comité central de la garde nationale: il obtient d'être associé aux décisions du nouveau délégué général à la Guerre de la Commune, Rossel.

6 mai
Jules Favre et Pouyer-Quertier (ministre des Finances) rencontrent Bismarck à Francfort, après l'échec, le 4 mai, des négociations de Bruxelles.
Courbet, dans *Le Cri du peuple*, adjure la Commune de ne pas imiter 93.

7 mai
La Commune décrète le retrait gratuit des objets engagés au mont-de-piété dont la valeur ne dépasse pas 20 francs: cette mesure concerne 900000 objets pour une valeur d'environ 10 millions de francs.

8 mai
Les fédérés doivent évacuer le fort d'Issy à l'issue de plusieurs jours de bombardements et de combats acharnés dans le village d'Issy. Les batteries versaillaises de Montretout déclenchent le bombardement de l'enceinte et des quartiers Ouest de Paris.

9 mai
Delescluze dénonce l'incurie du Comité de salut public et obtient son renouvellement: Arnaud et Ranvier sont réélus, Gambon, Eudes et Delescluze élus. Il obtient également que la Commune limite ses assemblées à trois par semaine. Rossel abandonne le commandement des troupes fédérées. Décrété d'accusation, il se cache. Les versaillais se déploient de Billancourt à Boulogne.

10 mai
Signature du traité de Francfort: le début de l'évacuation des troupes d'occupation est ajourné après le rétablissement de l'autorité du gouvernement à Paris; l'armée française est reléguée au sud de la Loire, à l'exception d'une garnison de 80000 hommes à Paris; la France cède l'Alsace et une partie de la Lorraine; elle conserve l'arrondissement de Belfort, mais doit en échange céder une bande de territoire supplémentaire de 10 km le long de la frontière du Luxembourg. Le territoire français est amputé de près de 15000 km^2 et la population de 1600000 habitants. Le paiement de l'indemnité de 5 milliards de francs-or est fixé à

1,5 milliard en 1871, 500 millions au 1er mai 1872, le versement des 3 autres milliards devant s'échelonner du 2 mars 1871 au 2 mars 1874 et porter un intérêt de 5 %. L'est du pays sera occupé jusqu'au paiement intégral de l'indemnité. Alsaciens et Lorrains peuvent jusqu'au 1er octobre 1871 opter entre la France et l'Allemagne.
La Commune ordonne la destruction de l'hôtel particulier de Thiers, place Saint-Georges: la démolition commence le 12 mai.
Delescluze prend le commandement des opérations militaires.
L'armée versaillaise lance une attaque contre Vanves et Bourg-la-Reine.

12 mai
Billioray remplace Delescluze au Comité de salut public.
Vermorel, dans *La Justice*, dénonce la trahison des idéaux de la Commune, le huis clos des délibérations, la censure de la presse, la formation d'une bureaucratie irresponsable et corrompue, etc.

13 mai
Le club de la Révolution (XVIIIe arrondissement) réclame l'interdiction du culte et l'arrestation des prêtres.
Les versaillais s'emparent du fort de Vanves et déploient leurs forces de Longchamp à la porte de la Muette.

14 mai
La Commune décide que les cartes d'identité délivrées par les commissariats auront valeur de certificats de civisme.

15 mai
22 membres de la Commune (dont Arnold, Courbet, Jourde, Lefrançais, Malon, Tridon, Vallès, Varlin et Vermorel) démissionnent afin de protester contre l'abdication du pouvoir de la Commune élue au profit d'un Comité de salut public dictatorial.
Création d'une Fédération des clubs créés depuis le 18 mars (de 30 à 50).
Des prières publiques sont organisées dans toute la France «pour supplier Dieu d'apaiser nos querelles civiles».

TRIDON

Devenu très jeune militant républicain et journaliste, Gustave Tridon (1841-1871) rencontre en prison, au début des années 1860, Auguste Blanqui. Rencontre décisive pour cet admirateur de 1793 et plus particulièrement du radicalisme égalitaire et de l'athéisme militant des hébertistes. Tridon est l'un des principaux leaders de la Commune, où il affiche une certaine «modération» que ne laissaient pas prévoir ses engagements passés. Ainsi, le 15 mai, il proteste avec la minorité contre la prise du pouvoir par Delescluze et son Comité de salut public. Il se réfugie à Bruxelles après la chute de la Commune, et meurt en exil quelques semaines après, le 29 août 1871.

Rimbaud écrit la lettre dite «du Voyant» dans laquelle il prône une poésie nouvelle et répudie tout ce qu'il a déjà écrit. Pendant l'été de 1871, il compose *Le Bateau ivre*.

16 mai
Destruction de la colonne Vendôme.
Delescluze ordonne la destruction de Paris.

17 mai
Vaillant dresse le bilan, contrasté selon les arrondissements, de la laïcisation de l'enseignement.
L'explosion (peut-être accidentelle) de la cartoucherie de l'avenue Rapp fait une quarantaine de victimes.

18 mai
L'Assemblée nationale ratifie le traité de paix de Francfort par 433 voix contre 98. Les ratifications sont échangées le 21.
La Commune interdit deux journaux qui l'ont jusqu'alors soutenue: *La Commune* et *La Justice* de Vermorel.

20 mai
Les 22 démissionnaires de la Commune sont contraints par leurs électeurs qu'ils ont convoqués au Théâtre-Lyrique, au nombre d'environ 2000, de reprendre leurs fonctions.
Rochefort, dans *Le Mot d'ordre*, condamne les appels à la terreur, à l'exécution des otages, des prêtres et des religieuses qui retentissent quotidiennement à la tribune des clubs.
Le duc d'Aumale se déclare en faveur d'une restauration de la branche aînée des Bourbons.

21 mai
Début de la «semaine sanglante». Les versaillais, informés par un fédéré de l'absence de défenseurs à la porte de Saint-Cloud, pénètrent dans Paris vers 18h. 50 000 hommes suivent les premières troupes dans la nuit. Elles s'avancent jusqu'au Trocadéro et à l'École militaire. Cluseret, destitué le 1er mai et

accusé de trahison par la Commune, est acquitté par la cour martiale. Mise à sac de l'église Saint-Paul-Saint-Louis.

22 mai
Delescluze lance un appel aux armes : « L'heure de la guerre révolutionnaire a sonné. » Les premiers incendies éclatent, provoqués par les obus versaillais : le ministère des Finances est ravagé par le feu. Le soir les troupes versaillaises occupent une ligne qui du Nord au Sud s'étire de la porte d'Asnières à la porte de Vanves, en passant par la gare Saint-Lazare, le Palais-Bourbon, les Invalides et la gare Montparnasse. Mac-Mahon établit son quartier général quai d'Orsay.

23 mai
En milieu de journée, les versaillais occupent la butte Montmartre. Deux divisions, entrées par la porte de Saint-Ouen, progressent lentement, l'une en direction de la place Vendôme par la Trinité et l'Opéra, l'autre vers la rue du Faubourg-Montmartre. À la nuit tombée, les versaillais ont dégagé les accès de la place de la Concorde et de la rue de Rivoli. Sur la rive gauche, le général Cissey occupe tout le VIIe arrondissement et progresse jusqu'à la rue Vavin où il se heurte à une barricade âprement défendue. Les incendies se multiplient : les fédérés incendient les maisons qui bordent les barricades afin de retarder la progression de leurs ennemis. Ils incendient également des immeubles et des édifices publics dans les zones qu'ils doivent évacuer. Dans la nuit du 23 au 24, ils mettent le feu aux Tuileries, au Louvre, au Palais-Royal, à l'hôtel de la Légion d'honneur, à la Cour des comptes et au Conseil d'État. Dans la soirée du 23, Raoul Rigault fait fusiller quatre otages détenus à Sainte-Pélagie.

24 mai
Les versaillais reprennent les gares du Nord et de l'Est. Les fédérés tiennent solidement les Buttes-Chaumont. Plus au Sud, les troupes versaillaises atteignent la Bourse, et plus à l'Est l'Hôtel de Ville en flammes. Elles poursuivent également leur progression d'Ouest en Est sur la rive gauche. Incendie de la préfecture de police et du palais de justice. Plusieurs théâtres, celui de la Porte-Saint-Martin et le Théâtre-Lyrique, sont également en flammes. Au soir, les fédérés tiennent encore les XIe, XIIe, XIXe et XXe arrondissements, et une partie des IIIe, Ve et XIIIe. Six otages, dont Mgr Darboy et quatre prêtres, sont extraits de la prison de la Roquette et fusillés sur l'ordre de Ferré. Les versaillais exécutent Raoul Rigault.

25 mai
Les incendies se déplacent vers l'Est, signalant la retraite des insurgés. Les archives de la Seine, les bureaux militaires de la place de l'Arsenal, le temple protestant de la rue Saint-Antoine, l'église de Bercy, la caserne du quai d'Orsay, la mairie du XIIe, la manufacture des Gobelins brûlent. 200 immeubles sont également détruits par le feu, de nombreux édifices endommagés : si Notre-Dame, les Archives nationales, la bibliothèque Mazarine ou celle du Luxembourg échappent à l'incendie, le feu détruit les archives de la ville, les centaines de milliers de volumes des bibliothèques du Louvre, de l'Hôtel de Ville et de l'Ordre des avocats. Les troupes de Mac-Mahon atteignent la Butte-aux-Cailles (XIIIe), la place du Château-d'Eau (où Delescluze est tué sur une barricade), et s'approchent de la Bastille. Les fédérés se replient sur un territoire comprenant la moitié des XIe et XIIe, le XIXe et le XXe. La douzaine d'élus de la Commune qui n'ont pas pris la fuite établissent leur quartier général rue Haxo. Les exécutions d'otages se poursuivent : cinq pères dominicains d'Arcueil et huit de leurs employés.

26 mai
Sous une pluie battante, le général Vinoy « nettoie » le quartier de la Bastille et s'avance jusqu'à la place de la Nation. Les fédérés incendient les docks de La Villette. Exécution sommaire du banquier Jecker ; 49 otages de la prison de la Roquette sont massacrés rue Haxo. Jean-Baptiste Millière, député de la Seine, est arrêté : le général Cissey ordonne de le fusiller sur les marches du Panthéon, à genoux. Jules Favre demande aux gouvernements européens d'extrader les partisans de la Commune qui trouveraient refuge à l'étranger : aucun n'acceptera. Seul le gouvernement belge annonce qu'il refusera le droit d'asile à une trentaine de personnalités, parmi lesquelles Clemenceau, Garibaldi, Ledru-Rollin, Blanqui, Ranc et Méline. Victor Hugo élève une protestation le 26 mai : il est expulsé de Belgique le 30 mai.

27 mai
Exécution de Mgr Surat et trois autres otages. L'artillerie versaillaise bombarde les Buttes-Chaumont et le Père-Lachaise. À 18 h, l'assaut est donné aux Buttes-Chaumont. D'autres troupes pénètrent dans le Père-Lachaise, encore occupé par 200 fédérés. Après de très violents combats, les versaillais se rendent maîtres du cimetière et exterminent blessés et prisonniers.
Les députés royalistes réclament la convocation des électeurs pour nommer aux 111 sièges vacants de l'Assemblée.

28 mai
Les versaillais enlèvent à l'aube Ménilmontant, vers 8 h la mairie du XXe, et à 11 h Belleville. Varlin est fusillé. À 15 h, les combats ont pris fin : « Paris est délivré », proclame Mac-Mahon.
Remaniement ministériel : Lambrecht (Intérieur), Cissey (Guerre), Lefranc (Commerce).

VARLIN

Eugène Varlin (1839-1871), ouvrier relieur, représente sa profession au sein de la délégation ouvrière autorisée à se rendre, sous la conduite de Tolain, à l'Exposition universelle de Londres en 1862. Deux ans plus tard, puis de nouveau en 1865, il est le principal leader des relieurs en grève, pour lesquels il crée ensuite deux coopératives bientôt ouvertes à l'ensemble des travailleurs : La Ménagère et un restaurant coopératif, La Marmite. Varlin s'inscrit alors à la gauche de Tolain : comme ce dernier, il appuie l'essor du mouvement syndical, mais il ne l'envisage que comme un premier pas vers la transformation, impossible sans révolution politique, des unions ouvrières en coopératives de production. Dans l'Internationale, dont il fonde avec Tolain la section française, Varlin se rallie en 1869 au principe de la collectivisation de l'agriculture, rejeté par Tolain. L'année suivante, condamné à un an de prison, il se réfugie à Londres et regagne la France après la chute du Second Empire. Très actif lors du siège de la capitale, il commande un bataillon de la garde nationale et s'occupe du ravitaillement auprès du maire du XVIIe arrondissement, il essuie cependant un échec lors des élections législatives du 8 février 1871. Élu en revanche à la Commune le 26 mars, il s'y occupe des finances et du ravitaillement. La « semaine sanglante » le trouve fidèle au poste, sur les barricades : fait prisonnier le dernier jour des combats, il est fusillé sans jugement.

29 mai
Reddition des 375 fédérés retranchés dans le fort de Vincennes.

BILAN DE LA COMMUNE

L'armée versaillaise a perdu 877 hommes lors de la reconquête de Paris, auxquels il faut ajouter près de 6 500 blessés. Le nombre des défenseurs de la Commune tués au combat est inconnu : au moins 3 000 ou 4 000, auxquels il faut ajouter les milliers d'insurgés pris les armes à la main, arrêtés au cours de rafles ou sur dénonciation qui jusqu'au 7 juin sont passés par les armes sans jugement, ou d'après le verdict des cours prévôtales mises en place depuis le 23 mai : peut-être 17 000.
Officiellement, 43 522 arrestations ont été opérées. Les prisonniers sont dirigés d'abord sur Versailles, puis une partie est transférée à Cherbourg, Lorient, Brest, Rochefort, sur les îles de Ré et d'Oléron. Près de 1 200 meurent au cours du transfert ou en détention avant d'avoir été jugés.
Les conseils de guerre, dont le nombre est porté de 4 à 26, doivent juger plus de 40 000 prisonniers, leurs arrêts étant ensuite communiqués à une commission parlementaire chargée de statuer sur les recours en grâce.
Compte tenu des modifications introduites par la commission Martel-Piou, le bilan de la répression judiciaire (juin 1871-décembre 1874) est le suivant : 23 727 accusés sur 46 835 bénéficient d'une ordonnance de non-lieu et 7 213 d'un refus d'informer. Sur 15 895 individus jugés (dont 3 313 contumaces), 2 445 sont acquittés et 13 450 condamnés. Tous les contumaces sont condamnés : 175 à mort, 159 aux travaux forcés, 2 910 à la déportation, le reste à des peines d'emprisonnement. Sur les 10 137 condamnés présents à l'audience, 95 sont condamnés à mort, 251 aux travaux forcés, 1 169 à la déportation dans une enceinte fortifiée, 3 417 à la déportation simple, 332 sont bannis et 4 663 condamnés à la prison. 25 condamnés à mort seront effectivement exécutés : parmi eux, Ferré et Rossel, fusillés le 28 novembre 1871.
Les 4 586 hommes et femmes condamnés aux travaux forcés ou à la déportation sont internés dans les forts de la côte ou dans des îles, jusqu'au vote de la loi du 23 mars 1872.

Une pétition demande une enquête sur la capitulation de Metz en septembre 1870.

30 mai
Le conseil général de l'Association internationale des travailleurs (AIT) publie une adresse sur *La Guerre civile en France*, rédigée par Marx.

juin
Le Play : *La Paix sociale après le désastre*. Le Play publie la même année *L'Organisation de la famille selon le vrai modèle*.

2 juin
L'Assemblée est saisie de plusieurs propositions d'abrogation des lois d'exil frappant les descendants de Charles X et de Louis-Philippe.

3 juin
L'Alsace et la Lorraine, qui forment ensemble un Reichsland (territoire administré par l'ensemble des Länder), sont incorporées à l'Empire d'Allemagne.

7 juin
Léon Say remplace Jules Ferry comme préfet de la Seine.

8 juin
L'Assemblée nationale, par 472 voix contre 97, abroge les lois d'exil, puis valide l'élection du prince de Joinville et du duc d'Aumale, ajournée depuis le scrutin de février.

20 juin
Lancement d'un emprunt de 2 milliards pour la libération du territoire. Plus de 300000 souscripteurs achètent pour 5 milliards de rentes perpétuelles, capital ensuite réduit à 2,225 milliards. Au total, depuis la déclaration de guerre de juillet 1870, l'État a emprunté 4,5 milliards de francs. En septembre, la ville de Paris émet à son tour un emprunt de 350 millions, qui est couvert plus de quinze fois. En juillet 1872, l'État lancera un deuxième emprunt national, de 3,5 milliards, qui sera couvert douze fois. La banque Rothschild joue un rôle de premier plan dans la couverture des deux emprunts d'État, encaissant au passage la majeure partie des commissions, loin devant le Crédit lyonnais d'Henri Germain.

30 juin
Le comte de Paris, prétendant orléaniste, se déclare prêt à rencontrer le comte de Chambord, héritier des Bourbons.

1er juillet
Les troupes italiennes occupent Rome, nouvelle capitale du royaume. L'épiscopat français demande au gouvernement d'intervenir pour défendre l'autorité temporelle du pape.

2 juillet
Élections législatives partielles, portant sur 111 sièges dans 46 départements (dont 21 sièges à Paris). Les républicains remportent 99 sièges sur 111. Gambetta est élu dans le Var.

6 juillet
Rétablissement du cautionnement pour les journaux politiques paraissant plus d'une fois par semaine.
Le comte de Chambord publie un manifeste dans lequel il réaffirme sa fidélité au drapeau blanc: « Henri V ne peut abandonner le drapeau d'Henri IV. » L'intransigeance du prétendant provoque une scission parmi les 200 députés légitimistes: tandis qu'une soixantaine d'entre eux approuvent les propos du comte de Chambord, les autres, derrière Falloux, prônent une fusion entre les deux branches dynastiques.

14 juillet
Lachelier: *Du fondement de l'induction* – l'œuvre principale de Jules Lachelier (1832-1918), dont l'influence sur son temps sera plus profonde que ne le laisse supposer la minceur de son œuvre publiée. Professeur à l'École normale supérieure (1864-1877), ce kantien anime la résistance contre les progrès du positivisme.

22 juillet
Contre l'avis de Thiers, l'Assemblée renvoie au ministre des Affaires étrangères la pétition des évêques: Jules Favre démissionne le 2 août. Il est au même moment la cible d'une campagne pour avoir mensongèrement déclaré être légalement marié avec la mère de ses enfants.

Jules Favre

Jules Favre (1809-1880) s'était fait connaître comme avocat avant de commencer une longue carrière parlementaire dans les assemblées de la Seconde République et du Second Empire. Membre du Corps législatif de 1858 à 1870, il anime la petite opposition républicaine au régime impérial (le « Groupe des Cinq »). En juillet 1870, il est avec Thiers l'un des rares opposants à la guerre avec la Prusse. Député de Paris et opposant de toujours à l'Empire, Favre entre le 4 septembre 1870 au Gouvernement de défense nationale, chargé du portefeuille des Affaires étrangères qu'il conserve lorsque Thiers forme un nouveau gouvernement le 19 février 1871. Son action a fait l'objet de jugements nuancés. Si nul ne conteste qu'il se soit efforcé de négocier au mieux des intérêts de la France vaincue ce qui pouvait l'être avec le vainqueur, on lui reproche ses martiales proclamations des premiers jours de septembre 1870 lorsque, faisant écho aux proclamations de Gambetta, il jure que la France n'abandonnera pas un pouce de territoire, alors qu'il négocie déjà avec Bismarck la signature d'un armistice. Mais Favre, un œil sur la question diplomatique, garde l'autre rivé sur la situation politique, soucieux avant tout d'obtenir dans les meilleurs délais l'élection d'une Assemblée nationale et de barrer la route du pouvoir aux gambettistes. Au printemps 1871, lorsque s'enga-

gent les négociations pour la signature du traité de paix, Thiers prend les choses en main, Favre se tenant dès lors en retrait. La Commune trouve en lui un adversaire résolu : le grand orateur prononce le 21 mars un implacable réquisitoire contre les « cannibales » qui ont fait main basse sur l'Hôtel de Ville, et avant même la fin des combats, il s'efforcera, mais en vain, d'obtenir l'extradition des insurgés qui se réfugieraient à l'étranger. Contraint à la démission par une cabale en juillet 1871, Jules Favre, qui continue de siéger à l'Assemblée nationale, garde toute sa confiance à Thiers et en 1875, apporte une importante contribution à l'élaboration des lois constitutionnelles qui fondent la IIIe République.

Godin : *Les Solutions sociales*. Godin publiera en 1874 *La Richesse au service du peuple*. En 1859, André Godin avait construit à côté de sa fonderie de Guise une cité communautaire inspirée du phalanstère de Fourier, le familistère, qui traduisait ses idées sur une réforme de la société par une organisation rationnelle.

31 juillet
La France effectue un premier versement (500 millions) de l'indemnité de guerre. Les premières troupes allemandes évacuent la Normandie.

2 août
Rémusat remplace Jules Favre aux Affaires étrangères.

25 août
Dissolution de la garde nationale.

28 août
Présentation du projet de loi Rivet, qui donne à Thiers le titre de président de la République, supprime la limite de trois années fixée à son mandat et redéfinit les rapports entre le président et l'Assemblée.

29 août
Loi sur l'organisation des conseils généraux de département : ils sont élus au suffrage universel direct et renouvelés par moitié tous les trois ans.

31 août
L'Assemblée nationale se déclare constituante, puis adopte le projet de loi Rivet (491 voix contre 94) : le chef du pouvoir exécutif prend le titre de président de la République française, et continuera d'exercer ses fonctions « sous l'autorité de l'Assemblée nationale, tant qu'elle n'aura pas terminé ses travaux » ; le président de la République promulgue et fait appliquer les lois, il nomme et révoque les ministres qui sont responsables devant l'Assemblée, il peut être entendu sur sa demande par les députés ; le président est responsable devant l'Assemblée. L'Assemblée nationale se réserve toutefois le droit d'exercer le « pouvoir constituant », c'est-à-dire de statuer ultérieurement sur la forme définitive des institutions.

septembre
Création de *L'Ordre*, quotidien bonapartiste qui connaît un certain succès (30 000 exemplaires).

2 septembre
Thiers nomme Dufaure vice-président du Conseil.

7 septembre
Les territoires du département de la Moselle (annexé par l'Allemagne) qui restent français sont rattachés au département de la Meurthe pour former ensemble le département de Meurthe-et-Moselle.

15 septembre
Un article de *La Revue des deux mondes* accuse le maréchal Bazaine de trahison.

16 septembre
Un impôt sur le papier journal rétablit de fait le droit de timbre.

20 septembre
Rochefort est condamné à la déportation pour sa participation à la Commune.

30 septembre
La France a remboursé 1,5 milliard de l'indemnité de guerre de 5 milliards : 12 départements restent occupés, dont six seront libérés après le remboursement du second milliard.

octobre
Les déplacements massifs d'espèces provoqués par le versement de l'indemnité provoquent une crise monétaire.
Émile Zola publie *La Fortune des Rougon*, le premier des 20 tomes des Rougon-Macquart, « histoire naturelle et sociale d'une famille sous le Second Empire » : le romancier comme équivalent du médecin, et la littérature comme équivalent de la « science expérimentale » de Claude Bernard. À raison d'un roman par an ou presque, l'entreprise sera achevée en 1893 avec la publication du vingtième et dernier tome, *Le Docteur Pascal*.

8 octobre
Élections de 2 860 conseillers cantonaux: les républicains remportent les deux tiers des sièges.

12 octobre
Une convention prévoit le versement anticipé à l'Allemagne de 650 millions et la libération de six départements. Restent occupés la Marne, la Haute-Marne, les Ardennes, les Vosges, la Meurthe-et-Moselle et Belfort.

7 novembre
Gambetta fonde *La République française*.

24 novembre
Les jurés de la cour d'assises de la Seine acquittent l'assassin d'un fantassin allemand. Bismarck demande qu'à l'avenir les coupables soient extradés.

30 novembre
Formation d'une commission d'enquête sur les capitulations de septembre 1870, présidée par le maréchal Baraguey d'Hilliers.

décembre
Casimir-Perier remplace Lambrecht, décédé, au ministère de l'Intérieur.
Jules Simon présente un projet de loi sur l'instruction publique qui proclame le principe de l'obligation, mais ajourne la double question de la gratuité et de la laïcité. Mgr Dupanloup, membre de l'Assemblée et président de la commission parlementaire chargée d'examiner le projet, réussit à l'enterrer.
Albert de Mun fonde les Cercles catholiques d'ouvriers.

7 décembre
Reprise de la session parlementaire. Le manifeste du comte de Chambord provoque l'éclatement de la majorité monarchiste en quatre groupes parlementaires distincts.

11 décembre
Une convention franco-allemande règle les modalités de l'option de nationalité pour les habitants des territoires annexés, et les modalités du transfert des compétences administratives ou judiciaires de la France à l'Allemagne. Cette convention fixe le nouveau tracé des frontières.

16 décembre
Ernest Renan publie *La Réforme morale et intellectuelle de la France*. Sous le coup de la défaite de 1870 et de la Commune, Renan s'élève contre la Révolution et ses héritiers, le Premier et le Second Empire, contre la démocratie qualifiée de « plus énergique dissolvant de toute vertu que le monde ait connu jusqu'ici », et contre la démission de l'Église.

19 décembre
Le prince de Joinville et le duc d'Aumale prennent possession de leurs sièges à l'Assemblée nationale.

26 décembre
Débat sur un projet favorable à l'impôt sur le revenu, présenté par Wolowski et Henri Germain. Thiers s'y opposant, le projet est rejeté.

autres événements
- Berthe Morisot: *La Lecture*.
- Jules Saulnier construit l'usine de la chocolaterie Menier à Noisiel-sur-Marne: le bâtiment du moulin est réalisé avec une ossature métallique laissée apparente, complétée de motifs décoratifs en céramique colorée. Le procédé est publié par Viollet-le-Duc dans le second volume des *Entretiens sur l'architecture*.

1872

7 janvier
Élections législatives complémentaires. À Paris, Victor Hugo, soutenu par les radicaux de Gambetta, est battu. En province, les républicains remportent 11 sièges sur 16.

10 janvier
L'École libre des sciences politiques, fondée par Émile Boutmy (1835-1906), ouvre ses portes. Enseignant à l'École libre – dont il est également le directeur – le droit constitutionnel comparé, Boutmy publiera deux études sur les caractères nationaux anglais et américain: *Essai d'une psychologie du peuple anglais au XIXe siècle* (1901) et *Essai d'une psychologie du peuple américain* (1902).

10-19 janvier
Débat sur un projet d'imposition des matières premières présenté par le gouvernement. Thiers combat les partisans du libre-échange, mais ne peut empêcher le vote d'une résolution qui établit une commission pour examiner « les tarifs proposés et les questions soulevées par cet impôt (protectionniste) ». Le gouvernement, mis en minorité, démissionne.

20 janvier
Thiers adresse une lettre de démission de ses fonctions de président de la République au président de l'Assemblée, Jules Grévy. L'Assemblée, à l'unanimité moins huit voix, refuse la démission de Thiers, qui la reprend.

25 janvier
Le comte de Chambord, informé de nouvelles tentatives de « fusion » conduites par Falloux, réaffirme sa fidélité au drapeau blanc et conclut: « Rien n'ébranlera mes résolutions, rien ne lassera ma patience, et personne, sous aucun prétexte, n'obtiendra de moi que je consente à devenir le roi légitime de la révolution. »

Le comte de Chambord

Henri, duc de Bordeaux puis comte de Chambord (1820-1883) est « l'enfant du miracle », le fils posthume du duc de Berry mort assassiné en 1820, par lequel les Bourbons restaurés avaient cru retrouver une nouvelle jeunesse et un avenir. Depuis la chute de son grand-père Charles X en 1830 jusqu'à celle de Napoléon III en 1870, Chambord a vécu dans un exil que la fuite des années, la désertion des fidèles et l'évolution des mœurs paraissaient revêtir d'un caractère définitif. Vivant en Autriche, il ignore tout de la France moderne et rejette tout de son passé. La Révolution a guillotiné l'un de ses grands-oncles, chassé l'autre et tué son père. Né sous la Restauration, il en est aussi l'un des derniers ultras avec la petite cohorte recluse dans ses châteaux pour communier dans le culte du souvenir et de la haine du cours pris par l'histoire de France. Nul homme n'était plus inapte à offrir une solution monarchique à l'effondrement politique et moral provoqué par le désastre de 1870. Il se prête avec répugnance aux sollicitations. Dès le mois de juillet 1871 il condamne par avance les projets formés en son nom en faisant savoir dans un manifeste qu'« Henri V ne peut abandonner le drapeau d'Henri IV ». Il n'y aura ni accommodement avec les principes de 1789, ni alliance avec les traîtres de 1830. Ses partisans ont beau se démener, multiplier les voyages auprès du prince, le convaincre même de recevoir les princes d'Orléans honnis, rien n'altère la détermination de Chambord. L'échec final des négociations, en 1873, ouvre la voie au septennat et à la République. Le comte de Chambord s'éteint le 24 août 1883 à Goritz. Mort sans héritier, sa disparition met un terme à l'histoire du légitimisme.

2 février
Casimir-Perier abandonne le ministère de l'Intérieur. Victor Lefranc lui succède et cède le portefeuille du Commerce à Goulard.

3 février
33 députés gambettistes demandent le rachat par l'État des compagnies de chemins de fer.

11 février
Élections législatives partielles: les républicains remportent les deux sièges en jeu dans les Côtes-du-Nord et l'Eure; le bonapartiste Rouher est élu en Corse.

17 février
159 députés partisans de la « fusion » (entre légitimistes et orléanistes) publient une déclaration en faveur d'une monarchie constitutionnelle restaurée par « le vœu de la nation librement exprimé par ses mandataires ». Le comte de Chambord refuse de commenter ce programme.

9 mars
Un député bonapartiste accuse Thiers de travailler à l'établissement définitif de la République.
Paul Déroulède publie *Les Champs du soldat*, vibrant appel à la « Revanche » auquel fait écho *Pendant la guerre*, du poète Victor de Laprade.

14 mars
Interdiction de la section française de l'Internationale, accusée de provoquer « l'abolition du droit de propriété, de la famille, de la religion et du libre exercice des cultes ».

23 mars
Une loi ordonne la déportation des condamnés de la Commune en Nouvelle-Calédonie. Le premier convoi quitte Brest le 3 mai. 3 859 condamnés seront transportés en Nouvelle-Calédonie.

30 mars-25 avril
De nombreux conseils généraux félicitent Thiers pour la façon dont il a conduit les négociations avec l'Allemagne, et pour « le soin qu'il met à conserver la forme du gouvernement établi » (la République).

7 avril
Début des « tournées oratoires » de Gambetta, pour plaider la cause de la démocratie et de la République. Gambetta se prononce également pour la séparation de l'Église et de l'État, pour le service militaire universel et obligatoire, et réclame la dissolution de l'Assemblée élue en février 1871.

23 avril
Goulard remplace Pouyer-Quertier aux Finances, et cède le Commerce à Teisserenc de Bort.

24 avril
Ouverture d'une enquête parlementaire sur les conditions de travail en France.

27 avril
Le gouvernement se prononce contre la dissolution de l'Assemblée demandée par Gambetta.

4 mai
Le duc d'Audiffret-Pasquier présente un rapport sur les responsabilités dans la guerre de 1870. Le 21, Rouher prononce un long réquisitoire contre le gouvernement de défense nationale de 1870-1871.

5 mai
Le *Journal officiel* commence la publication des conclusions de la commission Baraguey d'Hilliers chargée d'enquêter sur les capitulations de Metz et Sedan.

7 mai
Le ministre de la Guerre Cissey ouvre une enquête sur les responsabilités du maréchal Bazaine dans la capitulation de Metz. Bazaine se constitue prisonnier.

12 mai
Le général Chanzy, chef de file du centre-gauche, se rallie publiquement à la République, et tente de convaincre les leaders du centre-droit, Broglie et Saint-Marc Girardin, de fonder au centre un grand parti conservateur et républicain.

28 mai
Dans un discours, le duc d'Aumale parle de « ce drapeau chéri », à propos du drapeau tricolore.

Le duc d'Aumale

Henri-Eugène-Philippe, duc d'Aumale (1822-1897), est le quatrième fils de Louis-Philippe. Nommé gouverneur de l'Algérie en 1847, la chute de son père l'année suivante met un terme à sa carrière. En février 1871, il est l'un des bénéficiaires de la vague royaliste qui suit l'effondrement du Second Empire et il est élu membre de l'Assemblée nationale. Promu général de division l'année suivante, il préside en 1873 le tribunal qui juge le maréchal Bazaine. Dans les manœuvres pour une restauration monarchique qui marquent les années 1872-1873, Aumale joue un rôle ambigu : sans s'opposer publiquement aux tentatives de « fusion » entre les deux branches de la maison de Bourbon, au profit du comte de Chambord, il marque sa différence en rappelant les liens de l'orléanisme de 1830 avec les principes de 1789, refusant ainsi son appui à la restauration intégrale voulue par Chambord et nourrissant peut-être pour lui-même l'ambition d'accéder à la présidence de la République. En 1886, il est rayé des cadres de l'armée par le ministre de la Guerre, le général Boulanger, puis contraint à l'exil. Le duc d'Aumale était l'un des plus grands collectionneurs de son temps (peinture, manuscrits, livres). Propriétaire du domaine de Chantilly, et constructeur du nouveau château, il en a fait don à l'Institut de France.

9 juin
Les radicaux remportent trois élections législatives partielles ; le bonapartiste Abbatucci est élu en Corse.

20 juin
Thiers, au cours d'entretiens avec des émissaires du centre-droit et de la droite, se prononce ouvertement en faveur de la République : le ministre des Travaux publics, le légitimiste Farcy, démissionne.

29 juin
Nouvelle convention financière franco-allemande échelonnant les derniers versements de l'indemnité de guerre et l'évacuation définitive des troupes d'occupation, jusqu'au 1er mars 1875.

juillet
Début de la publication de la traduction française du *Capital* de Marx.

12 juillet
Thiers, à la tribune de l'Assemblée, prend parti pour une République « conservatrice, bien entendu ».

14 juillet
Gambetta effectue une tournée politique en province pour appeler à « revenir à la féconde pensée de 1789 ».

24 juillet
Bazaine est renvoyé devant le conseil de guerre pour haute trahison.

27 juillet
Le service militaire personnel, égal et obligatoire pour tous les Français âgés de 20 à 40 ans est institué. Le remplacement est supprimé. La durée du

service est fixée à cinq ans dans l'armée active, suivis de 15 années dans la réserve. Chaque classe est divisée en deux parties par tirage au sort: la première reste cinq ans sous les drapeaux (100 000 hommes); 25 000 hommes effectuent un service actif de 10 mois, 65 000 autres deux brèves périodes d'un mois. Les bacheliers et les fils des principaux contribuables sont astreints à un service d'un an s'ils devancent l'appel; les ecclésiastiques et les enseignants sont dispensés. Passé l'âge de 30 ans, tous les conscrits sont versés dans la territoriale. Un article prévoit que tous les conscrits recevront l'instruction primaire, ceux qui ne sauraient pas lire et écrire à l'expiration de leur service étant maintenus sous l'uniforme pour une année supplémentaire. En cas de guerre, 400 000 hommes peuvent ainsi être mobilisés, chiffre équivalent à celui des forces allemandes.

août
Voyage de Thiers en Normandie, où il est reçu aux cris de « Vive la République ! ».

2 août
Loi établissant le monopole de la fabrication et de la vente des allumettes.

15 août
Charles Renouvier fonde *La Critique philosophique, politique et littéraire* (1872-1889).

Renouvier et Barni

Charles Renouvier (1815-1903) avait été successivement saint-simonien, positiviste, puis disciple de Fourier. En 1848, son Manuel républicain de l'homme et du citoyen, *distribué dans les écoles par le gouvernement, avait fait scandale: il y reprenait les mots d'ordre de Louis Blanc sur « l'organisation du travail » et la limitation du droit de propriété. Après 1848, Renouvier engage une réflexion qui fera de lui l'un des principaux maîtres à penser de la IIIe République. Dans le premier numéro de la revue qu'il fonde en mai 1872, il publie un manifeste, « La doctrine républicaine ou ce que nous sommes, ce que nous voulons ». Théoricien du républicanisme laïque de 1880, Renouvier, d'un côté répudie l'héritage jacobin en considérant l'individu comme une fin ; d'un autre côté, rejette le libéralisme et le laisser-faire en insistant sur la solidarité indispensable à la cohésion sociale, se prononçant pour le droit au travail, à l'éducation, aux secours. En 1875, il publie un* Petit Traité de morale à l'usage des écoles primaires laïques, *tout en poursuivant une œuvre philosophique placée sous les auspices de la pensée kantienne:* Introduction à la philosophie analytique de l'histoire *(1896),* Histoire et solution des problèmes métaphysiques *(1901).*
À Renouvier, on peut rattacher Jules Barni (1818-1878), ancien secrétaire de Victor Cousin, puis traducteur de Kant, auquel il a consacré plusieurs études, notamment un Examen de la Critique du jugement *(1850). Exilé sous le Second Empire, Barni joue lui aussi un rôle important, après son retour en France en 1870, dans la formation de la doctrine de la IIIe République.*

2-7 septembre
Scission entre partisans de Marx et de Bakounine au sein de l'Internationale.

22 septembre
La commémoration de la Ire République de 1792 est interdite. Louis Blanc publie un discours réclamant la dissolution de l'Assemblée.

26 septembre
Gambetta, à Grenoble, lance un appel à l'union de tous ceux qui se prononceront pour la République, et annonce « la venue et la présence dans la vie politique d'une couche nouvelle qui est aux affaires depuis tantôt dix-huit mois et qui est loin, à coup sûr, d'être inférieure à ses devancières ».

Gambetta

Fils d'un épicier italien installé à Cahors, Léon Gambetta (1838-1882) fait son droit à Paris et s'engage dans l'opposition républicaine sous le Second Empire. Élu député de la Seine en 1869, Gambetta, comme Ferry et Thiers, s'oppose à l'hystérie belliciste qui conduit à la guerre avec la Prusse en juillet 1870. Mis devant le fait accompli et confronté au désastre de Sedan, Gambetta devient le chantre de la guerre à outrance, l'adversaire le plus résolu, sinon le plus réaliste, de tous ceux qui se résignent à négocier avec l'ennemi. Membre du gouvernement de défense nationale, il consacre tous ses efforts à reconstituer une armée capable de briser l'encerclement de Paris, mais doit finalement s'incliner devant l'irréparable. En février 1871, neuf départements le nomment à l'Assemblée nationale. Tribun populaire, champion de la revanche contre le « Boche », anticlérical forcené et républicain opposé à tout compromis avec la réaction,

Gambetta est à la pointe du combat contre les tentatives de restauration monarchique de 1871-1873 et contre la « République conservatrice » de Thiers. En 1875, l'adoption des lois constitutionnelles, la création du Sénat et de la magistrature présidentielle septennale, qu'il a également combattues, le conduisent à renoncer à son intransigeance. Il accepte la Constitution sous bénéfice d'inventaire et préconise désormais une politique de réformes politiques et sociales progressive et prudente. Conduisant l'aile gauche de l'opportunisme républicain, il réserve son radicalisme d'antan à la lutte contre le « cléricalisme ». Gambetta est assurément l'homme politique le plus populaire chez les républicains, même si ses pairs se méfient de ce tribun exceptionnel, de ses excès oratoires, et craignent qu'une éventuelle accession au pouvoir ne fasse naître en lui l'ambition de devenir un nouveau Bonaparte. La victoire électorale républicaine de 1881, qui bénéficie avant tout à son Union républicaine, lui ouvre enfin les portes d'un pouvoir tant désiré. L'expérience sera brève : nommé à la présidence du Conseil le 14 novembre 1881, Gambetta est renversé le 26 janvier 1882 après avoir proposé de démocratiser les institutions fondées en 1875, notamment en établissant le scrutin de liste, en supprimant les 75 sièges inamovibles du Sénat et en limitant les compétences financières de la Haute Assemblée. Gambetta disparaît prématurément le 31 décembre 1882, emporté par les suites d'une infection bénigne, mais mal soignée.

1er octobre
L'Alsace et la Lorraine sont officiellement annexées à l'Allemagne. Tous ceux qui n'ont pas opté pour la France deviennent sujets allemands.

6 octobre
Pèlerinage national à Lourdes.

20 octobre
Gambetta dénonce dans « le cléricalisme » l'ennemi de la République.

26 octobre
Élections législatives partielles : les républicains remportent six sièges sur sept.

novembre
Bakounine et les dissidents de l'Internationale, réunis au sein de la Fédération jurassienne, tiennent un congrès à Sonvilliers (Suisse).

13 novembre
Thiers se prononce une nouvelle fois pour l'établissement d'une « République conservatrice » et déclare que le moment est venu de décider de la forme des institutions : « La République existe, elle est le gouvernement légal du pays. » Le 18, l'Assemblée nomme une commission chargée d'examiner le message présidentiel du 13.

21 novembre
Une loi sur la formation des jurys d'assises diminue l'influence administrative.

28 novembre
Dufaure, un proche de Thiers, propose de former une commission de trente membres « pour régler les attributions des pouvoirs publics et les conditions de la responsabilité ministérielle ».

29 novembre
Thiers obtient l'adoption de la proposition Dufaure par 372 voix contre 335. La commission des trente, aussitôt élue, comprend une majorité de députés du centre-droit et de la droite (19 membres) ; elle est présidée par le légitimiste Farcy.

30 novembre
L'Assemblée contraint le ministre de l'Intérieur Lefranc à la démission pour n'avoir pas blâmé les municipalités qui se sont publiquement prononcées en faveur du régime républicain.

7 décembre
Remaniement ministériel : Goulard (Intérieur), Léon Say (Finances), Fourtou (Travaux publics).

10 décembre
L'Union républicaine de Gambetta réclame la dissolution de l'Assemblée.
Une loi introduit en France l'usage des cartes postales.

14 décembre
Le gouvernement rejette les demandes de dissolution, soutenues par une campagne de pétitions lancée par *Le Siècle*.

21 décembre
Après une proposition de Montalivet début décembre, la loi du 23 janvier 1852 qui confisquait les biens de la famille d'Orléans est abrogée.
Loi sur les tribunaux de commerce.
Alexandre Dumas : *Grand Dictionnaire de cuisine*.

autres événements

• Claude Bernard et Paul Broca fondent l'Association française pour l'avancement des sciences, dont l'objectif est de contribuer au redressement national en mettant la science au service de l'industrie.

• La Banque de Paris, banque de soutien aux affaires fondée à la fin du Second Empire pour remplir le vide laissé par la disparition du Crédit mobilier (1867), fusionne avec la Banque de crédit et de dépôts des Pays-Bas pour former la Banque de Paris et des Pays-Bas (qui sera baptisée Paribas en 1967).

• Bossan: basilique Notre-Dame de Fourvière à Lyon.

1873

9 janvier

Mort de Napoléon III à Chislehurst. Il est inhumé le 15 janvier. L'impératrice Eugénie décédera à Madrid le 11 juillet 1920.

11 janvier

Chanzy est nommé gouverneur général en Algérie.

23 janvier

Loi réprimant l'ivresse publique et de prévention de l'alcoolisme.

25 janvier

Guizot: *Histoire de France, depuis les temps les plus reculés jusqu'en 1789, racontée à mes petits-enfants* (1872-1876).

1er février

Alors que les négociations reprennent pour la «fusion», Édouard Hervé plaide pour l'acceptation, par les monarchistes, des résultats de la Révolution française: l'égalité civile, la liberté politique, le gouvernement constitutionnel.

8 février

Le comte de Chambord rejette une nouvelle fois toute transaction avec la Révolution.

18 février

Loi instaurant le scrutin départemental majoritaire à deux tours pour les élections législatives.

19 février

La commission des trente adopte une résolution stipulant que l'Assemblée ne se séparera pas avant d'avoir statué sur l'organisation des pouvoirs, sur la création d'une seconde Chambre et avant d'avoir adopté une loi électorale.

1er mars

Alfred Naquet: *La République radicale.*

5 mars

L'archevêché de Paris soumet au gouvernement un projet de construction d'une basilique consacrée au Sacré-Cœur sur la butte Montmartre.

13 mars

L'Assemblée adopte un projet présenté par la commission des trente qui règle les rapports entre le président de la République et l'Assemblée, consacre le veto présidentiel et organise la responsabilité ministérielle. Le texte modifie la loi Rivet du 31 août 1871: il prévoit que le président ne pourra s'adresser à l'Assemblée qu'au moyen de messages, et que ces derniers ne pourront faire l'objet d'aucun débat. Rétablissement du Conseil supérieur de l'instruction publique, auquel sont adjoints des représentants de l'agriculture, du commerce et de l'industrie.

15 mars

Signature d'un traité franco-allemand sur le remboursement anticipé de l'indemnité de guerre et l'évacuation du territoire (sauf Verdun) avant le 1er septembre 1873.

17 mars

Rémusat annonce publiquement la libération prochaine du territoire. L'Assemblée vote des remerciements à Thiers.

4 avril

La mairie de Lyon est supprimée, la ville est soumise au régime municipal en vigueur à Paris. Buffet succède à Grévy comme président de l'Assemblée nationale.

27 avril

Élections législatives partielles. Rémusat, qui a l'appui de Thiers, est battu dans la Seine par le gambettiste Barodet, l'ancien maire radical de Lyon, qui a fait campagne en réclamant la dissolution de l'Assemblée élue en février 1871. En province, les républicains l'emportent partout, sauf dans le Morbihan. Le 11 mai, date du second tour, les républicains remportent cinq des six sièges restant à pourvoir.

5 mai

Le duc de Broglie et les chefs de la droite parlementaire se réunissent pour mettre au point un plan d'attaque contre Thiers. Ils s'accordent pour élever, après sa chute, le maréchal de Mac-Mahon à la présidence de la République.

16 mai
La commission de permanence de l'Assemblée nationale, établie dans l'intervalle des sessions, contraint deux ministres, Jules Simon et Goulard, à démissionner, pour avoir publiquement déclaré que la libération du territoire était l'œuvre du seul Thiers, sans le concours de l'Assemblée.

19 mai
Reprise de la session parlementaire. À la demande de Thiers, les ministres démissionnent: Dufaure (Affaires étrangères), Rémusat (Justice), Léon Say (Finances), Teisserenc de Bort (Commerce), Cissey (Guerre) et Pothuau (Marine) sont aussitôt reconduits; Auguste Casimir-Perier prend l'Intérieur, Fourtou les Cultes, Bérenger les Travaux publics et Waddington l'Instruction publique. 320 députés déposent aussitôt une interpellation sur ce remaniement. La discussion est fixée au 23 mai.
Au nom de la commission des trente, Dufaure dépose un projet sur l'organisation des pouvoirs publics et la création d'une seconde Chambre.

23 mai
Le duc de Broglie déclenche l'offensive parlementaire contre Thiers en réclamant un gouvernement capable de faire barrage aux progrès électoraux des radicaux et de conduire « une politique résolument conservatrice ».

24 mai
Dans un message à l'Assemblée, Thiers renouvelle sa profession de foi dans la nécessité d'une « République conservatrice » dont il trace les grandes lignes: suffrage universel, système bicaméral, président élu conjointement par les Chambres et les conseils généraux et possédant le droit de dissolution. Thiers répète que la République est la seule solution: « J'ai pris mon parti sur la question de la république. Je l'ai pris, oui, vous savez pourquoi? [...] Parce que pratiquement la monarchie est impossible: il n'y a qu'un trône, et on ne peut l'occuper à trois! Aussi bien, dans les masses, ne vous y trompez pas, la république a une immense majorité! » Thiers est mis en minorité par 360 voix contre 344. Le gouvernement démissionne, suivi par Thiers qui remet une lettre de démission au président de l'Assemblée. Celle-ci procède aussitôt à l'élection d'un nouveau président de la République: Mac-Mahon est élu par 390 voix sur 391 votants (l'autre suffrage est allé à Grévy, la gauche s'est abstenue).

MAC-MAHON

Patrice de Mac-Mahon (1808-1893) s'était illustré lors de la guerre de Crimée. Fait maréchal en 1859 par Napoléon III, il est blessé et capturé par les Prussiens en 1870. Rentré en France au début de 1871, il prend le commandement de l'armée de Versailles et dirige les opérations de reconquête de la capitale au mois de mai. Le 24 mai 1873, il est le candidat de la majorité monarchiste de l'Assemblée nationale, qui voit en lui un rempart contre l'établissement définitif de la République, pour succéder à Thiers. Devenu président de la République pour sept ans, Mac-Mahon s'adjoint les services du duc de Broglie pour conduire une politique résolument conservatrice (l'« Ordre moral »). Mac-Mahon, pour autant, exerce loyalement ses fonctions. Il se considère moins comme l'avant-garde du parti monarchiste que comme le gardien des règles constitutionnelles provisoires en vigueur, résolu à exercer toutes ses prérogatives, mais seulement ses prérogatives. En 1874, il refuse de se prêter au coup d'État que lui conseillent des émissaires plus ou moins autorisés du comte de Chambord. L'année suivante, lorsque la forme définitive des institutions vient en discussion devant l'Assemblée, il prend sa part dans l'établissement de la République en soutenant les initiatives d'Henri Wallon, en échange de la création d'un Sénat composé en partie de membres inamovibles. Une République gouvernée par des monarchistes a indéniablement sa préférence. C'est en 1876 seulement qu'il doit céder au torrent électoral et appeler les républicains, en la personne de Jules Simon, au gouvernement. Les relations entre les deux hommes ne tardent pas à se détériorer: lorsque Jules Simon accepte de soutenir un projet de loi libéralisant le régime de la presse, Mac-Mahon déclenche les hostilités en congédiant son président du Conseil et en prononçant la dissolution de la Chambre. Placé par la victoire des républicains à l'automne dans l'alternative de « se soumettre ou se démettre », il se soumet: la République sera parlementaire. À peine plus d'un an après, Mac-Mahon abandonne ses fonctions.

25 mai
Formation du gouvernement: Broglie (Affaires étrangères), Beulé (Intérieur), Ernoul (Justice), Batbie (Instruction publique), Magne (Finances),

La Bouillerie (Commerce), Deseilligny (Travaux publics), Dompierre d'Hornoy (Marine), du Barail (Guerre).

26 mai
Dans un message, le nouveau président s'engage à rétablir l'« ordre moral », promet un gouvernement « énergiquement et résolument conservateur » et laisse entendre que le débat constitutionnel est différé.

27-28 mai
140 députés marchent en tête de 20000 pèlerins de Paris à Chartres. Le pèlerinage se transforme en manifestation en faveur du comte de Chambord. Mgr Pic lance un appel en faveur d'une restauration monarchique.

19 juin
L'Assemblée lève l'immunité parlementaire de Ranc, député du Rhône, poursuivi pour sa participation à la Commune.

24 juin
Gambetta dénonce « l'arrière-pensée du cléricalisme » qui anime le nouveau gouvernement.

28 juin
Premier pèlerinage à Paray-le-Monial, en présence de plusieurs dizaines de députés : « Cœur de Jésus, sauvez la France. »

3 juillet
Interdiction de la création de nouveaux journaux politiques dans la capitale, en vertu de l'état de siège. Cette décision sera révoquée en février 1876.

12 juillet
Pris à partie dans l'Assemblée, Gambetta se défend d'être « partisan des théories niveleuses et homme de désordre ».
Le cardinal Lavigerie fonde l'ordre missionnaire des Pères blancs.
Publication du premier numéro du journal *Le Pèlerin*.

21 juillet
L'Assemblée rejette, par 388 voix contre 263, une motion de défiance contre le gouvernement déposée par la gauche.

23 juillet
L'Assemblée accorde à sa commission de permanence le droit de poursuivre les délits d'offense commis pendant l'interruption de la session parlementaire.

24 juillet
Une loi divise la France en 18 régions militaires.
L'Assemblée nationale déclare d'utilité publique la construction de la basilique du Sacré-Cœur.

29 juillet
L'Union républicaine publie un manifeste réclamant la dissolution de l'Assemblée.

5-6 août
Les prétendants au trône, le comte de Paris et le comte de Chambord, se rencontrent à Frohsdorf. Le premier reconnaît les droits de la branche aînée, mais Chambord refuse toujours de céder sur la question du drapeau. En France, l'événement est toutefois perçu comme l'annonce d'une restauration prochaine de la monarchie.

15 août
Rouher organise une manifestation de soutien au prince impérial à Chislehurst. Un millier de partisans de l'Empire effectuent le pèlerinage.

17 août
Les républicains conquièrent la présidence de 43 conseils généraux.

24 août
Lors d'un banquet organisé à Évreux, le duc de Broglie, conscient de l'impossibilité d'une restauration en raison de l'intransigeance du comte de Chambord, lance l'idée d'une prorogation des pouvoirs de Mac-Mahon.

septembre
Le congrès de Genève marque la fin de la Ire Internationale.

13 septembre
Les Allemands évacuent Verdun. Le territoire français est entièrement libéré le 16 septembre.

20 septembre
Charcot publie un premier volume rassemblant les leçons données à la Salpêtrière : *Leçons sur les maladies du système nerveux*. Un second volume, *Leçons sur les localisations dans les maladies du cerveau et de la moelle épinière*, sera publié en 1880.

CHARCOT

Les travaux de Jean-Martin Charcot (1825-1893) sur les localisations cérébrales ont été précédés par ceux de Pierre Flourens (1794-1867) qui en avait conçu l'idée et publié le bilan dans

Recherches expérimentales sur les propriétés et les fonctions du système nerveux dans les animaux vertébrés *(1824), et par les recherches réalisées par Paul Broca (1824-1880) sur la localisation de l'aphasie. Professeur d'anatomie pathologique à la faculté de médecine (jusqu'en 1883) et médecin à la Salpêtrière depuis 1862, Charcot y organise un cours sur les maladies nerveuses. D'autre part, la fondation des* Annales médico-psychologiques *(1843) avait, en publiant le résultat d'enquêtes sur les hallucinations et les névroses, ouvert la voie aux travaux de Charcot sur le traitement de l'hystérie par l'hypnose (*Contribution à l'étude de l'hypnotisme chez les hystériques, *1881). En 1880, Charcot fonde les* Annales de neurologie, *science dont il est le rénovateur.*
D'octobre 1885 à février 1886, un jeune neurologue viennois, Sigmund Freud, bénéficiant d'une bourse d'études, séjourne à Paris ; il y suit l'enseignement de Charcot à la Salpêtrière, assiste à ses présentations de malades. La rencontre avec Charcot sera décisive (« Aucun homme n'a jamais eu sur moi autant d'influence »).

28-29 septembre
Dissolution de l'armée de Versailles et création de 18 corps d'armée, un autre étant affecté à l'Algérie.

28 septembre-3 octobre
À Périgueux et Châtellerault, Gambetta appelle à l'union pour empêcher la restauration.

29 septembre
Thiers publie une lettre ouverte dénonçant le risque que représenterait une restauration pour « les principes de 1789 devenus ceux du monde entier ».

octobre
Rimbaud : *Une saison en enfer*. Quelques exemplaires seulement sont imprimés à Bruxelles : faute d'argent, Rimbaud a dû renoncer à faire éditer le recueil.

RIMBAUD

Arthur Rimbaud (1854-1891) était né dix ans après Verlaine, à Charleville. Éducation sévère, brillants résultats au lycée de la ville, première fugue à Paris en août 1870. Ramassé par la police, incarcéré à la prison de Mazas, il regagne quelques jours après Charleville, mais moins d'un mois plus tard, il prend de nouveau la poudre d'escampette, cette fois en direction de Bruxelles. Au début de septembre 1871 – il vient d'écrire Le Bateau ivre *et* Voyelles –, *nouveau départ pour la capitale : cette fois, il part pour de bon, invité par un Verlaine enthousiasmé à la lecture des poèmes qu'il lui a adressés. Arthur a 17 ans, et il ne tarde pas à tourner la tête du poète. La cohabitation du couple avec l'épouse de Verlaine est orageuse. Après de nombreuses scènes plus ou moins violentes, Verlaine et Rimbaud quittent Paris, s'installent à Bruxelles, puis à Londres où Rimbaud compose une partie du recueil des* Illuminations, Vers nouveaux et chansons *(publié en 1886). Après le coup de revolver de Verlaine qui conduit Rimbaud à l'hôpital, le 10 juillet 1873, celui-ci termine la rédaction d'*Une saison en enfer *(publiée en octobre 1873). La période de création n'est pas encore terminée, puisque c'est en 1874 et 1875 qu'il écrit la plupart des poèmes en prose qui seront publiés dans le recueil des* Illuminations. *Mais après 1875, Rimbaud n'écrira plus. En mai 1876, il s'engage dans la Légion étrangère hollandaise et s'embarque pour Java où, à peine arrivé, il déserte et regagne par le premier bateau l'Europe et… Charleville. Pas pour longtemps : nouveau départ en octobre 1878, pour Chypre, et plus tard Alexandrie et la mer Rouge. Cette fois il ne reviendra plus. Le 7 août 1880, il échoue à Aden. D'Obock à Harar et à l'Abyssinie, on le retrouve entre 1880 et 1891 chef de chantier, travaillant pour un comptoir de commerce, trafiquant d'ivoire et trafiquant d'armes. Souffrant d'une violente douleur au genou, il consulte au début de 1891 un médecin, qui le presse de regagner au plus vite l'Europe. Le 20 mai, il débarque à Marseille. Aussitôt conduit à l'hôpital, où sa mère le rejoint, il est amputé de la jambe droite le 27. Atteint d'un cancer, les membres progressivement paralysés, il meurt le 10 novembre 1891.*

4-6 octobre
Audiffret-Pasquier et Decazes réunissent les parlementaires monarchistes pour définir les conditions d'une éventuelle restauration. Contre l'avis des légitimistes intransigeants, les groupes royalistes adoptent une résolution inspirée par Falloux : « Le drapeau tricolore est maintenu. Il ne pourra être modifié que par l'accord du roi et de la représentation nationale. »

6 octobre-10 décembre
Le maréchal Bazaine comparaît devant un conseil de guerre présidé par l'un des fils de Louis-Philippe, le duc d'Aumale. Défendu par le plus

célèbre avocat de l'époque, Charles Lachaud, Bazaine n'en est pas moins condamné à mort. Le conseil de guerre écrit cependant au président Mac-Mahon pour solliciter la grâce du condamné: «Vous vous unirez à nous, Monsieur le Président de la République, pour ne pas laisser exécuter la sentence que nous venons de prononcer.» Mac-Mahon commue la sentence de mort en vingt années de détention. Bazaine est incarcéré au fort de l'île Sainte-Marguerite, au large de Cannes.

Bazaine

Après avoir échoué au concours d'entrée de Polytechnique, le jeune Achille Bazaine (1811-1888) s'engage en 1831 dans l'active. Il part aussitôt pour l'Algérie où il servira dans la Légion étrangère jusqu'en 1854, gravissant un à un tous les échelons de la hiérarchie militaire, de celui de sergent en 1832 à celui de général de brigade vingt ans plus tard. Officier courageux, compétent, ponctuel, Bazaine participe aux campagnes de Crimée et d'Italie. En 1864, il embarque pour le Mexique où il conquiert son bâton de maréchal, installe Maximilien sur son trône de pacotille, et reste sur place pour tenir la main du nouvel «empereur». Bazaine, formé à l'école des guerres d'Algérie, ne fait pas de sentiment. Traitant les Mexicains comme les Arabes, il enfume et fusille avec application. Son retour en France en 1867 ressemble fort à une disgrâce. Celle-ci sera brève. Bazaine comprend qu'une confrontation avec la Prusse est inéluctable. Il s'inquiète de la situation de l'armée, s'efforce d'alerter le gouvernement et rejoint en juillet 1870 son poste. Le 12 août, après la déroute de Mac-Mahon à Frœschwiller, Napoléon III reporte ses derniers espoirs sur Bazaine, qu'il nomme généralissime. Bazaine, mais l'initiative n'est pas son seul fait, rassemble son armée sous Metz pour y attendre Mac-Mahon, et se retrouve encerclé. Une longue descente aux enfers commence alors pour le «glorieux Bazaine», rythmée par l'échec des tentatives pour briser l'encerclement prussien. Le 28 octobre, près de deux mois après la chute de Napoléon III, Bazaine capitule. Dès son retour à Paris, il est la cible d'une campagne de presse, pour avoir refusé de reconnaître la déchéance de l'empereur. On le soupçonne de s'être obstiné à défendre Metz dans l'espoir que l'arrivée d'une armée de secours lui permettrait de marcher sur Paris pour renverser la République. Gambetta se déchaîne contre le «traître Bazaine». Le 10 décembre 1873, Bazaine est condamné à mort par un conseil de guerre, peine commuée par Mac-Mahon en vingt années de détention. Bazaine a 63 ans: le 9 août 1874, il imite Fabrice del Dongo et s'évade à l'aide d'une corde de fortune. Il trouve refuge en Italie, puis en Espagne, où un patriote revanchard tente de l'assassiner en 1887.

12 octobre
Les républicains remportent trois des quatre sièges à pourvoir dans la Nièvre, la Loire, le Puy-de-Dôme et la Haute-Garonne.

14 octobre
Le comte de Chambord reçoit l'émissaire des groupes parlementaires royalistes, Chesnelong, et lui répète qu'il n'acceptera jamais le drapeau tricolore.

17 octobre
Les députés de la Seine, parmi lesquels Gambetta, Louis Blanc, Brisson et Peyrat, publient un manifeste contre les projets de restauration.

18 octobre
Persuadés, à tort, par Chesnelong que le comte de Chambord s'est enfin incliné, les groupes parlementaires de la droite mettent au point l'acte qui doit rétablir la monarchie en France.

24 octobre
Création d'un comité d'action des gauches pour coordonner la lutte contre la restauration.

25 octobre
Les bonapartistes publient une déclaration hostile à la restauration, qualifiée de «révolution en arrière». Le journal *La Liberté* publie des «confidences» faisant état de l'intransigeance du comte de Chambord.

30 octobre
L'Univers publie la lettre du comte de Chambord datée du 27. Ce dernier, qui a consulté Pie IX, Mgr Pie et Veuillot, rejette tout compromis sur les principes: «Ma personne n'est rien, mon principe est tout. La France verra la fin de ses épreuves quand elle voudra le comprendre.» Les rêves de restauration s'écroulent.

2 novembre
L'espoir d'une restauration monarchique évanoui, Broglie convainc les groupes de la droite de se rallier autour d'un projet de prorogation des pouvoirs de Mac-Mahon.

5 novembre
Rentrée parlementaire. Mac-Mahon se prononce pour le maintien du régime provisoire, mais invite l'Assemblée à lui porter remède en lui donnant «stabilité» et «autorité». Aussitôt, Buffet présente une motion préparée par Changarnier et signée par 237 députés, qui prolonge les pouvoirs du maréchal-président pour dix ans et nomme une commission constitutionnelle. Dufaure et Grévy dénoncent dans cette motion un projet de «dictature».

10 novembre
Mac-Mahon refuse de recevoir le comte de Chambord, arrivé à Versailles la veille, persuadé que le président le ferait proclamer roi par l'Assemblée. Chambord repart en exil le 20.

19 novembre
L'Assemblée, par 383 voix contre 317, fixe la durée du mandat présidentiel à sept années et proroge les pouvoirs du maréchal de Mac-Mahon pour sept ans. Elle décide de former une commission constitutionnelle.

20 novembre
Francis Garnier s'empare de la citadelle de Hanoi. Il a pour mission d'obtenir la reconnaissance par l'empereur d'Annam de la liberté de navigation et de commerce sur le fleuve Rouge. Le 21 décembre, une contre-offensive annamite provoque la mort de Garnier. Francis Garnier venait de publier un récit de la mission Doudart de Lagrée, *Voyage d'exploration en Indochine*, qui était aussi un vibrant plaidoyer pour l'expansion coloniale.
Au début de la IIIe République, l'empire colonial français comprend les territoires récupérés par la France en 1814 (Martinique et Guadeloupe, Saint-Pierre et Miquelon, Guyane, île Bourbon et comptoirs indiens), les conquêtes de la monarchie de Juillet (l'Algérie, Mayotte et Tahiti), enfin les récentes avancées réalisées sous le Second Empire (la baie d'Obock, le Sénégal et la Cochinchine). Au total, un million de km² et à peine plus de 5 millions d'habitants, fort loin de l'empire britannique: 23 millions de km² et 280 millions d'habitants.

21 novembre
Pie IX publie une encyclique pour dénoncer sa «captivité» dans l'enceinte du Vatican, depuis que Rome est devenue la capitale du royaume d'Italie. L'épiscopat français exprime sa solidarité avec le pape.

25 novembre
Démission du ministère Broglie, après le retrait des deux ministres légitimistes, Ernoul et La Bouillerie.

26 novembre
Formation du second ministère Broglie: Broglie (Intérieur), Louis Decazes (Affaires étrangères), Depeyre (Justice), Deseilligny (Commerce), Larcy (Travaux publics), Fourtou (Instruction publique), Magne (Finances), du Barail (Guerre), Dompierre d'Hornoy (Marine).

26 novembre-4 décembre
Élection des membres de la commission constitutionnelle.

4 décembre
Étienne Lami interpelle le gouvernement sur le maintien de l'état de siège, depuis 1870, dans 39 départements.

26 décembre
Le gouvernement demande aux évêques de manifester avec plus de discrétion leur solidarité avec le pape. Il craint en effet que ces manifestations n'irritent le gouvernement italien et ne le conduisent à entrer dans la Triple-Alliance avec la Russie et l'Autriche où cherche à l'entraîner l'Allemagne.

autres événements
• Mise en circulation à Paris des premiers tramways.

1874

9 janvier
L'Assemblée ayant refusé d'examiner un projet de loi qui suspendait l'élection des maires par les conseils municipaux, le ministère présente sa démission au président. Mac-Mahon la refuse.

10 janvier
L'Univers est suspendu pour deux mois pour avoir pris position en faveur du pape dans le conflit qui l'oppose au gouvernement italien.

11 janvier
Le gouvernement décide l'évacuation du delta du Tonkin.

20 janvier
L'Assemblée s'incline, et adopte le projet de loi municipale qui révise la loi d'avril 1871 et rend au gouvernement la nomination des maires.

Le gouvernement français déclare qu'il ne soutient pas les revendications de Pie IX visant à recouvrer son ancienne puissance temporelle.

février
Inauguration, place des Pyramides, de la *Jeanne d'Arc* de Frémiet: Jeanne, sainte patronne de la République.

1er février
Rétablissement de la censure sur les théâtres.

7 février
Élections législatives partielles: un républicain est élu en Haute-Saône, un bonapartiste dans le Pas-de-Calais. Le 1er mars, Ledru-Rollin est élu député du Vaucluse.

17 février
La direction de la Sûreté, dont la compétence s'étend à tout le territoire français, est rattachée à la préfecture de police de Paris.

19 février
Victor Hugo publie *Quatre-vingt-treize.*

3 mars
L'Académie française ajourne indéfiniment la réception d'Émile Ollivier (élu le 24 avril 1870).

11 mars
Le Candidat, de Flaubert, est joué au Vaudeville. Raillée par la critique, boudée par le public, la pièce est retirée après quatre représentations.

15 mars
La France signe avec l'Annam un traité qui consacre l'abandon du Tonkin. La France reconnaît l'indépendance de l'Annam; en échange, ce dernier reconnaît la souveraineté française sur la Cochinchine et s'engage à ouvrir le fleuve Rouge et le port d'Hanoi au commerce français. Le traité ne sera pas appliqué, et l'empereur d'Annam, Tu Duc, recherchera l'appui de la Chine.
Paul Leroy-Beaulieu publie *De la colonisation chez les peuples modernes*, la bible du colonialisme fin de siècle.

16 mars
7000 bonapartistes fêtent à Chislehurst la majorité du prince impérial.

19-20 mars
Rochefort, Paschal Grousset et cinq autres communards s'évadent de Nouvelle-Calédonie où ils avaient été déportés. Ils gagnent Sydney, puis l'Europe.

20 mars
Levée de la suspension de *L'Univers.*

24 mars
Loi sur la réfection des voies navigables.

26 mars
Thiers demande la dissolution de l'Assemblée et des élections générales.

29 mars
Les radicaux remportent deux sièges, en Gironde et en Haute-Marne.

avril
Gustave Flaubert: *La Tentation de saint Antoine.*

5 avril
Le curé de la Madeleine vient bénir les ascenseurs du grand magasin Au Printemps.

15 avril-15 mai
Exposition impressionniste, boulevard des Capucines, dans l'atelier du photographe Nadar.

L'IMPRESSIONNISME

L'histoire de l'impressionnisme est celle d'un groupe dont les œuvres sont montrées au public à l'occasion de six expositions collectives organisées entre 1874 et 1886. Au départ, se trouvent quelques peintres nés vers 1840. Un café de l'avenue de Clichy est devenu leur rendez-vous. Il y a là, autour de Monet et de leur ami et fidèle défenseur Émile Zola, Cézanne, Renoir, Bazille, Sisley, rejoints plus tard par Degas et Pissarro. Ils proposent des paysages au réalisme dépourvu de lyrisme mais à la facture vibrante. Très vite, se heurtant à la censure du jury du Salon, ils inventent une nouvelle structure d'exposition : au caractère ouvert et public du Salon, où la modicité du prix d'entrée favorise l'affluence, ils opposent le système des galeries d'art, appuyé sur la médiation des critiques spécialisés. Paul Durand-Ruel (1831-1922), propriétaire de galeries d'art à Paris et Londres, joue un rôle décisif, en versant aux peintres impressionnistes de confortables avances pour s'assurer l'exclusivité de leurs œuvres.
Impression, soleil levant *(1874) de Claude Monet (1840-1926) a donné son nom à ce mouvement qui existait depuis la fin des années 1860.*

C'est à Bougival, en 1868, que Monet et Renoir ont mis au point une nouvelle technique, faite de touches visibles et séparées, de taches qui suggèrent sensation et dynamisme et font de chaque objet et de chaque être un élément coloré du paysage.
Monet peint les œuvres essentielles de cette nouvelle esthétique: Le Pont du chemin de fer d'Argenteuil *(1874),* La Gare Saint-Lazare *(série de toiles, 1877),* La Rue Montorgueil *(1878),* Vétheuil dans le brouillard *(1877). Après 1880, il se consacre à des séries où il analyse les variations de la lumière: les* Meules *(1891),* La Cathédrale de Rouen *(1893-1894), les* Vues de Londres *(1902). Les* Nymphéas *sont le testament du peintre.*
*Le compagnonnage de Pierre-Auguste Renoir (1841-1919) avec les impressionnistes dure jusqu'à la fin des années 1870 (*Madame Charpentier et ses enfants, *1874;* Le Bal du Moulin de la Galette, *1876). Dès 1879, il donne au Salon officiel des toiles dont le succès illustre les distances qu'il commence à prendre, sur le plan de la technique, avec ses amis. Il s'éloigne de façon décisive de l'impressionnisme en 1881-1882, pour revenir au style avec les* Baigneuses *(1887).*
Edgar Degas (1834-1917), pourtant peu porté sur la peinture en plein air, a été l'organisateur de toutes les expositions des impressionnistes. Son art se rapproche parfois de celui de ses amis. Formé à l'école d'Ingres, Degas voulait être peintre d'histoire, mais c'est dans le portrait, individuel ou collectif, qu'il innove et expérimente des formes nouvelles: ainsi La Famille Bellelli *(1858-1867),* L'Orchestre de l'Opéra *(1870),* La Nouvelle Orléans *(1873). Les tableaux qui lui apportent le succès ont pour sujet la vie de la scène (ballet de l'opéra, café-concert, cirque) et la vie quotidienne (café, modistes, champs de courses, maisons closes également). Dans les années 1880, il travaille comme Monet à des séries, souvent au pastel (*Femmes au bain, *série exposée en 1886).*
Par-delà la diversité des itinéraires des impressionnistes, il existe dans leur œuvre une cohérence extrême dans le choix des sujets qui constitue l'un des principaux facteurs de l'unité du mouvement: ils peignent la ville – celle du temps d'Haussmann –, les spectacles, les bals, la banlieue, la villégiature du bord de mer… Ainsi Alfred Sisley (1839-1899) qui fut l'un des premiers à se joindre à Monet, dédia son œuvre au paysage et cultiva l'esprit de l'impressionnisme jusqu'à sa mort. Ainsi encore Camille Pissarro (1830-1903), qui fut un moment séduit par le pointillisme de Seurat, qu'il avait rencontré en 1885, mais qui revint pour finir à l'inspiration impressionniste de ses débuts.
Il faut enfin faire une place à l'inclassable Paul Cézanne (1839-1906). Né à Aix-en-Provence, il « monte » à Paris pour étudier la peinture. En 1874, il participe à la première exposition impressionniste et, comme ses amis, il plante son chevalet à Auvers et Pontoise. C'est cependant à l'occasion de ses séjours dans le Midi qu'il retrouve les paysages et la lumière qui lui permettent de donner le meilleur de lui-même. Isolé à cause de son style, qui l'éloigne d'une trop stricte imitation de la réalité, Cézanne trouve sa voie tardivement, à partir du milieu des années 1880, avec la série de tableaux qu'il consacre à La Montagne Sainte-Victoire *(1887-1896), à des natures mortes, à des portraits (*Madame Cézanne dans la serre, *1891) puis, entre 1891 et 1893, avec la série des* Joueurs de cartes. *Cézanne n'a pas pour autant rompu l'isolement. Bien au contraire. Zola, l'ami de toujours, se retourne contre lui et le décrit dans l'un de ses romans,* L'Œuvre, *comme un peintre raté. Une exposition de ses œuvres en 1895 est un échec. Cézanne s'est retiré à Aix, vivant dans une solitude que ne rompt pas le succès tardif qu'il connaît au Salon de 1904, deux ans avant de mourir.*

15 mai
De Broglie présente un projet de loi constitutionnelle créant une seconde Chambre, le Grand Conseil, composée de membres élus, de membres de droit et de membres nommés à vie par le président. Le projet est renvoyé à la commission des trente.

16 mai
De Broglie demande qu'un projet de loi électorale (qui restreint le droit de suffrage) soit mis à l'ordre du jour le 20 mai. Un député demande la priorité pour un autre projet, celui de loi électorale municipale. De Broglie demande alors la priorité pour la loi électorale politique: il est battu par 381 voix contre 317. Les légitimistes intransigeants ont voté avec les républicains. Le ministère démissionne.

19 mai
Une loi interdit l'embauche des enfants de moins de 10 ans et le travail de nuit des enfants, et fixe la durée du travail à 6 h pour les enfants de moins de 12 ans et 12 h entre 12 et 16 ans. Une autre loi pose le principe d'un contrôle public concernant les enfants placés en nourrice.

22 mai
Mac-Mahon confie la présidence du Conseil au général de Cissey (Guerre): Fourtou (Intérieur), Magne (Finances), L. Decazes (Affaires étrangères), Tailhand (Justice), Cumont (Instruction publique et Cultes), Montaignac (Marine), Grivart (Agriculture et Commerce), E. Caillaux (Travaux publics).

24 mai
Élection du bonapartiste Bourgoing dans la Nièvre: cette législative partielle confirme plusieurs succès bonapartistes depuis l'automne de 1873.

1er juin
Gambetta lance au nom de l'Union républicaine un appel aux « ralliés » du centre-gauche pour fonder ensemble la République.

2-4 juin
Débat sur le projet de loi pour les élections politiques, qui fixe la majorité à 25 ans et prévoit des conditions de domicile et d'éligibilité dont l'effet est de réduire d'un tiers la population électorale. Louis Blanc et Gambetta défendent le principe du suffrage universel. L'Assemblée décide finalement d'ajourner la discussion (celle-ci reprendra en novembre 1875). 53 députés du centre-droit (sur 160) se rallient à la République.

9 juin
La gauche dénonce un complot bonapartiste et met en cause le général de Cissey, président du Conseil, ainsi que Magne.

11 juin
Gambetta est agressé à la gare Saint-Lazare par des manifestants bonapartistes.

15 juin
Casimir-Perier propose de prendre pour base de la discussion constitutionnelle le projet déposé par Dufaure le 19 mai 1873, ce qui revient à consacrer d'avance la forme républicaine des institutions. Le lendemain, Henri Wallon propose que le président de la République soit élu pour sept ans renouvelables par la Chambre des députés et le Sénat réunis en Congrès. Les projets Casimir-Perier et Wallon sont renvoyés à la Commission constitutionnelle.

2 juillet
Dans *L'Union*, le comte de Chambord lance un appel à l'union des royalistes, mais condamne la formule « Le roi règne mais ne gouverne pas ».

3 juillet
Suspension de *L'Union*.

8 juillet
Le ministère Cissey, mis en minorité lors d'un débat à l'Assemblée, démissionne. Mac-Mahon refuse cette démission.

9 juillet
Mac-Mahon adresse un message à l'Assemblée pour l'inviter à donner au plus vite une Constitution à la France.

10 juillet
Fourtou expose devant la commission constitutionnelle le projet du maréchal-président: droit de dissolution et nomination par le président de la majorité des membres du Sénat.

11 juillet
Loi sur l'organisation municipale. La majorité électorale est fixée à 21 ans et le droit de vote est subordonné à deux années de résidence dans la commune. La loi reprend plusieurs dispositions de celle de 1837, dont l'adjonction des citoyens les plus imposés aux conseillers municipaux élus lorsqu'il s'agit de délibérer sur un emprunt ou un impôt nouveau. L'Assemblée nationale proroge pour deux ans la loi du 20 janvier précédent qui accorde au gouvernement le droit de nommer les maires.

15 juillet
Démission des ministres Magne et Fourtou. Mathieu-Bodet est chargé des Finances et le général Chabaud La Tour de l'Intérieur (20 juillet). Rapport de la commission des trente sur les projets Casimir-Perier et Wallon: elle s'oppose à la proclamation solennelle de la République, et propose que Mac-Mahon soit maintenu dans ses fonctions jusqu'en 1880; que le pouvoir législatif soit exercé par une Chambre des députés élue au suffrage universel et un Sénat nommé; que le président nomme les ministres (responsables), possède le droit de dissolution et puisse seul initier une révision constitutionnelle; enfin, qu'à l'expiration des pouvoirs de Mac-Mahon, les deux Chambres se réunissent pour « statuer sur les résolutions à prendre ».

18 juillet
Une loi décerne à Pasteur une pension de 12000 francs, à titre de récompense nationale.

23-29 juillet
Le projet Casimir-Perier pour l'instauration de la République est rejeté par 374 voix contre 333.

Thiers et Gambetta demandent la dissolution de l'Assemblée.

27 juillet
Ouverture, à Bruxelles, d'une conférence internationale pour établir une convention « sur les lois et coutumes de la guerre ».

31 juillet
L'Assemblée refuse de lever l'état de siège instauré en 1870 et 1871 dans près de 40 départements.

août
Les républicains remportent sept législatives partielles, les bonapartistes deux, les monarchistes aucune.

4 août
Loi sur le casernement de l'armée.

5 août
Discours de Gambetta sur l'inéluctabilité de la République.

9 août
Le maréchal Bazaine s'évade de sa prison de l'île Sainte-Marguerite. Il se réfugie en Italie, puis en Espagne.

15 septembre
Émile de Girardin, rallié à la République, appelle les droites à se soumettre à l'inéluctable en observant que depuis 1871, sur 158 élections partielles, les républicains ont remporté 126 sièges, les bonapartistes 10, les royalistes 22.

4 octobre
Renouvellement partiel des conseils généraux. 1 426 sièges sont à pourvoir: les républicains en remportent 666, les monarchistes 604.

novembre
Barbey d'Aurevilly: *Les Diaboliques*.

Barbey d'Aurevilly

*Issu d'une riche famille normande anoblie, Jules-Amédée Barbey d'Aurevilly (1808-1889) s'affiche d'abord comme libéral et athée: tout le contraire des opinions professées par sa famille. Une liaison avec l'épouse d'un cousin provoque un scandale et le départ du mauvais fils. Barbey part à Paris (1833) où commencent plusieurs années de vie dissipée et d'essais littéraires mal récompensés. Vers 1846, sous l'influence de l'épouse de Xavier de Maistre, Barbey change de bord et, en catholicisme comme en royalisme, il dépasse bientôt ses parents. La publication d'*Une vieille maîtresse*, en 1851, puis celle de* L'Ensorcelée, *en 1852, ne retiennent guère l'attention du public. Barbey est alors plus connu comme critique littéraire. Congédié en 1862, par ordre du ministère, du* Pays, *journal qui publie ses chroniques, Barbey se montre plus réactionnaire que jamais. Comme son maître Joseph de Maistre, il vomit son temps, l'Académie, les poètes du Parnasse, la presse et toute la littérature ou presque: seuls Stendhal et Baudelaire échappent au massacre. Bref, Barbey ne manque pas de goût. En 1871, il quitte la capitale pour achever en Normandie ses* Diaboliques. *Rentré à Paris l'année suivante pour reprendre son activité de critique, Barbey n'a pas mis d'eau dans son vin. Implacable ennemi du réalisme, de Flaubert et de Zola comme de la sensiblerie humanitaire de Victor Hugo, seuls quelques nouveaux venus trouvent grâce à ses yeux: Léon Bloy, Jean Lorrain ou Jean Richepin. Après la fin de sa collaboration au* Pays, *Barbey d'Aurevilly avait publié* Le Chevalier des Touches *(1864) et* Un prêtre marié *(1865); après son retour dans la capitale en 1872, il écrit* Une histoire sans nom *(1882) et reprend un premier roman,* Germaine, *qu'il rebaptise* Ce qui ne meurt pas *(1883).*

22-29 novembre
Renouvellement des conseils municipaux. À Paris, les républicains remportent 70 sièges, les monarchistes 10.

24 novembre
Émile de Girardin rachète *La France*.

28 novembre
La réception à l'Élysée de l'impératrice de Russie marque la reprise des relations entre les deux pays.
Boutroux: *De la contingence des lois de la nature*.

Émile Boutroux

La publication de sa thèse conduit Émile Boutroux (1845-1921) à occuper la chaire d'histoire de la philosophie moderne à la Sorbonne (1888). En 1895, il donne une suite à sa thèse avec De l'idée de loi naturelle dans la science et la philosophie contemporaines. *Précurseur de Bergson au travers de sa réflexion sur les sciences et de sa critique du scientisme, Boutroux consacre ses travaux plus tardifs à une réflexion sur les rapports de la vie religieuse et de la pensée scientifique:* Pascal *(1900)*, Psychologie du mysticisme *(1902)*, La Religion dans la philosophie contemporaine *(1908)*.

16 décembre
La commission des trente décide, en accord avec Mac-Mahon, de donner la priorité à la discussion du projet créant une seconde Chambre.

23 décembre
L'Assemblée vote un article, proposé par Mgr Dupanloup en 1873, qui consacre la liberté de l'enseignement supérieur.

autres événements
• Ballu et Deperthes reconstruisent l'Hôtel de Ville incendié en 1871 (1874-1883).
• Ferdinand de Lesseps est placé à la tête d'un comité international chargé d'étudier un projet de percement d'un canal interocéanique à travers l'isthme américain (Panama).

1875

5 janvier
Mac-Mahon invite l'Assemblée à s'occuper en priorité de l'établissement d'une seconde Chambre: l'Assemblée refuse, le ministère démissionne.
Inauguration de l'Opéra-Garnier, dont la construction avait commencé en 1861.

8 janvier
Mac-Mahon demande aux ministres de conserver leurs fonctions jusqu'à la formation d'un nouveau gouvernement.

21 janvier
Début de la discussion constitutionnelle. L'Assemblée prend pour base un projet du député Ventavon: corps législatif bicaméral, mandat présidentiel septennal et droit de dissolution, renvoi de la décision définitive sur la forme du régime après l'expiration du mandat du maréchal de Mac-Mahon.

25 janvier
La création d'une seconde Chambre est votée en première lecture.

28 janvier
Laboulaye propose un article qui consacre la République: « Le gouvernement de la République se compose de deux Chambres et d'un président. »

29 janvier
Le projet Laboulaye est repoussé par 359 voix contre 336. L'Assemblée confirme la création d'une seconde Chambre, vote les articles sur l'élection de la Chambre des députés au suffrage universel et sur le mandat présidentiel de sept ans, et décide que le mode de nomination des sénateurs fera l'objet d'une loi organique. Un amendement présenté par Henri Wallon, qui confie l'élection du président aux deux Chambres réunies, est renvoyé en commission.

30 janvier
Malgré l'avis défavorable de la commission des trente, l'Assemblée adopte l'amendement Wallon par 353 voix contre 352: « Le président de la République est élu à la majorité absolue des suffrages par le Sénat et par la Chambre des députés réunis en Assemblée nationale. Il est nommé pour sept ans; il est rééligible. » Sous réserve d'une troisième délibération, la République est établie de fait.

1er-3 février
L'Assemblée décide que le président pourra dissoudre la Chambre des députés, mais, sur la proposition d'Henri Wallon, elle ajoute que le concours du Sénat sera nécessaire pour prononcer cette dissolution. Elle décrète ensuite le principe de la responsabilité collective du cabinet, ainsi qu'un article sur la procédure de révision constitutionnelle qui en partage l'initiative entre le président et les Chambres (article applicable après l'expiration des pouvoirs de Mac-Mahon). Elle fixe enfin à Versailles la résidence du président et des Chambres. Un dernier vote décide que ces différents articles feront l'objet d'une troisième lecture.

6 février
Cournot: *Matérialisme, vitalisme, rationalisme. Étude sur l'emploi des données de la science en philosophie.*

COURNOT

Antoine-Augustin Cournot (1801-1877), le « géomètre-philosophe », avait été géomètre et mathématicien avant de verser sur le tard dans la philosophie. Mais Cournot n'est pas seulement un scientifique, l'un des plus brillants du siècle; c'est également un juriste, diplômé en 1827, et le rédacteur des Mémoires *du maréchal d'Empire et ministre de Louis XVIII Gouvion Saint-Cyr. En 1829, il consacre sa thèse à un* Mémoire sur le mouvement d'un corps rigide soutenu par plan fixe et la figure des corps célestes. *C'est six ans plus tard qu'il produit sa théorie du hasard dans* L'Application de la théorie des chances à la série des orbites des comètes de l'espace *(1836). Sa réputation dès lors est faite, et il entame une brillante carrière universitaire, au moment où il fait une incursion peu remarquée sur le moment dans le domaine de l'économie avec des* Recherches sur les principes mathématiques de la théorie des richesses *(1838). Précurseur de l'économétrie, il poursuivra sa réflexion tout au long de sa vie (*Principes de la théorie des richesses, *1863). Après 1840, il revient à ses premières amours, rassemblant en 1843 et 1847 les résultats de ses travaux sur le calcul des probabilités* (Exposition de la théorie des chances et des probabilités *et* De l'origine et des limites de la correspondance entre l'algèbre et la géométrie). *C'est alors qu'il devient philosophe et publie (1851) un* Essai sur les fondements de nos connaissances et sur les caractères de la critique philosophique, *suivi en 1861 par un* Traité de l'enchaînement des idées fondamentales dans les sciences et dans l'histoire. *Deux ouvrages complètent l'œuvre philosophique de Cournot:* Considérations sur la marche des idées et des événements dans les temps modernes *(1872) et* Matérialisme, vitalisme, rationalisme *(1875).*

11-12 février
Nouvelle délibération sur le Sénat. Par 322 voix contre 310, l'Assemblée adopte un amendement présenté par un député de la gauche, Pascal Duprat, qui stipule que « le Sénat est électif. Il est nommé par les mêmes électeurs que la Chambre des députés ». La commission des trente, opposée à cette décision, ne participe plus aux débats. Mais l'Assemblée passe outre: les sénateurs seront élus au suffrage universel par un scrutin de liste départemental. Mais coup de théâtre, 368 députés contre 345 décident que ce texte ne sera pas présenté en troisième lecture, autrement dit que le vote qui vient d'avoir lieu est annulé. Brisson, soutenu par Gambetta, demande la dissolution de l'Assemblée. Celle-ci ajourne ses séances au 15 février.

13 février
Des députés de droite contactent Mac-Mahon pour obtenir son appui à un coup d'État parlementaire, mais Albert de Broglie fait échouer les négociations et se prononce pour la poursuite de la discussion constitutionnelle.

17-18 février
Conférences des députés des centres pour trouver un accord avec le groupe Wallon sur l'organisation du Sénat. Le 18, Mac-Mahon s'incline et accepte que 75 sénateurs inamovibles soient nommés, non par le président, mais par la Chambre.

19 février
Distribution du projet Wallon sur l'organisation du Sénat.

24 février
Le projet Wallon sur le Sénat est adopté par 435 voix contre 234: le Sénat comprend 300 membres, dont 225 sont élus au scrutin de liste pour neuf ans et renouvelés par tiers par des collèges départementaux comprenant les députés, les conseillers généraux, les conseillers d'arrondissement et un délégué par conseil municipal (soit 42000 électeurs sénatoriaux). Les 75 autres sénateurs sont inamovibles et élus par l'Assemblée nationale.

25 février
L'ensemble du texte sur l'organisation des pouvoirs publics est adopté par 425 voix contre 254.

11 mars
Formation du ministère Buffet (Intérieur): L. Decazes (Affaires étrangères), Dufaure (Justice), Léon Say (Finances), Wallon (Instruction publique), Cissey (Guerre), Montaignac (Marine), Meaux (Agriculture et Commerce), E. Caillaux (Travaux publics).

12 mars
Le duc d'Audiffret-Pasquier succède à Buffet à la présidence de l'Assemblée nationale.

27 mars
Émile Zola: *La Faute de l'abbé Mouret.*

29 mars
Edgar Quinet, décédé le 27 mars, est inhumé au cimetière Montparnasse en présence de plus de 100000 personnes, mais sans les honneurs officiels pour avoir refusé des obsèques religieuses.

22 avril
La Congrégation des rites consacre l'Église catholique au culte du Sacré-Cœur.

23 avril
Discours de Gambetta sur les lois constitutionnelles, à Ménilmontant: « L'œuvre vaut peut-être mieux que les circonstances qui l'ont produite. »

avril-mai
Période de tension franco-allemande. Bismarck menace la France, soutenue par l'Angleterre et la Russie, de rouvrir les hostilités.

12 mai
L'Assemblée suspend les élections législatives partielles « en raison de la perspective d'élections générales prochaines ». On parle en effet d'une prochaine séparation de l'Assemblée nationale.

15 mai
Élisée Reclus : *La Nouvelle Géographie universelle. La Terre et les hommes* (1875-1887).

18 mai
La commission des trente démissionne. Une nouvelle commission est élue le 25 mai : les républicains et le centre-droit « rallié » remportent 26 sièges sur 30.
Réforme du Code de justice militaire.

juin
Des inondations dans le Midi de la France font 437 victimes.

2 juin
Mort de Georges Bizet (1838-1875), après la trente-troisième représentation de sa *Carmen*, d'après la nouvelle de Mérimée. L'accueil a d'abord été froid. Mais dès le mois d'octobre, *Carmen* triomphe à Vienne et devient rapidement un des opéras les plus populaires dans le monde entier.

5 juin
Une loi étend le régime cellulaire aux maisons d'arrêt départementales.

16 juin
Pose de la première pierre de la basilique du Sacré-Cœur. Sa construction est dirigée par Paul Abadie, qui avait participé avant 1850 à la restauration de Notre-Dame. Le dôme sera réalisé par Rauline (1875-1891).

5 juillet
Les responsables des groupes parlementaires se mettent d'accord sur l'organisation d'élections générales avant la fin de l'année.

12 juillet
Adoption d'une loi sur l'enseignement supérieur qui consacre le principe de la liberté : cinq « universités libres » ouvrent leurs portes à Paris, Lille, Angers, Lyon et Toulouse.

16 juillet
Adoption définitive, par 520 voix contre 94, de la loi sur les rapports entre les pouvoirs publics : les deux Chambres se réunissent de plein droit le second mardi de janvier pour une session ordinaire d'au moins cinq mois qui, passé ce délai, peut être close par décret présidentiel. Les séances sont publiques. La loi fixe également les modalités de l'élection du président de la République par les deux Chambres réunies en Assemblée nationale. Le président ne dispose pas d'un veto législatif : il peut toutefois demander aux Chambres une nouvelle délibération sur les lois votées ; il s'adresse aux Chambres par voie de message. Les traités d'alliance ne sont pas soumis à la ratification des Chambres. Cette loi du 16 juillet, avec celles du 24 février sur le Sénat et du 25 février sur l'organisation des pouvoirs publics, complète la Constitution de 1875. La loi du 16 juillet impose également la solennité de « prières publiques » le premier dimanche après la rentrée des Chambres, mais cette disposition tombera bientôt en désuétude.

19 juillet
Loi sur le traitement des instituteurs.

27 juillet
Rapport du comte de Melun sur la condition ouvrière.

30 juillet
Création des écoles publiques d'agriculture.

2 août
Adoption définitive de la loi sur l'élection des sénateurs.
Le député Ducarre présente un rapport sur les relations entre patrons et salariés et propose de rétablir la loi Le Chapelier de 1791 qui interdit les « coalitions ouvrières ».

2-4 août
Loi sur les chemins de fer d'intérêt local.

25 octobre
Gambetta invite les républicains à cultiver « l'esprit de circonspection, de prudence, de tempérament ».

15 novembre
L'Assemblée renvoie le vote définitif de la loi sur l'organisation des municipalités à la future Chambre des députés.

25 novembre
L'Égypte, menacée de banqueroute, cède à l'Angleterre, moyennant rachat, ses 176 602 actions du canal de Suez, soit 44 % des titres de la compagnie. La Grande-Bretagne et la France (qui détient 53 % des actions) deviennent « copropriétaires » du canal.

30 novembre
Adoption définitive de la loi sur l'élection des députés. La Chambre des députés sera élue au suffrage universel par un scrutin d'arrondissement; elle sera renouvelée intégralement tous les quatre ans.

9-21 décembre
Élection par l'Assemblée nationale des 75 sénateurs inamovibles: les républicains remportent 57 sièges, les conservateurs 18.

20 décembre
Rapport de la commission des grâces sur la répression de la Commune: sur 9 596 condamnations prononcées, la commission a examiné 6 501 recours en grâce, et a prononcé 2 570 grâces (dont 84 concernant les 110 condamnations à mort prononcées). Au 1er juillet, restaient 3 609 déportés, 240 condamnés aux travaux forcés et 1 647 détenus en France. L'Assemblée rejette une demande d'amnistie présentée par Naquet.

NAQUET

Professeur de chimie à la faculté de médecine de Paris, mais également républicain et anticlérical, Alfred Naquet (1834-1916) fait connaissance avec la prison à deux reprises à la fin du Second Empire: en 1867 pour avoir publiquement professé son opposition au régime, en 1869 pour « outrage aux bonnes mœurs » après la publication d'un livre intitulé Religion, propriété, famille. *Naquet commence sa carrière parlementaire en 1871, proche des radicaux. Trois questions l'occupent prioritairement: l'établissement d'un système d'impôt sur le revenu, l'amnistie des insurgés de 1871 et le rétablissement du divorce: il sera le principal artisan de la loi de 1884. Devenu sénateur en 1883, Naquet adopte un nouveau cheval de bataille: la réforme des lois constitutionnelles dans un sens plus démocratique. Aussi est-il l'un des premiers à rejoindre le général Boulanger. Il est la tête pensante du « boulangisme de gauche ». L'échec du mouvement le laisse aux marges du système politique. Néanmoins réélu député en 1890 et 1893, Naquet est impliqué en 1896 dans la vilaine affaire de Panama. Il s'enfuit à Londres et rentre deux ans plus tard après avoir été acquitté (comme tous les protagonistes, innocents ou coupables, de ce scandale), mais sa carrière politique est terminée.*

24 décembre
Loi fixant les circonscriptions électorales.

29 décembre
Une loi sur la presse retire au jury la connaissance de certains délits (notamment les offenses envers le gouvernement) pour la confier aux tribunaux correctionnels, interdit la propagande bonapartiste et prévoit la levée de l'état de siège dans les départements (sauf la Seine, la Seine-et-Oise, le Rhône, les Bouches-du-Rhône et la ville d'Alger).

31 décembre
L'Assemblée nationale élue le 8 février 1871, prononce sa dissolution et fixe la réunion de la nouvelle Chambre des députés et du Sénat au 8 mars 1876. Les élections sont fixées aux 30 janvier et 20 février 1876.

autres événements
- Fondation de la Banque d'Indochine.
- Gustave Caillebotte: *Les Raboteurs de parquet.*
- Début de la restauration du nouveau château de Chantilly, sous la direction de Daumet.

1876

janvier
Gabriel Monod fonde *La Revue historique*: le bastion de l'histoire positiviste, où l'on enterre sans joie l'histoire romantique (Michelet est mort en 1874).

13 janvier
Dans une proclamation aux électeurs, Mac-Mahon déclare que les « institutions ne doivent pas être révisées avant d'avoir été loyalement pratiquées », et se prononce en faveur d'une « politique conservatrice et vraiment libérale ».

16 janvier
Les conseils municipaux désignent leurs délégués pour l'élection des sénateurs: Victor Hugo est élu à Paris.

18 janvier
Dans un discours prononcé à Aix, Gambetta se rallie au système bicaméral, prenant ainsi ses distances avec l'aile intransigeante du parti républicain.

26 janvier
Le journal bonapartiste *L'Ordre* apporte son appui à Mac-Mahon, rempart « contre les doctrines antisociales et révolutionnaires », et annonce la formation d'un comité national conservateur.

29 janvier
Ernest Lavisse publie un manuel destiné à l'enseignement primaire, dont une 75e édition sera publiée en 1895: *La Première année d'histoire de France. Ouvrage à l'usage des élèves qui recherchent le certificat d'études primaires.*

30 janvier
Élections sénatoriales. Les républicains remportent 92 des 221 sièges pourvus, les libéraux ralliés aux lois constitutionnelles 17, les conservateurs 79, les bonapartistes 40. Au total, le Sénat, avec les sénateurs directement nommés par l'Assemblée nationale, comprend 134 conservateurs et bonapartistes, et 170 républicains et ralliés.

10 février
Gambetta entame une tournée électorale et prône une politique conciliatrice qui préférerait « la politique des résultats à la politique des illusions ».

20 février-5 mars
Élections législatives: la Chambre des députés est composée de 339 républicains de diverses tendances et 22 constitutionnels, contre 78 monarchistes et 75 bonapartistes. Decazes, Ernoul et Buffet ont été battus, Thiers a été élu à Paris, Gambetta à Paris, Marseille, Lille et Bordeaux. Paris a également élu trois députés d'extrême gauche: Raspail, Lockroy et Clemenceau.

23 février
Buffet et Meaux, battus aux élections, abandonnent les portefeuilles de l'Intérieur et du Commerce. Dufaure accède à la vice-présidence du Conseil et assure l'intérim de l'Intérieur.

4 mars
Taine publie le premier volume des *Origines de la France contemporaine*, consacré à *L'Ancien Régime*. Les trois volumes consacrés à *La Révolution* paraîtront entre 1878 et 1885, et ceux consacrés au *Régime moderne* (le second étant resté inachevé), en 1890 et 1894.

7-13 mars
Échec d'une tentative de Gambetta pour fédérer en un seul groupe parlementaire les diverses tendances républicaines.

8 mars
Séance solennelle d'installation de la Chambre des députés et du Sénat. Jules Grévy est élu président de la Chambre des députés, le duc d'Audiffret-Pasquier président du Sénat.

10 mars
Formation du ministère Dufaure (Justice, Cultes et présidence du Conseil): Ricard (Intérieur), L. Decazes (Affaires étrangères), Waddington (Instruction publique), Say (Finances), Christophle (Travaux publics), Teisserenc de Bort (Agriculture et Commerce), Cissey (Guerre). Fourichon (Marine et Colonies).

12 mars
Un ouragan dévaste le département du Nord.

14 mars
Le cabinet Dufaure obtient la confiance de la Chambre.

21 mars
Victor Hugo au Sénat et Raspail à la Chambre demandent l'amnistie des communards.

22 mars
14 préfets sont remplacés. En avril, 44 autres préfets sont déplacés ou écartés.

23 mars
Waddington dépose un projet de loi sur l'enseignement supérieur qui rend la collation des grades à l'État, y compris pour les élèves des facultés libres autorisées par la loi du 12 juillet 1875. L'université libre de Paris proteste dans *L'Univers*.

25 mars
La Chambre ouvre une enquête sur l'élection d'Albert de Mun dans le Morbihan et sur le rôle joué par le clergé.

6 avril
La Chambre adopte une proposition pour l'abrogation de la loi du 24 janvier 1874 qui confie au gouvernement la désignation des maires. Dufaure s'incline et annonce la présentation prochaine d'un nouveau texte.
Levée de l'état de siège (décrété en 1871) dans la Seine, la Seine-et-Oise, le Rhône et les Bouches-du-Rhône. Cette mesure permet à plusieurs journaux révolutionnaires (*Les Droits de l'homme*, *Le Peuple* ou *Le Corsaire*) de reparaître.

11 avril
Répression d'une insurrection dans la région de Biskra en Algérie.

30 avril
Charles Cros présente à l'Académie des sciences un «procédé d'enregistrement et de reproduction des phénomènes perçus par l'ouïe», le «paléophone».

mai
Mgr Dupanloup lance *La Défense religieuse et sociale* pour soutenir Mac-Mahon dans sa politique conservatrice et d'Ordre moral.

3 mai
Le consul de France à Salonique est tué au cours des troubles qui opposent chrétiens et musulmans. Une escadre européenne fait mouvement vers le golfe de Salonique.

5 mai
Une circulaire ministérielle recommande aux préfets de faire preuve de tolérance envers la presse.

11 mai
Mort du ministre de l'Intérieur Ricard: Marcère lui succède le 16.

16-20 mai
La Chambre rejette les propositions d'amnistie en faveur des communards. Le Sénat prend la même décision le 23 mai.

19 mai
Alfred Naquet demande l'ouverture d'une enquête sur la gestion de Georges Soubeyran, gouverneur du Crédit foncier, que la banqueroute financière de l'Égypte (avril) a entraîné dans sa chute. Le désengagement du Crédit foncier en Égypte permettra de sauver la banque, et de libérer le terrain pour les Rothschild, qui mettront la main sur les finances égyptiennes (traités du 8 juillet 1885 et du 4 avril 1888). Soubeyran sera révoqué le 22 août 1878.

3 juin
Eugène Fromentin: *Les Maîtres d'autrefois. Belgique, Hollande*: une étude devenue classique sur les peintres flamands et hollandais.

9 juin
Les restes de Louis-Philippe (décédé en 1850) et de son épouse Marie-Amélie (décédée en 1866) sont inhumés dans la chapelle de Dreux.

24 juin
Mac-Mahon accorde grâces ou réductions de peine à 87 communards. Dans le même temps, il écrit au ministre de la Guerre Cissey pour lui demander de ne plus ouvrir d'informations contre les insurgés de 1871.

juillet
La grotte de Lourdes est consacrée en présence de 100000 pèlerins.
Dissolution officielle de la Ire Internationale.

3 juillet
Mallarmé: *Prélude à l'après-midi d'un faune.*

MALLARMÉ

Stéphane Mallarmé (1842-1898) composait déjà des poèmes lorsqu'en 1861, il découvre avec enthousiasme Les Fleurs du mal, *dont l'influence va décider de la suite de son œuvre et de sa vie. Vie tout intérieure, consacrée à la création. Marié en 1863, devenu le père d'une petite fille en 1864, Mallarmé mène extérieurement une vie simple, toute droite, un peu terne et monotone. Il enseigne l'anglais consciencieusement mais sans véritable goût, d'abord au collège de Tournon, ensuite à Besançon et Avignon, enfin à Paris (1871). Il écrit peu, publie encore moins. En 1866,* Le Parnasse contemporain *publie dix de ses poèmes, parmi lesquels* Les Fenêtres, *écrit en 1863,* L'Azur *et* Brise marine. *Il travaille alors à un drame lyrique,* Hérodiade, *qui restera inachevé, et à* L'Après-midi d'un faune, *publié dix ans après.* Toast funèbre *paraît en 1873,* Le Tombeau d'Edgar Poe *en 1877. Poète discret, Mallarmé est pourtant devenu un exemple et un modèle pour un petit cercle d'admirateurs qu'il reçoit chaque semaine à son domicile parisien. C'est seulement vers 1884 que sa notoriété grandit, lorsque presque coup sur coup Verlaine, dans un article de la revue* Lutèce *intitulé «Les Poètes maudits: Stéphane Mallarmé», et Huysmans, dans* À Rebours, *révèlent son œuvre. Devenu le maître célébré du symbolisme, Mallarmé pourtant s'éloigne déjà vers un hermétisme qui, les années passant, de* Prose pour des Esseintes *(1885) à* Un coup de dés jamais n'abolira le hasard *(1897) deviendra de moins en moins accessible.*

4 juillet
Lockroy demande la suppression des articles du code pénal qui limitent la liberté d'association.

14 juillet
L'élection d'Albert de Mun dans le Morbihan est invalidée. Gambetta annonce l'ouverture d'une enquête sur « les immixtions du clergé dans la vie politique ».

20 juillet
Par 144 voix contre 139, le Sénat rejette la loi Waddington plaçant les universités libres sous le contrôle de l'État, adoptée par la Chambre le 7 juin.
Un décret réforme l'administration de la Cochinchine et étend l'influence des responsables civils, au détriment de la Marine.

13 août
Promulgation d'une loi présentée par Jules Ferry (adoptée par la Chambre le 13 juillet) qui rétablit l'élection des maires par les conseils municipaux (eux-mêmes élus), sauf dans les chefs-lieux de département, d'arrondissement et de canton, où les maires restent provisoirement nommés par décret parmi les conseillers municipaux.

27 août
Invalidé en juillet, Albert de Mun est réélu à Pontivy (Morbihan).

2-10 octobre
Premier congrès des chambres syndicales, regroupant les délégués de 350 organisations (il y en avait 135 en 1875). Joseph Barberet, le chef de file des partisans d'un mouvement coopératif et mutualiste, réussit à faire prévaloir ses thèses contre le courant collectiviste animé par Jules Guesde.

8 octobre
Les conseils municipaux de 33000 communes élisent leurs maires.

15 octobre
Louis Andrieux, député radical du Rhône, fonde *Le Petit Parisien*. Les débuts sont modestes. Plusieurs fois revendu, le titre est racheté en juillet 1888 par Jean Dupuy, qui en fera le quotidien le plus lu du début du XXe siècle.

21 octobre
Stendhal : *Vie de Napoléon. Fragments.*

27 octobre
À Belleville, Gambetta se prononce une nouvelle fois pour une « politique des résultats », présentée aussi comme « politique d'opportunité ».
Il condamne publiquement « l'insurrection criminelle de la Commune » (tout en demandant une amnistie partielle), et dénonce « le cléricalisme » comme l'ennemi principal de la République.

31 octobre
La Russie lance un ultimatum à la Turquie. En avril, la Bulgarie s'est soulevée contre la domination ottomane. L'insurrection à peine noyée dans le sang, la révolte s'est propagée aux populations chrétiennes de Serbie, de Bosnie et du Monténégro. Le 2 juillet, le Monténégro a déclaré la guerre à la Turquie. Le 4 novembre, la France proclame sa neutralité dans le conflit russo-turc en cours. Le 11 décembre, un armistice est signé entre la Porte, la Serbie et le Monténégro. Une conférence internationale est convoquée à Constantinople.

novembre
La France et l'Angleterre, principaux actionnaires du canal de Suez, décident de placer les finances égyptiennes sous tutelle.

4 novembre
La Chambre vote une loi d'amnistie partielle soutenue par Gambetta : elle prescrit les faits relatifs à la Commune pour les individus non encore poursuivis ou en attente d'un jugement (sauf en cas d'assassinat, incendie ou vol), et stipule que ceux qui seront encore poursuivis le seront devant les cours d'assises et non plus devant les conseils de guerre.

1er décembre
Le Sénat oppose son veto à l'amnistie partielle votée par les députés.

3 décembre
Démission du cabinet Dufaure. Les députés du centre-gauche réclament un gouvernement « en harmonie avec l'esprit de la majorité sortie des élections du 20 février [1876] ».

13 décembre
Formation du cabinet Jules Simon (présidence du Conseil et Intérieur) : Martel (Justice et Cultes), Say (Finances), L. Decazes (Affaires étrangères), Berthaut (Guerre), Fourichon (Marine et Colonies), Christophle (Travaux publics), Teisserenc de Bort (Agriculture et Commerce), Waddington (Instruction publique et Beaux-Arts).

JULES SIMON

Né à Lorient, fils d'un drapier, Jules-François-Simon Suisse, dit Jules Simon (1814-1896), est admis en 1833 à l'École normale supérieure où il suit les cours de Victor Cousin. Agrégé en 1836, docteur en philosophie trois ans plus tard, il devient le suppléant de Cousin à la Sorbonne. C'est à cette époque qu'il adopte le pseudonyme de Simon, Victor Cousin lui ayant fait observer: « Est-ce qu'on s'appelle Suisse lorsqu'on veut arriver à quelque chose? » Choisi par les électeurs des Côtes-du-Nord pour les représenter à l'Assemblée constituante de 1848, Jules Simon siège avec la fraction la plus modérée des républicains, celle qui, après l'insurrection de Juin, appuie sans réserve la politique d'ordre du général Cavaignac. Simon se distingue alors dans les débats sur l'éducation et par sa lutte intransigeante contre le parti ultramontain. Nommé au Conseil d'État en avril 1849, il reprend son enseignement à la Sorbonne. Le 16 décembre 1851, il est suspendu de ses fonctions pour avoir condamné en chaire le coup d'État du 2 Décembre. Il consacre dès lors sa retraite forcée à l'écriture, publiant La Liberté de conscience *et* La Religion naturelle. *Pour avoir rompu avec le catholicisme de sa jeunesse et pour être férocement anticlérical, Jules Simon n'est pas irréligieux: spiritualiste à la mode du* XVIIIe *siècle finissant et surtout du début du* XIXe *siècle, héritier de Rousseau, Necker, Robespierre et Benjamin Constant, il s'attache à concilier religion et valeurs républicaines. Les élections de 1863 le ramènent à la politique, au côté de l'infime opposition républicaine au régime impérial qui siège avec Émile Ollivier au Corps législatif. Réélu en 1869, il s'associe l'année suivante aux efforts de Thiers pour empêcher la déclaration de guerre à la Prusse. L'issue désastreuse de la guerre et l'effondrement de l'Empire font de lui un ministre de l'Instruction publique et des Cultes dans le gouvernement de défense nationale présidé par Trochu, où il combat le jusqu'au-boutisme de Gambetta. Élu à l'Assemblée nationale de février 1871 et maintenu dans ses fonctions de ministre de l'Instruction publique, il est l'un des plus fermes appuis de Thiers. Ce soutien lui suscite de nombreux ennemis à gauche, sans lui attirer de sympathie à droite: il rassure la droite en se battant pour le maintien du budget des cultes, mais il la combat de front en préconisant la subordination de l'enseignement même libre à l'autorité de l'État. En mai 1873, Thiers est évincé et Jules Simon rallie l'opposition à l'Ordre moral. Directeur du journal* Le Siècle *(1874) et sénateur inamovible (1875), il accède le 13 décembre 1876 à la présidence du Conseil, où Mac-Mahon est contraint de l'appeler en raison des progrès électoraux des républicains. La « cohabitation » est orageuse, au plus fort de la lutte entre républicains et monarchistes: en renvoyant Jules Simon le 16 mai 1877, Mac-Mahon déclenche la crise qui va dénouer le nœud gordien et trancher définitivement en faveur du régime républicain. Le 16 mai 1877 marque aussi bien la fin de la carrière ministérielle de Jules Simon qui, au Sénat, s'affirme à partir de la fin des années 1870, et surtout à partir de 1880, le chef de file de la résistance à la politique de l'opportunisme triomphant, incarnée par Jules Ferry. Sans rien renier de son républicanisme, profond et sincère, il est conduit à de multiples reprises à faire cause commune avec la droite, par exemple lorsque Jules Ferry propose d'interdire l'enseignement aux congrégations non autorisées. Académicien depuis 1875, Jules Simon meurt le 8 juin 1896.*

14 décembre
Jules Simon affirme l'accord du nouveau ministère avec la majorité parlementaire: « Nous voulons, comme cette majorité, le maintien, l'établissement définitif de la Constitution républicaine que la France s'est donnée. »

24 décembre
Ouverture à Constantinople d'une conférence internationale sur le conflit des Balkans.

autres événements
• La France compte 36 900 000 habitants (38 millions en 1869).
• Savorgnan de Brazza explore l'intérieur du Gabon en remontant l'Ogooué (1876-1879).
• Fondation de l'Institut catholique de Paris.
• Fondation de l'Institut national agronomique.

1877

janvier
Préfets et sous-préfets sont remplacés dans 75 départements: l'épuration vise pour l'essentiel des fonctionnaires nommés avant 1870.

20 janvier
Échec de la conférence internationale de Constantinople sur le règlement du conflit russo-turc dans les Balkans.

février
Le décret du 17 février 1852 sur la presse est abrogé, et les lois antérieures remises en vigueur.
Publication triomphale de *L'Assommoir* d'Émile Zola.

2 février
Suspension des *Droits de l'homme.* Des poursuites sont intentées contre le journal bonapartiste *Le Pays*, dirigé par Granier de Cassagnac.

26 février
Publication de la deuxième série de *La Légende des siècles* de Victor Hugo. La troisième série sera publiée en 1883.

mars
Campagne de presse monarchiste invitant le président Mac-Mahon à déclarer que « l'expérience de la République est terminée ». Les bonapartistes relancent l'idée d'un plébiscite sur la forme définitive des institutions.

7 mars
L'Union publie une déclaration du comte de Chambord : « Je reste inébranlable dans mon droit et parfaitement résolu à faire mon devoir, lorsque viendra l'heure propice à mon action directe et personnelle. »

12 mars
Une déclaration de Pie IX sur le pouvoir temporel du pape provoque en France une campagne de soutien au Saint-Siège orchestrée par des évêques et des parlementaires.

18 mars
Plusieurs conseillers municipaux de Paris participent à Londres à un banquet commémoratif de la Commune. Rochefort réaffirme sa solidarité avec les proscrits de 1871.

28 mars
Vote de l'amendement Allain-Targé à l'origine de la création des Chemins de fer de l'État.

31 mars
La France signe avec les autres puissances un protocole définissant les réformes que la Turquie doit effectuer dans ses possessions des Balkans.

avril
Gabriel Fauré est nommé maître de chapelle de l'église de la Madeleine.

FAURÉ

Originaire de l'Ariège, Gabriel Urbain Fauré (1845-1924) entre en 1854, grâce à une bourse, à l'École musicale fondée l'année précédente par Niedermeyer. Il y reste onze ans, étudiant le piano sous la direction de Saint-Saëns. Couronné par un premier prix de composition en 1865, il entame à l'église Saint-Sauveur de Rennes une longue carrière d'organiste, qu'il poursuit à Paris après 1871. En avril 1877, il est nommé maître de chapelle à la Madeleine. À cette date – il a 32 ans –, Gabriel Fauré a peu composé : quelques mélodies, une Suite d'orchestre *(1874), une* Sonate pour violon et piano *(1876). Sa période créatrice la plus féconde commence en 1880, pour se prolonger jusqu'à la fin du siècle :* Impromptus *(1882-1883),* Barcarolles *(1882-1895),* Nocturnes *(1883-1897),* La Bonne Chanson *(1892-1893),* Thèmes et variations *(1897) et, bien sûr, le* Requiem *qu'il compose en 1887-1888 après la disparition de ses parents. En 1896, Fauré accède au grand orgue de la Madeleine et, la même année, il est nommé professeur de composition au Conservatoire, où Maurice Ravel sera le plus célèbre de ses nombreux élèves. Critique musical au* Figaro *(1903-1913), Gabriel Fauré devient pour finir directeur du Conservatoire (1905-1920). Il compose encore, malgré les troubles auditifs de plus en plus graves dont il souffre. Il fait représenter en 1900 une tragédie lyrique,* Prométhée, *et compose un opéra,* Pénélope *(1907-1913). Après la création de cette œuvre en mai 1913, il revient aux mélodies et à la musique de chambre où il excelle, composant de nombreuses pièces jusqu'à sa mort en 1924, survenue peu après avoir achevé son premier* Quatuor à cordes.

13 avril
Reparution de *La Marseillaise.*

22 avril
Publication du premier numéro de *La Lanterne*, quotidien radical et anticlérical fondé par Eugène Mayer : Zola et Rochefort y collaborent.

23 avril
Jules Simon interdit les pétitions de soutien au pouvoir temporel du pape.

24 avril
Reprise des hostilités entre la Russie et la Turquie. Le 14 mai, la Roumanie proclame son indépendance. Le 8 juin, répondant à une protestation britannique contre son action unilatérale, la Russie affirme sa volonté d'obtenir l'abrogation du traité de 1856 qui interdit à ses navires de guerre l'entrée des Dardanelles et du Bosphore.

Gustave Flaubert: *Trois contes (Un cœur simple, Le Bien public, La Légende de saint Julien l'Hospitalier).*

mai
Fondation de la Société française d'hygiène qui, le mois suivant, publie le premier numéro de la *Revue d'hygiène sanitaire.*

4 mai
Discours de Gambetta contre le cléricalisme: « Le cléricalisme, voilà l'ennemi. »

5 mai
Par 346 voix contre 114, la Chambre soutient Jules Simon et lui demande des mesures contre la campagne orchestrée en faveur du pape.

15 mai
Les députés, malgré l'avis contraire de Jules Simon, abrogent le titre de la loi sur la presse du 29 décembre 1875 qui attribuait aux tribunaux correctionnels, et non aux cours d'assises, le jugement des offenses envers le gouvernement ou les souverains étrangers.

16 mai
Mac-Mahon exige de Jules Simon des explications sur le vote de la veille: « Cette attitude du chef de cabinet, lui écrit-il, fait demander s'il a conservé sur la Chambre l'influence nécessaire pour faire prévaloir ses vues. » Mac-Mahon ajoute: « Si je ne suis pas responsable, comme vous, envers le Parlement, j'ai une responsabilité envers la France dont, aujourd'hui plus que jamais, je dois me préoccuper. » Jules Simon présente la démission de son cabinet.

17 mai
Gambetta dénonce dans la démission forcée du cabinet Simon un acte de pouvoir personnel contraire à la Constitution; il appelle Mac-Mahon à « rentrer dans la vérité constitutionnelle, à la fois notre protection et la vôtre ! ». La Chambre décide de n'accorder sa confiance qu'à « un cabinet libre de son action et résolu à gouverner suivant les principes républicains ».
Formation du ministère Broglie (présidence du Conseil et Justice): Fourtou (Intérieur), E. Caillaux (Finances), L. Decazes (Affaires étrangères), Brunet (Instruction publique, Cultes et Beaux-Arts), Berthaut (Guerre), Gicquel des Touches (Marine et Colonies), Paris (Travaux publics), Meaux (Agriculture et Commerce).

18 mai
Dans un message au Parlement, Mac-Mahon rappelle son droit constitutionnel de nommer les ministres, et que jusqu'en 1880 il peut prendre l'initiative d'une révision constitutionnelle. Les Chambres sont prorogées pour un mois. 363 députés signent un manifeste dans lequel ils dénoncent dans le renouvellement du cabinet une attaque contre la République, annoncent une probable dissolution et appellent les électeurs à renouveler leur vœu en faveur du régime républicain.

29 mai
Broglie demande aux procureurs généraux de poursuivre sans faiblesse les excès de la presse. Épuration du corps préfectoral: 77 préfets sur 87 sont remplacés ou déplacés. Le 3 juin, Fourtou demande aux nouveaux préfets de surveiller plus étroitement les réunions publiques.

16 juin
Mac-Mahon adresse un message au Sénat pour lui demander d'autoriser la dissolution de la Chambre des députés élue en 1876.

16-18 juin
Jules Ferry, Gambetta et Louis Blanc (qui représentent les trois fractions de la majorité républicaine de la Chambre) font voter, par 363 députés contre 158, un ordre du jour de défiance contre le gouvernement du duc de Broglie.

23 juin
Par 149 voix contre 130, le Sénat autorise la dissolution de la Chambre des députés.

25 juin
Dissolution de la Chambre des députés. Les groupes parlementaires de la gauche décident de présenter des candidatures uniques aux prochaines élections.

3 juillet
La presse gouvernementale affirme que Mac-Mahon « ira jusqu'au bout », quel que soit le résultat des élections.

8 juillet
Suspension de *La Marseillaise.*

24 juillet
Le ministre des Finances Eugène Caillaux ordonne aux fonctionnaires de se mettre dans les élections au service du gouvernement. De nombreux maires favorables à l'opposition (4 % de

l'ensemble des maires) sont révoqués, tout comme plusieurs centaines de fonctionnaires.

juillet-août
Déplacements officiels de Mac-Mahon dans les départements du Sud-Ouest et du Centre: il appelle les électeurs à choisir une majorité qui rétablisse « l'accord un instant troublé entre les pouvoirs publics ».

15 août
À Lille, Gambetta dénonce le « coup d'État » du 16 mai et la prétention de Mac-Mahon de se maintenir quelle que soit l'issue du scrutin: « Quand la France aura fait entendre sa voix souveraine, il faudra se soumettre ou se démettre. » Fourtou engage des poursuites contre Gambetta pour offense au président de la République.

8 septembre
Thiers, décédé le 3, est inhumé au Père-Lachaise. Jules Grévy prend la direction de la campagne électorale unitaire des gauches républicaines.

10 septembre
Gambetta, condamné à trois mois de prison, fait appel.

19 septembre
Mac-Mahon publie un manifeste électoral dans lequel il réaffirme qu'un résultat qui lui serait défavorable n'aurait pas pour effet de le contraindre à « abandonner le poste où la Constitution m'a placé. Je resterai pour défendre, avec l'appui du Sénat, les intérêts conservateurs ».

26 septembre
Publication posthume d'une déclaration de Thiers sur les élections et en faveur de la République.

14-28 octobre
Élections législatives. La participation est élevée (80 %) et donne la victoire aux républicains qui obtiennent 4 200 000 suffrages contre 3 600 000 aux candidats conservateurs soutenus par le gouvernement Broglie. La nouvelle Chambre compte une majorité républicaine de 321 députés, contre 207 qui avaient reçu le soutien du gouvernement. Parmi ces derniers: une centaine de royalistes (légitimistes et orléanistes à parts égales) et une centaine de bonapartistes. La gauche, qui reste majoritaire, a toutefois perdu 36 sièges, tandis que la droite en gagnait 42. L'Agence Havas rapporte que Broglie n'a pas l'intention de démissionner, et la majorité des journaux proches du président rejette toute politique de conciliation avec la nouvelle majorité.

4 novembre
Renouvellement partiel des conseils généraux: les républicains gagnent la majorité dans 14 nouveaux départements, et contrôlent désormais 50 départements sur 80. Le président du Conseil, le duc de Broglie, est battu dans le canton familial (Eure).

5 novembre
Création de postes de « maîtres de conférences » auprès des professeurs de faculté.

6 novembre
Broglie répète qu'il reste à son poste.

8 novembre
Émile Richard fonde le journal du soir *Le Républicain*.

15 novembre
La Chambre ouvre une enquête parlementaire (proposée par Albert Grévy) « sur les actes qui, depuis le 16 mai, ont eu pour objet d'exercer une pression illégale sur les événements » (312 voix contre 205).

17 novembre
La droite parlementaire demande au gouvernement de réagir à l'enquête décidée par la Chambre.

18 novembre
Jules Guesde fonde *L'Égalité, journal républicain socialiste*, où il publiera la première traduction française du *Manifeste du Parti communiste* de Marx et Engels (1848). *L'Égalité*, rebaptisée en janvier 1880 *L'Égalité, organe collectiviste révolutionnaire*, disparaîtra en décembre 1882.

19 novembre
Le Sénat assure le gouvernement de son soutien (151 voix contre 129).

21 novembre
Le cabinet Broglie démissionne.

23 novembre
Ministère Rochebouët (présidence du Conseil et Guerre): Welche (Intérieur), Banneville (Affaires étrangères), Le Pelletier (Justice), Faye (Instruction publique et Cultes), Dutilleul (Finances), Collignon (Travaux publics), Ozenne (Agriculture et Commerce), Gicquel des Touches (Marine et Colonies): « Le ministère des inconnus. »

La Chambre refuse aussitôt « d'entrer en rapport avec le ministère, attendu qu'elle voit dans la constitution de ce cabinet la négation des principes parlementaires ».

1er décembre
Mac-Mahon refuse la formation d'un nouveau gouvernement et rejette la responsabilité de la crise sur la majorité de la Chambre.

2 décembre
La commission du budget ajourne la présentation de son rapport jusqu'à ce que le ministère ait démissionné. Sollicité de divers côtés, Mac-Mahon se résigne à faire appel à Dufaure.

10 décembre
La Turquie est contrainte par une série de revers militaires de solliciter la médiation européenne.

14 décembre
Démission du cabinet Rochebouët et formation du ministère Dufaure (présidence du Conseil et Justice): Waddington (Affaires étrangères), Marcère (Intérieur), Léon Say (Finances), Borel (Guerre), Pothuau (Marine et Colonies), Bardoux (Instruction publique et Cultes), Freycinet (Travaux publics), Teisserenc de Bort (Agriculture et Commerce).

15 décembre
Message de Mac-Mahon à la Chambre: le président s'incline et reconnaît que « l'exercice du droit de dissolution ne saurait être érigé en système de gouvernement » ; « la Constitution de 1875, ajoute-t-il, a fondé une République parlementaire en établissant mon irresponsabilité, tandis qu'elle a institué la responsabilité solidaire et individuelle des ministres ».

18 décembre
Les instituteurs suspendus ou révoqués depuis le 16 mai sont réintégrés.

19 décembre
Tous les préfets sauf 4, et 264 sous-préfets sur 275, sont remplacés.

autres événements
• Le convent du Grand Orient de France décide de ne plus imposer à ses membres la croyance au « grand architecte de l'univers » : « La franc-maçonnerie, institution entièrement philosophique et progressive, a pour principe la liberté absolue de conscience. Elle n'exclut personne pour ses croyances. Elle a pour devise: Liberté, Égalité, Fraternité. »
• Rivière édite l'éphémère journal *L'Impressionnisme*.
• Jules Brasseur fonde le théâtre des Nouveautés.

1878

2, 15 janvier
Le ministre des Travaux Publics Freycinet remet deux rapports au président de la République dans lesquels il dévoile un vaste programme d'équipement du territoire français en infrastructures de transport. Ce plan prévoit le classement de 18000 km supplémentaires de lignes ferroviaires et la construction de 1900 km de canaux supplémentaires, auxquels s'ajoutent, à partir du 4 novembre, la modernisation de 76 établissements portuaires. Le coût du plan Freycinet est évalué à 5,2 milliards de francs, financé par l'émission de rentes 3 % amorties progressivement, sur le modèle des emprunts privés, sans alourdir la dette publique.

6 janvier
Renouvellement des conseils municipaux: nouveau progrès des candidats républicains.

25 janvier
La Chambre des députés refuse d'adopter *La Marseillaise* comme hymne national.

31 janvier
Rouher défend dans un discours le bilan du Second Empire. C'est l'annonce d'une rupture de l'alliance entre les trois groupes de la droite, constitutionnel, monarchiste et bonapartiste.

février
La presse anticléricale lance une campagne pour la célébration du centenaire de la mort de Voltaire. Un Comité national pour le centenaire de Voltaire est créé; ses membres ont écarté la proposition d'une célébration conjointe du centenaire de la mort de Rousseau.

7 février
Mort de Pie IX. Le 20 février, le cardinal Pecci est élu pape sous le nom de Léon XIII.

26 février
Le colportage des journaux est assujetti à une simple déclaration.

15 mars
La Chambre nationalise les compagnies de chemin de fer de l'Ouest en difficulté, et notamment la Compagnie d'Orléans dirigée par Agénor Bardoux.

20 mars
La Suède rétrocède à la France l'île de Saint-Barthélémy dans les Antilles.

21 mars
Une loi amnistie les délits de presse commis à la suite du « coup d'État » du 16 mai 1877.

2 avril
L'état de siège ne pourra désormais être instauré que par une loi qui en déterminera la durée.

13 avril
G. Bruno – pseudonyme de Mme Alfred Fouillée – publie *Le Tour de France par deux enfants. Devoir et patrie*, dont on comptera pas moins de 200 éditions à la fin du siècle. Une leçon de morale patriotique, à travers les aventures de deux orphelins lorrains, André et Julien, partis à la recherche d'un oncle, et à la découverte de la France.

1er mai
Ouverture de l'Exposition universelle au palais du Trocadéro, construit par Davioud (ce bâtiment sera remplacé par le palais de Chaillot en 1937). Eiffel a construit pour l'occasion une Galerie des machines à structure métallique. La rue des Nations qui juxtapose dans une même allée des maisons « typiques » de chaque pays est très remarquée. Elle s'oppose par son pittoresque à la régularité du style haussmannien de l'époque.

21 mai
Mgr Dupanloup proteste contre la commémoration prévue le 30 mai du centenaire de la mort de Voltaire : il s'agit, écrit-il, d'une « déclaration de guerre au christianisme ». Les catholiques ripostent par l'organisation d'un pèlerinage à Domrémy et par l'ouverture d'une souscription pour l'érection d'un monument à Jeanne d'Arc. Le 24 mai, Gambetta déclare en réponse à Dupanloup : « Je me sens l'esprit assez libre pour être le dévot de Jeanne la Lorraine et l'admirateur et le disciple de Voltaire. »

27 mai
Décret sur l'organisation administrative et financière des compagnies de chemin de fer rachetées et exploitées par l'État.

30 mai
Le centenaire de la mort de Voltaire est célébré au cours d'une réunion patronnée par la Société des gens de lettres et par Victor Hugo. Ce dernier prononce un discours où il célèbre dans la Révolution française « cette catastrophe bénie et superbe qui a fait la clôture du passé et l'ouverture de l'avenir ». La police interdit une contre-manifestation expiatoire devant la statue de Jeanne d'Arc : les antivoltairiens peuvent toutefois assister à un service solennel à Notre-Dame. En province également, Voltaire et Jeanne d'Arc sont à l'honneur.

juin
Grève des mineurs d'Anzin pour la suppression du jour chômé du lundi et le remplacement du salaire à la tâche par le salaire journalier.
Louis Blanc fonde un Comité pour le centenaire de la mort de Rousseau.

4 juin
Traité d'alliance anglo-turc : l'Angleterre prend possession de Chypre.

7 juin
Gambetta se prononce en faveur de l'impôt progressif sur le revenu, dont l'établissement a été repoussé à plusieurs reprises par la Chambre depuis 1871.

13 juin-14 juillet
Congrès international de Berlin pour examiner le traité de San Stefano signé entre la Russie et la Turquie le 3 mars : la Serbie, le Monténégro et la Roumanie deviennent des États indépendants. La Roumanie est cependant privée de la Bessarabie au profit de la Russie. Celle-ci reçoit également, avec le port de Batoum, un accès sur la mer Noire. Le congrès crée une principauté autonome de Bulgarie. Il décide de maintenir le contrôle européen établi en 1856 pour garantir la liberté de navigation sur le Danube, et autorise l'Autriche à occuper la Bosnie-Herzégovine pour une durée indéterminée. Enfin, le congrès invite la Turquie et la Grèce à engager des négociations pour fixer le tracé de leur frontière commune. Au cours des négociations, l'Angleterre a dû révéler le traité secret qu'elle avait signé avec la Porte en échange de l'île de Chypre. Afin de maintenir les équilibres en Méditerranée, le gouvernement de Londres se déclare d'accord pour que la France prenne une compensation en Tunisie (où les intérêts anglais sont d'ailleurs en déclin, concurrencés par la présence italienne).

28-30 juin
Émeutes à Marseille, provoquées par le projet de la municipalité d'enlever la statue de Mgr de Belsunce.

30 juin
Célébration de la fête nationale (la date du 14 juillet a été écartée). La statue de la République, par Clésinger, est inaugurée au Champ-de-Mars.

juin-août
Le Siècle publie en feuilleton le premier épisode de la trilogie de *Jacques Vingtras*, de Jules Vallès, *L'Enfant.*

Vallès

Fils d'un instituteur du Puy-en-Velay, Jules Vallès (1832-1885) participe très jeune aux événements de 1848 et à la résistance au coup d'État du 2 décembre 1851. Craignant d'être arrêté, il se réfugie à Nantes où son père, qui craint lui-même d'être compromis, le fait coffrer et interner dans un asile d'aliénés d'où il réussit à sortir, grâce à l'intervention de quelques amis, deux mois plus tard. En 1867, Vallès, qui s'est lancé dans le journalisme après des études de droit, fonde un hebdomadaire, La Rue. *La chute du Second Empire l'entraîne dans la politique active, à l'extrême gauche. Membre, durant le siège de la capitale, du puissant Comité central des vingt arrondissements qui prône comme Gambetta la guerre à outrance, mais veut également exploiter la mobilisation générale pour réaliser un certain nombre de réformes sociales, il fonde un nouveau journal le 22 février 1871,* Le Cri du peuple. *En mars, il est élu à l'assemblée de la Commune, où il ne tarde pas à s'opposer à la majorité dont il condamne la politique terroriste et contraire aux libertés, notamment à celle de la presse. Après la « semaine sanglante », Vallès trouve refuge en Angleterre. Condamné à mort par contumace, il est amnistié en 1880. Il regagne Paris et bientôt reprend la publication du* Cri du peuple *(octobre 1883), avec l'aide de Séverine. Vallès a commencé en exil la rédaction de la trilogie de* Jacques Vingtras. Le Siècle *publie en feuilleton* L'Enfant *entre juin et août 1878;* Le Bachelier *paraît en 1881 et* L'Insurgé *en 1886, un an après la disparition de Jules Vallès, mort du diabète.*

juillet
Un soulèvement canaque est écrasé en Nouvelle-Calédonie.

1er juillet
Les républicains anticléricaux organisent une « fête de la République » pour le centenaire de la mort de Voltaire.

10 juillet
20000 pèlerins à Domrémy, pour un hommage à Jeanne d'Arc: la Pucelle contre Voltaire.

14 juillet
Commémoration du centenaire de la mort de Rousseau (disparu le 2 juillet 1778): 6000 personnes participent à la manifestation organisée au Cirque Myers, sous la présidence de Louis Blanc; le même jour, aux Tuileries, 200000 personnes applaudissent les 30000 participants du festival des orphéons.

août
En Égypte, le khédive Ismaïl cède la réalité du pouvoir à un gouvernement européen, dans lequel l'Anglais Wilson détient le portefeuille des Finances et le Français Blignères celui des Travaux publics.

12 août
Lancement de l'emprunt proposé auprès du public pour financer le plan Freycinet (2, 15 janvier). Dès le début de septembre, l'échec est patent: moins de 100 millions, sur 500, ont été souscrits. Le 21 septembre, Léon Say réintroduit les titres de l'emprunt à la Bourse: dans la journée, ils sont achetés, à un prix très avantageux, par les investisseurs. Léon Say sera accusé d'avoir volontairement provoqué la baisse du cours pour permettre à ses amis de la banque, et notamment au groupe Rothschild, d'empocher d'énormes plus-values.

3 septembre
Célébration à Notre-Dame d'un service funèbre pour le premier anniversaire de la mort de Thiers. Ni le président de la République ni l'archevêque de Paris n'assistent au service, également boudé par le conseil municipal de Paris.

18 septembre
Gambetta se prononce pour une politique commerciale libre-échangiste, rejoignant ainsi le camp des libéraux de Léon Say, soutenu par l'Association pour la défense de la liberté commerciale et de l'industrie fondée en juillet par Adolphe d'Eichthal, Michel Chevalier et Laboulaye. Les protectionnistes ont pour chefs de file Jules Ferry et Jules Méline.

septembre-octobre
Nouvelles révoltes en Nouvelle-Calédonie.

octobre
Création de la Banque d'escompte de Paris.

25 octobre
Dans *Le Correspondant*, Falloux plaide pour une rupture du royalisme avec les idées contre-révolutionnaires.

autres événements
• Fin du bimétallisme monétaire.
• Ouverture, à Lyon, du musée Guimet, consacré aux religions de l'Asie.
• Débuts du caf'conc': Bobino devient café-concert en 1880.

1879

5 janvier
Élections sénatoriales dans 29 départements (de la Haute-Garonne à l'Orne, dans l'ordre alphabétique): parmi les sénateurs sortants, 18 républicains et 56 conservateurs. Ces derniers ne remportent que 16 sièges, les républicains 58: les républicains deviennent majoritaires dans la Haute Assemblée.

16 janvier
Dufaure déclare à la tribune de la Chambre que son gouvernement appliquera sans faiblesse les lois réglant les rapports de l'Église et de l'État, écartera les fonctionnaires hostiles à la République et proposera des mesures de clémence pour certaines catégories de communards. Le même jour, le *Journal officiel* publie 2 245 grâces accordées par Mac-Mahon à des condamnés de la Commune. 1 067 communards restent déportés en Nouvelle-Calédonie.

18 janvier
Hector Malot: *Sans famille* (que suivra *En famille* en 1893).

28 janvier
Le général Gresley, qui vient d'être nommé ministre de la Guerre en remplacement de Borel, remet à Mac-Mahon un rapport préconisant l'application d'une loi de 1873 qui prescrit le renouvellement tous les trois ans des commandants de corps d'armée: 10 généraux sont concernés. Mac-Mahon refuse.

30 janvier
Démission de Mac-Mahon. Les deux Chambres se réunissent en congrès afin de nommer pour sept ans un nouveau président de la République: Jules Grévy est élu au premier tour de scrutin par 563 voix sur 662. Le cabinet Dufaure démissionne.

JULES GRÉVY

En 1848, Jules Grévy (1807-1891) avait été l'un des adversaires les plus résolus de l'établissement d'un président de la République élu au suffrage universel. Au lendemain du coup d'État du 2 décembre 1851, il avait été arrêté, mais bientôt remis en liberté, abandonnant la politique pour se consacrer au barreau. L'Empire libéral le ramène dans l'arène. Élu au Corps législatif en 1869, il siège avec l'opposition républicaine, mais en septembre 1870, il se tient à l'écart de l'établissement de la République. Partisan, puis adversaire de Thiers, il joue un rôle de premier plan lors de la crise du 16 mai 1877, coordonnant la résistance des parlementaires républicains au «coup d'État» du maréchal de Mac-Mahon. Lorsque ce dernier démissionne, le 30 janvier 1879, Grévy lui succède à la présidence de la République. Si, formellement, le nouveau président respecte la nature parlementaire du régime, consacrée par l'échec de Mac-Mahon, en s'interdisant notamment d'utiliser son droit constitutionnel de dissolution, il ne renonce pas pour autant à peser sur la conduite des affaires, notamment lors de la formation des équipes ministérielles. Ainsi s'oppose-t-il aussi longtemps qu'il le peut à l'entrée de Gambetta au gouvernement; ainsi joue-t-il un rôle décisif en avril 1887 pour empêcher que l'«incident» Schnaebelé ne dégénère en confrontation franco-allemande. Personne n'est cependant parfait; a fortiori, *personne n'est responsable de sa famille: celle de Grévy est on ne peut plus compromettante. Il est en effet affublé d'un frère, Albert, et d'un gendre, Daniel Wilson, qui peuvent servir d'illustrations pour ce que l'époque et le régime comportent de pire. Affaire des décorations, scandale de Panama, ils sont et seront de tous les tripatouillages. Le trafic des décorations, dans lequel Jules Grévy n'est pas personnellement compromis, assombrit son second mandat (il a été réélu le 28 décembre 1885) et le contraint à démissionner le 2 décembre 1887.*

31 janvier
Dans un message aux Assemblées, le président Grévy affirme que, «soumis à la grande loi du régime parlementaire, il n'entrera jamais en lutte contre la volonté nationale exprimée par ses organes constitutionnels»: la République parlementaire triomphe.

1er février
Gambetta est élu à la présidence de la Chambre des députés.

4 février
Ministère Waddington (présidence du Conseil et Affaires étrangères): Marcère (Intérieur et Cultes), Le Royer (Justice), Ferry (Instruction publique), Léon Say (Finances), Freycinet (Travaux publics), Lepère (Agriculture et Commerce), Gresley (Guerre), Jauréguiberry (Marine et Colonies), Cochery (Postes et Télégraphe).

14 février
La Chambre des députés adopte *La Marseillaise* comme hymne national; elle s'appuie sur le décret du 14 juillet 1795 (26 messidor an III) qui faisait du chant des Fédérés de 1792 le «chant national» et n'a jamais été officiellement abrogé.

15 février
Albert Babeau: *Le Village sous l'Ancien Régime*. Une étude classique, hostile au monde moderne, sur les structures et le fonctionnement des communautés d'habitants sous l'Ancien Régime.

19 février
La Chambre, après avoir repoussé une nouvelle proposition de Louis Blanc en faveur de l'amnistie générale des condamnés de 1871, adopte un texte qui amnistie les individus condamnés à la suite des mouvements communalistes de 1871 en province, sous réserve d'une grâce présidentielle préalable. Du 5 mars au 5 juin, 3 361 dossiers sont examinés: 2 276 grâces complètes sont accordées à des condamnés par contumace, 140 autres étant assorties d'un arrêté d'expulsion du territoire français; 900 autres condamnés bénéficient de mesures identiques; environ 700 proscrits restent hors de la loi d'amnistie. La loi d'amnistie partielle est promulguée le 3 mars.

mars
Albert Grévy, le frère du président de la République, est nommé gouverneur général de l'Algérie.
Jules Ferry dépose deux projets de loi: le premier modifie la composition du Conseil supérieur de l'instruction publique afin d'en écarter les représentants du clergé; le second établit le monopole de l'État sur la collation des grades, astreint les écoles libres à un règlement identique à celui des établissements publics et interdit l'enseignement aux membres des congrégations non autorisées.

1er mars
Le ministre de l'Intérieur Marcère est contraint à la démission pour avoir fait bloquer une enquête sur la conduite du préfet de police Gigot pendant la crise du 16 mai 1877. Lepère prend le portefeuille de l'Intérieur et cède celui de l'Agriculture à Tirard.

8 mars
La commission d'enquête sur les événements du 16 mai 1877 conclut à la mise en accusation de Rochebouët, Broglie et Fourtou.

12 mars
La Chambre des députés repousse la proposition de mise en accusation des ministres du 16 mai.

22 mars
Le ministre des Finances Léon Say est accusé à la Chambre d'avoir volontairement provoqué la baisse du cours de la rente sur les emprunts de libération du territoire de 1871 et 1872 en faisant courir le bruit d'une prochaine diminution du taux d'intérêt. Il l'a publiquement démenti le 27 février, provoquant une remontée du cours, mais non sans avoir préalablement informé ses amis, qui ont pu acheter massivement à bas prix. Sont compromis dans ce «délit d'initiés» la banque Rothschild, Pereire et la banque Kohn-Reinach. Gambetta, qui ne souhaite pas la chute du cabinet Waddington, réussit à «sauver» Léon Say.

21 avril
Blanqui est élu député de Bordeaux: son élection est invalidée par la Chambre (Blanqui, détenu à la centrale de Clairvaux depuis le début de 1871, sera gracié le 7 juin et libéré le 11).

mai
Première réunion de la Société des félibres de Paris, fondé par Théodore Aubanel et Maurice Faure sur le modèle du Félibrige créé en 1854 par Frédéric Mistral et, déjà, Aubanel, pour œuvrer à la renaissance de la langue et de la culture occitanes. La Société des félibres parisiens sera secouée par une crise quand, en février 1892, trois félibres «intégraux», parmi lesquels Charles Maurras, se prononceront pour l'autonomie provinciale, administrative et politique, selon eux indispensable à la renaissance de la langue d'oc. Maurras sera exclu.

19 mai
Mgr Pie devient cardinal.

21 mai
Waddington propose de réviser la Constitution afin de permettre le retour des Chambres à Paris, mais il y renonce devant l'opposition du Sénat.

juin
En Algérie, insurrection dans les Aurès.

1er juin
L'héritier du trône impérial, le prince Napoléon-Louis, qui s'est enrôlé dans l'armée britannique en Afrique australe, est tué dans une embuscade tendue par les Zoulous.

11 juin
Libéré de prison, Blanqui fonde le journal *Ni Dieu ni maître*.

12 juin
Waddington ayant menacé de démissionner, le Sénat s'incline et accepte le retour des Chambres à Paris.

16 juin
Les députés adoptent le projet de loi Ferry qui interdit l'enseignement aux congrégations non autorisées.

18 juin
Révision constitutionnelle: les deux Chambres réunies en congrès décident leur transfert à Paris. Le 26 juin, une loi complémentaire affecte le palais du Luxembourg au Sénat et le Palais-Bourbon à la Chambre des députés.

26 juin
L'État décide la mise en concession de l'industrie (nouvelle) du téléphone. Les trois compagnies concessionnaires fusionnent en 1880 pour former la Société générale des téléphones qui ouvre une usine à Bezons en 1882. C'est seulement en 1882 que l'État entreprend de développer son propre réseau.
En Égypte, la France et l'Angleterre déposent le khédive Ismaïl et le remplacent par son fils Tewfik, âgé de 27 ans. Le ministère européen formé en août 1878 est supprimé et le condominium rétabli, avec un contrôleur français, Blignères, et un contrôleur britannique, lord Cromer.

30 juin
La Marseillaise redevient hymne national.

8 juillet
Ferdinand de Lesseps fonde la Compagnie universelle du canal interocéanique pour financer le percement du canal de Panama. L'émission des actions, au début du mois d'août, est un échec. Le projet ne sera repris que deux ans plus tard.

12 juillet
Guesde: *Collectivisme et révolution*. Exilé en Suisse depuis 1871, Guesde rentre en France en 1876 et fonde le journal *L'Égalité*.

29 juillet
La Chambre interdit au clergé de siéger dans les conseils d'administration des hospices et dans les bureaux de bienfaisance.

2 août
Une loi débloque des crédits pour le traitement chimique des vignes atteintes par le phylloxéra: la production de vin, dont le record avait été de 83 millions d'hectolitres en 1874, s'effondre en 1879 à 25 millions d'hectolitres. Le traitement chimique restant sans effet, le greffage sur des plants américains fera l'objet de premiers essais vers 1884-1885.

9 août
La loi Paul Bert crée dans chaque département des écoles normales d'instituteurs et d'institutrices.
Frédéric Mistral publie le *Trésor du Félibrige*.

31 août
À nouveau candidat dans la Gironde, Blanqui est battu par moins de 200 voix.

octobre
La publication en feuilleton de *Nana*, d'Émile Zola, dans *Le Voltaire*, provoque un scandale. Le roman paraîtra en volume en mars 1880. 55000 exemplaires s'arracheront dès le premier jour.

15 octobre
Alliance austro-allemande conclue pour cinq ans (la Duplice).

20 octobre
Congrès des chambres syndicales, à Marseille: 73 délégués contre 27 adoptent les thèses collectivistes d'inspiration marxiste du Parti ouvrier français de Jules Guesde. Le courant coopératif et mutualiste de Barberet, encore majoritaire en octobre 1876, est battu. Le congrès déclare adopter comme but: «la collectivité du sol, sous-sol, instruments de travail, matières premières, donnés à tous et rendus inaliénables par la société à qui ils doivent retourner».

15 novembre
Paul de Rémusat publie les *Mémoires* de sa grand-mère, la comtesse Claire de Rémusat, disparue en 1821, qui avait été sous l'Empire dame du palais de l'impératrice Joséphine.

27 novembre
Les Chambres se réunissent à Paris. La Chambre abroge la loi de 1814 qui interdit le travail le dimanche et les jours de fêtes religieuses.

décembre
Paul Bert rend public un rapport favorable à l'enseignement primaire obligatoire, gratuit et laïque.

2-16 décembre
Le gouvernement doit répondre à plusieurs interpellations déposées par les radicaux (Clemenceau, Lockroy) dans l'espoir que la droite, cessant de s'abstenir, se réunira à eux pour renverser le cabinet Waddington. Celui-ci obtient la confiance de la Chambre le 5 décembre par 221 voix contre 97, puis le 16, mais par le score plus serré de 250 voix contre 175. Le 16, Waddington démissionne.

6 décembre
Charles Cros: *Le Coffret de santal.*

Charles Cros

Charles Cros (1842-1888) se définit un jour par ces mots: « physicien, chimiste, philosophe et poète » et, aurait-il pu ajouter, humoriste. Avant d'être poète, Cros fut en effet un inventeur de génie, dont on ne finirait pas de citer les trouvailles: le télégraphe automatique (1867), le procédé de la photographie en couleur (1869), le chronomètre (1879), etc. Féru d'astronomie, il traque les erreurs dans la représentation de la surface de la planète Mars; en avril 1876, il invente un « procédé d'enregistrement et de reproduction des phénomènes perçus par l'ouïe », le « paléophone » qu'éclipsera l'invention, quelques mois plus tard, du phonographe par Thomas Edison. C'est en 1867 que Charles Cros fait la connaissance de Verlaine et son entrée dans le monde des lettres et de la poésie. Il publie ses premiers poèmes deux ans plus tard et, en 1879, un recueil de son œuvre poétique, Le Coffret de santal. *Ami de Richepin, de Germain Nouveau, plus tard d'Alphonse Allais, menant la vie de bohème des années 1880, Charles Cros a longtemps dû sa célébrité à quelques monologues humoristiques, comme* Le Hareng saur *ou* Le Bilboquet, *auxquels il était loin d'accorder le même prix que ses contemporains, et qui lui interdirent souvent, non sans tristesse, d'être pris au sérieux.*

8 décembre
Jules Simon, rapporteur au Sénat sur le projet Jules Ferry (mars), critique l'article visant les congrégations.

10 décembre
Marcelin Berthelot: *Essai de mécanique chimique fondée sur la thermochimie.*

Marcelin Berthelot

Marcelin Berthelot (1827-1907) a consacré son activité scientifique à la chimie organique. Il met au point le procédé de l'estérification et reproduit artificiellement, par synthèse, de nombreuses espèces chimiques: il réalise ainsi la synthèse de l'alcool, du méthane, de l'acétylène et du benzène (1855-1866). Fondateur de la thermochimie (1854), il imagine la bombe calorimétrique (1879) et découvre le phénomène de l'onde explosive (1881). Professeur au Collège de France, membre de l'Académie des sciences (1873), Berthelot est nommé en 1877 inspecteur général de l'enseignement supérieur. C'est le début d'une longue carrière politique. Élu sénateur inamovible en 1881, il est chargé le 11 décembre 1886 du portefeuille de l'Instruction publique dans le ministère Goblet. Plus tard encore ministre des Affaires étrangères, Berthelot, resté inconsolable après la disparition de sa femme, se donnera la mort en 1907.

28 décembre
Formation du ministère Freycinet (présidence du Conseil et Affaires étrangères): Lepère (Intérieur), Ferry (Instruction publique), Jauréguiberry (Marine et Colonies), Tirard (Agriculture et Commerce), Cochery (Postes et Télégraphe) conservent leurs portefeuilles; Cazot (Justice), Farre (Guerre), Magnin (Finances).

autres événements
- Vincent d'Indy: *Le Chant de la cloche* (1879-1883).

Vincent d'Indy

Issu d'une vieille famille aristocratique naturellement versée dans le métier des armes mais mélomane (Berlioz et Rossini sont des familiers de la maison), Vincent d'Indy (1851-1931) s'oriente très vite vers des études musicales, un moment interrompues par la guerre de 1870. Il entre en 1874 au Conservatoire, joue de l'orgue à Saint-Leu-la-Forêt (Val-d'Oise) et prend la direction des chœurs des Concerts Colonne. Il a déjà à son actif plusieurs compositions (notamment la trilogie de Wallenstein, *achevée en 1881), mais c'est seulement en 1879 qu'il s'attelle à sa première partition importante,* Le Chant de la cloche, *qui, en 1885, est distinguée par la ville de Paris, et en 1886, est plébiscitée par le public. La même année, nouveau succès avec la* Symphonie cévenole. *Nommé à la direction de la Société nationale de musique, Vincent d'Indy se veut le défenseur de la renaissance musicale française: il multiplie voyages, conférences, concerts, et pour assurer le rayonnement de la France, il fonde en 1894 la Schola Cantorum. Parallèlement, il poursuit son œuvre:* Istar *(1896), la* 2e Symphonie *(1903),* Souvenirs *(1906),* Poème des rivages *(1919-1921), le* Diptyque méditerranéen *(1925-1926). Il compose plusieurs drames lyriques:* Fervaal *(1888-1895),* L'Étranger *(1898-1901),* La Légende de saint Christophe *(1908-1916), et un opéra bouffe,* Le Rêve de Cinyras *(1922-1923). Il meurt en décembre 1931, âgé de 81 ans.*

- Le facteur Cheval construit son Palais idéal à Hauterives (Drôme) (1879-1912).
- Aménagement du parc Montsouris à Paris.

1880

janvier
Jules Ferry dépose deux projets de loi: le premier établit la gratuité de l'enseignement primaire, le second son caractère obligatoire et laïque.
Dans *Le XIXe siècle*, Ivan Tourgueniev présente la traduction française de *Guerre et Paix* de Tolstoï. L'année suivante, publication de la traduction de *Crime et Châtiment* de Dostoïevski. Tourgueniev, par son œuvre tôt traduite en français (ses *Carnets d'un chasseur* ont été traduits dès 1854) comme par ses relations avec les écrivains français – Mérimée, Flaubert, Maupassant ou Zola –, a été l'un des principaux artisans de la diffusion de la littérature russe en France.

13 janvier
Gambetta est réélu président de la Chambre.

16 janvier
Clemenceau et Camille Pelletan fondent *La Justice*. Clemenceau rejette toute alliance entre les groupes de la majorité républicaine et critique la «politique prudente et mesurée» annoncée par Freycinet.

17 janvier
César Franck: *Quintette* avec piano.

CÉSAR FRANCK

Né à Liège d'un père d'origine autrichienne, César Franck (1822-1890) arrive avec ses parents à Paris en 1835. Son père le destine à la musique, dont il attend pour son fils comme pour toute la famille gloire et fortune. La déception est à la mesure des espérances: son père a beau le contraindre à composer et jouer, lui imposer des tournées de faible rapport, rien n'indique que César deviendra un nouveau Mozart. Il a maintenant 15 ans, mais son despote de père ne renonce pas et, à force d'intrigues, réussit à le faire admettre au Conservatoire (1837). César Franck s'y montre bon élève, mais il ne remporte pour finir qu'un second prix d'orgue: toute la famille regagne la Belgique. En 1848 enfin, grâce au mariage, César Franck échappe à la tyrannie paternelle. Il revient à Paris où il commence une longue carrière d'organiste d'église (1848-1890) et, plus timidement et sans être d'abord remarqué, de compositeur. Cofondateur, avec Chabrier, de la Société nationale de musique en 1871, nommé l'année suivante professeur d'orgue au Conservatoire, le talent de Franck éclôt tardivement, en 1880 – il a 60 ans – avec un Quintette *avec piano. Il lui reste dix années à vivre, au cours desquelles il enchaîne les chefs-d'œuvre:* Prélude, choral et fugue *(1884),* Variations symphoniques *(1885),* Sonate pour violon et piano *(1886),* Prélude, aria et finale *(1886-1887),* Symphonie en ré mineur *(1886-1888),* Quatuor *(1889), et, l'année de sa disparition,* Trois chorals *pour orgue.*

22 janvier
Louis Blanc dépose une nouvelle proposition d'amnistie générale. Elle est rejetée le 12 février.

27 janvier
L'enseignement de la gymnastique devient obligatoire. L'Union des Sociétés de gymnastique de France a été fondée en 1873: il y avait 40 sociétés en 1870, il y en aura 800 en 1889.

16 février
Publication d'une encyclique pontificale condamnant le divorce.

21 février
La loi Jules Ferry sur l'organisation du Conseil supérieur de l'instruction publique écarte les représentants du clergé, de l'armée et de la magistrature. Le Conseil est désormais présidé par le ministre de l'Instruction publique et composé de membres nommés par décret et de représentants élus de l'enseignement public. L'enseignement privé est représenté par quatre membres désignés par décret.

6 mars
Le gouvernement vient au secours du gouverneur général de l'Algérie, Albert Grévy, accusé de concussion par son secrétaire général démissionnaire: l'affaire est classée.
Le gouvernement français refuse d'extrader un réfugié russe, Hartmann, soupçonné d'avoir participé à l'attentat manqué du 19 novembre 1879 contre le tsar Alexandre II.

9 mars
Le Sénat, par 148 voix contre 129, suit l'avis du rapporteur Jules Simon et rejette l'article 7 du projet de loi Ferry sur la liberté de l'enseignement supérieur qui interdit l'enseignement aux membres des congrégations non autorisées.

15 mars
Le président du Conseil Freycinet refuse de renoncer à l'article 7, mais le Sénat confirme son vote d'opposition du 9, et adopte le reste du texte.

16 mars
La Chambre riposte au vote du Sénat en demandant l'application des lois existantes sur les congrégations non autorisées, accorde sa confiance au gouvernement et vote sans discussion la loi sur la liberté de l'enseignement supérieur.

18 mars
Loi sur la liberté de l'enseignement supérieur, qui soumet les « universités libres » aux règlements de l'enseignement public et rend à l'État la collation des grades.
Des manifestations célèbrent l'anniversaire de la Commune.

29 mars
Décrets contre les congrégations non autorisées: le premier ordonne la dissolution de la Société de Jésus avant le 29 juin, délai prorogé au 31 août pour les établissements scolaires; le second donne un délai de trois mois aux autres congrégations pour présenter une demande d'autorisation.

3 avril
Ferdinand Brunetière: *Études critiques sur l'histoire de la littérature française* (9 séries, 1880-1925). En 1882, Brunetière mènera dans *La Revue des deux mondes* une campagne féroce contre *Le Roman naturaliste.*
Jean-Henri Fabre (1823-1915): *Souvenirs entomologiques, études sur l'instinct et les mœurs des insectes* (1879-1882), l'œuvre maîtresse du « Virgile des insectes ».

5 avril
Le prince Napoléon approuve les décrets du 29 mars, mais il est désavoué par la majorité des journaux bonapartistes.

6 avril
Léon XIII condamne les décrets du 29 mars. En France, des comités sont formés, des souscriptions lancées pour racheter les biens des congréganistes et leur permettre de continuer d'enseigner. Une campagne de pétitions est organisée pour réclamer l'abrogation des décrets.

11 avril
Clemenceau dénonce la lenteur avec laquelle les réformes sont accomplies, et l'attribue au caractère insuffisamment républicain des institutions fondées en 1875.

mai
Discussion à la Chambre des députés d'un projet de loi sur les réunions publiques présenté par le gouvernement en janvier. Le projet supprime l'autorisation préalable au bénéfice d'une simple déclaration devant le préfet, et prévoit un certain nombre de restrictions: les électeurs seuls pourront participer aux réunions électorales, le préfet pourra ajourner une réunion en cas de « troubles imminents » et le commissaire de police en ordonner la dispersion en cas de « tumulte ». Lors d'un premier examen en janvier, Louis Blanc a réclamé la liberté intégrale, mais la majorité républicaine a adopté les restrictions, y voyant de nécessaires précautions contre les agissements du « parti clérical ». En mai, lorsque le texte revient en seconde lecture, la Chambre se déjuge et limite la surveillance préfectorale. Le ministre de l'Intérieur, Lepère, démissionne: Constans lui succède.

1er mai
Les *Soirées de Médan*, manifeste de « l'école naturaliste » (Zola, Huysmans, Hennique). Maupassant y publie *Boule de suif.*

8 mai
Mort de Flaubert. Le 15 décembre, *La Nouvelle Revue* commencera la publication, expurgée, de *Bouvard et Pécuchet* – qui sera publié en volume, sans coupures, en mars 1881.

23 mai
Manifestation au Père-Lachaise pour commémorer la « semaine sanglante ». Le conseil municipal blâme les arrestations opérées par la police.

4 juin
Le nouveau tarif douanier consacre la victoire des partisans du libre-échange sur ceux du protectionnisme.

11 juin
Loi favorable au développement du réseau ferroviaire par la construction de lignes de chemins de fer d'intérêt local.

17 juin
Loi sur le colportage des journaux et imprimés.

18-25 juin
Les responsables des congrégations décident d'opposer une résistance passive en cas d'expulsion.

19 juin
Freycinet propose d'amnistier les condamnés des insurrections de 1870 et 1871, et l'amnistie des délits politiques commis depuis cette date.

21 juin
Appuyée par Gambetta, l'amnistie est votée par 312 voix contre 136 à la Chambre des députés, mais au Sénat elle se heurte à l'opposition de Jules Simon. Ce dernier entraîne la majorité, qui décide d'exclure du bénéfice de l'amnistie les individus condamnés à mort (par contumace) ou aux travaux forcés pour assassinat ou incendie, et de n'en accorder le bénéfice qu'à ceux qui auront bénéficié d'une grâce présidentielle avant le 14 juillet. La Chambre s'incline et vote le texte sénatorial (qui s'applique à 14 individus).

25 juin
Les pétitions contre les décrets du 29 mars, revêtues de 135 000 signatures, sont remises au Sénat.

29 juin-3 juillet
Conformément aux dispositions des décrets du 29 mars, les jésuites sont expulsés de leurs maisons par la force. L'opération se déroule sans provoquer de troubles. Les jésuites déposent des recours en justice (qui n'aboutiront pas). Afin de protester, près de 200 magistrats des parquets démissionnent.

5 juillet
Le député Lisbonne présente un rapport pour une réforme générale de la législation sur la presse.

6 juillet
La date de la fête nationale est fixée le 14 juillet.

7 juillet
Un armateur italien rachète aux Anglais la ligne de chemin de fer Tunis-Goulette-Marsa. La compagnie française du Bône-Guelma, candidate malheureuse au rachat, obtient néanmoins du bey Mohammed es-Sadok une concession pour la construction d'un port à Tunis et d'une ligne Tunis-Bizerte. Le bey, circonvenu par les Italiens, revient ensuite sur sa décision et fait obstacle aux travaux.

10 juillet
Les condamnés de la Commune sont graciés et amnistiés.

12 juillet
Gare de Lyon, la foule accueille Henri Rochefort de retour d'exil.

13 juillet
L'École normale supérieure de Fontenay-aux-Roses est chargée d'assurer la formation des professeurs des écoles normales féminines.

14 juillet
Célébration officielle de la fête nationale. Le drapeau tricolore est définitivement adopté.
Rochefort lance *L'Intransigeant*, qui se veut l'organe du « parti des pauvres contre celui des riches ».
Abrogation de l'obligation du repos dominical.

17 juillet
Une loi règle la situation financière de l'Égypte : la moitié des revenus du pays sont affectés au paiement des créances, et les biens personnels du khédive sont placés sous séquestre. Ces mesures draconiennes provoquent l'essor d'un puissant mouvement nationaliste.

19 juillet
Gambetta préside à Belleville un concours réunissant 150 orphéons et 6000 exécutants. On dénombrera 10000 orphéons en 1900, symboles de la vitalité de la vie associative : 150000 affiliés aux sociétés de tir en 1900, et 60000 membres des sociétés de gymnastique.

août
Le gouvernement autorise plusieurs officiers à quitter la France pour aller organiser l'armée grecque menacée d'un conflit avec la Turquie. Des fuites et une campagne de presse contraignent le gouvernement à annuler cette autorisation. Campagne de presse allemande contre Gambetta, accusé d'être le chef du « parti de la revanche ».

1er-8 août
Lors du renouvellement partiel des conseils généraux, les candidats républicains remportent 1 026 sièges sur 1 433. Ils sont majoritaires dans 66 départements (sur 80). Plusieurs journaux orléanistes, comme *Le Soleil*, en tirent la conclusion d'un ralliement nécessaire à la République.

18 août
Freycinet prononce à Montauban un discours conciliant envers les congrégations.

28 août
Dans le journal légitimiste *La Guyenne*, les dirigeants des congrégations menacées protestent « de leur respect et de leur soumission à l'égard des institutions actuelles du pays ».

31 août
Les scellés sont apposés sur les établissements scolaires administrés par les jésuites.

10 septembre
Savorgnan de Brazza entreprend une seconde expédition sur l'Ogooué. Il descend jusqu'au Congo, où il établit un protectorat français et fonde le poste plus tard baptisé Brazzaville.

18 septembre
Le ministre de l'Intérieur, Constans, soutenu par ses collègues Cazot et Farre, mais désavoué par Freycinet, publie une circulaire recommandant l'application sans faiblesse des décrets du 29 mars.

19 septembre
Freycinet, qui souhaite négocier avec les congrégations, abandonne la présidence du Conseil.

25 septembre
Ministère Jules Ferry (présidence du Conseil et Instruction publique) : Constans (Intérieur), Barthélemy Saint-Hilaire (Affaires étrangères), Sadi Carnot (Travaux publics), Cloué (Marine et Colonies), Tirard (Agriculture et Commerce), Cochery (Postes et Télégraphe), Cazot (Justice), Farre (Guerre), Magnin (Finances).

JULES FERRY

Jules Ferry (1832-1893) est né à Saint-Dié (Vosges). Il acquiert la notoriété à la fin du Second Empire en publiant les résultats d'une enquête sur le coût faramineux des grands travaux effectués à Paris par le baron Haussmann (1868). Élu l'année suivante au Corps législatif par les électeurs parisiens, Ferry siège avec l'opposition républicaine au gouvernement d'Émile Ollivier. Le 4 septembre 1870, il entre au gouvernement provisoire qui lui confie la direction de la préfecture de la Seine. C'est dans l'exercice de ses fonctions, puis dans celles de maire de Paris qu'il cumule avec les premières à compter du 16 novembre 1870, que son radicalisme républicain se tempère. Confronté aux terribles difficultés provoquées par le siège de Paris et à l'agitation révolutionnaire, Jules Ferry devient, avec Jules Favre ou Jules Simon, l'un des chefs de file des républicains modérés. L'insurrection de la Commune le conforte dans son horreur du désordre. Le 18 mars 1871, après avoir tout tenté pour enrayer la catastrophe, il est le dernier représentant de l'autorité légale à quitter la capitale tombée aux mains de la foule insurgée et des militants révolutionnaires. Élu député des Vosges en février 1871, constamment réélu entre 1876 et 1889, Ferry soutient la politique de Thiers en faveur de l'établissement d'une République conservatrice. La chute de Thiers, l'élection de Mac-Mahon à la présidence et l'évolution conservatrice du régime l'installent au centre, républicain convaincu et intransigeant mais ennemi du radicalisme gambettiste. Il obtient son premier portefeuille ministériel le 4 février 1879, et participe dès lors à de nombreux cabinets, tantôt à l'Instruction publique, tantôt aux Affaires étrangères. À deux reprises, de septembre 1880 à novembre 1881 puis de février 1883 à avril 1885, il occupe la présidence du Conseil, dirigeant des cabinets à la longévité remarquable pour l'époque. Jules Ferry a marqué son temps de son empreinte dans deux domaines : la réforme de l'enseignement et l'expansion coloniale. Dans le domaine scolaire, il est le père du système qui définit l'esprit même de la IIIe République : l'obligation, la gratuité de l'enseignement primaire et surtout la laïcité, dont l'introduction provoque les combats les plus furieux. Ferry soutient le choc avec détermination et riposte en mars 1880 en lançant une offensive contre les congrégations. Haï par la droite et les cléricaux, sans pour autant, trop conservateur dans d'autres domaines, s'attirer la sympathie de la gauche, Ferry reconstruit en entier un système d'éducation appelé à devenir l'école de la République. Ses différents passages au pouvoir sont marqués par d'autres lois : celle sur la liberté de la presse (29 juillet 1881) et celle légalisant les syndicats (21 mars 1884).

L'autre grande œuvre de Jules Ferry est l'expansion coloniale. C'est seulement après son arrivée aux affaires en 1880 qu'il découvre les possibilités qu'elle offre de rendre à la France son rang international, lui ouvrir de nouveaux marchés et accessoirement, lui permettre de renouer avec l'universalité de la mission qui est la sienne depuis la Révolution française. La création d'un vaste empire colonial en Extrême-Orient et en Afrique est une entreprise patriotique, républicaine et humanitaire. Initiée par la conquête de la Tunisie en 1881, elle se poursuit en Afrique, à Madagascar et par la conquête de l'Annam et du Tonkin qui parachève la formation d'une Indochine entièrement française. La colonisation est la gloire de l'époque, et celle de Ferry, d'ailleurs pas toujours appréciée à l'époque. Les radicaux y sont hostiles, la droite réticente, et tous mécontents de l'autoritarisme de Ferry et de l'habitude qu'il a prise de placer les parlementaires devant le fait accompli. C'est d'ailleurs un revers militaire en Indochine, au demeurant sans importance, qui provoque sa chute en mars 1885. Ferry aura été l'un des hommes les plus détestés de son temps : par les insurgés de 1871, par les catholiques, par les radicaux, plus tard par les ennemis de la République parlementaire, notamment à l'époque de la crise boulangiste (1888-1889). En décembre 1887, il est battu par Sadi Carnot lors de l'élection présidentielle, et quelques jours plus tard, le 10, il échappe à un attentat : un fou le blesse de deux balles dans la poitrine. Devenu sénateur en 1891, très affaibli depuis l'attentat de 1887, il s'éteint le 18 mars 1893.

16 octobre
Dissolution des congrégations d'hommes non autorisées, en application du second des décrets du 29 mars. À Marseille, Avignon, Tarascon, Lyon (un mort), l'expulsion provoque des incidents. 261 couvents sont fermés, 5 600 religieux expulsés. La dispersion des congrégations de femmes est ajournée (elle le restera).

20 octobre
Lesseps fonde, après un premier échec en juillet 1879, une seconde Compagnie universelle du canal interocéanique (de Panama). En décembre, 300 millions d'actions sont émises. Au début de 1881, Lesseps prend le contrôle, pour le compte de la Compagnie universelle, de la compagnie américaine du Panama Rail Railroad. Plusieurs autres sociétés sont créées dans l'orbite de la Compagnie universelle, notamment la Société industrielle et commerciale des métaux. Des ingénieurs se rendent sur les lieux en 1881.

novembre
Le congrès ouvrier du Havre rejette une résolution pour la suppression de la propriété privée. Création de l'Union socialiste républicaine.
Verlaine : *Sagesse.*

9 novembre
Jules Ferry manque d'être renversé par la Chambre qui demande une loi supprimant l'inamovibilité de la magistrature.

23 novembre
Rochefort accuse le général de Cissey, ancien ministre de la Guerre, d'avoir eu une liaison avec une espionne allemande. Rochefort sera condamné pour diffamation, et Cissey innocenté par une commission d'enquête parlementaire.

30 novembre
Le montant de la souscription lancée pour la construction de la basilique du Sacré-Cœur dépasse 80 millions de francs.

1er décembre
La Nouvelle Revue commence la publication du *Crime de Sylvestre Bonnard* d'Anatole France (jusqu'au 1er janvier 1881).

4 décembre
Zola : *Le Roman expérimental.*

6 décembre
Divorçons, de Victorien Sardou, est créé au théâtre du Palais-Royal.

21 décembre
Loi Camille Sée sur l'enseignement secondaire des jeunes filles. Elle substitue notamment l'enseignement de la morale à celui de la religion.

autres événements

- Annexion de Tahiti et des îles de la Société.
- Bartholdi : le *Lion de Belfort*.
- Jules Dalou remporte le concours pour une statue représentant la République *(Le Triomphe de la République)*, qui sera inaugurée place de la Nation, le 19 novembre 1899.
- Rodin : *Le Penseur*.

Rodin

Après des débuts difficiles, Auguste Rodin (1840-1917) est contraint de gagner sa vie comme ornemaniste. En 1877, il présente à Bruxelles puis à Paris L'Âge d'airain. *L'œuvre fait sensation : elle semble proche de la vie, rappelant la grande tradition de la Renaissance italienne. D'où l'accusation – fausse – lancée par les ennemis du sculpteur : celui-ci aurait moulé l'œuvre sur nature. Rodin, qui espérait être reconnu grâce à cette œuvre, eut beaucoup de mal à prouver son innocence. En 1880, cependant,* L'Âge d'airain *est acquis par l'État. On lui demande une porte de bronze pour le futur musée des Arts décoratifs (la* Porte de l'Enfer, *inspirée de Dante). Après vingt années de travail, Rodin présente en 1900 une maquette de cette* Porte *qu'il considère pourtant comme inachevée. Souvent, Rodin ne termina pas les monuments publics qui lui étaient commandés : le* Victor Hugo *destiné au Panthéon ne fut pas réalisé et le* Balzac *fut refusé en 1898. Seuls* Les Bourgeois de Calais *(1884-1895) furent menés à bien. Rodin présenta une rétrospective de son œuvre en marge de l'Exposition universelle de 1900.*

1881

janvier

Parution du premier numéro de la revue *La Révolution française* (1881-1939).

7 janvier

Le ministre des Affaires étrangères, Barthélemy Saint-Hilaire, irrité par l'intransigeance grecque dans les négociations sur le tracé de ses frontières avec la Turquie, prône un désengagement européen dans les Balkans.

9 janvier

Renouvellement des conseils municipaux. Les républicains opportunistes l'emportent dans 76 départements. À Paris, les 57 candidats présentés par les socialistes et les anciens communards recueillent seulement 14 000 suffrages : aucun n'est élu. En revanche, les radicaux, à Paris comme à Marseille, remportent la majorité des sièges.

20 janvier

Ouverture de la session parlementaire : Gambetta est réélu à la présidence de la Chambre.

29 janvier

Le gouvernement français repousse un projet d'intervention militaire en Tunisie pour défendre les intérêts français.

Paul Leroy-Beaulieu : *Essai sur la répartition des richesses et sur la tendance à une moindre inégalité des conditions*.

8 février

La Chambre rejette un projet rétablissant le divorce présenté par Naquet.

10 février

Rétablissement de la mairie centrale de Lyon.

12 février

Joseph Reinach publie dans *La Revue politique* un article vraisemblablement concerté avec Gambetta qui critique la politique française dans les Balkans. Un journal hostile à Gambetta riposte en l'accusant d'avoir intrigué l'année précédente pour entraîner la France dans une guerre au côté des Grecs. Gambetta se défend d'exercer une quelconque influence occulte sur les affaires diplomatiques. Le 30 mars, un traité fixe le tracé de la frontière gréco-turque.

13 février

Hubertine Auclert fonde *La Citoyenne*.

Hubertine Auclert

Hubertine Auclert (1848-1914) rejoint au début des années 1870 le mouvement pour l'égalité des droits civils des femmes animé par Maria Deraismes et Léon Richer. En 1876, elle fonde la société Le Droit des femmes pour appuyer cette campagne. Mais deux ans plus tard, convaincue que la conquête du droit de vote, en faisant des femmes des citoyennes, est le préalable à l'égalité civile, elle rompt avec Maria Deraismes. La Citoyenne *devient l'organe de son combat (1881-1891). En 1888, elle suit son mari en Algérie où il exerce les fonctions de juge de paix. De retour en France après la mort de son époux en 1892, elle rejoint alors Drumont qui lui a ouvert les colonnes de* La Libre Parole. *Après avoir publié un livre inspiré par son séjour en Afrique du Nord :* Les

Femmes arabes en Algérie *(1900), elle publie* Le Vote des femmes *(1908), profession de foi et bilan de sa vie militante.*

24 février
Une loi autorise la construction d'un chemin de fer du Sénégal au Niger, afin d'ouvrir le Soudan au commerce français.

27 février
Une foule enthousiaste acclame Victor Hugo pour fêter (avec un an d'avance) son quatre-vingtième anniversaire.

mars
Une loi rend obligatoires vaccins et rappels.

9 mars
Discours d'Albert de Mun, à Vannes, sur la « monarchie chrétienne »: le mariage de la contre-révolution et de la pensée sociale.

13 mars
Annexion des îles Gambier.
Assassinat du tsar Alexandre II, auquel succède Alexandre III.

23 mars
Rallié au projet d'intervention en Tunisie, Gambetta réussit à convaincre Ferry.

30-31 mars
Sur la frontière algéro-tunisienne, accrochage entre soldats français et tribus tunisiennes.

4 avril
Jules Ferry annonce l'envoi d'un corps expéditionnaire en Tunisie pour protéger la frontière algérienne, mais se défend de tout projet de conquête.

7 avril
À l'unanimité des votants, la Chambre vote les crédits militaires pour la Tunisie.

24 avril
25000 soldats sont rassemblés sur la frontière orientale de l'Algérie. Le 1er mai, une brigade française débarque à Bizerte: les troupes du bey Mohammed es-Sadok évitent le contact et se retirent devant l'avance française.

27 avril
La Turquie proteste contre l'intervention française en Tunisie.

mai
Maupassant: *La Maison Tellier.*

12 mai
Le général Bréard signe avec le bey de Tunis un traité qui établit un protectorat français en Tunisie. La Chambre ratifie le traité le 24 mai.

19 mai
La Chambre modifie la loi électorale: à l'initiative d'Agénor Bardoux, un proche de Gambetta, elle supprime le scrutin uninominal pour l'élection des députés et rétablit le scrutin de liste. Le texte est transmis au Sénat, qui, le 9 juin, le rejette par 148 voix contre 114.

31 mai
La Chambre des députés rejette une proposition de Barodet (soutenu par Clemenceau) visant à réviser la Constitution de 1875 par la suppression de l'égalité des pouvoirs législatifs de la Chambre et du Sénat, la suppression du droit présidentiel de dissolution et la modification du recrutement des sénateurs. Le 28 mai, Gambetta a pris position contre la révision. La proposition Barodet sera de nouveau rejetée le 15 novembre.

juin
En Tunisie, au moment où le rapatriement du corps expéditionnaire français va avoir lieu, une insurrection éclate: Sfax et Gabès se soulèvent; les tribus du centre du pays prennent les armes.

13 juin
Pasteur publie le compte rendu des premiers essais de vaccination préventive, réalisés à Pouilly-le-Fort, près de Melun *(Sur la vaccination charbonneuse).*

Pasteur

Louis Pasteur (1822-1895) vient à peine de terminer ses études lorsqu'en 1848, il se fait connaître des milieux scientifiques par un mémoire sur la cristallographie, base des recherches qui le conduiront à établir les principes de la stéréochimie. Entre 1857 et 1863, il se tourne vers l'étude de la fermentation et démontre que ce phénomène est provoqué dans chaque cas par des micro-organismes spécifiques. En 1860, aboutissement de ces travaux, il réfute, en se heurtant à une forte opposition, la théorie de la génération spontanée. Le milieu des années 1860 le voit s'occuper du caractère contagieux de la maladie du ver à soie, et le début des années 1870 des altérations de la bière (découverte de la « pasteurisation »). C'est après

1870 que commence la partie la plus féconde de sa carrière. Expérimentateur de génie, il découvre l'origine de la maladie charbonneuse du mouton, le staphylocoque et le streptocoque à l'origine de la fièvre puerpérale. En 1879, il découvre le principe de la vaccination préventive par inoculation de souches de la même maladie atténuées dans leur virulence, et il s'attaque en 1881 à la mise au point d'un vaccin contre la rage (1885). Membre de l'Académie des sciences depuis 1862, il est élu à l'Académie française en 1881. En 1888, grâce à une souscription nationale, l'Institut Pasteur ouvre ses portes. Parmi les savants, collaborateurs de Pasteur, qui s'y illustreront, figurent Émile Roux (1853-1933), qui découvrira la toxine diphtérique, et Alexandre Yersin (1863-1943) qui, directeur de l'Institut Pasteur en Indochine, identifiera le bacille de la peste (1894) contre lequel il mettra au point un sérum.

16 juin
Promulgation de la loi instaurant la gratuité de l'enseignement primaire.

30 juin
Promulgation de la loi sur les réunions publiques (adoptée par la Chambre en mai 1880 et par le Sénat en février 1881). Elle supprime toutes les entraves légales, pour ne conserver que la déclaration préalable et l'obligation de former un bureau.

14 juillet
À Marseille, affrontements entre Français et ressortissants italiens, provoqués par l'intervention française en Tunisie: 3 morts et 21 blessés.

21 juillet
Jules Ferry obtient le vote de crédits pour l'envoi d'une expédition au Tonkin, chargée de mettre fin aux actes de piraterie sur le fleuve Rouge, officiellement ouvert au commerce international depuis le 15 mars 1874.

25 juillet
Le projet de loi Ferry sur l'école primaire laïque et obligatoire, déjà voté par la Chambre, revient devant celle-ci après avoir été amendé par le Sénat: à l'instigation de Jules Simon, les sénateurs ont adopté un article substituant à l'instruction morale et civique prévue par Jules Ferry « l'enseignement des devoirs envers Dieu et envers la patrie ». À la Chambre, Paul Bert obtient le rejet de l'amendement: l'adoption du texte est ajournée à la session de 1882.

26 juillet
Une escadre française bombarde et occupe Sfax.

28 juillet
Abolition du caractère confessionnel des cimetières.

29 juillet
Loi sur la presse. Cette loi « d'affranchissement et de liberté » supprime les mesures préventives (autorisation préalable, timbre et cautionnement) et réduit au minimum les formalités administratives nécessaires à la création des journaux. Elle instaure la liberté de l'imprimerie et de la « librairie », la liberté d'affichage, de colportage et de vente sur la voie publique. La loi supprime les délits d'opinion. La presse est soustraite au régime du droit commun pénal: les délits de presse sont déférés devant les cours d'assises, sauf pour certaines infractions administratives qui restent du ressort des tribunaux correctionnels. La saisie préventive des journaux est interdite. La loi maintient la législation en vigueur sur la diffamation et l'outrage aux bonnes mœurs; elle maintient également le droit de réponse et introduit un droit de rectification au bénéfice de l'autorité publique. Enfin, une amnistie est promulguée pour tous les délits antérieurs au 29 juillet.
À la veille de la chute du Second Empire, la presse parisienne comptait 37 titres tirant un total de près d'un million d'exemplaires. En juillet 1880, on recense 60 quotidiens parisiens et près de 2 millions d'exemplaires. À la fin de 1910, 70 titres imprimeront ensemble 5 millions d'exemplaires quotidiens, dont 1400000 pour *Le Petit Parisien*. En province, les tirages sont plus modestes: 350000 abonnés en 1868, 500000 en 1875, 1 million en 1885.
Dans la capitale, la presse républicaine l'emporte largement sur la presse conservatrice: 1500000 exemplaires contre 430000. En tête caracole *Le Petit Journal* (584000), suivi par *La Petite République* (196000) et *La Lanterne* (151000). Un seul autre journal franchit la barre des 100000 exemplaires, *Le Figaro* (105000). *L'Intransigeant* de Rochefort tire à 72000 exemplaires, l'orléaniste *Soleil* à 45000, *La République française* de Gambetta à 11000 et *La Justice* de Clemenceau à 13000. D'anciennes gloires sont moribondes ou presque: le *Journal des débats* (7000), le journal catholique *L'Univers* (10000), *L'Union* légitimiste (4 600), *Le Constitutionnel* (2000).
Un décret fixe aux 21 août et 4 septembre le renouvellement de la Chambre des députés élue en octobre 1877.

11 août-20 novembre
Exposition internationale de l'électricité. Le public peut admirer le phonographe et la lampe électrique à incandescence de Thomas Edison (1877-1878).

12 août
À Belleville, Gambetta développe son programme: révision des lois constitutionnelles sur le mode d'élection et les attributions du Sénat, réforme judiciaire, décentralisation administrative, diminution de la durée du service militaire, impôt sur le revenu.

16 août
Les radicaux empêchent Gambetta de prendre la parole dans un meeting organisé rue de Charonne.

21 août-4 septembre
Élections législatives. 5100000 suffrages se portent sur les républicains, seulement 1800000 sur les candidats conservateurs. La nouvelle Chambre compte 457 républicains et 90 conservateurs (dont 45 bonapartistes). Sur les 457 députés républicains, 204 sont affiliés à l'Union républicaine de Gambetta, 168 à la Gauche républicaine de Ferry.

25 août
Le colonel Négrier détruit une mosquée dans la région d'Oran.

5 septembre
Au Havre, Gambetta recommande la prudence: «Il ne s'agit pas de ne pas marcher; mais il faut marcher d'une manière pondérée et mesurée». Les radicaux et l'extrême gauche (Clemenceau, Barodet, Blanc, Lockroy, Pelletan) publient un manifeste condamnant l'expédition française en Tunisie.

6 septembre
Promulgation de plusieurs décrets dits «de rattachement» qui réalisent l'assimilation administrative de l'Algérie. Les différents services administratifs sont directement rattachés aux ministères parisiens compétents. La fonction de gouverneur général subsiste, mais devient plus ou moins honorifique. Les députés de l'Algérie et les conseils municipaux d'Alger et d'Oran protestent contre l'esprit centralisateur de ces décrets.

28 septembre
Jules Guesde et les socialistes, qui ont abandonné *Le Citoyen français*, fondent *Le Citoyen*.

10 octobre
Les troupes françaises occupent Tunis, puis Kairouan le 26 octobre. Gabès est reconquise en novembre.

28 octobre
Rentrée parlementaire. Brisson est élu à la présidence de la Chambre.

Henri Brisson

L'un des fondateurs, en 1901, du Parti républicain-radical et radical-socialiste, Henri Brisson (1835-1912) commence en 1871 une longue carrière parlementaire (jusqu'à sa mort) et ministérielle. Il est à partir de 1881 le président presque inamovible de la Chambre, réélu jusqu'en 1885, puis de 1894 à 1898 et de 1904 à 1912. Franc-maçon influent, anticlérical féroce, Brisson accède à deux reprises à la tête du gouvernement: d'abord en 1885 où, succédant à Jules Ferry, il poursuit la politique d'expansion coloniale en Indochine engagée par son prédécesseur, ensuite en 1898 où il est pris dans la tourmente de l'affaire Dreyfus. Brisson ne manque pas alors de courage. Ayant découvert que la condamnation de Dreyfus reposait sur des faux, il prend la décision de faire réviser le procès. Successivement, trois ministres de la Guerre démissionnent pour manifester leur opposition à cette décision, et le 25 octobre, accusé par la Chambre de prêter la main aux attaques contre l'honneur de l'armée, il doit démissionner.

novembre
Loi réservant un emplacement séparé pour chaque culte dans les cimetières.

4 novembre
Plusieurs interpellations sont déposées sur les affaires tunisiennes. Jules Ferry annonce que, quelle que soit l'issue du débat, le gouvernement démissionnera.
Inauguration de l'École des hautes études commerciales (HEC).

5 novembre
Albert Grévy démissionne de ses fonctions de gouverneur général de l'Algérie.

5-8 novembre
Débat sur la Tunisie. La Chambre refuse d'ordonner l'enquête réclamée par Clemenceau et Naquet.

10 novembre
Démission du gouvernement Ferry.

14 novembre
Ministère Gambetta (présidence du Conseil et Affaires étrangères): Campenon (Guerre), Gougeard (Marine), Bert (Instruction publique et Cultes), Cazot (Justice), Allain-Targé (Finances), Waldeck-Rousseau (Intérieur), Devès (Agriculture), Rouvier (Commerce et Colonies), Raynal (Travaux publics), Cochery (Postes et Télégraphe), Antonin Proust (Beaux-Arts et Arts industriels): le ministère des «76 jours».

15 novembre
Gambetta annonce qu'il veut favoriser «les institutions de prévoyance et d'assistance sociales» afin d'améliorer la condition ouvrière.

28 novembre
La Ligue de l'enseignement, créée par Paul Bert et Ferdinand Buisson, s'organise sous la forme d'une fédération nationale.

29 novembre
Le républicain Jules Simon prend la direction du *Gaulois*, ancien journal royaliste.

novembre 1881-février 1882
Le khédive égyptien Tewfik est contraint par un coup d'État nationaliste de confier la direction du gouvernement aux adversaires de la tutelle franco-britannique.

15 décembre
Rochefort, qui a accusé de prévarication les responsables de l'expédition française en Tunisie, est relaxé par la cour d'assises de la Seine. Il demande dans *L'Intransigeant* la démission de Gambetta.

16 décembre
Clôture de la session parlementaire.

autres événements
• Ouverture du cabaret Le Chat noir à Montmartre, où chante Aristide Bruant. Caran d'Ache, Steinlen et Alphonse Allais fondent un journal sous ce titre.

1882

8 janvier
Élections sénatoriales portant sur 79 sièges: 66 sont conquis par les républicains.

14 janvier
Gambetta dépose un projet de révision des lois constitutionnelles: établissement du scrutin de liste pour l'élection des députés, modification du corps électoral sénatorial en accordant aux communes un nombre de grands électeurs proportionnel à leur population électorale (au lieu d'un électeur par commune), suppression des 75 sénateurs inamovibles, remplacés par 75 sénateurs élus par les deux Chambres et renouvelés par tiers, abrogation des pouvoirs législatifs du Sénat en matière budgétaire.

19 janvier
La Chambre nomme, pour examiner le projet de révision Gambetta, une commission majoritairement hostile au président du Conseil.

21, 28 janvier
Crise boursière à Lyon. Les dépôts du Crédit lyonnais diminuent de moitié; l'Union générale, banque fondée en 1878 et rivale du Crédit lyonnais, fait faillite le 28.

22 janvier
Décret organisant l'enseignement secondaire des jeunes filles.

23 janvier
La commission parlementaire créée le 19 se prononce contre l'établissement du scrutin de liste.

26 janvier
Par 268 voix contre 218, les députés rejettent le projet de révision constitutionnelle du 14: Gambetta démissionne.

28 janvier
Georges Ohnet: *Le Maître de forges*.

30 janvier
Ministère Freycinet (présidence du Conseil et Affaires étrangères): Goblet (Intérieur), L. Say (Finances), Humbert (Justice et Cultes), Ferry (Instruction publique et Beaux-Arts), Billot (Guerre), Jauréguiberry (Marine et Colonies), Varroy (Travaux publics), Tirard (Commerce), Cochery (Postes et Télégraphe), Mahy (Agriculture).

février
Grèves dans le bassin houiller du Gard.

8 février
La France et l'Angleterre promettent leur appui au khédive face aux nationalistes égyptiens.

mars
700 hommes commandés par le capitaine de frégate Henri Rivière embarquent pour le Tonkin.

4 mars
Les conseils municipaux recouvrent le droit d'élire leurs maires.

6 mars
Barodet fait décider le recensement et l'analyse des programmes électoraux des élections de 1881.

7 mars
La Chambre demande l'abrogation du Concordat de 1801.

28 mars
Loi Jules Ferry rendant l'instruction primaire obligatoire, et laïque dans les écoles publiques, de 6 à 13 ans (le 23 mars, le Sénat a renoncé à son amendement du 4 juin 1881 en faveur de l'enseignement des « devoirs envers Dieu et la patrie » et accepté l'instruction morale et civique du projet Ferry). L'Alliance des maisons d'éducation secondaires (catholique), fondée en 1871, publie le premier numéro de la *Revue de l'enseignement chrétien*. L'enseignement secondaire privé encadre 90000 élèves en 1893, contre 85000 dans le public.

6 avril
Décret sur l'administration de ceux des territoires algériens qui jusqu'alors étaient directement administrés par l'armée.

8 avril
Maxime Du Camp: *Souvenirs littéraires* (1882-1883). L'un des plus importants témoignages sur la société du Second Empire et les débuts de la IIIe République.

12 avril
Zola publie *Pot-Bouille*.

16 avril
Recul des votes républicains à l'occasion d'élections municipales complémentaires.

25 avril
Le corps expéditionnaire Rivière occupe Hanoi.

26 avril
En Algérie, une mission topographique française est attaquée par plusieurs milliers de rebelles près de la frontière marocaine: 78 Français sont tués ou blessés.

12 mai
Déroulède fonde la Ligue des patriotes. Son but initial est d'encadrer la jeunesse et de lui inculquer les valeurs républicaines. La Ligue évolue rapidement vers l'antigermanisme et l'apologie de la revanche.

Déroulède

Fils d'un avocat et neveu d'Émile Augier, l'auteur du Gendre de Monsieur Poirier, *Paul Déroulède (1846-1914) se lance très jeune à l'assaut des planches:* Juan Strenner, *sa première pièce, est jouée au Théâtre-Français en 1868. La guerre de 1870 décide de son destin. Fait prisonnier à Sedan, il s'évade, reprend du service, participe aux combats d'arrière-garde et à la répression de la Commune. Très proche de Gambetta dont il a épousé le jusqu'auboutisme de 1870-1871, il reprend la plume après avoir déposé les armes, célébrant en vers la camaraderie et la bravoure guerrières et surtout la revanche contre l'Allemagne.* Les Chants du soldat, *premier d'une longue série de recueils poétiques consacrés au culte des valeurs patriotiques, lui apportent gloire et fortune. Le 14 novembre 1881, Gambetta l'appelle à coopérer avec le gouvernement qu'il vient de former comme membre d'une commission sur la formation militaire, mais avant même la chute du cabinet, le 26 janvier 1882, il doit abandonner ses fonctions à cause des pressions exercées par l'homme qui à ses yeux symbolise l'esprit « capitulard », Jules Ferry. Le 12 mai, Déroulède met sur pied la Ligue des patriotes, dont la vocation est d'entretenir la flamme des valeurs républicaines et patriotiques, et accessoirement de peser sur la vie politique pour obtenir un infléchissement de la politique opportuniste dans le sens d'une plus grande fermeté face à l'Allemagne. Champion d'une démocratisation du régime parlementaire, c'est très naturellement que Déroulède, en 1887-1889, rejoint le combat du général Boulanger. Élu député d'Angoulême en 1889, Déroulède, malgré la fuite du chef et la dissolution de la Ligue des patriotes, reste fidèle à l'inspiration boulangiste, c'est-à-dire à ses premières convictions. Rentré dans ses terres de Charente en 1893, Déroulède songe à renoncer à la politique lorsque l'affaire Dreyfus éclate. Déroulède monte aussitôt au front pour défendre l'honneur de l'armée compromis à ses yeux par les dreyfusards, reconquiert son siège de député d'Angoulême et ressuscite la Ligue des patriotes. Il est de toutes les manifestations, de tous les meetings contre la révision. Le 23 février 1899, la bataille perdue, Déroulède échange le rôle de tribun contre celui d'homme de main: profitant de l'occasion des obsèques de Félix Faure, il tente d'entraîner l'armée à l'assaut de l'Élysée. Le coup échoue lamentablement. Déroulède est malgré tout acquitté. L'affaire Dreyfus ne reste pas sans conséquences sur ses positions: si c'est encore le patriotisme de la revanche et l'inspiration de Gambetta qui ont motivé son engagement antidreyfusard, l'amnistie de Dreyfus le pousse dans les bras des nationalistes les plus radicaux, mêlant antisémitisme et antiparlementarisme. C'est notamment en compagnie de l'un de ceux-ci, Jules Guérin, qu'il est de nouveau jugé à la fin de 1899: cette fois banni pour dix années, il s'installe en Espagne d'où, amnistié, il rentre en 1906 pour mourir, à la veille du déclenchement de la Première Guerre mondiale.*

15 mai
Jules Roche demande la sécularisation des biens de toutes les congrégations, même autorisées.

20 mai
L'Italie adhère à l'alliance austro-allemande d'octobre 1879, qui devient la Triplice (1882-1914).

22-23 mai
Léon Say abandonne le portefeuille des Finances afin de protester contre un projet législatif de réforme du régime des boissons: les députés s'inclinent, Say reprend sa démission.

25-29 mai
La France et l'Angleterre renoncent à une expédition armée en Égypte et demandent la médiation de la Turquie.

28 mai
Inauguration du musée des Monuments et Sculptures, dans le palais du Trocadéro construit pour l'Exposition universelle de 1878: un musée de copies, où l'absence d'œuvres originales n'encouragera pas la fréquentation.

10 juin
La Chambre supprime l'inamovibilité de la magistrature et décide qu'à l'avenir les magistrats seront élus.

11 juin
Émeutes anti-européennes à Alexandrie: 60 morts.

12 juin
Le garde des Sceaux, Humbert, proteste contre le vote du 10 juin.

23 juin-14 août
Réunion à Constantinople d'une conférence internationale sur l'Égypte, qui adopte le principe d'une protection collective du canal de Suez.

29 juin
La Chambre adopte une proposition visant à retirer le caractère d'utilité publique à la construction de la basilique du Sacré-Cœur. Elle vote une loi sur le séjour des étrangers en France qui autorise le préfet à expulser par simple arrêté tout étranger ayant subi une condamnation de droit commun, les autres ne pouvant être expulsés qu'en vertu d'un décret. Au cours des débats, la Chambre a refusé d'inscrire dans la loi la notion de « réfugié politique ».

10 juillet
Freycinet refuse de s'associer au bombardement d'Alexandrie décidé par Londres. L'escadre française quitte l'Égypte.

11 juillet
La flotte britannique bombarde Alexandrie. Le 13, les troupes anglaises occupent la ville, entièrement mise à sac par ses habitants.

12 juillet
La Chambre vote un projet de loi qui contraint les chefs d'établissements privés à subir un examen d'aptitude pédagogique.

13 juillet
Inauguration de l'Hôtel de Ville reconstruit après sa destruction par le feu en 1871.

15 juillet
La conférence de Constantinople demande à la Turquie d'intervenir en Égypte. La Turquie accepte d'intervenir le 26 juillet. La France et l'Angleterre proposent d'assurer conjointement la sécurité du canal de Suez.

19 juillet
Le député Blancsubé demande le rétablissement de la mairie centrale de Paris: la Chambre refuse de passer à l'ordre du jour pur et simple comme le lui demande le ministre de l'Intérieur Goblet, et adopte (256 voix contre 153) un ordre du jour motivé qui témoigne de son manque de confiance envers le gouvernement: Freycinet présente la démission du cabinet. Jules Grévy la refuse.

20 juillet
Un vote de confiance de la Chambre permet au gouvernement Freycinet de reprendre sa démission.

29 juillet
Par 417 voix contre 75, la Chambre refuse les crédits que le gouvernement a demandés pour la protection du canal de Suez, tout en affirmant qu'il était opposé à une intervention directe. Clemenceau dénonce l'irrésolution du gouvernement et entraîne la majorité: le gouvernement Freycinet est renversé.

30 juillet
La Grande-Bretagne refuse d'évacuer ses troupes d'Égypte avant l'arrivée du corps expéditionnaire turc. Un article publié dans le *Times* le 27 juillet évoque l'hypothèse de l'établissement d'un protectorat britannique sur l'Égypte.

août
Plusieurs attentats à la dynamite sont commis à Montceau-les-Mines contre les biens des congrégations.

2 août
Loi confiant aux tribunaux correctionnels la poursuite du délit d'outrage aux bonnes mœurs.
Les Anglais débarquent à Suez et occupent le canal le 20.

6 août
Le syndicat des bibliothèques populaires (la première a été fondée en octobre 1861) organise une fête au Trocadéro: il représente les bibliothèques de 12 arrondissements parisiens (14 en 1898) et environ 8000 adhérents.

7 août
Ministère Duclerc (présidence du Conseil et Affaires étrangères): Devès (Justice et Cultes), Fallières (Intérieur), Tirard (Finances), Billot (Guerre), Jauréguiberry (Marine et Colonies), Duvaux (Instruction publique), Hérisson (Travaux publics), Pierre Legrand (Commerce), Mahy (Agriculture), Cochery (Postes et Télégraphe).

13 août
L'armée anglaise écrase les nationalistes égyptiens à Tell el-Kébir. L'Angleterre occupe l'Égypte, nomme un consul général, lord Cromer, et décide de ne pas rétablir le condominium franco-britannique.

septembre
Congrès socialiste de Saint-Étienne. Les partisans de Jules Guesde sont mis en minorité et se séparent des « possibilistes » conduits par Paul Brousse. Ces derniers fondent la Fédération des travailleurs socialistes de France.

Le socialisme français

Le socialisme français de la fin du XIXe siècle se caractérise par sa diversité doctrinale. La Commune de 1871 en a offert une première illustration en réunissant dans un combat commun des courants qui ont repris leur autonomie sitôt la défaite consommée. La décennie 1870 n'est pas favorable à l'essor du mouvement: beaucoup de ses dirigeants et de ses militants sont emprisonnés, déportés ou exilés, la Ire Internationale s'est dissoute, et c'est seulement en 1879, au congrès ouvrier de Marseille, que les socialistes retrouvent l'occasion de faire entendre leur voix, pour condamner la voie réformiste sur laquelle s'est engagé le mouvement ouvrier. Ce regain de visibilité, favorisé en 1880 par l'amnistie des communards, ne met pas un terme aux dissensions intestines entre les trois principaux courants qui affirment leur indépendance réciproque au congrès de septembre 1882: possibilistes, guesdistes et blanquistes.
Patron de la chambre syndicale des ouvriers typographes depuis les années 1860, Jean Allemane (1843-1935) a été déporté en Nouvelle-Calédonie après la Commune. Amnistié en 1880, il rejoint avec Paul Brousse (1844-1912) le Parti ouvrier fondé par Jules Guesde. Paul Brousse est un ancien de la Ire Internationale, proche des anarchistes et longtemps lié à Bakounine qu'il a aidé à organiser la Fédération jurassienne (Suisse). Exilé tout au long des années 1870, Brousse regagne la France en 1880 et rompt avec l'anarchisme. Allemane et lui ne restent pas longtemps au Parti ouvrier. Rejetant les thèses marxistes des guesdistes, ils fondent en 1882 la Fédération des travailleurs socialistes de France, dite « possibiliste » : hostile au centralisme du parti marxiste et favorable à la réalisation de réformes progressives, à l'intérieur du système existant, qui ouvriront la voie à la société socialiste. Les possibilistes bénéficient à cette époque de puissants appuis au sein du mouvement ouvrier, dont témoignent bientôt leurs succès électoraux, notamment au conseil municipal de la capitale, ou encore le contrôle qu'ils exercent sur la Bourse du travail de Paris. L'unité du mouvement ne résiste cependant pas à la tornade boulangiste de la fin des années 1880. Si Brousse parvient, non sans mal, à faire accepter par les militants une alliance avec les radicaux au pouvoir au nom de la « défense républicaine », les tentatives de Paul Brousse pour continuer cette politique après la fin de la crise provoquent l'éclatement : Allemane prend la tête de l'opposi-

tion et fonde en 1891 le Parti ouvrier socialiste révolutionnaire (POSR), qui récupère à son profit l'essentiel des forces vives d'une Fédération broussiste dès lors condamnée à un rapide déclin. Sans rompre avec la conception possibiliste d'une transformation graduelle de la société, les allemanistes des années 1890 entendent surtout rendre au mouvement ouvrier son indépendance: les alliances électorales avec les partis sont interdites et le POSR. adhère au principe de la grève générale comme instrument privilégié de l'émancipation du prolétariat. Cette stratégie d'abstention politique, doublée d'un fort investissement militant, notamment en milieu syndical, conduit le parti possibiliste à jouer un rôle de premier plan dans la Fédération des bourses du travail en 1892 et dans la création de la CGT en 1895. Les dernières années du siècle voient cependant le déclin de l'allemanisme, trop exclusivement investi dans l'action syndicale au moment où le socialisme fait son entrée sur la scène politique et parlementaire. En 1902, la majorité de ses militants rejoint le Parti socialiste français que vient de fonder Jean Jaurès.

Le second des trois courants affrontés en 1882 est celui animé par Jules Guesde.

Jules Guesde (1845-1922), qui avait troqué le patronyme de son père, Basile, pour celui de sa mère lors de son entrée dans la carrière journalistique sous le Second Empire, a été contraint à l'exil en 1871 pour avoir pris parti dans ses articles en faveur de la Commune. Revenu en France en 1876, il fonde l'année suivante le journal L'Égalité. *Au début de 1880, dans le sillage du congrès de Marseille, Guesde rédige une plateforme en vue de la création d'un parti socialiste et se rend à Londres pour le soumettre à l'approbation de Marx, Engels et Lafargue. Fondé sur les principes de la lutte des classes et de la collectivisation des moyens de production, le programme guesdiste se heurte en France à l'hostilité d'une large fraction du mouvement socialiste, majoritairement proudhonien. De débats en controverses, ce programme est en 1882 l'occasion de l'éclatement de l'unité à peine esquissée. Jules Guesde se retire alors avec ses troupes et fonde le Parti ouvrier français. Le principal collaborateur de Guesde est alors Paul Lafargue (1842-1911), qui en 1868 a épousé la fille de Karl Marx, Laura. À travers Guesde et Lafargue, le marxisme pénètre en France, gagnant peu à peu en audience à l'intérieur d'un mouvement ouvrier au départ réticent, davantage réceptif aux thèses développées par Brousse ou Allemane sur le syndicalisme et les coopératives. Le parti guesdiste doit ce résultat à une intense activité de prédication, mais également à un encadrement efficace des recrues au sein d'une organisation solidement structurée et centralisée. Les guesdistes font leur entrée au Parlement en 1889. Lafargue est élu député en 1891 et Guesde en 1893, alors que le Parti ouvrier français compte une dizaine de milliers de membres.*

Le troisième et dernier courant socialiste de 1882 est formé par les héritiers de Blanqui (mort en janvier 1881). Parmi ses chefs de file figurent Émile Eudes, l'ancien «général» de la Commune, qui décédera en 1888, et Édouard Vaillant (1840-1915), lui aussi ancien de l'insurrection de 1871, lié pendant un temps avec Marx lors de son exil en Angleterre, qui a pris ensuite ses distances tout en conservant une partie de l'enseignement marxiste qu'il s'efforce de concilier avec le républicanisme révolutionnaire et les traditions conspiratrices du blanquisme. Marxiste hétérodoxe, Vaillant n'est pas davantage un blanquiste de pure race: au cours des années 1880, de retour en France, il œuvre à un rapprochement avec les guesdistes, et en 1889 il rompt avec la vieille garde blanquiste qui a pris parti en faveur de Boulanger. Cette scission va en fait lui donner une grande influence dans le mouvement socialiste, où il opère entre le marxisme et le républicanisme une synthèse propre à rallier les différents courants au moment où les scrutins successifs témoignent de l'essor des idées socialistes dans l'électorat.

Les élections législatives de 1893 marquent de ce point de vue un tournant dans l'histoire du socialisme. 37 députés socialistes sont alors élus, succès important, et cela même s'il profite surtout aux «socialistes indépendants» étrangers aux organisations issues du congrès de 1882: Jaurès, Millerand ou Viviani.

Né à Castres, Jean Jaurès (1859-1914) a fait ses études à l'École normale supérieure. Agrégé en 1881, il enseigne à Albi puis à Toulouse. Élu député sur la liste républicaine du Tarn en 1885, il ne tarde pas à prendre ses distances avec l'opportunisme, même si c'est seulement après son retour à l'enseignement, en 1889, qu'il se rallie au socialisme. La grève des mineurs de Carmaux en 1892 révèle plusieurs Jaurès: le socialiste, l'immense orateur. Dans la Chambre élue en 1893, son talent l'impose comme l'un des principaux chefs de file du petit groupe socialiste. Battu en 1898, il se consacre au journalisme (il dirige la rédaction de La Petite République*) et commence son* Histoire socialiste de la Révolution française *(publiée entre 1901 et 1904).*

À travers Jaurès ou Millerand, le socialisme subit une nouvelle métamorphose; se dépouillant de la mythologie révolutionnaire, il entre dans le jeu de la démocratie parlementaire, définie non plus comme un obstacle à l'émancipation des travailleurs, mais comme l'un des moyens qui permettront de développer dans toutes leurs conséquences et implications les principes proclamés en 1789. De cette conception du socialisme, Jaurès s'affirme le théoricien, tandis qu'elle est mise en œuvre par Millerand. Au lendemain des élections municipales de mai 1896, qui ont vu un nouveau progrès des candidats socialistes, Millerand rédige le « programme de Saint-Mandé », bréviaire du socialisme démocratique et républicain, fondé sur la renonciation à la prise du pouvoir par la violence, le principe de la socialisation des moyens de production et la solidarité internationale entre les travailleurs: Jaurès rejoint la IIe Internationale la même année. En juin 1899, Alexandre Millerand, soutenu par Jaurès et Viviani, mais désavoué par les guesdistes comme par Vaillant, accepte d'entrer au gouvernement formé par Waldeck-Rousseau. Le congrès réuni à la fin de l'année pour examiner le « cas Millerand » est houleux: Guesde réussit à faire voter une motion condamnant toute participation socialiste à un « gouvernement bourgeois », et le projet d'unification socialiste adopté par le congrès fait long feu. En 1902, Jaurès rompt avec les guesdistes et fonde le Parti socialiste français, tandis que Jules Guesde réorganise le Parti ouvrier et le rebaptise Parti socialiste de France. À ces deux courants irréconciliables, la IIe Internationale va pourtant imposer l'unité, introuvable depuis un quart de siècle. Réunie en congrès à Amsterdam (1904), elle condamne en effet solennellement la stratégie de la collaboration ministérielle et réaffirme les principes de la lutte de classe défendus par Jules Guesde: Jaurès s'incline, et avec Guesde et Vaillant, il fonde en 1905 la SFIO. Le nouveau parti recueille bientôt les dividendes de son unité réalisée (même s'il reste écartelé entre Guesde et Jaurès): 36 députés en 1905, 51 en 1906, 102 en 1914. Les dix années qui séparent la création de la SFIO du déclenchement de la Première Guerre mondiale sont largement dédiées par Jaurès et Vaillant, devenus alliés sur ce terrain, à la lutte pour la paix.
Lafargue et son épouse se sont suicidés le 25 novembre 1911; le 31 juillet 1914, un nationaliste assassine Jean Jaurès. Édouard Vaillant meurt à son tour en décembre 1915, après avoir vu sombrer ses espoirs dans la paix et la IIe Internationale dont il était devenu l'un des principaux dirigeants. Des fondateurs du socialisme français, seul Jules Guesde survit au déclenchement de la guerre: il se rallie à l'Union sacrée et siège au gouvernement jusqu'à la fin de 1916.

Troubles en Provence, à l'occasion de banquets légitimistes.
Lissagaray fonde *La Bataille.*

7 septembre
La Compagnie universelle du canal interocéanique (de Panama) émet 250000 obligations de 500 francs à 5 %. Plusieurs autres émissions massives suivent: 600000 obligations à 3 % en octobre 1883 et 387000 obligations à 4 % en septembre 1884.

13 septembre
Par décret, le ministre de l'Intérieur Fallières prend l'administration des cultes.

14 septembre
Les Anglais occupent Le Caire.

21-22 octobre
Une bombe explose à Lyon dans les sous-sols du restaurant du théâtre Bellecour. 53 anarchistes, dont Kropotkine, sont arrêtés.

2 novembre
Une circulaire du ministre de l'Instruction publique, Duvaux, prescrit la suppression des crucifix et des images saintes dans les bâtiments scolaires.

31 décembre
Gambetta meurt, âgé de seulement 44 ans.

autres événements
- Fondation du Racing-Club de France.
- Création du musée Grévin, du musée des Arts décoratifs et de l'École du Louvre.
- Gustave Eiffel réalise le viaduc de Garabit, d'une portée de 165 mètres.
- Maspéro découvre la momie de Ramsès II.

1883

janvier
Charles d'Héricault fonde la *Revue de la Révolution* (1883-1889), destinée à contrebalancer l'influence de *La Révolution française* d'Aulard. Catholique et royaliste, Héricault fondera en 1890 la Société d'histoire contemporaine, rivale

de la Société de l'histoire de la Révolution française fondée en 1888 par Aulard et l'équipe de *La Révolution française*.

6 janvier
Obsèques nationales de Gambetta.

7 janvier
Rupture des négociations franco-britanniques sur la suppression du contrôle conjoint sur l'Égypte: la France est désormais écartée du contrôle des finances égyptiennes exercé de concert avec l'Angleterre jusqu'en août 1882.

15 janvier
Le prince Napoléon publie un manifeste appelant au « redressement intérieur » et à l'organisation d'un plébiscite permettant au peuple de « nommer son chef ». « Plonplon » est arrêté le lendemain.

16 janvier
Floquet demande l'expulsion du territoire français des descendants des familles ayant régné sur la France.
Fondation du journal *La Croix*. Le tirage est de 14000 exemplaires en 1884, 80000 en 1888, 168000 en 1892.

19 janvier
Fallières, ministre de l'Intérieur, se prononce en faveur d'une loi qui autorise le gouvernement à expulser par décret, si nécessaire, les descendants des familles royales, et qui mette en disponibilité ceux d'entre eux qui servent dans l'armée. Lockroy demande la radiation immédiate des princes d'Orléans des cadres de l'armée.
Procès des 53 accusés dans l'attentat de Lyon d'octobre 1882. Kropotkine et Émile Gautier sont condamnés à cinq ans de prison.

20 janvier
Jules Ferry demande une réforme de la législation sur la presse qui crée le délit d'« outrage au gouvernement de la République »: la Chambre ne donne pas suite.

25 janvier
La commission parlementaire demande au gouvernement, en échange de son soutien au projet Fallières du 19 janvier, de se rallier à la proposition Lockroy.

27 janvier
La Chambre des députés révoque son vote du 10 juin 1882 en faveur de l'élection des juges.

28 janvier
Le président du Conseil Duclerc et les ministres Billot (Guerre) et Jauréguiberry (Marine) refusent de s'associer à la proposition Lockroy du 19 janvier et démissionnent.

29 janvier
Fallières, ministre de l'Intérieur dans le gouvernement Duclerc, prend la présidence du Conseil et l'intérim des Affaires étrangères; Mahy (Agriculture) assure l'intérim de la Marine et des Colonies; le portefeuille de la Guerre est confié le 31 janvier au général Thibaudin.

1er février
La Chambre adopte contre les descendants des familles ayant régné sur la France le projet Fallières permettant l'expulsion par décret, et décide que les « prétendants » autorisés à séjourner en France seront inéligibles.

9 février
La chambre des mises en accusation de la Seine rend une ordonnance de non-lieu en faveur du prince Napoléon arrêté le 16 janvier, qui est aussitôt remis en liberté.

12 février
Le Sénat rejette la loi contre les prétendants votée par les députés ainsi qu'un contre-projet Barbey (qui autorise l'expulsion par décret et autorise le gouvernement à mettre les prétendants officiers en disponibilité), et vote un amendement Léon Say-Waddington qui punit du bannissement, prononcé par la cour d'assises, tout membre d'une famille royale qui ferait acte de prétendant ou attenterait à la sûreté de l'État…

13 février
Démission du cabinet Fallières.

15 février
La Chambre rejette l'amendement Say-Waddington sur les prétendants, et vote les deux premiers articles du projet Barbey du 12.

17 février
Le Sénat refuse de céder et rejette les articles votés le 15 par les députés.

19 février
Villiers de l'Isle-Adam: *Contes cruels*.

Villiers de l'Isle-Adam

Auguste Villiers de l'Isle-Adam (1838-1889) descend d'une vieille famille noble, mais passablement désargentée. C'est à l'école de Baudelaire et d'Edgar Poe qu'il publie ses Premières Poésies *en 1859 et un premier roman en 1862* (Isis). *Ami de Mallarmé, il reste toutefois à l'écart du mouvement symboliste. Après les* Contes cruels *de 1883, il publie* L'Ève future *et* L'Amour suprême *en 1886, des* Histoires insolites *et de* Nouveaux Contes cruels *en 1888.*

21 février
Formation du ministère Jules Ferry (présidence du Conseil, Instruction publique et Beaux-Arts): Challemel-Lacour (Affaires étrangères), Waldeck-Rousseau (Intérieur), Martin-Feuillée (Justice et Cultes), Tirard (Finances), Thibaudin (Guerre), Brun (Marine et Colonies), Hérisson (Commerce), Raynal (Travaux publics), Cochery (Postes et Télégraphe). Méline est nommé à l'Agriculture: il crée en 1884 le Mérite agricole.

23 février
Un décret exclut de l'armée les princes d'Orléans.

mars
Camille Pelletan fonde la Ligue pour la révision des lois constitutionnelles: il milite pour l'introduction d'une dose de démocratie directe et l'exercice d'un strict contrôle des électeurs sur les élus.

6 mars
Échec d'une campagne de pétitions organisée par Clemenceau en faveur de la révision constitutionnelle.

8 mars
Le Sénat rejette une proposition de Jules Simon visant à supprimer la distinction entre associations laïques et religieuses, à abroger les mesures préventives pour la formation des associations, à les soumettre au droit commun en matière d'infractions, enfin à établir la publicité obligatoire des statuts, des adhérents et de la comptabilité.

9 mars
Une manifestation de 20000 chômeurs organisée aux Invalides dégénère en pillage des boulangeries. Louise Michel est arrêtée pour « complicité ». En 1886, on dénombrera 20 % d'ouvriers au chômage dans la métallurgie, 10 % dans les mines, quatre ans après le début d'une longue période de crise ou de récession financière, industrielle et agricole, qui se prolonge jusque dans les années 1890, malgré un début de reprise en 1888-1889.

Louise Michel

Fille d'une servante, élevée par la riche famille de son père naturel, Louise Michel (1830-1905) se destine à l'enseignement public, mais doit y renoncer après avoir refusé de prêter serment au régime impérial (1856). Elle ouvre alors à Montmartre une école privée pour filles, participant parallèlement aux activités des clubs révolutionnaires clandestins. Ambulancière pendant la guerre de 1870, Louise Michel participe activement à la Commune. Enrôlée dans la garde nationale, elle fait le coup de feu sur les barricades et se distingue en élaborant des projets d'attentat contre Thiers ou encore en prônant la destruction totale de Paris. Faite prisonnière à la chute de la Commune, elle est condamnée à la déportation perpétuelle en Nouvelle-Calédonie, séjour qui lui inspirera un livre sur les Légendes et chants de guerre canaques *(1885). Rentrée en France après l'amnistie de 1880, la « vierge rouge » de 1871 n'a rien perdu de son ardeur d'antan : elle se lie aux anarchistes, descend dans la rue à chaque manifestation, ne prenant un peu de repos, d'ailleurs forcé, qu'en prison où la République la jette à diverses reprises pendant les années 1880. En 1895, et encore en 1902, elle n'échappe à l'arrestation qu'en fuyant à Londres. C'est entre ces deux exils, en 1898, qu'elle publie son histoire de* La Commune.

La figure de l'ancienne communarde, déportée en Calédonie où elle fut l'une des rares à ne pas mépriser les Canaques, protestataire infatigable contre la misère, ne laisse pas indifférent. L'écrivain Lucien Descaves qui projetait d'écrire un livre sur cette « lutteuse admirable » se vit pourtant répliquer par Clemenceau qui l'avait connue pendant le siège de Paris en 1870: « Prenez garde! Du courage, de la bonté, du dévouement, mais de cervelle, point! » Paradoxalement c'est sans doute cette radicalité désintéressée qui permit, après 1968, au personnage de retrouver une aura qui avait pâli au fil des ans grâce à la conjonction du renouveau du mouvement libertaire et de l'émergence du mouvement féministe. Depuis, ses Mémoires *(1886) sont régulièrement réédités, trouvant un public sans cesse renouvelé.*

10 mars
Ferdinand Buisson dirige la publication du *Dictionnaire de pédagogie et d'instruction primaire* (1882-1893), bible de l'enseignement public à la fin du XIXe siècle. Parmi ses collaborateurs, Viollet-le-Duc, Camille Flammarion, Lavisse, Durkheim, Victor Duruy, Aulard, Marcelin Berthelot et Paul Bert.

11 mars
Nouvelle manifestation des chômeurs, devant l'Hôtel de Ville.

16-19 mars
La Chambre rejette plusieurs propositions en faveur de l'aide aux chômeurs.

17 mars
Zola: *Au bonheur des dames.*

30 mars
Le corps expéditionnaire français, débarqué à Hanoi en avril 1882, s'empare de Nam Dinh (Tonkin), où il est bientôt encerclé.

avril
Au Congo, Savorgnan de Brazza occupe les baies de Loango et Pointe-Noire.
Maupassant: *Une vie.*

MAUPASSANT

*Né au château de Miromesnil, près de Dieppe, Guy de Maupassant (1850-1893) passe son enfance, heureuse et protégée, à Étretat, auprès de sa mère. Entré au séminaire, il en est bientôt chassé pour cause de foi incertaine, et termine ses études au lycée de Rouen, tout en composant des poèmes qu'il adresse à Louis Bouilhet. En 1870, à 20 ans, Maupassant s'engage dans la garde mobile et assiste au grand effondrement qui suit Sedan. L'année suivante, il rejoint Paris et, pour gagner sa vie, accepte un emploi de commis dans un ministère. Il fait ses débuts dans la carrière littéraire (*Au bord de l'eau, *1877), et surtout, auprès de Flaubert, il apprend: ami de sa mère et ayant deviné son talent, Flaubert se montre un maître attentif et exigeant, qui n'hésite pas à lui imposer des exercices et à corriger sa copie comme le ferait un professeur de collège. En 1880, après dix années d'essais et de travail, Maupassant obtient un premier succès avec* Boule de suif, *publié grâce à Zola. La décennie qui suit est prolifique: Maupassant écrit environ 300 nouvelles ou contes (*La Maison Tellier, *1881;* Mademoiselle Fifi, *1882;* Contes de la bécasse, *1883;* Contes du jour et de la nuit, *1885;* Le Horla, *1887;* Sur l'eau *et* Le Rosier de Mme Husson, *1888;* La Vie errante, *1890), et six romans:* Une vie *(1883),* Bel Ami *(1885),* Mont-Oriol *(1887),* Pierre et Jean *(1888),* Fort comme la mort *(1889),* Notre Cœur *(1890). Ce roman est sa dernière œuvre publiée. Avec le succès sont venus l'argent et les amours malheureuses. Maupassant, sans cesser d'écrire et de publier romans ou recueils de nouvelles, voyage sur son yacht* Le Bel-Ami *et brûle sa vie. Souffrant depuis le milieu des années 1880 de violentes crises de névralgie, son état se détériore rapidement. Crises de paranoïa, angoisse de la mort, la folie se déclare en 1891. Maupassant tente de se suicider et échoue dans la maison de santé tenue par le docteur Blanche, où il meurt le 6 juillet 1893 sans avoir jamais recouvré la raison.*

27 avril
Le taux d'intérêt de la rente 5 % est ramené à 4,5 %.

15 mai
La Chambre débloque des crédits militaires pour le Tonkin.

16 mai
Un corps expéditionnaire commandé par l'amiral Pierre occupe le nord-ouest de Madagascar pour imposer le protectorat français établi en 1841. Le 13 juin, occupation de Tamatave. L'objectif est de marcher sur Tananarive, mais les difficultés françaises en Indochine conduisent le gouvernement à ajourner la suite des opérations.

19 mai
Le commandant Rivière, qui à la fin du mois de mars a repoussé une attaque annamite contre Hanoi, tente une sortie de la ville: il est tué, ainsi que 32 soldats français. Le 26 mai, des renforts sont envoyés au Tonkin.

8 juin
Un nouveau traité signé avec la Tunisie confirme le protectorat français établi le 12 mai 1881.

20 juin
À Versailles, Jules Ferry inaugure le Jeu-de-Paume.

23 juin
Louise Michel est condamnée pour sa participation aux manifestations du 9 mars.

9 juillet
Rejet d'une proposition d'amnistie en faveur des condamnés de Montceau-les-Mines.

19 juillet
Échec d'une tentative pour briser l'encerclement de Nam Dinh.

21 juillet
La Société historique Saint-Simon fonde l'Alliance française pour « maintenir et étendre l'influence de la France par la propagation de sa langue » : Pasteur, Taine et Renan ont contribué à sa création.

9 août
Peyron remplace Brun à la Marine.

12-19 août
Renouvellement des conseils généraux : les républicains occupent désormais 2 129 sièges (contre 869 aux conservateurs). En 1880, on dénombrait 1 906 républicains et 1 004 conservateurs. 81 conseils généraux sur 90 ont une majorité républicaine.

15 août
Nouvel échec de la garnison qui occupe Hanoi pour briser l'encerclement.

18-20 août
Le contre-amiral Courbet bombarde et occupe les forts de la rivière de Hué.

24 août
Mort du comte de Chambord. Le fils du duc de Berry meurt sans descendance. Le comte de Paris, petit-fils de Louis-Philippe, devient le seul prétendant à la couronne.

25 août
Signature de préliminaires de paix avec l'empereur d'Annam Hiep Hoâ : celui-ci accepte l'établissement d'un protectorat français sur l'Annam et le Tonkin. Le Tonkin est détaché de l'Annam et placé directement sous administration française.

30 août
Une loi sur l'organisation de la justice diminue le nombre des sièges et celui des magistrats inamovibles, et modifie la composition des cours. Elle interdit aux magistrats de prendre publiquement position sur les questions politiques.

septembre
L'Union, l'organe du légitimisme, cesse de paraître.

29 septembre-1er octobre
Visite du roi d'Espagne à Paris. L'arrivée d'Alphonse XII est saluée par des manifestations d'hostilité au « roi uhlan » et de soutien aux républicains espagnols qui se sont soulevés à Badajoz.

octobre
Jules Vallès relance *Le Cri du peuple*, dont la publication avait cessé après la Commune. Après la mort de Vallès en février 1885, la direction du journal est reprise par Séverine.

5 octobre
Jules Ferry exige la démission du ministre de la Guerre Thibaudin, qui a refusé d'aller accueillir le roi d'Espagne avec le président Grévy. Il est remplacé le 9 par le général Campenon. Une partie de la presse dénonce « l'abdication » de Ferry devant l'Allemagne ; le gendre de Jules Grévy, Daniel Wilson, accuse Ferry d'avoir été l'instigateur de cette visite officielle que, selon lui, ne souhaitait pas le président de la République.

13-14 octobre
Jules Ferry répond aux attaques de la presse, et se déclare prêt à la guerre avec les radicaux qui ont inspiré cette campagne.

19 octobre
Création d'un Conseil supérieur des colonies.

30 octobre
La Roumanie adhère à la Triplice (alliance entre l'Allemagne, l'Autriche et l'Italie nouée le 20 mai 1882).

30-31 octobre
Clemenceau interpelle le gouvernement sur la politique coloniale. La Chambre renouvelle sa confiance au ministère Jules Ferry.

4 novembre
Inauguration, place Malesherbes, de la statue d'Alexandre Dumas réalisée par Gustave Doré.

16 novembre
La Chine refuse de reconnaître le traité franco-annamite du 25 août et de retirer ses troupes du Tonkin.

17 novembre
Dans une *Lettre aux instituteurs*, Jules Ferry les appelle à devenir les « hussards noirs » de la République et donne une définition très stricte de la neutralité confessionnelle.

19 novembre
Pierre Loti : *Mon frère Yves.*

20 novembre
Remaniement ministériel : Challemel-Lacour ayant démissionné, Ferry prend les Affaires étrangères et laisse l'Instruction publique à Fallières.
La Chambre ratifie les conventions signées avec les principales compagnies de chemin de fer. Elles leur concèdent la construction de 8400 km de voies ferrées et l'exploitation de 2888 km déjà construits. La ratification de ces conventions avec les compagnies privées met fin aux projets de nationalisation prêtés à Gambetta et qui ont contribué à sa chute en janvier 1882.

1er décembre
Paul Lafargue : *Le Droit à la paresse : réfutation du droit au travail de 1848.*

10 décembre
Discours de Clemenceau contre la politique française au Tonkin.

12 décembre
Loi sur l'élection des juges consulaires.

17 décembre
L'amiral Courbet s'empare de la citadelle de Son Tay, en amont de Hanoi.

24 décembre
Le conseil municipal de Paris décide de ne pas lotir, pendant vingt-cinq ans, le « coin des Fédérés » au Père-Lachaise.

1884

2 février
Clemenceau obtient la formation d'une commission parlementaire chargée d'enquêter sur la situation économique.

8 février
Dans une encyclique, Léon XIII engage l'épiscopat français à ne pas se montrer hostile aux institutions, afin de ne pas donner d'arguments aux partisans de la séparation de l'Église et de l'État.

12 février
Lancement d'un emprunt d'État de 300 millions en titres 3 % amortissables : 116000 souscripteurs, pour un total de 625 millions de francs.

21 février-17 avril
Grève des mineurs d'Anzin contre le travail à la tâche et la suppression de 330 emplois de femmes et d'enfants. L'armée, à la demande de la Compagnie des mines d'Anzin présidée par le duc d'Audiffret-Pasquier, intervient contre les grévistes après les affrontements qui, le 4 avril, ont opposé ces derniers aux non-grévistes. Le 18 avril, les grévistes, privés de salaire depuis deux mois, reprennent le travail sans avoir rien obtenu. Zola s'inspirera de ce conflit social dans *Germinal* (1885).
L'augmentation du nombre des grèves est régulier depuis la chute du Second Empire : 84 grèves en moyenne par an dans les années 1870, 191 et 110 000 grévistes au cours de la seule année 1880, 186 grèves chaque année en moyenne dans les années 1880, 423 dans les années 1890. Grèves plus nombreuses, mobilisant toujours plus de salariés : moins de 30000 par an dans les années 1870, plus de 50000 dans la décennie suivante, près de 80000 dans les dernières années du siècle. En 1893, année où l'agitation sociale est la plus forte, on recense 634 grèves impliquant 170000 grévistes.

26 février
Lancement du quotidien *Le Matin.*

21 mars
Loi Waldeck-Rousseau autorisant la création de syndicats professionnels : 60000 syndiqués en 1880, 150000 en 1890, 450000 en 1899.

Waldeck-Rousseau

René Waldeck-Rousseau (1846-1904) est né à Nantes dont son père, après avoir été député à l'Assemblée constituante de 1848, devient le maire en 1870. Devenu avocat, installé à Rennes, Waldeck-Rousseau fait son entrée à la Chambre en 1879, où il rejoint les partisans de Gambetta. Ce dernier lui confie la responsabilité du ministère de l'Intérieur lorsqu'il est nommé président du Conseil (novembre 1881-janvier 1882), et il occupe de nouveau ce poste en 1884-1885 sous la direction de Jules Ferry. Après la chute de ce dernier, il prend ses distances avec l'action politique pour se consacrer à son cabinet d'avocat. Revenu sur la scène publique en 1894 comme sénateur de la Loire, Waldeck-Rousseau est appelé à former un nouveau gouvernement en juin 1899. L'affaire Dreyfus est alors dans son moment de plus grande incandescence et Waldeck-Rousseau forme un cabinet de « défense républicaine » dans lequel il associe les différents courants du républicanisme, du général Galliffet au socialiste Millerand. Plus modéré et moins anticlérical que ses ministres, Waldeck-Rousseau n'en soutient pas moins la loi sur les associations de 1901. En 1902, atteint d'un cancer et confronté à la victoire électorale de la gauche républicaine, il décide de se retirer.

27 mars
Rejet d'un projet de révision constitutionnelle déposé par Barodet.

mars-juin
Au Tonkin, l'amiral Courbet occupe le delta du fleuve Rouge.

5 avril
Loi municipale: elle prononce l'inéligibilité des ministres du culte aux fonctions municipales et confirme la loi du 4 mars 1882 qui rendait aux conseils municipaux le droit d'élire les maires. Elle décide aussi que toute commune doit acquérir ou louer un hôtel de ville, mettant fin à l'usage qui consistait à identifier mairie et domicile personnel du maire.

14 avril
Lors d'un discours prononcé à Cahors pour l'inauguration d'une statue de Gambetta, Jules Ferry annonce une prochaine révision constitutionnelle.

4-11 mai
Élections municipales. Large victoire des républicains opportunistes et recul des radicaux.

10 mai
Thureau-Dangin: *Histoire de la monarchie de Juillet* (1884-1892).

11 mai
Traité franco-chinois de T'ien-tsin. La Chine s'engage à respecter le protectorat français sur l'Annam et le Tonkin et à évacuer ses troupes.

24 mai-14 août
Le gouvernement dépose un projet de révision des lois constitutionnelles: interdiction de toute proposition de modification de la forme républicaine des institutions; suppression des sénateurs inamovibles; augmentation du nombre des électeurs communaux pour les élections sénatoriales, proportionnel au nombre des conseillers municipaux; limitation des compétences budgétaires du Sénat. Le projet Ferry prévoit également la suppression de l'article premier de la loi du 16 juillet 1875 qui ordonne des prières publiques pour la rentrée des Chambres. Le 3 juillet, la Chambre des députés adopte le projet. Communiqué au Sénat, le texte se heurte à l'opposition de la Haute Assemblée qui refuse la limitation de ses prérogatives en matière budgétaire. Amendé par les sénateurs, le texte revient devant les députés. Il est voté dans sa version définitive le 31 juillet. Le 4 août, les Chambres se réunissent en Assemblée nationale à Versailles pour entériner solennellement la révision constitutionnelle. Celle-ci est promulguée le 14 août: la forme républicaine des institutions est exclue du champ d'application de la procédure de révision; suppression des 75 sénateurs inamovibles, remplacés par 75 sénateurs élus comme leurs collègues pour neuf ans et renouvelés par tiers, soit par les départements, soit par les deux Chambres réunies; abrogation de l'article de la loi du 16 juillet 1875 qui ordonnait des prières publiques pour la rentrée parlementaire; enfin, un article constitutionnalise l'inéligibilité à la présidence de la République des membres des familles ayant régné sur la France.

4 juin
Richepin: *Les Blasphèmes*. En 1876, Richepin (1849-1926) avait été condamné à un mois de prison après la publication de son premier recueil, *La Chanson des gueux*. Cet admirateur de Jules Vallès publie également plusieurs romans, *La Glu* (1881), *Truandailles* (1890) et *Flamboche* (1895).

6 juin
Le second traité signé à Hué avec l'empereur d'Annam instaure au Tonkin un régime de semi-annexion par la France. Le traité renouvelle le protectorat français sur l'Annam et prévoit que la diplomatie impériale sera dirigée par un résident français.

9 juin
Charles-Louis Chassin et la rédaction de *La Révolution française* proposent la création d'un musée de la Révolution française pour le centenaire de 1889. Le projet sera abandonné.

15 juin
Au Tonkin, reprise des hostilités franco-chinoises.

19 juin
En dépit du soutien discret du chancelier Bismarck, Ferry décide de ne pas étendre au Maroc la domination française en Afrique du Nord.

juillet
Un début d'épidémie du choléra est enrayé à Toulon et Marseille.

12 juillet
La Chambre repousse une nouvelle demande d'amnistie en faveur des condamnés de Montceau-les-Mines, Paris (Louise Michel) et Lyon.
Jules Ferry lance un ultimatum à la Chine, exigeant le retrait immédiat de ses troupes du Tonkin et le versement d'une indemnité de 250 millions. La Chine rejette l'ultimatum.

25 juillet
Le relèvement (limité) des droits de douane marque un tournant dans la politique commerciale de la France, jusqu'alors favorable au libre-échange.

27 juillet
Loi Naquet rétablissant le divorce (introduit par la Révolution, il avait été supprimé le 8 mai 1816): le Sénat a fait supprimer l'article voté par les députés qui autorisait le divorce par consentement mutuel. Seule la notion de faute est retenue, et encore de manière restrictive. En revanche, la séparation de corps est maintenue. Elle laisse subsister le devoir de secours entre les époux par l'octroi d'une pension alimentaire.

5 août
Une escadre française bombarde Kélung (Chine). La Chine rompt les négociations avec la France.

9 août
Charles Renard (1847-1905) réalise, avec le ballon dirigeable *La France*, le premier trajet en circuit fermé, de 7 km, effectué par un appareil aérien.

23 août
Huysmans: *À rebours*.

23-24 août
L'amiral Courbet bombarde l'arsenal chinois de Fou-Tchéou.

10-11 octobre
Victoires françaises au Tonkin sur les forces chinoises.

14 octobre
Rouvier remplace Hérisson au ministère du Commerce.

23 octobre
Loi sur les ventes judiciaires d'immeubles par adjudication.
Blocus de Formose par le corps expéditionnaire français.

4-10 novembre
Le Sénat adopte la loi électorale sénatoriale présentée par le gouvernement en application de la révision constitutionnelle du 14 août: le projet organise le remplacement progressif des sénateurs inamovibles par des sénateurs élus et l'augmentation du nombre des grands électeurs choisis par les conseillers municipaux.

15 novembre 1884-26 février 1885
Conférence de Berlin sur le Congo. Elle réunit les puissances européennes et les États-Unis. La rive droite du fleuve Congo est cédée à la France, la rive gauche à la Belgique. Celle-ci devient l'État du Congo, dont la souveraineté est déléguée au roi des Belges Léopold II. La conférence énonce pour finir un certain nombre de principes: elle reconnaît que tout État «civilisé» occupant un point de la côte africaine a droit à l'intérieur du pays. Elle précise que toute prise de possession doit être signifiée aux puissances signataires et ne peut se faire au détriment de la sphère d'influence d'une autre puissance. La conférence proclame la liberté de navigation sur le Congo, le Niger et leurs affluents, l'interdiction de la traite et de l'esclavage, la liberté de conscience et la tolérance religieuse, la neutralité perpétuelle de la région.

2-9 décembre
Coup de théâtre à la Chambre: par 267 voix contre 250, les députés adoptent une proposition Floquet pour l'élection des sénateurs au suffrage universel direct. Mais le 8, le Sénat rejette l'article voté le 2 décembre par la Chambre et adopte le texte du gouvernement. La Chambre s'incline le 9 décembre, révoque son vote du 2 décembre et adopte la loi sur les élections sénatoriales qui organise l'extinction progressive des sièges déclarés inamovibles en 1875: le dernier sénateur inamovible siégera jusqu'en 1919.

autres événements
• Duparc: *La Vie antérieure.*

DUPARC

*Élève préféré de César Franck, Henri Duparc (1848-1933) compose ses premières mélodies (*Chanson triste *et* Soupir *notamment) en 1868. Cofondateur de la Société nationale de musique en 1871, Duparc compose ensuite* Extase *(1872),* Laendler *(1873),* Poème nocturne *(1874) et un poème symphonique,* Lénore, *en 1875.* Phidylé, *en 1882, puis* La Vie antérieure, *en 1884, marquent la fin soudaine de sa* *période créatrice. Affaibli par la maladie, bientôt aveugle, Duparc vivra encore un demi-siècle, muré dans le silence après avoir détruit en 1895 la partition de l'œuvre qu'il s'était efforcé un temps de poursuivre.*

• Création du Salon des indépendants en opposition au Salon officiel : ni jury, ni récompense.

1885

janvier
Benoît Malon fonde *La Revue socialiste*. Il publie la même année *Le Socialisme réformiste*.

Benoît Malon

Après avoir exercé divers métiers dans sa Loire natale, Benoît Malon (1841-1893) monte à Paris en 1863. Devenu ouvrier teinturier dans la banlieue parisienne, il organise sa première grève en 1866, crée une coopérative, La Revendication, et rejoint les rangs de l'Internationale. Nommé délégué de la section parisienne au congrès de Genève en 1866, il joue ensuite un rôle important dans la création de nouvelles sections en province. Défenseur d'un socialisme coopératif, Malon, en dépit de quelques contacts avec Bakounine, ne participe à aucun projet de renversement par la force du Second Empire, même s'il attend la révolution qui, en rétablissant les libertés politiques, doit ouvrir la voie à la révolution sociale. Il est en prison lorsque s'effondre le régime impérial. Aussitôt remis en liberté, il devient l'adjoint du maire du XVIIe arrondissement lors du siège de Paris. Élu député de la Seine à l'Assemblée nationale de février 1871, il n'exerce pas longtemps son mandat : rejetant les préliminaires de paix signés avec l'Allemagne, il démissionne au début du mois de mars et, quelques jours après, se range du côté de la Commune. Membre de l'assemblée municipale qui gouverne la capitale, Malon prend en charge les affaires du travail et du commerce. Face à la dérive jacobine orchestrée par Delescluze, Malon se retrouve bientôt dans la minorité du Conseil, hostile à la formation d'un Comité de salut public dictatorial. Lorsque la Commune est vaincue, il réussit à s'échapper et trouve asile en Suisse. Rentré en France après l'amnistie de 1880, Benoît Malon, après un bref passage au Parti ouvrier français de Jules Guesde, se consacre à exposer sa théorie du « socialisme intégral » qui sans rejeter l'idée de révolution, en subordonne l'utilité aux circonstances et plaide pour l'accomplissement de réformes même partielles.

3 janvier
Le général Lewal remplace Campenon au ministère de la Guerre.
Verlaine : *Jadis et naguère*.
Xavier de Montépin : *La Porteuse de pain*.

25 janvier
Renouvellement de 87 sièges sénatoriaux. Les républicains en remportent 67, contre 45 avant le renouvellement. Sur 300 membres, le Sénat ne compte plus que 67 monarchistes.

février
Le poète Édouard Dujardin (1861-1949) fonde *La Revue wagnérienne*, où il enrôlera dans la défense du compositeur malmené en France, Villiers de l'Isle-Adam, Mallarmé et Catulle Mendès.

13 février-28 mars
Au Tonkin, les Français occupent, puis doivent évacuer Lang Son.

21 février
La France instaure le blocus du riz sur les côtes chinoises : le but est d'affamer la Chine du Nord qui dépend des voies maritimes pour se ravitailler auprès des provinces du Sud.

22 mars
L'impératrice Ts'eu-hi autorise l'ouverture de pourparlers avec la France.

24 mars
La Chambre des députés adopte le scrutin de liste dans les élections législatives. Le projet, rejeté en 1881, a été déposé par Waldeck-Rousseau.

26 mars
Interpellé sur les revers des troupes françaises au Tonkin, Jules Ferry obtient la confiance de la Chambre.

27 mars
Zola : *Germinal*.

28 mars
Droits protectionnistes sur les céréales.

30 mars
Jules Ferry demande 200 millions de crédits militaires pour le Tonkin. La Chambre rejette la demande par 306 voix contre 149: le cabinet Ferry est renversé.

30 mars-13 juin
Réunion d'une conférence internationale à Paris pour la neutralisation du canal de Suez.

31 mars
La Chambre et le Sénat débloquent un crédit de 50 millions pour l'intervention au Tonkin.

2 avril
Le Sénat n'ayant pu examiner la loi instaurant le scrutin de liste avant les vacances parlementaires du printemps, les élections partielles sont ajournées.

4 avril
Signature de préliminaires de paix entre la France et la Chine: la cessation des hostilités au Tonkin est fixée au 10 avril, l'évacuation des troupes chinoises au 20.

6 avril
Ministère Brisson (présidence du Conseil et Justice): Freycinet (Affaires étrangères), Allain-Targé (Intérieur), Sadi Carnot (Finances), Campenon (Guerre), Galibes (Marine et Colonies), Goblet (Instruction publique, Cultes, Beaux-Arts), Demole (Travaux publics), Legrand (Commerce), Mangon (Agriculture), Sarrien (Postes et Télégraphe).

7 avril
Floquet succède à Brisson au perchoir de la Chambre.

11 avril
Anatole France: *Le Livre de mon ami.*

12 mai
Le Sénat vote une loi limitant la publicité des exécutions capitales.

16 mai
Rejet d'une proposition d'amnistie en faveur des condamnés politiques.

22 mai
Mort de Victor Hugo.

23 mai
La Chambre adopte la proposition du gouvernement de faire des obsèques nationales à Victor Hugo. Il est prévu que la dépouille mortelle de l'écrivain sera exposée sous l'Arc de Triomphe, puis inhumée dans le caveau familial du Père-Lachaise. Le député Anatole de La Forge demande que le Panthéon soit, à cette occasion, désacralisé et rendu à la sépulture des grands hommes. Une assemblée d'étudiants parisiens exprime un vœu identique.
Le Sénat adopte la loi instaurant le scrutin de liste dans les élections législatives (scrutin de liste majoritaire à deux tours).

24 mai
Une manifestation au Père-Lachaise pour l'anniversaire de la «semaine sanglante» dégénère en affrontements avec la police qui font une trentaine de blessés.

26 mai
Un décret ferme le Panthéon au culte et décide que Victor Hugo y reposera.

27 mai
Loi ordonnant la déportation et autorisant la relégation des récidivistes (28 % en 1850, 51 % en 1881).
Ferdinand de Lesseps demande au gouvernement l'autorisation pour la Compagnie universelle du canal de Panama d'émettre, après les lancements d'obligations de 1882-1884, un emprunt à lots. *L'Économiste français*, dans son numéro du 25 juin, attaque la Compagnie universelle.

29-31 mai
Quelques bagarres place du Panthéon, après que la croix de l'église a été abattue.

30 mai
Albert Sorel: *L'Europe et la Révolution française* (1885-1904). La mise en lumière de la continuité de la politique étrangère française de l'Ancien Régime à la Révolution: la doctrine des «frontières naturelles».

1er juin
Funérailles nationales et laïques de Victor Hugo, en présence d'une foule immense, de l'Arc de Triomphe au Panthéon.

4 juin
Rejet d'une proposition de mise en accusation du cabinet Ferry, pour faire la lumière sur les échecs français au Tonkin.

9 juin
Nouveau traité franco-chinois de T'ien-tsin: la Chine renonce à l'Annam. Elle autorise la France à construire un chemin de fer vers le Yunnan et lui accorde le privilège de l'exploitation des mines de cette région.

16 juin
Promulgation de la loi établissant le scrutin de liste pour l'élection des députés.

5 juillet
Victoire française à Hué.

28 juillet
Discours de Jules Ferry en faveur d'une politique d'expansion coloniale. Il la justifie d'un triple point de vue économique, humanitaire, politique. Économique: les possessions coloniales doivent devenir autant de marchés pour l'exportation des produits français, autant d'auxiliaires pour le développement industriel de la France. Humanitaire: «Il y a un second point que je dois aborder: c'est le côté humanitaire et civilisateur de la question. Les races supérieures ont un droit vis-à-vis des races inférieures. Je dis qu'il y a pour elles un droit parce qu'il y a un devoir pour elles. Elles ont le devoir de civiliser les races inférieures. Ces devoirs ont été souvent méconnus dans l'histoire des siècles précédents. Mais de nos jours je soutiens que les nations européennes s'acquittent avec largeur, avec grandeur et honnêteté de ce devoir supérieur de la civilisation.» Politique enfin: pour ne pas se retrouver au dernier rang des nations européennes et continuer de «rayonner», la France doit agir et «se mêler aux affaires du monde» en prenant sa part légitime en Afrique et en Orient.

5 août
Début des travaux de construction de la nouvelle Sorbonne: ils seront achevés en 1901.

29 août
Parution du premier numéro du *Socialiste*, organe du Parti ouvrier français. Il contient une traduction du *Manifeste du Parti communiste* de Marx et Engels, par Laura Lafargue. Issu d'une initiative de la Ligue des communistes assemblée à Londres en novembre 1847, *Le Manifeste* a été publié en allemand au début de 1848, puis en anglais en 1850. Une première traduction française avait été préparée à la même époque, mais elle ne fut publiée que bien plus tard, en 1872, et par un journal de New York (en français): *Le Socialiste*.

14 septembre
Le général de Courcy renverse le roi d'Annam.

4-18 octobre
Élections législatives au scrutin de liste. 584 sièges sont à pourvoir: la nouvelle Chambre compte 383 républicains (dont 223 députés sortants) et 201 conservateurs. On dénombre à gauche 107 radicaux, et à droite 65 bonapartistes. Ce succès républicain en sièges masque un affaissement du vote républicain: 5128000 suffrages en 1881, 4327000 en 1885. Inversement, les conservateurs progressent entre 1881 et 1885 de 1789000 à 3541000 voix, retrouvant ainsi leur niveau de 1877. L'augmentation de la participation a surtout profité à la droite qui, au premier tour, a remporté 177 sièges, contre 129 aux républicains. Rochefort est élu député à Paris.

24 novembre
La Chambre forme une commission d'enquête sur le Tonkin et Madagascar.

13 décembre
Une courte majorité de députés (4 voix) vote les crédits nécessaires à l'organisation de la nouvelle possession française du Tonkin.

17 décembre
Établissement du protectorat français sur Madagascar. Ce traité signé avec la reine Ranavalona III reste lettre morte.

28 décembre
Réélection de Jules Grévy à la présidence de la République pour sept ans: il a obtenu 457 voix sur 589 (68 suffrages se sont portés sur Brisson).

29 décembre
Démission du cabinet Brisson.

autres événements
- Chabrier: *Habanera.*

CHABRIER

Né à Ambert, Alexis-Emmanuel Chabrier (1841-1894) commence l'étude du piano à l'âge de 6 ans. Après son arrivée à Paris en 1856, il poursuit ses études musicales, mais ses parents le destinent à une carrière plus sûre: licencié en droit en 1861, il entre au ministère de l'Intérieur. En 1879, il assiste à Munich à une représentation du Tristan et Isolde *de Wagner. Pour Chabrier, qui n'a jamais abandonné l'ambition d'une carrière artistique (il a déjà composé une* Suite de valses *pour piano en 1872 et plusieurs œuvres vocales comme la* Sérénade de Ruy Blas *en 1863 ou* L'Invitation au voyage *en 1870), c'est une révélation. Il quitte les manches de lustrine du fonctionnaire et rejoint Charles Lamoureux qui vient de fonder les Nouveaux Concerts. En 1885,* Habanera, *rapportée d'un voyage en Espagne, lui apporte la célébrité. Il produit de nombreuses pièces pour piano (*Dix pièces pittoresques, *1881;* Trois valses romantiques, *1883;* Marche française *et* Suite pastorale, *1888;* Bourrée fantasque, *1891) et des œuvres vocales (*Chanson pour Jeanne, *1886;* Six mélodies *et* Ode à la musique, *1890). Chabrier est moins heureux sur la scène lyrique. Il avait composé ses premières œuvres lyriques à la fin des années 1860, sur des livrets de son ami Verlaine, et produit un opéra bouffe,* L'Étoile, *en 1878. Mais* Une éducation manquée *(1879) n'est jouée qu'une fois,* Gwendoline *(1885) et* Le Roi malgré lui *(1887) échouent en France avant de trouver leur public outre-Rhin. En décembre 1893, Chabrier est appelé à l'Opéra de Paris, tardive reconnaissance qui précède de peu sa mort le 13 septembre 1894.*

1886

janvier
La grève de Decazeville, provoquée à la fin de 1885 par des rumeurs sur une baisse des salaires, franchit le cap des cent jours. Le ministre de la Guerre Boulanger refuse de faire intervenir la troupe, malgré les violences qui ont provoqué la mort d'un ingénieur, défenestré par les grévistes. La direction de la Société nouvelle des houillères et fonderies de l'Aveyron présidée par Léon Say obtiendra la reprise du travail, le 13 juin, en échange d'une symbolique hausse des salaires.
Paul Bert est nommé résident général en Annam et au Tonkin.

7 janvier
Formation du ministère Freycinet (présidence du Conseil et Affaires étrangères): Goblet (Instruction publique), Sadi Carnot (Finances), Demole (Justice), Sarrien (Intérieur), Boulanger (Guerre), Aube (Marine et Colonies), Baïhaut (Travaux publics), Develle (Agriculture), Granet (Postes et Télégraphe), Lockroy (Commerce et Industrie). Le ministre des Affaires étrangères est chargé de l'administration des pays placés sous protectorat français.

16 janvier
Freycinet, dans un discours de politique générale, ajourne la question de la séparation de l'Église et de l'État tout en admettant sa nécessité, et annonce la consolidation des conquêtes coloniales tout en critiquant ces expéditions dans leur principe. La presse voit dans ces déclarations la preuve de l'influence exercée sur le nouveau gouvernement par Clemenceau, dont l'un des proches, le général Boulanger, a obtenu le portefeuille de la Guerre.

21 janvier
Rochefort dépose un projet d'amnistie plénière pour tous les crimes et délits politiques. La Chambre, contre l'avis du gouvernement, décide d'examiner la proposition sur le score serré de 251 voix contre 248. La minorité de droite a voté en faveur de Rochefort. Clemenceau réussit à faire soustraire de la proposition les délits commis lors des législatives d'octobre 1885, où sont impliqués divers députés de droite.

30 janvier
Création (ajournée depuis 1869) d'une cinquième section de l'École pratique des hautes études, consacrée aux sciences religieuses.

1er février
La droite accuse Boulanger de déplacer les unités suspectées d'esprit réactionnaire.

6 février
La Chambre rejette le projet Rochefort d'amnistie plénière. Rochefort rompt avec Clemenceau et les radicaux et résigne son mandat de député de la Seine.

4 mars
La Chambre repousse une motion pour l'expulsion des princes des dynasties déchues, en vertu des lois d'exil d'avril 1832 et mai 1848. Freycinet n'a obtenu le rejet qu'en prenant l'engagement de présenter un projet de loi sur cette question. Le prince Napoléon proteste contre l'éventuel rétablissement des lois d'exil.

12 mars
Sept députés socialistes, dont Basly et Clovis Hugues, signent un manifeste qui réclame la réglementation du travail, l'abrogation de l'interdiction en France de l'AIT, la suppression des monopoles et un système de protection contre le chômage, la maladie, les accidents et la vieillesse.
Alphonse Aulard inaugure le cours d'histoire de la

Révolution française créé à la Sorbonne par une initiative conjointe de l'État et de la ville de Paris.

AULARD

Originaire de Charente où son père enseignait la philosophie, Alphonse Aulard (1849-1928) poursuit ses études à l'École normale supérieure lorsque la guerre de 1870 éclate. Il s'engage dans la garde nationale mobile, participe aux combats de Buzenval, et reprend ses études interrompues l'année suivante. Reçu à l'agrégation en 1871, il enseigne dans divers lycées, notamment à Jeanson-de-Sailly, avant d'être nommé en 1886 professeur d'histoire de la Révolution française à la Sorbonne, poste transformé en chaire en 1891. En 1886, Aulard a déjà livré sa première œuvre maîtresse, L'Éloquence parlementaire pendant la Révolution française *(1882-1886), vers laquelle l'a conduit sa formation littéraire. Ces premières études contiennent l'essentiel des idées et des valeurs qu'Aulard consacrera la suite de sa carrière à illustrer : un républicanisme fervent qui noue 1789 et 1793 et conçoit la période montagnarde de la Révolution comme un prolongement, et non comme une négation de 1789 : la Constitution jacobine de 1793 comme fille de la Déclaration des droits de 1789. Danton est le héros d'Aulard : une sorte de Gambetta qui synthétise les valeurs républicaines, la défense nationale, la lutte contre le cléricalisme. Radical-socialiste, Aulard incarne, dans l'historiographie de gauche de la Révolution française, un second chapitre : la génération romantique avait réhabilité la figure de Robespierre en mariant socialisme et christianisme, Aulard l'exècre en raison de son anticléricalisme intransigeant. En 1887, il fonde la première revue consacrée aux études révolutionnaires,* La Révolution française *(qu'il dirigera jusqu'en 1922) et, réunissant de nombreux chercheurs, il dirige l'édition de plusieurs recueils de documents originaux qui constituent son apport le plus appréciable à l'histoire. Après la publication en 1893 du* Culte de la Raison et le culte de l'Être suprême, *il publie en 1901 une* Histoire politique de la Révolution française, *dont le dantonisme inaltéré provoquera, à partir de 1905, la rupture avec Albert Mathiez. Affilié à la Ligue des droits de l'homme depuis sa fondation en 1898 au moment de l'affaire Dreyfus, Aulard en deviendra le vice-président à partir de 1921.*

13 mars
Louise Michel : *Mémoires, écrits par elle-même.*

15 mars
La Chambre demande au gouvernement une réforme de la législation sur l'industrie minière, afin de « sauvegarder les droits de l'État et les intérêts du travail ».

29 mars
Les troupes françaises occupent Lao Kaï, point extrême de l'avance française sur le fleuve Rouge. Fondation de l'Association catholique de la Jeunesse française, l'un des principaux organes du catholicisme social.

4 avril
Arrestation des rédacteurs des journaux d'extrême gauche *Le Cri du peuple* et *L'Intransigeant*, venus soutenir les grévistes de Decazeville.

8 avril
À Chateauvilain (Isère), le directeur d'une usine, soutenu par les ouvrières, ouvre le feu sur le sous-préfet venu pour fermer la chapelle attenante à l'usine, où le culte est célébré sans autorisation. Une ouvrière est tuée, une autre blessée, ainsi que le directeur.

10 avril
Au Sénat, Bezérian demande une loi plus sévère contre la provocation à des actes délictueux.

13-17 avril
Débat sur les troubles de Chateauvilain à la Chambre et au Sénat.

23 avril
Échec d'une médiation française pour trouver un accord sur le tracé de la frontière gréco-turque. La Grèce menace de mobiliser.

25 avril
Signature d'un traité de commerce franco-chinois.

9 mai
Blocus des côtes grecques par une flotte internationale. L'armée grecque est désarmée et le blocus levé en juin.

10 mai
Émission d'un emprunt de 500 millions. L'État propose 19 millions de rente : le public souscrit près de 402 millions : l'emprunt est couvert vingt et une fois.

15 mai
Le comte de Paris organise une réception pour annoncer le mariage de sa fille avec le duc de

Bragance, héritier de la couronne portugaise: la réception se transforme en manifestation d'opposition politique.
Édouard Drumont publie *La France juive, essai d'histoire contemporaine.*
Villiers de l'Isle-Adam: *L'Ève future.*

27 mai
Le gouvernement dépose un projet de loi sur l'expulsion des princes: le projet autorise le gouvernement à interdire par un arrêté pris en Conseil des ministres le territoire français aux membres des familles ayant régné sur la France, et prévoit des peines de deux à cinq ans pour les contrevenants qui, à l'expiration de leur peine, seront expulsés. Basly demande la confiscation des biens de la famille d'Orléans.

1er juin
La Chambre est saisie d'une proposition d'abrogation du Concordat de 1801.

11 juin
La Chambre rejette le projet de loi d'exil présenté par le gouvernement le 27 mai et adopte un contre-projet Brousse: expulsion immédiate des chefs des familles ayant régné sur la France; faculté pour le gouvernement d'expulser par décret les autres membres de ces familles; incapacité politique des membres des anciennes familles régnantes. Le Sénat vote ce texte le 22 juin.

12 juin
Le projet présenté par Gustave Eiffel d'une tour pour l'Exposition universelle de 1889 est adopté.

17 juin
Trois ministres, Sarrien, Sadi Carnot et Baïhaut, déposent un projet de loi autorisant la Compagnie universelle du canal de Panama à émettre l'emprunt à lots demandé par Lesseps le 27 mai 1885. Mais le gouvernement retire ce projet au début de juillet: en août, la Compagnie universelle émet 459000 nouvelles obligations de 1000 francs à 3 % (259000 autres en juillet 1887, 350000 en mars 1888).

19 juin
Ernest Daudet: *Histoire de l'émigration pendant la Révolution française* (1886-1889). En 1878, le frère d'Alphonse Daudet avait déjà publié une étude remarquée sur *La Terreur blanche.* En 1886 également, paraissent *Les Guerres de la Révolution* (1886-1892) d'Arthur Chuquet.

22 juin
Loi interdisant le séjour en France aux chefs des familles ayant régné sur la France et autorisant le gouvernement à expulser les autres membres de ces familles en cas de nécessité. Le comte de Paris et son fils le prince Henri, le prince Napoléon et son fils aîné le prince Victor, doivent quitter la France. Le 24, Philippe, comte de Paris, élève une protestation solennelle contre la loi d'exil du 22 juin.

26 juin
Pierre Loti: *Pêcheur d'Islande.*

Loti

*Né à Rochefort, Pierre Loti (1850-1923) sillonne les mers du globe, comme officier de marine, pendant plus de quarante ans, avant de se retirer à Hendaye. Son œuvre abondante et exotique évoque la Turquie (*Aziyadé, *1879, et* Les Désenchantées, *1906), la Polynésie (*Le Mariage de Loti, *1882), l'Asie (*Madame Chrysanthème, *1887, et* Un pèlerin d'Angkor, *1911). Ses deux meilleurs romans lui seront toutefois inspirés par une contrée moins lointaine, la Bretagne:* Mon frère Yves *(1883) et* Pêcheur d'Islande *(1886). Ses derniers livres évoquent ses souvenirs de jeunesse (*Le Roman d'un enfant, *1890;* Prime jeunesse, *1919;* Un jeune officier pauvre, *1923).*

1er juillet
Loi instaurant la publicité des séances du conseil municipal de Paris.

9 juillet
Le Sénat rejette une augmentation du nombre des conseillers généraux décidée par la Chambre.

14 juillet
Fête nationale. Boulanger, le champion des radicaux et de la « revanche », qui a fait appliquer avec fermeté la loi d'exil, est acclamé par la foule.

Le général Boulanger

Sorti de Saint-Cyr en 1856, Georges Boulanger (1837-1891) s'illustre dans les campagnes militaires du Second Empire, la défense de Paris en 1870 puis la reconquête de la capitale en mai 1871. Officier valeureux, il gravit lentement les degrés de la hiérarchie militaire: colonel en 1874, général en 1880. Populaire auprès de la troupe, courtisé par les radicaux pour les opi-

nions républicaines qu'il professe et qui ne sont pas si courantes dans son milieu, c'est grâce à l'appui de Clemenceau que Freycinet lui confie le portefeuille de la Guerre en janvier 1886. C'est encore à Clemenceau qu'il doit de conserver son ministère après la chute de Freycinet et la formation du ministère Goblet en décembre. Il est l'homme des radicaux. Il devient également, par sa gestion et la publicité qu'il a le talent de lui donner, le héros de la troupe dont il s'efforce d'améliorer la condition, celui des républicains lorsqu'il fait rayer les princes d'Orléans des cadres de l'armée, celui enfin du parti de la revanche sur l'humiliation de 1870. Boulanger est désormais le « général Revanche ». Aussi bien il commence à inquiéter, tant les républicains qui craignent par tradition et expérience les généraux ambitieux que les autorités allemandes qui ne voient pas d'un bon œil l'armée confiée à la direction du plus revanchard des généraux français. En mai 1887, une intrigue parlementaire ourdie par Ferry permet de l'écarter du gouvernement. Cette éviction, suivie d'une affectation loin du centre des affaires, à Clermont-Ferrand, transforme Boulanger en victime et en espoir pour tous ceux qui détestent l'oligarchie au pouvoir ou, plus profondément, les institutions. Il devient le champion de Rochefort et de la Ligue des patriotes de Déroulède. Révoqué en mars 1888 pour ses fréquents séjours secrets dans la capitale, Boulanger devient, moitié contre son gré moitié consentant, chef de parti, engagé dans une campagne pour la dissolution de la Chambre et la révision de la Constitution. Il se prête au jeu, se lance dans l'aventure électorale. Réunissant sur son nom tous les mécontents, il noue des contacts dans tous les camps : si déjà une fraction importante des radicaux prend ses distances avec un mouvement devenu clairement plébiscitaire, Boulanger trouve de nouveaux appuis à l'extrême gauche et s'acoquine avec les milieux orléanistes, qui lui promettent de l'argent contre l'appui à leurs projets fumeux de restauration. Cette coalition hétéroclite de radicaux, de nationalistes, de révolutionnaires, de bonapartistes et de monarchistes se prolonge en un puissant mouvement électoral qui, après plusieurs élections dans divers départements, notamment celui du Nord, culmine en janvier 1889, lorsque Boulanger est triomphalement élu député de la Seine. C'est pourtant le commencement de la fin. Le gouvernement, et en particulier le ministre de l'Intérieur Constans, a décidé de passer à la contre-offensive : la Ligue des patriotes est dissoute, et Boulanger lui-même menacé de poursuites pour complot. Le général prend la fuite le 1er avril 1889, non par crainte de ses juges, mais par crainte d'être éloigné de la femme qu'il aime d'un amour si passionné qu'auprès de lui s'évanouissent les ambitions politiques auxquelles d'autres pensent pour lui. Boulanger abandonne parti et partisans, et rapidement son étoile pâlit. Privé de son champion, le boulangisme agonise bientôt. Condamné à la prison à vie, Boulanger ne rentrera pas en France. Le 30 septembre 1891, il se suicide sur la tombe de Marguerite de Bonnemains, décédée peu auparavant. « À bientôt », avait-elle fait graver sur sa tombe : « Ai-je bien pu vivre deux mois et demi sans toi ? » fait-il inscrire sur la sienne. Une fin romantique pour une assez lamentable aventure.

1er-8 août
Renouvellement partiel des conseils généraux : les républicains sont réélus à 987 des 1 002 sièges à pourvoir qu'ils contrôlaient avant les élections.

septembre
Henri Rousseau dit le Douanier Rousseau (1844-1910) expose au Salon des indépendants *Dans l'attente*, *La Première Femme du peintre* et *Dans la forêt*.

18 septembre
Jean Moréas publie dans *Le Figaro* le « Manifeste du symbolisme ».

LES SYMBOLISTES

Considéré comme une « école », le symbolisme est postérieur à Mallarmé, en qui il reconnaît l'un de ses maîtres plutôt que l'un des siens. Cela dit, Mallarmé participe lui-même de cette aspiration à l'idéal qui s'est affirmée vers le milieu du siècle avec Baudelaire et Nerval, puis prolongée dans Lautréamont, Verlaine et Rimbaud. Ces poètes, auxquels on peut joindre Mallarmé, qui appartient à la génération de Verlaine, ne forment pas une école, et cela même si tous peuvent, à des degrés divers, être considérés comme des poètes « symbolistes ». À leurs côtés, ou plutôt à leur suite, on peut ranger Tristan Corbière (1845-1875), dont Les Amours jaunes *paraissent en 1873 et Charles Cros, qui publie en 1879* Le Coffret de santal. *Le symbolisme en tant qu'école naît la décennie suivante, autour de revues accueillantes, comme le vénérable* Mercure de France, *ou* Le Symboliste, *revue fondée en 1886. La même année, Jean Moréas (1856-1910), dont les* Cantilènes *viennent de paraître, publie dans* Le Figaro *le « Manifeste du symbolisme » sur la vocation de la poésie à rechercher les « affinités ésotériques » entre le réel et les « Idées primordiales ». Cousin littéraire du « nabisme » pictural, le symbolisme n'a produit qu'un petit nombre de grandes œuvres ; rien en tout cas qui dépasse ou même égale celles des maîtres reconnus ou des grands inspirateurs : exception, Jules Laforgue (1860-1887), dont la vie trop tôt brisée lui a laissé le temps de publier deux recueils poétiques,* Les Complaintes *(1885) et* L'Imitation de Notre-Dame la Lune *(1886), laissant à sa mort un recueil de contes, les* Moralités légendaires *(1890). Exception encore, Henri de Régnier (1864-1936), dont le passage par le symbolisme, avec* Les Jeux rustiques et divins *(1897), sera toutefois éphémère. Exception, peut-être : Albert Samain (1858-1900), qui publie en 1893* Au jardin de l'infante, *d'une facture toutefois relativement classique. Lorsque Moréas publie entre 1899 et 1901 ses* Stances, *il y a longtemps qu'il s'est éloigné du symbolisme et de ses expérimentations poétiques, pour revenir à des règles de composition plus sobres et retrouver la pureté de formes de la poésie classique.*

Une figure domine, par la singularité de son itinéraire, ce courant de la poésie et de la littérature à la fin du siècle : celle de Joris-Karl Huysmans (1848-1907). Dans une première période, il publie des romans naturalistes, fidèle aux principes professés par Émile Zola : Marthe *(1876),* Les Sœurs Vatard *(1879),* Croquis parisiens *(1880),* En ménage *(1881), enfin* À vau l'eau *(1882), qui clôt ce premier cycle. En 1883, Huysmans rompt avec le naturalisme, et de façon radicale* (L'Art moderne). *En 1884, dans* À rebours, *il célèbre ses nouveaux maîtres : Baudelaire, Verlaine, Mallarmé (qu'il contribue ainsi à faire connaître). Ce second chapitre dans l'œuvre de Huysmans, marqué par la publication de* En rade *(1887), puis celle de* Là-bas *(1891), se referme peu après, lorsque Huysmans, après un séjour à la Trappe, découvre la foi, douloureuse conversion dont témoigne, en 1896,* En route, *foi profonde qui inspire ses dernières œuvres,* La Cathédrale *(1898),* L'Oblat *(1903), enfin* Les Foules de Lourdes *(1905).*

La poésie symboliste ne disparaît toutefois pas avec le siècle. Elle se prolonge à son tournant dans les œuvres d'Émile Verhaeren (1855-1916) et Maurice Maeterlinck (1862-1949). L'un et l'autre sont d'origine belge. Le premier apporte une contribution majeure au symbolisme par une trilogie poétique publiée entre 1887 et 1891 (Les Soirs, Les Débâcles, Les Flambeaux noirs). *C'est cependant un peu après qu'il publie ses œuvres les plus importantes et qu'il s'affirme comme le plus talentueux des héritiers de l'esprit symboliste, avec* Les Campagnes hallucinées *(1893) et* Les Villes tentaculaires *(1895). Verhaeren prend par la suite ses distances avec l'esthétisme symboliste au profit d'une poésie plus lyrique et plus sensible à la présence humaine* (Les Visages de la vie, *1899,* La Multiple Splendeur, *1906,* Les Rythmes souverains, *1910). Il meurt accidentellement en 1916, au retour d'une visite sur le front. Maeterlinck, quant à lui, est l'auteur des deux seuls authentiques chefs-d'œuvre que compte à son actif le théâtre symboliste :* Pelléas et Mélisande *(1892) – qu'immortalisera la musique de Debussy – et* L'Oiseau bleu *(1908).*

5 octobre

À Vierzon, les ouvriers de la Société de matériel agricole, en grève depuis le mois d'août, affrontent les « jaunes » recrutés par la direction. La troupe intervient : on relève une vingtaine de blessés. Un conseiller général du Cher et un conseiller municipal de Vierzon, qui ont pris parti contre les grévistes, sont poursuivis et condamnés.

Le gouvernement gracie Louise Michel.

11-16 octobre

Premier congrès de la Fédération nationale des syndicats ouvriers, à Lyon : le mouvement syndical, contrôlé par les broussistes depuis 1882, est repris en main par le courant guesdiste, révolutionnaire, du socialisme français. La Fédération nationale (guesdiste) deviendra la CGT en 1895.

18 octobre

Le député socialiste Camélinat demande au gouvernement de condamner l'emploi de la force publique dans les conflits du travail.

23 octobre

Le Sénat rejette une proposition Naquet pour que le divorce soit automatiquement prononcé après trois ans de séparation de corps.

26 octobre

Les diamants de la couronne sont aliénés au profit de la Caisse des retraites et de celle des musées.

30 octobre

La loi Goblet organise l'enseignement primaire et laïcise le personnel enseignant des écoles publiques.

4 novembre
Millaud remplace Baïhaut au ministère des Travaux publics.

14 novembre
Boulanger prononce un discours à la fête des sociétés de gymnastique, flanqué de Déroulède devenu son principal soutien.

27 novembre
Discours de Freycinet sur la politique étrangère de la France. Les Chambres votent des crédits pour le Tonkin.

3 décembre
Discussion du budget 1887 : la Chambre décide, à l'instigation des radicaux, de supprimer le traitement des sous-préfets (262 voix contre 249). Le ministère Freycinet démissionne.

4 décembre
Le gouvernement ajoute à la commission instituée en 1881 pour publier les documents relatifs à l'histoire de l'instruction publique de 1789 à 1808 (les *Procès-verbaux du Comité d'instruction publique de la Convention nationale* seront publiés par J. Guillaume, 1890-1907), une « commission chargée de rechercher et de publier les documents historiques relatifs à la Révolution de 1789 » : Étienne Charavay publiera la *Correspondance de Carnot* (1892-1907), Armand Brette le *Recueil de documents relatifs à la convocation des États généraux de 1789* (1894-1919), Alphonse Aulard le *Recueil des actes du Comité de salut public* (1889-1933). De son côté, la ville de Paris institue (décembre 1886) une « Commission chargée de rechercher et de publier les documents inédits relatifs à l'histoire de Paris pendant la Révolution française ». Cette commission publiera de nombreux recueils, parmi lesquels : le *Recueil de documents pour l'histoire du club des Jacobins de Paris* dirigé par Aulard (1889-1897), les *Élections et les cahiers de Paris en 1789* de Charles-Louis Chassin (1888-1889), les *Actes de la Commune de Paris pendant la Révolution* de Sigismond Lacroix (1894-1914), et deux instruments bibliographiques inégalés depuis : le *Répertoire général des sources manuscrites de l'histoire de Paris pendant la Révolution française* d'Alexandre Tuetey (1890-1914) et la *Bibliographie de l'histoire de Paris pendant la Révolution française* de Maurice Tourneux (1890-1913).

11 décembre
Ministère Goblet (présidence du Conseil, Intérieur et Cultes) : Sarrien (Justice), Dauphin (Finances), M. Berthelot (Instruction publique), Flourens (Affaires étrangères), Boulanger (Guerre), Aube (Marine et Colonies), Baïhaut (Travaux publics), Develle (Agriculture), Granet (Postes et Télégraphe), Lockroy (Commerce et Industrie). Les radicaux ont obtenu le maintien de Boulanger à la Guerre.

René Goblet

Journaliste et avocat originaire d'Amiens, René Goblet (1828-1905) commence sa carrière politique en 1871 dans le sillage de Gambetta, avant de progressivement s'aligner sur des positions plus à gauche : radical dans les années 1880, radical-socialiste après 1890. Ministre de l'Intérieur en 1882, il passe à l'Instruction publique en 1885-1886, occupe la présidence du Conseil en 1887 et détient le portefeuille des Affaires étrangères en 1888-1889. En 1901 il est l'un des fondateurs du Parti radical-socialiste.

16 décembre
L'Italie dénonce le traité de commerce franco-italien.

17 décembre
Feydeau : *Tailleur pour dames*, au théâtre de la Renaissance. Georges Feydeau (1862-1921) obtient un succès avec son troisième vaudeville. Cinq ans plus tard, *Monsieur chasse* est salué par un triomphe. Feydeau dès lors règne en maître sur la scène du boulevard : *L'Hôtel du libre échange* et *Un fil à la patte* (1894), *Le Dindon* (1896), *La Dame de chez Maxim's* (1899), *La Puce à l'oreille* (1907), *Occupe-toi d'Amélie* (1908), *On purge bébé* (1910), *Mais n'te promène donc pas toute nue* (1912).

autres événements
• Paul Sébillot fonde la *Revue des traditions populaires*.
• *La Vogue* publie plusieurs poèmes des *Illuminations* de Rimbaud, qui, en 1880, est parti pour Aden et ne reviendra en France qu'en 1891.
• Saint-Saëns : *Le Carnaval des animaux*.

Saint-Saëns

Camille Saint-Saëns (1835-1921) commence à composer à l'âge de 5 ans et donne son premier récital, salle Pleyel, à 11 ans. Couronné en 1852 pour une Ode à sainte Cécile *remarquée et admirée par Berlioz, Gounod ou Liszt, Saint-Saëns compose une* Messe *en 1856 et en 1858 un* 1er Concerto pour piano *qui fait de lui, dans un genre peu prisé par les Français, l'égal du maître hongrois. Saint-Saëns enchaîne dès lors les compositions avec une facilité déconcertante: un* 1er Concerto pour violon *en 1859, l'*Introduction et Rondo capriccioso *en 1863, le* 2e Concerto pour piano *en 1868. En 1871, il commence à écrire quatre poèmes symphoniques (1871-1877), dont la* Danse macabre *(1874), tout en s'attelant à un* Concerto pour violoncelle *(1873). Moins heureux au théâtre, où il essuie plusieurs échecs, notamment lors de la présentation de* La Princesse jaune *en 1872, et surtout avec* Samson et Dalila, *il renoue avec le succès en 1886 avec* Le Carnaval des animaux *et la* 3e Symphonie, *sa dernière grande composition.*

• Dernière exposition collective du groupe impressionniste. Seurat y expose *Un dimanche après-midi à l'île de la Grande-Jatte.*

Le post-impressionnisme

La réaction à l'impressionnisme apparaît à peu près au moment où Monet, Sisley ou Pissarro obtiennent enfin leurs premiers succès: vers le milieu des années 1880. Il était inévitable qu'un art enseignant la liberté, la spontanéité et le refus de l'académisme génère sa propre contestation. Aussi les premières mises en cause de l'impressionnisme sont-elles le fait d'artistes issus du mouvement ou mêlés à ses débuts, comme Toulouse-Lautrec ou Seurat.
Henri de Toulouse-Lautrec (1864-1901) est né dans une famille de vieille noblesse, où deux irréparables accidents de cheval ont fait de lui un monstre imprésentable. Comme Degas, Toulouse-Lautrec aime le théâtre, les fards de la scène et l'abandon des coulisses, où on l'accepte tel qu'il est. Mais à la différence de Degas, qui se contente de côtoyer un univers auquel il demeure étranger, Toulouse-Lautrec lui appartient. Les cabarets mal famés et les maisons closes forment le monde où il a choisi de vivre et dont, par sa peinture, il est le chroniqueur tendre et cruel à la fois. Degas peint des danseuses qui sont autant de silhouettes anonymes; Toulouse-Lautrec peint La Goulue *(1891),* Jeanne Avril *(1892) ou* Yvette Guilbert *(1894).* Au salon *(1894) représente les prostituées de la rue des Moulins,* La Toilette *l'une de celles qu'il prend pour modèles de sa série* Elles, L'Anglaise du Star *est la chanteuse d'un bar à matelots qu'il a fréquenté au Havre…* Au bal du Moulin de la Galette *(1889) et* La Danse au Moulin-Rouge *(1890) sont peuplés de figures connues, celles d'un monde où Toulouse-Lautrec a puisé la force de vivre.*
Un autre héritier infidèle de l'impressionnisme est Georges Seurat (1859-1891), fondateur avec Paul Signac (1863-1935) et quelques autres moins connus, comme Henri-Edmond Cross (1856-1910) et Maximilien Luce (1858-1941), du pointillisme que Pissarro, séduit, devait pratiquer un moment après avoir admiré Une baignade à Asnières *de Seurat (1884) et le tableau du même qui constitue le manifeste de la nouvelle école:* Un dimanche après-midi à l'île de la Grande-Jatte *(1886). «Diviser, écrit Signac, c'est s'assurer tous les bénéfices de la luminosité, de la coloration et de l'harmonie»: tentative pour soumettre la fantaisie impressionniste à la discipline d'une technique, presque d'une science, le pointillisme produit de grandes œuvres, tels* La Parade, Port-en-Bessin *(1888) ou* Le Cirque *(1891) de Seurat, mais le mouvement, et sa peinture trop «froide», s'éteint ou presque avec la mort de son fondateur en 1891.*
Comme Seurat, né en 1859, Signac, en 1863, ou Toulouse-Lautrec, en 1864, Paul Gauguin (1848-1903), né une dizaine d'années après Cézanne, Monet ou Renoir, n'a connu de l'impressionnisme que le temps de la maturité. En Gauguin s'épanouit l'enseignement de Cézanne; en lui se joignent le XIXe *et le* XXe *siècle. La vie de Gauguin est déjà riche en tribulations lorsqu'il s'installe à Pont-Aven en 1885: une enfance au Pérou, la marine marchande, des heures grises comme employé à la Bourse, une calamiteuse tentative d'émigration au Panama et dans les Antilles dont il est revenu malade et sans le sou. Il échoue en Bretagne. «Ne copiez pas trop d'après nature; l'art est une abstraction»: Gauguin se révèle tout entier en 1888, dans* La Vision après le sermon. *Les ombres s'effacent, les volumes se simplifient, les ombres deviennent bleues et les arbres jaunes. En octobre, Gauguin rejoint Van Gogh à Arles. La cohabitation se révèle vite très difficile, et Gauguin rejoint Pont-Aven quelques mois plus tard (il peint alors le* Christ jaune *et le* Christ vert*). Si sa situation matérielle demeure précaire, la reconnaissance vient rapidement. Il influence toute une génération de jeunes artistes, mais sans réussir à vendre ses tableaux. Dans l'impossibilité de rester à Pont-Aven, sans ressources et sans autre point de chute, il s'en va. Le 4 avril 1891, il embarque pour Tahiti. Parti avec la légende du bon sauvage dans ses maigres bagages, il découvre en Polynésie une nature sauvage, exubérante, point hostile; il ne tarde cependant pas à apprendre que les hommes,*

fussent-ils séparés par des océans, sont partout les mêmes: la petite colonie européenne est mesquine, les autochtones a priori *plus accueillants, mais non moins méfiants envers cet Européen qui prétend vivre selon leurs coutumes. Le séjour à Tahiti, interrompu par un retour en France en 1893-1895, puis à Hiva-Hoa à partir de 1901, permettra à Gauguin de déployer un génie que les œuvres de Pont-Aven laissaient seulement pressentir (*Femmes de Tahiti, *1891;* Autoportrait au chapeau, *1893;* La Naissance du Christ, le fils de Dieu, *1896).*
*À la fin de 1888, le séjour commun de Gauguin et de Vincent Van Gogh (1853-1890) à Arles s'était mal terminé: tandis que le premier regagnait précipitamment Pont Aven, le second se tranchait l'oreille d'un coup de rasoir. Van Gogh était né à Zundert, en Hollande, où son père était pasteur. Vincent débute en 1869 comme vendeur de tableaux, métier où il semble assez bien réussir; suffisamment en tout cas pour prendre le large vers La Haye, Londres, enfin Paris. Instable, profondément affecté par un amour malheureux, Van Gogh se jette à corps perdu dans la peinture puis, revenu dans son pays natal, il tente vainement de devenir pasteur et de suivre les traces paternelles. D'échec en échec, il finit par trouver refuge à Montmartre, où son frère Théo s'est installé (*Couronne impériale dans un vase de cuivre, *1886). Vincent découvre alors les impressionnistes et ceux qui déjà commencent à écrire la suite de son histoire. Gauguin l'enthousiasme tant que, parti habiter Arles au début de 1888 (*La Berceuse, Les Alyscamps*), il le presse de venir l'y rejoindre pour fonder de concert un « atelier de l'avenir ». Harcelé de lettres, et aidé financièrement par Théo, Gauguin arrive à Arles le 23 octobre 1888. Mais Gauguin déteste le Midi et les Méridionaux, il vomit les peintres que Van Gogh idolâtre, et le phalanstère rêvé par ce dernier devient un cauchemar. Van Gogh peint alors un* Autoportrait *et* Les Tournesols. *Les disputes continuelles trouvent leur épilogue dans la scène orageuse du mois de décembre. Van Gogh fait la navette entre sa maison d'Arles et l'hôpital, et il finit par demander lui-même à être interné à l'asile de Saint-Rémy (il peint à cette époque, en 1889,* La Promenade du soir, La Meule de foin *et deux* Autoportraits à l'oreille coupée*). Rentré à Paris au printemps de 1890, il ne fait que passer: il se rend à Auvers-sur-Oise, où le docteur Gachet a promis de veiller sur lui. Dernières semaines empreintes de mystère, ponctuées de chefs-d'œuvre, de trop de chefs d'œuvre sans doute, dont certains auraient été peints par d'autres, le docteur Gachet peut-être, et après la mort du peintre: le 27 juillet, Van Gogh se tire une balle dans la poitrine et meurt deux jours après.*

• Frédéric-Auguste Bartholdi: *La Liberté éclairant le monde* (1871-1886). Cette statue monumentale de l'auteur d'œuvres non moins gigantesques, comme *Vercingétorix* (1866-1870, réalisé en 1903) et le *Lion de Belfort* (1875-1880), est offerte par le gouvernement français aux États-Unis.

1887

8 janvier
Début de la construction de la tour Eiffel.

11 janvier
Au Reichstag, le chancelier Bismarck accuse Boulanger d'entretenir « le feu de la revanche » et de vouloir la guerre.

14 janvier
Les troupes françaises évacuent Tamatave, en vertu du traité signé le 17 décembre 1885 avec Madagascar.

29 janvier
Léon Bloy: *Le Désespéré.*

LÉON BLOY

Léon Bloy (1846-1917) est à l'image du héros du Désespéré, *Caïn Marchenoir, un écrivain maudit, catholique, rempli de haine pour les puissances de l'argent et les valeurs du monde moderne, disciple de Maistre et de Bonald parti en guerre contre la société bourgeoise issue de la Révolution. Comme Marchenoir encore, il fut marqué à jamais par l'idylle, d'abord charnelle, puis mystique, qu'il vécut avec Anne-Marie Roulé, prostituée à ses heures, et qui conduisit pour finir la malheureuse à l'asile (1882). Comme Marchenoir enfin, il se veut la voix des faibles, des damnés, des misérables, qu'incarne Clotilde, l'héroïne de* La Femme pauvre *(1897). Prophète de l'Apocalypse, Bloy a l'humour des désespérés. Du monde qu'il abhorre, il peint avec verve les petitesses et les ridicules:* Propos d'un entrepreneur de démolitions *(1883),* Histoires désobligeantes *(1894),* Exégèse des lieux communs *(1902-1913). Son* Journal, *publié entre 1898 et 1915, révèle un Léon Bloy à l'image de ses personnages.*

14 février
Le Temps publie une « Protestation des artistes » contre la tour Eiffel. Parmi les signataires, Gounod, Charles Garnier et Leconte de Lisle.

22 mars
La commission parlementaire nommée pour examiner le projet de réforme militaire préparé par Boulanger demande le retrait de l'article qui ôte à l'École polytechnique son caractère d'école militaire. Boulanger riposte en publiant une lettre ouverte dans laquelle il accuse la commission d'« errements monarchiques ».

30 mars
André Antoine donne au Cercle Gaulois la première représentation du Théâtre libre: *Jacques Damour*, de Zola. En mai 1890, Antoine exposera ses réflexions esthétiques dans *Aux abonnés du Théâtre libre et à tous ceux qui de près ou de loin touchent au théâtre et aux arts.*

4 avril
Le Sénat ajourne une proposition de la Chambre visant à rendre son autonomie municipale à la capitale en séparant le conseil municipal et le conseil général de la Seine.

13 avril
Marcelin Berthelot, ministre de l'Instruction publique, inaugure l'École supérieure d'enseignement d'Alger.

21-29 avril
Crise franco-allemande provoquée par « l'incident Schnaebelé »: le commissaire de Pagny-sur-Moselle, qui s'est rendu sur la frontière sur convocation de son collègue allemand d'un village voisin, est arrêté pour espionnage. Schnaebelé est remis en liberté le 29 par les autorités allemandes. En pleine affaire Schnaebelé, le chef d'orchestre Charles Lamoureux doit, sous la pression de la rue, interrompre les représentations du *Lohengrin* de Richard Wagner, qu'il a monté à l'Eden-théâtre. L'antiwagnérisme devient un des chevaux de bataille du boulangisme. En 1891 encore, une grande manifestation se terminant par mille arrestations et l'inculpation d'une quinzaine de perturbateurs, saluera l'entrée de l'œuvre au Palais-Garnier.

23 avril
Edmond et Jules de Goncourt: *Journal, mémoires de la vie littéraire.* Commencé par les deux frères en 1851, le *Journal*, à peine interrompu par la mort prématurée de Jules en 1870, s'achève seulement avec la mort d'Edmond en 1896. L'édition publiée par Edmond de 1886 à 1891 est fragmentaire. Comme le dit son auteur, elle contient seulement « la vérité agréable », l'autre étant ajournée à vingt ans après sa mort. En fait, c'est seulement en 1956 que le *Journal* sera publié dans son intégralité.

mai
Maupassant: *Le Horla.* En janvier, il a publié *Mont-Oriol.*

7 mai
Au Havre, Goblet annonce une nécessaire hausse des impôts.

8-15 mai
Élections municipales à Paris. Le nouveau conseil municipal comprend 11 socialistes, 45 « communalistes », 13 républicains et 11 conservateurs. Les conservateurs ont gagné 14000 suffrages et les socialistes 17000, les républicains perdant 25000 voix.

14 mai
Un décret autorise la libre consultation des documents de plus de cinquante ans conservés aux Archives nationales ou dans les dépôts des archives départementales.

17 mai
La Chambre ajourne le vote du budget 1888 et s'oppose à la hausse annoncée des impôts: le président du Conseil Goblet démissionne. La chute de Goblet a été préparée par Ferry et Rouvier, dans le seul but d'évincer Boulanger du ministère de la Guerre.

30 mai
Formation du ministère Rouvier (présidence du Conseil et Finances): Mazeau (Justice), Flourens (Affaires étrangères), Fallières (Intérieur), Ferron (Guerre), Barbey (Marine et Colonies), Spuller (Instruction publique, Cultes, Beaux-Arts), Hérédia (Travaux publics), Dautresme (Commerce, Industrie), Barbe (Agriculture). Le ministère des Postes est rattaché aux Finances. *L'Intransigeant* dénonce la mise à l'écart de Boulanger et du radical Granet, et le « ministère allemand » de Rouvier. Rochefort n'a pas tort: le chancelier Bismarck est bien à l'origine de la mise à l'écart de Boulanger. Ce dernier adresse un inhabituel ordre du jour à l'armée pour la remercier de sa collaboration durant son passage au ministère de la Guerre.

31 mai
Manifestations à Paris contre la mise à l'écart de Boulanger.

2 juin
La commission parlementaire dépose son rapport sur le projet Boulanger de réforme militaire : service actif de trois ans, suivi par six années dans la réserve, six dans la territoriale et cinq dans la réserve territoriale ; suppression des dispenses de droit, maintien des exemptions pour inaptitude et soutien de famille, introduction d'un système de sursis à l'appel et de renvoi anticipé afin d'alléger les effectifs sous les drapeaux.

4 juin-9 juillet
La Chambre adopte le principe du service militaire de trois ans et supprime les dispenses jusqu'alors accordées aux bacheliers, aux enseignants et aux ecclésiastiques.

18 juin-6 juillet
Jugement, à Leipzig, d'Alsaciens-Lorrains, la plupart membres de la Ligue des patriotes, accusés de haute trahison. Déroulède demande à Jules Grévy d'intervenir et organise un meeting de soutien : les participants scandent « Vive Boulanger ! ».

22 juin
Le Temps dément les affirmations de la presse radicale (*L'Intransigeant*, *La Lanterne*, *La Justice* de Clemenceau), selon lesquelles la chute de Goblet et la formation du ministère Rouvier seraient le résultat d'un accord passé entre le président Grévy et la droite parlementaire.

25 juin
Victor Hugo : *Choses vues*.

27 juin
La Chambre repousse une proposition en faveur de l'élection des sénateurs au suffrage universel direct.
Au Cirque d'Hiver, Déroulède fait acclamer le nom de Boulanger.

29 juin
Un décret nomme Boulanger commandant du XIIIe corps d'armée à Clermont-Ferrand. Rochefort dénonce dans *L'Intransigeant* la « déportation » du « général Revanche ».

juillet
La France révèle que plusieurs généraux et députés membres d'un groupe de « l'Appel au peuple » ont proposé à Boulanger de prendre la tête d'un coup d'État.

8 juillet
Manifestation gare de Lyon, lors du départ de Boulanger pour Clermont-Ferrand. La Ligue des patriotes, *L'Intransigeant* et *La Lanterne* ont organisé la manifestation. *La Justice*, le journal de Clemenceau, dénonce « la boulangite » : c'est la rupture entre une partie des radicaux et le général.

9 juillet
Huysmans : *En rade*.

11 juillet
Camille Pelletan, soutenu par Clemenceau, dénonce la complicité du ministère Rouvier avec « les menées cléricales et monarchistes ».

CAMILLE PELLETAN

Après avoir achevé des études de paléographie et de droit, le fils d'Eugène Pelletan, Camille Pelletan (1846-1915), renonce à la carrière d'archiviste qui s'ouvre à lui et se lance dans le journalisme. Collaborateur du Rappel, *journal d'opposition fondé en 1869 sous le patronage de Victor Hugo, il rejoint après 1870 les rangs des radicaux et prend la direction du quotidien* La Justice *fondé en 1880 par Clemenceau. Député d'Aix-en-Provence de 1881 à 1912, il est à la Chambre l'auxiliaire le plus fidèle de Clemenceau. Comme son mentor, il bataille contre la politique d'expansion coloniale mise en œuvre par Jules Ferry et pour des réformes sociales mesurées. À l'extrême fin du siècle, son hostilité aux « deux cents familles » (le mot est de lui) le conduit à se ranger du côté des adversaires de Dreyfus, du moins jusqu'au suicide du colonel Henry qui apporte la preuve que Dreyfus a été condamné sur des preuves fabriquées. Reconnaissant son erreur, Pelletan change alors de camp. C'est Émile Combes qui lui confie son premier portefeuille ministériel, à la Marine. Dans ce milieu corseté de traditions, on s'accommode mal de son radicalisme politique inaltéré par les ans et de ses manières rustiques, et son départ en 1905 est vécu avec soulagement. Pelletan, fidèle à ses convictions des années 1870 et hostile à l'embourgeoisement du Parti radical, rompt avec Clemenceau à l'époque des grèves de 1906 et 1907, occupant désormais une place solitaire, aux marges du radicalisme, ultime témoin de l'esprit des origines.*

14 juillet
Manifestation organisée par la Ligue des patriotes lors de la revue de Longchamp : les manifestants crient « Vive Boulanger ! » et conspuent Jules Ferry.

21 juillet
La Chambre rejette un projet, jugé trop onéreux pour l'État, de construction d'un chemin de fer métropolitain à Paris.

24 juillet
Discours de Jules Ferry à Épinal : il dénonce les tentatives de politisation de l'armée et « un patriotisme haineux et bruyant » qui divise les Français et prétend donner le monopole du patriotisme à un parti.

27 juillet
Le conseil municipal de Paris convoque un congrès des communes de France « pour préparer dignement et pacifiquement le centenaire de 89 ».

6 août
Gustave Kahn : *Les Palais nomades*. L'un des premiers exemples d'utilisation du vers libre.

17 août
Interdiction du congrès des communes convoqué par la municipalité parisienne. Le conseil municipal s'incline le 22 septembre.

18 août
Le Figaro publie le *Manifeste des Cinq* (Paul Margueritte, Lucien Descaves, Rosny, Gustave Guiches et Paul Bonnetain) contre le naturalisme et *La Terre* de Zola (qui paraîtra en volume au mois de novembre). Ce manifeste témoigne du déclin du naturalisme en tant qu'école et de la réaction idéaliste et mystique qui prend forme, avec Huysmans, Verlaine, Mallarmé, etc.

Lucien Descaves

*Lucien Descaves (1861-1949) débute dans la carrière littéraire par des romans naturalistes (*Une vieille rate, *1883). En 1889,* Les Sous-Offs *tire son nom de l'obscurité en lui attirant des poursuites. Associé à la création du Théâtre libre d'Antoine en mars 1887, il y connaît un autre scandale en 1898 avec* La Cage, *interdite par la censure après la première représentation. Descaves a publié de nombreux romans, dont le meilleur reste* La Colonne *(1901), qui relate les dernières heures de la Commune de 1871.*

septembre
L'éditeur Arthème Fayard imprime à 3 millions d'exemplaires une *Histoire patriotique du général Boulanger.*

15 septembre
Publication des *Instructions du comte de Paris aux représentants du parti monarchiste en France.* Plusieurs journaux de droite *(L'Univers, La Liberté)* blâment l'inspiration bonapartiste et plébiscitaire du manifeste du prétendant.

20 septembre
Une circulaire interdit toute union nationale des instituteurs.

24 septembre
Un forestier allemand tue deux Français à Raon-sur-Plaine (Vosges). Le gouvernement allemand présente des excuses officielles le 30.

7 octobre
Le général Caffarel, sous-chef de l'état-major nommé par Boulanger, est mis en non-activité : il est soupçonné d'être impliqué dans un trafic de décorations révélé par le journal bonapartiste *Le XIXe siècle.* Le 12, un conseil d'enquête militaire met Caffarel à la retraite pour fautes contre l'honneur. Il est ensuite arrêté, une information judiciaire est ouverte.

13 octobre
Interrogé par la presse sur l'affaire Caffarel, Boulanger affirme qu'il s'agit d'un complot dirigé contre lui par le nouveau ministre de la Guerre, le général Ferron. Boulanger est mis aux arrêts de rigueur pour trente jours.

15 octobre
La presse boulangiste proteste contre la sanction qui frappe son champion, et contre-attaque en accusant Daniel Wilson, le gendre du président de la République Jules Grévy d'être le principal coupable dans cette affaire de vente de décorations.

24 octobre
La France et l'Angleterre signent trois conventions : la première neutralise le canal de Suez, la seconde établit un condominium franco-anglais sur les Nouvelles-Hébrides, la troisième concerne les îles Sous-le-Vent.

27 octobre
La Chambre des députés, puis le Sénat, votent une loi qui accorde une pension aux victimes de la révolution de Février 1848.

5 novembre
La Chambre des députés, contre l'avis du président du Conseil, ouvre une enquête sur l'affaire

des décorations. La commission d'enquête élue compte 10 radicaux sur 22 membres.

9 novembre
Le général Caffarel comparaît devant le tribunal correctionnel: l'audience révèle que plusieurs lettres écrites par Wilson ont disparu du dossier.

10 novembre
Le gouvernement s'engage à faire la lumière sur l'affaire des décorations et l'implication éventuelle de Wilson.

11 novembre
Le conseil municipal de Paris décide d'élever un monument à Danton (il sera inauguré place de l'Odéon le 14 juillet 1891).

12 novembre
Ravaisson: «Léonard de Vinci et l'enseignement du dessin», dans la *Revue politique et littéraire.*

Ravaisson

*Le philosophe Félix-Mollien Ravaisson (1813-1900) écrit deux de ses trois œuvres maîtresses avant d'avoir atteint l'âge de 30 ans: les deux parties de l'*Essai sur la métaphysique d'Aristote *paraissent en 1837 et 1846, composées à partir d'un essai de 1834 primé par l'Académie des sciences morales et politiques, et* De l'habitude, *sa thèse de doctorat, est publiée en 1839. Ravaisson n'entre cependant pas dans la carrière universitaire. Inspecteur des bibliothèques, puis inspecteur général de l'enseignement supérieur, il préside le jury de l'agrégation de philosophie en 1863, l'année où le gouvernement impérial lance une enquête sur le progrès des arts et des sciences en France. Ravaisson est chargé du rapport sur les progrès de la philosophie* (Rapport sur la philosophie en France au XIXe siècle), *ouvrage dans lequel il livre l'exposé le plus complet de sa philosophie spiritualiste. Après cette date, Ravaisson n'écrit plus, sur les questions philosophiques, que quelques articles, ou de courts fragments qui prolongent les thèses du* Rapport *de 1863 et seront réunis après sa mort sous le titre de* Testament philosophique. *Philosophe, Ravaisson est également un dessinateur apprécié d'Ingres. Il expose au Salon et publie plusieurs études sur la* Vénus de Milo *(1871), la technique du dessin (1882) ou Léonard de Vinci (1887).*

13 novembre
Loi sur les obsèques civiles: elle supprime le monopole des fabriques et des consistoires en matière d'inhumations; elle autorise l'incinération et permet au testateur de «disposer de son corps dans l'intérêt de la science».

15 novembre
Zola: *La Terre.*

17 novembre
À l'unanimité moins une voix, la Chambre lève à la demande du parquet l'immunité parlementaire de Wilson.

19 novembre
Par 317 voix contre 228, la Chambre donne suite à une interpellation de Clemenceau sur la situation politique: le ministère Rouvier est renversé.

21 novembre
Le député bonapartiste Jolibois demande un plébiscite sur les institutions.

24 novembre
Annonce officieuse de la démission du président Grévy et du retrait de la démission du cabinet Rouvier.

25-29 novembre
Premiers contacts entre Boulanger, revenu secrètement à Paris, et le représentant du comte de Paris, le baron de Mackau.

30 novembre-1er décembre
Manifestations dans Paris pour demander la démission de Jules Grévy.

1er décembre
Le Moniteur annonce officiellement le retrait de la démission du ministère Rouvier. Mais le même jour, Jules Grévy étant revenu sur sa décision de démissionner, Rouvier présente pour la seconde fois sa démission. La Chambre et le Sénat suspendent leur séance. Enfin le président s'incline, et accepte de démissionner.

2 décembre
Démission de Jules Grévy après le scandale des décorations vendues par son gendre Daniel Wilson.

3 décembre
Le Congrès réuni à Versailles élit Sadi Carnot à la présidence de la République. Carnot, mis en bal-

lottage par Jules Ferry, est élu au deuxième tour de scrutin par 616 voix sur 827 votants.

SADI CARNOT

Sadi Carnot (1837-1894) possède un titre essentiel à la magistrature suprême: son nom. Petit-fils de Lazare Carnot et fils d'Hippolyte, le républicain de 1848, il est républicain par héritage. À cela il joint quelques autres qualités: une probité au-dessus de tout soupçon, bien utile après la présidence de Jules Grévy, et un talent politique dont la médiocrité s'accommode bien de la fonction. Il exerce cependant son mandat avec sérieux et, le cas échéant, comme lors de la crise boulangiste, avec fermeté. Il rompt également avec l'héritage de Grévy, qui ne sortait guère de l'Élysée, en accomplissant de nombreux voyages en province. C'est lors d'un de ces déplacements officiels que le 24 juin 1894, il est assassiné par l'anarchiste Caserio.

10 décembre
Un nommé Aubertin tire sur Jules Ferry dans les couloirs du Palais-Bourbon et le blesse de deux balles à la poitrine.

12 décembre
Ministère Tirard (présidence du Conseil et Finances): Fallières (Justice), Flourens (Affaires étrangères), Sarrien (Intérieur), Logerot (Guerre), Mahy (Marine et Colonies), Faye (Instruction publique et Cultes), Loubet (Travaux publics), Dautresme (Commerce et Industrie), Viette (Agriculture).

13 décembre
La chambre des mises en accusation accorde un non-lieu à Wilson.

22 décembre
Incident diplomatique franco-italien à Florence. Après la mort d'un dignitaire tunisien établi à Florence, la France et l'Italie se disputent le droit de régler la très importante succession. Le président du Conseil italien, Francesco Crispi, fait saisir les papiers du défunt au consulat de France.

1888

janvier
Une nouvelle information judiciaire est ouverte contre Wilson dans l'affaire des décorations.

Maupassant publie *Pierre et Jean*; la même année: *Sur l'eau* et *Le Rosier de Mme Husson.*

5 janvier
Renouvellement de 83 sièges sénatoriaux: les républicains perdent trois sièges. L'amiral Krantz remplace Mahy au ministère de la Marine et des Colonies.

26 février
Législatives partielles: Boulanger, inéligible puisque militaire d'active, obtient quelques milliers de voix dans la Loire, le Loiret, le Maine-et-Loire, la Marne et la Côte-d'Or. Le journaliste bonapartiste Georges Thiébaut a organisé la campagne en appelant les «patriotes de tous les partis» à voter pour le général, seul capable à ses yeux de conduire le redressement du pays. Boulanger assure au ministre de la Guerre qu'il n'est pour rien dans cette campagne: en réalité, il y a coopéré activement.

28 février
Le gouvernement italien établit des droits de douane prohibitifs sur les produits français. La France riposte par des mesures analogues: la guerre douanière entre les deux pays se prolongera jusqu'en 1898.

1er mars
Condamné en correctionnelle, Daniel Wilson fait appel.
Le député Michel renouvelle la demande d'autorisation d'émission d'un emprunt à lots par la Compagnie universelle du canal de Panama.

3 mars
Maurice Barrès publie *Sous l'œil des barbares*, le premier volume de la trilogie *Le Culte du Moi*, que suivront *Un homme libre* en 1889 et *Le Jardin de Bérénice* en 1891.

5 mars
Le Sénat rejette la loi qui rend son autonomie communale à la ville de Paris.

13 mars
Parution du premier numéro de *La Cocarde*: le journal se déclare «boulangiste».

14 mars
Boulanger est mis en non activité par retrait d'emploi pour être venu sans autorisation dans la capitale à au moins trois reprises. Le jour même, le général et ses partisans se réunissent à Paris. Rochefort et plusieurs députés, parmi lesquels Laisant, Francis

Laur et Déroulède, appellent les électeurs des Bouches-du-Rhône, où une législative partielle est prévue le 25 mars, à voter Boulanger. Des comités pour la candidature de Boulanger sont créés dans de nombreux départements (« Comités républicains de protestation nationale »). La Fédération des travailleurs socialistes de France fait campagne à Marseille contre Boulanger.

18 mars
Vingt députés socialistes publient un programme: suppression des armées permanentes et de la peine de mort, suffrage universel et instauration d'un « mandat contractuel » entre électeurs et élus, « émancipation progressive de la femme », gratuité de l'enseignement à tous les degrés, séparation de l'Église et de l'État, transformation des monopoles en services publics, impôt sur le revenu, enfin « nationalisation progressive de la propriété ».

19 mars
Caffarel est condamné dans l'affaire des décorations.

20 mars
La Chambre refuse de donner suite à une interpellation sur les mesures prises contre Boulanger. Le Comité républicain de protestation nationale annonce le retrait de la candidature Boulanger à Marseille.

21 mars
Rochefort organise une rencontre entre Boulanger et Eudes, l'un des héritiers du blanquisme.

Émile Eudes

Originaire de la Manche, Émile Eudes (1843-1888) arrive à Paris sous le Second Empire pour y poursuivre des études de pharmacie. Mais il ne tarde pas à fréquenter un autre genre d'officines, les sociétés secrètes blanquistes. Arrêté, emprisonné, remis en liberté, arrêté de nouveau, etc., il fait l'expérience de la vie routinière du révolutionnaire professionnel de ces années. En août 1870, les choses se passent moins bien. Tandis que le régime se délite et que les Prussiens remportent victoire après victoire, Eudes et Blanqui tentent de s'emparer de la caserne de pompiers de La Villette. L'affaire se termine mal, Eudes est pris et condamné à mort. Sauvé par la chute du régime le 4 septembre, il s'enrôle dans la garde nationale, s'efforçant d'en faire un bastion du blanquisme en vue du grand soir. Lorsque éclate la Commune, le 18 mars 1871, Eudes est élu à l'assemblée municipale et aussitôt investi du commandement des bataillons fédérés. Le 3 avril, il dirige une offensive en direction de Versailles. L'opération tourne au désastre, Eudes est démis de son commandement et confiné dans des tâches subalternes. Le 9 mai, il revient sur l'avant-scène en étant élu au Comité de salut public contrôlé par Delescluze. Resté sur le champ de bataille jusqu'à la fin, il se distingue en ordonnant plusieurs des incendies qui, durant la « semaine sanglante » réduisent en cendres une partie des richesses culturelles de la ville. Réfugié en Angleterre, Eudes est amnistié en 1880. De retour en France, il relève le flambeau du blanquisme. Chaque année, il organise la commémoration de la Commune. En 1888, il flirte un moment avec le boulangisme, quelques semaines avant sa disparition lors d'une manifestation de soutien aux terrassiers en grève.

25 mars
L'ancien communard Félix Pyat est élu député de Marseille: Boulanger a obtenu moins d'un millier de voix. En revanche, le général arrive en tête dans l'Aisne avec 45000 voix, contre 27000 au républicain Paul Doumer et 25000 au candidat conservateur. Boulanger est également en ballottage en Dordogne.

26 mars
La cour d'appel de Paris acquitte Wilson dans l'affaire des décorations. Un comité d'enquête militaire réforme Boulanger « pour fautes graves contre la discipline ».

27 mars
Boulanger est mis à la retraite d'office.

28 mars
Boulanger retire sa candidature dans l'Aisne.

30 mars
La Chambre renverse le ministère Tirard en votant l'urgence sur une proposition de révision constitutionnelle déposée par Camille Pelletan.

31 mars
Octave Mirbeau: *L'Abbé Jules*. Octave Mirbeau (1850-1917) publiera également *Le Jardin des supplices* en 1898, *Le Journal d'une femme de chambre* en 1900 et, pour le théâtre, *Les affaires sont les affaires* en 1903.

1er avril
Boulanger pose sa candidature à l'élection partielle du Nord, fixée au 15 avril, et définit (vaguement)

son programme: « dissolution de la Chambre, révision de la Constitution ».

3 avril
Ministère Floquet (présidence du Conseil et Intérieur): Goblet (Affaires étrangères), Freycinet (Guerre), Krantz (Marine et Colonies), Ferouillat (Justice et Cultes), Peytral (Finances), Lockroy (Instruction publique et Beaux-Arts), Deluns-Montaud (Travaux publics), Viette (Agriculture), Legrand (Commerce et Industrie).

4 avril
Méline succède à Floquet à la présidence de la Chambre.

MÉLINE

Député depuis 1872, Jules Méline (1838-1925) a appartenu aux cabinets dirigés par Jules Simon en 1876-1877 et Jules Ferry en 1883-1885. Il joue le grand rôle de sa vie en 1892 lorsque, chef de file du courant protectionniste, il fait voter le tarif douanier qui vise à protéger les intérêts de l'agriculture française. Président du Conseil en 1896, Jules Méline s'efforce de jeter les bases d'un parti conservateur réunissant l'aile droite de l'opportunisme républicain et les « ralliés » (pour la plupart anciens monarchistes). Il quitte l'avant-scène politique vers 1898, et fait une dernière apparition, comme ministre de l'Agriculture, pendant la Première Guerre mondiale.

8 avril
Dans l'Aisne, Boulanger, qui s'est désisté, obtient 11 600 voix; en revanche, il est élu en Dordogne par 59 600 voix, contre 36 000 au candidat républicain. Il refuse par une lettre ouverte dans laquelle il précise son programme: « Nécessité de la dissolution et de la révision. Le suffrage universel est notre maître. Il est intolérable que des politiciens déconsidérés émettent la prétention d'en faire leur serviteur. »

15 avril
Boulanger est élu député du Nord par 172 853 suffrages contre 85 548 à ses deux principaux rivaux. Les boulangistes créent un « comité permanent » à Paris et adoptent l'œillet rouge comme emblème.

19 avril
Accompagné par une foule de partisans jusqu'au Palais-Bourbon, Boulanger fait son entrée dans l'hémicycle. Jules Ferry appelle le gouvernement à défendre énergiquement la République menacée par un nouveau 2 Décembre.

21 avril
Création d'un « Comité central socialiste » anti-boulangiste: guesdistes et blanquistes refusent de s'y affilier, rejetant à la fois la « dictature d'un sabre abject » et la « république bourgeoise ».

6 mai
Les socialistes conquièrent les municipalités de Narbonne, Saint-Étienne et Saint-Ouen.

23 mai
Pour faire barrage au boulangisme, les « possibilistes », conduits par Allemane, acceptent de s'allier aux radicaux. Blanquistes et guesdistes, au contraire, refusent. Au siège du Grand Orient de France, Clemenceau préside la fondation de la Société des droits de l'homme et du citoyen.

4 juin
À la tribune de la Chambre, Boulanger demande la révision de la Constitution: abolition de la responsabilité ministérielle, suppression du Sénat, réorganisation de la fonction présidentielle, introduction du référendum. 181 députés (contre 359) votent avec Boulanger.

17 juin
Déroulède, soutenu par Boulanger, est battu dans une élection partielle en Charente.

23 juin
Henry Houssaye: *1814, histoire de la campagne de France et la chute de l'Empire.* En 1893-1905, Houssaye publie *1815*, en trois volumes dont le second est consacré à la bataille de Waterloo.

26 juin
La Compagnie universelle du canal de Panama lance sur le marché 2 millions d'obligations à lots (la loi nécessaire à cette émission a été votée les 28 avril et 5 juin).

6 juillet
Saisie d'une circulaire du comte de Paris adressée aux maires.

12 juillet
Boulanger demande la dissolution de la Chambre et affronte Floquet à la tribune. Celle-ci réitère son soutien au gouvernement Floquet. Boulanger résigne son mandat de député du Nord.

13 juillet
Duel Boulanger-Floquet: le général est blessé à la gorge d'un coup de fleuret. *La Lanterne* prend ses distances avec les boulangistes.
Inauguration place du Carrousel d'un monument à la mémoire de Gambetta.

14 juillet
Sadi Carnot préside un banquet des maires au Champ-de-Mars.

19 juillet-17 août
Grève des terrassiers à Paris: mobilisant 12000 ouvriers, elle dure 24 jours émaillés de nombreux incidents au cours desquels Eudes, l'ancien «général» de la Commune, trouve la mort. Des grèves éclatent également à Amiens, à Troyes, dans les mines de la Loire et dans le Limousin. Dans la capitale, la Bourse du travail est fermée à la suite des violents incidents qui ont marqué les obsèques d'Eudes le 5 août.

21 juillet
Inauguration à Vizille, en présence du président Sadi Carnot, d'un monument commémorant le centenaire de la réunion des états du Dauphiné, qui avait marqué le début de la pré-Révolution.

22 juillet
Candidat dans l'Ardèche, Boulanger est battu. La presse gouvernementale diagnostique la «disparition» du boulangisme.

28 juillet
Le gouverneur italien de Massaouah, un port d'Érythrée, établit une taxe sur les résidents français. Le gouvernement Crispi rejette les protestations de la France, qui doit s'incliner.

août
53 des 85 conseils généraux demandent le rétablissement du scrutin d'arrondissement dans les élections législatives.

19 août
Triple élection de Boulanger dans le Nord, la Somme et la Charente-Inférieure. Il opte pour le Nord, puis s'en va visiter l'Espagne en compagnie de sa maîtresse, Marguerite de Bonnemains avant de rentrer à Paris début octobre.

15 octobre
Floquet présente un projet de révision constitutionnelle: élection du Sénat au suffrage universel indirect; renouvellement biennal des deux assemblées par tiers; élection des conseillers d'État par les Chambres, le Conseil d'État étant chargé de préparer les projets de loi; réduction des pouvoirs législatifs du Sénat à un veto suspensif de deux ans; suppression du droit de dissolution; limitation de l'application du principe de la responsabilité ministérielle. Floquet demande lui-même le renvoi du projet à une commission de révision: la Chambre accède à sa demande.

29 octobre
Signature de la convention sur la neutralisation du canal de Suez.

30 octobre
Le ministre des Finances Peytral dépose un projet de loi établissant l'impôt sur le revenu.

novembre
Le Congrès syndical international de Londres adopte le principe d'une manifestation le 1er mai.

26 novembre
Wilson, acquitté au mois de mars par la cour d'appel, se présente pour occuper son siège de député: la Chambre suspend sa séance en signe de protestation.

décembre
Une convention signée à Londres garantit la liberté de navigation sur le canal de Suez.

2 décembre
Après la Chambre, qui a proposé, le 22 novembre, de transférer au Panthéon les cendres du député Baudin, tué sur les barricades lors du coup d'État du 2 décembre 1851, le conseil municipal de Paris organise une manifestation sur la tombe de Baudin au cimetière Montmartre. À la Chambre, Barodet présente le projet de loi sur la panthéonisation de Carnot, Hoche, Marceau et Baudin.
Banquet boulangiste à Nevers, en présence du général.

10 décembre
Lancement du premier emprunt russe à 4 %.

14 décembre
La Chambre rejette un projet de loi du gouvernement qui proposait de suspendre pendant trois mois toutes les échéances afin de soutenir l'émission de l'emprunt à lots de la Compagnie universelle (26 juin) et l'émission le 12 décembre de 400000 nouvelles obligations. Celle-ci est un échec retentissant: trois administrateurs provisoires de la Compagnie sont nommés.

autres événements

• Hippolyte Carnot est nommé à la présidence de la Société d'histoire de la Révolution française, qui fédère les « sociétés du centenaire » qui se sont multipliées depuis 1880.

• Thérèse Martin, née en 1873, entre au Carmel de Lisieux, où elle mourra d'une maladie de poitrine en 1897, l'année de la publication de son *Histoire d'une âme.*

1889

7 janvier

Réunion d'un congrès républicain antiboulangiste rue de Rennes: 700 élus de la Seine y participent. Le congrès décide de soutenir le président du conseil général de la Seine, Édouard Jacques, lors de la législative partielle prévue le 27 janvier. La presse boulangiste se réjouit en apprenant que les républicains ont choisi « le muet du sérail », « le plus bête » et le plus insignifiant des candidats possibles.

12 janvier

Les blanquistes décident de présenter leur propre candidat, Boulé, à la législative partielle du 27.

24 janvier

Une loi rétablit les droits politiques de certaines catégories de condamnés à l'expiration de leur peine, notamment les nombreux marchands de vin condamnés pour avoir altéré leurs produits.

27 janvier

Boulanger est triomphalement élu député de la Seine. Il a reçu le soutien de socialistes indépendants (guesdistes et blanquistes ont soutenu un candidat issu de leurs rangs) et de la majorité des catholiques. Boulanger obtient 245 236 suffrages, le républicain Jacques 162 875, le blanquiste Boulé 17 038. Boulanger est partout majoritaire, sauf dans le IIIe arrondissement et dans le canton du Perreux. Le général refuse le coup d'État auquel l'exhortent Déroulède et le bonapartiste Thiébaut. Le soir même, le gouvernement décide de faire établir le scrutin uninominal d'arrondissement, dont on espère qu'il sera moins favorable à Boulanger que le scrutin de liste.

29 janvier

Boulanger annonce comme inéluctable la dissolution de la Chambre et prédit la fin des « parasites » qui s'accrochent au pouvoir.

31 janvier

Floquet propose à la Chambre de rétablir le scrutin uninominal.

2 février

La Chambre nomme une commission pour examiner le projet de rétablissement du scrutin uninominal.

Le tribunal civil de la Seine prononce la dissolution de la Compagnie universelle du canal interocéanique (de Panama) et désigne un liquidateur. Le 6 février, pour empêcher la mise en liquidation judiciaire de la Société industrielle et commerciale des métaux liée à la Compagnie universelle, ses dirigeants fondent la « Compagnie auxiliaire des métaux ». Le 28 mars, les épargnants détenteurs d'actions déposent une plainte contre les administrateurs (en faillite) de la Compagnie universelle. C'est le début du scandale de Panama.

3 février

Place du Panthéon, inauguration de la statue de *Jean-Jacques Rousseau* réalisée par Paul Berthet.

5 février

Guyot-Dessaigne remplace Ferouillat à la Justice.

13 février

Votée par la Chambre et le Sénat, la loi rétablissant le scrutin uninominal est promulguée. « C'est le scrutin de la peur », observe Millerand.

14 février

La Chambre décide d'ajourner le projet de révision constitutionnelle présenté par Floquet en octobre 1888: le gouvernement Floquet démissionne.

17 février

Des bâtiments français bombardent Sagallo, sur le territoire d'Obock, afin d'en déloger la troupe armée d'un Russe, Atchinov, débarqué en janvier pour convertir l'Abyssinie à la religion grecque orthodoxe. Atchinov dépose les armes.

22 février

Ministère Tirard (président du Conseil et Commerce): Rouvier (Finances), Constans (Intérieur), Freycinet (Guerre), Spuller (Affaires étrangères), Thévenet (Justice), Fallières (Instruction publique, Cultes, Beaux-Arts), Guyot (Travaux publics), Faye (Agriculture), amiral Jaurès (Marine et Colonies).

Le ministre de l'Intérieur interdit une manifestation organisée par les 70 chambres syndicales ouvrières de la capitale en faveur de la journée de 8 h, de l'établissement d'un salaire minimum, de la suppression du marchandage et d'un système de protection contre la vieillesse et l'invalidité.

23 février
Casimir Stryienski donne la première édition de *Lamiel*, de Stendhal. L'année suivante, Stryienski publiera une édition incomplète de la *Vie de Henry Brulard*, dont l'édition définitive sera établie par V. Del Litto en 1968.
Aristide Bruant: *Dans la rue. Chansons et monologues* (1889-1895). Ces deux volumes de chansons de Bruant sont illustrés par Steinlen.

24 février
Échec de la manifestation maintenue par les blanquistes malgré l'interdiction gouvernementale.

28 février
Déroulède dénonce le bombardement de Sagallo comme une injure faite au peuple russe, auquel il présente les excuses de la France. Le ministre de l'Intérieur saisit l'occasion et engage des poursuites contre Déroulède.
3000 personnalités du Tout-Paris fêtent Boulanger au Grand-Hôtel.

6 mars
Les souscripteurs des obligations émises par la Compagnie universelle du canal de Panama se ruent aux guichets du Comptoir d'escompte pour retirer l'argent placé. Le Trésor doit intervenir.

7 mars
Le décret exilant le duc d'Aumale est abrogé à l'initiative du ministre de l'Intérieur Constans, qui veut ainsi détacher l'électorat conservateur de Boulanger. Une interpellation sur l'affaire de Panama déposée par les députés boulangistes est repoussée par 338 voix contre 185.

8 mars
Le comité boulangiste rappelle son programme dans un manifeste: dissolution de la Chambre et révision de la Constitution de 1875 par une assemblée élue au suffrage universel.

14 mars
Levée de l'immunité parlementaire de Déroulède, poursuivi pour les propos tenus le 28 février.

16 mars
Contre-offensive boulangiste contre le ministre de l'Intérieur Constans: Rochefort accuse celui-ci d'assassinat et de viol. Il l'accuse également de corruption. Ce fait au moins est vrai: mais le vénal Constans, harcelé par le tribun boulangiste Laguerre, se sort de l'épreuve.

17 mars
À Tours, Boulanger appelle la République à «répudier l'héritage jacobin», et notamment à rompre avec l'anticléricalisme. Ces déclarations contribuent à l'éloignement des nombreux partisans qu'il avait jusqu'alors comptés parmi les radicaux ou dans l'extrême gauche.

19 mars
Loi réglementant les annonces sur la voie publique. L'administration des colonies est rattachée au ministère du Commerce. L'amiral Krantz remplace l'amiral Jaurès, décédé, au ministère de la Marine.

23 mars
Le ministre de l'Intérieur Constans condamne les essais de référendum municipal qui ont été faits dans plusieurs communes.

30 mars
Le procureur général près la cour d'appel de Paris refuse d'engager les poursuites contre Boulanger envisagées par le gouvernement et démissionne. Boulanger se déclare prêt à résister «à coups de revolver» en cas d'arrestation.

1er avril
Boulanger, informé de son arrestation imminente, s'enfuit à Bruxelles sans même avoir prévenu ses lieutenants. Le «général Revanche» devient le «général la Frousse». Il publie le lendemain une proclamation dans laquelle il déclare refuser de se soumettre au jugement de la Haute Cour et attendre que «les élections générales aient enfin constitué la République habitable, honnête et libre».

2 avril
La Chambre des députés rejette un texte voté par le Sénat qui renvoie en correctionnelle les coupables d'injures et outrages envers des fonctionnaires ou des hommes publics commis par voie de presse.

3 avril
Les dirigeants de la Ligue des patriotes, parmi lesquels Déroulède, sont condamnés à une amende de 100 francs pour affiliation à une «organisation non autorisée»: le ministre de l'Intérieur Constans se saisit du prétexte et dissout la Ligue.

4 avril
La Chambre lève l'immunité parlementaire de Boulanger et de ses deux principaux lieutenants, Arthur Dillon et Rochefort, par 333 voix contre 199. Dillon et Rochefort se réfugient à leur tour à Bruxelles. Pressé par ses partisans de rentrer en France pour affronter ses juges, Boulanger refuse.

11 avril
Jules Ferry est élu président de l'Association nationale républicaine, regroupement de partis antiboulangistes.

12 avril
Le Sénat réuni en Haute Cour de justice ouvre une instruction pour complot contre la sûreté de l'État contre Boulanger, Dillon et Rochefort. Le 22, expulsés de Belgique, ceux-ci trouvent refuge à Londres.

5 mai
Début des commémorations du centenaire de 1789: les corps constitués inaugurent à Versailles une plaque commémorant la réunion des États généraux dans la salle du Jeu de Paume, le 5 mai 1789.

6 mai
Inauguration de l'exposition du centenaire de la Révolution française. Plus de 50000 exposants, près de 25 millions de visiteurs. 1 953 122 visiteurs découvrent la tour Eiffel, illuminée à l'électricité. L'assemblage des 12000 pièces de la tour dessinée par Gustave Eiffel a pris à peine plus de deux ans. La polémique est vive, surtout dans les milieux artistiques, contre «ce squelette de beffroi» (Verlaine). La galerie des machines de l'exposition (qui sera démolie en 1909-1911) a été construite par l'architecte Louis Dutert et l'ingénieur Contamin pour la structure métallique qui soutient la voûte haute de 43 mètres. Les formes métalliques articulées par des rotules permettent d'écarter les points d'appui et de créer un espace très vaste.

Eiffel

Ingénieur, Gustave Eiffel (1832-1923) met au point en 1869 de nouvelles techniques pour la construction des ouvrages métalliques. En 1879, il construit les nouveaux bâtiments du Bon Marché, en 1883 le viaduc de Garabit et l'armature de la statue de la Liberté de Bartholdi, en 1885 le dôme de l'observatoire de Nice, enfin la tour Eiffel, inaugurée pour le centenaire de la Révolution française. Self-made man audacieux et symbole de la foi du siècle finissant dans la toute-puissance de la science et de la technique, Eiffel est confronté à une difficile épreuve au moment où il vient de créer le plus grand monument de son génie. Associé à la Compagnie fondée par Lesseps pour financer la construction du canal de Panama, il est mis en cause après la faillite de la société, traîné devant les tribunaux et reconnu coupable de détournement de fonds. Arrêté à l'audience, Eiffel est bientôt relâché, mais sa carrière d'ingénieur est terminée. Il quitte la société qu'il a fondée à la fin des années 1860, et jusqu'à sa mort en 1923, se consacre à des recherches sur l'aérodynamique et la météorologie.

9 juin
Meeting boulangiste à Angoulême: Laguerre, Laisant et Déroulède sont arrêtés au cours des affrontements qui suivent la réunion.

13-20 juin
La Société d'économie sociale fondée par Le Play organise, avec le soutien de Taine, un congrès: la parole aux ennemis de la Révolution.

20 juin
Célébration, à Versailles, du centenaire du serment du Jeu de Paume, à l'initiative du conseil municipal de Paris.

26 juin
Une loi accorde la nationalité française à toutes les personnes nées en France, celles-ci pouvant la refuser à leur majorité. Elle s'inscrit dans la ligne de la loi du 7 février 1851 combinant la filiation et le droit du sol pour l'acquisition de la nationalité. La loi de 1889 entend mettre fin à l'exemption des charges communes, et notamment de l'impôt du sang, dont bénéficient les étrangers établis sur le sol national. Situation si scandaleuse de l'avis général qu'en juin 1887 la Chambre avait formé le projet d'établir une taxe sur les étrangers.

29 juin
Paul Bourget: *Le Disciple.* Romancier à succès, Paul Bourget (1852-1935) sera considéré comme l'un des plus grands de l'histoire de la littérature, l'égal de Balzac ou de Stendhal, avant de tomber dans l'oubli.

14 juillet
Grandes fêtes dans la France entière pour le centenaire de la Révolution française.

14-20 juillet
Réunion du premier congrès socialiste international à Paris. Il fonde la IIe Internationale.

16 juillet
Établissement du monopole de l'État sur la construction et l'exploitation des lignes téléphoniques, et abrogation de la loi du 26 juin 1879. On compte 70 000 abonnés en 1900, 323 000 en 1913.

17 juillet
Une loi interdit les candidatures multiples.

18 juillet
Loi sur le service militaire, fixant sa durée à trois ans et abolissant le tirage au sort: le service militaire devient obligatoire, personnel et égal pour tous. Les titulaires de certains diplômes supérieurs, les séminaristes et les soutiens de famille sont astreints à un service d'une année. Pour régler le problème posé par l'incorporation d'un surplus de 120 000 jeunes gens, la loi divise chaque classe en deux parties égales par tirage au sort: la moitié tirée au sort effectue un service d'un an.

19 juillet
Loi sur le traitement et l'avancement des instituteurs.

21 juillet
Loi sur la protection des enfants abandonnés: les enfants abandonnés ou maltraités sont placés sous la protection de l'autorité publique représentée par le préfet; la déchéance paternelle est prononcée de plein droit; les enfants sont placés jusqu'à leur majorité chez des particuliers ou dans des établissements autorisés, sous la surveillance du préfet.

28 juillet-4 août
Renouvellement partiel des conseils généraux: Boulanger est élu dans 12 cantons. Les républicains conservent la majorité dans 74 départements sur 90. Les candidats monarchistes et boulangistes gagnent 131 sièges.

4 août
Panthéonisation de Carnot, Marceau, Baudin (le député tué lors du coup d'État du 2 décembre 1851) et La Tour d'Auvergne. Le 2 décembre 1888, Barodet avait proposé de panthéoniser également Hoche, mais les descendants du général ont refusé de céder sa dépouille. Le Sénat a ajouté La Tour d'Auvergne. La cérémonie est présidée par Sadi Carnot.

10 août
Une convention franco-britannique délimite les possessions de chacune des deux puissances en Afrique occidentale.

14 août
La Haute Cour condamne par contumace Boulanger, Arthur Dillon et Rochefort à la déportation à vie dans une enceinte fortifiée pour attentat contre la sûreté de l'État. Jules Simon proteste contre le verdict.

16 août
De leur exil londonien, les trois condamnés récusent le verdict de la Haute Cour et en appellent « du mensonge à la vérité et de la dictature de la boue à la République honnête ».

18 août
Banquet national des maires au palais de l'Industrie de l'Exposition universelle, en présence de 19 000 maires réunis autour de Sadi Carnot.

4 septembre
Boulanger écrit au président du Conseil Tirard pour demander à être jugé par un tribunal militaire ou, à défaut, par la cour d'appel de Paris.

21 septembre
Inauguration, place de la Nation, d'une version en plâtre du *Triomphe de la République* de Dalou (installé définitivement le 19 novembre 1899), pour le centenaire anticipé de la proclamation de la Première République, le 21 septembre 1792.

22 septembre-6 octobre
Élections législatives. La nouvelle Chambre des députés compte 366 républicains (dont 100 radicaux ou socialistes), 166 monarchistes et bonapartistes et seulement 44 boulangistes (dont 16, parmi lesquels Barrès, ont été élus dans la Seine). Pelletan écrit dans *La Justice*: « La journée d'hier a été la fin du boulangisme. » C'est en effet la fin: le comte de Paris retire son soutien financier au début d'octobre. Dans *Le Mystère des foules* (1895), le romancier Paul Adam (1862-1920), lui-même candidat en Lorraine au côté de Maurice Barrès, a évoqué ces élections qui annoncent le déclin du boulangisme.

29 septembre
Distribution des récompenses de l'Exposition universelle.

9 octobre
Début d'un mouvement de grève largement suivi dans le bassin houiller du Nord: les grévistes obtiennent du Comité des houillères dirigé par Henri Darcy une augmentation salariale de 10 %.

novembre
Alfred Vallette et Rachilde fondent la revue du *Mercure de France.*

6 novembre
Clôture de l'Exposition universelle, qui a accueilli plus de 25 millions de visiteurs.

10 novembre
Barbey remplace Krantz à la Marine.

11 novembre
Boulanger appelle à fonder une « République populaire », attachée à réaliser les « réformes sociales qui sont le but essentiel du gouvernement démocratique ». Ce retour aux positions de gauche des débuts du mouvement reste sans écho.

12 novembre
Échec d'une manifestation boulangiste organisée à l'occasion de l'ouverture de la session devant le Palais-Bourbon.

18 novembre
Floquet retrouve la présidence de la Chambre des députés.

25 novembre
La Chambre rejette une motion visant à secourir les mineurs en grève.

décembre
Alexandre, Thadée et Alfred Natanson fondent à Liège *La Revue blanche* (1889-1903). Installée à Paris en octobre 1891, elle publiera Barrès, Proust, Claudel, Gide, Apollinaire, Jarry, Mirbeau, Jules Renard, etc.

17 décembre
Rejet d'un projet d'amnistie déposé par les députés boulangistes.
Jules Siegfried, le maire du Havre, fonde la Société des habitations à bon marché pour relancer la construction de logements ouvriers. Cette initiative débouchera sur une loi (novembre 1894).

28 décembre
Bergson: *Essai sur les données immédiates de la conscience.*

BERGSON

Henri Bergson (1859-1941) fut, selon le mot de Charles Péguy, « l'homme qui a réintroduit la vie spirituelle dans le monde », en tout cas le restaurateur de la métaphysique en France et le théoricien d'un spiritualisme intégral qui l'inscrit dans le sillage de Ravaisson. Quatre œuvres majeures jalonnent sa réflexion: Essai sur les données immédiates de la conscience, *sa thèse, publiée en 1889,* Matière et mémoire *(1896),* L'Évolution créatrice *(1907), enfin* Les Deux sources de la morale et de la religion *en 1932 (*Le Rire, *court traité d'esthétique, paraît en 1900). Né à Paris, Bergson était le fils d'un compositeur exilé de Pologne; sa mère était anglaise. Élevé selon les règles du judaïsme traditionnel, il fait des études secondaires brillantes au lycée Condorcet, où il remporte le premier prix du concours général en philosophie et en mathématiques. Admis à l'École normale en 1878, où il compte Jaurès parmi ses condisciples, il obtient l'agrégation de philosophie en 1881 et un doctorat en 1889. Élève de Lachelier, un temps influencé par la lecture de Spencer, c'est au moment de passer son agrégation qu'il rencontre Ravaisson, qui l'influencera plus que tout autre. Ses diplômes en poche, Bergson entre dans la carrière de l'enseignement: d'abord à Angers et Clermont-Ferrand, où il prépare sa thèse, après celle-ci à Paris, aux lycées Louis-le-Grand et Henri-IV. La Sorbonne cependant lui reste fermée: fief du positivisme, elle rejette sa candidature, même après la publication de* Matière et mémoire *en 1896. En 1900, c'est le Collège de France qui lui apporte la consécration en lui confiant sa chaire de philosophie ancienne, puis, en 1904, de philosophie moderne. Élu à l'Académie des sciences morales et politiques en 1901, à l'Académie française en 1914, sacré par le jury du prix Nobel en 1928, Henri Bergson est devenu, dans le meilleur sens de l'expression, un maître à penser, qui attire à lui une jeune génération rebelle à l'enseignement officiel de la philosophie, toujours dominé par les disciples de Comte ou de Taine. En 1914, Bergson ne reste pas indifférent au désordre du monde: chargé de diverses missions diplomatiques, après la guerre la Société des Nations fait appel à lui pour présider une Commission internationale de coopération intellectuelle. Dans sa dernière grande œuvre de 1932, Bergson s'approche jusqu'aux frontières du catholicisme, envisageant un moment sa propre conversion: « Mes réflexions, écrit-il dans son testament de 1937, m'ont amené de plus en* *plus près du catholicisme où je vois l'achèvement complet du judaïsme. Je me serais converti, si je n'avais vu se préparer, depuis des années, la formidable vague d'antisémitisme qui va déferler sur le monde. » Le 4 octobre 1940, jour fixé pour le recensement des juifs de la zone occupée dont le nom commence par un B, Henri Bergson, âgé de près de 82 ans et très malade, se présente au commissariat de police de son quartier; il s'éteint trois mois après, le 4 janvier 1941.*

autres événements

• Fondation de la Ligue nationale antisémitique de France.

• Christophe: *La Famille Fenouillard* (bande dessinée publiée dans *Le Petit Français illustré*). Il publie en 1893 les aventures du *Savant Cosinus*.

• La découverte du gouffre de Padirac marque les débuts de la spéléologie.

• Henri Poincaré remporte le concours organisé par le roi de Suède Oscar II sur le « problème des trois corps ».

Henri Poincaré

Henri Poincaré (1854-1912) est appelé en 1881 à la Sorbonne pour enseigner la mécanique physique, puis la physique mathématique, enfin la mécanique céleste. Ses travaux font progresser de façon importante ces différentes disciplines. Poincaré découvre notamment les fonctions fuchsiennes et les groupes kleinéens. Ses Leçons sur les hypothèses cosmogoniques *(1911) témoignent de son apport à la mécanique céleste. Poincaré a enfin publié plusieurs ouvrages consacrés à la philosophie des sciences:* La Science et l'hypothèse *(1902),* La Valeur de la science *(1906),* Science et méthode *(1909).*

1890

3 janvier

Au théâtre de la Porte-Saint-Martin, *Jeanne d'Arc*, de Jules Barbier, avec Sarah Bernhardt dans le rôle-titre.

Sarah Bernhardt

La mère de Sarah Bernhardt (1844-1923) était une courtisane hollandaise. Son père disparut en 1857. La fillette, placée en nourrice, puis en pension, passa son enfance loin de ses parents. Elle est pensionnaire au couvent de Grandchamps, à Versailles, et elle a exprimé le désir d'entrer dans les ordres, lorsque le duc de Morny persuade sa mère, dont il est l'ami, de l'inscrire au Conservatoire. Malgré des résultats décevants, la protection du demi-frère de Napoléon III permet à Sarah de faire ses débuts à la Comédie-Française, qu'elle quitte pour le théâtre du Gymnase, puis pour le théâtre de l'Odéon où, jusqu'en 1872, elle joue le répertoire classique et Shakespeare. Lorsqu'elle abandonne la scène de l'Odéon – dont le directeur lui intente un procès pour avoir rompu son contrat –, c'est pour retrouver la scène du Français et, à son grand désappointement, être le plus souvent cantonnée dans des rôles secondaires. Si, lors d'une tournée en Angleterre (1879), elle réussit à faire inscrire au programme des représentations une tragédie, Phèdre, *qui lui permet de donner la mesure de son talent, le retour de la troupe à Paris la voit de nouveau condamnée à des rôles sans relief: le 17 avril 1880, Sarah claque définitivement les portes de l'auguste maison. Dès lors, libre de choisir ses rôles, elle s'impose rapidement comme la grande tragédienne de l'époque, prenant avec* Phèdre, La Dame aux camélias *ou* Adrienne Lecouvreur *la succession de Rachel, mais dans un style tout différent, théâtral et passionné. Surtout, Sarah crée de nombreux rôles spécialement écrits pour elle par Victorien Sardou:* Fédora *(1882),* Théodora *(1884),* La Tosca *(1887),* Cléopâtre *(1890), etc. Sarah Bernhardt, adulée mais aussi détestée – ses détracteurs la surnommaient « Sarah Barnum » à cause des outrances de son jeu et des extravagances de sa vie privée – n'abandonnera jamais la scène: lorsqu'elle aura été amputée d'une jambe, en 1914, elle continuera malgré tout de jouer, les metteurs en scène adaptant ses rôles afin de lui éviter tout déplacement.*

20-21 janvier

Trois députés boulangistes, Déroulède, Millevoye et Laguerre, sont expulsés temporairement de la Chambre.

6 février

La Chambre rejette la formation de commissions parlementaires permanentes.

7 février-3 juin

Le duc d'Orléans, fils aîné du comte de Paris, rentre en France pour demander son incorporation avec la classe 1890: il est arrêté pour violation de la loi d'exil de 1886. Le 12, condamné à deux ans de prison, il est incarcéré à Clairvaux avant d'être gracié et expulsé vers la Suisse le 3 juin.

22 février
Georges Darien: *Biribi*. Une peinture sans complaisance du monde de l'armée et des régiments disciplinaires, où Darien (1862-1921) a purgé une peine de trois ans (1883-1886) au bagne de Gafsa pour indiscipline. Lié aux anarchistes au début des années 1890, Darien publie en 1897 un livre devenu célèbre grâce à son adaptation au cinéma en 1967, *Le Voleur*.

28 février
Léon Bourgeois succède à Constans au ministère de l'Intérieur.

mars
Le député catholique de Saint-Gaudens, Jacques Piou, fonde le groupe de la Droite constitutionnelle, organe parlementaire des catholiques ralliés à la République.

13 mars
Chute du ministère Tirard, mis en minorité lors d'un débat sur le traité de commerce franco-turc.

15-29 mars
Conférence internationale de Berlin sur les questions ouvrières, organisée par l'empereur Guillaume II. La conférence adopte des résolutions sur l'industrie minière, le repos dominical, le travail des femmes et des enfants.

17 mars
Ministère Freycinet (présidence du Conseil et Guerre): Constans (Intérieur), Ribot (Affaires étrangères), Rouvier (Finances), Bourgeois (Instruction publique, Beaux-Arts), Fallières (Justice, Cultes), Barbey (Marine), Develle (Agriculture), Roche (Commerce et Industrie), Guyot (Travaux publics). Étienne est nommé sous-secrétaire d'État aux Colonies.

FREYCINET

Ancien élève de l'École polytechnique, Charles de Freycinet (1828-1923) est chargé par Gambetta en septembre 1870 d'organiser la défense de la capitale. Élu au Sénat en 1876, Freycinet commence dans les années 1880 une longue carrière ministérielle, que marquent notamment quatre présidences du Conseil et plusieurs passages au ministère de la Guerre. C'est à lui que revient, au début de la dernière décennie du siècle, l'initiative d'un rapprochement avec la Russie destiné à rompre l'isolement diplomatique de la France. Une dernière fois ministre de la Guerre à l'époque de l'affaire Dreyfus, Freycinet se consacre ensuite aux travaux du Sénat et revient à ses premières amours: les mathématiques. La politique n'en a pourtant pas fini avec lui. En 1915, Aristide Briand appelle dans son gouvernement le vieil homme de 87 ans, et c'est seulement en 1920 que Freycinet abandonne toute activité politique.

26 mars
Zola: *La Bête humaine*.

avril
Blocus des côtes du Dahomey, afin d'empêcher le ravitaillement par mer des troupes du roi local qui harcèlent la garnison française de Cotonou. La paix sera conclue avec le Dahomey le 4 octobre.

8 avril
Renan: *L'Avenir de la science. Pensées de 1848*.

27 avril
Échec des candidats boulangistes lors du renouvellement du conseil municipal de Paris: ils remportent un seul des 80 sièges; le conseil reste dominé par les partisans de l'autonomie communale (39 conseillers).

mai
Bagarres au Père-Lachaise entre militants d'extrême gauche divisés sur l'attitude à adopter vis-à-vis de Boulanger.

1er mai
Manifestations pour la journée de 8h. Quelques incidents à Vienne et Roubaix.

14 mai
Boulanger demande la dissolution du comité républicain national qui coordonne l'action du parti. Le comité se réunit une dernière fois le 21 mai, puis se dissout.

22 mai
La Chambre rejette pour la seconde fois une proposition de loi visant à confier aux tribunaux correctionnels, et non plus aux jurys, la répression des injures par voie de presse. Le 2 avril 1889, la Chambre avait déjà repoussé une initiative sénatoriale allant dans ce sens.

24 mai
Fouillée : *L'Évolutionnisme des idées-forces*. Le premier exposé des efforts d'Alfred Fouillée pour concilier positivisme et spiritualisme, que prolongeront la publication de *La Psychologie des idées-forces* en 1893 et de *Morale des idées-forces* en 1908.

29 mai
L'arrestation à Paris de plusieurs révolutionnaires russes illustre l'amorce d'un rapprochement entre Paris et Saint-Pétersbourg.

13 juin
À Vicq (Haute-Marne), la force publique doit intervenir pour protéger l'installation d'une institutrice laïque appelée à remplacer une congréganiste.

16 juin
Interdiction d'organiser des référendums municipaux.

2 juillet
Suppression du livret ouvrier : le projet aboutit après huit années de délibérations. Réunie à Bruxelles, une conférence internationale signe une convention pour l'interdiction de la traite et l'abolition de l'esclavage.

8 juillet
Des délégués du personnel sont institués dans les mines pour les questions de sécurité.

19 juillet
Début de la publication des *Souvenirs du baron Prosper de Barante, 1782-1866* (1890-1901).

août
Le tsar Alexandre III invite un représentant de l'état-major français à assister aux manœuvres de l'armée russe.

4 août
Convention franco-britannique sur le partage de l'Afrique entre le Niger et le Tchad. L'Angleterre reconnaît le protectorat français de 1885 sur Madagascar, en échange de la renonciation par la France aux territoires du sultanat de Zanzibar. La presse et le lobby colonial accusent le gouvernement d'avoir fait la part trop belle aux intérêts anglais.

6 août
Explosion de grisou dans les mines de la Loire.

8 août
Réforme du baccalauréat.

11 août
Réforme de l'impôt foncier.

3 septembre
Benoît Malon : *Le Socialisme intégral* (1890-1891).

23 septembre
Accusé d'avoir soutenu Boulanger, le comte de Paris déclare : « Proscrit par la République, je ramasse pour la combattre les armes qu'elle me fournit. »

octobre
Congrès de Châtellerault : Jean Allemane entraîne l'aile gauche de la Fédération des travailleurs socialistes à faire sécession, et fonde le Parti ouvrier socialiste révolutionnaire (POSR), partisan de la grève générale, des coopératives ouvrières et d'un socialisme libertaire.

9 octobre
Clément Ader fait un bond de 12 mètres à bord de *L'Éole*.

ADER

Clément Ader (1841-1925) a déjà à son actif l'invention d'un grand cerf-volant capable d'emporter un homme, lorsque L'Éole, *propulsé par un moteur à vapeur de 30 chevaux, lui permet d'effectuer un bond de 12 mètres, qu'il améliorera l'année suivante en parcourant 200 mètres à bord de* L'Éole II. *Si les deux appareils construits par Ader sont les premières applications des principes de l'aéroplane établis au début du siècle par George Cayley (1773-1857), ce ne sont pas les premiers « plus lourds que l'air » à voler, puisqu'en 1856, près de Douarnenez, F. Le Bris avait déjà pris l'air, mais à bord d'un planeur. Après de multiples expériences à la réussite variable, l'ère de l'aviation commence véritablement au début du XXe siècle avec les vols des Américains Orville et Wilbur Wright (1903), ceux de Santos-Dumont qui, le 12 novembre 1906, réussit un vol de 220 m d'une durée de 21 secondes et, enfin, le 25 juillet 1909, avec la traversée de la Manche par Louis Blériot. À peine vingt ans se sont écoulés depuis le premier vol de Clément Ader.*

20 octobre
Déroulède demande vainement à être traîné en justice pour avoir soutenu Boulanger en 1889 : la Chambre rejette sa candidature au martyre.

20-23 octobre
La Chambre rejette deux propositions, l'une en faveur de l'élection des sénateurs au suffrage universel, l'autre en faveur de la révocabilité du mandat parlementaire.

novembre
Eugène Étienne, député d'Oran puis sous-secrétaire d'État et l'un des principaux inspirateurs de la politique d'expansion coloniale, fonde, avec Delcassé et Gabriel Hanotaux, le Comité de l'Afrique française. Celui-ci milite en faveur de l'expansion coloniale, pour la révision du traité du 4 août 1890 et pour la création d'une Afrique entièrement française à l'ouest d'une ligne allant de la frontière orientale de la Tunisie au Congo en passant par le Tchad, et à l'exclusion du Maroc.

12 novembre
Le cardinal Lavigerie, archevêque d'Alger, invite les catholiques à se rallier à la République.

MGR LAVIGERIE

Ordonné prêtre en 1849, Charles Lavigerie (1825-1892) accède à l'évêché de Nancy en 1863 et à l'archevêché d'Alger en 1867. Fondateur des ordres missionnaires des Pères blancs (1868) et des Sœurs missionnaires d'Afrique (1869), il s'efforce de faire revivre l'ancienne tradition chrétienne de l'Afrique du Nord. Pour atteindre ce but, Lavigerie soutient les partisans de l'assimilation des populations musulmanes, qui doit contribuer au succès de la reconquête par le christianisme de ces terres depuis longtemps abandonnées à l'islam. Jusqu'au milieu des années 1880, Lavigerie appartient par conviction au parti royaliste : en 1874, il a même effectué de discrètes démarches auprès du comte de Chambord pour lui conseiller de faire un coup d'État. S'il abandonne ensuite tout espoir de voir la monarchie restaurée, c'est sans pour autant embrasser les principes républicains. Mais Lavigerie, comme Léon XIII, se convainc progressivement que les catholiques ne pourront efficacement s'opposer aux attaques du régime contre l'Église en restant en dehors des institutions : aussi se déclare-t-il en novembre 1890, au grand scandale de l'opinion catholique, pour le ralliement à la Constitution de 1875, se faisant ainsi le précurseur de la politique que Léon XIII saura ensuite imposer aux catholiques français. Nommé cardinal en 1881, Lavigerie devient primat d'Afrique du Nord en 1884.

17 novembre
L'Allemagne reconnaît le protectorat français sur Madagascar. Le 27 novembre, le pouvoir local proclame la guerre sainte contre l'occupant français.

décembre
Jean Moréas : *Le Pèlerin passionné.* Un recueil de poèmes qui se présente aussi comme un manifeste contre l'esthétique du romantisme et pour le retour à la tradition gréco-latine et romane. Moréas fondera quelques mois plus tard, avec Charles Maurras et Maurice Du Plessys, l'« école romane ».

21 décembre
Mise en liquidation de la banque Kohn-Reinach, associée à la Compagnie universelle pour le percement du canal de Panama.

27 décembre
Une loi modifie l'article 1780 du Code civil sur le contrat d'embauche dans un sens favorable aux salariés.
Tarde : *Les Lois de l'imitation.* Un classique de la sociologie. La même année, Gabriel de Tarde, qui est également un criminologue réputé, publie *La Philosophie pénale.* Il publiera *Les Lois sociales* en 1898.

autres événements
- Ouverture du Casino de Paris et du Bal du Moulin-Rouge. L'Olympia ouvre ses portes en 1891.
- Ernest Chausson : *Poème de l'amour et de la mer.*

ERNEST CHAUSSON

Élève de César Franck entre 1880 et 1883, Ernest Amédée Chausson (1855-1899) s'affirme en 1882 avec Viviane, *un poème symphonique, et plusieurs mélodies vocales, dont* Sérénade italienne *et* Le Colibri. *Fortement marqué par la découverte de Wagner à Bayreuth en 1882 et 1889, Chausson atteint le sommet de son art en 1890 avec le* Poème de l'amour et de la mer. *Auteur, d'un* Poème *pour violon et orchestre en 1896 et d'un* Quatuor *avec piano en 1897, il produit également diverses pièces lyriques et des musiques de scène, notamment pour* La Tempête *de Shakespeare. En 1899, il se tue accidentellement à bicyclette.*

1891

janvier
Francesco Crispi ayant quitté la présidence du Conseil italien, la France accepte d'ouvrir des

négociations pour rétablir les relations commerciales entre les deux pays et mettre fin au conflit douanier déclenché en février 1888.

4 janvier
Renouvellement triennal du Sénat: les conservateurs perdent 10 sièges (sur 16 soumis à renouvellement). Jules Ferry est élu sénateur des Vosges.

24 janvier
Création à la Comédie-Française de *Thermidor* de Victorien Sardou. La pièce, qui célèbre la victoire des Thermidoriens sur Robespierre, est interdite le 29 après des incidents lors de la deuxième représentation. C'est au cours du débat parlementaire provoqué par cette interdiction que Clemenceau répond à ceux qui «épluchent» la Révolution et opposent 1789 à 1793: «Messieurs, que vous le vouliez ou non, la Révolution française est un bloc dont on ne peut rien distraire.»

5 février
Le Sénat proteste contre l'érection au parc Montsouris d'une statue de Marat commandée par le conseil municipal de Paris.

2 mars
L'archevêque de Paris, le cardinal Richard, rend publique une *Réponse aux éminents catholiques qui l'ont consulté sur leur devoir social dans les circonstances actuelles*: il prend position contre le ralliement prôné par le cardinal Lavigerie et appelle les catholiques à lutter contre les lois antireligieuses qui font partie de «la constitution essentielle de la République». 62 évêques approuvent l'intransigeance de l'archevêque de Paris. Les catholiques hostiles au ralliement fondent l'Union de la France chrétienne pour obtenir le rétablissement de la liberté religieuse.

6 mars
Débat au Sénat sur la politique algérienne de la France: la Haute Assemblée dénonce l'ampleur des moyens mis en œuvre depuis plusieurs décennies et la minceur des résultats, concernant notamment la scolarisation et la francisation des indigènes. Ce débat entraîne la démission du gouverneur général Louis Tirman (1882-1891), auquel succède Jules Cambon (1891-1897).

14 mars
Après la faillite de la Société de dépôts et de comptes courants, Laur dénonce à la tribune de la Chambre la multiplication des scandales financiers.

17 mars
Mort du prince Napoléon à Rome.

4 avril
Le Congrès international des mineurs réuni à Paris jette les bases d'une organisation professionnelle internationale et se rallie au principe de la grève générale. Marxistes et guesdistes appellent à manifester le 1er mai pour la journée de 8h.

1er mai
À Fourmies, la troupe tire sur les manifestants: 7 morts (dont une jeune fille de 18 ans), environ 60 blessés. Alexandre Millerand annonce son ralliement au socialisme.

4 mai
La Chambre refuse d'ouvrir une enquête sur les événements de Fourmies.

6 mai
Renouvellement de la Triple-Alliance entre l'Allemagne, l'Autriche et l'Italie.

15 mai
Encyclique *Rerum novarum*: condamnation du socialisme et doctrine sociale de l'Église.

2 juin
Joseph Oller, l'inventeur du pari mutuel, est chargé d'organiser les courses hippiques en région parisienne.

3-17 juin
La Chambre des députés organise trois «mercredis ouvriers» consacrés à la discussion des questions sociales.

5 juin
Alphonse Allais: *À se tordre, histoires chatnoiresques.*

ALPHONSE ALLAIS

Né à Honfleur, Alphonse Allais (1854-1905) avait été destiné par ses parents à exercer la triste profession de pharmacien. Par bonheur, il se perdit du côté de Montmartre. Devenu le rédacteur en chef d'une petite revue, Le Chat noir, *et l'auteur de nombreux livres mémorables, il put donner libre cours à son imagination fantasque et à son esprit qui associait singulièrement un goût anglais pour l'humour flegmatique et un goût très français pour les tournures paradoxales et les néologismes. Après* À se tordre, *Allais publie un volume par an ou presque, dont* Vive la vie!

(1892), Le Parapluie de l'escouade *(1894)*, Deux et deux font cinq *(1895)*, On n'est pas des bœufs *(1896)*.

10 juin
La police intervient contre des manifestants qui s'opposent à l'inauguration de la basilique du Sacré-Cœur.

11 juin
Ouverture d'une information judiciaire sur la faillite, le 2 février 1889, de la Compagnie universelle du canal de Panama.

22 juin
Le Sénat rejette un projet de loi visant à garantir la liberté d'adhérer aux organisations syndicales.

27 juin
Huysmans: *Là-Bas*.

11 juillet
Le Sénat se rallie à la proposition faite en 1887 par la ville de Paris d'élever un monument à la mémoire de Danton. La statue est inaugurée le 14, place de l'Odéon.

16-17 juillet
Le député Laur provoque à la Chambre un débat sur la liberté de circuler et de commercer des Alsaciens-Lorrains qui manque d'entraîner la chute du gouvernement Freycinet. En septembre, l'Allemagne assouplira le régime de la délivrance de passeports aux Alsaciens-Lorrains.

24 juillet
Visite de la flotte française à Cronstadt. Le tsar est reçu sur les bâtiments français le 25. Au début du mois d'août, les marins français visitent l'Exposition de Moscou. Le tsar propose l'ouverture de négociations en vue d'une entente franco-russe. Un premier accord est signé le 27 août par lequel les deux pays conviennent de se consulter «sur toute question susceptible de mettre en cause la paix générale».

août
La mission Gampel vers l'intérieur du Congo se termine par un désastre: les troupes sont décimées par les attaques des tribus indigènes, Gampel est tué.

21 août
À Portsmouth, la reine Victoria passe en revue l'escadre française de retour de Russie.

septembre
Le second congrès de l'Internationale, réuni à Bruxelles, adopte les thèses marxistes et prononce l'exclusion des anarchistes.

16 septembre
À Vandœuvre, Freycinet appelle à «perfectionner et fortifier notre armée»: «Personne ne doute aujourd'hui que nous soyons forts; nous prouverons que nous sommes sages.»

30 septembre
Boulanger se suicide à Bruxelles sur la tombe de Marguerite de Bonnemains, décédée le 16 juillet 1891. Ses obsèques, le 3 octobre à Bruxelles, sont suivies par un cortège de 100000 personnes, dont 10000 Français au moins, venus de Paris par train spécial.

3 octobre
Pèlerinage ouvrier inspiré par Albert de Mun. Les pèlerins se rendent à Rome, où les rejoignent le pèlerinage de la «jeunesse catholique» organisé par les jésuites. La présence des pèlerins français à Rome provoque des incidents. Le lendemain, le gouvernement français demande à l'épiscopat de s'abstenir de toute participation aux pèlerinages de Rome.

8 novembre
Lafargue, condamné en mai pour un discours prononcé le 11 avril à Fourmies, est élu député lors d'une législative partielle à Lille.

16 novembre
Les mineurs des houillères du Nord déclenchent une grève générale. On dénombre 30000 grévistes. Le 19, Albert de Mun et Clemenceau apportent leur soutien aux grévistes du Nord. Le mouvement s'arrête à la fin du mois après la signature entre organisations syndicales et patronales de la convention collective d'Arras.

8 décembre
Signature d'un traité de commerce franco-allemand.

autres événements
- Satie: *Gymnopédies* et *Gnossiennes*.

SATIE

Après avoir abandonné le Conservatoire (1886), Erik Satie (1866-1925) mène une existence bohème à Montmartre lorsqu'il compose pendant l'année 1891 trois de ses cycles pour piano les plus importants: les Sarabandes, *les* Gymnopédies *et les* Gnossiennes. *Il entre peu après dans sa seconde période, dite mystique. De ces années datent notamment les* Pièces froides *(1897). L'année suivante, oubliant les années de bohème et les Rose-Croix, il se retire à Arcueil et, s'il compose des ouvrages de commande, notamment pour les cabarets, son œuvre personnelle entre dans un long sommeil (1898-1912), au cours duquel il ne produit guère que les* Trois morceaux en forme de poire *(1903). C'est soudainement, en 1912, que la digue se rompt. Il compose cette année-là* Préludes flasques *et* Véritables Préludes flasques, *en 1913 une kyrielle de pièces, en 1914* Sports et divertissements, Heures séculaires et instantanées *et* Les Trois valses distinguées du précieux dégoûté, *en 1915 ses* Avant-dernières pensées *et en 1917 une* Sonatine bureaucratique. *Satie devient alors célèbre et fêté par l'avant-garde. En 1915, Jean Cocteau fait appel à lui pour la musique de scène du* Songe d'une nuit d'été, *puis, en 1917, pour* Parade, *ballet dont le scandale porte la célébrité de Satie à son pinacle.*

1892

janvier
Jules Renard: *L'Écornifleur.*

2 janvier
L'Osservatore romano, organe du Vatican, dénonce ceux qui en France se prévalent des intérêts de la religion pour combattre les institutions républicaines.

5 janvier
La Chambre des députés décide à l'unanimité des voix l'ouverture d'une enquête sur l'affaire de Panama. Le baron Cottu, administrateur, avec les frères Lesseps, de la Compagnie universelle en liquidation judiciaire, fait circuler une liste des parlementaires corrompus, et la communique au président de la République Sadi Carnot et au ministre de l'Intérieur Constans.

11 janvier
Paul Desjardins et Gabriel Monod fondent avec Lyautey l'Union pour l'action morale.
Le relèvement des tarifs douaniers, à l'initiative de Jules Méline («tarif Méline»), marque le ralliement de la France à une politique protectionniste déjà pratiquée par les principaux États européens. Des lobbies, comme la Société des agriculteurs de France et le Comité des forges présidé par le baron Reille, ont exercé de fortes pressions pour accentuer le virage protectionniste entamé en 1884.

12 janvier
Recensement de la population française: 38 343 192 habitants (124000 habitants supplémentaires par rapport au recensement de 1886). Paris compte 2448000 habitants.

18 janvier
Interpellé sur l'interdiction de la pièce de Victorien Sardou, *Thermidor*, le ministre de l'Intérieur Constans précise que la pièce, jugée anti-révolutionnaire et susceptible de troubler l'ordre public, demeure interdite de représentation à la Comédie-Française, mais peut être jouée partout ailleurs (elle sera reprise en 1897 au théâtre de la Porte-Saint-Martin). Le 5 mars, la Chambre des députés maintient la censure sur le répertoire des théâtres.

19 janvier
Le député Laur apporte son soutien aux attaques dirigées contre Constans par Rochefort dans *L'Intransigeant*. Le débat dégénère: Laur lance un épais *Manuel de droit parlementaire* au visage d'un député, deux autres en viennent aux mains; altercations et bagarres se poursuivent dans les couloirs.

20 janvier
Les cinq cardinaux métropolitains français signent un *Exposé de la situation faite à l'Église en France*: ils dénoncent les atteintes portées à la religion depuis 1880, affirment la nécessité de défendre la foi menacée, mais appellent les catholiques à se placer «résolument sur le terrain constitutionnel». Le 25, *Le Figaro* publie une lettre du cardinal Lavigerie exprimant ses réserves sur la sincérité de cet *Exposé.*

4 février
Mgr Meignan, archevêque de Tours, prône la neutralité politique du clergé.

7-8 février
Congrès constitutif de la Fédération des bourses du travail à Saint-Étienne. La première Bourse du travail a été créée à Paris en 1887. Fernand Pelloutier, le théoricien de la grève générale et du syndicalisme d'action directe, en sera le secrétaire général à partir de 1894, réussissant à fédérer dans le mouvement près de 900 organisations syndicales.

9 février
Création à Bordeaux de la Ligue pour la revendication des libertés publiques (catholique et constitutionnelle).

11 février
Le comité royaliste de la Gironde condamne le ralliement à la République prôné par Léon XIII. Sa déclaration reçoit l'appui du comte de Paris.

16 février
L'encyclique *Inter sollicitudines* appelle une nouvelle fois le clergé et les catholiques français à se rallier à la République. Le pape Léon XIII y parle de la République comme d'un gouvernement « réclamé, voire imposé par la nécessité sociale ». Il appelle toutefois à « combattre par tous les moyens légaux et honnêtes » les actes « procédant de tendances hostiles à la religion ».
L'Union de la France chrétienne, fondée en 1891 pour combattre la politique de ralliement, se dissout pour protester contre l'encyclique de Léon XIII.

18 février
Le refus des députés d'examiner un projet de loi sur les associations hostile aux congrégations, et dans lequel ses adversaires voient un premier pas vers la séparation de l'Église et de l'État, provoque la chute du ministère Freycinet.

27 février
Ministère Loubet (présidence du Conseil, Intérieur): Ricard (Justice, Cultes), Freycinet (Guerre), Godefroy Cavaignac (Marine), Bourgeois (Instruction publique, Beaux-Arts), Ribot (Affaires étrangères), Rouvier (Finances), Viette (Travaux publics), Roche (Commerce, Industrie, Colonies), Develle (Agriculture).

29 février
Attentat à la bombe contre l'hôtel du prince de Sagan, rue Saint-Dominique: quelques dégâts matériels. C'est le début d'une vague d'attentats perpétrés par des anarchistes.

10 mars
Rejet d'un projet de Joseph Reinach pour créer un ministère des Colonies à part entière.

11 mars
Attentat anarchiste dans la cage d'escalier du 136, boulevard Saint-Germain, où demeure un magistrat qui avait en 1891 présidé un procès intenté contre des anarchistes de Levallois-Perret. Il n'y a pas de victimes.

RAVACHOL

La bombe a été déposée par François Claudius Koenigstein, plus connu sous le nom de jeune fille de sa mère, Ravachol (1859-1892). Ce dernier avait pu auparavant trouver refuge à Saint-Denis, après avoir quitté précipitamment Saint-Étienne, sa ville natale, où, après avoir exercé de vagues métiers, fait la contrebande de l'alcool et fabriqué de la fausse monnaie, il s'était livré à des occupations moins recommandables encore: après avoir déterré le corps de la baronne de La Rochetaillée, dont on disait qu'elle avait été inhumée avec ses bijoux, il avait étranglé un vieillard aveugle et fortuné. « Converti » par l'anarchiste qui l'avait recueilli à Saint-Denis, Ravachol décide de mettre ses talents au service de causes plus nobles, en vengeant les anarchistes de Levallois-Perret. Après l'attentat raté du 11 mars, il récidive le 27, rue de Clichy, en faisant exploser une bombe au domicile d'un autre des magistrats du procès de 1891. Cette fois, on relève plusieurs blessés. Dénoncé par un garçon de restaurant qui l'a reconnu, Ravachol est arrêté trois jours plus tard boulevard Magenta. La veille de l'ouverture de son procès devant les jurés de la Seine, ses amis le vengent en faisant sauter le restaurant Véry. Bilan : 2 morts et plusieurs blessés. Le 27 avril, Ravachol s'assoit dans le box des accusés. À la stupéfaction générale, le jury, tout en le déclarant coupable, lui accorde les circonstances atténuantes, si bien qu'il échappe à une mort attendue pour se voir seulement condamné aux travaux forcés à perpétuité. Mais Ravachol n'échappera pas au bourreau. Renvoyé devant la cour d'assises de la Loire pour le meurtre du nonagénaire aveugle, il est cette fois condamné à mort. Il est guillotiné à Montbrison le 11 juillet 1892.

Sébastien Faure fonde le journal anarchiste *L'Agitateur*.

14 mars
Attentat anarchiste manqué contre la caserne Lobau.

17 mars
Une loi définit les cas où la création de conseils de prud'hommes est obligatoire et détermine leurs compétences.

22 mars
Incidents dans l'église Saint-Merri, où les jésuites ont organisé une série de conférences sur « la condition des ouvriers » et « les causes du paupérisme ».

27 mars
Bagarres dans l'église Saint-Joseph, rue Saint-Maur, où des militants socialistes sont venus interrompre une réunion sur les questions sociales.

28 mars
Les députés votent une loi d'urgence contre les attentats à l'explosif. Le Sénat vote le texte le 31 mars.

4 avril
Incidents à la cathédrale de Nancy, provoqués par des militants anticléricaux. Incidents également à Beauvais et Marseille.

5 avril
Rejet d'une proposition pour garantir le secret du vote par l'usage de l'enveloppe.

20 avril
Édouard Drumont fonde *La Libre Parole*. Le quotidien antisémite, qui vendra jusqu'à 100000 exemplaires pendant les périodes de crise, reçoit en 1894 le renfort de la journaliste d'extrême gauche Séverine ou de la féministe Hubertine Auclert, puis celui de Léon Daudet. Son audience décroît rapidement après l'affaire Dreyfus.

DRUMONT

Issu des rangs de la gauche (il collaborait à La Liberté*), Édouard Drumont (1844-1917) publie en 1886* La France juive, *voulant ainsi rééditer le succès qui, l'année de sa naissance, avait accueilli* Les Juifs rois de l'époque *de Toussenel. Pari réussi. Mêlant les emprunts aux théories raciales de Gobineau à la mise en scène de quelques scandales récents comme le krach de l'Union générale (janvier 1882), Drumont devient une sorte de célébrité que fait peu à peu grandir le climat délétère où s'enfonce la IIIe République. Après avoir fondé la Ligue nationale antisémitique de France en 1889, Drumont se lance dans le journalisme et fonde* La Libre Parole *en avril 1892. Meilleur patron de presse que théoricien, il publie les premières révélations sur le scandale de Panama et sur l'affaire Dreyfus. L'Affaire et ses déchirements lui sont profitables, même s'il doit compter avec la surenchère de plus féroces que lui dans la haine des juifs, tel Jules Guérin, et lui permettent de faire son entrée à la Chambre comme député d'Alger. L'amnistie, puis la réhabilitation de Dreyfus portent un coup fatal à sa notoriété.*

1er mai
Élections municipales: les républicains progressent, en détenant désormais la majorité dans 23 524 conseils municipaux, contre 20 642 avant les élections. 12 409 communes sont gérées par une majorité conservatrice. Les socialistes sont battus à Fourmies. Ils perdent Saint-Étienne, Troyes, Roanne, mais remportent la majorité des sièges à Roubaix, Montluçon et Narbonne. En raison des attentats, la manifestation pour la journée de 8h est annulée et remplacée par un meeting salle Favié.

6 mai
Lettre de Léon XIII aux cardinaux métropolitains les engageant au ralliement. Albert de Mun se rallie à la République: « Je suis de ceux qui sont résolus à placer leur action sur le terrain constitutionnel et à conformer ainsi leur attitude à la direction donnée par le pape. »

ALBERT DE MUN

Issu d'un milieu légitimiste et catholique, Albert de Mun (1841-1914) s'engage dans l'armée, dernier refuge des descendants de l'ancienne aristocratie, et sert en Algérie. En 1870, il est entraîné dans la débâcle et fait prisonnier à Metz. S'il participe en mai 1871 à la répression de la Commune, il en tire également une leçon: la profondeur du divorce entre la classe ouvrière et le catholicisme. Avec l'un de ses amis, René de La Tour du Pin, il organise alors des cercles catholiques ouvriers destinés à combler ce fossé en même temps qu'à élaborer un projet de réorganisation corporatiste de la société, sorte d'organicisme adapté aux temps modernes. En 1876, reconnu comme le principal représentant du catholicisme social, Albert de Mun est élu à la Chambre des députés dont il s'affirme très vite l'un des plus brillants orateurs, même si son influence ne cesse de décliner après 1877, au rythme des progrès électoraux constants du parti républicain. Au milieu des années 1880, Albert de Mun tente d'exploiter le succès des cercles catholiques ouvriers pour fonder un parti catholique, mais Léon XIII l'en dissuade. De Mun est alors entraîné dans l'aventure boulangiste, jusqu'à l'échec de 1889. Trois ans plus tard, à la requête de Léon XIII, il annonce son ralliement à la République. Il devient l'un des chefs de file du petit parti des ralliés, mais perd de ce fait beaucoup de sa popularité dans les milieux catholiques, sans y gagner une plus grande influence parlementaire: en 1896, la tentative d'alliance avec l'aile la plus conservatrice du mouvement républicain, dirigée par Méline, fait long feu. En 1899, lorsque le ministère anticlérical et radical-socialiste de Waldeck-Rousseau accède au pouvoir, Albert de Mun réussit cette fois à fédérer ralliés et droite républicaine au sein de l'Action libérale populaire, mais sans réussir à empêcher la vague anticléricale du début du siècle de déferler. Dans les années suivantes, l'ardeur combative d'Albert de Mun trouve un autre terrain : celui du patriotisme et de la défense nationale face au danger allemand. L'un des artisans de l'élection de Raymond Poincaré à la présidence de la République en 1913, il s'éteint le 6 octobre 1914.

21 mai
Inauguration à Paris de la nouvelle Bourse du travail. Émile Vacherot : *La Démocratie libérale.*

juin
Émile Arton, qui a organisé la corruption des parlementaires par la Compagnie du canal de Panama, quitte précipitamment la France.

6 juin
À Nancy, le président de la République Sadi Carnot reçoit le grand-duc Constantin.

14 juin
La rente 3 %, émise par Villèle en 1824, franchit les 100 francs.

24 juin
Zola : *La Débâcle.*

11 juillet
Burdeau remplace Godefroy Cavaignac à la Marine.

31 juillet-7 août
Renouvellement des conseils généraux et d'arrondissement. Ces élections confirment la poussée électorale des candidats républicains (qui progressent de 181 sièges), un nouveau recul des candidats réactionnaires (qui perdent 208 sièges) et la stagnation du vote socialiste.

16 août
Les mineurs de Carmaux se mettent en grève afin de protester contre le licenciement du maire socialiste de Carmaux, par ailleurs employé dans les mines. Le directeur, dont la maison a été prise d'assaut, démissionne, mais le conseil d'administration refuse sa démission.

18 août
Signature d'une convention d'assistance militaire franco-russe en cas de mobilisation de la Triplice.

septembre
Conquête du Dahomey. La Côte-d'Ivoire, la Guinée et le Dahomey sont organisés en colonies distinctes. Casimir Stryienski publie les *Souvenirs d'égotisme* de Stendhal.

3 septembre
Ouverture du congrès socialiste de Tours, qui réunit les délégués du Centre et de l'Ouest.

3-5 septembre
Le président Sadi Carnot préside la commémoration du centenaire du premier rattachement de la Savoie à la France.

6-18 septembre
Dans *La Libre Parole*, Drumont publie les premières révélations (signées « Micros ») sur le scandale de l'emprunt de Panama : il accuse le banquier Jacques Reinach et le courtier en fuite, Émile Arton, d'avoir acheté les votes de plusieurs dizaines de parlementaires et ministres.

10 septembre
Le procureur général Quesnay de Beaurepaire remet sur le scandale de Panama un rapport qui met en cause les administrateurs de la Compagnie universelle.

11 septembre
Ouverture à Saint-Ouen du congrès des municipalités socialistes : 32 villes sont représentées.

22 septembre
Célébration officielle de la proclamation de la République en 1792.

24 septembre
À Marseille, réunion du 10e congrès du Parti ouvrier français (guesdiste), en présence de Wilhelm Liebknecht, le chef de file du socialisme allemand.

octobre
Eugène Étienne organise à la Chambre un groupe parlementaire pour soutenir l'expansion coloniale : 94 députés, parmi lesquels Deschanel, Félix Faure, Poincaré, Albert de Mun et Piou, s'inscrivent au « parti colonial ». En 1900, celui-ci réunira 117 députés, sans compter au Sénat une trentaine de sénateurs réunis derrière Jules Siegfried.

6 octobre-2 décembre
L'Écho de Paris publie *La Rôtisserie de la reine Pédauque* d'Anatole France.

27 octobre
La Chambre repousse une proposition d'amnistie pour faits de grève.

2 novembre
Une loi, qui réforme celle du 19 mai 1874, interdit le travail des enfants de moins de 13 ans; elle fixe la durée de la journée de travail à 10h pour les enfants de moins de 16 ans, à 11 h pour les femmes et 12h pour les hommes, six jours par semaine. Un projet avait été déposé à la Chambre des députés en mars 1881. Rejeté à plusieurs reprises par le Sénat, il avait été retiré et un nouveau projet avait été déposé en juin 1888. Quatre ans après, le texte est enfin promulgué, après de multiples navettes entre les deux Assemblées.

3 novembre
Reprise du travail à Carmaux, après la signature d'un accord négocié par le président du Conseil Émile Loubet.

5 novembre
Le procureur Quesnay de Beaurepaire remet un second rapport sur l'affaire de Panama, cette fois favorable aux administrateurs de la Compagnie universelle: il décide l'abandon des poursuites.

8 novembre
La Libre Parole publie de nouvelles révélations sur la faillite de Panama: Drumont accuse le président de la Chambre, Floquet, d'avoir touché 300000 francs. Le 18, *La Cocarde* accuse à son tour Floquet de corruption.

19 novembre
Le ministre de la Justice, Ricard, décide de poursuivre les responsables du scandale de Panama. Reinach, Clemenceau et Cornélius Hertz, un financier mêlé au scandale qui est aussi le bailleur de fonds du journal de Clemenceau, *La Justice*, tiennent une réunion avec Rouvier pour examiner les possibilités d'étouffer l'affaire. Clemenceau et Reinach demandent au ministre de l'Intérieur Constans d'empêcher la publication d'informations dans *La Cocarde*, qui a pris le relais de *La Libre Parole* de Drumont. Constans, très lié au journal *La Cocarde*, refuse. Dans la nuit, mort soudaine et très suspecte du financier Jacques Reinach, inculpé dans l'affaire de Panama. Joseph Reinach refuse l'autopsie du corps et s'empresse de faire le tri des papiers du défunt. Cornélius Hertz se réfugie en Angleterre.

21-25 novembre
Interpellation du député boulangiste Jules Delahaye sur l'affaire de Panama. La Chambre nomme une commission d'enquête présidée par Brisson. Quatre administrateurs de la Compagnie universelle sont inculpés et renvoyés en correctionnelle. Le 25, l'affaire est renvoyée au 10 janvier 1893.

28 novembre
La commission d'enquête parlementaire demande l'autopsie du corps de Jacques Reinach. Le gouvernement s'y oppose, la Chambre décide au contraire de donner suite: le ministère Loubet est renversé. Le même jour, la commission d'enquête obtient confirmation des sommes versées par la Compagnie universelle à de nombreux responsables politiques: un banquier remet à la commission les 28 chèques qu'il détient.

29 novembre-6 décembre
Successivement Brisson, Casimir-Perier et Bourgeois renoncent à former le nouveau gouvernement.

1er décembre
Une loi sur l'exercice de la médecine réglemente l'activité des dentistes et rend obligatoire la déclaration aux autorités des maladies épidémiques.

7 décembre
Ministère Ribot (présidence du Conseil et Affaires étrangères): Loubet (Intérieur), J. Siegfried (Commerce, Industrie et Colonies), Bourgeois (Justice), Dupuy (Instruction publique, Beaux-Arts et Cultes), Freycinet (Guerre), Burdeau (Marine), Rouvier (Finances), Viette (Travaux publics), Develle (Agriculture).

Alexandre Ribot

Alexandre Ribot (1842-1923) fait ses premiers pas en politique sous le patronage de Thiers. Député du Pas-de-Calais à partir de 1878, il devient ministre des Affaires étrangères en 1890 et initie la politique de rapprochement avec la Russie. Chargé de former un nouveau cabinet en décembre 1892, il ne reste pas longtemps en place, emporté par le scandale de Panama. Revenu aux affaires au moment de l'affaire Dreyfus, Ribot cherche à se tenir à égale distance des deux partis, et ne réussit qu'à multiplier le nombre de ses ennemis. C'est en fait pendant la Première Guerre mondiale qu'il marque durablement de son empreinte la vie politique. Ministre des Finances de 1914 au début de 1917, puis président du

Conseil de mars à septembre 1917, il a la lourde tâche, lui le libéral, d'organiser la mobilisation de l'économie au service des buts de guerre. Sénateur depuis 1909, Ribot consacre les dernières années de sa carrière à la politique étrangère.

10-14 décembre
Autopsie du corps de Jacques Reinach. *Le Figaro* met en cause Clemenceau et le ministre des Finances Rouvier dans le scandale de Panama. Le 14, Tirard remplace Rouvier, contraint à la démission, aux Finances.

16-22 décembre
Dans l'affaire de Panama, une information judiciaire est ouverte pour corruption de fonctionnaires. Deux administrateurs de la Compagnie (Charles de Lesseps, Marius Fontane) et un ancien député (Sans-Leroy) sont arrêtés. Le baron Cottu a fui à l'étranger le 11, Ferdinand de Lesseps est laissé en liberté. Le 20, le parquet obtient la levée de l'immunité parlementaire de cinq députés (Arène, Dugué de La Fauconnerie, Proust, Jules Roche, Rouvier) et de cinq sénateurs (Béral, Devès, Albert Grévy, Léon Renault, Thévenet). Déroulède accuse Clemenceau d'avoir trempé dans le scandale de Panama. Celui-ci ne nie pas avoir reçu de l'argent de Hertz pour financer *La Justice*. Le surlendemain, duel Clemenceau-Déroulède: aucun blessé. Floquet et Andrieux sont interrogés par la commission d'enquête sur Panama.

28 décembre
Une loi organise une procédure d'arbitrage pour résoudre les conflits sociaux.

29 décembre
Attentat contre la préfecture de police.

30-31 décembre
Émile Arton, à l'origine de la corruption des parlementaires dans le scandale de Panama, est à Venise, où il passe les fêtes de fin d'année en compagnie de l'inspecteur de police officiellement chargé de retrouver sa piste.

autres événements
- Premier salon de la Rose-Croix.
- François Hennebique (1842-1921) construit à Paris rue Danton le premier grand immeuble en béton armé.
- Bartholdi réalise à Lyon la fontaine de la place des Terreaux.

1893

janvier
Xavier Léon fonde la *Revue de métaphysique et de morale.*

9 janvier
Arrestation de l'ancien ministre des Travaux publics Baïhaut, impliqué dans le scandale de Panama par Charles de Lesseps. Baïhaut passe aux aveux le 12.

10 janvier
Démission du ministère Ribot.

11 janvier
Formation du second ministère Ribot (présidence du Conseil et Intérieur): Develle (Affaires étrangères), J. Siegfried (Commerce, Industrie et Colonies), Bourgeois (Justice), Dupuy (Instruction publique, Beaux-Arts et Cultes), Rieunier (Marine), Rouvier (Finances), Viette (Travaux publics), Develle (Agriculture).

20 janvier
Dans une lettre au journal *Le Soleil*, le comte d'Haussonville, représentant officiel du comte de Paris, demande aux monarchistes de se tenir prêts à répondre à tout appel du pays contre les institutions républicaines discréditées par les scandales.

21 janvier
Jaurès est élu député de Carmaux, au siège laissé vacant par le député de la circonscription, qui a démissionné après la longue grève des mineurs en 1892.

27 janvier
La chambre des mises en accusation accorde un non-lieu à l'ancien ministre Rouvier, à Jules Roche, Arène et Thévenet; elle inculpe les autres parlementaires mis en cause en décembre 1892.

février
Grève des mineurs de Rive-de-Gier, pour l'établissement de représentants du personnel auprès de la direction.
Jules Renard publie *Coquecigrues.*

1er-3 février
Grève des boulangers de Marseille.

4 février
Début de la publication de l'*Histoire générale, du IVe siècle à nos jours*, dirigée par Lavisse: 12 volumes publiés entre 1893 et 1901, 70 collaborateurs.

Ernest Lavisse

Toute l'œuvre d'historien, de professeur et d'éditeur d'Ernest Lavisse (1842-1922) a été guidée par une ambition : faire des études historiques l'instrument privilégié d'une éducation nationale, un appui pour l'enracinement et le développement des institutions républicaines. Pourtant, les débuts de Lavisse avaient été ceux d'un partisan du Second Empire. Diplômé de l'École normale supérieure, Lavisse commence à enseigner l'histoire lorsque Victor Duruy, ministre de l'Instruction publique, le remarque et l'appelle à son cabinet. Associé aux réformes initiées par le ministre, Lavisse est si bien en cour qu'en 1868 il devient le précepteur du prince impérial. Privé de ses fonctions après la chute du régime en 1870, Lavisse s'expatrie en Allemagne. Jusqu'en 1878 au moins, il espérera une restauration du régime bonapartiste, la consolidation de la République déterminant seule son ralliement tardif. En 1876, il retrouve l'École normale, mais comme professeur. À partir de 1888, il enseigne l'histoire en Sorbonne, et en 1904, il est nommé à la tête de l'ENS. Couvert d'honneurs (il est élu à l'Académie française en 1894), Lavisse, très influent dans l'Université, ne l'est pas moins dans les sphères politiques – le Quai d'Orsay sollicite régulièrement son avis – et dans la presse : en 1894, il a fondé La Revue de Paris, *qu'il dirigera jusqu'à sa mort en 1922.*

6 février
Loi établissant la capacité civile de la femme séparée de corps.

9 février
Procès, en correctionnelle, du scandale de Panama: Charles et Ferdinand de Lesseps, tous deux anciens administrateurs de la Compagnie universelle, sont condamnés à cinq ans de prison; deux autres administrateurs, Marius Fontane et le baron Cottu (ce dernier par contumace) écopent de deux ans de prison; Gustave Eiffel, entrepreneur, est condamné à la même peine.

11 février
Une loi ordonne la reconstruction de l'Opéra-Comique.

12 février
Congrès fédératif des bourses du travail à Toulouse.

24 février
Jules Ferry remplace Le Royer, démissionnaire, à la présidence du Sénat.

mars
Création de la Droite républicaine.

4 mars
Une loi accorde l'assistance judiciaire gratuite aux porteurs de titres Panama.

8-21 mars
Procès du scandale de Panama devant la cour d'assises de la Seine: Baïhaut écope de cinq ans de prison pour corruption, Charles et Ferdinand de Lesseps, Fontane, Cottu et Eiffel d'un an pour abus de confiance. Sans-Leroy, Béral, Dugué de La Fauconnerie et Proust sont acquittés. Eiffel est arrêté à l'issue de l'audience.

16 mars
Modification de la législation sur la presse: la saisie préventive est autorisée en cas de provocation directe à des crimes ou des délits.

18 mars
Mort de Jules Ferry. Des obsèques nationales ont lieu le 21.

19-28 mars
Grève des ouvriers des manufactures d'allumettes: parti de Pantin et Aubervilliers, le mouvement s'étend à Marseille, Trélazé et Bègles.

25 mars
Démission de plusieurs membres de la commission d'enquête parlementaire sur l'affaire de Panama.

27 mars
Challemel-Lacour est élu président du Sénat.

30 mars
La discussion du budget provoque la chute du second ministère Ribot.

4 avril
Ministère Dupuy (présidence du Conseil et Intérieur): Develle (Affaires étrangères), Peytral (Finances), Poincaré (Instruction publique, Cultes, Beaux-Arts), Guérin (Justice), Terrier (Commerce, Industrie, et Colonies avec Delcassé sous-secrétaire d'État, comme dans le précédent ministère), Viger (Agriculture), Viette (Travaux publics), Loizillon (Guerre), Rieunier (Marine).

19 avril
Au congrès catholique de Toulouse, Albert de Mun soutient la politique de ralliement de Léon XIII. Le congrès adopte les conclusions d'Albert de Mun et le principe de l'indépendance des catholiques par rapport aux partis politiques.

27 avril
Création au Théâtre libre de *Boubouroche*, de Georges Courteline (1858-1929), un orfèvre de la langue comique et de l'observation des ridicules et des travers de son temps: *Les Gaietés de l'escadron* (1886), *Le Train de 8 h 47* (1891), *Messieurs les ronds-de-cuir* (1893), *Hortense, couche-toi là* (1898), *Le Commissaire est bon enfant* (1900), *La Paix chez soi* (1903).

27-30 avril
Congrès national des travailleurs des chemins de fer.

1er mai
Incidents à la Bourse du travail. La préparation de la désormais traditionnelle manifestation pour la journée de 8 h a provoqué une scission entre allemanistes et blanquistes d'un côté, guesdistes de l'autre. Les premiers manifestent devant la Bourse du travail, où ils affrontent la police. La journée du 1er mai est émaillée d'incidents à Lyon, Nîmes et Marseille.

11 mai
Henri Desgrange établit le premier record de l'heure cycliste (33,325 km) sur la piste du vélodrome Buffalo, à Neuilly.

15 mai
La Chambre repousse une nouvelle proposition de Joseph Reinach pour la création d'un ministère des Colonies.

Joseph Reinach

La carrière politique de Joseph Reinach (1856-1921) commence dans l'ombre de Gambetta, qu'il continue de servir après la mort de ce dernier en décembre 1882 en publiant une édition de ses discours et en défendant sa mémoire dans la presse. À la fin des années 1880, il figure au premier rang des adversaires du boulangisme. Les partisans du général ne le lui pardonneront pas et lorsque éclate le scandale de Panama, ils l'accusent de figurer dans la foule des corrompus, à tort, mais d'autant plus facilement que son oncle, le financier Jacques Reinach, est l'un des principaux protagonistes du scandale. Joseph Reinach est d'ailleurs mêlé à un vilain épisode: lorsque son oncle, sur le point d'être inculpé, se suicide, le neveu se prête aux sollicitations des inquiets, parmi lesquels Clemenceau, et fait en toute hâte la toilette des papiers du mort. En 1893, à l'inverse de Clemenceau, il est cependant réélu à la Chambre, où il s'intéresse surtout aux affaires coloniales, plaidant inlassablement pour la création d'un ministère spécialement chargé de ces questions. C'est l'affaire Dreyfus qui lui fournit l'occasion d'un rôle de premier plan. L'un des premiers à se prononcer en faveur de la révision, il est au cœur de la bataille, dont il sera aussi le premier historien (1901-1906). Cofondateur en 1898 de la Ligue des droits de l'homme, battu la même année aux législatives, Reinach ne retrouve son siège qu'en 1906, mais désormais converti au patriotisme le plus intransigeant.

20 mai
Décret réglementant les opérations de Bourse.

28 mai
Inauguration des nouveaux aménagements du port de Tunis.

14 juin
Loi sur l'hygiène et la sécurité dans les établissements industriels.

15 juin
La Cour de cassation annule l'arrêt rendu le 9 février précédant en correctionnelle dans l'affaire de Panama, en se fondant sur la prescription des faits au moment de l'arrêt de condamnation. Les condamnés sont remis en liberté.

24 juin
Jean Grave: *La Société mourante et l'anarchie.*

juillet
Millerand prend la direction de *La Petite République* (journal auquel collabore Jaurès) et ouvre ses colonnes à tous les courants du socialisme.

1er-5 juillet
Manifestations et barricades au quartier Latin, après la condamnation (23 juin) de cinq étudiants arrêtés pour avoir participé en février au bal des «Quat'z Arts»: le sénateur Bérenger en avait dénoncé «l'impudeur» et obtenu l'ouverture d'une enquête.

2 juillet
Loi sur la liquidation de la Compagnie universelle du canal de Panama. La commission d'enquête parlementaire cesse ses travaux le 4 juillet.

7 juillet
Le Sénat rejette un projet de loi pour garantir la liberté syndicale.

11 juillet
Lépine devient préfet de police.

15 juillet
Une loi institue l'assistance médicale gratuite pour les Français privés de ressources.

20 juillet
La France lance un ultimatum au Siam exigeant le démantèlement des postes siamois sur la rive gauche du Mékong et la reconnaissance solennelle par le gouvernement siamois des droits de la France sur l'Annam et le Cambodge. Le Siam cède aux exigences françaises. Le 3 octobre, il signe avec Paris un traité qui abandonne à la France l'ensemble des territoires de la rive gauche du Mékong (le Laos) et crée sur la rive droite du fleuve une bande démilitarisée large de 25 km ouverte sans restriction au commerce français. Le territoire laotien ainsi placé sous protectorat français sera étendu vers le nord (provinces de Luang Prabang, Hua Khong et Phong Saly) entre 1902 et 1907.

23 juillet
La date des élections législatives générales est fixée au 20 août.

31 juillet
Création d'une armée coloniale.

août
Création de l'Union coloniale française, qui regroupe les « principales maisons françaises ayant des intérêts dans nos colonies ».

8 août
Une loi impose aux étrangers une déclaration et le paiement d'une taxe au bénéfice des communes; elle autorise les enfants nés en France de parents étrangers (donc Français en vertu de la loi du 26 juin 1889) à refuser la nationalité française à leur majorité; elle permet également à l'État de refuser la nationalité française aux étrangers nés en France.

16-17 août
Affrontements à Aigues-Mortes entre ouvriers français et italiens: officiellement, 8 morts et 50 blessés; en réalité, peut-être 50 morts et 150 blessés, battus et achevés à coups de pelle et de bâton.

Les travailleurs étrangers en France

La France compte alors sur son sol environ 1,2 million d'étrangers, pour une population de près de 38 millions d'habitants en 1886 (sans l'Alsace-Lorraine). Si l'on dénombre un certain nombre de réfugiés, originaires notamment de Russie (les juifs chassés par les pogroms seront environ 40 000 au début du siècle), puis de Pologne, l'immigration est principalement ouvrière, urbaine ou rurale. Les Italiens fournissent le plus fort contingent – ils seraient environ 300 000 –, suivis par les Belges qui, avec les travailleurs italiens et quelques milliers d'Allemands, fournissent une part importante de la main-d'œuvre dans les mines et l'industrie sidérurgique du Nord. On dénombre également des Suisses et des Espagnols, ceux-ci implantés dans le Languedoc où, à la différence des travailleurs italiens, et la proximité culturelle aidant, ils s'intègrent assez bien à la société locale. Les événements d'Aigues-Mortes constituent assurément, par leur extrême violence et leur bilan macabre, une exception, mais ils s'inscrivent néanmoins dans un contexte de tensions localisées et épisodiques bien antérieur.
Les affrontements entre travailleurs français et étrangers émaillent les deux dernières décennies du siècle. Des incidents, qui vont parfois jusqu'à de véritables batailles rangées, sont signalés dans le Var en 1884, dans la Meuse et dans l'Aube en 1885, en Isère en 1886, dans l'Aisne en 1888, en Haute-Marne en 1889. En août 1892, des affrontements opposent ouvriers français et belges à Liévin et, non loin de là, à Drocourt (Pas-de-Calais), les mineurs belges doivent même fuir la commune avec leurs familles. Ces violences sont, au moins en partie, liées à la crise économique qui, après les années de forte croissance qui ont suivi la guerre de 1870, a commencé vers 1873, s'est atténuée à partir de 1878, grâce aux investissements de l'État, et a repris de plus belle en 1882-1884, marquée par un ralentissement de l'activité qui a touché tous les secteurs. En 1886, 100 000 des 800 000 ouvriers du bâtiment sont privés d'emploi. Au chômage qui frappe les ouvriers des villes répond une forte accélération de l'exode rural. Certes, une embellie se fait jour

en 1888, mais la crise reprend après 1890. La situation économique difficile des années 1882-1895 explique sans doute la recrudescence des heurts entre ouvriers français et ouvriers étrangers qu'on accuse souvent d'être des briseurs de grève. Mais d'autres facteurs entrent en jeu. On peut évoquer le sentiment plus général d'un déclin de la France, nourri d'un côté par la baisse très sensible de la natalité (26 ‰ à la veille de la guerre de 1870, 22 ‰ à la fin du siècle), de l'autre par l'humiliation du désastre de 1870 et la volonté de revanche qui en découle. On peut également évoquer l'instauration, en 1889, du service militaire universel et obligatoire qui contraint chaque jeune Français à consacrer trois ans de sa vie à la défense de la patrie. À l'époque, la réforme du service militaire avait même entraîné celle du code de la nationalité. C'est pour contraindre les enfants d'étrangers établis en France que la loi du 26 juin 1889 avait accordé la nationalité française à toutes les personnes nées en France, et du même coup astreintes à acquitter les charges communes à leur majorité, notamment en remplissant, en ce qui concerne les garçons, leurs obligations militaires.

Le redressement de la situation économique et le retour à une forte croissance en 1895 voient sans doute une diminution du nombre des violences, mais non leur disparition. L'hostilité est encore présente et le 10 août 1899, les décrets Millerand imposent des quotas d'ouvriers étrangers dans les travaux financés par l'État. En 1901 encore, à La Mure et à La Motte-d'Aveillans, en Isère, plusieurs centaines de familles italiennes doivent fuir leurs maisons mises à sac. L'économie n'explique pas tout.

Si les difficultés économiques, la raréfaction de l'emploi et les tensions qui en résultent accentuent les phénomènes d'hostilité et de rejet, ceux-ci s'alimentent également à la source des différences culturelles et de langue qui, pour concerner des populations généralement originaires de pays voisins de la France, creusent un fossé difficile à combler dans un pays où, en dépit de l'adhésion commune aux valeurs nationales et patriotiques, on considère encore souvent comme un étranger le Français qui n'est pas du « pays » ou du canton. Combien de provinciaux venus s'établir dans la capitale n'ont-ils pas connu un sort comparable à celui des étrangers immigrés, le mépris, les travaux pénibles et l'hostilité plus ou moins ouverte d'une population d'anciens provinciaux qui avaient cependant le mérite d'être arrivés avant eux? En 1848, les Auvergnats, solidement implantés à Paris – mais qui avaient dû auparavant surmonter l'hostilité à leur égard – ne parlèrent-ils pas d'égorger les Savoyards, immigrés de plus fraîche date qu'ils accusaient d'accaparer leurs emplois? Peut-être la dure condition faite aux étrangers de l'extérieur comme aux « étrangers » de l'intérieur a-t-elle contribué, parfois rudement, à l'assimilation, progressive et réussie, des populations étrangères dans la société française.

19 août
Manifestations antifrançaises à Rome.

20 août-3 septembre
Élections législatives. Les républicains de gouvernement obtiennent 311 sièges, les radicaux 122 (Clemenceau et Floquet, impliqués dans le scandale de Panama, sont battus), la droite réactionnaire seulement 58 et les ralliés à la République 35 (Albert de Mun est battu). Les socialistes font une entrée remarquée à la Chambre avec 49 députés (parmi lesquels Jules Guesde, Jaurès et Millerand).

septembre
Aristide Briand, alors journaliste et militant socialiste, fait adopter le principe de la grève générale et de l'« action directe » par le congrès de la Fédération des syndicats.

18 septembre-4 novembre
Grève dans le bassin minier du Pas-de-Calais, par solidarité avec les mineurs britanniques en grève.

octobre
Anatole France : *Les Opinions de M. Jérôme Coignard.*

13-29 octobre
La flotte russe fait escale à Toulon, où le président Sadi Carnot la passe en revue le 27 octobre.

22 octobre
Funérailles nationales du maréchal de Mac-Mahon.

27 octobre
Victorien Sardou : *Madame Sans-Gêne*, au théâtre du Vaudeville.

5-9 novembre
Grève des conducteurs de tramways à Marseille.

21-25 novembre
Offensive parlementaire contre le gouvernement Dupuy, dirigée par Jaurès et Millerand. Le 25,

Millerand, s'apercevant qu'il n'obtiendra pas le soutien d'une majorité de députés, retire l'interpellation qu'il avait prévu de déposer, empêchant ainsi le gouvernement d'obtenir un vote de confiance. Le président du Conseil Dupuy préfère toutefois démissionner.

3 décembre
Ministère Casimir-Perier (présidence du Conseil et Affaires étrangères): Raynal (Intérieur), Burdeau (Finances), Spuller (Instruction publique, Beaux-Arts), Dubost (Justice, Cultes), Viger (Agriculture), Marty (Commerce, Industrie, Colonies), Jonnart (Travaux publics), Mercier (Guerre), Lefèvre (Marine).

5 décembre
Charles Dupuy, président du Conseil démissionnaire, est élu à la présidence de la Chambre.

9 décembre
Au Palais-Bourbon, l'anarchiste Auguste Vaillant lance une bombe sur les députés. Plusieurs spectateurs et députés sont blessés, Vaillant est arrêté. Charles-Louis Chassin: *La Vendée patriote*. En 1897-1899, Chassin poursuivra son enquête sur les guerres de Vendée avec *Les Pacificateurs de l'Ouest*.

11-18 décembre
Le gouvernement dépose quatre projets de lois anti-anarchistes: modification de la législation sur la presse pour permettre la saisie et l'arrestation préventive en cas de provocation, même non suivie d'effet, à des violences ou attentats; renforcement de la législation contre le délit d'association de malfaiteurs; loi contre la détention d'explosifs; loi dégageant des crédits pour renforcer les forces de police. Les Chambres adoptent les lois contre les anarchistes. Le 12, la loi sur la presse confie au jury la poursuite de la provocation (même non suivie d'effet) au vol ou à l'attentat, l'apologie du meurtre, du pillage, de l'incendie et du vol. Les peines prévues sont aggravées. La loi autorise la saisie préventive des journaux incriminés et l'arrestation des prévenus.

autres événements
• Camille Claudel: *Les Bavardes* (achevé en 1905). En 1895, Camille Claudel (1864-1943) réalise une étude en plâtre, *Femme à sa toilette*, puis, entre 1897 et 1903, le groupe de *La Vague*. *Intimité* (1900-1905) marque le terme de sa période de création la plus inspirée.

1894

1er janvier
Perquisitions au domicile de nombreux anarchistes.

4 janvier
Ratification de la convention militaire franco-russe conclue le 18 août 1892.

10 janvier
Paul Renaudin et Marc Sangnier fondent la revue *Le Sillon*.

27 janvier
Clovis Hugues dénonce les lois anti-anarchistes de décembre 1893 comme attentatoires aux libertés individuelles.

28 janvier
Conversion de la rente 4,5 % en 3,5 %.

février
Le commandant Joffre s'empare de Tombouctou, achevant la conquête du Soudan entamée au printemps de 1890.

4 février
Condamné à mort le 10 janvier, Auguste Vaillant est guillotiné.

26 février
Création au théâtre de la Gaîté d'*Axel* de Villiers de l'Isle-Adam (disparu en 1889).

février-mars
Vague d'attentats anarchistes. Le 12 février, une bombe explose dans le hall de l'hôtel Terminus, gare Saint-Lazare: un mort et 17 blessés. Le responsable est arrêté sur les lieux. Il s'agit d'Émile Henry (1872-1894), fils d'un communard exilé en 1871 et anarchiste convaincu, à la différence de ses prédécesseurs, Ravachol ou Auguste Vaillant. En décembre 1893, après l'attentat perpétré contre la Chambre des députés par Vaillant, Émile Henry avait pris le relais en déposant une bombe devant le siège de la Société des mines de Carmaux. Découvert par un passant, l'engin avait été transporté au commissariat de la rue des Bons-Enfants où il avait explosé, provoquant la mort de six policiers. Émile Henry sera guillotiné le 21 mai 1894, mais déjà ses amis ont entrepris de le venger: un mort rue Saint-Jacques le 20 février, plusieurs blessés au restaurant Foyot le 25 mars.

19 mars
Création d'un ministère des Colonies, confié le lendemain à Ernest Boulanger.

22 mai
La Chambre rejette une proposition de Jules Guesde en faveur de la journée de 8 h. Les députés Salis et Jourde dénoncent l'interdiction faite aux ouvriers des chemins de fer directement gérés par l'État de former des syndicats: la Chambre vote une résolution demandant le bénéfice de la loi du 21 mars 1884 pour les salariés de l'État. Démission du ministère Casimir-Perier.

27 mai
Interdiction de la manifestation organisée au Père-Lachaise pour commémorer la Commune de 1871.

29 mai
Second ministère Dupuy (présidence du Conseil, Intérieur, Cultes): Guérin (Justice), Poincaré (Finances), Leygues (Instruction publique, Beaux-Arts), Félix Faure (Marine), Mercier (Guerre), Delcassé (Colonies), Lourties (Commerce, Industrie), Viger (Agriculture), Barthou (Travaux publics), Hanotaux (Affaires étrangères).

juin
Léon Daudet: *Les Morticoles* – satire des milieux médicaux: corruption et routine.

24 juin
Assassinat du président Sadi Carnot à Lyon, où il est en visite avec le président du Conseil Dupuy. Le 24 juin au soir, le président de la République doit assister à une représentation de gala au Grand-Théâtre. C'est sur le trajet qui le conduit au théâtre que Sadi Carnot est poignardé par l'Italien Caserio pour venger la mort de l'anarchiste Émile Henry (exécuté le 21 mai). Le président meurt des suites de ses blessures peu après minuit, le 25. À Lyon, les maisons habitées par des Italiens sont attaquées et mises à sac: la troupe doit intervenir.

26 juin
Création de la Compagnie nouvelle du canal interocéanique (de Panama). Elle fusionnera en avril 1904 avec la Compagnie américaine du canal de Panama. Le canal de Panama sera inauguré le 3 août 1914.

27 juin
Casimir-Perier est élu président de la République par 451 voix sur 845 votants (Brisson a obtenu 195 suffrages, Dupuy 97). « J'aurai le devoir de ne laisser ni méconnaître ni prescrire les droits que la constitution me confère », déclare le nouveau président.

Jean Casimir-Perier

Descendant d'une puissante et riche famille du Dauphiné, petit-fils du premier ministre de Louis-Philippe et fils d'un ministre de Thiers, Jean Casimir-Perier (1847-1907) suit tout naturellement les traces familiales. Élu député en 1876, il accède dès l'année suivante aux cercles gouvernementaux en occupant un sous-secrétariat à l'Instruction publique, puis le portefeuille de la Guerre en 1883. En 1893, la victoire électorale des républicains modérés le porte à la présidence du Conseil (3 décembre). Autoritaire, de sensibilité conservatrice, Casimir-Perier s'efforce de promouvoir un rapprochement entre la fraction la plus modérée du parti républicain et la droite monarchiste ou ralliée aux institutions de 1875. Le virage à droite de la République n'aura pas lieu: le 22 mai 1894, son gouvernement est renversé par une coalition montée par les radicaux. Un mois plus tard, au lendemain de l'assassinat de Sadi Carnot, Casimir-Perier est élu président de la République. Les radicaux ont tenté de faire barrage à son élection en lui opposant l'anticlérical Brisson, mais le renfort des suffrages de la droite lui a donné la victoire. Les radicaux ne désarment pas pour autant et suscitent une violente et calomnieuse campagne de presse contre le nouveau président. Six mois d'attaques incessantes, joints à la vanité de ses efforts pour conférer lustre et autorité à la fonction présidentielle ont raison de sa ténacité: le 15 janvier 1895, Casimir-Perier démissionne.

29 juin
Une loi établit un système de retraite au profit des mineurs.

juillet
Legrain: *Dégénérescence sociale et alcoolisme.* La production d'absinthe passe de 49 000 hectolitres en 1884 à 208 000 en 1904.
Fondation de la *Revue politique et parlementaire.*

1er juillet
Funérailles nationales du président Sadi Carnot.

2 juillet
Le gouvernement Dupuy, qui a présenté sa démission le 28 juin, est maintenu dans ses fonctions.

29 juillet
Lois contre les anarchistes. Elles défèrent devant les tribunaux correctionnels tout individu « convaincu d'avoir, par des moyens quelconques, fait acte de propagande anarchiste en préconisant des attentats contre les personnes ou les propriétés » (il s'agit de la confirmation de la loi du 12 décembre 1893, avec en plus la substitution des tribunaux correctionnels aux cours d'assises), autorisent les tribunaux à ordonner la relégation des condamnés à l'expiration de leur peine et soumettent les autres condamnés à l'incarcération individuelle.

6-12 août
Condamnation de 30 anarchistes à Paris, dont Jean Grave et Sébastien Faure.

11 août
Émile Zola publie *Lourdes*, premier tome de *Trois Villes*: *Rome* paraîtra en mai 1896, *Paris* en mars 1898.

16 août
Condamné à mort le 3, Caserio est exécuté.

18 août
Schwob: *Le Livre de Monelle*. Marcel Schwob (1867-1905) publiera en 1896 *Les Vies imaginaires*, considérées comme son chef-d'œuvre.

21 août
Gyp: *Le Mariage de Chiffon*. Le roman le plus célèbre de la comtesse de Martel de Janville (1849-1932), arrière-petite-nièce de Mirabeau, militante passionnée dans les rangs nationalistes et antidreyfusards, antisémite de choc, et prolifique auteur d'une centaine de romans (*Autour du divorce*, 1886; *Le Bonheur de Ginette*, 1911) et des *Souvenirs d'une petite fille* (1927-1928).

8 septembre
Mort du comte de Paris.

17-22 septembre
Le congrès socialiste de Nantes adopte le principe de la grève générale et de la rupture avec les partis politiques. Fernand Pelloutier est nommé secrétaire de la Fédération des bourses du travail et de la Fédération des syndicats.

22 septembre
Bernard Lazare: *L'Antisémitisme, son histoire et ses causes*.

octobre
Jules Renard: *Poil de Carotte*. Jules Renard (1864-1910) publie, après *L'Écornifleur* (1892), ses *Histoires naturelles* en 1896, *Le Plaisir de rompre* en 1897 et *Le Pain de ménage* en 1899. Son *Journal* (1887-1910) sera publié à partir de 1925.

15 octobre
Le capitaine Dreyfus est arrêté, convaincu par une enquête du commandant du Paty de Clam, d'avoir livré des documents militaires confidentiels à l'Allemagne. La « preuve » est constituée par un bordereau trouvé à l'ambassade d'Allemagne. L'ordre d'arrestation a été donné par le ministre de la Guerre, le général Mercier, le 10 octobre.

22 octobre
La France lance un ultimatum à la reine de Madagascar Ranavalona III, demandant l'exécution du protectorat français établi le 17 décembre 1885.

29 octobre
La Libre Parole de Drumont révèle l'arrestation de Dreyfus.

6 novembre
Loi Méline fondant les caisses locales de crédit agricole.

26 novembre
Vote d'une loi sur les Habitations à bon marché (HBM) inspirée par Jules Siegfried. Le démarrage est lent: 1 360 maisons construites entre 1895 et 1900.

28 novembre
Le général Mercier, dans un entretien accordé au *Figaro*, affirme que Dreyfus est coupable.

11 décembre
Mort de Ferdinand de Lesseps.

12 décembre
Un corps expéditionnaire français occupe Tamatave.

19 décembre
Dreyfus comparaît devant un conseil de guerre réuni à la caserne du Cherche-Midi.

22 décembre
Le général Mercier communique aux juges du conseil de guerre un « dossier secret » sans en informer les défenseurs de Dreyfus: ces « preuves » secrètes sont en réalité des faux. Le capitaine Dreyfus est reconnu coupable et condamné à la

dégradation militaire et à la déportation perpétuelle dans une enceinte fortifiée. Jaurès déplore que Dreyfus n'ait pas été condamné à mort.
Création de *Prélude à l'après-midi d'un faune*, de Debussy, à la Société nationale de musique.

DEBUSSY

Né à Saint-Germain-en-Laye le 22 août 1862, Claude Debussy (1862-1918) fut tôt privé de son père, emprisonné en 1871 pour avoir servi dans les troupes de la Commune, et délaissé par sa mère. Recueilli par un riche collectionneur, il se destine à la peinture lorsqu'on découvre ses prédispositions peu communes pour le piano. Le jeune Debussy entre alors au Conservatoire (1872), avant de suivre en Italie, à Vienne et en Russie Mme von Meck, riche propriétaire protectrice de Tchaïkovski (1879-1882). Il compose à cette époque ses premières pièces, et remporte en 1884 le prix de Rome avec L'Enfant prodigue. *Comme la plupart des compositeurs de sa génération, il découvre à Bayreuth dans les années 1880 la musique de Wagner, qui influence profondément ses premières créations. Le 1er mars 1894, le premier concert consacré aux œuvres de Debussy est donné à Bruxelles (*La Damoiselle élue, *1887-1889;* Proses lyriques, *1892-1893); le 22 décembre de la même année, le* Prélude à l'après-midi d'un faune *est créé à Paris. Commence alors la grande période créatrice, et le développement d'un style musical original:* Nocturnes *(1892-1899),* Pelléas et Mélisande *(1893-1902), le poème symphonique* La Mer *(1903-1905),* Images *pour piano et pour orchestre (1905-1911), les 24* Préludes *pour piano (1909-1913). Le succès n'empêche pas Debussy de connaître une existence matérielle précaire. Pour faire face aux difficultés qui l'assaillent, il doit parcourir l'Europe et donner des concerts, sans goût ni véritable don pour la direction d'orchestre, et écrire des critiques musicales, qu'il signe « M. Croche ». Atteint d'un cancer en 1909, Debussy compose encore la musique de scène du* Martyre de saint Sébastien *de D'Annunzio (1911) et le ballet* Jeux, *créé par Diaghilev en mai 1913.*

Durkheim: *Les Règles de la méthode sociologique.*

DURKHEIM

Émile Durkheim (1858-1917) appartient comme Jean Jaurès, son camarade de l'École normale de la rue d'Ulm, à une génération hantée par le double souvenir de la défaite de 1870 et de la Commune de 1871, le drame national et le drame social. Lorsqu'il commence à enseigner, en 1887, c'est par un cours sur la « solidarité sociale ». Après avoir publié en 1893 De la division du travail social, *il livre en 1894 son maître ouvrage,* Les Règles de la méthode sociologique. *Quatre ans plus tard, il lance* L'Année sociologique, *une revue annuelle autour de laquelle se constitue peu à peu l'École française de sociologie avec Maurice Halbwachs, Marcel Mauss et Célestin Bouglé, où naît, au carrefour également des disciplines, la sociologie moderne: le linguiste Meillet et l'historien Louis Gernet sont aussi de l'aventure. Auteur d'une étude sur* Le Suicide *en 1897 et de* Représentations individuelles et représentations collectives *en 1898, Durkheim, nommé à la Sorbonne en 1902, publie encore* Les Formes élémentaires de la vie religieuse: le système totémique en Australie *en 1912.*

31 décembre
Rejet du pourvoi formé par Dreyfus.

autres événements
- Legs Caillebotte au musée du Luxembourg: les impressionnistes entrent au musée.
- Massenet: *Thaïs.*

MASSENET

Jules Massenet (1842-1912) débute en 1867 à l'Opéra-Comique avec La Grand'Tante. *L'œuvre n'a pas marqué l'histoire de la musique, et c'est véritablement en 1877 que Massenet devient un compositeur à succès avec* Le Roi de Lahore, *encore influencé par Bizet, influence dont il se libère ensuite pour trouver un ton personnel dans* Manon *(1884),* Werther *(1892) et* Thaïs *(1894), ses plus grands succès.*

1895

5 janvier
Dreyfus est dégradé dans la cour des Invalides.

12 janvier
Le Conseil d'État reporte de 1914 à 1956 l'expiration de la garantie du taux d'intérêt accordée par l'État aux compagnies privées de chemin de fer par les conventions signées le 20 novembre 1883.

Cet arrêt provoque la démission du ministre des Travaux publics Barthou.
Loi sur les saisies-arrêts sur les salaires.

14 janvier
Millerand interpelle le gouvernement sur la démission de Barthou et obtient la formation d'une commission d'enquête sur les conventions de 1883 avec les compagnies ferroviaires. Le ministre des Travaux publics de l'époque, Raynal, a déjà été accusé, en décembre 1892 par *La Cocarde* et en décembre 1893 par *La Libre Parole*, d'avoir touché des pot-de-vin de 200000 francs. Dupuy, qui s'oppose à toute enquête, est renversé. Raynal sera absout par la commission d'enquête en mai.

15 janvier
Démission du président de la République Casimir-Perier. Il dénonce dans une lettre l'impuissance constitutionnelle du premier magistrat de la République, et la «campagne de diffamations et d'injures contre l'armée, la magistrature, le Parlement, le chef irresponsable de l'État, et cette liberté de souffler les haines sociales».

17 janvier
Réunies à Versailles, les deux Chambres nomment Félix Faure président de la République. Devancé par Brisson au premier tour de scrutin, Faure obtient 430 voix sur 791 au second tour. Le groupe socialiste dénonce en Félix Faure l'élu «des ralliés et des réactionnaires».

Félix Faure

Félix Faure (1841-1899) était d'un naturel conciliant, aimable, charmeur et élégant. Sa magistrature fut certes marquée par de grands événements, de l'affaire Dreyfus à la consolidation de l'entente avec la Russie, mais il n'accepta de signer le décret de grâce de Dreyfus que contraint et forcé, et vis-à-vis de la Russie il poursuivit une politique d'alliance déjà bien engagée. Seule sa mort, soudainement survenue dans les bras de sa maîtresse le 16 février 1899, pouvait empêcher son nom de tomber dans l'oubli.

21 janvier
Dreyfus embarque pour l'île du Diable (Guyane).

22 janvier
Signature d'une convention fixant les frontières de la Guinée et du Haut-Niger français, de la colonie britannique de Sierra Leone et la limite septentrionale de la République du Liberia.

27 janvier
Ministère Ribot (présidence du Conseil et Finances): Trarieux (Justice), Hanotaux (Affaires étrangères), Leygues (Intérieur), Poincaré (Instruction publique, Beaux-Arts), Lebon (Commerce et Industrie), Gadaud (Agriculture), Dupuy-Dutemps (Travaux publics), Chautemps (Colonies). Le lendemain le général Zurlinden est nommé à la Guerre, et le vice-amiral Besnard à la Marine.

31 janvier
Promulgation d'une amnistie pour les auteurs de «crimes, attentats ou complots contre la sûreté de l'État» (les boulangistes), pour les délits de presse ou concernant les associations, enfin pour les condamnations liées à des faits de grève.

3 février
Retour de Rochefort à Paris.

5 février
Formation d'une commission d'enquête parlementaire sur les conventions passées en novembre 1883 par le ministre des Travaux publics Raynal avec les compagnies de chemin de fer.

8 février
Une loi accorde des secours aux victimes d'une explosion de grisou survenue à Montceau-les-Mines.

6 mars
Engels publie *Les Luttes de classes en France*, écrit par Marx entre janvier et octobre 1850.

22 mars
Louis Lumière organise la première démonstration du cinématographe.

Le cinématographe

L'origine de cette invention remonte aux recherches effectuées au XVIIIe siècle par Nollet sur la persistance des images sur la rétine. Mais on cherchera longtemps en vain à résoudre le problème de la synthèse du mouvement. C'est l'invention du procédé «chronophotographique» qui ouvre la voie au cinématographe. En 1874, l'astronome Jules Janssen le met au point afin d'observer le passage de Vénus devant le Soleil, en faisant tourner de 30° toutes les 72 secondes une plaque photographique circulaire placée devant un objectif. En 1882, Étienne Jules Marey (1830-1904) invente un « fusil photographique » capable d'enregistrer douze images par seconde, puis, en 1887, le chronophotographe à « pellicule mobile » qui servira ensuite aux prises de vues cinématographiques. Mais le procédé de Louis Lumière (1864-1948) est le premier à résoudre le problème de la synthèse du mouvement. Après la démonstration du 22 mars 1895, Lumière ouvre une salle de cinéma au sous-sol du Grand Café (28 décembre 1895) et projette La Sortie des usines Lumière à Lyon-Montplaisir, L'Arrivée d'un train en gare de La Ciotat *et* Le Déjeuner de Bébé. *Auguste Lumière (1862-1954) avait été associé aux travaux de son frère Louis, avant de reprendre ses recherches en biologie. Louis continue seul : il imaginera en 1903 la plaque trichrome pour la photographie en couleurs et en 1935 le procédé du cinéma en relief.*

25 mars
Inauguration du Musée social, temple du paternalisme libéral : Léon Say, Jules Siegfried et Jules Simon en sont les présidents d'honneur.

27 mars
Les ouvriers des usines d'allumettes déclenchent une grève générale. En avril et mai, 110 grèves sont recensées, concernant 250 entreprises et plus de 16 000 salariés. La grève des allumetiers se prolonge jusqu'au 2 mai ; du 22 au 26 mai, 5 000 employés des omnibus cessent le travail à Paris.

4-10 avril
La discussion budgétaire sur l'aide versée aux fonds de retraite provoque un long débat qui permet de clarifier certains principes : l'État ne reconnaît pas le droit d'assistance, et n'intervient par des aides qu'en faveur des travailleurs qui ont épargné en vue de leur retraite. La République, par la voix du rapporteur Léon Bourgeois, juge « immoral » d'établir un système de solidarité collective « organisé sans le secours préalable de l'effort individuel ». Les députés inscrivent au budget un crédit de 2 millions : 75 % de la somme sont affectés au complément des fonds d'épargne des sociétés de secours mutuels, 25 % affectés au secours des vieillards sans ressources.

5 avril
Première réunion du conseil d'administration des Habitations à bon marché (HBM).

13 avril
Dreyfus arrive à l'île du Diable.

23 avril
Sous la pression de la France, de l'Allemagne et de la Russie, le Japon renonce aux conquêtes territoriales réalisées lors de la guerre de 1894 avec la Chine.

4 mai
Le libertaire Jean Grave fonde la revue *Les Temps nouveaux*.

20 mai
La Chambre refuse d'abroger les lois anti-anarchistes de 1893.

25-27 mai
Débat à la Chambre sur la « question juive ». Les socialistes se distinguent : Clovis Hugues dénonce la place tenue par les 100 000 israélites qui vivent en France ; Rouanet dénonce la coalition des bourgeoisies catholique et juive.

juin
Première exposition automobile au Champ-de-Mars.

L'AUTOMOBILE

Le « fardier » à trois roues de Joseph Cugnot (1771) avait inauguré plus d'un siècle de recherches pour perfectionner la propulsion automobile à vapeur. En 1878 encore, Amédée Bollée construit une voiture à vapeur, la « Mancelle », avec laquelle il effectue le trajet du Mans à Paris. En 1884, Albert de Dion (1856-1946) met à son tour au point un moteur à vapeur, Léon Serpollet fabriquant même un tricycle à vapeur (1887), lointain descendant du « fardier » de Cugnot. En 1891, ces recherches culmineront avec la mise au point d'un moteur à vapeur qui permettra d'atteindre la vitesse de 120 km/h. Pourtant, depuis 1860, l'invention du moteur à explosion par Étienne Lenoir a engagé les recherches dans une autre direction. Deux ans plus tard, Beau de Rochas expose la théorie du cycle à quatre temps (admission, compression, explosion, échappement) qui permet à l'ingénieur Nicolas Otto de fabriquer en 1876 le premier moteur à essence à soupapes latérales. Le moteur de Beau de Rochas équipe la première voiture à essence qui circule sur route (1883), construite par Édouard Delamarre-Deboutteville. Bénéficiant de l'invention récente du pneuma-

tique (par Dunlop en 1888), Albert de Dion et son associé Georges Bouton (1847-1938) en 1889, Eugène et Armand Peugeot en 1890, Panhard et Levassor en 1891, suivis à quelque distance par Louis Renault en 1898, se lancent dans la construction de voitures à essence. C'en est fini de la vapeur.
Parmi les pionniers de l'industrie automobile moderne doit probablement figurer en tête de liste Émile Levassor (1843-1897). Associé depuis 1880 à son condisciple de l'École centrale René Panhard (1841-1908), il fabrique en 1891 une voiture pourvue d'un moteur à essence amélioré par l'Allemand Gottlieb Daimler auquel il a racheté la licence en 1889. La société Panhard-Levassor va exister jusqu'en 1965, année de son absorption par Citroën. Panhard-Levassor fournit aussi à l'origine ces moteurs à une société jusqu'alors spécialisée dans le cycle, mais dont le dirigeant, Armand Peugeot (1849-1915), également de Centrale, s'intéresse de près au nouveau véhicule. En quelques années, la « marque au lion » – apparue en 1906 – connaît une croissance spectaculaire qui s'affirme par la fondation d'une usine moderne à Sochaux. Deux autres frères, l'aîné centralien et le deuxième artiste-peintre, marquent également la naissance de l'automobile moderne. André (1853-1931) et Édouard (1859-1940) Michelin, petits-fils du fondateur de la firme, améliorent le brevet déposé par Dunlop en 1888 en inventant le pneumatique démontable (1891), testé pour la première fois sur une automobile en 1895, à l'occasion de la course Paris-Bordeaux organisée par Albert de Dion. Cet aristocrate passionné d'automobile fonde la même année l'Automobile-Club de France chargée de promouvoir le sport et l'industrie automobiles. L'automobile moderne ne doit pas seulement ses premières avancées à des ingénieurs diplômés. Elle est aussi l'affaire de bricoleurs passionnés et ingénieux tels que le Lyonnais Marius Berliet (1866-1949), qui se spécialise dans le poids lourd au cours de l'entre-deux-guerres, et surtout le Parisien Louis Renault (1877-1944) qui, lui, échoue au concours d'entrée à l'École centrale. C'est là aussi une affaire de fratrie à l'origine, puisque avec son frère Marcel il fonde en 1898 une société en nom collectif qu'il installe bientôt sur l'île Seguin, à l'ouest de Paris, au contact de la clientèle fortunée. Après le décès de Marcel, lors de la course Paris-Madrid en 1903, Louis continue seul une affaire qui devient la plus importante de France en 1914.

20 juin
Accord commercial franco-chinois.

juin-août
La Revue de Paris publie les *Mémoires d'un artiste* de Charles Gounod.

26 juillet
Inauguration de l'exposition du travail au palais de l'Industrie.

28 juillet-4 août
Renouvellement partiel des conseils généraux : les républicains gagnent 90 sièges.

1er août
Début de la grève des verriers de Carmaux, contre le renvoi de deux délégués syndicaux. Le 7 août, Jaurès demande la médiation du gouvernement. La grève prend fin le 25 novembre.

28 août
Fuite du sénateur du Var Edmond Magnier, mis en cause dans un scandale financier concernant la Compagnie des chemins de fer du Sud dont les actionnaires ont porté plainte pour le détournement des subventions de l'État.

1er septembre
Troubles à Bayonne, provoqués par l'interdiction des corridas. La Cour de cassation, se fondant sur la loi Grammont de 1850 sur la protection des animaux domestiques, a en effet interdit les courses de taureaux sous peine d'amende et de prison. Cette décision sera révisée en 1951, une nouvelle loi autorisant les corridas dans les villes pouvant se prévaloir d'une tradition tauromachique d'au moins cinquante ans.

22-28 septembre
Fondation de la CGT au congrès ouvrier de Limoges. Elle est issue de la Fédération nationale des syndicats ouvriers (guesdiste) fondée en octobre 1886.

1er octobre
Les Français occupent Tananarive. Signature d'un traité confirmant le protectorat français sur Madagascar instauré en décembre 1885.

5 octobre
Funérailles nationales de Louis Pasteur.

19 octobre
La cour d'assises de la Seine condamne par contumace Edmond Magnier à un an de prison.

20 octobre
À Bordeaux, premier congrès national des Habitations à bon marché.

28 octobre
Interpellation du gouvernement sur l'affaire des Chemins de fer du Sud: accusé d'avoir cherché à couvrir les agissements des dirigeants de la Compagnie, Louis Passy et Agénor Bardoux notamment, le ministère Ribot démissionne.

novembre
Le Comité central d'action républicaine, fondé l'année précédente par de jeunes radicaux, fusionne avec l'Association pour les réformes républicains animée par Mesureur, dans un Comité d'action pour les réformes républicaines, qui réunit bientôt 70 comités, 62 journaux et 53 loges maçonniques: ce Comité donnera naissance au Parti radical.

1er novembre
Ministère Léon Bourgeois (présidence du Conseil et Intérieur): Ricard (Justice), M. Berthelot (Affaires étrangères), Doumer (Finances), Combes (Instruction publique, Beaux-Arts et Cultes), Mesureur (Commerce, Industrie, Postes et télégraphe), Guyot-Dessaigne (Travaux publics), Viger (Agriculture), Cavaignac (Guerre), Lockroy (Marine), Guieysse (Colonies).

Léon Bourgeois

La carrière politique de Léon Bourgeois (1851-1925), fonctionnaire au ministère des Travaux publics et plus tard préfet de la Marne, commence en 1888 lorsque les républicains de ce département le font élire à la Chambre des députés. Il y siège jusqu'en 1905, puis continue de représenter le département qui lui a donné sa première chance, devenu son fief, mais désormais comme sénateur. Il a déjà détenu quatre portefeuilles ministériels, à l'Intérieur, l'Instruction publique et la Justice lorsqu'en novembre 1895 il accède à la présidence du Conseil et forme un gouvernement à majorité radicale. Ministère de six mois, le temps que le Sénat condamne à l'échec le projet d'impôt sur le revenu qu'il a présenté comme sa priorité. Cet échec ne met pas pour autant un point final à sa carrière ministérielle: il appartiendra à de nombreux cabinets jusqu'en 1917, accédant pour finir à la présidence du Sénat (1920-1923). Une longue carrière politique, au service de deux idées: la mise en place de mécanismes de solidarité (impôt sur le revenu, développement des sociétés de secours mutuels) pour corriger les inégalités engendrées par le marché; la paix internationale, engagement pour lequel il reçoit le prix Nobel de la paix en 1920.

7 novembre
Démission de Christophle, administrateur du Crédit foncier et député mis en cause dans le scandale des Chemins de fer du Sud.

14 novembre
Dépôt à la Chambre d'un projet de loi déclarant incompatibles les fonctions de directeur ou d'administrateur d'une société financière et le mandat parlementaire.

16 novembre
Émile Arton, le corrupteur des parlementaires dans l'affaire de Panama, est arrêté à Londres. Sébastien Faure fonde *Le Libertaire*.

L'anarchisme

D'autres influences que celle de Proudhon ont accompagné le développement du mouvement anarchiste en France; inversement, la pensée de Proudhon a pénétré bien au-delà des limites de l'anarchisme, s'étendant à une large fraction du socialisme, si large qu'elle a fait durablement obstacle à la diffusion des thèses marxistes dans les années 1880. Comme le socialisme, l'anarchisme subit une éclipse dans les années qui précèdent l'amnistie en 1880 des proscrits de la Commune de 1871. Après le retour en France des exilés, le mouvement, lui-même très divers, s'étoffe jusqu'à compter deux ou trois milliers de militants actifs. Les anarchistes exercent une certaine influence dans les milieux intellectuels et artistiques, beaucoup plus incertaine, voire quasi inexistante, sur le reste de la société. Les attentats des années 1892-1894, qui culminent avec l'assassinat du président Sadi Carnot, perpétrés par les tenants de l'action directe, finissent même d'épuiser le crédit de l'anarchisme. La répression qui suit ces attentats marque la fin d'une époque et le commencement d'une nouvelle, l'année de la fondation de la CGT: l'anarchosyndicalisme, autogestionnaire et fédéraliste dans ses visées, avec la grève générale comme moyen d'action privilégié.

21 novembre
La Chambre établit un impôt sur les successions qui, pour la première fois, applique le principe de la progressivité.

26 novembre-4 décembre
La France publie les noms des 104 parlementaires corrompus dans l'affaire de Panama.

décembre
Fondation du Collège libre des sciences sociales.
Les massacres d'Arméniens et de Kurdes perpétrés en juillet 1894 provoquent l'envoi d'une escadre européenne dans le détroit des Dardanelles.

10 décembre
Le Sénat prononce la déchéance de Magnier mis en cause dans le scandale des Chemins de fer du Sud en août.

16 décembre
Une information judiciaire est ouverte pour déterminer les obstacles qui ont pu être mis en 1892 et 1893 à l'arrestation d'Émile Arton.

28 décembre
Première représentation publique du cinématographe (une projection privée a été organisée le 22 mars). 33 spectateurs paient un billet pour assister, au salon indien du Grand Café, boulevard des Capucines, à la projection de films réalisés par les frères Louis et Auguste Lumière: *Sortie des employés des usines Lumière* et *Entrée en gare du train de La Ciotat.*

1896

23 janvier
Anatole France est élu à l'Académie française, au fauteuil de Ferdinand de Lesseps.

ANATOLE FRANCE

*Anatole France (1844-1924), de son vrai nom Anatole Thibault, exerce la profession de bibliothécaire au Sénat lorsqu'il publie ses premiers vers (*Poèmes dorés, *1873;* Les Noces corinthiennes, *1876). En 1881, il fait ses débuts dans le roman avec un conte philosophique,* Le Crime de Sylvestre Bonnard, *genre qu'il affectionne et qui lui inspirera un peu plus tard* La Rôtisserie de la reine Pédauque *(1892) et* Les Opinions de Jérôme Coignard *(1893). Dans l'intervalle, Anatole France a publié un volume évoquant les souvenirs de son enfance de fils d'un libraire du quai Malaquais (*Le Livre de mon ami, *1885), un premier roman historique (*Thaïs, *1889) et un roman d'amour (*Le Lys rouge, *1894). En 1897, au lendemain de son élection à l'Académie française, il s'attelle à un cycle de quatre volumes, dont le dernier sera publié en 1901, intitulé* Histoire contemporaine, *chronique satirique et amusée de la vie provinciale:* L'Orme du mail *(1897),* Le Mannequin d'osier *(1897),* L'Anneau d'améthyste *(1899),* M. Bergeret à Paris *(1901). En 1897, l'écrivain fait également son entrée dans l'arène politique où, au côté de Zola, il prend la défense de Dreyfus. L'expérience est décisive. Désormais, Anatole France prêtera le renfort de sa célébrité aux combats politiques menés par la gauche socialiste et même, à la fin de sa vie, par l'extrême gauche communiste:* Sur la pierre blanche *(1905),* L'Île des pingouins *(1908) ou* La Révolte des anges *(1914) témoignent de cette contamination par la politique. Celle-ci lui inspire cependant son plus grand livre en 1912:* Les Dieux ont soif, *évocation de la période de la Terreur. Bouleversé par les immenses destructions de la guerre de 1914, Anatole France se retire en Touraine, où il renoue pendant ses dernières années avec l'évocation de son enfance:* Le Petit Pierre *(1918),* La Vie en fleur *(1922).*

30 janvier
Le gouvernement retire un projet de loi accordant le droit de grève aux ouvriers des entreprises dépendant de l'État et aux salariés des compagnies de chemins de fer directement administrées par l'État.

11-15 février
Suite de l'affaire des Chemins de fer du Sud. Le 11, la Chambre refuse la mise en accusation de Raynal, ministre des Travaux publics en 1883 lors de la signature des conventions avec les compagnies de chemin de fer. Le 15, le Sénat proteste contre le dessaisissement du magistrat chargé d'instruire le dossier des conventions signées en 1883 entre l'État et les compagnies de chemin de fer.

14-17 février
Suite du scandale de Panama: le corrupteur des parlementaires Émile Arton est extradé le 14 de Grande-Bretagne. Le 17 s'ouvre devant la cour d'assises de la Seine le procès de la « liste des 104 » parlementaires impliqués dans le scandale.

23 février
Le ministre du Commerce, Mesureur, déclare à Châlons-sur-Marne: « Nous sommes un gouvernement qui se préoccupe avant tout des abandonnés, des pauvres, des petits, et c'est pour cela que nous faisons un socialisme sage, pratique. »

mars
Le colonel Picquart, nommé en juillet 1895 chef du service de renseignements de l'armée, et qui, en 1894, a contribué à la condamnation de Dreyfus, découvre la collusion entre le commandant Esterhazy et l'ambassade d'Allemagne et acquiert la certitude de l'innocence de Dreyfus.
Jules Renard: *Histoires naturelles.*

1er mars
Les Éthiopiens anéantissent la moitié d'un corps expéditionnaire italien à Adoua: le désastre provoque à Rome la chute de Crispi (à nouveau président du Conseil en 1893), et permet l'implantation des intérêts français en Éthiopie.
Le 18 mars, le gouvernement anglais annonce l'envoi d'une expédition en direction de Khartoum (Soudan).

17 mars
La décision est prise d'organiser à Paris une Exposition universelle en 1900.

21 mars
Vote d'une loi sur les droits successoraux des enfants naturels.

21-26 mars
Le ministre des Finances Paul Doumer dépose un projet de loi établissant l'impôt sur le revenu. La commission parlementaire demande son rejet, en faisant valoir que sa mise en œuvre exigerait des procédures de contrôle des déclarations de revenus inquisitoriales, «vexatoires» et «inacceptables». Jaurès défend le principe de l'impôt sur le revenu. Le gouvernement réussit à empêcher le rejet pur et simple du projet Doumer, et à faire voter un ordre du jour qui ajourne le débat.

23 mars
Vote d'une loi organisant les caisses de retraite et de secours dans l'industrie minière.

28 mars
Remaniement ministériel: le président du Conseil Léon Bourgeois remplace Berthelot aux Affaires étrangères et laisse l'Intérieur à Sarrien.

5 avril
Léon Bourgeois est conspué à Auteuil.

19 avril
Première course cycliste Paris-Roubaix.

23 avril
Informé que le Sénat refusera de voter des crédits militaires pour Madagascar, le gouvernement Bourgeois démissionne malgré la confiance de la Chambre basse.

24 avril
Meeting de soutien au gouvernement démissionnaire au Tivoli-Vauxhall.

29 avril
Ministère Jules Méline (présidence du Conseil et Agriculture): J.-B. Darlan (Justice), Hanotaux (Affaires étrangères), Barthou (Intérieur), Cochery (Finances), Billot (Guerre), Besnard (Marine), Lebon (Colonies), Rambaud (Instruction publique), Henry Boucher (Commerce et Industrie), Turrel (Travaux publics).

1er mai
La Ligue pour la défense du suffrage universel dénonce le rôle joué par le Sénat dans la chute du ministère Bourgeois. Le conseil municipal de Paris prend une résolution identique.

2 mai
La Grande-Bretagne refuse l'extradition de Cornélius Hertz, impliqué dans le scandale de Panama et soupçonné d'avoir corrompu plusieurs parlementaires.

3-10 mai
Élections municipales dans 2350 communes chefs-lieux de canton: socialistes, 12; radicaux-socialistes, 38; radicaux, 299; républicains modérés, 1508; ralliés, 91; conservateurs, 373. Les républicains modérés progressent légèrement; le rapport des forces reste stable à Paris, où les partisans de l'autonomie communale conservent le contrôle du conseil municipal. Les socialistes l'ont emporté dans plusieurs villes importantes: Lille, Roubaix, Limoges, Montluçon, Roanne, Marseille, Toulon, Dijon, Sète.

16 mai
Le président de la République Félix Faure reçoit en visite officielle l'impératrice douairière de Russie.

24 mai
Manifestation au Père-Lachaise pour le vingt-cinquième anniversaire de la Commune.
Congrès ouvrier chrétien à Reims.

30 mai
À Saint-Mandé, banquet des élus des municipalités socialistes présidé par Millerand. 55 municipalités

sont représentées. Millerand tient des propos modérés, en retrait par rapport au programme socialiste.

juin
Le gouvernement allemand invite l'escadre française à participer aux cérémonies pour l'inauguration du canal de Kiel.

2 juin
Le groupe socialiste à la Chambre, troublé par la modération de Millerand, rappelle dans une déclaration que les socialistes veulent « abolir le régime capitaliste et mettre un terme à l'exploitation de l'homme par l'homme, au moyen de la conquête du pouvoir politique par le prolétariat, de la substitution de la propriété sociale à la propriété capitaliste et de l'entente internationale des travailleurs ».
Marconi dépose le brevet du système de TSF.

L'INVENTION DE LA TSF

Les origines de l'invention remontent aux travaux d'Augustin-Jean Fresnel (1788-1827) qui, en 1818, avait démontré la nature ondulatoire de la lumière et permis à Faraday d'établir la parenté entre le magnétisme et la lumière (1845). Il avait fallu attendre ensuite une vingtaine d'années pour que Maxwell formule l'hypothèse que la lumière étant composée de champs électriques et magnétiques de très haute fréquence, des ondes électromagnétiques, se propageant à la vitesse de la lumière (mesurée par Fizeau et Foucault), se forment lorsqu'un courant alternatif circule dans un conducteur. En 1888, Hertz avait vérifié expérimentalement la théorie de Maxwell en produisant et détectant des ondes. C'est Édouard Branly qui en permet la détection ordinaire en inventant le « cohéreur à limaille » (1890) que le Russe Alexandre Popov (l'inventeur de l'antenne) utilise pour réaliser la première démonstration de TSF, le 7 mai 1895. L'appareil de Marconi, breveté en 1896, est un perfectionnement du « cohéreur » de Branly. Le 27 mars 1899, Marconi fera franchir la Manche aux ondes radioélectriques et le 12 décembre 1901, il réussira à transmettre un message à travers l'Atlantique.

3 juin
Élisée Reclus : *L'Anarchie*.

11-27 juin
Les députés sont saisis d'un projet modifiant la loi du 2 novembre 1892 sur le travail des femmes et des enfants, dont Guesde et Vaillant proposent de limiter la durée de la journée de travail à 8 h. Combattue par Deschanel, la proposition est rejetée.

12 juin
Publication de la première œuvre de Marcel Proust, *Les Plaisirs et les Jours*, avec une préface d'Anatole France.

13 juin
Louÿs : *Aphrodite*. Pierre Louÿs (1870-1925), traducteur de Lucien et de Méléagre, s'était fait connaître en 1894 par un pastiche en prose qu'il affirmait être une traduction des *Chansons de Bilitis*. Il publiera en 1898 *La Femme et le pantin*.

28 juin
Arton comparaît aux assises, puis en juillet en correctionnelle.

juillet
Picquart informe ses supérieurs de sa conviction que Dreyfus est innocent, et que le bordereau est l'œuvre du commandant Esterhazy. Les responsables de l'état-major, les généraux de Boisdeffre et Gonse, refusent de rouvrir l'enquête.

3 juillet
Paul Fort : *Ballades françaises*. La publication des recueils de Paul Fort (1872-1960) se poursuit jusqu'en 1958.

10 juillet
Loi relative à la constitution en universités des diverses facultés appartenant à un même ressort académique.

15 juillet
Le président Félix Faure inaugure la statue de Jeanne d'Arc à Reims.

22-25 juillet
L'invitation de délégués allemands à un congrès socialiste à Lille provoque des échauffourées entre militants socialistes et nationalistes. Le 6 septembre, deux députés socialistes allemands, Bebel et Bueb, sont expulsés de France.

27 juillet-1er août
Au congrès socialiste international de Londres, scission entre guesdistes et partisans de Millerand à propos de l'exclusion des anarchistes.

6 août
Annexion de Madagascar. Gallieni est nommé gouverneur général.

30 août
Création de la Ligue pour la régénération humaine (malthusienne), contre laquelle est créée peu après par le docteur Bertillon l'Alliance nationale pour l'accroissement de la population française (nataliste).

5 septembre
Huysmans: *En route.*

15 septembre
Le journal *L'Éclair* évoque les « illégalités » qui ont émaillé le procès Dreyfus en décembre 1894.

30 septembre
L'Italie reconnaît le protectorat français sur la Tunisie. La signature de cette convention, qui met un terme au conflit larvé franco-italien, a été rendue possible par la chute du président du Conseil italien, Crispi, à la suite du désastre de l'expédition italienne en Éthiopie.

5-9 octobre
Visite officielle à Paris du tsar Nicolas II.

15 octobre
À Madagascar, Gallieni fait exécuter un ministre et un oncle de la reine Ranavalona III. Celle-ci est exilée à la Réunion en février 1897, et la royauté est abolie. Gallieni « pacifie » l'île (1897-1902).

16 octobre
Un jury d'honneur lave Louis Barthou des accusations portées contre lui par un journaliste, Cornudet, qui avait affirmé que Barthou avait profité de son passage au ministère des Travaux publics pour réaliser de juteuses opérations financières.

26 octobre
À Carmaux, manifestation contre Jaurès, qui a fait transférer le siège de la verrerie de Carmaux à Albi. Une nouvelle manifestation contre Jaurès a lieu le 29 novembre.

1er novembre
Le colonel Henry, l'un des accusateurs de Dreyfus en 1894, présente une nouvelle pièce à charge, en réalité un faux qu'il a fabriqué.

6 novembre
Bernard Lazare publie à Bruxelles *Une erreur judiciaire: la vérité sur l'affaire Dreyfus* (rédigé en 1895 à la demande de Mathieu Dreyfus).

BERNARD LAZARE

Né dans une famille juive nîmoise, Bernard Lazare (1865-1903) se fait connaître au début des années 1890 dans deux registres différents: la littérature où, proche de Mallarmé, il s'impose comme un critique acerbe du naturalisme à la mode (Zola, qu'il retrouvera à ses côtés dans la défense de Dreyfus, est alors sa bête noire); la politique où en 1894 il prend la défense des anarchistes pourchassés. Esprit indépendant, tourné par tempérament vers les réprouvés, Lazare, qui vient de publier un livre sur l'antisémitisme dans lequel il juge sans complaisance la responsabilité de la gauche dans la montée des sentiments antijuifs et le comportement de certains de ses coreligionnaires, s'engage dès 1895 en faveur de Dreyfus: il est le premier et sera l'un des rares défenseurs désintéressés du capitaine injustement condamné. En novembre 1896, il publie un premier plaidoyer, puis un second en 1897. Le cercle des défenseurs de Dreyfus s'est à cette date élargi à des sommités du monde politique, et la famille fait comprendre à Bernard Lazare que son appui n'est plus souhaité: l'anarchiste fait tache. Lazare n'abandonne pas pour autant la plume, ferraillant contre la vague antisémite que font lever les polémiques autour de l'Affaire. En 1896, un duel l'oppose même à Drumont. L'Affaire transforme profondément Bernard Lazare: l'ancien défenseur de l'assimilation devient l'un des précurseurs du sionisme et l'adversaire des politiques d'assimilation, dont les événements de la fin des années 1890 l'ont convaincu qu'elles étaient inutiles. Délégué au second congrès sioniste de 1898, il ne tarde cependant pas à rompre avec les leaders du mouvement, en particulier Theodor Herzl, trop bourgeois à son goût. Le dernier combat de Bernard Lazare le conduit au côté des Arméniens massacrés par les Ottomans, un an avant sa disparition à l'âge de 38 ans, en septembre 1903.

10 novembre
Le journal socialiste *La Petite République* publie un article de Zévaès hostile à Dreyfus. *Le Matin* publie un fac-similé du bordereau.

14 novembre
Picquart, soupçonné d'avoir communiqué le bordereau au journal *Le Matin*, est démis de ses fonctions au service des renseignements et remplacé par le colonel Henry.

15 novembre
L'Éclair publie une pièce du dossier secret (« Cette canaille de D... »).

16 novembre
Publication à Paris de la seconde édition du mémoire de Bernard Lazare. L'auteur le distribue lui-même aux parlementaires.

17 novembre
Le député Castelin dénonce l'agitation provoquée par les partisans de Dreyfus. Gabriel Monod, Lucien Herr et le catholique Denys Cochin prennent position en faveur de Dreyfus.

21 novembre
Th. Ribot: *La Psychologie des sentiments.* Le fondateur de la « psychologie scientifique » avait publié son premier ouvrage, *La Psychologie anglaise contemporaine*, en 1870.

10 décembre
Jarry: *Ubu roi.* Quelques applaudissements, beaucoup d'indignation pour la création de la pièce au théâtre de l'Œuvre.

JARRY

*La vie d'Alfred Jarry (1873-1907) fut « énaurme », comme son personnage fétiche. Vite usé, mort de la tuberculose, il laisse une œuvre peu lue et peu admirée de son vivant: après une incursion dans la poésie symboliste (*Les Minutes de sable mémorial *en 1894 et* César Antéchrist *en 1895), des romans (*Les Jours et les nuits *en 1897 et* Le Surmâle *en 1902), enfin les trois Ubus, fondus en un seul texte en 1960:* Ubu roi *(1896),* Ubu enchaîné *(1900) et* Ubu sur la Butte *(1906).*

LES NABIS

Le groupe des nabis est né en 1888 de la rencontre de Paul Sérusier (1863-1927) avec Gauguin, à Pont-Aven. Riche des leçons du maître, Sérusier s'empresse de regagner Paris pour en faire bénéficier ses amis qui se réunissent régulièrement dans un atelier du passage des Panoramas. Il y a là Maurice Denis (1870-1943) qui, le 23 août 1890, publie dans la revue Art et critique *le manifeste des nabis, Pierre Bonnard (1867-1947) et Édouard Vuillard (1868-1940). À l'influence de Gauguin s'ajoute celle des symbolistes, de Gustave Moreau à Puvis de Chavannes, dont une exposition a été organisée à Paris en 1889, et dont ils se veulent les héritiers, sous le nom hébreu de « nabis », mot signifiant prophètes. Les nabis ont bientôt leur lieu de réunion hebdomadaire, boulevard du Montparnasse, leurs commensaux, Alfred Jarry et le compositeur Ernest Chausson, et leurs théoriciens, plus doués d'ailleurs pour développer les principes « nabiques » que pour la peinture: Sérusier et Denis (qui signe ses articles « Pierre Louys » et ses toiles « Maud »). En 1891, est fondée* La Revue blanche, *qui bientôt devient un bastion du nabisme et dont Bonnard réalise la célèbre affiche en 1894. D'autres s'agrègent au groupe, notamment le sculpteur Georges Lacombe et Aristide Maillol, qui n'a pas encore délaissé la peinture pour la sculpture. Le 10 décembre 1896, Sérusier et Bonnard, qui ont déjà travaillé à plusieurs reprises pour le théâtre, créent les décors de la pièce de leur ami Jarry,* Ubu roi. *C'est l'apothéose de l'esprit nabi, couronné en 1899 par la première exposition collective des œuvres du groupe. Mais déjà vient la fin: vers 1900, l'aventure commune est terminée, chacun, et d'abord les plus talentueux, Bonnard et Vuillard en tête, suivant désormais son propre chemin.*

28 décembre
Paul Doumer est nommé gouverneur général de l'Indochine.

autres événements
• Ouverture du pénitencier de Cayenne.
• Pierre de Coubertin restaure les jeux Olympiques.
• Baudrillart publie *La France chrétienne dans l'histoire*: le mariage de Clovis et de 1789.
• Freud publie un article en français dans la *Revue neurologique*: « L'hérédité et l'étiologie des névroses ».
• Première exposition des œuvres de Bonnard.
• Les découvertes des rayons cathodiques (1869), puis des rayons positifs (1886) ont ouvert la voie à l'électronique. Les progrès sont rapides dans les dernières années du siècle: Hertz découvre l'effet photoélectrique en 1887, Röntgen les rayons X en 1895 (Despeignes réalise les premiers traitements par rayons X dès 1896), Henri Becquerel la radioactivité sur les sels d'uranium en 1896.

1897

janvier
Picquart est muté dans le Sud tunisien.

20 janvier
La Chambre refuse d'abroger la loi du 24 juillet 1873 déclarant d'utilité publique la construction de la basilique du Sacré-Cœur.

30 janvier
Bergson : *Matière et mémoire. Essai sur la relation du corps à l'esprit.*

25 février
Les déclarations d'Émile Arton lors de ses procès en 1896 entraînent la réouverture de l'enquête sur le scandale de Panama.

mars
À Montreuil-sous-Bois, Georges Méliès (1861-1938) construit le premier studio de cinéma. Méliès a réalisé l'année précédente son premier film, *Le Manoir du Diable.* Producteur ou réalisateur de plus de 300 films, inventeur des trucages, il réalisera notamment *L'Affaire Dreyfus* (1899), *Le Voyage dans la Lune* (1902), *Le Royaume des fées* (1903) et *Les Hallucinations du baron de Münchhausen* (1911).

15 mars
Création du *Plaisir de rompre* de Jules Renard.

29 mars
La Chambre des députés lève l'immunité parlementaire de Naquet, Maret et Boyer, et le Sénat celle de Leurey. Tous sont poursuivis pour leur implication dans le scandale de Panama.

7 avril
Rejet d'un projet de Marcel Sembat visant à créer un jury national de trois élus par département chargé de connaître « des crimes et délits commis contre la fortune publique par les titulaires d'un mandat électif quelconque, des faits délictueux commis par des fonctionnaires dans l'exercice de leurs fonctions, et de tous faits d'accaparement et d'agiotage ».

17 avril
Visite à Paris du chancelier allemand, le prince de Hohenlohe.

29 avril
Le président Félix Faure reçoit le grand-duc Nicolas, oncle du tsar Nicolas II.

1er mai
Tristan Bernard : *Le Fardeau de la liberté.*

4 mai
Incendie du Bazar de la Charité.

14 mai
Jehan Rictus : *Les Soliloques du pauvre.*

22 mai
Violences antisémites à Oran.

29-30 juin
La Chambre ouvre une nouvelle enquête parlementaire sur l'affaire de Panama.

juillet
Accord franco-allemand sur le Dahomey.

24 juillet
Durkheim : *Le Suicide.*

18-31 août
Voyage officiel de Félix Faure en Russie.

19 octobre
Publication du premier numéro de *L'Aurore.*

30 octobre
Le vice-président du Sénat, Scheurer-Kestner, informe le ministre de la Guerre qu'il détient des preuves de l'innocence de Dreyfus et demande l'ouverture d'une enquête afin d'identifier le véritable auteur du bordereau. Ces révélations lui ont été faites par Picquart. Le 6 et le 9 novembre, il communique ces preuves au président du Conseil, Jules Méline.

13 novembre
Scheurer-Kestner, qui n'a reçu qu'une réponse dilatoire du gouvernement, publie une lettre ouverte demandant la révision du procès de Dreyfus.
Dans *L'Intransigeant,* Juliette Adam riposte en dénonçant les « relations allemandes » de Scheurer-Kestner.

JULIETTE LAMBER

*Plus connue sous son nom de jeune fille, Juliette Lamber, Juliette Adam (1836-1936) est l'une des pasionarias du parti antidreyfusard, dont les principaux ténors fréquentent le salon. L'itinéraire qui la conduit pour finir au nationalisme et aux marges du monde des ligues hostiles à la République de la fin du siècle est assez représentatif de l'évolution d'un certain nombre de ceux qui, à son exemple, avaient après 1870 étroitement associé leur action au nom de Gambetta. Romancière (*Païenne, *1883), Juliette Lamber se fait connaître par un ouvrage dans lequel, contre les thèses de Proudhon, elle défendait la cause des* *femmes* (Idées anti-proudhoniennes sur l'amour, la femme et le mariage, *1858). Elle connaît son heure de gloire après 1870, lorsqu'elle devient l'égérie du parti gambettiste. Mais, après l'installation de la République, elle se brouille avec Gambetta, puis avec la République, rejoignant ceux qui, issus des rangs de la gauche républicaine ou de ceux de la droite antirépublicaine, se lancent en 1886 dans l'aventure boulangiste. Au moment où éclate l'affaire Dreyfus, Juliette Lamber a achevé sa mue. Républicaine, elle fait cause commune avec les monarchistes, sceptique, elle embrasse la religion* (Chrétienne, *1913).*

15 novembre
Maurice Barrès: *Le Roman de l'énergie nationale. Les Déracinés.*

16 novembre
Dans une lettre ouverte au ministre de la Guerre, Mathieu Dreyfus accuse publiquement Esterhazy d'être l'auteur du bordereau. Le gouvernement se ravise et décide, afin de faire taire les « rumeurs » sur l'innocence de Dreyfus, l'ouverture d'une enquête. Le général de Pellieux en est chargé (17 novembre).

25 novembre
Article de Zola sur l'Affaire, dans *Le Figaro.*

29 novembre
Loi autorisant les femmes à témoigner dans les actes d'état civil.

novembre 1897-avril 1898
Mise en place du système des « concessions » européennes en Chine. Le 10 avril 1898, la Chine cède à la France, pour quatre-vingt-dix-neuf ans, le territoire de Kouang-Tchéou-Wan, et la concession d'une voie ferrée de 350 km destinée à ouvrir une communication entre le sud de la Chine et l'Indochine.

1er décembre
Congrès national catholique, à Paris.

2 décembre
Milliard remplace J.-B. Darlan au ministère de la Justice.

3 décembre
Dans une lettre adressée au général de Pellieux, Esterhazy demande à être renvoyé devant le conseil de guerre afin que la preuve de son innocence soit établie.

4 décembre
Le président du Conseil Méline affirme devant les députés: « Il n'y a pas d'affaire Dreyfus. » La Chambre, par 483 voix contre 18, vote un ordre du jour qui approuve l'hommage rendu à l'armée par le ministre de la Guerre, et flétrit « les meneurs de la campagne odieuse qui a troublé la conscience publique » (allusion aux défenseurs de Dreyfus).

7 décembre
Au Sénat, Scheurer-Kestner renouvelle ses déclarations sur l'innocence de Dreyfus.

12 décembre
À Lyon, ouverture d'un congrès des démocrates chrétiens.

14 décembre
Démission de sept membres de la commission d'enquête parlementaire sur le scandale de Panama.
Le Figaro publie des extraits des preuves détenues par Scheurer-Kestner de l'innocence de Dreyfus.

18-29 décembre
Les jurés de la cour d'assises de la Seine acquittent les parlementaires inculpés dans le scandale de Panama.

28 décembre
Première de *Cyrano de Bergerac.* Edmond Rostand (1868-1918) obtient avec cette pièce un premier triomphe, qu'il renouvelle en 1900 avec *L'Aiglon.* En 1910 est créé *Chantecler.*

autres événements
- Djibouti devient possession française.
- Paul Dukas: *L'Apprenti sorcier*, scherzo d'après une ballade de Goethe.
- Début de la construction du Petit et du Grand Palais, pour l'Exposition de 1900.
- Construction du stade-vélodrome du Parc des Princes.

1898

janvier
Émile Durkheim fonde *L'Année sociologique*, avec Bouglé, Mauss et Simiand.

3 janvier
Le commandant Esterhazy est renvoyé devant un conseil de guerre.

6 janvier
Trarieux, sénateur de la Gironde, se déclare à son tour convaincu de l'innocence de Dreyfus et dénonce dans le procès d'Esterhazy une manœuvre destinée à établir son « innocence » et à confirmer la « culpabilité » de Dreyfus. Zola : *Lettre à la France.*

10-12 janvier
Le conseil de guerre acquitte Esterhazy.

13 janvier
Zola publie dans *L'Aurore* une lettre ouverte au président de la République : « J'accuse... ! » (le titre a été trouvé par Clemenceau). Il accuse le lieutenant-colonel du Paty de Clam, « l'ouvrier diabolique de l'erreur judiciaire », le général Mercier, complice « au moins par faiblesse d'esprit », le général Billot, complice « pour sauver l'état-major », et « l'enquête scélérate » du général de Pellieux. Zola, avec grandiloquence, affirme n'être mû que par une seule passion, « celle de la lumière, au nom de l'humanité qui a tant souffert et qui a droit au bonheur. Ma protestation enflammée n'est que le cri de mon âme ». Des poursuites sont engagées contre Zola le 20 janvier.

ZOLA

Émile Zola (1840-1902), élevé à Aix-en-Provence par sa mère, après la mort de son père, un Italien, en 1846, s'installe avec sa famille à Paris en 1858. Montrant peu de dispositions pour les études – il rate deux fois son baccalauréat – Zola entre comme manutentionnaire chez Hachette et gravit peu à peu les degrés de la hiérarchie pour être finalement nommé à la direction du département de la publicité. Il ne reste pas longtemps dans l'édition, et se lance dans le journalisme où il se fait un nom en tant que critique d'art. Parallèlement, il rédige ses premières œuvres littéraires, les Contes à Ninon *en 1864 et surtout* Thérèse Raquin *qui en 1869 lui apporte, sinon la renommée, du moins la formule naturaliste qui va, de concert avec la lecture de* La Comédie humaine *de Balzac, inspirer la saga des Rougon-Macquart. Les 20 volumes, de* La Fortune des Rougon *au* Docteur Pascal, *paraissent entre 1870 et 1893.* L'Assommoir, *publié en février 1877, lui apporte la célébrité;* Nana, *paru en mars 1880, fait scandale : le jour de la sortie, 55 000 exemplaires s'arrachent.* Germinal *(1885),* La Terre *(1887) et* La Bête humaine *(1890) sont autant de succès, et de scandales. Zola, avide de popularité et très soucieux de la rentabilité de son œuvre, s'en délecte. En face, on dénonce son irruption dans la littérature comme « la rupture d'une conduite d'égout ». Zola n'en a cure : plus on le déteste, plus ses tirages augmentent. En 1880, l'année où il publie* Le Roman expérimental, *exposé théorique sur sa conception du roman, il signe avec Huysmans, Maupassant et Mirbeau* Les Soirées de Médan, *manifeste de l'école naturaliste. Celle-ci s'étiole bientôt : le 18 août 1887* Le Figaro *publie un manifeste signé par cinq jeunes auteurs contre* La Terre *et contre Zola. La montée des critiques contre le naturalisme illustre le déclin où l'école est entrée. Huysmans a pris ses distances. Mallarmé, les symbolistes s'affirment, Barrès, Claudel et Maeterlinck font leurs débuts. Une réaction mystique et idéaliste se cristallise entre 1885 et 1890, à l'époque où Zola publie les derniers volumes des Rougon-Macquart. En 1893 paraît le dernier volume. Zola ne publiera plus guère jusqu'à sa mort accidentelle en 1902 (d'une asphyxie), si l'on excepte* Les Trois Villes *(1894-1897) et les* Quatre Évangiles *(1899-1903), parmi lesquels* Fécondité, *une profession de foi nataliste et patriotique publiée en 1899. L'affaire Dreyfus lui fournit une dernière occasion, sinon de renouer avec le succès, du moins de faire parler de lui.*

14 janvier
L'Aurore publie une première liste d'intellectuels demandant la révision du procès Dreyfus.

15 janvier
Scheurer-Kestner est écarté de la vice-présidence du Sénat en raison de son engagement en faveur de Dreyfus. À la Chambre, Jaurès accuse le gouvernement Méline de « livrer la République aux généraux », mais signe le manifeste des parlementaires socialistes qui déclare la guerre au « capital juif ou chrétien ». Méline et Billot affirment la solidarité du ministère avec l'armée. Le même jour, Picquart est mis aux arrêts, et Esterhazy à la retraite d'office.

16 janvier
Dans *La Lanterne*, Jaurès rend hommage à « tous ces jeunes hommes, toute cette élite de pensée et de courage » qui a pris le parti de Dreyfus.

19 janvier
32 députés socialistes signent un *Manifeste au prolétariat* sur l'affaire Dreyfus inspiré par Guesde et Vaillant : « Prolétaires, ne vous enrôlez dans aucun des clans de cette guerre civile bourgeoise. »

22 janvier
Jaurès dénonce les poursuites engagées contre Zola. Le débat à la Chambre dégénère: des coups sont échangés entre partisans et adversaires de Dreyfus.

23 janvier
Violentes manifestations antisémites à Alger après la mort d'un Français tué par un inconnu: des milliers de manifestants dévastent les magasins tenus par des juifs.

février
La Revue blanche, sous la signature de Lucien Herr, rompt avec Barrès, antidreyfusard.

7-23 février
Procès Zola. Défendu par Me Labori et Georges Clemenceau, l'écrivain est condamné à un an de prison et 3000 francs d'amende. Le gérant de *L'Aurore*, Perrenx, écope de quatre mois.

26 février
Picquart est mis en réforme pour «fautes graves dans le service».

7 mars
La construction du métropolitain de Paris, concédée à une société belge du groupe Empain, est déclarée d'utilité publique: la ville de Paris est autorisée à émettre un emprunt de 165 millions pour financer les travaux.

8 mars
Tahiti et les îles Sous-le-vent sont déclarées partie intégrante du territoire français.

16 mars
Loi sur l'outrage aux bonnes mœurs.

21 mars
Goblet demande le rétablissement du scrutin de liste, remplacé par le scrutin uninominal au moment de la crise boulangiste.

22 mars
Ouverture de la campagne électorale pour les élections législatives prévues les 8 et 22 mai: Deschanel et Poincaré dirigent celle du Parti républicain progressiste (modéré), Léon Bourgeois celle du Parti radical. Waldeck-Rousseau préside l'ouverture du Grand Cercle républicain fondé rue de Grammont.
Loi sur l'organisation des sociétés de secours mutuels.
Loi punissant les violences commises contre des enfants.

28 mars
Rejet d'une proposition de Jules Guesde favorable aux candidatures multiples et d'une autre proposition visant à l'abrogation des lois anti-anarchistes de 1894.

30 mars
La commission d'enquête parlementaire sur le scandale de Panama présente son rapport: elle dénonce en particulier les agissements de l'ancien procureur général près la cour d'appel de Paris, Quesnay de Beaurepaire, accusé d'avoir étouffé l'affaire.

2 avril
L'arrêt condamnant Zola est cassé pour vice de forme. La Cour de cassation déclare en outre «qu'il n'y a lieu à aucun renvoi devant aucune cour d'assises». Plusieurs parlementaires socialistes se solidarisent avec les députés nationalistes pour dénoncer l'abandon des poursuites contre Zola.

8 avril
Le conseil de guerre qui a acquitté Esterhazy relance les poursuites contre Zola en se portant partie civile.

9 avril
Loi établissant la responsabilité patronale dans les accidents du travail et créant un système d'assurances facultatif pour les employeurs. Son entrée en vigueur sera fixée au 1er juillet 1899. Le projet fut un des plus discutés de l'époque, puisqu'une proposition de loi avait été présentée dès le 13 mai 1882. Depuis 1883, le texte faisait la navette entre la Chambre et le Sénat, celui-ci retardant le vote autant qu'il était en son pouvoir, au point qu'en mai 1890, après un énième renvoi en commission, le ministre du Commerce de l'époque, Jules Roche, avait dû retirer le texte et en préparer un nouveau. Ce dernier était revenu en discussion en mai 1893, cinq ans avant le vote final et la promulgation.

18 avril
La réunion des conseils généraux est marquée par le vote de nombreuses résolutions de confiance dans l'armée et de dénonciation des dreyfusards.

8-22 mai
Résultats des élections législatives. 254 républicains modérés sont élus. Les radicaux reculent de 128 à 104 sièges. Les radicaux-socialistes (74 sièges) et les socialistes (57 sièges) progressent légèrement. La droite constitutionnelle passe de 30 à 38 députés, les monarchistes sont en recul de

53 à 44 sièges. La nouvelle Chambre compte également 10 députés nationalistes (parmi lesquels Déroulède et Drumont, ce dernier élu à Alger sous l'étiquette de député «antijuif»). Guesde et Jaurès sont battus, Millerand réélu à Paris.

23 mai
Ouverture du second procès Zola, devant la cour d'assises de Seine-et-Oise. Les avocats de Zola plaident l'incompétence du tribunal. L'audience est ajournée dans l'attente de la décision du tribunal de cassation.

29 mai
À Saint-Étienne, Félix Faure se prononce pour le maintien du gouvernement Méline, fragilisé par le résultat des législatives: la presse radicale et socialiste l'accuse de sortir de son rôle constitutionnel.

30 mai
Le ministre des Colonies, Lebon, battu aux législatives, quitte ses fonctions.

juin
Jean Jaurès prend la direction de *La Petite République*.

4 juin
Trarieux préside l'assemblée générale constitutive de la Ligue française pour la défense des droits de l'homme et du citoyen (8000 adhérents en 1899).

13-15 juin
Méline obtient la confiance de la Chambre par une courte majorité de 12 voix: il démissionne le 15.

20 juin
Formation du ministère Brisson (présidence du Conseil et Intérieur): Sarrien (Justice et Cultes), Delcassé (Affaires étrangères), Peytral (Finances), G. Cavaignac (Guerre), Lockroy (Marine), Bourgeois (Instruction publique et Beaux-Arts), Tillaye (Travaux publics), Viger (Agriculture), Maruéjouls (Commerce, Industrie, Postes), Trouillot (Colonies).

24 juin
Joseph Reinach, ancien député et officier de cavalerie dans la territoriale, comparaît devant un conseil d'enquête militaire pour répondre de ses articles en faveur de Dreyfus. Révoqué de son grade, Reinach fait appel devant le Conseil d'État.

30 juin
Brisson donne la priorité à la réforme du système fiscal.

4 juillet
La Bourgogne, qui effectue la liaison Le Havre-New York, entre en collision avec un navire anglais, le *Cromartyshire*: 565 victimes.

7 juillet
Le nouveau ministre de la Guerre, Cavaignac, affirme sa «certitude absolue» de la culpabilité de Dreyfus. Il produit des «preuves», en particulier le faux fabriqué par Henry. L'Agence Havas révèle qu'Esterhazy va être convoqué devant un conseil d'enquête militaire.

8 juillet
La Petite République publie «Les preuves».

9 juillet
Picquart écrit au président du Conseil Brisson et affirme que les pièces qui ont fait condamner Dreyfus sont des faux.

10 juillet
Dans *L'Aurore*, Picquart conteste la validité des preuves présentées par le ministre de la Guerre Cavaignac.
Le capitaine Marchand, chef d'une mission qui a entrepris en 1896 la traversée de l'Afrique d'Ouest en Est, atteint la vallée du Haut-Nil et plante le drapeau français dans le village soudanais de Fachoda, ancienne province égyptienne désormais sous contrôle britannique. L'objectif de la mission Marchand est de couper, sur le Haut-Nil, l'Égypte des possessions anglaises en Afrique orientale. L'opération devait être accompagnée par l'occupation de la rive droite du Nil par les Éthiopiens, mais l'expédition a échoué.

12 juillet
Le gouvernement décide de poursuivre Picquart en correctionnelle, au titre de la loi contre l'espionnage, pour avoir communiqué des informations aux avocats de Dreyfus.

13 juillet
Arrestation de Picquart. Esterhazy l'est également.

18 juillet
Reprise du procès Zola, après le rejet par la Cour de cassation de la requête d'incompétence présentée par l'accusé. La cour d'assises de Versailles le condamne par défaut à un an de prison et 3000 francs d'amende. Le jour même, Zola, qui se déclarait prêt à affronter ses juges, s'est réfugié en Angleterre. Le 28, il est radié de la liste des officiers de la Légion d'honneur.

1er août
Promulgation d'un décret sur l'organisation de l'Indochine (Cochinchine, Annam, Tonkin, Cambodge, Laos) préparé par Paul Doumer, nommé gouverneur général en 1897. L'ensemble de ces territoires est placé sous l'autorité du gouverneur général. La Cochinchine, colonie française, est gouvernée par un conseil colonial représenté à la Chambre des députés par un député. Le Tnnkin et l'Annam sont placés, comme le Cambodge et le Laos, sous le régime du protectorat, dont le résident dirige les fonctionnaires français, d'abord militaires, puis de plus en plus souvent civils, qui coiffent les autorités indigènes maintenues en place. Si le Cambodge et le Laos resteront des protectorats, il n'en ira pas de même du Tonkin et de l'Annam qui, après la suppression de la vice-royauté dans le premier cas et de la régence dans le second, évolueront vers le régime colonial.

5 août
La Cour de cassation rejette le pourvoi de Zola contre l'arrêt de la cour d'assises de Versailles.

12 août
La chambre des mises en accusation accorde un non-lieu à Esterhazy et ordonne sa mise en liberté.

13-24 août
L'officier chargé par Cavaignac d'examiner les pièces du dossier Dreyfus découvre que le document produit à charge par le lieutenant-colonel Henry est un faux. Le 24, Esterhazy comparaît devant un conseil d'enquête militaire. Le 27, le conseil remet au ministre de la Guerre, Cavaignac, un rapport défavorable à Esterhazy.

24 août
Adresse du tsar Nicolas II en faveur de la limitation des armements.

26 août
Un décret renforce les pouvoirs du gouverneur général en Algérie et crée des assemblées consultatives où sont représentés, séparément, les colons, les contribuables des villes et les indigènes. Le décret réforme l'organisation des consistoires israélites, les privant de leurs attributions administratives, notamment dans le domaine de l'assistance.

27 août
Louise Michel : *La Commune*. Un témoignage capital sur la Commune de 1871.

29 août
Lettre ouverte du sénateur Trarieux, le fondateur de la Ligue des droits de l'homme, pour la révision du procès de Dreyfus.

30 août
Interrogé par Cavaignac, le lieutenant-colonel Henry avoue être l'auteur du faux qui accusait Dreyfus. Henry est aussitôt mis aux arrêts au Mont-Valérien.

31 août-12 septembre
Henry se suicide. *La Libre Parole* lance une souscription pour permettre à la veuve d'Henry de poursuivre Joseph Reinach, qui avait accusé son mari de complicité avec Esterhazy. Esterhazy est mis en réforme. Le général de Boisdeffre abandonne ses fonctions de chef d'état-major général de l'armée. Le 3 septembre, l'épouse de Dreyfus, Lucie, présente une requête au ministre de la Justice, Sarrien, pour la révision. Le 4, le ministre de la Guerre Cavaignac démissionne. Le 5, Esterhazy s'enfuit en Angleterre. Le 6, le général Zurlinden est nommé ministre de la Guerre. Le 12, du Paty de Clam est rayé des cadres de l'armée.

septembre
Déroulède et Marcel Habert réorganisent la Ligue des patriotes.
La France prend le contrôle de tous les pays de la boucle du Niger, dont la possession lui a été reconnue par le traité du 4 août 1890.

13 septembre
Déclenchement d'une grève des ouvriers terrassiers à Paris. Le mouvement concerne bientôt 20 000 ouvriers. Chaque jour, des incidents ont lieu entre grévistes et non-grévistes. Le 2 octobre, la grève s'étend à l'ensemble des métiers du bâtiment. Le 8 octobre, la troupe intervient pour protéger la liberté du travail.

17 septembre
Le gouvernement décide de donner suite à la demande en révision du jugement condamnant Dreyfus. Zurlinden et Tillaye (ministres de la Guerre et des Travaux publics) démissionnent.

18 septembre
Au Soudan, le général anglais Kitchener, qui s'est emparé de Khartoum le 3 septembre, arrive à Fachoda occupé par la mission Marchand. La Grande-Bretagne adresse un ultimatum à la France le 27. Celle-ci le rejette, n'acceptant d'évacuer Fachoda qu'en échange d'un débouché sur le Nil.

19 septembre
Le général Chandoine est chargé du portefeuille de la Guerre et Godin de celui des Travaux publics.

21-22 septembre
Le tribunal correctionnel de la Seine sursoit au jugement de Picquart jusqu'à ce que la question de la révision du procès Dreyfus ait été tranchée. Le même jour, le général Chandoine ouvre une nouvelle information judiciaire contre Picquart. Picquart est transféré de la prison de la Santé à celle du Cherche-Midi et mis au secret.

27 septembre
Le gouvernement décide de transmettre le dossier Dreyfus à la Cour de cassation afin qu'elle décide s'il y a lieu à révision.

4 octobre
Premier coup de pioche pour la construction du métro parisien. À cette date, Londres (1863), Berlin (1871), New York (1872) et Budapest (1896) possèdent déjà un métro. 2000 ouvriers travaillent jour et nuit pour atteindre l'objectif fixé par la Compagnie du Chemin de fer métropolitain de Paris (CMP) présidée par le baron Édouard Empain: ouvrir une première ligne pour l'Exposition universelle de 1900. Le 19 juillet 1900, la première rame s'ébranle de la porte Maillot en direction de la porte de Vincennes. L'entreprise est un succès: en 1901, le métro transporte 55 millions de passagers. En 1902, une société concurrente obtient une concession pour la construction d'une ligne Nord-Sud (l'actuelle ligne 12). Les deux concurrents fusionneront en 1930.

14 octobre
Échec de la grève générale déclenchée par le syndicat des cheminots.

16 octobre
Formation d'un comité de vigilance socialiste pour parer à toute tentative de coup d'État militaire.

23 octobre
Une manifestation antidreyfusarde organisée par la Ligue des patriotes, place de la Concorde, est dispersée par des charges de cavalerie.

25 octobre
Le ministre de la Guerre, Chandoine, qui refuse de communiquer à la Cour de cassation le « dossier secret » qui a entraîné la condamnation de Dreyfus, démissionne. La Chambre des députés vote un ordre du jour qui « invite le gouvernement à mettre fin à la campagne d'injures organisée contre l'armée »: le ministère Brisson, qui s'est opposé à cet ordre du jour, est renversé.

29 octobre
La chambre criminelle de la Cour de cassation déclare recevable la demande en révision du procès Dreyfus et ordonne un supplément d'enquête.

3 novembre
Ministère Dupuy (présidence du Conseil, Intérieur, Cultes): Delcassé (Affaires étrangères), Peytral (Finances), Lebret (Justice), Leygues (Instruction publique, Beaux-Arts), Lockroy (Marine), Freycinet (Guerre), Viger (Agriculture), Krantz (Travaux publics), Delombre (Commerce, Industrie, Postes), Guillain (Colonies).
Delcassé décide l'évacuation de Fachoda après l'ultimatum britannique du 27 septembre.

21 novembre
La France et l'Italie signent une convention commerciale qui met un terme à dix années de conflit douanier.

25 novembre
Picquart est déféré devant un conseil de guerre. La date du procès est fixée au 12 décembre.

28 novembre
Poincaré déclare à la Chambre qu'en 1894, alors qu'il était ministre des Finances, le gouvernement n'avait eu connaissance d'aucun autre élément de preuve contre Dreyfus que le bordereau. Il demande également l'ajournement du procès Picquart.

2 décembre
Par 243 voix contre 228, la Chambre adopte une proposition d'un député nationaliste pour l'élection des sénateurs au suffrage universel.

4 décembre
Picquart saisit la Cour de cassation.

5 décembre
Le Sénat adopte une proposition de loi supprimant la publicité des exécutions capitales.

8 décembre
La Cour de cassation sursoit à la comparution de Picquart devant la juridiction militaire, jusqu'à ce que la Cour ait statué sur la demande de révision.

10 décembre
Meeting en l'honneur de Picquart.

21 décembre
Jules Roche fonde la Ligue des contribuables, pour la réduction des dépenses publiques.

22 décembre
Adoption d'une loi qui punit de mort les faits d'espionnage et de trahison, même en temps de paix.

autres événements
• Fondation de la Compagnie centrale d'électricité par le centralien Pierre Azaria (1865-1953).

1899

janvier
Janet, Boutroux, Lavisse, Sully Prudhomme et Sardou signent un *Appel à l'union* destiné à rallier dans un tiers parti « les amis de la légalité et de la paix publique », et appellent les Français à se soumettre à la future décision de la Cour de cassation. Leur initiative rencontre un médiocre succès.

8 janvier
Le président de la chambre civile de la Cour de cassation, Quesnay de Beaurepaire, accuse la chambre de partialité en faveur de Dreyfus et démissionne. Le gouvernement ouvre une enquête sur les faits dénoncés par Beaurepaire.

13 janvier
Exilé à Londres, Esterhazy publie un plaidoyer (*Les Dessous de l'affaire Dreyfus*) et demande à être entendu comme témoin par la Cour de cassation. Le 17, le gouvernement lui délivre un sauf-conduit.

14 janvier
L'emprunt pour l'Indochine est couvert 36 fois.

15 janvier
Jules Lemaître fonde avec le soutien de Barrès la Ligue de la patrie française. L'appel à lutter contre les agitations et les dissensions provoquées par l'affaire Dreyfus abuse un certain nombre de personnalités: plus de la moitié des membres de l'Académie française donnent leur signature, tout comme plusieurs partisans de Picquart ou de Dreyfus. Mais la Ligue se révèle bientôt le fer de lance du parti antirévisionniste et exclut les membres du parti adverse.

Barrès

Maurice Barrès (1862-1923) est né à Charmes, dans les Vosges, auvergnat par son père et lorrain par sa mère. En 1870, il est témoin de la débâcle et de l'occupation allemande: malgré sa jeunesse, il n'oubliera jamais ces années du désastre. Venu à Paris en 1883 pour faire son droit, il fréquente les milieux littéraires, en particulier le salon de Leconte de Lisle, et fonde une éphémère revue, Les Taches d'encre *(1884). Quatre ans plus tard, la publication du premier volume de la trilogie du* Culte du Moi *(1888-1891) fait l'effet d'une bombe: par son individualisme radical, Barrès devient le maître à penser de toute une génération, au moment même où « l'âme ancienne de la Lorraine » le saisit et le conduit à approfondir son individualisme par l'enracinement dans un sol et une histoire. L'année où paraît* Un homme libre *(1889), en pleine tempête boulangiste, Barrès est élu député de Nancy: il a 27 ans. Le « prince de la jeunesse » siège avec la cohorte des partisans du général Boulanger. En 1893, subissant les effets du reflux de la vague, il n'est pas réélu et s'éloigne de l'action politique* (Du sang, de la volupté et de la mort). *Pas pour longtemps: l'affaire Dreyfus le ramène dans la lice, parmi les adversaires de la révision. Il collabore à* La Cocarde *et, au début de 1899, il rejoint Déroulède et la Ligue de la patrie française. Barrès prône sans relâche ce qu'il appelle le « racinement », dans une conférence prononcée en 1900 sur « La terre et les morts », dans une nouvelle trilogie intitulée* Les Déracinés *(1897-1902), en 1902 encore dans* Scènes et doctrines du nationalisme. *Parallèlement, il écrit des livres inspirés par l'âme et les ciels méditerranéens, comme* Amori et dolori sacrum *(1903), inspiré par Venise, ou* Le Voyage à Sparte *(1906). Cette année 1906 lui ouvre les portes de l'Académie française et le ramène à la politique, comme député de Paris, où il se fait l'ardent défenseur du catholicisme, partie intégrante de l'héritage national et de l'âme française (*La Colline inspirée, *1913;* La Grande Pitié des églises de France, *1914). Avec le déclenchement de la Première Guerre mondiale, Barrès, trop âgé pour combattre, s'enrôle en quelque sorte en publiant ses* Chroniques, *puis en 1917, en appelant à la réconciliation nationale dans* Les Diverses Familles spirituelles de la France. *Le 5 décembre 1923, il relit le manuscrit du* Mystère en pleine lumière *(publié en 1926) lorsque « le bateau s'ouvre et lâche aux grandes profondeurs son cadavre tournoyant ».*

19 janvier
Premier meeting de la Ligue de la patrie française.

23 janvier
Delcassé plaide pour un rapprochement franco-anglais, et annonce que la France appuie la nouvelle proposition du tsar Nicolas II en faveur de la réunion d'une conférence internationale pour le désarmement.

28 janvier
Suite à l'enquête ouverte sur les propos de Quesnay de Beaurepaire le 8, le gouvernement prépare un projet de loi modifiant l'article 445 du code d'instruction criminelle relatif à la révision des procès criminels: au lieu que la chambre criminelle de la Cour de cassation statue sur la demande de révision, son avis sur la recevabilité de la demande sera désormais jugé par toutes les chambres assemblées. Une victoire pour les antirévisionnistes.

30 janvier
La Chambre renvoie en commission le projet de loi sur la révision des procès criminels.

8-10 février
Contre l'avis de sa commission parlementaire, et après un duel Millerand-Dupuy, la Chambre, par 324 voix contre 207, vote la loi sur la réforme du code d'instruction criminelle qui vise à empêcher la révision du procès Dreyfus. Les radicaux de Léon Bourgeois ont voté contre; 33 républicains progressistes, dont Barthou et Poincaré, ont fait de même: la majorité du groupe, conduite par Méline, a voté le texte.

11 février
La chambre criminelle de la Cour de cassation clôt l'instruction sur la demande de révision du procès Dreyfus.

15 février
Bazin: *La Terre qui meurt.* René Bazin (1853-1932), prolifique romancier catholique, connaît un premier succès de librairie avec *La Terre qui meurt*, roman des humbles, du retour des saisons et du travail de la terre, où le paysan, souvent dépeint comme une brute à peine sortie de l'animalité, devient le refuge de la vertu et des valeurs sûres. *Le Blé qui lève* connaîtra à son tour, en 1907, un grand succès.

16 février
Mort de Félix Faure à l'Élysée, en galante compagnie. Les communiqués officiels et la presse inventent une fable pour transformer cette fin burlesque en agonie édifiante.

17 février
La majorité des sénateurs apportent leur appui à une candidature Loubet.

18 février
Émile Loubet est élu président de la République par 483 voix sur 812. Méline a obtenu 279 suffrages. Loubet demande au gouvernement Dupuy de continuer ses fonctions. La Ligue des patriotes organise l'accueil de Loubet, surnommé par elle «Panama Ier», à son retour à Paris: bousculades et bagarres.

Émile Loubet

Émile Loubet (1838-1929) a parcouru, durant sa longue carrière politique, tout le spectre des fonctions publiques, de celles de maire et de conseiller général jusqu'à celles de président de la République. Sénateur en 1885, président du Conseil en 1892, il accède, à la mort de Félix Faure en 1899, à l'Élysée. Accusé à tort de corruption dans l'affaire de Panama en 1892, l'affaire Dreyfus lui vaut de nouveaux désagréments: les nationalistes l'accusent, là encore à tort, d'être un partisan de Dreyfus. Il doit cependant signer le décret de grâce, tout comme en 1902, bien qu'hostile à l'anticléricalisme, il doit se résigner à confier la présidence du Conseil à Émile Combes. Son domaine est la politique étrangère, où il s'efforce de maintenir l'alliance franco-russe et joue un rôle important dans le rapprochement franco-anglais qui aboutira à l'Entente cordiale. En 1906, il refuse de se porter candidat pour un second mandat.

23 février
Obsèques de Félix Faure. Déroulède tente de faire marcher sur l'Élysée les troupes qui escortent le cortège funèbre: le «coup d'État» échoue, notamment en raison de la défection, au dernier moment, des partisans du duc d'Orléans et des bonapartistes qui avaient promis leur concours. Déroulède et Marcel Habert, tous deux députés, sont arrêtés. Le député nationaliste Millevoye, arrêté le soir au cours d'échauffourées sur les boulevards, est relâché le lendemain.

24 février
La Chambre lève l'immunité parlementaire de Déroulède et Habert.

27 février-1er mars
Au Sénat, Waldeck-Rousseau dirige l'opposition contre la loi modifiant l'article 445 du code d'ins-

truction criminelle. La lutte est plus serrée qu'à la Chambre: le Sénat vote le texte par 158 voix contre 131. Le gouvernement, après avoir fait perquisitionner au siège de la Ligue de la Patrie française et à celui de la Ligue des droits de l'homme, décide de poursuivre toutes les ligues en justice, afin d'obtenir leur dissolution.

28 février
L'Anglais tel qu'on le parle, de Tristan Bernard, est créé à la Comédie-Parisienne. La même année, Tristan Bernard publie les *Mémoires d'un jeune homme rangé.*

3 mars
Fallières succède à Loubet à la présidence du Sénat.

5 mars
Le Temps publie de nouvelles déclarations d'Esterhazy (parues dans le *Daily Chronicle*) qui mettent en cause du Paty de Clam et les généraux de Boisdeffre et de Pellieux.

8 mars
Rapport de Freycinet sur la situation matérielle et morale de l'armée.

21 mars
Accord franco-anglais sur le tracé des frontières de leurs possessions en Afrique.

24 mars
La Chambre des députés rejette plusieurs motions pour l'augmentation de l'indemnité parlementaire.

31 mars
Le Figaro commence la publication des dépositions recueillies à huis-clos par la Cour de cassation sur l'affaire Dreyfus. La publication se poursuit tout au long du mois d'avril.
Une loi fonde des caisses régionales de crédit agricole. 83 caisses locales existent déjà en vertu de la loi du 6 novembre 1894 que la nouvelle loi complète.

8 avril
Paul Signac: *D'Eugène Delacroix au néo-impressionnisme.*

19-25 avril
Le tribunal correctionnel de la Seine condamne à une simple amende les dirigeants de la Ligue des droits de l'homme, de la Ligue de la patrie française et de l'Union des comités plébiscitaires.

24 avril
Inauguration d'une statue de Jules Ferry à Tunis.

mai
Création, au théâtre des Mathurins, du *Pain de ménage* de Jules Renard, publié l'année précédente.

2 mai
Le gouvernement obtient de la Chambre des députés que la discussion de toutes les interpellations relatives à l'affaire Dreyfus soit renvoyée après le verdict de la Cour de cassation.

5 mai
Débat agité à la Chambre après la suspension de Georges Duruy, fils de l'ancien ministre de Napoléon III et professeur à Polytechnique, chahuté par ses étudiants pour avoir pris position en faveur de Dreyfus.

6 mai
Mis en cause lors du débat de la veille, Freycinet abandonne le ministère de la Guerre. Krantz lui succède et est lui-même remplacé aux Travaux publics par Monestier.

8-25 mai
Débat sur la politique française en Algérie. Drumont soulève une nouvelle fois la « question juive » pour réclamer l'abrogation du décret Crémieux de 1870. Barthou s'y oppose, mais critique la politique d'assimilation engagée par le gouvernement français. Il est appuyé par le gouverneur général en personne, Laferrière, qui demande une réforme de la législation électorale: si, en 1899, les électeurs français d'origine étrangère représentent 37 % du corps électoral, les prévisions indiquent que leur proportion passera à 43 ou 44 % vers 1910.

18 mai
Grève des facteurs parisiens. Le gouvernement fait distribuer le courrier par l'armée. Interpellé à la Chambre, le ministre Delombre fait observer qu'« il n'est pas admissible que le pays soit ainsi à la merci d'une catégorie quelconque de fonctionnaires ».
Première conférence pour la paix, réunie à La Haye: elle organise une Cour internationale d'arbitrage et codifie le droit de la guerre.

29-31 mai
Déroulède et Habert, jugés en cour d'assises pour la tentative de « coup d'État » du 23 février, sont acquittés.

1er juin
Arrestation du lieutenant-colonel du Paty de Clam.
Retour triomphal à Paris de la mission Marchand.

3 juin
La Cour de cassation annule le jugement du 22 décembre 1894 du conseil de guerre de Paris qui condamnait Dreyfus à la déportation perpétuelle et renvoie l'accusé devant le conseil de guerre de Rennes.

4 juin
Au steeple-chase d'Auteuil, manifestation contre la révision, contre Loubet, pour Déroulède. Le président Loubet est injurié et frappé par le baron Christiani d'un coup de canne (Christiani sera condamné à quatre ans de prison le 13).
Le croiseur *Le Sfax*, qui mouille à Fort-de-France, reçoit l'ordre de se diriger sur l'île du Diable pour ramener Dreyfus en France.

5 juin
Le Conseil des ministres décide d'engager des poursuites disciplinaires contre l'avocat général et le président de la cour d'assises accusés de bienveillance à l'égard de Déroulède et Habert; d'ouvrir une nouvelle information judiciaire contre Esterhazy qui se répand en déclarations dans la presse anglaise et de poursuivre en justice le général de Pellieux, mis en cause par Esterhazy; de demander à la Chambre la mise en accusation du général Mercier, ancien ministre de la Guerre, accusé d'avoir communiqué en 1894 diverses pièces «secrètes» aux seuls juges de Dreyfus, à l'exclusion de ses défenseurs.
Le ministre de l'Intérieur ordonne la fermeture du cercle de la rue Royale et de l'Automobile-Club, auquel appartenaient plusieurs manifestants arrêtés à Auteuil.
Le républicain progressiste Poincaré, le radical Doumergue et le socialiste Viviani signent une déclaration commune d'«absolu dévouement aux institutions républicaines».
La Chambre, saisie de la demande de mise en accusation du général Mercier, s'abstient de trancher.

9 juin
Le gouvernement dépose un projet de loi qui renvoie devant les tribunaux correctionnels les délits d'outrage au président de la République et d'injures ou diffamation envers les corps constitués ou des personnes publiques. Voté par le Sénat le 21 juin 1900, ce texte ne sera pas examiné par la Chambre.

11 juin
La Petite République, le journal dirigé par Jaurès, organise à l'occasion du grand prix de Longchamp une manifestation de soutien au président Loubet et aux institutions.

12 juin
Attaqué par les socialistes pour le caractère excessif du déploiement de forces mis en place à Longchamp, enfin mis en minorité par un vote de la Chambre, le gouvernement Dupuy démissionne.

23 juin
Formation du cabinet Waldeck-Rousseau (présidence du Conseil et Intérieur): Galliffet (Guerre), Lanessan (Marine), Monis (Justice), Delcassé (Affaires étrangères), J. Caillaux (Finances), Leygues (Instruction publique), Decrais (Colonies), Jean Dupuy (Agriculture). Le ministère comprend deux socialistes: Millerand au Commerce et à l'Industrie, Pierre Baudin aux Travaux publics. Le tandem Millerand-Galliffet fait sensation.

MILLERAND

Fils d'un petit commerçant parisien, Alexandre Millerand (1859-1943) choisit la carrière du barreau, où il s'illustre en 1886 dans la défense des grévistes de Decazeville. Déjà engagé dans le journalisme politique (il collabore à La Justice *de Clemenceau), il fonde en 1889* La Voix *et prend trois ans plus tard la direction de* La Petite République, *le journal de Jaurès. Parallèlement, Millerand s'est lancé dans la politique, conquérant en 1884 un siège de conseiller municipal dans la capitale, et l'année suivante un siège de député. Il appartient alors au groupe radical de Clemenceau, avec lequel il rompt en 1891 pour rejoindre les rangs clairsemés d'un socialisme par ailleurs très divisé. Sur l'éventail des écoles qui se disputent le label, Millerand, par son opposition à l'idée de révolution, figure la tendance la plus modérée. Il en énonce le programme à Saint-Mandé en 1896, fondé sur l'idée d'un accomplissement du socialisme par des moyens démocratiques. Le 23 juin 1899, il accepte, au grand dam des révolutionnaires, le portefeuille du Commerce et de l'Industrie dans le cabinet Waldeck-Rousseau. Si le congrès socialiste réuni à la fin de l'année ne condamne qu'à demi-mot sa collaboration avec un gouvernement bourgeois, ce n'est que partie remise: la fédération de la Seine décide de l'exclure en 1904, prélude à la défaite des réformistes au congrès de la IIe Internationale réuni à Amsterdam. Entre 1899 et 1910, Millerand est à l'origine de nombreuses réformes sociales que l'opportunisme républicain jusqu'alors au pouvoir avait toujours repoussées. Pour autant, Millerand n'est plus socialiste, comme en témoigne la réquisition des cheminots en grève qu'il décide en 1910. Lorsque la Première Guerre mondiale éclate, Millerand est au premier rang de l'élan patriotique. Déjà ministre de la Guerre en 1912-1913, il a liquidé les séquelles de l'affaire Dreyfus; retrouvant le poste en août 1914, il conduit une politique de défense nationale qui passe par la mobilisation de la société tout entière au service des buts de guerre et par un effacement des civils au bénéfice des militaires (août 1914-octobre 1915). Défenseur déterminé du traité de Versailles, il revient avec éclat sur le devant de la scène en janvier 1920, comme chef du Bloc national et président du Conseil. Millerand impose l'application sans concessions du traité de 1919, prend parti pour la résistance russe au régime bolchevique et s'attache au redressement national en organisant la répression des mouvements de grève. En septembre 1920, l'ancien socialiste devenu homme d'ordre est porté à la présidence de la République, qu'il s'efforce avec courage de transformer en un vrai pouvoir: il réussit à évincer Briand de la présidence du Conseil et à imposer en 1923 à Raymond Poincaré l'occupation de la Ruhr. La victoire du Cartel des gauches, en mai 1924, le contraint à démissionner au mois de juin. Élu sénateur en 1925, Millerand plaidera en vain pour une politique de fermeté face au péril allemand renaissant.*

25 juin
Lépine est nommé préfet de police.

26 juin
Une vingtaine de députés socialistes, hostiles à l'entrée de Millerand au gouvernement, accueillent Galliffet dans l'hémicycle aux cris de «Vive la Commune! À bas l'assassin! À bas les fusilleurs!» Le gouvernement Waldeck-Rousseau obtient la confiance à la maigre majorité de 25 voix.

GALLIFFET

Gaston de Galliffet (1830-1909) mérite assurément une autre réputation que celle qui lui a été faite. Héros de la bataille de Sedan en 1870, ami de Gambetta, il prend part à l'offensive lancée contre la Commune en mai 1871. Aussi brutal et implacable que l'avait été Cavaignac en Juin 1848, mais dans des circonstances autrement plus dramatiques et même mortelles pour la République, Galliffet en est dans cette occasion l'un des sauveurs. Non seulement par devoir, mais par conviction. Il est en effet l'un des rares généraux à se rallier à la République sans réserves ni arrière-pensées, et c'est très logiquement à cet officier loyal que Gambetta fait appel en 1880 pour devenir gouverneur militaire de Paris. Près de vingt années après, Waldeck-Rousseau, chargé de former le nouveau cabinet, l'appelle à son tour, dans des circonstances à nouveau difficiles. Au sortir de l'affaire Dreyfus, il faut en effet un homme capable par sa fermeté de ramener l'armée à l'obéissance au pouvoir civil et de renouer les liens d'une confiance rompue. Il faut aussi un général assez républicain pour accepter de siéger avec les socialistes qui, en la personne de Millerand, font leur entrée au gouvernement. Galliffet remplit la mission qui lui a été confiée avec autorité. En 1900, lorsque Waldeck-Rousseau se fait l'organe de rumeurs sur de nouvelles menaces de coup d'État, Galliffet démissionne.

1ᵉʳ juillet
Retour de Dreyfus en France. Il est aussitôt incarcéré à Rennes.

6 juillet
L'empereur d'Allemagne Guillaume II est reçu à Bergen (Norvège) à bord de *L'Iphigénie.*

7 juillet
Le général Zurlinden est démis de ses fonctions de gouverneur militaire de Paris.

10 juillet
Maurice Pujo et Henri Vaugeois fondent un bimensuel, *La Revue de l'Action française.*

14 juillet
Le Parti ouvrier français (guesdiste), le Parti socialiste révolutionnaire (Vaillant et Lafargue) et l'Alliance communiste révolutionnaire (Dejeante et Groussier) dénoncent la «politique prétendue socialiste, faite de compromissions et de déviations», du gouvernement Waldeck-Rousseau. 21 députés signent ce manifeste hostile à Millerand (et à Jaurès pour son engagement en faveur de Dreyfus). Jaurès et Viviani, en revanche, soutiennent Millerand, tout comme la Fédération des socialistes indépendants, le Parti ouvrier socialiste révolutionnaire (allemaniste) et la Fédération des travailleurs socialistes de France (broussiste).

août
Voyage officiel du ministre des Affaires étrangères Delcassé à Saint-Pétersbourg.

5 août
Francis Jammes: *De l'angélus de l'aube à l'angélus du soir.*

FRANCIS JAMMES ET SAINT-POL ROUX

Après sa conversion au catholicisme, sous la direction spirituelle de Paul Claudel, Francis Jammes (1868-1938) publiera Clairières dans le ciel *(1906) et plusieurs chants regroupés sous le titre de* Géorgiques chrétiennes *(1911-1912), puis* Les Quatrains *(1923-1926) et* De tout temps à jamais *(1935).*
Saint-Pol Roux (1861-1940) s'était, comme Francis Jammes, converti au catholicisme. D'origine marseillaise, il vit retiré, en ermite, d'abord dans les Ardennes, puis au château de Coecilian, près de Camaret, où il compose les trois recueils publiés entre 1893 et 1907 sous le titre général Les Reposoirs de la procession. *Également auteur de* La Supplique du Christ *(1939), il disparaît tragiquement en octobre 1940.*

7 août
Ouverture du second procès Dreyfus, devant le conseil militaire de Rennes.

9 août
Une convention diplomatique secrète avec la Russie modifie l'accord de 1891 sur les conditions de la mobilisation commune des troupes françaises et russes.

10 août
Un décret réglemente les conditions de travail dans les adjudications pour le compte de l'État.

12 août
Rafle dans les milieux royalistes, nationalistes et antisémites: Déroulède est une nouvelle fois arrêté. Jules Guérin, qui dirige la Ligue antisémitique, se retranche au siège de son organisation, 51, rue de Chabrol, avec une quinzaine de partisans armés. La police met le siège devant le bâtiment.

GUÉRIN

Mélange de mauvais garçon et d'aventurier, Jules Guérin (1860-1910) se fait connaître par différents délits allant de l'escroquerie à l'assurance au racket en passant par l'agression. Il habite le quartier de La Villette, où chacun connaît le dandy et craint le chef de bande escorté de gros bras recrutés aux abattoirs. Il prête ses muscles au plus offrant, peu regardant sur le drapeau affiché par ces employeurs d'un moment. Vers le milieu des années 1890, il se lie avec deux autres aventuriers, le marquis de Morès et Édouard Drumont, dont le hasard veut qu'ils tiennent boutique dans l'antisémitisme; ils auraient aussi bien pu être dreyfusards: Guérin est au-delà de ces subtilités. Il n'est d'abord qu'un comparse. Mais la mort de Morès, assassiné au Sahara, fait de lui l'adjoint de Drumont au moment précis où s'engage la bataille contre la révision du procès Dreyfus. Doté de compétences plus pratiques qu'intellectuelles, Guérin prend en main la Ligue antisémitique et s'exerce même à écrire dans La Libre Parole *des articles auprès desquels ceux de Drumont apparaissent comme de savantes dissertations. Dopé par un succès qu'il doit autant à ses talents qu'à la campagne des dreyfusards, Guérin se sent pousser des ailes: à l'été 1898, il lance sa propre feuille de chou,* L'Anti-Juif, *et entreprend, à toutes fins utiles, un recensement de la population juive de Paris. En mars 1899, craignant d'être impliqué dans le «coup d'État» manqué perpétré par Déroulède en février, il transforme le siège de son organisation, rue de Chabrol, en forteresse. Ce sera le feuilleton de l'été 1899. Le 12 août, la police venue l'arrêter trouve la porte barricadée: le «fort Chabrol» se prolonge jusqu'à sa reddition le 20 septembre. Au début de 1900, Jules Guérin est banni du territoire français pour dix ans. On perd alors sa trace.*

14 août
Me Labori, l'un des défenseurs de Dreyfus, est victime d'un attentat. Blessé au thorax, il peut reparaître à l'audience après une semaine de convalescence.

20 août
Manifestation anarchiste place de la République. Jusqu'au soir, violents affrontements avec la police et les activistes des ligues. Les émeutiers anarchistes mettent à sac l'église Saint-Joseph de la rue Saint-Maur. 100 blessés, 150 arrestations.

1er septembre
Un décret préparé par Millerand institue un Conseil supérieur du travail composé de représentants du patronat et des salariés.

9 septembre
Le conseil de guerre de Rennes, à la majorité de cinq voix contre deux, déclare Dreyfus coupable de haute trahison, mais lui accorde les circonstances atténuantes et le condamne à dix ans de détention.

Le verdict provoque des débats passionnés en France, et de vives réactions à l'étranger: le consulat de France est attaqué à Budapest, des manifestants réclament aux États-Unis le boycott de l'Exposition universelle de 1900, etc. Le convent du Grand Orient élimine les loges antisémites.

18 septembre
Le Sénat se constitue en Haute Cour de justice pour juger les 22 auteurs présumés de différents « complots », en particulier celui du 23 février 1899.

19 septembre
Malgré les réticences du président Loubet, le Conseil des ministres décide de gracier Dreyfus. Loubet signe le décret de grâce.

20 septembre
Dreyfus est remis en liberté.
Jules Guérin et ses partisans se rendent: c'est la fin du feuilleton du « fort Chabrol ». Guérin est aussitôt déféré devant la Haute Cour.

21 septembre
« L'incident est clos! » déclare le général de Galliffet dans un ordre du jour adressé à l'armée. Les polémiques cependant continuent: les antirévisionnistes tempêtent contre la grâce présidentielle, les révisionnistes annoncent leur intention de ne pas désarmer jusqu'à la réhabilitation pleine et entière de Dreyfus.

30 septembre
Un décret rétablit le pouvoir discrétionnaire du ministre de la Guerre sur l'avancement des officiers généraux.

septembre-octobre
Grèves chez Schneider au Creusot.

1er octobre
À Limoges, Millerand déclare que « le temps des miracles est passé » et qu'« on ne changera pas d'un coup de baguette le sort des malheureux! ».

10 octobre
Marc Sangnier, fondateur du *Sillon* (10 janvier 1894), publie un manifeste qui expose la doctrine du catholicisme social.

18 octobre
Émile Arton, condamné en 1896 pour son implication dans le scandale de Panama, est remis en liberté (il mourra dans des circonstances suspectes le 17 juillet 1905).

20 octobre
Le gouvernement prépare un projet de loi qui accorde aux syndicats professionnels la capacité civile et commerciale, et qui réprime les atteintes à la liberté syndicale.

28 octobre
Zola publie le premier de ses *Quatre Évangiles*: *Fécondité*. Le deuxième, *Travail*, sera publié en mai 1901, le troisième, *Vérité*, en 1903, après la mort accidentelle de Zola, survenue le 29 septembre 1902. Le quatrième, *Justice*, restera à l'état de projet.

30 octobre
La commission d'instruction de la Haute Cour renvoie devant cette juridiction Déroulède, Buffet, Guérin et 12 autres accusés de complot.

novembre
Nombreux mouvements de grève, dans le Doubs, l'Isère, etc.

9 novembre-27 décembre
Déroulède, Guérin et 13 autres accusés comparaissent devant la Haute Cour présidée par Fallières. Les débats sont agités: le 19 novembre, puis le 20 décembre, Déroulède est condamné à deux reprises pour avoir injurié ses juges ou le président de la République. 6 des 15 accusés sont remis en liberté le 27 décembre.

13 novembre
La police perquisitionne au siège de la congrégation des Pères assomptionnistes.

14 novembre
Rentrée parlementaire. La Chambre est saisie d'un projet de loi exigeant des enseignants qu'ils aient accompli leurs trois dernières années d'études dans un établissement public, d'un texte préparé par Galliffet qui défère aux tribunaux civils les crimes et délits commis par des militaires en temps de paix, d'un texte réprimant le non-paiement de la taxe sur les congrégations religieuses, enfin d'un projet qui supprime l'autorisation préalable pour la création des associations et qui permet la dissolution des associations formées dans « un but illicite ».

16 novembre
Le gouvernement Waldeck-Rousseau obtient la confiance de la Chambre par 317 voix contre 212.

19 novembre
Inauguration, place de la Nation, du *Triomphe de la République* de Dalou.

décembre
Début de l'expansion française au Sahara.

3-8 décembre
Premier congrès des organisations socialistes françaises au gymnase Japy. Le débat oppose partisans et adversaires de la participation de Millerand au gouvernement. Les guesdistes l'emportent tout d'abord, en obtenant, par 818 voix contre 634, le vote d'une résolution qui condamne «l'entrée d'un socialiste dans un gouvernement bourgeois». Mais aussitôt après, le congrès, par 1 140 suffrages contre 245, nuance ce premier vote en déclarant que des «circonstances exceptionnelles» peuvent justifier une participation socialiste au gouvernement. Les circonstances qui ont présidé à l'accession de Millerand au ministère du Commerce étaient-elles «exceptionnelles»? La question n'est pas soulevée. Le 8 décembre, le congrès réalise l'unité des cinq organisations déjà existantes au niveau national: le Parti ouvrier français (guesdiste), le Parti socialiste révolutionnaire (Vaillant et Lafargue), la Fédération des socialistes indépendants, le Parti ouvrier socialiste révolutionnaire (allemaniste) et la Fédération des travailleurs socialistes de France (broussiste). Pourront rejoindre l'organisation socialiste ainsi créée les syndicats et coopératives qui en feront la demande et adhéreront aux principes du socialisme. Le congrès nomme un comité général et prévoit l'organisation d'un congrès annuel. Les délégués, toutes tendances confondues, entonnent pour finir *L'Internationale* qui, jusqu'alors, était le chant des seuls guesdistes.

8 décembre
Le baron d'Estournelles de Constant dénonce à la Chambre les projets démesurés de ceux qui, comme Étienne, rêvent de fonder un empire colonial français en Chine.

12 décembre
Formation d'un groupe parlementaire socialiste unique.

20 décembre
La Chambre rejette une demande de mise en liberté de Marcel Habert.

20-22 décembre
La Chambre modifie la loi du 2 novembre 1892 sur le travail des femmes et des enfants: approuvée par Millerand, elle porte la journée de travail de 11 à 10h et fixe un délai de quatre ans pour revenir partout au maximum de 10h. La Chambre abaisse la journée pour les hommes à 11h.

autres événements
• Fondation du journal *Ouest-France.*
• Création de la Banque française pour le commerce et l'industrie (BFCI).

1900

2 janvier-23 février
La Haute Cour de justice rend son verdict contre les responsables du «coup d'État» nationaliste manqué du 23 février 1899. Quatre des accusés sont acquittés le 2 janvier. En revanche, Guérin est condamné à dix ans de détention, tandis que Déroulède est banni pour dix ans; il gagne d'abord la Belgique puis l'Espagne où, le 15 mai, un groupe de nouveaux élus nationalistes le rencontre. Habert est à son tour banni pour cinq ans le 23 février.

4 janvier
L'immatriculation des automobiles devient obligatoire.

5 janvier
Charles Péguy publie le premier numéro des *Cahiers de la quinzaine.*

PÉGUY

Fils d'une rempailleuse de chaises et d'un menuisier mort avant sa naissance, Charles Péguy (1873-1914) est élevé dans un milieu d'artisans républicains et laïques. De brillantes études lui ouvrent l'accès au lycée puis à l'École normale supérieure où il est influencé par ses rencontres avec Jean Jaurès, le bibliothécaire Lucien Herr et le germaniste Charles Andler, tous trois socialistes. Il rejoint le groupe des étudiants collectivistes (socialistes) et ses premières années d'engagement sont tout entières placées sous l'espoir de la naissance d'une République socialiste universelle. Péguy se marie, abandonne l'École et ouvre, avec quelques amis, une librairie socialiste en plein cœur du quartier Latin. Dreyfusard avant bien d'autres, il est de tous les combats intellectuels et même physiques. Mais il se rebelle bientôt contre la prétention des socialistes à instituer une autre orthodoxie, à s'enfermer dans une forme de revanche mesquine contre les catholiques, à glisser dans un parlementarisme par trop politicien. À partir de 1905, la rivalité franco-allemande retient toute son attention.
Ce critique de la modernité découvre la foi catholique, fait de Jeanne d'Arc la figure centrale d'un

catholicisme populaire et national, tout en continuant de s'affirmer socialiste contre le socialisme institutionnel. Son souci de la défense nationale l'amène à soutenir les républicains du centre sans pour autant s'inféoder à un parti ; il désigne Jaurès, qui se bat contre la loi des trois ans de service militaire, comme son ennemi et ne cesse de le fustiger. La guerre venue, ce patriote, qui déclare à une amie : « Je pars soldat de la République pour le désarmement général », est tué à la tête de sa compagnie lors de la bataille de la Marne, le 5 septembre 1914, près de Villeroy.
Longtemps tenu à l'écart en raison de la tentative vichyste de l'utiliser comme caution à la Révolution nationale – tandis que nombre de résistants se réclament de lui – Charles Péguy retrouve à la fin du XXe siècle une actualité auprès de certains philosophes qui apprécient sa critique de la modernité et son esprit rebelle face aux démagogies de tout bord.

22 janvier-31 mars
À l'issue du procès qui leur est intenté à Paris, les pères assomptionnistes, congrégation non autorisée (en vertu des décrets du 29 mars 1880 et de la loi du 30 octobre 1886), et propriétaires de *La Croix*, sont condamnés le 24 janvier à 16 francs d'amende et à la dissolution de leur communauté. Le 6 mars, en appel, l'amende est levée mais la dissolution maintenue. Le 31, *La Croix* informe ses lecteurs que désormais sa rédaction sera exclusivement laïque.

31 janvier
Le gouvernement adresse un blâme à l'archevêque de Paris pour son soutien aux assomptionnistes. Les traitements des archevêques d'Aix, Versailles, Viviers, Montpellier, Valence et Tulle sont suspendus.

1er février
Deschanel, président de l'Assemblée nationale, est reçu à l'Académie française.

2 février
Création à l'Opéra-Comique de *Louise*, « roman musical » du compositeur Gustave Charpentier.

8 février
Sarrien est élu président du groupe de la Gauche démocratique. Le 24, le groupe du Sénat se déclare « décidé à poursuivre la lutte contre la réaction cléricale » et « réprouve les menées nationalistes ».

mars
Mise en vente de *Claudine à l'école* de Colette sous la signature du seul Willy, pseudonyme de son mari Henry Gauthier-Villars.

2 mars
À la salle des Sociétés savantes se réunit l'assemblée consultative des universités populaires ; une Société pour l'enseignement supérieur populaire et l'éducation mutuelle est formée, sous la présidence du professeur de philosophie Gabriel Séailles. On compte à Paris, depuis la création en 1899 de La Coopération des idées (faubourg Saint-Antoine), 17 universités populaires.

7 mars
Première représentation de *L'Aiglon* d'Edmond Rostand, avec Sarah Bernhardt qui « dans ce rôle écrasant s'est surpassée » *(Le Temps)*.

13 mars
Le projet d'amnistie concernant l'affaire Dreyfus suscite la réprobation de Zola, de Joseph Reinach, du colonel Picquart et de Dreyfus lui-même : ils considèrent que la question de l'innocence de Dreyfus est escamotée.

30 mars
La loi initiée par Millerand institue la journée de travail de 10 h pour « tout le personnel dans les ateliers qui occupent femmes, enfants et hommes adultes ». L'application se fait par étapes : dans l'immédiat la journée de 12 h est réduite à 11 h, le passage aux 10 h devant intervenir deux ans et demi plus tard à dater de la promulgation. Le travail de nuit est interdit.

2-22 avril
La première exposition personnelle d'Édouard Vuillard (1868-1940) est organisée à la galerie Bernheim-Jeune.

7 avril
Après la confirmation en appel du jugement du tribunal civil déboutant la famille Goncourt qui contestait les dispositions testamentaires prises par Edmond de Goncourt, les membres choisis par lui se réunissent rue Descamps chez Léon Hennique. Outre ce dernier, le groupe se compose de Huysmans, Gustave Geffroy, Paul Margueritte, Mirbeau et des frères Rosny. Ils élisent trois nouveaux membres : Léon Daudet, Élémir Bourges et Lucien Descaves. Le 26 janvier 1902, les statuts de la Société littéraire des Goncourt qui doit décerner un prix chaque année sont publiés au

Journal officiel. L'académie sera reconnue d'utilité publique le 14 janvier 1903 par arrêt du Conseil d'État.

10 avril
Mort au combat, au cours de la guerre des Boers, du colonel Georges de Villebois-Mareuil à la tête d'un commando contre les troupes anglaises. Ancien soldat, démissionnaire de l'armée française en 1895, Villebois-Mareuil s'est mis au service des Boers en 1899. Il est l'un des fondateurs de la Ligue de la patrie française. L'opinion percevant la guerre au Transvaal comme une réédition de la guerre d'indépendance des États-Unis d'Amérique, maints hommages lui sont rendus. Signe d'une anglophobie persistante dans une certaine partie de l'opinion française, les Boers bénéficient d'une sympathie dont on trouve de multiples traces dans les chansons.

14 avril
L'Exposition universelle, organisée autour du thème de l'électricité, est inaugurée par le président Loubet, accompagné de Millerand, ministre du Commerce et de l'Industrie, du commissaire général Picard et du directeur des services architecturaux, des parcs et jardins de Paris, Bouvard. Apothéose d'un XIXᵉ siècle qui connut un développement technique propre à conforter l'idée d'une marche ininterrompue du progrès, l'Exposition est perçue comme la préfiguration d'un XXᵉ siècle qui s'annonce techniquement et scientifiquement encore plus fécond et plus extraordinaire. Le Grand Palais et le Petit Palais sont édifiés de part et d'autre de l'avenue Alexandre-III nouvellement percée. Le Grand Palais est construit par Henri Deglane, Albert Louvet et Albert Thomas, dans le style caractéristique de l'Art nouveau. L'architecture métallique est « habillée » de façades de pierre décorées de bas-reliefs. L'engouement du public est immense: 48 millions d'entrées (pour 30 millions de visiteurs aux Expositions de 1889 et 1937).

22 avril
À Remiremont (Vosges), l'ancien président du Conseil, Méline, prononce un important discours contre la politique du président du Conseil Waldeck-Rousseau à qui il reproche de s'être appuyé sur une fausse conspiration (la tentative de « coup d'État » de Déroulède le 23 février 1899) menaçant la République pour mieux faire accepter l'entrée des socialistes dans son gouvernement. Pour Méline, la lutte se situe désormais entre « la République jacobine ou césarienne et la République libérale ».

24 avril
Joseph Reinach annonce que le combat pour la réhabilitation de Dreyfus reprendra après la fermeture de l'Exposition universelle.

mai
Jehan Rictus: *Les Doléances*.

6-13 mai
Élections municipales. On dénombre 24 832 municipalités républicaines, 153 nationalistes, 8 519 conservatrices. Les républicains ont gagné plus de 1 000 municipalités. À Paris, la tendance est inverse puisque les nationalistes dominent avec 32 conseillers municipaux contre 9 conservateurs, 4 républicains modérés, 16 radicaux-socialistes et 19 socialistes.

14 mai
Les seconds jeux Olympiques modernes sont inaugurés à Paris par Pierre de Coubertin.

COUBERTIN

Nourri de culture grecque et influencé par le modèle éducatif britannique, le baron Pierre de Coubertin (1863-1937) voyage aux États-Unis en 1889. Il en revient impressionné par le mélange heureux des jeux libres anglais et de la gymnastique scientifique allemande en matière d'éducation physique. Sa démarche de promotion du sport s'inscrit dans le cadre du développement de l'Instruction publique de la IIIᵉ République: il se consacre d'abord à son introduction dans les établissements scolaires. Coubertin lance l'idée du rétablissement des jeux Olympiques, dont les premiers se déroulent à Athènes en 1896; il en assure la direction jusqu'en 1935. Coubertin confère à l'activité sportive une dimension morale; la « noblesse » du sport doit, selon lui, nourrir l'universalisme et le pacifisme. Il désire en effet dégager toute activité physique d'un possible, sinon probable, prolongement belliciste. En 1908, l'Union des sociétés françaises des sports athlétiques rassemble 719 clubs; en 1914, les patronages catholiques où le sport tient une grande place comptent plus de 150 000 membres actifs.

27 mai
Au cours de la séance du Sénat consacrée à l'amnistie de Dreyfus, le général de Galliffet, ministre de la Guerre, répète la formule qu'il avait employée le 21 septembre 1899: « L'incident est

clos. » Lassé des débats autour de l'Affaire, il démissionne le 29. Son successeur est un polytechnicien républicain et anticlérical, le général Louis André, qui, de 1893 à 1896, a dirigé l'École polytechnique.

28 mai
Lors de l'anniversaire de la Commune de Paris, de nombreuses échauffourées ont lieu entre police et manifestants.

30 mai
Zola adresse une lettre aux sénateurs : « ... J'ai dit que l'amnistie était faite contre nous, contre les défenseurs du droit, pour sauver les véritables criminels [...], en mettant dans le même sac les honnêtes gens et les coquins, suprême équivoque qui achèvera de pourrir la conscience nationale. » Le 2 juin, le Sénat vote l'amnistie pour le capitaine Dreyfus.

1er juin
Inauguration du pavillon Rodin place de l'Alma à Paris ; les 150 œuvres exposées jusqu'en novembre, en marge de l'Exposition universelle, rencontrent un succès international. Le sculpteur, présent presque tous les jours, montre ses œuvres, surtout aux étrangers curieux. Picasso, dont c'est le premier séjour parisien, visite l'exposition.

16 juin-17 août
À Pékin, les légations internationales et les missions catholiques sont assiégées par les Boxers (nom donné par les Occidentaux aux membres de la société secrète des *K'iuan fei* – les Poings – farouchement opposés à l'influence occidentale). Un corps expéditionnaire international entre à Pékin le 17 août, mettant fin au siège des légations. Par le traité de septembre 1901, le gouvernement chinois s'engage à payer aux puissances occidentales, à titre de réparations, une indemnité d'environ 1 587 millions de francs-or.

18-27 juin
Le 2e congrès des œuvres et institutions féminines se tient à Paris. À l'ordre du jour sont inscrites la lutte contre l'alcoolisme et l'égalité des salaires entre hommes et femmes. Les 5-7 septembre suivants se tient le congrès international de la condition et des droits de la femme.

juillet
Maurras publie le premier volume de son *Enquête sur la monarchie.* Deux autres volumes suivront.

MAURRAS

Orphelin de père à 6 ans, élève de l'École libre du Sacré-Cœur d'Aix-en-Provence, Charles Maurras (1868-1952) est très lié au monde qui le forme : l'abbé Penon, futur évêque de Moulins, le philosophe Blondel. Après des études de philosophie, il devient critique littéraire et journaliste à Paris. Devenu sourd, il perd la foi de son enfance pour une vision purement politique du catholicisme. La crise boulangiste lui donne l'occasion de rencontrer Barrès auquel il s'associe. Son premier livre, Le Chemin de Paradis, *révèle à la fois sa rupture avec le christianisme et le surgissement d'un paganisme militant antichrétien. Son voyage en Grèce à l'occasion des premiers jeux Olympiques le sensibilise au thème du déclin de la France. Il se tourne alors vers la monarchie comme moyen de surmonter ce déclin. Antidreyfusard, il adhère à la Ligue de la patrie française. Son* Enquête sur la monarchie, *dans laquelle il appelle de ses vœux une monarchie autoritaire, fondée sur un « nationalisme intégral », lui permet, à partir de 1900, de prendre de l'ascendant sur ses amis de* L'Action française, *avant de rejoindre l'organisation du même nom (créée en 1905), dont il devient la figure intellectuelle par excellence, construisant une interprétation du destin de la France qui l'amène non seulement à rejeter l'œuvre de la Révolution française mais aussi à opposer le « pays légal » au « pays réel » victime d'une sorte d'usurpation de la part des éléments étrangers à l'histoire et aux traditions de la France (juifs, protestants, métèques, francs-maçons).*
Pendant la Première Guerre mondiale, Maurras reste fidèle à l'Union sacrée. Son prestige est considérable après-guerre : nombre d'étudiants subissent son influence. La condamnation de l'Action française par le pape en 1914, rendue publique en 1926, n'entame en rien ses orientations et lui apporte plutôt la confirmation de la justesse de son mot d'ordre : « Politique d'abord ! » signifiant la nécessaire séparation entre le spirituel et le politique. Inlassable dénonciateur des scandales de la République, il use d'un langage violent qui relève parfois de l'appel au meurtre mais s'avère incapable d'exploiter l'occasion du 6 février 1934, ce qui provoque une crise dans son mouvement. Ne reniant rien de son pacifisme anti-allemand, ce jeune académicien – il est élu le 9 juin 1938 – approuve les accords de Munich puis l'armistice de juin 1940. Il se rallie à la révolution nationale et revendique une politique antisémite d'État. Condamné le 30 janvier 1945 à la réclusion perpétuelle (malade, il

bénéficie d'une grâce médicale peu avant sa mort), il a ce mot qui résume ses obsessions politiques : « C'est la revanche de Dreyfus ! »

14 juillet
Après deux ans de travaux est inaugurée la gare d'Orsay, septième et dernière gare parisienne construite par Victor Laloux (1850-1937). Ses structures métalliques sont dissimulées sous la pierre, la grande halle de verre est décorée de caissons à rosaces et un hôtel de 370 chambres enserre la gare.

19 juillet
Mise en service de la première ligne de métropolitain Porte-Maillot-Vincennes dont la construction avait débuté en 1898.

août
Mirbeau : *Journal d'une femme de chambre.*

11 septembre
Signe du ralliement de nombreux catholiques à la République, à Bourges, un congrès de prêtres, présidé par l'archevêque de la ville, affirme son amour de la patrie, « non pas la seule patrie historique, mais la patrie actuelle, dans les institutions qu'elle s'est données depuis un quart de siècle... ».

17 septembre
Millerand, ministre du Commerce et de l'Industrie, met en place les conseils du travail. Le secrétaire général de l'Association des constructeurs et fabricants de matériel de chemins de fer, Robert Pinot, organise une campagne de presse contre ces conseils destinés à arbitrer les conflits entre employeurs et salariés.

22 septembre
Le jour anniversaire de la proclamation de la République de 1792, un banquet rassemble, aux jardins des Tuileries, environ 21 000 maires, invités par le président de la République. Le lendemain, les maires républicains réunis salle Lancry approuvent une motion rappelant la « nécessité d'une énergique politique de défense et d'action républicaines contre la coalition royaliste, bonapartiste, cléricale et césarienne qui se dissimule sous le nom de nationalisme », et rappellent l'urgence des réformes politiques et sociales.

17 novembre
Un groupe républicain libéral se forme à la Chambre sous la présidence de Jacques Piou. En 1902, Piou et Albert de Mun fondent l'Action libérale populaire : un réseau de 1 500 comités lui permettra de revendiquer 200 000 adhérents.

26 novembre
Première réunion du comité directeur de l'Union des industries métallurgiques et minières (UIMM) dans les locaux de l'Association des constructeurs et fabricants de matériel de chemins de fer. Au côté de Robert Pinot se trouvent le baron Robert de Nervo (1842-1909), vice-président du Comité des forges et administrateur des mines d'Anzin, Henri Darcy (1840-1926), administrateur des forges de Châtillon-Commentry et président du Comité des houillères. La création de l'UIMM symbolise la volonté des patrons de s'organiser pour mener une action concertée ; en 1910, on compte 368 847 organisations patronales, en 1914 : 403 143. Jusqu'à présent, seuls les maîtres de forges s'étaient regroupés en comité en 1864.

1er décembre
Le barreau est ouvert aux femmes, la loi leur accordant le droit de plaider depuis le 14 novembre 1899. Olga Petit prête son serment d'avocat. Le 19, c'est au tour de Jeanne Chauvin.

10-24 décembre
Quelques jours avant le vote de la loi d'amnistie en faveur de Dreyfus, le colonel Picquart adresse une lettre de protestation à tous les membres du Parlement : pour lui, l'amnistie accordée n'innocente pas Dreyfus. Le 22, dans *L'Aurore*, Zola la repousse également. Enfin, une fois la loi votée, le 24, le capitaine Dreyfus, qui veut être réhabilité, la dénonce également.

14 décembre
La France obtient les « mains libres », par accord avec l'Italie, au Maroc ; en échange l'Italie est libre d'agir comme elle l'entend en Libye.

autres événements
• Création des éditions Albin Michel.
• Paul Claudel fait paraître les premiers poèmes en prose de *Connaissance de l'Est*, entre deux séjours en Chine, où il avait été nommé vice-consul à Shanghai, puis consul à Fou-tcheou, de 1896 à 1899.
• Charles-Louis Philippe : *La Mère et l'enfant.*
• L'École des beaux-arts s'ouvre aux étudiantes.
• L'architecte et décorateur Hector Guimard (1867-1942) réalise des pavillons et des fontes dans le style Art nouveau pour les entrées des premières stations du métropolitain parisien. Son style tout en courbes sera appelé « style nouille » par ses détracteurs.

• Monet expose une première série de *Nymphéas* à la galerie Durand-Ruel, à Paris. La liberté de facture, la disparition de la ligne d'horizon et du point de fuite unique, le cadrage audacieux et surtout l'extrême subtilité des accords chromatiques annoncent une certaine forme de peinture abstraite, pour laquelle seules la vibration et l'effusion des couleurs compteront.
• Inauguration de la ligne téléphonique Paris-Berlin.

1901

15-22 janvier
Élu maire d'Alger en novembre 1898, Max Régis, directeur de *L'Antijuif* (tirage: 20000 exemplaires) et chef des bandes antisémites qui sévissent en Algérie, se présente à l'élection législative partielle du XIe arrondissement; il est battu. Le 3 juillet 1901, Régis démissionne de la mairie d'Alger puis disparaît de la scène politique.

27 janvier
Premier numéro de l'hebdomadaire de Georges Clemenceau, *Le Bloc*, qu'il rédige seul.

février
Anatole France: *M. Bergeret à Paris.*

14 février
Victor Prouvé (1858-1943), Émile Gallé (1846-1904), Antonin Daum (1864-1930) et Louis Majorelle (1859-1926) fondent l'École de Nancy, alliance provinciale des industries d'art, où sont enseignés les principes de l'Art nouveau.

mars
Maxime Gorki: *Les Vagabonds* (traduction).
Thomas Hardy: *Jude l'obscur* (traduction).
Zola: *La Vérité en marche* (sur l'affaire Dreyfus).

avril
Charles-Louis Philippe: *Bubu de Montparnasse.*
H. G. Wells: *L'Île du docteur Moreau* (traduction).
Zola: *Travail.*

16 avril
Le ministre de l'Intérieur, Georges Leygues, reçoit la délégation issue du congrès fédéral des mineurs (11-14 avril). Ces derniers revendiquent le vote d'une loi sur les délégués mineurs avant six mois, la journée de 8 h, le salaire minimum et la retraite à 2 francs par jour après vingt-cinq ans de travail.

18 avril
Réunie à l'initiative d'un comité, une assemblée des sociétés et associations féminines décide la création du Conseil national des femmes françaises. Le CNFF se fixe pour objectif de fonder un parti de femmes afin de garantir la représentation de la moitié de la nation. Au sein du CNFF, présidé par Sarah Monod, les femmes protestantes jouent un grand rôle. En 1909, le CNFF édite *L'Action féminine.*
Georges Leygues rappelle aux recteurs et aux proviseurs que toute propagande politique est interdite dans les établissements d'enseignement.

22 avril
Inauguration du salon de la Société nationale des beaux-arts. Maurice Denis (1870-1943) expose *Hommage à Cézanne*, peint l'année précédente, qui représente les peintres nabis, Bonnard, Roussel, Sérusier et lui-même en admiration devant la *Nature morte au compotier* de Cézanne, tandis que Vuillard contemple un tableau d'Odilon Redon.

27 avril
Une tribu arabe se révolte à Margueritte près d'Alger. Le procès des insurgés s'ouvre le 15 décembre 1902. Le 8 février 1903, 27 condamnations à des peines de prison et 86 acquittements sont prononcés.

mai
Alphonse Aulard: *Histoire politique de la Révolution française*, interprétation radicale de la révolution à laquelle s'oppose l'*Histoire socialiste de la révolution française* de Jean Jaurès dont le premier tome paraît la même année.
Maurice Maeterlinck: *La Vie des abeilles.*

11 mai
Création de l'Union des syndicats patronaux des industries textiles de France par des entrepreneurs « préoccupés des dangers que font courir aux intérêts communs des patrons et des ouvriers certaines lois déjà votées... ».

31 mai
Ex-reine de Madagascar, Ranavalona est de passage à Paris. Depuis septembre 1896, le général Gallieni a annexé la « Grande Île » au nom de la France. Exilée à la Réunion en 1897, Ranavalona l'est ensuite à Alger, où elle meurt en 1917.

juin
Pierre Louÿs: *Les Aventures du roi Pausole.*

21 juin
Vernissage de la première exposition personnelle de Picasso à Paris, chez Ambroise Vollard : 64 œuvres de ses débuts. À cette occasion, il rencontre le poète Max Jacob.

21-23 juin
Congrès de fondation du Parti radical et radical-socialiste qui rassemble 155 loges maçonniques, 215 journaux et 476 comités. Les radicaux comptent 201 députés, 78 sénateurs et 849 maires ou conseillers généraux et d'arrondissement.

30 juin
Le Parti ouvrier français (Jules Guesde), le Parti socialiste révolutionnaire (Édouard Vaillant) et l'Alliance communiste forment l'Unité socialiste révolutionnaire qui, en 1901, devient le Parti socialiste de France.

juillet
Claudel publie *L'Arbre* qui réunit la deuxième version de *Tête d'or*, *La Ville*, *La Jeune Fille Violaine*, *Le Repos du septième jour* et *L'Échange*.
Gabriel de Tarde : *L'Opinion et la foule*.

1er juillet
La loi sur les associations est votée. L'article 2 précise : « Les associations de personnes pourront se former librement sans autorisation ni déclaration préalable, mais elles ne jouiront de la capacité juridique que si elles se sont conformées aux dispositions de l'article 5 », c'est-à-dire qu'une déclaration rendant publique la création de l'association est obligatoire. Le décret du 16 août complète la loi et réglemente l'existence des congrégations religieuses et de leurs établissements qui doivent adresser une demande d'autorisation au ministre de l'Intérieur, lequel fait procéder à une instruction avant de transmettre le dossier au Conseil d'État.

août
Charles Letourneau : *La Psychologie ethnique*.

3 août
Drumont annonce la constitution d'un Comité national antijuif dans les locaux de *La Libre Parole*, quotidien qu'il a fondé en 1892.

3 septembre
Fondation de l'Alliance républicaine démocratique par Adolphe Carnot. L'Alliance, qui se réclame de Gambetta et Ferry, regroupe les républicains de gauche.

18 septembre
Le tsar Nicolas II et l'impératrice arrivent à Dunkerque en visite officielle. Ils reçoivent un accueil enthousiaste. Le 19, ils assistent aux grandes manœuvres à Reims et quittent la France le 23.

octobre
René Bazin : *Les Oberlé*.

20 novembre
Première de *Grisélidis*, opéra de Massenet.

7 décembre
Le Conseil supérieur de l'instruction publique condamne Gustave Hervé à la suspension d'emploi pour « incitation à manquer aux devoirs militaires ».

GUSTAVE HERVÉ

Socialiste révolutionnaire enseignant dans l'Yonne, Gustave Hervé (1871-1944) professe un antipatriotisme radical allant jusqu'à proposer de « planter le drapeau français dans le fumier ». Sa violence verbale lui vaut plusieurs condamnations et quelques séjours en prison. En juin 1904, c'est son Manuel d'histoire de France *qui fait scandale. Le 18 décembre 1906 paraît le premier numéro de* La Guerre sociale, *journal qui se situe à la confluence des courants anarchiste, socialiste « insurrectionaliste » et syndicaliste révolutionnaire. Somme toute, son influence au sein de la SFIO reste limitée. L'hebdomadaire fera l'apologie du sabotage, de « Mam'zelle Cisaille et Mister Browning ». Le 23 février 1910, Hervé est poursuivi pour avoir pris la défense du cordonnier-souteneur Liabeuf, assassin d'un agent de police qui sera exécuté. Hervé est condamné à quatre ans de prison et 1 000 francs d'amende. À partir de 1912, il évolue vers des positions complètement opposées. En 1914, rallié à l'Union sacrée, il devient un patriote exalté et, après la déclaration de guerre, rebaptise son journal* La Victoire. *Il est exclu de la SFIO en octobre 1916. En 1935, figure marginale du nationalisme français, il publie* C'est Pétain qu'il nous faut *mais ne joue cependant aucun rôle sous Vichy. Fondateur d'un Parti socialiste national avant la guerre, Hervé, loin d'adhérer à l'idéologie nazie, dénonça sans relâche l'antisémitisme, y compris sous l'Occupation.*

10 décembre
Le premier prix Nobel de la paix est attribué conjointement au Suisse Henry Dunant et à

Frédéric Passy (né en 1822), économiste membre de l'Académie des sciences morales et politiques, secrétaire de la Ligue internationale de la paix, auteur notamment de *La Guerre et la Paix* (1867), *La Solidarité du travail et du capital* (1874). Le prix Nobel de littérature revient à Sully Prudhomme.

17 décembre
Le budget des cultes est discuté à la Chambre. Waldeck-Rousseau veut montrer que sa suppression ne peut être qu'une « conséquence de la séparation de l'Église et de l'État sans entraîner à elle seule la séparation... ». Le budget est maintenu par 350 voix contre 187.

18 décembre
La Chambre adopte l'article 1er sur le secret du vote (« Dans toutes les élections, le vote aura lieu sous enveloppes cachetées »). Le 23, l'article 2 (« Il sera disposé dans chaque salle de vote, pour les électeurs, un ou plusieurs compartiments d'isolement ») est repoussé par 244 voix contre 207.

31 décembre
Fondation de l'Union fraternelle des femmes, cercle d'action culturelle qui se destine à la propagation de l'« idée féministe ».

autres événements
• Premier numéro du journal satirique *L'Assiette au beurre*, qui paraîtra jusqu'en 1912. En couverture, un dessin de Steinlen illustre les grèves.
• Jacques Doucet: *Les Petits Métiers de Paris* (photographies de l'auteur).
• Metteur en scène de Courteline et Jarry, le comédien Firmin Gémier (1869-1933) prend la direction du théâtre de la Renaissance, où il effectue la première tentative de théâtre populaire. En 1920, il crée selon ses vœux le Théâtre national populaire au Trocadéro, dont héritera après-guerre Jean Vilar.
• Pierre Lafitte lance *Fémina*, magazine de luxe.
• Paul Dukas: *Sonate en mi bémol mineur pour piano.*
• Vincent d'Indy: *L'Étranger* (drame symbolique d'après Ibsen).
• À l'occasion de la grande exposition Van Gogh organisée à la galerie Bernheim-Jeune, André Derain (1880-1954) présente son ami d'enfance Vlaminck (1876-1958) à Matisse.
• Aristide Maillol: *La Méditerranée.* Gide y verra la renaissance de la beauté grecque.
• Georges Méliès produit 27 films dont *Le Petit Chaperon rouge*, *Barbe-bleue*, *Quo vadis?*
• Fondation d'Air liquide par le chimiste Georges Claude (1870-1960).
• Fondation de la Société française de télégraphie et de téléphonie sans fil présidée par Édouard Branly.
• Course autour du monde pour battre les 80 jours de Jules Verne: en 63 jours et 13 h, Stiegler, du *Matin*, devance Turot, du *Journal.*
• Maurice Garin remporte la course cycliste Paris-Brest en 52 h 11.

1902

22 janvier
Première aux Bouffes-Parisiens de *Claudine à Paris*, comédie en trois actes de Colette. Cette même année, Colette remporte un succès inouï avec la publication, sous son nom, de *Claudine en ménage.*

mars
Émile Verhaeren: *Les Forces tumultueuses.*

20 mars
Première de *Quatorze Juillet*, pièce de Romain Rolland.

24 mars
À Tours, 31 fédérations socialistes se rassemblent dans le Parti socialiste français; Jaurès fait figure de chef de ce nouveau parti rival du Parti socialiste de France dirigé par Guesde et Vaillant.

27 mars
La Chambre adopte le principe de l'obligation du repos hebdomadaire par 422 voix contre 10. Jusqu'alors l'obligation ne concernait que les enfants âgés de moins de 16 ans et les femmes (loi du 2 novembre 1892).

30 mars
Loi sur la répression des fraudes en matière électorale.

22 avril
Francesca da Rimini de D'Annunzio au théâtre Sarah-Bernhardt, avec Sarah Bernhardt.

30 avril
Première représentation de *Pelléas et Mélisande*, opéra de Debussy. « Depuis longtemps, je cherchais à faire de la musique pour le théâtre, mais la forme dans laquelle je voulais la faire était si peu habituelle qu'après divers essais j'y avais presque renoncé », écrit Debussy dans une note d'avril. Rejetant le « développement classique dont la beauté est toute technique », le compositeur veut

donner « à la musique une liberté qu'elle contient peut-être plus que n'importe quel art ». Selon sa formule, les années de pèlerinage passionnées à Bayreuth le persuadent que Wagner clôt la musique de son temps et qu'il faut « chercher après Wagner et non pas d'après Wagner ». Debussy connaît le *Pelléas et Mélisande* de Maeterlinck, pièce donnée au théâtre de l'Œuvre de Lugné-Poe en mai 1893. Les membres de l'école de Massenet critiquent l'opéra, tandis que Charles Koechlin, Paul Dukas, Henri Rabaud, Gabriel Pierné et surtout André Messager soutiennent l'audacieux compositeur influencé par le symbolisme.

mai
Anatole France : *Crainquebille*.

7-8 mai
Dans la nuit, l'éruption de la montagne Pelée à la Martinique engloutit la ville de Saint-Pierre en quelques minutes. On évalue le nombre de victimes à 30 000 personnes. Le 2 septembre, une nouvelle éruption fait 2 000 morts.

11 mai
À l'issue du second tour des élections législatives, grâce au scrutin uninominal d'arrondissement à deux tours, le Bloc des gauches comptabilise 350 sièges (110 radicaux, 100 radicaux-socialistes, 45 socialistes) contre 250 à l'opposition. Signe d'une élection très suivie, l'abstention a reculé (20,8 % contre 23,9 % en 1898).

20 mai
Voyage du président de la République Émile Loubet à Saint-Pétersbourg pour renforcer l'alliance franco-russe.

4 juin
Gravement malade, Waldeck-Rousseau démissionne de la présidence du Conseil.

7 juin
Le sénateur radical Émile Combes forme le nouveau cabinet et, comme son prédécesseur Waldeck-Rousseau en 1899, s'adjuge le ministère de l'Intérieur et des Cultes : Vallée (Justice), Rouvier (Finances), général André (Guerre), C. Pelletan (Marine), Delcassé (Affaires étrangères), Trouillot (Commerce et Industrie), Maruéjouls (Travaux publics), Chaumié (Instruction publique), Doumergue (Colonies), Mougeot (Agriculture).

COMBES

Natif du Tarn, fils d'un fabricant de bonnets et bas de laine, Émile Combes (1835-1921) soutient une thèse de théologie sur saint Thomas d'Aquin ainsi qu'une thèse en latin sur saint Bernard et Abélard. Il perd la foi et renonce à la prêtrise. À 30 ans, il commence des études de médecine, épouse une fille de notables charentais. Déjà républicain sous l'Empire, il implante le radicalisme en Charente-Inférieure avant d'en devenir l'une des figures nationales. Président du Sénat (1894-1895), ministre de l'Instruction publique (1895-1896), cet anticlérical qui n'est pas hostile à la religion apparaît comme le successeur naturel de Waldeck-Rousseau. Sa politique, le « combisme », consiste d'abord à remplacer les fonctionnaires jugés trop antirépublicains par des amis du radicalisme ; même l'armée n'est pas épargnée. C'est en cherchant à transformer la loi sur les associations pour exclure les congrégations de l'enseignement qu'il gagne l'image d'un anticlérical forcené. Péguy, lui, dénonçait la « domination combiste », tout enrobée dans l'appellation démagogique de « petit père » qui lui fut octroyée, comme un danger pour la République. Combes, qui récusait le positivisme et les doctrines matérialistes, n'entretint pas moins une correspondance suivie avec la mère supérieure d'un couvent d'Alger.

12 juin
Lors de sa déclaration de politique générale, Combes souligne que le ministère réprimera tout empiétement du clergé dans les affaires de l'État et toute insubordination dans l'armée. Le 20 juin, il adresse une circulaire aux préfets pour leur demander leur « concours le plus loyal et le plus résolu » ainsi que celui de tous les fonctionnaires « qui détiennent une parcelle de la puissance publique ».

27 juin
Par décret gouvernemental, fermeture de 115 écoles congréganistes. Le 4 juillet, le député royaliste de Paris, Denys Cochin, conteste la légalité des fermetures d'écoles congréganistes, fondées sur la loi sur les associations. Combes lui répond qu'il s'agit de « faire triompher, en matière de politique religieuse, l'esprit de la Révolution » et que le gouvernement ne laissera pas la « majorité compacte comme un bloc » se désagréger car « sa désagrégation entraînerait une faillite irrémédiable du parti républicain ».

28 juin
Les États-Unis rachètent les droits de la Compagnie française de Panama.

juillet
Léon Bloy : *Exégèse des lieux communs* (1re série).

3 juillet
Le ministre des Affaires étrangères, Delcassé, annonce un rapprochement avec l'Italie. Le 10 juillet, les deux pays passent des accords secrets de neutralité.

15 juillet
Nouvelle circulaire aux préfets du président du Conseil Émile Combes, au sujet de la fermeture des écoles congréganistes créées sans autorisation préalable. Selon le gouvernement, seules 64 congrégations d'hommes et 885 de femmes ont déposé des demandes pour 13 000 établissements.

24-28 juillet
Vive agitation à Paris, à l'approche de la fermeture d'écoles congréganistes. À partir du 5 août, les décrets d'application de fermeture d'établissements religieux d'enseignement entrent en application, non sans résistance. Dans le Morbihan, les Côtes-du-Nord, le Finistère, les violences se multiplient.

août
Mirbeau : *Les Vingt et un jours d'un neurasthénique.*

6 août
Paul Cambon, ambassadeur de France à Londres, amorce le rapprochement franco-britannique qui donnera naissance à l'Entente cordiale.

22-27 septembre
7e congrès de la CGT à Montpellier qui marque la vraie naissance de la centrale syndicale en raison de la décision de réorganiser ses structures sur la base des fédérations d'industries (et non plus de fédérations de métiers) et surtout l'affiliation de la Fédération des Bourses du travail à la centrale syndicale.

UN NOUVEAU SYNDICALISME : L'ACTION DIRECTE

Jusqu'au déclenchement de la Première Guerre mondiale, le mouvement syndical français connaît une sorte d'« âge d'or ». Les effectifs de la CGT atteignent 607 463 adhérents en 1911. De nouveaux secteurs professionnels veulent obtenir des droits syndicaux : les fonctionnaires et, en premier lieu, les instituteurs. Ce syndicalisme – inspiré par une conception typiquement française, l'action directe – se heurte à l'État. Il nourrit une intense agitation sociale qui touche toutes les catégories de la population, des vignerons aux ouvriers du bâtiment. Les plus radicaux font l'apologie du sabotage et parfois le pratiquent.
Les grèves longues et dures, souvent ponctuées d'affrontements meurtriers avec les soldats, nécessitent l'organisation de « soupes communistes » et l'« exode » des enfants de grévistes accueillis dans des municipalités ouvrières. Le mythe de la grève générale révolutionnaire, alors très vivant, s'amplifie avec l'augmentation du nombre des grèves : 567 grèves en 1903 ; 1 039 – avec plus de 438 000 grévistes, record de la période – en 1906 ; 1 275 en 1907 ; 1 502 en 1910 et 1 116 en 1912. La grève, phénomène social, commence à faire l'objet d'études et d'enquêtes : le célèbre journaliste Jules Huret publie en 1902 une monographie, Les Grèves, *préfacée par Alexandre Millerand.*
Cependant la CGT ne sort pas victorieuse du combat. Elle traverse alors une grave crise idéologique liée à son fonctionnement interne. Dans les congrès, le vote se faisait jusque-là par organisation ; les grandes fédérations ne pesaient donc pas davantage que les petites. Les dirigeants de la CGT les plus conscients veulent donner à la centrale un mode de représentation et de direction plus conforme à la réalité du monde du travail.

27 septembre-6 octobre
Le 22e congrès de la Ligue de l'enseignement présidée par Ferdinand Buisson réclame l'abrogation de la loi Falloux (1850) pour « sauvegarder la liberté de l'enseignement de l'enfant ». Le 6 octobre, Combes s'en prend aussi à la loi.

29 septembre
Mort de Zola. L'écrivain est retrouvé asphyxié dans son sommeil par les émanations d'oxyde de carbone provoquées par une cheminée défectueuse, dans son appartement parisien de la rue de Bruxelles. Dans les milieux dreyfusards se répand une rumeur d'assassinat mais l'enquête conclut à une asphyxie accidentelle. Le 5 octobre, les obsèques de l'écrivain au cimetière de Montmartre ont lieu en présence de 50 000 personnes dont Alfred Dreyfus. Anatole France dit de l'écrivain disparu : « Il fut un moment de la conscience humaine. »

14 octobre
La proposition de loi portant création d'une Caisse nationale des retraites ouvrières est présentée par

Millerand et Paul Guieysse (1841-1914), député de Lorient, ancien ministre des Colonies en 1895-1896.

20 octobre

Après plusieurs jours de débat sur la fermeture des établissements des congrégations, la Chambre repousse une proposition du député Ernest Roche demandant la séparation des Églises et de l'État.

18 novembre

Le chansonnier Félix Mayol (1872-1941) crée *Viens Poupoule!* au café-concert L'Eldorado.

L'ÂGE D'OR DU CAF'CONC'

Au début du XXe siècle, le café-concert supplante les bals des barrières parisiennes du Second Empire, les goguettes où l'on dansait au pied des fortifications. Né au centre de Paris (Ba-Ta-Clan, Folies-Rambuteau), il s'est transporté sur les boulevards, notamment à Montmartre (Moulin de la Galette, Moulin Rouge, Scala, Alcazar). En 1900, on dénombre environ 300 salles qui drainent un public de différentes origines sociales. Peu à peu, le Caf'Conc' se transforme en «music-hall» avec l'introduction de sketches ou d'attractions de plus ou moins bon goût (femme à barbe, pétomane) qui suscitent en vain la réprobation; Anatole France déplore cette «féerie du laid, de l'obscène et du grotesque».

*Mayol, Paulus, Fragson, Polin et Dranem sont les vedettes de l'époque, avant que les femmes, Yvette Guilbert en tête, ne s'imposent à leur tour. Leurs chansons (*L'Hirondelle des faubourgs, La Chanson des blés d'or, L'Ami Bidasse, Frou-Frou, *etc.) constituent un répertoire qui se perpétue à l'occasion des banquets et des noces. Elles circulent sous forme d'imprimés de quatre pages incluant texte et musique, les «petits formats», colportés par les chanteurs de rues qui disparaîtront après la Seconde Guerre mondiale et dont on trouve encore la présence en 1946 dans le film de Marcel Carné,* Les Portes de la nuit.

autres événements

- Création de la Fédération nationale de la Mutualité française.
- Durkheim est nommé suppléant de Ferdinand Buisson à la chaire de sciences de l'éducation de la Sorbonne. Il en devient titulaire en 1906.
- Pierre Lafitte lance *Musica*, magazine illustré.
- Michel Zévaco (1860-1918), professeur de lettres et anarchiste, se lance dans le feuilleton pour *La Petite République*, avec ce qui deviendra la série des *Pardaillan* (*Par le fer et par l'amour*, 1902; *La Fausta*, 1903; *Pardaillan et Fausta*, 1903; *Le Fils de Pardaillan*, 1913). Il réhabilite ainsi le roman historique populaire.
- Au théâtre Antoine, Antoine met en scène *La Terre* de Zola.
- Gabriel Pierné: *La Croisade des enfants* (oratorio).
- Antoine Bourdelle (1861-1929) sculpte le *Monument aux morts de la guerre de 1870*, à Montauban.
- À Aix-en-Provence, Cézanne travaille à ses dernières *Montagne Sainte-Victoire vue des Lauves*.
- Méliès: *Le Voyage dans la Lune*.

1903

23 janvier

Dans son discours sur l'alliance franco-russe, Jaurès affirme que la France ne doit pas songer à reprendre de force l'Alsace-Lorraine. Ribot lui rappelle que quatre ans auparavant (en 1899), il avait jugé utile de reproduire ses articles de 1891 en faveur de l'alliance: il considère qu'ils constituent «la plus belle apologie qui ait été faite de l'acte de 1891», qui contredit l'opinion actuelle du leader socialiste.

mars

Léautaud: *Le Petit Ami*.

1er mars

La première exposition d'Art décoratif ouvre au pavillon Marsan, au Louvre. L'Union centrale des Arts décoratifs invite les artistes de l'École de Nancy. Victor Prouvé dessine l'affiche; Émile Gallé préface le catalogue.

5 mars

Lors du débat sur le budget, l'amendement Empereur, qui prévoit le prélèvement de 1 % des sommes engagées au pari mutuel au profit de l'État, est adopté.

21, 28 mars

Au Sénat, Delpech demande la suppression du budget des cultes et la dénonciation du Concordat de 1801. Combes envisage cette séparation qui ne «se fera peut-être pas attendre longtemps» et souhaite que le clergé observe une stricte neutralité politique, qu'il ne soit «ni républicain, ni antirépublicain». Le 28, la Chambre, par 304 voix contre 246, rejette toutes les demandes d'autorisation présentées par 54 congrégations d'hommes.

6-7 avril
Jaurès intervient au sujet de l'affaire Dreyfus en produisant une lettre du général de Pellieux faisant état de ses doutes sur l'authenticité d'une note attribuée à l'empereur d'Allemagne Guillaume II qui avait été utilisée pour accabler Alfred Dreyfus. Il demande l'ouverture d'une enquête; le général André, ministre de la Guerre, en accepte le principe et propose une enquête administrative sous le contrôle des magistrats.

15-29 avril
Voyage du président de la République Émile Loubet en Algérie (Oran, Sidi-bel-Abbès, Tlemcen, Kreider, Saïda, Blida).

mai
Octave Mirbeau: *Les Affaires sont les affaires.*

5 mai
Charles Jonnart est nommé gouverneur général de l'Algérie. Le 30 mai, il est attaqué avec son escorte par des Marocains révoltés près de Figuig, au sud d'Aïn Sefra.

juin
Alfred Binet: *L'Étude expérimentale de l'intelligence.*

1er juin
Premier congrès du Sillon de Marc Sangnier, à Belfort.

Sangnier

Fils de bourgeois libéraux, influencé par les enseignements de Léon XIII (encyclique Rerum novarum, *15 mai 1891), Marc Sangnier (1873-1950) s'est rallié à la République dès 1892. Ce polytechnicien trouve chez Lamennais, Lacordaire et Ozanam les sources du mouvement qu'il fonde en 1899. Sangnier cherche à grouper autour de lui les jeunes catholiques pour qu'ils s'intègrent à la démocratie républicaine, « le système politique qui suppose pour être efficace la pleine responsabilité des citoyens et la pratique de vertus qui sont chrétiennes ». Il met en place des cercles d'études, des coopératives. Dans un premier temps, le Vatican appuie le mouvement du Sillon, mais Pie X, en août 1910, finit par le condamner. En 1912, Sangnier transforme son mouvement en Ligue de la jeune République qui se situera à gauche. Après la Première Guerre mondiale, député de 1919 à 1924, il œuvre pour la réconciliation franco-allemande. En 1930, il fonde la Ligue française des Auberges de la jeunesse. En 1936, il apporte le soutien de Jeune République au Front populaire. Réélu député en 1945, il accepte d'être le président d'honneur du Mouvement républicain populaire.*

11 juin
La commission d'étude du projet de loi de Séparation est mise en place. Le Bloc des gauches dispose d'une voix de majorité (17 contre 16 à l'opposition). Aristide Briand en est la cheville ouvrière.

Briand

Fils d'un modeste commerçant, Aristide Briand (1862-1932) est boursier au lycée de Nantes. Devenu avocat, il exerce son métier tout en s'engageant dans les rangs de la gauche radicale et anticléricale. À Paris, il se rapproche des anarchistes, faisant l'apologie de la grève générale dans un texte que ne manquent pas de lui rappeler ses amis d'alors lorsqu'il devient ministre. Rallié aux socialistes et proche de Jaurès, il est élu en 1902 à Saint-Étienne. La responsabilité de rapporteur de la commission de Séparation lui permet d'acquérir une stature nationale. En 1905, il rompt avec Jaurès. Désormais sans attache partisane, il devient ministre en 1906 et retrouve presque dans chaque nouveau ministère un portefeuille jusqu'en 1915, année qui le voit devenir président du Conseil (octobre 1915-mars 1917). S'il se veut conciliant avec les catholiques, il est en revanche intransigeant avec les mouvements de grèves, souvent violents ou quasi insurrectionnels, qu'il juge dangereux pour la République. Rallié à l'Union sacrée, Briand commet l'imprudence, à l'été 1917, de nouer des contacts indirects avec un diplomate allemand dans l'espoir d'aboutir à la paix, imprudence qui entraînera sa mise à l'écart lors de la signature du traité de Versailles; il contribue néanmoins à faire échouer la candidature de Clemenceau à la présidence. Il joue un rôle certain dans les combinaisons politiques sans apparaître sur le devant de la scène jusqu'à son retour à la présidence du Conseil en 1921. Briand se fixe comme objectifs l'exécution du traité de Versailles, la reprise des relations avec le Saint-Siège nécessaire pour lutter contre le bolchevisme. Il obtient l'accord du Premier ministre britannique Lloyd George pour l'occupation de la Ruhr en 1921 afin de contraindre l'Allemagne au paiement des réparations mais change bientôt radicalement d'orientation, cherchant à engager une politique de coopération avec la République de Weimar. Briand est nommé par Herriot délégué à la Société des Nations. Au ministère des Affaires étrangères (cabinet Painlevé), commence l'ultime partie de sa carrière, celle qui lui vaut d'être appelé le « pèlerin de la paix ». Après la conférence de Locarno (octobre 1925), il travaille au rapprochement franco-allemand. En 1926, il reçoit le prix Nobel de la paix qu'il partage avec l'Allemand Gustav Stresemann. Son dernier grand projet, une fédération européenne, est ruiné par la disparition de Stresemann, son partenaire, ainsi que par les bouleversements consécutifs à la crise qui frappe l'Allemagne. Épuisé par la maladie, il démissionne du Quai d'Orsay pour mourir quelques semaines plus tard.

23 juin

La loi du 1er juillet 1901 sur les associations est complétée par l'interdiction faite aux anciens responsables d'un établissement congréganiste d'ouvrir un nouvel établissement dans la même commune ou un arrondissement limitrophe.

27 juin

Au Sénat, Waldeck-Rousseau dénonce le sectarisme de Combes : « On a voulu, tout à coup, demander à la loi de 1901 des résultats pour lesquels elle n'avait été ni conçue, ni faite », déclare-t-il, signifiant ainsi que le président du Conseil utilise la loi sur les associations de manière partisane.

1er-18 juillet

Le premier Tour de France cycliste, course en six étapes (2 500 km) séparées par plusieurs jours de repos et organisée par le journal *L'Auto*, dirigé par Henri Desgrange, est remporté par Maurice Garin ; il y avait 60 participants.

9 juillet

Sous le pseudonyme d'Alain, Émile Chartier commence à publier ses « Propos » dans *La Dépêche de Rouen*.

ALAIN

Élève au lycée de Vanves du professeur de philosophie Jules Lagneau qui lui fait découvrir le rationalisme, Émile Chartier (1868-1951) intègre l'École normale supérieure en 1889 et obtient l'agrégation de philosophie. Il devient en 1909 professeur de rhétorique supérieure au lycée Henri-IV. Il a déjà publié des essais : Le Culte de la raison comme fondement de la République *(1901),* Vers le positivisme absolu par l'idéalisme *(1904). Mais Chartier songe à un « roman intégral », où il ferait part de son observation des hommes et des choses. À la recherche d'une audience plus large, il publie d'abord dans* La Dépêche de Rouen, *puis dans d'autres journaux radicaux, divers* Propos *qui sont repris en volume. Ces textes philosophiques et pédagogiques ont pour but d'aider le lecteur à forger sa propre opinion sur les problèmes de l'heure ou de l'engager à réfléchir sur le sens des comportements sociaux. Non mobilisable en 1914, Alain obtient tout de même de s'engager. Il refuse le grade d'officier dans une guerre dont il pressent qu'elle sera « une moisson étonnante d'hypocrisie ». À partir de 1920, ses disciples (notamment Michel Alexandre et sa femme née Jeanne Halbwachs) publient les* Libres Propos *qui accueillent ses textes, donnés par ailleurs à* La NRF. *Par le biais de son professorat à Henri-IV, il exerce une grande influence sur toute une génération de lycéens puis de normaliens qui épousent son pacifisme que justifie rétrospectivement la guerre – Simone Weil, Claude Jamet, René Château ; Alain compte aussi parmi ses élèves Henri Massis et Julien Gracq. En 1925, il donne les* Éléments d'une doctrine radicale *qui le font considérer comme le philosophe du radicalisme, puis publie, en 1926,* Le Citoyen contre les pouvoirs *où il exprime sa vision de la politique : « Le citoyen n'a pas encore bien saisi cette idée que tout pouvoir est mauvais, s'il n'est surveillé, mais que tout pouvoir est bon, autant qu'il sent une résistance pacifique, clairvoyante et obstinée. » Par ailleurs, il écrit des études sur l'art et la littérature :* Système des beaux-arts *(1920),* En lisant Balzac *(1935) et commente les poèmes de Paul Valéry. Alain s'insère dans la tradition moraliste française, prônant, par le biais d'une rhétorique du balancement et de la confrontation, une résistance individuelle de la raison à toutes les forces qui lui sont extérieures, non sans que son pacifisme intégral ne l'amène en 1939 à signer hâtivement le tract de l'anarchiste Louis Lecoin* Paix immédiate ! *(« Le prix de la paix ne sera jamais aussi ruineux que le prix de la guerre […] Que les armées, laissant la parole à la raison, déposent donc les armes ! ») et à confier en 1940 à son* Journal *des réflexions en faveur de l'Allemagne victorieuse. Ce qui fait dire à Raymond Aron en 1952 à son propos : « La Deuxième Guerre mondiale nous a rappelé qu'une mémoire trop fidèle est aussi dangereuse que l'oubli. »*

août
Loyson-Bridet (Marcel Schwob): *Mœurs des diurnales* (à propos du journalisme).

10 août
Un accident sur la ligne de métro n°2 (Nation-Dauphine) provoque la mort de 84 personnes. La catastrophe, qui frappe le tout nouveau transport parisien, ne remet pas en cause son développement.

23 août
Départ du Havre de l'expédition Charcot à destination du pôle Sud à bord du *Français*.

septembre
Lévy-Bruhl: *La Morale et la science des mœurs.*

17 septembre
Le général Cazes est envoyé dans le Sud-Oranais pour y réorganiser les postes militaires. Courant octobre, les troupes françaises occupent Bechar dans le Sud-Est marocain, commençant une conquête, ni clairement voulue ni réellement pensée. D'où son caractère chaotique: marches des colonnes françaises, razzias et embuscades des chefs de tribus, bombardements s'entremêlent.

octobre
La Fronde, quotidien fondé par Marguerite Durand en décembre 1897 et entièrement dirigé par des femmes, devient mensuel d'octobre 1903 à mars 1905 comme supplément de *L'Action*, quotidien anticlérical.

MARGUERITE DURAND •

Fille naturelle élevée par une mère lettrée, Marguerite Durand (1864-1936) abandonne ses études pour le Conservatoire d'art dramatique. En 1881, elle est reçue à la Comédie-Française où elle rencontre un grand succès. Elle abandonne sa carrière lors de son mariage avec le député radical Georges Laguerre. Le couple s'engage dans le boulangisme. Après son divorce, Marguerite Durand travaille au Figaro. *Elle découvre le féminisme en 1896 et dès lors y consacre ses ressources et son temps, devenant l'une des figures centrales du mouvement féministe. Elle crée une Bibliothèque d'études féministes (qui porte aujourd'hui son nom) et tente de mettre sur pied un Office du travail féminin, rattaché au ministère du Travail récemment créé par Clemenceau: en 1908, la Chambre vote un crédit spécial mais Marguerite Durand décide de ne pas attendre les fonds publics et de créer cet Office à ses propres frais. Elle se heurte à l'hostilité de la CGT et son Office ne parvient pas à s'imposer. Elle s'était fait remarquer aussi en fondant le cimetière pour chiens d'Asnières.*

31 octobre-6 décembre
Une rétrospective Gauguin (mort le 8 mai précédent aux îles Marquises) est organisée au premier Salon d'automne. Créé en opposition aux Salons officiels des Artistes français et de la Société nationale des beaux-arts, ce Salon veut accueillir les courants esthétiques les plus novateurs.

décembre
Jules Laforgue: *Mélanges posthumes* (t. II des *Œuvres complètes*).

8 décembre
En Conseil des ministres, Combes présente les résultats de l'enquête menée par les préfets au sujet des écoles des congrégations autorisées. Pour 87 départements, on compte 3500 écoles (filles: 2200; garçons: 1300). Selon les préfets, 1900 d'entre elles peuvent être fermées immédiatement; la fermeture des 1600 autres exigerait la location de bâtiments ou la construction d'écoles nouvelles.

10 décembre
Henri Becquerel, Pierre Curie et Marie Curie reçoivent le prix Nobel de physique pour leurs travaux sur la radioactivité et la découverte du radium.

LES CURIE

Fils d'un médecin très libéral, Pierre Curie (1859-1906) est éduqué par ses parents et un ami de la famille hors du système scolaire, situation favorable au développement de son intérêt pour les sciences de la nature. Il entreprend des études en Sorbonne avec son frère Jacques (1855-1941), puis entre très tôt dans la recherche, devenant préparateur à la faculté des sciences de Paris. En 1880, les frères Curie découvrent la piezo-électricité et mettent au point le matériel nécessaire à sa mesure – électromètre et chambre d'ionisation qui seront utilisés pendant un demi-siècle. C'est grâce à cet équipement que l'épouse de Pierre, Marie, entreprendra ses propres recherches.
En 1882, Pierre Curie est nommé chef de travaux à l'École de physique et de chimie. À partir des années 1890, sa carrière scientifique est fortement influencée par les travaux de sa femme. Ayant découvert qu'à une certaine température

(le « point de Curie »), les corps magnétiques deviennent paramagnétiques, il présente en 1895 sa thèse sur Les Propriétés magnétiques des corps à diverses températures. *Nommé professeur à l'École de physique et de chimie, il obtient en 1904 la chaire de physique générale à la Sorbonne et est admis en 1905 à l'Académie des sciences. Il meurt l'année suivante, victime d'un accident de voiture.*

Maria Sklodowska (1867-1934) est née à Varsovie dans une famille d'universitaires dépourvue des moyens qui lui auraient permis de suivre ses études dans de bonnes conditions. Au prix de grands sacrifices, elle parvient à se rendre à Paris en 1891. Vivant très modestement d'une bourse, elle obtient une licence de mathématiques et de physique. Elle rencontre Pierre Curie, qu'elle épouse en 1895.

Les travaux d'Henri Becquerel sur les rayons X découverts par Röntgen en 1895 déterminent l'orientation de leurs recherches communes menées trop souvent avec des moyens dérisoires. Marie Curie entreprend une thèse sur les rayons uraniques et commence ses travaux en décembre 1897. Très vite, elle découvre les particularités de l'atome d'uranium et propose de nommer « radioactifs » les éléments qui produisent les rayons. En mars 1898, Pierre et Marie Curie isolent un nouvel élément plus radioactif que l'uranium et le thorium qu'ils nomment « polonium » (découverte publiée le 18 juillet), puis un second qu'ils nomment « radium » (26 décembre). Devant les réticences de leurs confrères, ils entreprennent de rassembler de plus grandes quantités de ces nouveaux éléments, les manipulant sans protection, ce qui affectera profondément la santé de Marie. Enfin, en juillet 1902, ils déterminent le poids atomique du radium. Début 1903, Pierre Curie et Laborde montrent que l'énergie dégagée par le radium est considérable par rapport à la masse de l'atome, et qu'elle provient d'une modification de l'atome lui-même. Ces découvertes valent le prix Nobel de physique au couple Curie et à Henri Becquerel.

Après la mort de Pierre, Marie Curie poursuit ses recherches, lui succède à la Sorbonne, fonde l'Institut du radium et initie la curiethérapie. Elle publie son Traité de radioactivité *en 1910. En 1911, un second prix Nobel, de chimie cette fois, couronne ses travaux. Mais l'Académie des sciences préfère élire un homme, Édouard Branly.*

Pendant la Première Guerre mondiale, elle met sur pied les services radiologiques de l'armée française. Elle effectue, en 1921, une tournée aux États-Unis pour recueillir les fonds nécessaires à l'achat d'un gramme de radium. Déposé à son laboratoire, ce radium permettra à sa fille Irène (née en 1896) et son époux Frédéric Joliot de découvrir la radioactivité artificielle l'année même de sa mort, en 1934.

21 décembre

John-Antoine Nau reçoit le premier prix Goncourt pour son roman intitulé *Force ennemie.*

autres événements

• Antoine : *Causerie sur la mise en scène.*
• Firmin Gémier monte le *Danton* de Romain Rolland au théâtre de la Renaissance.
• Création de la *Revue de synthèse historique.*
• Paul Vidal de La Blache : *Tableau de la géographie de la France.*
• Vincent d'Indy : *2e symphonie*, *Sonate pour violon et piano.*
• *Schéhérazade* de Maurice Ravel sur des poèmes de Tristan Klingsor.
• Les frères Auguste, Gustave et Claude Perret construisent un immeuble en béton, avenue Franklin, à Paris. Ils laissent la structure en béton armé visible en façade et habillent les murs de carreaux à motifs.

Les frères Perret

Fils d'un tailleur de pierre communard, réfugié à Bruxelles, Auguste (1876-1952) et Gustave (1874-1954) Perret deviennent les pionniers de la technique du béton armé dans lequel ils cherchent à reproduire les harmonies de l'architecture classique. Le théâtre des Champs-Élysées (1911-1913) couronne leur réussite. Après la guerre, ils réalisent l'église du Raincy (1923), la tour d'orientation de Grenoble (1925), le Garde-Meuble national (1936), le musée des Travaux publics. Nommé en 1946 architecte en chef de la reconstruction du Havre, Auguste Perret élabore également les plans de reconstruction du vieux port de Marseille.

• Dans les grands quotidiens commence à se généraliser l'illustration en photogravure.
• Sous l'impulsion du capitaine Ferrié (1868-1932), création du poste émetteur TSF de la tour Eiffel.
• Pierre Janet (1859-1947), successeur de Charcot au laboratoire de psychologie de la Salpêtrière, qui - parallèlement à Freud - avait fait des expériences sur l'hypnose et des découvertes sur l'effet curatif du récit de l'événement traumatique, publie *Les*

Obsessions et la psychasthénie, un an après son élection au Collège de France. Son objectif est d'introduire la psychologie dans les études médicales, d'unir médecine mentale et psychologie. Il anticipe ainsi sur l'idée que la description précise des troubles du comportement peut aider les recherches purement physiologiques, et donc la chimiothérapie.

• Le véronal, l'un des premiers barbituriques, apparaît dans les prescriptions des médecins français. Pendant plus d'un demi-siècle, il sera le médicament utilisé le plus fréquemment comme somnifère et, accessoirement, dans le traitement de l'épilepsie.

1904

5 janvier
Millerand est exclu du Parti socialiste français pour ses prises de position contre le désarmement.

27 janvier
Des torpilleurs japonais coulent la flotte russe en rade de Port-Arthur; les relations diplomatiques entre les deux pays étaient rompues depuis le 6 janvier. La guerre russo-japonaise commence; elle durera jusqu'en septembre 1905. La défaite sur terre comme sur mer des armées russes provoque l'ébranlement de l'empire allié de la France.

février
Les *Cahiers de la quinzaine* (9e cahier de la 5e série) commencent la publication du premier livre, « L'Aube », de *Jean-Christophe*, roman de Romain Rolland (17 livraisons jusqu'en 1912). L'année suivante, Rolland obtient le prix Fémina.

1er février
Soutenue par quelques journaux, dont *La Fronde* de Marguerite Durand, Madeleine Pelletier dénonce et fait modifier le règlement de l'internat d'aliéniste. Tout candidat devait jusqu'alors avoir des droits politiques, ce qui excluait *de facto* les étrangers et les femmes. Elle devient la première femme interne aux asiles.

Madeleine Pelletier

« Mon costume dit à l'homme: je suis ton égale. » Le cheveu court, le vêtement masculin, Madeleine Pelletier (1874-1939) milite dès l'âge de 13 ans dans un groupe féministe. Issue d'une famille pauvre, autodidacte, elle espère concilier son engagement dans le socialisme et sa lutte pour l'émancipation féminine mais se heurte à l'indifférence des hommes politiques à la cause des femmes. Madeleine se bat, au côté de Louise Michel ou d'Hubertine Auclert, pour le droit de vote: elle est l'auteur du slogan: « La femme doit voter, elle subit les lois et paie les impôts. » En 1910, elle est la candidate illégale de la SFIO dans le VIIIe arrondissement de Paris. Elle se dit « féministe intégrale » et revendique aussi le droit à la contraception, à l'avortement, au travail, à la liberté sexuelle des femmes. En 1939, elle est dénoncée comme « faiseuse d'anges » puis condamnée pour « crime d'avortement ». La première aliéniste, qui a attendu en vain dans son cabinet qu'un patient vienne consulter une femme psychiatre, est enfermée (en raison de son état de santé physique) dans un asile où elle décède le 29 décembre 1939.

1er-15 mars
La discussion à la Chambre du projet de loi sur la suppression de l'enseignement congréganiste commence. À gauche, Jaurès se déclare favorable au monopole de l'État. À droite, Denys Cochin s'oppose au projet. Le 7 mars, Combes répond aux intervenants: « Quel besoin l'État peut-il avoir encore des congrégations pour remplir sa tâche d'éducateur national ? » Il s'attire les vives critiques de Ribot qui dénonce le déclin des idées libérales. La discussion se prolonge jusqu'au 15. Le député Joseph Caillaux fait adopter, par 282 voix contre 271, un amendement au 1er article de la loi destiné à prolonger de cinq ans le délai de fermeture des établissements d'enseignement religieux.

8 avril
En échange d'une renonciation française à l'Égypte, l'Angleterre reconnaît à la France le « droit de veiller sur la tranquillité du Maroc ». Cette convention règle les principales questions en litige entre les deux pays et ouvre la voie à l'Entente cordiale. L'artisan du rapprochement franco-anglais est l'ambassadeur Paul Cambon, en poste à Londres pendant plus de vingt ans, de 1898 à 1920. En juillet 1914, il jouera un rôle décisif dans la décision du cabinet britannique d'entrer dans la guerre.

18 avril
Premier numéro du quotidien socialiste *L'Humanité*. Jean Jaurès directeur; rédacteurs: Rouanet, René Viviani, Aristide Briand, Francis de Pressensé, Jean Longuet, Jean Allemane, Albert Thomas. Collaborateurs: Lucien Herr, Charles Andler, Daniel Halévy, Léon Blum, Octave Mirbeau, Tristan Bernard, Jean Ajalbert, Gustave Lanson, Abel Hermant, Anatole France, Jules Renard.

mai
Le directeur des *Arts de la vie*, Gabriel Mourey, lance une souscription pour acheter *Le Penseur* que vient d'achever Rodin et l'offrir à l'État.
La galerie Durand-Ruel expose 37 *Vues de la Tamise, à Londres*, par Monet.

1er-8 mai
Élections municipales. À Paris, les nationalistes comptent 26 élus, les conservateurs 8, les progressistes 2, les radicaux 9, les radicaux-socialistes 9, les socialistes 25.

14 mai
Émission d'un emprunt russe de 800 millions de francs (taux : 5 %), remboursable dans cinq ans.

LES EMPRUNTS RUSSES

La France devient la terre d'élection des émissions d'emprunts des compagnies et sociétés qui se sont lancées dans l'industrialisation de la Russie et le développement des chemins de fer. 1,6 million d'épargnants fournissent 13 milliards de francs-or à l'empire qui fascine tant les Français. Après leur prise du pouvoir, les bolcheviks annuleront les créances russes, provoquant la ruine de ces petits souscripteurs trop confiants dans les produits proposés par des banques prestigieuses, en premier lieu le Crédit lyonnais. Ils ont été la cible d'une campagne de presse systématique orchestrée par un conseiller au ministère des Finances russe, Arthur Raffalovitch, qui distribuait des fonds aux journaux et aux journalistes. Auteur de la formule « l'abominable vénalité de la presse française » qui servira de titre à la publication d'un recueil de documents en 1931, il explique dans une correspondance (17 décembre 1902) : « ...Comme il est impossible d'acheter tout le monde, il faudra faire une sélection, prendre Le Temps, L'Écho de Paris *et* Le Journal, Le Petit Parisien, *quatre ou cinq journaux de province... »*
Le remboursement des emprunts russes restera une question récurrente des relations franco-russes jusqu'à la tardive et très symbolique solution négociée en 1999.

21 mai-30 juillet
Le 21 mai, l'ambassadeur Nisard est rappelé à Paris à titre de protestation contre l'ingérence du Vatican dans les affaires françaises. Depuis plusieurs semaines se développait un conflit au sujet de la convocation par le Vatican, sans autorisation du gouvernement et sous menace de suspension canonique, de deux évêques « républicains » : Mgr Geay (Laval) et Mgr Le Nordez (Dijon) ; ce dernier, accusé d'être franc-maçon, était boycotté par ses séminaristes. Le 27, la Chambre approuve le rappel par 427 voix contre 96. Le 30 juillet, le nonce apostolique à Paris est expulsé.

1er-18 juin
Première exposition personnelle de Matisse chez Ambroise Vollard.

MATISSE

Henri Matisse (1869-1954) est né dans une famille modeste, au Cateau-Cambrésis, dans le Nord. Après des études au lycée de Saint-Quentin, il se prépare à une carrière de clerc d'avoué, malgré une passion déjà prononcée pour la peinture. « Un de mes camarades, qui était ami de Bouguereau, me conseilla de venir à Paris et de suivre à l'École des beaux-arts les leçons d'un peintre qui avait acquis une si grande notoriété. » Il suit son conseil et, en 1891, s'inscrit à l'académie Jullian (où enseigne Bouguereau), qu'il quitte bientôt pour entrer dans l'atelier de Gustave Moreau à l'École des beaux-arts. Celui-ci le considère comme son plus brillant élève. Matisse copie des œuvres exposées au Louvre, rencontre Rouault, Pissarro, découvre Van Gogh. En 1898, à la mort de Gustave Moreau, il quitte les Beaux-Arts et poursuit seul ses recherches, sous l'influence de Cézanne, Gauguin et des néo-impressionnistes Seurat et Signac. C'est aussi l'époque de ses premières sculptures. « Je m'y sentais [au Louvre] comme dans une bibliothèque renfermant les ouvrages du passé, et je voulais créer quelque chose à partir de ma propre expérience. Aussi ai-je commencé de travailler seul. » À Collioure, où il passe l'été 1905 en compagnie de Derain, il peint une série de tableaux aux couleurs éclatantes qui feront scandale au Salon d'automne, où ils seront exposés dans la même salle que des œuvres de Derain, Friesz, Manguin, Marquet, Puy, Rouault, Valtat et Vlaminck. L'âge et le caractère affirmé de Matisse font de lui le chef de file d'un mouvement d'artistes baptisé par un critique du nom de « Fauves ». Des acheteurs (les Stein, Marcel Sembat) commencent à soutenir son travail. Cependant, Matisse abandonne vite les couleurs violentes et poursuit ses recherches dans d'autres directions. Il est l'un des premiers artistes à s'intéresser à l'art nègre, en 1906, année durant laquelle il fait la connaissance de Picasso. Commence l'époque de ses voyages : en

Allemagne (1908 et 1910), en Espagne (1910), au Maroc (1911-1912). En 1913, de retour de Tanger, il expose ses peintures marocaines à Paris, chez Bernheim-Jeune. En 1914, Matisse ne peut être mobilisé et s'installe à Collioure avec sa femme et leurs trois enfants. Il peint de nombreux portraits (notamment Italienne, *où l'on reconnaît Laurette, l'un de ses modèles fétiches) et découvre Nice en 1916. À la fin de la guerre, il entreprend une série de lithographies qui culmine en 1925 avec* Odalisque à la culotte bayadère. *Il expose régulièrement ses tableaux et ses sculptures chez Bernheim-Jeune, mais aussi à New York où il reçoit le prix Carnegie en 1927. En 1930, il voyage aux États-Unis et à Tahiti. En 1931, plusieurs rétrospectives lui sont consacrées, à Paris, à Bâle et à New York. Il travaille à* La Danse, *une grande décoration commandée par le docteur Barnes de Philadelphie, et à l'illustration des* Poésies *de Mallarmé. Pendant la Seconde Guerre mondiale, il reste à Nice où il travaille à l'illustration des* Poèmes *de Charles d'Orléans. Après-guerre, Matisse, presque infirme, invente un nouveau mode d'expression: il découpe de grands papiers préalablement peints à la gouache, ce qui, à ses yeux, règle le conflit traditionnel entre le dessin et la couleur. Sa dernière grande œuvre est la chapelle du Rosaire de Vence, qu'il conçoit entièrement, depuis l'architecture, jusqu'à l'ensemble de la décoration, du mobilier, des vitraux, et même des vêtements liturgiques. La chapelle est consacrée en 1951, trois ans avant sa mort, le 3 novembre 1954, à Nice. Cette réalisation unique marque l'aboutissement d'une recherche menée solitairement, qui confère à Matisse une place particulière dans l'art du XXe siècle. Il est en effet l'un des seuls peintres qui aient visé à réhabiliter la notion de décoration et d'art décoratif. Sans chercher à détruire quoi que ce soit, sans dogmatisme, mais en s'opposant toujours plus à la représentation « mimétique » héritée de la Renaissance italienne, il est parvenu à produire des œuvres qui, par la force propre et l'effusion de la couleur, par un dessin épuré, créent une harmonie heureuse, un « cadre » où l'homme, et non plus le spectateur, peut vivre mieux, respirer plus largement, percevoir plus simplement l'espace et la lumière du monde.*

10 juin

Combes est accusé de corruption. En décembre 1902, il aurait accepté 1 million de francs des chartreux pour les exclure de la loi sur les congrégations. Une commission d'enquête parlementaire est constituée. Présidée par Étienne Flandin, elle conclut le 12 juillet à l'absence de fondement à l'accusation; un ordre du jour favorable à Combes est voté par 334 voix contre 154.

7 juillet

Combes fait adopter une loi interdisant l'enseignement à toutes les congrégations; environ 2500 écoles sont contraintes de fermer.

19 juillet

À Cluses (Haute-Savoie), au cours d'un rassemblement des grévistes de leur entreprise, les quatre fils de l'« usinier » Crettiez tirent dans la foule. On relève trois morts. Leur usine est incendiée. Le 24 novembre, trois d'entre eux seront condamnés à un an de prison, le quatrième à huit mois. Six ouvriers sont acquittés.

5 septembre

Discours de Combes à Auxerre à propos des relations de la France avec le Vatican. Il dénonce les violations du Concordat et justifie la nécessité de la séparation des Églises et de l'État « garantissant aux communautés religieuses une liberté réelle sous la souveraineté incontestée de l'État ».

octobre

Léon Frapié reçoit le prix Goncourt pour son roman *La Maternelle.*

7 octobre

Le ministre des Affaires étrangères Delcassé et son homologue espagnol León y Castillo s'accordent sur les droits et garanties concernant les territoires algériens et marocains. Le gouvernement espagnol se dit fermement attaché à l'intégrité de l'empire chérifien sous l'autorité du sultan.

15 octobre

À Paris, le second Salon d'automne rend un hommage solennel à Renoir et consacre une salle entière à Cézanne. Matisse y expose 13 tableaux et Robert Delaunay (1885-1941) ses premières toiles, marquées par l'influence de Gauguin.

20-25 octobre

Le projet de loi autorisant la ville de Paris à emprunter 120 millions de francs pour mettre sur pied un service de distribution du gaz est adopté. Le conseil municipal crée une régie dirigée par un conseil d'administration autonome dont sept membres sont désignés par lui et les cinq autres par le préfet de la Seine.

21 octobre
À l'occasion du centenaire du Code civil, 50 féministes manifestent devant le Palais-Bourbon aux cris de: «À bas le Code!»

28 octobre
Le gouvernement est interpellé par le député de droite Guyot de Villeneuve au sujet de la délation dans l'armée: c'est le début de l'«affaire des fiches». Le général André, ministre de la Guerre, est soupçonné d'avoir organisé un service occulte de renseignement sur les opinions politiques et religieuses des officiers dont l'avancement était décidé en fonction de fiches établies d'après des indications fournies par les loges maçonniques. Guyot de Villeneuve présente des documents sur les relations établies entre le Grand Orient et le ministère; plusieurs officiers sont mis en cause: le capitaine Mollin (qui démissionne le lendemain), le commandant Pasquier, le colonel Jacquot.

29 octobre
Le Conseil central des Églises réformées fait part de ses craintes en ce qui concerne les conséquences pour elles de la loi de Séparation. Quelques personnalités protestantes, l'économiste Charles Gide, le philosophe Raoul Allier, le président du consistoire de Paris Benjamin Couve ou le pasteur François Méjean (dont le frère Louis Méjean est l'un des collaborateurs de Briand), s'inquiètent d'une loi, à leurs yeux plus persécutrice que libérale, mais la majorité des protestants adhère au projet de Séparation.

30 octobre
L'École de Nancy inaugure l'exposition d'Art décoratif lorrain dans les galeries Poiriel, à Nancy. Jusqu'au 4 décembre, Victor Prouvé présente *La Joie de vivre* et le *Portrait d'Émile Gallé*, décédé le mois précédent.

novembre
Frédéric Mistral reçoit le prix Nobel de littérature.

4 novembre
Guyot de Villeneuve interpelle à nouveau le gouvernement sur l'«affaire des fiches». Des incidents ont lieu dans l'hémicycle. Leygues dénonce un «régime de délation officielle et de démoralisation sociale»; Millerand s'indigne contre le «système des suspects». Un ordre du jour défavorable au gouvernement est repoussé par 279 voix contre 277.
Le député nationaliste du IIe arrondissement de Paris, Gabriel Syveton, gifle à deux reprises le général André compromis dans l'«affaire des fiches»; celui-ci est contraint de démissionner du ministère de la Guerre le 15 novembre. Il est remplacé par Maurice Berteaux, député radical-socialiste de Seine-et-Oise. Syveton fut, en 1898, l'un des créateurs de la Ligue de la patrie française conçue pour faire pièce aux dreyfusards, et dont il devint le trésorier, trésorier bientôt soupçonné de détournements de fonds et qui choisit de se suicider le 8 décembre. Les nationalistes répandent alors leur propre version: il aurait été assassiné par vengeance, pour avoir giflé le général André un mois auparavant.

7 novembre
Bergson est élu à la chaire de philosophie au Collège de France.

14 novembre
Début de «l'affaire Thalamas», suite à l'interpellation du député Georges Berry. Professeur au lycée Condorcet, Amédée Thalamas (1867-1953) est déplacé en raison de ses déclarations sur Jeanne d'Arc «sujette dès son enfance à des hallucinations auditives» – déclarations qui ont suscité la fureur des nationalistes. Le ministre de l'Instruction publique Chaumié, après enquête, justifie la sanction. L'affaire rebondit en décembre 1908 lorsque le professeur est nommé à la Sorbonne: «thalamistes» et «antithalamistes» s'affrontent alors au quartier Latin.

autres événements
• Fayard lance la «Moderne Bibliothèque» à 95 centimes qui accueille des écrivains contemporains et le «Livre populaire».
• Émile Guillaumin: *La Vie d'un simple*.
• Myriam Harry reçoit le prix décerné par l'équipe féminine du journal *Vie heureuse* depuis 1903 pour son roman *La Conquête de Jérusalem*, paru en 1903; la revue *Fémina*, qui en prend la suite, donne son titre au prix.
• L'architecte Anatole de Baudot (1834-1915), disciple de Viollet-le-Duc, achève la construction du premier édifice religieux en béton armé, l'église Saint-Jean de Montmartre, à Paris, commencée en 1894. Ses parements extérieurs en brique valent à l'édifice le surnom de «Saint-Jean-des-Briques».
• Le ministre de l'Instruction publique demande au psychologue Alfred Binet (1857-1911) de mettre au point un test pour dépister dans les écoles les enfants retardés mentaux et mesurer le quotient intellectuel. Le test Binet-Simon, élaboré avec le psychiatre Théodore Simon (1873-1961), sera adopté dans le monde entier.

1905

9 janvier
Dimanche rouge à Saint-Pétersbourg (22 janvier selon le calendrier julien). Une pétition suscitée par le pope Gapone recueille les signatures de 150 000 grévistes. Cette supplique doit être remise au tsar Nicolas II – qui est absent – le 9: les cortèges convergent des banlieues ouvrières vers le palais d'Hiver. À midi, la troupe ouvre le feu; le nombre exact des victimes (vraisemblablement plusieurs centaines) ne fut jamais connu. La Russie entre dans une période de troubles révolutionnaires pour lesquels se passionne l'opinion publique française, au travers de nombreux articles, tels ceux du grand reporter Gaston Leroux publiés sous le titre: « L'Agonie de la Russie blanche ». Les socialistes prennent l'initiative de créer une Association des amis des peuples de Russie.

10 janvier
Paul Doumer, opposant à Combes, est élu président de la Chambre des députés.

13-14, 18 janvier
À la Chambre, le député républicain progressiste Paul Deschanel interpelle sur ce qui est devenu l'« affaire des fiches » le gouvernement Combes qui obtient la confiance par 289 voix contre 279: une partie notable des députés « ministériels » a fait défection. Le 18, Combes remet sa démission. « Le chiffre de cette majorité, écrit-il au président de la République, tel qu'il résulte des derniers votes [...] ne me permet pas d'espérer que je puisse conduire ce programme [de réformes politiques et sociales] à bonne fin. »

15 janvier
Création de la Ligue d'Action française.

24 janvier
Maurice Rouvier forme le nouveau ministère dans lequel il est également ministre des Finances: Étienne (Intérieur), Chaumié (Justice), Bienvenu-Martin (Instruction publique et Cultes), Thomson (Marine), Clémentel (Colonies), Ruau (Agriculture), Dubief (Commerce et Industrie), Gauthier (Travaux publics), Brérard (PTT), Dujardin-Beaumetz (Beaux-Arts). Conservent leurs portefeuilles: Delcassé (Affaires étrangères) et Berteaux (Guerre).

Rouvier

Maurice Rouvier (1842-1911) a commencé sa carrière auprès de Gambetta – il fut l'un des rédacteurs du journal de celui-ci, La République française. *Sa réputation de technicien en matière financière, ses liens avec le banquier Jacques Reinach, son appartenance à de nombreux conseils d'administration lui permirent d'accéder sept fois au ministère des Finances. Compromis dans le scandale de Panama (1892), il est remis en selle par Combes qui comptait utiliser ses liens avec les grands financiers. Dans sa déclaration ministérielle le 27 janvier, il se fixe pour tâche d'« amener dans les esprits la détente et l'apaisement ». L'ordre du jour est voté par 410 voix contre 107.*

février
L'éditeur Maurice Languereau lance *La Semaine de Suzette* à destination des adolescentes qui paraîtra jusqu'en 1960 et dans laquelle sera publiée *Bécassine* de Pinchon et Caumery (pseudonyme de Languereau).
Picasso, définitivement installé à Paris depuis 1904, expose à la galerie Serrurier. Il y rencontre Guillaume Apollinaire ainsi que Gertrude Stein et son frère Léo, deux collectionneurs américains, qu'il présente à Matisse. Gertrude Stein lui achètera la *Femme à la chemise*. Peint dans un style maniériste, ce nu, à la fois bleu et rose, marque le début de la période rose (1905-1907). Picasso fréquente également Derain dont l'atelier est proche du Bateau-Lavoir.

10 février
Le nouveau ministre de l'Instruction publique et des Cultes, Bienvenu-Martin, indique que la loi de Séparation offrira la solution au problème des relations entre la France et le Vatican. Un ordre du jour de la Chambre indiquant que « l'attitude du Vatican a rendu la séparation inévitable... » est voté par 343 voix contre 189.

16 février
Le Sénat vote, par 239 voix contre 37, la loi réduisant le service militaire à deux ans. Le 28, Messimy présente un plan de réorganisation des armées. Le 17 mars, la Chambre vote à son tour la loi. Sont mobilisables les hommes de 20 à 45 ans. Le service actif dure deux ans, la réserve onze, la territoriale six. La loi entrera en application un an après sa promulgation.

1er mars
Le ministre des Colonies, Clémentel, envoie Savorgnan de Brazza au Congo. Savorgnan meurt le 15 septembre 1905 à Dakar, victime d'une fièvre hématurique.

21 mars
Ouverture à la Chambre du débat sur la loi de Séparation, après dépôt du rapport de Briand élaboré depuis juin 1903. Le député Georges Berry demande le report de la discussion. L'ajournement est repoussé par 343 voix contre 40. Une motion («Nous combattons donc la religion parce que nous voyons dans la religion le plus grand moyen qui reste entre les mains de la bourgeoisie, entre les mains des capitalistes, pour conserver le travailleur en état de dépendance économique...») du socialiste Maurice Allard est également rejetée. Le 23, Paul Deschanel pose la question de la dévolution et de la jouissance des édifices du culte.

24 mars
Le député socialiste Jules-Louis Breton interpelle le gouvernement sur l'exploitation de l'enfance dans les établissements privés de bienfaisance. Il demande une surveillance sévère. La question est débattue par intermittence, en raison du débat sur la Séparation, jusqu'au 7 juillet.

31 mars
En visite officielle au Maroc, à Tanger, l'empereur allemand Guillaume II s'entretient avec le sultan et le chargé d'affaires français. Le Kaiser se prononce pour la politique de la «porte ouverte», contre l'annexion (sous-entendu par la France) et les monopoles. L'effet de ce «coup de Tanger» est considérable en France où le gouvernement ne suit pas son ministre des Affaires étrangères Delcassé qui, lui, est persuadé que l'«intrusion» allemande relève d'un bluff – il presse le sultan d'accepter le protectorat et refuse toute concession à l'Allemagne. Privé du soutien du président du Conseil Rouvier, Delcassé donne sa démission le 21 avril mais la reprend le lendemain. Le 26, l'état-major alerte Rouvier sur les faiblesses de l'armée française. Le président du Conseil informe alors l'ambassadeur allemand en France Radolin qu'il est prêt à congédier son ministre, départ fortement souhaité par l'Allemagne. La crise trouve une issue lorsque le 6 juin Delcassé, complètement isolé, démissionne.

avril
Parution du premier volume de la monumentale *Histoire de la langue française* du linguiste Ferdinand Brunot (1860-1938) qui ne sera achevée qu'en 1943 par Charles Bruneau.

12 avril
L'article 1er de la loi de Séparation des Églises et de l'État est adopté par 422 voix contre 45: «La République assure la liberté de conscience. Elle garantit le libre exercice des cultes sous les seules restrictions édictées ci-après dans l'intérêt de l'ordre public.» L'article 2 est voté le 15: «La République ne reconnaît, ne salarie ni ne subventionne aucun culte. En conséquence, à partir du 1er janvier qui suivra la promulgation de la présente loi, seront supprimées des budgets de l'État, des départements et des communes toutes dépenses relatives à l'exercice des cultes.»

13 avril
Libertad fonde *L'Anarchie*, hebdomadaire qui fera l'apologie de la «reprise individuelle» (le vol) et des «sans-scrupules conscients». André Roulot dit Lorulot et Victor Kibaltchiche dit Victor Serge en sont les principaux collaborateurs.

23-26 avril
Congrès d'unification du Parti socialiste français et du Parti socialiste de France, salle du Globe. Le Parti socialiste unifié, Section française de l'Internationale ouvrière (SFIO), est né.

15 juin
Inauguration du rapide Paris-Nice (18 h 45) par la Compagnie des chemins de fer Paris-Lyon-Méditerranée.

21 juin
Suite à un échange de notes entre le président du Conseil Rouvier et l'ambassadeur allemand en France, les relations franco-allemandes entrent dans une phase de détente.

22 juin
Les députés votent la création d'une École des arts et métiers à Paris.

29 juin
La journée de 8 h entre en vigueur dans les mines.

13 juillet
Au cours d'une assemblée générale extraordinaire, les amicales d'instituteurs décident de se transformer en syndicats adhérant aux Bourses du travail et de constituer une Fédération nationale des syndicats d'instituteurs et institutrices publics de France et des colonies. Lorsqu'en octobre, la section de la Seine dépose ses statuts à la préfecture, elle se heurte au refus d'enregistrement du préfet.

14 juillet
La Chambre vote le projet instituant l'assistance obligatoire par l'État, les départements et les communes, des vieillards indigents âgés de 70 ans et plus.

15 juillet
Maurice Leblanc publie son premier *Arsène Lupin* dans *Je sais tout*, magazine illustré de lecture et de culture populaires lancé par Pierre Lafitte.

2 août
Sur la ligne de démarcation entre le Congo français et le Cameroun allemand se produit un incident. Aussitôt Français et Allemands envoient une commission mixte d'enquête.

11 août
La Bourse du travail de Paris est placée, par décret, sous l'administration d'une commission de 15 élus choisis parmi les syndicats parisiens et les fédérations de syndicats; la CGT et la Fédération des Bourses en sont expulsées.

septembre
Le poète allemand Rainer Maria Rilke arrive à Meudon à l'invitation de Rodin sur lequel il a écrit une monographie publiée en 1903. À part une interruption en 1906, Rilke restera en tant que secrétaire auprès de Rodin jusqu'en 1911.

octobre
Claude Farrère reçoit le prix Goncourt pour *Les Civilisés*.

15 octobre
Création de *La Mer* de Claude Debussy aux concerts Lamoureux, sous la direction de Chevillard.

18 octobre
Au troisième Salon d'automne, le jury accorde une place de choix aux peintres nabis, désormais acceptés. Une salle entière est consacrée à Cézanne. *La Femme au chapeau* de Matisse suscite l'hilarité. Averti par la presse, le président de la République Loubet refuse d'inaugurer un Salon qui expose des « bariolages informes ».

Le fauvisme

Dans la salle VII du troisième Salon d'automne, deux petites sculptures de goût renaissant sont environnées de tableaux aux couleurs éclatantes de Camoin, Derain, Matisse, Marquet... qui font aussitôt scandale. Le critique Louis Vauxcelles note dans Gil Blas *: « La candeur de ces bustes surprend au milieu de l'orgie des tons purs : Donatello chez les fauves... » Si l'appellation « fauvisme » naît ainsi, le type de peinture ou le mouvement qu'il désigne existent déjà depuis plusieurs années. Les peintres qui y participent se connaissent, nombre d'entre eux se sont rencontrés à Paris dans l'atelier de Gustave Moreau (Camoin, Matisse, Marquet et Rouault), mais ils n'ont aucune théorie commune, et les thèmes qu'ils abordent ne présentent aucune spécificité remarquable. Ce qui les rapproche est plutôt l'hostilité générale qu'ils rencontrent et qu'ils doivent à un usage particulier, parfois provocateur, de couleurs vives qui visent à restituer – et à susciter chez le spectateur – une émotion immédiate. Il y a cette violence en eux de vouloir provoquer d'abord un choc sensuel.*
Le mouvement procède de différentes influences que des peintres nés dans les années 1876-1882 (le plus âgé est Matisse, né en 1869) reçurent au cours de leur formation. Influence du néo-impressionnisme de Paul Signac, d'Henri-Edmond Cross, de Gauguin (mort en 1903) et de son émule Paul Sérusier dans l'utilisation de larges aplats de couleurs pures et dans une certaine thématique hédoniste, et de Van Gogh, dont la rétrospective présentée à Paris à la galerie Bernheim-Jeune en 1901 avait révélé le génie de coloriste.
Très proches des tableaux de Matisse des années 1901-1905 sont alors ceux de Derain, qui, en 1906, à la demande du marchand Ambroise Vollard, se rend à Londres avec le projet déclaré de renouveler la vision que Monet venait de donner de cette ville dans une exposition de Vues de la Tamise, *en 1904, à la galerie Durand-Ruel. Ici encore on voit à quel point le fauvisme fut consciemment vécu comme une rupture avec l'impressionnisme. À la même époque, entre 1905 et 1908, Vlaminck, qui a rencontré Derain dès 1900, peint à Bougival et à Chatou, sites impressionnistes, des paysages remarquables, avec une véhémence de la touche et de la couleur qui excède celle de Matisse et de Derain, et où le souvenir de Van Gogh est très présent. Au printemps 1906, Georges Braque, Raoul Dufy et Othon Friesz exposent au Havre – dont ils sont tous trois originaires – des toiles fauves, à côté d'œuvres de Derain, Manguin et Matisse. La même année, Derain passe le mois d'août à L'Estaque, où il sera rejoint en octobre par Braque et Friesz, qui y séjourneront jusqu'en février 1907. Ces deux peintres s'installent ensuite, en mai 1907, à La Ciotat. L'année suivante, Dufy séjourne plusieurs mois à L'Estaque... Ces quelques lieux de prédilection sont caractéristiques du fauvisme, qui fut un embrasement aussi violent qu'éphémère puisqu'il ne dura guère, en tant que tel, plus de trois ans. Dès 1907 en effet, Derain, qui a joué un rôle capital dans le mouvement, tourne ses recherches vers une peinture plus architecturée, sous l'in-*

fluence de Cézanne (mort l'année précédente). Il en va de même pour Braque qui, lors de son second séjour à L'Estaque en 1908, produit ses premières œuvres cubistes. Cette même année, Braque, Dufy, Friesz et Vlaminck exposent encore des œuvres fauves au Salon des indépendants ; Matisse est déjà ailleurs, en quête d'un art plus serein, plus méditatif, où le dessin retrouve une grande importance. Pour bref qu'il fût, le fauvisme, en libérant l'usage de la couleur de tout impératif d'imitation, a changé les destinées de l'art du XXe siècle : l'expressionnisme des maîtres de l'École de Paris et « l'abstraction lyrique » lui doivent beaucoup.

22 octobre

Les *Cahiers de la quinzaine* (3e cahier de la 7e série) publient *Notre Patrie* de Péguy. Il s'agit d'une sorte de manifeste de rupture avec le dreyfusisme qui « devenant gouvernemental, politique, parlementaire, cessait d'être un véritable dreyfusisme » ainsi qu'avec le socialisme qui, « devenant gouvernemental, politique, parlementaire, devenait un étatisme et cessait d'être un socialisme véritable ». Désormais, l'homme de la petite boutique du 8 rue de la Sorbonne place le destin de la France et ses traditions au-dessus de tout ; commence alors son retour à Dieu.

29 octobre-3 novembre

Premier congrès du Parti socialiste unifié (SFIO) à Châlons. Le parti compte 67 fédérations, 38 députés et entre 1 500 et 2 000 élus pour 46 000 adhérents (Seine et Nord : environ 7 000).

7 novembre

À la Chambre, le député Lasies dépose un projet de loi autorisant les fonctionnaires à se syndiquer. Le président du Conseil Rouvier, les ministres Bienvenu-Martin et Dubief soutiennent que la loi de 1884 n'autorise pas les syndicats d'instituteurs. En butte aux poursuites judiciaires, les instituteurs répliquent le 26 par un manifeste qui récuse l'interprétation du gouvernement.

12 novembre

Le cabinet Rouvier est remanié. Eugène Étienne devient ministre de la Guerre, Dubief ministre de l'Intérieur, Trouillot ministre du Commerce et de l'Industrie.

6-9 décembre

Le Sénat vote l'ensemble de la loi de Séparation des Églises et de l'État. Le 9, le président de la République Émile Loubet la proclame. Elle paraît au *Journal officiel* le 11. Il est décidé de procéder aux inventaires des biens de la nation mis à la disposition des Églises pour l'exercice des cultes.

ÉPISODES DES INVENTAIRES

Sous le régime concordataire, les congrégations religieuses demeurent privées de toute existence légale en application des lois du 13 février 1790 et du 18 août 1792. Certains établissements ont pu bénéficier d'une autorisation pour exercer une fonction utile à la nation (assistance, enseignement). L'État voulant faire appliquer la loi de Séparation, il s'ensuit des incidents. On assiste parfois à des scènes de violence. À Paris, le 1er février 1906, les opposants aux inventaires se barricadent dans l'église Sainte-Clotilde malgré l'opposition de son curé, l'abbé Gardey. Le préfet de police fait enfoncer les portes : forces de l'ordre et protestataires s'affrontent violemment. Le lendemain, des scènes semblables se déroulent à Saint-Pierre-du-Gros-Caillou ; là, les pompiers utilisent leur lance à incendie. Parmi les manifestants, les militants de l'Action française sont particulièrement actifs, mais ceux du Sillon sont également présents. Marc Sangnier s'associe aux protestations le 9 février. Le 20 février, Albert de Mun soutient le mouvement de résistance tandis que la majorité des évêques est favorable à la conciliation. Le 23 février, trois officiers sont mis aux arrêts de forteresse pour avoir refusé d'obéir à l'ordre d'ouverture d'une église par la force. Le 19 mars, le conseil de guerre de Rennes condamne pour refus d'obéissance le commandant Héry à un mois de prison avec sursis ainsi que deux capitaines à un jour. Le 27 mars un autre conseil acquitte deux autres officiers. Dès la fin février, le mouvement a gagné la province : la Lozère, l'Ardèche, la Haute-Loire, le Maine-et-Loire, la Vendée, le Morbihan, la Manche, la Flandre et le pays Basque sont les départements où il est le mieux organisé. Chaque fois des centaines voire des milliers de personnes se rassemblent pour faire échec aux inventaires. Le ministre de l'Intérieur Dubief donne comme instruction de renoncer à les effectuer si les forces de police se heurtent à une résistance violente – dont il y eut peu de cas.

17 décembre

Lors du congrès de l'Action libérale, le comte Albert de Mun prend position contre la Séparation : « ... La constitution de 1790 [la constitution civile du clergé] entendait, du moins, maintenir la religion chrétienne; la loi de Séparation a pour but avoué de la détruire. »

autres événements

• Léon Bloy: *Belluaires et Porchers* (recueil d'articles).
• Debussy: *L'Île joyeuse.*
• Vincent d'Indy: *Jour d'été à la montagne* (1905-1907).
• L'architecte Frantz Jourdain (1847-1935) construit à Paris les nouveaux magasins de la Samaritaine dans un style caractéristique de l'Art nouveau: métal et verre, ornements en fer forgé et céramique vernissée.
• Auguste Chabaud: *Le Moulin de la Galette.*
• Camille Claudel: *La Joueuse de flûte, L'Aurore.*
• Maillol: *La Nuit, Femme à la colombe.*
• Monet: *Nymphéas à Giverny.*

1906

2 janvier

À la suite du décret d'administration publique concernant les inventaires du 29 décembre 1905, la direction générale de l'enregistrement envoie des instructions sur la procédure à suivre; les agents doivent demander aux « prêtres présents l'ouverture des tabernacles ». La circulaire, publiée dans *La Croix* le 11 janvier, provoque une profonde émotion.

16 janvier-7 avril

La conférence internationale d'Algésiras (Espagne) rassemble 11 pays européens, les États-Unis et le Maroc. Elle aboutira au règlement de la première crise marocaine. Une banque d'État du Maroc est créée, la France en est la principale garante; elle est également chargée – grâce à l'appui de la Russie, de l'Espagne et de l'Angleterre – d'une police des ports marocains que l'Allemagne voulait internationale. L'acte final (7 avril) garantit l'indépendance du sultan. La conférence préfigure en partie les alliances qui se forment les années suivantes: l'Allemagne, l'Autriche-Hongrie et la Turquie s'opposent à la France, l'Angleterre, la Russie et l'Italie.

17 janvier

Ancien ministre de l'Instruction publique dans le cabinet Ferry, président du Sénat, Armand Fallières est élu président de la République, comme candidat des gauches par 449 voix contre 371 à Paul Doumer. Le nouveau président se tiendra à l'écart des affrontements politiques.

18 janvier

Maurice Rouvier forme un gouvernement identique à celui qu'il dirigeait avant l'élection présidentielle.

6-27 février

Colette fait ses débuts d'actrice au théâtre des Mathurins dans *Le Désir, l'Amour et la Chimère*, mimodrame de Francis de Croisset et Jean Nouguès. Elle y joue le rôle d'un faune.

18 février

La Croix publie l'encyclique *Vehementer nos* de Pie X, datée du 11, dans laquelle le pape condamne la loi de Séparation des Églises et de l'État: « Nous condamnons la loi votée en France [...] comme profondément injurieuse vis-à-vis de Dieu qu'elle renie officiellement en posant le principe que la République ne reconnaît aucun culte. »

23 février

La Chambre vote le projet de loi sur les retraites ouvrières par 501 voix contre 5.

6-9 mars

Clemenceau interpelle le gouvernement au sujet des incidents de Bœschèpe (près d'Hazebrouck, Nord), où le fils d'un percepteur tue un opposant aux inventaires pour défendre son père roué de coups. Le 7 mars, l'abbé Lemire, député de la circonscription de Bœschèpe, l'interpelle – Briand lui répond: « La loi restera ce qu'elle est en réalité [...] une loi de tolérance et de liberté. » Le 9, le ministère conduit par Rouvier est mis en minorité par 267 voix contre 234. Le jour même est publié le règlement fixant la dévolution des biens des lieux de culte et le fonctionnement des associations cultuelles.

10 mars-18 avril

La catastrophe de la fosse n°3 de la concession de la compagnie de Courrières (Pas-de-Calais) fait 1099 victimes. Le bassin minier est en deuil. Des mineurs allemands viennent participer aux secours. Le 30 mars, 13 mineurs sortent vivants de la mine. Le 16, 40000 mineurs cessent le travail. Le 17, à Lens (Pas-de-Calais), le nouveau ministre de l'Intérieur Clemenceau s'adresse aux mineurs en grève à la Maison du peuple; il promet de ne pas faire intervenir la troupe. Mais très vite la situation échappe à tout contrôle: le 20, les grévistes attaquent la mairie de Lens; un lieutenant est tué lors des affrontements. Clemenceau décide l'envoi de la troupe (il y aura en avril un soldat pour deux grévistes) et invente un « complot » ourdi à la fois par les syndicalistes révolutionnaires et des bonapartistes. Les dirigeants du « jeune syndicat » des mineurs, affilié à la CGT, sont arrêtés. Le 18 avril, les mineurs du Nord entrent en grève. De violents affrontements ont lieu entre grévistes et soldats à Lens, Liévin et Denain.

13 mars

Le radical Sarrien forme le nouveau gouvernement dans lequel il est également ministre de la Justice: Clemenceau (Intérieur) et Briand (Instruction publique et Cultes), tous deux ministres pour la première fois, Bourgeois (Affaires étrangères), Poincaré (Finances), Leygues (Colonies), Barthou (Travaux publics et PTT), Doumergue (Commerce, Travail et Industrie). Étienne (Guerre), Thomson (Marine) et Ruau (Agriculture) conservent leurs portefeuilles. Sarrien promet l'application de la loi de Séparation « dans un esprit libéral ». Le 14 mars, il obtient la confiance par 305 voix contre 197.

CLEMENCEAU

Fils d'un « bleu » de Vendée, Georges Clemenceau (1841-1929) fait des études de médecine avant de se tourner vers le journalisme. Cas assez exceptionnel, il connaît les États-Unis pour y avoir séjourné et s'y être marié. Rentré en France en 1870, il devient maire du XVIIIe arrondissement puis est élu député républicain radical en février 1871. Pendant la Commune de Paris, en désaccord aussi bien avec Thiers qu'avec les insurgés, il se retire en Vendée. Revenu à Paris, sa carrière politique et journalistique – en 1880, il lance son propre journal: La Justice *– redémarre assez brillamment. Opposant à la politique coloniale de Jules Ferry, il s'affirme patriote à sa manière, mêlant radicalisme politique et nationalisme de gauche. Le scandale de Panama, auquel il est mêlé indirectement par le financement de ses journaux, le marginalise ; il ne reste que la députation du Var à celui qui était à deux pas de devenir président du Conseil. L'affaire Dreyfus lui permet de retrouver une place de premier plan. Il devient sénateur puis, en 1906, ministre de l'Intérieur. Il se baptise lui-même le « premier flic de France », usant à la fois de répression directe contre les grèves ouvrières et de manipulations ténébreuses. En contradiction avec la réputation qu'on lui fait, il crée un véritable ministère du Travail car, toujours attentif à la condition ouvrière, il considère son amélioration comme indispensable mais réalisable par les réformes et non par des mouvements sociaux qui sapent les fondements de la République. Après la déclaration de guerre, il combat la censure et affiche une détermination farouche qui lui vaut d'être appelé à la présidence du Conseil après la grave crise du printemps 1917. Il s'attaque alors à ses adversaires qu'il dénonce comme défaitistes, fermant la porte aux tentatives de paix blanche. La victoire de novembre 1918 le fait surnommer le « père la Victoire ». Négociateur pour la France au traité de Versailles, il échoue à la présidence de la République en 1920, en raison des inimitiés qui se sont focalisées sur lui. Solitaire, il voyage, livre son point de vue sur la situation internationale avant de s'éteindre (*Grandeurs et misères d'une victoire, *1930). Reste une sorte d'archétype : Clemenceau modèle du républicain doué d'une volonté capable de surmonter toutes les difficultés, celles d'un pays et les siennes propres.*

16 mars

Dans une circulaire confidentielle aux préfets, le nouveau gouvernement indique qu'il faut suspendre les inventaires si le recours à la force se révèle nécessaire. Cependant, dans la majorité des cas, les inventaires ont lieu sans incidents. Au 31 mai, 63219 auront été effectués et 4791 restent à faire.

26 mars

Le directeur de *La Revue des deux mondes*, Ferdinand Brunetière, Henri Lorrin (directeur des Semaines sociales, séminaires créés en 1904 pour aborder les questions sociales dans une perspective chrétienne), les historiens Georges Goyau et Paul Thureau-Dangin (de l'Académie) signent dans *Le Figaro* une lettre dans laquelle ils se prononcent en faveur de la création d'associations cultuelles de crainte de voir les édifices transformés, par les sectaires, « en grenier à foin ou salle de danse ». Ils avertissent les évêques qui doivent se réunir que tout doit être fait pour écarter une éventuelle guerre civile. Le 28, Albert de Mun leur réplique en misant sur « l'invincible puissance de la simplicité » des fidèles qui, spontanément, s'opposent depuis deux mois aux inventaires. De Mun reçoit le soutien de Jacques Piou, leader de l'Action libérale, et de Jean Cérolle, dirigeant de l'Association catholique de la Jeunesse française.

11-20 avril

Les syndicats (non reconnus) des sous-agents des Postes appellent à la grève ; celle-ci se termine le 20 avril par un échec. 300 grévistes sont révoqués par le ministre des PTT, Louis Barthou, qui déclare que la grève de fonctionnaires sans préavis est inadmissible.

12 avril
Ouverture du premier congrès de la Fédération nationale des syndicats d'instituteurs, première fédération de fonctionnaires créée. Elle regroupe un millier de membres.

19 avril
23 membres du comité confédéral de la CGT sont arrêtés en raison des incidents survenus dans le Nord entre les mineurs et la troupe. Pierre Monatte, qui a dirigé le journal *L'Action syndicale* tout au long de l'année 1905, est incarcéré. Le 27 avril, des perquisitions sont opérées à la fois chez les monarchistes et les révolutionnaires. Le gouvernement fait converger sur Paris 50000 hommes de troupe en prévision du 1er mai. Le 30, le secrétaire de la CGT, Victor Griffuelhes, arrêté à son tour, est accusé de provocation au pillage. Il est libéré huit jours plus tard.

21 avril
Le Penseur de Rodin, offert par souscription publique au peuple de Paris, est inauguré à l'emplacement choisi par le sculpteur, dans le quartier de son enfance, place du Panthéon.

1er mai
Lors de son précédent congrès, la CGT a lancé le mot d'ordre : « À partir du 1er mai 1906, nous ne travaillerons plus que 8 h par jour. » Il y a plus de 200000 grévistes dont la moitié à Paris où Clemenceau a fait procéder à un imposant déploiement de troupes pour empêcher toute manifestation. Cet état de siège nourrit une véritable psychose parmi les classes aisées. L'économiste Charles Rist note à ce sujet : « L'affolement véritablement humiliant qu'ils [les syndicalistes] ont suscité dans certains milieux n'a pas donné une haute idée du courage et de l'intelligence de quelques-uns des représentants de ces classes. »

6 mai
Premier tour des élections législatives (scrutin uninominal d'arrondissement) : Maurice Barrès est élu député de Paris (circonscription des Halles) tandis qu'à Albi (Tarn) Jean Jaurès bat le marquis Jérôme de Solages. 427 députés sont élus.

20 mai
Deuxième tour des élections législatives. C'est la participation la plus élevée depuis 1877 (20,1 % d'abstentions). L'ancien Bloc dispose de 414 sièges (90 républicains de gauche, 115 radicaux, 132 radicaux-socialistes, 20 socialistes indépendants, 54 socialistes) ; l'opposition a 175 députés (78 conservateurs, 31 nationalistes, 66 progressistes).

30 mai-7 septembre
L'assemblée plénière des évêques se réunit à Paris. Tout en affirmant leur adhésion à l'encyclique *Vehementer nos* publiée le 18 février précédent, et en condamnant le principe de la loi de Séparation par 72 voix contre 2, les évêques votent la recherche d'un *modus vivendi* par 48 voix contre 26, approuvent le projet d'associations canoniques et légales par 56 voix contre 18. Les « transigeants » l'emportent sur les « intransigeants » mais le 12 juillet, la Congrégation des Affaires ecclésiastiques extraordinaires qui siège au Vatican rejettera leurs recommandations. Lors de la nouvelle assemblée plénière de l'épiscopat les 4-7 septembre, les évêques appellent à l'union des catholiques et à l'obéissance ; ils proposent le boycott des associations cultuelles « qui ne pourraient avoir de catholique que le nom ».

12 juin
À Paris, les premiers omnibus automobiles (à moteur à explosion et bandages des roues en caoutchouc) sont mis en service sur la ligne Saint-Germain-des-Prés-Montmartre.

15 juin
Loi sur la distribution de l'électricité. Ce texte, considéré comme la « charte de l'électricité », reconnaît aux concessionnaires le bénéfice des « servitudes de passage » sur les propriétés privées en échange de l'acceptation d'un cahier des charges type.

21 juin
À la suite du débat parlementaire suscité par la grève des mineurs, le gouvernement Sarrien conserve la confiance par 389 voix contre 88.
Le Synode national des Églises évangéliques réformées se réunit à Montpellier pour examiner l'application de la loi de Séparation du 9 décembre 1905, considérée le plus souvent par les protestants comme en accord avec ses propres traditions. Le Synode rassemble l'Église réformée évangélique qui regroupe les quatre cinquièmes des protestants français, la fraction libérale, l'Église de la Confession d'Augsbourg ou luthérienne qui compte 80000 adhérents, l'Union des Églises libres fondée en 1848, l'Église évangélique méthodiste, l'Église baptiste.

juillet
Le catholique libéral Dussaussoy dépose un projet de loi accordant le droit de vote aux femmes pour

les élections municipales; le rapporteur choisi est Ferdinand Buisson. La discussion du projet est sans cesse renvoyée.

10 juillet
La loi instituant le repos hebdomadaire obligatoire pour les employés et les ouvriers est adoptée. Le dimanche est le jour légal de repos. En août, les employés des restaurateurs, limonadiers, boulangers et hôteliers, demandent à bénéficier de la loi.

12-13 juillet
Réunie le 23 juin, la Cour de cassation examine la révision de la condamnation du capitaine Dreyfus; elle casse sans renvoi le jugement du tribunal de Rennes (9 septembre 1899) qui avait déclaré coupable le capitaine Alfred Dreyfus (avec circonstances atténuantes) et l'avait condamné à dix ans de réclusion. Le 13, deux projets de loi réintégrant le capitaine Dreyfus avec le grade de chef d'escadron et le lieutenant-colonel Picquart avec le grade de général de brigade sont présentés à la Chambre. Le premier projet est adopté par 473 voix contre 52. Alfred Dreyfus prendra sa retraite le 25 octobre 1907; néanmoins il combattra pendant la Grande Guerre et sera démobilisé avec le grade de lieutenant-colonel. Il meurt le 12 juillet 1935.
La Chambre vote un ordre du jour par 363 voix contre 103: « La Chambre, rendant hommage aux partisans de la révision, flétrissant les auteurs des crimes qui ont été dénoncés par l'arrêt de la Cour de cassation, et confiante dans le gouvernement pour prendre les mesures et exercer les sanctions nécessaires, passe à l'ordre du jour. »
Le transfert des cendres de Zola au Panthéon est voté par 344 voix contre 210. Le Sénat le votera le 11 décembre par 150 voix 107.

10 août
L'encyclique *Gravissimo officii* de Pie X interdit la formation d'associations cultuelles destinées à gérer les biens de l'Église dans lesquelles entreraient des laïcs. La loi de Séparation est dénoncée comme une loi d'oppression; le pape invite les fidèles à lutter « avec persévérance et énergie, sans agir toutefois d'une façon séditieuse et violente ».

15-17 août
À Marseille, le président de la République Fallières pose la première pierre du canal Rhin-Rhône.

septembre
Parution, dans une édition à tirage limité, du *Partage de midi* de Paul Claudel, qui ne sera porté à la scène qu'en 1948.

octobre
Les écrivains Charles Vildrac (1882-1971) et Georges Duhamel (1884-1966) tentent avec le peintre Albert Gleizes (1881-1953) une expérience communautaire dans une propriété de Créteil: c'est le « groupe de l'Abbaye ». L'expérience s'achève dès novembre 1907.

6 octobre
Le Salon d'automne présente une rétrospective de l'œuvre de Gauguin, où l'on peut voir pour la première fois en France une partie de ses œuvres océaniennes. Les Fauves exposent également.

13 octobre
Par 830 voix contre 48, le congrès de la CGT réuni à Amiens (8-14) adopte une résolution qui affirme « l'entière liberté pour le syndiqué de participer, en dehors du groupement corporatif, à telles formes de lutte correspondant à sa conception philosophique ou politique... ». Rejetant la motion des partisans de Jules Guesde, le congrès considère que les organisations confédérées n'ont pas, « en tant que groupements syndicaux, à se préoccuper des partis et des sectes, qui, en dehors et à côté, peuvent poursuivre, en toute liberté, la transformation sociale ». Cette charte du mouvement syndical consacre l'indépendance de la CGT. Elle est tenue pour l'expression du syndicalisme révolutionnaire français.

17 octobre
Malade, le président du Conseil Sarrien démissionne.

22 octobre
Georges Clemenceau (président du Conseil et Intérieur) forme le nouveau gouvernement: Pichon (Affaires étrangères), Caillaux (Finances), Guyot-Dessaigne (Justice), général Picquart (Guerre), Milliès-Lacroix (Colonies), Viviani (Travail et Prévoyance sociale). Conservent leurs portefeuilles: Briand (Instruction publique et Cultes), Thomson (Marine), Barthou (Travaux publics et PTT), Doumergue (Commerce et Industrie) et Ruau (Agriculture).
Le 5 novembre, Clemenceau fait une déclaration à la Chambre dans laquelle il met l'accent sur la Défense nationale et les réformes sociales. Créé par décret, le ministère du Travail et de la Prévoyance sociale rassemble des services dépendant du ministère du Commerce, de l'Industrie et du Travail et des services dépendant de l'Intérieur et des Travaux publics. Son premier responsable est René Viviani, ancien député socialiste du Ve arrondissement de Paris et l'un des fondateurs de *L'Humanité*

qui a, depuis lors, rejoint le Parti républicain socialiste. C'est une innovation remarquable dans ce pays où le livret de travail n'a pas disparu (l'usage en perdure jusqu'après la Première Guerre mondiale). Clemenceau obtient la confiance par 376 voix contre 94; les socialistes se sont abstenus.
Le nouveau ministre des Finances, Caillaux, entend réformer la fiscalité.

Caillaux

Fils d'Eugène Caillaux, ministre des Travaux publics puis des Finances, catholique et royaliste, du gouvernement de l'« Ordre moral », Joseph Caillaux (1863-1944) reçoit une éducation religieuse stricte; en réaction, il se tourne vers la République et le radicalisme. Élu député de la Sarthe en 1898 à 35 ans, ce jeune inspecteur des Finances se construit la réputation d'un technicien hors pair, ce qui lui permet d'entrer comme ministre des Finances dans le gouvernement Waldeck-Rousseau en 1899. Il innove en présentant des budgets équilibrés et, surtout, réforme le système fiscal sans pour autant tenter de faire adopter l'impôt sur le revenu qui constituerait pourtant la clef de voûte de son entreprise, car il est conscient des multiples oppositions à ce projet. Il redevient ministre dans le cabinet Clemenceau (1906-1909) et cette fois-ci se risque à mettre en place l'impôt sur le revenu néanmoins refusé par le Sénat. Cet échec le conduit à se rapprocher des radicaux: il est à nouveau ministre des Finances dans le cabinet Monis (1911) puis président du Conseil en juin 1911 mais ne réussit pas à imposer ses idées en matière fiscale. Méfiant envers l'alliance avec la Russie, il souhaite plutôt, à contre-courant de l'opinion dominante, un rapprochement avec l'Allemagne. Le règlement de la crise d'Agadir (juillet 1911) lui vaut de solides inimitiés qui, parfois, touchent à la haine comme dans le cas de Clemenceau. Contraint de démissionner en janvier 1912, il devient président du Parti radical avant de redevenir ministre des Finances dans le gouvernement Doumergue (1913); il passe alors pour le champion de l'impôt sur le revenu. Objet d'une violente campagne de la part de la droite, il doit se retirer de la politique après l'assassinat par son épouse du directeur du Figaro. *Pendant la guerre, il défend l'idée d'une paix blanche, sans annexions ni indemnités, ce qu'exploite Clemenceau pour le faire arrêter et inculper – il est condamné pour « correspondance avec l'ennemi ». Amnistié en octobre 1924, il entame une seconde carrière en devenant une fois encore ministre des Finances dans le cabinet Painlevé en avril 1925. Ses conceptions ont évolué: désormais prudent, il repousse l'impôt sur le capital voulu par les socialistes. Élu sénateur, il échoue face à Herriot dans la reconquête du Parti radical. Il devient néanmoins le tout-puissant président de la commission des Finances du Sénat. En juin 1937, c'est lui qui fait renverser Léon Blum. En juillet 1940, il vote les pleins pouvoirs au maréchal Pétain puis se tient à l'écart de la politique, rédigeant ses* Mémoires.

28 octobre
Ministre de l'Instruction publique et des Cultes, Briand fait accepter en Conseil des ministres la possibilité d'un exercice légal du culte sans associations cultuelles.

novembre
Parution de la traduction du second volume d'*Anna Karénine* de Léon Tolstoï.

12 novembre
L'aviateur brésilien Alberto Santos-Dumont (1873-1932) effectue un vol de 220 m en aéroplane à Bagatelle. C'est le premier vol homologué en Europe. À sa première tentative, le 23 octobre, il avait « volé » 60 m.

19 novembre
Le président du Conseil Clemenceau et le ministre des Affaires étrangères Pichon font une déclaration au sujet des relations franco-allemandes et du Maroc. Ils affirment que la France n'a aucune « intention belliqueuse ». Le 25, en accord avec l'Espagne, le gouvernement décide d'envoyer si nécessaire trois cuirassés à Tanger.

20 novembre
Les inventaires s'achèvent. Le 1er décembre, Briand prend une circulaire relative à la déclaration préalable pour les cérémonies religieuses sur la base de la loi de 1881.

22 novembre
La Chambre porte l'indemnité parlementaire de 9000 à 15000 francs par an. Un second vote (290 voix pour, 218 contre) doit être organisé le 30 novembre pour confirmer le premier. L'opinion persifle ces « QM », les « quinze mille ».

7 décembre
Le cardinal archevêque de Paris, Mgr Richard, se prononce contre toute déclaration d'association. La Chambre vote en première lecture, par

364 voix contre 187, le rachat de la Compagnie des chemins de fer de l'Ouest dont la situation ne cessait de se dégrader, provoquant des manifestations d'usagers. Le 11 juillet 1908, la loi est à nouveau votée, après adoption du Sénat.

9 décembre
Mort de Ferdinand Brunetière, directeur de *La Revue des deux mondes* depuis 1895, auteur d'un *Manuel d'histoire de la littérature française.*

10 décembre
Le général Picquart, ministre de la Guerre, annonce la suppression prochaine des conseils de guerre et celle de quatre compagnies disciplinaires d'Afrique.

11, 15 décembre
Entrée en vigueur de la loi de Séparation des Églises et de l'État. L'auditeur de la nonciature du Vatican à Paris, Mgr Montagnini di Mirabello, considéré comme un « agent secret du Saint-Siège », est expulsé. Des documents saisis permettent d'établir que Jacques Piou, le leader de l'Action libérale, entretenait des relations avec le Vatican. Clemenceau les utilise pour démontrer l'ingérence pontificale dans les affaires françaises. Le 15, Briand déclare à propos des contraventions dressées contre les cultes rendus sans autorisation préalable: « On peut condamner les catholiques à subir une loi. On ne peut pas les forcer à y prendre part. »

autres événements
• André Antoine accède à la direction du théâtre de l'Odéon, après avoir dirigé le théâtre Antoine de 1887 à 1906. Avec lui naît la mise en scène moderne. Il révolutionne la conception du décor, l'équilibre entre les rôles, fait le noir dans la salle: « Il m'a donc paru utile, indispensable, de créer avec soin, et sans aucune préoccupation des événements qui devaient s'y dérouler, le décor, le milieu car c'est le milieu qui détermine les mouvements des personnages, et non les mouvements des personnages qui déterminent le milieu. »
• Première édition hors commerce de *La Soirée avec Monsieur Teste* de Valéry.
• Raoul Dufy (1877-1953), qui a rejoint les Fauves, peint la vie contemporaine dans la *Fête nautique* et les *Affiches de Trouville.* Il fonde au Havre, avec Braque et Friesz, le Cercle de l'Art moderne, qui expose l'avant-garde parisienne.
• Professeur à l'École des hautes études de Paris puis à l'université de Genève, le Suisse Ferdinand de Saussure commence son cours de linguistique. Deux de ses élèves le reconstituent pour le publier en 1916 sous le titre *Cours de linguistique générale.*

1907

2 janvier
La loi concernant « l'exercice public du culte » est promulguée. Les édifices cultuels non réclamés, en l'absence d'associations ou de contrats entre autorités laïques et religieuses, sont repris par l'État et les communes. Pie X condamne la loi.

6 janvier
Clemenceau, à la demande de Claude Monet, fait entrer au Louvre l'*Olympia* de Manet.

12 janvier
Création houleuse à la salle Érard à Paris des *Histoires naturelles* de Maurice Ravel sur des poèmes de Jules Renard chantées par Jane Bathori (l'écrivain a refusé de se déplacer).

Le renouveau musical

Au néoclassicisme d'Édouard Lalo (auteur d'une Esthétique musicale scientifique *en 1908), de Jules Massenet, Camille Saint-Saëns et au post-romantisme d'Ernest Chausson, Vincent d'Indy et Henri Duparc, succède dans les années précédant la guerre une floraison ininterrompue d'œuvres dues à des musiciens nés sous le Second Empire ou immédiatement après.*
Plus âgé, Gabriel Fauré (1845-1924) fait figure d'exception. Élève de Saint-Saëns, professeur de composition au Conservatoire depuis 1896, il a hérité des élèves de Massenet: Schmitt, Aubert, Enesco, Koechlin auxquels viendront se joindre Nadia Boulanger, Roger-Ducasse et Maurice Ravel. En 1905, Fauré devient directeur du Conservatoire. Malgré des troubles auditifs graves, il compose beaucoup, parfois des pièces d'intérêt secondaire, mais de 1906 à 1910, il élabore un cycle de mélodies, Chanson d'Ève, *et de 1907 à 1913, son drame lyrique,* Pénélope, *avant de revenir à une musique d'intimité (*Nocturnes, Barcarolles, Sonates *et* Quintettes*).*
La figure exceptionnelle de Claude Debussy (1862-1918) marque profondément toute la musique du XXe siècle à laquelle il a ouvert, par son audace, des voies nouvelles.
L'unique opéra de Paul Dukas (1865-1935), Ariane et Barbe-Bleue, *écrit sur un livret de Maeterlinck, est créé à l'Opéra-Comique le 10 mai 1907. Si l'influence de l'impressionnisme de Debussy y transparaît, l'œuvre vaut à Dukas ce compliment de Vincent d'Indy: « La plus belle partition que l'on ait donnée au théâtre depuis*

Wagner. » En 1912, Dukas livre La Péri *(poème dansé pour orchestre), avant de cesser pratiquement de publier tout en produisant. Avant de mourir, il prendra soin, par excès de sévérité, de détruire ses œuvres ultimes.*
Formé à la Schola Cantorum par Vincent d'Indy, Albert Roussel (1869-1937) y fut le maître de Satie et d'Edgar Varèse. En 1908, il donne une musique de scène: Le Marchand de sable qui passe *puis, en 1909-1910* Suite *(piano) et, en 1912* Sonatine *(piano), un ballet pantomime* Le Festin de l'araignée *(son œuvre la plus populaire) et les* Évocations *(soli, chœur et orchestre) où l'influence de l'impressionnisme se devine encore.*
Ami de Debussy, Erik Satie (1866-1925) qui se consacre à la Schola Cantorum depuis 1905, renouvelle son inspiration. En 1912, les Véritables Préludes flasques, *premières pièces humoristiques pour piano, inaugurent une nouvelle série d'œuvres. En 1913, il écrit* Le Piège de Méduse, *comédie lyrique donnée en 1921. Le scandale provoqué par* Parade, *ballet créé en 1917 avec le concours de Jean Cocteau, Pablo Picasso et Léonide Massine, lui confère une influence auprès de jeunes compositeurs: le « groupe des Six » et l'École d'Arcueil.*
Ancien élève de Massenet et de Fauré, Florent Schmitt (1870-1958), autant influencé par Wagner que par Debussy, donne en 1904 une création hardie, Le Psaume. *Parmi ses œuvres ultérieures, il faut retenir le drame muet* La Tragédie de Salomé *(1910), les suites symphoniques* Antoine et Cléopâtre *(1920) et* Salammbô *(1925). De 1929 à 1939, Florent Schmitt tiendra la tribune musicale du* Temps.
Le plus jeune mais non le moins productif, ancien élève de Fauré, Maurice Ravel (1875-1937) donne successivement Miroirs *(1905-1907),* Histoires naturelles *(1906) qui scandalisent,* Rhapsodie espagnole *(1907),* L'Heure espagnole, Gaspard de la nuit, Ma Mère l'oye *(1908),* Daphnis et Chloé *(créé en 1912 par les Ballets russes),* Trois poèmes de S. Mallarmé *(1913). Ravel qui a subi l'influence de la musique impressionniste, fait œuvre originale en empruntant à la féerie de l'enfance tout en conservant une imaginative rigueur.*

30 janvier
L'épiscopat déclare qu'il accepte les dispositions de la loi du 2 janvier précédent mais demande l'introduction de garanties pour la permanence et la « sécurité morale » du service religieux.

7 février
Le ministre des Finances, le radical Joseph Caillaux, dépose un projet de loi sur l'impôt sur le revenu. Les cinq impôts directs (contribution foncière, impôt sur les portes et fenêtres, contribution mobilière, patente, contribution sur les revenus des valeurs mobilières) seraient remplacés par une taxe fixe de 3 % sur les revenus du travail, de 3,5 % sur les revenus mixtes capital-travail et de 4 % sur les revenus du capital. Un impôt progressif est prévu pour les revenus dépassant 5 000 francs.

18 février
En Algérie, Bône subit de terribles inondations. Dans les Pyrénées, Barèges est ensevelie et en partie détruite par des avalanches.

8 mars
Les ouvriers électriciens de Paris déclenchent une grève surprise à 18 h. Seul le quartier des Halles est épargné par cette grève motivée par des revendications sur les conditions de travail. Après vingt-deux heures de grève, les compagnies cèdent, ce qui vaut la célébrité au secrétaire du Syndicat général des industries électriques, Émile Pataud. Le gouvernement en appelle aux soldats du génie. Le 11, interpellé par Jaurès, Clemenceau rétorque qu'un service d'utilité publique ne doit pas être interrompu, surtout sans aucune négociation préalable. L'ordre du jour qui lui est favorable est voté par 378 voix contre 68.

17 mars
La loi sur les conseils de prud'hommes réorganise l'institution centenaire: elle prévoit l'élection de délégués, tant du côté patronal que du côté des salariés, et prescrit un fonctionnement paritaire.

19-29 mars
À Marrakech, le docteur Mauchamps, directeur du dispensaire français, est assassiné. Le Conseil des ministres décide une expédition militaire au Maroc: Oujda est occupé le 29 par les troupes du général Lyautey.

25 mars
Funérailles au Panthéon du chimiste Marcelin Berthelot, secrétaire perpétuel de l'Académie des sciences, qui fut sénateur et ministre; il avait pris parti pour le capitaine Dreyfus.

28 mars
La loi assimilant les réunions cultuelles aux réunions publiques est adoptée. Le conflit entre l'État et l'Église catholique trouve ainsi sa solution, la liberté de culte étant entièrement garantie.

1er avril
Début des meetings organisés par les vignerons du Midi qui subissent la mévente de leur vin. À la mi-mai, des manifestations se déroulent dans plusieurs villes du Midi.

2 mai
Le Sénat vote la proposition de loi destinée à simplifier les dispositions légales du mariage. L'âge auquel un jeune homme pourra désormais se marier sans le consentement de ses parents est abaissé de 25 à 21 ans.
À Bordeaux s'ouvre l'exposition maritime intercoloniale.

10-13 mai
À la Chambre, le député socialiste Jean Jaurès défend les droits des fonctionnaires et attaque Aristide Briand, autrefois partisan de la grève générale. Celui-ci lui répond le 13.

14 mai
Le gouvernement obtient la confiance par 299 voix contre 135 après avoir défendu son opposition aux associations de fonctionnaires.

7 juin
Épisode de la guerre larvée que se livrent les syndicalistes et l'État depuis plusieurs années: deux secrétaires de la CGT, Amédée Bousquet et Albert Lévy, sont condamnés à deux ans de prison pour « provocation au vol, meurtre et pillage, non suivie d'effet » par voie d'affiche.

9-10 juin
Le mouvement des vignerons prend une tournure insurrectionnelle. 500 000 manifestants se rassemblent à Montpellier pour protester contre la chute des cours qui, selon les viticulteurs, est due à une surproduction artificiellement engendrée par le sucrage des vins. Des bagarres éclatent. Le lendemain, à Narbonne, des actes d'indiscipline ont lieu dans les rangs du 101e régiment d'infanterie.
Au printemps, deux leaders sont apparus: un petit propriétaire et cafetier d'Argeliers, Marcelin Albert, et le docteur Ernest Ferroul, maire socialiste de Narbonne qui démissionne le 10 juin, déclenchant une grève municipale suivie par des centaines de communes de l'Hérault, de l'Aude et des Pyrénées-Orientales. Craignant une paralysie de la vie administrative, Clemenceau, président du Conseil, envoie ses instructions aux préfets.

15 juin-18 octobre
Deuxième conférence de La Haye réunie à l'initiative du président américain Theodore Roosevelt, où 44 États sont représentés. Cette conférence révise les conventions internationales adoptées en 1899 (lois et coutumes de guerre sur terre, guerre maritime, règlement pacifique des conflits internationaux par la cour permanente d'arbitrage) et décide que toute hostilité doit être précédée d'une déclaration de guerre d'État à État. Dans la réalité, les conventions internationales applicables entre États signataires resteront le plus souvent lettre morte – comme celles concernant l'interdiction des bombardements aériens ou l'emploi de gaz asphyxiants. La délégation française est conduite par Léon Bourgeois, ancien président du Conseil.

17-26 juin
Le 17, le gouvernement engage des poursuites contre les chefs du mouvement viticole, dont Marcelin Albert, ce qui conduit le sous-secrétaire d'État à l'Intérieur Albert Sarraut à démissionner. Deux jours plus tard, le docteur Ferroul est arrêté après avoir fait arborer le drapeau noir sur la mairie de sa ville. Le 20, six manifestants sont tués. La préfecture de Perpignan et la sous-préfecture de Narbonne sont incendiées. Le 21, à Béziers, le 17e régiment d'infanterie, formé de natifs de la région, se mutine, marche d'Agde à Béziers, refusant de tirer sur les manifestants. Les mutins font leur soumission contre la promesse de n'être pas punis. Ils seront envoyés en garnison à Gafsa (Tunisie) et ne bénéficieront pas de la loi du 8 juillet sur la libération anticipée de la classe 1903. Le chansonnier Gaston Montéhus popularise l'épisode avec sa chanson *Gloire au 17e*. Le 23, Clemenceau réussit à déconsidérer Marcelin Albert qui a tenté une démarche auprès de lui en faveur des vignerons alors qu'il est sous le coup d'un mandat d'arrêt. Clemenceau qui le charge de négocier le retour au calme en échange de la liberté, lui prête 100 francs pour son voyage de retour et en informe la presse. Marcelin Albert se constitue prisonnier le 26.

29 juin
La loi contre la fraude (chaptalisation ou sucrage) des vins est promulguée. Cette opération, qui consiste à ajouter du sucre dans les cuves, fait monter le degré d'alcool, ce qui permet ensuite d'« arroser » le vin et d'en obtenir de plus grandes quantités.

juillet
Picasso décide de laisser inachevé *Les Demoiselles d'Avignon*, tableau commencé au cours de l'hiver.

Picasso

En 1900, le peintre espagnol Pablo Picasso (1881-1973) fait son premier séjour à Paris. Il y revient l'année suivante, expose chez Ambroise Vollard des toiles naturalistes au chromatisme violent dans lesquelles on retrouve l'influence des œuvres de Van Gogh, de Gauguin, de Toulouse-Lautrec que le peintre a découvertes à Paris. Le suicide, durant l'hiver 1901, de son ami Casagemas va être le sujet de plusieurs tableaux dans lesquels sont condensés la noirceur et le pessimisme de la période bleue qui commence alors : des scènes désincarnées montrent des figures hagardes dont les corps s'étirent de plus en plus, jusqu'à un certain maniérisme. En avril 1904, Picasso s'installe définitivement à Paris, au Bateau-Lavoir, à Montmartre. C'est là qu'il rencontre, en 1905, Fernande Olivier, qui devient sa compagne. La même année, la palette du peintre s'élargit, les couleurs se font plus lumineuses, et à travers le thème des forains, c'est désormais la narration qui domine plus que l'expression, et marque le passage vers la période rose. Picasso s'engage alors dans une recherche sur la forme qui, un an plus tard, aboutit aux Demoiselles d'Avignon. *Mais c'est par le choix du genre le plus austère – la nature morte – que Picasso, avec Braque puis Gris, va pousser le plus loin l'expérience de la décomposition de la forme dans le cubisme. Cependant, dès 1913, la phase militante du mouvement est achevée et, tout en continuant à produire des œuvres cubistes, il se tourne vers d'autres recherches. Il revient à la figure humaine et, ayant rencontré Cocteau qui le présente à Diaghilev, il part travailler à Rome au ballet* Parade *(sur une musique de Satie) qui sera présenté au théâtre du Châtelet en mai 1917. Avec Diaghilev, Picasso va encore travailler en 1919 au* Tricorne, *en 1920 à* Pulcinella, *en 1921 à* Cuadro flamenco *et en 1924 au* Train bleu. *La même année, il collabore à nouveau avec Satie à la création du ballet* Mercure *et, en 1928, avec Cocteau, à la présentation d'*Antigone. *À cette époque, Picasso peint encore des œuvres cubistes, mais aussi des toiles néoclassiques inspirées par la danse puis par la Méditerranée : des baigneuses aux formes sculpturales, et des scènes mythologiques comme* Femme et Centaure *en 1920, les* Flûtes de Pan *en 1923. Vers 1925, nouveau revirement : Picasso se tourne vers le surréalisme avec des toiles au style convulsif comme* La Danse *ou l'assemblage* Guitare *de 1926. S'il participe aux expositions du groupe, Picasso n'adhère pas totalement au mouvement car, comme l'écrira Breton, il garde un « indéfectible attachement au monde extérieur de l'objet ». Le surréalisme va simplement l'inciter à exprimer plus librement encore les tensions et les obsessions qui l'habitent : c'est désormais la figure humaine qui occupe le peintre, celle de Marie-Thérèse Walter, qui partage alors sa vie, celles de baigneuses entrevues sur les plages du sud de la France, figures déformées, grinçantes, parfois monstrueuses. En 1932, Picasso expose ses dernières œuvres à la galerie Georges Petit, à Paris, et se heurte à l'incompréhension : « Picasso dépose son bilan », écrit un critique. Pendant quatre ans, le peintre traverse une crise. Les deux seules séries importantes qu'il peint alors sont les* Tauromachies *de 1934 et les* Muses *de 1934-1935. Au printemps 1935, il délaisse même complètement ses pinceaux pour reprendre la sculpture, qu'il n'avait presque plus pratiquée depuis 1914, et la gravure, réalisant la série des* Minotauromachies. *La guerre d'Espagne va l'aider à sortir de la crise qu'il traverse. Au début de 1937, il grave* Songes et Mensonges de Franco *et accepte la commande d'une composition pour le pavillon espagnol de l'Exposition internationale de Paris. Jusqu'au 26 avril, date du bombardement de Guernica, Picasso n'a exécuté que des scènes de plage, des natures mortes, et des portraits de Dora Maar, rencontrée l'année précédente. Mais dès le 1er mai, il dessine les premières études pour* Guernica. *L'œuvre, achevée un mois plus tard, est traitée comme un nocturne avec des blancs, des gris et des noirs que viennent relever ici et là quelques touches tirant vers le bleu et le jaune. L'épouvante de* Guernica *se prolonge dans certains portraits de Dora Maar, la* Femme en pleurs, *et surtout dans les violentes scènes animales qu'il peint jusqu'en 1939. Pendant les années de guerre, qu'il passe à Paris, Picasso continue de peindre des figures et des natures mortes. À la Libération, Picasso est au centre de l'actualité : il adhère au Parti communiste. Le permier Salon d'automne (1944) lui rend hommage, provoquant la colère d'un groupe de jeunes gens qui veut décrocher ses toiles. Si Picasso réalise encore quelques œuvres politiquement « engagées » :* Le Charnier *(1944-1948), la* Colombe de la Paix *(1949),* Massacres de Corée *(1951) et les deux panneaux de la* Guerre *et la* Paix *pour la chapelle de Vallauris (1952), la période de bonheur que le peintre connaît à la suite de sa rencontre avec Françoise Gilot va l'éloigner de cette veine qui lui correspond peu. En 1950, il s'installe définitivement au bord de la Méditerranée, peint sa nouvelle* *compagne en* Femme fleur, *réalise des poteries dans l'atelier Madoura de Vallauris et des tableaux aux thèmes marins au palais Grimaldi d'Antibes (aujourd'hui musée Picasso). La rencontre en 1954 avec Jacqueline Roque qu'il épouse en 1958 est à l'origine d'un grand nombre de portraits. Installé depuis 1955 dans sa retraite de Cannes, Picasso exécute la série des* Ateliers *dont l'orientalisme et la luxuriance évoquent un hommage à Matisse, son contemporain, que Picasso n'a jamais cessé d'observer de loin. Dans les scènes de corridas qu'il réalise alors dans un style d'ombres chinoises, toute tragédie est désormais absente. Picasso n'est plus en révolte, ne cherche plus à dépasser les leçons du passé, comme en témoignent ses variations sur d'anciens chefs-d'œuvre, les* Femmes d'Alger *d'après Delacroix (1955), les* Ménines *d'après Velázquez (1957), le* Déjeuner sur l'herbe *de Manet (1960). Dans ses derniers tableaux présentés en 1970 et en 1973 au palais des Papes, à Avignon, l'angoisse du peintre octogénaire réapparaît soudain dans des portraits de toreros, d'hidalgos et de mousquetaires et dans la reprise du thème du « Peintre et son modèle », où l'infatigable créateur, en assimilant l'acte de peindre à l'acte sexuel, semble lutter contre la crainte de la mort imminente.*

2 juillet
Le projet de loi interdisant l'emploi du blanc de céruse et des composés au plomb dans la peinture de bâtiment est adopté par 548 voix contre 3. L'interdiction définitive n'interviendra qu'en juillet 1909, par la volonté de Georges Clemenceau.

13 juillet
Loi sur les biens réservés. Ce sont les biens acquis grâce aux revenus de la femme mariée, dépourvue de capacité juridique jusqu'au 18 février 1938, du fait de l'exercice d'une profession indépendante de celle de son mari. Ces biens tombent dans la communauté du mariage, mais la femme a le pouvoir de les administrer seule. En revanche, le mari conserve le droit de s'opposer à l'exercice d'une profession par son épouse.

28 juillet
À Raon-L'Étape (Vosges), la troupe et les chaussonniers de l'usine Amos en grève pour la reconnaissance du syndicat s'affrontent: on relève 2 morts et 29 blessés.

30 juillet
À Casablanca, le passage d'un chemin de fer dans un cimetière musulman provoque une émeute: huit Européens dont cinq Français sont tués. Le comte de Saint-Aulaire, ministre plénipotentiaire au Maroc, demande l'envoi d'une escadre. L'Espagne soutient l'initiative du gouvernement français qui envoie des renforts commandés par le général Drude. Le gouvernement déclare rétablir l'ordre sans s'engager dans une expédition à l'intérieur afin d'éviter une conquête et une occupation permanente.

6-7 août
Le 6, deux navires de guerre bombardent Casablanca, en représailles à une attaque menée par des Marocains lors du débarquement du corps expéditionnaire commandé par le général Drude. Moulay Hafid se proclame sultan à Marrakech. L'Allemagne proteste contre les initiatives françaises.

11 août
Au congrès national de la SFIO à Nancy, Jaurès défend la motion adoptée au congrès précédent qui invitait les prolétaires et les socialistes à conjuguer leurs efforts pour prévenir et empêcher la guerre « par tous les moyens, depuis l'intervention parlementaire, l'agitation publique, les manifestations populaires, jusqu'à la grève générale et l'insurrection ». Cette résolution sera à l'origine d'une grave discorde entre socialistes et radicaux.

31 août
Accord anglo-russe au sujet de la Perse grâce à la médiation française: c'est la naissance de la Triple-Entente, issue de la complémentarité de l'alliance franco-russe et de l'Entente cordiale franco-anglaise.

8 septembre
Encyclique *Pascendi* de Pie X, condamnant le « modernisme » d'Alfred Loisy.

ALFRED LOISY

Ordonné prêtre en 1879, professeur d'hébreu à l'Institut catholique de Paris en 1881, Alfred Loisy (1857-1940) subit l'influence de Renan. Le Vatican le contraint d'abandonner sa chaire dès 1893, en raison de l'audace de ses positions. Nommé professeur à l'École pratique des hautes études en 1900, il poursuit ses investigations iconoclastes en publiant L'Évangile et l'Église *(1902) puis* Autour d'un petit livre *(1903). Il introduit la distinction entre le Christ de la foi, qui est Dieu, et le Christ historique qui n'aurait voulu ni fonder une Église ni instituer des sacrements. Loisy réplique à la sanction pontificale par deux publications:* Simples Réflexions *et* Les Évangiles synoptiques, *ce qui lui vaut l'excommunication en 1908. Le 2 mars 1909, il devient professeur d'histoire des religions au Collège de France (1909-1930). Dans son dernier ouvrage,* Naissance du christianisme *(1933), il dénie toute valeur historique aux Évangiles.*

29 septembre
Le Midi (Hérault et Gard) subit des inondations catastrophiques. La crue du Rhône, en octobre, provoque aussi des ravages. Le gouvernement fait voter le 25 octobre un crédit exceptionnel de 6 millions pour les victimes.

1er octobre
Le Salon d'automne expose 48 tableaux de Cézanne et la galerie Bernheim-Jeune 79 aquarelles. Le poète allemand Rainer Maria Rilke écrit à sa femme ses «lettres sur Cézanne». Léger, après avoir visité l'exposition, abandonne ses essais fauves. Henri Rousseau, dit le Douanier Rousseau (1844-1910), expose *La Charmeuse de serpent*, qui séduit Picasso et les autres peintres du Bateau-Lavoir. Derain présente *Les Baigneuses*. Les formes géométriques des figures rompent avec le fauvisme jusque-là pratiqué par l'artiste.

15 octobre
Henri Farman effectue un vol de 285 m à Issy-les-Moulineaux.

19 octobre
Le groupe parlementaire socialiste publie un manifeste (19 signataires) condamnant l'antipatriotisme, la grève générale, l'action directe et le sabotage.

12-13 novembre
Interpellé sur les événements marocains, le ministre des Affaires étrangères Stephen Pichon explique que «la France ne veut pas instituer un protectorat, mais [qu'] elle ne peut laisser s'établir au Maroc l'influence prépondérante d'une autre nation». La Chambre approuve par 464 voix contre 54 la politique marocaine du gouvernement qui s'allie avec le sultan Abd el-Aziz contre son frère Moulay Hafid. Au cours du mois, la France s'engage encore plus loin dans la guerre contre les tribus menées par ce dernier, jusqu'aux confins de l'Algérie. La Méhalla, colonne expéditionnaire d'Abd el-Aziz, est vaincue, grâce à la trahison d'un de ses chefs.

10 décembre
Le docteur Alphonse Laveran (1845-1922), bactériologiste à l'Institut Pasteur et spécialiste du paludisme, reçoit le prix Nobel de médecine.
Louis Renault, professeur de droit public international à la faculté de Paris, qui a représenté la France à la conférence de La Haye, reçoit le prix Nobel de la paix.

21 décembre
La Chambre vote la loi relative à la dévolution des biens ecclésiastiques par 354 voix contre 177. Le Sénat la votera le 7 avril 1908.

autres événements
• Création de la Fédération féministe universitaire qui compte 30 groupes en 1909 et publie une revue mensuelle *L'Action féministe*.
• Maurice Leblanc: *Arsène Lupin, gentleman cambrioleur*, et Gaston Leroux: *Le Mystère de la chambre jaune*.

LES FEUILLETONISTES MODERNES

À la fin du siècle dernier, la tradition du roman-feuilleton était sur le point de disparaître après avoir connu son heure de gloire avec Eugène Sue et ses Mystères de Paris. *Un journaliste libertaire, Michel Zévaco (1860-1918), la fait revivre et connaît une grande popularité grâce au* Chevalier de Pardaillan. *Le genre retrouve une nouvelle jeunesse mais c'en est fini des chevaliers, des princes et des princesses, désormais, les héros sont d'une extraction sociale plus commune, et le personnage du détective est consacré.*
Maurice Leblanc (1864-1941), fils d'un riche armateur de Rouen monté à Paris faire des études de droit, les abandonne bientôt pour collaborer à Paris-Vélo. *En 1907, il publie en volume son* Arsène Lupin, gentleman cambrioleur, *inspiré, dit-on, des «exploits» d'un fils d'ouvriers devenu anarchiste, Marius Jacob, qui, après avoir pratiqué la «reprise individuelle» comme mode de vie, défendit le «droit au vol», lors de son procès en 1905. Leblanc connaît un succès fulgurant et bientôt livre la suite des aventures de son héros:* Arsène Lupin contre Herlock Sholmès *(1908),* Les Confidences d'Arsène Lupin *(1914). En 1909, il publie* L'Aiguille creuse.
Gaston Leroux (1868-1927), avocat stagiaire devenu chroniqueur judiciaire puis reporter, s'illustre en donnant au Matin *un reportage marquant sur la Russie, secouée par la révolution, où il séjourne de mars 1905 à mars 1906. Dès 1903, il a publié dans les colonnes de son quotidien son premier roman,* La Double Vie de

Théophraste Longuet. *Le succès vient avec l'invention du reporter Joseph Joséphin dit Rouletabille, double de son créateur. En 1907 paraît* Le Mystère de la chambre jaune*; en 1909,* Le Parfum de la dame en noir*; en 1910,* Le Fantôme de l'Opéra. *À la veille de la guerre, Gaston Leroux lancera un deuxième cycle d'aventures avec un nouveau personnage : Chéri-Bibi. Avec Gustave Le Rouge (1867-1938), le roman-feuilleton se nourrit de l'anticipation. En 1909, il publie* Le Prisonnier de la planète Mars *puis* La Guerre des vampires. *En 1912 paraît* Le Mystérieux docteur Cornélius *qui inspirera Blaise Cendrars. Presque simultanément, Jean de La Hire (1878-1956) publie* La Roue fulgurante *(1908), roman dédié à Zévaco, qui fait entrer la soucoupe volante dans la littérature. Au début de l'année 1911, après une intense campagne publicitaire, Pierre Souvestre (1874-1914) et Marcel Allain (1885-1969), reporter au* Petit Journal, *commencent la publication de* Fantômas *qui enchantera Apollinaire, Cocteau et les surréalistes (en particulier Robert Desnos). Avec Fantômas, c'est l'intelligence au service du mal qui doit faire peur. Le commissaire Juve qui traque Fantômas n'est autre que son propre frère. En trois ans paraîtront 32 romans, la plupart rédigés en huit jours. En 1913, Louis Feuillade commence une série de films à épisode autour du personnage de Fantômas.*

• Le médecin de marine Victor Segalen publie, sous le pseudonyme de Max-Anély, *Les Immémoriaux*, roman quasi ethnographique né de son voyage à Tahiti l'année de la mort de Paul Gauguin, en 1903 (il assiste à la vente aux enchères des biens personnels du peintre).
• François Simiand : *Le Salaire des ouvriers des mines de charbon.*
• Eugène Freyssinet (1879-1962) bâtit à Prairéal-sur-Besbre (Allier) le premier pont en béton armé décintré en exerçant une poussée à la clef à l'aide de vérins d'une portée de 26 m.
• Le métro de Paris passe sous la Seine au Châtelet.
• Brillouin : *Théorie mathématique de la diffusion des gaz.*

1908

4 janvier
Le décès du ministre de la Justice Guyot-Dessaigne le 31 décembre 1907 provoque un remaniement ministériel : Briand prend le portefeuille de la Justice, Gaston Doumergue celui de l'Instruction publique, Jean Cruppi lui succédant au Commerce et à l'Industrie.

15 janvier-18 février
Le général d'Amade, qui a succédé au général Drude malade, livre bataille à Settat, à 60 km de Casablanca, contre les Marocains de Moulay Hafid ; les troupes françaises doivent faire retraite. Le 24, Jaurès réclame au gouvernement leur départ du Maroc. Le 27, le ministre des Affaires étrangères Stephen Pichon précise que la France entend se conformer strictement à la convention d'Algésiras de 1906. Le 12 février, les colonnes françaises occupent Settat. L'une d'elles, les 16-18 février, subit de lourdes pertes (57 tués et 217 blessés).

28 janvier
Aristide Briand, ministre de la Justice, fait admettre les ouvriers sur les listes de jury d'assises.

11 février
Clemenceau inaugure le monument à Scheurer-Kestner dans les jardins du Luxembourg. L'hommage rendu au vice-président du Sénat qui fut parmi les premiers dreyfusards est caractéristique de la sociabilité politique de la IIIe République.

15 février
La Chambre vote un crédit de 2,5 millions de francs pour l'expédition militaire au Maroc. Le 2 mars, ce sont 4000 hommes de troupe qui sont envoyés en renfort.

9-28 mars
Le 9, le général d'Amade est victorieux des tribus de la région de Mdakra et des hafidiens « qui subissent des pertes considérables ». Six jours plus tard, *Le Matin* annonce qu'un camp de Marocains désarmés a été massacré par les forces françaises commandées par le général d'Amade ; 1500 personnes auraient été tuées. Le 27, la nouvelle provoque une vive controverse à la Chambre entre Jaurès et Clemenceau ainsi que son ministre de la Guerre, le général Picquart – l'ordre du jour favorable au gouvernement est voté par 425 voix contre 83. La véracité du massacre sera confirmée un mois plus tard. Néanmoins, le 28, la Chambre (sauf les socialistes) vote un ordre du jour de confiance au gouvernement et adresse ses « félicitations » aux officiers et soldats combattant en Afrique.

13 mars
Clemenceau propose une amnistie pour les fauteurs de troubles du Midi et pour les délits poli-

tiques mais la refuse aux antipatriotes: « Si vous voulez livrer le gouvernement de ce pays à une organisation anonyme de fonctionnaires irresponsables [...], nous ne sommes pas les républicains de cette désorganisation. » Il pose la question de confiance et, finalement, un ordre du jour approuvant sa déclaration est voté par 352 voix contre 130. La loi d'amnistie sera votée le 2 avril.

21 mars
L'Action française paraît désormais quotidiennement. La manchette reprend une maxime du duc d'Orléans: « Tout ce qui est national est nôtre. » L'équipe comprend: Henri Vaugeois, Léon Daudet (qui apporte des capitaux), Charles Maurras, Léon Montesquiou, Lucien Moreau, Jacques Bainville, Louis Dimier, Bernard de Vesins, Robert de Boisfleury, Paul Robain, Frédéric Delbecque, Maurice Pujo.
Le directeur du Crédit minier, Henri Rochette, qui a négocié des titres en utilisant des protections politiques et qui a voulu s'emparer du *Petit Journal*, est arrêté.

L'affaire Rochette

Ancien chasseur de restaurant à Melun, Henri Rochette gagne Paris et devient comptable chez des banquiers marrons. Il fonde le Crédit minier pour capter l'argent des petits épargnants grâce à l'émission de faux bons qui atteignent une valeur de 120 millions de francs. Il présente des bilans falsifiés et couvre par de nouvelles émissions le paiement des intérêts qu'il doit sur les précédentes. C'est sur ordre de Clemenceau que le préfet de police Louis Lépine suscite une plainte contre Rochette. Son arrestation entraîne la chute des actions du Crédit minier. La rumeur selon laquelle Rochette a bénéficié de soutiens politiques se répand: son avocat-conseil, le député radical-socialiste du Loiret Fernand Rabier, est mis en cause. D'autres noms circulent: ceux d'Albert Dalimier, député de Seine-et-Oise, de Jean Cruppi, député de Haute-Garonne, ministre du Commerce et de l'Industrie depuis janvier 1908, de René Renoult. Rochette reçoit le surprenant soutien de ses épargnants: 10 000 signent une pétition en sa faveur. Le 11 juillet 1910, une commission d'enquête composée de 33 parlementaires est créée sous la présidence de Jaurès. Elle dépose son rapport en mars 1911, préconisant essentiellement la mise en place de mécanismes de protection de l'épargne. Le 27 juillet 1910, Rochette est condamné à deux ans de prison pour infraction à la loi sur les sociétés, souscriptions fictives, publications de faux bilans. Ayant fait appel, Rochette est laissé en liberté. Second épisode: son procès en appel est reporté grâce aux interventions d'Ernest Monis et de Joseph Caillaux auprès du procureur général Victor Fabre qui consigne dans un protocole (daté du 31 mars 1911) la teneur de ses entretiens avec le président du Conseil et son ministre des Finances – le document précise que le président du Conseil donna l'ordre à Fabre d'« obtenir du président de la chambre correctionnelle la remise de l'affaire, après les vacances judiciaires ». L'avocat de Rochette vise la prescription de l'affaire en jouant sur les délais. En janvier 1912, le ministre de la Justice Aristide Briand reçoit le rapport Fabre. En février, Le Figaro *dévoile l'intervention de Monis en faveur de Rochette mais Briand refuse d'engager des poursuites. Rochette, qui se présente comme victime d'un complot, est finalement condamné le 25 juillet 1912 à trois ans de prison mais s'enfuit au Mexique. L'affaire qui a secoué les milieux parlementaires semble close. Début 1914, elle trouve un prolongement avec la campagne qu'entreprend Gaston Calmette contre Joseph Caillaux dans les colonnes du* Figaro *en publiant le document Fabre. Revenu en France en 1915, Rochette est reconnu. Arrêté, il purge sa peine et, une fois libre, organise quelques escroqueries. Il se suicide au palais de justice en avril 1934. Par ses implications politiques et le système qu'elle met au jour, l'affaire Rochette préfigure les grandes affaires de l'entre-deux-guerres (Oustric, Stavisky).*

3 avril
En réponse aux revendications des compagnons du bâtiment et à l'extension de la pratique du sabotage, les patrons réunis dans la chambre syndicale de la maçonnerie décident le lock-out. 18000 ouvriers sont privés de travail jusqu'au 21 mai suivant.

10 avril
Le texte de la loi sur la dévolution des biens religieux tel qu'il a été voté par le Sénat est adopté par la Chambre (364 voix contre 129). Les églises deviennent propriété des communes ou des conseils de fabrique, chargés de gérer leur construction ou leur entretien.

2 mai
Début de la grève des carriers à Draveil, Villeneuve-Saint-Georges, Villeneuve-le-Roi, en banlieue parisienne. Le syndicat demande une augmentation de salaires de 20 centimes l'heure et la suppression du travail à la tâche. Les grévistes organisent la « chasse

aux renards » c'est-à-dire aux manœuvres amenés par les patrons qui tentent de relancer l'extraction.

3-10 mai
Victoire des radicaux, radicaux-socialistes et républicains de gauche aux élections municipales. La SFIO perd Lille, Toulouse et Saint-Étienne.

7 mai
La librairie de la revue *Pages libres* publie en recueil, sous le titre *Réflexions sur la violence*, les articles de Georges Sorel parus dans *Le Mouvement socialiste*. « Depuis longtemps, j'ai été frappé de voir que le déroulement normal des grèves comporte un important cortège de violences [...]. Pour raisonner sérieusement sur le socialisme, il faut, avant tout, se préoccuper de chercher quel est le rôle qui appartient à la violence dans les rapports sociaux actuels. »

GEORGES SOREL

Ingénieur des Ponts et Chaussées démissionnaire, Georges Sorel (1847-1922), passionné depuis longtemps par les problèmes sociaux et les questions de morale, a été dreyfusard. Désormais, il fait l'apologie du syndicalisme révolutionnaire qui se nourrit de la lutte des classes et prône la grève générale. Cette grève expropriatrice constituerait, selon lui, un mythe moderne, expression de la volonté du prolétariat aspirant à une révolution décentralisée. Par la suite, constatant l'échec de la révolution syndicaliste, il se rapprochera des nationalistes de l'Action française, avant de saluer avec enthousiasme la prise du pouvoir en Russie par les bolcheviks en 1917. Dans les années 20 et 30, Mussolini se réclamant de lui, Sorel passe pour un inspirateur du fascisme. D'autres considèrent que son influence s'est exercée sur Lénine. En tout cas, ses livres sont lus par les antidémocrates de tout bord.

13 mai
L'empereur allemand Guillaume II inaugure la citadelle rebâtie du Haut-Kœnigsbourg; la ville de Schlestadt (Sélestat) la lui avait offerte en 1900.

24 mai
Reçu par Édouard VII, le président Fallières inaugure à Londres l'exposition franco-anglaise. Tous deux souhaitent voir l'Entente cordiale devenir permanente.
Fin mai, la chancellerie allemande exprime le désir du Reich de voir la convention d'Algésiras respectée.

2-4 juin
À Draveil, de graves incidents opposent les carriers en grève à la police. Pénétrant dans un café, siège du comité de grève, la police déclenche une bagarre puis une fusillade : deux ouvriers sont tués, huit autres blessés. Dans la nuit, la CGT fait apposer une affiche intitulée : « Gouvernement d'assassins ! » Le 4 juin, lors des obsèques des victimes, de nombreux incidents ont lieu. Les grévistes réclament la reconnaissance de leur syndicat et la fédération du bâtiment envisage d'appeler à la grève générale.

4 juin
À Paris, la cérémonie du transfert (décidé par Clemenceau) de la dépouille d'Émile Zola au Panthéon est perturbée par les groupes nationalistes. Le syndic de la presse militaire, Grégori, tire sur Alfred Dreyfus et le blesse.
Le journal illustré *L'Épatant* publie la première livraison des *Pieds nickelés* de Forton.

6 juin
Au Tonkin, à Pha Long, des réguliers chinois tirent sur des soldats français qui désarmaient des réservistes chinois. Il y a 7 morts. Les troubles s'amplifient. Le 14 juillet, les autorités françaises envoient des renforts.

11 juin
Clemenceau obtient le vote d'un ordre du jour de confiance sur l'affaire de Draveil (429 voix contre 63)

18 juin
Au Maroc, l'allié de la France, Abd el-Aziz, est vaincu par Moulay Hafid près de Marrakech. Quelques jours plus tard, ce dernier est proclamé sultan dans toutes les villes du Maroc.

4 juillet
Publication des *Poèmes d'un riche armateur* de Valery Larbaud.

13 juillet
Rachat de la Compagnie de l'Ouest par l'État. La Chambre approuvera ce règlement à l'amiable le 10 décembre 1909, par 389 voix contre 106.

30 juillet-4 août
La grève des carriers qui a débuté le 2 mai se poursuivant, la fédération du bâtiment lance l'appel à la grève générale et organise une manifestation, à Vigneux (Seine-et-Oise). Les manifestants se heurtent violemment aux cinq régiments de cavalerie envoyés sur place : des barricades sont érigées à

Villeneuve-Saint-Georges. On relève quatre morts et plusieurs centaines de blessés. Une instruction est ouverte contre « les auteurs de la rébellion opposée à la force publique ». Le 1er août, certains dirigeants de la CGT sont arrêtés, d'autres ont réussi à gagner l'étranger. Le comité confédéral désigne immédiatement un nouveau bureau. Syndicalistes réformistes et révolutionnaires font taire leurs divergences face à l'action répressive de l'État. La grève de 24 h décidée par la CGT, dans la nuit du 31 juillet, est un échec. Le 4 août, le comité de grève des carriers accepte les propositions patronales : 5 centimes supplémentaires de l'heure et la journée de 10 h. Le 31 octobre, Victor Griffuelhes, secrétaire général de la CGT, Georges Yvetot et Émile Pouget sont relâchés, un non-lieu ayant été prononcé en leur faveur. En juillet 1911, les premiers éléments de l'action de provocateurs au service des Renseignements généraux sont portés à la connaissance du public. L'ouverture des archives de police confirmera que Clemenceau ne s'est pas en effet contenté de réprimer les mouvements de grève ; il en a suscité en grande partie la violence en infiltrant des agents provocateurs. En 1965, l'historien Jacques Julliard révèle les dessous de la « machination policière » dans son livre *Clemenceau briseur de grèves*.

6 août
Sur ordre du préfet de la Seine, Justin de Selves, l'Union des syndicats de la Seine est expulsée de la Bourse du travail. Le soir, les électriciens parisiens font grève pour des motifs corporatifs. Le président du Conseil Clemenceau annonce que les électriciens du génie seront désormais cantonnés dans Paris et qu'ils pourront se substituer aux grévistes.

septembre
Pierre Hamp : *Marée fraîche*, début du cycle de *La Peine des hommes*, clos en 1937, qui prend pour thème différents métiers.

12 septembre
Moulay Hafid avise le corps diplomatique à Tanger qu'il accepte l'acte d'Algésiras d'avril 1906. Le 14, la France et l'Espagne s'accordent sur les conditions de la reconnaissance de Moulay Hafid. Le 27 octobre, l'Allemagne et l'Autriche-Hongrie acceptent ces conditions.

21 septembre
Wilbur Wright accomplit au Mans un vol en aéroplane de 1 h 31' 25", soit 90 km. Le 18 décembre, il vole 100 km.

22 septembre
Une pièce d'artillerie explose sur le croiseur-cuirassé *Latouche-Tréville* ; on relève 13 morts. Le ministre de la Marine, Thomson, démissionne le 19 octobre.

26 septembre
Incident franco-allemand à Casablanca au sujet de déserteurs de la Légion étrangère qui s'apprêtaient à embarquer à bord d'un navire allemand avec l'aide du consul. Le 10 novembre, un accord est trouvé : les deux parties s'engagent à faire part de leurs regrets, suivant la décision des juges de la cour de La Haye. La sentence qui déclare les torts partagés est rendue le 22 mai 1909.

11 octobre
Le congrès radical et radical-socialiste de Dijon adopte une résolution dans laquelle les délégués déclarent ne reconnaître aucun ennemi à gauche, tout en blâmant le sabotage et la grève générale. Cette orientation deviendra pour les décennies à venir le leitmotiv de la politique de la gauche.

30 octobre
Henri Farman rallie Châlons à Reims en aéroplane.

novembre
Les jeunes militants de la Ligue d'Action française, Maurice Pujo et Maxime Real del Sarte, fondent la Fédération nationale des Camelots du roi dont les « commissaires » doivent assurer l'organisation des manifestations. Au quartier Latin, ses militants font le coup de poing (et le coup de canne) contre les étudiants de gauche.

10 novembre
Adepte du système de l'ingénieur américain Taylor, Louis Renault introduit dans l'un des ateliers de son entreprise (150 ouvriers) le chronométrage des opérations de production. Ce système vise à obtenir une hausse de la productivité dont dépend désormais le salaire (travail aux pièces) et à sélectionner les meilleurs ouvriers.

14 novembre
Le critique Louis Vauxcelles écrit dans *Gil Blas* à propos des toiles, refusées au Salon d'automne, que Georges Braque expose à la galerie Kahnweiler (le catalogue est préfacé par Apollinaire) : « Le peintre réduit tout, sites, figures et maisons, à des schémas géométriques, à des cubes. » Le mot « cubisme » commence à se diffuser.

Le cubisme

Les Demoiselles d'Avignon, *sans être à proprement parler une œuvre cubiste, contient les éléments à partir desquels s'est sans doute élaboré ce mouvement: juxtaposition de plans correspondant à différents angles de vue, comme en témoigne la femme accroupie dont on voit à la fois le visage et le dos; disparition de la perspective à point de fuite unique, qui, depuis la Renaissance, préside à la construction de l'espace pictural; palette de couleurs réduite à une gamme sourde; enfermement de la « scène » dans un milieu clos difficile à définir; absence de lumière naturelle. Mais l'œuvre traduit aussi une hésitation entre une géométrisation des formes, qui recueille l'héritage de Cézanne, et une recherche expressive presque violente, où se marque l'influence de ce que l'on appelle alors « l'art nègre ». Braque, qu'Apollinaire présente à Picasso à l'occasion de la découverte de la toile, reste sceptique: on veut me « faire manger de l'étoupe et boire du pétrole ». Il n'en sera pas moins le premier peintre à suivre la voie ouverte par Picasso et il se met à travailler à un grand* Nu *en choisissant de figurer les volumes sans recourir à la perspective classique; il est suivi de près par Derain qui, au Salon d'automne de 1907, présente des* Baigneuses *aux formes géométriques. Au cours de l'été 1908, tandis que Picasso travaille près de Creil, Braque peint dans une manière très proche, à L'Estaque, lieu cézannien par excellence. En novembre 1908, à l'occasion de l'exposition de Braque, le cubisme est né.*

Il sera défendu par de nombreux poètes et écrivains, dont Apollinaire qui publie Les Peintres cubistes, *Pierre Reverdy qui lui consacre un article dans le premier numéro de* Nord-Sud, *le 15 mars 1917, et Max Jacob.*

Si les débuts du cubisme restent sous l'influence de Cézanne, dès la fin de 1909, on passe à une phase dite « analytique », en raison du fractionnement du sujet représenté. Tout effet de profondeur est désormais banni, la nature disparaît des tableaux. Des objets quotidiens occupent la surface de la toile: vus sous différents angles, ils apparaissent morcelés en nombreuses facettes. En même temps que la perspective classique, les couleurs vives, dans le goût du fauvisme, sont rejetées, comme si elles menaçaient de distraire de l'austère travail de l'analyse des formes. Mais une telle évolution peut conduire à une forme d'abstraction ou d'hermétisme contre laquelle Braque va réagir.

S'ouvre alors une troisième phase du cubisme, dite synthétique. Au début de 1912, Braque utilise un peigne pour rendre sur l'une de ses toiles l'aspect des nervures du bois. À la fin de l'année, il pousse le procédé en collant directement sur un dessin au fusain – Compotier et verre *– trois morceaux de papier peint imitant le bois. C'est le premier papier collé du cubisme. La même année, Picasso introduit dans sa* Nature morte à la chaise cannée *un fragment de toile cirée gaufrée imitant un cannage de chaise. Pour la première fois, la peinture n'est plus le matériau exclusif de l'art pictural. Cette remise en cause aura des effets capitaux sur l'art du XXe siècle. Très vite d'autres artistes suivent les orientations de Braque et Picasso: Jean Metzinger, dans son* Portrait de Guillaume Apollinaire *(1910), assemble la face et le profil du modèle, Albert Gleizes avec* La Femme aux Phlox *où décor et vêtements sont géométriquement découpés. Les deux auteurs publient en 1912 un essai,* Du cubisme, *qui formule les principes que Braque et Picasso ne théoriseront jamais. Mais l'apport le plus original vient de Juan Gris, le plus jeune des cubistes, qui se fait le disciple de Picasso et va méthodiquement tirer toutes les conséquences de cette esthétique.*

Gris pratiquera le cubisme jusqu'à sa mort. Il est, avec Louis Marcoussis, l'un des plus fidèles représentants du mouvement, auquel se joignent Jacques Villon (à partir de 1911), Henri Laurens, qui lui donne sa traduction en sculpture, Francis Picabia et Marcel Duchamp, qui évolueront vers le dadaïsme, Fernand Léger et Robert Delaunay, André Lhote et Roger de La Fresnaye, enfin Ozenfant et Jeanneret – qui bientôt se fera connaître sous le nom de Le Corbusier. Le cubisme en effet ne va pas durer en tant que mouvement collectif. Incompris par le public, mal reçu par les autorités, il provoque même un débat houleux à la Chambre des députés, le 3 décembre 1912, à propos de l'entrée, dans les musées nationaux, de « manifestations d'un caractère aussi nettement anti-artistique et antinational ». Du côté des marchands, seuls le Français Roger Dutilleul et les Allemands Wilhelm Uhde et Kahnweiler achètent des œuvres cubistes. Les collections des deux derniers seront saisies pendant la guerre qui va aussi disperser les protagonistes du mouvement. Braque reprend le cubisme en 1917 mais Picasso est déjà loin, à ce moment-là, sur d'autres voies.

décembre

Gabriel Lippmann (1845-1921) reçoit le prix Nobel de physique. Sous-directeur de l'Institut Pasteur depuis 1904, Élie Metchnikov (né à Odessa en 1845) obtient le prix Nobel de médecine.

2 décembre
La commission sénatoriale qu'il préside jugeant inapplicable la loi sur les retraites votée le 23 février 1906, Cuvinot propose à Clemenceau un nouveau projet.

24 décembre
La Chambre et le Sénat interdisent la fabrication d'absinthe à 65° pour la consommation en France; ils l'autorisent pour l'exportation.

autres événements
• Le mathématicien Henri Poincaré publie *Science et méthode* et *Valeur de la science*, continuant ainsi à promouvoir un mouvement critique des sciences.

1909

18 janvier
Jaurès demande au gouvernement de rendre public le rapport confidentiel du général Lyautey sur l'occupation totale du Maroc. Le gouvernement obtient la confiance par 380 voix contre 98.

février
Fondation de l'Union française des unions de syndicats professionnels féminins qui regroupent des syndicats catholiques dont le siège se trouve rue de Sèze. Cette union se constitue en parallèle à l'Union centrale des syndicats professionnels féminins (rue de l'Abbaye) qui rassemble des syndicats d'institutrices, d'employées ou d'ouvrières de l'habillement et qui comptera en 1912 environ 5000 membres. Il existe aussi, depuis 1887, le Syndicat des employés du commerce et de l'industrie (SECI) qui devient en 1919 l'épine dorsale de la Confédération française des travailleurs chrétiens (CFTC).
La Nouvelle Revue française paraît (un premier numéro avait été publié le 15 novembre 1908 sous la direction du critique Eugène Montfort mais avait été désavoué par la majorité des membres de l'équipe). Dans leur présentation, André Gide, Jacques Copeau, Henri Ghéon, Jean Schlumberger, Marcel Drouin et André Ruyters, soutenus financièrement par Gaston Gallimard, proclament: « En face des habitudes trop coulantes de certains de leurs confrères, les écrivains de *La NRF* ont voulu marquer une morale littéraire moins facile et plus désintéressée, faire preuve d'une vraie tenue, d'une authentique rigueur. » En 1911, la revue (3000 lecteurs à l'été 1914) se double d'une maison d'édition (35 et 37 rue Madame, VIe arrondissement) qui publiera une soixantaine de livres jusqu'en 1914. Jacques Rivière sera le premier directeur (1919-1925) de la *NRF*.

Gide

Fils d'un professeur de droit, André Gide (1869-1951) a été élevé dans une famille protestante. La rigueur d'une éducation austère pèse sur l'enfant, devenu orphelin de père à 11 ans, qui se révolte contre le conformisme de son milieu : il se fait renvoyer de l'École alsacienne où il a fait la connaissance de Pierre Louis (futur Louÿs). Désormais il étudie avec des précepteurs. Son Journal *(entrepris dès l'adolescence) mis à part, son premier livre s'intitule* Les Cahiers d'André Walter *(1890): l'histoire d'un jeune homme qui promet de renoncer à celle qu'il aime et meurt de ce sacrifice; c'est une mise en demeure indirecte à sa famille hostile à son mariage avec sa cousine Madeleine de trois ans son aînée – ils se marieront en 1895. André Gide rencontre Paul Valéry chez son oncle, l'économiste Charles Gide; Barrès le présente à Mallarmé et bientôt il participe aux Mardis de la rue de Rome; il se lie avec Oscar Wilde. Son voyage en Tunisie et en Algérie, en 1893, lui permet de prendre ses distances avec le milieu littéraire qu'il fréquente – à son retour il écrit* Paludes *(1895), satire du cénacle symboliste –, et d'assumer son homosexualité. En 1897, il publie* Les Nourritures terrestres, *livre dans lequel il fait l'éloge des plaisirs, presque immédiatement contrecarré par son* Saül *écrit dès 1898 mais publié seulement en 1903. Avec* L'Immoraliste *(1902), la critique considère que Gide a atteint sa maturité: la volonté d'indépendance de son héros Michel, son rejet des contraintes morales, aboutit* in fine *à la remise en cause de la démarche du héros tant elle est dévastatrice pour ses proches. En juillet 1909, Gide donne* La Porte étroite, *transposition de son histoire sentimentale avec Madeleine. C'est également en 1909 qu'il se lance avec ses amis dans l'aventure de* La Nouvelle Revue française.
En 1914, Gide publie Les Caves du Vatican *qui impressionne durablement son public – le héros, Lafcadio, prouvant sa liberté par un acte gratuit, en l'occurrence un crime sans mobile. Ce roman audacieux dans sa conception littéraire tourne autour d'un pape imposteur, jouet de la franc-maçonnerie. Il déclenche une polémique – Claudel rompt avec Gide. Au sortir de la guerre,* La Symphonie pastorale *(1919) rencontre un immense succès aux dépens du thème sous-jacent – l'affrontement entre la conception paulinienne de l'Évangile et l'enseignement du Christ – qui*

*montre que Gide n'est pas dégagé de toute interrogation spirituelle. Parallèlement à ses propres œuvres, Gide traduit Conrad (*Typhon, *1918), Whitman, Shakespeare, Blake, plus tard Pouchkine, Kafka, etc. De 1924 à 1926, il publie* Dostoïevski, Corydon *– dialogue sur l'homosexualité qui fait scandale –* Si le grain ne meurt *– récit des 26 premières années de sa vie –* Les Faux-Monnayeurs *– mise en scène d'un monde moral proche du sien – et* Le Journal des Faux-Monnayeurs. *En 1925, il entreprend un long voyage en Afrique : avec la découverte de la brutalité de la colonisation qu'il dénonce dans* Voyage au Congo *(1927) puis* Retour du Tchad *(1928), sa pensée subit une inflexion : il est désormais plus attentif – mais toujours sous une forme morale – à la dimension sociale du monde ; il commence à s'intéresser à l'URSS et, peu à peu, devient un « compagnon de route » du communisme. La prise du pouvoir par Hitler le conduit à s'engager dans les campagnes antifascistes. Mais même au plus fort de son engagement, Gide conserve une certaine liberté : ainsi, lorsqu'il préside le congrès international des écrivains pour la défense de la culture (juin 1935), il fait en sorte que les amis de Victor Serge puissent présenter la défense de l'écrivain relégué par le régime stalinien au fond de l'Oural. Avec son* Retour d'URSS *(1936) puis les* Retouches à mon retour d'URSS *qui consacrent sa rupture avec le communisme, il fait preuve d'un rare courage. À la veille de la guerre, il publie son* Journal 1889-1939. *Après la défaite de 1940, Gide semble accepter un temps le régime de Pétain mais, très vite, il adhère « de tout son cœur à la déclaration du général de Gaulle ». Replié à Nice, il rompt en mars 1941 avec* La NRF *dirigée par Drieu a Rochelle. Au printemps 1942, il gagne Tunis. Il ne revient en France qu'en mai 1945. En 1947, son œuvre considérable vaut le prix Nobel de littérature à ce « contemporain capital » qui a exercé une influence immense sur son époque.*

2 février

Le gouvernement général d'Indochine est autorisé à contracter un emprunt de 53 millions de francs destinés à la construction du chemin de fer du Yunnan (Chine).

9 février

Un accord franco-allemand sur le Maroc est signé à Algésiras. Il stipule que le « gouvernement français, entièrement attaché au maintien de l'intégrité et de l'indépendance de l'empire chérifien, [est] résolu à y sauvegarder l'égalité économique et, par la suite, à ne pas y entraver les intérêts commerciaux et industriels allemands », que le gouvernement impérial allemand « ne poursuivant que des intérêts économiques au Maroc, reconnaissant d'autre part que les intérêts politiques particuliers de la France y sont étroitement liés à la consolidation de l'ordre et de la paix intérieure, [est] décidé à ne pas entraver ces intérêts ».

Pour concrétiser l'ouverture du Maroc aux sociétés des deux pays, une entreprise marocaine de travaux publics et une compagnie de chemin de fer s'organisent.

Parallèlement, des capitaux allemands soutiennent la Compagnie française de N'goko-Sangha, du nom de deux affluents du fleuve Congo, qui exploite le caoutchouc.

13 février

Fondation de l'Union française pour le suffrage des femmes. Cette nouvelle organisation compte 200 membres (12000 en 1914). L'une de ses principales figures est Cécile Brunschvig (1877-1946) fondatrice des « Réchauds du Midi » destinés à fournir un déjeuner aux ouvrières. Elle associe son Union à la lutte anti-alcoolique, collabore avec la Ligue des droits de l'homme. Elle sera également à l'origine de la création de la Ligue des électeurs pour le suffrage des femmes, présidée par Ferdinand Buisson.

mars

Arnold Van Gennep : *Les Rites de passage.*

9 mars

La Chambre vote à une large majorité le projet Caillaux d'impôt sur le revenu, projet auquel le Sénat est hostile.

12-23, 26 mars

Excédés par les retards dans l'avancement normal et par de supposés actes de favoritisme qu'ils imputent au sous-secrétaire d'État aux Postes Symian, les postiers du central téléphonique parisien lancent une grève quasi insurrectionnelle. Le préfet de police est blessé au cours des affrontements. Le 15, après une nouvelle émeute au central, la grève recommence. Le 19, le gouvernement prend un décret, approuvé par la Chambre par un ordre du jour voté par 368 voix contre 221, lui conférant le pouvoir de révocation immédiate. Le 21, les délégués des grévistes sont reçus par le président du Conseil Clemenceau afin d'obtenir la démission de Symian et l'engagement qu'aucune révocation se sera prononcée pour fait de grève. Clemenceau repousse leurs exigences et les met en demeure de reprendre le travail. Les grévistes votent alors la poursuite du mouvement. Des actes de sabotage sont commis mais la reprise du travail s'effectue le 23 mars; 3 millions de lettres et 100000 télégrammes sont restés en souffrance. Le 26, à la Chambre, le député conservateur Charles Benoist, auteur de *L'Organisation du travail. La Crise de l'État moderne* (2 volumes, 1905), dénonce cette grève et insiste sur l'opposition grandissante entre le syndicalisme et le parlementarisme qui ne peut être résolue, selon lui, que par l'introduction de la représentation proportionnelle. Dans les semaines qui suivent, la multiplication de conflits sociaux violents (Hazebrouck, Mazamet, Méru-sur-Oise) semble confirmer ses propos. À l'issue du débat, la Chambre approuve, par 470 voix contre 63, l'interdiction du droit de grève aux fonctionnaires.

30 mars
Disciple de Barrès, Georges Ducrocq fonde la revue *Les Marches de l'Est.*

18 avril
Le Vatican béatifie Jeanne d'Arc.

30 avril
Loi interdisant d'imposer aux femmes des travaux excessifs (transport de fardeaux trop lourds); elle sera complétée par un décret le 28 décembre 1909.

mai
Georges Valois publie *La Monarchie et la classe ouvrière.* Cette enquête s'inscrit dans le cadre de la tentative de l'Action française pour s'attirer les sympathies des syndicalistes de la CGT.

11 mai
Tandis qu'à la Chambre, le débat reprend sur la révocation des postiers grévistes, fondée sur l'inadéquation entre la qualité de fonctionnaires et l'antipatriotisme développé par certains syndicalistes de la CGT, les postiers réunis votent la grève générale. En réponse, le gouvernement prononce 228 révocations.

13 mai
Clemenceau et Jaurès s'affrontent à la Chambre au sujet du droit de grève des fonctionnaires. Le refus du président du Conseil est soutenu par un ordre du jour qui recueille 454 voix contre 69.

juin
Les syndicalistes réformistes de la CGT (Keufer pour le livre; Guérard pour les cheminots, Renard pour le textile, Niel, etc.) se regroupent en un comité d'union syndicaliste pour faire pièce aux révolutionnaires de la centrale. À partir d'octobre, ils publient *L'Action ouvrière.*

5 juin
Hubert Latham réussit un vol de plus d'une heure sur monoplan.

11 juin
Un fort tremblement de terre ravage le Midi. On dénombre 60 morts et 100 blessés. Les communes de Rognes, Lambesc, Calade et Éguilles (Bouches-du-Rhône) sont très endommagées.

12 juillet
Léon Jouhaux devient secrétaire de la CGT.

Jouhaux

Petit-fils d'un fusillé de Juin 1848, fils d'un tambour de la Commune, Léon Jouhaux (1879-1954) travaille dans une manufacture d'allumettes d'Aubervilliers et se montre proche des milieux anarchistes. De 1909 à 1914, le nouveau secrétaire suit la ligne révolutionnaire de la CGT initiée par ses prédécesseurs, puis évolue vers le réformisme. Le 4 août 1914, il se rallie à l'Union sacrée et participe au Comité de secours national. Pendant la guerre, il oriente l'action syndicale vers une prise de responsabilité de plus en plus grande dans les organismes mixtes qui gèrent la production. La guerre finie, la CGT avance l'idée de nationalisation des industries. Jouhaux doit alors faire face à la résurgence du courant révolutionnaire et ne peut empêcher la scission en 1921, et la création de la CGTU (Confédération générale du travail unitaire). Son rôle demeure important puisque ce n'est qu'après qu'il a été consulté que les ministres du Travail sont désignés. Avec la réunification syndicale de 1936, celui qu'on surnomme « le général » tente de se poser en arbitre entre le courant communiste et le courant réformiste. À l'approche de la guerre, il se prononce pour la fermeté face à l'Allemagne nazie. Après la débâcle, il refuse la dissolution des organisations syndicales. Placé d'abord en résidence surveillée puis arrêté, il est finalement livré aux Allemands qui l'internent dans le Tyrol jusqu'en 1945. À son retour, il retrouve son poste de secrétaire général mais le communiste Benoît Frachon partage la même fonction. Il refuse d'appuyer ses amis de la tendance Force ouvrière qui veulent constituer une nouvelle centrale et se retire le 19 décembre 1947. Il devient tout de même le président de la CGT-FO en avril 1948. Jouhaux reçoit le prix Nobel de la paix en 1951.

20 juillet
Delcassé présente à la Chambre son rapport sur la marine française, demandé à la suite des pertes presque simultanées des navires *Iéna*, *Algésiras* et du *Couronne*. Clemenceau s'en prend violemment à lui en soutenant que Delcassé a conduit la France à « l'humiliation d'Algésiras ». L'incident tourne en défaveur de Clemenceau. Son ordre du jour étant rejeté, Clemenceau démissionne. La longue période de stabilité gouvernementale est close.

24 juillet
Briand forme le nouveau ministère. Il cumule la présidence du Conseil et le ministère de l'Intérieur: Barthou (Justice), Cochery (Finances), général Brun (Guerre), amiral Boué de Lapeyrère (Marine), Millerand (Travaux publics), J. Dupuy (sénateur du groupe de l'Alliance démocratique et propriétaire du *Petit Parisien*: Commerce et Industrie), Trouillot (Colonies). Conservent leurs portefeuilles: Pichon (Affaires étrangères), Doumergue (Instruction publique et Beaux-Arts), Ruau (Agriculture) et Viviani (Travail).
Le 27, Briand obtient la confiance de la Chambre par 306 voix contre 46; les socialistes se sont abstenus sauf 18 guesdistes.

25 juillet
Louis Blériot traverse la Manche de Calais à Douvres en avion, en 38 mn et à une altitude de 100 m.

22-29 août
Le grand concours d'aviation qui se déroule dans la plaine de Bétheny (Marne) suscite un immense intérêt: le président du Conseil Aristide Briand et nombre de ministres s'y rendent pour assister aux démonstrations.

13 septembre
Santos-Dumont effectue un vol de 8 km en 5 mn.

5 octobre
Premier numéro de *La Vie ouvrière* de Pierre Monatte. L'équipe de la revue entend élever le niveau de réflexion des syndicalistes.

12 octobre
À Périgueux, Briand prononce un discours-programme qui s'assigne pour tâches d'unir les classes et de restaurer la stabilité. Il annonce une « politique d'apaisement » envers les catholiques.

14 octobre
Violents incidents à Paris à la suite d'une manifestation de protestation des libéraux, des socialistes et des anarchistes, contre l'exécution de Francisco Ferrer tenu, par le pouvoir espagnol, pour responsable des émeutes de Barcelone au mois de juillet précédent. Outre les pillages, un agent de police est tué d'un coup de revolver. Le 17, une seconde manifestation se déroule pacifiquement.

17 octobre
Inauguration en Alsace annexée du monument aux morts français de la bataille de Wissembourg (4 août 1870).

26 octobre
La Chambre adopte le projet de loi garantissant leur emploi aux femmes en couches.

12 novembre
Le député socialiste Jean Allemane interpelle le gouvernement sur les tortures infligées, dans les bagnes militaires d'Algérie, à des soldats incorporés dans des bataillons disciplinaires.

16 novembre
Colette: *L'Ingénue libertine*.

23 novembre
Devant la Chambre, le ministre des Affaires étrangères Pichon décrit les objectifs de la France au Maroc: négociations relatives à l'emprunt marocain, maintien de la présence française à Chaouia et Oujda, respect de l'accord d'Algésiras. La Chambre l'approuve par 433 voix contre 67.

décembre
François de Martonne: *Traité de géographie physique* (1909-1925).

7 décembre
Une loi garantissant le versement du salaire à intervalles réguliers (tous les quinze jours pour les ouvriers, tous les mois pour les employés) est adoptée.

9 décembre
L'historien de la Révolution française, Aulard, et Debidour, historien de l'époque moderne et inspecteur général de l'instruction publique, intentent devant le tribunal civil à Mgr Amette, archevêque de Paris, une action en dommages et intérêts pour avoir mis à l'Index l'*Histoire de France* qu'ils ont publiée.

10 décembre
Le sénateur d'Estournelles de Constant, qui a représenté la France à la conférence de La Haye (15 juin-18 octobre 1907), reçoit le prix Nobel de la paix.

21 décembre
Mort de Charles-Louis Philippe. L'écrivain « populiste » (*Bubu de Montparnasse*, 1901) est inhumé en présence de Gide, Larbaud et Émile Guillaumin.

autres événements

- Gilliéron et Edmont: dernier des 35 volumes de l'*Atlas linguistique de la France*, dont la publication a débuté en 1902.
- Bourdelle expose *Héraclès archer tuant les oiseaux du lac Stymphale*. Son style anguleux montre qu'il se libère de l'influence de son maître Rodin.
- Derain grave les planches qui illustrent *L'Enchanteur pourrissant* d'Apollinaire.
- À Issy-les-Moulineaux, construction d'un hangar à structure métallique pour les dirigeables Clément-Bayard.
- Charles Pathé fait bâtir, avenue de La Motte-Picquet, la salle baptisée Le Métropole avec le « plus grand écran du monde ».

Le cinéma : art et industrie

Dans le cinéma français après le nom des frères Lumière vient immédiatement celui de Georges Méliès (1861-1938) qui inaugure le « théâtre cinématographique » à la fin du siècle précédent. Son imagination fertile (18 films en 1906, 19 – dont Vingt mille lieues sous les mers *– en 1907, 45 en 1908) le sert dans un premier temps mais il appréhende mal les rapides évolutions des techniques et des goûts, préférant s'en tenir à l'artisanat, ce qui lui vaut d'être peu à peu éclipsé. Le cinéma est déjà une industrie.*
Voici venu le temps des grandes sociétés de production. Celle de Léon Gaumont (1864-1946) qui construit à la fois les studios des Buttes-Chaumont et des salles et se lance dans la production de films. En 1907, il envoie sa secrétaire Alice Guy aux États-Unis où elle fera construire un studio dans le New Jersey. En 1911, Gaumont met au point l'enregistrement phonographique, première tentative de cinéma parlant.
Dès 1906, Charles Pathé (1863-1957), autre grand patron du cinéma, emploie des scénaristes. Avec sa firme qui fabrique des pellicules, il loue des films, ouvre d'autres salles de projection (les Palaces qui seront 200 en France), construit des studios de développement et de tirage, produit à partir de 1908 le Pathé-Journal. *Présente dans le monde entier, la firme de Charles Pathé subit cependant le contrecoup d'une baisse d'intérêt pour un cinéma dépourvu d'originalité.*
En réaction à la médiocrité, Paul Lafitte crée en 1908 la société de production Le Film d'Art et passe commande de scénarios originaux à Anatole France, Jules Lemaître, Edmond Rostand, etc. Il fait appel à des comédiens renommés tels Sarah Bernhardt et Mounet-Sully. Deux ans plus tard a lieu la première du film produit par la société: L'Assassinat du duc de Guise, *d'après un scénario de l'académicien Henri Lavedan, illustré musicalement par Camille Saint-Saëns.*
En 1909, l'acteur, scénariste et cinéaste Max Linder (Gabriel Leuvielle, 1885-1925) commence sa série des Max *où apparaît une nouvelle conception du jeu du comédien.*
Après des débuts au théâtre Antoine, Albert Capellani et la Société cinématographique des auteurs et gens de lettres (SCAGL) produisent en 1912 Les Misérables *(5 000 m de film pour cinq heures de projection). Émile Cohl, pseudonyme d'Émile Courtet (1857-1938), donne en 1910 la première projection en public d'un film de dessins animés:* Fantasmagorie. *De 1908 à 1923, il réalisera plus de 200 films d'animation.*

1910

15 janvier
Une nouvelle fédération coloniale, l'Afrique équatoriale française (AEF), est organisée; elle sera dirigée par un gouvernement général.

21 janvier
Les inondations sont générales en France. À Paris, les souterrains Nord-Sud en construction sont inondés. Très rapidement la situation empire: le 23, la ligne Austerlitz-Orsay est fermée et les eaux du Loing détruisent le village de Lorroy; le 24, les sous-sols de 10 arrondissements sont envahis par les eaux et les services de l'électricité et des tramways cessent de fonctionner. À Choisy-le-Roi, 5 000 personnes n'ont plus d'abris; le 25, un vote extraordinaire débloque 2 millions de francs pour venir en aide aux sinistrés tandis que l'inondation touche Alfortville, le VIIe et le XIIe arrondissement. Le 26, la cote de la Seine atteint 8,9 m; le 27, elle est à 9,3 m et, près de Saint-Lazare, des affaissements de bâtiments ont lieu. La Loire et la Garonne menacent aussi de sortir de leurs lits. La situation suscite un grand élan de solidarité nationale.

25 janvier
Grâce à la campagne menée par la Fédération féministe universitaire et le soutien des députés Louis Marin et Ferdinand Buisson, le principe de l'égalité des traitements entre universitaires masculins et

féminins, instituteurs et institutrices, est voté par la Chambre. L'application reste cependant aléatoire.

février
Publication de l'*Art antique* d'Élie Faure, premier des quatre volumes de son *Histoire de l'Art.*

15 février
Une colonne de soldats français est massacrée au Maroc dans l'Ouadaï. Le 19, dans la même région, un lieutenant est tué lors d'une opération. Ces événements conduisent la Chambre à voter, le 21, un crédit de 850000 francs pour l'envoi d'un bataillon de tirailleurs sénégalais dans le Sud-Oranais.

26, 28 février
La Chambre adopte un droit de timbre sur les affiches lumineuses. Le 28, l'amendement Cloarec introduit l'adjudication de la publicité sur les boîtes d'allumettes.

17 mars
Le comité républicain de la représentation proportionnelle, récemment constitué, organise sa première réunion, sous la présidence de l'économiste Charles Gide.
Les tisseurs d'Halluin, en grève depuis le 17 janvier, saccagent leurs usines.

24 mars
Mort de l'académicien Eugène Melchior de Vogüé qui, dans son ouvrage *Le Roman russe* (1886), avait révélé les grands romanciers russes du XIXe siècle au public français.

26 mars-5 avril
La Chambre discute de la loi sur les retraites que Guesde qualifie de «vol législatif» qui s'ajoute au «vol patronal»; la CGT mène une campagne similaire contre «l'escroquerie des retraites ouvrières». Le 31 mars, la loi est adoptée par 560 voix contre 4. Elle est promulguée le 5 avril. L'âge de la retraite est fixé à 65 ans. Le régime de retraite s'applique à tous les salariés gagnant moins de 3000 francs par an; il est fondé sur les cotisations des salariés et des patrons. Le régime est facultatif pour les travailleurs isolés, indépendants, et les patrons employant un seul salarié. En juin 1912, la Cour de cassation exonère l'employeur de toute responsabilité en cas de non-présentation par le salarié de sa carte d'assuré, réduisant ainsi la portée de la loi: dans ce cas, l'employeur n'a pas le droit de prélever la cotisation sur le salaire de son employé. Au 1er janvier 1912, on dénombre 2560000 assurés obligatoires et 360000 assurés facultatifs.

29 mars
La loi sur le nouveau régime de liquidation des congrégations est adoptée. L'examen de la liquidation des congrégations fait apparaître de graves détournements de fonds.

avril
Raymond Roussel publie *Impressions d'Afrique* qu'il fera représenter au théâtre en 1911 et 1912. Deux ans plus tard, il donnera *Locus Solus.*

4-11 avril
À Marseille, grève générale des inscrits maritimes (ouvriers et employés des ports et navires) qui protestent contre l'embarquement de sujets «étrangers» (non français) ou «arabes» (venant d'Afrique du Nord) par les compagnies maritimes. La grève s'étend à Toulon puis touche d'autres professions de Marseille, notamment les tramways, mais aussi partiellement les «dockers», les gaziers et les maçons. Le tribunal maritime prononce de lourdes condamnations pour refus d'obéissance. La grève cesse le 11.

8 mai-28 juin
Résultat du deuxième tour des élections législatives au scrutin uninominal d'arrondissement (22,5 % d'abstentions). Réactionnaires et nationalistes: 88 sièges (+1), progressistes: 60, républicains de gauche: 93 (+11), radicaux et radicaux-socialistes: 252 (-17), socialistes indépendants: 30 (+1), SFIO: 74 (+19). Il y a 235 nouveaux députés. Le 28 juin, Briand se présente devant la Chambre; il obtient la confiance par 403 voix contre 110.

25 juin
Création par les Ballets russes de *L'Oiseau de feu* d'Igor Stravinski. Du jour au lendemain, le jeune compositeur russe est célèbre, unanimement admiré par ses pairs Debussy, Dukas, Ravel.

Les Ballets russes

Serge de Diaghilev (1872-1929) a organisé en 1908 à l'Opéra la représentation de Boris Godounov *(composé par Moussorgski) avec Fédor Chaliapine. L'année suivante, sa troupe des Ballets russes (Fokine, Nijinski) a connu un retentissant succès, renouvelé avec celui de* Schéhérazade *(Rimski-Korsakov),* L'Oiseau de feu *(Stravinski). En 1912, les Ballets donnent* L'Après-midi d'un Faune *(Debussy) et* Daphnis et Chloé *(Ravel). Commence alors la grande période des Ballets qui se produisent lors de la première saison du théâtre des Champs-Ély-*

sées, inauguré le 31 mars 1913. Diaghilev n'hésite pas à faire appel, pour les décors, aux peintres les plus modernes tels Rouault, Utrillo, Matisse, Braque, faisant du ballet un spectacle complet.

1er juillet
La Chambre modifie le système de nomination en commissions, instituant des listes préparatoires de candidatures établies par les groupes parlementaires qui se voient ainsi plus strictement délimités.

20 juillet
Premier numéro de *La Démocratie*, organe du Sillon de Marc Sangnier qui avait déjà lancé un bimensuel en octobre 1905, *L'Éveil démocratique*. Le 25 août, dans une lettre aux évêques, Pie X condamne le Sillon dont les militants « prennent comme idéal à réaliser le nivellement des classes »; en conséquence « l'action sociale du Sillon n'est plus catholique ». Marc Sangnier fait sa soumission.

7 août
Le Circuit de l'Est en aéroplane, course organisée par *Le Matin*, part de Troyes pour rejoindre Paris via Nancy, Mézières, Douai, Amiens. Des officiers aviateurs exécutent des vols avec passagers de ville à ville. L'aéroplane commence à être considéré comme un « indispensable auxiliaire de la guerre moderne ».

19 septembre
À la Sorbonne s'ouvre la première conférence internationale contre le chômage réunie à l'initiative privée de spécialistes soucieux d'apporter des remèdes à ce phénomène dont l'extension depuis la dépression des années 1890 a frappé les observateurs. Une association internationale de lutte contre le chômage est créée à l'issue de la conférence.

octobre
Matisse expose au Salon d'automne *La Danse* et *La Musique*, décorations peintes l'année précédente. Commandées par le collectionneur russe Chtchoukine, elles seront expédiées en Russie en décembre.

3-8 octobre
Au congrès de Toulouse, la CGT se prononce contre les projets de loi sur le contrat collectif de travail, l'arbitrage obligatoire, la capacité civile des syndicats et demande aux syndiqués de refuser la cotisation aux retraites ouvrières. La centrale se pose ainsi en adversaire déclaré à la politique de Briand.

10-30 octobre
Début de la grève des cheminots, aux dépôts de la Chapelle et de la Plaine-Saint-Denis, qui revendiquent 5 francs de salaire horaire. Le 12, à l'instigation de Briand, un arrêté du ministre de la Guerre, le général Brun, autorise la mobilisation des grévistes pour 21 jours; les réseaux de chemins de fer sont alors occupés par l'armée. Le 13, la police arrête dans les locaux de *L'Humanité* plusieurs syndicalistes cheminots; le même jour, la grève de solidarité des électriciens n'est que partielle et leur leader Pataud en fuite. De nombreux actes de sabotage et de tentatives de déraillements ont lieu dans différents départements: le 15, la grève est pratiquement terminée mais les 16 et 17, on découvre des bombes sur des voies, à Reuilly, boulevard Pereire, et sous le tunnel de la gare des Chantiers à Versailles. Plusieurs centaines de cheminots sont licenciés. Le 29, Briand déclare devant la Chambre qu'il n'aurait pas « hésité à aller » jusqu'à l'illégalité pour contenir le mouvement gréviste. Le 30, la Chambre vote en faveur de Briand un ordre du jour d'approbation par 329 voix contre 183 mais 200 députés, sous la présidence de Jean Cruppi, ont voté un autre ordre du jour pour faire part de leur défiance envers le président du Conseil qui préfère remettre sa démission. Cette grève a été précédée de deux graves accidents (14 août: 40 morts; 10 septembre: 9 morts) qui montrent la fragilité du système ferroviaire français. Une troisième catastrophe a lieu en février 1911 (13 morts).

16 octobre
Le dirigeable Clément-Bayard rallie Compiègne à Londres en 6 h (390 km) avec sept personnes à bord.

2 novembre
Le président Fallières confie à nouveau à Briand, qui conserve l'Intérieur et les Cultes, le soin de former un gouvernement qu'il présente dès le 3: T. Girard (Justice), Klotz (Finances), Puech (Travaux publics), Morel (Colonies), Raynaud (Agriculture), Lafferre (Travail), Maurice Faure (Instruction publique). Conservent leurs portefeuilles: Pichon (Affaires étrangères), Dupuy (Commerce et Industrie), le général Brun (Guerre), et l'amiral Boué de Lapeyrère (Marine).
Le 8, Briand dresse les grandes lignes de son action et notamment l'amélioration de la condition matérielle des travailleurs par la loi, politique qui s'oppose aux « entreprises d'anarchie ». Il obtient la confiance par 296 voix contre 209.

14 novembre
Jaurès expose à la Chambre son projet militaire, publié en volume peu après. *L'Armée nouvelle* se présente comme un fragment d'un projet plus vaste intitulé: *L'Organisation socialiste de la France.*

16-19 novembre
Le quotidien *L'Excelsior* publie pour la première fois des photographies en pleine page.

25 novembre
Le Sénat débat de la limitation des débits d'alcool et de liqueurs alcooliques. Le 3 février 1911, 2000 débitants manifestent contre le projet.
À Rouen, le syndicaliste Jules Durand est condamné à mort sur la base de témoignages suspects: il aurait incité à «liquider» des «jaunes» (non-grévistes) et serait par conséquent responsable de l'assassinat d'un charbonnier non gréviste, Dongé. Durand, finalement gracié, devient fou et finit ses jours en asile. Armand Salacrou développera dans son roman *Boulevard Durand* (1960) la thèse d'une machination.

décembre
Jean Brunhes se fait connaître par son monumental essai: *Géographie humaine. Essai de classification positive, principe et exemples.*

25 décembre
Briand dépose quatre projets de loi concernant les chemins de fer: sur la retraite des cheminots, la répression du sabotage, la sécurité des trains et l'arbitrage obligatoire. Ils ne seront pas discutés.

autres événements
• Création des Décades de Pontigny par Paul Desjardins, normalien de la promotion de 1878, celle de Jaurès et Bergson, qui avait créé en 1892 l'Union pour l'action morale avec Gabriel Monod et Lyautey. Ce rassemblement annuel d'intellectuels de tous pays dans l'ancienne abbaye bourguignonne entend développer la coopération intellectuelle internationale; les rencontres se poursuivent jusqu'en 1940. Y participent: André Gide, Paul Valéry, Roger Martin du Gard, Charles Du Bos, Jacques Rivière, Gaston Bachelard, Léon Brunschvicg, Jean Wahl, Vladimir Jankélévitch.
• Bergère de Sologne devenue couturière, Marguerite Audoux obtient le prix Fémina avec son roman *Marie Claire* qui, en quelques semaines, se vend à 75000 exemplaires.
• Parution des *Cinq grandes odes* de Paul Claudel.
• Les établissements Japy mettent au point une machine à écrire.

1911

5 janvier
Premier article d'Alphonse Merrheim dans *La Vie ouvrière* sur «l'approche de la guerre».

MERRHEIM

Chaudronnier en cuivre, Alphonse Merrheim (1871-1925) devient secrétaire de la fédération de la métallurgie en 1904. Il cherche à donner un nouveau souffle au syndicalisme par l'étude des phénomènes économiques et des stratégies industrielles patronales. Il est également l'un des partisans d'une mutation structurelle du syndicalisme reposant sur les fédérations d'industries. Pendant la guerre, il se range dans le camp des opposants à l'Union sacrée, fait de L'Union des métaux *un organe des syndicalistes minoritaires. Il participe à la conférence de Zimmerwald (1915) où il rencontre Lénine. Lorsque le courant pacifiste révolutionnaire se rapproche des positions des bolcheviks après la révolution d'Octobre, il prend ses distances et au congrès de Lyon (1919) de la CGT critique l'action de Lénine. Malade, Merrheim vit ses dernières années à l'écart du mouvement syndical.*

20 janvier
En Champagne, les vignerons provoquent de violents incidents. Ils protestent contre l'exclusion hors de l'appellation contrôlée «Champagne» du département de l'Aube, alors débattue aux Chambres. Après une accalmie, l'agitation reprend dans l'Aube à la fin mars: le drapeau rouge est hissé sur la mairie et sur la sous-préfecture de Bar-sur-Aube.

23 janvier
L'inventeur de la télégraphie sans fil, Édouard Branly, est élu à l'Académie des sciences par 30 voix contre 28 à Marie Curie.

février
Président de l'académie Goncourt, Rosny aîné publie *La Guerre du feu.*

25-27 février
Briand doit répondre à une interpellation à propos des écoles des congrégations; il obtient de justesse un ordre du jour favorable par 258 contre 242. Le 26, en Conseil restreint, Briand annonce son intention de démissionner. C'est après les obsèques nationales du général Brun (le 27) qu'il envoie sa lettre de démission au président de la République

Armand Fallières. Celui-ci charge Ernest Monis de constituer le nouveau ministère. Selon certains commentateurs, Monis est la « doublure de Combes ».

mars
Parution du *Bestiaire ou Cortège d'Orphée*, poèmes d'Apollinaire avec des bois gravés de Raoul Dufy.
Valery Larbaud : *Fermina Marquez*.

2-6 mars
Monis (président du Conseil et Intérieur) présente son gouvernement : Perrier (Justice), Cruppi (Affaires étrangères), Berteaux (Guerre), Delcassé (Marine), Caillaux (Finances), Steeg (Instruction publique), Dumont (Travaux publics), Massé (Commerce et Industrie), Pams (Agriculture), Messimy (Colonies), Paul-Boncour (Travail).
Le 6 mars, le cabinet obtient devant la Chambre 309 voix contre 114 et 126 abstentions.

10 mars
L'heure légale est modifiée pour l'aligner sur l'heure de Greenwich ; elle retarde de 9' 21" sur l'ancienne heure.

21 mars
Première du *Martyre de saint Sébastien* de Debussy, sur un texte de l'écrivain italien D'Annunzio.

avril
Les dessinateurs alsaciens Zislin et Hansi sont fêtés à Paris.

HANSI

Pendant l'incarcération de Zislin, emprisonné en raison de ses caricatures anti-allemandes, Jean-Jacques Waltz, dit Hansi (1873-1951), dirige le magazine Dur'Elsass. *Il publie* Professeur Knatschké *(1910),* L'Histoire d'Alsace racontée aux petits enfants *(1912) et* Mon Village *(1913), imposant une caricature féroce de l'Allemand qui ne pouvait que déplaire aux autorités. Il sera condamné à trois mois de prison en 1914 puis, la même année, passe en jugement en Haute Cour à Leipzig. Condamné à un an de prison, il réussit à gagner la France. En août, il s'engage dans l'armée française où il participe activement à la propagande. Après la guerre, il reprend la publication de ses albums et devient conservateur du musée Unterlinden à Colmar. En 1939, quittant l'Alsace, il se replie à « l'intérieur » et, en 1942, s'exile en Suisse. Il meurt à Colmar, sa ville natale, le 10 juin 1951.*

11 avril-15 juin
Le 11, le Sénat vote la suppression des délimitations d'appellation contrôlée en Champagne. Le lendemain, des émeutes éclatent : de nombreuses maisons de vins soupçonnées de fraudes sont saccagées par les vignerons dans la Marne à Damery, Dizi-Magenta, Ay, Épernay. Le 13, le gouvernement fait occuper militairement (16000 soldats) tout le département de la Marne. Un accord est trouvé le 15 juin entre les autorités et les viticulteurs de l'Aube et de la Marne.

21 avril-15 juin
Le Salon des indépendants apparaît comme la première exposition cubiste en dépit de l'absence de Braque et de Picasso, qui n'exposent que chez Kahnweiler. Les salles 41 et 42 regroupent des œuvres de Robert Delaunay, Léger, La Fresnaye, Gleizes, Jean Metzinger (1883-1937).

22 avril-23 mai
Devant les menaces qui pèsent sur le sultan Moulay Hafid, le Conseil des ministres décide d'envoyer 12000 hommes en renfort. Deux semaines plus tard, de nombreuses tribus se soulèvent et assiègent Fès où se trouvent les consulats. Le général Moinier envoie une colonne de secours. Le 23 mai, il fait son entrée à Fès.

27 avril
Premier numéro du quotidien de la CGT, *La Bataille syndicaliste*.
Le scandale de la compagnie de N'goko-Sangha, devenue objet de convoitise depuis février 1909, éclate. Son fondateur, Mestayer, a tenté de soutirer de substantielles compensations du gouvernement français à la suite d'un incident avec les compagnies allemandes rivales. L'affaire prend une dimension diplomatique lorsqu'il apparaît que la compagnie est ouverte aux capitaux allemands.

20 mai
Lors de la course en aéroplanes Paris-Madrid, le ministre de la Guerre Berteaux est tué par un avion descendant sur le champ d'aviation d'Issy-les-Moulineaux, le président du Conseil, Monis, est blessé. L'intérim est confié à Jean Cruppi.
Dans *La Guerre qui vient*, Francis Delaisi, économiste proche de la CGT, analyse les rivalités économiques entre l'Angleterre et l'Allemagne qui, selon lui, doivent conduire à la guerre, dans laquelle la France, alliée de la Grande-Bretagne, serait entraînée. Il annonce le viol de la neutralité de la Belgique par les armées allemandes pour le contrôle du port d'Anvers.

23-27 juin
Interpellé au sujet de l'organisation du haut commandement de l'armée en temps de guerre, le nouveau ministre de la Guerre, le général Goiran, répond qu'il n'y a pas de généralissime pour les armées françaises. Le ministère est mis en minorité par 248 voix contre 224 par un simple ordre du jour. Le ministère Monis est contraint de démissionner. Chargé le 25 de former le nouveau ministère, Caillaux devient président du Conseil, ministre de l'Intérieur et des Cultes: Cruppi (Justice), Selves (Affaires étrangères), Klotz (Finances), Messimy (Guerre), Augagneur (Travaux publics), Couyba (Commerce et Industrie), Lebrun (Colonies), Renoult (Travail). Conservent leurs portefeuilles: Delcassé (Marine), Steeg (Instruction publique et Beaux-Arts) et Pams (Agriculture).
Le 27, un vote de confiance (367 voix contre 173) approuve la constitution du nouveau gouvernement.

juillet-août
Le 3 juillet, l'ambassadeur d'Allemagne à Paris, le baron von Schoen, informe le ministre des Affaires étrangères Selves que l'Allemagne envoie un navire de guerre à Agadir, en réponse à l'occupation française de Fès depuis le 23 mai, suivie de la prise de Meknès le 8 juin et de Rabat le 9 juillet. En réalité, la canonnière *Panther* s'y trouve déjà, relayée quelques jours plus tard par un cuirassé. La France demande donc des explications. Le 16, le ministre allemand des Affaires étrangères Alfred von Kiderlen-Waechter informe l'ambassadeur de France à Berlin Jules Cambon qu'en échange du protectorat français sur le Maroc, l'Allemagne revendique la cession du Congo. Le 21, David Lloyd George, chancelier de l'Échiquier, fait savoir que l'Angleterre n'est pas favorable à l'implantation de l'Allemagne au Maroc. Des négociations secrètes ont lieu entre Caillaux et des émissaires allemands, à l'insu du ministre des Affaires étrangères Selves. En août, une grave controverse oppose Caillaux et Selves sur les concessions à accorder à l'Allemagne.

28 juillet
Lors du Conseil des ministres à Rambouillet, le ministre de la Guerre Messimy soumet au président de la République deux décrets: le premier organise le Conseil supérieur de la guerre qui rassemble les ministres de la Guerre, des Affaires étrangères, des Finances, de la Marine, des Colonies avec le président du Conseil; le second réorganise le haut commandement et l'état-major des armées. Le général Joseph Joffre devient chef d'état-major général. Le 18 avril 1913, il fera adopter par le Conseil supérieur de la guerre le Plan XVII qui prévoit une offensive en Lorraine dès le début d'un éventuel conflit avec l'Allemagne.

21 août
La *Joconde* est dérobée au Louvre par un Italien qui entend restituer le chef-d'œuvre de Léonard de Vinci à sa patrie. D'autres disparitions sont alors constatées. Le secrétaire de Guillaume Apollinaire a dérobé un buste, l'a dissimulé chez le poète qui est arrêté pour recel et emprisonné à la Santé. Apollinaire est innocenté pour le vol de la *Joconde* et libéré au bout d'une semaine. Il publie le 14 septembre *Mes Prisons* dans *Paris-Journal*. La *Joconde* ne sera retrouvée qu'en 1913.

septembre
La hausse des denrées de première nécessité (légumes, beurre, viande), due en partie à la sécheresse, provoque des incidents sur les marchés des villes ouvrières du Nord (Maubeuge, Lens). À Saint-Quentin, barricades et magasins pillés entraînent l'intervention de la troupe. Le 13, des bagarres éclatent à Creil entre émeutiers et soldats. Saint-Étienne, Troyes, Orléans, Le Havre, Brest et Lorient connaissent des incidents du même genre.

4 septembre
Alors que les négociations franco-allemandes sur le Maroc s'enveniment, le président de la République Fallières, le président du Conseil Caillaux, les présidents du Sénat et de la Chambre passent en revue la flotte de Méditerranée au large de Toulon. Le lendemain, Caillaux et le ministre de la Guerre Messimy assistent aux grandes manœuvres de l'Est.

25 septembre
Le cuirassé *Liberté* explose à 5 h 30 en rade de Toulon: on compte 220 morts dans l'équipage. Des officiers traduits en conseil de guerre à la suite de la catastrophe sont acquittés le 21 décembre.

22 octobre
Le député socialiste Monchel, maire d'Elbeuf, dont les tentatives de municipalisation des services d'intérêt public ont échoué, provoquant un déficit de 200000 francs, se suicide à l'hôtel de ville.

4 novembre
La convention franco-allemande réglant le différend entre les deux parties est signée le 4: en échange de la liberté d'action au Maroc, la France cède à l'Allemagne 265000 km^2 entre le Cameroun

et le Congo, dont la région des fleuves N'goko et Sangha. L'Allemagne s'engage à ne pas entraver l'action de la France au Maroc mais se réserve la liberté de développer les intérêts économiques que la France lui garantit. Le 14, à la Chambre, Caillaux se fait vivement attaquer par la droite conservatrice et nationaliste à propos de cette convention. Le 27, les navires de guerre allemands stationnés à Agadir sont rappelés.

5 novembre
À Saint-Calais (Sarthe), Caillaux définit sa politique : avec l'appui du Parti radical, il entend assurer le progrès social tout en luttant contre les menées révolutionnaires et les agissements de certains fonctionnaires.

18 novembre
L'Humanité met en cause le président du Conseil Caillaux pour ses liens avec les responsables de la compagnie de N'goko-Sangha.

23 novembre
Sur le réseau ferré d'État, le viaduc de Montreuil-Bellay (Maine-et-Loire) s'effondre au passage d'un train ; il y a plusieurs dizaines de victimes.

décembre
Arrivé à Paris à la fin de l'été 1910, le jeune peintre russe Marc Chagall emménage à La Ruche où résident déjà Fernand Léger, Henri Laurens, Amadeo Modigliani. Il y peint des toiles importantes : *Le Saoul, Dédié à ma fiancée, Adam et Ève, La Naissance, Christ en croix* (1913), *Au-dessus de Vitebsk* (1914), sa ville natale. Il demeure à Paris jusqu'en 1914.

16 décembre
Conférence d'ouverture du cercle Proudhon fondé par des militants de l'Action française (Charles Maurras, Henri Lagrange) qui attirent momentanément à eux Georges Sorel et son disciple Édouard Berth. Le cercle veut fournir un cadre commun « aux nationalistes et aux antidémocrates venus de la gauche ». Cette ouverture en direction du monde ouvrier, fondée sur l'antidémocratisme de la CGT, fera long feu.

18-20 décembre
Caillaux défend la convention franco-allemande du 4 novembre devant la Chambre. Le 20, elle est entérinée par 393 voix contre 36 et 141 abstentions.

21 décembre
Rue Ordener, à Paris, des bandits blessent grièvement un caissier de la Société générale, s'emparent de sa recette puis s'enfuient en automobile. C'est le premier épisode de « l'épopée » des « bandits tragiques » : Jules Bonnot, Raymond Callemin, Garnier, Soudy, Valet. Le 25 mars 1912, « La bande à Bonnot » commet de nouvelles attaques contre la Société générale, à Montgeron et Chantilly, et tue deux employés. Le 24 avril, à Ivry, Jules Bonnot tue le sous-directeur de la Sûreté. Quatre jours plus tard, Bonnot, réfugié chez un garagiste de Choisy-le-Roi, est tué lors de l'assaut donné par la police. Le 15 mai, Garnier et Valet sont tués à Nogent-sur-Marne. Le 3 février 1913, s'ouvre aux assises le procès des six derniers membres de la bande : quatre d'entre eux sont condamnés à mort.

autres événements
• Fondateur en 1900 de la *Revue de synthèse historique*, professeur à Henri-IV à Paris, Henri Berr, qui ambitionne de constituer une discipline fondée sur l'histoire mais ouverte aux sciences sociales nouvelles qui se développent, publie *La Synthèse en histoire*.
• Fondateur de la revue *L'Effort libre* (1910-1914), Jean-Richard Bloch publie un recueil de nouvelles, *Lévy*, empruntant de nombreux portraits au monde juif dont il est issu.
• Le poète Max Jacob (né en 1876 à Quimper) publie chez Kahnweiler *Saint-Matorel*, illustré par Picasso, récit de l'apparition vécue en 1909, étape décisive de sa conversion au catholicisme en 1915.
• Charles Ramuz : *Aimé Pache, peintre vaudois*.
• Eugène Hénard (1849-1923) et Henri Prost fondent la Société française des urbanistes qui regroupe les architectes soucieux de réactualiser et de promouvoir le modèle haussmannien.

1912

janvier
Kandinsky publie *Du spirituel dans l'art*.
Le peintre hollandais Piet Mondrian s'installe à Paris, où il reste jusqu'en 1914. L'artiste évolue vers l'art abstrait.

Les débuts de l'art abstrait

Dans les dernières décennies du XIXe siècle et la première du XXe siècle, des peintres français vont préparer, sans le savoir, l'avènement d'une peinture libérée de tout sujet, de toute représentation, que l'on dit tantôt « abstraite », tantôt « non figurative ». L'analyse toujours plus poussée de la lumière à laquelle Monet avait consacré sa vie, puis le divisionnisme méthodique prôné par Seurat et ses émules, conduisent à un éclatement

de la forme ; d'autre part, le travail de construction des formes poursuivi en solitaire par Cézanne aboutit à leur réduction à quelques schèmes géométriques qui caractériseront le cubisme ; enfin, débarrassés de leurs significations symboliques, les grands aplats expressifs de Gauguin étaient une première utilisation libre de la couleur, chargée de traduire une émotion intérieure davantage que la réalité extérieure.
C'est l'œuvre de ce dernier peintre surtout, pour qui la couleur était une valeur en soi, qui annonce celle du premier artiste abstrait : le russe Wassily Kandinsky (1866-1944) qui séjourne un an à Paris en 1906. Il découvre deux ans plus tard en rentrant chez lui un soir « un tableau d'une indescriptible beauté », dans lequel il reconnaît finalement l'une de ses œuvres accrochée à l'envers. « Je sus dès lors expressément que les "objets" nuisaient à ma peinture. » En 1910, il exécute à l'aquarelle sa Première œuvre abstraite *(Paris, galerie Maeght) et commence la rédaction de* Du spirituel dans l'art *qui paraît en janvier 1912. L'année suivante, il réalise, à l'huile cette fois, sa première série d'œuvres abstraites : les* Impressions, *qui seront suivies par les* Improvisations *et enfin, les* Compositions.

4 janvier
Le ministre français des Affaires étrangères, Selves, confirme les assurances de ses prédécesseurs à la Russie : celle-ci recevra le soutien de la France dans ses entreprises en direction des Détroits, le Bosphore et les Dardanelles. La Russie peut dès lors espérer leur annexion en cas de conflit victorieux avec l'Empire ottoman.

9-10 janvier
En commission, Clemenceau met en demeure le ministre des Affaires étrangères Selves de confirmer la déclaration du président du Conseil Joseph Caillaux selon laquelle il n'y a pas eu de « tractations secrètes » entre la France et l'Allemagne au sujet du Maroc. Selves se tait et démissionne. Les tentatives pour le remplacer échouent : Caillaux est contraint de démissionner le 10.

14 janvier
Poincaré devient président du Conseil et ministre des Affaires étrangères : Briand (vice-président et Justice), Steeg (Intérieur), Millerand (Guerre), Guist'hau (Instruction publique), Dupuy (Travaux publics), David (Commerce et Industrie), Bourgeois (Travail). Conservent leurs portefeuilles : Delcassé (Marine), Klotz (Finances), Pams (Agriculture) et Lebrun (Colonies).
Le 16, le gouvernement obtient la confiance par 440 voix contre 6.

Raymond Poincaré

Lorrain, fils d'un ingénieur des Ponts et Chaussées, Raymond Poincaré (1860-1934) a 10 ans lors de l'occupation prussienne de Bar-le-Duc. Élevé dans un patriotisme propre aux marches de l'Est, il mène de front son métier d'avocat et ses activités politiques, du côté des républicains modérés. Dès 1886, il devient chef de cabinet du ministre de l'Agriculture Develle et conseiller général. L'année suivante, il est élu député de la Meuse – il n'a que 27 ans. Il devient alors un personnage qui compte dans la vie politique : trois fois ministre (Instruction publique et Finances) entre 1893 et 1895, ce dreyfusard déclaré est pressenti pour la présidence du Conseil à plusieurs reprises mais se récuse en 1899, laissant Waldeck-Rousseau assumer cette charge tout en lui apportant son soutien. Sénateur en 1903, ministre des Finances en 1906, il accède à la présidence du Conseil en 1912 et constitue un ministère groupant de fortes personnalités de la politique française. Le souci de doter le pays d'une sécurité à toute épreuve vient en tête de ses préoccupations : la crise qui oppose la France à l'Allemagne sur la question du Maroc y contribue fortement. Il travaille à renforcer les alliances de la France – notamment l'alliance franco-russe – surtout après son élection à la présidence de la République – et accompagne la montée d'un patriotisme « défensiste », mais il n'est pas en mesure d'exercer un contrôle déterminant sur l'évolution des relations internationales, au point d'être l'un des responsables du déclenchement du conflit comme les pacifistes l'en accuseront.
Poincaré est le président de l'Union sacrée mais la conduite de la guerre lui échappe. Avec l'arrivée de Clemenceau au pouvoir en 1917, c'est encore plus flagrant tant les deux hommes se détestent. En novembre 1918, l'armistice signé, il est partisan de l'occupation de la rive gauche du Rhin. En 1920, à nouveau sénateur, président de la commission des réparations, il redevient président du Conseil de janvier 1922 à mars 1924 ; en janvier 1923, il décide l'occupation de la Ruhr pour contraindre l'Allemagne à payer les réparations. Mais l'isolement diplomatique de la France l'oblige à ouvrir des négociations. Défait sur le plan politique, il réussit à soutenir le franc, grâce à un prêt de la banque américaine Morgan et la hausse des impôts, ce qui lui vaut d'être battu aux élections. Quand l'expérience du Cartel

des gauches échoue, Poincaré redevient président du Conseil en 1926 et stabilise le franc au cinquième de sa valeur de 1914. Malade, il se retire du pouvoir en 1929, consacrant les dernières années de sa vie à écrire ses mémoires Au service de la France *dans lesquels il défend son action à la tête de l'État.*

février
Giuseppe Prato: *Le Protectionnisme ouvrier (L'exclusion des travailleurs étrangers).*

5 février
La première exposition futuriste est organisée à Paris, à la galerie Bernheim-Jeune.

Le futurisme en peinture

« Nous déclarons que la splendeur du monde s'est enrichie d'une beauté nouvelle: la beauté de la vitesse. Une automobile de course avec son coffre orné de gros tuyaux tels des serpents à l'haleine explosive… une automobile rugissante, qui a l'air de courir sur de la mitraille, est plus belle que la Victoire de Samothrace *», écrit le poète italien Filippo Tomaso Marinetti (1876-1944) dans le premier* Manifeste du futurisme, *paru dans* Le Figaro *du 20 février 1909. Cinq artistes italiens – Umberto Boccioni (1882-1916), Gino Severini (1883-1966), Giacomo Balla (1871-1958), Carlo Carrà (1881-1966) et Luigi Russolo (1885-1947) – vont appliquer ses idées à la peinture. Tous font de fréquents séjours à Paris, quand ils ne s'y installent pas définitivement comme Severini en 1906. Le 11 février 1910, ils signent ensemble le* Second Manifeste de la peinture futuriste *célébrant « la vie moderne, continuellement et tumultueusement transformée par la science victorieuse » contre « les sujets déjà usés ». Le 11 avril de la même année suit un* Manifeste technique *qui, par le terme « complémentarisme », désigne la technique divisionniste élaborée par Seurat comme le moyen de la peinture futuriste. Une exposition des peintres futuristes (à l'exception de Balla) ouvre à Paris le 5 février 1912 à la galerie Bernheim-Jeune. La critique se montre sceptique. Après la guerre, Balla reste le seul représentant du mouvement qui devient alors « le second futurisme ». Si le mouvement futuriste est avant tout italien, le fait qu'il soit né en France ne va pas être sans incidence sur les artistes vivant alors à Paris. Duchamp réalise plusieurs œuvres futuristes, dont le célèbre* Nu descendant un escalier *mais aussi* Le Roi et la Reine entourés de nus, vite, *et* Le Passage de la Vierge à la Mariée, *œuvres qui s'intéressent au rendu du mouvement. Quant à Fernand Léger, il emprunte au futurisme le thème de la mécanisation.*

10 février
Discours de Clemenceau sur la convention franco-allemande du 4 novembre 1911: « Nous ne souscrivons pas à l'arrêt d'abdication et de déchéance prononcé par nos voisins. Nous venons d'une grande histoire, nous entendons la conserver. » Devant le Sénat, Raymond Poincaré défend catégoriquement l'alliance franco-russe et exprime le désir d'une convention navale entre les deux pays. Le Sénat ratifie la convention franco-allemande par 222 voix contre 48.

29 février
Début de la guerre italo-turque qui provoque la formation de la Ligue balkanique comprenant d'abord la Bulgarie et la Serbie (avec arbitrage de la Russie au sujet de leurs différends territoriaux) puis le Monténégro, enfin la Grèce en juin.
Le 13 mars, un traité serbo-bulgare prévoit la guerre contre la Turquie et le partage de la Macédoine.

21 mars
Le Sénat adopte le projet de loi sur la conservation des monuments historiques.

22-30 mars
Le 22, Poincaré obtient la confiance par 413 voix contre 81 pour sa politique au Maroc. Le 30, la convention de Fès impose le protectorat de la France au sultan du Maroc. Il est prévu d'engager les réformes administratives, judiciaires, scolaires, économiques, financières et militaires jugées nécessaires par la France. En contrepartie, celle-ci s'engage à respecter la religion musulmane et la fonction de sultan.

30 mars
Le projet de loi instaurant les 8 h de travail dans les mines est adopté par 453 voix contre 59. Le Sénat l'approuve le 14 novembre 1913.

printemps
L'Opinion publie une étude intitulée: « Les jeunes gens d'aujourd'hui » signée Agathon (repris en volume l'année suivante).

Jeunes écrivains nationalistes

Sous le pseudonyme d'Agathon se cachent deux jeunes hommes, Henri Massis (1886-1970) et Alfred de Tarde (1880-1925). Leur enquête vise à présenter une certaine renaissance du sentiment patriotique parmi la jeunesse des écoles. Ce sentiment est sans doute moins répandu que ne le prétendent les auteurs mais très réel chez les personnes interrogées, tels Psichari ou Maritain. À côté d'une œuvre critique sur Zola, Proust, Barrès, etc., Massis, défenseur de l'esprit français et de la tradition, deviendra dans l'entre-deux-guerres l'un des chefs de file de la droite conservatrice (en 1920, avec Jacques Bainville, il fonde La Revue universelle, *émanation de l'Action française, et écrit en 1927* Défense de l'Occident*). Membre du Conseil national sous Vichy, il sera élu à l'Académie française en 1960.*

Le petit-fils d'Ernest Renan, Ernest Psichari (1883-1914), issu d'une famille laïque et républicaine, est comme son ami Jacques Maritain adepte d'un socialisme mystique. Après une crise morale qui l'a conduit à une tentative de suicide, il s'engage, part au Congo en 1906. Un séjour solitaire en Mauritanie l'amène à se convertir au catholicisme (comme Maritain), décision qui frappe ses contemporains. En 1913, il tire de son expérience militaire un livre, L'Appel des armes *– lu à l'époque par Charles de Gaulle – dans lequel il fait l'apologie de la guerre « divine », idée empruntée à Joseph de Maistre. Son second livre,* Le Voyage du centurion, *paraîtra en 1915 après sa mort dès le début de la Grande Guerre. En 1916, Henri Massis publiera une* Vie d'Ernest Psichari.

Dès 1909, Georges Ducrocq a fondé la revue Les Marches de l'Est, *évoquant la série des* Bastions de l'Est *(dont fait partie* Colette Baudoche*) de Maurice Barrès qui patronne l'entreprise. La revue s'intéresse non seulement aux provinces perdues mais aussi aux nationalités opprimées par l'Allemagne en Pologne, au Danemark, en Bohême-Moravie et en Slovaquie.* Les Marches de l'Est *réunissent les caricatures de Zislin publiées dans la revue satirique alsacienne* Dur'Elsass *et vendent des cartes postales pour aider financièrement Hansi. En 1913, Ducrocq publie un récit de voyage en Alsace-Lorraine,* Les Provinces inébranlables.

Après de solides études universitaires et la publication de livres consacrés à l'histoire du socialisme, André Lichtenberger (1870-1940) se tourne vers le roman pour enfant (Mon Petit Trott, La Petite Sœur de Trott). *En 1907, il devient directeur de l'hebdomadaire* L'Opinion, *créé par Paul Doumer. En 1911, il publie* Juste Lobel Alsacien *dont le thème est significatif. Jeune et ardent pacifiste, Lobel séjourne dans le village d'origine de sa famille, ce qui le conduit à reconsidérer son engagement : « À voir fonctionner derrière les Vosges la machine de guerre allemande, le cœur devient lourd… Pour consolider la paix dans le monde, il semble peut-être préférable d'augmenter nos garnisons, de donner l'impression de notre force. »*

Un autre livre connaît un succès assez large, La Renaissance de l'orgueil français *d'Étienne Rey. Sous le double effet de la prise de conscience d'une menace allemande et du frappant essor de l'aviation, les Français auraient retrouvé la foi patriotique, l'opposition entre France et République n'existant plus, « celle-ci [ayant] fait beaucoup pour celle-là ».*

18 avril-8 juillet

Le 18 avril, les troupes chérifiennes se rebellent à Fès contre les instructeurs français. Bientôt la rébellion s'étend à la population : consulats et postes français sont attaqués. Des renforts rétablissent l'ordre et l'état de siège est proclamé. On dénombre, côté français, 70 morts civils et militaires. Le 28, le général Lyautey est nommé résident général au Maroc. Mais ce n'est que le 8 juillet que le général Gouraud rétablit la situation en mettant en déroute les Marocains révoltés.

22 mai

Après Louis Renault en 1908, Marius Berliet introduit le chronométrage Taylor dans son usine de Lyon-Montplaisir. La baisse du salaire aux pièces qui en résulte provoque une grande grève « sauvage » qui échoue.

24 mai

Une commission parlementaire de 11 membres est chargée d'étudier une proposition de loi instituant une fête nationale de Jeanne d'Arc. Peu à peu, la petite Lorraine devient l'incarnation de la France.

8 juin

Le sous-marin *Vendémiaire*, coupé par un navire, coule en rade de Cherbourg ; l'équipage, 25 hommes, se noie. Il s'agit du quatrième naufrage qui frappe les sous-marins français depuis 1905.

Première très bien accueillie au Châtelet à Paris du ballet *Daphnis et Chloé* de Maurice Ravel, commande de Diaghilev, sur un argument de Fokine. Pierre Monteux dirige l'orchestre, les décors sont de Léon Bakst.

17 juin-10 juillet
Le débat sur la réforme électorale commence le 17 juin. L'article premier propose que les députés soient élus au scrutin de liste avec représentation des minorités. Sur la base du département, il y aurait 1 député pour 70000 habitants et par fraction supérieure à 20000. Si le 19, Poincaré obtient la confiance par 366 voix contre 7, Barthou et Caillaux s'opposent à lui. Le 10 juillet, la Chambre adopte la représentation proportionnelle par 339 voix contre 217. Le Sénat lui demeure hostile, notamment sous l'influence de Clemenceau qui fonde le comité de défense du suffrage universel.

1er juillet
Par 460 voix contre 71, la Chambre approuve le traité de protectorat français au Maroc du 30 mars.

10-16 août
Voyage en Russie de Raymond Poincaré. Les discussions avec le tsar Nicolas II se déroulent dans un climat de « confiance absolue », selon le communiqué officiel. À l'issue de ce voyage, la France et la Russie signent un accord de coopération navale. Si Poincaré refuse toute intervention de la France dans les Balkans – « c'est la Russie qui a allumé le moteur [de la guerre] », confie-t-il –, il n'en promet pas moins à la Russie le concours militaire de la France en cas d'attaque de l'Allemagne ou de l'Autriche.

12-14 août
Le sultan Moulay Hafid abdique le 12 ; selon l'accord passé avec Lyautey, résident général au Maroc, il s'installera à Tanger avec une pension de 300000 francs. Le 14, les oulémas de Rabat proclament le demi-frère de Moulay Hafid, Moulay Youssef, sultan. La situation reste tendue ; les civils européens évacuent Marrakech.

22 août
Le gouvernement engage des poursuites contre les syndicats d'instituteurs qui, au cours de leur congrès de Chambéry (15 août), ont approuvé le « Sou du soldat », créé par la CGT, caisse antimilitariste.

septembre
Anatole France : *Les Dieux ont soif*, roman historique qualifié parfois de « *93* antihugolien ».

7 septembre
Les troupes françaises prennent Marrakech (Maroc). Le colonel Mangin, avec ses soldats enrôlés en Afrique noire, se distingue durant cette campagne.

30 septembre
La Bulgarie, en accord avec la Serbie, la Grèce et le Monténégro procèdent à leur mobilisation générale.

octobre
Blaise Cendrars compose à New York son premier grand poème, *Les Pâques à New York*, en 14 strophes.

7 octobre
Raymond Poincaré tente d'intercéder entre les États balkaniques et la Sublime Porte pour préserver la paix.

10 octobre
Les frères Duchamp organisent, à la galerie La Boétie, le Salon de la Section d'Or, fondée par le « groupe de Puteaux » : 31 artistes se réclamant du cubisme y présentent leurs œuvres. Outre les frères Duchamp, Archipenko, Gleizes, Gris, La Fresnaye, Léger et Marcoussis y participent. Apollinaire préface le catalogue. Présentation du *Nu descendant l'escalier* de Marcel Duchamp qui avait été refusé par le Salon d'automne.

18 octobre
Début de la première guerre balkanique : Serbes, Bulgares, Grecs et Monténégrins attaquent la Turquie. Cette guerre se termine par la défaite de la Turquie qui est contrainte de signer le traité de Londres le 30 mai 1913.

27 octobre
Discours de Raymond Poincaré à Nantes : « La France doit agir comme une nation qui ne cherche pas la guerre, mais qui ne la redoute pas. » Il repousse le principe de l'adhésion des fonctionnaires à des organisations révolutionnaires qui érigent un nouveau pouvoir indépendant et irresponsable, ce qui équivaut à la destruction du régime parlementaire.

10 novembre
Le socialiste Charles Andler publie dans *L'Action nationale* une mise en cause des socialistes allemands : « Le Socialisme impérialiste dans l'Allemagne contemporaine », qui provoque une intense polémique à gauche. Son article installe une certaine suspicion envers les socialistes allemands dans les rangs des militants socialistes ou syndicalistes français.

16 novembre
Vote de la loi qui autorise la recherche judiciaire de paternité.

17 novembre
Une grande manifestation socialiste contre la guerre a lieu au Pré-Saint-Gervais en présence du Belge Émile Vandervelde et de l'Allemand Scheidemann.

24-25 novembre
Au congrès socialiste de Bâle, Jaurès évoque l'imminence d'une guerre. Le 7 décembre, dans *La Dépêche du Midi*, il s'élève contre l'éventuelle entrée de la France dans un conflit: « Si la lutte s'engageait, ce serait celle de la réaction d'Autriche et de la réaction tsariste. La France républicaine n'a rien à y voir. »
De son côté, les 24 et 25, la CGT réunit un congrès extraordinaire contre la guerre, suivi d'un meeting au soir de la seconde journée.

25 novembre
Maurice Barrès demande à l'État d'assurer par des règles légales la conservation et la préservation des églises et des monuments d'architecture religieuse. Un ordre du jour, voté par 291 voix contre 245, retient le principe du classement des églises comme monuments historiques, à condition que la loi de Séparation ne soit pas remise en cause.

décembre
Louis Pergaud: *La Guerre des boutons, roman de ma douzième année.*
Alexis Carrel obtient le prix Nobel pour ses travaux sur les sutures vasculaires et les cultures artificielles d'organes.

ALEXIS CARREL

Le physiologiste et docteur en médecine Alexis Carrel (1873-1944) a quitté la France en 1906 pour travailler aux États-Unis à l'institut Rockefeller de New York où il restera jusqu'en 1938. Pendant la Première Guerre mondiale, il sert en France comme chirurgien d'ambulance et innove dans le traitement des blessures infectées. En 1936, il publie L'Homme cet inconnu *qui rencontre un succès considérable et sera traduit en 18 langues. Sympathisant du mouvement des Croix-de-Feu du colonel de La Rocque, Carrel, qui se déclare partisan de « l'amélioration à la fois de l'état mental et de l'état organique de l'humanité civilisée », défend l'eugénisme répandu dans les milieux scientifiques de l'époque, mais ses conceptions s'apparentent plus à une forme d'hygiénisme social qu'à l'eugénisme racial. Sous le régime de Vichy, il obtient la création d'une Fondation française pour l'étude des problèmes humains (loi du 17 novembre 1941) mais guère de moyens pour la faire fonctionner. Cette fondation veut étudier les « mesures propres à sauvegarder, améliorer et développer la population française dans toutes ses activités. Elle est chargée, en particulier, de procéder à des enquêtes tant en France qu'à l'étranger, d'établir des statistiques, de constituer une documentation sur tous les problèmes humains, d'équiper des laboratoires [...] en vue d'améliorer l'état physiologique, mental et social de la population ». Elle est à l'origine de la création de l'Institut national d'études démographiques. Carrel meurt le 5 novembre 1944.*

3 décembre
L'ambassadeur russe Isvolski fait parvenir une note à Poincaré: la Russie veut empêcher la neutralisation des Détroits qui lui interdirait d'en prendre le contrôle.

10-12 décembre
Au Sénat, lors de la discussion sur le financement des habitations à bon marché, Paul Strauss rappelle qu'à Paris 50 000 ménages ne disposent que d'une seule pièce. Le Sénat vote la loi le 12.

13 décembre
Par 331 voix contre 121, la Chambre vote un ordre du jour condamnant les résolutions antimilitaristes du congrès des instituteurs à Chambéry; cet ordre du jour stipule que la Chambre, tout en étant « fermement convaincue du patriotisme des instituteurs », est « résolue à défendre contre toute attaque notre enseignement primaire national qui doit être dominé par le culte de la patrie ».

23 décembre
La pièce de Paul Claudel, *L'Annonce faite à Marie*, est jouée au théâtre de l'Œuvre dirigé par Lugné-Poe où Claudel rencontre le jeune compositeur Darius Milhaud; elle est considérée comme la renaissance du théâtre religieux. En août 1910, Claudel avait repris le manuscrit de *La Jeune Fille Violaine* qu'il avait transformé en *L'Annonce*, travail achevé en juin 1911. En août 1912, les répétitions de *L'Annonce* commençaient.

autres événements
• Le député socialiste Adéodat Compère-Morel publie le premier des 12 volumes de l'*Encyclopédie socialiste, syndicale et coopérative* chez Quillet.
• Maurice Halbwachs: *La Classe ouvrière et les niveaux de vie.*
• Romain Rolland termine le cycle *Jean-Christophe.*
• Bonnard: *L'Automne.*
• Braque: *Harpe et violon.*

• De Chirico: *Place d'Italie.*
• Fernand Léger: *Les Fumeurs.*
• Maillol: *Monument à Cézanne.*
• Suzanne Valadon: *La Famille Utter.*
• À La Garenne-Bezons, pour la construction des ateliers des chemins de fer de l'État, l'ingénieur Simon Boussiron utilise pour la première fois des couvertures en béton armé de grande portée, qui serviront de modèle pour de nombreuses constructions industrielles.

1913

janvier
L'un des dirigeants de l'Alliance démocratique, Charles Jonnart, demande au ministre russe des Affaires étrangères Sazonov que son gouvernement ne prenne aucune initiative susceptible d'engager la politique d'alliance sans concertation préalable. Sazonov accepte mais peu après la Russie effectue des démarches diplomatiques auprès de l'Allemagne et la Roumanie sans en avertir la France.

11 janvier
Le général du Paty de Clam, qui avait été l'un des antidreyfusards les plus virulents, est réintégré dans l'armée par Millerand. Le tollé que soulève cette mesure, présentée comme administrative, contraint Millerand à la démission. Il est remplacé par Lebrun qui cède les Colonies à Besnard.

15-16 janvier
À l'issue de la réunion plénière des gauches, les candidats à la candidature à la présidence de la République, Jules Pams et Poincaré, ne sont pas départagés, Poincaré maintenant sa candidature malgré son score inférieur à Pams (309 voix contre 323 au second tour).

17 janvier
À Versailles, Raymond Poincaré est élu président de la République par 483 voix contre 269 au radical Jules Pams et 69 au socialiste Édouard Vaillant. Ce succès est présenté par la presse comme la « victoire de l'"idée nationale" ».

21 janvier
Aristide Briand devient président du Conseil et ministre de l'Intérieur: Barthou (Justice), Steeg (Instruction publique), Étienne (Guerre), Baudin (Marine), Jonnart (Affaires étrangères), Morel (Colonies), David (Agriculture), Guist'hau (Commerce et Industrie), Besnard (Travail). Seuls conservent leurs portefeuilles: Klotz (Finances) et Dupuy (Travaux publics).
Le 24, la confiance est votée par 324 voix contre 77, les adversaires du gouvernement s'abstenant.

29 janvier
Pie X qui, le 15 janvier, a demandé un examen des doctrines de l'Action française, reçoit un premier rapport établi par le Saint-Office, prônant la mise à l'Index des œuvres de Charles Maurras. L'enquête ne sera rendue publique qu'en janvier 1927, après la décision pontificale du 29 décembre 1926.

30 janvier
Le Sénat commence à examiner le projet de loi destinée à combattre la dépopulation et débat notamment de l'opportunité de dispositions contre l'avortement et la diffusion des théories néomalthusiennes.

16 février
Publication de *L'Argent* de Charles Péguy.

18 février
Fallières remet les pouvoirs présidentiels à Poincaré. Ensemble, ils se rendent à l'Hôtel de Ville au milieu d'une foule enthousiaste.

20 février
Dans son message aux Chambres, Poincaré déclare que « l'amoindrissement du pouvoir exécutif n'est ni dans les vœux de la Chambre, ni dans ceux du pays » et qu'il « n'est possible à un peuple libre d'être efficacement pacifique qu'à la condition d'être toujours prêt à la guerre ».
Théophile Delcassé est nommé ambassadeur à Saint-Pétersbourg.

25 février
Manifeste de la CGT contre le projet de loi portant le service militaire à trois ans (« loi des trois ans »). Le gouvernement fait perquisitionner à son siège et procéder à des arrestations.

1er mars
Manifeste des socialistes allemands et français contre les projets de lois destinés à augmenter les budgets militaires.

4 mars
À l'unanimité, le Conseil supérieur de la guerre déclare qu'il y a nécessité absolue d'augmenter les effectifs militaires et qu'il faut recourir au service de trois ans; la France ne peut aligner que 480000 soldats contre 850000 à l'Allemagne.

16 mars
La revue de printemps des troupes de la garnison de Paris qui se déroule à Vincennes est fort bien accueillie par la population tandis que plusieurs dizaines de milliers de personnes manifestent contre la loi des trois ans au Pré-Saint-Gervais.

18 mars
Aristide Briand démissionne de la présidence du Conseil, le Sénat ayant voté au sujet du scrutin de liste un amendement qu'il récusait.

22 mars
Chargé le 20 de former le gouvernement, Barthou est président du Conseil et ministre de l'Instruction publique: Ratier (Justice), Pichon (Affaires étrangères), Klotz (Intérieur), Dumont (Finances), Thierry (Travaux publics), Massé (Commerce et Industrie), Clémentel (Agriculture), Chéron (Travail). Conservent leurs portefeuilles: Étienne (Guerre), Baudin (Marine) et Morel (Colonies).
Le 25 mars, la déclaration ministérielle de Barthou devant la Chambre est approuvée par 225 voix contre 152; il y a 200 abstentions.

BARTHOU

Fils de quincaillier, Louis Barthou (1862-1934), qui se passionne dès l'adolescence pour la politique, choisit le barreau. Député républicain modéré des Basses-Pyrénées à 27 ans, membre de l'Alliance démocratique à partir de 1902, souvent ministre des Travaux publics ou des Postes et Télégraphes. Président du Conseil en mars 1913, il est devenu l'un des personnages clés de la République. Avec la victoire de la gauche aux élections de 1914, la déclaration de guerre et la mort de son fils, il interrompt pendant trois ans ses activités politiques avant de devenir ministre des Affaires étrangères en 1917. Sénateur en 1922, presque continûment ministre, il apparaît comme le second de Poincaré, son ami. En 1934, après la crise consécutive au 6 février, il se rapproche de la gauche et se pose en rassembleur. À nouveau ministre des Affaires étrangères, il initie un renforcement des alliances de la France avec les pays d'Europe centrale et orientale, conscient du danger que représente désormais l'Allemagne nazie. Barthou est assassiné le 9 octobre 1934 par un terroriste croate alors qu'il accueille le roi Alexandre de Yougoslavie à Marseille.

31 mars
Inauguration du théâtre des Champs-Élysées, à Paris. Construit en béton armé par Auguste Perret, sa façade de style classique, parée de marbre, est décorée dans ses parties hautes de trois bas-reliefs à sujets mythologiques sculptés par Bourdelle. À l'intérieur, la décoration laisse visibles les éléments porteurs car, selon Perret, «celui qui dissimule un poteau commet une faute». Les panneaux peints de Maurice Denis ornent la grande salle et ceux de Vuillard le foyer de la Petite Comédie. René Lalique réalise les luminaires.

3 avril
Un dirigeable zeppelin allemand atterrit à Lunéville. Cet incident est le premier d'une série qui remet la Lorraine au premier plan de l'actualité. Le 14, trois Allemands venus de Metz à Nancy sont agressés par des étudiants dans une brasserie; le 22, un avion allemand atterrit à Arracourt.

14-19 avril
Matisse, dont les œuvres sont présentes à l'*Armory Show* de New York et à l'exposition de la *Sezession* de Berlin, expose à Paris, à la galerie Bernheim-Jeune, ses «Tableaux du Maroc et sculptures».

20 avril
Apollinaire publie *Alcools*.

APOLLINAIRE

Fils d'une aristocrate polonaise de petite noblesse et d'un Italien qui ne le reconnaît pas, Guillaume Apollinaire (1880-1918), de son vrai nom Kostrowitzky, est né à Rome. Jusqu'à l'âge de 7 ans, il parle italien et polonais, puis apprend le français une fois installé à Monaco avec sa mère. Errance d'un pays à l'autre et confluence des langues favorisent la vocation littéraire de celui qui sera considéré comme le plus grand poète français du début du siècle. Arrivé à Paris en 1899, le jeune Guillaume, qui a dévoré toute la littérature trouvée en chemin, a déjà abandonné la foi de son enfance. À 17 ans, il a fondé un premier journal manuscrit influencé par le symbolisme et l'anarchisme; il s'est également déclaré dreyfusard. Sous l'empire de la nécessité, il fait le «nègre» pour le compte de plusieurs écrivains. Devenu précepteur, il séjourne en Allemagne. De retour à Paris, Apollinaire se résout à devenir employé de banque – emploi temporaire qu'il abandonne pour donner ses critiques d'art à de nombreuses publications. Il fréquente les milieux littéraires non conformistes, se lie avec André Salmon et Alfred Jarry, collabore à La Revue blanche *(*L'Hérésiarque et Cie, *recueil de contes, 1902), à* La Plume, *fonde l'éphémère*

Festin d'Ésope *(9 numéros jusqu'en 1904) avec la complicité de Salmon. Pour survivre, il compose anthologie, chronique ou pots-pourris et surtout publie, sous le manteau, des romans érotiques signés de ses seules initiales:* Les Exploits d'un jeune Don Juan *(1907),* Les Onze mille verges *(1907), inspirés autant de Rabelais que de Sade. Préfaçant nombre d'auteurs libertins, il en vient à publier, avec Louis Perceau et Fernand Fleuret,* L'Enfer de la Bibliothèque nationale *(1913). Apollinaire n'en a pas pour autant abandonné la poésie puisqu'il publie en 1909* La Chanson du mal aimé *dans le* Mercure de France, *grâce à Paul Léautaud. Dès 1904, il avait fait la connaissance de Derain qui, en 1912, illustre son* Enchanteur pourrissant, *conte inspiré des grands cycles épiques du Moyen Âge, et de Picasso dont il loue les compositions dès 1905. Familier du Bateau-Lavoir, il se lie avec Marie Laurencin. En août 1912, à partir de ses nombreux articles de* L'Intransigeant, *il achève un essai:* Les Peintres cubistes, méditations esthétiques, *analyse immédiate du nouveau courant pictural et éloge hétéroclite de l'œuvre de Marie Laurencin, du Douanier Rousseau, de Picasso mais aussi de Braque, Metzinger, Gleizes, Léger, Juan Gris, Picabia, etc., ce qui lui vaut le désaveu de* L'Intransigeant. *Le recueil* Alcools, *publié en 1913, rassemble des poèmes écrits depuis 1898. À la fin de cette année, il enregistre trois d'entre eux, dont le* Pont Mirabeau. *Un nouveau recueil de contes,* Le Poète assassiné, *est prêt dès l'été 1914 mais ne paraîtra qu'en octobre 1916. En août 1914, il signe une demande d'engagement restée sans suite. La rencontre de Louise de Coligny-Châtillon, dont il tombe éperdument amoureux mais qui se dérobe, le pousse à renouveler sa démarche en décembre. Il fait la connaissance, dans un train, de Madeleine avec laquelle il engage une correspondance. Naturalisé Français, enrôlé, Apollinaire est blessé à la tête le 17 mars 1916; il subit une trépanation en mai. Il n'abandonne pas son activité littéraire, préface le catalogue d'une exposition de sculpture nègre, rédige le programme de* Parade *de Cocteau et Satie;* Les Mamelles de Tirésias, *son drame «surréaliste» – il est l'un des inventeurs du mot –, est joué à Montmartre le 24 juin 1917; il donne une conférence sur* L'Esprit moderne et les poètes *au Vieux-Colombier, prépare la publication de* Calligrammes *(avril 1918), poèmes mis en scène au moyen d'audacieux jeux graphiques dont la dernière partie, «La Tête étoilée», est une méditation sur le sacrifice de sa génération. Presque simultanément paraît également* Le Flâneur des deux rives, *où il évoque ses souvenirs du Paris d'avant-guerre. Au moment où est publié* Vitam impendere amori *(novembre 1918), le poète succombe à la grippe espagnole. Musiciens (Honegger, Poulenc) et critiques (parution en 1952 de poèmes inédits:* Le Guetteur mélancolique*) devaient perpétuer la trace du poète qu'André Breton qualifiera d'«enchanteur»* (Les Pas perdus, *1917).*

27 avril

Charles Péguy, *L'Argent (suite)*: «Je suis un bon républicain. Je suis un vieux révolutionnaire. En temps de guerre il n'y a plus qu'une politique, et c'est la politique de la Convention nationale. Mais il ne faut pas se dissimuler que la politique de la Convention nationale, c'est Jaurès dans une charrette et un roulement de tambour pour couvrir cette grande voix.»

5 mai

Jeux, ballet de Debussy composé sur un argument de Nijinski pour les Ballets russes, est créé au théâtre des Champs-Élysées: un jeune homme et deux jeunes filles évoluent au gré de l'apparition puis de la disparition d'une balle de tennis. L'accueil est mitigé, mais la musique, par le caractère volontairement instable, fractionné du rythme et de la mélodie qui compose une œuvre d'une structure infiniment complexe, s'imposera beaucoup plus tard comme une des œuvres les plus novatrices du XXe siècle.

6 mai

Georges Clemenceau publie le premier numéro de son nouveau journal *L'Homme libre.*

15 mai

La Chambre approuve le maintien sous les drapeaux de la classe libérable en octobre, par 322 voix contre 155. Pour protester contre la loi des trois ans, des soldats libérables manifestent le 18 à Toul et Belfort. L'agitation gagne les garnisons de Mâcon et Paris puis celles de Saint-Maur et Châlons-sur-Marne. Le 21, 16 soldats de Toul passent en conseil de guerre. Le 22, les garnisons d'Orléans, Rodez et Bourges participent également au mouvement de protestation.

18 mai

Au banquet annuel du Parti radical, Joseph Caillaux se prononce contre les trois ans.

25 mai
Nouvelle manifestation au Pré-Saint-Gervais contre la guerre (150000 participants). Le lendemain la police perquisitionne au siège de la CGT.

29 mai
Création tumultueuse au théâtre des Champs-Élysées inauguré fin mars du *Sacre du printemps* («Tableaux de la Russie païenne en deux parties») d'Igor Stravinski. La chorégraphie est de Nijinski, Pierre Monteux dirige l'orchestre.

STRAVINSKI

Diaghilev, ayant remarqué son Feu d'artifice *lors d'un concert à Saint-Pétersbourg, emmène dans ses bagages le jeune compositeur russe Igor Stravinski (1882-1971), auquel il a commandé un ballet, lors de la seconde tournée française de sa troupe. Dès la création de* L'Oiseau de feu *à Paris le 25 juin 1910, Stravinski est célèbre, accueilli comme un pair par les compositeurs français: Paul Dukas, Maurice Ravel et surtout Debussy auquel il dédie la cantate chorale* Le Roi des étoiles, *écrite l'année suivante, en même temps que des mélodies sur des poèmes de Verlaine. Le succès de* Petrouchka *le 13 juin 1911 et surtout le tumulte qui accueillit la création de son œuvre la plus novatrice – comparable par la brutalité de son «primitivisme» aux* Demoiselles d'Avignon *de Picasso – le* Sacre du printemps, *achève de faire de lui, en France, la figure dominante de la nouvelle musique. Son influence est sensible sur la plupart des musiciens de la nouvelle génération, notamment Milhaud et Poulenc. En Suisse pendant la guerre de 1914, il rencontre l'écrivain Charles-Ferdinand Ramuz avec lequel il collabore pour* L'Histoire du soldat *(1918) et* Renard. *La révolution russe le coupe définitivement de son pays natal. Stravinski occupe une place centrale dans la vie artistique parisienne des années 20 et 30. Il rencontre Picasso en 1917, collabore avec Matisse, Cocteau, Gide. Les créations se succèdent:* Pulcinella, *d'après une musique de Pergolèse, marque en 1920 le début de son retour au classicisme (et au néoclassicisme français), le* Concerto pour piano et orchestre d'harmonie *dans lequel il se produit pour la première fois lui-même en soliste (1924),* Œdipus-Rex *(1927),* Apollon musagète *et* Le Baiser de la fée *(1928),* Symphonie de psaumes *(1930),* Perséphone *(1934),* Jeu de cartes *(1936).*
En 1936, Stravinski acquiert la nationalité française, mais déjà certaines de ses œuvres importantes sont créées aux États-Unis où il fait une tournée triomphale en 1925. En 1939, la guerre le surprend alors qu'il enseigne à Harvard. Il s'installe alors définitivement en Amérique, où il poursuit une œuvre toujours aussi féconde, s'appropriant avec avidité des styles nouveaux auxquels il imprime sa marque personnelle, jusqu'au sérialisme des dernières années. Ses séjours européens le conduisent désormais vers Venise, où il crée en 1948 à la Fenice son opéra The Rake's Progress, *dont le poète Auden a écrit le livret, et à la basilique Saint-Marc,* Canticum sacrum *en 1956. Il y est enterré après sa mort à New York en 1971.*

10 juin
Le Sénat adopte le scrutin de liste sans représentation des minorités.

23 juin-10 août
Début de la deuxième guerre balkanique. Les Bulgares attaquent le 23 juin, sans déclaration de guerre, les Serbes et les Grecs. La guerre s'achève par la défaite des Bulgares pris à revers par les Turcs et les Roumains. Au traité de Bucarest (10 août), la Bulgarie obtient un accès à la mer Égée (Thrace), cède en revanche le Dobroudja du Sud à la Roumanie tandis que la Serbie et la Grèce se partagent la Macédoine. Dans l'opinion publique, les Balkans, avec la montée des nationalismes qui s'entrechoquent, font figure de zone incontrôlable et dangereuse, une sorte de chaudron où les guerres couvent en permanence. C'est aussi un «laboratoire» pour la Grande Guerre à venir: tranchées pour les soldats, exactions, exodes et camps pour les civils envahis.

juillet
La NRF commence la publication du *Grand Meaulnes* d'Alain-Fournier. Le roman est publié en cinq livraisons.

11 juillet
Loi organisant l'assistance aux familles nombreuses.

19 juillet
Discutée depuis le 2 juin, la loi des trois ans est adoptée par la Chambre par 358 voix contre 204. Un amendement fixe à l'âge de 20 ans l'incorporation. Le 5 août, le Sénat l'approuve.

29 juillet
La loi qui assure désormais le secret et la liberté du vote grâce à l'usage des enveloppes, l'isoloir et

l'introduction du bulletin dans l'urne par le votant, est adoptée. Une seconde loi règle les normes de l'urne, la composition du bureau de vote et interdit les inscriptions multiples sur les listes électorales.

septembre
Publication de la *Prose du transsibérien*, poème de Blaise Cendrars. Ce « premier livre simultané » est conçu et réalisé par Sonia Delaunay: 150 exemplaires d'une longue feuille de 2 m imprimée, coloriée et pliée en accordéon.

23 septembre
À Saverne (Alsace), un officier allemand de la garnison s'en prend à des recrues alsaciennes et insulte le drapeau français. À la suite de protestations, des habitants sont arrêtés. L'incident avive l'hostilité envers l'Allemagne.
L'aviateur Roland Garros traverse la Méditerranée sans escale de Fréjus à Tunis, en 7 h 40. Le photographe Jacques Lartigues (1894-1986) couvre l'événement. La même année, l'aviation et ses inventeurs sont célébrés par La Fresnaye dans *La Conquête de l'air* où le drapeau tricolore rappelle que l'exploit est français. Robert Delaunay commence à peindre son *Hommage à Blériot.*

octobre
Roger Martin du Gard publie *Jean Barois*. Il innove en donnant une large place aux scènes dialoguées. Il recourt également au collage de lettres, aux extraits de journaux intimes, aux variations typographiques, cherchant à faire de son roman un document brut.

16-18 octobre
Fêtes en Allemagne pour commémorer la défaite française à Leipzig en 1813.
Au congrès du Parti radical à Pau, Caillaux est élu président.

23 octobre
Ouverture du théâtre du Vieux-Colombier, créé à l'initiative de l'équipe de *La NRF* qui a constitué une société par actions pour l'acquérir. Premières pièces données le même soir: *Une femme tuée par la douceur* de Thomas Heywood puis *L'Amour médecin* de Molière. La création du théâtre, dirigé par Jacques Copeau, est annoncée par un appel, affiché dans les rues de Paris, qui s'adresse à la jeunesse, « pour réagir contre toutes les lâchetés du théâtre mercantile », au public lettré, « pour entretenir le culte des chefs-d'œuvre classiques, français ou étrangers », à tous « pour soutenir une entreprise qui s'imposera par le bon marché de ses spectacles, par leur variété, la qualité de leur interprétation et de leur mise en scène ».

14 novembre
Marcel Proust publie à compte d'auteur chez Bernard Grasset *Du côté de chez Swann*, premier livre d'une série intitulée *À la recherche du temps perdu.*

PROUST

Marcel Proust (1871-1922) est né à Auteuil, dans ce « village » des beaux quartiers parisiens qui abrite la bourgeoisie financière à laquelle appartient la famille de sa mère, Jeanne Weil, issue d'une famille juive comptant parmi ses membres des hommes d'affaires cultivés proches des milieux artistes. La mère de Marcel, grande lectrice, musicienne, lui transmet sa passion de la littérature. « Il n'y a peut-être pas de jours de notre enfance que nous ayons si pleinement vécus que ceux que nous avons cru laisser sans les vivre, ceux que nous avons passés avec un livre préféré. » Son père, Adrien, est un brillant médecin dont la famille est originaire d'Illiers, village d'Eure-et-Loir qui, dans l'œuvre de Marcel Proust, passera à la postérité sous le nom de Combray. Tout au long de sa carrière, Adrien Proust publie de nombreux ouvrages médicaux, consacrés notamment au traitement de la neurasthénie; enfant plutôt chétif, Marcel souffrira toute sa vie de violentes crises d'asthme. Après une scolarité au lycée Condorcet, régulièrement interrompue par sa santé fragile, il entreprend des études littéraires: licences de lettres et de philosophie, mais s'inscrit aussi en novembre 1891 à la faculté de droit et au cours de science politique à l'École libre des sciences politiques. L'étudiant commence à fréquenter les cercles mondains parisiens, dont il est même le chroniqueur épisodique dans une petite revue, Le Mensuel. *D'autres publications suivent: des « études littéraires » dans* Le Banquet *(revue fondée en 1892 et qui compte, parmi ses membres, Fernand Gregh, Daniel Halévy, Horace Finaly), puis dans* La Revue blanche. *Le jeune écrivain fréquente les salons de Mme Strauss – salon dreyfusard –, de la princesse Mathilde, et fait la connaissance de Robert de Montesquiou, dandy esthète qui exerce sur lui une grande influence et qu'il peindra plus tard sous les traits du baron de Charlus. Proust manifeste très tôt son refus de toute profession, malgré un passage éphémère, en tant qu'attaché non rémunéré, à la bibliothèque Mazarine. Il continue d'écrire de nombreux textes – essais, poèmes, portraits, nouvelles – réunis en 1895 dans* Les Plaisirs et les jours *qui paraît dans une indifférence quasi générale. Proust entreprend alors, en 1896, la rédaction d'un roman qui fera près de mille pages, qu'il abandonnera en 1899 et qui ne sera publié qu'en 1952:* Jean Santeuil *préfigure, à certains égards, les interrogations qui seront au cœur de* La Recherche. *Quelle est l'œuvre du temps sur l'œuvre de l'art? Quels sont les rapports de la sensation (ces données immédiates de la conscience que Bergson, philosophe contemporain de Proust, s'efforce lui aussi d'analyser) et de l'invention? Comment s'opère le passage entre le flux des destinées individuelles et le grand courant de l'Histoire?* Jean Santeuil, *roman sur l'éducation sentimentale d'un jeune homme, est aussi un document sur l'affaire Dreyfus; il témoigne de l'engagement de son auteur pour la cause dreyfusarde, et d'une croyance dans le rôle de l'écrivain qui peut contribuer à faire « se dégager [...] quelque chose d'immatériel qui pourrait s'appeler la vérité d'un fait historique» (*Jean Santeuil, *II). Au début du siècle, alors que Proust, aidé de sa mère, a traduit le théoricien anglais de l'esthétique John Ruskin (il achève en 1901 sa traduction de* La Bible d'Amiens*), un tournant s'opère dans sa vie: il perd, à deux ans d'intervalle, son père en 1903, puis sa mère en 1905. Ce deuil terrible le laisse inconsolable, mais libre, peut-être: libre de mener une vie amoureuse clandestine (passions pour les jeunes hommes), libre, surtout, de se consacrer entièrement à la tâche qui l'occupera jusqu'à sa mort. Il quitte l'appartement familial, travaille à son* Contre Sainte-Beuve, *puis entame, à partir de 1909, la rédaction de ce qui deviendra* À la recherche du temps perdu. Du côté de chez Swann *paraît en 1913 chez Grasset, au moment où son secrétaire et amant, Agostinelli, prend la fuite. La crise qu'il traverse retentira sur son œuvre, notamment dans les épisodes de* La Fugitive. *L'ouvrage se révèle beaucoup plus long que Proust ne l'avait prévu, puisqu'il l'avait d'abord conçu en un volume. Il verra la publication d'*À l'ombre des jeunes filles en fleurs *(1919), du* Côté de Guermantes I *(1920), du* Côté de Guermantes II *et de* Sodome et Gomorrhe I *(1921).* La Prisonnière, Albertine disparue (La Fugitive), Le Temps retrouvé *paraissent après sa mort. Le 18 novembre 1922 meurt, à Paris, l'un des écrivains fondateurs de la littérature contemporaine. À partir de la seule réalité du langage, et d'un usage de la métaphore qui « seule peut donner une sorte d'éternité au style », Proust a su recréer le monde; dans l'unité finie de la phrase, il a fait entrer la multiplicité infinie de l'expérience, renouvelant notre perception de la finitude comme, avant lui, Flaubert et Kant, dont il avait perçu l'inattendue et secrète parenté.*

23 novembre

Dans un rapport confidentiel destiné au tsar, le ministre des Affaires étrangères russe Sazonov estime que « la question des Détroits peut difficilement faire un pas en avant autrement qu'à la faveur de complications européennes, qui nous trouveraient en alliance avec la France ».

Le directeur du *Figaro* Gaston Calmette commence sa campagne contre Joseph Caillaux à propos de l'incident d'Agadir (1911) entre la France et l'Allemagne et des négociations qui suivirent. Il s'agit de contrecarrer l'ascension d'un partisan de l'impôt sur le revenu qui, de surcroît, s'affirme résolument pacifiste.

2-8 décembre

Le gouvernement de Louis Barthou est mis en minorité (290 voix contre 265) à propos de l'exonération de l'impôt pour les souscripteurs de l'emprunt destiné aux dépenses militaires. L'amendement est rejeté par la Chambre.

Le 8, Ribot puis Jean Dupuy tentent sans succès de constituer un nouveau gouvernement.

9 décembre

Gaston Doumergue devient président du Conseil et ministre des Affaires étrangères: Bienvenu-Martin (Justice), Renoult (Intérieur), Caillaux (Finances), Noulens (Guerre), Monis (Marine), Viviani (Instruction publique), Malvy (Commerce, Industrie et Postes), David (Travaux publics), Raynaud (Agriculture), Lebrun (Colonies), Métin (Travail). Le 11, le gouvernement obtient la confiance par 302 voix contre 141.

25 décembre

L'organe conservateur *Le Correspondant*, sous le titre « Si la guerre éclatait », rappelle que la situation financière de la Russie est catastrophique, qu'une grave crise intérieure ne peut être surmontée que par un nouvel emprunt et, enfin, que dans ce pays où la révolution est à l'état latent, la mobilisation ne peut être effective qu'au bout de deux mois. Le 2 janvier suivant, dans *Le Matin*, Stéphane Lauzanne commence au contraire la publication d'une série d'articles exaltant la puissance russe: « La Russie est un colosse qui, s'il abattait son poing sur le globe, le ferait éclater... »

autres événements
- Maurice Barrès : *La Colline inspirée.*
- Max Jacob publie à compte d'auteur des poèmes en prose sous le titre *Le Cornet à dés.*
- Première édition de *A. O Barnabooth : ses œuvres complètes* de Valery Larbaud.

1914

janvier
Représentations de *L'Échange* de Paul Claudel au théâtre du Vieux-Colombier.
Début de la parution des *Caves du Vatican* de Gide dans *La NRF*. Le volume sera publié pendant l'été.

13 janvier
Création de la Fédération des gauches à l'initiative de Briand, Barthou, Jean Dupuy, Klotz, Millerand, pour rassembler la gauche modérée en vue des prochaines élections. Briand en est élu président.

28 janvier
Clôture du congrès socialiste à Amiens. Les socialistes décident de soutenir les candidats républicains qui se prononcent pour l'entente franco-allemande, contre les dangers de guerre.

3 février
Obsèques quasi nationales de Paul Déroulède, fondateur de la Ligue des patriotes. 100 000 personnes y assistent dont Aristide Briand, Louis Barthou, Georges Leygues, Alexandre Millerand.

7 février
Création de la pièce de Roger Martin du Gard, *Le Testament du père Leleu*, au théâtre du Vieux-Colombier, dans une mise en scène de Jacques Copeau, avec Charles Dullin, Gina Barbieri et Antoine Cariffa. Le succès est considérable, la pièce reste inscrite jusqu'en 1923 au répertoire de Copeau. Elle est reprise ensuite par Louis Jouvet (1887-1951) à la Comédie des Champs-Élysées.

13-16 mars
Dans *Le Figaro*, Gaston Calmette publie une lettre confidentielle de Joseph Caillaux et accuse ce dernier de complicité dans l'affaire Rochette qui avait éclaté le 21 mars 1908. La Chambre s'empare du dossier. Le 16, Mme Caillaux tue Gaston Calmette dans son bureau au *Figaro*. Des manifestations spontanées ont lieu à Paris contre Caillaux. Le procès de Mme Caillaux se déroulera les 20-29 juillet suivants devant le jury de la Seine, passionnant l'opinion ; elle sera acquittée.

17 mars
Démission de Joseph Caillaux. René Renoult devient ministre des Finances, Malvy ministre de l'Intérieur.
Louis Barthou donne lecture du rapport du procureur général Fabre sur l'affaire Rochette : il met Caillaux en cause pour ses interventions en faveur de l'escroc. La commission d'enquête présidée par Jaurès est réactivée, dotée cette fois-ci d'un pouvoir judiciaire.

19 mars
À l'Eldorado, le chanteur populaire Bach crée *La Madelon*, paroles de Louis Bousquet, musique de Camille Robert. Bien que reprise par Polin, la chanson ne rencontre guère de succès. C'est après la déclaration de guerre qu'elle trouve son public parmi les mobilisés. Le général Gallieni détachera Bach pour qu'il l'interprète sur différents secteurs du front.

19 mars-1er avril
Mis lui aussi en cause dans l'affaire Rochette, Monis démissionne à son tour. Le 1er avril, la commission d'enquête conclut à la réalité des pressions exercées par Monis et Caillaux mais considère qu'ils n'ont commis qu'un simple abus de pouvoir.

26 avril
Dans *La Dépêche de Toulouse*, le journaliste Jean Pélissier lance un avertissement : derrière la façade imposante du régime impérial russe, la décomposition s'accentue.

mai
Le directeur de *L'Œuvre*, Robert de Jouvenel, publie *La République des camarades*. L'ouvrage connaît des dizaines de rééditions. Jouvenel entend démontrer que la séparation des pouvoirs exécutif, législatif et judiciaire est devenue fictive en raison de la « camaraderie parlementaire générale », de la professionnalisation de la fonction de député et des entraves que subit le contrôle nécessaire au fonctionnement de la démocratie.
Angelo Hesnard (1886-1969) et Emmanuel Régis, son maître, tous deux professeurs de clinique psychiatrique à l'université de Bordeaux, font paraître chez Alcan le premier livre consacré en France à la psychanalyse, qualifiée dans la préface de « théorie allemande » : *La Psychoanalyse des névroses et des psychoses, ses applications médicales et extra-médicales.* C'est par ce livre qu'André Breton s'initiera aux théories de Freud.

10 mai
Au second tour des élections législatives (22,7 % d'abstention), les désistements entre socialistes et radicaux assurent la victoire de la gauche. SFIO: 102 députés; socialistes indépendants et républicains socialistes: 30; radicaux: 136; Alliance démocratique: 100; radicaux indépendants et républicains de gauche: 102; progressistes et fédération républicaine: 54; Action libérale: 34; droite: 26; indépendants: 16 (résultats d'après *Le Temps*).
Le gouvernement est d'autant plus en danger que parmi les 102 députés radicaux ou républicains de gauche jusqu'alors favorables au gouvernement de Gaston Doumergue, 30 à 40 sont proches de la gauche sur les questions essentielles de l'heure, en particulier la loi des trois ans. Parmi les nouveaux élus, Blaise Diagne, jeune fonctionnaire nourri des idéaux de 1789, élu par les Sénégalais. C'est le premier Africain à faire son entrée au Parlement.

juin
L'Italien Roberto Michels, militant du Parti socialiste italien puis de la social-démocratie allemande, publie en français *Les Partis politiques*, essai sur les tendances oligarchiques des démocraties, dans lequel il inaugure l'étude des partis, en extrapolant à partir de la social-démocratie allemande. Ce livre précurseur, qui restera sans équivalent pendant des dizaines d'années, conclut sur un constat pessimiste: « L'organisation est la source d'où naît la domination des élus sur les électeurs, des mandataires sur les mandants, des délégués sur ceux qui délèguent. Qui dit organisation, dit oligarchie. »
Représentation de *L'Otage* de Paul Claudel au théâtre de l'Œuvre, mis en scène par Lugné-Poe.
La galerie Paul Guillaume expose des œuvres du peintre russe Larionov et de sa compagne Natalia Gontcharova (1881-1962), qui tous deux se trouvent alors à Paris avec Diaghilev.

2-4 juin
Gaston Doumergue démissionne face à la coalition parlementaire conduite par Caillaux (réélu dans la Sarthe en mai) et Jaurès. Raymond Poincaré appelle dans un premier temps René Viviani qui se retire faute de pouvoir concilier les positions contradictoires des membres de son futur gouvernement sur la question du service de trois ans. Le 3, Deschanel et Delcassé se désistent à leur tour. Le 4, Jean Dupuy et Peytral en font autant.

4 juin
Alexandre Ribot (président du Conseil et Justice) réussit à former le nouveau cabinet: Bourgeois (Affaires étrangères), Peytral (Intérieur), Clémentel (Finances), Delcassé (Guerre), Chautemps (Marine), Dessoye (Instruction publique), Dupuy (Travaux publics), Réville (Commerce et Industrie), Dariac (Agriculture), Maunoury (Colonies), Abel (Travail).
Le 12, le cabinet Ribot n'obtient pas la confiance par 306 voix contre et 262 pour; Ribot démissionne.

5 juin
L'ambassadeur de France à Saint-Pétersbourg, Maurice Paléologue, partisan de l'alliance franco-russe et de la guerre contre l'Allemagne, menace de démissionner si la loi finançant les trois ans n'est pas votée. Il s'agirait selon lui d'une atteinte à l'alliance: la guerre est « fatale et à brève échéance ».

13 juin
Raymond Poincaré appelle à nouveau René Viviani (président du Conseil et Affaires étrangères): Malvy (Intérieur), Bienvenu-Martin (Justice), Messimy (Guerre), Gauthier (Marine), Noulens (Finances), Augagneur (Instruction publique), Thomson (Commerce et Industrie), Raynaud (Colonies), Renoult (Travaux publics), David (Agriculture), Couyba (Travail).
Annonçant un projet d'impôt sur le revenu, Viviani obtient, le 16, la confiance de la Chambre (362 voix contre 139), une partie des radicaux ayant voulu ainsi mettre fin à la crise.

20 juin
Un emprunt de 800 millions à 3,5 % pour la Défense nationale et le Maroc est voté.

28 juin
Assassinat à Sarajevo (Bosnie-Herzégovine) de François-Ferdinand, l'archiduc héritier du trône d'Autriche-Hongrie, et de sa femme par Gavrilo Princip, étudiant bosniaque lié à l'organisation terroriste serbe La Main noire. L'assassinat provoque des troubles antiserbes en Bosnie et dans diverses villes d'Autriche-Hongrie. Les autorités autrichiennes, notamment militaires, envisagent immédiatement une guerre contre la Serbie.

2 juillet
L'ambassadeur d'Allemagne à Vienne assure l'empereur d'Autriche-Hongrie François-Joseph du soutien de son pays.

3, 15 juillet
Le Sénat vote l'impôt général sur le revenu, par 230 voix contre 54. Le 15, la Chambre l'adopte à son tour.

5-6 juillet
Dans une lettre à l'empereur d'Allemagne Guillaume II, l'empereur d'Autriche-Hongrie François-Joseph préconise « l'élimination de la Serbie en tant que facteur politique dans les Balkans ». Envisageant une réaction de la Russie en faveur de la Serbie, Guillaume II se déclare néanmoins favorable à une action immédiate. Il informe le chancelier Theobald von Bethmann Hollweg et les chefs d'état-major de sa résolution d'éliminer la Serbie, « pivot de la politique panslaviste ». Le lendemain, Guillaume II évoque une nouvelle fois la possibilité de l'intervention russe en cas de conflit austro-serbe. Le chancelier confirme l'appui de l'Allemagne aux envoyés austro-hongrois. L'Allemagne prend une position décisive dans l'orientation vers la guerre.

7-8 juillet
Le ministre austro-hongrois des Affaires étrangères, Berchtold, se référant aux engagements allemands, prône en Conseil des ministres la guerre contre la Serbie tandis que Istvan Tisza, le président du Conseil de Hongrie, fait valoir les risques de guerre européenne et propose de soumettre d'abord la Serbie à des conditions « dures [...] mais non inexécutables ». Le 8, Berchtold utilise la détermination allemande pour faire céder Tisza, l'Allemagne menaçant de rompre son alliance si la guerre contre la Serbie n'est pas décidée.

13 juillet
Le rapport du conseiller allemand von Wiesner conclut à l'innocence du gouvernement serbe dans l'attentat de Sarajevo. Berchtold recommande aux représentants de l'Allemagne en Serbie, au Monténégro et en Russie, de mettre leurs archives en sécurité : pour lui, le conflit austro-serbe débouchera inéluctablement sur une guerre européenne.

19 juillet
Au Conseil des ministres d'Autriche-Hongrie, Berchtold fixe au 23 juillet à 18 h la remise de l'ultimatum à la Serbie. Le jour et l'heure sont soigneusement fixés : Poincaré et Viviani seront alors en Russie, ce qui devrait empêcher une réaction rapide de la part du gouvernement français. Les termes de l'ultimatum sont connus par Berlin.

21-23 juillet
Entretiens franco-russes en Russie : Poincaré exprime son intention d'exécuter « toutes les obligations » imposées par l'alliance. Le 22, le ministre des Affaires étrangères Sazonov envoie à son ambassadeur à Vienne des instructions pour qu'il invite l'Autriche-Hongrie à ne pas poser d'exigences inadmissibles à la Serbie. Le 23, un communiqué officiel franco-russe constate la « parfaite communauté » de vue « sur les divers problèmes que le souci de la paix générale et l'équilibre européen posent devant les puissances, notamment en Orient ». À 18 h, l'ultimatum austro-hongrois (assorti de 48 h de délai) est remis à la Serbie ; il équivaut à imposer un abandon de souveraineté. Poincaré et Viviani quittent Cronstadt le 23, à 22 h.

24-25 juillet
Le Conseil des ministres russe conseille la modération à la Serbie, notamment d'éloigner les troupes des frontières. Le 25, le ministre russe des Affaires étrangères Sazonov sollicite la prolongation du délai de l'ultimatum autrichien à la Serbie avec l'appui de Londres et Paris ; la demande est rejetée par Vienne. À 15 h, mobilisation générale en Serbie ; à 17 h 58, la Serbie repousse l'ultimatum austro-hongrois mais accepte de lui soumettre les résultats des investigations sur l'attentat de Sarajevo et propose dans une note de porter le litige devant la cour internationale d'arbitrage de La Haye. Vienne rejette l'ouverture serbe. Les relations diplomatiques entre les deux pays sont rompues. Le gouvernement russe décide les mesures de prémobilisation.
À Paris, les « retraites militaires » (défilés en fanfare) se multiplient, mais l'opinion s'intéresse surtout au procès Caillaux.

26 juillet
Le chef d'état-major général des armées allemandes Helmuth von Moltke rédige un ultimatum destiné à la Belgique lui enjoignant de « prévenir l'attaque française » contre l'Allemagne en acceptant son assistance. L'ambassadeur allemand à Paris, von Schoen, entreprend une démarche visant à obtenir de la France qu'elle exerce une influence modératrice sur Saint-Pétersbourg. La Grande-Bretagne propose la tenue d'une conférence internationale à quatre ; elle reçoit le soutien de la France et de l'Italie mais se heurte au refus formel de l'Allemagne tandis que Sazonov tente de négocier une atténuation de l'ultimatum autrichien. Poussée par les assurances allemandes, l'Autriche-Hongrie s'y refuse.

27 juillet
Manifestations syndicales contre la guerre sur les boulevards parisiens. La Russie demande, sans succès, à Vienne que la note serbe du 25 juillet proposant un arbitrage international soit prise comme base de négociations.

28 juillet
L'Autriche-Hongrie déclare la guerre à la Serbie sur les instances allemandes. Le chancelier Bethmann-Hollweg devait déclarer: « Nous avions parfaitement conscience qu'une action militaire quelconque de l'Autriche-Hongrie contre la Serbie aurait pour conséquence immédiate une intervention russe, et, par suite, pouvait nous entraîner dans une guerre en raison de nos obligations. »
L'Allemagne repousse la proposition russe d'arbitrage, préconise l'occupation « passagère » de Belgrade par les Austro-Hongrois et demande une déclaration stipulant que son allié ne vise à aucune conquête de territoire. Cette attitude constitue un défi délibéré envers la Russie où deux oukases pour la mobilisation sont préparés. Parallèlement, l'Allemagne s'efforce d'obtenir la neutralité de l'Angleterre.

29 juillet
Retour de Poincaré et Viviani à Dunkerque. À Bruxelles, Jaurès rencontre les délégués socialistes allemands au Bureau socialiste international.
Bombardement de Belgrade par les Austro-Hongrois.
Ordre de mobilisation en Russie signé par le tsar vers midi; celle-ci doit être effectuée en secret.
Remise de l'ultimatum allemand à la Belgique.
À 19 h, démarche de l'ambassadeur allemand Frédéric de Pourtalès auprès de Sazonov pour lui signifier que la mobilisation russe entraînera celle de l'Allemagne.
Grand meeting syndical contre la guerre, salle Wagram à Paris.
À 22 h, le tsar Nicolas II annule l'ordre de mobilisation totale à la suite de l'envoi de télégrammes de Guillaume II, ce dernier enjoignant à la Russie de rester « spectatrice du conflit austro-serbe ».
À minuit, l'ordre de mobilisation partielle des Russes contre l'Autriche-Hongrie est maintenu.

30 juillet
Poincaré est informé de la mobilisation russe à 3 h du matin. Viviani envoie une dépêche à l'ambassadeur Paléologue, pour qu'il affirme la loyauté de la France envers l'alliance et qu'il préconise la prudence à ses interlocuteurs. À 16 h, le tsar signe un nouvel ordre de mobilisation générale. À 16 h 55, le gouvernement français décide la mise en place de la couverture militaire réduite.

31 juillet
La mobilisation russe est connue à Berlin à 11 h 40; le gouvernement proclame « l'état de danger de guerre menaçant » à 13 h 45 et le chef d'état-major, le général von Moltke, fait intimer à la Russie « d'avoir à arrêter dans les douze heures ses préparatifs ». Le chancelier Bethmann Hollweg fait demander à Paris si la France restera neutre dans une guerre germano-russe, en sachant qu'il n'en serait rien; en cas de réponse positive de la France, il est prévu d'exiger d'elle comme « gage de neutralité » les forteresses de Toul et de Verdun (une réponse est impérativement fixée pour le 1er août à 16 h).
Le gouvernement français prescrit le retrait des troupes de couverture à 10 km en arrière de la frontière.
Ordre de mobilisation générale en Autriche-Hongrie.
Ultimatum allemand à la Russie et à la France.
17 h 40: la France met en place la couverture militaire complète.
À 19 h, mobilisation générale en Belgique en raison de la menace allemande. Jaurès conduit une délégation chez Viviani absent. Il est reçu par Abel Ferry, sous-secrétaire d'État aux Affaires étrangères. À 21 h 40, Jaurès est assassiné par Raoul Villain au café du Croissant, rue Montmartre, à proximité des bureaux de *L'Humanité*. L'émotion est considérable: la légende d'un Jaurès seul apte à empêcher la guerre naît. Une rumeur circule: l'assassin aurait été manipulé par la police secrète russe.

1er août
Mobilisation générale en France (15 h 45) et en Allemagne (17 h).
Déclaration de guerre de l'Allemagne à la Russie (19 h). Une patrouille allemande pénètre en France jusqu'au village de Joncherey (Territoire de Belfort): un engagement a lieu, un caporal français est tué. Le gouvernement français proteste et annule les instructions de retrait des troupes françaises. La France s'engage vis-à-vis de l'Angleterre à respecter la neutralité belge.

2 août
Invasion du grand-duché du Luxembourg par l'armée allemande. À 19 h, remise de l'ultimatum allemand à la Belgique.
Le président de la République Raymond Poincaré signe le décret instituant l'« état de siège politique ».
Le Bonnet rouge, journal de Miguel Almereyda (Eugène Bonaventure Vigo), un des principaux lieutenants de Gustave Hervé devenu partisan de Caillaux, annonce qu'à l'initiative du ministre de l'Intérieur, Louis Malvy, le Carnet B qui répertorie les militants susceptibles d'entraver la mobilisation, ne sera pas utilisé.

3 août
À 7 h, la Belgique rejette l'ultimatum allemand.
À 18 h 40, l'Allemagne déclare la guerre à la France, sous le prétexte (imaginaire) d'une attaque aérienne française sur Nuremberg.
Le Temps publie l'appel de Poincaré et Viviani.

L'Appel à la nation française

« Depuis quelques jours, l'état de l'Europe s'est considérablement aggravé en dépit des efforts de la diplomatie.
L'horizon s'est assombri.
À l'heure présente, la plupart des nations ont mobilisé leurs forces. Même des pays protégés par la neutralité ont cru devoir prendre cette mesure à titre de précaution.
Des puissances, dont la législation constitutionnelle ou militaire ne ressemble pas à la nôtre, ont, sans avoir pris un décret de mobilisation, commencé et poursuivi des préparatifs qui équivalent, en réalité, à la mobilisation même et qui n'en sont que l'exécution anticipée.
La France, qui a toujours affirmé ses volontés pacifiques, qui a, dans des jours tragiques, donné à l'Europe des conseils de modération et un vivant exemple de sagesse, qui a multiplié ses efforts pour maintenir la paix du monde, s'est elle-même préparée à toutes les éventualités, et a pris, dès maintenant, les premières dispositions indispensables à la sauvegarde du territoire.
Mais notre législation ne permet pas de rendre ces préparatifs complets s'il n'intervient pas un décret de mobilisation.
Soucieux de sa responsabilité, sentant qu'il manquerait à un devoir sacré s'il laissait les choses en l'état, le gouvernement vient de prendre le décret qu'impose la situation.
La mobilisation n'est pas la guerre. Dans les circonstances présentes, elle apparaît, au contraire, comme le meilleur moyen d'assurer la paix dans l'honneur.
Fort de son ardent désir d'aboutir à une solution pacifique de la crise, le gouvernement, à l'abri de ces précautions nécessaires, continuera ses efforts diplomatiques, et il espère encore réussir.
Il compte sur le sang-froid de cette noble nation pour qu'elle ne se laisse pas aller à une émotion injustifiée. Il compte sur le patriotisme de tous les Français et sait qu'il n'en est pas un seul qui ne soit prêt à faire son devoir.
À cette heure, il n'y a pas de partis. Il y a la France éternelle, la France pacifique et résolue. Il y a la patrie du droit et de la justice, tout entière unie dans le calme, la vigilance et la dignité. »

4 août
L'armée allemande envahit la Belgique, conformément au plan élaboré dès 1898 par Alfred von Schlieffen, mis au point en décembre 1905 et modifié par von Moltke au mépris du respect de la neutralité de la Belgique sur laquelle reposait le plan français (Plan XVII) élaboré par Joffre.
Le gouvernement français fait voter une loi « réprimant les indiscrétions de la presse en temps de guerre ». Une censure préventive est instaurée de fait sous l'égide du bureau de presse du ministère de la Guerre. Dans l'après-midi, le président de la République prononce un discours devant les Assemblées: « Dans la guerre qui s'engage, la France [...] sera héroïquement défendue par tous ses fils, dont rien ne brisera devant l'ennemi l'union sacrée... » C'est la première fois qu'est employée l'expression « Union sacrée », qui servira à caractériser cette situation où hommes politiques et citoyens s'accordent pour la défense du pays.
À Paris ont lieu les obsèques de Jaurès. Léon Jouhaux prononce un discours dans lequel il écarte toute responsabilité de la France dans le déclenchement du conflit et dénonce l'impérialisme allemand qui vient de s'affirmer par le viol de la neutralité de la Belgique. Il rallie, au nom de la classe ouvrière, l'Union sacrée pour la défense de la France républicaine qui incarne les valeurs de liberté.
La social-démocratie allemande vote les crédits de guerre.

5 août
Déclaration de guerre de la Grande-Bretagne à l'Allemagne déterminée par le viol de la neutralité de la Belgique. L'engagement de centaines de milliers de volontaires britanniques scelle le caractère d'abord européen de la guerre.
Le Monténégro déclare la guerre à l'Autriche-Hongrie.
Le Parlement français approuve « l'état de siège politique », organisé par la loi du 9 août 1849, complétée par celle du 3 avril 1878. L'État suspend la convertibilité du franc (abandon de l'étalon-or), ouvre la possibilité de recourir aux avances de la Banque de France, c'est-à-dire à l'inflation par l'augmentation de la masse monétaire.

6 août
Déclaration de guerre de l'Autriche-Hongrie à la Russie.

LA IIIe RÉPUBLIQUE

D'une guerre à l'autre : 1914-1940

De nombreux témoins ont évoqué avec une certaine nostalgie les années qui précèdent le premier conflit mondial. Thomas Mann parle des « jours révolus du monde d'avant la Grande Guerre » car la Première Guerre mondiale marque, à l'évidence, une rupture. Non seulement elle est à l'origine immédiate des phénomènes fondamentaux du XXe siècle – fascisme, communisme –, mais elle a aussi bouleversé le cours de la vie des sociétés en enrôlant les hommes comme jamais auparavant : la France en mobilise 8 millions (environ un cinquième de la population). Paysans en majorité, ils doivent d'abord endosser l'uniforme des « pioupious » puis se métamorphoser en « poilus » qui s'enterrent dans des tranchées de plus en plus élaborées. L'économie sera tout entière entraînée dans le sillage de la « guerre totale » – dont le général allemand Ludendorff théorise la dimension première, la militaire – mais les non-combattants (femmes, enfants, vieillards) subiront les effets de l'infernale spirale de la mort en masse. La guerre accélère nombre de processus : mettre sur pied une production massive malgré l'impréparation d'une industrie déficiente, notamment dans le secteur de la chimie, suppose une collaboration entre science et industrie qui, en France, n'était encore que balbutiante : André Citroën deviendra fabricant d'obus, Louis Loucheur produira du gaz de combat, Marcel Boussac inventera la « toile d'avion ». Comme ailleurs en Europe, l'État français est amené à jouer un rôle croissant dans la vie économique pour assurer la mobilisation des ressources et des industries : approvisionnement, répartition des matières premières et de la main-d'œuvre (la catégorie des ouvriers spécialisés affectés aux tâches précises, limitées et répétitives se développe), techniques industrielles, etc.
Dans cette guerre, qui se déroule essentiellement en Europe, se joue le destin des nations. En 1914, deux ensembles s'affrontent. Les Empires centraux comptent 120 millions d'habitants et entretiennent 150 divisions d'infanterie malgré l'hétérogénéité de leurs populations (49 % d'entre elles appartiennent à des minorités) qui rend fragile leur position au cœur de l'Europe. La France, la Grande-Bretagne et les autres Alliés (238 millions d'habitants) pourront aligner 170 divisions mais leurs forces sont éclatées : la Serbie est isolée, la Russie, fragile, éloignée, reste difficilement accessible. En 1914-1915, la seule

Russie perd 1,7 million d'hommes, tués, blessés ou prisonniers, soit la moitié des effectifs de l'armée impériale. Le rêve français d'une déferlante cosaque jusqu'à Berlin s'évanouit dès l'automne 14…

Avec la grande crise qui secoue la France, l'entrée en guerre décisive des États-Unis et la défection de l'Empire russe, 1917 est l'année charnière du conflit mondial. Au fil du temps, la mémoire de la Grande Guerre s'est concentrée sur l'année 1917 et en particulier sur les mutineries qui éclatent dans certains régiments français. En réalité, c'est l'ordinaire quotidien du soldat, dont les mutins ne représentent qu'une infime proportion – on dénombre 7 228 désertions sur le champ de bataille en quatre ans et demi – qui reste méconnu à tel point que la dimension véritablement exceptionnelle de cette guerre réside bien plus dans l'abnégation de ces masses d'hommes qui ont accepté le sacrifice de leurs vies (le « consentement au sacrifice » dont parlent désormais les historiens), pour des raisons devenues maintenant difficilement compréhensibles. S'intéresser aux soldats disciplinés et ordinaires soulève une question autrement troublante que l'exaltation des révoltés : pourquoi ont-ils tenu ? Ancien combattant lui-même, Georges Bernanos, dans sa *Lettre aux Anglais* (décembre 1940), avance une explication qui peut paraître aujourd'hui choquante : « Il n'est pas de guerre possible sans une mystique de guerre et c'est le peuple, non la bourgeoisie, qui a donné à la guerre de 1914 sa mystique, c'est finalement contre le nationalisme et le militarisme allemands que se sont levés nos hommes. » Selon lui, le peuple de France a cru faire « sa » guerre « pour le Droit, la Justice, la Paix universelle » avec un « désintéressement héroïque » pour accomplir la « mission de flanquer les tyrans par terre », mission que l'histoire lui aurait confiée, comme tous ces combattants l'ont appris sur les bancs de l'école républicaine de Jules Ferry. En mars 1941, Bernanos considère novembre 1918 comme la victoire des poilus qui « aimaient la guerre en la maudissant, comme ils aimaient d'instinct n'importe quel travail qui exigeait toute l'adresse et toute la patience de leurs mains, de leurs bras […] elle était une besogne ouvrière, un travail d'ajustage, à la mesure de leur capacité ». Ce « travail de guerre » assumé par des millions de simples combattants suppose de leur part l'acceptation d'une violence inouïe. Pour autant, la « brutalisation » de la société par la guerre est-elle aussi radicalement nouvelle ? La violence était latente et souvent manifeste, comme en témoignent avant 1914 nombre de grèves, de manifestations, d'attentats, d'affrontements de toute nature, en particulier xénophobes…

Grâce à la modification du rapport des forces entre belligérants, la victoire tant désirée est arrivée ; cette modification s'effectue d'abord au détriment des Empires centraux mais change également la donne entre chacun des Alliés. Le rôle que les États-Unis entendent jouer dans la préparation de l'après-guerre, symbolisé par les Quatorze points du président Wilson, annonce leur prépondérance. Pour la France et les Français, les conséquences humaines et économiques du conflit sont considérables. En cinquante-deux mois, près de 1,4 million de soldats (1,7 million pour l'Allemagne) ont été tués; s'y ajoute la mort de 210000 civils. Parmi les troupes combattantes, la proportion d'officiers morts au front est de 22 % et, pour les soldats, de 18 %. On dénombre 300000 mutilés, 1 million d'invalides, 600000 veuves et 700000 orphelins. Ces pertes sont partiellement compensées par le retour des Alsaciens-Lorrains (1,9 million) mais l'effondrement du taux des naissances accentuera le déficit démographique et, après avoir fait appel aux coloniaux et aux prisonniers, la France devra combler son déficit de main-d'œuvre en faisant venir des travailleurs des autres pays européens ou des colonies. Les régions envahies et occupées ont été dévastées: près d'un million de maisons sont détruites ou endommagées et 116000 hectares de terre ravagés, certaines installations minières du Nord et du Pas-de-Calais ont été détruites volontairement par l'occupant. En 1919, la production industrielle est à l'indice 55 (base 100 en 1913), la production de blé n'atteint que la moitié de celle de 1913. Le financement de la guerre a multiplié par sept la dette publique. Aux emprunts (39,5 milliards de francs-or) auprès de la Grande-Bretagne et des États-Unis s'ajoute la dette intérieure (75 milliards en 1919). L'inflation – 38 milliards de billets en circulation en 1920 contre 6 en 1913 – devient un phénomène permanent qu'accompagne la hausse des prix. Situation qui nourrit l'agitation sociale de l'après-guerre.

L'influence de la France prise en étau entre ses propres dettes et l'attente du paiement des réparations par l'Allemagne s'étiole même si sa puissance militaire semble à son apogée. Elle n'a pas les moyens de dicter seule les termes du traité de paix avec l'Allemagne. Posée dès le 5 novembre 1918, la question des réparations allemandes en dédommagement des destructions commises met au jour les limites de sa puissance. Revendiquant 230 millions de marks-or payables par annuités pendant cinquante ans, la France se heurte à la Grande-Bretagne, soucieuse de ne pas laisser une hégémonie française s'installer sur le continent, et aux États-Unis. La formule célèbre «l'Allemagne paiera» restera lettre morte, en raison de la crise économique endémique qui frappe l'Allemagne, de son instabilité politique et des variations de la politique française. De surcroît, le traité de Versailles, qui justifie ces réparations en attribuant à l'Allemagne la totalité de la responsabilité dans le déclenchement du conflit, entretient l'hostilité profonde des Allemands.

L'irrépressible opposition entre France et Allemagne persiste donc, entretenue par la présence obsédante de la guerre : les monuments aux morts, les commémorations sont les porteurs de la mémoire collective meurtrie. Le deuil est universel, « infini ».
Dans une France essentiellement rurale (51,9 % des Français vivent à la campagne en 1920 ; 48,8 % en 1931), la petite propriété domine. Les exploitations de moins de 10 hectares représentent 73 % du total tandis que celles de 10 à 40 hectares en forment 22 %. Il y a une traduction à cette situation : l'importance politique du monde agricole excède son poids économique. La petite exploitation familiale se consolide avec la hausse des revenus des paysans en dépit de rendements qui restent inférieurs à ceux de plusieurs pays européens. Cette structure ancienne, sinon archaïque, propre à la France se retrouve aussi dans l'industrie. En 1931, 65 % des salariés travaillent dans des établissements de moins de 100 personnes, 40 % dans des ateliers de moins de 10 salariés. Il existe cependant une dualité de l'économie ; une France qui conserve les caractères du XIXe siècle coexiste avec une autre apte à développer des entreprises dynamiques. La société bénéficie des effets économiques positifs de la reconstruction des territoires dévastés jusqu'en 1925, sur fond de conjoncture mondiale favorable. Les années 1921-1929 sont des années de croissance, cependant freinée par la stabilisation du franc (1926) après la dévaluation sous le Cartel des gauches qui a favorisé les exportations. En 1929, la France occupe le troisième rang mondial (avec la Grande-Bretagne) pour la production de fonte et d'acier, derrière les États-Unis et l'Allemagne. Le développement des industries chimiques – grâce à l'intervention de l'État qui possède, par exemple, 35 % du capital de la Compagnie française des pétroles qu'il a contribué à créer en 1924, et qui impose en 1928 une législation du marché pétrolier favorable aux intérêts français – illustre également cette mutation de certains secteurs de l'économie française vers la modernité. Bien souvent l'État est à l'origine de nouvelles structures, les sociétés mixtes, qui sous-tendent le développement. 1921-1929 sont aussi les véritables « années électriques » en raison de l'accroissement de la consommation d'électricité lié à l'extension des réseaux de distribution dans les campagnes qui entraîne l'édification de grands barrages pour la production de houille blanche. Des firmes privées (automobile) développent taylorisme et fordisme, ces nouvelles organisations du travail venues des États-Unis. Mais cette modernisation ne doit pas faire oublier que la part de la France dans les échanges internationaux diminue jusqu'à 6 % (en 1913, année de référence, on avait 7,9 % d'importations et 7,1 % d'exportations). Les placements financiers à l'étranger régressent, signe que l'influence économique française est en recul.

Ainsi, la crise économique internationale affecte l'économie française (en 1931-1932) plus tard que les autres puissances industrielles et de manière moins brutale, mais la sortie de la crise en sera d'autant plus laborieuse. Le niveau de production de l'Angleterre, de l'Allemagne, des États-Unis a, dès 1936, dépassé largement celui de 1928 tandis que la France ne l'atteint de justesse qu'en 1939.

Un an après l'armistice, les Français élisent une Chambre où les Anciens Combattants sont nombreux d'où le nom qu'on lui attribue: Chambre «bleu horizon», de la couleur des uniformes des poilus. Elle symbolise le triomphe de la coalition de droite, le Bloc national – triomphe qui traduit le sentiment de soulagement après quatre années de guerre et l'orgueil de la victoire. C'est pourtant cette Chambre qui, en septembre 1920, écarte de la présidence de la République Georges Clemenceau, le «Père la Victoire», au profit d'Alexandre Millerand. En 1924, la relative victoire du Cartel des gauches entraîne une crise politique de caractère institutionnel: la nouvelle Chambre, dominée par les radicaux, s'oppose au président de la République qui a pris parti dans la campagne électorale.

L'échec du Cartel, deux ans plus tard, provoque le retour de Raymond Poincaré qui restaure la situation financière de la France, succès baptisé significativement «Verdun financier». Après leur retour au pouvoir, les radicaux se trouveront confrontés, le 6 février 1934, à une crise autrement plus grave que celle de 1924. La société française peine à accéder à une sérénité politique propice au développement.

La stratégie militaire de la France repose sur un constat tiré directement du précédent conflit: «le feu tue», et qui considère toujours la manœuvre d'infanterie comme le fondement des combats. Les nombreux débats autour de la manière de défendre le territoire, qui aboutissent à la décision de construire la ligne Maginot, ou ceux sur l'armée de métier reflètent une angoisse profonde. La période durant laquelle les problèmes internationaux semblaient pouvoir être résolus par la négociation, la concertation ou la mise sur pied d'une «sécurité collective» culmine avec le célèbre discours d'Aristide Briand, du 5 septembre 1929, à la tribune de la Société des Nations à Genève, dans lequel il propose la création d'une fédération des États-Unis d'Europe. Mais la non-résolution du problème des réparations, la montée des mouvements qui, en Europe, prônent la révision ou l'annulation du traité de Versailles, et le triomphe des régimes autoritaires accroissent les incertitudes; avec la prise du pouvoir par Hitler (30 janvier 1933), l'Allemagne nazie se pose ouvertement en adversaire de la France; sa puissance ne cesse de croître et, à terme, bouleverse l'équilibre européen.

Au tournant des années 30, une génération d'hommes d'État (Aristide Briand, Raymond Poincaré) quitte la scène politique. Leur départ est contemporain de la dégradation de l'image de la République dans l'opinion. La succession des scandales financiers (Hanau, Oustric, Stavisky) dans lesquels de nombreux hommes politiques sont compromis, y contribue largement mais c'est aussi, plus profondément, la crise d'une République qui n'a pas réussi à se régénérer. La diffusion rapide des informations (à la fin des années 20, il y a 500000 récepteurs radio en France) modifie profondément la relation que les Français entretiennent avec le pouvoir politique : le scepticisme se répand, la crise morale trouve un exutoire dans l'antiparlementarisme diffus ou militant ranimé par ces scandales. Le titre de la pièce de Marcel Pagnol, *Topaze*, entre dans le vocabulaire courant : les « topazes » sont ces politiciens corrompus. Une violence, difficile à imaginer aujourd'hui, imprime sa marque à la vie politique. Elle s'exprime non seulement dans les discours des hommes politiques ou dans la presse *(L'Action française, Gringoire)* mais dans les actes. Pour d'importantes minorités, la rue reste le champ privilégié de la politique. Les journées de février 1934, point culminant de la mise en cause de la République, ont un parfum de pré-guerre civile.
Depuis plusieurs années, nombre de jeunes intellectuels n'éprouvent plus aucune attirance pour un régime qui, selon eux, réduit la politique à une accumulation de « recettes » bassement gouvernementales ou électorales. Des mouvements rassemblent les « jeunes non conformistes », en quête de nouveaux équilibres, de nouveaux projets, de nouvelles utopies. La réforme de l'État devient le thème dominant des débats politiques. Après son échec, André Tardieu, président du Conseil à deux reprises, fait de ce thème son cheval de bataille. La démocratie française semble n'être plus capable de répondre aux exigences de l'heure. La voilà contestée parfois à droite, et surtout à l'extrême droite comme à l'extrême gauche. Le jeune Parti communiste, qui a fait ses armes en s'opposant avec véhémence à l'occupation de la Ruhr (1923) et à la guerre au Maroc (1925), fait longtemps figure de corps étranger et dangereux. Menace d'autant plus crédible que, dans les années 20, nombre d'affaires d'espionnage sont mises au jour. Même si l'idée d'un complot peut paraître fantasmatique, ces affaires ont révélé l'imbrication bien réelle entre réseaux soviétiques et structures communistes françaises. En raison de l'agitation perpétuelle qu'entretient le Parti communiste jusqu'au sein de la Chambre – c'est l'époque où André Marty menace ses adversaires en faisant des moulinets avec sa ceinture – le communisme apparaît comme l'ennemi, selon la formule du ministre de l'Intérieur Albert Sarraut en 1927, d'une République plus fragile qu'il n'y paraît... Une situation sociale délétère ren-

force l'impression de crise chez les contemporains : la déqualification des ouvriers et l'apparition des ouvriers spécialisés nourrissent un sentiment de dévalorisation et alimentent un sourd sentiment revendicatif. Le développement des banlieues autour des grandes métropoles (les « banlieues rouges ») modèle un nouveau paysage urbain, fondé sur le couple usine-habitat, qui ne cesse d'inquiéter. À cela s'ajoute l'érosion de l'Empire colonial alors même que l'Exposition de 1931 le célèbre : au Maghreb comme en Extrême-Orient, les mouvements nationalistes s'enracinent malgré les répressions ; des drames se nouent qui éclateront aux lendemains de la Seconde Guerre mondiale.

L'embellie sociale de l'été 1936 – le Front populaire – ne suffit pas à effacer les angoisses et les peurs d'autant que la guerre civile éclate en Espagne et ajoute un nouveau sujet de discorde. On assiste à un étrange chassé-croisé. Les Français absorbés par leurs querelles voire leurs haines sont, sans toujours en avoir conscience, dépendants des bouleversements qui interviennent sur la scène internationale : sans cesse plus précipités, ils pèsent toujours davantage dans la vie de la nation. Traditionnellement plus pacifistes, les partis de gauche, face à la politique agressive du régime hitlérien, vont se diviser et une large part d'entre eux se ralliera à une politique de fermeté. Le cas du Parti communiste reste particulier : en 1935, il abandonne, sur ordre de Moscou, son antipatriotisme pour donner des leçons de patriotisme à tout le monde, ce qui alimente en retour un anticommunisme classique à droite mais nouveau à gauche. À l'inverse, en rupture avec les politiques suivies dans les années 20, la droite, qui se divise elle aussi, va pencher pour une politique de prudence chargée parfois d'arrière-pensées, comme l'illustre la politique italienne de Pierre Laval qui rêve alors d'une alliance privilégiée avec le voisin latin : Mussolini. Tandis que l'opinion reste majoritairement pacifiste en raison de l'hécatombe de 1914-1918, les forces politiques jouent à front renversé. L'un des drames de cette période est que l'état-major se révèle incapable de répondre aux exigences de la situation. Trop souvent animés d'arrière-pensées politiques, persuadés que l'armée française reste la première armée du monde, ses chefs sont restés figés sur des conceptions désuètes que même la guerre civile espagnole puis la campagne de Pologne, à l'automne 1939, ne parviennent pas à ébranler. Un orgueil autosatisfait nourrit une doctrine militaire sclérosée qui se conjugue malheureusement avec une industrie de l'armement défaillante et éclatée que l'État ne se soucie de dynamiser que trop tard. En 1939, paraît le livre du général Chauvineau : *Une invasion est-elle encore possible?* préfacé par le maréchal Pétain, livre qui oppose à la manœuvre motorisée la « manœuvre bétonnée », c'est-à-dire la construction d'une ligne continue de défense reposant sur les barbelés et 6000 abris en béton… C'est contre ces conceptions que, depuis plusieurs années, s'élève le colonel de Gaulle.

En septembre 1938, les accords de Munich sont à la fois le fruit de ce retard à concevoir la guerre moderne et celui de la volonté des gouvernants français de conserver à n'importe quel prix l'alliance avec une Grande-Bretagne dont la politique frileuse frise l'aveuglement. Daladier, qui n'a pas l'initiative – c'est Neville Chamberlain qui engage les négociations –, n'est pas soutenu par son propre ministre des Affaires étrangères Georges Bonnet, proche du cabinet anglais et partisan de l'*appeasement*. Il est aussi conseillé en ce sens par le chef d'état-major général de l'armée de l'air, le général Joseph Vuillemin, qui insiste sur la disproportion des forces entre armées de l'air française et allemande. Le président du Conseil n'a guère les moyens d'une autre politique d'autant que l'opinion pousse à la paix à tout prix. Léon Blum exprime ce sentiment lorsqu'il écrit dans *Le Populaire* du 1er octobre 1938 : « Il n'y a pas un homme et pas une femme en France pour refuser à Chamberlain et Daladier leur juste tribut de gratitude. La guerre est écartée. Le fléau s'éloigne. On peut reprendre son travail et retrouver son sommeil. On peut jouir de la beauté d'un soleil d'automne. » Conscient de la situation, Daladier lance un important programme d'armement, sollicite l'aide des États-Unis, met sur pied une véritable industrie de guerre. Les Français répondent alors de manière positive à l'effort que Daladier leur demande. Dans une Europe qui court vers la catastrophe qu'entraîne la politique hitlérienne, la France entreprend de surmonter ses handicaps. Mais entre Munich et la crise de Dantzig, l'effort national ne dispose plus d'assez de temps pour contrebalancer les faiblesses stratégiques et tactiques de l'armée française.

La capitulation de 1940 s'analyse aussi en termes de civilisation et de mentalités. Cet examen de conscience, volontaire et assumé, l'historien Marc Bloch l'entreprend « à chaud », avec acuité, dès l'été 1940. « Nous venons de subir une incroyable défaite. À qui la faute ? » Voilà l'interrogation sur laquelle s'ouvre son texte. « Il est sûr, en tout cas, qu'à nos dirigeants et, sans doute, à nos classes dirigeantes, quelque chose a manqué de l'implacable héroïsme de la patrie en danger », poursuit-il. Selon lui, les élites de la République ont toutes leur part de responsabilités, au premier chef ceux qui ont « estimé très tôt naturel d'être battus », c'est-à-dire les militaires : « Dans une nation, jamais aucun corps professionnel n'est, à lui seul, totalement responsable de ses propres actes… Les états-majors ont travaillé avec les instruments que le pays leur avait fournis. […] Ils étaient eux-mêmes ce que les milieux humains dont ils tiraient leur origine les avaient faits et ce que l'ensemble de la communauté française leur avait permis d'être. [...] Les défaillances du syndicalisme ouvrier n'ont pas été, dans cette guerre-ci, plus niables que celles des états-majors [...]. Le Français de l'usine ou des campagnes [n'a pas] admis, en 1939, de verser son sang, spontanément, pour abattre les dictatures. [...] Les foules syndicalisées n'ont pas su se pénétrer de l'idée que, pour elles, rien ne comptait plus devant la nécessité d'amener, le plus rapidement et complètement possible, avec la victoire de la patrie, la défaite du nazisme et de tout ce que ses imitateurs, s'il triomphait, devaient nécessairement, lui emprunter [...]. Ainsi, bien que les besoins généraux de la défense nationale se confondissent plus que jamais avec les intérêts propres des salariés, ses exigences les plus évidentes trouvèrent, devant elles, une opinion ouvrière tristement incertaine de sa voie. À ce désarroi, les invraisemblables contradictions du communisme français ajoutèrent encore un nouveau ferment de trouble [...]. Dans ses zigzags, sans grâce, reconnaissons la courbe que décrivirent, sous nos yeux émerveillés, les danseurs sur corde raide du communisme.»

Si Marc Bloch est sévère pour une gauche qui recueillait cependant ses sympathies, il rend également leur part légitime de responsabilités aux partis qualifiés de «droite» qui ont accepté – et l'historien qu'il est ne s'en étonne point – si facilement la défaite. C'est d'ailleurs, selon lui, leur attitude constante depuis la Restauration. Il ajoute que les mêmes hommes ont été tour à tour germanophobes, favorables à l'entrée dans le «système continental allemand», défenseurs acharnés de la politique de Poincaré puis dénonciateurs du bellicisme de leurs adversaires électoraux.

Dans cet écheveau qu'il tente de démêler sans établir une hiérarchie factice, il n'omet pas de rappeler que la bourgeoisie avait perdu sa capacité à étudier et à mettre en pratique les découvertes techniques. L'impuissance des élites intellectuelles s'est doublée parfois d'une faillite morale: «D'excellents savants qui, dans leur laboratoire, ne croyaient qu'à l'expérience ont écrit des traités de physiologie ou des chapitres de physique "selon le marxisme". Quel droit avaient-ils, après cela, de moquer la mathématique "hitlérienne"?»

À partir de juillet 1940, après la défaite, la France sera gouvernée par des hommes issus du «marécage» de la IIIe République. Pour les Français, peu enclins au bellicisme et tant portés aux querelles idéologiques, le traumatisme de la défaite est incommensurable. Les Français n'ont su ni dépasser les conflits qui les jetaient les uns contre les autres ni dominer les événements internationaux qui se sont enchaînés en cascade, d'un continent à l'autre: Chine, Éthiopie, Espagne, Autriche, Tchécoslovaquie, Pologne, chaque conflit semble engendrer le suivant. Leur refus d'admettre une nouvelle guerre comme possible sinon probable, perdure. D'une certaine manière, la débâcle de 1940 montre que la France de l'entre-deux-guerres n'a surmonté ni la victoire de 1918 ni le marasme politique des années 30.

Pour certains contemporains, la « guerre civile européenne » (Lyautey) de 1914-1918 s'est transformée, de 1918 à 1939, en une nouvelle guerre de Trente Ans. A l'approche de l'issue du second conflit mondial, en 1945, le philosophe Alexandre Koyré incline à un autre rapprochement : « Les historiens futurs verront les guerres de 1914-1918 et de 1939-1945 comme une seule guerre, coupée – à l'instar de la guerre du Péloponnèse avec laquelle elle a tant de similitude – par une pseudo-paix ; en fait, par un long armistice de vingt ans. » Ce qu'il écrivait alors que les combats n'étaient pas encore terminés peut, encore aujourd'hui, se méditer : « La tension de la Première Guerre mondiale, qui s'est avérée trop forte pour les sociétés féodales, semi-bourgeoises de l'Europe orientale et centrale, et qui a provoqué l'écroulement de l'Empire russe, a été, sans doute, victorieusement surmontée par les sociétés bourgeoises de l'Occident, sorties victorieuses de la guerre. Toutefois, la secousse a été violente, et la vague révolutionnaire venue de l'Est, qui, bien que s'affaiblissant progressivement dans sa marche vers l'Occident, a atteint et même dépassé les rives de l'Atlantique, a provoqué partout des mouvements contre-révolutionnaires d'une violence proportionnelle à celle de l'impact initial : contre-révolution effective là où la menace révolutionnaire avait abouti à une tentative de réalisation, comme en Hongrie ; contre-révolution préventive là où cette réalisation, sans être vraiment tentée, apparut comme un danger réel (en Italie et en Allemagne) ; contre-révolution potentielle là où – comme en France – le danger révolutionnaire n'a été lui-même que potentiel. » Conséquence de ces mouvements de l'histoire, en vingt ans – l'espace d'une génération – les Français sont mis en demeure d'accepter le passage de leur pays du statut de nation victorieuse à celui d'une nation qui n'a plus l'entière maîtrise de son destin.

Papes

Pie X, 1903-1914 ; Benoît XV, 1914-1922 ; Pie XI, 1922-1939 ; Pie XII, 1939-1958.

Souverains, chefs d'État et dirigeants

Allemagne. Empereur : Guillaume II, 1888-1918. Présidents de la République de Weimar : Friedrich Ebert, 1919-1925 ; maréchal Hindenburg, 1925-1934. Chanceliers : Wilhelm Cuno, 1922-1923 ; Gustav Stresemann, 1923 ; Wilhelm Marx, 1923-1925 ; Hans Luther, 1925-1926 ;

Wilhelm Marx, 1926-1928; Herman Müller, 1928-1930; Heinrich Brüning, 1930-1932; Franz von Papen, 1932; général Kurt von Schleicher, 1932-1933; Adolf Hitler, 1933-1945.
Autriche-Hongrie: François-Joseph, 1867-1916; Charles Ier, 1916-1918.
Belgique: Albert Ier, 1909-1934; Léopold III, 1934-1951. Régent: prince Charles, 1944-1951.
Chine: Sun Yat-sen, président en titre, 1911-1925; Tchang Kai-chek, président du gouvernement républicain, 1928-1949.
Empire ottoman puis Turquie: Mehmet V, 1909-1918; Mehmet VI, 1918-1922; Mustafa Kemal (Atatürk), 1923-1938; Ismet Inönü, 1938-1950.
Espagne: Alphonse XIII, roi, 1886-1931; Miguel Primo de Rivera, dictateur, 1923-1930; Alcala Zamora, président de la République (provisoire), 1931-1936; Manuel Azaña, président de la République, 1936-1939; général Franco, chef de l'État, 1939-1975.
États-Unis: Woodrow Wilson, 1913-1921; Warren Harding, 1921-1923; Calvin Coolidge, 1923-1929; Herbert Hoover, 1929-1933; Franklin D. Roosevelt, 1933-1945.
Grande-Bretagne et Irlande. Rois: George V, 1910-1936; George VI, 1936-1952. Premiers ministres: Herbert Asquith, 1908-1916; David Lloyd George, 1916-1922; Andrew Bonar Law, 1922-1923; Stanley Baldwin, 1923-1924; Ramsay MacDonald, 1924; Stanley Baldwin, 1924-1929; Ramsay MacDonald, 1929-1935; Stanley Baldwin, 1935-1937; Neville Chamberlain, 1937-1940; Winston Churchill, 1940-1945.
Italie: Victor-Emmanuel III, roi, 1900-1946; Benito Mussolini, Duce, 1922-1943.
Japon: Yoshihito, empereur, 1912-1926; Hirohito, régent, 1921-1926, empereur, 1926-1989.
Pays-Bas: Wilhelmine, reine, 1890-1948.
Russie: Nicolas II, tsar, 1894-1917; Alexandre Kerenski, président du gouvernement provisoire, 1917. Puis RSFSR (République soviétique fédérative socialiste de Russie, 1918-1922). Puis URSS (Union des républiques soviétiques socialistes, 1922-1991): Lénine, président du Conseil des commissaires du peuple, 1917-1924. Direction collégiale du PCUS, 1924-1927: Grégori Zinoviev, Léon Kamenev, Joseph Staline. Secrétaire général du PCUS: Joseph Staline, 1927-1953.
Roumanie: Ferdinand Ier, 1914-1927; Michel Ier, 1927-1930; Charles II, 1930-1940; Michel Ier, 1940-1947.

Nouveaux États européens après 1918

Autriche, Estonie, Finlande, Hongrie, Lettonie, Lituanie, Pologne, Tchécoslovaquie, Yougoslavie.

1914

7-24 août
Bataille des frontières. Prise de Mulhouse par les troupes françaises; perdue dès le 9, la ville est reconquise le 19 par le général Pau, puis à nouveau perdue le 24.

11 août
La France déclare la guerre à l'Autriche-Hongrie. Avec cette dernière déclaration, les principaux États européens sont en guerre les uns contre les autres.

Les chefs d'état-major

Allemagne (94 divisions): général von Moltke (1848-1916). En Prusse-Orientale, face aux Russes, les troupes allemandes sont commandées par le général von Prittwitz (1848-1917), puis par le général von Hindenburg (1847-1934).
Autriche-Hongrie (94 divisions): général von Hötzendorf (1852-1925).
France (93 divisions): général Joffre (1852-1931).
Grande-Bretagne (5 divisions): maréchal French (1852-1915), commandant du corps expéditionnaire britannique jusqu'en décembre 1915.
Russie (151 divisions): général Ianouchkevitch.

13-15 août
Le 33e régiment d'infanterie auquel appartient le lieutenant Charles de Gaulle entre dans les Ardennes belges pour enrayer l'attaque allemande sur Dinant. Son bataillon y arrive avant l'ennemi. La veille, il a fait 30 km à pied. «Les hommes moulus dorment sur le pavé [...], ils n'ont pas eu le temps de manger la soupe.» Il n'a aucun renseignement sur l'ennemi jusqu'au moment où un cycliste vient l'avertir de sa progression. Pas un coup de canon français n'a été tiré. Devant lui passent les premiers blessés: «Sur la route couverte de mourants, un concert de lamentations et d'appels au secours...» Le 15, de Gaulle est blessé sur le pont de Dinant. Évacué, il est opéré à Paris à l'hôpital Saint-Joseph.

15 août
Le gouvernement allemand qui, dès 1913, a fait procéder à une étude de «l'économie de guerre», crée un Office des matières premières chargé de recenser les ressources. L'organisation économique de la guerre est plus avancée qu'en France comme en témoigne la création, dès l'automne 1914, de «sociétés de guerre» par les industriels.

18 août
La mobilisation française s'achève. 5000 trains ont transporté 1,7 million d'hommes répartis en 5 armées.

Les femmes dans la guerre

À la déclaration de guerre en plein été, les moissons ne sont pas terminées. Le président du Conseil Viviani a appelé les 3,2 millions de femmes d'agriculteurs à moissonner elles-mêmes en l'absence des hommes mobilisés. Ce phénomène du remplacement des hommes par les femmes a également lieu au sein des industries converties dans la production de guerre. Celles qu'on appellera les «munitionnettes» sont généralement moins bien payées que leurs homologues masculins. Elles seront souvent à l'origine de mouvements de grève revendicatifs tant les conditions de travail sont dures et les salaires de plus en plus modestes compte tenu de l'inflation.
L'image des receveuses et conductrices de tramways s'est imposée comme le signe de l'arrivée en masse des femmes dans le monde du travail. Elles n'étaient pourtant pas absentes auparavant du travail industriel: trieuses des mines, ouvrières des manufactures textiles ou des ateliers mécaniques, autant de figures de travailleuses qui préexistent à la guerre. Sans être au combat, les femmes sont elles aussi plongées dans la guerre. L'Illustration *du 22 avril 1916 note: «La plupart de celles-là n'avaient pas attendu la guerre pour chercher du travail en dehors de leur ménage, et gagner leur vie à l'atelier: mais c'était généralement à l'atelier de couture, de mode ou de tissage [...]. Il faut aller visiter aux environs de Paris une des grandes usines où l'on fabrique à la fois des obus, des tracteurs automobiles et des moteurs d'aviation pour se rendre compte de la variété des travaux auxquels la femme a su, sans préparation, s'adapter.»*
Beaucoup se mobilisent pour secourir les soldats blessés, rôle qu'on leur attribue volontiers parce que proche de l'image de la mère consolatrice. Elles deviennent d'indispensables infirmières dans les hôpitaux organisés à la hâte ou les sanatoriums. Marie Curie et la doctoresse Lobre-Francillon mettent sur pied un service d'ambulances équipées d'un système radiologique permettant d'établir les premiers diagnostics au plus près du front. Les femmes assurent aussi le lien entre l'arrière et le front par le biais de l'organisation des «marraines de guerre». Jeunes filles, grand-mères, épouses adressent à leurs filleuls courrier, colis de vivres et de vêtements. Lors des permissions, elles les reçoivent; parfois

des liens affectifs se nouent. L'importance de cette « institution » pour le moral des soldats est réelle, même si elle demeure difficilement appréciable.

19-20 août
En Lorraine, l'offensive française échoue.

20 août
Les troupes allemandes entrent à Bruxelles. En Prusse-Orientale, le général russe Rennenkampf est victorieux à Gumbinnen (18-21 août). 90 000 soldats allemands sont prélevés sur le front occidental pour faire face aux armées russes.
Mort du pape Pie X. Le 3 septembre, le cardinal Giacomo Della Chiesa est élu pape sous le nom de Benoît XV.

20-23 août
Bataille des frontières. L'armée française doit battre en retraite devant les armées allemandes. Les pertes françaises sont considérables: 40 000 morts du 20 au 23 août, dues aux erreurs d'analyse de l'état-major. Le quartier général, qui connaissait le plan Schlieffen, le considérait comme irréalisable puisqu'il reposait sur le viol de la neutralité belge, et supposait des effectifs supérieurs à la capacité de mobilisation allemande évaluée par les Français.
Essentiellement formés au combat lors des conquêtes coloniales, les cadres de l'armée française croient que la guerre sera courte, et qu'il faut prendre l'initiative de l'offensive à tout prix. Les manœuvres de retraite ne sont pas même envisagées dans les manuels de formation militaire. Face aux mitrailleuses des Allemands protégés dans les replis du terrain, les fantassins français, portant des pantalons rouge garance et chargeant à la baïonnette à terrain découvert, constituent une cible aisée et sans défense. Cette révélation sera conceptualisée dans la formule: « Le feu tue. » La révision des conceptions militaires françaises, qui s'impose, se paie de milliers de morts. Le 22, les troupes allemandes entrent à Lunéville (Meurthe-et-Moselle).

26 août
Viviani élargit son gouvernement pour en faire un organe représentatif de l'Union sacrée: Briand (vice-président du Conseil et Justice); Malvy (Intérieur); Delcassé (Affaires étrangères); Millerand (Guerre); Augagneur (Marine); Doumergue (Colonies); Thomson (Commerce); Ribot (Finances); Sembat (Travaux publics); David (Agriculture); Sarraut (Instruction publique); Bienvenu-Martin (Travail); Jules Guesde (sans portefeuille).
Guesde et Sembat apportent le soutien de la SFIO au gouvernement. Le 28, la commission administrative de la SFIO et le groupe parlementaire socialiste approuvent cette attitude.

26-30 août
Bataille de Tannenberg en Prusse-Orientale. Hindenburg défait les armées russes dont la marche sur Berlin a offert un répit à l'armée française en difficulté.

29 août
L'état-major lance un communiqué annonçant que les combats se déroulent « de la Somme aux Vosges ». Il fait d'autant plus sensation que jusqu'alors l'opinion publique a été laissée dans l'ignorance de la situation réelle.

1er septembre
Circulaire du ministère de l'Intérieur relative « au régime des réfugiés français et alliés et des étrangers évacués sur les départements de l'intérieur ». Pour ces derniers, dans les jours qui suivent, on crée des camps d'internement, dits « camps de concentration ».

2 septembre
Les Allemands sont à Senlis, à 45 km de Paris. Le gouvernement quitte Paris pour Bordeaux, chargeant le gouverneur militaire de la capitale, le général Gallieni, de la défense de la ville. Des centaines de milliers de Parisiens quittent également Paris.

3 septembre
Le président de la République Poincaré clôt la session parlementaire. Pendant quatre mois, le ministère Viviani gouverne avec les pleins pouvoirs.

5 septembre
Le lieutenant Charles Péguy (1873-1914) est tué à la tête de sa compagnie d'infanterie à Villeroy près de Meaux. Celui qui avait écrit: « Heureux ceux qui sont morts dans une juste guerre, Heureux les épis mûrs et les blés moissonnés », incarne une certaine forme de sacrifice au cours de la guerre.

ÉCRIVAINS ET PROFESSEURS AU COMBAT

Ernest Psichari, le petit-fils de Renan, célèbre à la veille de la guerre pour avoir publié L'Appel des armes *dédié à son ami Charles Péguy, est tué en Belgique le 22 août 1914.*
L'auteur du Grand Meaulnes, *Alain-Fournier (1886-1914) meurt au combat le 22 septembre à*

Saint-Rémy-la-Calonne (Meuse). Enterré avec 20 de ses camarades du 288e régiment d'infanterie dans une fosse commune par les Allemands, sa dépouille ne devait être exhumée qu'en 1991.
Louis Pergaud (1882-1915), instituteur avant de devenir prix Goncourt 1910 pour De Goupil à Margot, histoires de bêtes, *et auteur de la savoureuse* Guerre des boutons, *tombe en avril 1915.*
Ancien élève de l'École normale supérieure, Émile Clermont (1880-1916), jeune écrivain qui a publié deux romans, Amour promis *(1910) et* Laure *(1911), est tué le 5 mars 1916 en Champagne. Son journal de guerre sera publié en 1921 sous le titre* Le Passage de l'Aisne.
En 1919, La Revue universitaire *dressera une macabre comptabilité: sur 35 817 instituteurs mobilisés, près d'un quart meurent au front. Pour les enseignants du secondaire, les pertes s'élèvent à presque 50 %. Lorsque l'Association des écrivains combattants publie au milieu des années 20 une* Anthologie des écrivains morts au combat, *elle recense 525 noms.*
Nombreux seront les blessés et les mutilés. Engagé dans la Légion étrangère, le Suisse Blaise Cendrars (1887-1961), gravement blessé en Champagne en 1915, est amputé du bras droit.
En 1914, Guillaume Apollinaire (1880-1918), engagé d'abord comme artilleur, est versé à sa demande dans l'infanterie. Blessé à la tête en mars 1916, il subit une trépanation.
La souffrance endurée provoque parfois la naissance de la vocation d'écrivain: c'est le cas de Joë Bousquet (1897-1950), qui restera grabataire à la suite d'une blessure reçue le 27 mai 1918.

6-13 septembre
Bataille de la Marne. Coup d'arrêt à la progression allemande. Le général Joffre lance un ordre du jour aux armées: «Au moment où s'engage une bataille dont dépend le sort du pays, il importe de rappeler à tous que le moment n'est plus de regarder en arrière; tous les efforts doivent être employés à attaquer et refouler l'ennemi. Une troupe qui ne peut plus avancer devra, coûte que coûte, garder le terrain conquis et se faire tuer sur place plutôt que de reculer. Dans les circonstances actuelles, aucune défaillance ne peut être tolérée.»
Des renforts sont mobilisés (6000 hommes de la 7e DI) et convoyés par des taxis «de la Marne» réquisitionnés; leur rôle reste limité. Joffre exploite surtout les erreurs tactiques du général von Kluck. Le 9, l'offensive lancée par l'armée du Kronprinz, à la charnière de la Lorraine et de la Champagne (armée Sarrail, armée Langle de Carry) pour couper les forces françaises en deux, échoue grâce à la résistance de Verdun et à la victoire remportée par les troupes françaises sur la Saulx. Le même jour, von Moltke ordonne le repli des armées de son aile droite. Du 10 au 13, les Allemands font retraite vers l'Aisne, la Vesle et la Suippe.
Par la suite, les armées qui s'affrontent vont tenter de se déborder mutuellement, c'est la «course à la mer». La guerre de mouvement prend fin. Celle des tranchées s'installe, ponctuée jusqu'au printemps 1918 de tentatives de rupture du front qui échouent. Le fantassin devient le «poilu» qui s'enterre pour se protéger et va «vivre» ainsi quatre années dans des conditions inimaginables: froid ou canicule, pluie et boue, rats et poux, cadavres, sous les bombardements, avec ou sans ravitaillement…
Un système complexe de boyaux lie les tranchées de première ligne aux cantonnements de repos à l'arrière immédiat du front. Il exige l'organisation de va-et-vient pour le ravitaillement en nourriture et en munitions, et la transmission du courrier. Creusées dans l'urgence à l'automne 1914, les tranchées de première ligne sont peu à peu améliorées par l'emploi de boisage; les abris, cagnas (de l'annamite *kai-nhà*, la «maison», 1916), gourbis (de l'arabe, 1841), guitounes et autres cahutes, éclairés par des lampes à pétrole, n'offrent qu'un confort très relatif aux soldats dont le repos est menacé par les mines creusées sous la tranchée par les sapeurs ennemis. Des milliers de kilomètres de fil de fer barbelé et de chevaux de frise délimitent le *no man's land* entre lignes adverses distantes de 20 m à 1 km.

7 septembre
Les membres de la Triple-Entente (France, Grande-Bretagne, Russie) s'engagent mutuellement à refuser toute paix séparée.

13 septembre
Première émission de bons pour la Défense nationale.

19 septembre
Par circulaire, le ministre de la Guerre Millerand donne les consignes de censure de la presse aux commandants de région militaire.

20 septembre
À Bordeaux, siège du gouvernement, une conférence réunissant le ministre de la Guerre Millerand et les principaux industriels concernés décide de porter à 100000 par jour la production d'obus du canon de 75.

22 septembre
Dans *Le Journal de Genève*, Romain Rolland qui, surpris en Suisse par la déclaration de guerre, a décidé d'y rester, publie un article intitulé « Au-dessus de la mêlée ». Ce texte censuré sera publié par Amédée Dubois, rédacteur à *L'Humanité*, le 5 février 1915. L'écrivain désigne comme responsables de la guerre les trois empires (autrichien, prussien – le plus dangereux –, russe). Il appelle à la constitution d'une Haute Cour morale destinée à se prononcer sur les violations du droit « sans distinction de camps ». Dénonçant les forces de l'esprit enrégimentées, la faillite du christianisme, du socialisme ainsi que les responsabilités des chefs d'État et de leur diplomatie, il appelle les artistes et les écrivains, les prêtres « de toutes les patries » à ne pas succomber à l'exaltation nationaliste.

octobre
Léon Bloy : *Le Pèlerin de l'absolu.*

1er-27 octobre
Bataille des Flandres. Bataille d'Arras (1er-9 octobre). Bataille de l'Yser (18-27 octobre) : âpres combats sur le canal. Les départements du Nord et du Pas-de-Calais sont partiellement occupés jusqu'en 1918.

7 octobre
Suspendu depuis quelques jours pour avoir critiqué la censure, le journal de Georges Clemenceau, *L'Homme libre*, reparaît sous le titre *L'Homme enchaîné*, titre qu'il portera jusqu'au 16 novembre 1917.

14 octobre-13 novembre
Bataille d'Ypres. Le saillant formé par le front sera à nouveau attaqué au printemps 1915.

29 octobre
La France et la Grande-Bretagne décident de saisir les marchandises destinées à l'Allemagne transitant par un port neutre lorsqu'elles sont susceptibles d'être utilisées pour l'industrie de guerre.
Les États-Unis abandonnent la « stricte neutralité financière », décision qui profite en premier lieu aux Alliés.

31 octobre
La Turquie entre en guerre aux côtés des Empires centraux. Un traité secret turco-allemand a été signé dès le 2 août précédent.

octobre-décembre
Le lieutenant de Gaulle retrouve son régiment, le 33e RI. Il remonte en première ligne en décembre dans la région de Châlons-sur-Marne où il découvre les tranchées. Il les trouve sales, négligées et improvisées. Il veut améliorer celles de son secteur pour y vivre mieux, mais aussi pour des raisons de sécurité. Il calcule avec minutie les angles de tir et les communications dans les boyaux.

2 novembre
L'Angleterre proclame la mer du Nord zone de guerre : c'est le début du blocus de l'Allemagne.
Les Autrichiens entrent à Belgrade.

6-10 novembre
Les fusiliers marins français du contre-amiral Ronarc'h tiennent Dixmude (Belgique) et bloquent l'offensive allemande, de nouveau au prix de lourdes pertes.

décembre
Francis Carco : *Jésus la Caille.*

6 décembre
Le comité confédéral de la CGT refuse de participer à la conférence internationale de Copenhague organisée par les socialistes scandinaves. Ce refus entraîne la démission publique de Pierre Monatte, l'un des membres du comité confédéral.

10 décembre
Installés à Bordeaux depuis le mois de septembre, le président de la République Poincaré et le gouvernement sont de retour à Paris.

17 décembre
Le front se stabilise sur une ligne allant de Nieuport à Belfort. 10 départements français sont occupés.

22 décembre
Le Parlement est convoqué à Paris en séance extraordinaire ; dans une déclaration, le gouvernement salue « l'union impérissable du Parlement, de la nation et de l'armée ».

23 décembre
La Chambre vote l'ajournement de toutes les élections jusqu'à la fin des hostilités. Les mandats des sénateurs soumis à réélection sont prorogés.

1915

6 janvier
Poincaré approuve la proposition du pape Benoît XV sur l'échange des prisonniers de guerre.

18 janvier
Le lieutenant de Gaulle est cité à l'ordre de la 2e division. En septembre, il sera promu capitaine.

19 janvier
Première citation (à l'ordre de sa brigade) de l'historien Marc Bloch: « A conduit sa section de façon très énergique et a montré le plus grand mépris du danger. » Adjudant puis lieutenant, Marc Bloch sera cité quatre fois (19 janvier 1915, 3 avril 1916, 17 novembre 1917, 6 juillet 1918) pour son attitude courageuse au feu. Expérience fondamentale pour lui, la guerre lui offre l'occasion de réfléchir au phénomène des rumeurs, à la « psychologie du témoignage » et aux « fausses nouvelles ». Tout ce qu'un autre « poilu », Jean Galtier-Boissière, fondateur du journal de tranchée *Le Crapouillot*, appelle les « bobards » (débarquement massif de soldats russes, légende des francs-tireurs, présence d'espions allemands; atrocités). En 1921, Marc Bloch publie dans la *Revue de synthèse historique* un court texte intitulé « Réflexions sur les fausses nouvelles de la guerre ». Il y analyse leur apparition et en tire la conclusion qu'« une fausse nouvelle naît toujours de représentations collectives qui préexistent à sa naissance; elle n'est fortuite qu'en apparence, ou, plus précisément, tout ce qu'il y a de fortuit en elle c'est l'incident initial, absolument quelconque, qui déclenche le travail des imaginations; mais cette mise en branle n'a lieu que parce que les imaginations sont déjà préparées et fermentent sourdement ».

22 janvier
La commission sénatoriale de l'armée critique le ministre de la Guerre, Millerand, tenu pour responsable de l'insuffisance de l'artillerie française.
Benoît XV fait sa première déclaration au sujet de la guerre, ce « carnage affreux ». Le 25 mai 1915, il parlera de « l'horrible boucherie qui déshonore l'Europe », puis le 4 mars 1916 du « suicide de l'Europe », enfin, le 30 juillet 1916 de « la plus sombre tragédie de l'humaine démence ».

4 février
La Chambre adopte la proposition Bonnefous portant sur la création d'une nouvelle médaille, la Valeur militaire, appelée par la suite croix de guerre. La loi instituant cette décoration sera adoptée le 8 avril 1915.

5 février
L'Allemagne décrète le blocus des côtes alliées à partir du 18 février: les navires neutres pourront être détruits par les sous-marins.

10 février
Le président de la République Poincaré et le ministre de la Guerre Millerand se rendent dans les Vosges et en Alsace, à proximité du front.
La Douma russe proclame la volonté de la nation de faire la guerre jusqu'au bout alors que le général allemand Falkenhayn lance une offensive en Prusse-Orientale.

13 février
Les obligations de la Défense nationale sont émises au taux de 5 % net d'impôt sur dix ans.

15 février-18 mars
Bataille de Champagne. L'objectif initial de l'attaque française est de fixer les troupes allemandes pour soulager les Russes.

19 février
Les Alliés tentent de forcer le détroit des Dardanelles. Des troupes françaises, anglaises, australiennes et néo-zélandaises (Anzac) débarquent dans la presqu'île de Gallipoli où elles sont bloquées par les forces turques.

mars
S'opposant au roi Constantin de Grèce (beau-frère du Kaiser Guillaume II), le Premier ministre Eleftherios Vénizelos propose le soutien de l'armée grecque à l'expédition franco-britannique des Dardanelles; le roi écarte Vénizelos. La France et la Grande-Bretagne promettent secrètement à la Russie l'annexion de Constantinople, de la Thrace orientale et des rives européennes du Bosphore et des Dardanelles.
L'ancien ministre des Affaires étrangères de Jules Ferry et historien Gabriel Hanotaux commence la publication de sa monumentale *Histoire illustrée de la guerre de 1914*.

1er mars
En riposte au blocus allemand décrété le 5 février, les Alliés font pression sur les neutres, menaçant d'intercepter les navires transportant des marchandises, « propriété ou provenance de l'ennemi ».

11-12 mars
La Chambre vote un projet de loi interdisant toutes relations commerciales avec les Allemands et les Autrichiens, y compris par l'intermédiaire de pays neutres. Le 12, elle vote l'appel sous les drapeaux de la classe 1916.

1er avril
La Chambre adopte le projet de loi relatif au recensement et à la révision de la classe 1917 et à la convocation devant un nouveau conseil de révision des réformés n°2 (catégorie qui désigne ceux qui l'ont été pour tout autre motif que physique) et des réformés temporaires depuis la mobilisation.

2 avril
La Chambre vote la révision des naturalisations accordées depuis le 1er janvier 1913 aux Autrichiens, aux Allemands et aux Turcs.

13 avril
Le préfet de police interdit le commerce de la divination. Voyantes et cartomanciennes devront renoncer à prédire le retour des soldats disparus et la guérison des mourants. Le spiritisme prospère cependant...

14 avril
Lors de la fête des blessés au Trocadéro, le président du Conseil Viviani déclare: « La France vous doit de combattre jusqu'au bout. »

22 avril
Première utilisation par les Allemands de gaz asphyxiants (à base de sulfure d'éthyle) près d'Ypres en Belgique, gaz appelé ypérite ou gaz moutarde en raison de son odeur.

24 avril
Le gouvernement turc fait arrêter et assassiner des centaines d'intellectuels, personnalités et notables arméniens soupçonnés de sympathie envers les Russes qui sont en guerre contre la Turquie. À la mi-mai, il ordonne le « déplacement » hors d'Anatolie de tous les Arméniens. On estime aujourd'hui qu'environ 1,5 à 2 millions d'Arméniens périrent dans ce premier génocide du siècle qui toucha toutes les régions de la Turquie et se prolongea jusqu'en 1922.
Le 24 mai, la Triple-Entente déclare à la Turquie qu'en présence des « nouveaux crimes commis par elle contre l'humanité et la civilisation », elle en tiendra personnellement responsables les membres du gouvernement ottoman.

26 avril
Par un traité secret signé à Londres, l'Italie s'engage à quitter la Triple-Alliance qu'elle formait avec l'Allemagne et l'Autriche, pour rejoindre la Triple-Entente, formée en août 1907 par la France, la Grande-Bretagne et la Russie, contre la promesse de récupérer les territoires autrichiens peuplés d'Italiens mais aussi le Haut-Adige, l'Istrie et la moitié de la côte dalmate.
L'armée française adopte l'uniforme « bleu horizon » qui rend les soldats moins repérables.

2 mai
Le ministre des Finances Alexandre Ribot rentre de Londres où il s'est entretenu avec le ministre anglais de la Guerre Lloyd George des avances financières consenties aux pays alliés, des moyens de payer les achats français aux Britanniques ainsi qu'au Canada et aux États-Unis.

7 mai
Le torpillage du paquebot anglais *Lusitania* fait 1 447 victimes dont 124 Américains.

9 mai
Début de l'offensive française en Artois. Elle vise à rompre le front allemand.

15 mai
La fédération socialiste de la Haute-Vienne critique la direction de la SFIO. Une minorité opposée au « jusqu'au-boutisme » se forme autour de Paul Faure et Jean Longuet.

19 mai
Albert Thomas devient sous-secrétaire d'État à l'Artillerie et aux Équipements militaires.

Albert Thomas

Fils d'un boulanger de Champigny-sur-Marne, agrégé d'histoire en 1902, Albert Thomas (1878-1932) crée en 1905 La Revue syndicaliste. *Député socialiste en 1910, il défend l'idée de la transformation des monopoles en services publics, la nationalisation de la Banque de France ou l'établissement du monopole de l'État sur les pétroles. Mobilisé en août 1914, rappelé un mois plus tard pour assurer la coordination des chemins de fer entre le ministère des Transports et l'état-major, il est ensuite chargé d'organiser la fabrication du matériel de guerre. Devenu ministre de l'Armement en décembre 1916, il compose son cabinet de socialistes anciens normaliens: Maurice Halbwachs, François Simiand. Il donne toute sa mesure au cours du conflit, ce qui lui vaudra de fortes inimitiés de la part des socialistes pacifistes. Dans le droit-fil de son action, il fut le véritable fondateur du Bureau international du Travail, créé en avril 1919, qu'il présidera de 1920 à 1932.*

20-23 mai
Le Parlement italien vote les crédits pour la mobilisation. Le 23, l'Italie entre en guerre au côté des Alliés.

27 mai
Le président du Conseil italien Antonio Salandra (1853-1931) et son homologue français échangent des télégrammes dans lesquels ils expriment leur mutuelle confiance. Le lendemain, le Comité italien de la guerre est reçu à l'Hôtel de Ville.

juin
Marcel Duchamp, réformé, rejoint à New York d'autres artistes fuyant la guerre. Il y rencontre le peintre et photographe américain Man Ray (1890-1976) qui appartient au cercle des jeunes artistes d'avant-garde.

4-26 juin
Discussion à la Chambre du projet Dalbiez sur la meilleure utilisation des forces mobilisables. Le 10, le ministre de la Guerre Millerand explique quelles dispositions ont été prises pour retirer du front le plus grand nombre d'hommes possible et assurer la production d'armement. Le 26, la loi Dalbiez est adoptée.

18 juin
Échec de l'offensive d'Artois déclenchée le 9 mai. Les Français ont perdu 100 000 hommes et 2 200 officiers pour gagner quelques kilomètres de terrain.

2 juillet, 13 août
Loi instituant la mention « mort pour la France » pour les soldats tombés : « Il semble juste que l'état civil enregistre en l'honneur du nom de celui qui a donné sa vie pour son pays, un titre clair et impérissable à la gratitude et au respect de tous les Français. » Le 13 août, la Chambre vote à l'unanimité le projet de loi sur la création de cimetières pour les soldats des armées alliées et sur l'agrandissement des cimetières communaux. Votée le 29 décembre, une loi accorde une sépulture à tous les morts, sans distinction de nationalité.

6 juillet
À Calais, le Premier ministre anglais Asquith, le commandant du corps expéditionnaire britannique le maréchal French, le président du Conseil Viviani, le chef de l'état-major français Joffre, accompagnés de leurs plus proches collaborateurs, tiennent une conférence pour coordonner les opérations alliées ; l'évacuation des Dardanelles y est décidée.

14 juillet
Transfert des cendres de Rouget de Lisle aux Invalides en présence du président Poincaré.

14-15 juillet
Le conseil national du Parti socialiste SFIO approuve la poursuite de la guerre visant la défaite du militarisme allemand. Il considère la paix possible sur la base du principe des nationalités, le respect de l'indépendance des nations, l'organisation de l'arbitrage obligatoire entre les peuples.

août
La Chambre et le président du Conseil s'accordent sur les modalités du contrôle parlementaire à propos de la Défense nationale : les décisions du gouvernement pourront être débattues par un nombre restreint de députés en séances fermées. Ces « comités secrets », qui n'auront qu'un rôle consultatif, fonctionneront durant toute la durée de la guerre.

3 août
Le *Journal officiel* publie le quatrième rapport de la commission chargée de constater les actes commis par l'ennemi en violation du droit des gens, « actes de déloyauté ou de barbarie dont les combattants ainsi que le personnel médical attaché à nos armées ont été victimes ». Ces rapports très fiables montrent la réalité des atrocités lors de l'invasion, ce qui n'a pas empêché aussi la propagation des mythes.

16 août
Le journal de Clemenceau, *L'Homme enchaîné*, est suspendu pour quatre jours par la censure pour avoir critiqué le général Joffre. Clemenceau riposte en envoyant sous enveloppe les épreuves des articles censurés.

1er septembre
Le gouvernement restitue aux préfets et aux maires leurs pouvoirs de police dans la « zone de l'intérieur », c'est-à-dire à l'exclusion de la zone du front ; néanmoins l'état de siège est maintenu.

4 septembre
Pour lutter contre le « bourrage de crâne », Maurice Maréchal fonde *Le Canard enchaîné* dans lequel il s'engage à ne publier que des « nouvelles rigoureusement inexactes ». Le journal satirique ne paraîtra régulièrement qu'à partir du 5 juillet 1916.

5 septembre
Une commission consultative sur les contrats d'achats de munitions est créée au sein du sous-secrétariat à l'Artillerie et aux Équipements militaires.

5-8 septembre
En Suisse, une poignée de socialistes et syndicalistes, russes, allemands, français, italiens, anglais, suisses, suédois et polonais partisans de la paix « sans annexions ni indemnités » se réunissent dans le village de Zimmerwald. Ils se divisent entre partisans (tel Lénine) et adversaires (tel Alphonse Merrheim) du défaitisme. Le manifeste « Aux prolétaires d'Europe » de la conférence de Zimmerwald est diffusé hors censure : « [...] Des millions de cadavres couvrent les champs de bataille [...]. L'Europe est devenue un gigantesque abattoir d'hommes. Toute la civilisation créée par le travail de plusieurs générations est vouée à l'anéantissement [...]. La guerre révèle ainsi le caractère véritable du capitalisme moderne qui est incompatible non seulement avec les intérêts des classes ouvrières [...] mais aussi avec les conditions élémentaires d'existence de la communauté humaine. »

6 septembre
Un décret institue les cours martiales pour les délits commis par les soldats. Joffre les suspendra le 6 avril 1916, convaincu de l'arbitraire de leur fonctionnement.

14 septembre
Création au ministère de la Guerre d'un sous-secrétariat d'État à l'Aéronautique militaire.

22 septembre
Entrée en guerre de la Bulgarie au côté des Empires centraux.

25 septembre
Deuxième bataille de Champagne. Une autre opération est simultanément lancée en Artois.

27 septembre
Vainqueur aux élections en Grèce, Elefthérios Vénizelos revient au pouvoir et négocie l'expédition d'un corps franco-anglais à Salonique.

octobre
À l'initiative de Gabrielle Duchêne, responsable d'une coopérative d'ouvrières à domicile et présidente de la section travail du Conseil national des femmes françaises, est fondée à Paris une filiale du Comité international des femmes pour la paix permanente, dit Comité de la rue Fondary, qui devient, dans les mois suivants, l'un des pôles du mouvement pacifiste.

1er octobre
Un corps expéditionnaire allié, commandé par le général Maurice Sarrail (1856-1929), commandant en chef de l'armée d'Orient, débarque à Salonique (Grèce). Parmi les soldats, le jeune Jérôme Carcopino, futur historien de la Rome antique, qui fera le récit du bombardement de la ville.

9 octobre
En AOF, un décret institue la conscription pour les indigènes âgés de 18 ans. 51 000 hommes sont mobilisables au Sénégal et au Soudan où les Bambaras se soulèvent. Une révolte éclate également au Sénégal. Plusieurs centaines de milliers d'indigènes ont participé à ces révoltes réprimées dans le sang.

10 octobre
La censure ne se relâchant pas, tant pour les questions militaires que politiques, les saisies et les suspensions de la presse se multiplient à l'encontre des journaux qui critiquent l'action gouvernementale : *L'Œuvre* est suspendue pour quinze jours, *Le Radical* et *Le Rappel* pour deux.

11 octobre
Nouvelle bataille d'Artois. Quelques succès français locaux au prix de lourdes pertes.

13 octobre
Ébranlé par la mort de son fils au front, Théophile Delcassé, ministre des Affaires étrangères, de surcroît hostile à l'expédition de Salonique, démissionne. L'événement provoque quelques remous à la Chambre qui, finalement, vote un ordre du jour de confiance par 372 voix contre 9.

17 octobre
La France déclare la guerre à la Bulgarie.

29 octobre
Démission du gouvernement conduit par René Viviani. Aristide Briand lui succède et prend la charge de ministre des Affaires étrangères. Charles de Freycinet, Bourgeois, Combes, Guesde, Cochin (qui représente la droite catholique) sont ministres d'État. Viviani (Justice), général Gallieni (Guerre), amiral Lacaze (Marine), Ribot (Finances), Malvy (Intérieur), Painlevé (Instruction publique), Clémentel (Commerce), Méline (Agriculture), Sembat (Travaux publics), Métin (Travail), Doumergue (Colonies). Le gouvernement obtient la confiance le 3 novembre par 515 voix contre 1 et 25 abstentions.
Le nouveau ministre de la Guerre, le général Gallieni, décide l'envoi au front des « embusqués »

et, dans l'industrie, leur remplacement par des femmes.
Un emprunt franco-anglais de 500 millions de dollars est émis sur le marché américain. En novembre 1916, les emprunts en faveur des Alliés atteindront un montant de 1929 millions de dollars.

novembre
À l'initiative du Comité des forges et d'Albert Thomas, un service de centralisation des commandes des industriels français est créé ainsi qu'un bureau à Londres chargé d'effectuer la répartition entre fournisseurs. Le Comité des forges obtient le monopole des importations des fontes, des fers-blancs, des aciers. Son secrétaire général, Robert Pinot, joue un rôle considérable, faisant figure de ministre officieux de l'industrie.
Pour remédier aux difficultés (réduction des surfaces cultivées et des rendements), le ministère de l'Agriculture crée un comité consultatif des questions agricoles. En février 1916, seront institués les comités d'action agricole dans les communes.

5 novembre
Au Sénat, Clemenceau est élu président de la commission des Affaires étrangères.

7 novembre
Adrienne Monnier ouvre une librairie 7, rue de l'Odéon.

Adrienne Monnier

Adrienne Monnier (1892-1955) doit à l'indemnité obtenue par son père à la suite d'une catastrophe de chemin de fer d'avoir pu ouvrir, le 7 novembre 1915, la librairie (et bibliothèque de prêt) dont rêvait la jeune admiratrice du Mercure de France *qu'elle était alors. Beaucoup plus qu'une librairie, la Maison des amis des livres devient très vite un lieu de rencontre et d'échanges pour les écrivains: Paul Fort, le premier, mais bientôt le poète Léon-Paul Fargue (qui a été réformé), visiteur quasi quotidien, qui fera le lien avec tout le groupe de* La NRF. *Valéry, le 12 avril 1919, y donne lecture de* La Jeune Parque, *tandis qu'André Breton et Gide lisent leurs poèmes. La Maison des amis des livres publiera l'année suivante l'*Album de vers anciens. *C'est chez elle que sont déposées les jeunes revues:* Nord-Sud *de Pierre Reverdy, les premiers numéros de* Littérature *d'Aragon et Breton, plus tard* Commerce *puis* Mesures, *sans parler du* Navire d'argent, *qu'elle crée et édite avec Jean Prévost. Du fait du voisinage de la librairie Shakespeare & Co de son amie Sylvia Beach, les écrivains étrangers qui séjournent à Paris s'y retrouvent aussi. Les Américains de la «génération perdue», Hemingway, Fitzgerald mais aussi l'Irlandais Joyce. Elle aura l'idée de confier la traduction d'*Ulysse *en français à Valery Larbaud, ce que Claudel ne lui pardonnera pas. Plus tard, la vague d'émigration allemande lui vaudra la rencontre et l'amitié de Walter Benjamin. Adrienne Monnier conservera jusqu'à la maladie qui lui fera mettre fin à ses jours ce rôle de «passeur». Elle sera l'amie d'Henri Michaux et c'est elle encore qui, au début des années 50, commande au jeune Yves Bonnefoy, pour le Mercure de France, le livre qui deviendra* Du mouvement et de l'immobilité de Douve. *Elle a laissé des souvenirs, dont* Rue de l'Odéon *et* Les Gazettes…

10 novembre
Le général Gallieni expose devant la commission de l'Armée de la Chambre les raisons qui rendent impérative l'incorporation de la classe 1917 sans délai. La discussion se poursuit jusqu'au 30 novembre. L'incorporation est votée et fixée au 5 janvier 1916.

12 novembre
La Chambre approuve l'émission d'un emprunt pour la Défense nationale sous forme de «rentes perpétuelles» à 5 %. Le 16 décembre, Alexandre Ribot annonce le succès de l'emprunt: les souscriptions dépassent 14 milliards.

2 décembre
Le général Joffre reçoit le commandement en chef de l'ensemble des armées françaises. Le 11, le général de Castelnau est nommé chef d'état-major général, adjoint de Joffre.
À la Chambre, le sort des prisonniers français est évoqué. Les parlementaires repoussent toute idée de représailles, comme «contraires au tempérament français», en réponse aux mauvais traitements que subissent les prisonniers.

5 décembre
Une nouvelle conférence interalliée se réunit à Calais. Le lendemain, le général Joffre ouvre le premier conseil de guerre international des Alliés qui aboutit à un accord complet sur les efforts militaires à fournir en 1916.

19 décembre
Douglas Haig est nommé commandant en chef du corps expéditionnaire britannique en France. Haig

et Joffre décident une action conjointe au nord et au sud de la Somme pour juillet 1916.

25-29 décembre
Le congrès socialiste appelle à la victoire sur l'Allemagne par les armes et refuse tout contact avec la social-démocratie allemande.

28 décembre
La Chambre constitue une commission de 44 membres chargés de contrôler l'adjudication des fabrications de matériel militaire aux entrepreneurs.
Exposition-vente à la galerie Bernheim-Jeune au profit des artistes polonais victimes de la guerre. Picasso, Matisse, Bourdelle, Brancusi y participent.

autres événements
• Camille Boisvillers fonde la Ligue nationale contre l'exploitation du travail féminin, organisation à laquelle participent Gabrielle Duchêne et Marguerite Durand.
• Au début de l'année, la librairie Armand Colin publie une collection d'« Études et documents sur la guerre », sous la responsabilité d'un comité présidé par l'historien Ernest Lavisse. De grands noms de l'Université française et des Arts et Lettres y participent: Charles Andler, Joseph Bédier, Henri Bergson, Émile Boutroux, Ernest Denis, Jacques Hadamard, Gustave Lanson, Charles Seignobos, André Weiss. Avec Ernest Denis, le secrétaire du comité, le sociologue Émile Durkheim donne la première brochure de cette série *(Qui a voulu la guerre? Les origines de la guerre d'après les documents diplomatiques)* destinée à justifier la politique de la France. Il publiera également *L'Allemagne au-dessus de tout. La mentalité allemande et la guerre.*
• L'auteur dramatique Émile Fabre est nommé administrateur de la Comédie-Française, fonction qu'il occupera jusqu'en 1936.

1916

janvier
Des syndicalistes et des socialistes pacifistes s'unissent dans un comité pour la reprise des relations internationales. À l'intérieur de la CGT, une minorité s'organise en comité de défense syndicaliste.
Pierre Albert-Birot fonde la revue *SIC (Sons Idées Couleurs)* à laquelle collaboreront Louis Aragon, André Breton, Pierre Drieu la Rochelle, Raymond Radiguet, Pierre Reverdy, Philippe Soupault, Tristan Tzara.

7 janvier
Poincaré mesure les dégâts subis par Nancy qui vient d'être bombardée à trois reprises.

8-9 janvier
Les troupes alliées quittent les Dardanelles sans avoir réussi à s'emparer des Détroits. L'opération a coûté 180000 morts aux Alliés (dont 30000 Français).

16 janvier
La France et l'Allemagne échangent des otages et des prisonniers. Le maire de Noyon et sénateur de l'Oise, M. Noël, le préfet du Nord, M. Trépont, le maire de Roubaix, le socialiste Lebas sont libérés.

29 janvier
Le XXe arrondissement de Paris est bombardé par un ballon dirigeable zeppelin. Les bombes percent la voûte du métro boulevard de Belleville, tuant 26 personnes et en blessant 28 autres. C'est le dernier raid de zeppelins sur la capitale. D'autres formes de bombardement suivront.

12 février
L'Illustration signale l'utilisation des chiens par l'armée française. « Si nous ne fûmes pas les premiers à utiliser pour la guerre le concours des chiens, du moins nous efforçons-nous, depuis plusieurs mois, de regagner le terrain perdu », explique l'hebdomadaire qui note l'importation de 400 chiens du Groenland. Dès 1914, des chiens ont été utilisés pour accompagner les brancardiers à la recherche des blessés. Aux côtés de ces « chiens sanitaires » existent des « chiens de transport » avec traîneaux, des « chiens sentinelles », chiens de patrouille et chiens de liaison qui se substituent aux liaisons téléphoniques coupées. Début 1916, 25 % de ces chiens ont été tués au feu.

15 février
Rapport de la Commission de l'hygiène publique faisant état de l'existence à Paris de 1200 fumeries d'opium.

18 février
À la Chambre, Abel Ferry, neveu de Jules Ferry, réclame au gouvernement le droit des parlementaires à exercer leur contrôle sur « toutes les forces nationales mobilisées ».

21-25 février
Bataille de Verdun. Les Allemands déclenchent une offensive pour rompre le front. La prise de Verdun, qui forme un saillant, menacerait toute l'aile droite de l'armée française. La préparation

d'artillerie commencée le 21 à 7 h 15 dure jusqu'à 16 h. L'attaque de l'infanterie commence à 16 h 15, à la tombée du jour. Les 23 et 24, les Allemands enlèvent les première et deuxième positions françaises. Ayant pris les villages de Brabant, L'Herbébois, Hautmont, Samogneux, Louvemont, Champneuville, ils menacent les abords de Verdun. Le 25, ils prennent le fort de Douaumont par surprise. Le général Pétain, commandant la IIe armée, prend le commandement du secteur de Verdun. Il réorganise le front et ordonne de tenir: « Enrayer à tout prix l'effort que prononce l'ennemi sur le front de Verdun. Toute parcelle de terrain qui serait arrachée par l'ennemi donnera lieu à une contre-attaque immédiate. » Au prix d'efforts exceptionnels qui font de Verdun le symbole de toute la guerre, l'offensive allemande est contenue.

mars
Verdun. Combats acharnés sur les deux rives de la Meuse. Les noms des positions – le Mort-Homme, la cote 304, le bois des Corbeaux, de la Caillette et des Caures – deviennent célèbres. Les Allemands s'emparent de positions sur la rive gauche de la Meuse qui leur permettent d'attaquer le fort de Vaux, l'un des derniers verrous sur la route de Verdun.

2 mars
Blessé d'un coup de baïonnette devant Douaumont, le capitaine de Gaulle est fait prisonnier. Soigné à Mayence, il est ensuite interné au camp d'Osnabrück en Westphalie. Son unité le porte disparu.

4 mars
Verdun. Les Allemands prennent le village de Douaumont. Après avoir fait porter leur effort de manière concentrée en direction de Verdun, ils modifient l'axe de leurs attaques, privilégiant l'effort sur les deux rives de la Meuse, aux extrémités de la ligne de bataille. Le 10, ils contraignent les divisions françaises à se replier sur la ligne Béthincourt, Mort-Homme, au sud du bois des Corbeaux et de Cumières.
À Saint-Denis (Seine), un important dépôt de munitions explose, faisant de nombreuses victimes.

9 mars
Les accords Mark Sykes-Georges Picot prévoient le partage des colonies arabes de la Turquie au Proche-Orient entre Français et Anglais. L'accord, secret, sera révélé en 1918 par les bolcheviks.

10 mars
Verdun. Joffre adresse un ordre du jour aux soldats: « Depuis trois semaines, vous subissez le plus formidable assaut que l'ennemi ait encore tenté contre nous. L'Allemagne [...] espérait que la prise de Verdun raffermirait le courage de ses Alliés et convaincrait les pays neutres de la supériorité allemande. Elle avait compté sans vous! Le pays a les yeux sur vous. Vous serez de ceux dont on dira: "Ils ont barré aux Allemands la route de Verdun." »

14 mars
Le compositeur Maurice Ravel parvient à s'engager comme chauffeur de camions. On l'envoie à Verdun. Réformé en 1917, il écrira *Le Tombeau de Couperin*: six pièces pour piano dédiées chacune à un ami tué au front, qu'il orchestrera en 1920.

16 mars
Le général Gallieni démissionne; le général Pierre Auguste Roques (1856-1920), jusqu'alors commandant de la Ire armée, lui succède. Le 26 mai suivant, Gallieni meurt. L'État lui fait des funérailles nationales le 1er juin.

27-28 mars
La conférence économique des Alliés, présidée par Aristide Briand, prend quatre résolutions: elle confirme les mesures prises pour l'unité d'action des points de vue militaire, économique et diplomatique; la prochaine conférence économique est chargée d'assurer la solidarité de vues et d'intérêts des participants; un comité permanent international pour empêcher le ravitaillement de l'ennemi sera constitué à Paris; un bureau central des affrètements est organisé à Londres. Le Conseil des ministres approuvera les résolutions de la conférence le 27 juin.

1er avril
Denys Cochin, ministre d'État, est spécialement chargé d'organiser le blocus des Empires centraux.

7 avril
La Chambre débat du projet d'examen des ajournés des classes 1913 à 1917 et des exemptés des classes 1915, 1916 et 1917.

9-10 avril
Verdun. À midi, les Allemands lancent une puissante offensive sur les deux rives de la Meuse pour encercler la ville sans obtenir les résultats escomptés. Le lendemain, le 10, Pétain lance un appel qui deviendra fameux: « Le 9 avril est une journée glorieuse pour nos armes. Les assauts furieux des

soldats du Kronprinz ont été partout brisés. Fantassins, artilleurs, sapeurs, aviateurs de la IIe armée ont rivalisé d'héroïsme. Honneur à tous ! Les Allemands attaqueront sans doute encore. Que chacun travaille et veille pour obtenir le même succès qu'hier. Courage… On les aura ! »

20 avril
À la suite du torpillage du *Sussex*, le gouvernement américain fait remettre une note au gouvernement allemand demandant l'abandon de la guerre sous-marine. L'Allemagne accepte.
20000 soldats russes débarquent à Marseille, La Pallice et Brest, en vertu de la promesse faite par le tsar Nicolas II en décembre 1915 à Paul Doumer. L'accueil par la population de ces renforts destinés à compenser le déficit d'hommes côté français – l'objectif était d'envoyer 40000 hommes par mois – se déroule dans un enthousiasme délirant. Une fois équipées, les brigades russes sont envoyées sur le front en Champagne. Avec les événements de Russie – la révolution démocratique de février – le sentiment d'avoir été « vendus » contre des munitions se répand parmi les soldats, leur moral chute, la discipline se délite. Bientôt le refus de poursuivre la guerre domine – le 1er mai 1917, le contingent russe célèbre la fête du travail. Des soviets (conseils) de soldats se constituent et le commandement français demande leur retrait du front. Le 18 juin, ces soldats sont transférés dans la Creuse au camp de La Courtine où se déroulera, du 3 au 19 septembre 1917, l'épilogue tragique de cet épisode de la guerre.

22 avril
Pour répondre à l'importance croissante du travail des femmes dans les industries de guerre ou autres, Albert Thomas crée, par arrêté, un Comité de travail féminin. Le 3 juillet suivant, il interdit le travail de nuit des femmes de moins de 18 ans dans les usines de guerre.

23 avril
Début de la déportation d'une partie de la population de Lille (dont un nombre important de femmes) vers les Ardennes occupées et l'Allemagne.

Les rigueurs de l'occupation

En août 1914, des milliers de civils ont fui devant l'invasion allemande – les souvenirs de l'occupation en 1870-1871 étaient restés vivaces. Dans les 14 départements occupés, les autorités allemandes imposent le paiement d'indemnités considérables, exigent la fourniture de matières premières, de produits industriels ou agricoles. Aux épreuves matérielles (la faim, le froid) que subissent les populations s'ajoute bientôt la maladie (développement de la tuberculose). Les épreuves morales comptent aussi : familles sans nouvelles des pères mobilisés ; familles dispersées ou divisées de part et d'autre du front.
Devant les exigences allemandes, quelques tentatives de résistance apparaissent, en premier lieu, le refus de travailler pour l'occupant qui entend faire tourner les usines à son profit si elles ne sont pas démantelées. Les jeunes gens et les hommes âgés sont envoyés dans des camps de travail forcé : ce sont les « brassards rouges ». En 1916, des milliers de jeunes gens et jeunes filles sont déportés dans les Ardennes dans un climat de terreur.
Les deuils, les humiliations, les malheurs de cette occupation restent ancrés dans la mémoire des populations du Nord dont le souvenir se réactivera en 1940.

24-30 avril
La conférence de Kienthal rassemble pour la seconde fois des opposants à la guerre et notamment trois députés socialistes français : Jules Blanc (Vaucluse), Pierre Brizon (Allier) et Jean-Pierre Raffin-Dugens (Isère). Lénine y préconise le retrait des socialistes de tous les gouvernements et le refus de vote des crédits militaires. Les trois « pèlerins » de Kienthal suivront ce dernier mot d'ordre.

27 avril
Les cours martiales sont supprimées mais les conseils de guerre, déclarés aptes à juger « toute infraction intéressant la sûreté de l'État ou l'ordre public », demeurent.

1er mai
Verdun. Le général Philippe Pétain, qui a réussi à contenir l'offensive allemande, est nommé commandant de l'armée du centre. À Verdun, il est remplacé par le général Nivelle.
La fédération socialiste de la Haute-Vienne publie le premier numéro du *Populaire*, engageant la lutte pour modifier l'attitude de la SFIO dans le conflit.

4 mai
L'abbé Henri Brémond commence la publication de sa monumentale *Histoire littéraire du sentiment religieux en France* qui s'étendra jusqu'en 1922 (11 volumes) et restera inachevée.

22-24 mai
Verdun. Les troupes coloniales du général Mangin enlèvent le fort de Douaumont aux Allemands, mais doivent l'abandonner le 24.

LES TROUPES COLONIALES

Environ 600 000 combattants et travailleurs coloniaux sont mobilisés en métropole. Parmi ces hommes déracinés plongés dans un univers de mort, les tirailleurs sénégalais occupent une place particulière: ils symbolisent « la force noire » venue des colonies au secours de la civilisation – les Allemands étant présentés comme les véritables barbares. Sur 134 000 tirailleurs, 29 000 sont tués au combat; leur pourcentage de pertes est le même que pour les métropolitains.
Admirés comme redoutables combattants, les Africains n'en subissent pas moins paternalisme et racisme. Leur expérience cruelle est à l'origine de la protestation anticoloniale qui apparaît après la guerre. Comment, en effet, concilier le sacrifice imposé avec le statut dépréciatif de sujet – et non citoyen – de la République?

24 mai
Verdun. Les Allemands reprennent l'initiative, s'emparent du Mort-Homme et de la cote 304. La bataille de rupture du front, qu'ils ont engagée en mars, se transforme en bataille d'usure.

31 mai-1er juin
Bataille navale du Jutland. La victoire des Anglais sur la flotte allemande confirme leur maîtrise sur mer. Pour forcer le blocus, il ne reste désormais aux Allemands que le recours à la guerre sous-marine.

juin
Parution, chez Crès, de *Peintures* de Victor Segalen, médecin de la marine affecté à l'hôpital de Brest qui a consacré sa thèse aux « cliniciens ès lettres »: il y décrit les névroses chez les écrivains naturalistes. Au cours de longs séjours en Chine, de 1909 à 1914, il a rencontré Paul Claudel, auquel il dédie son recueil de poèmes, *Stèles*, publié en Chine en 1912.

1er-7 juin
Verdun. Violentes attaques allemandes qui provoquent la chute du fort de Thiaumont et du fort de Vaux (le 7).

5-7 juin
Verdun. Le 5, Abel Ferry donne sa démission des fonctions de rapporteur de la commission parlementaire de l'Armée sur les opérations de Verdun. Il la reprend le 7. Entre-temps, Briand a accepté la réunion de la Chambre en comité secret pour examiner les déficiences de la défense du secteur de Verdun.

9 juin
La Chambre vote sans débat la proposition de loi accordant aux mobilisés la gratuité pour la réexpédition à leur famille, en juin et novembre, de linge et de sous-vêtements par paquet postal.

16-22 juin
Verdun. En comité secret, voté par 412 voix contre 138, et après l'évacuation des tribunes et de tout le personnel administratif (à l'exception de M. Pierre, secrétaire général de la présidence de la Chambre), le président du Conseil Aristide Briand soumet aux députés la conduite de la bataille de Verdun. Un ordre du jour est adopté par 440 voix contre 97: « [...] Tout en s'abstenant strictement d'intervenir dans la conception, la direction ou l'exécution des opérations militaires, elle entend veiller à ce qu'en vue de ces opérations, la préparation des moyens offensifs et défensifs, industriels et militaires, soit poussée avec un soin, une activité et une prévoyance correspondant à l'héroïsme des armées de la République. »
De juin 1916 à octobre 1917, il y aura huit comités secrets à la Chambre et quatre au Sénat. Les députés tentent d'exercer un contrôle croissant sur la conduite des opérations, sans mettre en difficulté la Défense nationale.

23 juin
Verdun. Six divisions allemandes (70 000 hommes) attaquent le fort de Fleury et atteignent celui de Froideterre.

30 juin
La Chambre vote le projet de loi établissant une contribution extraordinaire sur les bénéfices de guerre.

1er juillet
Bataille de la Somme. Préparée depuis l'automne précédent par Joffre et dirigée par Foch, l'offensive franco-britannique sur la Somme débute sur un front de 30 km. À l'ouest du front, les Britanniques subissent de lourdes pertes et échouent en raison des très efficaces fortifications souterraines allemandes. Les pertes sont considérables: on compte en une heure 60 000 blessés ou tués britanniques. À l'Est, les Français enlèvent les première et deuxième positions mais sont stop-

pés. Une relance de l'offensive le 20 juillet ne permet pas de modifier la situation. Par la composition des troupes engagées, cette bataille est la plus « mondiale » du conflit.
Les Alliés prennent également l'initiative en Italie (région de Trieste) et en Russie (offensive Broussilov).

3 juillet
Le journal *L'Œuvre* commence la publication en feuilleton du roman d'Henri Barbusse : *Le Feu*.

Guerre et littérature

Expérience commune à des millions d'hommes, la guerre prend, dans la littérature, une place inconnue auparavant. Dès 1915, René Benjamin (1885-1948), « candidat sans éclat et sans concurrent » selon Lucien Descaves, a publié Gaspard, *roman couronné par le prix Goncourt et un succès surprenant (150 000 exemplaires). L'ancien prix Goncourt (1904), Léon Frapié (1863-1949), donne la même année* Le Capitaine Dupont.
Grièvement blessé en 1915, Maurice Genevoix (1890-1980) raconte son expérience dans Sous Verdun *(1916). Il publie ensuite* Nuits de guerre *(1917),* Au seuil des guitounes *(1918),* La Boue *(1921),* Les Éparges *(1923). La consécration littéraire viendra en 1925 avec* Raboliot, *prix Goncourt qui ne doit rien à l'obsession de la guerre à laquelle il reviendra cependant à la fin de sa vie dans un essai intitulé* La Mort en face *(1972).*
En 1916, avec Le Feu, *journal d'une escouade, livre d'un engagé volontaire, soldat puis brancardier, Henri Barbusse (1873-1935) reçoit le prix Goncourt et, malgré l'immense succès de son livre parmi les soldats, provoque de furieuses protestations en raison de sa conclusion pacifiste. En novembre 1917, Barbusse participe à la fondation de l'Association républicaine des Anciens Combattants. En 1923, il adhère au Parti communiste.*
Chirurgien, Georges Duhamel (1884-1966) fait de nombreuses opérations sur le front. Il tire de son expérience Vie des martyrs *(1917) puis* Civilisation 1914-1917 *qui est couronné par le prix Goncourt en 1918.*
Engagé dans l'infanterie dès les premiers jours de la guerre, Roland Dorgelès (1886-1973) est blessé puis versé dans l'aviation. En 1919, son roman Les Croix de bois, *qui reste sans doute le plus célèbre grâce au film qui en fut tiré en 1932 par Raymond Bernard, obtient le prix Fémina.*
Cette littérature née de la guerre devait être analysée et répertoriée (plus de 300 titres) par Jean Norton Cru (1879-1949) qui, en 1929, publie son ouvrage Témoins. *C'est la schématisation des souffrances du front qui indigne cet ancien combattant et le pousse à passer au crible de la critique les ouvrages publiés. Son travail, imprimé à compte d'auteur, connaît un grand retentissement parce qu'il remet en cause l'image lyrique et héroïque de la guerre que la majorité des civils et des combattants se sont forgée après la guerre.*

9 juillet
Après six jours de comité secret, le Sénat exprime sa confiance (247 voix contre 6) au gouvernement pour que celui-ci emploie toute son énergie « à fortifier la direction de la guerre ».

11 juillet
Verdun. 40 000 soldats allemands attaquent vers Fleury, atteignant le fort de Souville et s'infiltrant à l'ouest du village. Malgré ses succès – insuffisants pour rompre les lignes françaises –, le général Falkenhayn ordonne de s'en tenir désormais à la défensive, d'autant qu'il doit renforcer le front de la Somme. Verdun est sauvé. Cependant, les combats acharnés continuent : Thiaumont change seize fois de mains.

14 juillet
Poincaré remet un diplôme aux familles des premiers soldats « tués à l'ennemi ». Les 16 et 17 juillet, il se rend sur le front de Verdun et celui de la Somme, accompagné du ministre de la Guerre, le général Roques.

17-20 juillet
La Roumanie signe un traité d'alliance et une convention militaire avec les Alliés qui promettent de lui accorder la souveraineté sur le Banat, la Transylvanie et la Bukovine. Le 20, la Roumanie entre en guerre au côté des Alliés.

29 juillet
Conséquence de son échec devant Verdun, le chef d'état-major allemand Falkenhayn est remplacé par Hindenburg, avec pour adjoint Ludendorff.

2 août
Le groupe parlementaire des départements envahis proteste devant l'opinion mondiale contre les exactions des troupes allemandes dans les régions occupées.

4 août
M. et Mme Leblanc, industriels qui ont constitué depuis 1914 des collections de publications, de documents iconographiques et bibliographiques (150000 pièces), font une donation à l'État. Ces fonds sont à l'origine de la création du musée de la Guerre puis, en 1931, de la Bibliothèque de documentation internationale contemporaine (aujourd'hui sise à Paris X-Nanterre). Cette bibliothèque qui rassemble des dizaines de milliers de volumes sur les deux guerres mondiales est l'un des lieux les plus importants pour l'étude de la Grande Guerre et de la révolution russe.

22 août
Débarquement à Marseille d'un premier contingent de 1 700 ouvriers chinois qui viennent travailler dans les usines de production d'armement.

13 septembre
Verdun. Poincaré se rend sur place et, au nom des chefs d'État alliés, remet à la ville les distinctions attribuées par la Russie, la Grande-Bretagne, l'Italie, la Belgique, la Serbie, le Monténégro et la France.

14 septembre
La Chambre accepte la donation de Rodin à l'État (œuvres d'art et manuscrits) et vote la transformation de l'hôtel Biron en musée.

15 septembre
Bataille de la Somme. À Flers, les Britanniques utilisent pour la première fois des chars d'assaut. L'expérience des tanks ne paraît pas suffisamment concluante pour que l'état-major décide l'emploi généralisé de cette arme nouvelle.

21-24 octobre
Verdun. Les forces françaises prennent l'offensive. Celle-ci débute par une préparation d'artillerie minutieuse. Le 24, à 11 h, les troupes commandées par le général Mangin montent à l'assaut, bénéficiant d'une brume opaque. Elles reprennent le fort de Douaumont, faisant plus de 6000 prisonniers. La bataille de Verdun semble gagnée; elle deviendra la bataille-symbole de la guerre pour les Français; en effet, c'est une victoire acquise, sans l'aide des Britanniques, par toutes les divisions françaises, selon le système de la noria mis en place par le général Pétain, ce qui lui confère une place particulière dans la mémoire des combattants comme des non-combattants.

29 octobre
La souscription pour le deuxième emprunt de la Défense nationale est terminée. Le 9 novembre, Alexandre Ribot en donne les résultats: 11,3 milliards ont été souscrits.

2 novembre
Verdun. Les troupes françaises reprennent le fort de Vaux abandonné par les Allemands. Peu ou prou, le front, à Verdun, en est revenu à son tracé du 25 février précédent.

10 novembre
Par mesure d'économie, théâtres, cinémas et autres établissements de spectacle sont invités à fermer une soirée par semaine.

15 novembre
Parution à 50 exemplaires de *La Lucarne ovale*, deuxième œuvre du jeune poète Pierre Reverdy, arrivé de Narbonne à Montmartre en 1910, engagé volontaire mais réformé.

18 novembre
La bataille de la Somme est terminée. Pour un gain de territoire minime (environ 10 km entre Bapaume et Péronne), les Français comptent 200000 hommes hors de combat, dont 104000 morts, les Britanniques 420000, les Allemands 450000. C'est la bataille la plus meurtrière de la Grande Guerre en cinq mois et demi.

21 novembre
Mort de l'empereur François-Joseph. L'archiduc Charles lui succède le lendemain.
L'amiral Lacaze, ministre de la Guerre par intérim, demande le vote sans discussion de la loi sur le recensement de la classe 1918.

24 novembre
Wilson est réélu président des États-Unis, sur un programme de non-intervention dans la guerre.

25 novembre
Le *Journal officiel* publie une liste noire de maisons commerciales considérées comme ennemies ou ne respectant pas le blocus.

26 novembre
Mort accidentelle à Rouen d'Émile Verhaeren dont le dernier livre, *La Belgique dévastée*, dénonce la brutalité de l'invasion allemande.
Offensive allemande contre la Roumanie dans les Carpates.

28 novembre

La Chambre se transforme en comité secret jusqu'au 7 décembre, avec des interruptions. Un ordre du jour de confiance à Briand est voté par 344 voix contre 141 et 30 abstentions. Il approuve la réorganisation de la conduite générale de la guerre « sous une direction restreinte ». Mais le président du Conseil doit se séparer de Joffre, jugé inefficace.

décembre

Romain Rolland reçoit le prix Nobel de littérature.

Romain Rolland

*Au cours de brillantes études, Romain Rolland (1866-1944), né dans une famille de la bourgeoisie protestante et républicaine de Clamecy (Yonne), s'imprègne de Shakespeare, Goethe, Schiller, Hugo, Mozart et des grands musiciens du XIXe siècle, Wagner, Berlioz, Beethoven, dont il donnera une biographie en 5 volumes (1937-1945). Agrégé d'histoire à 23 ans, il part deux années à l'École française de Rome où il fait la rencontre de Malwida von Meysenburg, amie de Mazzini, Wagner, Nietzsche. Tout en travaillant à sa thèse sur l'*Histoire de l'opéra en Europe avant Lully et Scarlatti, *il écrit pièces de théâtre et romans, élaborant une théorie du « roman musical » qui lui permet de concilier ses goûts éclectiques. Devenu chargé de cours d'histoire de l'art à l'ENS puis professeur en Sorbonne (jusqu'en 1912), Rolland entreprend, au tournant du siècle, son* Théâtre de la Révolution *qui comporte* Les Loups, *1897;* Danton, *1900;* Le Quatorze Juillet, *1901. Il se lance ensuite dans l'élaboration de son œuvre majeure:* Jean-Christophe, *cycle publié à partir de 1904 par Péguy. Pour insérer la fiction dans l'histoire, Rolland utilise le personnage d'un musicien allemand, Jean-Christophe Krafft, et dresse un tableau de l'Allemagne, de la France et de l'Italie. En 1914, il achève* Colas Breugnon, *portrait d'un maître menuisier de Clamecy au XVIIe siècle, sceptique et bon vivant malgré les malheurs du temps; le livre n'est publié qu'en 1919. Entre 1914 et 1918, il travaille comme volontaire à l'agence des prisonniers de guerre du Comité international de la Croix-Rouge de Genève et laisse un passionnant journal.* Clérambault *paraît en 1920, inspiré par son idéal pacifiste nourri dès l'avant-guerre de tolstoïsme, qui le conduit à s'intéresser à la culture indienne et à la non-violence (*Mahatma Gandhi, *1924;* Essai sur la mystique de l'action, L'Inde vivante, La Vie de Ramakrishna, *1929) et à rencontrer l'écrivain indien Rabindranath Tagore en 1930. En 1934, il achève son cycle* L'Âme enchantée *(*Annette et Sylvie, *1922;* L'Été, *1924;* Mère et fils, *1927;* L'Annonciatrice, *1934) qui renvoie à l'engagement croissant de son auteur. Comme son Jean-Christophe, Romain Rolland n'échappe pas à son époque: un moment attiré par le socialisme (1895), il se tient en retrait lors de l'affaire Dreyfus alors que, par son mariage, il est introduit dans le milieu de la grande bourgeoisie juive; plus tard, dans* La Foire sur la place *(1908), il usera de clichés antisémites. L'œuvre et les engagements de Romain Rolland sont tout entiers soumis à la fascination qu'il éprouve pour la Révolution française; après 1917, il soutient, par analogie, la révolution russe tout en critiquant la violence du bolchevisme. Au cours des années 20, il abandonne ses préventions envers l'URSS et décide de rester silencieux sur les persécutions politiques et sociales – attitude qui sera à l'origine de la rupture (1929) avec l'écrivain roumain Panaït Istrati. Devenu l'ami de Maxime Gorki, Rolland fait alors figure d'archétype du « compagnon de route ». Il adopte une attitude équivoque, réservant ses critiques du régime à son* Journal *ou à de rares correspondants. Même au moment des procès de Moscou qui le troublent, il garde le silence, toujours prisonnier de son assimilation entre révolution russe et Révolution française qu'il ne cesse d'explorer (*Valmy, *1938;* Robespierre, *1939). Ce n'est qu'avec la signature du pacte germano-soviétique (23 août 1939) qu'il démissionne de l'Association des amis de l'Union soviétique. Installé à Vézelay depuis 1937, Rolland se consacre à une biographie de Péguy, achevée fin 1943 et publiée après sa mort. Quelques semaines avant sa mort, il assiste à la cérémonie anniversaire de la révolution d'Octobre à l'ambassade soviétique à Paris…*

6 décembre

Bucarest tombe aux mains des Allemands.

12 décembre

Briand remanie son gouvernement, abandonnant la formule des ministres d'État. Il demeure ministre des Affaires étrangères. Le général Lyautey devient ministre de la Guerre tandis que Denys Cochin est sous-secrétaire d'État au Blocus. Jules Guesde et Marcel Sembat abandonnent leurs fonctions. Le radical Édouard Herriot succède à Sembat à la tête d'un nouveau ministère regroupant les Travaux publics, les Transports et le Ravitaillement. Désormais seul socialiste au gouvernement, Albert Thomas prend le portefeuille de l'Armement et des Fabrications de guerre ; Louis Loucheur, un ingénieur devenu industriel, est chargé du sous-secrétariat d'État aux Fabrications de guerre. Viviani (Justice), Ribot (Finances), Malvy (Intérieur), amiral Lacaze (Marine), Clémentel (Commerce, Industrie, Agriculture et Travail), Doumergue (Colonies). Briand forme un comité de guerre comprenant les ministres de la Guerre, de la Marine, des Affaires étrangères, des Finances et de l'Armement, auquel est associé le général Joffre comme conseiller technique.

Les patrons de l'industrie et la Première Guerre mondiale

Face à l'incapacité des arsenaux à fournir des obus et des pièces d'artillerie en quantité suffisante, le gouvernement n'a d'autre choix que de s'adresser rapidement aux principaux industriels français. En décembre 1914, un comité regroupant militaires et industriels est institué au ministère de la Guerre, dans le but de répartir les commandes entre les entreprises, désormais partagées entre 11 circonscriptions régionales ; la plus importante, celle de Paris, est dirigée par Louis Renault. Le lien établi entre les pouvoirs publics et le grand patronat doit être impérativement préservé.

Auprès d'Albert Thomas, la cheville ouvrière de cette entreprise est Louis Loucheur (1872-1931), l'une des plus belles illustrations de l'homme d'affaires à la croisée de l'entreprise industrielle et du monde politique. Reçu à Polytechnique en 1890, ce fils de protestants du Nord s'est d'abord révélé comme un entrepreneur représentatif de la « deuxième industrialisation », au confluent des travaux publics et de cette science nouvelle qu'est l'électricité. Avec son condisciple de l'X, Alexandre Giros (1870-1937), il a fondé en 1899 la société Girolou d'où sortira en 1908 la Société générale d'entreprises (SGE), appelée à devenir en 1914 la première entreprise française pour la construction de centrales thermiques. Dès le début de la guerre, il interpelle le gouvernement à propos des dysfonctionnements administratifs qui retardent le développement de la production intensive d'armements et de munitions. Loucheur se met lui-même à la tâche en créant fin 1914 le consortium Lyon-Obus. Thomas lui confie rapidement la responsabilité d'organiser et de coordonner l'industrie de guerre. Dans cette tâche, il est assuré de l'appui de jeunes entrepreneurs dynamiques, de sa génération et souvent polytechniciens comme lui, appelés à devenir les grands patrons de l'entre-deux-guerres : ils ont pour nom Ernest Mercier, Raoul Dautry, André Citroën. Ses fonctions de sous-secrétaire d'État puis de ministre de l'Armement inaugurent en fait une longue carrière ministérielle, marquée par la reconstitution de l'appareil industriel après-guerre, la loi sur les assurances sociales et les habitations à bon marché. Il laisse également une empreinte durable à l'extérieur de par sa participation aux négociations sur le traité de paix avec l'Allemagne et son engagement en faveur d'une confédération économique européenne.

La guerre peut aussi profiter aux opportunistes – ou audacieux – qui, comme Marcel Boussac (1889-1980), vont édifier un véritable empire industriel. Ce fils de négociants en tissus de Châteauroux rachète un certain nombre de filatures de coton vosgiennes et devient rapidement un gros fournisseur de vêtements militaires. En 1917, il figure parmi les actionnaires gérants du consortium du coton. Dès cette époque, il rachète des entreprises défaillantes. Après-guerre, il reconvertit les stocks de toile d'avion en chemises, dont il révolutionne la confection avec les cols durs et les manches souples. Il s'implante en Haute-Volta (actuel Burkina Faso) où il implante la culture du coton. Dans les années 50, « l'empire Boussac », qui lance Christian Dior, compte 52 usines, contrôle à 93 % le Comptoir de l'industrie cotonnière et sa quarantaine de filatures. Manquant le virage du Marché commun et de la décolonisation, ce qui est devenu une holding forte de 70 sociétés à son apogée est peu à peu liquidée au cours des années 70. Ce déclin, aussi rapide que déconcertant, est peut-être le meilleur symbole de la crise qui foudroie alors l'industrie textile française.

Né d'un père juif, diamantaire et hollandais, immigré à Paris après son mariage avec une Polonaise, polytechnicien, André Citroën (1878-1935) fonde en 1905 une première société pour exploiter une machine à fabriquer des engrenages en forme de chevrons. À partir de 1907, il redresse de manière spectaculaire la société d'automobiles Mors, au bord de la faillite. Fasciné par le modèle américain, Citroën fonde dès 1915 une usine d'obus qu'il fabrique par millions à partir des méthodes tayloristes qu'il a découvertes aux usines Ford de Detroit en 1912. Après la guerre, il reconvertit son usine d'armement en industrie automobile, tout en s'appliquant à développer l'organisation scientifique du travail découverte outre-Atlantique. En quelques années, il fait de ses ateliers du quai de Javel l'une des unités de production les plus modernes de France et d'Europe : en 1929, c'est le deuxième produc-

teur au monde. En 1933, alors que la crise gagne la France, Citroën reconstruit entièrement son usine en l'équipant d'une chaîne de montage unique pour fabriquer un modèle monocoque révolutionnaire, qui deviendra en 1934 la traction avant. Le succès industriel de Citroën repose sur trois principes : rationalisation de la production, innovation constante du produit, publicité à outrance (de 1925 à 1934, les sept lettres de la marque s'illuminent chaque soir tout au long de la tour Eiffel). Cette réussite a un prix, également élevé. Surendetté, acculé à la faillite, Citroën est contraint de céder son entreprise en 1934 à son principal créancier, Michelin, avant de mourir l'année suivante.

Le succès de Renault (1877-1944) repose en grande partie sur une intuition commerciale qui lui permet d'obtenir le marché des taxis londonien et parisien. Ses petites « conduites intérieures » deviennent célèbres lors de la bataille de la Marne (septembre 1914). La contribution de Renault à l'effort de guerre est loin de se limiter à cet aspect. La reconversion de son industrie en usine d'armement est rapide. En 1918, il produit 2 millions d'obus, 5000 moteurs d'avions et 750 chars légers dont le rôle est décisif dans les derniers mois de la guerre. Contraint par une concurrence redoutable à adapter des structures productives archaïques, Renault parvient à redevenir le premier constructeur français à la veille de la Seconde Guerre mondiale en se positionnant notamment sur le marché des véhicules de moyenne gamme (la Juvaquatre). Pierre Lefaucheux, PDG de Renault depuis sa nationalisation en 1945, veut « augmenter le bien-être général en mettant l'automobile à la portée du plus grand nombre ».

15 décembre

Verdun. Nouvelle offensive française. Toutes les positions perdues au début de l'année sur la rive droite de la Meuse sont reprises et consolidées mais les Allemands conservent les collines de la rive gauche dont le Mort-Homme. La victorieuse offensive française sur le front nord de Verdun ruine la démarche diplomatique que le gouvernement allemand a tentée quelques jours auparavant, voulant exploiter la chute de Bucarest.

Le bilan de Verdun

La « stratégie de l'usure » prêtée à Falkenhayn – largement une reconstruction de l'après-guerre comme l'ont prouvé les historiens allemands, le but étant bien de vaincre par l'assaut décisif – a échoué. Côté français, on dénombre 162000 tués ou disparus et 216000 blessés évacués ; côté allemand, 350000 tués, blessés ou disparus. Entre le 21 février et le 15 juillet, les Allemands ont tiré 21 millions d'obus de plus de 120 mm ; les Français 10 millions d'obus de 75. Révélateur de la fureur des combats : le bataillon de chasseurs à pied du colonel Driant (qui trouve la mort lors de la première attaque allemande dans le bois des Caures) ne comptait, au bout de deux jours, que 98 survivants sur 1 200 hommes.

18 décembre

Le président américain Wilson adresse aux belligérants sa « Note en faveur de la paix » dans laquelle il leur demande de déclarer officiellement quels sont leurs buts de guerre.

19-23 décembre

Le Sénat se réunit en comité secret. Un ordre du jour critiquant la politique de Défense nationale du gouvernement est présenté, entre autres, par Clemenceau, Pichon, Monis, Selves, mais repoussé par 191 voix contre 56.

26 décembre

Le général Joffre est fait maréchal de France ; il abandonne ses fonctions de conseiller technique auprès du comité de guerre. Le commandement en chef des armées françaises est supprimé. L'armée d'Orient est directement rattachée au ministère de la Guerre.

Les généraux de la Grande Guerre

Sorti de Polytechnique, Joseph Joffre (1852-1931) participe à la défense de Paris en 1870. À partir de 1885, il sert en Chine, au Tonkin, au Soudan, à Madagascar. Nommé chef d'état-major général en 1911, il travaille à l'établissement d'un nouveau plan de mobilisation et de concentration des troupes. Au début de la guerre, il occupe le poste de commandant en chef des armées du Nord et du Nord-Est. Méconnaissant le danger que constitue la manœuvre allemande d'invasion par la Belgique, il est contraint d'ordonner le repli après la bataille, perdue, des frontières ; il rétablit la situation lors de la bataille de la Marne. Devenu commandant en chef des armées françaises fin 1915, à 63 ans, il échoue dans la Somme : les pertes en hommes sont jugées trop importantes par le gouvernement qui

le nomme conseiller technique ; dépourvu de tout rôle réel, Joffre démissionne.
Édouard de Curières de Castelnau (1851-1944) entre à Saint-Cyr en 1869. L'année suivante, il est sous-lieutenant et combat dans les rangs de l'armée de la Loire. Général de brigade en 1906, divisionnaire en 1909, il est choisi par Joffre en 1913 comme chef d'état-major de l'armée. En 1914, il commande la IIe armée, combat à Morhange et contribue à sauver Nancy. En septembre, il dirige la bataille de Champagne. Le 20 février 1916, il intervient à Verdun pour préserver la rive droite de la Meuse. En mai 1918, à 67 ans, il commande le groupe d'armées de l'Est et prépare la grande offensive prévue par Foch, devenue inutile avec la signature de l'armistice. Il perd plusieurs de ses fils dans le conflit.
Joseph Gallieni (1849-1916) a lui aussi fait carrière aux colonies après Saint-Cyr. Il sert en Afrique, au Tonkin puis devient gouverneur général de Madagascar de 1896 à 1905. Nommé le 26 août 1914 gouverneur de Paris, son rôle dans la bataille de la Marne (septembre 1914) est décisif. Décidé à faire de Paris un camp retranché, il fait intervenir la VIe armée du général Joseph Maunoury (1847-1923), un ancien polytechnicien entré dans l'artillerie qui, avant la guerre, appartient au cadre de réserve, contre le flanc droit allemand. Ministre de la Guerre en 1915-1916, à 67 ans, Gallieni porte toute la responsabilité du choix de Joffre comme commandant en chef des armées françaises. Il sera fait maréchal de France à titre posthume en 1923.
C'est au cours de la bataille de Verdun que Robert Nivelle (1856-1924), ancien polytechnicien sorti dans l'artillerie qui a participé à la campagne de Chine (1900), général de brigade en 1914, acquiert une élogieuse réputation. Remplaçant Pétain le 1er mai 1916 comme commandant de la IIe armée, à 60 ans il succède à Joffre fin 1916 et prend le contre-pied des plans de ce dernier. Nivelle décide de lancer une offensive sur le Chemin des Dames pour provoquer la rupture du front. Il persiste dans la préparation de l'offensive malgré l'habile repli allemand qui en modifie les conditions. Sourd à tous les avertissements, il envoie ses divisions au massacre et provoque ainsi la crise la plus profonde que l'armée française ait connue pendant la guerre. Il est destitué le 15 mai 1917 ; le général Pétain lui succède.
Brillant officier d'artillerie puis professeur et enfin directeur de l'École de guerre, Ferdinand Foch (1851-1929) dirige la IXe armée durant la bataille de la Marne (1914) puis conduit les offensives d'Artois (1915) et de la Somme (1916). En mai 1917, il succède à Pétain comme chef d'état-major général. Devenu, au printemps 1918, à 67 ans, généralissime des forces alliées, Foch les coordonne avec succès face à l'ultime offensive allemande puis reprend l'initiative en déclenchant une contre-attaque décisive dans la région de Villers-Cotterêts, prélude à l'offensive générale qui amène la capitulation allemande. Maréchal de France, président du Conseil supérieur de la guerre, partisan d'une « paix dure », Foch interviendra dans les négociations de paix pour que la rive gauche du Rhin devienne frontière militaire entre la France et l'Allemagne.
Polytechnicien ayant choisi l'artillerie, Marie-Émile Fayolle (1852-1928) est professeur à l'École de guerre. Atteint par la limite d'âge en 1912, il est rappelé en août 1914 et participe à la défense de Nancy. En 1915, il est nommé commandant du 32e corps puis, en 1916, commandant de la VIe armée. Il dirige l'offensive sur la Somme. En 1917, après la défaite italienne à Caporetto, il commande les divisions françaises envoyées en renfort en Italie et contribue à rétablir la situation. Revenu en France, il dirige le groupe d'armées de réserve et, en 1918, à 66 ans, sauve Compiègne et participe à l'offensive en direction de la Sambre. En 1921, il est fait maréchal de France.
Ancien saint-cyrien ayant participé aux campagnes de Tunisie et du Tonkin, Louis Franchet d'Esperey (1856-1942) est nommé général de division en 1912 et reçoit le commandement des troupes du Maroc. En 1914, il commande le 1er corps stationné à Lille. Après les combats de Charleroi et Guise, il reçoit, le 3 septembre, le commandement de la Ve armée et s'insinue entre les Ire et IIe armées allemandes, contribuant ainsi à la victoire de la Marne. Il commande ensuite les troupes de l'Est et du Nord. À l'automne 1918, à 62 ans, envoyé sur le front de Macédoine, il mène une brillante offensive contre les Bulgares, provoquant la capitulation de la Bulgarie. Il est fait maréchal de France en 1921.
Saint-cyrien, Charles Mangin (1866-1925) combat au Soudan et accompagne la mission Marchand à Fachoda. Il sert ensuite au Tonkin, en Afrique occidentale et au Maroc. Il est un des initiateurs de la création de troupes coloniales, « la force noire » qu'il mène au combat pendant la Grande Guerre. Il se distingue à Verdun puis commande la VIe armée lors de l'offensive Nivelle dont l'échec le fait mettre en disponibilité. En décembre 1917, il est rappelé à la tête d'un corps d'armée. En juin 1918, il brise l'offensive allemande et, nommé à la tête de la Xe armée, prend part à l'offensive finale qui le conduit à libérer

Metz le 19 novembre. Sa statue, érigée près des Invalides, place Vauban, sera détruite par les Allemands en 1940.
Le tout récent général de brigade Philippe Pétain (1856-1951) était sur le point de prendre sa retraite lorsque la guerre éclate. Cet ancien professeur à l'École de guerre s'oppose aux théories de l'offensive à outrance de l'état-major, préconisant une défensive prudente. Il se distingue par son souci d'économiser les vies de ses soldats, ce qui lui vaut une grande popularité. Chargé de la défense de Verdun qu'il envisage cependant d'abandonner, puis éloigné, il rétablit la discipline dans une armée terriblement éprouvée par les offensives meurtrières du printemps 1917 puis la réorganise. Au plus fort de l'offensive allemande au printemps 1918, Pétain fait preuve, selon les souvenirs de Raymond Poincaré, d'un pessimisme proche du défaitisme, envisageant la rupture entre les forces françaises et anglaises, synonyme de défaite. D'une certaine manière, le « vainqueur de Verdun », fait maréchal le 19 novembre 1918, à 62 ans, préfigure déjà le maréchal qui demandera l'armistice en juin 1940. En 1922, nommé inspecteur général de l'armée, il imposera sa conception défensive dite de « l'inviolabilité absolue du territoire ».

autres événements

• Création de *consortiums*, groupements de commerçants ou fabricants d'une même spécialité, chargés de centraliser les demandes et d'acheter à l'étranger les matières premières nécessaires.
• Jean Paulhan : *Le Guerrier appliqué.*

1917

4 janvier
Les Allemands achèvent la conquête de la Roumanie.

8 janvier
Les « cousettes » de la haute couture parisienne se mettent en grève pour une augmentation de 1 franc par jour. Début d'une vague de grèves qui touchent également les usines d'armement, à Paris et en province.

10 janvier
Répondant à la note du 18 décembre précédent du président Wilson, la Triple-Entente fait connaître ses buts de guerre : évacuation des territoires occupés, retour de l'Alsace-Lorraine à la France, réparation des dommages subis, affranchissement des nationalités sous domination turque, émancipation des Roumains, Tchèques, Slovaques et Yougoslaves – ce qui signifie la destruction de l'empire austro-hongrois –, État polonais indépendant. De leur côté, les Allemands acceptent d'évacuer une Belgique démilitarisée tout en conservant le contrôle sur les voies ferrées et les forteresses de Liège et Namur. L'Allemagne réclame également le bassin de minerai de fer lorrain et des territoires en Europe orientale.

16 janvier
L'état-major allemand décide de reprendre la guerre sous-marine à outrance pour contraindre l'Angleterre à la capitulation.

17-18 janvier
Un décret du ministre de l'Armement Albert Thomas crée dans chaque région un comité permanent de conciliation et d'arbitrage paritaire, structure qui complète le système des commissions d'arbitrage et des délégués d'ateliers, mis en place au début de la guerre, dans les entreprises dépendant du ministère de la Guerre. Ces mesures, destinées à favoriser l'intégration de la classe ouvrière à la nation, visent également à dynamiser la production.
Le 18, un décret institue l'arbitrage obligatoire dans les conflits sociaux. Les grèves d'ouvrières sur métaux dans la banlieue parisienne prennent fin.

22 janvier
Devant le Sénat américain, le président Wilson proclame que la paix future doit être une « paix sans victoire », garantissant l'égalité des droits de toutes les nations et le droit des peuples à disposer d'eux-mêmes.

24 janvier
Le gouvernement allemand avertit le président Wilson que la guerre sous-marine sera effective à partir du 1er février. Le florissant commerce américain à destination des pays alliés est menacé. Les relations diplomatiques germano-américaines sont rompues par Wilson le 3 février.

3 février-12 mars
L'amendement Sixte-Quenin (1870-1957) qui prévoit l'envoi des ecclésiastiques appartenant aux classes antérieures à la séparation de l'Église et de l'État (1905) dans tous les corps de troupe et non dans le seul corps de santé provoque la détérioration des relations entre le gouvernement et les catholiques.

La France promet au gouvernement russe de laisser la Russie fixer à sa convenance ses frontières occidentales ; en contrepartie, elle gagnerait le bassin houiller de la Sarre et la rive gauche du Rhin.
Le télégramme Zimmerman par lequel les Allemands offrent au Mexique une alliance dirigée contre les États-Unis, est intercepté puis publié dans la presse américaine à l'initiative du président Wilson. Le 12 mars, les États-Unis passent au stade de la « neutralité armée » en armant leurs navires de commerce.

1er mars
La carte de rationnement du sucre est mise en circulation.

8-15 mars
(calendrier julien : 23 février-2 mars)
En Russie, l'agitation ouvrière à Petrograd aboutit à la création du Soviet des députés ouvriers et paysans. Le 12, la garnison de Petrograd se range au côté du mouvement populaire.
Le 15 mars, un gouvernement provisoire est formé en Russie sous la présidence du prince Lvov. À minuit, le tsar Nicolas II abdique. Le ministre des Affaires étrangères, Paul Milioukov, annonce sa volonté de mener la guerre « jusqu'au bout et sans hésitation ».

14 mars
Plusieurs interpellations ont lieu à la Chambre à propos de l'industrie aéronautique : le général Lyautey, pris à parti, doit interrompre son intervention et démissionne du ministère de la Guerre. Le 4 avril, il reprend son poste de résident général au Maroc.

15 mars
Parution du premier numéro de la revue *Nord-Sud* de Pierre Reverdy, qui publiera, outre Reverdy lui-même, Aragon, Breton, Soupault, Paulhan.

16 mars
Les Allemands effectuent avec succès un repli stratégique sur les positions fortifiées de la ligne Hindenburg, abandonnant le saillant situé entre Somme et Aisne pour raccourcir leur front.

17 mars
À la suite du départ du général Lyautey, Aristide Briand remet sa démission.

20 mars
Alexandre Ribot forme le nouveau gouvernement : Ribot (président du Conseil et Affaires étrangères), Viviani (Justice), Painlevé (Guerre), A. Thomas (Armement), amiral Lacaze (Marine), Thierry (Finances), Malvy (Intérieur), Desplas (Travaux publics), Steeg (Instruction publique), Viollette (Ravitaillement), Clémentel (Commerce), F. David (Agriculture), L. Bourgeois (Travail), Maginot (Colonies).
Le 21, le gouvernement obtient la confiance à l'unanimité (440 voix) moins 59 abstentions.

21 mars
Offensive allemande dans l'Aisne. Les troupes du général Ludendorff enfoncent le front français sous Saint-Quentin.

24 mars
Pour la seconde fois, l'empereur d'Autriche Charles Ier, qui a succédé à François-Joseph en novembre 1916, charge son beau-frère, le prince Sixte de Bourbon-Parme qui sert dans l'armée belge, d'une mission en faveur de la paix, sans propositions précises, auprès de Poincaré. La tentative n'aboutit pas en raison de l'hostilité des autorités allemandes et du refus de la France, trop engagée par ailleurs avec ses alliés roumains et serbes, pour prendre en considération les propositions de l'empereur. Une nouvelle mission du prince Sixte échoue au début de juin.

27 mars
Le principe de l'appel de la classe 1918 est adopté par la Chambre. Sa mobilisation est fixée au 16 avril.

2-6 avril
Dans son message au Congrès, le président Wilson déclare que « la guerre actuelle de l'Allemagne contre le commerce est une guerre contre l'humanité ; c'est une guerre contre toutes les nations [...]. Je recommande au Congrès de déclarer que la récente conduite du gouvernement impérial allemand n'est, en fait, rien moins que la guerre contre le gouvernement et le peuple des États-Unis ». Le 6, le Congrès vote l'entrée en guerre des États-Unis.

9 avril
Début de l'offensive anglaise (préparatoire à celle du Chemin des Dames) dans la région d'Arras.

15 avril
Ancien élève de l'École normale supérieure et ancien chef de cabinet de Waldeck-Rousseau, André Tardieu (1876-1945) est nommé haut-commissaire aux États-Unis, chargé de traiter les questions relatives à l'effort de guerre.

16 avril
Chemin des Dames. Le général Nivelle lance l'offensive. Son plan a suscité les réserves du ministre de la Guerre Painlevé et du général Pétain. 30 divisions françaises (Ve armée, Mazel, et VIe armée, Mangin) attaquent entre l'Oise et la montagne de Reims. Elles s'emparent des premières positions mais échouent devant les secondes, remarquablement aménagées par un ennemi qui s'attendait à l'offensive.

LES CHARS

Pour la première fois, au Chemin des Dames, les Français engagent plusieurs chars d'assaut dans la bataille : sur 181 engins 52 sont détruits. Une seconde attaque a lieu le 5 mai. L'échec de l'expérience des chars que la presse appelle aussi « l'artillerie d'assaut » conduira l'état-major français à ne concevoir leur emploi qu'avec le soutien de l'infanterie, et non comme arme autonome. L'armée française utilise deux types de chars lourds : le Schneider (13 tonnes, 2 mitrailleuses et 1 canon de 75) et le Saint-Chamond (23 tonnes, 4 mitrailleuses et 1 canon de 75). En 1918, c'est le char « léger » Renault (6,5 tonnes, 1 mitrailleuse et 1 canon de 37) qui sera mis en service et fabriqué en série.

17-19 avril
Chemin des Dames. Les pertes en hommes sont considérables ; Nivelle a sous-estimé les besoins sanitaires. Les premiers actes d'insubordination de soldats français apparaissent.
L'état-major français suspend l'offensive Nivelle le 19 avril. Le bilan s'établit ainsi : 147 000 hommes hors de combat dont 40 000 tués (dont 5 000 Russes et 8 000 Sénégalais), 90 000 blessés dont les trois quarts ne pourront pas être renvoyés au front et 20 000 prisonniers.

20 avril
Le ministre du Commerce, Clémentel, décide que les femmes sont admises à présenter le concours de l'École centrale, dans les mêmes conditions que les hommes.

23 avril
En cas de paix, le chancelier allemand propose que les régions de Thann-Altkirch et celle, industrielle, de Briey restent à l'Allemagne.

28 avril
Édition originale de *La Jeune Parque*, poème de Valéry aux éditions de la NRF.

PAUL VALÉRY

Considéré comme une des figures les plus cérébrales de la poésie française, Paul Valéry (1871-1945) doit au monde méditerranéen une grande part de son inspiration. Influencé par Mallarmé il fréquentera, pendant ses études de droit à Paris, Pierre Louÿs et Gide mais aussi Marcel Schwob et Degas, les cercles du symbolisme finissant. L'avenir de Valéry se joue en 1892, lors d'une grande crise intérieure, pendant laquelle il songe à renoncer à la carrière des lettres. Pour dominer cet état, il s'adonne alors à une pure contemplation de la puissance de l'intellect, dans La Soirée avec M. Teste, *qu'il commence à rédiger en 1894. Il ressent au même moment une très forte tentation musicale : il avoue sortir des salles de concert « plein d'une sublime jalousie ». Un défi que relèvera* La Jeune Parque, *son poème le plus symphonique. En 1897, Valéry publie encore un opuscule,* La Conquête allemande, *avant de garder le silence pendant quinze années. Son œuvre ultérieure témoigne de la quête d'un esprit inquiet, ayant constaté l'effet du temps sur l'œuvre de son maître Mallarmé, qu'il avait cru immortel. Après un* Mémoire sur l'attention *(1904), inachevé, où il s'intéresse au mécanisme psychologique, il envoie en 1912, à la demande de Gide, à Gaston Gallimard qui les publiera, l'*Introduction à la méthode de Léonard de Vinci *et* La Jeune Parque. *Analysant lucidement la guerre, il attend pendant toute la durée de celle-ci d'être mobilisé, en retravaillant ses anciens poèmes. À la lecture du* Cimetière marin *(1920), Rilke le découvre avec émotion. Valéry rencontre également Bergson. Valéry, qui se dit lui-même « fondé sur le doute » et non sur une foi, n'aime cependant pas qu'on l'oppose de manière caricaturale à Claudel, qu'il admire et avec lequel il correspond. Dans les années 30, Valéry est président du Pen Club. Alain fait de lui ce portrait : « Cet homme petit porte une tête redoutable par l'attraction et le mépris, remarquable aussi par une gaieté de bon aloi, et par une puissance d'expression tragique incomparable. » L'édition de ses écrits divers se poursuit, en 5 volumes, sous le titre* Variété *de 1924 à 1945. En 1931 paraissent les* Regards sur le monde actuel*; sa formule : « Le temps du monde fini commence » frappe les esprits. Pendant la Seconde Guerre mondiale paraissent* Mon Faust *(1940),* Tel Quel *(1941), la* Cantate du Narcisse *(1944). Valéry meurt le 20 juillet 1945. Il a droit à des obsèques nationales. Sur son tombeau, à Sète, sont gravés deux vers du* Cimetière marin*:*

« Ô récompense après une pensée / Qu'un long regard sur le calme des dieux. » En 1957 commence la publication de ses nombreux Cahiers, *rédigés chaque matin depuis 1894.*

30 avril
À la suite de négociations entre Italiens, Français et Anglais à Saint-Jean-de-Maurienne, l'Italie se voit confirmer les promesses du traité de Londres du 26 avril 1915.
Le général Pétain est nommé chef d'état-major général auprès du ministre de la Guerre.

1er mai
Plusieurs milliers de personnes manifestent à Paris au cri de « À bas la guerre ! ».

4 mai
Chemin des Dames. Après les massacres, les soldats français refusent de repartir à l'attaque. 68 divisions sont touchées dans des proportions très variables. En réalité, ce sont 40000 combattants sur 2 millions qui font acte de désobéissance, une désobéissance limitée puisqu'il n'y a aucun appel à la fraternisation avec les Allemands, aucun refus de tenir les tranchées de première ligne mais seulement refus de monter à nouveau en ligne, même s'ils aspirent à la paix. Les Allemands ne s'aperçoivent pas de cette situation et le mouvement décroît avant même les mesures de répression.

5 mai
Le président du Conseil Alexandre Ribot obtient la confiance par 467 voix contre 52 dont celles de 47 socialistes.

5-15 mai
Chemin des Dames. Nivelle ordonne, contre tous les avis défavorables, de nouvelles attaques françaises sur l'Aisne et en Artois. Le 15, le gouvernement relève le général Nivelle de son commandement. Pétain le remplace à la tête des armées du Nord et du Nord-Est. Le général Foch est nommé chef d'état-major général au ministère de la Guerre.

11 mai
Une vague de grèves commence, notamment dans les industries de guerre. Elles durent jusqu'en juin.

17 mai
Une loi institue le service militaire obligatoire aux États-Unis.

2 juin
Pour apaiser les soldats, le général Pétain donne ses instructions à propos des permissions et des périodes de repos. Le 10, les deux premières exécutions de soldats mutinés après jugement en conseil de guerre ont lieu. Ces conseils prononceront 2 900 condamnations aux travaux forcés et 554 condamnations à mort dont 49 seront exécutées.

2-4 juin
La réunion du 6e comité secret de la Chambre a pour objet d'examiner la situation créée par la révolution russe et la tenue de la conférence socialiste internationale à Stockholm. Le gouvernement décide de refuser les passeports aux députés socialistes qui veulent se rendre à Stockholm pour cette conférence de la paix.

13 juin
Le général Pershing, commandant du corps expéditionnaire américain, arrive en France. Le 28, la première division américaine débarque à Saint-Nazaire.

28 juin
La France qui prône depuis 1915 l'éviction du roi de Grèce, Constantin Ier, obtient le soutien de la Grande-Bretagne. Le général Sarrail le dépose le 12 juin, puis le haut-commissaire Charles Jonnart provoque la formation, à Athènes, d'un gouvernement « vénizéliste » favorable aux Alliés. La Grèce déclare la guerre aux Empires centraux.

29 juin-6 juillet
Réunion du 7e comité secret de la Chambre à propos des responsabilités dans l'échec des offensives d'avril. Le 7 juillet un ordre du jour de confiance au gouvernement est adopté par 375 voix contre 23.

2 juillet
L'offensive russe lancée la veille par le général Broussilov doit être interrompue, les troupes de réserve refusant de monter en ligne.

7 juillet
Maurice Barrès interpelle le ministre de l'Intérieur Malvy à propos du journal pacifiste *Le Bonnet rouge*, fondé en 1913 (« La Paix, et le moyen pour assurer la paix: le rapprochement franco-allemand »), dont le directeur Miguel Almereyda a été en relation avec lui.

MALVY ET LE BONNET ROUGE

Le 22 juillet, Clemenceau met en cause Malvy au cours d'une séance publique du Sénat. Il lui

reproche de trahir les intérêts de la France en ne réprimant pas les pacifistes et les antipatriotes. Le ministre se trouve en difficulté parce que son chef de cabinet Leymarie a permis au gérant du journal Le Bonnet rouge *de rapporter de Suisse des fonds d'origine allemande. Dans* L'Action française, *Léon Daudet accuse le ministre d'avoir même livré aux Allemands les plans de l'offensive du Chemin des Dames. Le 7 août, Miguel Almereyda est arrêté et incarcéré à Fresnes où il se serait suicidé le 14. Devenu entre-temps chef de la Sûreté, Leymarie est contraint de démissionner le 20, entraînant dans sa chute Malvy qui démissionne à son tour le 31.*
Le 28 janvier 1918, il est renvoyé devant le Sénat, constitué en Haute Cour. L'affaire connaît son épilogue le 7 août 1918 : à l'issue de son procès, Louis Malvy est condamné à cinq ans de bannissement pour « forfaiture » par 96 voix contre 83 et 3 abstentions. Le rédacteur du Bonnet rouge, *Gaston Duval, a été condamné à mort, le 15 mai précédent, par le 3e conseil de guerre de Paris et exécuté le 17 juillet à Vincennes.*

18 juillet (calendrier julien: 5 juillet)
En Russie, le socialiste Alexandre Kerenski devient président du Conseil, après de violentes manifestations bolcheviques.
Le Reichstag vote une résolution demandant une paix sans conquêtes territoriales.

20 juillet
Un compromis signé à Corfou entre les représentants serbes et croates prévoit la création d'un État yougoslave sous l'égide d'une dynastie serbe accordant une large autonomie à la Croatie.

27 juillet
La Chambre adopte les derniers articles du projet de loi sur les pupilles de la nation qui pose le principe de l'adoption des orphelins de guerre par la France. La loi prévoit aussi la création d'un Office national. Au 1er novembre 1918, celui-ci exercera son contrôle sur 350 000 enfants de soldats morts au combat.

2 août
Ayant refusé une enquête parlementaire sur son action au ministère de la Marine, l'amiral Lacaze démissionne. Parlementaire de droite, forte personnalité catholique, Denys Cochin (1851-1922), sous-secrétaire d'État au Blocus, démissionne également, accusant le gouvernement d'anticléricalisme.

15 août
Le pape Benoît XV rend publique une note (« Sur la paix »), datée du 1er août, établie sur la base de sondages auprès des Empires centraux, qui met au premier plan d'une éventuelle négociation de paix la restauration de l'indépendance de la Belgique. L'Alsace-Lorraine devant, selon cette note, faire l'objet d'un « compromis raisonnable », la démarche échoue. L'opinion française, bien au-delà des cercles anticléricaux, dénonce l'attitude du pape que Clemenceau traite de pontife allemand.

17 août
Premier accord entre le Conseil national tchèque et le gouvernement français pour la création d'une armée tchèque opérant en France. Le 19 décembre, la décision de la créer est prise par décret.

3-19 septembre
Au camp de La Courtine (Creuse), où elles ont été transférées le 18 juin, les brigades russes se rebellent. Les soldats réclament leur rapatriement en Russie ; le gouvernement provisoire de Kerenski le leur refuse et, le 3 août, les autorités militaires russes en France adressent un ultimatum aux mutins. Le camp est encerclé par des troupes françaises et russes qui en font le blocus tandis qu'en parallèle, les tentatives de conciliation se poursuivent. Le 14 septembre, un dernier ultimatum est adressé aux rebelles, puis un tir à blanc de 75 est effectué sur le camp à titre de sommation. Devant le refus de se rendre, l'ordre est donné de tirer à obus réels, des combats s'engagent. La résistance des mutins cesse le 19 septembre. Les meneurs sont arrêtés. Le bilan officiel est de 1 Français tué et 1 blessé, 1 soldat russe loyaliste tué, 9 rebelles tués et 49 blessés. Cependant le décompte des soldats après la reddition laisse apparaître l'absence de plusieurs centaines d'entre eux par rapport aux effectifs initiaux.

7 septembre
Démission collective du gouvernement Ribot, en raison de l'affaire Malvy. Ribot tente de reconstituer un gouvernement mais n'y parvient pas.

12-19 septembre
Paul Painlevé forme le gouvernement. Les socialistes refusent d'y participer : c'est la fin de l'union de tous les partis sur le plan gouvernemental. Painlevé (président du Conseil et Guerre), Ribot (Affaires étrangères), Péret (Justice), Steeg (Intérieur), Chaumet (Marine), Loucheur (Armement), Klotz (Finances), R. Besnard (Colonies), Claveille (Transports), Daniel-Vincent

(Instruction publique), Renard (Travail), Clémentel (Commerce), F. David (Agriculture), M. Long (Ravitaillement), Franklin-Bouillon (Missions à l'étranger).
Le 19, le gouvernement obtient la confiance avec 368 voix mais 131 abstentions dont celles de 86 socialistes et des radicaux proches de Caillaux et Malvy.

22 septembre
En relations indirectes avec le baron von der Lancken depuis juin, Aristide Briand ne peut se rendre en Suisse pour le rencontrer et débattre avec lui des propositions de paix, n'ayant ni l'aval du ministre des Affaires étrangères Alexandre Ribot (hostile à toute négociation) ni celui du gouvernement anglais, volontairement désinformé par ce dernier.

29 septembre
À la suite des révélations des services secrets tchèques, l'aventurier Bolo Pacha qui était entré en relation avec Joseph Caillaux par l'intermédiaire du président du tribunal civil de la Seine, Monnier, est arrêté. Promettant de mener une campagne pour une « paix rapide », Bolo Pacha avait réussi à se faire attribuer des fonds allemands (10 millions de francs) pour l'achat d'un organe de presse français, jetant son dévolu sur *Le Journal*, propriété du sénateur de la Meuse Charles Humbert, qui connaissait alors des difficultés. Bolo Pacha comparaîtra devant le 3e conseil de guerre. Cette nouvelle affaire provoque une véritable « psychose de la trahison » dans l'opinion.

octobre
Miguel de Unamuno : *Le Sentiment tragique de la vie* (traduction).

9 octobre
Partisan en août d'une paix séparée, von Kuhlmann déclare au Reichstag que « l'Allemagne n'acceptera pas le retour de l'Alsace-Lorraine à la France ». L'origine de l'intransigeance du chancelier réside dans la situation intérieure en Russie qui avantage l'Allemagne.

15 octobre
La danseuse nue, faussement hindoue, Margaretta Zelle dite Mata-Hari, est fusillée pour espionnage dans les fossés de Vincennes.
Dans la nuit, le capitaine de Gaulle, qui est interné au camp de Rosenberg (Franconie), tente une nouvelle fois de s'évader. Il est repris au bout de dix jours.

16 octobre
À l'issue du 8e comité secret réuni à propos de l'action des Alliés menée pour contrer les « manœuvres diplomatiques » allemandes et l'affaire Malvy, le gouvernement obtient la confiance avec 313 voix.

22 octobre
Paul Painlevé démissionne pour former aussitôt un nouveau gouvernement. Le 24, Barthou remplace Ribot aux Affaires étrangères.

23-26 octobre
Bataille de La Malmaison dans l'Aisne. Les soldats français remportent un succès complet.

24 octobre
En Italie débute la bataille de Caporetto qui tourne au désastre pour les forces italiennes. Simultanément a lieu la bataille des Flandres.

31 octobre
Parution du premier numéro de *La Voix des femmes*, journal féministe et pacifiste fondé par Colette Reynaud, auquel collaborent Louise Bodin, Marcelle Capy, Véra Starkoff...

2 novembre
Louis Barthou, dont le fils est tombé en 1914, préside la cérémonie organisée à la Sorbonne par l'Union des pères et des mères dont les fils sont morts pour la patrie.

6-7 novembre
La conférence interalliée réunie à Rapallo (Italie) décide de l'aide à apporter aux Italiens : six divisions françaises, six anglaises seront envoyées en renfort.
Dans la nuit (calendrier julien : 24-25 octobre), le Comité militaire révolutionnaire dirigé par Léon Trotski s'empare de Petrograd à l'instigation de Lénine – rentré de Suisse par l'Allemagne – en avril. Après une brève et chaotique résistance, le gouvernement démocratique de Kerenski est renversé.

13 novembre
À l'issue d'une séance houleuse à la Chambre, le gouvernement Painlevé est mis en minorité par 277 voix contre 186. Il présente immédiatement sa démission.

17 novembre
Georges Clemenceau forme un gouvernement qui comprend surtout des ministres radicaux. Clemenceau (président du Conseil et Guerre), Nail (Justice), Pichon (Affaires étrangères), Pams

(Intérieur), Klotz (Finances), Jonnart (Blocus et Régions libérées), Lafferre (Instruction publique), Loucheur (Armement), Claveille (Travaux publics et Transports), Leygues (Marine), Clémentel (Commerce), Boret (Agriculture et Ravitaillement), H. Simon (Colonies), Colliard (Travail). Georges Mandel dirige le cabinet civil de Clemenceau.

20 novembre
Clemenceau prononce sa déclaration à la Chambre: « Nous serons sans faiblesse comme sans violence [...]. Ni trahison, ni demi-trahison, la guerre, rien que la guerre. [...] La justice passe, le pays saura qu'il est défendu... »; il y annonce sa ligne de conduite: « Nous nous présentons devant vous dans l'unique pensée d'une guerre intégrale. [...] Nous avons de grands soldats d'une grande histoire, sous des chefs trempés dans les épreuves. [...] Ces Français que nous fûmes contraints de jeter dans la bataille, ils ont des droits sur nous. [...] Un jour, de Paris au plus humble village, des rafales d'acclamations accueilleront nos étendards vainqueurs, tordus dans le sang, dans les larmes, déchirés des obus, magnifique apparition de nos grands morts. Ce jour, le plus beau de notre race, il est en notre pouvoir de le faire. » Il obtient la confiance par 418 voix contre 65 (dont 64 socialistes); il y a 40 abstentions (25 socialistes, 15 radicaux-socialistes).

26 novembre
(calendrier julien: 13 novembre)
En Russie, le Conseil des commissaires du peuple dirigé par Lénine décide d'engager des pourparlers de paix avec les Empires centraux.
Un Conseil supérieur de guerre interallié ainsi qu'un Conseil naval interallié sont créés.
Lancement d'un nouvel emprunt de la Défense nationale à 4 %.

26 novembre-6 décembre
Bataille de Cambrai. Les Franco-Britanniques percent les lignes allemandes à l'ouest de Cambrai, avec l'appoint de chars. Une contre-attaque allemande stoppe les progrès des Alliés.

29 novembre
Ouverture à Paris de la conférence des Alliés à laquelle participent 16 nations.

3-15 décembre
Les négociations entre Allemands et bolcheviks commencent à Brest-Litovsk (Biélorussie). Le 15, l'armistice entre Allemands et bolcheviks est signé.

8 décembre
La Roumanie signe l'armistice avec les Empires centraux.

11 décembre
À l'instigation de Clemenceau, la Chambre est saisie par le général Dubail (1851-1934), gouverneur militaire de Paris, d'une demande d'autorisation de poursuites contre Joseph Caillaux, mis en cause pour son attitude lors d'un séjour en Italie en 1916 et ses relations avec les pacifistes pro-allemands Almereyda et Bolo.
Le 22, la Chambre vote par 418 voix contre 2 la levée de l'immunité parlementaire de Caillaux. Le lendemain, l'ordre d'instruire contre lui est donné.

24 décembre
La Chambre vote l'ajournement des élections départementales, communales, consulaires et prud'homales jusqu'à la fin de la guerre.

28 décembre
Le projet de recensement, de révision et d'appel de la classe 1919 est voté par 425 voix contre 73.

autres événements
• Parution de la 1re série, *La Corruption parlementaire sous la Terreur*, des *Études robespierristes* de l'historien Albert Mathiez (1874-1932). La 2e série, *La Conspiration de l'étranger*, paraîtra en 1918.
• Émile Mâle: *L'Art allemand et français au Moyen Âge*.
• Jacques Copeau part pour New York où il demeure jusqu'en 1919.
• Le poète Max Jacob publie son recueil *Le Cornet à dés*, établissant ainsi sa réputation.
• Rodin termine *La Porte de l'Enfer*, commandée par l'État en 1880, inspirée de *L'Enfer* de Dante.
• L'architecte Tony Garnier (1869-1948) publie *Une cité industrielle. Étude pour la construction des villes*.

1918

5 janvier
À Paris, la fermeture de boulangeries par manque de farine provoque des incidents.

5-6 janvier
L'Assemblée constituante russe est dissoute de force par les bolcheviks qui y sont minoritaires. L'événement soulève la désapprobation dans les rangs du Parti socialiste SFIO.

9 janvier
Dans son discours sur l'état de l'Union, le président Wilson définit son programme de paix en Quatorze points, notamment: condamnation de la «diplomatie secrète», désarmement général et contrôlé, atténuation des barrières économiques, réduction des armements, libre navigation sur les mers, respect du principe des nationalités, établissement d'une Société des Nations, etc.

11 janvier
À la suite du débat sur la «conduite diplomatique de la guerre», le gouvernement Clemenceau obtient la confiance par 377 voix contre 113.

14 janvier
Joseph Caillaux est arrêté. La découverte à Florence de documents lui appartenant, notamment un mémoire sur les responsabilités dans le déclenchement de la guerre, justifie son emprisonnement. Il sera jugé le 23 avril 1920, après vingt-sept mois de détention, par le Sénat érigé en Haute Cour et condamné à dix ans de dégradation civique.
Le député sénégalais Blaise Diagne est nommé commissaire de la République pour l'AOF. Après une tournée de soixante-trois jours, il a réussi à effacer l'impact des révoltes de 1915 et à mobiliser 63000 nouvelles recrues.

18 janvier
À la Chambre, Clemenceau annonce sa détermination «à poursuivre toutes les menées antirépublicaines».

23 janvier
La carte de rationnement du pain est instituée à compter du 29 janvier, à Paris et dans les communes environnantes dans un rayon de 25 km.

23 janvier-15 février
Exposition Matisse-Picasso à la galerie Paul Guillaume; le catalogue est préfacé par Apollinaire.

30 janvier
Une escadrille de Gothas bombarde Paris vers 23 h 30. Les hôpitaux Broca, Cochin et Saint-Antoine sont touchés, les magasins généraux d'Aubervilliers sont incendiés ainsi que les magasins de Paris-France, boulevard Voltaire. On dénombre 49 morts (dont des femmes et des enfants) et 207 blessés. On inaugure alors le bombardement de populations civiles par avion, acte de guerre inconnu jusqu'alors, qui prendra toute son ampleur pendant la Seconde Guerre mondiale. De leur côté, Français et Britanniques bombardent des ambulances et des hôpitaux allemands du front ainsi que les villes rhénanes.

9 février
L'Autriche-Hongrie signe un traité avec les bolcheviks dont les troupes envahissent l'Ukraine.

10 février-8 mars
Le cabinet Clemenceau obtient le droit de gouverner par décret. Parvenu au pouvoir après les grandes difficultés de l'année 1917, «le Tigre», qui doit son surnom à sa férocité politique, entouré de fidèles, mène sa politique d'une main ferme, déclarant le 8 mars: «La Russie nous trahit, je continue de faire la guerre. La malheureuse Roumanie est obligée de capituler, je continue de faire la guerre, et je continuerai jusqu'au dernier quart d'heure, car c'est nous qui aurons le dernier quart d'heure.» Clemenceau obtient la confiance par 374 voix contre 41, en dépit des attaques des socialistes.

14 février
Sollicité par un émissaire du président Wilson, Charles Ier d'Autriche refuse le 14 de donner satisfaction aux revendications des minorités nationales.
Bolo Pacha, condamné à mort, sera exécuté le 17 avril à Vincennes. À son tour, Charles Humbert, sénateur de la Meuse, est arrêté le 18 pour «commerce avec l'ennemi».

3 mars (calendrier julien: 20 février)
Bolcheviks et Allemands signent le traité de Brest-Litovsk par lequel les Allemands obtiennent l'occupation des Pays baltes, d'une partie de la Biélorussie et de la totalité de l'Ukraine.

8-11 mars
Nouvelle attaque aérienne des Gothas sur Paris le 8, qui fait 8 morts. Le 11, plusieurs vagues d'escadrilles survolent Paris de 21 h à minuit. On dénombre une centaine de morts (dont 29 femmes, 27 enfants), la plupart au métro Bolivar, et 79 blessés.

15 mars
Les Allemands reprennent l'offensive sur le front occidental malgré leurs 60 divisions restées sur le front oriental.
Pierre Reverdy publie *Les Ardoises du toit* avec des gravures de Georges Braque.

21 mars
Bataille de Picardie. La victorieuse offensive allemande – 65 divisions attaquent d'Arras à La Fère – coûte des dizaines de milliers de prisonniers aux Alliés. Les Britanniques sont refoulés sur Amiens;

le danger d'une rupture du front à la charnière des armées anglaise et française se précise.

24-25 mars
La Ve armée anglaise est disloquée. Les Allemands atteignent la Somme. Le général Haig envisage de ramener ses troupes vers les ports du Pas-de-Calais. Pétain fournit 20 divisions à Haig pour tenter de colmater la brèche.

26 mars
À la conférence interalliée de Doullens (Somme), le principe d'une coordination entre les commandants des armées alliées est adopté. La mission échoit au général Foch. En cinq jours, les Allemands ont progressé de 60 km en direction de Paris.

mars-avril
Les 23-24 mars, les Allemands commencent à bombarder Paris avec des canons de longue portée. Le 29, un obus tombé sur l'église Saint-Gervais en plein sermon du Vendredi saint fait 91 morts et des dizaines de blessés. Le 12 avril, vers 23 h 50, un Gotha lance cinq bombes sur Paris. Rue de Rivoli, on relève 27 morts et 72 blessés. Les bombardements (303 obus de 220) se poursuivent jusqu'à la fin avril; au total 256 personnes tuées et 620 blessées. De nombreux Parisiens affolés quittent la capitale.

3 avril
La conférence interalliée de Beauvais accroît les pouvoirs du général Foch qui se voit confier la direction stratégique des forces alliées. Le 14, il est nommé commandant en chef des forces alliées. Bataille des Flandres. Les Allemands lancent une offensive dans les Flandres. Le 9, Armentières tombe, puis le mont Kemmel. L'attaque est stoppée par l'arrivée de 17 divisions françaises.

mai
Première audition en privé, à la galerie L'Effort moderne de Léonce Rosenberg, du *Bestiaire ou Cortège d'Orphée*, du jeune compositeur de 19 ans Francis Poulenc, sur des poèmes d'Apollinaire.
Typhoon (Typhon) de Josef Conrad, publié en anglais en 1903, est traduit par André Gide. En 1924, Jean-Aubry et Ruyters traduiront *Cœur des ténèbres* (1902).

1er-2 mai
Le Conseil suprême de la guerre se réunit à Abbeville. Sont présents Clemenceau, le Premier ministre anglais Lloyd George, le président du Conseil italien Vittorio Orlando, Foch, Pétain, Haig, Pershing. Clemenceau y explique que les fabrications de matériel et de munitions sont satisfaisantes mais que, en revanche, le problème des effectifs devient tragique pour la France. Il en appelle aux Anglais et surtout aux Américains.

7 mai
Le traité germano-roumain livre la Roumanie à l'Allemagne.

13-23 mai
De grandes grèves ont lieu dans les usines d'armement de la région parisienne (100000 grévistes). L'industrie d'armement qui produit 261000 obus par jour et 971 canons par mois, emploie 1,7 million d'ouvriers (répartis dans 17000 entreprises) dont 497000 militaires, 430000 femmes, 425000 ouvriers civils, 133000 jeunes de moins de 18 ans, 108000 étrangers, 61000 travailleurs coloniaux, 40000 prisonniers de guerre et 13000 mutilés de guerre. Du 18 au 23, un très important mouvement de grève se déroule dans le bassin minier de la Loire.

22, 29 mai
Clemenceau qui déclare le même mois vouloir « détruire l'Autriche-Hongrie en s'appuyant sur les nationalités », promet à Edvard Benes que la France reconnaîtra, le moment venu, le droit de la nation tchèque à l'indépendance. Le 29, le président Wilson encourage publiquement « les aspirations nationales des Tchèques et des Yougoslaves à la liberté ».

27-30 mai
Chemin des Dames. Les Allemands déclenchent leur troisième offensive au Chemin des Dames qui leur permet d'atteindre la Marne: ils sont à 60 km de Paris. Le 28, Soissons tombe. Déplaçant des troupes pour soutenir le front anglais, le général Foch s'est laissé surprendre. Le 30, les Allemands atteignent la Marne à Dormans et Château-Thierry. Ils ont fait 60000 prisonniers.

1er juin
La carte d'alimentation est étendue à toute la France.

1er-3 juin
Le Conseil suprême de la guerre se réunit à Versailles. Clemenceau, Lloyd George et Orlando adressent un télégramme au président Wilson lui demandant d'envoyer 300000 hommes par mois. Ils proclament leur sympathie pour les efforts des Tchécoslovaques et des Yougoslaves vers leur libération. Ils promettent aux Polonais un État indépendant.

3 juin
Devant la Chambre inquiète, Clemenceau lance son exhortation : « Ne céder à aucun moment. »

6 juin
Paris est placée dans la zone des armées. Un décret institue, sous l'autorité du ministre de la Guerre, un comité de défense du camp retranché de Paris.

9-13 juin
Offensive allemande sur l'Oise. Une contre-offensive dirigée par Mangin, le 11, bloque la progression allemande. Le 13, les Allemands sont stoppés au sud-ouest de Soissons.

13 juin
Le Sénat vote une proposition de création, dans chaque localité, d'un tableau recensant les noms de tous les morts au champ d'honneur.

13-23 juin
En Italie, l'offensive austro-allemande sur la Piave échoue.

18 juin
Les Français lancent une contre-offensive près de Soissons.

24 juin
À la conférence de Bombon (Seine-et-Marne), Foch expose aux Alliés son plan en quatre temps pour achever la guerre.

27-29 juin
Paris subit les attaques nocturnes des Gothas allemands.

28 juin, 2 juillet
Au conseil national du Parti socialiste SFIO, la minorité pacifiste, conduite par Jean Longuet, devient majoritaire. Le refus des crédits de guerre est voté par 1 544 voix contre 1 172. Le 2 juillet, en réaction, les députés socialistes partisans de l'Union sacrée (Adéodat Compère-Morel, Adrien Veber, Arthur Rozier) fondent le journal *La France libre* pour contrer la progression de l'influence des ex-minoritaires opposés au « jusqu'au-boutisme ».

29 juin-28 septembre
Le gouvernement français reconnaît le droit de la nation tchécoslovaque à l'indépendance. Le 28 septembre, il s'engage en faveur de la création d'un État tchèque dans des frontières définies par les partisans de Masaryk.

juillet
Eugène Grindel, qui a pris le pseudonyme de Paul Éluard dès 1916, publie des *Poèmes pour la paix* qui attirent l'attention de Jean Paulhan.

14 juillet
Au Trocadéro est organisée une cérémonie pour l'adoption des premiers pupilles de la nation.

15 juillet
Offensive allemande en Champagne. Le chef d'état-major des armées allemandes Ludendorff lance trois armées à hauteur de Reims. Bloquées par les IVe (Gouraud), V^e^ (Berthelot) et VIe (Degoutte) armées, le généralissime allemand les arrête le lendemain. 27 divisions américaines sont en ligne.

18 juillet
Début de la seconde bataille de la Marne. 1 000 chars – la plupart de marque Renault – sont utilisés ainsi qu'une division aérienne de 600 avions. Non seulement l'offensive allemande est contenue mais la contre-attaque de la Xe armée (Mangin) autour de Villers-Cotterêts, provoque un retournement de situation en faveur des Alliés. Les Allemands engagés sur la Marne sont sous la menace d'un encerclement.

1er août
Le projet autorisant le recensement, la révision et l'appel de la classe 1920 est voté par 325 voix contre 47. Le 12 août, la circulaire déclenchant la révision est adressée aux préfets.

7 août
Le général Foch est fait maréchal de France.

8 août
Contre-offensive franco-anglaise en Picardie. Les troupes franco-anglaises (Ire armée de Debeney et IVe armée de Rawlinson) attaquent en Picardie ; c'est le début de l'offensive générale des Alliés et, selon Ludendorff, le « jour noir de l'armée allemande ». Le 10, les IIIe (Humbert) et X^e^ (Mangin) armées attaquent à leur tour. Le 13, les Allemands sont refoulés sur leurs positions de 1916. Des milliers d'hommes sont faits prisonniers.

8-10 août
Paris est à nouveau bombardée par des pièces à longue portée. Le 16 septembre, elle le sera pour la dernière fois.

13 août
Ludendorff admet qu'il n'est plus possible de contraindre, par l'offensive, les Alliés à faire la paix.

21 août
Les Anglais prennent Cambrai.

27 août
Les bolcheviks traitent secrètement avec l'Allemagne dont ils obtiennent l'assistance contre les armées blanches, c'est-à-dire fidèles à la monarchie (le blanc, couleur impériale, s'oppose au rouge des bolcheviks) de Russie méridionale et contre le corps expéditionnaire franco-anglais envoyé en Ukraine notamment. En échange, ils renoncent à la souveraineté de la Russie sur la Livonie et l'Estonie.

9 septembre
Commissaire aux armées, Abel Ferry est blessé par un éclat d'obus alors qu'il effectue une mission. Il meurt le 16.

12 septembre
L'armée américaine passe à l'offensive à Saint-Mihiel.

14-15 septembre
L'armée de Salonique, commandée par le général Franchet d'Esperey, passe à l'offensive.

18 septembre
Le front allemand est rompu en Champagne.

19 septembre
Les Anglais enfoncent le front turc en Palestine.

21 septembre
Foch donne ses instructions pour une grande offensive, de la mer à la Meuse.

26 septembre
Nouvelle offensive franco-anglaise en Champagne (IVe armée de Gouraud). Elle est suivie de deux autres, déclenchées le 27 (Ire, IIe et IVe armées anglaises, Ire armée française), en direction de Cambrai et Saint-Quentin.

27-30 septembre
Clemenceau présente à l'état-major son « plan d'action » en Russie qui vise à organiser la poursuite des combats contre les Empires centraux mais aussi à réaliser « l'encerclement du bolchevisme » pour amener sa chute.
L'armée bulgare est en déroute. Le 30, la Bulgarie capitule et signe l'armistice à Sofia.

octobre
L'épidémie de grippe espagnole qui ravage l'Europe atteint son paroxysme: au moins 20 millions de morts dans le monde, dont 200000 à 400000 en France.

1er-26 octobre
Les généraux Hindenburg et Ludendorff pressent le nouveau chancelier allemand, Max de Bade, de demander l'armistice. Finalement le Grand Quartier général allemand impose cette décision au gouvernement. Le 6, Max de Bade demande au président américain Wilson quelles seraient les conditions d'un armistice. Le 14, en réponse aux appels du chancelier allemand, Wilson précise que la capitulation des armées allemandes et l'abdication des Hohenzollern font partie des conditions d'un armistice. Le 26, Ludendorff démissionne de ses fonctions.

6-10 octobre
Au congrès du Parti socialiste SFIO, les ex-minoritaires prennent la direction du parti. Un instituteur, Louis-Oscar Frossard, devient secrétaire général.

13 octobre
Un décret renvoie Caillaux en Haute Cour sous l'inculpation de « complot contre la sûreté extérieure de l'État ».

14 octobre
À Paris, un gouvernement provisoire tchécoslovaque se constitue ; le lendemain, il est reconnu par la France. Le 28, l'indépendance est proclamée à Prague.

17 octobre
Lille et Douai sont libérées par les Britanniques.

20 octobre
Les soldats belges délivrent Bruges.
Nouvel emprunt de la Défense nationale (à 4 %), dit « emprunt de la libération ». Le ministre des Finances Louis Klotz annoncera le 1er décembre que l'emprunt a rapporté 27,8 milliards.

23 octobre
Dans une note, le président Wilson déclare que « la paix ne pourra pas être négociée avec ceux qui ont été jusque-là les maîtres de l'Allemagne ».

24-27 octobre
Les Italiens sont victorieux lors de la bataille de Vittorio-Veneto.

26 octobre
Les chefs de gouvernement alliés rencontrent le colonel House, représentant du président Wilson, pour définir les conditions de l'armistice. Les discussions durent jusqu'au 5 novembre.

28 octobre
L'armée d'Orient atteint le Danube.

29 octobre
L'Allemagne s'adresse à Wilson pour demander un armistice et la paix. Wilson répond en renvoyant à ses Quatorze points du 8 janvier précédant. Le même jour, afin de contraindre les Alliés à négocier sur une base identique, le colonel House, représentant des États-Unis et collaborateur de Wilson, déclare que les États-Unis ne s'interdisent pas de négocier une paix séparée avec l'Allemagne.

30 octobre
La Turquie signe l'armistice de Moudros. Les troupes françaises entrent au Liban ravagé par la famine. Organisant les secours, la France nourrit régulièrement 200 000 personnes.

31 octobre
La majorité des membres du gouvernement allemand demande à Guillaume II d'abdiquer.

3 novembre
L'Autriche-Hongrie signe l'armistice de Villa-Giusti avec les Alliés.
Les chefs de gouvernement alliés approuvent les conditions d'armistice pour l'Allemagne, conditions établies par Foch et les chefs des armées alliées.
Au Trocadéro, la Fédération des sinistrés se réunit pour réclamer le vote immédiat de la loi sur les dommages de guerre.

4 novembre
Washington adresse les conditions d'armistice au gouvernement allemand et l'invite à demander l'armistice au maréchal Foch tandis que les armées allemandes font retraite.

7-8 novembre
Le chancelier allemand Max de Bade annonce l'envoi de plénipotentiaires et demande la suspension des hostilités. Les plénipotentiaires allemands se présentent dans la région d'Origny-Sainte-Benoîte et gagnent une petite villa en avant de La Capelle. Le lieutenant Édouard Daladier les reçoit et les conduit à l'état-major. Le 8, les plénipotentiaires allemands et alliés se rencontrent pour la première fois à Rethondes, en forêt de Compiègne.

9 novembre
À Kiel, les marins allemands se révoltent. Guillaume II abdique, la République allemande est proclamée.

11 novembre
À Rethondes, à 6 h du matin, les généraux allemands signent l'armistice. Les hostilités sont suspendues à partir de 11 h. Signé pour trente-six jours, l'armistice est renouvelé le 13 décembre suivant, le 16 janvier 1919, puis reconduit jusqu'à la conclusion de la paix, le 16 février.
Le ministre de l'Intérieur, Jules Pams, adresse un ordre de pavoisement aux préfets. Dans le pays, la foule est en liesse à l'annonce de l'armistice. Les cloches sonnent. Monet écrit à son ami Clemenceau son intention de donner à l'État deux panneaux des *Nymphéas*, pour « prendre part à la victoire ».

« L'impôt du sang ». Les Anciens Combattants

Le 26 décembre 1918, le sous-secrétaire d'État à la Guerre, Ignace, livre les premiers chiffres concernant les pertes subies par la France : 31 300 officiers et 1 040 000 hommes sont tombés, sans compter tous ceux qui sont portés disparus. C'est avec l'enquête parlementaire dirigée par Louis Marin, présentée à la Chambre le 29 mars 1920, que l'on approche d'un bilan plus précis. Louis Marin donne 1 347 000 soldats tués, 800 000 réformés pour blessures graves, enfin 506 000 prisonniers. Expliquant les difficultés de son enquête, il rappelle qu'au cours d'une séance du comité secret, le ministre de la Guerre lui-même, le général Roques, se trompa de plusieurs centaines de milliers de morts et de prisonniers dans son bilan des pertes.
Tous les hommes valides nés entre 1870 et 1899 furent mobilisés. Au 1er juin 1919, on compte 1 383 000 soldats tués. La moitié des démobilisés (3 220 000 personnes) ont été blessés. Et parmi eux 1 100 000 reçoivent une pension d'invalidité. La France dénombre 34 morts pour 1 000 habitants (l'Allemagne 30 pour 1 000) ; il y a 600 000 veuves et 700 000 orphelins. Les cortèges tragiques des « gueules cassées », des grands blessés et des mutilés qui défilent aux commémorations, impressionnent les esprits. Le sacrifice consenti confère aux Anciens Combattants un statut particulier face à la nation (ils représentent près d'un quart de la population) qu'illustre cette apostrophe de Clemenceau : « Ils ont des droits sur nous ! » En janvier 1920, Alexandre Millerand créera le ministère des Pensions, Primes et Allocations de

guerre qu'il confiera à un grand invalide : André Maginot (1877-1932). Sous-secrétaire d'État à la Guerre, celui-ci, parti au front comme simple soldat, fut grièvement blessé. Il est l'organisateur de la cérémonie du 11 novembre 1920 au cours de laquelle est inhumé sous l'Arc de triomphe un soldat d'identité inconnue, symbole fort qui donne la mesure du profond traumatisme qu'a provoqué la Grande Guerre dans la conscience des Français.

Par leur nombre, les Anciens Combattants pèsent un grand poids dans la vie politique et sociale de la France de l'entre-deux-guerres. Cependant, les Anciens Combattants ne constituent pas un bloc monolithique puisqu'ils sont venus de tous les horizons de la société française. Vis-à-vis des gouvernants, les Anciens Combattants se placeront en position de critiques, allant parfois jusqu'à la contestation du parlementarisme dans le cas d'associations telles les Croix-de-Feu du colonel de La Rocque (1885-1946). Regroupés en une myriade d'associations, parfois politiques, parfois apolitiques, ils reflètent la diversité des drames vécus au front. La question de savoir ce qu'il doit advenir des soldats morts devient un débat national. Au cours d'une séance de la commission nationale des sépultures le 31 mai 1919, Louis Barthou réclame le droit d'enterrer son fils dans son caveau de famille et non dans un cimetière militaire : « Vous m'interdisez de prendre mon fils ? Eh bien je vous dis moi que vous n'avez pas le droit de le faire. Vous invoquez que des centaines et des centaines de soldats n'ont pas été identifiés ? Mais le mien l'est… » Paul Doumer, qui a perdu trois fils, lui répond : « Ils ont vécu ensemble, ils se sont battus ensemble, ils ont ensemble sauvé le pays, ils doivent rester réunis dans la mort comme ils le furent dans la gloire. »

Dès août 1915 est fondée l'Association générale des mutilés de guerre (AGMG) qui a pour rivale l'Union nationale des mutilés et réformés (UNMR) qui donne naissance à l'Union fédérale (UF) créée à la suite d'un congrès convoqué le 11 novembre 1917 ; l'UF compte 250 000 cotisants en 1921, 345 000 en 1926. Parallèlement, l'ancienne fédération nationale (née en 1888) est relancée fin 1918 sous l'autorité d'André Maginot. Le 11 novembre 1918 est déclarée l'Union nationale des combattants (UNC) qui reçoit le soutien des autorités gouvernementales (Clemenceau). L'UNC compte très vite 317 000 cotisants en 1921 puis ses effectifs chutent d'un tiers avant qu'elle ne devienne la grande union qui, en 1932, groupe 860 000 adhérents.

En 1927, à la suite de la réunion des états généraux de la France meurtrie, le 11 novembre, UF et UNC constituent une Fédération nationale (FN) malgré leurs orientations politiques respectives différentes : l'UF, par ailleurs membre de la Conférence internationale des associations de mutilés et d'Anciens Combattants (CIAMAC), est favorable à la politique de Briand à laquelle l'UNC est hostile. En 1929, à l'initiative d'Anatole de Monzie, est créée la Fédération nationale des Anciens Combattants non pensionnés qui prend quelque temps plus tard le nom de Fédérations des Anciens Combattants du front et qui groupe environ 100 000 membres.

À côté de ces organisations à vocation nationale, il en existe d'autres plus « catégorielles » fondées sur la base des blessures subies, l'origine « professionnelle » ou les circonstances : la Fédération nationale des amputés (20 000 adhérents), l'association des Gueules cassées qui regroupent les grands invalides, l'Union des aveugles de guerre et celle des Mutilés des yeux (10 000 membres), la Fédération nationale des blessés du poumon et chirurgicaux (FNBPC) avec 75 000 membres, le groupe des Officiers mutilés (10 000 membres), les Cheminots Anciens Combattants (40 000 membres), trois associations de fonctionnaires (75 000 membres), l'Association des prêtres Anciens Combattants, la Fédération nationale des commerçants et industriels mobilisés (15 000), les Poilus d'Orient, l'association des Médaillés militaires (100 000 membres) sans oublier la Fédération nationale des anciens prisonniers de guerre (60 000 membres).

De surcroît, dès novembre 1917, sous l'autorité d'Henri Barbusse, Raymond Lefebvre et Paul Vaillant-Couturier, les minoritaires socialistes qui s'opposent au « jusqu'au-boutisme » lancent l'Association républicaine des Anciens Combattants (ARAC ; environ 20 000 membres) qui, au milieu des années 20, passe sous le contrôle exclusif du Parti communiste. En 1918, dans l'orbite de la CGT et du Parti socialiste SFIO, apparaît la Fédération ouvrière et paysanne (FOP) qui a vocation de rassembler les Anciens Combattants de la gauche modérée. Les radicaux soutiennent, eux, la Fédération nationale des combattants républicains mise sur pied à la veille des élections du printemps 1924. Enfin, à l'extrême droite, Marius Plateau dirige la faible Ligue des Anciens Combattants de l'Action française.

17 novembre

Les troupes françaises entrent en Alsace-Lorraine. Dès le 15, trois commissaires de la République ont été nommés par décret pour l'Alsace-Lorraine.

18 novembre
Le Corbusier et Amédée Ozenfant (1886-1966) publient un pamphlet intitulé *Après le cubisme*, où celui-ci est défini comme « un art trouble pour une époque trouble », un jeu pour une « société jouisseuse ». L'heure est au « retour à l'ordre ».

21 novembre
Le gouvernement américain annonce la fin du système d'assistance établi en faveur des Alliés.

26 novembre
Louis Loucheur devient ministre de la Reconstruction industrielle et Albert Lebrun, qui a succédé l'année précédente à Jonnart devenu gouverneur de l'Algérie, abandonne le ministère du Blocus pour se consacrer aux Régions libérées.

27 novembre
L'ancien président Theodore Roosevelt (républicain) nie toute autorité au président Wilson (démocrate) pour négocier au nom du peuple américain car les élections au Sénat ont donné une courte majorité aux républicains.
Le maréchal Foch remet à Clemenceau un mémorandum pour justifier l'établissement de la frontière sur le Rhin.

30 novembre
Foch et Clemenceau se rendent à Londres pour rencontrer Lloyd George. Foch expose ses conceptions en matière de paix européenne future.

1er décembre
Une conférence préparatoire des Alliés aux négociations de paix a lieu à Londres. Un Conseil des quatre est formé par les chefs de gouvernement: Lloyd George, Clemenceau, Orlando, Wilson.

4 décembre
L'État tchécoslovaque est reconnu par les Alliés qui lui accordent le droit d'englober la Slovaquie.

8-10 décembre
Pétain, Foch, Poincaré et Clemenceau, désormais surnommé « le Père la Victoire », sont acclamés en Alsace.

14 décembre
Le président américain Wilson arrive à Paris pour la conférence de la paix. Il passe la Noël avec les soldats américains en Haute-Marne.

15 décembre
Le général Pétain est fait maréchal de France.
Le comité confédéral national de la CGT adopte son programme minimum: reconnaissance du droit syndical, généralisation des contrats collectifs, journée de 8 h, extension de l'assurance sociale, nationalisations.

29 décembre
À l'issue du débat de politique étrangère, Clemenceau obtient la confiance par 386 voix contre 89.

autres événements
• Paul Langevin publie ses travaux sur les ultrasons.
• Charles Nicolle expérimente un sérum contre la rougeole.

1919

janvier
Mise en vente de *Le Coq et l'arlequin*, manifeste musical de Jean Cocteau destiné à préparer la naissance du groupe des Six, qui donnera lieu à une polémique avec André Gide.

10 janvier
Après son premier mémorandum du 27 novembre 1918, le maréchal Foch en présente un second dans lequel il défend l'idée selon laquelle la sécurité de la France ne peut être garantie qu'en séparant la Rhénanie de l'Allemagne. Le Rhin deviendrait la frontière occidentale de l'Allemagne: les deux pays seraient ainsi séparés par une sorte d'État-tampon.

18 janvier
Ouverture solennelle de la conférence de la paix au Quai d'Orsay. 27 États vainqueurs y participent sous l'égide d'un Conseil des dix (chefs d'État ou de gouvernement des cinq grandes puissances – États-Unis, Royaume-Uni, France, Italie, Japon – et ministres des Affaires étrangères) puis d'un Conseil des quatre (Clemenceau, Lloyd George, Wilson et Orlando) qui prend forme le 24 mars et auquel 52 commissions sont subordonnées.

22 janvier
Le Conseil des dix propose en vain une conciliation en Russie.
Au cours du mois de janvier, les grèves des transports publics et des cheminots se multiplient.

février
Première exposition individuelle de Fernand Léger à la galerie l'Effort moderne, chez Léonce Rosenberg. Le peintre livrera sa perception de la

guerre en ces termes: « Il y avait au front cette atmosphère surpoétique qui m'a excité à fond. Bon Dieu! Quelles gueules [...]. Je fus ébloui par une culasse de 75 ouverte en plein soleil... Elle m'en a plus appris pour mon évolution plastique que tous les musées du monde. »

3 février
Ouverture de la conférence socialiste internationale à Berne qui inaugure la reprise des relations entre socialistes allemands et français (les Belges ont refusé de s'y rendre).

11 février
Le social-démocrate Friedrich Ebert est élu président de la République de Weimar par l'Assemblée constituante allemande.

14 février
Le principe de la constitution d'une Société des Nations est retenu par la conférence de la paix à l'instigation de Wilson.

16 février
Les socialistes autrichiens remportent les élections à l'Assemblée constituante. Le nouveau chancelier, le socialiste Karl Renner (1870-1950), revendique la possibilité de rattacher l'Autriche à l'Allemagne. Cette revendication rencontrera l'approbation des Américains et de certains membres de la délégation anglaise à la conférence de la paix.

19 février
L'anarchiste Émile Cottin blesse Clemenceau par balles, au moment où le président du Conseil sort de chez lui. Le 14 mars, Cottin est condamné à mort. Clemenceau intervient alors pour obtenir sa grâce, sa peine est commuée en dix ans de réclusion. En 1936, Cottin trouvera la mort dans les rangs républicains, au début de la guerre civile espagnole.
Au cours des débats de la conférence de la paix, les Alliés décident de refuser toute entrée en contact avec les bolcheviks.

mars
Le Parlement adopte la loi sur les pensions militaires; le préambule en justifie ainsi le contenu: « La République reconnaissante envers ceux qui ont assuré le salut de la patrie. »
Le Trésor américain et le Trésor britannique mettent fin aux accords de solidarité financière établis pendant la guerre.

Les finances de la France

Au sortir de la guerre, les finances de la France atteignent un déficit de 120 milliards de francs, non couverts par les emprunts, qui pèsent sur le budget. La dette est à la fois intérieure et extérieure (vis-à-vis des Anglo-Américains). La circulation fiduciaire est passée de 6 milliards de billets en 1913 à 35 milliards. La pénurie de produits de première nécessité entraîne une forte hausse des prix, multipliés par 2,5 – situation qui entretient l'agitation sociale. Les réserves de la Banque de France ne couvrent la monnaie qu'à 21,5 % contre 69,4 % avant guerre.
Pour remédier à cette situation, Louis Klotz, le ministre des Finances du gouvernement Clemenceau, a scindé le budget en deux volets: les dépenses « ordinaires », qui doivent être équilibrées avec les recettes habituelles, et les dépenses « extraordinaires » nées du conflit qui devraient être couvertes par les réparations allemandes. Ce système rend les finances de la France dépendantes non seulement de la bonne volonté de l'Allemagne mais aussi de ses capacités à payer, et plus encore de l'appui de ses Alliés. On trouve là l'origine de la volonté de « faire payer l'Allemagne », d'autant que les gouvernements jusqu'en 1924 ont recours à l'emprunt et à la planche à billets: en 1919, 25,5 milliards de nouveaux billets sont mis en circulation. En conséquence, le franc commence à reculer sur le marché des changes: le dollar vaut 15 francs (contre 5,18 en 1913), la livre 59 francs (contre 25,25 en 1913).

Premier numéro de la revue *Littérature* (1re série de 2 numéros, puis une seconde de 13 numéros jusqu'en 1924) dirigée par Louis Aragon (encore soldat), André Breton et Philippe Soupault. Au sommaire, des articles de Paul Valéry, André Gide, André Salmon, Max Jacob, Blaise Cendrars, Jean Paulhan, bientôt rejoints par Pierre Drieu la Rochelle, Paul Éluard, Valery Larbaud, Paul Morand, Raymond Radiguet, Tristan Tzara. La revue lancera une enquête qui deviendra célèbre: « Pourquoi écrivez-vous? »
Première du film d'Abel Gance: *J'accuse*, au Gaumont Palace.

1er-12 mars
Prévoyant une revanche allemande dans un délai de vingt ou trente ans, le maréchal Foch remet un mémoire à la conférence de la paix dans lequel il demande le détachement de la rive gauche du Rhin, son placement sous contrôle international et

son occupation interalliée sans limite de temps – une haute commission interalliée des territoires rhénans sera mise sur pied. Le 8, les Anglais refusent ce projet et le Premier ministre Lloyd George propose des garanties militaires: l'Allemagne n'aura qu'une armée de 100000 hommes (sans aviation, sans chars ni artillerie lourde), la rive gauche du Rhin sera démilitarisée ainsi qu'une bande de 50 km sur la rive droite, l'occupation de la province rhénane et du Palatinat bavarois sera limitée à quinze ans. Les États-Unis et la Grande-Bretagne promettent leur appui militaire à la France en cas d'agression allemande ou de violation du statut de la Rhénanie. Le maréchal Foch s'opposera publiquement à ces conditions, finalement acceptées par Clemenceau, qui préconise, le 12, la création d'un État rhénan.

4 mars
À Moscou, Lénine fonde l'Internationale communiste (Komintern) qui entend regrouper les partis communistes existants (Allemagne) ou les fractions communistes des partis socialistes. Ne sont représentées à ce premier congrès que des fractions de partis socialistes, exception faite du Parti communiste allemand dont le délégué avait pour consigne de ne pas voter en faveur de la création d'une nouvelle internationale.

6 mars
Pour freiner la hausse des prix, le gouvernement fait ouvrir des baraques dites Vilgrain où les Parisiens trouvent des denrées au prix du ravitaillement. Dans les régions sinistrées, les mêmes baraques abritent temporairement les habitants.

17, 22 mars
La conférence de la paix adopte les clauses militaires, aériennes et navales du désarmement de l'Allemagne. Le 22, elle étudie la question polonaise, notamment l'octroi d'un débouché sur la Baltique, à Dantzig.

21 mars
Un décret institue un commissariat général en Alsace-Lorraine destiné à mettre en place la nouvelle administration se substituant à l'allemande. Il sera supprimé le 24 juillet 1925.

25 mars
La loi instituant les conventions collectives destinées à fixer les salaires, l'organisation de la journée de travail, etc., est adoptée. Au cours de l'année, 567 conventions sont conclues (345 en 1920).

27-28 mars
Devant le Conseil des quatre, Clemenceau déclare son opposition totale au rattachement de l'Autriche à l'Allemagne. Il reçoit le soutien italien. Lloyd George et Wilson se rangent à son avis. L'article 88 du traité de Versailles, confirmé par l'article 80 du traité de Saint-Germain, fera interdiction à l'Autriche d'aliéner son indépendance. Le 28, Lloyd George s'oppose à l'annexion de la Sarre par la France en compensation des destructions subies par le bassin minier du Nord et du Pas-de-Calais. Anglais et Américains accordent seulement à la France la propriété des mines de charbon et la mise en tutelle de la Sarre sous administration internationale pendant quinze ans.

3 avril
Le corps expéditionnaire français, envoyé en décembre 1918 en Ukraine par Clemenceau, quitte Odessa. Le 3 mai, toutes les troupes françaises auront quitté l'Ukraine.

6 avril
À Paris, 100000 personnes manifestent contre l'acquittement, le 22 mars, de Raoul Villain, l'assassin de Jaurès.

11 avril
La conférence de la paix adopte la charte internationale du travail.

13 avril
À la suite de plaintes déposées par les familles de deux disparues, Henri Désiré Landru (né en 1869) est arrêté. Ce père de famille auteur de nombreuses escroqueries est bientôt accusé du meurtre de 10 femmes. Par le biais des petites annonces, il rencontrait des jeunes femmes seules ou des veuves et leur promettait le mariage. Parvenant à les isoler par de savantes manœuvres avant de les assassiner dans un pavillon à Gambais (Seine-et-Oise), il les faisait disparaître en brûlant leur corps. Ensuite, à l'aide de faux documents, il récupérait leurs biens. Cette retentissante affaire criminelle se termine par sa condamnation à mort et son exécution le 22 février 1922.

18 avril
La Chambre vote la réforme électorale qui introduit le scrutin départemental à un seul tour: les sièges restant à pourvoir sont attribués selon la proportionnelle. Si une des listes a plus de 50 % des suffrages, elle remporte la totalité des sièges à pourvoir dans le département. La loi est définitivement adoptée le 8 juillet, en 2e lecture, par 334

voix contre 121. Elle accentue le décalage entre le nombre de voix obtenues par chaque parti et le nombre de sièges qui leur est attribué.

19-21 avril
En mer Noire, plusieurs équipages de navires français, envoyés pour soutenir les généraux blancs en lutte contre les bolcheviks, se mutinent pour obtenir leur retour en France. Le 5 juin, l'événement est inscrit à l'ordre du jour de la Chambre. La loi d'amnistie du 23 avril 1921 exclura les déserteurs devant l'ennemi ainsi que les mutins de la mer Noire.

23 avril
Le Sénat institue la journée de 8 h, sans diminution de salaires, dans tous les établissements industriels et commerciaux. L'agriculture et le travail à domicile n'y sont pas soumis.

24 avril
Lors de la conférence de la paix, les délégués italiens n'obtiennent pas satisfaction à propos de la Dalmatie, qui sera intégrée au royaume yougoslave; ils quittent alors Paris.

28 avril
La conférence de la paix adopte le pacte constitutif de la Société des Nations qui est incorporé en tête du traité de Versailles et des autres traités de paix. Tout au long d'avril, les Alliés ont débattu des garanties offertes par le pacte de la SDN. La France propose le principe de sanctions militaires en cas d'agression, la mise sur pied d'une force internationale avec un état-major permanent et un contingent fourni par les États membres. Les Anglais refusent le principe des sanctions militaires tandis que le président Wilson prône d'abord l'emploi de sanctions économiques ou financières puis, en dernier recours, de sanctions armées.

30 avril
Le Conseil des quatre accorde au Japon le mandat sur les archipels allemands du Pacifique et l'attribution des « droits et intérêts » allemands sur la province chinoise du Shantong. En conséquence, la Chine ne signera pas le traité de paix. Les Américains ont cédé au Japon pour obtenir son adhésion à la SDN.

mai
Parution de *Poèmes* de Jules Supervielle (1884-1960) avec une préface de Paul Fort. Le recueil attire l'attention de Valéry et de Gide.

1er mai
À Paris, de violents affrontements entre la police et les manifestants de gauche ont lieu au cours des manifestations interdites. La CGT a appelé à défiler pour les 8 h, pour la démobilisation totale et contre l'intervention en Russie. On dénombre 2 morts et de nombreux blessés dont 428 agents de police.

7 mai
Les conditions du traité de paix sont transmises aux délégués allemands; le 21, les Alliés fixent au 29 mai le délai qui leur est imparti pour signer le traité. Le gouvernement en communique une analyse qui paraît dans la presse le 8.
Dans *L'Action française*, Jacques Bainville écrit: « 60 millions d'Allemands ne se résigneront pas à payer, pendant trente ou cinquante ans, un tribut régulier de plusieurs milliards à 40 millions de Français. 60 millions d'Allemands n'accepteront pas comme définitif le recul de leur frontière de l'Est, la coupure des deux Prusses. 60 millions d'Allemands se riront du petit État tchécoslovaque. »

8 mai
L'ancien sénateur de la Meuse, Charles Humbert, inculpé le 14 février 1918 pour « commerce avec l'ennemi », est acquitté par le conseil de guerre à la minorité de faveur. L'un de ses coinculpés, Pierre Lenoir, est condamné à mort.

10 mai
L'Humanité publie un article d'Henri Barbusse appelant à la constitution d'un groupe Clarté destiné à animer un mouvement intellectuel républicain et pacifiste, une « Internationale de l'esprit ».

20 mai
Par 344 voix contre 97, la Chambre décide que les lois sur l'électorat et l'éligibilité à toutes les assemblées élues seraient applicables à tous les citoyens sans distinction de sexe.

21 mai
L'écrivain Victor Segalen est retrouvé mort dans la forêt de Huelgoat (Finistère), laissant une importante œuvre posthume. Paraîtront son roman *René Leys* en 1922, *Équipée* en 1927, puis *Le Fils du Ciel* en 1975.

29-30 mai
Les délégués allemands critiquent le texte du traité et font des contre-propositions. Le 30, les vainqueurs se partagent les colonies allemandes: la France reprend les territoires du Congo cédés

en 1911, obtient le mandat sur le Cameroun et une partie du Togo.

juin
Exécution au concert Gaveau de quatre des chœurs composés par Darius Milhaud sur *Les Choéphores* d'Eschyle dans une traduction de Paul Claudel, qui note: « Grand effet du chœur déclamé avec une batterie. » C'est Honegger qui assure la partie de batterie.

1er juin
Chef du mouvement autonomiste rhénan, le docteur Dorten proclame une République rhénane. Sa tentative est soutenue en sous-main par le général Mangin, favorable aux thèses du maréchal Foch, qui fournit des subsides au mouvement. L'initiative de Dorten fait long feu devant l'hostilité des puissances alliées. Mangin, commandant des troupes d'occupation en Allemagne, sera relevé de ses fonctions quelque temps plus tard.
La Nouvelle Revue française, dirigée par Jacques Rivière, reparaît. La publication avait été interrompue après le numéro du 1er août 1914.

2 juin
Au château de Saint-Germain, les délégués autrichiens se voient remettre les conditions de paix. L'Autriche n'a plus d'accès à la mer et perd la Bukovine, la Galicie, la Moravie, la Bohême, le Trentin, le Frioul, l'Istrie, la Carniole, la Dalmatie, une partie de la Carinthie et la Styrie.

2-16 juin
Le 2, les métallurgistes de la région parisienne se mettent en grève pour obtenir la semaine de 44 h. Le 3, les employés du métropolitain et des omnibus de Paris entrent en grève à leur tour. Les compagnies assurent un service réduit avec certains employés et les élèves de l'École centrale. La grève se termine le 16.

8 juin
La France reconnaît officiellement le Royaume des Serbes, Croates et Slovènes.

16-23 juin
Les Alliés rejettent les contre-propositions allemandes tout en faisant quelques concessions sur le plébiscite en Silésie (partage du territoire entre Allemands et Polonais), les clauses financières et l'admission de l'Allemagne à la SDN. Ils ajoutent un ultimatum: les conditions imposées doivent être acceptées au plus tard le 23 juin à 19 h, sans nouvelle discussion.
Après avoir tenté d'obtenir un nouveau délai de 48 h, le gouvernement Bauer finit par accepter, le 23, les conditions des Alliés.

26 juin
L'Humanité publie la « Déclaration de l'indépendance de l'esprit » de Romain Rolland qui a recueilli 145 signatures d'intellectuels de tous pays: « Travailleurs de l'esprit, compagnons dispersés à travers le monde, séparés depuis cinq ans par les armées, la censure et la haine des nations en guerre, nous vous adressons, à cette heure où les barrières tombent et les frontières se rouvrent, un appel pour reformer notre union fraternelle [...]. »

28 juin
Traité de Versailles. Le traité de paix avec l'Allemagne est signé dans la galerie des Glaces au château de Versailles en présence d'une délégation de grands mutilés de guerre. L'Alsace-Lorraine est restituée à la France, la Sarre est placée sous contrôle de la SDN pour quinze ans, la France obtient la propriété de son bassin houiller. L'Allemagne est partiellement désarmée et les Alliés occupent la rive gauche du Rhin ainsi que Mayence, Coblence et Cologne, une zone démilitarisée de 50 km est instaurée sur la rive droite. Le paiement de réparations lui est imposé. Elle doit livrer une partie de sa flotte, des machines et du matériel ferroviaire, etc. Elle reconnaît sa responsabilité morale dans le déclenchement du conflit (articles 227 à 231). Le 30, Clemenceau présente le traité à la Chambre. Dans *La Nouvelle Revue française* (n°74, novembre 1919), Henri Ghéon exprime la conscience de l'ampleur du massacre et de ses conséquences: « Hélas! il nous paraît à nous qu'elle [la France] n'aura vaincu, qu'elle ne sera, ne vivra qu'en proportion de nos efforts nouveaux pour faire durer sa victoire. Son être est en suspens. Si le triomphe de nos armes l'a sauvée de la destruction et du servage, il la laisse si anémiée et de son plus précieux sang, de son capital-travail et de son capital-richesse, que sa position dans le monde, son assiette, est matériellement moins bonne, moins sûre, moins solide, malgré la récupération de deux provinces et l'occupation provisoire du Rhin, qu'en juillet 1914. »

LES RÉPARATIONS

Posé implicitement dès l'armistice du 11 novembre 1918, le principe des réparations, en compensation des destructions subies par les pays envahis par l'Allemagne, est débattu au cours de la conférence de la paix. Deux concep-

tions s'affrontent parmi les Alliés : d'un côté, la France considère légitime de faire payer les dégâts effectivement commis par l'Allemagne ; de l'autre, les Anglo-Saxons préconisent un paiement tenant compte de ses possibilités réelles. Dès lors, la question des réparations va dominer les relations internationales jusqu'en juillet 1932.
La commission des réparations mise sur pied a pour tâche de fixer leur montant avant mai 1921, le gouvernement allemand étant contraint, d'ici là, de payer en marks ou en marchandises (charbon notamment) l'équivalent de 20 milliards de marks-or. À la conférence de Spa (5-16 juillet 1920), la commission définit leur répartition. Viennent ensuite la conférence de Paris (29 janvier 1921) qui propose un montant de 226 milliards de marks-or (payables en 42 annuités) – ramenés à 132 milliards en mai 1921 –, celle de Cannes (janvier 1922) puis celle de Londres (5 août 1924), la conclusion du plan (1924) proposé par l'Américain Charles Dawes suivi du plan Young (août 1929), enfin la conférence de Lausanne (juillet 1932) qui décide de la fin des paiements. Pendant toutes ces années, les réparations sont à l'origine de conflits latents ou ouverts (occupation de la Ruhr) entre la France et l'Allemagne. Une contradiction difficilement surmontable s'installe : afin que l'Allemagne retrouve une capacité de paiement, il faut soit lui concéder des marchés aux dépens des autres puissances économiques, soit ouvrir les chantiers de reconstruction aux entreprises allemandes – ce que Rathenau propose en juin 1921 –, concurrence inacceptable pour les entrepreneurs français. Vainqueurs, les Français ne sont guère prêts à accepter ce qui paraît, à leurs yeux, un retournement de situation – le pays désigné comme responsable de la guerre bénéficiant d'avantages substantiels. Les Anglo-Saxons, qui penchent pour la relance de l'économie allemande, désapprouvent l'attitude française et se montrent favorables au système des crédits internationaux accordés à l'Allemagne. Le désaccord franco-anglais éclate en août 1922. Peu à peu, le point de vue des Anglo-Saxons finit par triompher, rendant caduque une disposition essentielle du traité de Versailles. Sur les réparations imposées à l'Allemagne, celle-ci ne paye finalement que 22,8 milliards dont 9,5 à la France qui doit financer à 70 % sa propre reconstruction.

1er juillet
Le gouvernement annonce la poursuite de la démobilisation, classe par classe, à partir du 9.

2 juillet
Signé en juin par Clemenceau, Wilson et Lloyd George, le traité qui garantit à la France l'alliance des États-Unis et de l'Angleterre, en cas d'attaque de l'Allemagne, est rendu public.

14 juillet
Dans la nuit du 13 au 14, un immense catafalque a été dressé sous l'Arc de Triomphe. Des dizaines de milliers de Français en deuil viennent s'y recueillir. Défilé de la Victoire sur les Champs-Élysées. En tête des troupes de toutes nationalités défilent les maréchaux Joffre et Foch. Mais ce sont les grands mutilés de guerre qui ouvrent le défilé.

15 juillet
Le gouvernement prend une série de mesures pour combattre la « vie chère » : augmentation du nombre de baraques de vente de denrées, ouverture de restaurants à prix fixe, mise en vente de stocks alimentaires de guerre, organisation d'un service de répression de la spéculation. Le 29, il décide l'achat de denrées américaines. L'agitation perdure tout de même.

19 juillet
Le Figaro publie le manifeste des intellectuels de droite (rédigé par Henri Massis) qui répond à celui de Romain Rolland paru le 26 juin. « Pour un parti de l'intelligence » appelle à la « réfection de l'esprit public en France par les voies royales de l'intelligence et des méthodes classiques, fédération intellectuelle de l'Europe et du monde sous l'égide de la France victorieuse, gardienne de toute civilisation ».

21-24 juillet
Le 21, le Parlement anglais ratifie le traité de Versailles.
Le 24, Léon Jouhaux condamne la grève générale contre l'intervention alliée en Russie et s'oppose aux révolutionnaires de la CGT.

25 juillet
La loi Astier permet l'octroi de subventions de l'État aux établissements privés d'enseignement professionnel : l'enseignement devient obligatoire jusqu'à 18 ans pour les jeunes ouvriers dépourvus de certificat d'aptitude professionnelle.

26 août-24 septembre
Ouverture du débat à la Chambre sur le traité de paix de Versailles. Le 24 septembre, Clemenceau prononce un nouveau discours le justifiant.

31 août
Fondation de la Confédération générale de la production française (CGPF) qui regroupe 1 500 syndicats professionnels rassemblés en 21 fédérations (en 1936: on dénombrera 4000 syndicats pour 27 fédérations). La Confédération est née à l'initiative du ministre du Commerce et de l'Industrie Clémentel qui jugeait nécessaire d'aider à la reconstruction nationale en fédérant les syndicats patronaux: le Comité des houillères, l'Union des industries métallurgiques et minières, l'Union des produits chimiques. La CGPF apparaît donc comme la confédération des grandes entreprises. De 1926 à 1936, elle sera dirigée par René Duchemin tout autant hostile au contrôle étatique qu'opposé au corporatisme.

10 septembre
Traité de Saint-Germain-en-Laye entre les Alliés et l'Autriche. L'Italie reçoit le Tyrol du Sud et le Trentin; les Sudètes reviennent à la Tchécoslovaquie; la Styrie du Sud et une partie de la Carinthie à la Yougoslavie. L'armée autrichienne est limitée à 30000 soldats.

15-21 septembre
Au congrès de Lyon, la CGT revendique 2,4 millions d'adhérents (en réalité, plutôt 1,6 million). La minorité révolutionnaire qui critique l'attitude de la direction confédérale pendant la guerre, est conduite par Pierre Monatte, Fernand Loriot, Gaston Monmousseau. Ils s'opposent à Léon Jouhaux et gagnent en influence mais pas suffisamment pour le renverser. Les minoritaires décident alors de s'organiser en structures parallèles pour enlever la direction aux réformistes.
Le congrès demande au gouvernement la mise sur pied d'un Conseil économique du travail. Le 3 novembre, la Confédération l'organise elle-même en invitant l'Union syndicale des techniciens de l'industrie, du commerce et de l'agriculture (USTICA), la Fédération générale des fonctionnaires, la Fédération nationale des coopérateurs à se joindre à elle. Les travaux de ce Conseil débuteront le 8 janvier 1920 pour promouvoir l'idée de la « nationalisation industrialisée ».

octobre
Paul Valéry: *Introduction à la méthode de Léonard de Vinci*. Ce livre est la reprise, augmentée d'une longue « Note et digression », d'un essai écrit en 1894 et publié en 1895 dans *La Nouvelle Revue*. Valéry trouve en Léonard de Vinci l'exemple d'un homme en qui coexistent le génie artistique et la rigueur scientifique. « En réalité j'ai nommé *homme* et *Léonard* ce qui m'apparaissait alors comme le pouvoir de l'esprit. »
La galerie L'Effort moderne expose 167 dessins et aquarelles de Picasso, caractéristiques du style néoclassique qu'il a adopté depuis peu.

2 octobre
La Chambre ratifie le traité de Versailles par 372 voix contre 53 – dont 49 socialistes – et 72 abstentionnistes – dont 33 socialistes, 18 radicaux-socialistes, Ybarnegaray (droite) et André Maginot (centre).

10 octobre
La publication des procès-verbaux des comités secrets, qui se sont tenus pendant la guerre, est votee. Au cours du débat, Painlevé, qui était ministre de la Guerre au moment des faits, fait le procès des responsables de l'échec de l'offensive du Chemin des Dames en avril 1917.

13 octobre
Le *Journal officiel* publie les décrets sur la levée de l'état de siège et la suppression de la censure.

16-19 octobre
Consécration de la basilique du Sacré-Cœur à Paris.

22 octobre
Formation du Bloc national (initié dès septembre par la formation de l'Union nationale d'action républicaine) qui rassemble la Fédération républicaine, l'Alliance démocratique, le Parti radical-socialiste dans un pacte électoral aux contours mal définis. Le Bloc ne devient une réalité tangible qu'après les élections, lorsqu'une majorité parlementaire se dégage à la Chambre. Le Bloc national se veut la prolongation de l'Union sacrée de l'époque de la guerre mais récuse Clemenceau comme chef; il lui est reproché d'avoir écarté le Parlement des négociations de paix.

1er-2 novembre
Congrès constitutif de la CFTC au siège du Syndicat des employés du commerce et de l'industrie, 5 rue Cadet à Paris. 250 délégués représentent environ 300 syndicats. La nouvelle Confédération regroupe plus de 100000 adhérents répartis en 24 unions régionales dont un grand nombre d'employés (30000 à la Fédération française des employés catholiques; plus de la moitié sont des femmes) et les forts bataillons des syndicats indépendants d'Alsace-Lorraine (21000). Gaston Tessier est nommé secrétaire général de la CFTC, au côté de Jules Zirnheld (1876-1940), pré-

sident. La centrale se réfère à l'encyclique *Rerum novarum* (1891) qui posait les fondements de la doctrine sociale chrétienne.

GASTON TESSIER

Fils d'un ouvrier menuisier, Gaston Tessier (1887-1960) fut influencé par les idées de Marc Sangnier, le fondateur du Sillon. À 18 ans, il adhère au Syndicat des employés du commerce et de l'industrie (SECI), devient en 1908 secrétaire adjoint du Syndicat des employés de Paris puis, en 1912, secrétaire des syndicats catholiques de la région parisienne. Un an plus tard, il accède aux fonctions de secrétaire général de la Fédération française des syndicats d'employés catholiques. C'est donc un jeune militant plein d'expérience qui prend la tête de la nouvelle Confédération. L'essentiel de son activité s'ordonne dès lors autour de deux axes: renforcer les structures d'une centrale très composite; développer la formation des militants par des écoles normales ouvrières. Gaston Tessier dut affronter l'hostilité d'une partie du patronat chrétien du Nord (le consortium textile de Roubaix-Tourcoing) qui en appela au Vatican. En 1929, ses efforts aboutirent au rejet des accusations de « déviations marxistes » portées contre la CFTC.

12-30 novembre
Grève des ouvriers imprimeurs de la presse à Paris pour une augmentation de salaire. La grève se termine le 30 sur un échec.

16 novembre
Le Bloc national est victorieux aux élections législatives (28,9 % d'abstentions) avec 319 élus dont 183 à l'Entente républicaine et démocratique, 29 aux indépendants, 46 à l'Action républicaine et sociale, 61 aux Républicains de gauche. À gauche, la SFIO compte 68 élus, les radicaux-socialistes 86, les républicains socialistes 26. La Chambre compte 59 % de nouveaux élus (sur 626) dont nombre d'Anciens Combattants qui veulent rester « unis comme au front », d'où le nom de « Chambre bleu horizon » qui lui fut donné.
Les ministres non élus (Clémentel, Colliard, Lafferre) démissionnent le 25.

20 novembre
Le Sénat américain rejette la ratification du traité de Versailles et le pacte de garantie promis à la France le 2 juillet précédent.

27 novembre
Traité de Neuilly-sur-Seine. La Bulgarie renonce à la Dobroudja du Sud annexée par la Roumanie en 1913, et cède la Thrace occidentale à la Grèce. Son armée est réduite à 20000 hommes.
Le gouvernement allemand, estimant avoir rempli les conditions de l'armistice, demande la libération de ses prisonniers.

8 décembre
Les Alliés informent l'Allemagne que jusqu'à la mise en vigueur du traité de Versailles, une simple dénonciation de l'armistice suffirait à leur donner toute latitude pour prendre des mesures militaires.

10 décembre
Le prix Goncourt est attribué à Marcel Proust pour *À l'ombre des jeunes filles en fleurs*, par 6 voix contre 4 aux *Croix de bois* de Roland Dorgelès, paru en avril 1919 et qui a rencontré un succès formidable. De nombreux journaux, qui auraient préféré voir couronner le livre d'un ancien combattant, attaquent le roman de Proust.

14 décembre
Lors du renouvellement des conseils généraux, radicaux et radicaux-socialistes perdent 100 sièges.

29 décembre
Le projet d'emprunt à 5 % présenté par Louis Klotz, est approuvé par 491 voix contre 64.

autres événements
• Tzara et Picabia publient en collaboration les revues *Dada* et *391*.
• Antoine Bourdelle sculpte le monument aux morts de Montceau-les-Mines.
• Albert Gleizes réalise un projet de fresque pour la gare de Moscou.
• La section féminine du baccalauréat est supprimée. Désormais, candidats et candidates se présentent à un baccalauréat commun.

1920

3 janvier-5 juin
Début de la parution en feuilleton dans *La Vie parisienne* du roman de Colette, *Chéri*, qui se poursuivra jusqu'au 5 juin.

10 janvier
Au salon de l'Horloge du Quai d'Orsay, a lieu l'échange des signatures pour la ratification du traité de Versailles. Sont présents le Premier ministre

anglais Lloyd George, le président du Conseil italien Nitti, Clemenceau, le diplomate allemand von Lersner. Les États-Unis sont absents.
Naissance officielle de la SDN avec l'entrée en vigueur du traité de Versailles. 32 pays fondateurs forment l'Assemblée qui siège à Genève sous l'autorité d'un conseil permanent composé de la France, du Royaume-Uni, de l'Italie, du Japon et de la Chine.
Ouverture de la librairie Au sans pareil, rue du Cherche-Midi, qui accueillera de nombreuses expositions Dada.

Le dadaïsme

Avec la Grande Guerre, l'optimisme et la croyance dans le progrès qu'avaient proclamés les mouvements artistiques du début du siècle s'effondrent. S'instaure le temps du doute radical, qui va toucher simultanément dans le monde toutes les formes artistiques, et la peinture en particulier. Mais la table rase qu'effectuent les artistes signifie aussi un retour aux origines, d'où naîtra, peut-être, un nouvel art. Ainsi, le mot « dada », qui aurait été choisi au hasard dans un dictionnaire, « symbolise la relation la plus primitive avec la réalité environnante », selon le premier manifeste dadaïste publié à Berlin, en avril 1918. Francis Picabia (1879-1953) affirme : « L'art est un produit pharmaceutique pour imbéciles », tandis que Duchamp conseille de se servir d'une toile de Rembrandt comme planche à repasser…
À Paris, son principal représentant est Marcel Duchamp (1887-1968). L'artiste, qui a rapidement exploré le cubisme puis le futurisme, change brutalement de manière en 1913 avec la Broyeuse de chocolat, *représentation minutieuse d'un objet. La même année, il fixe la roue d'une bicyclette sur un tabouret et l'intitule simplement* Roue de bicyclette, *puis récidive en 1914 avec un* Porte-bouteilles *qu'il signe et date comme une œuvre d'art. Ce sont les premiers « ready-made ». En 1919, Picabia rentre à Paris, suivi bientôt par Duchamp et le photographe Man Ray. Picabia se lance dans un art de provocation : son tableau intitulé* Chapeau de paille *porte deux étiquettes collées à côté d'un texte : « M… pour celui qui regarde » ; dans sa revue* 391, *il intitule une tache d'encre* La Sainte Vierge.
Les objets que réalise Man Ray (1890-1976) ne sont pas moins étranges que les « tableaux » de Picabia : un fer à repasser avec une semelle hérissée de clous, un Objet indestructible *consistant en un métronome sur le balancier duquel est accrochée la photographie d'un œil. Quant à Duchamp, il se lance dans ce qu'il appelle des « ready-made » assistés : une Joconde moustachue intitulée* L.H.O.O.Q., *une cage à oiseaux contenant des morceaux de sucre découpés dans du marbre. En 1923 enfin, il achève l'œuvre entreprise dix ans auparavant :* Le Grand Verre, *dit aussi* La Mariée mise à nu par ses célibataires, même, *réalisée sur des plaques de verre avec de la peinture et des feuilles de plomb.*
Le dadaïsme va sur sa fin. Sa seconde vie sera littéraire, sous l'autorité de Breton, Soupault, Éluard. Bien après que ses protagonistes se seront tournés vers d'autres voies, le surréalisme ou l'abstraction, l'esprit de Dada se retrouvera un peu dans le Nouveau Réalisme des années 60 qui pratique l'accumulation ou la récupération d'objets de la vie quotidienne.

16 janvier
La SDN commence ses travaux. Le Sénat américain rejette l'adhésion des États-Unis.
À la réunion du Luxembourg, préliminaire à l'élection présidentielle, Clemenceau, devancé par Deschanel (389 voix contre 408), retire sa candidature. Desservi par son attitude hautaine envers le Parlement, le « Père la Victoire » a cristallisé contre lui toutes les oppositions possibles : de la droite catholique à la gauche, sans compter l'hostilité active de Briand.

16-23 janvier
Dans *Comœdia*, le critique H. Collet lance l'appellation de Groupe des Six pour désigner les jeunes musiciens liés par l'amitié qui entourent depuis 1916 Erik Satie, organisent des concerts en commun et sont les « nouveaux jeunes ».

Le Groupe des Six

Admirateur de Satie, Stravinski et Chabrier, Georges Auric (1899-1983) a suivi les cours de composition de Vincent d'Indy. En 1924, il compose pour les Ballets russes puis, en 1931, écrit la musique du film de Jean Cocteau Le Sang du poète *suivie de nombreuses autres partitions pour le cinéma.*
L'aîné des Six, Louis Durey (1888-1979), fait preuve de plus de prédilection pour la musique vocale. En 1949, il donne des chœurs et des cantates dont La Guerre et la Paix, La Longue Marche *(en référence au célèbre exode des communistes chinois en 1934),* Paix aux hommes par millions *emprunté au poète Vladimir Maïakovski.*

Très précoce (il s'essaie à la composition dès l'âge de 9 ans), Arthur Honegger (1892-1955) fait ses études au Conservatoire de Zurich puis étudie avec Vincent Widor. En 1918, Le Dit des jeux du monde, *une musique de scène, provoque un scandale. En 1921, il livre* Horace victorieux *et* Le Roi David *qui, le 14 mars 1924, connaît un accueil triomphal à Paris. Son mouvement symphonique,* Pacific 231, *est un nouveau succès (8 mai 1924). Honegger produit des oratorios (*Judith, *1925), cinq symphonies (dont la première en 1930). Son style lui vaut une popularité exceptionnelle.*

D'abord attiré par la musique de chambre, Darius Milhaud (1892-1974) part de 1916 à 1918 au Brésil comme secrétaire de Paul Claudel. Il en revient avec Saudades do Brazil, Le Bœuf sur le toit *et* L'Homme et son désir. *L'audace du langage polytonal de cet ami fidèle de Satie et la nouveauté de l'esprit de sa musique provoquent quelques scandales. En 1922, il livre les* Euménides *puis, en 1923,* La Création du monde. *D'une créativité exceptionnelle, l'œuvre de Darius Milhaud comptera 409 pièces en 1965.*

Décidant de se consacrer à la musique, Francis Poulenc (1899-1963) fait la connaissance de Satie. Il se lie vers 1917 à Auric et Honegger. Sa personnalité apparaît dès ses premières compositions tels Rhapsodie nègre *(1917),* Les Mouvements perpétuels *(1918),* Le Bestiaire *(1919). En 1921, il écrit des musiques pour* Les Mariés de la tour Eiffel *de Jean Cocteau. Avec Milhaud, il se rend en Autriche pour rencontrer Arnold Schönberg, Alban Berg et Anton Webern. En 1923, il compose* Les Biches *pour les Ballets russes de Diaghilev. En 1937, il se consacre à la musique chorale religieuse (*Stabat Mater, Gloria, Sept Répons de ténèbres*) et au théâtre lyrique (*Les Mamelles de Tirésias, *d'après la pièce d'Apollinaire,* Dialogues des carmélites, *inspirés de la pièce de Bernanos).*

*Seule femme du groupe, Germaine Tailleferre (1892-1983) a remporté le prix d'harmonie du Conservatoire de Paris (1913), celui de contrepoint (1914) et celui d'accompagnement. Elle compose des musiques instrumentales (*Concerto pour piano, *1924), vocales (*Concerto des vaines paroles, *1956), théâtrales (*Il était un petit navire, *1951 ;* Parisiani, *1955).*

17-22 janvier

Deschanel est élu président de la République avec 734 voix.

Le 18, le gouvernement Clemenceau démissionne.

Le 19, Alexandre Millerand (président du Conseil et Affaires étrangères) forme son gouvernement: A. Lefèvre (Guerre), Landry (Marine), Lhopiteau (Justice), Steeg (Intérieur), Isaac (Commerce), Le Trocquer (Travaux publics et Transports), A. Sarraut (Colonies), Honnorat (Instruction publique et Beaux-Arts).

Une volonté d'innovation se fait jour: des ministres non parlementaires sont choisis tels le banquier Frédéric François-Marsal (Finances), l'ingénieur agronome J.-H. Ricard (Agriculture), l'ancien préfet de la Meuse Ogier (Régions libérées), le syndicaliste Coupat (Enseignement technique). Le ministère de l'Hygiène, Assistance et Prévoyance sociales est créé et confié au républicain socialiste Jules-Louis Breton. Au ministère du Travail, Millerand choisit le député et industriel haut-rhinois Paul Jourdain, marquant sa volonté de s'inspirer de l'expérience alsacienne en matière d'assurances sociales.

Le 22, Millerand obtient la confiance par défaut, avec 272 voix contre 23 mais 300 abstentions.

24 janvier

Le peintre et sculpteur italien Modigliani meurt de tuberculose à l'hôpital de la Charité à Paris.

Modigliani

Né à Livourne, Amedeo Modigliani (1884-1920) s'installe à Montmartre fin 1906. Voisin du Bateau-Lavoir, il se tient à l'écart de la « bande à Picasso », plutôt influencé par Toulouse-Lautrec. Quelques-uns de ses tableaux sont remarqués : Le Violoncelliste, Le Mendiant de Livourne *(1909). Il se lie avec le Roumain Brancusi, se tourne alors vers la sculpture et s'y consacre trois années durant, expérimentant la taille directe. Après la déclaration de guerre, il revient à la peinture avec une série d'huiles (*Madame Pompadour, Les Mariés, Antonia*). Redécouvrant les modèles, il élabore alors un style personnel aux personnages qui peuvent évoquer les Odalisques d'Ingres* (Nu couché au collier, Nu assis à la chemise). *À l'hiver 1919, il séjourne dans le Midi où il continue à sculpter. Atteint de tuberculose, l'artiste regagne Paris pour y mourir.*

26 janvier

Première réunion de la conférence des ambassadeurs qui succède à la conférence de la paix pour le règlement des questions de politique internationale soulevées par le traité de Versailles.

27 janvier
La veille de l'ouverture du Salon des indépendants, le sculpteur roumain Brancusi est prié de retirer de l'exposition sa sculpture *Princesse X*, en raison de sa forme phallique : de nombreux artistes (Salmon, Gleizes, Braque, Roché, Picabia, Léger, Derain, Cocteau, Satie…) signent une protestation en sa faveur dans *Le Journal du peuple*, le 25 février. Brancusi n'exposera plus qu'exceptionnellement à Paris ; il montrera ses œuvres en privé, dans son atelier ou à l'étranger, en particulier aux États-Unis.

14 février
Création publique à la Société nationale de *Socrate*, « drame symphonique d'après les dialogues de Platon », de Satie.

17 février
Début du procès de Joseph Caillaux devant la Haute Cour de justice. Il est condamné le 25 mars à trois ans de prison (couverts par sa détention préventive), pour « imprudence ayant servi les intérêts de l'ennemi », peine entraînant la privation du droit de vote ainsi que son inéligibilité pendant dix ans.

18 février
Les Alliés accordent un nouveau délai à l'Allemagne, pour réduire les effectifs de son armée au niveau établi par le traité de Versailles le 28 juin 1919. Ils acceptent que les coupables de crimes pendant la guerre soient jugés par des tribunaux allemands.

21 février
Première à la Comédie des Champs-Élysées du *Bœuf sur le toit* de Cocteau et Darius Milhaud, interprété par les Fratellini, un trio de clowns.

23 février
À la conférence de Londres, les Alliés décident de traiter avec la Russie soviétique en matière d'échanges commerciaux, alors que le 6, Millerand s'opposait encore à toute relation.

25-29 février
Le congrès socialiste de Strasbourg rompt avec la IIe Internationale sans adhérer à l'Internationale communiste. Le Parti socialiste SFIO compte 133 327 adhérents au 31 décembre 1919 contre 35 793 un an auparavant.

27 février-1er mars
Pour répliquer à la grève générale décidée le 25 février par les cheminots du Paris-Lyon-Méditerranée qui protestent contre les sanctions infligées à un syndicaliste, la Chambre vote un projet de réquisition temporaire du matériel roulant tandis que le gouvernement mobilise en partie les cheminots. La grève prend fin le 1er mars.

5 mars
La Hollande refuse de livrer l'ex empereur Guillaume II, comme le demandaient les Alliés.

7 mars-fin mai
Les mineurs du Pas-de-Calais décident la grève générale. Le 10, ils sont rejoints par ceux du Nord. La grève durera jusqu'à la fin mai.

16 mars
Les délégués des grands groupements corporatifs (commerçants, industriels, agriculteurs) se prononcent contre le droit de grève dans les services publics et pour l'arbitrage obligatoire, c'est-à-dire la négociation sous contrôle de l'État.

19 mars
Le Congrès américain rejette pour la seconde fois le traité de Versailles.

20 mars
Le plébiscite organisé par la SDN en Silésie où vivent deux tiers de Polonais, donne une majorité artificielle à l'Allemagne. En mai, des troupes polonaises tentent de s'emparer de la Silésie. L'intervention des Alliés aboutira à un partage entre les deux pays le 20 octobre 1921.
La NRF publie la traduction du livre de l'économiste anglais John Maynard Keynes, *Les Conséquences économiques de la paix*.

KEYNES ET LA PAIX DE VERSAILLES

Paru en novembre 1919, le livre sera traduit en 11 langues et vendu à 140 000 exemplaires. Ancien délégué financier anglais à la conférence de la paix, Keynes démissionne pour protester contre les réparations infligées à l'Allemagne. Selon lui, le traité de Versailles ne comporte « aucune disposition en vue de la restauration économique de l'Europe – il ne décide rien pour placer les Empires centraux vaincus au milieu de bons voisins, rien pour organiser les nouveaux États européens ou pour sauver la Russie ». Il constate : « Aucune disposition n'est prise pour rétablir les finances déréglées de la France et de l'Italie et organiser le fonctionnement de l'ancien monde et du nouveau. » Keynes s'inquiète de l'isolement dans lequel la France s'est placée par ses exigences démesurées.

25 mars
En Tunisie, le parti Destour (en français: Constitution) revendique l'accès des Tunisiens aux emplois publics et l'établissement d'une Assemblée législative élue au suffrage universel.

27 mars
Au théâtre de la Maison de l'Œuvre créé par Aurélien Lugné-Poe, une «soirée Dada», au cours de laquelle sont données des lectures de manifestes et des saynètes diverses, réunit Georges Ribemont-Dessaignes (dont Marguerite Buffet joue au piano le *Pas de la chicorée frisée*), Tristan Tzara, André Breton (lecteur du *Manifeste cannibale* de Picabia, parodie féroce des déclamations patriotiques récentes), Louis Aragon (qui effectue des tours de prestidigitation), l'actrice Musidora, Francis Picabia (auteur des décors et costumes...). En mai, la revue *Littérature* (n°13) publie 23 manifestes du mouvement Dada, signés Aragon, Tzara, Breton, Éluard, Soupault, Ribemont-Dessaignes, Picabia...

2 avril-14 mai
Le chargé d'affaires allemand demande au président du Conseil Millerand l'autorisation de laisser entrer des troupes dans la zone démilitarisée (rive droite du Rhin) alors que quelques détachements y ont déjà pénétré. Millerand exige leur retrait immédiat. En raison de la violation des dispositions du traité de Versailles par les Allemands, il fait procéder à des mesures d'astreinte le 4. Le 6, riposte des Français qui occupent Francfort, Hanau et Darmstadt jusqu'au 14 mai. Le 7, c'est au tour de Hombourg. Le 8, la Belgique s'associe aux mesures françaises. Le 9, la Grande-Bretagne fait part de ses réserves face aux mesures de rétorsion prises par la France. Ce différend débouche sur une crise des relations interalliées.

15 avril
Le ministre des Finances François-Marsal donne les résultats du dernier emprunt: 15,7 milliards.

18-26 avril
Ouverture de la conférence de San Remo à laquelle assistent les représentants de la France, de l'Angleterre, de l'Italie, de la Belgique et du Japon. C'est l'occasion pour la France et l'Angleterre de reprendre des relations normales. La conférence règle les bases du traité avec la Turquie et le régime des Détroits. La France obtient le mandat sur la Syrie où l'émir Fayçal s'est fait proclamer roi le 8 mars. En juillet 1922, le mandat français sera confirmé par la SDN.

1er-11 mai
Nouvelle grève des cheminots décidée par le congrès de leur fédération qui a vu la victoire des révolutionnaires sur les réformistes, ponctuée d'affrontements avec la police. La grève soutient la revendication de la nationalisation des chemins de fer, la réintégration des cheminots révoqués lors de la grève précédente, l'abandon des poursuites judiciaires et la reconnaissance du droit syndical. Le 3, le gouvernement décide l'arrestation des leaders syndicalistes et refuse toute transaction tant que le mouvement se poursuivra. Le 8, la CGT tente de l'élargir en vain; seuls le bâtiment et la métallurgie répondent à son appel. Au cours du mois de mai, le gouvernement lance une vaste opération de police contre les socialistes et les syndicalistes favorables au ralliement à l'Internationale communiste. Ceux-ci – Monmousseau, Loriot, Monatte, Souvarine –, accusés de «complot contre la sûreté de l'État», sont arrêtés et emprisonnés à la Santé. Ils seront acquittés le 17 mars 1921. Le 11, le gouvernement fait ouvrir une information contre la CGT aux fins de dissolution.

9 mai
Béatifiée en 1909, Jeanne d'Arc est canonisée par le pape Benoît XV. Le Parlement français décide qu'une fête nationale aura lieu en son honneur le deuxième dimanche de mai.

18 mai
Création à l'Opéra de Paris de *Pulcinella*, ballet de Stravinski d'après une musique de Pergolèse, sous la direction d'Ernest Ansermet. Les décors sont de Picasso.

21 mai
La CGT donne l'ordre aux cheminots de reprendre le travail. L'échec du mouvement provoque une chute des effectifs de la CGT. Des milliers de cheminots sont révoqués par les compagnies.
Le gouvernement obtient la confiance par 507 voix contre 74.

25 mai
La Fédération des fonctionnaires vote son affiliation à la CGT. Quelques jours plus tard, l'Union républicaine demande au gouvernement d'interdire cette affiliation.

26 mai
La Chambre ratifie le traité de Saint-Germain du 10 septembre 1919 entre les Alliés et l'Autriche. Le 30 juin, le Sénat le ratifie à son tour.

30 mai
La France signe un armistice avec Mustafa Kemal. La Cilicie (sud-est de l'Anatolie) est occupée par les troupes françaises commandées depuis novembre 1919 par un haut-commissaire, le général Gouraud.

juin
Parution du *Cimetière marin*, poème de Paul Valéry, dans *La Nouvelle Revue française*.

4 juin
Signature du traité de Trianon entre les Alliés et la Hongrie qui perd la Transylvanie au profit de la Roumanie; la Slovaquie et la Ruthénie au profit de la Tchécoslovaquie; la Croatie, la Slavonie au profit de la Yougoslavie. Au total, la Hongrie perd les deux tiers de son territoire.

16 juin
À La Haye, Léon Bourgeois inaugure la conférence juridique internationale chargée d'organiser la Cour permanente de justice internationale de la SDN.

19 juin
Le gouvernement décide que les soldats morts pour la France pourront être transférés des cimetières militaires vers les cimetières désignés par les parents.

20 juin
Conférence interalliée de Boulogne. Le président du Conseil Alexandre Millerand et le Premier ministre anglais Lloyd George se concertent au sujet du désarmement de l'Allemagne, de la représentation des petites puissances à la prochaine conférence de Spa et d'un traité avec la Turquie.

21 juin
Les socialistes délèguent Marcel Cachin, directeur de *L'Humanité*, et Louis-Oscar Frossard, secrétaire général de la SFIO, en Russie soviétique pour une prise de contact avec les bolcheviks et mènent enquête pour une éventuelle adhésion à l'Internationale communiste.

29 juin
La France signe avec la Belgique une convention militaire prévoyant une coopération en cas d'agression allemande.

juillet
Breton et Soupault: *Les Champs magnétiques.*
Albert Mathiez: *Bolchevisme et jacobinisme.*
Jean Paulhan devient secrétaire de *La Nouvelle Revue française.*

PAULHAN

Jean Paulhan (1884-1968) naît dans une famille protestante. Son père, philosophe, est conservateur de la bibliothèque municipale de Nîmes. Après avoir passé sa licence en 1904, Jean échoue à l'agrégation en 1907; il part alors pour un poste de professeur à Madagascar. Ce séjour, de presque trois ans, détermine son existence puisqu'il marque le point de départ de son œuvre: il entreprend de traduire des contes malgaches, qui l'amènent à réfléchir sur les mécanismes du langage à partir de l'expérience d'une langue étrangère. Ce sont les Hain-tenys, *poésies populaires malgaches issues de la tradition orale merina, qu'il recueille et publie en 1913. De retour en France en 1911, Paulhan poursuit ses travaux en s'inscrivant en thèse. Mobilisé le 1er août 1914, blessé au début des combats, il est finalement versé comme instructeur des bataillons malgaches. Au retour de la guerre, il fait la connaissance d'Aragon, de Gide, collabore à plusieurs revues littéraires, et devient, en 1920, secrétaire de rédaction de* La Nouvelle Revue française *dirigée par Jacques Rivière. À sa mort, en 1925, Paulhan en devient rédacteur en chef, puis directeur en 1935. La première partie des* Fleurs de Tarbes *paraît en 1936, inaugurant sa recherche sur les rapports entre phrase et pensée, qu'il poursuit dans* Clef de la poésie *(1944). À l'opposition traditionnelle entre le langage et la pensée, Paulhan substitue un rapport de réversibilité, qui permet d'éclairer la tâche et le fonctionnement de la critique: une théorie juste de la poésie qui parle des mots doit être la même si on parle des idées. L'unité du mot et de l'idée définit le « point d'accomplissement » caractéristique d'une œuvre véritable. « Je suppose simplement, avec le sens commun, qu'il existe pour l'œuvre littéraire* un point d'accomplissement *à partir duquel il devient possible de parler – de discuter aussi bien – d'enchantement, de génie: de beauté » (*Petite préface à toute critique, *1951). Durant la Seconde Guerre mondiale, tandis que* La NRF, *qui s'était sabordée en 1940, reparaît sous la direction de Drieu la Rochelle, Paulhan entre dans la Résistance, participant à la création des* Lettres françaises *clandestines. En 1946, il fonde les* Cahiers de la Pléiade, *et mène de front son œuvre éditoriale (il reprend les rênes de* La NRF *avec Marcel Arland en 1953) et littéraire. Il entreprend désormais d'appliquer les principes de sa pensée critique aux grands peintres modernes:* Braque le patron *(1952),* Fautrier l'enragé *(1962). Cet écrivain, qui fit* *de l'étrangeté même des mots la matière de sa réflexion (« Pas un de mes petits livres qui ne soit sorti d'une inquiétude du langage »), et du secret de la création le fantôme de sa prose limpide, meurt le 9 octobre 1968, après avoir été élu à l'Académie française en 1963.*

5-16 juillet
Ouverture, le 5, de la conférence de Spa. Le 6, les Alliés mettent en demeure la délégation allemande de prendre les mesures nécessaires pour que l'Allemagne se conforme au traité de Versailles. Celle-ci demande un délai de quinze mois. Les Alliés lui en accordent six, menaçant d'occuper le bassin de la Ruhr en cas de non-exécution des clauses du traité. Le 15, l'Allemagne consent à livrer 2 millions de tonnes de charbon par mois aux Alliés. Ceux-ci conviennent également de la répartition des indemnités payées par l'Allemagne: Empire britannique 22 %, France 52 %, Italie 10 %, Belgique 8 %. Les gouvernements français et anglais décident de fournir à l'armée polonaise du matériel de guerre à condition que le gouvernement polonais renonce à l'annexion de Vilno (Lituanie) ou de Teschen (Tchécoslovaquie).

19 juillet
Lors du IIe congrès du Komintern, les bolcheviks fixent aux partis socialistes qui veulent entrer dans l'Internationale communiste leurs 21 conditions d'adhésion: l'obligation de constituer un « appareil d'organisation illégal » clandestin pour préparer la prise du pouvoir (3e condition); l'organisation du parti sur la base du « centralisme démocratique » (12e condition) qui entraîne la soumission des sections nationales au centre, c'est-à-dire à Moscou. Rapidement, ces sections, perdant toute autonomie, seront inféodées au parti bolchevique qui s'assure de leur allégeance par le biais d'émissaires clandestins puis, dans une deuxième phase, par la sélection directe des cadres des partis. *L'Humanité* ne publiera ces 21 conditions que le 8 octobre.

20 juillet
Millerand expose à la Chambre les résultats de la conférence de Spa et obtient la confiance par 420 voix contre 152.

25 juillet
En Syrie, les troupes du général Gouraud, haut-commissaire au Levant, sont attaquées par surprise par les Druzes fidèles à l'émir Fayçal qui vient de constituer un État arabe indépendant. Les Français pénètrent à Damas et chassent l'émir.

31 juillet
Dans le but affiché de surmonter le déficit démographique de la France, une loi réprime toute propagande en faveur de la contraception et interdit toute vente de matériel contraceptif.

10 août
Le traité de Sèvres est signé entre les Alliés et la Turquie qui est réduite à Constantinople et l'Anatolie centrale. L'indépendance de l'Arménie est reconnue, les propositions de la conférence de San Remo (19-26 avril) entérinées: la Grande-Bretagne obtient mandat sur l'Irak, la Transjordanie et la Palestine; la France sur le Liban et la Syrie. Une commission interalliée doit veiller à la démilitarisation des Détroits (Dardanelles et Bosphore). Mais les Jeunes-Turcs menés par le très nationaliste général Mustafa Kemal refusent les conditions du traité de Sèvres qui consacre la désintégration de l'Empire ottoman et de la Turquie. Suivent trois années d'une guerre terrible contre les Arméniens puis les Grecs. Mustafa Kemal (bientôt appelé Atatürk) reconquiert l'essentiel des territoires (Thrace, Asie Mineure) en litige, fait disparaître l'État arménien dès décembre 1920 et le gouvernement du sultan en 1922.

11 août
Alors que la guerre civile se poursuit en Russie, la France reconnaît le gouvernement antibolchevique du général Wrangel, installé dans le sud de la Russie, auprès duquel un haut-commissaire est envoyé. Londres désapprouve cette reconnaissance.

16 août
Après avoir pénétré en Ukraine et en Biélorussie, les Légions polonaises ont été contraintes de faire retraite devant l'offensive de l'armée rouge qui approche de Varsovie. Le 16, l'armée polonaise brise la manœuvre de l'armée rouge qui doit se replier précipitamment. Sur place, le général Weygand dirige une délégation d'officiers français – à laquelle appartient le capitaine de Gaulle – qui a participé à l'organisation de la contre-offensive polonaise.

15-21 septembre
Le 15, le président de la République Paul Deschanel, atteint d'une grave maladie, fait savoir qu'il envisage de se démettre. Le 21, le Parlement accepte sa démission. Millerand se porte candidat.

23 septembre
Alexandre Millerand est élu président de la République avec 695 voix sur 892 votants. Il désigne Georges Leygues comme président du

Conseil qui, le 25, conserve tous les ministres du précédent cabinet.

27 septembre-2 octobre
Au congrès de la CGT à Orléans, les révolutionnaires gagnent encore en influence. Se réunissant en congrès séparé le 3 octobre, ils décident d'adhérer à l'Internationale communiste et s'organisent en Comité syndicaliste révolutionnaire.

3 octobre
La motion d'adhésion à l'Internationale communiste signée des secrétaires du comité de la IIIe Internationale, Fernand Loriot et Boris Souvarine (1893-1984), toujours emprisonnés, paraît dans *L'Humanité*. Marcel Cachin et Louis-Oscar Frossard s'y rallieront.

14 octobre
Le congrès radical décide qu'aucun de ses élus ne pourra voter la reprise des relations diplomatiques avec le Vatican sous peine d'exclusion.

8 novembre
La Chambre et le Sénat votent le transfert des restes d'un soldat inconnu à l'Arc de Triomphe.

11 novembre
Cérémonie à l'Arc de Triomphe pour l'inhumation du Soldat inconnu. Choisi parmi huit cercueils de combattants rassemblés dans la citadelle de Verdun, le Soldat inconnu symbolise le sacrifice et le malheur d'un pays tout entier. La nation rend hommage à un mort qui est tous les morts. L'idée est reprise par la plupart des pays qui ont participé à la guerre. Simultanément, le cœur de Gambetta est transféré au Panthéon. La République née en 1870, sauvée en 1918, célèbre ainsi ses cinquante ans.

15 novembre
La Société des Nations se réunit à Genève où la France est représentée par Bourgeois, Viviani et Hanotaux.

25-30 novembre
Lors du débat sur les relations avec le Vatican, le radical Édouard Herriot et Léon Daudet, de l'Action française, s'opposent violemment. Le rétablissement des relations diplomatiques est voté le 30 par 397 voix contre 209.

8 décembre
Le Dr Édouard Toulouse, médecin chef de l'asile de Villejuif, qui lutte pour améliorer le sort des malades mentaux, fonde la Ligue d'hygiène mental. La même année, il accueille chez lui le jeune Antonin Artaud dont il fait le secrétaire de la revue *Demain* qu'il a fondée en 1912. En 1922, il obtiendra d'ouvrir à l'hôpital Sainte-Anne le premier service pour le traitement des psychopathes dont le traitement ne nécessite pas l'enfermement : l'hôpital Henri-Rousselle.

12 décembre
Première de *La Valse* de Ravel aux concerts Lamoureux, salle Gaveau à Paris.

24 décembre
Le député Eugène Lefebvre interpelle le gouvernement sur la famine qui sévit en Algérie.

25-30 décembre
Naissance du Parti communiste. Au 18e congrès national du Parti socialiste SFIO à Tours, la Section française de l'Internationale ouvrière (SFIO) rallie l'Internationale communiste (ou Komintern). Au cours du congrès, la communiste allemande Clara Zetkin, parvenue clandestinement en France, s'introduit dans la salle du manège, lit une proclamation puis disparaît à la faveur d'une obscurité provoquée. L'incompétence de la police, qui n'a pas su empêcher cette spectaculaire intervention, provoquera un débat à la Chambre.

Le congrès de Tours

Par 3 208 mandats (motion Loriot-Souvarine soutenue par Cachin et Frossard) contre 1 022 mandats à la motion Jean Longuet (soutenue par Léon Blum qui a retiré la sienne) et 397 abstentions, les militants socialistes (285 délégués) ont voté les 21 conditions imposées par Lénine pour l'entrée dans la IIIe Internationale. Mais le texte qui leur a été soumis a été adapté, depuis la prison de la Santé, par les initiateurs de ce ralliement, les secrétaires du comité de la IIIe Internationale, Loriot et Souvarine, avec l'aide notamment du syndicaliste Pierre Monatte. Ce sont les jeunes militants socialistes qui ont adhéré à la SFIO par haine de la guerre – la plupart ont été ou sont soldats – qui ont permis le basculement en faveur des pro-bolcheviks. Paradoxalement, ce sont essentiellement des sections rurales qui ont voulu rejoindre les partisans de la dictature du prolétariat.
Le 4 janvier 1921, Louis-Oscar Frossard deviendra le premier secrétaire général de la Section française de l'Internationale communiste, la SFIC, qui conservera L'Humanité, *dirigé par Marcel Cachin.*

Avec courage, Léon Blum a tenté d'avertir les militants des dangers de leur choix : « Quand il y a juxtaposition d'organes publics et clandestins [allusion à la 3e condition énoncée par le IIe congrès du Komintern, le 19 juillet précédent], à qui appartient nécessairement l'autorité réelle ? Où réside-t-elle ? Par la force des choses, dans l'organisme clandestin [...]. Votre comité directeur occulte ne pourra donc pas naître d'une délibération publique de votre congrès [...]. Il faudra que sa constitution vous soit apportée du dehors [...] le pouvoir central appartiendra finalement à un comité occulte désigné – il n'y a pas d'autre hypothèse possible – sous le contrôle du comité exécutif de l'Internationale elle-même. » Critiquant la nature du nouveau parti proposé, son homogénéité absolue, sa discipline de pensée, Blum en vient à dénoncer la dictature du prolétariat telle qu'elle lui apparaît : « Votre dictature n'est plus la dictature temporaire qui vous permettra d'aménager les derniers travaux d'édification de votre société. Elle est un système de gouvernement stable, presque régulier dans votre esprit [...]. C'est cela le système de Moscou. [...] Cela est si vrai que, pour la première fois dans toute l'histoire socialiste, vous concevez le terrorisme, non pas seulement comme le recours de dernière heure, non pas comme l'extrême mesure de salut public que vous imposerez aux résistances bourgeoises, non pas comme une nécessité vitale pour la révolution, mais comme un moyen de gouvernement. »

La scission de Tours inaugure le partage de la gauche entre une aile fidèle à la démocratie et une aile révolutionnaire antidémocratique.

Blum

Ancien élève de l'École normale supérieure qu'il abandonne pour des études de droit, Léon Blum (1872-1950) devient auditeur au Conseil d'État en 1895. Simultanément, il fait ses débuts littéraires, notamment dans La Revue blanche, *publie en 1901* Nouvelles Conversations de Goethe avec Eckermann *puis, en 1907,* Du mariage, *livre qui fait scandale : à la critique de l'institution, l'auteur ajoute en effet des « remèdes » contrevenant aux bonnes mœurs (« les liaisons polygamiques »). Son dernier ouvrage de critique littéraire,* Stendhal et le beylisme, *paraît en 1914. L'influence de Lucien Herr, le bibliothécaire de l'ENS, et l'affaire Dreyfus à laquelle il prend une part active dans le camp dreyfusard (*Souvenirs sur l'Affaire, *1935), l'orientent vers le socialisme. En 1904, il participe à la fondation de* L'Humanité.

Sa carrière politique ne commence réellement qu'en 1914, lorsqu'il entre au cabinet du socialiste Marcel Sembat, ministre des Travaux publics dans le gouvernement d'Union sacrée. Au congrès de Tours (décembre 1920), il prononce un discours admirable de prémonition sur l'avenir de la dictature bolchevique. Dès lors, devenu leader de la SFIO, il se consacre à la reconstruction de la « vieille maison » dans une configuration politique difficile. À gauche de la SFIO, les communistes, après la tentative avortée de Front unique, mènent la guerre à la social-démocratie, tactique « classe contre classe » oblige. À droite de la SFIO, certains radicaux se tourneraient volontiers vers le centre. Secrétaire du groupe parlementaire socialiste, Léon Blum n'entre à la commission administrative de la SFIO qu'en 1927 ; c'est Paul Faure qui occupe les fonctions de secrétaire général du parti. En revanche, il dispose d'une tribune : Le Populaire. *En 1928, battu par le communiste Jacques Duclos dans le XXe arrondissement de Paris, Blum ne retrouve un siège qu'en 1929, à Narbonne, à l'issue d'une élection partielle. Il le conserve jusqu'en 1940 sans réellement s'intégrer à sa circonscription de circonstance.*

Après le 6 février 1934, il accepte d'engager la SFIO dans le Rassemblement populaire, coalition qui ouvre la voie à la victoire électorale du printemps 1936. Il assume alors les fonctions de président du Conseil du Front populaire, doit dénouer la crise sociale, engager les nombreuses réformes qu'il avait définies dans sa déclaration ministérielle et affronter l'épreuve de la guerre civile espagnole : partagé entre sa sympathie pour le Frente popular *– il favorise le ravitaillement clandestin en armes des républicains – et la nécessaire alliance de la France avec la Grande-Bretagne, très hostile au gouvernement républicain espagnol, il accepte le principe de la non-intervention des États dans le conflit, non-intervention qui apparaît très vite chimérique. Sa politique économique se révèle un échec ; contraint de décréter une « pause » en février 1937, il quitte le pouvoir le 21 juin, après un vote hostile du Sénat. Rappelé à la présidence du Conseil le 13 mars 1938, Blum est à nouveau renversé par le Sénat le 8 avril suivant. Face à l'évolution inquiétante de la situation internationale, Blum, longtemps obsédé par l'idée de ne rien faire qui puisse provoquer la guerre, évolue vers une politique de fermeté vis-à-vis de l'Allemagne nazie. En septembre 1938, il condamne les accords de Munich (« un lâche soulagement »), affirme la nécessaire défense de l'indé-*

pendance du sol national mais se heurte, au sein de la SFIO, aux pacifistes intégraux (Paul Faure) et aux pacifistes révolutionnaires (Marceau Pivert). « Défi à la morale publique », la signature du pacte germano-soviétique (23 août 1939) modifie sa perception du communisme et son analyse de la politique soviétique. Le 2 septembre 1939, il vote les crédits militaires réclamés par le président du Conseil Daladier. Il condamne la dissolution du Parti communiste (26 septembre) qui entrave, selon lui, le processus de décomposition du communisme en France. En juin 1940, il quitte Paris, gagne Bordeaux puis se rend à Vichy où, le 10 juillet, il refuse d'accorder les pleins pouvoirs au maréchal Pétain. Arrêté le 15 septembre, Blum est interné dans diverses forteresses. L'un des principaux accusés du procès de Riom (février-avril 1942) organisé par le régime de Vichy pour se légitimer en faisant porter les responsabilités de la défaite sur les dirigeants du Front populaire, Blum s'y transforme en accusateur tant et si bien que le procès, ajourné, ne reprendra pas. Arrêté par la Gestapo, Blum est interné comme otage avec son épouse dans un pavillon jouxtant le camp de Buchenwald. Libéré début mai 1945, il rentre à Paris. Il refuse un ministère dans le Gouvernement provisoire, ne se présente pas aux élections, tout en intervenant sur la scène politique par ses articles du Populaire *et en résistant aux sirènes du PC qui veut fusionner les deux partis de gauche. Surtout, Blum publie* À l'échelle humaine *(mars 1945), livre dans lequel il critique le Parti communiste et la prétention des résistants à s'approprier le pouvoir. L'échec électoral des socialistes en juin 1945 met Blum en difficulté dans son propre parti qui, en proie à un certain raidissement marxiste, l'écarte en septembre 1946, rejetant implicitement sa définition du socialisme qui restitue à l'humanisme toute sa place. Il assume, de décembre 1946 à janvier 1947, la présidence d'un gouvernement de transition dans l'attente de l'élection présidentielle, remportée par le socialiste Vincent Auriol. En mai 1947, il use de son autorité pour que la SFIO ne se dresse pas contre Paul Ramadier qui venait de se séparer des ministres communistes. Jusqu'à la fin de sa vie, il demeure l'éditorialiste du* Populaire.

Ce lettré d'une grande loyauté conserva une philosophie de l'homme le conduisant à un optimisme confinant parfois à une certaine naïveté. Il fut l'objet d'une haine permanente – y compris antisémite – de la part des communistes. Pour l'extrême droite, qui ne cesse de rappeler ses origines juives en les caricaturant, il fait figure de fourrier de la révolution sociale. Dans les deux cas, c'est le démocrate que l'on cherche à disqualifier. Or, tout l'itinéraire de Blum s'inspire du respect de la démocratie. Après Jaurès, Léon Blum est la seconde grande figure du socialisme démocratique français.

28 décembre
Enlevée à l'Allemagne par le traité de Versailles, Dantzig (où les Allemands sont majoritaires) devient une ville libre placée sous la juridiction d'un haut-commissaire de la SDN. Les Polonais ont obtenu la création d'un corridor jusqu'à la mer, entre la Poméranie et la Prusse-Orientale.

29 décembre
L'État et la Banque de France signent une convention qui prévoit de réduire les avances de la Banque à l'État de 27 à 25 milliards pour l'exercice 1921.

autres événements
- Henri Berr lance la prestigieuse collection « L'Évolution de l'Humanité » chez Albin Michel.
- Jacques Copeau fonde l'école du Vieux-Colombier.
- Fernand Léger collabore avec Blaise Cendrars au film d'Abel Gance, *La Roue*. Il illustre *Lunes en papier* d'André Malraux, éditées par la galerie Simon.
- Le Corbusier, Ozenfant et Paul Dermée créent la revue *L'Esprit nouveau*, qui paraîtra jusqu'en 1925. Ils y défendent les idées du mouvement puriste, qui s'inspire de l'esthétique fonctionnelle des machines et prône le recours à des formes abstraites.

1921

janvier
Publication de *Tendres Stocks* de Paul Morand, préfacés par Marcel Proust.

12 janvier
Le ministère Georges Leygues tombe, censuré par 447 voix contre 116 pour son manque de fermeté dans la question des réparations dues par l'Allemagne.

13 janvier
À la suite des grèves du printemps 1920, le tribunal correctionnel de la Seine prononce la dissolution de la CGT, accusée de « complot contre la sûreté de l'État ». La CGT gagnera en appel.

16 janvier
Aristide Briand forme le nouveau gouvernement. Il est également ministre des Affaires étrangères.

Bonnevay (Justice), Marraud (Intérieur), Doumer (Finances), Barthou (Guerre), Guist'hau (Marine), L. Bérard (Instruction publique et Beaux-Arts), Le Trocquer (Travaux publics), L. Dior (Commerce), Lefebvre du Prey (Agriculture), A. Sarraut (Colonies), Daniel-Vincent (Travail), Loucheur (Régions libérées), Leredu (Hygiène et Assistance), Maginot (Pensions).
Le 21 janvier, le gouvernement obtient la confiance par 462 voix contre 77.

29 janvier
La conférence de Paris, qui a étudié le mode de versement des réparations à payer par l'Allemagne, en fixe le montant sur la base d'annuités majorées de 12 % selon la valeur des exportations allemandes. L'Allemagne se déclare hors d'état de payer plus de 30 milliards.
La France reconnaît l'indépendance de l'Estonie, de la Lettonie et de la Géorgie.

février
Parution d'*Anicet ou le Panorama* d'Aragon. Drieu la Rochelle en rendra compte en juillet dans *La NRF*.

25 février-16 mars
Ouverte à Londres le 25 février, la conférence interalliée indique le 3 mars aux délégués allemands quelles seront les sanctions prises contre l'Allemagne en cas de non-paiement des réparations : occupation de trois villes sur la rive droite du Rhin, versement du produit des douanes des territoires occupés à la mission de réparations, etc. Le 7, les Allemands font des contre-propositions qui sont rejetées. Le 8, avec l'accord du Conseil suprême interallié, le président du Conseil Briand fait occuper Düsseldorf, Ruhrort, Duisbourg en représailles. Le 16, mis en demeure de payer aux Alliés le reliquat des 20 milliards avant le 1er mai, le gouvernement allemand refuse.

6 mars
Le recensement indique que la population française est de 39 210 000 personnes, Alsace-Lorraine comprise. Les frontières de 1870 ont été rétablies, mais entre déclin démographique antérieur et saignée de la guerre, la population n'a pas progressé.

22-23 mars
Sous la pression de la France, le Parlement allemand adopte deux lois, l'une réduisant les effectifs de l'armée aux 100 000 hommes accordés par le traité de Versailles (l'armée allemande compte alors 200 000 hommes sous les drapeaux) et l'autre dissolvant les groupes paramilitaires qui rassemblent plusieurs centaines de milliers d'hommes.

avril
À Paris, la galerie La Licorne présente la première exposition personnelle du peintre catalan Joan Miró, installé dans la capitale depuis 1919. La même année, elle présente aussi la première exposition personnelle de Marcel Gromaire (1892-1971).

5 avril
Devant le Sénat, Briand menace l'Allemagne : « Si elle essaie de se soustraire à ses obligations, c'est une main ferme qui s'abattra sur son collet. »

12 avril
Tentative d'Albert Sarraut, ministre des Colonies, qui fut gouverneur de l'Indochine de 1911 à 1914 puis de 1916 à 1919, pour mettre en valeur des territoires des Tropiques. Il demande au Parlement, qui le lui refuse, un budget de 3,5 milliards sur dix ans. En 1923, il publiera un essai, *La Mise en valeur des colonies françaises*, dans lequel il continue à plaider pour le développement des investissements dans les possessions françaises.

2 mai
En accord avec les Alliés, le gouvernement mobilise la classe 1919, première étape dans les mesures de coercition contre l'Allemagne.

5-15 mai
Les Alliés envoient un ultimatum à l'Allemagne, la menaçant d'une occupation illimitée de la Ruhr, mais qui prendrait fin dès que l'Allemagne aurait satisfait aux conditions posées pour le paiement des réparations. Il lui est également demandé de procéder au jugement des criminels de guerre. Le 15, le gouvernement allemand accepte « l'état de paiement ».

17 mai
Rétablissement des relations diplomatiques avec le Saint-Siège rompues avant la guerre : Briand nomme Charles Jonnart ambassadeur au Vatican.

27 mai
Loi relative à la création de la Compagnie nationale du Rhône, société d'économie mixte définitivement constituée en 1933.

31 mai
Le congrès de la Fédération des cheminots s'achève sur la scission entre réformistes et révolutionnaires.

7 juin
La Chambre ratifie les traités de Saint-Germain (10 septembre 1919), de Neuilly (27 novembre 1919) et de Trianon (4 juin 1920), conclus respectivement avec l'Autriche, la Bulgarie et la Hongrie.

12 juin-27 août
Le ministre des Régions libérés Louis Loucheur et le ministre de la Reconstruction du gouvernement allemand Walther Rathenau se rencontrent à Wiesbaden pour régler les questions afférentes à la reconstruction. Rathenau propose de faire reconstruire les biens français par des entreprises allemandes, la valeur de ces reconstructions serait comptabilisée au titre de paiement des réparations. Le 27 août, toujours à Wiesbaden, Loucheur et Rathenau signeront un accord sur les réparations et les relations économiques franco-allemandes.

25-30 juillet
À Lille, au congrès de la CGT, la majorité réformiste parvient à contenir provisoirement la poussée des révolutionnaires, qui se divisent entre communistes et anarchistes : il est décidé d'exclure des syndicalistes ne se conformant pas aux décisions du comité confédéral national.

30 juillet-11 août
L'Angleterre et la France ne trouvent pas d'accord sur les mesures à prendre en Haute-Silésie, notamment sur l'envoi de troupes. Le 11 août, Briand et Lloyd George s'entendent pour confier à la SDN la charge de départager les intérêts des protagonistes en fixant la frontière. Des incidents graves opposent encore les groupes paramilitaires allemands aux soldats français cantonnés sur place les 19 octobre 1921 et 31 janvier 1922. Plusieurs soldats français sont tués.

1er août
Le maréchal Lyautey inaugure la ligne de chemin de fer Fès-Taza qui relie l'Algérie et le Maroc.

25 août
Les États-Unis signent une paix séparée avec l'Allemagne.

19 septembre
Au Maroc espagnol, Abd el-Krim proclame l'indépendance de la République du Rif. Le protectorat français subira le contrecoup de cette situation. En avril 1925, l'intervention militaire française contre Abd el-Krim sera déclenchée pour contrer les incursions des Rifains.

octobre
Publication, chez Payot de *L'Introduction à la psychanalyse* de Sigmund Freud, son premier livre traduit en France. (Les *Cinq conférences sur la psychanalyse* avaient déjà été traduites, de décembre 1920 à février 1921, en français, avec une préface d'Édouard Claparède, dans la *Revue de Genève*, où Gide les avait lues.) En avril, Albert Thibaudet avait émis le regret, dans un article de *La NRF*, que Freud ne soit pas encore édité en français.

9 octobre
Parution du livre du général Alexandre Percin (1846-1928) : *Le Massacre de notre infanterie 1914-1918*. Sur la base de témoignages recueillis auprès des combattants, l'ancien chef du cabinet militaire de Waldeck-Rousseau affirme qu'au moins 75 000 soldats français ont été tués par des artilleurs français en raison de l'absence de liaison entre infanterie et artillerie. Il met directement le commandement en cause sur le nombre de tués : pour 100 combattants, les pertes françaises auraient été supérieures de plus de moitié aux pertes allemandes. Si le fondement de ces dénonciations est avéré, les chiffres donnés, eux, sont exagérés.

20 octobre
La France signe un accord avec Mustafa Kemal par lequel il renonce à l'occupation de la Cilicie.

7 novembre
En Italie, les Faisceaux de combattants de Mussolini se transforment en Parti national fasciste.

10 novembre
Anatole France reçoit le prix Nobel de littérature.

18 novembre
Le Sénat confirme le vote de la Chambre, qui a accordé le 29 octobre un crédit de 6 millions de francs pour combattre la famine en Russie.
Le Sénat adopte le principe de l'obligation scolaire jusqu'à 13 ans avec une année facultative supplémentaire jusqu'à 14 ans.

décembre
À la galerie Au Sans Pareil, Breton et ses amis organisent une exposition présentant les collages « peints » de Man Ray (1890-1976) qui s'est installé à Paris en juillet. Il y fréquente le groupe Dada et rencontre Adrienne Monnier qui lui demande de faire les portraits photographiques des écrivains qu'elle édite.

6 décembre
De retour de la conférence de Washington (États-Unis, Empire britannique, France et Japon) portant sur les problèmes du Pacifique, le président du Conseil Aristide Briand obtient un vote de confiance au Sénat par 249 voix contre 12.

7 décembre
Conférence de Valery Larbaud à la Maison des amis des livres d'Adrienne Monnier, qui introduit James Joyce auprès du public français. *Ulysses*, de l'écrivain irlandais, est publié en 1922, en anglais, par Sylvia Beach, de la librairie Shakespeare & Co, rue de l'Odéon à Paris.

16 décembre
Le Sénat approuve la reprise des relations diplomatiques avec le Vatican par 41 voix de majorité après des débats houleux.

22 décembre 1921-13 janvier 1922
La minorité révolutionnaire de la CGT tient son congrès à Paris. Elle réclame la tenue d'un congrès extraordinaire en échange de la dissolution de ses comités syndicalistes révolutionnaires. Le 13 janvier 1922, le comité confédéral national de la CGT, dirigé par Léon Jouhaux, refuse les propositions de la minorité révolutionnaire. La scission est désormais effective entre les deux courants syndicaux.

25-31 décembre
Le 1er congrès du Parti communiste à Marseille, réuni en présence des délégués clandestins de l'Internationale communiste, fait apparaître de profondes divisions entre les différentes fractions.

autres événements
• Jean Giraudoux : *Suzanne et le Pacifique*.
• Paul Vidal de La Blache : *Les Principes de géographie humaine* (édition posthume).
• À Montmartre, Charles Dullin fonde une nouvelle école de comédie, L'Atelier.
• À Paris : expositions Suzanne Valadon-Maurice Utrillo, Joan Miró ; exposition des futuristes italiens.
• Le premier concert radio est retransmis de la tour Eiffel.

1922

janvier
Jules Romains publie, dans *La NRF*, un article intitulé « Aperçus de la psychanalyse » dans lequel il note : « Cet hiver-ci, sera, je le crains, la saison Freud... » Il y fait allusion à un auteur dramatique, H. R. Lenormand, dont la pièce, *Le Mangeur de rêves*, inspirée par la pratique psychanalytique, triomphe effectivement à Paris (après Genève) le mois suivant. Il est vrai que le milieu littéraire de la revue, et en particulier André Gide (qui décrira une doctoresse, Sophroniska, dans *Les Faux Monnayeurs*) avait pu prendre connaissance de la doctrine psychanalytique, en particulier par l'entremise d'Eugenia Sokolnicka (1884-1934), revenue en France l'année précédente et qui organise chez elle des « séances Freud ». Cette Polonaise férue de culture française avait suivi l'enseignement de Pierre Janet à la Sorbonne avant d'étudier auprès de Jung à Zurich et d'être analysée par Freud en 1913. Elle sera l'analyste des docteurs Laforgue, Pichon et Allendy.

5-12 janvier
Conférence de Cannes. Elle accorde un délai de paiement à l'Allemagne. Lloyd George indique que l'Angleterre est disposée à renoncer, en 1922, à sa part des indemnités allemandes pour aider au rétablissement de la situation économique en Europe. Il propose à la France un pacte de garantie, englobant la Rhénanie, destiné à prévenir une attaque allemande. En contrepartie, il demande à la France d'adhérer à un plan de reconstruction économique de l'Europe, supposant une réduction des réparations exigées par la France.
Le 12, Briand, désavoué par le président de la République Millerand et la majorité du Conseil des ministres, démissionne.

12 janvier
Première audition à Paris du *Pierrot lunaire* d'Arnold Schönberg sous la direction de Darius Milhaud, avec la cantatrice Marya Freund (1876-1966) et Jean Wiener (1896-1982) au piano.

15 janvier
Raymond Poincaré succède à Aristide Briand ; il cumule la présidence du Conseil et les Affaires étrangères. Barthou (Justice et Alsace-Lorraine), Maunoury (Intérieur), Lasteyrie (Finances), Maginot (Guerre et Pensions), Raiberti (Marine), Chéron (Agriculture), L. Bérard (Instruction publique), A. Sarraut (Colonies), Peyronnet (Travail), P. Strauss (Hygiène), Le Trocquer (Travaux publics), L. Dior (Commerce), Reibel (Régions libérées).
Le président du Conseil est partisan de la fermeté vis-à-vis de l'Allemagne, en cas de non-paiement des réparations. La majorité des ministres viennent de l'Alliance républicaine démocratique, rassemblement très souple, créé en septembre 1901,

qui se situe au centre de l'échiquier politique et dont le leader est Pierre-Étienne Flandin.
La Cour permanente de justice internationale, instituée par l'article 14 du pacte de la SDN (28 avril 1919), est installée à La Haye. En vertu des propositions franco-anglaises, elle n'est dotée que de compétences « facultatives ».

6 février
Après la mort, le 22 janvier, du pape Benoît XV, le cardinal-archevêque de Milan, Mgr Achille Ratti, est élu pape et prend le nom de Pie XI.

mars
Ivan Bounine : *Le Monsieur de San Francisco* (traduction).

1er mars
André Breton, qui a été externe au centre neurologique de la Pitié à Paris auprès d'un élève de Charcot, publie dans *Littérature*, nouvelle série, n°1, une fort brève « interview du professeur Freud », fruit d'une visite qu'il avait rendue à Freud à Vienne le 10 octobre 1921, alors qu'il séjournait dans le Tyrol. Entre les deux hommes, l'incompréhension avait été totale. En 1938, Freud écrira à Zweig, après une visite de Salvador Dalí, qu'il a longtemps tenu les surréalistes « pour des fous intégraux (disons à quatre-vingt-quinze pour cent, comme pour l'alcool absolu) ».

11 mars
Réunion des ministres des Finances alliés à Paris. La France recevra 460 millions pour ses frais d'occupation de la Ruhr et prélèvera 65 % des livraisons en nature effectuées par l'Allemagne.

14 mars
Après un débat confus à la Chambre sur l'heure d'été, le Sénat vote l'avance d'1 h pour l'année 1922 uniquement.

26 mars-20 juillet
André Marty et Louis Badina, qui avaient été emprisonnés pour avoir dirigé la mutinerie en mer Noire (19-21 avril 1919), sont élus conseillers municipaux communistes de Paris dans les quartiers de Charonne et de la Santé. Le 8 juillet, la Chambre vote l'amnistie pour les mutins, sauf pour Marty, qui ne sera gracié que le 20 juillet. Aussitôt, Marty adhère au Parti communiste.

28 mars
Le député Joseph Paul-Boncour préconise le service militaire de huit mois. Poincaré, partisan du service de 18 mois, obtient la confiance sur cette question au terme d'une longue discussion.

avril
Parution du *Cahier gris*, premier volume de la série des *Thibault* de Roger Martin du Gard, récit mi-réaliste mi-reconstruit de la guerre de 14 qu'il terminera en 1940.
Le recueil de poèmes *Débarcadères* de Jules Supervielle suscite l'enthousiasme de Max Jacob.

10 avril-19 mai
Conférence économique internationale de Gênes. Elle vise à organiser le relèvement économique de l'Europe.
Le chancelier allemand, Wirth, annonce que l'Allemagne est dans l'impossibilité de payer les réparations fixées en mars et propose l'ouverture d'un emprunt international sans aucun contrôle financier.

16 avril
Traité de Rapallo. Parallèlement à la conférence de Gênes, Allemands et Soviétiques négocient secrètement. L'Allemagne et la Russie soviétique – qui n'a pas réussi à s'insérer dans le commerce international – renoncent réciproquement aux réparations, reprennent des relations diplomatiques, ouvrent des négociations économiques. Préparé en secret, le traité viole certaines dispositions du traité de Versailles, la Russie soviétique offrant des champs de manœuvre et d'expérimentation à l'armée allemande.

18-19 avril
Le 18, Lloyd George demande aux délégués allemands d'annuler ce traité. Devant le refus de l'Allemagne, ses délégués sont exclus des discussions politiques devant régler les relations de l'Europe avec la Russie soviétique. La conférence de Gênes institue, le 19, le Gold Exchange Standard, système monétaire international où les règlements internationaux s'effectuent en or et en devises. Chaque pays adhérent garantit la convertibilité de sa monnaie sur ses réserves nationales.

24-25 avril
Le président du Conseil Raymond Poincaré avertit les Alliés que la France n'entend aucunement abandonner les droits que le traité de Versailles lui a conférés, dût-elle agir seule. Lloyd George lui répond le 25 : il se porte garant du désir de paix des Allemands et des Soviétiques.

4 mai
Le Conseil des ministres repousse le mémorandum que les délégations française et anglaise se proposaient de soumettre à la délégation soviétique à Gênes. Le désaccord s'approfondit entre la France et l'Angleterre au sujet des relations avec l'État soviétique. Lloyd George fait allusion à une possible rupture. Finalement, les négociations avec la Russie échouent. Une nouvelle conférence, à La Haye, est prévue.

18 mai
Création par les Ballets russes à l'Opéra de Paris de *Renard*, « histoire burlesque jouée et chantée », de Stravinski. Les décors sont de Larionov.

juin
Albert Dauzat: *Géographie linguistique.*

24 juin
Le ministre allemand des Affaires étrangères, qui avait été favorable au paiement des réparations, Walther Rathenau, est assassiné par l'organisation d'extrême droite antisémite Consul.

26 juin
Les révolutionnaires exclus de la CGT créent la CGT-unitaire (CGTU) au congrès de Saint-Étienne. Au sein de la nouvelle centrale, la tendance communiste l'emporte sur les anarchistes.

juillet
Le gouvernement français introduit une « réforme » en Tunisie: il crée un Grand Conseil élu (les Français conservent la parité avec les Tunisiens) qui est cependant dépourvu d'attributions politiques.

12 juillet
Victor Margueritte publie *La Garçonne*. Le roman soulève les passions: la Société contre la licence des rues et la Ligue des pères de familles nombreuses protestent; la Librairie Hachette interdit la vente du livre dans son réseau de distribution des bibliothèques de gare; l'Église prononce sa mise à l'Index. Dans ce roman, Margueritte met en scène une femme qui, blessée par l'infidélité de son fiancé, se donne à un inconnu puis plonge dans les milieux troubles de la capitale. Cette héroïne, à la recherche de son équilibre et de sa liberté, donne prétexte à Margueritte pour fustiger le capitalisme, non sans une pointe d'antisémitisme, et la démocratie. Le livre se vend à 20000 exemplaires en quatre jours; en décembre, le tirage atteint 300000 exemplaires, en 1926, 600000. Commandeur de la Légion d'honneur, Margueritte est radié de l'ordre en décembre, son exclusion étant prononcée par le président de la République Alexandre Millerand.

Victor Margueritte

Fils d'un général mort au combat en 1870, Victor Margueritte (1866-1942) commence sa carrière littéraire en collaboration avec son frère Paul, puis se consacre seul à des romans évoquant l'émancipation féminine et le mariage: Prostituées *(1907),* La Garçonne *(1922),* Le Compagnon *(1923),* Le Couple *(1924),* Vers le bonheur: Ton corps est à toi *(1927),* Le Bétail humain *(1928), livres que certains de ses contemporains trouvent complaisants envers une « pornographie » véhiculée par le langage de la libération des mœurs. Mais le personnage demeure intéressant aussi par ses engagements plus directement politiques.*
Capitaine d'état-major au cabinet du gouverneur militaire de Paris, il tire en 1919, avec Au bord du gouffre, *une critique de l'état-major responsable des désastres de la bataille des frontières en 1914. Margueritte devient l'une des grandes figures du pacifisme: il n'a de cesse de réclamer la révision du traité de Versailles, notamment la modification des articles faisant porter la responsabilité de la guerre à l'Allemagne. Il fonde la revue* Évolution *(1926-1933), puis* La Patrie humaine *(1931). Au début des années 30, il rejoint l'antifascisme communiste, finissant par proclamer son admiration pour l'URSS. En 1938, il démissionne de la Ligue internationale des combattants de la paix puis, en 1939, signe le tract « Paix immédiate » de l'anarchiste Louis Lecoin. Aveugle, il meurt retiré dans un petit village de l'Allier. Ce pacifiste antimilitariste avait en réalité accepté de se mettre au service de l'Allemagne, qui finançait ses entreprises journalistiques, et de défendre les thèses de la diplomatie allemande. En 1933, le dernier numéro d'*Évolution *prône l'ouverture de négociations avec Hitler et l'un des collaborateurs de la revue salue les acquis du national-socialisme.*

26 juillet
L'Angleterre reçoit le mandat de la SDN sur la Palestine et la France celui sur la Syrie.

30 juillet-5 août
Lors de l'inauguration d'un monument aux morts de l'Argonne, Raymond Poincaré affirme que

l'Allemagne devra, de gré ou de force, réparer. Le 1er août, il fait savoir au gouvernement allemand que des mesures de rétorsion seront prises s'il ne donne aucune assurance d'ici le 5 août à propos du paiement de l'échéance du 15. Le 3, Lloyd George refuse de recourir à des sanctions contre l'Allemagne comme l'a demandé Poincaré. Le 5, dès que le gouvernement allemand annonce qu'il ne peut exécuter ses engagements, le gouvernement français fait interrompre le paiement des offices de compensation, engage la saisie des biens allemands en Alsace-Lorraine, prépare l'expulsion des Allemands jugés indésirables.

août
Albert Mathiez: *La Révolution française*, t. I.

26 août
Le gouvernement allemand propose un dépôt de 50 millions de marks-or en garantie des insuffisances de livraisons de bois et de charbon.
En grève depuis deux mois, les ouvriers métallurgistes du Havre se heurtent aux forces de l'ordre. Trois émeutiers sont tués, une trentaine de gendarmes blessés.

septembre
Max Jacob: *Le Cabinet noir.*

1er septembre
Le gouvernement français, désormais libre vis-à-vis des Alliés sur la question des réparations, attend le résultat des pourparlers entre l'Allemagne et la Belgique. Il faut attendre le 19, pour que l'Allemagne donne satisfaction à la Belgique sur les paiements qui lui sont dus.

octobre
Ferdinand Brunot: *La Pensée et la langue.*

5-11 octobre
Poincaré et lord Curzon, le secrétaire d'État aux Affaires étrangères britannique, se concertent au sujet des concessions que la Grèce devra accepter en faveur de la Turquie victorieuse. L'armistice de Moudania, signé le 11 par le gouvernement grec, entraîne l'exode de la population grecque d'Asie Mineure.

15-19 octobre
Au congrès de Paris du Parti communiste, les équivoques du congrès de Tours apparaissent au grand jour. Le «centre» (Frossard), majoritaire, décide de diriger le parti sans la «gauche» (Souvarine).

16-28 octobre
Italie: prise du pouvoir par Benito Mussolini. Réuni à Milan le 16, l'état-major fasciste décide la marche sur Rome. Le 24, 40000 fascistes se réunissent à Naples sous l'autorité de Benito Mussolini qui revendique cinq ministères: Affaires étrangères, Guerre, Marine, Travail et Travaux publics. Le 27, il décrète la mobilisation générale fasciste; le gouvernement proclame l'état de siège qui est aussitôt aboli par le roi Victor-Emmanuel III. Le lendemain 28, Mussolini est appelé à Rome pour former le nouveau gouvernement qui obtient la confiance de la Chambre le 17 novembre. Rapidement, il s'entoure de sbires qu'il appelle lui-même «Tchéka», en référence à la police politique soviétique, puis d'une police secrète, chargée de pourchasser les opposants à son régime. Certains trouvent refuge en France.

19 octobre
Inauguration à Paris des travaux de construction de la première mosquée.

7-21 novembre
La Chambre débat du vote des femmes. Puis c'est au tour du Sénat qui, le 21, se prononce contre les droits politiques des femmes par 156 voix contre 134 et 19 abstentions. Le Sénat fera ainsi obstruction au droit de vote jusqu'à la Seconde Guerre mondiale. Le rôle crucial joué par les femmes pendant la guerre rend encore plus incompréhensible le refus de leur donner le droit de vote, contrairement aux femmes britanniques ou polonaises. C'est l'exception française.

décembre
À Moscou, IVe congrès de l'Internationale communiste. La «gauche» du Parti communiste se voit attribuer la direction du PC grâce à l'appui des dirigeants du Komintern. Une 22e condition excluant les francs-maçons est imposée au parti français.

8-11 décembre
Ouverture de la conférence interalliée de Londres avec la participation de Mussolini. Poincaré rend publique une déclaration pour relever les accusations d'impérialisme et de militarisme lancées par Lloyd George. Le désaccord franco-anglais sur les réparations persiste lorsque la conférence est ajournée.

15 décembre
Poincaré fait une déclaration de politique étrangère à la Chambre et obtient la confiance par 512 voix contre 63. Briand critique sa politique vis-à-vis de

l'Allemagne. Désirant préserver la solidarité franco-anglaise, Briand prône désormais un rapprochement franco-allemand qui, selon lui, conduirait l'Allemagne à renoncer à une guerre de revanche.

29 décembre
La Chambre vote le projet de loi relatif à la création d'une station marémotrice expérimentale sur l'Aber-Vrac'h dans le Finistère.

autres événements
• Dreyfusarde et collaboratrice de *La Fronde*, Avril de Sainte-Croix (1855-1939) a été directrice de l'Œuvre des libérées de Saint-Lazare. En 1922, elle prend la tête du Conseil national des femmes françaises qui, sous son impulsion, connaît un grand développement: de 1929 à 1939, le Conseil, pratiquant une politique d'ouverture vis-à-vis des autres organisations féministes, passe de 150000 à 200000 membres. En 1929, le CNFF organise des états généraux du féminisme; en 1931, lors de l'Exposition coloniale, de nouveaux états généraux se consacrent à l'étude de la condition des femmes dans la France d'outre-mer.
• Georges Pitoëff (1884-1939) et Louis Jouvet entrent à la Comédie des Champs-Élysées.
• Exposition Jean Lurçat à Paris.
• Eugène Freyssinet construit le pont de Saint-Pierre-de-Vauvray dans l'Eure (détruit en 1940).
• Auguste Perret commence la construction de l'église Notre-Dame de Raincy, près de Paris, la «Sainte-Chapelle en béton armé» qui sera inaugurée le 17 juin 1923.

1923

1er janvier
Refusant de se plier aux décisions du Komintern, Frossard démissionne du secrétariat général du Parti communiste. Louis Sellier lui succède.

2-24 janvier
Ouverte le 2, la négociation de Paris sur les réparations se solde le 4 par une rupture franco-britannique. Les négociateurs anglais ont proposé une réduction considérable de la dette allemande et l'instauration d'un moratoire de quatre ans. La Belgique se range à l'opinion française qui prône la fermeté. Le 11, après une non-livraison de bois par l'Allemagne, le président du Conseil Poincaré fait occuper la Ruhr. Une mission internationale pour le contrôle des usines et mines (MICUM) est installée à Essen; les ingénieurs français sont chargés de mettre les mines au travail. Poincaré reçoit le soutien de la Chambre (452 voix contre 72, celles des socialistes et des communistes), mais l'Angleterre adopte une attitude de neutralité. Le gouvernement allemand rappelle ses ambassadeurs de Paris et Bruxelles, proclame la caducité du traité de Versailles, cesse les prestations en nature et interrompt le remboursement en charbon, et, le 15, il enjoint aux industriels de la Ruhr de ne pas collaborer avec les ingénieurs français. La France étend l'occupation jusqu'aux abords de Dortmund. Le 22, la grève générale commence dans la Ruhr et, le 24, la condamnation symbolique de cinq industriels allemands arrêtés le 19 provoque des troubles à Mayence. La «résistance passive» qui s'organise, coûtera à l'État allemand 3500 milliards de marks couverts par l'inflation (début janvier, un dollar vaut 10425 marks, le 27 août, il en vaut 142 millions!).

12 janvier
La loi modifie l'article 317 du code pénal qui punit l'avortement. Il s'agit désormais d'un délit relevant des tribunaux correctionnels dont on attend une plus grande sévérité à l'encontre des avorteurs.

22 janvier
Militante anarchiste, Germaine Berton tue d'un coup de revolver Marius Plateau, secrétaire de rédaction de *L'Action française*, dans les locaux du journal. Les surréalistes exaltent l'acte meurtrier de la jeune femme. Jugée en décembre, elle est acquittée le 24.

31 janvier
La commission de la Chambre chargée d'examiner le projet de loi sur les assurances sociales présente 186 articles. Le 10 juillet, le projet est adopté sans discussion. Il ne sera soumis au Sénat qu'en avril 1924 et le rapporteur ne déposera ses conclusions qu'à partir de 1925; les dernières l'étant en 1927.

février
Premier numéro de la revue *Europe*, «revue française de culture internationale», fondée par René Arcos (1881-1959) et Paul Colin, sous le magistère de Romain Rolland.

2 février
La CGT se prononce contre le principe des allocations familiales mais prône la création d'un Conseil national économique et la nationalisation des industries.

4 février
La conférence de Lausanne est suspendue, les Turcs refusant de céder sur la question du statut

des étrangers en Turquie. Celle-ci pose un ultimatum aux flottes française et anglaise stationnées à Smyrne.

mars

Georges Goyau: *Catholicisme et politique.*

11 mars

Deux Français, un officier et un agent des chemins de fer, sont assassinés à Buer dans la Ruhr. Le lendemain, le gouvernement français envoie 15 000 hommes supplémentaires.
Les Jeunesses communistes lancent une campagne antimilitariste. Leurs dirigeants sont arrêtés et inculpés de « provocation de militaires à la désobéissance ».

22 mars

Le Sénat vote le transfert des cendres de Michelet, Quinet et Renan au Panthéon.

27-31 mars

Lors d'une intervention devant la commission des Finances de la Chambre, Poincaré précise que l'évacuation de la Ruhr se fera en fonction des paiements allemands et que Essen ne sera restituée qu'une fois le règlement total des réparations effectué. Le 31, lors d'une manifestation à Essen, les affrontements avec les soldats français font 13 morts parmi les habitants.

1er avril

Le service militaire passe à 18 mois.

3 avril

À Wesel (Rhénanie-Westphalie), les Allemands lancent neufs trains sans mécaniciens pour saboter les voies et le matériel.

12 avril

À l'occasion de la foire de Milan, le ministre du Commerce Lucien Dior remet à Mussolini le grand cordon de la Légion d'honneur.

23 avril

Georges et Ludmilla (1895-1951) Pitoëff révèlent Luigi Pirandello (1867-1936) au public parisien avec *Six personnages en quête d'auteur*. La pièce, traduite par Benjamin Crémieux, est donnée à la Comédie des Champs-Élysées, avec notamment Michel Simon (1895-1975).

3 mai

Par décret, le ministre Léon Bérard réforme l'enseignement secondaire, instituant l'enseignement obligatoire du grec et du latin. Le 11 juillet, la Chambre approuvera ces décrets par 330 voix contre 255.

9-26 mai

Le conseil de guerre français siégeant à Düsseldorf condamne le 9 mai des saboteurs allemands de voies ferrées à la peine capitale et aux travaux forcés. Le 26, l'ancien sous-lieutenant d'artillerie et ancien membre des corps francs, Léo Schlageter, est exécuté pour avoir fait dérailler un train de troupes françaises, causant la mort de 30 soldats. Les nationalistes allemands érigent son crime en exemple. Les communistes voient en ce « pèlerin du néant », selon les termes du dirigeant du Komintern Karl Radek (1885-1939), le symbole de la lutte contre l'impérialisme français. Selon Radek, le communisme est l'avenir du nationalisme allemand.

juin

Freud: *Trois essais sur la sexualité* (1905), traduits par le docteur Reverchon.

1er juin

Des radicaux (48) et des républicains socialistes (15) votent avec les socialistes et les communistes contre le gouvernement, condamnant sa passivité face aux agressions commises par les Camelots du roi à l'encontre de Marc Sangnier, Marius Moutet et Maurice Viollette. Maurras, considéré comme responsable des violences exercées en raison de ses articles, sera inculpé le 7 juin puis condamné le 27 à quatre mois de prison.

7 juin

Le gouvernement allemand fait de nouvelles propositions pour régler le conflit provoqué par le non-paiement des réparations; celles-ci sont jugées insuffisantes par la France et la Belgique.

13 juin

Création des *Noces* de Stravinski par les Ballets russes au théâtre de la Gaîté-Lyrique, avec des décors de Gontcharova (1881-1962); Georges Auric est au piano.

15 juin

À la Chambre, Poincaré, interpellé sur sa politique intérieure, obtient la confiance par 375 voix contre 207. Le président du Conseil tente de définir une majorité « républicaine et nationale ».

19 juin

Vote de la loi qui autorise pour la première fois l'adoption d'enfants mineurs. Depuis le code civil de 1804, l'adopté devait être majeur et consentir à son adoption. Quant aux personnes adoptantes, elles devaient être âgées de plus de 50 ans et dépourvues de descendance légitime.

20 juin
Hostile au principe des décrets-lois auxquels veut recourir le président du Conseil, le Parti radical dépose un ordre du jour contre le gouvernement Poincaré, demandant la démission des ministres radicaux, Albert Sarraut, Strauss et Lafont. C'est la rupture de la majorité gouvernementale, un an avant les élections législatives.

30 juin
Loi relative au programme de développement du téléphone qui prévoit 1,5 milliard d'investissement.

6 juillet
La « Soirée du Cœur à barbe » au théâtre Michel réunit des musiques de Stravinski, Milhaud, Auric, des poèmes de Cocteau, Soupault et Tzara, la projection d'un film abstrait de Hans Richter, des poèmes en « zaoum » d'Iliazd (le Russe Ilya Zdanovitch) et un court métrage de Man Ray; la soirée se termine par une bagarre générale, marquant la fin du mouvement Dada.

20-22 juillet
Le gouvernement anglais fait des propositions sur le règlement des réparations. Poincaré réplique en dénonçant l'attitude des grands industriels allemands de la Ruhr.

24 juillet
Conférence de Lausanne. Prévue par l'armistice de Moudania (11 octobre 1922) signé par les Grecs et les Turcs, la conférence révise le traité de Sèvres (10 août 1920) en faveur de la Turquie qui retrouve sa souveraineté sur l'Anatolie, Constantinople et la Thrace jusqu'à la Maritsa. En échange, le gouvernement turc reconnaît la liberté de circulation dans les Détroits.

août
Jack London: *Croc-Blanc* (traduction). La même année paraît *Le Talon de fer*, avec une préface d'Anatole France, tout entier saisi par la parousie révolutionnaire: « Ne compromettons pas l'avenir ! Il est à nous. La ploutocratie périra. Dans sa puissance on distingue déjà les signes de sa ruine. Elle périra parce que tout régime de castes est voué à la mort ! Le salariat périra parce qu'il est injuste. Il périra gonflé d'orgueil en pleine puissance, comme ont péri l'esclavage et le servage. »

2 août
Loi relative au plan d'électrification des campagnes.

4-20 août
À Düsseldorf, une grenade lancée sur un détachement de chasseurs à pied français fait quatre blessés. Le 11, les Anglais protestent contre l'occupation de la Ruhr et réclament à la France le paiement de sa dette, requête très mal reçue en France. Poincaré y répond le 20 pour démontrer la légalité de l'occupation de la Ruhr au regard des traités.

13 août
Face à la crise économique allemande qui s'amplifie (fin juillet, 1 franc vaut 24 800 marks), le chancelier allemand Wilhelm Cuno démissionne; il est remplacé par Gustav Stresemann qui, le 2 septembre, préconise un emprunt mondial pour redresser la situation et favoriser ainsi l'évacuation de la Ruhr. Il engage des négociations avec la France.

25 septembre
Les présidents des Länder allemands votent à l'unanimité la fin de la « résistance passive » dans la Ruhr qui cesse officiellement le 26 septembre; lui succède donc la phase dite d'« exécution », ce qui apparaît alors comme un succès de la politique française.

octobre
L'ampleur du déficit budgétaire dû à la guerre apparaît au grand jour. Poincaré tente d'assainir les finances en agissant sur le budget. La crise de confiance qui s'ensuit incite les spéculateurs à jouer le franc à la baisse. En octobre, la livre vaut 76 francs, 79 en novembre, 83 en décembre, 91 en janvier 1924, 122,6 en mars 1924. Le franc est menacé par la crise des changes.
Jean Cocteau: *Thomas l'imposteur*.
Étienne Gilson: *Le Thomisme. Introduction au système de saint Thomas d'Aquin*.
Jules Supervielle: *L'Homme de la pampa*.

14 octobre
Lors d'un discours à Évreux, Millerand se prononce pour le renforcement de l'exécutif et soutient la politique du Bloc national. Le président rompt ainsi avec la tradition de stricte neutralité du premier magistrat de la République dans les débats de politique intérieure. Ce fait sans précédent depuis 1877 connaîtra des développements après la victoire du Cartel des gauches en mai 1924. Le président de la République déclare en substance: « Que le pouvoir législatif se contente de légiférer et de contrôler; que le pouvoir judi-

ciaire rende, en toute indépendance, les arrêts que lui dictent la loi et sa conscience; que, soumis au contrôle de l'un, respectueux de l'indépendance de l'autre, le pouvoir exécutif administre et gouverne: la règle est plus aisée sans doute à formuler qu'à suivre. »

21 octobre

À Aix-la-Chapelle, les séparatistes rhénans annoncent la formation d'un État autonome du Palatinat. Le 26, il se constitue officiellement avec l'appui discret du gouvernement français. Le 9 janvier 1924, le président du gouvernement autonomiste sera assassiné à Spire.

25 octobre

Création au théâtre des Champs-Élysées par les Ballets suédois (fondés par Rolf de Maré à Paris en octobre 1920) de *La Création du monde*, « ballet nègre » sur une musique de Darius Milhaud; les décors, directement inspirés de la sculpture africaine, sont de Fernand Léger, le livret de Blaise Cendrars.

8-9 novembre

À Munich, Adolf Hitler, soutenu par Ludendorff, tente de renverser le gouvernement bavarois en s'inspirant de l'exemple de Mussolini en Italie.

23 novembre

À l'issue d'un vif débat à la Chambre, au cours duquel interviennent Tardieu et Mandel, Poincaré obtient la confiance par 492 voix contre 14.
Le même jour, le gouvernement du chancelier allemand Stresemann est renversé. Simultanément, les grands industriels de la Ruhr signent un accord avec la commission franco-belge et acceptent les conditions posées pour la reprise du travail.

30 novembre

La commission interalliée des réparations constitue son comité d'experts pour examiner les capacités de paiement de l'Allemagne.

5 décembre

Mort de Maurice Barrès dont les funérailles donnent lieu à une démonstration de la part des ligues nationalistes.

12 décembre

Raymond Radiguet meurt à l'âge de 20 ans d'une fièvre typhoïde. Son roman *Le Diable au corps*, paru dans l'année, lui a valu une grande notoriété en raison du scandale qu'il provoqua.

15 décembre

Création à la comédie des Champs-Élysées de *Knock ou le triomphe de la médecine*, de Jules Romains, dans une mise en scène de Louis Jouvet.

autres événements

- Joseph Delteil: *Sur le fleuve amour*
- Fondateur du *Journal de psychologie* (1904), Georges Dumas dirige la publication du grand *Traité de psychologie*.
- Joseph Kessel: *L'Équipage*.
- Marcel Mauss: *Essai sur le don* (dans *L'Année sociologique*).
- L'exposition de l'art indigène des colonies françaises au pavillon de Marsan connaît un grand succès.
- L'architecte Robert Mallet-Stevens (1886-1945), formé au Wiener Werkstatte en Autriche, construit la villa du vicomte de Noailles, à Hyères, dans le Var. Le jardin est clos par un long mur de béton percé de baies « encadrant » les paysages alentour. L'année suivante, il édifie la maison du couturier Paul Poiret (1879-1944) à Mézy-sur-Oise.
- Premier emploi du vaccin antituberculeux, le Bacille des docteurs Albert Calmette et Camille Guérin (BCG). Bactériologiste, fondateur de l'Institut bactériologique de Saigon, Calmette (1863-1933) fonde l'Institut Pasteur de Lille qu'il dirige de 1891 à 1919. Ses travaux, commencés en 1906 et menés en collaboration avec le docteur Guérin, l'amènent à mettre au point le vaccin contre la tuberculose.
- Louis de Broglie (1892-1987) travaille sur le principe de la mécanique ondulatoire.

1924

janvier

Parution dans *La NRF* d'*Anabase*, poème de Saint-John Perse, pseudonyme du diplomate Alexis Léger. En 1919, André Gide avait édité sous couverture muette (le nom de Saint-Leger Leger n'apparaît qu'à l'intérieur) le petit volume d'*Éloges* qui avait été remarqué par Larbaud et Apollinaire, cité par Proust dans *Sodome et Gomorrhe*, mis en musique par Louis Durey et Darius Milhaud.

3 janvier

Création des chambres d'agriculture départementales, destinées à organiser la profession.

6 janvier

Création triomphale par les Ballets russes à Monte-Carlo des *Biches* du compositeur Francis Poulenc. Les décors sont de Marie Laurencin (1885-1956).

18 janvier
Répondant aux interpellations sur la politique extérieure du gouvernement, Raymond Poincaré obtient la confiance par 446 voix contre 122.

19 janvier
À Monte-Carlo, création des *Fâcheux* de Georges Auric, sur un argument de Boris Kochno; les décors sont de Georges Braque.

20-24 janvier
Au 3e congrès du Parti communiste à Lyon, Souvarine annonce la mort de Lénine (21 janvier). Au cours des semaines suivantes, une crise – attisée par les émissaires du Komintern – secoue la direction du parti français. Souvarine tente de maintenir la neutralité du parti dans le débat qui oppose en URSS Trotski à Kamenev, Staline et Zinoviev. Il échouera, sera marginalisé, puis exclu.

21 janvier
À l'issue de longues négociations, le Vatican autorise, par l'encyclique *Maximam gravissimamque*, la constitution d'associations diocésaines pour gérer les biens du culte.

25 janvier
Le traité franco-tchécoslovaque conforte la formation de la Petite-Entente, formée par la Tchécoslovaquie, la Yougoslavie et la Roumanie qui ont signé des traités bilatéraux en 1920-1921, et destinée à empêcher la formation d'une fédération danubienne, résurgence de l'Autriche-Hongrie. L'accord prévoit une concertation « sur les questions extérieures de nature à mettre en danger leur sécurité ».

31 janvier-6 février
Au congrès de Marseille, les socialistes acceptent de s'allier au Parti radical à quatre mois des élections législatives. Le 6, le Parti radical leur propose la constitution d'un Cartel des gauches. Radicaux, radicaux-socialistes et républicains socialistes conviennent d'une plate-forme électorale: respect des lois sociales, application stricte de l'impôt sur le revenu, soutien à la SDN, retour à la laïcité de l'État, refus des décrets-lois. L'opposition au Bloc national cimente cette alliance.

février
Parution des *Pas perdus*, recueil d'articles de Breton.

1er février
Le Sénat vote un projet de loi libéralisant les dispositions du Code civil prévues pour le mariage des personnes divorcées.

1er-7 février
Le gouvernement travailliste de Ramsay MacDonald se déclare prêt à reconnaître la Russie soviétique. Le 7, le gouvernement italien est le premier à reconnaître l'URSS.

7 février
Poincaré obtient le droit de procéder par décrets en matière de finances par 333 voix contre 205. Il annoncera la réalisation de 1 milliard d'économie et une hausse de 20 % des impôts directs (« double décime »), la création d'une caisse d'amortissement pour les pensions de guerre afin de décharger le budget de ce fardeau. Le ministre des Finances, Charles de Lasteyrie, est chargé de négocier des prêts auprès de la banque Morgan et de la Banque d'Angleterre.

25 février-8 mars
Première exposition personnelle d'André Masson, galerie Simon à Paris. Lors du vernissage, le jeune Michel Leiris fait la connaissance d'André Breton.

mars
Traduction, sous le titre *Dedalus*, du *Portrait de l'artiste en jeune homme* (1916) de James Joyce.

9-14 mars
En s'engageant, au cours d'une conférence tenue à l'Élysée, à n'émettre aucun emprunt sans faire voter les ressources fiscales correspondantes, le gouvernement Poincaré obtient des prêts de la Banque d'Angleterre (4 millions de livres) et de la banque Morgan (100 millions de dollars). La Banque de France intervient aussitôt sur le marché des changes pour soutenir la devise nationale. L'opération réussit et la livre cote à 105 francs (au lieu de 122,6 avant l'opération) puis, fin mars, à 78 francs. Le redressement du franc les jours suivants est si spectaculaire que la presse parle de « Verdun financier ». Le 14, le Parlement approuve difficilement (33 voix de majorité) les décrets-lois instituant la « double décime » en matière d'imposition et les économies budgétaires que nécessite la défense du franc.

26-27 mars
Le gouvernement est mis en minorité (par 271 voix contre 264) lors de la discussion du projet de loi sur les pensions. Une rectification des votes lui redonne la majorité, mais Poincaré démissionne tout de même. Le président de la République Millerand le charge de constituer le nouveau cabinet. Une note publiée dans *Le Matin* le 27, et inspirée par Millerand, soutient que « le

chef de l'État ne saurait appeler au pouvoir qu'un cabinet résolu à continuer la politique suivie jusque-là». Après celle du 14 octobre 1923, c'est une deuxième entorse de Millerand à la traditionnelle neutralité de la fonction présidentielle.

28 mars
Afin de réaliser l'indépendance de la France dans le domaine pétrolier, Poincaré suscite la création de la Compagnie française des pétroles. Son premier président est le polytechnicien Ernest Mercier qui conservera ce poste jusqu'en 1940.

30 mars
Poincaré constitue son nouveau gouvernement. Il est président du Conseil et ministre des Affaires étrangères. Lefebvre du Prey (Justice), Selves (Intérieur), Maginot (Guerre et Pensions), Bokanowski (Marine), François-Marsal (Finances), Loucheur (Commerce, Industrie, PTT), Le Trocquer (Travaux publics), H. de Jouvenel (Instruction publique et Beaux-Arts), Fabry (Colonies), Capus (Agriculture), Daniel-Vincent (Travail et Hygiène), L. Marin (Régions libérées).
Le 3 avril, le gouvernement obtient la confiance par 408 voix contre 151.

3 avril
L'historien Camille Jullian est élu à l'Académie française.

5 avril
La Chambre vote une loi sur de revalorisation des pensions: elle est applicable aux veuves, orphelins et ouvriers.

8 avril
À l'unanimité des 550 votants, la Chambre vote la loi qui fixe le cadre juridique des assurances sociales. À la requête des milieux agricoles et mutualistes, les travailleurs de l'agriculture dépendent d'une administration autonome. En 1928, une seconde loi fixera le régime de financement. En revanche, aucun délai n'est fixé pour la publication des règlements d'administration dont elle dépend. Il faudra attendre 1930 et une troisième loi pour déterminer le mode d'application et le montant des crédits.

9 avril
Plan Dawes. Le comité des experts internationaux dépose le plan élaboré sous l'autorité du banquier américain Charles Dawes (1865-1951), ancien général et intendant du corps expéditionnaire américain en France: il préconise l'évacuation de la Ruhr, une réduction du paiement des réparations échelonné sur cinq ans.

4 mai
Les élections au Reichstag donnent la victoire aux partis de droite. Le NSDAP (Parti national-socialiste des ouvriers allemands) d'Adolf Hitler obtient 2 millions de voix (6 %).

6 mai
Au théâtre de l'Étoile, *L'Accroche-cœur* de Sacha Guitry avec l'auteur et l'actrice Yvonne Printemps.

11 mai
Le Cartel des gauches remporte les élections législatives au scrutin de liste départemental à un tour avec prime à la majorité absolue. La loi du 12 juillet 1919 a modifié la répartition des sièges entre les départements et fixé le nombre de députés à 584. Il y a 16,9 % d'abstentions. Les socialistes obtiennent 104 députés, les républicains socialistes 44, les radicaux-socialistes 139 auxquels s'ajoutent 40 élus de la gauche radicale, soit 327 élus. Les adversaires du Cartel en obtiennent 228 bien que majoritaires en voix (4,5 millions de voix contre 3,4 au Cartel): démocrates de gauche 14, Gauche républicaine démocratique 43, républicains de gauche 38, Union républicaine démocratique 104. Le Parti communiste obtient 26 élus dont 19 en région parisienne. La «banlieue rouge» commence à apparaître; les résultats des élections municipales en 1925 la conforteront.
Le 13 mai, Poincaré avertit de son intention de remettre sa démission le 1er juin, lors de la rentrée des Chambres.

12 mai
Le Quotidien titre: «Le Bloc national est écrasé! Président, allez-vous-en!», commençant sa campagne pour obtenir la démission de Millerand qui a pris parti pour le Bloc national avant les élections. *Le Quotidien*, journal fondé fin 1922 par Henry Dumay, ancien courtier en publicité devenu directeur de l'hebdomadaire *Le Progrès civique*, soutient le Cartel des gauches; il atteint un tirage de 360000 exemplaires lors de la campagne électorale.
La révolte conduite par Abd el-Krim s'étend du Maroc espagnol au Maroc français.

juin
Parution dans la «Bibliothèque scientifique» du livre des jeunes docteurs René Laforgue et René Allendy, *La Psychanalyse et les névroses*. Le même mois paraît un numéro spécial de la revue *Le Disque vert* intitulé «Freud et la psychanalyse»,

avec des contributions de Marcel Arland, Jacques-Émile Blanche, René Crevel, Georges Duhamel, Henri Michaux, Jean Paulhan, etc.

1er juin
Poincaré démissionne. 307 députés radicaux, radicaux-socialistes et socialistes mettent Millerand en demeure de démissionner lui aussi. Il lui est reproché d'avoir contrevenu à l'esprit de la Constitution par ses interventions; son maintien à l'Élysée blesserait « la conscience républicaine, serait la source de conflits incessants entre le gouvernement et le chef de l'État et un danger constant pour le régime lui-même ».

2 juin
Dans une lettre au secrétaire du Parti socialiste SFIO Léon Blum, Édouard Herriot, leader du Cartel des gauches, expose son programme de gouvernement; il obtient l'appui des socialistes qui cependant s'abstiennent de participer à son cabinet.

3 juin
Au Sénat, la Gauche républicaine et l'Union républicaine se prononcent pour le maintien en fonctions du président de la République Alexandre Millerand tandis que la Gauche démocratique se rallie au Cartel des gauches.

5 juin
Convoqué par le président de la République, Édouard Herriot soulève la question présidentielle qu'Alexandre Millerand se refuse à aborder. En conséquence, Herriot refuse de former un ministère.

8-10 juin
Espérant le soutien du Sénat, Millerand appelle son ami Frédéric François-Marsal à la présidence du Conseil. La formation de son gouvernement, le 9, permet à la Chambre de se prononcer sur la question présidentielle.
François-Marsal (président du Conseil et Finances): A. Ratier (Justice), Lefebvre du Prey (Affaires étrangères), Selves (Intérieur), Maginot (Guerre), D. Ferry (Marine), Landry (Instruction publique), P.-É. Flandin (Commerce), Capus (Agriculture), Fabry (Colonies), Le Trocquer (Travaux publics), P. Jourdain (Travail), L. Marin (Régions libérées).
Le 10, dans son message présidentiel, Millerand condamne la démarche politique des partis de gauche qui met en danger la Constitution et la stabilité de la fonction présidentielle. Herriot dépose une motion: « La Chambre, résolue à ne pas entrer en relation avec un ministère qui, par sa composition, est la négation des droits du Parlement, refuse le débat institutionnel auquel elle est conviée et décide d'ajourner toute discussion jusqu'au jour où se présentera devant elle un gouvernement constitué conformément à la volonté du pays. » La motion est votée par 327 voix contre 217. Le cabinet François-Marsal est renversé.

9 juin
Le lieutenant Pelletier-Doisy effectue le trajet Paris-Tokyo en 121 heures de vol.

11 juin
Après l'échec de sa tentative de gouvernement minoritaire, le président de la République Alexandre Millerand démissionne.

12-14 juin
Le député Paul Painlevé, l'un des initiateurs du Cartel des gauches, est désigné comme candidat à la présidence de la République par les différentes organisations de la gauche par 306 voix contre 149 à Gaston Doumergue qui refuse de se désister.
Le 13, recevant le soutien des élus de la gauche radicale et des sénateurs radicaux opposés à la candidature Painlevé, le radical modéré, Gaston Doumergue, président du Sénat, est élu président de la République par 515 voix contre 309.
Le 14, Édouard Herriot est appelé à former le gouvernement (président du Conseil et Affaires étrangères): R. Renoult (Justice), C. Chautemps (Intérieur), Clémentel (Finances), général Nollet (Guerre), Dumesnil (Marine), François-Albert (Instruction publique), Peytral (Travaux publics), Queuille (Agriculture), Godart (Travail et Hygiène), Raynaldy (Commerce), Daladier (Colonies), Dalbiez (Régions libérées), Bovier-Lapierre (Pensions).

Herriot

Fils d'un officier sorti du rang, Édouard Herriot (1872-1957), élève de l'École normale supérieure, agrégé de lettres en 1893, auteur d'une thèse sur Mme Récamier, docteur ès lettres en 1905, est élu maire de Lyon la même année, mandat qu'il conservera jusqu'à sa mort en 1957, excepté pendant l'Occupation (1940-1944). C'est lui qui nomme Tony Garnier architecte de la ville; il va profondément modifier l'urbanisme de Lyon: nouvel hôpital, logements sociaux... Sénateur (1912-1919) puis député, la réputation de bon gestionnaire d'Herriot lui permet de détenir le portefeuille des Travaux publics, des Transports et du Ravitaillement de décembre

1916 à mars 1917. Très populaire au sein du Parti radical, il en est élu président en 1919. Lors de la crise de 1924, alors qu'il n'est pas personnellement favorable à la démission du président de la République, il cède à la pression de ses amis politiques. D'emblée, il entend revenir sur la politique du Bloc national par des mesures symboliques : suppression des décrets-lois, amnistie générale pour les condamnés en temps de guerre (excepté pour les insoumis et les traîtres), réintégration des cheminots révoqués lors des grèves de 1920. Il annonce également l'extension des lois laïques (séparation des Églises et de l'État, etc.) aux départements d'Alsace-Lorraine, remettant en cause le Concordat qui y est toujours en vigueur. Ce retour à une laïcité militante provoque la réaction hostile des milieux catholiques. En politique étrangère, il tente d'œuvrer au renforcement de la SDN et fait reconnaître l'URSS par la France, politique de rapprochement qu'il reprendra avec obstination en 1932.
En dépit des avertissements de son ministre Clémentel, sa politique financière provoque la chute de son ministère en 1925. Devant l'impossibilité de former un nouveau gouvernement en juillet 1926, il décide de se rallier au gouvernement Poincaré. Revenu au pouvoir en 1932, il connaît un nouvel échec. Toujours au sein du Parti radical, il rencontre une opposition de plus en plus vigoureuse. En février 1934, il refuse de soutenir Daladier, son rival, puis entre dans le gouvernement Doumergue. En juin 1936, il est élu président de la Chambre.
Le 10 juillet 1940, il s'abstient lors du vote des pleins pouvoirs au maréchal Pétain. Tout au long de l'Occupation, tributaire d'une vision légaliste de la politique, il se tient à distance de la Résistance. Après la guerre, il retrouve la présidence du Parti radical et préside l'Assemblée nationale de 1947 à 1954. Malgré la longévité de sa carrière de radical appuyé sur son fief lyonnais, Édouard Herriot ne joue pas le rôle qu'on aurait pu attendre de lui lors des rendez-vous décisifs de cette période (1940 et 1944). Les obsèques religieuses de cet anticlérical intransigeant ne manquèrent pas de susciter des polémiques.

18 juin
Première du ballet *Mercure* de Diaghilev, musique de Satie, décors de Picasso.

20 juin
Paul Valéry : *Variété.*

22 et 28 juin
Recherchant la fin de l'isolement de la France consécutif à l'occupation de la Ruhr, Herriot se rend à Londres pour rencontrer le Premier ministre anglais, le travailliste Ramsay MacDonald. Il est accompagné de Gaston Bergery, son directeur de cabinet, et de Peretti della Rocca, directeur des affaires politiques au Quai d'Orsay. Le 28, la Chambre vote les crédits pour la poursuite de l'occupation de la Ruhr.

7 juillet
À Notre-Dame, une plaque commémorant la mort des soldats britanniques sur le sol français est posée en présence du prince de Galles (futur Édouard VIII) et du président de la République Gaston Doumergue.

11 juillet
Au Sénat, le président du Conseil Édouard Herriot déclare intangible le traité de Versailles ; il obtient la confiance par 239 voix contre 17.

14 juillet
La Chambre vote, par 325 voix contre 185, l'amnistie, déposée le 19 juin, de Joseph Caillaux (condamné le 25 mars 1920 à trois ans de prison) et de Louis Malvy (condamné le 7 août 1918 à cinq ans de bannissement) ; elle la refuse aux traîtres, insoumis et déserteurs. Le Sénat vote leur amnistie le 17 novembre. La loi est définitivement adoptée par la Chambre le 31 décembre.
La revue de Longchamp est supprimée et remplacée par une prise d'armes à l'Arc de Triomphe.

16 juillet-23 août
Conférence de Londres. Le 29 juillet, le président du Conseil Herriot informe la Chambre du déroulement de la conférence : la délégation française « veille à ce qu'aucune atteinte ne soit portée, ni au traité de Versailles, ni pour le cas où ne s'appliquerait pas l'action collective, aux droits de la France ». Après approbation par les délégués alliés des propositions françaises d'arbitrage sur les manquements, les prestations en nature et la question des transferts relatifs aux réparations, la délégation allemande (le chancelier Wilhelm Marx, le ministre des Affaires étrangères Gustav Stresemann, le ministre des Finances Hans Luther) arrive, les 5-6 août, pour présenter ses observations. Les délégués allemands, qui cherchent à obtenir l'évacuation de la Ruhr, tentent de démontrer que les dispositions proposées excèdent le cadre du traité de Versailles du 28 juin 1919. Le 14 août, Édouard Herriot accepte finalement l'évacuation

de la Ruhr dans un délai d'un an et le plan élaboré par Dawes (9 avril précédent). Le paiement des réparations s'effectuera par des prélèvements sur les impôts indirects et des hypothèques sur les chemins de fer et la grande industrie. En contrepartie, l'Allemagne obtient un prêt pour relever son économie (800 millions de marks-or) de la part des Anglais et des Américains. Le 16, les délégués allemands acceptent les propositions alliées. Le 17, Herriot présente à la presse son analyse de la conférence: «... d'après les calculs de mes services, nous pouvons inscrire une première annuité d'environ 900 millions de francs. Nous nous sommes assurés du charbon et du coke pour de longues années. Le peuple français en avait assez de ne poursuivre que des chimères; la solution que nous avons mise en œuvre à Londres nous apporte à la fois des réalités substantielles et la paix.» La synchronisation de l'évacuation militaire des organisations de contrôle telle la Mission internationale pour le contrôle des usines et des mines (MICUM) et de la commercialisation des créances de l'Allemagne est prévue. La France a ainsi trouvé la voie de sortie de la politique de force, même si Herriot a renoncé à lier les réparations allemandes à la question du paiement de la dette française à ses Alliés. Le 18, les troupes françaises commencent à évacuer l'Allemagne. Le 23 août, l'accord de Londres est ratifié par la Chambre, par 336 voix contre 204.

31 juillet
La Chambre décide le transfert des cendres de Jean Jaurès au Panthéon.

août
Premier numéro de la revue *Commerce*, cahiers trimestriels publiés par les soins de Paul Valéry, Léon-Paul Fargue et Valery Larbaud avec un comité d'écrivains français et étrangers et financés par la princesse Bassiano. Au sommaire de ce premier numéro: Valéry, Fargue, Larbaud, Saint-John Perse, Joyce. La revue publiera, jusqu'en 1932, des textes d'une rare qualité littéraire, notamment les premières traductions en France d'auteurs comme le poète russe Mandelstam, l'Autrichien Hofmannsthal, le Tchèque Kafka...

1er août
La Chambre vote le relèvement du taux des allocations d'assistance aux vieillards.

9 août
Le ministre de l'Instruction publique François-Albert annule le décret du 3 mai 1923 de Léon Bérard qui rendait obligatoire l'enseignement du latin et du grec dans les lycées. Les classes de 6e moderne sont réouvertes; sections classiques et modernes partagent nombre d'enseignements.

5 septembre-1er octobre
Devant la SDN, Herriot présente sa conception de la sécurité collective. Accepté le lendemain, le «protocole de Genève» stipule l'obligation pour les membres de recourir à l'arbitrage de la SDN, puis, en cas de refus, aux sanctions. L'assemblée générale de la SDN adopte ce protocole le 1er octobre. La diplomatie française inaugure là une politique de règlement négocié qui sera poursuivie par tous les gouvernements jusqu'en 1934.

10 septembre
La banque américaine Morgan prolonge, auprès de la Banque de France, un crédit de 100 millions de dollars qui doit arriver à échéance le 12.
Jacques Doriot (secrétaire des Jeunesses communistes) et Pierre Semard (secrétaire du Parti communiste) envoient au nom des communistes français un télégramme au rebelle Abd el-Krim, fondateur de la République rifaine, pour «la brillante victoire du peuple marocain sur les impérialistes espagnols».

octobre
Henry de Montherlant: *Première Olympique. Le Paradis à l'ombre des épées.*

12, 15 octobre
Anatole France meurt le 12 octobre dans sa propriété de La Béchellerie près de Tours. En réaction aux hommages unanimes dont il fait l'objet, les surréalistes lancent contre l'écrivain un virulent pamphlet «Un cadavre». Louis Aragon écrit: «Je tiens tout admirateur d'Anatole France pour un être dégradé.» Le 15 est achevé d'imprimer le *Manifeste du surréalisme* d'André Breton.

Les surréalistes

Adolescent, André Breton (1896-1966) découvre la poésie de Baudelaire, Mallarmé, Huysmans. En 1913, il commence des études de médecine avant d'être mobilisé en 1915 dans l'artillerie puis versé dans les services de santé à Nantes. Sa rencontre avec des traumatisés de guerre puis avec Jacques Vaché (1895-1919) est décisive. Breton correspond avec Apollinaire, s'initie aux théories de Freud, découvre Lautréamont. Avec d'autres jeunes gens de sa génération: Philippe Soupault, Louis Aragon, il fonde la revue Littérature *; avec Soupault, il écrit en juin 1919 le premier texte surréaliste:* Les Champs magnétiques. *En 1920, Breton, séduit par les manifestes du mouvement Dada de Tristan Tzara (1896-1963), entraîne ses amis vers ce mouvement de négation de la culture bourgeoise. En février 1922, les deux hommes se séparent, Breton inaugurant ses propres recherches et expériences : écritures automatiques, sommeil hypnotique… Il devient le chef de file du mouvement surréaliste qui se constitue en 1924 – le* Manifeste du surréalisme *datant de cette année-là. Un bureau de recherches surréalistes tient une permanence au 15 rue de Grenelle à partir du 11 octobre 1924. De nombreuses déclarations, parfois politiques, sont lancées, l'attrait pour la révolution sociale grandit. Les surréalistes se rapprochent du Parti communiste en 1927 – adhésion de courte durée. Breton relance ensuite son mouvement, publie* Nadja *en 1928, puis en 1929 le* Second Manifeste du surréalisme *qui en donne cette définition : « Automatisme psychique pur par lequel on se propose d'exprimer, soit verbalement, soit de toute autre manière, le fonctionnement réel de la pensée… »*

Philippe Soupault (1897-1990) se lie à Breton grâce à Guillaume Apollinaire. Son premier recueil de poème, Aquarium, *date de 1917. Après la création de* Littérature, *Soupault expérimente avec Breton l'écriture automatique au printemps 1919. Il s'écarte du surréalisme lorsque celui-ci se « politise » puis en est exclu par Breton avec Antonin Artaud et Roger Vitrac (1899-1952). Il voyage à travers l'Europe, publiant des reportages. Son œuvre ultérieure gardera la marque de ses années surréalistes. Rétrospectivement, il se situera ainsi en une réflexion si juste pour les membres du groupe : « Nous sommes des enfants de la guerre, d'une guerre affreuse. C'était une révolte intellectuelle et morale, une violente révolte. Elle est devenue politique […] mais pas pour moi. » Pour Philippe Soupault, le surréalisme reste une « reconquête de la liberté, un affranchissement ».*

Benjamin Péret (1899-1959) s'engage à la fin de la guerre. Il nourrira de son expérience une inextinguible haine envers l'institution militaire. Entré en relation avec Breton, il devient l'un des collaborateurs les plus réguliers de La Révolution surréaliste *qu'il dirige avec Pierre Naville (1904-1993). Après une courte adhésion au Parti communiste, il apporte son soutien au courant trotskiste, puis s'engage en Espagne. Le plus politique des surréalistes publie abondamment :* Le Grand Jeu, *1928;* De derrière les fagots, *1934;* Je ne mange pas de ce pain-là, *1934…*

Louis Aragon (1897-1983) commence des études de médecine puis est mobilisé. Sa conduite au front, en 1918, lui vaut la croix de guerre et une citation. Après la guerre, il abandonne la médecine et se consacre au surréalisme. Il publie en 1921 Anicet ou le panorama, *en 1922* Les Aventures de Télémaque. *En revanche, il détruit son manuscrit* La Défense de l'infini, *en raison de l'hostilité de ses compagnons au genre romanesque. Suivront* Le Libertinage *(1924),* Le Paysan de Paris *(1926),* Le Traité du style *(1928) dont les violentes charges antipatriotiques et antimilitaristes feront scandale. Louis Aragon devait adhérer aux thèses littéraires (socialisme réaliste) du stalinisme triomphant, renier tout freudisme et accepter de soumettre son activité littéraire au contrôle du PC pendant des dizaines d'années.*

C'est à la fin de 1914 que Paul Éluard (1895-1952), qui s'était initié à la poésie lors d'un long séjour en sanatorium en Suisse, fut versé dans le service auxiliaire. En 1917, il publie son premier recueil puis donne, en juillet 1918, ses Poèmes pour la paix. *Démobilisé en 1919, il rejoint Breton et ses amis, épouse l'évolution du mouvement et publie abondamment :* Mourir de ne pas mourir, *1924;* Capitale de la douleur, *1926;* Défense de savoir, *1928;* L'Amour de la poésie, *1929,* La Vie immédiate, *1932;* La Rose multiple, *1934. Militant communiste, il condamne d'abord sévèrement l'attitude d'Aragon et sera exclu du parti en juillet 1933. Il lit le discours de Breton au Congrès international des écrivains pour la défense de la culture mais, à partir de 1936, il se rapproche du PC, s'abstenant – contrairement à Breton – de condamner les procès de Moscou.*

Robert Desnos (1900-1945) apporte au surréalisme une créativité débordante qui se nourrit de la magie du quotidien. Il fait découvrir à ses compagnons la littérature populaire, tel le fameux Fantômas *qu'il mettra en scène pour la radio dans* La Grande Complainte de Fantômas, *ne dédaignant aucun des moyens de communication modernes pour faire souffler l'esprit du surréalisme. Son admirable don d'improvisation qu'il exerçait surtout la nuit en déambulant dans les rues, émerveillait ses amis. « Robert Desnos était capable de parler surréaliste, faisant jouer dans le discours oral la même soumission à un quasi-automatisme que les autres adeptes se plaisaient à faire jouer dans le discours écrit » (Michel Leiris). Pendant l'Occupation, il participe aux activités du réseau Agir (renseignements et faux papiers). Arrêté en février 1944, déporté au camp de Flöha en Saxe, Desnos meurt du typhus le 8 juin 1945 au camp de Terezin en Bohême. Grâce à ses poé-*

sies destinées aux enfants, les Chantefables *et* Chantefleurs, *il reste sans doute l'un des surréalistes les plus populaires.*
En 1922, le noyau initial des surréalistes avait reçu le renfort des membres du groupe Aventure : Jacques Baron (1905-1986), René Crevel (1905-1935), Georges Limbour (1900-1970), Roger Vitrac. En 1929, Salvador Dalí, Luis Buñuel, René Char (1907-1988) rallient le mouvement. L'attraction qu'exerce le surréalisme compense sa force de rejet tout aussi puissante : polémique avec Antonin Artaud en 1927, fracassante rupture en 1930 avec Baron, Desnos, Michel Leiris (1901-1990), Jacques Prévert (1900-1977), Raymond Queneau (1903-1968) qui dénonce la « papolâtrie de Breton ».

16-28 octobre
La commission, présidée par le sénateur du Lot Anatole de Monzie, qui a fait un séjour en URSS en 1923, remet un rapport favorable à la reconnaissance de l'URSS au président du Conseil. Elle invite à la reprise des relations normales susceptibles d'aider aux règlements des dettes et des dommages. Le 28, la France reconnaît *de jure* l'Union soviétique, et rétablit les relations diplomatiques tout en réservant les droits des détenteurs d'emprunts russes. Une conférence franco-soviétique sur les dettes se réunira à plusieurs reprises. Herriot, qui s'est rendu en 1922 en Union soviétique avec Daladier, prône, depuis, le dialogue avec le nouveau régime.

28 octobre
À l'initiative du constructeur automobile André Citroën (1878-1935), la Croisière noire, dirigée par Georges-Marie Haart et L. Audouin-Dubreuil, part de Colomb-Béchar. Les huit véhicules spécialement équipés atteignent le Niger en novembre puis le Tchad en janvier 1925, enfin Le Cap le 1er août 1925. Sous prétexte d'enquêtes ethnographiques et artistiques, le constructeur automobile a trouvé là un moyen publicitaire qui séduit l'opinion. L'expédition rapporte plus de 5000 clichés et plusieurs milliers de mètres de films.

2 novembre
Alexandre Millerand préside à la Sorbonne une cérémonie organisée par l'Union des pères dont les fils sont morts pour la patrie.

6 novembre
Une nouvelle Ligue républicaine nationale, présidée par Millerand, lance un Appel à la nation – signé d'Émile Bourgeois, André Maginot, André François-Poncet, Pierre-Étienne Flandin, Louis Marin, etc. – qui dénonce le danger communiste : les communistes « s'apprêtent, dans la carence des pouvoirs publics [...] à installer en France, selon les instructions de Moscou, les méthodes qui entretiennent en Russie la terreur et la ruine. »

12 novembre
Le ministre des Finances Clémentel lance un emprunt avec des titres de 500 francs remboursables annuellement à dix ans (taux d'intérêt 8,6 %). La plupart des souscripteurs paient leurs bons du Trésor avec des bons de la Défense nationale : l'opération est donc un échec. La politique financière du gouvernement est contestée dans les rangs mêmes du Cartel. Le gouvernement recourt en secret au système des avances indirectes de la Banque de France ; début 1925, leur accumulation rendra impossible leur remboursement.

16 novembre
Création du Parti démocrate populaire qui rassemble une partie des démocrates-chrétiens partisans de réformes sociales.

23 novembre-6 décembre
Transfert des cendres de Jaurès au Panthéon. Les communistes (50 000) manifestent séparément pour ne pas se mêler aux socialistes et radicaux, et se heurtent à la police. Ces incidents conduisent le député de droite Pierre Taittinger (1887-1965) à interpeller le gouvernement le 25 novembre. Herriot, qui lui répond, obtient la confiance par 318 voix contre 202.
Les 5 et 6 décembre, la police arrête les élèves étrangers de l'école léniniste de Bobigny, organisée par le Parti communiste pour former des cadres.

28 novembre
Le général Sarrail (1856-1929) est nommé haut-commissaire de la République en Syrie en remplacement du général Weygand appelé à la direction du Centre des hautes études militaires.

décembre
Conseillé par André Breton, le couturier et mécène Jacques Doucet (1853-1929) acquiert *Les Demoiselles d'Avignon* de Picasso.
Première exposition rétrospective, galerie Barbazanges-Hodebert, de Marc Chagall, revenu définitivement à Paris depuis 1923. Après la révolution d'Octobre, il avait occupé des fonctions officielles en Russie jusqu'à sa démission en 1920. L'exposition suscite l'engouement des surréalistes.
Le marchand d'art Ambroise Vollard commande à

Chagall des eaux-fortes pour illustrer *Les Âmes mortes* de Gogol.

1er décembre
Premier numéro de *La Révolution surréaliste* dirigée par Pierre Naville et Benjamin Péret, avec des photographies de Man Ray et des illustrations de Masson, de De Chirico et de Picasso. Une enquête est lancée: « Le suicide est-il une solution? »

2 décembre
La Chambre débat de la question de l'enseignement du français en Alsace.

4 décembre
Relâche de Picabia et Satie, par les Ballets suédois. À l'entracte de ce ballet instantanéiste passe un film de René Clair où apparaissent une danseuse à barbe et un chameau tirant un corbillard. L'orchestre est dirigé par Roger Désormières.

9-20 décembre
À la Chambre se déroule un débat sur les « menées communistes » en France. Herriot obtient la confiance par 319 voix contre 29. Le 20, il convoque la presse pour une déclaration rassurante au sujet du communisme en France.

15 décembre
Le gouvernement s'appuie sur de faux bilans de la Banque de France pour masquer les dépassements du plafond de la circulation monétaire. Ce recours aux faux bilans a été pratiqué par les gouvernements précédents et ces bilans avalisés par les régents de la Banque de France.

16 décembre
Une commission présidée par Ferdinand Buisson est instituée par un arrêté; elle a pour mission de réfléchir à la réalisation de l'école unique.

18 décembre
Pour faire pression sur le gouvernement, le gouverneur de la Banque de France révèle à ses régents la pratique des bordereaux truqués qui permettent de masquer l'état réel des finances du pays. Les jours du Cartel des gauches sont dès lors comptés, puisque l'endettement de la France va être mis au jour.
Fondation de la Ligue des Jeunesses patriotes par Pierre Taittinger, député du Bloc national en 1919, rédacteur en chef du quotidien *La Liberté*, lié au général de Castelnau. La ligue, qui se fixe pour objectif la lutte contre le communisme, comptera 65000 membres en 1926, 100000 en 1929.

26 décembre
Louis Loucheur présente à la Chambre un vaste programme de construction d'habitations à bon marché.

autres événements
• Venu du Sillon de Marc Sangnier, Francisque Gay lance l'hebdomadaire *La Vie catholique*.
• Charles Baudouin: *Psychanalyse et esthétique*.
• Parution de *Mes Amis* d'Emmanuel Bove, l'un des 20 romans publiés dans la « collection Colette » chez Ferenczi, éditeur de livres illustrés à bon marché.
• George Frazer (1854-1941): *Le Rameau d'or* (traduction).
• Georges Lefebvre: *Les Paysans du Nord pendant la Révolution française*.
• Antoine Meillet (1866-1936) et Marcel Cohen (né en 1884): *Les Langues du monde*.
• Jacques Copeau quitte le théâtre du Vieux-Colombier qu'il dirigeait depuis 1913.
• La galerie Visconti organise à Paris la première exposition personnelle du peintre Jean Fautrier (1898-1964).
• Eugène Freyssinet construit le pont sur l'Elorn à Plougastel: trois arches de 172 m de portée, record mondial jusqu'en 1934. Il bâtit également le hangar d'aviation en béton armé de Villacoublay.
• Louis de Broglie soutient sa thèse de doctorat d'État: *Recherches sur la théorie des quanta*. Il conçoit la théorie de la mécanique ondulatoire.
• Gaston Ramon (1886-1963) met au point le vaccin préventif contre la diphtérie et le tétanos.
• Les radios privées se multiplient: Radio-Agen, Radio-Lyon et Radio-Sud-Ouest à Bordeaux sont créées.

1925

janvier
Premier numéro de la nouvelle revue de Pierre Monatte (récemment exclu du Parti communiste) et de ses amis, *La Révolution prolétarienne*, « revue syndicaliste-communiste ».
Fondation, par Lucien Lévy-Bruhl, de l'Institut d'ethnologie de l'université de Paris.

1er janvier
Le président du Conseil Herriot annonce que le Concordat continuera à être appliqué en Alsace-Lorraine, contrairement à son programme.
Le Conseil national économique composé de représentants des employeurs, des travailleurs et des consommateurs est créé à l'initiative du ministre du Travail Justin Godart, pour aider à la

collaboration entre partenaires sociaux. Organisme plutôt consultatif, le CNE est resté cantonné dans un rôle secondaire. Y figurent un temps Léon Jouhaux (secrétaire général de la CGT), Robert Pinot (secrétaire général du Comité des forges), l'économiste Charles Gide. En 1958, il sera rebaptisé Conseil économique et social.

2 janvier
La circulation monétaire dépassant de 1,4 milliard le plafond fixé (41 milliards), le gouverneur de la Banque de France exige une régularisation par le remboursement des avances consenties à l'État.

7-14 janvier
La 29e conférence interalliée, réunie à Paris sur le problème des réparations, se termine par un accord sur les crédits que recevra l'Allemagne en vertu du plan Dawes.

2-3 février
La Chambre vote la suppression de l'ambassade de France au Vatican par 314 voix contre 250. Le 3, elle vote un crédit pour le maintien à Rome d'un chargé d'affaires pour l'Alsace-Lorraine où le Concordat est toujours en vigueur.

4 février
À la Chambre, Jacques Doriot prononce un retentissant discours dans lequel il réitère son soutien au leader du Rif Abd el-Krim, s'écriant: « Le Maroc aux Marocains! »

Doriot, du PC au PPF

Fils d'un forgeron, ajusteur à Saint-Denis, Jacques Doriot (1898-1945) rejoint les Jeunesses socialistes en 1916. Mobilisé en avril 1917, il voit – drame hélas banal – son régiment presque anéanti en 1918. Démobilisé en mai 1920, il reprend ses activités politiques et participe à la fondation des Jeunesses communistes (JC) dont il devient rapidement l'un des dirigeants. Dès 1922, il est envoyé à Moscou pour siéger au comité exécutif de l'Internationale communiste. L'année suivante, il devient secrétaire des JC et s'engage dans une intense activité antimilitariste. Condamné à six reprises en 1923-1924 (au total 34 mois d'emprisonnement), il est élu député de la Seine en mai 1924 à l'âge de 26 ans, ce qui lui permet d'être libéré de prison. Il a acquis la réputation d'un militant courageux qui n'a pas froid aux yeux. En 1924, il dirige la campagne anticolonialiste du Parti communiste, provoquant régulièrement des incidents à la Chambre. En février-mai 1927, il est délégué par le Komintern en Chine. À nouveau emprisonné puis réélu en avril 1928, il fait son autocritique au 6e congrès du PC en 1929, revenant sur son opposition à la tactique « classe contre classe ». Il se consacre ensuite à son bastion de Saint-Denis dont il devient maire en 1931. En 1934, après la crise du 6 février, il rejette la discipline du parti pour défendre l'unité d'action avec les socialistes puis, contrairement à Maurice Thorez, refuse de se rendre à la convocation de l'IC à Moscou, acte d'indiscipline grave. Le PC l'exclut en juin et engage une lutte féroce contre lui; Doriot rompt alors avec l'idéologie communiste et n'a de cesse de dénoncer l'emprise de Moscou sur le PC. Fin juin 1936, après des prises de contact avec des milieux industriels et, vraisemblablement, avec des fascistes italiens, il fonde le Parti populaire français (PPF) qui, tout en gardant un style proche du populisme communiste, parvient à rassembler à la fois d'anciens communistes et des membres des classes moyennes. Doriot peut être considéré comme un archétype: son itinéraire renvoie à ceux de nombre de ses camarades (Henri Barbé, Paul Marion, Victor Barthélemy) passés comme lui de l'extrême gauche à l'extrême droite: idéologies et « outillages mentaux » de ces courants ne sont pas aussi étrangers les uns aux autres qu'il n'y paraît. Après maintes vicissitudes, il parvient à conserver le contrôle de Saint-Denis.
Après 1940, rallié à la révolution nationale, ses projets politiques se heurtent à la concurrence du Rassemblement national populaire de Marcel Déat. Il devient un collaborationniste pro-nazi, participe à la fondation de la Légion des volontaires français contre le bolchevisme (LVF) et n'hésite pas à combattre sur le front russe. Réfugié en Allemagne à l'été 1944, Doriot crée un Comité de libération nationale sans avenir. Il est tué dans sa voiture lors d'un mitraillage aérien le 22 février 1945.

10 février
Le président du Conseil Herriot et son ministre des Finances Clémentel informent les membres des commissions des Finances des deux Assemblées de l'existence des bilans truqués de la Banque de France. Malgré cette démarche, un bilan du même genre est publié le 20.

25 février
Un décret nomme Georges Scelle, chef de cabinet du ministre du Travail Justin Godart, professeur de droit international à la faculté de Paris. L'Action

française lance une vigoureuse campagne contre cette nomination qui a les apparences d'un passe-droit et l'empêche de faire cours.
En riposte à la politique laïque du gouvernement (dissolution de la congrégation des clarisses d'Alençon, remise en cause du régime concordataire de l'Alsace Lorraine et suppression de l'ambassade au Vatican), le général de Castelnau (1851-1944) – qui a succédé en 1923 à Maurice Barrès à la tête de la Ligue des patriotes –, crée la Fédération nationale catholique (FNC) qui comptera 2 millions d'adhérents. Encouragé par certains prélats, il organise de nombreux rassemblements. Le général de Castelnau animera la Fédération nationale catholique jusqu'en 1939.

11-20 mars
Dans le prolongement de l'action de la FNC, les cardinaux et archevêques de France publient un manifeste qui met ouvertement en cause l'action du gouvernement, la neutralité et la laïcité de l'enseignement ainsi que l'athéisme de l'État et de ses institutions. Le 20, un violent débat oppose sur ce sujet les élus de droite au gouvernement. L'ordre du jour de confiance est néanmoins voté par 325 voix contre 251.

17 mars
La Chambre débat du régime administratif des départements d'Alsace-Lorraine. Le même jour, une grève scolaire, organisée par le clergé, a lieu en Alsace pour protester contre la transformation de certaines écoles catholiques en écoles interconfessionnelles où toutes les religions auraient leur place.

21 mars
Création à Monte-Carlo de l'opéra *L'Enfant et les sortilèges* de Maurice Ravel, sur un livret de Colette, sous la direction de Vittorio de Sabata.

28 mars-11 avril
Nommé le 25 février précédent, Georges Scelle ne parvient pas à entrer à la faculté de droit où de violentes bagarres se déroulent. Le ministre décide la fermeture de la faculté et suspend son doyen. Le 1er avril, les étudiants entament une grève de trois jours. Le 2, les étudiants de toutes les facultés font la grève générale pour soutenir le doyen de la faculté de droit, Berthélemy. Le 11, le décret de nomination de Scelle est rapporté. L'affaire révèle la puissance de l'Action française chez les étudiants en droit. La ligue ne rencontre d'opposition sérieuse qu'à la Sorbonne et à l'École normale supérieure. Les étudiants de gauche se rassemblent alors dans la Ligue d'action universitaire républicaine et socialiste qui sera animée en 1927-1928 par Pierre Mendès France (1907-1982).

avril
Parution de *L'Or*, roman de Blaise Cendrars.
À Paris, l'exposition des Arts décoratifs et industriels modernes vise à promouvoir l'industrialisation des métiers d'art. Le public peut y visiter le pavillon du grand magasin Le Printemps, réalisé par Henri Sauvage, le théâtre néoclassique d'Auguste Perret et découvrir la nouvelle architecture avec le pavillon de l'Esprit Nouveau, construit par Le Corbusier. Ce dernier, qui préconise les nouvelles techniques de construction en ciment armé et en acier, s'impose comme l'un des créateurs du style dit international, aux formes géométriques simples, orthogonales. Léger participe à la décoration du pavillon en réalisant une peinture murale abstraite, *Le Balustre*. À la rigueur géométrique de l'architecture moderne, Mallet-Stevens oppose l'élégance et le raffinement dans son projet d'« ambassade » française, dont les volumes cubiques et cylindriques sont parés de matériaux luxueux et colorés. Il demande au sculpteur Henri Laurens et aux peintres Sonia et Robert Delaunay de décorer son « ambassade ».

2 avril
Au Sénat, le ministre des Finances Clémentel est amené à présenter des explications sur le budget, le plan Dawes, les dettes interalliées et surtout les problèmes de trésorerie. Condamnant l'inflation, le recours aux avances de la Banque de France, il rend public son désaccord avec le président du Conseil; dans la nuit il lui fait parvenir sa démission. Il est remplacé le lendemain par Anatole de Monzie qui prépare à la hâte un projet de plan de redressement financier.

8 avril
Au Sénat, le président du Conseil Édouard Herriot qui pose la question de confiance, n'obtient que 2 voix de majorité.
La Chambre vote le projet relatif à l'obligation pour l'administration de mentionner le décès des personnes en marge de leurs actes de naissance.

9 avril
À la Chambre, le président du Conseil obtient la confiance par 290 voix contre 246.

10 avril
La Banque de France publie un bilan des dépassements des avances à l'État et de circulation fiduciaire. Le franc chute.

Au Sénat, François-Marsal répond au discours prononcé la veille par Herriot à la Chambre. Poincaré relance la critique. Le président du Conseil est accusé d'avoir faussé les bilans de la Banque de France et d'avoir recouru à l'inflation, contrevenant ainsi à la loi. Le Sénat vote un ordre du jour de défiance, adopté par 156 voix contre 132. Le gouvernement démissionne. Herriot résumera d'une formule cet épisode: il se serait heurté au « mur d'argent », incriminant ainsi le conseil des régents de la Banque de France.

14 avril
Le président de la République confie au républicain-socialiste Paul Painlevé la tâche de former le nouveau gouvernement, le Cartel étant toujours majoritaire à la Chambre.

17-21 avril
Painlevé (président du Conseil et Guerre) constitue son cabinet: Steeg (vice-présidence et Justice), Briand (Affaires étrangères), A. Schrameck (Intérieur), É. Borel (Marine), P. Laval (Travaux publics), A. Durafour (Travail), Caillaux (Finances), Jean Durand (Agriculture), Chaumet (Commerce et Industrie), A. de Monzie (Instruction publique), A. Hesse (Colonies), Antériou (Pensions).
Soucieux d'obtenir l'appui du centre-droit, Painlevé renoncera à la suppression de l'ambassade au Vatican ainsi qu'à l'extension des lois laïques aux départements d'Alsace-Lorraine et abandonnera l'idée d'un impôt sur le capital. En choisissant Joseph Caillaux (tout juste amnistié mais non parlementaire) comme ministre des Finances, il suscite un rival à Herriot au sein du Parti radical. La réhabilitation de Caillaux et son retour aux affaires symbolisent pour la gauche la victoire des courants pacifistes favorables à la conciliation internationale.
Le 21, la déclaration ministérielle est approuvée par 304 voix contre 218.

23 avril
Guerre du Rif. Vainqueur des Espagnols, le leader chérifain Abd el-Krim étend son action au Maroc français, attaquant des postes militaires. Le maréchal Lyautey demande des renforts et des crédits supplémentaires pour s'opposer à ce journaliste et juriste qui a fédéré les tribus pour combattre d'abord l'occupation espagnole puis l'occupation française. La guerre du Rif (du nom de la région montagneuse du Maroc septentrional où les rebelles se sont retranchés) commence.
À la sortie d'un meeting des Jeunesses patriotes de Pierre Taittinger, rue Damrémont (XVIIIe arrondissement de Paris), des membres des groupes de combat du Parti communiste ouvrent le feu. Quatre militants des Jeunesses patriotes sont tués, une dizaine blessés. Deux militants communistes inculpés seront jugés en avril 1926 aux assises de la Seine, l'un sera acquitté tandis que l'autre sera condamné à trois ans de prison, le 5 mai.

27 avril
Le maréchal Hindenburg est élu président de la République de Weimar contre le candidat commun au centre et aux socialistes, grâce au maintien du candidat communiste.

3, 10 mai
Élections municipales. Les partis de gauche (y compris les communistes) emportent 78 municipalités. Dans la Seine, ils en gagnent 12 sur 79. C'est le résultat des désistements entre radicaux et socialistes.

13 mai
L'avocat républicain socialiste Maurice Viollette (1870-1960) est nommé gouverneur général de l'Algérie. Sa volonté réformatrice lui vaut d'être appelé par les colons le « gouverneur des Arabes ». À la suite des pressions du lobby colonial, il sera rappelé en novembre 1927.

24 mai
Guerre du Rif. L'extension des combats au Maroc conduit le maréchal Lyautey à réorganiser le commandement français. Le général Daugan prend la direction des opérations.

26 mai
Berger, trésorier de l'Action française, est assassiné.

27 mai
À la Chambre, lors du débat sur l'attribution de crédits pour les opérations militaires au Maroc, la censure, qui exclut un parlementaire des débats, est prononcée contre Jacques Doriot, le lendemain contre le député communiste Renaud Jean.

juin
Publication des *Mystérieuses Noces*, poèmes, et de *Paulina 1880*, roman de Pierre-Jean Jouve, qui répudie toute son œuvre antérieure écrite dans ses années d'affiliation à l'unanimisme et à la figure de Romain Rolland.

3 juin
Faute de moyens, *Le Populaire*, journal du Parti socialiste SFIO, cesse de paraître. Il ne renaîtra qu'en janvier 1927.

4 juin
Les ambassadeurs alliés remettent au chancelier allemand Hans Luther une note rappelant les mesures de désarmement conditionnant l'évacuation de la zone septentrionale de la Rhénanie.

0 juin
L'Angleterre et la France s'accordent pour ouvrir des négociations en vue d'un arbitrage avec l'Allemagne. Le ministre des Affaires étrangères Austen Chamberlain informe Briand que la Grande-Bretagne se porte garante de la frontière sur le Rhin, considérant qu'une violation équivaudrait à un *casus belli*, mais sans offrir sa garantie à la frontière orientale de l'Allemagne.
Guerre du Rif. Au Maroc, une colonne française forte de cinq bataillons et deux escadrons est bloquée au col de Brikcha par les Rifains. Elle doit son salut à l'intervention de l'aviation.
Dans *L'Action française*, Charles Maurras publie deux lettres envoyées après l'assassinat de Berger: la première adressée au préfet de police l'avertit que « ses amis conserveront leurs armes », la seconde s'en prend au ministre de l'Intérieur Abraham Schrameck qu'il menace de représailles physiques. Cette dernière lettre lui vaudra, le 29 octobre 1926, une condamnation à un an de prison.

12-27 juin
La galerie Pierre organise une exposition Miró. Ses toiles *Le Paysan catalan*, *La Sieste*, *L'Addition* et *La Baigneuse*, « paysages oniriques », marquent un tournant dans son œuvre.

17 juin-11 juillet
Guerre du Rif. De retour du Maroc où il a rencontré le résident général, le maréchal Lyautey, le président du Conseil Painlevé dresse un tableau de la situation devant la commission de l'Armée. Demandant le secret, il se heurte à l'opposition des délégués communistes. Les autres députés changent de salle et subissent l'assaut des députés communistes qui tentent d'en briser les portes.
La conférence franco-espagnole sur le blocus du Rif s'ouvre à Madrid. Elle se termine le 11 juillet par un accord qui prévoit des opérations militaires communes et la communication des conditions de paix à Abd el-Krim.

23 juin-9 juillet
Guerre du Rif. Devant la Chambre, le président du Conseil Painlevé expose la situation au Maroc et fait appel au concours des socialistes qui votent l'ordre du jour de confiance, adopté par 510 voix contre 30. Les crédits pour les opérations militaires sont votés le 9 juillet par 411 voix contre 29, les socialistes s'abstenant.

juillet
Le ministre des Colonies André Hesse nomme Raphaël Antonetti gouverneur général de l'Afrique équatoriale française, en remplacement de Victor Augagneur en poste depuis 1920, avec mission de construire une ligne de chemin de fer reliant Brazzaville (Moyen Congo) à l'océan Atlantique. Les indigènes sont contraints par la force d'y travailler: les conditions de transport de leurs régions d'origine au chantier provoquent une mortalité terrible (près de 50 % de morts). Le reporter Albert Londres consacrera son livre *Terre d'ébène* à cet épisode. Le chemin de fer aboutira au port de Pointe-Noire (achevé en 1931) à l'embouchure du Congo.
Parution de *L'Ombilic des limbes* d'Antonin Artaud avec un portrait d'André Masson.

1er juillet
Début de l'évacuation de la Ruhr par les troupes françaises. L'opération sera terminée en août.

5 juillet
À Paris se tient, à l'initiative du Parti communiste, le congrès constitutif du Comité d'action contre la guerre du Maroc. Les socialistes refusent de s'associer à la campagne anticoloniale du PC.

6 juillet
Le général Naulin est nommé commandant supérieur des troupes et services militaires au Maroc. Le 15, la division marocaine, rappelée de Rhénanie, quitte la France pour le Maroc.

12 juillet
Joseph Caillaux pose la question de confiance sur le budget. Il obtient 325 voix contre 245, avec l'appui de la droite.

20 juillet-12 août
En Syrie sous mandat français, au Djebel Druze où la population musulmane vit sous administration française directe, une compagnie de soldats français est massacrée par des rebelles. Envoyée pour une expédition punitive, une colonne française est battue le 3 août par les Druzes dont la révolte gagne en extension. Le 12, le général Sarrail, haut-commissaire en Syrie, communique les pertes: 115 tués, 385 blessés et 432 disparus; il demande l'envoi de renforts.

26 juillet
À l'issue du deuxième tour des élections cantonales, les formations du Cartel enregistrent un gain substantiel de sièges, les radicaux et radicaux-socialistes en gagnant 72, les socialistes 52. Les communistes perdent 10 sièges sur 16.

27 juillet-12 octobre
Guerre du Rif. Une information judiciaire est ouverte contre *L'Humanité* pour incitation de militaires à la désobéissance, appel à la fraternisation avec les Rifains. Le 12 octobre, la 11e chambre correctionnelle condamne le directeur de *L'Humanité* Marcel Cachin et trois autres hauts responsables communistes à 13 mois de prison et 3000 francs d'amende.

18 août
Guerre du Rif. 100000 hommes sont envoyés pour venir à bout de l'insurrection.
Le congrès socialiste SFIO adopte une motion de Léon Blum stipulant que les socialistes retirent leur soutien au cabinet Painlevé qui n'est pas « resté fidèle à la politique de réformes immédiates, réclamées par le prolétariat ».

septembre
La *Revue nègre* de Louis Douglas au Champs-Élysées-Music-Hall permet au public de découvrir le jazz des Noirs américains et Joséphine Baker.

3 septembre
Guerre du Rif. Le gouvernement désigne le maréchal Pétain comme chef unique des opérations militaires au Maroc. Se considérant désavoué par Painlevé, Lyautey démissionne de ses fonctions de résident; il est remplacé par Théodore Steeg, le 11 octobre.
En Syrie, le général Gamelin remplace le général Michaud à la tête des troupes d'occupation. Gamelin reçoit une quinzaine de milliers d'hommes en renfort.

20 septembre
À l'occasion de son congrès à Strasbourg, le Parti communiste réclame un plébiscite en Alsace-Lorraine afin que soit reconnu au peuple alsacien le droit de « séparation d'avec la France ».

24 septembre
En Syrie, la garnison française de Soueida, prisonnière des Druzes, est libérée par une colonne commandée par le général Gamelin.

5-16 octobre
Conférence de Locarno. Stresemann (Allemagne), Briand (France), Austen Chamberlain (Grande-Bretagne), Mussolini (Italie), Émile Vandervelde (Belgique) et des représentants de la Pologne et de la Tchécoslovaquie y participent. La conférence étudie le pacte de sécurité collective qui suppose l'entrée de l'Allemagne dans la SDN. Le 16, un pacte est signé par la France, l'Allemagne et la Belgique qui acceptent leurs frontières telles qu'elles sont issues du traité de Versailles. La démilitarisation de la Rhénanie est entérinée par les trois signataires. L'Allemagne accepte d'entrer à la SDN mais refuse cependant de reconnaître ses frontières orientales avec la Pologne qu'elle s'engage à ne pas modifier par la force. Le même jour, la France signe des pactes d'assistance avec la Tchécoslovaquie et la Pologne. La Chambre des députés approuvera les accords le 2 mars 1926 par 413 voix contre 71.

11 octobre
En remplacement de Théodore Steeg, nommé résident général au Maroc, Anatole de Monzie devient garde des Sceaux; le radical Yvon Delbos est ministre de l'Instruction publique.

12 octobre
La grève générale organisée par le Parti communiste pour la paix au Maroc est un échec. Quelques bagarres ont lieu en banlieue: 50 policiers sont blessés et un gréviste est tué. Jacques Doriot qui a frappé un brigadier est écroué.

13-16 octobre
Au congrès radical de Nice, Herriot fait le procès de la politique du ministre des Finances Caillaux. Le président du Conseil Painlevé tente de faire démissionner Caillaux, qui s'y refuse.

26-27 octobre
Les projets financiers de Joseph Caillaux soulèvent la réprobation de certains de ses collègues du cabinet. Le lendemain, le gouvernement démissionne collectivement.

29 octobre
Painlevé (président du Conseil et Finances) remanie son gouvernement: G. Bonnet (Budget), Briand (Affaires étrangères), Chautemps (Justice), Schrameck (Intérieur), Daladier (Guerre), É. Borel (Marine), A. de Monzie (Travaux publics), Jean Durand (Agriculture), Daniel-Vincent (Commerce et Industrie), L. Perrier (Colonies), A. Durafour (Travail), Antériou (Pensions), Delbos (Instruction publique).

Haut-commissaire au Levant, le général Gamelin évacue Damas et fait bombarder la ville tenue par un gouvernement insurrectionnel né de la révolte des Druzes. Il y a de nombreuses victimes civiles. L'action provoque une vive émotion. Le 30, le général Sarrail est rappelé en France par le président du Conseil Painlevé.

11 novembre
Meeting de lancement du Faisceau, fondé par Georges Valois, salle Wagram.

VALOIS

Anarchiste puis dissident de l'Action française, ancien combattant de Verdun, animateur du groupe paramilitaire Les Légions et directeur du Nouveau Siècle *lancé par lui en février 1925, Georges Gressent, dit Valois (1878-1945), qui se réclame de Mussolini et du fascisme, fonde le Faisceau, mouvement nationaliste, antiparlementaire et anticapitaliste dont les militants portent une chemise bleue. Financé pendant quelques mois par certains industriels dont François Coty, le Faisceau revendique en 1926 40 000 adhérents. Se rallient au Faisceau: le maire communiste de Périgueux Marcel Delagrange, Marcel Bucard, l'ancien secrétaire adjoint de la CGT Pierre Dumas, l'ancien directeur du* Mouvement socialiste *Hubert Lagardelle… L'organisation disparaît en juin 1928 mais dès 1927, Valois s'oriente vers les milieux en marge du radicalisme. Il tente de lancer un Parti républicain syndicaliste puis se consacre surtout au travail d'édition, avec la Librairie Valois. Désormais coopérateur et pacifiste, il lance en 1934* Nouvel Âge, *journal qu'il anime jusqu'en 1940. Résistant, arrêté, Valois meurt du typhus en déportation, à Bergen-Belsen.*

13 novembre
À minuit, vernissage de la première exposition surréaliste à la galerie Pierre avec des œuvres d'Arp, De Chirico, Ernst, Klee, Man Ray, Masson, Miró, Picasso.

LE SURRÉALISME EN PEINTURE

En faisant de l'écriture « automatique », hors de tout contrôle de la raison, le seul moyen d'accéder à l'inconscient, dont il vise à saisir les forces vives, le surréalisme rejette violemment l'asservissement de l'artiste à toute espèce de rhétorique, toute technique, cette dernière étant considérée par Breton comme un « expédient lamentable » dès lors qu'elle ne vise qu'à produire des effets extérieurs. Amateur d'art, André Breton lui-même n'est pas hostile à l'idée d'œuvres plastiques surréalistes, que lui ont suggérée les œuvres de l'italien De Chirico et surtout les collages de Max Ernst envoyés à Paris en 1920. Dans le premier Manifeste du surréalisme, *en 1924, il mentionne en notes un certain nombre de peintres qui, de Seurat (ce qui étonne) à De Chirico, d'Ernst à Masson, « pourraient passer pour surréalistes ». Si la peinture surréaliste n'existe pas encore, la voie lui est ouverte. La même année 1924, André Masson (1896-1987) commence des dessins spontanés et Joan Miró (1893-1983) entre dans le surréalisme avec* Terre labourée. *À la galerie Pierre, à côté de Picasso, Klee, De Chirico, sont présents les premiers représentants du mouvement: Arp, Ernst, Masson, Miró, Man Ray… L'année suivante la Galerie surréaliste ouvre ses portes.*
La recherche d'une expression spontanée va aboutir à un renouvellement des moyens plastiques chez un certain nombre d'artistes. En 1925, Max Ernst trouve la technique du frottage. Deux ans plus tard, Masson enduit de colle des toiles sur lesquelles il projette ensuite du sable. À partir de 1936, le peintre Oscar Dominguez (1906-1957) réalise des « décalcomanies sans objet » comme le Lion-bicyclette. *Mais plus encore que ces procédés qui visent à réduire la part de l'intervention volontaire de l'artiste, le plus sûr moyen d'atteindre la liberté recherchée, c'est l'objet qui s'impose au désir de l'artiste qui l'a remarqué, révèle l'expression spontanée de son inconscient. Ainsi en est-il du masque de fer grâce auquel Giacometti peut achever en 1935 l'*Objet invisible. *Ainsi en est-il aussi d'objets hétéroclites isolés ou assemblés: l'*Heure des traces *de Giacometti en 1930, appelée aussi* Boule suspendue*; la* Poupée *de Hans Bellmer (1902-1965), sorte de mannequin de petite fille aux membres disloqués; ou encore les jambes de femmes englouties par un gramophone dans le montage intitulé* Jamais *d'Oscar Dominguez, qui rejoint le groupe surréaliste en 1934; ou encore le* Loup-table *de Victor Brauner (1903-1966), installé à Paris en 1930.*
Toutefois, le surréalisme s'exprime aussi en peinture par la représentation des mondes intérieurs des artistes, de leurs rêves et fantasmes. Comme chez Salvador Dalí (1904-1989), installé à Paris en 1927, dont l'activité « paranoïa-critique », consiste à substituer à la passivité de l'automatisme un délire interprétatif, ou chez Yves Tanguy (1900-1955), René Magritte (1898-1967) qui arrive à Paris en 1927, Pierre Roy (1880-1950), Paul Delvaux (1897-1994), Félix

Labisse (1905-1982). Avec la guerre, les surréalistes sont dispersés et seuls Bellmer, Brauner, Dominguez et Hérold demeurent en France tandis que Tanguy, Breton, Ernst et Masson gagnent tour à tour les États-Unis. En 1942 a lieu à New York une exposition internationale du surréalisme. L'influence du mouvement outre-Atlantique sera à l'origine du renouveau de la peinture américaine et de la future École de New York.

22 novembre

Le gouvernement Painlevé est renversé sur ses projets de hausse d'impôts et de consolidation de la dette publique par 278 voix contre 275.

23 novembre

Le président de la République Doumergue sollicite Briand pour la formation d'un nouveau gouvernement. Le 24, il y renonce. Doumergue s'adresse alors à Paul Doumer qui décline l'offre.

Nommé haut-commissaire en Syrie, Henry de Jouvenel part pour le Proche-Orient. Créant un Parlement avec les populations fidèles dès janvier 1926, il réussira à apaiser la révolte et entreprendra de mettre sur pied un statut organique pour le Liban – acquis en 1926 – et la Syrie – acquis en 1928. Après son rappel en septembre 1926, son successeur Henri Ponsot entend suivre la même politique : il lèvera la loi martiale et décrétera l'amnistie générale des personnes condamnées pour leur participation à l'insurrection, avant de faire procéder à l'élection d'une nouvelle Constituante début 1928. En mai 1930, le haut-commissariat au Liban réussit à obtenir, après modification, l'adhésion des Druzes et des Alaouïtes des régions d'Alexandrette et d'Alep à la Constitution qui avait été votée le 7 août 1928.

Ernest Mercier crée le Redressement français, « essai de rassembler les élites françaises en vue d'un programme d'action immédiate » pour des réformes.

ERNEST MERCIER ET LE REDRESSEMENT FRANÇAIS

Polytechnicien (promotion 1897), Ernest Mercier (1878-1955) se tourne vers l'industrie de l'électricité. En 1914, il devient directeur commercial de la société Le Triphasé. Mobilisé, il est affecté au ministère de l'Armement où il s'occupe des négociations entre le ministère et les entreprises privées. Après la guerre, il fonde le groupe Mercier qui dispose d'un holding financier appelé l'Union financière pour l'industrie électrique (1924). Avec l'appui de la banque Rothschild, il réussit à faire fusionner plusieurs compagnies d'électricité et parvient à établir des liens entre Alsthom et la Compagnie générale d'électricité (CGE), les deux plus grandes firmes de ce secteur. En 1937-1939, il est à la tête d'un des plus importants groupes de production d'électricité, qui étend son emprise sur 26 filiales, et une quarantaine si l'on inclut ses participations dans d'autres secteurs. Mercier est aussi l'homme du pétrole, puisqu'il dirige depuis sa création en 1924 la Compagnie française de pétrole, société d'économie mixte qui lui est confiée par son ami Loucheur.

Au cours d'un voyage aux États-Unis en 1925 à l'invitation de la General Electric, Mercier est impressionné par le dynamisme américain. Il rassemble dans le Redressement français 200 experts pour les convertir au modèle américain. Grâce à sa publication, les Cahiers du redressement français *(1er numéro en juillet 1926), et à son organisation (bientôt jusqu'à 10 000 adhérents), il lance des campagnes de propagande. Quittant le terrain économique pour le terrain politique, il prône la mise sur pied d'un gouvernement de « techniciens », la réduction des pouvoirs du Parlement, la création d'un Conseil d'État s'appuyant sur les chefs d'entreprise et les techniciens les plus représentatifs. Son action s'inscrit dans le cadre des nombreux groupes qui réfléchissent à une rénovation de l'État au tournant des années 30. En 1935, il effectue un séjour en URSS dont il rendra compte devant les membres du Centre polytechnicien d'études économiques (X-Crise) le 29 janvier 1936, en présence du maréchal Pétain. S'il déplore au passage l'absence de démocratie, il s'y révèle grand admirateur du système de production qui ne rencontre aucun obstacle pour accroître le rendement de l'ouvrier, ce qui vaut à ce patron, séduit par le caractère autoritaire du régime soviétique, les louanges de Marcel Cachin dans* L'Humanité.

Après la défaite de 1940, alors que techniciens et technocrates sont appelés à jouer un rôle de premier plan à Vichy, il se tient à l'écart. À la Libération, la nationalisation des industries électriques (avril 1946) le prive de la position qui avait fondé son influence. Il devient directeur de la Compagnie du canal de Suez.

25-26 novembre

Herriot tente à son tour de constituer le cabinet mais se heurte à l'intransigeance des socialistes et échoue à mettre d'accord les différentes tendances du Cartel.

28 novembre
Briand (président du Conseil et Affaires étrangères) forme un gouvernement recentré qui comprend à la fois des radicaux, des centristes (républicains de gauche) et des membres de la gauche radicale tel Louis Loucheur: Renoult (Justice), Chautemps (Intérieur), Loucheur (Finances), Painlevé (Guerre), Leygues (Marine), Daladier (Instruction publique), A. de Monzie (Travaux publics), A. Durafour (Travail), Jean Durand (Agriculture), Daniel-Vincent (Commerce et Industrie), L. Perrier (Colonies), P. Jourdain (Pensions).

2-16 décembre
Le ministère Briand se présente devant la Chambre et demande des «facilités provisoires» pour surmonter la crise financière. Après passage devant la commission des Finances, les projets du gouvernement prévoient 3 milliards d'impôts supplémentaires au titre de 1925, le relèvement de 6 milliards des avances de la Banque de France à l'État. Les députés accordent la confiance par 245 voix contre 239 au gouvernement Briand, soit 5 voix de majorité; 42 socialistes se sont abstenus. Le 14, la commission des Finances de la Chambre repousse les projets du ministre des Finances Loucheur qui est à nouveau entendu le 15. Il donne sa démission. Doumer le remplace le 16.

10 décembre
La Chambre adopte par 288 voix contre 108 les crédits destinés à l'ambassade de France au Vatican.

20 décembre
S'appuyant sur l'action d'Henry de Jouvenel en Syrie, Briand affronte les interpellations des députés et obtient un ordre du jour de confiance par 420 voix contre 35.

22 décembre
La Confédération générale de la production française et l'Association nationale d'expansion économique publient un manifeste. Les deux organisations patronales se déclarent prêtes «à examiner en accord avec les pouvoirs publics, sous quelle forme et à quel moment leur crédit propre pourrait être appelé à étayer le crédit de l'État» afin d'assurer la restauration de la monnaie nationale.

28 décembre
Guerre du Rif. Plusieurs tribus importantes du Rif se rallient aux autorités françaises, sans que soit engagée une action militaire.

autres événements
• Professeur de khâgne au lycée Henri-IV à Paris, Alain publie ses *Éléments d'une doctrine radicale* tirés de la revue que Jeanne et Michel Alexandre ont spécialement créée pour lui, *Libres Propos*. Ce recueil de 165 propos vise à définir sa conception de la démocratie et du rôle des citoyens. «La démocratie serait [...] un effort perpétuel des gouvernés contre les abus du pouvoir», a-t-il écrit, développant l'idée du contrôle exercé par ces gouvernés à qui il attribue deux vertus cardinales: l'obéissance et la résistance.
• Les *Cahiers du Sud* renaissent à Marseille sous la direction de Jean Ballard. Ils seront les premiers à publier de nombreux jeunes écrivains (Caillois, Adamov, Yourcenar). Des numéros spéciaux sur le théâtre élisabéthain, le romantisme allemand ou le génie d'Oc feront date. Du fait de sa situation en zone Sud, la revue prendra une importance particulière pendant la Seconde Guerre mondiale.
• Jean de Baroncelli: *Nitchevo*.
• Jean Bruhnes: *Géographie humaine de la France*.
• Joseph Delteil: *Jeanne d'Arc* (prix Fémina).
• Freud: *Le Rêve et son interprétation*, dans la série «Les documents bleus» chez Gallimard.
• Marcel Gromaire: *La Guerre*.
• René Schickelé: *L'Héritage du bord du Rhin* (début d'une fresque qui s'achèvera en 1931).
• Georges Auric: *Les Fâcheux* (ballet).
• La musicienne d'origine polonaise Wanda Landowska (1879-1959) crée à Saint-Leu-la-Forêt une École de musique ancienne où elle organisera des concerts pendant l'été. Auteur en 1909, avec son mari Henri Lew, d'un livre précurseur, *Musique ancienne. Le mépris pour les anciens, la force de la sonorité, le style, l'interprétation, les virtuoses, les mécènes et la musique*, interprète exceptionnelle de Bach et de tout le répertoire des XVIIe et XVIIIe siècles, elle est à l'origine de la renaissance du clavecin (de Falla et Poulenc écrivent pour elle des concertos). Elle sera contrainte de quitter la France pour les États-Unis en 1940.
• Sortie du film de Charlie Chaplin, *La Ruée vers l'or*.

1926

10 janvier
Lors du congrès extraordinaire de la SFIO réuni à la coopérative La Bellevilloise, Léon Blum établit la distinction entre la participation à un gouvernement de gauche, la «conquête du pouvoir» et «l'exercice du pouvoir» au cas où le Parti socialiste serait la composante majoritaire d'une coalition de

gauche. Les militants repoussent par 1 766 contre 1 331 la motion de soutien à un gouvernement dont le Parti socialiste SFIO ne serait pas la composante essentielle.

12 février
Le président du Conseil Briand demande la confiance pour mener sa politique financière. Il l'obtient par 326 voix contre 183.

19 février
Le haut-commissaire au Levant Henry de Jouvenel signe un accord de neutralité avec la Turquie qui prévoit la délimitation de la frontière entre Turquie et Syrie.

24 février
Mort de Robert Pinot, vice-président du Comité des forges.

Robert Pinot

Après des études de droit et de sociologie, Robert Pinot (1862-1926), disciple de Frédéric Le Play, devient en 1899 secrétaire général de l'Association des constructeurs de locomotives dont il organise la politique d'influence auprès des parlementaires et des ministres pour contrecarrer l'intervention de fournisseurs étrangers. Il rejette autant l'étatisme que le socialisme. Chargé au début du siècle de constituer l'organisation patronale dans la métallurgie pour le compte du Comité des forges, Pinot met en place un système d'assurance entre entreprises en cas de grève. En 1904, il devient secrétaire général d'un Comité des forges qu'il dynamise pour freiner l'intervention de l'État, soumis par ailleurs à la pression réformatrice socialiste. Pendant la guerre, il collabore avec Albert Thomas au sein du sous-secrétariat d'État aux Munitions. La paix venue, il devient le chef de la délégation patronale auprès du Bureau international du travail. Le diplomate André François-Poncet, dans la nécrologie qu'il lui consacre dans Le Temps, *qualifie l'auteur des* Œuvres sociales des industries métallurgiques *(1924) d'« artisan infatigable de l'organisation syndicale de l'industrie métallurgique française ».*
Pour leur part, les syndicalistes l'accusaient d'avoir fait établir des listes noires de militants, en violation de l'article 416 du Code du travail.

25 février
Au Quai d'Orsay, s'ouvre la conférence franco-soviétique sous la présidence d'Anatole de Monzie, ministre des Travaux publics. Bientôt, elle connaît un coup d'arrêt en raison des différends opposant les deux parties, notamment à propos du remboursement des emprunts russes.

mars
Georges Bernanos publie avec succès son premier roman : *Sous le soleil de Satan.*

Bernanos

« Le métier d'écrivain n'est plus un métier, c'est une aventure, et d'abord une aventure spirituelle », écrit Georges Bernanos (1888-1948) en 1945. L'enfant fut durablement marqué par la voix du père lisant des pages de La France juive *d'Édouard Drumont, auquel* La Grande Peur des bien-pensants *(avril 1931) rendra hommage. Cette période décisive, déjà traversée par l'intuition de la mort et la nécessité de mettre sa vie au service d'une cause digne d'elle, fera de Bernanos, fervent catholique, un homme engagé. Bernanos a été un étudiant bagarreur arrêté à deux reprises, un activiste de l'Action française qui ne se départit aucunement de son indépendance d'esprit vis-à-vis de ce mouvement. Devenu éditorialiste de* L'Avant-Garde de Normandie, *il polémique avec Alain tout en publiant des nouvelles. Quoique réformé pour raisons de santé en 1911, il est volontaire en 1914-1918, blessé et décoré. En 1917, il se marie ; de son union avec Jeanne Talbert d'Arc naîtront six enfants. L'expérience de la guerre renforce la profonde colère qu'il éprouve vis-à-vis du monde politique : « Le grand, l'unique scandale, c'est qu'on ait pu croire que quinze cent mille hommes étaient morts pour rien », écrit-il en 1934. Au moment de la condamnation de Maurras par Pie XI en 1926, Bernanos se rapproche de l'Action française dont il s'était éloigné. La rupture intervient pourtant en 1932 : Maurras est athée et Bernanos lui reproche son inaction politique foncière. Dès son premier roman* Sous le soleil de Satan *(1926), Bernanos, qui compte parmi ses maîtres Barbey d'Aurevilly, Bloy (découvert pendant la guerre) ou Péguy, laisse une grande place dans son œuvre à l'ordre surnaturel, à mille lieues du positivisme et du cléricalisme de l'Action française. L'intérêt de Bernanos pour les profondeurs de l'âme humaine s'enrichit aussi de la connaissance de Freud. Comme en témoignent ses romans les plus remarquables :* La Joie *(prix Fémina 1929),* Journal d'un curé de campagne *(1936, grand prix du roman de l'Académie française),* Nouvelle Histoire de Mouchette *(1937),*

Monsieur Ouine *(1946), les héros bernanosiens sont les laissés-pour-compte d'un monde hostile et voué au péché, une « paroisse morte ». De même l'exigence de justice qui anime Bernanos le met au-dessus de tout esprit partisan : en témoignent* Les Grands Cimetières sous la lune *(1938), violente critique du franquisme qu'il a vu à l'œuvre à Majorque. Handicapé par un accident grave survenu en 1933, contraint par les difficultés matérielles à écrire des romans policiers, et écœuré par l'attitude des démocraties face à Hitler, Bernanos décide, en 1938, de quitter la France pour l'Amérique du Sud. De sa ferme la Croix-des-âmes, il lance ses avertissements :* Le Scandale de la Vérité *(1939),* Nous autres Français *(achevé en juin 1939). Il participe, de sa terre d'exil, au combat des Français libres, soutient sans relâche l'action du général de Gaulle par des messages lus à la BBC ou à Radio-Brazzaville. Lorsqu'il retourne en France en juillet 1945, rappelé par un télégramme du général de Gaulle, c'est pour s'installer peu de temps après à Tunis où il séjournera de 1947 à 1948. Ses derniers écrits d'exil :* La France contre les robots *(1947),* Le Chemin de la Croix-des-âmes *(1948) sont publiés ; il rédige aussi des articles, souvent polémiques, plus tard rassemblés sous le titre* Français, si vous saviez... *(1961). Gravement malade, il livre dans* Dialogues des carmélites *une ultime méditation, avant d'être rapatrié à Paris, rejoint par la mort. Tout au long de son existence parfois chaotique, Bernanos n'a jamais abandonné la lutte contre les incarnations du Mal qui le révoltaient.*

Parution de *Douze petits écrits*, premier livre de Francis Ponge dans la collection « Une œuvre un portrait » chez Gallimard.

1er mars
La grève des ouvriers du bâtiment, pour le respect de la journée de 8 h et la mise en place des délégués syndicaux ou de chantiers, est émaillée d'incidents violents à la sortie des meetings qui rassemblent environ 30000 travailleurs : à Paris, 45 agents sont blessés, il y a 8 arrestations.

5 mars
Paul Doumer présente à la Chambre une série de dispositions visant à l'augmentation des taxes sur le café, le sucre, les alcools. Mis en minorité, le gouvernement remet sa démission.

6 mars
À Moscou, au plénum du comité exécutif élargi du Komintern, le secrétaire général du comité central Joseph Staline intervient pour la première fois au sein de la commission française pour désigner le groupe dirigeant (Pierre Semard, Jean Crémet, Jacques Doriot, Gaston Monmousseau) du Parti communiste français.

9 mars
Briand (président du Conseil et Affaires étrangères) constitue le nouveau cabinet : Laval (Justice), Painlevé (Guerre), Leygues (Marine), Malvy (Intérieur), R. Péret (Finances), L. Perrier (Colonies), Lamoureux (Instruction publique), A. de Monzie (Travaux publics), Daniel-Vincent (Commerce, Industrie et PTT), A. Durafour (Travail et Hygiène), Jean Durand (Agriculture), P. Jourdain (Pensions).

25 mars
La Chambre vote le budget déficitaire pour l'année 1926 par 415 voix contre 128 : 36,45 milliards de dépenses pour 32,07 milliards de recettes.

26 mars
La Galerie surréaliste est inaugurée à Paris par l'exposition *Tableaux de Man Ray et objets des îles...*

avril
Début d'une crise des changes qui dure jusqu'en mai.

2 avril
Guerre du Rif. Abd el-Krim engage des pourparlers de paix avec les Français et les Espagnols.

8 avril
Louis Malvy démissionne ; il est remplacé par Jean Durand auquel succède François Binet, député de la Creuse, au ministère de l'Agriculture.

14 avril
À Paris, se tient le congrès national des Russes à l'étranger présidé par l'économiste et historien Piotr Struve, rédacteur de *La Renaissance*.

Les Russes en France

En 1921, les réfugiés russes en France sont environ 32000 et un peu plus de 67000 lors du recensement de 1926. Ces émigrés se sont installés en communauté dans différentes régions (celle de Montauban ou en Normandie et dans le Lyonnais) mais surtout en région parisienne, où les usines leur offrent du travail – Renault emploie le chef de l'insurrection paysanne ukrainienne, le libertaire Nestor Makhno (1889-1934). Nombre d'entre eux étaient soldats dans les armées blanches qui ont combattu les bolcheviks mais il existe une émigration d'une autre couleur. C'est ainsi que l'ancien chef du gouvernement provisoire Alexandre Kerenski publie à Paris, de 1926 à 1933, un hebdomadaire bilingue La Russie opprimée, *avec des socialistes-révolutionnaires. Existent également des groupes anarchistes. D'une manière générale, l'émigration russe est structurée, possède ses propres institutions: bibliothèques, maison de retraite à Sainte-Geneviève-des-Bois, internat, une presse nombreuse et diversifiée dont les quotidiens* Les Dernières Nouvelles *dirigées par l'historien Paul Milioukov (1859-1943) et* La Renaissance *de Piotr Struve. Banni d'URSS en 1923, le père Serge Boulgakov fonde à Paris l'Institut de théologie orthodoxe. La vie intellectuelle de cette émigration est intense; la présence d'écrivains et d'universitaires de grande qualité y contribue: le philosophe Nicolas Berdiaev (1874-1948) qui publie* Le Nouveau Moyen Âge *en 1927, puis* Les Sources et le sens du communisme russe *en 1938, le poète Constantin Balmont (1867-1942), la poétesse Marina Tsvetaieva (1892-1941), Ivan Bounine (1870-1953, prix Nobel en 1933), le philosophe Léon Chestov (1866-1938), les écrivains Alexandre Kouprine (1870-1938) et Boris Zaitsev (1881-1972), le couple Dmitri Merejkovski (1866-1941) et Zinaïda Hippius (1869-1945), le conteur Alexeï Remizov (1877-1957), Eugène Zamiatine (1887-1937) dont le roman d'anticipation* Nous autres *(1929) préfigure le* 1984 *de George Orwell, personnages que la romancière Nina Berberova (1901-1993) fera revivre dans ses souvenirs* C'est moi qui publie *(1989).*

24 avril

Signé à Berlin, le traité germano-soviétique stipule que l'Allemagne restera neutre en cas d'agression de l'URSS par une tierce puissance. Elle promet de ne pas adhérer à une coalition en vue d'un boycott économique.

26 avril

Les délégués espagnols et français rencontrent à Oujda les représentants des tribus du Rif. Après consultation des tribus et d'Abd el-Krim, les Rifains rejettent les conditions de paix proposées par la France et l'Espagne. La trêve est rompue et les opérations militaires françaises reprennent.

En Syrie, les troupes françaises commandées par le général Andréa reprennent Soueida après de violents combats.

28 avril

Henri Barbusse devient directeur littéraire de *L'Humanité.*

29 avril

L'ambassadeur de France à Washington, Henri Bérenger, signe un accord sur la dette de la France envers les États-Unis qui prévoit un remboursement total de 6, 847 milliards de dollars sur soixante-deux ans. Les paiements annuels, établis par l'accord Mellon-Bérenger sont progressifs. Le 11 juillet, 20000 Anciens Combattants manifestent, place de l'Étoile, contre l'accord.

8 mai

Les industriels miniers et les mineurs du Nord concluent un accord sur l'augmentation des salaires: en plus d'une hausse de 10 %, la prime de vie chère est réévaluée de 35 %. L'augmentation varie entre 1,30 franc et 2,80 francs par jour.

13 mai

À Arras, les délégués au 7e congrès national des Anciens Combattants demandent la révision des pensions et l'adoption d'une échelle mobile.

25 mai

L'ancien président de la République indépendante d'Ukraine (1918-1920), Simon Petlioura, est assassiné par un anarchiste juif ukrainien au quartier Latin. Samuel Schwartzbard entend ainsi venger les membres de sa famille assassinés dans les pogroms durant la guerre civile dont Schwartzbard tient Petlioura, qui a maintes fois réfuté ces accusations, pour responsable. L'affaire connaît un grand retentissement qui redouble avec l'ouverture du procès de l'assassin le 18 octobre 1927. Défendu par maître Henry Torrès qui a bénéficié de l'aide intéressée des autorités soviétiques pour constituer son dossier en défense, il est acquitté triomphalement.

27 mai

Guerre du Rif. Au Maroc, les troupes françaises ayant pris Targuist et menaçant les voies de retraite des insurgés d'Abd el-Krim, ce dernier doit faire sa soumission. Il sera déporté à la Réunion jusqu'en 1947. Ayant obtenu de venir en France, il s'échappe au cours d'une escale en Égypte et se réfugie au Caire (31 mai 1947), où il reprend son combat contre la France, présidant le Comité de libération du Maghreb. Pour la génération anticolo-

nialiste d'après la Seconde Guerre mondiale, Abd el-Krim fera figure de précurseur pour son but – la libération nationale –, et sa méthode – la guérilla.
À la Chambre, le président du Conseil Briand obtient une large majorité (320 voix contre 209) pour l'ajournement de tout débat financier.

juin
La France signe un traité d'alliance avec la Roumanie qui renforce la Petite-Entente initiée entre la Tchécoslovaquie, la Yougoslavie et la Roumanie dès 1920-1921.
Parution de *Mont-Cinère* de Julien Green.

11 juin
Le garde des Sceaux Pierre Laval ordonne des poursuites contre les auteurs du manifeste autonomiste publié en Alsace. Le mouvement autonomiste Elsass-Lotharingen Heimatbund qui publie un journal *Volkstimme (La Voix du peuple)* reçoit un financement de réseaux nationalistes allemands.

15-16 juin
À la suite de la démission du ministre des Finances Péret, suscitée par Herriot qui s'oppose à la mise en œuvre des projets de redressement financier du gouvernement, le ministère Briand démissionne collectivement. Chargé de former un nouveau gouvernement, Briand cherche à constituer un cabinet d'« union nationale » comprenant Herriot et Poincaré. Le 16, il doit renoncer en raison de l'hostilité des radicaux.

17 juin
Première d'*Orphée* de Jean Cocteau au théâtre des Arts avec Georges Pitoëff.

18-21 juin
Herriot, qui espérait concilier les partisans de la mise en œuvre de l'impôt sur le capital (concession aux socialistes) et les partisans de l'allégement des impôts (concession à la droite), échoue à son tour dans la formation du nouveau gouvernement.

23 juin
Aristide Briand (président du Conseil et Affaires étrangères) présente un nouveau gouvernement qui obtient la confiance le 30 : Caillaux (vice-président du Conseil et Finances), Laval (Justice), Jean Durand (Intérieur), général Guillaumat (Guerre), Leygues (Marine), Chapsal (Commerce et Industrie), Nogaro (Instruction publique), Daniel-Vincent (Travaux publics), Binet (Agriculture), L. Perrier (Colonies), A. Durafour (Travail), P. Jourdain (Pensions).

juillet
En Syrie, les troupes françaises réduisent les rebelles de la grande oasis voisine de Damas. C'est la fin des opérations militaires mais l'état de siège sera maintenu jusqu'en 1928.

9 juillet
Lors de la discussion sur la politique financière, le gouvernement Briand obtient à nouveau la confiance par 269 voix contre 247.

12 juillet
À Londres, le chancelier de l'Échiquier Winston Churchill et son homologue le ministre des Finances Joseph Caillaux signent un accord sur les dettes de guerre de la France : après un moratoire de cinq ans, la France s'engage à payer à la Grande-Bretagne une annuité de 12,5 millions de livres pendant soixante-deux ans.

17 juillet
Pour appliquer le plan de redressement financier préconisé par les experts, Caillaux demande une délégation de pouvoirs. Président de la Chambre, Herriot quitte le « perchoir » pour gagner son banc de député et, par ses critiques, provoque la chute du gouvernement Briand. La confiance est refusée au gouvernement par 288 voix contre 243. Briand porte la démission de son cabinet au président de la République Doumergue. L'instabilité gouvernementale fragilise encore davantage le franc. Début 1925, la livre sterling valait 100 francs ; en juin 1926, elle en vaut 174.

18-19 juillet
Herriot est chargé de former le nouveau gouvernement. Il obtient le soutien des socialistes. Le 19, le gouvernement est constitué : Herriot (président du Conseil et Affaires étrangères), M. Colrat (vice-président du Conseil, Justice et Affaires d'Alsace-Lorraine), Chautemps (Intérieur), A. de Monzie (Finances), Painlevé (Guerre), Renoult (Marine), Daladier (Instruction publique), Loucheur (Commerce et Industrie), Queuille (Agriculture), Dariac (Colonies), Hesse (Travaux publics), Pasquet (Travail), G. Bonnet (Pensions).

20 juillet
Le franc s'effondre face à la livre (1 livre vaut 240 francs). Un grand nombre de députés, en désaccord avec la composition du ministère, constituent un intergroupe dit de « salut public » qui adopte un manifeste : « Dans une volonté commune d'apaisement, le groupe s'interdit de rechercher, à l'heure présente, les responsabilités de tel

ou tel parti ou chef politique [...]. Son programme est le salut du pays par l'union de tous les républicains sans exception [...]. Pour la réalisation de ce programme, il impose à ses adhérents d'ajourner leurs revendications d'ordre politique pour n'en avoir qu'une: le redressement financier du pays par le relèvement du franc... »

21 juillet
Le gouverneur de la Banque de France menace de mettre l'État en faillite, si le président du Conseil Herriot ne convoque pas le Parlement pour faire voter une loi autorisant le relèvement du plafond des avances. Le président de la République Doumergue contraint Herriot à se présenter devant la Chambre: son gouvernement est renversé par 290 voix contre 237. Une foule hostile à Herriot bloque le Palais-Bourbon. Le Cartel des gauches a vécu.

23 juillet
Raymond Poincaré (président du Conseil et Finances) forme un gouvernement d'Union nationale: Briand (Affaires étrangères), Barthou. (Justice), A. Sarraut (Intérieur), Painlevé (Guerre), Leygues (Marine), Herriot (Instruction publique), Tardieu (Travaux publics), Bokanowski (Commerce et Industrie), L. Perrier (Colonies), Queuille (Agriculture), L. Marin (Pensions), André Fallières (Travail).
Les sous-secrétariats d'État sont supprimés.
Valant 235 francs la veille, la livre tombe à 208 francs.

27 juillet-3 août
Poincaré obtient la confiance par 358 voix contre 131 et 64 abstentions. Le 31, la Chambre adopte son projet de finances par 304 voix contre 177: des augmentations d'impôts sont supposées apporter 11,5 milliards de francs de recettes nouvelles. Poincaré engage également une réforme administrative pour réaliser des économies ainsi que la création d'une caisse de gestion des bons de la Défense nationale. Le 3 août, le Sénat confirme le vote de la Chambre par 250 voix contre 8.

10 août
Le Congrès se réunit à Versailles pour conférer aux statuts de la Caisse d'amortissement, chargée de gérer la dette publique, une garantie constitutionnelle. Le projet est voté par 671 voix contre 144.

20 août
Le gouvernement adopte un train de mesures pour lutter contre la vie chère: économies administratives, contrôle des ventes, surveillance des abattoirs, création de restaurants populaires.

25 août-5 septembre
Dans une lettre adressée à de jeunes catholiques et publiée dans *La Semaine religieuse* de son diocèse puis reprise dans *L'Aquitaine* du 27 août, le cardinal Andrieu, archevêque de Bordeaux, dénonce la prétention de Charles Maurras et ses amis à se prononcer sur des problèmes qui « relèvent directement du magistère ecclésiastique ». Le cardinal poursuit: « Les dirigeants de l'Action française se sont occupés de Dieu. Quelles idées en ont-ils? Ils le regardent comme inexistant ou inconnaissable, et ils se déclarent, de ce chef, athées ou agnostiques. » Détaillant le contenu des ouvrages de Charles Maurras (*Le Chemin de paradis*, *Anthinéa* dont l'édition de 1923 a été expurgée de « quatre pages blasphématoires sur le Nazaréen »), il appelle au rejet des théories de l'Action française. Le 5 septembre, Pie XI envoie une lettre d'approbation au cardinal Andrieu (publiée dans *La Croix* du 9 septembre), dénonçant à son tour les « manifestations des traces d'une renaissance du paganisme » chez les membres de l'Action française.

septembre
À l'initiative de l'industriel luxembourgeois, Émile Mayrisch qui a formé avec Pierre Viénot le Comité franco-allemand de documentation et d'information destiné à œuvrer au rapprochement entre la France et l'Allemagne, se constitue une Entente internationale de l'acier qui fixe la production de chaque pays.
Édition originale de *Capitale de la douleur* de Paul Éluard.

8 septembre
La ligne postale aérienne entre Paris et Marseille est inaugurée.

8-10 septembre
Soutenue par la France, l'Allemagne est admise à la SDN où elle occupe un siège permanent. Le 10, en présence des délégués allemands Stresemann, Gauss et von Schubert, Briand prononce le discours de réception de l'Allemagne: « Arrière les fusils, les mitrailleuses, les canons! Place à la conciliation, à l'arbitrage et à la paix! »

18 septembre
Briand et Stresemann se rencontrent à Thoiry. C'est le début de l'euphorique « ère Briand-Stresemann » qui vaut à Briand les critiques acerbes de l'extrême droite et d'une partie de la droite pour sa complaisance supposée envers « l'ennemi héréditaire », et à Stresemann celles des nationalistes allemands qui veulent abolir le « dik-

tat » du traité de Versailles. Stresemann entend bien obtenir, grâce aux concessions consenties, la suppression des clauses les plus contraignantes du traité en matière de réparations et d'occupation de la rive gauche du Rhin, et la restitution de la Sarre. Les propositions financières allemandes (rachat des mines de la Sarre pour 300 millions de marks or) resteront lettre morte en raison de la remontée du franc.

4 novembre
Fondation de la Société psychanalytique de Paris. La princesse Marie Bonaparte (1882-1962), qui rentre de Vienne où elle a été analysée par Freud, est entourée d'Eugenia Sokolnicka, Angelo Hesnard, René Allendy, Adrien Borel, René Laforgue, Rudolph Lœwenstein, Georges Parcheminey et Édouard Pichon. Cette société a pour but de grouper tous les médecins de langue française en état de pratiquer la méthode thérapeutique freudienne, et de donner aux médecins désireux de devenir psychanalystes la possibilité d'engager une psychanalyse didactique indispensable pour l'exercice de la méthode. Elle s'affilie à l'International Psychoanalytic Association (IPA) et crée sa propre revue dont le premier numéro paraîtra l'année suivante.

9 novembre
Le ministre de l'Instruction publique adresse une circulaire aux recteurs pour leur indiquer de quelle manière l'anniversaire du 11 novembre doit être commenté dans les écoles.

12 novembre
Professeur à la Sorbonne, Jean Perrin (1870-1942) reçoit le prix Nobel de physique.

13 novembre-11 décembre
Le gouvernement allemand demande à la France la suppression de la commission de contrôle militaire chargée de vérifier le respect des clauses militaires du traité de Versailles. Le 23, à la tribune du Reichstag, le ministre des Affaires étrangères Stresemann réclame la fin immédiate du contrôle interallié et de l'occupation de la Rhénanie. Le 11 décembre, à la clôture du 43e conseil de la SDN, le droit d'investigation de la Société des Nations et la suppression de la commission de contrôle militaire interalliée sont acquis. On prévoit son retrait d'Allemagne le 31 janvier 1927, si celle-ci donne satisfaction sur la question des fortifications à l'Est (frontière germano-polonaise) et la fabrication des armements.

29 novembre
Le président du Conseil Raymond Poincaré reconnaît aux fonctionnaires le droit syndical mais récuse le droit de grève.

10 décembre
Le ministre des Affaires étrangères Aristide Briand reçoit le prix Nobel de la paix qu'il partage avec son homologue allemand Gustav Stresemann.

20-29 décembre
Dans une allocution consistoriale, Pie XI condamne publiquement l'Action française, école de pensée qui fait passer « les intérêts de parti avant la religion » et qui s'écarte du dogme et de la morale catholiques. Le 29, le Saint-Office prend un décret de mise à l'Index des ouvrages de Charles Maurras et de son journal *L'Action française*, décret publié dans *La Croix* le 9 janvier 1927. Sont visés : *Le Chemin de Paradis*, *Anthinéa*, *Les Amants de Venise*, *Trois idées politiques*, *L'Avenir de l'intelligence*, *Politique religieuse*, *Si le coup de force est possible*. Quelque temps plus tard, Pie XI impose un nouveau directeur au quotidien *La Croix*, le père Merklen.

autres événements
• Émile Bréhier commence la publication de son *Histoire de la philosophie* qui durera jusqu'en 1932.
• Louis Halphen et Philippe Sagnac entreprennent leur *Histoire générale des peuples et des civilisations* qu'ils achèveront en 1946.
• Freud : *La Science des rêves*, traduction de Meyerson aux éditions Alcan.
• Vitrac et Artaud : *Manifeste du théâtre Alfred Jarry*.
• Gallimard lance la collection « Les Jeunes Russes », sous la direction de Boris de Schloezer. Avertissement préliminaire : « La révolution russe, quel que soit le jugement qu'on porte sur elle, a provoqué l'éclosion d'une nouvelle génération d'écrivains. [...] C'est donc un aspect inconnu de la Russie contemporaine que cette collection, conçue en dehors de tout parti pris politique, va révéler au public français. »
• Georges Auric : *La Pastorale*.
• Maurice Duruflé : *Scherzo pour orgue*.
• Darius Milhaud : *Carnaval d'Aix*.
• Christian Zervos fonde les *Cahiers d'Art, revue de l'avant-garde artistique de tous les pays*.
• Fondation de l'agence de publicité Publicis par Marcel Bleustein-Blanchet (1906-1996).

1927

janvier
L'architecte Henri Sauvage (1873-1932) achève la construction des logements sociaux commandés par la ville de Paris, rue des Amiraux (XVIIIe arrondissement). Les appartements, répartis sur sept étages, sont disposés en gradins, ce qui leur permet d'avoir terrasses et jardins. La structure de l'immeuble est en ciment armé mais, à l'extérieur, la brique est parée de carreaux de céramique blanche utilisés pour leur résistance et parce qu'ils répondent à un souci d'hygiène.

9 janvier
Charles Maurras réagit à la mise à l'Index de ses ouvrages par le Saint-Office, en rappelant l'excellence de ses rapports avec Pie X. Maurras soutient que sa condamnation, initiée en 1914, est le fruit d'une manœuvre – une « intrigue allemande » – et que le Saint-Siège a été abusé par des documents falsifiés. La majorité des catholiques qui lisaient *L'Action française* l'abandonnent après la condamnation. Le mouvement a perdu son organe de propagande et la majorité de ses adhérents, non sans que ceux-ci connaissent une grave crise de conscience.

14 janvier
Paul Doumer est élu président du Sénat par 238 voix contre 2 et 33 bulletins nuls.

19 janvier
Devant la commission des Affaires étrangères de la Chambre, Briand déclare que l'évacuation de la Rhénanie ne saurait avoir lieu que si les conditions de sécurité et les conditions matérielles sont remplies par l'Allemagne.

février
Parution de *Thérèse Desqueyroux* de Mauriac.

MAURIAC

Né au cœur du Bordelais dans une famille bourgeoise, catholique et conservatrice, François Mauriac (1885-1970) y puise l'inspiration de nombre de ses romans. En 1906, il adhère au Sillon de Marc Sangnier, et l'année suivante, quitte Bordeaux pour Paris, où il publie des poèmes et collabore à diverses revues. Mauriac est un romancier prolixe: L'Enfant chargé de chaînes *(1914),* Le Baiser au lépreux *(1922),* Le Fleuve de Feu *et* Génitrix *(1923),* Le Désert et l'Amour *(Grand Prix de l'Académie française, 1925),* Le Nœud de vipères *(1932),* Le Mystère Frontenac *(1933) mais c'est aussi un essayiste qui interroge perpétuellement son catholicisme (*Dieu et Mammon, *1929;* Souffrance et bonheur du chrétien, *1931), sous l'autorité de Pascal. En 1933, le romancier est élu à l'Académie française. Il publie ensuite son* Journal *(1934, 1936, 1940). Dès cette époque, François Mauriac s'engage en politique sous le choc de la conquête de l'Éthiopie par les Italiens et de la guerre d'Espagne. Pendant l'Occupation, il participe à la résistance intellectuelle, publie* Le Cahier noir *sous le pseudonyme de Forez aux éditions de Minuit (1943), collabore aux* Lettres françaises *sans négliger le roman (*La Pharisienne, *1941) et, à la Libération, appartient au Comité national des écrivains. Après-guerre, le romancier s'efface devant le chroniqueur: son « Bloc-notes » publié d'abord dans* La Table ronde *à partir de décembre 1952, émigre à* L'Express *(1953-1961) puis, après son ralliement à de Gaulle, au* Figaro. *Mauriac revendique « le droit de parler aussi bien de Mme Zizi Jeanmaire que de ce qui se passe en Algérie ». En 1952, François Mauriac reçoit le Prix Nobel de littérature. En 1959, paraissent ses* Mémoires intérieurs, *suivis en 1965 des* Nouveaux Mémoires intérieurs.

17 février
La France et la Grande-Bretagne signent un nouvel accord sur les dettes de guerre: la France versera en deux fois 6 millions de livres sur la dette contractée envers son allié.

mars
Le philosophe Bernard Groethuysen (1880-1946) publie *Les Origines de l'esprit bourgeois en France* (I: *L'Église et la bourgeoisie*). Né à Berlin d'un père hollandais et d'une mère russe, Groethuysen, qui résidait en France depuis 1904, fut interné comme citoyen allemand de 1914 à 1919. Lié à André Gide, il participe aux Décades de Pontigny à partir de 1924. Introduit dans le milieu de la NRF, il fonde chez Gallimard la « Bibliothèque des idées », en 1927, avec Jean Paulhan, avant de devenir, avec Brice Parain, responsable du département des littératures étrangères en 1932.

3-7 mars
Le député socialiste Joseph Paul-Boncour présente le 3 mars à la Chambre un projet d'« organisation générale de la nation en temps de guerre » qui prévoit la réquisition industrielle, le contrôle

des bénéfices de guerre réalisés par les entreprises d'armement et d'équipement militaire et fixe les termes de la loi sur l'état de guerre. Deux articles concernant la mobilisation « dans l'ordre intellectuel » et « les mesures nécessaires pour garantir le moral du pays » suscitent une vive opposition. Le 7, la Chambre vote le projet par 500 voix contre 31.

8 mars
La Chambre approuve les accords provisoires passés par le président du Conseil Poincaré avec les États-Unis et l'Angleterre, à propos du règlement de la dette française.

9 mars
La déclaration des 116 cardinaux, archevêques et évêques de France approuvant les décisions du Saint-Siège à l'encontre de l'Action française est rendue publique par le journal de Charles Maurras. Les responsables ecclésiastiques font écho aux décisions du pape: « ... Cette école [l'Action française] reconnaît pour principaux maîtres et chefs des hommes qui, par leurs écrits, se sont mis en contradiction avec la foi et la morale catholiques », expliquent-ils, précisant: le pape « ne veut pas que, sous prétexte de restaurer la royauté en France, on inculque aux catholiques français des doctrines erronées et des principes d'action réprouvés par la morale chrétienne. Protester contre la condamnation portée par le pape ou refuser de s'y soumettre, c'est s'insurger ouvertement contre l'exercice légitime de la souveraine autorité du pontife romain. »

18-26 mars
La gestion du gouverneur général de l'Indochine, Alexandre Varenne, est mise en cause à la Chambre. Vice-président de la Chambre, nommé gouverneur le 28 juillet 1925, Varenne a engagé une politique de réformes mesurées (accès des indigènes, à égalité, dans l'administration; réglementation du travail dans les plantations, liberté de la presse plus large) et la grande attention qu'il porte au régime des concessions (l'administration confie l'exécution de travaux ou des services à des particuliers contre le droit pour eux de prélever des redevances sur les usagers) lui vaut l'hostilité des groupes de pression coloniaux. Le gouvernement obtient la confiance après avoir annoncé l'envoi d'une mission chargée d'enquêter sur le régime des concessions accordées par l'administration. Le 26, le gouvernement décide que l'octroi d'une concession doit faire l'objet d'un décret. Varenne restera cependant gouverneur jusqu'en 1930.

7 avril
Aristide Briand, le jour anniversaire de l'entrée en guerre des États-Unis, adresse au peuple américain un appel dans lequel il propose de renoncer à la guerre comme instrument de politique nationale, de la mettre « hors la loi ».
Première du film d'Abel Gance: *Napoléon*, à l'Opéra; Arthur Honegger en a composé la partition. Antonin Artaud y tient le rôle de Marat, Abel Gance celui de Saint-Just. Le projet initial comportait six épisodes et devait porter le titre de *Napoléon vu par Abel Gance.*

8 avril
Le Sénat approuve la loi instaurant le livret de famille obligatoire.
Gustave Gautherot survole Paris en avion pour lancer un tract anticommuniste: « L'araignée bolcheviste tisse à travers le monde ses toiles perfides. [...] En Russie [...], elle a massacré des millions d'ouvriers et de paysans; elle a réduit un vaste empire à la misère et au plus brutal des esclavages. »

Gustave Gautherot

Professeur d'histoire à l'Institut catholique, Gustave Gautherot (1880-1948) consacre l'essentiel de ses travaux à la Révolution française, à une époque où l'école radicale (Aulard) exerce son monopole à l'Université. En 1908, l'Académie française couronne son ouvrage La Démocratie révolutionnaire, *mais cela ne suffit pas à lui permettre de sortir d'une certaine marginalité. Après la guerre, il devient le correspondant français de l'Entente internationale contre la IIIe Internationale (Internationale communiste). Il publie* La Revue antibolchevique *puis* La Vague rouge, *cette dernière financée par Ernest Mercier, le fondateur du Redressement français. À partir d'une documentation puisée dans la presse et les revues communistes, Gautherot élabore toute une série d'ouvrages qui visent à fournir des informations fiables sur l'idéologie, la stratégie et les méthodes communistes. Il s'engage aussi sur le terrain électoral et sera élu sénateur. Après la Seconde Guerre mondiale, il est un des rares à s'intéresser au sort réservé aux pays tombés sous la domination soviétique publiant à compte d'auteur* Derrière le rideau de fer. La vague rouge déferle sur l'Europe *(1946).*

15 avril
La revue *Europe* publie une pétition signée de 160 noms contre la loi Paul-Boncour sur l'« organisa-

tion de la nation en temps de guerre» du 7 mars précédent. Parmi les signataires: Alain, Henri Barbusse, Emmanuel Berl, Jean Guéhenno, Louis Guilloux, Paul Langevin, Pierre Mac Orlan, Romain Rolland, Jules Romains, Séverine, etc. 50 élèves de l'ENS dont Raymond Aron, Jean Cavaillès, Georges Canguilhem et Jean-Paul Sartre signent également un texte de protestation.

LES NORMALIENS DE L'ENTRE-DEUX-GUERRES

Fils d'un instituteur, Georges Lefranc (1904-1985) entre en hypokhâgne en 1922. Reçu second au concours d'entrée de l'École normale supérieure en 1924, dans une promotion qui compte Jean-Paul Sartre et Raymond Aron, il crée le Groupe d'études socialistes des ENS auquel participent également des khâgneux tel Claude Lévi-Strauss. Agrégé d'histoire et de géographie en 1928, il subit l'influence de Lucien Herr et mène de front une carrière professorale et une carrière militante. Il deviendra l'historien du syndicalisme et du mouvement socialiste mais aussi l'organisateur, pour le compte de la CGT, de l'Institut supérieur ouvrier et du Centre confédéral d'éducation ouvrière.

Raymond Aron (1905-1983) entre à l'École normale supérieure en 1924. Attiré par le socialisme et impressionné par l'éloquence de certains de ses leaders (Marcel Déat notamment), il s'inscrit à la 5e section de la SFIO, celle du quartier Latin. En 1928, il sort premier de l'agrégation de philosophie devant Emmanuel Mounier et Daniel Lagache. Après son service militaire, il séjourne à Cologne puis Berlin, y découvre Max Weber et assiste à la montée du nazisme puis à la prise du pouvoir de Hitler. Revenu en France en juin 1933, il est frappé par le peu d'importance accordée au phénomène nazi. En 1935, il publie son premier ouvrage: La Sociologie allemande contemporaine *puis, de 1936 à 1939, anime le Centre de documentation sociale, créé par Célestin Bouglé à l'ENS. Simultanément, il soutient sa thèse de philosophie:* Introduction à la philosophie de l'histoire. Essai sur les limites de l'objectivité historique *(mars 1938), ayant abandonné le projet d'un* Ludwig Feuerbach *pour la collection «Socialisme et culture» dirigée par Georges Friedmann – ancien élève de l'ENS en 1923-1926 – aux Éditions sociales internationales, liées au PCF. Sous l'influence d'Élie Halévy, Aron abandonne un socialisme impuissant et romantique («J'étais socialiste, vaguement, mais de moins en moins au fur et à mesure que j'étudiais l'économie politique») pour un libéralisme réfléchi.*

Fils d'un cheminot devenu ingénieur, Paul-Yves Nizan (1905-1940) entre lui aussi à l'ENS en 1924. Quelques mois plus tard, il est victime d'une dépression nerveuse qui perturbe ses études et en fait un marginal à l'École. Il voyage en Italie en octobre 1925 et en revient influencé par le fascisme, ce qui le conduit à adhérer au Faisceau universitaire de Valois. Au bout de quelques mois, il quitte cette organisation puis, grâce à l'amitié de Georges Friedmann, collabore aux revues Philosophies *puis* L'Esprit. *Soudain, en septembre 1926, il part pour Aden comme précepteur. De cette expérience il tirera son premier livre,* Aden Arabie *(1931). À son retour en 1927, il se marie et adhère au Parti communiste. Il obtient l'agrégation de philosophie en 1929 et quitte l'École, ayant trouvé sa voie, devenant à la fois un animateur de revues marxisantes et un journaliste communiste orthodoxe. En 1932, il règle ses comptes avec l'Université dans un pamphlet intitulé* Les Chiens de garde.

Né dans une famille «bourgeoise», Jean-Paul Sartre (1905-1980) fait ses études au lycée Henri-IV où il a Nizan pour compagnon. Si Sartre participe à la vie de l'école, à ses «bizutages» et canulars, il s'intéresse peu à la politique et se tient à l'écart de tout engagement. À partir de 1926, il partage sa «thurne» avec Pierre Guille et Aron qui admire sa facilité d'écriture. En 1927, son premier roman, Une défaite, *est refusé par Gallimard. En 1929, il fait la connaissance de Simone de Beauvoir. Reçu premier à l'agrégation de philosophie en 1929, il effectue son service militaire puis enseigne au Havre. En 1933, sur les conseils d'Aron qui lui fait découvrir la phénoménologie, il est boursier à l'Institut français de Berlin et y étudie Hegel, Husserl et Heidegger. La révélation de son talent aura lieu presque dix ans après sa sortie de l'École, en 1938, avec la publication de* La Nausée, *livre qui sera retenu pour le Goncourt.*

Après deux khâgnes au lycée Louis-le-Grand, Daniel Lagache (1903-1972) entre en 1924 à l'ENS. Agrégé de philosophie en 1928, il entreprend des études de médecine et devient chef de clinique en 1935. Entre-temps il a achevé une analyse. Adhérent à la Société psychanalytique de Paris, il devient maître de conférences à l'université de Strasbourg en 1937. Pendant l'Occupation, il se replie à Clermont-Ferrand avec son université et poursuit des recherches criminologiques tout en s'engageant dans la Résistance. Titulaire d'une chaire de psychologie en 1946 après sa thèse (La

Jalousie amoureuse), *il entre au CNRS. Introducteur de la psychanalyse à l'Université, il dirige une collection aux Presses universitaires de France (« Bibliothèque de psychanalyse et clinique »). En 1953, il participera avec Jacques Lacan et Françoise Dolto à la création de la Société française de psychanalyse.*

Élève d'Alain et condisciple de Sartre et Aron avec lequel il débat du pacifisme en 1933, Georges Canguilhem (1904-1995) collabore aux Libres Propos *d'Alain. Très actif dans l'aile révolutionnaire du pacifisme, il enseigne plusieurs années dans le secondaire après son agrégation de philosophie. En 1941, il succède à Jean Cavaillès à l'université de Strasbourg repliée à Clermont-Ferrand. Il devient docteur en médecine, après avoir soutenu sa thèse,* Essai sur quelques problèmes concernant le normal et le pathologique, *en 1943. Très tôt engagé dans la Résistance, il y prend une part héroïque. En 1955, il succède à Gaston Bachelard à la Sorbonne, publiant la même année* La Formation du concept de réflexe aux XVIIe et XVIIIe siècles. *Sans réduire sa recherche philosophique à une formule, on peut considérer que le fil de sa réflexion est présent dans cette remarque : « C'est un des traits de toute philosophie préoccupée du problème de la connaissance que l'attention qu'on y donne aux opérations du connaître entraîne la distraction à l'égard du sens de connaître. » Son influence sur la philosophie est telle qu'à sa mort Claude Debru (directeur de recherche au CNRS) put écrire : « Tout ce qui a compté récemment dans la philosophie française est passé entre ses mains. »*

Fils d'un militaire de carrière professeur à Saint-Maixent, Jean Cavaillès (1903-1944) est reçu premier à l'ENS en 1922. Agrégé de philosophie en 1927, il commence une thèse sur les fondements des mathématiques. De 1928 à 1936, il enseigne rue d'Ulm où il anime le Centre chrétien. Il publie en 1938 Méthode axiomatique et formalisme. Remarques sur la Formation de la théorie abstraite des ensembles. *Nommé professeur au lycée d'Amiens en 1936, puis à l'université de Strasbourg en 1938, il est mobilisé en 1939. Fait prisonnier, il s'évade et rejoint la Résistance balbutiante. Il participe à la création du mouvement Libération-Sud, est à l'origine de la naissance de Libération-Nord, puis organise le réseau de renseignements Cohors. Professeur suppléant à la Sorbonne en mars 1941, il est révoqué par Vichy. Devenu l'un de ces clandestins qui portent la Résistance, il est trahi, arrêté le 28 août 1943 et fusillé à Arras l'année suivante.*

16 avril
Des dirigeants catholiques de l'Action française (Robert de Boisfleury, Léon Daudet, colonel Georges Larpent, Paul Robain, vice-amiral Schwerer, Bernard de Vesins) adressent à Pie XI une plainte dirigée contre le cardinal Andrieu. Ils dénoncent comme fausse l'attribution à Charles Maurras de la sentence : « Défense à Dieu d'entrer dans nos laboratoires. » L'archevêché de Bordeaux reconnaîtra l'inexactitude de cette citation.

19 avril-24 mai
Le ministre de l'Intérieur Albert Sarraut adresse une circulaire aux préfets pour la répression des menées communistes et la propagande de l'Association républicaine des Anciens Combattants (ARAC), d'obedience communiste. Le 22 avril, à Constantine, Albert Sarraut déclare : « Le communisme, voilà l'ennemi ! » Il dénonce « le programme de déchéance française dont l'exécution méthodique est impérieusement tracée par une influence étrangère aux affiliés servilement courbés sous sa loi ». De son côté, le 24 mai, le gouvernement conservateur britannique Baldwin rompt les relations diplomatiques avec la Russie soviétique à la suite de la saisie de documents à la délégation commerciale soviétique de Londres.

22 avril
La Banque de France rembourse 33 millions de livres à la Banque d'Angleterre qui restitue 463 millions de francs-or déposés chez elle depuis 1916.

10-12 mai
Le gouvernement demande à la Chambre l'autorisation de poursuivre sept députés communistes, notamment Jacques Doriot et Paul Vaillant-Couturier, en raison de leurs activités « antifrançaises ». Le 12, celle-ci nomme une commission plutôt hostile à la demande gouvernementale.

11 mai
Herriot assiste en présence du cardinal Luçon aux cérémonies célébrant la fin des travaux de restauration de la cathédrale de Reims, qui avait subi les bombardements allemands durant la dernière guerre.

17 mai
L'exposition des huit grandes compositions de *Nymphéas* par Monet, installées à l'Orangerie des Tuileries, est ouverte au public.

20-21 mai
Ancien capitaine de l'armée américaine, l'aviateur Charles Lindbergh (1902-1974) traverse en 33 heures l'Atlantique d'Ouest en Est, avec le *Spirit of Saint Louis*. Il est accueilli triomphalement au Bourget et se rend immédiatement sur la tombe du Soldat inconnu.

27 mai-15 juin
Breton organise et préface le catalogue de la première exposition personnelle d'*Yves Tanguy et objets d'Amérique* à la Galerie surréaliste.

30 mai
Au théâtre Sarah-Bernhardt, création d'*Œdipus-Rex* de Stravinski sur un livret de Jean Cocteau d'après Sophocle, traduit en latin par Jean Daniélou.

juin
Parti en 1925 et 1926 en Afrique en compagnie du jeune cinéaste Marc Allégret qui photographie leur périple, André Gide rapporte de son long voyage deux livres: *Voyage au Congo* (1927) et *Le Retour du Tchad* (mars 1928). Bouleversé par ce qu'il a entrevu de la condition des Noirs, il écrit dans *Voyage au Congo*: « Quel démon m'a poussé en Afrique? Qu'allais-je donc chercher dans ce pays? J'étais tranquille. À présent je sais: je dois parler. » Sans remettre en cause globalement le colonialisme, les faits qu'il révèle sont suffisamment éloquents pour provoquer un débat à la Chambre sur le régime des grandes concessions.

10 juin
La Chambre vote un ordre du jour de confiance au gouvernement Poincaré (354 contre 133 voix) au sujet de la répression des menées communistes. Condamné le 10 mai à huit mois de prison pour « provocation de militaires à la désobéissance », le secrétaire général du PC Pierre Semard est arrêté. Victime d'une mystification organisée par des militants de l'Action française, le directeur de la prison de la Santé libère, le 25, par erreur, Léon Daudet – incarcéré pour diffamation depuis quelques semaines –, Delest et le communiste Pierre Semard, qui sera arrêté à nouveau le 22 juillet. Il est suspendu de ses fonctions.

1er juillet
Premier numéro de la *Revue française de psychanalyse*, organe officiel de la société psychanalytique de Paris. Au sommaire: Marie Bonaparte, Allendy, Laforgue, Deutsch et une traduction du « Moïse de Michel Ange » de Freud.

6 juillet
La Chambre vote la loi instituant le service militaire d'un an. Le 19 janvier 1928, elle adoptera la loi sur le recrutement qui prévoit la mise en application du service d'un an au 1er novembre 1930.

9 juillet
La Chambre fixe à 612 le nombre des députés. Le 12, elle rétablit le scrutin uninominal majoritaire d'arrondissement.

18 juillet
À la 11e chambre correctionnelle de la Seine s'ouvre le procès du réseau d'espionnage, dépendant des services soviétiques de l'armée rouge, animé par Jean Crémet, ancien secrétaire adjoint du bureau politique du PC et conseiller municipal du XIVe arrondissement de Paris et de Louise Clarac sa secrétaire, tous deux en fuite. Six complices (dont des syndicalistes communistes) sont condamnés à des peines de prison, Clarac et Crémet le sont par défaut à cinq ans. L'affaire a un retentissement considérable dans toute la presse.

août
La NRF commence la publication du pamphlet de Julien Benda (1867-1956), *La Trahison des clercs*, qui suscite un grand intérêt. Collaborateur au *Figaro* depuis 1916 et de *La NRF* depuis 1922, Benda condamne les intellectuels qui se compromettent en s'engageant dans l'action partisane. Mais lui-même devait s'engager par la plume, s'en prenant à l'Action française, polémiquant contre le pacifisme de la revue *Europe*. Dans ses articles à *La Dépêche de Toulouse* ou à *L'Aube*, il n'aura de cesse de dénoncer le nazisme. Dans le même temps, il se rapproche de la gauche, participe en juin 1935 au Congrès pour la défense de la culture, collabore à *Vendredi* et au *Temps*. À la veille de la guerre, écrivant dans la revue antimunichoise *Les Volontaires*, il qualifie le communisme de « totalitaire », conférant au mot une charge positive. Son acceptation du « bon » totalitarisme communiste en raison des visées finales qu'il lui prête, l'amènera à devenir un fidèle compagnon de route de l'Union soviétique et du PC après la Seconde Guerre mondiale. En fustigeant dès 1927 la trahison des clercs, n'a-t-il pas fait, par anticipation et sans le savoir, la critique de son propre itinéraire intellectuel?
Qui je fus d'Henri Michaux paraît à la NRF dans la collection « Une œuvre un portrait ».

23 août
Le lendemain de l'exécution – sans preuve de leur culpabilité – des anarchistes américains Nicola

Sacco et Bartolomeo Vanzetti, condamnés à mort en 1921 pour un hold-up meurtrier, Paris est le théâtre de violents affrontements, sur les grands boulevards, entre forces de police et manifestants, mobilisés en premier lieu par les anarchistes, rejoints par les communistes. Des barricades sont dressées aux alentours de la rue Turbigo, des pillages se déroulent de la République au Châtelet et de la place Clichy aux Champs-Élysées où la tombe du Soldat inconnu est profanée. De nombreuses villes de province sont touchées par le même mouvement.

septembre
Parution de *Quai des Brumes* de Pierre Mac Orlan. En 1938, Marcel Carné en tirera un film avec Michèle Morgan et Jean Gabin.

1er septembre
Léonard de Vinci : *Un souvenir d'enfance*, traduit par Marie Bonaparte chez Gallimard.

1er octobre
Le ministre des Travaux publics André Tardieu inaugure le nouveau bassin du port de Strasbourg destiné au transbordement du pétrole.

26 octobre
Les Alliés décident d'alléger l'occupation de la Rhénanie : 10 000 soldats sont retirés des garnisons de Coblence, Worms, Neustadt, Spire, Landau et Trèves.

27 octobre
Au congrès radical, salle Wagram, Édouard Daladier succède à la tête du Parti à Maurice Sarraut. Au sein du Parti radical, de jeunes intellectuels se sont rassemblés pour rénover le radicalisme. Ces « Jeunes Turcs » (dont Gaston Bergery, Pierre Cot, Bertrand de Jouvenel, Jacques Kayser) comme on les surnomme, bénéficient du soutien de l'hebdomadaire *La Voix*, fondé la même année par Émile Roche, radical du Nord, administrateur de sociétés et proche de Joseph Caillaux.

DALADIER

Fils d'un boulanger républicain dreyfusard, agrégé d'histoire, ancien élève d'Herriot, Édouard Daladier (1884-1970) commence sa carrière dans le sillage de son maître. Maire de Carpentras depuis 1912, mobilisé en 1914, sa conduite au feu lui vaut trois citations. Élu député du Vaucluse en 1919, il devient en juin 1924 ministre des Colonies dans le premier gouvernement Herriot, fonction qu'il occupe pendant dix mois avant de prendre le portefeuille de la Guerre en octobre 1925, puis celui de l'Instruction publique de novembre 1925 à avril 1926. En 1927, il s'empare de la direction du Parti radical, contre Herriot dont il désapprouve la politique d'union nationale après l'échec du Cartel. Quatre ans plus tard, il est ministre dans le même gouvernement qu'Herriot. Il accède à la présidence du Conseil début 1933. Évincé au bout de quelques mois, il est rappelé en plein scandale Stavisky. C'est lui qui décide le renvoi du préfet Jean Chiappe, trop favorable aux ligues. Après le 6 février 1934, isolé et critiqué de toutes parts, il démissionne. Dans l'opposition, il oriente son action vers la constitution d'un rassemblement antifasciste, participant, à l'automne 1935, à l'élaboration du programme électoral de la coalition de gauche qui mènera au Front populaire. Dans le gouvernement Léon Blum (juin 1936), il détient les portefeuilles de la Défense nationale et de la Guerre. Depuis plusieurs années déjà, Daladier a conscience du retard pris par la France en matière d'armement, aussi va-t-il proposer un plan quadriennal pour pallier les faiblesses des armées, mettant notamment l'accent sur l'artillerie lourde.

Président du Conseil d'avril 1938 à mars 1940, il tente de mobiliser les énergies, recourt en novembre 1938 aux décrets-lois, revient sur l'application des 40 h. Sa politique porte ses fruits mais sur le terrain des relations internationales, le chantage hitlérien exercé sur la Tchécoslovaquie aboutit aux accords de Munich (30 septembre 1938). Daladier choisit alors la négociation à quatre (Allemagne, Italie, Angleterre, France) plutôt que le risque de guerre, en partie pour conserver l'alliance avec la Grande-Bretagne dont les dirigeants ne semblent pas encore avoir pris conscience des visées nazies. Vient ensuite la dernière tentative pour retarder les échéances, tant le drame de 14-18 le hante : l'alliance avec l'Union soviétique, sans plus de réussite. Staline en effet a déjà fait le choix de l'accord avec l'Allemagne nazie. Si les efforts entrepris par Daladier ne sont pas négligeables, une vision moderne de la stratégie et de la tactique lui fait défaut. En mars 1940, il quitte la présidence du Conseil tout en demeurant ministre de la Défense. Démissionnaire le 19 mai 1940, il fait partie des parlementaires qui tentent de gagner l'Afrique du Nord sur le Massilia. *En septembre 1940, Vichy le fait arrêter. Il tient alors un passionnant* Journal de captivité, 1940-1945, *qui ne sera publié qu'en 1991. Lors du procès de Riom (février-avril 1942), il défend si brillamment son action à la tête du gouvernement que le procès tourne court. Début 1943, il est déporté en Allemagne et ne recouvre la liberté qu'après la capitulation allemande. Après guerre, Daladier retrouve son siège de député du Vaucluse, préside le Rassemblement des gauches républicaines mais ne joue plus de rôle de premier plan.*

novembre
Camille Jullian achève son *Histoire des Gaules* entreprise depuis 1907.

11 novembre
La France et la Yougoslavie signent un pacte d'amitié et un règlement d'arbitrage.
20 000 délégués représentant les organisations d'Anciens Combattants se rassemblent à Versailles lors des états généraux de la « France meurtrie ». Un cahier de revendications est présenté au président du Conseil Raymond Poincaré et une confédération groupant l'Union nationale des combattants (UNC) et l'Union fédérale (345 000 membres en 1926) est constituée. Le 21 novembre, elle présente au président du Conseil les revendications des mutilés concernant le réajustement des pensions.

15 novembre
La direction du PC français approuve l'exclusion du comité central du PC d'Union soviétique, puis du PC, de Léon Trotski et Grégori Zinoviev, qui consacre le pouvoir absolu de Joseph Staline.

17 novembre
La France choisit le troisième fils de Moulay Youssef, décédé, comme sultan du Maroc ; celui-ci prend le nom de Mohammed V.

décembre
Les anticolonialistes vietnamiens fondent le Vietnam Quoc Dan Dang, le Parti révolutionnaire national, créé sur le modèle du Guomindang chinois.

8 décembre
Ferdinand Buisson reçoit le prix Nobel de la Paix qu'il partage avec le professeur allemand Ludwig Quidde.

Ferdinand Buisson

Issu d'une famille protestante, Ferdinand Buisson (1841-1932) est orphelin très tôt. Tout en travaillant, il réussit à passer l'agrégation de philosophie. Refusant de prêter serment à Napoléon III, il s'exile en Suisse à Neuchâtel où on lui confie une chaire de philosophie. Il fait la connaissance de James Guillaume, militant de l'Association internationale des travailleurs avec lequel il noue une amitié sans faille. Quand il revient en France, Jules Ferry le nomme inspecteur général puis directeur de l'enseignement scolaire chargé de mettre en œuvre la politique scolaire de la IIIe République. Durant les années 1880, Buisson entreprend, avec l'aide de Guillaume, la réalisation d'un Dictionnaire de pédagogie et d'instruction primaire *rassemblant les contributions des meilleurs spécialistes de l'époque tels que Viollet-le-Duc, Camille Flammarion, Ernest Lavisse, Henri Hauser, Émile Durkheim, Marcelin Berthelot, etc. En 1896, il prend possession de la chaire de pédagogie créée spécialement pour lui à la Sorbonne. C'est l'affaire Dreyfus qui l'entraîne du côté de la politique : il participe à la fondation de la Ligue des droits de l'homme puis est élu député radical en 1902. En 1904, il s'oppose violemment à toute idée de monopole étatique de l'enseignement. Devenu président de la Ligue en 1913, il entreprend de promouvoir la défense des minorités persécutées – Polonais, juifs, Arméniens, Allemands du Haut-Adige. Son action en faveur de la SDN lui vaut le prix Nobel.*
Ferdinand Buisson est la figure même de l'intellectuel laïque, républicain qui ne sacrifia jamais ses principes à sa carrière et pour qui le travail, mode privilégié d'accès à la connaissance, était une vertu en soi.

23 décembre
Le Sénat vote le projet prolongeant de trois semaines le délai pendant lequel les femmes ayant accouché ne peuvent être congédiées par leur employeur.
Une commission internationale de savants, nommée par le bureau de l'Institut international d'anthropologie, affirme que les objets trouvés lors des fouilles du site de Glozel dans l'Allier ne proviennent pas d'une civilisation ancienne inconnue jusqu'à ce jour.

L'affaire Glozel

Le site de Glozel, après la découverte en 1924 par un paysan d'une fosse formée de briques vitrifiées, de haches polies, de pierres, de céramiques ainsi que de briques gravées – un chaînon dans l'histoire des langues révolutionnant la linguistique ? –, a suscité un intérêt extraordinaire. Pour l'historien de la Gaule Camille Jullian, il s'agissait de la mise au jour d'un atelier de sorcier païen gau-

lois datant du IIIe siècle. Pour l'archéologue et philologue Salomon Reinach (1858-1932), le site apportait des éléments considérables sur le Néolithique. Cependant, d'autres suspectèrent une falsification. Reinach protesta contre les conclusions de la commission formée pour examiner l'authenticité de Glozel – il y eut même une suite judiciaire. Une nouvelle expertise réalisée par le directeur de l'Identité judiciaire conclut à la fraude, expertise finalement admise par la majeure partie des scientifiques de l'époque. En un temps où l'on ne disposait pas du carbone 14 pour dater les objets, la communauté scientifique s'était scindée entre glozéliens et antiglozéliens. En 1974-1975, Glozel retrouve de l'intérêt auprès de savants danois et écossais. Le Centre d'études nucléaires de Fontenay-aux-Roses, dirigé par Henri François et Guy Portal, date les objets de 700 av. J.-C. à 100 apr. J.-C. En 1975, à Oxford, un symposium réunissant 150 chercheurs conclut à l'intérêt des collections réunies à Glozel. En 1978, une association est fondée pour la sauvegarde des collections.

27 décembre

Ministre de l'Instruction publique, Herriot fait aboutir les projets de réformes initiés par son prédécesseur Daladier: cours communs aux élèves des lycées et collèges et aux écoles primaires supérieures quand ces dernières sont reliées à un lycée ou un collège; unification des programmes et des personnels de la 6e à la 3e; instauration prochaine de la gratuité de l'enseignement public secondaire.

autres événements

• Vicaire à Clichy, l'abbé Georges Guérin (1891-1972) s'inspire de l'expérience belge pour fonder la Jeunesse ouvrière chrétienne avec quelques apprentis qui se lancent dans l'apostolat en milieu ouvrier. Un an plus tard, une JOC féminine est lancée. L'organisation, d'abord placée sous la tutelle de l'Association catholique de la jeunesse française, ne cesse de croître: au bout de dix ans, elle rassemblera 80000 adhérents.

• Le Centre de propagande des républicains nationaux est créé sous le patronage de *L'Écho de Paris* dirigé par le conservateur Henri de Kérillis. Ce centre se propose de renforcer la propagande des organisations «nationales» (affiches, écoles d'orateurs) mais Kérillis ambitionne également de fonder un grand parti conservateur à l'anglaise.

• Le sénateur Henry de Jouvenel fonde *La Revue des vivants* qui s'adresse, dans un premier temps, aux Anciens Combattants.

• Professeur à l'université de Genève et critique à *La NRF*, Albert Thibaudet (1874-1936) publie *La République des professeurs*. Il constate que la place des enseignants dans le corps politique est de plus en plus importante. L'arrivée au pouvoir du normalien Édouard Herriot symbolise cette conquête. En réalité, le mouvement est moins important qu'il n'y paraît: en 1924 ce sont de 46 à 57 enseignants (selon les sources) qui sont élus députés. En 1936, le chiffre sera de 59 à 77, soit une certaine stabilité tournant autour de 10 % des élus (34,1 % en 1981). Le personnage du normalien a acquis une dimension sans commune mesure avec son rôle réel: le héros de Jules Romains dans *Les Hommes de bonne volonté*, Jean Jerphanion, est fils d'instituteur, normalien, agrégé de lettres, député radical puis ministre des Affaires étrangères. Jerphanion s'inspirerait du personnage d'Yvon Delbos (1885-1956), camarade de Jules Romains à l'ENS, qui occupera le Quai d'Orsay en 1936-1938.

• Éditeur des œuvres de Pascal, Léon Brunschvicg publie *Progrès de la conscience dans la philosophie occidentale*.

• André Chamson: *Les Hommes de la route*.

• Gaston Baty, Charles Dullin, Louis Jouvet et Georges Pitoëff s'associent pour grouper leurs théâtres en «Cartel des quatre».

• La création des Monoprix et Uniprix témoigne de l'émergence de la consommation de masse dans la société française.

1928

janvier

Maurice Hanot dit d'Hartoy fonde les Croix-de-Feu pour regrouper les Anciens Combattants décorés pendant la guerre pour leur bravoure. Les Croix-de-Feu reçoivent le soutien de François Coty qui accueille le siège de l'association au *Figaro*. Il favorise en leur sein l'ascension du lieutenant-colonel de La Rocque qui en deviendra le président en 1931.

La Rocque et les Croix-de-Feu

Sorti de Saint-Cyr en 1907, François de La Rocque (1885-1946) participe aux campagnes du Maroc avant 1914 puis sert sur le front durant deux années avant d'être affecté à l'état-major du général Foch. Il retourne au Maroc sous le commandement du maréchal Pétain. Ayant pris sa retraite anticipée avec le grade de commandant, il entre à la Compagnie générale de l'électricité dirigée par Ernest Mercier.

Sous sa direction, les Croix-de-Feu connaissent un essor remarquable : de 500 adhérents en 1928, le mouvement passe à 15 000 en 1930 puis 36 000 en 1932. Plusieurs organisations connexes sont créées – telle celle des Fils et Filles de Croix-de-Feu – qui en élargissent le recrutement. Association destinée à entretenir le souvenir de la Grande Guerre, les Croix-de-Feu deviennent un mouvement politique qui donne des consignes de vote. Le 6 février 1934, le colonel fait preuve d'une modération qui lui sera reprochée par l'extrême droite la plus radicale : à l'annonce des premiers affrontements, il donne l'ordre de dispersion à ses militants alors que la colonne qu'ils forment est à deux pas de la Chambre, rue de Bourgogne. S'il méprise le parlementarisme, La Rocque n'en est pas pour autant décidé à renverser la République ; il entend plutôt lui imposer ses orientations, qu'il présente courant 1934, dans son livre Service public. *Souhaitant une nouvelle union nationale, en écho à l'union entre combattants au front, il veut défendre la famille, revaloriser le travail, exalter la patrie. Nationaliste, le colonel de La Rocque rejette toute conception raciste de la nation : « Je confirme ici ma pensée inchangée sur l'antisémitisme : la France est par nature assimilatrice et le racisme est contraire à son génie », écrit-il dans* Le Flambeau *en août 1936. Cependant, il pose une condition à l'assimilation : que les « nouveaux enfants » de la France, se « donnent [à leur] mère adoptive [...] sans arrière-pensées ».*
Accusé de fascisme par la gauche, ce catholique se rapproche plutôt du conservatisme, un conservatisme favorable à un exécutif fort. Dissoutes le 18 juin 1936, les Croix-de-Feu se transforment en Parti social français qui rencontre un succès fulgurant (des centaines de milliers d'adhérents). S'affirmant républicain, le PSF entre dans l'arène politique, participant aux consultations électorales, pendant la guerre du Rif, et refuse en 1937 son intégration au Front de la liberté que veut organiser Doriot.
Après la défaite de 1940, La Rocque place sa confiance dans le régime de Vichy. Il est chargé de mission. Hostile à la collaboration avec les nazis païens et à l'antisémitisme, il s'oppose aux tentatives de constitution d'un parti unique et interdit aux cadres du Progrès social français (nouvelle appellation du PSF) de rejoindre la Légion des combattants, le Service d'ordre légionnaire, la Milice ou la LVF. En octobre 1942, le PSF est dissous par les Allemands. Le 9 mars 1943, La Rocque est arrêté par la Gestapo ainsi que 150 de ses compagnons qui ont organisé, sous son autorité, un réseau de renseignements militaire lié aux services britanniques. Déporté dans les Sudètes, il y retrouve Daladier interné à Itter (Autriche), réussit à participer à un combat contre des SS. Rapatrié le 8 mai 1945, il est placé en résidence forcée tandis que son parti se voit interdire toute reconstitution, sous la pression des communistes. Sa santé profondément altérée par la captivité, le colonel de La Rocque meurt le 28 avril 1946. En 1961, son épouse recevra la carte de déporté de son mari, établie à la demande du général de Gaulle.

Paul Rivet est nommé à la chaire d'anthropologie du Muséum national d'histoire naturelle créé l'année précédente en compagnie de Lucien Lévy-Bruhl et Marcel Mauss. À son initiative le musée d'ethnographie du Trocadéro est rattaché à cette chaire.

janvier-mars
La NRF publie, de janvier à mars, la première traduction en France, due à Alexandre Vialatte, de *La Métamorphose* de Franz Kafka.

2 janvier-6 février
Le secrétaire d'État américain Frank Kellogg remet à l'ambassadeur Paul Claudel un projet de pacte mettant la guerre hors la loi. Le 7 janvier, le ministre des Affaires étrangères Briand y répond en rappelant les obligations de la France vis-à-vis de la SDN à laquelle n'appartiennent pas les États-Unis. Finalement, ils entérinent le traité le 6 février.

12 janvier
La Chambre, par 296 voix contre 176, approuve la décision du gouvernement de faire arrêter cinq élus communistes condamnés de droit commun. Marcel Cachin et Paul Vaillant-Couturier sont arrêtés et condamnés pour « incitation de militaires à la désobéissance » à leur sortie du Palais-Bourbon. Gérant des publications antimilitaristes du PC, Jacques Duclos est en fuite. André Marty est arrêté le 25 à Boulogne. La motion présentée par le socialiste Jules Uhry, demandant l'immunité parlementaire pour les communistes arrêtés, est repoussée malgré le vote favorable du ministre de l'Instruction publique Herriot et de 42 radicaux.

23 janvier
Le ministre des Travaux publics André Tardieu obtient du Comité des grands réseaux de chemins de fer le relèvement des salaires des cheminots.

26 janvier
Le dirigeant de l'Union militaire générale (ROVS) groupant les réfugiés russes en France, le général

Alexandre Koutiepov, disparaît. Les enquêtes devaient conclure à son enlèvement par des agents soviétiques secondés par des militants communistes français.

30 janvier-2 février
La conférence nationale du Parti communiste adopte la tactique «classe contre classe» pour les prochaines élections: le PC refusera toute alliance et maintiendra ses candidats en toutes circonstances.

6 février
Un nouveau câble télégraphique est mis en service entre Paris et New York.

15 février
Vernissage d'une exposition du peintre italien De Chirico à la Galerie surréaliste.

mars
Parution d'*Histoire de l'œil* par Lord Auch (pseudonyme de Georges Bataille dont c'est le premier récit publié) avec des gravures d'André Masson. Enthousiasme d'André Breton.

14 mars
La Chambre vote par 477 voix contre 2 le projet d'assurances sociales déjà approuvé par le Sénat le 7 juillet 1927. L'application de la loi (publiée le 12 avril) sera retardée en raison des difficultés rencontrées pour la mise en place des règlements et l'organisation des caisses départementales. Il faudra attendre avril 1930 pour que tous les obstacles soient levés. Les articles 21 à 25 concernent la garantie des droits des assurés au chômage.

16 mars
La Chambre refuse la libération des députés communistes par 320 voix contre 149. Le 20 avril, Jacques Doriot est arrêté à Valenciennes.

20 mars
La France et l'Espagne ayant signé le 3 mars un accord sur le statut de Tanger (Maroc) qui doit être soumis à l'approbation de Londres et de Rome, une conférence internationale s'ouvre à ce sujet au Quai d'Orsay. Le 24 mai, un accord intervient: l'Italie y disposera d'un administrateur adjoint chargé des questions judiciaires.

28 mars
Un accord financier franco-roumain règle le montant de la dette (525 millions de francs-or en 62 annuités) due par la Roumanie à la France.

30 mars
Loi sur le régime d'importation du pétrole qui institue un contingentement et limite le nombre de raffineries.

14 avril
Les aviateurs Costes et Le Brix terminent leur tour du monde au Bourget; ils ont parcouru en moyenne 2300 km par jour.

22, 29 avril
À l'issue du premier tour des élections législatives, le 22, 184 députés sont élus; il y a 428 ballottages. Au second tour, le 29, la droite l'emporte avec 325 députés sur 610. On dénombre 14 élus communistes (-15), 104 socialistes, 46 républicains-socialistes (+4), 110 radicaux-socialistes (-28), 61 radicaux indépendants (+15), 94 républicains de gauche (+7), 22 démocrates (+8), 140 de la fédération républicaine (+32), 12 conservateurs (-3). Le Parti communiste, en vertu de la tactique «classe contre classe», a maintenu ses candidats, provoquant des élections triangulaires dans 36 circonscriptions aux dépens de la gauche radicale et socialiste. Poincaré peut compter sur le soutien de 460 élus qui se sont réclamés de l'Union nationale. Il estime ne pas devoir présenter sa démission au président de la République et, le 29 juin, obtient la confiance par 455 voix contre 126, à l'issue d'un débat de politique générale.

30 avril
Le président du Conseil Poincaré a fait adopter le 5 avril la loi sur les assurances sociales destinées à prendre en charge la maladie, la maternité, l'invalidité, le décès et la vieillesse pour l'ensemble des salariés dont le salaire ne dépasse pas un certain seuil. La loi paraît au *Journal officiel* le 30. Cinq décrets élaborés en juillet seront fondus en un seul, de huit chapitres, et plus de 100 articles concernant plus de 8 millions de bénéficiaires. Discuté depuis juin 1927, ce projet se heurte à une violente opposition du PC et de la CGTU («loi fasciste des assurances sociales» pouvant servir au renforcement de «l'État bourgeois») ainsi que du patronat par principe hostile à toute intervention de l'État. Le système français reste cependant mixte dans sa gestion: il combine la capitalisation (versement volontaire) pour l'invalidité et la vieillesse et la répartition pour la maladie et la maternité. Le choix de l'organisme assureur est laissé libre. En 1935, on comptabilise 8,8 millions d'assurés dont 5,5 cotisent régulièrement.

mai
Premier numéro de *L'Ami du peuple*.

FRANÇOIS COTY

L'industriel parfumeur natif d'Ajaccio, François Spoturno dit François Coty (1874-1934), qui contrôle déjà depuis 1922 Le Figaro *qu'il a fusionné avec* Le Gaulois, *lance* L'Ami du peuple, *journal d'extrême droite, vendu 2 sous (les autres journaux sont à 5 sous), dont le tirage atteindra 700 000 exemplaires. Cet admirateur de Mussolini, élu maire d'Ajaccio en 1931, fonde l'année suivante la Ligue nationale des Jeunesses françaises qui présente des candidats aux élections législatives mais ne recueille qu'environ 20 000 voix. Le journal* La Liberté *qui soutient André Tardieu entame une campagne contre Coty l'accusant de malversations. Les ventes du* Figaro *chutent. Après la prise du pouvoir par Hitler, Coty fonde une ligue d'extrême droite, Solidarité française, qui groupera 25 000 adhérents et participera à l'émeute du 6 février 1934.*

1er-24 mai
Le procès à Colmar (Haut-Rhin) de 15 autonomistes alsaciens dont les députés Joseph Rossé et le pasteur Ricklin – ces derniers défendus par l'avocat communiste André Berthon – se termine par leur condamnation à un an de prison et cinq ans d'interdiction de séjour pour les principaux accusés. Pendant les débats, autonomistes et communistes, qui entretiennent d'étroites relations, manifestent ensemble. Le 14 juin, les motions Walter et Uhry (socialiste) en faveur de la libération des condamnés sont rejetées par la Chambre. Le 28, une nouvelle proposition Walter demandant leur mise en liberté provisoire l'est également. Finalement, le président de la République gracie les autonomistes alsaciens le 17 juillet.

2 mai
Première de *Siegfried* de Jean Giraudoux, montée à la Comédie des Champs-Élysées par Louis Jouvet avec Pierre Renoir, Valentine Tessier, Michel Simon... C'est un événement: dans la salle, des personnalités, tels Philippe Berthelot et Édouard Herriot, sont présentes.

juin
Parution de *Cavalerie rouge*, roman-témoignage sur la guerre civile en Ukraine en 1920, d'Isaac Babel (1894-1940), traduit par Maurice Parijanine.
Parution du premier numéro de la revue *Le Grand Jeu*, fondée par René Daumal, Roger Lecomte, Roger Vailland et le peintre Joseph Sima.

9 juin
Premier numéro de l'hebdomadaire *Monde* d'Henri Barbusse, fondé avec l'aide financière de l'État soviétique. Son comité directeur comprend Albert Einstein, Maxime Gorki, Upton Sinclair, Miguel de Unamuno, Léon Werth.

24-25 juin
Après avoir hésité entre les thèses des partisans d'une stabilisation du franc et une revalorisation jusqu'au niveau de 1913, Poincaré présente une loi monétaire qui fixe la valeur officielle du franc en référence à l'or. La convertibilité du franc est rétablie après quatorze années de cours forcé. Dès lors, le plafond d'émission de billets imposé par l'État n'a plus cours: la Banque de France est dans l'obligation de conserver une réserve en or équivalant à 35 % au moins de ses engagements à vue. Le franc Poincaré contient 65,5 mg d'or, ce qui équivaut à une dépréciation des quatre cinquièmes par rapport au franc Germinal. La loi dite de stabilisation est approuvée le 25 juin par 448 voix contre 18 et 133 abstentions à la Chambre; le Sénat la vote par 256 voix contre 3.

28 juin
La Société des usines chimiques Rhône-Poulenc est constituée par la fusion des sociétés Poulenc Frères et Usines du Rhône. En décembre est créée à Paris la Société parisienne d'expansion chimique (Specia).

30 juin
À Roche-la-Molière (Loire), 48 mineurs sont asphyxiés dans le puits de La Combe à la suite d'un incendie puis d'un éboulement qui provoque la rupture d'une conduite d'air comprimé.

juillet
Parution d'extraits de *Colline* de Jean Giono dans la revue *Commerce*. Le livre, publié l'année suivante, reçoit le prix Brentano. À cette occasion, Giono rencontre les animateurs de la revue, ainsi qu'André Gide, Jean Guéhenno, Henry Poulaille.

3 juillet
Le chancelier socialiste Hermann Müller demande l'évacuation totale de la Rhénanie et de la Sarre par les troupes d'occupation en échange du règlement de la question des réparations.

4 juillet
Louis Loucheur fait adopter à la Chambre la loi qui prévoit l'intervention de l'État pour la construction d'habitations à bon marché (200 000) et de logements à loyer moyen (60 000). Le Sénat la vote à son tour le 7.

17 juillet-1er septembre
La direction du PC français se conforme aux décisions du 6e congrès du Komintern à Moscou : les communistes désignent la social-démocratie, assimilée à un « social-fascisme », comme l'ennemi n° 1, analyse qui aura des conséquences désastreuses en Allemagne puisqu'elle favorisera la prise du pouvoir par Hitler.

18 juillet
Le roi d'Espagne Alphonse XIII et le président de la République Gaston Doumergue inaugurent la ligne du chemin de fer transpyrénéen du Somport.

27 août
Le pacte Briand-Kellogg est ratifié par 15 pays dont l'Allemagne, la Belgique, la Grande-Bretagne, l'Italie, Le Japon, la Pologne et la Tchécoslovaquie. Tous ces pays déclarent renoncer solennellement à la guerre pour régler leurs différends éventuels. Avec ce pacte se concrétise le principe dit de « sécurité collective ». Mais le refus du recours à la guerre demeure symbolique puisque l'accord ratifié ne prévoit aucun moyen précis d'application ni aucune garantie particulière, même si, implicitement, il suppose la guerre licite contre tout État violant les principes fondateurs de la SDN ou le pacte de Locarno.
À Paris, Stresemann propose au gouvernement français de reprendre les négociations sur l'évacuation de la Rhénanie et le règlement des réparations sur la base des entretiens de Thoiry de septembre 1926. Poincaré et Briand acceptent.

8 septembre
Le ministre du Commerce Maurice Bokanowski est victime d'un accident d'avion. Henry Chéron lui succède le 14.

14 septembre
Au cours d'un Conseil des ministres, le gouvernement décide la création d'un ministère de l'Air, rassemblant l'aviation de guerre, de marine et l'aviation commerciale, qui est confié à Laurent-Eynac.

19 octobre
Création de *Rugby* d'Arthur Honegger lors du concert inaugural de l'Orchestre symphonique de Paris, dirigé par Ernest Ansermet.

28 octobre
À Pons (Charente-Maritime), le ministre de l'Instruction publique Herriot inaugure un monument en mémoire d'Émile Combes. Un Camelot du roi mutile la statue ; au cours de la bagarre qui s'ensuit, un gendarme tue un manifestant.

2 novembre
En Conseil des ministres, un accord intervient entre le ministre des Affaires étrangères Briand, plus enclin à chercher l'apaisement avec les catholiques, et les ministres radicaux, sur les articles de la loi de finances relatifs aux congrégations. L'article 71 désigne nominativement les congrégations qui bénéficieront des dispositions nouvelles, l'autorisation ne pouvant être accordée à de nouvelles congrégations que par voie législative.

6 novembre
Au cours du congrès du Parti radical à Angers, Joseph Caillaux et Édouard Daladier (président du parti) font voter, en séance de nuit et en l'absence de nombreux délégués et des ministres radicaux, une motion qui condamne l'union nationale support du gouvernement Poincaré et se prononce en faveur de l'Union des gauches. Ce « coup d'Angers », véritable règlement de comptes avec Herriot qui accepte la participation au gouvernement Poincaré, provoque le retrait des ministres radicaux. Poincaré démissionne à la suite de ce retrait.

9 novembre
Après de longues consultations, le président de la République Gaston Doumergue fait de nouveau appel à Poincaré pour former le gouvernement. Le 11, Poincaré (président du Conseil) boucle la constitution de son nouveau cabinet : Barthou (Justice), Briand (Affaires étrangères), Tardieu (Intérieur), Chéron (Finances), Painlevé (Guerre), Leygues (Marine), Marraud (Instruction publique), Forgeot (Travaux publics), Bonnefous (Commerce et Industrie), Hennessy (Agriculture), Maginot (Colonies), Loucheur (Travail), Antériou (Pensions), Laurent-Eynac (Air).
Le 15, il obtient la confiance par 330 voix contre 129.

13 novembre
Au Sénat, Joseph Caillaux, candidat à la commission des Finances, n'est pas désigné par son groupe (les radicaux), échec attribué à son rôle au cours du congrès d'Angers du 6 novembre.
Henri Bergson reçoit le prix Nobel de littérature pour 1927.

22 novembre
Première représentation à l'Opéra de Paris, par les ballets Ida Rubinstein, du *Boléro* de Maurice Ravel. Une dame dans l'assistance crie : « Au fou ! au fou ! » La musique inspirera à nouveau les chorégraphes Serge Lifar en 1941, et Maurice Béjart en 1961.

4-7 décembre

Marthe Hanau (1886-1935), fondatrice de *La Gazette du franc et des Nations* est arrêtée. Le 7 décembre, l'avocat conseil de *La Gazette*, Paul Hersant, est arrêté à son tour et un mandat d'arrêt est délivré contre Pierre Audibert, directeur politique du journal. Accusée d'avoir détourné plus de 100 millions de francs, en abusant des épargnants influencés par la réputation de son journal, Marthe Hanau sera condamnée le 28 mars 1931 à deux ans de prison et 3 000 francs d'amende puis, en juillet 1935, à la suite de nouvelles escroqueries, à trois ans de prison. Le scandale a un arrière-plan politique dans la mesure où elle a soutenu financièrement *Le Quotidien* (grand journal de gauche) et bénéficié des encouragements d'hommes politiques, en raison du soutien qu'elle apportait à la politique briandiste. Le 24 mars 1930, on découvrira la disparition de documents relatifs à l'affaire, dérobés dans l'armoire du substitut Brugin. En 1935, Marthe Hanau s'empoisonnera à Fresnes. Suite à l'affaire, la Chambre vote, le 14 décembre, une loi sur l'incompatibilité entre un mandat parlementaire et les fonctions de directeur, administrateur ou gérant d'un organe de presse.

10 décembre

Charles Nicolle reçoit le prix Nobel de médecine.

CHARLES NICOLLE

Directeur de l'Institut Pasteur de Tunis à partir de 1903 et professeur au Collège de France à partir de 1932, Charles Nicolle (1866-1936) a découvert en 1909 le mode de transmission du typhus exanthématique dont l'agent vecteur est le pou. La lutte contre le pou sera grandement améliorée par l'emploi massif de nouveaux insecticides (dont le DDT, préparé dès 1903 et employé pour ses propriétés insecticides à partir de 1942). Il travaille également sur la prévention de la rougeole. À partir de 1933, il enseigne au Collège de France. Outre ses ouvrages scientifiques ou philosophiques: Destin des maladies infectieuses *(1930),* Responsabilités de la médecine *(1935), livre dans lequel il considère que la recherche scientifique peut suppléer aux maux engendrés par la civilisation industrielle,* Biologie de l'invention, La Destinée humaine, *il est l'auteur de romans:* La Narquoise, Le Pâtissier de Bellone, Les Feuilles du sagittaire.

11 décembre

La levée de l'immunité parlementaire est réclamée contre le sénateur Klotz pour émission de chèques sans provision et manœuvres frauduleuses. Ce dernier démissionne. Arrêté, il est transféré le 15 à l'infirmerie spéciale de Fresnes.

22 décembre

Pour régler le contentieux franco-allemand des réparations, un comité d'experts, présidé par le banquier américain Owen Young (1874-1962), est mis sur pied. De ses travaux naît le plan Young, qui propose le paiement de 109 milliards d'indemnités (contre 132 prévus en 1921) à partir du 1er août 1930, payables en deux séries successives d'annuités: une première de 36 versements annuels jusqu'en 1966, une deuxième de 22 versements jusqu'en 1988. Une Banque des règlements internationaux (BRI) se substituera à la commission des réparations.

30 décembre

Le budget en équilibre – 45,4 milliards de recettes pour 45,3 milliards de dépenses – est voté par les deux Chambres.

autres événements

- Mlle Béquignon est nommée professeur de droit à la faculté de Rennes. C'est la première femme à accéder à un tel poste.
- Les dominicains fondent la revue *La Vie intellectuelle* puis les éditions du Cerf.
- S'appuyant sur le minuscule Parti démocrate populaire créé en 1925, les démocrates-chrétiens Charles Flory, ancien président de l'Association catholique de la jeunesse française, et Marcel Prélot lancent un mensuel: *Politique.*
- Jean Guéhenno: *Caliban parle.*
- Bertrand de Jouvenel: *L'Économie dirigée.*
- André Maurois: *Climats.*
- Jacques Ibert: *Le Roi d'Yvetot.*
- Le Corbusier construit à Garches, près de Paris, la villa Stein de Monzie, où il applique les *Cinq points de l'architecture moderne* définis en 1927.
- Albert Caquot achève la construction du pont de la Caille sur le ravin des Usses (Haute-Savoie), record mondial de portée des ponts en béton sans armature longitudinale (137,5 m). Caquot édifia aussi la statue géante du Christ qui surplombe la baie de Rio.

1929

janvier

À Strasbourg, paraît le 1er numéro des *Annales d'histoire économique et sociale.* Dans leur présentation, les deux professeurs de l'université alsacienne – le médiéviste Marc Bloch (1886-1944) qui a publié

Les Rois thaumaturges (1924), et le moderniste Lucien Febvre (1878-1956), auteur d'*Un destin, Martin Luther* (1928) – en appellent à l'ouverture de l'histoire aux autres disciplines des sciences humaines : sociologie, économie, géographie. Leur entreprise, qui devait renouveler de manière fondamentale l'approche historique, fonde ce qu'on appellera l'école des *Annales*.

L'École des Annales

Deux professeurs de l'université de Strasbourg, le médiéviste Marc Bloch (1886-1944) et le moderniste Lucien Febvre (1878-1956), publient le premier numéro des Annales d'histoire économique et sociale, *fer de lance du renouvellement historiographique qu'ils appellent de leurs vœux. Marc Bloch et Lucien Febvre, qui vient de publier en 1928* Un destin, Martin Luther, *entendent réagir contre l'histoire positiviste qu'avaient codifiée en 1898 Langlois et Seignobos dans leur* Introduction aux études historiques. *Cette conception qui dominait chez les historiens de métier de la fin du* XIXe *au début du* XXe *siècle tenait la reconstitution des faits pour l'essence du travail de l'historien, et privilégiait l'interprétation du document écrit en le soumettant à une critique interne. Bloch qui, dès le début de sa carrière, s'intéresse à l'histoire sociale, a subi l'influence de l'œuvre d'Émile Durkheim mais aussi celles de l'helléniste Louis Gernet et du sinologue Marcel Granet, ses anciens camarades de l'École normale supérieure, influences que l'on retrouve dans* Les Rois thaumaturges *publié en 1924 : Bloch veut y conduire une anthropologie de la croyance aux pouvoirs guérisseurs du roi de France. Lucien Febvre prête grande attention aux travaux des géographes – Paul Vidal de La Blache, Albert Demangeon, Jules Brunhes, Jules Sion qui conçoivent leur discipline comme « science des hommes » – ainsi qu'à l'école française de sociologie et à la psychologie. Dès sa thèse,* Philippe II et la Franche-Comté *(1911), il a tenté une approche globale des interactions entre le milieu étudié et l'ensemble de la société. En 1922, il donne une synthèse de sa réflexion dans* La Terre et l'évolution humaine, *volume de la collection « Évolution de l'humanité » dirigée par Henri Berr chez Albin-Michel. L'université de Strasbourg, qui dispose d'une excellente bibliothèque, est un foyer d'échanges où des spécialistes de différentes disciplines confrontent hypothèses et résultats. Le sociologue Maurice Halbwachs, le psychologue Charles Blondel, le juriste Gabriel Le Bras (1891-1970) qui explore en sociologue les pratiques religieuses, le spécialiste de l'histoire romaine André Piganiol et l'historien de la Révolution française Georges Lefebvre, le géographe Henri Baulig, le philologue Ernest Hoepffner rencontrent leurs collègues historiens. D'autres influences s'exercent sur Bloch et Febvre, notamment celle de l'historien belge Henri Pirenne (1862-1935), pionnier de l'histoire économique et sociale, et celle du linguiste Antoine Meillet (1866-1936). Pour les deux historiens amis, « l'histoire est sociale tout entière, par définition ». Ils s'appuient sur ce milieu strasbourgeois particulièrement actif pour lancer* Les Annales, *support de leur tentative rénovatrice ; la revue ouvre ses pages à des spécialistes non historiens, fonctionnaires internationaux ou professionnels de la banque, et se distingue par l'abondance des comptes rendus de Bloch et de Febvre qui dessinent les contours de « l'esprit des* Annales *». Cependant, la revue rencontre pendant longtemps plus d'écho à l'étranger qu'en France.*
Dès 1931, Bloch illustre l'histoire qu'il entend promouvoir en publiant Les Caractères originaux de l'histoire rurale française *; l'espace rural y apparaît comme une construction produite par une société en évolution. En 1932, Febvre est chargé par Anatole de Monzie, alors ministre de l'Éducation nationale, de la conception de l'*Encyclopédie française *; le projet dont il reste l'inspirateur jusqu'à la fin de sa vie, reflète les préoccupations des* Annales. *Élu au Collège de France en 1932, il s'oriente vers l'étude des mentalités, recherches qui aboutissent à la publication en 1942 du* Problème de l'incroyance au XVIe siècle. La religion de Rabelais, *livre dans lequel il analyse une sensibilité et un « outillage mental ». Il emprunte ainsi une autre voie que Bloch. Quand celui-ci publie en 1939* La Société féodale, *qui donne toute leur importance à la démographie et à l'économie conditionnant les attitudes morales, sa démarche lui vaut de la part de son collègue le reproche de « sociologisme ». Après la Seconde Guerre mondiale, Febvre institutionnalise le travail des* Annales *en créant la 6e section de l'École pratique des hautes études (3 novembre 1947). Lui-même publie en 1953* Combats pour l'histoire.

La première exposition Kandinsky est organisée à Paris, galerie Zak. Breton acquiert deux aquarelles.

11 janvier
Après la présentation d'un programme d'amélioration économique et sociale par le président du

Conseil, le gouvernement obtient la confiance par 325 voix contre 251.

13 janvier-8 février
En Alsace, deux candidats autonomistes sont élus à Altkirch et à Colmar. Un débat sur la situation en Alsace a lieu dans les jours qui suivent à la Chambre, Poincaré intervenant le 1er février pour dénoncer les dangers de l'autonomisme. Le 8, il obtient la confiance par 465 voix contre 10.

19 janvier
Le gouvernement Poincaré adopte des mesures pour la protection de l'épargne et l'assainissement du marché financier.

février
Parution de la traduction française d'*Ulysse* de Joyce par Valery Larbaud. Le 27 juin, un « déjeuner *Ulysse* » réunit Samuel Beckett, Sylvia Beach (qui a eu l'initiative de la traduction), Édouard Dujardin (dont Joyce appréciait le livre *Les Lauriers sont coupés*), Léon-Paul Fargue, Jules Romains, Philippe Soupault, Paul Valéry.

26 février
Le Sénat vote le projet de loi portant la durée du mandat municipal à six ans.

1er mars
La Chambre signe le pacte Briand-Kellogg (par 570 voix contre 12), déjà ratifié par le Sénat américain le 15 janvier.

5 mars
Après la décision du gouvernement de revaloriser les pensions de guerre à partir du 1er janvier 1929, la Chambre vote la loi.

19 mars
Parution de *L'Amour la poésie* de Paul Éluard.

20 mars
Mort de Ferdinand Foch, maréchal de France, d'Angleterre et de Pologne, et académicien depuis 1918.

avril
Parution du premier numéro de la revue *Documents* dont Georges Bataille est le secrétaire général.
La librairie Félix Alcan édite à Paris le livre du Belge Henri de Man, *Au-delà du marxisme* (paru en 1926 sous le titre, *Zur Psychologie des Sozialismus* puis en français à Bruxelles en 1927). Critique du déterminisme marxiste, Henri de Man, sous l'influence de Freud et d'Adler, introduit l'idée selon laquelle l'ouvrier « se définit moins par son être que par la représentation de son être, moins par sa situation économique que par sa manière de vivre ».

13 avril
Le journal *L'Action française* dévoile les dessous de la supercherie du comité de défense poldève montée par un de ses journalistes, Alain Mellet, qui a envoyé à des parlementaires radicaux et socialistes deux lettres en faveur de « 100 000 Poldèves, esclaves modernes » qui n'existent que dans l'imagination du journaliste de *L'Action française*. Après la seconde missive, le comité de défense reçoit de nombreuses adhésions. L'affaire restera dans les mémoires: en 1939, Marcel Déat proclamera que « les paysans français n'ont aucune envie de "mourir pour les Poldèves" » ; dans *Pierrot mon ami* (1942), Raymond Queneau met en scène de mystérieux Poldèves.

3 mai
Création du *Concert champêtre* de Francis Poulenc par la claveciniste Wanda Landowska et l'Orchestre symphonique de Paris dirigé par Pierre Monteux.

15 mai
La Société des artistes décorateurs refusant d'exposer certains artistes, une société dissidente est créée: l'Union des Artistes modernes (UAM), qui regroupe, sous la présidence de Mallet-Stevens, des architectes et des décorateurs qui rejettent l'académisme et l'Art déco; ils défendent l'idée d'une esthétique adaptée au monde contemporain et fondée sur des modèles dépouillés et fonctionnels.

19 mai
À la suite de l'interdiction faite à la Ligue française pour l'accession des indigènes de Madagascar aux droits des citoyens français de tenir une conférence, une manifestation spontanée se déroule à Tananarive aux cris de « Liberté ! » et « Indépendance ! ». Le gouvernement général fera arrêter et condamner les militants anticolonialistes.

29 mai
Première exécution en France, salle Gaveau, à Paris, d'*Amériques* (1918-1922) du compositeur français Edgar Varèse, après que celui-ci a passé plus de dix années aux États-Unis. Robert Desnos, Joan Miró, Tristan Tzara, présents dans la salle, sont enthousiastes, alors que l'accueil du public reste mitigé.

juin
Parution de la traduction du roman d'Erich-Maria Remarque *À l'Ouest rien de nouveau*. En Allemagne,

le roman s'est vendu à 700 000 exemplaires; la traduction française est tirée à 200 000 exemplaires. Ce roman accélère et révèle une mutation dans la thématique des récits de guerre: ceux qui mettent en scène l'héroïsme cèdent le pas à ceux qui décrivent la souffrance, la peur, ce qui permet aussi une meilleure appréhension de la réalité du front.
Parution d'une courte nouvelle de Samuel Beckett, écrivain irlandais arrivé à Paris l'année précédente (où il est depuis octobre lecteur d'anglais à l'École normale supérieure) dans la revue *Transition* publiée à Paris par l'écrivain américain Eugène Jolas.

14 juin
Un avion français piloté par Assolant, Lefèvre et Lotti, traverse l'Atlantique et atterrit à Comillas, près de Santander, en Espagne.

juillet
Cocteau: *Les Enfants terribles.*
Parution d'*Ecuador*, de Michaux, livre né d'un voyage d'une année en Équateur: le succès critique est immédiat.

11-20 juillet
Le débat sur la ratification des accords sur les dettes et le plan Young commence à la Chambre par un discours de Poincaré qui défend le projet. La Chambre la vote par 300 voix contre 292. Poincaré obtient ainsi son dernier succès à l'issue d'une bataille législative qui l'épuise physiquement. Victoire relative, car une motion, votée par 282 voix contre 274, stipule que les «charges imposées au pays du fait desdits accords doivent être couvertes par les sommes que l'Allemagne aura à payer à la France au titre de dettes», liant à nouveau le règlement de la dette française envers les Alliés au paiement des indemnités de réparation allemandes.

21 juillet
Le ministre de l'Intérieur André Tardieu interdit la tenue du congrès du Parti communiste à la mairie de Clichy (Seine); le préfet de police fait arrêter 100 militants réunis clandestinement à la Maison du peuple de Villeneuve-Saint-Georges (Seine-et-Oise).

24 juillet
Le navigateur Alain Gerbault (1893-1941) achève son tour du monde en solitaire. Il est l'auteur de nombreux récits de voyage: *Seul à travers l'Atlantique* (1925), *À la poursuite du Soleil: de New York à Tahiti* (1929), *Sur la route du retour: de Tahiti vers la France* (1929). Lors de ses voyages dans les îles du Pacifique, il réunit une abondante documentation sur les origines et l'histoire des Polynésiens.

25 juillet
Déposée par Poincaré, la loi instituant les allocations familiales dans la petite et la moyenne industrie est adoptée par la Chambre.

27 juillet
Poincaré annonce sa démission en raison de l'intervention chirurgicale qu'il doit subir et qui l'immobilisera pendant deux à trois mois.

27-29 juillet
Le président de la République Doumergue charge Briand de former le nouveau ministère. Les 27 et 28, celui-ci tente de s'assurer l'appui du Parti radical. N'y parvenant pas, Briand décide, le 29, de conserver le ministère précédent sans aucun changement. À la veille de la journée «contre la guerre impérialiste» initiée par le Parti communiste pour le 1er août (15e anniversaire de la guerre de 1914-1918), le gouvernement fait arrêter les principaux dirigeants communistes.

16 août
La police perquisitionne au siège de la Banque ouvrière et paysanne, à la suite d'irrégularités relevées dans les opérations de cet établissement fondé par le Parti communiste pour lui permettre de recueillir l'aide de l'État soviétique qui finance les dépenses du PC et notamment la publication de *L'Humanité.*

28 août
Conférence de La Haye. Ouverte le 6, avec la participation de l'Allemagne, elle adopte le plan Young et décide du principe d'une Banque des règlements internationaux, instituée en 1930. La France accepte d'évacuer, en Rhénanie, Coblence dans les trois mois et la zone de Mayence en 1930, soit cinq ans avant la date initialement fixée. Dans son discours de clôture, le président du Conseil Briand déclare: «Nous partirons d'ici avec la conscience qu'il n'y a plus ni vainqueur ni vaincu.»

5-9 septembre
Devant l'assemblée de la SDN, Briand propose la création des États-Unis d'Europe. La première étape en serait l'abaissement des barrières économiques, la seconde, une fédération européenne économique. Le 3 octobre, avec la mort de Gustav Stresemann, Briand perd son interlocuteur privilégié.

15 septembre
À Delle (Territoire de Belfort), Tardieu prononce un grand discours dans lequel il critique le pessimisme des Français. Il rappelle qu'avec la victoire de 1918, l'indépendance de la France sauvegardée, le retour de l'Alsace-Lorraine, la fin de la Triple-Alliance, l'Empire colonial étendu, le contrôle de la rive gauche du Rhin, la France ne vit pas dans un « chantier de démolitions ». Il reproche aux radicaux de s'opposer à toutes les dispositions voulues par les gouvernements de droite même lorsqu'elles vont dans le sens souhaité par l'opposition, interdisant l'apparition d'une concorde nationale qui permettrait de dépasser les doctrines stériles et les querelles sans grandeur au profit de la nation.

25 septembre
Les troupes anglaises et belges commencent à évacuer la Rhénanie.

octobre
L'écrivain roumain de langue française Panaït Istrati publie ses réflexions sur son séjour en Union soviétique : *Vers l'autre flamme. Confessions pour vaincus*, où il analyse ses désillusions, provoquant une intense polémique sur la nature du régime.

15 octobre
Le ministre de la Guerre Painlevé prononce un discours à la Sorbonne sur le service d'un an, dans lequel il précise qu'une première série d'ouvrages défensifs le long du Rhin sera terminée avant novembre 1930 et une seconde série d'ici quatre ans.

22 octobre
Le jour de la rentrée parlementaire, le président du Conseil Briand, mis en minorité (288 voix contre 277) sur sa politique étrangère, démissionne.

23-30 octobre
Le président charge Daladier de former le nouveau gouvernement. Après consultation du congrès radical qui se réunit à Reims, il offre aux socialistes de participer au gouvernement. Réuni le 27, le groupe parlementaire socialiste se déclare favorable, mais le 29, la commission administrative de la SFIO se prononce pour le refus. Daladier renonce. Le 30, Clémentel échoue à son tour.

24 octobre
Krach de la Bourse à Wall Street à New York. La crise économique et financière qui éclate atteindra l'Europe de plein fouet à partir de 1931, la France plus tardivement du fait de sa moindre implication dans l'économie mondiale et de son Empire colonial. En septembre 1931, la Banque nationale de crédit est sauvée par l'intervention de l'État qui retarde ainsi la crise. Après l'Autriche (faillite en mai 1931 de la KreditAnstalt), l'Allemagne en subit le contrecoup de manière d'autant plus violente (faillite de la Darmstädter Bank en juillet 1931) que les investissements américains n'avaient cessé de s'y développer.

31 octobre
André Tardieu (président du Conseil et Intérieur) forme le nouveau ministère : L. Hubert (vice-président du Conseil et Justice), Briand (Affaires étrangères), Chéron (Finances), Maginot (Guerre), Leygues (Marine), Marraud (Instruction publique), G. Pernot (Travaux publics), Flandin (Commerce et Industrie), Hennessy (Agriculture), F. Piétri (Colonies), Loucheur (Travail), Dr Gallet (Pensions), Laurent-Eynac (Air), Germain-Martin (PTT), L. Rollin (Marine marchande).
Tardieu rétablit les sous-secrétariats d'État.

TARDIEU

Issu d'une vieille famille de graveurs parisiens, André Tardieu (1876-1945), reçu premier à l'École normale supérieure, en démissionne presque aussitôt pour se tourner vers la diplomatie. En 1899, il entre au cabinet de Waldeck-Rousseau (il est l'auteur de la loi sur les associations de 1901) puis choisit le journalisme, d'abord au Figaro *puis au* Temps *où il rédige le « Bulletin de l'étranger ». Élu député républicain de gauche en 1914, il est mobilisé. Capitaine de chasseurs, il revient à la Chambre après avoir été blessé ; il est nommé, en avril 1917, aux fonctions de haut-commissaire aux États-Unis par Alexandre Ribot, président du Conseil. Il participe aux négociations de paix au côté de Clemenceau. Ministre des Régions libérées, il se fait le défenseur acharné de l'exécution intégrale du traité de Versailles dans le droit-fil de la pensée de Clemenceau qui l'entraîne dans son échec en janvier 1920. En 1922, il fonde avec Georges Mandel, autre clémenciste,* L'Écho national. *Battu en 1924, il est l'élu du Territoire de Belfort en février 1926, puis entre dans le gouvernement d'Union nationale de Poincaré en juillet comme ministre des Travaux publics. En 1928, il occupe le portefeuille de l'Intérieur et fait preuve d'un anticommunisme déterminé. Moderniste et réformateur, il propose un « plan d'outillage national » dès son accession à la présidence du Conseil (le barrage hydroélectrique de Kembs sur le Rhin lui est dû). Sur le plan politique, Tardieu ne prend pas le soin de construire une force qui puisse soutenir ses projets. Ayant provoqué l'hostilité de la droite, il tombe avec l'affaire Oustric (décembre 1930). Imputant son échec aux institutions, il propose un renforcement de l'exécutif et ambitionne de créer un grand parti conservateur à l'anglaise mais se trouve isolé lorsqu'il lance une campagne d'opinion. Il participe au ministère Doumergue après le 6 février 1934 avant de se retirer de la vie parlementaire après un nouvel échec. Désormais, il donne des éditoriaux de politique étrangère à* Gringoire*: il y défend une Europe anti-allemande et, en 1938, s'oppose aux accords de Munich. Il consacre ensuite son temps à écrire plusieurs ouvrages pour défendre ses idées. Il est victime d'une attaque cérébrale en 1939 et meurt en 1945.*

novembre
Créée en mai 1926 en France métropolitaine, dirigée par le nationaliste algérien Ahmed Mesli dit Messali Hadj, l'Étoile nord-africaine (ÉN-A), qui revendique l'indépendance, la suppression de l'indigénat et les mêmes droits pour les immigrés que les ouvriers français, est dissoute par le gouvernement.

7-8 novembre
Lors de la rentrée parlementaire, Tardieu donne lecture de son programme. Il présente le plan d'équipement de la nation qu'il entend mettre en œuvre pour stimuler le développement économique et l'emploi. Prévu pour cinq ans, le plan de 5 milliards de dépenses nouvelles attribue 1,7 milliard à l'agriculture, 1,8 milliard à l'industrie, 1,4 milliard à la santé et l'enseignement. S'y ajoutent 3,5 milliards destinés aux colonies. Le 8, il obtient sa confiance par 332 voix contre 253.

10 novembre
Louis de Broglie reçoit le prix Nobel de physique.

17 novembre
En désaccord avec la tactique « classe contre classe » et mis en cause dans l'affaire de la Banque ouvrière et paysanne dont le gouvernement a imposé la fermeture, six conseillers municipaux communistes de Paris – dont Louis Sellier, ancien secrétaire général – s'opposent à la direction du parti. Exclus, ils fondent peu après un Parti ouvrier et paysan qui fusionnera avec d'autres exclus antérieurs pour former le Parti d'unité prolétarienne, lequel rejoindra la SFIO en 1936.

20 novembre
La galerie Geomans présente à Paris, jusqu'au 15 décembre, la première exposition personnelle du peintre espagnol Salvador Dalí (1904-1989). Le caractère hallucinatoire et provoquant de ses œuvres fascine les surréalistes.

24 novembre
Mort de Georges Clemenceau. Le 1er décembre, les Anciens Combattants défilent aux Champs-Élysées en son honneur.

4 décembre
Marcel Arland reçoit le prix Goncourt pour *L'Ordre*, Georges Bernanos le Fémina pour *La Joie*, Marcel Aymé le Renaudot pour *La Table-aux-crevés*.

MARCEL AYMÉ

Marcel Aymé (1902-1967) est né à Joigny (Yonne). Il perd sa mère à l'âge de 2 ans. Son père, maréchal-ferrant, peine à s'occuper de ses 6 enfants, qu'il envoie en pension ou confie à leurs grands-parents maternels, tel Marcel, cadet de la famille. Celui-ci passe donc une partie de son enfance à Villers-Robert (Jura). Son grand-père, tuilier, est un radical libre-penseur dont Marcel se souviendra dans La Jument verte. *À la mort de sa grand-mère, en 1910, il vit chez son oncle, puis entre en pension au collège de Dole. Après une scolarité sans éclat, il est reçu au baccalauréat en 1918, mais tombe gravement malade au moment d'entreprendre des études. Il accomplit néanmoins son service militaire en Rhénanie occupée, en 1922-1923, et débarque à Paris en 1923 où, après divers emplois, il devient journaliste. À l'occasion d'une convalescence, il écrit, en 1925,* Brûlebois, *premier roman dans lequel il évoque avec nostalgie la Franche-Comté de son enfance. La publication de ce roman, en 1926, aux* Cahiers de France, *ne passe pas inaperçue. Son deuxième roman,* Aller-retour, *paraît chez Gallimard en 1927 et, en 1929, il reçoit le prix Renaudot avec* La Table-aux-crevés. *Marcel Aymé décide alors de se consacrer entièrement à la littérature, non sans difficultés, jusqu'à l'immense succès de* La Jument verte *en 1933, chronique d'un village imaginaire sous le regard ironique… d'une jument. Cette veine – le fantastique rural –, d'une fable renouvelée par l'art du bestiaire, atteint son apogée avec* Les Contes du chat perché, *son chef-d'œuvre, publié en 1934 (il leur donnera une suite en 1950 et 1958). Dans cette veine figurent également les nouvelles du* Passe-Muraille *et* La Vouivre *(1943). Aymé donne des articles antifascistes à* Marianne *et à* Vendredi, *mais rompt en 1935 avec la gauche lors de l'affaire éthiopienne, signant le Manifeste pour la Défense de l'Occident. L'année suivante, il écrit un essai :* Silhouette du scandale, *publié en 1938, qui laisse transparaître son ressentiment envers les intellectuels et la politique. Durant la guerre, s'il écrit dans* Aujourd'hui, *puis dans divers journaux collaborationnistes (*La Gerbe, Je suis partout*), ce n'est pas sous une forme directement politique. En 1946, il dépeint les lâchetés des Français sous l'Occupation et l'épuration dans* Le Chemin des écoliers, *thème qu'il reprend dans* Uranus. *Jusqu'à sa mort, Marcel Aymé écrit surtout pour le théâtre (sa première pièce,* Vogue la galère, *a été montée en 1944), le cinéma (avec Louis Daquin, Jean-Pierre Mocky), mais aussi des essais dans lesquels il exerce son sens critique et son ironie vis-à-vis de ses contemporains (*Le Confort intellectuel, *1949). Plusieurs de ses romans ont été adaptés au cinéma :* La Jument verte *par Claude Autant-Lara,* La Vouivre *par Georges Wilson,* Uranus *par Claude Berri.*

26 décembre
Dans un mémorandum rendu public, le Quai d'Orsay demande que la réduction des armements soit fondée non sur le pacte Briand-Kellogg du 27 août 1928 mais sur l'article 8 du texte fondateur de la SDN, qui prône une organisation de sécurité mutuelle en cas d'agression.

27 décembre
La Chambre approuve, par 342 voix contre 17, les déclarations du gouvernement en matière de politique étrangère, Tardieu ayant sollicité un vote de confiance pour représenter la France à la conférence de La Haye, ouverte le 28 août précédent.

autres événements
• Eugène Dabit : *Hôtel du Nord.* Marcel Carné adapte le roman au cinéma en 1938, avec Arletty et Louis Jouvet.
• Albert Roussel : *Petite Suite pour orchestre.*
• Georges Braque : *Le Gallet.*

1930

2 janvier
Le général Weygand est nommé chef d'état-major général de l'armée.

3 janvier
Ouverture de la deuxième session de la conférence de La Haye. La France publie un mémorandum préparatoire à la prochaine conférence de Londres pour présenter ses points de vue sur les garanties de sécurité par l'« assistance mutuelle » ; elle propose la tenue d'un Locarno méditerranéen auquel serait associée l'Espagne.

4 janvier
Présentée en décembre 1929, la loi décidant la construction de la ligne Maginot est votée. Les fortifications seront achevées cinq ans plus tard.

20 janvier
Le plan Young est adopté par la conférence de La Haye qui clôt ses travaux.

21 janvier
La conférence navale de Londres réunit les États-Unis, la Grande-Bretagne, le Japon, la France et l'Italie. Un accord limitant les flottes sera signé le 22 avril.

3 février
À la Chambre, un débat met en lumière les faiblesses structurelles de l'aviation française : de 1918 à 1928, 332 prototypes différents auraient été construits ; au 1er janvier 1930, le ministère de l'Air aurait passé commande de 115 nouveaux appareils de 37 modèles différents ! En France, il existe une quarantaine de petites fabriques d'avions tandis qu'aux États-Unis ou en Grande-Bretagne, on n'en recense que cinq.

3-7 février
À Hong Kong, Nguyên Tat Thanh, dit Nguyên Ai Quoc, dit Hô Chi Minh, fédère les différents partis communistes, nés de scissions au sein de l'Association de la jeunesse révolutionnaire vietnamienne, en un Parti communiste vietnamien. À l'été se produit le soulèvement paysan de la région du Nghe Tinh suscité par les communistes.

Hô Chi Minh

Nguyên Tat Thanh (1890-1969) fonde l'Association de la jeunesse révolutionnaire vietnamienne qui publie un bulletin Thanh Nien (La Jeunesse) *dont il est le principal rédacteur. Émigré en France en 1911, devenu Nguyên Ai Quoc, « le patriote » y milite comme anticolonialiste. En 1926, il publiera* Le Procès de la colonisation française. *Déçu que la conférence de Paris (1919) ne prenne pas en considération le droit à l'autodétermination des peuples coloniaux, il est l'un des animateurs de l'Union intercoloniale qui publie* Le Paria. *Il rejoint le Parti socialiste SFIO puis assiste au congrès de Tours (décembre 1920) où il se rallie avec la majorité des socialistes à la IIIe Internationale de Lénine. En juin 1923, il gagne Moscou pour y être formé. Fin 1924, il rentre clandestinement à Canton d'où il dirige les noyaux communistes qui sont à l'origine de l'Association de la jeunesse révolutionnaire vietnamienne. En 1929, celle-ci comptera un millier de militants. C'est après maints revers qu'il fonde en 1941 le Vietminh (Vietnam Doc lap Dong Minh ou Alliance pour l'indépendance du Vietnam) à la faveur de l'occupation japonaise qui met en lumière les faiblesses de l'administration française. Nguyên Ai Quoc prend le nom d'Hô Chi Minh : « Celui qui donne la lumière ». En l'occurrence, la lumière nationale est fortement éclairée par la stratégie stalinienne des fronts de libération nationale. Celle-ci prend de l'ampleur avec la défaite japonaise que Hô Chi Minh réussit à exploiter – il proclame la République – tout en éliminant physiquement et massivement, selon le modèle soviétique, ses rivaux politiques. Il se retrouve ainsi en position d'interlocuteur des gouvernements français qui tentent de rétablir la suprématie française en envoyant un corps expéditionnaire. Fort du soutien soviétique, puis du « grand arrière » chinois, Hô Chi Minh gagnera en 1954 la guerre d'Indochine contre la France en s'appuyant sur le sentiment national vietnamien et s'imposera comme président de la République du Nord-Vietnam, constituée après les accords de Genève (juillet 1954), avant de lancer la guerre de conquête du Sud-Vietnam. Le brillant élève du Komintern a mené une carrière exemplaire.*

9-10 février

À Yên Bai, les tirailleurs annamites se révoltent à l'initiative du Parti révolutionnaire national. Plusieurs officiers et sous-officiers français sont tués. La révolte est écrasée en quinze jours. Le 28 mars, la commission criminelle d'Indochine prononce 39 condamnations à mort et 33 condamnations aux travaux forcés à perpétuité à la suite de l'insurrection de février. En octobre, le journaliste du *Petit Parisien* Louis Roubaud publie une enquête sur la répression féroce menée contre les Annamites révoltés. Les condamnés seront amnistiés en janvier 1937 et rapatriés du bagne à Saint-Nazaire.

17 février

Le gouvernement Tardieu est renversé au cours du débat sur la loi de finances, par 286 voix contre 281 – son ministre des Finances Chéron ayant posé la question de confiance à sa seule initiative.

20-25 février

Gaston Doumergue confie à Camille Chautemps la mission de former le nouveau gouvernement. Pressenti, Tardieu refuse son concours.

Le cabinet Chautemps (président du Conseil et Intérieur) est formé le lendemain : Steeg (vice-président du Conseil et Justice), Briand (Affaires étrangères), Ch. Dumont (Finances), Palmade (Budget), Besnard (Guerre), A. Sarraut (Marine), Lamoureux (Colonies), Gallet (Pensions), Ch. Daniélou (Marine marchande), G. Bonnet (Commerce et Industrie), Loucheur (Travail), Jean Durand (Instruction publique), Daladier (Travaux publics), Queuille (Agriculture), Laurent-Eynac (Air), Julien Durand (P & T).

Le 25 février, le cabinet Chautemps est renversé par 292 voix contre 277.

mars

Louis de Broglie publie simultanément *Recueil d'exposés sur les ondes et corpuscules* et *Introduction à l'étude de la mécanique ondulatoire.*

2 mars

Tardieu, de nouveau sollicité le 26 février, constitue le nouveau gouvernement : Tardieu (président du Conseil et Intérieur), Péret (Justice), Briand (Affaires étrangères), P. Reynaud (Finances), Germain-Martin (Budget), Maginot (Guerre), Dumesnil (Marine), Marraud (Instruction publique et Beaux-Arts), Pernot (Travaux publics), Flandin (Commerce et Industrie), David (Agriculture), Piétri (Colonies), Laval (Travail), Champetier de Ribes (Pensions), Laurent-Eynac (Air), A. Mallarmé (P & T), Rollin (Marine marchande), D. Ferry (Santé publique).

L'ordre du jour de confiance au gouvernement Tardieu est voté le 5 par 316 voix contre 263.

3-24 mars

Le Sud-Ouest – Montauban, Albi, les vallées de l'Orb, de l'Aude et du Tarn – est touché par d'importantes inondations. Les 4 et 5, l'inondation s'étend causant près de 500 morts, Moissac est en partie détruit. Le jeune chef de cabinet du préfet du Tarn-et-Garonne, René Bousquet, s'illustre en sauvant la vie de plusieurs sinistrés ; il est décoré de la Légion d'honneur. Le 7, le Parlement vote un crédit de 1 milliard de francs en faveur des régions sinistrées. Le président de la République Doumergue et le président du Conseil Tardieu se rendent sur place pour témoigner de la solidarité nationale. Le 10, Tardieu prend une série de mesures en faveur des populations: secours, réparations, protection de la santé. Le 24, la Chambre vote un nouveau crédit de 1 milliard de francs.

12 mars
La Chambre vote la gratuité de l'enseignement dans la classe de 6e dans les lycées par 292 voix contre 192 et décide la réalisation progressive de la gratuité complète de l'externat. Le 16 avril, la loi de finances prend les dispositions nécessaires à la réalisation de cette décision parlementaire qui a soulevé maintes oppositions. Au cours des débats, le député de la fédération républicaine Louis Marin dénonce «la réforme générale de l'école unique», la gratuité étant, selon lui, une première étape vers la «ruine de la haute culture». Le 10 mars 1931, la gratuité de l'enseignement est votée pour la 5e; en 1932, ce sera le tour de la 4e.

12-29 mars
Le 12, le Reichstag ratifie le plan Young par 270 voix contre 192. En France, la Chambre, après l'échec des manœuvres de l'opposition, le ratifie par 527 voix contre 38 et 21 abstentions. Le Sénat en fait autant le 5 avril par 284 voix contre 8.

17 mars
Le président de la République Doumergue inaugure l'Institut du cancer à Villejuif.

22 mars
Lors de l'inauguration de la maison de l'Indochine à la Cité universitaire, les étudiants communistes manifestent contre la répression en Indochine.

avril
Premier numéro de la revue *Réaction*, organe de la jeune droite, créée par des membres de l'association des étudiants d'Action française. «Jamais l'homme n'avait atteint une telle perfection dans la connaissance des phénomènes, ni une telle puissance dans l'utilisation des forces naturelles, constatent-ils pour aussitôt ajouter: Et pourtant il y a crise du monde moderne [...]. De toutes parts s'élèvent des cris annonciateurs de la fin du monde...» Bientôt, la rupture avec l'Action française est consommée. Animée par Jean de Fabrègues, *Réaction* devait recueillir les collaborations de Georges Bernanos, Maurice Blanchot, Thierry Maulnier... La revue paraîtra jusqu'à l'été 1932.

La galerie 23, à Paris, présente l'exposition *Cercle et Carré* où figurent des œuvres de Mondrian, Léger, Kandinsky, Arp, Torres-Garcia et Hélion. Ces artistes ont pour point commun l'utilisation de formes géométriques et leur refus de la figuration.

Abstraction-Création

L'exposition de la galerie 23 est la première, à Paris, consacrée à l'art abstrait; elle est organisée à l'initiative du groupe Cercle et Carré créé l'année précédente par l'écrivain et dessinateur Michel Seuphor (1901-1999) et le peintre Torres-Garcia (1874-1949). Mais le mouvement, qui s'appuie sur le cubisme pour rejeter la figuration est vite ressenti comme un formalisme rigide et limité. Avec les artistes Jean Hélion (1904-1987) et Georges Vantongerloo (1886-1965) notamment, le peintre et théoricien Théo Van Doesburg (1883-1931) fonde le mouvement Art concret, qui défend, dans le premier numéro de la revue du même nom, un art arithmétique exempt de tout élément irrationnel. La revue n'aura pas de suite et le groupe donne naissance, en 1931, à l'association Abstraction-Création, fondée à l'initiative du peintre français Auguste Herbin (1882-1960) et de Vantongerloo. Jusqu'en 1936, elle va rassembler les tendances de l'art abstrait à Paris. Elles sont nombreuses: les expositions internationales organisées par Abstraction-Création tous les ans à Paris peuvent réunir jusqu'à 400 artistes. Mais c'est après la guerre que l'art abstrait, en s'affranchissant de la tutelle de ces premiers essais encore hétéroclites, connaîtra un véritable essor.

14 avril
Dans le cadre de la loi de finances, Tardieu fait voter la retraite du combattant, revendiquée par les associations d'Anciens Combattants. Ce succès dynamise les associations.

20 avril
Parution aux Éditions surréalistes de *Ralentir travaux*, poème à trois voix, par André Breton, Paul Éluard et René Char.

23 avril
Incarcéré depuis juin 1929, le secrétaire à l'organisation du Parti communiste, Maurice Thorez, décide de payer les amendes qui lui avaient été infligées pour être libéré, décision à laquelle s'opposait le bureau politique du PC.

Thorez

Enfant naturel d'un épicier de Noyelles-Godault (Pas-de-Calais), mais élevé par un mineur que sa mère épousa, Maurice Thorez (1900-1964) obtient son certificat d'études. Il travaille dès l'âge de 12 ans à la mine comme trieur de pierres puis aide-commissionnaire. L'invasion allemande le contraint à fuir avec son grand-père – un vieux militant guesdiste – et à se réfugier dans la Creuse où il devient valet de ferme. Revenu en 1919 dans sa région natale, il descend dans la mine comme abatteur pendant un an. Devenu syndicaliste et militant socialiste, il adhère aux Jeunesses communistes après son service militaire (1920-1922). Membre du PC, il épouse la nièce du secrétaire de la fédération communiste du Pas-de-Calais. En 1922, il approuve les positions de la « gauche » du parti, alors animée par Loriot et Souvarine. Ce dernier remarque ses qualités intellectuelles et l'aide à faire son chemin au sein de l'appareil : il devient secrétaire de sa fédération. Lors de la crise du printemps 1924, il soutient Souvarine dans un premier temps puis, sous la pression des envoyés du Komintern, recule prudemment. Désormais, Maurice Thorez prendra garde de ne jamais s'opposer à l'autorité de Moscou. En 1925, il devient membre du comité central. Suivent des années de militantisme placées à la fois sous la menace de la répression (en 1927, il passe dans la clandestinité) et les voyages à Moscou. En 1928, il devient membre du comité exécutif de l'Internationale communiste. Arrêté en juin 1929, il n'est libéré qu'en avril 1930 ; du fait de son incarcération, à l'écart des batailles qui font rage au sein du PC, le Komintern le choisit comme secrétaire général de facto *d'un PC en proie aux divisions et en pleine régression. C'est en août 1931 que Thorez est officiellement intronisé secrétaire général, sous la tutelle attentive et quotidienne du représentant permanent du Komintern en France, Eugen Fried (1900-1943).*

En 1932, alors que le parti atteint son étiage, Thorez réussit à se faire élire à Ivry (Seine), commune dont il fera son fief jusqu'à sa mort. Déjà habitué à se plier aux volontés du Komintern, il réussit à asseoir son pouvoir à la faveur de la crise de février 1934 : il reprend à son compte la ligne d'unité d'action avec la SFIO que préconisait Doriot et écarte ce rival lorsque le Komintern, à l'été, décide d'œuvrer à un front contre le fascisme. En octobre 1934, il lance la formule de « Front populaire de la liberté, du travail et de la paix », ouvert aux radicaux. Sa tactique est couronnée de succès aux élections de mai-juin 1936, où le PC capitalise 72 sièges. Sans participer au gouvernement Blum, Thorez voit son rôle accru ; il reprend les attributs du culte de la personnalité stalinien en publiant une autobiographie – Fils du peuple *– largement romancée et due à la plume d'un permanent du parti. Désormais c'est lui qui annonce les variations de la politique du PC : Front des Français en 1938, anti-impérialisme en 1939.*

Il est en vacances le 23 août 1939, lorsque tombe l'annonce de la signature du pacte germano-soviétique. Mobilisé le 3 septembre, il est quasiment enlevé par un groupe du Komintern qui l'emmène en Belgique d'où il gagne Moscou. Considéré comme déserteur en temps de guerre, il est condamné le 28 novembre 1939 à six ans de prison, puis déchu le 17 février 1940 de la nationalité française. Thorez ne réapparaît sur la scène politique française qu'en novembre 1944 à la faveur de l'amnistie que lui accorde le général de Gaulle qui s'apprête alors à partir à Moscou. À son arrivée, Thorez reprend sa place de secrétaire général et fait abandonner par le PCF la politique de conquête directe de l'État (dissolution des milices patriotiques) au profit de la prise en main de l'appareil d'État et de l'appareil productif (épuration et « bataille de la production »). Devenu ministre d'État dans le Gouvernement provisoire de la République française, puis vice-président du Conseil en janvier 1946, il est à la tête du premier parti de France (28,6 % des suffrages exprimés en novembre 1946). Il échoue à s'emparer de la présidence du Conseil. En mai 1947, Ramadier se sépare des ministres communistes qui, tant sur la question de l'Indochine que sur la grève des usines Renault, se sont démarqués du gouvernement. Avec la création du Kominform – la nouvelle organisation internationale des partis communistes –, Thorez lance son parti dans la guerre froide, se posant en fidèle inconditionnel de l'Union soviétique. L'échec de cette nouvelle stratégie violente n'est pas compensé par le développement du « culte de la personnalité » dont Thorez est l'objet. Le PCF s'est isolé. Le 10 octobre 1950, Thorez est frappé d'hémiplégie. D'URSS où il est allé se faire soigner et qu'il ne peut quitter à sa guise, il couvre l'épuration du parti : l'affaire Marty-Tillon (1952). Rentré en France, après la mort de Staline (5 mars 1953), il écarte Auguste Lecœur et maintient le PCF dans son immobilisme doctrinal. En 1956, il dirige la délégation française au 20e congrès du PCUS, nie l'authenticité du rapport Khrouchtchev sur les crimes de Staline, lançant la chasse aux « khrouchtchéviens » du parti. En mai 1964, il confie le poste de secrétaire général à Waldeck Rochet. Le 12 juillet 1964, il meurt brusquement sur le bateau qui l'emmène en vacances en Crimée. Pendant près de trente-cinq ans, Thorez aura été « l'homme du régime stalinien dans la politique française ».

30 avril
Présentée par le ministre du Travail Pierre Laval, la nouvelle loi sur les assurances sociales pose le principe de conventions avec le corps médical; l'immatriculation et les cotisations dépendent des offices départementaux des assurances sociales qui relèvent du ministère du Travail. La loi, qui entrera en vigueur le 1er juillet suivant, prévoit l'affiliation obligatoire de tous les salariés dont la rémunération totale annuelle ne dépasse pas 15000 francs (18000 francs dans les villes de plus de 200000 habitants). Les ressources des assurances sont assurées moitié par le salarié moitié par l'employeur.

mai
Halbwachs: *Les Causes du suicide.*

12-13 mai
Pilote de l'Aéropostale, Jean Mermoz réalise, avec Gimié et Dabry, la première liaison aérienne Europe-Amérique du Sud.

18 mai
Devant les délégués de l'Union nationale des combattants, Tardieu prononce un discours sur le rôle des Anciens Combattants dans la politique générale du pays pour assurer la paix.

6-27 juin
Le gouvernement est interpellé à la Chambre au sujet de la situation en Indochine. Le 27, la commission d'enquête proposée par Daladier est repoussée par 325 voix contre 260; un ordre du jour de confiance est voté à main levée.

30 juin
Les dernières troupes françaises commencent à quitter définitivement la Rhénanie.

juillet
Parution du premier numéro de la revue dirigée par Breton, *Le Surréalisme au service de la Révolution*, qui fait suite à *La Révolution surréaliste*. Son titre a été inspiré par Aragon. Elle sera publiée jusqu'en mai 1933.

7 juillet
À la suite de graves troubles à Wiesbaden, Mayence et Trèves – des séparatistes rhénans sont molestés, des maisons et des magasins pillés –, les négociations entre la France et l'Allemagne sur le régime de la Sarre sont suspendues.

17 juillet-septembre
Début de la grève du textile dans le Nord. Les syndicats de toutes tendances (CGT, CGTU, CFTC) s'opposent à l'instauration d'une « prime de fidélité » (destinée à compenser la perte occasionnée par la cotisation ouvrière aux assurances sociales, obtenue après une année de présence ininterrompue) que le patronat veut instituer. La grève, qui devient générale le 3 août, groupe 150000 participants. Le ministre du Travail Pierre Laval propose une médiation en s'appuyant sur les patrons qui veulent éviter la prolongation d'une grève dure. Il se rend sur place et réussit, le 21, à concilier les points de vue. La grève cesse en septembre.

12 août
Lors du Conseil des ministres à Rambouillet, Tardieu demande une réduction de 6 milliards des prévisions budgétaires pour tenter d'équilibrer le budget.

septembre
Au Vietnam, des soviets ruraux sont proclamés dans les districts de Nam Dan et de Thanh Chuong. La répression menée par les troupes françaises fait des milliers de morts; des milliers d'arrestations démantèlent les organisations communistes clandestines.

1er-2 septembre
Les aviateurs Dieudonné Costes (un ancien « as » du front d'Orient) et Maurice Bellonte réussissent en 37 heures la traversée de l'Atlantique Nord sans escale d'Est en Ouest à bord du *Point-d'interrogation*. Leur arrivée est radiodiffusée sur la place de la Concorde.

LES AILES FRANÇAISES

La Première Guerre mondiale a donné un essor irréversible à l'aviation. En 1919, Pierre Latécoère (1883-1943) fonde à Toulouse la Société générale d'entreprises aéronautiques puis, en 1927, la Compagnie générale aéropostale, l'Aéropostale, que préside Marcel Bouilloux-Lafont. Dès 1920, un sous-secrétariat d'État à l'Aéronautique et au Transport aérien est créé. L'aviation conserve cependant un caractère aventureux qui nourrit les imaginations. Les

anciens pilotes de combat forment la génération de ces pionniers volants. Le 8 mai 1927, l'ancien as de la guerre aérienne, Charles Nungesser, et François Coli tentent sur L'Oiseau blanc *la traversée de l'Atlantique dans le sens le plus difficile, d'Est en Ouest, contre les vents dominants. L'avion est faussement signalé au-dessus de Terre-Neuve. Un journal parisien du soir annonce prématurément leur succès. En fait, les deux aviateurs ont disparu.*
Les femmes ne sont pas en reste. En 1928, Maryse Bastié (1898-1952) reste 38 heures en vol. En 1936, elle survolera l'Atlantique Sud. Hélène Boucher (1908-1934) établit de nombreux records internationaux, avant de se tuer à l'entraînement le 30 novembre 1934.
Engagé en 1920 dans l'aviation, Jean Mermoz (1901-1936) entre ensuite chez Latécoère. Formé par Didier Daurat (1891-1969), il est d'abord affecté au parcours Barcelone-Málaga sur la ligne Toulouse-Casablanca, puis en 1926 sur la ligne Casablanca-Dakar. Le 10 octobre 1927, il réalise la première liaison aérienne directe et sans escale de la France au Sénégal. L'année suivante, il passe aux lignes d'Amérique du Sud où il pratique le vol de nuit au-dessus de la Cordillère des Andes. Puis c'est la réussite de la première liaison directe France-Amérique du Sud. Déjà entré dans la légende de son vivant, ardent Croix-de-Feu, Mermoz disparaîtra dans l'Atlantique Sud avec son hydravion La Croix-du-Sud *le 6 décembre 1936.*
Breveté pilote en 1922, Antoine de Saint-Exupéry (1900-1944) est engagé chez Latécoère en 1926 comme pilote sur la ligne Toulouse-Casablanca. Devenu chef d'escale dans l'ancien Maroc espagnol puis à Buenos Aires, il fait ses débuts littéraires avec Courrier-Sud *en 1929, suivi de* Vol de nuit *en 1931. Il quitte l'Aéropostale en 1932 pour devenir pilote d'essai tout en faisant des raids transcontinentaux qui donnent matière à des reportages dans* Paris-Soir. *En 1939, son raid Paris-Saigon lui inspire* Terre des hommes *qui reçoit le grand prix de l'Académie française. Saint-Ex magnifie l'épopée des premiers pilotes de ligne en lui conférant une dimension éthique. Pilote de reconnaissance pendant la campagne de 1940, malgré un grave accident subi en 1938, il quitte Bordeaux pour l'Afrique du Nord où il explore les possibilités de continuer la lutte. Il gagne les États-Unis fin 1940, y publie* Pilote de guerre *(février 1942). En butte à l'hostilité des « super-patriotes » de New York, il rejoint les troupes alliées en Afrique du Nord en mars 1943. Au début de cette même année paraissent* Lettre à un otage *et* Le Petit Prince. *Saint-Ex a rencontré beaucoup de difficultés pour reprendre du service actif en raison de son âge (le vol sur les Lightning est autorisé jusqu'à l'âge de 30 ans) et de ses prises de position antérieures (il n'est pas gaulliste) mais il obtient tout de même de rejoindre son escadrille de reconnaissance, le groupe 2/33, basée en Afrique du Nord puis en Corse. Parti en mission avec son Lightning P. 38, il disparaît le 31 juillet 1944.*

14 septembre
Aux élections allemandes au Reichstag, les nationaux-socialistes recueillent 5,6 millions de voix (18 % des suffrages, 107 députés). Le 27 septembre, *Monde*, l'hebdomadaire d'Henri Barbusse, publie, sous la signature de Charles Petrasch, une analyse du programme nazi, en donnant quelques citations de la presse de ce parti dont celle-ci : « Les enfants présentant l'aspect ou les signes caractéristiques d'une descendance de race nègre, orientale, d'Asie Mineure, doivent également être mis à mort pour empêcher qu'à nouveau un sang de mauvaise race et de mauvaises dispositions psychiques vienne à pénétrer dans le corps du peuple allemand » *(Der Ostdeutsche Beobachter)*. Petrasch concluait son article par une prévision optimiste : « ... Le vide et le bluff de ce parti et de cette "doctrine" sont un gage certain de son inéluctable déclin. »

9 octobre
Au congrès du Parti radical de Grenoble, les délégués se prononcent à nouveau contre toute alliance avec les droites. En revanche, ils approuvent la politique étrangère de Briand.

27 octobre
Devant les directoires des fédérations du parti fasciste, Mussolini se prononce pour la révision des traités de paix de 1919. À l'étranger, cette déclaration suscite une vive émotion.

28 octobre
Projection au Studio 28 de *L'Âge d'or*, film de Buñuel et Dalí, qui suscite les interventions de parlementaires. Le 3 décembre, la Ligue des patriotes et la Ligue antijuive saccagent la salle ; le film est interdit par le préfet de police.

6 novembre-11 décembre
La banque Oustric est autorisée à se mettre en liquidation judiciaire, un « trou » de 80 millions n'ayant pu être comblé. Financier sans scrupule, Albert Oustric a bénéficié d'appuis parlementaires et gou-

vernementaux (notamment l'aide de Raoul Péret, à la fois garde des Sceaux et avocat conseil d'Oustric) pour mettre au point ses systèmes d'agiotage et de spéculation. La faillite de sa banque dévoile le pot-aux-roses. Le 17 novembre, Raoul Péret démissionne de ses fonctions; il est remplacé par Henry Chéron. Le 11 décembre, Péret est entendu par la commission d'enquête parlementaire sur l'affaire Oustric. Les scandales politico-financiers commencent à attirer l'attention de l'opinion.

décembre
Publication de *Naissance de l'Odyssée* de Jean Giono et d'*Un certain Plume* d'Henri Michaux.

4 décembre
Mis également en cause dans le scandale Oustric, Tardieu, dont les réformes déplaisent à sa majorité, est renversé par le Sénat qui repousse l'ordre du jour du gouvernement par 147 voix contre 139.

6-11 décembre
Barthou se voit confier la mission de former le gouvernement. Sollicitant le concours de Tardieu, il se heurte à l'hostilité des radicaux et renonce le 7. Le même jour, Pierre Laval est sollicité par le président Doumergue et abandonne à son tour le 10. Le 11 décembre, Théodore Steeg entreprend de former un cabinet.

13 décembre
Théodore Steeg (président du Conseil et Colonies) présente son gouvernement: Leygues (Intérieur), Chéron (Justice), Briand (Affaires étrangères), Germain-Martin (Finances), Palmade (Budget), Barthou (Guerre), A. Sarraut (Marine), Chautemps (Instruction publique), Daladier (Travaux publics), Loucheur (Commerce et Industrie), V. Boret (Agriculture), Grinda (Travail), Thoumyre (Pensions), Painlevé (Air), Daniélou (Marine marchande), Bonnet (PTT), Queuille (Santé publique).
Le 19, le cabinet obtient la confiance par 291 voix contre 284, malgré la démission de Thoumyre et des sous-secrétaires d'État Cautru et Coty.
Le 23, Dormann est nommé aux Pensions.

autres événements
• Le pape Pie XI publie l'encyclique *Casti connubii* sur le mariage chrétien et aborde la question de l'eugénisme: « Il en est, en effet, qui, trop préoccupés des fins *eugéniques*, ne se contentent pas de donner des conseils salutaires pour assurer plus sûrement la santé et la vigueur de l'enfant – mais qui mettent la fin eugénique au-dessus de toute autre [...] et qui voudraient voir les pouvoirs publics interdire le mariage à tous ceux qui, d'après les règles et les conjectures de leur science, leur paraissent, en raison de l'hérédité, devoir engendrer des enfants défectueux, fussent-ils d'ailleurs personnellement aptes au mariage. Bien plus, ils veulent que ces hommes soient de par la loi, de gré ou de force, privés de cette faculté naturelle par l'intervention médicale... Les magistrats [...] ne peuvent jamais, ni pour une raison d'eugénisme ni pour aucun autre genre de raison, blesser et atteindre directement l'intégrité du corps, dès lors qu'aucune faute n'a été commise, et qu'il n'y a aucune raison d'infliger une peine sanglante. »
• La militante SFIO Suzanne Buisson fonde le Comité national des femmes socialistes auquel appartient Suzanne Lacore. Thérèse Bertrand-Fontaine est la première femme à être nommée médecin des hôpitaux.
• *Campements*, premier roman d'André Dhôtel.
• Albert Roussel: *Bacchus et Ariane* (ballet).
• L'architecte André Lurçat (1894-1970), partisan d'une architecture à la fois moderne et progressiste construit le groupe scolaire Karl-Marx à Villejuif, doté d'un solarium et d'un stade.

1931

janvier
Parution de *L'Enfant de la haute mer* de Jules Supervielle et d'*Aden Arabie* de Paul Nizan.

3 janvier
Mort du maréchal Joffre dont les obsèques nationales ont lieu le 7.

22 janvier
La Chambre repousse l'ordre du jour de confiance par 293 voix contre 283. Le cabinet Steeg, qui s'est heurté aux radicaux hostiles à un gouvernement orienté à droite, est renversé.
Paul Valéry reçoit à l'Académie française le maréchal Pétain, élu au fauteuil du maréchal Foch.

27 janvier
Le 25, le président de la République Doumergue demande à Briand, qui refuse, de former le nouveau gouvernement. Le président s'adresse alors à Pierre Laval. Le 27, Laval (président du Conseil et Intérieur) présente son gouvernement: L. Bérard (Justice), Briand (Affaires étrangères), Maginot (Guerre), Ch. Dumont (Marine), Dumesnil (Air), Roustan (Instruction publique), Flandin (Finances), Piétri (Budget), Deligne (Travaux

publics), Landry (Travail), Rollin (Commerce et Industrie), Tardieu (Agriculture), Chappedelaine (Marine marchande), Champetier de Ribes (Pensions), Blaisot (Santé publique), Guernier (PTT), Reynaud (Colonies).
Le 30, après lecture de la déclaration ministérielle à la Chambre, le gouvernement Laval obtient l'investiture par 312 voix contre 258.

LAVAL

Fils d'un patron de petit café, Pierre Laval (1883-1945) réussit son certificat d'études et poursuit ses études contre la volonté de son père. Il se forme lui-même et devient surveillant dans un lycée. Il passe ses licences de droit et de sciences politiques et s'inscrit au barreau de Paris en 1908. En 1903, il avait adhéré à une petite organisation blanquiste puis rejoint la SFIO en 1905 lors de l'unification des organisations socialistes. Il se fait l'avocat de militants syndicaux. Élu député socialiste d'Aubervilliers dans la banlieue Nord de Paris en 1914, il se range, pendant la guerre, parmi les pacifistes du courant animé par Jean Longuet autour du Populaire. *En novembre 1919, il vote contre le traité de Versailles. S'éloignant progressivement de la SFIO, il se déclare socialiste indépendant, étiquette qui est la sienne en 1923 lorsqu'il devient maire d'Aubervilliers. Parallèlement, il se bâtit une fortune personnelle à force de travail et de placements judicieux, achète des propriétés et investit dans la presse et la radio :* Moniteur *du Puy-de-Dôme,* Lyon républicain, *Radio-Lyon, sans oublier l'imprimerie, ce qui lui permettra de conforter son influence. Laval incarne l'homme politique qui, grâce à son entregent et à ses amitiés dans tous les partis, réussit une ascension en dehors des appareils politiques.*
Sa carrière ministérielle commence en avril 1925 dans le cabinet Painlevé; il entre au Sénat en 1927 comme non-inscrit. En mars 1930, il devient ministre du Travail dans le ministère Tardieu avec pour mission de faire adopter les assurances sociales, ce qui est chose faite le 30 avril. Président du Conseil en janvier 1931, il déploie une intense activité dans le champ des relations internationales sans obtenir de réels succès. Le rejet de son projet de loi instaurant le scrutin uninominal à un tour provoque sa démission le 16 février 1932. Il revient aux affaires dans le cabinet Doumergue constitué après le 6 février 1934 puis obtient le ministère des Affaires étrangères en octobre, portefeuille qu'il conserve dans les gouvernements suivants ainsi que sous sa propre présidence du Conseil (juillet 1935-janvier 1936). Pendant cette période, il tente un rapprochement avec l'Italie, fait aboutir le pacte franco-soviétique mais refuse d'engager la France dans une alliance militaire avec Moscou. Les négociations qu'il commence avec l'Italie pour le partage de l'Éthiopie et sa politique de décrets-lois, vivement contestée par les fonctionnaires, lui font perdre le soutien des radicaux. Aigri par sa mise à l'écart, Laval subit l'influence de l'antiparlementarisme et continue, jusqu'en 1940, de prôner l'alliance franco-italienne envers et contre tout. Ce n'est qu'à la faveur de l'armistice de juin 1940 qu'il parvient à revenir sur le devant de la scène.
Devenu vice-président du gouvernement Pétain, il manœuvre pour obtenir du Parlement l'octroi des pleins pouvoirs au Maréchal et la fin de la République. Après le vote du 10 juillet, il continue à jouer un rôle décisif, engageant l'État français dans la politique de collaboration, seule voie qui s'offre, selon lui, dans l'Europe nouvelle dominée par une Allemagne qu'il croit définitivement victorieuse. Il est l'artisan de la rencontre Pétain-Hitler à Montoire (24 octobre 1940) qui scelle la politique de concession dans laquelle s'engage Vichy. Inquiet du poids grandissant de Laval devenu ministre des Affaires étrangères, Pétain le renvoie le 13 décembre. Tenu à l'écart pendant seize mois, il entretient d'étroites relations avec Marcel Déat qui, au moyen de L'Œuvre, *fait pression sur Vichy accusé d'empêcher une véritable collaboration, et attend sa revanche. Celle-ci vient lorsque Darlan, dont la politique ne diffère guère de celle qu'il prône, perd la confiance des Allemands. Le 18 avril 1942, Laval revient au pouvoir avec l'intention de relancer la collaboration. Affirmant sa foi en la victoire allemande, il est amené à accepter les exigences de l'occupant, voire à les devancer : participation de la police française aux rafles antijuives (juillet 1942), proposition – acceptée par les Allemands – de déporter les enfants avec leurs parents, instauration du STO (janvier 1943) qui lui vaut une grande impopularité, contre de maigres concessions tels des aménagements mineurs des conditions d'armistice. Engagé sans retour dans la collaboration, il subit une emprise allemande d'autant plus forte que son pouvoir réel se restreint depuis l'invasion de la zone Sud en novembre 1942. Pour contrer les ultras de la collaboration, il crée la Milice (janvier 1943) qui bientôt lui échappe. L'occupant lui impose l'entrée de Darnand, Déat, Henriot dans le gouvernement. En août 1944,*

bien tardivement, il tente vainement de sortir de l'impasse en proposant à Herriot de remettre le pouvoir à l'Assemblée nationale, espérant barrer la route au général de Gaulle et obtenir la mansuétude des Américains. La Gestapo l'emmène à Belfort, puis l'assigne à résidence à Sigmaringen. Début 1945, il réussit à gagner l'Espagne mais, le 31 juillet, Franco le livre aux Américains qui le remettent aussitôt aux autorités françaises. Incarcéré à Fresnes, il témoigne au procès Pétain (3 août) et tente de justifier sa politique. Le sien s'ouvre le 5 octobre, après une instruction bâclée, à la veille des élections à la Constituante. Condamné à mort après un procès jugé expéditif même par des personnalités qui lui sont hostiles, Laval s'empoisonne dans sa cellule. C'est un moribond qui est fusillé le 15 octobre à Fresnes.

9 février
Grâce à aux réserves d'or de la Banque de France (4 910 tonnes), Laval est en mesure de consentir un crédit bancaire international en faveur de l'Allemagne frappée de plein fouet par la crise et menacée de banqueroute. L'expédient n'a qu'un effet temporaire.
Le général Weygand est nommé vice-président du Conseil supérieur de la guerre et inspecteur général de l'armée. Le général Gamelin est nommé chef d'état-major général.

19 février
Création au théâtre des Champs-Élysées, sous la direction de Walther Straram (1876-1933), des *Offrandes oubliées* d'Olivier Messiaen, sa première œuvre donnée en public.

mars
Curzio Malaparte (1898-1957) publie en français *Technique du coup d'État*, dans lequel le journaliste et écrivain italien, qui vient de rompre avec le régime fasciste, met en parallèle l'instauration des dictatures soviétique et fasciste. Le livre sera interdit aussi bien en Italie qu'en Allemagne où il fut utilisé par le Front démocratique antinazi lors de la campagne des élections de 1932.
Paru en 1918 en Allemagne avec un grand retentissement (100000 exemplaires vendus en peu de temps), *Le Déclin de l'Occident* d'Oswald Spengler est publié en français.

11 mars
Conséquence des difficultés financières de l'Aéropostale, trois établissements bancaires parisiens (Crédit foncier du Brésil, Caisse commerciale et banque Bouilloux-Lafont) ferment leurs guichets. Le 13, le ministre des Finances Pierre-Étienne Flandin doit répondre aux interpellations; le gouvernement obtient la confiance par 340 voix contre 215. Le 30 paraît la loi autorisant la poursuite de l'exploitation des lignes de l'Aéropostale.

17 mars
Le Sénat établit le crédit voté par la Chambre pour le Fonds national de chômage à 25 millions de francs. Le nombre de chômeurs est difficile à estimer, tous n'étant pas secourus. En mars 1931, les services de l'inspection du travail estiment qu'ils sont 50000 à recevoir des secours. Fin 1931, on les estime de 300000 à 400000 – le ministre du Travail Landry indiquant, par ailleurs, que les chômeurs partiels seraient un peu plus de 2 millions. On fait le choix de licencier des travailleurs immigrés pour tenter d'atténuer les effets de la crise économique mondiale qui commence à peser sur l'économie française.

4 avril
Départ de Beyrouth de la Croisière jaune automobile organisée par André Citroën, à nouveau sous la direction de Georges-Marie Haart (qui meurt à Pékin d'une pneumonie) et Audouin-Dubreuil, avec la participation du père Teilhard de Chardin. L'expédition atteint Pékin le 12 février 1932, après avoir surmonté de nombreuses difficultés dans l'Himalaya.

15 avril
Georges Bernanos publie *La Grande Peur des bien-pensants*, bâti autour du personnage d'Édouard Drumont, le directeur antisémite de *La Libre Parole*, et rapporte de manière personnelle les combats des années 1870-1900, période où, selon Bernanos, la France catholique fut vaincue malgré l'énergie mise par Drumont pour faire resurgir le vieux fonds chrétien consubstantiel à la France.

6 mai-15 novembre
Le président de la République Doumergue, le président du Conseil Laval, et le maréchal Lyautey inaugurent l'Exposition coloniale au Bois de Vincennes alors que l'Empire est en crise. Dans sa préface au Livre d'or de l'Exposition, Paul Reynaud écrit: « Aujourd'hui la conscience coloniale est en pleine ascension. [...] La mise en valeur de la France extérieure fournira pour longtemps à notre ambition collective un idéal sans cesse renouvelé. » Le temple d'Angkor Vat a été reconstitué: certains bâtiments seront conservés après la fermeture de l'Exposition et subsistent

toujours (temple bouddhiste, musée de la France d'Outre-mer devenu le musée des Arts africains et océaniens). Le Parti communiste et la CGTU organisent une contre-exposition dans une annexe de la maison des Syndicats. 6 millions de personnes visitent l'Exposition qui ferme ses portes le 15 novembre. Transportés de Nouvelle-Calédonie, des Kanaks sont parqués dans un pseudo-village cannibale où ils sont contraints de mimer des scènes anthropophages. Les organisateurs de l'Exposition les louent au zoo de Berlin en échange du prêt des crocodiles d'une ménagerie allemande pour remplacer ceux morts à Paris.
Antonin Artaud, enthousiasmé par un spectacle de danses balinaises en donne un compte rendu dans *La NRF* en octobre. Le compositeur Olivier Messiaen est frappé, quant à lui, par l'audition des gamelans balinais.

11 mai
Appuyé par le groupe radical-socialiste de la Chambre, Briand se déclare candidat à l'élection présidentielle.

12 mai
Parution à la Librairie du Travail, coopérative d'édition, sous le titre « ... *L'Abominable Vénalité de la presse...* », du recueil de documents tirés des archives d'Arthur Raffalovitch, conseiller secret du ministère des Affaires étrangères russe à Paris avant 1914, chargé de corrompre la presse française. Ces documents n'ont jamais été réédités depuis.

13-27 mai
Soutenu par les modérés et une partie des radicaux, Paul Doumer, président du Sénat, est élu président de la République au second tour par 504 voix contre 334 à Pierre Marraud, 13 à Paul Painlevé, 12 à Aristide Briand, 11 au communiste Cachin. Au premier tour, Briand a rassemblé 401 voix contre 442 à Paul Doumer. Le lendemain 14, Briand offre sa démission des Affaires étrangères, mais la question est réservée et il accepte de se rendre à Genève pour représenter la France à la commission de l'Union européenne qu'il préside. Il retire sa démission le 27 mai à la demande de Laval.

15 mai
À l'occasion du quarantième anniversaire de l'encyclique *Rerum novarum*, Pie XI publie l'encyclique *Quadragesimo Anno* sur les questions sociales. Réaffirmant la doctrine sociale de l'Église et rejetant le libéralisme « totalement impuissant à bien résoudre la question sociale » tout comme le socialisme qui propose « un remède pire que le mal », il suggère une redistribution des richesses « selon les exigences du bien commun », conformément à la justice sociale.

16 mai
À la suite de l'annonce par le Consortium du textile, qui regroupe les grands patrons, de la baisse des salaires (4 % puis 6 %), les ouvriers du textile du Nord sont en grève générale (100000 grévistes). Contremaîtres et surveillants se joignent au mouvement. La grève, au cours de laquelle des affrontements se produisent entre grévistes et forces de l'ordre, dure plusieurs semaines.

19 mai
Départ de la Mission ethnographique et linguistique Dakar-Djibouti composée de Marcel Griaule, de l'ethnomusicologue André Schaeffner et de Michel Leiris comme secrétaire-archiviste.

1er juin
Les résultats du recensement de la population du département de la Seine indiquent au total 4 887 464 habitants, soit pour Paris 2 871 039 et la banlieue 2 016 425.

6 juin
Le chancelier Brüning déclare l'Allemagne incapable de payer les réparations établies par le plan Young. La France sera amenée à demander l'annulation corrélative de ses propres dettes envers ses Alliés.

11 juin
Intégrales d'Edgar Varèse donné salle Gaveau à Paris, avec l'orchestre des concerts Straram : succès et critiques positives.

13-16 juin
Fin du mandat présidentiel de Gaston Doumergue. Paul Doumer prend ses fonctions. Pierre Laval démissionne puis reconduit son cabinet sans changement. Le 16, le ministre des Affaires étrangères Briand, interpellé sur sa politique, obtient la confiance par 312 voix contre 260.

20-26 juin
Devant la catastrophe financière qui menace l'Allemagne, le président des États-Unis Herbert Hoover propose un moratoire d'un an (jusqu'au 30 juin 1932) pour les réparations et les dettes. Le gouvernement français émet des réserves sur ce projet. Le 26, devant la Chambre, le président du Conseil Pierre Laval annonce son intention de se rallier à la proposition de Hoover. Il reçoit le sou-

tien des socialistes tandis que sa majorité (radicaux et modérés) le contre.

23 juin
Première représentation à l'Opéra de Paris d'*Amphion*, ballet d'Ida Rubinstein sur une musique d'Arthur Honegger et un texte de Paul Valéry.

29 juin
Par l'encyclique *Non abbiamo bisogno*, le pape Pie XI condamne l'embrigadement de la jeunesse italienne par le fascisme: « Une conception qui fait appartenir à l'État les jeunes générations, entièrement et sans exception [...] n'est pas conciliable pour un catholique avec la doctrine catholique », notamment parce qu'il s'agit d'une révolution « qui inculque à ses jeunes forces la haine, les violences... ».

juillet
Parution de « Front rouge » d'Aragon dans *Littérature de la révolution mondiale* (édité en français depuis Moscou); la revue sera saisie par la police en novembre. La même année, Aragon rédige son *Prélude au temps des cerises* (recueil non réédité depuis) dans lequel on peut lire: « Je chante le Guépéou qui se forme en France à l'heure qu'il est / Je chante le Guépéou nécessaire à la France [...] Vive le Guépéou véritable image de la grandeur matérialiste. »

4 juillet
Pour freiner l'effondrement des prix agricoles, le gouvernement entend appliquer une politique malthusienne. La production des vignobles d'Algérie menaçant la production de la métropole, il a été décidé, dès avril, d'instituer une taxe. En juillet, le « statut du vin » interdit les nouvelles plantations, réglemente l'irrigation, institue une redevance progressive en fonction des récoltes et des rendements, et contraint les producteurs à distiller une partie de leur production en cas de récoltes excédentaires.

6 juillet
La France et les États-Unis s'accordent sur la base de la proposition Hoover, après la visite à Paris du secrétaire d'État au Trésor Andrew Mellon, le 25 juin. Le paiement des dettes intergouvernementales est suspendu du 1er juillet 1931 au 30 juin 1932. Cependant l'Allemagne verse le montant de l'annuité inconditionnelle que le gouvernement français accepte de voir placer en bons garantis sur les chemins de fer allemands. Tous les paiements suspendus sont productifs d'intérêts.

18 juillet
Le président du Conseil Pierre Laval reçoit à Paris le chancelier Brüning et le ministre des Affaires étrangères Curtius et se déclare prêt à discuter les termes d'une coopération financière franco-allemande dans un cadre international.

20 juillet-11 août
Conférence de Londres. Ouverte le 20 juillet pour examiner la situation financière internationale, la conférence se termine le 11 août suivant sur un accord concernant les mesures nécessaires à la mise en application de la proposition Hoover.

5 septembre
Après la signature le 22 mars d'un protocole d'union douanière entre l'Allemagne et l'Autriche, négocié secrètement, la France (Briand: « L'Anschluss, c'est la guerre ») et la Petite-Entente s'opposent à cet « Anschluss économique » contraire aux traités de paix. Le 5 septembre, par 8 voix contre 7, la Cour internationale de justice de La Haye déclare l'union douanière austro-allemande incompatible avec les traités, donnant ainsi raison à la France.

18 septembre
Le président du Conseil Pierre Laval accorde un crédit de 3 milliards de francs pour aider l'Angleterre dont la banque centrale ne peut plus faire face à ses échéances. Trois jours plus tard, la livre sterling est dévaluée de 40 %. La Banque d'Angleterre abandonne l'étalon-or.
Un attentat commis sur la ligne du train sud-mandchourien, placée sous administration japonaise, sert de prétexte aux militaires japonais pour lancer – sans consulter leur gouvernement – l'invasion de la Mandchourie.

27 septembre
Le président du Conseil Laval et le ministre des Affaires étrangères Briand rencontrent le chancelier Brüning à Berlin. Les Allemands proposent une union douanière tandis que les experts français penchent pour des prises de participation dans les grandes entreprises allemandes.

22-26 octobre
À l'invitation du président américain Hoover, Pierre Laval est en visite à Washington pour des entretiens sur l'étalon-or et les dettes de guerre. Les deux parties s'accordent sur un arrangement pour le paiement des dettes françaises. Le magazine *Time* fait de Laval « l'homme de l'année ».

novembre
Quelques jeunes intellectuels (Robert Aron, Arnaud Dandieu, Alexandre Marc, Jean Jardin, Denis de Rougemont) lancent un manifeste « Pour un ordre nouveau ». Constatant que la « crise mondiale actuelle est sans issue autre que révolutionnaire », ils entendent rendre à la « personne humaine son premier rang ». Ce « personnalisme » s'écarte « aussi bien de l'individualisme abstrait des libéraux que de toute doctrine plaçant l'État [...] au rang de valeur suprême ». L'« ordre nouveau » doit s'édifier grâce à la « primauté de l'homme sur la société », la « subordination de la production à la consommation » et un « régionalisme terrien, racial et culturel ».

AU-DELÀ DE LA DROITE ET DE LA GAUCHE

C'est à partir de la publication du manifeste « Pour un ordre nouveau » que se forme le groupe du même nom qui devait publier 48 numéros d'une revue homonyme de mai 1933 à septembre 1938. Les jeunes intellectuels qui le composent se sont définis comme « non conformistes et révolutionnaires ». Ils se réfèrent à Bakounine, Nietzsche, Péguy, Proudhon, Sorel, mais aussi à Georges Gurvitch, Marcel Mauss, Karl Marx ou Werner Sombart.

Ancien combattant, Robert Aron (1898-1975) passe l'agrégation de lettres après guerre. Pendant quelque temps, il est le secrétaire de Gaston Gallimard (il demeurera employé des éditions jusqu'en 1939) puis se lance dans le journalisme. Il entreprend avec son ami Arnaud Dandieu un travail de réflexion qui les conduit à élaborer les bases de leur groupe. En mai 1931, ils publient tous deux Décadence de la nation française, *titre qui choque. Ils y dénoncent le déclin du patriotisme (qu'ils distinguent du chauvinisme et du nationalisme, sans se rallier à « l'internationalisme abstrait ») et appellent à revivifier la véritable tradition révolutionnaire de l'homme réel en lutte contre les mécanismes abstraits qui l'asservissent. La même année, en octobre, paraît leur second livre:* Le Cancer américain. *Cette fois, c'est le procès du rationalisme et du matérialisme qu'ils instruisent. Deux ans plus tard, avec* La Révolution nécessaire, *ils donnent une présentation systématique de leur doctrine qui connaît un grand retentissement. Robert Aron dirige la revue du groupe. Arrêté en 1941, il se réfugie à Lyon puis réussit à gagner la France libre à Alger. Il fonde la revue* La Nef, *avec Lucie Faure et Jean Amrouche, et la dirige jusqu'en 1952. À la Libération, il est l'un des promoteurs du mouvement Fédération. Par la suite, il se consacrera également à ses travaux d'historien où il donne une image fort aseptisée de la collaboration:* Histoire de Vichy, Histoire de la Libération de la France, Histoire de l'épuration.

*Après des études de droit et de lettres, Arnaud Dandieu (1897-1933) devient bibliothécaire à la Bibliothèque nationale. En 1927, il publie un essai sur Marcel Proust. Par son intelligence, il marque l'*Ordre nouveau *de son empreinte, publie de nombreux articles dans différentes revues (*Europe, Plans, Esprit, *etc.) et poursuit ses recherches en philosophie, sociologie, épistémologie. Il meurt prématurément sans avoir pu donner toute sa mesure.*

*Né à Odessa, Alexandre Marc (1904-1999) vient en France chassé de Russie lors de la révolution bolchevique. Ce diplômé de l'École libre des sciences politiques (1927) entre aux éditions Hachette. En 1929, il fonde le Club du Moulin-Vert d'où est issu l'*Ordre nouveau *dont il est l'un des principaux animateurs. Il se rapproche du catholicisme puis se convertit après la mort de Dandieu. En 1933, il publie son premier livre:* Jeune Europe. *De 1935 à 1939, il collabore à l'hebdomadaire des dominicains,* Sept, *dont il est le secrétaire de rédaction, puis à* Temps présent, *l'hebdomadaire catholique animé par Pierre-Henri Simon, François Mauriac, Georges Houdin, qui succède à* Sept, *supprimé par le Saint-Office. Pendant la guerre, il s'engage dans la Résistance et participe à la fondation de* Témoignage chrétien. *Réfugié en Suisse en 1943, il est interné comme réfugié politique. Après la guerre, il se consacrera essentiellement au mouvement fédéraliste européen.*

*Daniel-Rops, pseudonyme d'Henri Petiot (1901-1965), agrégé d'histoire à 21 ans, rejoint le groupe en 1931. Au milieu des années 20, il commence une carrière d'essayiste et de romancier (*Notre Inquiétude, *1927;* L'Âme obscure, *1929). En 1933, il publie* Éléments de notre destin. *À partir de 1935, il s'éloigne du groupe pour collaborer à* Sept *et à* Temps présent. *Pendant la guerre, il commence une monumentale* Histoire de l'Église. *Après la Libération, il dirige une collection chez Fayard, et soutient le mouvement fédéraliste. En 1955, il est élu à l'Académie française.*

Fils d'un pasteur suisse, Denis de Rougemont (1904-1985) suit les cours du psychologue suisse Jean Piaget, voyage en Europe, étudie à Vienne, à Genève. Il redécouvre le christianisme à travers l'œuvre du théologien Karl Barth, avant de venir

*s'installer à Paris où il participe à la fondation d'*Ordre nouveau *et d'*Esprit. *Il crée sa propre revue* Hic et Nunc *dans laquelle il se réclame de Soren Kierkegaard et de Karl Barth. Collaborateur de* La NRF, *il publie en 1934* Politique de la personne, *exposition de la doctrine personnaliste. Après deux ans de chômage (*Journal d'un intellectuel en chômage, *1937), il devient lecteur à l'université de Francfort (1935-1936), expérience dont il rend compte dans son* Journal d'Allemagne. *En 1939, il publie* L'Amour et l'Occident, *appelé à devenir un grand classique. Rougemont dirige le Centre européen de la culture à partir de 1950, préside de 1952 à 1966 le Congrès pour la liberté de la culture, fonde l'Association européenne des festivals de musique, tout en poursuivant son œuvre d'écrivain et de moraliste.*
*Marginaux de la politique, les fondateurs de l'*Ordre nouveau *ont finalement trouvé, soit dans un catholicisme modernisé, soit dans le fédéralisme européen, le moyen de prolonger leurs ambitions culturelles. Mais cela ne fut possible qu'avec l'abandon de la dimension classiquement « révolutionnaire » de leur projet intellectuel d'origine.*

8 novembre
La police lance une vaste opération en Corse pour réprimer les actes de banditisme.

décembre
Après la brutale éviction par l'Internationale communiste de Barbé et Celor, Thorez, Duclos et Frachon sont intronisés à la direction du PC français alors en pleine crise (chute du nombre de ses adhérents).

4 décembre
Vol de nuit de Saint-Exupéry obtient le prix Fémina. Le même jour, début de la parution en feuilleton de *Ces plaisirs*... de Colette dans l'hebdomadaire *Gringoire*. La publication sera interrompue à la suite de protestations de lecteurs.

18 décembre
Le gouvernement présente un plan de lutte contre le chômage. Il obtient la confiance par 324 voix contre 164. En décembre 1930, il y avait 12000 chômeurs recensés; en mars 1931, 50000; en décembre, il y en a 190000.

autres événements
• Pharmacien et conseiller municipal à Sétif (Algérie), Ferhat Abbas publie *Le Jeune Algérien*, ouvrage dans lequel il se prononce en faveur de l'assimilation.
• Création de la « Bibliothèque psychanalytique » chez Denoël.
• Eugène Baudoin (1898-1983) et Marcel Lods (1891-1978) construisent la cité du Champ des Oiseaux à Bagneux, où ils utilisent des éléments préfabriqués. La structure est édifiée en béton armé vibré, selon la technique mise au point par l'ingénieur Eugène Freyssinet en 1928.
• Pierre Auger: études sur l'effet photo-électrique des rayons X dans les gaz.

1932

12-13 janvier
Briand décide de quitter les Affaires étrangères pour raisons de santé. Privé de Maginot, décédé le 7, et de Briand, le ministère de Laval, affaibli, remet la démission du gouvernement. Le président Doumer le charge aussitôt d'en former un nouveau. Laval conserve ses anciens collaborateurs et prend en charge les Affaires étrangères. Tardieu reçoit le ministère de la Guerre, Pierre Cathala celui de l'Intérieur, Achille Fould l'Agriculture. Les sous-secrétariats de l'Intérieur et de l'Agriculture sont supprimés.
Le 22, Laval obtient la confiance par 312 voix contre 261.

14 janvier
Création à Paris, salle Pleyel, du *Concerto en sol* de Ravel; Marguerite Long est au piano. Le compositeur et l'interprète commencent une tournée triomphale en Europe.

21 janvier
Le chancelier Brüning annonce que l'Allemagne se trouve dans l'impossibilité de faire face au paiement des réparations.

5 février
À Genève, lors de la conférence sur le désarmement à laquelle participent les États membres de la SDN ainsi que les États-Unis et l'URSS, le ministre de la Guerre Tardieu propose la constitution d'une force militaire internationale composée de contingents nationaux, l'interdiction de l'emploi des gaz, l'arbitrage obligatoire, la définition de l'agresseur, le contrôle international des armements.

12 février
Par 322 voix contre 4 (l'opposition ayant quitté la salle des séances), la Chambre vote le projet de

réforme électorale : vote et éligibilité des femmes, vote obligatoire et scrutin à un tour, sur le modèle anglais que préconise Tardieu pour la France.

16 février
Au Sénat, Laval demande l'ajournement de l'interpellation de Peyronnet sur la modification du scrutin à l'approche des élections législatives et pose la question de confiance. L'ajournement est repoussé par 157 voix contre 134. Laval démissionne.

18 février
Le président de la République Doumer charge Painlevé de constituer le gouvernement. Sollicités, Tardieu et Laval se récusent. La tentative échoue.

20 février
Après l'échec de Painlevé le 18, Tardieu, sollicité à son tour, présente son gouvernement le 20 (président du Conseil et Affaires étrangères): Reynaud (vice-président du Conseil, Justice et Contrôle des administrations publiques), A. Mahieu (Intérieur), Flandin (Finances), Piétri et Roustan (Défense nationale : Guerre, Marine, Air), Guernier (Instruction publique), Laval (Travaux publics, Communications et Marine marchande), C. Blaisot (Pensions et Régions libérées), Dr Chauveau (Travail et Prévoyance sociale), Rollin (Santé publique), Chappedelaine (Agriculture), Cathala (Commerce, Industrie et PTT), Petsche (Colonies). Le gouvernement Tardieu se distingue par la création du ministère de la Défense nationale. Le 23, après lecture de la déclaration ministérielle, l'ordre du jour de confiance est adopté par 309 voix contre 262.

25 février
Parution du livre d'Emmanuel Berl, *La Politique et les partis*. Il y dénonce l'écart qui s'est établi entre le citoyen et la politique (« le vocabulaire dont elle use n'a pas de signification pour nous... »), Berl appelle la gauche à refaire son unité et à fonder une politique sur le refus de la guerre.

mars
Parution de *L'Avenir d'une illusion* (*Die Zukunft einer Illusion*, 1927) de Sigmund Freud, suivi de deux articles parus en 1907 et 1928 dans les revues *Zeitschrift für Religionpsychologie* et *Imago*, dans une traduction de Marie Bonaparte qui a publié l'année précédente un *Edgar Poe*. Le n°5 de *La Critique sociale*, revue dirigée par Boris Souvarine, en publie le premier chapitre, précédé d'un bref avertissement : « L'œuvre de Freud tient dans la pensée révolutionnaire contemporaine, ne serait-ce que par sa valeur destructrice, une place qu'un certain recul permettra plus tard de mieux apprécier. Il ne suffit pas à l'État policier dit soviétique de décréter la psychanalyse "théorie réactionnaire" et d'interdire en URSS les livres de Freud pour trancher la question. »

1er mars
Une assemblée réunie par les Japonais proclame l'indépendance de la Mandchourie. Le gouvernement japonais reconnaîtra le Mandchoukouo.
Directeur des éditions catholiques Bloud & Gay depuis 1911, le démocrate-chrétien silloniste Francisque Gay (1885-1963) fonde le quotidien *L'Aube*.

7 mars
Mort d'Aristide Briand ; les obsèques nationales ont lieu le 12 mars. Laval note : « Il y avait derrière son cercueil ceux qui l'avaient combattu et ne le trouvaient grand qu'après sa mort. »

11 mars
La Chambre adopte la loi rendant obligatoire l'affiliation aux caisses d'allocations familiales. L'un des objectifs est d'aider à la relance de la natalité.

17 mars
Aragon, Vaillant-Couturier et Moussinac fondent l'Association des écrivains et artistes révolutionnaires (AEAR). Delaunay, Gromaire, Hélion, Herbin, Léger, Pignon et Signac y adhèrent.

30 mars
Maurice Sarraut démissionne de son mandat de sénateur pour prendre la direction de *La Dépêche de Toulouse*.

3-6 avril
Tardieu et Flandin rencontrent à Londres le Premier ministre MacDonald afin de mettre sur pied une coopération destinée à aider l'Europe centrale.

10 avril
Le maréchal Hindenburg est réélu à la présidence de la République allemande avec 53 % des voix, Adolf Hitler en obtenant 30,1 % au premier tour et 36,8 % au second. Le 24, lors du renouvellement des Landtag (parlements régionaux), les nationaux-socialistes sont largement victorieux, en Prusse, Bavière, Wurtemberg, à Hambourg et en Anhalt.

20 avril
À Hyères, dans la propriété des Noailles, première audition du *Bal masqué* de Francis Poulenc sur des

poèmes de Max Jacob. Parmi les invités: Alberto Giacometti, Luis Buñuel, Nicolas Nabokov, Henri Sauguet, Igor Markévitch, Jean Cocteau, Aldous Huxley.

3 mai
Pie XI publie l'encyclique *Caritate Christi* à propos de la crise économique.

4 mai
Dans une allocution radiodiffusée pour les élections législatives, le président du Conseil Tardieu appelle les électeurs à se mobiliser contre le socialisme, la gauche ayant progressé au premier tour.

6 mai
À 15 h Paul Doumer est assassiné dans des circonstances obscures par un émigré russe, Davel Gorgulov, à l'hôtel Salomon de Rothschild (rue Berryer) où se tenait la vente annuelle de l'Association des écrivains Anciens Combattants. Le président, transporté à l'hôpital Beaujon, décède dans la nuit à 4 h. Les funérailles nationales se déroulent le 12 mai. Gorgulov, considéré comme déséquilibré mais jugé responsable, sera condamné à mort le 25 juillet et exécuté le 14 septembre.

8 mai
La coalition conduite par le président du Conseil André Tardieu est battue par la gauche au second tour des législatives (16,5 % d'abstentions). Les partis de gauche (radicaux, radicaux-socialistes, républicains socialistes, socialistes, communistes) détiennent 342 sièges. L'ancienne majorité a perdu 82 sièges et n'en possède que 259. Le Parti communiste passe de 11,38 % à 8,33 % des voix tandis que la SFIO progresse, dépassant les voix radicales.

10 mai
Le congrès réuni à Versailles élit Albert Lebrun, le président du Sénat, à la présidence de la République. Seul candidat, il recueille 633 voix sur 826 votants. Républicain modéré, membre de l'Alliance démocratique, Albert Lebrun, personnalité sans envergure, a rassemblé les suffrages.
Tardieu remet sa démission au nouveau président.
Le général Weygand rend son rapport sur l'état de l'armée française qui « répond de justesse seulement aux besoins de la Défense nationale... ».

20 mai
Le Conseil des ministres prend des mesures renforçant le contrôle des étrangers.

2 juin
Un décret du gouvernement légalise le travail forcé dans toutes les colonies en instituant des amendes et des peines de prison à l'encontre des indigènes qui tenteraient de se soustraire aux contrats léonins qui leur sont imposés. Le 12 août 1937, la France (gouvernement Chautemps) ratifiera par décret la convention internationale condamnant le travail forcé, élaborée par le Bureau international du travail dès 1930.

3-7 juin
Herriot (président du Conseil et Affaires étrangères) forme le nouveau ministère, avec le soutien des socialistes mais sans leur participation: Renoult (Justice), Chautemps (Intérieur), Paul-Boncour (Guerre), A. de Monzie (Éducation nationale, et non plus Instruction publique), Painlevé (Air), Leygues (Marine), Germain-Martin (Finances), Palmade (Budget), Daladier (Travaux publics), Dalimier (Travail), Julien Durand (Commerce et Industrie), A. Gardey (Agriculture), L. Meyer (Marine marchande), Berthod (Pensions), Godart (Santé publique), Queuille (PTT), A. Sarraut (Colonies).
Le 7 juin, Herriot présente son programme, notamment une loi de finances et des projets de grands travaux. Il obtient la confiance par 390 voix contre 152.

8 juin
Tardieu forme un nouveau groupe parlementaire: le Centre républicain.

16 juin
La galerie Georges Petit organise à Paris la première exposition rétrospective de l'œuvre de Picasso. Y sont présentées 236 œuvres, dont 7 sculptures et 10 papiers collés. Parallèlement, Zervos publie un numéro spécial des *Cahiers d'Art* consacré à l'exposition.

16 juin-14 juillet
Conférence de Lausanne. Elle rassemble la France, la Grande-Bretagne, l'Allemagne, la Belgique et l'Italie. Dès le 17, la conférence décide de suspendre le paiement des réparations et des dettes de guerre jusqu'à la fin de la réunion. Le Premier ministre britannique MacDonald propose de lier la question des réparations allemandes à celle des dettes de guerre, la France étant débitrice envers les États-Unis et la Grande-Bretagne. Le président du Conseil Herriot, de retour à Paris le 18 juin, fait procéder au calcul des soldes nets annuels que chaque pays devrait verser: il apparaît que la

France se trouve désavantagée, devant éponger une dette de 359,5 millions de Reichsmarks contre 66,9 pour la Grande-Bretagne et 35,7 millions pour l'Italie – l'Allemagne, pour sa part, n'est plus solvable. De retour à Lausanne le 20, Herriot accepte d'envisager l'annulation des réparations à condition que les États-Unis fassent de même en ce qui concerne les dettes de guerre de la France et que l'Allemagne paie un reliquat. Les discussions glissent vers l'établissement du montant que l'Allemagne devrait payer: les Allemands proposent 2 milliards de marks-or, Herriot 4. Après négociations, ce dernier accepte 3 milliards de marks-or et finalement, le 8 juillet, un accord annule les dettes allemandes contre le paiement d'un forfait. L'accord, signé le 9 juillet, reste tout théorique puisque l'annulation des réparations dépend de l'abandon par les États-Unis du paiement des dettes de guerre de la France. En attendant, la France n'a rien obtenu de tangible puisque de toute manière l'Allemagne s'avère incapable de payer la moindre échéance, du fait de la crise économique. Le 14 juillet, deux documents diplomatiques sont rendus publics: l'un fixe l'attitude des nations créancières de l'Allemagne au cas où les États-Unis refuseraient d'examiner un nouveau règlement des dettes de guerre; le second établit les modalités de la dette de guerre française envers l'Angleterre, dette momentanément suspendue.

18 juin
Des étudiants marocains membres du groupe des Jeunes-Marocains fondent la revue *Maghreb* avec l'aide de l'avocat socialiste Robert-Jean Longuet.

25 juin
Publication de *La Vie immédiate* de Paul Éluard.

29 juin
À l'issue d'un grand colloque sur la sexologie, tenu à la Sorbonne sous la présidence de Justin Godart ministre de la Santé publique et en présence du chef de l'État Albert Lebrun, le docteur Toulouse qui dirige l'hôpital Henri-Rousselle (Villejuif) expose dans le magazine de gauche *Vu* ses conceptions en la matière: « ... Il est aussi des peuples de tendances "paranoïaques" ou comptant plus d'anormaux violents ou seulement plus suggestibles. Et des poussées formidables, qui sont des changements brusques, des "mutations" dans le régime ou les aspirations politiques, quels que soient le revêtement extérieur et la forme de l'idéal – fascisme, bolchevisme, hitlérisme – s'opposent aux réactions plus lentes des nations stabilisées... Le moyen de tous les peuples qui ont été obligés de s'agrandir, c'est l'immigration. Mais le problème est d'abord d'ordre biologique. Il s'agit d'opérer à l'entrée de notre pays une sélection rigoureuse, physique et mentale, afin d'écarter les individus tarés, les porteurs de signes héréditaires ou ceux dont les antécédents graves sont reconnus [...]. Il y a 100000 aliénés en France, internés dans 110 asiles qui coûtent 300000 millions en frais d'assistance [...]. J'estime qu'il existe chez nous environ 1 million d'anormaux [qui] sont des facteurs d'altération de la race... Nous devons faire tous nos efforts pour diminuer les naissances d'individus tarés. Tel est le rôle de l'eugénique. [...] Il faut que la France soit grande et forte; et seule l'eugénique, aidée de l'hygiène mentale, peut lui donner cette vertu... » Le professeur Toulouse annonce la constitution de l'Association d'études sexologiques, fondée avec l'aide de Justin Godart. En France, l'eugénisme se rattache à la tradition pastorienne. Pourtant, la Société eugénique de France, créée en 1912, n'a guère rencontré de succès.

7 juillet
Après une série d'interpellations sur le chômage, le gouvernement Herriot obtient la confiance par 485 voix.

11-12 juillet
La Chambre débat des projets financiers du gouvernement dont les dispositions (hausse des taxes postales, émission de bons du Trésor à concurrence de 2 milliards de francs, aménagements fiscaux sur le taux de l'impôt) sont votées par 305 voix contre 170. Le débat sur le budget nécessaire au maintien des périodes de réserve et l'organisation des grandes manœuvres lui permet d'obtenir une confirmation de la confiance par 360 voix contre 179.

13 juillet
Les gouvernements français et anglais concluent un accord de confiance qui prévoit des consultations mutuelles sur l'Europe, la recherche d'une solution équitable des problèmes de désarmement, etc.

22 juillet
Le commandant Charles de Gaulle publie son essai *Le Fil de l'épée*, livre qui réunit plusieurs conférences faites en avril 1927 à l'École supérieure de guerre, sous la présidence du maréchal Pétain. Il y prône un réarmement moral des militaires pour dégager l'action des pesanteurs de doctrines inadaptées.

31 juillet
Aux élections au Reichstag, les nationaux-socialistes obtiennent 37 % des voix et 230 sièges, devenant le parti le plus puissant en Allemagne.

7 août
Le président de la République Albert Lebrun inaugure à Verdun l'ossuaire de Douaumont.
Le président du Conseil Herriot préside à Rennes les fêtes du quatrième centenaire de l'union de la Bretagne à la France. Pour éviter les troubles susceptibles d'être provoqués par les autonomistes bretons, la police a procédé à des arrestations. Néanmoins le matin même, une bombe explose.

27-29 août
À l'appel d'Henri Barbusse et de Romain Rolland, se réunit à Amsterdam le Congrès international contre la guerre impérialiste, qui aboutit à la création d'un comité mondial contre la guerre qui appelle à lutter à la fois contre la « guerre impérialiste » et pour la « défense de l'URSS ». L'initiative est, en réalité, due à l'Internationale communiste. Le comité mondial publie l'hebdomadaire *Front mondial*, sous la direction de Louis Dolivet, agent des services secrets soviétiques qui, devenu un des proches de Pierre Cot, deviendra son bras droit à la direction du Rassemblement universel pour la paix (RUP).

14 septembre
À la suite du rejet des propositions allemandes par la France, l'Allemagne qui réarme clandestinement avec l'aide de l'Union soviétique, quitte la conférence du désarmement de Genève, conditionnant son retour à une reconnaissance de l'égalité des droits en matière d'armement.

octobre
Louis-Ferdinand Céline : *Voyage au bout de la nuit*. Publié chez Grasset, le premier roman du docteur Destouches suscite l'engouement de critiques aussi divers que Léon Daudet ou Georges Altmann. Soutenu aussi par Lucien Descaves, il n'obtient cependant pas le Goncourt – attribué à Guy Mazeline (1900-1996) pour *Les Loups* – mais le Renaudot. Louis Aragon et Elsa Triolet traduiront le *Voyage* en russe.

Céline

Fils d'un employé et d'une petite commerçante (« modes et lingerie »), Louis Ferdinand Destouches (1894-1961) passe son enfance à Paris, passage Choiseul (IIe arrondissement) où sa mère a repris un fonds « d'objets de curiosité en boutique » dans ce quartier alors populaire. Après une scolarité médiocre, ses parents l'envoient en Allemagne pendant onze mois en 1907 pour y apprendre l'allemand, séjour suivi bientôt d'un autre de plus de huit mois, cette fois-ci en Angleterre. En 1910, il commence son apprentissage commercial : bonneterie et bijouterie, avant de trouver un emploi chez des joailliers de la rue de la Paix. En 1912, il s'engage au 12e cuirassé. Survient la guerre. Le maréchal des logis Destouches se conduit admirablement au feu : il est décoré de la médaille militaire. Blessé, réformé en 1915, il restera à jamais marqué par l'horreur des massacres, source de son irréfragable pacifisme. Pendant plusieurs années, Destouches voyage (Cameroun). Il obtient son baccalauréat et entreprend des études de médecine avec l'aide de son beau-père, le professeur Follet. Après sa thèse, soutenue en 1924, La Vie et l'Œuvre de Philippe-Ignace Semmelweiss *(publiée en 1937) – Hongrois précurseur de Pasteur devenu fou face au refus de reconnaissance de ses travaux –, il entre à la section d'hygiène de la SDN à Genève. Il voyage à nouveau en Amérique du Nord, en Afrique, puis revient à Paris où il ouvre un cabinet médical qui périclite. En 1929, il entre au dispensaire municipal de Clichy et se lance dans l'écriture de* Voyage au bout de la nuit, *immortalisé par son héros Bardamu et dont le retentissement bouleverse sa vie : devenu Louis-Ferdinand Céline, le docteur Destouches est célébré par les écrivains de gauche, d'autant qu'il se réfère à Zola. Le quiproquo commence à se dissiper lorsque Denoël publie en 1933* L'Église, *comédie écrite avant le* Voyage *puis retravaillée, où apparaît déjà son antisémitisme. Le succès de* Mort à crédit *(1936), aux accents scandaleux, consacre l'écrivain qui intervient de manière oblique dans les débats politiques en publiant son pamphlet* Mea Culpa *(1936), après son séjour en URSS. Celui qui a fait entrer le langage populaire dans la prose française, comme on l'a souvent écrit, démissionne du dispensaire de Clichy et produit deux pamphlets :* Bagatelles pour un massacre *(1937),* L'École des cadavres *(1938), abandonnant le monde des petites gens qui était jusqu'alors le sien pour un délire qui puise aux sources les plus noires de l'antisémitisme, obsédé qu'il est de la déchéance de la « race blanche ». La débâcle de juin 1940 lui inspire* Les Beaux Draps *(1941). Sous l'Occupation, Céline devient l'une des personnalités de la collaboration parisienne, intervenant dans la presse la plus extrémiste :* Je suis partout, Le Pilori, L'Appel, *tout en reprenant un*

travail plus littéraire avec Guignol's band *(tome I, mars 1944; tome II, 1947). En juin 1944, Céline, sa compagne Lucette Almanzor et le chat Bébert quittent la France pour le Danemark où il a pris la précaution de placer des biens. Ils n'y parviennent qu'au terme d'un séjour à Sigmaringen avec la fine fleur de la collaboration en perdition dont il décrira l'existence mesquine. À Copenhague en mars 1945, il tombe sous le coup d'une demande d'extradition qui le conduit d'abord dans une prison puis dans un hôpital danois. En juin 1947, les autorités danoises le relâchent; condamné en France par contumace, il est amnistié par un jugement du tribunal militaire de Paris en avril 1951.*
Il s'installe à Meudon et publie Féerie pour une autre fois *(1952),* Normance *(1954) puis entame un cycle nourri de son exode en Allemagne:* D'un château l'autre, *1957;* Nord, *1960;* Rigodon, *1969. Si certains demeurent sensibles à la «poétique» de Céline, d'autres considèrent qu'il est indécent de discourir savamment sur des textes – pamphlets et romans qui ont suivi le* Voyage *et* Mort à crédit *– en évacuant leur dimension pathologiquement raciste. Controverse sans fin qui continue à faire de Céline un écrivain à la fois adulé et honni.*

Premier numéro de la revue *Esprit.* Parallèlement à la revue est fondé le mouvement Troisième Force qui se veut une «force nouvelle [...] au-delà du capitalisme mourant et du marxisme repensé». En juillet 1933 cependant, la rupture entre *Esprit,* qui se méfie de l'activisme politique de son partenaire, et Troisième Force, qui se défie du catholicisme de la revue, est consommée. Les militants de Troisième Force – quelques centaines au plus – se rapprochent alors de Front commun contre le fascisme, du radical Gaston Bergery (1892-1974), pour former Front social, qui donnera naissance au petit Parti frontiste, soutenu par l'hebdomadaire de Bergery, *La Flèche.*

*Les fondateurs d'*Esprit

Emmanuel Mounier (1905-1950) passe l'agrégation de philosophie en 1928. Il écrit un premier livre, La Pensée de Charles Péguy, *avec Georges Izard. Mounier conduit le projet d'*Esprit *avec une grande fermeté, crée et anime des groupes de réflexion. Jacques Maritain (1882-1973) et Gabriel Marcel (1889-1973) lui apportent leur soutien. Mounier reprend la formule de Maritain: «primauté du spirituel». À la recherche d'une troisième voie, définie contre les dogmes de droite et de gauche, Mounier en vient à élaborer sa doctrine rejetant à la fois l'individualisme et les tyrannies collectives. Il puise chez le socialiste belge Henri de Man tout comme chez Proudhon. En 1935, il publie* La Révolution personnaliste et communautaire. *En 1940, il fait reparaître* Esprit *en zone Sud, espérant faire entendre une voix discordante. Il professe à l'École des cadres d'Uriage.* Esprit *s'oriente vers la résistance intellectuelle jouant une sorte de double jeu et bientôt la revue est interdite, en août 1941. Mounier entre au mouvement de résistance Combat. Arrêté, il est libéré à l'issue d'une grève de la faim et poursuit son activité dans la clandestinité. À la Libération, il relance sa revue puis, pendant la guerre froide, lui donne une orientation philocommuniste qui prend fin en 1949 avec le procès Rajk en Hongrie, la rupture Tito-Staline et la prise en considération de l'ampleur de la répression en Union soviétique. Il meurt brutalement en mars 1950.*
*Fils d'instituteur, André Déléage (1904-1944) entre à l'École normale supérieure et y fait la connaissance de Georges Izard. De leurs discussions naît le projet d'une revue. C'est naturellement qu'il participe à la création d'*Esprit. *Ensuite, il s'engage au sein du mouvement Troisième Force. Désapprouvant la fusion de Troisième Force avec le mouvement de Bergery, il se retire de la politique pour devenir historien. Résistant, il est tué comme officier de renseignement en décembre 1944.*
*Georges Izard (1903-1973) fait des études de lettres et de droit à la Sorbonne. Il participe aux rencontres préparatoires à la fondation d'*Esprit *dont il est le rédacteur en chef de 1932 à juillet 1933. Il rejoint ensuite le mouvement Troisième Force puis Front commun de Bergery. Élu député de Meurthe-et-Moselle en 1936, il quitte le Frontisme pour la SFIO. Pendant l'Occupation, il appartient aux groupes d'études du mouvement de résistance Organisation civile et militaire (OCM). Membre de l'Assemblée consultative en 1944, il tente avec Léon Blum de fonder un parti travailliste. L'échec de cette tentative le conduit à reprendre sa profession d'avocat. Il sera le défenseur de Kravchenko en 1949.*
*L'Ariégeois Louis-Émile Galey (né en 1904) a choisi la profession d'architecte. Ami d'enfance d'André Déléage, il participe lui aussi aux réunions précédant la fondation d'*Esprit. *Comme Izard, il rejoint le mouvement Troisième Force puis le mouvement frontiste où il occupe les fonctions de secrétaire général de* La Flèche. *En 1937, il adhère à la SFIO puis abandonne toute*

activité politique. En 1940, il participe à la création des Compagnons de France, l'une des organisations vichyssoises destinées à encadrer les jeunes, puis devient directeur du cinéma à Vichy tout en aidant la Résistance.

Gaston Roupnel: *L'Histoire de la campagne française.*

9 octobre
Albert Lebrun, accompagné d'Herriot, inaugure le barrage et l'usine hydroélectrique de Kembs (Haut-Rhin) sur le Rhin.

26 octobre
Le ministre des Travaux publics Édouard Daladier présente à la commission des Travaux publics de la Chambre son projet de fusion des compagnies de chemins de fer en un seul réseau.

novembre
Jules Romains publie les deux premiers tomes des *Hommes de bonne volonté.*

6 novembre
En Allemagne, les nazis perdent 2 millions de voix (33 %) aux élections, mais conservent 196 députés. Commentant ce recul dans *Le Populaire* du 8 novembre, Léon Blum écrit: « Hitler est désormais exclu du pouvoir; il est même exclu de l'espérance du pouvoir. »

8 novembre
Le démocrate Franklin Delano Roosevelt est élu président des États-Unis.

11-23 novembre
Le gouvernement français demande aux États-Unis un moratoire pour le paiement des dettes de guerre venant à échéance le 15 décembre. Le 23, les États-Unis font connaître leur refus.

17 novembre
Un projet de création d'un office des céréales panifiables est mis sur pied.

24 novembre
L'écrivain Pierre Benoit (1886-1962), auteur notamment de *Kœnigsmark* (1918) et de *L'Atlantide* (1919), est reçu à l'Académie française.

29 novembre
Fruit du rapprochement initié dès mai 1931 par un accord commercial, la France et l'URSS signent un engagement mutuel de non-agression. Le pacte fait obligation aux parties de ne « s'immiscer en aucune façon » dans les affaires intérieures de l'autre partie.

décembre
Le Hongrois Gyula Halász, dit Brassaï (1899-1984), arrivé à Paris en 1924, publie les clichés nocturnes parisiens qu'il accumule depuis 1930 sous le titre *Paris la Nuit*, avec une préface de Paul Morand. À la même époque, il commence à photographier le « Paris secret », ainsi que des graffitis sur les murs. Dix ans plus tard, il réalise une nouvelle série de photographies de graffitis « pour constater les dégradations du temps ». Braque, Picasso, Miró et Dubuffet collectionnent ces photographies.

10 décembre
La commission du désarmement de Genève rédige une note établie sur la base des points de vue allemand et français sur la question de l'égalité des droits en matière d'armement, sous réserve de garanties de sécurité.

12-13 décembre
À l'issue de la séance de nuit sur le versement de la dette de guerre française aux États-Unis d'un montant de 19 millions de dollars, à échéance du 15 décembre, le cabinet Herriot est renversé par 402 voix contre 187. Les socialistes se sont prononcés, avec la droite et une partie des radicaux-socialistes, contre Herriot.

16 décembre
Le président de la République Albert Lebrun offre à Herriot de reformer un gouvernement, proposition que repousse l'intéressé. Chautemps se désiste également. Joseph Paul-Boncour (président du Conseil et Affaires étrangères) lui succède: Gardey (vice-président du Conseil et Justice), Chautemps (Intérieur), Daladier (Guerre), Leygues (Marine), Painlevé (Air), Chéron (Finances), A. de Monzie (Éducation nationale), Bonnet (Travaux publics), Dalimier (Travail), Julien Durand (Commerce et Industrie), Queuille (Agriculture), L. Meyer (Marine marchande), A. Sarraut (Colonies), Laurent-Eynac (Postes et Télégraphes), Daniélou (Santé publique), Miellet (Pensions).
Le 22, après lecture à la Chambre de la déclaration ministérielle, Paul-Boncour obtient la confiance par 379 voix contre 166.

autres événements
- André Breton: *Le Revolver à cheveu blanc.*
- Paul Langevin: *La Relativité, conclusion générale.*
- Georges Lefebvre: *La Grande Peur de 1789.*
- Raymond Loucheur: *Quatuor à cordes.*

1933

janvier
Parution d'*Un barbare en Asie* d'Henri Michaux.

15 janvier
À Berlin, Thorez, secrétaire général du PC, prononce un important discours à l'occasion du dixième anniversaire de l'occupation de la Ruhr par les troupes françaises : « Nous, communistes de France, nous luttons et nous appelons les travailleurs de notre pays à la lutte pour l'annulation du traité de Versailles, pour la suppression définitive et sans condition des réparations, pour l'évacuation immédiate de la Sarre, pour la libre disposition du peuple d'Alsace-Lorraine, jusques et y compris la séparation d'avec la France ; pour le droit de tous les peuples de langue allemande à s'unir librement. »

26-28 janvier
La Chambre examine les projets financiers du gouvernement, notamment la majoration de 5 % du montant des impôts directs. La question de confiance est posée à six reprises. Le gouvernement Paul-Boncour, lâché par les socialistes qui votent avec les modérés, est renversé.

30 janvier
Après avoir contraint le général Kurt von Schleicher à démissionner, le maréchal-président Hindenburg appelle Adolf Hitler aux fonctions de chancelier. Le 1er février, Hindenburg, sous la pression de Hitler, promet de dissoudre le Reichstag, pour des élections prévues le 5 mars.

31 janvier
Chargé de former le nouveau gouvernement, Daladier (président du Conseil et Guerre) se heurte aux exigences des socialistes et se voit contraint de constituer un cabinet radical-socialiste homogène : Paul-Boncour (Affaires étrangères), Chautemps (Intérieur), Penancier (vice-président du Conseil et Justice), Bonnet (Finances), Lamoureux (Budget), Leygues (Marine), Paganon (Travaux publics), L. Serre (Commerce et Industrie), A. Sarraut (Colonies), Queuille (Agriculture), François-Albert (Travail), Cot (Air), Frot (Marine marchande), Laurent-Eynac (PTT), A. de Monzie (Éducation nationale), Miellet (Pensions), Daniélou (Santé publique).
Le 3 février, il obtient la confiance, sur sa déclaration de politique générale, par 376 voix contre 181.

2 février
Conférence de Genève. Le plan français de désarmement est présenté par René Massigli.

16 février
Les magasins ferment leurs portes à Paris et en province en guise de protestations contre la hausse des impôts. Le Cartel confédéré des services publics organise une grève des bras croisés de 1 heure dans les bureaux de poste, et de 10 minutes dans les transports. Un mécontentement général parcourt le pays.

19 février
Création de la Loterie nationale.

24 février-27 mars
L'assemblée de la SDN condamne le Japon, exige le retrait de ses troupes hors de Chine et refuse de reconnaître le Mandchoukouo. Le 27 mars, le Japon quitte la SDN.

27 février
Le Reichstag est incendié par les nazis. Dès le lendemain, le président du Reich, Hindenburg, accepte d'entériner les décrets « pour la défense contre les actes de violence communistes dangereux pour l'État ».

LES RÉFUGIÉS ALLEMANDS

Dans les mois suivant l'incendie du Reichstag, environ 30 000 Allemands, dont de nombreux juifs, menacés par le nazisme trouvent refuge en France, à Paris en particulier. Parmi eux figurent de grands noms de la littérature allemande (Heinrich Mann, Alfred Döblin, Erich-Maria Remarque, Bertolt Brecht, etc.), mais aussi des intellectuels alors moins connus (Anna Seghers, Carl Einstein, Walter Benjamin, Hannah Arendt, Ernst Toller, etc.), des artistes (Max Ernst, Hans Hartung), des acteurs (Peter Lorre, Erich von Stroheim) et des metteurs en scène (Max Reinhardt, Erwin Piscator). Toutes les tendances politiques sont représentées : socialistes avec Rudolf Hilferding, membres du Parti socialiste ouvrier (SAP), tels Paul Frölich et Jacob Walcher (accueilli un temps par la philosophe Simone Weil), le groupe Neue Beginnen, des communistes emmenés par Willi Münzenberg qui, fort du soutien des services soviétiques, entreprend presque immédiatement de développer la propagande antinazie en créant les éditions du Carrefour ; celles-ci publient une contre-enquête sur l'incendie du Reichstag : Livre brun sur l'incendie du

Reichstag et la terreur hitlérienne *(septembre 1933) qui rencontre un écho considérable. Un peu plus tard, Münzenberg met sur pied un Institut pour l'étude du fascisme (INFA).*
Les émigrés allemands participent aux mobilisations antifascistes organisées par la gauche française : campagne pour la libération de Thaelmann, le chef du PCA, Congrès pour la défense de la culture (juin 1935), et se regroupent un temps dans un Front populaire allemand qui ne survit pas aux querelles entre tendances politiques. La signature du pacte germano-soviétique (23 août 1939) accentuera les divisions entre ceux qui se jugent trahis et ceux qui justifient le pacte. Vivant déjà dans les difficultés matérielles, ces émigrés, soutenus par des associations et divers comités de la gauche française, deviennent suspects aux yeux des autorités. Avec la déclaration de guerre, leur situation est encore plus difficile : comme d'autres réfugiés, ils sont devenus – selon le titre du livre d'Arthur Koestler – « La Lie de la terre ».

5 mars
En dépit de la terreur que font régner les nazis, ceux-ci n'obtiennent pas la majorité absolue aux élections au Reichstag (44 % des voix, 288 sièges). Les nationalistes, qui obtiennent 52 sièges, s'allient aux nazis pour former une coalition majoritaire.
Le secrétaire général du ministère des Affaires étrangères, Philippe Berthelot, quitte ses fonctions. Berthelot a soutenu la formation de la Petite-Entente entre la Tchécoslovaquie, la Yougoslavie et la Roumanie tandis que Briand était favorable à une confédération danubienne et à la restauration monarchique en Hongrie. Il est remplacé par Alexis Leger (Saint-John Perse), jusqu'alors directeur des affaires politiques, qui a collaboré étroitement avec Aristide Briand.

25 mars
Mussolini rend public son projet de pacte à quatre (Allemagne, France, Grande-Bretagne, Italie) pour la révision des traités de 1919. Mettant l'accent sur la région danubienne, l'Italie, qui craint l'Anschluss (rattachement), propose la constitution d'un directoire quadripartite. Le 6 avril, La Chambre approuve les déclarations du gouvernement français en faveur (mais avec quelques réserves) du projet italien de pacte à quatre. Finalement, le 11 avril, dans un mémorandum remis à Rome et Londres, le gouvernement français repousse la constitution d'un directoire selon les vœux de Mussolini, mais les négociations se poursuivent.

17 avril
Lors du congrès socialiste à Avignon, les militants se divisent sur la question de la participation gouvernementale. La majorité (2 807 mandats) suit Léon Blum qui préconise une politique de soutien ; la minorité (925 mandats) se prononce, derrière Pierre Renaudel (1871-1935), pour la participation. Par ailleurs, Renaudel, directeur de la *Vie socialiste*, bénéficie du soutien des deux tiers des députés, ce qui marque l'écart d'opinion entre les militants de base et les élus socialistes.

6 mai
Par décrets, le gouvernement suspend la liberté de la presse en Tunisie et institue la mise en résidence surveillée pour les opposants.

18 mai
Le pacte de non-agression franco-soviétique du 29 novembre précédent est ratifié par la Chambre par 554 voix contre 1 (André Tardieu) et 41 abstentions des députés de droite.

25 mai
Albert Skira (1904-1973) et É. Tériade (1897-1983) fondent la revue *Minotaure*. Pour illustrer la couverture du premier numéro, Picasso réalise un collage sur le thème du minotaure « brandissant comme un sceptre son poignard phallique ». La revue *Le Surréalisme au service de la Révolution* ayant cessé de paraître, les surréalistes vont désormais écrire dans *Minotaure*.

juin
Parution en deux volumes de l'*Histoire moderne du peuple juif* par Simon Doubnov (1860-1941), traduits du russe par le Dr S. Jankélévitch.

7 juin
Le Pacte à quatre (France, Allemagne, Italie, Grande-Bretagne) « d'entente et de collaboration » est signé à Rome. Deux jours plus tard, il est ratifié par l'Assemblée nationale, avant d'être publié officiellement le 15 juillet. Conclu pour dix ans, il prévoit une concertation régulière en vertu du respect des « droits de chaque État dont il ne saurait être disposé en dehors de l'intéressé ». Dès le retrait de l'Allemagne, le 14 octobre, le pacte sera caduc.

juillet
L'Association des écrivains et artistes révolutionnaires (AEAR), section française de l'Union internationale des écrivains révolutionnaires dont le siège se trouve à Moscou, à laquelle adhèrent André Gide, Henri Barbusse et Romain Rolland, publie le pre-

mier numéro de sa revue *Commune*, avec pour secrétaires de rédaction Louis Aragon et Paul Nizan.

14-17 juillet
Au congrès du Parti socialiste SFIO, les thèses des « néo-socialistes », Marcel Déat et Adrien Marquet, sont discutées.

DÉAT, DU NÉO-SOCIALISME AU RNP

Marcel Déat (1894-1955), alors socialiste, intègre l'École normale supérieure en juillet 1914. Mobilisé, il est cité à cinq reprises à l'ordre de sa division et de l'armée et termine la guerre avec le grade de capitaine. Agrégé de philosophie en 1920, il se consacre au syndicalisme enseignant et acquiert une grande influence dans la SFIO de la Marne. Élu député en 1926, cet excellent propagandiste, orateur et journaliste, nourrit des ambitions d'ordre doctrinal. En 1930, il publie Perspectives socialistes, *dans lequel il théorise un réformisme fondé sur l'alliance de la classe ouvrière et des classes moyennes. À partir de 1932 se cristallise dans la SFIO le courant dit néo-socialiste dont il est l'un des leaders. Au fil des mois, le débat sur la « crise doctrinale du socialisme » prend de l'ampleur et Déat tente de gagner l'appui du groupe parlementaire. Ses opinions suscitent une violente opposition au sein de son parti lors du congrès de juillet 1933, hostilité accrue par la publication des discours de Déat, du maire de Bordeaux Adrien Marquet et du député de la Seine Barthélemy Montagnon :* Néo-socialisme ? Ordre, Autorité, Nation. *La controverse sur l'orientation du socialisme vers un réformisme gestionnaire aboutira à une scission que Déat ne souhaitait pas. En novembre 1933, avec six autres députés, dont Pierre Renaudel, Marquet et Montagnon, il est exclu de la SFIO. Le courant néo-socialiste fonde le Parti socialiste de France-Union Jean Jaurès dont Déat devient le secrétaire général. Ce parti qui compte environ 20 000 adhérents et une quarantaine de parlementaires, fusionne en novembre 1935 avec quelques petits groupes pour donner naissance à l'Union socialiste républicaine. La même année, il publie* Le Plan français, *reprenant le planisme à son compte. Ministre de l'Air dans le cabinet Sarraut (janvier-juin 1936), Marcel Déat s'oppose à toute intervention en Rhénanie. En 1936, il perd son siège de député du XXe arrondissement de Paris acquis en 1932, battu par un communiste. Il reprend alors un poste de professeur et, multipliant les articles de presse dans* L'Œuvre, *il devient l'un des leaders du mouvement pacifiste, revendiquant une entente avec l'Allemagne quel que soit son régime. Réélu député en avril 1939, il accentue encore son pacifisme et, après la défaite de juin 1940, croit son heure venue. Arrêté au moment du renvoi de Pierre Laval (13 décembre 1940), c'est sur intervention d'Otto Abetz qu'il est libéré. Collaborationniste convaincu et virulent, il ambitionne de diriger un parti unique qui serait l'instrument de la révolution nationale. Son Rassemblement national populaire (RNP) créé le 1er février 1941, qui comptera près de 20 000 adhérents en 1942 puis 10 000 en 1943, se heurte aux organisations rivales, surtout au PPF de Doriot. Déat s'englue dans les jeux misérables de la collaboration à l'ombre de ses protecteurs nazis dont il épouse désormais les théories, tout en recherchant des antécédents français au nazisme (Rousseau, les Jacobins de l'an II, Mazzini, Jaurès même). En mars 1944, il devient un éphémère ministre du Travail et de la Solidarité nationale. En août, il se réfugie en Allemagne puis, en mai 1945, réussit à gagner l'Italie où il vit avec son épouse, caché dans un couvent de Turin. Condamné à mort par contumace par la Haute Cour de justice en juin 1945, Déat se convertit au catholicisme. Il meurt en janvier 1955 en Italie, non sans avoir laissé des* Mémoires *fleuves qui seront publiés en 1989.*

24 juillet
Léon Trotski se réfugie en France, où il fait l'objet de dénonciations et d'attaques de la part du PC français.

5 août
À la clôture de l'emprunt des bons du Trésor à 4,5 %, les souscriptions atteignent 3 milliards de francs.

22 août
Dans la batellerie, les propriétaires de péniches à moteur et ceux des péniches à tracteur s'opposent sur la question du travail de nuit – les premiers en sont partisans, les seconds s'y opposent. Les propriétaires de péniches à tracteur bloquent les canaux du Nord et immobilisent des centaines d'embarcations. Ils tentent de barrer la Seine, ce qui détermine le gouvernement à intervenir, le ravitaillement de la capitale étant compromis.

23 août
Un protocole commercial provisoire est signé entre la France et l'URSS. Le 29, *Le Matin* publie des témoignages sur la famine qui règne en Ukraine. Aujourd'hui, nombre d'historiens et de démo-

graphes considèrent que cette famine, délibérément organisée (l'un des motifs est de briser le mouvement national ukrainien), fit 6 à 7 millions de victimes en Ukraine et 2 à 3 millions au Kouban, au Caucase du Nord et dans la basse vallée de la Volga. Dès janvier 1933, la très académique revue *Le Monde slave* avait rendu compte de la situation. Du 31 août au 14 septembre, Herriot effectue une visite « privée » en Ukraine sur invitation officielle des autorités soviétiques, pour conforter un rapprochement franco-soviétique. Interpellé à son retour par de nombreux journaux (*L'Ordre*, le *Journal des débats*, *Le Matin*, etc.) sur la famine régnant dans cette région, Herriot répond : « Lorsqu'on soutient que l'Ukraine est dévastée par la famine, permettez-moi de hausser les épaules. » La dénégation soulève un tollé et montre l'importance croissante de la « question russe » dans la politique française.

30 août
Les quatre principales compagnies aériennes – Air Union, Air Orient, SGTA et CIDNA – fusionnent pour donner naissance à la Compagnie Air France. Les compagnies présentaient une faiblesse rédhibitoire : elles survivaient grâce aux subventions de l'État. En avril, le ministre de l'Air Pierre Cot avait invité les quatre compagnies à former une Société centrale pour l'exploitation des lignes aériennes (SCELA) qui, en mai, a passé une convention avec l'État, lequel récupère les installations de l'Aéropostale. Air France se trouve gestionnaire de 259 appareils. Son conseil d'administration comprend : Jacques et Louis Breguet, Fernand Lioré, Dick Farman, Henry Potez et Louis Renault.

2 septembre
Mort de Georges Leygues, ministre de la Marine, à qui succède Albert Sarraut, lui-même remplacé par Albert Dalimier aux Colonies.

5 octobre
Au congrès du Parti radical, Herriot est réélu président. Daladier clôt le congrès par un discours sur le budget et le désarmement.

14 octobre
La France exigeant un délai de huit ans avant que l'égalité en matière d'armement ne soit accordée à l'Allemagne, Hitler annonce que son pays quitte la SDN et la conférence du désarmement de Genève.

23 octobre
Le gouvernement Daladier est renversé par 329 voix contre 241 sur l'article 37 de ses projets financiers (traitements des fonctionnaires). Le gouvernement a demandé la confiance mais les socialistes se sont opposés à toute réduction.

27 octobre
Albert Sarraut (président du Conseil et Marine) présente son cabinet au président de la République Albert Lebrun : Dalimier (vice-président du Conseil et Justice), Chautemps (Intérieur), Paul-Boncour (Affaires étrangères), Bonnet (Finances), Gardey (Budget), Daladier (Guerre), A. de Monzie (Éducation nationale), Frot (Travail), Piétri (Colonies), Laurent-Eynac (Commerce et Industrie), Paganon (Travaux publics), Cot (Air), Ducos (Pensions), Lisbonne (Santé publique), Mistler (PTT), Queuille (Agriculture), J. Stern (Marine marchande). Le ministère Sarraut obtient la confiance le 3 novembre, par 307 voix contre 34 et 258 abstentions, dont tout le groupe socialiste.

5 novembre
Les députés néo-socialistes de la SFIO – Renaudel, Marquet, Cayrel, Montagnon, Deschizeaux, Déat, Ernest Lafont – sont exclus pour avoir voté pour le cabinet Daladier. En décembre, ils fondent le Parti socialiste de France-Union Jean-Jaurès.

11-13 novembre
Albert Sarraut inaugure une statue de Briand à Pacy-sur-Eure. Après l'inauguration, la statue est souillée par les Camelots du roi. Deux jours plus tard, vraisemblablement en représailles, on brise la statue de Paul Déroulède à Paris.

23-27 novembre
Le gouvernement Sarraut est renversé sur la question du traitement des fonctionnaires. Camille Chautemps (président du Conseil et Intérieur) présente le 27 son nouveau gouvernement : Raynaldy (Justice), Daladier (Guerre), Sarraut (Marine), Paul-Boncour (Affaires étrangères), Paganon (Travaux publics), Lamoureux (Travail et Prévoyance sociale), Laurent-Eynac (Commerce et Industrie), Bonnet (Finances), Marchandeau (Budget), Cot (Air), Ducos (Pensions), Dalimier (Colonies), A. de Monzie (Instruction publique), Israël (Santé publique), Frot (Marine marchande), Queuille (Agriculture), Mistler (PTT).
Le 2 décembre, il obtient la confiance par 390 voix contre 20.

7 décembre
André Malraux reçoit le prix Goncourt, au premier tour et à l'unanimité, pour *La Condition humaine*, parue en avril. Son roman se déroule en avril 1927, lors de la reconquête par les troupes du

Guomindang de Shanghai, théâtre d'une tentative révolutionnaire menée par les communistes. Une scène du livre frappe les lecteurs comme les critiques littéraires: condamnés à mort, les insurgés sont jetés vivants dans une chaudière de locomotive dont le sifflet retentit à chaque exécution: il s'agit d'une pure invention littéraire.

Malraux

Élevé par sa mère et sa grand-mère, confiseuses à Bondy, André Malraux (1901-1976) décide à 17 ans de quitter le collège et de faire son éducation par lui-même. Passionné par l'art, il est élève au musée Guimet et à l'École du Louvre. Pour vivre, il fait commerce de livres d'occasion et propose ses services au libraire René-Louis Doyon qui accueille ses premiers textes dans sa revue La Connaissance. *En 1919, il rend visite à Max Jacob qui lui fait connaître Morand, Radiguet, Cocteau; plus tard, il entre en relation avec Marcel Arland et François Mauriac. À cette époque, Malraux joue au dandy et s'occupe de l'édition quasi clandestine de textes érotiques. Malraux épouse Clara Goldschmidt en 1921. Le jeune couple voyage en Europe. De mauvais placements les ruinent: Malraux imagine alors aller chercher des statues d'un temple cambodgien pour les revendre. À l'automne 1923, il s'empare de sept sculptures du temple de Banteaï Srey mais elles sont saisies à Phnom Penh. En juillet 1924, Malraux est condamné à trois ans de prison, peine commuée en un an avec sursis: grâce à Clara qui a pu rentrer en France, leurs amis (Arland, Breton, Mauriac, Paulhan) ont entrepris une campagne en sa faveur. En 1925, Malraux retourne à Saigon, rassemble les fonds nécessaires à la publication du journal* L'Indochine *(puis* L'Indochine enchaînée*) qui prend la défense des colonisés. Il publie en 1926* La Tentation de l'Occident *bientôt suivi des* Conquérants *(1928) qui met en scène l'aventure révolutionnaire communiste en Orient puis* La Voie royale *(1930) où s'entremêlent l'obsession de la mort et la volonté de laisser une trace. En 1928, Malraux, déjà en contact avec Gaston Gallimard, se lie avec André Gide, Roger Martin du Gard, Louis Guilloux et fait la connaissance du philosophe communiste Bernard Groethuysen. Le romancier s'engage dans le mouvement antifasciste et devient « compagnon de route » des communistes: il se rend à Moscou pour le Congrès des écrivains soviétiques (1934). En 1935, il publie* Le Temps du mépris, *inspiré du récit d'un communiste allemand interné treize mois dans les camps nazis, participe au Congrès international pour la défense de la culture (juin 1935) et concourt au lancement de l'hebdomadaire* Vendredi. *Lors de la guerre civile espagnole, Malraux organise l'escadrille « España » – expérience qu'il évoque dans* L'Espoir *(décembre 1937) dont il tire un film:* Sierra de Teruel. *Malraux n'a pas abandonné la réflexion sur l'art qu'il avait engagée dès les années 20: à la veille de la guerre, il reprend la rédaction de* La Psychologie de l'art. *Incorporé en avril 1940, il est fait prisonnier mais s'évade avant son transfert en Allemagne. Il se consacre à l'écriture des* Noyers de l'Altenburg. *Au printemps 1944, Malraux est chargé de fédérer les maquis et réseaux de Corrèze. Blessé, arrêté et emprisonné à Toulouse, le colonel Berger est libéré contre une forte somme d'argent. À la fin de l'été, il organise la brigade Alsace-Lorraine qui combattra dans les Vosges. Après sa rencontre avec le général de Gaulle en août 1945, Malraux devient conseiller technique à la culture auprès du Gouvernement provisoire puis ministre de l'Information. En 1947, il participe au lancement du Rassemblement du peuple français où il est responsable de la propagande. Après la parution chez Skira de son* Musée imaginaire *en 3 volumes (1947, 1949), il poursuit son exploration de l'univers artistique avec* Les Voix du Silence *(1951) puis la création chez Gallimard des collections « La Galerie de la Pléiade » (1950) et « L'Univers des formes » (1955). En 1957, il donne le 1er tome de* La Métamorphose des dieux (Le Surnaturel) *qui sera achevée après sa mort avec la publication de* L'Irréel *et* L'Intemporel. *En 1959, de Gaulle fait de lui son ministre d'État chargé des Affaires culturelles, fonction qu'il occupe jusqu'en 1969: le ravalement des immeubles et monuments parisiens, la création des Maisons de la culture (1964), ses commandes officielles aux artistes (Chagall, Messiaen) et l'organisation de manifestations culturelles donnent toute son importance à son ministère. En 1966, il commence la rédaction de ses* Antimémoires. *Cinq ans plus tard paraissent* Les Chênes qu'on abat, *entretiens (presque rêvés) avec le général de Gaulle. Alors qu'il vient d'établir le texte définitif du* Miroir des limbes, *Malraux meurt d'une embolie. Sa dépouille sera transférée au Panthéon en novembre 1996.*

8 décembre

Bernadette Soubirous (1844-1879), à qui la Vierge est apparue, est canonisée par le pape Pie XI.

Lourdes était depuis longtemps le pèlerinage le plus fréquenté de France.

13 décembre
Le prix des Deux-Magots est attribué à l'unanimité au roman *Le Chiendent* de Raymond Queneau. Il y relate, en vers et sous une forme à la fois burlesque et pathétique, son expérience psychanalytique.

15 décembre
Les dettes envers les États-Unis arrivant à échéance, la France n'est pas en mesure de s'en acquitter.

23 décembre
Une catastrophe ferroviaire sur la ligne de l'Est, près de Lagny (Seine-et-Marne), fait 200 morts et de nombreux blessés.
Gustave Tissier, le directeur du Crédit municipal de Bayonne (Basses-Pyrénées) est arrêté dans le cadre d'une enquête ouverte à la suite de la constatation d'anomalies financières par la compagnie d'assurances L'Urbaine qui a souscrit pour 14 millions de bons émis par le Crédit municipal.

L'affaire Stavisky

Le Crédit municipal de Bayonne a été créé en avril 1931 par le député-maire radical Joseph Garat qui reçoit au départ les fonds d'Alexandre Stavisky. Gustave Tissier est un homme de confiance de Garat ; à chaque opération, il accepte l'émission de deux bons portant le même numéro mais avec une seule souche et un seul talon : il existe donc un bon « officiel », dûment enregistré, et un « faux bon », d'un montant nettement supérieur, remis à Stavisky qui l'encaisse auprès de banques. Fin 1931, celui-ci a déjà récupéré pour 63,5 millions de francs. Il cherche et réussit à faire souscrire des assurances et obtient grâce à des recommandations des achats de bons du Crédit municipal par les Caisses d'assurances sociales pour un montant de 20 millions. Au total, l'escroquerie atteint 239 millions de francs. Le 23 décembre 1933, Tissier est arrêté.
L'escroc, qui disparaît le 25 décembre, a perfectionné un système déjà expérimenté quelques années auparavant aux dépens du Crédit municipal d'Orléans (dépôt de fausses émeraudes estimées par un complice contre des bons de caisse échangeables en espèces dans certaines banques qui bénéficient d'une remise). Alexandre Stavisky qui se fait appeler aussi Serge Alexandre, est né en 1886 en Ukraine d'une famille juive naturalisée en 1910. Il a commencé sa « carrière » en volant l'or des prothèses dentaires de son père. Celui-ci se suicide après la première escroquerie connue de son fils, celle de la gérance du théâtre des Folies-Marigny dont il a emporté la caisse. En 1926, Stavisky est condamné à 18 mois de prison sur plainte d'un agent de change. En 1928, il a échappé à une nouvelle arrestation.
L'affaire prend une dimension politique lorsqu'il apparaît que Stavisky, expert dans l'art de s'introduire dans les cercles politiques avec l'aide de patrons de presse en perpétuelles difficultés (le radical Albert Dubarry, directeur de La Volonté, *qui reçoit à la fois des fonds du gouvernement Chautemps et dont l'organe de presse est finalement racheté par Stavisky ; Camille Aymard, directeur de* La Liberté*) et d'obtenir la caution morale d'élus ou de hauts fonctionnaires, a arraché en septembre 1932 une lettre de recommandation du ministre du Travail Albert Dalimier. Cette lettre a permis à Stavisky d'obtenir l'accord du secrétaire général des Caisses d'assurances sociales pour l'achat de faux bons du Crédit municipal. Bientôt, on apprend que Stavisky a bénéficié du classement d'une précédente affaire par le chef de la section financière du tribunal de Paris, le conseiller Albert Prince, qui a jugé ne pas avoir assez d'éléments pour demander l'inculpation du suspect. Puis, c'est le nom du procureur général de la Seine, Georges Pressard, par ailleurs beau-frère du président du Conseil Chautemps, qui est prononcé. Il lui est reproché d'avoir accordé à Stavisky 19 reports de procès. Le scandale paraît d'autant plus grand que, depuis juillet 1933, la presse avait soulevé la question des étranges pratiques financières du Crédit municipal. La justice, la police (Stavisky servait d'informateur à quelques inspecteurs), les journalistes et les politiques sont confondus dans le même opprobre par l'opinion publique. L'extrême droite qui comprend parfaitement tout le parti qu'elle peut tirer d'une telle affaire, commence une campagne contre le régime où la xénophobie trouve toute sa place ; une cascade de mises en cause et de révélations entretient un climat délétère, encore renforcé par le suicide de Stavisky le 8 janvier 1934.*
L'affaire trouvera son épilogue judiciaire le 17 janvier 1936, à l'issue d'un procès d'assises ouvert en novembre. Parmi les vingt inculpés, onze sont acquittés (les avocats de Stavisky, les directeurs de journaux) et neuf sont condamnés : Tissier (sept ans de travaux forcés) ; Hayotte (sept ans de réclusion) ; Cohen, Desbrosses, et Guébin (cinq ans) ; Hattot, le général Bardi de Fourtou, Garat (deux ans) ; le député Bonnaure (un an avec sursis). Joseph Garat sort libre du palais de justice, sa détention provisoire couvrant sa condamnation.

autres événements

• Georges Duhamel commence la publication de sa *Chronique des Pasquier* qui comptera 10 volumes jusqu'en 1945; premier volume, *Le Notaire du Havre.*

• Eugène Beaudoin (1898-1983) et Marcel Lods (1891-1978) édifient à Drancy la cité de la Muette, où ils adoptent la formule novatrice des immeubles-tours associés à des immeubles-barres. Les sols, les murs et les façades de ces logements sont constitués de panneaux préfabriqués fixés à une légère charpente d'acier.

• Le film de Jean Vigo (1903-1934), *Zéro de conduite*, est interdit par la censure (il le sera jusqu'en 1945). Fils de Miguel Almereyda, Jean Vigo, personnage rimbaldien du jeune cinéma, a vu son film interdit en raison de son caractère jugé subversif (appel à la révolte, sédition); en 47 minutes, le film met en scène les chahuts et les humiliations de collégiens et des enseignants passablement ridicules.

• Frédéric et Irène Joliot-Curie, le gendre et la fille de Pierre et Marie Curie, réalisent l'expérience de la radioactivité artificielle.

1934

5-8 janvier

Le ministre des Colonies Dalimier est mis en cause dans l'affaire Stavisky. Il démissionne, sous la pression notamment d'Eugène Frot, le 8, remplacé par Lamoureux. Le portefeuille du Travail échoit à Frot. William Bertrand devient ministre de la Marine marchande. Le 7, Joseph Garat, député-maire de Bayonne impliqué dans le scandale des faux bons du Crédit municipal de Bayonne, est arrêté.

8 janvier

Bien que la présence de Stavisky à Chamonix ait été signalée depuis le 2, ce n'est que le 8 que trois policiers de la sûreté générale investissent vers 16 h, la villa «Le Vieux logis». Les policiers découvrent Stavisky gisant à terre, la tête traversée d'une balle, un revolver près de lui. Il est transporté dans une clinique de Chamonix où il subit une trépanation et une transfusion, en vain. Stavisky meurt le 9. Ce suicide est mis en doute par la presse; *Le Canard enchaîné* titre: «On a suicidé Stavisky» et commente: «Stavisky s'est suicidé d'une balle tirée à 3 mètres. Ce que c'est d'avoir le bras long.»

9-12 janvier

Prenant prétexte de l'affaire Stavisky, l'Action française et ses sympathisants manifestent. Les 11 et 12, les Jeunesses patriotes et Solidarité française la rejoignent, dénonçant la République et le parlementarisme.

Commencées le 11 (Lagrange, Monnet, Dommange; réponses de Hesse, Dalimier, Julien Durand), les interpellations sur l'affaire du Crédit municipal de Bayonne se poursuivent le 12. Ybarnegaray propose la nomination d'une commission d'enquête repoussée par Chautemps qui pose la question de confiance: il l'obtient par 379 voix contre 196. La Chambre vote la levée de l'immunité parlementaire du député radical Gaston Bonnaure, inculpé en tant qu'avocat de Stavisky.

10 janvier

Création d'un Institut de psychanalyse au 137, boulevard Saint-Germain. L'inauguration a lieu sous la présidence d'Édouard Pichon, alors «seul psychanalyste du Corps des hôpitaux», comme il le dit lui-même. Marie Bonaparte est directrice de l'Institut qui a pour charge de créer un enseignement psychanalytique.

18-19 janvier

Mis en cause à la Chambre par le député d'extrême droite de la Gironde Philippe Henriot, au sujet des relations qu'il aurait entretenues avec Mme Stavisky, Anatole de Monzie demande réparation. Le président du Conseil Chautemps s'oppose une seconde fois à la nomination d'une commission d'enquête.

22 janvier

L'Action française manifeste à nouveau devant le Palais-Bourbon; son leader, Maurice Pujo, est arrêté. Le Cartel confédéré des services publics et la CGTU manifestent place de l'Hôtel-de-Ville.

27 janvier

Impliqué autrefois dans une affaire douteuse, le ministre de la Justice Raynaldy démissionne. Le président du Conseil Chautemps indique qu'il soumettra à la Chambre un projet de commission d'enquête sur l'affaire.

De nouvelles manifestations ont lieu à Paris: les Camelots du roi place de l'Opéra, Solidarité française et les Jeunesses patriotes gare de l'Est.

28 janvier

Affaibli par les démissions successives et face à une opinion publique de plus en plus hostile, Chautemps porte sa démission au président de la République Albert Lebrun.

29-30 janvier
Après les refus de Jules Jeanneney et Fernand Bouisson, le président Albert Lebrun sollicite Daladier pour former le nouveau gouvernement. Le 30, celui-ci (président du Conseil et Affaires étrangères) l'a constitué: Penancier (vice-président du Conseil et Justice), Frot (Intérieur), Piétri (Finances et Budget), Fabry (Défense nationale et Guerre), Chappedelaine (Marine militaire), Cot (Air), Mistler (Commerce et Industrie), Queuille (Agriculture), Valadier (Travail), La Chambre (Marine marchande), Lisbonne (Santé publique), Bernier (PTT), Berthod (Éducation nationale), H. de Jouvenel (Outre-mer), Paganon (Travaux publics), Ducos (Pensions).
Nouvelle manifestation violente de l'extrême droite sur les grands boulevards.

février
Maurice Blondel (1861-1949) publie *La Pensée*, qui couronne son œuvre de philosophe chrétien.

1er février
Daladier, Frot et Penancier prennent les dispositions de sanctions administratives et judiciaires pour l'affaire Stavisky.
À Paris, pour protester contre la hausse du prix de l'essence, les chauffeurs de taxi entament une grève qui dure un mois.

3 février
Le président du Conseil Daladier décide d'un vaste mouvement administratif. Il offre au préfet de police Jean Chiappe, soupçonné d'avoir gardé par-devers lui des pièces du dossier Stavisky et par ailleurs jugé trop favorable à l'extrême droite, la résidence générale du Maroc; Chiappe la refuse. Bonnefoy-Sibour prend les fonctions de préfet de police. Opposés à la mutation de Jean Chiappe, deux ministres – Fabry et Piétri – démissionnent. Ils sont aussitôt remplacés par Paul-Boncour (Guerre), Marchandeau (Finances) et Jaubert (sous-secrétaire d'État aux Finances).

5 février
Exploitant l'affaire Stavisky, les Croix-de-Feu de François de La Rocque manifestent jusque devant le ministère de l'Intérieur, place Beauvau.
Le gouvernement renforce la garnison de Paris.

6 février
Édouard Daladier se présente devant la Chambre pour obtenir l'investiture. Sa déclaration est accueillie par les rires et les interruptions des députés de droite et d'extrême droite. Renaud Jean, député communiste, participe au brouhaha en criant: «Vive les Soviets!» Cri repris à l'unisson par ses collègues auquel répond celui de «démission» lancé des bancs de la droite. Daladier obtient cependant le renvoi, par 360 voix contre 220, de la discussion. La séance est levée à 22 h 30 dans la plus totale confusion.
Paris est le théâtre de plusieurs manifestations. À l'extrême droite: l'Action française et Solidarité française ont appelé leurs adhérents à se rassembler place de la Concorde, à deux pas du Palais-Bourbon. Sur la rive gauche, les Jeunesses patriotes, conduites par Pierre Taittinger, s'approchent par le quai d'Orsay et les Croix-de-Feu par les Invalides et la rue de Bourgogne. Le colonel de La Rocque ordonne à ses hommes de se disperser vers 20 h 45. L'Union nationale des combattants a convoqué ses membres place de la Concorde puis tente de se diriger vers l'Élysée par la rue Royale et la rue du Faubourg-Saint-Honoré.
L'Association républicaine des Anciens Combattants, contrôlée par le Parti communiste, appelle aussi à manifester, du Rond-Point des Champs-Élysées à l'Arc de Triomphe. *L'Humanité* du 6 février s'en prend aux socialistes: «On ne peut pas lutter contre le fascisme sans lutter contre la social-démocratie [...]. C'est pourquoi le Parti communiste appelle tous les ouvriers à manifester aujourd'hui vigoureusement à la fois contre les bandes fascistes et contre le gouvernement qui les protège, contre la social-démocratie.» Sur le terrain, les manifestants de tous bords se mêlent et les mots d'ordre se confondent dans l'opprobre du Parlement.
Sous l'autorité d'Eugène Frot, ministre de l'Intérieur, les forces de police s'opposent violemment aux émeutiers place de la Concorde: 17 morts (dont 1 dans les rangs du service d'ordre) et 2319 blessés (dont 655 du service d'ordre).

7 février
À 12 h 45, Édouard Daladier démissionne (malgré les exhortations de Blum à rester) sous la pression de ministres (Frot, Cot, Léon Martinaud-Deplat, Jean Mistler) et d'Herriot. «Le gouvernement ne veut pas employer les soldats contre les manifestants», précise un communiqué. Dans la soirée, Gaston Doumergue accepte de conduire un cabinet «d'apaisement et de justice». Il arrive à Paris le 8.
À l'initiative de la CGT, se réunissent dans la soirée, à son siège, plusieurs organisations et partis de gauche (sauf le Parti communiste et la CGTU) pour envisager la constitution d'un «vaste rassemblement» en riposte aux manifestations de la veille. Léon Jouhaux annonce que la CGT a décidé une grève générale pour le lundi 12.

9 février
Le Parti communiste appelle ses militants à manifester place de la République à 20 h contre le « régime de la bourgeoisie », s'en prenant à « l'union réactionnaire et fasciste préparée par le Parti radical et le Parti socialiste ». Déjà partisan de l'unité d'action avec les socialistes, Jacques Doriot est l'un des seuls responsables présent dans la rue. Les affrontements sont très violents, la police tire à nouveau : on relève 6 morts et plusieurs centaines de blessés.
Le cabinet Doumergue (président du Conseil) est constitué : Chéron (Justice), Barthou (Affaires étrangères), A. Sarraut (Intérieur), Germain-Martin (Finances et Budget), maréchal Pétain (Guerre), Piétri (Marine), général Denain (Air), Berthod (Éducation nationale), Lamoureux (Commerce et Industrie), Queuille (Agriculture), Laval (Colonies), Flandin (Travaux publics), Marin (Santé et Éducation physique), Rivollet (Pensions), Marquet (Travail), Bertrand (Marine marchande), Mallarmé (PTT). Ministres d'État sans portefeuille : Herriot, Tardieu.

12 février
À Paris, place de la Nation, les cortèges communistes et socialistes (entre 100 000 et 150 000 manifestants) fusionnent avec pour mot d'ordre : « Unité d'action ! » La grève générale est un succès non seulement à Paris mais en province.
À Saint-Denis, Doriot fonde son propre comité d'action antifasciste qui regroupe des syndicalistes confédérés et unitaires, des militants socialistes et communistes.

15 février
Gaston Doumergue obtient l'investiture de la Chambre par 402 voix contre 125. Les interpellations sont renvoyées après le vote du budget.

16 février
Sur proposition des députés Jean Ybarnegaray et Léon Blum, le principe de la formation d'une commission d'enquête parlementaire chargée d'instruire sur toutes les responsabilités dans l'affaire Stavisky est adopté. Un amendement socialiste visant à conférer à cette commission, composée de 44 membres et présidée par Henri Guernut, des pouvoirs judiciaires est repoussé par le gouvernement qui, posant la question de confiance, l'obtient par 421 contre 161.

20 février
La fédération SFIO de la Seine et de la Seine-et-Oise convoque les organisations syndicales et politiques susceptibles de participer à un « plan de mobilisation commun » pour contrecarrer l'action des ligues. Quelques jours plus tard naîtra le Centre de liaison des forces antifascistes de la région parisienne dont le Parti communiste est absent.

21 février
Le conseiller à la cour d'appel de Paris, Prince, est retrouvé mort sur la voie ferrée PLM près de Dijon. Les circonstances mystérieuses de sa mort se prêtent à toutes les supputations d'autant qu'en 1928, il avait traité, en tant que chef de la section financière du tribunal de Paris, un premier dossier Stavisky, sous l'autorité du procureur Pressard.

22-27 février
Gaston Doumergue obtient de pouvoir gouverner par décrets-lois pour prendre les « mesures d'économie » nécessaires à l'équilibre du budget. Le 27, après l'intervention du président du Conseil qui pose la question de confiance, le Sénat adopte les articles déjà votés par la Chambre, notamment le 39 bis, qui donnent les pleins pouvoirs au gouvernement en matière d'économies budgétaires.

24 février
La Chambre forme la commission d'enquête sur les émeutes du 6 février. Laurent Bonnevay la préside. Le 7 mars, devant la commission, l'ancien préfet de police Jean Chiappe accuse le ministre de l'Intérieur de l'époque, Eugène Frot, d'avoir tenté de former une équipe ministérielle en prévision de son éventuelle accession au pouvoir. Le 29 mars, Jacques Duclos, déposant au nom de l'Association républicaine des Anciens Combattants, dévoile le fond de la politique communiste : « Notre manifestation n'était pas faite pour soutenir la République, puisque nous avons une République qui nous menace. » Une partie de cette commission démissionne le 4 juillet suivant, considérant que la majorité cherche à couvrir l'ancien président du Conseil Édouard Daladier, son ministre de l'Intérieur Eugène Frot et le préfet de police de l'époque Bonnefoy-Sibour. La commission parlementaire d'enquête, qui produira 2 837 pages de documents, terminera ses travaux sans avoir établi clairement les responsabilités dans l'émeute parisienne.

mars
Marcel Jouhandeau publie *Chaminadour*, recueil de contes et nouvelles.

2 mars
En Tunisie, une scission du parti nationaliste Destour (Constitution) donne naissance au Néo-

Destour dirigé par l'avocat Habib Bourguiba, partisan de la modernisation, d'une laïcisation et d'une marche « par étape » vers l'indépendance. Bourguiba et ses partisans seront envoyés en résidence forcée au sud du pays.

5 mars
Un manifeste « Aux travailleurs » signé Alain, Paul Langevin (professeur au Collège de France), Paul Rivet (professeur au Muséum) appelle à la constitution d'un Comité de vigilance « qui se tiendra à la disposition des organisations ouvrières ». Début mai, 2 300 « savants, artistes, professeurs d'enseignement supérieur et secondaire, instituteurs... » auront rejoint ce qui est devenu entre-temps le Comité de vigilance des intellectuels antifascistes.

avril
Secrétaire de la mission ethnographique Dakar-Djibouti (1931-1933), organisée sous l'autorité de Paul Rivet, Georges-Henri Rivière et Marcel Griaule, Michel Leiris en publie le récit dans *L'Afrique fantôme*.

4-15 avril
Pour faire face à la crise économique, le gouvernement prend une série de décrets-lois qui visent à réduire les dépenses de l'État de 4 milliards de francs : diminution du nombre des fonctionnaires, des traitements (de 5 à 10 %) et des retraites. En mai, le ministre des Finances et du Budget, Louis Germain-Martin est en mesure de baisser les taux d'intérêt des bons du Trésor d'un demi-point une première puis une seconde fois. Fin mai, la Banque de France accepte de baisser son taux d'escompte. Dès le 7 avril, les états généraux du travail, organisés par la CGT, condamnent ces décrets-lois et revendiquent la dissolution des ligues.

9 avril
Générale de *La Machine infernale* de Jean Cocteau à la Comédie des Champs-Élysées.

13-28 avril
Importante exposition du peintre Balthus à la galerie Pierre à Paris, où figurent des œuvres comme *La Rue*, *La Toilette de Cathy*, *La Leçon de guitare*. Antonin Artaud en donne un compte rendu dans *La NRF* en mai. Auteur d'une œuvre en marge, résolument figurative, Balthus n'en est pas moins reconnu par ses pairs, Picasso ou Giacometti.

17 avril-18 mai
Persuadé que l'Allemagne prépare la guerre, le ministre des Affaires étrangères Louis Barthou qui a lu *Mein Kampf* de Hitler, entend réactiver et élargir les alliances de la France qui « doit placer au premier plan de ses préoccupations les conditions de sa sécurité propre ». Le 21 avril, il commence une tournée des capitales européennes : Bruxelles, Varsovie, Prague, Bucarest, Belgrade, et avance l'idée d'un « Locarno oriental » destiné à favoriser un rapprochement avec l'URSS. Le 18 mai, Barthou rencontre à Genève le commissaire aux Affaires étrangères soviétiques Maxime Litvinov. Litvinov approuve le projet français et Barthou se dit prêt à signer avec l'URSS même en cas de refus de l'Allemagne de s'associer à ce pacte.

MEIN KAMPF *EN FRANÇAIS*

1934 voit la première édition en français de Mein Kampf *(1925) d'Adolf Hitler, aux Nouvelles Éditions latines, sans l'autorisation de l'auteur. Parmi les sources de son racisme, on trouve l'influence de Gustave Le Bon (*La Psychologie des foules, *1895), celle d'Arthur de Gobineau (*Essai sur l'inégalité des races humaines, *1855) paradoxalement pas antisémite, et de pamphlétaires tels Gougenot des Mousseaux (*Le Juif, le judaïsme et l'enjuivement des peuples chrétiens, *1869) et Georges Vacher de Lapouge (*L'Aryen, son rôle social, *1899). Hitler fait interdire la publication de son ouvrage en France. Néanmoins, la teneur pouvait en être connue par le biais des nombreux résumés édités au fil des ans. Citons notamment C. Apphun, chef de section à la bibliothèque de la guerre à Vincennes,* Hitler par lui-même d'après son livre Mein Kampf, *J. Haumont et Cie, 1933 ; C. Louis Vignon,* Mon Combat, *extraits choisis et commentés, Édition du savoir mutuel, 1934 ;* Mein Kampf, accompagnés de commentaires, *Les Belles Éditions, 1938 ;* Mein Kampf, *édition abrégée de* Mon Combat, *pages choisies et commentées par N. Marceau, éditions du Comité Thaelmann, 1939 ;* Mein Kampf, étudié par un Français moyen, *Longin, s.d.*

30 avril
La danseuse Ida Rubinstein crée à l'Opéra de Paris *Perséphone* de Stravinski, sur un texte de Gide.

5 mai
Le lieutenant-colonel de Gaulle publie chez Berger-Levrault son second ouvrage : *Vers l'armée de métier*, sans avoir sollicité aucune autorisation hiérarchique. Le premier exemplaire grand papier est dédicacé au maréchal Pétain : « Hommage d'un respectueux et très profond dévouement. »

Débats stratégiques et tactiques

Selon de Gaulle, il est urgent d'ajouter à la « masse de réserve et de recrues, élément principal de la résistance nationale » un « instrument de manœuvre capable d'agir sans délai », « permanent dans sa force, cohérent, rompu aux armes ». Désirant montrer les limites d'une défense statique, il écrit: l'assaillant, « venu à couvert des forêts rhénanes, mosellanes, ardennaises, trouvant pour déboucher un terrain partout perméable, [aura] beau jeu de choisir les lieux et les temps. Le défenseur, s'il reste passif, se voit surpris, fixé, tourné [...]. Au contraire, mobile, entreprenant [...] il court là où il faut, pare à l'imprévu, tire à lui l'initiative [...]. C'est donc en manœuvrant que l'on couvre la France. » Dans cet ouvrage, de Gaulle prolonge les articles qu'il avait publiés en mai 1933 dans L'Aube, *sur le thème: « Nation armée ou armée de métier? » ou dans* L'Écho de Paris. *Le débat sur le choix stratégique entre armée de métier et conscription nationale est récurrent dans les milieux militaires depuis la parution en 1929 de* Pensées d'un soldat *du général allemand Hans von Seeckt (1866-1936). Deux conceptions s'opposent. La première, traditionnelle, renvoie au système jacobin de la nation armée; elle a ses partisans à gauche comme à droite et suppose une tactique défensive. La seconde conception, prenant en considération l'évolution des techniques, défend l'idée d'une armée à l'effectif limité mais fortement équipée, notamment en chars, capable de porter l'offensive. Un grand débat a déjà eu lieu à la Chambre en mars 1930. Sont intervenus dans la discussion Albert Lebrun, le député de droite Xavier Vallat, Henry de Jouvenel, le colonel de La Rocque, Joseph Paul-Boncour. Avec la prise du pouvoir par Hitler, la question retrouve toute son acuité. Charles de Gaulle, qui plaide pour la rénovation de la stratégie et de la tactique de l'armée française et reçoit l'appui de Paul Reynaud (à droite) et Philippe Serre (à gauche), vendra 700 exemplaires de son livre tandis que la traduction allemande touchera des milliers de lecteurs.*

11 mai
Première représentation de *Sémiramis*, mélodrame de Paul Valéry et Arthur Honegger à l'Opéra.

11-13 mai
Au congrès extraordinaire du Parti radical à Clermont-Ferrand, les jeunes radicaux critiquent l'appui apporté par certaines personnalités du Parti radical (Herriot, Berthod, Lamoureux, Queuille, Bertrand) au gouvernement d'« union nationale » de Gaston Doumergue; par ailleurs, ils défendent la nécessité d'une « union des gauches ».

21 mai
À Paris, les néo-socialistes du Parti socialiste de France (l'ancienne aile droite de la SFIO) approuvent l'entrée d'Adrien Marquet dans le cabinet Doumergue. Selon eux, le renforcement de l'autorité de l'État, la réduction du nombre des députés, la substitution au Sénat d'un Conseil national économique rénové et élargi sont des réformes prioritaires.

14-15 juin
Hitler et Mussolini se rencontrent à Venise. Les deux dictateurs décident de se consulter sur la politique à suivre envers l'Autriche.

23-27 juin
À la conférence d'Ivry-sur-Seine, le Parti communiste change radicalement de ligne politique sur injonction de Moscou: la tactique « classe contre classe » est abandonnée au profit de la recherche de « l'unité à tout prix » et les communistes doivent « cesser de parler comme si le Parti luttait pour détruire la démocratie bourgeoise ». Jacques Doriot a publié début avril une brochure intitulée: *Pour l'unité d'action! Lettre ouverte à l'Internationale communiste*, critiquant la ligne que le Komintern vient d'abandonner. Constituant sa propre organisation à partir de son fief de Saint-Denis, Doriot, après son exclusion le 27 juin, tente de rassembler autour de lui des opposants de gauche à la politique du PC: il publie une *Émancipation*, « organe central de l'unité totale des travailleurs ».

juillet
Jules Supervielle: *Les Amis inconnus*.

9 juillet
Un groupe de travail, constitué autour de Jules Romains au lendemain du 6 février et qui rassemble des intellectuels, des écrivains, des avocats, des journalistes (Louis Vallon, Georges Roditi, Paul Marion, Pierre-Olivier Lapie, Alfred Fabre-Luce, Jean Coutrot, etc.) de différentes tendances (néo-socialistes, jeunes radicaux, membres de Jeune République ou des Jeunesses patriotes, etc.), publie son plan pour la réforme de la France dit Plan du 9 juillet. Constatant la décadence du libéralisme, dénonçant le danger des « mystiques totalitaires », les signataires appellent à une réforme de l'État, à une remise en ordre des institutions politiques par la convocation d'une

Assemblée constituante. La transition entre l'ancienne forme de gouvernement et les institutions élaborées par cette Constituante devrait s'effectuer sous l'autorité d'un gouvernement décidant seul des organisations administrative, économique et sociale temporaires. Cette tentative sans grand lendemain témoigne des nombreuses recherches de réformes centrées autour de l'idée de plan.

25 juillet
Engelbert Dollfuss, le chancelier autrichien, est assassiné par un commando de SS. En 1933, il avait refusé l'entrée de ministres nazis dans son gouvernement et interdit leur parti. Dollfuss, comme la France, s'opposait à l'Anschluss (rattachement). Le soir même de l'assassinat, Mussolini envoie quatre divisions au col du Brenner et à la frontière carinthienne, contraignant Hitler à abandonner momentanément son projet d'annexion de l'Autriche.

27 juillet
Le PC et la SFIO signent un pacte d'unité d'action. Les deux partis s'engagent à lutter pour la dissolution des milices fascistes, la défense des libertés démocratiques, contre les décrets-lois gouvernementaux et les préparatifs de guerre.

2 août
Mort du maréchal-président Hindenburg qui a couvert de son autorité silencieuse la mise en place du régime hitlérien.

3-5 août
À Constantine (Algérie), le 3 août, l'intrusion d'un soldat juif, ivre, dans une mosquée provoque de graves incidents entre musulmans et israélites. Le 5, la rumeur de l'assassinat du président de la fédération des élus indigènes déclenche un véritable pogrom: le quartier juif est pillé et incendié. On dénombre 22 morts (dont cinq femmes et quatre enfants) et 27 blessés.

8 août
Près de Lens (Pas-de-Calais), la mine Leforest de l'Escarpelle est le théâtre de graves incidents entre mineurs polonais et français. Pendant 36 heures, les Polonais retiennent au fond des mineurs français pour protester contre des sanctions. 60 Polonais sont expulsés par la suite.

LES POLONAIS DE FRANCE

Recrutés à partir de 1919 par des organismes français mis sur pied par les compagnies de houillères et la confédération agricole des régions dévastées, les ouvriers polonais gagnent le Nord, le Pas-de-Calais, la Lorraine et la Loire par trains entiers. En 1921, ils sont environ 45 000, en 1926 plus de 300 000 et en 1931 un demi-million. 37,5 % travaillent dans les mines (dans le Nord, 73 %), 16,8 % dans la métallurgie, 18,3 % dans l'agriculture. Cette communauté est très fortement structurée: de nombreuses associations (chorales, sokols *pour le sport) sont fondées; s'y ajoutent l'encadrement catholique par le biais des aumôniers, les écoles privées ou publiques où l'on enseigne le polonais. Les Polonais sont nombreux à rejoindre les syndicats (CGT ou CGTU). Ils sont les premières victimes de la crise: en 1934, sur 7 000 licenciés par les Houillères, on compte 6 000 Polonais. La tension qui s'installe alors conduit à des heurts et à des expulsions: entre 1931 et 1936, les autorités françaises procèdent à 129 819 rapatriements.*

26 août
À Coblence, les nazis organisent un rassemblement pour le rattachement de la Sarre à l'Allemagne. Simultanément, à Sulzbach, 80 000 Sarrois participent à une manifestation du Front de la liberté, demandant le maintien du régime international.

2-9 septembre
Des émeutes éclatent à Tunis et à Sfax lorsque le résident général Marcel Peyrouton instaure un *numerus clausus* limitant le nombre de bacheliers tunisiens à 40 par an.

7 septembre
La SDN débat de trois questions primordiales: l'admission de l'URSS, le plébiscite en Sarre pour ou contre le rattachement à l'Allemagne, la sauvegarde de l'indépendance de l'Autriche. Le 10, l'URSS se voit offrir un siège permanent au Conseil. Le 17, l'assemblée adopte l'admission de l'URSS par 38 voix contre 3 et 7 abstentions. Ce succès de la politique voulue par Louis Barthou ouvre la voie à un accord diplomatique entre la France et l'URSS.

octobre
Le prix Goncourt est attribué à Roger Vercel (1894-1957) pour son roman *Capitaine Conan*, qui met en scène les unités spéciales de l'armée d'Orient pendant la Grande Guerre.
Représentation au théâtre des Champs-Élysées de *Comme il vous plaira* de Shakespeare, dans une traduction de Jules Supervielle, décors de Balthus, avec Jean Debucourt et Annabella dans les principaux rôles.

3 octobre
Le président du Conseil Gaston Doumergue préside l'inauguration du programme de grands travaux lancés pour combattre le chômage.

9-11 octobre
À Marseille, à 16 h, le roi Alexandre de Yougoslavie, en visite officielle en France, est assassiné par un oustachi (nationaliste croate). Dans la confusion, Louis Barthou est blessé au bras droit par les policiers qui abattent le tueur. Personne n'ayant songé à ligaturer son bras blessé, le ministre des Affaires étrangères meurt exsangue peu après. L'émotion est intense. Mussolini refuse d'extrader les auteurs de l'attentat qui ont trouvé refuge en Italie, attitude qui remet momentanément en cause le rapprochement franco-italien. Le 11 octobre, le ministre de l'Intérieur Albert Sarraut démissionne après avoir relevé de leurs fonctions le directeur de la Sûreté nationale et le préfet des Bouches-du-Rhône. Le 12 février 1936, les trois nationalistes croates inculpés sont condamnés à la réclusion à perpétuité.

13 octobre
Pierre Laval succède à Louis Barthou au portefeuille des Affaires étrangères. Dans l'immédiat, il se préoccupe de réduire la tension entre la Yougoslavie et la Hongrie accusée d'héberger les terroristes croates. Il poursuivra la politique initiée par Barthou: rapprochement avec l'URSS et entente avec l'Italie pour conforter l'opposition de Rome aux entreprises allemandes en Europe.

24 octobre
À Nantes, Herriot, ministre sans portefeuille, obtient des délégués au congrès radical le prolongement de la trêve politique; ceux-ci acceptent la poursuite de la participation au cabinet Doumergue. S'adressant aux radicaux quelques jours avant leur congrès, le secrétaire général du PC Maurice Thorez a appelé à la constitution d'un Front populaire de la liberté, du travail et de la paix.

novembre
Le trompettiste américain Louis Armstrong (1901-1971) donne un concert salle Pleyel. Le jazz a trouvé un public en France; en témoigne la création en mars 1935 de la revue *Jazz hot*.
Publication du *Chant du monde* de Jean Giono qui, le même mois, donne un premier texte pacifiste à la revue *Europe*.

1er novembre
Le dirigeant du Komintern Ossip Piatniski (1882-1939) publie dans *Les Cahiers du bolchevisme*, organe théorique du Parti communiste, une mise au point sur l'unité syndicale où il fait l'apologie des fractions (réunion clandestine des seuls communistes pour orienter la politique syndicale). Les confédérés (CGT) de Léon Jouhaux sont scandalisés.

8 novembre
Les ministres radicaux – Herriot, Berthod, William Bertrand et Henri Queuille – démissionnent du gouvernement, refusant de lui accorder leur confiance sur ses projets de réforme constitutionnelle (dissolution de la Chambre sans avis du Sénat, prorogation du budget en exercice, limitation du droit de grève). Ce départ provoque la chute du cabinet Doumergue qui a réussi à améliorer la situation des finances publiques.
Pressentis par le président de la République, Fernand Bouisson puis Pierre Laval déclinent l'offre de former le nouveau gouvernement. Pierre-Étienne Flandin, leader de l'Alliance démocratique, accepte la présidence du Conseil et le soir même présente son cabinet à l'Élysée: Laval (Affaires étrangères), Pernot (Justice), Germain-Martin (Finances), Rollin (Colonies), Cassez (Agriculture), Henry Roy (Travaux publics), Marcel Régnier (Intérieur), général Maurin (Guerre), Piétri (Marine militaire), Bertrand (Marine marchande), général Denain (Air), Mallarmé (Éducation nationale), Jacquier (Travail), Marchandeau (Commerce et Industrie), Queuille (Santé publique et Éducation physique), Rivollet (Pensions), Mandel (PTT). Ministres d'État: Herriot et Marin.
Le 13, le gouvernement obtient la confiance par 423 voix contre 118 et 68 abstentions.

10 novembre
Le secrétaire du puissant Syndicat national des instituteurs, André Delmas, appelle dans *L'École libératrice* à la formation d'un « large rassemblement populaire » où voisineraient communistes, socialistes, syndicalistes, membres de la Ligue des droits de l'homme, radicaux, républicains pour la défense des libertés et contre la crise.

1er décembre
À Leningrad, le secrétaire du comité central du PCUS Sergueï Kirov est assassiné par un déséquilibré, ancien membre du PCUS. Staline saisit l'occasion pour engager une répression féroce. L'exécution sommaire d'une centaine de personnes soulève les protestations de plusieurs syndicats de la CGT et d'un groupe d'avocats socialistes. Quelques rares socialistes groupés autour du *Combat marxiste* de Lucien Laurat en viennent à considérer que le régime soviétique est

désormais « tombé au-dessous » du régime hongrois de l'amiral Horthy en ce qui concerne la garantie des droits de la personne.

10 décembre
La SDN envoie des troupes anglaise, italienne, suédoise et hollandaise en Sarre pour garantir l'ordre pendant le plébiscite.

13 décembre
Le gouvernement fait part à Washington des raisons du non-paiement de l'échéance prochaine du 15 décembre sur les dettes de guerre.

autres événements
• Construit grâce au travail forcé des indigènes, le chemin de fer Congo-Océan est achevé ; long de 500 km, sa construction aura coûté la vie à environ 18 000 ouvriers en raison des conditions de travail.
• Raymond Aron : *La Sociologie allemande contemporaine*. Ce premier livre connaîtra trois rééditions après la guerre (1950, 1966, 1981).
• Bergson publie un recueil d'articles sous le titre *La Pensée et le mouvant*, avec une introduction qui retrace son itinéraire intellectuel.
• Parution de *Malaise dans la civilisation* (*Das Unhehagen in der Kultur*, 1930) de Freud.
• Paul Langevin : *La Notion de corpuscule et d'atome*.
• Marcel Mauss : *Fragment d'un plan de sociologie générale descriptive*.
• Publication à Paris en anglais de *Tropique du Cancer* de l'écrivain américain Henry Miller, autobiographie lyrique préfacée par son amie Anaïs Nin ; Miller séjourne en France depuis 1930 ; le livre, en raison de la censure, ne sera publié aux États-Unis qu'en 1960.
• Louis Jouvet prend la direction du théâtre de l'Athénée.
• André Jolivet : *Quatuor à cordes*.
• Alberto Giacometti : *L'Objet invisible*, grande sculpture décrite dans *L'Amour fou* d'André Breton. Giacometti, qui revient à la figuration, exclu du surréalisme, n'exposera plus jusqu'en 1947.

1935

4-7 janvier
Le ministre des Affaires étrangères Laval arrive à Rome pour conclure un accord franco-italien. Mussolini accepte l'abolition des droits spéciaux des Italiens en Tunisie et Laval cède la liberté d'action en Éthiopie au Duce. Il y a malentendu entre les deux hommes : Mussolini pense à la conquête tandis que Laval songe à une simple présence économique. L'accord franco-italien est signé le 7 ; un communiqué explicite les convergences entre les deux partenaires : « communauté de vue de leurs gouvernements sur des questions d'ordre européen » et « accord sur la nécessité d'une entente plurilatérale sur les questions d'Europe centrale ». Des rectifications de frontières entre la Libye et l'Afrique du Nord française (Algérie, Tunisie), l'Éthiopie et la colonie française de Djibouti, sont annoncées. Au lendemain du voyage, les états-majors des deux armées élaborent une collaboration destinée à la protection de l'Autriche contre la menace allemande.

13 janvier
Les Sarrois votent par référendum le retour à l'Allemagne (90,36 % des suffrages). Il leur était donné de choisir entre le statu quo sous contrôle de la SDN (8,8 % des suffrages), le rattachement à la France (0,4 %) ou à l'Allemagne. Plusieurs milliers de personnes hostiles aux nazis ou menacées par eux se réfugient en France.

15 janvier
Parution du premier numéro de *Mesures*, revue dirigée par Jean Paulhan et financée par l'Américain Henry Church. Au sommaire, entre autres, *Le Cageot* de Francis Ponge, poème qui sera repris dans *Le Parti pris des choses*.

17 janvier
La Chambre des députés vote la prorogation des pouvoirs de la commission d'enquête sur l'affaire Stavisky, créée en février 1934, jusqu'au 31 mars 1935. Elle remettra son rapport dans l'année.

18 janvier
Le premier grand meeting commun au PC, à la SFIO et à la fédération radicale de la Seine se tient à Paris salle Bullier (près du carrefour de l'avenue de l'Observatoire et du boulevard du Montparnasse).

21 janvier
Atteint par la limite d'âge, le général Weygand quitte les fonctions de chef d'état-major général et vice-président du Conseil supérieur de la guerre ; il est remplacé par le général Gamelin, assisté par les généraux Georges et Colson – ce dernier, particulièrement hostile aux théories du lieutenant-colonel de Gaulle.

25 janvier
Les négociations entre les délégations de la CGT et de la CGTU sur la réunification syndicale sont suspendues en raison du différend qui les oppose :

la question des fractions politiques au sein d'une centrale syndicale unique.

1er-4 février
Les entretiens franco-britanniques à Londres auxquels participent le président du Conseil Flandin et son ministre des Affaires étrangères Laval assistés des diplomates Alexis Léger, René Massigli, Léon Noël, se concluent par des accords sur plusieurs points: l'adhésion de la Grande-Bretagne au pacte de garantie de l'indépendance autrichienne; l'offre à l'Allemagne d'abroger la limitation des armements et des effectifs prévue par le traité de Versailles, avec en contrepartie sa rentrée à la SDN et son adhésion aux pactes d'assistance mutuelle d'Europe centrale; la signature d'une convention aérienne entre l'Italie, la Belgique et l'Allemagne d'une part et la France et la Grande-Bretagne d'autre part. Le 4, Flandin présente les résultats de la conférence dans un discours radiodiffusé.
À Sétif (Algérie), à la suite d'un incident, un policier tue un musulman; de graves troubles éclatent: un tirailleur et un agent de police sont tués.

6 février
À l'appel du PC et de la SFIO, 100000 personnes défilent à Paris pour l'anniversaire du 6 février 1934.

mars
Henri Dorgères: *Haut les fourches.*

HENRI DORGÈRES

Journaliste à l'influent Progrès agricole de l'Ouest, *Henri d'Halluin, dit Henri Dorgères (1897-1985), a fondé en septembre 1934 un Front paysan dont les militants portent des chemises vertes. Il expose son programme dans son livre: « Une France forte et prospère, débarrassée des partis et des politiciens qui l'ont affaiblie et ruinée, une France où les deux réalités de notre vie: le métier, la famille, seront souveraines. » S'opposant aux autres organisations paysannes, ne dédaignant pas le recours à la violence, Dorgères mobilise ses « chemises vertes » pour briser la grève des ouvriers agricoles durant l'été 1936. Fait prisonnier en 1940, il s'évade. Partisan du maréchal Pétain, il est nommé membre du Conseil national de Vichy et devient l'un des hauts dirigeants de la Corporation paysanne. Sa condamnation à dix ans d'indignité nationale est relevée pour faits de résistance. Dans les années 50, il crée à nouveau des Comités de défense paysanne; élu député de l'Ille-et-Vilaine en janvier 1956, il apporte son soutien au mouvement Poujade. Partisan de l'arrivée au pouvoir du général de Gaulle, il rompt avec le premier président de la Ve République à propos de l'Algérie qu'il estime devoir rester française. En 1965, il soutient la candidature de Jean-Louis Tixier-Vignancour à la présidence de la République.*

1er mars
La Sarre retourne au Reich. Hitler préside les fêtes organisées en cette occasion.
Dans *La Revue des deux mondes*, le maréchal Pétain tranche le débat sur armée de métier ou armée de conscription nationale: il n'est pas question « de changer les principes sur lesquels repose notre système militaire. Les luttes modernes impliquant la mise en œuvre de la totalité des ressources des peuples, notre défense nationale doit être établie sur le principe de la nation armée. Cette conception répond exactement à l'état politique et social d'une nation dépourvue de toute ambition territoriale et qui n'a d'autre but que la sauvegarde de notre patrimoine ». Pétain rejoint ici les conceptions de la gauche française.

15-31 mars
Le président du Conseil donne lecture des mesures destinées à pallier le déficit des classes creuses de 1936 à 1940 (rétablissement du service militaire de dix-huit mois pour la classe 1935 et de deux ans pour les classes 1936 à 1939). Le débat revêt une importance particulière: le chiffre des décès dépasse celui des naissances, le déficit net est de 42000 personnes. Le 31, Paul Reynaud présente le projet d'armée de métier du lieutenant-colonel de Gaulle. Léon Blum et le ministre de la Guerre, le général Maurin, repoussent la réforme prônée par le député de droite. La Chambre approuve le gouvernement par 350 voix contre 196.

16-24 mars
Hitler dénonce les clauses militaires du traité de Versailles et rétablit le service militaire obligatoire au mépris du traité. Il communique officiellement cette décision aux États signataires du traité. Les ministres des Affaires étrangères Pierre Laval et Anthony Eden se rencontrent à Paris le 23 pour arrêter une politique commune vis-à-vis de l'Allemagne. Eden se rend le 24 à Berlin où le chancelier Hitler le reçoit et lui fait part de sa détermination à défendre l'égalité des droits en matière d'armement.

30 mars
Après l'interpellation du député Maurice Viollette au sujet de la situation des musulmans d'Algérie

et deux séances de débats au Sénat, les 21 et 23 mars, le ministre de l'Intérieur Marcel Régnier prend un décret pour le maintien de l'ordre en Algérie et contre les « menées hostiles à la souveraineté française ».

avril
L'AEAR crée la première Maison de la culture dans le quartier Latin à Paris. Le 9 mai y est organisé un débat sur le réalisme qui clôt l'enquête « Où va la peinture ? » réalisée par la revue *Commune*, organe de l'AEAR. Delaunay et Léger y participent. Ce dernier déclare refuser le retour au sujet, à la peinture d'histoire et à la narration. Il prône un « nouveau réalisme », celui de l'objet.
Parution de *La nuit remue* d'Henri Michaux.

3-6 avril
Le gouvernement interdit la manifestation organisée contre le service de deux ans par le Front commun de Gaston Bergery, ancien député radical. Le 6, le gouvernement décide le maintien sous les drapeaux jusqu'au 14 juillet de la classe libérable en avril.

8 avril
L'Allemagne nazie et la Russie soviétique signent à Berlin un accord commercial : l'Allemagne ouvre à la Russie un crédit de 200 millions de Reichmarks pour une durée de cinq ans.

11-17 avril
À la conférence de Stresa (Italie), qui se tient du 11 au 14, la France (Flandin et Laval), la Grande-Bretagne (MacDonald et John Simon) et l'Italie (Mussolini) se prononcent pour le statu quo en Europe, c'est-à-dire la protection de l'Autriche et la défense des frontières européennes issues des traités de paix. Les trois signataires s'engagent à se consulter en cas de menace de guerre. Ces dispositions sont tournées contre l'Allemagne. La conférence s'inscrit dans la perspective du rapprochement franco-italien mais les réticences anglaises à prendre des mesures concrètes font que les résolutions de Stresa ne dépassent pas le stade de la pétition de principe. Le 17, à Genève, devant la SDN, le ministre des Affaires étrangères Pierre Laval présente le projet de résolution adopté par la Grande-Bretagne, l'Italie et la France condamnant la politique allemande de dénonciation des traités. Le projet est adopté à l'unanimité moins la voix du Danemark.

26 avril
Le poste radio-PTT Vision organise la première émission publique de télévision. En 1937, le service expérimental de télévision produira les premières émissions régulières tous les soirs de 20 h à 20 h 30.

2 mai
À Paris est signé un pacte d'assistance mutuelle franco-soviétique par Pierre Laval et l'ambassadeur soviétique Vladimir Potemkine. L'assistance de la France ne jouera que si l'agression de l'URSS est constatée par le conseil de la SDN. Aucune convention militaire n'accompagne l'accord. Le Sénat ne ratifiera le pacte qu'en mars 1936.

5-12 mai
Malgré le recul des radicaux, les résultats des élections municipales sont favorables à la gauche qui a refait son unité au second tour.
À Paris, dans le Ve arrondissement, c'est le professeur au Muséum d'histoire naturelle, Paul Rivet (1876-1958), candidat du Comité de vigilance des intellectuels antifascistes, qui l'emporte avec le soutien des autres candidats de gauche. Lors du meeting organisé pour fêter cette victoire, Paul Rivet emploie l'expression « Front populaire ». La coalition des partis et organisations de gauche prendra l'appellation de « Rassemblement populaire ». Le PC préfère cependant utiliser l'expression « Front populaire », plus conforme à son propre langage. Front populaire finira par s'imposer lors de la victoire électorale du Rassemblement populaire, recouvrant dans l'opinion à la fois le gouvernement de Léon Blum et le mouvement de grève de mai-juin 1936.

6-22 mai
Représentations aux Folies-Wagram à Paris de la pièce *Les Cenci* d'Antonin Artaud, d'après Shelley. Décors et costumes de Balthus, musique du compositeur et chef d'orchestre Roger Désormière. Le poète Pierre-Jean Jouve en donne un compte rendu dans *La Nouvelle Revue française* en juin.

9-16 mai
À Moscou, Laval obtient de Staline la signature d'un communiqué (rendu public le 15) dont les termes surprennent l'ensemble de la gauche française : « M. Staline comprend et approuve pleinement la politique de défense nationale faite par la France pour maintenir sa force armée au niveau de sa sécurité. » Le Parti communiste abandonne ses activités antimilitaristes et des affiches « Staline a raison » sont collées par les militants du PC sur les murs de Paris.
Le 16, sur le chemin du retour, Laval rencontre le maréchal Göring lors des obsèques du maréchal Pilsudski à Cracovie. Il lui indique qu'un accord franco-allemand n'a de sens que si l'Allemagne

s'entend avec les autres partenaires européens de la France.

12 mai

48 militantes féministes s'enchaînent symboliquement près de la colonne de la Bastille pour dénoncer « l'esclavage de la femme ». L'initiative est due à la journaliste Louise Weiss (1893-1983) qui a fondé en octobre 1934 l'association Femme nouvelle et qui milite, avec le soutien des aviatrices Maryse Bastié, Adrienne Bolland et Hélène Boucher, pour le vote des femmes.

28-30 mai

Le 28, le gouvernement arrête le texte du projet de loi relatif aux pleins pouvoirs destinés à permettre l'assainissement des finances publiques. La commission des Finances le rejette par 25 voix contre 15 et 1 abstention. Le 30 mai, la Chambre (par 352 voix contre 202) refuse à Pierre-Étienne Flandin la délégation de pouvoirs qu'il demandait. Réclamant la réduction des dépenses de l'État et l'ajustement des dépenses et des recettes amputées par la crise, le président du Conseil s'est refusé à une dévaluation. Abandonné par une partie de sa majorité, Flandin démissionne. Albert Lebrun charge Fernand Bouisson, le président de la Chambre, de former le nouveau gouvernement.

juin

Parution chez Plon de l'ouvrage de Boris Souvarine, *Staline, aperçu historique du bolchevisme*, la première synthèse publiée en France sur l'évolution de la doctrine bolchevique et du pouvoir soviétique.

1er juin

Bouisson (président du Conseil et Intérieur) remanie le gouvernement précédent: Laval (Affaires étrangères), Pernot (Justice), général Maurin (Guerre), Piétri (Marine), général Denain (Air), Laurent-Eynac (Commerce et Industrie), Caillaux (Finances), Roustan (Éducation nationale), Paganon (Travaux publics), Rollin (Colonies), Frossard (Travail), Perfetti (Pensions), P. Jacquier (Agriculture), Lafont (Santé publique), Mandel (PTT). Ministres d'État: Herriot, Marin, maréchal Pétain.

2 juin

Le *Normandie* traverse l'Atlantique en quatre jours trois heures et cinq minutes et conquiert le Ruban bleu. À New York, il reçoit un accueil enthousiaste.

4 juin

La déclaration ministérielle devant la Chambre est suivie du dépôt de projet de loi sur les pleins pouvoirs condensé en un article unique: « En vue d'éviter la dévaluation de la monnaie, le gouvernement est autorisé par le Sénat et la Chambre des députés à prendre jusqu'au 31 octobre 1935 toutes dispositions ayant force de loi, propres à réaliser l'assainissement des finances publiques... » Après avoir obtenu la confiance par 361 voix contre 153, Fernand Bouisson est abandonné par une partie des radicaux sur la question des pleins pouvoirs et le gouvernement est renversé par 264 voix contre 262. Le président de la République Albert Lebrun sollicite successivement Jules Jeanneney qui se récuse, puis Pierre Laval qui échoue, Yvon Delbos et François Piétri. Laval, sollicité une seconde fois, réussit à constituer un cabinet.

Organisé par l'AEAR, le premier Salon de l'art mural se tient à Paris. Publié dans les *Cahiers d'Art*, un *Manifeste de l'art mural* signé par Lhote, Derain, Signac et Zadkine proclame que « l'art mural pourrait devenir ce qu'il a toujours été: un excitateur, un provocateur de hauts sentiments collectifs ».

6 juin

Le dirigeant communiste Marcel Gitton annonce que les communistes renonceront aux fractions au sein d'une centrale syndicale unifiée. La reprise des négociations entre confédérés (CGT) et unitaires (CGTU) a lieu le 27 juin.

6-7 juin

La constitution du cabinet Laval (président du Conseil et Affaires étrangères) est rendue publique: Bérard (Justice), J. Paganon (Intérieur), J. Fabry (Guerre), Piétri (Marine), général Denain (Air), Bonnet (Commerce et Industrie), Régnier (Finances), Marcombes (Éducation nationale), Laurent-Eynac (Travaux publics), Rollin (Colonies), Roustan (Marine marchande), Frossard (Travail), H. Maupoil (Pensions), Cathala (Agriculture), Lafont (Santé publique), Mandel (PTT). Ministres d'État: Herriot, Marin, Flandin.

Pierre Laval, nouveau président du Conseil, obtient la confiance de la Chambre (392 voix contre 119). Grâce à l'abstention des radicaux, il obtiendra les pleins pouvoirs qui lui permettront de gouverner par décrets-lois (324 voix contre 160) en ayant modifié la formulation du projet de texte sur les pleins pouvoirs (« Le Sénat et la Chambre autorisent... » au lieu de « Le gouvernement est autorisé par la Chambre et le Sénat... »).

Le 13, Philippe Marcombes décède. Il est remplacé par Mario Roustan à l'Éducation nationale, William Bertrand prenant la Marine marchande.

9 juin
Au cours du congrès socialiste de Mulhouse (Haut-Rhin), les délégués décident l'organisation de groupes de protection et excluent Frossard pour sa participation au gouvernement Laval.

16 juin
Pierre Laval s'entoure de trois « techniciens » pour traiter les problèmes économiques : Claude-Joseph Gignoux (ancien sous-secrétaire d'État à l'Économie nationale et rédacteur en chef de *La Journée industrielle*), Jacques Rueff (directeur adjoint du Mouvement général des fonds au ministère des Finances), Raoul Dautry (directeur général du réseau des chemins de fer de l'État). Ces experts préconisent la mise sur pied d'un vaste programme de réduction des dépenses, de diminution du chômage, de réforme de l'administration.

21 juin
Le Comité de Rassemblement populaire, créé deux semaines auparavant, présidé par Victor Basch, le président de la Ligue des droits de l'homme, et qui groupe les communistes, les radicaux, les socialistes et des syndicalistes ainsi que la Ligue des droits de l'homme, lance un appel à une grande manifestation pour le 14 juillet.

21-25 juin
À la Mutualité se tient le Congrès international des écrivains pour la défense de la culture, manifestation antifasciste organisée par Willy Münzenberg, auquel participent Isaac Babel, Julien Benda, Bertolt Brecht, Jean Cassou, Ilya Ehrenbourg, André Gide, André Malraux, Robert Musil, Boris Pasternak. Premier scandale, l'exilé italien antifasciste Gaetano Salvemini ose déclarer : « En Allemagne, il y a les camps de concentration, en Italie il y a les îles pénitentiaires et en Russie soviétique il y a la Sibérie. » Second scandale : l'écrivain socialiste Magdeleine Paz interpelle les présents sur le sort de Victor Serge, écrivain relégué à Orenbourg depuis février 1933, en raison de son opposition au régime.

LES COMPAGNONS DE ROUTE

Au côté d'un Louis Aragon s'instituant le défenseur officiel des thèses soviétiques en matière de littérature et de création artistique, il existe, dans les années 30, toute une frange d'intellectuels qui subit l'attraction du communisme, sans pour autant reprendre à leur compte l'intégralité de la doctrine marxiste-léniniste.
Le ralliement d'André Gide au communisme (octobre 1932) fait grand bruit. Il était devenu, suivant la terminologie empruntée à Trotski, un « compagnon de route ». À partir de juillet 1933, son nom figure au comité de direction de Commune, *la revue de l'AEAR, et il participe aux campagnes antifascistes menées par le Parti communiste. En 1935, il devait expliquer : « Ce qui m'a fait venir au communisme, et de tout cœur, c'est que la situation qui m'était faite dans le monde, cette situation de favorisé, me paraissait intolérable. » Tout change avec le voyage en URSS (17 juin-22 août 1936) qu'il effectue avec Pierre Herbart, Louis Guilloux, Eugène Dabit, etc. À son retour, il note dans son* Journal *: « Un immense, un effroyable désarroi. » Publiant en novembre son* Retour d'URSS, *il fait part de sa déception et provoque un scandale pour avoir écrit : « Et je doute qu'en aucun autre pays aujourd'hui, fût-ce dans l'Allemagne de Hitler, l'esprit soit moins libre, plus courbé, plus craintif (terrorisé), plus vassalisé. » Il confirmera son éloignement du communisme avec ses* Retouches à mon retour de l'URSS *(juin 1937). Désormais le plus célèbre des « compagnons de route » est exécré par ses anciens camarades qui n'hésitent pas à attaquer sa vie privée pour le déconsidérer.*
Membre du Comité de vigilance des intellectuels antifascistes, l'écrivain Jean Cassou (1897-1986) collabore à Monde, Commune, Vendredi. *En mai 1936, il succède à Jean Guéhenno comme rédacteur en chef de la revue* Europe. *Avec la guerre civile espagnole et la question de la non-intervention, Cassou épouse de plus en plus la ligne communiste. Conservateur adjoint du musée du Luxembourg, il est limogé par Vichy. Ayant rejoint la Résistance, il est condamné à un an de prison par un tribunal militaire. Nommé commissaire de la République pour la région de Toulouse, il est grièvement blessé lors de la libération de la ville. La Résistance puis la rupture Tito-Staline (1948) devaient lui fournir l'occasion d'échapper à l'attraction communiste. Dans la revue* Esprit, *il dénonce alors l'église stalinienne qui « prohibe le libre examen et, pour plus de sûreté, étend son autorité à tous les domaines, y compris la biologie, la peinture et sans doute le cirque et le jardinage [...]. Ainsi voit-on s'échafauder, poursuit-il, tout un pédantisme diafoiresque... »*
Rédacteur en chef de la revue Europe *depuis 1929, Jean Guéhenno (1890-1978), qui avait pourtant, dès 1931, témoigné de son admiration pour le plan quinquennal soviétique, en fut écarté en mai 1936 avec l'accord de Romain Rolland. En 1957, dans* La Foi difficile, *Guéhenno expliquera qu'il fut contraint de « rendre son tablier » sous la pression du PC : « Ce n'était*

qu'un petit épisode de la lutte que menait le Parti communiste pour installer sa puissance et soumettre les intellectuels à sa discipline.» Face aux procès de Moscou, il hésite à prendre clairement position, adoptant une position faussement équidistante: «Angoissé à la lecture des affreux procès», il dit conserver «toute son estime pour la grande œuvre socialiste qu'est en train d'accomplir le gouvernement de Staline», renonçant à comprendre le «mystère» des procès et à prendre la défense de Victor Serge.
Professeur au Collège de France et directeur de l'École de physique et de chimie, Paul Langevin (1872-1946) est l'un des trois initiateurs du Comité de vigilance des intellectuels antifascistes. Ses adhésions aux Amitiés franco-russes (1924), au Cercle de la Russie neuve, sans compter ses nombreux voyages en Union soviétique en font un soutien constant des entreprises communistes. En 1937, il patronne les Journées françaises pour la paix et l'amitié avec l'URSS; en 1944, il adhère enfin au PC. Peu avant sa mort, il participe à la fondation de La Pensée, *revue du rationalisme moderne.*
Depuis longtemps fasciné par le personnage du communiste, tel Borodine qu'il a rencontré en Chine et qu'il évoque dans son roman Les Conquérants *(1928), André Malraux (1901-1976) adhère à l'Association des écrivains et artistes révolutionnaires créée en juillet 1933. Dès lors, il est de toutes les campagnes contre le fascisme initiées par les communistes. En 1934, il se rend à Moscou au Congrès des écrivains soviétiques; en 1935, il est l'un des personnages centraux du Congrès de la Mutualité. Sa participation à la guerre d'Espagne est la première étape sur le chemin de la remise en cause de son engagement au côté des communistes, même s'il est loin d'abandonner son «compagnonnage». Consulté par André Gide sur la publication de son* Retour d'URSS, *Malraux lui conseille d'attendre la fin de la guerre pour le publier, parce que l'URSS fournit des armes à la République espagnole. Un an plus tard, interrogé par Victor Serge sur son attitude face aux emprisonnements arbitraires des militants espagnols du POUM menacés d'un procès inique, Malraux lui répond: «Je ne ferai rien contre Staline en ce moment. J'ai accepté les procès de Moscou et je suis disposé à accepter aujourd'hui celui de Barcelone.»*

10 juillet
Fondation du groupe de mathématiciens «Nicolas Bourbaki».

LE GROUPE BOURBAKI

Le lundi 10 décembre 1934, Henri Cartan (né en 1904), Claude Chevalley (1909-1984), Jean Delsarte, Jean Dieudonné (1906-1992), René de Possel et André Weil (1906-1998), frère de la philosophe Simone Weil, décident de fournir aux chercheurs, aux physiciens et aux techniciens une collection de traités mathématiques. Les 10-17 juillet 1935, lors d'une rencontre organisée à Besse-en-Chandesse en Auvergne, ils fondent le groupe «Nicolas Bourbaki», empruntant le nom du général du Second Empire, personnage récurrent des canulars des élèves de l'ENS. Le premier volume des traités paraît en 1939; le dernier en 1998. Le groupe jouera un rôle primordial dans la formation des générations suivantes de mathématiciens. Après la guerre, Bourbaki connaît son âge d'or, imposant la rénovation du contenu de l'enseignement universitaire. Le mouvement des «mathématiques modernes» influence toutes les grandes institutions: Sorbonne, Collège de France, CNRS, École normale supérieure, Polytechnique… et fait de la France une des «puissances» mathématiques mondiales.

14 juillet
Le matin, au vélodrome Buffalo à Montrouge (Seine), s'inspirant de la fête de la Fédération du 14 juillet 1790, les manifestants prêtent serment de «rester unis pour défendre la démocratie, pour désarmer et dissoudre les ligues factieuses, pour mettre nos libertés hors d'atteinte du fascisme», texte dû à Jean Guéhenno, Jacques Kayser et André Chamson. L'après-midi a lieu, de la Bastille à la Nation, un gigantesque défilé de plusieurs centaines de milliers de participants. De leur côté, les Croix-de-Feu se rassemblent à l'Étoile.

juillet-octobre
Le président du Conseil Laval met en œuvre sa politique de déflation en publiant 29 décrets-lois le 16 juillet. Il abaisse les prix (baisse du pain de 10 centimes par kilo grâce à un accord avec les boulangers, tarif du gaz et prix du sac de charbon réduits de 15 %, baisse des loyers), restreint les dépenses de l'État de 10 % en réduisant les traitements et les retraites des fonctionnaires et le paiement des rentes. Les salaires les plus bas sont amputés de 3 %. Il s'agit de revenir à l'équilibre budgétaire en supprimant 5780 milliards de dépenses et en créant 1200 milliards de recettes. Les partis de gauche feront de la lutte contre les décrets-lois le thème favori de leurs campagnes.

Le 8 août, Laval fait promulguer 83 nouveaux décrets-lois destinés à stimuler l'activité économique et diminuer le coût de la vie. Le 9, il réunit à Paris les préfets pour leur communiquer ses instructions concernant l'application des décrets-lois dans les départements. Fin octobre, une nouvelle série de décrets-lois (317) s'attache à compléter les textes antérieurs et à mener les réformes administratives.

19 juillet
Le Cartel confédéré des services publics organise une grande manifestation place de l'Opéra pour protester contre le prélèvement de 10 % sur les salaires des fonctionnaires. Certains d'entre eux sont arrêtés et sanctionnés.

25 juillet-21 août
À Moscou, au cours du 7e congrès du Komintern, la politique de Rassemblement populaire, déjà mise en œuvre en France, est officiellement approuvée par la direction du mouvement communiste qui consacre ainsi le ralliement tactique des communistes à une politique antifasciste.

6-8 août
À Brest, les ouvriers des arsenaux, en grève contre les décrets-lois publiés le 16 juillet, demandent le retrait des forces de l'ordre présentes sur leur lieu de travail. Des affrontements éclatent, la prise d'assaut de la préfecture maritime fait un mort. À Toulon, le 8, de graves incidents ont également lieu à la sortie de l'usine de pyrotechnie: les ouvriers se retranchent dans l'arsenal pour protester contre la baisse de leurs salaires, c'est l'armée qui les en déloge. On relève 2 morts et 50 blessés.

30 août
Henri Barbusse meurt à Moscou. L'écrivain qui s'était spécialisé dans les ouvrages de propagande soviétique: *Voici ce qu'on a fait de la Géorgie* (1929), *Russie* (1930) et *Staline* (1935) a droit à une cérémonie officielle sur la place Rouge. Ses obsèques ont lieu ensuite au Père-Lachaise où l'accompagnent des dizaines de milliers de Parisiens venus rendre hommage à l'une des personnalités du Rassemblement populaire.

2 septembre
Le gouvernement donne son accord à la création du Crédit colonial, organisme destiné à financer les grands travaux de mise en valeur des territoires d'outre-mer.

15 septembre
Durant le congrès du parti nazi à Nuremberg, Hitler fait promulguer la loi qui prive les juifs de leurs droits civiques, la loi sur « la protection du sang allemand et de l'honneur allemand » qui interdit les mariages entre Allemands et juifs et l'emploi de domestiques allemandes de moins de 45 ans par les juifs. Ces lois discriminatoires ne provoquent pas immédiatement d'émigration significative.

24-27 septembre
La CGT et la CGTU tiennent simultanément leurs congrès respectifs. Le 27, une séance commune de clôture organisée à la Mutualité préfigure la réunification.

octobre
Louis Guilloux: *Le Sang noir.*

1er-3 octobre
La tension s'installe en Méditerranée où la presque totalité de la flotte britannique est concentrée depuis la mi-septembre. Le 2 octobre, Mussolini décrète la mobilisation civile de l'Italie: « À des mesures d'ordre militaire, l'Italie répondra par des mesures d'ordre militaire. À des actes de guerre, l'Italie répondra par des actes de guerre. » Le gouvernement anglais demande à la France si, en cas d'attaque par des navires italiens, sa flotte pourrait compter sur le soutien des unités françaises. Le 3, du balcon du Palazzo Veneto à Rome, Mussolini annonce que les troupes italiennes sont entrées en Éthiopie à 6 h 30 du matin, le gouvernement italien se prétendant contraint de prendre des mesures de défense contre l'agressivité des troupes éthiopiennes.

4 octobre
Le Temps publie le manifeste des intellectuels (dont 16 académiciens) pour la « défense de l'Occident » rédigé par Henri Massis; parmi les signataires: Abel Bonnard, Henry Bordeaux, Louis Madelin, Marcel Aymé, Henri Béraud, Robert Brasillach, Léon Daudet, Pierre Drieu la Rochelle, Henri Ghéon, etc. Ils s'opposent aux sanctions contre l'Italie qui seraient susceptibles de provoquer un conflit mettant en danger la civilisation. Publié dans *L'Œuvre* le lendemain, un contre-manifeste d'écrivains et artistes – Jules Romains, Adrienne Monnier, Aragon, André Gide, Romain Rolland, André Chamson, Jean Guéhenno, Malraux, Paul Nizan, Emmanuel Mounier, etc. – y répond pour soutenir l'action de la Société des Nations.

5 octobre-1er novembre
Le conseil de la SDN, sur rapport d'un comité spécial (Angleterre, France, Russie, Portugal, Chili, Danemark), désigne l'Italie comme l'agresseur et la déclare en rupture de pacte, ce qui déclenche automatiquement des sanctions – non précisées – à son égard. Le 7, après avoir hésité, Laval en accepte le principe, mais pour tenter de préserver une entente franco-italienne supposée faire contrepoids à l'Allemagne, il fait savoir en coulisse aux délégués italiens à la SDN qu'il a fait exclure de la liste des produits soumis à l'embargo ceux qui sont nécessaires à la poursuite de la guerre (acier, cuivre, pétrole). Le 10, la SDN constitue un comité de coordination des sanctions. Le 11, la conférence plénière de la SDN lève l'interdiction de la vente d'armes à l'Éthiopie et établit l'embargo sur la fourniture d'armes à l'Italie. Les sanctions financières doivent entrer en vigueur le 28 octobre. Le 1er novembre, la SDN décide une nouvelle série de sanctions (applicables à partir du 18 novembre) contre l'Italie: l'interdiction totale de toutes les importations italiennes est approuvée par 49 États; les États-Unis et le Brésil restent neutres. De leur côté, l'Union soviétique et l'Allemagne ravitaillent l'Italie mussolinienne. Le 15 juillet 1936, les sanctions seront abrogées par la SDN.

3 novembre
Les journaux du groupe Patenôtre *(Le Petit journal)* publient les résultats de la consultation menée auprès de leurs lecteurs sur l'agression italienne contre l'Éthiopie: 530000 se prononcent pour la neutralité absolue, 310000 pour des sanctions économiques, 10000 pour des sanctions militaires. L'ère des sondages d'opinion approche.

8 novembre
Premier numéro de l'hebdomadaire *Vendredi*, dirigé par André Chamson, Andrée Viollis et Jean Guéhenno, dont l'objectif est d'œuvrer pour le Rassemblement populaire. Financé par un don de 500000 francs des amis radicaux d'André Chamson, *Vendredi* paraîtra jusqu'en 1938.

14 novembre
Représentant de l'Éthiopie à la SDN, le professeur de droit Gaston Jèze (1869-1953) voit son cours perturbé puis empêché par des étudiants nationalistes favorables à l'invasion italienne.

16 novembre
À Limoges, la section Croix-de-Feu ayant organisé une réunion dans un manège privé, des militants de gauche entrent en force et tirent sur les quelque 200 militants (sur 1 200) du colonel de La Rocque encore présents. Il y a 14 blessés. Ces incidents susciteront des interpellations à la Chambre les 3 et 6 décembre.

22 novembre
Pour le compte du service diplomatique parallèle de Joachim von Ribbentrop *(Ribbentrop Dienststelle)*, Otto Abetz préside la première réunion du Comité France-Allemagne qui publiera, avec l'aide financière allemande, les *Cahiers franco-allemands*. Il s'agit pour Abetz de s'introduire dans les milieux industriels et ceux de la presse pour les influencer dans un sens favorable à l'Allemagne.
Première publique de la pièce de Jean Giraudoux *La Guerre de Troie n'aura pas lieu* par Louis Jouvet, avec Pierre Renoir, Renée Falconetti, Marie-Hélène Dasté.

5 décembre
Le prix Goncourt est attribué à Joseph Peyré pour *Sang et lumières*; le prix Renaudot à François de Roux pour *Jour sans gloire*.

6 décembre
À l'instigation du président du Conseil Pierre Laval, le député Croix-de-Feu Jean Ybarnegaray propose à la Chambre le désarmement mutuel des organisations politiques de gauche comme de droite qui usent de la violence et indique que pour leur part les Croix-de-Feu sont prêts à y consentir. Léon Blum pour la SFIO et Maurice Thorez pour le PC se rallient à cette proposition. Aussitôt Laval, à la séance de l'après-midi, dépose trois projets de lois sur la « dissolution des associations ayant le caractère de groupe de combat ou de milice privée », sur le port d'armes au cours de manifestations et sur le délit de provocation au meurtre par voie de presse. Ces trois lois sont adoptées le 10 janvier 1936. Laval obtient un ordre du jour de confiance par 351 voix contre 219.

10 décembre
Le projet d'accord Laval-Hoare (secrétaire au Foreign Office) de règlement du conflit en Éthiopie, ratifié par le cabinet de Londres, est soumis à Rome et à Addis-Abeba. Dans un premier temps, ce plan prévoit l'annexion de certaines provinces par l'Italie puis l'annexion des deux tiers du pays. Le Négus Haïlé Sélassié repousse le projet le 17.
Irène et Frédéric Joliot-Curie reçoivent le prix Nobel de chimie.

17-28 décembre
André Géraud, dit Pertinax, journaliste de *L'Écho de Paris*, révèle dans le *Daily Telegraph* que, depuis août, Pierre Laval et le ministre des Affaires étrangères anglais Samuel Hoare négocient secrètement avec les Italiens au sujet de l'Éthiopie. Les 27-28 décembre, Laval est interpellé sur sa politique extérieure par le socialiste Léon Blum, le radical Yvon Delbos, le communiste Gabriel Péri et Paul Reynaud de l'Alliance démocratique. Le 28, à l'issue des débats qui durent deux jours et une nuit, Laval conserve une majorité parlementaire de 22 voix.

31 décembre
Grâce à la politique menée (réduction des dépenses de l'État de 10 %, impôt sur le revenu relevé de 50 % pour les revenus supérieurs à 80000 francs annuels), Laval parvient à l'équilibre du budget mais il a dissocié du budget ordinaire un budget extraordinaire de 6230 milliards destiné au financement de l'armement. Le budget ordinaire de 1936 connaît, en théorie, un excédent de 12 millions de francs. La parité du franc est préservée mais l'écart entre les prix français et les prix mondiaux s'est aggravé. On compte un demi-million de sans-emplois dont 433 238 secourus.

autres événements
• Célestin Bouglé: *Bilan de la sociologie française contemporaine.*
• Roger Caillois publie aux *Cahiers du Sud* son *Procès intellectuel de l'art*, qui marque sa rupture avec le surréalisme auquel il avait adhéré trois ans auparavant. Le merveilleux qu'il cherche ne craint pas la connaissance rationnelle mais au contraire s'en nourrit.
• Premier roman d'Henri Calet: *La Belle Lurette.*
• Georges Gurvitch: *L'Idée de droit social.*
• Titulaire depuis 1925 de la chaire de littératures modernes comparées au Collège de France, Paul Hazard (1878-1944) publie son tableau en quatre volets (crise du classicisme, émergence du rationalisme, diffusion de l'idée de progrès, émergence de « valeurs imaginatives et sensibles ») de l'apparition des idéaux de l'époque moderne: *La Crise de la conscience européenne 1680-1715* (3 volumes).
• Pierre Janet: *Les Débuts de l'intelligence.*
• Gabriel Marcel (1889-1973): *Être et Avoir.*
• Mounier: *Révolution personnaliste et communautaire.*
• Parution posthume de *Comment j'ai écrit certains de mes livres* de Raymond Roussel qui s'est suicidé à Palerme le 13 juillet 1933.
• André Jolivet: *Mana.*
• Arthur Honegger: *Jeanne au bûcher.*
• Olivier Messiaen: *La Nativité du Seigneur* (orgue).
• Le graphiste communiste allemand Helmut Herzfeld, dit John Heartfield (1891-1968), ex-membre du groupe Dada de Berlin, expose ses photomontages antinazis à Paris. Il a émigré à Prague dès 1933.

1936

4 janvier
Les intempéries qui sévissent sur la France provoquent de graves inondations dans l'Ouest, à Bordeaux et dans la vallée du Rhône.

9 janvier
Les étudiants en droit nationalistes troublent à nouveau le cours de Gaston Jèze; le ministère ferme la faculté. Après de nouveaux incidents en février et mars entre « jézistes » et « antijézistes » (parmi eux, un jeune étudiant nommé François Mitterrand), le recteur décidera de déplacer le cours de Gaston Jèze au Musée pédagogique.

12 janvier
Le programme du Rassemblement populaire est publié dans *L'Œuvre*. Il prévoit la transformation de la Banque de France en établissement public, la nationalisation des industries de guerre, la création d'un office interprofessionnel des céréales, la réforme du Fonds national du chômage créé le 17 mars 1931, la réduction de la semaine de travail sans réduction du salaire hebdomadaire (les 40 h ne sont pas mentionnées, mais l'idée circule déjà depuis plusieurs mois), l'exécution d'un plan de grands travaux. La coalition de gauche entend désarmer les formations paramilitaires d'extrême droite, abroger les lois restreignant la liberté d'opinion (lois dites « scélérates » des 11-18 décembre 1893), organiser l'égalité d'accès des formations politiques à la radiodiffusion d'État, faire respecter le droit syndical, réformer l'école publique ainsi que mettre sur pied une commission d'enquête parlementaire sur la « situation politique, économique et morale dans les territoires français d'outre-mer ».

19-31 janvier
Le comité exécutif du Parti radical élit Daladier pour président.
Herriot annonce son intention de quitter le gouvernement Laval. Ce départ annoncé entraîne celui des autres ministres radicaux: Georges Bonnet, Joseph Paganon, William Bertrand. Le 22, Laval est donc contraint de démissionner. Fernand Bouisson et Herriot, pressentis par Albert Lebrun, se désistent. Albert Sarraut (président du Conseil et Intérieur)

constitue un gouvernement de transition jusqu'aux prochaines législatives, s'appuyant sur les radicaux et l'Union socialiste républicaine : Delbos (Justice), Flandin (Affaires étrangères), Régnier (Finances), général Maurin (Guerre), Piétri (Marine), Paul Thellier (Agriculture), Mandel (PTT et Alsace-Lorraine), Jacques Stern (Colonies), Frossard (Travail), Nicolle (Santé publique), Chappedelaine (Marine marchande), Chautemps (Travaux publics), Déat (Air), Guernut (Éducation nationale), Bonnet (Commerce et Industrie), Besse (Pensions). Ministre d'État : Paul-Boncour.
Le 31, après lecture de la déclaration ministérielle et débat de politique générale, Albert Sarraut est investi par 361 voix contre 165. Son gouvernement est soutenu par les députés radicaux-socialistes, socialistes, et les membres du Parti d'unité prolétarienne de Louis Sellier.

22-25 janvier
Au congrès du Parti communiste, le secrétaire général Thorez déclare que le gouvernement du Front populaire doit permettre « la préparation de la prise totale du pouvoir par la classe ouvrière » et conclut : « En avant pour le triomphe de la République française des Soviets. » Depuis que le PC s'est rallié à la politique de défense nationale (mai 1935), reprenant aussi *La Marseillaise*, son appellation exacte, Section française de l'Internationale communiste, passe à l'arrière-plan. C'est désormais le nom de Parti communiste *français* qui s'impose.

12 février
À Paris, le musée du Jeu de Paume présente l'exposition *L'Art espagnol contemporain : peinture et sculpture*.

13-16 février
Le 13, Léon Blum, secrétaire de la SFIO, est victime d'une agression de la part de militants d'Action française rassemblés pour les obsèques de l'historien Jacques Bainville : il est blessé à la tête. Des ouvriers travaillant sur un chantier voisin viennent à son secours. Le 16, le comité du Rassemblement populaire organise du Panthéon à la Bastille une grande manifestation de protestation à laquelle participent un demi-million de personnes. À la suite de cette agression, le président du Conseil Albert Sarraut dissout l'Action française, la fédération nationale des étudiants d'Action française et la fédération des Camelots du roi (entre 30 000 et 60 000 militants).

18 février
En Espagne, le *Frente popular* constitué en janvier par les républicains, les socialistes, les militants du Parti ouvrier d'unification marxiste (POUM) et les communistes, remporte les élections (267 sièges). Cette victoire est suivie d'une intense vague d'agitation dans les campagnes et dans les villes.

27 février-12 mars
Le débat sur la ratification du pacte franco-soviétique du 2 mai 1935 est ouvert le 11 par l'exposé du rapporteur, le député – « indépendant de gauche » bénéficiant de la sympathie des Soviétiques – l'avocat Henry Torrès. Le pacte franco-soviétique est ratifié le 27 février à la Chambre par 353 voix contre 164 et 45 abstentions. Le 12 mars, les sénateurs l'approuvent également par 226 voix contre 48.

mars
Bolivar de Jules Supervielle est donné à la Comédie-Française avec des ballets de Serge Lifar et une musique de scène de Milhaud. Échec de la pièce.

2-5 mars
Au congrès de Toulouse, la CGT et la CGTU s'unifient en une seule Confédération générale du travail. Les responsabilités sont partagées entre anciens confédérés et anciens unitaires. Le congrès vote l'incompatibilité des mandats politiques et syndicaux ce qui contraint Benoît Frachon à démissionner du bureau politique du PC. En réalité, il continuera à participer à ses réunions.

7-8 mars
Après avoir dénoncé le traité de Locarno, Hitler fait occuper la Rhénanie par la Wehrmacht. 30 000 soldats prennent possession de la zone démilitarisée du Rhin. Réuni dans la soirée, le gouvernement prend l'avis du général Gamelin, chef de l'état-major général, qui, considérant que les forces allemandes sont supérieures à celles de la France, l'incite à la prudence. Le ministre des PTT et de l'Alsace-Lorraine Georges Mandel réclame l'entrée immédiate en Rhénanie mais le ministre de la Guerre, le général Maurin, avertit que, dans ces circonstances, l'état-major demandera la mobilisation générale. Le président du Conseil Albert Sarraut décide de temporiser. Le 8, Albert Sarraut fait une déclaration à la radio : « Nous ne sommes pas disposés à laisser placer Strasbourg sous le feu des canons allemands. » Activant le dispositif de sécurité pour les régions de Strasbourg et Belfort, il en appelle à l'autorité de la SDN. L'inaction française conduit à la chute du prestige de la France : la Belgique choisira la neutralité, la Pologne recherchera une entente avec l'Allemagne, l'Italie se tournera vers Berlin.

L'absence de réaction de la SDN à la violation du traité de Versailles affecte la crédibilité de l'institution internationale.

8 mars
Les résultats du recensement sont publiés.

LE RECENSEMENT DE 1936

Le recensement de 1936 comptabilise 41907056 Français, dont 21600000 urbains et 19900000 ruraux. La chute de la natalité (19,1 ‰ de 1920 à 1929 ; 15,9 ‰ de 1930 à 1938) est due à l'arrivée à l'âge adulte des classes « creuses », celles qui ont subi les plus lourdes pertes pendant la guerre de 14-18 et n'ont donc pas eu d'enfants. L'immigration (1931 : 2890000 soit 7 % de la population ; 1936 : 2453000) a évité à la France un véritable effondrement démographique qui n'aurait pu être compensé par la baisse de la mortalité infantile (70 ‰ en 1938) et les progrès de la médecine. Les Italiens (plus de 800000) sont les plus nombreux, suivis des Polonais (plus de 500000) puis des Espagnols (plus de 350000), des Belges (plus de 250000). Entre 1931 et 1936, 500000 immigrés ont obtenu leur naturalisation.

9 mars
À la Chambre des communes, le secrétaire au Foreign Office Anthony Eden déclare que la Grande-Bretagne se considère comme tenue de venir au secours de la France et de la Belgique si ces pays sont attaqués.

21 mars
Charles Maurras est condamné à quatre mois de prison pour provocation au meurtre. Dans un article de *L'Action française*, il a menacé de « son couteau de cuisine » – en cas de guerre – les 140 parlementaires qui préconisent des sanctions contre l'Italie. Le 23 mai, il sera à nouveau condamné à huit mois de prison ferme pour le même délit. Durant son incarcération à la prison de la Santé, au régime politique, il rédige chaque jour son article pour *L'Action française* qu'il signe Pelisson.

1er avril
La France et l'Angleterre signent un pacte d'assistance, en cas d'agression non provoquée par l'un ou l'autre partenaire.
Ribbentrop, ambassadeur extraordinaire à Londres, communique au secrétaire au Foreign Office Anthony Eden un plan de paix en 19 points.

16 avril
Des autonomistes bretons jettent des bouteilles de phosphore sur les préfectures de Nantes, Quimper, Rennes et Saint-Brieuc.

17 avril
Se posant en rassembleur du peuple français, Maurice Thorez prononce sur les ondes de Radio-Paris un discours d'ouverture en direction des électeurs de droite : « Nous te tendons la main, catholique, ouvrier, employé, artisan, paysan, nous qui sommes des laïques, parce que tu es notre frère [...]. Nous te tendons la main, volontaire national, Ancien Combattant devenu Croix-de-Feu, parce que tu es un fils de notre peuple... »

26 avril-3 mai
Premier tour des élections législatives. La participation est de 84,3 % des inscrits. Il y a 185 candidats élus. Au second tour, la gauche (5421000 voix, 45,9 % des inscrits) devance la droite (4233000 voix, 35,8 %). Le Parti communiste double son score passant de 783000 voix en 1932 à 1467000 (72 sièges, un gain de 62). La SFIO obtient 146 sièges (+49), l'Union socialiste républicaine 26 sièges (-19) et le Parti d'unité prolétarienne 10 sièges. Les radicaux régressent de 158 sièges (1932) à 115 sièges (-43). Les partis de droite passent de 37,35 % (1932) à 35,88 % des voix ; la coalition de gauche progresse de 44,48 % à 45,9 % des voix. Le Rassemblement populaire dispose de 369 élus contre 220 députés à la droite et au centre (droite, démocrates populaires, républicains de gauche, radicaux indépendants). Léon Blum, premier secrétaire de la SFIO – parti majoritaire au sein de la coalition – sera appelé à former le gouvernement.

4-5 mai
Dans *Le Populaire*, Léon Blum déclare que la SFIO est prête à assumer le pouvoir et qu'elle doit l'exercer sans perdre un instant. Le lendemain, le cabinet Sarraut annonce qu'il restera en fonctions jusqu'à l'installation de la nouvelle Chambre.

5-9 mai
Addis-Abeba est prise le 5 par les troupes italiennes. Le 9, Mussolini proclame l'annexion de l'Éthiopie. La France reconnaîtra cette annexion le 19 novembre 1938.

8-14 mai
Les émailleurs de la Société générale des fonderies de Saint-Michel-Sougland (Aisne) font la première grève « sur le tas » c'est-à-dire avec

occupation du lieu de travail pour empêcher le lock-out patronal. Elle dure cinq jours. Cette grève sera suivie de celles menées dans les usines d'aéronautique : chez Breguet au Havre (11 mai) puis chez Latécoère à Toulouse. Elles obéissent au même motif : le licenciement d'ouvriers en raison de leurs activités syndicales. Leur succès rencontre un écho dans l'industrie aéronautique. Dans l'après-midi du 14, 700 ouvriers de l'usine Bloch (future Société anonyme des avions Marcel Dassault) à Courbevoie, occupent leur usine pour une augmentation de salaire. Un vaste mouvement revendicatif se dessine dans toute la France.

10 mai
Sous la pression de Sarraut qui menace de présenter immédiatement la démission de son gouvernement, Léon Blum se rallie à la politique de défense du franc et repousse toute dévaluation.

16-31 mai
Trois sessions sont consacrées, à la Maison de la culture, à la question du réalisme en peinture : elles sont présidées par André Malraux, Georges Sadoul et Francis Jourdain. Interviennent au cours des débats : Marcel Gromaire, Jean Lurçat, André Lhote, Fernand Léger, Louis Aragon et, parmi les jeunes artistes, André Fougeron et Édouard Pignon.

22 mai
Le comité exécutif du Parti radical réuni sous la présidence d'Édouard Daladier se prononce à l'unanimité pour la participation à un gouvernement socialiste.

24 mai
La manifestation commémorant la Commune de 1871 qui rassemble des centaines de milliers de Parisiens, stimule le mouvement revendicatif. Le syndicaliste Pierre Monatte écrit : « Quand on se sent fort dans la rue on ne peut pas continuer à se sentir esclave à l'usine. » Fin mai, le mouvement d'occupation devient un phénomène de masse englobant notamment, les 28 et 29, les 30000 ouvriers de Renault.

31 mai
Léon Blum, qui entend occuper les fonctions de président du Conseil, déclare : « Nous agirons à l'intérieur du système social actuel [...]. C'est cela l'objet de notre expérience... », précisant qu'il entend « distribuer une petite ration de justice et de bien-être ». Il prône « l'occupation du pouvoir » plutôt que sa « reconquête révolutionnaire ».

4 juin
Le gouvernement Léon Blum est constitué à 21 h : Daladier (vice-président du Conseil, Défense nationale et Guerre), Gasnier-Duparc (Marine), Cot (Air), Salengro (Intérieur), Marc Rucart (Justice), Zay (Éducation nationale), Delbos (Affaires étrangères), Moutet (Colonies), Auriol (Finances), Albert Rivière (Pensions), Charles Spinasse (Économie nationale), Albert Bedouce (Travaux publics), Bastid (Commerce et Industrie), Monnet (Agriculture), Robert Jardillier (PTT), Jean-Baptiste Lebas (Travail), Sellier (Santé publique). Ministres d'État : Chautemps, Faure, Viollette.
Un sous-secrétariat aux Sports et Loisirs est créé et confié à Léo Lagrange. Pour la première fois, trois femmes sont sous-secrétaires d'État : la dirigeante de l'Union pour le suffrage des femmes Cécile Brunschvicg (Éducation nationale), Irène Joliot-Curie (Recherche scientifique) et Suzanne Lacore (Protection de l'enfance).
Le communiste Jacques Duclos est élu vice-président de la Chambre.

5-6 juin
Le nouveau président du Conseil Léon Blum s'adresse aux Français par la radio le 5 juin. Il annonce la semaine des 40 h (revendication avancée par les grévistes et la CGT), la généralisation des conventions collectives, les congés payés tandis qu'à Paris les Halles et les grands magasins se mettent en grève. Le 6, Blum présente son gouvernement à la Chambre et recueille 384 voix contre 210. Répondant aux interpellations des députés de droite qui dénoncent les atteintes au droit de propriété et à la liberté du travail, il refuse le recours à la force pour faire évacuer les usines. Le député d'extrême droite (il est membre du Parti républicain national et social de Pierre Taittinger), élu de l'Ardèche, Xavier Vallat provoque un incident : « Votre arrivée au pouvoir, monsieur le Président, marque une date historique. Pour la première fois, ce vieux pays gallo-romain va être gouverné... – Herriot (président de la Chambre) : Prenez garde, monsieur Vallat ! – ... Par un juif, j'ose le dire à haute voix, voilà ce que le pays pense [...]. Élève du Talmud, élève de Sion... – Herriot : Je ne connais ni juif, ni protestant, ni catholique. Dans cette Assemblée, je ne connais que des Français. »

6 juin
Le cardinal Verdier, archevêque de Paris, lance un appel en faveur de la paix sociale.
Le groupe Jeune France, fondé par les musiciens André Jolivet (1905-1974), Olivier Messiaen, Daniel-Lésur, Yves Baudrier, donne son concert-

manifeste. Yves Baudrier (1906-1988) est le principal rédacteur du manifeste dans lequel les quatre initiateurs, décidés à favoriser la diffusion d'œuvres jeunes, libres, aussi éloignées d'un poncif révolutionnaire que d'un poncif académique, affirment vouloir un « retour à l'humain ».

7 juin
À la demande de Léon Blum s'ouvrent à Matignon les négociations entre les dirigeants du patronat: René-Paul Duchemin, président de Kuhlmann et de la Confédération générale de la production française, Richemont de l'Union des industries métallurgiques et minières, Lambert-Ribot du Comité des forges et Ernest Dalbouze, le président de la chambre de commerce de Paris, et la CGT représentée par Léon Jouhaux, René Belin, Benoît Frachon, Semat (de la métallurgie), Cordier (du bâtiment), Milan (de la chapellerie). Roger Salengro, ministre de l'Intérieur, déclare devant le Sénat: « Le gouvernement est résolu à assurer l'ordre public et si, demain, des occupations de magasins, de bureaux, d'usines, de fermes étaient tentées, le gouvernement, par tous les moyens appropriés, entend y mettre un terme. »
Les Messageries Hachette entrent en grève, les journaux ne sont plus distribués.

8 juin
Peu avant 1 h du matin, signature des accords dits de Matignon. Ils prévoient l'établissement de contrats collectifs, la reconnaissance du droit syndical et son libre exercice, celle des délégués du personnel élu sur les lieux de travail à scrutin secret (à la demande des employeurs), la renonciation aux sanctions pour fait de grève. Les salaires sont relevés, selon une échelle, de 7 à 15 % (l'augmentation générale se situe à 12 % avec une réduction du temps de travail de 13,6 %). La reprise du travail doit s'effectuer dès que le patronat acceptera d'appliquer les accords Matignon. Le mouvement, qui mobilise plus d'un million de grévistes, est alors à son apogée.

9 juin
Le président du Conseil Léon Blum dépose cinq projets de lois concernant la semaine de 40 h, les congés payés annuels, le contrat collectif, la révision des décrets-lois de juillet 1935 frappant les traitements des fonctionnaires et l'imposition de la retraite du combattant.

10 juin
Dans *La Révolution prolétarienne*, la philosophe Simone Weil, qui a visité des usines en grève, publie des réflexions inspirées de sa courte expérience d'ouvrière. La perspective d'un gouvernement de Front populaire lui semble capitale dans le déclenchement des grèves: « Dès qu'on a senti la pression s'affaiblir, immédiatement les souffrances, les humiliations, les rancœurs, les amertumes silencieusement amassées pendant des années ont constitué une force suffisante pour desserrer l'étreinte. C'est toute l'histoire de la grève [...]. Il s'agit, après avoir toujours plié, tout subi, tout encaissé en silence pendant des mois et des années, d'oser se redresser. Se tenir debout. Prendre la parole à son tour. Se sentir des hommes, pendant quelques jours. Indépendamment des revendications, cette grève est en elle-même une joie. Une joie pure. Une joie sans mélange. »

Simone Weil

Élevée dans une famille de la bourgeoisie libérale, Simone Weil (1909-1943), devenue l'élève du philosophe Alain, se distingue par son originalité intellectuelle et un comportement non conformiste: lecture de L'Humanité, *travaux des champs pendant les vacances, participation à une université populaire, rencontre avec des syndicalistes. Influencée par son maître, elle s'engage dans le mouvement pacifiste mais fait preuve aussi d'une grande sensibilité aux questions sociales et politiques: la situation des chômeurs, les répressions en Indochine la captivent autant que l'agrégation de philosophie qu'elle obtient en 1931. Nommée professeur au Puy (Haute-Loire), elle se lance dans l'action syndicale, ce qui lui vaut des rappels à l'ordre de l'administration et sa mutation à Auxerre. Mais l'engagement militant en lui-même ne peut la satisfaire, aussi mène-t-elle, malgré des maux de tête qui parfois la laissent brisée, sa propre réflexion sur les questions décisives pour le mouvement ouvrier: la situation de l'Allemagne où elle se rend à l'été 1932 – elle prévoit la victoire des nazis –, la politique de l'URSS et ses impasses, les faiblesses du mouvement ouvrier, analyses qu'elle publie dans* La Révolution prolétarienne. *Après sa rencontre avec Boris Souvarine et l'équipe de* La Critique sociale, *elle rédige ses* Réflexions sur les causes de la liberté et de l'oppression sociale *dans lesquelles elle conduit sa critique du marxisme. Elle concrétise ensuite son désir de connaître la condition ouvrière et se fait embaucher chez Alsthom puis chez Renault. L'expérience du travail « aliéné » est physiquement épuisante mais riche intellectuellement: l'humiliation quotidienne et la déshumanisation du travail l'orientent vers une recherche spirituelle qui l'amène aux marges du christianisme, quête qu'elle poursuit dans de volumineux* Cahiers – *qui ne seront connus qu'après sa mort – dans lesquels elle revisite les religions du monde. Liée à des militants libertaires, Simone Weil se rend en Espagne, en proie à la guerre civile, où elle perçoit la face noire de la révolution : la violence gratuite. « Quand on sait qu'il est possible de tuer sans risquer ni châtiment ni blâme, on tue », écrit-elle à Georges Bernanos, en comprenant parfaitement les conséquences sociales d'une telle situation pour les plus faibles, les humbles. Préoccupée par le risque de guerre, elle rejoint dans ses études (*Ne recommençons pas la guerre de Troie, *1937 ;* L'Europe en guerre pour la Tchécoslovaquie, *1938) le pacifisme intégral. Après la défaite de 1940, elle se reproche d'avoir suivi les pacifistes sans avoir su discerner leur « inclination à la trahison ». Réfugiée à Marseille en septembre 1940, victime du statut des juifs (3 octobre 1940), elle participe aux réseaux de distribution des* Cahiers du Témoignage chrétien. *En mai 1942, elle quitte la France pour les États-Unis puis, en novembre, gagne Londres où elle s'engage dans les services de la France libre, avec le vain espoir de se faire parachuter en France. Les derniers mois de sa vie, elle les consacre à la rédaction de son « second grand œuvre »* L'Enracinement, *« prélude à une déclaration des devoirs envers l'être humain », analyse – de portée universelle – des obstacles et des possibilités de rénover moralement et institutionnellement la société française. Souffrant de malnutrition (elle s'impose des rations réduites), atteinte de tuberculose, épuisée par le travail et désespérée de n'être pas entendue, Simone Weil décède en sanatorium, le 24 août 1943. En 1949, Albert Camus entreprend d'éditer ses textes et* Cahiers, *hommage à la personnalité paradoxale de Simone Weil qui avait placé ses* Réflexions sur la liberté *sous le double patronage de Spinoza et Marc Aurèle.*

11 juin

Devant une assemblée de militants communistes de la région parisienne, Maurice Thorez fait une importante déclaration rapportée en ces termes à la une de *L'Humanité* du 12 juin : « […] Maurice Thorez rappelle qu'il faut savoir terminer une grève, dès l'instant où les revendications essentielles ont été obtenues. Il faut savoir même consentir aux compromis afin de ne perdre aucune force, et notamment ne pas faciliter les campagnes d'affolement et de panique de la réaction. La classe ouvrière, ayant imposé les augmentations de salaires et l'exercice du droit syndical, doit veiller à son union avec les travailleurs des classes moyennes, avec la paysannerie tout particulièrement, en ne s'en détachant pas par une progression plus accélérée. Thorez rappelle que "Tout n'est pas possible" [allusion à une déclaration de Marceau Pivert, de la Gauche révolutionnaire de la SFIO] et que le mot d'ordre capital du parti reste : "Tout pour le Front populaire ! Tout par le Front populaire !" » La déclaration de Thorez constitue un tournant ; pour les plus radicaux des militants, elle prend valeur d'une trahison des espoirs suscités par le grand mouvement gréviste.

La loi instituant un congé annuel payé d'un minimum de quinze jours pour un an de travail, est votée à la Chambre (563 voix contre 1) ; elle est définitivement adoptée le 20 juin. La loi sur les conventions collectives l'est également (571 voix contre 5) ; elle complète celle du 25 mars 1919. L'imposition de la retraite du combattant est supprimée.

12 juin

La loi sur les 40 h est votée (408 voix contre 160). La mise en place de la loi des 40 h se fera à partir d'octobre ; on en attendait une notable réduction du chômage, elle ne fait que le limiter. Mais la loi provoque aussi une hausse des prix de revient à la production.

13-15 juin

Le travail reprend chez Renault et Citroën le 13. Le 15, la reprise générale du travail dans la métallurgie parisienne couronne la fin du mouvement gréviste qui, dans l'industrie hôtelière, a pris fin le 12 et sera suivi de la reprise dans les grands magasins. En quelques semaines, les effectifs syndicaux passent d'environ 785 000 à près de 4 millions. La hausse est particulièrement forte dans le secteur privé. Avant juin 1936, le taux de syndicalisation ne dépassait pas 10 %, désormais il est de 52 % dans les industries et les mines, 66 % dans les services, 43 % chez les employés.

18 juin

À la demande de Roger Salengro, ministre de l'Intérieur, le gouvernement prononce la dissolution des Croix-de-Feu, des francistes de Marcel Bucard, des Jeunesses patriotes, et de Solidarité française du commandant Jean Renaud. Le colonel de La Rocque fait annoncer, le 24 juin, la fondation du Parti social français. Particulièrement bien implanté dans le Nord, la région parisienne et la vallée de la Seine, le PSF repose sur un recrutement populaire : dans le Nord, les ouvriers représentent 36,2 % des effectifs et la présence de nombreuses femmes le distingue aussi des autres partis. Fin octobre 1937, le PSF aurait compté 739000 adhérents pour atteindre 1,1 à 1,2 million en 1939.

24 juin
Conformément aux accords Matignon, la loi institue les délégués ouvriers dans les établissements industriels ou commerciaux. De juin 1936 à juin 1937, 4 595 conventions seront conclues.
Les inscrits maritimes de Marseille se mettent en grève et occupent les navires de commerce.
Hitler conteste le contrôle de la SDN sur la ville libre de Dantzig.

27-28 juin
À Saint-Denis, Jacques Doriot fonde le Parti populaire français. Dans son entourage, on trouve d'anciens communistes (Camille Fégy, Henri Barbé), des dissidents des Volontaires nationaux (Pierre Pucheu) mais aussi Pierre Drieu la Rochelle, qui a publié en 1934 *Socialisme fasciste*, et le journaliste Bertrand de Jouvenel.

Fascismes français

Georges Valois fut le premier à se référer à l'expérience mussolinienne lorsqu'il fonde le Faisceau en novembre 1925, tentative qui tourne court en 1928. Par contre, certains de ses acolytes n'abandonnent pas l'idée de créer un mouvement fasciste en France. Parmi eux, Marcel Bucard (1895-1946). Bucard a combattu avec bravoure en 1915-1918. Cité à dix reprises, il accède au grade de capitaine et reçoit la Légion d'honneur. Cette guerre constitue l'expérience majeure de sa vie : « Nous, les vrais de la guerre […], sommes-nous jamais redescendus [du front] ? » Patriote mais non germanophobe, il tente une entrée en politique en 1924, dans le sillage d'André Tardieu. La politique anticléricale qu'Herriot entendait appliquer le révulse tout autant que les manifestations communistes. Il rejoint alors le Faisceau de Valois dont il dirige la propagande à partir de septembre 1926 avant d'en démissionner en 1927. En 1932, Bucard adhère au Parti socialiste national de Gustave Hervé. Bientôt, il avance sa propre thématique sous le nom de « francisme » : « Notre francisme est à la France ce que le fascisme est à l'Italie. » Il se place dans l'orbite de Mussolini qui subventionne son mouvement à partir de mai 1934 et le reçoit à Rome en septembre 1935. Bucard entend instaurer un État totalitaire aux couleurs de la France. Un de ses adjoints écrit en septembre 1935 : « En pratique, l'incarnation de la volonté unique du peuple se traduit par l'adhésion du peuple à un parti unique […]. La volonté franciste est de créer dans l'Unité franciste l'unité française : et par là d'arriver à unifier en une totalité compacte, en une foule unanime, le peuple, tout le peuple, celui de droite et celui de gauche. » Reconnaissant l'État laïque mais fortement imprégné de la culture catholique, nataliste, corporatiste, xénophobe (le rejet des « métèques »), le francisme bascule dans l'antisémitisme à partir de 1936, prône la révision des naturalisations et l'abolition du décret Crémieux (1870). Il ne rassemble que quelques milliers de militants et cotisants jusqu'à la dissolution de 1936. En novembre 1938, Bucard tente de se relancer en créant le Parti unitaire français d'action socialiste et nationale qui entend promouvoir « l'union sacrée contre les Soviets ». Bien que résolument pacifiste, Bucard s'enrôle à nouveau. En juin 1940, il conduit son unité en Suisse où il est interné jusqu'en décembre. Il tente ensuite de développer le PUFASN et participe aux initiatives (telle la LVF) prises par les collaborationnistes mais Doriot, Déat et Deloncle occupent le devant de la scène. Bucard, qui a échappé à un attentat en novembre 1943, oppose sa Milice franciste à celle de Darnand. Les francistes deviennent des auxiliaires des formations répressives allemandes – certains rejoignent la Waffen SS. Réfugié à Baden-Baden puis à Sigmaringen et enfin en Italie, la carrière de Bucard s'achève par son procès en février 1946 et son exécution en mars au fort de Châtillon.
Le Parti populaire français fondé les 27-28 juin 1936 par Jacques Doriot apparaît comme le parti le plus proche des modèles italien ou allemand. Son origine remonte à 1934 lorsque Doriot et l'organisation communiste de Saint-Denis s'opposent à la ligne du PC en revendiquant, avant Thorez, l'unité d'action socialiste-communiste. Avec la constitution du Rassemblement populaire, privé de son principal thème politique, Doriot risque la marginalisation en dépit du ralliement de nombre d'anciens responsables communistes : Henri Barbé, Pierre Celor, Paul Marion qui rédigera le programme du PPF au printemps 1938, Victor Barthélemy. Après sa création, le PPF reçoit l'apport de Volontaires nationaux, de membres des Jeunesses patriotes ou de l'Action française (Claude Jeantet) ; on estime qu'un cinquième environ des effectifs proviennent du PC. Le PPF se veut un parti de type nouveau : populaire, national et social tout en reproduisant une structure et

des modes d'organisation caractéristiques du PC: centralisation et hiérarchie, écoles de formation, système des biographies, auxquels s'ajoute la ritualisation des rassemblements: salut, cris (« En avant, Jacques Doriot »). Les dirigeants du PPF veulent favoriser l'émergence de valeurs proprement fascistes: ils affirment leur volonté de rassembler les Français pour une « révolution nationale ». Le PPF bénéficie à la fois d'une aide italienne et du soutien matériel d'une partie du patronat, aide récoltée dans la discrétion par Pierre Pucheu, fondé de pouvoir à la banque Worms. Ce parti composé pour moitié d'ouvriers et pour moitié de membres des classes moyennes attire une notable proportion de militants jusqu'alors sans parti (50 %); le reste se divise entre anciens militants de gauche (25 %) ou anciens militants des formations de droite (25 %). On estime ses militants à 60000 en 1937 et ses sympathisants à 300000. Mais les échecs politiques successifs du PPF provoquent son déclin et sa radicalisation qui se manifestent par l'introduction du culte des morts du parti et une dérive antisémite. À partir de 1938, Doriot reprend les principaux postulats de la droite réactionnaire et traditionaliste: reconstruction de la France par la restauration des valeurs (famille, corporatisme, respect de la foi et de l'autorité, nation et patrie). Une thématique vichyste avant Vichy cohabite ainsi avec la tendance ouvertement fascisante qui fait de la défense de la « race française » l'axe central de toute politique.

En 1936, le PPF a exercé une forte attraction sur des intellectuels tels Pierre Drieu la Rochelle, Alfred Fabre-Luce, Bertrand de Jouvenel. Ce dernier – obsédé par la décadence de la France – devient rédacteur en chef de L'Émancipation nationale *mais quitte le PPF après la crise de Munich, opposé – comme Paul Marion, partisan de la fermeté face à l'Italie et l'Allemagne – à l'approbation des accords par Doriot. À l'été 1937, l'équipe de* Je suis partout *(fondé en 1930) s'est rapproché du PPF. Pierre Gaxotte (1895-1982), son directeur jusqu'en 1937, se définit comme monarchiste mais couvre de son autorité les admirateurs des différents mouvements fascistes européens: Garde de fer roumaine, rexisme belge de Léon Degrelle, phalange espagnole de Primo de Rivera. Pierre-Antoine Cousteau, Lucien Rebatet, Robert Brasillach font tous de l'antisémitisme la clef de voûte de leur engagement. Leur horreur du communisme se conjugue à leur admiration pour Staline, perçu comme un paysan « attaché au sol par un instinct profond », dont l'entreprise vise la destruction du judéo-bolchevisme comme les procès de Moscou l'attesteraient. Drieu la Rochelle a trouvé dans le PPF l'expression de ses idées politiques. Il en devient une sorte de porte-parole par ses articles de* L'Émancipation nationale. *Son roman* Gilles *paru en octobre 1939, après avoir été soumis à la censure de guerre, livre les clefs de son parcours. L'itinéraire de son héros est calqué sur le sien: tous deux se déclarent fascistes après le 6 février 1934. Il s'agit aussi d'un Ancien Combattant blessé au combat (« La guerre, c'est ma patrie », fait-il dire à Gilles) qui épouse une jeune femme juive fortunée dont il divorce. Dans* Gilles, *la décadence de la France est affirmée* ad nauseam*; elle trouve, selon Drieu, son origine dans les conséquences de la Grande Guerre, la veulerie des élites, l'invasion du pays par les « métèques ». Drieu reprend à son compte la théorie des races et le mythe aryen et prône la création de ghettos pour les juifs qui refusent l'assimilation, la discrimination envers les autres. À ce discours raciste, Drieu ajoute la nostalgie d'un âge d'or perdu. Si la décadence commence avec l'instauration de la démocratie, il est, selon lui, d'autant plus vital de refaire une aristocratie, une nouvelle chevalerie qui dominerait une société à nouveau hiérarchisée. Drieu, qui entend se situer au-delà du nationalisme traditionnel à ses yeux révolu, veut y substituer un patriotisme européen, une fédération des patries sous l'égide de l'Allemagne.*

Les thèmes idéologiques et les itinéraires montrent que les mouvements français qui se réclament du fascisme, se définissent à l'imitation de leurs prédécesseurs italiens ou allemands comme mouvements révolutionnaires cherchant à réconcilier le national et le social. L'antilibéralisme (Drieu fait des Jacobins des antilibéraux précurseurs du fascisme), l'antiparlementarisme, l'antidémocratisme, l'anticommunisme, autant de facteurs idéologiques qui les entraîneront du côté de la collaboration après juin 1940. Certains, à la faveur de l'occupation allemande, appelleront de leurs vœux l'instauration d'un régime nazi en France.

1er juillet

À Genève, devant l'assemblée de la SDN, le président du Conseil Léon Blum défend l'idée d'une réforme de l'institution internationale par souci de préserver la paix.

14 juillet

La pièce *Quatorze juillet* de Romain Rolland (écrite en 1901), est retransmise par Radio-Paris. Montée à l'Alhambra par l'Union des théâtres indépendants de France qui prolonge, en l'élargissant, l'expérience de la Fédération du théâtre ouvrier de France, la pièce est jouée depuis quelques jours avec un rideau de scène de Picasso et sous la direction musicale de Roger Désormière. La veille de la fête nationale, le président du Conseil assiste à la représentation qui se termine par *La Marseillaise* et *L'Internationale* chantées par les comédiens amateurs et les acteurs de la Comédie-Française.

17 juillet-7 août
La loi de nationalisation des industries de guerre est promulguée. Déposée dès le 26 juin, votée à la Chambre le 17 juillet (484 voix contre 85), adoptée au Sénat le 7 août, elle comprend deux volets: expropriation et contrôle par l'État. Au 1er avril 1937, il reste cinq sociétés de construction aéronautiques: Sociétés nationales de constructions aéronautiques du Nord (SNCAN), de l'Ouest (SNCAO), du Sud-Ouest (SNCASO), du Centre (SNCAC), du Sud-Est (SNCASE), ainsi que la Société nationale d'études et de construction des moteurs d'avion (Snecma).

18 juillet
En Espagne, les militaires se soulèvent contre la République. Le général Francisco Franco Bahamonde (1892-1975), qui a mené la très violente répression de l'insurrection asturienne avec les troupes coloniales en 1934 et qui, jusqu'à la victoire de la gauche, était chef d'état-major de l'armée, prend la direction du soulèvement avec les généraux Mola et Sanjurjo (mort en juillet 1936).

23-24 juillet
Le nouveau statut de la Banque de France est voté le 23 au Sénat par 196 voix contre 77. Le conseil des 15 régents est remplacé par 20 conseillers choisis par le ministère des Finances, les organisations patronales et syndicales.
Le programme gouvernemental de grands travaux est adopté le 24 à l'unanimité (580 voix).

24 juillet-10 août
Le gouvernement de Léon Blum désirant vendre au gouvernement républicain de Madrid des avions de guerre, le chargé d'affaires de l'ambassade d'Espagne et l'attaché militaire qui refusent de signer les protocoles d'achat, démissionnent le 24 juillet. Le 26, le Conseil des ministres revient sur sa décision de fournir des armes à la République espagnole. Le 31, à l'issue d'un long débat sur la politique extérieure auquel prennent part de nombreux députés, un ordre du jour de confiance est voté en faveur du gouvernement par 385 voix contre 190. Les livraisons aux républicains reprennent le 1er août quand on apprend que les Italiens aident les militaires insurgés. Le 1er août également, le gouvernement adresse une lettre aux gouvernements impliqués dans la guerre civile espagnole pour leur proposer l'adoption de règles communes de non-intervention en Espagne. Il renouvelle ses démarches les 5 et 6 août. Le 10, l'URSS se rallie à la proposition française de non-intervention.

2 août
Le gouvernement est divisé sur la politique à suivre face à la situation espagnole. Convaincu de la nécessité de la non-intervention, le ministre des Affaires étrangères Yvon Delbos soutient Léon Blum qui fait adopter par le Conseil des ministres le principe d'une « convention internationale de non-ingérence ». En septembre, 27 pays auront répondu favorablement à la convention. Parmi eux, l'Italie et l'Allemagne qui, dans le même temps, continuent de fournir des armes à la junte militaire. Avec l'accord de Léon Blum, Pierre Cot fournit 144 appareils aux républicains espagnols, avec l'aide de son chef de cabinet, Jean Moulin, et celui du ministre des Finances Vincent Auriol, Gaston Cusin (1903-1993). Du matériel soviétique pourra transiter par la France grâce aux relations établies avec l'ambassade soviétique à Paris. L'action de Pierre Cot lui vaut de violentes attaques de la presse d'extrême droite, mais aussi l'hostilité d'une partie des radicaux, nourrie du fait qu'il préside le Rassemblement universel pour la paix, organisme qui groupe des dizaines d'associations, de syndicats, de partis. Le RUP compte en Europe des centaines de milliers de membres, mais son existence est due « pour une bonne part à l'activisme des agents du Komintern » (Sabine Jansen).

9 août
Jean Zay fait adopter une loi sur la prolongation de la scolarité obligatoire qui passe de 13 à 14 ans.

13 août
Édouard Bourdet prend la direction de la Comédie-Française; il est assisté de Gaston Baty, Charles Dullin et Louis Jouvet comme metteurs en scène. Bourdet restera administrateur général de la Comédie-Française jusqu'en 1940.

14 août
Après cinq lectures à la Chambre, le Sénat adopte à son tour la création de l'Office national du blé, destiné à en fixer le prix.

19-23 août
À l'issue du premier procès de Moscou, les 16 accusés (dont Zinoviev et Kamenev) sont condamnés à mort et exécutés 24 heures plus tard. À la suite de la pression exercée par certains membres de la Ligue des droits de l'homme (Magdeleine Paz, Félicien Challaye, etc.) celle-ci constitue une commission d'enquête dont le rapporteur, Me Raymond Rosenmark, se posant en défenseur des autorités soviétiques, présentera des conclusions justifiant l'assassinat « légal » des compagnons de Lénine.

24 août
Hitler rétablit le service militaire de deux ans qui permettra à l'Allemagne de disposer de 1,3 million hommes sous les drapeaux en 1937.

26 août
Le ministre de l'Économie allemand et président de la Reichsbank, Hjalmar Schacht (1877-1970), se rend en mission officieuse à Paris. Blum et Delbos le rencontrent ; Blum propose une négociation tripartite entre la France, l'Allemagne et la Grande-Bretagne pour aboutir à un règlement général des questions internationales latentes en Europe. L'entrevue demeure sans suite.

1er septembre
Le général Gamelin reçoit le général Ridz-Smigly (1886-1941), chef d'état-major de l'armée polonaise. La rencontre a pour objet de resserrer la coopération militaire franco-polonaise.

2 septembre
Henri Langlois (1914-1977), créateur du ciné-club Le Cercle du cinéma, et Georges Franju (1912-1987), jeune décorateur au chômage, fondent la Cinémathèque française, association privée destinée à la conservation des films. L'association est domiciliée dans les locaux du journal professionnel *La Cinématographie française*, dirigé par Paul-Auguste Harlé, qui accepte de présider la nouvelle association et de la subventionner.

5 septembre
Après la prise d'Irún par les nationalistes, des milliers d'Espagnols se réfugient à Hendaye : les civils sont répartis entre plusieurs villes du Midi, les miliciens sont renvoyés à Barcelone, via Port-Bou.

5-7 septembre
Un Conseil de cabinet décide de consacrer 3 milliards supplémentaires à la Défense nationale, en réponse à l'allongement du service militaire allemand le 24 août, de ne pas augmenter la durée du service et de maintenir la stricte neutralité vis-à-vis de l'Espagne. Le 7, le gouvernement adopte un programme de quatre ans pour l'armement terrestre auquel le ministre de la Guerre et de la Défense nationale Daladier attribue 21 milliards alors que l'état-major en a demandé 9.

9 septembre
Un accord entre la France et les nationalistes syriens, initié par le sous-secrétaire d'État Pierre Viénot, est signé. Léon Blum promet l'indépendance dans un délai de trois ans. Ratifiés par le Parlement syrien en décembre, ces accords seront rejetés par le Parlement français.

16 septembre
Le navire océanographique *Le Pourquoi pas ?*, dirigé par le docteur Charcot, fait naufrage au cours d'une tempête près des côtes d'Islande. Un seul matelot réussit à regagner la côte. Les naufragés auront des obsèques nationales le 12 octobre.

17 septembre
Léon Blum prononce un discours radiodiffusé dans lequel il rappelle l'attachement de la France aux idéaux démocratiques de 1789 et son respect de la souveraineté des autres nations, assurant que la France se trouve unie pour assurer sa sécurité et défendre son sol.

25 septembre
En accord avec Londres et Washington, le franc, affaibli par l'augmentation des sorties d'or, quitte le bloc or, formé en juillet 1933 par les pays attachés à l'étalon or, et s'aligne sur la livre et le dollar. L'opération est baptisée « alignement général des monnaies ».

29 septembre-2 octobre
Le 29, le gouvernement obtient l'approbation de la dévaluation par la Chambre par 350 voix contre 221. Le 30, le Sénat la vote à son tour. Il s'agit d'un échec pour le Front populaire qui s'était engagé à ne pas dévaluer mais n'a pas réussi à provoquer la reprise économique. Le 1er octobre, le franc Poincaré (65 mg d'or) est abandonné pour le franc Auriol (de 43 et 49 mg). La dévaluation s'établit entre 25 et 35 %. Les prix français sont ramenés au niveau des prix mondiaux et la production industrielle devrait en être stimulée. Fermée le jour de la dévaluation, la Bourse enregistre le 2 octobre une hausse des valeurs françaises.

4-8 octobre
Le gouvernement qui a interdit l'avant-veille une réunion du Parti social français du colonel de La Rocque au palais des Sports, autorise un meeting communiste au Parc des Princes. Il fait mobiliser 20000 hommes pour assurer la protection de la réunion. Néanmoins, des bagarres éclatent, il y a 1 500 arrestations. Le 8, le gouvernement fait procéder à 37 perquisitions dans les permanences et aux domiciles des dirigeants du Parti social français.

9 octobre
Juriste de formation, économiste, journaliste, ancien député et ancien sous-secrétaire d'État, Claude-Joseph Gignoux (1890-1966) remplace René Duchemin à la tête de la Confédération générale du patronat français qui s'est substituée à la Confédération générale de la production française pendant l'été.

16 octobre
Près de Chartres, de violents incidents opposent des ouvriers agricoles grévistes et leurs employeurs, venus protester auprès du préfet d'Eure-et-Loir contre leur cessation de travail. Il y a 150 blessés.
Un exercice de protection contre les bombardements aériens est organisé à Paris.

22 octobre
Au congrès radical-socialiste à Biarritz, une évolution se fait jour: beaucoup de délégués se montrent réticents envers l'alliance avec les communistes.
En Espagne, la bataille de Madrid commence. Les nationalistes, qui espèrent prendre rapidement la ville, se heurtent à une résistance farouche qui déjoue leur plan. Le général Franco, à la veille de l'offensive, a fait une déclaration appelée à passer dans le vocabulaire politique: «Les quatre colonnes qui s'approchent de Madrid seront aidées par une cinquième qui s'y trouve déjà.» Dès lors, l'expression «5e colonne», employée pour désigner les éléments amis de l'ennemi, se propage. Elle sera utilisée en 1940 lors de l'offensive allemande, puis après la guerre pour qualifier les entreprises communistes. Le philosophe Alexandre Koyré (1892-1964) donne du phénomène la définition suivante: «La "cinquième colonne" comporte, essentiellement, un élément de *trahison*; ceci pour la raison très simple qu'elle est, essentiellement, intelligence avec les ennemis de la "nation"» (*Renaissance*, 1945).
Les défenseurs républicains reçoivent le soutien des premiers éléments des Brigades internationales.

LES VOLONTAIRES FRANÇAIS

La résistance au pronunciamiento des généraux espagnols soulève l'enthousiasme en France. Sur place, des Français qui participent aux Spartakiades (jeux sportifs organisés parallèlement aux jeux Olympiques de Berlin) à Barcelone s'engagent immédiatement. Bientôt, des libertaires – dont les affinités avec le mouvement social espagnol sont profondes – rejoignent les colonnes de l'anarchiste Durruti; des communistes gagnent aussi l'Espagne, d'une manière plus organisée à partir du moment où Moscou décide, en août 1936, de prendre en main la constitution de brigades de volontaires. Leur base à Albacete est dirigée par André Marty qui, s'il n'ordonne pas lui-même l'exécution des réfractaires à la discipline communiste, les livre aux services spéciaux espagnols pilotés par le NKVD soviétique qui se charge de les faire disparaître. De fait, les brigadistes sont encadrés par des communistes de toute confiance (souvent liés aux services secrets soviétiques), sur le modèle de l'armée rouge. Les Brigades apparaissent comme un outil mis sur pied sous le contrôle du Komintern et l'un des éléments de la politique soviétique en Espagne. Il n'est pas jusqu'à la démobilisation des volontaires qui, placée sous l'égide de la SDN, ne se déroule sous le regard de Moscou; en effet le secrétaire de la commission de démobilisation de la SDN, à Genève, Noël Field, est un agent soviétique.
Sur les quelque 35000 membres des Brigades internationales (Allemands, Italiens, Anglais, etc.), les Français sont à l'origine environ 9 900. À partir de l'automne 1937, les Espagnols y sont majoritaires, les Brigades ayant subi des pertes considérables. Plus de la moitié des volontaires sont des militants communistes, plus du tiers ont entre 26 et 30 ans, environ 60 % sont célibataires. On dénombre près de 65 % d'ouvriers. L'engagement jusqu'à la mort des combattants des Brigades – dont beaucoup rejoindront ensuite la Résistance – est à l'origine d'un mythe qui repose en partie sur l'idée commune aux extrémistes selon laquelle la guerre civile (et idéologique) est la seule guerre où les adversaires savent pourquoi ils combattent.

23, 30 octobre
Le 23, les Soviétiques se retirent du pacte de non-intervention en Espagne et reprennent leur liberté d'action. Le 30, le secrétaire général du PCF Maurice Thorez attaque violemment la politique de non-intervention du gouvernement Blum.

novembre
Parution des 3 tomes de *L'Été 1914*, de la série des *Thibault* de Roger Martin du Gard.

4 novembre
Devant les commissions de la Chambre, Édouard Daladier déclare qu'il s'oppose à toute introduction de la politique dans l'armée, que les grèves dans les établissements travaillant pour la Défense nationale ne seront pas tolérées, les précédentes ayant entraîné un retard de deux mois dans les fabrications, enfin que la proposition socialiste de diminution de la durée du service militaire ne peut être envisagée sérieusement.

13-18 novembre
À la suite de l'interpellation de Becquart se faisant l'écho de l'accusation de désertion pendant la guerre de 14-18 portée contre Roger Salengro, ministre de l'Intérieur, un débat tumultueux s'engage à l'Assemblée. Le vote d'un ordre du jour de confiance au gouvernement clôt le débat. Dès le 30 octobre, une commission présidée par le général Gamelin avait établi que Salengro, jugé par contumace par un conseil de guerre, avait été acquitté en son absence, le 20 janvier 1916, par 3 voix contre 2. L'extrême droite s'empare de « l'affaire » et des journaux *(Gringoire)* reprennent les accusations de désertion devant l'ennemi portées à l'origine, contre Roger Salengro, par le journal communiste *L'Enchaîné* (6 février 1931). En réalité, Salengro, fait prisonnier de façon tout à fait banale, avait été par la suite un animateur très patriote de la résistance aux Allemands dans son camp. Le 18 novembre, le ministre de l'Intérieur se suicide en s'asphyxiant, bien qu'il ait été défendu par la grande majorité des députés. La nouvelle suscite une intense émotion. Conséquence de cette tragédie : une loi contre la diffamation par voie de presse sera votée en décembre. Au cours des obsèques qui ont lieu à Lille le 22 novembre, Léon Blum déclare : « La calomnie doit être confondue et châtiée [...]. Depuis que s'est propagée chez nous la presse à scandale, vous sentez se développer dans l'opinion le goût du scandale... » Le 24 novembre, le socialiste Marx Dormoy prend les fonctions de ministre de l'Intérieur.

25 novembre
L'Allemagne et le Japon signent un pacte anti-Komintern pour cinq ans. L'Italie s'y joindra le 6 novembre 1937, puis l'Espagne, la Hongrie et le Mandchoukouo au printemps 1939.

28 novembre
Devant la Société française de philosophie, Élie Halévy, professeur à l'École libre des sciences politiques, présente une communication intitulée : *L'Ère des tyrannies*, époque inaugurée, selon lui, en août 1914. Sa communication provoque de vives protestations en raison de l'assimilation qu'il établit entre bolchevisme soviétique et fascisme : « Le soviétisme, *sous cette forme*, est, *à la lettre*, un fascisme. » Sous le même titre, un recueil d'articles, d'études et de conférences d'Élie Halévy, mort en 1937, est publié l'année suivante par les soins de Célestin Bouglé (sous-titre : « Études sur le socialisme et la guerre »), avec la collaboration de Raymond Aron et Florence Halévy.

décembre
Kanhweiler organise à la galerie Simon l'exposition *André Masson, Espagne 34-36*. Ses peintures violemment colorées comme *Le Jet de sang* sont accueillies comme des témoignages du drame espagnol.

1er décembre
La loi sur la conciliation et l'arbitrage obligatoire des conflits du travail est adoptée. Du 1er janvier 1937 au 30 mars 1938, sur 9 631 conflits, 2 610 (27 %) sont réglés devant la commission départementale et 3 589 (37 %) devant les instances supérieures.

4 décembre
Lors du vote de l'ordre du jour de confiance sur la politique extérieure du gouvernement, adopté par 350 voix contre 171, les députés communistes s'abstiennent. Ils marquent ainsi leur défiance vis-à-vis de la politique de non-intervention en Espagne suivie par le gouvernement.

6 décembre
L'hydravion *Croix-du-Sud* disparaît dans l'Atlantique Sud avec à son bord Jean Mermoz, le pilote Pichodou, le navigateur Ezan, le mécanicien Lavidalie.

8 décembre
Le prix Goncourt est attribué à Maxence Van der Meersch pour son roman *L'Empreinte de Dieu*.

9 décembre
Louis Aragon reçoit le prix Renaudot pour *Les Beaux Quartiers*.

ARAGON

Né à Paris, Louis Aragon (1897-1982) est pris, dès sa naissance, dans un imbroglio familial qu'il racontera des années plus tard dans un conte, « Le Mentir-vrai » (1964). Son véritable père, Louis Andrieux, député des Basses-Alpes depuis 1885 et ancien préfet de police, refuse de le reconnaître, et sa mère le fait passer pour son frère adoptif. Elle ne lui révèle la vérité qu'à la veille de son départ pour le front. Aragon est le nom que son père a choisi pour l'état civil. Enfant, Louis compose de courts romans et des poèmes; il accomplit une scolarité brillante. Bachelier en 1915, il fréquente la librairie d'Adrienne Monnier. En 1916, il entame, sans enthousiasme, des études de médecine qu'il abandonnera en 1922; il est incorporé en juin 1917 et affecté au Val-de-Grâce pour suivre les cours de médecin auxiliaire; il y fait la connaissance d'André Breton et découvre qu'ils partagent les mêmes goûts littéraires. Grâce à Breton, Aragon rencontre Jacques Vaché, Philippe Soupault, Valéry, Apollinaire. Il publie alors ses premiers textes dans des revues. Envoyé au front en juin 1918, il est cité à l'ordre de sa division pour sa conduite au feu et décoré de la croix de guerre. À son retour, il participe au mouvement dadaïste et surréaliste et lance, avec Breton et Soupault, la revue Littérature. *Peu à peu, Aragon prend conscience des désaccords qui l'opposent à Breton: transgressant l'interdit posé par Breton contre la forme romanesque, il publie ainsi* Anicet ou le panorama, roman, *en 1921, et se lance en 1923 dans la rédaction de* La Défense de l'infini, *roman de plus 1 500 pages qui fait la part belle à l'érotisme* (Le Con d'Irène), *dont seuls quelques fragments seront publiés. Parallèlement, il écrit* Le Paysan de Paris, *fable philosophique surréaliste, publié en 1926. En 1927, il entre au Parti communiste et rencontre le 6 novembre 1928 la sœur de Lili Brik (compagne du poète russe Vladimir Maïakovski): Elsa Triolet, écrivain d'origine russe. Avec elle, il se rend en URSS en 1930, et signe avec Georges Sadoul une autocritique par laquelle il se désolidarise des positions « idéalistes » du* Second Manifeste du surréalisme. *La rupture avec Breton est alors consommée. Dans les années 30, Aragon approuve sans réserve les positions politiques et littéraires du PC, comme en témoigne un cycle romanesque,* Le Monde réel *(1934-1939), et un essai,* Pour un réalisme socialiste *(1935). Il tente également d'inaugurer un réalisme romanesque à la française, avec* Les Cloches de Bâle *(1934), puis* Les Beaux Quartiers. *Mobilisé en décembre 1939 comme chef d'une section de brancardiers sur la frontière belge, Aragon, fait prisonnier, s'évade et retrouve Elsa en zone Sud. Ensemble, ils participent aux activités éditoriales clandestines de la Résistance; Aragon donne* Les Yeux d'Elsa *et* Brocéliande *en 1942;* En français dans le texte, *1943;* La Diane française, *1944. Ses poèmes consacrés au PC ou à la nation inventent un art poético-politique où l'auteur se rêve chantre d'une nation nouvelle. À la Libération, Aragon dirige le Comité national des écrivains et préside aux épurations; il retrouve la direction de* Ce soir, *prend celle des* Lettres françaises *(1948) et radicalise son œuvre militante; il défend la politique stalinienne, les thèses de Jdanov sur le réalisme soviétique, et entreprend une fresque romanesque,* Les Communistes *(1949-1951), qui restera inachevée. Désillusioné, à partir de 1956-1957, Aragon écrit* Le Roman inachevé *(1956), mais il interdit au CNE de dénoncer l'intervention soviétique à Budapest. Ses dernières grandes œuvres associent une réflexion sur la littérature (*La Mise à mort, *1965;* Blanche ou l'oubli, *1967) et sur l'art (*Henri Matisse, roman, *1971). En 1968, il désapprouve l'intervention soviétique contre le Printemps de Prague, notamment dans sa préface au roman de Milan Kundera,* La Plaisanterie. *Privées de leurs abonnements souscrits par les autorités du bloc soviétique,* Les Lettres françaises *disparaissent en 1971. Après la mort d'Elsa, en 1970, Aragon prépare son héritage en léguant l'ensemble de ses archives au CNRS. Deux ans avant de mourir en 1982, il publie un recueil de nouvelles qui couvre toute sa vie d'écrivain, de même titre que son œuvre de 1964,* Le Mentir-vrai.

12 décembre

Le constructeur d'avions Marcel Bloch (Marcel Dassault) crée la Société anonyme des avions Marcel Bloch (SAAMB), au capital de 2 millions de francs.

18-20 décembre

Le Parti social français tient son premier congrès à Paris. Le colonel de La Rocque en est élu président pour cinq ans.

30 décembre

Chargé de la politique algérienne, Maurice Viollette dépose au Parlement son projet de loi qui prévoit l'octroi du droit de vote à l'élite du territoire (21 000 musulmans).

autres événements

- Georges Bernanos: *Journal d'un curé de campagne* (grand prix du roman de l'Académie française).

• Léon Chestov: *Kierkegaard et la philosophie existentielle (Vox clamantis in deserto).*
• Paul Éluard: *Les Yeux fertiles.*
• Louis Gillet: *La Cathédrale vivante.*
• Julien Green: *Minuit.*
• John Maynard Keynes (1883-1946): *Théorie générale de l'emploi, de l'intérêt et de la monnaie.*
• Thierry Maulnier fonde la revue *Combat* qui rassemble l'ancienne équipe de *Réaction* et de *La Revue française.*
• Jean-Paul Sartre: *L'Imagination.*
• Le groupe Nouvelle Génération est fondé par les peintres André Fougeron, Francis Gruber, Robert Humblot et Édouard Pignon. *L'Ouvrier mort* de Pignon ou les *Grèves de juin* de Boris Taslitzky témoignent de la volonté de ces jeunes peintres de concilier l'art moderne et leurs engagements sociaux et politiques.
• Première exposition à la galerie Dietrich à Paris du jeune peintre d'origine russe Nicolas de Staël.

1937

janvier
Jean Giono publie *Refus d'obéissance* pour marquer sa désapprobation envers «trop d'anciens pacifistes [qui] ont obéi, obéissent [...] marchent dans les chemins qui conduisent aux armées et aux batailles».
Daniel Halévy: *La République des ducs* (tome 2 de *La Fin des notables*).

18 janvier
Le gouvernement décide la mise en application, à partir du 25 janvier, de la semaine de 40 h dans les chemins de fer, mesure accompagnée de nouvelles embauches.

23-30 janvier
Au deuxième procès de Moscou, 15 des 17 accusés sont condamnés et exécutés immédiatement. Le comité pour l'enquête sur les procès de Moscou, constitué en octobre 1936 par André Breton, Jean Galtier-Boissière, Marcel Martinet, Pierre Monatte, André Philip, Henry Poulaille, Victor Serge, etc., organise un meeting de protestation contre les exécutions à Magic-City qui rassemble 3000 personnes. Au terme du troisième procès de Moscou (2-13 mars 1938), d'autres «vieux bolcheviks» sont exécutés.

30 janvier
Adolf Hitler qui a obtenu les pleins pouvoirs pour quatre ans, dénonce la clause de culpabilité de l'Allemagne inscrite dans le traité de Versailles (article 231) et réclame le droit d'intervenir dans le règlement des problèmes internationaux.

février
Les Européens d'Algérie fondent le Rassemblement national qui groupe plus de 80 % des 940000 Européens.

3 février
Devant les commissions des deux Chambres, le ministre des Finances Vincent Auriol se déclare hostile à une nouvelle dévaluation et au contrôle des changes. La dévaluation d'octobre 1936 n'a pas rétabli la confiance dans le franc. Le déficit budgétaire est estimé à 44 milliards de francs.

4 février
Le ministère de l'Air réquisitionne les usines Morane-Saulnier pour remédier aux retards de livraison des appareils.
La Chambre vote une loi permettant aux soldats libérés de reprendre le poste qu'ils ont dû quitter pour effectuer leur service militaire.

8 février
Cédant à la pression des syndicats du bâtiment, Jules Moch, secrétaire général à la présidence du Conseil, accepte que l'embauche pour les chantiers de l'Exposition universelle se fasse exclusivement par le canal des bureaux de placements de la Bourse du travail, assurant ainsi aux syndicats le quasi-monopole du recrutement de leurs membres.

11 février
Léon Blum, accompagné du secrétaire général de la CGT Léon Jouhaux et du ministre du Commerce Paul Bastid, exhorte les ouvriers des chantiers de l'Exposition à tout faire pour rendre possible l'ouverture le 1er mai, transformant cette gageure en «bataille du Front populaire contre le fascisme». Finalement, le gouvernement décide le 26 avril, après maints mouvements de grève parfois marqués de violences, de fixer au 25 mai l'ouverture de l'Exposition.

13 février
Dans une allocution radiodiffusée, Blum en appelle à la modération et à la patience des fonctionnaires qui revendiquent un réajustement de leurs traitements.

14 février
Devant l'accumulation de difficultés budgétaires et l'inflation, Blum annonce, devant le conseil national de la SFIO, une «pause» dans les réformes:

« L'économie privée se trouve dans un état de convalescence encore fragile, parce que la coïncidence de grandes réformes sociales introduites en peu de mois avec l'alignement monétaire l'a placée dans des conditions toutes nouvelles dont l'équilibre n'est pas encore consolidé. »

15 février
À Londres, le comité de non-intervention en Espagne décide à l'unanimité d'interdire tout départ de volontaires à partir du 20 février et de mettre en place un contrôle international aux frontières et dans les eaux territoriales espagnoles avant le 7 mars, qui entre en vigueur le 19 mars.

25-26 février
Le 25, le Sénat refuse les pleins pouvoirs au gouvernement Blum en matière douanière. Le 26, à l'issue du débat sur la politique générale et financière du gouvernement, un ordre du jour de confiance est adopté par la Chambre par 361 voix contre 209.

mars
Ferraille, recueil de poèmes de Pierre Reverdy.

4 mars
À Metlaoui (Tunisie), les gendarmes et les spahis tirent sur les ouvriers d'une mine de potasse en grève, réclamant l'application de la loi des 8 h : il y a 17 morts et 34 blessés.

5 mars
Le gouvernement décide de bloquer les dépenses nouvelles, de ne pas instaurer le contrôle des changes (espérant favoriser un retour des capitaux), de lancer un emprunt de Défense nationale, de créer une commission pour la surveillance du marché des rentes. Un comité d'experts est mis sur pied : il comprend Charles Rist, Paul Baudouin, Jacques Rueff et Henri Deroy.

11 mars
Le président de la République Albert Lebrun lance un appel à la radio pour l'emprunt de la Défense nationale dont la première tranche de 5 milliards, du 12 mars, est souscrite en une seule journée, et la seconde, du 16 mars, dans les mêmes conditions.
L'Étoile nord-africaine ayant été dissoute par décret le 29 janvier – elle comptait alors près de 5 000 militants –, son fondateur Messali Hadj annonce à Nanterre la création du Parti du peuple algérien dont le programme est « ni assimilation, ni séparation mais émancipation ».

14-21 mars
Pie XI publie son encyclique *Mit brennender Sorge* (« Avec un souci brûlant ») adressée aux catholiques allemands. Parvenue et diffusée clandestinement en Allemagne, l'encyclique, exceptionnellement rédigée en allemand, est lue lors de la messe dominicale du 21 mars. Pie XI y condamne le nazisme : « Quiconque prend la race, ou le peuple, ou l'État ou la forme de l'État, ou les dépositaires du pouvoir [...] quiconque prend ces notions [...] et les divinise par un culte idolâtrique, celui-là renverse et fausse l'ordre des choses créé et ordonné par Dieu [...]. Ce Dieu a, en Souverain maître, donné ses commandements. Ils valent indépendamment du temps et de l'espace ; du pays et de la race. »
Dans une seconde encyclique publiée le 19 mars, *Divini redemptoris*, Pie XI analyse le communisme qui répand un « pseudo-idéal de justice, d'égalité et de fraternité dans le travail », un « faux mysticisme » nourri de haine, qui repose sur la terreur, dépouillant l'homme de sa dignité, niant ses droits naturels et l'assujettissant au travail collectif. Le libéralisme a frayé la voie au communisme, système « intrinsèquement pervers » et « démenti par la réalité des faits ». Il « n'a pu et ne pourra réaliser son but, pas même sur le plan purement économique », écrit Pie XI qui voit dans le mensonge et l'absence de « sentiment moral de responsabilité » la source du terrorisme et de l'esclavage imposé à des millions d'hommes. Une controverse éclate entre les publications catholiques traditionalistes *(France catholique)* et les publications démocrates-chrétiennes *(Sept)*. Les premières considèrent l'encyclique comme une claire condamnation de toute tentation de réponse positive à la « politique de la main tendue » du Parti communiste.

15 mars
25 000 petits et moyens commerçants réunis au Vélodrome d'Hiver protestent contre la politique économique du gouvernement et les atteintes à la liberté du travail.
Le premier numéro des *Nouveaux Cahiers* paraît chez Alcan.

Auguste Detœuf et les Nouveaux Cahiers

Une équipe de réflexion comprenant Auguste Detœuf, Guillaume de Tarde, André Isambert, Jacques Barnaud, Henry Davezac, a initié le projet. Appelant à une œuvre rénovatrice, les Nouveaux Cahiers *veulent servir de lieux de confrontation sur les problèmes urgents de l'heure. Des intellectuels (Brice Parain, Jean*

Paulhan, Simone Weil), des syndicalistes (René Belin), des patrons industriels ou banquiers participeront à l'entreprise. Haut fonctionnaire à l'origine de la création du port autonome de Strasbourg puis directeur de la compagnie française Thomson-Houston, Auguste Detœuf (1883-1947) fonde en 1928 Alsthom qu'il quittera en 1940. Ce patron moderniste dialogue avec Simone Weil au sujet de son expérience en usine qu'il a favorisée. En 1935, il se rend à Moscou en compagnie d'Ernest Mercier, le président de la CFP, et comme ce dernier, y est impressionné par l'effort imposé aux travailleurs par le régime. Il tente avec l'équipe des Nouveaux Cahiers *de définir les voies « d'une refonte politique, économique et morale de la société » française. L'une des réformes qu'il propose est la construction d'un syndicalisme bicéphale, c'est-à-dire patronal et ouvrier, distincts l'un de l'autre et chacun résolument unique, obligatoire et apolitique (*Construction du syndicalisme, *1938). Il prône alors une démocratie syndicale reposant sur le vote secret pour éviter que « la foule [ne] domine l'homme ».*

16 mars

À Clichy, de violents affrontements opposent les forces de l'ordre qui protègent des militants et sympathisants (400 hommes, 80 femmes, 10 enfants) du PSF rassemblés au cinéma Olympia pour une soirée de bienfaisance et des manifestants (8000) rassemblés à l'appel du maire socialiste Jules Auffray et du député communiste Maurice Honel. Une fusillade éclate, au cours de laquelle le directeur de cabinet de Léon Blum, André Blumel, est blessé – des policiers ont perdu leur sang-froid et ont riposté aux agressions des contre-manifestants. On dénombre 5 morts dont des militants de la Gauche révolutionnaire de Marceau Pivert, 107 blessés parmi les civils et 257 parmi les policiers chargés d'assurer la liberté de réunion. Le 23 mars, la Chambre vote, par 362 voix contre 215, la constitution d'une commission d'enquête. Les responsabilités dans cette fusillade ne seront jamais clairement établies.

L'affaire de Clichy est révélatrice d'un climat de violence latent en France, né de l'affrontement entre formations de droite et de gauche qui, telle la Gauche révolutionnaire de la SFIO et ses TPPS (« Toujours prêts pour servir »), se sont dotés de service d'ordre. Clichy a été précédé de l'affaire de Vrigne-aux-Bois, près de Sedan. Le 28 février, une réunion des militants du PSF dans une usine a subi un siège organisé par le maire de la commune. Un militant du PSF, âgé de 40 ans, est tué d'une balle en plein cœur et 15 autres blessés.

avril

Numance de Cervantès est monté au théâtre Antoine, à Paris, par Jean-Louis Barrault, comme contribution à l'aide fournie aux républicains espagnols, avec des décors d'André Masson.

23 avril

À Manchester, Daladier fait une longue déclaration à propos du communisme : « Des propagandistes intéressés nous représentent parfois comme déchirés par la discorde civile, ou bien comme à la veille d'être précipités dans l'abîme du communisme, même du bolchevisme. Rien n'est plus faux. Le Français est essentiellement individualiste. Il est demeuré pénétré des influences terriennes et paysannes et, s'il est un pays où le communisme est irréalisable, c'est bien dans cette nation de petits propriétaires où les classes moyennes ont plus d'importance économique et sociale que dans aucun autre État d'Europe. La France est aussi attachée à l'ordre public qu'à son indépendance nationale. »

25 avril

Le fils d'un négociant en vins de Lyon, âgé de 7 ans, Paul Gignoux, est agressé par une douzaine de gamins, âgés de 6 à 8 ans, qui le lapident alors qu'il rentrait chez lui à bicyclette en traversant le quartier de la Croix-Rousse. Rentré à la maison, Paul Gignoux meurt une heure plus tard d'une hémorragie cérébrale. Une enquête est ouverte par le procureur de la République. Le témoignage du directeur du groupe scolaire La Fontaine apporte un éclairage particulier sur le contexte de cette affaire : « Nous avons ici un quartier difficile. Nous sommes chargés d'une population ouvrière très travaillée par la propagande politique. En juillet dernier, c'était la guerre des insignes et des drapeaux. Nous avons eu, nous instituteurs laïcs, à intervenir énergiquement pour que les enfants ne viennent pas en classe avec un morceau de laine rouge à leur boutonnière. Nous devons constamment effacer sur les murs de l'école des inscriptions de tendance politique. »

26 avril

Petite ville de la province basque de Biscaye, Guernica est bombardée à l'heure du marché par les aviateurs allemands de la Légion Condor, envoyée par Hitler : on dénombre un millier de victimes civiles. L'émotion dans le monde est intense : on comprend que les civils seront considérés, lors des prochains conflits, comme des cibles militaires. Ce type de bombardement a déjà eu lieu le 31 mars à Durango, également au Pays basque. Picasso qui, le 8 janvier, avait reçu du gouvernement espagnol la commande d'une peinture destinée à décorer le pavillon espagnol de l'Exposition internationale de Paris, peint son *Guernica*.

28 avril
Le ministre des Finances Vincent Auriol confirme devant la commission des Finances de la Chambre que le gouvernement n'a pas l'intention de recourir à l'emprunt forcé; il annonce un projet de nationalisation des chemins de fer.
Création, dans le cadre des « concerts de la Spirale » des *Poèmes pour Mi* d'Olivier Messiaen.

mai
Publication à Alger de *L'Envers et l'endroit* d'Albert Camus.

3 mai
Pendant une semaine, Barcelone est le théâtre d'affrontements entre anarchistes et membres du Parti ouvrier d'unification marxiste d'une part, les communistes et la police de l'autre. Le chef du gouvernement Largo Caballero démissionne quelques jours plus tard; il est remplacé par Juan Negrín qui dissout le POUM tandis que les agents du NKVD assassinent les opposants à la politique des communistes. Cette répression est à l'origine de nouvelles discordes entre les différentes familles de la gauche française. Les militants français (anarchistes, socialistes de gauche, etc.) liés au POUM ou aux libertaires espagnols lancent une campagne de dénonciation de la répression et des enquêtes sur les emprisonnements. Lors du procès des militants du POUM en octobre 1938, Gide, Duhamel, Martin du Gard, Mauriac et Rivet exigent, auprès de Negrín, des garanties juridiques pour les accusés.

7 mai
Lors d'un meeting au Vélodrome d'Hiver, Jacques Doriot prend l'initiative de constituer un Front de la liberté destiné à lutter contre le communisme.

13 mai
Première à l'Athénée d'*Électre* de Jean Giraudoux, premier spectacle officiel de l'Exposition internationale avec Louis Jouvet, Pierre Renoir, Jeanne Dorziat, Madeleine Ozeray.

24 mai
Inauguration de l'Exposition internationale des Arts et des techniques de Paris. Initialement prévue pour le 1er mai, la cérémonie a été retardée en raison de mouvements sociaux mais aussi de sabotages tel celui du circuit électrique du pavillon des Vins le 11 mai. Le 14 mai, ce même pavillon a été le théâtre d'incidents entre membres de la CGT et ouvriers non cégétistes, les premiers menaçant les seconds et les obligeant à cesser le travail. Le 24 mai, l'ensemble des travaux n'est pas terminé. Le président de la République Albert Lebrun peut néanmoins visiter le musée d'Art moderne et le nouveau palais de Chaillot. *Guernica* de Picasso est exposé au pavillon espagnol (ouvert seulement le 12 juillet), ainsi que *Le Faucheur* de Miró. L'Exposition sera fermée le 26 novembre après avoir accueilli plus de 30 millions de visiteurs. Le public pouvait être impressionné par un signe des temps: les deux statues colossales des pavillons de l'Allemagne et de l'URSS qui semblent rivaliser et se compléter dans la recherche de la toute-puissance.

L'Exposition internationale

Si des artistes français se sont déjà mobilisés contre le fascisme en organisant en 1934 l'exposition Artistes révolutionnaires *à la porte de Versailles, ils ne sont pas sans subir l'attraction du réalisme socialiste russe, favorisée par la crise économique qui les touche aussi.*
*Les artistes se regroupent en organisations corporatives – l'Union des artistes modernes et l'Union corporative des artistes français – tandis que l'État envisage de leur confier des commandes publiques, politique qu'il inaugure en 1935. Une idée se fait ainsi jour, qui rejoint le réalisme socialiste: « Créer pour le peuple. » Au tableau de chevalet doit se substituer « l'art mural ». L'Exposition internationale devient un gigantesque chantier collectif. Plus de 700 commandes sont passées par l'État ou des organismes publics; plus de la moitié d'entre elles portent sur des décors muraux. Robert et Sonia Delaunay travaillent pour le palais de l'Air et le palais des Chemins de fer, Fernand Léger pour le palais des Sciences (*Le Transport des forces, *aujourd'hui au palais de la Découverte), et Raoul Dufy réalise pour le pavillon de l'Électricité ou palais de la Lumière une immense décoration de 600 m², *La Fée électricité. *L'architecte Mallet-Stevens, dont ce sera la dernière grande manifestation publique, réalise cinq pavillons: ceux de l'Électricité, de l'Hygiène, de la Solidarité, des Cafés du Brésil et de la régie des Tabacs.*
À l'occasion de l'Exposition, on crée aussi de nouveaux musées, dont la plupart n'ouvriront qu'après la guerre. Le musée des Artistes vivants

et le musée d'Art moderne de la Ville de Paris sont installés au palais de Tokyo, spécialement construit pour les abriter. Non loin, sur l'emplacement de l'ancien palais du Trocadéro, on édifie le palais de Chaillot pour y installer le musée de l'Homme, le musée de la Marine, le musée des Arts et traditions populaires et le musée des Monuments français. Les décors muraux sont confiés à Bonnard, Denis, Dufy, Vuillard... Inauguré en juin, le palais de Tokyo présente, dans son aile nationale, une exposition intitulée Chef-d'œuvre de l'art français, *qui doit couvrir « l'art français depuis ses origines jusqu'aux portes de l'art moderne ». 1500 œuvres réalisées par quelque 117 peintres et sculpteurs y sont exposées. Dans l'aile municipale, la ville de Paris organise une « muséographie » qui montre les différents types de musée – historique, artistique, scientifique – ainsi qu'une exposition de Van Gogh. Le Petit Palais présente l'une des premières expositions d'art moderne en France, sous le titre* Les Maîtres de l'art indépendant 1895-1937. *Cette vitrine de l'art français vise à faire connaître au public les artistes « qui ont combattu hier, glorieux aujourd'hui » : Bonnard, Braque, Delaunay, Denis, Derain, Dufy, La Fresnaye, Léger, Lhote, Matisse, Picasso, Vlaminck, Vuillard, Maillol, Despiau, Zadkine...*
La guerre d'Espagne va devenir un sujet de ralliement pour les artistes engagés : dès 1936, le sculpteur Étienne Hadju réalise un Hommage à l'Espagne républicaine. *L'année suivante, Joseph Sima peint une* Révolution en Espagne *et André Fougeron,* L'Espagne martyre, *tandis que Miró dessine un timbre intitulé* Aidez l'Espagne *qui sera reproduit en affiche.*

31 mai
L'Italie et l'Allemagne se retirent du comité de non-intervention en Espagne.

juin
Parution aux éditions Corréa du roman de l'écrivain belge Charles Plisnier : *Faux Passeports* qui obtiendra le prix Goncourt le 1er décembre. Plisnier tente d'y élucider l'énigme des aveux lors des procès de Moscou.

3 juin
La Chambre adopte par 434 voix contre 136 le projet de loi sur la reconduction des conventions collectives du travail ainsi que la prolongation des pouvoirs conférés au gouvernement pour régler les procédures d'arbitrage dans les conflits du travail.

3-23 juin
Première exposition de gouaches de l'écrivain Henri Michaux à la galerie de La Pléiade.

4 juin
Première du film de Jean Renoir (1894-1979) *La Grande Illusion* à Paris.

LA GRANDE ILLUSION

Tourné à la caserne Schweisguth de Sélestat et au Haut-Kœnigsbourg, le film rompt avec les espérances de l'époque du Front populaire telles que La Belle Équipe *de Julien Duvivier (1936) les exprimait dans sa version optimiste, la seule rendue alors publique. Dans* La Grande Illusion, *le fossé entre classes est symbolisé par la sympathie qui rapproche deux aristocrates, l'un officier allemand qui dirige la forteresse transformée en prison, l'autre officier français. Le film peut être compris comme un hymne au patriotisme de 14-18 puisque l'officier français choisit finalement d'aider ses compagnons, issus de milieux populaires, à s'évader.*
À la sortie du film, Renoir est accusé de plagiat par Jean de Vallières, auteur du Kavalier Scharnhorst, *paru en 1931. Renoir – ancien combattant lui-même – répond qu'il a construit le scénario avec Charles Spaak sur la base des témoignages d'aviateurs (Fonck, Hervitaux et Gerlich) et d'anciens prisonniers français ou belges comme le frère du coscénariste, le ministre belge Paul-Henri Spaak. Dans une lettre à Louis Aragon du 25 juin, Renoir explique qu'il a voulu « faire un film qui, tout en étant national, serait absolument internationaliste » et, ajoute-t-il à propos des journaux d'extrême droite qui ont attaqué le film : « En somme, une fois de plus, il s'agit d'insinuer que tout ce qui est national (*La Marseillaise, *le Soldat inconnu, les prisonniers de guerre en l'occurrence) appartient exclusivement [pour ces journaux] aux fascistes. » Céline, dans* Bagatelles pour un massacre, *dénonce le film comme une « entreprise de propagande juive » en raison du personnage de Rosenthal joué par Dalio.*

8 juin
Le gouvernement décide l'application des 40 h aux hôtels, cafés et restaurants ; la Confédération du commerce et des boissons menace de faire grève en fermant les établissements.

9 juin
À Bagnols-sur-Cèze (Gard), deux militants antifascistes italiens, les frères Nello et Carlo Rosselli,

animateurs de *Giustizia e Liberta*, sont assassinés par les hommes de main de la Cagoule – le Comité secret d'action révolutionnaire (CSAR) – fondée en 1935 par Eugène Deloncle (1890-1942), polytechnicien qui avait milité à l'Action française et Jean Filliol, ancien chef des Camelots du roi du XVIe arrondissement.

Les Fuorusciti *antifascistes*

L'émigration italienne en France est ancienne: à partir du Second Empire, elle s'est considérablement amplifiée. Il s'agissait d'une émigration de « métiers », c'est-à-dire de maçons, marchands ambulants, charbonniers, etc. Après la prise du pouvoir par Mussolini, ils sont une dizaine de milliers à trouver refuge en France pour échapper aux persécutions; tel est le cas du père d'Ivo Livi qui deviendra célèbre sous le nom d'Yves Montand. Ils sont socialistes (Pietro Nenni, Arturo Labriola, Emanuele Modigliani), sociaux libéraux (les frères Rosselli), communistes (Togliatti) ou anciens communistes (Angelo Tasca), anarchistes (Camillo Berneri), syndicalistes ou catholiques. Tous possèdent leur organisation et leur organe de presse (230 périodiques entre 1922 et 1945) où s'expriment les divergences entre tendances, sous le regard inquisitorial des représentants officiels de l'Italie fasciste et de ses agents qui tentent aussi d'influencer l'émigration dite économique par voie de presse, sans omettre les pressions physiques. Les Fuorisciti *(les proscrits) s'intègrent relativement facilement dans la vie sociale par le biais des syndicats qui les accueillent et leur offrent ainsi un champ d'action.*

11 juin
À l'issue d'un procès à huis clos, huit commandants de l'armée rouge (dont le maréchal Toukhatchevski) sont exécutés. C'est le début d'une purge au sein de l'armée soviétique qui fait plusieurs dizaines de milliers de victimes. L'état-major français et les analystes politiques considèrent dès lors que l'armée rouge décapitée n'est plus en mesure de rivaliser avec la Wehrmacht, analyse qui trouve son prolongement au niveau diplomatique: une alliance avec la Russie de Staline présente-t-elle un intérêt à partir du moment où la puissance soviétique est devenue une chimère aux yeux des démocraties occidentales?

15 juin
Léon Blum obtient de la Chambre, par 346 voix contre 247, les pleins pouvoirs financiers pour assurer le redressement financier et le développement économique du pays. Toutefois, il est spécifié que ces pleins pouvoirs prendront fin avec la session des Chambres. Charles Rist et Paul Baudouin, experts auprès du ministre des Finances, donnent leur démission par lettre; elle ne sera connue que quelques jours plus tard.

21-22 juin
Par 193 voix contre 77, le Sénat, à l'instigation de Joseph Caillaux, refuse les pleins pouvoirs financiers à Léon Blum qui réunit les ministres en Conseil dans la nuit et décide finalement de remettre sa démission. Le président Lebrun confie à Camille Chautemps le soin de former le nouveau cabinet. Chautemps (président du Conseil) y parvient le 22: Blum (vice-président), Delbos (Affaires étrangères), Auriol (Justice), Dormoy (Intérieur), Daladier (Guerre), Campinchi (Marine militaire), Cot (Air), Bonnet (Finances), Queuille (Travaux publics), G. Monnet (Agriculture), Zay (Éducation nationale), André Février (Travail), F. Chapsal (Commerce et Industrie), Moutet (Colonies), Lebas (PTT), Rucart (Santé publique), A. Rivière (Pensions). Ministres d'État: Sarraut, Faure, Viollette.
Le deuxième gouvernement de Front populaire repose aussi sur la majorité parlementaire formée par les radicaux, les socialistes et les communistes, ces derniers désapprouvant la politique du gouvernement vis-à-vis de l'Espagne républicaine.

29-30 juin
Le 29, la Chambre accorde les pleins pouvoirs à Georges Bonnet après que celui-ci a exposé la situation financière, par 380 voix contre 228. Le Sénat les vote le lendemain par 167 voix contre 82.

30 juin
Alors que le déficit de la balance des paiements s'aggrave, le gouvernement décide une nouvelle dévaluation du franc: la livre vaut environ 194 francs au lieu de 105 en octobre 1936.

8 juillet
Au Vélodrome d'Hiver, 40000 militants et sympathisants de l'Action française fêtent la libération de Charles Maurras.

11 juillet
Au cours du congrès socialiste réuni à Marseille, Léon Blum défend la politique du Front populaire et fait voter l'approbation à la participation des socialistes au cabinet Chautemps (3 484 mandats contre 1 866).

14 juillet
L'Angleterre fait trois propositions au comité de non-intervention en Espagne : maintien du contrôle dans les ports espagnols, retrait des volontaires étrangers, reconnaissance aux deux parties de la qualité de belligérants. La France appuie cette proposition.

17 juillet
Les Jeunesses ouvrières chrétiennes tiennent leur congrès national au Parc des Princes.

30 juillet
Le ministre des Finances Bonnet présente au Conseil des ministres une série de mesures : limitation des dépenses extraordinaires du Trésor à 17 milliards pour 1938 dont 11 pour la Défense nationale, 3,6 pour les grands travaux, 2,3 pour la caisse de pensions ; attribution de 400 millions supplémentaires aux communes financés par la hausse de l'impôt foncier ; réajustement des tarifs de métro et de bus à Paris. Ces mesures sont approuvées par le cabinet qui charge le ministre des Travaux publics Henri Queuille de constituer avant le 31 août une société nationale des chemins de fer.
Au musée du Jeu de Paume s'ouvre l'exposition *Origines et développement de l'art international indépendant* qui réunit des œuvres d'artistes refusés au Petit Palais. C'est la première grande exposition de l'art non figuratif à Paris. Kandinsky y présente cinq toiles, Robert Delaunay de grands décors. Les surréalistes y sont représentés. L'exposition n'attire que 5 000 visiteurs, dont un grand nombre d'étrangers.

août
Les forêts de pins des Landes sont ravagées par un gigantesque incendie.

1er août
Le mémorial de Montfaucon, dans l'Argonne (Meuse), dédié aux troupes américaines est inauguré par Albert Lebrun et le général Pershing. Le président Roosevelt adresse par radio un message sur l'amitié franco-américaine.

31 août
Un accord intervient entre l'État et les compagnies de chemins de fer pour la création d'une Société nationale des chemins de fer, société mixte : l'État détient 51 % des actions et gère la société à laquelle les compagnies privées (Compagnie du Nord, Compagnie du Midi, Compagnie de l'Ouest, Paris-Orléans, Paris-Lyon-Méditerranée) apportent les lignes et le matériel, conservant 49 % du capital. M. Guinand, premier président de la Cour des comptes, est nommé président de la nouvelle société. La SNCF sera officiellement constituée le 1er janvier 1938.
Jean Renoir commence le tournage de *La Marseillaise* qui sera diffusée en 1938. Le film est réalisé avec l'aide d'une souscription nationale lancée par la CGT.

1er septembre
Le délégué CGT à la sécurité des ouvriers mineurs, Kléber Legay, publie le compte rendu de son voyage en URSS sous le titre : *Un mineur français chez les Russes*, livre dans lequel il explique la supercherie de la méthode soviétique d'extraction du charbon connue sous le nom de stakhanovisme (du nom du mineur Stakhanov), Legay dénonce les dangers induits par l'organisation du travail ainsi que la faiblesse des salaires au rendement. Il récolte la haine des communistes qui lancent une violente campagne contre lui.

2 septembre
À Meknès (Maroc), l'arrestation de cinq notables musulmans provoque une manifestation ; l'armée française tire et fait 13 morts. De nouveaux incidents ont lieu à Marrakech à la fin du mois. En octobre, la relégation des chefs nationalistes entraîne de nouveaux affrontements à Port-Lyautey (4 morts), Fès, Rabat et Oujda.

11 septembre
À Paris, à 22 h 15, la Cagoule (CSAR) fait sauter les sièges de la Confédération générale du patronat français (rue de Presbourg) et de l'Union des industries métallurgiques et minières (rue Boissière). Il s'agit pour les chefs du CSAR de faire porter au Parti communiste la responsabilité de ses attentats et d'entraîner ainsi, dans une action contre la République, les militaires groupés en réseaux anticommunistes (« réseaux Corvignolles » du commandant Loustaunau-Lacau). Le 10 janvier 1938, un ingénieur de Clermont-Ferrand s'accuse d'être l'auteur du double attentat ; l'enquête est alors relancée.

22 septembre
Le général russe Miller, dirigeant des associations de réfugiés russes en France, est enlevé à Paris par le NKVD. L'affaire fait grand bruit dans la presse.

24 septembre
Le professeur de médecine Gustave Roussy est nommé recteur de l'Académie de Paris. Médecin chef de l'hôpital Paul-Brousse à Villejuif (Seine) en 1913, Roussy (1874-1948) y fonde l'Institut du can-

cer de Villejuif qui développe la recherche expérimentale et dispense un enseignement théorique.

30 septembre
Avec l'avancée des nationalistes en haut Aragon puis la prise de Bilbao, ce sont 120000 personnes (hommes, femmes, enfants) qui trouvent refuge en France entre juin et octobre. Le gouvernement décide de renvoyer en Espagne, par la frontière de leur choix, les réfugiés espagnols à charge de l'État français ou d'organismes publics, à l'exception des enfants, des malades, des blessés et des réfugiés employés à des travaux essentiels (vendanges en Haute-Garonne, ouvriers agricoles dans les Hautes-Pyrénées, bûcherons engagés dans les Landes).

2 octobre
Après la réunion du Conseil des ministres à Rambouillet, le gouvernement rend publique une déclaration de politique générale. Le contrôle des changes est écarté, la non-intervention en Espagne maintenue, les 40 h aménagées, l'agitation (attribuée à des meneurs étrangers) sera réprimée, les actes d'illégalité dans les conflits sociaux poursuivis.

9 octobre
L'Italie refuse de s'associer à une conférence pour le règlement de la question espagnole sans la présence de l'Allemagne.

13 octobre
Dans *Le Figaro*, François Mauriac intervient à propos de la guerre civile espagnole: «De ceux qui furent égorgés ou exécutés par les foules furieuses et par les chefs du *Frente popular*, ou de ces victimes de bombardements médités et accomplis à froid, sans plaisir ni haine, par des étrangers en service commandé, lesquels, croyez-vous, éveillent le plus de pitié dans le cœur de Dieu?» L'allusion à Guernica et le questionnement suggèrent que Mauriac lui-même est parvenu à une réévaluation de son attitude, comme d'autres catholiques français jusqu'alors plutôt partisans de Franco.

14 octobre
Au théâtre de l'Œuvre, création des *Chevaliers de la Table ronde* de Jean Cocteau, avec Jean Marais.

16 octobre
Au comité de non-intervention en Espagne (installé à Londres), la France propose de retirer les combattants étrangers en Espagne et de cesser tout envoi de volontaires et de matériels. Rome accepte le principe d'un retrait réciproque. Le 19, les Soviétiques s'opposent au plan français.

19 octobre
Le gouvernement propose de consacrer 1380 millions de francs pour le relèvement des traitements des fonctionnaires qui revendiquent une prime de vie chère de 150 francs par mois, à partir du 15 novembre. Le Cartel confédéré des services publics qui groupe les syndicats de fonctionnaires se déclare insatisfait. Le conflit perdure jusqu'en novembre et une délégation des gauches ne réussit pas à l'arbitrer.
Paul Valéry est élu à la chaire de poétique du Collège de France.

20 octobre
Première projection de *Drôle de drame* de Marcel Carné, avec Michel Simon, Louis Jouvet, Françoise Rosay, Jean-Louis Barrault, Jean-Pierre Aumont.

6 novembre
L'Italie adhère au pacte anti-Komintern au côté de l'Allemagne et du Japon. Le 29, l'Italie reconnaît *de jure* le Mandchoukouo japonais. Le 21 février 1938, c'est au tour de l'Allemagne de reconnaître le «protectorat» japonais sur la Mandchourie.

10 novembre
L'Académie suédoise attribue le prix Nobel de littérature à Roger Martin du Gard.

Martin du Gard

Après des études au lycée Condorcet, où il eut comme condisciple Gaston Gallimard, puis l'École des chartes, Roger Martin du Gard (1881-1958) embrasse la littérature. Son premier roman achevé Devenir! *(1909) met en scène un jeune homme qui veut éviter la carrière de notaire pour devenir écrivain, thème qui n'est pas sans rappeler son propre itinéraire; sa famille, catholique et bien-pensante, le destinait plutôt à la magistrature ou aux finances. De son passage à l'École des chartes, il conserve le goût de ce qu'il appelle la «probité», c'est-à-dire le respect des événements historiques – qu'il abandonne parfois – dans lesquels il insère ses personnages. Avec* Jean Barois *(1913), un homme qui s'émancipe de la foi à l'époque de l'affaire Dreyfus – reflet du conflit entre science et croyance si fort au tournant du siècle –, il met en œuvre sa conception du roman dialogué. Proust considère le roman comme «absolument raté» mais Gaston Gallimard et l'équipe de* La NRF *s'enthousiasment pour cette tentative originale. En 1912, Martin du Gard commence une farce paysanne,*

Le Testament du père Leleu, *qui est montée en 1914 au Vieux-Colombier par Jacques Copeau dont il devient l'ami. Pendant plusieurs années, Martin du Gard se passionne pour le théâtre, tentant de renouveler son premier succès avec* La Gonfle *(1922), puis* Le Taciturne *(1931), sur le thème de l'homosexualité. Depuis 1920, il s'est lancé dans l'écriture de l'histoire d'une famille sur plusieurs générations:* Les Thibault. *Ce cycle devait s'étendre de 1904 à 1940, la fiction rattrapant le temps réel. En 1936, il achève* L'Été 1914. *En voyage lorsque la guerre éclate, contraint d'accomplir un long périple en compagnie de son épouse pour regagner la France, il s'installe à Nice. Il se met à la rédaction des* Mémoires du lieutenant-colonel de Maumort, *livre centré sur la sexualité des adolescents où transparaît son intérêt ancien et constant pour Freud. En 1949, à la mort de sa femme, il interrompt son* Journal, *commencé en 1919 et qui ne sera publié qu'en 1992-1993. Martin du Gard, pacifiste convaincu, s'est parfois joint à d'autres intellectuels: protestation contre l'agression de l'Éthiopie (1935), contre la torture en Algérie (1958) mais, la plupart du temps, il s'est tenu à l'écart de la politique, entendant « laisser [ses] livres parler pour [lui] ». Il occupe une place particulière dans la littérature française du XXe siècle: Albert Camus le situe dans la lignée de Tolstoï qui inspira effectivement son travail d'écrivain.*

12 novembre
La nouvelle « gare aérienne » du Bourget est inaugurée.

16 novembre 1937-26 janvier 1938
La Sûreté nationale saisit des stocks d'armes et de munitions dans plusieurs caves de Paris et de banlieue; ces dépôts ont été constitués par la Cagoule (CSAR). Le 23, l'affaire de la Cagoule prend de l'ampleur. Le ministère de l'Intérieur diffuse un communiqué qualifiant l'activité de l'organisation clandestine de véritable complot contre les institutions républicaines. Le 24, le général Edmond Dusseigneur (mis en liberté provisoire le 24 juin 1938) et Eugène Deloncle sont arrêtés, le duc Pozzo di Borgo le 26; il sera libéré le 5 mars 1938. Jean Filliol, le tueur de la Cagoule, se réfugie en Espagne. Le 26 janvier 1938, un stock de grenades saisi dans un dépôt et entreposé au laboratoire de la préfecture à Villejuif explose; on dénombre 14 morts et des blessés.

20 novembre
La séance inaugurale du Collège de sociologie, fondé par Georges Bataille, Roger Caillois, Michel Leiris, Jules Monnerot se tient dans l'arrière-boutique des Galeries du livre, 15 rue Gay-Lussac, à Paris. Le Collège se propose, sous l'appellation de *sociologie sacrée*, d'étudier « l'existence sociale dans toutes celles de ses manifestations où se fait jour la présence active du sacré ».

29 novembre
Le président du Conseil Chautemps et le ministre des Affaires étrangères Delbos rencontrent à Londres Neville Chamberlain, Eden et lord Halifax pour échanger leurs points de vue sur les revendications allemandes en matière de colonies, le problème des minorités en Europe centrale, la question espagnole et la guerre sino-japonaise.

décembre
Tériade fonde la revue d'art *Verve*.

2 décembre
Le ministre des Affaires étrangères Yvon Delbos entame une importante tournée des capitales d'Europe centrale: Varsovie, Bucarest, Belgrade et Prague, dans le but de renforcer les alliances diplomatiques de la France.

11 décembre
L'Italie quitte la SDN.

15 décembre
Création à la Cité universitaire du ballet de Serge Lifar, *David triomphant*, avec des décors de Léger.

23 décembre 1937-8 janvier 1938
Le ministre de l'Intérieur Marx Dormoy fait encercler par 600 gardes mobiles l'usine Goodrich (Colombes) occupée par les 2000 ouvriers de l'entreprise qui protestent contre l'accélération des cadences et le licenciement d'un militant. Le 8 janvier suivant, les ouvriers reprennent le travail. Le conflit a accentué la division entre l'aile modérée du Front populaire (la droite du radicalisme) et son aile révolutionnaire, hâtant sa désagrégation.

28 décembre
Une grève surprise des services publics (eau, gaz, électricité, voirie et transport) paralyse Paris.
Publication du pamphlet de Céline *Bagatelles pour un massacre* auquel répond, en 1938, Hans-Erich Kaminski, juif allemand réfugié en France, avec *Céline en chemise brune ou le mal présent*: « Vous croyez peut-être que Céline emploie dans le titre

de son livre le mot *massacre* comme une figure de rhétorique. Détrompez-vous! Si difficile qu'il soit de comprendre sa grammaire fantaisiste, en ce cas il n'y a pas de doute. Cette fois-ci, il ne s'agit pas d'une métaphore, mais du substantif dans son sens précis. Il désire le carnage des juifs et il le demande. Le livre tout entier n'est qu'une incitation au meurtre, qu'une glorification du pogrom.»

autres événements

• L'écrivain suisse Albert Béguin publie sa thèse *L'Âme romantique et le rêve. Essai sur le romantisme allemand et la poésie française*, qui aura une grande influence.

• Louis de Broglie: *Matière et lumière* et *La Physique nouvelle et les quanta*.

• Nommé professeur au Collège de France, Frédéric Joliot-Curie publie *La Constitution de la matière*.

• José Ortega y Gasset: *La Révolte des masses*. «Être de gauche ou de droite, c'est choisir une des innombrables manières qui s'offrent à l'homme d'être un imbécile; toutes deux, en effet, sont des formes d'hémiplégie morale. [...] Aujourd'hui les droites promettent des révolutions et les gauches proposent des tyrannies.»

• Marcel Delannoy: *Sérénade concertante*.

• Honegger et Ibert: *Les Petites Cardinal*, opérette donnée en 1939 aux Bouffes-Parisiens.

• Francis Poulenc: *Messe en sol majeur*.

1938

8 janvier

À Bizerte (Tunisie), une manifestation d'ouvriers protestant contre l'expulsion du secrétaire de l'union locale des syndicats de la Confédération générale du travail tunisienne, est réprimée violemment: on relève 6 morts.

13 janvier

Fin du Front populaire. Devant la Chambre, le président du Conseil Chautemps appelle le pays à la paix sociale et à la défense de la monnaie; il avertit: «S'il en est qui n'écoutent pas mon appel, la force de la loi s'abattra sur eux.» En séance de nuit, interpellé par le député communiste Arthur Ramette qui annonce tout à la fois que le PCF votera l'ordre du jour et mènera sa propre propagande, Chautemps lui rétorque: «M. Ramette réclame sa liberté, c'est tout à fait son droit. Je la lui rends.» Pour éviter la rupture du Front populaire, les socialistes demandent une suspension de séance. Léon Blum accourt en toute hâte au Palais-Bourbon et, refusant de se désolidariser des communistes, donne la démission des ministres socialistes. Chautemps démissionne à son tour. La coalition de Front populaire a vécu.

Le communiste Jacques Duclos est réélu à la vice-présidence de la Chambre, au côté d'Herriot, par 277 voix contre 213.

14 janvier

Pressentis par le président de la République pour former le nouveau gouvernement, Chautemps puis Daladier se récusent. Herriot se désiste également, préférant se réserver la possibilité d'être élu président de la République à la prochaine élection. Georges Bonnet accepte mais se heurte à l'hostilité des élus socialistes qui refusent toute collaboration avec lui.

16 janvier

À son tour, Léon Blum, qui désire une large union politique pour un Conseil de «réconciliation nationale», échoue devant le refus du député de la Seine (Alliance démocratique) Paul Reynaud de s'associer à son projet de gouvernement.

17 janvier

La quatrième Exposition internationale du surréalisme est organisée à Paris par Breton et Éluard, Duchamp, Dalí et Ernst, Man Ray. Les eaux et broussailles sont confiées à Wolfgang Paalen. L'Exposition est inaugurée dans le noir, chaque visiteur ayant reçu une lampe de poche à l'entrée. La salle centrale est transformée en grotte avec 1200 sacs de charbon suspendus; le sol est recouvert de feuilles mortes. Au centre, l'un des braseros devant lesquels se réunissent les surréalistes; aux angles, quatre grands lits. Dans le vestibule, *Les plus belles rues de Paris* sont peuplées de mannequins réalisés et maquillés par les artistes du groupe.

18 janvier

Appelé à faire une nouvelle tentative le 17, Chautemps (président du Conseil) forme son second gouvernement dans lequel 18 ministres sur 20 sont radicaux: Daladier (vice-président du Conseil, Défense nationale et Guerre), Delbos (Affaires étrangères), Campinchi (Justice), Sarraut (Intérieur et Afrique du Nord), Bertrand (Marine militaire), La Chambre (Air), Marchandeau (Finances), Queuille (Travaux publics), Chapsal (Agriculture), Zay (Éducation nationale), Ramadier (Travail), Cot (Commerce et Industrie), Steeg (Colonies), Gentin (PTT), Rucart (Santé publique), Lasalle (Pensions), Elbel (Marine marchande). Ministres d'État: Bonnet, Frossard.

Le 21, le nouveau gouvernement obtient l'investiture de la Chambre par 501 voix contre 1 (celle de Gaston Bergery), et 105 abstentions.

21 janvier
Le général Gamelin est nommé chef d'état-major de la Défense nationale. Un décret institue la coordination de la Défense nationale sous l'autorité de Daladier. Le contrôleur général Jacomet est nommé secrétaire général du ministère.

27 janvier
Le gouvernement Chautemps dépose un « statut moderne du travail » formé de six projets de loi concernant le placement, l'embauche et le licenciement, les délégués du personnel, les conventions collectives, la conciliation et l'arbitrage, la normalisation de la grève. Le 2 février, le président de la Confédération générale du patronat français Claude-Joseph Gignoux présente, devant la commission du Travail de la Chambre, les réserves de son organisation sur les projets gouvernementaux. Seul le texte portant sur la conciliation et l'arbitrage sera adopté.

30 janvier
Après le raid de l'aviation franquiste sur Barcelone qui a fait 155 morts, le président du Conseil Chautemps convie les grandes puissances à protester contre les attaques menées contre des villes ouvertes qui ne présentent pas d'intérêt militaire.

février
Parution du *Théâtre et son double* d'Antonin Artaud dans la collection « Métamorphoses » de Paulhan chez Gallimard.

8 février
Plus de 400 maires et conseillers généraux d'Algérie protestent contre le projet Blum-Viollette, déposé le 30 décembre 1936 qui vise à accorder le droit de vote à certains musulmans, et menacent de démissionner en cas de vote du projet. Certains passent à l'acte le 6 mars. Combattu également par le leader nationaliste Messali Hadj, le texte ne sera jamais débattu.

12 février
Le chancelier autrichien Schuschnigg est convoqué à Berchtesgaden par Hitler qui lui impose le nazi Arthur Seyss-Inquart (1892-1946) comme ministre de l'Intérieur et l'amnistie pour les nazis condamnés, y compris les assassins du chancelier Dollfuss.

18 février
La Chambre vote, par 477 voix contre 177, le projet de loi sur la conciliation et l'arbitrage dans les conflits sociaux que Chautemps est venu défendre la veille, insistant sur la nécessité de mettre fin aux luttes sociales qui empêchent la reprise économique et ruinent les efforts faits pour le rétablissement des finances. Cependant, le gouvernement s'avère incapable de mettre fin au conflit entretenu par les débardeurs marseillais qui refusent tout travail en sus des 40 h au détriment des livraisons de primeurs en provenance d'Algérie. Le 24, ce sont les dispositions touchant aux conventions collectives qui sont approuvées par 461 voix contre 91. Le système d'arbitrage est adopté définitivement le 4 mars suivant.
Le *Journal officiel* publie le texte de loi instituant la capacité civile (toute personne majeure peut exercer ses droits civils régissant les rapports entre particuliers) de la femme mariée, qui était jusque-là juridiquement incapable. Cependant, les biens propres de la femme continuent à être administrés par le mari et elle ne peut en disposer qu'avec son consentement.

20 février
Hostile aux dictatures, Anthony Eden est remplacé au Foreign Office par lord Halifax; le Premier ministre Neville Chamberlain est soutenu par une forte majorité aux Communes et sa politique d'entente avec l'Italie est approuvée.

10 mars
Après avoir lu une déclaration à la Chambre dans laquelle il demande des pouvoirs étendus pour assurer le redressement financier de la France, le président du Conseil Chautemps, qui n'a pas réussi à obtenir le soutien de la SFIO, démissionne à la veille d'un débat sur les problèmes financiers. Le président de la République Lebrun demande à Blum de former le nouveau gouvernement.

11-14 mars
Sous la pression allemande, le chancelier autrichien Schuschnigg, qui a annoncé le 9 mars un plébiscite destiné à affirmer l'indépendance de l'Autriche, démissionne. Le président Wilhelm Miklas est contraint de prendre le nazi Arthur Seyss-Inquart comme chancelier; celui-ci fait immédiatement appel à l'Allemagne. Le soir même, les blindés allemands pénètrent en Autriche réalisant l'Anschluss (rattachement) que Hitler avait décidé dès novembre 1937. Privée de gouvernement, la France, suivant l'exemple du Foreign Office britannique qui déconseille toute réaction, émet une

timide protestation. Le 12 mars, Vienne est occupée. Aussitôt les nazis commencent les persécutions contre la communauté juive. Le 14 mars, dans un discours célébrant l'Anschluss, Hitler parle du retour légitime de 10 millions d'Allemands dans le Reich, allusion aux Autrichiens (6750000) et aux Allemands de Tchécoslovaquie (3250000) habitant les Sudètes. Immédiatement le parti des Allemands des Sudètes, dirigé par Konrad Henlein, commence une campagne pour l'autonomie complète.

14 mars
Léon Blum (président du Conseil et Trésor) forme son deuxième gouvernement avec le soutien communiste et invite « tous les partis républicains à se grouper pour la défense des libertés républicaines, des intérêts vitaux de la nation et de la paix »: Daladier (vice-président du Conseil, Défense nationale et Guerre), Frossard (Propagande), Auriol (Coordination des services de la présidence du Conseil), Paul-Boncour (Affaires étrangères), Rucart (Justice), Dormoy (Intérieur), Campinchi (Marine militaire), La Chambre (Air), Spinasse (Budget), Moch (Travaux publics), Monnet (Agriculture), Zay (Éducation nationale), A. Sérol (Travail), Cot (Commerce et Industrie), Moutet (Colonies), Lebas (PTT), Gentin (Santé publique), Rivière (Pensions). Ministres d'État: Steeg, Sarraut (Afrique du Nord), Faure, Viollette. Le 18, Blum obtient la confiance par 369 voix contre 19.

15-16 mars
Selon certaines rumeurs circulant à Paris, les ambassadeurs d'Espagne et d'URSS auraient sollicité une intervention armée de la France en Espagne. Pour couper court à ces rumeurs, le Premier ministre Chamberlain déclare que l'Angleterre n'a pas l'intention « de se brûler les doigts » en Espagne.

18-24 mars
Joseph Paul-Boncour, ministre des Affaires étrangères, assure les ambassadeurs de Tchécoslovaquie et d'URSS des intentions du gouvernement: celui-ci remplira ses obligations qui découlent du traité de Locarno (1925) et du pacte Laval-Staline (1935). Le 24, à la Chambre des communes, Chamberlain annonce que la Grande-Bretagne n'étendra pas les garanties données par elle à la France dans le cas où celle-ci déciderait d'entrer en guerre pour venir en aide à la Tchécoslovaquie.

24 mars
Une nouvelle vague de grèves débute aux usines Citroën du quai de Javel. Deux semaines plus tard, elle regroupe près de 100000 métallurgistes (automobile, aviation, matériel électrique) qui revendiquent la reconduction des conventions collectives.

31 mars
Des milliers de miliciens républicains et civils espagnols gagnent la France devant l'avance des troupes nationalistes. Les miliciens sont reconduits vers Port-Bou ou Hendaye, après avoir été désarmés.

avril
Parution de *La Nausée* de Sartre qui obtient un assez grand succès critique.

4-6 avril
Léon Blum dépose le 4, à la Chambre, ses projets de pleins pouvoirs financiers qui sont entérinés par la commission des Finances par 25 voix contre 18. Le 5, durant 2 h 30, il les défend devant les députés qui les approuvent, le 6, par 311 voix contre 250 et 54 abstentions.
Le directeur de l'influent journal *La Lumière*, Georges Boris, devenu directeur du cabinet de Blum, et Pierre Mendès France, sous-secrétaire d'État, ont grandement contribué à l'élaboration des projets financiers novateurs du gouvernement: prélèvement sur le capital de 4 à 7 % à partir de 150000 francs, modification du barème de l'impôt sur le revenu, taxe de 7 % sur les coupons de rente, imposition des bénéfices des entreprises travaillant pour l'État.

7-8 avril
Le 7, la commission des Finances du Sénat rejette le projet Blum par 25 voix contre 6, alors que quelques milliers de militants socialistes manifestent sous ses fenêtres avant d'être dispersés par le service d'ordre. Le 8, le Sénat refuse par 223 voix contre 49 les pleins pouvoirs à Blum, qui offre sa démission.
Daladier est chargé de former le nouveau gouvernement.

9 avril
À Tunis, à la suite de l'arrestation des responsables du Destour et du Néo-Destour (dont Habib Bourguiba) accusés d'avoir partie liée avec Mussolini, des manifestations de protestations se sont déroulées début avril dans le calme. Mais le 9, l'arrestation d'un professeur révoqué, Allala Belhaoune, provoque l'émeute. La gendarmerie tire sur la foule; le nombre des victimes est incertain: il varie de 10 à 80 morts chez les manifestants (1 gendarme est tué). L'état de siège est proclamé.

10 avril
Édouard Daladier (président du Conseil, Défense nationale et Guerre) forme le nouveau gouvernement comme « un gouvernement de Défense nationale » : Chautemps (vice-président du Conseil), Bonnet (Affaires étrangères), Reynaud (Justice), Sarraut (Intérieur), Campinchi (Marine militaire), La Chambre (Air), Paul Marchandeau (Finances), Frossard (Travaux publics), Queuille (Agriculture), Zay (Éducation nationale), Ramadier (Travail), Fernand Gentin (Commerce et Industrie), Mandel (Colonies), Jules Julien (PTT), Rucart (Santé publique), Champetier de Ribes (Anciens Combattants et Pensions), Chappedelaine (Marine marchande), Patenôtre (Économie nationale et Production).
Reprenant à leur compte l'idee d'un plébiscite, les nazis font approuver l'Anschluss par les Autrichiens (99,73 %).

12 avril
La Chambre accorde sa confiance à Daladier à la quasi-unanimité, par 587 voix contre 6. Dans la soirée, elle autorise également qu'il procède par décrets-lois jusqu'au 31 juillet prochain « pour faire face aux dépenses nécessitées par la Défense nationale et redresser les finances et l'économie de la nation », par 514 voix contre 8. Le gouvernement prononcera 182 décrets-lois. Au Sénat, les pleins pouvoirs sont votés à l'unanimité des 290 votants.

24 avril
Konrad Henlein, le chef des Sudètes pro-nazis, qui a mis au point sa stratégie avec Hitler dès la fin mars, présente les huit revendications des Sudètes : l'une d'elles exige « l'entière liberté de se réclamer du peuple germanique et de la conception mondiale allemande ».

28-29 avril
Le président du Conseil Daladier se rend à Londres pour rencontrer le Premier ministre Chamberlain qui, dans le cadre de sa politique d'*appeasement* (c'est-à-dire d'apaisement et de temporisation), vient de reconnaître, le 16 avril, la souveraineté de l'Italie sur l'Éthiopie. Chamberlain doute que « Hitler souhaite la destruction de la Tchécoslovaquie ». La rencontre est un échec partiel qui fait apparaître l'écart entre la politique de la France (en position de faiblesse en raison de la situation de ses armements) et celle de la Grande-Bretagne qui obtient du gouvernement français qu'il adresse une notification au gouvernement tchécoslovaque : le soutien de la France, elle-même soutenue par la Grande-Bretagne, ne vaut que pour un règlement négocié avec l'Allemagne.

mai
Georges Bernanos publie la seconde version des *Grands Cimetières sous la lune*, écrite entre mai 1937 et avril 1938. La première était parue sous forme d'articles dans l'hebdomadaire *Sept*, dirigé par les dominicains. D'abord favorable aux militaires nationalistes espagnols, Bernanos, qui a séjourné aux Baléares d'octobre 1934 à mars 1937, réprouve et condamne la répression franquiste et l'attitude d'une partie du clergé espagnol. Son livre marque sa rupture définitive avec l'Action française. Analysant le phénomène totalitaire, il écrit avec une grande pénétration : « La rivalité des deux réformateurs [Hitler et Staline] est justifiée par l'identité de méthodes, le premier exploitant la mystique de race, l'autre celle de classe, à des fins communes : l'exploitation rationnelle du travail et du génie humains mis au service de valeurs purement humaines. » Le livre rencontre un écho considérable : la première édition est épuisée en quinze jours.

2-31 mai
Le 2 mai, par décret-loi, le gouvernement s'autorise à aménager « la réglementation en vigueur en matière de récupération et de dérogation » de la loi des 40 h, réintroduisant ainsi la possibilité d'augmentation d'allongement du temps de travail. Le 3, le *Journal officiel* publie une première série de décrets-lois portant sur le budget (majoration des impôts de 8 %), la production, un programme exceptionnel de Défense nationale, la police des étrangers, etc. Une seconde série est prise le 31 mai (*Journal officiel* du 1er juin) concernant les allocations familiales des agriculteurs, le statut viticole, etc. Toute la vie législative est à présent régie par le biais des décrets-lois.

5 mai
Annoncée le 4 à la radio par Daladier, le franc est dévalué de 12 % le 5 avec l'assentiment des Américains et des Anglais. Bien préparée, cette dévaluation provoque le retour de capitaux en France (15 milliards) en mai et juin. Cet assainissement de la situation financière permet la relance de l'activité industrielle, notamment celle de l'armement.

7-15 mai
Les gouvernements français et anglais demandent à l'État tchécoslovaque d'offrir à l'Allemagne les concessions maximales au sujet des revendications de la minorité allemande des Sudètes sans mettre

pour autant en danger son intégrité territoriale. Le 15, le gouvernement de Prague engage des conversations avec Konrad Henlein pour arrêter un statut des minorités.

17 mai
Première projection publique de *Quai des brumes*, film de Marcel Carné, dialogues de Jacques Prévert, avec Jean Gabin et Michèle Morgan.

20-30 mai
Craignant une opération allemande à partir de la Saxe, le gouvernement tchèque ordonne l'état d'alerte à la frontière de la Bohême et mobilise ses réservistes. La tension s'accroît lorsque deux Sudètes qui ont refusé d'obéir à une sommation sont tués par un policier tchèque.
Le jour même, Daladier déclare que la France respecterait ses obligations si le Reich attaquait son alliée. Le 22, la Grande-Bretagne lui précise qu'elle n'interviendrait que si la France était elle-même attaquée. Le 30, Hitler signe l'exécution du Plan vert *(Grün Fall)* d'invasion de la Tchécoslovaquie pour le 1er octobre.

24 mai
Une nouvelle série de décrets-lois entre en application. 11 milliards seront investis dans des grands travaux, la loi des 40 h est assouplie.

2 juin
Hitler et Mussolini règlent leur différend à propos du Haut-Adige. Se dessine ainsi ce qu'on appellera l'axe Rome-Berlin.

4-8 juin
Au congrès de Royan du Parti socialiste SFIO, la tendance Gauche révolutionnaire animée par Marceau Pivert est sanctionnée par 4 904 mandats contre 3 033. Pivert quitte la SFIO pour former le Parti socialiste ouvrier et paysan qui compte alors quelques milliers d'adhérents.

5 juin
Freud, qui a pu quitter l'Autriche pour se réfugier à Londres grâce à l'entremise de sa traductrice et amie Marie Bonaparte, est de passage à Paris.

9 juin
Le ministre des Affaires étrangères Georges Bonnet remet à Stefan Osusky, ambassadeur de Tchécoslovaquie à Paris, une note dans laquelle il lui indique que l'appui de la France vise à lui « faire obtenir le meilleur arrangement » mais qu'en « aucun cas nous ne ferons la guerre ».

Georges Bonnet

Licencié en droit et lettres, titulaire d'un diplôme d'études supérieures en philosophie, Georges Bonnet (1889-1973) est reçu auditeur au Conseil d'État en 1913. Mobilisé en 1914 dans l'artillerie, il termine la guerre avec le grade de lieutenant, la croix de guerre et la Légion d'honneur. Clemenceau le nomme directeur du service de démobilisation et il appartient à la délégation française à la conférence de la paix en 1919. En 1924, il est élu député en Dordogne, sa région d'origine, sur une liste d'union des gauches. Georges Bonnet fait figure d'espoir du Parti radical. Sa carrière ministérielle commence en 1925 lorsqu'il devient sous-secrétaire d'État à la présidence du Conseil du cabinet Painlevé. En novembre de la même année, il prend le portefeuille du Budget. Ministre des Finances, il est en 1933 l'un des créateurs de la Loterie nationale. Mais il a également commencé une carrière diplomatique : délégué à la conférence de Lausanne (1932), il dirige ensuite la délégation de Londres (1933). Pour tenir à l'écart cet opposant au Front populaire, Léon Blum le nomme ambassadeur à Washington en juin 1936. Aussi sa nomination au ministère des Finances le 22 juin 1937 dans le cabinet Chautemps apparaît-elle comme une revanche. Bonnet cherche d'ailleurs à devenir le rassembleur des radicaux opposés au Front populaire. En janvier 1938, il tente de former un gouvernement en rupture avec la coalition du Front populaire. Dans le domaine international, il s'affirme pacifiste et partisan des concessions à Hitler, proche en cela d'un Neville Chamberlain, une ligne qu'il impose lors des négociations autour de la crise des Sudètes, et dont il ne variera pas. Au cours de la crise de Dantzig, il table toujours sur les reculs des adversaires de Hitler, n'hésitant pas parfois à les manœuvrer pour obtenir les concessions qu'il juge nécessaires au maintien de la paix. Son obsession pacifiste se double du refus de toute alliance avec l'URSS. À la déclaration de guerre, Daladier lui confie la Justice pour l'éloigner des Affaires étrangères. En juillet 1940, Bonnet vote les pleins pouvoirs au maréchal Pétain ; par la suite, il siège au Conseil national de Vichy. En 1943, contraint de se réfugier en Suisse, il y écrit des ouvrages justifiant sa politique étrangère : Défense de la paix. I. De Washington au Quai d'Orsay. II. Fin d'une Europe, *éditions du Cheval ailé. En 1956, il retrouve momentanément un siège de député.*

10 juin
Devant la commission des Finances, le ministre des Finances Paul Marchandeau chiffre les revendications soutenues par la gauche (fonctionnaires, calamités agricoles, retraites des vieux travailleurs, etc.) à plus de 10 milliards de francs. Le gouvernement se refuse à les prendre en considération.

14 juin
Un troisième train de décrets-lois est décidé. Ils portent en particulier sur l'organisation du marché de la viande et du blé, le renforcement des effectifs de l'armée de l'Air, l'assainissement des îlots insalubres, la semaine de 40 h, etc.

21 juin
Le musée national des Arts et traditions populaires, fondé par Georges-Henri Rivière, est inauguré officiellement.

GEORGES-HENRI RIVIÈRE

Neveu du peintre et graveur Henri Rivière, Georges-Henri Rivière (1897-1985) commence des études au Conservatoire de Paris puis entre à l'École du Louvre. Alors qu'il collabore aux Cahiers d'Art *(1926-1960) de Christian Zervos, une visite au musée d'ethnographie du Trocadéro décide de son avenir. À partir de 1928, il travaille avec Paul Rivet, tout en étant très proche de Marcel Mauss. En 1929, il fonde avec Georges Bataille et Carl Einstein la revue* Documents *(Doctrines, Archéologie, Beaux-Arts, Ethnographie), financée par le marchand d'art Georges Wildenstein. Devenu la même année sous-directeur du musée d'Ethnographie du Trocadéro, il soutient l'initiative de la mission ethnographique et linguistique Dakar-Djibouti (mai 1931-février 1933) à laquelle participent également Marcel Griaule et Michel Leiris. En 1935, le projet du musée de l'Homme prend corps en prévision de l'Exposition universelle de 1937 ; Rivière saisit là l'occasion de promouvoir le musée des Arts et traditions populaires. Il met sur pied des groupes d'études qui font appel aux archivistes, historiens, archéologues de province. Après la guerre, il crée le Laboratoire d'ethnologie française, « explore » l'Aubrac et publie le fruit de son enquête en 6 volumes (CNRS, 1970-1986). En 1966, il devait créer en liaison avec le CNRS le Centre d'ethnologie française. Il organise ensuite le nouveau musée des Arts et traditions populaires qui voit le jour en 1968 aux abords du Bois de Boulogne à Paris.*

25 et 28 juin
Le 25 juin, un décret-loi autorise l'ouverture des grands magasins le lundi dans les villes de plus de 10 000 habitants. Le 28, le gouvernement promulgue 101 nouveaux décrets-lois concernant les avances de la Banque de France à l'État, les allégements fiscaux, la création d'un office de l'or, l'aménagement des forces hydrauliques, etc.

juillet
Paul Nizan : *La Conspiration* (prix Interallié).

6-15 juillet
Ouverture de la conférence d'Évian, réunie à l'initiative du président Roosevelt pour trouver des solutions au problème de l'accueil des juifs et des autres réfugiés qui ont dû quitter l'Allemagne et l'Autriche. Le 15 juillet est créé un Comité permanent intergouvernemental installé à Londres. La question de l'émigration des juifs en Palestine est soulevée tandis que les États-Unis se proposent d'élever leurs quotas d'immigrants, proposition qui reste lettre morte ; à l'automne 1939, l'entrée aux États-Unis devient presque impossible. La France donne l'assurance qu'aucun des participants « ne conteste au gouvernement le droit absolu de prendre à l'égard de certains ressortissants des mesures qui relèvent de sa souveraineté », admettant par là qu'un droit de regard international sur les politiques des États n'est guère envisageable.

11 juillet
Le président du Conseil Daladier fait voter la loi sur l'organisation de la nation en temps de guerre qui prévoit que les députés peuvent être envoyés en mission de contrôle auprès des autorités civiles et militaires ainsi que la possibilité de gouverner par décrets. Le Parlement lui remet « l'utilisation en temps de guerre de toutes les ressources de la nation ». Le débat avait commencé le 22 mars.

20-25 juillet
Le 22 juin, le gouvernement anglais, sans se concerter avec la France, décide l'envoi en mission d'information lord Walter Runciman (1870-1949) à Prague, où il arrive le 3 août. Le 20 juillet, les Britanniques demandent au gouvernement tchèque d'accepter la médiation de Runciman dans la question sudète. Peu après, les Allemands des Sudètes repoussent les propositions du gouvernement tchèque sur le statut des minorités. Le 20 juillet, le ministre des Affaires étrangères français Georges Bonnet réitère ses avertissements à l'ambassadeur tchèque Stefan Osusky : la France ne fera pas la guerre pour la Tchécoslovaquie, la

solidarité française s'en tiendra à favoriser une « solution pacifique et honorable ». La France n'a en effet obtenu ni le soutien de la Pologne, ni celui de la Roumanie, toutes deux repoussant toute collaboration avec l'Union soviétique (liée par le traité du 16 mai 1935 à la Tchécoslovaquie) qui impliquerait le passage de troupes soviétiques sur leurs territoires. Le 25 juillet, le gouvernement tchèque accepte l'arbitrage anglais.

Les hommes du Quai

En France, la diplomatie est traditionnellement le domaine réservé d'une élite : on compte 12 entrées dans le corps diplomatique en 1930 (le maximum), 2 en 1936. Sous l'autorité du ministre, le secrétaire général s'occupe de l'ensemble des services divisés en affaires politiques et commerciales. À partir de février 1933, le secrétaire général du quai n'est autre qu'Alexis Leger (1887-1975) – plus connu sous le nom de Saint-John Perse – qui, selon l'historien Jean-Baptiste Duroselle, semble « avoir réservé une part modeste de son temps à ses fonctions diplomatiques ». Héritier de la tradition briandiste, Leger ne prend que tardivement la mesure du phénomène hitlérien. Lors de la crise des Sudètes, il préconise une politique de fermeté et, à Munich, intervient en ce sens lors des discussions avec Hitler. Révoqué en mai 1940, il part en juillet aux États-Unis. Le régime de Vichy le déchoit de la nationalité française et met ses biens sous séquestre. Il ne revient en France qu'en 1957.
Pour orienter la politique française vis-à-vis de l'Allemagne, Leger a reçu le soutien de Paul Bargeton, directeur des affaires politiques et sociales de 1933 à 1937, qui a regroupé autour de lui d'autres diplomates de sa sensibilité : Robert Coulondre, Albert Kammerer, René Massigli. Massigli (1888-1988), autre partisan déterminé de la résistance à Hitler, rejoindra le général de Gaulle en janvier 1943. Il appartiendra au Comité français de libération nationale (juin 1943) puis prendra les fonctions de commissaire du Comité national pour les Affaires étrangères.
En ces années où les crises internationales se succèdent, l'information recueillie par les ambassadeurs devient capitale. De Berlin, André François-Poncet (1887-1978), en poste d'octobre 1931 à octobre 1938, s'est efforcé d'améliorer les relations franco-allemandes, sans illusion sur Hitler dont il donne un saisissant portrait dans ses Souvenirs d'une ambassade à Berlin *(1946). Nommé à Rome en septembre 1939, il soutient l'ultime tentative de médiation italienne. En 1943, les Allemands l'emprisonnent en Allemagne. Haut-commissaire dans la zone d'occupation française puis ambassadeur à Bonn (1949-1955), ce fervent partisan du rapprochement franco-allemand est élu à l'Académie française en 1952.*
De Moscou où il représente la France de 1936 à 1938, Robert Coulondre (1885-1959) tente de donner de la consistance à l'alliance franco-russe. Successeur d'André François-Poncet à Berlin en octobre 1938, il est conscient que la politique de rapprochement avec l'Allemagne après Munich est vouée à l'échec, en raison de la politique de Hitler envers la Tchécoslovaquie puis la Pologne. Nommé à Berne en 1940, il laissera des souvenirs intitulés De Staline à Hitler *(1950). Ambassadeur à Londres de 1933 à 1940, Charles Corbin est favorable aux Britanniques qui, tels Winston Churchill et Anthony Eden, sont résolument opposés à la politique de concessions de Chamberlain. Lors des journées précédant l'armistice de juin 1940, il participe, avec Jean Monnet et de Gaulle, à la mise au point du projet d'union franco-britannique, également souhaité par Churchill, afin de lier le sort des deux pays pour la poursuite des combats.*
Responsable de la légation française à Prague, Léon Noël (1888-1987) est nommé en février 1935 ambassadeur à Varsovie. Il se heurte au successeur du maréchal Pilsudski, le colonel Jozef Beck, dont la politique pro-allemande est en contradiction avec les sentiments francophiles des Polonais. Ses relations se détériorent avec Georges Bonnet qui le tient dans l'ignorance des négociations du printemps 1939 qu'il mène avec l'ambassadeur polonais à Paris ainsi que de celles qui ont lieu entre le général Gamelin et les militaires polonais. En 1940, devenu ministre plénipotentiaire, il participe aux négociations d'armistice avec l'Allemagne et l'Italie puis est brièvement délégué en territoire occupé. Après guerre, il rejoindra le RPF, sera élu député dans l'Yonne et préside le Conseil constitutionnel de 1959 à 1965.
Directeur du service d'Information et de presse du Quai jusqu'en octobre 1938, Pierre Comert a occupé auparavant un poste à Berlin où il rencontre Willy Münzenberg qu'il aide, en 1933, à gagner la France. Lorsque en décembre 1935 des fuites font capoter le projet Laval-Hoare d'accord avec l'Italie à propos de l'Éthiopie, Comert est soupçonné d'en être l'auteur. Après Munich, cet antifasciste est écarté par Georges Bonnet. En 1940, il devient à Londres rédacteur en chef du journal France *et, opposant acharné à de Gaulle, appartient au groupe d'exilés liés a l'amiral Muselier.*
En 1938, les hommes du Quai d'Orsay préconisent une politique parfois différente de celle de leur

ministre Georges Bonnet, acquis à la politique de concession vis-à-vis de l'Allemagne. Ils ne sont pas toujours en mesure d'infléchir la politique de la France dans le sens qu'ils souhaitent: la politique extérieure du gouvernement est plus sûrement déterminée par les facteurs militaires ou par son désir de conserver à tout prix l'étroite entente avec la « gouvernante anglaise » qui décide, en solo, de la politique internationale des deux démocraties.

1er août
Le XVe congrès international de psychanalyse se tient pour la première fois à Paris.

2 août
Les négociations économiques franco-allemandes entamées en juillet à Paris, poursuivies depuis une semaine à Berlin aboutissent à la signature d'un accord. Les taux d'intérêt des emprunts Dawes et Young seront révisés, l'Autriche bénéficiera des conventions économiques et financières franco-allemandes.

12 août
Le ministre de l'Intérieur Albert Sarraut réorganise et renforce le service de contrôle des étrangers.

21-31 août
Daladier prononce un discours radiodiffusé dans lequel, évoquant la situation internationale, il déclare qu'il « faut qu'on puisse travailler plus de 40 h et jusqu'à 48 h dans les entreprises qui intéressent la Défense nationale ». Le 23, Frossard (Travaux publics) et Ramadier (Travail), qui refusent l'assouplissement de la législation sur les 40 h, démissionnent. Ils sont respectivement remplacés par Anatole de Monzie et Charles Pomaret. Le 31, un décret rend les heures supplémentaires obligatoires dans les usines travaillant pour la Défense nationale. Depuis juillet, des négociations étaient engagées entre le gouvernement et la CGT qui lui a opposé une fin de non-recevoir le 6 août.

2-5 septembre
Alors que les négociations entre le gouvernement tchécoslovaque et Henlein, le chef nazi des Allemands des Sudètes, sont rompues depuis le 17 août, ce dernier est reçu par Hitler à Berchtesgaden. Dans les régions de langue allemande, ses partisans commencent leur campagne d'intimidation et de violences envers leurs adversaires tchèques et allemands démocrates, les juifs. Le président tchèque Benes invite Henlein à présenter ses revendications. Le 4, le ministre des Affaires étrangères Bonnet revient sur ses positions antérieures et déclare que la France « en tout cas, restera fidèle aux pactes et traités qu'elle a conclus ». La Grande-Bretagne assure la France de son soutien. Le 5, Hitler fixe l'attaque contre la Tchécoslovaquie au 27 septembre.

6-10 septembre
Le gouvernement tchécoslovaque annonce qu'il accepte l'organisation de cantons pourvus d'une large autonomie administrative, satisfaisant ainsi presque totalement les revendications des Allemands des Sudètes. Le 10, il présente un statut pour les minorités.

7-8 septembre
À Londres, le *Times* du 7 septembre envisage la cession des Sudètes à l'Allemagne sous prétexte de rendre la Tchécoslovaquie plus homogène. Le 8, Daladier informe l'ambassadeur de Grande-Bretagne que si les troupes allemandes entrent en Tchécoslovaquie, le gouvernement français réagira.

12 septembre
À Nuremberg, Hitler déclare: « En aucun cas je ne serai disposé à assister indéfiniment calme à l'oppression persistante de nos frères allemands en Tchécoslovaquie [...]. J'exige que cesse l'oppression des 3 millions d'Allemands en Tchécoslovaquie, et qu'elle soit remplacée par le droit de libre disposition. »

13 septembre
La reprise des négociations avec le gouvernement tchécoslovaque est refusée par Henlein qui revendique désormais un plébiscite. L'État tchécoslovaque proclame l'état de siège dans 11 districts pour enrayer les incidents qui ont fait plusieurs morts. De son côté, Daladier propose une réunion des chefs de gouvernements allemand, français et anglais à Chamberlain qui, sans consulter Daladier, décide de rencontrer Hitler.

14 septembre
Le Matin soutient la revendication d'un plébiscite par les partisans de Henlein. La rédaction des *Nouveaux Cahiers* adresse à ses lecteurs un appel enjoignant le gouvernement de ne pas recourir à la mobilisation – geste d'intimidation qui risque de compromettre les négociations – et proposant la neutralisation de la Tchécoslovaquie avec accord des parties intéressées. Alain, Jean Giono, l'historien Jules Isaac, Brice Parain, Simone Weil, le député socialiste André Philip, Boris Souvarine le signent.

15 septembre
Dans l'après-midi, Chamberlain rencontre Hitler à Berchtesgaden pour lui soumettre un plan admettant un plébiscite dans les régions à majorité allemande, la cession des territoires ainsi déterminés, la neutralisation, avec garanties, de la Tchécoslovaquie. Hitler l'avertit qu'il est prêt à risquer une guerre mondiale pour venir en aide aux Allemands des Sudètes mais accepte de lui laisser un délai afin qu'il consulte le gouvernement britannique sur le principe de l'autodétermination. Henlein revendique le rattachement des Sudètes à l'Allemagne.

16 septembre
Revenu à Londres, Chamberlain consulte son chargé de mission lord Runciman qui plaide pour la cession des territoires des Sudètes, alors que, jusqu'à présent, Hitler n'a revendiqué que l'autodétermination. Runciman recommande la formation d'une commission internationale chargée de délimiter la région transférée à l'Allemagne et l'organisation d'une force internationale pour le maintien de l'ordre dans les districts transférables. Le cabinet anglais consent à l'annexion des Sudètes par l'Allemagne.

17 septembre
Le diplomate tchèque, Jaromir Neczas, remet à Léon Blum une note d'Edvard Benes, le président tchèque, proposant la cession à l'Allemagne de parties du territoire tchèque en Bohême et l'éventualité d'un transfert de population. Blum fait remettre la note à Daladier.

18 septembre
Chamberlain convoque Daladier et Bonnet à Londres pour les informer du contenu de ses entretiens avec Hitler: il est persuadé que Hitler n'a pas d'autres revendications territoriales en Europe. Du côté français, les avis sont partagés à propos du détachement des Sudètes: Daladier hésite, Bonnet y est favorable. Finalement, pour éviter une attaque allemande qui mettrait la France dans l'obligation de respecter ses engagements alors que selon l'état-major elle n'est pas prête, Daladier cède à Chamberlain. En échange de la cession des Sudètes, Daladier demande l'octroi d'une garantie internationale à la Tchécoslovaquie.

19 septembre
Anglais et Français, décidés à faire pression sur les Tchécoslovaques, remettent leurs recommandations au président Benes: transfert sans plébiscite des régions peuplées à plus de 50 % d'Allemands; échange de population sur la base d'un droit d'option libre dans une limite de temps précise; en contrepartie, une assurance est accordée à la Tchécoslovaquie pour sa sécurité.

20 septembre
Dans la soirée, le gouvernement tchécoslovaque repousse les propositions franco-anglaises et demande un arbitrage. Cependant le président du Conseil Hodza demande à l'ambassadeur français de faire savoir officiellement à Edvard Benes qu'en cas de guerre avec l'Allemagne, la France et la Grande-Bretagne ne soutiendraient pas la Tchécoslovaquie, afin de fournir au gouvernement tchécoslovaque les moyens de justifier sa virtuelle approbation des propositions franco-anglaises devant son opinion publique.
Le leader conservateur Churchill se rend à Paris pour rencontrer Reynaud et Mandel, prêts à démissionner; il les enjoint de ne pas quitter le gouvernement.

21 septembre
À 17 h, Prague fait connaître son acceptation des propositions franco-anglaises. Dans un communiqué radiodiffusé dans la soirée, le gouvernement tchèque précise qu'il a dû y souscrire parce que les Tchèques « se sont trouvés seuls », la France et la Grande-Bretagne ayant averti qu'elles « ne pourraient donner à la Tchécoslovaquie aucune assistance contre une attaque de l'Allemagne qui se produirait si la Tchécoslovaquie ne donnait pas immédiatement son assentiment de principe à la cession de territoires à population allemande au Reich... »
Au nom de l'URSS, à l'assemblée de la SDN, Litvinov déclare son pays décidé à prêter assistance à la Tchécoslovaquie en même temps que la France et indique que les autorités militaires soviétiques sont prêtes à participer immédiatement à une conférence tripartite.

22 septembre
Chamberlain se rend à nouveau à Godesberg pour rencontrer Hitler et lui soumettre les propositions suivantes: formation d'une commission internationale pour la délimitation des nouvelles frontières; démobilisation immédiate; appel conjoint de toutes les parties pour le maintien de la paix et de l'ordre; garanties pour le maintien et l'intégrité du nouvel État tchécoslovaque. Présentant de nouvelles exigences, Hitler fixe lui-même les régions que le Reich entend récupérer et pose comme ultimatum l'évacuation hors des Sudètes des soldats et fonctionnaires tchèques pour le 28 sep-

tembre, puis se ravise et «concède» la date du 1er octobre. Le cabinet Hodza démissionne; il est remplacé par le gouvernement Syrovy. Dans la soirée, la France et l'Angleterre font savoir qu'elles ne s'opposent plus à la mobilisation générale tchécoslovaque qui est ordonnée à 22 h 30.

23 septembre
À une délégation du groupe radical-socialiste, Daladier déclare: «Dans le cas où la Tchécoslovaquie serait victime d'une agression non provoquée, la France prendrait immédiatement les mesures d'assistance nécessaires.»
La Pologne concentre des troupes à la frontière tchèque. Moscou menace de rompre le traité de non-agression si les troupes polonaises pénètrent en Tchécoslovaquie.

24 septembre
Le gouvernement français rappelle 753000 réservistes. L'opinion publique prend conscience du risque de déclenchement d'un conflit.

25 septembre
Le gouvernement de Prague fait connaître son refus du mémorandum allemand de Godesberg: «Il s'agit, en fait d'un ultimatum, tel qu'on peut en présenter à une nation vaincue, et non d'une proposition à un État souverain qui s'est montré aussi disposé que possible à faire des sacrifices pour la paix de l'Europe...»
Daladier et Bonnet gagnent Londres où ils sont rejoints par le général Gamelin. Le gouvernement français est divisé sur l'attitude à adopter. Daladier se prononce pour l'aide à la Tchécoslovaquie si elle est attaquée; les Anglais acceptent de donner leur appui à la France, sans s'engager à entrer en guerre. L'URSS commence à mobiliser.

26 septembre
À 20 h, Hitler prononce un discours au palais des Sports de Berlin; il exige l'application du programme de Godesberg: «Ma patience est à bout [...]. M. Benes a maintenant la décision en main. Paix ou guerre! Ou bien il acceptera cette offre et donnera aux Allemands la liberté, ou nous irons prendre nous-mêmes cette liberté.» Il donne au gouvernement tchécoslovaque jusqu'au 28 à 14 h pour accepter ses conditions. Vers 22 h, le Foreign Office publie un communiqué assurant la France de la solidarité certaine de la Grande-Bretagne et de l'URSS. En Tchécoslovaquie, la mobilisation partielle est décrétée.

27 septembre
Dans la matinée, au Conseil des ministres, le ministre des Affaires étrangères Bonnet déclare qu'il est «impossible de faire la guerre». Il est soutenu par ses ministres Anatole de Monzie (Travaux publics) et Guy La Chambre (Air).
Le ministre des Affaires étrangères britannique, Horace Wilson, s'entretient avec Hitler, lui confirmant l'engagement de son pays au côté de la France au cas où celle-ci interviendrait au côté de la Tchécoslovaquie attaquée. Le chancelier du Reich fait répondre qu'il attend une réponse satisfaisante du gouvernement Benes pour le 28 septembre à 14 h, sinon il décrétera la mobilisation.
À 20 h, Chamberlain fait une déclaration ambiguë: «Quelle que soit notre sympathie pour une petite nation qui se trouve aux prises avec un grand et puissant voisin, nous ne saurions nous engager en toutes circonstances à entraîner l'empire britannique dans la guerre pour cette seule petite nation. Si nous avions à combattre, ce devrait être pour des causes plus importantes. [...] Mais si j'avais la conviction qu'une nation quelconque a décidé de dominer le monde, j'estimerais que c'est un devoir de lui résister. Sous une telle domination, la vie des peuples qui croient à la liberté ne vaudrait pas d'être vécue.»
À 23 h 30, la mobilisation de la flotte anglaise est annoncée. Dans la soirée et la nuit, de nombreuses correspondances diplomatiques sont échangées entre Paris, Londres et Rome.

28 septembre
À 0 h 30, Hitler fait parvenir une lettre à Chamberlain qui propose la tenue d'une conférence comprenant des représentants tchèques, allemands, anglais, français et italiens. À 2 h 40, un communiqué de l'agence de presse allemande DNB dément l'existence de l'ultimatum posé par l'Allemagne pour 14 h (assorti de la menace de mobilisation générale). À 11 h 15, André François-Poncet, ambassadeur à Berlin, présente de nouvelles propositions françaises à Hitler. À 11 h 45, Mussolini intervient, à la demande de Chamberlain, auprès de Hitler qui aurait accepté de retarder la mobilisation de 24 heures. Le dictateur italien se trouve mis en position de médiateur.
Pierre-Étienne Flandin fait afficher une proclamation pacifiste sur les murs de Paris. Paul Reynaud et plusieurs de ses amis démissionnent de l'Alliance démocratique.

29 septembre
À l'invitation de Hitler, les chefs de gouvernement allemand, britannique, français et italien se réunis-

sent à la *Führerhaus* de Munich vers midi – les Tchécoslovaques sont donc exclus de la négociation, les Soviétiques écartés. Daladier fait une déclaration résolue contre la destruction de la Tchécoslovaquie. Les dirigeants anglais acceptent de négocier sur la base d'un texte présenté par Mussolini: en réalité ce texte a été rédigé la veille par Göring, traduit en français puis transmis à l'ambassadeur d'Italie à Berlin qui l'a téléphoné à Rome, avant de revenir sous la forme d'un document d'origine italienne.

30 septembre
À 1 h 30, les accords de Munich sont signés. Ils prévoient la cession à l'Allemagne des territoires habités par les Allemands des Sudètes (les Allemands imposent comme base le recensement de 1910 qui leur est favorable, rejetant celui de 1930) et leur rattachement immédiat. L'occupation des différentes zones doit commencer le 1er octobre et s'achever le 10, sans qu'aucune installation ne soit détruite, sous le contrôle d'une commission internationale (qui ne fonctionnera jamais). Un droit d'option est réservé aux habitants dans un délai de six mois. La France et la Grande-Bretagne garantissent l'intégrité du territoire de la Tchécoslovaquie amputée. En réalité, c'est le plan de Godesberg qui est accepté par la France et la Grande-Bretagne. Le système de défense tchèque est démantelé. L'accord de Munich provoque immédiatement la fuite des Tchèques et des opposants politiques aux nazis de la région des Sudètes: ils sont contraints de se réfugier dans ce qui reste de la Tchécoslovaquie. Le journal *Le Temps* ouvre une souscription « Pour les Tchèques chassés de leurs foyers ». Au 25 octobre, 641 749 francs ont été récoltés.
À son retour de Munich, Édouard Daladier, qui considère les accords comme une « immense défaite diplomatique », est accueilli triomphalement par 500 000 Parisiens – massés du Bourget à l'Arc de Triomphe – qui venaient de vivre pendant plusieurs jours dans la hantise de la déclaration de guerre. Le prestige de la France subit un revers décisif en Europe centrale, mais aussi en Grèce et en Amérique latine. Son système d'alliance en Europe élaboré depuis 1919 est définitivement caduc. Le ministre de Bulgarie à Moscou déclare à l'ambassadeur français Coulondre: « C'était donc vrai: la France a abandonné la Tchécoslovaquie et, avec elle, nous tous et, avec nous, sa politique de toujours. Sachez que dans les tout petits pays d'Europe, ce 30 septembre sera une journée de détresse et de deuil. »

4 octobre
Le gouvernement dépose un projet de pleins pouvoirs pour poursuivre le redressement économique du pays et les obtient jusqu'au 15 novembre, par 331 voix contre 78, les socialistes s'abstenant.
À l'issue du débat de politique extérieure entamé lors de l'ouverture de la session parlementaire, la Chambre approuve l'accord de Munich par 537 voix contre 75, celles des députés communistes, du député républicain national Henri de Kérillis et du socialiste Jean Bouhey, qui se rétractera. Louis Marin qui s'abstient, déclare à la tribune: « La France, affaiblie, désarmée, sacrifiant la Tchécoslovaquie pour éviter une guerre qu'elle se sent incapable de soutenir et de gagner, vient de confesser au monde entier sa déchéance. »

MUNICHOIS ET ANTIMUNICHOIS

Un sondage du tout nouvel Institut français d'opinion publique, dirigé par le sociologue Jean Stoetzel, indique que 57 % des Français approuvent les accords contre 37 %. À la seconde question : « Pensez-vous que la France et l'Angleterre doivent désormais résister à toute nouvelle exigence de Hitler? », les Français répondent oui à 70 % et non à 17 %. Mais la signature des accords de Munich ne divise pas les Français selon l'ordre convenu des familles politiques. Hormis les quelques optimistes impénitents qui se refusent à comprendre que l'Europe est entrée en avant-guerre – tel le journaliste Lucien Bourgues qui s'exclame dans Le Petit Parisien *: « Le péril de la guerre s'est éloigné. Une nouvelle ère de paix va s'ouvrir pour l'Europe » – la plupart le comprennent. Dès lors la brutale opposition entre munichois et antimunichois imprime sa marque dans la vie politique. En second lieu, c'est l'attitude vis-à-vis de l'Allemagne nazie qui est en jeu. À gauche, beaucoup de pacifistes que l'on aurait pu croire très antihitlériens, préfèrent la paix de compromis à une aventure belliqueuse. Jean Mathé, de la fédération postale, incarne le « pacifisme intégral » qu'il synthétisa dans sa déclaration au congrès de Toulouse (mars 1936): « Plutôt la servitude que la guerre, parce que de la servitude on en sort tandis que la guerre on n'en revient pas », condamnation irréductible de la guerre qui renvoie à l'expérience de la Première Guerre mondiale, et assimile implicitement le nazisme au militarisme prussien. Une pétition, lancée le 26 septembre par le Syndicat national des instituteurs (SNI) et la Fédération postale, souhaite un « règlement pacifique de la crise internationale » et affirme péremptoirement*

« qu'il faut que la paix soit faite avant la guerre plutôt qu'après la guerre ». Elle recueille 150 000 signatures dont celle de Romain Rolland.
Parmi les munichois, le directeur du Muséum, Paul Rivet côtoie les socialistes indépendants Marcel Déat et Adrien Marquet, des radicaux-socialistes comme Camille Chautemps et Henri Queuille, et le directeur de La Flèche*: Gaston Bergery. Lors du congrès de Montrouge (26-27 décembre), le secrétaire de la SFIO, Paul Faure, qui recourt à la méthode Coué (« La victoire de la paix n'est possible que si l'on ne croit pas la guerre fatale »), rassemblera 2 837 mandats (contre 4322 à celle de Blum) sur sa motion condamnant la politique d'armement. Le 11 octobre, le comité confédéral de la CGT réprouve l'accord mais 13 membres votent contre sa condamnation. Au congrès de Nantes de la CGT (13-17 novembre), la division règne. La tendance « Syndicats » conduite par René Belin (« Un arrangement médiocre, même mauvais, vaut mieux qu'une guerre glorieuse et victorieuse ») et André Delmas, l'influent secrétaire du SNI, groupe près d'un tiers des voix exprimées. Mais dans la CGT, les bataillons antimunichois constitués par les communistes groupés autour de* La Vie ouvrière *et les fidèles de Léon Jouhaux sont majoritaires.*
Au congrès de Montrouge, Blum expose que la SFIO est favorable à la paix mais prête à participer à la Défense nationale « totalement et sans réserve ». En accord avec les communistes, le socialiste Jean Zyromski écrit dans Ce soir *du 1er octobre: « La paix ne saurait être achetée au prix du sacrifice des indépendances nationales et des libertés démocratiques. »*
Depuis longtemps partisan de la fermeté face aux dictatures, Paul-Boncour prend position contre Munich. Si, généralement, la question des accords de Munich superpose aux positions politiques traditionnelles un nouveau clivage, le Parti communiste, lui, demeure une exception. Dans sa totalité, il fait bloc contre. Gabriel Péri dénonce l'absence de la Tchécoslovaquie et de l'URSS à cette conférence où l'Italie est présente en sa seule qualité d'alliée de Hitler. Pour lui, Munich « est un Sedan diplomatique » qui annule l'effort militaire accompli par la France. Journaliste à Ce Soir, *Paul Nizan proposera, en mars 1939, une analyse de la crise dans le droit-fil de cette interprétation avec* Chronique de septembre.
À droite, le dirigeant de l'Alliance démocratique, Flandin, qui préconise la révision du traité de Versailles depuis longtemps, envoie le 1er octobre des télégrammes de félicitations aux quatre chefs de gouvernement. Son parti votera dans le même sens le 18 octobre. Maurras reconnaît que Munich est une défaite française mais écrit la préférer à une victoire soviétique. Dans un même ordre d'idée, Thierry Maulnier écrit dans Combat*: « Une défaite de l'Allemagne signifierait l'écroulement des systèmes totalitaires qui constituent le principal rempart de la révolution communiste. » Doriot, le chef du PPF, dénonce le « parti de la guerre [...] qui campe sur notre sol », c'est-à-dire le Parti communiste. Les prises de position de Maurras et de Doriot provoquent une crise dans leurs organisations respectives: Henri Barbé, Paul Marion, Pierre Drieu la Rochelle, Pierre Pucheu quittent le PPF dans les semaines suivantes; l'avocat Jacques Renouvin, qui a giflé Flandin pour ses télégrammes, son ami Pierre Guillain de Bénouville, les jeunes militants Honoré d'Estienne d'Orves et Henri d'Astier de La Vigerie s'éloignent de l'Action française. Bertrand de Jouvenel démissionne du Comité France-Allemagne.*
Dans la droite catholique, Louis Marin et le sénateur de l'Union démocratique et radicale Jacques Bardoux s'affirment antimunichois. Chez les démocrates-chrétiens Georges Bidault, collaborateur à L'Aube, *constate que « l'accord de Munich [...] marque la fin d'une politique française en Europe centrale ». Seul député de droite à voter contre la ratification, Henri de Kérillis avait écrit, dès le 30 septembre, dans son journal* L'Époque*: « La destruction de la Tchécoslovaquie [...] bouleverse l'équilibre diplomatique et stratégique au profit [de l'Allemagne]. [...] Le meilleur moyen de sauver la paix c'est de dire non à plusieurs, et à temps... » Observant que la mobilisation a provoqué un temps d'arrêt dans la manœuvre de Hitler, il appelle au vote d'une nouvelle loi de trois ans ainsi qu'au réarmement intensif de la France, « question de vie et de mort pour notre pays ». Le ministre de la Justice Reynaud, qui est en étroite relation avec Churchill, est anéanti par la signature de l'accord mais il n'ose rompre la solidarité gouvernementale en ne votant pas l'ordre du jour de confiance déposé à la Chambre, d'autant qu'il est conscient de la nécessité de travailler au renforcement des capacités militaires de la France.*
Dans sa livraison d'octobre, la revue Esprit *publie un article d'Emmanuel Mounier intitulé « Lendemains d'une trahison » où il condamne la veulerie et l'aveuglement d'une partie de la droite manifestes dans les deux journaux* Le Jour *et* Gringoire*: « Ils se trompent sans doute radicalement sur le sens des fascismes, qui n'utilisent la*

force bourgeoise que comme plaque tournante. [...] On ne comprendra rien au comportement de cette fraction de la bourgeoisie française si on ne l'entend murmurer à mi-voix: "Plutôt Hitler que Blum".» L'idée, présentée légèrement différemment, court chez de nombreux publicistes tel Pertinax (André Géraud) qui soutint que pour les classes conservatrices «le péril social l'emportait sur le péril allemand, que les États totalitaires devraient être regardés comme une assurance contre Moscou». Elle permet à ceux qui l'utilisent de marier patriotisme et revendications sociales, sinon révolution. Cependant, le 24 octobre 1936, dans une conférence intitulée «Danger bolcheviste ou danger allemand?», Henri de Kérillis avait clairement fixé un ordre de priorité: «Endiguer le communisme à l'intérieur n'est qu'une affaire d'autorité; nous nous défendrons. Attention! Attention! Nous sommes des bourgeois – mais français avant tout. Pour moi, qui suis un national intégral, je tiens à vous mettre en garde: s'il y a le communisme, il y a d'abord l'Allemagne.»
«Plutôt Hitler que le Front populaire» relève en grande partie d'une vision mythique et la formule devait tenir lieu d'analyse à nombre de militants de gauche et d'extrême gauche. Car seule une minorité fascinée par le nazisme se regroupe autour de l'hebdomadaire Je suis partout *(Alain Laubreaux, Robert Brasillach). En réalité, on ne comptait guère en France de véritables partisans du régime nazi et encore moins une classe possédante tout entière figée dans l'attente d'un sauveur venant d'outre-Rhin. Dans son* Journal, *l'industriel François de Wendel – sénateur, ancien régent de la Banque de France de 1913 à 1936 – écrit au moment de Munich: «Il y a actuellement un danger bolchevique intérieur et un danger allemand extérieur. Pour moi le second est plus grand que le premier, et je désapprouve nettement ceux qui règlent leur attitude sur la conception inverse.»*

7 octobre
La Slovaquie obtient son autonomie avec l'appui de l'Allemagne. Le 2 novembre, la Hongrie annexe la lisière sud de la Slovaquie. Le démantèlement de la Tchécoslovaquie est presque achevé.

11 octobre
Le président de l'Union fédérale, Henri Pichot, réclame, au nom des Anciens Combattants, un gouvernement de salut public doté des pleins pouvoirs jusqu'aux élections de 1940.

13 octobre
En vertu des accords internationaux passés le 5 juillet précédent sous l'égide du comité de non-intervention en Espagne, 10000 soldats italiens sont rapatriés d'Espagne. Le 28 octobre, c'est au tour des volontaires étrangers des Brigades internationales de partir.

27-29 octobre
À Marseille, au congrès radical, les délégués votent une motion stipulant que le Parti communiste «a rompu la solidarité qui l'unissait aux partis de Rassemblement populaire» par l'action qu'il a menée contre les précédents gouvernements. Le 10 novembre, le secrétaire général du Parti radical quitte le Comité national du Rassemblement populaire.
Après de nombreux bombardements aériens, les Japonais prennent Canton. La ville est livrée au pillage, les femmes sont violées, les habitants massacrés. Dans son «bulletin du jour», *Le Temps* du 26 octobre écrit: «Le conflit sino-japonais [qui a commencé en 1931 avec l'occupation de la Mandchourie] continue à offrir le spectacle d'une effroyable œuvre de destruction, et le sort des populations entraînées dans une telle catastrophe ne peut qu'émouvoir la conscience universelle.»

28 octobre
Tout un quartier de Marseille est détruit par un gigantesque incendie qui a pris naissance aux Nouvelles Galeries, sur la Canebière, puis a ravagé l'hôtel de Noailles, le Grand Hôtel puis l'hôtel Astoria. On dénombre 73 morts et 69 disparus. La municipalité socialiste sera mise en cause pour sa gestion et la ville placée sous tutelle administrative.

novembre
Roger Caillois: *Le Mythe et l'Homme.*

1er novembre
Au Conseil des ministres, le contrôle des changes proposé par le ministre des Finances Marchandeau, par ailleurs maire radical-socialiste de Reims, ne reçoit pas l'approbation de tous les ministres, notamment de Reynaud; Marchandeau démissionne et prend le portefeuille de la Justice. Reynaud, qui le remplace aux Finances, doit trouver les moyens de surmonter un déficit budgétaire de 55 milliards. En treize jours, son équipe (Jacques Rueff, Maurice Couve de Murville, Michel Debré, Alfred Sauvy, etc.) met au point 42 décrets-lois.

7-10 novembre
En Allemagne, à la suite de la mort du conseiller d'ambassade von Rath, victime le 7 novembre à Paris d'une tentative d'assassinat par un jeune juif polonais, Herschell Grynszpan, les autorités nazies organisent le 9 des pogroms dans tout le pays, suivant un plan préétabli. Les synagogues, les maisons communautaires ou privées, les hospices ou les orphelinats, les commerces (7 500) sont attaqués et pillés. Les synagogues sont incendiées (267) ou détruites par explosifs. Pour la première fois, les nazis tuent aussi bien des hommes que des femmes ou des adolescents (91 victimes). Des milliers d'arrestations ont lieu. Le ministre de la propagande Goebbels donne l'ordre de cesser le pogrom le 10 novembre à 17 h. Pour les dirigeants nazis, le déchaînement de terreur de cette « Nuit de cristal » est censé pousser les juifs à quitter le Reich. Dans les mois qui suivent, des milliers de juifs allemands s'exilent en Pologne.

12 novembre
Un décret-loi prévoit des centres d'internement pour les étrangers susceptibles, selon les autorités, d'avoir des « activités dangereuses pour la sécurité nationale ».

12-13 novembre
Le 12, le ministre des Finances Reynaud prononce un discours radiodiffusé dans lequel il expose les grandes lignes de sa politique et demande au pays de consentir à l'effort indispensable pour sortir le pays d'une situation difficile. Le 13, les décrets-lois sont publiés: ils comprennent l'assouplissement de la semaine de 40 h et la modification de la réglementation des heures supplémentaires (jusqu'à 48 h pour toutes les industries), la réglementation de la fermeture des usines pour congés payés, la réévaluation de l'encaisse-or de la Banque de France et la majoration des impôts sur le revenu. Le 16 novembre, Léon Jouhaux fait part de son opposition aux décrets-lois; la CGT se prépare à la grève.

14 novembre
Première des *Parents terribles* de Jean Cocteau au théâtre des Ambassadeurs.

14-17 novembre
À Nantes, au congrès de la CGT, sur fond de querelle à propos des accords de Munich, les réformistes de l'hebdomadaire *Syndicats* et les partisans du syndicalisme révolutionnaire tel qu'il existait avant 1914, dénoncent la « colonisation » de la CGT par les communistes. Si la centrale syndicale est peu divisée sur la question des décrets-lois, elle hésite en revanche sur la préparation d'une grève générale qui est finalement décidée le 25.

21 novembre
Le secrétaire général du PCF Maurice Thorez fait adopter par le comité central le mot d'ordre d'« Union de la nation française » et, simultanément, appelle à la formation d'un « Front des Français », conçu comme l'élargissement du Front populaire, pourtant révolu.

24 novembre
Depuis quelques jours, un mouvement de grève se développe dans les usines du nord de la France contre les décrets-lois. Le 24, le mouvement s'étend aux usines Renault à Billancourt. La police donne l'assaut pour faire évacuer les bâtiments. Dans le Nord, les chemins de fer miniers sont réquisitionnés.

25-27 novembre
La CGT, au sein de laquelle dominent désormais les communistes, lance un appel à la grève de 24 heures pour le 30 novembre. Le 26, le gouvernement prend des mesures énergiques pour y répondre: réquisition des cheminots, sanctions contre les fonctionnaires en grève. Le 27, dans un appel radiodiffusé, Daladier réfute les accusations selon lesquelles les libertés publiques seraient menacées; il affirme la résolution du gouvernement à accomplir avec fermeté son devoir envers la nation.

30 novembre
La grève générale de la CGT, organisée à l'origine contre la politique économique de Reynaud, a pris un caractère d'autant plus politique qu'est annoncée la venue du ministre des Affaires étrangères d'Allemagne, Ribbentrop. Le gouvernement réussit à contenir le mouvement par des mesures préventives. Le lendemain, la CGT reconnaît son échec. Les grévistes font l'objet de sanctions et de poursuites, il y aura des milliers de licenciés.

5 décembre
Devant le comité permanent de la Défense nationale, le ministre de l'Air Guy La Chambre et le président du Conseil Daladier présentent, sur la base d'un mémorandum de Jean Monnet, un programme d'achat de 1000 avions aux États-Unis. Jean Monnet est chargé des négociations auprès des constructeurs américains. Le 26 janvier 1939, le président Roosevelt fait approuver les ventes d'avions à la France par la commission sénatoriale de l'armée.

6-9 décembre
À Paris, le ministre des Affaires étrangères allemand est reçu à l'Élysée puis à Matignon. Ribbentrop et Bonnet signent une déclaration franco-allemande reconnaissant la frontière entre les deux pays comme définitive et s'entendent sur une coopération économique qui prendra forme lors de l'accord du 6 février 1939. Le 7, Ribbentrop dépose une gerbe sur la tombe du Soldat inconnu et assiste au déjeuner organisé par le Comité France-Allemagne. Il quitte Paris le 9.

8-9 décembre
Le débat de politique générale se termine par le vote de la confiance au gouvernement Daladier par 315 voix contre 241 et 53 abstentions.

11-14 décembre
À Marseille, 10000 Corses rassemblés manifestent leur loyalisme à la France, en réponse aux revendications italiennes concernant l'île. Le 14, devant la commission des Affaires étrangères, Bonnet affirme que «jamais la France n'acceptera de céder un pouce de son territoire à l'Italie.»

22 décembre
Mussolini dénonce les accords qu'il a lui-même signés le 7 janvier 1935 avec Laval à propos de la Tunisie.
Au cours de la discussion sur la loi de Finances, le gouvernement est amené à poser à deux reprises la question de confiance. Il l'obtient la première fois par 291 voix contre 284 à propos de l'article 2 autorisant la perception des impôts, puis une seconde fois avec 322 voix contre 265, à propos de la contribution nationale de 2 %. L'ensemble de la loi est adopté par 366 voix contre 229.

autres événements
• Formation de l'Église réformée de France au synode de Lyon, regroupant l'Union des Églises évangéliques, l'Union des Églises réformées, des fractions de l'Union des Églises évangéliques libres et les Églises évangéliques méthodistes. La nouvelle Église adopte une déclaration de foi, une discipline et des statuts.
• Jean Anouilh: *La Sauvage.*
• Raymond Aron: *Introduction à la philosophie de l'histoire. Essai sur les limites de l'objectivité historique.*
• Bachelard: *La Formation de l'esprit scientifique.*

BACHELARD

*Fils de cordonnier, employé des postes après ses études secondaires, c'est en autodidacte que Gaston Bachelard (1884-1962) étudie la physique et la philosophie. Après la Première Guerre mondiale et trois années passées au front, il enseigne la physique et la chimie au collège de sa ville natale de Bar-sur-Aube et commence des études de philosophie. Agrégé de philosophie en 1922, docteur ès lettres en 1927, il publie l'année suivante l'*Essai sur la connaissance approchée, *ouvrage d'épistémologie dont le style, à l'image de son auteur, est bien loin des modèles académiques. De 1930 à 1940, il est professeur de philosophie des sciences à l'université de Dijon. Il publie* Les Intuitions atomistiques *(1933),* Le Nouvel Esprit scientifique *(1934),* La Formation de l'esprit scientifique, contribution à une psychanalyse de la connaissance objective *(1938), qui fait apparaître pour la première fois le concept d'obstacle épistémologique, ouvrages dans lesquels il s'attache à montrer les conditions psychologiques et intellectuelles qui déterminent l'évolution continue de la pensée scientifique. Parallèlement à son enquête épistémologique, Bachelard aborde un tout autre domaine de la pensée: celui de l'analyse philosophique des œuvres littéraires qu'inaugure* L'Intuition de l'instant *en 1932. De 1938 à 1948, une série de cinq études sur l'imagination, qui commence avec* La Psychanalyse du feu, *est consacrée à la poétique des images élémentaires dans la littérature. Viendront ensuite* La Dialectique de la durée, La Poétique de l'espace *(1957) et* La Poétique de la rêverie *(1960). L'année 1938 marque donc un tournant décisif avec la publication de deux ouvrages qui ouvrent une voie nouvelle pour la recherche philosophique: l'erreur et l'imagination sont au centre de sa réflexion, ce qui va devenir un thème de recherche pour toute une génération: Gilbert Durand, disciple de Bachelard, créera le Centre de recherche sur l'imaginaire à l'université de Chambéry. Avec Bachelard, la philosophie des sciences accède au rang qui aurait dû être le sien: désacralisée, la philosophie sert la science, qui n'a que faire des doctrines, sur le terrain de l'expérience. De 1940 à 1955, Bachelard est titulaire de la chaire de philosophie à la Sorbonne. Il publie en 1951* L'Activité rationaliste *qui pose les bases de la nouvelle philosophie des sciences. L'importance de l'erreur (*Le Rationalisme appliqué, *1949), l'utilité des intuitions (*La Philosophie du non, *1949) et la naissance d'un rationalisme matérialiste (*Le Matérialisme rationnel, *1953) sont au cœur de ses réflexions. En 1955, il dirige l'Institut d'histoire des sciences et est élu à l'Académie des sciences morales et poli-*

tiques. En 1961, il reçoit le Grand Prix national des lettres. Il meurt à Paris le 16 octobre 1962.

- Samuel Beckett: *Murphy.*
- Drabovitch: *Les Intellectuels français et le bolchevisme.*
- Le professeur au Collège de France Henri Focillon publie *L'Art d'Occident. Le Moyen Âge roman et gothique.* Il s'exilera en 1940 aux États-Unis.
- André Lhote: *L'Usine à gaz.*
- Jean Wahl: *Études kierkegaardiennes.*
- Arthur Honegger: *La Danse des morts.*
- André Jolivet: *Cosmogonie.*

1939

janvier
Julien Gracq: *Le Château d'Argol.*

1er janvier
Une difficile question budgétaire se déroule à la Chambre, obligeant le président du Conseil Daladier à poser à cinq reprises la question de confiance. Une fois le vote acquis tard dans la nuit, Daladier quitte Paris pour la Corse. Le lendemain, il reçoit un accueil triomphal à Ajaccio. Le président des Anciens Combattants corses déclare: « Sur nos armes, sur nos berceaux, sur nos femmes, nous jurons de vivre et de mourir français. »

3-6 janvier
Daladier se rend en Tunisie, à Bizerte puis Tunis, pour affirmer l'unité de la métropole et de son Empire, face aux visées italiennes: « La France, sûre de sa force, est en mesure de faire face à toutes les attaques, à tous les périls, et ne permettra jamais que, sous aucun prétexte, soit détourné de son but l'effort commencé par nos anciens Tunisiens et Français pour créer sur cette terre d'Afrique une communauté humaine, semblable à la communauté française. » Le 4, il traverse Gabès et visite la ligne fortifiée du Sud-Tunisien. Le 5, il est acclamé à Sfax et à Souss. Lorsqu'il quitte la Tunisie, Daladier déclare à l'intention de l'Italie que le peuple tunisien vient de s'affirmer attaché au destin de la grande communauté française. Parvenu à Alger le 6, Daladier y affirme à nouveau l'intangibilité de l'Empire français.

26 janvier
Ouvert le 13 janvier, le grand débat de politique extérieure se clôt par un ordre du jour de confiance voté à l'unanimité des 609 votants. Le président du Conseil lance un appel à l'union des Français et ajoute que « la France ne tolérera pas, quels que soient les moyens qu'elle doive employer, qu'on porte atteinte ni à son intégrité territoriale, ni à ses possessions nord-africaines, ni à son empire colonial, ni à ses libres communications maritimes ou autres, entre la Métropole et l'Empire. »

26-31 janvier
Le 26 janvier, Barcelone tombe aux mains des troupes franquistes – le général Franco y fera une entrée triomphale le 21 février. Dans les jours qui suivent, des milliers de réfugiés commencent à franchir la frontière française pour échapper à la progression des colonnes nationalistes. Le 31, les ministres de l'Intérieur (Sarraut) et de la Santé publique (Rucart) inspectent les camps de fortune créés pour accueillir les réfugiés espagnols. Ces camps dénués d'infrastructures minimales deviendront rapidement des camps d'internement.

février
Publication du premier livre de Nathalie Sarraute, *Tropismes*, chez Denoël, après les refus des éditions Gallimard et Grasset.
Sartre publie son recueil *Le Mur.*
Salvador Dalí est définitivement exclu du groupe surréaliste pour ses « actes contre-révolutionnaires tendant à la prolifération du fascisme hitlérien ».

2-27 février
Chargé de mission auprès des nationalistes espagnols, Léon Bérard quitte Paris pour Burgos le 2 février. À son retour, le 8, il rend compte de sa mission devant les commissions parlementaires de la Défense nationale qui siègent en comité secret, réactivation d'une disposition utilisée pendant la Grande Guerre. La Chambre, après débat, reconnaît le gouvernement du général Franco le 27.

4 février
À Strasbourg, l'autonomiste alsacien pro-allemand Karl Roos est arrêté par les services de contre-espionnage et inculpé. Son organisation, l'Elsässicher Volksverein, est dissoute. Condamné à mort le 29 octobre par le tribunal militaire de Nancy, il sera fusillé le 7 février 1940. Sous l'Occupation, les nazis donneront son nom à des rues de villes d'Alsace.

5 février
Après la prise de Gérone le 4, le président de la République espagnole Manuel Azaña, le président des Cortes Diego Martínez Barrio et le chef du gouvernement Juan Negrín se réfugient en France. Le soir même, le gouvernement français

décide d'ouvrir la frontière aux militaires républicains désarmés. Dans les jours qui suivent commence la *Retirada*, c'est-à-dire le départ en exil en France des républicains menacés par les victoires de Franco. Selon un rapport présenté à la Chambre le 9 mars, ils sont 440000 (210000 civils, 220000 miliciens, 10000 blessés) à entrer en France. Avec les premiers réfugiés de début février, 500000 personnes ont fui l'Espagne.

10 février
Mort de Pie XI, le « plus dangereux adversaire du nazisme », ainsi le qualifie la presse allemande. Dès 1928, le pape a condamné l'antisémitisme, dénoncé dès 1933 la politique nazie d'eugénisme, mis à l'Index en 1937 le livre de Cogni transposant le racisme hitlérien à l'Italie, protesté la même année contre l'introduction d'une législation antisémite en Italie et boycotté Hitler lors de son voyage à Rome en 1938. Le grand rabbin de Paris Julien Weil salue celui qui a « condamné l'antisémitisme comme inconciliable avec la foi chrétienne ».

27 février
Le gouvernement fait ouvrir un camp à Rieucros (Lozère) pour y rassembler les étrangers expulsés puis refoulés par les autres pays. 300000 Espagnols sont tenus sous contrôle tandis que 20000 réfugiés allemands et autrichiens seront internés en vertu des décrets des 12 et 19 novembre 1938. Plus de 100000 étrangers s'engageront dans les diverses forces (Légion étrangère, armées tchécoslovaque et polonaise) pour combattre lors de l'invasion de la France.

1er-2 mars
Le diplomate Charles Rochat (1892-1975) quitte Paris pour Burgos afin de notifier officiellement au gouvernement nationaliste sa reconnaissance *de jure* par la France. Le 2 mars, le maréchal Pétain est désigné comme ambassadeur de France en Espagne. Il prend ses fonctions le 15.

2 mars
Le secrétaire d'État du Saint-Siège, le cardinal Pacelli, est élu pape par le conclave au troisième tour; il prend le nom de Pie XII.

8 mars
Le ministre britannique de la Guerre, M. Hore Belisha, annonce aux Communes la constitution d'un corps expéditionnaire de 19 divisions spécialement équipées pour combattre au côté de l'armée française.

10 mars
Lors du 18e congrès du PCUS, Staline – qui met sur un pied d'égalité les démocraties (France et Angleterre) et les dictatures (Allemagne, Italie) –, indique quelle sera sa future ligne de conduite dans le conflit mondial qui menace. Pour lui, il s'agit de « laisser les belligérants s'enliser dans le bourbier de la guerre; de les encourager en sous-main; de les laisser s'affaiblir et s'épuiser mutuellement, et puis, quand ils seront suffisamment affaiblis, d'entrer en scène avec des forces fraîches... ».

12-16 mars
Le 12, le gouvernement central de Prague destitue le gouvernement slovaque, en raison du développement de la propagande « dirigée contre l'unité de l'État tchécoslovaque ». Le lendemain, Mgr Tiso, président du Conseil de Slovaquie, se rend à Berlin pour rencontrer Hitler qui, le 13, exige l'indépendance slovaque et masse des troupes à la frontière tchèque. Le 14, Mgr Tiso proclame l'indépendance de la Slovaquie. Le président tchécoslovaque, Hacha, se rend à Berlin. Hitler le contraint à « remettre le sort de la nation tchèque et de l'État [...] entre les mains du Führer », ce qui revient à accepter l'intervention allemande en Tchécoslovaquie, réduite de fait à la Bohême-Moravie. Aussitôt, Hitler donne l'ordre à la Wehrmacht d'envahir le territoire tchèque. Les troupes allemandes occupent Prague le 15. Hitler s'installe au Hradcany, le château de Prague, où il signe un décret qui intègre la Bohême-Moravie au Reich sous la forme d'un « protectorat », annexion que Paris et Londres refusent de reconnaître. Le 16, la Slovaquie se place sous la « protection » du Reich – son indépendance est donc formelle. Quatre jours plus tard, la Hongrie annexe la Ruthénie. La Tchécoslovaquie est démantelée.

18 mars
Convaincu qu'il s'agit désormais de se préparer à la guerre, le président du Conseil Daladier, qui présente un projet de loi autorisant le gouvernement à prendre par décrets toutes les mesures nécessaires à la défense du pays, obtient à la Chambre 321 voix favorables contre 264 (socialistes et communistes) et, le 19, au Sénat 268 voix contre 17. Le ministre des Affaires étrangères Bonnet fait transmettre au chancelier du Reich une protestation contre le démembrement de la Tchécoslovaquie, qui « viole les accords de Munich ».
En Espagne, le Conseil national (républicain) de la défense annonce son intention de négocier la fin des hostilités.

23 mars
À la Chambre des communes, Chamberlain s'interroge pour savoir si le gouvernement allemand « ne cherche pas, par des efforts successifs, à dominer l'Europe ». S'il s'agit de cela, Chamberlain prévient que ce dessein « se heurterait à la résistance victorieuse de la Grande-Bretagne et des autres pays qui attachent du prix à la liberté... ».

27 mars
L'Espagne de Franco adhère au pacte anti-Komintern. Les jours suivants, Madrid est investi par les nationalistes.

29 mars
Daladier prononce un discours radiodiffusé : « L'union de la nation française n'a jamais été aussi profonde et complète qu'aujourd'hui [...]. Les Français ont compris que pour assurer leur salut, un grand effort était nécessaire, ils l'ont accompli. »

31 mars-13 avril
Aux Communes, le Premier ministre britannique Chamberlain déclare que l'Angleterre et la France se portent garantes de l'intégrité du territoire polonais. La Roumanie bénéficiera des mêmes dispositions. Le 6 avril, Chamberlain annonce la conclusion d'un pacte d'assistance mutuelle entre l'Angleterre et la Pologne. Le 13, une déclaration d'assistance mutuelle franco-polonaise promet l'intervention française en cas de menace contre les intérêts vitaux de la Pologne.

1er avril
Le Temps révèle les revendications de Hitler envers la Pologne : rattachement de Dantzig au Reich, liaisons routières et ferroviaires sur le mode de l'extraterritorialité à travers le corridor polonais qui sépare la Prusse-Orientale du reste de l'Allemagne, adhésion de Varsovie à la politique anti-Komintern – exigences que la Pologne rejette. Début avril, Hitler donne ses instructions d'attaque *(Plan blanc)* contre la Pologne prévue pour le 1er septembre.

5 avril
Albert Lebrun est réélu président de la République par 506 voix sur 904.

7-8 avril
Les troupes italiennes envahissent l'Albanie. Bien que les Italiens se heurtent à une résistance farouche, le roi Zog est contraint de se réfugier en Grèce après la chute de Tirana le 8.

12 avril
Un décret astreint aux obligations militaires les étrangers qui bénéficient du droit d'asile en France. Les associations étrangères sont soumises à autorisation du ministère de l'Intérieur.

13-14 avril
Le 13, la France et la Grande-Bretagne garantissent l'indépendance de la Grèce et de la Roumanie. Le 14, Bonnet soumet à l'ambassadeur d'URSS une proposition de coopération franco-britannique en cas d'attaque de la Roumanie. Trois jours auparavant, l'attaché militaire français à Moscou a reçu instruction de contacter l'état-major soviétique pour étudier les modalités d'un soutien soviétique à la Pologne et à la Roumanie.

17 avril
L'ambassadeur soviétique à Berlin fait savoir aux diplomates allemands que l'URSS souhaite établir des relations normales avec l'Allemagne.

18 avril
Le président de la République Albert Lebrun signe de nouveaux décrets-lois concernant la fabrication du matériel de guerre, des armes et des munitions.

19 avril
Moscou conditionne son acceptation des propositions de pacte d'assistance mutuelle de la France et de la Grande-Bretagne à l'extension du pacte aux pays limitrophes, Pologne, Roumanie, Pays baltes.

21 avril
Dans un discours radiodiffusé, Reynaud annonce un nouveau train de décrets-lois prévoyant la semaine de 45 h, l'impôt sur les bénéfices des industries travaillant pour le réarmement ainsi que des économies dans le fonctionnement des administrations. Le ministre de la Justice Paul Marchandeau prend un décret-loi destiné à « assurer la protection des groupes de personnes qui appartiennent par leurs races ou leurs origines à une race ou à une religion déterminée ». Il est motivé par le souci de contrecarrer « tout ce qui est susceptible de créer ou de favoriser la désunion des Français » et donc de nuire à « l'effort de défense nationale ». Rédigé par le conseiller d'État Helbronner, ce décret-loi servira à réprimer les excès antisémites de la presse d'extrême droite.

23 avril
Au Vélodrome d'Hiver, 25 000 jeunes paysans de toutes les régions célèbrent le dixième anniversaire de la Jeunesse agricole catholique.

24 avril
Le gouvernement dissout trois associations autonomistes d'Alsace soupçonnées d'œuvrer à la séparation d'avec la France.

28 avril
Au Reichstag, Hitler exige la restitution des anciennes colonies allemandes du Togo (AOF) et du Cameroun (AEF), dénonce l'accord naval de 1935 avec l'Angleterre et rompt le traité de 1934 avec la Pologne. Le 28 juin, les autorités anglaises remettent aux autorités allemandes un mémorandum récusant l'idée d'une tentative d'encerclement de l'Allemagne de leur part et se déclarent prêtes à discuter un nouvel accord.

mai
Générale d'*Ondine* de Jean Giraudoux qui recevra un accueil enthousiaste du public.
Publication de *Noces*, de Camus, chez Charlot.
Denoël prend la décision de retirer de la vente les deux pamphlets de Céline *Bagatelles pour un massacre* et *L'École des cadavres*.

3-17 mai
Deuxième secrétaire du PCUS et président du Conseil des commissaires du peuple, Viatcheslav Molotov remplace le 3 au commissariat aux Affaires étrangères Maxime Litvinov dont l'origine juive connue peut constituer un obstacle aux négociations avec l'Allemagne. Le 7, dans *Le Figaro*, Boris Souvarine lance un avertissement: Staline « a toujours désiré conclure un pacte avec l'Allemagne » et se prépare à réaliser son objectif. Dix jours plus tard, le 17, des pourparlers commerciaux germano-soviétiques commencent. Molotov demande des « bases politiques » à un accord.

5 mai
En présence du président de la République, le cent cinquantième anniversaire de l'ouverture des États généraux est célébré à Versailles.

15 mai
Les états-majors français et polonais se rencontrent pour discuter d'une collaboration militaire anglo-franco-polonaise.

20 mai
Lord Halifax, ministre des Affaires étrangères britannique, vient à Paris pour s'entretenir avec Daladier et Bonnet de la coopération avec l'Union soviétique.

21 mai
Un pacte d'assistance militaire de dix ans, dit Pacte d'acier, est conclu entre l'Allemagne et l'Italie.

23 mai-14 juin
Exposition d'art abstrait galerie de Beaune: Kandinsky, Arp et Sophie Taeuber-Arp, Schwitters, Gabo, Pevsner, Hélion, Mondrian, Hartung, Domélian.

25 mai
À la radio, Paul Reynaud annonce le succès de l'emprunt de Défense nationale, lancé le 15 mai et couvert dès le début de l'après-midi, ainsi que la suppression de la dette extérieure à court terme et les rentrées records d'or.

juin
Georges Dumézil: *Mythes et dieux des Germains*.
Premier numéro de la revue *Fontaine* créée à Alger par Max-Pol Fouchet. La revue, interrompue en novembre 1942, reparaît au printemps 1943.
Michel Leiris: *L'Âge d'homme*.

5 juin
Auteurs de nombreuses attaques antibellicistes contre le gouvernement Reynaud, les responsables de *Je suis partout* sont arrêtés et leur journal interdit.

6-8 juin
Le général Gamelin se rend en Angleterre pour mettre au point la coopération militaire des forces terrestres, maritimes et aériennes des deux pays.

7 juin
Chamberlain annonce l'envoi d'un représentant à Moscou pour activer les négociations.
Un traité de non-agression est conclu entre l'Allemagne, l'Estonie et la Lettonie.

9 juin
Première projection publique du *Jour se lève* de Marcel Carné. Le film utilise à trois reprises le « flash-back » (le retour en arrière) comme élément dramaturgique, technique narrative qui sera largement utilisée dans le film noir américain.

12-29 juin
À la Chambre des communes, lord Halifax lance un avertissement solennel: « Nous répondrons à la force par la force, mais nous ne perdrons pas de vue la possibilité d'un règlement amical des problèmes internationaux. » Le 29, il renouvelle ses avertissements à l'Allemagne, déclarant que

l'Angleterre fera usage de la totalité de ses forces, en cas d'agression, pour tenir ses engagements.

17 juin
Raymond Aron présente devant la Société de philosophie sa communication « États démocratiques et États totalitaires ». Selon lui ces derniers s'opposent prioritairement aux démocraties et non au communisme, ne pensant pas « que ce soit pour des raisons idéologiques que l'Allemagne nationale-socialiste soit hostile à l'URSS. Bien plus, on n'ignore pas que l'Allemagne garde, comme une de ses dernières réserves de sa politique étrangère, l'idée d'une alliance avec la Russie, alliance qui paraît d'ailleurs peu probable », précise-t-il.

juillet
Daniel Halévy publie son *Histoire d'une histoire esquissée pour le troisième cinquantenaire de la Révolution française* dans laquelle il dénonce le dogme de la Révolution, ce « persévérant attachement du grand nombre à cette légende devenue superstition nationale » qui fait obstacle, selon lui, à toute restauration française. S'appuyant sur Tocqueville, Renan et Taine, mais aussi Michelet, Proudhon et Péguy, Halévy critique les historiens de la Révolution (Aulard, Mathiez) qui l'ont divinisée. Pour lui « l'illuminisme révolutionnaire adopté et acclimaté par une bureaucratie enseignante » est devenu « un nouveau conformisme », bref « l'Université, fille de la Révolution, enseigne la révolution », « montrée comme le produit nécessaire de l'histoire, comme la caractéristique éminente du progrès ».
Raymond Queneau : *Un rude hiver.*
Jean Rostand : *Biologie et médecine.*

1er juillet
Le Conseil des ministres affecte 4,5 milliards aux dépenses militaires. Le 17, le gouvernement français décide de l'envoi d'une mission militaire en Russie.

12-19 juillet
Le 12, sur le parvis de l'Hôtel de Ville de Paris sont célébrés, en présence de Lebrun et Daladier, les 150 ans du drapeau tricolore. Le 14, un million de Parisiens acclament le défilé des soldats français et anglais. Le 19, 12 escadrilles de bombardiers survolent Paris, Lyon et Marseille.

21-26 juillet
Les négociations commerciales entre l'URSS et l'Allemagne aboutissent à un accord, stipulant que « les divergences idéologiques entre national-socialisme et communisme ne devraient pas constituer un obstacle au rapprochement germano-soviétique ».

23 juillet
Français et Soviétiques s'accordent sur une convention politique, préalable exigé par le Kremlin à tout accord militaire.

29 juillet
Dans une allocution radiodiffusée, Reynaud dresse le bilan des efforts consentis et stigmatise le défaitisme. Un décret repousse les élections législatives prévues pour mai 1940 au 1er juin 1942. Un autre décret institue le commissariat général à l'Information, confié à Jean Giraudoux (1882-1944), longtemps inspecteur général des postes diplomatiques. Lui qui penche plutôt vers le pacifisme, se retrouve à la tête d'un service qu'il n'est guère préparé à diriger et à dynamiser : à l'hôtel Continental se retrouvent mélangés professeurs, journalistes, publicistes, avocats ; Louis Jouvet apporte son concours. Giraudoux, qui ne fera guère preuve, dans ses discours, de l'énergie attendue de lui, démissionnera le 23 mars 1940. La radiodiffusion est placée sous le contrôle de la présidence du Conseil.
Un décret-loi portant sur la réforme des prestations familiales (allocation pour la mère au foyer) institue un Code de la famille destiné à soutenir la reprise démographique.
Dans le cadre de la répression des menées antifrançaises, l'ambassadeur allemand Otto Abetz est expulsé et *Les Cahiers franco-allemands* sont interdits.
À la question : « Pensez-vous que si l'Allemagne tente de s'emparer de Dantzig, nous devrions l'en empêcher, au besoin par la force ? », 76 % des Français interrogés répondent oui et 17 % non.

10 août
Partie le 5 de Londres, la délégation militaire franco-britannique arrive à Leningrad. Les Français sont conduits par le général Doumenc.

12-14 août
Le 12, Molotov accepte le principe d'une négociation au plus haut niveau entre Soviétiques et Allemands. Le 14, le maréchal Kliment Vorochilov pose comme condition à la signature d'un accord avec les Anglo-Français, la possibilité pour l'armée rouge de pénétrer en Pologne et en Roumanie en cas d'agression contre ces pays.

19-20 août
Le 19, Molotov informe l'ambassadeur d'Allemagne à Moscou von Schulenburg que le gouvernement

soviétique accepte la signature, le 27, d'un accord commercial. Dès le lendemain, Hitler, qui a fixé l'invasion de la Pologne au 26, envoie une note personnelle à Staline pour proposer le départ de Ribbentrop dès le 23 ; Staline accepte.

21 août
Les négociations de Moscou entre délégation franco-britannique et Soviétiques sont interrompues. Afin de les débloquer, le gouvernement français fait pression sur la Pologne pour qu'elle accepte le principe d'une coopération militaire avec l'URSS. À 17 h 50, l'agence Tass annonce la conclusion d'un accord commercial et financier entre l'URSS et l'Allemagne.

22-23 août
Dans le plus grand secret, Ribbentrop arrive à Moscou, accueilli au son de l'hymne nazi le *Horst Wessel lied*. Des négociations s'engagent immédiatement et, à 1 h 50 du matin, Berlin annonce la signature par Ribbentrop d'un pacte dit de « non-agression », pour une durée de dix ans, avec l'URSS. À son retour, Ribbentrop rapporte qu'il s'est senti parfaitement à l'aise à Moscou « comme s'[il] avait été avec de vieux camarades de parti ». Quatre protocoles secrets (4e article) le complètent ; ils concernent « la délimitation des sphères d'influence respectives en Europe orientale », délimitation qui envisage cyniquement la modification des frontières des États pris entre les deux puissances signataires : les Pays baltes échoient à l'URSS ; la Pologne sera partagée pour la quatrième fois de son histoire, suivant la ligne Narev-Vistule-San, « dans le cas d'une modification politico-territoriale » – imminente puisque l'attaque allemande est d'ores et déjà décidée ; la Bessarabie roumaine reviendra à l'URSS.

AUTOUR DU PACTE

Le pacte du 23 août révèle que l'hostilité idéologique entre les deux régimes n'est pas l'aspect essentiel de leurs relations. Depuis le milieu des années 30, Staline tend à se rapprocher de Hitler : en 1934, il a déjà souligné que la nature fasciste du régime n'entre pas en ligne de compte, en se référant aux excellentes relations soviéto-italiennes. En 1935, il a envoyé un membre de son secrétariat personnel, David Kandelaki, à Berlin pour engager des négociations qui aboutissent en avril 1936, à la signature d'un premier traité commercial. Ce processus de rapprochement engagé, Staline donne des gages à son interlocuteur : il répond positivement à la demande des services diplomatiques du Reich qui réclament des informations sur les « citoyens allemands » demeurant en URSS ; ces derniers sont des antifascistes et des communistes réfugiés en URSS et nombre d'entre eux sont d'origine juive ; beaucoup n'ont pu échapper à la Grande Purge déclenchée en 1937 et sont déjà emprisonnés. Cette collaboration entre services diplomatiques devient une collaboration entre services de police. Le NKVD (commissariat à l'Intérieur) livre ces antifascistes à la Gestapo : 148 Allemands sont expulsés fin 1937, 444 en 1938. Après la signature du pacte du 23 août, la livraison des antifascistes allemands, qu'ils soient juifs ou non, s'accélère. Parmi les victimes le physicien Alexandre Weissberg, arrêté en 1937 ; ses amis Irène et Frédéric Joliot-Curie, et Albert Einstein, ont tenté en vain de le faire libérer en 1938.
La nouvelle du pacte connue, il paraît évident que la guerre est non seulement inévitable mais imminente. C'est le sentiment d'un ami de Trotski, Alfred Rosmer : « J'aperçois une manchette sur toute la largeur de la première page : Ribbentrop est parti pour Moscou. Je regagne la maison en hâte, et à peine ai-je répété les mots de la manchette que chacun s'écrie : "C'est la guerre !" » La philosophe Jeanne Hersch qui se trouve alors en Pologne a la même réaction : « C'est la guerre. [...] C'est tellement énorme que cela ne peut signifier que la guerre. » Dans son Journal, *le sociologue communiste Georges Friedmann exprime son amertume : « Staline pouvait éviter la guerre, faire reculer l'hitlérisme par le front des puissances pacifiques comme il l'avait fait proclamer sur tous les tons [...] Quelles qu'aient été les fautes de certains gouvernements des démocraties, il pouvait, à la face des peuples, sauver la paix. Il nous a précipités dans la guerre. » Ignorant tout des manœuvres diplomatiques secrètes, les dirigeants communistes français sont surpris par la signature du pacte. Il faut plusieurs jours à la direction du PCF pour accepter et comprendre que la ligne du Komintern a changé une nouvelle fois du tout au tout. Dans* La Lumière *(22 décembre), le radical Albert Bayet (1880-1961) qui a participé à la fondation de l'association France-URSS et approuvé les procès de Moscou, dénonce le revirement communiste provoqué par le pacte : « ... Les mêmes hommes qui vouaient au poteau quiconque signerait un pacte avec Hitler se sont mis à plat ventre quand Staline a signé le pacte germano-soviétique [...]. Et c'est alors qu'ont commencé à pulluler ces tracts communazistes, dans lesquels les slogans de Goebbels sont repris et dilués à l'usage des*

ouvriers de France [...].» Le désarroi des adhérents de base mais aussi de nombre d'élus s'accroît encore avec l'entrée de l'armée rouge en Pologne, le 17 septembre; ils quittent en masse un parti qui n'existe plus que par son appareil central. Dans les syndicats, les responsables communistes sont contraints de condamner le pacte ou de démissionner. Le mouvement syndical français connaît de fait une nouvelle scission.

25 août
Signature de l'alliance anglo-polonaise.
Un décret du gouvernement français autorise la saisie et la suspension des publications de nature à nuire à la Défense nationale. À Paris, le gouvernement fait saisir *L'Humanité* et *Ce Soir* qui ont salué la signature du pacte germano-soviétique comme un acte contribuant au maintien de la paix. Le 27 août, tous les journaux communistes sont suspendus.
Mussolini informe Hitler que l'Italie restera neutre.
Hitler fait annuler l'ordre d'attaque de la Pologne.

26-27 août
Daladier adresse une lettre personnelle à Hitler: «[...] Vous ne pouvez pas douter de mes sentiments envers l'Allemagne, ni des sentiments pacifiques de la France envers votre nation [...]. Vous ne pouvez pas douter non plus de la fidélité de la France à des engagements loyaux envers d'autres nations, comme la Pologne [...].» Le 27, Hitler lui répond: «Le diktat de Versailles était intolérable [...]. Dantzig et le corridor doivent revenir à l'Allemagne [...]. Je ne vois, comme je l'ai déjà indiqué, aucune possibilité de notre part d'agir efficacement sur la Pologne dans un esprit de raison, en vue de rectifier une situation qui, pour le peuple allemand et pour la nation allemande, est intolérable.»

28 août
Très tôt le matin, l'ambassadeur anglais lord Halifax informe Hitler que le gouvernement polonais accepte des négociations. Hitler réserve sa réponse et dans l'après-midi redonne l'ordre d'attaque.
En France, le gouvernement institue la censure de la presse. Le décret du 15 décembre 1938 entre en application: les autorités militaires ont le pouvoir de saisir tout poste récepteur privé «dans l'intérêt de la défense nationale» – il y a environ 6 millions de postes TSF en France.

29 août
Hitler convoque lord Halifax et pose deux nouvelles conditions aux négociations: l'URSS doit être associée au règlement de la crise; un émissaire polonais doit se rendre à Berlin le 30 août. Le gouvernement anglais refuse de faire pression sur les Polonais pour qu'ils se plient à ce nouvel ultimatum.

30 août
Une information judiciaire est diligentée contre les dirigeants communistes.
La mobilisation générale est décrétée en Pologne.

31 août
Hitler exige Dantzig et l'organisation d'un plébiscite dans le corridor polonais qui sépare l'Allemagne de la Prusse-Orientale.
Au Conseil des ministres, le ministre des Affaires étrangères Bonnet, qui prône l'abandon des accords passés avec la Pologne, est minoritaire.
À 12 h 35, l'Italie propose une conférence à quatre «qui aurait pour but l'examen des clauses du traité de Versailles qui sont la cause des troubles actuels».

septembre
Une vaste rafle de police est conduite en Alsace contre les milieux autonomistes. 300 militants suspects de sympathies pro-allemandes sont arrêtés et internés au camp d'Arches dans les Vosges.
Mise en vente, dans la collection «Bibliothèque de la Pléiade», chez Gallimard, du *Journal* d'André Gide (achevé d'imprimé en mai).
Parution du livre d'Henri Rollin, *L'Apocalypse de notre temps*, qui analyse la propagande nazie et retrace la genèse du *Protocole des sages de Sion*, faux antisémite construit à partir du pamphlet du républicain Maurice Joly, *Dialogue aux enfers entre Machiavel et Montesquieu* (1869). Mathieu Golovinski a fabriqué les *Protocoles* à Paris pour le compte de la police secrète tsariste. Appartenant à une famille proche de celle de Lénine, il devient, après 1917, l'un des fondateurs de l'organisation des «pionniers», participe à la mise au point de l'enseignement militaire sous Trotski, fonde l'Institut soviétique de culture physique.

1er septembre
5 h 45: les troupes allemandes envahissent la Pologne. 10 h: Hitler justifie l'invasion devant le Reichstag: «Jamais plus il ne peut arriver que la force de la Russie et celle de l'Allemagne soient employées l'une contre l'autre [...]. Cette décision marque un tournant d'une importance inouïe et définitive...» Le *gauleiter* Forster proclame l'incorporation de Dantzig au Reich.
10 h 30: le gouvernement français décrète la mobilisation générale et l'état de siège. La mobilisation s'effectue dans d'excellentes conditions grâce au travail des cheminots mais elle s'opère

massivement et sans discernement: les ingénieurs spécialisés, les ouvriers des usines d'armement sont également mobilisés. 17 h: le gouvernement anglais fait avertir l'Allemagne, par son ambassadeur, que l'agression contre la Pologne « appelle l'accomplissement par les gouvernements du Royaume-Uni et de la France des engagements qu'ils ont pris envers la Pologne de venir à son aide... ». 22 h: le gouvernement français fait remettre la même note au ministre des Affaires étrangères Ribbentrop.

2 septembre
Après lecture d'un message du président Lebrun et de la déclaration gouvernementale (« la France et l'Angleterre ne sauraient assister à la destruction d'un peuple ami, présage de nouvelles entreprises de violence dirigées à leur tour contre l'Angleterre et la France... il s'agit d'une phase nouvelle dans la marche de la dictature hitlérienne vers la domination de l'Europe et du monde... »), la Chambre (y compris les députés communistes) vote, à main levée, un crédit de 69 milliards pour la Défense nationale. Les salaires sont bloqués, les grèves interdites, les limitations de la durée du travail sont abolies. Sur proposition de Flandin, une délégation permanente des groupes politiques est constituée à la Chambre.
Mussolini renonce à la mission de médiation qu'il se proposait d'effectuer.

3 septembre
À 12 h, la Grande-Bretagne se déclare en guerre avec l'Allemagne; la France à son tour à 17 h.

Les chefs d'état-major

Allemagne (103 divisions en septembre 1939; 136 en mai 1940). Oberkommando der Wehrmacht (OKW): Wilhelm Keitel (1882-1946), Alfred Jodl (1890-1946), chef du bureau des opérations; Walther von Brauchitsch (1881-1948), commandant en chef de l'armée de terre. Hermann Göring (1893-1946), commandant en chef de la Luftwaffe.
Belgique, qui s'affirme neutre (22 divisions): général Raoul van Overstraeten (né en 1885), chef d'état-major.
France (94 divisions): général Maurice Gamelin, généralissime des forces franco-britanniques jusqu'au 18 mai 1940; général Joseph Georges (1875-1951), adjoint du général Gamelin, commandant du théâtre d'opérations du Nord-Est; général Maxime Weygand (1867-1965), chef d'état-major général et commandant en chef à partir du 18 mai 1940.
Grande-Bretagne (4 divisions en septembre 1939; 11 en mai 1940): général John Gort (1886-1946), commandant du corps expéditionnaire britannique en France.
Italie: maréchal Pietro Badoglio (1871-1956), chef d'état-major général en 1939 puis commandant en chef des armées italiennes en 1940.
Pays-Bas (4 divisions): général Henri Winkelman (1876-1952), commandant en chef des forces armées.
Pologne (40 divisions): Edward Rydz-Smigly (1886-1944), commandant en chef; Wladislaw Sikorski (1881-1943), commandant des forces polonaises en France en 1940.

Les armées françaises

Après la déclaration de guerre, le commandement français s'en tiendra à la doctrine défensive des fronts continus. Le Blitzkrieg, *la guerre éclair pratiquée par les Allemands en Pologne, a été analysé avec soin par les responsables militaires, notamment le général Gamelin soucieux de prévenir les effets des attaques aériennes combinées avec l'action des chars (« En ce qui concerne les Stukas, nous avions avant guerre, donné une suite d'instructions sur les mesures à prendre contre leur action. Elles ont été mises au point après la campagne de Pologne. J'ai moi-même souvent appelé l'attention sur la question »,* Servir, *1946-1947). Malgré cela, aucune décision n'est prise pour adapter l'organisation de l'armée française aux exigences du combat futur. Gamelin, le généralissime « qui attire l'attention », ne semble pas avoir conscience de la nécessité de* commander, *ce qu'aujourd'hui les historiens appellent pudiquement un « passage à l'acte problématique ».*
En mai 1940, l'armée française retranchée derrière la ligne Maginot incomplètement achevée puisqu'elle n'arrive qu'à la charnière ardennaise, comprendra 94 divisions (auxquelles s'ajoutent 10 divisions anglaises), 2,8 millions d'hommes mobilisés; l'Allemagne en alignera 114 (2,6 millions de mobilisés) dont 10 blindées regroupées en corps autonome. La France possède trois divisions blindées légères et deux divisions cuirassées (une troisième est en formation). Les deux armées disposent sensiblement du même nombre de chars (2 700 blindés en mai 1940 pour la France; 2 800 chars et 700 automitrailleuses légères pour l'Allemagne) mais les conceptions de leur utilisation sont tout à fait différentes. L'Allemagne a 1 562 bombardiers et

1 016 chasseurs, la France 242 et 777 ; en outre, l'Allemagne est équipée de 9 300 canons antiaériens alors que la France n'en possède que 1 600. Le Front populaire a souvent été rendu responsable du déséquilibre entre les deux armées. En fait, le sous-armement relatif français trouve son origine dans une situation qui lui est antérieure. Au début des années 30, le déficit budgétaire chronique a conduit à l'amputation des crédits d'équipements militaires. En 1934, tandis que le budget de l'armement en Allemagne augmente de 40 %, celui de la France baisse de 20 %. Les difficultés à sortir de la crise, les conséquences de cette dernière sur l'évolution de l'équipement industriel (en France, en 1935, l'âge moyen des machines-outils est de vingt ans, de sept ans en Allemagne, de trois ans aux États-Unis), des structures industrielles vétustes ont accentué ce sous-armement. Ajoutées aux lenteurs dans l'élaboration des décisions et leur mise en œuvre, les déficiences de l'industrie qui, avec la loi de nationalisation des industries de guerre (août 1936), obligent à un état des lieux, apparaissent dans toute leur ampleur. Le programme de quatre ans (1er janvier 1937-31 décembre 1940 ; 25 milliards de crédits de 1937 à 1939), initié le 7 septembre 1936 par Daladier qui était « pleinement conscient du danger que faisait peser sur la France le réarmement de l'Allemagne », n'a pas permis de rattraper les retards accumulés face à l'Allemagne.

6 septembre
En Pologne, la bataille de Varsovie commence.

7-8 septembre
Une avance française de quelques kilomètres dans le *no man's land* a lieu dans la forêt de la Warndt, à l'ouest de Forbach. Les positions gagnées seront abandonnées le 16 octobre suivant.

8 septembre
Au cours du premier sommet interallié (Abbeville), le Premier ministre britannique Chamberlain déclare qu'il « n'y a rien à faire pour sauver la Pologne ». Son opinion rejoint les réserves du général Gamelin pour qui il s'agit avant tout de protéger la France. Pour s'opposer à cet « axe » Chamberlain-Gamelin, Daladier recherche l'appui de Churchill, Premier Lord de l'Amirauté.

11 septembre
Le dirigeant des Jeunesses communistes Raymond Guyot revient de Moscou qu'il a quittée le 8, porteur des nouvelles directives du Komintern : désormais il n'est plus question de lutter contre l'hitlérisme mais de mener le combat contre la guerre impérialiste et pour la paix. C'est contre la Grande-Bretagne et la France que la propagande doit s'exercer : le PCF passe d'une ligne approuvant la Défense nationale à une ligne « défaitiste révolutionnaire » qui rend les démocraties responsables du conflit.

12 septembre
Le débarquement en France du corps expéditionnaire anglais (158 000 hommes) commence.

13 septembre
Daladier remanie son gouvernement ; il prend en charge les Affaires étrangères – Bonnet passe à la Justice – qu'il cumule avec la présidence du Conseil et la Défense nationale. À l'Éducation nationale, Delbos remplace Zay. Les autres ministres conservent leur portefeuille.
Un ministère du Blocus est créé et confié à Pernot, ainsi qu'un ministère de l'Armement confié à Raoul Dautry. En effet, la France n'est prête ni sur le plan de l'organisation ni sur celui des infrastructures à assumer la production de guerre.

Raoul Dautry

Raoul Dautry (1880-1950) intègre l'École polytechnique en 1900. Comme de nombreux techniciens et industriels de son temps, cet ingénieur de la Compagnie des chemins de fer du Nord effectue un pèlerinage aux États-Unis en 1912. Il en revient nourri de principes nouveaux sur la rentabilité de l'exploitation, convaincu que l'avenir du réseau ferroviaire repose avant tout sur la vitesse. Soucieux d'associer consensus et progrès social, cet admirateur du maréchal Lyautey et de ses théories sur l'encadrement des hommes est le promoteur de la cité ouvrière de Tergnier, inaugurée en 1921, construite pour le personnel de la Compagnie du Nord. En 1928, il est appelé à la direction du Réseau des chemins de fer de l'État dont il doit redresser la situation financière. Dans cette tâche se révèlent pleinement son sens de l'efficacité et ses qualités d'organisateur. À partir de 1930, il préside le comité de direction de l'Aéropostale, au bord de la faillite. Cette dernière expérience le conduit à considérer que la coordination des moyens de transport à l'échelle mondiale est la solution d'avenir. En 1931, il est appelé à à la tête de la Compagnie générale transatlantique pour mener à bien son renflouement. Serviteur désintéressé de l'État, il désapprouve cependant en 1936 la nationalisation des chemins de fer qui, selon lui, donne naissance à une « machine administrative ruineuse » : la SNCF. Quittant le service public, il met ses talents à la disposition de la CGE et d'Hispano-Suiza (voitures et moteurs d'avions). Ce républicain convaincu participe au travail de réflexion engagé par l'équipe des Nouveaux Cahiers. *Au ministère de l'Armement, il applique sa méthode : une équipe cohérente et une volonté que rien ne peut distraire du but à atteindre, équiper les armées de la France. Dirigiste mais anti-étatiste, il s'informe et contrôle sans relâche, délègue et décentralise les responsabilités, accorde sa confiance tant aux responsables qu'aux producteurs. Il lui arrivera de prendre la défense des ouvriers communistes et de ne pas hésiter à sanctionner les dirigeants défaillants. Alors que la production française s'est effondrée sous le coup de la mobilisation, il contribue à redresser la situation. Le seul facteur qu'il ne peut maîtriser est celui du temps : Hitler ne laissera que neuf mois au Carnot de la IIIe République. En 1944-1945, il sera ministre de la Reconstruction et de l'Urbanisme, avant d'être appelé à diriger le Commissariat à l'énergie atomique (CEA).*

14 septembre
Giono, qui s'était présenté à son centre de mobilisation, est arrêté pour avoir signé le tract « Paix immédiate » et incarcéré à Marseille (il sera libéré en novembre, bénéficiant d'un non-lieu).

17 septembre
En vertu des accords secrets signés par l'URSS avec Hitler le 23 août précédent, l'armée rouge envahit la Pologne. Après la capitulation polonaise, les deux alliés passent une nouvelle série d'accords, notamment de police, pour asseoir leur contrôle des territoires partagés.

19 septembre
Le Temps publie une lettre de Romain Rolland adressée à Daladier : « En ces jours décisifs, où la République française se lève pour barrer le chemin à la tyrannie hitlérienne débordant sur l'Europe, permettez à un vieux combattant de la paix qui, toujours, dénonça la barbarie, la perfidie, l'ambition effrénée du IIIe Reich, de vous exprimer son entier dévouement à la cause des démocraties, de la France et du monde aujourd'hui en danger. »

24 septembre
Par décision des autorités militaires et civiles, la population de Strasbourg est évacuée ainsi que tous les villages situés dans une zone de 5 km le long du Rhin. C'est le premier exode de la guerre.

26 septembre
Le Parti communiste et ses organisations satellites sont interdits. Sur les 72 députés communistes élus en 1936, 51 forment le Groupe ouvrier et paysan et 21, démissionnaires du PCF, se rassemblent en Union populaire française début décembre. Un sénateur, 14 députés (dont deux de Paris, deux de la Seine, deux du Nord), trois conseillers généraux, six maires condamnent le pacte germano-soviétique. Le PC qui comptait à l'été 270 000 adhérents s'effondre et ne conserve que quelques milliers de militants fidèles. Cependant l'appareil central se maintient et reste indéfectiblement attaché à la politique soviétique.

27 septembre
Défendue par des troupes hétéroclites et sous-équipées, et par ses habitants, Varsovie, qui a subi des bombardements massifs, capitule.

28 septembre
Un nouveau traité d'amitié germano-soviétique complète le pacte du 23 août : il règle la question des frontières entre les deux occupants de la Pologne qui s'assignent pour tâche « de rétablir l'ordre et le calme dans ces territoires et d'assurer aux populations qui y sont établies une existence pacifique répondant à leur originalité ethnique », euphémisation de la terreur qui s'installe de chaque côté de la ligne délimitant les zones d'occupation. Ce traité prévoit également la mise à disposition de l'Allemagne des ressources céréalières, industrielles et énergétiques soviétiques.
Simultanément, l'URSS impose des pactes d'alliance à l'Estonie, la Lettonie et la Lituanie.
L'anarchiste Louis Lecoin est arrêté pour le tract « Paix immédiate » qu'il a lancé juste après la déclaration de guerre et qui a été signé par Jean Giono, Marcel Déat, Henri Jeanson, Victor Margueritte... Certains se rétracteront après l'arrestation de Lecoin.

octobre
L'expression « drôle de guerre » entre dans le vocabulaire pour caractériser la situation militaire sans attaques ni offensives de la part des belligérants. Devenu correspondant de guerre pour le compte de *Gringoire*, le journal de la droite radicale et pacifiste, l'écrivain Roland Dorgelès visite des avant-postes en Lorraine. Il intitule son second reportage « Drôle de guerre » : « Certes, c'est une "drôle" de guerre. Pas toujours comme on l'entend. À Creutzwald, au

milieu des bois, ils se sont baignés dans une piscine [...] mais dans le même village on a dit la messe devant trois cercueils. Drôle de guerre.» Dix-sept ans plus tard, publiant un ouvrage lui aussi intitulé *Drôle de guerre*, l'écrivain commente: «Je ne me doutais pas du retentissement que la formule allait avoir. Or, elle exprimait si bien le sentiment encore confus de l'opinion et des combattants eux-mêmes qu'elle passa sur-le-champ dans le vocabulaire pour s'inscrire bientôt dans l'Histoire. "Drôle", elle l'était effectivement. Non dans le sens d'amusant – rien n'est gai où l'on meurt – mais dans celui de bizarre, de surprenant.» Dorgelès ajoute que les correspondants reçus par le général Gamelin avant leur départ ont entendu le généralissime des armées françaises déclarer: «Une guerre, en somme, qui pourrait se comparer à la guerre de Trente Ans.»
Philippe Hériat reçoit le prix Goncourt pour *Les Enfants gâtés*.

1er-7 octobre
Jacques Duclos adresse une lettre au président de la Chambre Édouard Herriot dans laquelle il demande que des pourparlers de paix soient engagés avec Hitler. Mobilisé à Chauny (Aisne), Maurice Thorez déserte le 4 octobre et passe en Belgique d'où il gagnera l'URSS; il arrive à Moscou le 7. Un tribunal militaire le condamne par contumace à six ans de prison. Dans les jours qui suivent, 44 députés communistes du Groupe ouvrier et paysan sont inculpés et incarcérés à la Santé.

19 octobre
Un traité anglo-franco-turc est signé à Ankara. Les Anglo-Français s'assurent ainsi de la neutralité de la Turquie.
Création du CNRS. En 1936, Jean Perrin, sous-secrétaire d'État, a confié à Henri Laugier (1883-1973) la direction du service de recherche de l'Éducation nationale. L'action de Laugier, conscient de la nécessité de combler le retard de la France en matière de recherche, aboutit à la création, par décret, du CNRS dont il devient le premier directeur avec le physicien Longchambon. Révoqué par Vichy en juillet 1940, Laugier sera contraint de s'exiler aux États-Unis en 1941.

30 octobre
Dans une déclaration, Molotov s'avoue satisfait de la disparition de la Pologne, création du traité de Versailles, et fustige la guerre des démocraties contre l'Allemagne hitlérienne: «Il est criminel de faire une guerre pour détruire le national-socialisme, car chacun sait bien que l'on n'anéantit pas une conception politique par la force.»

4 novembre
Le Congrès des États-Unis vote le *Neutrality Act*, mais remplace l'embargo sur les équipements industriels par le *Cash and Carry* («payer, emporter») dont la France et la Grande-Bretagne peuvent bénéficier.

10 novembre
Les troupes françaises évacuent Forbach.

18 novembre
Un décret «relatif aux mesures à prendre à l'égard des individus dangereux pour la Défense nationale» est promulgué: «Loi de temps de guerre, faite pour la durée de la guerre et destinée à disparaître» selon Albert Sarraut, ce texte qui vise les communistes touche d'autres catégories, notamment les antifascistes réfugiés en France et rassemblés dans des camps d'internement.

20 novembre
Pour mettre fin au contentieux entre l'État et la société Schneider et l'aider à relancer les fabrications à usage militaire, un décret, pris à l'initiative de Dautry, met fin à la nationalisation. L'industrie française est handicapée par la vétusté de son parc de machines-outils: âge moyen 18 ans dans l'automobile, 35 dans la métallurgie.

30 novembre
Par 318 voix contre 175, la Chambre renouvelle les pleins pouvoirs pour la durée des hostilités au gouvernement Daladier qui les avait obtenus le 20 mars. L'article 36 de la loi du 11 juillet 1938 est remanié pour permettre au gouvernement de «prendre par décrets délibérés et approuvés en Conseil des ministres, les mesures imposées par les exigences de la Défense nationale». Le 2 décembre, le Sénat l'approuve par 259 voix contre 23.
Sans déclaration de guerre, l'Union soviétique envahit la Finlande qui a refusé de lui céder des bases militaires et de démilitariser l'isthme de Carélie. Helsinki est bombardée. L'URSS sera exclue de la SDN le 14 décembre.

8 décembre
Daladier prononce une allocution radiodiffusée: «Si les peuples s'abandonnaient, s'ils laissaient triompher l'injustice, ils ne tarderaient pas à connaître la plus dure épreuve de l'Histoire [...]. Pour nous Français, notre détermination est prise: nous combattrons sans trêve ni répit contre cette effroyable tyrannie pour le salut de la France, pour le salut de toutes les valeurs morales qui élèvent l'homme au-dessus de la brute.»

12 décembre
Signé à Paris par les ministres des Finances français et britannique Reynaud et Simon, un accord met en place la solidarité monétaire et financière et le partage des charges de guerre: un tiers pour la France, deux tiers pour la Grande-Bretagne.
Les parlementaires favorables à l'ouverture de négociations de paix avec Hitler, hommes politiques de tous bords (le radical Jean Montigny, le député d'extrême droite Jean-Louis Tixier-Vignancour, Gaston Bergery, les ultrapacifistes de la SFIO tel Paul Rives), s'organisent en comité d'études et de liaison pour œuvrer à la recherche d'un «terme honorable» à la guerre.

autres événements
- Joë Bousquet: *Traduit du silence.*
- Roger Caillois: *L'Homme et le sacré.*
- Pierre Drieu la Rochelle: *Gilles.*
- Léon-Paul Fargue: *Le Piéton de Paris.*
- Étienne Souriau: *L'Instauration philosophique.*
- Poulenc: *Quatre motets pour un temps de pénitence.*
- Henri Sauguet: *La Chartreuse de Parme*, œuvre lyrique d'après Stendhal.
- Pierre Bonnard: *Grand Nu jaune.*
- Exposition Jean Lurçat à Paris.
- Jean Renoir: *La Règle du jeu.* Le film est un échec; ce n'est qu'avec l'apparition de la Nouvelle Vague à la fin des années 50 qu'il sera considéré comme l'un des grands films français, et le meilleur de Renoir.
- Frédéric Joliot-Curie dépose son brevet pour un réacteur nucléaire.

1940

4 janvier
Le gouvernement français signe avec le gouvernement polonais un accord sur la reconstitution de l'armée polonaise en France. Le 23 janvier, un conseil national polonais est inauguré à Paris puis, le 9 mai, des drapeaux nationaux sont remis aux régiments polonais constitués.

10 janvier
À la Chambre, quatre des députés communistes présents refusent de se lever pour saluer l'armée française. L'Assemblée est alors le théâtre d'incidents violents. Certains députés communistes se désolidarisent de leur parti et s'abstiennent lors du vote. L'un d'entre eux, Paul Loubradou, constate qu'au Parti communiste «on ne dit plus: l'Allemagne hitlérienne, mais l'Allemagne tout court; on ne dit plus: la démocratie française, mais la France impérialiste! On expurge la littérature communiste des vocables antihitlériens, désormais sacrilèges! Silence autour de Hitler! L'allié de Staline serait-il devenu, lui aussi, par endosmose, un libérateur des peuples?».

20 janvier
La loi prononçant la déchéance des membres du Parti communiste investis de mandats électoraux et n'ayant pas rompu avec la politique de Moscou est promulguée. Le 20 février, la Chambre vote, à l'unanimité moins 2 voix, la déchéance de 60 députés communistes.

11 février
Un nouvel accord économique est signé entre l'Allemagne et l'URSS.
Le secrétaire d'État adjoint américain, Sumner Welles, effectue une tournée des grandes capitales européennes. Sa présence alimente des rumeurs de paix générale.

1er mars
Des décrets-lois, présentés comme des «mesures de défense économique», instituent les cartes de rationnement pour certaines denrées (dont le charbon), renforcent le contrôle des prix, le rationnement de l'essence, la fermeture des boucheries et des charcuteries trois jours par semaines, etc.

12 mars
Un armistice entre Moscou et Helsinki est signé. La Finlande cède une partie des territoires convoités par l'URSS.

14-15 mars
Au Sénat, en comité secret, Laval et Paul-Boncour interpellent le gouvernement sur son attitude vis-à-vis de la Finlande qu'il était question d'aider. Daladier obtient la confiance (236 voix contre 60). C'est l'occasion pour Laval, partisan d'une entente avec Mussolini et d'une «paix blanche», inspirateur supposé d'un comité d'études et de liaison, de réapparaître sur le devant de la scène.

19-20 mars
À l'Assemblée, réunie à son tour en comité secret, Daladier est mis en cause par la coalition de ceux qui lui reprochent son manque de fermeté (Blum) et ceux qui critiquent les conditions de l'entrée en guerre (Bergery, le directeur de *La Flèche*). Lors du vote, 300 députés s'abstiennent; Daladier recueille 239 voix contre 1 et 300 abstentions. Il donne sa démission le 20.

20 mars-3 avril
Ouverture du procès des parlementaires communistes inculpés début octobre 1939. François Billoux, membre du bureau politique et ancien secrétaire de l'Association des Amis de l'Union soviétique revendique la politique défaitiste, « anti impérialiste », révolutionnaire, du PCF. Le 3 avril, les 44 inculpés sont condamnés à cinq ans de prison et cinq ans de privation des droits civiques. Six d'entre eux bénéficient d'un sursis soit parce qu'ils sont Anciens Combattants mutilés, soit parce qu'ils ont condamné la politique du PCF. Le ministre de l'Intérieur Albert Sarraut indique que 2 718 élus communistes ont été déchus, et que 3 400 militants ont été arrêtés.

21-22 mars
Paul Reynaud (président du Conseil et Affaires étrangères) forme un gouvernement d'union nationale: les radicaux imposent Daladier à la Défense nationale et à la Guerre; le socialiste Georges Monnet au Blocus, le socialiste Albert Sérol à la Justice; Louis-Oscar Frossard (Union socialiste républicaine) à l'Information; Roy (Intérieur), Campinchi (Marine), Laurent-Eynac (Air), Dautry (Armement), Lamoureux (Finances), Mandel (Colonies), A. de Monzie (Travaux publics), Sarraut (Éducation nationale), Queuille (Ravitaillement).
Un cabinet de guerre est créé – le 30, Paul Baudouin en est nommé secrétaire.
Le 22, le gouvernement obtient l'investiture de la Chambre par 268 voix pour, 156 contre et 111 abstentions. Devant la Chambre, Reynaud déclare: « La France est engagée dans la guerre totale [...]. Par le fait même, l'enjeu de cette guerre totale est un enjeu total. Vaincre c'est tout sauver. Succomber c'est perdre tout. »

Paul Reynaud

Avocat, Paul Reynaud (1876-1966) entreprend un voyage autour du monde en 1906 (États-Unis, Mexique, Japon, Chine, Russie). Il débute sa carrière politique à la veille de la Première Guerre mondiale comme conseiller général des Alpes de Haute-Provence. Pendant le conflit, il est affecté à la tête d'une section sanitaire comme sous-lieutenant puis, en 1918, rejoint la mission du général Janin, chargé d'aider à l'évacuation des Tchécoslovaques qui s'apprêtent à quitter la Sibérie par l'Extrême-Orient. Il est au Japon lorsque l'armistice est signé mais il se rendra jusqu'à Omsk. Devenu député en 1919 dans la Chambre bleu horizon, il siège dans le groupe de l'Action républicaine et sociale. S'intéressant aux questions économiques et financières, il préconise un système original pour le recouvrement des réparations: que des entrepreneurs allemands viennent reconstruire en France. S'il approuve l'occupation de la Ruhr, c'est comme préalable à une réconciliation. Adversaire déterminé d'Herriot, il est battu en 1924 par une liste du Cartel des gauches. Il ne revient à la Chambre qu'en 1928 comme député de la Seine (IIe arrondissement de Paris). Personnalité de la coalition de centre-droit qui soutient Poincaré, il devient l'un des leaders de l'Alliance démocratique. Soucieux des questions de Défense nationale, il ne cesse de répéter que la France n'a pas l'armée de sa politique et que la ligne Maginot peut être un leurre. En 1929, il est accusé d'avoir promis aux autorités allemandes la reconstitution de la Reichswehr et menacé de la Haute Cour de justice pour trahison, accusation dont il se disculpe facilement.
Dans le cabinet Tardieu (1930), il est ministre des Finances. Par la suite, ministre des Colonies (1931-1932), il se rend en Indochine, puis prend le portefeuille de la Justice et devient vice-président du Conseil (1932). Dans l'opposition avec la victoire du second Cartel, il quitte le groupe parlementaire des Républicains de gauche et crée celui du Centre républicain. Sa carrière marque le pas en raison de ses orientations: partisan de la dévaluation du franc dès 1934, il prend l'opinion à rebrousse-poil lorsqu'il préconise la réforme de la Défense nationale, et se heurte à la sclérose des milieux militaires et plus encore au conformisme pacifiste de la gauche. À l'époque, il est l'un des rares hommes politiques à approuver les analyses du lieutenant-colonel de Gaulle. Paul Reynaud se distingue au sein de la droite en condamnant l'attentisme complice des gouvernements sur la question de l'Éthiopie: encore une fois le premier à prôner une politique de fermeté contre toute agression. Sous le Front populaire, il milite toujours en faveur de la dévaluation, critique les 40 h, et bataille pour la formation d'un corps cuirassé d'intervention, ce qui lui vaut l'impopularité. De plus, il défend la nécessité d'une alliance franco-russe. En mars 1938, il approuve cependant l'idée d'un gouvernement d'union nationale avancée par Léon Blum. En avril, Daladier fait appel à lui comme ministre de la Justice pour rééquilibrer son gouvernement vers le centre-droit. Reynaud est hostile aux accords de Munich. En novembre, ministre des Finances, il met sur pied un plan de redressement économique, avec l'aide d'une équipe de jeunes techniciens, pour relancer la production et facili-

ter ainsi le réarmement, politique engagée trop tard pour produire tous ses effets avant septembre 1939. En mars 1940, il succède à Daladier à la présidence du Conseil dans des conditions peu favorables puisqu'il ne dispose que d'une voix de majorité : paradoxalement, les socialistes le soutiennent tandis qu'une partie de la droite et les radicaux s'opposent à lui. Il souhaite la démission de Gamelin. En butte aux manœuvres des radicaux qui veulent le retour de Daladier, Reynaud, le 9 mai, donne sa démission, mais l'attaque allemande commencée dans la nuit du 9 au 10 le fait revenir sur sa décision. Le 18 mai, il écarte Daladier et prend le ministère de la Guerre. Au sein de son cabinet, il se heurte au maréchal Pétain. Minoritaire, Reynaud démissionne le 16 juin, laissant la place à Pétain et aux partisans de l'armistice. Un grave accident de voiture l'empêche de partir pour l'Afrique du Nord. Le 10 juillet 1940, il n'assiste pas au vote des pleins pouvoirs au maréchal Pétain mais a laissé comme consigne de rejeter le projet Laval. En septembre, Pétain le fait interner au fort du Portalet dans les Pyrénées ; en novembre 1942, il est transféré en Allemagne. Libéré en Autriche en 1945, il est rapatrié à bord de l'avion du général de Gaulle. Élu député du Nord à la deuxième Assemblée constituante, les communistes tentent de le faire invalider. Sous la IVe République, il est régulièrement réélu député mais échoue en mai 1953 comme président du Conseil devant une Chambre choquée par son programme intitulé : « Allons-nous désembourber la politique française ? » Européen convaincu, Paul Reynaud est favorable à la Communauté européenne de défense (CED). Il approuve le retour du général de Gaulle en 1958. Le 29 juillet, il est élu président du Conseil consultatif constitutionnel qui doit préparer la nouvelle Constitution. En novembre 1958, il est battu à l'élection à la présidence de la Chambre. En 1962, il s'oppose à l'élection du président de la République au suffrage universel, ce qui lui vaut d'être battu aux élections de novembre. Il approfondit sa rupture avec de Gaulle en publiant La Politique étrangère du gaullisme *(1964), pamphlet contre la politique du Général. Les dernières années de sa vie, il écrit ses souvenirs :* Mémoires. I. Venu de ma montagne ; II. Envers et contre tous *(1960 et 1963). Jetant un regard rétrospectif sur la vie politique française, il conclut à la nécessité d'une dissolution automatique de l'Assemblée lorsque le gouvernement est renversé : « Le régime parlementaire a été vicié en France par l'instabilité ministérielle, les crises à répétitions, sans que ces crises jugent véritablement une politique et aboutissent à la remplacer par une autre. » N'est-ce pas la synthèse la plus percutante de l'histoire de la IIIe et de la IVe République ?*

28 mars

Lors de la réunion du Conseil suprême interallié, la France et la Grande-Bretagne s'interdisent tout armistice ou paix séparés.

En mission au début de mars, les députés de droite Framond et Pierre Taittinger déposent un rapport alarmant sur la situation dans le secteur de Sedan : « On tremble rétrospectivement en envisageant ce qu'aurait été une attaque allemande dans ce secteur », écrivent-ils en faisant allusion aux précédentes alertes.

La hausse des prix et les difficultés de ravitaillement provoquent le mécontentement.

avril

Le ministre de la Justice, le socialiste Albert Sérol fait adopter le décret selon lequel la peine de mort sera appliquée à l'encontre de tout Français qui participe à une entreprise de démoralisation de l'armée ou de la nation, ayant pour but de nuire à la défense nationale. Le 27 mai, le tribunal militaire de Paris condamne à mort quatre ouvriers dont les frères Marcel et Roger Rambaud, militants des Jeunesses communistes qui ont saboté des moteurs d'avions aux usines Farman de Boulogne. Tous deux sont exécutés. Les autonomistes alsaciens pro-nazis sont emprisonnés.

Au printemps s'achève, avec huit mois d'avance, la réalisation du plan quadriennal d'armement initié en 1936. Dans les premiers mois de 1940, la production connaît un développement remarquable : 330 avions par mois contre 330 par an en 1937 ; 350 chars et véhicules blindés en mai contre 228 en janvier ; 465 canons antichars modèle 37 en mai contre 75 en septembre 1939.

9 avril-9 juin

L'Allemagne envahit la Norvège et le Danemark. Les Alliés ripostent en débarquant en Norvège à Narvik, Namsos et Andalness. Narvik est prise le 27 mai mais les troupes alliées sont contraintes de réembarquer début juin. La Norvège capitule le 9 juin. L'opération, qui révèle les difficultés de coordination entre Français et Anglais, fait apparaître l'opposition entre Daladier et Reynaud, opposition qui paralyse l'action du gouvernement.

8 mai
Dans une lettre remise ce jour à la commission de l'Armée de la Chambre, le député Pierre Taittinger, se fondant sur les enseignements de la guerre en Pologne, demande que les troupes françaises soient prémunies «contre le choc psychologique redoutable» causé par l'intervention massive des avions allemands.
Création de *Médée*, opéra de Darius Milhaud, décors et costumes d'André Masson.

9 mai
En conflit avec le chef d'état-major de la Défense nationale, le général Gamelin, Reynaud donne sa démission mais la tient secrète.

10 mai
Premier jour de l'attaque allemande, commencée à 4 h 45. Les escadrilles allemandes bombardent les aérodromes français – première phase de la «guerre-éclair» *(Blitzkrieg)*; l'effet de surprise permet à l'aviation allemande de gagner la maîtrise de l'air. Bruxelles, Anvers, Calais, Dunkerque, Boulogne, Lille, Nancy, Valenciennes, Pontoise, Lyon, Colmar, Clermont-Ferrand sont bombardées. Les Pays-Bas, la Belgique, le Luxembourg font appel à la France et à la Grande-Bretagne. Entre 7 h 30 et 11 h, sur ordre du général Gamelin (à Vincennes) qui analyse l'attaque allemande comme une reprise de celle de 1914, les VIIe, Ire, et IXe armées françaises s'avancent à la rencontre des troupes allemandes. Elles sont accueillies avec enthousiasme par la population frontalière. Celles qui se trouvent à proximité du front, et qui ont subi des bombardements et mitraillages, commencent à fuir la zone des combats. C'est le début de l'exode des civils, mouvement accentué par les rumeurs sur la 5e colonne, les parachutistes déguisés... En Hollande, la panique gagne l'état-major, le gouvernement et les civils.
Reynaud reprend sa démission et fait entrer au gouvernement Louis Marin et Jean Ybarnegaray, tous deux membres de la fédération républicaine, comme ministres d'État. Le même jour à Londres, le cabinet Chamberlain démissionne; Winston Churchill forme le nouveau cabinet.
Le 11, le contournement des positions belges par les Panzers (chars) allemands menace la VIIe armée (général Giraud) qui avait pour mission d'atteindre les Pays-Bas.

13-15 mai
Dans les Ardennes faiblement défendues, les Panzers franchissent la Meuse près de Dinant (général Rommel) et Sedan (général Guderian). La 55e DI ploie sous le choc de l'attaque de Guderian. Le général Huntziger, qui commande la IIe armée et donc la 55e DI, se révèle incapable de faire face à la situation. Certaines unités, prises de panique sous l'intensité du feu à laquelle elles n'étaient pas préparées, se disloquent. Au printemps 1938, le général André Prételat avait fait réaliser un exercice sur carte qui envisageait une possible «attaque brusquée» à travers les Ardennes françaises par des troupes motorisées.
Rotterdam est bombardée le 14. Le 15, l'armée néerlandaise capitule. À 7 h du matin, Reynaud téléphone à Churchill: «La route de Paris est ouverte. La bataille est perdue.»

16 mai
Un communiqué apprend aux Français que la guerre a pris, de Namur à Sedan, le «caractère d'une guerre de mouvement». La manœuvre allemande en direction de la mer du Nord se déploie inéxorablement: les unités blindées avancent de 80 km par jour, déferlent sur les arrières de la IXe armée commandée désormais par le général Giraud qui est fait prisonnier le 18. Il a tenté en vain d'endiguer les colonnes de réfugiés et de soldats débandés en faisant dresser des barrages. Handicapée par des transmissions basées sur le téléphone par fil, qui sont détruites dès les premiers bombardements, les unités françaises sont incapables de se coordonner.
Reynaud fait appel au général Weygand, alors en Syrie, comme «commandant en chef de l'ensemble des théâtres d'opérations» (*Journal officiel*, 20 mai 1940). Devant la Chambre, Reynaud déclare: «C'est le jour où tout paraîtrait perdu que le monde verrait de quoi la France est capable [...]. Nous sommes pleins d'espoir. Nos vies ne comptent pour rien. Une seule chose compte: maintenir la France...» Dans une allocution radiodiffusée, Reynaud annonce que le gouvernement restera à Paris mais le général Hering, gouverneur militaire de la capitale, demande son départ. Déjà le Quai d'Orsay brûle ses archives secrètes.
Venu à Paris pour rencontrer Reynaud, Churchill apprend que le front est percé sur une largeur de 80 à 90 km. À 11 h, Reynaud décide d'abandonner la capitale.
Après l'exode des civils belges, ce sont les Français du Nord qui fuient. Le flot qui ne cesse d'enfler entrave les manœuvres des unités militaires. Un ordre de Gamelin (18 mai) interdisant l'évacuation des civils restera sans effet.

17-19 mai
Les armées franco-britanniques engagées en Belgique se replient. La IXe armée française fait retraite entre Sambre et Meuse. Le général Gamelin lance un ordre du jour: « Soldats, le sort de la patrie est en jeu. Les troupes qui ne peuvent avancer devront plutôt se faire tuer sur place que de céder un pouce de territoire français dont la défense leur a été confiée. En ce moment décisif comme à toutes les heures historiques où le sort de la patrie s'est joué, le mot d'ordre est de vaincre ou mourir. Nous devons vaincre. » Le 17, à la tête de la 4e division cuirassée de réserve, de Gaulle contre-attaque à Montcornet et tient momentanément en échec les blindés allemands. Il poursuit ses contre-attaques le 19 (Crécy-sur-Serre), les 19-20 (nord de Laon), puis repousse l'ennemi qui a atteint Abbeville (27-30 mai). Nommé commandant par intérim des chars de la Ve armée (2 septembre 1939) puis commandant par intérim de la 4e division cuirassée (le 26 avril 1940), le colonel de Gaulle est nommé le 25 mai général de brigade à titre temporaire.
Du 17 au 19 mai, des éléments isolés mais bien déterminés résistent à la progression allemande.

18 mai
Reynaud remanie son gouvernement. Il prend en charge la Défense nationale et la Guerre. Pétain devient vice-président du Conseil, Mandel reçoit l'Intérieur, Daladier les Affaires étrangères, Baréty le Commerce.
À la radio, Reynaud déclare: « La situation est grave; elle n'est nullement désespérée [...]. Le maréchal Pétain est désormais à mes côtés comme ministre d'État [...] mettant toute sa sagesse et sa force au service du pays: il y restera jusqu'à la victoire [...]. Chaque Français, qu'il soit aux armées ou à l'intérieur, doit faire ce soir le serment solennel de vaincre. »
Le général Weygand est nommé chef d'état-major général de la Défense nationale et commandant en chef de l'ensemble des opérations en remplacement du général Gamelin.

19 mai
L'armée allemande atteint Abbeville. La contre-attaque décidée par Gamelin est arrêtée du fait du changement de commandement.
Alexis Leger est remplacé au secrétariat général du Quai d'Orsay par François Charles-Roux, jusqu'alors ambassadeur au Vatican.

20 mai
Le général Rommel attaque Arras, occupée le 21. Péronne et Cambrai sont investies.

21 mai
Devant le Sénat, Reynaud déclare: « Sur le plan de la conduite de la guerre, il existe entre le maréchal Pétain, le général Weygand et moi, une communion d'idées totale [...]. Élevons-nous à la hauteur des malheurs de la Patrie [...]. La France ne peut pas mourir. Pour moi, si l'on venait me dire un jour que seul un miracle peut sauver la France, ce jour-là, je dirais: "Je crois au miracle, parce que je crois en la France." »
Dans la nuit du 21 au 22, le général Billotte qui commande le groupe d'armée du Nord entré en Belgique, est victime d'un accident (il meurt le 23), qui accroît la désorganisation des armées françaises. Il est remplacé par le général Blanchard. En décembre 1939, le général Billotte, dans une note adressée à Gamelin, se prononçait en faveur de formations de blindés lourds, conscient que l'utilisation massive des blindés conférait une supériorité tactique aux Allemands.

21-28 mai
Massacres de civils et de prisonniers, en particulier de troupes noires, dans le Pas-de-Calais par certains éléments de la Wehrmacht et les SS *Totenkopf* (« Têtes de mort »), unités chargées de la répression. Le 22 mai, 98 personnes sont assassinées à Aubigny-en-Artois; le 28, 124 personnes sont assassinées à Oignies et à Courrières.

22 mai
Une contre-attaque franco-britannique en direction de Cambrai est décidée; l'armée du général Frère doit attaquer vers le Nord à partir de la Somme.

23 mai
Les éléments avancés allemands atteignent Boulogne. Les troupes britanniques sont encerclées.

25 mai
Le président de la République Lebrun réunit le Comité de guerre pour la dernière fois, et pour la première fois, il évoque la possibilité d'un armistice.
Calais est occupée par l'armée allemande.

26 mai
Le président du Conseil Reynaud qui a accepté le principe d'une médiation du président Roosevelt entre la France et l'Italie, se rend à Londres pour rencontrer Churchill qui désapprouve l'initiative franco-américaine. Reynaud avertit son homologue de l'éventualité d'une capitulation française.

28 mai
Le roi des Belges Léopold III donne l'ordre de capituler à son armée. Le gouvernement belge désavoue le souverain et le déclare dans « l'impossibilité juridique et morale de régner ».

28 mai-4 juin
Dunkerque. Les troupes françaises et britanniques, encerclées dans la poche de Dunkerque qui capitulera le 4 juin, commencent à embarquer pour l'Angleterre (opération « Dynamo »). 235000 soldats anglais et 115000 soldats français passent en Grande-Bretagne.

30 mai
Le colonel de Gaulle considère que la première phase de la campagne de France est virtuellement perdue.

31 mai
Lille est investie. Le lendemain, les troupes françaises encerclées à Lille se rendent.

juin
Le marchand d'art Kahnweiler s'installe près de Limoges; autour de lui: Leiris, Limbour, Ponge.

3 juin
L'aviation allemande bombarde Paris: il y a 254 morts et 652 blessés.

5 juin
Reynaud procède au troisième remaniement de son gouvernement: Paul Baudouin (Affaires étrangères), Yves Bouthillier (Finances), Jean Prouvost (Information), Pernot (Famille), Frossard (Travaux publics), Delbos (Éducation nationale), Chichery (Commerce et Industrie). Le général de Gaulle devient sous-secrétaire d'État à la Guerre.

5-10 juin
Deuxième phase de la campagne de France. Début de l'offensive allemande sur la Somme. Weygand lance un ordre du jour: « La bataille de France est commencée. L'ordre est de défendre nos positions sans esprit de recul... Accrochez-vous au sol de France: ne regardez qu'en avant. Le sort de notre patrie, la sauvegarde de ses libertés, l'avenir de ses fils dépendent de votre ténacité. »
Weygand imagine tenir un front continu, schéma périmé compte tenu de la disproportion des forces: il ne dispose que de 71 divisions et 1500 chars face à 139 divisions dont 10 de Panzers. Dès la nuit du 5 au 6, la IVe armée est bousculée et doit se replier sur l'Aisne. Le 6, alors que l'aviation française livre d'intenses combats, le centre de la Xe armée est percé et Rommel atteint la basse Seine. Le 9, le groupe d'armée von Runstedt attaque sur l'Aisne, la résistance française est acharnée, mais le 10, à l'ouest de Rethel, les blindés de Guderian réussissent à franchir l'obstacle. Les troupes allemandes atteignent la Marne le 10. Le front français rompu, les Allemands exploitent leur avantage: un axe de pénétration se dirige vers l'est de Paris (vers la haute Seine), un second vise les Vosges et le Jura, un troisième l'ouest de la France et ses ports. Devant elles, les unités allemandes refoulent des réfugiés de plus en plus nombreux.

9 juin
Rouen, vidée aux quatre cinquièmes de ses habitants en fuite, est occupée par l'armée allemande.
Le Grand Quartier général français est transféré de La Ferté-sous-Jouarre à La Charité-sur-Loire.

10 juin
L'Italie déclare la guerre à la France. Paul Reynaud à la radio: « C'est en ce moment précis, alors que la France blessée mais vaillante et debout lutte contre l'hégémonie de l'Allemagne, qu'elle combat donc pour l'indépendance de tous les autres peuples comme pour la sienne, c'est l'heure que choisit M. Mussolini pour nous déclarer la guerre. Comment juger cet acte? La France, elle, n'a rien à dire. Le monde qui nous regarde jugera... »
Reynaud envoie un télégramme au président Roosevelt: « L'ennemi est aujourd'hui presque aux portes de Paris. Nous lutterons en avant de Paris, nous lutterons en arrière de Paris, nous nous enfermerons dans une de nos provinces et, si nous en sommes chassés, nous irons en Afrique du Nord [...]. Je vous conjure de déclarer publiquement que les États-Unis accordent aux Alliés leur appui moral et matériel par tous les moyens, sauf l'envoi d'un corps expéditionnaire. Je vous conjure de le faire tant qu'il n'est pas trop tard. »
Le gouvernement quitte Paris pour Cangey, près d'Amboise (Indre-et-Loire).

11 juin
Reims est occupée par les Allemands.
À Briare, la réunion du Conseil suprême interallié révèle la fracture entre Britanniques (Churchill, Eden, généraux Dill, Ismay et Spears) et Français (Reynaud, Weygand, Pétain, général Georges) qui ne se font plus mutuellement confiance.
Devant l'avancée des troupes allemandes, 6 à 8 millions de Français se jettent sur les routes, tentant de fuir. Leur exode ajoute à la confusion et à la désorganisation des troupes. Ce gigantesque

déplacement de populations conjugue les terreurs du passé (l'occupation du Nord pendant la Grande Guerre) à la peur des bombes. C'est une débâcle sociale parallèle à l'effondrement militaire. Les Allemands, qui ont la maîtrise du ciel, exploitent ce drame en mitraillant les colonnes de civils.

12 juin

La campagne de France est perdue. Le Conseil des ministres se réunit à Cangey. Weygand, soutenu par Pétain, propose l'armistice. Georges Mandel et Louis Marin se prononcent pour la résistance à outrance. Finalement le Conseil rejette la proposition d'armistice. Un ordre de retraite générale est donné aux armées françaises par Weygand.

13 juin

Voyage de Churchill en France. Le Conseil suprême franco-britannique se réunit à Tours. Le gouvernement décide de se rendre à Bordeaux. Paris est déclarée « ville ouverte ».

Dans le nord de la France, les habitants montrent leur anglophilie en enterrant les corps des soldats anglais malgré l'interdiction allemande.

14 juin

Entrée des troupes allemandes dans Paris. La veille, Jacques Duclos qui dirige les réseaux du PCF, a regagné Paris dans une voiture de l'ambassade soviétique, en traversant les lignes allemandes.

De violents combats opposent les unités françaises aux unités allemandes dans la zone de Verdun, Vitry-le-François, Saint-Dizier: on dénombre 700 Français tués en un seul jour. La ligne Maginot résiste avec succès aux assauts allemands.

À minuit, l'URSS envoie un ultimatum à la Lituanie, l'Estonie et la Lettonie, leur enjoignant de former des gouvernements « décidés à assurer l'exécution convenable » des traités imposés en septembre 1939. L'armée rouge envahit les trois pays.

15 juin

Le gouvernement s'installe à Bordeaux.

Reynaud propose au général Weygand, avant la réunion du Conseil des ministres, de prendre la responsabilité de demander le « cessez-le-feu » tandis que le gouvernement gagnera l'Afrique du Nord pour continuer le combat. Weygand refuse à la fois la responsabilité du cessez-le-feu et le départ du gouvernement.

À 16 h, au Conseil des ministres, Reynaud accepte une proposition du vice-président du Conseil Chautemps – « demander au Reich les conditions qu'il mettrait à la cessation des hostilités » et en informer l'Angleterre. D'après les *Mémoires* de Reynaud, Chautemps agit alors en accord avec Pétain.

16 juin

Au cours du Conseil, le maréchal Pétain insiste sur la nécessité de demander l'armistice et donne lecture de sa lettre de démission pour appuyer sa démarche.

À 17 h, le Conseil des ministres repousse le projet d'union franco-britannique proposé par les Anglais. Churchill accepte la proposition Chautemps à condition que la flotte française gagne les eaux britanniques.

À 20 h, Reynaud, qui refuse l'armistice, démissionne. Le maréchal Pétain est appelé par Lebrun aux fonctions de président du Conseil. Dans le nouveau gouvernement, constitué à 22 h, les ministres favorables à la fermeté (Mandel, Marin, Queuille, Delbos) ne sont pas reconduits: Chautemps (vice-président du Conseil), Frémicourt (Justice), Weygand (Défense nationale), général Colson (Guerre), amiral Darlan (Marine), général Pujo (Air), Baudouin (Affaires étrangères), Pomaret (Intérieur), Bouthillier (Finances et Commerce), Rivière (Colonies), Frossard (Travaux publics), Chichery (Agriculture), Février (Travail), Rivaud (Éducation nationale), Ybarnegaray (Anciens Combattants et Famille).

Dans la nuit du 16 au 17, Paul Baudouin, ministre des Affaires étrangères, répond au cabinet de Londres que l'Angleterre sera tenue informée de la réponse allemande à la demande d'armistice et que les conditions lui en seront communiquées; il ajoute: « La flotte française en aucun cas ne sera livrée à l'Allemagne. »

À minuit, le gouvernement demande l'armistice.

17 juin

Occupation de Metz, Dijon, Besançon, Le Creusot et Orléans par la Wehrmacht.

À 12 h 30, Pétain parle à la radio: « C'est le cœur serré que je vous dis, aujourd'hui, qu'il faut cesser le combat. Je me suis adressé cette nuit à l'adversaire pour lui demander s'il est prêt à rechercher avec nous, entre soldats, après la lutte dans l'honneur, les moyens de mettre un terme aux hostilités... ».

Le discours du Maréchal a pour conséquence de paralyser beaucoup de tentatives de résistance alors que l'armistice n'est pas encore signé. Il incite les soldats à se laisser faire prisonniers.

Raphaël Alibert, maître des requêtes et sous-secrétaire d'État à la présidence du Conseil, fait arrêter Georges Mandel pour détournements de fonds publics. Mandel confond son accusateur et, libéré, obtient une lettre d'excuses du maréchal Pétain.

À Brive, le militant démocrate-chrétien Edmond Michelet distribue des tracts protestant contre la demande d'armistice. À Chartres, le préfet Jean Moulin, que les Allemands voulaient contraindre à signer un texte infamant contre les troupes coloniales, tente de se suicider.
L'ambassadeur de France à Belgrade, Brugère, adresse un télégramme au gouvernement: « [...] Ma résolution est prise: je refuse de servir un gouvernement, fût-il présidé par le vainqueur de Verdun, qui signerait la capitulation de la France. »

18 juin
Occupation de Colmar, Cherbourg, Caen, Le Mans, Nevers par la Wehrmacht.
Tandis que Hitler visite Paris, le nouveau ministre de l'Intérieur Charles Pomaret ordonne que toutes les villes de plus de 20000 habitants soient déclarées villes ouvertes. En conséquence les ponts restent intacts – facilité inespérée offerte aux avant-gardes allemandes.
Après sa nomination au gouvernement le 5 juin comme sous-secrétaire d'État à la Guerre, le général de Gaulle a rencontré Churchill à Londres le 9 juin pour le convaincre d'envoyer des troupes en France. Revenu en France le 10, il participe le 11 au Conseil suprême franco-britannique de Briare, prônant la poursuite de la lutte en Bretagne et en Afrique du Nord. Replié à Bordeaux avec le gouvernement, il est envoyé à nouveau à Londres par Paul Reynaud. Le 16 juin, il plaide pour le projet d'union franco-britannique proposé par Jean Monnet, le président du comité de coordination franco-britannique de Londres. Rentré dans la soirée à Bordeaux, de Gaulle apprend la démission du gouvernement. Il part pour Londres le 17 juin. Le 18 juin, peu avant 18 h (17 h, heure française), il lance son premier appel à la BBC.

L'appel du 18 juin

« Les chefs qui, depuis de nombreuses années, sont à la tête des forces armées françaises ont formé un gouvernement. Ce gouvernement, alléguant la défaite de nos armées, s'est mis en rapport avec l'ennemi pour cesser le combat. Certes, nous avons été, nous sommes submergés par la force mécanique, terrestre et aérienne, de l'ennemi. Infiniment plus que leur nombre, ce sont les chars, les avions, la tactique des Allemands qui nous font reculer. Ce sont les chars, les avions, la tactique des Allemands qui ont surpris nos chefs au point de les amener là où ils en sont aujourd'hui. Mais le dernier mot est-il dit? L'espérance doit-elle disparaître? La défaite est-elle définitive? Non! Croyez-moi, moi qui vous parle en connaissance de cause et vous dis que rien n'est perdu pour la France. Les mêmes moyens qui nous ont vaincus peuvent faire venir un jour la victoire. Car la France n'est pas seule! Elle n'est pas seule! Elle n'est pas seule! Elle a un vaste Empire derrière elle. Elle peut faire bloc avec l'Empire britannique qui tient la mer et continue la lutte. Elle peut, comme l'Angleterre, utiliser sans limites l'immense industrie des États-Unis. Cette guerre n'est pas limitée au territoire malheureux de notre pays. Cette guerre n'est pas tranchée par la bataille de France. Cette guerre est une guerre mondiale. Toutes les fautes, tous les retards, toutes les souffrances n'empêchent pas qu'il y ait, dans l'univers, tous les moyens nécessaires pour écraser un jour nos ennemis. Foudroyés aujourd'hui par la force mécanique, nous pourrons vaincre dans l'avenir par une force mécanique supérieure. Le destin du monde est là. Moi, général de Gaulle, actuellement à Londres, j'invite les officiers et les soldats français qui se trouvent en territoire britannique ou qui viendraient à s'y trouver, avec leurs armes ou sans leurs armes, j'invite les ingénieurs et les ouvriers spécialistes des industries d'armement qui se trouvent en territoire britannique ou qui viendraient à s'y trouver, à se mettre en rapport avec moi. Quoi qu'il arrive, la flamme de la résistance française ne doit pas s'éteindre et ne s'éteindra pas... »
Le texte le plus couramment connu comme appel du 18 juin est en réalité celui d'une affiche imprimée et placardée sur les murs en Angleterre, affiche qui fut reproduite dans le premier numéro du Bulletin officiel des Forces françaises libres, *daté du 15 août 1940.*
« À tous les Français! La France a perdu une bataille! Mais elle n'a pas perdu la guerre! Des gouvernants de rencontre ont pu capituler, cédant à la panique, oubliant l'honneur, livrant le pays à la servitude. Cependant rien n'est perdu! Rien n'est perdu, parce que cette guerre est une guerre mondiale. Dans l'univers libre, des forces immenses n'ont pas encore donné. Un jour ces forces écraseront l'ennemi. Il faut que la France, ce jour-là, soit présente à la victoire. Alors, elle retrouvera sa liberté et sa grandeur. Tel est mon but, mon seul but! Voilà pourquoi je convie tous les Français, où qu'ils se trouvent, à s'unir à moi dans l'action, dans le sacrifice et l'espérance. Notre patrie est en péril de mort. Luttons tous pour la sauver! Vive la France! »

L'agence Havas de Londres transmet le texte de l'appel en Amérique du Sud et au Moyen-Orient. Le lendemain, plusieurs journaux français le reproduisent: c'est le cas de *Marseille-Matin* et du *Petit Marseillais* en page 3, du *Petit Provençal* en première page; pour sa part, *Le Progrès de Lyon* donne un résumé. Par hasard, un certain nombre de personnalités entendent l'appel à la radio: Pierre Mendès France, André Philip, Daniel-Rops, mais aussi des soldats français en Égypte ou en Afrique. Le secrétaire d'État à la présidence du Conseil Raphaël Alibert rédige une note rappelant que le général de Gaulle « n'a aucune qualité pour faire des communications au public » et qu'il est rappelé de Londres pour se tenir aux ordres de ses chefs.

De Gaulle

Une esquisse biographique de celui qui fut, selon l'heureuse formule de Jean Lacouture, « le Français capital du XXe siècle » s'avère une entreprise risquée. Deux chausse-trapes menacent la tentative: d'abord écrire sous l'empire de la passion que suscita la figure adorée ou détestée du Général durant ses années de pouvoir; ensuite projeter rétrospectivement la destinée de l'homme sur ses années de formation et voir à toute force percer avant l'heure le général de 1940 et le président de 1958 sous le lieutenant de 1914.

Le premier péril pourra être vaincu avec l'aide d'un moment chronologique, qui nous situe à une génération de la mort de De Gaulle: ni purgatoire, ni « gaullomanie » ne semblent caractériser le tournant du siècle vis-à-vis du Général, mais peut-être une manière de sérénité historique. Le deuxième danger est plus difficile à combattre car quelques faits nourrissent la tentation de tracer une trajectoire quasi messianique: en 1905, le jeune Charles, collégien chez les jésuites, ne s'était-il pas dépeint, avec une crâne prémonition, comme un futur « général de Gaulle » guerroyant en Lorraine contre les Allemands lors d'une fictive guerre de 1930? Plus sérieusement, le précoce croisement des routes du jeune officier et de Philippe Pétain, qui commandait le 33e RI d'Arras en 1912, leur compagnonnage conflictuel au sein de la hiérarchie militaire dans les années 20 et 30, offrent de tentants et faciles raccourcis pour expliquer l'affrontement de 1940-1944 entre les deux hommes. Nous savons et eux ne savaient pas; il nous faut donc abandonner les privilèges conférés par le temps et laisser se construire un destin avec sa part de hasard et de nécessité.

Troisième d'une famille de cinq enfants, Charles de Gaulle voit le jour à Lille le 22 novembre 1890. Son père Henri, polytechnicien, est professeur de littérature. Même si les signes de la modernité technique sont alors déjà perceptibles, c'est bien un enfant du XIXe siècle qui naît et il lui faudra attendre d'être un homme pour sentir le passage de relais d'une époque à une autre dans le fracas de la Grande Guerre. L'attention portée par de Gaulle sa vie durant aux mutations techniques du XXe siècle – la mécanisation des armées, l'atome, la télévision –, sa capacité d'en être non seulement le témoin mais aussi l'utilisateur actif, n'en sont que plus remarquables.

Les convictions de la famille de Gaulle s'ancrent dans une droite conservatrice et catholique mais sans extrémisme: l'affaire Dreyfus ne la mobilise pas contre le régime et si les convictions religieuses sont assez fortes pour scolariser le jeune Charles en Belgique dans un collège du Sacré-Cœur évincé du territoire après les lois de séparation de 1905, la vocation du jeune homme de servir dans l'armée ne rencontre pas d'opposition dans une famille républicaine. Il arrivera au général de Gaulle de manifester des égards vis-à-vis des prétendants au trône de France, mais ces scories pèsent peu face à son attachement sans faille aux principes républicains et à son absence de compromission avec l'idéologie fasciste, qu'il connut dans sa phase de séduction. Son amour de la vie militaire, sa conviction de la supériorité de ses conceptions stratégiques et les déconvenues rencontrées auraient pu le pousser vers un système politique plus technocratique et autoritaire: il ne succomba point à ces tentations.

Le cursus militaire de l'École de Saint-Cyr, où sa prestance et son caractère le font surnommer le « connétable » sans compter les sobriquets liés à une taille inusitée pour l'époque, l'amène au grade de lieutenant, avec lequel il entame la guerre. En 1916, quand, blessé et inconscient, il tombe aux mains de l'ennemi devant Douaumont, il est capitaine, blessé déjà trois fois et décoré de la croix de guerre. Il reste prisonnier en Allemagne jusqu'à l'armistice, transféré de forteresse en forteresse au fil de ses tentatives d'évasion toujours infructueuses; il mettra ses loisirs forcés à profit pour l'étude et la réflexion, qu'il couple avec une activité de conférencier auprès des autres détenus. Accessoirement, ce séjour prolongé en Allemagne parfait la connaissance qu'il a de ce pays qu'il combattra de toutes ses forces mais sans jamais le haïr. La fin de cette guerre a pour lui un goût de frustration, puisqu'il n'a pas pu donner toute sa mesure, quand tant de ses pairs pouvaient exhiber des états de service autrement plus glorieux; rentré en France en décembre 1918, il reprend immé-

diatement le cours de sa carrière interrompue dans ce qui est pour quelques années la première armée du monde.

Un capitaine identique à beaucoup d'autres en 1919 se retrouve colonel vingt ans plus tard; cette montée assez ordinaire des échelons hiérarchiques est paradoxalement le parcours qui distingue peu à peu de Gaulle et qui révèle ses dons exceptionnels.

En avril 1919, il part pour la Pologne, dont la neuve indépendance protégée par la France est rapidement menacée par les offensives des armées bolcheviques : officier instructeur rattaché à l'état-major opérationnel, il contribue à la victoire du jeune État qui repousse ainsi ses frontières à l'Est en 1920. Une affectation à Mayence en Rhénanie occupée en 1925, un commandement au bataillon de chasseurs de Trèves en 1927-1929 suivi d'une mission auprès de l'état-major des troupes françaises du Levant à Beyrouth : par ces postes extérieurs, de Gaulle acquiert ainsi une vision plus géopolitique de son métier, qui peut expliquer son précoce refus des conceptions militaires défensives fondées sur le seul territoire national.

Le deuxième axe de sa carrière est son effort constant pour briguer des postes dans l'enseignement militaire et participer à la réflexion sur les questions de défense et d'armement. Distingué par le maréchal Pétain, qui rassemblait autour de lui des « officiers de plume » chargés de mettre en forme la pensée militaire du héros de Verdun, de Gaulle manifeste des talents de communication qui ne lui feront jamais défaut jusqu'au soir de sa vie : à Saint-Cyr ou à l'École de guerre, où il rêve d'enseigner, ses conférences sont des événements oratoires qu'il sait rendre durables par leur publication dans diverses revues militaires ; puis viennent les livres : La Discorde chez l'ennemi *en 1924,* Histoire des troupes du Levant *en 1931. Si Pétain avait cru pouvoir compter sur un « nègre » à la plume agile mais à la pensée incolore, il se sera lourdement trompé.*

Dans cette décennie des années 20, de Gaulle affectionne et collectionne les situations décalées, c'est-à-dire celles où il enseigne à des collègues plus gradés que lui le fruit d'une réflexion personnelle acquise dans la fréquentation des lieux où se pense l'armée. Ce côté « donneur de leçons » a dû paraître d'autant plus insupportable à beaucoup que de Gaulle était incontestablement talentueux et en était persuadé. D'où une relative modestie de sa propre ascension hiérarchique, ponctuée de multiples éclats dont les effets seront un temps adoucis par la protection de Pétain.

Ce sont les années 30 qui sortent le commandant de Gaulle d'un relatif anonymat en dehors des cercles militaires. Rentré du Liban en 1931, il est nommé au secrétariat général de la Défense nationale et publie Au fil de l'épée *en 1932 qui résume sa pensée militaire, puis* Vers l'armée de métier *en mai 1934 : l'ouvrage est autant un manifeste de stratégie qu'un tournant dans la stratégie personnelle de De Gaulle. En effet, en se faisant le défenseur d'une professionnalisation partielle de l'armée et en prônant la création d'un corps blindé capable de rénover la guerre de mouvement, l'auteur heurte doublement les dogmes militaires de l'heure : il prend ses distances par rapport à la conscription et à la primauté de l'infanterie et condamne le choix de la défense statique du territoire, symbolisée par la ligne Maginot ; manquant donc d'appui parmi ses pairs, il est amené à trouver des soutiens dans la classe politique. Qu'il mobilise des civils contre une idée consensuelle au sein de la haute hiérarchie militaire, voilà qui le marginalise durablement : les efforts de ceux qui ont épousé les idées techniciennes de De Gaulle – Paul Reynaud, Léo Lagrange ou Marcel Déat – se briseront à la fois contre le béton déjà coulé des forts Maginot et l'immobilisme de l'état-major. Le colonel de Gaulle qui rejoint le 507e régiment de chars de Metz en 1938 – il y est surnommé le « colonel Motors » – se trouve donc dans une impasse : bien identifié à l'homme de la manie des blindés, on ne lui donne pas les moyens qui lui permettraient de prouver la véracité de ses conceptions. De plus, une confuse querelle de paternité littéraire avec, entre autres, le Maréchal pour son livre* La France et son armée *le brouille définitivement avec Pétain. C'est un homme isolé qui reçoit en septembre 1939 un commandement d'un ensemble improvisé de chars dans le cadre de la Ve armée et qui voit les nazis appliquer ses théories en Pologne où il servit jadis. Mais sa ténacité ne le dissuade pas de jouer les Cassandre avec son mémorandum intitulé* L'Avènement de la force mécanique *envoyé à une mince élite politique et militaire en janvier 1940.*

Trop tard : c'est ce qu'inspirent les événements de mai-juin 1940 ; que peuvent les prouesses des blindés de De Gaulle dans l'Aisne et dans la Somme face au déferlement mécanique des divisions de Panzers de Guderian ? Que peut l'entrée tardive du général de brigade – à titre temporaire – de Gaulle dans un cabinet Reynaud dont Pétain est le vice-président ? Car il ne s'agit pas de discuter de blindés mais de l'essentiel : résister ou capituler. De Gaulle, soutenu énergiquement par Paul Reynaud, est chargé d'organiser un « réduit breton » ou d'envisager le transfert des ultimes troupes vers l'Afrique du Nord : dans les deux cas, ces plans improvisés n'ont de sens qu'avec l'appui du Royaume-Uni ; d'où l'étonnant projet d'union franco-britannique de Jean Monnet qui propose à de Gaulle, dans l'urgence, ce que le reste du siècle n'arrivera pas à réaliser… La construction européenne aura trouvé dans le drame une de ses prémonitions. Mais pendant cette semaine où s'écroule la France, les intrigues de ceux qui voient dans la défaite « une divine surprise » politique enterrent la volonté de continuer la lutte et bientôt la République. Président du Conseil le 16 juin 1940, Pétain demande l'armistice ; de Gaulle s'envole pour l'Angleterre.

Le 18 juin et l'appel lancé sur les ondes de la BBC sont un mythe ; la réalité du fait succombe sous le symbole, dont le récit structure l'imaginaire national depuis soixante ans. L'audience immédiate très limitée des belles phrases cadencées ne doit pas dissimuler deux originalités : la première est la prescience instinctive de De Gaulle du rôle du média radiodiffusé comme arme de guerre dans le conflit qui s'ouvre ; la deuxième originalité serait l'extraordinaire pari que fait le gouvernement anglais sur ce général inconnu deux semaines auparavant et totalement dépourvu de moyens. Cette faiblesse est probablement la clé de l'audace anglaise : si l'entreprise aussi glorieuse que vague que lance de Gaulle depuis Londres échoue ou n'aboutit qu'à la formation d'un corps de volontaires français au service de la lutte anglaise, le pays hôte n'en souffrira guère ; si la France libre devient une réalité de poids, elle n'en dépendra pas moins entièrement du bon vouloir financier et matériel de sa protectrice. La solidarité combattante n'exclut pas les calculs…

Mais c'est compter sans la capacité gaullienne à transformer un rapport de force des plus défavorables par sa seule conviction ; voilà un homme seul, sans ressources, dépourvu du moindre mandat légal et rapidement proscrit par son pays qui n'hésite pas à parler haut, à revendiquer et qui s'impose littéralement à Churchill, en décalage complet par rapport à ce qu'il représente réellement : dès le 28 juin, il est reconnu chef de tous les Français libres. Pour conflictuel qu'il soit – la tragédie de Mers el-Kébir, les affaires de Syrie et de Madagascar le montreront –, le lien franco-anglais ne se démentira jamais. Avec le recul, l'avantage retiré par de Gaulle est aveuglant, alors qu'il n'est pas évident que l'accueil du Général ait changé le cours de la guerre pour les Anglais. Cette constatation ne fera pas pour autant de De Gaulle un anglophile et sa constante hostilité vingt ans plus tard à l'entrée du Royaume-Uni dans la Communauté européenne n'en apparaît que plus troublante.

Chef de la France libre, donc. Mais tout est à faire. Le combat du Général est d'abord celui d'une triple reconnaissance : celle de l'Empire colonial, cette « France extérieure » que la défaite de sa métropole a laissée intacte est dans l'expectative ; puis celle de la résistance intérieure française importante à partir de l'automne 1941 ; puis celle des Alliés américains et soviétiques à partir de 1942 quand se mondialise réellement la guerre. À chaque fois, cette reconnaissance toujours difficile passe par une conquête nécessitant patience et tactique. La logique de la proximité du danger aboutit à ce que les possessions les plus proches de la France (Afrique du Nord, voire AOF) fassent la sourde oreille ou refusent de rallier la France libre, tandis que les terres les plus lointaines de l'AEF ou du Pacifique rejoignent la France libre. Les rapports entre les Alliés et de Gaulle présentent la même analogie. Contre toute attente, la reconnaissance de l'autorité du Général par l'URSS stalinienne, pourtant aux antipodes de l'univers mental gaullien, ne pose pas de problème, alors que les rapports de De Gaulle avec des États-Unis intellectuellement plus proches seront une longue suite de malentendus. C'est que Roosevelt juge d'emblée de Gaulle pour ce qu'il est dans les faits : une figure parmi d'autres exilés dont rien ne justifie les exigences, dès lors qu'on mène la guerre contre son ennemi. D'où le refus américain d'un traitement privilégié dans la conduite des opérations : de Gaulle ne sera pas informé du débarquement anglo-américain en Afrique du Nord et il devra affronter la concurrence du général Giraud poussé par Washington pour l'évincer.

Avec la Résistance, les relations se révèlent tout aussi délicates et complexes : en tant que militaire de carrière, de Gaulle n'envisage pas au départ la lutte contre l'occupant sous l'aspect de la guérilla et du terrorisme, ni que des réseaux naîtraient à l'initiative d'un PCF très kominternien. Réciproquement, la résistance intérieure voit très vite en de Gaulle un porte-drapeau bienvenu et un intermédiaire précieux auprès des Alliés mais les logiques militaires de « l'armée des ombres » diffèrent totalement de celles des Forces françaises libres ; il faudra bien des médiations (celle de Christian Pineau notamment) et surtout les talents exceptionnels de Jean Moulin pour que les points de vue se rapprochent et qu'une coordination confiante s'organise.

Un des atouts du Général dans cette lutte pour sa légitimité réside dans l'organisation – précoce au point de paraître prématurée – de la République en exil appelée à rendre nul et non avenu le régime de Vichy. De la déclaration de Brazzaville en novembre 1940 affirmant l'inconstitutionnalité du gouvernement de Vichy à la création du Comité national français en septembre 1941, de la formation du Comité français de libération nationale à Alger en juin 1943 à la proclamation du Gouvernement provisoire de la République française un an plus tard, la démarche, constante, vise à ne pas laisser l'Allié anglo-américain s'engouffrer dans un vide juridique qu'aurait suscité l'attente de la libération du territoire national. C'est ainsi que de Gaulle put contrecarrer le projet AMGOT (gouvernement militaire américain des territoires occupés) visant à placer la France après le débarquement sous commandement militaire interallié. C'est un général bien « politique » (à la différence du pâle Giraud) qui aborde la phase finale de la guerre et l'on peut douter désormais que le retour aux casernes de la France libérée représente son objectif final.

Une première incursion dans le feu de la bataille de Normandie le 14 juin 1944 à Courseulles et Bayeux, puis l'arrivée triomphale dans Paris libéré le 25 août ont valeur de plébiscite pour l'homme du 18 juin. La légitimité historique balaie tous les doutes, tous les scrupules quant à cette légalité autoproclamée et évidemment jamais ratifiée par le moindre suffrage. On connaît l'ampleur des tâches qui s'imposent aux nouvelles autorités françaises : achever la libération du territoire, le reconstruire, restaurer des institutions démocratiques, châtier les traîtres, poursuivre la guerre au côté des Alliés, restaurer le rang international de la France et ce, dans des conditions de dénuement qui renforcent la dépendance à l'égard des États-Unis. Dans cet immense et multiple défi, l'équation personnelle du général de Gaulle est complexe parce que contradictoire : il est immensément populaire mais c'est un inconnu qui, après avoir été une voix, est enfin un visage. C'est un chef d'État de fait dont l'expérience politique n'a suivi que les règles qu'il se donnait. C'est enfin un exilé qui a vécu la guerre dans le consensus de la lutte alliée et qui découvre une France dont les souffrances sont grandes et dont les déchirements intérieurs sont tels qu'ils vont être durablement indicibles.

Les habits neufs de chef d'État siéent visiblement au général de Gaulle : les membres du nouveau GPRF, élargi aux représentants de la résistance intérieure mais aussi à des personnalités de la IIIe *République, découvrent un homme qui a l'air de n'avoir jamais fait autre chose de sa vie que diriger l'État. De fait, de Gaulle assume sans états d'âme les prérogatives de la charge octroyée par la légitimité historique à défaut d'élection : il exerce le droit de grâce (ou d'exécution) lors des procès de l'épuration.*

Les premières grandes orientations découlent des obsessions premières de l'homme de Londres : rétablir non pas l'État républicain qui, pour de Gaulle et par lui-même, n'a jamais cessé d'exister, mais ses marques de puissance. Ainsi, le militaire de carrière tranche-t-il rapidement dans le vif la question du sort des unités combattantes de la Résistance en n'admettant que la solution de l'amalgame dans l'armée française reconstituée ; non sans préconiser le retour à la vie civile des « colonels » FTP, pour qui la clandestinité ou le maquis avaient tenu lieu de Saint-Cyr. Même souci sur le front diplomatique pour rétablir le rang de la France : on sait l'échec humiliant de l'absence de De Gaulle à Yalta en février 1945 et la compensation obtenue d'un siège permanent au Conseil de sécurité de l'ONU avec le privilège du droit de veto des cinq Grands. Comme ce privilège ne tient pas tant à la puissance réelle de la France qu'aux responsabilités intercontinentales qu'elle exerce via l'Empire, il convient de rétablir l'autorité de la métropole dans l'ensemble des colonies. Le non-dit qui entoure en France la répression des troubles de Sétif (Algérie) le 8 mai 1945 qui causa, dit-on, au moins 15 000 morts, préserve la mémoire de De Gaulle du discrédit d'une attitude aussi impitoyable qu'aveugle. Sur le plan intérieur, le rétablissement de l'autorité républicaine supposait l'établissement rapide d'un modus vivendi *avec la résistance d'obédience communiste. Même si la tentation de la prise de pouvoir par les armes a dû hanter les dirigeants d'un PCF à son apogée, l'examen des réalités – la présence des divisions américaines sur le sol français – et la volonté de Thorez obéissant au schéma de Yalta ont conduit les communistes français à opter pour la légalité. Du coup, ils peuvent briguer une participation aux nouvelles instances gouvernementales, créant une situation étonnante pour de Gaulle qui se retrouve à la tête d'un gouvernement plus à gauche que celui du Front populaire et sur lequel l'influence communiste s'exerce de tout son poids. C'est peu dire que la culture militaire et catholique de droite de De Gaulle ne l'avait guère préparé à cette cohabitation avec un parti que la lutte armée avait fait revenir aux réflexes de ses débuts.*

Mais Thorez partage paradoxalement avec de Gaulle une expérience commune : avoir vécu hors de France les années de guerre (avec des statuts non comparables) et se trouver en décalage avec les réalités nées de l'Occupation et de la Résistance ; en 1945, le secrétaire général préfère assurément les gains partiels mais sûrs de quelques ministères communistes aux hypothétiques succès d'un mouvement populaire conduit par les chefs FTP glorieux mais politiquement naïfs. Du coup, devient possible à court terme un compromis entre de Gaulle et Thorez aboutissant à une participation communiste au gouvernement qui va mettre en chantier sans délai les principales mesures du programme du Conseil national de la Résistance. Le modus vivendi est avantageux pour de Gaulle ; ainsi, il peut présider à une action réformatrice – la Sécurité sociale, les nationalisations – qui modifie durablement le paysage économique et social de la France ; mais il est évident que l'accord sur un dirigisme étatique ne peut aller très loin entre communistes et gaullistes. De même, le jeu des partis qui renaissent à la Libération conduit à multiplier des négociations peu au goût du Général ; non que de Gaulle soit dépourvu de talents manœuvriers : dès 1943 à Alger, il avait prouvé ses aptitudes à doser une équipe, à faire des choix subtils parfaitement politiciens. Mais les compromis qu'il avait passés avec ses propres convictions étaient liés à une période exceptionnelle – la guerre – forcément limitée dans le temps par la victoire future. La paix s'inscrivant dans la durée, les habitudes avec lesquelles renouent la classe politique et l'électorat consulté par référendum ont de fortes chances de devenir des données permanentes du nouveau régime. Persuadé que les projets constitutionnels qui s'ébauchent ne peuvent que conduire la France dans l'impasse et refusant viscéralement une dépendance vis-à-vis des partis peuplant les Assemblées présentes et futures, de Gaulle démissionne abruptement le 20 janvier 1946. Contrairement au ton bonasse de sa lettre adressée au président de l'Assemblée nationale, de Gaulle juge en fait la situation grave et pense être rappelé sous huit jours et pouvoir imposer ses conditions politiques. Il n'en est rien et les douze ans de « traversée du désert » qui suivent sont une défaite du jugement politique du Général.

En effet, de Gaulle commet trois erreurs.

La première est de croire que sa condamnation du parlementarisme partisan est universellement partagée, alors que ce dernier continue à apparaître comme un antidote aux dérives autoritaires d'hier qui avaient saigné à blanc l'Europe et aux menaces présentes du stalinisme totalitaire.

La deuxième fut de ne pas comprendre que si le présidentialisme qu'il prône est admissible, il le devient nettement moins dans sa conséquence immédiate imposée : son retour au pouvoir. Une doctrine politique estimable risque alors de n'exister que pour faire le lit d'un bonapartisme moderne. La légitimité conférée par le rôle historique qu'il vient de jouer l'empêche précisément de la cumuler avec la légalité de pouvoirs constitutionnels renforcés. Eût-il été un homme politique plus ordinaire, le problème se serait posé en des termes différents. Mais il est de Gaulle, héros aussi incontesté que récent, ce qui dans ce cas précis s'avère un handicap. Un précédent assez proche aurait dû le mettre en garde : l'échec sans appel de Clemenceau – le Père la Victoire – à la présidentielle de 1920, devant les Chambres qui lui préférèrent le pâle Paul Deschanel : et pourtant, l'Élysée de la IIIe République ne pouvait guère passer pour l'antichambre de la dictature…

La troisième erreur consiste à imaginer que la création du RPF (Rassemblement du peuple français) permettrait au Général de renverser la situation en incarnant, sinon une France libre bis, du moins l'élan du pays supposé réel contre le pays légal. De Gaulle chef de parti : le paradoxe est de taille, quand on se souvient de la piètre estime dans laquelle il tenait les formations politiques. Il a beau créer un « rassemblement » et non un parti, organiser avec le concours d'André Malraux de grandes messes populaires pleines de ferveur patriotique, il ne peut éviter deux irrésistibles attractions : d'une part l'électoralisme qui conduit le RPF à se couler dans un cadre politique qu'il est censé récuser totalement ; d'autre part l'anticommunisme ambiant des sociétés de la guerre froide qui ancre le nouveau mouvement dans une droite trop heureuse de se refaire une virginité politique. Les succès initiaux du RPF sont remarquables mais insuffisants pour renverser le régime, à moins de tenter quelque coup de force qui conforterait alors ceux qui estimaient que le général de Gaulle finirait dans la peau d'un factieux. Faute d'une issue politique, le RPF se banalise dans l'opposition et dans des méthodes musclées qui le discréditent. Fin 1952, le mouvement gaulliste est invité à participer à la majorité qui soutiendra le gouvernement Pinay : il se divise sur la tactique à suivre, amenant de Gaulle à conclure à son échec et à le mettre en sommeil.

Désert dans le désert de la traversée, les années 1953-1957 ont dû sembler éprouvantes pour l'exilé de Colombey redoutant la destinée de Moïse qui conduisit pendant quarante ans le peuple jusqu'au seuil de la Terre promise mais qui n'y pénétra pas. Certes, il met à profit ses loisirs pour rédiger des Mémoires de guerre *qui ajoutent la palme littéraire à sa gloire; ses voyages lui permettent de tâter le pouls du monde; mais il est peu probable que ces années de retraite aient étanché sa soif d'activité.*

Dans ces années moroses, 1954 prend un relief particulier: la crise provoquée par la défaite en Indochine à Diên Biên Phu propulse au pouvoir celui qui semblait voué au rôle de Cassandre de la IVe République: Pierre Mendès France, ancien ministre des Finances du Gouvernement provisoire, que de Gaulle sacrifia à Pleven, tout en lui conservant son estime. Pourquoi Mendès France et non de Gaulle? Du reste, Mendès France, le jour de son investiture – le 18 juin 1954 – envoie au Général un message lui rendant hommage. Refusant la filiation d'un 18 juin à l'autre, le général de Gaulle répond indirectement et sèchement que « le présent régime ne saurait produire qu'illusions et velléités ». Voire... car PMF montre que de mauvaises institutions donnent des résultats, dès lors qu'une ardente volonté politique les habite. Le doute, s'il saisit jamais le Général, se dissipe au bout des sept mois et dix-sept jours du ministère Mendès France qui laisse derrière lui le germe appelé à infecter la IVe République: l'insurrection algérienne.

Le 13 mai 1958: enfin ou hélas? L'événement fondateur du deuxième gaullisme, celui qui permet le retour du Général pour une action enfin inscrite dans la durée et la puissance, est aussi son péché originel. Le régime qui allait devenir la Ve République est-il le fruit d'un putsch républicain racheté au fil des années par son bilan mais condamné à traîner la tache honteuse de ses origines?

Les faits. Le cancer algérien de ce qui, depuis l'été 1956, n'ose dire son nom: une guerre; la bataille d'Alger, ses ratissages et la torture généralisée; la guérilla dans les djebels et la tentation de poursuivre l'ennemi dans ses sanctuaires marocain ou tunisien; la sanglante bavure du bombardement de Sakhiet-Sidi-Youssef le 8 février et les représailles contre des soldats français prisonniers; la manifestation populaire du 13 mai 1958 au forum d'Alger qui aboutit à un assaut du gouvernement général mené avec le consentement des troupes présentes: un Comité de salut public s'improvise autour du général Massu pour exiger un gouvernement également de salut public, car depuis près d'un mois la France n'en finit pas de liquider la succession du gouvernement Gaillard. Pierre Pflimlin est investi mais déjà le nom de De Gaulle s'impose. Le 15 mai, l'intéressé se dit prêt à assumer les pouvoirs de la République; les exigences de l'un et les résistances des autres retardent le processus, avant que le président Coty ne dénoue la crise en « faisant appel au plus illustre des Français » le 29 mai.

Maintenant derrière ce récit convenu, l'invisible. Y a-t-il eu complot ourdi par le Général, lassé de ronger son frein, en attendant l'événement qui profiterait peut-être à un autre? Si le terme est exact, il doit être mis au pluriel, tant sont nombreuses les intrigues de ce printemps 1958: réseaux militaires, activisme d'extrême droite des pieds-noirs, militantisme dans des styles différents de ses compagnons: Michel Debré, le bouillant rédacteur du Courrier de la Colère, *Jacques Soustelle, animateur d'un lobby pro-Algérie française, Jacques Chaban-Delmas, stratégique ministre de la Défense avant le 13 mai... Ce sont là beaucoup trop d'initiatives pour qu'on puisse déceler la présence du Général derrière chacune; du reste était-ce bien nécessaire? Toute démarche de recours à un homme providentiel dans le contexte de la guerre d'Algérie ne menait-elle pas naturellement à lui, sans qu'il ait besoin de s'engager plus avant, ce qui avait l'avantage de lui laisser les mains libres?*

Les événements travaillent donc pour de Gaulle qui laisse faire depuis Colombey, un lieu peu propice, soit dit en passant, à l'organisation directe de complots transméditerranéens; il peut compter sur deux atouts: d'abord l'absence de rival, puisque le décolonisateur Pierre Mendès France est hors jeu; ensuite « l'inaptitude à vivre » (selon Jacques Fauvet du Monde*) de la IVe République, qui se suicide à la demande et offre au Général, via l'appel du président Coty, une issue plus glorieuse que l'accès au pouvoir par un « pronunciamiento » méditerranéen. Il est donc permis d'exempter de Gaulle des soupçons de putschisme. Mais cette opinion* a posteriori *est nourrie des multiples gages de respect de la démocratie parlementaire qu'a donnés de Gaulle jusqu'en 1969, ce qui n'était pas forcément évident en 1958.*

Le 2 juin 1958, de Gaulle est peut-être pour la première fois de sa vie dans une situation d'adéquation entre sa volonté et son époque; le stratège incompris des années 30, le résistant des années 40 possède désormais les moyens politiques et le soutien public nécessaires à la réalisation de ses ambitions. Désormais sa vie épouse étroitement l'histoire contemporaine de la France: durant la première période qui court jusqu'en 1962, l'impression de renaissance et de suractivité est telle qu'elle rend les années de Colombey inconcevables. La Constitution, la guerre d'Algérie, la lutte contre la guerre civile sont menées de front à un rythme qui relègue dans l'ombre l'action de la

IVe République, dont le bilan était pourtant loin d'être négatif. Les circonstances sont autant de prismes qui déforment positivement les traits de caractère du Général président : stature historique, sens du commandement des hommes, absence d'inhibition quant aux moyens à utiliser, capacité permanente à monter en première ligne pour illustrer la politique gouvernementale, maîtrise constante du verbe décliné par tous les médias de l'époque. Mais les succès remportés – le gaullisme apaisé d'après 1962 – sont à terme pernicieux, car ils renversent la perspective : l'homme appartient à l'Histoire en étant avec Tito le dernier des chefs d'État alliés européens au pouvoir : n'est-ce pas une façon élégante de signifier l'heure du retrait définitif, cette fois ? L'art de commander peut aussi conduire à confisquer le pouvoir aux mains d'équipes exclusivement responsables devant lui et dont les membres ne pourront exister politiquement qu'après lui. Le réalisme des moyens fait considérer comme nécessaires et subalternes des méthodes (contre le FLN et l'OAS), dont certains services de l'État auront du mal à se défaire : l'affaire Ben Barka en 1965, les dérives délinquantes du SAC (Service d'action civique) en sont le reflet honteux.

Le deuxième septennat, auquel il se représente à 75 ans, âge nettement supérieur à l'espérance de vie commune des Français, est comme la crête qui sépare le versant d'un gaullisme créatif d'un autre marqué par le souci de se conserver. Une fois franchie cette ligne, prévaut la vision d'un Général allant sur son erre et parachevant son entreprise d'indépendance nationale sur le plan militaire et diplomatique, mais sans évaluer le réel effet de cette politique à l'aune du poids économique et financier de la France. De même le gaullisme populaire qui ambitionnait hier d'être un travaillisme à la française se retrouve dans la peau de conservateurs bon teint, arc-boutés sur des privilèges archaïques et se refusant à tout dialogue social, au point d'engendrer la crise de Mai 68. C'est le paradoxe peu enviable de ce deuxième mandat présidentiel de faire si vite du gaullisme un immobilisme, après le bouillonnement des années précédentes. Le général de Gaulle perçoit la situation et offre dans ses deux dernières années une manière de retour aux sources de ses talents et de ses convictions : c'est le stratège du 30 mai 1968 qui, après un flottement prolongé de plusieurs semaines, retourne avec maestria une situation apparemment désespérée et offre ainsi un cadeau politique à une majorité qui ne saura guère être à la hauteur ; c'est l'homme démissionnaire après le référendum du 27 avril 1969 qui s'applique à lui-même les effets d'une conduite intransigeante qui lui était indissolublement liée

Les dix-huit mois qui lui restent à vivre s'inscrivent dans cette ascèse : retour à Colombey dans un silence total quant à la vie politique française aux mains de son ex-Premier ministre et poursuite de la rédaction des Mémoires d'espoir *que le décès du Général arrêtera à l'année 1962, comme si le temps interrompu formulait quelque verdict politique ; voyages en Irlande sur les traces des aïeux maternels et curieusement en Espagne où de Gaulle est reçu par Franco : sans doute le Général estimait que sa situation le déliait des préventions idéologiques. Le 9 novembre 1970, il est terrassé par une crise cardiaque ; de longue date, de Gaulle avait fait savoir qu'il refusait tous les honneurs. « La France est veuve », déclare le président Pompidou qui organise, en tenant partiellement compte de la volonté testamentaire du défunt, un solennel et international hommage dans la cathédrale Notre-Dame de Paris mais en l'absence de la dépouille du Général. Celui-ci est inhumé le 12 novembre à Colombey, dans la seule intimité qu'il avait choisie : sa famille, l'armée, les Compagnons de la Libération, les habitants de Colombey. La fin du général de Gaulle illustra une dernière fois la grandeur et la solitude qui avaient si souvent scandé sa vie.*

19 juin

Les Allemands occupent Nancy, Rennes, Vichy, Romans. À Saumur, les cadets de l'École de cavalerie livrent une résistance héroïque aux avant-gardes allemandes. Mais la Wehrmacht franchit la Loire en d'autres points.

Le gouvernement allemand répond à la demande d'armistice en posant ses exigences sur la date, le lieu, l'identité des plénipotentiaires et l'ouverture de négociations avec l'Italie.

La délégation française comprend : le général d'armée Huntziger, le contre-amiral Le Luc, le général Parisot, le général de l'Air Bergeret, l'ambassadeur Léon Noël.

Appel radiodiffusé du général de Gaulle : « Au nom de la France, je déclare formellement ce qui suit : tout Français qui porte encore des armes a le devoir absolu de continuer la résistance… »

Communistes et occupants

Suivant les instructions de Jacques Duclos, l'avocat communiste Robert Foissin prend contact avec les autorités d'occupation pour négocier la repa-

rution de L'Humanité. *Foissin, Jean Catelas et Maurice Tréand (responsable de l'appareil secret du PCF) rencontreront le 26 juin l'ambassadeur Otto Abetz. Les négociations durent jusqu'à la fin d'août ; entre-temps, Abetz fait libérer plus de 300 communistes emprisonnés par les gouvernements de la IIIe République, après la dissolution du PCF en septembre 1939. Le 4 juillet, la direction communiste accepte de reprendre la publication de* Ce Soir *à la place de* L'Humanité.

Le 6 juillet, les textes mis en page des deux journaux sont prêts mais les choses traînent en longueur, ce qui offre la possibilité à d'autres militants de manifester leur hostilité au projet. Le 5 août, le secrétariat du Komintern, après consultation de Staline, condamne les pourparlers avec l'occupant. Une Humanité *clandestine continue à paraître.*

20 juin

Occupation de Strasbourg, Brest, Tours, Montluçon, Thiers et Riom par la Wehrmacht.

Près de Rouen, Étienne Achavanne sabote les lignes de communication téléphonique de l'armée allemande. Arrêté, il est fusillé le 6 juillet pour ce qui constitue le premier acte de résistance concret.

À la radio, Pétain annonce : « J'ai demandé à nos adversaires de mettre fin aux hostilités [...]. J'ai pris cette décision, dure au cœur d'un soldat, parce que la situation militaire l'imposait. Nous tirerons la leçon des batailles perdues. Tous les peuples ont connu tour à tour des succès et des revers. C'est par la manière dont ils réagissent qu'ils se montrent faibles ou grands », puis il fustige les Français : « Le peuple français ne conteste pas ses échecs ; depuis la victoire [de 1918], l'esprit de jouissance l'a emporté sur l'esprit de sacrifice. On a revendiqué plus qu'on a servi. On a voulu épargner l'effort, on rencontre aujourd'hui le malheur. J'ai été avec vous dans les jours glorieux. Chef du gouvernement je suis et je resterai avec vous dans les jours sombres. »

Pierre Laval et Adrien Marquet deviennent ministres d'État.

21 juin

Les Allemands occupent Cholet, Lyon et Vienne.

Les attaques italiennes sont repoussées par 3 divisions françaises opposées à 19 divisions ennemies.

Les plénipotentiaires français se voient remettre, dans le wagon de l'armistice de 1918 à Rethondes (il sera brûlé à Berlin), les conditions imposées par le Reich en présence de Hitler, Göring, Keitel et von Brauchitsch. Les conditions prévoient le regroupement de la flotte française dans des ports à déterminer – elle devra être démobilisée et désarmée sous contrôle italo-allemand.

Le paquebot *Massilia* quitte le port du Verdon (près de Bordeaux) à destination du Maroc. À bord du navire (affrété, par l'amiral Darlan, depuis plusieurs jours pour l'éventuel transfert des autorités hors de France) se trouvent plusieurs anciens ministres et parlementaires (27 au total) dont Daladier, Mandel, Zay, Mendès France, Delbos, Brout, ancien communiste fondateur de l'Union populaire française, qui se rendent en Afrique du Nord, avec l'intention pour certains de poursuivre le combat. Au moment du départ du *Massilia*, Laval intervient brutalement, à la tête d'une délégation de sénateurs et de députés, auprès du président Lebrun pour le faire renoncer à s'embarquer. Herriot, le président de la Chambre, reste à Bordeaux ainsi que Jeanneney, le président du Sénat. Arrivé à Casablanca, le navire est immobilisé, ses passagers, arrêtés, sont rapatriés en métropole sous l'accusation infamante de trahison.

22 juin

Occupation de Saint-Nazaire, La Roche-sur-Yon et Niort par la Wehrmacht.

À 18 h 30, l'armistice est signé dans la clairière de Rethondes. Il prend effet le 25. La clause visant les Allemands antinazis réfugiés en France qui fait obligation au gouvernement français de « livrer sur demande les ressortissants allemands désignés par le gouvernement du Reich » est acceptée par les négociateurs français. L'entretien des troupes allemandes est à la charge du gouvernement français. Les 400 aviateurs allemands faits prisonniers sont libérés, alors que Churchill avait demandé leur transfert en Angleterre.

La violence des combats, la combinaison des attaques de l'aviation et des blindés, n'a pas toujours eu raison de la volonté de se battre : ce même 22 juin, à Moncontour (Côtes-du-Nord), un peloton du 3e régiment de dragons portés se laisse exterminer plutôt que de se rendre. En six semaines, 100 000 soldats français ont été tués. Par comparaison, la bataille de Verdun en 1916 avait fait 163 000 tués côté français en huit mois. Les Allemands ont eu 40 000 morts.

23 juin

La Wehrmacht occupe La Rochelle, Saintes et Poitiers.

Pétain remanie son gouvernement. Pierre Laval y occupe la double fonction de vice-président du Conseil et de ministre d'État.

Avec la défaite, Pierre Laval tient sa revanche sur un Parlement à qui il n'a jamais pardonné de

l'avoir fait tomber en janvier 1936, persuadé qu'il était de mener la seule politique capable de redresser la France. Début juillet, devant les sénateurs rassemblés, Laval, qui ne veut pas laisser la moindre possibilité de poursuivre la lutte contre l'Allemagne, intervient auprès du président Lebrun: «Le Parlement doit être dissous, la Constitution doit être réformée. Elle doit s'aligner sur les États totalitaires. L'institution des camps de travail doit être envisagée. Si le Parlement n'y consent pas, c'est l'Allemagne qui nous imposera toutes ces mesures, avec comme conséquence immédiate l'occupation totale de la France.»
Le même jour, le général de Gaulle annonce à la BBC la création d'un Comité national français qui «rendra compte de ses actes soit au gouvernement légalement établi, dès qu'il en existera un, soit aux représentants du peuple, dès que les circonstances le permettront».

24 juin
Occupation de Saint-Étienne et d'Angoulême par la Wehrmacht.
Le corps d'armée Lescanne retranché au Donon dans les Vosges dépose les armes.
La convention d'armistice franco-italienne est signée à 19 h 15 à Rome par le général Huntziger et le maréchal Badoglio.

25 juin
Les deux armistices entrent en vigueur à 1 h 15.
Nouveau discours du maréchal Pétain à la radio: «Les conditions auxquelles nous avons dû souscrire sont sévères. Du moins l'honneur est-il sauf [...]. Le gouvernement reste libre, la France ne sera administrée que par des Français [...]. Je hais les mensonges qui vous ont fait tant de mal...»
L'ancien directeur de *Marianne* (1932-1937), Emmanuel Berl, devenu résolument pacifiste, se trouve à Bordeaux. À la demande de Pierre Bouthillier, il participe à la rédaction de deux discours du maréchal Pétain des 23 et 25 juin. Dans *La Fin de la IIIe République* (1968), Berl revendique plusieurs formules («Vous avez souffert, vous souffrirez encore [...]. Ce n'est pas moi qui vous bernerai par des paroles trompeuses», «Je hais les mensonges qui vous ont fait tant de mal»), et les justifie: «Les discours d'un homme public sont siens; n'en eût-il pas écrit un seul mot, il n'en resterait pas moins l'auteur; ils valent ce que valent sa personne et sa politique.»

26 juin
Le général de Gaulle répond au discours de Pétain. Il dresse un réquisitoire contre le Maréchal qui a invoqué l'infériorité militaire de la France pour expliquer la défaite et l'impossibilité de faire autrement que d'accepter les conditions de l'armistice imposées par Hitler: «En effet notre infériorité militaire s'est révélée terrible. Mais cette infériorité à quoi tenait-elle? Elle tenait à un système militaire mauvais. La France a été foudroyée, non point du tout par le nombre des effectifs allemands, non point du tout par leur courage supérieur, mais uniquement par la force mécanique offensive et manœuvrière de l'ennemi. Cela, tous les combattants le savent. Si la France n'avait pas cette force mécanique, si elle s'était donné une armée purement défensive, une armée de position, à qui la faute, monsieur le Maréchal? Vous qui avez présidé à notre organisation militaire après la guerre de 1914-1918, vous qui fûtes généralissime jusqu'en 1932, vous qui fûtes ministre de la Guerre en 1935, vous qui étiez la plus haute personnalité militaire de notre pays, avez-vous jamais soutenu, demandé, exigé, la réforme indispensable de ce système mauvais? [...]»
L'occupant décrète que les postes émetteurs doivent lui être remis sous peine de mort ou de travaux forcés.

27 juin
Le maire néo-socialiste de Bordeaux Adrien Marquet devient ministre de l'Intérieur.

28 juin-2 août
Le gouvernement britannique reconnaît le général de Gaulle comme «chef de tous les Français libres». Le 2 août, de Gaulle est condamné à mort par contumace par le tribunal militaire de Clermont-Ferrand.

29 juin
L'amiral Darlan et le président Lebrun font secrètement savoir aux Anglais que la flotte de guerre ne sera pas livrée aux Allemands.

30 juin
Les dernières unités françaises (22000 hommes) à résister en Basse-Alsace déposent les armes.

2 juillet
Le gouvernement a quitté Bordeaux pour Vichy. Le maréchal Pétain convoque les députés et propose un projet de réforme constitutionnelle.
L'armée rouge occupe la Bessarabie et le nord de la Bukovine.

3 juillet
Mers el-Kébir. L'Angleterre craignant que la flotte française ne tombe aux mains des Allemands tente de forcer les unités stationnées à Mers el-Kébir près

d'Oran (Algérie) à passer sous son autorité. L'amiral Gensoul, qui commande la flotte, rejette l'ultimatum de l'amiral Somerville qui présentait quatre possibilités: le ralliement de la flotte française à la flotte britannique; l'appareillage avec équipages réduits vers un port britannique; l'appareillage avec équipages réduits vers un port des Antilles ou des États-Unis; le sabordage. Après le refus de l'amiral Gensoul qui a consulté Vichy sans donner la totalité des propositions anglaises, la flotte britannique passe à l'attaque à 18h: le cuirassé *Bretagne* est coulé, les cuirassés *Dunkerque* et *Provence* touchés; on dénombre 1 380 marins français tués ou disparus, 370 blessés. Le 5 juillet, le gouvernement de Vichy rompt les relations diplomatiques avec la Grande-Bretagne. La tragédie de Mers el-Kébir nourrit une anglophobie que les autorités vichystes ne s'interdisent pas d'exploiter à bon compte, en faisant resurgir les vieilles rancœurs et les vieux soupçons envers la politique anglaise. Mais ceux qui refusent l'armistice rappellent les sacrifices britanniques et l'alliance de 14-18. De Gaulle, déplorant «l'odieuse tragédie», apporte son soutien à Churchill: «Par principe et par nécessité, l'ennemi les aurait un jour employés, soit contre l'Angleterre, soit contre notre propre empire. Eh bien, je dis sans ambages qu'il vaut mieux qu'ils aient été détruits.» Troupes anglaises et forces françaises libres livreront désormais combat en commun contre les forces de Vichy (à Dakar, le 8 juin; au Levant en juin 1941).

4 juillet
Pierre Laval présente aux ministres l'article unique de sa réforme constitutionnelle: «L'Assemblée nationale donne tous pouvoirs au gouvernement de la République sous la signature et l'autorité du maréchal Pétain, président du Conseil, à l'effet de promulguer par un ou plusieurs actes la nouvelle Constitution de l'État français. Cette nouvelle Constitution affirme les droits du travail, de la famille et de la patrie. Elle sera ratifiée par les Assemblées qu'elle aura elle-même créées.»

5 juillet
25 sénateurs Anciens Combattants dont Joseph Paul-Boncour déclarent accepter les pleins pouvoirs pour le maréchal Pétain mais refusent toute révision constitutionnelle. Ils font déposer par le député Taurines un contre-projet aux propositions Laval. Ils demandent la suspension des lois constitutionnelles jusqu'à la paix et la possibilité pour Pétain de gouverner par décrets. Au Petit-Casino de Vichy, devant les députés présents, Pierre Laval réagit par la menace: «De deux choses l'une: ou bien vous acceptez ce que nous vous demandons et vous vous alignez sur la Constitution allemande ou italienne, ou bien Hitler vous l'imposera. Désormais, il n'y aura qu'un seul parti, celui de tous les Français, un parti national qui fournira les cadres de l'activité nationale.» Pour Laval la démocratie parlementaire a perdu la guerre et, en conséquence, doit laisser place à un régime autoritaire.

6 juillet
Aux sénateurs Anciens Combattants venus le rencontrer, le maréchal Pétain déclare mettre sa confiance en Pierre Laval, lequel admet la victoire de l'Allemagne, persuadé de la prochaine défaite de la Grande-Bretagne. Le même jour, le socialiste Charles Spinasse et le député d'extrême droite Xavier Vallat réclament la fin du régime parlementaire. Paul-Boncour, qui persiste à s'opposer au projet Laval, réussit à faire adopter son texte: «La Constitution de 1875 est suspendue jusqu'à la conclusion de la paix, le maréchal Pétain ayant tous les pouvoirs pour prendre par décrets ayant force de loi les mesures nécessaires au maintien de l'ordre, au relèvement du pays et à la libération du territoire.» Pierre-Étienne Flandin, repoussant toute révision constitutionnelle, propose l'élection de Pétain à la présidence.

8 juillet
Le ministre des Colonies Albert Rivière demande que le projet Taurines soit présenté comme proposition du gouvernement mais Laval réussit à faire entériner le sien par le Conseil des ministres. Seul le garde des Sceaux Frémicourt refuse de signer. À la réunion d'information des parlementaires, Laval rend la démocratie responsable de la défaite et déclare: «Puisque la démocratie parlementaire a voulu engager le combat contre le nazisme et le fascisme, et qu'elle a perdu le combat, elle doit disparaître. Un régime nouveau, audacieux, autoritaire, social, national doit lui être substitué. C'est sous le triple signe du travail, de la famille et de la patrie que nous devons aller vers l'ordre nouveau.» Il recueille le soutien d'une partie des élus de gauche.
Dakar est attaqué par les avions du porte-avions britannique *Hermes*. Le cuirassé français *Richelieu* est endommagé.

9 juillet
Le principe de la révision des lois constitutionnelles de 1875 est accepté à la quasi-unanimité par les deux Assemblés (Chambre: 385 voix contre 6, effectif légal de 546; Sénat: 229 voix contre 1, effectif légal de 304).
Hitler donne ses instructions en ce qui concerne la place réservée à la France dans la nouvelle

Europe. La France doit devenir « un pays de terriens pouvant éventuellement assurer certaines productions dans le domaine de la mode ». Les Français n'étant pas selon lui des *Untermenschen* (sous-hommes), la France ne mérite pas de subir le sort de la Pologne.

10 juillet
À 14 h, s'ouvre la séance du Parlement, rassemblé au Grand-Casino de Vichy, qui regroupe les membres des deux Chambres : il y a 667 présents sur un effectif légal de 850 députés et sénateurs. Laval fait adopter la règle de la majorité absolue des suffrages exprimés qui présente l'avantage pour lui d'abaisser la majorité à 325 voix (au lieu de 467) pour 649 votants. (Partis sur le *Massilia* le 21 juin, 27 députés sont retenus à Casablanca.) Le vote de l'article unique de la loi constitutionnelle – « L'Assemblée nationale donne tous pouvoirs au gouvernement de la République, sous l'autorité et la signature du maréchal Pétain, à l'effet de promulguer par un ou plusieurs actes une nouvelle Constitution de l'État français. Cette Constitution devra garantir les droits du travail, de la famille et de la patrie… » – est acquis par 570 voix contre 80 et 20 abstentions dont celles d'Édouard Herriot et Jules Jeanneney : en tant que président de la Chambre et président du Sénat, ceux-ci ont respecté la tradition qui veut que lors des votes particulièrement importants les présidents des Assemblées s'abstiennent. Cependant, dans son intervention, Herriot avait invité les parlementaires à se grouper autour de la personne du maréchal. Autres abstentionnistes : les députés socialistes Georges Monnet, Charles Lussy ; Henri Queuille, Alber Sérol, T. Steeg…
La IIIe République a vécu.
Le coup de force de Pierre Laval, qui a concédé la ratification de la loi par la nation sans toutefois indiquer de délais ni de modalités, a réussi.
L'examen du vote fait apparaître que les députés des départements qui ont été pris dans les opérations militaires ont eu tendance à accepter plus facilement la révision constitutionnelle. Parmi ceux qui acceptent, un certain nombre rejoindra pourtant la Résistance plus tard.

Les quatre-vingts

Le refus de voter les pleins pouvoirs au maréchal Pétain par une fraction minoritaire de députés – pour des motivations diverses – est souvent interprété comme le premier des actes de résistance. Cela ne fait aucun doute en ce qui concerne le sénateur radical de la Gironde Jean Odin qui, le soir même du vote, réunit quelques-uns des protestataires. À l'été 1941, Jean Odin prend contact avec Londres et, avec quelques anciens du Massilia, *apportera son soutien à de Gaulle et au Conseil national de la Résistance, les considérant comme les « seules autorités légitimes de la République française en guerre ».*
Parmi ces parlementaires, appartenant en grande majorité à la gauche (91 %), on dénombre : 36 socialistes SFIO dont les députés socialistes Vincent Auriol, Blum, Moutet, Louis Noguères ; 13 radicaux-socialistes, 14 Gauche démocratique (dont les sénateurs Paul-Boncour et Renoult), 6 Gauche indépendante, 3 Union populaire de France (anciens communistes), 2 démocrates populaires (Simon, Trémintin), 1 républicain de gauche (Bonnevay), 1 Alliance républicaine (Lecacheux), 1 républicain indépendant et d'action sociale (marquis de Moustier), 3 non inscrits (Ramadier, Pierre de Chambrun, Champetier de Ribes). Mais 54,5 % des députés socialistes, 66,5 % des députés radicaux votent les pleins pouvoirs. Parmi les 80, 22 (dont Jean Odin) seront emprisonnés, 10 déportés dans les camps où 5 d'entre eux mourront.

ÉTAT FRANÇAIS ET FRANCE LIBRE

À partir du 11 juillet 1940, les Français sont gouvernés par un maréchal de 84 ans qui exerce une dictature personnelle. Par les Actes constitutionnels qu'il fait promulguer, la République est supprimée et remplacée par l'État français. La volonté d'en finir avec le régime républicain a des origines plus lointaines, notamment dans la tradition antiparlementaire. La défaite des armées françaises est l'occasion de prendre pour ses adeptes une revanche sur un régime détesté. Dans le climat délétère de cet été tragique, des politiciens déboussolés se précipitent pour occuper les places vacantes, s'emparer de pouvoirs dérisoires sous l'œil intéressé du vainqueur. Vichy, cité thermale, devient la capitale d'un territoire français réduit – les trois cinquièmes de la France sont sous administration allemande –, d'un État français réactionnaire au sens propre du mot qui s'illusionne sur lui-même et s'apprête à céder toujours davantage sous prétexte d'éviter le pire.

Le régime de Pétain repose sur l'humiliation de juin 1940 : « Nous étions un peuple vaincu, le reste d'une armée défaite qui s'était naguère acquis à bon droit la réputation de première du monde, et nous allions vers la servitude [...] le lourd piétinement de nos troupeaux en marche sillonnait toutes les routes à l'horizon [...] », se souvient Francis Ambrière, l'un des prisonniers français emmenés en captivité en Allemagne. Il repose aussi sur l'adhésion d'une population à un personnage prestigieux qui promet d'épargner à la France de nouveaux malheurs. Traumatisés, les Français dont 6 à 8 millions se sont jetés sur les routes dans un exode désespéré pour échapper à l'armée allemande, accordent leur confiance au « vainqueur de Verdun ». Le souvenir de cette humiliation est présent tout au long des années de guerre jusqu'à la Libération : elle conduit les Français, dans leur majorité, à adopter une attitude de repli, d'attente ; il s'agit d'assurer d'abord sa survie matérielle et celle de ses proches en des temps de pénuries alimentaires ou autres provoquées par les prélèvements de l'occupant. Les préoccupations domestiques dominent les autres ; le marché noir devient une activité nationale. Dans un premier temps règne une indifférence au sort réservé aux minorités destinées, selon les critères du régime, à être exclues de la communauté nationale parce que considérées comme des obstacles au redressement national. Mais, à partir des grandes rafles de juifs à l'été 1942, l'opinion désapprouve de plus en plus nettement les persécutions, à la grande inquiétude des préfets qui perçoivent parfaitement l'importance de ce glissement. La dégradation continue des conditions de vie donnera naissance à un mécontentement de plus en plus profond. Cependant, la délation demeure un phénomène constant sous ce régime d'arbitraire qui offre la possibilité de «régler» des différends d'ordre privé ou d'éliminer des adversaires politiques, résurgences des violents conflits idéologiques de l'avant-guerre.

Les hommes de Vichy veulent restaurer une certaine France, un ordre moral – la hiérarchie catholique lui apporte son soutien –, un corporatisme (charte du Travail), châtier les responsables désignés de la défaite. Autant d'axes politiques supposés permettre une révolution nationale dont, par principe, les indésirables sont exclus: francs-maçons, métèques, juifs. Dès octobre 1940, le gouvernement de Vichy promulgue des lois antisémites sans que l'occupant l'y ait contraint.

Pétain qui se croit le sauveur de la France et ambitionne de lui redonner une stature dans une Europe allemande, n'a d'autre issue que de collaborer s'il ne veut pas disparaître de la scène. Il s'illusionne sur les fruits qu'il pourrait retirer de la collaboration d'État qu'il engage après l'entrevue de Montoire (24 octobre 1940); il en attend une hypothétique amélioration du sort de la France. Après le renvoi de Laval (décembre 1940), l'amiral Darlan intensifie la collaboration militaire avec l'Allemagne (protocoles de Paris, mai 1941). Il ambitionne aussi de moderniser l'économie française en permettant à de jeunes technocrates d'appliquer leurs idées dirigistes. Sans connaître de notables succès immédiats, cette politique qui nourrira le mythe du «complot synarchique» laissera des traces durables comme la création d'un Service national de la statistique efficient ou la planification dont s'inspirera, après guerre, Jean Monnet. Avant l'échec de la révolution nationale, la collaboration offre un visage contrasté: on peut être à la fois vichyssois et anti-allemand. On peut distinguer collaborateurs et collaborationnistes, comme les a définis l'historien américain Stanley Hoffmann dès 1969: les premiers pratiquent la collaboration d'État de vaincu à vainqueur, espérant préserver les intérêts français, les seconds affichent leur volonté d'installer en France un régime inspiré de celui du Reich allemand. Ces mouvements pro-nazis qui relaient la propagande allemande, rassemblent des minorités rivales dont l'influence non négligeable ne cesse de croître au fur et à mesure de l'évolution du conflit mondial. À partir d'eux naîtra un noyau actif de quelques milliers d'individus qui se font les auxiliaires armés de l'occupant. Au fil des mois, la Milice créée en janvier 1943 et son chef Joseph Darnand tiennent une place de plus en plus importante dans l'État.

Les Allemands, qui n'ont pas réussi à gagner la guerre à l'Est, imposent le retour de Laval en avril 1942. Face aux exigences allemandes, Laval croit pouvoir négocier à coups de marchandages dont les victimes sont les juifs étrangers, les dénaturalisés, puis enfin les juifs français. La collaboration des polices pour leur arrestation et leur déportation est scellée par les accords conclus en août 1942 entre René Bousquet, secrétaire général de la police, et le général SS Oberg. C'est sans doute à ce moment qu'il faut situer le basculement irréversible d'un régime rattrapé par l'évolution de la guerre. Son naufrage inéluctable coïncidera avec la fin de la zone dite libre (novembre 1942), le sabordage de la flotte à Toulon et la perte de l'Afrique du Nord.

La défaite de 1940 a généré deux réactions antagoniques. Une minorité (les collaborateurs), qui a accepté la défaite, entend en tirer un profit politique; une autre la refuse et cherche, dans de grandes difficultés, les moyens de poursuivre la lutte contre l'occupant. La faillite des partis laisse le champ libre aux initiatives individuelles, avant qu'elles ne retrouvent les complicités politiques d'autrefois. Quelques-uns ont réagi dès juin 1940 et ont manifesté avec de pauvres moyens ce refus fondateur. La suspicion régnant, ce sont les amitiés éprouvées qui permettent la constitution de noyaux de résistance qui s'étoffent peu à peu. La diversité des tâches induit une spécialisation plus ou moins poussée des réseaux: filières d'évasion des prisonniers ou filières d'escorte des personnes menacées – les passeurs des lignes de démarcation des différentes zones jouent un rôle essentiel –, collecte de renseignements sur les troupes allemandes, leurs déplacements et leurs installations militaires, circulation de l'information et contre-propagande, sabotage et guérilla. Mais il est parfois difficile de maintenir une totale étanchéité, pourtant si nécessaire à la sécurité, entre ces fonctions. Les premiers résistants ne possèdent guère d'expérience en la matière et leur situation varie du tout au tout: de celui qui mène une double vie à celui qui a «plongé» dans la clandestinité totale en changeant d'identité. Si l'on peut distinguer deux types d'organisations résistantes – les mouvements qui privilégient l'action de contre-propagande et les réseaux de renseignements ou d'action militaire –, il faut se garder d'être trop systématique car les circonstances – les arrestations qui désorganisent les circuits de communications – pèsent sur l'évolution des grands réseaux (Libération-Sud, Libération-Nord, Combat, Franc-Tireur, etc.), qui seront amenés à se doter de structures paramilitaires. Les résistants sont peu nombreux: après la Libération, 220000 cartes de combattants volontaires de la Résistance seront délivrées; ce chiffre, croisé avec celui des organisations clandestines (plus de 260 seront répertoriées), donne un ordre de grandeur. Ajoutons que la Résistance fonctionne sur le modèle de cercles concentriques : au centre, les noyaux des clandestins totalement engagés dans les activités de résistance et sous la menace constante de l'arrestation tels les « pianistes » qui transmettent les messages par émetteurs-radio ; à la périphérie, ceux qui offrent ponctuellement leur aide : une cache temporaire, une adresse comme boîte à lettres, un service ponctuel né du réflexe spontané de solidarité entre Français. À l'inverse, la trahison, l'infiltration d'agents ou le « retournement » de résistants aux effets dramatiques sont une sombre réalité – situation qu'il ne faut pas confondre avec le résistant qui parle sous la torture. Il sait qu'il doit tenir vingt-quatre ou quarante-huit heures pour donner le temps nécessaire à ses camarades de se mettre à l'abri. La redoutable efficacité des polices allemandes ou françaises a trop souvent l'occasion de s'exercer et les graves revers de l'année 1943 (telle l'arrestation de Jean Moulin) ne sont pas compensés par la sympathie croissante des populations envers l'armée des ombres.

Les résistants appartiennent à toutes les catégories sociales : artisans (imprimeurs par exemple), militaires de carrière, ouvriers, professeurs, ingénieurs et intellectuels, paysans, etc. Les origines politiques sont tout aussi diverses et variées : de la droite, voire l'extrême droite (Action française) jusqu'à la gauche et l'extrême gauche (Parti communiste). Les engagements sont par conséquent différents dans leurs motivations et différés dans le temps. À Combat, l'antigermanisme cohabite dans un premier temps avec le souci de ménager Vichy. Les communistes restent jusqu'en mai-juin 1941 soumis aux consignes de dénonciation de la « guerre impérialiste », ce qui les conduit à rejeter en bloc Vichy et la France libre tout en se montrant conciliants vis-à-vis de l'occupant – sans que cela interdise à certains d'entre eux – plutôt en désaccord – de précéder le changement complet d'orientation du PC provoqué par l'agression allemande contre la Russie soviétique (22 juin 1941). Leur longue expérience de la clandestinité assure aux communistes une efficacité certaine et la répression les frappe aussi durement que les autres, parce qu'ils deviennent l'un des ennemis obsessionnels de Vichy et qu'ils choisissent de développer attentats et sabotages à outrance. De l'organisation spéciale (OS) du PC naît en juin 1941 les Francs-tireurs et Partisans.

Jusqu'en novembre 1942, la division de la France en deux zones a conditionné l'organisation des réseaux et mouvements : il y a ceux de la zone Nord et ceux de la zone Sud qui bénéficient du fait qu'ils n'ont que Vichy à affronter. La Résistance se structure dans un contexte différent : en septembre 1942, les trois mouvements de la zone Sud (Combat,

Libération, Franc-tireur) se rassemblent en Mouvements unis de résistance (MUR) ; en zone Nord le processus est plus difficile, il aboutit en mars 1943. La Résistance unifiée ne sera ni monolithique ni pyramidale ; l'unification permet de la doter de services d'intérêt communs (fabrication des faux papiers) mais les mouvements conservent leur spécificité tout en collaborant ou parfois fusionnant. Ils ont dû accepter la résurgence des partis politiques qui sont représentés au sein du Conseil national de la Résistance (CNR) mis en place par Jean Moulin. Éclatée jusqu'en 1943, la « République des catacombes » demeure dépendante des origines politiques variées de ses membres et des difficultés inhérentes à la clandestinité. L'unification est un enjeu politique, sinon l'enjeu politique primordial. À partir de janvier 1943, alors que la victoire soviétique à Stalingrad annonce la défaite prochaine de l'Allemagne nazie, le contrôle du pouvoir – et donc des structures – devient un objectif. La manière de concevoir les institutions de la France d'après la Libération dessine des lignes de partage que la nécessité du combat commun ne peut effacer ; d'ailleurs, chaque grande organisation produit son projet constitutionnel. Même coordonné au sommet par le Conseil national de la Résistance (mai 1943), chaque mouvement ou chaque parti – et en premier lieu le Parti communiste – entend faire triompher ses orientations. De sourds conflits se nouent et n'épargnent pas les questions militaires ; ce que révèlent maintes polémiques d'après guerre comme celle qui touche au drame du Vercors. Le développement de la Résistance a été stimulé par l'instauration du Service du travail obligatoire (STO) en février 1943 qui provoque un afflux dans les maquis (et parfois leur création) de jeunes recrues, qui veulent y échapper. Fin 1943, plus de 40 000 jeunes gens ont gagné les régions de montagnes ou de forêts qui offrent l'avantage – première protection – d'être difficilement accessibles. Mais ce développement même n'est pas sans poser de nombreuses difficultés : il faut nourrir ces réfractaires, les équiper et les instruire militairement.

Par nécessité, nombre de résistants ont immédiatement songé à trouver des appuis du côté de la Grande-Bretagne qui n'a pas capitulé. Dès juillet 1940, Churchill a d'ailleurs créé un service chargé de missions clandestines en France. Rapidement, la France libre organise aussi ses propres canaux permettant le contact avec la Résistance intérieure : le BCRA. La part d'improvisation est parfois grande et guère étonnante dans ces activités menées par des hommes qui n'y ont pas été préparés. Les Américains mèneront aussi leur propre politique en la matière. La rivalité entre services spéciaux alliés complique la réalisation de l'unification. Plus la clandestinité se développe, plus elle a besoin de moyens pour assurer le fonctionnement de ses structures, permettre le départ et l'arrivée des missions, développer son action, sa presse, ses réseaux. Questions techniques qui revêtent aussi une importance politique en raison de la dépendance de plus en plus grande de la Résistance envers ses soutiens extérieurs. Les combats de la Libération engagés, les maquis sont destinés à fournir le cadre d'une mobilisation plus générale des jeunes Français dans les Forces françaises de l'intérieur (FFI) créées le 1er février 1944; les FFI rassemblent l'Armée secrète, les Francs-tireurs et Partisans, et l'Organisation de résistance de l'armée (ORA), chacune des composantes conservant son autonomie. L'été suivant, ils seront environ 200000 «Fifis» à combattre malgré un sous-équipement notoire.

Cette résistance polymorphe fait la preuve de son efficacité dans la préparation (renseignements) du débarquement (6 juin 1944) et dans les sabotages qui désorganisent les liaisons allemandes mais elle essuie de terribles revers lorsqu'elle affronte directement les forces allemandes (Vercors). Les grands maquis conçus comme des lieux de mobilisation sont un échec tandis que les petits maquis qui pratiquent la guérilla font preuve d'une réelle efficacité. L'insurrection de Paris (19 août 1944) montre aussi les limites militaires de la Résistance: ses chefs les plus prudents, en opposition à une certaine surenchère communiste, préfèrent négocier une trêve pour gagner le temps nécessaire à l'arrivée des divisions américaines et de la 2e Division blindée du général Leclerc.

En 1940-1941, les résistants non communistes se sont tournés les premiers vers la France libre du général de Gaulle qui deviendra le symbole de la lutte pour la libération du territoire. En 1940, de Gaulle ne rassemble autour de lui que quelques milliers de volontaires et quelques officiers supérieurs; il n'est fort que du soutien de Churchill et de sa capacité à envisager l'évolution du conflit. Il compense sa faiblesse par le verbe conçu comme action (d'où l'importance des émissions françaises sur les ondes de la BBC). Reprenant l'idée de la poursuite du combat à partir de l'Empire français, il charge le colonel Leclerc et René Pleven de gagner l'Afrique occidentale française (AOF) et l'Afrique équatoriale française (AEF) à sa cause. Dès le 26 août, le ralliement du Tchad est acquis. La manœuvre a pour objectif à long terme d'assurer l'avenir politique d'une France indépendante en reconstruisant une force militaire fondée sur le contrôle des ressources et des hommes de l'Empire. De Gaulle met ensuite sur pied un Comité de défense de l'Empire (CDE) pour gérer les territoires qui reconnaissent son autorité. Mais, à la fin de l'année 1940, Vichy conserve le contrôle de l'Afrique du Nord, du Levant, des Antilles, de l'Indochine et de l'Afrique occidentale française. Dans sa quête de légitimité et de reconnaissance, le soutien que la Résistance intérieure finit par lui accorder est décisif face à ses interlocuteurs anglo-saxons peu disposés à le considérer comme le dépositaire de l'avenir de la nation française.

Ce n'est qu'au bout de quatre années qu'il s'impose définitivement auprès d'eux et des Soviétiques comme président du Comité français de Libération nationale (CFLN) reconnu par les Alliés le 26 août 1943. Surmontant la faiblesse de ses moyens, il a écarté la même année le général Giraud qui bénéficiait du soutien américain et a réussi, non sans mal, à agréger aux Forces françaises libres l'armée d'Afrique du Nord qui, après avoir combattu en Italie en 1943-1944, donnera naissance à la Ire armée française.

Tout au long de ces quatre années, entre Vichy et Londres se déroule un affrontement politique décisif qui intéresse l'ensemble de la nation et, en premier lieu, les résistants. Réagissant à l'entrevue Pétain-Hitler à Montoire (octobre 1940), Jean Guéhenno en cerne parfaitement l'enjeu: «Le gouvernement de Vichy, c'est l'évidence même, ne représente pas la France. Quelques hommes à la faveur d'une sorte de syncope de la France se sont emparés du pouvoir. Ils ne sont rien, ne représentent rien. Tout ce qu'ils peuvent décider est d'avance frappé du néant.» De Paris occupée, Guéhenno fait écho aux juristes de la France libre qui se sont vu confier la tâche de démontrer l'illégalité du régime de Vichy puisque la République perdure malgré son étranglement. C'est ce qu'explique l'importante Déclaration organique de la France libre du 16 novembre 1940, dont l'argument de base est un constat: «... tout le territoire de la France métropolitaine est sous le contrôle direct ou indirect de l'ennemi; qu'en conséquence, l'organisme dit "gouvernement de Vichy" qui prétend remplacer le gouvernement de la République, ne jouit pas de cette plénitude de liberté qui est indispensable à l'exercice intégral du pouvoir.» Les principes de la Déclaration seront sans cesse réaffirmés jusqu'au retour de la démocratie en France. Ils donnent tout son sens au combat du général de Gaulle qui, le 25 août 1944, refuse de proclamer une nouvelle République (la IVe) du balcon de l'Hôtel de Ville de Paris. Une étape décisive avait été atteinte lorsque le 14 juillet 1942, la France libre prit le nom de France combattante pour signifier l'union des Français combattant sur les différents fronts et de la Résistance intérieure. La création du Comité français de Libération nationale (3 juin 1943) à Alger, puis la réunion d'une Assemblée consultative provisoire (3 novembre 1943) ont ouvert la voie à la création du Gouvernement provisoire de la République française (3 juin 1944) qui entend dire son mot dans les opérations de la Libération. Lorsque celle-ci est engagée de manière irréversible, de Gaulle veille à faire

promulguer une ordonnance sans équivoque: «La forme du gouvernement de la France est et demeure la République. En droit, celle-ci n'a jamais cessé d'exister.» (9 août 1944). Récemment, cette position de principe a été oubliée dans les débats touchant à la responsabilité de la France dans le crime le plus atroce de Vichy: la déportation des juifs français ou étrangers. En insistant sur la continuité de l'administration entre la IIIe République et les suivantes, au travers de l'État français, le risque a en effet été pris de réduire le pays à son administration, de confondre l'État avec la nation, de prendre les fonctionnaires comme seuls représentatifs du pays...
En quelques années, les Français ont vécu une succession d'événements considérables. La tragédie de 1940 semblait avoir été reléguée à l'arrière-plan de leur mémoire, sinon effacée par la Libération ou même rachetée par les sacrifices de la Résistance. De manière prémonitoire, Marc Bloch savait qu'il n'en serait rien. «Quel que puisse être le succès final, l'ombre du grand désastre de 1940 n'est pas près de s'effacer», écrit-il dès septembre 1940. Cette ombre est toujours présente.

Pape

Pie XII, 1939-1958.

Souverains, chefs d'État et dirigeants

Allemagne: Adolf Hitler, chef de l'État, 1933-1945.
Chine: Chang Kaïchek, président du gouvernement républicain, 1928-1949.
États-Unis: Franklin D. Roosevelt, 1933-1945, Harry Truman, 1945-1953.
Grande-Bretagne et Irlande: Georges VI, roi, 1936-1952. Premiers ministres: Winston Churchill, 1940-1945; Clement Attlee, 1945-1951.
Italie: Victor-Emmanuel III, roi, 1900-1946; Benito Mussolini, Duce, 1922-1943. Présidents du Conseil: maréchal Pietro Badoglio, 1943-1944; Ivanoe Bonomi, 1944-1945; Feruccio Parri, 1945; Alcide De Gasperi, 1945-1948.
Japon: Hirohito, 1926-1989.
URSS: Joseph Staline, secrétaire général du PCUS, 1927-1953.

1940

11 juillet
La promulgation des trois premiers Actes constitutionnels fondant l'État français : abrogation de l'article 2 de la Constitution de 1875 (Albert Lebrun est révoqué), pleins pouvoirs accordés au gouvernement, ajournement et mise en tutelle des Chambres, font du maréchal Pétain le chef absolu du nouveau régime.

PÉTAIN

En novembre 1945, le directeur du Crapouillot, *Jean Galtier-Boissière, compare le maréchal Pétain aux maréchaux du Premier Empire qui ont trahi Napoléon – il est vrai que Pétain vient d'être jugé sous l'inculpation « d'attentat contre la sûreté intérieure de l'État et d'intelligence avec l'ennemi ». Cinq ans plus tard, dans* Carrefour, *le colonel Rémy, chef du mouvement de résistance Confrérie Notre-Dame, expose la thèse d'un Pétain « bouclier » et d'un de Gaulle « épée » de la France. Ni l'une ni l'autre des images de Pétain, « Pétain traître » ou « Pétain bouclier », ne rend compte de la question de l'État français dont le vieux maréchal fut la clef de voûte.*

Pétain a 84 ans lorsqu'il accède au pouvoir. Né dans une famille paysanne aisée, élève des jésuites et des dominicains, il entre à Saint-Cyr d'où il sort officier en 1878, classé 229e sur 336. Devenu professeur à l'École de guerre où il enseigne la tactique de l'infanterie, Pétain gravit laborieusement les échelons d'autant qu'il ne participe pas aux campagnes coloniales. Il se distingue cependant par sa réticence affichée envers la théorie de l'offensive à outrance. Il n'est que colonel lorsque éclate la guerre qui lui permet de connaître une ascension rapide : nommé général de brigade le 30 août 1914, il commande en juin 1915 la IIe armée lors de l'offensive de Champagne, est nommé en février 1916 à Verdun où il organise le ravitaillement avant de prendre, en mai, le commandement du groupe d'armées du Centre dont relève le secteur de Verdun. Un an plus tard, il devient général en chef des armées françaises et rétablit la discipline après les mutineries d'avril. Élevé à la dignité de maréchal de France en 1918, il dirige en 1925-1926 la campagne dans le Rif marocain.

Jusqu'alors il a joué un rôle considérable dans les institutions de la Défense nationale : il préside le Conseil supérieur de la guerre de 1920 à 1931, a occupé les fonctions d'inspecteur général de l'armée à partir de 1922 puis est devenu inspecteur de la défense aérienne ; en 1927, il prend l'initiative de la construction de la ligne Maginot. Son rôle considérable permet de dire que « l'armée de l'après-guerre est modelée par Pétain ». Il n'est pas absent de la vie politique : après le 6 février 1934, Gaston Doumergue fait de cet officier considéré comme républicain son ministre de la Guerre. Insensiblement un nouveau Pétain apparaît. Se posant en père tutélaire de la nation, le dernier des maréchaux de la Grande Guerre appelle au redressement moral, postule à demi-mot au ministère de l'Éducation nationale pour reprendre en main élèves et enseignants. Il recueille des sentiments favorables tant à gauche, où certains voient en lui « un homme, [...] en dehors des luttes politiques » auquel le président de la République Albert Lebrun devrait faire appel (Pierre Cot, Vu, *novembre 1935), qu'à droite – Gustave Hervé lance son fameux « C'est Pétain qu'il nous faut ! » la même année. Mais le vainqueur de Verdun et de la guerre du Rif reste de marbre face à ces sollicitations bruyantes. Il est un symbole (continuité et prudence) rassurant en ces temps troublés. Il accepte cependant de devenir ambassadeur à Madrid auprès du général Franco en 1939. Il est en Espagne lorsque Paul Reynaud l'appelle le 17 mai 1940 à la vice-présidence du Conseil, pour conjurer une catastrophe militaire qui apparaît comme inéluctable. Très vite, Pétain se révèle partisan de l'armistice et pèse de tout son prestige en ce sens ne cherchant qu'à épargner à l'armée, donc indirectement à lui-même, la responsabilité de la défaite. Avec les autres partisans de l'armistice, il obtient la démission de Reynaud et, le 16 juin, devient président du Conseil. Dès le lendemain, il demande l'armistice, « condition de la pérennité de la France éternelle » à ses yeux. Il fait appel à Laval qui, aigri par son échec personnel de 1936, rêve de revanche contre le régime parlementaire. Le 10 juillet, le tandem Laval-Pétain triomphe. Pétain dispose des pleins pouvoirs « pour promulguer par un ou plusieurs actes une nouvelle constitution de l'État français » – les Actes constitutionnels lui confèrent la totalité des pouvoirs exécutifs et législatifs. Le président Lebrun est écarté et Pétain s'arroge le droit de désigner son « dauphin ». Laval parvient à se faire désigner comme tel. Enfin, il développe son propre culte. Pétain est le chef de l'État français, forme institutionnelle hybride, inconnue jusqu'alors en France – ce n'est plus la République, ni vraiment une monarchie –, dont Vichy est la capitale mais dont les pouvoirs sont considérablement limités par l'occupant. Avec une France amputée et désempa-*

rée, Pétain entend engager une rénovation morale. La révolution nationale, qui reprend le triptyque des Croix-de-Feu « Travail-Famille-Patrie », est tout entière animée d'un souci de réaction dont la dimension rurale (le retour à la terre « qui ne ment pas ») donne la mesure. Cette vision agreste et disciplinaire de la société rejoint le projet que les nazis entendaient mettre en œuvre pour la France: ruralisée et nettoyée des indésirables, celle-ci ne serait plus en mesure de rivaliser avec la puissance industrielle et militaire du Reich. Fort d'une incontestable popularité, le maréchal « sauveur de la France » est au faîte de son pouvoir. En lecteur de longue date de L'Action française, *il couvre de son autorité la remise des émigrés antinazis à l'occupant et, précédant les exigences des nazis, fait promulguer les lois antisémites d'octobre 1940 puis fait entamer la révision des naturalisations. Pétain rencontre cependant des échecs: la charte du Travail est très vite obsolète; il ne parvient pas à contrôler les ultras de la collaboration qui, d'une certaine manière, menacent son propre pouvoir, même s'il réussit à empêcher la constitution d'un parti unique, voulu par Marcel Déat. Surtout, au fil du temps, la contradiction centrale de son régime devient de plus en plus insurmontable: comment œuvrer à une « renaissance française » sous le contrôle d'un occupant qui cherche avant tout à tirer le maximum d'avantages matériels du pays soumis? La politique de collaboration qu'il assume avant et après l'entrevue de Montoire (octobre 1940) fait lentement naufrage. Avec le débarquement anglo-américain en Afrique du Nord et l'occupation de la zone Sud, Pétain perd les maigres moyens de négociation qu'il croyait posséder encore. Il devient le jouet des pressions allemandes relayées par les jusqu'auboutistes de la collaboration, ne trouvant comme échappatoire qu'un semblant de souveraineté dans l'approbation de la volonté de l'occupant (déportation des juifs, réquisitions de main-d'œuvre par le Service du travail obligatoire, création de la Milice, encouragement à la lutte contre la Résistance). Appuyé à une administration et à un État qui n'a plus d'État que le nom, Pétain ne trouve, le 6 juin 1944, qu'à lancer aux Français un appel à la neutralité alors que s'engage la libération du territoire. Lui, enlevé à Vichy par les Allemands, est entraîné à Sigmaringen, comme un bagage inutile. Parvenu en Suisse en avril 1945, il se livre aux autorités françaises. Son procès au cours duquel il s'enferme dans le silence se déroule à l'été 1945. Condamné à mort puis gracié par le général de Gaulle comme l'a souhaité la Haute Cour de justice, Pétain est interné à l'île d'Yeu où son épouse le rejoint. Il y meurt le 23 juin 1951. Illustration de l'impossible « État français », les projets constitutionnels de Pétain qui devaient le fonder en droit, ne virent jamais le jour.*

12 juillet

Par l'Acte constitutionnel n°4, Pétain désigne Pierre Laval comme son successeur au cas où lui-même serait empêché d'exercer sa fonction avant la ratification de la nouvelle Constitution.

Par une loi, immédiatement promulguée, « ne peuvent appartenir à un cabinet ministériel que les personnes nées de parents français ». Le Maréchal forme son gouvernement.

Pierre Laval (vice-président du Conseil), Raphaël Alibert (Justice), Adrien Marquet (Intérieur), Paul Baudouin (Affaires étrangères), Yves Bouthillier (Finances), général Weygand (Défense nationale), général Colson (Guerre), amiral Darlan (Marine), général Pujo (Aviation), Mireaux (Instruction publique), Ybarnegaray (Jeunesse et Famille), Caziot (Agriculture et Ravitaillement), Piétri (Communications), Lémery (Colonies), René Belin (Production industrielle et Travail).

Les conseils d'arrondissement et les conseils généraux sont épurés de leurs membres républicains jugés hostiles à Vichy. Ils perdent leurs pouvoirs au profit des préfets et sous-préfets; les conseillers municipaux et maires des communes de plus de 2000 habitants sont désormais nommés. De surcroît, 94 préfets sont radiés et 104 mis à la retraite.

Conformément à l'armistice du 22 juin, la France est scindée en deux zones.

La France démantelée

Conséquence de la capitulation, la France est désormais coupée en deux zones par une ligne de démarcation qui, partant au Sud, de la frontière espagnole près de Bayonne, coupe les départements de la Gironde, de la Charente, de la Vienne, de l'Indre-et-Loire et remonte vers la Loire en direction de Tours. Elle suit ensuite le fleuve vers l'Est à travers le sud du Loir-et-Cher puis le Cher, l'Allier, la Saône-et-Loire; enfin piquant vers le Sud, elle traverse le Jura pour rejoindre la frontière suisse au sud du Léman. Les troupes allemandes occupent ainsi les trois cinquièmes du territoire français. Pour franchir la ligne – 14 points de passage sont aménagés –, il faut être muni d'un Ausweis *(laissez-passer) délivré par les autorités d'occupation. La ligne coupe le trafic ferroviaire, les communications téléphoniques ou pos-*

tales – seules sont admises les cartes interzones pré-imprimées. La zone Nord est placée sous le contrôle militaire des Allemands, un gouverneur militaire est installé à Paris. Le gouvernement de Vichy est représenté auprès du Militärbefehlshaber in Frankreich *(commandement militaire en France) par un délégué général : le général de La Laurencie (1879-1958), nommé par le maréchal Pétain après l'armistice. Après l'invasion de la zone Sud en novembre 1942, celle-ci sera placée sous le contrôle d'une deuxième autorité militaire siégeant à Lyon.*
À l'intérieur de la zone occupée ou zone Nord, l'administration allemande ajoute d'autres séparations : les départements du Nord et du Pas-de-Calais sont rattachés au commandement allemand de Bruxelles et une zone interdite regroupe la Somme, l'Aisne, les Ardennes, la Meuse, la Meurthe-et-Moselle, les Vosges, le Territoire de Belfort et le Doubs. À cette dernière zone se superpose une zone dite réservée des Ardennes au Doubs. Une zone rouge, particulièrement surveillée, longe la frontière franco-suisse ; la façade atlantique fait également l'objet de restrictions à la circulation des personnes.
Les départements de Moselle, du Bas et Haut-Rhin sont annexés au Reich ; ceux des Alpes passent sous contrôle italien. Après le 11 novembre 1942, la ligne de démarcation sera maintenue puis ouverte après le 1er mars 1943 sans être supprimée.

Au Pilori, « hebdomadaire de combat contre la judéo-maçonnerie » est autorisé à paraître.
Les forces d'occupation ont entrepris de transférer en Allemagne les prisonniers français. Après avoir reçu un numéro d'immatriculation, ils sont convoyés à 50, 60 ou 70 par wagons de marchandises et répartis dans toute l'Allemagne.

Les prisonniers

Pendant la campagne de France et jusqu'à la signature de l'armistice, les Allemands font 1 850 000 prisonniers dont 1 575 000 sont transférés, après un premier tri, en Allemagne et immatriculés dans des camps : Oflags *pour les officiers,* Stalags *pour les soldats. Ils seront environ 950 000 à subir cinq années de captivité. Regroupés dans les camps dépourvus d'infrastructures, ces centaines de milliers d'hommes sont contraints de gagner à pied les villes frontières allemandes où ils subissent de nouveaux tris.*
La nation est ainsi amputée d'une génération qui avait déjà pris sa place dans le monde du travail. Ces prisonniers vont devenir un enjeu pour le gouvernement de Vichy face aux autorités allemandes, comme le montrera la relève voulue par Laval. Dès 1940, les prisonniers sont intégrés à l'économie allemande, travaillant en kommandos *(82 000 début 1941) d'importance variable. Pour la moitié, ils sont employés dans des fermes, pour un tiers dans les mines et les usines. 220 000 acceptent de devenir travailleurs civils, une fraction d'entre eux profitant de permissions pour rester en France. 71 000 réussissent à s'évader de 1941 à 1944. Un camp de représailles est installé pour ces récalcitrants aux confins de l'Ukraine occidentale, à Rawa-Ruska, à une centaine de kilomètres de Lvov (Lemberg) ; l'écrivain Pierre Gascar a laissé un saisissant récit de son internement dans ce camp :* Le Temps des morts *(1953).*
*37 000 mourront en détention, dont la moitié en 1944-1945, victimes de malnutrition et de maladies, de dépression aussi, et parfois de bombardements ; certains se suicident. Un exemple : en juin-juillet 1944, à l'*Oflag *IV-D on enregistre 21 noyades et 17 pendaisons. Soumis à un contrôle postal strict, les prisonniers n'échappent pas à la propagande vichyssoise : dans les camps, les cercles Pétain ont une certaine influence, dans un premier temps.*
En novembre 1940, Vichy crée le Service diplomatique des prisonniers de guerre (SDPG), appelé aussi mission Scapini, qui doit veiller à l'application des conventions de Genève. Parallèlement est mis sur pied le Comité central d'assistance aux prisonniers de guerre (CCAPG) qui coordonne les envois de colis (nourriture, livres, vêtements), jusqu'à 800 000 par mois. En avril 1941 est créée l'association La Famille du prisonnier qui étend ses ramifications dans tous les départements puis, en août de la même année, la Fédération des associations de femmes de prisonniers (FAFP) dont le bulletin sera imprimé à 130 000 exemplaires en 1943.
Les prisonniers retiennent l'attention et mobilisent l'énergie d'une grande partie de la population. En janvier 1942, les partis collaborationnistes fondent l'Association des prisonniers de guerre 1939-1940, absorbée en 1943 par le Mouvement des prisonniers, destiné à enrôler les prisonniers rapatriés et leurs familles dans le soutien au régime de Vichy. Un journal, Le Trait d'union, *est créé et imprimé à Berlin.*
Au printemps 1944, les organisations résistantes lancent le Mouvement national des prisonniers de guerre et déportés (MNPGD), fusion du Rassemblement national des prisonniers de guerre (jusqu'alors pro-vichyste), du Mouvement de résistance des prisonniers de guerre et déportés

(de tendance gaulliste) et du Comité national des prisonniers de guerre (CNPG) né de la volonté du Parti communiste.

Ces absents pèsent aussi, malgré eux, du point de vue social et économique. Ils continuent à percevoir une solde, maintenue au niveau de 1940 (au 1er juillet 1944, 4 francs par jour pour un 2e classe), ce qui n'empêche pas leurs familles de vivre de façon précaire. Des dispositions (emplois réservés, concours spéciaux) sont prises pour le recrutement dans les services publics des prisonniers rapatriés (loi du 28 juin 1943). Les professions libérales sont réglementées : la loi du 30 mai institue des commissions de reclassement professionnel, lois maintenues après la Libération et complétées alors, notamment en ce qui concerne les agriculteurs : une ordonnance du 8 mai 1945 leur conserve le droit d'exploitation de leurs baux pour une durée équivalente à leur absence.

Les Oflags *et* Stalags *sont aussi des lieux où la création et les activités intellectuelles jouent un grand rôle pour tenter de survivre. Fernand Braudel y rédige* La Méditerranée et le monde méditerranéen *(éditée en 1949). Au* Stalag *VIII A de Görlitz en Silésie, Olivier Messiaen crée le 15 janvier 1941 son* Quatuor pour la fin du Temps, *avec trois autres prisonniers, Messiaen étant au piano, « enseveli sous la neige et avec des instruments en piteux état », devant quelques milliers de prisonniers. Jean Cazeneuve, réfléchit à* La Psychologie du prisonnier, *thèse qui sera publiée dès 1946. Le fervent catholique Louis Althusser découvre le marxisme en camp. La captivité suscite de nombreux récits, tel celui de Jean Murray,* La Ballade des Tordus *(1942), ou de souvenirs : Francis Ambrière publiera* Les Grandes Vacances, *qui lui vaut, en 1946, le prix Goncourt 1940 rétrospectif et qui connaît un grand succès, comme* Le Caporal épinglé *(1947) de Jacques Perret. L'instituteur Georges Hyvernaud donne* La Peau et les os *(1949), récit amer du retour dans le monde d'hier qui ne comprend pas ce que fut cette expérience humiliante.*

Le difficile rapatriement constitue le dernier épisode de l'histoire de la captivité.

13 juillet

L'Humanité clandestine publie un article intitulé « Fraternité franco-allemande » : « Les conversations amicales entre travailleurs parisiens et soldats allemands se multiplient. Nous en sommes heureux. Apprenons à nous connaître et quand on dit aux soldats allemands que les députés communistes ont été jetés en prison pour avoir défendu la paix ; quand on leur dit "en 1923, les communistes se dressèrent contre l'occupation de la Ruhr", on travaille pour la fraternisation franco-allemande. »

14 juillet

L'Allemagne impose un taux de change de 1 Reichsmark pour 20 francs. L'État français doit payer un tribut de 400 millions de francs par jour (l'équivalent de l'entretien de 10 millions de soldats français). La relance de la production industrielle française intéresse donc directement l'économie de guerre du Reich.

16 juillet

Une loi relative à la procédure de déchéance de la qualité de Français, à caractère rétroactif, prévoit qu'après le décret du Conseil d'État, l'intéressé dispose de huit jours pour le contester.

À Colmar, les autorités allemandes convoquent et expulsent sur-le-champ 3000 juifs, seulement autorisés à partir avec une valise et 2000 francs.

17 juillet

Selon la loi sur l'accès aux emplois administratifs, « nul ne peut être employé [...] s'il ne possède la nationalité française, à titre originaire, comme étant né de père français ». Les naturalisés sont exclus de la fonction publique. Viendra le tour des médecins, des dentistes et pharmaciens (16 août), des avocats (10 septembre), des vétérinaires (12 novembre) et des architectes (31 décembre).

20 juillet

Reniant son anticapitalisme, le comité national de la CGT réuni à Toulouse supprime de ses statuts toute référence à la disparition du patronat et du salariat. Il approuve le document consacré à la communauté française du travail que Léon Jouhaux a fait parvenir dès le 24 juin au maréchal Pétain. Pierre Laroque, l'un des adjoints de René Belin au ministère de la Production industrielle et du Travail, présente un premier projet de réforme du syndicalisme, dans un sens corporatiste.

22 juillet

La loi de révision des naturalisations acquises depuis 1927 est promulguée. Le ministre de la Justice Raphaël Alibert institue une commission et prévoit que la mesure puisse être étendue aux épouses et aux enfants. Selon l'historien Robert Paxton : « Sur les 500000 dossiers qu'elle examine, elle [la commission] retire la nationalité française à 15 154 réfugiés, dont 6 307 israélites. » La dénaturalisation permettra de les livrer aux Allemands.

Les Nouvelles-Hébrides se rallient à de Gaulle.

24 juillet
Le ministre de l'Intérieur Adrien Marquet prononce une allocution radiodiffusée: «Nous sommes sous les décombres du régime capitaliste, libéral et parlementaire [...]. Un ordre nouveau va naître en Europe: la France doit s'y intégrer...»

26 juillet
La Côte-d'Ivoire se rallie à de Gaulle.

30 juillet
Le général de Gaulle avertit par lettre le Premier ministre anglais Churchill de la création d'un Conseil de défense de la France d'outre-mer. Il lance un appel aux gouverneurs, hauts-commissaires administrateurs, etc., pour qu'ils refusent d'exécuter les «abominables armistices».
Une loi définit l'organisation et les compétences de la Cour suprême de justice (Cour de Riom), introduisant le principe de rétroactivité (article 5): les accusés (ici les prétendus responsables de la défaite) auront à répondre de faits antérieurs à la loi, principe traditionnellement rejeté par la justice.
Les Chantiers de jeunesse sont créés. Leur dirigeant, le général La Porte du Theil reçoit pour mission de prendre en charge les quelque 100000 jeunes recrues qui n'ont pas pu rejoindre les unités combattantes. Un service de huit mois est institué pour les jeunes Français de la zone Sud. Un secrétariat général à la Jeunesse, dirigé par Georges Lamirand, est mis sur pied le 29 septembre. Disposant de moyens importants, il finance diverses initiatives, telle celle des Compagnons de France, fondés par Henry Dhavernas.

août-septembre
Début de la bataille d'Angleterre. Le 2 août, sur ordre du maréchal Göring, la Luftwaffe attaque l'Angleterre *(Blitz)* pour s'assurer de la maîtrise du ciel, préalable nécessaire à un débarquement. Churchill loue, le 20, le sacrifice des pilotes français, polonais, tchèques et anglais: «Jamais dans le domaine de la guerre tant d'hommes n'avaient eu une telle dette à l'égard d'un si petit nombre d'individus.» Début septembre, la Luftwaffe commence ses bombardements massifs sur Londres. La bataille d'Angleterre ne prendra fin qu'en mai 1941, mais dès octobre, Hitler, vaincu, renonce à envahir l'Angleterre.
Le général de Gaulle est condamné à mort par contumace pour «trahison, atteinte à la sûreté extérieure de l'État et désertion à l'étranger en temps de guerre» par le tribunal militaire de la 13e région siégeant à Clermont-Ferrand.
L'amiral Abrial est nommé gouverneur général de l'Algérie, l'amiral Esteva résident général en Tunisie.
Le Japon met la France en demeure d'assurer le passage des forces japonaises en Indochine et d'accorder l'utilisation de plusieurs aéroports. Le 30 août, Vichy se plie à l'exigence japonaise.

5 août
Un commissaire allemand est nommé auprès de la Banque de France.

6-7 août
Un premier convoi d'Alsaciens, évacués dans les autres départements en 1939 (Haute-Vienne, etc.), arrive à Strasbourg en provenance des départements français de l'«intérieur». Fin 1940, ils sont 350000 à être rentrés en Alsace; 183000 évacués lorrains font de même.

7 août
Un accord de Gaulle-Churchill, rendu public le 12 août à la BBC, établit les termes de la coopération militaire et politique entre le gouvernement britannique et les Forces françaises libres – les appellations «Français libres» et «France libre» entrent peu à peu dans le vocabulaire. Fin août, la BBC intitule l'émission accordée aux Français «La France libre vous parle» – c'est la conséquence indirecte des succès rencontrés en Afrique équatoriale française et au Cameroun. Les Français libres s'engagent à combattre au côté des Alliés tandis que les Britanniques s'engagent à aider à la restauration de l'indépendance de la France.
Installé d'abord dans un appartement à Saint-Stephen's House, puis dans un immeuble à Carlton Gardens, le général de Gaulle organise, avec l'aide de son aide de camp, Geoffroy Chodron de Courcel (1912-1992) qui fait à la fois office de chef de cabinet, d'interprète et «souvent de bon conseiller», et avec une secrétaire, Élisabeth de Miribel, des services civils et militaires. Son état-major est constitué des officiers Raymond Tissier (né en 1906), André Dewavrin, Claude Hettier de Boislambert (né en 1906). Les premiers volontaires sont les militaires des deux bataillons de la 13e demi-brigade de la Légion étrangère (lieutenant-colonel Monclar, capitaine Kœnig), bientôt rejoints par tous les hommes valides de l'île de Sein qui ont gagné l'Angleterre sur leurs bateaux de pêche.

Les Français de Londres

Les Français qui ont gagné Londres ou qui ont décidé d'y rester lorsqu'ils s'y trouvaient à l'été

1940 sont loin de constituer un ensemble homogène. Il y a les volontaires au combat, tels les 130 hommes valides de l'île de Sein et la 13e demi-brigade de la Légion étrangère du général Monclar arrivée de Norvège, au total environ 7 000 hommes en juillet. C'est avec un cargo saisi aux Italiens que Pierre Messmer, jeune docteur en droit diplômé des Langues-Orientales et ex-sous-lieutenant, rallie, avec quelques camarades, Gibraltar puis Londres. Sans entendre l'appel du 18 juin, les aviateurs René Mouchotte et Charles Guérin dérobent un Goéland sur la base d'Oran et atteignent Gibraltar. Mouchotte commandera le groupe d'aviation « Alsace » de la France libre.

Des Français travaillant sur place rejoignent de Gaulle : Pierre Maillaud, dit Pierre Bourdan (1909-1948), second du bureau de l'Agence Havas qui deviendra l'une des voix de la France libre, grâce aux émissions diffusées par la BBC ; Jean Oberlé, correspondant du Journal, et Yves Morvan dit Jean Marin, tous de l'équipe de la radio dirigée par Jacques Duchesne. Le journaliste diplomatique de l'Agence Havas, Maurice Schumann (1911-1998), ancien collaborateur de L'Aube, s'est engagé volontairement en 1939. Officier de liaison avec l'armée britannique, fait prisonnier et évadé, il rallie de Gaulle qu'il connaît bien pour avoir suivi avec attention et sympathie son combat pour la modernisation de l'appareil militaire français. Il assurera la chronique « Honneur et Patrie » à la BBC.

Certains ne reconnaissent que très relativement l'autorité du général de Gaulle. Jean Monnet (1888-1979) lui conteste le droit de parler au nom de la France, considérant qu'il ne possède pas de légitimité pour le faire. Monnet part ensuite en mission aux États-Unis pour le compte des Anglais et tentera de réconcilier Giraud (dont il est proche) et de Gaulle.

Mobilisé dans les services météorologiques, Raymond Aron, sans doute l'un des mieux informés sur ce qu'est le nazisme, gagne Londres sur l'un des derniers navires à faire route vers l'Angleterre, en compagnie et grâce à Ghislaine et René Cassin (1877-1976). Avec André Labarthe (reconnu plus tard agent soviétique) et ses amis, Aron fait paraître une revue, dès le 15 novembre : La France libre. Aron se tient à distance du chef de la France libre ; en 1943, l'un de ses articles « L'Ombre des Bonaparte », devait faire scandale, en raison de certaines comparaisons allusives entre Louis-Napoléon Bonaparte, le général Boulanger et Charles de Gaulle. Labarthe participera en 1941 à la tentative d'éviction de De Gaulle par l'amiral Muselier, un camarade de promotion de Darlan. Muselier et Labarthe rejoindront le général Giraud à Alger où Labarthe devient secrétaire à l'Information (1943).

D'autres officiers supérieurs se tinrent à l'écart des « complots » : le général Catroux (1877-1969), gouverneur général de l'Indochine en 1939, sera l'un des plus constants soutiens de De Gaulle dont il était le supérieur hiérarchique. Le général de Larminat (1895-1962) commandera la 1re Division française libre en Italie.

Au côté de ces soldats, quelques parlementaires offrent leurs services : Pierre-Olivier Lapie, de retour de Norvège, est chargé des relations avec le Foreign Office, Pierre Cot dont le Général se débarrasse en l'envoyant aux États-Unis, où, dès septembre 1940, il entre en relation avec les services soviétiques par le truchement du Parti communiste américain (Documents Venona, publiés par Yale University Press, 1999). Henri de Kérillis qui très vite devient l'un des opposants les plus farouches à de Gaulle, gagne lui aussi les États-Unis où il lance Pour la Victoire. Il publiera un pamphlet intitulé De Gaulle dictateur (1945). En 1942, les socialistes André Philip (1902-1970) et Louis Vallon (1901-1981) qui ont participé à la Résistance intérieure, joueront un rôle non négligeable : Philip deviendra en juillet 1942 commissaire à l'Intérieur et du Travail et Vallon dirigera un temps la section non militaire du Bureau central de renseignements et d'action (BCRA). À partir de janvier 1943, Fernand Grenier représentera le PC à Londres.

Des hauts fonctionnaires tels Georges Boris, ancien chef de cabinet de Léon Blum, Gaston Palewski (1901-1984) qui prendra en charge la question des territoires non ralliés, André Diethelm (1896-1954) qui est en 1941 responsable à l'Intérieur, au Travail et à l'Information, et Maurice Dejean (1899-1982) aux Affaires étrangères, croisent de nombreux journalistes dont François Quilici qui dirigera le seul journal intégralement gaulliste : La Marseillaise. On rencontre aussi le fondateur (avec Georges Boris et Émile Kahn) du journal La Lumière, Georges Gombault (né en 1881), qui sympathise avec le Cercle Jean-Jaurès où se rassemblent les socialistes dont Louis Lévy (1895-1952) – ancien vice-président de l'Internationale socialiste et journaliste au Populaire –, qui, comme Gombault, sont d'abord hostiles à de Gaulle qu'ils soupçonnent de « monocratie ». Ils éditent ensemble le journal France.

On rencontre également le directeur de L'Ordre, Émile Buré (1876-1952) et Geneviève Tabouis (1892-1985), la célèbre et imaginative éditorialiste de L'Œuvre, André Géraud dit Pertinax *auteur de deux forts volumes intitulés,* Les Fossoyeurs *(Montréal, 1943), qui s'embarquent rapidement pour les États-Unis où ils créeront* France-Amérique.

La France libre est aussi une organisation de combat. Très tôt un service de renseignements est confié à un polytechnicien, André Dewavrin, qui deviendra le colonel Passy.

Le colonel Passy

Né dans une famille d'industriels, André Dewavrin (1911-1998) obtient une licence en droit puis entre à Polytechnique. Il devient officier et enseigne à Saint-Cyr à la veille de la guerre. Il participe à l'expédition de Norvège en 1940 puis rallie, parmi les tout premiers, le général de Gaulle. Le 1er juillet 1940, celui-ci lui confie l'organisation des 2e et 3e bureaux de son état-major. Il constitue un service de renseignements sous l'autorité du chef de la France libre, rivalisant avec les services britanniques, ce qui ne sera pas sans poser certains problèmes puisque les transmissions et les liaisons du Bureau central de renseignement et d'action militaire (BCRAM, appellation datant de janvier 1942) dépendent des Britanniques. Certains accusent son équipe d'être un repaire de « cagoulards », rumeur lancée par André Labarthe. C'est finalement par l'efficacité de son travail que Passy impose son Bureau (devenu BCRA en juillet 1942, puis Direction générale des services spéciaux, DGSS, à partir de novembre 1943) qu'il dote d'une section politique confiée à l'ethnologue Jacques Soustelle. Il effectue en France la mission Arquebuse *(26 février-16 avril) destinée à coordonner et rassembler ses réseaux et favorise la coordination des mouvements de la zone Nord. Il apporte aussi son appui à Jean Moulin quand les Mouvements unis de résistance se tournent vers les Américains. Le BCRA est en mesure d'élaborer les plans de sabotage qui doivent entraver la mobilisation allemande lors du débarquement. En août 1944, il retourne sur le terrain et participe, en Bretagne, aux offensives conjointes des Forces françaises de l'intérieur et des troupes américaines. Après la guerre, il quitte les services spéciaux et devient administrateur de sociétés : il préside les établissements Japy pendant de nombreuses années. Dans le film de Jean-Pierre Melville,* L'Armée des ombres *(1969) adapté du roman de Joseph Kessel, le colonel Passy joue son propre rôle. Compagnon de la Libération, André Dewavrin publie des* Souvenirs *(trois volumes, 1947, 1948, 1951).*

Les départements de la Moselle, du Haut et du Bas-Rhin sont annexés à l'Allemagne (administrativement rattachés au *Gau* de Sarre-Palatinat et au *Gau* de Bade) et placés sous la responsabilité de *Gauleiters* : Robert Wagner en Alsace et Josef Bürkel en Lorraine. L'économie, l'enseignement, la toponymie sont germanisés. En août, les fonctionnaires français sont expulsés. Dans les semaines suivantes, ce sont les tsiganes, les « asociaux » et les malades mentaux qui le sont à leur tour ; au total 45 000 personnes. En Moselle, de la mi-juillet à la mi-août, 24 000 expulsions (dont de nombreux Italiens) ont lieu ; en novembre, à nouveau 50 000 Mosellans, puis, en avril-mai 1941, 8 000. Les jeunes Alsaciens-Lorrains sont soumis au *Reichsarbeitdienst* (Service du travail pour le Reich). Le 3 septembre, le gouvernement de Vichy proteste contre ces mesures auprès du commandant du *Militärbefehlshaber in Frankreich.*
Otto Abetz est nommé ambassadeur du Reich à Paris. Son rôle plus politique que diplomatique s'exerce en liaison avec la délégation du gouvernement de Vichy dans les territoires occupés. Il ordonne « la saisie de la totalité des musées de Paris et de province avec toutes leurs collections » et fait réquisitionner le Jeu de Paume pour y entasser les œuvres confisquées.

13-19 août
Les associations « secrètes » sont interdites, en premier lieu la franc-maçonnerie. Un décret du 19 août dissout le Grand Orient de France et la Grande Loge de France. La répression contre les francs-maçons (60 000 fichés ; 989 déportés, 540 fusillés ou morts en déportation) est chapeautée par Bernard Faÿ, professeur au Collège de France nommé directeur de la Bibliothèque nationale, qui sera condamné aux travaux forcés le 24 juin 1945.

16 août
La production industrielle passe sous le contrôle de comités provisoires d'organisation chargés de recenser les ressources disponibles et de décider des programmes de fabrication. Il en existera 234 en 1944. Votée à la hâte en raison du délabrement de l'économie, la loi est complétée et révisée par la création le 10 septembre suivant de l'Office central de répartition des produits industriels. En 1941, la production représente 65 % de la production de 1938. Les autorités allemandes contrôlent les transports et en monopolisent les deux tiers ; elles imposent aux

industriels des contrats de fournitures. La construction aéronautique travaille presque exclusivement pour l'Allemagne. En 1942, le chef de la délégation allemande de la commission d'armistice écrit dans un rapport : « Aucun autre pays, et de loin, n'apporte autant que la France à l'armement et même aux importations courantes de l'Allemagne [...]. Les commandes allemandes en France sont le facteur dominant de l'industrie française. »

26 août
En zone Sud, Léon Jouhaux réunit à Sète les responsables de la CGT qui s'opposent à la politique de Vichy en matière syndicale.

26-30 août
Le gouverneur Félix Éboué (1884-1944) rallie le Tchad à la France libre. Le 27, le Cameroun – grâce au colonel Leclerc (Philippe de Hauteclocque) –, puis le 28 le Congo et le 30 l'Oubangui-Chari se rallient également. L'Afrique équatoriale française est désormais contrôlée par les gaullistes.

27 août
Une loi annule le décret Marchandeau du 21 avril 1939 qui permettait de poursuivre en diffamation les auteurs d'articles incitant à la haine à l'encontre de groupes désignés par leurs origines, races ou religions. Les délires antisémites de la presse d'extrême droite sont légalisés.

29 août
Création de la Légion française des combattants destinée à « assurer la collaboration des Anciens Combattants à l'œuvre des pouvoirs publics ». Dépendant de Xavier Vallat, secrétaire général aux Anciens Combattants et grand mutilé de guerre, la Légion est placée sous l'autorité de François Valentin, ancien député de Nancy. Elle regroupe les Anciens Combattants des deux guerres et comptera jusqu'à 900 000 adhérents en zone Sud. Les légionnaires les plus fervents collaborationnistes se grouperont en Service d'ordre légionnaire au début 1942, préfiguration de la Milice, tandis que la grande masse des adhérents restera attentiste.
Allocution du général de Gaulle à la BBC : « Le crime de l'armistice c'est d'avoir capitulé comme si la France n'avait pas d'Empire. [...] c'est d'avoir désarmé l'Empire pour que l'ennemi puisse en disposer... »

30 août
À Paris, le socialiste Jean Texcier diffuse ses *Conseils à l'occupé*.

Henri Frenay et Berty Albrecht fondent le Mouvement de Libération nationale (MLN) qui donnera naissance au mouvement Combat, l'un des principaux mouvements de résistance.

Du MLN à Combat

Née dans une famille protestante de la bourgeoisie marseillaise, Berty Albrecht (1893-1943) épouse un banquier néerlandais et part s'installer à Londres où elle vit de 1924 à 1932. Elle y découvre le mouvement féministe anglais et le contrôle des naissances. En 1933, elle fonde une revue Le Problème sexuel, *qui comptera 6 numéros jusqu'en 1935. Elle y défend la protection sociale de la maternité, l'éducation sexuelle, la liberté de contraception et d'avortement. Devenue « compagne de route » du Parti communiste, elle séjourne courant 1934 pendant sept mois à Moscou, revient séduite par les réalisations du régime soviétique en matière de droits des femmes, bientôt remis en cause par la politique stalinienne. Berty Albrecht participe au Comité mondial contre la guerre et le fascisme et à l'organisation de l'aide aux réfugiés allemands. Elle est de tous les combats de la gauche sur le plan international : soutien à l'Éthiopie (1935), à la République espagnole (1936). En 1935-1936, elle entreprend des études pour devenir surintendante d'usine ; son examen réussi, elle travaille en usine, attentive à améliorer la condition ouvrière. Elle instruit sur le nazisme Henri Frenay (1905-1988), qui vient d'un tout autre horizon politique puisqu'il est fils de militaire et capitaine de carrière. Leur amitié ne fait que se renforcer au fil du temps grâce à des convictions communes : « Pour elle comme pour moi, la guerre était inévitable. » En juin 1940, repliée à Vierzon avec l'usine Fulmen, Berty Albrecht organise le passage de la ligne de démarcation pour les prisonniers évadés. Fait prisonnier dans les Vosges en 1940, Frenay s'évade immédiatement. Placé à la tête du bureau de garnison de l'armée de l'armistice à Marseille, il envisage déjà les moyens de surmonter la défaite. Affecté ensuite au 2e bureau à Vichy, il commence à envoyer des renseignements à Londres.*
Berty Albrecht renoue avec Frenay qui a quitté l'armée et s'est installé à Lyon. Tous deux mettent sur pied le Mouvement de Libération nationale (MLN), lancent un Bulletin d'information et de propagande dactylographié appelé par la suite Les Petites Ailes *(nos 1-8, 1er juin -7 août 1941) puis* Vérités *(nos 9-21, août-décembre 1941), avant de céder la place à* Combat. *Frenay garde des contacts dans l'armée de l'ar-*

mistice. Il cherche à recruter dans les milieux militaires comme auprès des techniciens et ingénieurs, tandis que Berty Albrecht utilise ses relations dans le milieu des surintendantes pour recueillir des renseignements sur les fabrications de guerre pour les Allemands. Le MLN se développe essentiellement dans le Sud-Est et la région lyonnaise. La fusion en novembre avec le mouvement Libertés *de François de Menthon confère au réseau une dimension unique. Désormais appelé Combat, le mouvement est dirigé par Frenay, Maurice Chevance-Bertin, Claude Bourdet, issus de* Vérités, *et de Menthon, Pierre-Henri Teitgen, Georges Bidault et Rémy Roure issus, eux, de* Libertés.

En mai 1942, Berty Albrecht est arrêtée une première fois. Internée à Vals-les-Bains, elle exige d'être jugée et commence une grève de la faim, véritable bras de fer avec le gouvernement Laval qui cède au bout de treize jours. Incarcérée avec les droits communs à la prison Saint-Joseph à Lyon, elle est condamnée en octobre à six mois de prison, et menacée de transfert dans un camp de concentration. Elle parvient à se faire passer pour folle, s'échappe de l'asile de Bron avec l'aide d'un groupe franc de Combat, à la Noël 1942. Le 26 mai 1943, Berty Albrecht, arrêtée à Mâcon, est transférée à Fresnes, torturée. Elle meurt le 28.

La disparition de Berty Albrecht a certainement ralenti le développement des structures de Combat conçues par Frenay : propagande, renseignement, « choc » (action militaire) avec les groupes francs placés sous la direction de Jacques Renouvin. Cependant, courant 1942, sont apparus Résistance-Fer (chemins de fer) puis le service de Noyautage des administrations publiques (NAP), placé sous la responsabilité de Claude Bourdet. Fin 1942, 150 permanents travaillent dans les structures clandestines de Combat. Parallèlement, les conceptions de Frenay ont considérablement évolué. À l'origine essentiellement anti-allemand, Frenay ménage le régime de Vichy, considérant que Pétain mène un double jeu. En septembre 1941, ses illusions sur Vichy sont dissipées : « Au nom de la collaboration, on pourra toujours nous accuser de nuire aux relations internationales [avec l'Allemagne] et par conséquent de nuire au peuple français… Si nous souhaitons concourir à la défaite du Reich allemand, c'est que nous sommes convaincus que sa victoire signifierait le morcellement de la patrie et son asservissement matériel et moral… » (Vérités). *Frenay a rencontré Jean Moulin début 1942 mais il n'apprécie guère l'intervention de cet envoyé de De Gaulle qui dispose de moyens techniques et financiers et se pose en rassembleur des mouvements et réseaux. Leurs relations demeureront tendues sinon tumultueuses. Le voyage à Londres de Frenay et la rencontre avec le général de Gaulle n'atténuent pas les méfiances du chef de Combat. La création du CNR lui paraît consacrer la subordination des mouvements aux vieilles structures partisanes, en particulier du Parti communiste dont l'influence est démultipliée par l'infiltration de ses cadres dans d'autres mouvements. En février 1942, alors que les arrestations frappent Combat, Frenay a rencontré, à deux reprises, avec l'aval du comité directeur de Combat, le ministre de l'Intérieur Pierre Pucheu – rencontre qui lui sera reprochée. Pour autant, il n'a jamais envisagé de renoncer à l'indépendance de Combat, cherchant même des soutiens financiers du côté américain au printemps 1943 – épisode significatif de la rivalité politique entre la France combattante de Londres et la Résistance intérieure. En novembre 1943, Frenay gagne Alger comme représentant de Combat. Il devient commissaire du Comité français de Libération nationale (CFLN) aux Prisonniers, Déportés et Réfugiés, fonction qu'il conserve dans le Gouvernement provisoire, avec le titre de ministre. À partir de septembre 1944, il prépare le retour des prisonniers et déportés. Opposant résolu au Parti communiste, il édite en 1945 une brochure* Méthodes d'un parti. Alerte aux démocrates *dans laquelle il récuse l'assimilation que veulent imposer les communistes entre anticommunisme et fascisme, et dénonce les dangers que le PC fait courir à la démocratie. Cependant, la carrière politique d'Henri Frenay tourne court en raison de l'échec des tentatives de renouvellement politique fondées sur les formations nées de la Résistance. Henri Frenay participe à la fondation du Congrès pour la liberté de la culture à Berlin, et il sera l'un des plus fervents partisans de la construction européenne. En 1973, il livre ses souvenirs* (La Nuit finira) *puis s'interroge sur la nature de l'engagement du fondateur du CNR avec* L'Énigme Jean Moulin *(1977), en examinant son entourage d'avant-guerre (Louis Dolivet, Pierre Cot…). Daniel Cordier, ancien secrétaire de Jean Moulin, répondra à Frenay.*

Fait Compagnon de la Libération en mars 1943, Frenay rendit hommage à Berty Albrecht, en août 1943, en ces termes : elle fut « l'un des pionniers de ce vaste mouvement qui, maintenant, s'appelle la Résistance française et qui alors n'en portait pas le nom ». Berty Albrecht est l'une des six femmes Compagnons de la Libération, et la seule qui repose dans la crypte du Mont-Valérien.

31 août-2 septembre
Ralliement de Tahiti puis de la Polynésie française à la France libre, puis fin septembre, la Nouvelle-Calédonie. Des volontaires formeront le « Bataillon du Pacifique ».

3 septembre
Les États-Unis cèdent 50 destroyers aux Anglais en échange de bases navales. Le lendemain, les isolationnistes répliquent par la création d'un comité, America first (L'Amérique d'abord).

6 septembre
Le gouvernement est remanié : Peyrouton (Intérieur), général Huntziger (Défense nationale), général Bergeret (Aviation), Ripert (Instruction publique et Jeunesse), Berthelot (Communications), amiral Platon (Colonies). Le général Weygand est nommé délégué général du gouvernement en Afrique du Nord.

8 septembre-14 novembre
Édouard Daladier, Paul Reynaud et le général Gamelin sont placés en résidence surveillée au château de Chazeron (Puy-de-Dôme) ; le 12, Georges Mandel l'est à son tour, puis le 15, Léon Blum. Le 20 septembre, Daladier et Gamelin sont inculpés dans le cadre de l'organisation d'un procès sur les responsabilités de la défaite. Le 19 octobre, Reynaud, Mandel et Blum le sont également. Le 14 novembre, Daladier, Léon Blum et Gamelin sont emprisonnés à la maison d'arrêt de Bourrassol, près de Toulouse.

10 septembre
Henri Jeanson fonde à Paris le quotidien *Aujourd'hui*, espérant en faire un journal indépendant. En novembre, Jeanson sera arrêté et remplacé, le 3 décembre par Georges Suarez. À la fin du mois (le 24), Marcel Déat fait reparaître *L'Œuvre* à Paris. Le 8 octobre, c'est au tour du *Petit Parisien* puis le 14, Jacques Doriot, relance son quotidien *Le Cri du peuple*. Le 1er novembre Jean Luchaire fonde *Les Nouveaux Temps*.

12 septembre
Poursuivant son rêve de constitution d'un empire italien, Mussolini lance l'armée italienne contre l'Égypte.
Trois jeunes garçons de Montignac-sur-Vézère (Dordogne) découvrent fortuitement la grotte de Lascaux. Leur instituteur L. Laval puis l'abbé Breuil authentifient la découverte de cet ensemble exceptionnel (595 animaux représentés, 140 outils et armes, etc.). Les rapports d'Henri Breuil amènent le classement de la grotte datant du Magdalénien ancien comme monument historique dès le 27 décembre 1940. « La découverte de Lascaux [...] en livrant un ensemble monumental dont, pour la première fois, la photographie pouvait facilement rendre compte, a fait pénétrer l'art préhistorique dans la conscience générale », devait écrire André Leroi-Gourhan.

13 septembre
Au journal belge *La Légion*, le vice-président du Conseil Pierre Laval déclare : « La République a cessé d'exister en France. »

15 septembre
Dans un article (« Politique sociale de l'avenir ») publié dans *La Revue des deux mondes*, le maréchal Pétain écrit : « L'idée nationale-socialiste de la primauté du travail et de sa réalité essentielle par rapport à la fiction des signes monétaires, nous avons d'autant moins de peine à l'accepter qu'elle fait partie de notre héritage classique. »

17 septembre
Les principaux produits alimentaires sont rationnés, la population reçoit des cartes d'alimentation.

22 septembre
Les troupes japonaises pénètrent en Indochine à partir de la Chine du Sud et, le 23, attaquent les avant-postes français : 800 soldats et officiers français sont tués. Le 26, les Japonais occupent Lang Son et débarquent 2000 hommes à Haiphong.

23-24 septembre
Transportées par des navires britanniques, les Forces françaises libres tentent de rallier Dakar (Sénégal) à la France libre. L'opération échoue et les gaullistes de Dakar sont arrêtés.

24 septembre
Une loi institue une cour martiale qui devra juger les personnes pour « crimes et manœuvres commis contre l'unité et la sauvegarde de la patrie ».

25 septembre
Les relations postales entre zones sont partiellement rétablies ; les cartes familiales pré-imprimées peuvent circuler.

26 septembre
Opposants au régime, les députés socialistes Vincent Auriol (qui sera libéré le 20 mars 1941), Marx Dormoy, Jules Moch et Salomon Grumbach sont internés à Pellevoisin (Indre).

27 septembre
Signature du pacte tripartite : l'Allemagne, l'Italie et le Japon se porteront assistance en cas d'agression par une puissance non engagée en Europe ou dans le conflit sino-japonais. C'est aux États-Unis que les signataires pensent. La Hongrie (20 novembre), la Roumanie (23 novembre), la Slovaquie (24 novembre) sont contraintes d'y adhérer.
Le commandant *Militärbefehlshaber in Frankreich* von Stülpnagel prend sa première « ordonnance concernant les mesures contre les juifs ». La population juive de la zone occupée est recensée ; un fichier est établi par les fonctionnaires de la préfecture de police. 149 734 personnes (85 664 juifs français et 64 070 juifs étrangers) se présentent pour le seul département de la Seine. Ce fichier servira à l'organisation des rafles.

28 septembre
Le président du Syndicat des éditeurs, René Philippon, signe une convention avec l'administration allemande. Une liste (dite « liste Otto ») des ouvrages écrits par des réfugiés politiques ou des écrivains juifs est dressée pour qu'ils soient pilonnés. Une seconde liste est établie le 8 juillet 1942. Il est alors précisé que « tous les livres d'auteurs juifs, ainsi que les livres auxquels des juifs ont collaboré, sont à retirer de la vente », ainsi que les biographies « même rédigées par des Français aryens, consacrés à des juifs ». En octobre, Robert Denoël lance une collection dite « d'intérêt national » publiée aux Nouvelles Éditions françaises : « Le Juif et la France », dans laquelle paraîtra l'ouvrage *Comment reconnaître le juif* du médecin suisse Georges Montandon, ancien membre du Parti communiste à Lausanne et ancien chercheur au laboratoire d'anthropologie du Muséum d'histoire naturelle de Paris.
Création des Écoles nationales de cadres dont celle d'Uriage, dirigée par Pierre Dunoyer de Segonzac, officier catholique conservateur marqué par l'action de Lyautey. Il entend se consacrer à l'éducation de la jeunesse. Pendant deux ans, les animateurs permanents (Dunoyer de Segonzac, l'abbé Naurois, Hubert Beuve-Méry, Bertrand d'Astorg) et parfois des invités (Emmanuel Mounier jusqu'à son interdiction à l'automne 1941, le philosophe Jean Lacroix, le professeur Jean-Jacques Chevallier) dispenseront un enseignement qui emprunte au personnalisme de Mounier, met en avant des principes éthiques et civiques chrétiens, républicains ou socialistes, et se réfère à Péguy. Au travers des jeunes gens qui ont suivi son enseignement et qui appartiendront aux élites intellectuelles, administratives ou culturelles de l'après-guerre (Paul Delouvrier, François Bloch-Lainé, Simon Nora, Hubert Beuve-Méry, Jean-Marie Domenach, Yves Robert...), l'École d'Uriage a exercé une influence prolongée au-delà de sa stricte existence.

octobre
Le Livre ouvert (1938-1940) de Paul Éluard paraît aux *Cahiers d'Art* à Paris.
Georges Simenon : *Les Inconnus dans la maison.*
André Breton, Victor Serge et de nombreux surréalistes se réfugient à Marseille où ils sont recueillis par le Comité américain de secours aux intellectuels installé par les soins de Varian Fry, responsable de l'American Rescue Committee, à la villa Air-Bel. Si Walter Benjamin n'a pu être sauvé et s'est suicidé à Port-Bou le 26 septembre 1940, en mars 1941, Breton, Masson, Wilfredo Lam, Victor Serge et Claude Lévi-Strauss réussissent à partir pour les États-Unis.

3 octobre 1940-2 juin 1941
Sans que l'occupant allemand ait fait la moindre pression sur le régime de Vichy, celui-ci promulgue le 3 octobre 1940 un statut des juifs.

Les statuts des juifs

« Est regardé comme juif [...] toute personne issue de trois grands-parents de race juive ou de deux grands-parents de la même race, si son conjoint lui-même est juif (article 1er). » Toute une série de professions de la presse et du cinéma sont désormais interdites aux juifs, première étape d'une discrimination qui ira en s'aggravant. Le 4 octobre, le maréchal Pétain promulgue une loi autorisant l'internement des juifs étrangers, sur décision préfectorale – au printemps 1941, 40 000 d'entre eux seront internés aux camps de Gurs, Rivesaltes, Noé et du Vernet.
Le 2 juin 1941, une nouvelle loi, élaborée par le Commissariat général aux questions juives, remplace celle de 1940. Désormais, est considéré comme juif « celui ou celle, appartenant ou non à une confession quelconque, qui est issu d'au moins trois grands-parents de race juive, ou de deux seulement si son conjoint est lui-même issu de deux grands-parents de race juive. » De nouvelles professions (banque, publicité, finance, administration) leur sont interdites, des quotas sont institués dans d'autres (commerce, industrie, artisanat) et un numerus clausus *est appliqué dans l'Université. Une autre loi datée du même jour prescrit le recensement des juifs dans la zone non occupée. Seule la zone d'occupation italienne y échappe en raison du refus des autorités ita-*

liennes d'appliquer la législation antisémite de Vichy. La collaboration active de Vichy avec les nazis entraînera la déportation de 75721 personnes (dont 6012 enfants de moins de 10 ans) vers les camps d'extermination, dans des conditions qui annoncent le sort tragique que les nazis leur réservaient.

7 octobre
Les troupes allemandes entrent en Roumanie.
Abolition du décret Crémieux du 24 octobre 1870 accordant aux juifs d'Algérie la nationalité française. Datée du 7, la loi a été publiée avant le statut du 3 octobre.

10 octobre
Dans un discours, Pétain expose son programme de révolution nationale: « L'ordre nouveau ne peut, en aucune manière, impliquer un retour même déguisé aux erreurs qui nous ont coûté si cher [...]. L'ordre nouveau ne peut être une imitation servile d'expériences étrangères [...]. Le régime nouveau sera une hiérarchie sociale. » Le jour même, une loi sur le travail féminin, destinée à lutter contre le chômage des hommes, définit les modalités interdisant le travail des femmes mariées.

18 octobre
Le poète Saint-Pol-Roux meurt à l'hôpital de Brest, après avoir été brutalisé par des soldats allemands.

22 octobre
Accompagné de l'ambassadeur Otto Abetz, Pierre Laval, vice-président du Conseil, rencontre le Führer à Montoire près de Tours. Laval plaide pour une « paix juste » et Hitler l'assure qu'il ne veut pas une « paix de vengeance », tout en exigeant des gages dans les colonies.
Le 25 mai 1941, Laval déclarera à un représentant de l'agence United Press: « Aussitôt après la réunion de l'Assemblée nationale [10 juillet 1940], que j'avais provoquée, j'ai voulu renouer avec l'Allemagne. Il me fallait gagner peu à peu la confiance de mes interlocuteurs allemands [...]. Je crois avoir réussi. Et si j'ai réussi, j'en ai la certitude, c'est parce que je me suis présenté en paysan de France [...]. Mon entrevue avec le chancelier Hitler à Montoire fut pour moi une surprise [...]. Nous sentions de même, et nous avons fini ensemble par parler un langage nouveau d'Européen [...]. En repoussant l'idée d'une paix de vengeance et d'oppression, le chancelier Hitler a permis à la France de s'intégrer volontairement dans le nouveau système qu'il créera lorsque la guerre sera terminée. »

23 octobre
Hitler rencontre le général Franco à Hendaye. Ce dernier pose tant de conditions pour entrer en guerre contre l'Angleterre que Hitler renonce à l'entraîner dans une « coalition méditerranéenne ».

24 octobre
Sur son trajet de retour, Hitler convoque Pétain à Montoire. Pétain refuse toute participation à la guerre contre l'Angleterre mais accepte le principe de la collaboration franco-allemande. La photo de la poignée de main Hitler-Pétain frappe l'opinion.
Le 30, il justifie cette rencontre: « Cette première rencontre entre le vainqueur et le vaincu marque le redressement de notre pays. C'est librement que je me suis rendu à l'invitation du Führer. Je n'ai subi de sa part aucun diktat, aucune pression. Une collaboration a été envisagée entre nos deux pays. J'en ai accepté le principe. [...] Cette collaboration doit être sincère. Elle doit être exclusive de toute pensée d'agression. Elle doit comporter un effort patient et confiant [...]. Cette politique est la mienne. Les ministres ne sont responsables que devant moi. C'est moi seul que l'Histoire jugera. »

27 octobre
Pour organiser les territoires ralliés à la France libre, le général de Gaulle crée le Conseil de défense de l'Empire siégeant à Brazzaville.
Le Gabon rallie la France libre après la libération de Lambaréné (27 octobre) et le débarquement des Forces françaises libres (FFL) à Libreville (7 novembre).

28 octobre
Laval prend le portefeuille des Affaires étrangères.
Les troupes italiennes stationnées en Albanie entrent en Grèce. Le 22 novembre, elles seront anéanties à Koritza par les Grecs.
La loi n°31 interdit l'écoute des postes britanniques et de tous postes se livrant à « une propagande antinationale » dans les lieux ouverts au public.

29 octobre
Aux États-Unis, un service militaire sélectif est adopté: 900000 hommes de 20 à 36 ans seront tirés au sort tous les ans pour accomplir un an de service.

novembre
Emmanuel Mounier fait reparaître légalement *Esprit* à Lyon.
Bien que soutenant fermement le maréchal Pétain, *L'Action française* repliée à Lyon s'oppose à la censure. Recevant une « note d'orientation » accompagnée d'une citation de Radio-Stuttgart proposée

comme modèle, Maurice Pujo répond: «Nous nous étonnons que cette note, au lieu de nous être transmise, n'ait pas fait l'objet d'une protestation de la vice-présidence du Conseil auprès du gouvernement allemand. Nous savons qu'en 1815, après Waterloo, le poète Barbier stigmatisait les femmes françaises qui se donnaient aux envahisseurs étrangers. Ce qu'on n'avait pas encore vu c'est un décret qu'il faudrait libeller ainsi puisque les Allemands exigent notre cœur. Article 1er: Toutes les dames françaises sont tenues de coucher avec les Allemands; article 2: la vice-présidence du Conseil est chargée de l'exécution du présent décret.»

1er novembre
En zone Nord, le général Otto von Stülpnagel (1878-1948) est nommé commandant du *Militärbefehlshaber in Frankreich* (MBF), le commandement militaire en France dont le siège est à l'hôtel Majestic (avenue Kléber) à Paris. Deux états-majors cohabitent: l'un militaire, l'autre administratif (section administrative avec 1 500 fonctionnaires détachés des ministères allemands et des grandes entreprises; section économique). À ces organismes s'ajoutent les troupes chargées du maintien de l'ordre (100000 hommes en 1941; 40000 en mars 1942; 200000 fin 1943), la *Propagand-Abteilung* (Services de propagande) directement liés à Goebbels. L'Office central de sécurité du Reich (RSHA) de Himmler est présent sous la forme d'un *kommando* de 25 personnes dirigées par le SS Helmut Knochen (né en 1910).

5 novembre
Roosevelt est réélu président des États-Unis pour la troisième fois.
Le maréchal Goering visite le Jeu de Paume et répartit entre les musées allemands, Hitler, Rosenberg et sa collection personnelle (en 1942, il s'attribue 10 Renoir, 10 Degas, 2 Monet, 3 Sisley, 4 Cézanne, 5 Van Gogh) les œuvres d'art saisies dans les collections publiques et privées françaises. En 1944, plus de 20000 œuvres d'art auront été confisquées par l'occupant nazi.

7 novembre
Les États-Unis, l'Australie et la Grande-Bretagne signent un accord de coopération défensive dans le Pacifique.

9 novembre
Le décret qui dissout les structures nationales des confédérations syndicales (CGT, CFTC, CGPF, Comité des forges et Comité des houillères) est publié. Quelques jours plus tard, le 15, se constitue en zone Nord un Comité d'études économiques et syndicales dans lequel se côtoient des responsables de la CFTC et de la CGT (tel Christian Pineau) qui lancent un manifeste réaffirmant la vocation anticapitaliste du mouvement syndical, ainsi que sa liberté d'action.
Surveillé par la police dès septembre 1940, Léon Jouhaux est assigné à résidence à Cahors.
La NRF reparaît sous la direction de Pierre Drieu la Rochelle.

11 novembre
À l'occasion de l'anniversaire de l'armistice de 1918, des étudiants et lycéens parisiens manifestent à l'Arc de Triomphe, après avoir déposé une gerbe à la statue de Clemenceau avec une carte de visite au nom de De Gaulle. La police française puis les Allemands interviennent: il y a des blessés et au moins 150 manifestants sont arrêtés. L'université est fermée jusqu'au 20 décembre. Le recteur Gustave Roussy est remplacé par Jérôme Carcopino.

14 novembre
Signature d'accords de compensation économique franco-allemands avantageant l'Allemagne grâce au Reichsmark surévalué par rapport au franc.

16 novembre
Le général de Gaulle signe la Déclaration organique de la France libre, élaborée par le maître des requêtes Pierre Tissier, «au nom du peuple et de l'Empire».

La Déclaration organique de la France libre

«Considérant que tout le territoire de la France métropolitaine est sous le contrôle direct ou indirect de l'ennemi; qu'en conséquence, l'organisme dit "gouvernement de Vichy" qui prétend remplacer le gouvernement de la République, ne jouit pas de cette plénitude de liberté qui est indispensable à l'exercice intégral du pouvoir;
Considérant que c'est vainement que cet organisme affecte de justifier sa création et son existence sous les apparences d'une révision des lois constitutionnelles, qui n'est en réalité que la violation flagrante et répétée de la Constitution française [...] réalisée dans un moment de désarroi et même de panique du Parlement [...]. Qu'en réalité ni les deux Chambres, ni l'Assemblée nationale n'ont pu délibérer librement [...].
Considérant [...], que, malgré les attentats commis à Vichy, la Constitution demeure légalement en vigueur, que, dans ces conditions, tout Français, et

notamment, tout Français libre, est dégagé de tout devoir envers le pseudo-gouvernement de Vichy, issu d'une parodie d'Assemblée nationale, faisant fi des Droits de l'homme et du citoyen et du droit de libre disposition du peuple…
Déclarons que la voix de ces Français, les seuls que l'ennemi ou l'organisme de Vichy, qui dépend de lui, n'avaient pu réduire au silence, était la voix même de la Patrie et que nous avions, en conséquence, le devoir sacré d'assumer la charge qui nous était imposée ;
Déclarons que nous accomplirons cette mission dans le respect des institutions de la France et que nous rendrons compte de tous nos actes aux représentants de la nation dès que celle-ci aura la possibilité d'en désigner librement et normalement. »

Le général de Gaulle considère que « l'organisme dit gouvernement de Vichy » n'a ni légitimité constitutionnelle ni légitimité morale. De plus, Vichy a empêché – en les dissolvant – la convocation des conseils généraux appelés à se réunir en cas de dissolution ou d'empêchement de l'Assemblée nationale. Cette analyse amène logiquement à faire de la France libre la seule dépositaire de la légalité républicaine qu'elle prolonge avant de la restituer.
L'Ordre de la Libération est créé par ordonnance du Comité national français de Londres. De novembre 1940 à janvier 1946, 1061 Croix de Compagnon de la Libération seront attribuées.

18 novembre
Dans sa directive n°21 à son état-major, Hitler indique les grandes lignes de l'invasion de l'URSS, l'opération *Barbarossa*.

22 novembre
Roosevelt nomme son ami personnel, l'amiral William D. Leahy, ambassadeur auprès du gouvernement de Vichy.
En Cochinchine, dans la plaine des Joncs, éclate une insurrection nationaliste.

décembre
À Lyon, paraît le premier numéro (6000 exemplaires) du journal *Le Franc-Tireur*, « mensuel dans la mesure du possible et par la grâce de la police du Maréchal », fondé par Antoine Avinin, Noël Clavier, Jean-Pierre Lévy, Élie Péju, Auguste Pinton, Jean-Jacques Soudeille, publié sous la responsabilité de Georges Altman et Élie Péju, qui pour la plupart partagent un passé d'hommes engagés à gauche ou à l'extrême gauche. *Le Franc-Tireur* devient en février 1943 l'organe des Mouvements unis de résistance. Au printemps 1944, il est tiré à 165000 exemplaires. Il est également l'organe du mouvement du même nom qui comptera à son comité directeur l'historien Marc Bloch.
Un comité d'organisation des industries cinématographiques prend le contrôle de la profession. Le cinéma français est devenu dépendant de la société de production cinématographique allemande UFA : elle implante en France sa filiale, Continental, et produit 220 longs métrages pendant la guerre.

1er décembre
L'Acte constitutionnel n°6 prévoit la déchéance de députés et de sénateurs par décret. Pierre Cot, Henri de Kérillis, Pierre-Olivier Lapie puis Jean Zay, Pierre Viénot, Pierre Mendès France, Jean Pierre-Bloch, Léon Blum, Georges Mandel, Jules Moch seront frappés par cette mesure.
Premier numéro du journal *Libération-Nord*, dirigé par Christian Pineau, ancien secrétaire de la fédération CGT des employés de banque, rejoint ensuite par le philosophe et mathématicien Jean Cavaillès et le socialiste Jean Texcier. Le secrétaire de rédaction est un ancien responsable de la CGT, Maurice Harmel. Le journal comptera 190 numéros ronéotypés.

2 décembre
La loi sur l'organisation corporative de l'Agriculture est promulguée. La profession est hiérarchisée à partir de syndicats locaux uniques, coiffés d'unions régionales dotées de conseils et de délégués nommés, ces derniers étant soumis à l'autorité d'un Conseil national corporatif chargé de réglementer l'économie agricole, c'est-à-dire de collecter et répartir les récoltes.

8 décembre
Charles de Gaulle est déchu de la nationalité française par Vichy. Le général Catroux le sera également.

10 décembre
Hitler signe la directive *Attila*, plan d'invasion de la zone non occupée en cas de nécessité.

13 décembre
Pétain remplace Laval par Pierre-Étienne Flandin à la vice-présidence du Conseil. Le Maréchal préparait depuis plusieurs semaines cette révolution de palais contre Laval qui avait engagé (avec son accord) des négociations avec Abetz et le général Walter Warlimont, du *Militärbefehlshaber in Frankreich*, pour mettre sur pied un plan de reconquête des colonies ralliées à de Gaulle. Arrêté par

le général de La Laurencie et assigné à résidence, Laval est libéré le 17 sous la pression d'Otto Abetz.

15 décembre
Une ordonnance des autorités allemandes prescrit la confiscation des livres français en Alsace-Lorraine.
Pour s'attirer la sympathie des Français, Hitler fait transférer les cendres de l'Aiglon (Napoléon II) aux Invalides.

18 décembre
L'ancien président du Comité France-Allemagne, Fernand de Brinon, devient délégué général du gouvernement de Vichy à Paris pour les territoires occupés. Il remplace le général de La Laurencie.

25 décembre
Ministre de la Marine, l'amiral Darlan rencontre Hitler près de Beauvais et lui remet une note du maréchal Pétain indiquant que le renvoi de Laval relève de la politique interne de Vichy et ne remet nullement en cause les relations avec l'Allemagne. En gage de bonne foi, Darlan fait accélérer les préparatifs de reconquête du Tchad, cède à bas prix de la bauxite, livre l'or que la Belgique a confié à la France, autorise les commandes allemandes à des usines d'aviation en zone non occupée. En échange, les Allemands reconnaîtront le rôle « protecteur » de la France sur les prisonniers français en Allemagne.

28 décembre
À la BBC, le général de Gaulle appelle les Français à s'abstenir de sortir hors de chez eux le 1er janvier entre 15 h et 16 h en zone occupée et 14 h et 15 h en zone non occupée pour protester contre la présence de l'ennemi. Il s'agit de réaliser un « immense plébiscite du silence ».

29 décembre
Message du maréchal Pétain à la jeunesse : « Vous payez des fautes qui ne sont pas les vôtres ; c'est une dure loi qu'il faut comprendre et accepter, au lieu de la subir ou de se révolter contre elle [...]. Nous voulons reconstruire, et la préface nécessaire à toute reconstruction, c'est d'éliminer l'individualisme destructeur... »

autres événements
• À Alger, Max-Pol Fouchet (1913-1981) et Jean Denoël fondent la revue de poésie *Fontaine*.
• Charles Dullin devient directeur du théâtre Sarah-Bernhardt, rebaptisé théâtre de la Cité.
• Nommé administrateur de la Comédie-Française, Jacques Copeau est bientôt écarté par les Allemands, peut-être pour avoir fixé la première du *Cid* au 11 novembre. Jean-Louis Vaudoyer le remplacera jusqu'en mars 1944. Interdit d'enseignement au conservatoire, Louis Jouvet quitte la France en juin 1941.

1941

janvier
À Maison-Carrée, non loin d'Alger, la défaite et la perte de prestige de la puissance coloniale trouvent une traduction violente, annonciatrice des révoltes futures : 800 tirailleurs algériens se révoltent : ils déchirent le drapeau français, abattent leurs officiers et massacrent des Européens. Traduits en conseil de guerre, ils sont passés par les armes.

4 janvier
Mort d'Henri Bergson qui avait écrit dans son testament (8 février 1937) : « Je me serais converti [au catholicisme] si je n'avais vu se préparer depuis des années la formidable vague d'antisémitisme qui va déferler sur le monde. J'ai voulu rester parmi ceux qui seront demain des persécutés. » La teneur de ce testament fut révélée par Mme Bergson dans une lettre à Emmanuel Mounier, parue dans *La Gazette de Lausanne* du 9 septembre 1941.
L'Humanité clandestine écrit : « De Gaulle poursuit sa carrière en Angleterre où il est l'allié du gouvernement réactionnaire anglais, des lords et des banquiers. »
Le *Journal officiel de la République française* devient le *Journal officiel de l'État français*.

5 janvier
L'ambassadeur américain, l'amiral Leahy arrive à Vichy avec pour mission de veiller à ce que la France n'accorde aux Allemands que ce qui est stipulé par les conventions d'armistice. Les États-Unis craignent alors que la flotte française ne soit remise aux Allemands. Ils décident de fournir, sous l'égide de la Croix-Rouge américaine, des denrées alimentaires et des vêtements pour la population française.
Dans un discours à Londres, de Gaulle réaffirme que la France n'est pas vaincue et déclare à nouveau que le gouvernement de Vichy est « irrégulier du point de vue constitutionnel ».

19 janvier
Sous la pression des Allemands qui souhaitent un accord entre eux deux, Pétain et Laval se rencontrent à La Ferté-Hauterive (Allier).

Début de l'offensive britannique en Somalie et en Éthiopie contre les troupes italiennes, avec l'aide des soldats de la France libre (colonel Leclerc).

22 janvier
Pétain institue un Conseil national destiné à entériner les décisions du gouvernement. Pseudo-organe consultatif, ce conseil se substitue de fait à la Chambre; les bureaux des Assemblées cesseront toute activité le 25 août 1942. Les membres du Conseil sont désignés arbitrairement: Antoine de Saint-Exupéry, qui en fait partie à son corps défendant, est contraint de publier un démenti.

23 janvier
Les Britanniques s'emparent de Tobrouk en Libye.

27 janvier
Les états-majors britannique et américain se réunissent secrètement pour décider d'une stratégie en cas d'entrée en guerre des États-Unis.
L'Acte constitutionnel n°7 institue la prestation de serment au maréchal Pétain pour les hauts fonctionnaires de l'État vichyssois. Le 19 août suivant, les membres du Conseil d'État prêtent serment à Royat. Le serment est imposé aux militaires et aux magistrats (Actes constitutionnels n°8 et 9, 14 août 1941) – un seul magistrat, un juge de la cour d'appel de Paris, Paul Didier, refuse, le 2 septembre, de prêter ce serment. Il sera relevé de ses fonctions et interné au camp de Châteaubriant –, puis aux différentes catégories de fonctionnaires (4 octobre 1941, 20 janvier, 10 avril et 15 juin 1942).
Joseph Barthélemy est nommé ministre de la Justice en remplacement de Raphaël Alibert, dont les Allemands ont réclamé la démission en raison de son rôle dans l'éviction de Laval, le 13 décembre précédent.

février
Les éditions clandestines du Parti communiste publient *Révolution et contre-révolution au XXe siècle* du philosophe communiste Georges Politzer; celui-ci attaque l'idéologue nazi Alfred Rosenberg. Il s'agit d'une des premières dénonciations explicites du nazisme par un communiste depuis la déclaration de guerre.
Jean Giono publie sa traduction de *Moby Dick* de Melville et un essai: *Pour saluer Melville.*

1er février
En zone occupée, Marcel Déat fonde le Rassemblement national populaire. *L'Œuvre* devient le quotidien du RNP.

LES COLLABORATIONNISTES

Dès l'automne 1940, Marcel Déat a proclamé: « Que la France fasse donc sa révolution, qu'elle devienne autoritaire et l'Allemagne n'aura aucun intérêt à la maltraiter [...]. Notre véritable intérêt à nous Français est qu'il n'y ait plus de frontière, que nous acceptions l'insertion dans l'Europe de Hitler. » Il entraîne son parti (environ 20000 militants en 1942) et ses « filiales » – Jeunesses nationales populaires, Front social du travail où l'on retrouve d'anciens responsables de la CGT et, à partir d'avril 1941, le Centre syndicaliste de propagande qui dispose de L'Atelier, *« hebdomadaire du travail français » (1er numéro, 7 décembre 1940), Union des enseignants, milices nationales populaires – dans un collaborationnisme radical qui emprunte souvent sa rhétorique à la Révolution française. En février 1944, dans* Devenir, *organe de la SS française, Déat compare les soldats en uniforme noir aux soldats de l'an II ! Il échoue à former un parti unique, condition nécessaire à la prise du pouvoir.*
L'ancien chef de la Cagoule, Eugène Deloncle, fonde fin 1940 le Mouvement social révolutionnaire avec l'aide d'Eugène Schueller (patron de L'Oréal) puis participe en février 1941 à la fondation du RNP. Il rompt avec Déat à l'automne, emmenant avec lui les trois cinquièmes des militants du RNP. En mai 1942, le MSR éclate à son tour, une grande partie de ses membres rejoint alors le Parti populaire français de Jacques Doriot.
Les doriotistes sont les principaux rivaux du RNP à Paris où se concentre la vie politique. En novembre 1942, lors du congrès du PPF, Jacques Doriot annonce qu'il renonce à la fusion avec le RNP. Il échouera à l'imposer comme formation de pouvoir. Les doriotistes tentent de s'appuyer sur la Légion des volontaires français contre le bolchevisme, créée après l'invasion de l'URSS et où nombre de leurs militants s'engagent; Doriot lui-même reste sur le front russe de mars 1943 à janvier 1944 et sera décoré le 1er décembre 1943 de la Croix de fer. Les militants se livrent aussi à la dénonciation et à la persécution des juifs.
À côté de ces bataillons relativement nombreux de la collaboration existent également des mouvements groupant quelques dizaines d'individus : le Parti franciste de Marcel Bucard créé avant guerre, la Ligue française créée début 1941 par Pierre Costantini (1889-1986) qui en octobre de cette année lance une enquête : « Faut-il exterminer les juifs ? » à laquelle Céline répond en renvoyant à ses livres. Il se spécialise aussi dans la

dénonciation des attaches supposées de ses rivaux avec la « judéo-maçonnerie ». Arrêté à la Libération, il sera reconnu mentalement irresponsable et interné.
Menant entre eux une guerre perpétuelle, les mouvements collaborationnistes – un milieu restreint – se neutralisent. Les tentatives d'union ou de fusion restent vaines. Les autorités d'occupation les utilisent comme groupes de pression selon leurs objectifs.

7 février
Je suis partout reparaît à Paris. Le journal avait été interdit en mai 1940 par Georges Mandel qui avait fait arrêter ses rédacteurs Alain Laubreaux, et Charles Lesca. En avril, Robert Brasillach y reprend son poste de rédacteur en chef jusqu'en août 1943. Pierre-Antoine Cousteau lui succède. À la fin de l'Occupation, le tirage atteindra parfois 300 000 exemplaires.

9-10 février
Accusé d'être anglophile, tenu en suspicion par les autorités allemandes qui refusent de le recevoir, Pierre-Étienne Flandin démissionne le 9 de la vice-présidence du Conseil. Le 10, l'amiral Darlan lui succède. L'amiral Leahy, ambassadeur des États-Unis à Vichy, en donnera ce portrait: « Darlan était le type de l'opportuniste... Du fait que la situation militaire avait été nettement favorable à l'Axe [...], Darlan fut un adversaire diplomatique constant [...]. Avant que la guerre ne prît fin, il décida que la puissance américaine finirait par avoir raison de Hitler et se rangea de notre côté à un moment critique [novembre 1942]. » Dès sa nomination, Darlan s'entoure de hauts fonctionnaires ou de cadres du secteur privé passés par les Grandes Écoles (Polytechnique, École centrale) ou les Grands Corps de l'État.

TECHNOCRATIE ET SYNARCHIE

La présence à des fonctions élevées dans l'appareil d'État de responsables ayant eu, peu ou prou, le même itinéraire et les mêmes fréquentations, donne naissance au fantasme de la Synarchie sur la base du rapport du secrétaire général à la police Henri Chavin. Celui-ci fait remonter l'origine de cette prétendue société occulte à l'amicale des polytechniciens X-Crise et au Centre d'études des problèmes humains animés par Jean Coutrot (1895-1941), un ancien polytechnicien (promotion 1913) qui participa au comité d'organisation scientifique du travail mis en place par Charles Spinasse en 1936. Les liens que les supposés synarques entretiennent avec de grandes institutions financières (banque Worms) ou industrielles contribuent à accréditer l'idée d'un complot organisé, pour s'emparer de la direction de l'économie et de l'État, lorsqu'en février 1941 l'amiral Darlan s'entoure de plusieurs de ces « techniciens ».
Le plus connu d'entre eux est Pierre Pucheu (1899-1944) qui, après l'École normale supérieure, fait une carrière fulgurante, passant des Mines et Usines de l'Est aux Fonderies de Pont-à-Mousson, prenant ensuite la direction de l'exportation des aciers au Comptoir sidérurgique avant d'être désigné par la Banque de France à la direction des établissements Japy, alors en difficulté. Pucheu entre en politique après le 6 février 1934. Il adhère aux Volontaires nationaux du colonel de La Rocque, avant de rejoindre Jacques Doriot, mais quitte le PPF lorsqu'il s'aperçoit que Doriot reçoit de l'argent de l'étranger. Secrétaire d'État à la Production industrielle du 25 février au 18 juillet 1941, il prend ensuite le portefeuille de l'Intérieur jusqu'au retour de Laval en avril 1942. C'est à ce titre qu'il est amené à désigner comme otages destinés à être fusillés par les occupants, les militants communistes et trotskistes emprisonnés à Châteaubriant (Loire-Atlantique). Il gagne l'Algérie en mai 1943 où il est immédiatement incarcéré, jugé et exécuté le 20 mars 1944.
Autre polytechnicien, Paul Baudouin (1894-1964) est, de 1927 à 1940, chef de cabinet de plusieurs ministres (dont Anatole de Monzie) et directeur général de la Banque de l'Indochine. En mars 1940, il devient sous-secrétaire d'État à la présidence du Conseil mais se retire de l'action gouvernementale en janvier 1941 pour devenir président-directeur général de la Banque de l'Indochine. Arrêté en avril 1946 et condamné par la Haute Cour de justice à cinq ans de travaux forcés, il bénéficiera d'une mesure de grâce et sera libéré en janvier 1948.
François Lehideux (1903-1998) appartient à une famille de banquiers. Il est élève de l'École libre des sciences politiques avant de seconder son oncle Louis Renault. Après un long séjour aux États-Unis, il devient directeur administratif de Renault en 1933. Gérant de la société Caudron, devenue Renault-Aviation, en 1935, il collabore avec Raoul Dautry, la guerre déclarée. En août 1940, il négocie avec les Allemands la réparation des chars Renault pris à l'armée française. Appelé en septembre 1940 à la direction du comité d'organisation de l'automobile, il est nommé en février

1941 par Darlan délégué général à l'Équipement national puis, en juillet 1941, désigné comme successeur de Pucheu au ministère de la Production industrielle. Il démissionne en avril 1942 lors du retour de Laval. Son rêve de planification et de réorganisation de l'industrie française a tourné court. Arrêté à la Libération, libéré en 1946, il bénéficie d'un non-lieu en 1949 et dirige alors la filiale française de Ford jusqu'en 1953.

Polytechnicien, Jean Bichelonne (1904-1944) remplace en avril 1942 François Lehideux au ministère de la Production. Il proteste contre les bureaux d'achat semi-clandestins mis en place par les Allemands qui ont pour effet de nuire à la réalisation des paiements et des livraisons exigés par la convention d'armistice. En 1944, il quitte Paris avec Pierre Laval et meurt en décembre en Allemagne, d'une embolie pulmonaire.

Un des fondateurs des Nouveaux Cahiers, *Jacques Barnaud (1893-1962), est inspecteur des Finances et l'un des quatre gérants de la banque Worms. En 1940, il est directeur de cabinet de René Belin avant de devenir délégué général du gouvernement français pour les relations économiques franco-allemandes de février 1941 à novembre 1942. En 1949, il reprend ses fonctions chez Worms.*

Autre inspecteur des Finances, Yves Bouthillier (1901-1977) participe aux travaux du groupe X-Crise. Chef de cabinet de plusieurs ministres des Finances dont Georges Bonnet en 1933-1934 et Paul Reynaud en 1938, il est ministre des Finances de juillet 1940 à avril 1942. Arrêté par les Allemands en janvier 1944 et déporté, il est condamné à trois ans de prison par la Haute Cour de justice en juillet 1948.

Chef du cabinet civil du maréchal Pétain, Henri Du Moulin de Labarthète (1900-1946) écrit, en exil, ses souvenirs Le Temps des illusions (juillet 1940-avril 1942) *qui paraissent en 1946 à Genève.*

10 février
L'Acte constitutionnel n°4 Quarter confie à l'amiral Darlan la suppléance et la succession du chef de l'État. Darlan est appelé dès lors le « dauphin du Maréchal ».

13 février
Pétain rencontre Franco à Montpellier. Le Caudillo lui demande son appui pour que Hitler renonce à traverser l'Espagne pour attaquer Gibraltar et l'Afrique du Nord. Pétain refuse.

14 février
Peyrouton démissionne du ministère de l'Intérieur; il est remplacé par l'amiral Darlan.
Le film de Veit Harlan, *Le Juif Süss*, sort en exclusivité à Paris puis en province. Il connaît un succès de curiosité. La production cinématographique reprend en zone occupée, avec le tournage de *L'Assassinat du Père Noël* de Christian-Jaque.

22 février
Dans une déclaration solennelle, le Conseil de défense de l'Empire (créé le 27 octobre) considère que « tout abandon qui serait consenti par le gouvernement de Vichy ou par ses représentants serait tenu pour nul et non avenu » par le Conseil de défense de l'Empire. La résolution s'applique en premier lieu à l'Indochine sous administration vichyste.

25 février
Pétain procède à un remaniement ministériel; amiral Darlan (vice-président du Conseil, Affaires étrangères, Intérieur et Marine), Joseph Barthélemy (Justice), général Huntziger (Guerre), Bouthillier (Économie nationale et Finances), Caziot (Agriculture), général Bergeret (Aviation), Jérôme Carcopino (Éducation nationale et Jeunesse), Jacques Chevalier (Famille et Santé), Achard (Ravitaillement), Pucheu (Production industrielle), Belin (Travail), Berthelot (Communications), amiral Platon (Colonies). Henri Moysset (1875-1949), secondé par Paul Marion (secrétaire général adjoint), est chargé de l'Information.
Le docteur Henri Mondor publie le premier volume de sa *Vie de Mallarmé*.

1er mars
La Bulgarie adhère au pacte tripartite et autorise le passage des troupes allemandes sur son territoire.

2 mars
L'oasis de Koufra (Libye) est prise par les 250 Français libres du colonel Leclerc à l'issue d'un raid de 1700 km. C'est la première victoire des FFL qui, à la demande de leur chef, jurent « de ne déposer les armes que lorsque nos couleurs [...] flotteront sur la cathédrale de Strasbourg ».

9 mars
À Nîmes, des socialistes constituent le Comité d'action socialiste. Ils tiennent une seconde réunion le 21 juin à Toulouse. Daniel Mayer (1909-1996) est nommé secrétaire du Parti socialiste SFIO (clandestin) pour la zone Sud.

10 mars
Signe de l'intérêt américain pour l'Afrique du Nord, Roosevelt y a envoyé Robert Murphy, qui signe le 10 un accord avec le délégué général du gouvernement en Afrique du Nord, le général Weygand, sur l'assistance économique (utilisation des fonds français gelés aux États-Unis; denrées américaines). Cette coopération est destinée à conforter la position de Weygand hostile à la domination allemande en Afrique du Nord.

14 mars-septembre
Le général de Gaulle quitte Londres pour un périple, au Proche-Orient (Syrie-Liban) et dans les colonies ralliées à la France libre, qui dure jusqu'en septembre.

18-19 mars
L'Humanité clandestine condamne la France libre, mouvement «foncièrement réactionnaire et antidémocratique», et plaide encore pour le non-choix entre impérialismes: «Le peuple de France n'a pas à prendre parti pour un groupe impérialiste...»

19 mars
Le gouvernement britannique et la France libre concluent un accord financier assurant les avances nécessaires à la couverture des dépenses militaires et à celles de l'administration centrale de la France libre.

25-27 mars
En Yougoslavie, le Premier ministre pro-nazi signe le pacte tripartite (27 septembre 1940). Les 26-27, des officiers pro-occidentaux renversent le gouvernement, contraignent le régent Paul à abdiquer. Celui-ci est remplacé par son neveu Pierre II qui, devenu roi, nomme le général Simovic Premier ministre.

26 mars
Arrestation à Paris de l'ethnologue Boris Vildé, fondateur et animateur d'un des tout premiers réseaux de résistance, le réseau du musée de l'Homme qui publie le journal *Résistance* (n°1, 15 décembre 1940). Jugé à partir du 8 janvier 1942, il est condamné avec 6 autres compagnons; tous seront fusillés au Mont-Valérien le 23 février 1942.

29 mars
Création du Commissariat général aux questions juives, placé sous la direction de Xavier Vallat. Celui-ci le dirige jusqu'en mars 1942. Il est remplacé par Louis Darquier de Pellepoix en mai, lequel abandonne ses fonctions en février 1944. Charles Mercier du Paty de Clam lui succède jusqu'en mai. Le rôle du CGQJ est quadruple: élaboration des lois et des réglementations concernant les juifs; recherche des infractions au statut des juifs au moyen d'une police des questions juives puis d'une section d'enquête et de contrôle; tutelle sur l'Union générale des israélites de France, créée le 29 novembre 1941; réalisation de l'«aryanisation» économique, fondée sur la loi du 21 juillet 1941, qui donne le droit au CGQJ de nommer des administrateurs provisoires pour tout type d'entreprise, immeuble, bien meuble, etc. appartenant à des juifs. Avec l'arrivée de Darquier de Pellepoix, stipendié des nazis depuis 1937, le CGQJ devient une pièce à part entière du dispositif nazi.

avril
Signe de la confusion idéologique engendrée parmi les communistes par deux ans d'alliance germano-soviétique, Gabriel Péri, ancien journaliste de politique étrangère à *L'Humanité*, rédige une brochure intitulée: «Non, le nazisme n'est pas le socialisme» qu'il termine en avril. Péri, qui est dénoncé et arrêté le 18 mai 1941, est fusillé comme otage le 15 décembre; il devient l'un des héros du parti qui, après-guerre, édite des extraits de son texte.
Parution du *Crève-Cœur*, recueil de poèmes d'Aragon, dans la collection «Métamorphoses».

1er avril
La ration journalière de pain est de 275 grammes.

2 avril
Une loi, que renforcera une ordonnance du 12 avril 1945, tente d'encadrer et de limiter les procédures de divorce en exigeant que les faits invoqués à l'appui de la demande «constituent une violation grave ou renouvelée des droits et obligations résultant du mariage et rendent intolérable le maintien de la vie conjugale».

3 avril
Les troupes britanniques évacuent la Libye devant l'avancée de l'*Afrikakorps* du général Rommel, arrivé sur place le 12 mars.

6 avril
L'Allemagne envahit la Yougoslavie et déclare la guerre à la Grèce, occupant Salonique le 8.

11 avril
Washington annonce l'extension de la zone de sécurité américaine dans l'Atlantique. La marine améri-

caine participe à la lutte contre les sous-marins allemands et à la protection des convois anglais.

13 avril
L'armée allemande occupe Belgrade. Le 17 avril, la Yougoslavie capitule. Le pays est partagé entre Italiens, Hongrois, Bulgares et Croates.
L'URSS signe un traité de non-agression avec le Japon.

14 avril
L'aviation anglaise bombarde le port et l'arsenal de Brest. On dénombre 76 morts.

27 avril
Athènes tombe aux mains des Allemands qui trois jours plus tard prennent le contrôle entier de la Grèce. Fin mai, les parachutistes allemands s'emparent de la Crète.

mai
Parution de *Tel quel*, recueil de réflexions extraites de ses cahiers par Paul Valéry.
À Marseille, Robert Laffont lance la revue *Fusées* et fonde ses éditions.

1er mai
Discours à Commentry (Allier) – l'une des toutes premières municipalités socialistes – du maréchal Pétain sur la signification du 1er mai: «Le 1er mai a été jusqu'ici un symbole de division et de haine. Il sera désormais un symbole d'union et d'amitié, parce qu'il sera la fête du travail et des travailleurs.»

5 mai
Les Britanniques reprennent Addis-Abeba où le Négus Hailé Sélassié fait son retour cinq ans après la prise de la capitale éthiopienne par les Italiens.
Darlan accepte de livrer des armes aux Irakiens en guerre contre les Britanniques et autorise les avions allemands à se ravitailler en Syrie.

8 mai
Un décret allemand mobilise les jeunes Alsaciens-Lorrains dans les camps de travail.

9 mai
Le gouvernement de Vichy signe avec la Thaïlande un traité qui livre à cette dernière les provinces du Cambodge et du Laos situées à l'ouest du Mékong. Le Japon joue le rôle de médiateur.

10 mai
Vernissage à la galerie Braun de l'exposition *Vingt jeunes peintres de tradition française*, dont Lapicque, Singier, Manessier, Fougeron, Estève, Pignon, Tal Coat…, préparée par Jean Bazaine sous l'égide du mouvement Jeune France, organisation de gauche, liée au personnalisme d'Emmanuel Mounier.

10-19 mai
Le Parti communiste indochinois dirigé par Hô Chi Minh fonde l'Alliance pour l'indépendance du Vietnam, le Vietminh, donnant ainsi la priorité au combat national. Au printemps 1943, le Vietminh contrôlera deux «zones libérées». Après avoir été emprisonné d'août 1942 à septembre 1943 par les Chinois, Hô Chi Minh réussira à entrer en contact avec les Américains qui envisagent le départ des Français de la péninsule.

11 mai
Céline assiste à l'inauguration de l'Institut d'études des questions juives, rue La Boétie.

11 mai-6 juin
Les 11-12 mai, Hitler reçoit le vice-président du Conseil Darlan à Berchtesgaden. Ils débattent de l'entrée en guerre éventuelle de la France contre l'Angleterre. Cette discussion aboutira à la signature des protocoles de Paris par Otto Abetz et Darlan, les 27-28 mai: mise à la disposition des Allemands des aérodromes en Syrie, fourniture de matériel à l'*Afrikakorps* et utilisation du port de Bizerte (Tunisie), enfin utilisation de Dakar par l'aviation et la marine allemandes. En contrepartie, 7000 prisonniers (dont le général Juin) seront libérés. Afin de dégager Vichy de ses responsabilités, Darlan fait ajouter aux protocoles la mention suivante: «Le gouvernement allemand [fournira] au gouvernement français, par la voie de concessions politiques et économiques, les moyens de justifier devant l'opinion publique de son pays l'éventualité d'un conflit armé avec l'Angleterre et les États-Unis.» Le 3 juin, le général Weygand proteste contre ces protocoles. Le 6, Darlan promet de n'y souscrire qu'avec des contreparties: suppression des frais d'occupation, libération des prisonniers, aide économique et militaire de l'Allemagne. Le 15, Pétain explique cette rencontre: «Ce nouvel entretien nous permet d'éclairer la route de l'avenir et de continuer les conversations engagées avec le gouvernement allemand […]. Il s'agit pour vous, Français, de me suivre sans arrière-pensée sur les chemins de l'honneur et de l'intérêt national…»

14 mai
La première grande rafle de juifs a lieu. 3 710 juifs originaires d'Europe centrale – de Pologne pour la

plupart – répondent à la convocation qu'ils ont reçue et sont alors internés dans les camps de Pithiviers et Beaune-la-Rolande (Loiret).

17 mai
Les ex-unitaires (communistes clandestins) et les ex-confédérés (qui continuent d'avoir une activité légale) de la CGT reprennent leurs relations interrompues à la suite du pacte germano-soviétique (1939). Sont présent pour les ex-confédérés: Charles Laurent, Christian Pineau, Pierre Neumeyer, Louis Saillant et pour les ex-unitaires, pilotés en sous-main par le communiste Benoît Frachon, René Bontemps et Maurice Langlois.

19 mai
Les fonctionnaires français sont autorisés à pénétrer dans la zone interdite du Nord et du Pas-de-Calais.

21 mai
À Nice, une conférence de Gide sur Michaux est annulée par la Légion française des combattants. Gide la transforme en *Découvrons Henri Michaux*, livre qui paraît en juillet.

27 mai-9 juin
Les mineurs du Nord et du Pas-de-Calais se mettent en grève pour obtenir l'amélioration de leurs conditions de travail, une hausse des salaires, l'obtention de viande et de savon. Les responsables du mouvement sont pour la plupart des militants communistes, rejetant les mots d'ordre de la direction du PC qui refuse de s'attaquer, à cette date, à l'occupant allemand et demande l'union au sein des syndicats corporatistes pour obtenir l'augmentation de salaires et la conclusion d'un accord commercial avec l'URSS. À l'inverse, les responsables de la grève ont établi des contacts avec les réseaux gaullistes. Le 3 juin, la quasi-totalité des bassins sont en grève, l'état de siège est proclamé. 500 mineurs sont arrêtés, 200 seront fusillés et 244 déportés (130 survivront à la déportation) dans ce qui constitue le premier convoi de la déportation. La grève se termine le 9 juin après la satisfaction accordée par les compagnies d'une partie des revendications en ce qui concerne les salaires et le ravitaillement.
Aux États-Unis, Roosevelt déclare l'état d'urgence.

juin
Dans les premiers jours de juin, le Parti communiste, virant de bord, lance un appel à la constitution d'un Front national pour l'indépendance de la France. L'appel est publié fin juillet dans *Les Cahiers du bolchevisme*: « Le peuple de France comprend la nécessité de s'unir contre l'envahisseur hitlérien et désormais communistes et gaullistes, athées et croyants, ouvriers et paysans, intellectuels et gens de toutes conditions, décidés à libérer la France, ont pour devoir de lutter côte à côte. »

1er juin
Premier raid de bombardement de la Royal Air Force (RAF), l'aviation anglaise, sur le Reich.

4 juin
Le maréchal Pétain inaugure les travaux du comité d'organisation professionnelle chargé d'élaborer une charte du Travail. Ce sera chose faite le 4 octobre.

8 juin
En Syrie, les forces anglaises et les Forces françaises libres affrontent les troupes du général Dentz fidèles au Maréchal. Il y a plus de 1000 tués et 5 400 blessés côté Vichy, 156 tués et 627 blessés chez les Français libres et plus de 3000 hommes tués ou blessés chez les Britanniques. Le général de Gaulle appelle les forces françaises du Levant à « reprendre la lutte pour la libération de la France »; il désigne le 24 juin le général Catroux délégué général et plénipotentiaire au Levant. Ce dernier proclamera l'indépendance du Liban fixée au 1er janvier 1944, conformément aux promesses faites en septembre aux Britanniques.

16 juin
Lors du congrès du RNP à Paris, Marcel Déat attaque tout à la fois les gaullistes, les communistes, les « attentistes », les francs-maçons et les juifs qui « qui n'influeront plus jamais sur le destin de la France » et dénonce « tous ceux qui se cachent derrière la collaboration pour retarder la révolution ».

21 juin
Le secrétaire d'État américain Cordell Hull exige le retrait des troupes japonaises hors de Chine.

22-27 juin
Opération *Barbarossa*. La Wehrmacht lance son offensive contre l'URSS (162 divisions allemandes, finlandaises, roumaines et italiennes; 3 millions d'hommes). La surprise est totale du côté soviétique (150 divisions; 4,5 millions d'hommes) en dépit des avertissements multiples parvenus à Moscou. Pendant plusieurs jours après le début de l'invasion, les livraisons soviétiques à l'Allemagne se poursuivent. La Finlande entre en guerre contre l'URSS le 26; la Hongrie, le 27.

24 juin
Les États-Unis s'engagent à aider l'URSS; elle bénéficiera de la loi Prêt-Bail signée, en faveur de la Grande-Bretagne, par Roosevelt le 11 mars 1941.

26 juin
Le *Quatuor pour la fin du Temps*, créé le 15 janvier 1941 au *Stalag* VIII A de Görlitz, d'Olivier Messiaen est donné au théâtre des Mathurins à Paris.

OLIVIER MESSIAEN

Après des études au conservatoire de Paris, Olivier Messiaen (1908-1992) devient à 22 ans titulaire des orgues de l'église de La Trinité. Il compose de nombreuses œuvres inspirées par sa foi et sa vision harmonique de l'univers où couleurs et sons se répondent, telles L'Ascension *(1932-1933) ou* Vingt regards sur l'Enfant Jésus *(1944). Fait prisonnier en 1940, il compose* Quatuor pour la fin du Temps. *Sa passion pour les chants d'oiseaux est à l'origine du* Catalogue des oiseaux *(1956-1958). En 1983, son opéra* Saint François d'Assise *est créé. À partir de 1947, professeur au conservatoire de Paris, sa classe de composition marque profondément trois générations de musiciens, tels Pierre Henry, K. H. Stockhausen ou Iannis Xenakis, puis Paul Méfano, Michel Decoust, Gérard Grisey, Michaël Lévinas, et surtout Pierre Boulez.*

30 juin
Le gouvernement de Vichy rompt ses relations diplomatiques avec l'Union soviétique.
L'historien de l'armée allemande, Jacques Benoist-Méchin (1901-1983), qui a été libéré le 15 août 1940, publie son journal de prisonnier: *La Moisson de quarante.*

juillet
La revue mensuelle littéraire, philosophique et artistique *Confluences* paraît à Lyon. Elle abandonne son orientation pétainiste lorsque René Tavernier en assure la direction à partir de son septième numéro (janvier 1942). Elle sera suspendue d'août à octobre 1942 pour avoir publié Aragon.
Premier numéro du journal clandestin *Libération-Sud* (15 000 exemplaires), fondé par Emmanuel d'Astier de La Vigerie; Pascal Copeau en est le rédacteur en chef. La rédaction, installée d'abord à Lyon, gagne Paris fin 1943.

3 juillet
Le garde des Sceaux, Joseph Barthélemy, explique dans un discours prononcé à Royat que «l'État français de demain ne sera pas totalitaire, mais autoritaire, hiérarchique et social».
Staline fait appel au patriotisme des Russes – «frères et sœurs» remplace «camarades» – pour mener la grande guerre patriotique.

15 juillet
Le gouvernement de Vichy est contraint d'abandonner le Liban et la Syrie à la France libre.

18 juillet
Pierre Pucheu devient secrétaire d'État à l'Intérieur. François Lehideux le remplace à la Production industrielle.

22 juillet
Après avoir consulté les autorités allemandes qui, dans la zone Nord, ont, dès octobre 1940, placé les entreprises juives sous administration provisoire, Vichy prend à son tour une loi pour «éliminer toute influence juive» dans l'économie. Fin 1943, 29 946 entreprises et 12 084 immeubles sont tombés sous le coup de cette loi: environ 9000 seront «aryanisées», c'est-à-dire spoliées, 7000 fermées. 4 500 administrateurs provisoires se partagent 42 000 biens.

24 juillet
Déclaration de loyalisme des évêques et cardinaux français à l'égard du gouvernement mais «sans inféodation».
Au Caire, de Gaulle obtient la signature d'un accord avec les Britanniques garantissant les intérêts français au Levant, réussissant ainsi à rendre caducs les accords passés entre Vichy et les Britanniques à Saint-Jean-d'Acre dix jours auparavant.

26 juillet
L'ancien ministre de l'Intérieur du Front populaire, Marx Dormoy, qui avait lutté contre la Cagoule, est tué à Montélimar par une bombe placée par d'anciens cagoulards.

29 juillet
Alors que les troupes japonaises ont investi depuis le 26 l'Indochine française, Vichy signe avec le Japon un protocole relatif à la «défense en commun» de l'Indochine. Cet accord a pour conséquence de contraindre l'amiral Jean Decoux, gouverneur de l'Indochine, à accepter le stationnement, l'utilisation des ports et aéroports par les troupes japonaises, et la mise en place d'une administration franco-japonaise.

5 août
Création de la Légion des volontaires français contre le bolchevisme, soutenue par les partis de la collaboration (PPF, RNP, etc.). Le 18 juillet a eu lieu la première réunion publique de la LVF au Vélodrome d'Hiver. On estime les volontaires à environ 4 500 dont très peu furent de réels combattants sur le front russe, mais servirent plutôt à des actions contre les Partisans.

9-15 août
Le secrétaire en titre du Komintern, Dimitrov, envoie au véritable dirigeant du PCF Eugen Fried, réfugié clandestinement à Bruxelles, la consigne d'engager sans tarder la lutte armée contre l'occupant. Le 15, *L'Humanité* lance le premier appel à l'action armée ou au sabotage contre les Allemands.

12 août
Le maréchal Pétain procède à un remaniement de son gouvernement: amiral Darlan (Affaires étrangères et Défense), docteur Huard (Famille et Santé), Charbin (Ravitaillement), Paul Marion (secrétaire général à l'Information et à la Propagande). Lucien Romier et Henri Moysset sont ministres d'État. Dans son message, le maréchal Pétain déclare: «J'ai des choses graves à vous dire. De plusieurs régions de France, je sens se lever depuis quelques semaines un vent mauvais. L'inquiétude gagne les esprits [...]. L'autorité de mon gouvernement est discutée: les ordres sont souvent mal exécutés [...]. Un véritable malaise atteint le peuple français [...] La radio de Londres et certains journaux français ajoutent à ce désarroi des esprits [...]. La France ne peut être vraiment gouvernée que de Paris. Je ne puis encore y rentrer et je n'y rentrerai que lorsque certaines possibilités m'y seront offertes [...]. L'activité des partis politiques et des groupements d'origine politique est suspendue, jusqu'à nouvel ordre, en zone libre.»

13 août
Une ordonnance de Vichy interdit aux juifs de posséder des postes TSF.

14 août
La Charte de l'Atlantique adoptée à bord du *Prince of Wales* par Roosevelt et Churchill, lors de leur rencontre au large de Terre-Neuve, du 9 au 12 août, est rendue publique. 15 nations la signeront dans les semaines suivantes. La Charte définit en 8 points les principes d'une paix future: renoncement à tout agrandissement territorial, pas de modification territoriale sans le consentement des peuples intéressés, droit des peuples à choisir leur forme de gouvernement, libre accès aux matières premières, collaboration des États pour le progrès économique et la sécurité, établissement d'une paix garantissant la sécurité internationale après la destruction du nazisme, liberté des mers et réduction générale des armements.
La loi déférant à des tribunaux spéciaux «les auteurs de toutes infractions pénales commises dans une intention d'activité communiste ou anarchiste», loi réclamée par les autorités d'occupation, est promulguée. Elle introduit le principe de rétroactivité.

15 août
Premier numéro de *Défense de la France*, rédigé par Philippe Viannay (1917-1986), un étudiant en philosophie de 24 ans. 47 numéros seront publiés; celui de janvier 1944 sera tiré à 450000 exemplaires. Le mouvement de résistance du même nom, organisé à partir de l'automne 1940 comptera jusqu'à 3000 membres. En février 1942, le mouvement met sur pied un atelier de fabrication de faux papiers qui prendra une extension nationale. En 1943, Défense de la France est à l'origine de la création de quelques maquis et de groupes francs (groupes pour l'action armée).

20-23 août
4 232 juifs des arrondissements populaires de la capitale (XIe arrondissement essentiellement) sont raflés et transférés à Drancy où un immeuble est transformé en camp d'internement.

21 août
Au métro Barbès, le dirigeant de l'Organisation spéciale (OS) du Parti communiste, Pierre Georges (dit Fabien), abat un aspirant de marine allemand, en représailles aux exécutions de militants communistes.
Sous la pression des Églises, Hitler ordonne la suspension de l'extermination des handicapés physiques et mentaux. Ce programme (T4) a une grande importance, car il est prélude à l'extermination à grande échelle à partir de l'automne 1941.
À Moscou, l'intelligentsia juive lance un appel «aux juifs du monde entier» pour dénoncer les massacres commis par les *Einsatzgruppen* («unités spéciales») dans l'ensemble de la Russie occupée. Celui commis les 29 et 30 septembre 1941, à Babi Yar, près de Kiev, symbolise ces opérations de tueries: plus de 33000 personnes y furent exécutées. De juin à décembre, ce sont environ 300000 juifs soviétiques, baltes, biélorusses, ukrainiens qui sont sauvagement exterminés par ces groupes mobiles de tuerie. Au total, on estime que 1,3 million d'hommes, femmes et enfants ont été leurs

victimes. Staline autorise la création d'un comité juif antifasciste présidé par l'acteur Salomon Mikhoels. En France, l'appel est publié le 1er septembre suivant dans le journal clandestin *Unzer Wort* (*Notre Parole*), publié en yiddish.

22 [14]-28 août
L'amiral Darlan institue le 22 août les Sections spéciales auprès des tribunaux qui rendent « l'activité communiste ou anarchiste » passible de la peine de mort. Cette loi antidatée au 14 août permet l'exécution d'otages et de condamnés pour délits mineurs; elle est destinée à satisfaire les autorités allemandes qui réclamaient 6 exécutions en représailles à l'assassinat perpétré par Fabien. Le tribunal spécial de la Seine (institué par la loi du 14 août) condamne à mort trois militants communistes: Abraham Tzrebucki, André Bréchet, Émile Bastard. Ils sont guillotinés le 28 à la prison de la Santé. L'ancien rédacteur à *L'Humanité* Lucien Sampaix est condamné aux travaux forcés à perpétuité; il sera fusillé comme otage le 15 décembre 1941.

27 août
Au cours d'une prise d'armes de la Légion des volontaires français contre le bolchevisme (LVF) à Versailles, un ancien militant du PSF du colonel de La Rocque, Paul Collette (1920-1995), tire au revolver sur Laval et Déat qui ne sont que blessés, pour « réveiller le patriotisme français ». Pétain commue sa condamnation à mort en travaux forcés à perpétuité. Collette sera ensuite déporté en Allemagne. En 1985, François Mitterrand lui conférera la Légion d'honneur.

29 août
Le lieutenant de vaisseau des Forces françaises libres, le comte Honoré d'Estienne d'Orves (né en 1901) est exécuté par les Allemands au Mont-Valérien. Il est le premier agent de la France libre fusillé. En mission pour le compte du 2e bureau des Forces navales françaises libres (FNFL) qui l'a chargé de mettre sur pied un réseau de renseignements, son radio le trahit. Arrêté par la Gestapo le 22 janvier précédent, il est condamné à mort le 25 mai. Proche de l'Action française avant guerre, cet ancien aide de camp de l'amiral Godfroy avait rejoint la France libre en septembre 1940; immédiatement intégré dans les services du colonel Passy, il avait dirigé l'une des premières missions clandestines en France, débarquant le 21 décembre 1940 en Bretagne avec le premier radio-émetteur.

LE MONT-VALÉRIEN

À Puteaux, le fort du Mont-Valérien fut utilisé par les Allemands comme lieu d'exécution d'otages ou de condamnés. Après-guerre, une crypte du souvenir, dédiée à la Résistance, contenant seize cercueils de résistants fusillés ou morts en déportation, est inaugurée. Le dernier des Compagnons de la Libération doit y être inhumé avec ses camarades. En 1960, une commission fait apposer une plaque : « Ici, de 1940 à 1944, tombèrent plus de 4 500 résistants fusillés par l'ennemi... » En 1995, sur la base d'une enquête minutieuse recoupant différentes sources, l'avocat Serge Klarsfeld qui anime l'Association des fils et filles des déportés juifs de France, établit qu'il y eut en réalité 1 007 fusillés au Mont-Valérien dont 174 résistants juifs.

septembre
Paul Morand publie *L'Homme pressé*, roman.
Jean Paulhan publie *Les Fleurs de Tarbes ou la terreur dans les lettres*.

3 septembre
À Auschwitz (Bloc 11) a lieu le premier gazage utilisant du Zyklon B: des malades et des prisonniers soviétiques en sont les premières victimes. Le premier gazage de juifs à Auschwitz aura lieu le 4 mai 1942.

4 septembre
Le premier Lysander de la Royal Air Force atterrit en France pour amener et prendre des résistants.

5 septembre
À Paris, ouverture au palais Berlitz de l'exposition antisémite *Le Juif et la France*.
Fondateur en juin 1941 du Parti ouvrier et paysan français qui regroupe d'ex-militants communistes ayant rompu avec le PC lors du pacte germano-soviétique, Marcel Gitton est assassiné aux Lilas. D'autres membres de ce parti sont victimes d'attentats des groupes spéciaux communistes chargés de traquer leurs anciens camarades, même lorsque ceux-ci appartiennent à la Résistance, car ils sont des témoins gênants des volte-face de la direction du PC.
L'hebdomadaire catholique *Temps nouveaux* (suite de *Temps présent*) et la revue *Esprit* sont interdits en zone non occupée.

8 septembre-18 décembre
Vichy interdit la possession de poste radioélectrique d'émission ou tout matériel susceptible

d'en constituer un. Le 28 octobre, l'écoute des postes anglais ou étrangers est interdite. Le 1er décembre, le brouillage de la BBC est mis en place. Le 18, les Allemands instituent la peine de travaux forcés pour toute personne ayant écouté des postes autres qu'allemands ou ceux de la radio nationale française.

9 septembre
Début du siège de Leningrad.

11 septembre
À la suite de l'attaque d'un destroyer américain par un sous-marin allemand, Roosevelt donne l'ordre d'attaquer les navires de guerre de l'Axe s'ils pénètrent dans la zone de défense américaine.
La presse publie le texte de la loi créant un tribunal d'État chargé de réprimer les auteurs d'actes de nature à troubler l'ordre et susceptibles de « nuire au peuple français ». L'arsenal judiciaire visant les mouvements de résistance est ainsi renforcé, au moyen de formules vagues et donc extensibles.

20 septembre
Les Allemands exigent la mise à l'écart de Weygand, délégué général en Afrique française depuis le 6 septembre.

21 septembre-19 octobre
À la suite d'attentats commis contre des soldats allemands, le couvre-feu est instauré à Paris, à 21 h. Le 16, l'armée allemande a exécuté dix otages.
Le 29 septembre, trois militants communistes, dont l'ancien député Jean Catelas, sont exécutés à la Santé en vertu de la loi du 14 août précédent. Au 19 octobre, on comptera 123 otages exécutés.

24-26 septembre
Comité national français. Une ordonnance, datée du 24, organise les pouvoirs publics de la France libre en Comité national, « jusqu'à ce qu'ait pu être constituée une représentation du peuple français en mesure d'exprimer la volonté nationale d'une manière indépendante de l'ennemi ». La composition du CNF est promulguée le 26: général de Gaulle (président), Maurice Dejean (Affaires étrangères), général Legentilhomme (Guerre), René Pleven (Économie, Finances et Colonies), amiral Muselier (Marine et Marine marchande), René Cassin (Justice et Instruction publique), André Diethelm (Intérieur, Travail et Information), général Valin (Air).
Le 26, le gouvernement soviétique reconnaît le CNF. Une mission française s'établit à Moscou sous la direction de Roger Garreau. Pour conforter l'alliance, l'escadrille « Normandie » (plus tard « Normandie-Niémen ») combattra sur le front de l'Est.

26 septembre
Un Front national de la musique est organisé par Roger Désormière (1898-1963), Francis Poulenc, Charles Munch, Georges Auric, Manuel Rosenthal.

octobre
Le prix Goncourt est attribué à Paul Mousset *(Quand le temps travaillait pour nous)* mais cette attribution est contestée par Francis Carco et Jean Ajalbert qui décernent le Goncourt de la zone libre à Guy des Cars pour *L'Officier sans nom*.
La reprise des *Parents terribles* de Jean Cocteau au théâtre du Gymnase est interdite jusqu'au 7 décembre. À nouveau autorisée, elle est favorablement accueillie par le public.

1er octobre
La conférence tripartite de Moscou arrête les modalités de l'aide anglo-américaine en faveur de l'URSS.

4 octobre
La charte du Travail définit la répartition des activités industrielles ou commerciales en 29 familles professionnelles, subdivisées en 5 syndicats uniques (employeurs, ouvriers, employés, agents de maîtrise et ingénieurs, cadres administratifs et commerciaux). Les syndicats locaux, les unions régionales et les fédérations nationales sont doublés de comités sociaux groupant horizontalement les employeurs, les ouvriers et employés. Le lock-out et la grève sont interdits. Seuls des comités sociaux d'établissement seront réellement mis en place, sous le contrôle des employeurs dans les entreprises de plus de 100 salariés.
L'Acte constitutionnel n°10 instituant le serment des fonctionnaires est promulgué.

6 octobre
L'accès et le séjour dans la zone côtière (Manche, Atlantique) sont interdits à dater du 20.

6-10 octobre
1 600 arrestations ont lieu à Paris pour propagande anti-allemande.

11 octobre
Le *Militärbefehlshaber in Frankreich* (commandement militaire en France) contraint le gouvernement de Vichy à décréter qu'« il sera procédé à l'enlèvement des statues et monuments en alliages cuivreux sis dans les lieux publics et les locaux

administratifs afin de remettre les métaux constituants dans le circuit de la production industrielle. » Une commission sélectionne « les œuvres d'un caractère historique ou artistique incontestable » à conserver. À Paris, les statues de Victor Hugo (place Victor-Hugo), Fourier (place Clichy), du général Mangin (place Vauban) sont détruites ; au total 75 monuments disparaissent.

16 octobre
Le conseil de justice de Vichy condamne à des peines de réclusion à perpétuité Blum, Daladier, Mandel, Reynaud, Gamelin. Néanmoins l'instruction du procès se poursuit à Riom.

20-23 octobre
Le lieutenant-colonel Holtz, commandant de la ville de Nantes, est tué le 20 par Gilbert Brustlein qui appartient à l'organisation spéciale du Parti communiste. Le 22, le conseiller militaire Reimer est abattu à Bordeaux. 27 otages – militants communistes et trotskistes – sont exécutés à Châteaubriant en représailles. Les 22 et 23 octobre, 72 nouveaux otages sont fusillés à Nantes et Bordeaux. Le général de Gaulle réagit à la BBC le 23, condamnant l'action immédiate : « Il y a une tactique à la guerre. La guerre des Français doit être conduite par ceux qui en ont la charge, c'est-à-dire par moi-même et par le Comité national. Il faut que tous les combattants, ceux du dedans comme ceux du dehors, observent exactement la consigne que je donne pour le territoire occupé, c'est de ne pas y tuer ouvertement des Allemands... » Pour le deuxième semestre 1941, les communistes revendiqueront 156 actions dont 107 sabotages, 41 attaques à l'explosif et 8 déraillements pour la zone Nord.

22 octobre
L'éditeur de musique Raymond Deiss qui a publié 16 numéros du journal *Pantagruel* depuis octobre 1940, est arrêté. Il sera décapité à la hache à Cologne en 1943.
Dans un but de propagande, plusieurs artistes français sont conviés à un voyage en Allemagne ; les peintres Derain, Friesz, Van Dongen et Vlaminck, et les sculpteurs Bouchard et Despiau y participent. Invités au Congrès des écrivains européens, Drieu la Rochelle, Ramon Fernandez, Robert Brasillach (qui publie *Notre Avant-guerre*), Jacques Chardonne, Abel Bonnard, Marcel Jouhandeau se rendent à Weimar tandis que Marcel Arland et Paul Morand refusent l'invitation. Courant 1942, un deuxième voyage sera organisé mais Montherlant (qui publie *Solstice de juin* ce même mois) et Jouhandeau se tiendront à l'écart.

Le Secours national est créé pour la distribution de vêtements et de repas (300 000 par jour).

24 octobre
Le Comité national français (Londres) est reconnu, par échanges de lettres, par les gouvernements belge, polonais et tchécoslovaque.

novembre
Premier numéro des *Cahiers du Témoignage chrétien*, fondés à Lyon par le père Chaillet avec l'aide du père de Lubac. Sous le titre « France, prends garde de perdre ton âme », le père Gaston Fessard, l'ancien rédacteur de la revue *Études*, met en garde les chrétiens contre l'idéologie nazie, conception totalitaire du monde et mystique antichrétienne, et rejette l'antisémitisme – il cite partiellement Pie XI : « Il n'est pas possible aux chrétiens de participer à l'antisémitisme [...]. Nous sommes spirituellement des sémites. » – et appelle au refus de la collaboration qui « n'est en fait qu'un esclavage que le vainqueur exerce sur le vaincu, dosant sa contrainte, sa "générosité", suivant que l'esclave [...] accepte plus ou moins sa situation de fait... »
29 numéros des *Cahiers* paraîtront jusqu'en juillet 1944. L'équipe éditoriale met particulièrement l'accent sur la lutte contre l'antisémitisme (n°6/7, avril-mai 1942 : « Antisémites », réalisé par le R.P. Pierre Chaillet, Joseph Hours, Pierre Ganne, le R.P. Henri de Lubac), diffuse des informations sur l'extermination en cours en Pologne en publiant le dossier établi par le cardinal polonais August Hlond (n°13/14, 1943 : « défis »), s'interroge sur l'après-Libération (n°26/27, mai 1944 : « Exigences de la Libération », par André Mandouze et le R.P. de Montcheuil).
Une plaquette recueillant six *Poèmes de la France malheureuse* de Supervielle paraît aux éditions des Lettres françaises, quatre seront repris dans la revue *Fontaine*.

1er novembre
Ancien ministre du Front populaire, Charles Spinasse tente de grouper autour d'un journal, *Le Rouge et le Bleu*, les socialistes qui entendent « collaborer sans se renier ». Fondé à Paris, cet « hebdomadaire de la pensée socialiste française » (20 000 exemplaires), sera suspendu le 22 août 1942.

11 novembre
La France libre bénéficie à son tour du Prêt-Bail américain qui lui permet d'acheter à crédit du matériel.

12 novembre
Daladier, Blum et le général Gamelin sont internés au fort du Portalet (Basses-Pyrénées), sur décision du maréchal Pétain.
Le général Huntziger est tué dans un accident d'avion survenu près du Vigan (Gard).

16 novembre
Début de la bataille de Moscou qui marque l'arrêt de l'offensive allemande et constitue le premier revers de la Wehrmacht.
Gaston Tessier et les militants de la CFTC groupés autour de lui se prononcent contre la charte du Travail promulguée le 4 octobre précédent. Lors de sa conférence nationale de novembre, le Centre syndicaliste de propagande, émanation du RNP de Déat, critique la « réduction des libertés et des attributions syndicales » qu'elle implique.

18-21 novembre
Les fonctions de délégué général en Afrique française sont supprimées. Le général Weygand est mis à la retraite. Le 21, son rappel est rendu public. M. Chatel est nommé gouverneur général de l'Algérie et le général Juin commandant en chef en Afrique du Nord.

21 novembre
Une bombe explose à la librairie allemande Rive gauche, boulevard Saint-Michel à Paris. La ville de Paris est condamnée à une amende de 1 million de francs.

29 novembre
Une loi, promulguée à l'initiative du Commissariat général aux questions juives, institue l'Union générale des israélites de France (UGIF). Les « juifs résidant en France » – citoyens français ou non – sont contraints d'y adhérer. L'historien Marc Bloch fait signer une lettre adressée fin mars 1942 à la direction de l'UGIF, pour s'inquiéter de cette séparation arbitraire entre citoyens : « Nous sommes français. Nous n'imaginons pas que nous puissions cesser de l'être. » Sa lettre est signée d'Émile Benvéniste, Benjamin Crémieux, Max Aron, Henri Lévy-Bruhl, Alfred Lyon…

décembre
Premier numéro de *Combat*, organe du Mouvement de Libération française, fondé par Henri Frenay. Imprimés à Lyon, certains des 58 numéros de ce journal de 4 pages atteignent un tirage de 300 000 exemplaires.
Première parution de *Socialisme et Liberté*, organe du Comité d'action socialiste de la zone Nord (16 numéros jusqu'en janvier 1943), qui devient ensuite *Le Populaire*. Fondateurs : Robert Verdier, Raoul Évrard, Élie Bloncourt ; rédacteurs : Amédée Dunois, Charles Dumas.
Darlan conclut un accord avec les Italiens, s'engageant à transporter du matériel militaire de Marseille à Tunis pour le compte de l'Axe.
Publication aux éditions du Solitaire de *Madame Edwarda* de Georges Bataille, sous le pseudonyme de Pierre Angélique.

1er décembre
Pétain rencontre Goering à Saint-Florentin (Yonne) accompagné de l'amiral Darlan. Goering repousse violemment le protocole complémentaire que Darlan avait fait ajouter aux accords des 27-28 mai à propos d'une éventuelle entrée en guerre de la France contre la Grande-Bretagne. Pétain proteste contre l'attitude de l'Allemagne : « En ne faisant pas une paix de collaboration, vous vous exposez à perdre la paix. »

7 décembre
L'aviation japonaise détruit la flotte américaine à Pearl Harbor. Le 8, les États-Unis déclarent la guerre au Japon.
Le décret *Nacht und Nebel* (« nuit et brouillard ») prévoit la déportation des opposants et résistants en Allemagne et leur liquidation dans le secret absolu.

8 décembre
À Chelmno (Pologne annexée), un village en bordure de la rivière Ner, les nazis utilisent pour la première fois cinq camions pour gazer plusieurs centaines de juifs. La décision d'anéantir tous les juifs européens est prise par Hitler parallèlement aux exécutions de masse déjà en cours. Dans les semaines qui suivent, les installations d'extermination (chambres à gaz) commencent à fonctionner à Belzec (17 mars 1942), Sobibor (avril), Auschwitz (4 mai) puis Treblinka (juillet).
La Grande-Bretagne déclare la guerre à la Bulgarie, la Hongrie et la Finlande.
Les troupes japonaises débarquent en Malaisie.
Le Japon déclare la guerre à la Grande-Bretagne, aux États-Unis et aux Pays-Bas.
À la suite des nombreux attentats ayant eu lieu dans les Xe et XVIIIe arrondissements de Paris, le couvre-feu est avancé de 21 h à 18 h jusqu'au 14 dans le département de la Seine. La police procède à 1 615 arrestations.

9 décembre
La France libre déclare la guerre au Japon.

11 décembre
Hitler déclare la guerre aux États-Unis, suivi par Mussolini.

12 décembre
Les Allemands arrêtent et envoient au camp de Compiègne 743 notables juifs de Paris, presque tous français.
Naissance du Service d'ordre légionnaire, issu de la Légion française des combattants, que Pierre Pucheu, secrétaire d'État à l'Intérieur, veut transformer en police politique paramilitaire. Le SOL, sera officiellement créé en février 1942.

13 décembre
À la suite de l'échec devant Moscou, Hitler prend le commandement direct de la Wehrmacht.

14 décembre
100 otages sont exécutés et une amende de 1 milliard de francs est imposée par les Allemands aux juifs de la zone occupée, en représailles aux récents attentats.

22 décembre
Vichy répond positivement aux exigences allemandes acceptées les 27-28 mai concernant la Tunisie (ravitaillement de l'*Afrikakorps* de Rommel, et possibilité de repli en Tunisie pour lui).
Charles Pierrepâque est fusillé à Besançon.

UN DU « PEUPLE NÉ DE L'OMBRE »

Dès novembre 1940, Charles Pierrepâque entre dans un réseau de résistance à Belfort. Ce groupe se charge de faire passer des prisonniers évadés en zone libre dans une région particulièrement surveillée et de la récupération d'armes de guerre. Dans la nuit du 19 mars 1941, avec trois compagnons, il s'introduit au champ de mars de Belfort où l'occupant entrepose des armes mais ils sont découverts par les sentinelles : deux résistants sont arrêtés, les deux autres, dont Pierrepâque, réussissent à leur échapper. Recherché par la Gestapo et la Feldgendarmerie, Charles Pierrepâque continue ses activités de passeur. Il est arrêté le 1er décembre 1941 à L'Île-sur-Doubs. Emprisonné au fort Hatry de Belfort, torturé sauvagement, il ne livre aucune information. Condamné à mort par le tribunal militaire de Besançon, le 16 décembre, le « grand Charles », comme l'appelaient ses compagnons, est fusillé à la citadelle. Nommé au grade d'adjudant à titre posthume, Charles Pierrepâque appartient à ce « peuple né de l'ombre et disparu avec elle » qu'évoqua Malraux dans son discours lors du transfert des cendres de Jean Moulin au Panthéon, en 1964.

23 décembre
Réunis à Washington, Churchill et Roosevelt coordonnent les opérations de guerre.

24 décembre
Les Forces navales françaises libres, dirigées par l'amiral Muselier, rallient Saint-Pierre et Miquelon à la France libre contre la volonté des Anglo-Américains.

25 décembre
La garnison britannique de Hong Kong fait sa reddition aux Japonais.

30 décembre
La Wehrmacht occupe la Crimée sauf Sébastopol.

autres événements
• Georges Duhamel : *Lieu d'asile* (interdit et pilonné).
• Roger Frison-Roche : *Premier de cordée.*
• Création du Front national des arts, branche artistique du Front national qui regroupe les organisations de la Résistance dans l'obédience du PCF. Les peintres Fougeron, Goerg et Pignon en sont les principaux animateurs. Ils fondent avec d'autres artistes le périodique *L'Art français.*

1942

1er janvier
Jean Moulin est parachuté en France, chargé de mission par le général de Gaulle.

JEAN MOULIN

Né dans une famille du Midi, fils d'un professeur dreyfusard qui devint vice-président radical du conseil général de l'Hérault, nourri d'une tradition républicaine particulièrement vivace, Jean Moulin (1899-1943) fait des études de droit et se lance dans une brillante carrière : il est le plus jeune sous-préfet (1925) puis le plus jeune préfet (1937) de France. Il fait la connaissance du député de Savoie Pierre Cot qui devient un ami intime et qui en fera son chef de cabinet civil au ministère de l'Air en 1936. Il participe activement au soutien matériel à l'Espagne républicaine. En 1937, il choisit de retourner dans le corps préfec-

toral et est nommé à Chartres (Eure-et-Loir). Tenu au devoir de réserve, Moulin s'est interdit, tout au long de ces années, de s'exprimer publiquement sur les questions brûlantes. En juin 1940, lors de la débâcle, il reste sur place et organise l'accueil des réfugiés. Le 17 juin, l'occupant voulant le contraindre à signer un communiqué infamant contre les troupes sénégalaises, Jean Moulin s'y refuse et se tranche la gorge. Il échappe à la mort, est brièvement hospitalisé et regagne la préfecture presque aussitôt (ce qu'il raconte dans son récit Premier Combat, *éditions de Minuit). S'engage alors un combat pied à pied contre les prétentions de l'occupant qui dure jusqu'à sa révocation par Vichy le 2 novembre. Jean Moulin gagne alors la zone Sud. Il prend contact avec les mouvements de résistance qui s'organisent peu à peu et, après un long périple, réussit à gagner Londres où il se met à la disposition du général de Gaulle auquel il dresse un tableau de l'état de la Résistance intérieure. De Gaulle en fait le représentant du Comité national français en France, avec la triple mission de rallier les mouvements à la France libre, de mettre sur pied des structures militaires distinctes des organisations, enfin d'unifier la Résistance. En France, il se heurte à la méfiance des chefs des mouvements mais parvient à faire accepter la création d'une Armée secrète puis d'un comité de coordination des trois grands mouvements de la zone Sud qui prépare la constitution, en janvier 1943, des Mouvements unis de résistance (MUR). En zone Nord, ce sont le colonel Passy et Pierre Brossolette qui rassemblent les mouvements en un comité de coordination qui entrera* ipso facto *en concurrence avec le travail de Moulin. L'unification est un enjeu doublement politique: pour de Gaulle, il s'agit d'obtenir l'appui de la Résistance intérieure et asseoir sa légitimité face à ses interlocuteurs politiques; pour les mouvements, il s'agit de préserver leur autonomie, voire supplanter les partis que, par ailleurs, de Gaulle prend garde de ne pas s'aliéner. Dans ce jeu complexe, Jean Moulin joue un rôle capital et de Gaulle lui fournit les moyens de la mission qu'il lui a confiée: le 21 février 1943, il lui confère le statut de ministre et en fait son représentant permanent dans les deux zones. La création du CNR (27 mai 1943) consacre l'entreprise de Moulin. Mais le 21 juin, la réunion des chefs militaires de la Résistance destinée à désigner le successeur du général Delestraint, chef de l'AS arrêté le 9, tombe aux mains de la Gestapo. Torturé par Klaus Barbie puis transféré à Paris le 5 juillet, Moulin ne livre rien. La Gestapo décide son transfert à Berlin: il meurt vraisemblablement le 8 juillet, entre Metz et Francfort. Sa dépouille est rapatriée à Paris et incinérée au Père-Lachaise.*

Après la Libération, les résistants et la justice se sont penchés sur les circonstances obscures de l'arrestation de Jean Moulin. René Hardy, l'un des responsables de Résistance-Fer, qui participa à la réunion, alors qu'il avait été arrêté par la Gestapo le 7 puis relâché le 10 sans en informer ses camarades de réseau, fut traduit en justice à deux reprises et à chaque fois acquitté.

Jean Moulin – magnifié par André Malraux lors du transfert de ses cendres au Panthéon le 19 décembre 1964: « Pauvre roi supplicié des ombres, regarde ton peuple d'ombres se lever dans la nuit de juin constellée de tortures [...] Entre ici, Jean Moulin, avec ton terrible cortège. Avec ceux qui sont morts dans les caves sans avoir parlé, comme toi; et même, ce qui est peut-être plus atroce, en ayant parlé; avec tous les rayés et tous les tondus des camps de concentration, avec le dernier corps trébuchant des affreuses files de Nuit et Brouillard, *enfin tombé sous les crosses [...]. Entre, avec le peuple né de l'ombre et disparu avec elle – nos frères dans l'ordre de la nuit... » – est devenu au fil du temps le symbole de la Résistance. Dans les années 80 – pour répondre à Henri Frenay, chef du mouvement Combat –, Daniel Cordier, ancien secrétaire de Jean Moulin, entreprend une biographie du fondateur du CNR sur la base des archives en cours d'ouverture, tâche ardue qui trouve son aboutissement avec la publication, en 1989 et 1993, des trois volumes intitulés* Jean Moulin. L'Inconnu du Panthéon *(J.-C. Lattès). En 1999, il fait paraître* Jean Moulin. La République des catacombes *(Gallimard).*

2 janvier

Les États-Unis et la Grande-Bretagne créent le Joint Chiefs of Staff Committee (Comité des chefs d'état-major), destiné à coordonner les opérations militaires en Europe et dans le Pacifique.

Les troupes japonaises entrent dans Manille (Philippines), ville ouverte.

20 janvier

Ouverture de la conférence de Wannsee. Une dizaine de hauts responsables nazis, dont Adolf Eichmann, y assistent. Reinhard Heydrich annonce la « solution finale de la question juive », c'est-à-dire l'extermination totale des juifs européens, processus qui a déjà débuté en Pologne occupée et en Russie conquise.

La police parisienne prête serment au maréchal Pétain.

21 janvier
Les artistes Vlaminck, Friesz, Dunoyer de Segonzac, Van Dongen, Derain, Bouchard, Landowski, etc., participent à un second voyage culturel à Berlin organisé par les services culturels de l'ambassade allemande à Paris pour le rapprochement des cultures.

8 février
Le ministre allemand de l'Industrie, Albert Speer, est chargé de la mobilisation de l'économie allemande et européenne. Il développe le travail forcé qui suppose la déportation de populations de tous les pays occupés, en particulier celles d'Europe centrale et orientale.

15 février
Singapour tombe aux mains des Japonais.

19 février
À Riom s'ouvre le procès intenté par Vichy à Édouard Daladier, Guy La Chambre, Maurice Gamelin, Léon Blum, Robert Jacomet. À la veille du procès, une note donne des consignes à la presse: l'objet du procès est limité à la période 1936-mai 1940, les esprits doivent être orientés sur les «faits accablants» susceptibles d'être révélés à l'audience. 400 témoins sont cités au procès qui doit se dérouler tout l'été. Les juges ont pour instructions de ne pas remonter au-delà de 1936 afin d'éviter une mise en cause de Pétain lui-même – il fut ministre de la Guerre; il leur est interdit d'examiner la conduite des opérations militaires. Il s'agit de faire porter la responsabilité de la défaite de 1940 aux seuls politiques. Solidaires, Blum, Daladier se défendent sans concession et dominent les débats. Le procès tourne à la confusion des accusateurs ce qui irrite aussi bien Hitler que Mussolini. Le 11 avril, il est suspendu *sine die* sous le prétexte d'un supplément d'enquête.
Les éditions de Minuit publient *Le Silence de la mer*, signé du pseudonyme de Vercors (Pierre Bruller). Fondées avec Pierre de Lescure, Yvonne Desvignes et imprimées clandestinement par Ernest Aulard, ces éditions devaient publier, entre 1942 et 1944, Mauriac, Cassou, Aragon, Guéhenno, Gide, Chamson, Éluard, Pierre Emmanuel, Desnos…

28 février
Les États-Unis reconnaissent l'autorité du Comité national français de Londres sur les territoires français du Pacifique.

mars
Louis Guilloux: *Le Pain des rêves* (prix populiste).
Les éditions Gallimard publient *Sur les falaises de marbre* de l'écrivain nationaliste ancien combattant de la Grande Guerre Ernst Jünger. Le livre est une dénonciation masquée du nazisme. Appartenant à l'état-major parisien de la Wehrmacht, Jünger qui rencontre fréquemment Cocteau, Marais, Guitry, Drieu la Rochelle, Morand, Picasso, Benoist-Méchin, Jouhandeau, Bonnard, Léautaud, etc., est lié au colonel Speidel et au général Heinrich (1886-1944) von Stülpnagel, qui a succédé à son cousin Otto depuis février, opposants secrets à la politique de «Kniebolo», comme Jünger désigne Hitler dans son *Journal*. Il est parfaitement informé des massacres perpétrés par les Allemands. Dans son journal, il note le 8 février: «Il ne fait aucun doute qu'il existe des individus qu'on doit tenir pour responsables du sang de millions d'êtres», puis, le 6 mars: «… Il existe dans les grands abattoirs érigés dans les États contigus aux frontières de l'Est des bouchers qui ont tué de leurs propres mains autant de personnes qu'une ville d'importance moyenne compte d'habitants.»

1er mars
À Paris, salle Wagram, est inaugurée l'exposition *Le Bolchevisme contre l'Europe*, organisée sous l'égide du comité d'action antibolchevique présidé par Paul Chack, historien de la Marine.
Une sentinelle allemande est tuée rue de Tanger à Paris. Le 10, 20 otages sont exécutés en représailles.

3 mars
Un raid de l'aviation anglaise sur les usines Renault, Rosengart et Salmson à Boulogne-Billancourt travaillant pour l'armement allemand, fait 623 victimes et 1 500 blessés. Dans son *Journal de captivité* (jeudi 5 mars), Édouard Daladier se demande pourquoi les sirènes d'alerte n'ont pas fonctionné afin de prévenir la population qui aurait pu ainsi gagner les abris. Il ajoute: «Le commandement allemand a voulu ce massacre.»

LA FRANCE SOUS LES BOMBES ALLIÉES

À partir de 1942, les Alliés attaquent systématiquement le potentiel industriel français passé au service de la machine de guerre allemande. Après le bombardement meurtrier de Boulogne, Rouen-Sotteville est attaqué le 5 septembre; il y a 140 morts et 417 blessés. Le 17 octobre, Le Creusot bombardé dénombre 60 morts et 80 blessés (20 juin 194: 280 morts). En 1943, toutes les grandes villes industrielles ou présentant un intérêt stratégique sont bombardées: Rennes (8 mars, 29 mai: 472 morts), Rouen et Sotteville (12 mars, 28 mars : 200 morts), Boulogne-Billancourt (4 avril : 403 morts), Bordeaux (17 mai : 195 morts), Villacoublay et Le Bourget (14 juillet, 16 août : 197 morts), Sochaux (15 juillet : 94 morts), Paris (3 septembre : 105 morts), Abbeville et Saint-Omer (7 septembre : 300 morts), Colombes et Nanterre (9 septembre : 94 morts), Nantes (16 septembre : 712 morts), Toulon (24 novembre : 450 morts), Ivry, Bois-Colombes, Courbevoie, Asnières (15 septembre, 31 décembre : 563 morts). En 1944, les bombardements s'intensifient. En mars : 312 morts (Saint-Quentin, Trappes, Toulon, Le Mans, Creil). En avril : 2 367 (dont 850 à Rouen-Sotteville). En mai, juste avant le débarquement allié : 8 712 dont 1 976 à Marseille le 27 mai. En juin : 1 787. En juillet : 333 morts. En août : 677. Les 11 et 25 septembre : 4000 morts (?) au Havre, 2000 (?) à Strasbourg. Le total officieux des victimes de bombardements aériens, au 31 décembre 1944, s'établit à 67 078 morts et 75 660 blessés. La propagande de Vichy exploite les destructions et les disparitions provoquées par les bombardements pour susciter le ressentiment français contre les Anglo-Américains mais sans grand résultat. En revanche, lorsque les bombardements manquent leurs cibles et paraissent gratuits, ce ressentiment existe réellement et on en perçoit parfois encore des séquelles.

8 mars
L'aviation anglaise bombarde les usines Krupp à Essen. C'est le début des bombardements stratégiques sur l'Allemagne.

12 mars
Le général MacArthur quitte le camp retranché de Corregidor (Philippines) qui capitulera le 6 mai.

15 mars
Vichy prend des mesures pour réprimer le marché noir.

21 mars
Fritz Sauckel (1894-1946) est nommé responsable du recrutement de la main-d'œuvre pour les usines allemandes dans toute l'Europe occupée. Il exigera de Vichy 250 000 ouvriers pour l'Allemagne.

27 mars
Des commandos britanniques attaquent la base de sous-marins de Saint-Nazaire. Ils reçoivent l'aide de la population.

Le premier convoi de 1 112 déportés juifs quitte la France à partir de Drancy à destination d'Auschwitz. Il y aura 74 convois jusqu'en août 1944.

Drancy-Auschwitz

Parmi les 75 721 juifs déportés de France (dont deux tiers de juifs étrangers : Polonais, Allemands, Russes, Roumains, Autrichiens, Grecs, Hongrois), on compte 10 000 enfants et jeunes de moins de 18 ans (14 %). De mars à décembre 1942, 43 000 juifs sont déportés en 43 convois à destination d'Auschwitz. En 1943, ce sont 17 000 déportations en 17 convois pour Auschwitz et le camp de Sobibor au sud-est de la Pologne. En 1944, en sept mois, 16 000 déportés partent pour Auschwitz en 14 convois. Sur les 330 000 juifs que compte la France en 1940, environ 80 000 meurent à Auschwitz (43 000 déportés sont gazés dès leur arrivée), dans des camps d'internement français, comme otages. Ils sont seulement 2 500 à survivre : 24 % des juifs de France ont péri (16 % des juifs français, 30 % de juifs). Véritable usine de mort, près d'1,1 million de personnes (960 000 juifs, 70 000 à 75 000 Polonais, 21 000 tsiganes, 15 000 prisonniers soviétiques) périssent à Auschwitz. Dans les camps d'extermination – Auschwitz, Treblinka (jusqu'à l'insurrection des détenus, le 2 août 1943), Belzec (jusqu'en 1943), Sobibor (jusqu'à la révolte du 14 octobre 1943), Chelmno, Lublin-Maïdanek –, ce sont 3 millions de personnes qui sont tuées ou gazées. Au total, 5,1 millions – chiffres établis par l'historien Raul Hilberg, susceptibles d'être réévalués en raison de l'ouverture d'archives en Russie – de juifs sont victimes des conceptions raciales des nazis qui voulaient rendre l'Europe Judenrein (« vide de juifs »).

avril
Jean Moulin crée le bureau d'information et de presse, chargé de collecter et diffuser toutes les informations intéressant la Résistance. Installé à Lyon, le BIP est dirigé par Georges Bidault (du mouvement Combat).

5 avril
Installation officielle de la Gestapo dans la zone occupée.

10 avril
L'Humanité clandestine annonce la création des Francs-Tireurs et Partisans français. Ce bras armé

du PC est dirigé par Charles Tillon, placé à la tête du Comité militaire national.

16 avril
Manifestation anti-allemande des lycéens parisiens à l'appel des élèves du lycée Buffon. Plusieurs lycéens sont arrêtés et fusillés.

17 avril
Le général Giraud s'évade de la forteresse de Kœnigstein. Il réussit à gagner Vichy avec l'aide de la Résistance.
Après une rencontre avec Pétain et Laval, l'amiral Darlan est nommé commandant en chef des forces terrestres, maritimes et aériennes. Darlan accepte de s'effacer devant Laval.

18-20 avril
Sous la pression d'Otto Abetz et selon la volonté de Hitler, Pétain signe l'Acte constitutionnel n°11, créant la fonction de chef du gouvernement, et attribue celle-ci à Pierre Laval qui s'octroie en outre les Affaires étrangères, l'Information et l'Intérieur. Le lendemain, les États-Unis rappellent « pour consultation » leur ambassadeur l'amiral Leahy qui quitte définitivement Vichy.
Pierre Laval (chef du gouvernement, Intérieur et Affaires étrangères), Lucien Romier (ministre d'État), Joseph Barthélemy (Justice), Cathala (Finances), Jacques Le Roy Ladurie (Agriculture), Abel Bonnard (Éducation nationale, non pas Instruction publique), général Bridoux (Guerre), amiral Auphan (Marine), général Jannekeyn (Air), Lagardelle (Travail), Bichelonne (Production industrielle), Gibrat (Communications), Bonnafous (Ravitaillement), Brévié (Colonies), docteur Grasset (Famille et Santé), Paul Marion (Information).
Le 20 avril, à la radio, Pierre Laval présente sa politique: « À Montoire, nous avons trouvé, fait sans précédent, un vainqueur qui acceptait de ne pas abuser de sa victoire et offrait à la France, dans la nouvelle Europe, une place digne de son passé. [...]. Je crois devoir rendre à mes interlocuteurs allemands cet hommage qu'ils n'ont jamais songé à humilier la France... »

21 avril
En représailles des attentats des 2, 8 et 15 avril, 15 otages sont exécutés.

26 avril
Avec l'accord de la France libre, les troupes américaines débarquent en Nouvelle-Calédonie.
Le Progrès social français (ancien Parti social français) du colonel de La Rocque est dissous. Celui-ci s'est opposé aux tentatives de constitution d'un parti unique et a interdit à ses cadres de rejoindre la Légion française des combattants. Une seconde dissolution est prononcée, par l'occupant cette fois, en octobre.

mai
Audiberti: *Carnage.*
Queneau: *Pierrot mon ami.*
Vernissage à l'Orangerie de l'exposition de l'artiste officiel nazi Arno Breker en présence de Paul Belmondo, Despiau, Maillol, Van Dongen, membres d'un comité d'honneur. Jean Cocteau rend hommage à Breker, le 23 mai dans *Comœdia*, avec un « Salut à Breker ».

5 mai
Les Anglais débarquent à Madagascar sans tenir compte de la proposition que le général de Gaulle leur avait faite en vue d'une action conjointe.

6-11 mai
L'avocat antisémite Louis Darquier de Pellepoix est nommé commissaire général aux Questions juives. Le 11, celui-ci déclare à la presse: « Les Français doivent se rendre compte que le principal responsable de leurs misères actuelles est le juif. »

8 mai
Victoire des Anglo-Américains à la bataille de la mer de Corail: premier coup d'arrêt à l'expansion japonaise dans le Pacifique.
Offensive allemande en Crimée.
5 otages sont exécutés à Paris en représailles à un attentat commis à la station de métro Clichy.

15 mai
Le premier numéro du *Populaire* clandestin paraît en zone Sud, à l'initiative de Daniel et Cletta Mayer, Félix Gouin et Horace Maninacci. Les 21 numéros parus sont imprimés d'abord à Lyon puis à Saint-Claude. Certains numéros sont tirés à 95000 exemplaires.

19 mai
Publication du *Parti pris des choses* de Francis Ponge dans la collection « Métamorphoses ».

24 mai
Le général de Gaulle rencontre Molotov, ministre des Affaires étrangères de l'URSS, qui souhaite que « toute la France se groupe dans la lutte commune autour du Comité national ».

26 mai-11 juin
Battus à Gazala, les Britanniques réussissent à se dégager grâce à la 1re Division française libre, commandée par le général Kœnig, qui résiste à Bir Hakeim jusqu'au 11 juin aux assauts de l'*Afrikakorps* de Rommel.

27 mai
« Protecteur » SS de la Bohême-Moravie, Reinhard Heydrich est grièvement blessé par un commando tchèque. Il meurt le 5 juin. En représailles, le village de Lidice est rasé, les hommes exécutés, les femmes et les enfants déportés.
Lors d'une conférence de presse, le général de Gaulle revient sur l'illégitimité de Vichy: « Franchement, je ne crois pas que l'ancien Parlement, qui d'ailleurs a abdiqué en votant la Constitution de Vichy, puisse être considéré après la guerre comme le représentant réel du peuple français [...]. La démocratie se confond exactement pour moi avec la souveraineté nationale. La démocratie, c'est le gouvernement du peuple par le peuple, et la souveraineté nationale, c'est le peuple exerçant sa souveraineté sans entraves... » Un mois plus tard, les journaux de la Résistance reproduisent cette condamnation.

29 mai
Obligation est faite aux juifs de la zone occupée de porter l'étoile jaune (instituée en Allemagne depuis le 1er septembre 1941). Le journaliste Jacques Bielinski note: « Dans divers milieux juifs, cette nouvelle épreuve est accueillie avec sang-froid et courage. Personne ne se dérobera, n'éprouvant nulle honte de sa qualité juive. [...] Tous les témoignages que j'ai recueillis certifient que la population parisienne autochtone sympathise avec les juifs. » Les rapports allemands confirment ces réactions, signalant par exemple que, dans une queue devant un magasin d'alimentation, « les gens qui passaient par hasard, assuraient [les juifs] de leur sympathie et leur serraient la main pour exprimer leurs regrets » (rapport Becke, 6 juin 1942). Des Français (architectes, ouvriers, employés, étudiants) non juifs manifestent leur désapprobation en tentant de ridiculiser cette mesure discriminatoire: ils se promènent avec des imitations en papier de l'étoile jaune sur lesquelles ils ont écrit « Papou », « Zoulou », « Swing » et même « Bouddhiste »; parfois ils en affublent leur chien. Une trentaine d'entre eux sont arrêtés et internés à Drancy où ils restent jusqu'au 1er septembre, contraints de porter une étoile jaune avec l'inscription « ami des Juifs » (témoignage de Georges Wellers au procès Eichmann, Jérusalem, 1961).

juin
Les autorités allemandes font fermer l'exposition Kandinsky organisée à la galerie Jeanne Bucher à Paris.
Parution dans *Fontaine* à Alger du poème « Liberté », d'Éluard sous le titre « Une seule pensée ».

4 juin
La Légion française des combattants est réorganisée. Lachal, maire d'Ambert et député du Puy-de-Dôme, devient directeur général de la Légion, remplaçant François Valentin.

4-5 juin
Victoire américaine à Midway (Pacifique). Les plans japonais, qui visaient à atteindre les îles Hawaii et, au-delà, la Californie, échouent.

6 juin
Le général de Gaulle s'entretient à Londres avec l'ambassadeur soviétique Bogomolov. En raison des difficultés qu'il rencontre dans ses relations avec le gouvernement américain, il lui demande si l'URSS lui accorderait l'hospitalité, à lui et au Comité national français.
Le film nazi *Le Péril juif* est projeté à Paris.

10 juin
De Gaulle rencontre Churchill qui l'assure du soutien indéfectible de la Grande-Bretagne.

12 juin
Vernissage de l'exposition Henri Michaux à la galerie de l'Abbaye. L'auteur, qui est en zone libre, n'a pas obtenu de laissez-passer.

13 juin
À Washington est créé l'Office of War Information, chargé de contrôler et coordonner l'information et la propagande. Le service d'espionnage américain, l'Office of Strategic Services, est mis sur pied.

15 juin
Les fonctionnaires des PTT prêtent à leur tour serment au Maréchal.

16 juin
À Paris, Fritz Sauckel rencontre Pierre Laval pour négocier le transfert d'ouvriers qualifiés dans les usines allemandes. Il réclame 250000 ouvriers pour juillet.

17 juin
À l'occasion du deuxième anniversaire de la demande d'armistice, Pétain déclare: « Je ne me

dissimule point la faiblesse des échos qu'ont rencontrés mes appels. »

18-19 juin
Conférence de Hyde Park. Churchill et Roosevelt se concertent sur l'ouverture d'un second front en Europe.

22 juin
Pierre Laval annonce la « relève » : un prisonnier libéré contre trois travailleurs volontaires en Allemagne. Dans son discours radiodiffusé, il déclare : « On parle souvent de l'Europe. C'est un mot auquel, en France, on n'est pas encore très habitué [...]. Pour construire cette Europe, l'Allemagne est en train de livrer des combats gigantesques... Je souhaite la victoire de l'Allemagne parce que, sans elle, le bolchevisme s'installerait partout... La France ne peut pas rester passive et indifférente devant l'immensité des sacrifices que l'Allemagne consent pour édifier une Europe dans laquelle nous devons prendre notre place... » Le premier convoi de prisonniers libérés (1 200 agriculteurs de plus de 40 ans) par la relève arrive à Compiègne le 11 août où il est accueilli par Georges Scapini, ministre chargé des Prisonniers. Un jeune ouvrier normand, Georges Marchais, part comme travailleur volontaire chez Messerschmitt. Il deviendra secrétaire général du PCF en 1972.
Création de la Légion tricolore qui se fixe comme but d'encadrer les volontaires au combat au côté des Allemands. Cette organisation, réplique pour la zone Sud à la LVF, née sous la pression des partis collaborationnistes, sera dissoute le 28 décembre 1942 sans avoir eu de réalité tangible.

juillet
Le Comité général d'études, créé le mois précédent par Jean Moulin pour réfléchir aux institutions futures de la France, se réunit pour la première fois. Ses experts, installés à Lyon, sont François de Menthon (qui en a eu l'idée), Paul Bastid, René Courtin, Alexandre Parodi, Robert Lacoste.
Parution de *Pierrot mon ami* de Raymond Queneau.
Publication en France métropolitaine de *L'Étranger* d'Albert Camus.
Fondation de l'École libre des hautes études à New York (directeur Henri Focillon)

4 juillet
Chargé de l'ensemble des services de répression en France, le commandant de la Sûreté allemande en France, le général Karl Oberg (1897-1965), réunit René Bousquet, secrétaire général de la police de Vichy depuis le 18 avril, et Darquier de Pellepoix, commissaire général aux Questions juives, pour organiser à Paris une grande rafle des juifs. Le lendemain, Bousquet dissout la police du CGQJ mais entend conserver la maîtrise de l'opération. Les négociations avec les Allemands se poursuivent.

10 juillet
Au Conseil des ministres, au sujet des rafles de juifs qui se préparent, Laval déclare : « Dans une intention d'humanité, le chef du gouvernement a obtenu – contrairement aux premières propositions allemandes – que les enfants, y compris ceux de moins de 16 ans, soient autorisés à accompagner leurs parents. » Décision qui surprend les responsables nazis qui n'en demandent pas tant. Laval se satisfait des déclarations rassurantes des autorités allemandes à propos de la création d'un « État juif » en Pologne. Cinq jours plus tard, Bousquet ordonne au préfet de police de Paris Amédée Bussière (1886-1953) de préparer la rafle.
Les autorités allemandes décident d'étendre la répression des attentats aux proches parents de leurs auteurs, femmes et enfants compris.

16-22 juillet
Dans la nuit du 16 au 17, à 4 h du matin, l'opération *Vent printanier* commence. 13 000 personnes environ, dont 4 051 enfants (3 000 Français par droit du sol) et 5 802 femmes sont arrêtées par 4 500 policiers français et parquées au Vélodrome d'Hiver (XVe arrondissement). Il était prévu d'arrêter 27 361 juifs allemands, autrichiens, polonais, etc., âgés de 2 ans à 55 ans pour les femmes et 60 ans pour les hommes. Un convoi pour Auschwitz part le 19. Le 22, les prélats de zone Nord adressent, au sujet des rafles de juifs, une protestation à Pétain.
À Bordeaux, le secrétaire général de la préfecture de Gironde Maurice Papon organise, le 18 juillet, un premier convoi de 161 juifs à destination de Drancy, qui sera suivi de 10 autres jusqu'au 5 juin 1944. Au total, 1 560 personnes seront déportées de Gironde.
En France, seule la zone italienne offre aux juifs un refuge provisoire.

26 juillet
Le général Eisenhower est nommé commandant en chef des forces alliées participant à l'opération *Torch*, le débarquement anglo-américain en Afrique du Nord.

28 juillet
Le Comité national français est remanié. Intérieur et Travail : André Philip (professeur à la faculté de

droit de Lyon et député SFIO, il est arrivé à Londres le 25); Finances et Pensions: Georges Boris; Information: Jacques Soustelle.

29 juillet
La France libre devient officiellement la France combattante, nouvelle appellation approuvée par la Grande-Bretagne depuis le 14 juillet. Le 28 septembre, elle le sera par l'URSS. Les États-Unis ne la considèrent que comme le «symbole» de la Résistance française.

4 août
René Bousquet établit avec le général Oberg une convention entre les polices allemandes et françaises (coopération dans la chasse aux résistants avec, en contrepartie, la soumission à la juridiction allemande des seuls auteurs d'attentats contre l'armée allemande). Ces dispositions seront étendues un peu plus tard à la zone Sud. Avec l'accord de Laval, la Gestapo est autorisée à y rechercher les émetteurs clandestins de la Résistance.

5 août
Les autorités allemandes autorisent Radio-Vichy à posséder un poste émetteur en zone occupée.

7-30 août
Après de nouvelles négociations, Bousquet livre 3 429 juifs internés de la zone non occupée.
Le 7 août, le Comité national français proteste contre les déportations de juifs de la zone non occupée. Le 20, le pasteur Boegner, président de la Fédération protestante de France, adresse à Pétain une lettre de protestation contre les rafles. Le 23, le cardinal Saliège diffuse une lettre diocésaine s'élevant contre la persécution des juifs. Elle est lue en chaire le 30 août: «Que des enfants, que des femmes, des pères et des mères soient traités comme un vil troupeau [...] il était réservé à notre temps de voir ce triste spectacle. [...] Les juifs sont des hommes, les juives sont des femmes [...]. Tout n'est pas permis contre eux [...]. Ils font partie du genre humain. Ils sont nos frères comme tant d'autres. Un chrétien ne peut l'oublier.»

12-15 août
Rencontre entre le conseiller de Roosevelt Harriman, Churchill et Staline pour élaborer une stratégie commune face aux offensives de l'Axe.

14-26 août
À Marseille, pour la seconde fois depuis juillet, un rapport des services de contrôle technique de police (les écoutes) fait état de l'«extermination massive des juifs» en Pologne. Le 18 août, René Bousquet, secrétaire général de la police, fixe la date de la grande rafle en zone Sud, supprimant l'exemption accordée aux enfants de 2 à 18 ans. Le 26, 9 872 juifs étrangers sont arrêtés par les autorités françaises. Ils sont acheminés à Drancy et livrés aux nazis.

18-19 août
Un corps canadien tente de prendre pied à Dieppe, avec le soutien des Anglais. L'opération coûte la vie à 3 350 soldats canadiens. Churchill expliquera le 8 septembre aux Communes que cette «opération de choc» est un «préliminaire indispensable à des opérations de grand style».

20 août
La Wehrmacht atteint Stalingrad sur la Volga.

25 août
Considérés comme Allemands, les jeunes Alsaciens (100 000) et Mosellans (30 000) sont contraints de s'engager dans la Wehrmacht. 32 000 d'entre eux meurent (principalement en URSS), 10 500 sont portés disparus, 32 000 blessés dont 10 000 très grièvement.

Les Malgré-nous

Lorsque de jeunes Alsaciens ou Mosellans se cachent ou tentent de gagner la zone libre, les Allemands exercent des représailles sur leur famille, la déportant en Silésie ou en Prusse-Orientale. Lorsqu'ils se font prendre, ils sont internés au camp de Schirmeck ou exécutés au camp du Struthof dans les Vosges. Beaucoup de «Malgré-nous», c'est-à-dire de Mosellans et d'Alsaciens enrôlés de force dans la Wehrmacht, dont la plupart sont envoyés sur le front de l'Est, désertent pour passer du côté russe, comme ils y étaient invités par la propagande soviétique. Suspects malgré tout aux yeux des Soviétiques (ils sont souvent germanophones et viennent de l'Ouest exécré), ils sont internés au camp de Tambov (Russie centrale) découvrant un monde concentrationnaire, alors qu'ils espéraient pouvoir prendre part au combat dans les rangs de la France libre. Entre 10 000 et 14 000 d'entre eux périront à Tambov. 1 500 «Malgré-nous» libérés en juillet 1944 gagnent Alger. Les Soviétiques tentent de recruter des agents parmi eux. La double tragédie des «Malgré-nous», dont les survivants seront retenus en URSS jusqu'à dix ans après la fin de la guerre (l'un des derniers rentre en 1955), a profondément marqué l'Alsace-Lorraine. À l'été 1999, les «Malgré-nous», morts sous l'uniforme allemand ou dans les camps soviétiques, ont été officiellement considérés comme « Morts pour la France ».

28 août
Sortie du film d'Henri-Georges Clouzot *L'Assassin habite au 21.*

30 août
Dans une lettre adressée au Maréchal, Édouard Herriot proteste contre l'attribution de décorations aux légionnaires de la LVF qui se battent sous l'uniforme allemand. Il renvoie sa Croix de la Légion d'honneur reçue de Clemenceau. En septembre, il est mis en résidence surveillée à Brotel.

31 août
Le général Montgomery stoppe l'avancée de Rommel lors de la première phase de la bataille d'El-Alamein.

septembre
Poésie et vérité 1942 d'Éluard est publié. Celui-ci devient membre du comité de lecture des éditions de Minuit. Il entre bientôt dans la clandestinité.

4 septembre
Vichy promulgue une loi instituant le Service civil national du travail, permettant la réquisition de la main-d'œuvre sur place ou en Allemagne. De juillet à décembre sur 500 000 travailleurs destinés à l'Allemagne, seuls 215 000 partent dont 6 000 de zone Sud. Le 15 septembre, le gouvernement américain proteste contre cette loi, considérant que cette décision constitue une aide directe à un ennemi.

10 septembre-14 décembre
La flotte britannique investit plusieurs ports de Madagascar afin d'empêcher la transformation de l'île en base d'opérations de l'Axe. Le 17, le gouverneur général Amet rejette les conditions d'armistice britanniques. Le 23 septembre, les Britanniques s'emparent de Tananarive. Le 5 novembre, une convention d'armistice est signée entre les Français restés fidèles à Vichy et les forces britanniques. Le 14 décembre, le général Legentilhomme reçoit des Britanniques l'administration de la Grande Île, au nom du Comité national français.

11 septembre
M. Bonnafous remplace Jacques Le Roy Ladurie comme ministre de l'Agriculture et du Ravitaillement.

17 septembre
Charles Vallin, député et ancien vice-président du Parti social français du colonel de La Rocque, arrive à Londres.

20 septembre
116 otages sont exécutés en représailles aux attentats commis à Paris contre le cinéma Rex et la station de métro Marbeuf. Les salles de spectacle sont fermées.
Publication du premier numéro des *Lettres françaises*, organe du Front national des écrivains, fondé par Daniel Decourdemanche (arrêté en février 1942 et fusillé), Jean Paulhan, Jacques Debû-Bridel.

22 septembre
En vue de reconstituer la CGT, Léon Jouhaux (qui sera de nouveau interné après l'invasion de la zone Sud par les Allemands, le 26 novembre), Louis Saillant et Raymond Semat (envoyé par Benoît Frachon), se réunissent pour la première fois. Deux mois plus tard, le 22 novembre, les syndicalistes chrétiens rejettent les corporations professionnelles de Vichy.

octobre
Henri Frenay (Combat), Emmanuel d'Astier de La Vigerie (Libération) et le colonel Passy (BCRA) s'entretiennent à Londres avec le général de Gaulle.
Samuel Beckett se réfugie à Roussillon dans le Vaucluse après avoir échappé à la Gestapo – il faisait partie, avec son ami Alfred Péron, d'un réseau de résistance ayant pour nom de code Gloria. Il y écrit en anglais son roman *Watt* (qui ne sera publié qu'en 1953).
Lucien Febvre: *Le Problème de l'incroyance au XVIe siècle. La religion de Rabelais.*

3 octobre
Parution des *Décombres* de Lucien Rebatet (100 000 exemplaires vendus). Dans son pamphlet, le journaliste de *Je suis partout* donne libre cours à son antisémitisme tout en faisant la caricature du régime de Vichy.

4 octobre
Début de la bataille de Stalingrad.

5 octobre
À Lourdes, le cardinal Gerlier, archevêque de Lyon, déclare dans son sermon: « À l'une des heures les plus tragiques de notre histoire, la Providence a donné à la France un chef [Pétain] autour duquel nous sommes fiers de nous grouper. »

9 octobre
Première de *Renaud et Armide*, tragédie en alexandrins de Jean Cocteau.

9-22 octobre
À Londres, Henri Frenay et Emmanuel d'Astier de La Vigerie s'accordent pour la création d'une coordination des mouvements de résistance de la zone Sud (Combat, Libération, Franc-Tireur) et la création d'une Armée secrète, commandée par le général Delestraint.

17 octobre
Les Alliés décident la création d'une commission d'enquête sur les crimes de guerre nazis.

23 octobre
À Cherchell (Algérie), le général américain Clark rencontre le « groupe des cinq » (l'industriel Jacques Lemaigre-Dubreuil, l'ancien directeur du *Jour-Écho de Paris* Jean Rigault, le chef des chantiers de Jeunesse le colonel Van Heck, le conseiller diplomatique Tarbé de Saint-Hardouin, le lieutenant du 2e bureau Henri d'Astier de La Vigerie), personnalités décidées à faire basculer l'Afrique du Nord du côté des Anglo-Américains.

23-30 octobre
Deuxième phase de la bataille d'El-Alamein. Rommel est contraint de battre en retraite. À partir du 2 novembre, la contre-attaque des Britanniques bouscule l'*Afrikakorps*.

8 novembre
Le général Clark conclut un accord avec le général Giraud. Le principe de l'intégrité territoriale de la France et de son Empire y est réaffirmé. Les Anglo-Américains débarquent au Maroc et en Algérie. L'opération *Torch* a été lancée sans que de Gaulle ait été consulté. Les troupes de Vichy affrontent les Anglo-Américains : on dénombrera 2 500 tués et blessés du côté des Alliés et près de 4 000 côté français. Laval rompt les relations diplomatiques avec les États-Unis. Le 9, présent à Alger (il est venu au chevet de son fils malade), l'amiral Darlan négocie avec les Américains « une suspension d'armes » pour Alger. Deux jours plus tard, il l'étend à toute l'Algérie et au Maroc. Fort du soutien américain après l'accord conclu avec le général Clark le 2 (réaffirmant le principe de l'intégrité territoriale de la France et de son Empire), le général Giraud arrive à Alger.
Laval rencontre Hitler à Berchtesgaden.

10 novembre
En l'absence de l'amiral Darlan, Pétain prend le commandement des forces armées.
Pierre Brisson, directeur du *Figaro*, décide de cesser la parution de son quotidien : « Il s'agit de mentir ou de se démettre : Notre choix est fait... » Sa déclaration n'est pas publiée dans les colonnes du journal, un ordre officiel suspendant le titre. Le 5 décembre, Brisson envoie sa déclaration à 8 000 abonnés.

11 novembre
À 7 h, les hostilités cessent en Algérie et au Maroc. Darlan donne l'ordre d'observer la plus stricte neutralité envers les forces anglo-américaines. En réplique au débarquement allié en Afrique du Nord, la Wehrmacht envahit la zone Sud et les Italiens la Corse.
En réaction à l'occupation de la zone Sud par les Allemands, les élèves de l'École des cadres d'Uriage basculent du côté de la Résistance dans les semaines qui suivent. Un décret de Vichy fermera l'école en janvier 1943.

13-22 novembre
L'amiral Darlan, auquel s'est rallié le général Noguès, résident général au Maroc, annonce qu'« avec l'approbation des autorités américaines », il assume la responsabilité des intérêts français en Afrique française. Le 15, il déclare qu'en raison de la prise de contrôle des communications en métropole par les Allemands, le maréchal Pétain n'est plus en mesure de faire prévaloir sa volonté et que les autorités civiles et militaires d'Afrique du Nord doivent considérer ses ordres comme étant ceux du Maréchal lui-même. Il nomme le général Giraud commandant en chef des troupes françaises d'Afrique du Nord. Le 22, Darlan passe un accord avec le général Clark qui conforte sa position. Roosevelt qualifie l'accord passé d'« expédient provisoire ».

14 novembre
Pétain donne l'ordre à l'armée d'Afrique de s'abstenir de toute action contre les forces de l'Axe dont les blindés pénètrent en Tunisie.

16 novembre
Le général de Gaulle condamne les accords (perpétuant le pouvoir vichyste en Afrique du Nord) passés par les Américains avec l'amiral Darlan qui est déchu de toutes ses fonctions, le même jour, par Pétain.

17 novembre
Par l'Acte constitutionnel n° 12, le maréchal Pétain donne au chef du gouvernement, Pierre Laval, le

pouvoir de promulguer sous sa seule signature les lois et les décrets. Pétain s'adresse à la nation le 19: « Dans l'intérêt de la France, j'ai décidé d'accroître les pouvoirs du président Laval, pour lui permettre de remplir une tâche difficile. L'union est plus que jamais indispensable. Je reste votre guide. Vous n'avez qu'un seul devoir, obéir. Vous n'avez qu'un seul gouvernement, celui à qui j'ai donné pouvoir de gouverner. Vous n'avez qu'une patrie, que j'incarne, la France. »

18 novembre
L'amiral Auphan démissionne du secrétariat d'État à la Marine. Il est remplacé par l'amiral Abrial. Jean Bichelonne devient ministre de la Production industrielle et des Communications, Cathala ministre de l'Économie nationale et des Finances.

19 novembre
Début de la contre-offensive soviétique à Stalingrad.

20 novembre
Le général Weygand, qui vient d'être arrêté, Georges Mandel et Paul Reynaud sont livrés aux Allemands et transférés en Allemagne.

27 novembre
L'armée française d'armistice est désarmée (puis dissoute le 29). Une partie de ses cadres fonde l'Organisation de résistance de l'armée (ORA) commandée par le général Frère (1881-1944) qui, arrêté en juin 1943, meurt au camp du Struthof (Alsace).
La flotte française (61 bâtiments jaugeant 225 000 tonnes) se saborde à Toulon sur l'ordre de l'amiral de Laborde, après une attaque aérienne allemande et la pose de mines magnétiques dans le port.

28 novembre
Gilbert Renault dit Rémy, fondateur du réseau Confrérie Notre-Dame qui travaille avec le BCRA gaulliste, conclut un accord politique avec le PC qui apporte désormais son soutien à la France combattante. Le PC tente de se poser en représentant exclusif de la Résistance métropolitaine, tout en approuvant l'utilisation de Darlan par les Américains.

29 novembre
Le Temps, replié à Lyon, cesse de paraître.

30 novembre
La Réunion se rallie à la France combattante.

décembre
La Gerbe, journal d'Alphonse de Châteaubriant, partisan de la collaboration, débute la publication de *Deux cavaliers de l'orage* de Jean Giono.

2 décembre
Enrico Fermi, physicien italien réfugié à Chicago, expérimente pour la première fois une pile nucléaire.

4 décembre
L'amiral Darlan déclare assumer les fonctions de chef de l'État en Afrique et de commandant des forces françaises.

5 décembre
Sortie du film de Marcel Carné *Les Visiteurs du soir*.

8 décembre
Première de *La Reine morte* d'Henry de Montherlant à la Comédie-Française.

11 décembre
L'apposition de la mention « juif » est rendue obligatoire sur les pièces d'identité.

13 décembre
Hitler déclare aux généraux de la Wehrmacht que « la souveraineté française sera maintenue, mais dans la seule mesure où elle servira [les] intérêts [de l'Allemagne]; qu'elle sera supprimée dès l'instant où elle ne pourra être conciliée avec les nécessités militaires ».
À Vichy, Laval déclare à la presse: « C'est une guerre de religion que celle-ci. La victoire de l'Allemagne empêchera notre civilisation de sombrer dans le communisme. La victoire des Américains serait le triomphe des juifs et du communisme. Quant à moi, j'ai choisi [...]. Je renverserai impitoyablement tout ce qui, sur ma route, m'empêchera de sauver la France... »

19 décembre
Laval rencontre Hitler en Prusse-Orientale. Il n'obtient que le droit de lever des volontaires pour la Tunisie.

24-26 décembre
Le jeune monarchiste Fernand Bonnier de La Chapelle assassine l'amiral Darlan. Jugé hâtivement le 25, il est exécuté le 26. L'identité des commanditaires de l'attentat reste controversée.
À Rennes, 25 Français sont exécutés pour avoir fait sauter les sièges de la LVF et du bureau de recrutement des travailleurs français pour l'Allemagne.

26 décembre
Fort du soutien américain, Giraud succède à Darlan à la tête du Comité impérial français (CIF). Il écrit dans son ordre du jour: « Je demande à tous de s'unir derrière moi pour le succès des armes françaises et alliées. Une seule chose compte: la France et son Empire. Un seul but: la victoire. »

HENRI GIRAUD

Après la Première Guerre mondiale, Henri Giraud (1879-1949) fait l'essentiel de sa carrière au Maroc. En 1936, il devient gouverneur de la 6ᵉ région militaire à Metz. En 1940, il commande la VIIᵉ armée qui pénètre en Belgique à la rencontre des troupes allemandes puis est appelé à la tête de la IXᵉ armée le 15 mai 1940 mais est fait prisonnier le 18. Évadé en avril 1942, il gagne Vichy, semant le trouble dans les relations germano-vichystes. Le 2 mai 1942, il participe à une rencontre avec Otto Abetz, encadré par Laval et Darlan, refusant de se constituer prisonnier, mais promettant de ne rien entreprendre contre l'Allemagne. Cet officier supérieur très conservateur dont les conceptions n'étaient guère éloignées de la révolution nationale de Pétain, se trouve pris dans l'imbroglio algérien. Entré en relation avec les Américains par l'intermédiaire des conjurés algérois, il passe un accord avec Murphy, espérant être reconnu comme seul commandant en chef de l'armée d'Afrique. Il s'est en effet fixé pour tâche de réorganiser une armée française classique – il réussira à faire armer huit divisions par les Américains. Après l'épisode Darlan, il conserve les structures et les hommes de Vichy – il n'abolit la législation de l'État français qu'en mars 1943 mais ne rétablit pas le décret Crémieux du 24 octobre 1870. Dans sa rivalité avec de Gaulle, il perd peu à peu pied et se trouve sans influence. Le 4 avril 1944, de Gaulle supprime la fonction de commandant en chef qu'il occupait. Après guerre, Henri Giraud exerce les fonctions de vice-président du Conseil supérieur de la guerre jusqu'à sa mort.

27 décembre
Le tribut journalier imposé par les Allemands est porté à 500 millions de francs.

28 décembre
De Gaulle propose au général Giraud une coalition de toutes les forces françaises. À Alger, Giraud fait arrêter les gaullistes qui refusent de reconnaître son autorité et nomme le général Juin commandant en chef des forces françaises en Afrique du Nord.

29 décembre
L'émission « Honneur et Patrie » de la France combattante à Radio-Londres reprend après l'interruption décidée par les autorités anglaises lors de l'épisode Darlan à Alger.

31 décembre 1942-13 janvier 1943
Les colonnes FFL de Leclerc (général depuis août 1941) avancent dans le Fezzan pour faire leur jonction avec la VIIIᵉ armée britannique. Elle est réalisée le 13 janvier suivant.

autres événements
- Pierre Jean Jouve: *Tombeau de Baudelaire.*
- Louis Aragon: *Les Yeux d'Elsa.*
- Jean Blanzat: *L'Orage du matin* (prix de l'Académie française).
- Fabre-Luce: *Anthologie de la nouvelle Europe.*
- Forez (François Mauriac): *Le Cahier noir.*
- Arthur Honegger: *Symphonie pour cordes.*
- Henri Sauguet: *La Gageure imprévue* (opéra).

1943

janvier
Publication dans *Signal* (périodique allemand en langue française) d'un reportage photographique sur Giono.
Pilote de guerre, de Saint-Exupéry, est interdit.

2 janvier
Allocution radiodiffusée du général de Gaulle: « La confusion intérieure ne cesse de s'accroître en Afrique du Nord et en Afrique occidentale française [...]. Le seul remède à cette situation, c'est l'établissement [...] comme dans tous les autres territoires français d'outre-mer, d'un pouvoir central provisoire et élargi, ayant pour fondement l'union nationale, pour inspiration l'esprit de guerre et de libération, pour lois les lois de la République, jusqu'à ce que la nation ait fait connaître sa volonté ! »

9 janvier
Le général de Lattre de Tassigny, commandant la 16ᵉ Région militaire, qui a tenté de s'opposer à l'occupation par les Allemands de la zone libre, est condamné à dix ans de réclusion par le tribunal d'État de Vichy. Il s'évadera de la prison de Riom pour gagner l'Afrique du Nord.

11 janvier
Conformément aux instructions reçues de Moscou, le PC envoie Fernand Grenier à Londres où il arrive avec l'aide du colonel Rémy. Il a pour mission de

négocier un accord avec le général de Gaulle, de mettre sur pied une alliance qui n'implique cependant pas la soumission à l'autorité du chef de la France libre, tandis qu'en métropole les communistes ambitionnent de fédérer tous les mouvements et réseaux de résistance dans leur Front national afin de placer la Résistance sous leur hégémonie.

14-27 janvier
Conférence d'Anfa (Casablanca, Maroc). Roosevelt et Churchill convoquent de Gaulle et Giraud qui se rencontrent les 22, 23 et 24. Un communiqué commun insiste sur l'accord complet entre les deux protagonistes pour la « libération de la France et le triomphe des libertés humaines par la défaite totale de l'ennemi ». L'accord est de façade puisqu'en réalité, fort du soutien américain et des forces de l'armée d'Afrique qu'il commande, Giraud a proposé à de Gaulle, qui s'y refuse, de se placer lui-même sous son autorité.

16 janvier
Les Anglo-Franco-Américains enfoncent les lignes allemandes à Bouerat.

24 janvier
À la suite d'attentats commis contre eux, les Allemands détruisent le quartier du vieux port de Marseille considéré comme un foyer du terrorisme ; 20000 personnes sont évacuées.

26 janvier
Les mouvements de résistance de la zone Sud, Combat, Franc-Tireur, Libération, fusionnent en Mouvements unis de résistance (MUR).

30 janvier
Une loi publiée au *Journal officiel* avec la signature de Pierre Laval crée la Milice française qui reprend à son compte les 21 points du SOL. Son chef, Joseph Darnand, joue dès lors un rôle central dans l'État français.

JOSEPH DARNAND

Issu d'une famille catholique et traditionaliste, Joseph Darnand (1897-1945), combattant émérite en 1914-1918, décoré de la Légion d'honneur par Poincaré, termine la guerre comme adjudant. Il rêve de devenir officier mais n'y parvient pas. Quittant l'armée en 1921, il mène la vie ordinaire d'un chef de chantier d'exploitation forestière puis devient vendeur-décorateur de meubles. En 1923, il adhère à l'Action française, devient le dirigeant des Anciens Combattants affiliés à l'AF, puis la quitte en 1928. Lorsque deux anciens de l'organisation de Maurras, Eugène Deloncle et Jean Filliol, fondent le Comité secret d'action révolutionnaire (la Cagoule) en 1935, Darnand intègre leurs Unions d'autodéfense. En 1936, il adhère au Parti populaire français de Jacques Doriot. En 1937, Darnand est chargé de récupérer des armes fournies par les services secrets italiens en « échange » de l'assassinat des frères Rosselli (9 juin 1937). Le 14 juillet 1938, arrêté après les attentats de la Cagoule contre le siège de la CGPF en septembre 1937, il est défendu par Xavier Vallat, futur commissaire général aux Questions juives. Il est libéré en décembre 1938. En 1939, Darnand reprend du service et forme un corps franc à la tête duquel il s'illustre : sa photo est publiée en première page de Paris-Match *pendant la drôle de guerre. Fait prisonnier le 19 juin 1940, il s'évade du camp de Pithiviers. Son extrémisme antirépublicain et antidémocrate va trouver à s'employer dans tous les organes de répression du SOL à la Milice. Il devient responsable au maintien de l'ordre le 30 décembre 1943, après avoir rejoint, en novembre, la Waffen SS et prêté serment à Hitler. Arrêté en Italie où il a trouvé refuge après l'épisode de Sigmaringen, il est condamné à mort par la Haute Cour de justice et exécuté le 10 octobre 1945.*

31 janvier-2 février
Le commandant de la VIe armée allemande encerclée à Stalingrad, le maréchal Paulus capitule. Le 2 février, les dernières troupes allemandes se rendent : c'est un tournant de la guerre en Europe, les Allemands perdant l'initiative. Le général de Gaulle déclare : « Il n'est pas un bon Français qui n'acclame la victoire de la Russie... Dans l'ordre politique, l'apparition certaine de la Russie au premier rang des vainqueurs de demain apporte à l'Europe et au monde une garantie d'équilibre dont aucune puissance n'a autant que la France de bonnes raisons de se féliciter... »

février
Première réunion à Paris, chez la poétesse Édith Thomas, du Comité national des écrivains, zone Nord.
L'Expérience intérieure de Georges Bataille paraît chez Gallimard. Critique de Sartre et réponse de Bataille.

2 février
Les forces du général Leclerc font leur jonction avec celles du général Delay, provenant d'Afrique du Nord, à Ghadamès.

5 février
René Massigli, ancien ambassadeur à Ankara (1939-1940) est nommé commissaire national aux Affaires étrangères.

9 février
Jean Moulin entre au Comité national français qu'il est chargé de représenter en France. Le 21, le général de Gaulle lui confie la mission de créer « dans les plus brefs délais possibles un Conseil national de la Résistance (CNR) unique pour l'ensemble du territoire métropolitain » qu'il présidera en tant que représentant du chef de la France combattante.

10 février
Ferhat Abbas publie le Manifeste du peuple algérien qui revendique un « État algérien démocratique et libéral » tout en admettant une tutelle française.

14 février
Rostov est libérée. L'armée rouge a progressé de 600 km en un mois et demi. Deux jours plus tard, Kharkov est prise.

17 février
Une loi institue le Service du Travail obligatoire (STO) pour les garçons âgés de 21 à 23 ans. Les classes 40, 41 et 42 y sont appelées. Entre 625 000 et 700 000 requis travailleront en Allemagne (35 000 devaient y mourir). Le STO favorise l'apparition des maquis mais, si le nombre de réfractaires qui y trouvent refuge a été croissant, au total ce sont seulement environ 10 % des insoumis au STO qui deviendront maquisards.

20 février
Le Premier Lord de l'Amirauté britannique Albert V. Alexander dresse un premier bilan de l'aide anglo-américaine à l'URSS. Il indique que la Grande-Bretagne lui a fait parvenir 3000 avions et 3000 chars et les États-Unis 2 600 avions et 2000 chars. Dans son bilan, il ne comptabilise pas les pertes en matériels, hommes et navires coulés en mer du Nord, mer de Norvège ou dans l'Atlantique Nord par les sous-marins allemands. L'aide des Anglo-Américains à l'armée rouge jusqu'en 1945 est considérable (une valeur d'environ 6 milliards de dollars jusqu'en 1944) et s'avérera décisive.

25 février
Rommel perd la position stratégique de Kasserine (Tunisie) face aux forces anglo-franco-américaines. Premier convoi de déportés politiques français pour Buchenwald.

LES DÉPORTÉS POLITIQUES

On estime à 63 000 le nombre des déportés non raciaux (par opposition aux juifs déportés en tant que tels) dont 43 000 déportés résistants. Le taux de mortalité s'établit autour de 40 %.
Les déportés français découvrent le monde concentrationnaire mis en place dès 1933 par les nazis et développé depuis le début de la guerre. Porteurs d'un triangle rouge frappé de l'initiale de leur pays, ils sont envoyés dans les camps de Mauthausen (en Autriche, où sont rassemblés les Républicains espagnols), Buchenwald (où près d'un tiers des Français est acheminé), Bergen-Belsen, Neuengamme, Dora ou dans les kommandos qui en dépendent pour travailler jusqu'à l'épuisement. Les femmes sont envoyées au camp de Ravensbrück. En mai 1941 est ouvert le camp de Natzweiler-Struthof dans les Vosges. Dans la nuit du 1er au 2 septembre 1944, 108 résistants du réseau Alliance sont exécutés avant l'évacuation du camp.

27 février-10 mars
Le colonel Passy (André Dewavrin), qui dirige le BCRA, est parachuté en France avec les directives du général de Gaulle. Le 4 mars, il rencontre Pierre Brossolette et André Mercier, représentant le Parti communiste. Le 10 mars, Mercier transmet l'accord du PC à sa participation au CNR avec, cependant, de nombreuses réserves. Le PC réitère son soutien au général Giraud et entend faire négocier les émissaires du général de Gaulle avec le Front national, cherchant à accréditer l'idée de l'indépendance du Front national dont il est le créateur et l'organisateur.

1er mars
La ligne de démarcation est assouplie : les « Français à part entière » et la correspondance postale peuvent circuler entre les zones Nord et Sud, ainsi qu'entre le Nord, le Pas-de-Calais et le reste du territoire.

11 mars
À Paris, deux attentats sont commis contre un autobus transportant des marins allemands, boulevard Suchet, et contre une patrouille allemande, carrefour de l'Odéon.

14 mars-21 avril
À Alger, le général Giraud, poussé par Jean Monnet, récuse la validité de l'armistice, annonce la renaissance de l'armée française et proclame la souveraineté de la France jusqu'à ce que les Français puissent s'exprimer conformément aux lois de la

République. Il annule la législation vichyste par huit ordonnances publiées le 18: « Toutes les mesures prises sous l'inspiration de l'ennemi seront abrogées. Les lois de discrimination raciale imposées à la France par les nazis n'existent plus... » De son côté, de Gaulle prend une première ordonnance, suivie d'une seconde le 21 avril, stipulant que les comités départementaux de libération seront constitués après la Libération et n'auront qu'un rôle consultatif. Il s'agit pour lui de limiter les risques de dérapage vers un double pouvoir que les communistes s'efforcent déjà de promouvoir.

15 mars
Depuis la prison de Bourassol, Léon Blum adresse une lettre au général de Gaulle dans laquelle il déclare, au nom de la SFIO, soutenir l'action du chef de la France libre. C'est la dernière lettre qu'il parvient à transmettre à l'extérieur avant sa captivité en Allemagne.

17 mars
Un communiqué du Comité national français annonce l'ouverture de négociations entre le général de Gaulle et le général Giraud.

18 mars
La Guyane se rallie à l'administration du général Giraud.

19 mars
Le film *La Ville dorée*, du cinéaste allemand Veit Harlan, est tourné en couleur avec le procédé Agfacolor.

22 mars
Premier « concert de la Pléiade » organisé à l'initiative de Gaston Gallimard, Roger Désormière, Nadia Boulanger pour permettre à des musiciens de jouer devant un public d'écrivains des œuvres inédites ou interdites.

23 mars
Les Alliés prennent la ligne de défense allemande Mareth en Tunisie.

26 mars
Le général de Gaulle annonce son prochain départ pour Alger afin de rencontrer le général Giraud qu'il qualifie de « grand soldat et noble figure ».
Pierre Brossolette prend l'initiative de réunir, dans un comité de coordination, cinq mouvements et organisations politiques de la zone Nord dont le PC et le Front national qui se trouve ainsi reconnu comme organisation distincte du PC.
Laval remanie son cabinet: Gabolde (Justice), amiral Bléhaut (Marine et Colonies), Félix Olivier-Martin (Jeunesse).

31 mars-5 avril
Le secrétaire général de la police, René Bousquet, se présente à la prison de Bourassol, investie depuis quelques jours par les SS. Le général Gamelin, Daladier et Blum doivent être transférés à Paris, les autorités allemandes craignant qu'ils ne soient enlevés par un commando anglo-américain et qu'ils puissent ainsi participer à la mise sur pied d'un contre-gouvernement. Daladier, dans son *Journal*, commente: « Vichy a capitulé. » Quittant la sinistre et vétuste prison, ils sont emmenés à l'aérodrome d'Aulnat où, rejoints par Léon Jouhaux, ils sont retenus jusqu'au 3 avril. Parvenus le 5 à Maisons-Laffitte, les Allemands les emmènent par avion en Allemagne, puis par route jusqu'au camp de Buchenwald, près de Weimar. En mai, Daladier, Jouhaux et Gamelin sont envoyés dans le Tyrol. Blum demeure à Buchenwald avec Georges Mandel (venu du camp de Sachsenhausen). Ils habitent à mi-chemin entre le camp de déportés et le village de SS, dans la forêt, sans rien savoir de la vie du camp de concentration voisin mais pressentant l'horreur en raison des odeurs qui leur parviennent. Blum sera rejoint par sa compagne Jeanne Levylier, qu'il épouse le 25 septembre.

avril
Robert Desnos publie *État de veille* chez Robert J. Godet. Le tirage est de 170 exemplaires.

1er avril
La ration hebdomadaire de viande tombe à 120 g.

6 avril
Publication aux États-Unis du *Petit Prince* de Saint-Exupéry. Le 3 juin, il publie *Lettres à un otage*, adressées à son ami Léon Werth resté en France.

7 avril
En Tunisie, les troupes françaises d'Afrique du Nord et américaines réussissent leur jonction.

11 avril
Sortie de *Goupi Mains Rouges*, film de Jacques Becker, qui se déroule au Tonkin.

13 avril
La radio allemande annonce la découverte d'un charnier à Katyn (Russie blanche). 4 500 corps d'officiers polonais exécutés d'une balle dans la nuque, sont exhumés. Le gouvernement polonais

de Londres demande une enquête à la Croix-Rouge. Le 26 avril, les Soviétiques, mis en cause par l'enquête, rompent les relations diplomatiques avec le gouvernement polonais de Londres. Les Alliés censurent toute information concernant le massacre de Katyn, afin de complaire à l'URSS.

15 avril
Le Comité national français examine les négociations engagées entre de Gaulle et Giraud portant sur l'adoption de principes directeurs: abolition intégrale de la législation de Vichy, distinction entre pouvoir central et organes administratifs, subordination du commandant en chef au pouvoir central.

17 avril
Robert Bothereau et Louis Saillant (de la CGT clandestine) rencontrent au Perreux les syndicalistes communistes Henri Raynaud et André Tollet. Ils signent ensemble un accord reconstituant une CGT unique sur la base du rapport de forces existant lors du congrès de Nantes (1938).

19 avril
Premier jour de l'insurrection du ghetto de Varsovie. Les combattants de l'Organisation juive de combat s'opposent, les armes à la main, à la déportation vers le camp d'extermination de Treblinka. Il faudra attendre le 23 août pour que la BBC, dans son émission « Les Français parlent aux Français », donne des informations sur l'insurrection et le suicide d'Adam Czerniakow, président du Judenrat (Conseil juif de Varsovie).

27 avril
Arrivée à Londres d'Henri Queuille (sénateur radical-socialiste de la Corrèze), Pierre Viénot (député socialiste des Ardennes), Georges Buisson (secrétaire adjoint de la CGT), Marcel Poimbœuf (dirigeant de la CFTC) qui rallient la France combattante.

28 avril
Allocution radiodiffusée de Pétain devant les chefs départementaux de la Légion française des combattants: « L'avenir est chargé d'orages: il faut que nous nous préparions tous [...]. Miliciens et légionnaires, aidez-moi à montrer le vrai visage de la France! »
Création à Grenoble du Centre de documentation juive contemporaine (CDJC) par Isaac Schneersohn. Le CDJC entreprend de rassembler les documents sur la persécution des juifs par Vichy et dans l'Europe entière.

29 avril
Entrevue Hitler-Laval, qui vient chercher auprès du Führer la confirmation de son pouvoir.
En zone Sud, les MUR mettent en place le Service national maquis, destiné à fournir la logistique nécessaire (intendance et armement) aux maquis en développement.

6 mai
Le général Giraud dissout la Légion française des combattants, créée le 29 août 1940 par Vichy, en Afrique du Nord.

7-9 mai
Les Alliés entrent dans Tunis et Bizerte. Le 9, 22000 soldats allemands se rendent aux troupes françaises.

10 mai
Création, au cours d'un des concerts de la Pléiade animés par Denise Tual avec la collaboration du musicologue André Schaeffner, des *Visions de l'Amen* d'Olivier Messiaen pour deux pianos par Yvonne Loriod et le compositeur.

13 mai
Bloquées au cap Bon, les forces italo-allemandes d'Afrique du Nord (291000 hommes) capitulent.

15 mai
Au nom du Comité national de la Résistance, Jean Moulin câble à Londres: « Le peuple de France n'admettra jamais la subordination du général de Gaulle au général Giraud », apportant ainsi le soutien de la résistance intérieure au chef de la France libre.
Staline dissout le Komintern. En réalité, les structures secrètes de liaison entre les PC et Moscou continuent d'exister.

24 mai
L'amiral allemand Dönitz renonce à la poursuite de la bataille de l'Atlantique en raison des pertes en sous-marins subies lors des attaques des convois alliés.
À Vinnitsa (Ukraine), les autorités locales découvrent 38 fosses dans un verger. Au total 9 442 corps sont exhumés; là encore, la plupart des victimes ont été exécutées d'une balle dans la nuque. Une commission internationale conclut à des exécutions commises en 1937-1938 par le NKVD. De nombreuses victimes, en majorité des paysans, sont identifiées par des membres de leurs familles. Les propagandes allemande et pro-allemande en France s'emparent de l'affaire, rappelant la découverte du charnier de

Katyn. Depuis 1990, quantité de fosses de ce genre ont été découvertes dans toute la Russie.

25 mai

Churchill déclare lors d'une conférence de presse à Washington: « Je compte plutôt sur la force des armes que sur l'écroulement intérieur pour amener la victoire des Alliés. La fortune des armes a incontestablement changé de camp. La seule conclusion possible de la guerre est la reddition sans compromis de l'Allemagne et de ses alliés, Japon compris... »

27 mai

Le Conseil national de la Résistance se réunit pour la première fois au 48 de la rue du Four à Paris (VIe arrondissement). Avec Jean Moulin sont présents: Claude Bourdet, Pascal Copeau, Eugène Claudius-Petit (au nom des MUR), Jacques-Henri Simon (OCM), Charles Laurent (Libération-Nord), Roger Coquoin-Lenormand (Ceux de la Libération), Jacques Lecompte-Boinet (Ceux de la Résistance), Pierre Villon (Front national), André Mercier (PC), André Le Troquer (SFIO), Georges Bidault (démocrate-chrétien), Marc Rucart (Parti radical-socialiste), Joseph Laniel (Alliance démocratique), Jacques Debû-Bridel (Fédération républicaine), Louis Saillant (CGT), Gaston Tessier (CFTC). Un compromis a été trouvé entre les mouvements de résistance souvent hostiles aux vieux partis, et ces derniers.
Au cours de la réunion, le PC s'oppose à la motion qui désigne le général de Gaulle comme seul chef du futur Gouvernement provisoire, invoquant le fait que le général Giraud contrôle l'Algérie. Début juin, Pierre Meunier, adjoint du représentant de Moulin en zone Sud Henri Manhès, tente de faire adopter par Jean Moulin le texte que le PC a présenté à la réunion, texte qui tend à instituer le CNR comme dépositaire de la souveraineté nationale et le dirigeant exclusif de la Résistance.
Aux États-Unis est créé l'Office of War Mobilisation destiné à coordonner l'effort de guerre. La production américaine égale celles de l'Allemagne, de l'Italie et du Japon réunies.
Un autodafé d'œuvres d'« art dégénéré » est réalisé par les autorités allemandes au jardin des Tuileries à Paris: des œuvres de Picasso, Klee, Léger et Ernst sont détruites.

30 mai

Accompagné d'André Philip et René Massigli, le général de Gaulle arrive à Alger où il compte supplanter le général Giraud.

31 mai

Première entrevue de Gaulle-Giraud à Alger.
Le général Giraud nomme le général Georges, ancien commandant en chef des armées du Nord-Est en 1939 arrivé à Alger le 30, et Jean Monnet, ancien président du Comité franco-britannique des ressources de guerre en 1939, comme membres du Comité central exécutif français (CCEF) en Afrique du Nord. Le 1er juin, le général Catroux en devient également membre.

juin

Sous la pression d'Helmut Knochen, chef du *kommando* spécial envoyé en France en juin 1940, Laval signe un projet de loi dénaturalisant les juifs ayant obtenu la nationalité française depuis 1927 qui permettrait la déportation de 50000 juifs. Devant l'opposition de l'Église catholique, Laval ne promulgue pas la loi.
Galerie Friedland, exposition *Hommage aux anciens* où Estève expose un *Hommage à Cézanne* et Francis Gruber un *Hommage à Jacques Callot*, dont il avait peint l'effigie pour les cortèges du Front populaire.

2 juin

Création de la Franc garde de la Milice, formation militaire destinée à combattre la Résistance.
Première des *Mouches* de Jean-Paul Sartre au théâtre de la Cité. À la générale, Sartre fait la connaissance d'Albert Camus. À la fin du mois paraît *L'Être et le néant* qui passe presque inaperçu.

3-7 juin

Constitution du Comité français de Libération nationale à Alger. Il est placé sous la double présidence du général Giraud et du général de Gaulle, par la fusion du Conseil de défense de l'Empire (fondé par de Gaulle le 27 octobre 1940) avec le gouvernement du général Giraud. C'est l'aboutissement de négociations menées par le général Catroux pour le compte de De Gaulle et par Jean Monnet pour celui de Giraud. Giraud perdra rapidement pied face à son rival. Le CFLN se réunit le 4 dans la matinée. Le 7, la composition du CFLN est rendue publique: Jules Abadie (Justice, Éducation nationale et Santé publique), René Massigli (Affaires étrangères), André Philip (Intérieur), Maurice Couve de Murville (Finances), Jean Monnet (Armement, Approvisionnement et Reconstruction), André Diethelm (Production et Commerce), René Mayer (Communications et Marine marchande), René Pleven (Colonies), Adrien Tixier (Travail et Prévention sociale), Henri Bonnet (Information).

Le général Catroux est nommé gouverneur général de l'Algérie en remplacement de Peyrouton, démissionnaire depuis le 1er juin.

5 juin
Pierre Laval à la radio: « Si mon gouvernement n'était pas là, vous connaîtriez sans doute des conditions plus rudes et en particulier l'humiliation de voir votre pays administré par l'étranger [...]. Les puissances de l'Axe et ceux qui les assistent versent leur sang pour barrer la route au bolchevisme et briser la puissance militaire des Soviets, tandis que la France, par son travail, doit prendre sa part de l'effort et des sacrifices communs. [...] Des mesures rigoureuses seront prises [contre les réfractaires au Service du travail obligatoire – même contre leurs familles ou des tiers s'ils sont complices – qui les mettront dans l'impossibilité de se soustraire longtemps encore à un devoir qui s'impose à tous [...]. »

9 juin
Le général Delestraint, chef de l'Armée secrète, est arrêté à Paris à la station Muette où il avait rendez-vous avec René Hardy, l'un des responsables de Résistance-Fer. Déporté en Allemagne, il devait être exécuté quelques jours avant la libération de Dachau en 1945.

13 juin
Le Populaire publie le manifeste que Daniel Mayer, parvenu à Londres le 13 avril, a fait adopter par les socialistes des deux zones et ceux de Londres dans lequel tous les socialistes apportent leur soutien au général de Gaulle.

18 juin
Le CFLN est reconnu par la Tchécoslovaquie, la Yougoslavie, les Pays-Bas, le Luxembourg, l'Uruguay.

21 juin
Jean Moulin est arrêté à Caluire près de Lyon lors d'une réunion organisée pour décider notamment du remplacement du général Delestraint. Sont arrêtés en même temps que lui: le docteur Frédéric Dugoujon (dont la maison servait de lieu de rendez-vous), le colonel Lacaze (4e bureau de l'ORA), le colonel Schwartzfeld (France d'abord), André Lassagne (Armée secrète), Henri Aubry (Combat), Bruno Larat (Centrale des opérations aériennes), Raymond Aubrac (Libération), René Hardy (Résistance-Fer), qui réussit à s'échapper mais s'attire la suspicion de ses camarades. Ex-chef de cabinet de la France libre, Claude Bouchinet-Serreulles remplace Moulin par intérim, bientôt assisté de Jacques Bingen, chef de la section non militaire du BCRA, aux fonctions de président du comité directeur de la Résistance en zone Nord. Peu de temps après, Georges Bidault, ancien éditorialiste du quotidien démocrate-chrétien *L'Aube* dans les années 30, est élu président du CNR par ses pairs.
Le fragile équilibre que Jean Moulin avait réussi à préserver au sein du CNR est rompu. Il l'est d'autant plus que l'influence communiste gagne du terrain grâce à une concentration des représentations: Bidault représente à la fois les démocrates-chrétiens et les partis socialiste et radical; Louis Saillant qui se rallie discrètement aux positions communistes la CGT, la CFTC et Libération-Nord, Pascal Copeau (proche des communistes, son suppléant est le communiste Pierre Hervé) Libération-Sud et les MUR, Pierre Villon, le PC et la Fédération républicaine, Maxime Blocq-Mascart l'Organisation civile et militaire. Par conséquent le PC dispose de trois voix sur cinq et Bidault, adhérent du Front national, est personnellement subordonné à Pierre Villon qui prend ses ordres auprès de Jacques Duclos.

24 juin
Un plénipotentiaire soviétique arrive à Alger. Le décret de dissolution du Parti communiste du 26 septembre 1939 est aboli par le CFLN.

25 juin
Soucieux de minimiser le poids des partis désormais intégrés au CNR, l'OCM (Blocq-Mascart) et Ceux de la Résistance (Jacques Lecompte-Boinet) ainsi que six autres mouvements de résistance de la zone Nord fondent un Comité central de résistance qui, le 25 août, se proclame « exécutif de la Résistance » pour la métropole. Selon ces mouvements, appuyés par Combat, le CNR ne peut avoir qu'un rôle consultatif. Cette tentative de marginalisation du CNR échouera.

30 juin
Louis Joxe, ancien membre de la section d'information de la SDN et ancien rédacteur à *L'Europe nouvelle*, Raymond Offroy, ancien consul général à Salonique, sont nommés respectivement secrétaire général et secrétaire général adjoint du CFLN.

juillet
Aragon, sous le pseudonyme de François la Colère, publie *Le Musée Grévin*.

1er juillet
Le général Catroux devient le seul responsable du maintien de l'ordre en Algérie en remplacement de l'amiral Muselier.

6 juillet
Le Parti populaire français de Doriot est dissous en Afrique du Nord.

10 juillet
Débarquement allié en Sicile.

13 juillet
Les Antilles françaises se rallient à la France combattante.

14 juillet
Le CFLN est reconnu par la Grèce et la Norvège le 14 et par le gouvernement polonais en exil à Londres le 22. En revanche, le président Roosevelt précise que le « gouvernement américain ne reconnaîtra un gouvernement français que lorsque la France sera libérée de l'envahisseur et que le peuple français pourra à ce moment établir un gouvernement de son choix ».
Publication aux éditions de Minuit de *L'Honneur des poètes*, anthologie, choisie par Éluard, d'écrivains qui apparaissent sous des pseudonymes.

16 juillet
En voyage aux États-Unis puis au Canada, le général Giraud déclare à la presse : « Mon but est de constituer une armée française forte qui chassera l'ennemi de France et marchera ensuite sur l'Allemagne pour libérer les prisonniers de guerre et les Français déportés en vue du travail forcé. Je ne peux pas dire quand la guerre finira, mais je sais qu'elle finira par l'effondrement de l'Allemagne... »

17 juillet
En Sicile, les Alliés mettent en place leur administration : l'Allied Military Government on Occupied Territories (AMGOT).

24-25 juillet
Le Grand Conseil fasciste, réuni pour la première fois depuis le 7 décembre 1939, contraint Mussolini à la démission par 19 voix contre 7. Le maréchal Badoglio le remplace.

31 juillet-4 août
Trois décrets modifient le fonctionnement du CFLN : la présidence alternée est supprimée, Giraud devient commandant en chef des forces françaises tandis que de Gaulle reçoit la direction de la politique générale du Comité.

août
Au camp du Struthof (Alsace annexée), 87 juifs, envoyés d'Auschwitz, sont gazés pour servir aux expériences de l'institut d'anatomie de Strasbourg.
En zone Nord, les syndicalistes de la tendance de Léon Jouhaux font paraître *Résistance ouvrière*.
François Valentin, passé à la Résistance, lance un appel aux membres de la Légion française des combattants pour qu'ils rejoignent eux aussi la Résistance : « Notre erreur a été de croire qu'on pourrait relever un pays avant de le libérer. »

5-13 août
Bataille de Koursk. La dernière offensive allemande est un échec. Simultanément les Soviétiques reprennent l'offensive sur le Donetz.

7-27 août
Les troupes allemandes relèvent les troupes italiennes. Le 10, la Wehrmacht investit Nice et Chambéry. Le 27, la Haute-Savoie passe sous son contrôle. Les juifs réfugiés dans la zone italienne commencent à être déportés.

9 août
Les parlementaires en exil à Londres réunis sous la présidence de Félix Gouin votent un ordre du jour demandant aux Alliés de reconnaître « sans retard » le CFLN.

17 août
Début du tournage à Nice des *Enfants du Paradis* de Marcel Carné. Interrompu, il reprendra à Paris en novembre. Le film ne sera achevé qu'en 1945.

19 août
René Cassin est nommé président de la Commission interalliée chargée d'enquêter sur les crimes de guerre.

25 août
Pour asseoir son autorité face aux Alliés en s'appuyant sur la Résistance intérieure, le général de Gaulle fait sonder le communiste Fernand Grenier sur son éventuelle entrée au CFLN.

26 août
Le CFLN est reconnu par la Grande-Bretagne et les États-Unis ; les autorités américaines spécifiant que cette reconnaissance n'équivaut pas à la « reconnaissance d'un gouvernement de la France ou de l'Empire français ». L'URSS reconnaît le CFLN « comme le représentant des intérêts de la République française et comme le chef de toutes les forces patriotes combattant contre la tyrannie hitlérienne ». Le Canada et le Brésil font de même et, le lendemain, c'est au tour de la Chine.

septembre
Après avoir été secrétaire du SOL de Chambéry puis chef du service de renseignement de la Milice en Savoie, Paul Touvier (1915-1996) entre à la direction régionale de la Milice à Lyon.

3-7 septembre
Le CFLN décrète que les ministres et les hauts fonctionnaires de Vichy seront traduits en Haute Cour. Le 7, François de Menthon est nommé commissaire à la Justice en remplacement de Abadie.

3-10 septembre
Une convention d'armistice est signée, à Syracuse, entre l'Italie et les Alliés. Le lendemain, ces derniers débarquent en Calabre. Le 8, les autorités italiennes annoncent la capitulation sans conditions de l'Italie qui se range au côté des Alliés. Le 10, la Wehrmacht occupe Rome et désarme l'armée italienne. Les soldats italiens du front russe seront internés en camps et nombre d'entre eux seront exécutés. En 1988, un charnier de 10000 d'entre eux a été découvert près de la ville de Deblin, au sud-est de la Pologne.

9-13 septembre
Profitant de la neutralité des forces italiennes en Corse, le Parti communiste donne l'ordre d'insurrection malgré la présence de rescapés de l'*Afrikakorps* de Rommel. Le général Giraud a favorisé cette insurrection menée par les communistes. Le 12, les FFL débarquent; le 13, la Corse est libérée. Le Front national est la seule organisation résistante dans l'île. Les communistes contrôlent 240 municipalités sur 360; pour eux, la libération de la Corse devient un modèle politique.

15 septembre
Le général de Gaulle nomme Émile Bollaert délégué général en France occupée, pour préparer la Libération et le changement de pouvoir.

17 septembre
Par ordonnance, le CFLN institue une Assemblée consultative provisoire composée des représentants des partis politiques et des mouvements de résistance.
Le ministre vichyste de la Production industrielle Jean Bichelonne rencontre Albert Speer et accepte de mettre de nouvelles usines au service de l'effort de guerre allemand. Les entreprises classées *Speer-Betriebe* (travaillant à 80 % pour le Reich) emploieront 580000 salariés à l'automne 1943, 770000 en 1944 auxquels s'ajoutent 240000 cheminots. En 1942, 1943, 1944, l'industrie automobile fournit 65, 60 et 70 % de sa production au Reich; les industries mécaniques: 72, 82 et 78 %; l'industrie aéronautique: 57, 100 et 100 %.

20 septembre
Les Allemands créent une zone interdite sur la côte méditerranéenne.

28 septembre
Un détachement des Francs-tireurs et Partisans-Main-d'œuvre immigrée (FTP-MOI) abat Julius Ritter, adjoint de Sauckel chargé de la mobilisation de la main-d'œuvre française. Cette action est l'une des plus spectaculaire parmi les 230 attentats commis de l'automne 1942 à novembre 1943 par ce groupe dirigé par Boris Holban. La MOI regroupe les militants communistes d'origine étrangère par nationalités ou langues (Espagnols, juifs d'Europe centrale, Arméniens).
Sortie du film d'Henri-Georges Clouzot, *Le Corbeau*.

30 septembre
À Paris, à l'Hôtel de Ville, Laval déclare: « J'ai osé proférer cette phrase qui a été comme une goutte d'acide sulfurique sur l'épiderme de certains Français: "Je souhaite la victoire de l'Allemagne" [...] je vous déclare aujourd'hui avec la même franchise que si la puissance de l'Allemagne venait à disparaître ou à être sérieusement entamée, croyez-moi, retenez mon propos comme certains de ceux que je tenais jadis: le communisme s'installerait chez nous... »

octobre
Après avoir fait escale au Caire venant de Moscou, André Marty, ancien député communiste et ex-secrétaire du Komintern, gagne Alger.
Le Salon d'automne présente une rétrospective de l'œuvre de Braque.

1er octobre
Les FTP attaquent la prison du Puy-en-Velay (Haute-Loire) et délivrent 79 prisonniers politiques. Parmi ces 79, cinq militants trotskistes dont Pietro Tresso, fondateur du PC italien. Emmenés au maquis FTP « Wodli », quatre d'entre eux sont exécutés (dont Tresso) quelques semaines plus tard.

2-9 octobre
Roger Garreau arrive à Moscou comme délégué plénipotentiaire du CFLN. Le 9, Bogomolov parvient à Alger comme représentant de l'URSS auprès du CFLN.

13 octobre
Sortie à Paris de *L'Éternel Retour* de Jean Cocteau et Jean Delannoy avec Jean Marais et Madeleine Sologne.

14 octobre
Soulèvement des détenus du camp d'extermination de Sobibor (Pologne) sous la conduite d'un officier soviétique.

19 octobre
À la conférence de Moscou, Anthony Eden (Grande-Bretagne), Cordell Hull (États-Unis) confirment à Molotov l'intention des Anglo-Américains d'ouvrir un second front au printemps 1944.

21 octobre
Franco autorise un premier convoi d'évadés de France à rejoindre l'Afrique du Nord.
En Algérie, le décret Crémieux sur la citoyenneté des juifs d'Afrique du Nord, aboli le 7 octobre 1940 par Vichy, est rétabli.

22 octobre
À l'appel de la CGT, près de 80000 mineurs se mettent en grève pour commémorer les exécutions de Châteaubriant (22 octobre 1941).

25 octobre
L'armée rouge reprend Smolensk (Biélorussie).
Les comités départementaux de libération commencent à être organisés. Au printemps 1944, environ 30 % de leurs membres seront des militants ou des sympathisants communistes. À Paris, le communiste André Tollet préside le comité de libération.

novembre
Galerie Drouin à Paris, rétrospective des œuvres du peintre Jean Fautrier.

1er novembre
Dans une déclaration commune, Churchill, Roosevelt et Staline avertissent que les officiers, hommes de troupes et membres du parti nazi seront tenus pour responsables des atrocités commises pendant la guerre.

3 novembre
L'Assemblée consultative qui regroupe 84 représentants de la Résistance métropolitaine, de la France libre, des parlementaires et des conseillers généraux, se réunit à Alger pour la première fois. Le général de Gaulle prononce un discours inaugural: «Aucun règlement international ne sera viable sans la participation de la France. Les pouvoirs de l'Assemblée constituante sont par avance soumis au jugement de la nation, qui exprimera le moment venu sa volonté par le suffrage universel.»
En réplique à cette initiative, Pétain envisage de mener à terme le projet de Constitution initié en 1940 et d'écarter Laval.

6 novembre
Kiev (Ukraine) est reprise par l'armée rouge.
Joseph Darnand appelle les miliciens à s'engager dans la Waffen SS pour défendre la civilisation menacée d'asservissement par le «judaïsme triomphant» ou de destruction par le bolchevisme. Déjà en octobre, 11 chefs de la Milice se sont engagés.

8 novembre
Le général Giraud quitte le CFLN et devient commandant en chef des forces françaises d'Afrique du Nord, fonction qu'il occupera jusqu'en avril 1944. Désormais de Gaulle dirige seul la France combattante.
Le Parlement libanais réforme la Constitution, remettant ainsi en cause l'influence de la France. Trois jours plus tard, le délégué général français Yves Helleu dissout la Chambre libanaise.

9 novembre
La modification de la composition du CFLN est rendue publique: les représentants des principales tendances politiques et les représentants des mouvements de résistance y font leur entrée: de Gaulle (président), Catroux, André Philip, Henri Queuille (commissaires d'État), Massigli (Affaires étrangères), Emmanuel d'Astier de La Vigerie (Intérieur), F. de Menthon (Justice), Le Troquer (Guerre et Aéronautique), Jacquinot (Marine), Pleven (Colonies), Mendès France (Finances), Bonnet (Information), R. Mayer (Communications et Marine marchande), Capitant (Éducation nationale), Tixier (Travail et Prévoyance sociale), Diethelm (Production et Commerce), Frenay (Prisonniers et Déportés), Monnet (Fournitures et Reconstruction).
Félix Gouin est élu président de l'Assemblée consultative provisoire.

11 novembre
Les maquisards de l'Ain défilent à Oyonnax pour célébrer la victoire de 1918.

13 novembre
Les Allemands ayant interdit la diffusion de son discours annonçant son intention de remettre à

l'Assemblée nationale la désignation de son successeur – décision défavorable à Laval –, le maréchal Pétain fait la « grève de l'État ».

16 novembre
Les communistes Lucien Midol et Étienne Fajon sont nommés au CFLN, respectivement à la Production industrielle et à l'Hygiène et Santé publique. André Diethelm est chargé du Ravitaillement.

21 novembre
À Vichy, Hubert Lagardelle démissionne du ministère du Travail; il est remplacé par Jean Bichelonne.

25 novembre
La Gestapo arrête et déporte en Allemagne les professeurs et les étudiants de l'université de Strasbourg repliés à Clermont-Ferrand depuis 1940. L'université était devenue un pôle de résistance.

26 novembre
Au CNR, Pierre Villon (Front national) propose l'adoption d'une charte de la Résistance, connue peu après sous le nom de Programme du CNR. Le texte, qui sera adopté presque intégralement en mars 1944, a été rédigé par Jacques Duclos, selon le propre témoignage de Pierre Villon. Accordant un pouvoir considérable aux comités locaux et départementaux de libération et en mettant en avant la constitution de milices patriotiques dont l'idée est apparue au moment de la libération de la Corse, ce programme est en contradiction avec les directives du général de Gaulle.

27 novembre
Première représentation du *Soulier de satin* de Paul Claudel, avec Jean-Louis Barrault dans le rôle de don Rodrigue, Madeleine Renaud, Mary Marquet, Jean Chevrier, Maurice Donneaud. Cette version écourtée par rapport au texte original, recueille un succès qui ne satisfait pas Claudel. Il quitte Paris le 2 décembre pour regagner Brangues (Isère).

28 novembre-2 décembre
Conférence de Téhéran. Au cours de la réunion, des dirigeants des trois puissances en guerre contre l'Allemagne, Staline promet de s'engager contre le Japon sitôt l'Allemagne vaincue; il obtient la promesse d'un débarquement allié (opération *Overlord*) en France alors que Churchill aurait préféré poursuivre l'offensive en Italie, entraîner la Turquie dans le camp allié avec l'ouverture d'un front dans les Balkans (Yougoslavie), propositions écartées par Staline et Roosevelt. Celui-ci se rallie à « l'oncle Joe », comme il appelle Staline en privé, en ce qui concerne la création d'une organisation mondiale de sécurité, présidée par les quatre Grands (URSS, États-Unis, Grande-Bretagne, Chine). Roosevelt écarte la France avec l'approbation de Staline, qui considère que la vraie France est celle de Pétain et qu'elle doit payer le prix de sa collaboration avec l'Allemagne. *A contrario*, Churchill plaide pour une France restaurée et forte. Enfin, Roosevelt annonce à Staline qu'il n'a aucunement l'intention de laisser des troupes en Europe après la guerre. Cette position signifie l'abandon de la Pologne aux mains des Soviétiques, malgré les efforts de Churchill qui tente de préserver un État polonais indépendant dont les frontières seraient négociables. Staline refuse de s'engager sur la frontière occidentale de la Pologne, revendiquant à l'Est la ligne Curzon. Roosevelt, d'accord pour un déplacement des frontières d'Est en Ouest, ne conteste pas non plus l'annexion des Pays baltes par son allié. Bien avant Yalta, Téhéran scelle le destin de l'Europe de l'après-guerre.

décembre
La CGT clandestine lance un manifeste dans lequel elle invite les travailleurs à généraliser l'action pour les salaires et la résistance à la déportation des travailleurs en Allemagne. Saluant le CFLN, elle prône la formation de milices patriotiques qui doivent devenir le « véritable fondement de l'armée populaire et nationale de la Libération ».
Le *Manhattan Project* est lancé. Le physicien Robert Oppenheimer est chargé du fonctionnement du laboratoire de Los Alamos dans le désert du Nouveau-Mexique où sera fabriquée la bombe A.

2 décembre
Des miliciens assassinent Maurice Sarraut, le directeur de *La Dépêche de Toulouse*, à Saint-Simon, près de Toulouse. Il s'agit d'un avertissement sanglant adressé à Pierre Laval, visant à faire obstacle à toute velléité de recherche de solution politique avec l'appui d'anciens parlementaires.

4 décembre
Le CFLN nie toute validité des décisions de Vichy à propos de l'Indochine.

5 décembre
Le siège de l'état-major allemand à Grenoble est détruit par une explosion qui fait 10 morts et 50 blessés. En représailles, les Allemands exécutent 50 otages et en déportent 50. Le couvre-feu est fixé à 15 h.

12 décembre 1943-7 mars 1944
À Constantine, de Gaulle se prononce pour la reconnaissance des droits politiques à certaines catégories de musulmans, anciens combattants et titulaires de diplômes (plusieurs dizaines de milliers). Le 7 mars 1944, une ordonnance du CFLN institue l'égalité civile en Algérie mais les droits politiques s'exerceront en deux collèges distincts: indigène et français.

17 décembre
le ministre de la Justice du CFLN, François de Menthon, annonce la mise sous séquestre de tous les journaux et périodiques publiés en Afrique du Nord avant le 8 novembre 1942.

18 décembre
Pétain accepte les exigences allemandes. L'occupant impose son contrôle *a priori* sur les lois, Pétain doit épurer son entourage et remanier son gouvernement «dans un sens acceptable pour le gouvernement du Reich»; un délégué spécial diplomatique du Führer, Cecil von Renthe-Fink, s'installe à Vichy.

22 décembre
Le général Catroux signe un accord avec les gouvernements syrien et libanais prévoyant le transfert des pouvoirs exercés par la France à partir du 1er janvier 1944.

24 décembre
Message radiodiffusé du Maréchal: «Écoutez un homme qui n'est là que pour vous et qui vous aime comme un père [...]. Une fois de plus je vous adjure de penser par-dessus tout au péril de mort que courrait notre pays si, sur lui, s'abattait la hideuse guerre civile ou si triomphait le communisme et sa barbarie païenne...»

30 décembre 1943-5 janvier 1944
Pierre Laval nomme Joseph Darnand secrétaire général au maintien de l'ordre, en remplacement de René Bousquet qui, le 26 novembre, s'est refusé à communiquer aux Allemands les listes de juifs établies par les préfectures. Le 5 janvier suivant, devant les chefs départementaux et régionaux de la Milice, Pierre Laval déclare: «La démocratie, c'est l'antichambre du bolchevisme [...]. Je marche en plein accord, en total accord avec Darnand...»

autres événements
• Aragon: *Les Voyageurs de l'impériale* (retiré de la vente après quelques semaines).
• André Dhôtel: *Le Village pathétique.*
• Publication, chez Plon, sous le pseudonyme de Marguerite Duras, du premier roman de Marguerite Donnadieu: *Les Impudents.*
• André Frénaud: *Les Rois mages.*
• Roger Frison-Roche: *Sur la piste d'Empire* (Charlot, Alger).
• Léo Malet: *120 rue de la Gare.*
• François Perroux: *La Valeur.*
• Vercors: *La Marche vers l'étoile.*
• Jean Amrouche crée une nouvelle revue littéraire, *L'Arche.*
• André Cayatte: *Au bonheur des dames.*
• Mort de l'acteur Harry Baur (1880) après son arrestation par la Gestapo et son emprisonnement jusqu'en septembre 1942.
• Serge Lifar: *L'Amour sorcier* d'après Manuel de Falla.

1944

4 janvier
Les Chantiers de jeunesse sont dissous par Vichy.

5 janvier
Les Mouvements unis de résistance (MUR) regroupent plusieurs mouvements des anciennes zones Nord et Sud en Mouvement de Libération nationale (MLN). Le MLN est divisé en tendances: d'abord celle des partisans d'une fusion organique avec le Front national communiste (d'Astier de La Vigerie, Pascal Copeau, le communiste Kriegel-Valrimont, Albert Bayet), puis ceux (tel Philippe Viannay) qui pensent le transformer en parti politique, enfin ceux (Henri Frenay, Pascal Pia, Albert Camus de Combat) qui s'opposent farouchement à la captation du MLN par les communistes.

6 janvier
Philippe Henriot est nommé secrétaire d'État à l'Information et à la Propagande.

10-20 janvier
Un décret donne autorité à Joseph Darnand sur l'ensemble des forces de police. Le 20, une loi permet à Darnand, secrétaire général au maintien de l'ordre, de créer ses propres cours martiales pour juger les «terroristes». Il concentre ainsi entre ses mains les pouvoirs de police et de justice.

11 janvier
Victor Basch, ancien président de la Ligue des droits de l'homme est assassiné avec son épouse par des miliciens.

L'Istiqlal (Indépendance), parti marocain fondé en décembre 1943, publie son manifeste et réclame l'indépendance du Maroc. À Fès et à Rabat, des manifestations sont violemment réprimées, les leaders nationalistes arrêtés.
Création de l'Institut des hautes études du cinématographe par Marcel L'Herbier.

15 janvier
L'offensive soviétique qui débute brisera l'encerclement de Leningrad.

25 janvier
À Dakar, le général de Gaulle indique la perspective d'une réconciliation nationale: «Tout ne sera pas fini quand la guerre sera terminée. Il faudra faire un grand effort et réformer l'État. Les Français ont la vieille habitude de se diviser. La France aura besoin du concours de tous ses enfants, de ceux auxquels les événements ont donné raison – et aussi de tous les autres, pourvu qu'ils soient dignes de servir.»

27 janvier
La Milice étend ses activités dans l'ex-zone Nord.

30 janvier-8 février
Décidée en juillet 1943 par le général de Gaulle à la suite de nombreuses consultations avec René Pleven et Félix Éboué, la conférence africaine de Brazzaville (Congo) rassemble de Gaulle et 19 gouverneurs généraux et gouverneurs des colonies françaises d'Afrique et de Madagascar. Il s'agit de définir de nouvelles relations entre la métropole et les colonies dans un contexte marqué par l'hostilité américaine au colonialisme français. Si de Gaulle, dans son discours, envisage la participation des indigènes à la «gestion de leurs propres affaires», la conférence ne tranchera pas entre assimilation et fédération. L'idée d'autonomie a été rejetée d'emblée et celle de *self government*, même à long terme, écartée sans ambiguïté.

février
Première d'*Antigone* de Jean Anouilh.
Jean Grémillon, *Le Ciel est à vous.*

1er février
Une ordonnance du CFLN crée les Forces françaises de l'intérieur (FFI) qui rassemblent les diverses branches militaires de la Résistance: les FTP communistes (acquis à ce principe fin décembre 1943), l'Armée secrète, l'Organisation de résistance de l'armée (ORA). Cette fusion permet aux communistes, qui conservent parallèlement leurs propres structures, de s'emparer de postes clés dans l'état-major national des FFI: le Comité militaire d'action (COMAC), créé ce même mois. Bientôt le PC contrôle le commandement national des FFI.

15 février
Le régime d'occupation de la zone Nord est étendu aux départements méditerranéens.

19-21 février
23 FTP-MOI, agissant sous la direction de Missak Manouchian, qui ont été arrêtés en novembre 1943, sont condamnés à mort et fusillés. Les Allemands font imprimer une affiche rouge: «L'armée du crime», qui reproduit les photographies des résistants en insistant sur leur origine étrangère en général, et juive en particulier. Ils lancent une campagne de propagande contre les «terroristes judéo-communistes», actualités filmées à l'appui. En 1985, le film de Mosco *Des terroristes à la retraite* traitant de l'histoire de ce groupe de résistants communistes provoque une intense polémique, sur le «sacrifice» du groupe par le parti, et le silence du PCF durant l'après-guerre sur le rôle des résistants étrangers, entre les historiens et le Parti communiste.

24 février
Arrêté le 24 à Saint-Benoît-sur-Loire, le poète Max Jacob, converti au catholicisme en 1909, est interné au camp de Drancy le 28. Ses amis et André Salmon interviennent auprès des autorités allemandes. Ils obtiennent sa libération le 6 mars. Max Jacob est mort la veille d'une broncho-pneumonie. Sa plus jeune sœur est morte à Auschwitz en janvier; le mari de celle-ci est décédé au camp de Compiègne en 1942; son frère Gaston est mort à Auschwitz en 1943.

28 février
La Grande-Bretagne signe deux accords avec le CFLN: l'un sur le taux de change de la livre sterling et du franc, l'autre concernant l'aide mutuelle militaire pour la durée de la guerre. Il s'agit d'une reconnaissance *de facto* du CFLN comme gouvernement légal de la France.

10 mars
Alexandre Parodi remplace Émile Bollaert (1890-1978), délégué général de la France combattante en métropole arrêté en février.

14 mars
Ferhat Abbas crée l'Association des amis du manifeste du peuple algérien qui est soutenu par le

PPA (dissous en septembre 1939) et l'association des oulémas réformistes.

15 mars
Le Conseil national de la Résistance adopte son programme d'action pour la France libérée: le CNR veut le rétablissement de la démocratie, du suffrage universel, des libertés d'opinion, de presse et le châtiment des traîtres ainsi que l'épuration de l'administration. Un second volet du programme porte sur les réformes considérées comme indispensables à la mise sur pied d'une «véritable démocratie économique et sociale, impliquant l'éviction des grandes féodalités économiques et financières de la direction de l'économie», qui doit se traduire par des nationalisations et un «plan complet de Sécurité sociale visant à assurer à tous les citoyens des moyens d'existence dans tous les cas où ils sont incapables de se les procurer par le travail». Le CNR défend également le droit au travail et le droit au repos, la restauration d'un syndicalisme indépendant. Enfin, il revendique l'extension des droits politiques, sociaux et économiques des «populations indigènes et coloniales».

16 mars
Marcel Déat, le chef du RNP, devient ministre du Travail et de la Solidarité dans le gouvernement Laval.

18-26 mars
Encerclé par les groupes mobiles de réserve depuis le début du mois, le maquis des Glières (Haute-Savoie) qui compte 460 hommes, est anéanti par la Wehrmacht (6000 à 7000 hommes mobilisés dont une division de montagne). 247 maquisards sont faits prisonniers; 149 livrés aux Miliciens sont fusillés par eux. Le 1er mai 1944, le plateau sera réoccupé par les maquisards.

19 mars
Représentation chez Michel Leiris (53 bis, quai des Grands-Augustins), du spectacle de Picasso *Le Plaisir attrapé par la queue*, mis en scène par Albert Camus – Sartre, Queneau et Leiris lui-même y tiennent des rôles.

20 mars
À Alger, Pierre Pucheu, condamné à mort le 11, est exécuté en raison de son rôle comme ministre de l'Intérieur du maréchal Pétain. Les dépositions des témoins à décharge (général Béthouart, général Giraud) font simplement l'objet d'un résumé tendancieux tandis que les témoins à charge (Fernand Grenier, Charles Laurent) ont tout loisir de développer leur argumentation. Le réquisitoire du général Weiss révèle l'un des enjeux du procès lorsqu'il déclare: «Il est l'ennemi des hommes de Staline [...]. Eh bien, nous devons aux disciples de Staline, ces soi-disant forbans, notre reconnaissance. Je les aime ces forbans parce qu'ils sauvent notre pays.»

22 mars
Pierre Brossolette meurt à l'hôpital de la Pitié. Il s'est jeté du 5e étage du siège de la Gestapo de l'avenue Foch pour ne pas parler sous la torture.

Pierre Brossolette

Agrégé d'histoire (1925) issu d'une famille de républicains, Pierre Brossolette (1903-1944) se tourne vers le journalisme, écrit dans plusieurs journaux dont Le Populaire. *et se spécialise dans les questions internationales. En 1930, il adhère à la SFIO. Il acquiert une expérience supplémentaire en devenant directeur du cabinet de François Piétri, ministre des Colonies. Antimunichois déclaré, il se bat vaillamment en 1940 et reçoit la Croix de guerre. Démobilisé et interdit d'enseignement en raison de ses opinions, il ouvre une librairie. À l'automne, il intègre le réseau de résistance du musée de l'Homme, bientôt démantelé. Il rejoint ensuite la Confrérie Notre-Dame du colonel Rémy et devient le responsable de sa section presse et propagande. Le 1er décembre 1941, il signe son engagement dans les FFL. Fin avril 1942, il gagne Londres où les responsables de la France libre sont impatients de recevoir un résistant qui connaît parfaitement l'état des mouvements métropolitains. C'est alors qu'il devient un gaulliste convaincu «pour le temps de guerre». Nommé chef du bloc «opérations» du BCRA à l'automne, il organise avec Passy les missions* Arquebuse *et* Brumaire *(janvier 1943) qui visent à coordonner les mouvements en zone Nord. Il prépare le ralliement d'André Philip (socialiste), Louis Vallon (socialiste) et Charles Vallin (Parti social français de La Rocque) à l'été 1942. Pierre Brossolette a été fait Compagnon de la Libération le 17 octobre 1942, en même temps que Moulin, et membre du Conseil de l'ordre de la Libération. Un conflit naît au printemps 1943 entre lui et Jean Moulin, qui lui reproche d'avoir donné trop de place à l'OCM en zone Nord et de n'avoir pas favorisé la création du CNR, avec la constitution du Comité de coordination de zone Nord. Les deux hommes développent aussi des conceptions différentes: Brossolette est partisan d'un renouveau politique une fois la Libération accomplie et veut une limitation de la place des partis politiques dans le CNR tandis que Jean Moulin considère leur présence pleine et entière comme nécessaire à la France libre qui a besoin de consolider sa représentativité face aux Alliés. Rentré en avril 1943 à Londres, il retourne en France en septembre pour installer Émile Bollaert, le nouveau délégué du CFLN auprès du CNR. Il s'emploie à remettre sur pied les structures fortement atteintes par les arrestations du printemps dont celle de Caluire. En février 1944, il est arrêté avec Bollaert; tous deux s'embarquaient pour Londres. Emprisonné à Rennes, identifié plusieurs semaines plus tard, il est emmené à la Gestapo de Paris.*

avril
Le doriotiste Maurice-Yvan Sicard (1910-2000), lauréat du prix de la France aryenne en février, publie la brochure violemment antisémite intitulée: *« Je vous hais ! »* dont la couverture est le montage de deux photos: la chambre des députés et Léon Blum. Ont notamment participé à sa réalisation: Henry Coston, créateur du Centre d'action et de documentation, Robert Jullien-Courtine (futur chroniqueur culinaire du *Monde* sous le pseudonyme de La Reynière), l'ancien dirigeant communiste Émile Bougère, le professeur Montandon.

1er avril
En représailles à un attentat qui a provoqué le déraillement d'un train militaire allemand provenant de Russie, les SS massacrent 86 habitants à Ascq (Nord).

4 avril
Fernand Grenier et François Billoux entrent au CFLN: c'est le dénouement du conflit qui opposait le PC, désirant désigner lui-même ses délégués, et le général de Gaulle qui entendait choisir ses ministres.
Dans un discours radiodiffusé d'Alger, le général de Gaulle déclare: « La direction du peuple français dans la guerre incombe au Gouvernement provisoire de la République française et à lui seul. Ce gouvernement [...] est responsable de ses actes devant la souveraineté nationale dès que celle-ci aura pu s'exprimer [...]. Il gouverne avec le concours de l'Assemblée consultative. »

6 avril
La Gestapo de Lyon, conduite par Klaus Barbie, arrête et déporte 44 enfants juifs de l'orphelinat d'Izieu (Ain).

13 avril
La 2e division blindée du général Leclerc embarque au Maroc pour la Grande-Bretagne.

14 avril
Ayant refusé le poste d'inspecteur général de l'armée, le général Giraud est mis en réserve de commandement. Le lendemain, il fait une déclaration: « J'aurais souhaité vous commander jusqu'au bout: je me contenterai de suivre vos efforts et d'applaudir à vos succès. Les hommes passent, la France reste. »

21 avril
Une ordonnance du CFLN, approuvée par l'Assemblée consultative le 28 mars par 62 voix contre 4, définit l'ensemble des pouvoirs publics en France après la Libération. L'article 1er est ainsi formulé: « Le peuple français décidera souverainement de ses futures institutions. » Une Assemblée constituante élue au scrutin secret se réunira dans un délai d'un an après la libération complète du territoire. Les conseils municipaux et les conseils généraux dissous par Vichy sont rétablis. L'article 17 précise: « Les femmes sont électrices et éligibles dans les mêmes conditions que l'homme. » La France rejoint donc – avec grand retard – les démocraties les plus évoluées. 12 millions de femmes deviennent des citoyennes à part entière.

26 avril
Le maréchal Pétain se rend à l'Hôtel de Ville de Paris puis à Notre-Dame pour assister à une messe célébrée en mémoire des victimes des bombardements (1 113 morts causés par les raids des 3 et 10 mars et des 18 et 21 avril). 600 personnes se tiennent sur le parvis. Revenu à l'Hôtel de Ville, le maréchal apparaît au balcon, une foule évaluée à 10 000 personnes l'acclame. Deux jours plus tard, il met en garde les Français contre une « prétendue libération » expliquant qu'en Afrique du Nord la « dissidence a préparé les voies au communisme ».

6 mai
Les ordonnances du CFLN sur la presse décident de la suspension des journaux qui ont continué à paraître quinze jours après le 25 août 1940 en zone Nord et quinze jours après le 11 novembre 1942 en zone Sud. À la Libération, l'ensemble de la presse d'avant 1939 disparaîtra.

15 mai
Commandées par le général Juin, les troupes franco-marocaines prennent les montagnes qui dominent la vallée du Garigliano, ouvrant ainsi la voie à l'offensive alliée sur Rome.

Une motion présentée par Albert Gazier (1908-1997) au nom de la CGT invitant le CFLN à prendre le nom de Gouvernement provisoire de la République française (GPRF) est adoptée à l'unanimité par l'Assemblée consultative.

24 mai
La commission militaire du CNR (COMAC) définit les axes d'action de la Résistance dans le cadre des combats pour la libération: exécution prioritaire des « mesures prises par l'état-major interallié pour la réussite des opérations de débarquement » et préparation de « l'action de résistance de masse à caractère insurrectionnel ». La COMAC est « tenue » par les communistes Pierre Villon (par ailleurs membre du bureau permanent du CNR) et Maurice Kriegel-Valrimont; le troisième dirigeant est Jean de Vogüé (1898-1972) de Ceux de la Résistance qui, par ailleurs, incline de plus en plus pour les méthodes d'action du PC. Aux alentours du 25 mai, le PC dote d'une direction indépendante les milices patriotiques qui dépendent théoriquement du CNR.

27 mai
Première de *Huis clos* de Sartre au théâtre du Vieux-Colombier, Ponge y assiste avec Guillevic. Dans son *Journal*, Jean Guéhenno écrit: « Je note ce qu'il y a de faussement allusif dans les premières scènes. On se croirait dans une cellule de Fresnes ou de la Santé, et le public est près de s'émerveiller du courage de l'auteur. Mais on s'aperçoit vite qu'il n'y a là qu'un mensonge de plus, que le huis clos n'est que l'enfer d'un ménage à trois... »

1er juin
Le général Kœnig est nommé commandant en chef des Forces françaises de l'intérieur créées le 1er février précedent.

3 juin
Une ordonnance transforme le CFLN en Gouvernement provisoire de la République française (GPRF). Son président, de Gaulle, gagne Londres.

4 juin
Après la prise, le 17 mai, du verrou de Monte-Cassino par les Anglo-Polonais, et le front italien percé, le corps expéditionnaire français commandé par le général Juin fait son entrée à Rome.

5 juin
Ancien des Brigades internationales, le communiste Rol-Tanguy devient chef des FFI de l'Île-de-France.

6 juin
Les forces alliées commandées par Eisenhower débarquent en Normandie. Plus de 3 millions d'hommes sont engagés dans l'opération *Overlord*. À la BBC, de Gaulle, qui n'a pas été informé de la date du débarquement, lance un appel: « La bataille suprême est engagée: bien entendu c'est la bataille de France et c'est la bataille de la France! [...] Pour les fils de France, où qu'ils soient, quels qu'ils soient, le devoir simple et sacré est de combattre l'ennemi par tous les moyens dont ils disposent [...]. Derrière le nuage de notre sang et de nos larmes, voici que réapparaît le soleil de notre grandeur. »
Le débarquement est précédé d'une intense préparation aérienne: les bombardements visent la destruction des nœuds de communication, ce qui entraîne souvent la destruction des villes elles-mêmes. En Basse-Normandie, le nombre des victimes civiles de ces bombardements s'élève à 14000: Calvados, 8000; Manche, 4000; Orne, 2000. La ville de Caen perd 3,5 % de ses habitants (2000 morts), Lisieux 5 % (800 morts), Vire 7 % (400 morts). Après les vagues de bombardements aveugles viennent les mitraillages systématiques des convois allemands qui font aussi de nombreuses victimes parmi les réfugiés.

7-9 juin
Les FTP occupent Tulle qui est reprise le 9 par la division SS « Das Reich ». 99 personnes sont pendues aux balcons de la ville.

8 juin
Bayeux est la première ville libérée de France.

9 juin
Les FFI sont formellement intégrées à l'armée française sur ordre du général de Gaulle.
À Harnes (Pas-de-Calais), les FTP s'emparent de la ville, provoquant une réaction violente de la part des Allemands: il y a 34 tués au combat, 68 fusillés et 86 morts en déportation.

10-11 juin
En Auvergne, le maquis du Mont-Mouchet, attaqué par les troupes allemandes, les tient en échec mais est contraint de se disperser.
Des éléments de la division « Das Reich » (dont un volontaire et 12 Alsaciens incorporés de force) massacrent 642 habitants dont 217 enfants à Oradour-sur-Glane (Haute-Vienne). D'autres villages (Mouleydier en Dordogne, Dortan dans l'Ain) subissent un sort analogue. Chef des FFI, le général Kœnig donne l'« ordre formel [de] freiner au maximum les activités de guérilla », la prise des

villes se révélant une tactique suicidaire face aux forces allemandes. Le 11, à Mussidan (Dordogne), libérée prématurément par les FTP, les Allemands fusillent 52 civils.

14 juin
De Gaulle débarque en France. À Bayeux, il prononce son premier discours sur le sol français. Plaçant les Alliés devant le fait accompli, il y installe François Coulet comme commissaire de la République.
Joseph Darnand est nommé secrétaire d'État à l'Intérieur.

18 juin
Le maquis de Saint-Marcel (Morbihan), attaqué par les Allemands, doit se disperser.

19 juin
La tempête coupe les communications entre la France et l'Angleterre. Le port artificiel de Saint-Laurent-sur-Mer monté par les Alliés pour leur ravitaillement est disloqué.

20 juin
L'ancien ministre de l'Instruction publique du Front populaire, Jean Zay, est assassiné par des miliciens dans un bois de l'Allier. Son corps, jeté dans une excavation, ne sera retrouvé par des chasseurs qu'en septembre 1946. Laval reçoit Mme Jean Zay et lui promet une enquête.

24 juin
Les Soviétiques atteignent la Vistule au sud de Varsovie.

26 juin
Cherbourg est libérée par les troupes américaines; les Alliés disposent d'un port en eaux profondes.
Une ordonnance du Gouvernement provisoire crée les cours de justice habilitées à juger les faits de collaboration postérieurs au 18 juin 1940.

28 juin
Philippe Henriot est assassiné par des résistants. En représailles, le milicien Paul Touvier fait fusiller 7 otages juifs à Rillieux-la-Pape (Rhône).
Au Maroc, le sultan Mohammed Ben Youssef refuse pour la première fois de ratifier les décisions du résident général Eirik Labonne.

1er-22 juillet
Conférence monétaire internationale de Bretton Woods (New Hampshire, États-Unis). 44 pays y sont représentés dont la France par Pierre Mendès France, commissaire aux Finances du Gouvernement provisoire. La création d'un Fonds monétaire international (FMI), alimenté sous forme de quotes-parts par les États membres, y est décidée ainsi que l'institution du dollar comme monnaie de référence en parallèle à l'or. La suprématie économique des États-Unis qui détiennent les deux tiers du stock d'or mondial, est ainsi consacrée.

6-12 juillet
Le général de Gaulle commence un voyage d'une semaine aux États-Unis. Les 7 et 8 juillet, de Gaulle rencontre Roosevelt qui lui précise que c'est le général Eisenhower qui décidera quand telle ou telle partie du territoire français pourra passer sous administration civile. Le 12, les États-Unis reconnaissent que le GPRF «est qualifié pour exercer l'administration des territoires français libérés...».

7 juillet
Georges Mandel, ancien ministre de l'Intérieur de Paul Reynaud, est assassiné par des miliciens en forêt de Fontainebleau. Déporté en novembre 1942 dans une section spéciale du camp de concentration d'Oranienburg, Georges Mandel avait été ramené à Paris par les Allemands qui voulaient forcer Laval à prendre des otages parmi les hommes politiques déportés en Allemagne. S'il désavoue l'assassinat, Laval est impuissant à interdire les exactions des miliciens.

9 juillet
La ville de Caen est prise par les Britanniques.

12 juillet
Dernier Conseil des ministres à Vichy.

17-24 juillet
En Haute-Vienne, au mont Gargan, le maquis commandé par Georges Guingouin tient en échec environ 3000 soldats allemands, appuyés par 200 miliciens. Bilan: 342 soldats hors de combat côté allemand; 38 morts, 54 blessés et 5 disparus côté français. C'est l'un des rares succès militaires de la Résistance intérieure.

GEORGES GUINGOUIN

Instituteur, secrétaire du rayon communiste d'Eymoutiers (Haute-Vienne), Georges Guingouin (né en 1917) n'a pas désapprouvé le pacte germano-soviétique. Mobilisé, il est blessé lors de l'offensive allemande et réussit à s'échapper. Il parvient à regagner la Haute-Vienne où, immédiatement, il lance des appels à la résistance, s'opposant à la ligne officielle du PC. Après une période d'isolement, il organise des réseaux de résistance locaux d'une redoutable efficacité. Il devient le « préfet du maquis », comme il s'intitule lui-même, dont l'action bat en brèche celle des autorités de Vichy. Mais ce communiste patriote doit aussi se protéger de son propre parti : sa liberté de langage et son opposition à certaines consignes du PC sont dangereuses ou erronées. À deux reprises, le PC envoie des « émissaires » chargés de l'éliminer. En juillet 1944, il s'oppose au responsable régional communiste qui veut le forcer – selon la ligne insurrectionaliste du PC – à déclencher l'assaut contre Limoges où demeure une importante garnison allemande. Encerclant simplement la ville, bluffant le général allemand, il obtient, le 21 juillet, la reddition de la garnison sans effusion de sang ni victimes. Georges Guingouin devient maire de la ville de 1945 à 1947. Quelques années plus tard, ce Compagnon de la Libération au franc-parler est à nouveau en butte à l'hostilité de son parti qu'il interpelle sans ménagement. Sous le prétexte fallacieux de « détournement de l'argent de la Résistance », il est exclu du PC en 1952. Peu après, une machination est montée contre lui : le PC utilise ses propres adversaires politiques pour lui faire porter la responsabilité d'assassinats pendant la période troublée de la Libération. Guingouin est emprisonné et victime d'une tentative d'assassinat dans sa cellule même. Manquant de sombrer dans la folie, il surmonte l'épreuve et reprend son métier d'instituteur. Lorsqu'en 1998 le PC veut le « réhabiliter », Georges Guigouin, qui se considère toujours comme communiste, refuse d'apporter sa caution à cette opération politique.

20 juillet
À la « Wolfschanze » à Rastenburg (aujourd'hui Ketrzyn), le comte von Stauffenberg dépose près de Hitler une bombe cachée dans sa serviette. L'explosion, qui a lieu à 12 h 42, n'a pas l'effet escompté. Stauffenberg, sorti sous le prétexte de téléphoner, déclenche le plan *Walkyrie*, mais les conjurés de Berlin ne font rien, attendant son arrivée. Trois heures précieuses sont perdues. À Paris, Heinrich von Stülpnagel fait arrêter 1 200 membres de la SS et de la police. Parlant à la radio à 1 h du matin, Hitler retourne la situation et lance la répression. Sur 7000 personnes arrêtées, 5000 seront exécutées. Certains conjurés auront droit à un simulacre de procès dans un tribunal du peuple présidé par l'ancien commissaire politique communiste en Russie devenu nazi : Roland Freisler.

21-23 juillet
La Wehrmacht attaque le maquis du Vercors. 3000 à 4000 volontaires se sont regroupés en vertu du plan *Montagnard* qui avait été approuvé dans les grandes lignes par le général Delestraint et Jean Moulin plus d'une année auparavant. Soucieux de protéger leurs lignes de communication avec l'Italie, les Allemands encerclent le plateau. Les responsables du maquis demandent en vain à Londres le bombardement des terrains d'aviation allemands et le parachutage de renforts et d'armes. Les Allemands se rendent maîtres du Vercors : 650 maquisards sont tués, 204 civils assassinés à Vassieux et à La Chapelle en Vercors. Le drame suscite immédiatement des polémiques : le communiste Fernand Grenier s'en prend au BCRA qui a tenté de fournir l'aide promise, à Jacques Soustelle en particulier.

22 juillet
Les Soviétiques créent à Lublin un Comité polonais de Libération nationale (PKWN), rival du gouvernement légal de Londres. Ils découvrent les installations du camp de Maïdanek dont les détenus ont été évacués en mars par les nazis vers d'autres camps.

22-24 juillet
Les SS incendient la partie française de Saint-Gingolph (Haute-Savoie, à la frontière suisse).

27 juillet
Une ordonnance du GPRF annule la charte du Travail et rétablit dans leurs biens et attributions les organisations syndicales dissoutes en 1940. La CGT et la CFTC pourront ainsi se reconstituer tout à fait légalement.

29 juillet
Les Américains réussissent une percée à Avranches. La contre-attaque allemande ne parvient pas à refermer le goulet de Mortain par lequel les divisions américaines gagnent la Bretagne et basculent vers l'Est.

31 juillet
Parti de la base de Borgo au sud de Bastia aux commandes d'un Lightning, Saint-Exupéry disparaît en Méditerranée au retour d'une mission de reconnaissance en France.

1er août
La 2e Division blindée de Leclerc débarque en Normandie. Dans les rangs de la division qui deviendra célèbre se trouve Jean Gabin qui, réfugié aux États-Unis, s'est engagé dans les Forces

navales françaises libres avant d'être versé dans les blindés et de devenir chef de char. La Bretagne est presque entièrement libérée à l'exception des ports de Brest, Lorient et Saint-Nazaire.
À 17 h, l'armée du Pays (Armia Krajowa) déclenche l'insurrection à Varsovie alors que l'armée rouge a atteint la rive droite de la Vistule. Quelques Français participent aux combats dans les rangs de la Résistance polonaise.

9 août
Datée d'Alger, l'ordonnance du GPRF, signée par le général de Gaulle et François de Menthon (commissaire à la Justice) rétablit la légalité républicaine: «La libération du territoire continental doit être d'une manière immédiate accompagnée du rétablissement de la légalité républicaine en vigueur avant l'instauration du régime imposé à la faveur de la présence de l'ennemi. Le premier acte de ce rétablissement est la constatation que "la forme du gouvernement de la France est et demeure la République. En droit celle-ci n'a jamais cessé d'exister". C'est l'objet de l'article 1er du projet ci-annexé.» Ce postulat affirmé, il en découle logiquement un autre: «Tout ce qui est postérieur à la chute, dans la journée du 16 juin 1940, du dernier gouvernement légitime de la République est évidemment frappé de nullité. Cependant, des considérations d'intérêt pratique conduisent à éviter de revenir sans transition aux règles de droit en vigueur à la date susdite du 16 juin 1940 et à observer dans ce but soit une période transitoire comportant le maintien provisoire de certains effets de droit, soit même la validation définitive de certaines situations acquises dont le renversement apporterait au pays un trouble plus considérable que leur confirmation. Aussi bien des textes législatifs ou réglementaires sont intervenus qui n'eussent pas été désavoués par le régime républicain et des actes administratifs individuels ont été pris qui n'ont été inspirés que par l'intérêt bien compris de la bonne marche des services. Annuler ces textes et actes administratifs pour y substituer dans chaque cas des textes et actes administratifs nouveaux nécessairement identiques conduirait, en multipliant l'effort nécessaire pour assurer la reprise de la vie publique, à apporter dans celle-ci une confusion extrême et de longue durée. [...]. Le principe ainsi énoncé emporte cette conséquence nécessaire que tant qu'une nullité n'a pas été expressément constatée, les actes de l'autorité de fait quels qu'ils soient continuent à recevoir provisoirement application.»
Le CNR place les milices patriotiques sous l'autorité des comités départementaux de libération, les laissant sous la direction effective du PC.

10 août
Dans une ultime tentative de sortir de l'impasse où sa politique de collaboration l'a conduit, Laval arrive à Paris avec l'intention de convoquer l'Assemblée nationale. Le 12, il rencontre Herriot à Nancy espérant de sa part l'initiative d'une convocation; Herriot s'y refuse. La manœuvre échoue devant l'hostilité des Allemands.
Les cheminots parisiens commencent à faire grève. La plupart d'entre eux ne se rendent tout simplement pas sur leurs lieux de travail.

13 août
Début de la retraite des troupes allemandes devant l'avance alliée en direction de la Seine, Rouen et Paris.

14 août
Fin de la bataille de Normandie. Les troupes allemandes sont prises dans une nasse. Grâce à la division polonaise du général Macek qui tient le verrou de Chambois (Orne), les Alliés détruisent, au cours de la bataille de Falaise, huit divisions d'infanterie et deux divisions blindées allemandes. La 2e DB libère Alençon.

15 août
En Provence, 325000 soldats français et américains débarquent entre Saint-Raphaël et le cap Camarat. Commandée par le général de Lattre de Tassigny, la Ire armée française est à pied d'œuvre.
À la prison de Fresnes, 2 576 hommes et 665 femmes sont rassemblés puis transportés à la gare de Pantin pour être déportés en Allemagne. Le convoi parviendra à Buchenwald le 20 août, comportant Maurice Halbwachs et Henri Maspero qui mourront au camp. Il n'y aura que 300 survivants.
La police parisienne se met en grève.
Orléans est libérée.

16 août
Otto Abetz rencontre Pierre Laval qui refuse de transférer le gouvernement de Vichy à Belfort. Les autorités allemandes ont recours à la force pour l'y contraindre.
34 jeunes gens (dont 16 appartenant à une organisation catholique) qui s'apprêtaient à rejoindre la Résistance sont fusillés à Paris, à la Grande Cascade du Bois de Boulogne.

17 août
Le dernier convoi de déportés quitte Drancy pour l'Allemagne. Le consul de Suède Raoul Nordling obtient la libération de 4000 prisonniers.

Dernier Conseil des ministres présidé par Laval à Matignon, avant son départ pour Belfort: quatre ministres sont présents les autres ont pris la fuite.
Falaise, Saint-Calais, Dreux et Chartres sont libérées.
À Marseille, le PC lance l'ordre de grève générale. Le 21, après une grande manifestation sur la Canebière, les résistants s'emparent de la préfecture et y installent le comité départemental de libération.

18 août
Les bureaux confédéraux de la CGT et la CFTC lancent l'ordre de grève générale. Les FTP et l'état-major des FFI dirigé par Rol-Tanguy appellent à la mobilisation générale.
Les FFI libèrent la Haute-Savoie où la Milice était puissante; de nombreux jugements et exécutions sommaires de miliciens ont lieu.

19 août
Début de l'insurrection parisienne à l'appel du comité parisien de libération (9 h). Les policiers parisiens occupent la préfecture de police.

20 août
L'Hôtel de Ville de Paris est occupé par les FFI.
100 hommes, femmes et enfants sont brûlés vifs par la Gestapo à Saint-Genis-Laval, près de Lyon.
Toulouse est libérée. Dans le Sud-Ouest, l'épuration tourne au règlement de compte politique: les communistes de l'Unitad nacional española (UNE) «liquident» des militants anarchistes. Les assassinats et exactions cessent lorsque la Confederación nacional del Trabajo annonce qu'elle tiendra les dirigeants du PC espagnol pour directement responsables de tels actes. Le PCE dissout l'UNE quelque temps plus tard.
Arrêté par les Allemands, le maréchal Pétain est emmené à Belfort.

21 août
Défense de la France (futur *France-Soir*), *Combat*, *Libération*, tous les journaux de la Résistance, paraissent au grand jour.
L'ordre de rompre la trêve négociée avec le général von Choltitz est adopté par le CNR et la Commission militaire d'action (COMAC). La rupture est évitée de peu entre la tendance «insurrectionaliste» menée par les communistes, avec à leur tête Pierre Villon, et les représentants du GPRF conduit par Alexandre Parodi.

21 août-7 octobre
Conférence de Dumbarton-Oaks. Les délégués des États-Unis, de la Chine, de la Grande-Bretagne et de l'URSS débattent de la mise sur pied d'une organisation internationale destinée à préserver la paix dans le monde.

22 août
Le général Eisenhower autorise la 2e DB à marcher sur Paris où la préfecture de police et l'Hôtel de Ville subissent l'attaque de chars allemands. Des combats se déroulent place du Panthéon, boulevard Saint-Germain, aux Tuileries, aux Batignolles.

23 août
Évreux, Meaux et Sens sont libérées. À Paris, le Grand Palais est incendié; des combats se déroulent au quartier Latin, aux Batignolles, autour de la gare de l'Est, à la République, aux Lilas, au Père-Lachaise, à la Concorde...
Le roi Michel de Roumanie fait arrêter le maréchal Antonescu et déclare la guerre à l'Allemagne. Une semaine plus tard, les Soviétiques entrent à Bucarest.

24 août
Dans son journal, Charles Vildrac note: «Pluie toute la matinée. Je confectionne le drapeau soviétique pour honorer l'ambassade qui est en face de chez moi et que les émissaires de nos Alliés viennent de récupérer...»
À 21 h 22, les premiers éléments de la 2e DB atteignent l'Hôtel de Ville. Ils sont rejoints le lendemain par l'ensemble de la division et la 4e division d'infanterie US.
Libération de Montereau.
À Villeurbanne, l'unité FTP-MOI «Carmagnole» commandée par le commandant Georges Filip dit Lefort, soulève l'enthousiasme de la population en traversant la ville: les autres résistants rejoignent les combattants de la MOI, la population dresse des barricades mais la contre-attaque allemande du 26 les contraint à se replier.

25 août
À 17 h, à la gare Montparnasse, le général von Choltitz signe les actes de capitulation de la garnison allemande en présence du général Leclerc et de Rol-Tanguy. Le bilan des combats pour la libération de Paris est de 989 morts et 3 589 blessés côté français.
Le général de Gaulle s'installe au ministère de la Guerre puis arrive à l'Hôtel de Ville, à 19 h 30, où il est reçu par les membres du CNR et ceux du comité parisien de libération. Il refuse de proclamer la République comme le voudraient Bidault et les communistes car, selon lui, le régime de Vichy ne fut qu'une parenthèse. Il prononce un

discours devenu célèbre : « Paris libéré ! Libéré par lui-même, libéré par son peuple avec le concours des armées de la France, avec l'appui et le concours de la France tout entière, de la France qui se bat, de la seule France, de la vraie France, de la France éternelle. »
126 personnes sont massacrées par les SS à Maillé, près de Sainte-Maure de Touraine (Indre-et-Loire).
À Londres, le GPRF (René Massigli et le général Kœnig) signe avec les gouvernements britannique (Anthony Eden) et américain (général Eisenhower) un accord sur l'administration civile de la France.

26 août
15 h. Après avoir fleuri la tombe du Soldat inconnu, de Gaulle descend les Champs-Élysées jusqu'à la Concorde puis se rend à Notre-Dame où est célébré un *Te Deum*. Des tirs isolés troublent la cérémonie. Brassaï photographie la foule, comme Henri Cartier-Bresson qui se joint à un groupe de photographes professionnels.
À Alger, le commissaire à la Justice, François de Menthon, signe l'ordonnance instituant la peine d'indignité nationale pour les Français « reconnus coupables d'avoir, postérieurement au 16 juin 1940, soit apporté volontairement, en France ou à l'étranger, une aide directe ou indirecte à l'Allemagne et ses alliés, soit porté volontairement atteinte à l'unité de la nation, ou à la liberté et à l'égalité des Français ». Sont visés les membres du Service d'ordre légionnaire, la Milice, le groupe Collaboration, la Phalange africaine, la Légion tricolore, le Rassemblement national populaire, le Parti populaire français, le parti franciste, le Mouvement social révolutionnaire, etc.

Les tondues de la Libération

Partout en France, les femmes accusées d'avoir entretenu des relations, intimes ou non, avec l'occupant sont molestées, tondues, affublées de croix gammées, promenées nues dans les rues, cortèges sinistres qui provoquent le ravissement des résistants de la dernière heure. Elles sont plus de 20 000 à subir ce châtiment. Pour les épurateurs les plus résolus, l'humiliation de milliers de femmes, constitue une « épuration préliminaire ». Ces bacchanales sexistes sont un traumatisme profond, longtemps ignoré, surtout en province : à Saint-Flour, une femme tondue en 1944 est gardée recluse par sa famille jusqu'en 1983 lorsqu'elle est délivrée par les gendarmes. Dans Hiroshima mon amour *(1960 ; scénario du film d'Alain Resnais, 1959), Marguerite Duras mêle l'histoire d'une liaison entre un soldat allemand et une jeune fille qui sera tondue à la Libération, et celle du bombardement atomique d'Hiroshima.*

Libération d'Arles, de Tarascon, de Carpentras, de Cavaillon et Avignon.

27 août
Toulon est libérée ; le 30 c'est le tour de Rouen et de Reims.
La CGT et la CFTC reprennent leur activité publique.
Le général Eisenhower visite Paris.

28 août
Le général de Gaulle décide la dissolution des états-majors FFI et du COMAC. Il interdit aux unités françaises régulièrement constituées tout recrutement au sein des FFI.
Un bilan de l'insurrection nationale que le PC appelait de ses vœux et qu'il a tenté de mettre en œuvre fait apparaître que sur 212 villes, seules 5 (2 %) ont été libérées avec la participation de la Résistance au cours d'un processus insurrectionnel (Paris, Limoges, Marseille, Thiers, l'agglomération lilloise), 179 autres (84 %) l'ont été par les forces alliées ou l'évacuation des troupes allemandes.

Le « parti des fusillés »...

Dès les premiers jours de la libération de Paris, le Parti communiste se présente lui-même comme le « Parti des fusillés ». Bientôt, il proclame en avoir eu 75 000, chiffre inventé pour nourrir une symbolique macabre. Maurice Thorez la reprend à son compte dès son retour d'URSS en affirmant : « Nous aimons notre pays, 75 000 communistes l'ont prouvé devant les pelotons d'exécution. » Cette revendication a d'abord pour fonction de faire taire les critiques. Qui oserait mettre en cause le patriotisme d'un parti dont tant de militants auraient payé de leur vie la libération du pays ? Le tribunal de Nuremberg établira que 29 660 Français ont été fusillés.

29 août
Charles de Gaulle pondère son discours du 25 août dans une allocution radiodiffusée : « Mais la France rend également hommage aux braves et bonnes armées alliées et à leurs chefs, dont l'offensive irrésistible a permis la libération de Paris et rend certaine celle de tout le territoire en écrasant avec nous la force allemande. »

DU GOUVERNEMENT PROVISOIRE À LA IVe RÉPUBLIQUE

Trois phases permettent d'appréhender les deux années intenses qui s'écoulent de la Libération à l'adoption de la Constitution de la IVe République : à la période de l'affirmation de l'autorité du général de Gaulle (août-décembre 1944) succède celle qui s'étend jusqu'à son départ (janvier 1946), puis vient la dernière qui se termine par l'adoption de la nouvelle Constitution (octobre 1946).
Les Français se trouvent plongés dans un processus complexe de réinvention des institutions et de réforme des structures juridiques et économiques de la France, étapes particulièrement importantes pour l'avenir de la démocratie.
Jusqu'en mai 1945, la poursuite de la guerre est l'objectif qui mobilise les énergies. La libération de la France a commencé avec le débarquement, le 6 juin 1944, des forces anglo-saxonnes. De leur côté, les organisations de résistance se sont lancées dans l'exécution des plans de sabotage : plan *Vert* (chemins de fer), plan *Violet* (communications), plan *Bleu* (électricité), plan *Bibendum* (destruction des ponts et carrefours), et des plans d'action : plan *Tortue* contre les concentrations allemandes, dont les effets comptent pour une part notable dans la réussite de l'opération *Overlord*. Mais pour le général de Gaulle, à la tête du Gouvernement provisoire de la République française (GPRF) créé le 3 juin 1944, il ne saurait être question que la France en tant que telle soit absente de l'assaut livré à la « forteresse Europe » – la Libération ne peut être l'œuvre exclusive des Alliés. La bataille qui s'engage doit être celle de tous les Français afin de rendre possible l'affirmation du rôle de la France et de la place de la France appelée à recouvrer son statut de grande puissance.
Dans le cadre de l'« insurrection nationale », les choix militaires correspondent à des conceptions politiques divergentes. Les maquisards doivent-ils se contenter (compte tenu de la faiblesse de leurs moyens malgré les parachutages intensifs d'armes) d'actions ponctuelles et limitées contre les mouvements allemands ? Doivent-ils entreprendre la libération de villes au risque d'exposer la population aux représailles des Allemands ou de la Milice de Darnand ? Le Parti communiste et ses FTP optent pour l'insurrection à tout prix, avec l'idée de s'assurer des positions pour l'avenir ; de nombreux échecs, souvent tragiques (Tulle, Saint-Amand-Montrond...), l'empêchent d'atteindre son objectif. Acquise fin juillet, la défaite allemande en Normandie permet la libération du territoire :

les armées allemandes se replient, retraite devenue d'autant plus urgente avec le débarquement de Provence (15 août), l'opération *Dragoon*, auquel participe la Ire armée française du général de Lattre de Tassigny. Dans cette guerre de mouvement, les résistants font office d'éclaireurs efficaces des troupes alliées. Des régions entières, notamment le Sud-Ouest, sont abandonnées par l'occupant, situation qu'exploitent les maquisards. Se pose alors le problème de l'établissement d'un pouvoir légitime capable de gérer les tensions politiques et sociales générées par quatre années d'occupation. La question a été anticipée puisque a été prévue l'installation des comités départementaux ou locaux de libération, destinés à jouer le rôle d'autorité transitoire, et dont les membres ont été cooptés par les organisations de résistance. Parfois les rivalités s'en sont trouvées aiguisées. Les CLL et les CDL ont en charge la direction de l'épuration qui vise les collaborateurs, les miliciens, les «traîtres», dès les semaines précédant le 6 juin 1944. Souvent menée sans le moindre respect des procédures judiciaires ou prétexte à des règlements de comptes politique ou personnel, elle sera qualifiée après coup de «sauvage». Même lorsqu'elle paraît justifiée, les jugements sommaires et expéditifs lui confèrent l'aspect d'une vengeance, impression renforcée par les représailles dont sont victimes les femmes (les «tondues de la Libération») par des foules exaltées. À l'automne, les juridictions mises en place (cours de justice, chambres civiques et Haute Cour de justice) canalisent l'épuration et permettent sa poursuite selon des normes légales. Par la suite, des comités spéciaux auront pour tâche de la mener à bien dans les administrations.

Conscient du risque de guerre civile, de Gaulle entend imposer rapidement son autorité: il a nommé des commissaires de la République, seuls représentants légitimes qui entrent parfois en concurrence avec les CDL. L'enjeu est le retour à la légalité républicaine. Le GPRF, dont le président cumule les pouvoirs exécutif et législatif, s'estime en être le seul dépositaire jusqu'au moment où les Français pourront se prononcer par eux-mêmes sur les institutions. Mais de Gaulle se heurte également à l'attitude des Alliés qui ont prévu la mise en place d'une administration de leur cru (y compris une monnaie) pour gérer les territoires libérés. L'adhésion spontanée des populations au gaullisme de la Libération modifie la donne et, au fil des semaines, le GPRF réussit à imposer son autorité. Pour soutenir ce processus, de Gaulle effectue, à l'automne, plusieurs voyages en province et, à la fin de l'année, les prérogatives de l'État sont restaurées. Suivant les consignes de Staline (entretien Thorez-Staline, 19 novembre 1944), les communistes ont admis la dissolution des milices patriotiques et empruntent désormais une voie politique – la présence des forces anglo-saxonnes interdit toute aventure de type insurrectionnel – pour accroître leur influence, s'attachant à la conquête des institutions civiles et militaires.

La poursuite de la guerre exige de grands efforts : il faut réussir l'amalgame des volontaires (137000) à l'armée française reconstituée et faire face à une situation matérielle catastrophique. Le bilan est, selon l'historien Jean-Pierre Rioux, plus lourd qu'en 1918. 74 départements souffrent de destructions (en particulier ceux de Normandie où des villes entières sont en ruine du fait des bombardements alliés) ; s'y ajoutent 1 million de familles sans abri, un potentiel industriel dévasté, des difficultés de ravitaillement croissantes au fil des mois. Malgré cela, en réponse aux aspirations apparues dans la Résistance et dans les populations, ces deux années pendant lesquelles la France est gouvernée par un régime transitoire sont fécondes en grandes réformes sociales, comme l'institution de la Sécurité sociale, et économiques comme la nationalisation des grandes industries du secteur de l'énergie. Les structures productives de la France sont alors durablement modifiées.

Sous l'égide du GPRF et de l'Assemblée consultative, la renaissance de la vie démocratique connaît une première étape avec les élections municipales d'avril-mai 1945, auxquelles les femmes participent pour la première fois, en vertu de l'ordonnance du 21 avril 1944. Les partis liés à la Résistance en sortent vainqueurs : sous le sigle d'Union patriotique républicaine et antifasciste, le PCF, autrefois déconsidéré par son approbation du Pacte germano-soviétique de 1939, a réussi à surmonter ce handicap et s'impose comme première force politique ; les socialistes, dont certains aspirent à créer un grand parti travailliste, constituent la deuxième force à gauche ; le nouveau venu, le Mouvement républicain populaire (MRP), né en novembre 1944, donne une assise à la tradition chrétienne démocrate. Le discrédit qui frappe les partis de droite permet à la gauche de dominer la vie politique : lors des élections du 21 octobre 1945, socialistes et communistes sont proches de la majorité absolue (49,6 %) ; si on y ajoute les voix du MRP, les trois quarts des électeurs ont choisi les formations se situant à gauche. Le même jour, le référendum sur le changement des institutions et les pouvoirs de l'Assemblée constituante, est adopté. Par crainte d'une éventuelle hégémonie des communistes, qui leur permettrait d'installer le pouvoir à leur convenance, le général de Gaulle a voulu limiter les prérogatives de cette Assemblée. Gaullistes, socialistes et modérés étaient favorables au oui tandis que les communistes l'étaient au non ; une ligne de fracture appelée à s'élargir est ainsi apparue. La question de la nouvelle Constitution devient un enjeu capital puisque, déterminant les institutions de la France, elle engage le choix du type de démocratie. Désormais élu président du Gouvernement provisoire par la nouvelle Assemblée, de Gaulle refuse de céder aux exigences communistes qui, comme dans les pays sous domination soviétique, veulent se voir attribuer les ministères clés : Affaires étrangères, Défense nationale, Intérieur. Opposé à la nature du projet constitutionnel en cours d'élaboration par l'Assemblée constituante et tenu à l'écart, le Général décide de quitter ses fonctions. Véritable tournant politique, sa démission, le 20 janvier 1946, est considérée par les communistes comme leur victoire. Paradoxalement, ce départ incompris consacre la puissance des partis que le Général entendait contenir. Jusqu'au référendum sur la Constitution en octobre 1946, la France est donc gouvernée par la coalition SFIO-PC-MRP, ce dernier parti ayant fait le choix d'être une force modératrice au sein du gouvernement. Finalement, le débat sur le projet de Constitution soutenu par les communistes tourne à leur désavantage, le MRP s'y opposant avec le renfort du Rassemblement des gauches républicaines, coalition des radicaux, de l'Alliance démocratique, du Parti socialiste démocratique, du Parti républicain-socialiste et de l'Union démocratique et sociale de la Résistance (UDSR). Le 5 mai 1946, le projet est repoussé par 53 % des voix. Dans leur majorité, les Français et les Françaises ont rejeté un texte « qui contenait en germe la possibilité d'un régime dominé par les communistes » (Serge Berstein, Pierre Milza). La SFIO subit le contrecoup de l'évolution de l'opinion : Guy Mollet conduit la réorientation du parti aux dépens de Daniel Mayer. Mais c'est pour le PC que l'échec est le plus rude. Même s'il conserve ses positions, il n'est plus le premier parti de France ; le MRP le supplante bientôt aux élections de juin 1946. Doté d'une puissance propagandiste inégalée et relayée par la CGT (5 millions d'adhérents), le PCF qui a tenté d'exploiter au mieux ses atouts, a fini par effrayer ses alliés (Léon Blum parle de « parti nationaliste étranger ») et une part toujours croissante de la population parce que trop ostensiblement lié à l'Union soviétique, image que Maurice Thorez tente d'atténuer par une déclaration tactique tardive (18 novembre 1946) au *Times* : « Les progrès de la démocratie à travers le monde... permettent d'envisager, pour la marche au socialisme, d'autres chemins que celui suivi par les communistes russes. » Dans un contexte international où abondent pourtant les prémices de la Guerre froide – une situation de « paix impossible, guerre improbable » –, Raymond Aron juge, avec recul, qu'il « a été extraordinairement difficile pour les Français d'accepter que dorénavant le danger ne venait pas de l'Allemagne mais de l'Union soviétique » *(Le Spectateur engagé)*, changement nécessaire à l'ouverture vers la construction européenne.

Les questions internationales se réfractent avec d'autant plus de force en France qu'elle a cessé d'être, à l'évidence, une puissance mondiale pour devenir une «puissance régionale» alors qu'à la veille du conflit mondial, elle faisait encore figure de grande puissance. Les Alliés l'ont tenue à l'écart des grandes conférences décidant de l'avenir géopolitique de la planète (Téhéran, 1943; Yalta, 1945). Qu'elle ait été conviée à signer la capitulation allemande à Reims (7 mai 1945) et Berlin (8 mai 1945) puis la capitulation japonaise (2 septembre 1945) ne modifie pas sa stature internationale. Le monde, devenu bipolaire, est dominé par les États-Unis – qui possèdent et ont utilisé la bombe atomique – et par l'Union soviétique – dont les armées campent au cœur de l'Europe. Pour la France, le bilan moral est triste: entrée en guerre pour garantir l'intégrité du territoire de la Pologne son alliée, elle a échoué. En 1944, le pays a traversé une guerre «franco-française» qui laisse des traces profondes malgré la volonté de retrouver une certaine «unanimité nationale» et de renouer avec une continuité républicaine qui avait été interrompue par Vichy. La France a perdu la guerre en 1940, les Alliés l'ont gagnée en 1945. Après cette guerre mondiale, elle n'est pas en mesure de peser sur les décisions des trois Grands (États-Unis, Grande-Bretagne, URSS) qui abandonnent, sans états d'âme, l'un des principes de la Charte de l'Atlantique (14 août 1941) affirmant qu'il ne saurait y avoir de modification territoriale sans le consentement des peuples intéressés. À Moscou en décembre 1944, de Gaulle a d'ailleurs pris son parti de cette situation, en avalisant les ambitions soviétiques en Europe centrale et orientale. Difficulté supplémentaire: l'Empire, déjà ébranlé avant-guerre, n'échappe pas au mouvement de décolonisation que légitime la participation des combattants des colonies à la libération de la métropole – mouvements qui recevront l'appui des Alliés de la France. La laborieuse création de l'Union française (1946) n'y change rien. La France, à peine sortie de la guerre de libération nationale, est aspirée par la guerre coloniale en Indochine.

1944

1er-3 septembre
Le 1er, Amiens est libérée. Les troupes américaines libèrent Reims et Laon et franchissent l'Aisne. Le 2, la 1re armée canadienne libère Dieppe tandis que les Américains atteignent Sedan, Verdun, Commercy et que les FFI libèrent Bordeaux, Chambéry, Tonnerre.
Le 3, les troupes françaises et américaines entrent à Lyon.

2 septembre
Le GPRF, qui exerce le pouvoir, s'installe à Paris où il se réunit pour la première fois dans la soirée: Philip, Le Troquer, Mayer, Tixier (socialistes), Billoux et Fernand Grenier (communistes), E. d'Astier de La Vigerie (mouvement Libération), Mendès France (radical-socialiste), Massigli, Pleven, Frenay (Combat), Capitant, Catroux, Monnet. Parallèlement, les commissaires de la République sont nommés: Raymond Aubrac (Marseille), Jean Cassou (Toulouse), Michel Debré (Angers), etc.
Le total des versements effectués à l'Allemagne s'élève à 860 milliards de francs selon René Pleven, ministre des Finances (discours de Nantes le 27 novembre 1944).
Libération de Montpellier, Béziers, Narbonne et Valence.

3 septembre-28 octobre
Le PC donne l'ordre au colonel Fabien de rassembler des FFI et des FTP en une colonne pour qu'elle se lance à la poursuite des Allemands. Jusqu'au 28 octobre, la colonne Fabien refuse d'intégrer l'armée française et préfère se placer sous les ordres des Américains.

4 septembre
Les démocrates-chrétiens de la Résistance se réunissent à Paris. Marc Sangnier, Georges Bidault (président du CNR), François de Menthon (ministre de la Justice), Pierre-Henri Teitgen, qui vient de s'évader d'un train de déportation, décident la création d'un Mouvement républicain de libération. D'entrée de jeu, les militants de l'Action catholique, sous l'influence de Gilbert Dru, ont récusé l'appellation « démocratie chrétienne ».

5 septembre
Libération de Lille, Bruxelles et Saint-Étienne par de Lattre de Tassigny. De durs combats ont lieu entre FFI et Allemands dans le Nivernais.
La nouvelle composition du GPRF est communiquée: de Gaulle (président), Catroux (ministre d'État, délégué en Afrique du Nord), Philip (ministre d'État, relations avec l'Assemblée consultative), de Menthon (Justice), Massigli (Affaires étrangères), E. d'Astier de La Vigerie (Intérieur), Diethelm (Guerre), Grenier (Air), Pleven (Colonies), Lepercq (Finances), Mendès France (Économie nationale), R. Lacoste (Production industrielle), Giacobbi (Ravitaillement), Tanguy-Prigent (Agriculture), Henri Bonnet (Information), R. Mayer (Communications et Marine marchande), Tixier (Travail et prévoyance sociale), Frenay (Prisonniers et Déportés), Capitant (Instruction publique), Le Troquer (Territoires libérés), Parodi, Queuille, Billoux (Territoires occupés); en mission: Jean Monnet.

7 septembre
Pétain et Laval qui refusent d'exercer leurs fonctions, sont emmenés à Sigmaringen. (Allemagne).
Les troupes allemandes du Sud-Ouest et du Centre font retraite le long de la Loire, harcelées par les FFI.

8 septembre
Giono accusé de collaboration est arrêté et incarcéré à Digne. Il sera libéré le 31 janvier 1945.

9 septembre
De Gaulle remanie le gouvernement pour en faire un gouvernement d'« unanimité nationale » incluant des représentants des partis politiques (2 communistes, 3 socialistes, 3 démocrates-populaires, 4 radicaux-socialistes) et des mouvements de résistance: J. Jeanneney (ministre d'État), Menthon (Justice), Bidault (Affaires étrangères), Tixier (Intérieur), Diethelm (Guerre), Jacquinot (Marine: Jacquinot), Charles Tillon (Air), Mendès France (Économie nationale), Lepercq (Finances), R. Lacoste (Production), Tanguy-Prigent (Agriculture), Giacobbi (Ravitaillement), Pleven (Colonies), Capitant (Éducation nationale), Parodi (Travail), René Mayer (Transports et Travaux publics), A. Laurent (PTT), P.-H. Teitgen (Information), Frenay (Prisonniers et déportés), Billoux (Santé publique), Catroux (ministre en Afrique du Nord).

Pierre-Henri Teitgen

Démocrate-chrétien, professeur de droit public et fondateur de la revue Droit social *avant-guerre, Pierre-Henri Teitgen (1908-1997), Compagnon de la Libération, appartenait dans la Résistance au mouvement Combat. Devenu commissaire à l'Information auprès du CNR en 1943, arrêté en juin 1944, il s'évade du train de déportation pour l'Allemagne et devient, le 9 septembre, ministre de l'Information dans le gouvernement du général de Gaulle. À ce titre, il préside à la réorganisation de la presse, suivant les ordonnances des 26 août et 30 septembre 1944, répartissant les biens des journaux désormais interdits au profit de la presse résistante. Il participe à la naissance de* Ouest-France *et engage la fondation du* Monde *(en remplacement du* Temps*). En 1945-1946, il sera ministre de la Justice, avec la difficile tâche de mener à bien l'épuration. Député MRP d'Ille-et-Vilaine à l'Assemblée constituante, il sera réélu et présidera le MRP jusqu'en 1958.*

10 septembre
À la Mutualité, Daniel Mayer invite le Parti socialiste SFIO à appliquer énergiquement le programme du CNR et propose la création d'un comité d'entente socialiste-communiste.
Avec l'appui des communistes, Louis Saillant devient président du CNR.

LOUIS SAILLANT

Secrétaire de l'Union départementale Drôme-Ardèche de la CGT, militant socialiste, Louis Saillant (1910-1974) a toujours entretenu de cordiales relations avec le Parti communiste, participant avant-guerre au comité de défense de Georges Dimitrov. Devenu secrétaire de la Fédération du bois, élu à la commission administrative de la CGT lors du congrès de Nantes, il s'abstient lors du vote excluant les communistes Frachon et Racamond qui ont approuvé le pacte germano-soviétique. Après la débâcle de mai-juin 1940, il rejoint le mouvement de résistance Libération-Nord et surtout – en raison de son activité syndicale importante – devient l'un des signataires des accords du Perreux (17 avril 1943) qui reconstituent la CGT. Délégué à l'Assemblée consultative provisoire en 1944-1945, il noue très tôt des relations avec les syndicats soviétiques et devient en 1945 secrétaire de la Fédération syndicale mondiale. Il se présente toujours comme socialiste mais œuvre en réalité pour le compte des communistes.
En 1958, il reçoit le prix Lénine « pour la paix ». Dix ans plus tard, le 21 août 1968, il prend ses distances avec les Soviétiques en condamnant l'entrée des troupes du pacte de Varsovie en Tchécoslovaquie.

Besançon est libérée par la VIIe armée américaine.

12 septembre
Discours de Charles de Gaulle au palais de Chaillot : « Dès que la guerre voudra bien le permettre, c'est-à-dire dès que le territoire sera entièrement libéré et que nos prisonniers et déportés auront regagné leur foyer, le gouvernement conviera à élire, par le suffrage universel de tous les hommes et de toutes les femmes de chez nous, ses représentants dont la réunion constituera l'Assemblée nationale. »

14 septembre
La 2e DB et la Ire armée française opèrent leur jonction à Châtillon-sur-Seine (Côte-d'Or).

14-18 septembre
De Gaulle se rend à Lyon, Marseille, Toulouse, Bordeaux et Orléans. Le 18, il arrive à Toulouse avec la ferme intention de reprendre la situation en main. « Autour de Ravanel, des chefs de fractions armées constituaient comme un Soviet », écrira-t-il dans ses *Mémoires de guerre*. Le chargé d'affaires soviétique déjà présent en France, Kozyrev, signale à Moscou que l'autorité des préfets désignés par de Gaulle est battue en brèche par celle des commissaires issus des comités de libération : « Dans les régions libérées du pays et à Paris existe une dualité du pouvoir. » Première force politique du pays (plus de 205 000 adhérents auxquels s'ajoutent ceux du Front national, du Front patriotique de la Jeunesse et de l'Union des femmes françaises), le PC entend, en effet, fédérer les comités départementaux de libération sous son autorité.

15 septembre
Une ordonnance du ministre de la Justice institue les cours spéciales de justice pour présider à l'épuration en remplacement des tribunaux populaires qui rendent une justice expéditive.
Nancy est libérée.

20 septembre
Capitulation de la garnison allemande de Brest.

22 septembre
Lunéville est libérée alors que la résistance allemande se renforce. La Wehrmacht compte utiliser le massif des Vosges pour stopper la progression des troupes alliées.

23 septembre
Les FFI sont incorporés dans l'armée régulière. L'amalgame sera difficile entre ces jeunes « soldats de l'An II », les officiers « naphtaline » qui n'ont pas combattu depuis 1940 et les Forces françaises libres.

28 septembre
Aux Communes, Winston Churchill se prononce en faveur de la participation de la France au règlement du problème allemand.

29 septembre
À la deuxième session de la conférence de Dumbarton Oaks, la création d'une Organisation des Nations unies est décidée. Les quatre Grands plus la France seront membres d'un Conseil de sécurité. L'URSS veut faire entrer ses 15 Républiques comme États membres.

30 septembre
Une ordonnance confie au ministre de l'Information le droit de statuer sur les demandes d'autorisation à paraître pour les journaux. Si la liberté de la presse est rétablie, la censure militaire demeure.

1er octobre
À Lille, le général de Gaulle déclare: « Pour cette économie dirigée, pour cette mise en valeur de toutes les ressources du pays, il y a des conditions à remplir, dont la première est évidemment que la collectivité, c'est-à-dire l'État, prenne la direction des grandes sources de richesses communes et qu'il contrôle certaines des autres activités, sans bien entendu exclure aucunement les grands leviers que sont, dans l'activité des hommes, l'initiative et le juste profit. »

L'ÉTAT DE LA FRANCE À LA LIBÉRATION

Les bombardements, les sabotages et les combats laissent une France aux infrastructures désarticulées : tous les ponts sont détruits sur la Seine en aval de Paris jusqu'à la mer; sur la Loire de Nevers à son embouchure et sur le Rhône de Lyon à son delta. 115 grandes gares sont hors d'usage ainsi que 24 gares de triage, et 19 grands ateliers de réparations. 3 000 km de voies, 1 900 ponts et viaducs sont inutilisables et 27 tunnels obstrués. Dans le Nord et l'Est, les canaux sont en grande partie détruits : 282 écluses sont inutilisables ainsi que 941 ponts-routes, 213 ponts-rails, 11 ponts-canaux, 3 000 péniches. Plus de la moitié des voies navigables sont impraticables. La France ne dispose plus de ports maritimes – ceux qui sont en état sont utilisés par les Alliés. Sa marine marchande est réduite des deux tiers.
Les chemins de fer n'ont plus que 2 900 locomotives à vapeur sur les 15 800 d'avant-guerre, la moitié de wagons de marchandises dont environ un tiers endommagés, 13 500 voitures de voyageurs dont 6 000 en mauvais état sur 36 000. 300 000 camions sur 500 000 ont disparu. Au 1er juin 1945, le ministère de la Reconstruction dénombre 452 000 immeubles totalement détruits et près de 1,5 million endommagés. Nombre de transformateurs et de centrales sont hors d'usage. La production d'électricité a chuté de moitié en août et septembre. La production d'acier et de fonte est presque nulle (7 000 tonnes contre plus de 500 000 tonnes par mois en 1938). La production de charbon est tombée à environ 1 million de tonnes en août et septembre contre plus de 4,6 millions de tonnes auparavant. À cette époque, la production de fer chute dans les mêmes proportions. Seul point positif, à l'été 1944, les récoltes ont été sauvées. Cependant elles restent très inférieures à la production normale, nécessitant un rationnement strict.

2 octobre
Varsovie. Capitulation des insurgés de l'Armia Krajowa: 17 000 combattants ont été tués; on dénombre environ 200 000 civils morts; 150 000 Varsoviens sont déportés en Allemagne pour y travailler; 50 000 le sont directement en camps de concentration. Pendant l'insurrection, l'alliance germano-soviétique de 1939 s'est reconstituée *de facto*: la passivité de l'armée rouge après les appels soviétiques à l'insurrection s'est conjuguée à l'extermination menée par la Wehrmacht, les SS et les Askaris (supplétifs des SS). Gide note à la date du 14 septembre: « Et Varsovie ?... Il n'est pas de jour que je ne pense avec angoisse à son agonie. [...] Je ne sais quels sournois intérêts politiques, qui retiennent l'aide attendue... » Peintre polonais, l'un des animateurs de l'école polonaise de Paris (les « kapistes ») en 1924-1925, rescapé de Katyn et officier de l'armée Anders combattant en Italie, Josef Czapski interpelle ses amis Maritain et Mauriac dans une lettre ouverte dénonçant le silence des intellectuels français face à ce drame: « Si par un jeu de soit disant exigences politiques, la France, comme d'autres, se désintéresse de leur sort [...] vous participeriez par votre silence à la destruction, pour toujours peut-être, du prestige [...] intellectuel et moral de la France dans le monde. »

6 octobre
Le Salon d'automne, baptisé Salon de la Libération, consacre l'art moderne en célébrant les maîtres de la première moitié du siècle: Braque, Chagall, Léger, Miró, Rouault, Picasso...

7, 8 octobre
37 comités départementaux de libération de la zone Sud se réunissent à Avignon en « états généraux ». La réunion, inspirée par les communistes, débouche sur l'adoption d'une résolution proclamant leur aspiration à la démocratie directe, économique et sociale.

9 octobre
Au cours de son séjour à Moscou, Churchill s'entend avec Staline sur le partage des zones d'influence en Grèce, Bulgarie et Yougoslavie.
À Rouen, le général de Gaulle insiste sur l'union nationale, condition de l'effort national, et le rétablissement de l'autorité de l'État, deux thèmes qu'il reprendra les semaines suivantes: « C'est à l'État, à la justice de l'État, à l'autorité de l'État, à la force de l'État, et seulement à sa force, à sa justice, à son autorité, qu'il appartient de s'imposer en France. »

12 octobre
Le *Journal officiel* publie une ordonnance qui établit la composition de la future Assemblée consultative. Les mouvements de résistance y obtiennent 148 sièges sur 248.

18 octobre
Une ordonnance du GPRF fixe les conditions de la confiscation des profits illicites (commerce avec l'ennemi, marché noir, spéculation) réalisés du 1er septembre 1939 au 31 décembre 1944.

20 octobre
Vernissage galerie Drouin de la première exposition de Jean Dubuffet, présentée par Jean Paulhan.

20-21 octobre
Réunies à Paris, les anciennes organisations paysannes (Fédération nationale de la mutualité et de la coopération agricole, la Confédération nationale paysanne, la Confédération générale des paysans travailleurs), décident de constituer une Confédération générale de l'Agriculture.
Pierre Laval est condamné à mort par contumace.

21 octobre
De Gaulle visite Troyes, Chaumont, Dijon.

23 octobre
Le Gouvernement provisoire est reconnu *de jure* par les États-Unis, la Grande-Bretagne, l'URSS, le Canada, l'Australie, le Brésil, etc.

25 octobre
Les relations postales sont rétablies à l'intérieur de la France métropolitaine et la Corse, à l'exception des départements où se déroulent encore des opérations militaires.

28-29 octobre
Pour faire cesser les arrestations et les réquisitions illégales de groupes n'appartenant ni à l'armée ni à la police, le Conseil des ministres décide la dissolution des milices patriotiques. Le Front national et le Parti communiste protestent. Le CNR et le comité parisien de libération, dominés par les communistes, se réunissent le 29 pour condamner la décision.

29 octobre
Début de la guérilla Vietminh au Tonkin.

1er novembre
Explosion à Vitry d'un train de munitions (27 morts, 95 blessés). Le PC lance une campagne contre la « 5e colonne » pour justifier le maintien des milices. *L'Humanité* du 2 novembre publie un manifeste d'intellectuels (Aragon, Éluard, Pierre Emmanuel, Triolet, Vercors, Vildrac). Une polémique éclate avec *Combat* qui critique cette campagne.

4 novembre
Le CNR annonce la création de la garde civique républicaine, nouvelle appellation des milices patriotiques, et leur accorde l'autorisation d'être armées sous la responsabilité des comités départementaux de libération.

4-20 novembre
Décret d'émission d'un grand emprunt qui vise « à assainir la situation monétaire en retirant de la circulation une partie de la masse des billets émis pendant l'Occupation ». Pierre Mendès France préconisait un échange des billets avec blocage des comptes. Ouvert le 6 et clos le 20 novembre, l'emprunt produit 164,4 milliards.
Les États-Unis débloquent un crédit de 225 millions de dollars à la France.

5 novembre
Condamné à mort le 23 octobre, le directeur d'*Aujourd'hui*, Georges Suarez, est exécuté, malgré des interventions en sa faveur.

7 novembre
Franklin D. Roosevelt est élu président des États-Unis pour un quatrième mandat.

8-12 novembre
Le socialiste Félix Gouin est élu président de l'Assemblée consultative. Au congrès extraordinaire du Parti socialiste SFIO (9-12 novembre), 210 délégués réforment les structures de la SFIO, tout en procédant à une épuration.

10-11 novembre
Visite de Churchill à Paris. Le Premier ministre anglais se déclare favorable au principe d'une zone française d'occupation en Allemagne. Le 11, la France est admise comme quatrième membre permanent de la Commission consultative européenne créée à Moscou en 1943 pour régler le problème de l'Allemagne d'après-guerre. René Massigli l'y représentera.

13-14 novembre
Raoul Dautry est chargé du ministère de la Reconstruction et de l'Urbanisme, nouvellement créé. Le 14, René Pleven devient ministre des Finances en remplacement d'Aimé Lepercq, mort dans un accident automobile le 9. Le socialiste Paul Ramadier est nommé ministre du Ravitaillement. Paul Giacobbi devient ministre des Colonies.

15 novembre
Placées sous séquestre le 4 octobre, les usines Renault font l'objet d'une confiscation par l'État, l'entreprise ayant « constitué un instrument entre les mains de l'ennemi ». Inculpé et emprisonné à Fresnes, Louis Renault meurt le 24 octobre 1944.

17 novembre
Le Conseil des ministres approuve le blocage des prix proposé par Pierre Mendès France ; il décide de faire procéder à un inventaire des profits illicites, d'œuvrer à la remise en marche des industries et transports.

18 novembre
Institution par ordonnance de la Haute Cour de justice pour juger les dignitaires de Vichy. 265 magistrats (sur environ 3000) sont sanctionnés par la Commission centrale d'épuration. 165 d'entre eux sont révoqués ou mis à la retraite d'office.

20-23 novembre
Libération de Belfort, Gérardmer, Raon-l'Étape le 20 puis de Mulhouse le 21. Après avoir pris Saverne le 22, la 2ᵉ DB libère Strasbourg le 23 grâce à une manœuvre hardie, réalisant ainsi le serment de Koufra (2 mars 1941).

24 novembre-10 décembre
Départ du général de Gaulle pour l'URSS. Il arrive à Moscou le 1ᵉʳ décembre et rencontre Staline les 2, 6 et 8. Pour obtenir l'appui de l'URSS dans les négociations sur le sort de l'Allemagne, il entérine la ligne Curzon comme frontière entre la Pologne et l'URSS et engage le processus de reconnaissance du gouvernement pro-soviétique en Pologne. Le 10, un traité d'alliance et d'assistance mutuelle est signé à 4 h 45 par Bidault, ministre des Affaires étrangères, et Molotov, commissaire aux Affaires étrangères. Le traité sera ratifié le 15 février 1945.

25-26 novembre
Congrès constitutif du Mouvement républicain populaire (MRP). Après l'échec de la tentative de constitution d'un grand parti travailliste avec une partie de la SFIO, les démocrates-chrétiens décident de s'organiser. Le MRP fédère les militants de l'Action catholique de la jeunesse française (ACJF), une partie des militants de Jeune République, les héritiers du Parti démocrate populaire d'avant-guerre. Sous la présidence d'honneur de Marc Sangnier, le MRP est présidé par Maurice Schumann ; son secrétaire général est Robert Bichet. Dans sa commission exécutive, on trouve Bidault, François de Menthon, P.-H. Teitgen... Le MRP (appellation qui se substitue à celle de Parti républicain de libération), qui dispose de *L'Aube* (120000 exemplaires), représente l'une des grandes tendances idéologiques de la vie politique à la Libération. À l'automne, ses 897 sections comptent plus de 80000 adhérents.

27-30 novembre
Retour de Maurice Thorez en France (de Gaulle a pris un décret, daté du 6 octobre, l'amnistiant de ses condamnations pour désertion en 1940). Quelques jours avant son départ, le 19, Maurice Thorez a eu un entretien d'1 h 45 mn avec Staline en présence de Molotov et Béria dont la teneur est connue depuis 1996. Staline indique à Thorez les grandes lignes de la stratégie à suivre pour le PCF : « [...] il faut tenir compte qu'il y a actuellement en France un gouvernement reconnu par les Alliés. Dans ces conditions il est difficile pour les communistes d'avoir des forces armées parallèles car il y a une armée régulière [...] Il faut transformer les détachements armés en une autre organisation, en une organisation politique, et, quant aux armes, il faut les cacher [...]. Le PC [...] doit accumuler des forces et trouver des alliés [...]. Il faut une plateforme pour l'organisation politique. Cette plateforme doit inclure le redressement de l'industrie,

donner du travail aux chômeurs, la défense de la démocratie, punir ceux qui étouffent la démocratie. » Les consignes de Staline en ce qui concerne les armes seront suivies puisqu'en 1947, lors des grèves, des dépôts (armes et explosifs) seront découverts par la police.
Le 30, au Vel. d'Hiv., Maurice Thorez effectue sa rentrée politique ; il livre les grandes lignes de la tactique communiste arrêtées à Moscou : « Faire la guerre. Créer une puissante armée française. Reconstruire rapidement notre industrie, avant tout notre industrie de guerre. Travailler, travailler d'arrache-pied [...] Travailler, se battre ; [...] Préparer et créer dans l'union des cœurs et des cerveaux la renaissance de notre patrie, pour faire une France libre, forte et heureuse. » Les communistes, qui sont au cœur de ce processus, le suscitent, contrôlent cette mobilisation, et entendent bien en recueillir les fruits politiques.

28 novembre
Une ordonnance institue les chambres civiques pour juger les adhérents des groupements collaborateurs. Le 26 décembre, une nouvelle ordonnance définira la peine d'indignité nationale pour des faits survenus entre 1940 et 1944. Le principe de non-rétroactivité des lois est mis à mal.

1er-27 décembre
Le procès de la bande Bony-Lafont qui s'était mise au service de la Gestapo, s'ouvre. Le 13, 8 des 12 membres sont condamnés à mort et exécutés le 27.

4 décembre
Une délégation socialiste rencontre les communistes au siège du PC, 44 rue Lepelletier. Un comité d'entente est créé.
Libération de Sélestat et de Ribeauvillé.

13 décembre
Après avoir constitué le 27 septembre un Groupement national des Houillères du Nord et du Pas-de-Calais, le gouvernement nationalise provisoirement les Houillères.

Les nationalisations

Dans la France de la Libération, le principe des nationalisations fait l'unanimité. Dès avril 1943, le général de Gaulle a indiqué que les monopoles ne doivent aucunement peser sur l'État – la richesse commune est destinée à être contrôlée par la nation. Cette volonté rencontre celle du CNR qui souhaite, dans son programme, la « participation des travailleurs à la direction de l'économie ». Par conséquent, dès l'automne 1944, des dispositions commencent à être prises.
Ce sont les charbonnages, production stratégique, qui font l'objet des premières mesures. Après avoir suspendu le 11 octobre leurs présidents et directeurs généraux, les Houillères sont nationalisées. Les indemnités aux propriétaires seront déterminées sous délai d'un an. Auprès du directeur nommé par décret, siège un Comité consultatif composé de 8 représentants du personnel désignés par les syndicats, 9 représentants du gouvernement, 5 représentants des utilisateurs du charbon et 2 représentants des compagnies anciennement exploitantes. Elles sont définitivement propriété de l'État en mai 1946 sous le nom de Charbonnages de France. Le 16 janvier 1945, la société des usines Renault est nationalisée : une Régie nationale est créée pour se substituer à l'ancienne société dont l'actif et le passif sont attribués à l'État. Le 29 mai, l'entreprise aéronautique Gnome et Rhône est nationalisée sur ordonnance. Gnome et Rhône, Moteurs Renault pour l'aviation, la Générale mécanique et d'aviation, le Groupement d'études des moteurs à huile lourde, donnent naissance à la Société nationale d'études et de construction des moteurs d'avions (Snecma). Le 26 juin, les actions des compagnies Air France, Air Bleu et Air France-Transatlantique, sont transférées à l'État qui assure depuis septembre 1944 la direction de ces entreprises ; les actions d'Air France, de la Compagnie générale des transports aériens, de la Compagnie internationale de navigation aérienne sont rachetées.
Les nationalisations qui marquent le plus profondément la conscience des Français touchent directement au domaine des services publics : nationalisations des banques en décembre 1945, des assurances, du gaz et de l'électricité en avril 1946. Les nationalisations de la Libération renouvellent la structure industrielle de la France pour plusieurs dizaines d'années.

15-17 décembre
À l'initiative du CNR, les comités départementaux de libération se réunissent à Paris. L'Assemblée qui veut « favoriser le plein épanouissement d'une complète démocratie, selon le programme du CNR », décide d'établir des listes uniques de la Résistance aux élections municipales et cantonales. Elle convoque des « états généraux de la renaissance française » pour le 14 juillet 1945. Propositions qui reçoivent le soutien du PC.

16-26 décembre
Bataille des Ardennes. La contre-attaque de la Wehrmacht, voulue par Hitler dans l'espoir de rééditer la manœuvre de mai 1940, surprend les Alliés dont l'aviation est neutralisée par le mauvais temps. Le 23, un détachement allemand se trouve à moins de 7 km de la Meuse. Le 26, la contre-offensive alliée, combinant chars et avions, parvient à stopper la progression allemande.

18 décembre
Premier numéro du quotidien du soir *Le Monde*, dirigé par Hubert Beuve-Méry, René Courtin et Funck-Brentano.
La Marine marchande est placée sous le contrôle de l'État, sans transfert de propriété.

21 décembre
Le bureau politique du PC décide de présenter des listes communes avec le Parti socialiste SFIO.
Le congrès radical exclut 34 parlementaires considérés comme compromis sous Vichy et apporte sa confiance à de Gaulle.

23 décembre
Ancien président du Comité juridique de la France combattante et membre du CFLN, René Cassin devient vice-président du Conseil d'État.

René Cassin

Ancien combattant décoré de la Première Guerre mondiale, juriste, René Cassin (1887-1976) fut un compagnon de la première heure du général de Gaulle. Il sera l'artisan de la Déclaration universelle des droits de l'homme (décembre 1948), présidera la commission des droits de l'homme de l'ONU dont il deviendra le président en 1954. Prix Nobel de la paix en 1968, il fonde la même année l'Institut international des droits de l'homme à Strasbourg. En 1987, ses cendres sont transférées au Panthéon.

27 décembre
À l'Assemblée nationale, Adrien Tixier indique que 32 000 personnes sont emprisonnées en camp d'internement administratif tel celui de Drancy.
Christian Fouchet arrive à Lublin (Pologne) comme délégué provisoire de la République française auprès du Comité polonais de Libération nationale (PKWN), mis en place par les Soviétiques. Le 31 décembre, le comité de Lublin se proclame gouvernement provisoire.
La CGT reçoit les représentants des syndicats soviétiques. À la mi-janvier 1945 sera décidée la création d'un comité syndical franco-russe.

30 décembre
Deux ordonnances réforment l'assurance maladie-maternité et l'assurance vieillesse en déficit. Les cotisations ouvrières et patronales sont portées de 8 % à 12 % ; la retraite des vieux travailleurs est séparée de l'assurance et financée par une taxe de compensation.

autres événements
• Création de l'Institut français du pétrole, organisme public des hydrocarbures et du centre national d'études des télécommunications (CNET).
• François Perroux fonde l'Institut de sciences économiques appliquées.
• Roger Caillois : *Les Impostures de la poésie.*
• Roger Peyrefitte : *Les Amitiés particulières* (prix Renaudot).
• *L'Espace du dedans*, pages choisies d'Henri Michaux.
• André Jolivet : *Concerto équatorial.*

1945

janvier
Premier numéro de la nouvelle série de *La Pensée*, « revue du rationalisme moderne », animée par les intellectuels communistes.
Les éditions de Minuit reçoivent le prix Fémina pour l'ensemble de leurs publications pendant l'Occupation.
Henri de Lubac : *Le Drame de l'humanisme athée.*

Le père de Lubac

Entré à 17 ans dans la Compagnie de Jésus après une année de droit à Lyon, Henri Sonier de Lubac (1896-1991) est mobilisé en 1914. Blessé à l'oreille interne en 1917, il restera handicapé. Après la guerre, il reprend ses études en Angleterre et les achève en 1929, après avoir été ordonné prêtre. Il commence ensuite une carrière de professeur de théologie aux facultés catholiques de Lyon. Philosophe et historien, le père de Lubac publie en 1938 Catholicisme, les aspects sociaux du dogme. *En 1941, il participe à la fondation des* Cahiers du Témoignage chrétien *et prend vigoureusement position contre l'antisémitisme. Parallèlement à ses activités clandestines qui le contraindront à se cacher en Ardèche, il lance en 1942, avec le père Daniélou, la collection « Sources chrétiennes », destinée à la publication des Pères de l'Église. Avec* Le Drame de l'humanisme athée *(1944), le père de Lubac confronte son christianisme à Feuerbach, Dostoïevski, Nietzsche, Kierkegaard, Auguste Comte. En 1946, il publie* Surnaturel, études historiques *qui lui vaut la désapprobation de son ordre et une sanction : il est interdit d'enseignement jusqu'en 1960, moment où Jean XXIII fait appel à lui comme consultant pour la préparation du concile Vatican II. La reconnaissance définitive lui vient de Jean-Paul II qui le fait cardinal en 1983. Le père de Lubac est notamment l'auteur de* Histoire et Esprit *(1950),* Aspects du Bouddhisme *(1951),* Méditation sur l'Église *(1953),* L'Exégèse médiévale *(1959-1964).*

2-3 janvier
Sous la pression de l'offensive allemande dans les Ardennes, Eisenhower ordonne l'évacuation de Strasbourg. Le 3, de Gaulle qui rencontre Churchill et Eisenhower au GQG interallié, s'y refuse : Strasbourg est défendue.

3 janvier
La gratuité de l'enseignement secondaire est rétablie.

13 janvier
Condamné à mort le 29 novembre, pour faits de collaboration, l'écrivain et journaliste Henri Béraud est gracié.

INTELLECTUELS : ÉPURATEURS ET ÉPURÉS

À la tête du Comité national des écrivains (CNE) qui a réquisitionné un hôtel particulier derrière l'Élysée, Louis Aragon s'attribue le rôle de « grand épurateur » des lettres françaises. Il désigne les indésirables, protège ou accable des écrivains. C'est ainsi qu'il s'attaque à André Gide pour avoir livré dans son Journal *(5 septembre 1940) quelques pensées jugées peu patriotiques. Mais ce qu'Aragon lui reproche, ce sont ses* Retouches à son retour d'URSS *d'avant-guerre. En revanche, l'ancien antimilitariste qui « conchiait l'armée française » sait s'attacher les écrivains ou les responsables de l'édition compromis sous Vichy qui acceptent de l'épauler. Dès septembre 1944, Jean Guéhenno a claqué la porte du CNE lorsqu'il a vu y entrer de prétendus résistants qu'il n'avait pas eu l'occasion de rencontrer dans les réunions clandestines sous l'Occupation. Le poète-traducteur polyglotte Armand Robin figure sur les listes noires du CNE de septembre et octobre 1944, semble-t-il à l'initiative d'Aragon. Pourtant, après avoir été dénoncé, il avait écrit son mépris à la Gestapo (« ... Le propre des criminels étant surtout d'être ignorants, me faudra-t-il perdre du temps à vous signaler les chambres à gaz motorisées que vous faites circuler dans les villes russes ? Ou les camps où, avec un art achevé, vous faites mourir des millions d'innocents en Pologne ? ») ce qui lui valut d'être arrêté. Robin ne réussira pas à se faire réintégrer au ministère de l'Information.*
Aragon est secondé par Claude Morgan, le directeur des Lettres françaises *qui, en 1935, avait signé le* Manifeste des intellectuels fascistes. *L'un des épurateurs les plus véhéments, Morgan ne cesse de réclamer des têtes. Parfois à mauvais escient comme lorsqu'il s'en prend à Anatole de Monzie protégé par ses liens avec les autorités soviétiques. Un climat de délation « pour la bonne cause » s'installe dans la presse par le biais de rubriques spéciales. Ancien maurrassien et ancien maître de conférences à l'Institut d'études corporatives et sociales de Vichy, Jean Quéval publie en mars 1945* Première page, cinquième colonne *; il tire sa connaissance minutieuse de la presse collaborationniste de ses propres fonctions à l'agence collaboratrice Inter-France.*
Le 24 janvier 1945, le contrôle militaire des informations publie une liste d'« ouvrages à retirer de la vente » pour leur esprit collaborationniste. Le 2 février 1945 se met en place la commission consultative d'épuration de l'édition qui fonctionnera jusqu'au 21 décembre. Le 30 mai c'est la création du Comité national d'épuration des gens de lettres, auteurs et compositeurs et du Comité national d'épuration des peintres, sculpteurs et graveurs qui peuvent tous deux prononcer des interdictions temporaires.
Le 16 janvier 1945, Robert Brasillach, le rédacteur de Je suis partout, *est condamné à mort. Le 19 janvier, 59 intellectuels signent une pétition en faveur du recours en grâce soumis au général de Gaulle. Celui-ci la refuse et Brasillach est fusillé le 6 février. Le 10 février,* Carrefour *lance son enquête sur « la responsabilité de l'écrivain ». Dans une lettre, Pierre Drieu la Rochelle y répond indirectement en écrivant que sa « mort est un sacrifice librement consenti, qui [lui] évitera certaine salissures, certaines faiblesses ». Il réussit sa troisième tentative de suicide le 15 mars, échappant ainsi au procès qu'il redoutait. C'est un vaincu – « Condamnez-moi à la*

peine capitale. [...] Nous avons joué, j'ai perdu. Je réclame la mort » – qui se juge et s'exécute lui-même. Son rêve d'une Europe nationale-socialiste ayant échoué, Drieu « ne croit plus qu'au communisme », sans vouloir s'y rallier.
Deux figures emblématiques, Mauriac au Figaro *et Camus à* Combat, *s'opposent avant de se rapprocher. En août 1944, Camus a plaidé pour le châtiment, revendiquant le choix d'assumer « la justice humaine avec ses terribles imperfections », tandis que Mauriac, fustigeant la disproportion des peines infligées, craint que ne s'instaure un nouvel arbitraire. Puis Mauriac dénonce les lois rétroactives qui servent de fondement à l'épuration (les ordonnances de novembre 1944). François Mauriac, qui préside le CNE en 1945, est surnommé « saint François des assises » par* Le Canard enchaîné. *Albert Camus, qui a signé en faveur de la grâce de Brasillach parce qu'il réprouve la peine de mort, s'élève en août 1945 contre l'épuration, à ses yeux devenue odieuse et qui semble n'être plus qu'une sorte de règlement de compte motivé par des passions politiques.*
Jean-Paul Sartre intervient également dans ce débat et défend l'idée selon laquelle l'écrivain est engagé, même à son corps défendant, et donc responsable. L'auteur de La Trahison des Clercs, *Julien Benda, devenu compagnon de route du PC, trouve son modèle du côté de la terreur léniniste : « Le gouvernement russe est uniquement le gouvernement des patriotes et il a exterminé sans pitié cette classe de citoyens qui, elle aussi, il y a trente ans, souhaita la victoire de l'ennemi et travailla pour elle. »*
Jean Paulhan, fondateur des Lettres françaises *et résistant qui bénéficia de la bienveillance de Drieu informé de ses activités dans la Résistance, se désolidarise de ses compagnons du CNE auxquels il reproche leur esprit de vengeance (parfois personnelle). Il revendique le droit à l'erreur pour l'écrivain. En 1952, il publiera une retentissante* Lettre aux directeurs de la Résistance *où il critique une justice rendue sur la base de l'article 75 du Code pénal, article inadapté, selon lui, à la situation que la France a vécue en 1940-1944, puisque le gouvernement de Vichy était reconnu comme gouvernement légal. Dénonçant également la composition partiale des jurys, Paulhan déplace la controverse, mettant en cause le fondement de l'attitude des communistes dans l'épuration : « ... Que nos collaborateurs n'aient pas rencontré d'ennemis plus acharnés – plus courageux aussi (dans les temps où il s'agissait encore de courage) – que d'*autres *collaborateurs. Qui refusaient certes de collaborer avec l'Allemagne ; mais c'était – ils nous l'ont très bien dit, ils n'ont cessé de le répéter sur tous les tons – parce qu'ils avaient fait choix d'une autre collaboration. Ils ne voulaient pas du tout s'entendre avec l'Allemagne : non, ils voulaient s'entendre avec la Russie. »*

18 janvier
Tirant leçon de la modification du rapport des forces et saisissant l'occasion offerte par Thorez qui ne revendique plus que l'éviction des anciens « collaborateurs actifs » de l'armée, le gouvernement décide la dissolution de la direction des FFI. L'État restaure ses prérogatives : il n'y a plus qu'un état-major des forces armées.

21-23 janvier
À la réunion du comité central du PC (Ivry), Thorez se prononce contre le maintien des milices ou gardes patriotiques : les comités de libération « ne doivent pas se substituer aux administrations municipales et départementales ». Expliquant ce revirement dans son rapport intitulé « S'unir, combattre, travailler », Thorez aligne la politique du PC sur les impératifs de politique extérieure de l'Union soviétique qui préfère une France indépendante et puissante capable de s'opposer aux Anglo-Américains à une France en proie à une guerre civile hasardeuse.

23-28 janvier
Au congrès du MLN (500 000 adhérents), la fusion avec le Front national (communiste) est repoussée.

24 janvier
À Lyon s'ouvre le procès de Charles Maurras. Le 30 janvier, il sera condamné à la réclusion criminelle à perpétuité.
Le général de Gaulle révoque Raymond Aubrac, commissaire de la République à Marseille, auquel il reproche de ne pas appliquer les « lois et ordonnances », de ne pas administrer convenablement la cité phocéenne.

25 janvier
Le général de Gaulle proteste auprès des Alliés car la France n'est pas conviée à participer à la conférence de Yalta. Il déclare : « Le Rhin, c'est la sécurité française et [...] une grande partie de la sécurité du reste du monde. »

27 janvier
Libération du camp d'Auschwitz par les Soviétiques. La plupart des détenus survivants

(30000) avaient été évacués depuis le 17 janvier vers Bergen-Belsen et Buchenwald lors des « marches de la mort » au cours desquelles nombre d'entre eux sont abattus lorsqu'ils ne peuvent plus marcher. Sur 3000 détenus partis de Birkenau, 280 ont survécu. Jusqu'à l'ultime jour de guerre, les nazis exécutent des déportés. Restent sur place 7000 détenus dans le camp abandonné. Le 31 janvier, les Soviétiques franchissent l'Oder, dernier obstacle naturel avant Berlin.

février
Le dirigeant du mouvement Défense de la France, Philippe Viannay publie *Nous sommes des rebelles*. Il met en cause l'attitude du PC depuis la Libération: « Les méthodes proposées par les communistes nous feraient aboutir à des résultats analogues à ceux que nous condamnons tous, ceux du nazisme. »
Julien Gracq: *Un beau ténébreux*.
Georges Bataille: *Sur Nietzsche*, *La Volonté de chance*.
René Char: *Seuls demeurent*.
Benjamin Péret: *Le Déshonneur des poètes*, en réplique à *L'Honneur des poètes* d'Aragon, Éluard, Pierre Emmanuel.
Jean Vilar monte *La Danse de mort* de Strindberg.
Claude Lutter fait connaître le « be-bop ».

2 février
La Ire armée française de De Lattre de Tassigny prend Colmar puis, le 9 février, atteint le Rhin près de Bâle et au nord de Strasbourg.

4-11 février
Conférence de Yalta. Soviétiques, Américains et Anglais s'accordent sur l'occupation de l'Allemagne après la « capitulation inconditionnelle ». La France est invitée à participer à l'occupation, la zone qui lui sera confiée restant à définir. Elle est également admise au sein de la commission centrale de contrôle qui siégera à Berlin tandis que la commission des réparations se réunira à Moscou. Les trois partenaires décident de la tenue d'une conférence préliminaire à la fondation de l'Organisation des Nations unies à San Francisco en avril. La question des frontières de la Pologne reste en suspens, Staline propose l'élargissement du gouvernement communiste à quelques représentants du gouvernement légal de Londres et promet des élections au suffrage universel tout en refusant un contrôle international. Roosevelt donne son aval aux Soviétiques. Un mois avant sa mort (12 avril), il s'écrie: « On ne peut avoir confiance en Staline [...]. Il n'a tenu aucune des promesses qu'il m'avait faites à Yalta. »

10 février
Le ministre de la Production industrielle, Robert Lacoste, annonce que les comités d'organisation créés par Vichy en 1940 et maintenus provisoirement par ordonnance le 22 juin 1944, s'appellent désormais Offices professionnels, leur fonctionnement et leurs compétences ayant été redéfinis afin d'en supprimer l'aspect corporatif. Des comités consultatifs paritaires sont mis en place auprès des Offices qui perdent leurs attributions en matières sociale et syndicale.

13 février
Prise de Budapest par l'armée rouge.
Destruction de Dresde par l'aviation alliée. On estime le nombre des victimes, en majorité civiles, entre 35000 et 60000 morts. En Grande-Bretagne, un député travailliste interpelle le gouvernement sur la nécessité et l'utilité de tels bombardements.

22 février
Une ordonnance institue les comités d'entreprises. Déjà le 29 septembre 1944, le Conseil des ministres avait approuvé le principe des « comités mixtes à la production » pour les grandes entreprises; ces comités devaient être « appelés à associer par leur avis la classe ouvrière à la gestion ».

28 février
Jean Monnet, commissaire en mission aux États-Unis, et Henri Bonnet signent des accords de Prêt-Bail et d'aide réciproques. Les États-Unis s'engagent à livrer des matières premières, des produits pétroliers, des denrées alimentaires, etc., jusqu'à concurrence de 1,675 milliard de dollars et des biens d'équipement pour une valeur de 900 millions de dollars.
Un comité de l'Indochine est mis sur pied sous l'autorité du général de Gaulle, avec les ministres concernés, le chef de l'état-major et le directeur des affaires politiques au ministère des Colonies, Laurentie. Le 26 mai, le comité décide la formation d'un corps expéditionnaire de deux divisions.

mars
Parution d'*À l'échelle humaine*, de Léon Blum, livre écrit en 1941-1942, moins de deux ans après le pacte germano-soviétique, dans lequel il donne une analyse tranchée du Parti communiste: « Ainsi, il était devenu patent que la direction du Parti communiste français ne lui appartenait pas en propre, mais lui était imposée du dehors. Il obéissait aveuglément aux ordres dictés, non point par une organisation internationale, mais par une puissance, un État qui le transformait lui-même au

gré de ses intérêts nationaux. Il n'était donc pas un parti internationaliste, mais bien un parti nationaliste étranger. »
Bertrand de Jouvenel : *Du pouvoir. Histoire naturelle de sa croissance* (Genève).
Aragon : *La Diane française.*
Jean Beaufret : « À propos de l'existentialisme », dans *Confluences.*
Henri Wallon : *Les Origines de la pensée chez l'enfant.*
Gabriel Marcel : *Homo Viator. Prolégomènes à une métaphysique de l'esprit.*

2 mars
Devant l'Assemblée consultative, de Gaulle dresse le tableau de l'état de la France : « Nous commençons seulement à découvrir à la fois l'état véritable où nous laissent l'abominable marée et l'étendue de l'effort de reconstruction et de renouvellement qui s'impose pour de longues années... » Le « système bâti sur le consentement accordé à la défaite [Vichy] s'est écroulé tout à coup, sans qu'il fût cependant possible de rétablir tel quel, dans ses organes et dans ses hommes, le régime qui l'avait précédé [la IIIe République] », indiquant ainsi la nécessité d'une réforme des institutions.

9 mars
Les Japonais attaquent par surprise les garnisons françaises d'Indochine, les massacrent ou les internent. Ils suscitent les proclamations d'indépendance de l'Annam et du Cambodge. Deux jours plus tard, Bao Dai, l'empereur d'Annam, proclame l'indépendance, rejetant le protectorat français. Le 12 mars, Norodom Sihanouk proclame l'indépendance du Cambodge. Au printemps, le Tonkin connaîtra une première famine due à la fois à la hausse des cours et au stockage des spéculateurs et dont le nombre de victimes est évalué à 700 000.
Les 24 jurés de la Haute Cour de justice sont choisis. Présidée par Mongibeaux, premier président de la Cour de cassation, elle a pour procureur général Mornet, premier président honoraire, qui a prêté serment au maréchal Pétain et demandé à être juge dans le procès de Riom contre les responsables de la IIIe République.

10 mars
Le bombardement de Tokyo par les Américains fait 84 000 morts et 100 000 blessés. Le 11, un second bombardement a lieu.

13-18 mars
Premier procès de la Haute Cour de justice. Condamnation à la réclusion perpétuelle de l'amiral Esteva, ancien résident général en Tunisie.

17 mars
Sortie des *Enfants du Paradis* de Marcel Carné.

24 mars
Le GPRF fait connaître le statut qu'il entend réserver à l'Indochine : la future Union française remplaçant l'Empire, l'Indochine doit bénéficier d'un gouvernement général présidé par un gouverneur général, secondé par un Conseil d'État ; une Assemblée sera élue selon un mode de suffrage à déterminer ; les libertés de pensée et croyance, de presse et d'association, de réunion seront garanties ; les différents États d'Indochine formeront une Fédération, intégrée au système de défense de l'Union française.

27 mars
Un accord financier est signé par René Pleven et M. Anderson, chancelier de l'Échiquier. La France et l'Angleterre s'accordent des crédits réciproques pour financer les échanges commerciaux ; les créances en souffrance depuis le début de la guerre sont liquidées.

27-29 mars
Le comité confédéral national de la CGT se réunit pour la première fois depuis la guerre. Il se prononce pour l'unité syndicale mondiale. Un nouveau bureau est constitué. Le 8 mai, Jouhaux, rapatrié d'Allemagne, reprendra son poste de secrétaire général.

31 mars
La Ire armée française traverse le Rhin.
Le congrès de la Fédération de la jeunesse communiste s'ouvre à Paris. Elle prend le nom d'Union de la jeunesse républicaine de France.

avril
Olivier Messiaen : *Vingt regards sur l'Enfant Jésus*, œuvre pour piano, salle Gaveau.
Jean Anouilh : *Antigone.*
Fondation des éditions de La Table ronde dirigées par Roland Laudenbach.

1er-7 avril
Churchill et Roosevelt adressent à Staline des télégrammes de protestation contre les agissements soviétiques en Pologne et en Roumanie, lui demandant de ne pas rompre l'unité des Alliés. Dans sa réponse, le 7, Staline rejette toutes les critiques formulées par les Anglo-Américains.

5 avril
En désaccord avec la politique de Pleven, Mendès France démissionne du ministère de l'Économie nationale. Il préconisait une réduction de la circulation monétaire et un impôt sur le capital.
Exposition Nicolas de Staël à la galerie Jeanne Bucher.
Reparution des *Nouvelles littéraires* chez Larousse.
Le Dictateur (1940) de Charlie Chaplin est projeté pour la première fois en France.

8-12 avril
La CGT se réunit en congrès. Sur 35 membres de la commission administrative, il y a 15 socialistes et 20 communistes. Au bureau, il y a 6 socialistes et 6 communistes officiels et un septième, Pierre Le Brun, camouflé en radical-socialiste. Les communistes qui contrôlaient 36 unions départementales et 11 fédérations en 1939 contrôlent désormais 62 unions sur 92 et 21 fédérations sur 38. Benoît Frachon, secrétaire général aux côtés de Léon Jouhaux, déclare à Mikhaïl Souslov, membre du comité central du PCUS chargé des relations avec les «partis frères»: «... À travers la CGT, nous maintenons l'influence du parti sur la classe ouvrière.»

10 avril
À Genève, la Société des Nations tient sa dernière session au cours de laquelle sa liquidation est prononcée.

12 avril
Mort de Franklin D. Roosevelt; le vice-président Harry S. Truman lui succède.
Le camp de Buchenwald est libéré par les Américains. Deux jours plus tard, celui de Bergen-Belsen l'est par les Anglais. Les premières photographies faites à la libération des camps en Allemagne sont publiées début mai. Ayant visité le camp d'Ohrdruf, le général Eisenhower appelle alors les journalistes à rendre compte de l'horreur. Les premières images de charnier sont publiées et les actualités photographiques les montrent aussi.

13-20 avril
Vienne est occupée le 13 par les Alliés; Nuremberg le 20.

22 avril
Stuttgart est prise par l'armée française qui poursuit son avance vers Munich. Quelques jours après la prise de la capitale du Wurtemberg, les autorités américaines demandent à substituer leur administration militaire à la place du gouvernement militaire français. Le commandement français, appuyé par le gouvernement, s'y oppose.

23 avril
Entretiens à Washington des ministres des Affaires étrangères Molotov, Edward Stettinius, Anthony Eden, au sujet de la Pologne. La France est tenue à l'écart.

25 avril
Un procès par contumace devant le juger à partir du 17 mars, le maréchal Pétain sollicite du Conseil fédéral de Suisse l'autorisation de traverser le pays pour gagner la France. Le 25 avril, il est arrêté par le général Kœnig au poste frontière de Vallorbe et emmené en train spécial à Paris puis interné au fort de Montrouge.
Les Américains et les Russes font leur jonction à Torgau sur l'Elbe. Alors que les combats ont commencé à Berlin, les troupes allemandes occupent encore la Norvège, le Danemark, la Hollande, l'Italie, la Tchécoslovaquie, la Grèce et – en France – les poches de l'Atlantique (Saint-Nazaire, Royan et Lorient) et Dunkerque.
Ouverture de la Conférence des Nations unies à San Francisco, chargée d'élaborer la Charte de l'ONU, et de la conférence internationale du travail à Oakland (Californie).

27 avril
Les Alliés proclament l'indépendance de l'Autriche. Le socialiste Karl Renner devient chef du Gouvernement provisoire.

28 avril
Mussolini est exécuté par des partisans italiens.
Dans *L'Humanité*, que le publiciste Jean Galtier-Boissière appelle le «journal russe de langue française», André Marty célèbre les 45 ans de Maurice Thorez. Cet article s'inscrit dans le travail patient et minutieux de réécriture de l'histoire que les communistes poursuivent sans relâche pour justifier la politique qu'ils ont suivie et affirmer leur emprise idéologique. Marty cite l'appel du 10 juillet 1940 – appel antidaté – en caviardant les passages les plus gênants à propos de l'entrée du PC dans la Résistance: Vichy est dénoncé, mais on n'y trouve nulle invitation à résister à l'occupation allemande.

29 avril
Premier tour des élections municipales: pour la première fois, les femmes votent. Le PC se présente, avec ses filiales et ses alliés, sous l'étiquette «Union patriotique républicaine antifasciste».

Libération du camp de Dachau, près de Munich, par les Américains.

30 avril
Hitler se suicide; Goebbels aussi, avec sa famille. La mort de Hitler est annoncée le lendemain par la radio allemande. Le grand amiral Dönitz lui succède.

mai
Romain Gary: *Éducation européenne.*

1er mai
Le GPRF adhère à l'accord de Londres du 14 novembre 1944 définissant les attributions de l'autorité de contrôle alliée sur l'Allemagne.

2-4 mai
L'armée allemande d'Italie capitule le 2. Berlin est investi. Le 4, les forces allemandes du Danemark, des Pays-Bas et de Westphalie déposent les armes.

7-9 mai
Capitulation allemande. À Reims, le 7 mai, au quartier général d'Eisenhower, est signée la capitulation sans conditions du IIIe Reich. Elle prend effet le 8. Une nouvelle signature a lieu à Berlin le 9 à 0 h 43, à la demande des Soviétiques. Les Occidentaux choisiront la date du 8 mai pour commémorer la fin de la guerre en Europe, tandis que les Soviétiques la célébreront le 9.
Prague est libérée le 9 avec le concours des soldats russes de l'armée Vlassov qui affrontent une division SS.

8 mai
Dans le Constantinois (Algérie), des émeutes éclatent à Guelma et à Sétif.

ÉMEUTES ET RÉPRESSION EN ALGÉRIE

À Sétif, 10 000 personnes réclament la libération de Messali Hadj (prisonnier depuis mars 1944), l'égalité des droits et parfois l'indépendance. La foule se heurte à une vingtaine de gendarmes, l'affrontement dégénère: 28 Européens sont tués et 48 blessés. Le même jour dans le Constantinois et en Petite Kabylie, des émeutiers au cri de Djihad!, *attaquent et massacrent les familles européennes isolées. On dénombrera 109 tués. La répression du soulèvement est conduite sans pitié par le général Duval. La Légion étrangère, les tirailleurs sénégalais et même des unités de tirailleurs algériens ratissent la région jusqu'au 26 mai. Officiellement, il y aura 2 000 morts. Les estimations récentes des historiens oscillent entre 6 000 et 15 000. Dans son rapport, le général Duval écrit: « Je vous ai donné dix ans de paix mais tout doit changer en Algérie », ajoutant: « Un fait est certain: il n'est pas possible que le maintien de la souveraineté française soit exclusivement basé sur la force. »*
Albert Camus ouvre une enquête dans Combat.

13 mai
Résultats des élections municipales: sur 35 307 communes, les partis modérés conservent la majorité dans 15 665 conseils (contre 22 685 en 1935), les radicaux socialistes 6 436 (9 162 en 1935); le Parti socialiste SFIO en contrôle 4 115 (1 376 en 1935), le PC avec des listes d'Union patriotique républicaine d'antifascisme en conquiert 1 462 (317 en 1935). Le MRP, qui a obtenu la majorité dans 477 communes, confirme son implantation en banlieue parisienne, à Marseille, Nice, Saint-Étienne, en Haute-Savoie, Isère, Bretagne et à Paris avec environ 15 % des suffrages.

15 mai
La France devient membre permanent du Conseil de sécurité de l'ONU.

20 mai
Dans un discours prononcé à l'occasion de la conférence des secrétaires de fédérations du Parti socialiste SFIO, Léon Blum livre son sentiment sur la place que les résistants sont en droit de revendiquer dans la France libérée: « Je considère la Résistance comme le phénomène politique le plus important qui soit apparu dans ce pays depuis de longues années. Je ne crois pas, pour ma part, que la Résistance ait créé, au profit de qui que ce soit, un droit au pouvoir. Personne n'a un droit préalable au pouvoir dans une démocratie. La souveraineté populaire a même le droit d'être ingrate. Si l'on pouvait admettre que les services rendus, quels qu'ils soient, donnent à qui que ce soit un droit au pouvoir, réfléchissez que par là même se justifieraient presque toutes les dictatures. »

23 mai
À Lyon, lors de son congrès départemental, le MLN du Rhône décide de fusionner avec le Front national pour former un Front uni de la renaissance française. La minorité opposée à la fusion, conduite par le socialiste André Ferrat, reconstitue l'organisation départementale du MLN.

24 mai
Dans un discours radiodiffusé justifiant le blocage des prix et des salaires, le général de Gaulle appelle les Français à se tourner vers l'avenir: « Hier, il n'y avait pas de devoir national qui l'emportât sur celui de combattre. Aujourd'hui, il n'y en a pas qui l'emporte sur celui de produire. »

29-30 mai
L'aviation française bombarde Damas pour réduire une émeute antifrançaise. Un cessez-le-feu est signé le lendemain.

31 mai
Première réunion à Londres de la Commission interalliée des crimes de guerre.

juin
Le Vieux-Colombier présente *Meurtre dans la cathédrale* de T. S. Eliot.
Gustave Cohen: *La Grande Clarté du Moyen Âge.*

4-15 juin
L'échange des billets de banque, décidé avant la Libération, s'effectue sur tout le territoire métropolitain. L'opération vise à évaluer les fortunes en vue de l'impôt sur le capital, à contraindre les thésaurisateurs à acheter des bons du Trésor ou de la Libération.

5 juin
À la suite d'une déclaration signée à Berlin, les Alliés assument l'autorité suprême en Allemagne, la France obtient une zone d'occupation.

7 juin
Le comité directeur du MLN décide d'engager des négociations avec les mouvements Libération-Nord, l'Organisation civile et militaire et éventuellement Ceux de la Résistance, pour réaliser une fédération qui proposera une alliance avec le Parti socialiste SFIO et Jeune République. L'accord reposera sur le rejet de la Constitution de 1875, l'élection d'une Assemblée constituante et le refus d'un référendum sur le problème constitutionnel. La minorité du MLN favorable à l'alliance avec le Front national (communiste) décide de faire scission; elle publie un appel signé d'Emmanuel d'Astier de La Vigerie, Albert Bayet, Pascal Copeau, Pierre Hervé (communiste), Maurice Kriegel-Valrimont (communiste), Alfred Malleret-Joinville (communiste).

12 juin
La censure de guerre est supprimée.
L'Humanité publie une « Charte d'unité de la classe ouvrière pour l'union organique des communistes et des socialistes dans un grand parti ouvrier, le POF ». La fusion de la SFIO et du PC, conçue sur le modèle des fusions imposées dans les pays d'Europe centrale, est pour le PC une étape nécessaire dans le renforcement de l'hégémonie politique qu'il espère atteindre. La manœuvre échoue en raison de l'hostilité de certains socialistes au premier rang desquels Léon Blum.

15 juin
Le général Eisenhower est acclamé lors de sa visite à Paris.
À la galerie Drouin, place Vendôme, s'ouvre une exposition d'« art concret » avec des œuvres de Kandinsky, Piet Mondrian, Robert et Sonia Delaunay.
Représentation au théâtre Sarah-Bernhardt à Paris du ballet *Le Rendez-vous* sur un argument de Jacques Prévert, une musique de Joseph Kosma et une chorégraphie de Boris Kochno et Roland Petit. Picasso peint le rideau de scène. Brassaï réalise les décors avec de grands panneaux photographiques.

19 juin
Henri Frenay présente un bilan de l'action du ministère des Prisonniers. En vertu des accords conclus à Leipzig qui règlent le rapatriement des déportés politiques et raciaux, des prisonniers de guerre, 1,4 million de Français sont rentrés en France.

Rapatriement

En novembre 1943, Henri Frenay est nommé par le général de Gaulle commissaire aux Prisonniers, déportés et réfugiés. Il est chargé de préparer le rapatriement des prisonniers, ce qui implique l'organisation de structures d'accueil (contrôle sanitaire) et de moyens de transport. À partir d'avril 1945, les Alliés mettent leurs avions au service du rapatriement: 8 000 hommes par jour atteignent Le Bourget. Le rapatriement est réalisé en un temps record: en mars, 20 000 rapatriés; en avril 313 000; en mai près de 900 000; en juin 276 000. Certains doivent être hospitalisés; on estime que 2 à 5 % sont atteints de tuberculose (soit de 60 000 à 150 000 lits nécessaires); 3 % seraient atteints de déséquilibre psychique. Utilisant le mécontentement né des difficultés rencontrées pour organiser ce retour, le Parti communiste mène campagne pour obtenir la démission du ministre qui porte plainte en diffamation contre L'Humanité. *Les vraies difficultés tiennent à l'attitude des Soviétiques qui entravent l'action des quelques officiers français envoyés en URSS. Le sort des « Malgré-nous » alsaciens apparaît comme étant le plus difficile à régler. Après ce rapatriement massif de prisonniers et de Français ayant travaillé en Allemagne, vint le temps de la recherche des prisonniers bloqués pour diverses raisons (maladies, etc.). Le cas des prisonniers libérés par les Soviétiques, regroupés à Odessa, puis rapatriés soit par train via Berlin-Magdebourg-Bruxelles, soit par bateau jusqu'à Marseille, a posé des problèmes particuliers. Porteurs d'une mémoire spécifique, ces prisonniers n'eurent guère l'occasion de témoigner de leur expérience particulière : ils ont assisté, au péril de leur vie, aux exactions commises par l'armée rouge contre les populations civiles (exécutions sommaires, viols collectifs, assassinats atroces) et vu au cours de leurs périples de quelle manière la domination soviétique s'installait. Dans un pays où le PC représente la première force politique, il leur était difficile de se faire entendre.*

Le ministère Frenay a reçu aussi en charge le rapatriement des déportés : les résistants, otages, victimes des rafles, politiques et droits communs déportés de France dans les camps en Allemagne sont au nombre de 63 085. 37 025 rentrent en France, soit 59 %. Des 75 721 juifs déportés dans les camps d'extermination, seuls 2 567 ont survécu (3 %). Le retour des déportés s'effectue selon des modalités très diverses dépendant des circonstances de la libération des camps. Certaines personnalités de Buchenwald sont rapidement transportées par avion ; des déportés anonymes restent par contre bloqués et doivent attendre un transport par la route ou le train. D'autres encore rentrent individuellement, souvent grâce à d'actives amitiés, comme Robert Antelme, ramené à Paris par François Mitterrand, qui a occupé les fonctions de secrétaire général aux Prisonniers en 1944. À l'initiative de trois femmes : Élisabeth Bidault, Dorine et Yanka Zlatin, l'hôtel Lutétia à Paris est réquisitionné. Elles organisent la prise en charge des rescapés dont personne n'avait imaginé l'état car il était difficile de prendre conscience de la réalité de la déportation en camps nazis. Du Lutétia, les rescapés sont orientés vers les hôpitaux, les sanatoriums, les maisons de repos. La législation leur accordera un statut (1948). Eux-mêmes se groupent en associations : amicales de camps (Auschwitz, la première ; Dachau, fondée par Edmond Michelet), Association nationale des anciennes déportées et internées de la Résistance (ADIR), Association des anciens déportés juifs de France, Amicale des prisonnières de la Résistance (APR), Fédération nationale des déportés internés et résistants patriotes (contrôlée par les communistes), Fédération des déportés et internés de la Résistance (présidée par le professeur Léon Mazeaud). Les deux grandes fédérations s'opposeront notamment à l'occasion de la parution de l'Appel de David Rousset à enquêter sur les camps soviétiques (novembre 1949). Dans l'esprit des Français, les différents types de déportation se sont longtemps confondus et furent généralement assimilés à la Résistance. À partir des années 60 (avec le procès Eichmann à Jérusalem, 1961), la dimension spécifique de la déportation raciale, dont les juifs furent les principales victimes, commença à être considérée en relation avec son aboutissement voulu par les nazis : l'extermination.

21-25 juin

Le Front national et la minorité du MLN créent le Mouvement unifié de la Résistance française (MURF) dominé par les communistes. Le sigle choisi rappelle intentionnellement celui des Mouvements unis de résistance (formés en 1943 par Combat, Franc-Tireur et Libération-Sud) qui avaient donné naissance au MLN. Le 25, la majorité du MLN constitue l'Union démocratique et socialiste de la Résistance (UDSR), avec l'appui du Parti socialiste SFIO et du mouvement Libérer et fédérer.

22 juin

Création de l'École nationale d'administration, destinée au recrutement des hauts fonctionnaires qui doivent être à la fois des techniciens et des administrateurs.

28-30 juin

Deux ordonnances réglementent respectivement les loyers (le 28) et les prix à la consommation (le 30).

30 juin-5 juillet

La France reconnaît le gouvernement de Lublin, constitué à la suite des conversations entre Harry Hopkins, conseiller de Roosevelt, et Staline. Les États-Unis et la Grande-Bretagne le reconnaissent le 5 juillet. Le gouvernement légal polonais en exil à Londres se trouve ainsi isolé.

juillet
Franz Kafka: *Journal intime* (note et introduction de Pierre Klossowski) et *La Colonie pénitentiaire* (traduction et préface de Jean Starobinski). Le livre de son ami Max Brod, *Kafka*, est également publié. En mai 1946, Marthe Robert (1914-1996) publiera *Introduction à la lecture de Kafka*, tandis que le journal communiste *Action* ouvrira une enquête: *Faut-il brûler Kafka?* qualifiant la littérature de l'écrivain tchèque de langue allemande de «moralement nocive» et «socialement réactionnaire». La même année paraît *L'Amérique*.
Maurice Merleau-Ponty: *Phénoménologie de la perception*.

2 juillet
Pour faire oublier leur attitude complaisante pendant l'Occupation, les jurés du Goncourt accordent leur prix 1944 à Elsa Triolet pour son roman *Le Premier Accroc coûte 200 francs*.

8 juillet
Premier numéro de *La Vie catholique illustrée*, «hebdomadaire chrétien d'actualité».

10-14 juillet
Au palais de Chaillot se tiennent les états généraux de la renaissance française, réunion organisée par le Parti communiste qui tente par ce biais de placer l'ensemble des mouvements issus de la Résistance dans son orbite.

16 juillet
La bombe atomique expérimentale américaine explose à Alamogordo, dans le désert du Nouveau-Mexique.

17-25 juillet
Ouverture de la conférence de Potsdam. Les trois Grands se réunissent sans la France. Les zones d'occupation en Allemagne sont délimitées, la dénazification sera engagée, chaque puissance prélèvera des produits industriels au titre des réparations dans sa propre zone. En ce qui concerne l'Indochine, il est décidé que le désarmement des troupes japonaises s'effectuera au nord du 16e parallèle sous la responsabilité du Guomindang chinois, au sud sous celle des Anglais. La conférence ajournée le 25, Churchill et Eden regagnent la Grande-Bretagne pour les élections.

21 juillet
Se rendant dans le Nord en vue de remobiliser les mineurs pour la «bataille de la production», Thorez déclare: «Produire, produire, et encore produire, faire du charbon, c'est aujourd'hui la forme la plus élevée du devoir de classe.»

23 juillet-15 août
Procès du maréchal Pétain. Il donne lecture d'une déclaration liminaire puis reste silencieux, s'en remettant au jugement de l'Histoire. Les débats, souvent confus, parfois bâclés, ne permettent ni d'éclaircir toutes les responsabilités du Maréchal ni de faire la part de celles de l'État français – la politique antisémite de Vichy est quasiment ignorée – d'avec celles de la IIIe République. La déposition de Paul Reynaud qui l'avait fait entrer dans son gouvernement, permet de saisir toute la difficulté à juger «à chaud» un régime né de la catastrophe de mai-juin 1940 dont la véritable mesure n'a pas encore été prise: «Il faut faire un grand effort d'imagination [...] aujourd'hui pour réaliser ce qu'était le maréchal Pétain en mai 1940, car, dans cette affaire nous sommes tous coupables: nous avons tous travaillé à le diviniser. Mais la marque particulière de la gloire du maréchal Pétain, c'est que les généraux, les maréchaux ont une audience naturelle dans la droite des Assemblées ou de l'opinion publique. Lui l'avait, mais il avait, en outre, l'audience de la gauche, il passait pour un homme de gauche parce qu'il était l'homme de la défensive, et que la défensive était de gauche. Il passait pour le chef ménager du sang des soldats, et des éloges lui ont été adressés qui, peu à peu, ont bâti sa renommée, sa gloire...»
Le 15 août, Pétain est condamné à mort, jugement commué par le général de Gaulle en détention à perpétuité comme les jurés en ont fait le vœu. Transféré au fort du Portalet puis à l'île d'Yeu, Pétain y mourra le 23 juillet 1951.

26 juillet
Victoire travailliste en Grande-Bretagne, Clement Attlee devient Premier ministre: Churchill subit la même ingratitude que Clemenceau en 1920.

27-28 juillet
L'Assemblée consultative rejette le projet d'ordonnance sur le référendum et se prononce pour une Assemblée constituante souveraine.

28 juillet-3 août
La conférence de Potsdam, qui a repris le 28 juillet, confirme les décisions prises au sujet de la Corée qui sera désormais indépendante. Le Nord sera occupé par les Soviétiques et le Sud par les Américains. La ligne de démarcation est fixée le long du 38e parallèle. Le gouvernement français exprime le 3 août, lendemain de la conclusion de

la conférence, ses regrets sur le fait que les décisions de la conférence de Potsdam aient été prises sans son avis. En septembre, l'URSS constituera, sans consulter ses Alliés, un gouvernement allemand pour l'ensemble de la zone d'occupation soviétique, installant des ministères à Berlin. Les accords entre Alliés sont remis en cause.

31 juillet
Sept partis modérés créent l'Entente républicaine pour la liberté et le progrès social.

1er août
Incarcéré en Espagne où il s'était réfugié, Pierre Laval est renvoyé en Autriche où il est arrêté par les Américains puis remis aux autorités françaises.

6 août
La première bombe atomique américaine (bombe A) est lâchée au Japon sur Hiroshima (78000 morts, 14000 disparus, 40000 blessés). Le monde entre dans l'ère atomique.

7 août
Au Tonkin, Hô Chi Minh constitue le Comité de Libération du peuple vietnamien. Le 13, l'armée de libération nationale déclenche l'insurrection générale.

8 août
L'URSS déclare la guerre au Japon et attaque en Mandchourie. Staline, qui s'y était engagé en 1943, entend surtout être présent lors du règlement du conflit.
Un accord interallié est conclu sur le jugement des criminels de guerre.

9 août
Une seconde bombe atomique américaine est lancée sur Nagasaki (20000 morts, 50000 blessés).

14 août
Le gouvernement français ratifie la Charte des Nations unies.
Chinois et Soviétiques signent un accord par lequel l'URSS reconnaît le gouvernement de Tchoung-King et la souveraineté chinoise sur la Mandchourie.

15 août
L'empereur Hirohito annonce la capitulation japonaise à la radio. Les forces japonaises retranchées à Singapour capitulent le 29.
L'amiral Thierry d'Argenlieu est nommé haut-commissaire en Indochine par le général de Gaulle qui lui confie la mission de « rétablir la souveraineté française dans l'Union indochinoise ». Il arrive à Saigon le 31 octobre. Le général Leclerc commande, sous l'autorité de Thierry d'Argenlieu, le corps expéditionnaire.

17 août
Ordonnance sur l'impôt de solidarité nationale.

19-25 août
Profitant de l'interlude entre la capitulation japonaise et l'arrivée des autorités françaises, le Vietminh, fort du soutien d'une partie de la population, installe son pouvoir à Hanoi et Hué. Le 23, l'empereur Bao Dai abdique en sa faveur. Le 25, Saigon tombe aux mains du Vietminh qui contrôle tout le pays, de la frontière chinoise à la presqu'île de Camau. Il procède à l'élimination physique de ses adversaires politiques.

21-30 août
Voyage du général de Gaulle aux États-Unis et au Canada.

25-26 août
Le conseil national du MRP présente son programme en vue des prochaines élections à l'Assemblée constituante : « La guerre est finie, la paix reste à gagner. » Le MRP appelle à voter oui au référendum et précise que, selon lui, la Constitution doit prévoir une Assemblée représentative formée de délégués des collectivités locales, des organisations professionnelles et syndicales, des associations familiales ; le droit au référendum ; un président de la République élu par les deux Assemblées disposant de pouvoirs réels. Durant la campagne, le PCF concentre ses attaques sur le MRP, désigné comme « Machine à Ramasser les Pétainistes ».

29 août-2 septembre
Hô Chi Minh forme un gouvernement provisoire qui comprend 9 communistes sur 15 membres. Des négociations ont lieu entre le haut-commissaire pour le Tonkin, Jean Sainteny, et Hô Chi Minh. Malgré cela, le 2 septembre, Hô Chi Minh proclame l'indépendance de la République démocratique du Vietnam, se référant à la déclaration d'indépendance américaine et à la Déclaration française des droits de l'homme.

30 août
Création des Messageries françaises de presse après réquisition, le 8 janvier, des immeubles des Messageries Hachette.

La France prend possession de la zone d'occupation qui lui avait été attribuée en Allemagne.

septembre
Création de la « Série Noire » par Marcel Duhamel chez Gallimard.
Jean-Paul Sartre : *Les Chemins de la Liberté.*

2 septembre
Signature de la reddition japonaise, en présence du général de Lattre, sur le cuirassé américain *Missouri*.

4-5 septembre
À la seconde réunion du comité confédéral national de la CGT, les ex-confédérés et les communistes s'opposent sur les consignes de vote à donner à la seconde question du référendum (maintien du gouvernement de Gaulle), prévu pour octobre. Les communistes appellent à voter non.
Le comité confédéral national décide la création d'un deuxième poste de secrétaire général qui est attribué à Benoît Frachon.

9 septembre
Conformément aux accords passés entre les Anglo-Américains et les Chinois, les troupes chinoises pénètrent au Tonkin qu'elles mettent en coupe réglée. Au Sud, les troupes indiennes du général Gracey s'installent.

11 septembre-2 octobre
Conférence des cinq ministres des Affaires étrangères (États-Unis, Grande-Bretagne, France, Chine et URSS) à Londres pour l'élaboration des traités de paix avec les pays satellites de l'Axe. Les partenaires se séparent le 2 octobre sans être parvenus à un accord.

12 septembre
De Gaulle répond au mémorandum de la délégation des gauches du 8 septembre : l'Assemblée constituante aura 485 députés, élus au scrutin proportionnel, mais il n'y aura pas de répartition des restes de la proportionnelle intégrale nationale.

15 septembre
Sortie du film de Robert Bresson *Les Dames du Bois de Boulogne*, avec des dialogues de Jean Cocteau.

16-18 septembre
Premier congrès de la CFTC depuis la Libération. La centrale chrétienne entend préserver le pluralisme syndical « expression de l'exercice de la liberté et de la démocratie » et rejette l'unité organique avec la CGT.

23-25 septembre
Les troupes françaises réarmées par les Anglais reprennent Saigon au Vietminh, à l'initiative du délégué du GPRF, Jean Cédile. L'autorité française rétablie, des colons s'en prennent à des Annamites ; à la suite de ces incidents, le général britannique Gracey fait désarmer les troupes françaises. Le 25, un quartier européen est attaqué par des bandes armées qui tuent ou enlèvent près de 400 personnes. Le général Gracey mobilise les soldats français et japonais pour rétablir l'ordre.
À partir de cette date, que certains historiens considèrent comme celle du début de la guerre d'Indochine, les troupes françaises procèdent à des opérations de nettoyage contre la guérilla vietminh.

26 septembre
La pièce d'Albert Camus *Caligula* est donnée au théâtre Hébertot. C'est la révélation de Gérard Philipe.

octobre
Les éditions du Seuil (créées en 1935) prennent un nouvel essor, sous l'impulsion de Jean Bardet et Paul Flamand. Maurice Nadaud y publie son *Histoire du surréalisme* dans la collection « Pierres vives ».
Jean-Louis Bory obtient le prix Goncourt pour *Mon village à l'heure allemande.*
Boule de suif, film de Christian-Jaque sur un scénario d'Henri Jeanson, s'inspire d'une nouvelle de Guy de Maupassant, en établissant un subtil parallèle entre la guerre de 1870 et l'occupation allemande récente.
Les Temps modernes, premier numéro. Au comité de rédaction : Raymond Aron, Simone de Beauvoir, Michel Leiris, Maurice Merleau-Ponty, Albert Ollivier, Jean Paulhan, Jean-Paul Sartre. « Le but lointain que nous nous proposons est une *libération*. Puisque l'homme est une totalité, il ne suffit pas, en effet, de lui accorder le droit de vote sans toucher aux autres facteurs qui le constituent : il faut qu'il se délivre totalement, c'est-à-dire qu'il se *fasse* autre, en agissant sur sa constitution biologique aussi bien que sur son conditionnement économique, sur ses complexes sexuels aussi bien que sur les données politiques de sa situation. » Aron et Ollivier quittent la revue en juin 1946.

4-19 octobre
Mise sur pied, par ordonnance du gouvernement, de la Sécurité sociale obligatoire pour tous les sala-

riés. L'ordonnance stipule dans son article 1 : « Il est institué une organisation de Sécurité sociale destinée à garantir les travailleurs et leurs familles contre les risques de toute nature susceptibles de réduire ou de supprimer leur capacité de gain, à couvrir les charges de maternité et les charges de famille qu'ils supportent. L'organisation de la Sécurité sociale assure dès à présent le service des prestations versées prévues par les législations concernant les assurances sociales, l'allocation aux vieux travailleurs salariés, les accidents du travail et maladies professionnelles, et les allocations familiales [...]. »

5 octobre
Le général Leclerc arrive à Saigon; il réorganise les anciennes unités françaises restées sur place dans l'attente de l'arrivée des premiers éléments de la 2e DB (groupement Massu). À partir du 25, de grandes opérations sont entreprises, deux mois durant, pour dégager Saigon de l'encerclement vietminh.

5-15 octobre
Procès de Pierre Laval. Condamné à mort le 9, il est exécuté le 15 dans l'enceinte de la prison de Fresnes après avoir tenté de s'empoisonner. Le procès a été marqué par de nombreux incidents provoqués par des membres du jury suscitant les répliques de l'accusé. Le 6, en butte aux menaces (« Tu seras moins bavard dans quinze jours »), Laval refuse de paraître aux débats. Ses avocats renoncent à plaider. Laval ne signe pas de recours en grâce.

8 octobre
Au palais de Chaillot, la conférence syndicale mondiale décide la création de la Fédération syndicale mondiale dont le secrétaire général sera Louis Saillant. La Fédération est dominée par les effectifs pléthoriques des syndicats soviétiques, l'American Federation of Labor américaine n'y participant pas.
À Bruxelles, se réunissent les syndicats chrétiens qui se rassemblent en Conférence internationale des syndicats chrétiens (CISC).

9 octobre
Une ordonnance institue la Fondation nationale des sciences politiques dans laquelle est fondue l'École libre des sciences politiques, rebaptisée Institut d'études politiques de Paris.

12 octobre
Création à Paris au théâtre des Champs-Élysées des *Forains*, ballet de Boris Kochno et Roland Petit, décors de Christian Bérard, sur une musique d'Henri Sauguet.

18 octobre
Création du Haut-Commissariat à l'énergie atomique dont Raoul Dautry est l'administrateur général. En novembre, Frédéric Joliot-Curie deviendra haut-commissaire.

21 octobre
La première question du référendum concernant l'abandon de la Constitution de 1875 recueille 96,4 % de oui. À la seconde question sur le maintien du gouvernement de Gaulle tant que siégera la Constituante, on dénombre 66,3 % de oui. Les résultats sont un demi-échec pour le PC qui a préconisé le non (33,7 %) à la seconde question. Il est prévu que la nouvelle Constitution devra être approuvée par référendum pour entrer en vigueur.
Simultanément, aux élections à la Constituante, le PC obtient 26,3 % des suffrages et devient ainsi le premier parti en France. Le MRP, qui devient le second parti, obtient 23,9 %, les socialistes 23,4 %, les modérés 15,7 %, les radicaux 8,9 %. Fort de son score, le PC réclame une plus grande place au sein du gouvernement. En novembre, il engagera l'épreuve de force. Dans certains départements traditionnellement catholiques (Nord, Moselle, Bas-Rhin et Haut-Rhin, Bretagne, Ain, Savoie), le MRP a recueilli plus de 30 % des voix. Ces nouveaux députés viennent de l'ancien Parti démocrate populaire, de la CFTC, des mouvements de jeunes (JOC, Jeunesse agricole chrétienne, Jeunesse étudiante chrétienne).

24 octobre
Création de l'Institut national d'études démographiques (INED) dirigé par Alfred Sauvy. La revue *Population* paraîtra à partir de janvier 1946.

26 octobre
La galerie Drouin, à Paris, expose une série de 33 tableaux, tous intitulés *Tête d'Otage*, peints par Fautrier depuis 1942, images brouillées, approximatives, de visages qu'André Malraux, dans sa préface, qualifie de « hiéroglyphie de la douleur ». Le jeune critique d'art Tapié crée à leur propos le concept de style informel qu'il applique aussi aux œuvres de Dubuffet, Hartung et Wols.

29 octobre
Le père Gaston Fessard publie *France, Prends garde de perdre ta liberté!* aux éditions du Témoignage chrétien. Analysant les méthodes communistes, il dénonce le terrorisme du PC qui assimile toute opposition au communisme à une complicité avec le nazisme.

Conférence de Sartre au Club Maintenant sur « L'existentialisme est-il un humanisme ? ».

1er novembre
Ouverture de la première session de la conférence des Nations unies pour la coopération intellectuelle internationale qui préfigure l'Unesco, créée à Londres le 16 novembre. Léon Blum y représente la France.
La carte de pain est supprimée.

2 novembre
L'ordonnance sur la nationalité est édictée. Le général de Gaulle lui assigne pour but « d'introduire au cours des prochaines années, avec méthode et intelligence, de bons éléments d'immigration dans la collectivité française. » Cette ordonnance est inspirée par une réaction aux actes du gouvernement de Vichy (lois des 16 et 23 juillet, des 3 et 4 octobre 1940), mais aussi par le dépeuplement dû à la guerre. Les besoins de main-d'œuvre étrangère étant estimés à 1,5 million de personnes, l'accès des étrangers au marché de l'emploi va être facilité. Le code de la nationalité met en œuvre une véritable politique d'assimilation dont l'obtention de la nationalité française est considérée comme l'aboutissement naturel.
Le CNRS, créé en 1939, est réorganisé. Il reçoit pour mission de combler les lacunes de la recherche et de former les chercheurs.

8 novembre
Le bureau politique du PC décide de revendiquer les ministères de l'Intérieur, des Affaires étrangères et de la Guerre et de faire pression sur le général de Gaulle pour qu'il les lui concède.

9 novembre 1945-14 janvier 1946
Ouverture à Paris de la conférence sur les réparations, présidée par Jacques Rueff. Elle se termine, le 14 janvier 1946, avec la signature d'un acte final prévoyant la création d'une agence interalliée chargée de la répartition des réparations.

13-19 novembre
Charles de Gaulle est élu à l'unanimité chef du gouvernement par l'Assemblée constituante. Le 16, il informe le président de l'Assemblée qu'il ne peut former le gouvernement en raison des exigences des communistes qui réclament les ministères de l'Intérieur, des Affaires étrangères ou de la Guerre. Le 17, il prononce une allocution radiodiffusée confirmant son refus : « Je ne croyais pas pouvoir leur confier aucun des trois leviers qui commande la politique étrangère, savoir : la diplomatie qui l'exprime, l'armée qui la soutient, la police qui la couvre. ». Le Parti communiste se déclare prêt à soutenir un gouvernement Léon Blum à condition d'obtenir les ministères stratégiques qu'il réclame, et que Thorez devienne vice-président du Conseil. Le 19, la manœuvre communiste échoue en partie grâce aux socialistes qui apportent leur soutien à de Gaulle.

20 novembre
Le procès de Nuremberg est déclaré ouvert par le juriste britannique Geoffrey Lawrence.

Le procès de Nuremberg

Le tribunal a été institué le 8 août ; les 21 accusés nazis doivent répondre de « crimes contre la paix par voie de conspiration, crimes de guerre et crimes contre l'humanité », cette dernière accusation étant en voie d'élaboration. Au cours de 400 audiences s'accumulent les faits et témoignages, notamment ceux qui concernent le processus d'extermination des juifs européens.
Le procureur général des procès de Moscou, Andreï Vychinski, se rend sur place et les Soviétiques tentent de mettre au compte des Allemands le crime de Katyn (1940). Le 1er octobre 1946, le verdict du tribunal est prononcé : les condamnés (Frank, Seyss-Inquart, Ribbentrop, Keitel, Jodl, Frick, Kaltenbrunner, Streicher, Sauckel, Rosenberg) sont exécutés le 16 ; Göring s'est suicidé la veille ; Rudolf Hess est condamné à la prison à vie ; Albert Speer, le maître de l'économie de guerre du Reich, à vingt ans de prison ; Schacht et von Papen sont acquittés.
Le procès marque un tournant dans l'histoire ; avec lui, la notion de « crime contre l'humanité » se trouvera établie : « … c'est-à-dire l'assassinat, l'extermination, la réduction en esclavage, la déportation et tout acte inhumain contre toutes les populations civiles, avant ou pendant la guerre, ou bien les persécutions pour des motifs politiques, raciaux ou religieux, lorsque ces actes ou persécutions, qu'ils aient constitué ou non une violation du droit interne du pays où ils ont été perpétrés, ont été commis à la suite de tout crime entrant dans la compétence du tribunal ou en liaison avec ce crime. »
L'un des juristes français présent, Edgar Faure, considère que Nuremberg marque « un élargissement de la conscience collective de l'humanité ».

21 novembre
Le PC modère ses exigences et accepte un compromis ; de Gaulle forme un gouvernement tripar-

tite (MRP, SFIO, PC). Le président de la Fédération des métaux, le communiste Ambroise Croizat, devient ministre du Travail, le communiste Marcel Paul (de retour de déportation), secrétaire de la Fédération de l'éclairage, prend en charge la Production industrielle. Mais le PC n'a pas obtenu les ministères qu'il voulait (Intérieur, Affaires étrangères, Guerre). Dans *Le Monde* (23 novembre), Rémy Roure commente l'événement en ces termes: « Nous avons donc un gouvernement dosé avec une élégance mathématique à "l'image de l'Assemblée et de la nation". Sa grande force est d'être groupé autour d'un homme qui incarne les aspirations du pays tout entier. Qui donc pourrait aujourd'hui émettre un doute sur le loyalisme républicain du général de Gaulle ? »
Premier numéro du magazine *Elle* dirigé par Hélène Gordon-Lazareff.

23 novembre
Le PC dépose un projet constitutionnel sur le bureau de l'Assemblée. Il réclame une Assemblée unique contrôlant l'exécutif par l'élection du président de la République, du président du Conseil et des ministres. Le président pourrait être révoqué par l'Assemblée (article 13). C'est une nouvelle phase de leur lutte menée contre de Gaulle. Le projet communiste qui prend pour modèle la Convention (1792-1795) sera repoussé par l'alliance MRP-SFIO.
L'exposition *L'Habitation ouvrière* se tient gare des Invalides. Elle vise à informer le public sur la technique du préfabriqué: la première maison de ce type, importée du Canada, a été installée à Noisy-le-Sec quelques jours auparavant.

décembre
La tendance « Résistance ouvrière » organisée au sein de la CGT devient Force ouvrière.
Beckett publie dans les *Cahiers d'Art* un article en français sur ses amis peintres Bram et Geer Van Velde, intitulé *La Peinture des Van Velde ou le monde et le pantalon.*

2 décembre
Devant l'Assemblée constituante, le général de Gaulle présente le projet de nationalisation de la Banque de France et des grandes banques de dépôt: le Crédit lyonnais, la Société générale, le Comptoir national d'escompte de Paris, la Banque nationale pour le commerce et l'industrie. Le projet, qui prévoit la création d'un Comité national du Crédit, est exceptionnel en Europe. Il est approuvé par 94 % des voix et doit entrer en vigueur à partir du 1er janvier 1946. Christian Pineau, rapporteur général de la commission des Finances, a déclaré: « Après nous être libérés de l'occupant, il faut nous libérer, une fois pour toutes, de la puissance de l'argent. » Selon Léon Jouhaux, secrétaire de la CGT, la nationalisation répond à trois objectifs: se débarrasser de la tutelle de l'argent, financer judicieusement l'économie et éviter l'inflation.

4 décembre
Les États-Unis et le Canada ouvrent respectivement un crédit 242 millions de dollars et de 550 millions à la France.

7 décembre
Ouverture de la galerie Maeght avec une exposition Henri Matisse.

13 décembre
Paris et Londres signent un accord sur l'évacuation de leurs troupes en Syrie et au Liban, pays désormais indépendants.

16-17 décembre
Conférence des ministres des Affaires étrangères anglais, américains et soviétiques à Moscou. Ils décident la création d'une commission d'Extrême-Orient et d'un conseil allié pour le Japon.

21 décembre
Le Conseil des ministres décide la création du Commissariat général au Plan qui est placé sous la responsabilité de Jean Monnet, commissaire général.

22 décembre
Première publique de *La Folle de Chaillot* de Jean Giraudoux, mort à Paris le 31 janvier 1944, par Louis Jouvet de retour à l'Athénée après quatre ans de tournée à l'étranger.

23 décembre
Un accord franco-britannique décide de l'évacuation des États du Levant par les forces françaises et britanniques.

26-27 décembre
Dévaluation du franc de 66 %. L'Assemblée constituante approuve les accords monétaires de Bretton Woods (juillet 1944). Le 27, la Banque internationale pour la reconstruction et le développement (BIRD) est créée.

28 décembre
Les cartes de pain sont rétablies par décret.

autres événements

• Julien Benda : *La France byzantine ou le triomphe de la littérature pure.*
• Henri Bosco : *Le Mas Théotime* (prix Renaudot).
• Roger Vailland obtient le prix Interallié pour *Drôle de jeu.*
• Joë Bousquet : *Le Médisant par bonté* et *La Connaissance du Soir.*
• Blaise Cendrars : *L'Homme foudroyé.*
• *L'Espoir* d'André Malraux (tourné en 1939) obtient le prix Louis-Delluc.
• Olivier Messiaen : *Petites Liturgies de la présence divine.*
• Georges Rouault : vitraux pour l'église d'Assy (Haute-Savoie).
• Le professeur Jean Picard construit le Batyscaphe.
• Le ministère de la Reconstruction et du Logement confie à Auguste Perret le projet de reconstruction de la ville du Havre. L'architecte adopte le plan traditionnel en damier, mais choisit de faire alterner des tours et des barres dans des îlots en croix, en cour fermée ou ouverte.

1946

janvier

Au théâtre des Champs-Élysées, la pièce de Federico García Lorca, *La Maison de Bernarda*, fait découvrir le poète fusillé par les phalangistes pendant la guerre civile espagnole.
Jules Monnerot : *Les Faits sociaux ne sont pas des choses.*
Arthur Koestler : *Le Zéro et l'infini*, qui interroge l'énigme de l'engagement communiste et des procès de Moscou. Premier titre de la collection « Traduit de » dirigée par Manès Sperber, son ami, chez Calmann-Lévy. 300000 exemplaires seront vendus en un an. Après avoir tenté de faire échouer la publication en intimidant son éditeur puis en razziant dans les librairies tous les exemplaires disponibles, les communistes engagent une virulente campagne contre Koestler qualifié – en parfaite concordance avec le climat xénophobe qui commence à régner en URSS – de « Judas » et d'« antisémite et pogromiste », insistant lourdement sur sa qualité de juif « hongrois de souche allemande ».
La nouvelle série des *Annales* (sous-titrée désormais : *Économies, Sociétés, Civilisations*) paraît sous la direction de Lucien Febvre, Fernand Braudel, Georges Friedmann, Charles Morazé. « L'Histoire, réponse à des questions que l'homme aujourd'hui se pose nécessairement. »

6-7 janvier

Le Vietminh, fondu dans un front plus large, triomphe aux élections à l'Assemblée constituante les 6-7 janvier. Le lendemain, la France reconnaît l'autonomie du Cambodge dans le cadre de l'Union française. Dans le courant du mois, le général britannique Gracey transfère ses pouvoirs aux autorités françaises qui contrôlent tout le Vietnam au sud du 16e parallèle. Les Japonais ne seront définitivement évacués qu'en mai-juin. Dans le nord du pays où règne une famine qui fait des centaines de milliers de morts, le Vietminh garde le contrôle de la situation. À Hanoi, 25000 Français sont les otages de fait du Vietminh.

10 janvier

La première séance de l'assemblée générale des Nations unies s'ouvre à Londres. Le 24, l'Assemblée crée la Commission de l'énergie atomique ; le 12 février, une résolution définit le statut de réfugiés. Mais déjà les travaux sont remis en cause par les affrontements entre grandes puissances notamment à propos de la Grèce.

16 janvier

En séance à l'Assemblée un incident oppose Édouard Herriot au général de Gaulle à propos des décorations remises à des officiers qui s'étaient comportés courageusement le 8 novembre 1942 contre les troupes alliées débarquant en Afrique du Nord. Conformément à la politique de réconciliation qu'il poursuit, de Gaulle lui répond : « Un certain nombre de nos garçons – ils étaient aussi nos garçons – ont eu la Légion d'honneur, la Croix de guerre, la Médaille militaire. Nous aurions préféré qu'ils les eussent reçues pour avoir tiré sur d'autres. Le gouvernement de la République n'a pas voulu arracher ces décorations des cercueils des morts, des poitrines des mutilés. Je n'ai pas de raison d'en rougir, car c'était là un des moyens de rassembler sur-le-champ les armées qui ont été celles de la République et qui se sont ensuite couvertes de gloire, de ramener des gens qui avaient été odieusement dévoyés. »

18 janvier

À l'issue de la réunion du comité d'entente socialo-communiste, les socialistes se rapprochent des communistes sur la question de la Constitution.

20 janvier

Ce dimanche, le général de Gaulle, en désaccord avec le projet de Constitution soutenu par le PC, démissionne, espérant vraisemblablement être rappelé peu après. Au cours du Conseil des ministres qu'il a convoqué au ministère de la Défense nationale, il déclare: «Le régime exclusif des partis a reparu. Je le réprouve. Mais, à moins d'établir par la force une dictature dont je ne veux pas et qui, sans doute, tournerait mal, je n'ai pas d'autres moyens d'empêcher cette expérience. Il me faut donc me retirer.» Il ne fait aucune déclaration publique. Dans ses *Carnets*, le communiste Marcel Cachin commente: «Journée historique. Nous avons eu de Gaulle sans effrayer la population.»

22 janvier
À l'issue d'une rencontre entre Bidault et Thorez, le MRP refuse de participer à un gouvernement dirigé par un communiste.

23-29 janvier
Après de difficiles tractations qui aboutissent à une sorte de charte, le socialiste Félix Gouin (alors président de l'Assemblée), est élu président du Conseil par 497 voix contre 555. Félix Gouin présente le nouveau gouvernement le 26.
MRP: Francisque Gay (vice-président du Conseil), P.-H. Teitgen (Justice), Bidault (Affaires étrangères), Michelet (Armée), Letourneau (PTT), Prigent (Santé publique et Population).
SFIO: Gouin (président du Conseil et Défence nationale), Le Troquer (Intérieur), Philip (Économie nationale et Finances), Tanguy-Prigent (Agriculture), Naegelen (Éducation nationale), Moch (Travaux publics et Transports), Moutet (Outre-mer), Gaston Defferre (secrétaire d'État à la présidence du Conseil chargé de l'information).
PCF: Thorez (vice-président du Conseil), Tillon (Armement), Marcel Paul (Production industrielle), Croizat (Travail et Sécurité sociale), Billoux (Reconstruction et Urbanisme), Casanova (Anciens Combattants et Victimes de guerre).
Sans étiquette: Longchambon (Ravitaillement).
Le 29, après lecture de la déclaration gouvernementale («Travailler, produire, organiser»), l'Assemblée vote la confiance au gouvernement Félix Gouin par 503 voix contre 44.
Le député socialiste Albert Gazier quitte le secrétariat de la CGT pour devenir sous-secrétaire d'État à l'Économie.

30 janvier
L'aviatrice Maryse Hilsz, deux fois détentrice du record mondial d'altitude (1932 et 1936) trouve la mort, avec trois autres aviateurs, dans l'explosion de l'avion qu'elle pilotait.

31 janvier
Le socialiste Vincent Auriol devient président de l'Assemblée constituante.
Un document interne du bureau politique du PCF explicite sa ligne politique: «... créer le climat nécessaire qui nous permettra de revendiquer la direction des affaires du pays en faisant pénétrer dans les masses l'idée que nous avons été les seuls à dire la vérité».

7 février
Devant la commission de la Justice de l'Assemblée constituante, le garde des Sceaux P.-H. Teitgen présente un premier bilan de l'épuration. Deux enquêtes officielles (mars 1946 et novembre 1948) sur l'«épuration sauvage», vérifiées depuis par les historiens, aboutissent au bilan suivant: 5 234 exécutions ont eu lieu avant le débarquement, 4 439 après, au total, 9 673 exécutions; parmi ces dernières, 3 144 ont eu lieu sans jugement. À côté de ces 10000 exécutés, 126 020 personnes ont été internées de septembre 1944 à avril 1945; 36 377 sont libérées dans les premières semaines. Un bilan judiciaire au 31 décembre 1948 fait état de 160 287 dossiers instruits: 73 501 prévenus (45 %) ont bénéficié d'un non-lieu ou de l'acquittement; plus de 40000 personnes (25 %) ont été condamnées à l'indignité nationale, plus de 26000 (16 %) à des peines de prison ou de réclusion; plus de 13000 (8 %) à des peines de travaux forcés; 7 037 ont été condamnées à la peine capitale, dont 4 397 par contumace et 767 exécutions. Si la collaboration économique a été moins poursuivie et sanctionnée que les faits politiques, on s'accorde aujourd'hui pour considérer que la justice a correctement assumé sa charge.

9 février
Dans un discours, Joseph Staline déclare que le camp capitaliste porte par définition la guerre et qu'aucune coopération n'est possible avec lui, théorisant d'ores et déjà la guerre froide.

14 février
Création de l'Institut national de la recherche agronomique (INRA).

15 février-15 mars
L'association des Amis des Francs-Tireurs et Partisans français organise à Paris l'exposition *Art et Résistance* au musée des Arts modernes – qui va devenir le musée national d'Art moderne. Y participent Atlan, Bazaine, Chagall, Giacometti, Gruber, Herbin, Léger, Lurçat, Masson, Matisse, Messagier, Pignon, Tal Coat, Taslizky... Picasso expose *Le Charnier*, encore inachevé.

16 février
Jean Hyppolite prononce une conférence sur « L'existentialisme chez Hegel », à l'Institut d'études germaniques.

16-28 février
Exposition d'œuvres de malades mentaux au centre psychiatrique Sainte-Anne. Le Dr Ferdière prononce une conférence lors du vernissage, le 15.

21 février
L'Assemblée vote le rétablissement de la loi des 40 h par semaine. Au-delà de ce seuil, les salaires sont progressivement majorés : de 25 % jusqu'à 48 h, de 50 % au-delà.
Création du parti indépendantiste à Madagascar, le Mouvement démocratique de rénovation malgache.

28 février
Des accords franco-chinois sont signés au bout de plusieurs semaines de négociations. Ils prévoient l'évacuation des troupes chinoises et, en échange, la France abandonne ses concessions, ses privilèges sur le chemin de fer du Yunnan et accorde des avantages commerciaux à la Chine.

mars
Georges Sadoul : *L'Invention du cinéma*, suivi en 1947 des *Pionniers du cinéma* puis, en 1951-1952, du *Cinéma devient art.*
Albert Camus fonde la collection « Espoir » chez Gallimard. Y seront publiés René Char, Simone Weil, Brice Parain.

5 mars
À Fulton (Missouri), dans son discours prononcé au Westminter College, Churchill déclare : « De Stettin dans la Baltique jusqu'à Trieste dans l'Adriatique, un rideau de fer est descendu à travers le continent. Derrière cette ligne se trouvent les capitales de tous les pays de l'Europe orientale : Varsovie, Berlin, Prague, Vienne, Budapest, Belgrade, Bucarest, Sofia. Toutes ces villes célèbres, toutes ces nations se trouvent dans la sphère soviétique. [...] Les communistes, qui étaient les plus faibles dans tous les pays de l'Est européen, ont été investis de pouvoirs qui ne correspondent nullement à leur importance numérique, et cherchent partout à s'emparer d'un contrôle totalitaire. Sauf en Tchécoslovaquie, il n'existe pas dans cette partie de l'Europe, de vraie démocratie. [...] Je ne crois pas que la Russie désire la guerre. Ce qu'elle désire, ce sont les fruits de la guerre et une expansion illimitée de sa puissance et de sa doctrine. Mais ce que nous devons examiner ici aujourd'hui, alors qu'il en est encore temps, c'est le moyen d'empêcher la guerre de façon permanente, et d'établir dans tous les pays, aussi rapidement que possible, les prémices de la liberté et de la démocratie. »

6 mars
Les premières troupes françaises débarquent au Tonkin. Le général chinois commandant de la garnison de Haiphong fait tirer sur les navires français qui ripostent. Un cessez-le-feu est conclu au bout de plusieurs heures de combats. Le 18 mars, le général Leclerc fait son entrée à Hanoi où il rencontre Hô Chi Minh. Une convention préliminaire Sainteny-Hô Chi Minh reconnaît l'État libre du Vietnam dans le cadre de la future Union française. Une conférence est prévue à Dalat puis Fontainebleau.

8 mars
Sortie du film de René Clément *La Bataille du rail*, consacré à la résistance des cheminots.

15 mars
Création du Centre d'études sociologiques (laboratoire du CNRS) avec Albert Bayet, Lucien Febvre, G. Davy, Georges Gurvitch, Gabriel Le Bras, M. Leenhardt, Marcel Mauss, Louis Massignon, Paul Rivet, Henri Wallon.

19 mars
La Guadeloupe, la Guyane, la Martinique et la Réunion deviennent des départements français. C'est l'aboutissement du long processus d'assimilation politique commencé plus d'un siècle et demi plus tôt.

26 mars
La fonction de commissaire de la République est supprimée.

29 mars-8 avril
La Constituante vote, par 490 voix contre 60, la nationalisation des entreprises du gaz et de l'électricité. Le projet est signé par Marcel Paul. La loi, créant l'Électricité de France (EDF) et Gaz de France (GDF), est promulguée le 8 avril suivant.

avril
Georges Bernanos : *Monsieur Ouine.*
Charles Morazé : *La France bourgeoise.*
Premier numéro des *Cahiers de la Pléiade*, revue dirigée par Jean Paulhan et destinée à remplacer *La NRF*, qui a dû suspendre sa publication en raison de sa parution, sous la direction de Drieu la Rochelle, pendant les années d'occupation.

Francis Ponge : *L'Œillet, la guêpe, le mimosa.*
John Steinbeck : *Des Souris et des hommes* (traduction).

1er avril
Francis Perrin est nommé professeur de physique atomique au Collège de France.

4 avril
Le docteur Petiot est condamné à mort.

L'AFFAIRE PETIOT

Ancien maire de Villeneuve-sur-Yonne qu'il a quittée pour fuir les rumeurs circulant sur son compte (disparition, prévarication, trafic d'influence), le docteur Petiot (1897-1946) s'installe à Paris en 1933. Pendant l'Occupation, il propose à des juifs de les aider à passer en zone Sud puis en Amérique. Il les tue, les dépouille et fait disparaître leurs corps dans son immeuble du 21, rue Lesueur (XVIIe arrondissement). Le 23 mai 1943, il est arrêté par la Gestapo qui recherche cette filière d'évasion. Emprisonné pendant sept mois à Fresnes, il se construit une réputation de résistant. Le 11 mars 1944, un incendie rue Lesueur alerte la police qui découvre une « chambre de torture », des ossements, des effets personnels. Petiot disparaît jusqu'à la Libération. Il s'engage, sous la fausse identité d'Henri Valéry, dans la milice patriotique du Xe arrondissement. Promu capitaine, ce membre tout nouveau du Parti communiste et de l'association France-URSS est chargé du 2e bureau (renseignement) à la caserne de Reuilly. Démasqué le 31 octobre, Petiot est accusé du meurtre de 27 personnes identifiées (hommes, femmes, enfants). Il revendique 63 meurtres, traîtres et Allemands selon ses dires. Dans la revue La Table ronde, *Jacques Laurent fait remarquer : « Ce praticien avait admirablement compris son époque... »*

6 avril
Le scrutin proportionnel aux législatives est adopté par l'Assemblée.

6-8 avril
Congrès du Parti radical à Lyon. La majorité des radicaux se prononce contre le projet de Constitution présenté par Pierre Cot et choisit un ancrage centriste. Albert Bayet, Pierre Meunier, Robert Chambeiron, Pierre Cot sont exclus du parti en raison de leur alignement sur les positions du PCF. Le congrès décide de former avec l'Alliance démocratique, le Parti républicain et social, le Parti socialiste démocratique de Paul Faure, le Rassemblement des Gauches républicaines (RGR). De son côté, Pierre Cot, lié aux Soviétiques depuis 1940, intègre la section « politique extérieure » du PC, dirigée par Maurice Thorez. Il est devenu un « hors-cadre » qui cache son adhésion au PCF.

8-12 avril
À Paris, le 26e congrès de la CGT modifie les statuts de la centrale syndicale dans le sens souhaité par la tendance Frachon (81 % des mandats). Les communistes disposent de 8 voix sur 14 au bureau de la centrale.

11 avril
La loi élaborée par la conseillère municipale de Paris Marthe Richard (1889-1982) ordonne la fermeture des maisons closes ; un millier ferment ; 20 000 femmes sont concernées. La loi de fermeture ne sera jamais totalement appliquée.

16-24 avril
Un nouveau statut des délégués du personnel, élus dans les entreprises de plus de 10 salariés, est adopté par l'Assemblée. Le 24, l'Assemblée vote la loi qui fixe les compétences des comités d'entreprise. La veille, les comités d'organisation mis sur pied par Vichy ont été supprimés.

17 avril
Les troupes françaises évacuent la Syrie. C'est la fin de la présence française.

19-20 avril
L'Assemblée vote le projet constitutionnel élaboré par Pierre Cot par 309 voix contre 249. Ce projet doit être soumis à référendum. Au comité central du PCF réuni le 20, Jacques Duclos prédit la victoire communiste lors du référendum sur la Constitution, « et alors [...] personne ne pourra contester la présidence du gouvernement de la République à notre parti... ». Le MRP, partisan du bicamérisme, appellera à voter « non ».

25 avril
Le projet soumis par André Philip à l'Assemblée, à propos de la nationalisation des assurances sociales (11 groupes comprenant 34 sociétés, sauf la Séquanaise, l'Abeille, la Paternelle et le Conservateur) est voté par 491 voix contre 61.
Réunion à Paris de la conférence des Quatre sur les traités de paix. Soviétiques et Américains s'affrontent sur la question de l'Italie et de l'Autriche. La conférence se termine le 16 mai.

26-28 avril
Congrès de fondation du Parti républicain de la Liberté. Parmi ses dirigeants: André Mutter, ancien dirigeant de Ceux de la Libération, et Michel Clemenceau, fils du «Tigre», ancien déporté. Le PRL, soutenu par le journal *L'Époque*, possède aussi son propre organe, *Paroles françaises*.

27 avril
Création de l'Institut national de statistique et d'études économiques (INSEE).
Le Rassemblement des gauches républicaines se constitue avec l'apport des radicaux et de l'Union démocratique et socialiste de la Résistance.

mai
Témoignage chrétien rend compte de l'expérience des prêtres-ouvriers qui a été initiée par la Mission de Paris en janvier 1944, sous l'autorité du cardinal Suhard. Il s'agit de mener un travail d'évangélisation parmi les ouvriers, à l'exemple de certains prêtres qui accompagnèrent les requis du STO à partir de 1943.
Marc Bloch: *L'Étrange Défaite*, parution posthume aux éditions Franc-Tireur.
Curzio Malaparte: *Kaputt* (traduction).
Henry Miller: *Tropique du cancer* (traduction). Le livre est interdit aux États-Unis et en Grande-Bretagne.

4 mai
Libertaires et anarchistes quittent la CGT pour fonder une Confédération nationale du Travail (CNT).

5 mai
Le projet de Constitution voulu par les communistes, soutenu à demi-mot par les socialistes, mais condamné par de Gaulle, est rejeté lors du référendum (question: «Approuvez-vous la Constitution adoptée par l'Assemblée nationale constituante?») par 40,9 % de non (10273000) contre 36,6 % de oui (9454000) sur 20567000 votants; il y a 20,4 % d'abstentions. C'est une défaite inattendue pour le PC. Une nouvelle Assemblée constituante devra être élue.

10 mai
Mise en vente du recueil de poèmes de Prévert, *Paroles*.

11 mai-15 août
La conférence sur l'indépendance du Vietnam ouverte le 19 avril à Dalat (Vietnam) échoue en raison de multiples désaccords, notamment sur la création d'un institut d'émission monétaire vietnamien. Reprenant le 3 août, elle aboutit à un accord le 15 qui prévoit la création d'une Fédération indochinoise reposant sur une assemblée des États et de représentants français. Chaque État sera indépendant sur le plan économique et financier.

16 mai
L'ordonnance du 22 février 1945 sur les comités d'entreprises est étendue aux établissements privés ou publics comptant au moins 50 salariés.

28 mai
Après onze semaines de négociations, les accords franco-américains sont signés par Léon Blum (ambassadeur extraordinaire) et James Byrnes, secrétaire d'État. Un mémorandum sur le règlement des dettes de guerre est adopté, la France obtient une importante ouverture de crédits (650 millions de dollars) et le règlement définitif des créances; un accord spécial permet notamment l'entrée des films américains en France.

juin
Les ministres communistes Marcel Paul et Auguste Lecœur (sous-secrétaire d'État à la Production industrielle) font adopter le statut du mineur qui fixe les conditions de titularisation, d'embauche et de licenciement, réglemente la journée de travail, indexe les salaires sur ceux de la métallurgie parisienne, reconnaît la silicose comme maladie professionnelle et leur accorde un régime particulier de Sécurité sociale, de retraite et de congés payés. Dans le prolongement de la nationalisation, le statut du mineur contribue à la relance de la production: en février 1946, la production moyenne par jour dépasse celle de 1938.
Premier numéro de la revue *Critique* de Georges Bataille; au comité de rédaction: Maurice Blanchot, Jules Monnerot, Albert Ollivier, Eric Weil.
René Char: *Les Feuillets d'Hypnos*, dans la collection «Espoir» de Camus chez Gallimard. René Char (1907-1988), résistant et engagé volontaire dans les Forces françaises combattantes en septembre 1943, a participé comme capitaine, chef de la section atterrissage-parachutage de la Région-2 (SAP-R2), à la préparation du débarquement en Provence. Écrits dans «la tension, la colère, la peur, l'émulation, le dégoût, la ruse», ces fragments datés de 1943-1944 évoquent la Résistance et ses combattants souvent anonymes: «On ne se bat bien que pour les causes qu'on modèle soi-même et avec lesquelles on se brûle en s'identifiant» (feuillet 63).
Louis-René Des Forêts: *Le Bavard*.

Jean Hyppolite: *Genèse et structure de la phénoménologie de l'esprit.*
David Rousset: *L'Univers concentrationnaire.* En 1947, il publie un second livre sur la déportation: *Les Jours de notre mort.*

1er juin
Proclamation à Saigon, par l'amiral Thierry d'Argenlieu, d'une République de Cochinchine, initiative interprétée par les Vietminh comme une manœuvre destinée à entraver la réunification du pays.

2 juin
Élections à l'Assemblée constituante. On dénombre 20,7 % d'abstentions. Le MRP recueille 28,1 % des suffrages exprimés; le PCF 25,7 %, la SFIO 21,1 %. Le MRP devient la première force parlementaire du pays (169 députés). Les communistes tentent de faire invalider Paul Reynaud et Édouard Daladier qui répliquent en rappelant quelle fut l'attitude du Parti communiste au moment du pacte germano-soviétique et pendant la drôle de guerre.

7 juin
Séance au théâtre Sarah-Bernhardt en hommage et au bénéfice d'Antonin Artaud organisée par Arthur Adamov et Marthe Robert qui ont réussi à le faire sortir de l'asile de Rodez, après huit années d'internement. La soirée est présentée par André Breton, et les textes lus par les acteurs Roger Blin, Alain Cuny, Raymond Rouleau, Jean Vilar.

11 juin
Première de *L'Annonce faite à Marie* de Paul Claudel au théâtre de l'Athénée-Louis-Jouvet.

12 juin
Réunies en assemblée générale, les fédérations patronales adoptent les statuts du Centre national du patronat français (CNPF). Georges Villiers, industriel lyonnais qui s'était engagé dans la Résistance, est élu à sa tête.

14 juin
Seul candidat, Vincent Auriol est élu président de l'Assemblée constituante.
Création par Pierre Bernac et Francis Poulenc à la radiodiffusion française de *L'Histoire de Babar le petit éléphant*, adaptation musicale pour voix et piano du fameux album pour enfant écrit par Jean de Brunhoff (1899-1937) en 1931.

16 juin
À Bayeux, le général de Gaulle exalte la restauration de l'État. Il expose sa conception de la Constitution qu'il juge nécessaire à la France: élection au suffrage universel direct de l'Assemblée nationale avec une deuxième Assemblée élue par les conseils généraux et municipaux; élection du président de la République par un Parlement élargi; désignation du Premier ministre par le président, en fonction de «l'intérêt général» et des orientations du Parlement.

19-26 juin
Le leader du MRP, Georges Bidault, est élu président du Conseil par 384 voix, les communistes s'abstenant. Le 23, il constitue son gouvernement avec la participation des communistes et de la SFIO. Il obtient l'investiture le 26: Bidault (président du Conseil et Affaires étrangères), Thorez et Gouin (vice-présidents du Conseil), Francisque Gay et Alexandre Varenne (ministres d'État), Teitgen (Justice), Depreux (Intérieur), Michelet (Armée), Tillon (Armement), Schuman (Finances), Menthon (Économie nationale), Tanguy-Prigent (Agriculture), Marcel Paul (Production industrielle), Naegelen (Éducation nationale), Moch (Travaux publics et Transports), Letourneau (PTT), Marius Moutet (Outre-mer), Ambroise Croizat (Travail), Robert Prigent (Population), Arthaud (Santé publique), Billoux (Reconstruction), Laurent Casanova (Anciens Combattants, victimes de guerre et déportés), Colin (secrétaire d'État à la présidence).

4 juillet
La conférence économique des salaires et des prix se réunit au Palais-Royal. La CGT réclame une hausse des salaires de 25 %. Le 29, un arrêté du ministre du Travail Croizat fixera l'augmentation du salaire minimum; celui-ci passe de 20 à 25 francs l'heure.

6 juillet
Sortie du film d'Orson Welles: *Citizen Kane.*

6 juillet-14 septembre
Conférence de Fontainebleau. Après l'échec de la conférence de Dalat tenue en avril et août, une délégation vietnamienne présidée par Hô Chi Minh arrive le 13 juin à Paris. La délégation vietnamienne est dirigée par Pham Van Dong. Français et Vietnamiens s'opposent sur les questions à résoudre: intégration du Vietnam dans la future Union française, intégration dans la Fédération indochinoise, unification du Vietnam

(Tonkin, Annam, Cochinchine), questions économiques, etc. Le 12, au cours d'une conférence de presse, Hô Chi Minh, qui ne participe pas directement aux négociations et multiplie les contacts avec les communistes et les socialistes, revendique une représentation diplomatique autonome et un siège à l'ONU. La conférence se termine le 14 septembre sur un échec. Néanmoins Hô Chi Minh signe avec Marius Moutet, ministre de la France d'Outre-mer, un accord partiel qui prévoit la reprise des négociations en janvier 1947. Par cet accord, le gouvernement vietnamien s'engage à mettre fin aux « actes d'hostilité et de violence en Cochinchine » et reconnaît le principe de l'unité monétaire et douanière. L'accord doit entrer en vigueur le 30 octobre. De retour à Haiphong, Hô Chi Minh constate que, sur le terrain, l'influence du Vietminh s'est renforcée, ce que les accords passés ne prennent pas en considération.

16 juillet
Le CNPF et la CGT signent une déclaration par laquelle le CNPF ne conteste pas l'exercice des libertés syndicales tandis que la CGT reconnaît l'autorité du chef d'entreprise.

19 juillet
Le comité des Réalités nouvelles, formé par Dewasne, Gorin, Herbin, Gleizes et Pevsner, crée son premier Salon au palais des Beaux-Arts de la ville de Paris. Prenant la suite des manifestations du mouvement Abstraction-Création, ce premier Salon expose des œuvres de Delaunay, Duchamp, Malevitch, Mondrian et Villon au côté de quelques jeunes artistes. Il s'agit de défendre un « art totalement dégagé de la vision directe et de l'interprétation de la nature ». Mais le groupe ne connaîtra pas le même succès que celui d'Abstraction-Création et, dès 1949, Arp, Atlan, Bryen, Magnelli, Mathieu et d'autres s'en éloignent.

29 juillet
Ouverture à Paris de la conférence de la paix. Georges Bidault accueille les représentants de 21 nations.
Un arrêté sur les salaires fixe à 18 % leur augmentation.
Début de la grève générale des postes qui dure jusqu'au 4 août. Les minoritaires (non communistes) demandent la démission du bureau de la Fédération postale et la tenue d'un congrès extraordinaire. La question de l'indépendance du syndicalisme accroît l'opposition entre socialistes et communistes.

6 août
Les prestations familiales sont augmentées ; elles passent de 47 millions à 105 millions de francs.

12-14 août
À l'issue du procès des amiraux responsables du sabordage de la flotte à Toulon en novembre 1942, l'amiral Marquis est condamné à cinq ans de prison, l'amiral Abrial à dix ans de travaux forcés. Le cas de l'amiral de Laborde est disjoint, il ne sera jugé qu'en mars 1947.

29 août-1er septembre
Au 38e congrès de la SFIO, le rapport moral est rejeté par 2 975 voix contre 1 365. Le renversement de la direction permet à Guy Mollet de devenir secrétaire général. Les socialistes favorables à la fusion organique avec le PC sont désormais minoritaires ; le comité d'entente socialiste-communiste disparaît.

31 août
L'armée française évacue le Liban.

septembre
Georges Duveau : *La Vie ouvrière en France sous le Second Empire.*
Daniel Guérin : *Les Luttes de classes sous la Ire République.*
François Goguel : *La Politique des Partis sous la IIIe République.*

11 septembre
L'Assemblée constituante vote la loi sur l'assurance vieillesse. L'application est fixée au 1er janvier 1947, date du début de la perception des cotisations. L'ouverture des droits commence le 1er avril suivant.

17 septembre
L'Assemblée nationale désigne les membres de la commission d'enquête sur les événements survenus en France de 1933 à 1945, commission créée à la suite d'une proposition de loi de Le Troquer. La commission publiera ses travaux en 1953.

20 septembre
Les fonctionnaires qui attendent une hausse de leurs traitements par la mise en vigueur de nouvelles échelles des salaires, revendiquent une indemnité immédiate. La grève générale organisée pour le 20 est presque totale. Le gouvernement obtient la confiance par 537 voix contre 12. L'ordre du jour oppose aux fonctionnaires le refus d'une nouvelle augmentation.

Mort de l'acteur Raimu.
Ouverture du premier festival de Cannes. René Clément, avec *La Bataille du rail*, qui met en scène les cheminots résistants, reçoit le prix du jury international et le prix de la mise en scène. Le prix du meilleur scénario est attribué au Soviétique Tchirskov pour *Le Tournant décisif*, sur la bataille de Stalingrad. Le Soviétique Mikhaïl Romm reçoit le prix du meilleur réalisateur pour *Matricule 217*.

21 septembre
Dans le cadre de la préparation de la nouvelle Constitution, l'Assemblée adopte le texte constituant l'Union française: « La France forme avec les peuples d'outre-mer une Union fondée sur l'égalité des droits et des devoirs, sans distinction de race ni de religion. [...] Fidèle à sa mission traditionnelle, la France entend conduire les peuples dont elle a pris la charge à la liberté de s'administrer eux-mêmes et de gérer démocratiquement leurs propres affaires; écartant tout système de colonisation fondé sur l'arbitraire, elle garantit à tous l'égal accès aux fonctions publiques et l'exercice individuel ou collectif des droits et libertés proclamés ci-dessus. »

28-29 septembre
Dans la nuit, l'Assemblée consultative approuve par 440 voix contre 106 le projet de Constitution présenté par Paul Coste-Floret (MRP) et fruit de longues tractations. La Constitution prévoit l'élection de deux Chambres, l'une au suffrage direct (les députés), l'autre par les « collectivités territoriales » (les conseillers de la République, équivalent du Sénat). Le président de la République est élu au scrutin secret « en application de la tradition républicaine » par le Parlement réuni à Versailles.

29 septembre
L'Assemblée vote un ordre du jour souhaitant le dépôt dans un bref délai d'un projet de loi organisant le statut de l'Algérie.
À Épinal, devant 60000 personnes, le général de Gaulle, rejetant « avec un mépris de fer les dérisoires imputations d'ambitions dictatoriales » qu'on lui prête, condamne le projet de Constitution. La rupture avec le MRP est définitive.

octobre
Création à Bamako (Mali) du Rassemblement démocratique africain par Félix Houphouët-Boigny (1905-1993).
Naissance du Mouvement pour le triomphe des libertés démocratiques (MTLD) en Algérie.
Premier numéro des *Cahiers internationaux de sociologie*, dirigés par Georges Gurvitch, théoricien du droit social et de la « démocratie industrielle ».
Le livre d'Arthur Koestler, *Le Yogi et le commissaire*, provoque la brouille entre Maurice Merleau-Ponty (« Le Yogi et le prolétaire », *Les Temps modernes*, octobre 1946-janvier 1947) et Albert Camus. Fort de son expérience de militant communiste, Koestler avance quelques propositions iconoclastes: « Dans toute l'Europe, les partis communistes ont joué involontairement le rôle d'accoucheurs du fascisme [...] le progrès avait retrouvé sa religion perdue: le mythe soviétique devenait le nouvel "opium du peuple". »
Les *Cahiers d'Art* rendent hommage à Paul Klee avec des articles de Joë Bousquet, Georges Bataille, Philippe Soupault, René Char, Jacques Prévert, Tristan Tzara.

3 octobre
Parution du *Traité du pianiste* du jeune poète Yves Bonnefoy, récemment arrivé de Tours à Paris.

3-13 octobre
Réouverture du Salon de l'automobile. La première voiture populaire, la 4 CV Renault, rencontre un vif succès. Pierre Lefaucheux, PDG de Renault, veut « augmenter le bien-être général en mettant l'automobile à la portée du plus grand nombre ». Les 800000 visiteurs découvrent une voiture qui annonce la modernisation économique et la réussite de l'entreprise nationalisée et de la génération issue de la Résistance qui la dirige.

7 octobre
Parution du 27e et dernier volume des *Hommes de bonne volonté* de Jules Romains.

11 octobre
Création de la Caisse nationale des lettres, qui a pour vocation d'aider l'édition d'ouvrages importants destinés à un public restreint.

13 octobre
La Constitution de la IVe République est adoptée par référendum. Plus de 8 millions d'électeurs se sont abstenus (31 %). Le oui l'a emporté avec un peu plus d'un million de voix (36 % des inscrits). Opposant au projet, le général de Gaulle se trouve de fait marginalisé.

LA IVe RÉPUBLIQUE

La IVe République est une mal aimée, hantée par l'ombre du grand homme qui l'enterra en quelques mots dans notre mémoire.

Quand en 1946, l'Assemblée accouche dans la douleur d'une Constitution, les Français semblent avoir bien du mal à accepter le retour du régime des partis. C'est que la Constitution de 1946, au préambule généreux puisqu'il reprend la Déclaration des droits de l'homme de 1789, est un quasi-régime d'Assemblées. Le pouvoir législatif est, dans le texte, composé de l'Assemblée nationale, élue au suffrage universel pour cinq ans, et du Conseil de la République, mais ce dernier n'a qu'un rôle consultatif. De plus, par réaction aux pouvoirs personnels dominants pendant la Seconde Guerre mondiale, le président de la République est élu par les deux Chambres et désigne le président du Conseil qui a la charge du gouvernement. Ce dernier doit être investi personnellement par l'Assemblée à la majorité absolue (article 45). Or au texte s'ajoute une pratique non écrite et qui le modifie profondément. Dès 1947, le président du Conseil, une fois le gouvernement constitué, sollicite une deuxième investiture. Ce qui marque un retour aux usages de la IIIe République. Cette double articulation (fondée sur la question de confiance du gouvernement et le vote de confiance de l'Assemblée) rythme désormais la vie gouvernementale. Et les mots de coalition, d'apparentement, de tripartisme qui envahissent alors le vocabulaire renvoient parfois l'opinion aux sombres souvenirs de la IIIe, impuissante et abîmée dans la défaite. Né de la victoire sur l'horreur nazie et porteur des espérances de la Libération, ce régime de douze ans ne sut pas trouver l'adhésion populaire qui aurait pu lui permettre de survivre aux crispations de la guerre froide et aux errements de la décolonisation.

Pourtant déjà discrédité à sa naissance, il dut et sut parfois faire face à des débats d'une ampleur et d'une violence rares. Le contexte général pèse alors lourdement sur son histoire. Malgré cela, la IVe République a rétabli la démocratie, relevé le pays, ouvert l'économie française au monde et à la croissance et permis à sa population de bénéficier des fruits de cette réussite économique, à commencer par manger à sa faim et se loger correctement. Si l'évolution politique rythme l'histoire de cette République, l'apparition de l'électroménager, les premiers pas de la libération de la femme – qui a enfin obtenu l'égalité politique par le suffrage –, l'élévation générale du niveau de vie et l'amorce de ce que Jean Fourastié intitulera «les Trente Glorieuses» ne sont-ils pas aussi lourds de sens?

Trois temps semblent scander la respiration de la nation. Une première période 1946-1951, celle de la reconstruction politique difficile, aboutit de 1951 à 1955 à un fonctionnement plus ou moins régulier du régime. Mais l'échec des réformes et le contexte de la décolonisation conduisent à partir de 1955 à une crise continue et à la chute du régime en 1958.

Au début de la IVe, le système du tripartisme – partage du pouvoir entre les trois partis dominants recueillant chacun environ un quart des voix, le PC, la SFIO et le MRP – fonctionne. Une majorité politique solide semble au pouvoir. Les élections de l'Assemblée nationale (10 novembre 1946) et du Conseil de la République (8 décembre) suivies de l'élection du socialiste Vincent Auriol à la présidence de la République et du socialiste Paul Ramadier à la présidence du Conseil le 21 janvier 1947 prouvent la mise en place sans difficulté du nouveau régime. Celui-ci est néanmoins immédiatement mis à l'épreuve au cours de l'année 1947. La guerre froide s'esquisse et tend les relations entre les partis. Les rapports Est-Ouest pèsent tout au long de la période sur l'histoire intérieure de la France du fait de l'existence d'un Parti communiste puissant, qui a fédéré autour de lui nombre d'intelligences et de bonnes consciences.

La politique économique de blocage des prix (sans résultat réel) et des salaires nourrit un mécontentement social croissant que la présence au gouvernement d'un PC d'obédience stalinienne ni ne canalise ni n'exprime. Le rétablissement des cartes de rationnement du pain en septembre 1946 frappe la population.

Le 4 mai 1947, députés et ministres communistes votent contre le blocage des salaires. Le président du Conseil Paul Ramadier révoque les ministres communistes le lendemain : le tripartisme est mort et le PC rejeté dans l'opposition. Les tensions s'accentuent au fur et à mesure de l'année. D'autant qu'à l'automne 1947, les difficultés économiques s'amplifient ; les salaires ne suivent pas une hausse des prix extrêmement forte. La CGT multiplie les mouvements sociaux, en particulier au sein de secteurs aussi importants que symboliques comme les mines et la métallurgie. Les grèves de novembre se transforment bientôt en grève générale. En décembre, l'agitation se réduit et la politique de fermeté du gouvernement – de Jules Moch notamment – semble avoir porté ses fruits ; mais un autre ennemi du régime a surgi sur sa droite, le Rassemblement du peuple français (RPF), fondé dès avril 1947 autour du général de Gaulle. Son succès est immédiat et les élections municipales d'octobre 1947 voient son score (38 %) dépasser celui du PC (30 %).

En additionnant les voix du PC et du RPF, on s'aperçoit que la majorité gouvernementale ne correspond pas à la majorité des Français. La IVe République est légale mais n'appa-

raît déjà plus comme légitime. L'union réalisée dans la Résistance a éclaté. L'extrême antagonisme des forces adverses lui permet de dépasser cette opposition. Le 22 novembre, Robert Schuman, membre du MRP, constitue le gouvernement et une nouvelle donne politique en recherchant à droite les alliés politiques que le départ du PC a fait perdre au tripartisme. Naît alors la «troisième force», une combinaison parlementaire de la SFIO, du MRP et des divers droite. Unanimes à défendre un régime démocratique qui leur paraît menacé, tous partagent une vision atlantiste et européenne de l'avenir du continent. Ces partis, conscients de leur faiblesse, adoptent un nouveau système de scrutin à quelques mois des législatives: la loi sur les apparentements. Les grèves d'octobre et novembre 1948 apparaissent quasi «insurrectionnelles» (Queuille) mais les forces de l'ordre (les réservistes ont même été rappelés) dégagent les puits de mine; les grèves s'achèvent. La IVe a surmonté la première de ses épreuves.
Néanmoins, les désaccords politiques entre les partis de la «troisième force» sur l'intervention de l'État dans l'économie ou la question scolaire (aides à l'école privée) semblent propices à l'immobilisme gouvernemental alors même que les nouvelles méthodes d'élection s'apparentent à de la manigance. D'où aussi de fréquents changements ministériels, qu'il faut nuancer, les équipes gouvernementales étant souvent composées des mêmes hommes. Mais l'image de la IVe République sort encore plus brouillée de ces vicissitudes politiques.
Les premiers soubresauts de la décolonisation sont perceptibles. La Constitution prévoit une nouvelle structuration des rapports entre la métropole et les colonies, l'Union française, qui regroupe les Départements d'outre-mer (Dom: Guadeloupe, Guyane, Martinique, Réunion), les Territoires d'outre-mer (Tom: les anciennes colonies) et les États associés (Cambodge, Laos, Maroc, Tunisie, Vietnam). Mais dans la réalité, la situation n'évolue pas. Le bombardement de Haiphong en 1946 déclenche la guerre d'Indochine. En mars 1947, le soulèvement de Madagascar est réprimé avec une extrême violence.
Pourtant le redressement économique du pays est en bonne voie et les Français peuvent en percevoir, pour la première fois, les effets. La disparition des rationnements le symbolise. La production industrielle de 1949 retrouve le niveau de 1938. Les effets matériels de la guerre s'estompent même si la crise du logement reste aiguë.
Les élections de 1951 traduisent les succès de la «troisième force». Le PC conserve 26 % des voix mais perd 70 sièges alors que la SFIO, avec 15,3 % des voix, obtient le même

nombre de sièges que lui. Le RPF gagne 21,7 % des suffrages au détriment du MRP qui s'effondre à 13,4 %. Néanmoins les partis de gouvernement conservent la majorité des suffrages et surtout des sièges. Une inflexion à droite est pourtant perceptible.

Pendant un court intermède, la IVe République va sembler savoir répondre aux gigantesques défis qui lui sont posés.

Si la question scolaire perturbe le fonctionnement de la majorité – ainsi le vote de la loi Barangé (1951) rejette-t-il les socialistes dans l'opposition – le glissement des coalitions gouvernementales vers le centre et le centre-droit s'accentue. Quand Antoine Pinay (indépendant) devient président du Conseil en 1952, il est le premier chef de gouvernement issu de la droite depuis la Libération. Le RPF est ébranlé par le ralliement de certains de ses élus. Pinay se donne pour objectif la rigueur budgétaire et le redressement du franc. Il acquiert, grâce à diverses mesures financières – et surtout un emprunt indexé sur l'or et exonéré de droits de succession –, une importante popularité en rétablissant la confiance. Il est vrai que la conjoncture économique est aussi plus favorable, le plein emploi se dessine. Mais certains restent au bord du chemin de la croissance. Ce mécontentement trouve en 1954 son expression dans le mouvement – au départ antifiscal puis politique – lancé par un papetier du Lot, Pierre Poujade. La modernisation comporte un coût social et certaines catégories d'artisans ou de petits commerçants se sentent sacrifiées. La même année, l'abbé Pierre rappelle à la France les mal-logés qui vivent en marge de la croissance.

Les événements extérieurs continuent à peser. La guerre d'Indochine se poursuit et la victoire ne semble plus possible. La chute de Diên Biên Phu, le 7 mai 1954, abasourdit la nation. La France a perdu la seule bataille « classique » de toute la décolonisation. Le prestige du pays est atteint et, à travers lui, celui du régime. L'armée est humiliée, ce qui va peser sur son comportement en Algérie. D'autant que la décolonisation est parfois perçue comme un avatar de la lutte entre le monde libre et le monde communiste.

L'Europe a réalisé, à l'initiative de la France, une Communauté du Charbon et de l'Acier (1951), tentant de transformer ces productions de puissance et de guerre en armes de la paix. C'est une réussite qui dessine le Marché commun à construire. Mais, hantée par la question du réarmement de l'Allemagne, engagée au côté des Alliés dans la défense du monde occidental contre la menace soviétique, elle échoue à réaliser une Communauté européenne de défense (CED), tant le souvenir de la guerre et de ses atrocités oblitère ce projet. Les gouvernements successifs tombent les uns après les autres, soit sur cette question européenne, soit sur les questions coloniales.

Cette accumulation de problèmes conduit à faire appel à celui qui avait su, jusque-là, faire le juste constat de la situation; Mendès France est investi dans la nuit du 17 au 18 juin 1954. Sa détermination fait miracle. Les accords de Genève, signés dès le 20 juillet, prévoient un cessez-le-feu et le retrait français d'Indochine. La CED est alors soumise au vote du Parlement qui la rejette. Cette idée est enterrée et le problème politique avec lui. Le 31 juillet, Mendès a aussi reconnu l'autonomie de la Tunisie, premier pas vers l'indépendance. Un vent nouveau souffle sur le régime à l'aune du style politique que son président du Conseil a su imposer. Mendès pratique une politique de modernisation avec aide à l'agriculture, construction d'établissements scolaires et campagne contre l'alcoolisme. Il faut soutenir la croissance, profiter d'une inflation jugulée pour poursuivre l'expansion économique.
Cependant une autre actualité s'impose alors à travers les attentats de la Toussaint 1954 en Algérie. L'échec des tentatives réformistes d'après guerre (1947-1948) a jeté une nouvelle génération de nationalistes algériens dans le recours à la révolution. Le cycle infernal du terrorisme et de la répression creuse le fossé entre les communautés. Edgar Faure, qui succède à Mendès, réalise l'indépendance de la Tunisie et celle du Maroc. Mais l'Algérie crispe les positions politiques. Une forte communauté européenne, la proximité territoriale, le statut départemental expliquent en partie cette différence. «L'Algérie, c'est la France», clame le ministre de l'Intérieur François Mitterrand.
Le malaise politique, déjà profond, s'accentue. Le succès de Poujade se fonde en partie sur le rejet du système. «Sortez les sortants», lance-t-il en 1956. Une forme d'antiparlementarisme progresse dans la société. L'élection en treize tours, retransmise à la télévision, du président de la République René Coty n'est pas faite pour améliorer l'image de la IVe. La captation du vote populaire en 1956 quand le président appelle au gouvernement, non Mendès, le vainqueur des urnes, mais Guy Mollet, isole un peu plus les gouvernants des électeurs.
En Algérie, le choix de la répression (la «pacification» doit précéder la négociation) conduit à l'enlisement. L'envoi du contingent (plus de 2 millions de jeunes Français partiront) transforme une opération de police en une «guerre sans nom». Elle est impitoyable: attentats aveugles, massacres, pratique systématique de la torture, exécutions sommaires («corvée de bois»). L'opinion, malgré l'engagement des intellectuels, reste assez indifférente sauf à partir de l'été 1956, avec l'envoi massif du contingent.
Néanmoins le gouvernement de Guy Mollet, un des plus longs de la IVe (seize mois), participe de la relance de la construction européenne. La naissance d'Euratom précède la

signature du traité de Rome le 25 mars 1957. Il accorde la troisième semaine de congés payés et en 1957, le pouvoir d'achat retrouve le niveau de 1938. La loi-cadre Defferre prépare l'autonomie des colonies de l'Afrique noire.

Le conflit en Algérie met en évidence et exacerbe les faiblesses du régime. Aucune majorité stable ne peut être trouvée. Ni Bourgès-Maunoury ni Félix Gaillard ne dégagent d'alternative ou de solution. Le bombardement du village de Sakhiet en Tunisie par l'armée française le 8 février 1958 ébranle le peu de cohésion de l'Assemblée. Coty fait alors appel à Pierre Pflimlin qui passe pour favorable à des négociations. Le jour même de son investiture, le 13 mai, un Comité de salut public (composé de civils et de militaires) s'empare des bâtiments du gouvernement général d'Alger. Une dissidence apparaît et, avec elle, les craintes d'une guerre civile. Le 15 mai, le général Salan lance le nom du général de Gaulle. L'armée a choisi son camp. Les dernières valses-hésitations, va-et-vient entre Paris et Colombey et vagues négociations n'y changent rien. Jouant de la crainte d'un coup d'État et d'une guerre civile, le Général apparaît comme la seule alternative possible au chaos. Le 1er juin, de Gaulle est investi président du Conseil de la IVe République. Tous savent qu'il en sera le dernier. Le retour de De Gaulle clôt la parenthèse politique de la IVe. La légalité républicaine et la légitimité politique semblent s'être retrouvées.

Le constat que dresse Sirius (Beuve-Méry) dans *Le Monde* du 29 mai 1958 résume bien la situation : la IVe « meurt beaucoup moins des coups qui lui sont portés que de son inaptitude à vivre » et même, peut-être, de son désir de vivre. Raymond Aron a des mots encore plus durs. Il écrit en 1959 : « Quand les hommes ne choisissent pas, les événements choisissent pour eux. » Et d'ajouter : « La fréquence des crises ministérielles discréditait le régime aux yeux des Français et des étrangers. À la longue, un pays ne peut obéir à ceux qu'il méprise. » Cette impuissance politique fut bien le reproche essentiel que la nation a adressé à la IVe, oubliant, peut-être un peu vite, qu'elle sut réaliser ou permettre le redressement économique et une amélioration indéniable du niveau de vie de la population. Les bases de l'État providence (Sécurité sociale, droit au travail inscrit dans la Constitution…) ont été jetées et, avec elles, un partage, encore inégal mais indéniable, des fruits de cette vive croissance que commence à connaître alors la France.

Pape

Pie XII, 1939-1958.

Souverains, chefs d'État et dirigeants

Espagne : général Franco, 1939-1976.

États-Unis : Harry Truman, 1945-1953 ; Dwight Eisenhower, 1953-1961.

Grande-Bretagne. Souverains : George VI, 1936-1952 ; Élisabeth II, 1952-. Premiers ministres : Clement Attlee, 1945-1951 ; Winston Churchill, 1951-1955 ; Anthony Eden, 1955-1957 ; Harold MacMillan, 1957-1963.

Italie. Présidents du Conseil : Alcide De Gasperi, 1946-1948 ; Luigi Einaudi, 1948-1953 ; Giuseppe Pella, 1953-1954 ; Amintore Fanfani, 1954 ; Mario Scelba, 1954-1955 ; Antonio Segni, 1955-1957 ; Adone Zoli, 1957-1958.

RFA. Chancelier : Konrad Adenauer, 1949-1963.

URSS. Secrétaires du PCUS : Joseph Staline, 1927-1953 ; [Georges Malenkov, 1953-1955 ; Nicolas Boulganine, 1955-1958] ; Nikita Khrouchtchev, 1953-1964.

1946

19 octobre
La loi sur la fonction publique reconnaît le droit syndical des fonctionnaires et leur accorde un statut particulier (garantie de l'emploi, organisme paritaire, classifications catégorielles et augmentations régulières des rémunérations).

25 octobre-16 novembre
La galerie Drouin présente une rétrospective des œuvres de Calder avec un catalogue préfacé par Sartre.

26 octobre
Création du Centre national de la cinématographie.

29 octobre
La loi sur l'indemnisation des dommages de guerre est adoptée.
Sortie du film *La Belle et la Bête* de Jean Cocteau, qui obtiendra en décembre le prix Louis-Delluc.

novembre
Georges Friedmann: *Problèmes humains du machinisme industriel.*
Création de la revue *Psyché*, liée au Centre d'étude des sciences de l'homme et dirigée par Maryse Choisy. Une revue très éclectique et ouverte à laquelle participent aussi bien le père Teilhard de Chardin que le professeur Jean Delay.
Jean-Paul Sartre: *Réflexions sur la question juive.* «La situation du juif est d'être l'homme que les autres désignent comme juif.»
Vernon Sullivan: *J'irai cracher sur vos tombes*, traduit par Boris Vian. Pour venger son frère qui a péri sous les coups des Blancs, un métis veut coucher avec deux femmes blanches et leur révéler qu'il est de couleur avant de les tuer. Le livre fait scandale pour pornographie et débauche, mais aussi pour ce mélange des couleurs. En avril 1947, un meurtrier abandonne auprès du corps de sa maîtresse le livre ouvert à la bonne page, ce qui redouble le scandale: le livre qui tue. En novembre 1948, Boris Vian reconnaîtra devant un juge d'instruction être l'auteur du livre qui est interdit le 3 juillet 1949 par arrêté ministériel. En mai 1950, Vian sera condamné à 100000 francs d'amende.

1er novembre
Le général de Gaulle renouvelle ses critiques contre la Constitution. Il rejette le texte où «tous les pouvoirs procèdent et dépendent des partis», d'autant que «sur 26 millions d'électrices et d'électeurs, 9 millions environ ont accepté cette Constitution, 8 millions l'ont refusée, 9 millions l'ont ignorée».
Sartre donne une conférence à la Sorbonne sur la «responsabilité de l'écrivain».

8 novembre
Morts sans sépulture et *La Putain respectueuse* de Sartre au théâtre Antoine. Les scènes de torture de la première pièce (qui ne sera pas reprise) font scandale; Sartre explique dans *Combat*: «J'ai voulu montrer cette espèce d'intimité qui finit par naître entre le bourreau et la victime.»

10 novembre
Les résultats des élections législatives (21,9 % d'abstentions) font à nouveau du PC le premier parti de France avec 28,2 % des suffrages exprimés (165 sièges). Le MRP en obtient 26,3 % (158 sièges), la SFIO 18,1 % (91 sièges). Les indépendants progressent avec 15,4 % des suffrages (76 sièges), les radicaux reculent avec 11,4 % (54 sièges). En Algérie, les électeurs du collège de non-citoyens (les musulmans, qui n'ont pas la nationalité française, votent pour élire le deuxième collège – le premier étant élu par les citoyens français locaux) ont élu cinq membres du MTLD (Mouvement du triomphe des libertés démocratiques) de Messali Hadj.

17-18 novembre
Le procès devant la cour de justice de l'équipe du journal collaborateur et pro-nazi *Je suis partout* s'ouvre. Six de ses membres sont accusés d'atteinte à la sûreté de l'État, trois sont présents: Lucien Rebatet, Claude Jeantet, Pierre-Antoine Cousteau, trois sont en fuite: Charles Poulain, Charles Lesca et Alain Laubreaux.

20-23 novembre
À l'initiative de l'amiral Thierry d'Argenlieu (1889-1964), les troupes françaises tentent de reprendre Haiphong au Vietminh. La ville est bombardée: les quartiers chinois et annamites sont détruits; on dénombre 6000 morts.

23 novembre
Démission de Jean Paulhan du Comité national des écrivains pour protester contre le maintien sur la liste noire de Giono, Jouhandeau et Montherlant.

28 novembre
Première séance de l'Assemblée nationale. Conséquence des résultats des législatives, le gouvernement Bidault démissionne.

décembre
André Pieyre de Mandiargues, auteur en 1943 de *Dans les années sordides*, publie un premier recueil de nouvelles, *Le Musée noir*, où s'affirme déjà son goût pour le baroque et l'érotisme noir.
Première apparition de Lucky Luke, texte et dessin de Morris, dans *L'Almanach Spirou 1947*. Après 1945, la BD de langue francophone est dominée par les auteurs belges. Outre Lucky Luke, la revue *Spirou* lance le héros éponyme créé par Franquin (1924-1997) – également père du Marsupilami en 1952 et de Gaston Lagaffe en 1957. Les aventures de Tintin se poursuivent avec un succès grandissant (*Le Temple du soleil*, 1946; *Tintin au Tibet*, 1958-1959). Toute une équipe se fixe autour d'Hergé (1907-1983) et du *Journal de Tintin*, dont l'Anglais Edgar P. Jacobs (1904-1987), créateur de Blake et Mortimer qui débutent en 1946 avec *Le Secret de l'Espadon* et triomphent en 1954 avec *La Marque jaune*. Ces œuvres se coulent parfaitement dans les contraintes (ni sexe, ni violence) imposées par la loi sur la protection de la jeunesse de 1949.

4 décembre
Échec de la candidature Thorez à la présidence du Conseil (261 suffrages sur 579 votants). 24 députés socialistes ont fait défection.

8 décembre
Au deuxième tour des élections au Conseil de la République, le MRP obtient 62 sièges, le PC 61, la SFIO 37, le RGR (Rassemblement des gauches républicaines) 25, les indépendants et le Parti républicain de la liberté 20.
Dans un télégramme daté de ce jour, Sainteny suggère à Paris de laisser Hô Chi Minh, le président de la République du Vietnam, dont l'indépendance a été proclamée le 2 septembre 1945, radiodiffuser un «ordre d'insurrection nationale» justifiant une riposte vigoureuse des troupes françaises. Il s'agit de faire porter la responsabilité du conflit au Vietminh.

12 décembre
Léon Blum devient président du Conseil. Il forme un gouvernement socialiste homogène le 16.

13 décembre
Sortie du film *Les Portes de la nuit* de Marcel Carné et Jacques Prévert, avec Pierre Brasseur, Serge Reggiani et Yves Montand. Ce film, extrêmement controversé à sa sortie, est un échec commercial et le testament du réalisme poétique à la française.

16 décembre
Par 544 voix contre 2, Léon Blum obtient la confiance; il prend également le portefeuille des Affaires étrangères. Ramadier (Justice), Le Troquer (Défense nationale), Philip (Économie et Finances), R. Lacoste (Production industrielle), D. Mayer (Travail et Sécurité sociale), Thomas (PTT), Segelle (Santé et Population), Lejeune (Anciens Combattants).
Conservent leurs portefeuilles: Depreux (Intérieur), Tanguy-Prigent (Agriculture), Naegelen (Éducation nationale), Moch (Travaux publics, Transports et Reconstruction), Moutet (Outre-mer).

19 décembre
Le Vietminh se lance à la conquête de Hanoi: des Français sont massacrés, des maisons pillées et incendiées. Le lendemain, les troupes françaises reprennent le contrôle de la situation mais on dénombre 40 morts et 300 disparus. La guerre d'Indochine commence; elle coûtera la vie à 60 000 Français et 500 000 Vietnamiens.

La guerre d'Indochine

L'affrontement entre la France et les nationalistes vietnamiens dure de 1946 à 1954 et mêle tragiquement décolonisation et guerre froide. En fait les territoires vietnamiens (du Nord au Sud: Tonkin, Annam, Cochinchine) ont été réunis par la conquête française au XIX*e* *aux deux royaumes voisins du Laos et du Cambodge pour former l'Indochine française. L'occupation japonaise durant la Seconde Guerre mondiale a disloqué la présence française, Hô Chi Minh a proclamé l'indépendance de la République du Vietnam le 2 septembre 1945, et si en 1946 le Laos et le Cambodge adhèrent à l'Union française, l'accord du 6 mars précédent avec les nationalistes vietnamiens d'obédience communiste – le Vietminh fondé en mai 1941 par Hô Chi Minh – n'aboutit pas. Les incidents se multiplient. Suite à une fusillade, la France bombarde le port de Haiphong le 20 novembre 1946. La guerre s'installe. L'armée française arrive à reconquérir les grandes villes, les principales voies de communication mais est incapable de contrôler l'ensemble du territoire. La guérilla vietminh menée par Giap parvient à détacher des pans entiers du pays de toute influence française. L'arrivée des communistes au pouvoir en Chine en 1949 leur offre soutiens et bases arrière. La France reconnaît, dès juin 1948, le Vietnam comme État indépendant dans le cadre de l'Union française avec l'empereur Bao Dai à sa tête. Mais le conflit s'enlise malgré l'action de De Lattre, qui exerce la fonction de haut-commis-*

saire en Indochine de 1950 jusqu'à sa mort en 1952, puis de Salan, commandant en chef de l'armée, qui permet de repousser le Vietminh. La guerre de Corée, qui éclate en 1950, conduit les États-Unis à soutenir financièrement l'effort de guerre français dans sa lutte contre le communisme, la fin de celle-ci en 1953 fait prendre conscience de la nécessité d'un règlement politique. D'autant que le coût de la guerre pèse sur une métropole alors en pleine reconstruction et que la défaite de Diên Biên Phu, le 7 mai 1954, prouve la valeur militaire des Vietminh. Les négociations de Genève, menées par Pierre Mendès France, aboutissent à la signature, dans la nuit du 20 au 21 juillet 1954, d'accords qui proclament l'indépendance du Laos et du Cambodge, partagent le Vietnam en deux et annoncent la tenue d'élections. La France quitte l'Indochine. Et le bilan humain est lourd, plus de 500 000 morts pour les deux camps. L'Union française, tentative d'évolution pacifique du monde colonial, a échoué. L'Indochine peut alors envahir notre imaginaire tandis qu'elle s'enfonce dans la guerre.

22 décembre
Renouant avec la revendication, au lendemain de la guerre de 14-18, d'un rattachement de la Sarre à la France, le gouvernement instaure un cordon douanier séparant la Sarre du reste de la zone française d'occupation.

23 décembre
Une loi rétablit les conventions collectives instaurées sous le Front populaire le 11 juin 1936 et définit le champ de leur application par étapes.

24 décembre
La nouvelle Constitution votée le 13 octobre précédent entre en vigueur avec la séance inaugurale du Conseil de la République.

25 décembre
Nommé commandant du corps expéditionnaire français, le général Leclerc part pour l'Indochine.
L'amiral d'Argenlieu précise les conditions posées par la France à la reprise des négociations avec le Vietminh.
Le général de Gaulle annonce qu'il ne sera pas candidat à la présidence de la République.

autres événements
• Début de la construction du barrage de Tignes, doté de la plus haute voûte de France (181 m), qui sera achevé en 1952.

1947

janvier
Aux élections provinciales locales à Madagascar, le Mouvement démocratique de rénovation malgache s'impose. Fort de 300 000 membres, le MDRM contrôle les syndicats mais, dans son sillage, évoluent des sociétés secrètes, la Jina et le Panama, violemment nationalistes.
James Burnham : *L'Ère des organisateurs*, préfacé par Léon Blum. Paru en 1941 aux États-Unis, ce livre reprend et développe à sa manière les analyses de Bruno Rizzi (*La Bureaucratisation du monde*, 1939) et, au sujet de l'URSS, remarque que « l'inégalité du point de vue du pouvoir et des privilèges y est plus marquée qu'en aucune nation capitaliste » et que « l'exploitation systématique au profit d'une classe [est] basée sur la possession de l'économie par l'État ».

1er janvier
Selon le recensement, la France compte 40 517 923 habitants soit 1 389 123 de moins qu'en 1936, au moment où le premier plan de Sécurité sociale entre en vigueur.
M.-J. Durry est la première femme professeur à l'Université de Paris, en histoire littéraire du XIXe siècle français.
Au tournoi des cinq nations, la France bat l'Écosse 8 à 3.

2 janvier
Les prix sont diminués par décret de 5 %.

7 janvier
Adoption du premier Plan, dit « Plan Monnet ». Établi pour les années 1947-1951, il donne la priorité à six secteurs de base pour la reconstruction et la modernisation économique du pays (houille, électricité, sidérurgie, ciment, machines agricoles, moyens de transport).

11 janvier
Décentralisation : accord du ministère pour la création de centres dramatiques régionaux, ce qui permettra, notamment, la création de la Comédie de Saint-Étienne le 2 juillet.

13 janvier
Antonin Artaud – qui vient de publier le deuxième volume des *Lettres écrites de Rodez* – prononce une conférence, qu'il ne peut achever, au théâtre du Vieux-Colombier. Camus, Paulhan, Braque, Gide, Michaux, Adamov, Breton… assistent, médusés, à cette véritable performance théâtrale. En juin,

Artaud expose ses dessins galerie Loeb. En septembre, il publie *Van Gogh ou le suicidé de la société.*

14 janvier
Le président du Conseil Léon Blum rencontre son homologue britannique Clement Attlee à Londres; les deux pays décident d'harmoniser leurs reconstructions.

16 janvier
Vincent Auriol est élu président de la République par le congrès dès le premier tour, par 452 voix sur 883 votants (le MRP Champetier de Ribes: 242 voix; le radical Gasser: 122; le PRL Michel Clemenceau: 60 voix).

Vincent Auriol

Avocat, député socialiste de Haute-Garonne de 1914 à 1947, Vincent Auriol (1884-1966) suit Léon Blum lors du congrès de Tours en 1920. Spécialiste des questions financières, il est le ministre des Finances du Front populaire, contraint de dévaluer le franc le 1er octobre 1936. Le 10 juillet 1940, il fait partie des 80 parlementaires qui refusent les pleins pouvoirs à Pétain. Emprisonné puis assigné à résidence, il entre dans la clandestinité avant de rejoindre Londres en octobre 1943. Ardent défenseur de la nouvelle Constitution, et en particulier de la désignation par l'Assemblée d'un président du Conseil responsable devant elle, il préside les deux Assemblées constituantes successives, puis l'Assemblée nationale (3 décembre 1946, 14 janvier 1947). Il conçoit son rôle de président de la République comme celui d'une « magistrature morale » qui dispose d'un « pouvoir de conseil, d'avertissement, de conciliation ». Cette volonté d'écarter toute forme de pouvoir personnel se traduit par le refus de se représenter en novembre 1953 et par sa condamnation du référendum de 1962 sur l'élection du président de la République au suffrage universel.

21 janvier
Édouard Herriot est élu président de l'Assemblée nationale.

22 janvier
Formation du cabinet Ramadier après la démission, le 16, suite à l'élection du président de la IVe République, du gouvernement Blum: Thorez et P.-H. Teitgen (vice-présidents), Marie (Justice), Bidault (Affaires étrangères), Billoux (Défense nationale), Coste-Floret (Guerre), Jacquinot (Marine), Maroselli (Air), Schuman (Finances), Philip (Économie), Tillon (Reconstruction et Urbanisme), Letourneau (Commerce), Croizat (Travail et Sécurité sociale), Marrane (Santé et Population), Bourdan (Jeunesse, Arts et Lettres), Mitterrand (Anciens Combattants).
Conservent leurs portefeuilles: Depreux (Intérieur), Tanguy-Prigent (Agriculture), R. Lacoste (Production industrielle), Naegelen (Éducation nationale), Moch (Travaux publics et Transports), Moutet (Outre-mer).

24 janvier
Le plan de la France sur l'organisation provisoire et constitutionnelle de l'Allemagne est rendu public. Visant à empêcher toute renaissance de l'Allemagne comme puissance centralisée, il préconise le rattachement économique de la Sarre à la France et l'autonomie politique de la Ruhr.
Accusé d'avoir trahi Jean Moulin en révélant la réunion de Caluire le 21 juin 1943, René Hardy est acquitté lors de son premier procès. De nouveau arrêté le 24 mars pour crimes et délits liés à la même affaire de Caluire, il sera de nouveau acquitté le 8 mai 1950.

28 janvier
Ramadier, président du Conseil, présente son gouvernement à l'Assemblée pour recevoir son approbation, procédure non prévue par les institutions. Il fonde ainsi la tradition de la « double investiture » qui nuira à la vie des institutions de la IVe République. Il obtient la confiance; son gouvernement comprend 8 socialistes, 5 communistes, 5 MRP, 3 radicaux-socialistes, 2 UDSR, 2 indépendants.

février
Création du Collège philosophique dirigé par Jean Wahl, Jean Paulhan, Albert Bayet.
Bernanos: *La France contre les robots.*
Sartre: « Qu'est-ce que la littérature ? » *(Les Temps modernes).*

1er février
Formation du syndicat autonome du métro parisien, première faille dans le monolithisme de la CGT.
Le mémorandum français sur le régime de la Ruhr est remis aux ambassadeurs américain, anglais et soviétique.

10 février
Les traités de paix entre les Alliés et la Finlande, la Bulgarie, la Hongrie, la Roumanie et l'Italie sont signés à Paris.

11 février-17 mars
Grèves dans la presse parisienne.

15 février
Sortie de *Farrebique* de Georges Rouquier: la vie paysanne au cinéma.

21 février
Ouverture à Paris de la conférence des gouverneurs et hauts-commissaires des territoires français d'outre-mer.

22 février
Le secrétaire d'État américain Dean Acheson expose ses craintes au sujet de la France: « En France avec quatre ministres communistes dans le gouvernement dont l'un au ministère de la Défense, avec les communistes contrôlant les grands syndicats et noyautant les usines et l'armée, avec près d'un tiers de l'électorat votant communiste et avec des conditions économiques en constante aggravation, les Russes pourraient ouvrir la trappe à tout moment qu'ils choisiraient. »

24 février
Seconde baisse des prix de 5 % décrétée par Ramadier, sans grand effet, ce qui lui vaut le surnom de « Ramadiète ».

27 février
Un décret ministériel crée les Expéditions polaires françaises (EPF), organisme privé subventionné aux deux tiers par l'État. Les fondateurs: Paul-Émile Victor, Robert Gessain, Raymond Latarjet, André Franck Liotard et Michel Perez entendent mener des explorations systématiques tout à la fois géographiques, géophysiques, glaciologiques et météorologiques, en Arctique et Antarctique. La première mission a lieu en avril 1948 sous la direction de Paul-Émile Victor sur la côte ouest du Groenland pour poursuivre les recherches du géophysicien Alfred Wagener, auteur de la théorie de la dérive des continents. Les recherches initiées en 1948, notamment météorologiques, se poursuivront jusqu'en 1974.

mars
Mounier: *Qu'est-ce que le personnalisme?*
Boris Vian: *L'Écume des jours.*

BORIS VIAN

Touche-à-tout génial, ingénieur, musicien, écrivain (théâtre, roman), parolier, chanteur, critique, les multiples casquettes de Boris Vian (1920-1959) ne furent pleinement reconnues qu'après sa mort précoce. Il reste pour de nombreux adolescents, surtout à partir de 1968, l'auteur de L'Écume des jours *(1947),* L'Herbe rouge *(1950) et* L'Arrache-cœur *(1953). Mélange d'ironie douce-amère et de pertinentes réflexions sur les évolutions de la société, Vian apparaît un indéniable interprète de son temps. « Quand j'aurai du vent dans mon crâne / Quand j'aurai du vert sur mes osses / P'tête qu'on croira que je ricane / Mais ça sera une Impression fausse. »*

4 mars
À Dunkerque, Georges Bidault et Ernest Bevin (1881-1951) signent le traité d'alliance franco-britannique.

5 mars
Émile Bollaert (1890-1978) est nommé haut-commissaire en Indochine, remplaçant l'amiral Thierry d'Argenlieu rappelé le 7 février.

7 mars
Fernand de Brinon, délégué général du gouvernement français dans les territoires occupés de 1940 à 1944, l'un des plus actifs collaborateurs, est condamné à mort par la Haute Cour de justice. Il est fusillé le 15 avril.

10 mars
Ouverture de la conférence des quatre Grands à Moscou. Elle se terminera en avril sur un échec: aucune réorganisation commune de l'Allemagne n'est possible mais les Anglais et les Américains acceptent le principe de l'union économique de la France et de la Sarre ainsi que son détachement politique de l'Allemagne.

18 mars
Succédant à Champetier de Ribes, Gaston Monnerville (1897-1991) est élu président du Conseil de la République; il restera président du Sénat jusqu'en 1968.

22 mars
À l'Assemblée, lors du vote des crédits militaires pour la poursuite de la guerre en Indochine, alors que les ministres communistes les approuvent, les députés communistes, eux, s'abstiennent.

29-30 mars
Dans la nuit, débute l'insurrection indépendantiste à Madagascar à l'initiative des sociétés nationalistes secrètes. 150 Français dont 23 soldats sont

tués. La masse de la population ne suit pas les insurgés. La répression, menée avec un corps expéditionnaire de 18000 hommes, qui devait se poursuivre jusqu'à la fin de 1948, fait 89000 victimes, selon les estimations des militaires (la mort de 550 Européens et 1 900 Malgaches est imputable aux insurgés). Les méthodes employées – ratissage de la brousse par les légionnaires et les paras (tortures et « corvées de bois »), les regroupements forcés de population – conduisent à une rupture entre les Malgaches et la France et annoncent la guerre d'Algérie.

30 mars

Devant 50000 personnes réunies à Bruneval pour commémorer la destruction d'une station-radar par des commandos anglo-franco-canadiens en 1942, Charles de Gaulle réaffirme son hostilité au « régime des partis » : « Le jour va venir, où rejetant les jeux stériles où s'égare la Nation et se disqualifie l'État, la masse immense des Français se rassemblera sur la France. »

31 mars

Création du salaire minimum vital; il deviendra plus tard le Smig.

avril

Publication aux éditions de La Cité Universelle du livre de Robert Antelme, *L'Espèce humaine*, né de son expérience de résistant, déporté dans les camps nazis.

ROBERT ANTELME

Si Robert Antelme (1917-1990) fut adhérent du PC en 1946, exclu douloureusement en 1950, opposant à la guerre d'Algérie dès 1955 puis à la prise du pouvoir par de Gaulle, participant du mouvement de Mai 68, il est surtout l'homme d'un livre exceptionnel, l'un des plus grands issus de l'expérience concentrationnaire.
Robert Antelme participe depuis septembre 1943 au réseau de résistance de François Mitterrand avec sa femme Marguerite Donnadieu (l'écrivain Marguerite Duras) quand il est arrêté en 1944 et déporté à Buchenwald puis Dachau. L'Espèce humaine *(réédité en 1957) relate son temps en camp et surtout en Kommando de travail forcé: « L'on fait l'épreuve de la solidité de cette espèce, de sa fixité. Ensuite que la variété des rapports entre les hommes, leur couleur, leurs costumes, leur formation en classe masquent une vérité qui apparaît ici éclatante [...] à l'approche de nos limites : il n'y a pas des espèces humaines, il y a une espèce humaine. C'est parce que nous sommes des hommes comme eux que les SS seront en définitive impuissants devant nous. C'est parce qu'ils auront tenté de mettre en cause l'unité de cette espèce qu'ils seront finalement écrasés. »*
Thème que Maurice Blanchot résume par cette formule : « Par une telle lecture, nous commençons de comprendre que l'homme est indestructible et que pourtant il peut être détruit. »
Tout n'est-il pas dit dans ces derniers mots du livre échangés avec un prisonnier russe dans la langue de l'ennemi : « Rien n'existe plus que l'homme que je ne vois pas. Ma main s'est mise sur son épaule. À voix basse : – Wir sind frei. *(Nous sommes libres.) Il se relève. Il essaye de me voir. Il me serre la main.* – Ja. *»*

Le poète Jean Follain (1903-1971), par ailleurs avocat au barreau de Paris, publie *Exister*, deuxième recueil d'une œuvre où alternent des poèmes qui ont la particularité de refuser tout recours à la métaphore et des livres de notations en prose comme *Paris*, ou *Canisy* (1942).
Jean Paulhan publie dans les *Cahiers de la pléiade* la première partie d'*Un roi sans divertissement* de Jean Giono, rompant l'interdit qui pesait sur lui depuis la guerre.
Alexandre Kojève : *Introduction à la lecture de Hegel*, cours rassemblés et publiés à l'initiative de Raymond Queneau.
Victor Kravchenko : *J'ai choisi la liberté*. Un fonctionnaire soviétique livre son témoignage sur la terreur, les camps (le mot Goulag apparaît pour la première fois), les purges, la famine en Ukraine en 1932-1933.
Henri Thomas, qui a publié pendant la guerre un récit autobiographique, *Le Seau à charbon*, et son premier recueil de poèmes, *Travaux d'aveugle* (1941), fait paraître un deuxième recueil : *Le Monde absent*. Il est alors l'éphémère secrétaire de rédaction de la revue de Pierre Herbart, *Terre des hommes*.

2 avril

À Madagascar, les trois élus malgaches à l'Assemblée nationale sont emprisonnés et le MDRM dissous (16 mai). Le 6 juin, les ministres communistes refuseront de s'associer à la levée d'immunité parlementaire des trois députés malgaches.

7 avril

À Strasbourg, le général de Gaulle appelle à un « rassemblement du peuple français ». Le 14, il annonce la création du RPF (Rassemblement du peuple français) dont il assume la direction. En octobre, le RPF comptera environ 400000 membres.

Au Maroc, une querelle entre tirailleurs sénégalais et Marocains dégénère et fait 65 morts à Casablanca.

10 avril
À Tanger, le sultan du Maroc Mohammed Ben Youssef fait l'éloge de la Ligue arabe (créée le 22 mars 1945 et rassemblant les pays arabes du Proche-Orient). Il évoque l'avenir du Maroc, son unité, ses droits et son attachement à l'islam mais omet les traditionnelles formules d'allégeance à la France.

19 avril
Au théâtre de l'Athénée à Paris, création des *Bonnes*, première pièce de Jean Genet, par Louis Jouvet. En juillet, Genet reçoit le prix de la Pléiade. En décembre, il publie un roman, *Querelle de Brest*. Deux œuvres qui témoignent de sa fascination pour le monde marginal des bas-fonds et pour les ressorts impénétrables du crime.

24 avril
Les élections aux caisses primaires de la Sécurité sociale (25,3 % d'abstentions) donnent 59,3 % des voix à la CGT, 26,4 % à la CFTC. Aux élections aux caisses primaires d'allocations familiales (33,2 % d'abstentions), la CGT obtient 61,8 %, la CFTC 25 %.

25 avril-16 mai
Grève chez Renault (que la CGT soutient à partir du 29 avril).

26 avril
Hô Chi Minh propose la cessation des hostilités en Indochine et l'ouverture de négociations.

27 avril
Le MRP s'oppose à l'adhésion de ses membres au RPF.

mai
Sans doute influencé par les thèses de Walter Benjamin sur «l'œuvre d'art à l'ère de la reproduction technique», André Malraux publie à Genève, aux éditions Skira, *Le Musée imaginaire*, premier volume de sa *Psychologie de l'art*. Le livre suscitera, dix ans plus tard, une réponse en trois volumes du critique d'art Georges Duthuit, *Le Musée inimaginable*, dénonciation de ce qu'il considère comme une dangereuse apologie du musée, de la reproduction, et de tout ce qui sort les œuvres de leur espace réel, les privant par là de leur sens véritable.
Ouverture du musée des Impressionnistes au Jeu de Paume.

1er mai
La ration de pain est réduite à 250 g. La «crise du pain» provoque l'organisation d'un comité national de collecte et le président de la République lance un appel aux producteurs de blé.
Importante manifestation syndicale marquée par la présence des ouvriers de Renault en grève depuis le 25 avril.
En Conseil des ministres, Thorez, vice-président du Conseil, se désolidarise de la politique gouvernementale en matière de salaires et de prix.

3 mai
Un reportage de *Samedi-Soir* lance le mythe de Saint-Germain-des-Prés.

SAINT-GERMAIN-DES-PRÉS

Quelques caves et sous-sol (le Bar vert, le Tabou...), résonnant de musique et de voix, suffirent à rendre légendaire ce quartier de Paris. L'après-guerre se traduit par un défoulement de jeunesse où cigarettes, alcools et chansons font bon ménage. On se pique d'existentialisme. On y rencontre des écrivains tels que Jean-Paul Sartre mais surtout Roger Blin, Roger Vailland, Queneau, Boris Vian, des chanteurs comme Juliette Gréco, les Frères Jacques et Mouloudji. Ces lieux acclimatèrent le jazz (en particulier le be-bop) en France. Charlie Parker, Coleman Hawkins et Miles Davis y jouèrent.

4 mai
Le président du Conseil Ramadier révoque les ministres communistes de son gouvernement; l'annonce en est faite le lendemain. C'est la fin du tripartisme. Le 9, trois socialistes et un MRP reprennent les portefeuilles des ministres communistes. Tillon est remplacé par Letourneau (Reconstruction et Urbanisme), Croizat par D. Mayer (Travail et Sécurité sociale), Marrane par R. Prigent (Santé et Population), Billoux par Delbos (Défense nationale). Thorez n'est plus vice-président du Conseil.

6 mai
La SFIO se désolidarise du PC et renouvelle son soutien au gouvernement Ramadier.

9 mai
À la suite d'un rapport du psychiatre et psychanalyste Daniel Lagache (1903-1972), un décret crée une licence de psychologie dans les facultés de lettres. Lagache donne son premier cours en

Sorbonne le 28 novembre : *L'Unité de la psychologie* (publié en 1949).

12-26 mai
Hô Chi Minh rejette les conditions françaises d'armistice qui équivaudraient pour lui à une reddition pure et simple. La guérilla continue. Le 26, il déclare également inacceptables les propositions de trêve.

13 mai
Le général Juin est nommé résident général au Maroc en remplacement d'Eirik Labonne, plus favorable à des réformes.

21 mai
Sortie du film *Jeux dangereux (To be or not to be)* de Lubitsch : une satire du nazisme tournée en 1942.

23 mai
Sous la menace de conflits sociaux, le gouvernement négocie avec la CGT et décide l'exonération fiscale pour les bas revenus et l'attribution de primes à la production.
Sortie du film de Michael Curtiz, *Casablanca*, avec Humphrey Bogart et Ingrid Bergman.

25 mai
Le personnel d'Électricité et Gaz de France est réquisitionné face à une menace de grève sur des revendications salariales.

25-26 mai
Premier congrès de l'UDSR (Union démocratique et socialiste de la Résistance) présidée par René Pleven.

30 mai
Sortie du film de Charles Vidor, *Gilda*, avec Rita Hayworth.

31 mai
Évadé de la Réunion, le leader nationaliste marocain des années 20 Abd el-Krim arrive au Caire.

juin
Publication d'*Arcane 17* d'André Breton aux éditions Le Sagittaire (l'édition originale de luxe avait paru à New York le 30 décembre 1944).
Marcel Mauss : *Manuel d'ethnographie.*
À Avignon, l'exposition *Peintures et sculptures modernes* réunit tous les grands noms de l'art contemporain. Cet événement est le point de départ du festival d'Avignon. Le directeur de la revue les *Cahiers d'Art*, Christian Zervos, propose à Jean Vilar de donner pour une soirée dans la cour d'honneur du palais des Papes *Meurtre dans la cathédrale*, du poète anglais T. S. Eliot, qui recevra le prix Nobel l'année suivante. Après avoir hésité, Vilar fait une contre-proposition : la création de trois spectacles, *Richard II* de Shakespeare, *Tobie et Sara* de Paul Claudel, *La Terrasse de Midi* de Maurice Clavel pour sept représentations. Quelques milliers de personnes assistent sans le savoir aux premiers pas d'un des plus prestigieux festivals de théâtre.

Jean Vilar et le TNP

Le TNP (Théâtre national populaire) est une œuvre de volontarisme culturel qui entendait faire du théâtre un instrument d'acculturation et d'intégration de la nation en pratiquant une forme de décentralisation géographique, le répertoire restant très classique. Jean Vilar (1912-1971) en fut le « régisseur ». En 1947, il monte des spectacles à Avignon, alors municipalité communiste. C'est là qu'en 1951, Gérard Philipe (1922-1959) le rejoint et que son interprétation du Cid au 5ᵉ festival lui vaut la consécration du grand public. Cette même année, il obtient la direction du TNP au théâtre du palais de Chaillot qu'il assure pendant douze ans (1951-1963). « Le TNP est donc, au premier chef, un service public. Tout comme le gaz, l'eau, l'électricité. » Cette école de la citoyenneté et de l'émancipation devait être ouverte au plus grand nombre. « L'art du "théâtre populaire" est [...] une révolte permanente. » Sur le plan de l'espace déjà, avec la suppression de la rampe et du rideau de scène et une mise en scène sobre. Socialement, en supprimant les pourboires, en accueillant les spectateurs dès 18 h plutôt qu'en soirée. Il réalise la reprise ou la création de nombreux chefs-d'œuvre (Brecht, Calderón, Molière, Musset, Pirandello...). Après sa démission du TNP, Jean Vilar dirige jusqu'à sa mort le festival d'Avignon.

2 juin
Début de la grève des cheminots qui s'étend à toute la France entre le 7 et 12 juin.

3 juin
Fondateur du mouvement de résistance Combat, Claude Bourdet (1909-1996) prend la direction du journal *Combat*, jusque-là dirigé par Camus. Bourdet se brouillera avec Henri Smadja, l'homme d'affaires à qui il avait fait appel pour redresser la situation financière du journal, et rejoindra plus tard l'équipe qui lance *France-Observateur.*

Première à l'Opéra-Comique à Paris des *Mamelles de Tirésias* de Francis Poulenc sur un livret tiré de la pièce d'Apollinaire.

4 juin
Le président du Conseil Paul Ramadier dénonce à l'Assemblée « une sorte de mouvement giratoire de grèves [qui] se développe comme sous la direction d'un chef d'orchestre clandestin ».

5 juin
Dans un discours à Harvard, le général américain George Marshall présente son plan de reconstruction de l'Europe ; de 1948 à 1952, les États européens pourront bénéficier de crédits. La France qui, selon Jean Monnet, a besoin de 11 milliards de dollars jusqu'en 1949, fait connaître son acceptation de principe le 17 juin. L'URSS entraîne dans son refus les États de la zone soviétique. La loi d'aide à l'étranger est votée par le Congrès américain le 3 avril 1948 et signée par Truman le lendemain. Elle prévoit une somme de 17 milliards de dollars pour quatre ans qui, en réalité, fut de 11,8 milliards. La France en fut la deuxième bénéficiaire après la Grande-Bretagne. L'apport de ce plan est considérable. Il finance la reconstruction du pays et les sommes utilisées passent de l'alimentation, c'est-à-dire de l'urgence, à l'équipement et donc à la modernisation du pays. Marshall avait précisé dans son discours : « Notre politique n'est dirigée ni contre un pays, ni contre une doctrine, mais contre la faim, la misère, le désespoir et le chaos. » Mais en rétablissant la santé économique des pays d'Europe occidentale, le plan les arrime au camp atlantiste et donc américain. D'ailleurs, dès 1950, sous la pression de la guerre de Corée, les financements américains vont en priorité au réarmement contre la menace soviétique. En 1951, le plan est vidé de son sens premier et disparaît. L'aide militaire prend le pas sur l'aide économique.

6 juin
Les autres transports en commun entrent en grève.

9 juin
Le musée national d'Art moderne ouvre au palais de Tokyo, à Paris, avec Jean Cassou comme conservateur. Lors de l'inauguration, le directeur des Musées de France, Georges Salles, déclare : « Aujourd'hui cesse la séparation entre l'État et le Génie. » L'ouverture du musée suscite des dons importants de la part des artistes.

10 juin
Parution de *La Peste* d'Albert Camus. Prix des Critiques. À l'automne, près de 100 000 exemplaires ont été vendus.

Albert Camus

*Orphelin d'un père mort à la guerre un an après sa naissance en Algérie, Albert Camus (1913-1960) apparaît comme une conscience intellectuelle de la France des années 50 que consacre le prix Nobel de littérature de 1957. Après des études de philosophie à la faculté d'Alger, il adhère, pour une courte période (1935-1937), au Parti communiste algérien, puis débute en 1937 dans le journalisme à l'*Alger républicain. *Réformé en 1939, car il est atteint de tuberculose, il se rend en métropole et entre à* Paris-Soir. *En mai 1940, il suit l'équipe de la rédaction installée en zone Sud où il épouse Francine Faure dont il aura deux enfants, Jean et Catherine. À partir de 1942, il écrit dans le journal clandestin* Combat, *qu'il dirige à la Libération avant d'en laisser les rênes à Claude Bourdet en 1947.*
La parution simultanée en 1942 chez Gallimard (où il est lecteur) d'un récit, L'Étranger, *et d'un essai philosophique,* Le Mythe de Sisyphe, *le révèle. Camus triomphe aussi au théâtre avec* Caligula *et* Le Malentendu *(1944), puis avec* Les Justes *(1949) – pièces qui sont jouées par Gérard Philipe, Maria Casarès et Serge Reggiani. Sa carrière d'essayiste et de romancier se poursuit avec la publication en 1945 des* Lettres à un ami allemand, *puis le succès, en juin 1947, de son roman,* La Peste, *chronique de la mort collective, de la résistance à l'oppresseur et de la solidarité entre les hommes. Avec* L'Homme révolté, *en octobre 1951, il reprend les interrogations morales présentes dans* Les Justes, *qui font revivre l'épopée des populistes russes prêts à se sacrifier pour renverser l'autocratie mais qui refusent d'immoler les enfants du tsar. Il développe sa critique de la révolution aveugle, pour faire « la généalogie intellectuelle des totalitarismes ». Une longue polémique le conduit en 1952 à la rupture avec Sartre.*
Camus s'investit dans l'actualité de son temps, voyage dans le tiers-monde, renouvelle les appels en faveur des condamnés à mort, qu'ils soient grecs (1949) ou tunisiens (1954), dénonce les dictatures de droite (Espagne) ou de gauche, prenant la défense des insurgés de Berlin-Est (juin 1953) ou de Budapest (novembre 1956). Quand la guerre éclate en Algérie, ce pied-noir, qui s'y était déjà rendu lors du soulèvement de Sétif en 1945, se sent déchiré entre l'amour qu'il porte à

son pays natal et son rejet du colonialisme. Le 22 janvier 1956, à Alger, il lance un appel à la trêve civile qui rencontre l'hostilité des ultras de l'Algérie française aussi bien que du FLN. Est-ce le hasard qui l'amène à publier quelques mois plus tard son récit le plus noir, La Chute, *qui pose le problème du dialogue et de la solitude?*
Camus meurt dans un accident de la route, le 4 janvier 1960, laissant inachevé son dernier roman qui revient sur ses années d'enfance en Algérie, Le Premier Homme, *publié avec un vif succès en 1994.*

11 juin-20 juillet
La galerie L'Arc-en-ciel, à Paris, présente la première exposition personnelle du peintre Gaston Chaissac. Le catalogue est préfacé par Dubuffet.

13 juin-1er juillet
Grèves des fonctionnaires des banques et des employés des grands magasins (jusqu'au 27 juin), des mines du Pas-de-Calais (jusqu'au 1er juillet) et chez Citroën.

17 juin
La France et la Grande-Bretagne acceptent l'aide Marshall.
Le Mal court de Jacques Audiberti est créé au théâtre de Poche par Georges Vitaly, avec l'actrice Suzanne Flon. Jean Tardieu écrit: «Il est impossible de rendre l'impression de fraîcheur, de jaillissement et de perpétuel imprévu que donne le langage si neuf et si surprenant dans notre glacial théâtre intellectuel.»

30 juin
Le ministre de l'Intérieur Depreux annonce la découverte d'un mystérieux «Plan bleu», complot impliquant des militaires de haut rang qui, sous l'influence du commandant Loustaunau-Lacau, voulaient faire croire à un coup de force communiste et l'exploiter pour se poser en sauveurs de la République. Avant-guerre, anticommuniste virulent, Loustaunau-Lacau avait organisé divers réseaux et complots avant de s'engager dans le réseau de résistance Alliance. Le général de Larminat est relevé de ses fonctions d'inspecteur général des troupes coloniales le 2 juillet. Les autres officiers supérieurs seront disculpés.

juillet
À Madagascar, après l'insurrection des 29-30 mars, 40 condamnés à mort sont exécutés. À l'issue du procès des chefs du Mouvement démocratique de rénovation malgache, trois parlementaires sont condamnés à mort, peines commuées le 4 octobre 1948 (deux condamnés à mort, le troisième aux travaux forcés à perpétuité). Ils seront graciés le 15 juillet 1949 mais placés en résidence surveillée – le député Joseph Ravoahangy (1893-1970) voyant sa peine commuée en détention à perpétuité.
Au cours des Semaines sociales de France organisées à Paris sur le thème du catholicisme social face aux grands courants contemporains, le directeur du *Monde* Hubert Beuve-Méry prononce une conférence sur le thème «défaite et survivance des fascismes». Cherchant à définir le fascisme, il dit: «Les fascismes sont donc nationalistes. Ils sont aussi socialistes [...]. Les fascismes ont, en effet, ceci de commun avec les socialismes qu'ils condamnent violemment, sinon toujours le capitalisme, du moins toutes les formes de libéralisme.»

1er juillet
Sartre défend la mémoire de Paul Nizan contre les calomnies des communistes qui l'ont accusé d'être un indicateur de police à la suite de sa condamnation du pacte germano-soviétique du 23 août 1939. Les communistes persistent sans apporter la moindre preuve de leurs allégations.

3 juillet
Bidault et Bevin invitent les pays européens à participer à une conférence économique.

7 juillet
Ouverture galerie Maeght de l'exposition *Le Surréalisme en 1947*, où 25 pays sont représentés.

8 juillet
Le CNPF et la CGT décident de discuter directement la révision des salaires. Le 16, un accord salarial prévoit un relèvement de 11 %, accord complété par celui du 1er août que le gouvernement se refuse, le 6, à entériner.

10 juillet
Ouverture de l'Exposition internationale de l'urbanisme et du logement; Le Corbusier y présente la maquette de l'immeuble qui va être construit à Marseille.

12 juillet
Après le refus du plan Marshall (sous la pression soviétique) par la Tchécoslovaquie, la conférence des 16 pays qui l'ont accepté s'ouvre à Paris: Autriche, Belgique, Danemark, France, Grèce, Irlande, Islande, Italie, Luxembourg, Norvège, Pays-Bas, Portugal, Royaume-Uni, Suède, Suisse

et la Turquie. En sont exclus l'Espagne de Franco et l'Allemagne de l'Ouest.

18 juillet
Parti le 10 juillet de Sète, le navire *Exodus*, qui transporte 4 500 juifs en Palestine, est arraisonné le 18 par les Britanniques qui ont interdit toute immi gration juive : on dénombre 3 morts et 146 blessés. Si les passagers sont ramenés dans des bateaux-cages et débarqués en Allemagne, un mythe naît qui participera de la légende du jeune État d'Israël, entretenu par la littérature (Léon Uris) et le cinéma (Otto Preminger metteur en scène et Dalton Trumbo scénariste, 1961).

19 juillet
Hô Chi Minh fait entrer des non-communistes dans son gouvernement (vietminh) de la République populaire du Vietnam et, quelques jours plus tard, accepte de collaborer avec l'ancien empereur Bao Dai.

23 juillet
Ouverture du premier festival de musique d'Aix-en-Provence.

27 juillet
À Rennes, Charles de Gaulle déclare : « Sur notre sol, au milieu de nous, des hommes ont fait vœu d'obéissance aux ordres d'une entreprise étrangère de domination, dirigés par les maîtres d'une grande puissance slave. Ils ont pour but de parvenir à la dictature chez nous, comme leurs semblables ont pu le faire ailleurs avec l'appui de cette puissance [...]. Ce bloc de près de 400 millions d'hommes borde maintenant la Suède, la Turquie, la Grèce, l'Italie ! Sa frontière n'est séparée de la nôtre que par 500 km, soit à peine la longueur de deux étapes du Tour de France cycliste ! »

4 août
À Sfax (Tunisie), la grève générale organisée par l'UGTT (Union générale des travailleurs tunisiens) dégénère en émeute ; il y a 29 morts chez les grévistes.
L'Assemblée nationale vote la création de Grands Conseils de l'AOF et de l'AEF, composés de délégués élus par les assemblées territoriales de chacune des deux fédérations et destinés à gérer leurs intérêts communs.

10-13 août
Lors du débat sur le mode de scrutin des municipales, le président du Conseil Ramadier s'en prend aux communistes et à de Gaulle en dénonçant les dangers de la dictature de masse et du pouvoir personnel. Le 13, l'Assemblée nationale adopte la loi électorale municipale : la représentation proportionnelle est maintenue pour les villes de plus de 9 000 habitants.

14-17 août
Le 39e congrès de la SFIO reconduit Guy Mollet au secrétariat général.

20 août
Un groupe RPF se constitue à l'Assemblée. Le RPF annonce sa participation aux élections municipales.

27 août
La ration de pain est réduite à 200 g (elle était de 275 g en janvier 1942).

septembre
Je vivrai l'amour des autres, de Jean Cayrol. L'auteur des *Poèmes de la nuit et du brouillard*, devenu romancier pour raconter sa déportation à Mauthausen, obtient le prix Renaudot.

1er-13 septembre
Les difficultés de ravitaillement provoquent la grève chez Berliet le 1er, puis, deux jours plus tard, chez Michelin. Pour protester contre les difficultés de ravitaillement, des manifestants assiègent la préfecture d'Alençon le 13 ; la police utilise les gaz lacrymogènes pour les disperser.

10 septembre
À Hadong (Tonkin), Émile Bollaert précise les conditions françaises pour un règlement du problème franco-vietnamien ; le haut-commissaire ne veut négocier qu'après l'élimination de la guérilla. L'offensive d'automne du général Valluy ne réussira pas à réaliser ce préalable.

14, 26 septembre
Le MRP refuse toute alliance exclusive avec le RPF.
Le 14, les détenus (des collaborateurs condamnés) du camp de Noé s'emparent du camp après la mort de l'un d'entre eux, tué par un gardien lors d'une tentative d'évasion. 50 détenus en profitent pour s'échapper. Le 26, 76 détenus du camp de Carrère près de Villeneuve-sur-Lot s'évadent.

20 septembre
Adopté en première lecture par l'Assemblée nationale (par 320 voix contre 88 et 186 abstentions) le 27 août, le statut de l'Algérie, amendé, est adopté en deuxième lecture (par 325 voix contre 86).

Désormais l'Algérie constitue un « groupe de départements dotés de la personnalité civile, de l'autonomie financière et d'une organisation particulière ». Un gouverneur général, dépendant du ministère de l'Intérieur, dirige l'administration. Un Conseil gouvernemental de six membres est placé entre le gouverneur et l'Assemblée, qui demeure divisée en deux collèges (464 000 citoyens de statut français et 58 000 musulmans assimilés d'un côté; 1 400 000 Algériens de l'autre). L'Assemblée (120 membres) désigne six élus à l'Assemblée de l'Union française.

21 septembre
Dans *Le Figaro*, Raymond Aron analyse en ces termes la situation internationale: « Au lieu de pleurer la mort de l'Humanité, mieux vaudrait prendre virilement la décision de vivre. Car, *si la paix est impossible, la guerre prochaine est improbable.* Le partage du monde et la rivalité des empires sont susceptibles de durer des années, sans que l'apaisement, ni l'explosion atomique interviennent. »

22-27 septembre
À la réunion des partis communistes européens en Pologne, est fondé un bureau de liaison ou Kominform dont la création est annoncée le 5 octobre. Le PC, représenté par Duclos, doit faire son autocritique pour ne pas avoir pris le pouvoir à l'occasion de la Libération. Fin octobre, conformément aux directives du Kominform, Thorez fera son autocritique devant le comité central du PCF.

26 septembre
L'union générale des syndicats de fonctionnaires se déclare hostile au plan Ramadier de rattrapage des rémunérations par rapport à l'inflation et au gel des salaires.

27 septembre
Des incidents ont lieu à Verdun lorsque des manifestants communistes s'opposent au passage de deux péniches chargées de sucre à destination de l'Allemagne.
Jean-François Gravier: *Paris et le désert français.* Membre de l'équipe de Jean Monnet au Commissariat au Plan, l'auteur dénonce les déséquilibres régionaux entraînés par l'hyper-centralisation.

octobre
Kogon: *L'Enfer organisé. Le système des camps de concentration.* Ancien déporté, l'Allemand Eugen Kogon propose une des toutes premières analyses du système concentrationnaire.

La galerie Drouin présente une exposition de la série de *Portraits* de Jean Dubuffet. La figure, laide, proche du graffiti, est incisée dans la matière de la toile faite d'un mélange d'huile, de sable et de gravillons qui lui donne un aspect « brut ».

4 octobre
Sortie du film *Quai des Orfèvres* de Clouzot, d'après le roman policier de Stanislas-André Steeman, avec Louis Jouvet et Suzy Delair. La Biennale de Venise lui décernera le prix de la mise en scène.

14-21 octobre
Les transports parisiens sont de nouveau en grève.

15 octobre
Les éditions Odile Pathé publient le premier livre en français de George Orwell: *Les Animaux partout! [La Ferme des animaux]*, imprimé à Paris.

16 octobre
Léon Blum définit la « troisième force », qui rassemblerait les partis situés entre le PC et le RPF.

21 octobre
Le gouvernement entreprend une négociation générale sur les salaires avec la CGT.

22 octobre
Le président du Conseil Ramadier remanie son gouvernement et prend le portefeuille de l'Outre-mer. P.-H. Teitgen (Forces armées), Roclore (Agriculture), D. Mayer (Affaires sociales et Anciens Combattants).
Conservent leurs portefeuilles: Marie (Justice), Bidault (Affaires étrangères), Depreux (Intérieur), Schuman (Finances), R. Lacoste (Industrie et Commerce), Naegelen (Éducation nationale).

26 octobre
Le deuxième tour des élections municipales, dont la campagne a été marquée par des incidents nombreux et violents, sanctionne le PC, la SFIO et surtout le MRP au profit du RPF (38 % des suffrages exprimés). Le lendemain, de Gaulle demande la dissolution de l'Assemblée et la révision de la Constitution. Le MRP s'y oppose.

28 octobre
La France bénéficie de l'« aide intérimaire d'urgence » des États-Unis (104 millions de dollars).

30 octobre
L'Assemblée vote de justesse (20 voix de majorité) la confiance au gouvernement Ramadier qui com-

prend 7 socialistes, 2 radicaux, 3 MRP et un indépendant : la « troisième force » est au pouvoir.

novembre

Parution de *Corps mémorable* d'Éluard.

Merleau-Ponty : *Humanisme et Terreur. Essai sur le problème communiste*. Une justification des procès de Moscou par la notion de « responsabilité objective ».

Raymond Aron lance la collection « Liberté de l'esprit » chez Calmann-Lévy. Y figureront des textes d'Hannah Arendt, J.-L. Talmon, James Burnham, Jacques Ellul, John K. Galbraith, George Kennan, Léon Poliakov...

3 novembre

Décret de fondation de la 6e section de l'École pratique des hautes études, présidée par Lucien Febvre, avec Fernand Braudel, Charles Morazé, Ernest Labrousse.

La nouvelle histoire

Autour de Febvre se rassemble une nouvelle génération d'historiens qui bénéficient de l'institutionnalisation du projet des Annales. *La figure centrale de cette seconde période des* Annales *est Fernand Braudel (1902-1985). Il a soutenu sa thèse,* La Méditerranée et le monde méditerranéen à l'époque de Philippe II, *en 1947 (éditée en 1949). Il assure, à partir de 1949, la direction des* Annales *dont le sous-titre devient* Économies, Sociétés, Civilisations, *signe de la volonté d'élargir encore les terrains de rencontres et de confrontation avec les autres disciplines des sciences sociales. Il est élu professeur au Collège de France la même année à la succession de Lucien Febvre dans une chaire portant le même intitulé (« Histoire de la civilisation moderne »). En 1956, Braudel remplace son maître à la tête de la 6e section et, en décembre 1958, publie son article « La Longue Durée », qui sonne comme un manifeste pour une mise à jour du programme de l'École des* Annales. *En 1980, paraissent les trois volumes de* Civilisation matérielle, économie et capitalisme (XVe-XVIIe siècle). *Depuis plusieurs années, il a entrepris une réflexion sur l'identité française dans l'esprit de ses précédents travaux mais dont seuls deux tomes seront publiés après sa disparition :* L'Identité de la France, *t. I,* Espace et Histoire, *t. II,* Les Hommes et les choses *(1986). Dès 1969, Braudel avait confié les* Annales *à une nouvelle équipe : André Burguière, Marc Ferro, Jacques Le Goff, Emmanuel Le Roy Ladurie et Jacques Revel. Avec Braudel, la nouvelle école historique dont il fut la clef de voûte a acquis une renommée internationale sans précédent.*

Dans l'immédiat après-guerre, la revue avait attiré de jeunes historiens, souvent formés à l'école d'Ernest Labrousse (1895-1988), spécialiste de l'histoire économique et sociale du XVIIIe *siècle. C'est le cas de François Furet (1927-1997) qui, après s'être essayé à l'histoire quantitative, travaille ensuite avec Jacques Ozouf à une histoire de l'alphabétisation des Français (*Lire et écrire, *1977). De son côté, Pierre Goubert a donné dès 1959 son ouvrage* Beauvais et le Beauvaisis de 1600 à 1730, *tandis que Pierre Chaunu, après avoir consacré ses travaux aux mondes hispaniques et à la civilisation européenne, de la Réforme aux Lumières, exploite les méthodes d'une histoire sérielle. Les fondateurs de l'École des* Annales *avaient dialogué avec les géographes : l'économie, le social et l'analyse quantitative tiennent désormais une place importante dans les recherches initiées par le « laboratoire » des* Annales. *Mais déjà, la thèse de Georges Duby,* La Société aux XIe et XIIe siècles dans la région mâconnaise *(1953), ouvre de nouvelles perspectives, qu'il explorera ensuite dans* Le Temps des cathédrales. Art et société *(1966),* Guerriers et paysans, VIIe-XIIe siècle *(1973),* Les Trois Ordres et l'imaginaire du féodalisme *(1978) – influencé par l'œuvre de Georges Dumézil – et* Le Chevalier, la femme et le prêtre *(1981), qui prélude aux grandes* Histoire de la France rurale *(1975),* Histoire de la vie privée *(1985-1987),* Histoire des femmes en Occident *(1990-1992) codirigées respectivement avec Armand Wallon, Philippe Ariès et Michelle Perrot. Dans la voie ouverte par Georges Duby en 1961 (« Histoire des mentalités »), de nombreux historiens s'engagent, enrichissant la méthode historique par des emprunts à d'autres disciplines : sociologie, psychologie sociale, anthropologie, linguistique... La publication en 1974 de* Faire de l'histoire *sous la direction de Jacques Le Goff et Pierre Nora, puis des* Territoires de l'historien *par Emmanuel Le Roy Ladurie, formalisent ces nouveaux apports en leur donnant une nouvelle impulsion. Parmi les nombreux travaux qui ont illustré ce courant, on citera, entre autres :* L'Homme devant la mort *(1977) de Philippe Ariès ;* Les Paysans du Languedoc *(1966) et* Montaillou, village occitan *(1975) d'Emmanuel Le Roy Ladurie ;* Bretons de Plozevet *(1975) d'André Burguière ;* Pour un autre Moyen Âge *(1977) et* La Naissance du purgatoire *(1981) de Jacques Le Goff ;*

Pénitents et francs-maçons de l'ancienne Provence *(1968),* La République au village *(1970) et* Marianne au combat *(1979) de Maurice Agulhon.*
Les historiens spécialistes du Moyen Âge et de l'époque moderne occupent une place importante, mais non exclusive, dans ce renouvellement des études historiques auquel contribuent pour leur part des antiquisants : c'est peu après avoir intégré la 6ᵉ section que Jean-Pierre Vernant publie Les Origines de la pensée grecque *(1962) et* Mythe et pensée chez les Grecs *(1965), Pierre Vidal-Naquet donnant ensuite* Mythe et tragédie *(1972) et* Le Chasseur noir *(1981).*
La floraison de grands livres assure la renommée et le rayonnement internationaux de la « nouvelle histoire ». Celle-ci trouvera de nouveaux prolongements dans la trilogie des Lieux de mémoire *dirigée par Pierre Nora (1984-1992), et dans les quatre tomes de l'*Histoire de France *dirigée par André Burguière et Jacques Revel (1989-1993).*
L'étude du politique constitué en objet de recherche est apparue dans les années 70 avec les travaux d'historiens de la période contemporaine (Jacques Julliard, Pierre Nora, Jacques Ozouf), avec la réflexion conduite par Claude Lefort et Cornélius Castoriadis sur la nature et les fonctions de l'idéologie, avec la publication, en 1978, de Penser la Révolution française *où François Furet rompt avec l'historiographie dominante en restituant l'événement révolutionnaire dans sa dimension politique et intellectuelle. Dans la voie ainsi ouverte, le politique trouve sa place dans la corbeille de la 6ᵉ section, devenue en 1975 l'EHESS. On peut citer les travaux de Marcel Gauchet (*Le Désenchantement du monde, *1985, et* La Révolution des droits de l'homme, *1989), ceux de Pierre Manent (*Histoire intellectuelle du libéralisme, *1987, et* La Cité de l'homme, *1994), enfin la trilogie consacrée par Pierre Rosanvallon à l'histoire de la démocratie française (*Le Sacre du citoyen, Le Peuple introuvable *et* La Démocratie inachevée, *1992-2000).*
Les travaux issus de l'École fondée par Lucien Febvre et Fernand Braudel en 1947 ont largement débordé les cercles universitaires et atteint un large public. La « nouvelle histoire », jusque dans ses développements et ses métamorphoses les plus récentes, s'est inscrite dans le paysage intellectuel français, élargissant son territoire en s'appropriant de nouveaux objets de recherche jusqu'alors peu fréquentés par les historiens, car supposés sans histoire : le climat (Emmanuel Le Roy Ladurie), le corps ou la cuisine, le cinéma (Marc Ferro), les maladies (Mirko Grmek), le livre (Roger Chartier), les espaces privés (Daniel Roche), l'archive (Arlette Farge), le geste (Jean-Claude Schmitt), développement fécond dont les effets ne sont pas épuisés. La transformation de la 6ᵉ section de l'École pratique des hautes études en École des hautes études en sciences sociales (EHESS), menée à bien en 1975 sous l'égide de Jacques Le Goff, a modifié considérablement le paysage intellectuel français, en donnant forme institutionnelle aux ambitions immenses des pères fondateurs.

4 novembre
Jules Moch est nommé ministre des Affaires économiques, des Travaux publics, des Transports, de la Reconstruction et de l'Urbanisme et président du Conseil du Plan.

8-9 novembre
Les militants de la tendance Force ouvrière de la CGT dénoncent la politisation du syndicalisme.

10-15 novembre
Grève et manifestations à Marseille contre une hausse des tarifs du tramway. Le 12, de violents incidents font un mort. Le palais de justice et la mairie sont occupés par les manifestants communistes, le nouveau maire RPF est séquestré. Le 15, la ville est paralysée par une grève générale.

12 novembre
Le MRP adhère à la « troisième force » (MRP, SFIO, divers droite).

13 novembre
André Gide reçoit le prix Nobel de littérature.

15-18 novembre
La grève commence dans les houillères du Nord ; elle devient générale à partir du 18 ; de nombreux heurts avec la police ont lieu.

17 novembre
Les métallurgistes parisiens se mettent en grève.

19 novembre
Le gouvernement Ramadier démissionne après avoir décidé le rappel sous les drapeaux du demi-contingent de la classe 1947.

19-20 novembre
Le gouvernement fait évacuer les usines Citroën. À bulletin secret, 80 % des 6 000 ouvriers consultés se prononcent pour la reprise du travail.

22 novembre
Les grèves s'étendent dans toutes les industries (textile, chimie, alimentation, bâtiment...) malgré l'opposition de la CFTC et des groupes Force ouvrière.

24 novembre
Investi le 22 novembre, Robert Schuman forme le gouvernement le 24 et obtient la confiance le 27. Il comprend 11 MRP, 8 socialistes, 6 radicaux, 2 indépendants et 1 UDSR: Moch (Intérieur), R. Mayer (Finances et Affaires économiques), Pflimlin (Agriculture), Coste-Floret (Outre-mer), Pineau (Travaux publics et Transports), D. Mayer (Travail et Sécurité sociale), Coty (Reconstruction et Urbanisme), Mitterrand (Anciens Combattants). Germaine Poinso-Chapuis est la première Française à être ministre (Santé et Population). Conservent leurs portefeuilles: Marie (Justice), Bidault (Affaires étrangères), P.-H. Teitgen (Forces armées), R. Lacoste (Industrie et Commerce), Naegelen (Éducation nationale).

ROBERT SCHUMAN

Allemand de naissance puisque né en Moselle après 1870, Robert Schuman (1886-1963) est élu député français en 1919. Démocrate-chrétien de conviction, il entre dans la clandestinité en 1942 après s'être évadé de sa résidence surveillée. Député MRP de Moselle jusqu'en 1958, il est un homme politique essentiel de la IVe République, président du Conseil (1947-1948), ministre des Finances, des Affaires étrangères ou de la Justice. Sa destinée et son engagement le conduisent à être un des « Pères de l'Europe » aussi bien lors de la création du Conseil de l'Europe en mai 1949 que lors de sa déclaration du 9 mai 1950 préludant à la création de la CECA.

25 novembre
La fédération CGT des cheminots lance un mot d'ordre de grève générale.

28 novembre
La CGT et le PC créent un comité central de grève.
Le général Leclerc trouve la mort dans un accident d'avion en Algérie. Des obsèques nationales ont lieu le 8 décembre.

30 novembre
L'Assemblée nationale adopte le projet de loi sur la « défense de la République »; 80000 hommes sont rappelés sous les drapeaux.
Les négociations entre le ministre du Travail, Daniel Mayer, et la CGT échouent.

1er décembre
Si la grève des cheminots et des postiers se révèle un échec partiel, chez les électriciens le succès est réel mais le mouvement commence à refluer. De plus en plus d'ouvriers réclament des votes à bulletins secrets, la résistance à l'intimidation se répand. Raoul Calas est expulsé de l'Assemblée pour avoir prêché l'insoumission aux forces de l'ordre. Ses collègues communistes refuseront de quitter l'Assemblée.

2 décembre
Émeutes à Marseille.

3 décembre
16 morts et 40 blessés dans le déraillement du train Paris-Lille. Le sabotage a été organisé par des militants communistes qui croyaient empêcher l'arrivée de gendarmes mobiles dans les bassins miniers, en grève depuis le 15 novembre.
Georges Vitaly monte aux Noctambules *Les Épiphanies* d'Henri Pichette (1924-2000), avec Gérard Philipe et Maria Casarès.

4 décembre
L'Assemblée nationale adopte la loi sur la protection de la liberté du travail. Le ministre Daniel Mayer annonce un plan sur les salaires et les prix qui seront relevés le 1er janvier. Rappel des réservistes.

6-7 décembre
Pour trouver une alternative politique à Hô Chi Minh, le haut-commissaire en Indochine Émile Bollaert rencontre l'ex-empereur Bao Dai en baie d'Along. Ce processus aboutira à la signature d'un accord le 5 juin 1948.

7 décembre
Les violents incidents de Valence ne peuvent cacher que le mouvement de grève est en régression.

10 décembre
Le comité central de grève établi le 28 novembre précédent donne l'ordre de la reprise du travail.

12 décembre
Dans *Le Figaro*, Raymond Aron écrit: « Les cadres du PC constituent une armée, au service de l'étranger, qui campe sur notre sol. Heureusement les généraux de cette armée ne sont pas plus à l'abri des erreurs que tous les généraux du monde. »

15 décembre
Ouverte le 15 novembre à Londres, la conférence des quatre Grands sur l'Allemagne se solde par un échec. Le lendemain, le ministre des Affaires étrangères Georges Bidault déclare qu'une fusion des zones d'occupation d'Allemagne occidentale peut être envisagée.

18-19 décembre
Après une première réunion les 8-9 décembre, les syndicalistes de la tendance Force ouvrière décident de quitter la CGT. Léon Jouhaux, Robert Bothereau, Albert Bouzanquet, Georges Delamarre, Pierre Neumeyer démissionnent du bureau confédéral. Ils dénoncent le non-respect de la démocratie syndicale dans le lancement des mots d'ordre de grève et constatent que la majorité confédérale, « pour des fins étrangères au syndicalisme, n'a pas hésité à lancer la classe ouvrière dans une aventure qui ne pouvait que rompre l'unité syndicale ».

23 décembre
Émile Bollaert reçoit les pleins pouvoirs pour négocier en Indochine avec l'ex-empereur Bao Dai. Les pourparlers débuteront le 7 janvier à Genève.

29 décembre
L'est de la France subit des inondations catastrophiques.

autres événements
• Après plusieurs refus des Salons, Pierre Soulages présente ses œuvres au Salon des surindépendants. Installé dans la banlieue parisienne depuis 1946, Soulages réalise sur papier au brou de noix de petites œuvres abstraites, « non descriptives », composées de larges traces noires ou brunes sur fond clair.

1948

janvier
La *Revue française de psychanalyse* reparaît aux PUF.

1er janvier
L'indice de la production industrielle est supérieur à celui de 1938.
Signé le 30 octobre 1947, l'accord général sur les tarifs douaniers et le commerce (GATT: General Agreement on Tariffs and Trade) entre en vigueur.

3 janvier
La France reconnaît l'autonomie politique de la Sarre après l'adoption d'une constitution le 15 décembre 1947.

4 janvier
À Saint-Étienne, le général de Gaulle préconise l'association entre le capital et le travail: « Les chefs, les cadres, les ouvriers, fixeraient ensemble, entre égaux, avec arbitrage organisé, les conditions de leur travail, notamment les rémunérations [...] et ils les fixeraient de telle sorte que tous, depuis le patron [...] jusqu'au manœuvre, recevraient [...] une rémunération proportionnée au rendement de l'entreprise. »

7 janvier
Après l'adoption du plan de René Mayer contre l'inflation le 5 janvier, le fonds de modernisation et d'équipement destiné aux prêts aux entreprises est créé, financé à 80 % par le plan Marshall.
À Genève, le haut-commissaire en Indochine Émile Bollaert s'entretient avec l'ex-empereur Bao Dai.

16 janvier
Sortie du film de Charlie Chaplin, *Monsieur Verdoux*, inspiré de l'affaire Landru.

17 janvier
Loi sur l'assurance vieillesse des non-salariés.

19 janvier
Inauguration du barrage de Génissiat (Ain) en béton massif (hauteur: 100 m).

24 janvier
Le franc est dévalué de 80 % et passe de 119 francs à 214 francs pour un dollar.
Au Caire, Abd el-Krim, Habib Bourguiba et Allal el-Fassi créent un Comité de libération du Maghreb arabe.

février
André Malraux: *Les Noyers de l'Altenburg*; la première édition de cette tentative d'autobiographie avait paru en 1943, à Lausanne. « Ici, écrire est le seul moyen de continuer à vivre. »

2 février
L'émission d'Artaud, écrite et enregistrée par l'écrivain lui-même, « Pour en finir avec le jugement de Dieu », qui devait être diffusée sur les antennes de la radio, est interdite. Cette décision suscite de vives protestations. Artaud meurt le 4 mars suivant.

7 février
Le premier congrès de l'Alliance démocratique depuis la guerre signale le retour de la droite sur la scène politique avec des personnalités comme P.-É. Flandin.

11, 12 février
Le ministre socialiste Marcel-Edmond Naegelen est nommé gouverneur général en Algérie (selon les statuts votés le 20 septembre 1947) en remplacement d'Yves Chataigneau, détesté des Français d'Algérie car jugé trop libéral. Le nouveau gouverneur renoue avec la « chasse aux nationalistes » : à la veille des élections, 32 candidats du MTLD sur 59 sont en prison. Le 12, Depreux remplace Naegelen à l'Éducation nationale.

16 février
Paris est choisie comme siège de la prochaine assemblée de l'ONU.

24 février
À Prague, les journaux et les sièges des partis libéraux sont occupés par les communistes.

28 février
Création du RDR (Rassemblement démocratique révolutionnaire) à l'initiative de Jean-Paul Sartre, David Rousset, Jean Rous, avec le soutien de *Franc-Tireur* et *Combat*. Le RDR rejette aussi bien « les pourrissements de la démocratie capitaliste » que la « limitation du communisme à sa forme stalinienne ».

mars
Saint-Exupéry : *Citadelle*.
Étienne Gilson : *L'Être et l'essence*.
Les *Cahiers du Sud* : « Les Grands Courants de la pensée mathématique ».

1er mars
L'attaque du convoi Saigon-Dalat (150 morts) par le Vietminh inaugure l'intensification de la guérilla et prouve sa capacité à frapper dans des régions réputées calmes.

5 mars
Salle Pleyel, Malraux lance un Appel aux intellectuels pour qu'ils rallient le RPF dans la lutte contre la menace communiste : « Il n'était pas entendu que les lendemains qui chantent seraient ce long ululement qui monte de la Caspienne à la mer Blanche, et que leur chant serait le chant des bagnards. »

11 mars
Une nouvelle grève d'avertissement contre la hausse des prix éclate dans les houillères du Nord.

17 mars
Le pacte de Bruxelles, signé par les cinq (Benelux, France et Grande-Bretagne), institue l'UEO (Union de l'Europe occidentale), conseil facultatif des ministres des Affaires étrangères. Il prévoit l'assistance militaire automatique en cas d'agression d'un des partenaires. Cette première étape dans la construction européenne sera suivie de la création d'un comité permanent à Londres et d'un état-major commun installé à Fontainebleau.

21 mars
Création de la RATP (Régie autonome des transports parisiens).

23 mars
Fondation de la FEN (Fédération de l'Éducation nationale). La majorité des enseignants, sous l'influence du SNI (Syndicat national des instituteurs), choisissent l'autonomie, c'est-à-dire la non-affiliation à la CGT.

avril
Élie Halévy : *Histoire du socialisme européen*, œuvre posthume rédigée à partir des notes prises en cours par ses amis et élèves.

2 avril
Première des *Mains sales* de Sartre au théâtre Antoine. « La pureté, c'est une idée de fakir et de moine. Vous autres, les intellectuels, les anarchistes bourgeois, vous en tirez prétexte pour ne rien faire. [...] Moi, j'ai les mains sales. Jusqu'aux coudes. Je les ai plongés dans la merde et dans le sang. » La pièce popularise le thème récurrent de Sartre depuis 1945 du nécessaire engagement des intellectuels dans le champ public au point d'être identifié au personnage. Engagement aux formes multiples, de la pétition à la manifestation, du refus du prix Nobel aux voyages de soutien, mais sans jamais que la parole révolutionnaire ne se transforme en pratique terroriste. Herbert Marcuse le qualifie alors de « conscience du monde ». Néanmoins après 1968, il livre d'une phrase les limites et désillusions de cet engagement : « Face à un enfant qui meurt, *La Nausée* ne fait pas le poids. »

JEAN-PAUL SARTRE

Jean-Paul Sartre (1905-1980) est né à Paris, le 21 juin 1905, dans une famille bourgeoise. Son père, officier de marine, meurt peu après sa naissance, en février 1906, et il vit alors dans la famille Schweitzer, chez ses grands-parents maternels. Il racontera son enfance dans Les Mots *(1964). En 1920, de retour à Paris, il fait ses études au lycée Henri-IV où il rencontre Paul*

Nizan. Ensemble, ils préparent l'École normale supérieure au lycée Louis-le-Grand et sont reçus rue d'Ulm en juin 1924. En 1929, Sartre est reçu premier à l'agrégation de philosophie (après un échec l'année précédente), suivi à la deuxième place de Simone de Beauvoir, qu'il a rencontrée pendant la préparation au concours. Durant les années 30, il fait des rencontres et des lectures marquantes : Céline (à qui il dédie La Nausée*), Dos Passos, Hemingway, Faulkner, la phénoménologie qu'un camarade de la rue d'Ulm, Raymond Aron, lui fait connaître. Il partira approfondir sa connaissance de la pensée de Husserl à Berlin, en 1934. À partir de 1931, Sartre est nommé professeur de philosophie au Havre. Il publie son premier texte philosophique,* La Transcendance de l'Ego, *en 1934, et inaugure le travail d'exploration qui aboutira à* L'Être et le Néant *: une analyse des rapports du Moi avec la conscience qui, encore tributaire de la phénoménologie, prend néanmoins déjà ses distances avec Husserl. 1935 est aussi l'année où* La Nausée *est acceptée par Gallimard ; ce roman sera publié en 1938, juste avant les nouvelles du* Mur *(1939), et aura un grand retentissement. « La guerre a vraiment divisé ma vie en deux, elle a mis le social dans ma tête. » Il raconte dans* Les Carnets de la drôle de guerre *le quotidien d'un soldat, et découvre la vie communautaire au stalag. Libéré en 1941, Sartre crée, avec Merleau-Ponty, les Desanti, Jean Cuzin et Simone de Beauvoir, un groupe de résistance, Socialisme et Liberté, qui ne durera pas. Il enseigne aux lycées Pasteur (1941) puis Condorcet (1942-1944). L'année précédente, il a publié* L'Imaginaire, *premier ouvrage dans lequel il définit la notion de la liberté. En 1943, il publie* L'Être et le Néant, *adhère au Comité national des écrivains et participe aux* Lettres françaises *clandestines. Sa première pièce de théâtre,* Les Mouches, *est montée par Dullin à Paris le 2 juin 1943. Durant les années d'après-guerre, Sartre ne cesse d'affirmer son récent engagement politique à travers son œuvre romanesque (la trilogie des* Chemins de la liberté *paraît entre 1945 et 1949), son œuvre philosophique (il lance le mouvement existentialiste en 1946, année des* Réflexions sur la question juive*), et ses actions politiques. Après avoir, à la Libération, témoigné une certaine hostilité vis-à-vis des communistes, il devient, en pleine guerre froide, leur compagnon de route, jusqu'à la rupture provoquée par l'invasion soviétique en Hongrie en 1956. Sartre cherche alors à concevoir un système total, articulant des réponses à des problèmes aussi bien pratiques que théoriques. Tel est l'enjeu de l'humanisme existentialiste : déplacer l'activité philosophique de la raison pure vers la raison pratique (il publie sa* Critique de la raison dialectique *en 1960), en montrant que l'interrogation philosophique moderne doit porter moins sur la vérité que sur le sens. Or, le sens est celui que l'être humain choisit de donner librement à sa propre existence : « L'homme, tel que le conçoit l'existentialiste, s'il n'est pas définissable, c'est qu'il n'est d'abord rien. [...] L'homme est seulement, non seulement tel qu'il se conçoit, mais tel qu'il se veut[...] ; l'homme n'est rien d'autre que ce qu'il se fait. » À partir des années 60, Sartre participe à la lutte contre la guerre d'Algérie, voyage beaucoup avec Simone de Beauvoir, tout en poursuivant une œuvre littéraire et critique (*L'Idiot de la famille, *1971-1972). En 1964, il refuse le prix Nobel. Dans les années 70, il milite au côté de la Gauche prolétarienne, devient directeur de* La Cause du peuple *et fonde avec Serge July le quotidien* Libération, *dont le premier numéro sort au printemps 1973. Il s'engage en faveur du rapprochement israélo-palestinien et, en 1979, des boat people du Vietnam. Il meurt à Paris le 15 avril 1980, laissant une œuvre de près de 50 volumes.*

3 avril

Rompant avec l'isolationnisme d'avant-guerre, les deux Chambres américaines votent le plan Marshall. Le Congrès votera les crédits nécessaires à son application le 20 juin suivant. La France bénéficie de 20 % des crédits.

4, 11 avril

Les résultats des élections à l'Assemblée algérienne sont faussés par la fraude organisée par le gouverneur Naegelen : l'armée quadrille les communes et des résultats sont rectifiés dans le sens désiré (à Bône, le MTLD obtient 6 544 voix au premier tour puis 96 au second !). Le RPF, porté par les prises de position de De Gaulle en faveur du cloisonnement des collèges européens et musulmans, obtient 42 sièges contre 17 aux nationalistes. La politique de réformes est écartée, l'action légale est interdite de fait aux nationalistes.

12-14 avril

Congrès constitutif de la CGT-FO. Le 14, Léon Jouhaux est élu président et Robert Bothereau secrétaire général. La nouvelle centrale syndicale recevra un soutien de la part des syndicats américains.

13 avril
L'annonce de la constitution d'un comité pour la libération du maréchal Pétain présidé par Louis Madelin, de l'Académie française, provoque de vives réactions. Le lendemain, un banquet des mille réunit des hommes politiques compromis sous l'Occupation, tels P.-É. Flandin ou P. Faure.

16-17 avril
Accueillie par la nouvelle municipalité RPF de Marseille, l'organisation gaulliste tient ses premières assises. Le général de Gaulle dénonce « l'État abandonné aux factions » et réclame de nouvelles élections.
À Paris, les 16 pays qui ont accepté le plan Marshall forment l'OECE (Organisation européenne de coopération économique). Cette organisation est destinée à répartir l'aide Marshall, à organiser la reconstruction de l'Europe tout en permettant à terme de réintégrer l'Allemagne.

mai
Hervé Bazin : *Vipère au poing.*
À Paris, la galerie Allendy présente l'exposition *HWPSMTB* avec des œuvres de Hartung, Wols, Picabia, Stahly, Mathieu, Tapié et Camille Bryen. Le critique Charles Estienne qualifie ce mouvement de « tachisme », en raison des taches de couleurs qui composent leurs œuvres, mais le critique peintre Tapié privilégie la notion d'art « informel ».

5 mai
La durée du service national est fixée en principe à 12 mois, en réalité à 15. De Lattre de Tassigny est nommé inspecteur général des forces françaises.

6 mai
Le général Weygand est relevé de sa condamnation à l'indignité nationale.

11 mai
Après le *modus vivendi* franco-laotien du 27 août 1946 qui permettait l'unification du Laos et une autonomie interne, l'unité du royaume et sa constitution en monarchie parlementaire sont solennellement proclamées. L'accord est signé par le prince héritier du royaume, Savang, et le commissaire de la République française au Laos.

14 mai
À Tel-Aviv, le Conseil national juif proclame l'indépendance d'Israël. Le 19 mai, le gouvernement donne à Georges Bidault la liberté de reconnaître *de facto* l'État d'Israël au moment opportun ; ce sera chose faite le 24 janvier 1949.

16, 22 mai
Malgré les réticences du MRP et des indépendants, la loi Deixonne nationalisant les écoles des Houillères est votée. Le décret Poinso-Chapuis (22 mai), qui prévoit une aide aux familles nécessiteuses, y compris celles qui scolarisent leurs enfants dans l'enseignement libre, provoque une levée de boucliers à gauche. Le décret, modifié le 10 juin, ne sera jamais appliqué.

20 mai
Condamnation par contumace de Bernard Grasset à la dégradation nationale et à cinq ans d'interdiction de séjour. Le 16 juin, les éditions seront confisquées, mesures transformées en amende par Vincent Auriol.

28 mai
La CGT-FO et la CFTC constituent un cartel syndical de lutte pour augmenter le niveau de vie.

31 mai
Les Ballets de Paris de Roland Petit représentent au théâtre Marigny '*Adame Miroir*, ballet en un acte sur un argument de Jean Genet, au même programme que *La Femme et son ombre* de Claudel. La musique est de Darius Milhaud, les décors de Paul Delvaux, les costumes de Léonor Fini.

juin
Parution de la traduction par la philosophe Jeanne Hersch de *La Culpabilité allemande*, premier cours professé par Karl Jaspers à Heidelberg en 1945 par celui que les nazis avaient interdit d'enseignement en 1937 parce que marié à une juive. « Je voudrais comme Allemand pousser mes compatriotes à chercher la clarté et l'unanimité, et, comme homme, prendre part avec les autres hommes à notre effort commun pour la vérité. »
Parution chez Gallimard de *Biffures*, premier tome de *La Règle du jeu*, autobiographie en quatre volumes de Michel Leiris.
Jean Dubuffet fonde la Compagnie de l'Art brut à Paris. La galerie Drouin (place Vendôme à Paris) expose 63 auteurs dont les œuvres ont été rassemblées par la Compagnie à laquelle participent notamment André Breton et Jean Paulhan. Ces quelque 200 œuvres, provenant pour une part d'hôpitaux psychiatriques, suscitent un large intérêt. Parmi leurs auteurs se détache le nom de Jeanne Tripier, placée d'office à Sainte-Anne en 1934 et morte à l'asile de Maison-Blanche en 1944 à l'âge de 75 ans. Dubuffet est à l'origine de sa découverte : dès 1947, il avait fait exposer ses broderies dans les sous-sols de la galerie Drouin.

L'ART BRUT

Au moment où les études anthropologiques connaissent un remarquable essor avec Marcel Mauss puis Claude Lévi-Strauss, et où les travaux de l'abbé Breuil puis d'André Leroi-Gourhan renouvellent l'intérêt pour l'art préhistorique, se développent en France des tendances visant à retrouver, dans la pratique artistique, une véritable spontanéité qui s'opposerait à tout enseignement, à toute esthétique théorisée, à tout académisme, et reprendrait ainsi l'une des intuitions majeures du surréalisme.
Fondée à Paris en juin 1948 par Jean Dubuffet, André Breton, Jean Paulhan, Charles Ratton, Henri-Pierre Roché et Michel Tapié, hébergée dans des locaux prêtés par les éditions Gallimard, la Compagnie de l'Art brut se fixe pour objectif de « rechercher des productions artistiques dues à des personnes obscures, et présentant un caractère spécial d'invention, de spontanéité, de liberté à l'égard des conventions et habitudes reçues » : Gaston Chaissac (1910-1964) par exemple – peintre et sculpteur qui, quoique sans formation « régulière », fréquente des artistes comme Otto Freundlich, Albert Gleizes et André Lhote, et expose plusieurs fois à Paris –, ou des personnes totalement en dehors des circuits culturels et commerciaux du monde de l'art, comme Aloïse ou Adolf Wölfli. Confiées à la garde de Dubuffet, ces collections de l'art brut ont été conservées à Paris, puis à New York entre 1951 et 1962, et à nouveau à Paris avant d'être installées en 1976 en Suisse.
Dissoute en 1951, quand Dubuffet part pour les États-Unis, la Compagnie est recréée en 1962 et reprend alors ses activités.

1er juin
La ration de pain est fixée à 250 g.
Un accord de principe sur l'organisation de l'Allemagne occidentale est trouvé entre la France, la Grande-Bretagne et les États-Unis : une constituante sera élue, une autorité internationale à laquelle participeront les Allemands contrôlera la région, un office militaire de sécurité supervisera la démilitarisation.

5 juin
Signature de l'accord franco-vietnamien de la baie d'Along par Émile Bollaert et l'empereur Bao Dai.
Empereur d'Annam de 1925 à 1945, Bao Dai (1913-1997), en devenant chef de l'État du Vietnam de 1949 à 1955, représente la carte alternative que les Français tentent de jouer contre le Vietminh. Lui-même veut œuvrer à l'unité et l'indépendance du Vietnam sans pourtant parvenir à imposer sa personnalité. L'accord « reconnaît solennellement l'indépendance du Vietnam à qui il appartient de réaliser son unité. Le Vietnam proclame son adhésion en qualité d'État associé à l'Union française ». L'ex-empereur deviendra dirigeant effectif du Vietnam l'année suivante.

17 juin
Par 300 voix contre 286, l'Assemblée nationale entérine sous réserve l'accord sur l'Allemagne conclu le 1er juin précédent.

22 juin
Début du blocus de Berlin par les Soviétiques. Deux jours plus tard, les Alliés organisent un pont aérien pour ravitailler les secteurs ouest de la ville.

24 juin
Face à la pénurie de logements liée aux destructions de la guerre, la loi sur les loyers, à Paris, dans la région parisienne dans un rayon de 50 km et dans les localités de plus de 4000 habitants, prévoit le maintien des locataires à l'expiration du bail lorsque ceux-ci occupent les lieux. Le droit de reprise du propriétaire ne peut s'exercer qu'à condition que celui-ci propose un nouveau logement. L'augmentation des loyers est réglementée par la loi.

28 juin
Le Conseil des ministres approuve l'accord franco-américain pour l'application du plan Marshall.
Le Kominform condamne publiquement Tito et le titisme. Un mois plus tard, le 22 juillet, le maréchal Tito réfute les accusations portées contre lui. Les intellectuels communistes ou compagnons de route, proches du PC sans être toujours adhérents, emboîtent le pas, tels Renaud de Jouvenel *(Le Maréchal des traîtres)* ou Dominique Desanti *(Masques et visages des traîtres)*.

juillet
Raymond Aron : *Le Grand Schisme.*
Shéhérazade de Jules Supervielle est créé par Jean Vilar au festival d'Avignon.

19 juillet
Le vote de l'amendement du député socialiste Capdeville réduisant les crédits militaires provoque la chute du gouvernement Schuman.
Georges Bidault propose aux cinq pays membres de l'UEO d'étudier un projet d'union économique et d'Assemblée européenne.

24 juillet
Formation du gouvernement du radical André Marie : Lecourt (Justice), Schuman (Affaires étrangères), Reynaud (Finances et Affaires économiques), R. Mayer (Défense nationale), Delbos (Éducation nationale), Schneiter (Santé et Population), Maroselli (Anciens Combattants).
Conservent leurs portefeuilles : Moch (Intérieur), R. Lacoste (Industrie et Commerce), Pflimlin (Agriculture), Coste-Floret (Outre-mer), Pineau (Travaux publics et Transports), D. Mayer (Travail et Sécurité sociale), Coty (Reconstruction et Urbanisme).

25 juillet
Première retransmission en direct à la télévision de l'arrivée du Tour de France.

1er août
La zone d'occupation française en Allemagne est rattachée, du point de vue économique, à la bizone anglo-américaine créée dès le 25 mai 1947. En octobre, les gouverneurs militaires alliés en Allemagne signeront un accord relatif à la fusion du commerce extérieur de leurs zones respectives. Sous la pression du conflit entre l'URSS et l'Occident, la longue résistance de la France à une nouvelle unité de l'Allemagne se délite.

11 août
Le plan de redressement économique et financier de Paul Reynaud est adopté par l'Assemblée.

25 août
Les élections cantonales prévues pour octobre sont ajournées : reporter les élections est un des moyens utilisés par la « troisième force » pour durer.

25-28 août
À Wroclaw (Pologne) se tient le premier congrès mondial de la Paix, mouvement initié et contrôlé par Moscou, auquel participent les communistes français et leurs compagnons de route, tel Sartre.

26 août
Pour répondre au blocus de Berlin instauré par les Soviétiques depuis le 22 juin, la France installe un aéroport supplémentaire dans sa zone d'occupation afin d'accélérer la cadence du pont aérien.

28 août
Le gouvernement André Marie, qui a perdu l'appui des socialistes et de certains MRP opposés au plan Reynaud du 11 août, démissionne.

31 août
Un sondage de l'IFOP sur l'épuration fait apparaître que 63 % des personnes interrogées jugent qu'il est temps de passer l'éponge ; au contraire, 47 % pensent qu'elle n'a pas été assez sévère.

septembre
René Char : *Fureur et mystère.*
Lors du Salon d'automne, les communistes présentent les *Parisiennes au marché* d'André Fougeron comme une œuvre répondant aux critères du réalisme socialiste que Boris Taslitzky définit ainsi : « La forme n'est qu'une superstructure. L'infrastructure, c'est le sujet, donc le choix politique. »

5-7 septembre
Après avoir obtenu l'investiture le 31 août, Schuman forme un nouveau gouvernement (4 SFIO, 6 MRP, 4 radicaux, 1 modéré). Mais l'Assemblée lui refuse la confiance : le gouvernement est renversé le 7.

11 septembre
Le radical Henri Queuille forme le gouvernement et prend le portefeuille de l'Économie et des Finances (5 SFIO, 5 MRP, 3 radicaux, 1 UDSR, 1 modéré). Il conserve les mêmes ministres que le gouvernement André Marie du 24 juillet, seuls changent : Marie (vice-président du Conseil et Justice), Ramadier (Défense nationale), Claudius-Petit (Reconstruction et Urbanisme), Bétolaud (Anciens Combattants), Colin (Marine marchande).

18 septembre
À Grenoble, des incidents opposent le service d'ordre du RPF à des contre-manifestants. Un militant communiste est tué.

21 septembre
Déjà champion de France des poids moyens en 1938, Marcel Cerdan (1916-1949) devient champion du monde (titre qu'il perd le 16 juin 1949). Avec la chanteuse Édith Piaf (1915-1963), il incarne le couple mythique de l'union du sport et de la culture de masse. Marcel Cerdan trouvera la mort dans un accident d'avion le 28-29 octobre 1949.

23 septembre
Le gouvernement décide une hausse des salaires.

25 septembre
Mort en exil, à Pau, du bey de Tunis Moncef ; le bey Lamine, régent depuis 1943, lui succède.

1er octobre
À l'issue du conseil national du RPF, de Gaulle déclare: la « défense occidentale doit être centrée sur la France ».

4 octobre
Le ministre de l'Industrie et du Commerce Robert Lacoste ayant décidé de s'attaquer à l'absentéisme et au suremploi dans les mines, la fédération CGT du sous-sol lance une grève des mineurs dans l'ensemble des bassins houillers pour l'abrogation des décrets. Malgré le recul du gouvernement, les dirigeants de la CGT prolongent le mouvement qui, les jours suivants, s'étend au Centre et à l'Est.
Création du comité militaire permanent de l'UEO.

5 octobre
Diffusion à la RTF d'un « Concert de bruits », première manifestation de « musique concrète », matière sonore organisée, façonnée à partir d'enregistrements de bruits les plus divers.

7, 11 octobre
Le gouvernement réquisitionne le personnel des Houillères et fait occuper les cokeries et les mines par les CRS – le ministre de l'Intérieur Jules Moch mobilise 60000 CRS. Le 11, le gouvernement – qui redoute une guerre civile – rappelle les réservistes.

Jules Moch

Polytechnicien, Jules Moch (1893-1985) adhère à la SFIO en 1924, et mène alors une carrière d'homme politique de gauche. Il devient député de la Drôme puis de l'Hérault. Proche de Léon Blum, il est sous-secrétaire d'État à la présidence du Conseil en 1936, puis ministre des Travaux publics dans le second gouvernement Blum (1938). En 1940, il refuse les pleins pouvoirs à Pétain, s'engage dans la Résistance et rejoint, en 1943, la France libre avant de siéger à l'Assemblée d'Alger. Sous la IVe République, il occupe plusieurs fois des postes ministériels. Il est d'abord ministre des Travaux publics et des Transports de novembre 1945 à octobre 1947, puis ministre de l'Intérieur de novembre 1947 à octobre 1948, enfin de la Défense nationale de juillet 1950 à juillet 1951. Il œuvre à la reconstruction des infrastructures mais c'est surtout en tant que ministre de l'Intérieur qu'il montre une détermination sans faille, alimentée par son anticommunisme, à lutter contre les grèves de 1947, mobilisant même l'armée. Ardent défenseur du désarmement, il refuse la Communauté européenne de Défense et combat, dans les années 60, la constitution d'une force de frappe française. Désapprouvant le programme commun de la gauche et l'alliance avec le PC, il rompt avec le Parti socialiste en 1974.

9 octobre
Le président du Conseil Henri Queuille dénonce le « caractère insurrectionnel » des grèves. Le lendemain, Jules Moch accuse le Kominform de les fomenter.

16 octobre
La CGT annonce la suppression des équipes de sécurité dans les puits de mines pour empêcher toute reprise du travail.

17 octobre
Nouvelle dévaluation du franc de 23 %.

18 octobre
La fédération CGT des mineurs demande le retrait des forces de police. Le gouvernement décide l'occupation des puits par la troupe. Des scènes de guerre civile ont lieu à Saint-Étienne, Carmaux et Montceau-les-Mines. La « reconquête » des carreaux et des corons par les CRS, acquise le 2 novembre, se solde par deux morts.

20 octobre
Les prix du charbon, de l'acier et de l'électricité, etc., sont majorés.
Louis Aragon défend les théories du biologiste soviétique Lyssenko (transmission des caractères acquis) qui enthousiasment les intellectuels communistes en dépit des critiques des savants tels Jean Rostand, Jacques Monod et du communiste Marcel Prenant.
L'hebdomadaire de droite *Carrefour* lance une grande enquête sur le thème: « Si l'armée rouge occupait la France que feriez-vous? » Sa justification fait directement référence à la situation politique: « En cas d'occupation, les Russes ont déjà une minorité du pays avec eux. Ils installent un gouvernement communiste. La minorité au pouvoir représente-t-elle la légalité? Le fonctionnaire devrait-il rester à son poste? Le magistrat devrait-il prêter serment? L'ouvrier devrait-il travailler à l'usine? [...] Que feriez-vous? Telle est la question que *Carrefour* vous pose, dans le seul intérêt du pays, [...] avant que la conjecture se réalise. »

novembre
Publication du *Gala des vaches* par Albert Paraz, livre écrit pour la défense de Céline, avec des lettres de l'écrivain exilé, et suivi de *À l'agité du bocal* de Céline, violente réponse à Sartre qui l'avait accusé d'avoir été payé par les Allemands.
Griaule : *Dieu d'eau. Entretiens avec Ogotommêli.*
Léopold Sédar Senghor : *Anthologie de la poésie nègre et malgache de langue française.*

1er novembre
À Liévin, des bagarres éclatent lors du dégagement des puits de mines. 50 % des mineurs sont encore en grève. Le travail commence à reprendre le lendemain. Après l'échec de la grève dans les Houillères, 2000 licenciements ont lieu.

7 novembre
Aux élections au Conseil de la République, le PC recule, le MRP est battu, le RPF remporte un succès avec 58 élus sur 320.
Le Parti communiste s'est isolé davantage en lançant, via la CGT, le dur mouvement de grève des mineurs. De 1947 à 1952, ses effectifs chutent de 900000 adhérents à 500000 (chiffres officiels). Surtout, il est entré dans « l'ère glaciaire du stalinisme strict » (J.-P. Rioux), se condamnant à l'impuissance politique, tout en conservant un électorat quasiment intact.

8 novembre
Naissance à Paris, au café Notre-Dame, du mouvement d'art expérimental Cobra (Copenhague-Bruxelles-Amsterdam) avec Asger Jorn, Karel Appel, Christian Dotremont, Joseph Noiret, etc.

COBRA

Les écrivains et les peintres qui créent Cobra, bientôt rejoints par le peintre belge Pierre Alechinsky, veulent réagir contre l'intellectualisme de l'abstraction géométrique et l'idéologie du réalisme socialiste en affirmant la primauté et la liberté de l'élan créateur. En même temps qu'ils défendent l'idée d'une liaison étroite entre écriture et peinture et illustrent la possibilité de réaliser des œuvres collectives, ils cherchent à se libérer des grandes influences « culturelles » et à retrouver la fraîcheur de certaines vieilles traditions artistiques nordiques et le pouvoir évocateur de thèmes « naturels » fondamentaux : les éléments, le Soleil, la Lune, la femme et l'homme... Mouvement international, Cobra a réussi ainsi une étonnante fusion entre plusieurs tendances divergentes : l'effusion de la couleur héritée du fauvisme, l'inquiétude de l'expressionnisme, le retour à l'inconscient prôné par le surréalisme, le goût pour tout ce qui est supposé « primitif ». Le mouvement se dissout dès le 6 novembre 1951, au lendemain de sa première exposition.

11 novembre
Graves bagarres lors d'une manifestation communiste aux Champs-Élysées. Deux députés sont arrêtés ; *L'Humanité* et *Ce soir* sont saisis.

11 novembre-23 décembre
Le président de la République Vincent Auriol et le président de l'Assemblée nationale Édouard Herriot adressent un avertissement aux Anglo-Américains à propos de leur décision, prise le 10, de remettre les industries de la Ruhr aux industriels allemands. Le 25, les Alliés offrent à la France de participer aux organismes de contrôle de la gestion des industries du bassin. Le 5 décembre, l'Assemblée nationale approuve les protestations françaises. Un accord sera trouvé avec les Anglais et les Américains le 23 décembre.

13 novembre
Grève générale dans la région parisienne à l'appel de la CGT.

17-24 novembre
À l'Assemblée a lieu un débat sur les activités communistes.

20 novembre
Le port de Dunkerque, bloqué par les dockers, est dégagé par la troupe.

24 novembre
Le gouvernement Queuille obtient la confiance par 351 voix contre 251.

29 novembre
La CGT donne l'ordre de reprendre le travail.

décembre
Création au théâtre Marigny de *Partage de Midi* de Paul Claudel par Jean-Louis Barrault, avec Edwige Feuillère et Pierre Brasseur. Barrault a obtenu de l'auteur que la pièce, écrite et publiée en 1906, soit enfin portée à la scène.
Premier numéro de *La Nouvelle Critique* dirigée par Jean Kanapa : « Le véritable marxisme doit pouvoir mériter l'épithète enthousiasmante de "stalinien". »
Parution du *Chant des morts*, livre de poèmes de

Pierre Reverdy, qui avait refusé toute publication pendant la guerre. Superbement enluminé par Picasso, le livre est exposé à la galerie Carré. Reverdy donne la même année *Le Livre de mon bord*, recueil de notes et réflexions qui font suite au *Gant de crin*, et rassemble l'année suivante, dans *Main-d'œuvre*, toute son œuvre poétique parue après 1925 et le recueil *Plupart du temps*.

10 décembre
À Paris où siège l'assemblée générale, la Déclaration universelle des droits de l'homme est adoptée par l'ONU.

15 décembre
Mise en place de la première pile atomique française: ZOÉ pour [puissance] Z[éro], O[xyde d'uranium], E[au lourde].

16 décembre
Les conseillers de la République prennent le nom de sénateurs.
L'indépendance du Cambodge, gouverné par le prince Sihanouk, est proclamée dans le cadre de l'Union française.

23 décembre
Par trois fois, l'Assemblée approuve la politique du gouvernement Queuille lors de la présentation du budget 1949. Elle adopte un projet d'augmentation de la taxe à la production et de la plupart des impôts indirects.

autres événements
• Le peintre Jean Bazaine publie ses *Notes sur la peinture d'aujourd'hui*.
• Parution chez Gallimard de *Bois sec, bois vert*, qui aurait dû être le premier volume des œuvres complètes de l'écrivain suisse Charles-Albert Cingria, épisodiquement parisien depuis 1915. Cet écrivain inclassable, apprécié de Claudel comme de Stravinski, avait donné à Jean Paulhan de très nombreux « Air du mois » dans *La NRF* de 1933 à 1939. Le projet, abandonné chez Gallimard, verra le jour à L'Âge d'homme longtemps après la mort de Cingria en 1954 (12 volumes, parus de 1967 à 1981).
• Parution chez Robert Marin de *Portrait d'un inconnu* de Nathalie Sarraute, préfacé par Sartre.

1949

janvier
Graham Greene: *La Puissance et la Gloire*.

12 janvier
Maurice Petsche remplace Queuille au ministère des Finances et des Affaires économiques. Le lendemain les prix industriels sont bloqués.

24 janvier
Émission de l'emprunt pour la reconstruction.
Première audience du procès de Victor Kravchenko devant la 17e chambre correctionnelle.

Le procès Kravchenko

Calomnié dans une série d'articles parus dans Les Lettres françaises *de novembre 1947 à avril 1948, Kravchenko avait porté plainte contre l'hebdomadaire communiste. C'est le succès de son livre,* J'ai choisi la liberté *(avril 1947), qui a contraint les communistes à réagir. Impossible en effet de « laisser passer » ce témoignage sans contre-attaquer. Défendu par Me Georges Izard, Kravchenko fait produire de nombreux témoins qui ont pu s'échapper des camps soviétiques à la faveur de la guerre. Une femme, surtout, marque le procès de sa personnalité: Margarete Buber-Neumann (1901-1989), veuve du communiste Heinz Neumann exécuté en 1937, déportée au camp de Karaganda puis livrée, après le pacte germano-soviétique, aux nazis qui l'internèrent à Ravensbrück où elle partage le sort de Milena Jesenska, l'amie de Franz Kafka.* Les Lettres françaises *sont défendues à la barre par les prestigieux Frédéric Joliot-Curie, Pierre Cot, Albert Bayet, etc. Les calomniateurs seront (légèrement) condamnés le 22 mars; leur entreprise, qui visait à interdire tout jugement non conforme à la norme stalinienne sur l'Union soviétique, a échoué.*

février
Premier numéro de *Liberté de l'esprit*, cahiers mensuels des intellectuels du RPF, créés à l'initiative d'André Malraux et dirigés par Claude Mauriac. Jean Amrouche, Raymond Aron, Roger Caillois, Max-Pol Fouchet, Stanislas Fumet, Roger Nimier, Francis Ponge, Denis de Rougemont, Léopold Sédar Senghor y collaborent.
Georges Bataille: *La Part maudite*.
François Perroux: *Les Comptes de la nation*.
Publication posthume de *L'Enracinement* de Simone Weil, dans la collection « Espoir », dirigée par Albert Camus chez Gallimard.

4 février
L'Assemblée vote l'augmentation de la retraite des vieux travailleurs (5 000 francs par an).

6 février
En Côte-d'Ivoire, le RDA (Rassemblement démocratique africain) organise des manifestations; huit dirigeants sont arrêtés.

13 février
Le vice-président du Conseil et ministre de la Justice, André Marie, démissionne après sa mise en cause dans l'affaire Sainrapt-Brice: l'entreprise avait travaillé à la construction du mur de l'Atlantique pour les Allemands. Il est remplacé par Robert Lecourt.

23-24 février
L'Humanité publie l'intervention de Maurice Thorez devant le comité central du PC: « La France ne fera jamais la guerre à l'URSS », même en cas d'invasion. Le 24, dans *Le Figaro*, le député nationaliste Pierre André demande la mise hors-la-loi du PC. Henri Queuille fait procéder à des perquisitions dans les locaux des journaux communistes.

mars
Premier numéro de *Socialisme ou barbarie*, revue animée par Cornélius Castoriadis et Claude Lefort. « Le mouvement révolutionnaire semble avoir disparu [...]. Le socialisme apparaît comme inséparable des camps de concentration, de l'exploitation sociale la plus intense, de la dictature la plus atroce, du crétinisme le plus étendu [...]. L'avant-garde ne saurait s'organiser que sur la base d'un programme essentiellement dirigé contre la bureaucratie et ses racines. »
Bachelard: *Le Rationalisme appliqué.*
Georges Burdeau: *Traité de science politique*, I.
Dumézil: *L'Héritage indo-européen à Rome.*
Jean Fourastié: *Le Grand Espoir du XXᵉ siècle.*
Giono: *Mort d'un personnage.*

2 mars
Dans « L'Alternative », article paru dans *Le Monde*, Étienne Gilson préconise une neutralité « fortement armée » de l'Europe.

8 mars
Un échange de lettres entre Vincent Auriol et Bao Dai entérine le protocole franco-vietnamien du 5 juin 1948: le Vietnam devient indépendant dans le cadre de l'Union française et la France reconnaît l'unité des trois régions (Tonkin, Annam et Cochinchine) qui le compose.

16 mars
Le gouvernement Queuille approuve le principe d'un Pacte Atlantique.

20, 27 mars
Aux élections cantonales, les partis du centre et le RPF enregistrent un succès. Le PC perd des sièges mais demeure en tête en nombre de voix.

31 mars
Le rationnement de l'essence est assoupli. Mais les décrets libérant la vente des carburants ne paraîtront que le 4 décembre.

avril
Fernand Braudel: *La Méditerranée et le monde méditerranéen à l'époque de Philippe II*, thèse élaborée en camp de prisonniers pendant la guerre.
Mircea Éliade: *Le Mythe de l'éternel retour.*
Avec le premier volume du *Deuxième Sexe*, Simone de Beauvoir signe le manifeste du tout premier féminisme.

SIMONE DE BEAUVOIR

Simone de Beauvoir (1908-1986), aînée d'une famille bourgeoise conservatrice, se révèle très tôt une élève particulièrement brillante. Après l'École normale supérieure, elle est reçue deuxième à l'agrégation de philosophie en 1929, derrière Jean-Paul Sartre, rencontré pendant la préparation du concours. Ils ne se quitteront plus même si leur « amour nécessaire » n'empêchera pas d'autres « amours contingentes ». Les premiers essais de Simone de Beauvoir – Pyrrhus et Cinéas *(1944),* Pour une morale de l'ambiguïté *(1947) – entretiennent un dialogue philosophique avec l'œuvre de Sartre, notamment* L'Être et le Néant. *Mais c'est à travers ses romans qu'elle répond, à sa manière, aux thèses existentialistes sartriennes, notamment* L'Invitée *(1943). L'année de la parution de son premier roman, elle est exclue de l'enseignement et se consacre alors entièrement à son œuvre. Elle raconte son expérience de la guerre dans* Le Sang des autres *(1945), et participe, en 1945, à la création de la revue* Les Temps modernes. *Mais elle décide de se lancer dans des recherches sur les femmes, qui aboutiront aux deux volumes du* Deuxième Sexe, *publiés en 1949. Dans cet essai accueilli de manière houleuse, et dont la postérité se développera surtout au sein des mouvements féministes dans les années 60 et 70, Beauvoir pose la femme comme un problème. La femme est cet individu à propos duquel il y a lieu de se demander: qu'est-ce qu'une femme? À travers une confrontation avec la biologie, la psychanalyse, le matérialisme historique, Beauvoir rend les femmes, non à leur destin (physiologique, psychologique ou économique), mais à leur liberté, non à leur prétendue essence immuable, mais aux conditions historiques concrètes de leur existence singulière. Avec* Le Deuxième Sexe, *Simone de Beauvoir entreprend ainsi une œuvre philosophique autant que militante.* Les Mandarins *(1954) est une chronique des espérances et désillusions des intellectuels dans les années 50. Elle accompagne Sartre dans ses voyages en URSS et en Chine (*La Longue Marche, *1957) et prend position contre la politique française en Algérie. En 1958, les* Mémoires d'une jeune fille rangée *inaugurent un cycle autobiographique, qui se poursuit avec* La Force de l'âge *(1960),* La Force des choses *(1963),* Tout compte fait *(1972) et* Une mort très douce *(1964), récit de la mort de sa mère. À partir de 1968, elle s'engage avec Sartre aux côtés des maoïstes, et soutient les féministes dont ses travaux ont inspiré le combat (notamment dans le monde anglo-saxon). Ses derniers livres sont l'occasion pour elle, après la mort de son compagnon en 1980, de revenir sur leur relation, dans* La Cérémonie des adieux *et les* Entretiens avec Jean-Paul Sartre *(1981). Simone de Beauvoir meurt à Paris le 14 avril 1986.*

Sortie du film *Le Silence de la mer* de Jean-Pierre Melville, adaptation du roman de Vercors.

4 avril
À Washington, les cinq pays membres de l'UEO (dont la France), les États-Unis et le Canada signent le traité de l'Atlantique-Nord. L'Assemblée nationale votera la ratification du Pacte Atlantique le 27 juillet. Le traité prévoit la création de l'OTAN (Organisation du traité de l'Atlantique-Nord); les budgets nationaux de la Défense sont subordonnés au plan d'ensemble de l'OTAN.

8 avril
À la Rose rouge, Yves Robert met en scène quelques textes tirés des *Exercices de style* de Queneau, parus l'année précédente.

16 avril
Les produits laitiers sont en vente libre.

20-25 avril
À Paris, salle Pleyel, s'ouvre le congrès mondial des combattants de la paix, présidé par Frédéric Joliot-Curie. Outre des écrivains, tel Éluard, 40 artistes y participent, dont Rouault, Léger, Fougeron, Pignon. Picasso dessine l'affiche du congrès: une colombe de la paix.

25 avril
Création au théâtre Montparnasse du *Roi pêcheur* de Julien Gracq, avec Maria Casarès.

mai
Lévi-Strauss: *Structures élémentaires de la parenté.*
Publication posthume d'*Apologie pour l'histoire ou le métier d'historien* de Marc Bloch.

1er mai
Lors de son discours à la fête du RPF à Bagatelle, de Gaulle qualifie le gouvernement «d'équipe de la médiocrité et du chloroforme» et dénonce la «restauration du IVe Reich» en Allemagne.

4 mai
Sortie du film de Jacques Tati, *Jour de fête.*

5 mai
Après la décision, le 29 janvier précédent, de créer un Conseil de l'Europe dont le siège sera Strasbourg, le 5 mai, le statut du Conseil (un Conseil des ministres et une Assemblée consultative dont les membres sont désignés par chaque pays membre) est adopté.

8 mai
À Bonn, la loi fondamentale de la République fédérale d'Allemagne est adoptée; la RFA est constituée le 23. La fête nationale de la RFA sera fixée au 17 juin, jour anniversaire de l'insurrection des ouvriers de Berlin-Est réprimée en 1953 par les chars soviétiques.

12 mai
Les Soviétiques lèvent le blocus de Berlin.

juin
Daniel Lagache lance la collection «Bibliothèque de psychanalyse et de psychologie clinique» aux PUF.
Maurice Blanchot: *La Part du feu.*
Jules Monnerot: *Sociologie du communisme.*
Jules Supervielle, qui vient de faire paraître *Oublieuse mémoire*, reçoit le prix des Critiques.

10-12 juin
Le congrès de l'UDSR interdisant la double appartenance avec le RPF, René Capitant et ses amis en démissionnent.

20 juin
Constitution à Paris de la haute commission alliée pour l'Allemagne: André François-Poncet représente la France aux côtés de John Mac Cloy (États-Unis) et du général Robertson (Grande-Bretagne).

Elle doit, suite aux accords de Washington (6-8 avril) remettant la responsabilité du gouvernement aux Allemands, contrôler son exercice.

22 juin
Juliette Gréco chante au Bœuf sur le toit *Si tu t'imagines*, qui devient la chanson la plus populaire de l'année. Le parolier est Raymond Queneau.

27 juin
Le marché à terme de la Bourse de Paris, fermé depuis 1940, est rouvert.

29 juin
Premier journal télévisé sur la base de reportages en direct.

La naissance de la télévision publique

Les années 50 se distinguent par l'apparition du direct et de la dramatique. Le journal télévisé commence le 29 juin 1949 avec Pierre Sabbagh (1918-1986), radioreporter de 30 ans, Pierre Tchernia (21 ans), Georges de Caunes, Jacques Sallebert et Pierre Dumayet même s'ils ne peuvent compter que sur quelques centaines de téléspectateurs. Le couronnement d'Élisabeth II en direct et l'élection présidentielle au congrès à Versailles en décembre 1953 prouvent la valeur de l'instantané télévisuel promu par le directeur des programmes de 1952 à 1959, Jean d'Arcy. Les présentatrices comme Catherine Langeais et Jacqueline Joubert font le lien avec les téléspectateurs. La variété est surtout représentée par 36 Chandelles *avec Jean Nohain,* La Séquence du spectateur *(1953), les émissions culturelles par* Lectures pour tous *(1953-1968) avec Pierre Dumayet et/ou Pierre Desgraupes,* La Caméra explore le temps *(1957). Très vite aussi, le sport est présent à travers le Tour de France (arrivée du Tour 1948 en direct) et le football (résumé de la finale de la Coupe de France 1950, première retransmission intégrale en direct 1956 avec la finale Sedan-Troyes). En 1958, 9 % des foyers sont équipés d'une télévision.*

juillet
Début de la construction du centre d'études atomiques de Saclay.
Blanchot : *Lautréamont et Sade.*

6 juillet
Les cours de justice, chargées de juger les collaborateurs, sont supprimées. Le 24 février, Robert Lecourt, ministre de la Justice, en avait dressé le bilan : 155 000 affaires, dont 50 000 devant les cours de justice et 68 000 devant les chambres civiques ; 28 000 acquittements, 7 000 condamnations à mort, dont 5 500 par contumace et 791 suivies d'exécution.

8 juillet
L'Assemblée vote l'autorisation de l'entrée de la France au Conseil de l'Europe. La première session de l'Assemblée consultative de l'Europe aura lieu le 8 août à Strasbourg.

19 juillet
Le Laos devient un État indépendant associé à l'Union française, gouverné par le roi Sisavang Vong et dirigé par le prince Boun Oum.

27 juillet
L'Assemblée nationale ratifie le Pacte Atlantique signé le 4 avril. Il entre en vigueur le 24 août. Interrogés à son sujet, 25 % de Français jugent que le Pacte est une « bonne » chose, 20 % une chose « plutôt bonne », 23 % une chose « mauvaise » ou « plutôt mauvaise », 32 % ne se prononcent pas.

août
« Affaire des généraux ». Après une longue tournée d'inspection en Indochine, le général Revers remet au gouvernement un rapport secret sur la situation, reconnaissant notamment : « Personne ne sait pourquoi l'on se bat. » Le général Mast, qui est candidat au poste de haut-commissaire en Indochine, a utilisé les services d'un ami de Revers pour organiser la « fuite » et la diffusion de ce rapport qui fait scandale et aboutira au remplacement du général Revers en décembre ainsi qu'à un débat parlementaire en janvier 1950.
La révélation d'un trafic de piastres – spéculation sur le différentiel des cours de la piastre indochinoise entre Saigon et Paris – mêlé à une affaire de financement politique augmente l'atmosphère de scandales et prouve l'incurie des différents gouvernements sur le dossier indochinois.

12 août
Le président Vincent Auriol gracie Jean Genet et lui accorde la remise définitive de ses peines.

Jean Genet

*De Genet (1910-1986), l'enfant terrible, l'orphelin voleur, prisonnier et homosexuel, la IVe République fait un gracié et un auteur soutenu en particulier par Sartre (*Saint Genet, comédien et martyr, *1952). Poèmes, romans (*Notre-Dame des Fleurs, *1948;* Journal du voleur, *1949) et pièces de théâtre (de 1955 à 1961,* Le Balcon, Les Nègres, Les Paravents*) témoignent de l'ampleur de son œuvre. Suit un engagement politique avec les exclus et les minorités : au côté des Black Panthers aux États-Unis, en faveur des prisonniers de la Fraction armée rouge en Allemagne, contre les conditions de détention (il côtoie le groupe Information prison fondé par Michel Foucault et Daniel Defert), pour la défense des immigrés en France, et en faveur des Palestiniens (« Quatre heures à Chatila »,* Revue d'études palestiniennes, *1982).*

19 août
Le gouvernement élabore un plan d'information et des restrictions de crédit pour enrayer la hausse des prix.

24 août
Journée de deuil national à la mémoire des victimes (221 depuis le 15) des incendies de forêts dans les Landes.

26 août
Sortie du film *Le Voleur de bicyclette* de Vittorio De Sica.

septembre
L'écrivain d'origine roumaine Cioran, qui s'est mis à écrire en français depuis 1946, publie *Précis de décomposition.*

8 septembre
Habib Bourguiba rentre en Tunisie. Exilé au Caire depuis 1945, son retour offre au mouvement de revendications nationalistes un chef.

HABIB BOURGUIBA

Avocat, formé à Paris, Habib Bourguiba (1903-2000) fonde en 1934 le Néo-Destour, partisan de l'indépendance de la Tunisie mais aussi de sa modernisation et de sa laïcisation. Alternant périodes d'emprisonnement et d'exil, Bourguiba apparaît très vite comme l'interlocuteur incontournable. Après l'indépendance, il devient chef du gouvernement en 1956 puis président de la République en 1957 avant d'être déposé et remplacé par son Premier ministre Ben Ali en 1987.

14 septembre
Dans une lettre aux catholiques, les cardinaux français précisent la portée du décret du Saint-Office condamnant le communisme, émis le 13 juillet.

19 septembre
Le franc est dévalué de 22,5 % à la suite de la dévaluation de la livre sterling de 30 %, survenue la veille.

21 septembre
Le nouveau statut d'occupation de l'Allemagne occidentale par les Alliés entre en vigueur.

octobre
Raymond Guérin (1905-1955) : *Parmi tant d'autres feux*, deuxième partie d'une vaste suite romanesque qui devait en comporter cinq et qu'il avait commencée avec *L'Apprenti : ébauche d'une mythologie de la réalité* (1946). Le troisième volume, *Les Poulpes*, paraîtra en 1953.

5 octobre
Le ministre du Travail, Daniel Mayer, proteste contre l'insuffisance de la politique sociale. Le gouvernement Henri Queuille démissionne le lendemain.

7 octobre
Le Volksrat (congrès du peuple) de la zone soviétique en Allemagne se proclame Parlement provisoire et constitue un gouvernement. Cette date est considérée comme celle de la naissance de la RDA dont le premier président est Wilhelm Pieck.

14 octobre
Jules Moch est investi mais démissionne trois jours plus tard, n'ayant pas réussi à constituer un gouvernement.

16 octobre
Les élections municipales enregistrent un fort recul du RPF dont les effectifs sont en baisse.

20 octobre
Carol Reed, avec *Le Troisième Homme*, scénario original de Graham Greene, obtient le grand prix du festival de Cannes.

27 octobre
Première de la pièce *L'État de siège* d'Albert Camus au théâtre Marigny à Paris. Mise en scène de Jean-Louis Barrault, musique d'Arthur Honegger et décors et costumes de Balthus.

28 octobre
Robert Merle : *Week-end à Zuydcoote*, prix Goncourt.

28-29 octobre
Georges Bidault forme le nouveau gouvernement (5 socialistes, 6 MRP, 5 radicaux, 2 indépendants). Il obtient la confiance le lendemain : R. Mayer (Justice), Pleven (Défense nationale), Petsche (Finances et Affaires économiques), Letourneau (Outre-mer), Segelle (Travail et Sécurité sociale), Jacquinot (Anciens Combattants), Thomas (PTT). Conservent leurs portefeuilles : Moch (Intérieur), Schuman (Affaires étrangères), Delbos (Éducation nationale), Pineau (Travaux publics, Transports et Tourisme), R. Lacoste (Industrie et Commerce), Pflimlin remplacé par Valay le 2 décembre (Agriculture), Claudius-Petit (Reconstruction et Urbanisme), Schneiter (Santé et Population).

GEORGES BIDAULT

Agrégé d'histoire, journaliste, Georges Bidault (1899-1983) est l'un des rares démocrates-chrétiens en France dès avant la Seconde Guerre mondiale. Il rejoint très vite la Résistance et de Gaulle, anime le mouvement Combat et succède à Jean Moulin à la tête du Conseil national de la Résistance en juin 1943. Il est ministre des Affaires étrangères de 1944 à 1948 et participe à la fondation du MRP (Mouvement républicain populaire, que les communistes appellent « Mouvement des Révérends Pères »). Il est président du Conseil en 1949-1950 et plusieurs fois ministre soit de la Défense (1951-1952) soit à nouveau des Affaires étrangères (1953-1954). La décolonisation est l'occasion d'une dérive qui fait de ce rallié à de Gaulle dès le 13 mai 1958 un de ses opposants les plus virulents. Partisan de l'Algérie française, il remplace Salan, après son arrestation en avril 1962, à la tête de l'OAS et trouve refuge au Brésil en 1963. Il revient en France lors de l'amnistie de 1968.

12 novembre
Dans *Le Figaro littéraire*, David Rousset lance un appel à tous les anciens déportés pour la création d'une commission d'enquête sur le « Goulag [...] un des plus grands trusts économiques de l'URSS ». Le 17, Pierre Daix, dans *Les Lettres françaises*, soutient que les camps de « rééducation » sont une « magnifique entreprise » et que David Rousset ment. Celui-ci porte plainte. En janvier 1950, Sartre et Merleau-Ponty, admettant la véracité des informations sur les camps soviétiques, écrivent dans *Les Temps modernes* : « Il n'y a pas de socialisme quand un citoyen sur vingt est au camp », mais critiquent la publication du « code du travail correctif » dans *Le Figaro littéraire* par David Rousset.

22 novembre
Par les accords de Petersberg signés entre les Alliés et la RFA, celle-ci s'engage à demander son admission à l'autorité de contrôle sur la Ruhr et à maintenir sa démilitarisation. En échange, les Alliés mettent fin aux réparations exigées jusqu'alors (démontages d'usines).

25 novembre
Une grève de 24 heures a lieu à l'appel de la CGT et de la CGT-FO.

26 novembre
Premier Salon de l'enfance au Grand Palais.

30 novembre
Les effets matériels de la guerre s'estompent : le haut-commissariat au ravitaillement est supprimé.

décembre
Céline : *Casse-pipe*.
Parution des *Études kierkegaardiennes* du philosophe Jean Wahl, professeur à la Sorbonne depuis 1936.

7 décembre
Suite de l'« affaire des généraux » : le haut commandement français est réorganisé. Le général Blanc succède au général Revers.

9-10 décembre
Le comité central du PC appelle à l'action contre les fabrications de guerre.

15 décembre
Première des *Justes* de Camus avec Serge Reggiani et Maria Casarès.

20 décembre
À l'occasion du 70ᵉ anniversaire de Staline, *Les Lettres françaises* publient un dessin de Picasso intitulé *Staline, à ta santé*. Ce dessin, ainsi que *L'Hommage à André Houllier* de Fougeron et *Police chargeant les travailleurs Renault* de Taslitzky, sont ensuite envoyés en cadeau à Staline dans un train spécial et exposés au musée Pouchkine.

28 décembre
Une partie du commerce extérieur français avec les États membres de l'OECE (qui regroupe les pays bénéficiant du plan Marshall) est libérée.

30 décembre
Par les accords de Saigon, la France transfère officiellement ses pouvoirs au gouvernement vietnamien. Le Vietnam acquiert *de facto* la souveraineté interne.

1950

janvier
Edmund Husserl: *Idées directrices pour une phénoménologie* (traduction du livre écrit en 1913).
Louis Jouvet donne *Le Tartuffe* à l'Athénée; sa mise en scène fait scandale.
Malcolm Lowry: *Au-dessous du volcan* (traduction du livre écrit en 1947).

3 janvier
Le gouvernement Bidault obtient la confiance lors de la discussion sur son projet de loi de Finances.

14, 31 janvier
Hô Chi Minh reconnaît la République populaire de Chine et celle-ci reconnaît la République populaire du Vietnam. L'Union soviétique fait de même le 31.

28 janvier-3 février
Manifestations et émeutes en Côte-d'Ivoire pour obtenir la libération des dirigeants du RDA (Rassemblement démocratique africain) de Félix Houphouët-Boigny, premier parti africain constitué par des Africains en 1946, incarcérés depuis février 1949.

29 janvier
L'Assemblée ratifie (401 voix contre 193) les accords entre la France et les États associés du Cambodge, du Laos et du Vietnam.

février
Julien Gracq publie chez Corti *La Littérature à l'estomac*, dans lequel l'auteur s'en prend aux mœurs littéraires parisiennes: «La vérité est que la littérature est depuis quelques années victime d'une formidable manœuvre d'intimidation de la part du non-littéraire, et du non-littéraire le plus agressif: j'en prenais conscience jusqu'à l'ébahissement en lisant naguère les numéros des *Temps modernes* qui s'étaient mis en tête, dans un louable esprit "progressiste", de nous faire l'école sexuelle du soir.» Le pamphlet avait été publié dans la revue *Empédocle* le mois précédent.
Parution de «L'Ère du soupçon» de Nathalie Sarraute dans *Les Temps modernes*.

Nathalie Sarraute

Nathalie Sarraute (1900-1999) naît à Ivanovo (Russie), le 18 juillet 1900, dans une famille de la haute bourgeoisie intellectuelle juive. Dès 1932, elle se met à écrire. Elle publie, en 1939 chez Denoël, le recueil Tropismes. *Ce terme, emprunté à la biologie, désigne les mouvements ténus, sous-jacents, qui traversent la conscience et précèdent le langage. Ces sensations, note Nathalie Sarraute dans* L'Ère du soupçon *(recueil de 1956), traduisent, en les amplifiant, « les plus infimes variations d'un courant, ces mouvements subtils; à peine perceptibles, fugitifs, contradictoires, évanescents, de faibles tremblements, des ébauches d'appels timides et de reculs, des ombres légères qui glissent et dont le jeu incessant constitue la trame invisible de tous les rapports humains et la substance même de notre vie ». Poursuivant la destruction du « tissu narratif traditionnel » et n'épargnant que les phrases autours desquelles s'organisent ses livres, du* Portrait d'un inconnu *(1948) à* Ouvrez *(1999), Sarraute traduit, à l'instar de Dostoïevski, de Proust ou de Kafka, une vision singulièrement novatrice du psychisme humain: elle révolutionne en quelque sorte le présent offert et composé par la fiction.*

Création de *Un mot pour un autre* de Jean Tardieu par Agnès Capri au théâtre cabaret qui porte son nom.

4 février
En désaccord avec la politique sociale du gouvernement, les ministres socialistes démissionnent.

7 février
Le nouveau gouvernement Bidault (sans socialistes) obtient la confiance. Queuille remplace Moch (Intérieur). Chastellain remplace Pineau (Travaux publics, Transports et Tourisme); Louvel remplace R. Lacoste (Industrie et Commerce); Bacon remplace Segelle (Travail et Sécurité sociale); Brune remplace Thomas aux PTT.

8 février
Vote de la loi sur les conventions collectives.

11 février
Une loi réintroduit la liberté de fixation des salaires; ceux-ci font l'objet d'une négociation entre représentants des syndicats de salariés et représentants des employeurs. L'État, cependant, fixe un seuil

minimal des rémunérations: ce Smig (Salaire minimum interprofessionnel garanti) est déterminé en fonction du budget type d'un ménage. À partir de 1952, il sera indexé sur les prix grâce au système dit de « l'échelle mobile » des salaires.

15 février
La commission administrative de la CGT lance le mot d'ordre de lutte contre la guerre d'Indochine et revendique « l'attribution immédiate de 3000 francs à tous les salariés ».

21 février-20 mars
Grève à la Régie Renault; le 22 février, la grève gagne la métallurgie parisienne.

mars
Arthur Adamov fait paraître *La Parodie* et *L'Invasion*, précédées de plusieurs témoignages dont celui de Prévert.
Georges Canguilhem: *Essai sur quelques problèmes concernant le normal et le pathologique*, réédition de sa thèse de 1943, première étape d'une réflexion majeure sur la façon dont les sciences, notamment la médecine, évoluent par discontinuité.
Sortie du film de René Clair, *La Beauté du diable*.

3 mars
Les conventions franco-sarroises sont signées; les pouvoirs du haut-commissaire français sont réduits et le gouvernement sarrois bénéficie d'une plus large autonomie. L'exploitation des mines sarroises est confiée à la France.
La vague de grèves contre la production de matériel de guerre s'amplifie.
À l'Assemblée a lieu une violente discussion au sujet de la répression des atteintes à la sûreté de l'État et du sabotage des fabrications de guerre.

15 mars
L'accord franco-américain de défense mutuelle est ratifié par l'Assemblée.

18 mars
Lancé à l'initiative des communistes, l'Appel de Stockholm contre la bombe atomique recueille 3 millions de signatures en France.

27 mars
Les dockers de Marseille se mettent en grève. Celle-ci dure jusqu'au 18 avril.

29 mars
35 parlementaires déposent un projet de loi invitant le gouvernement à « prendre toutes les mesures urgentes de légitime défense contre les entreprises antifrançaises d'un parti nationaliste étranger "dit communiste" et de ses organisations et publications satellites ». L'exposé des motifs a été rédigé par Boris Souvarine.

avril
Georges Gurvitch lance aux PUF la collection « Bibliothèque de sociologie contemporaine » qui publie *Sociologie et anthropologie* de Marcel Mauss, mort au début de l'année.
Le *Journal d'Anne Frank* (1929-1945) paraît après un succès mondial depuis sa première édition en 1947: « Je veux continuer à vivre, même après ma mort. C'est pourquoi je suis reconnaissante à Dieu qui [...] m'a donné la possibilité d'écrire, donc d'exprimer tout ce qui passe en moi. En écrivant, je me débarrasse de tout, mon chagrin disparaît et mon courage renaît. » Seul son père survécut à la déportation. En novembre 1957 commencera une campagne sournoise mettant en cause son authenticité.

2-6 avril
Au 12e congrès du PC à Gennevilliers, Thorez donne pour consigne aux militants de renforcer la lutte contre la bombe atomique et les fabrications de guerre.

6 avril
La Comptabilité nationale est organisée sous l'égide d'un comité d'experts et d'une commission composée de hauts fonctionnaires; inspirée par Claude Gruson, elle est présidée par Pierre Mendès France.

11 avril
Les métallurgistes des chantiers de Saint-Nazaire marchent sur Nantes.

13 avril
Le matériel de guerre américain commence à arriver en France.
Premier numéro de *France-Observateur*, lancé par Roger Stéphane, Gilles Martinet, Claude Bourdet.

ROGER STÉPHANE

Collaborateur en 1938 de la revue antimunichoise Les Volontaires, *Roger Stéphane (1919-1994) rejoint le réseau Combat en 1941. Arrêté, il passe 26 mois en prison et réussit à s'évader. Le 19 août 1944, il participe à la prise de l'Hôtel de Ville de Paris. En 1950, il met toute sa fortune dans la création de* France-Observateur. *Il sera l'un des pionniers de la télévision française, producteur et fondateur de l'Agence française d'images.*

Ami d'André Gide, d'André Malraux, Jean Cocteau et Jean Marais, cet admirateur de Stendhal publie en 1965 Portrait d'un aventurier *dans lequel il rapproche Ernst von Salomon, Malraux et T. E. Lawrence auquel il avait consacré un livre en 1960. Malade et ruiné, lui qui fut toujours élégant en amitié met fin à ses jours le 4 décembre 1994.*

15 avril
De violents incidents ont lieu lors de l'évacuation par la police des usines de la Snecma (boulevard Kellermann à Paris) occupées par 3000 ouvriers licenciés.

16 avril
À Lyon, Georges Bidault propose la constitution d'un Haut Conseil Atlantique de la Défense.

17 avril
De graves incidents à Brest lors d'une grève du bâtiment font un mort et de nombreux blessés. Deux députés communistes sont arrêtés.

18 avril
À Paris, Bourguiba réclame la révision du traité de protectorat de la Tunisie.
La querelle scolaire est relancée par l'annonce de la grève de l'impôt décidée par des fidèles forts du soutien de leurs évêques, en particulier celui, annoncé le 23 avril, de Mgr Cazaux, évêque de Luçon. À partir d'octobre, une commission se réunira pour régler le problème à l'amiable.
Dans *Carrefour*, le colonel Rémy, chef du mouvement de résistance Confrérie Notre-Dame, tente de réhabiliter Pétain: « La France de juin 1940 avait à la fois besoin du maréchal Pétain et du général de Gaulle, d'un bouclier en même temps que d'une épée. » Il prête à ce sujet au général de Gaulle des propos que celui-ci dément.

19 avril
L'Inconnue, ballet sur une musique du compositeur André Jolivet (1905-1974) à l'Opéra de Paris. Ancien membre du groupe Jeune France, André Jolivet est depuis 1945 directeur musical de la Comédie-Française.

28 avril
Après la révocation du communiste G. Tessier, directeur du CNRS, le 26 janvier, c'est au tour de Frédéric Joliot-Curie d'être révoqué du haut-commissariat à l'énergie atomique.

29 avril
Première audition à la salle de l'École normale supérieure de musique de la *Deuxième sonate pour piano* de Pierre Boulez, par Yvette Grimaud.

mai
Parution de *1984* de George Orwell, mort le 21 janvier.

9 mai
Robert Schuman, ministre des Affaires étrangères, propose, dans une déclaration inspirée par Jean Monnet, la mise en commun des ressources en charbon et en acier de la France et l'Allemagne sous une Haute Autorité commune, dans une organisation ouverte aux autres pays d'Europe: « L'Europe n'a pas été faite, nous avons eu la guerre [...]. Le rassemblement des nations européennes exige que l'opposition séculaire de la France et de l'Allemagne soit éliminée; l'action entreprise doit toucher au premier chef la France et l'Allemagne. »

11 mai
Création de *La Cantatrice chauve* d'Eugène Ionesco au théâtre des Noctambules dans une mise en scène de Nicolas Bataille. Dans cette pièce intitulée à l'origine « L'anglais sans peine », Ionesco s'est inspiré de la méthode Assimil pour élaborer le langage de ses personnages. Le succès n'est pas immédiat: la pièce tombe après 25 représentations, mais elle vaut à son auteur l'estime d'André Breton, Raymond Queneau, Jean Tardieu. Reprise en 1957, elle est jouée depuis sans interruption.

12 mai
L'Assemblée nationale vote 120 milliards de crédits militaires.
Création à l'Opéra de Paris de *Bolivar*, texte du poète Jules Supervielle, musique de Darius Milhaud, décors de Fernand Léger.

25-27 mai
En Indochine, le Vietminh s'empare du poste de Dông Khê, repris par les Français le 27.

3 juin
Maurice Herzog, Pierre Lachenal, Gaston Rebuffat, Lionel Terray atteignent le sommet de l'Annapurna, « premier 8000 m d'altitude ».

11 juin
À Thionville, Robert Schuman indique que le résident général a pour tâche de mener la Tunisie vers l'indépendance. L'opposition des Français de Tunisie, soutenus par la droite et le centre,

conduira le gouvernement à renoncer à sa politique conciliatrice.

14 juin
Création de *Phèdre*, ballet de Serge Lifar sur un livret de Jean Cocteau (également auteur des décors et costumes) et une musique de Georges Auric.

20 juin
Les six pays (Belgique, France, Luxembourg, Italie, Pays-Bas, RFA) qui ont accepté la proposition Schuman du 9 mai, ouvrent à Paris des négociations en vue de la création d'une Communauté européenne du charbon et de l'acier (CECA).

24 juin
Mis en minorité sur la question du reclassement des fonctionnaires le 22 juin, le gouvernement démissionne.

25 juin
La Corée du Nord communiste envahit la Corée du Sud. La division de la Corée est issue du partage en deux zones d'occupation – soviétique et américaine. En janvier 1949, l'URSS a quitté la Corée du Nord en laissant le pouvoir aux communistes locaux.

30 juin-4 juillet
Henri Queuille est investi mais démissionne dès le 4 juillet.

juillet
IIIe festival de musique d'Aix-en-Provence. Le festival, créé en 1948 autour d'un opéra de Mozart quasiment inconnu en France, *Cosi fan tutte*, prend de l'ampleur au point de devenir un Salzbourg français. Après le succès de *Don Giovanni* l'année précédente, donné dans des décors du peintre et affichiste Cassandre sous la direction de Hans Rosbaud, la même équipe musicale crée un *Cosi fan tutte* d'exception. Les décors sont dus cette fois au peintre Balthus. Pierre Jean Jouve, auteur en 1942 d'un livre sur *Le Don Juan de Mozart*, rédige le texte du programme. Le 25 juillet, la première audition en France de la *Turangalila Symphonie* d'Olivier Messiaen y est donnée sous la direction de Roger Désormière (l'œuvre avait été créée l'année précédente à Boston par le chef d'orchestre Leonard Bernstein).
La même année débute le festival de Prades, petite ville proche de la frontière espagnole, créé par le violoncelliste catalan Pablo Casals qui s'y était exilé depuis 1936. (Dès 1919, le musicien avait été associé à l'École normale supérieure de musique de Paris.) Il y invite de grands interprètes de ses amis à le rejoindre pour célébrer le bicentenaire de la mort de J.-S. Bach.

1er juillet
Les États-Unis interviennent en Corée. Un bataillon de volontaires français est envoyé le 22 août.

7 juillet
L'OECE crée une Union européenne de paiement, organisme de compensation et de crédit pour les 16 pays bénéficiant de l'aide Marshall.

12 juillet
René Pleven forme le nouveau gouvernement (5 SFIO, 6 MRP, 8 radicaux, 3 modérés): Queuille (Intérieur), Moch (Défense nationale), E. Faure (Budget), Lapie (Éducation nationale), Pinay (Travaux publics, Transports et Tourisme), Louvel (Industrie et Commerce), Pflimlin (Agriculture), Mitterrand (Outre-mer), Bacon (Travail et Sécurité sociale), Brune (PTT), Defferre (Marine marchande), Gazier (Information), Letourneau (Relations avec les États associés).
Conservent le même portefeuille que dans le gouvernement Bidault: R. Mayer (Justice), Schuman (Affaires étrangères), Petsche (Finances et Affaires économiques), Claudius-Petit (Reconstruction et Urbanisme), Jacquinot (Anciens Combattants), Schneiter (Santé et Population).

René Pleven

Industriel, René Pleven (1901-1993) rejoint de Gaulle dès juin 1940. Il contribue au ralliement de l'AEF, élabore les bases de l'administration et du gouvernement de la France libre et occupe les fonctions de ministre des Finances en décembre 1944. Député des Côtes-du-Nord de 1945 à 1973, il fonde en juin 1945 et dirige en 1947 l'UDSR. Bien qu'hostile à la Constitution, il préfère l'amender plutôt que l'abattre, d'où sa rupture avec de Gaulle et son opposition à la formation du RPF. Ministre de la Défense en 1949, il est appelé à former un gouvernement en juillet 1950. Sa politique s'oriente autour de deux grands axes : le réarmement et la lutte contre le communisme. Il confie à Jean-Paul David l'officine de propagande Paix et Liberté et propose la mise en place d'une Communauté européenne de Défense qui prévoit la participation de la République fédérale d'Allemagne. Il démissionne le 28 février 1951, n'ayant pas obtenu la confiance sur le mode de scrutin, et constitue un nouveau gouvernement le 18 juin 1951. Mais le vote des lois Barangé et Marie, favorables à l'enseignement privé, et la ratification de la Communauté européenne du Charbon et de l'Acier n'empêchent pas son renversement en janvier 1952. Il perd aussi la présidence de l'UDSR au profit de François Mitterrand. Son temps est passé; ministre de la Défense lors de la défaite de Diên Biên Phu et au moment de la crise de 1958, il échoue à former un gouvernement le 8 mai. En 1969, il se rallie à Pompidou et devient garde des Sceaux. Mais, battu aux élections de 1973, il se retire de la vie politique.

13 juillet
La RFA entre au Conseil de l'Europe.

18 juillet
Le chef d'orchestre Roger Désormière crée à Paris la première version de concert de *Soleil des eaux* de Pierre Boulez sur des textes de René Char. (Il s'agit à l'origine d'une musique destinée à accompagner la diffusion radiophonique de la pièce.)

19 juillet
Devant le Conseil de la République, Robert Schuman limite les réformes en Tunisie à l'autonomie interne.

août
Au Laos, le prince Souphanouvong (1912-1995), proche du Vietminh, établit le gouvernement procommuniste du Pathet Lao.

4 août
Consécration de l'église Notre-Dame-de-Toute-Grâce sur le plateau d'Assy (Haute-Savoie). Fondée par le chanoine Devémy, ami du père Couturier, édifiée par l'architecte Maurice Novarina, l'église a été décorée par plus de 20 artistes contemporains: Léger pour la mosaïque en façade, Rouault, Bazaine... pour les vitraux, Chagall pour la décoration du baptistère, Matisse et Bonnard notamment pour la décoration des chapelles, Jean Lurçat pour la tapisserie du chœur, Braque pour la porte du tabernacle, Germaine Richier pour le crucifix de l'autel.

Le père Couturier et l'art sacré

En 1919, Claudel, dans une lettre à Alexandre Cingria, déplorait la décadence de l'art sacré. La même année sont créés des Ateliers d'art sacré où peuvent étudier les artistes chrétiens. Le père Marie-Alain Couturier (1897-1954) y commence son apprentissage de peintre. Mais un voyage aux États-Unis va amener le fondateur de la revue l'Art sacré *à percevoir autrement l'art de son temps. Il y visite musées et galeries, fréquente les artistes européens en exil (Léger, Dalí...) et s'intéresse à l'art abstrait. Dès lors, sa conviction est acquise. À son retour en France, il commande à Bazaine, Braque, Chagall, Léger, Lipchitz, Matisse, Richier, Rouault la décoration de l'église d'Assy dont il a la charge. Pour l'église d'Audincourt, il appelle Léger et Bazaine, pour la chapelle des dominicains de Vence Matisse, pour le couvent de l'Arbresle Le Corbusier. En dépit des critiques qu'elles déclenchent dans les milieux catholiques conservateurs, ces œuvres rendent un souffle à l'art sacré. Chagall entreprend le vaste ensemble du* Message biblique *à Nice et, dès 1951, Picasso commence à travailler à la chapelle de Vallauris.*

17 août
La France emprunte 225 millions de dollars à la Banque internationale.
Elle met fin à l'administration directe de la Tunisie et charge le cabinet de M'hamed Chenik de négocier des modifications institutionnelles conduisant à l'autonomie.

21 août
Pie XII met en garde contre certaines philosophies, dont l'existentialisme.

septembre
Père Chenu: *Introduction à l'étude de saint Thomas d'Aquin.*
Marguerite Duras: *Un barrage contre le Pacifique.*
Roger Nimier: *Le Hussard bleu.*

Les hussards

Sous ce terme cavalier se regroupent de jeunes auteurs (Antoine Blondin, Jacques Laurent, Michel Déon...) issus plutôt de la droite mais que l'anathème jeté sur cette famille politique, à cause de sa conduite pendant la Seconde Guerre mondiale, conduit à des formes de révolte anarchiste. Roger Nimier (1925-1962) apparaît comme le porte-drapeau de ces jeunes gens qui, pour réagir contre la littérature engagée, se tournent vers les visions monarchistes héritées de l'Action française et réhabilitent certains auteurs maudits comme Drieu la Rochelle. Il achève son meilleur livre, Le Hussard bleu, *par cette phrase: « Vivre, il me faudra vivre encore quelque temps, parmi ceux-là. Tout ce qui est humain m'est étranger.»*

6 septembre
Le mathématicien Laurent Schwartz est le premier Français à obtenir la médaille Fields, la plus haute distinction internationale.

7 septembre
La police, qui mène une vaste opération contre les communistes étrangers, prononce 300 arrêtés d'expulsion et fait dissoudre les organisations espagnoles.

12 septembre
Le secrétaire du Rassemblement des gauches républicaines, Jean-Paul David, préside le mouvement Paix et Liberté.

Paix et Liberté

Créée avec l'assentiment du gouvernement Pleven, cette organisation se donne pour but de contrebalancer la propagande communiste par différents moyens: campagnes d'affiches, émissions de radio, presse, bulletins. L'un des axes majeurs de la contre-propagande consiste à dénoncer la dictature en URSS et dans les pays satellites ainsi qu'à diffuser des données vérifiées sur les conditions de vie et de travail dans le bloc de l'Est. L'organisation bénéficie de nombreux soutiens tant du côté politique (SFIO, MRP, radicaux) que du côté du ministère de l'Intérieur. Des hommes comme Boris Souvarine, Angelo Tasca (ancien secrétaire du PC italien) lui apportent leurs compétences. Jusqu'en 1956, tous les gouvernements (y compris celui de Mendès France) maintiendront le financement de Paix et Liberté.

16-18 septembre
Le Vietminh reprend Dông Khê, aux Français depuis le 27 mai.

25 septembre
Générale au théâtre Marigny de *La Croqueuse de diamants*, ballet de Roland Petit pour lequel Queneau a écrit les chansons.

27 septembre
Sortie du film *La Ronde* de Max Ophuls, fidèle adaptation d'une pièce d'Arthur Schnitzler, avec Simone Signoret, Danielle Darrieux, Serge Reggiani, Gérard Philipe.

28 septembre
Le gouvernement Pleven décide la constitution d'une garde territoriale, chargée de la «défense en surface du territoire».

octobre
Premier congrès mondial de psychiatrie à Paris. Les participants sont reçus à l'Élysée par Vincent Auriol.

3-8 octobre
Défaite française à Cao Bang (Tonkin); la France perd 3000 soldats.

8-15 octobre
Le sultan du Maroc Mohammed Ben Youssef séjourne en France. Le 10, il présente les revendications marocaines à Vincent Auriol, espérant une évolution du protectorat.

18 octobre
À la suite des désastres de Dông Khê et de Cao Bang, les troupes françaises évacuent Lang Son (lors de la conquête du Tonkin, l'incident de Lang Son avait été à l'origine de la chute de Jules Ferry, le 30 mars 1885). Hanoi est sous la menace du Vietminh. Cette série de désastres militaires contraint les Français à abandonner la frontière chinoise, offrant au Vietminh la base arrière du bloc communiste. Le bloc communiste dispose ainsi des moyens humains et matériels pour transformer ses groupes de guérilla en véritable armée.

19 octobre
L'Assemblée approuve la politique indochinoise du gouvernement.

20 octobre
Réception de Jean Cocteau à l'Académie française.

24-26 octobre
René Pleven présente à l'Assemblée nationale son projet d'armée européenne comprenant des unités allemandes, la RFA demeurant hors de l'Alliance atlantique. Gaullistes et communistes s'opposent de concert à ce projet de Communauté européenne de Défense.

27 octobre
Lors de la réunion des ministres de la Défense du Pacte Atlantique, la France contrecarre la volonté américaine de faire admettre le principe du réarmement allemand.
Annoncée par Pleven le 2 septembre, la durée du service militaire passe de douze à dix-huit mois.

Création du Supreme Headquarters of Allied Powers in Europe (SHAPE), dirigé par Eisenhower à partir du 19 décembre. Au printemps 1951, il s'installe à Rocquencourt, près de Versailles.

novembre
Deux pièces d'Arthur Adamov sont portées à la scène: *La Grande et la Petite Manœuvre*, par Jean-Marie Serreau au théâtre des Noctambules le 11, et *L'Invasion*, par Jean Vilar au studio des Champs-Élysées le 14.

4 novembre
Signature de la Convention européenne des Droits de l'homme.

6 novembre
4 maires et 28 maires adjoints communistes de Paris sont révoqués par le ministre de l'Intérieur Henri Queuille.

18 novembre
Le gouvernement accorde des pouvoirs étendus à Jean Letourneau, chargé des Relations avec les États associés.

25 novembre
En Tunisie, de graves troubles éclatent à Enfidaville. Ouverture du procès intenté par David Rousset contre Pierre Daix.

Procès Rousset-Daix

Le tribunal entend de nombreuses dépositions, dont celles de Julius Margoline et, surtout, de Margarete Buber-Neumann. Le 12 janvier 1951, le tribunal condamne pour diffamation Pierre Daix et Claude Morgan, le directeur des Lettres françaises. *Vainqueur moral et judiciaire, David Rousset constitue à Bruxelles la Commission internationale contre le régime concentrationnaire qui mènera de nombreuses enquêtes, publiées sous forme de livres blancs, tant à propos des États communistes (qui refusent de laisser entrer les commissions) que de la Tunisie, la Grèce ou l'Espagne.*

27 novembre
Clôture de la conférence indochinoise à Pau. Letourneau déclare que les États associés «peuvent compter sur la France pour réaliser leur indépendance».

28 novembre
Débat à l'Assemblée sur l'«affaire des généraux» Mast et Revers qui s'est ouverte en août 1949. La motion communiste demandant la traduction de Jules Moch (ministre de l'Intérieur en 1949) devant la Haute Cour de justice en raison de son attitude pendant l'enquête recueille 235 voix contre 203 (majorité 286). Pleven présente sa démission au président de la République Auriol qui la refuse.

décembre
Jeanne au bûcher, oratorio de Claudel et Honegger, est donné pour la première fois à l'Opéra de Paris.

1er décembre
L'Assemblée vote la confiance à René Pleven.

6, 15 décembre
Le général de Lattre de Tassigny succède au haut-commissaire Léon Pignon le 6 et part pour l'Indochine le 15 décembre avec Jean Letourneau, ministre chargé des Relations avec les États associés.

10 décembre
Nouveau discours du général de Gaulle, à Lille, qui se déclare une fois de plus «prêt à prendre le pouvoir».

19 décembre
À l'Assemblée, Pierre Mendès France, favorable à une politique d'austérité, s'oppose à René Pleven dans le débat sur le réarmement de la France.
En application du Pacte Atlantique (4 avril 1949), le général Eisenhower est nommé commandant suprême des forces alliées en Europe (SHAPE). La Défense de l'Europe occidentale devant se faire le plus loin possible à l'Est, le Conseil mis en place par le traité de Bruxelles du 17 mars 1948 invite les trois puissances occupantes en RFA à rechercher un accord de participation de l'Allemagne.

23 décembre
À Saigon, un accord militaire franco-américano-indochinois est signé ainsi que de nouvelles conventions économiques. Sous la pression des événements en Corée, les États-Unis, jusque-là réticents – par anticolonialisme – à soutenir la France, lui apportent un soutien technique et financier en Indochine.

26 décembre
Résident général au Maroc, le général Juin lance un ultimatum au sultan Mohammed Ben Youssef pour qu'il désavoue l'Istiqlal (Parti de l'indépendance), principal parti nationaliste fondé en 1943.

autres événements

• La musicienne Nadia Boulanger, auprès de laquelle se sont formés et se formeront de nombreux compositeurs venus d'outre-Atlantique (Aaron Copland, Leonard Bernstein, Philip Glass...), devient directrice du Conservatoire américain de Fontainebleau où elle enseigne depuis 1921.

1951

janvier

Premier numéro de la *Revue française de science politique*, dirigée par André Siegfried.
Fourastié : *Machinisme et bien-être.*
Exposition Fernand Léger, *Les Constructeurs*, à la maison de La Pensée.

5 janvier

Cinq revues du Mouvement de la paix sont interdites.
La première grande loi d'amnistie, concernant certaines condamnations pour « activités antinationales » pendant la guerre et n'ayant pas entraîné de peines de prison, est adoptée à la demande de personnalités de la Résistance, tel Edmond Michelet.

9 janvier

Grève et manifestation à Paris contre l'arrivée du général Eisenhower, chef des forces alliées en Europe. Le lendemain, le Conseil des ministres décide de suspendre les fonctionnaires grévistes.
Le gouvernement envoie un ambassadeur à Madrid.

11 janvier

Vote de la loi Deixonne sur l'enseignement des langues régionales.

13-26 janvier

À Paris, la galerie Bernheim-Jeune présente l'exposition *Le Pays des mines. Contribution à l'élaboration d'un nouveau réalisme socialiste*, qui regroupe des toiles peintes dans le Nord par Fougeron en 1950. Elle rencontre un immense succès.

18 janvier

L'offensive du Vietminh contre Hanoi est stoppée par le général de Lattre. Le Tonkin, et en particulier Hanoi-Haiphong, reste aux mains des Français.
Lancement du journal d'extrême droite *Rivarol.*

24 janvier

La manifestation du PC contre Eisenhower est interdite ; la police procède à 3 300 interpellations.

26 janvier

Le gouvernement expulse la Fédération syndicale mondiale qui avait son siège à Paris. La FSM s'installe à Prague où elle demeurera jusqu'à sa disparition en 1990.

27 janvier

Les États-Unis soutiennent le projet de René Pleven de CED (Communauté européenne de Défense réunissant le Benelux, la France, l'Italie et la RFA).

février

Parution du second tome des *Œuvres complètes* de Jean Genet (le premier était entièrement consacré à la « Préface » de Sartre, *Saint Genet, comédien et martyr*).
Christian Dotremont et Michel Ragon organisent à Paris la première exposition du groupe Cobra à la Librairie 73.

2 février

Monsieur Bob'le, du poète libanais Georges Schéhadé, est créé au théâtre de la Huchette par Jean-Louis Barrault ; la musique de scène est due au compositeur Maurice Ohana, les décors sont de Dora Maar, l'ancienne compagne de Picasso. La pièce est éreintée par la critique ; seuls des écrivains prennent sa défense, notamment Breton.

7 février

Sortie du film de Robert Bresson, *Journal d'un curé de campagne*, d'après Bernanos, qui obtient le prix Louis-Delluc.

8 février

Publication à Tunis des décrets réformant les institutions politiques.

12 février

Malgré la pression exercée sur lui par le général Juin qui a mobilisé les tribus berbères du Sud, le sultan du Maroc refuse de désavouer l'Istiqlal. Le 19, les relations entre le résident général et le sultan Mohammed Ben Youssef sont rompues.

15 février

À Paris s'ouvre la conférence sur l'armée européenne (CED).
Fondation du CNIP (Centre national des indépendants et paysans) avec René Coty, Antoine Pinay, Joseph Laniel. Roger Duchet (1904-1981) en est le secrétaire général.

25 février
Le sultan du Maroc, après avoir reçu un message de Vincent Auriol, signe un protocole d'accord et affirme sa « confiance dans les bienfaits d'une coopération franco-marocaine ». Il s'agit d'un succès éphémère pour le général Juin, qui sera rappelé en août.

27 février
Le gouvernement accepte le projet de réforme de la loi électorale. Le lendemain, l'Assemblée vote contre la proposition d'élection à un seul tour, provoquant la démission du gouvernement Pleven.

mars
Parution de *Molloy* de Beckett, qui publie également en novembre *Malone meurt.*
Roger Caillois, qui a passé les années de guerre en Argentine où il avait fondé une revue *Les Lettres françaises* en 1941, publie chez Gallimard le premier titre de sa collection « La Croix du Sud », consacrée aux auteurs hispaniques, révélant aux lecteurs français *Fictions* de Jorge Luis Borges.
Premier numéro de *Preuves*, cahiers mensuels du Congrès pour la liberté de la culture, dirigé par François Bondy. Collaborent à la grande revue des intellectuels antitotalitaires : Karl Jaspers, Raymond Aron, Hannah Arendt, Isaiah Berlin, Michael Polanyi, Czeslaw Milosz, Manès Sperber, Arthur Koestler, Denis de Rougemont...

9 mars
Henri Queuille reçoit l'investiture de l'Assemblée. Son gouvernement, formé le 10, comprend 5 socialistes, 7 MRP, 7 radicaux et 3 indépendants. Tous les ministres du gouvernement Pleven sont reconduits.
Démission du gouverneur général en Algérie Naegelen. Il sera remplacé le 11 avril par un haut fonctionnaire proche des radicaux-socialistes, Roger Léonard, qui a été préfet et préfet de police de Paris en 1947.

14 mars
Le Parti radical condamnant la double appartenance, Jacques Chaban-Delmas (RPF) quitte les radicaux.

16 mars-3 avril
Grève générale des transports parisiens.

23-30 mars
Hausse générale des salaires et des prix.

27 mars
Le sultan du Maroc Mohammed Ben Youssef déclare dans une interview à un journal égyptien qu'il a signé l'accord du 25 février sous la contrainte.

avril
Début de la diffusion des entretiens radiophoniques de Paul Claudel avec Jean Amrouche. Dans les années 50, la radio diffuse de nombreuses séries d'entretiens avec des écrivains, qui se révéleront une source précieuse pour l'histoire littéraire. La plupart seront publiés. Jean Amrouche (1906-1962), auteur des *Chants berbères de Kabylie*, est un interlocuteur remarquable d'intelligence. Il réalise des entretiens avec André Gide, François Mauriac, Jean Giono, Marcel Jouhandeau, et avec le poète italien Giuseppe Ungaretti. Mais il faut mentionner aussi ceux d'André Parinaud avec André Breton, et ceux de Robert Mallet avec Paul Léautaud et Jean Paulhan.
Jean Tardieu : *Monsieur Monsieur.*
Henri Thomas : *Les Déserteurs.*
Premier numéro des *Cahiers du cinéma*, dirigés par Lo Duca et Jacques Doniol-Valcroze.

5 avril
Le débat parlementaire sur la réforme électorale s'ouvre de nouveau.

6 avril
Condamnation à mort de Julius et Ethel Rosenberg pour espionnage au profit de l'URSS par le tribunal fédéral de New York. Les communistes mènent une campagne anti-américaine.

9 avril
Les dirigeants nationalistes marocains signent un pacte par lequel ils s'engagent à lutter pour l'indépendance complète du Maroc.

17 avril
L'Assemblée accorde sa confiance au gouvernement.

18 avril
Les Six signent le traité instituant la CECA. Après ratification par les Parlements, il entrera en vigueur le 25 juillet 1952. La Haute Autorité de la CECA, présidée par Jean Monnet, siégera à Luxembourg à partir du 10 août 1952.

19 avril
Haut-commisaire en Indochine, le général de Lattre déclare aux Vietnamiens : « Je suis venu ici pour accomplir votre indépendance », sous-entendu contre la mainmise communiste.

25 avril
Au festival de Cannes, Luis Buñuel obtient le prix de la meilleure mise en scène pour *Los Olvidados.*

27 avril
En deuxième lecture, l'Assemblée repousse le projet de loi électorale. Henri Queuille présente sa démission à Vincent Auriol qui la refuse. Le lendemain, H. Queuille pose la question de confiance sur un nouveau projet de scrutin.

28 avril
Francis Perrin remplace Frédéric Joliot-Curie à la tête du CEA (Commissariat à l'Énergie atomique).

mai
Rédacteur à *L'Humanité*, André Stil reçoit le prix Staline pour *Le Premier Choc.*
Léon Poliakov: *Le Bréviaire de la haine*, préfacé par François Mauriac. « Aux victimes sans nombre de l'antisémitisme nazi, nous nous devons de lutter contre ce qui subsiste en nous de cette honteuse passion [...]. À nous chrétiens héritiers d'une tradition de haine contre la "race déicide", il appartient d'y substituer une tradition nouvelle fondée sur l'Histoire: la première Église, celle de Jérusalem, était juive. »

7 mai
Adoption définitive de la loi électorale sur les apparentements. Les députés restent élus à la proportionnelle sur un scrutin de liste départemental, mais le système des apparentements permet aux listes qui ont contracté des accords entre elles d'obtenir tous les sièges dans les départements où l'addition de leurs voix atteint la majorité absolue. De cette manière, le RPF et le PC seront affaiblis face aux alliances de la « troisième force ».

11 mai
L'Assemblée nationale accorde sa confiance au gouvernement et fixe au 4 juillet la fin de son mandat. Le lendemain, le gouvernement fixe les élections législatives au 17 juin.

juin
Dupont-Sommer: *Aperçus préliminaires sur les manuscrits de la mer Morte.* Découverts par des Bédouins à Qumran, des centaines de manuscrits vieux de deux mille ans offrent un témoignage exceptionnel sur la richesse spirituelle d'une secte juive, les Esséniens.
Festival de Strasbourg: création du *Stabat mater* de Francis Poulenc le 13, du *Concerto pour piano* d'André Jolivet le 19.

8 juin
Première grande exposition de Giacometti à la galerie Maeght. C'est l'époque où Giacometti commence à sculpter des groupes de grandes figures, immobiles ou en mouvement. L'expérience artistique de Giacometti qui, après ses années de surréalisme, revient à la représentation de la figure humaine, apparaît dans ces années-là comme une des plus emblématiques de l'après-guerre: Sartre, Genet, Camus, Ponge, Leiris lui consacrent des essais importants. Giacometti continuera à fasciner les écrivains de la génération suivante: du Bouchet, Dupin, Bonnefoy...

17 juin
Aux élections législatives (19,8 % d'abstentions), le PC totalise 26 % des suffrages exprimés (95 sièges, -70); la SFIO obtient 15,3 % (95 sièges), le MRP 13,4 % (84 sièges, -74). Les radicaux du RGR obtiennent 10,1 % des suffrages exprimés (77 sièges, +23), les modérés 13,5 % (87 sièges); le RPF grimpe à 21,7 % mais n'obtient que 106 élus au lieu des 180 à 200 escomptés, sous l'effet des apparentements. Six formations politiques sont représentées par des groupes approximativement égaux, si bien qu'Henri Queuille parle de « Chambre hexagonale ».

25 juin
À Vence, consécration de la chapelle du Rosaire entièrement conçue et décorée par Matisse.

10 juillet
Le gouvernement Queuille démissionne; s'ouvrent alors de longues négociations pour la formation d'un nouveau cabinet.

19 juillet
Arrêté en mai 1950, Henri Martin, matelot communiste, est condamné à cinq ans de réclusion pour avoir distribué des tracts contre la guerre d'Indochine. Les communistes font campagne pour lui et, en 1953, Sartre, Prévert, Vercors publieront *L'Affaire Henri Martin.* Il sera gracié en août 1953 par le président Vincent Auriol.

23 juillet
Gérard Philipe triomphe au 5e festival d'Avignon dans *Le Cid* de Corneille et *Le Prince de Hombourg* de Kleist.

8 août
René Pleven (UDSR) reçoit l'investiture de l'Assemblée. Son gouvernement (formé le 11) comprend 7 MRP, 9 radicaux et 8 indépendants. Il reçoit le soutien des socialistes.

Bidault (Défense nationale), Bourgès-Maunoury (adjoint à la Défense nationale), R. Mayer (Finances et Affaires économiques), E. Faure (Justice), Schuman (Affaires étrangères), Brune (Intérieur), Courant (Budget), Marie (Éducation nationale), Pinay (Travaux publics, Transports et Tourisme), Louvel (Industrie et Énergie), Pflimlin (Commerce et Relations économiques extérieures), Antier puis Laurens le 21 novembre (Agriculture), Jacquinot (Outre-mer), Bacon (Travail et Sécurité sociale), Claudius-Petit (Reconstruction et Urbanisme), Temple (Anciens Combattants), Ribeyre (Santé et Population), Laniel puis Duchet le 4 octobre (PTT), Morice (Marine marchande), Buron (Information).

28 août
Le général Guillaume remplace le général Juin comme résident général au Maroc. La valse des résidents prouve les hésitations et va-et-vient de la politique française entre volonté conservatrice et réforme. Le gouvernement ne parvient jamais à dessiner une ligne politique claire entre les impulsions des événements et les interventions des groupes de pression.

septembre
Lévi-Strauss: *Race et Histoire*, communication faite à l'Unesco.

3 septembre
Les socialistes déposent un projet de loi d'échelle mobile des salaires.

10 septembre
Le Conseil des ministres de la CECA décide la création d'une assemblée chargée d'élaborer un projet de traité de communauté politique européenne.

20-21 septembre
L'Assemblée nationale vote les lois Marie et Barangé (allocation trimestrielle de 1 000 francs par enfant scolarisé dans le public ou le privé) ainsi que la loi sur l'échelle mobile des salaires. La querelle scolaire est provisoirement jugulée. Les conséquences politiques sont durables: SFIO « laïque » et MRP « clérical » se tournent le dos: la « troisième force » se disloque peu à peu.

octobre
Camus: *L'Homme révolté*. Francis Jeanson en fera la critique « de gauche » (*Les Temps modernes*, mai 1952).
Malraux: *Les Voix du silence*.
Marguerite Yourcenar, déjà auteur d'une œuvre abondante avant la guerre et qui réside aux États-Unis depuis novembre 1939, publie les *Mémoires d'Hadrien*, roman historique, fruit de longues recherches et d'une sympathie profonde pour son sujet.

3-25 octobre
Mécontents des reclassements dans la fonction publique, les professeurs font la grève du baccalauréat et contraignent les parents d'élèves à en assurer la surveillance. La grève dure jusqu'au 25.

4 octobre
La Ligue arabe demande l'inscription de la question marocaine aux débats de l'ONU.
Ouverture du Salon de l'automobile au Grand Palais.

7-14 octobre
Aux élections cantonales, les modérés et le RPF enregistrent un succès, le PC, la SFIO et les divers gauche sont en recul.

18 octobre
Ouverture des négociations franco-tunisiennes à Paris.

novembre
Thierry Maulnier: *La Face de Méduse du communisme*.

1er-16 novembre
Vague de hausse des prix.

2 novembre
Hommage à André Gide dans un numéro spécial de *La NRF*.

5 novembre
Léon Jouhaux reçoit le prix Nobel de la paix.

15 novembre
Grève des mineurs du Pas-de-Calais contre le rétablissement du ticket modérateur pour la Sécurité sociale. Le gouvernement cède.

16 novembre
Le ministre René Mayer expose son plan d'austérité à l'Assemblée nationale. Il demande 200 milliards d'impôts nouveaux. Le 20, il obtient la confiance par 246 voix contre 228.

24 novembre
Première mission scientifique de la *Calypso* dirigée par le commandant Cousteau.

26 novembre
Emprunt des « bons kilométriques » de la SNCF.

27 novembre
En Corée, signature d'un cessez-le-feu.

29 novembre
Première réunion du haut conseil de l'Union française.

décembre
Jean Wahl: *La Pensée de l'existence.*
Raymond Queneau: *Le Dimanche de la vie.*
Nicolas Bourbaki (pseudonyme d'un groupe de mathématiciens logiciens: Pisot, Weil, Dieudonné, Chabauty, Ehresmann, Delsarte): *Théorie des ensembles*, fascicule I: *Résultats.*

1er décembre
Les États-Unis accordent 600 millions de dollars de crédit supplémentaire à la France.

3 décembre
Julien Gracq refuse le prix Goncourt qui lui a été décerné pour *Le Rivage des Syrtes.*

JULIEN GRACQ

Normalien, agrégé d'histoire et de géographie en 1934, Louis Poirier (né en 1910) apparaît comme une figure décalée par rapport aux autres écrivains de son temps. Il acquiert très vite une image de classique à l'écriture poétique dont les interrogations sociales ou politiques semblent absentes. Une vie tranquille d'enseignant où détonnent néanmoins deux colères. En février 1950, paraît, avec le soutien d'Albert Camus, La Littérature à l'estomac, *pamphlet contre les auteurs engagés et les thèses existentialistes. Et surtout son refus du prix Goncourt en 1951 qui lui offre une popularité, temporaire, que traduisent les ventes records de son livre* Le Rivage des Syrtes – *alors qu'en septembre 1951, le premier tirage est de 7000 exemplaires, en décembre, le second atteint 127000.*

12 décembre
Décret sur le plan de modernisation et d'équipement destiné à accroître la production, de charbon en particulier.

13 décembre
L'Assemblée ratifie le plan Schuman instituant le Pool européen du charbon et de l'acier.

15 décembre
Robert Schuman répond au mémorandum déposé le 7 novembre par le Premier ministre tunisien. Dans cette fin de non-recevoir, il précise: «Les rapports futurs de nos deux pays ne peuvent être fondés que sur la reconnaissance du caractère définitif du lien qui les unit.» Cette note brutale accule les Tunisiens à l'épreuve de force. Affrontements et actes terroristes se multiplient.

19 décembre
Le gaz jaillit à Lacq (Pyrénées-Atlantiques).

21 décembre
Le Néo-Destour (créé en 1934 et dirigé par Bourguiba) et l'UGTT (Union générale des travailleurs tunisiens) appellent à la grève générale; celle-ci tourne à l'émeute.

26 décembre
Dans un discours sur le budget, Mendès France critique la guerre d'Indochine et les «500 milliards d'inflation et de misère» qu'elle entraîne.

28-29 décembre
Conférence des Six sur l'armée européenne.

31 décembre
René Pleven pose la question de confiance sur la loi de Finances.
L'aide américaine à la France depuis 1948 dans le cadre du plan Marshall s'élève à près de 2,5 milliards de dollars.

1952

1er janvier
Le prélèvement de la CECA – premier impôt européen – entre en vigueur.

7 janvier
Le gouvernement Pleven est renversé. Les socialistes tirent la leçon du vote des lois scolaires et du virage à droite de la politique économique et sociale.

7-14 janvier
Pressentis par Vincent Auriol pour former le nouveau gouvernement, Pineau, Soustelle, Reynaud, Bidault et Delbos s'y refusent. Finalement, c'est Edgar Faure qui accepte.

11 janvier
Mort du général de Lattre de Tassigny, haut-commissaire en Indochine. Il est promu maréchal à titre posthume. Le général Salan devient commandant en chef d'une armée composée de 54000 soldats français, officiers et volontaires, de 120000 hommes

des troupes coloniales et de 260000 Vietnamiens. La guerre d'Indochine absorbe plus de 40 % du budget de la Défense.

12 janvier
Capitaine Bada de Jean Vauthier (1910-1992) est monté au théâtre de Poche par André Reybaz.

14 janvier
Le gouvernement tunisien porte le différend franco-tunisien devant l'ONU; sa plainte est déclarée irrecevable.

18 janvier
L'ambassadeur Jean de Hauteclocque (1893-1957) devient résident général en Tunisie; il ordonne l'arrestation d'Habib Bourguiba et des animateurs du Néo-Destour. Le 21, l'UGTT appelle à une nouvelle grève générale. Le 22, des gendarmes sont assassinés. Une émeute éclate dans la région du cap Bon. Son ratissage par l'armée est brutal.

20 janvier
Constitution du gouvernement Faure qui prend en outre le portefeuille des Finances (8 MRP, 11 radicaux, 8 indépendants): Letourneau (États associés), Martinaud-Déplat (Justice), Buron (Affaires économiques), Bonnefous (Commerce), Coste-Floret (Information), Bourgès-Maunoury (Armement).
Conservent leurs portefeuilles: Bidault (Défense nationale), Schuman (Affaires étrangères), Brune (Intérieur), Courant (Budget), Marie (Éducation nationale), Pinay (Travaux publics, Transports et Tourisme), Louvel (Industrie et Énergie), Laurens (Agriculture), Jacquinot (Outre-mer), Bacon (Travail et Sécurité sociale), Claudius-Petit (Reconstruction et Urbanisme), Temple (Anciens Combattants), Ribeyre (Santé et Population), Duchet (PTT), Morice (Marine marchande).

EDGAR FAURE

Avocat, membre du Comité français de Libération, orateur apprécié, Edgar Faure (1908-1988) est délégué au Tribunal international de Nuremberg. Député radical du Jura, plusieurs fois ministre, il devient président du Conseil en janvier-février 1952, expérience qu'il résume avec son sens de la formule: « Mon gouvernement dura 40 jours, compta 40 ministres et me fit perdre 4 kilos. » Il revient à la présidence de février 1955 à janvier 1956 où il succède à Mendès France. Il prépare alors l'indépendance du Maroc et fait aboutir le processus d'autonomie de la Tunisie. En exerçant son droit de dissolution de l'Assemblée le 1er décembre 1955, il transgresse un tabou républicain depuis 1877. Ce partisan du « juste milieu » est alors exclu du Parti radical, qui le réintégrera en 1961. Rallié à de Gaulle, il devient ministre de l'Agriculture en 1966 et surtout de l'Éducation nationale au lendemain de Mai 68. Il propose une série de réformes profondes, la loi Faure, votée le 10 octobre et promulguée le 12 novembre 1968 qu'il définit ainsi: « Puisque l'imagination n'a pas pris le pouvoir, le pouvoir doit faire preuve d'imagination. » Le texte met en place la participation de tous les acteurs de la vie universitaire à la gestion des universités et leur autonomie administrative, pédagogique et financière. En 1973, il accède à la présidence de l'Assemblée nationale et est élu à l'Académie française en 1978.

28 janvier
Augmentation des tarifs de l'électricité et des transports.

février
Jean Paulhan: *Lettre aux directeurs de la Résistance.*

11 février
L'Assemblée adopte le principe de la CED (Communauté européenne de Défense) par 327 voix contre 287, sous réserve de la participation de la Grande-Bretagne et sous conditions (intégration progressive des armées).

12-15 février
Création du Conseil provisoire du Conseil européen pour la recherche nucléaire (CERN).

15 février-10 mars
Première exposition importante de Bram Van Velde, peintre hollandais qui, après un séjour au village de Worpswede, en Allemagne, où était réunie une communauté d'artistes expressionnistes, s'est installé en France où il travaille dans une solitude quasi totale depuis 1924. Au vernissage, ne sont présents que les rares fidèles du peintre: Beckett, Roger Blin, Tal Coat, Giacometti, et son frère le peintre Geer Van Velde. André Chastel rend compte de l'exposition dans *Le Monde.*

19 février
Le gouvernement instaure le contrôle des changes en raison de la position débitrice de la France envers l'Union européenne des paiements (280 millions de dollars).

29 février
Le gouvernement d'Edgar Faure est mis en minorité à l'Assemblée sur une majoration de 15 % des impôts. Wilfrid Baumgartner, gouverneur de la Banque de France, a adressé un avertissement au président du Conseil qui a demandé une émission monétaire supplémentaire: «Les Français se croient riches, alors qu'ils sont pauvres.» La publication de ce courrier bouleverse l'opinion.

mars
Alfred Sauvy: *Théorie générale de la population.*
Première exposition à Paris du peintre américain Jackson Pollock.
Sortie des films *Fanfan la Tulipe* de Christian-Jaque, avec Gérard Philipe, et *Le Plaisir* de Max Ophuls, d'après trois nouvelles de Maupassant.

1er-2 mars
Après la chute d'Edgar Faure, Paul Reynaud tente de constituer un gouvernement mais la SFIO refuse de s'associer au RPF.

6 mars
C'est finalement Antoine Pinay, indépendant, qui est investi par 324 voix contre 206, grâce au vote imprévu de 27 députés RPF qui refusent d'obéir à la consigne d'abstention donnée par leur parti (ces dissidents en seront exclus). Le 8, Antoine Pinay, qui prend le portefeuille des Finances, forme son gouvernement (4 MRP, 7 radicaux, 6 indépendants). Pleven (Défense nationale), Morice (Travaux publics, Transports et Tourisme), Louvel (Industrie et Commerce), Pflimlin (Outre-mer), Garet (Travail et Sécurité sociale).
Conservent leurs portefeuilles: Martinaud-Déplat (Justice), Schuman (Affaires étrangères), Brune (Intérieur), Marie (Éducation nationale), Laurens (Agriculture), Claudius-Petit (Reconstruction et Urbanisme), Temple (Anciens Combattants), Ribeyre (Santé et Population), Duchet (PTT).

ANTOINE PINAY

Né dans une famille d'industriels de la chapellerie, Antoine Pinay (1894-1994) commence sa carrière politique comme député radical indépendant en 1936. Devenu sénateur, il vote les pleins pouvoirs au maréchal Pétain en juillet 1940. Membre du Conseil national de Vichy, il fournit néanmoins des faux papiers à des résistants recherchés, ce qui lui permettra de poursuivre sa carrière après la Libération. En 1946, il est élu à l'Assemblée constituante et occupe ensuite divers portefeuilles ministériels. Président du Conseil, il va se consacrer à assurer les échéances, à équilibrer les budgets, contrôler le coût de la vie. Bénéficiant de la chute des prix des matières premières et misant sur l'épargne, il lance un emprunt assurant une rente à 3,5 % à capital garanti. Cet homme tranquille de la politique qui prône «l'esprit d'économie», y gagne une immense popularité.

Charles Maurras bénéficie d'une grâce médicale. Il décédera le 16 novembre.

14 mars
Le sultan du Maroc Mohammed Ben Youssef adresse à Vincent Auriol un mémorandum demandant la révision du traité de protectorat. Le 17 septembre, le gouvernement lui répondra négativement.

19 mars
Le Conseil de la République repousse le projet de loi sur l'échelle mobile des salaires.

25 mars
Des prix plafonds sont instaurés pour certains produits.

26 mars
En Tunisie, le Premier ministre M'hamed Chenik, ainsi que trois ministres, sont arrêtés sur ordre du résident général Jean de Hauteclocque. Le même jour, Bourguiba est exilé dans l'extrême sud du pays. Le 28, le bey Lamine nomme un nouveau Premier ministre.

avril
La Rage de l'expression de Francis Ponge est publié à Lausanne, chez l'éditeur Mermod. Le même mois, la radio diffuse un entretien de Ponge, Reverdy et Breton avec André Parinaud.

1er avril
Jean Letourneau devient haut-commissaire en Indochine.
12 pays d'Afrique et d'Asie demandent au Conseil de sécurité de l'ONU d'inscrire à ses débats la question tunisienne.
Le garde des Sceaux Martinaud-Déplat répond à une interpellation de Me Isorni sur le bilan de l'épuration: 10 522 exécutions régulières ou irrégulières ont eu lieu.

12 avril
Après 10 questions de confiance, Antoine Pinay obtient le vote de la loi de Finances: amnistie fis-

cale, économies budgétaires par décrets, restrictions du crédit.

16 avril
Sortie du film *Casque d'or* de Jacques Becker, avec Simone Signoret et Serge Reggiani.

22 avril
Les Chaises de Ionesco, avec Jacques Mauclair et Tsilla Chelton, est créé au théâtre Lancry en même temps que *Les Amants du métro* de Jean Tardieu. Face à une critique hostile, Supervielle, Queneau, Beckett et Adamov défendent la pièce.

29 avril
Un avion français est mitraillé par les chasseurs soviétiques dans le corridor de Berlin.

mai
« L'Œuvre du XXe siècle », festival de musique, de littérature et d'arts plastiques organisé par le Congrès pour la liberté de la culture, présente un programme d'une richesse exceptionnelle, avec des œuvres de Berg, Mahler, Stravinski, Britten, jouées par les meilleurs interprètes, Karl Böhm, Bruno Walter, Stravinski lui-même, Pierre Monteux...
Paul Mus : *Vietnam. Sociologie d'une guerre.*

1er mai
À Douai et Valenciennes, des heurts entre la police et des manifestants nord-africains font un mort.
Ouverture du marché commun de l'acier.
Breton publie un article dans *Arts* : « Du réalisme socialiste comme moyen d'extermination morale ».

3 mai
Antoine Pinay fixe les objectifs de son gouvernement : « Ces charges [la reconstruction et le relèvement de la France] ont été trop souvent réglées dans les voies de la facilité et de l'illusion. Mais on ne les règle pas vraiment quand on se préoccupe seulement, dans le budget public comme dans la vie privée, de rechercher ce qui est souhaitable, sans se soucier de savoir ce qui est possible [...]. Il faut mettre un terme aux amertumes quotidiennes, aux inquiétudes familiales, aux déceptions incessantes. Les prix doivent être contenus par tous les moyens que l'expérience révèle comme les plus efficaces dans la conjoncture actuelle. L'exigence sociale rejoint ici l'intérêt économique. »

4 mai
Olivier Messiaen et le compositeur, tous deux au piano, créent le premier livre des *Structures* de Pierre Boulez.

9 mai
Le Monde publie le faux rapport attribué à l'amiral américain Fechteler qui présente l'Europe comme un champ de bataille secondaire dans la stratégie mondiale des États-Unis. L'émotion est vive.
Sortie du film *Jeux interdits* de René Clément. Il obtiendra le Lion d'or à Venise.

14 mai
Après des incidents à Orléansville, le leader du MTLD (Mouvement du triomphe des libertés démocratiques) Messali Hadj est envoyé en résidence surveillée à Niort (Deux-Sèvres).

25 mai
Le rédacteur en chef de *L'Humanité* André Stil est arrêté pour avoir incité les militants du PC à participer à la manifestation – interdite – organisée le 28 mai contre le général Ridgway qui remplace Dwight Eisenhower à la tête du SHAPE. Stil sera libéré le 18 juillet.

26 mai
Lancement de l'emprunt Pinay, basé sur l'or. À la clôture, le 17 juillet, il aura rapporté 428 milliards de francs.

27 mai
Signature à Paris du traité instituant la CED (Communauté européenne de défense). La question de sa ratification par l'Assemblée nationale est ouverte.

28 mai
La manifestation communiste contre le général Ridgway tourne à l'émeute : 1 mort, 718 arrestations, 140 inculpations pour complot contre la sûreté de l'État, dont celle de Duclos, qui sera libéré le 1er juillet.

L'anti-américanisme

Alors même que la France appartient au système d'alliance américain (OTAN), dépend des aides du plan Marshall et abrite une partie des forces américaines en Europe et en particulier le quartier général des forces alliées en Europe (SHAPE) à Rocquencourt, une veine anti-américaine habite la pensée et l'imaginaire français. Débat pour la défense de la limonade contre l'introduction des boissons gazeuses d'outre-Atlantique, défense des époux Rosenberg condamnés à mort pour espionnage en avril 1951, manifestation contre Ridgway en 1952, les communistes mènent une lutte acharnée contre la domination américaine, mais le thème dépasse leur public habituel. Une bonne partie des Français partage les stéréotypes attachés à l'Amérique. Ainsi la loi de 1949 sur la protection de la jeunesse a bien pour objectif d'empêcher l'introduction des BD américaines, jugées violentes, en France. Néanmoins, au même moment, le cinéma américain triomphe déjà sur les écrans, comme le Peter Pan *de Walt Disney (sorti le 15 septembre 1953) qui introduit un personnage inconnu jusque-là dans l'univers fantastique des jeunes Français.*

29 mai
41 gaullistes écrivent au général de Gaulle pour désapprouver son opposition systématique à la IVᵉ République.

31 mai
La police perquisitionne au siège de la CGT.

juin
32 prix Nobel demandent à Frédéric Joliot-Curie d'apporter aux Nations unies les preuves de son accusation de guerre bactériologique en Corée pour qu'elles soient examinées devant une commission indépendante.
Céline : *Féerie pour une autre fois.*
Frantz Fanon : *Peau noire, masques blancs.*

FRANTZ FANON

Né à Fort-de-France (Martinique), Frantz Fanon (1925-1961), combattant de la France libre, tire de ses études de médecin et de neuropsychiatre les premières réflexions de son ouvrage Peau noire, masques blancs *(1952). Il devient un ardent promoteur de la décolonisation. Ce révolutionnaire non marxiste, membre du FLN, met en particulier l'accent sur les aspects culturels de la domination européenne. En 1961, il publie, peu avant sa mort, son livre majeur,* Les Damnés de la terre, *préfacé par Jean-Paul Sartre.*

Publication posthume de *Jean Santeuil,* premier grand roman de Marcel Proust, exhumé par Bernard de Fallois.

3 juin-8 juillet
Le projet de loi sur l'échelle mobile des salaires est voté par l'Assemblée. Repoussé une deuxième fois par le Conseil de la République le 20 juin suivant, le projet définitif sera voté grâce à la question de confiance, le 8 juillet.

4 juin
Sortie du film de Julien Duvivier, *Le Petit Monde de don Camillo,* avec Fernandel et Gino Cervi. Le succès du film amplifie celui du livre de Guareschi (798 000 exemplaires vendus en France de 1952 à 1955) ; il fait triompher l'amitié et le bon sens sur les conflits idéologiques. L'année suivante, la même équipe réalise avec succès *Le Retour de don Camillo.*

5 juin
Création de *La Parodie* d'Adamov par Roger Blin au théâtre Lancry.

18 juin
Le haut-commissaire Jean Letourneau obtient une aide accrue des Américains pour l'Indochine.

24 juin
La ligne Paris-Lyon est désormais électrifiée.

juillet
Avec « Les Communistes et la paix » *(Les Temps modernes),* Sartre renoue avec le philosoviétisme.

1ᵉʳ juillet
Jacques Duclos est libéré sur décision de la chambre des mises en accusation. Le 16 juillet, le domicile du président de cette chambre est plastiqué.

3 juillet
La loi-programme sur le développement de l'énergie atomique est adoptée.

4-6 juillet
À l'issue de la réunion du conseil national du RPF, 26 députés et 13 sénateurs, opposés à la politique du général de Gaulle, démissionnent pour former le groupe ARS (Action républicaine et sociale). Le Général se retire à La Boisserie.

6 juillet
L'aviatrice Maryse Bastié se tue lors d'un meeting aérien à Lyon.

20 juillet
Le comité directeur de la SFIO condamne l'expérience Pinay.

23 juillet
Sortie du film *Le train sifflera trois fois* de Fred Zinnemann.

26 juillet
La France propose au bey de Tunis Lamine un plan de réformes qu'il repousse le 9 septembre.

10 août
Jean Monnet devient président de la CECA.

27 août
Les États-Unis réclament la liberté économique et commerciale au Maroc, et c'est la Cour de justice internationale de La Haye qui rend son verdict dans le différend franco-américain: la réglementation des importations du Maroc est contraire à l'acte d'Algésiras du 7 avril 1906.

1er septembre
Au bureau politique du PC, André Marty et Charles Tillon sont mis en accusation pour « travail fractionnel ». Un « procès de Moscou à Paris » est instruit contre eux, avec son cortège de calomnies. Tillon sera rétrogradé à la base, puis exclu en janvier 1953. Marty défendra son honneur en publiant *L'Affaire Marty.*

12 septembre
Antoine Pinay décide le blocage des prix. La réussite de l'opération lui vaut une popularité immédiate et durable.

28 septembre
Poursuivant sa mise en accusation des anciens dirigeants de la Résistance, Jacques Duclos attaque violemment Georges Guingouin, ancien chef du maquis limousin, qui est exclu du PC le 10 novembre.

octobre
Gilberto Freyre: *Maîtres et esclaves.*
Josué de Castro: *Géopolitique de la faim.*
Le psychologue genevois Jean Piaget, auteur en 1936 de *La Naissance de l'intelligence chez l'enfant*, est nommé à la chaire de psychologie de l'enfant à la Sorbonne (qu'il occupe jusqu'en 1963).
Charles Estienne et Jean Degottex fondent le Salon d'octobre afin de promouvoir l'abstraction lyrique.

2 octobre
L'inauguration des usines Renault à Flins coïncide avec la sortie de la Frégate.

8 octobre
Antoine Pinay rejette le mémorandum américain sur le budget français qui critique l'usage fait de l'aide américaine. Les États-Unis annoncent une réduction de 125 millions de dollars de l'aide militaire à la France. De 1950 à 1954, l'aide économique et militaire fournie par les États-Unis à la France s'élève à 2,6 milliards de dollars, soit 80 % du coût total de la guerre d'Indochine.

14 octobre
Inauguration à Marseille par Eugène Claudius-Petit, ministre de la Reconstruction, de la Cité radieuse de Le Corbusier, baptisée « maison du fada » par les Marseillais.

15 octobre
La France refuse de participer à un débat à l'ONU sur les questions tunisienne et marocaine.
Le parquet du tribunal militaire de Paris demande la levée de l'immunité parlementaire de cinq députés communistes.

17 octobre
Au congrès du Parti radical, Herriot et Daladier se prononcent contre la CED. Le débat dépasse les clivages politiques traditionnels. L'hostilité au réarmement de l'Allemagne décide de nombreux comportements. Si la réconciliation avec l'ennemi d'hier ne pose pas de difficultés, les souvenirs de la guerre et de son cortège d'horreurs restent extrêmement vifs.

18 octobre
Début d'une nouvelle offensive vietminh au Tonkin. Le général Giap multiplie les affrontements, la lutte dans le delta devient permanente sans que la situation militaire évolue favorablement pour un camp ou pour l'autre.

25 octobre
Inauguration du barrage de Donzère-Mondragon (Drôme).

29 octobre
Le Mystère II de Marcel Dassault est le premier avion français à franchir le mur du son.

Marcel Dassault

Marcel Bloch (1892-1986) a construit ses premiers avions pendant la Première Guerre mondiale. En 1935, il crée, dans l'euphorie des exploits aéronautiques et des premières liaisons aéropostales internationales, la Société des avions Marcel Bloch, partiellement nationalisée en 1936. Arrêté, puis déporté à Buchenwald, libéré en 1944, l'industriel commence en quelque sorte une nouvelle carrière et une nouvelle vie en adoptant le patronyme de Dassault. Sa société qui se spécialise alors dans la construction d'avions de combat devient l'un des acteurs majeurs de la construction de la Défense nationale. Les Mystère, les Mirage puis le Rafale figurent toujours parmi les engins les plus modernes

de leur génération et sont le fleuron de l'industrie militaire française. Ils sont essentiellement exportés dans les pays du Moyen-Orient. En 1967, la société acquiert une autre firme mythique, Breguet-Aviation, qui aboutit à la fondation de Dassault-Breguet-Aviation dix ans plus tard. À cette date, l'État obtient une participation à hauteur de 34 % du capital de l'entreprise.
Député et longtemps doyen de l'Assemblée nationale, cet homme d'allure simple a également marqué de son empreinte la vie culturelle des Français par le lancement de périodiques, comme Jours de France, *et la production de films.*

novembre
Étiemble : *Le Mythe Rimbaud.*
Charles-André Julien : *L'Afrique du Nord en marche. Nationalismes musulmans et souveraineté française.*

6 novembre
Le prix Nobel de littérature est décerné à François Mauriac.

9 novembre
L'Assemblée nationale vote l'extension des bourses d'étude à l'enseignement privé supérieur.

22 novembre
Un code du travail est adopté pour les Territoires et Départements d'outre-mer.

30 novembre
Aux élections sarroises, victoire des partisans d'un statut européen du territoire. La RFA rejette ce verdict. La France refuse toujours le rattachement de la Sarre à l'Allemagne.

décembre
François Fejtö : *Histoire des démocraties populaires.*
L'écrivain Robert Pinget, qui a publié l'année précédente *Entre Fantoine et Agapa* aux éditions de la revue *La Tour de feu* (1946-1991), fait paraître *Mahu ou le matériau* chez Robert Laffont.

2 décembre
L'Union pour la défense des peuples opprimés, association créée en 1947 et soutenue entre autres par Léon Bérard, Henry Bordeaux, Paul Claudel, Jérôme Tharaud et le général Weygand, organise un « meeting international des opprimés » salle Wagram. Cette Union se consacre essentiellement à la défense des « droits imprescriptibles de l'humanité » dans les pays tombés sous la coupe soviétique.

5-10 décembre
L'assassinat par un groupe extrémiste contre-terroriste, la Main rouge, du leader de l'UGTT Ferhat Hached, le 5 décembre, déclenche une vague de grèves et de violences en Tunisie. L'agitation gagne le Maroc : une émeute éclate le 7 à Casablanca, le 10, les autorités françaises interdisent l'Istiqlal.

10 décembre
Albert Schweitzer est lauréat du prix Nobel de la paix. Ce pasteur et médecin basé à Lambaréné (Gabon) se consacre aux soins des lépreux d'Afrique.

17 décembre
Les pays membres de l'OTAN se déclarent solidaires de la France en Indochine.
L'ONU se prononce en faveur de la reprise des négociations franco-tunisiennes.

22 décembre
15 tortionnaires de la Gestapo de la rue de la Pompe sont condamnés à mort.

23 décembre
Le MRP décide de s'abstenir sur la question de confiance concernant le vote des allocations familiales posée au gouvernement Pinay qui démissionne avant le scrutin.

25-30 décembre
Après la démission de Pinay, Mollet (SFIO), Soustelle (RPF) et Bidault (MRP) échouent successivement à former un gouvernement.

autres événements
• Le professeur Jean Delay, avec son collaborateur Pierre Deniker, applique le premier psychotrope qui entraîne une révolution dans le traitement des psychoses.

Jean Delay

Après des études de médecine et de neurologie à Paris, à la Salpêtrière, Jean Delay (1907-1987) poursuivit sa formation psychiatrique avec Henri Ey à l'hôpital Sainte-Anne où, en 1946, il devient titulaire de la chaire de la clinique des maladies mentales. Il concentre ses études cliniques et psychopharmacologiques sur la chlorpromazine, chef de file des futurs neuroleptiques. Ce premier psychotrope apporte, dès 1952, une véritable révolution dans le traitement des psychoses, l'un des troubles mentaux majeurs pour *lesquels n'existait, jusqu'à cette découverte, aucun traitement et qui condamnait les malades à un internement à vie. La psychose, dans sa phase aiguë, se manifeste par des accès maniaques, des bouffées délirantes, hallucinatoires, ou des formes de paranoïa. En 1950, Delay met au point, avec son équipe, le premier tranquillisant moderne, le méprobamate, relayé à partir de 1958 par le premier anxiolytique appartenant à la série des benzodiazépines. Écrivain, auteur d'*Avant-Mémoire *(4 volumes, 1979-1986), il est élu à l'Académie française en 1959.*

1953

janvier
La Nouvelle Revue française obtient l'autorisation de reparaître sous le titre *Nouvelle NRF*, et sous la direction de Jean Paulhan, Marcel Arland et Dominique Aury.

5 janvier
Première publique de *En attendant Godot* de Beckett, mis en scène par Roger Blin au théâtre de Babylone. La pièce donne lieu à des protestations et à un pugilat. Jean Anouilh écrit dans *Le Figaro* qu'il a vu les *Pensées* de Pascal jouées par les Fratellini.

Samuel Beckett

Écrivain irlandais installé à Paris depuis 1937, Samuel Beckett (1906-1989), longtemps proche de Joyce, a déjà publié plusieurs livres en anglais, notamment un roman, Murphy, *traduit en français en 1948 et un essai sur Proust (1931). Mais il est quasiment inconnu en France lorsque le scandale suscité par* Godot *lui vaut une notoriété immédiate.*
En refusant radicalement ce qui constitue l'ordinaire du théâtre et en mettant en scène deux clochards qui ne font rien d'autre que ressasser l'hypothétique venue d'un troisième larron – le fameux Godot –, Beckett parvient à exprimer avec un comique désespéré, le passage terrifiant, monotone et saisissant du temps.
Dans les textes qui suivront, de L'Innommable *(1953) à* Soubresauts *(1989), Beckett poussera à l'extrême ce dépouillement jusqu'à n'être plus qu'une voix qui semble condamnée à parler sans repos: « Je suis obligé de parler. Je ne me tairai jamais. Jamais. »*

7 janvier
René Mayer obtient l'investiture de l'Assemblée et forme son gouvernement le 8. Letourneau (Relations avec les États associés), Bidault (Affaires étrangères), Pleven (Défense nationale et Forces armées), Bourgès-Maunoury (Finances), Moreau (Budget), Morice (Travaux publics, Transports et Tourisme), Ribeyre (Commerce), Courant (Reconstruction et Urbanisme), Bergasse (Anciens Combattants), Boutemy (Santé et Population).
Conservent leurs portefeuilles: Martinaud-Déplat (Justice), Brune (Intérieur), Buron (Affaires économiques), Marie (Éducation nationale), Louvel (Industrie et Énergie), Laurens (Agriculture), Jacquinot (Outre-mer), Bacon (Travail et Sécurité sociale), Duchet (PTT).

12 janvier-19 février
Procès des exécutants du massacre d'Oradour-sur-Glane. Le jugement est rendu le 13 février: deux condamnés à mort (le Français Boos et l'Allemand Lenz); les Alsaciens enrôlés de force dans la Waffen SS sont condamnés à des peines de travaux forcés. Le 19, à la suite de l'intense campagne de protestation menée en Alsace, l'Assemblée vote l'amnistie des Alsaciens condamnés.

14 janvier
Pierre Courant, ministre de la Reconstruction et de l'Urbanisme, présente son plan destiné à accélérer la construction de logements.

16 janvier
Cours inaugural du philosophe Maurice Merleau-Ponty au Collège de France.

27 janvier
Marius Renard, à qui l'on a greffé un rein offert par sa mère, meurt un mois après l'opération. Réussite médicale, l'opération est très médiatisée; mais échec biologique, le greffon ayant dégénéré.

28 janvier
En marge du procès d'Oradour, l'Assemblée modifie la loi du 15 septembre 1948 sur les crimes de guerre qui, en accord avec les décisions du tribunal de Nuremberg, reconnaît officiellement responsables des crimes commis par un groupe jugé criminel, comme les SS, ceux qui lui ont appartenu. Le lendemain de l'ouverture du procès, Pierre Pflimlin propose d'exempter de la loi de 1948 les Français incorporés de force. Le Parlement ne le suit pas mais rétablit le principe de la responsabilité individuelle et la charge de preuve au ministère public.

février
Début de la diffusion à la radio des entretiens de Giono avec Jean Amrouche.
Filipacchi lance le livre de poche à la Librairie générale française, filiale d'Hachette, avec pour premiers titres *Kœnigsmark* de Pierre Benoit et *Vol de nuit* de Saint-Exupéry.
Alain Robbe-Grillet: *Les Gommes.*
Claude Roy: *Clés pour la Chine.*

3 février
Disparition des deux enfants Finaly qui furent cachés pendant la guerre et que leur protectrice, Mlle Brun, refuse de rendre à leur famille. Ils sont retrouvés en Espagne et rejoignent leur famille en Israël le 26 juin.

4 février
Bien que personnellement hostile à la CED, Jules Moch est nommé rapporteur par la commission des Affaires étrangères de l'Assemblée.

11 février
Ribeyre devient ministre de la Santé publique et de la Population en remplacement de Boutemy qui a quitté ses fonctions le 9 février en raison de ses activités sous Vichy. Petit remplace Ribeyre au ministère du Commerce.

25 février
Le général de Gaulle dénonce la CED qui « mène directement à l'hégémonie politique et militaire du Reich en Europe ».

27 février
Sortie du film de Jacques Tati, *Les Vacances de Monsieur Hulot.*

mars
Jean-Baptiste Duroselle: *Histoire diplomatique de 1919 à nos jours.*
Raoul Girardet: *La Société militaire dans la France contemporaine, 1815-1939.*
Barthes: *Le Degré zéro de l'écriture.*
Heidegger: *Kant et le problème de la métaphysique.*
Sortie du film *Le Carrosse d'or* de Jean Renoir, d'après une nouvelle de Mérimée.

1er mars
Le quotidien communiste *Ce Soir* cesse de paraître.

5 mars
Mort de Joseph Staline. Le président de l'Assemblée demande une minute de silence à sa mémoire. Seul le député socialiste Jean Le Bail reste ostensiblement assis pour signifier son refus de s'associer à l'éloge du dictateur. Le 7, des Anciens Combattants manifestent contre la décision du ministre de la Défense René Pleven de mettre les drapeaux en berne sur les bâtiments militaires. La direction du PC condamne officiellement le portait du *Vojd* (le chef) par Picasso que *Les Lettres françaises* ont publié en première page, comme ne correspondant pas aux « qualités » du chef du Kremlin.

11-13 mars
Débat et vote à l'Assemblée de la loi d'amnistie concernant les faits de collaboration.

24 mars
Un mandat d'amener est lancé contre les leaders de la CGT, dont Benoît Frachon. Le rédacteur en chef de *L'Humanité*, André Stil, est arrêté ainsi qu'André Tollet, Lucien Molino, dirigeants cégétistes accusés d'entraver la fabrication et le transport de matériel à destination de l'Indochine.

26 mars
Mayer, Bidault, Letourneau et Bourgès-Maunoury se rendent aux États-Unis pour plaider, lors d'une conférence sur l'Extrême-Orient, la cause de la France en Indochine. Le gouvernement affirme participer à l'endiguement de la poussée communiste.

avril
Le Vietminh lance une nouvelle offensive au Laos, qui échoue.
Fondation de la clinique de la Borde à Cour-Cheverny, haut lieu de l'innovation en psychiatrie.

15 avril
Sortie du film *Le Salaire de la peur* de Clouzot, avec Yves Montand et Charles Vanel.

26 avril
Au premier tour des élections municipales, le RPF régresse tandis que les modérés du RGR et du MRP enregistrent un succès; la SFIO progresse et le PC se maintient. Pour le second tour, la SFIO refuse toute entente avec le PC.

30 avril
Journée d'action revendicative lancée par la CGT et la CGT-FO.

mai
Première de *Lectures pour tous*, l'émission de télévision de Pierre Dumayet, Pierre Desgraupes et Max-Pol Fouchet.

Lucien Febvre: *Combat pour l'Histoire.*
Publication de la thèse de Georges Duby: *La Société aux XIe et XIIe siècles dans la région mâconnaise.*

1er mai
À Anzin, 600 mineurs nord-africains défilent en brandissant le drapeau nationaliste algérien, d'où des heurts avec la police.

3 mai
Le deuxième tour des élections municipales confirme le reclassement à droite, la stabilité du centre et l'affermissement de la gauche. La SFIO prend Marseille au RPF.

6 mai
Le général de Gaulle prend acte de l'échec du RPF et rend leur liberté aux parlementaires élus sur son nom en 1951. Ceux-ci, dont Soustelle, Malraux, Guichard, se regrouperont le 26 mai dans l'Uras (Union des républicains d'action sociale) et prendront le nom de républicains sociaux.
Création d'une commission de la recherche scientifique et technique dans le cadre du Commissariat au Plan.
Création du Cetelem, organisme de crédit à l'équipement électroménager.

8 mai
Le général Navarre est nommé commandant en chef en Indochine en remplacement du général Salan. René Mayer espère obtenir de meilleurs résultats militaires pour ouvrir en position de force de futures négociations de paix. Le plan du général Navarre prévoit l'installation d'un camp à Diên Biên Phu pour bloquer les offensives vietminh sur le Laos. La technique et l'utilisation de camps retranchés ravitaillés par avion apparaissent alors comme le meilleur système de défense, obligeant un ennemi très mobile à se fixer et à épuiser son potentiel.
Le jour anniversaire de la Victoire huit ans plus tôt sur l'Allemagne nazie est jour férié et chômé pour la première fois.

10 mai
Ouverture du marché commun des produits sidérurgiques.

14 mai
Premier numéro de *L'Express. Les Échos du samedi*, fondé par Françoise Giroud et Jean-Jacques Servan-Schreiber.

17 mai
Pose de la première pierre du mémorial du Martyr juif inconnu à Paris, consécration des efforts du rabbin Schneersohn, créateur du CDJC, le 28 avril 1943, à Grenoble.

21 mai
Le gouvernement René Mayer qui n'a pas obtenu la confiance de l'Assemblée pour les pleins pouvoirs financiers, démissionne. La crise ministérielle dure jusqu'au 26 juin.
Au Maroc, le Glaoui, pacha de Marrakech, entame une campagne contre le sultan Mohammed Ben Youssef dans le but d'instaurer son propre pouvoir et de maintenir les liens privilégiés avec la France.
Création à Bordeaux de la version réduite pour le théâtre de l'opéra du *Livre de Christophe Colomb*, de Claudel et Milhaud. (L'opéra avait été créé en 1930 par Max Reinhardt, commanditaire de l'œuvre, à Berlin.)

29 mai
L'Everest est vaincu par une expédition anglaise. Le livre *Victoire sur l'Everest*, d'Edmund Hillary et John Hunt, sera tiré à plus de 300000 exemplaires.
La IVe République témoigne d'une passion sportive sans égale. Les dieux du stade règnent sur la presse et les exploits transforment en héros leurs acteurs. La montagne, la mer et les airs complètent la panoplie où le vélo, la boxe et le football représentent le tiercé gagnant.

30-31 mai
Au congrès de la CGC (Confédération générale des cadres), André Malterre, son président, annonce 190000 adhérents.

2 juin
Retransmission en direct à la télévision du couronnement de la reine d'Angleterre, Élisabeth II; c'est le début de l'Eurovision.

3 juin
Pierre Mendès France, pressenti pour succéder à René Mayer, présente un discours-programme où il déclare: « Gouverner, c'est choisir. » L'Assemblée le censure par 13 voix d'écart.

7-8 juin
Lors de son congrès, la CGT préconise l'organisation d'un nouveau Front populaire.

16 juin
La Société psychanalytique de Paris se divise. Daniel Lagache, Françoise Dolto, Juliette Favez-

Boutonier créent la Société française de psychanalyse. Jacques Lacan, qui les rejoint, donnera une leçon inaugurale en juillet dans le grand amphithéâtre de l'hôpital Sainte-Anne.

18 juin
Important meeting au Vel'd'Hiv' en faveur des époux Rosenberg (condamnés à mort le 6 avril 1951) qui sont exécutés le lendemain aux États-Unis. Dans *Libération* (22 juin), Sartre donne libre cours à sa haine des États-Unis: «Attention! L'Amérique a la rage.»

26 juin
Joseph Laniel obtient l'investiture. Formé le 28, son gouvernement comprend 4 radicaux, 5 MRP, 2 UDSR, 1 Uras, 2 CNIP, 5 indépendants: Mitterrand (délégué au Conseil de l'Europe jusqu'au 2 septembre), Ribeyre (Justice), Martinaud-Déplat (Intérieur), E. Faure (Finances et Affaires économiques), Chastellain (Travaux publics, Transports et Tourisme), Houdet (Agriculture), Lemaire (Reconstruction et Logement), Mutter (Anciens Combattants), Coste-Floret (Santé et Population), Ferri (PTT).
Conservent leurs portefeuilles: Bidault (Affaires étrangères), Pleven (Défense nationale et Forces armées), Marie (Éducation nationale), Louvel (Industrie et Commerce), Jacquinot (Outre-mer), Bacon (Travail et Sécurité sociale).

juillet
Jean-Jacques Pauvert réédite *La Nouvelle Justine ou les malheurs de la vertu* de Sade, publié pour la première fois en 1797 en Hollande. Pauvert a entrepris la publication des œuvres complètes de Sade dès 1951. Elle lui vaudra un procès pour outrage aux mœurs et une condamnation à chaque publication. Le jugement ne sera cassé qu'en 1958.

2 juillet
L'Assemblée crée une commission d'enquête sur le trafic des piastres indochinoises.

3 juillet
Dans une note adressée aux États associés de l'Union française, le gouvernement français se déclare prêt à réaliser totalement l'indépendance du Vietnam, du Cambodge et du Laos.

8 juillet
Première réunion scientifique, dans le grand amphithéâtre de la clinique des maladies mentales dirigée par le professeur Jean Delay à l'hôpital Sainte-Anne, de la Société française de psychanalyse (SFP), née d'une scission de la Société psychanalytique de Paris, à la suite de divergences entre Jacques Lacan, son éphémère président, et de nombreux psychanalystes en désaccord avec sa pratique de l'analyse, en particulier Sacha Nacht (1901-1977), qui souhaitait limiter la pratique psychanalytique aux seuls médecins. La nouvelle société, qui n'est pas reconnue par les instances internationales, publie aux PUF une revue, *La Psychanalyse*, qui comptera huit numéros de 1954 à 1963.

11 juillet
L'Assemblée nationale vote la loi de redressement économique et financier qui accorde des pouvoirs spéciaux au gouvernement dans ce domaine. Les droits sur l'alcool et l'essence sont majorés.

14 juillet
La CGT et le PC organisent leur propre défilé. Des affrontements entre la police et 2000 manifestants nord-africains font 7 morts parmi ces derniers.

23 juillet
La révision de la Constitution est adoptée en première lecture par l'Assemblée. La principale mesure est une investiture simple du président du Conseil après le choix des ministres.

26 juillet
Louison Bobet remporte son premier Tour de France. Il renouvelle son exploit en 1954 et 1955.

27 juillet
En Corée, l'armistice est signé par les belligérants américains, chinois et coréens. Le 7 août, les États-Unis signeront un pacte d'assistance avec la Corée du Sud.

28 juillet
Afin de protester contre la baisse des prix agricoles, les viticulteurs de l'Hérault et du Gard dressent des barricades.

4-25 août
Les postiers CGT-FO de Bordeaux lancent un ordre de grève illimitée à propos du problème des retraites. Le lendemain, la grève s'étend aux transports et aux autres services publics. Elle est générale dès le 7 (4 millions de grévistes) et dure jusqu'au 25. Le 12, à la radio, le président du Conseil Joseph Laniel déclare son opposition à la grève; le 17, des grévistes réquisitionnés sont condamnés pour ne pas avoir repris le travail; des forces de police considérables sont rassemblées dans la périphérie de Paris.

9 août
La cotisation de 1 % sur les salaires pour financer le logement des salariés est instituée.

13 août
Le sultan du Maroc Mohammed Ben Youssef signe, sous la contrainte, un protocole d'accord sur les réformes proposées par la France. Le 16, des troubles éclatent en réaction au coup de force français; des Européens sont massacrés à Oujda.
Les troupes françaises abandonnent le camp retranché de Na San en pays thaï.

19-20 août
Les tribus mobilisées par le Glaoui (pacha de Marrakech) marchent sur Rabat. Joseph Laniel fait déposer Mohammed Ben Youssef et proclamer Ben Arafa sultan du Maroc: c'est la politique de refus de toute réforme qui l'emporte.

29 août
Jacqueline Auriol, belle-fille du président, est la première aviatrice française à franchir le mur du son.

septembre
Parution au Mercure de France du premier livre de poèmes d'Yves Bonnefoy: *Du mouvement et de l'immobilité de Douve*, très favorablement accueilli.
Dyonis Mascolo: *Le Communisme*. L'ouvrage relance la polémique sur les relations des intellectuels avec le communisme.

1er septembre
Le vol Paris-Saigon s'écrase: 42 victimes dont le violoniste Jacques Thibaud.

2 septembre
En désaccord avec la politique marocaine et tunisienne pour laquelle il réclame une ligne politique claire et plus libérale, François Mitterrand démissionne du gouvernement.
Ancien collaborateur de Lucien Saint (résident général en Tunisie dans les années 20), Pierre Voizard, favorable à une politique répressive, remplace Jean de Hauteclocque comme résident général en Tunisie. Il sera le dernier résident français en Tunisie.

7 septembre
Sortie du film *Chantons sous la pluie*, de Stanley Donen et Gene Kelly, également acteurs avec Debbie Reynolds.

9 septembre
Les États-Unis fournissent une aide exceptionnelle de 385 millions de dollars à la France pour financer la guerre en Indochine.

13 septembre
Guy Mollet propose la constitution d'un Front démocratique et social.

17 septembre
Les bas salaires des secteurs public et nationalisé sont relevés.

23 septembre
Le nonce apostolique Mgr Marcella communique au cardinal Liénart la décision irrévocable prise par Pie XII au sujet de l'expérience des prêtres-ouvriers qui avait été initiée par la Mission de Paris en janvier 1944, sous l'autorité du cardinal Suhard. Il s'agissait de mener un travail d'évangélisation parmi les ouvriers, à l'exemple de certains prêtres qui accompagnaient les requis du STO depuis 1943. Le Vatican leur enjoint de quitter leur travail et de se libérer de tout engagement avant le 1er mars 1954. Beaucoup ont adhéré à la CGT et sont devenus des compagnons de route des communistes.

octobre
Ouverture du Salon de la télévision et de la radio.

10 octobre
Élections dans les Territoires et Départements d'outre-mer pour le renouvellement des conseillers de l'Union française.

12 octobre
Les agriculteurs barrent les routes dans 14 départements pour protester contre la baisse des cours du bétail.

14 octobre
Création de *L'Alouette* de Jean Anouilh au théâtre Montparnasse-Gaston Baty.

16 octobre
Un congrès national convoqué à Saigon par Bao Dai refuse l'adhésion du Vietnam à l'Union française « sous sa forme actuelle » et demande l'indépendance totale.

28 octobre
L'Assemblée approuve la politique du gouvernement en Indochine.

6 novembre
L'Assemblée nationale refuse d'autoriser les poursuites contre Jacques Duclos, Étienne Fajon, Raymond Guyot et André Marty accusés de « complot contre la sûreté intérieure de l'État ».

7 novembre
L'Assemblée ratifie les conventions franco-sarroises sur le fonctionnement de l'union économique franco-sarroise et l'extension de l'autonomie politique.

15 novembre
Après une enquête de 18 mois, Gaston Dominici, de Lurs (Basses-Alpes), avoue être le meurtrier de la famille Drummond assassinée en août 1952. L'affaire passionne l'opinion. Condamné à mort le 28 novembre 1954, Dominici sera gracié par le président René Coty.

17-27 novembre
Le débat à l'Assemblée nationale sur la CED se termine le 27 par un vote de confiance sur un ordre du jour approuvant la construction d'une Europe unie (275 voix contre 244).

20 novembre
Le général Navarre fait installer un camp retranché à Diên Biên Phu (nord-ouest du Vietnam). Cette cuvette de 16 km de long doit permettre de créer un camp retranché pour entraver les mouvements du Vietminh vers le Laos. La base aéroterrestre s'appuie sur huit positions aux prénoms féminins (Gabrielle, Anne-Marie, Béatrice, Huguette, Dominique, Claudine, Éliane, Isabelle).

23 novembre
François Mitterrand est élu président du comité directeur de l'UDSR.

29 novembre
Pierre Poujade, libraire papetier à Saint-Céré dans le Lot, fonde l'UDCA (Union de défense des commerçants et artisans) dont la principale raison d'être est l'opposition à la multiplication des contrôles fiscaux.

Pierre Poujade

Meneur charismatique, fort en gueule et adepte des bons mots, Pierre Poujade (né en 1920) mène son mouvement à un succès inattendu. En 1956, l'UDCA compte 200 000 adhérents, obtient 2,5 millions de voix lors des législatives de janvier 1956 et 52 députés. Rassemblement de mécontentements contradictoires, le mouvement poujadiste exprime les sentiments des exclus de la modernisation économique. Sa dérive vers la droite extrême et la défense de l'Algérie française, ses accents populistes et même xénophobes, l'évolution économique et sociale aussi expliquent son lent déclin dès 1957. Revenu à la politique en 1966, Poujade poursuit une carrière en demi-teinte qui en fait un sénateur de droite.

décembre
Parution dans la collection « Métamorphoses » de *L'Effraie et autres poésies*, premier livre publié en France de l'écrivain suisse Philippe Jaccottet, installé en France depuis 1945.
Czeslaw Milosz : *La Pensée captive*, expérience des intellectuels sous les régimes totalitaires.

17-23 décembre
Le congrès se réunit à Versailles pour l'élection présidentielle. Le 23, René Coty, sénateur indépendant, est élu après 13 tours de scrutins. L'élection a été retransmise pour la première fois à la télévision. La passation des pouvoirs se déroule le 16 janvier suivant.

25 décembre
Au Laos, l'offensive du Vietminh atteint le Mékong. En février 1954, les troupes franco-lao repoussent cette offensive.

autres événements
- Jean Follain : *Territoires.*
- Bernard Frank : *Les Rats.*
- Paul Robert et la Société du Nouveau Littré publient le premier volume du *Dictionnaire alphabétique et analogique de la langue française* (6 volumes et un supplément jusqu'en 1964), qui deviendra le *Grand Robert de la langue française.*

1954

janvier
Raymond Aron analyse le livre d'Hannah Arendt, *The Origins of Totalitarism* (1951), dans *Critique.*

2 janvier
Le président de la République Vincent Auriol refuse la démission du gouvernement Laniel qui accepte de rester si l'Assemblée lui renouvelle sa confiance.

6 janvier
L'Assemblée approuve le bilan et le nouveau programme de Joseph Laniel.

13 janvier
Premier concert du Domaine musical, dans la salle du Petit-Marigny, récemment inaugurée avec *La Soirée des proverbes* de Schéhadé (musique de Maurice Ohana, décors de Félix Labisse). Au programme du premier concert, *L'Offrande musicale* de Bach, des œuvres de Luigi Nono et Stockhausen et *Renard* de Stravinski, avec Jean-Louis Barrault.

Le Domaine musical

L'association a été créée par Pierre Boulez avec l'aide de Suzanne Tèzenas pour faire entendre, dans de bonnes conditions, les œuvres de « musiciens qui n'ont pas triché dans leur quête de vérité ». D'abord dans le théâtre de Jean-Louis Barrault et Madeleine Renaud, dont Boulez est alors le directeur musical, puis à Gaveau et Pleyel, les concerts font entendre les grands maîtres du début du XXe siècle : Stravinski, Bartok, Varèse, mais aussi Schönberg, Berg et Webern au côté de musiciens du passé, Dufay, Bach, et de premières auditions d'œuvres nouvelles, françaises et étrangères, Maderna, Nono, Stockhausen. La saison du domaine musical devient très vite un lieu où se rencontrent dans l'auditoire, non seulement les musiciens comme André Schaeffner, Nadia Boulanger, Francis Poulenc, mais aussi des écrivains et artistes avides de nouveauté comme Henri Michaux, Louis-René Des Forêts, le peintre Nicolas de Staël... En 1967, Boulez cédera sa place à son disciple Gilbert Amy, qui maintiendra l'institution jusqu'en 1973.

25 janvier
Déposé en août 1953, le sultan du Maroc Mohammed Ben Youssef est transféré de Corse à Madagascar.

février
Gilbert Cesbron : *Chiens perdus sans collier.*
René Rémond : *La Droite en France de 1815 à nos jours. Continuité et diversité d'une tradition politique.*.

1er février
L'abbé Pierre lance un appel à la population parisienne pour qu'elle vienne en aide aux sans-logis alors qu'un froid polaire règne en France.

L'abbé Pierre

Entré chez les capucins en 1931, Henry Grouès (né en 1912) est ordonné prêtre en 1938. Cette soutane maigre devient célèbre un jour du froid hiver de 1954 par un appel pathétique à l'aide pour les pauvres, lancé sur les ondes de Radio Luxembourg. Les conséquences de la guerre sont loin d'être estompées, la crise du logement, les bidonvilles et les poches de pauvreté qui subsistent en particulier aux marches des grandes villes restent le quotidien de nombre de Français. « L'apôtre des sans-logis » (Paris-Match), *qui fut passeur de juifs, actif résistant et député MRP de 1945 à 1951, mobilise les médias, interpelle les hommes politiques et réclame un meilleur partage des fruits de la nouvelle croissance.*
Devenu le symbole de la lutte contre la pauvreté, il se fait chiffonnier pour vivre et fonde dès 1950 la communauté d'Emmaüs pour aider à la réinsertion des plus démunis. Personnage public, il revient dans les médias dans les années 80-90 au point que sa simple apparition semble liée aux crises économiques et aux données climatiques. Il est alors, avec le commandant Cousteau, l'homme le plus populaire de France.

2 février
Les troupes vietminh encerclent le camp retranché de Diên Biên Phu.

9 février
Le ministre de la Défense nationale René Pleven se rend en Indochine muni de pouvoirs étendus.

17 février
Le gouvernement bloque les prix au niveau du 8 février.

mars
Ray Bradbury : *Chroniques martiennes.*
Françoise Sagan (née en 1935) fait scandale et triomphe en librairie avec *Bonjour tristesse.*

9 mars
Au cours du débat sur la politique indochinoise, Pierre Mendès France préconise des négociations directes avec Hô Chi Minh.

13 mars
Le Vietminh déclenche une attaque massive contre le camp retranché de Diên Biên Phu encerclé depuis le 2 février.

17 mars
Un roman d'Albert Simonin, paru dans la « Série noire », est adapté à l'écran par Jacques Becker avec Jean Gabin: *Touchez pas au grisbi* devient une référence des films policiers.

31 mars
Conseiller militaire permanent de Joseph Laniel, le maréchal Juin prend publiquement position contre la CED. Il est relevé de ses fonctions.
Scission au sein du MTLD algérien: les éléments radicaux le quittent pour fonder le 10 juillet le CRUA (Comité révolutionnaire d'union et d'action) qui s'oriente vers la lutte armée.

avril
Barthes: *Michelet par lui-même.*
Foucault: *Maladie mentale et personnalité.*
Ionesco: *Amédée ou comment s'en débarrasser?*

4 avril
À la suite d'un Conseil restreint, le gouvernement français demande aux États-Unis une intervention aéroportée sur Diên Biên Phu.
Laniel et Pleven sont conspués par les « anciens d'Indochine » lors d'une cérémonie à l'Arc de Triomphe.

7 avril
Dans une conférence de presse, le général de Gaulle condamne la CED, soutient le maréchal Juin et prend position pour la fin de la guerre en Indochine.

10 avril
L'Assemblée vote la loi instaurant la taxe à la valeur ajoutée (TVA). Cet impôt indirect sur les produits et les services touche également les consommateurs. Au fil des ans, la TVA est devenue le principal impôt en France.

24 avril
Pour la seconde fois depuis le 5 avril, les Américains repoussent toute idée d'intervenir par air à Diên Biên Phu.

26 avril
À Genève, ouverture de la conférence des quatre Grands, avec participation de la Chine, sur la Corée. Très vite, elle se consacre à la question indochinoise. Les trois États associés au sein de l'Union française – Laos, Cambodge et État du Vietnam (*de facto* Sud-Vietnam) – ainsi que la République démocratique du Vietnam (Nord-Vietnam) sont invités alors à se joindre aux cinq autres participants.

29 avril
Une déclaration signée par Joseph Laniel et le vice-président du Conseil vietnamien, accorde l'indépendance totale au Vietnam.

mai
Jacques Ellul: *La Technique ou l'enjeu du siècle.*
À la galerie Arnad, à Paris, Tinguely expose sous le titre *Automates, sculptures et reliefs mécaniques*, des « tableaux mobiles » où des formes géométriques s'animent grâce à un petit moteur caché derrière chaque tableau. L'exposition recueille un certain succès: elle est reprise en octobre dans la même galerie.

4-6 mai
À l'Assemblée, le gouvernement obtient la confiance par 311 voix contre 262 lors du débat sur la politique indochinoise.

7 mai
Le camp français retranché de Diên Biên Phu tombe. Dès le début de l'attaque vietminh, les positions françaises sont submergées. Le 17 mars, le terrain d'aviation est impraticable, la base ne peut plus recevoir assez de ravitaillement. La supériorité numérique (5 contre 1), l'usage massif de l'artillerie par les Vietminh, sans cesse ravitaillés par une armée de coolies et une noria de camions, ne laissent aucun espoir aux Français.
La presse exalte l'héroïsme des parachutistes qui sautent sur le camp assiégé, inscrit au panthéon national la figure de « l'ange de Diên Biên Phu » l'infirmière Geneviève de Galard. Mais le « Verdun » d'Indochine est bien une défaite militaire.
Certains hommes de plume ou de caméra, présents en Indochine et même à Diên Biên Phu, comme Lucien Bodard, Jean Lartéguy ou Pierre Schoendoerffer, transforment en épopée humaine ce désastre.
Au-delà de l'épisode militaire, très vite magnifié en geste héroïque dans les deux camps, la défaite de Diên Biên Phu ébranle le statut de grande puissance de la France, ouvre la porte à d'autres revendications décolonisatrices, renforce l'image d'incurie du personnel politique de la IVe, et favorise au sein de l'armée un sentiment de divorce avec le régime.

14 mai
Le Comité de défense nationale envoie le général Ély et le général Salan étudier un plan de défense du delta du Mékong. Le général Ély sera nommé, le 3 juin, commissaire général et commandant en chef.

20 mai
Le diplomate Francis Lacoste est nommé résident général au Maroc.

21 mai
Habib Bourguiba est transféré à l'île de Groix.

27 mai
Alors qu'on assiste à une recrudescence du terrorisme en Tunisie et au Maroc, le gouvernement décide l'appel de la classe 1954.

29-30 mai
Le congrès extraordinaire de la SFIO se prononce pour la ratification du traité de la CED.

juin
Tibor Mende : *L'Asie du Sud-Est entre deux mondes.*

3 juin
Édouard Frédéric-Dupont est nommé ministre des Relations avec les États associés.

4 juin
Les traités d'indépendance et d'association du Vietnam sont signés.

9-12 juin
Lors du débat sur l'Indochine, le gouvernement Laniel n'obtient que 293 voix contre 306 et démissionne.

10 juin
Au cours du premier festival international d'art dramatique au théâtre Sarah-Bernhardt à Paris, le Berliner Ensemble interprète *Mère Courage* de Brecht. Des représentations qui laisseront un souvenir impérissable, notamment à Roland Barthes.

12 juin
Mendès France est chargé de former le gouvernement.

Pierre Mendès France

Ancien élève de la faculté de droit et de l'École des sciences politiques, Pierre Mendès France (1907-1982) est élu député radical de l'Eure en 1932 et maire de Louviers en 1935. Partisan de l'intervention de l'État pour atteindre le plein emploi et ne refusant pas le déficit, il est sous-secrétaire d'État au Trésor dans le second cabinet de Léon Blum (1938), mais son plan de réformes budgétaires ne peut être appliqué. Aviateur durant la campagne de France, Mendès France se trouve sur le Massilia *qui transporte au Maroc des parlementaires décidés à poursuivre le combat. Rapatrié et arrêté, jugé et condamné de manière inique, il s'évade et rejoint Londres en février 1942. Après avoir servi dans un groupe de bombardement, il devient en novembre 1943 commissaire aux Finances du Comité français de Libération nationale à Alger.*
En septembre 1944, il est ministre de l'Économie dans le Gouvernement provisoire du général de Gaulle, mais son plan énergique d'austérité est refusé par celui-ci. Mendès France démissionne en avril 1945. Resté critique face aux politiques économiques reposant sur l'aide américaine, il se singularise par sa constante opposition à la guerre d'Indochine. Son investiture à la présidence du Conseil ayant échoué en mai 1953 par suite de l'opposition du MRP qui n'admet pas son intention de renvoyer le débat sur la CED, il reçoit le soutien du nouvel hebdomadaire L'Express *qui mobilise l'opinion en sa faveur. La défaite de Diên Biên Phu renverse la situation et le fait apparaître comme le seul homme capable de sortir la France du bourbier indochinois. Il s'entoure d'une équipe dynamique avec Georges Boris, Simon Nora, Jean-Marie Soutou et de grands noms de la fonction publique, François Bloch-Lainé, Paul Delouvrier et Alfred Sauvy. Une coalition hétéroclite l'abat à l'Assemblée alors qu'il a résolu les principales questions latentes (Indochine, CED). Malgré sa victoire aux élections de 1956, Coty lui préfère Mollet. Il ne reviendra plus au pouvoir. D'autant que, malgré un retour remarqué pendant les événements de Mai 68, son opposition irréductible aux institutions de la Ve République l'isole de la vie politique.*

17 juin
Mendès France prononce son discours d'investiture devant l'Assemblée : « Depuis plusieurs années déjà, une paix de compromis, une paix négociée avec l'adversaire me semblait commandée par les faits, tandis qu'elle commandait, à son tour, la remise en ordre de nos finances, le redressement de notre économie et son expansion. » Il demande un délai jusqu'au 20 juillet pour instaurer le cessez-le-feu en Indochine.

18 juin
Mendès France est investi par 419 voix contre 47 et 143 abstentions ; il a annoncé qu'il ne comptabiliserait pas, en sa faveur, les voix communistes. Le 19 son gouvernement est formé où il conserve les Affaires étrangères. Hugues (Justice), Mitterrand

(Intérieur), général Kœnig (Défense nationale et Forces armées), Chaban-Delmas (Travaux publics, Transports et Tourisme), Berthoin (Éducation nationale), Bourgès-Maunoury (Industrie et Commerce), Buron (Outre-mer), Claudius-Petit (Travail et Sécurité sociale), Temple (Anciens Combattants), Aujoulat (Santé et Population), Fouchet (Affaires marocaines et tunisiennes).
Conservent leurs portefeuilles: E. Faure (Finances, Affaires économiques et Plan), Houdet (Agriculture), Lemaire (Logement et Reconstruction).

19 juin
Création d'un secrétariat d'État à la Recherche.

23 juin
Mendès France rencontre Chou En-lai, le ministre des Affaires étrangères de Chine populaire, à Berne.

7 juillet
Mendès France déclare à l'Assemblée qu'il demandera l'envoi du contingent en Indochine si les négociations échouent.

10 juillet
Mendès France se rend à Genève pour conduire les négociations.

14 juillet
Les premiers blessés français de Diên Biên Phu sont libérés.
Sur 37000 prisonniers, seuls 10 754 seront libérés après les accords de Genève. Les marches forcées, les conditions de vie et de détention, une «rééducation» impitoyable ont provoqué la mort de la moitié d'entre eux.

15-20 juillet
De retour d'URSS, Sartre livre ses impressions de voyage dans *Libération* et reprend à son compte les thèmes de la propagande soviétique: «Vers 1960, avant 1966, si la France continue à stagner, le niveau de vie moyen en URSS sera de 30 à 40 % supérieur au nôtre.»

20-21 juillet
Les accords de Genève sur l'Indochine impliquent un armistice et le cessez-le-feu. L'accord militaire est signé seulement par la France et le Vietminh; les autres États en prennent acte mais ne le ratifient pas. Le Vietnam sera partagé en deux sur le 17ᵉ parallèle. L'exécution de l'accord sera contrôlée par une commission internationale. Des élections sont prévues dans les deux zones en juillet 1956.

23 juillet
L'Assemblée approuve les accords de Genève par 462 voix contre 13 et 134 abstentions (MRP et Ars).

31 juillet
Pierre Mendès France prononce, à Carthage, un discours dans lequel il proclame «l'autonomie interne de l'État tunisien».

août
Jean-Pierre Serre reçoit la médaille Fields de mathématiques.

10 août
L'Assemblée accorde par 326 voix contre 90 les pleins pouvoirs à Pierre Mendès France jusqu'au 31 mars 1955 pour réaliser le plan d'expansion économique. Le ministre des Finances Edgar Faure crée un fonds de reconversion de l'industrie et un fonds de reconversion de la main-d'œuvre.

13 août
Le Conseil des ministres approuve le compromis proposé par Mendès France sur la CED. Le protocole propose de suspendre toute décision supranationale pendant huit ans et donne à chaque État un droit de veto. Seules les troupes françaises hors du territoire national seraient intégrées dans la CED. Trois ministres gaullistes démissionnent: le général Kœnig (Défense nationale et Forces armées), Chaban-Delmas (Travaux publics, Transports et Tourisme), Maurice Lemaire (Logement et Reconstruction). Ils sont remplacés le lendemain respectivement par Temple, Bourgès-Maunoury et Claudius-Petit.

19-22 août
Les six ministres des Affaires étrangères des pays de la CED se réunissent à Bruxelles. Le protocole d'application de la CED proposé par Pierre Mendès France est rejeté.

26 août
Mendès France annonce la création au Maroc d'un conseil d'étude des réformes en accord avec le sultan Ben Arafa.

29-30 août
Le débat sur la CED s'ouvre à l'Assemblée. Le général Aumeran pose une question préalable qui est votée par 319 voix contre 264. Alors qu'il a été ratifié par les cinq autres Parlements (Belgique, Italie, Luxembourg, Pays-Bas, RFA), l'Assemblée nationale rejette de fait le traité.

31 août
Trois ministres partisans de la CED démissionnent : Bourgès-Maunoury (radical), Claudius-Petit (UDSR), Hugues (radical).
Le comité directeur de la SFIO exclut Daniel Mayer, Jules Moch et Max Lejeune pour avoir voté contre la CED.

septembre
Création de la Fnac par André Essel et Max Théret.
Élu à la chaire d'histoire de la philosophie de la Sorbonne en 1954, Jean Guitton est chahuté par des étudiants communistes. Guitton avait publié en 1943 *Journal de captivité*, relatant sa détention comme prisonnier de guerre, qui lui valut d'être accusé de pétainisme à son retour et d'être rétrogradé à l'Université par un comité d'épuration, décision cassée ensuite par le Conseil d'État.

3 septembre
Après les démissions du 31 août, deuxième remaniement ministériel du gouvernement Mendès France : Guérin de Beaumont (Justice), Chaban-Delmas (Travaux publics, Transports et Tourisme, Logement et Reconstruction), Ulver (Industrie et Commerce), Aujoulat (Travail et Sécurité sociale), Masson (Anciens Combattants), Monteil (Santé et Population), La Chambre (Relations avec les États associés).

5 septembre
Les négociations franco-tunisiennes s'ouvrent à Tunis.

9 septembre
Devant le Conseil du Pacte Atlantique, Mendès France réaffirme sa fidélité à l'alliance.
En Algérie, un séisme détruit Orléansville.

19 septembre
Une enquête est ouverte à propos de « fuites » constatées à la suite des réunions du Conseil de défense au profit du PC. Le 1er octobre, des membres du cabinet du secrétaire général à la Défense nationale Jean Mons, Turpin et Labrusse, reconnaissent en être les auteurs. Le 20 mai 1956, ils sont condamnés à six et quatre ans de prison.

20 septembre
À Strasbourg, Mendès France présente au Conseil de l'Europe sa solution au réarmement allemand et demande que la Grande-Bretagne s'associe plus étroitement à la défense de l'Europe.

29 septembre
Le comité directeur de la SFIO suspend 49 députés anti-CED. Pierre-Olivier Lapie est exclu.

octobre
Kingsley : *Le Comportement sexuel de la femme.*
Robert Aron : *Histoire de Vichy.*
L'une des premières sculptures en ferraille de César, *Poisson*, est primée et achetée l'année suivante par le musée national d'Art moderne de Paris.

3 octobre
Les accords de Londres, suivis de ceux de Paris (23 octobre) permettent à la RFA d'entrer dans le Pacte Atlantique ; elle s'engage à ne pas fabriquer d'armes atomiques et renonce à la force pour obtenir sa réunification.

9 octobre
Les troupes françaises évacuent Hanoi. Le lendemain, le Vietminh y fait son entrée officielle.
La prime horaire allouée aux bas salaires en février est portée de 15 à 21,50 francs.

12 octobre
L'Assemblée nationale accorde sa confiance au gouvernement Mendès France par 350 voix contre 112 pour la poursuite des négociations de Londres. Le lendemain, Mendès France rencontre de Gaulle.

18 octobre
Les représentants élus des établissements français de l'Inde (Chandernagor, Karikal, Mahé, Pondichéry et Yanaon) décident leur rattachement à l'Union indienne. Trois jours plus tard, un accord franco-indien sur leur transfert à l'Union indienne est signé.

23 octobre
Pierre Mendès France et Konrad Adenauer signent à Paris des accords où la RFA obtient le rétablissement de sa souveraineté extérieure, la fin du régime d'occupation et entre dans l'UEO et dans l'Alliance Atlantique. Ils règlent aussi le problème sarrois ; la Sarre recevra un statut européen dans le cadre de l'UEO ; la population devra entériner l'accord par un référendum.

25 octobre
Parution du premier tome des *Mémoires de guerre* du général de Gaulle : *L'Appel.*

novembre
Henri-Irénée Marrou : *De la connaissance historique.*
Parution de *Prêtres-ouvriers*, sans nom d'auteur.

1er novembre
En Algérie, une série d'attentats (la « Toussaint rouge ») marque le début de l'insurrection conduite par le FLN (Front de libération nationale), dirigé par le CRUA (Comité révolutionnaire d'unité et d'action), qui lance une déclaration réclamant l'indépendance. Le 5, les autorités font procéder à de nombreuses arrestations et dissolvent le MTLD de Messali Hadj.

La guerre d'Algérie

De 1954 à 1962, la France mène une guerre en Algérie qu'elle refuse de reconnaître. Les premiers attentats sont perçus comme des actes de banditisme, le gouvernement de Mendès France ne comprend pas les aspirations nationales des Algériens. La situation est aussi extrêmement différente de celle d'Indochine. Aux 8 400 000 musulmans s'ajoutent 980 000 Européens, une communauté à l'identité forte malgré des apports divers et fière de son appartenance française tout en étant consciente de sa spécificité.
Malgré des tentatives de négociations, c'est la logique de l'affrontement qui l'emporte. Les opérations militaires tiennent de la guérilla, du ratissage, des coups de main, rarement d'une guerre classique. C'est que le FLN sait ne pouvoir vaincre qu'en décourageant l'opinion métropolitaine et en internationalisant le conflit grâce aux pressions du monde extérieur sur la France. En 1956, l'armée française intercepte l'avion marocain des représentants extérieurs du FLN au mépris des règles internationales et Guy Mollet pense trouver dans la défaite de l'Égypte de Nasser, vue comme la base arrière des nationalistes algériens, une solution aux problèmes algériens. L'expédition de Suez (30 octobre-6 novembre 1956) est un échec. Les affrontements avec la guérilla se multiplient et si l'armée française obtient d'indéniables résultats militaires, c'est au prix de l'envoi du contingent à partir du printemps 1956 qui étend le conflit à l'ensemble de la métropole, de l'usage systématique de la torture et d'exécutions sommaires, et d'un engagement sans cesse croissant de ces cadres qui pensent prolonger sur le sol du Maghreb la lutte perdue en Indochine. Les positions se figent, toute solution politique semble impossible. La IVe République meurt de son incapacité à imposer la nécessaire négociation. Quand les militaires d'Alger se rallient à la population pied-noire soulevée le 13 mai 1958 contre l'investiture de Pflimlin, c'est bien le refus de toute négociation qui est exprimé. L'arrivée de De Gaulle au pouvoir voit progressivement la métropole passer d'un soutien au maintien de l'Algérie au sein de la France à une volonté d'accorder l'indépendance que ponctuent les discours du président de la République. Dès 1959, il s'affirme favorable à l'autodétermination des Algériens (16 septembre 1959), puis en 1960 à une Algérie algérienne. Les manifestations des pieds-noirs (contre Guy Mollet le 6 février 1956 ou les barricades du 24 février 1960), la dissidence militaire en avril 1961, le terrorisme de l'OAS n'y changeront rien. L'opinion française a accompagné les changements de position du président de la République à l'inverse de la masse des Français d'Algérie. Les accords signés à Évian le 18 mars 1962, suivis le lendemain d'un cessez-le-feu, reconnaissent le droit à l'autodétermination par référendum de l'Algérie.

8 novembre
Le PC se prononce pour la reconnaissance des droits du peuple algérien mais condamne la lutte insurrectionnelle.

12 novembre
Devant l'Assemblée, Mendès France déclare que « l'Algérie, c'est la France » et « qu'on ne transige pas lorsqu'il s'agit de défendre l'intégrité de la République ». Il annonce une « répression sans faiblesse car elle est sans injustice ».
Chaban-Delmas, ministre du Logement et de la Reconstruction, est remplacé par Lemaire.

13-17 novembre
Décrets anti-alcooliques qui limitent, entre autres, les droits des bouilleurs de crus.

22 novembre
À l'ONU, Mendès France prône la détente et une nouvelle conférence à quatre.

30 novembre
Vote en seconde lecture de la réforme constitutionnelle – qui prend rapidement le nom de réformette : le président du Conseil est dorénavant investi en même temps que son gouvernement à la majorité simple.

2 décembre
Le compositeur Edgar Varèse, revenu à Paris à l'instigation de Malraux et de Pierre Schaeffer, donne la première audition de *Déserts* au théâtre des Champs-Élysées. L'œuvre est diffusée en stéréophonie par l'ORTF. Pierre Boulez présente ce concert, dirigé par Hermann Scherchen (1891-1966), qui provoque un scandale comparable à

celui du *Sacre du printemps* trente ans plus tôt dans la même salle.

3 décembre
À l'Assemblée nationale, le débat qui suit l'enquête du 19 septembre sur l'affaire des « fuites » au Conseil de défense met en cause François Mitterrand. Le Parti communiste est soupçonné d'avoir accès aux délibérations du Conseil de la défense nationale. Si des « fuites » ont existé, mais non au profit du PCF – des fonctionnaires, un journaliste sont condamnés –, le scandale éclate quand le ministre de l'Intérieur, François Mitterrand, est dénoncé comme le traître. Cette fausse accusation participe de la campagne, souvent haineuse, qui est alors menée contre Mendès France et son gouvernement. Le gouvernement obtient 287 voix contre 240.

6 décembre
Simone de Beauvoir obtient le prix Goncourt pour *Les Mandarins*; elle déclare dans *L'Humanité-Dimanche*: « Je considère que les intellectuels de gauche doivent travailler avec les communistes. »
Jean Giono succède à Colette à l'académie Goncourt. Il assiste au procès Dominici (ses *Notes sur l'affaire Dominici* paraîtront en juin 1955).

23 décembre
Par 280 voix contre 259, l'Assemblée repousse le premier article des accords de Paris.

30 décembre
La question de confiance étant posée, l'Assemblée ratifie les accords de Paris (23 octobre) par 287 voix contre 256.

autres événements
• Nouvelle révolution médicale, grâce au psychiatre danois Schou, qui réussit la mise au point du lithium pour traiter les psychoses maniaco-dépressives.
• Le dérèglement d'une machine est à l'origine du Caram'bar. Il perdra l'apostrophe en 1977.

1955

janvier
Herbert Lüthy: *À l'heure de son clocher. Essai sur la France.*

5 janvier
Le gouvernement français remet aux pays de l'UEO un mémorandum proposant la création d'une agence de production des armements.

8 janvier
Décret sur la décentralisation industrielle.

13-15 janvier
Dans *France-Observateur* (« Votre Gestapo d'Algérie »), Claude Bourdet interpelle en vain Pierre Mendès France et François Mitterrand sur les agissements de la police française. Le 15, dans son « Bloc-notes » de *L'Express*, François Mauriac publie lui aussi un article contre la torture en Algérie. « Certains nous reprochent de mettre l'accent sur ce qui s'accomplit d'horrible, au nom de la France, en Afrique du Nord [...] qu'ils le comprennent enfin: la crise de la justice en France déborde infiniment l'Afrique du Nord. »

20 janvier
Quatrième remaniement ministériel du gouvernement Mendès France: E. Faure (Affaires étrangères), Temple (Justice), Chevallier (Défense nationale), Bourgès-Maunoury (Forces armées), Schmittlein (Marine marchande), Buron (Finances, Affaires économiques et Plan), Juglas (Outre-mer), Galy-Gasparou (Information), Caillavet (Intérieur), Catroux (Armement), Fouques-Duparc (Aviation civile), Conombo (Affaires économiques).

24 janvier
L'UDCA de Pierre Poujade décide la grève des impôts.

26 janvier
Jacques Soustelle est nommé gouverneur général de l'Algérie. Après une visite dans les Aurès, il établit un programme de 6 milliards d'investissements et déclare: « Un choix a été fait par la France, ce choix s'appelle l'intégration. »

Jacques Soustelle

Fruit de l'école républicaine, boursier, premier à l'ENS à 17 ans, major à l'agrégation de philosophie, Jacques Soustelle (1912-1990) se tourne vers les sciences sociales (l'ethnologie) et soutient sa thèse à 25 ans sur le Mexique. L'essentiel de ses travaux porte sur le Mexique précolombien; il publie en particulier, en 1955, une Vie quotidienne des Aztèques, *qui remporte un grand succès. Mais plus que le savant, c'est le politique qui inscrit Jacques Soustelle dans la vie de la IVe République. Munich et le pacte germano-soviétique le mènent à la rupture avec les communistes et, après la défaite, à une « résistance spontanément gaulliste » (*Envers et contre tout, *1947-1950). Commissaire à l'Information* *à Londres de 1942 à 1943, il devient directeur général des services secrets, commissaire de la République à Bordeaux lors de la Libération et secrétaire général du RPF en 1947. Il est nommé par Mendès France gouverneur général d'Algérie en janvier 1955 et passe alors pour libéral, tentant de mener une politique de réforme. Son programme tient en un mot, l'intégration, donc l'égalité des individus et des communautés dans une Algérie à la personnalité culturelle reconnue au sein de la République. Mais le « maintien de l'ordre » l'emporte sur ses premières convictions (surtout après les massacres de septembre 1955) et son départ en janvier 1956, dû à la victoire du Front républicain, est l'occasion d'une des premières vastes manifestations des pieds-noirs. Il revient dans les bagages de De Gaulle en juillet 1958 (à l'Information) et défend l'Algérie française. Mais l'évolution de la politique du président cause la rupture : il est écarté en 1960 et part en exil en avril 1961, soutenant la cause de l'Algérie française jusque dans ses avatars terroristes. Il revient en France après l'amnistie de 1968, reprend la vie politique (député de Lyon en 1973) et est reçu à l'Académie française en 1982.*

29 janvier
Sortie du film de Clouzot, *Les Diaboliques*, d'après Boileau-Narcejac.

4 février
Le Saint-Office condamne le périodique français *La Quinzaine*, organe des catholiques progressistes.

5 février
Par 309 voix contre 273, l'Assemblée refuse la confiance à Pierre Mendès France, à l'issue d'interpellations sur la politique française en Afrique du Nord.

20 février
Pierre Poujade tient un grand meeting au Vel'd'Hiv'.

23 février
Après l'échec de Pinay, de Pflimlin et de Pineau, Edgar Faure constitue le nouveau gouvernement et obtient l'investiture par 369 voix contre 210. Schuman (Justice), Pinay (Affaires étrangères), Bourgès-Maunoury (Intérieur), général Kœnig (Défense nationale et Forces armées), Pflimlin (Finances et Affaires économiques), P.-H. Teitgen (Outre-mer), Berthoin (Éducation nationale), Corniglion-Molinier (Travaux publics, Transports et Tourisme), Morice (Industrie et Commerce), Sourbet (Agriculture), Bacon (Travail et Sécurité sociale), Duchet (Reconstruction et Logement), Lafay (Santé et Population), Triboulet (Anciens Combattants), P. July (Affaires marocaines et tunisiennes), Antier (Marine marchande), Bonnefous (PTT).

27 février
Le Ping-Pong d'Arthur Adamov est créé par Jacques Mauclair au théâtre des Noctambules.

mars
Dans *Les Cahiers du communisme*, Maurice Thorez développe la thèse de la paupérisation absolue du prolétariat. En juin, le congrès de la CGT la reprendra à son compte.

24 mars
Dans *France-Observateur*, s'élevant contre les visées hégémoniques du PC, Gilles Martinet définit la « nouvelle gauche » qui veut rassembler des marxistes, des sociaux-démocrates, des socialistes chrétiens et d'anciens radicaux de gauche.

27 mars
Premier vol de la Caravelle, avion biréacteur de transport construit par la Nationale du Sud-Est. Décidé en 1951, ce moyen-courrier est présenté en vol et sera commercialisé à partir de 1958 avec succès. Très fiable, l'avion sera construit à 286 exemplaires. Il peut transporter 80 passagers sur des étapes de 1 500 km à une vitesse supérieure à 800 km/h. Il symbolise alors la renaissance et la réussite technique et économique de la France.
Pierre Dreyfus est nommé PDG de Renault.

PIERRE DREYFUS

Commissionnaire à Londres, Madrid et au Havre, Pierre Dreyfus (1907-1994) acquiert l'expérience du négoce international, devient docteur en droit et tente d'entrer au Conseil d'État. Ami de Claude Lévi-Strauss et de Robert Marjolin, il rejoint, comme eux, le mouvement socialiste. Fonctionnaire de la direction du Budget, il intègre le corps des inspecteurs généraux de l'industrie en 1936. Pendant la guerre, il participe à la Résistance dans le Lot. Directeur de cabinet de Lacoste, ministre de l'Industrie (1947-1949), il dirige ensuite pendant quatre ans les Houillères de Lorraine, puis est directeur de cabinet de Bourgès-Maunoury, ministre du Commerce et de l'Industrie (1954). En 1955, il succède à Pierre Lefaucheux, mort accidentelle-

ment, à la tête de la Régie dont il était déjà vice-président et administrateur. Il introduit la planification à cinq ans, lancera en 1962 la décentralisation et la diversification. En dix ans, Renault devient la première entreprise française, l'un des premiers constructeurs européens et un « modèle social » grâce à la concertation avec les partenaires sociaux et les accords d'entreprise.

28 mars
Par 303 voix contre 268, le gouvernement obtient des pouvoirs spéciaux en matière économique, sociale et fiscale.
Soustelle rencontre clandestinement une délégation algérienne, tandis que la Kabylie, les Aurès et le Constantinois connaissent une recrudescence du terrorisme.

31 mars
Edgar Faure fait voter l'état d'urgence en Algérie.

avril
Clausewitz: *De la guerre*, première traduction intégrale due à Denise Naville.
Dans *Les Aventures de la dialectique*, Merleau-Ponty critique les thèses que Sartre a avancées dans *Les Communistes et la paix*. La rupture est consommée.
Alain Robbe-Grillet: *Le Voyeur*.

1er avril
Sortie du film *Fenêtre sur cour* d'Alfred Hitchcock.

2 avril
Le Smig est porté à 126 francs de l'heure.

3 avril
Née le 1er janvier, la station radio Europe n°1 commence ses émissions régulières.

EUROPE N°1

En parallèle à l'équipement des Français (5,3 millions de récepteurs en 1945, 10 millions en 1958) se développe l'offre radio qui, malgré le monopole national, autorise des émetteurs périphériques fonctionnant grâce aux ressources de la publicité. Europe n°1, dont l'antenne est installée en Sarre, apporte un ton nouveau qui séduit un jeune auditoire. L'information prime avec reportages sur le terrain sous l'égide de Maurice Siegel et de Pierre Sabbagh tandis que la musique moderne ou le jazz a droit aux ondes. Des émissions populaires signent ce succès comme le feuilleton de Francis Blanche et Pierre Dac, Signé Furax, *ou de Frank Ténot et Daniel Filipacchi,* Pour ceux qui aiment le jazz.

6 avril
La galerie Denise René, à Paris, présente une exposition intitulée *Le Mouvement*. Y sont exposées, à côté d'œuvres de Duchamp et de Calder, des créations de la jeune génération représentée par Agam, Bury, Soto, Tinguely, Vasarely. Tinguely y expose ses deux premières machines à dessiner et à faire de la musique.

16 avril
L'Express publie la première liste de « best-sellers » en France depuis dix ans. Arrivent en tête: *Le Petit Monde de Don Camillo* de Guareschi (798 000 exemplaires), *Le Grand Cirque* de Clostermann (527 000), *J'ai choisi la liberté* de Kravchenko (503 000), *Le Zéro et l'Infini* de Koestler (450 000), *Le Silence de la mer* de Vercors (420 000), *Le Petit Prince* de Saint-Exupéry (400 000), *La Peste* de Camus (360 000) et *La Grande Crevasse* de Frison-Roche (350 000).

mai
Raymond Aron: *L'Opium des intellectuels*. « La raison du succès remporté par le léninisme-stalinisme, entre toutes les tentatives de religion de remplacement, est, en dernière analyse, fort simple: c'est la victoire de la Révolution qui a permis la diffusion du communisme, non la séduction de la religion séculière qui a préparé les dix jours qui ébranlèrent le monde. »
Pierre Chaunu: *Séville et l'Atlantique, 1504-1650*.

5 mai
En application des accords de Paris du 23 octobre 1954, la RFA recouvre sa souveraineté. L'URSS dénoncera les traités signés par la France et la Grande-Bretagne avec la RFA qui entrera, le 9 octobre suivant, dans l'OTAN.

10 mai
La France, les États-Unis et la Grande-Bretagne proposent à l'URSS une conférence des quatre Grands que celle-ci accepte le 26.

15 mai
Les dernières forces françaises quittent le Vietnam.

16 mai
Le gouvernement décide de porter à 100 000 hommes les effectifs militaires en Algérie. Pour cela, il rappelle les disponibles le 19.

18 mai
En vertu des pouvoirs spéciaux, le Conseil des ministres adopte 114 décrets économiques et sociaux.

22-26 mai
Au Cameroun, les manifestations organisées par l'Union des populations du Cameroun dégénèrent en émeutes.

27 mai
L'Assemblée adopte le IIᵉ Plan (1954-1957).

juin
Raymond Aron est élu à la chaire de sociologie de la Sorbonne.
Blanchot : *L'Espace littéraire.*
Alain Touraine : *L'Évolution du travail ouvrier aux usines Renault.*

1er juin
Un plan de réformes en Algérie est présenté au Conseil des ministres.
Après trois ans d'exil, Habib Bourguiba regagne Tunis.

2 juin
René Mayer succède à Jean Monnet, démissionnaire, comme président du Pool charbon-acier. Le lendemain, à la conférence de Messine, les ministres des Affaires étrangères des six pays adoptent un projet de « relance européenne ».

3 juin
La convention franco-tunisienne est signée qui accorde à la Tunisie son autonomie interne.

11 juin
Création au théâtre de la Huchette de six actes du *Théâtre de chambre* de Jean Tardieu : *La Sonatine et les trois messieurs*, *Le Guichet*, *Qui est là ?*, *La Politesse inutile*, *La Serrure* et *La Société Apollon*. Henri Sauguet a composé la musique de scène.

21 juin
Le résistant Gilbert Grandval remplace Francis Lacoste comme résident général au Maroc. Ce choix prouve la volonté d'Edgar Faure de trouver une solution pacifique à la crise marocaine comme en Tunisie.

23 juin
Edgar Faure est nommé président du Rassemblement des gauches républicaines (RGR).

30 juin
Création du Fdes (Fonds de développement économique et social).
Le général de Gaulle donne une conférence de presse au cours de laquelle il affirme se désintéresser des affaires politiques.

juillet
Inauguration de l'église de Ronchamp construite par Le Corbusier.

12 juillet
Au Maroc, Grandval révoque sept directeurs et deux hauts fonctionnaires français de la résidence générale et de la police, trop proches des positions conservatrices, provoquant ainsi la colère des colons.

14 juillet
Une bombe explose à Casablanca dans le quartier européen tuant 6 personnes. Des émeutes éclatent les deux jours suivants. Un climat général d'insurrection semble gagner le Maroc. Opposé aux atermoiements politiques du gouvernement, Grandval donne sa démission le 22 août, effective à partir du 29.

18 juillet
Création française au cinéma du Casino d'Aix-en-Provence, dans le cadre du festival et un mois après la première audition à Baden-Baden, du *Marteau sans maître*, cantate de Pierre Boulez sur trois poèmes de René Char, pour voix de femme et six instrumentistes. L'œuvre, proche par l'effectif instrumental du *Pierrot lunaire* de Schönberg mais d'une esthétique opposée, devant plus à la musique extra-européenne qu'à l'expressionnisme allemand, vaut au jeune compositeur l'admiration de Stravinski et une reconnaissance internationale.

20 juillet
La Haute Cour de justice condamne l'amiral Auphan, ancien secrétaire d'État à la Marine du gouvernement de Vichy, qui s'est constitué prisonnier en janvier, à cinq ans de prison et cinq ans de dégradation nationale dont il est aussitôt relevé.
Le docteur Causse, qui préside l'association Présence française, est expulsé du Maroc.

26 juillet
À l'Assemblée, le vote personnel est institué pour lutter contre l'absentéisme des députés.

29 juillet
L'Assemblée nationale prolonge de six mois l'état d'urgence instauré en Algérie depuis le 31 mars.

30 juillet
Maurice Béjart: *Symphonie pour un homme seul*, chorégraphie sur une musique de Pierre Henry et Pierre Schaeffer.

PIERRE SCHAEFFER

Pierre Schaeffer (1910-1995) a proposé une nouvelle méthode pour faire, entendre et comprendre la musique. Polytechnicien, il crée au sein de la Radiodiffusion française en 1951 le Groupe de musique concrète qui devient en 1958 le Groupe de recherche musicale et dirige le service de recherche de l'ORTF de 1960 à 1974. Il s'intéresse au pouvoir expressif des sons enregistrés, indépendamment de la cause ou de l'instrument d'origine. D'où son Étude aux chemins de fer *(1948) ou son* Étude aux objets *(1959). Il réfléchit aussi aux développements des mass médias comme le prouve, parmi d'autres, son ouvrage en deux tomes,* Machines à communiquer, *paru en 1970 et 1972. En 1969, il devient professeur associé au Conservatoire de Paris et participe dès 1974 au Haut Conseil de l'Audiovisuel.*

août
Paul Gadenne (1907-1956), auteur de *Siloé* (1941) et surtout de *La Plage de Scheveningen* (1952), publie *Invitation chez les Stirl*. Malade (il souffre de tuberculose depuis sa jeunesse), il ne pourra achever son dernier roman, *Les Hauts Quartiers*, qui ne sera publié qu'en 1973.

1er août
Violents incidents à Saint-Nazaire entre les grévistes des chantiers navals et la police.

15 août
Martin Heidegger participe aux entretiens de Cerisy-la-Salle et prononce une conférence: «Qu'est-ce que la philosophie?». Le philosophe Lucien Goldmann lit en pleine séance les derniers textes pro-nazis du philosophe mais ne suscite que la réprobation.

20 août
Au Maroc, l'anniversaire de la déposition de Mohammed Ben Youssef déclenche une insurrection dans les régions d'Oued-Zem (49 Européens massacrés), Khenifra et Casablanca.

20-21 août
En Algérie, des commandos FLN attaquent des commissariats, des casernes et des villages dans le Constantinois: 123 morts dont 71 Européens. La répression fait officiellement 1 273 morts parmi les musulmans d'Algérie (le nombre de victimes serait en réalité de 12000). Une coupure s'installe entre les deux communautés.

22-27 août
Entretiens franco-marocains à Aix-les-Bains. Le retrait du sultan Ben Arafa est décidé ainsi que la formation d'un conseil du Trône et d'un gouvernement marocain représentatif.

23, 29 août
Rappel du demi-contingent libéré en avril. Le 29, le maintien en service du premier contingent de 1954 sera annoncé. La guerre en Algérie mobilise de plus en plus d'hommes.

septembre
Lancement de la politique de grands ensembles: la construction de 10000 logements va faire passer la population de Sarcelles de 8000 à 40000 habitants. Sarcelles apparaît très vite comme le symbole de ces villes standardisées construites pour répondre à l'urgence. Si cet urbanisme génère plus tard des crises, liées à la géographie de la banlieue et à la construction de ghettos – dérive par rapport au projet initial –, il est néanmoins, dans les années 50, une réponse rapide et efficace destinée à résorber les baraquements résultant des destructions de la guerre, et à offrir de meilleures conditions de vie et d'hygiène.

5 septembre-31 octobre
Le général Catroux est envoyé à Madagascar négocier le retour d'exil du sultan Mohammed Ben Youssef. Le 29 octobre, le sultan Ben Arafa abdique en sa faveur. Le 31, Mohammed Ben Youssef revient en France où il reçoit l'allégeance de tous les pachas et caïds du Maroc, y compris du Glaoui.

12 septembre
Le PCA (Parti communiste algérien) est dissous. En juillet 1956, certains de ses membres rejoindront le FLN.

15 septembre
Accord d'entreprise chez Renault: les salariés obtiennent trois semaines de congés payés et des hausses de salaires.

19 septembre
L'ambassadeur Roger Seydoux est nommé haut-commissaire en Tunisie, nouveau titre du représentant français depuis le 3 juin.

26 septembre
Des élus musulmans, dits groupe des « 61 », votent une motion hostile à l'intégration et favorable à une reconnaissance de l'identité nationale algérienne, et décident de ne pas participer aux travaux de l'Assemblée algérienne. Soustelle ajourne la session.

27 septembre-16 octobre
Rencontres à Genève des ministres des Affaires étrangères, dans le prolongement de la conférence des quatre Grands. Elles s'achèvent sur un échec le 16 novembre.

30 septembre
L'assemblée générale de l'ONU vote l'inscription de la question algérienne à l'ordre du jour : la délégation française quitte l'assemblée.

octobre
Tardive et éphémère reconnaissance pour le romancier André Dhôtel qui publie *Le Pays où l'on n'arrive jamais* et reçoit le prix Fémina.
Lévi-Strauss : *Tristes Tropiques*, dans la collection « Terre humaine » chez Plon.

CLAUDE LÉVI-STRAUSS

Claude Lévi-Strauss (né en 1908) obtient en 1931 l'agrégation de philosophie qui le mène de Mont-de-Marsan à Laon d'où son consentement à un poste de sociologue à l'université de São Paulo (Brésil) en février 1935. Il fait alors ses débuts d'ethnographe. Revenu en France en 1939, il est révoqué du fait des lois raciales de Vichy et part aux États-Unis où il prépare sa thèse soutenue en 1948 sur les Structures élémentaires de la parenté. *Il veut y dégager les principes universels de parenté grâce à la linguistique et à la formalisation mathématique. Il entre cette année-là au CNRS et devient sous-directeur du musée de l'Homme. Deux ouvrages ont un retentissement considérable. En 1952,* Race et histoire *condamne, à l'aide de l'anthropologie, tout racisme et en 1955, son autobiographie intellectuelle,* Tristes Tropiques, *est aussi une méditation sur l'homme. Son élection en 1959 au Collège de France montre la reconnaissance de ses pairs. Claude Lévi-Strauss a pris ses distances avec tout engagement politique alors même que la mode structuraliste du milieu des années 60 fit de lui une référence de la pensée moderne, comme l'un des « quatre mousquetaires » (avec Barthes, Foucault et Lacan) qui pensèrent dégager les structures de l'homme en société.*

Publication du premier volume des *Œuvres* posthumes de Teilhard de Chardin.

6, 20 octobre
Après la démission du général Kœnig (républicain social) le 6, le général Billotte devient ministre de la Défense nationale et des Forces armées. Le 20, Badie remplace Triboulet aux Anciens Combattants.

9 octobre
Par 447 voix contre 140, l'Assemblée nationale approuve la politique du gouvernement E. Faure au Maroc.

13 octobre
Jean Monnet crée le Comité d'action pour les États-Unis d'Europe.
L'Express devient quotidien pour soutenir le retour de Mendès France à la présidence du Conseil.

15 octobre
Klein organise dans les salons des éditions Lacoste, à Paris, sous l'égide du club des Solitaires, sa première exposition officielle de peintures monochromes. En juillet, il avait proposé au Salon des réalités nouvelles un monochrome orange intitulé *Expression du monde de la couleur mine orange*, signé YK, mais que le jury refuse.

18 octobre
Au terme d'un débat d'interpellation sur l'Algérie, l'Assemblée nationale vote la confiance au cabinet Edgar Faure par 308 voix contre 254.

19 octobre
Sortie de *À l'est d'Éden* d'Elia Kazan, avec James Dean mort accidentellement le 30 septembre.

23 octobre
Le référendum de la Sarre rejette le statut prévu par les accords de Paris un an auparavant, affirmant ainsi la volonté des Sarrois d'être rattachés à la RFA. Cette querelle empoisonne les relations franco-allemandes. Guy Mollet et Konrad Adenauer s'attellent à un règlement définitif qui aboutit le 27 octobre 1956.

28 octobre
Par 271 voix contre 259, l'Assemblée vote la confiance à Edgar Faure sur la politique générale de son gouvernement.

2 novembre
Le projet d'élections anticipées du gouvernement est approuvé par 330 voix contre 211.

Plusieurs personnalités (Robert Antelme, Dionys Mascolo, Louis-René Des Forêts, Edgar Morin) fondent le Comité d'action contre la poursuite de la guerre en Afrique du Nord qui reçoit le soutien de François Mauriac, Roger Martin du Gard, André Breton, Jean Cocteau, Sartre, Jean-Louis Barrault…

6-16 novembre
À l'issue des entretiens de La Celle-Saint-Cloud, le gouvernement français reconnaît Mohammed Ben Youssef comme sultan du Maroc, État libre et souverain. Le 16, le sultan Mohammed Ben Youssef, qui prend le nom de Mohammed V, effectue un retour triomphal à Rabat.

12-17 novembre
L'Assemblée vote le maintien de la loi électorale de 1951 moins les apparentements (285 voix contre 247). Le 16, le Conseil de la République rejette ce mode de scrutin et rétablit le scrutin d'arrondissement par 233 voix contre 50. Finalement, l'Assemblée entérine le scrutin d'arrondissement à deux tours par 311 voix contre 286, mais exige un nouveau découpage des circonscriptions, ce qui reporte *sine die* le choix du scrutin.

18 novembre
L'Assemblée nationale vote la loi créant des communes de plein exercice avec élections dans un collège unique pour 41 centres urbains d'AEF et d'AOF, au Togo, au Cameroun et à Madagascar.

29 novembre
Par 318 voix contre 218, le gouvernement Edgar Faure est renversé. Les députés lui reprochent de vouloir avancer la date des élections.

décembre
Francis Jeanson publie *L'Algérie hors la loi*, analyse favorable aux thèses du FLN.

1er décembre
L'Assemblée nationale est dissoute par Edgar Faure qui est exclu le lendemain du Parti radical. Un Front républicain s'organise avec l'UDSR, les républicains sociaux et la SFIO. Le lendemain, les élections seront fixées au 2 janvier 1956 sans changement du mode de scrutin. Bourgès-Maunoury quitte le gouvernement; le 3, le président du Conseil Edgar Faure assure l'intérim du ministère de l'Intérieur.

2 décembre
Jacques Soustelle maintient l'état d'urgence en Algérie.
Sortie du film *Les Sept Samouraïs* d'Akira Kurosawa.

6 décembre
Le conseil national de la SFIO repousse tout apparentement avec les communistes.

12 décembre
Sur la suggestion de l'Assemblée algérienne, le gouvernement décide le report des élections en Algérie; les élus de l'UDMA (Union démocratique du Manifeste algérien) démissionnent.

20 décembre
L'Express publie des photographies de l'exécution sommaire, en août, d'un rebelle algérien par un gendarme auxiliaire.

23 décembre
Appel des intellectuels catholiques (Georges Suffert, Henri-Irénée Marrou, François Mauriac, René Rémond, etc.) en faveur d'un vote à gauche.
Sortie du film de Max Ophuls, *Lola Montes*, avec Martine Carol.

autres événements
• L'historien d'art d'origine lituanienne Jurgis Baltrusaitis, élève d'Émile Mâle et d'Henri Focillon, publie *Le Moyen Âge fantastique. Antiquités et exotismes dans l'art gothique.*

1956

janvier
Disciple du marxiste George Lukacs, le critique et philosophe Lucien Goldmann (1913-1970) publie *Le Dieu caché*, une analyse sociologique du jansénisme littéraire.
Le docteur Marie-Andrée Lagroua-Weill-Hallé fonde le premier centre de la «maternité heureuse», embryon du futur Planning familial.

2 janvier
Aux élections législatives, les poujadistes obtiennent 12,5 % des suffrages et 52 sièges, les communistes en gagnent 50. Le RPF s'effondre tandis que le Front républicain (radicaux et socialistes) réclame le pouvoir. Les deux oppositions (communiste et poujadiste) rassemblent près de 40 % des suffrages exprimés et totalisent un peu plus de 200 députés, soit environ un tiers des élus.

22 janvier
À Alger, Albert Camus prononce une conférence dans laquelle il appelle à une «trêve civile»: «C'est à ceux qui ne se résignent pas à voir ce grand pays se briser en deux et partir à la dérive

que, sans rappeler à nouveau les erreurs du passé, anxieux seulement de l'avenir, nous voudrions dire qu'il est possible, aujourd'hui, sur un point précis, de nous réunir d'abord, de sauver ensuite des vies humaines, et de préparer ainsi un climat plus favorable à une discussion enfin raisonnable [...]. Sur cette terre sont réunis un million de Français établis depuis un siècle, des millions de musulmans, Arabes et Berbères [...]. Ces hommes doivent vivre ensemble, à ce carrefour de routes et de races où l'histoire les a placés. Ils le peuvent, à la seule condition de faire quelques pas les uns au-devant des autres, dans une confrontation libre. »

31 janvier

Dans sa déclaration d'investiture, Guy Mollet déclare vouloir « maintenir et renforcer l'union indissoluble entre l'Algérie et la France métropolitaine » et « en même temps reconnaître et respecter la personnalité algérienne et réaliser l'égalité politique totale de tous les habitants ».

GUY MOLLET

Ce professeur d'anglais issu d'un milieu modeste pratique très tôt le syndicalisme et le militantisme dans les rangs de la SFIO. Fait prisonnier en 1940, Guy Mollet (1905-1975) est libéré en 1941. Il entre dans la Résistance au sein de l'Organisation civile et militaire. Implanté à Arras, il dirige la puissante fédération socialiste du Pas-de-Calais (il est député de 1945 à 1973) et, en septembre 1946, est élu secrétaire général de la SFIO. Après plusieurs participations ministérielles, il devient donc président du Conseil en 1956. Confronté au conflit algérien, Mollet ne parvient pas à imposer ses solutions (cessez-le-feu, élections, négociations). En 1956 toujours, il lance la France dans l'aventure de l'expédition de Suez, qui finit piteusement. Habité par une conception civilisatrice de la France, il ne comprend pas les aspirations nationalistes des Algériens et s'enferme dans un cycle répressif qui le conduit à engager le contingent. Il démissionne le 21 mai 1957.

Il accepte la Constitution de 1958, participe comme ministre d'État au premier gouvernement de la Ve République, fonction qu'il quitte en 1959 quand il est en désaccord avec la politique financière. En 1962, il rejette le référendum sur l'élection présidentielle au suffrage universel. Mais il est de plus en plus isolé même au sein de la SFIO. En 1971, la création du Parti socialiste met fin à son règne au profit de François Mitterrand.

février

L'Assemblée nationale décide l'extension des congés payés à trois semaines.

Pierre Hervé publie *La Révolution et les fétiches* qui inspire à Sartre ce commentaire : « Porté par l'histoire, le Parti communiste manifeste une extraordinaire intelligence objective : il est rare qu'il se trompe » (*Les Temps modernes*, février 1956).

Armand Fernandez, dit Arman, présente sa première exposition personnelle à la galerie du Haut-Pavé, à Paris. Il y expose des peintures abstraites et des empreintes de cachets administratifs sur papier.

1er février

Le gouvernement de Guy Mollet reçoit l'investiture de la Chambre : Mitterrand (Justice), Pineau (Affaires étrangères), Gilbert-Jules (Intérieur), Bourgès-Maunoury (Défense nationale et Forces armées), Billières (Éducation nationale, Jeunesse et Sports), R. Lacoste (Affaires économiques et financières), Defferre (Outre-mer), Gazier (Affaires sociales), Tanguy-Prigent (Anciens Combattants).

Le général Catroux est nommé résident en Algérie.

Création à Nancy du *Fou*, opéra du compositeur Marcel Landowski (1915-1999).

6 février

Venu à Alger pour installer le nouveau résident à la réputation de libéral, le général Catroux, en remplacement de Soustelle, Guy Mollet est pris à partie par la foule. Déstabilisé, il nomme le 9 le socialiste Robert Lacoste à la place de Catroux.

14 février

Ouverture à Moscou du 20e congrès du PCUS. Le 24, dans une séance nocturne à huis clos, le secrétaire du comité central du PCUS Nikita Khrouchtchev présente son rapport sur les crimes de Staline. Évoqué dans *Le Monde* le 19 avril, le rapport secret sera publié le 4 juin par le Département d'État américain.

Paul Ramadier est nommé ministre des Affaires économiques et des Finances en remplacement de Robert Lacoste nommé résident en Algérie le 9 février.

Le pétrole jaillit en Algérie.

15 février

Les élus poujadistes provoquent de violents incidents à l'Assemblée pour protester contre l'invalidation de 11 d'entre eux qui avaient présenté trois listes différentes émanant de l'UDCA, détournant ainsi la loi sur les apparentements.

Sortie du film *Le Monde du silence*, de Jacques-Yves Cousteau et Louis Malle. Il obtient la Palme d'or au festival de Cannes et l'Oscar du meilleur film étranger.

17 février
Par 288 voix contre 279, l'Assemblée ajourne le débat sur l'abrogation de la loi Barangé d'aide à l'enseignement privé.

22 février-8 avril
Rétrospective Nicolas de Staël, qui s'est suicidé à Antibes le 16 mars 1955, au musée national d'Art moderne, préfacée par Jean Cassou.

28 février
Guy Mollet lance un appel solennel aux Algériens et propose le triptyque: « Cessez-le-feu, élections, négociations. » Le même jour, les généraux Augustin Guillaume (chef d'état-major général) et André Zeller (chef d'état-major de l'armée de terre) démissionnent pour protester contre la lenteur de l'envoi de renforts en Algérie.

mars
Premier numéro de la revue *La Psychanalyse*, sous l'impulsion de Jacques Lacan.
Nathalie Sarraute: *L'Ère du soupçon.*
Début de la construction de la Cité des 4000 à La Courneuve.

2 mars
La France reconnaît l'indépendance du Maroc et annonce des négociations pour définir les relations entre les deux pays. Le 28 mai, une convention diplomatique doit établir des consultations en matière de politique étrangère.

12 mars
Par 455 voix (y compris les communistes) contre 76 (les poujadistes et quelques modérés), l'Assemblée vote la loi accordant au gouvernement les pouvoirs spéciaux en Algérie. Le ministre résident concentre entre ses mains tous les pouvoirs.

14 mars
Le ministre des Affaires étrangères Christian Pineau rencontre au Caire le colonel Nasser qui l'assure qu'aucun commando algérien n'est instruit en Égypte.

20 mars
La France reconnaît l'indépendance de la Tunisie et abroge le traité du Bardo de 1881. Les modalités des relations franco-tunisiennes restent à négocier.

21 mars
Le gouvernement décide la création d'un fonds national vieillesse.

23 mars
Par 477 voix contre 99, l'Assemblée adopte la loi-cadre sur l'évolution des territoires d'outre-mer proposée par Gaston Defferre, dont les décrets d'application seront publiés le 21 novembre 1956. Cette loi institue le suffrage universel direct et le collège unique; le pouvoir fédéral doit appartenir à un haut-commissaire français et à une assemblée souveraine en matière budgétaire, économique et sociale, désignée par les assemblées locales; les indigènes doivent avoir accès à tous les emplois. Elle est définitivement adoptée le 19 juin par 470 voix contre 105, et promulguée le 23.
Le Conseil des ministres adopte une série de décrets économiques et sociaux pour l'Algérie, tels les décrets du 26 mars et 25 avril sur l'expropriation et la redistribution des terres en faveur des indigènes.

28 mars
Création du Fonds national de solidarité.

1er avril
Claude Bourdet est incarcéré à la Santé pour « entreprise de démoralisation de l'armée » en raison d'un article dénonçant l'envoi de 100 000 jeunes Français en Algérie.

4 avril
L'aspirant Maillot rejoint le FLN avec un camion d'armes.
Alain Resnais et Jean Cayrol: *Nuit et Brouillard.* Le court-métrage sur les camps de concentration est retiré de la sélection officielle du festival de Cannes à la demande de l'ambassade d'Allemagne. Il a fait l'objet d'une censure: la présence des gendarmes gardant les camps d'internement de juifs de Pithiviers ou Beaune-la-Rolande a été supprimée.

10 avril
Le professeur à la Sorbonne Henri-Irénée Marrou subit une perquisition en raison de son article paru dans *Le Monde* le 5 avril: « France, ma patrie ». « [...] la santé, l'honneur, la réalité même de ce qui fait l'essence de la France risquent d'être atteints et de se mettre à pourrir. [...] On me demande de contribuer à maintenir la "présence française" en Afrique du Nord [...]. Je redis que pour nous, Français, la France n'est pas la France si elle se montre infidèle à l'image idéale qu'elle s'est proposée d'incarner. [...] Je ne prononcerai que trois

mots, assez chargés de sens: camps de concentration, torture et répression collective.»

11 avril

Le Conseil des ministres décide le rappel des réservistes disponibles et la dissolution de l'Assemblée algérienne. 70000 hommes de la classe 1952 sont rappelés. Le 9 mai, il y en aura 50000 autres et le service militaire sera porté à vingt-sept mois. De janvier à juillet 1956, les forces armées en Algérie passent ainsi de 200000 à 400000 hommes.

21 avril

Le Monde publie un appel «pour le salut et le renouveau de l'Algérie française» signé par le cardinal Saliège, Albert Bayet, Paul Rivet, le recteur Jean Sarrailh, Jacques Soustelle: «Le déploiement de la force française est juste pour protéger les uns et les autres contre la terreur [...]. C'est dans l'élan hardi des larges réformes économiques, sociales, politiques que se réalisera en Algérie une véritable communauté.»

22 avril

Après l'échec de négociations secrètes entre représentants du gouvernement français et rebelles, Ferhat Abbas, Ahmed Francis et d'autres anciens membres de l'UDMA rallient le FLN au Caire. Le gouvernement français, qui a reculé devant l'émeute d'Alger le 6 février, est incapable de trouver une alternative au FLN et une solution politique à la crise.

mai

Cioran: *La Tentation d'exister.*
Création à Domrémy de *La Vérité de Jeanne*, oratorio d'André Jolivet (à l'occasion du cinq centième anniversaire du procès de réhabilitation).

18 mai

19 militaires sont massacrés et mutilés près de Palestro en Algérie.

22 mai

Lors du voyage de Christian Pineau à Erevan en Arménie, une manifestation d'originaires de France venus s'installer après 1946 attirés par la propagande soviétique, réclame le droit de rentrer au pays.

23 mai

Désapprouvant la politique algérienne du gouvernement, Pierre Mendès France démissionne de son poste de ministre d'État.
De nombreux professeurs de la Sorbonne (Aron, Bédarida, Bérard, Heurgon, Lagache, Mousnier, Charles Picard, Seston, etc.) approuvent la politique gouvernementale en Algérie et «réprouvent l'injustice qu'il y aurait à renier [...] les bienfaits d'une œuvre poursuivie depuis 125 ans et [...] dénoncent la disposition d'esprit qui, réservant sans critique toute sévérité à la France, dispense parfois aux crimes des fellagas une indulgence inadmissible, absout, en même temps que leurs fins, leurs moyens, et ne craint pas, en dépit de protestations autorisées, d'assimiler aux héros de la Résistance des assassins de femmes et d'enfants».

26 mai

Les dirigeants du FLN posent comme préalable à toute solution en Algérie la reconnaissance du droit à l'indépendance.

juin

Antonin Artaud: *Œuvres complètes*, t. I.
Rétrospective Fernand Léger au musée des Arts décoratifs.

1er juin

Opération *Arquebuse* en Petite Kabylie, suivie de l'opération *Basque* en Grande Kabylie le 7.

5 juin

Par 271 voix contre 59, et 200 abstentions, l'Assemblée vote la confiance sur la politique gouvernementale.
Début des entretiens Christian Pineau-John F. Dulles à Washington. Un accord franco-américain de coopération atomique sera conclu.

6 juin

Le Monde publie le rapport Khrouchtchev au 20e congrès du PCUS.

20 juin

Lancement d'un emprunt national sous forme de bons d'équipement industriel et agricole. Il rapportera 86 milliards de francs.
Parution de *L'Unité (1942-1944)*, deuxième tome des *Mémoires de Guerre* du général de Gaulle.

25 juin

Albert Camus exprime ses regrets à l'écrivain polonais Gustav Herling (1919-2000) pour n'avoir pu faire éditer son livre *Un monde à part* (1951). Ce témoignage essentiel sur les camps soviétiques, où Gustav Herling fut déporté de 1939 à 1941, ne sera publié en français qu'en 1985.

26 juin
Une conférence intergouvernementale commence à Val-Duchesse (près de Bruxelles) pour la rédaction des traités du Marché commun et de l'Euratom.

27 juin
L'Assemblée nationale adopte définitivement le projet de loi sur le fonds national vieillesse par 327 voix contre 19. Le financement est assuré par la création d'une taxe sur les véhicules: la « vignette » qui restera en vigueur jusqu'en 2000.

juillet
Claude Lefort publie « Le Totalitarisme sans Staline. L'URSS dans une nouvelle phase » (*Socialisme ou barbarie*, n° 19).

5 juillet
Grève générale des Algériens en France et à Alger.

11 juillet
L'Assemblée nationale accorde sa confiance au gouvernement Guy Mollet (332 voix contre 181) pour aboutir à la création de l'Euratom.

26 juillet
Après le refus de la France, des États-Unis et de la Grande-Bretagne de participer à la construction du barrage d'Assouan, Nasser décrète la nationalisation du canal de Suez. La France et la Grande-Bretagne, ainsi que les États-Unis, bloquent les avoirs égyptiens. Anthony Eden déclare que son pays n'acceptera jamais le contrôle d'une seule puissance sur le canal. De nombreuses tractations et manifestations se déroulent aux mois de juillet et août autour du statut du canal.

28 juillet
Par 273 voix contre 163, l'Assemblée nationale vote la confiance sur l'emprunt et les impôts pour l'Algérie.

18 août
Directeur de *Paris-Match* depuis 1945, Raymond Cartier (1904-1975) critique le coût de la colonisation dans une série d'articles. Dénonçant la gabegie engendrée par des réalisations inadaptées aux besoins réels des pays africains, il en viendra à prôner le repli de la France sur elle-même, position symbolisée par son slogan: « Plutôt la Corrèze que le Zambèze. »

24 août
Le gouvernement français proclame la fin du régime de tutelle sur le Togo qui adhère à l'Union française, adhésion confirmée par le référendum du 28 octobre (93 % de oui).

10 septembre
Rencontre franco-britannique à Londres après le rejet par Nasser, le 9 septembre, du plan du Secrétaire d'État américain Dulles. Le président Eisenhower déclare qu'une agression de la part des Égyptiens justifierait l'usage de la force par la France et la Grande-Bretagne.
Lancement de l'emprunt national 1956 pour couvrir les dépenses exceptionnelles en Algérie. L'emprunt Ramadier rapportera 320 milliards.

12-26 septembre
Anthony Eden et Guy Mollet annoncent la création, en accord avec les États-Unis, d'une association des usagers du canal. Trois jours plus tard, Nasser refuse de la reconnaître et des pilotes soviétiques arrivent au Caire pour remplacer ceux de la compagnie du canal qui ont quitté leur poste. Christian Pineau, Foster Dulles et Anthony Eden s'entretiennent à Londres le 18 septembre. Le 19 s'ouvre la deuxième conférence (18 pays) de Londres sur Suez. Elle approuve la charte de l'association des usagers. Le 26, Anthony Eden vient à Paris.

17 septembre
La première pièce de Marguerite Duras, *Le Square*, est créée au studio des Champs-Élysées. Mal accueillie dans l'ensemble, la pièce lui vaut toutefois l'admiration de Samuel Beckett et un article de Maurice Blanchot.

19-22 septembre
À la Sorbonne se réunit le premier Congrès international des écrivains et artistes noirs, avec la participation de Anta Diop, Léopold S. Senghor, Aimé Césaire, Frantz Fanon...

LA NÉGRITUDE

L'Antillais Aimé Césaire (né en 1913) et l'Africain Léopold Sédar Senghor (né en 1906) sont « ami et frère » jusque dans leurs parcours. Tous deux sont enfants de l'école républicaine; Césaire entre à l'ENS, tandis que Senghor est le premier Africain à obtenir l'agrégation de grammaire. Ils fondent en 1934 une petite revue, L'Étudiant noir, *où se forge la notion de négritude, c'est-à-dire la « simple reconnaissance d'un fait qui implique acceptation, prise en charge de son destin de Noir, de son histoire, de sa culture » (Césaire), « une négation [...] le refus de s'assimiler, de se perdre dans l'Autre » (Senghor).*

D'où la volonté de se défendre – « Je déchirerai les rires Banania sur tous les murs de France » (Senghor) – et de promouvoir les valeurs culturelles de l'Afrique noire, la poésie étant pour les deux l'arme de leur mouvement. « Ma négritude n'est ni une tour ni une cathédrale / elle plonge dans la chaire rouge du sol » (Césaire). Ils participent à la vie politique de l'après-guerre comme députés de l'Assemblée nationale. Senghor devient même ministre de De Gaulle en 1959, puis président de la République du Sénégal de 1960 à 1981, avant d'être élu à l'Académie française en 1983. Si tous deux voulaient rendre aux colonisés et aux descendants d'esclaves l'orgueil perdu, Césaire, plus radical, veut libérer les peuples du tiers-monde de la domination européenne, tandis que Senghor se décrit ainsi : « Je n'efface pas les pas de mes pères ni des pères de mes pères dans ma tête ouverte à vents et pillards du Nord. »

20 septembre
Première de l'adaptation théâtrale, due à Albert Camus, du roman de William Faulkner, *Requiem pour une nonne* (publié en 1951 et traduit en français en 1957).

28 septembre
Pour la première fois en Europe, de l'électricité d'origine nucléaire est produite à Marcoule par la pile G 1.

30 septembre
Premiers attentats à la bombe perpétrés par le FLN dans des cafés d'Alger.

octobre
Georges Friedmann : *Le Travail en miettes. Spécialisation et loisirs.*

11 octobre
À l'issue du congrès radical-socialiste de Lyon, André Morice et 13 autres députés créent un parti dissident.

16 octobre
Arraisonnement au large d'Oran du cargo *Athos* venant d'Égypte avec à son bord une importante cargaison d'armes.

20 octobre
Le sultan du Maroc Mohammed V reçoit Ahmed Ben Bella et quatre autres leaders du FLN. Secrétaire d'État aux Affaires marocaines et tunisiennes, Alain Savary suspend les discussions franco-marocaines sur la coopération technique, culturelle et judiciaire. Le Maroc est partagé entre sa volonté de maintenir, et de négocier, ses futurs rapports avec la France et le soutien aux nationalistes algériens qui ont trouvé refuge sur son sol.

22 octobre
L'avion transportant de Rabat à Tunis Ben Bella, Mohammed Khider, Mohammed Boudiaf, Hocine Aït Ahmed, Mostefa Lacheraf est dérouté sur Alger où les leaders du FLN sont arrêtés. Le sultan Mohammed V et Habib Bourguiba rappellent leurs ambassadeurs.
Plusieurs dizaines de Français sont massacrés à Meknès et dans la région.
Alain Savary, secrétaire d'État aux Affaires tunisiennes et marocaines, et Pierre de Leusse, ambassadeur à Tunis, démissionnent.

22-24 octobre
Au moment de l'arrestation des leaders du FLN, à Sèvres, se déroulent des entretiens secrets entre Anthony Eden, Guy Mollet et David Ben Gourion.

23 octobre
Devant l'Assemblée, Guy Mollet déclare : « Quoi qu'il arrive, la France restera présente en Algérie. »

23 octobre-1er novembre
En Hongrie, mouvement insurrectionnel contre le régime communiste. Imre Nagy, qui avait été président du Conseil de 1953 à 1955 et avait amorcé un mouvement de libéralisation, forme un gouvernement de Front national et défie l'URSS en annonçant la sortie de son pays du pacte de Varsovie.

25 octobre
Par 330 voix contre 140 et 49 abstentions, l'Assemblée nationale vote la confiance au gouvernement sur sa politique générale.

26 octobre
Sortie du film de Claude Autant-Lara, *La Traversée de Paris*, avec Jean Gabin, Bourvil et Louis de Funès, d'après une nouvelle de Marcel Aymé tirée du recueil *Le Vin de Paris* (1947) : admirable et grinçante reconstitution de l'atmosphère de l'Occupation dans ses misérables compromis et ses irréparables tragédies.

27 octobre
Signature à Luxembourg des accords franco-allemands prévoyant l'union politique de la Sarre à la RFA pour le 1er janvier, puis l'union économique

en contrepartie d'avantages économiques et financiers pour la France.

29 octobre
Guy Mollet et Robert Lacoste lancent un appel pour le cessez-le-feu en Algérie.
Les troupes israéliennes entrent en Égypte.

30 octobre
À l'issue d'entretiens à Londres, Guy Mollet et Anthony Eden adressent un ultimatum à Israël et à l'Égypte. L'ultimatum est approuvé par l'Assemblée nationale par 368 voix contre 182 et par la Chambre des communes.
Le Conseil de sécurité, saisi par les États-Unis, condamne Israël et demande le cessez-le-feu immédiat.

31 octobre
L'Égypte rejette l'ultimatum franco-britannique et rompt les relations diplomatiques.
L'aviation franco-britannique bombarde les aéroports égyptiens.

novembre
Alfred Sauvy consacre l'expression « tiers monde » en publiant *Le Tiers Monde, sous-développement et développement.*

4-7 novembre
L'entrée des troupes soviétiques à Budapest le 4 novembre met un terme à l'expérience Nagy et ébranle les opinions publiques occidentales. Le 7, violentes manifestations à Paris contre le PC.

5 novembre
Les troupes franco-britanniques occupent Port-Saïd et Port-Fouad. Dans un message adressé à Guy Mollet, Anthony Eden et David Ben Gourion, le maréchal Boulganine, chef du gouvernement d'URSS, met en demeure la France, la Grande-Bretagne et Israël d'arrêter leurs opérations en Égypte. Les trois intervenants acceptent le 6.

8 novembre
France-Observateur publie un texte « contre l'intervention soviétique » en Hongrie, signé, à l'initiative de Vercors, par des intellectuels communistes (Claude Roy, Roger Vailland, Claude Morgan) ou des compagnons de route (Simone de Beauvoir, Michel Leiris, Sartre, Louis de Villefosse).

9 novembre
Dans *L'Express*, Sartre annonce sa rupture avec le PC mais déplore l'insurrection hongroise, effet malin du rapport Khrouchtchev, en des termes qui montrent que sa pensée se meut toujours dans la sphère idéologique du communisme.
Le professeur André Mandouze est arrêté pour « participation à une entreprise de démoralisation de l'armée », en raison de ses relations avec le FLN révélées par certains de ses leaders récemment emprisonnés.

15 novembre
Le général Raoul Salan est nommé commandant en chef en Algérie avec les pleins pouvoirs militaires.

21-22 novembre
Le PC exclut Jacques-Francis Rolland, et blâme Claude Roy et Claude Morgan qui ont protesté contre l'intervention soviétique en Hongrie.

22 novembre
Henri Wallon qui, dans un premier temps, s'est associé à Pablo Picasso, Francis Jourdain, etc. pour demander la convocation d'un congrès extraordinaire du PC, se rétracte sous la pression d'émissaires du parti. Une fracture apparaît entre le parti et certaines figures intellectuelles qui avaient été attirées par son discours ouvriériste et révolutionnaire et par son aura de résistance.

25 novembre
À Versailles, le congrès des indépendants demande l'interdiction du Parti communiste.

29 novembre
L'essence est rationnée.

décembre
Premier numéro de la revue *Arguments*, « Bulletin de recherches, de discussion et de mises au point », lancée par Colette Audry, Kostas Axelos, Roland Barthes, Jean Duvignaud, François Fejtö, Dionys Mascolo, Edgar Morin. « L'effort d'*Arguments* prend tout son sens à l'heure où l'éclatement du stalinisme incite chacun à reposer les problèmes et rouvrir les perspectives. »

3 décembre
La France et la Grande-Bretagne acceptent de retirer leurs troupes de Port-Saïd. L'évacuation sera terminée le 22 décembre. L'échec de l'opération de Suez aura pour conséquence de pousser les Européens à accélérer leur politique en matière nucléaire.
Dès le 17 janvier 1957, un accord franco-allemand est signé à Colomb-Béchar pour lancer « une étroite coopération dans le domaine des concep-

tions militaires et des armements, et, à cette fin, coordonner les ressources et les moyens scientifiques, techniques et industriels». Le texte de cet accord qui introduit la notion d'«armes nouvelles», restera secret jusqu'en 1993.

4 décembre
Première, au cinéma Normandie, sur les Champs-Élysées, du film de Roger Vadim, *Et Dieu créa la femme*, avec Brigitte Bardot.

BRIGITTE BARDOT

Et son mari Roger Vadim créa Brigitte Bardot (née le 28 septembre 1934), star française et mythe national. Car plus que ses films, de valeur inégale – à l'exception de La Vérité *de Clouzot (1960) et du* Mépris *de Jean-Luc Godard (1963) –, BB devient un sex-symbol français, mélange d'innocence, de liberté et de sensualité. Deuxième Français(e) la plus connue dans le monde après de Gaulle (en 1960, Brigitte détrône Martine comme prénom féminin le plus choisi), elle offre même ses traits en 1969 à un nouveau buste de Marianne. BB mène à partir des années 70 un combat populiste pour la protection des animaux (chiens et bébés phoques en particulier).*

5 décembre
Le gouvernement dissout les conseils généraux en Algérie et les municipalités de plein exercice (qui datent du premier statut de l'Algérie au XIXe siècle) qui sont remplacées par des délégations spéciales provisoires: l'état d'exception devient la règle.

8 décembre
Aux jeux Olympiques de Melbourne dominés par les Soviétiques, Alain Mimoun est médaille d'or du marathon.

11 décembre
L'Assemblée adopte un projet de loi créant une organisation commune des régions sahariennes.

19 décembre
Romy Schneider incarne avec succès *Sissi*, version romancée de la vie d'Élisabeth de Bavière et de son mariage avec l'empereur d'Autriche François-Joseph. Elle reprendra le rôle dans les deux films suivants, en 1957 et 1958.

20 décembre
Par 325 voix contre 210, l'Assemblée approuve la politique étrangère du gouvernement alors que le conseil national de la SFIO a renouvelé le 16 décembre, à une très forte majorité, sa confiance à Guy Mollet.

23 décembre
Le Cameroun élit une assemblée territoriale de tendance nationaliste modérée; elle devra se prononcer sur le futur statut du pays.

29 décembre
L'éditeur des œuvres complètes de Sade, Jean-Jacques Pauvert, est assigné en justice. André Breton, Georges Bataille, Jean Cocteau, Jean Paulhan témoignent en sa faveur.

autres événements
• Le livre de Laurence Pernoud, *J'attends un enfant*, connaîtra un succès planétaire.
• Invention du moulin à café électrique par Jean Mantelet (1900-1991), fondateur de la société Moulinex. Créateur de nombreux robots et appareils domestiques, Jean Mantelet est également un novateur en matière de marketing puisqu'il s'attache moins en fait à vanter les qualités de tel ou tel de ses produits qu'à diffuser une image de marque progressiste de son entreprise popularisée par le fameux slogan «Moulinex libère la femme».

L'ÉLECTROMÉNAGER

En 1955, Boris Vian chante la complainte du progrès: «Autrefois pour faire sa cour / On parlait d'amour / […] / Maintenant c'est plus pareil / […] / Pour séduire le cher ange / On lui glisse à l'oreille / Viens m'embrasser / Et je te donnerai / Un frigidaire / Un joli scoutaire / Un atomixeur / […] / Une cuisinière / Avec un four en verre.» La modernisation des Françaises et des Français est vécue à travers l'invasion des objets électroménagers. Invasion à la fois douce et lente, car les ménages sont longs à se doter de ces nouveaux appareils qui doivent faire le bonheur de tous. En 1954, 7,5 % des ménages possèdent un réfrigérateur (ils seront 20,5 % en 1959), 8,4 % une machine à laver (21,4 % en 1959) et 21 % une automobile (28,4 % en 1959). D'après L'Express *(1er mars 1957), les dépenses en appareils électroménagers ont doublé entre 1954 et 1956. Roland Barthes dévoile la mythologie de cette mutation: «La hiérarchie des substances est abolie, une seule les remplace toutes: le monde entier peut être plastifié, et la vie elle-même, puisque, paraît-il, on commence à fabriquer des aortes en plastique.» En août 1955, le mobilier de cuisine en Formica fait son apparition. Les slogans publicitaires louent ces nouveaux produits issus de nouveaux matériaux: « Le plastique stratifié Formica [...] fait vivre et chanter les surfaces, rend tout invulnérable » quant au « bas Duo en Nylon diaphane, [...] [il] n'accroche pas ».*

1957

janvier
Dans une exposition intitulée *Les Partisans, Budapest 56*, Fautrier présente, à la galerie Rive droite, une série d'œuvres inspirées de l'intervention soviétique en Hongrie et vendues « au profit des enfants hongrois ». L'année précédente, Asger Jorn a exécuté *Stalingrad*, Menessier *Requiem pour novembre 56* et Rebeyrolle *À bientôt j'espère* qui annonce sa rupture avec le PC.

7 janvier
Le général Massu, commandant la 10e division parachutiste, est chargé du maintien de l'ordre dans l'agglomération algéroise. C'est le début de la bataille d'Alger qu'il remportera en juillet.

9 janvier
Déclaration d'intention de Guy Mollet sur l'Algérie; il propose l'égalité des droits des deux communautés – Européens et musulmans –, une large autonomie de gestion et des liens indissolubles avec la France.

13 janvier
La « convention africaine » de Dakar demande pour l'AOF et l'AEF un statut d'États intégrés dans une République fédérale avec la France.

16 janvier
Le général Salan (1899-1984) échappe à un attentat au bazooka à Alger, probablement fomenté par des extrémistes de droite algérois et métropolitains partisans de l'Algérie française. Les responsabilités n'ont jamais été élucidées.

22 janvier
L'Assemblée se déclare favorable au principe du Marché commun européen par 322 voix contre 207 et 42 abstentions.

26 janvier
Une vague d'attentats à Alger fait 15 morts et 68 blessés.

28 janvier
Pour appuyer la présentation du dossier algérien à l'ONU, le FLN lance un ordre de grève générale de huit jours qui connaît un échec relatif.

février
Parution des *Mythologies* de Roland Barthes, où l'essayiste analyse et démystifie la France de ces années-là: de la DS Citroën au Tour de France et à la littérature de Minou Drouet, sans épargner le *Guide Bleu*.
Jacques Le Goff: *Les Intellectuels au Moyen Âge.*

12 février
La première exposition en France de Francis Bacon est organisée à la galerie Rive droite, sans grand succès.

19-21 février
Les Six confèrent à Matignon pour l'élaboration ultime des traités européens. Un accord définitif intervient sur l'association des territoires d'outre-mer au Marché commun.

25 février
Guy Mollet et Christian Pineau arrivent à Washington pour s'entretenir avec le président Eisenhower et John Foster Dulles. Il s'agit de présenter les nouvelles lignes de la politique gouvernementale.
Mohammed Larbi Ben M'Hidi, membre du comité de coordination du FLN, est arrêté à Alger. Quelques jours plus tard, on le retrouve mort dans sa cellule.

mars
Premier numéro de la revue *Contrat social*, fondée et dirigée par Boris Souvarine qui rassemble les collaborations de Raymond Aron, Roger Caillois, Michel Collinet, Aimé Patri, Nicolas Valentinov, Branko Lazitch, Robert Conquest, etc.
P.-H. Simon: *Contre la torture.*
Roger Vailland: *La Loi.*

16 mars
Mort du sculpteur d'origine roumaine Constantin Brancusi, qui lègue son atelier et tout ce qu'il contient à la France.

18 mars
Création de l'Institut national des sciences appliquées à Lyon, première école d'ingénieurs où l'on accède sur dossier.

25 mars
À Rome, les ministres des Affaires étrangères des Six signent les traités sur l'Euratom et le Marché commun européen.

LA CONSTRUCTION DE L'EUROPE

L'aspiration à l'organisation de l'Europe se concrétise lors de la IVe République. Le choix fait est celui d'une intégration économique avant l'unité politique. Le charbon et l'acier (1951) apparaissent alors comme deux industries de puissance et de guerre. Les partager revenait à insister sur les valeurs communes aux démocraties occidentales sorties victorieuses de la Seconde Guerre mondiale. Cela permet aussi de réintroduire l'Allemagne, même amputée, au sein de ces nations et de soutenir la République. La création de la CEE (1957) marque l'étape décisive. Trois piliers se mettent alors en place: l'union douanière, la politique agricole commune et le système monétaire européen. L'extension géographique de cette Communauté prouve son succès même si elle entrave parfois son renforcement. En parallèle progressent institutions et membres. L'entrée de la Grande-Bretagne, de l'Irlande et du Danemark (1972), puis celle de la Grèce (1981), de l'Espagne et du Portugal (1986), de l'Autriche, de la Finlande et de la Suède (1994) sont autant d'étapes alors que d'autres pays frappent à la porte. Les élections européennes au suffrage universel direct (1979), la convention de Schengen (1985), l'Acte unique (1986), la réunification de l'Allemagne (1990), le traité de Maastricht (1992) et l'euro (1999) sont quelques-unes des principales étapes de cet espace européen en cours d'élaboration. Néanmoins les insuffisances de l'union politique se font sentir à la fin du siècle jusque sur les résultats de l'intégration économique. Des choix supplémentaires sont nécessaires.

28 mars
Guy Mollet obtient la confiance de l'Assemblée par 221 voix contre 118 pour sa politique algérienne.
Pour protester contre la torture en Algérie, le général Pâris de Bollardière demande à être relevé de son commandement.

31 mars
Le RDA (Rassemblement démocratique africain) remporte les élections aux Assemblées territoriales en AEF et AOF tandis que les nationalistes entrent dans les Assemblées malgaches.

avril
Albert Memmi: *Portrait du colonisé.*
Sortie du film *Les Sorcières de Salem* de Raymond Rouleau, avec Yves Montand et Simone Signoret.

18 avril
Jean-François Revel publie *Pourquoi des philosophes?* dans lequel il dénonce la faillite de la philosophie universitaire traditionnelle et les impasses des nouveaux maîtres à penser (Merleau-Ponty, Lévi-Strauss, Lacan). Une polémique éclate autour de l'ouvrage; Revel y répondra par *La Cabale des dévots* (1962).

23 avril
Frédéric Joliot-Curie dénonce le danger des explosions nucléaires et le docteur Albert Schweitzer lance un appel contre les expériences atomiques.

27 avril
Première à Paris, au studio des Champs-Élysées, de *Fin de partie*, de Samuel Beckett, après sa création à Londres, en français, au Royal Court le 3.

mai
Gaston Bachelard: *Poétique de l'espace.*
Georges Balandier: *Afrique ambiguë.*
J.-J. Servan-Schreiber: *Lieutenant en Algérie.*
Sortie du film *Le Mystère Picasso*. Le cinéaste Henri-Georges Clouzot a filmé le peintre au travail de manière particulièrement inventive: dans certaines séquences, la toile est remplacée par une plaque de verre derrière laquelle est placée la caméra.

10 mai
À Paris, à la galerie Iris Clert, Klein expose neuf monochromes bleus identiques, selon la formule du bleu ultramarin qu'il a mise au point l'été précédent et qu'il fera breveter en 1960 sous le nom d'International Klein Blue (IKB). Quatre jours plus tard s'ouvre l'exposition *Pigment pur* à la galerie Allendy. Le bleu est répandu partout, du sol recouvert de pigment pur à la galerie d'où tombe une pluie de tiges bleues...

17 mai
Paolo Paoli d'Adamov est créé par Roger Planchon au théâtre de la Comédie de Lyon.

21 mai
Le gouvernement Guy Mollet n'obtient pas la confiance sur ses projets financiers (250 voix contre, 215 pour) destinés à couvrir les dépenses de la guerre; il démissionne.

22 mai
Dans « La Vie littéraire » du *Monde*, Émile Henriot lance l'expression « Nouveau Roman » à propos de *La Jalousie* d'Alain Robbe-Grillet et de *Tropismes* de Nathalie Sarraute.

Le Nouveau Roman

Le Nouveau Roman n'est ni un mouvement ni une école. Les auteurs qui le composent ont connu des itinéraires très contrastés même si la plupart sont édités par Jérôme Lindon aux éditions de Minuit. En cette année 1957, Michel Butor obtient le prix Renaudot pour La Modification. *Tous revendiquent la disparition des conventions du roman : abolition de la continuité de l'intrigue, descriptions extrêmement précises d'objets, et personnages absents qui permettent au lecteur de s'identifier au romancier et d'adopter une position critique et créatrice. Ces ouvrages marquent, comme dans les sciences humaines au même moment, le recul de l'humanisme même si Robbe-Grillet s'en défend : « Comme il n'y avait pas, dans nos livres, de "personnages" au sens traditionnel du mot, on en a* conclu *un peu hâtivement qu'on n'y rencontrait pas d'homme du tout. [...] Même si l'on y trouve beaucoup d'objets et décrits avec minutie, il y a toujours et d'abord le regard qui les voit, la pensée qui les revoit, la passion qui les déforme » (*Pour un nouveau roman, *1963). Il ajoute : « Le Nouveau Roman n'est pas une théorie, c'est une recherche. » Très rapidement, chacun va poursuivre sa voie et les divergences vont se marquer de plus en plus.*

29-30 mai
Dans la nuit, un commando du FLN massacre à coups de pioche, de couteau, de hache les 315 hommes du village de Melouza (Petite Kabylie) qui appartenaient au MNA (Mouvement national algérien) de Messali Hadj. Quelques jours plus tard, le chef militaire local du MNA se rallie à l'armée française.

juin
Raymond Aron : *La Tragédie algérienne*. La France ne dispose pas des moyens matériels et moraux pour s'opposer aux revendications des nationalistes.
Céline : *D'un château l'autre*, où il dépeint avec cruauté la vie mesquine des collaborateurs en fuite vers Sigmaringen et les alentours.

1er juin
Habib Bourguiba demande le départ de Tunisie des troupes françaises. Celles-ci demeureront sur le territoire jusqu'à la crise de Bizerte (été 1961) qui accélérera leur évacuation.

5 juin
Après les refus de Pleven et de Pinay, Pflimlin renonce à former le nouveau gouvernement.

8 juin
À Alger, un attentat au casino de la Corniche fait 8 morts.

11, 12 juin
Arrestation de Maurice Audin, assistant à la faculté des sciences d'Alger. Le 12, Henri Alleg, directeur d'*Alger républicain*, est arrêté à son tour.

12 juin
Maurice Bourgès-Maunoury, investi le 12 juin par l'Assemblée par 240 voix contre 191, constitue son gouvernement le 13. Corniglion-Molinier (Justice), Morice (Défense nationale et Forces armées), Gaillard (Finances, Affaires économiques et Plan), Bonnefous (Travaux publics, Transports et Tourisme), Jaquet (Outre-mer), Dulin (Anciens Combattants), R. Lacoste (Algérie), Lejeune (Sahara).
Conservent leurs portefeuilles : Pineau (Affaires étrangères), Gilbert-Jules (Intérieur), Billières (Éducation nationale, Jeunesse et Sports), Gazier (Affaires sociales).

20 juin
Habib Bourguiba lance un nouveau projet de communauté franco-nord-africaine et estime que le général de Gaulle serait le plus qualifié pour le faire aboutir.

21 juin
Les bateaux français empruntent à nouveau le canal de Suez.
La disparition de Maurice Audin, arrêté le 11 juin à Alger, torturé à mort par des militaires français, provoque l'émotion et l'indignation des milieux universitaires.
Première parisienne de *Dialogues des carmélites*, opéra de Francis Poulenc d'après la pièce de Bernanos (publication posthume par Albert Béguin en 1949), qui avait été créé à la Scala de Milan le 26 janvier 1957. Le R. P. Bruckberger en tirera un film en 1960.

24 juin
Les mesures financières proposées par Bourgès-Maunoury sont votées par l'Assemblée (251 voix contre 210). Deux jours plus tard, la Banque de France accorde une avance de 350 milliards à l'État.

29-30 juin
Le congrès SFIO de Toulouse vote une motion réclamant le maintien de la politique suivie en Algérie.

juillet
Germaine Tillion: *L'Algérie en 1957*.
Création à l'initiative de Guy Debord et Asger Jorn de l'Internationale situationniste, fusion du groupe Cobra et de l'Internationale lettriste.
Sortie du film *Un condamné à mort s'est échappé* de Robert Bresson.

2 juillet
L'Assemblée nationale adopte le nouveau plan de développement de l'énergie nucléaire.

3 juillet
L'accord de coopération franco-américain pour l'utilisation pacifique de l'énergie nucléaire est signé à Washington.

4 juillet
Le FLN maintient la reconnaissance de l'indépendance algérienne comme préalable à toute négociation. Quelques jours plus tard, le président de la République René Coty et le ministre résident responsable de l'Algérie Robert Lacoste réaffirment leur opposition à l'octroi de l'indépendance.

10 juillet
L'Assemblée ratifie, par 512 voix contre 239, les traités du Marché commun et de l'Euratom.

19 juillet
L'Assemblée vote les pouvoirs spéciaux au gouvernement par 280 voix contre 183.

26 juillet
La commission internationale contre le régime concentrationnaire publie son rapport sur l'Algérie.

29 juillet
Les États-Unis, la France, la Grande-Bretagne et la RFA signent à Berlin une déclaration sur la réunification de l'Allemagne et la sécurité européenne.

31 juillet
La France reconnaît la République tunisienne proclamée le 25 par l'Assemblée constituante de Tunisie.

11 août
Pour rétablir l'équilibre de la balance des paiements, le gouvernement adopte une nouvelle réglementation: les aides à l'exportation sont portées uniformément à 20 % et les deux tiers des importations sont frappées d'une taxe de 20 %.

13 août
Bourguiba, président de la République tunisienne depuis le 25 juillet, demande publiquement aux « frères algériens » de respecter la souveraineté tunisienne. Quelques jours plus tard, il déclare qu'il ne s'opposera pas au trafic d'armes vers l'Algérie.

septembre
Création du réseau d'aide au FLN dirigé par Francis Jeanson, avec Henri Curiel.
Pierre Renouvin: *Histoire des relations internationales*.
Ilya Ehrenbourg: *Le Dégel*.
Pierre Boulez: *Troisième sonate pour piano*.

1er-15 septembre
Après plusieurs avertissements, le « droit de suite » est exercé en Tunisie par les troupes françaises. Une nouvelle crise commence entre la France et son ancien protectorat. Le 15 septembre, la ligne Morice entre les deux pays est achevée. Ce réseau de fils de fer barbelés électrifié est construit durant l'année 1957 le long de la frontière marocaine et tunisienne. Il prend le nom du ministre de la Défense. Toute brèche signale et localise l'adversaire, permettant de boucler la zone et de concentrer les moyens sur cette infiltration.

2 septembre
Messali Hadj lance un appel au peuple algérien pour que cessent les attentats en métropole.

12 septembre
Paul Teitgen, secrétaire général de la police à Alger, démissionne pour protester contre l'emploi de la torture par les parachutistes du général Massu.

13 septembre
Un projet de loi-cadre pour l'Algérie est approuvé en Conseil des ministres. Il réaffirme que l'Algérie fait partie intégrante de la France, prévoit un collège électoral unique, la création de régions autonomes et l'institution d'organes fédératifs à Alger.

19 septembre
René Mayer démissionne de la présidence de la Haute Autorité du charbon et de l'acier.
Le Mirage III de Marcel Dassault dépasse les 2000 km/h.

23-26 septembre
À la conférence du FMI et de la BIRD, l'Allemagne, la France et la Grande-Bretagne annoncent que les parités de leurs monnaies resteront inchangées.

24 septembre
Le chef FLN de la zone d'Alger, Yacef Saadi, est arrêté dans la Casbah.

25-30 septembre
Le congrès du RDA à Bamako se termine par l'adoption d'une motion demandant la révision des rapports institutionnels entre la métropole et l'Outre-mer, le cessez-le-feu en Algérie, la création d'une communauté franco-africaine.

30 septembre
Le projet de loi-cadre pour l'Algérie de Robert Lacoste et Maurice Bourgès-Maunoury, est repoussé à l'Assemblée (279 voix contre 253) par la conjonction des voix communistes, poujadistes, gaullistes et autres. Le gouvernement Bourgès-Maunoury démissionne.

octobre
L'écrivain Georges Arnaud et l'avocat Jacques Vergès publient aux éditions de Minuit *Pour Djamila Bouhired*, un livre qui dénonce le sort de cette jeune Algérienne (20 ans) porteuse de bombes du FLN, torturée et condamnée à mort. L'objectif de son avocat – qui n'a d'ailleurs pas plaidé pour elle – est de scandaliser. André Frossard (1915-1995) en rend compte dans *L'Aurore* du 11 novembre, contribuant au succès de l'ouvrage. Condamnée à mort, elle sera graciée en mars 1958 par le président Coty.
Georges Bataille : *La Littérature et le mal*, *L'Érotisme* et *Le Bleu du ciel*.

Georges Bataille

*Entré à l'École des chartes en 1918, Georges Bataille (1897-1962) devient bibliothécaire d'abord à la Bibliothèque nationale, puis à Carpentras et à Orléans. Après sa rupture avec le catholicisme, celui qui voulait faire un « voyage au bout du possible de l'homme » est tout à la fois romancier, poète, essayiste qui mêle écrits érotiques (*Histoire de l'œil, *1928 ;* Madame Edwarda, *1941), réflexions esthétiques (*Lascaux, Manet, *1955), sociologiques et politiques (*L'Expérience intérieure, *1943 ;* La Part maudite, *1949). Fondateur ou directeur de revue (*Documents, *de 1929 à 1930), il collabore à* La Critique sociale *de 1931 à 1934 et au Cercle communiste démocratique avec Boris Souvarine, fonde* Acéphale *en 1936 et, avec Roger Caillois et Michel Leiris, le Collège de sociologie en 1937 puis* Critique *en 1946. Pour découvrir sa vérité et atteindre ainsi la « consumation », l'homme doit, selon lui, réaliser la « transgression » des mécanismes de défense de la société : « J'avais ri de la même façon quand j'étais petit et que j'étais certain qu'un jour, moi, parce qu'une insolence heureuse me portait, je devrais tout renverser, de toute nécessité tout renverser »* (Le Bleu du ciel).

Traduction du grand roman inachevé de Robert Musil, *L'Homme sans qualités*, dont une édition posthume avait été établie en Allemagne en 1952.
Saint-John Perse : *Amers*.
Claude Simon : *Le Vent*.
L'émission de critique théâtrale et cinématographique « Le Masque et la plume » (diffusée depuis 1954 sur France IV) est désormais diffusée sur Paris Inter.

1er octobre
André Le Troquer, Gaston Monnerville, Albert Sarraut sont respectivement réélus président de l'Assemblée nationale, du Conseil de la République et de l'Assemblée de l'Union française.

2 octobre
Robert Delavignette rend publique sa démission de membre de la Commission de sauvegarde des droits et des libertés individuelles en Algérie. Me Maurice Garçon et Émile Pierret-Gérard en démissionneront à leur tour.
Robert Lacoste et André Morice inspectent le barrage électrifié de la frontière algéro-tunisienne destiné à empêcher l'entrée des combattants du FLN, baptisés « fellagas » par les Européens.

17 octobre
Albert Camus reçoit le prix Nobel de littérature.

29 octobre
Guy Mollet se voit refuser la confiance de l'Assemblée nationale par 290 voix contre 227 et ne peut constituer un nouveau gouvernement.
Paul Morand, ancien ambassadeur de Vichy à Bucarest puis à Berne, pose sa candidature à

l'Académie française. Une forte opposition, à laquelle prennent part Jules Romains et François Mauriac, le fera échouer en mai 1958. Ce n'est qu'en 1968 que Paul Morand pourra être élu au fauteuil de Maurice Garçon.

novembre
Aux journées médicales de Nice, le bilan de la vaccination antipoliomyélitique (265 000 vaccins) pratiquée depuis le printemps 1957 fait apparaître qu'aucun cas de poliomyélite paralytique n'est à déplorer.
La mise à l'affiche au théâtre des Arts de la pièce de Robert Brasillach, exécuté pour collaboration, *La Reine de Césarée*, provoque de nombreuses protestations et des bagarres qui amènent le préfet de police à n'autoriser sa représentation qu'en privé.
Henri Michaux: *L'Infini turbulent.*

6 novembre
L'Assemblée accorde la confiance à Félix Gaillard par 337 voix contre 173.
Lecourt (Justice), Bourgès-Maunoury (Intérieur), Chaban-Delmas (Défense nationale et Forces armées), Pflimlin (Finances, Affaires économiques et Plan), Ribeyre (Industrie et Commerce), Boscary-Monsservin (Agriculture), Bacon (Travail et Sécurité sociale), Houphouët-Boigny (Santé et Population), Garet (Reconstruction et Logement), Quinson (Anciens Combattants).
Conservent leurs portefeuilles: Pineau (Affaires étrangères), Billières (Éducation nationale, Jeunesse et Sports), Bonnefous (Travaux publics, Transports et Tourisme), Jaquet (Outre-mer), R. Lacoste (Algérie), Lejeune (Sahara).

12 novembre
Par 344 voix contre 211, l'Assemblée reconduit la loi sur les pouvoirs spéciaux (du 19 juillet précédent) en Algérie et dans la métropole.

14-15 novembre
Les États-Unis et la Grande-Bretagne livrent des armes à la Tunisie. En guise de protestation, la délégation française quitte la conférence des parlementaires de l'OTAN, réunie à Paris.

15 novembre
Au cours d'une réunion restreinte autour du président du Conseil Félix Gaillard, rassemblant Chaban-Delmas (Défense), Pineau (Affaires étrangères) et Maurice Faure (secrétaire d'État aux Affaires étrangères), il est décidé d'engager la France, en coopération avec l'Allemagne, dans la fabrication d'armes nucléaires. Le 25 novembre, un protocole franco-germano-italien sera signé à propos des «applications militaires de l'énergie nucléaire», c'est-à-dire le développement d'une arme balistique sol-sol d'une portée de 2 800 km, porteuse d'une tête nucléaire.

29 novembre
L'Assemblée nationale vote (par 269 voix contre 200) la loi-cadre pour l'Algérie présentée par Félix Gaillard, et la loi électorale algérienne qui prévoit le collège unique et la proportionnelle par 267 voix contre 200.

décembre
Michel Butor: *La Modification*. Le livre, qui obtient le prix Renaudot, est tiré à 100 000 exemplaires.

2 décembre
À la Sorbonne, les universitaires Michel Crouzet, Pierre Vidal-Naquet, Luc Montagnier et Jean R. Gillet, qui ont constitué le comité Maurice-Audin, organisent la soutenance *in abstentia* de la thèse de doctorat d'État de mathématiques de Maurice Audin. Laurent Schwartz en est le rapporteur devant un public nombreux, dont François Mauriac, qui l'évoque dans son «Bloc-notes» de *L'Express* le 5. La première édition de *L'Affaire Audin* est achevée d'imprimer le 12 mai 1958.
Le pipe-line Hassi-Messaoud-Touggourt est achevé.

8 décembre
Cinq petites formations de gauche fusionnent pour former l'Union de la gauche socialiste.

15 décembre
La SFIO pose des conditions d'ordre social au maintien de ses ministres au gouvernement.

autres événements
• Dans le XIIIe arrondissement de Paris, sous l'impulsion de Philippe Paumelle (1923-1974), est tentée une expérience de psychiatrie «ouverte» assez voisine de ce qui se fait aux États-Unis à la même époque.
• Découverte des premiers antidépresseurs: les psychiatres français Buisson, Delay, Deniker et Laine avaient été les premiers à observer, dès 1952, l'action antidépressive d'un médicament antituberculeux utilisé en pneumologie. De cette observation, rapidement vérifiée par la mise en application, naîtront plusieurs générations d'antidépresseurs de plus en plus affinés en fonction des symptômes présentés par les patients, ce qui permettra l'abandon des électrochocs. Cette technique, qui prévalait jusque-là, a été transformée en

1938: J. Rondepierre et M. Lapipe mettent au point un appareil toujours utilisé, le sismothère. Sous sa forme actuelle (électronarcose), celui-ci reste le seul recours dans les cas d'urgence à forme suicidaire, ou quand le patient ne réagit à aucun antidépresseur, en particulier dans les cas de stupeur mélancolique.

• Sortie du film de Jean Delannoy, *Maigret tend un piège*, avec Jean Gabin, d'après Georges Simenon.

Georges Simenon

Georges Simenon (1903-1989), né à Liège, est un auteur prolifique (plus de 400 romans, un millier de nouvelles et une quinzaine d'ouvrages autobiographiques) et populaire (en 1970, 50 millions d'exemplaires vendus). Son personnage mythique (102 aventures) est Maigret (Jules de son prénom) qui débute ses aventures en 1929 « large et pesant [...] la pipe au coin de la bouche [...] la charpente était plébéienne ». Un policier intuitif qui s'intéresse à la destinée des « petites gens » qu'il croise, un « raccommodeur de destin », un « médecin », un « confesseur » dont on suit la vie (mariage, promotion) en parallèle à ses enquêtes. Son succès est amplifié par les nombreux interprètes qui endossent son pardessus (Jean Gabin, Harry Baur, Pierre Renoir, Charles Laughton, Gino Cervi...).

1958

janvier
Dumézil : *L'Idéologie tripartie des Indo-Européens.*

Georges Dumézil

Normalien, agrégé de lettres classiques en 1919, Georges Dumézil (1898-1986), après quelques années d'errance intellectuelle et géographique, se passionne dans les années 30 pour l'histoire des religions et plus particulièrement pour la mythologie indo-européenne. Il développe l'idée de la « trifonctionnalité », division des sociétés en trois fonctions : la souveraineté magique (prêtre), la force (guerrier) et le producteur (éleveur-agriculteur) ; hiérarchie et vision du monde que partageraient tous les Indo-Européens.

Le Corbusier : *La Charte d'Athènes.*
Parution aux éditions Plon de *Jean-Jacques Rousseau, la transparence et l'obstacle*, premier livre du jeune critique Jean Starobinski, ancien assistant de Marcel Raymond à l'université de Genève.

1er janvier
Avec l'entrée en vigueur des traités de Rome, les institutions européennes se mettent en place à Bruxelles. Louis Armand préside l'Euratom.
La série *Les Cinq dernières minutes* débute à la télévision, avec Raymond Souplex dans le rôle de l'inspecteur Bourrel.

11 janvier
Un groupe de l'Armée de libération nationale franchit la frontière tunisienne à hauteur de Sakhiet-Sidi-Youssef, tue une quinzaine de soldats français et en capture quatre qui sont emmenés en territoire tunisien.

15 janvier
Félix Gaillard répond au maréchal Boulganine qui a proposé à la mi-décembre 1957 d'ouvrir une négociation « pour un règlement général des problèmes mondiaux ». Gaillard préconise une conférence au sommet, précédée d'une conférence des ministres des Affaires étrangères, qui déterminera le programme des discussions entre chefs d'État.

16 janvier
Lors du débat sur les pensions et retraites des Anciens Combattants, Félix Gaillard obtient la confiance par 253 voix contre 233.

19-21 janvier
Le navire yougoslave *Slovenja* est arraisonné au large d'Oran avec à son bord une importante cargaison d'armes, vraisemblablement destinée au FLN.

28 janvier
Le gouvernement demande la dissolution de l'Union générale des étudiants musulmans d'Algérie.

30 janvier
Le gouvernement américain, le FMI et l'Union européenne de paiement accordent une aide financière à la France.

31 janvier
L'Assemblée adopte définitivement la loi-cadre pour l'Algérie (du 29 novembre 1957) par 296 voix contre 244.

février
Henri Lefebvre : *Critique de la vie quotidienne*, I.

1er février
Les partis sénégalais revendiquent l'autonomie interne totale des fédérations de l'AOF et de

l'AEF. Les transferts de pouvoirs rendus possibles par la loi-cadre Defferre (23 mars 1956) sont longs à se réaliser. De plus, les élus ne savent pas s'ils souhaitent maintenir la structure fédérale d'origine coloniale et réclament une réelle communauté franco-africaine.

8 février
En fin de matinée, 11 bombardiers B 25 et 6 chasseurs-bombardiers français bombardent le village tunisien de Sakhiet à quelques kilomètres de la frontière. Ce samedi est jour de marché : 69 civils sont tués et 130 blessés.

11 février
Lors du débat sur l'affaire de Sakhiet, Félix Gaillard qui n'a pas désavoué le raid, obtient la confiance par 355 voix contre 179.

13-21 février
Le gouvernement tunisien ordonne aux troupes françaises stationnées sur son territoire de rester dans leurs cantonnements et exige l'évacuation de toutes les bases militaires y compris Bizerte. Le 13, la Tunisie saisit le Conseil de sécurité de l'ONU. La France porte plainte contre la Tunisie pour « l'aide apportée aux rebelles algériens ». Le gouvernement Gaillard accepte une mission de « bons offices » anglo-américaine, menée par Robert Murphy et Harold Beeley.

mars
André Hardellet (1911-1974), qui s'est fait connaître l'année précédente par une chanson, *Le Bal chez Temporel*, publie un roman, *Le Seuil du jardin*, qui attire l'attention d'André Breton.
Lévi-Strauss : *Anthropologie structurale.*
Les architectes Breuer, Nervi et Zehrfuss achèvent la construction du siège de l'Unesco à Paris.
Dans le nouveau quartier de la Défense s'achève la construction du CNIT (Centre des nouvelles industries et technologies) par les architectes Robert Camelot, Nicolas Esquillan, Jean de Mailly et Bernard Zehrfuss. Ce hall d'exposition est couvert par une immense voûte tripode en béton armé et présente une grande façade de verre due à Jean Prouvé (1901-1984).

7 mars
Félix Gaillard propose un plan de coopération économique France-Maghreb pour l'exploitation du Sahara et la création d'une communauté de défense méditerranéenne.

14 mars
Mécontents de leurs conditions de travail et de leurs rémunérations, les policiers parisiens assiègent le Palais-Bourbon en criant des slogans hostiles au gouvernement. Maurice Papon est nommé préfet de police.

22-23 mars
Le conseil national des républicains sociaux (gaullistes) adopte une motion de politique générale qui se termine par un appel au général de Gaulle.

27 mars
Saisie du livre d'Henri Alleg sur la torture en Algérie, *La Question*, paru en février aux éditions de Minuit. Le 6, *L'Express* avait été saisi en raison d'un article de Sartre sur le livre.

LA TORTURE SOUS LA RÉPUBLIQUE

L'usage de la torture fut justifié par la volonté d'obtenir le plus vite possible des renseignements pour empêcher les attentats avant de devenir un procédé ordinaire de la guerre. Les méthodes utilisées sont l'électricité (la « gégène »), la baignoire et les coups. Mais une grave crise morale accompagne la victoire de la bataille d'Alger. Le 12 septembre 1957, le secrétaire général de la police de la ville, Paul Teitgen, démissionne pour protester. Son décompte personnel signale la disparition de 3 024 personnes. Il écrit : « J'ai reconnu sur certains assignés les traces profondes des sévices ou des tortures qu'il y a quatorze ans je subissais personnellement dans les caves de la Gestapo à Nancy. »
La guerre d'Algérie est aussi un combat de plume qui se cristallise autour de la question de la torture. Les tenants de l'Algérie française stigmatisent les traîtres, « responsables de la résurgence du terrorisme [...] les exhibitionnistes du cœur et de l'intelligence qui montèrent la campagne contre les tortures » (Robert Lacoste, 7 juillet 1957). Tandis que dans l'autre camp, dès 1955, on tente d'éveiller la conscience des Français à coup d'articles ou d'ouvrages, dix ans après les horreurs de la Seconde Guerre mondiale. S'y distinguent des militants de gauche (Claude Bourdet), des chrétiens (François Mauriac, André Frossard) ou des universitaires comme Henri-Irénée Marrou, Pierre Vidal-Naquet ou André Mandouze.
« Pourquoi alors le jeune saint-cyrien ne refusait-il pas d'exécuter cet ordre ? » veut comprendre le capitaine de para Joseph Estoup lors du procès de 1962. « Parce qu'une finalité lui avait été indiquée de manière telle qu'elle semblait transcendante. On lui avait démontré qu'il y allait du

sort de la bataille, que la victoire de la France était à ce prix.» Justification par l'efficacité contre foi en la morale, deux visions de la France s'affrontent. En mars 1957, le Contre la torture *de Pierre-Henri Simon avait répondu: «Nous sommes aujourd'hui les vaincus de Hitler, si notre patrie lui emprunte ses idées et ses moyens, et apostasie la foi humaine que nous avions crue immanente à son essence de nation.»*

avril
Albert Soboul: *Les Sans-culottes parisiens de l'an II.*
Sortie de *Montparnasse 19*, film de Jacques Becker avec Gérard Philipe dans le rôle du peintre Modigliani.

11 avril
Le président Eisenhower avertit par lettre Félix Gaillard que les États-Unis accordent un prêt de 275 milliards de francs à la France mais demandent que celle-ci modère ses exigences sur le verrouillage de la frontière algéro-tunisienne. Les cinq ministres indépendants qui sont hostiles aux négociations imposées par les Anglo-Saxons sur la Tunisie, s'entretiennent pendant trois heures avec le président du Conseil puis rencontrent le chef de l'État pendant deux heures: ils restent au gouvernement.

12 avril
À l'issue du Conseil des ministres, qui dure presque toute la journée tant les positions sont difficilement conciliables, il est décidé de convoquer le Parlement alors en vacances pour qu'il entende une communication du gouvernement sur la question tunisienne.

15 avril
Félix Gaillard présente les résultats de la mission Murphy-Beeley (évacuation des forces françaises de Tunisie et négociation sur le statut de la base de Bizerte) et préconise l'acceptation de leurs propositions. Au cours du débat interviennent contre le président du Conseil: Jean-Marie Le Pen (élu poujadiste), Pierre Montel, Pierre André et surtout Jacques Soustelle. Gaillard est mis en minorité à l'Assemblée par 321 voix (des communistes, des radicaux mendésistes, 7 UDSR dont François Mitterrand, 61 indépendants, les poujadistes, les républicains sociaux, 3 MRP dont Georges Bidault) contre 255. Les débats sont marqués par un anti-américanisme virulent: celui, traditionnel, du PC mais aussi celui des nationalistes. La crise est ouverte alors que les caisses de l'État sont vides, les réserves en devises épuisées, et l'encaisse-or de la Banque de France menacée.
Martin du Gard, Mauriac, Malraux et Sartre signent une «adresse solennelle au président de la République» contre la saisie du livre d'Alleg et exigent la condamnation «sans équivoque» de l'usage de la torture.

16 avril
À Lyon, Jacques Soustelle, au cours de la campagne, rappelle l'existence du général de Gaulle. Dans son journal *Le Courrier de la colère*, Michel Debré lui fait écho.

20 avril
Premier tour des élections cantonales.
Pour ne pas gêner les élections cantonales, le président de la République René Coty a attendu cinq jours avant de pressentir un candidat et, au lieu de choisir Jacques Soustelle, le principal «tombeur» du gouvernement Gaillard – comme le veut la règle non écrite – il se tourne vers Georges Bidault.

21 avril
Le gouvernement est constitué dans l'après-midi.

22 avril
Désapprouvé par le MRP qui se prononce contre la participation au gouvernement (28 voix contre, 25 pour), Georges Bidault renonce.
René Pleven accepte de former le gouvernement et entreprend des consultations auprès de chaque parti, excepté le PC. Il entend rédiger un projet de charte puis le leur soumettre. Le président Coty ne s'opposerait pas à la présentation de ce texte en séance exceptionnelle de l'Assemblée mais son président, André Le Troquer, s'y refuse.

26 avril
À Alger, les défenseurs de l'Algérie française ont appelé à une grande manifestation qui rassemble entre 15000 et 30000 personnes malgré l'interdiction du ministre résident Robert Lacoste.

27 avril
Aux élections cantonales, le MRP gagne 28 sièges tandis que le PC en perd 31.

27-30 avril
À la conférence de Tanger qui réunit l'Istiqlal, le Néo-Destour et le FLN, ce dernier obtient l'engagement d'un appui renforcé de la part des deux autres.

28 avril
René Pleven pose comme condition à la formation de son gouvernement la participation des socialistes et celle des indépendants.
Un protocole d'accord prévoit le paiement par la République arabe unie (Égypte) aux actionnaires de la compagnie du canal de Suez d'une indemnité de 28 millions de livres égyptiennes.

30 avril
Dans l'Ouarsenis, 300 supplétifs de l'armée française désertent après avoir exécuté leur chef.
Au festival de Cannes, Kalatozov obtient la palme d'or pour *Quand passent les cigognes*.

mai
Pierre Herbart: *La Ligne de force*, souvenirs autobiographiques de cet écrivain discret, ami de Gide, qui a participé à tous les événements majeurs du siècle, jusqu'à son combat dans la Résistance, où il participe à la libération de Rennes.
Présentation à Cannes du film *L'Eau vive*, sur un scénario de Giono.

2 mai
À la quasi-unanimité des délégués, le conseil national de la SFIO refuse la participation socialiste. René Pleven est contraint de consulter à nouveau les leaders des autres formations: Pierre Pflimlin (MRP), Édouard Daladier (Parti radical), mais il doit attendre le retour des députés à Paris le 5 mai.

5 mai
René Coty dépêche le général Ganeval auprès de l'aide de camp du général de Gaulle pour demander à quelles conditions ce dernier accepterait d'être désigné comme candidat à l'investiture à l'Assemblée.

6 mai
En fin de journée, le président de la République René Coty confirme la désignation de René Pleven. L'Assemblée est convoquée pour le vendredi 9 à 15 h.

8 mai
Les radicaux valoisiens demandent la mise à l'écart d'André Morice dans le futur gouvernement, en raison du rôle qu'il a tenu dans la scission de leur parti. René Pleven renonce définitivement. La quatrième semaine de crise commence.

9 mai
Après avoir sollicité René Billières, Jean Berthoin et Maurice Faure qui se sont récusés, René Coty fait appel à Pierre Pflimlin. Coty reçoit la réponse du général de Gaulle à ses sollicitations: celui-ci attend une demande par écrit de la part du président, les partis prendront l'engagement préalable de voter l'investiture qui aura lieu en l'absence du Général.
Le FLN annonce l'exécution de trois militaires français prisonniers, condamnés sous l'accusation « d'assassinats, de pillage et de viol ».

9-10 mai
Dans la nuit, le général Salan s'adresse au président de la République par l'intermédiaire du chef d'état-major des forces françaises, le général Ély: « La presse laisse penser que l'abandon de l'Algérie serait envisagé par le processus diplomatique qui commencerait par des négociations en vue d'un cessez-le-feu. [...] L'armée en Algérie est troublée par le sentiment de sa responsabilité à l'égard des hommes qui combattent et qui risquent un sacrifice inutile [...], à l'égard de la population française de l'intérieur qui se sent abandonnée, et des Français musulmans [...]. L'armée française, d'une façon unanime, sentirait comme un outrage l'abandon de ce patrimoine national. On ne saurait préjuger de sa réaction de désespoir ».

RAOUL SALAN

La carrière de Raoul Salan (1899-1984) est liée aux luttes de la décolonisation; elle est typique des dérives de certains officiers. Succédant à de Lattre de Tassigny, il dirige les troupes françaises d'Indochine avant d'être remplacé par le général Navarre en juin 1953. Nommé en 1956 commandant en chef de l'armée en Algérie, son ralliement à de Gaulle lors des journées de mai 1958 est décisif. Il prend sa retraite en 1960 mais s'engage alors aux côtés de ceux qui luttent pour l'Algérie française, rejoint les putschistes d'avril 1961 avant de prendre la tête de l'OAS. Arrêté le 20 avril 1962, il est condamné à la détention à perpétuité, libéré en 1968 et amnistié en 1982.

10 mai
Sortie du film *Mon oncle* de Jacques Tati, où le personnage de Monsieur Hulot apparaît comme le merveilleux survivant d'une France dont la poétique douceur de vivre disparaît, face aux ridicules d'une modernité envahissante.

11 mai
Dans son journal *L'Écho d'Alger*, Alain de Sérigny publie un appel à de Gaulle: « Je vous en conjure, parlez, parlez vite, mon général... »

13 mai
Un hommage solennel doit être rendu à Alger aux trois militaires français condamnés à l'appel d'un Comité de vigilance qui regroupe des associations d'Anciens Combattants, des groupements patriotiques et des partis politiques. Toute activité doit cesser de 13 à 20 h. Le rassemblement est prévu à 17 h. Au début de l'après-midi, Alger est une ville morte. En fin d'après-midi, le leader des étudiants Pierre Lagaillarde entraîne plusieurs milliers de manifestants vers le gouvernement général défendu par deux compagnies de CRS qui interviennent mollement puis se retirent devant l'assaut. Une fois le bâtiment occupé, un Comité de salut public est formé dans la confusion. Sur les instances de ses pairs, le général Massu en prend la présidence pour endiguer l'émeute. Il en informe le président de la République par télégramme tandis que le général Salan sollicite des instructions. Un appel au général de Gaulle est lancé.
À Paris, devant l'Assemblée, à partir de 15 h, Pierre Pflimlin, qui a demandé les mêmes pouvoirs spéciaux que ses prédécesseurs, se prononce pour l'application de la loi-cadre votée en janvier.
À 23 h 15, le général Salan publie un communiqué déclarant qu'il prend « en main les destinées de l'Algérie française ».

14 mai
À 3 h du matin, Pierre Pflimlin est investi par 274 voix contre 129 et 150 abstentions dont celles du groupe communiste.
Corniglion-Molinier (Sahara), Lecourt (Justice), Pleven (Affaires étrangères), M. Faure (Intérieur), Mutter (Algérie), Chevigné (Défense nationale et Forces armées), E. Faure (Finances, Affaires économiques et Plan), Bordeneuve (Éducation nationale), Bonnefous (Travaux publics, Transports et Tourisme), Ribeyre (Industrie et Commerce), Boscary-Monsservin (Agriculture), Colin (Outre-mer), Bacon (Travail et Sécurité sociale), Maroselli (Santé et Population), Garet (Reconstruction et Logement), Badie (Anciens Combattants).
Pflimlin délègue l'ensemble des pouvoirs militaires et civils en Algérie au général Salan. Dans les principales villes algériennes se forment d'autres Comités de salut public ; deux pouvoirs se font face.
À 8 h, le président Coty adresse un message aux militaires, leur donnant l'ordre de « rester dans le devoir sous l'autorité du gouvernement de la République ».
Le Parisien libéré titre : « Un seul recours : de Gaulle. »

15 mai
Le leader de la SFIO, parti charnière dans cette situation, Guy Mollet devient vice-président du Conseil.
À Alger, en fin de matinée, le général Salan se déclare solidaire des Algérois et fait acclamer le nom du général de Gaulle ; l'homme qui détient la totalité des pouvoirs en Algérie annonce ainsi son ralliement.
À 17 h, le général de Gaulle fait rendre public un communiqué : « La dégradation de l'État entraîne infailliblement l'éloignement des peuples associés, le trouble de l'armée au combat, la dislocation nationale, la perte de l'indépendance. Depuis douze ans, la France aux prises avec des problèmes trop rudes pour le régime des partis, est engagée dans ce processus désastreux. Naguère le pays, dans ses profondeurs, m'a fait confiance pour le conduire tout entier jusqu'à son salut. Aujourd'hui, devant les épreuves qui montent de nouveau vers lui, je me sens prêt à assumer les pouvoirs de la République ».
Désormais, trois pouvoirs (légal, de fait et moral) se font face sur le territoire français. La vente des transistors quadruple pendant ces semaines de crise.

16 mai
Dans les couloirs de l'Assemblée, Guy Mollet questionne indirectement le général de Gaulle (« Reconnaît-il la légitimité du gouvernement Pflimlin ? Désavoue-t-il les promoteurs des Comités de salut public ? Est-il prêt à respecter le processus constitutionnel d'investiture ? ») et pose ses conditions à un ralliement. Guy Mollet redoute aussi bien un putsch qui instaurerait une dictature militaire qu'un Front populaire qui permettrait au PC d'instaurer un régime de démocratie populaire.
En réponse, le Général annonce une conférence de presse pour le lundi 19.
Nouvelle manifestation à Alger avec la participation de nombreux musulmans. En France métropolitaine, quatre groupes d'extrême droite (Front d'action nationale, Phalange française, Jeune Nation, Parti patriotique révolutionnaire) sont dissous par le gouvernement.
L'Assemblée nationale (par 462 voix contre 112) et le Conseil de la République (par 211 voix contre 94) votent l'état d'urgence pendant trois mois : préfets et forces de police sont mis en alerte.

17 mai
Un Comité pour la défense de la République est créé à Paris à l'initiative de la fédération socialiste de la Seine.
Jacques Soustelle réussit à gagner Alger où la population lui réserve un triomphe.

Nomination de quatre ministres: Lejeune (ministre d'État), Moch (Intérieur), Gazier (Information), M. Faure (Institutions européennes).

18 mai
Le général Lorillot devient chef d'état-major de l'armée de terre en remplacement du général Ély, démissionnaire depuis la veille.

19 mai
L'Humanité appelle à débrayer à l'heure de la conférence de presse du général de Gaulle. À 15 h, la CGT coupe l'électricité dans le métro. Lors de sa conférence au palais d'Orsay, le général de Gaulle qualifie la Constitution de 1946 de « Constitution mauvaise, [faite] malgré moi et contre moi ». À la question: « Certains craignent que si vous reveniez au pouvoir vous attentiez aux libertés publiques », il répond: « L'ai-je jamais fait ? Au contraire, je les ai rétablies quand elles avaient disparu. Croit-on qu'à 67 ans je vais commencer une carrière de dictateur ? » Surtout, il précise, parlant de lui à la troisième personne: « Si de Gaulle était amené à se voir déléguer des pouvoirs exceptionnels, pour une tâche exceptionnelle, dans un moment exceptionnel, cela ne pourrait évidemment se faire suivant la procédure et les rites habituels [...] il faudrait adopter une procédure elle aussi exceptionnelle. » À propos de l'Algérie, sans condamner l'action des militaires, il déclare: « Ce qu'il y a de mieux à faire, et même la seule chose à faire, c'est ce qui doit empêcher que l'Algérie ne s'écarte de la France, ce qu'elle ne veut absolument pas, et la France non plus. »

20 mai
Par 473 voix contre 93, l'Assemblée renouvelle les pouvoirs spéciaux du gouvernement Pflimlin en Algérie.

21 mai
Dans *Carrefour*, Georges Bidault, qui a écrit au Général dès le 14, lui fait allégeance.

22 mai
Antoine Pinay se rend à Colombey-les-Deux-Églises pour s'enquérir des conditions que le général de Gaulle pose à son retour.

23 mai
Avec l'autorisation du général Salan, un Comité central de salut public d'Algérie se constitue à Alger, sous la présidence du général Massu.

24 mai
Des parachutistes venus d'Algérie débarquent en Corse et se rendent maîtres de l'île. Des Comités de salut public y sont constitués. L'analogie avec la libération de la Corse en septembre 1943, préfiguration de celle de la métropole, est dans tous les esprits. Le Parlement vote la levée de l'immunité parlementaire de Pascal Arrighi qui a participé à l'opération mais 169 députés s'y opposent.

25 mai
Ce dimanche, Guy Mollet écrit une lettre personnelle au Général. Inquiet d'une possible dictature militaire ou d'une révolution communiste profitant du chaos, le secrétaire général de la SFIO et vice-président du Conseil depuis le 15 mai tente de trouver une issue honorable à la situation, demandant au général de Gaulle de condamner les événements d'Alger et de respecter le processus légal.
L'Humanité est saisie sur ordre du ministre de l'Intérieur.
Alfred Kastler, Vladimir Jankélévitch, Laurent Schwartz, Paul Ricœur, Maxime Rodinson et Jacques Madaule créent le Comité national universitaire de défense de la République.

26 mai
À son tour, Vincent Auriol écrit au Général, lui demandant de condamner les événements d'Alger et de respecter le processus légal.

26-27 mai
Dans la nuit, Pierre Pflimlin rencontre secrètement de Gaulle au parc de Saint-Cloud. Le président du Conseil attend le désaveu des événements d'Alger, ce que le Général refuse de lui accorder.

27 mai
À 12 h 15, le général de Gaulle fait une déclaration: « J'ai entamé hier le processus régulier nécessaire à l'établissement d'un gouvernement républicain capable d'assurer l'unité et l'indépendance du pays. » Il annonce son intention de prendre contact avec les généraux d'Alger sous l'autorité desquels les forces militaires doivent se placer.
En réaction, le groupe socialiste vote une motion de défiance par 12 voix contre 3.
À la Chambre, Pierre Pflimlin obtient la confiance par 408 voix contre 165. Malgré ce vote massif, il présente sa démission en raison du retrait des quatre ministres modérés. Il n'y a plus ni majorité, ni gouvernement, mais vacance du pouvoir.

28 mai

Après avoir reçu Vincent Auriol, le président Coty délègue André Le Troquer et Gaston Monnerville auprès du général de Gaulle.

À l'appel des partis de gauche, une grande manifestation (200 000 participants au moins) pour la défense de la République contre l'action des militaires en Algérie et des « fascistes » se déroule à Paris de la Nation à la République. En tête du cortège se tiennent Édouard Daladier, Pierre Mendès France, François Mitterrand, André Philip, Waldeck Rochet.

29 mai

Dans un message au Parlement, René Coty annonce qu'il a fait appel au « plus illustre des Français », demande l'investiture de De Gaulle comme chef du gouvernement et menace de démissionner. Dans la soirée, après une entrevue avec le président de la République, de Gaulle accepte la voie de l'investiture comme chef de gouvernement de la IVᵉ République.

30 mai

René Coty reçoit les chefs de partis et les informe des intentions du général de Gaulle. Vincent Auriol, Guy Mollet et Maurice Deixonne se rendent à Colombey ; le Général admet que le futur gouvernement soit responsable devant le Parlement. Le lendemain, Coty accepte officiellement la démission de Pierre Pflimlin.

31 mai

À l'issue de la réunion commune du comité directeur de la SFIO et des deux groupes parlementaires, les socialistes, par 77 voix contre 74, se prononcent en faveur de l'investiture du Général.

À l'hôtel Lapérouse, le général de Gaulle reçoit dans la matinée 26 représentants des groupes et partis et leur présente les grandes lignes de son programme.

1ᵉʳ juin

Ce dimanche à 15 h, le général de Gaulle se présente devant l'Assemblée tandis que des affrontements ont lieu dans Paris entre service d'ordre et manifestants communistes. « La dégradation de l'État va en se précipitant », ainsi s'ouvre sa déclaration dans laquelle il réclame des pouvoirs spéciaux, la révision de la Constitution et annonce la mise en congé du Parlement pour plusieurs mois. Lecture faite, il quitte l'hémicycle. 17 orateurs, dont Mᵉ Isorni et Jacques Duclos, lui succèdent. Ouvert à 19 h 35, le résultat du scrutin est proclamé à 21 h 15. Sur 553 votants, 329 ont voté l'investiture contre 224.

Gouvernement du Général (président du Conseil et Défense nationale) : Debré (Justice), Couve de Murville (Affaires étrangères, portefeuille qu'il conservera jusqu'en 1968), Pelletier (Intérieur), Guillaumat (Armées), Pinay (Finances), Berthoin (Éducation nationale), Bacon (Travail), Malraux (délégué à la présidence du Conseil). Mollet, Pflimlin, Houphouët-Boigny et Jacquinot sont ministres d'État. Le 3 juin, Cornut-Gentille est nommé ministre de la France d'Outre-mer et Lejeune ministre du Sahara.

2 juin

L'Assemblée reconduit les pouvoirs spéciaux en Algérie en faveur du nouveau gouvernement par 337 voix contre 199. À la fin de l'après-midi, le Sénat approuve par 269 voix contre 28. Un deuxième texte prévoit que le général de Gaulle reçoit les pleins pouvoirs pendant une durée de six mois à compter du vote. La commission des lois introduit quelques restrictions acceptées par le gouvernement. La commission accepte ce texte par 27 voix contre 17, l'Assemblée le ratifie par 322 voix contre 232.

3 juin

Un troisième texte qui confie la révision de la Constitution de 1946 au gouvernement est débattu. Le projet constitutionnel sera soumis à référendum. Cinq principes constituent l'essence de ce projet : le suffrage universel est la source du pouvoir, législatif et exécutif sont effectivement séparés, le gouvernement est responsable devant le Parlement, l'indépendance de l'autorité judiciaire est garantie, la Constitution organise les rapports entre la République et les peuples associés. Dans la soirée, le projet est adopté par 350 voix contre 161 (73 abstentions). La crise est terminée et, si la Constitution de 1946 reste encore formellement la référence institutionnelle, le processus de révision constitutionnel peut désormais s'engager.

Quand commence la Vᵉ République ?

L'identification du nouveau régime à la personne du Général est, dans les faits, telle qu'on peut pragmatiquement en dater les débuts au jour qui confirme de Gaulle dans la plénitude de ses pouvoirs constituants ; une approche plus juridique (et démocratique ?) retiendra la date du référendum du 28 septembre approuvant la nouvelle Constitution.

LA Ve RÉPUBLIQUE

La République gaullienne: 1958-1969

Elle se scande en deux temps, l'un plein de bruit et de fureur jusqu'en 1962, l'autre infiniment plus apaisé jusqu'au départ du Général en 1969: un gaullisme de combat, donc, suivi d'un gaullisme de gestion. Le paradoxe est que le consensus ait accompagné la première phase malgré les errements et les choix extrêmes consentis pour résoudre la question algérienne alors que la deuxième phase a finalement abouti à une crise de société majeure qui sonna d'abord comme un désaveu à l'égard de l'homme du 13 mai.

Le régime gaulliste s'impose en 1958 sous le signe d'une double contrainte.

La première est subie. La guerre d'Algérie se sera finalement déroulée concrètement davantage sous la Ve République que sous la IVe. Initialement, le général de Gaulle et les hommes qui l'entourent n'ont pas de prédispositions à la décolonisation: pour un militaire de carrière formé avant 1914, l'idée d'Empire est une évidence et la quasi-totalité de l'opinion publique et de la classe politique partage ce sentiment à l'exception de l'extrême gauche. Si de Gaulle perçoit assez vite qu'il est vain de vouloir s'opposer à la vague émancipatrice des peuples colonisés, il n'entend pas pour autant brader les intérêts de la France et les bases de sa grandeur. Si négociations il y a, il ne les envisage que dans un rapport de force favorable à la France permettant de ménager l'avenir: la poursuite vigoureuse des opérations militaires contre la rébellion, la tentative de préserver le Sahara – terre de pétrole, d'essais nucléaires et spatiaux – s'inscrivent dans ce sens. Avec un risque: celui de provoquer l'incompréhension de l'armée qui voit le gouvernement engager des discussions avec un ennemi qu'elle estime, non sans raison, avoir vaincu sur le terrain et contenu au-delà des frontières algériennes. Ce malentendu sera à l'origine du putsch, unique dans l'histoire de France, d'avril 1961 et de la participation d'officiers à l'aventure désespérée de l'OAS.

La deuxième contrainte pesant sur le régime est voulue: c'est la mise en place, tambour battant, d'une nouvelle Constitution. Six mois suffiront pour présenter, faire adopter et appliquer les nouvelles institutions. Pendant la «traversée du désert», le général de Gaulle et ses compagnons ont eu le temps de mûrir leurs projets constitutionnels et de les légitimer par anticipation au vu de l'instabilité de la IVe République.

Même dans sa première mouture – le président de la République élu au suffrage indirect – la nouvelle Constitution est une révolution rompant nettement avec la tradition parlementaire de la France depuis 1871. Il est possible que les Français aient sous-estimé la rupture dans l'attente de son application pratique ou, plus sûrement, qu'ils l'aient subordonnée à l'essentiel : la présence du général de Gaulle à la tête du pays. La confusion entre référendum constitutionnel et plébiscite personnel est sensible en 1958, beaucoup moins en 1962 lors de la consultation sur l'élection présidentielle au suffrage universel : le corps électoral très sollicité – trois référendums et deux élections législatives entre 1958 et 1962 sans compter les scrutins locaux – a pu prendre la mesure politique des choses et, libéré de l'obsession algérienne, émettre des points de vue plus équilibrés. Mais n'était-ce pas la conséquence directe de la pratique instituée par de Gaulle d'« un gouvernement de la parole » (selon Pierre Viansson-Ponté du journal *Le Monde*) et d'un dialogue permanent entre les citoyens et lui-même ?

1963 voit *a priori* l'ouverture d'une période faste pour la nouvelle République : la décolonisation est chose faite, l'édifice constitutionnel achevé, les extrémismes intérieurs liés à la guerre d'Algérie maîtrisés. Le Général peut donc se livrer tout entier à son ambition : restaurer la grandeur de la France. Création d'une force de frappe nucléaire, affranchissement de la tutelle américaine, construction européenne autour d'un axe privilégié franco-allemand, jeu diplomatique équilibré entre les deux Grands... L'œuvre est là mais elle emporte moins l'adhésion que les chantiers brûlants qui s'imposaient à la Ve République en 1958. Peut-être parce que les résultats sont moins probants et que la réalité des faits rappelle – par-delà le style gaullien flamboyant – que la France reste une puissance secondaire.

Ces mêmes années récoltent les fruits de la reconstruction et de la croissance retrouvée : les Trente Glorieuses (selon l'expression consacrée de Jean Fourastié) n'obéissent pas au découpage de la chronologie politique et unissent dans la reconnaissance de l'effort la IVe et la Ve République.

La croissance du PIB place la France – qui devient le quatrième pays exportateur du monde – en tête de l'Europe. La consommation d'énergie reflète l'ampleur des mutations de l'économie et de la vie quotidienne : elle double entre 1960 et 1973.

L'agriculture effectue une révolution silencieuse, menant de front la réduction drastique de ses effectifs et de ses exploitations, la modernisation de ses techniques et son intégration dans le Marché commun.

La population du secteur secondaire reste stable – environ 7 millions d'ouvriers entre 1958 et 1968 –, alors que la population active se tertiarise largement avec le corrélat d'une immigration massive venue combler les vides dans les métiers dédaignés désormais par les Français.

Urbanisation avec construction de grands ensembles, scolarisation avec l'inauguration d'un collège par jour entre 1965 et 1970, équipement avec l'entrée dans les foyers de la télévision et de la voiture après le réfrigérateur et la machine à laver : la vie des Français s'améliore quantitativement et qualitativement. Pourtant, l'appréciation des mutations est souvent immédiatement négative dans l'opinion publique : paradoxalement, ces générations qui ont vécu les pénuries de la guerre et de l'après-guerre expriment une vision pessimiste des choses. Le chamboulement de la vie quotidienne, la perte des repères d'une société dure à vivre mais familière l'emportent parfois sur la réalité des améliorations. D'autant que la croissance économique ne va pas sans à-coups et qu'elle ne s'accompagne pas d'une juste répartition de ses fruits : ce double fait, ainsi que des rapports sociaux demeurés archaïques, expliquent l'ampleur de la crise de Mai 68.

Deux phases dissemblables au possible dans cette République gaullienne ; mais un fil conducteur constant : la personne du général de Gaulle.

Dans les années 60, il est – avec le Yougoslave Tito – le dernier grand acteur de la Seconde Guerre mondiale au pouvoir ; à cette légitimité historique s'ajoute la pratique d'un « domaine réservé » née de la définition constitutionnelle de l'exécutif. Enfin, la capacité de De Gaulle à créer l'événement est servie par un talent exceptionnel de communicateur : l'écrivain classique sera constamment un orateur hors pair, maître des effets et des mots jusqu'à la truculence, toujours assuré de capter l'attention de tous. Mais cette personnalisation porte en elle le germe de son affaiblissement : le rythme épuise l'homme et révèle ses défauts. Ainsi, le sauveur visionnaire de 1958 est perçu dix ans après par beaucoup comme un vieillard solitaire et orgueilleux. La République gaullienne aura consumé celui qui en avait allumé la flamme.

Papes

Pie XII, 1939-1958 ; Jean XXIII, 1958-1963 ; Paul VI, 1963-1978.

Souverains, chefs d'État et dirigeants

Espagne : Francisco Franco, 1939-1975.

États-Unis : Dwight Eisenhower, 1953-1961 ; John F. Kennedy, 1961-1963 ; Lyndon B. Johnson, 1963-1969 ; Richard Nixon, 1969-1974.

Grande-Bretagne : Élisabeth II, 1952-. Premiers ministres : Harold MacMillan, 1957-1963 ; Alexander Douglas-Home, 1963-1964 ; Harold Wilson, 1964-1970.

Italie. Présidents du Conseil : Adone Zoli, 1957-1958 ; Amintore Fanfani, 1958-1959 ; Antonio Segni, 1959-1960 ; Fernando Tambroni, 1960 ; Amintore Fanfani, 1960-1963 ; Giovanni Leone, 1963 ; Aldo Moro, 1963-1968 ; Giovanni Leone, 1968 ; Mariano Rumor, 1968-1970.

RFA. Chanceliers : Konrad Adenauer, 1949-1963 ; Ludwig Erhard, 1963-1966 ; Kurt Kiesinger, 1966-1969.

URSS : Nikita Khrouchtchev, 1958-1964 ; Leonid Brejnev, 1964-1982.

1958

4-6 juin
Premier voyage en Algérie du Général. Le 4, le discours d'Alger: « Je vous ai compris... » soulève l'enthousiasme mais les certitudes affichées sous le lyrisme n'empêchent pas une grande prudence sur le fond. À Mostaganem, le 6, il proclame: « La France doit [...] considérer qu'elle n'a, d'un bout à l'autre de l'Algérie, dans toutes les catégories, dans toutes les communautés qui peuplent cette terre, qu'une seule espèce d'enfants [...]. Vive l'Algérie française ! Vive la République ! Vive la France ! »

6 juin
Sortie du film *Le Beau Serge*, de Claude Chabrol.

9 juin
Dernières attributions de portefeuilles dans le gouvernement de Gaulle : Buron (Travaux publics, Transports et Tourisme), Ramonet (Industrie et Commerce), Houdet (Agriculture), Sudreau (Construction), Michelet (Anciens Combattants), Thomas (PTT). Le 7 juillet: Chenot (Santé et Population), Soustelle (Information).
Parmi les membres du cabinet du Général : Janot, secrétaire général du Conseil d'État, Brouillet et Tricot chargés des Affaires algériennes.
Georges Pompidou dirige le cabinet restreint à Matignon avec Olivier Guichard, Pierre Lefranc, Jacques Foccart.
Le général Salan est nommé délégué général en Algérie et commandant en chef des forces militaires.

juin-août
Élaboration de la nouvelle Constitution. Autour du garde des Sceaux Michel Debré, des équipes ministérielles et des membres du Conseil d'État préparent des projets sur lesquels Matignon délibère (Guy Mollet, Pflimlin, Houphouët-Boigny, Jacquinot), sous l'autorité de René Cassin et Raymond Janot (vice-président et secrétaire général du Conseil d'État).
L'ensemble du processus, dirigé par le général de Gaulle, est soumis pendant la première quinzaine d'août au Conseil consultatif constitutionnel. Institué le 2 juin et présidé par Paul Reynaud, celui-ci comprend 39 membres, dont 16 issus de l'Assemblée nationale, 10 du Conseil de la République (Sénat) et 13 désignés par le gouvernement. Les différends vont porter sur l'élargissement du collège chargé d'élire le président et sur l'article 16 lui conférant des pouvoirs exceptionnels en cas de menace sur la nation.

Michel Debré

Michel Debré (1912-1996) aura personnifié l'indéfectible fidélité au général de Gaulle, fût-ce au prix de ses convictions propres. Ce juriste, issu d'une grande famille féconde en vocations variées (médecine, peinture), rallia la France libre en 1943 après son évasion d'Allemagne et un passage au Maroc et se mit au service de l'homme du 18 juin. Il est commissaire de la République à Angers et créateur de l'ENA en 1945. Après le départ de De Gaulle du Gouvernement provisoire en janvier 1946, il passe dans l'opposition comme sénateur RPF et dénonce sans relâche le régime de la IVe République, notamment dans son bulletin Le Courrier de la colère *et dans ses écrits,* Ces princes qui nous gouvernent *(1957) : pour lui, les vices du système politique sont tels qu'ils condamnent toute démarche politique, quels que soient les mérites personnels de leurs auteurs. Il est donc l'âme du chantier constitutionnel de 1958, puis le premier Premier ministre du nouveau régime, qu'il défend avec énergie contre les putschistes d'avril 1961 et l'OAS, en dépit de son hostilité personnelle à l'indépendance de l'Algérie. Cette divergence l'amène à céder la place à Georges Pompidou en 1962. Après l'apogée mineur de ce gouvernement à l'ombre du Général, sa carrière se poursuit dans divers ministères (Économie, Défense) sans qu'une visée personnelle plus ambitieuse le tente : sa candidature à l'élection présidentielle de 1981 (il ne recueille que 1,65 % des voix) n'est qu'un témoignage de fidélité à une grandeur gaullienne qu'il ne retrouve pas chez ses continuateurs déclarés. Son nom est associé à une loi (1959) organisant les rapports entre l'État et l'enseignement privé et une autre (1973) limitant les sursis militaires, qui déclencha une vague d'agitation lycéenne et étudiante.*

juillet
Roger Caillois: *Art poétique*. Paraissent la même année un livre personnel, *Les Jeux et les hommes*, et deux anthologies, *Trésor de la poésie universelle*, avec Jean-Clarence Lambert, et *Anthologie du fantastique*.

août
René Thom reçoit la médaille Fields, équivalent du prix Nobel en mathématiques, pour ses travaux sur la topologie différentielle.

21-26 août
Au cours de son voyage en Afrique noire, le général de Gaulle reçoit un accueil enthousiaste à Fort-

Lamy (aujourd'hui N'Djamena), Brazzaville, Abidjan, Dakar et Tananarive. Il présente son projet de Communauté destinée à pérenniser les liens entre la France et ses anciennes colonies. Cette fédération inégalitaire entre la France et l'AOF-AEF et Madagascar est un complexe édifice institutionnel qui n'atteindra guère le stade de la réalisation. L'impossibilité de concevoir une structure reliant des États indépendants sur le modèle du Commonwealth britannique condamnera la Communauté dès lors que ses membres choisiront de reprendre leur liberté en 1960.

septembre
Julien Gracq : *Un balcon en forêt.*

4 septembre
Présentation publique de la nouvelle Constitution : le choix du lieu – place de la République à Paris –, du jour anniversaire de la proclamation de la IIIe République, l'évocation des grands ancêtres comme Gambetta affirment la légitimité républicaine du projet, après l'épisode ambigu du 13 mai.

La Constitution de la Ve République

Le texte fondateur de la Ve République reflétait à ce point les vues de son inspirateur et premier bénéficiaire qu'on pouvait légitimement s'interroger sur sa capacité à lui survivre durablement. Or, au tournant du siècle, rien ne semble remettre profondément en cause le texte de 1958 modifié en 1962 : le temps a vérifié sa fiabilité et les adversaires résolus au départ (Mitterrand, Le Coup d'État permanent, *1964) se sont convertis à ses mérites. Bien plus, les expériences de cohabitation entre présidents de la République et gouvernements de sensibilités politiques différentes (en 1986-1988, 1993-1995 et depuis 1997) ont montré que la Constitution pouvait s'adapter à des situations jugées improbables au départ.*

Son originalité la plus évidente est la revalorisation du président de la République, au rôle si effacé durant la IVe République. Élu pour sept ans par un collège de 80 000 grands électeurs, il peut dissoudre l'Assemblée nationale, détenir les pleins pouvoirs en cas de menace exceptionnelle et soumettre à référendum certains projets de loi ; il nomme le Premier ministre et les autres ministres qui deviennent les exécutants de sa politique. Enfin, en 1962 il accédera à la légitimité suprême conférée par l'élection au suffrage universel.

Le couple présidence-gouvernement est un tandem hiérarchisé : dans l'esprit du Général, il ne saurait y avoir de dyarchie au sommet ; la pratique verra de fait la tendance à l'annexion de compétences gouvernementales par le « domaine réservé » de l'Élysée : la politique étrangère, la coopération…

L'Assemblée nationale, outre ses prérogatives législatives, conserve le contrôle du gouvernement par des motions de censure ou la question de confiance. En cas de divergences avec le Sénat, son vote l'emporte. Sauf à l'occasion d'un référendum – opération parfois risquée –, elle garde le pouvoir de modifier la Constitution, associée en cela au Sénat. Le grand changement est l'adoption pour les élections législatives d'un type de scrutin uninominal à deux tours générateur de majorités homogènes et durables. La pratique du référendum et de l'article 49.3 de la Constitution donne une physionomie particulière aux rapports entre les pouvoirs exécutif et législatif.

Depuis l'entrée en vigueur de la Constitution et jusqu'au 24 septembre 2000, les Français ont été consultés neuf fois par référendum : c'est une exception dans le concert européen (hormis la Suisse et ses votations) et il semble que la tendance aille à l'augmentation de la fréquence et à la banalisation des enjeux ; par rapport à la période gaullienne, le référendum, pour lequel le taux d'abstention ne cesse de croître, a perdu sa valeur initiale de plébiscite du pouvoir exécutif.

L'article 49.3 est une procédure technique par laquelle le gouvernement peut faire passer « en force » un texte devant l'Assemblée en engageant sa responsabilité ; les députés n'ont de recours que dans le vote d'une motion de censure – acte considérable… – pour éviter que le texte ne soit imposé. Exceptionnel sous les deux premiers présidents de la Ve, l'usage du 49.3 s'intensifie, posant ainsi la question de l'équilibre des pouvoirs.

Ainsi, le régime créé est-il unique : beaucoup plus présidentielle que les républiques ou monarchies parlementaires d'Europe, la Ve République reste très en deçà du présidentialisme américain. Fruit hybride de ces visions politiques, la Constitution tire sa force de ne pas figer les dosages possibles entre présidentialisme et parlementarisme. Elle a pu aboutir à des situations de quasi-monopole du pouvoir quand un même parti détenait la présidence, le gouvernement et la majorité au Parlement. Inversement, elle a permis la constitution d'axes Parlement-gouvernement cohabitant sans grandes difficultés avec un président d'opinion politique différente, réduit à n'être plus qu'un patient « résident de la République » (Jean-Marie Colombani, 1997). La première situation avait recueilli l'assentiment de l'opinion publique, quand l'urgence appelait l'effica-

cité. Mais les sondages montrent que la deuxième situation est loin de déplaire aux Français, ce qui ne doit pas manquer de surprendre les mânes des pères de la Constitution.

20 septembre
Résultats du référendum sur la Constitution (26 603 464 inscrits, 15,06 % d'abstentions): 17 668 790 oui (79,26 % des suffrages exprimés), 4 634 511 non (20,74 %). Le scrutin apparaît davantage comme un référendum avant l'heure en faveur de De Gaulle que comme une approbation des nouvelles institutions. En Algérie, le oui l'emporte par 96,5 % des votants (76,1 % des électeurs inscrits). Dans 13 territoires d'Afrique noire et Madagascar: 7471000 oui contre 1 121 600 non. La Guinée de Sékou Touré refuse d'entrer dans la Communauté: elle accède *de facto* immédiatement à l'indépendance, sans le moindre soutien de la France.

octobre
Parution au Seuil du premier roman de Philippe Sollers, *Une curieuse solitude*, aussitôt salué par Mauriac et par Aragon, qui publie lui-même *La Semaine sainte*, roman historique dont l'action se déroule en 1815.

1er octobre
Création de l'UNR (Union pour la nouvelle République), parti qui va s'affirmer comme le pôle structurant durable de la droite gaulliste et de ses héritiers qui la transformeront en UDR (Union pour la défense de la République, 1968), puis en RPR (Rassemblement pour la République, 1976). Le général de Gaulle avait trop clamé sa méfiance envers les partis politiques et se rappelait trop la déliquescence du RPF pour que le lancement de l'UNR ne soit pas un compromis entre ses convictions et des nécessités politiciennes. La première direction de l'UNR comprend Soustelle, Debré, Frey, Chaban-Delmas, Chalandon: des figures du gaullisme historique, fidèles compagnons du Général ou barons plus soucieux de leur avenir?

3 octobre
Lors de son quatrième voyage en Algérie, le Général fait connaître les grandes lignes de son plan de rénovation, dit plan de Constantine: égalité des salaires entre l'Algérie et la métropole, un dixième des emplois publics réservé aux musulmans, scolarisation de toute la jeunesse algérienne, création de 400000 emplois nouveaux, distribution de 250000 ha de terres arables mises en valeur, utilisation du gaz et du pétrole pour l'industrialisation du pays, construction de logements pour un million de personnes.

23, 25 octobre
Dans sa conférence de presse, de Gaulle propose au FLN qu'il estime militairement inférieur « la paix des braves », tout en ignorant le GPRA (Gouvernement provisoire de la République algérienne), proclamé en septembre au Caire par Ferhat Abbas. Le 25, le FLN refuse la proposition.

23, 30 novembre
Premières élections législatives (22 % d'abstentions). Les résultats du second tour, le 30, marquent un large renouvellement par rapport au scrutin de 1956: l'extrême droite poujadiste s'effondre, le PC (10 sièges), la SFIO (44), les radicaux (23) et le MRP (57) subissent un échec sévère, la majorité appartient aux modérés du CNIP (Centre national des indépendants et paysans, 133) et à l'UNR (198); députés algériens (67).

25 novembre
Conférence d'Yves Bonnefoy, dans le cadre du Collège philosophique, créé et animé depuis février 1947 par Jean Wahl, intitulée « L'acte et le lieu de la poésie ». Le texte sera repris dans *L'Improbable*, recueil d'essais qui paraît en mai 1959.

12 décembre
Paul Delouvrier est nommé délégué général en Algérie à la place du général Salan. Le général Challe est nommé commandant en chef des forces en Algérie.

PAUL DELOUVRIER

Après des études de droit et de sciences politiques, Paul Delouvrier (1914-1995), inspecteur des Finances en 1941, rejoint l'école d'Uriage puis prend le maquis. À la Libération, il rencontre Jean Monnet: désormais, sa carrière se déroule sous la double inspiration de De Gaulle et du « père de l'Europe ». Haut fonctionnaire au Commissariat général au Plan puis au Pool charbon-acier, il fait partie de l'équipe Mendès France. En décembre 1958, de Gaulle le nomme délégué général en Algérie et le charge de mettre en œuvre le plan de Constantine. Désapprouvant le virage récent de l'« Algérie algérienne », il quitte son poste en novembre 1960 pour se voir confier l'aménagement de la région Île-de-France. Il en invente le schéma directeur, imagine les villes nouvelles, crée le RER, redécoupe les circonscriptions. À la tête d'EDF en 1969, il est à l'origine du plan de développement des centrales nucléaires (février 1974) destiné à prémunir le pays des effets de la crise pétrolière. Ce grand commis de l'État est représentatif des bâtisseurs de la France des Trente Glorieuses.

21 décembre
Avec 78,5 % des suffrages, le général de Gaulle est élu président de la République et de la Communauté par le collège des 76 359 grands électeurs – parlementaires, maires, représentants des conseils municipaux, et conseillers généraux: les parlementaires à qui incombait le privilège de l'élection du président sont très minoritaires par rapport aux élus locaux.

27 décembre
Le Conseil des ministres adopte le plan Rueff-Pinay. Il prévoit entre autres l'assainissement des dépenses publiques, la libération des échanges dans le cadre du Marché commun, mais surtout la création du nouveau franc (l'ancien franc est divisé par 100): un dollar équivaudra désormais à 4,94 F contre 494 précédemment. Ce retour à une parité comparable à celle de 1914 (le franc lourd de la Belle Époque) masque habilement une dévaluation de 17,5 %.

31 décembre
Création de l'Unedic et de l'Assedic.

1959

janvier
Raymond Queneau: *Zazie dans le métro*, qui reçoit le prix de l'humour noir en octobre. Le film tourné par Louis Malle sort en avril de l'année suivante, tandis qu'une adaptation théâtrale est donnée dès le 2 décembre aux Trois-Baudets.

1ᵉʳ janvier
Entrée en vigueur du Marché commun.

3 janvier
Premier magazine télévisé mensuel d'information: *Cinq colonnes à la une*, de Pierre Desgraupes, Pierre Dumayet, Pierre Lazareff et Igor Barrère.

6 janvier
Des ordonnances allongent la durée de la scolarité obligatoire (16 ans) appliquée seulement à partir de 1967 et instituent les CES (collèges d'enseignement secondaire). En matière sociale, sont instaurés l'association ou l'intéressement des travailleurs à l'entreprise, l'assurance chômage et la protection des libertés syndicales.

9 janvier
Le garde des Sceaux Michel Debré est nommé Premier ministre. Les partisans de l'Algérie française s'imaginent que la nomination de cet homme qui partage leur orientation va conforter la politique du maintien de la présence française. Composition du gouvernement: Soustelle (délégué auprès du Premier ministre), Jacquinot (Recherche scientifique), Lecourt (Relations avec la Communauté), Michelet (Justice), Berthoin (Intérieur), Boulloche (Éducation nationale), J.-M. Jeanneney (Industrie et Commerce), Triboulet (Anciens Combattants), Cornut-Gentille (PTT), Frey (Information).
Conservent leurs portefeuilles: Houphouët-Boigny (ministre d'État jusqu'au 20 mai), Couve de Murville (Affaires étrangères), Guillaumat (Armées), Pinay (Finances et Affaires économiques), Buron (Travaux publics et Transports), Houdet (Agriculture), Bacon (Travail), Chenot (Santé et Population), Sudreau (Construction).
Le 22 juillet, le ministère d'André Malraux prend le nom de ministère des Affaires culturelles (portefeuille qu'il conservera jusqu'en 1969).
À l'Élysée se constitue autour du chef de l'État une sorte de super-cabinet qui double en partie le gouvernement. Ses membres, une cinquantaine de personnes dirigées par Geoffroy de Courcel (secrétaire général à la présidence de 1959 à 1962), et René Brouillet (directeur de cabinet du Général), comprennent des fidèles du Général (Guichard, Lefranc, Foccart), des hauts fonctionnaires et des conseillers techniques (tel Bernard Tricot aux affaires juridiques).

26 janvier
Création de *Tchin-tchin* de François Billetdoux au Théâtre de Poche-Montparnasse.

6 février
Création de *La Voix humaine* de Cocteau, sur une musique de Francis Poulenc, par Denise Duval à l'Opéra-Comique. Cocteau, frappé d'hémoptysie au cours des répétitions, ne peut y assister.

4 mars
Après la rencontre chaleureuse de Colombey-les-Deux-Églises (14 septembre 1958), nouveaux entretiens entre le chancelier Adenauer et le général de Gaulle à Marly: l'amitié entre les deux hommes fortifiera le rapprochement franco-allemand.

10 mars
En Algérie, la guerre continue : le général Massu signe une directive générale sur la guerre subversive accompagnée d'annexes sur les techniques policière, militaire et psychologique. Elles portent sur les « méthodes de coercition », c'est-à-dire sur la torture, utilisée de fait à grande échelle depuis 1957. En juin, le livre *La Gangrène*, recueil de cinq témoignages d'Algériens torturés à Paris, est saisi.

26 avril
Les élections sénatoriales sont favorables à l'opposition. 84 % des sortants sont réélus ; la gauche dispose de 40 % des sièges. Sont élus : Duclos, Defferre, Edgar Faure, Mitterrand.

mai
Joseph Kessel : *Le Lion.*
Nathalie Sarraute : *Le Planétarium.*

28 mai
Pierre Chatenet succède à Jean Berthoin à l'Intérieur. Henri Rochereau est à l'Agriculture.

31 mai
Au festival de Cannes, Marcel Camus obtient la Palme d'or pour *Orfeu negro.* Triomphe de la Nouvelle Vague : Claude Chabrol, *Les Cousins* ; François Truffaut, *Les Quatre cents coups.* Le film d'Alain Resnais, *Hiroshima mon amour*, sur un scénario de Marguerite Duras, avec Emmanuelle Riva pour interprète, est projeté hors festival.

juin
Le poète Edmond Jabès, qui a quitté l'Égypte en juin 1957 pour s'installer à Paris, publie chez Gallimard, avec le soutien de Camus, un recueil de textes poétiques ou aphoristiques, *Je bâtis ma demeure*, préfacé par le critique Gabriel Bounoure.

2-11 juillet
Voyage du général de Gaulle à Djibouti et Madagascar : il y préside la quatrième session du Conseil de la Communauté.

septembre
Sortie de *Babette s'en va t'en guerre* du cinéaste Christian-Jaque, avec Brigitte Bardot et Francis Blanche.

16 septembre
Dans une allocution, le général de Gaulle affirme : « Je considère comme nécessaire que ce recours à l'autodétermination soit dès aujourd'hui proclamé. Au nom de la France et de la République, en vertu des pouvoirs que m'attribue la Constitution de consulter les citoyens, pourvu que Dieu me prête vie et que le peuple m'écoute, je m'engage à demander, d'une part aux Algériens dans leurs 12 départements ce qu'ils veulent être en définitive, et, d'autre part, à tous les Français d'entériner ce que sera ce choix. » Même si le Général n'envisage alors cette évolution que dans le cadre d'un contrôle total de la situation militaire algérienne et d'une défense des intérêts de la France (pétrole saharien), cette déclaration est la première rupture avec l'illusion du 13 mai, celle d'un de Gaulle sauveur de l'Algérie française. C'est pourquoi, trois jours après, Georges Bidault, ancien président du Conseil, fonde le Rassemblement pour l'Algérie française.

28 septembre
Le GPRA s'affirme prêt à entamer des pourparlers avec le gouvernement français mais refuse que le sort de l'Algérie soit lié à une consultation électorale française.
Europe n°1 diffuse chaque jour une émission consacrée au rock : *Salut les copains.*

octobre
Parution du *Corps tragique*, dernier recueil de Jules Supervielle, qui mourra le 17 mai 1960.
Le poète de langue allemande Paul Celan devient lecteur d'allemand à l'École normale supérieure de Paris, poste qu'il occupera jusqu'à son suicide en 1970. Né dans une famille juive de Bucovine qui périra dans les camps, Paul Celan est alors l'auteur de trois recueils : *Pavot et Mémoire* (1952), *De seuil en seuil* (1955) et *Grille de parole* (1959) qui lui vaudront l'année suivante le prix Büchner, la plus haute distinction littéraire en Allemagne.
Les Nègres de Jean Genet sont donnés avec grand succès au théâtre de Lutèce dans une mise en scène de Roger Blin, qui fait appel à une troupe d'acteurs noirs.

15 octobre
Attentat dit de l'Observatoire contre François Mitterrand : des coups de feu sont tirés sur sa voiture. Un ancien député, Pesquet, prétend que c'est un attentat arrangé. Le 25 novembre, le Sénat vote la levée de l'immunité parlementaire de Mitterrand.
Premier numéro du journal *Pilote* de Goscinny et Uderzo, avec l'apparition d'Astérix le Gaulois.

ASTÉRIX

La BD française, longtemps coincée entre ses aînées belge et américaine, doit beaucoup au scénariste René Goscinny (1926-1977) et au dessi-

nateur Albert Uderzo (né en 1927) à un double titre : d'abord, pour la création de personnages et d'un univers qui, d'album en album, sont devenus des phénomènes de masse. Les figures d'Astérix et d'Obélix – le petit futé courageux et le gros musclé au cœur tendre –, la communauté du village gaulois sans cesse en train de se chamailler mais unie contre l'ennemi irréductible, ont constitué un miroir dans lequel la France gaullienne a pu se contempler, en souriant d'elle-même ; sans atteindre l'universalité de Tintin, les héros ont survécu à leur créateur et affronté avec succès la mondialisation.
Le deuxième mérite de René Goscinny est la création de Pilote, *vecteur privilégié de la recherche de nouveaux talents : on lui doit la découverte d'auteurs comme Claire Bretécher, Cabu, Gotlib et bien d'autres qui, après des débuts à* Pilote *allèrent essaimer et diversifier la BD française particulièrement féconde jusqu'aux années 80.*

21 octobre
Soirée de gala, en présence du général de Gaulle, pour la nouvelle saison de l'Odéon-Théâtre de France confié par André Malraux à Jean-Louis Barrault. Pour inaugurer sa programmation, Barrault monte *Tête d'or* de Claudel, avec l'acteur Alain Cuny dans le rôle de Simon Agnel.

novembre
Jean Cayrol : *Corps étrangers.*

25 novembre
L'acteur Gérard Philipe meurt à 37 ans.

décembre
Pierre Boulle : *Le Pont sur la rivière Kwaï.*

2 décembre
Rupture du barrage de Malpasset près de Fréjus : la ville est inondée, 405 morts.

15-30 décembre
Discussion et adoption de la loi Debré définissant les contrats d'association des établissements d'enseignement privés avec l'État. Les subventions sont assorties d'un contrôle public : émotion du camp laïc ; le ministre de l'Éducation nationale Boulloche démissionne. Louis Joxe prend son portefeuille le 15 janvier suivant.

autres événements
• Plus d'une dizaine de médicaments dérivés de la benzodiazépine apparaissent sur le marché. Tous visent au traitement de la pathologie de l'anxiété générale, ou de la névrose d'anxiété, et, dans certains cas, au traitement de l'épilepsie.

1960

janvier
André Dhôtel : *Chronique fabuleuse.*

1er janvier
Mise en circulation du nouveau franc : au quotidien, l'ancien franc résiste et reste oralement employé par les personnes âgées et pour l'évaluation des grosses sommes pendant une génération.

13 janvier
Réservé sur les orientations économiques du chef de l'État, Antoine Pinay démissionne ; Wilfrid Baumgartner (1902-1978) le remplace au ministère des Finances.

22 janvier
Création à l'Odéon-Théâtre de France dans une mise en scène de Jean-Louis Barrault de *Rhinocéros* d'Eugène Ionesco qui sort ainsi pour la première fois des petites scènes parisiennes.

23 janvier
Pour avoir déclaré dans la presse allemande que l'armée ne comprend plus la politique du gouvernement en Algérie et qu'elle regrette d'avoir appelé de Gaulle au pouvoir, le général Massu est relevé de ses fonctions de commandant du corps d'armée d'Alger et remplacé par le général Crépin.

24 janvier-1er février
« Semaine des barricades » et grève générale à Alger. Entraînés par Pierre Lagaillarde et Joseph Ortiz, des activistes pieds-noirs se retranchent dans les facultés ; une fusillade provoque la mort de 14 gendarmes et de 6 manifestants : des scènes de fraternisation ont lieu entre insurgés et paras. Les autorités (Challe et Delouvrier) quittent Alger. Le 29, au cours d'une allocution, le général de Gaulle, en uniforme, surmonte le trouble de son gouvernement, réaffirme le soutien de la France à l'Algérie et rappelle le devoir d'obéissance à l'armée. Les insurgés se rendent le 1er février, sans avoir rallié les militaires à leur mouvement. Arrêté, Lagaillarde est transféré à la prison de la Santé et Ortiz en fuite. Dans le contexte du conflit algérien, l'affrontement est limité mais son caractère franco-français marque un tournant ; le spectre de la guerre civile va désormais hanter la France.

2-3 février
Convoqué en session extraordinaire, le Parlement vote le droit pour le gouvernement de légiférer par ordonnances pendant un an.

5 février
Un remaniement ministériel permet la mise à l'écart des partisans de l'Algérie française : Soustelle et Cornut-Gentille quittent le gouvernement Debré. Guillaumat et Frey (délégués auprès du Premier ministre), Messmer (Armées), Chatenet (Intérieur), Lecourt (Dom-Tom et Sahara), Rochereau (Agriculture), Maurice-Bokanowski (PTT), Terrenoire (Information). L. Joxe (Éducation nationale).
Conservent leurs portefeuilles : Malraux (Affaires culturelles), Michelet (Justice), Couve de Murville (Affaires étrangères), Baumgartner (Finances et Affaires économiques), J.-M. Jeanneney (Industrie et Commerce), Jacquinot (Recherche scientifique), Buron (Travaux publics et Transports), Bacon (Travail), Chenot (Santé et Population), Sudreau (Construction), Triboulet (Anciens Combattants).

13 février
À Reggane (Sahara), explosion de la première bombe atomique française : vives protestations des États du Maghreb. Le 1er avril, deuxième essai nucléaire.

24 février
Arrestation du réseau de soutien au FLN en métropole dirigé par Francis Jeanson : il avait notamment en charge le transfert en Suisse des cotisations collectées par la fédération de France du FLN, d'où le surnom de « porteurs de valises ». Hélène Cuenat, Henri Curiel, Robert Davezies en furent les principales figures.

mars
Georges Perros : *Papiers collés*, premier volume.

3-5 mars
En Algérie, au cours d'une visite des unités combattantes auxquelles il apporte un soutien total, de Gaulle mentionne pour la première fois l'expression « Algérie algérienne ».

9 mars
La galerie internationale d'Art contemporain, à Paris, présente les *Anthropométries de l'époque bleue* d'Yves Klein. Le soir de l'ouverture, devant une centaine de personnes, trois modèles féminins nus enduits de peinture bleue laissent leurs empreintes sur des feuilles blanches posées au sol ou accrochées au mur.

15 mars
Une circulaire définit le secteur psychiatrique comme une aire géographique délimitée autour d'un hôpital préexistant ; ce service hospitalier est tenu de fonctionner en liaison étroite avec les institutions extra-hospitalières (dispensaires d'hygiène mentale, hôpitaux de jour, foyers de post-cures et ateliers protégés). Ce n'est qu'à partir des années 70 que cette circulaire sera véritablement mise en application. Les lois du 25 juillet et du 31 décembre 1985 entérineront cette politique.

30 mars
Premier numéro de la revue *Tel quel* (Philippe Sollers, Jean-Édern Hallier, Jean-René Huguenin...). Au départ, la revue veut apparaître comme exclusivement littéraire, face à l'engagement sartrien des *Temps modernes*. Francis Ponge en est la grande figure tutélaire. La revue publie de jeunes auteurs comme Jean Cayrol, Michel Butor, Claude Ollier, Michel Deguy. Elle fait une part à la critique d'inspiration structuraliste (Jakobson, Todorov, Umberto Eco) et psychanalytique (Michel de M'Uzan, Julia Kristeva). À partir de 1967, elle prendra une tout autre orientation avec l'engagement maoïste d'une partie de l'équipe.
Sortie de *À bout de souffle* de Jean-Luc Godard avec Jean-Paul Belmondo et Jean Seberg.

Jean-Luc Godard

Ce cinéaste franco-suisse né en 1930 a démarré comme chef de file de la Nouvelle Vague, avec À bout de souffle, *une illustration nerveuse de l'air du temps et de la fuite en avant pour une génération coincée entre les deux gaullismes, celui des combats et celui de la quiétude prospère – thème repris dans* Pierrot le fou *en 1965... Cinéaste engagé mais souvent à contresens ou à contretemps –* Le Petit Soldat *(1963) semble politiquement incorrect aussi bien pour le pouvoir que pour la gauche – surtout, Jean-Luc Godard sera un pré-soixante-huitard avec des œuvres prémonitoires comme* La Chinoise *(1967), mais que les années suivant Mai laissent plutôt en retrait. Son engagement, il le consacre à une exploration pionnière de nouveaux supports comme la télévision ou la vidéo, menée à Grenoble loin des feux parisiens. À partir de 1980, il revient à la réalisation de films, mais sans faire les concessions d'un Truffaut ou d'un Chabrol, ses complices du début, à la narration :*

*il en acquiert la réputation d'un auteur irréductiblement intellectuel, parfois servi par un certain sens de la provocation (*Je vous salue Marie*, 1984) mais jamais consacré par le grand public – ce dont Jean-Luc Godard semble se moquer.*

3 avril
Le PSU (Parti socialiste unifié) est créé par des militants du PSA (Depreux, Mendès France, Rocard), du journal *Tribune du communisme* (Jean Poperen), des chrétiens de gauche venus de Jeune République et du Mouvement de libération du peuple. Contrairement à celles de Claude Bourdet et de Gilles Martinet, de la revue *France-Observateur*, l'adhésion de François Mitterrand est refusée. Entre réforme et révolution, le socialisme français a trouvé pour vingt ans son laboratoire.
Lancement du journal satirique *Hara-Kiri*.

29 avril
En réaction au procès intenté aux appelés français refusant de participer à la guerre d'Algérie, la galerie des Quatre-Saisons à Paris, organise une exposition intitulée *Anti-Procès*, à laquelle participent plus de 50 artistes, dont Brauner, César, Erro, Matta, Michaux... Sur l'affiche, une déclaration: « Tout créateur est, jusqu'à nouvel ordre, un insoumis. »

mai
Julien Green, qui poursuit régulièrement l'écriture de son *Journal* entrepris en 1938, publie un nouveau roman: *Chaque homme dans sa nuit*.
Au 16ᵉ Salon de mai, César expose ses premières *Compressions*, trois automobiles écrasées à la presse électrique.

11 mai
À Saint-Nazaire, lancement du paquebot *France* en présence du général de Gaulle.

13 mai
Tinguely, revenu de New York où il a organisé un concert explosif et autodestructeur de plusieurs de ses machines, renouvelle l'idée en organisant, du boulevard du Montparnasse à la rue de Grenelle où s'ouvre à la galerie des Quatre-Saisons une exposition de ses œuvres, un défilé de ses machines. Comme à New York, il utilise des matériaux de récupération.

18 mai
Première du *Balcon* de Jean Genet dans une mise en scène de Peter Brook qui avait vainement tenté de monter la pièce à Paris depuis 1957. En même temps sort sur les écrans le film *Moderato Cantabile*, qu'il a tourné d'après le roman de Marguerite Duras.

2-4 juin
Une loi constitutionnelle prévoit qu'un État membre de la Communauté peut devenir indépendant « sans cesser de ce fait d'appartenir à la Communauté ». Au cours de l'année, le Cameroun, le Togo, le Mali (ex-Soudan), le Sénégal, la Côte-d'Ivoire, le Dahomey (futur Bénin), la Haute-Volta (futur Burkina), le Niger, la Mauritanie, la République centrafricaine, le Congo, le Gabon, le Tchad et Madagascar, devenus indépendants, signent des accords de coopération avec la France. Sont mis en place un ministère de la Coopération et un secrétariat général pour la Communauté et les Affaires africaines et malgaches auprès de la présidence de la République dont le titulaire est Jacques Foccart. La décolonisation est achevée, à l'exception de Djibouti (1977) et de certains Territoires d'outre-mer du Pacifique.

25-29 juin
Le FLN accepte le principe de négociations sous l'autorité de Ferhat Abbas; des discussions préliminaires se déroulent à Melun mais échouent.
Parallèlement, les partisans de l'Algérie française s'organisent en Comité de Vincennes (Soustelle et Bidault), et Front de l'Algérie française à Alger.

juillet
Louis-René Des Forêts: *La Chambre des enfants*, qui obtient le prix des Critiques.

5 août
Création des Safer (Sociétés d'aménagement foncier et d'établissement rural) pour remodeler les exploitations agricoles. La nécessité de remembrer les parcelles éludera les conséquences écologiques de la disparition des haies et chemins creux.

septembre
Claude Simon: *La Route des Flandres*.

5-6 septembre
Tandis que le général de Gaulle avance prudemment la notion d'« Algérie algérienne », l'opinion publique métropolitaine se mobilise et se divise: l'ouverture du procès du réseau Jeanson (réfugié lui-même en Suisse) fournit une tribune aux partisans de la cause du FLN; 121 intellectuels lancent un appel justifiant l'insoumission militaire et légitimant l'aide au FLN, ce qui les place dans l'illégalité. En réaction, *Le Figaro* publie le manifeste de 185 autres intellectuels affirmant leur soutien à

l'armée française et à l'intégrité du territoire français « de Dunkerque à Tamanrasset ». Se renforce donc le paradoxe d'un pouvoir gaulliste trouvant ses appuis chez ses adversaires idéologiques, qu'il réprime néanmoins.

23 octobre
La galerie Iris Clert présente l'exposition *Plein*. Arman, assisté de Martial Raysse, y entasse du sol au plafond des objets de rebut et les premières accumulations de dentiers et de suppositoires, respectivement intitulées *La Vie à pleines dents* et *En direct pour la lune*.

26 octobre
Création de l'Oulipo, OUvroir de LIttérature POtentielle.

L'Oulipo

*Ce séminaire de littérature expérimentale lancé à l'initiative de François Le Lionnais compta parmi ses nombreux membres Raymond Queneau, Georges Perec, Albert-Marie Schmidt (qui inventa le nom Oulipo) puis Marcel Benabou, Jacques Roubaud... Peu soucieux de reproduire un courant politique et littéraire comme le surréalisme avec ce que cela suppose de dogmatisme, l'Oulipo invente des contraintes littéraires extrêmes, aboutissant à des œuvres en forme de jeu mathématique (*Cent mille milliards de poèmes *de Queneau à partir d'une série de vers offrant une infinité de combinaisons) ou à des prouesses littéraires comme* La Disparition *de Perec écrite sans utiliser la lettre e.*

27 octobre
Chez Klein se réunissent Arman, Dufrêne, Hains, Raysse, Restany, Tinguely et Villeglé pour signer la déclaration constitutive du Nouveau Réalisme rédigée par Restany. César et Rotella, absents de la réunion, adhèrent au mouvement. Niki de Saint-Phalle, Christo et Gérard Deschamps le rejoignent plus tard.

Le Nouveau Réalisme

En avril 1960, à l'occasion d'une exposition collective présentée à la galerie Apollinaire, à Milan, Pierre Restany publie un texte intitulé Les Nouveaux Réalistes. *C'est la première fois qu'apparaît cette appellation qui sera appliquée à plusieurs artistes qui, se détournant de la peinture pour s'intéresser délibérément aux objets les plus communs, remettant en cause la notion traditionnelle d'œuvre d'art. Mais il ne s'agit pas pour eux de dénoncer ou de nier la valeur de cette notion, comme Marcel Duchamp l'avait fait avec ses « ready-made » ; ils affirment au contraire que tout objet a une force d'expression propre, une beauté, pour autant qu'on le libère de sa fonction utilitaire, qu'on l'extraie de l'univers de la consommation. Par leur geste, les Nouveaux Réalistes lui restituent une identité, et ce geste créateur est d'abord un geste de récupération, qu'il s'agisse des affiches lacérées de Dufrêne, Hains et Villeglé, des ferrailles de Tinguely, ou encore des vieux porte-monnaie et des poubelles d'Arman. Pour sa part, Daniel Spoerri crée des « tableaux-pièges » qui fixent des objets en cours d'utilisation sur leurs vrais supports, par exemple une table servie avec ses assiettes, ses couverts, les reliefs du repas, etc. Mais ce geste de récupération peut conduire lui-même à une autre destruction qui, loin d'être indifférente, devient l'achèvement même de l'œuvre : Arman fracasse des instruments de musique et en fixe les morceaux épars, Tinguely fabrique des machines qui s'autodétruisent. De même l'accumulation (Arman), l'empaquetage (Christo), la compression (César) ou la répétition d'un même mouvement (Tinguely) miment-ils les procédures industrielles, mais sans rien produire d'autre que leur propre spectacle promu au rang d'acte artistique. Le réalisme dont il s'agit ici ne vise pas à répéter le monde, mais à conférer une beauté nouvelle à une réalité omniprésente et ingrate, devenue presque incompréhensible.*

Première à l'Odéon-Théâtre de France de *Jules César* de Shakespeare dans une traduction d'Yves Bonnefoy. La mise en scène est de Jean-Louis Barrault, les décors du peintre Balthus, la musique de Maurice Le Roux.

novembre
Henri Thomas, professeur pendant deux ans à l'université Brandeis aux États-Unis, obtient le prix Médicis pour son roman *John Perkins*. Il publie également un recueil de nouvelles, *Histoire de Pierrot et de quelques autres*.
Romain Gary : *La Promesse de l'aube*.

1er novembre
La Fédération protestante de France réclame une trêve en Algérie ; précédemment, l'épiscopat catholique avait condamné l'insoumission et les outrages à la personne humaine.

décembre
Françoise Sagan : *Un château en Suède.*

9-13 décembre
Malgré des mesures d'apaisement – libération des activistes de la semaine des barricades –, le voyage du chef de l'État en Algérie provoque de violents affrontements pour ou contre l'indépendance ; le maréchal Juin, pied-noir d'origine, rompt avec le général de Gaulle.

10 décembre
Saint-John Perse reçoit le prix Nobel de littérature. Il termine son discours à Stockholm par ces mots : « Et c'est assez, pour le poète, d'être la mauvaise conscience de son temps. »

autres événements
• Le GRAV (Groupe de recherche d'art visuel) est fondé par Demarco, Garcia-Rossi, Morellet, Le Parc, Sobrino, Stein et Yvaral. Jusqu'en 1968, ces artistes, proches de l'art cinétique et de l'art optique, élaborent des œuvres collectives mobiles à partir de sources lumineuses.
• Le sculpteur Raymond Mason travaille à des études pour son groupe *La Foule*, aujourd'hui installé à Paris, dans le jardin des Tuileries.

1961

janvier
En France, début de la pilule contraceptive découverte par Gregory Pincus et John Rock aux États-Unis en 1956 ; sa diffusion est illégale en vertu de la loi de 1920 et on ne peut se la procurer qu'à l'étranger. Cette semi-clandestinité et la fascination-répulsion qu'exerce une contraception chimique enfin efficace alimentent des débats passionnés sur ses dangers supposés : la maîtrise de leur fécondité par les femmes donne-t-elle le cancer ?

8 janvier
Annoncé le 4 novembre précédent par le Général qui évoquait l'éventualité d'une République algérienne, le référendum (le premier en application de la Constitution de la Vᵉ République) sur l'autodétermination des populations algériennes donne 75 % de oui en métropole, 70 % en Algérie.

10 février
Premier sommet politique de l'Europe des Six à Paris.

13-15 février
Crise au comité central du PC. En désaccord avec l'analyse du gaullisme faite par le parti, Marcel Servin est exclu du comité central et Laurent Casanova démis du bureau politique.

20 février
Lucien Paye remplace Louis Joxe à l'Éducation nationale.

21 février
Premier vol spatial français habité : lancé à 150 km d'altitude depuis la base algérienne de Colomb-Béchar, le rat Hector revient en bonne santé.

23 février
L'opéra inachevé d'Arnold Schönberg, *Moïse et Aaron*, est donné pour la première fois à Paris au théâtre des Champs-Élysées dans le cadre du festival des Nations.

mars
Préparation difficile d'une négociation avec le GPRA : les contacts établis en Suisse par Georges Pompidou sont compromis par l'intention française déclarée d'associer le MNA (Mouvement national algérien) de Messali Hadj et de conserver coûte que coûte le Sahara.
Sortie de *Lola*, film de Jacques Demy, avec Anouk Aimée.

14 mars
Loin de Rueil, de Raymond Queneau, est joué au TNP. Cette comédie musicale est due à Maurice Jarre et Roger Pillaudin.

30 mars
Levinas : *Totalité et infini. Essai sur l'extériorité.*

EMMANUEL LEVINAS

Emmanuel Levinas (1905-1995) est né à Kovno (Kaunas) en Lituanie russe : sa culture d'origine est hébraïque, slave et germanique. Il vient en France poursuivre des études de philosophie à Strasbourg en 1923, noue une amitié avec Maurice Blanchot et découvre la pensée de Husserl (à laquelle il consacre sa thèse Théorie de l'intuition dans la phénoménologie de Husserl, *1930) et celle de Heidegger. Il est naturalisé français mais sa famille, restée en Lituanie, est exterminée pendant la guerre. Après 1945, il commence à élaborer une œuvre philosophique fondée sur l'éthique* (Totalité et infini. Essai sur l'extériorité) *et de plus en plus centrée sur le* *judaïsme, le Talmud et la mémoire de la Shoah (*Difficile liberté. Essais sur le judaïsme*, 1963). Tout en menant tardivement une carrière universitaire (Nanterre, Sorbonne), il préside la Société française de philosophie.*

7 avril

Première apparition publique du sigle OAS (Organisation armée secrète) signant une série d'attentats.

22-25 avril

Putsch militaire en Algérie : appuyés par des unités parachutistes, les généraux Challe, Jouhaud et Zeller, rejoints par Salan, se rendent maîtres d'Alger et entendent rééditer le 13 mai 1958 pour sauver l'Algérie française ; malgré l'enthousiasme de la population européenne, ils ne parviennent pas à rallier massivement l'armée, particulièrement les appelés du contingent bien informés par l'écoute des transistors.

Le 23, le général de Gaulle, en vertu de l'article 16 de la Constitution, bénéficie des pleins pouvoirs et prononce un discours historique : « Un pouvoir insurrectionnel s'est établi en Algérie sur la base d'un pronunciamiento [...]. Ce pouvoir a une apparence : un quarteron de généraux en retraite. Il a une réalité : un groupe d'officiers partisans ambitieux et frénétiques. Ce groupe et ce quarteron possèdent un savoir-faire expéditif et limité. Mais ils ne voient et ne comprennent la nation et le monde que déformés à travers leur frénésie. Leur entreprise conduit tout droit au désastre national. »

Durant la nuit, le Premier ministre Michel Debré invite à la mobilisation populaire pour empêcher un éventuel débarquement aéroporté des troupes factieuses en métropole ; pour les partis de gauche, l'heure est à l'antifascisme.

Isolés, les généraux Challe et Zeller se rendent, mais Salan et Jouhaud ainsi que nombre d'officiers (Argoud, Sergent) passent dans la clandestinité, donnant force et consistance à l'OAS.

L'Algérie française et l'extrémisme

La période 1961-1963, marquée par l'activisme armé de l'OAS et d'autres ultras de l'Algérie française, présente les violences les plus extrêmes que s'infligea la collectivité nationale depuis l'Occupation. Ces faits dramatiques ont pu être analysés comme la plus grave récurrence de l'idéologie d'extrême droite, permanente dans la vie politique française mais épisodique dans ses accès de puissance. Ce courant idéologique structurellement minoritaire dans une société républicaine peut recouvrer une influence temporaire quand il rencontre une préoccupation à laquelle il s'identifie : l'affairisme et la médiocrité du parlementarisme des années 30, les difficultés du petit commerce et de l'artisanat dans les années 50 sont les exemples antérieurs de ce scénario.

L'ampleur de l'épisode des années 1961-1963 s'explique par une conjonction : celle d'un particularisme – le monde pied-noir – et d'un moment – la prise de conscience de la fin inéluctable de l'Algérie française par celui-là même qui devait en être le sauveur. À quoi s'ajoute le dépit professionnel d'une armée qui estime ne pas avoir démérité dans ses missions : combattre la rébellion FLN et incarner la présence française.

Ces trois données vont ranimer une extrême droite passablement hétéroclite : Robert Martel – le « Chouan de la Mitidja » – se réclame du catholicisme intégriste ; Joseph Ortiz, cafetier d'Alger, vient des horizons poujadistes ; Lagaillarde et Susini sont plutôt des admirateurs des régimes fascisants ; quant à Georges Bidault, il fut le successeur de Jean Moulin au Conseil national de la Résistance.

Cette diversité entraînera une conséquence immédiate : l'OAS aura pléthore de chefs et jamais ne présentera de projet politique cohérent au-delà du désir irrépressible d'arrêter la marche du temps. Cette prise en charge par l'extrême droite du traumatisme de la fin de l'Algérie française était donc porteuse de malentendus : une chose est de refuser avec l'énergie du désespoir de quitter son pays natal pour une métropole inconnue, une autre est d'adhérer à un néofascisme français ; une chose est, pour un militaire, de s'estimer floué et de manifester un esprit de corps vis-à-vis de collègues activistes, une autre est de devenir un putschiste fossoyeur de la République.

Ce double malentendu explique la rapidité de la retombée de cet accès de fièvre meurtrière. Parce qu'il avait accéléré dans des conditions dramatiques l'exode de la quasi-totalité des pieds-noirs vers la métropole, l'extrémisme était désormais privé des conditions qui l'avaient renforcé. De même, le cessez-le-feu de mars 1962 et le rapatriement des militaires éteignaient les frustrations nées d'une mission quotidienne inutile où l'armée perdait une partie de son âme.

Passée la nostalgie de nombreux cercles pieds-noirs, surmonté le score sans lendemain réalisé à la présidentielle de 1965 par l'avocat d'extrême droite Jean-Louis Tixier-Vignancour, l'extrême droite pouvait retomber dans sa léthargie. Jusqu'en 1983 où un ancien député de la vague poujadiste de 1956, Jean-Marie Le Pen, allait faire main basse sur la question de l'immigration et des incertitudes qu'elle suscitait.

avril
tauration d'un Haut Tribunal militaire pour ger les insurgés du putsch: l'épuration de l'armée commence. Après sa suppression le 26 mai 1962, une Cour de justice militaire – juridiction d'exception – sera créée en Conseil des ministres.

mai
André du Bouchet: *Dans la chaleur vacante*, qui reçoit le prix des Critiques. Du Bouchet avait déjà donné un premier recueil, *Air*, en 1951.
Michel Foucault: *Folie et déraison. L'Histoire de la folie à l'âge classique*, dans la collection de Philippe Ariès, «Civilisations et mentalités», thèse qu'il soutient en Sorbonne le 20 mai. Le livre est salué par Maurice Blanchot et par les historiens Robert Mandrou et Fernand Braudel comme une contribution importante à l'histoire des mentalités.

20 mai-13 juin
Ouverture des négociations avec le FLN à Évian sous la conduite de Louis Joxe, ministre des Affaires algériennes, et de Krim Belkacem, représentant du GPRA: elles buteront sur la question du Sahara (donc du pétrole) et des garanties données à la communauté européenne. La trêve est néanmoins prolongée et des contacts secrets se poursuivront à Lugrin (Haute-Savoie) du 22 au 28 juillet.

8 juin
Suite à un effondrement des cours (pomme de terre, volaille, artichaut…), les agriculteurs occupent la préfecture de Morlaix et forment des barrages routiers. La violente agitation paysanne en Bretagne traduit l'inquiétude des petits exploitants qui vivent mal les mutations de l'agriculture.

4-23 juillet
Troubles en Tunisie autour de la base militaire française de Bizerte: les affrontements entre les Tunisiens voulant récupérer la base et les troupes françaises provoquent plusieurs centaines de morts; le Conseil de sécurité de l'ONU est saisi. Un accord prévoyant l'évacuation des troupes françaises sera signé le 29 septembre.

15 juillet
Attentat manqué contre Mgr Duval (1903-1996), archevêque d'Alger: les constantes prises de position du prélat contre l'injustice et la violence subies par les Algériens lui ont valu la haine des activistes qui l'ont surnommé «Mohammed Duval». Il deviendra cardinal et choisira la nationalité algérienne en 1965.

août
Philippe Jaccottet: *Éléments d'un songe*, proses, et *L'Obscurité*, récit.

12-13 août
Construction du mur de Berlin. Cet acte radical décidé par les autorités est-allemandes et leur protecteur soviétique visait à couper le flux migratoire qui vidait littéralement la RDA de ses forces vives (3 millions de départs depuis 1949). L'indignation des Occidentaux s'exprima par des propos vigoureux mais, pratiquement, rien de concret ne fut tenté contre le mur, et la France, présente militairement à Berlin, respecta cet état de fait.

24 août
Remaniement du ministère Debré: Guillaumat et Terrenoire (délégués auprès du Premier ministre), L. Joxe (Affaires algériennes), Jacquinot (Dom-Tom et Sahara), Chenot (Justice), Frey (Intérieur), Pisani (Agriculture), Fontanet (Santé et Population), Foyer (Coopération).
Conservent leurs portefeuilles: Malraux (Affaires culturelles), Couve de Murville (Affaires étrangères), Messmer (Armées), Baumgartner (Finances et Affaires économiques), Paye (Éducation nationale), Buron (Travaux publics et Transports), J.-M. Jeanneney (Industrie et Commerce), Bacon (Travail), Sudreau (Construction), Maurice-Bokanowski (PTT), Triboulet (Anciens Combattants).
Ferhat Abbas est remplacé à la tête du GPRA par Ben Khedda, considéré comme le leader de l'aile marxiste du FLN.

8 septembre
Le général de Gaulle échappe à un attentat à Pont-sur-Seine.

octobre
Création à Paris du Centre Étienne Marcel, fondé par Charles Brisset, Madeleine Casanova, Bernard This et Thérèse Tremblay-Dupré: un hôpital de jour où les techniques psychanalytiques sont mises au service des enfants, des adolescents et de leurs parents.

Le film d'Alain Resnais et Alain Robbe-Grillet, *L'Année dernière à Marienbad*, reçoit le Lion d'or du festival de Venise.

2 octobre
Dans un discours radiotélévisé, de Gaulle laisse prévoir l'« institution [...] d'un État algérien indé pendant et souverain par la voie de l'autodétermination ».

16 octobre
Création, au théâtre de Poche-Montparnasse, de *Naïves Hirondelles* de Roland Dubillard, connu dès 1953 pour ses sketches radiophoniques quotidiens, *Grégoire et Amédée*.

17 octobre
Afin de protester contre le couvre-feu qui leur est imposé à partir de 20 h, le FLN appelle les Algériens de Paris et de la banlieue à manifester dans la capitale: les rassemblements pacifiques sont réprimés sauvagement par la police (elle-même en butte aux attentats FLN) dirigée par le préfet Maurice Papon: une centaine de manifestants sont battus à mort ou noyés dans la Seine. Farouchement nié sur le moment par les autorités, ce massacre ne sera reconnu que trente après, sans que les faits soient portés devant la justice ni que le chiffre des victimes soit établi avec précision.

24 octobre
Frantz Fanon: *Les Damnés de la terre*, bible des militants du tiers-mondisme.

31 octobre
Diffusion à la télévision des *Perses* d'Eschyle dans une réalisation de Jean Prat.

novembre
Francis Ponge: *Le Grand Recueil* (3 volumes) qui regroupe de nombreux textes parus en éditions de luxe ou en revue. Le livre révèle l'ampleur de l'œuvre de ce poète qui, par son dégoût des idées et son souci de lier les mots aux choses, témoigne mieux que tout autre en France de la nécessité qu'il y avait alors d'une fondation nouvelle du langage.

7 novembre
Multiplication des essais nucléaires au Sahara, que la France renonce à conserver.

12 décembre
De Gaulle crée le CNES (Centre national d'études spatiales) réparti sur trois sites: Paris, Kourou en Guyane (1964), et Toulouse (1966).

autres événements
• Trois ans avant le tricentenaire de la naissance de Shakespeare, le Club français du livre publie le douzième et dernier volume d'une édition bilingue qui fera date des *Œuvres complètes* du dramaturge. Pierre Leyris s'est entouré, pour la traduction, d'une pléiade d'écrivains déjà reconnus (Supervielle, Pierre Jean Jouve) et d'auteurs plus jeunes (Yves Bonnefoy, André du Bouchet, Henri Thomas, Armand Robin...).
• André Malraux nomme Balthus directeur de la Villa Médicis à Rome.

1962

janvier-février
Déferlement de violence terroriste: les attentats OAS et FLN causent des centaines de morts en Algérie; le territoire métropolitain n'est pas épargné. Contre l'OAS, les autorités mettent en place un contre-terrorisme, recourent même aux services de truands, à qui elles promettent l'impunité en contrepartie.

1er janvier
Réduction des droits de douane à l'intérieur du Marché commun.

14 janvier
Mise au point de la PAC (politique agricole commune) par les Six: elle entre en vigueur le 30 juillet.

18 janvier
Valéry Giscard d'Estaing succède à Wilfrid Baumgartner aux Finances.

27 janvier
Sortie du film *Jules et Jim* de François Truffaut avec Jeanne Moreau pour interprète.

février
André Frénaud: *Il n'y a pas de paradis*.
Gilles Deleuze: *Nietzsche et la philosophie*.

7 février
Un attentat contre André Malraux blesse par erreur une petite fille qui reste aveugle: diffusé par la presse *(Paris-Match)*, le visage ensanglanté de l'enfant retourne l'opinion métropolitaine contre l'OAS.

8-13 février
Une manifestation communiste contre l'OAS à Paris est violemment chargée par la police au métro Charonne: huit morts. Les obsèques des

victimes, le 13, rassemblent des centaines de milliers de personnes. L'émotion nationale devant les faits contraste lourdement avec le silence qui suivit la manifestation du 17 octobre 1961, beaucoup plus meurtrière. L'indignation, sélective, obéit aussi à la logique du « faciès ».

11-18 février
Rencontres secrètes avec le FLN aux Rousses (Jura) préparant les négociations officielles à Évian le 7 mars.
La France compte 46530000 habitants; l'arrivée des rapatriés portera ce nombre à 47500000 (janvier 1963).

mars
Raymond Abellio: *La Fosse de Babel.*

15 mars
L'écrivain Mouloud Feraoun (*Le Fils du pauvre*, 1950), inspecteur des centres sociaux, est assassiné à Alger par l'OAS.

18 mars
Signature des accords d'Évian par Krim Belkacem (ministre des Affaires étrangères du GPRA) et Louis Joxe (ministre des Affaires algériennes, assisté de Robert Buron et Jean de Broglie) qui prévoient la libération des combattants et des détenus politiques dans les vingt jours, le maintien de l'armée française en Algérie pendant trois ans avec l'établissement d'une commission mixte avec l'ALN (Armée de libération nationale). Ben Bella est libéré. La France sera représentée par un haut-commissaire et un exécutif provisoire de 12 membres (9 Algériens et 3 Français) qui est placé sous l'autorité du modéré Abderahmane Farès. La France obtient la promesse de la sécurité des personnes et des biens pour les ressortissants français qui ont trois ans pour choisir leur nationalité. L'Algérie recevra l'aide prévue dans le cadre du plan de Constantine (3 octobre 1958); en échange, la France exerce un droit de préférence dans la distribution des permis de recherche et d'exploitation du pétrole par les sociétés françaises pendant six ans; le paiement des hydrocarbures se fera en francs français. La base de Mers el-Kébir reste à la France pour une durée de quinze ans.

19 mars
Cessez-le-feu en Algérie à midi. L'OAS déclenche une grève insurrectionnelle.
Bilan des pertes entre 1954 et 1962: 27 500 militaires français et un millier de disparus, 2 788 civils européens et 875 disparus (plus 2 273 disparus après le 19 mars 1962); les pertes du côté algérien restent difficiles à chiffrer: 140000 combattants et plusieurs centaines de milliers de civils tués ou disparus (le chiffre algérien officiel de 1500000 martyrs est symbolique).

23 mars
Combats de rue à Bab-el-Oued, quartier pied-noir d'Alger que l'OAS a transformé en bastion: 15 militaires et 20 civils tués.

26 mars
Manifestation OAS à Alger et fusillade de la rue d'Isly: 46 morts. L'OAS déclenche la politique de « la terre brûlée » et des campagnes d'assassinats de musulmans.
Réalisant que la cohabitation prévue aux accords d'Évian sera impossible, 700000 Européens choisissent « la valise plutôt que le cercueil » et partent dans l'urgence pour la métropole.

avril
Ludwig Wittgenstein: *Tractatus logicus-philosophicus*, traduit par l'écrivain Pierre Klossowski. En mai paraît une autre traduction philosophique importante, *L'Origine de la géométrie* de Husserl, avec une présentation de Jacques Derrida.
Sortie de *La Guerre des boutons*, film d'Yves Robert.

8 avril
Référendum sur les accords d'Évian: plus de 90 % de oui.

13 avril
Arrêté le 25 mars, le général putschiste Jouhaud est condamné à mort (il sera gracié par le chef de l'État); une semaine après, le général Salan est arrêté.

14 avril
Georges Pompidou remplace Michel Debré: ce dernier, qui avait tu ses réserves sur le processus algérien, divergeait avec le Général sur le rôle des partis et du Parlement, une fois la période de la guerre achevée.
Composition du gouvernement: Pflimlin (Coopération), Palewski (Recherche scientifique, Questions atomiques et spatiales), Dusseaulx (Relations avec le Parlement), Schumann (Aménagement du territoire), Foyer (Justice), Sudreau (Éducation nationale), Maurice-Bokanowski (Industrie), Maziol (Construction), Marette (PTT).
Conservent leurs portefeuilles: Malraux (Affaires culturelles), Jacquinot (Dom-Tom), L. Joxe (Affaires

algériennes), Couve de Murville (Affaires étrangères), Frey (Intérieur), Messmer (Armées), Giscard d'Estaing (Finances et Affaires économiques), Buron (Travaux publics et Transports), Pisani (Agriculture), Bacon (Travail), Fontanet (Santé et Population), Triboulet (Anciens Combattants).

mai
Sortie du film *Un singe en hiver*, d'Henri Verneuil, adaptation du livre de l'écrivain et chroniqueur à *L'Équipe* Antoine Blondin, paru en 1959.

15 mai
Au cours d'une conférence de presse, le général de Gaulle défend la souveraineté des États contre toute construction européenne « supranationale » : les cinq ministres MRP (Pflimlin, Schumann, Buron, Fontanet, Bacon) démissionnent.
Les indépendants qui restent au gouvernement – Jacquinot, Giscard d'Estaing et Broglie (secrétaire d'État à la Fonction publique) – constituent avec Raymond Marcellin les RI (Républicains indépendants).
Remaniement ministériel du gouvernement Pompidou (qui reprend le portefeuille de l'Aménagement du territoire détenu par Schumann) : Gorse (Coopération), Dusseaulx (Travaux publics et Transports), Marcellin (Santé), Grandval (Travail), P. Dumas (Relations avec le Parlement).

24 mai
Le général Salan est condamné à la réclusion perpétuelle.

juin-juillet
Violences en Algérie : les massacres d'Européens, notamment à Oran en juillet, lors de l'arrivée de l'ALN dite « des frontières » (stationnée en Tunisie et au Maroc) accélèrent la panique des départs. De terribles représailles sont également exercées contre les soldats musulmans supplétifs de l'armée française (terme générique : harkis) : probablement plusieurs dizaines de milliers de morts.
Sur un effectif estimé à 120000 combattants musulmans au moment du cessez-le-feu (70000 harkis volontaires et 50000 appelés), moins de 50000 harkis auraient été transférés en France et regroupés, souvent dans des campements. Bien que citoyens français, leurs conditions de vie sont restées indignes et leurs enfants, désormais adultes, ont conscience, trente ans plus tard, de constituer une minorité oubliée et méprisée au sein de la minorité beure.

14 juin
En métropole, exécution de trois membres de l'OAS dont Roger Degueldre, responsable des commandos Delta.

17 juin
Accords FLN-OAS pour faire cesser le terrorisme, qui seront approuvés par Salan.

27 juin
Dans la nuit, pendant trois heures, la rue Visconti, à Paris, est bloquée par un entassement de 240 barils de pétrole atteignant le premier étage des immeubles, édifié par Christo en réponse au « mur de la Honte » élevé à Berlin un an plus tôt. Une réplique réduite (120 fûts) de ce mur est exposée à la galerie J.

1er juillet
À l'émission *Salut les copains* s'ajoute un mensuel du même nom : Johnny Halliday fait la première une en pleine mode « yéyé ».
Le référendum donne 99,72 % de oui en faveur de l'indépendance de l'Algérie qui est proclamée et reconnue par la France le 3.

Les rapatriés d'Algérie

Plus d'un million et demi de personnes sont concernées qui présentent des traits assez différents de la population métropolitaine : culture hispanique, italienne ou maltaise assez présente, importance de la communauté juive sépharade (qui ne rejoindra pas en majorité Israël).
Leur retour massif a d'abord un effet démographique qui provoque une brutale augmentation de 2 % de la population du territoire métropolitain : il privilégie la région parisienne mais aussi le littoral méditerranéen et la Corse ; même s'il a représenté un facteur de dynamisme à terme, le retour des rapatriés a d'abord posé un grave problème humain de gens qui avaient tout perdu et qui connaissaient autant un déclassement social qu'un déracinement culturel et affectif. La lancinante question des indemnisations devint rapidement très complexe : devait-on prendre comme critères les situations présentes et urgentes ou celles du passé avec leurs inégalités ? Le temps passant, l'indemnisation devient enjeu électoral et affaire de lobby associatif.
Politiquement, le traumatisme de l'exode de 1962 fut tel qu'il tua tout espoir de retour en arrière et les pieds-noirs ne constituèrent pas de parti spécifique après la folie extrémiste de l'OAS : malgré une nostalgie affichée, ils s'intégrèrent à tous les échelons et

secteurs de la vie économique et sociale. Le chanteur Enrico Macias, le comédien Roger Hanin, le cinéaste Alexandre Arkady sont les figures de cette insertion réussie, qui ne renient pas pour autant leur identité originelle. Notons le dynamisme particulier de la communauté juive rapatriée, qui a redonné un sang neuf à un judaïsme français affaibli par la saignée de la guerre : l'arrivée de ces sépharades a changé la donne par rapport aux ashkénazes et rejudaïsé la communauté dans un sens religieusement plus orthodoxe.

Ce processus public tranche avec le silence dans lequel la génération des appelés (près de 2 millions d'hommes en tout) enferma l'expérience subie de leur jeunesse ; passées les retrouvailles familiales, ils rencontrèrent une société avant tout soucieuse d'oublier ces années sanglantes, jusqu'à nier caricaturalement l'existence d'une « guerre » en Algérie et ne parler que d'« opérations de maintien de l'ordre ». Une fois les problèmes administratifs réglés (l'octroi de la carte d'Anciens Combattants et de ses avantages), restait à dire les choses. Or la France n'eut rien de plus pressé que de tirer le verrou de la mémoire en 1963, par une loi d'amnistie-amnésie empêchant la justice d'opérer (officiellement, Maurice Audin est toujours « disparu »). L'évocation des conditions réelles de la guerre – tortures, ratissages, « corvées de bois » (exécution des prisonniers) – devient sujet de polémiques récurrentes et passionnées. Le cinéma français porte en lui, à la différence du cinéma américain sur le Vietnam, cette impossibilité d'évoquer ce qui était pourtant si proche pour son public : figure du rappelé qui savoure ses dernières heures de normalité dans Adieu Philippine *de Jacques Rozier (diffusé en 1963 et commandé trois ans plus tôt), figure du déséquilibre jusqu'au meurtre et à la folie dans* Muriel ou le temps d'un retour *d'Alain Resnais (1963), ou* Pierrot le fou *de Jean-Luc Godard (1965). On appelle enfin un chat un chat et la torture par son nom dans le film* La Bataille d'Alger *en 1967 : mais le film est italien (de Gilo Pontecorvo) et sa diffusion est quasi impossible à cause des pressions des associations d'Anciens Combattants ; en 1972 et 1973,* Avoir 20 ans dans les Aurès *de René Vautier et* RAS *d'Yves Boisset abordent la question mais dans une perspective militante assez didactique. On observe la même rareté ou timidité dans le cinéma de fiction.*

14 août
Achèvement du tunnel franco-italien du mont Blanc.

22 août
Le général de Gaulle et ses proches échappent de peu à un attentat au Petit-Clamart (Hauts-de-Seine) organisé par l'OAS. Conscient de l'urgence de la situation – assurer la continuité de l'État –, il décide alors de soumettre à référendum l'élection présidentielle au suffrage universel. Le principal auteur de l'attentat, le colonel Bastien-Thiry, sera arrêté le 17 septembre, et fusillé le 11 mars 1963.

septembre
Robert Pinget (1919-1997) : *L'Inquisitoire.*
Jean-Pierre Richard, après son monumental *L'Univers imaginaire de Mallarmé* publié l'année précédente, exhume un inédit du poète : *Pour un tombeau d'Anatole.* Le 20 octobre, Pierre Boulez crée à Donaueschingen la version définitive d'un « portrait de Mallarmé pour soprano et orchestre », *Pli selon pli*, en chantier depuis plus de quatre ans.

12, 19 septembre
Le référendum soulève de vives réactions dans la classe politique ; Gaston Monnerville, président du Sénat, s'oppose vigoureusement au projet, y voyant une « présidentialisation » excessive du régime.

18 septembre
Un événement bouleverse le quotidien scolaire : le repos du jeudi passe au mercredi.

octobre
Jean-Pierre Vernant : *Les Origines de la pensée grecque*, livre commandé par Georges Dumézil. Vernant, ancien chef des FFI de la région toulousaine et directeur d'études à l'École pratique des hautes études depuis 1957, renouvelle les études grecques en France par son approche anthropologique des mythes et de la civilisation de la Grèce ancienne.

4 octobre
Après l'annonce officielle devant l'Assemblée du référendum fixé au 28 octobre, une motion de censure contre le gouvernement Pompidou est votée par 280 voix contre 200. Le gouvernement Pompidou démissionne. C'est le seul cas de succès d'une motion de censure sous la Vᵉ République.

10 octobre
L'Assemblée nationale est dissoute par le chef de l'État.

11 octobre
Ouverture du concile Vatican II par le pape Jean XXIII ; pour l'Église catholique, l'heure de l'aggiornamento (mise à jour) sonne. La France,

« fille aînée de l'Église » est représentée notamment par les pères de Lubac et Congar.
Associé par Jean XXIII aux travaux de préparation du concile, le père Yves-Marie Congar (1904-1995), expert auprès de la commission théologique, voit son influence grandir. Ce dominicain, formé par le père Marie-Dominique Chenu (1895-1990), avait, depuis la guerre, entrepris une réflexion sur les causes de l'incroyance moderne, décelables dans l'inattention du christianisme vis-à-vis de l'évolution des sociétés. Après s'être heurtées à la censure de Pie XII, ses thèses, exposées dans *Chrétiens désunis* (1937), *Vraie et fausse réforme dans l'Église* (1950) livre longtemps interdit, *Jalons pour une théologie du laïcat* (1953), *La Tradition et les traditions* (1960), *Chrétiens en dialogue* (1964)... trouvent un profond écho avec le concile. Le père Congar sera fait cardinal peu avant sa mort.

23-28 octobre
La victoire de Fidel Castro à Cuba en 1959 transforme l'île en tête de pont soviétique. L'implantation de fusées menaçant directement les villes des États-Unis déclenche une crise majeure entre les deux Grands. La fermeté de Kennedy entraînera le recul de Khrouchtchev. L'opinion mondiale a le sentiment de frôler la troisième guerre mondiale.

28 octobre
Le référendum recueille 61,75 % de oui en faveur de l'élection présidentielle au suffrage universel, 38,25 % de non et 23,03 % d'abstentions.

novembre
Koyré : *Du monde clos à l'univers infini*, traduction du livre écrit en anglais en 1957 par le philosophe français d'origine russe. Un classique de l'histoire des idées.
Louis Massignon (1883-1962) : *Parole donnée*, recueil d'études et d'entretiens, dernier livre du grand spécialiste de la civilisation arabe qui meurt le 4 à Paris, alors que le livre est sous presse. Toute sa vie, Massignon, qui participa en 1945 à la fondation de la revue *Dieu vivant*, aura tenté de rapprocher le christianisme et l'islam.

25 novembre
Résultats au second tour des élections législatives (31,31 % d'abstentions) : PC (21,7 % des suffrages exprimés, 41 députés), SFIO (12,6 %, 66 députés), radicaux et UDSR (7,5 %, 39 députés), MRP (8,9 %, 40 députés), UNR (31,9 %, 233 députés), Républicains indépendants (4,4 %, 36 députés), modérés (9,6 %), extrême droite (0,9 %). L'UNR (créée en octobre 1958) frôle la majorité absolue (242) ; avec les Républicains indépendants, la coalition qui soutient de Gaulle la dépasse largement.

29 novembre
La France et le Royaume-Uni décident de construire un avion supersonique : le Concorde.

décembre 1962-juillet 1963
Diffusion à la radio, dans le cadre du « club d'essai » dirigé par Jean Tardieu depuis le 6 avril 1947, d'une série d'émissions sur l'histoire de la psychanalyse dues à Marthe Robert, traductrice de Kafka, elle-même écrivain et critique, amie d'Artaud et d'Adamov, que Lacan salue comme la meilleure biographe de Freud (le texte sera publié en 1979).

7 décembre
Au vu des résultats des élections législatives, le gouvernement Pompidou est remanié :
L. Joxe (Réforme administrative), Triboulet (Coopération), Fouchet (Éducation nationale), Jacquet (Travaux publics et Transports), Sainteny (Anciens Combattants), Peyrefitte (Information), Missoffe (Rapatriés).
Conservent leurs portefeuilles : Malraux (Affaires culturelles), Jacquinot (Dom-Tom), Palewski (Recherche scientifique, Questions atomiques et spatiales), Foyer (Justice), Couve de Murville (Affaires étrangères), Frey (Intérieur), Messmer (Armées), Giscard d'Estaing (Finances et Affaires économiques), Maurice-Bokanowski (Industrie), Pisani (Agriculture), Grandval (Travail), Marcellin (Santé et Population), Maziol (Construction), Marette (PTT).

15 décembre
Discorde franco-anglaise : de Gaulle s'oppose à l'entrée du Royaume-Uni dans le Marché commun.

29 décembre
Les salariés de la Régie Renault vont bénéficier de quatre semaines de congés payés.

autres événements
• L'année aura vu l'association des éditions de poche et des sciences humaines : « Idées » (Gallimard), « Petite Bibliothèque Payot », « Le Monde en 10/18 » (Christian Bourgois)...
• La galerie de France organise la première exposition d'Alechinsky où sont présentées ses peintures à l'huile et à la laque sur papier marouflé. Il réalise avec l'Américain Wallace Wing les *Aleching*, des peintures à quatre mains.
• Dubuffet adopte un nouveau style en commençant à peindre la suite de *L'Hourloupe*, ensemble

important qui restera inachevé. Ses tableaux se composent désormais de figures fragmentées, tel un puzzle, en pièces blanches cernées de noir, rayées de bleu ou de rouge, qu'il conçoit comme un nouveau langage lui permettant de faire l'inventaire du monde.
• La Bibliothèque nationale présente l'exposition *Man Ray, l'œuvre photographique.*

Julien Green : *Partir avant le jour*, premier volume de la grande autobiographie qu'il achèvera en 1974 sous le titre général de *Jeunes Années.*
Au Salon Comparaisons, Hains donne sa réponse à la querelle sur les liens entre Dada et le Nouveau Réalisme avec son *Néo-Dada emballé ou l'art de se tailler en palissade*, sorte de gigantesque cheval de Troie fermé et emballé.

1963

4 janvier
Création de la Cour de sûreté de l'État. Cette juridiction d'exception, qui fonctionnera jusqu'en 1982, donne une interprétation extensive de la sûreté de l'État.

14 janvier
Dans une conférence de presse, le général de Gaulle définit les grands axes de la politique étrangère de la France : coopération franco-allemande, hostilité à l'entrée du Royaume-Uni dans le Marché commun, autonomie de la défense nucléaire française vis-à-vis des États-Unis.

22 janvier
Le traité entre la France et la RFA institue des sommets franco-allemands réguliers et l'Office franco-allemand de la Jeunesse.

14 février
Création de la DATAR (Délégation à l'aménagement du territoire et à l'action régionale) confiée à Olivier Guichard pour combler les écarts d'industrialisation et d'équipement entre Paris et le « désert français ».

21 février
Jean Vilar – hostile à la politique gaulliste – démissionne du TNP ; Georges Wilson le remplace en septembre. Le mois précédent, vif succès de l'ouverture du théâtre de l'Est parisien de Guy Rétoré.

28 février
La traduction d'*Une journée d'Ivan Denissovitch* d'Alexandre Soljenitsyne (préface de Pierre Daix) révèle à un large public l'existence des camps du Goulag soviétique.

mars
François Bloch-Lainé publie *Pour une réforme de l'entreprise* afin d'y introduire « plus de démocratie véritable : celle-ci, loin de nuire à l'efficacité, peut contribuer à l'accroître ».

1er-18 mars
Grève des mineurs de Lorraine et du Nord-Pas-de-Calais. Leur réquisition, au nom de l'urgence, par le gouvernement est sans effet et leur vaut la sympathie de l'opinion. Leurs revendications (augmentation des salaires, 4e semaine de congés payés) seront satisfaites en avril. Le conflit révèle le manque de dialogue social dans le monde du travail.

avril
Roland Barthes : *Sur Racine.* S'ensuit une querelle avec Raymond Picard, spécialiste de Racine, qui écrira en 1965 son pamphlet *Nouvelle Critique ou nouvelle imposture ?*, auquel Barthes répondra dans *Critique et vérité.*

11 avril
Sortie de *Mourir à Madrid* de Frédéric Rossif : ce film sur la guerre d'Espagne forgera la conscience antifranquiste de toute une génération.

mai
Louis Calaferte (1928-1994) : *Septentrion.*
Le critique Gaëtan Picon, qui publie le troisième tome de *L'Usage de la lecture*, prend la direction du *Mercure de France*, publiant Bonnefoy, Celan, Des Forêts, Limbour, Michaux, Ponge, Henri Thomas ainsi que les représentants de la nouvelle critique, Georges Poulet, Jean-Pierre Richard, Jean Starobinski, Jean Roudaut, ou le musicien Boulez.

7 mai
La Bibliothèque nationale présente l'exposition *Brassaï, rétrospective.*

26 mai
Jean Lecanuet est élu président du MRP.

juin
Parution de *La Chasse au mérou*, dernier roman de Georges Limbour, auteur des *Vanilliers* (1938) et du *Bridge de Madame Lyane* (1948), proche dans les années 20 du groupe surréaliste dissident de la rue Blomet (avec Michel Leiris, André Masson).

3 juin
Mort de Jean XXIII; le 21, élection du cardinal Montini sous le nom de Paul VI. Le concile Vatican II est suspendu jusqu'en septembre.

15 juin
Marcel Fournier ouvre à Sainte-Geneviève-des-Bois (Essonne) le premier hypermarché Carrefour. En 1969, la banlieue parisienne comptera 253 centres commerciaux de ce type.

LE PATRONAT DE LA GRANDE DISTRIBUTION

Ce patronat d'« épiciers », comme disent ses détracteurs, a construit sa fortune sur la lame de fond qui submerge la société française à partir des années 60 : la consommation de masse. Il en est le produit autant qu'il la soutient et la modèle par ses initiatives. Familial et provincial, telles sont les deux caractéristiques de ce milieu patronal, peu diplômé et jamais bien accepté par l'establishment. En 1960, les frères Marcel et Jacques Fournier, associés aux frères Defforey, créent le premier supermarché à Annecy, avant de passer à la taille supérieure – l'hypermarché – en 1963. L'enseigne Carrefour est tout un symbole : c'est à la fois le lieu de rencontre des différentes catégories sociales et des produits les plus divers, car, devant le succès foudroyant de la formule, les centres commerciaux s'empressent d'ajouter à l'alimentaire tout ce qui peut être vendu, avec pour arguments majeurs le libre-service, les prix les plus bas et la qualité du service après-vente. Le concept de centre commercial glisse rapidement et logiquement vers celui de « centre de vie » qui deviendra le slogan de l'enseigne Auchan (« La vie Auchan ») fondée en 1961 dans un quartier de Roubaix par Gérard Mulliez issu d'une famille du Nord de négociants en textiles. La même année, Paul-Auguste et Paul-Louis Halley fondent le groupe Promodès qui crée l'enseigne Continent en 1972. Sa fusion avec Carrefour en 1999 fait du groupe le premier distributeur européen. Breton d'origine, Édouard Leclerc ouvre son premier hypermarché en 1969. Patron militant d'un libéralisme populaire, il plaide pour la liberté totale du commerce sur tous les types de produits et la fin des monopoles de la distribution.

22 juin
Immense et inattendu succès de la nuit parisienne de *Salut les copains* organisée par Europe n° 1, place de la Nation : le rassemblement apolitique et insouciant de 150 000 jeunes marque l'irruption publique de la jeunesse du baby boom.

juillet
Pierre Boulle : *La Planète des singes*. Le roman sera porté à l'écran par l'américain F. J. Schaffner en avril 1968.

12 septembre
Le plan de stabilisation déflationniste de Valéry Giscard d'Estaing reflète une conjoncture économique moins favorable : la montée des prix est préoccupante.

19 septembre
L'hebdomadaire *L'Express* qui a fêté ses dix ans, lance l'opération « Monsieur X » en vue de la prochaine présidentielle (1965) : le portrait-robot du candidat idéal d'une gauche socialiste alliée à la démocratie chrétienne est en fait celui de Gaston Defferre.

23 septembre
Annonce de l'arrestation de Georges Pâques, fonctionnaire français de l'OTAN et agent soviétique depuis 1944. Il sera condamné à la détention à perpétuité le 7 juillet 1964.

octobre
L'actrice Madeleine Renaud crée la version française d'*Oh les beaux jours !* de Samuel Beckett, à Venise puis à Paris.

30 octobre
Création dans le cadre des concerts du Domaine musical des *Sept Haïkaï* d'Olivier Messiaen, sous la direction de Pierre Boulez, avec Yvonne Loriod au piano.

novembre
Jean-Marie-Gustave Le Clézio reçoit le prix Renaudot pour son premier roman, *Le Procès-verbal*.
Aragon : *Le Fou d'Elsa*, poème, et, l'année suivante, *Il n'est Paris que d'Elsa*.

22 novembre
Les Français apprennent avec stupeur l'assassinat du président Kennedy à Dallas.

27 novembre, 7-8 décembre
La gauche mobilise contre la force de frappe et multiplie les contacts unitaires. Le PC envisage de soutenir un candidat non communiste à l'élection présidentielle, sur la base d'un programme commun.

29 novembre
Le chef-d'œuvre d'Alban Berg, *Wozzeck*, que les Parisiens avaient pu découvrir une première fois en 1952 (vingt-sept ans après sa création) lors d'une tournée de l'Opéra de Vienne au théâtre des Champs-Élysées, est donné pour la première fois à l'Opéra de Paris (alors dirigé par le compositeur Georges Auric). Les décors sont d'André Masson; Pierre Boulez dirige l'orchestre.

décembre
Parution d'*Oiseaux* de Saint-John Perse dans *La NRF*. Le poème paraît par ailleurs dans une édition de luxe, avec douze eaux-fortes de Georges Braque.

9 décembre
La pièce *Le Vicaire* de Rolf Hochhuth dénonçant la passivité du pape Pie XII face au nazisme est chahutée par l'extrême droite au théâtre de l'Athénée.
Les chaînes radiophoniques françaises sont réorganisées: RTF-Inter devient France-Inter, RTF-Promotion devient France-Culture, RTF-Haute Fidélité devient France-Musique. Leur siège – la Maison de la Radio – est bâti par Henry Bernard (1912-1994), grand prix de Rome en 1938, qui a participé à la reconstruction de Caen après-guerre. Dès 1950, il propose un plan pour le quartier de la Défense. En 1965, il publie *Paris majuscule*, charte de l'aménagement de la capitale, qui prévoit l'implantation de tours en des lieux jugés propices: le front de Seine (XVe), le secteur Italie (XIIIe), la gare Montparnasse, la porte de la Chapelle (XVIIIe). Son urbanisme de la hauteur et du béton symbolise la croissance de la Ve République.

1964

janvier
Marguerite Duras: *Le Ravissement de Lol V. Stein*.
Claude Lévi-Strauss: *Le Cru et le Cuit*, premier des quatre tomes des *Mythologiques*.

27 janvier
La France reconnaît la Chine populaire, malgré l'opposition des États-Unis.

février
Sortie du film de Jacques Demy, *Les Parapluies de Cherbourg*.
Gilles Deleuze: *Proust et les signes*.
Parution de *L'Œil et l'esprit*, premier d'une série d'écrits posthumes publiés par Claude Lefort du philosophe Merleau-Ponty, décédé en 1961.

mars
Sortie du film *Le Journal d'une femme de chambre* de Luis Buñuel, d'après le roman d'Octave Mirbeau.
Violette Leduc: *La Bâtarde*, préfacé par Simone de Beauvoir.

11 mars
Création de *Comment va le monde, Môssieu: il tourne, Môssieu* de François Billetdoux au théâtre de l'Ambigu à Paris.

14 mars
Création de 21 régions-programme: la géographie administrative de la France se dote d'un nouvel et durable échelon territorial. Reste à donner aux 21 régions une identité; si elle est évidente pour l'Alsace ou l'Auvergne, le Centre ou les Pays de Loire posent davantage de problèmes d'hétérogénéité.

16-19 mars
Voyage du général de Gaulle au Mexique; discours de *« la mano en la mano »* prônant l'alliance de deux pays qui se jugent trop proches des États-Unis.

avril
Jean Follain: *Appareil de la terre*.

mai
Annie Kriegel (1926-1995) publie coup sur coup quatre ouvrages, dont sa thèse, *Aux origines du communisme français*: le communisme fait son entrée dans l'histoire savante. Suivent en 1968, *Les Communistes français. Essai d'ethnographie politique*: mêlant souci de conceptualisation et observation empirique, l'ouvrage réalise une ethnographie de la «contre-société» communiste française. Parmi ses ouvrages pionniers: *Les Grands Procès dans les systèmes communistes* (1972), *Communismes au miroir français* (1974), *Le Système communiste mondial* (1984), *Eugen Fried, le grand secret du PCF* (en collaboration avec Stéphane Courtois, 1997, posthume). Annie Kriegel ouvre dans son œuvre un deuxième domaine d'investigation avec *Les Juifs et le monde moderne* (1977) et *Réflexions sur les questions juives* (1984).
Sortie du film *La Peau douce* de François Truffaut.

10 mai
Après Defferre (SFIO) et Tixier-Vignancour (extrême droite), Lecanuet (MRP) se positionne pour l'élection présidentielle de 1965, les premières au suffrage universel en France.

juin
Traduction de l'*Énéide* de Virgile par Pierre Klossowski. Michel Foucault donne dans *L'Express* un compte rendu élogieux: « Le texte de Klossowski rejoint l'origine latine de notre langue, comme le poème de Virgile retrouvait l'origine de Rome. »
Roger Vailland: *La Truite.*

7 juin
Création de la CIR (Convention des institutions républicaines) réunissant divers clubs de gauche (club des Jacobins, Ligue des droits de l'homme, Jeune République): ce sera l'une des matrices du futur PS.

11 juin
Les trois départements qui formaient la région parisienne sont redécoupés en huit: Paris, Seine-et-Marne, Yvelines, Essonne, Hauts-de-Seine, Seine-Saint-Denis, Val-de-Marne et Val-d'Oise.

21 juin
Éclatement de la Société française de psychanalyse: Lacan, dont le séminaire a désormais lieu à l'École normale supérieure, fonde avec ses adeptes l'École freudienne de Paris (EFP), tandis que les autres analystes constituent, en juillet, l'Association psychanalytique de France (APF) où se retrouvent autour de Daniel Lagache, Didier Anzieu, Wladimir Granoff, Jean Laplanche, J.-B. Pontalis et Daniel Widlöcher.

25 juin
Naissance de l'ORTF (Office de la radio-télévision française): même avec une 2ᵉ chaîne (depuis le 18 avril), la télévision reste sous le contrôle étroit du gouvernement.

juillet
Les Français se passionnent pour les héros sportifs: la nageuse Kiki Caron, les cyclistes Raymond Poulidor et Jacques Anquetil; Éric Tabarly remporte la Transat sur le *Pen Duick II.* La victoire inattendue du jeune officier de marine dans ce qui était un club britannique réservé a donné à la plaisance française un attrait qui ne s'est pas démenti.

juillet-octobre
Au musée d'Art moderne de la ville de Paris, l'exposition *Mythologies quotidiennes I* présente des œuvres figuratives d'Arroyo, Berni, Fromanger, Monory, Rancillac, Raysse, Saul, Télémaque... Tous ces artistes réalisent des œuvres inspirées par la bande dessinée, le cinéma et les affiches publicitaires. Ce courant est baptisé par l'un des organisateurs de l'exposition du nom de « Figuration narrative ».

11 juillet
Mort de Maurice Thorez en URSS, deux mois après la désignation de Waldeck Rochet au secrétariat général du PC (14-17 mai). Le 21 août, c'est au tour de Palmiro Togliatti (PC italien): une génération s'éteint.

28 juillet
André Malraux inaugure la Fondation Maeght à Saint-Paul-de-Vence (Alpes-Maritimes).

La Fondation Maeght

Créée par Marguerite et Aimé Maeght qui ne disposaient jusque-là que de leur galerie parisienne pour présenter leurs collections d'art moderne, la Fondation Maeght est élevée sur une colline, au milieu des pins, par l'architecte José-Luis Sert, qui avait construit le pavillon de l'Espagne à l'Exposition internationale de Paris, en 1937, et l'atelier de Miró à Palma de Majorque, en 1955. Plusieurs artistes familiers des Maeght prêtent leur concours à la réalisation de la Fondation: Braque (qui disparaîtra avant son achèvement), Chagall, Léger et Miró notamment. La collection d'art du XXᵉ siècle de la Fondation Maeght est l'une des plus belles du monde, avec des ensembles remarquables d'œuvres des artistes déjà cités, mais aussi de Calder, Giacometti, Tal Coat, Ubac, Bram Van Velde... Chaque été, la fondation présente une exposition, tantôt monographique (Paul Rebeyrolle en 1966, 1970 et 2000, Nicolas de Staël en 1972, Dubuffet en 1985, Braque en 1994...), tantôt thématique.

août
Jacques Dupin, auteur en 1950 d'un premier recueil remarqué par René Char, publie *Gravir.*

4 août
Au festival de Salzbourg, en Autriche, création par Jean-Marie Serrault de *La Tragédie du roi Christophe*, publiée l'année précédente par l'écrivain et homme politique martiniquais Aimé Césaire.

15 août
Dernière tentative – avortée – d'attentat contre de Gaulle à Toulon.

21 septembre
Nouveau format de *L'Express*: les news magazines inspirés des États-Unis s'imposent dans la presse française. En novembre, Jean Daniel suit le mouvement avec *Le Nouvel Observateur*, tandis que le

quotidien *Libération*, fleuron de la presse de la Résistance animé par Emmanuel d'Astier de La Vigerie, cesse de paraître.

23 septembre
Dans la grande salle de l'Opéra Garnier, dévoilement du nouveau plafond peint par Chagall, à la demande d'André Malraux, qui masque sans la détruire la peinture antérieure de Lenepveu.

22 octobre
Sartre refuse le prix Nobel de littérature: « Un écrivain ne doit pas se laisser transformer en institution... »

30 octobre
Monique Wittig reçoit le prix Médicis pour *L'Opoponax*. Installée aux États-Unis, Wittig y deviendra une figure du mouvement féministe et homosexuel.

novembre
Jacques Le Goff: *La Civilisation de l'Occident médiéval*, dans la collection « Les Grandes Civilisations » dirigée par Raymond Bloch (1914-1997) aux éditions Arthaud, où se côtoient des titres de Pierre Grimal, Pierre Chaunu, Jean Delumeau...
Le Cavalier seul (1955) d'Audiberti est créé à Lyon par la compagnie du Cothurne de Marcel Maréchal, quatre mois après la mort de l'auteur.

6-7 novembre
La CFTC (Confédération française des travailleurs chrétiens, 800 000 membres) se déconfessionalise et devient la CFDT (D pour « démocratique ») sous l'impulsion des syndicalistes Paul Vignaux, Eugène Descamps (secrétaire national), Edmond Maire, Jacques Julliard... La CFDT sera le terreau de la nouvelle gauche dans le monde du travail; la CFTC (responsable Jacques Tessier) se maintient de façon durable quoique minoritaire.

décembre
Yves Bonnefoy: *Pierre écrite*.

19 décembre
Transfert des cendres de Jean Moulin au Panthéon: cette grande liturgie républicaine est magnifiée par le discours de Malraux: « Aujourd'hui, jeunesse, puisses-tu penser à cet homme comme tu aurais approché tes mains de sa pauvre face informe du dernier jour, de ses lèvres qui n'avaient pas parlé: ce jour-là, elle était le visage de la France. »

1965

janvier
Après deux livres sur l'Algérie, le sociologue Pierre Bourdieu publie un premier ouvrage sur la reproduction sociale par l'éducation, *Les Héritiers*.
Francis Ponge: *Pour un Malherbe*.
Masson peint, à la demande de Malraux, le nouveau plafond de l'Odéon-Théâtre de France, évocation de figures mythiques empruntées à Eschyle, Aristophane, Kleist, Shakespeare, Claudel.

11 février
La France se retire du Gold Exchange Standard, système monétaire qui considérait le dollar et l'or équivalents pour assurer la stabilité des réserves monétaires. En exigeant le remboursement en or des dollars qu'elle détient, la France provoque une forte diminution des stocks américains de métal précieux.

mars
Bottes et minijupes: les femmes habillées par André Courrèges charment ou choquent la France; avec la mode londonienne de Mary Quant et la vague des Beatles (à l'Olympia le 20 juin), l'Angleterre, dont se défie le Général, fascine la France.

12 mars
Création à l'Opéra-Comique de *Ariadne*, ballet sur une musique du compositeur André Jolivet.

14-21 mars
La gauche réalise de bons scores aux élections municipales.

25-26 mars
Crise au 8e congrès de l'UEC (Union des étudiants communistes): les exclus sont à l'origine de groupes trotskistes actifs en Mai 68 (Jeunesse communiste révolutionnaire d'Alain Krivine).

mai
Au Salon de mai, César présente sa première *Expansion*, une coulée de mousse de polyuréthane expansée puis solidifiée. Conçues comme éphémères, ces premières expansions sont découpées et distribuées au public. Il réalise parallèlement des *Empreintes* humaines en plastique, agrandies à une échelle monumentale, tel *Le Pouce* coulé en bronze.
Paul Ricœur: *De l'interprétation. Essai sur Freud*.

7 mai
Création à la Sainte-Chapelle de l'œuvre d'Olivier Messiaen, *Et exspecto resurrectionem mortuorum*,

pour orchestre de bois, cuivres et percussion métalliques, sous la direction de Serge Baudo, en présence du commanditaire André Malraux. L'œuvre sera donnée à nouveau le 20 juin en la cathédrale de Chartres, en présence du président de la République.

8 mai

Gaston Defferre (le « Monsieur X » de *L'Express*) propose une alliance entre socialistes et démocrates-chrétiens ; le projet échouera le 18 juin du fait de divergences entre la SFIO et le MRP sur la laïcité : Defferre se retire de la course à la présidence.

1er juillet

La France boycotte le Conseil des ministres de la Communauté européenne (politique de la chaise vide) ; derrière le problème de la PAC et des pouvoirs de la Commission de Bruxelles, se manifeste un isolement des positions gaulliennes, le Général étant soupçonné par les partenaires de la France de volonté hégémonique.

13 juillet

Un pas vers l'égalité matrimoniale : les femmes mariées peuvent exercer une profession sans l'autorisation du conjoint et ouvrir un compte bancaire personnel.

10 septembre

La FGDS (Fédération de la gauche démocrate et socialiste), qui regroupe la SFIO et le Parti radical, se constitue à l'initiative de François Mitterrand, nouveau président de la Convention des institutions républicaines et candidat à l'élection présidentielle. Le PC le soutient le 24 septembre, rejoint, non sans débats, par la CGT et le PSU en octobre.
Althusser : *Pour Marx*.

Louis Althusser

Louis Althusser (1918-1990), philosophe marxiste, est né dans un milieu de petits fonctionnaires catholiques. Il entre à l'École normale supérieure en 1939, en fait six ans plus tard à cause de la guerre, et dès lors ne quittera plus l'école de la rue d'Ulm qui sera pour lui un lieu exclusif de vie, de travail et aussi de drame.
Il est le maître d'œuvre de ce mouvement de retour à Marx qui saisit l'intelligentsia des années 60 et publie Pour Marx, *ainsi que* Lire le Capital *(avec É. Balibar, R. Establet, J. Rancière) en 1965 ; sans en épouser les thèses ultérieures, il est le mentor des dissidences communistes qui fleurissent à Normale sup en montrant que le marxisme reste un instrument irremplaçable pour analyser les sociétés post-industrielles : il apporte beaucoup avec les notions d'« appareils idéologiques d'État » qui expliquent le maintien et la reproduction du pouvoir d'une classe par des institutions (l'école, la famille, l'Église...) jugées à l'époque apolitiques. Bien qu'il ait adhéré depuis 1948 au PC, il laisse à d'autres le terrain de l'engagement concret, ce qui ne l'empêche pas d'intervenir dans les débats internes du PC de façon critique, à partir de 1976. La fragilité psychique qui l'a accompagné toute sa vie s'aggrave jusqu'à la démence meurtrière dont est victime sa femme en 1980, et il restera interné jusqu'à sa mort.*

octobre

Pierre Klossowski, frère du peintre Balthus, réunit, augmenté d'une préface, son singulier triptyque romanesque, *Les Lois de l'hospitalité*, commencé avec *Roberte ce soir* en 1953, un mois après la parution d'un autre roman, *Le Baphomet*.
Les psychiatres-psychanalystes qui souhaitent utiliser la psychanalyse comme outil thérapeutique se regroupent dans la Société de psychothérapie institutionnelle.

14 octobre

Les trois spécialistes de biologie cellulaire André Lwoff, Jacques Monod et François Jacob reçoivent conjointement le prix Nobel de médecine.

Trois Nobel de médecine

André Lwoff (1902-1994) avait, dès les années 20, jeté les bases des trois disciplines dont la convergence devait déboucher dans les années 50 sur la biologie moléculaire. Entré à l'Institut Pasteur en 1921, il devient le premier chef du service de physiologie bactérienne en 1938. Après la guerre au cours de laquelle il fut résistant, André Lwoff reprend ses travaux avec une équipe renforcée : Jacques Monod, Élie Wollman, Pierre Schaeffer et François Jacob. Il s'intéresse à la capacité qu'ont certaines bactéries d'héberger un virus et en vient à la notion de provirus, qui permettra en particulier de nombreux progrès dans la connaissance des mécanismes conduisant au cancer. En 1954, André Lwoff se rend au États-Unis pour s'initier à la virologie animale et, à son retour en France, crée une école de virologie fondamentale. En 1968, il devient directeur de l'Institut de recherches scientifiques sur le cancer de Villejuif où il demeure jusqu'en 1972. À sa mort, son disciple François Jacob écrit: « C'est toute une époque de la science pasteurienne française qui disparaît. »

29 octobre
Le leader tiers-mondiste marocain Mehdi Ben Barka, responsable de l'Union nationale des forces populaires du Maroc, est enlevé en plein Paris avec le concours de policiers français; transporté dans une villa de la banlieue, il sera tué lors d'un interrogatoire mené en France par les services du général Oufkir, ministre de l'Intérieur du roi Hassan II, mais son corps ne sera jamais retrouvé. L'épais mystère maintenu sur la collusion entre les services français, des truands et les policiers marocains dans l'élimination d'un homme de premier plan jettera une tache durable sur l'image du régime gaulliste.

30 octobre
Ouverture du campus de Nanterre, isolé dans l'Ouest parisien à côté d'un bidonville d'immigrés.
Le film de Jean-Luc Godard, *Pierrot le fou*, est interdit aux moins de 18 ans pour « anarchisme politique et moral ».

novembre
Jean Giono: *Deux cavaliers de l'orage*, roman écrit et publié en feuilleton pendant la guerre.
Jacques Borel, traducteur des poèmes de Joyce et auteur la même année d'un livre sur Rousseau, reçoit le prix Goncourt pour *L'Adoration*, roman autobiographique.
François Nourissier achève une trilogie romanesque avec *Une histoire française*, qui reçoit le grand prix du roman de l'Académie française.

4 novembre
Le général de Gaulle se porte candidat à un deuxième mandat. L'opposition l'accuse d'imposer un chantage – « Moi ou le chaos ».

19 novembre
La campagne électorale s'ouvre avec deux innovations: les sondages réguliers et la télévision, que le Général n'entend pas utiliser. Il se ravisera au vu des résultats du premier tour.

22 novembre
Le prix Renaudot distingue Georges Perec pour *Les Choses*, une satire de la société de consommation sous-titrée *Une histoire des années 60*.

26 novembre
Premier satellite français lancé par une fusée Diamant depuis le Sahara.

29 novembre
Rita Renoir et Michel Simon créent la pièce de René de Obaldia, *Du vent dans les branches de sassafras*, une parodie de western.

décembre
Création d'Erap (Entreprise de recherche et d'activités pétrolières), société d'État confiée à Pierre Guillaumat.

Pierre Guillaumat

Pierre Guillaumat (1909-1991) est l'archétype de cette frange du patronat français de l'après-guerre qui, polytechnicien ou énarque, peut aussi bien servir dans la haute fonction publique qu'exercer ses talents à la direction des grandes entreprises nationales ou privées. Cette singularité française est en fait le produit d'un consensus entre élites technocratiques et dirigeants politiques, alliés dans un même dessein industrialiste et modernisateur. Guillaumat est l'homme qui a modelé le secteur énergétique français après la Deuxième Guerre mondiale. Administrateur général du CEA dans les années 50, il est un artisan de la recherche nucléaire, même si dans le domaine civil, c'est son collègue d'EDF, Marcel Boiteux, qui parviendra à imposer la filière d'origine américaine PWR en 1969 contre le procédé français graphite-gaz défendu par le CEA. Ministre de 1958 à 1962, Guillaumat devient ensuite l'homme clé de la politique pétrolière en prenant la direction d'Erap, puis en participant à la fondation d'Elf-Aquitaine en 1976.

1er décembre
Première de *Des journées entières dans les arbres* de Marguerite Duras à l'Odéon-Théâtre de France, avec Madeleine Renaud et Jean Desailly, dans une mise en scène de Jean-Louis Barrault.

5 décembre
Au premier tour de l'élection présidentielle, de Gaulle est mis en ballottage avec 44, 64 % des voix contre 31,72 % pour Mitterrand et 15, 57 % pour Lecanuet; Tixier-Vignancour réalise le score de 5,19 % (un record pour l'extrême droite dans ce type d'élection), Pierre Marcilhacy (libéral) 1,71 % et Marcel Barbu (autogestionnaire utopique) 1,15 %.

8 décembre
Le concile Vatican II prend fin. L'esprit conciliaire va peu à peu se diffuser à la base de l'Église: dia-

logue œcuménique, messes en français et face à l'assistance, liturgie simplifiée et plus proche des fidèles; la mise à jour (aggiornamento) suscite l'inévitable nostalgie des traditionalistes.

11 décembre
Création à l'Opéra de Paris de *Notre-Dame de Paris*, ballet de Roland Petit sur une musique de Maurice Jarre, d'après le roman de Victor Hugo.

19 décembre
Second tour de l'élection présidentielle: de Gaulle est réélu avec 54,5 % contre 45,5 à Mitterrand; celui-ci incarne désormais l'alternative politique.

1966

1er janvier
Lancement du Vᵉ Plan (1966-1970) axé sur la « compétitivité de l'industrie française ». Politique des « champions nationaux » qui se traduira par une série de fusions ou d'absorptions afin de constituer de grands groupes compétitifs sur le marché mondial: Thomson qui absorbe Brandt en 1966 et CSF en 1967, Snias (plus tard Aerospatiale) en 1967, Saint-Gobain-Pont-à-Mousson (1969), Creusot-Loire (1970), Pechiney-Ugine-Kuhlmann (1971). Ce volontarisme n'empêche pas qu'au début des années 70, la première entreprise française (Renault) ne soit qu'au 22ᵉ rang mondial.

7 janvier
Décret instituant les IUT (Instituts universitaires de technologie), instruments d'une démocratisation de l'enseignement supérieur par des cycles courts et une professionnalisation des études.

8 janvier
Après la réélection du Général, le gouvernement Pompidou est remanié:
Billotte (Dom-Tom), Debré (Économie et Finances), Pisani (Équipement), E. Faure (Agriculture), Marcellin (Industrie), J.-M. Jeanneney (Affaires sociales), Peyrefitte (Recherche scientifique, Questions atomiques et spatiales), Sanguinetti (Anciens Combattants), Marette (PTT), Missoffe (Jeunesse et Sports).
Conservent leurs portefeuilles: Malraux (Affaires culturelles), L. Joxe (Réforme administrative), Foyer (Justice), Couve de Murville (Affaires étrangères), Frey (Intérieur), Messmer (Armées), Fouchet (Éducation nationale).

30 janvier
Compromis sur le fonctionnement de la CEE: la règle de l'unanimité pour les décisions importantes satisfait la France.

2 février
Porté par les bons résultats de Jean Lecanuet à la présidentielle, le centre-droit se structure en un Centre démocrate regroupant le MRP, le CNIP, des radicaux...

14 février
Aragon proteste dans *L'Humanité* contre le procès des écrivains dissidents soviétiques Siniavski et Daniel.

7 mars
La France quitte l'OTAN et demande l'évacuation d'ici le 1er avril 1967, des bases américaines (Fontainebleau, Châteauroux...) situées sur son territoire depuis 1949.

1er avril
Le film *La Religieuse* de Jacques Rivette (d'après le roman de Diderot) est interdit par le gouvernement malgré l'avis favorable de la commission de censure. Pourtant, le même mois, le Vatican supprime l'Index des livres interdits aux croyants.

16 avril
Première à l'Odéon des *Paravents* de Jean Genet, où, comme dans *Les Nègres*, la colonisation française est violemment mise en cause. La pièce, créée à Berlin en 1961, est ici mise en scène par Roger Blin, avec Madeleine Renaud. Le 23 avril, un article du *Figaro* déclenche une campagne menée par les élèves de Saint-Cyr et les Anciens Combattants. Christian Bonnet demande le 5 mai la suppression de la subvention du théâtre de l'Odéon, obligeant Malraux à intervenir à l'Assemblée pour défendre la pièce.
Michel Foucault: *Les Mots et les Choses*, dans lequel il propose une archéologie des sciences humaines. *L'Express* présente le livre comme la plus grande révolution en philosophie depuis l'existentialisme.

30 avril-1er mai
À Grenoble, un colloque rassemble Mendès France, les dirigeants du PSU, dont Michel Rocard, des intellectuels de gauche, des chrétiens des revues *Esprit* (Jean-Marie Domenach) et *Témoignage chrétien*, des syndicalistes de la CFDT et du CNJA (Centre national des jeunes agriculteurs). Tous cherchent à doter la gauche d'un projet moderne adapté à l'époque.

mai
Recomposition du capitalisme bancaire et industriel : le 4, la BNCI et le CNEP (nationalisés depuis 1945) forment la BNP (Banque nationale de Paris) ; dans la chimie, le 25, Ugine et Kuhlmann fusionnent avec la Société des produits azotés.
Le 17, succès de la grève générale intersyndicale touchant les secteurs public et privé dans l'ensemble du pays.
Au festival de Cannes, on ne verra pas *La Guerre est finie*, film antifranquiste désenchanté d'Alain Resnais retiré pour satisfaire le gouvernement espagnol ; en revanche, succès de *Un homme et une femme* de Claude Lelouch.

13 mai
Première audition française des *Métaboles* pour orchestre du compositeur Henri Dutilleux, œuvre écrite en 1964 et créée le 14 janvier 1965 à Cleveland, sous la direction de Georges Szell.

25 mai
Le compositeur Marcel Landowski ayant été nommé par André Malraux à la direction de la musique, Pierre Boulez écrit dans *Le Nouvel Observateur* un article retentissant : « Pourquoi je dis non à Malraux ? ». Landowski est à l'origine de la création de l'Orchestre de Paris, issu de la Société des concerts du conservatoire (née en 1828), à la tête duquel il nomme le chef d'orchestre Charles Munch. Il crée aussi de nombreux orchestres régionaux : Lille, Lyon, Pays de la Loire…

juin
Inauguration des galeries nationales du Grand Palais.

LES GRANDES EXPOSITIONS ET LES MUSÉES

À partir de 1966, date de l'ouverture à Paris des galeries nationales du Grand Palais, les expositions temporaires d'art connaissent en France un prodigieux essor. De novembre 1966 à février 1967, un Hommage à Picasso *reçoit plus de 400 000 visiteurs ; en 1967, au Petit Palais, l'exposition* Toutankhamon *en accueille 1,3 million en six mois. Entre 1980 et 1995, une dizaine d'expositions, la plupart d'entre elles consacrées à des peintres impressionnistes, recevront chacune plus de 500 000 visiteurs, le point culminant étant atteint en 1985 avec la rétrospective* Renoir *aux galeries nationales du Grand Palais (824 000 visiteurs). Ces réussites spectaculaires ont fait augmenter l'intérêt général pour les musées jusque-là un peu oubliés. Aussi va-t-on assister, en particulier dans les années 1975 et 1995, à la création de nouveaux établissements importants : le Centre Georges-Pompidou en 1977, le musée Picasso en 1985, le musée d'Orsay en 1986, la galerie nationale du Jeu de Paume en 1991. S'ajoute la rénovation complète du musée du Louvre et de nombreux musées de région (Grenoble, Le Havre, Lille, Lyon, Nancy, Nantes, Rouen…). La large publicité faite autour de ces événements et la qualité de la muséographie ont profondément transformé l'image des musées dans l'esprit du public. De traditionnelle et un peu vieillotte qu'elle était, elle est devenue moderne et l'on peut dire que dans ce dernier quart du siècle, les musées constituent un phénomène de masse, même si beaucoup de Français ne s'y rendent jamais.*

11 juin
Une loi organise l'adoption en instituant deux systèmes : l'adoption plénière rattache exclusivement et définitivement l'enfant très jeune à la famille adoptive ; l'adoption simple laisse subsister le lien de filiation d'origine auquel se superpose le lien d'adoption.

20 juin-1er juillet
Le voyage de De Gaulle en URSS est un succès pour le rapprochement franco-soviétique : le Général visite le site spatial de Baïkonour et signe de nombreux accords économiques.

juillet
Émile Benveniste publie le premier volume de ses *Problèmes de linguistique générale* (le deuxième paraîtra en 1974).

25 août-12 septembre
Tournée mondiale du général de Gaulle de Djibouti (violente agitation indépendantiste) à la Guadeloupe en passant par l'Asie et l'Océanie. À Phnom Penh, le 1er septembre, il prend nettement position contre l'intervention des États-Unis au Vietnam, avant d'assister à un essai nucléaire à Mururoa en Polynésie française.

septembre
Pierre Goubert : *Louis XIV et vingt millions de Français.*

23 octobre
Le catholicisme français évolue : on peut désormais faire gras le vendredi et, selon une enquête du *Nouvel Observateur* en novembre, la moitié des

catholiques se déclarent prêts à coopérer avec les communistes.

novembre

Lacan réunit, dans la collection « Le Champ freudien » dirigée par François Wahl au Seuil, vingt ans de ses *Écrits*, placés sous le signe du retour au « premier Freud », qui fonde la psychanalyse dans une expérience de langage.

J.-B. Pontalis crée aux éditions Gallimard la collection « Connaissance de l'inconscient », qui publiera aussi bien des traductions de classiques étrangers de la psychanalyse – Freud bien sûr, mais aussi Abraham, Groddeck, Mélanie Klein, Winnicott – que des psychanalystes français comme Didier Anzieu, André Green, Pierre Fédida, Michel de M'Uzan.

3 novembre

Alfred Kastler reçoit le prix Nobel de physique.

26 novembre

La France se dote de la première et unique usine marémotrice, sur la Rance.

30 novembre

Jean-Paul Sartre est appelé à la présidence du Tribunal Russell contre les crimes américains au Vietnam.

Deux prémices du mouvement de Mai 68: création du Comité Vietnam national par Laurent Schwartz, Jean Schalit, Alain Krivine, Bernard Kouchner; publication par les Situationnistes de l'université de Strasbourg de *La Misère en milieu étudiant considérée sous ses aspects économique, politique, psychologique, sexuel notamment et de quelques moyens pour y remédier*. Le texte fait scandale en raison du slogan: « Vivre sans temps mort et jouir sans entraves. »

décembre

Sortie du film *La Grande Vadrouille* de Gérard Oury avec Bourvil et de Funès. Un des plus grands succès du cinéma français.

14-20 décembre

Préparation des élections législatives: la majorité, regroupée dans le Comité d'action pour la Ve République, désigne ses candidats le 14. Le 20, la FGDS et le PC concluent un accord (le premier, depuis 1945, entre socialistes et communistes) de désistement réciproque pour le second tour.

Violente manifestation des éleveurs de poulets bretons à Morlaix.

autres événements

• François Rouan réalise des tressages, tableaux réalisés avec des bandes provenant de deux toiles teintes et peintes.

• En collaboration avec Tinguely, Niki de Saint-Phalle réalise en carton-pâte sa première *Nana* géante, *La Hon* (« Elle » en suédois), pour le Moderna Museet de Stockholm. Les visiteurs sont conviés à y pénétrer par son sexe. Elle inaugure une série de grandes sculptures en polyester peint installées en plein air.

1967

janvier

Parution du premier numéro de la revue *L'Éphémère*, dont le comité de rédaction est composé d'Yves Bonnefoy, Gaëtan Picon, André du Bouchet, Louis-René Des Forêts, que rejoindront Paul Celan, Jacques Dupin et Michel Leiris. La revue est publiée par la Fondation Maeght et destinée à pallier l'absence du *Mercure de France*, dirigé par Gaëtan Picon, qui a cessé de paraître. Le premier numéro est un hommage au sculpteur Giacometti. La revue donnera leur place à de jeunes poètes et écrivains, parmi lesquels Pascal Quignard, Jean Daive, Alain Veinstein, Philippe Denis, mais aussi à des traductions de grands poètes étrangers, Mandelstam, Hopkins, Coleridge, Hölderlin, Rilke.

3 janvier

Les peintres Daniel Buren, Olivier Mosset, Niele Toroni et Michel Parmentier fondent le groupe BMTP qui entend couper la peinture de toute référence.

10 janvier

« Oui, mais... »: Giscard d'Estaing, leader des Républicains indépendants, prend ses distances vis-à-vis des gaullistes.

24 janvier

Le haut comité consultatif de la population et de la famille propose que la contraception (mise en vente de la pilule sur ordonnance) soit libéralisée, la législation sur l'avortement assouplie et des mesures sociales en faveur des familles nombreuses prises.

février

Laplanche et Pontalis publient le *Vocabulaire de la psychanalyse* aux PUF. L'ouvrage sera traduit en 20 langues.

3 février
Première représentation à Lyon de *Cripure* de Louis Guilloux, adaptation théâtrale de son roman *Le Sang noir* (publié en 1935), dans une mise en scène de Marcel Maréchal. La pièce sera reprise le 10 avril au TNP, salle Gémier.

27 février
Tandis que le général de Gaulle intervient à la télévison pour défendre sa majorité, la campagne se déroule en province avec des face-à-face passionnés comme celui qui oppose Georges Pompidou (sur la défensive) à Pierre Mendès France, candidat à Grenoble.

mars
Michel Tournier: *Vendredi ou les limbes du Pacifique.*

5 mars
À l'issue du premier tour des législatives, les gaullistes rassemblent 37,7 % des suffrages exprimés, le PC 22,4 %, la FGDS 18,7 %, le Centre démocrate 13,4 %. Les sondages prévoient un triomphe de la majorité.

12 mars
Au second tour, la majorité frôle la défaite. Les gaullistes obtiennent 233 sièges sur 470 en métropole et, avec l'outre-mer, 247 sur 487. Le PC gagne 32 sièges (73 au total), la FGDS 16 (121), les centristes en perdent 14 et les gaullistes 33. L'alliance électorale entre le PC et la FGDS a parfaitement fonctionné tandis que les électeurs du Centre démocrate se sont démobilisés. Le soir des élections, Mendès France prévoit que la législature n'ira pas à son terme.

18 mars
Naufrage du pétrolier géant *Torrey Canyon*. 80000 tonnes de pétrole se répandent sur les plages bretonnes, c'est la première marée noire française.

19 mars
Annoncé par de Gaulle le 27 octobre précédent, le référendum organisé à Djibouti donne plus de 22000 oui (contre quelque 14000 non) en faveur du maintien dans l'ensemble français, avec un nouveau statut. Djibouti devient Territoire français des Afars et des Issas (Tom).

22 mars
Agitation à la résidence universitaire de Nanterre: les étudiants demandent la mixité des locaux. Un an plus tard se déroulera la première occupation étudiante de la faculté de Nanterre, événement initiateur de Mai 68.

6-7 avril
Pompidou, qui a remis sa démission au président de la République le 1er, est reconduit dans ses fonctions. Michelet (Fonction publique), Schumann (Recherche scientifique, Questions atomiques et spatiales), Frey (Relations avec le Parlement), Marcellin (Plan et Aménagement du territoire), L. Joxe (Justice), Fouchet (Intérieur), Peyrefitte (Éducation nationale), Pisani (Équipement et Logement), Guichard (Industrie), Chamant (Transports), Duvillard (Anciens Combattants), Guéna (PTT), Gorse (Information). Conservent leurs portefeuilles: Malraux (Affaires culturelles), Billotte (Dom-Tom), Couve de Murville (Affaires étrangères), Messmer (Armées), Debré (Économie et Finances), E. Faure (Agriculture), J.-M. Jeanneney (Affaires sociales), Missoffe (Jeunesse et Sports).

13 avril
Mise en route du plan Calcul destiné à doter la France de calculatrices électroniques que, pour des raisons politiques, les États-Unis ont refusé de laisser vendre à la France. La CII, formée de plusieurs sociétés (dont CGE, CSF, Schneider...), recevra une aide directe de l'État.

26-28 avril
Le Conseil des ministres demande l'autorisation de légiférer par ordonnances en matière économique et sociale jusqu'au 31 octobre: Edgard Pisani démissionne du ministère de l'Équipement où Ortoli lui succède.

mai
Sortie du film *Belle de jour* de Buñuel, d'après un roman de Joseph Kessel paru en 1928.

21 mai
L'évacuation des sites d'expérimentation nucléaire et spatiale, transférés en Polynésie et en Guyane, met fin à la présence française au Sahara.

26 mai
Troubles à la Guadeloupe. La répression des manifestations syndicalistes et autonomistes fait 49 morts, sans grand écho en métropole.

5-10 juin
Guerre des Six Jours entre Israël et ses voisins arabes; de Gaulle avait mis l'embargo sur les livraisons d'armes et condamné par avance le premier qui attaquerait. La victoire foudroyante d'Israël passionne l'opinion publique et bouleverse les clivages habituels: la gauche qui hier soutenait la

cause algérienne se retrouve plutôt pro-israélienne (en dépit du soutien explicite des États-Unis à Israël) par réflexe de solidarité contre l'antisémitisme; le gaullisme évoluera vers une sympathie pro-arabe marquée.

16 juin
Benoît Frachon, figure historique de la CGT, cède la place à Georges Séguy.

24 juin-14 juillet
La galerie Greuze présente à Paris l'exposition *L'Art pour la paix au Vietnam*. Calder, César, Soulages, Soto et Vasarely y participent, consacrant ainsi le rôle du conflit dans l'engagement des artistes.

juillet
Le chorégraphe Maurice Béjart présente au festival d'Avignon sa *Messe pour le temps présent*, rituel en neuf tableaux sur une musique de Pierre Henry.

12 juillet
Création de l'ANPE (Agence nationale pour l'emploi); la France compte environ 300 000 chômeurs.

24 juillet
« Vive le Québec libre ! » : en voyage au Canada, le général de Gaulle provoque, en défendant la minorité francophone, le monde anglo-saxon; il doit écourter son voyage. Le mois suivant, Giscard d'Estaing dénonce « l'exercice solitaire du pouvoir », particulièrement dans la diplomatie.

6-12 septembre
À Varsovie, de Gaulle évoque « l'Europe, de l'Atlantique à l'Oural... ».

octobre
De jeunes turcs socialistes critiquent *L'Énarchie* sous le pseudonyme de Mandrin (derrière ce pseudonyme libertaire: Jean-Pierre Chevènement, Didier Motchane, Alain Gomez...).
Tandis que les ordonnances sur la Sécurité sociale suscitent grèves et agitation, Jean-Louis Servan-Schreiber lance un hebdomadaire dont le titre résume la cible et l'esprit: *L'Expansion*.
Professeur de philosophie à l'École normale supérieure depuis 1965, traducteur de Husserl, Jacques Derrida publie un recueil d'essais, *L'Écriture et la différence*, où la littérature tient une large place, en même temps qu'un livre de phénoménologie, *La Voix et le Phénomène*, marquant les vrais débuts d'une œuvre considérable.
Louis-René Des Forêts: *Les Mégères de la mer*, long poème en vers de quatorze pieds.
L'écrivain Georges Lambrichs (1917-1992) publie chez Gallimard le premier numéro des *Cahiers du chemin* liés à la collection du même nom (créée en 1959) qui, au côté d'auteurs reconnus comme Butor ou Le Clézio, s'attache à faire connaître toute une génération d'écrivains, parmi lesquels Philippe Beaussant, Michel Chaillou, Gérard Macé, Henri Meschonnic, Pierre Pachet, Georges Perros, Jean Roudaut, Jacques Réda, Paul de Roux, Jude Stéfan, Jean-Loup Trassard. Le premier numéro s'ouvre sur un texte de Pierre Guyotat. Lambrichs prendra la direction de *La NRF* lors du retrait de Marcel Arland en 1977.
André Malraux: *Antimémoires*.

1er octobre
Débuts de la couleur sur la 2ᵉ chaîne de télévision.

2 octobre
Jacques Maillot crée Nouvelles Frontières: voyager loin, à peu de frais.

16 octobre
Création au studio des Champs-Élysées de la pièce *Les Immortelles*, adaptation du premier livre de Pierre Bourgeade publié l'année précédente.

21-22 octobre
La psychanalyste Maud Mannoni, auteur de *L'Enfant arriéré et sa mère* (1965), organise à Paris un colloque sur les psychoses au cours duquel les représentants de l'antipsychiatrie anglaise, D. Cooper (1931-1986) et Ronald Laing (1927-1989), prennent la parole. En 1969, elle fonde l'École expérimentale de Bonneuil-sur-Marne, qui s'inspire de l'expérience anglaise de Kingsley Hall, un « anti-hôpital » de la banlieue de Londres.

novembre
Georges Perros (1923-1978), sur le point de quitter son poste de lecteur au TNP, publie, après les *Poèmes bleus* (1962), *Une vie ordinaire*, roman-poème autobiographique.

14 novembre
Parution de *La Société du spectacle* de Guy Debord.

GUY DEBORD

Guy Debord (1931-1994), inconnu du grand public sa vie durant, exerça une influence intellectuelle indéniable sur la génération des années 60, parfois à son insu. Cet inclassable tint à rester en dehors de tous les réseaux de l'intelligentsia. Lié au départ au mouvement lettriste et au groupe Cobra, il s'en détacha pour fonder en 1957 l'Internationale situationniste (IS), inspiratrice reconnue du mouvement de Mai 68. La Société du spectacle, *contemporaine du* Traité de savoir-vivre à l'usage des jeunes générations *de Raoul Vaneigem, dénonce le règne des apparences et les illusions aliénantes générées par la société de consommation. D'un caractère ombrageux, il exclut la plupart de ceux qui se réclament de lui après Mai 68 et oppose à la récupération de la contestation une intransigeance sans faille. Grâce à son ami Gérard Lebovici (assassiné en 1984), il peut poursuivre une œuvre cinématographique et littéraire confidentielle jusqu'à son suicide en 1994.*

27 novembre
Analysant notamment les conflits du Moyen-Orient au cours d'une conférence de presse, le général de Gaulle parle des juifs « restés ce qu'ils avaient été de tout temps, c'est-à-dire un peuple d'élite, sûr de lui-même, fier et dominateur... ».

30 novembre
Jean-Jacques Servan-Schreiber (JJSS) publie *Le Défi américain*, hymne à la modernité américaine donnée en modèle.

décembre
Sortie de *Playtime* de Jacques Tati, son film le plus ambitieux, tourné en 70 mm, auquel il songe depuis 1959. Monsieur Hulot y apparaît dans un décor de ville futuriste entièrement construit pour l'occasion. L'échec retentissant le ruine définitivement.

28 décembre
Le vote, après des débats passionnés, de la loi Neuwirth abroge celle du 31 juillet 1920 qui interdisait toute contraception ; autorisée, celle-ci n'est pas remboursée par la Sécurité sociale. Les décrets d'application mettront plusieurs années à être publiés.

Le Mouvement français du Planning familial

La hantise de la dépopulation provoquée par la saignée démographique de 14-18 avait conduit la France à adopter en 1920 une attitude très répressive envers toute maîtrise de la fécondité et toute propagande malthusienne. La particularité est le maintien de cet état d'esprit plus de cinquante ans durant, à la différence des pays anglo-saxons aux préoccupations pourtant voisines. L'appui du PC aux thèses populationnistes défendues par la droite traditionnelle peut expliquer en partie ce blocage. La libéralisation de la contraception et du droit à l'avortement fut un de ces combats duels typiques de la France, qui n'avança qu'à coups de campagnes d'opinion et de débats passionnés.
Créé en 1956 sous le nom de Maternité heureuse par le docteur Marie-Andrée Lagroua Weill-Hallé, Évelyne Sullerot, Catherine Valabrègue, le Mouvement français pour le Planning familial ouvre ses premiers centres d'information à Paris et à Grenoble, bravant les menaces de poursuites contre les médecins adhérents. L'Église catholique condamne constamment et vigoureusement toute tentative de libéralisation, malgré les conséquences dramatiques d'une fécondité non maîtrisée pour les plus pauvres. Il est frappant que le Planning familial se développe avec le soutien de protestants et de juifs, soucieux d'affirmer en la matière le libre arbitre de chacun.
Après 1968, le combat du Planning familial reprend dans un contexte encore plus passionné pour la liberté de l'avortement, avec le soutien d'associations voisines comme le mouvement Choisir (de l'avocate Gisèle Halimi) et le Mouvement de libération de l'avortement et de la contraception (plus gauchiste). Sur fond de revendications féministes et de lutte contre les magistères de la morale privée, manifestes, arrestations et procès aboutissent à la discussion d'une loi défendue dans une solitude courageuse par Simone Veil, ministre de la Santé de Valéry Giscard d'Estaing, le 17 janvier 1975. Depuis, le Planning familial exerce sa vigilance sur l'application et l'amélioration des lois qu'il a largement contribué à faire adopter.

autres événements
• *Le Vieil Homme et l'enfant*, film autobiographique de Claude Berri, avec Michel Simon. Comment la tendresse d'un enfant fissure l'antisémitisme obtus d'un paysan français.
• En collaboration avec la Régie Renault, Arman réalise des *Accumulations incluses*, c'est-à-dire préparées et manufacturées. Il accumule des voitures dans une tour monumentale à Jouy-en-Josas.
• Raymond Depardon et Gilles Caron fondent l'agence Gamma à Paris, vingt ans après la création de Magnum par Henri Cartier-Bresson et Robert Capa.

1968

26 janvier
À Caen, violentes bagarres contre la police lors d'une grève à l'usine de camions de la Saviem.

6-18 février
Jeux Olympiques d'hiver à Grenoble: Jean-Claude Killy triple médaillé d'or.

9 février
Henri Langlois (1914-1977), fondateur de la Cinémathèque de Chaillot, est démis de ses fonctions de directeur. Il sera réintégré en avril après une intense mobilisation des milieux du cinéma.

18 février
La lutte contre la guerre du Vietnam passionne les étudiants: l'affrontement Vietnam du Nord et Vietcong contre la superpuissance américaine alimente le tiers-mondisme de l'époque. À Berlin, une manifestation internationale de solidarité envers le peuple vietnamien renforce la détermination des opposants.

mars
Patrick Modiano: *La Place de l'étoile.*

15 mars
Célébrissime article de Pierre Viansson-Ponté dans *Le Monde*: «Quand la France s'ennuie...» C'est plus un bilan sévère du gaullisme gestionnaire que l'annonce des événements de Mai qu'on a voulu y voir: «Dans une petite France presque réduite à l'hexagone, qui n'est pas vraiment malheureuse, ni vraiment prospère, en paix avec tout le monde, sans grande prise sur les événements mondiaux, l'ardeur et l'imagination sont aussi nécessaires que le bien-être et l'expansion...»
Ce qui rejoint le slogan situationniste de Raoul Vaneigem: «Nous ne voulons pas d'un monde où la garantie de ne pas mourir de faim s'échange contre celle de mourir d'ennui.»

22 mars
Après l'arrestation de membres du Comité Vietnam national lors d'un raid sur une agence de l'American Express, des étudiants occupent la salle du conseil de la faculté de Nanterre; la tendance libertaire animée par Daniel Cohn-Bendit constitue le Mouvement du 22 mars.

avril
L'agitation étudiante ne se dément pas, activée par des événements qui bouleversent l'ordre des Grands: après l'assassinat de Martin Luther King le 4, l'Amérique noire flambe; le Printemps de Prague contestant la «démocratie populaire» tchécoslovaque ébranle l'empire soviétique.

4 avril
Création au festival de musique contemporaine de Royan (Charente-Maritime) de *Le Temps restitué*, pour soprano, chœurs et orchestres, sur un texte tiré de *La Mort de Virgile*, roman d'Hermann Broch, extrait d'un grand œuvre en projet du compositeur Jean Barraqué (1928-1973). Ce festival, fondé en 1964, sera l'occasion de nombreuses créations d'œuvres de jeunes compositeurs français comme Gilbert Amy, André Boucourechliev, Betsy Jolas... et de premières auditions de compositeurs étrangers: Bruno Maderna, Mauricio Kagel, Gyorgy Ligeti, Karlheinz Stockhausen... Le 7 avril, le compositeur français d'origine grecque Iannis Xenakis y crée *Nuits*, pour 12 voix mixtes.

27 avril
Succès de l'émission de Ménie Grégoire sur RTL qui diffuse des consultations psychologiques données par téléphone à des auditeurs.
Daniel Cohn-Bendit est arrêté et expulsé vers l'Allemagne dont il est ressortissant.

mai
Albert Cohen (1895-1981): *Belle du seigneur*, commencé en 1935 peu après la parution de son premier livre, *Solal*. Albert Cohen, qui avait été à Londres pendant la guerre représentant de l'Agence juive pour la Palestine, travaille alors à Genève à l'Organisation internationale pour les réfugiés.
Marguerite Yourcenar: *L'Œuvre au noir*, roman achevé en 1965, pour lequel elle obtient en novembre le prix Fémina.

2 mai
Fermeture de la faculté de Nanterre: l'agitation se transfère à Paris.
Le Premier ministre Pompidou part en voyage officiel en Afghanistan.

3 mai
Occupation étudiante de la Sorbonne: l'intervention de la police (600 arrestations) provoque des bagarres jusque tard dans la nuit. L'agitation devient continue à Paris. Un certain nombre de lieux parisiens (Odéon, Sorbonne, Beaux-Arts) se transforment en forums permanents.

Mai 68

Mai 68 appartient à ce rare type d'événements qui ont le privilège de structurer la mémoire collective en un avant et un après. L'appellation elle-même ne rend pas compte de la durée chronologique réelle: ces faits, qui affectèrent l'ensemble des composantes de la société française, trouvent leurs prémices en 1966-1967 et leur prolongement se fait sentir jusqu'au mitan des années 70.
Le mouvement est la contribution française à un espace-temps de la contestation mondiale, dans lequel s'imbriquent, par une relation de cause à effet, chronologie et géographie. En effet, bien avant et bien au-delà de la France, le phénomène est planétaire: aux États-Unis, mouvement contre la guerre du Vietnam doublé de la contestation noire et de la remise en cause du modèle matérialiste (les hippies); agitation étudiante et lycéenne dans les métropoles occidentales; ébranlement du glacis soviétique des démocraties populaires; rôle déterminant quoique manipulé des jeunes Chinois dans la grande révolution culturelle lancée par Mao Tsé-toung... Les particularités de chaque mouvement ne les empêchent pas de se fédérer par une solidarité juvénile et une sensibilité aux mythologies militantes du tiers-monde: la figure de Che Guevara, celle de la combattante vietnamienne coiffée du chapeau conique, la kalachnikov et le keffieh du fedayin, autant d'images-cultes de cette mystique mondialisée.
La simultanéité mondiale de ces vagues de contestation pose question; au-delà de l'hypothèse primaire d'un complot mondial fomenté pour ébranler l'ordre occidental (par qui? pour qui?), la seule explication serait d'ordre démographique: les vingt ans communs des enfants du baby boom mondial de l'après-guerre.
Pour le cas français, l'insertion dans le mouvement planétaire ne concerne pas que Paris et deux ou trois villes universitaires: l'ensemble du territoire, via la contagion sociale et ouvrière, participe à l'événement, y compris des régions réputées pour leur immobilisme, avant qu'elles ne s'effraient de leur audace et qu'elles ne reviennent dans le droit chemin électoral.
La diffusion spatiale de la crise en France accompagne une chronologie qui la scande en trois temps.
Jusqu'au 13 mai, l'essence du mouvement est la contestation étudiante, marquée par l'explosion gauchiste et libertaire et la violence antipolicière. Le préfet de police Maurice Grimaud veillera à empêcher un grave dérapage sanglant de la répression.
À partir du 13 mai, le mouvement s'oriente vers une grève générale des salariés unique dans les annales sociales de la France (7 à 10 millions de grévistes), mais son succès même, interprété par les étudiants comme la révolution en marche, recadre partiellement la contestation dans des schémas connus: entreprises, syndicats, négociations...
Le 27 mai, les accords de Grenelle permettent au pouvoir gaulliste de diviser le mouvement syndical et de reprendre l'offensive sur le plan politique après trois semaines d'errements. Le sursaut théâtral du général de Gaulle – sa « disparition », son message à la radio le 30, la dissolution de l'Assemblée nationale – est le dernier coup d'archet d'un chef à qui rien ne sied mieux que la crise extrême.
Dès lors, le reflux voit l'inversion totale du mouvement: ceux-là mêmes qui considéraient avec indulgence les étudiants du quartier Latin votent pour l'Assemblée la plus à droite depuis 1945. L'ordre est rétabli sans douceur dans les usines – le sang coule... – et en juillet, une France dessaoulée retrouve les chemins moutonniers des vacances.
Est-ce à dire que Mai 68 fut un échec? Les réponses sont contrastées.
Si le projet politique était de déclencher la révolution – illusion totale qui ne séduisit pas seulement des adolescents –, l'échec est patent. Restera une contestation gauchiste endémique et dynamique qui maintiendra sous pression le post-gaullisme de Pompidou.
Si l'intention était pour la gauche de concrétiser sa poussée électorale de 1967 et de bouter dehors le pouvoir gaulliste, l'échec est encore plus flagrant, à la mesure d'un espoir somme toute plausible; mais la gauche, particulièrement communiste, n'avait pas pressenti l'ampleur et la spécificité du mouvement et elle se laissa emmener par le stratège de l'Élysée sur un terrain électoral qui lui était défavorable.
Le succès de Mai 68 réside en fait dans des conséquences imprévues sur le moment, à savoir ce bouleversement lent de mentalités archaïques et de blocages que l'expansion économique n'avait pas supprimés pour autant. Ce fut un moment de prise de parole collective, à l'échelle du pays tout entier, sans précédent depuis la rédaction des cahiers de doléances en 1789. De façon désordonnée et souvent excessive, Mai 68 fut la matrice des contestations qui firent avancer la société française: écologie, féminisme, régionalisme, antiracisme, désir de « changer la vie »... Quand la gauche classique sut conjuguer au futur raisonnable les espérances utopiques de Mai, elle se garantit du même coup son succès dans la conquête du pouvoir.

10-11 mai
Nuit des barricades au quartier Latin: près de 400 blessés, 500 arrestations, des voitures brûlées.

13 mai
Journée d'action syndicale pour protester contre les brutalités policières et dix ans de gaullisme. Succès massif de la grève et des manifestations, tant à Paris qu'en province. En tête du cortège parisien: Jacques Sauvageot (UNEF), Alain Geismar (SNE-Sup) et Daniel Cohn-Bendit revenu en fraude.

14 mai
L'École des beaux-arts de Paris est occupée.
Une des initiatives ponctuelles les plus originales du Mai des artistes sera l'Atelier populaire de l'École des beaux-arts; celui-ci réalisera par sérigraphie des dizaines d'affiches militantes qui resteront comme autant d'emblèmes graphiques du mouvement. Le précédent prestigieux de l'agence Rosta de Moscou (à laquelle travailla Maïakovski en 1918) ne dispense pas les graphistes de l'Atelier populaire d'une sensibilité aux formes d'expression urbaines occidentales qui prospéreront avec les tags et les graffs. Les artistes engagés vivent le mouvement de Mai 68 comme une contestation des institutions et des pratiques dont ils sont tributaires pour faire connaître leurs œuvres. Sans forcément adhérer à l'idéologie maoïste mythifiant le peuple ouvrier, divers peintres et plasticiens tentent des expériences d'exposition ou de création dans les rues ou dans les usines occupées (chez Alsthom à Belfort et dans les usines Berliet à Bourg-en-Bresse en mai, devant l'église d'Alésia à Paris en octobre), sans compter un happening révolutionnaire au Salon de la jeune peinture en juin 1969.
La grève avec occupation des locaux se généralise en France. Le général de Gaulle ne croit pas devoir ajourner son voyage officiel en Roumanie.

19 mai
De Gaulle de retour en France: « La réforme oui, la chienlit non! »

24 mai
Après le rejet d'une motion de censure déposée par la gauche, le général de Gaulle annonce un référendum sur la participation. Violentes émeutes à Paris et à Lyon.

27 mai
Par les accords de Grenelle (relèvement du Smig, réduction de la durée du travail pour les horaires supérieurs à 48 heures hebdomadaires, renforcement du droit syndical dans les entreprises), le Premier ministre Georges Pompidou tente d'apaiser le mouvement syndical en satisfaisant des revendications; mais la CGT, signataire de ces accords, est désavouée par sa base: la grève continue.
Au stade Charléty, le mouvement étudiant tente une jonction avec la gauche socialiste représentée par Mendès France: un courant de sympathie mais sans lendemain.

29 mai
Disparition du général de Gaulle qui est allé secrètement au QG des FFA (Forces françaises d'Allemagne) commandées par le général Massu: rumeurs de putsch...

30 mai
Allocution radiodiffusée du Général: l'Assemblée nationale est dissoute et les élections auront lieu en juin. Le soir même, aux Champs-Élysées, immense manifestation gaulliste de soutien. C'est le reflux du mouvement.

1er juin
Le gouvernement Pompidou est remanié: les ministres qui sont considérés comme n'ayant pas été à la hauteur de la situation sont écartés. Schumann (Affaires sociales), Guichard (Plan et Aménagement du territoire), Capitant (Justice), Debré (Affaires étrangères), Marcellin (Intérieur), Couve de Murville (Économie et Finances), Ortoli (Éducation nationale), Galley (Équipement et Logement), Chalandon (Industrie), Bettencourt (PTT), Guéna (Information), Nungesser (Jeunesse et Sports), Le Theule (Dom-Tom), Boulin (Fonction publique), La Malène (Recherche scientifique, Questions atomiques et spatiales).
Conservent leurs portefeuilles: Malraux (Affaires culturelles), Messmer (Armées), E. Faure (Agriculture), Chamant (Transports), Duvillard (Anciens Combattants).
En prévision des élections, les gaullistes se rassemblent en UDR (Union pour la défense de la République).
Le travail reprend dans les principaux services publics, hormis l'Éducation nationale.

7 juin
Pour rallier les voix des pieds-noirs, amnistie des dirigeants de l'OAS emprisonnés.

10-11 juin
Les violences qui éclatent à Flins (Renault) et à Sochaux (Peugeot) font trois morts et déclenchent manifestations et émeutes.

12 juin
Dissolution des principaux groupes d'extrême gauche qui se reformeront sous d'autres noms.

16 juin
La Sorbonne est évacuée.

18 juin
Reprise du travail à la Régie Renault.

23, 30 juin
Au premier tour des législatives, l'UDR et les RI rassemblent 46 % des suffrages exprimés, le Centre 14,4 %, le PC 20 %, la FGDS 16,5 %, le PSU 3,9 %.
Contrairement à 1967, le second tour amplifie les tendances du premier: l'UDR obtient 293 sièges sur 487 (+ 93), les RI 61 (+ 19), le PC en perd 39, la FGDS 64, le Centre 8. Pour la première fois sous la Vᵉ République, un groupe (l'UDR) acquiert la majorité absolue à lui seul. La crise aboutit à l'apparente consolidation de la République gaullienne.

juillet
Jean Tardieu recueille l'essentiel de son œuvre poétique dans *Le Fleuve caché. Poésies 1938-1961.*

10 juillet
Maurice Couve de Murville remplace Georges Pompidou comme Premier ministre. Edgar Faure est chargé de la réforme de l'Université et, durant l'été, élabore une loi-cadre. Jean-Marcel Jeanneney se voit confier, en tant que ministre d'État chargé des Réformes institutionnelles, la préparation de la régionalisation.
Composition du gouvernement: Frey (Relations avec le Parlement), Ortoli (Économie et Finances), E. Faure (Éducation nationale), Galley (Recherche scientifique, Questions atomiques et spatiales), Chalandon (Équipement et Logement), Bettencourt (Industrie), Boulin (Agriculture), Guéna (PTT).
Conservent leurs portefeuilles: Malraux (Affaires culturelles), Schumann (Affaires sociales), Capitant (Justice), Debré (Affaires étrangères), Marcellin (Intérieur), Messmer (Armées), Guichard (Plan et Aménagement du territoire), Chamant (Transports), Duvillard (Anciens Combattants).

26-27 juillet
Massacre d'étudiants à Mexico.

29 juillet
Paul VI rend publique l'encyclique *Humanae Vitae* condamnant la contraception.

20-21 août
L'entrée des chars soviétiques en Tchécoslovaquie met fin au Printemps de Prague.

24 août
Explosion de la première bombe H française au Centre d'expérimentation du Pacifique à Mururoa.

septembre
La Plaisanterie, de l'écrivain tchèque Milan Kundera, est traduit et publié avec une préface d'Aragon.
Sortie de *Baisers volés* de François Truffaut, deuxième volet du cycle d'Antoine Doinel.
Jacques Réda: *Amen.*

9 octobre
Prix Nobel de la paix pour René Cassin, juriste inspirateur de la Déclaration universelle des droits de l'homme du 10 décembre 1948.

10 octobre
Vote de la loi d'orientation de l'enseignement supérieur élaborée par le ministre Edgar Faure. Dénoncée inévitablement par les acteurs de Mai, cette loi organise l'autonomie des universités et introduit une démocratie représentative dans leur gestion. Elle fixe le cadre général du système universitaire français jusqu'à aujourd'hui.

31 octobre
Des maoïstes de l'UJCML dissoute forment la Gauche prolétarienne: « Ce n'est qu'un début, la lutte continue... »
Dissolution du groupe néofasciste Occident.

novembre
Rezvani: *Les Années Lula.*

28-29 novembre
Après que le Général a écarté le 24 tout recours à la dévaluation, le gouvernement fait voter un plan d'austérité par l'Assemblée, puis par le Sénat.

décembre
Jacques Monory présente, à la galerie Mommaton à Paris, une série de 22 tableaux intitulés *Meurtres.* Ces œuvres, inspirées des techniques cinématographiques, semblent les arrêts sur image d'un film que le spectateur est invité à reconstituer.
Sortie de *Chronique d'Anna Magdalena Bach* de Jean-Marie Straub et Danièle Huillet, militants d'un cinéma austère qui appliquerait les préceptes de Brecht, avec le claveciniste Gustav Leonhardt dans le rôle de J.-S. Bach.

12-19 décembre
Nanterre ne désarme pas: une semaine d'agitation.

autres événements
• On dénombre 124 livres parus sur les événements de Mai.
• Début de la diffusion à la télévision des *Shadocks*, série quotidienne de très courts dessins animés de Jacques Rouxel.

1969

janvier
Michel Serres: *Hermès I*, premier volume d'une exploration des savoirs.
Sortie du film de Jacques Deray, *La Piscine*, avec Romy Schneider et Alain Delon.

17 janvier
Georges Pompidou se déclare officieusement candidat en cas d'élection présidentielle.

31 janvier
Au cours d'un déplacement en Bretagne – son dernier voyage officiel –, le général de Gaulle annonce un référendum sur la réforme des régions et du Sénat élaborée par J.-M. Jeanneney; c'est un projet complexe mêlant la décentralisation et la représentation privilégiée des acteurs de la vie économique et sociale.

février
À l'ARC, Dewasne expose 36 tableaux composant *La Longue Marche*. Cet ensemble, long de 250 m, évoque la révolution chinoise.

3 février
Alain Poher rejette le projet de réforme soumis à référendum déjà refusé par la gauche; Jean Lecanuet (Centre démocrate) lui emboîte le pas.

mars
François Mauriac publie, un an avant sa mort, son dernier roman: *Un adolescent d'autrefois*.
Sortie du film *La Voie lactée*, de Luis Buñuel.
Trois images de la science s'imposent dans la presse: premières échographies prénatales, premier vol du supersonique Concorde, mise à flot du sous-marin nucléaire *Le Redoutable*.

11 avril
Violentes manifestations des petits commerçants, notamment dans l'Isère, à la suite de l'arrestation de leur leader Gérard Nicoud.

14 avril
Valéry Giscard d'Estaing se prononce pour le non au référendum. Le général de Gaulle est isolé.

25 avril
Dernière allocution télévisée du Général: «Votre réponse [au référendum] va engager le destin de la France, parce que, si je suis désavoué par une majorité d'entre vous [...], ma tâche actuelle de chef de l'État deviendra évidemment impossible et je cesserai aussitôt d'exercer mes fonctions.»

27 avril
Avec 53,18 % des voix, le non l'emporte au référendum; le général de Gaulle cesse immédiatement ses fonctions et part pour Colombey-les-Deux-Églises. Le président du Sénat Alain Poher est président de la République par intérim.

LA Ve RÉPUBLIQUE

De l'héritage du gaullisme à la victoire de la gauche: 1969-1981

La période 1969-1981 acquiert avec le recul le statut de phase intermédiaire composite reliant deux unités historiques cohérentes, le gaullisme et le mitterrandisme; mais ce n'est pas pour autant un épisode chronologique de second ordre, car les contradictions qui s'y font jour et qui ne sont pas résolues expliquent cette rupture majeure qu'a représentée l'arrivée de la gauche socialiste et communiste au pouvoir.

A priori, Georges Pompidou inaugure son septennat avec des atouts inégalables: la conjoncture économique reste globalement bonne et surtout il dispose d'une majorité écrasante, qui pourrait permettre à la seule UDR de gouverner. Ces conditions exceptionnelles se révèlent en réalité un cadeau empoisonné: en effet, il ne saurait y avoir confusion entre les conditions d'exercice du pouvoir pendant cinq ans et une réaction émotionnelle de rejet comme celle exprimée en juin 1968; or, les premières découlent de la seconde, faussant durablement l'appréciation du rapport de force réel et dissuadant le pouvoir de procéder à des réformes d'envergure. L'occasion en a été d'autant plus manquée que la gauche sortait très affaiblie de la tornade de Mai, divisée, discréditée et «ringardisée» par les acteurs de la vie publique.

Même si l'intention réformatrice est perceptible chez le Premier ministre Chaban-Delmas et son projet de nouvelle société, le peu de temps qui lui a été imparti, l'obsession du maintien de l'ordre constamment présente au sein de son gouvernement jettent le doute sur la capacité globale de la droite à sortir de sa cécité politique et sociale. En ce sens, l'extrême gauche a eu devant elle un ennemi-allié (incarné par le ministre de l'Intérieur Raymond Marcellin) qui, par ses blocages, a assuré une bonne part de sa promotion politique.

Le verdict des législatives de 1973 remet les pendules à l'heure de la réalité, mais l'affaiblissement physique de Georges Pompidou, le peu de charisme d'un Pierre Messmer empêchent la droite gaulliste de renverser une tendance interne défavorable.

La victoire de Giscard d'Estaing en 1974 est une deuxième carte que joue la droite. On avait perdu l'habitude de compter avec ce courant de la droite libérale, de lointaine ascendance orléaniste, réputée plus moderniste, mais que le gaullisme bonapartiste avait réduit à jouer les utilités. Le nouveau président peut procéder à quelques réformes utiles, parfois en coupant carrément l'herbe sous les pieds de la gauche (l'IVG en 1975), tenter un nouveau style plus soucieux de «communiquer», l'illusion ne dure pas.

En effet, le cycle des Trente Glorieuses s'achève dans la crise du pétrole; après lui, vient le temps de l'inflation-stagnation et des licenciements économiques. Un nouveau personnage, totalement absent de Mai 68, apparaît dans le paysage social: le chômeur, anonyme et toujours multiplié. Mais ce qui est évident *a posteriori*, ne l'est absolument pas en 1974-1975: la crise reste un impensé de la conscience collective, niée par la droite au nom d'un optimisme entêté, niée par la gauche qui voit en elle une invention patronale pour mieux imposer sa politique de profit. Du coup, les paillettes du style giscardien – ses dîners «impromptus» chez l'habitant – passent difficilement, la morgue aristocratique brouille l'image, tandis que l'opinion publique n'est pas encore mûre pour entendre le froid réalisme de Raymond Barre, sacré «meilleur économiste de France» et appelé à Matignon en 1976. C'est que le jeu que, jadis, Giscard d'Estaing avait joué à l'égard de De Gaulle pour s'assurer un avenir politique indépendant, est repris à son compte par le néogaulliste Chirac qui poursuit sa propre route dans le cadre du RPR.

Parallèlement, la gauche française se reconstruit à partir des décombres de 1968-1969: elle est tombée si bas dans ses scores électoraux – tous les candidats qui s'en réclament dans la division ne rassemblent que 30 % des voix à la présidentielle – qu'elle ne peut que remonter, dans une dynamique positive. Rien de subit ou de miraculeux dans ce redressement, mais une longue marche de reconquête qui met la patience de la gauche à rude épreuve.

Trois raisons peuvent expliquer le succès final du 10 mai 1981, complété par la «vague rose» aux législatives de juin.

Tout d'abord, le choix stratégique d'un accord entre PS et PC, sur la base du constat commun qu'il n'existe pas de solution alternative; sortie de là, l'union de la gauche est constamment conflictuelle, à l'image des cultures et des intérêts des partis qui la composent; mais jamais l'irréparable n'est commis et la discipline de vote va se révéler d'une redoutable efficacité.

De plus, le retournement de conjoncture économique donne de solides arguments de propagande à une gauche d'autant plus portée à la critique qu'aucun devoir de gestion ne lui incombe et qu'aucune expérience récente ne la retient: son programme commun de gouvernement est un monument de naïveté économique mais qui le sait?

Enfin, la gauche bénéficie d'une hégémonie culturelle qui anticipe sa conquête du pouvoir institutionnel : que ce soit au sommet avec les éléments les plus brillants de la vie intellectuelle ou artistique - Aragon, Sartre, Picasso, Foucault... - ou à la base avec le réseau des maisons des jeunes et de la culture, de la chanson populaire (Brel, Brassens, Ferré, Ferrat...) ou d'un cinéma engagé et grand public (Costa-Gavras et l'acteur Yves Montand), ce sont généralement les idées de gauche qui imprègnent le discours public, ce sont elles qui assurent le rayonnement de la France et finissent par s'identifier à une forme de normalité.

La gauche apprendra qu'on ne passe pas impunément de l'opposition prolongée aux responsabilités du pouvoir, mais elle pourra compter sur une alliée qu'elle avait pourtant décriée : la Constitution de la Vᵉ République fonctionnant enfin à son bénéfice.

Papes

Paul VI, 1963-1978 ; Jean-Paul Iᵉʳ, 1978 ; Jean-Paul II, 1978-.

Souverains, chefs d'État et dirigeants

Espagne : Francisco Franco, 1939-1975 ; Juan Carlos, roi, 1975-. Premiers ministres : Carlos Arias Navarro, 1975-1976 ; Adolfo Suárez, 1976-1981 ; Leopoldo Calvo Sotelo, 1981-1982.

États-Unis : Lyndon B. Johnson, 1963-1969 ; Richard Nixon, 1969-1974 ; Gerald Ford, 1974-1977 ; Jimmy Carter, 1977-1981 ; Ronald Reagan, 1981-1989.

Grande-Bretagne : Élisabeth II, 1952-. Premiers ministres : Harold Wilson, 1964-1970 ; Edward Heath, 1970-1974 ; Harold Wilson, 1974-1976 ; James Callaghan, 1976-1979 ; Margaret Thatcher, 1979-1990.

Italie. Présidents du Conseil : Emilio Colombo, 1970-1972 ; Giulio Andreotti, 1972-1973 ; Mariano Rumor, 1973-1975 ; Aldo Moro, 1975-1976 ; Giulio Andreotti, 1976-1979 ; Ugo La Malfa, 1979 ; Giulio Andreotti, 1979 ; Francesco Cossiga, 1979-1980 ; Arnaldo Forlani, 1980-1981.

RFA. Chanceliers : Kurt Kiesinger, 1966-1969 ; Willy Brandt, 1969-1974 ; Helmut Schmidt, 1974-1982.

URSS : Leonid Brejnev, 1964-1982.

1969

29 avril-12 mai
Candidatures de Georges Pompidou, Gaston Defferre (PS), Michel Rocard (PSU), Jacques Duclos (PC), Alain Krivine (Ligue communiste trotskiste), Louis Ducatel (indépendant) et Alain Poher: la gauche va à la bataille en ordre particulièrement dispersé et la candidature Poher introduit un facteur d'incertitude, dans la mesure où elle mord sur le centre-gauche, tout en ne ralliant pas tous les centristes.

mai
Jean Grosjean: *La Gloire*, précédé de trois recueils antérieurs, avec une préface de Pierre Oster.

1er mai-30 septembre
Exposition de 167 peintures et 45 dessins de Picasso au palais des Papes d'Avignon.

juin
André Hardellet: *Lourdes lentes*, roman érotique publié sous le pseudonyme transparent de Stève Masson, personnage d'un de ses livres précédents. Le livre est condamné pour outrage aux mœurs et vaudra à l'auteur, en mai 1973, un procès au cours duquel Julien Gracq, qui avait apprécié les proses des *Chasseurs* (1966), viendra témoigner.

1er juin
Au premier tour de l'élection présidentielle, Pompidou obtient 43,9 % des suffrages exprimés, Poher 23,4 %, Duclos 21,5 %, Defferre 5,1 %, Rocard 3,61 %, Ducatel 1,26 % et Krivine 1,05 %.

2 juin
Le PC annonce qu'il s'abstiendra au second tour. Duclos utilise la formule « blanc bonnet et bonnet blanc » pour désigner les deux candidats restants.

15 juin
Pompidou est élu président de la République avec 57,8 % des suffrages exprimés, contre 42,2 % à Poher. Il y a eu 31,14 % d'abstentions et 4,41 % de bulletins blancs ou nuls.

GEORGES POMPIDOU

La carrière de Georges Pompidou (1915-1974) souffre à l'évidence de la comparaison avec son illustre prédécesseur, auquel il doit son entrée et son ascension en politique. Mais à défaut de destin, son parcours ne manque pas d'originalité, à commencer par une naissance dans la France profonde et républicaine: fils d'instituteurs du Cantal d'origine paysanne, brillant élève qui gravit un à un les échelons de la méritocratie scolaire jusqu'à l'École normale supérieure, il semble devoir devenir un professeur ou un universitaire. La guerre ne suscite pas en lui d'engagement particulier mais l'après-45 lui permet de donner cours à des ambitions plus vastes. Il se met au service du général de Gaulle qui, selon la légende, cherchait « un agrégé sachant écrire », dirige son cabinet et conquiert durablement son estime. Pendant les années de la « traversée du désert », il entre à la banque Rothschild et devient l'homme de confiance de ses dirigeants. Loin de rechercher un mandat électif, Pompidou dédaigne les feux de l'actualité et se complaît dans des rôles plus discrets qui le placent néanmoins au plus près des affaires. 1958 le voit diriger le cabinet du Général, alors président du Conseil. Pendant les années « algériennes », il est l'homme des missions délicates (avec le FLN); son savoir-faire conduit de Gaulle à lui proposer la succession de Michel Debré à Matignon en 1962. Effacé derrière la stature du Général, il monte en puissance au fur à mesure que décline l'aura de ce dernier, tout en sachant attendre son heure. Après la crise de Mai 68 durant laquelle il a montré une grande fermeté, de Gaulle le place « en réserve de la République » et ce statut implicite de dauphin lui assure une victoire aisée sur son rival Alain Poher à la présidentielle de 1969.
Le bilan de son septennat inachevé est en demiteinte: il profite des dernières années des Trente Glorieuses et la crise qui s'ensuit l'a paré de vertus gestionnaires a posteriori*; mais il est en butte à l'agitation post-soixante-huitarde et son attitude crispée donne l'impression que le maintien de l'ordre est une fin en soi. Sur le plan diplomatique, il paraît bien pâle après la flamboyance gaullienne mais il défend les acquis. Gravement malade à partir de 1973, il nie son affaiblissement et supporte la souffrance avec un incontestable courage jusqu'à sa mort, le 2 avril 1974.*

21 juin
Président de l'Assemblée nationale depuis 1958, Jacques Chaban-Delmas est désigné Premier ministre. Son gouvernement est un savant équilibre entre gaullistes (Debré, Schumann, Guichard), centristes (Fontanet, Pleven) et droite libérale (Giscard d'Estaing).
Debré (Défense nationale), Michelet (Affaires culturelles), Pleven (Justice), Schumann (Affaires étrangères), Giscard d'Estaing (Économie et

Finances), Guichard (Éducation nationale), Bettencourt (Plan et Aménagement du territoire), Rey (Dom-Tom), Ortoli (Développement industriel et Recherche scientifique), Galley (PTT), J. Duhamel (Agriculture), Mondon (Transports), Fontanet (Travail, Emploi et Population), Boulin (Santé et Sécurité sociale).
Conservent leurs portefeuilles: Frey (Relations avec le Parlement), Marcellin (Intérieur), Chalandon (Équipement et Logement), Duvillard (Anciens Combattants).

Jacques Chaban-Delmas

Jacques Delmas (1915-2000) fait des études de droit et de sciences politiques. Saint-cyrien, inspecteur des Finances en 1943, il se rallie au gaullisme combattant et devient un responsable de premier plan dans la Résistance (sous le pseudonyme de Chaban) puisqu'il est nommé, en 1944, délégué militaire du GPRF avec rang de général. Sa fréquentation des cabinets ministériels de la IVᵉ République lui vaut la méfiance du général de Gaulle qui le préfère à la présidence de l'Assemblée nationale de 1958 à 1969. Premier ministre de Georges Pompidou, il veut tenter une politique réformatrice – la nouvelle société – avec ses conseillers Jacques Delors et Simon Nora (auteur d'un rapport sur les entreprises publiques en 1967). Mais les antagonismes droite gauche sont vifs et la crédibilité du Premier ministre diminue rapidement, surtout quand il est mis en cause sur sa situation fiscale personnelle. En 1974, il subit un échec cinglant à l'élection présidentielle alors qu'il porte les couleurs de l'UDR. Dès lors, sa carrière nationale semble stoppée, malgré des années de « perchoir » consolatrices à la présidence de l'Assemblée nationale. Mais ce serait compter sans une base permanente de repli: la ville de Bordeaux dont il est l'inamovible maire de 1947 à 1995 (à laquelle s'ajoute la présidence de la région).

26 juin
Chaban-Delmas présente son programme à l'Assemblée: « Il dépend de nous de bâtir, patiemment et progressivement, une nouvelle société. » Ce thème récurrent de son action sous-entend « l'élargissement des libertés publiques » (indépendance de l'ORTF et de la magistrature), la promotion de la participation dans l'entreprise, l'accroissement des pouvoirs régionaux et le développement de la solidarité.

30 juin
Culture intellectuelle: *Ma nuit chez Maud* d'Éric Rohmer est un marivaudage pascalien en noir et blanc. Culture populaire: de *Papillon,* l'ancien bagnard Henri Charrière fait un best-seller. Culture juvénile: début de la comédie musicale américaine *Hair* à Paris.

juillet
Prises de contrôle, OPA, fusions (Rhône-Poulenc, Pechiney, Saint-Gobain, Pont-à-Mousson, Agache-Willot): le capitalisme français fait l'objet de grandes manœuvres.

21 juillet
Comme le monde entier, les Français assistent en direct aux premiers pas sur la Lune de l'Américain Neil Armstrong.

août
L'écrivain et scénariste espagnol Jorge Semprun (né en 1923) publie *La Deuxième Mort de Ramon Mercader*, qui recevra le prix Fémina.

8 août
Au creux de l'été, dévaluation du franc de 12,5 %.

septembre
Le groupe Support-Surface expose au musée d'Art moderne de la ville de Paris.

Support-Surface

Si l'appellation Support-Surface (ou Supports-Surfaces) apparaît en septembre 1970 avec l'exposition de groupe présentée sous ce titre au musée d'Art moderne de la ville de Paris dans le cadre de l'ARC, les artistes qui animent ce mouvement se connaissent déjà et ont organisé ensemble des manifestations dans le sud de la France, dont ils sont presque tous originaires. Qu'il s'agisse de Claude Viallat, de Daniel Dezeuze ou d'autres artistes du groupe, leur préoccupation commune est d'affirmer la matérialité du tableau – toile, châssis, cadre et peinture, souvent réduite à une simple teinture – comme une réalité première, qui doit prévaloir sur ce qu'il est censé représenter. Viallat expose des toiles sans châssis, sur lesquelles il répète une forme unique sans signification particulière; Dezeuze monte des feuilles de plastique sur des châssis, ou « déconstruit » le cadre en lanières de bois flexible; Louis Cane, qui rejoint le groupe après l'exposition de l'ARC, découpe et colle des papiers peints, ou recouvre la toile de marques d'un même cachet-tampon... Ils rappellent ainsi qu'un tableau est d'abord le produit d'un travail sur des matières : l'image vient après, et si elle ne veut pas être un leurre, une illusion, elle doit montrer les conditions de sa production, lesquelles deviennent le « sujet » même de l'œuvre. Ce faisant, ils suivent, mais pour aller dans une tout autre direction, la voie ouverte par les grands papiers découpés réalisés par Matisse, et prolongent les recherches menées par Simon Hantaï qui, dès 1960, a produit d'immenses toiles pliées puis dépliées, où alternent zones peintes et non peintes. Des différends idéologiques entre marxistes et non-marxistes vont amener le groupe, qui expose régulièrement jusqu'en 1972, à se défaire, Viallat le quittant dès 1971. En 1971, le groupe fonde la revue Peinture-Cahiers théoriques. *Y collaborent les peintres Louis Cane et Daniel Dezeuze, les écrivains Philippe Sollers et Marcelin Pleynet.*

Sortie du film de Jean-Pierre Melville, *L'Armée des ombres*.

1er septembre
Suicide de Gabrielle Russier, professeur de philosophie emprisonnée pour avoir eu une aventure avec un de ses élèves mineurs (de plus de 18 ans) en Mai 68, lui-même placé en hôpital psychiatrique. Cette démonstration de la répressivité de la morale adulte émeut l'opinion. Paradoxalement, c'est Georges Pompidou qui, lors d'une conférence de presse, exprima avec les vers d'Éluard empruntés au recueil *Au rendez-vous allemand* les mots les plus justes de la compassion « La malheureuse qui resta sur le pavé / [...] au regard d'enfant perdue... ». André Cayatte tirera en 1971 un film de ce fait divers, *Mourir d'aimer*, qui attirera plus de 6 millions de spectateurs.

3-22 septembre
À la suite d'un plan d'austérité publié le 3, le climat social se dégrade : grèves dans les transports publics (SNCF et RATP) du 10 au 22 septembre.

octobre
Serge Leclaire (1924-1994) crée le premier département de psychanalyse dans une université française à Paris VIII-Vincennes. La seconde année de son séminaire fera l'objet d'une publication en 1971, *Démasquer le réel*.
Le directeur des *Cahiers de l'Herne* (fondés en 1961), Dominique de Roux (1935-1977), après ses entretiens avec l'écrivain polonais Witold Gombrowicz parus à la fin de l'année précédente, publie *Maison jaune*.

1er octobre
Le Smig (bientôt appelé Smic, comme croissance) est porté à 3,27 F de l'heure.

23 octobre
Samuel Beckett, alors en séjour en Tunisie, reçoit le prix Nobel de littérature ; c'est son éditeur Jérôme Lindon qui fera le déplacement à Stockholm. Beckett distribuera à des écrivains dans le besoin une grande part du montant du prix.

novembre
Maurice Blanchot recueille dans *L'Entretien infini* les textes critiques (sur Camus, Simone Weil, Char, Bonnefoy, Kafka, Levinas, Derrida ou Heidegger) qu'il donne régulièrement à *La NRF*.

10-16 décembre
Premier contrat de progrès signé chez EDF-GDF et loi sur l'actionnariat ouvrier chez Renault.

14 décembre
Inauguration du premier tronçon du RER (Nation-Boissy-Saint-Léger).

Noël
Cinq vedettes militaires destinées à Israël et mises sous embargo quittent mystérieusement le port de Cherbourg et rejoignent Haïfa.
Avec Z, film sur la dictature des colonels grecs, Costa-Gavras illustre un cinéma grand public de gauche, où excelle Yves Montand.
Claude Sautet montre avec *Les Choses de la vie* (Michel Piccoli et Romy Schneider) les fragilités et les doutes de la bourgeoisie pompidolienne.

autres événements
• Publication de *La Forteresse vide*, traduction en français du livre de Bruno Bettelheim (1903-1990), paru aux États-Unis en 1967, qui diffuse largement en France ses idées sur le traitement de l'autisme. *La Psychanalyse des contes de fées*, livre publié en américain en 1976 et traduit la même année, consacre la célébrité de Bettelheim par un succès d'édition sans précédent.
• Une exposition de photographies d'Henri Cartier-Bresson intitulée *La France* est présentée à Paris, aux galeries nationales du Grand Palais. La notoriété du photographe rejoint celle de Robert Doisneau.

1970

janvier
Agitation dans divers lycées parisiens et surtout à l'université de Nanterre: le doyen de la faculté de lettres, le philosophe Paul Ricœur, victime de voies de fait, démissionnera en mars.

17 janvier
Traumatisé par le génocide du Biafra (Nigeria) et imitant le geste commis la veille par le jeune Tchécoslovaque Jan Palach protestant contre la « normalisation » de son pays par les autorités soviétiques, un lycéen lillois s'immole par le feu. On comptera plusieurs suicides analogues durant l'hiver.

22 janvier
Élection de Ionesco à l'Académie française, au fauteuil de Jean Paulhan.

février
Jean Giono: *L'Iris de Suse.*

4-8 février
Normalisation au PC lors du 19ᵉ congrès: Georges Marchais est promu secrétaire général adjoint et Roger Garaudy écarté, avant d'être exclu en mai.

28 février
J.-J. Servan-Schreiber, secrétaire général du Parti radical depuis la fin du mois d'octobre précédent, lance un manifeste réformateur *Ciel et Terre.*

JEAN-JACQUES SERVAN-SCHREIBER

Né en 1924 à Paris, Jean-Jacques Servan-Schreiber (JJSS) est d'abord le brillant rejeton d'une dynastie vouée au monde de la presse. Il n'a pas 30 ans quand il fonde L'Express *avec Françoise Giroud pour soutenir les idées de Pierre Mendès France. Avec la formule du news magazine à l'anglo-saxonne, il est l'homme qui créera la presse des cadres de la France moderne. Politiquement, il tente un ancrage dans les terrains mouvants du radicalisme et se perd entre le centre-gauche et le giscardisme, se privant de la destinée dans le nouveau PS qu'on aurait imaginée au vu de ses débuts. Mais c'est un électron libre, soucieux d'affirmer par des livres à succès ses convictions personnelles successives: le modèle américain, la foi dans la technologie, l'informatique... La victoire du mitterrandisme consacre le déclin de JJSS.*

avril
L'École polytechnique s'ouvre aux femmes. Deux ans plus tard, Anne Chopinet est major de l'X.
Claude Simon: *Orion aveugle.*

30 avril
Adoption de la loi anti-casseurs établissant le délit de participation à une manifestation interdite et créant une responsabilité collective des animateurs de groupes contestataires. Deux jours auparavant, Sartre a accepté d'être le gérant de *La Cause du peuple*, journal maoïste dont les dirigeants ont été arrêtés.
Le film *L'Aveu* de Costa-Gavras, avec Yves Montand, dénonce le stalinisme.

8 mai
Raid des maos de la Gauche prolétarienne sur l'épicerie de luxe Fauchon: les produits volés sont redistribués dans les bidonvilles.

27 mai
Bagarres à l'occasion du procès des dirigeants de *La Cause du peuple*; la Gauche prolétarienne est dissoute; son responsable « public », Alain Geismar, recherché par la police, sera arrêté et jugé en octobre.

LES GAUCHISTES

*Avec Mai 68, le « gauchiste » entre dans le langage politique courant mais ce terme péjoratif, qui remonte à Lénine (*Le Gauchisme, maladie infantile du communisme, *1920), n'a jamais été revendiqué par les intéressés eux-mêmes. Globalement, il désigne la nébuleuse de groupes politiques minoritaires qui, à gauche du PC, entendent recomposer les organisations du monde ouvrier et mener une transformation révolutionnaire de la société.*
Le gauchisme politique français n'est pas une nouveauté en soi puisqu'il existe dès la fin des années 20 et surtout après la guerre sous sa forme trotskiste, sans oublier la permanence de la mouvance anarchiste à l'échelle du siècle. L'originalité du mouvement de Mai 68 et des années 70 est de le renouveler et de lui donner une audience inégalée jusque-là. Trois caractéristiques à cette floraison du gauchisme: une référence privilégiée maintenue aux idées de Marx et de Lénine, nonobstant la distance contextuelle grandissante; l'attention portée à l'internationalisme, à la Chine populaire et aux mouvements dans le tiers-monde décolonisé; la propension remarquable à s'émietter en de multiples groupes rivaux, dont les diffé-

rences ne sont claires que pour les intéressés eux-mêmes et dont l'unité reste la forme la plus achevée de l'utopie politique.
Deux courants différents constituent alors des pôles d'attraction durable.
Le trotskisme dispose d'une relative ancienneté en France : dans les années 60, sa situation découle d'options décidées dans les années 50, au fil des scissions de la IVᵉ Internationale fondée en 1938 par Léon Trotski. D'un côté, les partisans d'un travail militant au sein des partis ouvriers traditionnels – le PC en fait – afin de constituer des groupes oppositionnels régénérateurs : ceux créés à l'UEC (Union des étudiants communistes) aboutiront après exclusion à la formation de la JCR (Jeunesse communiste révolutionnaire) d'Alain Krivine, matrice de la Ligue communiste devenue LRC (Ligue communiste révolutionnaire) en septembre 1973. D'un autre côté, les trotskistes viscéralement hostiles au stalinisme du PC et qui privilégient l'organisation autonome de leur courant : en est issue, depuis 1947, une Union communiste internationaliste, plus connue sous le nom de son journal vitrine Lutte ouvrière *et son charismatique porte-parole, Arlette Laguiller. Un deuxième groupe autour de Pierre Boussel, dit Lambert (d'où le surnom de lambertistes), privilégie la constitution d'organisations multiples (l'OCI, la FER, l'AJS…) parfois curieusement associées aux sociaux-démocrates de FO.*
Le deuxième pôle du gauchisme est celui des marxistes-léninistes, ce qui, dans le jargon interne, désigne les admirateurs de Mao Tsé-toung et de l'expérience chinoise. Les difficultés d'interprétation et d'application de ce nouvel apport idéologique expliquent l'extrême morcellement de ce courant. Parmi les principaux groupes, figurent le PCMLF issu d'une opposition interne au PC qu'il veut remplacer : ce groupe hyperdogmatique bénéficie de la sympathie financière de la Chine populaire ; l'UJCML, née des cercles communistes de l'École normale supérieure de la rue d'Ulm, se distingue par un travail théorique intense sous l'influence de Louis Althusser et par un ouvriérisme débridé où se lit l'obsession d'expier des origines intellectuelles et bourgeoises dominantes chez ces militants. C'est ce groupe qui, dissous en Mai 68, se recompose en partie sous le nom de Gauche prolétarienne et devint, avec le soutien d'intellectuels renommés, l'acteur numéro un de l'agitation post-soixante-huitarde.
Ce tableau ne serait pas complet si n'étaient pas mentionnés de multiples groupes idéologiquement composites, influencés par la culture underground américaine et la psychanalyse : le Mouvement du 22 mars du libertaire Daniel Cohn-Bendit, Vive la Révolution de Roland Castro…
Quel bilan peut-on dresser de l'activité de l'extrême gauche française ? D'abord un constat d'échec évident : la révolution ou la guerre civile que certains appelaient de leurs vœux n'ont pas eu lieu. Bien des groupes se sont dissous, bien des leaders d'un jour ont réussi des reconversions remarquées dans la société capitaliste tandis que d'autres maintiennent une activité militante proche d'un messianisme révolutionnaire. Le gauchisme français a épuisé la pulsion révolutionnaire de Mai 68 dans une violence essentiellement verbale ; a-t-il contribué ainsi à éviter à la France le phénomène terroriste qui, dans des contextes très proches, secoua l'Italie avec les Brigades rouges, et l'Allemagne avec la Fraction armée rouge dans les années 70 ? Ensuite vient la reconnaissance de la capacité du gauchisme à dénoncer les tares et les archaïsmes de la société française qui, dans le confort des Trente Glorieuses, s'accommodait assez facilement de poches de misère oubliées, de bidonvilles aux portes de Paris, de l'exploitation éhontée des immigrés, de rapports sociaux d'un autre âge ; le gauchisme a fonctionné comme un analyseur de la société, posant de vraies questions mais apportant de fausses réponses aux yeux de la majorité.
Enfin, le gauchisme a contribué au renforcement de grands courants de contestation – le féminisme, la libération sexuelle, l'écologie, le régionalisme – qui ont transformé profondément et durablement notre mode de vie ; paradoxalement, ce sont les nouvelles aspirations des classes moyennes que l'extrême gauche sut le mieux faire émerger, elle qui ne jurait que par la classe ouvrière. À défaut de renverser le capitalisme, elle a aidé à « changer la vie » mais ce sont les partis traditionnels de la gauche qui en ont récolté les bénéfices politiques en 1981.

juin
Premier numéro de la *Nouvelle Revue de psychanalyse (NRP)*, aux éditions Gallimard. Chaque numéro est centré sur un thème et la revue est ouverte non seulement aux travaux psychanalytiques étrangers mais à la collaboration de chercheurs venus d'autres disciplines : ethnologues, historiens, hellénistes, philosophes, biologistes. Son fondateur et maître d'œuvre, J.-B. Pontalis, est assisté de François Gantheret, Michel Gribinski, Laurence Kahn et d'un comité composé de Didier Anzieu, André Green, Jean Pouillon, Guy Rosolato, Victor Smirnoff, et Jean Starobinski. La revue s'arrêtera au n° 50 (1994), intitulé « L'Inachèvement ».

3 juin
Mise en cause par des militants communistes du passé non résistant de Georges Marchais, qui fut durant la guerre un jeune homme assez apolitique pour aller travailler en Allemagne sans états d'âme. Son antithèse, Charles Tillon (ancien mutin de la mer Noire en 1919 et chef des FTP entre 1941 et 1944), est exclu du parti.

4 juin
La promulgation de la loi sur la famille marque l'abandon total de la notion de puissance paternelle et consacre l'aboutissement de celle d'autorité parentale.

26 juin
Sartre est interpellé par la police lors d'une vente de journaux interdits. Avec lui, de nombreux intellectuels, des chrétiens de gauche et des personnalités de la Résistance ont fondé le Secours rouge pour lutter contre la répression policière et aider concrètement les victimes. Le ralliement d'hommes et de femmes éminents à leur cause est un éclatant mais éphémère succès des gauchistes: solidaires devant la paranoïa policière du régime, ces personnalités n'adhèrent pas pour autant à la stratégie hyperdogmatique et délirante de la Gauche prolétarienne qui contrôle en sous-main le Secours rouge.

juillet
Sous la direction de Serge Baudo, création au festival d'Aix-en-Provence de *Tout un monde lointain*, œuvre du compositeur Henri Dutilleux pour violoncelle et orchestre avec en soliste le dédicataire de l'œuvre, le violoncelliste russe Mistlav Rostropovitch (qui quittera l'URSS trois ans plus tard).

26 août
« Un homme sur deux est une femme »; une formule et un geste – le dépôt d'une gerbe à la mémoire de la femme du Soldat inconnu de l'Arc de Triomphe – propulse le MLF (Mouvement de libération des femmes) dans l'actualité.

septembre
Premier volume de *Pour la poétique* d'Henri Meschonnic, qui publie par ailleurs des traductions de textes bibliques: *Les Cinq Rouleaux*.
Sur Europe n° 1, Mme Soleil prédit l'avenir; son nom devient proverbial.

11 octobre
Un engagement meurtrier au Tchad (11 tués) rappelle la présence militaire française dans ce pays.

16 octobre
Jacques Monod, *Le Hasard et la nécessité*, et François Jacob, *La Logique du vivant*, connaissent un grand succès en librairie malgré le contenu difficile de leurs ouvrages.

21 octobre
Ouverture de la liaison autoroutière directe Lille-Marseille.

22 octobre
Alain Geismar, de la Gauche prolétarienne, est condamné à dix-huit mois puis à deux ans de prison le mois suivant.
Sartre tente sans succès de haranguer les OS devant les usines Renault.

23 octobre
Lancement du journal *Actuel*, fer de lance de la contre-culture américaine, par Jean-François Bizot.

27 octobre
Louis Néel reçoit le prix Nobel de physique.

novembre
L'interdiction à la vente aux mineurs du livre de Pierre Guyotat, *Eden, Eden, Eden*, jugé pornographique malgré trois préfaces de Roland Barthes, Michel Leiris et Philippe Sollers, suscite de nombreuses protestations.
Michel Tournier reçoit le prix Goncourt pour *Le Roi des aulnes*.

1er novembre
À Écône (Suisse), création de la Fraternité Saint-Pie X par Mgr Lefebvre (1905-1991). Ce défenseur du courant intégriste catholique sera excommunié après avoir consacré des évêques dissidents en juin 1988.
Incendie dans une boîte de nuit à Saint-Laurent-du-Pont (Isère): 146 victimes.

9 novembre
Mort du général de Gaulle, enterré à Colombey le 12. « La France est veuve... », déclare Georges Pompidou. Dans *Le Figaro*, Jacques Faizant dessine une Marianne pleurant sur le tronc d'un chêne abattu. « Bal tragique à Colombey: un mort », titre, en référence au bal tragique de Saint-Laurent-du-Pont, *Hara-Kiri-hebdo* qui sera interdit. Le 12 – journée de deuil national –, la cérémonie à Notre-Dame est un grand moment de consensus international.

26 novembre
Fondation de Laissez-les-vivre par les adversaires de l'avortement.

décembre
Françoise Mallet-Joris : *La Maison de papier.*

26 décembre
Le théâtre du Soleil d'Ariane Mnouchkine joue *1789*... à la Cartoucherie de Vincennes.

LE THÉÂTRE DU SOLEIL

Le travail de cette troupe, avec laquelle fait totalement corps son animatrice, est d'abord celui d'un engagement militant qui utilise l'arme scénique pour favoriser l'expression du plus grand nombre. Dans 1789..., *la limite entre spectateurs et acteurs est bouleversée pour un spectacle total. Après une suite,* 1793, *la troupe se tourne vers le cinéma pour un* Molière *(1978), avant de revenir à un répertoire plus classique et à Shakespeare. La collaboration avec Hélène Cixous aboutit à des pièces ambitieuses (*L'Histoire terrible mais inachevée de Norodom Sihanouk... *en 1985 puis l'*Indiade *en 1987-1988) ; le répertoire grec antique – la série des* Atrides *– est l'occasion d'interroger les liens entre la cité et l'histoire, ce que ne cesse par ailleurs de faire le militantisme du théâtre du Soleil en faveur de la Bosnie ou des immigrés sans-papiers.*

autres événements
• Parution des *Essais d'ethnopsychiatrie générale* de Georges Devereux (1908-1985), qui est à l'origine du développement de l'ethnopsychiatrie clinique en France.

1971

7 janvier
Chaban-Delmas remanie son gouvernement. Création d'un nouveau ministère de la Protection de la Nature et de l'Environnement, confié à Robert Poujade, alors secrétaire général de l'UDR. Jacques Duhamel passe aux Affaires culturelles et le portefeuille de l'Agriculture va à Michel Cointat. Jacques Chirac devient ministre délégué chargé des Relations avec le Parlement. Jean Chamant remplace Raymond Mondon aux Transports tandis que revient un ministère d'État aux Réformes administratives dirigé par Roger Frey.

15 janvier
Premier numéro de *J'accuse*, organe d'intellectuels engagés « pour la vérité et la justice » dans la tradition explicite de Zola ; en fait, le journal sera phagocyté par *La Cause du peuple* qui l'absorbera en mai.

février
Francis Ponge publie *La Fabrique du pré* dans la collection « Les Sentiers de la création », dirigée par Gaëtan Picon aux éditions Skira. La collection, dans laquelle les écrivains sont invités à livrer leurs réflexions sur leur rapport à l'art et à l'écriture, est richement illustrée. On y trouve Aragon, Barthes, Bonnefoy, Butor, Caillois, Char, Miró, Pieyre de Mandiargues, Claude Simon, Starobinski, Jean Tardieu, etc.

9 février
Manifestation du Secours rouge à Paris : un militant reçoit une grenade lacrymogène lancée en tir tendu et perd un œil ; un lycéen, Gilles Guyot, qui ne participait pas à la manifestation, est « reconnu » par la police, arrêté et condamné en flagrant délit à un an de prison ferme. Après une mobilisation des lycéens dans toute la France, Gilles Guyot est acquitté en appel le 19 février.

24 février
L'Algérie nationalise les équipements et 51 % des avoirs des sociétés pétrolières françaises au Sahara.

mars
Parution de *L'Idiot de la famille* de Sartre, son dernier grand livre, entièrement consacré à Gustave Flaubert.
Paul Veyne : *Comment on écrit l'histoire.*

2 mars
Fin de la grève des usines SFAC (métallurgie) de Nantes après 43 jours : ce type de conflit long et dur contre des conditions de travail déplorables est typique du climat social du printemps.

14-21 mars
Aux élections municipales, la gauche progresse dans les grandes villes, la droite dans les plus petites.

avril
Angelo Rinaldi : *La Maison des Atlantes.*

5 avril
343 femmes connues signent un manifeste dans lequel elles reconnaissent avoir eu recours à l'avortement.

Sortie en salle du téléfilm *Le Chagrin et la pitié*. Commandé par la télévision puis refusé par elle, ce film de 4 h 10 de Marcel Ophuls, André Harris et Alain de Sédouy montre sans fard la réalité de l'Occupation, mettant à mal le mythe dominant de la Résistance. Les polémiques qu'il suscite retarderont sa diffusion télévisée jusqu'en octobre 1981.

30 avril
Accord entre le CNPF et les syndicats pour la formation professionnelle durant le temps de travail: ce dispositif favorisera la mobilité sociale, avant d'être mis à mal par le chômage massif dans les années 80.

mai
À l'occasion du centième anniversaire de la Semaine sanglante (22-28 mai 1871), Ernest Pignon-Ernest rend hommage à la Commune de Paris et à toutes les victimes de la répression, en réalisant une série de sérigraphies intitulées *Les Gisants-La Commune*. Il colle plusieurs centaines d'images du même homme exécuté, sur les escaliers du Sacré-Cœur... En 1975, il récidivera avec 400 affiches sérigraphiées dénonçant la condition des travailleurs immigrés en France.
Le Regard du sourd, opéra muet qui a fait la réputation internationale de l'artiste américain Robert Wilson, est présenté à Nancy au Festival mondial du théâtre fondé par un étudiant en droit nommé Jack Lang, puis à Paris, après sa création le 15 décembre de l'année précédente à Iowa City. Le spectacle suscite l'enthousiasme de Ionesco et d'Aragon qui écrit, dans une lettre ouverte (posthume) à André Breton: « C'est le rêve de ce que nous fûmes. »

juin
Pieyre de Mandiargues: *Mascarets*, nouvelles.

11-12 juin
Au congrès d'Épinay-sur-Seine, François Mitterrand prend le contrôle du PS, auquel il a adhéré avec la CIR (Convention des institutions républicaines), avec le soutien du Ceres (Centre d'études, de recherches et d'éducation socialistes) de J.-P. Chevènement.

18 juin
Création de l'agence de presse Libération par le journaliste Maurice Clavel (1920-1979), qui se déclare « gaullo-gauchiste »; l'entreprise, dans la mouvance maoïste, est un germe du futur quotidien *Libération*.

23 juin
À Luxembourg, un accord entre les Six fait tomber un tabou gaulliste: le Royaume-Uni entrera dans la CEE le 1er janvier 1973.

juillet
Urbanisme: le projet de Renzo Piano et Richard Rogers est retenu pour le futur centre culturel de Beaubourg à Paris; à deux pas de là, les défenseurs des pavillons métalliques de Baltard sont délogés par la police. Inculpation du député UDR Rives-Henrys, PDG de la société immobilière La Garantie foncière, convaincue de corruption et d'escroquerie.

septembre
Edmond Maire est élu secrétaire général de la CFDT.

EDMOND MAIRE

Né en 1931 dans la région parisienne, Edmond Maire travaille comme technicien-chimiste et devient rapidement permanent à la CFTC. À la tête de la fédération de la chimie, il pousse à la déconfessionalisation de sa centrale, chose acquise en 1964, et peut être considéré comme un des artisans de la CFDT. Il y développe un syndicalisme autogestionnaire, auquel se montrent sensibles les nouveaux secteurs salariés, et rapproche la CFDT de la CGT malgré des divergences d'analyse notables. Après 1968 il s'inscrit dans la logique de l'union de la gauche: il adhère personnellement au PS en 1974 en même temps que Michel Rocard, avec qui il milita au PSU. Les difficultés de l'union de la gauche lui font prendre du recul, car il n'entend pas jouer le rôle de courroie de transmission du PS dans le monde du travail, ce qu'il a toujours reproché à la CGT vis-à-vis du PC; par ailleurs, il est attentif à contenir le militantisme de l'extrême gauche dans les rangs de la CFDT: c'est pourquoi 1979 voit le début d'un recentrage, c'est-à-dire la réaffirmation des priorités syndicales sur l'action politique. Il quitte ses fonctions le 25 novembre 1988, en transmettant la direction à Jean Kaspar.

22 septembre
Dramatique prise d'otages à la prison de Clairvaux: une infirmière et un gardien sont tués par deux détenus; ces derniers seront condamnés à mort et guillotinés l'année suivante.

octobre
Rétrospective André Masson au Grand Palais, à Paris. Le catalogue est préfacé par Michel Leiris.

3 octobre
Le conseil de la Fédération protestante de France propose à ses Églises un document de réflexion: *Église et pouvoirs*; ce texte traduit l'impact de la théologie de la libération et associe volontiers foi chrétienne et engagement politique; reçu souvent comme un brûlot gauchiste par les paroisses, il conforte la génération des années 60, particulièrement celle formée à la Fédération des associations chrétiennes d'étudiants.

novembre
Jacques Laurent reçoit le prix Goncourt pour *Les Bêtises*.

19 novembre
Agitation contre les consignes de fermeté du ministre Olivier Guichard en cas de grève lycéenne. Après avoir rêvé avec *Libres Enfants de Summerhill* de A. S. Neil l'année passée, les enseignants découvrent *Une société sans école* d'Ivan Illich.

23 novembre
Le milicien Paul Touvier est gracié par Georges Pompidou: l'affaire passe inaperçue sur le moment.

décembre
Jean d'Ormesson, haut fonctionnaire à l'Unesco et rédacteur de la revue *Diogène* fondée par Roger Caillois, publie *La Gloire de l'Empire*.

9 décembre
À Toul, début d'une vague de mutineries dans les prisons; le GIP (Groupe information prison) fondé par Michel Foucault et Pierre Vidal-Naquet dénonce les conditions de vie pénitentiaire.

13 décembre
En août, le président de la République avait confié à un journal américain l'aversion que lui inspirait une certaine image de la Résistance. Le journaliste Maurice Clavel voulut en faire état dans un documentaire introduisant l'émission télévisée *À armes égales*: censuré à son insu, il quitta le plateau en direct, en proclamant: « Messieurs les censeurs, bonsoir ! »

13-14 décembre
Après avoir reçu en France au mois d'octobre Leonid Brejnev, dont c'était le premier voyage en Occident, Georges Pompidou rencontre Richard Nixon aux Açores: l'équilibre gaullien est maintenu.

1972

3 janvier
Vote de la loi qui réforme l'ensemble du droit de filiation: les enfants légitimes ou adultérins naissent libres et égaux en droits. L'application de ce principe butera sur la question de l'héritage.

7 janvier-28 février
Le musée national d'Art moderne, à Paris, présente une exposition *Man Ray*.

22 janvier
L'Europe des Neuf: ratification de l'entrée dans la CEE du Danemark, de l'Irlande et du Royaume-Uni. C'est le premier élargissement géographique depuis 1957.

2 février
Inauguration du nouveau musée des Arts et traditions populaires, situé dans le bois de Boulogne, fondé en 1937 par Georges-Henri Rivière: le passé a un quotidien revalorisé qui appartient au patrimoine national.

25 février
Un militant maoïste de 23 ans, Pierre Overney, est abattu par un vigile des usines Renault à Billancourt, lors d'une distribution de tracts; le PC dénonce une provocation gauchiste.

28 février
Le PS adopte son programme « Changer la vie ».

mars
Paul Morand, qui s'est retiré à Vevey, en Suisse, depuis la guerre, publie son dernier livre, *Venises*, un recueil de souvenirs.
Gilles Deleuze publie avec le psychanalyste Félix Guattari *Capitalisme et Schizophrénie. L'Anti-Œdipe*, dénonciation de la psychiatrie traditionnelle.

4 mars
Une immense foule suit les obsèques de Pierre Overney; deux jours après, un cadre de Renault est enlevé par un commando de la Nouvelle Résistance populaire, « branche armée » de la Gauche prolétarienne, puis relâché. La surenchère maoïste atteint son comble.

avril
Roger Grenier, ancien collaborateur d'Albert Camus à *Combat* et auteur du *Palais d'hiver* (1965), publie *Ciné-roman*, qui obtiendra le prix Fémina.

René Girard, professeur à la John Hopkins University, publie un livre d'anthropologie, *La Violence et le Sacré*. Il y systématise sa théorie du « désir triangulaire » qu'il avait appliquée dès 1961 à des œuvres littéraires dans *Mensonge romantique et vérité romanesque*.

6 avril
Fait divers à Bruay-en-Artois: une jeune fille des corons assassinée, un notaire suspecté; les maoïstes de *La Cause du peuple* s'emparent de l'événement et proclament la nécessité d'une justice populaire aux allures sinistres de lynchage. Sartre exprimera son désaccord devant un tel dérapage. Le notaire sera innocenté et, malgré l'inculpation d'un adolescent, l'affaire ne sera jamais élucidée.

23 avril
Le référendum organisé par Georges Pompidou sur l'élargissement de la CEE donne deux tiers de oui mais presque 50 % d'abstentions: cette relance gaullienne du septennat est un échec.

24 avril
Création du SME (Système monétaire européen), le « Serpent », qui doit déboucher sur une monnaie unique.

16 mai
Les galeries nationales du Grand Palais présentent l'exposition *Douze ans d'art contemporain en France*, une tentative de synthèse réalisée à la demande du président de la République Georges Pompidou; 72 artistes y sont représentés. Certains refusent d'y participer, comme Aillaud, Arroyo, Buren, Mosset, Toroni, Dubuffet, Sarkis ou les membres de Support-Surface. Le jour du vernissage de l'exposition, 250 manifestants déroulent des banderoles indiquant le nom des artistes ayant refusé d'y participer et le slogan « Non à l'exposition Pompidou ». La police charge. La Coopérative de Malassis décide de retirer les 50 tableaux formant *Le Grand Méchoui* ou *Douze ans d'histoire de France* et de les remplacer par un reportage photographique sur la charge policière. Villeglé, Dufrêne, Étienne-Martin et Alechinsky décrochent leurs œuvres. Kermarrec retourne les siennes.

1er juin
Le rapport du Club de Rome, *Halte à la croissance*, s'inquiète de l'épuisement des ressources de la Terre; le diagnostic est faux mais l'idée d'un respect de l'environnement se répand.

27 juin
Signature par le PC et le PS puis par le MRG (Mouvement des radicaux de gauche de Robert Fabre) d'un programme commun de gouvernement. Le rapprochement est historique, mais l'union se révélera un combat souvent fratricide.

5 juillet
À la demande de Georges Pompidou, Jacques Chaban-Delmas démissionne. Il est remplacé par Pierre Messmer, ancien de la France libre, qui anime l'association Présence du gaullisme. L'objectif est de préparer les élections législatives de 1973, face à une gauche revigorée par l'accord PS-PC du 27 juin. Messmer compose son gouvernement le lendemain.
E. Faure (Affaires sociales), Fontanet (Éducation nationale), Guichard (Aménagement du Territoire, Équipement, Logement et Tourisme), J. Duhamel (Affaires culturelles), Boulin (Relations avec le Parlement), Chirac (Agriculture et Développement rural), Charbonnel (Développement industriel et scientifique), Foyer (Santé), Galley (Transports), Germain (PTT), Bourges (Commerce et Artisanat), Bord (Anciens Combattants).
Conservent leurs portefeuilles: Debré (Défense nationale), Pleven (Justice), Schumann (Affaires étrangères), Marcellin (Intérieur), Giscard d'Estaing (Économie et Finances), Poujade (Protection de la Nature et de l'Environnement).

14 juillet
Arthur Conte devient PDG de l'ORTF dont le nouveau statut a été fixé le 3 juillet précédent. Les unités autonomes d'information sont supprimées. Les journalistes les plus libéraux sont écartés.

septembre
Suicide de Montherlant, dont le livre *Aimons-nous ceux que nous aimons?* paraît posthume.
Sortie d'un nouveau film de Buñuel, *Le Charme discret de la bourgeoisie*.
Michel Foucault, dans la collection « Archives », publie *Moi, Pierre Rivière ayant égorgé ma mère, ma sœur et mon frère*..., un cas de parricide au XIXe siècle. En raison de la vogue de l'ethnologie paysanne, le livre connaît un grand succès. Le réalisateur des *Camisards* (1972), René Allio, en tournera une adaptation cinématographique en septembre 1975.

25 septembre
Jean-Marie Le Pen fonde le Front national; le fait passe inaperçu car le mouvement Ordre nouveau est le plus connu à l'extrême droite.

octobre
Traduction aux éditions du Seuil du *Système totalitaire*, troisième partie du grand livre d'Hannah Arendt, *Les Origines du totalitarisme*, paru aux États-Unis en 1951.

11 octobre
Procès de Bobigny: une jeune fille de 17 ans, accusée d'avoir avorté, est relaxée. Grande manifestation à Paris du mouvement Choisir, en faveur de l'avortement libre et gratuit.

novembre
Après *Éros énergumène*, paru en 1968, Denis Roche, l'un des premiers en France à avoir traduit Ezra Pound, réunit dans *Le Mécrit* une suite de textes déjà parus en revue. Il publiera encore un roman, *Louve basse*, en 1972.
Jean Carrière: *L'Épervier de Maheux*, prix Goncourt.
Jacques Derrida: *La Dissémination*, lecture de Platon, Mallarmé, Sollers. C'est aussi le début des nombreux séjours du philosophe aux États-Unis, où son influence sur les études littéraires va devenir considérable.

6-11 novembre
Ouverture, spectacle de Robert Wilson en deux parties – la première se déroulant pendant six jours au musée Galliéra, la seconde pendant vingt-quatre heures à l'Opéra-Comique –, est l'œuvre phare du premier festival d'Automne. Créé sous l'impulsion de Michel Guy, qui deviendra secrétaire d'État à la Culture deux ans plus tard, ce festival sera une extraordinaire fenêtre sur la création contemporaine internationale dans tous les domaines: théâtre (Robert Wilson, Peter Brook, Giorgio Strehler), danse (Merce Cunningham), musique (Stockhausen, Nono, Berio, Ligeti), mais aussi sur les arts traditionnels extra-européens (ballets de Bali, danse indienne, kabuki japonais…). Le compositeur Iannis Xenakis crée cette année-là son *Polytope de Cluny*, spectacle multimédia autant qu'œuvre musicale.

28 novembre
Avec le journal *La Gueule ouverte*, Pierre Fournier lance l'écologie politique radicale.
Jean-Patrick Manchette publie *Nada* dans la «Série noire» chez Gallimard.

Le Néo-Polar

Le public découvre un style et un ton qui vont contribuer à l'invention du roman noir à la française. La dérision anarchiste des pouvoirs politico-policiers fait de certains romans de Jean-Patrick Manchette (1942-1995): Le petit bleu de la côte Ouest, La Position du tireur couché *et de Jean Vautrin avec* Billy-ze-Kick, *autant que des thrillers, des documents sur la France contemporaine, révélateurs notamment d'un certain spleen de l'époque giscardienne. D'après Manchette, «le bon roman noir est un roman social, un roman de critique sociale, qui prend pour anecdotes des histoires de crimes, mais qui essaie de donner un portrait de la société – ou d'une partie de la société – à un certain endroit, à un certain moment».*

décembre
François Ceyrac est élu président du CNPF.
Sortie du film *Le Dernier Tango à Paris* de Bernardo Bertolucci.
Jean Grosjean: *Clausewitz*, premier d'une série de courts récits.

1ᵉʳ décembre
Succès d'un rassemblement populaire à Paris en faveur du programme commun d'union de la gauche.

17 décembre
Le 20ᵉ congrès du PC nomme Georges Marchais secrétaire général.

Georges Marchais

Georges Marchais (1920-1997), né en Normandie dans un milieu modeste, débute comme ouvrier mécanicien en 1940. Les péripéties de la guerre l'amènent à travailler en Allemagne dans des conditions qui ont fait l'objet de polémiques incessantes dans les années 70; volontaire ou contraint (par nécessité économique), il est clair que Georges Marchais, jeune homme apolitique, ignora tout de la Résistance, se confondant en cela avec la majorité française de cette époque. Le paradoxe intervient à partir de 1950 lorsque ce parcours des plus médiocres, à côté de maints cas d'héroïsme chez des jeunes gens de profil équivalent, n'empêche aucunement une ascension rapide à la CGT puis au PC qui se proclame pourtant «le parti des fusillés». En le distinguant et en le poussant dans une carrière inespérée, ses mentors peuvent compter sur une soumission totale envers un appareil auquel Georges Marchais devra tout. Membre du bureau politique en 1959, il accède au sommet, quand il seconde Waldeck Rochet malade, avant d'être lui-

même secrétaire général en 1972. Il met en œuvre le tournant politique du programme commun et devient une personnalité, transformant en atout médiatique son élocution populaire et sa culture fruste. Par instinct, il est cependant plus à l'aise pour dénoncer les « virages à droite » de son allié socialiste, quitte à se rallier à lui sans sourciller au second tour. Il ne renouvelle pas la performance de 1969 de Jacques Duclos, en se présentant à la présidentielle de 1981. Le succès de François Mitterrand et la participation de quatre ministres communistes au gouvernement Mauroy n'arrivent pas à dissimuler que le PS n'a plus besoin du PC; dès lors, s'amorce le déclin électoral du PC, qui divise par deux son audience nationale, tandis que s'effondre en URSS son univers consubstantiel. Georges Marchais confie à Robert Hue en 1994 un parti affaibli et se retire de la vie politique.

31 décembre
Premières émissions de la chaîne des régions: FR3.
Sur les routes de la France, record de l'hécatombe automobile: 16 600 tués dans l'année.

autres événements
• L'architecte Roger Taillibert construit le stade du Parc des Princes, à Paris.

1973

janvier
Catherine Millet publie le premier numéro du mensuel *Art Press*.

1er janvier
Entrée effective dans l'Europe des Neuf, du Royaume-Uni, de l'Irlande et du Danemark.

27 janvier
Signature des accords de Paris mettant fin à l'intervention militaire américaine directe au Vietnam.
Avec *La France de Vichy* de l'historien américain Robert Paxton, l'illusion d'une France toute résistante prend fin, dans un premier temps pour les chercheurs et l'Université, puis pour le public des intellectuels.

février
Edmond Jabès achève *Le Livre des questions*, suite de méditations sur l'écriture et le livre, sans cesse reprises depuis la parution du premier volume en février 1963.
Lacan: *Le Séminaire*, livre XI: *Les quatre concepts fondamentaux de la psychanalyse.*

Jacques Lacan

Jacques Lacan (1901-1981) est une grande figure publique de la psychanalyse: plus nombreux sont ceux qui ont entendu parler de lui, de son style singulier, des polémiques qu'il suscite que ceux qui ont pu pleinement saisir la portée d'une œuvre souvent qualifiée d'hermétique.
Né à Paris, il fait des études de psychiatrie auprès de Clérambault et sa thèse sur la Psychose paranoïaque dans ses rapports avec la personnalité *est aussitôt publiée; il fréquente les milieux surréalistes ouverts à la pensée de Freud ainsi que les milieux intellectuels de l'École pratique des hautes études, ce qui le poussera à croiser son champ disciplinaire avec ceux d'autres sciences humaines, la philosophie et la linguistique en particulier. En 1953, il crée et anime un séminaire – à l'hôpital Sainte-Anne, à Normale sup… – dont les écrits éponymes successifs influenceront les milieux intellectuels français et ceux du monde entier. Ses travaux se situent sous le signe d'un constant retour à Freud et dans un effort pour relier la psychanalyse aux travaux sur le langage. Sa notoriété ne l'empêche pas d'être discuté par ses pairs qui lui reprochent une pratique trop personnelle de la cure analytique et il est à l'origine de diverses scissions-dissolutions dans les instances de la psychanalyse française: en dernière date, l'École de la cause freudienne, confiée à son gendre Jacques-Alain Miller peu de temps avant sa mort en 1981.*

6 février
21 morts dans l'incendie d'un collège à Paris: son nom – Pailleron – deviendra symbole des équipements scolaires bâtis en série sous la Vᵉ République.

22 février
Le documentaire en trois épisodes *Français, si vous saviez* de Harris et Sédouy questionne la mémoire nationale et décape les sentiments conscients ou refoulés vis-à-vis des tourments du siècle de 1917 à la guerre d'Algérie.
Le compositeur suisse allemand, ancien directeur de l'opéra de Hambourg, Rolf Liebermann, est nommé directeur de l'Opéra de Paris. En quelques années, il rend son prestige international au palais Garnier en invitant des metteurs en scène (Strehler, Chéreau, Jorge Lavelli) et des chefs d'orchestre prestigieux (Solti, Böhm). Le gala de

première des *Noces de Figaro* de Mozart dans une mise en scène de Giorgio Strehler, donné à l'Opéra royal de Versailles en présence du président de la République, a lieu le 30 mars.

4, 11 mars
Au premier tour des élections législatives, la majorité recueille 38,84 % des suffrages, la gauche 46,49 %, les réformateurs 12,56 %. Au second tour, le 11, la gauche recueille 43,23 % des voix, la majorité 42,99 %, et les réformateurs 6,2 %. La majorité conserve 276 sièges, la gauche en obtient 175 (dont 102 pour le PS et le MRG; 73 pour le PC). Ce rééquilibrage marque la fin d'une représentation politique issue de la grande peur de juin 1968.

15 mars
La génération encore enfant de Mai 68 descend dans la rue: l'application de l'abrogation des sursis militaires au-delà de 21 ans mobilise les lycéens français en grève tout le mois; à l'inquiétude de voir leurs études interrompues par le service militaire, s'ajoutent un sentiment antimilitariste diffus et le désir d'imiter leurs aînés.

avril
Georges Duby: *Le Dimanche de Bouvines*, dans la collection «Trente journées qui ont fait la France», créée en 1959.
André Frénaud: *La Sorcière de Rome.*

5 avril
Pierre Messmer forme son deuxième gouvernement: J. Taittinger (Justice), Jobert (Affaires étrangères), Galley (Armées), Peyrefitte (Réformes administratives), Druon (Affaires culturelles), Foyer (Commerce et Artisanat), Comiti (Relations avec le Parlement), Gorse (Travail, Emploi et Population), Poniatowski (Santé et Sécurité sociale), Guéna (Transports), Malaud (Information), Stasi (Dom-Tom).
Conservent leurs portefeuilles: Marcellin (Intérieur), Giscard d'Estaing (Économie et Finances), Fontanet (Éducation nationale), Guichard (Aménagement du territoire, Équipement, Logement et Tourisme), Poujade (Protection de la Nature et de l'Environnement), Chirac (Agriculture et Développement rural), Charbonnel (Développement industriel et scientifique), Germain (PTT), Bord (Anciens Combattants).

8 avril
Mort de Pablo Picasso. Sa succession est réglée le 10 par une dation à la France de sa collection personnelle (400 toiles).

18 avril
Premier numéro du quotidien *Libération.*

25 avril
Le boulevard périphérique autour de Paris est inauguré: c'est la primauté accordée au transport automobile dans la ville.

mai
Sortie de *La Grande Bouffe* de Marco Ferreri et de *La Maman et la Putain*, long (3 h 40) et loquace film en noir et blanc de Jean Eustache, prix spécial du jury au festival de Cannes.

1er juin
Lors des entretiens Nixon-Pompidou en Islande, l'état de santé du président de la République apparaît préoccupant. Malgré les dénégations et les communiqués médicaux lénifiants, la maladie du président devient une donnée politique.

18 juin
À Besançon, le personnel de l'entreprise horlogère Lip en grève reprend la production et la commercialise: ce conflit phare de l'année, animé par la CFDT (leader local: Charles Piaget), marque le succès des thèses autogestionnaires et se prolonge des mois, en vain, malgré un soutien considérable du public (manifestation de 100000 personnes le 29 septembre). En rendant les patrons systématiquement responsables, il révèle aussi la négation par l'opinion publique de la réalité de la crise dans certains secteurs industriels.

21 juin
Violents incidents à Paris entre l'extrême gauche et la police lors d'un meeting d'Ordre nouveau contre l'immigration: le mouvement d'extrême droite sera dissous, ainsi que la Ligue communiste d'Alain Krivine.

3 juillet
Inauguration du musée national Message biblique Marc Chagall, à Nice, en présence d'André Malraux. Offerte par l'artiste à l'État français en 1966, la suite de 17 grands tableaux représentant des scènes tirées des premiers livres de l'Ancien Testament représente pour Chagall un véritable testament spirituel. L'artiste déclare ainsi: «Si toute vie va inévitablement vers sa fin, nous devons, durant la nôtre, la colorier avec nos couleurs d'amour et d'espoir. Dans cet amour se trouvent la logique sociale de la vie et l'essentiel de chaque religion. Pour moi, la perfection dans l'Art et dans la vie est issue de cette source biblique.»

La même année, le peintre réalise deux vitraux pour la cathédrale de Reims.

25 août
Le meurtre d'un traminot marseillais par un Algérien déclenche une vague de crimes racistes.
Rassemblement pour la défense du plateau du Larzac (Aveyron) menacé par l'extension d'un camp militaire: antimilitarisme, écologie et régionalisme sont les ingrédients d'une mobilisation qui, à l'inverse de Lip, réussira.

11 septembre
Vive émotion après le renversement au Chili de l'Unité populaire par le général Pinochet; l'expérience légaliste du président Allende avait séduit la gauche: la France accueillera de nombreux réfugiés politiques chiliens.

17 octobre
Conséquence de la guerre du Kippour au Proche-Orient (6-25 octobre), l'OPEP (Organisation des pays exportateurs de pétrole) augmente massivement les prix du pétrole brut et frappe d'embargo les pays pro-israéliens; bien que la France ne soit plus cataloguée comme alliée d'Israël, elle réalise l'ampleur de sa dépendance énergétique à l'égard des hydrocarbures qu'elle importe dans leur quasi-totalité.

4 décembre
Un journaliste du *Canard enchaîné* découvre des «plombiers» venus poser des micros espions dans ses locaux.

1974

29 janvier
Dissolution de différents mouvements autonomistes breton (FLB), corse (FLNC) et basque (Enbata); deux semaines après, un attentat contre un émetteur prive de télévision une partie de la Bretagne pendant plusieurs semaines.

février
Sortie du film *Lacombe Lucien* de Louis Malle, qui touche à un sujet encore tabou: l'histoire tragique d'un jeune Français qui s'est engagé dans la Milice et travaille pour la Gestapo.
Claude Mauriac (1914-1996), ancien secrétaire particulier du général de Gaulle, publie le premier volume de son journal, *Le Temps immobile*.

mars
Sortie du film *Les Valseuses* de Bertrand Blier.

1er mars
Pierre Messmer forme son troisième gouvernement qui comprend 16 ministres (10 UDR, 3 RI, 1 centriste Démocratie et progrès, 2 non-inscrits): Chirac (Intérieur), Marcellin (Agriculture et Développement rural), Peyrefitte (Affaires culturelles et Environnement), Guéna (Industrie, Commerce et Artisanat), Germain (Relations avec le Parlement), Royer (PTT), Lecat (Information).
Conservent leurs portefeuilles: J. Taittinger (Justice), Giscard d'Estaing (Économie et Finances), Guichard (Aménagement du Territoire, Équipement, Logement et Tourisme), Jobert (Affaires étrangères), Galley (Armées), Fontanet (Éducation nationale), Gorse (Travail, Emploi et Population), Poniatowski (Santé et Sécurité sociale).

3 mars
Pierre Messmer annonce un plan qui prévoit d'importants investissements pour le programme nucléaire. Cette décision hâtive, prise alors que le pouvoir exécutif est suspendu à la fin prochaine du président, marque un tournant dans la politique énergétique de la France qui l'engage, compte tenu de la nature des technologies, pour des siècles: c'est la victoire de la stratégie d'EDF et des industriels du nucléaire.

8 mars
Inauguration de l'aéroport Charles-de-Gaulle à Roissy-en-France.

21 mars
Alain Peyrefitte: *Quand la Chine s'éveillera…*

2 avril
Mort de Georges Pompidou de la maladie de Waldenström. Alain Poher est président par intérim. Diverses intrigues se nouent pour la désignation d'un candidat gaulliste.

18 avril
Parmi les 12 candidatures retenues par le Conseil constitutionnel: Giscard d'Estaing, Mitterrand, Chaban-Delmas, Dumont (écologiste), Krivine (Ligue communiste), A. Laguiller (Lutte ouvrière), Le Pen (Front national), Royer.

25 avril
L'une des branches du MLF, animé par Antoinette Fouque, crée les éditions des Femmes et ouvre une librairie des Femmes rue de Seine. Tout

ouvrage écrit par un homme sera longtemps exclu des rayons.
Avec *Emmanuelle*, film (à répétition) adapté du roman publié en 1958 par Emmanuelle Arsan, le grand public découvre que la femme objet a encore de l'avenir...

mai
La danseuse américaine Carolyn Carlson est nommée chorégraphe étoile à l'Opéra de Paris (elle y restera jusqu'en 1981). Création de *Sablier prison*.

5 mai
Candidat unique de la gauche, Mitterrand recueille 43,3 % des suffrages, Giscard d'Estaing (32,8 %), Chaban-Delmas (14, 6 %), Royer (3,2 %), Laguiller (2,3 %). Entre les deux tours, Giscard d'Estaing reçoit la visite de l'ambassadeur de l'URSS. Le PC proteste.

11 mai
Un face-à-face télévisé, premier du genre, oppose Giscard d'Estaing et Mitterrand. Il est suivi par 25 millions de téléspectateurs (pour 29 millions d'électeurs). Giscard d'Estaing à Mitterrand: « Vous n'avez pas le monopole du cœur. »

19 mai
Valéry Giscard d'Estaing est élu avec 50,8 % des voix contre 49,2 % à François Mitterrand, soit un écart de 425 599 voix.

VALÉRY GISCARD D'ESTAING

Né en 1926, Valéry Giscard d'Estaing est l'héritier d'une famille de la grande bourgeoisie familière des responsabilités politiques et proche des milieux d'affaires. Polytechnicien et énarque, il manifeste des qualités intellectuelles impressionnantes dans un domaine peu prisé jusque-là par la classe politique: les finances et l'économie. Député du Puy-de-Dôme à 30 ans, cet enracinement auvergnat sera une constante de toute sa vie politique. Jeune ministre des Finances de De Gaulle, il entretient des rapports ambigus avec le Général pour préserver sa future carrière politique. Son non au référendum de 1969 ne le propulse pas pour autant au premier rang. Il sert fidèlement dans sa partie le régime pompidolien et continue à organiser le courant d'une droite libérale non gaulliste, dont il est le leader incontesté. Son heure sonne à la mort prématurée de Georges Pompidou et il est élu – de justesse – contre François Mitterrand. Comprenant qu'il lui faut se démarquer de l'archaïsme de l'État UDR, il procède à d'utiles réformes (la majorité à 18 ans, la libéralisation de l'IVG) afin de « décrisper » (selon son mot) la société.
Mais il est rattrapé par la crise économique que l'opinion publique incrédule attribue davantage à un patronat avide qu'à la conjoncture économique mondiale; devant la poussée du chômage, y compris dans des catégories sociales jusque-là préservées, il rompt avec Jacques Chirac en 1976 et tente un tournant économiste avec la nomination de Raymond Barre à Matignon. Son image naïvement aristocratique se dégrade dans l'opinion publique et son intégrité est mise en cause dans ses relations avec le dictateur centrafricain Bokassa, ce qui explique en partie sa défaite en 1981 devant un Mitterrand galvanisé par dix ans d'union de la gauche.
La fin de la carrière de Valéry Giscard d'Estaing représente un cas inédit dans les annales de la Vᵉ République: comment survivre à un mandat présidentiel? Rester fidèle à son Auvergne originelle, diriger l'UDF et, l'âge aidant, devenir un mentor écouté de la droite française.

27 mai
Le nouveau président nomme Jacques Chirac Premier ministre, choix destiné à neutraliser l'hostilité de l'UDR.

28 mai
Le nouveau gouvernement comprend 5 UDR, 4 réformateurs (dont J.-J. Servan-Schreiber), 3 RI, 4 sans étiquette, dont Simone Veil désignée comme ministre de la Santé. Tous les barons du gaullisme sont écartés à la grande colère de l'UDR. Paradoxalement, le président, qui a la volonté de cumuler les fonctions de chef de l'État et celles de chef de gouvernement, ne dispose pas d'une majorité sans l'UDR.
Gouvernement Jacques Chirac: Poniatowski (Intérieur), Lecanuet (Justice), Soufflet (Défense), Sauvagnargues (Affaires étrangères), Fourcade (Économie et Finances), Haby (Éducation), J.-J. Servan-Schreiber (Réformes), Abelin (Coopération), Galley (Équipement), Ch. Bonnet (Agriculture), Jarrot (Qualité de la vie), Durafour (Travail), S. Veil (Santé), Ornano (Industrie), Ansquer (Commerce et Artisanat).

juin
Soljenitsyne: *L'Archipel du Goulag* (traduction). Claude Lefort commente: « Un livre tel que celui-là [...] nous sommes un petit nombre qui l'attendions depuis longtemps, un livre disant ce qu'il en est des prisons et des camps de travail soviétiques,

de la terreur qui a accompagné, non dans un temps d'exception mais de manière continue l'édification du régime bureaucratique en URSS... »

12 juin
Jean-Pierre Fourcade présente en Conseil des ministres son plan de lutte contre l'inflation : majoration de l'impôt sur le revenu des sociétés et des gros contribuables, relèvement du taux d'intérêt de l'épargne, économies budgétaires et économies d'énergie.

16 juin
Le premier essai de la 8ᵉ campagne française de tirs nucléaires est effectué en Polynésie. Jean-Jacques Servan-Schreiber, en désaccord, a démissionné de son ministère des Réformes ; certains évêques (Mgr Riobé) condamnent l'arme nucléaire.

28 juin
La loi fixant la majorité électorale à 18 ans est votée : décision courageuse car les nouveaux citoyens sont majoritairement acquis à la gauche.

3 juillet
Le Conseil des ministres décide de suspendre l'immigration vers la France.

16 juillet
La journaliste Françoise Giroud (de *L'Express*) devient la première secrétaire d'État à la Condition féminine.

19 juillet
Une vague de mutineries dans les prisons françaises fait 6 morts.

août
Rassemblement d'un concile des jeunes à Taizé (Saône-et-Loire).

TAIZÉ

La communauté de Taizé a été fondée par un pasteur protestant suisse, Roger Schultz, au lendemain de la guerre ; cette expérience de vie monastique s'inscrit au début dans un œcuménisme et une liberté de vivre la foi chrétienne hors des cadres ecclésiastiques habituels : Taizé devient un pôle d'attraction pour des jeunes à une époque de turbulence et de doute spirituel et dispose d'antennes dans le monde entier. À partir du milieu des années 80, les fondateurs effectuent un rapprochement marqué vers le catholicisme et placent leurs activités sous l'égide du pape Jean-Paul II : le rayonnement international de Taizé ne se dément pas mais la communauté semble s'éloigner du projet originel.

septembre
Premiers concerts de l'IRCAM (Institut de recherches et de coordination acoustique musique) lié au Centre Georges-Pompidou. Vingt ans après les concerts du Domaine musical, mais ayant acquis une position institutionnelle, Pierre Boulez va pouvoir, en quelques années, doter la France d'une formation de chambre spécialisée dans la musique contemporaine qui est l'une des meilleures au monde : l'Ensemble intercontemporain.
Sortie des films *Céline et Julie vont en bateau* de Jacques Rivette (plus de trois heures de déambulations fantastiques et comme improvisées) et *Lancelot du lac* de Bresson qui avaient été présentés en mai au festival de Cannes.

8 septembre
Manifestation d'appelés du contingent à Draguignan ; au cours des mois suivants, des comités revendicatifs de soldats se forment dans diverses unités : la Cour de sûreté de l'État engage des poursuites mais, en vue de désamorcer la crise, certaines améliorations de la vie matérielle des appelés seront apportées par le général Bigeard (futur secrétaire d'État à la Défense en janvier 1975).

15 septembre
Attentat meurtrier au drugstore Saint-Germain à Paris : la France devient à son tour la cible du terrorisme international.

octobre
Peter Brook met en scène, au théâtre des Bouffes du Nord, *Timon d'Athènes* de Shakespeare et *Les Iks*, pièce écrite à partir d'un travail sur le théâtre africain dans le cadre du festival d'Automne. Brook avait découvert ce théâtre désaffecté au printemps, et obtenu du ministère de la Culture une subvention permettant de le mettre aux normes de sécurité, tout en lui gardant son caractère de lieu pauvre, quasi ruiné. Dès lors, le théâtre devient le port d'attache du metteur en scène et de la troupe internationale d'acteurs qu'il s'est constituée au cours de ses voyages.
L'anthropologue Pierre Clastres, auteur dans la collection « Terre humaine » d'une *Chronique des Indiens Guayaki* (1972), publie *La Société contre l'État. Recherches d'anthropologie politique.*

12-13 octobre
Aux assises du socialisme, décidées en juin pour perpétuer la dynamique de gauche unitaire autour de Mitterrand, des militants du PSU (avec Rocard), de la CFDT et des chrétiens de gauche rallient le PS.

14 octobre
Les licenciements et le chômage s'inscrivent dans le paysage social comme une donnée durable. Suite à un accord entre le CNPF et les syndicats, les licenciés économiques toucheront 90 % de leur salaire brut pendant un an.

22 octobre-2 décembre
Longue grève aux PTT : l'influence de l'extrême gauche est sensible au sein et autour de la CFDT.

novembre
Pascal Laîné reçoit le prix Goncourt pour *La Dentellière.*

décembre
Jean-François Revel : *La Tentation totalitaire.*

14 décembre
Jacques Chirac prend la tête de l'UDR.

22 décembre
L'archipel des Comores choisit par référendum l'indépendance, à l'exception de Mayotte qui demeure française.

27 décembre
Un coup de grisou dans une mine du Nord fait 42 morts ; dernier tribut payé par un métier dont la disparition est proche.

autres événements
• Le premier Salon international d'art contemporain se tient à Paris. En 1975, il deviendra la Foire internationale d'art contemporain (FIAC), qui a lieu chaque année à Paris.
• Le musée d'Art moderne de la ville de Paris présente l'exposition *Art Vidéo/Confrontation.*

1975

janvier
Yves Bonnefoy : *Dans le leurre du seuil,* poème.
Dominique Fernandez : *Porporino ou les mystères de Naples.*

10 janvier
Succédant à *Entre guillemets* créé avec Gilles Lapouge, Bernard Pivot inaugure son émission *Apostrophes* : ce salon littéraire hebdomadaire d'Antenne 2, au rayonnement international, régnera sur les lettres jusqu'en juin 1990.

17 janvier
Vote de la loi Veil autorisant de façon limitée et payante l'IVG (interruption volontaire de grossesse) ; les voix des députés de gauche ont été indispensables à la ministre Simone Veil, attaquée par son propre camp.

31 janvier
Remaniement ministériel : l'UDR Bourges devient ministre de la Défense ; Bigeard, secrétaire d'État à la Défense (jusqu'en août 1976) ; Segard, ministre du Commerce extérieur.

27 février
Les sciences humaines brillent de tout leur éclat : Michel Foucault publie *Surveiller et punir. Naissance de la prison,* Roland Barthes, *Roland Barthes par lui-même.* Le mois précédent a paru le premier numéro de la revue dirigée par Pierre Bourdieu : *Actes de la recherche en sciences sociales.*

MICHEL FOUCAULT

Michel Foucault (1926-1984), issu d'un milieu aisé, fait des études de philosophie et exerce dans divers postes à l'étranger. Le premier ouvrage qui le fait connaître est Folie et déraison. L'Histoire de la folie à l'âge classique *(1961). Il enseigne à Vincennes, lieu universitaire expérimental né après Mai 68. Les travaux qu'il mène en philosophe et historien concernent des domaines jusque-là négligés par la recherche : la criminalité (*Moi, Pierre Rivière..., *1973), l'enfermement (*Surveiller et punir, *1975), la sexualité (*Histoire de la sexualité, *1976-1984, 3 volumes). Élu au Collège de France en 1970, Michel Foucault est proche des milieux d'extrême gauche* (La Cause du peuple ; J'accuse) *et met son prestige d'intellectuel au service d'une dénonciation du système pénitentiaire français qui rejoint ses travaux théoriques. Il meurt en pleine fécondité intellectuelle, appartenant à cette génération fauchée par le sida.*

28 février
Première convention de Lomé réglant des accords de coopération commerciale et financière entre la

CEE et 46 États d'Afrique, Asie, Pacifique, qui sera suivie de trois autres: respectivement en octobre 1979, janvier 1985 et décembre 1989.

mars
La réforme des collèges proposée par le ministre Haby se heurte à l'opposition des enseignants et déclenche l'habituelle grève lycéenne de printemps: le blocage des relations des acteurs de l'école avec le ministère de l'Éducation nationale est une constante de ces années.

avril
Paul Ricœur: *La Métaphore vive.*
Michel Tournier: *Les Météores.*

22 avril
La France décide de rattraper son retard dans le téléphone en triplant ses lignes en sept ans: elle y arrivera.

mai
Les sciences humaines «appliquées» passionnent le grand public: grand succès de l'«autobioanalyse» de Marie Cardinal *(Les Mots pour le dire)* et lancement de la revue *Autrement*, observatoire des mutations quotidiennes de la société; premiers titres: *Jeunesses en rupture: dupes ou prophètes?; l'Église: l'épreuve du vide; Finie la famille?*
Mais la quête des repères du passé n'est pas négligée: avec *Le Cheval d'orgueil*, Pierre-Jakez Hélias devient le chantre d'une Bretagne et d'une ruralité perdues.

juin
Sortie d'*India Song*, premier film entièrement réalisé par Marguerite Duras.
Après *Pierres* (1966) et *L'Écriture des pierres* (1970), Roger Caillois, qui est devenu académicien et a abandonné ses fonctions à l'Unesco, publie *Pierres réfléchies*, dernier d'une série de livres nés de son goût pour les minéraux.

2 juin
Les prostituées lyonnaises manifestent dans la rue.

30 juin
Alors que s'étire le conflit du *Parisien libéré* en grève depuis le 9 mai, Robert Hersant rachète *Le Figaro.*

juillet
André Glucksmann: *La Cuisinière et le mangeur d'homme. Essai sur les rapports de l'État, du marxisme et les camps de concentration.*

11 juillet
Institution du divorce par consentement mutuel.

août
Michel Déon: *Le Jeune Homme vert.*

21-26 août
Drame en Corse; une occupation de cave viticole, un assaut, une émeute: trois gendarmes tués, l'ARC (Action pour la renaissance de la Corse) dissoute: la «question corse» est posée...

24 octobre
Création de *C'est beau* de Nathalie Sarraute, mise en scène de Claude Régy dans la petite salle du théâtre Renaud-Barrault, aménagé dans l'ancienne gare d'Orsay à Paris.

29 octobre
Première audition française au Théâtre de la Ville de *Des canyons aux étoiles* d'Olivier Messiaen (créée l'année précédente à New York).

15 novembre
Le cap du million de chômeurs est franchi.

27 novembre
La création de sections syndicales dans l'armée avec l'appui de la CFDT est enrayée par la Cour de sûreté de l'État; elle prouve l'influence de l'extrême gauche dans la centrale cédétiste.
Pierre Goldman (1944-1979): *Souvenirs obscurs d'un juif polonais né en France.* Le parcours de ce fils d'un grand résistant FTP emprunte les voies du tiersmondisme militant: fascination pour Che Guevara, tentative de rallier les maquis d'Amérique latine; mais Pierre Goldman devient truand, commet des hold-up et finit par être condamné à perpétuité pour le meurtre à Paris de deux pharmaciennes qu'il nie avoir commis. La cause de ce fils perdu de Mai 68, ombrageux et coupable idéal, brillant étudiant en prison, mobilise des intellectuels. Il est finalement acquitté mais assassiné à sa libération dans des conditions restées mystérieuses. Pierre est le frère du chanteur Jean-Jacques Goldman.

décembre
Philippe Ariès (1914-1984): *Essais sur l'histoire de la mort en Occident*, version française d'un livre paru d'abord aux États-Unis et préfiguration de son grand livre, *L'Homme devant la mort* (1977).

31 décembre
Les Parisiens éliront un maire pour six ans à partir de 1977.

autres événements

• Raynaud commence à dessiner les vitraux pour 55 fenêtres et 7 rosaces de l'abbaye de Noirlac, dans le Cher.

1976

janvier

Emmanuel Le Roy Ladurie, avec *Montaillou, village occitan de 1294 à 1324*, best-seller des sciences humaines, consacre le succès de la nouvelle histoire auprès du grand public.

9 janvier

La fusion SNPA-Erap donne naissance à Elf-Aquitaine: la taille de l'entreprise publique et les enjeux qu'elle gère (notamment en Afrique) en feront un État dans l'État.

12 janvier

Nouveau remaniement du ministère Chirac: Lipkowski (Coopération), Fosset (Qualité de la vie), Barre (Commerce extérieur).

4-8 février

Le 22ᵉ congrès du PC abandonne le concept de «dictature du prolétariat», synonyme de dictature tout court pour la plupart.

17 février

Arrestation de Patrick Henry, meurtrier du petit Philippe Bertrand enlevé le 30 janvier. «La France a peur...», déclare le présentateur du journal télévisé Roger Gicquel.

18 mars

Alors que les lycéens sont calmes, les étudiants manifestent contre la réforme du second cycle universitaire. Le mouvement durera jusqu'en mai. Au cœur du conflit, l'adaptation de la formation aux besoins du marché du travail, une évidence qui ne s'impose pas encore.

15 avril

Le gouvernement décide la construction d'un surgénérateur nucléaire Superphénix. Ce choix d'une technologie qui se révélera sans avenir focalisera l'hostilité au nucléaire à cause des dangers potentiels du plutonium utilisé.

29 avril

Par un décret, le droit au regroupement familial est mis en place: le Conseil d'État le qualifie de principe général du droit, conforme au préambule de la Constitution de 1946. Le 13 août 1993, une décision du Conseil constitutionnel confirmera le droit des étrangers à mener une vie familiale normale.

19 mai

Premier tirage du Loto, qui supplantera la Loterie nationale.

21 mai

Constitution du CDS (Centre des démocrates sociaux) dirigé par Jean Lecanuet, qui en assure ainsi la lointaine filiation avec le MRP. Les liens privilégiés souhaités avec les giscardiens compliquent l'unité de la majorité, dont Jacques Chirac est le coordonnateur.

juin

Bernard Noël, auteur en 1969, sous le pseudonyme d'Urbain d'Orlhac, d'un roman érotique, *Le Château de Cène*, réunit sous le titre *Extraits du corps*, dans la collection 10/18, ses «Poèmes complets 1954-1969», soit le recueil de même titre paru en 1958, suivi de *La Face du silence* (1967) et de *La Peau et les mots* (1972).

juillet

La France connaît une période de sécheresse historique: il n'a pas plu depuis deux mois; un plan financé par un impôt spécial devra venir en aide aux agriculteurs.

Yves Berger: *Le Fou d'Amérique*.

25 juillet

L'opéra des Américains Robert Wilson et Philip Glass, *Einstein on the Beach*, est créé dans le cadre du festival d'Avignon. L'œuvre sera reprise à Paris, à l'Opéra-Comique, en octobre.

28 juillet

Exécution de Christian Ranucci, reconnu coupable du meurtre d'une fillette; il se dit innocent et sa culpabilité est contestée.

août

Invités par le petit-fils du compositeur, Wolfgang Wagner, Chéreau et Boulez montent la tétralogie du centenaire au festival de Bayreuth et tentent de débarrasser Wagner de son idéologie pour rendre visible le caractère novateur d'une œuvre qui a changé la perception du temps musical. D'abord mal accueillie par le public du festival, cette production qui fait date sera reprise les années suivantes avec un succès considérable.

25 août
Jacques Chirac démissionne pour divergences graves sur le plan économique et politique avec le chef de l'État. Raymond Barre est nommé Premier ministre.

Raymond Barre

Cet universitaire, né en 1924, connu pour des manuels d'économie politique qui font autorité, a été un homme de cabinet, conseiller influent sous de Gaulle et Pompidou avant d'être vice-président des Communautés européennes. Ministre du Commerce extérieur dans le gouvernement Chirac, il montre bien, en réunissant Matignon et la rue de Rivoli sur sa personne, les priorités du moment; le plan auquel il attache son nom vise à restaurer les grands équilibres et la compétitivité des entreprises; mais il lui manque une sensibilité sociale et il reste impopulaire. Après 1981, il tente une carrière nationale comme libéral indépendant (candidature à la présidentielle de 1988) mais réussit mieux en s'enracinant à Lyon, ville dont il est élu maire.

27 août
Raymond Barre, Premier ministre et ministre de l'Économie et des Finances, présente son gouvernement (5 UDR, 4 majorité présidentielle, 4 RI, 3 radicaux, 1 CDS): Guichard (Justice), Lecanuet (Plan et Aménagement du territoire), Guiringaud (Affaires étrangères), Durafour (Économie et Finances), Galley (Coopération), Fourcade (Équipement), Boulin (Relations avec le Parlement), Beullac (Travail), Ansquer (Qualité de la vie), Brousse (Commerce et Artisanat), Rossi (Commerce extérieur).
Conservent leurs portefeuilles: Poniatowski (Intérieur), Bourges (Défense), S. Veil (Santé et Sécurité sociale), Haby (Éducation nationale), Ch. Bonnet (Agriculture), Ornano (Industrie et Recherche).

septembre
Jacques Bouveresse: *Le Mythe de l'intériorité.* Alors que la philosophie analytique, issue de Wittgenstein, occupe depuis longtemps une position dominante dans les pays anglo-saxons, cette étude est le premier livre important consacré en France au philosophe du *Tractatus philologicus.*
Patrick Grainville: *Les Flamboyants.*

22 septembre
Publication du premier plan Barre de lutte contre l'inflation. Le taux d'escompte passe de 9,5 à 10,5 %, les prix sont bloqués pour trois mois.

octobre
À Égletons (Corrèze), Jacques Chirac, triomphalement réélu député, lance un appel à un « vaste rassemblement populaire », synthèse de l'héritage gaulliste et d'un « travaillisme français ».
Dans *Démocratie française,* Giscard d'Estaing expose ses conceptions en matière de « société libérale avancée ».
Julien Gracq: *Les Eaux étroites.*

5 décembre
Jacques Chirac transforme l'UDR en RPR (Rassemblement pour la République) qu'il préside: une étape décisive dans sa conquête du pouvoir.

24 décembre
Un prince, des truands, des dettes et du sang: ce mauvais roman est celui de la fin du député giscardien Jean de Broglie, assassiné à Paris.

autres événements
• Le sculpteur César réalise des statuettes qui seront remises désormais chaque année comme récompenses à des professionnels du cinéma lors d'une cérémonie.

1977

janvier
Publication du *Rapport Hite* de la sexologue féministe américaine Shere Hite sur la sexualité féminine.
Yves Bonnefoy: *Rue Traversière,* proses poétiques et, la même année, *Le Nuage rouge,* recueil d'essais critiques qui fait suite à *Un rêve fait à Mantoue.*

7 janvier
Au Collège de France, leçon inaugurale de Roland Barthes qui, avec *Fragments d'un discours amoureux* publié en avril, s'affranchit des contraintes du discours académique.

22 janvier
Aux assises de l'Aube, Mᵉ Robert Badinter sauve la tête de Patrick Henry qui a enlevé et tué un enfant et fait le procès de la peine de mort; mais des exécutions capitales auront lieu encore en juin et septembre 1977, le président de la République ayant refusé d'exercer son droit de grâce.

31 janvier
Inauguration du centre culturel Georges-Pompidou: Beaubourg.

BEAUBOURG

Le Centre Georges-Pompidou, décidé fin 1969, est l'exemple d'un triple pari culturel, sociologique et architectural. Cette performance s'explique par l'intérêt que Pompidou, grand amateur d'art moderne, lui porta, inaugurant la tradition (reprise par Mitterrand) des chantiers présidentiels. Le défi culturel était de rassembler en un même lieu un musée d'art moderne, une grande bibliothèque publique, des centres de recherche (l'IRCAM pour la musique, le Centre de création industrielle...) et divers lieux d'exposition et d'animation. Le deuxième défi était d'ouvrir l'endroit largement sur la cité et d'accueillir aussi bien l'amateur averti et le badaud, le touriste de passage et le lecteur désargenté. Enfin il fallait imaginer une architecture adaptée à ces fonctions, permettre la gestion de flux importants de visiteurs (4 millions la première année) et affirmer une identité visible dans un quartier – les Halles – détruit plutôt que rénové. Mission remplie par les tuyaux colorés de cette « raffinerie culturelle » que plébiscita le public et qui est désormais partie intégrante du paysage parisien.
Les premiers succès publics sont une rétrospective de l'œuvre de Marcel Duchamp et l'exposition Paris-New York. *Elle inaugure une série d'expositions consacrées aux relations et échanges artistiques entre Paris et certaines grandes métropoles étrangères:* Paris-Berlin *en 1978,* Paris-Moscou *en 1979, puis* Paris-Paris *en 1981.*

février
Marcel Arland: *Avons-nous vécu?* L'auteur de *Terre natale* (1938) publie, après *Proche du silence* (1973), la suite de ses essais intimes, à la limite de l'autobiographie, qu'il poursuivra jusqu'à *Lumière du soir* en 1983.

27 février
Des catholiques intégristes occupent l'église Saint-Nicolas-du-Chardonnet à Paris pour y célébrer la messe selon la liturgie d'avant Vatican II. Malgré de multiples tentatives de conciliation, ils s'y installent définitivement.

1er mars
Lancement du quotidien *Le Matin de Paris* par Claude Perdriel: la gauche unie a son journal.

13-20 mars
Poussée de la gauche aux élections municipales qui contrôle 156 villes de plus de 30000 habitants. Le vote local est un contrepoids au pouvoir dominant et les villes servent de bases logistiques à sa conquête, notamment pour le financement des partis politiques.

25 mars
Jacques Chirac est élu maire de Paris.

31 mars
Barre remanie son gouvernement: Peyrefitte (Justice), Ch. Bonnet (Intérieur), Ornano (Culture et Environnement), Méhaignerie (Agriculture), Monory (Industrie, Commerce et Artisanat).
Conservent leurs portefeuilles: Guiringaud (Affaires étrangères), Bourges (Défense), Galley (Coopération), Fourcade (Équipement et Aménagement du territoire), Haby (Éducation nationale), Beullac (Travail), S. Veil (Santé et Sécurité sociale), Rossi (Commerce extérieur).

1er avril
Usinor annonce près de 4000 licenciements dans la sidérurgie lorraine, trop éloignée des flux maritimes d'approvisionnement de fer. C'est le début du calvaire d'une région vouée depuis des générations à la mono-industrie de l'acier.

19 mai
Les Républicains indépendants deviennent le Parti républicain dirigé par Jean-Pierre Soisson. Les partis de l'union de la gauche tentent d'actualiser le programme commun élaboré en 1972.

27 juin
Après un référendum, le Territoire français des Afars et des Issas (Djibouti) accède à l'indépendance.

juillet-août
Contestations antinucléaires à Creys-Malville en Isère, à Flamanville dans la Manche, et dans le Larzac contre l'extension du camp militaire. Des affrontements près du site de Creys-Malville entre antinucléaires européens et CRS font un mort et de nombreux blessés.

septembre
Sortie du film *Molière* d'Ariane Mnouchkine.
Michel del Castillo: *Le Sortilège espagnol.*

23 septembre
Échec du sommet de la gauche. Les dissensions PC-PS (notamment sur l'ampleur des nationalisa-

tions à prévoir) empêchent tout accord de désistement avant le premier tour des élections prévues en mars 1978. La polémique est violente mais le PC, faute de choix, conclura un accord juste avant le second tour.

6 octobre
Adoption de la loi Informatique et libertés contre le fichage des individus qui correspond à la prise de conscience que représente une technologie incontrôlable pour la liberté des citoyens.

4 décembre
L'année s'était ouverte sur la libération de Françoise Claustre, ethnologue retenue en otage avec deux autres Français depuis avril 1974 par des rebelles toubous du nord du Tchad (Hissène Habré), où l'armée française était présente depuis 1968. Elle s'achève sur la mascarade du sacre à Bangui (Centrafrique) d'un sous-officier de la coloniale, Jean-Bedel Bokassa, qui se prend pour Napoléon, le tout financé par la Coopération française (environ 100 millions de francs).

1978

janvier, 1er février
Chaque camp fourbit ses armes en vue des législatives de mars. Le 4 janvier, le PS promet le Smic à 2400 F, les 7-8 janvier, Marchais tire à boulets rouges sur son futur ex-allié, les 26-27, Giscard d'Estaing présente « le bon choix pour la France ». Enfin, le 1er février, Raymond Barre lance l'UDF (Union pour la démocratie française), confédération politique libérale pour équilibrer le RPR.

23 janvier
Le magnat des affaires belge Empain (groupe Empain-Schneider) est enlevé, séquestré et amputé de l'auriculaire.

18 février
Ancien intellectuel mao « établi » chez Citroën, Robert Linhart livre avec *L'Établi* un remarquable témoignage sur le travail à la chaîne et la dignité ouvrière.
Foot et politique : doit-on aller pour la Coupe du monde en Argentine, pays où les stades voisinent avec les centres de torture ? La France ira.

12 mars
Premier tour des législatives. La gauche obtient 43,59 %, la majorité : 46,48 %. Les écologistes rassemblent 2,77 % des suffrages. Dès le lendemain, le PC, le PS et le MRG s'entendent sur les désistements réciproques.

16-17 mars
Le naufrage du pétrolier *Amoco-Cadiz* provoque une marée noire en Bretagne : 230000 tonnes de pétrole brut se répandent sur 350 km de côtes.

19 mars
À l'issue du second tour, la majorité obtient 290 sièges et l'opposition 201 (+ 17). Malgré cette progression, la défaite de la gauche sonne le glas du programme commun.

23 mars
Lecanuet devient président de l'UDF ; à ses côtés trois vice-présidents : Jean-Pierre Soisson (secrétaire général du PR), Françoise Giroud (Parti radical), Jean-Pierre Fourcade (Clubs Perspectives et réalités).

avril
Alain Bosquet : *Une mère russe.*

4-6 avril
Raymond Barre est reconduit comme Premier ministre ; son gouvernement comprend 6 ministres RPR, 5 PR, 4 « majorité présidentielle », 3 CDS.
Monory (Économie), Papon (Budget), Boulin (Travail et Participation), Ornano (Environnement et Cadre de vie), Beullac (Éducation nationale), Saunier-Seïté (Université), Giraud (Industrie), Le Theule (Transports), Barrot (Commerce et Artisanat), Deniau (Commerce extérieur), Soisson (Jeunesse, Sports et Loisirs), Lecat (Culture et Communication).
Conservent leurs portefeuilles : Peyrefitte (Justice), S. Veil (Santé et Sécurité sociale), Ch. Bonnet (Intérieur), Guiringaud (Affaires étrangères), Bourges (Défense), Galley (Coopération), Méhaignerie (Agriculture).

29 avril
À la convention nationale du PS, la direction de François Mitterrand est critiquée par différents courants. Michel Rocard fait de plus en plus figure de second leader du PS.

mai
Lancement de la revue *L'Histoire* dirigée par Michel Winock ; une histoire universitaire et sans frontières proposée au grand public ; au sommaire du n° 1 : Les premiers Australiens, Le 13 mai 1958, Les Camisards, La femme au Moyen Âge…

4 mai
Assassinat à Paris d'Henri Curiel par un groupe d'extrême droite resté inconnu. Ce juif égyptien, communiste et antisioniste, était né dans la haute bourgeoisie cairote. Exilé en 1950, il fut un des piliers des réseaux d'aide au FLN algérien puis à divers mouvements révolutionnaires du tiers-monde. Au moment de sa mort, il tentait d'établir un dialogue entre des groupes de pacifistes israéliens et palestiniens.

8 mai
Le bandit Jacques Mesrine s'évade de la prison de la Santé: «l'ennemi public n°1» sait utiliser les médias, publie *L'Instinct de mort* avant d'être criblé de balles à Paris le 2 novembre 1979.

19 mai
Opération aéroportée au Zaïre, où les intérêts franco-belges sont menacés par une rébellion: la Légion est parachutée sur Kolwezi.

23 mai
Simon Nora et Alain Minc expliquent aux Français qu'ils vont vivre avec l'ordinateur *(L'Informatisation de la société)*.
Beate et Serge Klarsfeld publient *Le Mémorial de la déportation des juifs de France* qui comporte les listes alphabétiques par convois des juifs déportés de France, l'historique des convois de déportation et les statistiques de la déportation des juifs de France.

27 juin
Une loi tente de mettre fin aux radios pirates qui émettent depuis un an malgré le brouillage.

juillet
L'historien d'art André Chastel (1912-1990), élève d'Henri Focillon et professeur au Collège de France depuis 1970, auteur en 1959 d'une thèse intitulée *Art et humanisme à Florence au temps de Laurent le Magnifique*, recueille ses principaux articles sous le titre *Fables, formes, figures* (2 volumes).

août-septembre
Effets de la crise: Peugeot-Citroën achète Chrysler-Europe, Agache-Willot acquiert Boussac; le plan Acier de l'État et des banques met la sidérurgie lorraine sous perfusion.

septembre
Patrick Modiano: *Rue des boutiques obscures*, prix Goncourt en novembre.

28 septembre
Perec: *La Vie, mode d'emploi*, prix Médicis. Il publie également *Je me souviens.*

10 octobre
Neauphle-le-Château devient le lieu d'exil et de propagande pour la révolution islamiste de l'ayatollah Khomeyni en lutte contre le Chah d'Iran.

16 octobre
Élection du cardinal polonais Karol Wojtyla qui prend le nom de Jean-Paul II; il est le premier pape non italien depuis 1522.

16 novembre
Après Darquier de Pellepoix, ancien Commissaire aux questions juives de Vichy en exil à Madrid, le professeur Robert Faurisson nie l'existence des chambres à gaz dans les camps d'extermination.

LE NÉGATIONNISME, UNE SECTE HISTORIQUE

La négation de la réalité du génocide des juifs pendant le nazisme par les chambres à gaz (ou tout autre moyen) est une criminelle absurdité aussi vieille que son objet. Mais la publicité de ces thèses est un phénomène intermittent, complexe, révélateur de la nébuleuse négationniste qui les émet, mais aussi de la société à qui elles sont destinées. Le négationnisme rassemble un petit monde d'individus, reliés par des réseaux, des connexions internationales et que des coups de projecteur médiatiques habilement provoqués, placent en pleine lumière. Manipulant le mensonge à un degré extrême, ils sont difficiles à réfuter avec les arguments logiques. D'ailleurs, plus d'un refuse de leur donner la réplique afin de ne pas leur reconnaître le statut d'interlocuteurs. Mais cette abstention devient pour les négationnistes constat d'échec de toute réfutation de leurs propos, ce qui les renforce. En France, le premier négationniste fut Paul Rassinier (1906-1967), un personnage déroutant, puisque militant de la SFIO, résistant et déporté à Buchenwald et à Dora. Après 1945, il se rapproche de l'extrême droite (Maurice Bardèche) et publie Le Mensonge d'Ulysse *en 1950. Ce premier parcours est déjà une clé pour la compréhension du négationnisme. Le milieu pro-nazi et antisémite survivant après la guerre ne pouvait accueillir que favorablement des thèses qui le disculpaient des crimes dont on l'accusait. Vingt-cinq ans après, l'antisémitisme n'est plus la poutre maîtresse du discours d'extrême droite qui privilégie l'hostilité aux Arabes, mais il reste*

assez présent suivant les générations pour maintenir les liens.
La deuxième figure est celle de Robert Faurisson (né en 1929, donc pas impliqué personnellement par les événements de la guerre) qui est l'héritier spirituel de Rassinier. La démarche de cet universitaire de lettres (auquel il faut ajouter Henri Roques) est celle d'un hypercriticisme sélectif traquant la faille ou la contradiction dans les souvenirs d'une mémoire difficile, celle de la Shoah. Par exemple, toute erreur minime détectée sur l'emplacement précis d'une chambre à gaz devient la preuve de l'inexistence de l'ensemble. À quoi s'ajoute un parti pris anti-israélien, l'État hébreu étant accusé d'avoir inventé la Shoah pour en tirer des compensations financières.
L'irruption publique de Faurisson dans les années 80 déclenche le vote d'une loi pénalisant l'expression du négationnisme, la loi Gayssot (3 juillet 1990), qui ne fait pas l'unanimité des intellectuels (« La Vérité historique ne se décrète pas au Parlement », L'Histoire, *1999). Du coup, le négationnisme modifie sa tactique en se plaçant sur le terrain de la liberté d'expression et en se définissant comme victime d'un « historiquement correct » : cela lui permet de faire sa jonction avec des milieux anti-autoritaires, réalisant une improbable alliance des extrêmes, dite rouge-brune. C'est dans cette démarche que se situe le rôle d'une petite revue et maison d'édition d'ultra-gauche La Vieille Taupe de Pierre Guillaume, qui publie en 1995 l'ouvrage de Roger Garaudy :* Les Mythes fondateurs de la politique israélienne.
Les péripéties du négationnisme, son obsession du complot contre lui et d'une « vérité » accessible à lui seul, son fonctionnement en réseaux cloisonnés (mais utilisant Internet) suggèrent l'image d'une secte.
Les négationnistes ont immédiatement et constamment mobilisé la communauté historienne, qui leur a refusé le titre d'« historiens révisionnistes » auquel ils prétendaient. Ils ont suscité des débats sur la mémoire de la Shoah, dont le témoignage public a dû attendre plus de trente ans pour sortir de l'indicible et émerger d'un phénomène plus vaste, la déportation. Et ce, à un moment où la mémoire vive des témoins survivants commence à disparaître.

27 novembre
L'organisation non gouvernementale (ONG) Médecins sans frontières se mobilise en faveur des boat-people vietnamiens qui fuient le régime communiste sur des embarcations de fortune.

29 novembre
Louis de Guiringaud est remplacé par Jean François-Poncet au Quai d'Orsay.

6 décembre
De l'hôpital Cochin, Jacques Chirac met en cause la politique européenne du président de la République : « Tout nous conduit à penser que, derrière le masque des mots et le jargon des technocrates, on prépare l'inféodation de la France, on consent à l'idée de son asservissement. » Il dénonce le « parti de l'étranger » et annonce la constitution d'une liste pour les élections européennes du 10 juin prochain.

9 décembre
Usinor et Sacilor-Sollac prévoient la suppression de 20 500 emplois pour 1980.

28 décembre
Première exécution au théâtre des Champs-Élysées de *Timbres, Espaces, Mouvement* d'Henri Dutilleux qui avait été créée à Washington le 10 janvier précédent.

autres événements
• Le Salon de la figuration critique est créé par deux anciens membres du Salon de la jeune peinture, Mirabelle Dors et Maurice Rapin. Il s'agit pour les membres de ce mouvement d'expérimenter les techniques nouvelles, que sont la numération, la Computer Vision, les images de synthèse et le Video store.

1979

1ᵉʳ janvier
1979 est Année internationale de l'enfant.
200 participants se lancent dans le premier rallye Paris-Dakar, version moderne et motorisée du safari.

23 janvier
François Furet : *Penser la Révolution française.*

FRANÇOIS FURET

François Furet (1927-1997) s'est d'abord fait connaître par son ouvrage La Révolution française *(1965-1966, 2 volumes), cosigné avec Denis Richet : conforme à certains égards aux canons historiographiques de l'époque (par l'importance accordée aux questions d'histoire économique et sociale, la référence à la logique des* *classes), le livre soulève l'indignation des gardiens de l'interprétation «jacobine» de la Révolution en opposant les promesses de 1789 au «dérapage» de la Révolution à partir de 1791 et en refusant d'«expliquer» la Terreur par la nécessité et les circonstances. Il cherche encore sa voie lorsqu'il lance au cours des années 60 et 70 une série d'enquêtes, dont la plus aboutie débouche sur un livre, rédigé avec Jacques Ozouf, sur l'alphabétisation des Français de Calvin à Jules Ferry (*Lire et écrire, *1977, 2 volumes).*

Son évolution s'affirme avec Penser la Révolution française *(1978): il a découvert Tocqueville et rencontré l'œuvre d'Augustin Cochin qui renouvelle son intelligence du phénomène jacobin. Il conquiert définitivement son autonomie de pensée en revendiquant les droits d'une histoire politique au contenu renouvelé, et entre ainsi dans une sorte de dissidence à l'égard du type d'histoire pratiqué dans le milieu des* Annales *et de l'École des Hautes Études en Sciences Sociales, dont il fut le président entre 1977 et 1985 (*L'Atelier de l'histoire, *1982).*

Son œuvre prend son plein envol dans les années 80. Il donne une interprétation complètement transformée à la fois de la Révolution française et de l'histoire de France au XIXe siècle avec, en 1988, La Révolution – De Turgot à Jules Ferry 1770-1880 *et le* Dictionnaire critique de la Révolution française *codirigé avec Mona Ozouf. Il avait déjà suivi la trace, la postérité de la Révolution dans* La Gauche et la Révolution au milieu du XIXe siècle. Edgar Quinet et la question du jacobinisme *(1986) et* Marx et la Révolution française *(1986). Mettant en relief tout ce qui dans l'expérience révolutionnaire porte potentiellement atteinte aux libertés, Furet est resté un ami de la Révolution, parce qu'elle reposait sur deux principes, la liberté de l'individu et l'égalité des hommes, qui emportaient ses convictions les plus intimes.*

Sa réflexion conduit enfin cet historien des passions révolutionnaires, qui fit lui-même un passage au PC puis au PSU, à suivre le recyclage communiste de l'idée jacobine: Le Passé d'une illusion. Essai sur l'idée communiste au XXe siècle *(1995) analyse la séduction qu'a exercée l'idée communiste au cours du siècle écoulé, et ouvre une série d'interrogations sur l'utilité et les limites de la comparaison entre communisme et fascisme et la nature de l'antifascisme communiste. Critique éclairé de l'héritage intellectuel et politique de la gauche, et notamment du «progressisme» philocommuniste, il a toujours vu dans la gauche sa famille. Vigilance critique qui fit de cet homme aux activités multiples (recherche, enseignement en France et aux États-Unis, politique, édition, journalisme, administration universitaire, animation de la Fondation Saint-Simon) une des figures intellectuelles majeures de la France contemporaine.*

février

André Frénaud: *Notre inhabileté fatale*, recueil d'entretiens avec Bernard Pingaud.

Jean Fourastié publie *Les Trente Glorieuses*; le titre désigne les années de croissance entre 1944 et 1974: elles sont passées mais l'expression demeure.

Jean Fourastié

Jean Fourastié (1907-1990), économiste et sociologue, est un homme de terrain (à la commission de la main-d'œuvre du Commissariat au Plan), un enseignant (au Conservatoire des arts et métiers et à l'École pratique des hautes études) et un polygraphe abondant. Un premier volet de ses travaux concerne l'évolution des prix et des salaires, un deuxième la répartition de la main-d'œuvre dans les secteurs primaire, secondaire et tertiaire de l'économie; mais c'est son analyse de la révolution silencieuse qu'a connue la France durant les Trente Glorieuses qui marque le plus l'opinion: dans son ouvrage, il compare un village sous-développé à un autre, développé, avant de révéler qu'il s'agit du même bourg du Lot, décrit en 1946 et 1975. L'attention portée aux implications humaines, le souci de la longue durée, le sens pédagogique de Fourastié ont rapproché le public de l'économie, souvent identifiée au discours technocratique de l'instant, alors que, pour lui, elle ne devrait jamais cesser d'être un humanisme.

21 février

Mobilisation de la communauté historienne (Fernand Braudel, Pierre Vidal-Naquet, Pierre Chaunu, Philippe Ariès, Léon Poliakov...) contre les négationnistes: il ne saurait y avoir de débat sur l'existence des chambres à gaz et les négationnistes ne sont pas des historiens.

24 février

Première mondiale à l'Opéra de Paris de *Lulu* d'Alban Berg dans une version où le IIIe acte a été achevé par le musicologue Friedrich Cehra d'après les esquisses de Berg, malgré l'opposition de la veuve du compositeur. L'œuvre est dirigée par Pierre Boulez et mise en scène par Patrice Chéreau.

16 mars
Mort de Jean Monnet, l'un des «Pères de l'Europe». Ses cendres seront transféréres au Panthéon le 9 novembre 1988 en présence des chefs d'État et de gouvernement de l'Union européenne.

23 mars
Manifestation CGT des sidérurgistes lorrains à Paris; l'ultra-gauche «autonome», manipulée par des provocateurs de la police, déclenche des incidents provoquant de graves dégâts.

mai
Milan Kundera: *Le Livre du rire et de l'oubli.*

8-12 mai
La direction de la CFDT entame le «recentrage» de sa centrale: priorité à l'action syndicale.

21 mai
Devant le second choc pétrolier qui se profile, la France se lance dans la chasse au «gaspi» (gaspillage de l'énergie).

juin
Claude Roy: *La Traversée du pont des Arts.*

10 juin
Première élection du Parlement européen au suffrage universel dans les neuf États de la Communauté. Le taux d'abstention atteint 39 %. En France, l'UDF progresse aux dépens du RPR (27,6 % des voix contre 16,2 %). La gauche et la droite font à peu près jeu égal. Le 17 juin, Simone Veil (qui a démissionné du ministère de la Santé) est élue présidente du Parlement européen de Strasbourg.

26 juin
Une délégation d'intellectuels (Sartre, Aron, Foucault, Glucksmann) responsables de l'opération Un bateau pour le Vietnam est reçue à l'Élysée. En marge du drame des boat-people qui cherchent à quitter le régime communiste dans des conditions meurtrières, ce sont les retrouvailles de Sartre et Aron depuis leur rupture en 1948.

HUMANITAIRE SANS FRONTIÈRES

Devant les misères et les injustices de la planète que les médias révèlent à une large échelle dans les années 60, trois attitudes étaient couramment discernables dans la société française. La première était de faire confiance aux institutions nationales ou internationales créées par les États, comme le Comité national contre la faim, ou l'Unicef: le crédit des États et les moyens financiers et techniques qu'ils étaient susceptibles d'accorder laissaient penser que ces puissants organismes sauraient résoudre les problèmes qui leur étaient confiés. La deuxième attitude, plus minoritaire dans la France laïque que chez ses partenaires européens, s'en remettait à des organisations d'obédience religieuse comme le Secours catholique, le Comité catholique Faim et développement ou la Cimade protestante. Enfin, les milieux militants de gauche pensaient attaquer le mal à la racine en soutenant des mouvements politiques qui, dans leurs pays respectifs, allaient instituer des régimes démocratiques libérés des contraintes du capitalisme international et soucieux du développement humain.
L'expansion de la solidarité humanitaire est née d'une révision déchirante devant le naufrage des utopies tiers-mondistes, et d'une méfiance maintenue envers l'action étatique, soupçonnée d'inefficacité par la lourdeur de ses structures et l'ampleur de ses compromissions; d'où le recours au cadre associatif avec l'accent mis sur la solidarité professionnelle (Médecins sans frontières) et sur un certain militantisme dans la collecte des fonds et l'appel aux vocations. De belles aventures humaines ont été ainsi initiées par les ONG (organisations non gouvernementales): Médecins sans frontières (fondé par Bernard Kouchner et Rony Brauman en 1971), Médecins du monde (1980), Handicap international, Action internationale contre la faim, Équilibre, Artisans du monde, Reporters sans frontières, et des dizaines d'autres plus ou moins durables.
L'élan des années 70 s'est maintenu au prix d'une sévère décantation et de mutations: la première est l'évolution vers un professionnalisme qui est d'abord une reconnaissance du savoir-faire des French doctors *mais aussi un abandon du militantisme originel: ces ONG sont devenues de véritables entreprises très rodées dans le marketing de la collecte des fonds et capables de générer des métiers et des formations spécifiques; oubliée aussi la méfiance envers l'État: les subventions nationales et internationales sont recherchées et, sur le terrain, la complémentarité réunit ONG et agences gouvernementales.*
L'activité humanitaire constante n'empêche pas de profonds débats au sein des ONG: celles-ci ne sont-elles pas devenues peu à peu l'alibi de régimes prédateurs qui, en laissant fonctionner les ONG, maintiennent à un niveau supportable l'oppression qu'ils font peser sur leurs populations? Jusqu'à quel degré de compromission

faut-il aller pour maintenir le contact avec des situations de détresse? Mais surtout les ONG ont largement contribué à renouveler la réflexion sur le « droit d'ingérence » au nom de la solidarité humanitaire, poussant ainsi à la remise en cause du principe hier absolu de la souveraineté des États quels qu'ils soient et modifiant la pratique des relations internationales.

4 juillet
Réaménagement « technique » du gouvernement Barre: Barrot (Santé et Sécurité sociale), Charretier (Commerce et Artisanat).

18 août
Le paquebot *France*, orgueil de la France gaullienne, est vendu et s'appellera *Norway*.

4 septembre
Le Forum des Halles, vaste ensemble commercial proche de Beaubourg, est inauguré; le « trou des Halles » est comblé.

octobre
Bourdieu: *La Distinction. Critique sociale du jugement.*

10 octobre
Le Canard enchaîné accuse le président de la République d'avoir reçu des diamants en cadeau de l'« empereur de Centrafrique Bokassa Ier » avant et après son élection à l'Élysée. L'affaire des diamants commence, qui contribuera largement à dégrader l'image de Valéry Giscard d'Estaing.

29 octobre
Le ministre du Travail Robert Boulin est retrouvé mort dans sa voiture dans la forêt de Rambouillet. Le ministère du Travail est repris par Jean Mattéoli.

29 novembre
Retour d'*Actuel* nouvelle formule, l'ancien journal de l'underground qui, de 1970 à 1975, prônait les valeurs de la génération hippy aux États-Unis.

24 décembre
Lancement réussi de la fusée Ariane.
L'URSS intervient militairement en Afghanistan.

1980

janvier
Vladimir Jankélévitch, disciple de Bergson, auteur de plusieurs livres sur la musique française et d'une œuvre philosophique importante, publie *Le je-ne-sais-quoi et le presque-rien*. Cette édition définitive en trois volumes, augmentée et remaniée, d'un livre publié en 1957, donne une audience à ce philosophe marginal, qui a toujours refusé l'abstraction et les systèmes pour analyser des catégories humaines comme le mensonge, la bonne conscience ou l'ironie.
Florence Delay: *L'Insuccès de la fête*, roman qui met en scène Jodelle, le poète de la Renaissance.
Julien Gracq: *En lisant, en écrivant.*
Guy Schoeller crée « Bouquins » chez Robert Laffont: une collection de gros livres souples à bas prix.

11 janvier
Georges Marchais approuve depuis Moscou l'intervention soviétique en Afghanistan.

2 février
Assassinat de Joseph Fontanet, ancien ministre – meurtre resté inexpliqué.

mars
Marguerite Yourcenar est la première femme élue à l'Académie française.
La troupe du café-théâtre Le Splendid joue *Le Père Noël est une ordure* avec Josyane Balasko, Anémone, Gérard Jugnot, Thierry Lhermitte: un grand succès redoublé par l'adaptation cinématographique de Jean-Marie Poiré en 1982 et une génération d'acteurs qui peuple les écrans français.

8 mars
Polémique sur le séjour volontaire (?) de Georges Marchais en Allemagne en 1942-1944.

26 mars
Mort accidentelle de Roland Barthes, alors que paraît son livre sur la photographie: *La Chambre claire.*

18 avril
Les obsèques de Jean-Paul Sartre, mort le 15, donnent lieu à une manifestation silencieuse qui proteste contre la fin d'une certaine intelligentsia engagée.

30 mai-2 juin
Premier voyage du pape Jean-Paul II en France.

juillet
La France ne s'associe pas au boycott des jeux Olympiques de Moscou décrété par les Occidentaux pour condamner la guerre d'Afghanistan.

septembre
Le dictionnaire consacre le mot beur, verlan déformé qui désigne « un jeune Arabe né en France de parents immigrés ».
Aragon publie les nouvelles du *Mentir-vrai.*

17 septembre
Sortie du film *Le Dernier Métro* de François Truffaut avec Catherine Deneuve et Gérard Depardieu.

FRANÇOIS TRUFFAUT

Certes, on peut préférer le François Truffaut (1932-1984) des Quatre cents coups *qui doublait le critique intransigeant des* Cahiers du cinéma*; ou bien encore la tendresse en miroir d'une adolescence prolongée de la série des « Doinel ». Mais une des qualités de Truffaut est qu'il a été un pionnier de la Nouvelle Vague sachant vieillir sans se répéter. Jusqu'à redécouvrir la force de la narration ou la qualité d'une mise en scène avec des acteurs renommés, ce que précisément il critique dans le cinéma des années 50. Mais Truffaut a la grâce et sait magnifier des actrices comme Jeanne Moreau (*Jules et Jim*, 1961), Catherine Deneuve (*La Sirène du Mississippi*, 1969) ou Fanny Ardant (*La Femme d'à côté*, 1981) dans des films qui parlent toujours de lui-même.*

octobre-novembre
Première vague de candidatures pour l'élection présidentielle: Georges Marchais, Marie-France Garaud, Michel Rocard, François Mitterrand... Celle de Coluche, l'homme en salopette et au nez rouge, inquiète la classe politique si le gag devenait sérieux.

3 octobre
Attentat antisémite à la synagogue parisienne de la rue Copernic (4 morts): immense manifestation de protestation.

10 octobre
Jean Dausset reçoit le prix Nobel de médecine.

22 octobre
Liquidation de Manufrance: le catalogue de la Manufacture des armes et cycles de Saint-Étienne appartenait à la mémoire collective.

novembre
Danièle Sallenave reçoit le prix Renaudot pour *Les Portes de Gubbio.*

décembre
Angelo Rinaldi: *La Dernière Fête de l'Empire.*

2 décembre
Suicide de Romain Gary qui, sous le pseudonyme d'Émile Ajar, obtint un deuxième prix Goncourt (1975).

17 décembre 1980-20 avril 1981
Le Centre Georges-Pompidou présente l'exposition *Les Réalismes entre violence et réaction 1919-1939.* Le choix chronologique n'évite pas la question des liens entre art et fascisme.

1981

janvier
Pierre Vidal-Naquet: *Les Juifs, la mémoire et le présent.* L'historien de l'Antiquité grecque publie la même année *Le Chasseur noir. Formes de pensées et formes de société dans le monde grec*, où il rassemble des études, rédigées depuis 1957.
Création à la maison des Arts de Créteil de *May B.* de la chorégraphe Maguy Marin.
Les années 80 confirment en France l'émergence de nombreux jeunes chorégraphes talentueux, favorisés par la création de centres chorégraphiques nationaux dans les principales villes de France. Outre Maguy Marin, Dominique Bagouet (1951-1992), Karine Saporta, Jean-Claude Gallotta, Angelin Preljocaj témoignent de la vitalité d'un art dans lequel les frontières entre danse classique et contemporaine sont de moins en moins marquées.
Diffusion de la série télévisée *Dallas:* le capital de séduction des États-Unis est universel.

1er janvier
L'Europe des Dix avec l'entrée de la Grèce.

24 janvier
Le congrès du PS élit Lionel Jospin au poste de premier secrétaire pour remplacer François Mitterrand.

2 février
Mgr Lustiger est nommé archevêque de Paris. Juif converti, ce prélat brillant a un parcours exceptionnel.

mars
Pascal Quignard publie aux éditions Clivages le premier tome des *Petits Traités*: une série d'essais sur la langue, l'écriture, la lecture. (En 1990, chez Maeght, une édition en 8 volumes réunira 56 traités.)

2 mars
Un mois après Jacques Chirac, Valéry Giscard d'Estaing annonce qu'il se représente. La campagne de François Mitterrand est dirigée par le publicitaire Jacques Séguéla, inventeur du slogan « La force tranquille ».

avril
Claude Lefort: *L'Invention démocratique*, recueil de textes sur les rapports de la démocratie et du totalitarisme, écrits entre 1956 (l'insurrection de Budapest) et la révolte de Poznan, en Pologne.
Premier numéro de *L'Âne, le magazine freudien*. Largement ouvert, il est l'organe officiel des lacaniens.

26 avril
Résultats du premier tour de l'élection présidentielle (18,90 % d'abstentions): le président sortant obtient 27,8 % des suffrages exprimés, Mitterrand 26 %, Chirac 18 %, Marchais 15,4 %, Lalonde 3,9 %, A. Laguiller 2,3 %, M. Debré 1,6 %.
Le PC appelle à voter pour Mitterrand au second tour; Chirac annonce qu'il votera à titre personnel pour Giscard d'Estaing mais ne se mobilise pas davantage.

mai
Parution de *La Planche de vivre*, poèmes choisis et traduits par René Char et Tina Jolas: de Raimbaut de Vaqueiras à Keats et Mandelstam.

10 mai
Victoire historique de la gauche; l'élection de François Mitterrand (51,75 % des voix) déclenche des manifestations d'enthousiasme dans « le peuple de gauche » (fête place de la Bastille à Paris).

LA Ve RÉPUBLIQUE

De la France mitterrandienne aux cohabitations politiques : 1981-...

*L*a rupture de 1981 est nette, évidente ; mais si la phase historique ouverte le 10 mai se construit autour du mitterrandisme comme un pendant symétrique du gaullisme, le rythme interne de ces deux septennats est complexe : dès 1986, la première cohabitation met à mal la cohérence politique de la période, tandis que la réélection de François Mitterrand a une allure de recommencement avec une nouvelle majorité de gauche. À une continuité qu'incarnerait l'Élysée s'oppose le changement au Palais-Bourbon qui, en 1993, réédite l'expérience de la cohabitation. La victoire de Jacques Chirac en 1995 paraît mettre fin au règne de la gauche et renouer avec les configurations politiquement homogènes typiques de la Constitution de la Ve République. Las ! Une dissolution tentée en 1997 par calcul politique aboutit à un surprenant effet contraire et ramène les socialistes au pouvoir pour une troisième cohabitation inverse des deux précédentes ; la popularité du Premier ministre Lionel Jospin, servi par un retournement de conjoncture économique ne porte pas spécialement atteinte à celle du président Chirac : ce sera la situation qu'il n'a pas choisie et qui lui laisse le moins de marge de manœuvre qui lui réussit le mieux. Les Français découvrent dans les quinze dernières années du siècle que leurs institutions peuvent leur offrir autre chose qu'un « coup d'État permanent » de droite ou de gauche ; que des formules infiniment plus subtiles peuvent voir le jour et recueillir un consensus, loin du triomphe des vainqueurs sur les vaincus.

Mais pour casser l'étau du dualisme manichéen, il aura fallu des années, le temps nécessaire pour que le pays se purge du mythe d'une politique de gauche, remède exclusif à toutes les difficultés économiques et sociales.

En 1981, la gauche dispose de la totalité des pouvoirs pour mettre en œuvre « les 110 propositions » du candidat Mitterrand et elle répond à une attente profonde d'une opinion qui, enfin, tient sa revanche, après vingt-trois ans de pouvoir monochrome.

Les premières réformes, décidées à un rythme soutenu, s'inscrivent dans l'esprit du Front populaire : durée hebdomadaire du travail à 39 h, cinquième semaine de congés payés, retraite à 60 ans avec l'espoir d'une création arithmétique d'emplois correspondant aux réductions du temps de travail ; le Smic, les allocations, les minima sociaux sont relevés et des emplois publics supplémentaires prévus: Keynes n'est pas mort et pour rendre cette résurrection efficace, l'État entend contrôler le cœur de l'appareil industriel et bancaire (9 groupes industriels, 2 compagnies financières et 36 banques sont nationalisées). À cela s'ajoutent les nombreuses mesures inspirées par la culture démocratique de gauche: abolition de la peine de mort, lois Auroux sur les droits des salariés, libéralisation des ondes radio et garantie de l'indépendance de l'audiovisuel. Mentionnons, pour l'ampleur et leur caractère sûrement définitif, les lois Defferre de décentralisation et leur impact sur la gestion du territoire français.

C'est beaucoup; la gauche au pouvoir ouvre tant de chantiers que, très vite, des voix s'élèvent (Jacques Delors) pour demander la pause des réformes.

Une fois écoulé l'«état de grâce», vient le temps des étonnements, des inquiétudes et des déceptions. C'est que la politique de gauche, dont le pays était censé avoir été privé par une droite réputée «la plus bête du monde», se montre totalement inefficace et même aggrave la situation économique: l'inflation est à deux chiffres et, fin 1982, le cap des 2 millions de chômeurs est franchi; les injections financières destinées à relancer le pouvoir d'achat creusent le déficit du commerce extérieur: le gouvernement décide de freiner l'invasion des magnétoscopes japonais importés, dont commencent à s'équiper les ménages aisés. Le dollar est à 10 F et il faut restaurer un contrôle des changes pour les touristes français partant à l'étranger: l'effet psychologique est dévastateur. Surtout, il y a le chômage, dont la croissance continue gangrène la société du cercle vicieux de ses conséquences: consommation moindre, mévente, licenciements, exclusion...

Viendra le temps de la rigueur avec les ministres communistes, puis sans eux avec le gouvernement Fabius. Sans grands résultats concrets face aux urgences de l'heure.

La gauche, interdite de pouvoir, avait fait, à bon compte, de la vertu politique en diplomatie une seconde nature. Or, passé le temps de quelques manifestations symboliques dont le tiers-mondiste discours de François Mitterrand au sommet de Cancún en 1981, la gauche se glisse sans difficulté apparente dans les habits de ses prédécesseurs: ménagement du partenaire soviétique (gaz sibérien oblige) quand la Pologne de Solidarność est réprimée; poursuite des mêmes opérations militaires au Tchad et d'une politique impériale et élyséenne en Afrique; opération barbouzarde et consternante de maladresse contre le navire écologiste *Rainbow Warrior* coulé en Nouvelle-Zélande par des équipes de la DGSE...

La revanche de la droite a lieu un certain 24 juin 1984, quand plus d'un million de personnes battent le pavé versaillais pour défendre l'école qu'ils appellent «libre» et que d'autres nomment « privée ». La menace ? Le service public unifié laïque de l'Éducation nationale, la vieille revendication républicaine que la gauche porte en elle depuis toujours et que la génération au pouvoir entend réaliser. Sauf que la question scolaire est une fracture identitaire de la société française, capable de mobiliser un « peuple de droite » qui joue avec talent ce rôle protestataire dévolu jusqu'ici à la gauche. La mobilisation des partisans et adversaires de l'école privée relève plus du symbole que de la réalité : l'Église catholique n'a plus guère les moyens humains de donner un visage confessionnel marqué à ses réseaux scolaires ; les deux systèmes d'enseignement sont de moins en moins différents et échangent de plus en plus leurs élèves au nom d'un pragmatisme parental qui cherche le meilleur rapport « qualité-contrainte » ; surtout les vrais problèmes scolaires (ennui et violence, fracture sociale...) sont ailleurs et ne correspondent pas spécialement au clivage public-privé. Querelle symbolique et décalée donc, mais c'est sur ce terrain que la gauche essuie une défaite historique.

Le retour de la droite aux affaires en 1986 a d'abord un parfum de revanche : défaire autant que possible ce qui a été fait : si aux nationalisations succèdent les privatisations, il n'est pas question de toucher aux réformes sociales les plus populaires qui sont déjà des acquis.

La cohabitation n'a pas encore lissé les clivages droite-gauche et la droite retrouve de vieux réflexes autoritaires, sensibles lors de la mobilisation étudiante contre le projet Devaquet ou dans la gestion du dossier néo-calédonien. Dérives auxquelles le corps électoral met un holà en réélisant en 1988 François Mitterrand, alors âgé de 72 ans.

Les ministères Rocard, Cresson et Bérégovoy retrouvent un style plus souple fondé sur le dialogue (particulièrement en Nouvelle-Calédonie) et affirment une sensibilité sociale plus marquée, en créant le Rmi (Revenu minimum d'insertion) qui a peut-être préservé la France de graves désordres. Mais on est loin du triomphalisme activiste de 1981 : ni nationalisations ni privatisations ; rigueur salariale et budgétaire à tous les niveaux... C'est que le régime est sur la défensive sur deux plans.

Les années de crise et de chômage ont laminé le corps social, démantelé des familles, réduit à l'assistance et à la désespérance des quartiers de banlieues ou des régions entières. Le travail et le salariat sont des valeurs en chute libre, surtout quand se maintiennent ou progressent les inégalités de l'argent. Il est frappant de mesurer la diffusion de la notion sociale d'exclusion : l'opposition classique entre employés et employeurs sur laquelle se fondait la vie syndicale cède le pas devant la fracture qui oppose les exclus de toute nature à ceux qui sont encore sur le marché du travail. La lutte de classe des travailleurs, qui sous-tendait la culture de gauche, n'est plus le moteur d'une transformation de la société; du reste, rêve-t-on encore de la transformer cette société? L'objectif des exclus semble plutôt de la réintégrer ou de survivre dans une proximité conflictuelle. Et les figures emblématiques du militantisme des années 80 sont plutôt des humanitaires et non des politiques: Coluche et son opération des Restos du cœur en 1985, sans oublier le retour de l'abbé Pierre, véritable baromètre des détresses sociales depuis 1950.

Le deuxième danger contre lequel doit se défendre le second septennat mitterrandien est la poussée de l'extrême droite: le phénomène n'est pas nouveau et déjà en 1972-1973, le mouvement Ordre nouveau et son avatar le Parti des forces nouvelles avaient embouché les trompettes de la xénophobie: sans bénéfices politiques durables pour les auteurs de cette première résurgence de l'extrême droite depuis la fin de la guerre d'Algérie. Personne, sur le coup, n'avait accordé d'importance à la création en 1972 du Front national par Jean-Marie Le Pen, un vieux cheval de retour qui datait du poujadisme. Pourtant, c'est lui qui par ses talents de tribun, son sens aigu des médias, construit une force politique qui obsédera la gauche comme la droite jusqu'à son affaiblissement par une scission en 1998. La sombre réussite du Front national est de s'être trouvé disponible, à un moment démographique: au début des années 80, arrivent à l'âge de 20 ans les enfants des travailleurs immigrés venus en grand nombre à partir de 1960. En vertu du Code de la nationalité, ces enfants nés en France sont français, aucun projet de retour ne les habite, leurs souvenirs, leurs amis, leurs habitudes sont désormais ici et s'ils sont différents de la moyenne française, ils le sont encore plus de la patrie de leurs parents. C'est cette identité tourmentée, faite d'un vif sentiment d'exclusion, qui est transcrite dans ce nouveau mot de la langue française: beur.

Alors que la question n'est plus migratoire, le Front national va forger et marteler un discours fantasmatique sur le fléau de l'immigration et présenter l'expulsion des «immigrés» comme la solution à l'intégralité des problèmes de la France en crise. Confiants d'abord dans le caractère limité de cette approche, les dirigeants socialistes vont voir sans déplaisir un concurrent affaiblissant la droite et accepter que le scrutin proportionnel renforce leur audience (35 députés aux législatives de 1986). Mais ils ne se doutent pas que l'incendie va dévaster l'ensemble du discours politique, en répandant aussi bien à gauche qu'à droite les idées hier taboues de xénophobie et de racisme; en influençant un quart du corps électoral, l'extrême droite devient indispensable (surtout dans les scrutins locaux) et force l'ensemble des partis politiques à se déterminer par rapport à elle.

Les cohabitations de 1993 (Mitterrand-Balladur) et de 1997 (Chirac-Jospin) encadrant la brève période de la droite au pouvoir (Chirac-Juppé) traduisent derrière une incohérence apparente un nouveau climat politique; désormais, la droite et la gauche sont à égalité dans leurs réussites ou leurs échecs et le triomphalisme n'est plus de mise; d'autre part, la décentralisation a multiplié des situations de cohabitation avec des collectivités locales très vivantes et gérées souvent par des tendances différentes du pouvoir central. Puisque la droite et la gauche se rassemblent dans la gestion d'un capitalisme libéral définitivement inséré dans l'ensemble européen, les clivages des décennies précédentes n'ont plus lieu d'être et la cohabitation est peut-être l'avenir de la Vᵉ République. Est-ce à dire que la société tombe dans un apolitisme passif et indifférent? Certes, le crédit des hommes politiques et de leurs partis est médiocre, trop entachés qu'ils sont de multiples affaires de fraudes électorales et de corruption; mais l'incapacité de nouvelles forces politiques à dépasser le stade minoritaire (les Verts, l'extrême gauche) montre que les vieux partis gardent leur utilité aux yeux de l'opinion.

En revanche, la France ne s'ennuie pas, pour antiphraser le célèbre propos de Pierre Viansson-Ponté d'avant Mai 68: la lutte idéologique contre le Front national garde sa capacité mobilisatrice; le sort des immigrés sans papiers, le quotidien scolaire peuvent provoquer d'imposantes manifestations. À un autre niveau, la société connaît des débats passionnés sur sa mémoire avec les procès de Klaus Barbie, de Paul Touvier et de Maurice Papon et entame enfin le travail d'exorcisme de ses refoulements; la question de la responsabilité des politiques posée à travers la dramatique affaire du sang contaminé, la moralisation des mœurs de la vie politique, le vote du PACS, les inquiétudes alimentaires devant les nouvelles maladies et les manipulations génétiques ont un double point commun en dépit de leur apparente diversité: celui d'exprimer d'une part une exigence éthique fondée sur des règles démocratiquement fixées, d'autre part une volonté des citoyens d'exercer un contrôle efficace et sans retenue du respect de ces règles.

Là réside peut-être une mutation fondamentale des mentalités françaises. Jusqu'aux années 80, les scandales, les abus de pouvoirs, les peurs collectives étaient tout aussi nombreux mais associés par une large partie de l'opinion au caractère fondamentalement négatif de la société capitaliste; en changeant cette société, on allait résoudre tous les problèmes à la source, ce qui dispensait d'y prêter une attention trop particulière. La fin des idéologies révolutionnaires n'arrête pas l'histoire mais renverse la problématique: il s'agit de préserver et d'améliorer pour aujourd'hui et les générations futures un système sans alternative connue ou acceptable par le plus grand nombre: d'où cette exigence de «contrôle citoyen»; que les méthodes soient nouvelles et militantes (voir l'association ATTAC et la mouvance écorurale de José Bové contre la mondialisation) ne contredit pas la finalité défensive des objectifs.

Les grandes manifestations d'enthousiasme que provoquent en 1998 et après les succès français en football ou rugby ne sont pas seulement des moments d'ivresse, rompant avec un quotidien trop sombre; ils peuvent être lus comme des moments de rassemblement d'une collectivité nationale, parce que cette société avec ses contradictions et ses tares suscite chez ses membres un attachement sincère et un optimisme réel, à l'heure où se profile enfin la reprise économique.

PAPE

Jean-Paul II, 1978-.

SOUVERAINS, CHEFS D'ÉTAT ET DIRIGEANTS

Espagne: Juan Carlos, 1975-. Premiers ministres: Leopoldo Calvo Sotelo, 1981-1982; Felipe González, 1982-1996; José Maria Aznar, 1996-.

États-Unis: Ronald Reagan, 1981-1989; George H. Bush, 1989-1993; Bill Clinton, 1993-2000; George W. Bush, 2001-.

Grande-Bretagne: Élisabeth II, 1952-. Premiers ministres: Margaret Thatcher, 1979-1990; John Major, 1990-1997; Tony Blair, 1997-.

Italie. Présidents du Conseil: Giovanni Spadolini, 1981-1982; Amintore Fanfani, 1982-1983; Bettino Craxi, 1983-1987; Amintore Fanfani, 1987; Giovanni Goria, 1987-1988; Ciriaco De Mita, 1988-1989; Giulio Andreotti, 1989-1992; Giuliano Amato, 1992-1993; Carlo Ciampi, 1993-1994; Silvio Berlusconi, 1994-1995; Lamberto Dini, 1995-1996; Antonio Maccanico, 1996; Romano Prodi, 1996-1998; Massimo D'Alema, 1998-2000; Giuliano Amato, 2000-.

RFA puis Allemagne. Chanceliers: Helmut Schmidt, 1974-1982; Helmut Kohl, 1982-1998; Gerhard Schröder, 1998-.

URSS puis Russie: Leonid Brejnev, 1964-1982; Youri Andropov, 1982-1984; Constantin Tchernenko, 1984-1985; Mikhaïl Gorbatchev, 1985-1991; Boris Eltsine, 1991-1999; Vladimir Poutine, 1999-.

1981

21 mai

François Mitterrand prend ses fonctions de président. Dans l'après-midi, il pénètre seul dans le Panthéon et dépose trois roses sur la tombe de Victor Schoelcher (abolitionniste de l'esclavage en 1848), Jean Jaurès et Jean Moulin. Cette symbolique républicaine et socialiste porte la marque de Jack Lang, grand ordonnateur des liturgies mitterrandiennes.

François Mitterrand

Cinquante ans de vie politique, dont la prouesse unique d'avoir mené à bien deux septennats, comportent assurément une contrepartie; François Mitterrand (1916-1996) est passé d'une situation polaire – tout s'organisait par rapport à lui – à un purgatoire au goût de revanche; non pas qu'on coure le risque de l'oublier, une bibliographie pléthorique atteste du contraire, mais on se plaît à souligner les ombres de l'homme, les contradictions des engagements, les virages d'une longue route.

La rétroactivité est mauvaise conseillère: on a fustigé les complaisances de François Mitterrand pour le vichysme, d'ailleurs avec l'appui de l'intéressé qui a favorisé l'écriture du livre de Pierre Péan Une jeunesse française*; qu'un démocrate socialiste ait eu un passé marqué à l'extrême droite est choquant pour plus d'un parmi le « peuple de gauche ».*

Une des formules les plus célèbres de François Mitterrand est de « donner du temps au temps »; plus que tout autre, il a été un homme inscrit dans la durée et dans ses commencements il a été un (jeune) homme de son temps et de son milieu. Un jeune bourgeois charentais, catholique de formation sinon de conviction, ambitieux qui, monté à Paris dans les années 30, a toutes les chances de se trouver dans les réseaux intellectuels et militants d'une droite, dont on sous-estime aujourd'hui l'hégémonie séductrice d'alors. Il eût fallu que François Mitterrand ait été de la graine de révolté pour y échapper; or, il accomplit le parcours attendu par son milieu: lettres et droit. Un même déterminisme – très partagé après 1940 – le conduit à donner toutes ses chances au régime de Pétain; une ambition personnelle transforme cette sympathie en offre de service après son évasion d'un camp de prisonniers en Allemagne. Son travail auprès des services de l'État français lui montre les impasses de la révolution nationale et le convainc de prendre contact avec la Résistance début 1943 mais, là encore, une certaine idée de sa propre valeur le persuade de jouer un double jeu, pendant quelques mois; lorsqu'il franchit le pas et qu'il devient le résistant Morland, il ne choisit pas de se mettre à la disposition d'un réseau existant mais récupère l'un des mouvements de prisonniers de guerre. Sa rencontre avec le général de Gaulle fin 1943 ne représente sûrement pas un tournant dans l'histoire de la France libre mais elle montre bien à quel niveau François Mitterrand entend se placer.

Après ce parcours de formation, il s'intègre facilement dans le personnel politique de la IVᵉ République et enchaîne les ministères: ses options centristes sont un atout pour durer dans l'instabilité chronique du régime; après les Anciens Combattants, l'Outre-mer, l'Intérieur au côté de Pierre Mendès France, une présidence du Conseil paraîtrait à terme logique, si le 13 mai 1958 ne venait remettre en cause cette belle mécanique politicienne.

L'installation de la Vᵉ République ruine dans un premier temps l'ambition de François Mitterrand: de Gaulle ne l'aime pas et il est trop identifié au régime précédent pour espérer une reconversion, au prix d'une improbable allégeance. Qu'une affaire comme celle de l'Observatoire (1959) s'ajoute à ces difficultés, et on pronostique la fin de l'homme politique et son retour au barreau.

Mais c'est précisément là que son ambition lui permet de rebondir et de renouer avec le fil de l'action politique. Non sans difficulté: battu en 1958 aux législatives, il doit se contenter de la mairie de Château-Chinon et d'un mandat sénatorial; cet enracinement provincial dans le Morvan sera le lieu d'une fidélité qu'on aurait pu croire éternelle, si, au dernier moment, il n'avait choisi de se faire inhumer dans sa Charente natale. Politiquement, il reste isolé: le PSA mendésiste refuse son adhésion, la SFIO molletiste accepte la nouvelle Constitution et se contente d'une opposition souple à la politique gaulliste. Or c'est l'opposition résolue au Général et à ses institutions qui sera sa voie: choix difficile, après les référendums-plébiscites successifs de 1962, mais qui lui donne une aura d'opposant sans concession. Après le pamphlet du Coup d'État permanent *(1964), il peut relever le défi impossible d'affronter de Gaulle à la présidentielle de 1965 et sa talentueuse défaite – il a mis le Général en ballottage – vaut plus que bien des succès.*

Celui qui est désormais l'opposant numéro 1 ne manifeste pas une intelligence particulière des événements de Mai 68: sa candidature au pouvoir, devant une vacance qu'il constate un peu vite, ne suscite que l'indifférence chez les jeunes révoltés.

La période 1968-1970 paraît un deuxième coup d'arrêt à la carrière de François Mitterrand : la gauche est laminée et le départ du Général le prive de la configuration politique qui lui avait si bien réussi en 1965 ; son seul succès est d'avoir évité la calamiteuse élection de 1969, qui étrille le socialiste Gaston Defferre avec ses quelque 5 %.
Temps de recul, temps d'une refécondation idéologique pour le deuxième rebond de sa carrière : François Mitterrand s'inscrit désormais dans un projet de gauche programmant la rupture avec le capitalisme et la construction d'un socialisme « à la française » (Le Socialisme du possible, *1971) : choix nettement décalé par rapport à son parcours précédent, choix hasardeux, car tout est à faire pour convaincre et mettre en œuvre.*
La base de départ de cette longue marche sera la Convention des institutions républicaines qu'il a fondée en 1964 ; il l'inclut dans le processus de recomposition du Parti socialiste qui culminera au congrès d'Épinay (1971) : cet apport est modeste mais il présente l'avantage de placer François Mitterrand en dehors des luttes internes au courant socialiste ; il peut donc réaliser la prouesse d'entrer au nouveau PS directement au poste de premier secrétaire, ce qui témoigne de son habileté politique dans une famille où il a beaucoup à prouver.
La décennie des années 70 le voit labourer les champs de la gauche : il scelle le rapprochement avec le PC autour d'un programme commun de gouvernement, qui vaut moins par son contenu que par ses capacités mobilisatrices ; surtout, il va peaufiner son personnage de gauche, de façon quasi littéraire et incarner définitivement et exclusivement l'espérance d'une moitié de la France, privée de pouvoir politique depuis plus de vingt ans. Le PC aura beau clamer sa défiance envers François Mitterrand, rompre les accords signés ; au moment crucial, il lui apportera ses voix, faute d'une stratégie alternative.
La victoire de 1981, patiemment construite au fil des échéances électorales, est la consécration personnelle de « la force tranquille » : il n'en faut pas moins assumer les conséquences d'un succès acquis sur la base d'une culture d'opposition et d'illusions jamais confrontées au réel. Après « l'état de grâce », le désenchantement suit au rythme des plans d'austérité et de la banalisation des pratiques de la gauche au pouvoir. François Mitterrand sait subir l'orage et retourner contre la droite sa victoire de 1986. Et parce qu'il a réconcilié la gauche avec l'économie de marché honnie dix ans plus tôt, il lui assure ainsi les conditions de l'exercice du pouvoir dans la durée. Il sort la gauche française du ghetto historique des expériences glorieuses mais sans lendemain. Avec une double contrepartie : un affaiblissement de son identité idéologique et sa personnalisation croissante, autour de la figure du président ; cette évolution rend possibles les cohabitations de 1986 et 1993 : du moment que François Mitterrand reste en place, la gauche peut perdre une bataille, elle n'a pas perdu le pouvoir…
Le deuxième septennat confirme la tendance égocentrique du pouvoir mitterrandien : le président dispose à sa guise de Premiers ministres vite épuisés par la gestion d'une conjoncture restée difficile et lui-même se réserve les arbitrages, les grandes causes comme celles de l'Europe ou de la culture ; cela vaut à la France une inflation de chantiers culturels, dont la réussite indéniable assure la mémoire posthume de François Mitterrand.
L'homme a eu la conviction d'avoir un destin historique, et pas seulement sous l'effet des flatteries de courtisans. Il pourrait prétendre achever la triade socialiste du XXᵉ siècle au côté de Jean Jaurès et de Léon Blum mais c'est plutôt avec de Gaulle que l'analogie s'impose pour cette capacité à mesurer le chemin parcouru à l'aune de lui-même. Privée de but, l'ambition qui l'avait toujours porté se transforme en orgueil, lui donnant le sentiment d'échapper à la loi commune : ainsi peut-on interpréter les dévoilements de sa vie privée, de sa jeunesse et la dissimulation de sa maladie qu'il assume avec une impudence tranquille. Il achève son mandat, en laissant troublée la génération qui s'était identifiée à lui, comme si le temps maîtrisé d'un double septennat exigeait le prix amer de cette ultime victoire.

Pierre Mauroy est nommé Premier ministre.
Composition du gouvernement : Defferre (Intérieur et Décentralisation), N. Questiaux (Solidarité nationale), Jobert (Commerce extérieur), Rocard (Plan et Aménagement du territoire), Chevènement (Recherche et Technologie). M. Faure (Justice), Cheysson (Relations extérieures), Hernu (Défense), Delors (Économie et Finances), Savary (Éducation nationale), É. Cresson (Agriculture), P. Joxe (Industrie), Delelis (Commerce et Artisanat), Auroux (Travail), Mermaz (Équipement et Transports), Hervé (Santé), Henry (Temps libre), Lang (Culture), Fillioud (Communication), Quilliot (Logement), Crépeau (Environnement), Le Pensec (Mer), Mexandeau (PTT), Laurain (Anciens Combattants), Y. Roudy (Droits de la femme), Fabius (Budget), Chandernagor (Affaires européennes), Labarrère (Relations avec le Parlement), J.-P. Cot (Coopération et Développement).

PIERRE MAUROY

Fils d'instituteur, lui-même professeur de l'enseignement technique, Pierre Mauroy (né en 1928) est l'homme d'une triple fidélité, à une région, à un parti et à un homme
D'abord à sa région natale du Nord et à la ville de Lille en particulier, lieux dont il aura occupé les principales fonctions électives : il est maire de la métropole lilloise depuis 1973.
Au socialisme ensuite, qu'il soit SFIO ou PS, puisqu'il grimpe tous les échelons du parti depuis le secrétariat aux Jeunesses socialistes en 1950 jusqu'au poste de premier secrétaire qu'il occupe de 1988 à 1992.
À un homme, enfin, François Mitterrand, dont il se rapproche par opposition à Guy Mollet et qu'il sert dans la construction de l'union de la gauche et dans les premières années de pouvoir.
Les engagements de Pierre Mauroy découlent des interactions de ses fidélités: politiquement, il prône une rupture raisonnée mais nette avec le capitalisme libéral, parce qu'il se sent héritier du socialisme ouvrier du Nord; il dirige les trois premiers gouvernements de François Mitterrand, bien au-delà de « l'état de grâce », ce qui lui vaut d'être impopulaire. Mais il ne peut accepter le virage de 1984 avec l'abandon du projet laïque, qui heurte sa culture d'origine. Son retrait et son remplacement par un Fabius aussi dissemblable de lui que possible ne le mettent pas en opposition avec Mitterrand mais il recentre ses activités sur le PS, l'Internationale socialiste et son beffroi lillois qu'il compte remettre à sa dauphine Martine Aubry en 2001.

22 mai
Dissolution de l'Assemblée nationale: un geste gaullien pour le nouveau président qui ne tarde pas à goûter les pouvoirs conférés par une Constitution qu'il décria jadis.

13 juin-10 août
Les galeries nationales du Grand Palais présentent à Paris l'exposition *Zao Wou-ki. Peintures, encres de Chine*. Né en Chine en 1921, le peintre connaît ses premiers succès à Paris, où il s'installe en 1948, grâce au soutien de Pierre Loeb, qui lui consacre une exposition dans sa galerie en 1952. En 1953, Zao Wou-ki abandonne la figuration et exécute librement des tableaux qui évoquent de grands paysages; cette évolution le conduit rapidement vers la pratique d'un art abstrait marqué par un chromatisme très subtil et le lyrisme du geste.

21 juin
Première fête de la musique lancée par Jack Lang.
Deuxième tour des élections législatives: le PS et son allié, le MRG, obtiennent à eux seuls la majorité absolue (285 des 481 sièges). Ils sont libérés de tout engagement avec le PC.

23 juin
Remaniement ministériel du gouvernement Mauroy: Fiterman (Transports), Le Pors (Fonction publique et Réformes administratives), Badinter (Justice), P. Dreyfus (Industrie), Hervé (Énergie), Ralite (Santé), C. Lalumière (Consommation), Rigout (Formation professionnelle).
Conservent leurs portefeuilles: Defferre (Intérieur et Décentralisation), Jobert (Commerce extérieur), Rocard (Plan et Aménagement du territoire), Chevènement (Recherche et Technologie), N. Questiaux (Solidarité nationale), Y. Roudy (Droits de la femme), Labarrère (Relations avec le Parlement), Cheysson (Relations extérieures), Chandernagor (Affaires européennes), J.-P. Cot (Coopération et Développement), Hernu (Défense), Delors (Économie, Finances), Fabius (Budget), Savary (Éducation nationale), Cresson (Agriculture), Delelis (Commerce et Artisanat), Auroux (Travail), Henry (Temps libre).
Pour la première fois depuis 1947, des communistes participent au gouvernement (Fiterman, Le Pors, Ralite et Rigout); c'est une première en Europe occidentale.

14 juillet
6 200 détenus sur 42 000 sont libérés; les six condamnés à mort sont graciés.

19 juillet
Six cadavres dans un bar d'Auriol (Bouches-du-Rhône): ce sanglant règlement de comptes met en cause des membres du SAC (Service d'action civique, trouble et puissant service d'ordre de l'UNR puis de l'UDR) qui ont sombré dans le banditisme.

10 août
Promulgation de la loi sur le prix unique du livre.

septembre
Le metteur en scène Antoine Vitez, ancien secrétaire d'Aragon, est nommé directeur du théâtre de Chaillot. Il y monte le *Faust* de Goethe.
Claude Simon: *Les Géorgiques*.

18, 30 septembre
L'Assemblée puis le Sénat votent l'abolition de la peine de mort.

22 septembre
Dix ans d'étude et cinq ans d'un chantier ouvert en 1976 aboutissent à l'inauguration du TGV Paris-Lyon.

octobre
Michel Leiris : *Le Ruban au cou d'Olympia.*

9-10 octobre
Promulguée le 9, la loi abolissant la peine de mort paraît le 10 au *Journal officiel.*

17-23 octobre
Après avoir célébré avec le président Reagan l'amitié franco-américaine (200ᵉ anniversaire de la bataille de Yorktown), François Mitterrand voyage au Mexique et prononce un discours tiers-mondiste à la conférence de Cancún.

23-25 octobre
Au congrès du PS à Valence, le secrétaire national Paul Quilès déclare : « Il ne faut pas non plus dire : "Des têtes vont tomber" comme Robespierre à la Convention, mais il faut dire lesquelles et le dire rapidement. »

novembre
Gilles Deleuze : *Francis Bacon. Logique de la sensation.*
Michel del Castillo : *La Nuit du décret*, prix Renaudot.

21 novembre
À la maison des Arts de Créteil, les états généraux des Arts plastiques informent le gouvernement des revendications des artistes : la formation dans les écoles, l'information des artistes et la décentralisation des organes de décision. L'année suivante, le ministre Jack Lang annonce à Lille 72 mesures en faveur des arts plastiques, dont la création de la Délégation aux arts plastiques (DAP) et des Fonds régionaux d'art contemporain (FRAC), dont l'objectif est de diffuser l'art contemporain dans les régions et d'enrichir le patrimoine par l'acquisition de nouvelles œuvres.

26 novembre
Après l'abandon du chantier nucléaire de Plogoff, de l'extension du camp du Larzac, troisième mesure à portée symbolique : l'abolition de la loi anti-casseurs du 30 avril 1970.

décembre
Henri Michaux : *Chemins cherchés, chemins perdus, transgressions*, important recueil de textes qui rappelle que Michaux, peintre désormais reconnu, n'a jamais abandonné l'écriture.
François Nourissier : *L'Empire des nuages.*

4 décembre
Leçon inaugurale du poète Yves Bonnefoy au Collège de France, à la chaire d'études comparées de la fonction poétique. Pendant deux ans, l'auteur de *L'Improbable* présente ses recherches sur l'œuvre de Giacometti, qui donneront lieu à une importante monographie publiée en 1988.

12-13 décembre
La proclamation de l'état de guerre en Pologne par le général Jaruzelski qui veut briser le mouvement du syndicat Solidarność, ne déclenche pas de mesures particulières de la part du gouvernement. Bien plus, il signera, fin janvier 1982, un important accord pour la livraison de gaz soviétique.

15 décembre
Création française à Bobigny de *Répons* de Pierre Boulez, œuvre pour six solistes, avec un ensemble de chambre et un système électroacoustique conçu à l'IRCAM. Comme souvent chez Boulez, l'œuvre *in progress* connaîtra des remaniements jusqu'à son enregistrement discographique en 1999.

18 décembre
La loi sur les nationalisations est adoptée. Sur neuf groupes industriels, sept passent totalement sous le contrôle de l'État : CGE, Pechiney-Ugine Kuhlmann, Rhône-Poulenc, Thomson-Brandt, Saint-Gobain, Usinor et Sacilor, et deux à plus de 50 % : Matra et Dassault. Sont également nationalisées 36 banques, et les compagnies financières Indosuez et Paribas.

1982

13 janvier
Avec les décrets sur les 39 h hebdomadaires et la cinquième semaine de congés payés, la gauche renoue avec le Front populaire de 1936.

15 janvier
L'opération de régularisation des travailleurs immigrés sans papiers a traité 130 000 dossiers.

24 janvier
Naissance d'Amandine : le premier fœtus fécondé dans une éprouvette du professeur René Frydman à l'hôpital de Clamart et réimplanté avec succès dans l'utérus maternel.
Il y a 2 millions de chômeurs et l'inflation est à 14 %.

mars
Parution des deux premiers volumes, dus à Georges Duby et Emmanuel Le Roy Ladurie, de l'*Histoire de France* Hachette, qui en comptera cinq.

3 mars
Promulgation des lois Defferre sur la décentralisation.

LA DÉCENTRALISATION

C'est une révolution lente mais définitive dans l'administration de la France, pour la commune, le département et la région qui sont les principaux bénéficiaires des transferts de pouvoir; elle s'inscrit dans la continuité des premières mesures des années 60 (création des régions) mais l'échec du référendum de 1969, dont l'enjeu était plus le départ du général de Gaulle que la question posée de la régionalisation, avait gelé le dossier. La décentralisation imaginée par Gaston Defferre doit compter avec un attachement à la tradition administrative. D'où, observées avec le recul, trois lacunes à son œuvre.
L'occasion de simplifier la carte d'un pays suradministré n'a pas été saisie; or, la France a autant d'échelons territoriaux que tous les États de l'Union européenne réunis.
Les nouveaux pouvoirs financiers des élus sont considérables; les élus sont par essence de statut précaire: de cette contradiction naîtront bien des « affaires ».
La décentralisation reste paradoxalement d'esprit jacobin, puisqu'elle s'applique uniformément sur tout le territoire; elle bute sur la question des identités régionales fortes et minoritaires.

4-6 juin
Le sommet de Versailles accueille avec faste le sommet des pays industrialisés: c'est l'anti-Cancún.

12 juin
Après celle du 4 octobre précédent et avant la troisième (21 mars 1983), deuxième dévaluation du franc (5,75 %).

29 juin
Remaniement ministériel: Chevènement (Recherche et Industrie), Le Garrec (Emploi), Bérégovoy (Affaires sociales et Solidarité nationale), Auroux (Travail). Nicole Questiaux et Pierre Dreyfus quittent le gouvernement Mauroy.

27 juillet, 4 août
Premières lois Auroux sur les droits des travailleurs dans l'entreprise, notamment le droit d'expression pendant le temps de travail.

30 juillet
Création d'une Haute Autorité de l'audiovisuel chargée de veiller à l'indépendance de la radio et de la télévision et présidée par Michèle Cotta.

9 août
Le restaurant juif Goldenberg, à Paris, est mitraillé (6 morts). La question du terrorisme devient prioritaire pour le gouvernement, au point de fabriquer des succès de toutes pièces: ce sera l'affaire des Irlandais de Vincennes. Lors de l'arrestation de présumés militants de l'IRA, la cellule antiterroriste de l'Élysée déposa des pièces à conviction sur le lieu de la perquisition. Elle accréditait ainsi l'idée d'un complot terroriste international et pouvait se targuer d'un résultat spectaculaire.

27 septembre
François Furet et Roger Fauroux créent la Fondation Saint-Simon. Elle se veut un lieu d'échanges entre intellectuels et acteurs du monde économique et politique qui permette de traverser les frontières parfois imperméables existant entre le monde intellectuel et l'univers professionnel, et d'ouvrir de nouvelles perspectives à une pensée réformatrice encore souvent prisonnière d'archaïsmes politiques et idéologiques. Jusqu'à sa dissolution en 1999, la Fondation Saint-Simon publiera plus d'une centaine de *Notes* consacrées aux problèmes de l'actualité sociale ou politique, et assurera la publication d'une trentaine d'ouvrages nés, pour beaucoup d'entre eux, des séminaires organisés par la Fondation.

octobre
Peter Brook monte aux Bouffes du Nord *La Tragédie de Carmen*, réduction pour petit ensemble de l'opéra de Bizet. L'adaptation musicale est due au compositeur Marius Constant.

novembre
Parution de la traduction intégrale de *Finnegans Wake* de James Joyce aux éditions Gallimard, par Philippe Lavergne. Seuls quelques fragments avaient été traduits par André du Bouchet en 1962.

20 novembre
En prévision des élections municipales de 1983, le gouvernement introduit une dose de proportionnelle dans le mode de scrutin.

décembre
Michel Chaillou: *Domestique chez Montaigne.*
Jacques Dupin: *Une apparence de soupirail.*

8 décembre
Ne s'estimant pas suivi à l'Élysée dans sa volonté de rompre avec le caractère trouble des relations franco-africaines, Jean-Pierre Cot démissionne du ministère de la Coopération.

20 décembre
L'IVG est remboursée par la Sécurité sociale.
Le recrutement de l'ENA est élargi à des acteurs de la vie sociale: une démocratisation qui échouera.

autres événements
• Rétrospective Jackson Pollock au Centre Georges-Pompidou.
• Niki de Saint-Phalle et son mari Jean Tinguely réalisent la *Fontaine Stravinski*, située à Paris entre le Centre Georges-Pompidou et l'église Saint-Merri.

1983

janvier
Après *Paradis*, paru en 1981, où il se mesurait à Joyce, Philippe Sollers écrit un roman «classique»: *Femmes.*

5 janvier
Le FLNC (Front de libération nationale de la Corse) est dissous par le gouvernement.
Les premiers troubles en Nouvelle-Calédonie font deux morts parmi les gendarmes.

20 janvier
François Mitterrand se rend à Bonn pour le 20ᵉ anniversaire du traité franco-allemand. Il souhaite éviter par la négociation l'installation de missiles soviétiques SS 20 en Europe centrale mais en cas d'échec, il approuve la présence de fusées américaines Pershing en RFA; cette question soulève un débat passionné en Allemagne où les pacifistes antinucléaires proclament: plutôt rouges que morts!
Un débat d'historiens: la France est-elle le berceau intellectuel du fascisme? Zeev Sternhell (historien israélien, auteur de *Ni droite, ni gauche. L'idéologie fasciste en France*, 1978) le démontre, nombre de Français le contestent.

février
Jean Clair: *Considération sur l'état des beaux-arts.*
Le neurologue Jean-Pierre Changeux, professeur au Collège de France et à l'Institut Pasteur depuis 1975, publie *L'Homme neuronal.*

23 février
Création d'un Comité consultatif national d'éthique pour les sciences de la vie et de la santé.

mars
Le compact disc se répand: 80 000 CD vendus en moins de deux mois.
Nathalie Sarraute publie un texte autobiographique au titre transparent: *Enfance.*

6-13 mars
Recul de la gauche aux élections municipales: elle perd 31 villes de plus de 30000 habitants dont l'emblématique Grenoble.

22 mars
Troisième gouvernement Mauroy: Rocard (Agriculture), Fabius (Industrie et Recherche), É. Cresson (Commerce extérieur et Tourisme), Crépeau (Commerce et Artisanat), É. Avice (Temps libre, Jeunesse et Sports), Nucci (Coopération et Développement), Mexandeau (PTT), Ralite (Emploi).
Conservent leurs portefeuilles: Delors (Économie, Finances et Budget), Bérégovoy (Affaires sociales et Solidarité nationale), Defferre (Intérieur et Décentralisation), Fiterman (Transports), Badinter (Justice), Cheysson (Relations extérieures), Hernu (Défense), Savary (Éducation nationale), Quilliot (Urbanisme et Logement), Rigout (Formation professionnelle), Lang (Culture), Y. Roudy (Droits de la femme), Labarrère (Relations avec le Parlement), Chandernagor (Affaires européennes).
Il ne reste plus que deux ministres communistes (Fiterman et Ralite). Jacques Delors augmente ses compétences et présente son deuxième plan de rigueur (après celui de juin 1982).

1er avril
Après l'ordonnance du 25 mars, entrée en vigueur de la retraite à 60 ans (57 ans pour les fonctionnaires).

mai
Patrice Chéreau, avec *L'Homme blessé*, adaptation d'un roman d'Hervé Guibert, réalise le premier film sur l'homosexualité destiné au grand public.
Chéreau inaugure sa première saison au théâtre des Amandiers de Nanterre avec la pièce d'un jeune auteur, Bernard-Marie Koltès (1948-1989), *Combat de nègre et de chiens.*

Le professeur Montagnier, de l'Institut Pasteur, identifie le virus du sida qui s'attaque, croit-on, aux Haïtiens, aux homosexuels et aux héroïnomanes...

2 juin
Senghor est élu à l'Académie française.

16 juin
L'Italien Giorgio Strehler, directeur du Piccolo Teatro de Milan, est nommé directeur artistique du théâtre de l'Europe qui sera accueilli six mois par an par le théâtre de l'Odéon (alors lié à la Comédie-Française) où il avait déjà présenté en 1977 une mise en scène de *L'Arlequin serviteur de deux maîtres* de Goldoni, puis en 1978 la *Trilogie de la Villégiature* du même Goldoni. Il donne le 3 novembre, comme premier spectacle, une mise en scène de *La Tempête* de Shakespeare, en italien. Le théâtre accueillera dorénavant de nombreux spectacles en langue originale.

19 juin
Le PC et la CGT réunissent une immense manifestation à Vincennes contre les missiles en Europe; l'appel des cent veut renouer avec les grandes heures du Mouvement de la paix des années 50. Avec les mêmes ambiguïtés: « Le pacifisme est à l'Ouest, les euromissiles sont à l'Est » (François Mitterrand).

septembre
La Classe morte, spectacle de 1975 du metteur en scène et artiste polonais Tadeus Kantor, est présenté au Centre Pompidou par le théâtre Cricot de Varsovie.

4-11 septembre
Élection municipale à Dreux: après la percée du candidat Front national au premier tour, la droite s'allie avec lui pour gagner au second; Jean-Pierre Stirbois (FN) est maire-adjoint. Simone Veil (UDF) stigmatise cet accord.

10 octobre
Création du Collège international de philosophie, association régie par la loi de 1901, à l'initiative de Jacques Derrida, François Chatelet, Dominique Lecourt et Jean-Pierre Faye. Derrida en sera le directeur jusqu'en 1985. Dans cette université ouverte à tous, de nombreux enseignements sont assurés par 50 directeurs de programme renouvelés par moitié tous les trois ans.

17 octobre
Un mois après la publication de ses *Mémoires*, mort de Raymond Aron.

Raymond Aron

*Raymond Aron (1905-1983), jeune normalien socialiste reçu premier à l'agrégation de philosophie en 1928, assiste à la montée du nazisme lors de son séjour en Allemagne entre 1930 et 1933. Expérience décisive, à long terme, dans la construction de sa relation à la politique, et déterminante, dans l'immédiat, puisque Aron abandonne ses positions pacifistes. Il publie avant-guerre trois ouvrages, dont l'*Introduction à la philosophie de l'histoire *(1938), et devient cet observateur critique des phénomènes politiques et sociaux de son temps qui le rapproche des intellectuels libéraux (Élie Halévy). Il a ainsi entamé dès avant la Seconde Guerre mondiale une réflexion sur le caractère totalitaire des régimes soviétique et nazi.*
Aron rejoint Londres en juin 1940, anime la revue La France libre, *mais n'aime pas le « culte de la personnalité » autour du général de Gaulle. Il se tourne à la Libération vers le journalisme: il est éditorialiste à* Combat *(1946-1947) puis au* Figaro *(il le restera trente ans, jusqu'en 1977). Dans une série d'ouvrages,* Le Grand Schisme *(1948),* Les Guerres en chaîne *(1951) et* L'Opium des intellectuels *(1955), il offre des analyses essentielles sur la guerre froide, le régime soviétique ou la séduction qu'exerce l'idéologie marxiste-léniniste. Cet homme réputé de droite prend en même temps très tôt parti pour l'indépendance de l'Algérie, dont il souligne l'inéluctabilité (*La Tragédie algérienne, *1957).*
Il reprend sa carrière universitaire en 1955, en étant élu à la chaire de sociologie de la Sorbonne. Ses cours sont immédiatement reconnus comme des classiques de la sociologie contemporaine: Dix-huit leçons sur la société industrielle *(1955),* La Lutte des classes *(1964), et* Démocratie et totalitarisme *(1965) mettent en avant la notion de société industrielle, dont les contraintes s'imposent et les aspirations s'expriment des deux côtés du rideau de fer. Surtout,* Les Étapes de la pensée sociologique *(1967) font une place à d'autres mouvements de réflexion que ceux de la tradition Comte-Durkheim, et jouent, avec l'*Essai sur les libertés *(1965), un rôle décisif dans la redécouverte de l'importance de Tocqueville pour la compréhension des sociétés démocratiques.*
Les événements de Mai 68 le désolent profondément; il en donne à chaud une analyse acide dans La Révolution introuvable *(1968). Élu professeur au Collège de France en 1970, il poursuit ses travaux sur les problèmes stratégiques (*Paix

et guerre entre les nations, *1961, présentait déjà une véritable théorie des relations internationales) en se lançant dans une œuvre de longue haleine sur la pensée stratégique de Clausewitz et sa destinée posthume:* Penser la guerre, Clausewitz *(1976, 2 volumes) est peut-être son chef-d'œuvre. Au soir de sa vie, la reconnaissance lui vient d'un large public qui découvre une figure (*Le Spectateur engagé, *1981) qui n'a jamais abdiqué ses exigences d'intellectuel.*

23 octobre
Au Liban, la participation de la France à la force de la paix et son soutien à l'Irak contre l'Iran lui valent l'hostilité des Syriens et des milices chiites. 57 soldats sont tués dans un attentat: les Super-Étendard français ripostent et bombardent la plaine de la Bekaa. Le 24, le président Mitterrand se rend à Beyrouth.

novembre
Louis Dumont: *Essai sur l'individualisme.*

5 novembre
Après Marseille dix ans plus tôt, vernissage d'une importante rétrospective Balthus au Centre Georges-Pompidou à Paris.

28 novembre
Création à l'Opéra de Paris de l'opéra *Saint François d'Assise* d'Olivier Messiaen, sous la direction de Seiji Ozawa.

3 décembre
L'affaire des avions renifleurs défraie la chronique; cette étonnante escroquerie portait sur un matériel «révolutionnaire» de détection du pétrole: elle met en cause la direction d'Elf et certains dirigeants de l'ancienne majorité.

10 décembre
Gérard Debreu reçoit le prix Nobel d'économie.

autres événements
• Alechinsky décore le salon d'attente du ministère de la Culture (murs, plafond et tapis).
• La photographe Sophie Calle réalise le reportage *L'Hôtel*, où elle joue les rôles de metteur en scène, d'héroïne et de témoin-voyeur.
• Les architectes Pierre Parat, Michel Andrault et Aydin Guvan construisent le Palais omnisports de Bercy, à Paris. Sa structure métallique a été conçue par André Prouvé.

1984

janvier
Pierre Michon: *Vies minuscules.*

22 février
L'émission d'Antenne 2 *Vive la crise* avec l'acteur Yves Montand comme économiste pédagogue rencontre un vif succès.

23 février-21 mai
Le Centre Georges-Pompidou présente une rétrospective de l'œuvre de Bonnard qui redonne au peintre sa juste place dans le siècle.

mars-avril
Après des rassemblements à Bordeaux, Lyon, Lille, grande manifestation à Versailles des partisans de l'enseignement privé le 4 mars; le 25 avril, c'est le CNAL (Comité national d'action laïque) qui mobilise. Le projet de nationalisation de l'enseignement privé présenté par le ministre Alain Savary rallume la «guerre scolaire» dans laquelle les Français se plongent avec passion depuis un siècle et demi.

17 juin
Élections au Parlement européen avec un taux d'abstention record (43,2 %): la gauche recule et le Front national obtient 11 % des voix, ce qui lui vaut 10 députés.

24 juin
Plus d'un million de personnes se rassemblent à Versailles pour défendre l'école privée.

4 juillet
Le Monologue d'Adramalèch, de Valère Novarina, est créé au festival de La Rochelle par l'acteur André Marcon.

12 juillet
François Mitterrand abandonne le projet de loi sur l'enseignement privé, reconnaissant publiquement son erreur.

17-18 juillet
Pierre Mauroy donne sa démission. Laurent Fabius est nommé Premier ministre et présente son gouvernement auquel les communistes ont refusé de participer. Quittent le gouvernement: Alain Savary; Jacques Delors qui est choisi, le 19, par le Conseil européen comme futur président de la Commission européenne à Bruxelles.
Defferre (Plan et Aménagement du territoire), Bérégovoy (Économie, Finances et Budget),

P. Joxe (Intérieur et Décentralisation), Rocard (Agriculture), É. Cresson (Redéploiement industriel et Commerce extérieur), Chevènement (Éducation nationale), G. Dufoix (Affaires sociales et Solidarité nationale), Quilès (Urbanisme, Logement et Transports), Crépeau (Commerce, Artisanat et Tourisme), R. Dumas (Affaires européennes), Delebarre (Travail, Emploi et Formation professionnelle), H. Bouchardeau (Environnement), Curien (Recherche et Technologie), Calmat (Jeunesse et Sports),
Conservent leurs portefeuilles: Badinter (Justice), Cheysson (Relations extérieures), Hernu (Défense), Lang (Culture), Y. Roudy (Droits de la femme), Labarrère (Relations avec le Parlement), Nucci (Coopération et Développement), Mexandeau (PTT).

Laurent Fabius

Né en 1946 dans une famille de la bourgeoisie parisienne, Laurent Fabius arbore un profil de premier de la classe en toutes circonstances. À 30 ans, il est déjà agrégé de lettres, énarque et conseiller économique de François Mitterrand (il a rejoint le PS en 1974). Il parcourt rapidement les étapes de la carrière ministérielle (au Budget, puis à l'Industrie et à la Recherche) et devient à 38 ans, en 1984, le plus jeune Premier ministre de toutes les Républiques. Lors de la défaite de la gauche aux législatives de 1986, il conserve son mandat de député de Seine-Maritime puis dirige la liste des élections européennes en 1989. Après son premier échec au congrès de Rennes, il succède à Pierre Mauroy au poste de premier secrétaire du PS en 1992 et redevient président de l'Assemblée nationale en 1997. Ce brillant parcours est interrompu par sa mise en examen en 1992 dans l'affaire du « sang contaminé » pour avoir, selon l'accusation, pris trop tardivement la décision de généraliser les tests de dépistage des donneurs de sang. Il se défendra vigoureusement devant la Cour de justice de la République qui le relaxera en mars 1999. Il devient, au début de l'année 2000, ministre de l'Économie et des Finances du gouvernement Jospin.

22 septembre
Le chancelier Kohl et le président Mitterrand se retrouvent côte à côte devant l'ossuaire de Douaumont (Verdun) en un hommage commun aux soldats des guerres mondiales.

26 septembre
Création des TUC (travaux d'utilité collective): des ersatz d'emplois pour les jeunes chômeurs dans les services publics.

16 octobre
Début de l'affaire Grégory: dans un village vosgien, un enfant est retrouvé noyé. Ce fait divers inexpliqué, avec son « corbeau », sa vengeance familiale et ses rebondissements, fascinera les médias populaires et jusqu'à Marguerite Duras qui lui consacre une chronique dans *Libération*.

31 octobre
Un jugement vient d'autoriser l'insémination d'une femme par le sperme de son mari décédé; le Comité national d'éthique se prononce contre les mères porteuses.
Pierre Nora publie le premier volume des *Lieux de mémoire.*

Patrimoine et commémorations

Les 7 volumes des Lieux de mémoire *parus entre 1984 et 1992 représentent une entreprise éditoriale considérable menée par Pierre Nora, dans la continuité d'un séminaire commencé sur le même thème à l'EHESS quelques années auparavant.*
La notion de « lieu de mémoire » reflète un moment de notre société, qui se caractériserait par le passage dans le champ de l'histoire de ce qui relevait de la mémoire commune. Cette mutation est riche de conséquences: d'abord, la collectivité se dépossède d'une prérogative naturelle qui ne posait pas question jusque-là en la confiant à des spécialistes, historiens, conservateurs...; ensuite, le sentiment de cette perte de mémoire renforce l'intérêt pour les lieux où elle s'incarne dans une perspective de sauvetage; il découle de ces deux faits – le passage au champ scientifique et le sentiment d'urgence – une véritable inflation de ce qui peut faire mémoire. Sous les regards des sciences humaines, tout est potentiellement lieu de mémoire: un fait, un homme, une coutume, un objet, une région, une frontière...
Cette explosion quantitative, surtout si elle est assortie d'une préoccupation de conservation, justifie le rôle de l'État culturel, seul capable de faire face à un tel défi. La politique de mémoire devient une ardente obligation citoyenne, refédérant, si besoin était, la collectivité nationale sur deux axes complémentaires: le patrimoine et la commémoration.
Au service du premier, le ministère de la Culture et ses antennes régionales, les DRAC (Directions

régionales de l'action culturelle), les collectivités locales ont mis des moyens inusités, ouvert bien des chantiers, construit des musées par dizaines, qu'il faudra faire fonctionner à l'avenir. Les années 80-90 voient un engouement pour le patrimoine, sous une forme très diversifiée : le succès des journées (portes ouvertes) qui lui sont consacrées chaque septembre ne se dément pas.
La seconde est devenue un phénomène permanent avec la préparation du bicentenaire de la Révolution ; un service des Archives nationales, la Délégation aux célébrations nationales, a reçu mission de recenser chaque année les événements dignes de mémoire et d'en orchestrer la commémoration, subventions à l'appui. Le parti de respecter les anniversaires en chiffres ronds (50, 100, 200 jusqu'à 1 000 et plus) aboutit à télescoper la logique chronologique et à proposer un éventail très riche et vivant mais parfois proche d'un inventaire à la Prévert.

4 novembre
Canal Plus, chaîne de télévision par abonnement dirigée par André Rousselet (jusqu'en 1994), commence à émettre.

12 novembre
Marguerite Duras reçoit le prix Goncourt pour *L'Amant*, publié aux éditions de Minuit. Le livre se vend à 1 million d'exemplaires.

16 novembre
La France compte 2,5 millions de chômeurs.

7 décembre
Remaniement du gouvernement Fabius : R. Dumas (Relations extérieures), G. Dufoix (Affaires sociales et Solidarité nationale), C. Lalumière (Affaires européennes).

8 décembre
Manifestation juvénile massive et totalement imprévue en faveur de NRJ, une radio musicale privée menacée.
Bernard Stasi, député CDS, publie *L'Immigration, une chance pour la France* pour contrer les campagnes xénophobes du Front national.

1985

6-17 janvier
Une vague de froid sur l'Europe fait 145 victimes, généralement des SDF (sans domicile fixe).

11 janvier
Dégradation de la situation en Nouvelle-Calédonie où le FLNKS (Front de libération nationale kanak et socialiste) a entamé une lutte pour l'indépendance ; après les 10 Kanaks tués dans une embuscade à Hienghène en décembre, c'est au tour d'Éloi Machoro, militant kanak, d'être abattu par les gendarmes.

février
Georges Schéhadé, qui n'avait plus publié de poèmes depuis le recueil *Poésies* en 1952, fait paraître *Le Nageur d'un seul amour*.

15 février
Le badge en plastique en forme de main « touche pas à mon pote » est diffusé à des millions d'exemplaires parmi les jeunes et les moins jeunes. L'initiative en revient à SOS Racisme (porte-parole : Harlem Désir), mouvement destiné à mobiliser la jeunesse avec le soutien non déguisé du gouvernement : un concert, le 15 juin, à la Concorde, rassemble 300 000 jeunes.

21 mars-21 mai
La nouvelle Biennale de Paris se tient à la Grande Halle de la Villette. Erro y présente des œuvres inspirées d'événements politiques internationaux, comme en 1980 *Le Pétrole* et *Brejnev en Russie* ; en 1983-1984 *Les Malouines…* et *Beyrouth*, qui est décrochée à la demande de l'ambassade d'Israël.

22 mars
Deux diplomates français (Marcel Carton et Marcel Fontaine) sont enlevés à Beyrouth ; le 22 mai, un journaliste (Jean-Paul Kauffmann) et un chercheur (Michel Seurat, qui mourra en captivité) subissent le même sort ; d'autres enlèvements de journalistes seront commis, toujours par le Djihad islamique chiite. Les derniers otages seront libérés en mai 1988.

avril
Michel Deguy : *Gisants*.

4 avril
Le gouvernement décide d'instaurer la proportionnelle aux élections législatives (loi votée le 26 juin), ce qui ne manquera pas de favoriser le Front national. Michel Rocard, en désaccord, démissionne du ministère de l'Agriculture où le remplace Henri Nallet.

24 avril
Comment montrer la Shoah? Claude Lanzmann réalise un film de neuf heures, *Shoah*, remarquable montage de témoignages de toutes sortes et de tournages sur les lieux.

mai
Présentation aux Bouffes du Nord du *Mahabarata*, spectacle fleuve de Peter Brook, aboutissement de ses recherches sur le théâtre oriental. L'adaptation de ce classique de la littérature indienne est due au scénariste de Buñuel, Jean-Claude Carrière.

10 juillet
Le *Rainbow Warrior*, navire du mouvement écologiste Greenpeace qui préparait une campagne contre les essais nucléaires français dans le Pacifique, est coulé par des équipes de la DGSE (contre-espionnage français) alors qu'il était à quai à Auckland (Nouvelle-Zélande). Un photographe qui se trouvait à bord est tué. Le 12, deux agents français sont arrêtés et inculpés de meurtre par les autorités néo-zélandaises.

septembre
Jean-Philippe Toussaint: *La Salle de bain.*
Christo réalise l'empaquetage du Pont-Neuf à Paris.

11 septembre
Création, par le théâtre du Soleil d'Ariane Mnouchkine, à la cartoucherie de Vincennes, de *L'Histoire terrible mais inachevée de Norodom Sihanouk, roi du Cambodge*, de l'écrivain et professeur de littérature anglaise Hélène Cixous, auteur d'une thèse sur *L'Exil de Joyce ou l'art du remplacement* (1969).
Henri Thomas, qui n'avait plus écrit de romans depuis quinze ans, publie *Le Croc des chiffonniers.*

20 septembre
Affaire du *Rainbow Warrior.* Un rapport établi par le conseiller d'État Bernard Tricot disculpe le gouvernement mais reconnaît ne pas avoir eu toutes les informations. Dans *Le Monde,* les articles d'Edwy Plenel établissent le rôle de la DGSE. Le 20, le ministre de la Défense Charles Hernu démissionne (Paul Quilès le remplace) et le directeur de la DGSE est limogé.

29 septembre
Victoire des anti-indépendantistes aux élections locales de Nouvelle-Calédonie: c'est un échec pour Edgard Pisani chargé au gouvernement de suivre le dossier et la situation paraît bloquée.
Trois hommes et un couffin de Coline Serreau: un film à succès sur les « nouveaux pères ».

11 octobre
À l'Unesco, en présence du président de la République, commémoration du tricentenaire de la révocation de l'édit de Nantes.

17 octobre
Claude Simon reçoit le prix Nobel de littérature.

novembre
J.-M.-G. Le Clézio: *Désert.*

12 novembre
Jean-Pierre Chevènement veut redonner à l'école le sens des valeurs républicaines mâtinées de technologie. Second objectif: 80 % de bacheliers.

18 décembre
Un Disneyland européen sera installé à Marne-la-Vallée au terme de négociations menées directement avec le Premier ministre.
Ouverture du premier Resto du cœur par Coluche pour nourrir les exclus. Ces soupes populaires se multiplieront et dureront avec le soutien de la communauté des artistes de variétés.
Parution de *La Cause des enfants* de Françoise Dolto.

Françoise Dolto

Françoise Dolto (1908-1988) est l'une des grandes figures de la psychanalyse française. Résolue très jeune à être « médecin d'éducation », elle devient psychanalyste à la fin de ses études de médecine. Clinicienne exceptionnelle, elle a élaboré des notions théoriques fécondes: « l'image inconsciente du corps » et les « castrations symboligènes ». Engagée dans la vie de la cité, elle était animée par la conviction que le psychanalyste avait sa place dans les domaines de l'éducation et de la prévention. Elle a pour cela rendu la pensée psychanalytique accessible au grand public, en particulier grâce à l'émission Lorsque l'enfant paraît *(1976-1978). Elle a créé les « Maisons vertes », lieux de socialisation précoce où les parents et les enfants sont accueillis ensemble par une équipe comprenant des psychanalystes. Son œuvre, outre une centaine d'articles, comporte une trentaine d'ouvrages traduits dans le monde entier, parmi lesquels* Psychanalyse et pédiatrie *(1939),* Le Cas Dominique *(1971),* Sexualité féminine *(1983),* L'Image inconsciente du corps *(1984),* La Cause des enfants *(1985),* Solitude *(1985),* Paroles pour adolescents ou le complexe du homard *(1989),* Les Étapes majeures de l'enfance *(1994),* Les Évangiles et la foi au risque de la psychanalyse *(réédité en 1996).*

autres événements

• L'écrivain d'origine argentine Hector Bianciotti obtient le prix Fémina pour *Sans la miséricorde du Christ*.

• Les architectes Philippe Robert et Bernard Reichen achèvent la transformation de la Grande Halle de la Villette en « espace culturel polyvalent ». L'ancien marché aux bœufs est le principal vestige des constructions métalliques réalisées par Jules de Mérindol en 1867.

1986

1er janvier
L'Europe des Douze avec l'Espagne et le Portugal.

17 février
Création de *Pour un oui pour un non* de Nathalie Sarraute au théâtre du Rond-Point dans une mise en scène de Simone Benmussa. La pièce sera reprise la même année au festival d'Avignon.

20-22 février
Début des émissions de La Cinq, chaîne de télévision privée de Jérôme Seydoux (PDG du groupe Chargeurs) et de l'homme d'affaires italien Silvio Berlusconi, et d'une sixième chaîne musicale.

mars
Florence Delay : *Course d'amour pendant le deuil*.

13 mars
En chantier depuis 1977, la Cité des sciences et de l'industrie est inaugurée à La Villette, à Paris, là où un projet d'abattoir géant avait sombré dans un scandale financier. L'architecte Adrien Fainsilber y a construit la Cité des Sciences et de l'Industrie ainsi que la Géode qui abrite une salle de cinéma disposant d'un écran hémisphérique.

16 mars
Aux élections législatives, victoire de la droite qui, avec 40,9 % des suffrages exprimés, obtient 291 (RPR 148, UDF 129, divers droite 14) des 577 sièges. Le PS et le MRG (31 %) ont 215 élus, le PC (9,7 %) 36 élus et le Front national (9,7 %), qui entre à l'Assemblée, 35.
Succès identique de la droite aux élections régionales qui ont lieu pour la première fois au suffrage universel.

17, 20 mars
Après une première série d'attentats (3-5 février), une bombe explose le 17 dans le TGV Paris-Lyon, puis, le 20, une autre explose dans une galerie marchande des Champs-Élysées faisant deux morts dont un Libanais lié aux FARL (Fractions armées révolutionnaires libanaises). Le chef des FARL, Georges Ibrahim Abdallah, arrêté auparavant en France, pourrait être échangé contre les otages français retenus au Liban. L'attentat est revendiqué par le CSPPA (Comité de solidarité avec les prisonniers politiques arabes du Proche-Orient).

20 mars
François Mitterrand désigne Jacques Chirac comme Premier ministre. La première expérience de cohabitation de la Ve République commence. Jacques Chirac annonce son intention d'utiliser la procédure des ordonnances.
Composition du gouvernement : Balladur (Économie, Finances et Privatisation), Raimond (Affaires étrangères), Chalandon (Justice), Giraud (Défense), Léotard (Culture et Communication), Pasqua (Intérieur), Méhaignerie (Équipement, Logement, Aménagement du territoire et Transports), Pons (Dom-Tom), Monory (Éducation nationale), Séguin (Affaires sociales et Emploi), Madelin (Industrie, PTT et Tourisme), Guillaume (Agriculture), Aurillac (Coopération), Rossinot (Relations avec le Parlement), Charette (Fonction publique et Plan), Juppé (Budget), Noir (Commerce extérieur), Cabana (Privatisation, jusqu'au 13 août), Pandraud (Sécurité), Douffiagues (Transports), Carignon (Environnement), Devaquet (Recherche et Enseignement supérieur).
Sont nommés le 25 mars : Chavannes (Commerce, Artisanat et Services), M. Barzach (Santé) et Descamps (Tourisme).

21 mars
La droite emporte 20 présidences de région sur 22.

avril
Le poète, mathématicien et membre de l'Oulipo Jacques Roubaud, auteur en 1967 d'∈ et en 1985 d'un roman plein de fantaisie, *La Belle Hortense*, publie un recueil de poèmes, *Quelque chose noir*, et *La Fleur inverse, essai sur l'art formel des troubadours*.
Sortie du film de Jean-Jacques Beineix, *37°2 le matin*, adaptation du roman de Philippe Djian paru en mars de l'année précédente.

25 avril
Catastrophe nucléaire de Tchernobyl en Ukraine ; un nuage contaminé survole l'Europe mais les pouvoirs publics multiplient les déclarations rassurantes. Le dernier réacteur de la centrale restera en activité jusqu'en décembre 2000.

28 avril
Début de l'affaire Carrefour du développement: un détournement de fonds de cette association (créée en juin 1983) dépendant de l'ancien ministre de la Coopération Christian Nucci met en cause ce dernier; le principal coupable et dénonciateur (Yves Chalier) reçoit l'aide active du ministère de l'Intérieur.

4 juin
Rétablissement du scrutin uninominal à deux tours pour les législatives dans le but explicite de briser l'ascension du FN favorisée par la proportionnelle.

31 juillet
La loi sur les privatisations est votée. Jusque-là, François Mitterrand avait refusé de signer une ordonnance sur ce sujet. Échelonnées jusqu'en 1988, ces privatisations concernent Saint-Gobain, TF1, Havas, Matra, CGE, des banques et institutions financières (Société générale, Paribas, Suez).

7 août
Terrorisme, délinquance, conditions de séjour des étrangers: l'Assemblée légifère abondamment.

13 août
Remaniement ministériel: Cabana (Réforme administrative), Bosson (Affaires européennes), Galland (Collectivités locales), Longuet (PTT).

septembre
Sortie de *Thérèse*, film d'Alain Cavalier qui, sans religiosité particulière, a choisi un sujet à contre-courant de l'esprit du temps: relater la vie de sainte Thérèse de Lisieux.

4-17 septembre
Vague d'attentats meurtriers (11 morts au total) à Paris: le plus grave, commis rue de Rennes devant le magasin populaire Tati et la Fnac, fait six morts; ils sont revendiqués par le CSPPA pour obtenir la libération du chef libanais Georges Ibrahim Abdallah arrêté et détenu en France depuis mars.

LE TERRORISME

La France avait déjà connu des accès de violence terroriste depuis les années 70; mais ces attentats semblaient circonscrits à des régions (Corse, Bretagne) et limités volontairement dans leurs effets. En 1986, il s'agit en revanche d'actes commis par des gens issus de pays où la vie humaine compte peu et au nom de causes sur lesquelles la France n'a que peu de prise.

Parallèlement, l'épisode terroriste d'Action directe est un cas aberrant, à contre-courant de l'évolution de l'extrême gauche française et européenne; il s'explique par la petitesse du groupe en question sans la moindre assise dans la société et il n'aura pas de suite après l'arrestation de ses responsables en février 1987.
Les années 90 voient une dramatique reprise des attentats en 1995, selon un schéma similaire à celui de 1986, l'Algérie en guerre civile remplaçant le Liban; et dans un contexte différent, l'aggravation du terrorisme corse (assassinats de militants) dans un sens fratricide pour le contrôle de la mouvance indépendantiste.

18 octobre
Expulsion par charter de 101 Maliens en situation irrégulière sur l'ordre du ministre de l'Intérieur Charles Pasqua.

18 octobre 1986-12 janvier 1987
À Paris, les galeries nationales du Grand Palais présentent une rétrospective de l'œuvre d'Estève.

12 novembre
Présentation d'un projet de loi réformant le Code de la nationalité (datant de 1973) dans un sens plus restrictif: les enfants nés en France de parents étrangers ne seraient plus français automatiquement à leur majorité.

17 novembre
Georges Besse, PDG de Renault, est assassiné par deux membres d'Action directe; ce grand patron, qui a dirigé nombre de grandes entreprises, s'est illustré dans l'industrie nucléaire (Eurodif, Cogema) et dans le redressement de groupes en difficultés (Pechiney-Ugine-Kuhlmann, Renault): autant de «crimes» pour la logique meurtrière d'Action directe (qui avait abattu en 1985 l'ingénieur de l'armement Audran).

22 novembre-8 décembre
Un projet de réforme universitaire présenté par le secrétaire d'État Alain Devaquet déclenche un mouvement étudiant et lycéen, aussi massif qu'inattendu. De puissants cortèges se succèdent à Paris et en province, se terminant généralement par des violences du fait de casseurs. Le ministre de l'Éducation René Monory, d'abord attentiste, puis inquiet d'un risque de Mai 68, décide le 5 décembre de retarder et de réviser le texte de la réforme. Ce soir-là, des manifestations sont dispersées par la police et au cours d'une échauffourée,

un étudiant, frappé par les CRS, meurt d'un malaise rue Monsieur-le-Prince, à Paris. La mort de Malik Oussekine rappelle l'ère Marcellin et l'indignation générale donne le coup de grâce à la réforme Devaquet qui est retirée le 8 décembre par le Premier ministre Jacques Chirac.

24 novembre-5 décembre
Dans le cadre des privatisations, 1,5 million de Français se sont offert une part de Saint-Gobain.

décembre
Jean Echenoz: *L'Équipée malaise.*

1er décembre
On disait des gares qu'elles étaient les cathédrales du XIXᵉ siècle; celle d'Orsay devient son musée. Gae Aulenti a été chargée de l'aménagement intérieur et de la décoration du musée.

30 décembre
Créé en 1982, l'IGF (impôt sur les grandes fortunes) est supprimé. Il sera rétabli sous le nom d'ISF (impôt de solidarité sur la fortune) en octobre 1988.

autres événements
• Buren réalise *Les Deux Plateaux* dans la cour d'honneur du Palais-Royal, à Paris. Cet ensemble de colonnes cannelées noires et blanches et de hauteurs différentes déclenche une polémique.

1987

janvier
Yves Bonnefoy: *Récits en rêve.*
À l'occasion du tricentenaire de la mort de Lully, la production de son opéra *Atys*, mis en scène par Jean-Marie Villégier et dirigé par William Christie, à Florence, Montpellier et à l'Opéra de Paris, connaît un extraordinaire succès. Cette production sera exportée à New York en 1989 pour le bicentenaire de la Révolution.

Le renouveau de la musique ancienne

*Le succès d'*Atys *peut apparaître comme l'aboutissement d'un mouvement dont certains pionniers, avant-guerre, étaient français: la Schola cantorum de Vincent d'Indy (qui fait entendre des opéras de Rameau), Wanda Landowska qui remet à l'honneur le clavecin, Nadia Boulanger qui enregistre des madrigaux de Monteverdi. Mais après-guerre, les musiciens qui cherchent à redonner vie à la musique d'avant la Révolution en recourant à des instruments anciens (ou à des copies) et surtout en étudiant les traités qui permettent de retrouver le style de l'époque, vont à contre-courant des institutions (conservatoires et orchestres symphoniques) et, à de rares exceptions près (Jean-Claude Malgloire notamment), sont à l'étranger: Alfred Deller en Angleterre, Gustav Leonhardt aux Pays Bas, Nikolaus Harnoncourt en Autriche. Ce n'est que tardivement que la France suivra le mouvement, mais avec enthousiasme, en accueillant des musiciens étrangers qui fondent des ensembles en France: l'Américain William Christie et les Arts florissants, le Flamand Philippe Herreweghe et la Chapelle royale.*

22 février
Premier vol de l'Airbus A320, avion européen.

23 février, 4 avril
La CNCL (Commission nationale de la communication et des libertés) qui a remplacé la Haute Autorité en décembre dernier redistribue les cartes dans l'audiovisuel: La Cinq va à Hersant-Berlusconi (elle disparaîtra en avril 1992), TV6 devient M6 (Métropole Télévision de Jean Drucker); le 4 avril, TF1 est privatisée au profit du groupe Bouygues.

mars
Traduction française du livre, datant de 1981, du philosophe et sociologue allemand Jürgen Habermas, *Théorie de l'agir communicationnel*, qui cherche à sauver la raison de ses critiques (Nietzsche, Heidegger ou Foucault) en montrant qu'il y a une rationalité de la communication sur laquelle peut reposer une organisation de la société.

avril-mai
Le CCF, la CGE, Havas, la Société générale sont privatisés...
Une nouvelle publicité s'affiche sur les murs et sur les écrans: celle de visages anonymes qui affirment: « Le sida ne passera pas par moi ».

Génération sida

J.-P. Aron (historien) et G. Hocquenghem (journaliste) en 1988, B.-M. Koltès en 1989, H. Guibert (romancier) en 1991, D. Bagouet (chorégraphe) en 1992, C. Collard (acteur et réalisateur) en 1993... Le monde des arts et des lettres a payé, au tournant des années 90, un lourd tribut au sida.

Cette génération décimée avait assumé publiquement son homosexualité, investissant les espaces que l'inégale tolérance française concédait au monde gay ; ces pionniers étaient brillants, socialement et intellectuellement privilégiés. Certains ont raconté leur combat avec un certain narcissisme (Hervé Guibert, À l'ami qui ne m'a pas sauvé la vie*;* Le Protocole compassionnel*), d'autres ont exalté la vie brève pour nier le mal (Cyril Collard,* Les Nuits fauves*), tous ont tenté de vivre jusqu'au bout.*
Au plus fort de l'épidémie en France, la mortalité du sida resta statistiquement limitée (3 000 ou 4 000 décès annuels), loin derrière les fléaux habituels du tabagisme et de l'alcoolisme ; pourtant les morts du sida ont pesé lourd dans l'inconscient collectif, contribuant à la mobilisation de moyens exceptionnels de lutte et de prévention. Le sida a été d'abord un mystère : un tel fléau ne pouvait concerner que le tiers-monde. Sa transmission par le sexe, le sang, l'injection le cantonnait dans le domaine des comportements jugés déviants, d'où l'idée d'un « châtiment ». Puis la diffusion de la maladie l'a sorti de ce ghetto pour en faire une peur de chacun, parce qu'elle pouvait frapper désormais tout le monde : cette évolution de l'image du sida a culminé avec l'affaire du sang contaminé, puisqu'un acte médical banalisé pouvait désormais donner la mort.

mai
Maurice Pialat reçoit la palme d'or au festival de Cannes pour *Sous le soleil de Satan*, d'après Bernanos.

11 mai
Ouverture du procès (filmé) de Klaus Barbie pour crime contre l'humanité devant la Cour d'assises du Rhône : l'ombre de Jean Moulin et celles des enfants d'Izieu raflés en 1944 planent sur les débats. L'accusé, qui est défendu par Me Jacques Vergès, refuse d'assister aux débats : le 4 juillet, il est condamné à la réclusion perpétuelle et mourra en détention en 1991.

22 juin
Installation de la commission des sages pour étudier la réforme du code de la nationalité. Présidée par Marceau Long, elle comprend notamment Hélène Carrère d'Encausse, Pierre Chaunu, Alain Touraine… Ses auditions riches et sereines seront télévisées et donneront lieu à un rapport en février 1988.
Création à Montpellier du *Saut de l'ange*, chorégraphie de Dominique Bagouet, sur des musiques de Beethoven et Pascal Dusapin et un scénario de Christian Boltanski.

22 juillet
La loi, dite loi Malhuret, a pour objectif de permettre aux père et mère d'exercer conjointement leur autorité quel que soit le devenir du couple : elle consacre l'exercice conjoint de l'autorité parentale en cas de divorce et en facilite l'accès dans la famille naturelle.

septembre
Valère Novarina : *Discours aux animaux*.

13 septembre
À l'émission Grand Jury RTL-*Le Monde*, Jean-Marie Le Pen soutient que les chambres à gaz ne sont qu'un point de détail de l'histoire de la Seconde Guerre mondiale. Le scandale est énorme. On notera que le chef du Front national évite de tomber dans le négationnisme illégal, mais se situe dans le courant relativisant les crimes nazis dans un contexte plus large (Seconde Guerre mondiale, stalinisme…).
En Nouvelle-Calédonie, succès des anti-indépendantistes (98,3 %) au référendum sur l'autodétermination.

12 octobre
Premières candidatures pour la présidentielle de 1988 : après J.-M. Le Pen, A. Lajoinie (PC), P. Juquin (communiste rénovateur en rupture de comité central) annonce la sienne : il s'exclut *ipso facto* du parti. François Mitterrand se représentera-t-il ? Michel Rocard est sur les rangs mais attend ; sur les murs, une habile campagne publicitaire affiche « La génération Mitterrand ».

14 octobre
Jean-Marie Lehn reçoit le prix Nobel de chimie.

15-16 octobre
Tempête sur la Bretagne et la Normandie : des vents à 240 km/h dévastent tout sur leur passage, font 20 victimes et provoquent d'énormes dégâts.

19 octobre
Dans la plupart des Bourses occidentales, des ordres de vente programmés par ordinateurs amplifient la baisse ; ce Lundi noir fait se volatiliser des milliards de dollars.

novembre
L'Institut du monde arabe (IMA), construit par les architectes Jean Nouvel, G. Lézénes et Pierre

Soria avec Architecture Studio, est inauguré à Paris. L'IMA, qui est un centre d'études, comprend une bibliothèque et un musée.

9 novembre
Début de l'affaire Luchaire: des ventes interdites d'obus à l'Iran auraient abouti à des commissions pour le PS. En arrière-plan de toutes les affaires politico-financières, une question récurrente: le financement des partis politiques dont les ressources légales ne correspondent en rien à leurs dépenses.

14 novembre
Tahar Ben Jelloun reçoit le prix Goncourt pour *L'Enfant de sable.*

27-29 novembre
La raison d'État dénoue provisoirement la crise franco-iranienne: le diplomate iranien Wahid Gordji en poste à Paris est soupçonné d'implications dans les attentats terroristes de 1986 et recherché par la justice; entendu par le juge, il sort libre et rejoint l'Iran. En échange, deux otages français sont libérés.

décembre
Premier Téléthon en faveur de la lutte contre les myopathies. Créée sur le modèle imaginé par l'acteur américain Jerry Lewis, cette opération caritative diffuse une émission prolongée de télévision (un marathon, d'où le suffixe « thon ») qui sensibilise le public à la cause et retransmet des initiatives locales de collectes de fonds sous forme de défis. Le Téléthon va devenir ainsi chaque année l'un des premiers vecteurs de financement privé de la lutte contre les maladies génétiques. Si on peut discuter l'exclusivité de la destination des fonds au détriment d'autres causes, on ne peut nier l'efficacité des téléthons (création du laboratoire de recherche Généthon en 1990), ni l'intégrité de la gestion des dons.

autres événements
• À Paris, Bernard Tschumi construit le Parc de La Villette, reliant la Cité des Sciences au Nord et la Cité de la musique et la Grande Halle au Sud. L'endroit devient un lieu de rendez-vous juvénile et populaire.

1988

16 janvier
Jacques Chirac annonce sa candidature à l'Élysée; il est suivi par Raymond Barre le 8 février.

28 janvier
Fondé en 1977, *Le Matin de Paris* cesse de paraître. À la Libération, il y avait 26 quotidiens nationaux: il en reste 12.

février
Pierre Pachet publie un recueil d'essais *La Force de dormir*, après son *Autobiographie de mon père* parue en 1987.

février-mars
La galerie Claude Bernard présente à Paris la première exposition personnelle du peintre français Sam Szafran. Après une période abstraite, Szafran aborde la figuration en 1958 avec de nombreux dessins au fusain. Au début des années 70, c'est au pastel qu'il réalise, avec une remarquable maîtrise technique, des œuvres de grand format représentant des escaliers, des vues d'atelier et des natures mortes. Il reprend à l'aquarelle certains de ces sujets dans les années 80.

4 mars
François Mitterrand inaugure la Pyramide du Louvre imaginée par l'architecte sino-américain Ieoh Ming Pei: une audacieuse modernité au cœur de la culture classique.

LES CHANTIERS DU PRÉSIDENT

Grand Louvre, Opéra-Bastille, Arche de la Défense, Institut du monde arabe, Cité de la musique et, pour finir, la Bibliothèque nationale de France, dont le site éponyme fut porté de bout en bout par François Mitterrand contre le feu des critiques… Le président, qui eut pour lui la durée nécessaire à la réalisation de ses ambitions, prend place parmi les souverains bâtisseurs qui ont modelé le paysage de la capitale. Le fait du prince est en effet déterminant dans ces choix, contestables ou non, qui engagent pour des décennies les ressources de la politique culturelle. On remarquera que ce Charentais, amoureux du Morvan et chantre des arbres des Landes, réserva à Paris l'essentiel de ses projets dans une centralisation assumée de sa renommée.

22 mars
François Mitterrand annonce sa candidature et cisèle un texte littéraire pour présenter son programme: *Lettre à tous les Français.*

avril
Sortie du film *Le Grand Bleu* de Luc Besson.

22 avril
En Nouvelle-Calédonie, des militants du FLNKS attaquent une gendarmerie à Ouvéa (îles Loyauté), tuant 4 gendarmes et en prenant 23 autres en otages.

24 avril
Au premier tour de l'élection présidentielle, Mitterrand arrive en tête avec 34,09 % des suffrages, devant Chirac (19,94 %), Barre (16,54 %), Le Pen 14,39 % et Lajoinie (6,76 %), l'écologiste Waechter (3,78 %), Juquin (2,10 %), A. Laguiller (1,99 %). C'est un échec considérable pour le PC qui n'avait jamais réalisé un score aussi bas.

4-5 mai
La gestion des prises d'otages devient un élément de la campagne électorale.
Le 4, l'émissaire J.-Ch. Marchiani (RPR) ramène les derniers otages du Liban, détenus depuis 1985.
Le 5, en Nouvelle-Calédonie, l'assaut est donné à la grotte de Fayaoué, où sont enfermés les otages: 2 gendarmes et 19 Kanaks sont tués, dont 3 dans des conditions suspectes.

8 mai
Avec 54,01 % des voix, François Mitterrand est largement réélu.
Michel Rocard est nommé Premier ministre; si l'on compte deux ministres UDF (Michel Durafour et Jacques Pelletier), aucun communiste n'entre dans son gouvernement formé le 12. Une innovation: certains portefeuilles sont confiés à des représentants de la société civile. Cette dernière expression est révélatrice d'un certain essoufflement de la classe politique puisque le gouvernement fait appel à des non-politiciens, professionnels exemplaires dans leur domaine (Curien, Chérèque, Fauroux...).
Jospin (Éducation nationale, Recherche et Sports), Bérégovoy (Finances et Budget), M. Faure (Équipement et Logement), R. Dumas (Affaires étrangères), Arpaillange (Justice), Chevènement (Défense), P. Joxe (Intérieur), Fauroux (Industrie, Commerce extérieur et Aménagement du territoire), É. Cresson (Affaires européennes), Mermaz (Transports), Durafour (Fonction publique et Réformes administratives), Delebarre (Affaires sociales et Emploi), Pelletier (Coopération et Développement), Lang (Culture et Communication), Nallet (Agriculture et Forêt), Quilès (PTT, Espace), Le Pensec (Mer), Poperen (Relations avec le Parlement), Stirn (Dom-Tom), Curien (Recherche), É. Avice (déléguée aux Affaires étrangères), Chérèque (Aménagement du territoire et Reconversions), Doubin (Commerce, Artisanat et Tourisme), G. Dufoix (Famille, Droits de la femme, Solidarité et Rapatriés), Évin (Santé et Protection sociale), C. Tasca (Communication).

MICHEL ROCARD

L'originalité de Michel Rocard (né en 1930) est d'avoir existé politiquement avant François Mitterrand et d'avoir pu espérer l'égaler dans ses ambitions.
Fils d'Yves Rocard, ingénieur et physicien de premier plan dont les travaux furent décisifs pour la défense nucléaire de la France, le jeune Rocard choisit la voie de l'économie financière. Sciences-Po et l'ENA le conduisent à une carrière précoce et brillante de haut fonctionnaire du ministère des Finances gaulliste: un milieu aux antipodes des engagements de Rocard qui depuis 1958 suit son maître spirituel Pierre Mendès France dans l'aventure du PSA puis du PSU. Cette double vie, il la mène sous le pseudonyme de Servet, ce qui ne manque pas de sel pour un protestant (Michel Servet fut brûlé dans la Genève de Calvin...). Secrétaire national du PSU, il est un des rares hommes politiques à traduire en des termes raisonnables l'esprit de Mai 68 et est élu député des Yvelines en 1969. Il rejoint le PS fin 1974 mais sans gagner l'amitié de François Mitterrand qui devine en lui un rival. De fait, Michel Rocard songe à la candidature pour 1981 mais s'efface devant le premier secrétaire du PS. Après avoir été ministre deux fois sous Mauroy, il démissionne par désaccord avec le scrutin proportionnel un an avant l'échec de 1986. Il serait à nouveau candidat en 1988, si Mitterrand ne l'évinçait pas à nouveau. Sa nomination comme Premier ministre semble être une manœuvre du président pour qu'il épuise son capital de popularité; Michel Rocard remporte un succès notable sur le dossier néo calédonien grâce à une méthode d'action et de dialogue toute mendésienne mais il est confronté à un lourd climat social, au mouvement lycéen et aux émeutes des banlieues. En 1995, l'opinion lui préfère Jacques Delors, puis, après le retrait de ce dernier, Lionel Jospin pour l'élection présidentielle. Dès lors, le Sénat et le Parlement européen s'offrent pour une retraite active à Michel Rocard, à qui les occasions de donner sa pleine mesure auront manqué.

14 mai
François Mitterrand dissout l'Assemblée nationale.
Pierre Mauroy devient premier secrétaire du PS.

12 juin
À l'issue du second tour des élections législatives, le PS dispose de 277 sièges et le PC de 27. À droite, l'UDF a 130 élus, le RPR 128. Le Front national a obtenu 9,65 % des suffrages mais ne dispose plus que d'une élue, Marie-France Stirbois.

23 juin
Laurent Fabius, nouveau président de l'Assemblée nationale, offre la présidence de deux commissions à l'opposition. Valéry Giscard d'Estaing présidera la commission des Affaires étrangères.

26 juin
Pour renouer le dialogue en Nouvelle-Calédonie, Michel Rocard dépêche une mission de médiation dirigée par le préfet Christian Blanc et composée du chanoine Guiberteau, de Jacques Stewart (président de la Fédération protestante de France) et de Roger Leray, ancien responsable franc-maçon; l'appel à de telles personnalités est une première en pays laïque, mais tient compte du paysage spirituel de Nouvelle-Calédonie. L'impact du drame d'Ouvéa conduit Jean-Marie Tjibaou, leader du FLNKS, à tendre la main à son vieil ennemi caldoche Jacques Lafleur (protestant comme Michel Rocard) et à conclure un accord de compromis. Un référendum sera organisé à l'automne en France pour décider d'un processus d'autodétermination et d'apprentissage des Kanaks à l'autonomie.

28 juin
Après les législatives, Michel Rocard remanie son gouvernement qui comprend des centristes (Rausch, Soisson) et des barristes. Tous les ministres du gouvernement précédent sont reconduits. Seuls changent de portefeuilles: Le Pensec (Dom-Tom), Delebarre (Transports et Mer). Nouveaux venus: Rausch (Commerce extérieur), Soisson (Travail et Emploi), Charasse (Budget), Decaux (Francophonie), Braun (Personnes âgées), L. Schwartzenberg (Santé, jusqu'au 7 juillet).

juillet
Hamlet, dans la traduction d'Yves Bonnefoy, est monté au festival d'Avignon par Patrice Chéreau et repris à Nanterre à l'automne.

14 juillet
François Mitterrand annonce son projet de construire une très grande bibliothèque pour remplacer la Bibliothèque nationale saturée et archaïque.

2 septembre
Au cours d'un débat télévisé, J.-M. Le Pen traite le ministre de la Fonction publique de «Durafour-crématoire»; ce jeu de mot, qui scandalise l'opinion, lui vaudra de multiples démêlés judiciaires.

23 septembre
Autorisation de la commercialisation de la pilule abortive RU 486 mise au point par les laboratoires Roussel-Uclaf. Un mois après, Roussel-Uclaf cède aux pressions intégristes et la retire du marché.

6 octobre
Début d'une longue grève des infirmières, animée par des «coordinations» qui doublent les syndicats. Les troubles en Algérie (159 morts officiellement) inquiètent la communauté algérienne de France.

12 octobre
À l'Assemblée, vote du Rmi (revenu minimum d'insertion): 570000 foyers seront concernés en février 1989.
Vote de l'amendement Coluche permettant de déduire des revenus imposables les dons aux associations humanitaires.

18 octobre
Maurice Allais reçoit le prix Nobel d'économie.

6 novembre
Référendum sur la Nouvelle-Calédonie: il est difficile de mobiliser le corps électoral pour les destinées d'un «Caillou» situé à 20000 km de chez lui: 63,1 % d'abstentions mais le oui est massif (79,9 %) en faveur de l'autodétermination.

26 novembre
Jean-Loup Chrétien, premier cosmonaute français, s'envole sur Soyouz depuis la base soviétique de Baïkonour (Kazakhstan) en présence de François Mitterrand.

18 décembre
Liberté de grève ou service public minimum: les grèves des transports parisiens des dernières semaines relancent le débat.
La Bourse se porte bien: 65 % de hausse dans les onze derniers mois.

1989

janvier
Jacques Roubaud: *Le Grand Incendie de Londres.*
Tzvetan Todorov: *Nous et les autres.*

1er janvier
Des montgolfières dans le ciel français donnent le signal du bicentenaire de la Révolution de 1789.

23-24 janvier
Le CSA (Conseil supérieur de l'audiovisuel) remplace la Commission nationale de la communication et des libertés, laquelle avait succédé à la Haute Autorité de l'audiovisuel…

15 février
Les éditions Christian Bourgois décident de repousser l'édition de la traduction des *Versets sataniques*, prévue pour 1990, en raison des menaces de mort lancées contre Salman Rushdie dont le roman est condamné par l'imam Khomeyni. Le livre sera néanmoins mis en vente le 19 juillet et deviendra un best-seller.

16 février
Un ami personnel de François Mitterrand, R.-P. Pelat (qui meurt le 7 mars suivant), est inculpé, ainsi que quatre autres personnes, pour « recel de délit d'initié » (connaissance et exploitation à des fins personnelles d'informations confidentielles et privilégiées en matière boursière) à l'occasion du rachat par Pechiney de la firme américaine American Can.

22 février
Remaniement ministériel : le départ de Maurice Faure fait de Michel Delebarre le ministre de l'Équipement, du Logement, des Transports et de la Mer.

mars
Jean Bottéro et Samuel Noah Kramer : *Lorsque les dieux faisaient l'homme.*

18 mars
Première mise en scène d'Antoine Vitez à la Comédie-Française, dont il est devenu le directeur : *Le Mariage de Figaro* de Beaumarchais.

19 mars
Succès socialiste aux élections municipales ; entrée des Verts et du FN dans de nombreux conseils municipaux ; le 6 janvier, *Le Monde* avait titré : « Le Pen voué à la marginalité. »

mai
Marc Ferro lance l'émission *Histoires parallèles*, diffusant et commentant les actualités cinématographiques des pays belligérants de la Seconde Guerre mondiale.

4 mai
Jean-Marie Tjibaou et Yeiwéné Yeiwéné sont tués à Ouvéa par un Kanak hostile au processus en cours.

Jean-Marie Tjibaou

Les balles qui fauchent Jean-Marie Tjibaou (1936-1989) et son ami « Yéyé » font les dernières victimes du drame qui avait commencé avec l'assaut de la gendarmerie d'Ouvéa en avril 1988 ; elles privent également la Nouvelle-Calédonie d'un des rares hommes à la stature de chef d'État qu'ait jamais produits la France d'outre-mer.
Le parcours de Jean-Marie Tjibaou est d'abord celui d'un jeune Kanak doué, à qui ne s'offre qu'une possibilité pour faire des études : le séminaire catholique. Eût-il été protestant comme la moitié des Kanaks qu'il serait devenu pasteur. Il est ordonné prêtre en 1965, après avoir douloureusement touché du doigt le degré d'aliénation par rapport à sa culture d'origine qui lui est devenue quasiment étrangère ; il fait alors des études de sociologie et d'ethnologie en France, abandonne la prêtrise en 1972 et s'engage dans la vie politique locale de Nouvelle-Calédonie. Ses dons personnels et aussi l'excessive rareté des Kanaks diplômés lui assurent une ascension jusqu'au Conseil du territoire où il représente le Front indépendantiste, futur FLNKS. La gauche au pouvoir lui fait espérer une refonte du statut du territoire et l'accès à l'indépendance mais, sur place, le système est verrouillé par un quasi-apartheid entre la région de Nouméa, européenne et tenue par le RPCR (Rassemblement pour la Calédonie dans la République) de la famille Lafleur et le pays kanak profond. Jean-Marie Tjibaou doit compter avec la radicalisation des jeunes du FLNKS partisans de la lutte armée : plusieurs de ses frères sont tués dans une fusillade dont les auteurs resteront impunis. La mort d'Éloi Machoro abattu par le GIGN, la militarisation de la situation et les morts des tueries d'Ouvéa lui font prendre conscience de l'inégalité du rapport de force ; en août 1988, après le passage de la mission de médiation envoyé par Michel Rocard, il signe un accord en forme de compromis historique avec le RPCR, renonçant à l'indépendance immédiate au profit d'un temps d'apprentissage dans des institutions intermédiaires et de formation de cadres kanaks. La décennie qui a suivi sa mort semble globalement valider la voie humaniste de cet homme de paix.

24 mai
Arrestation de Paul Touvier, ancien responsable de la Milice à Lyon, qui se cachait dans un couvent de Nice.

31 mai
Début des émissions de la Sept, chaîne de télévision culturelle dont le conseil de surveillance est présidé par Georges Duby.

juin
Création de l'association Act Up destinée à lutter contre le sida de manière provocatrice et souvent ambiguë, contrairement à l'association Aides qui tente d'utiliser systématiquement tous les recours légaux.

6 juin
Le Mai 89 des étudiants chinois est noyé dans le sang; en France comme ailleurs dans le monde, la photo d'un homme seul bloquant une colonne de chars sur la place Tien-an-Men devient une icône de la liberté.

18 juin
Aux élections européennes, la liste RPR-UDF conduite par Valéry Giscard d'Estaing recueille 28,87 % des suffrages contre 23,61 % à celle conduite par Laurent Fabius. Le Front national conserve ses 10 sièges, tandis que les écologistes obtiennent 10,59 % des suffrages, donc 9 sièges. Une liste centriste conduite par Simone Veil recueille 8,41 % des voix, celle du PC stagne à 7,2 %. Les trois partis « poids lourds » de la vie politique – le PS, le RPR et l'UDF – ne rassemblent qu'une grosse moitié des suffrages dans un scrutin dominé par les abstentions (51,1 %).

22 juin
L'ancien patron de la société Urba, cabinet d'études et pompe à finances pour le PS, est inculpé. Auparavant, Gérard Monate avait été un leader syndicaliste de la police.

8-14 juillet
Célébration du bicentenaire de la Révolution: un sommet des sept pays les plus industrialisés se réunit à Paris, déclenchant les critiques des milieux tiers-mondistes qui mettent en avant la dette des pays pauvres; le défilé du 14 juillet sur les Champs-Élysées est imaginé par le publicitaire Jean-Paul Goude: un carnaval coloré et cosmopolite, davantage conçu pour être vu à la télévision que sur place, qui culmine avec *La Marseillaise* chantée par la cantatrice américaine Jessye Norman vêtue de tricolore. Le caractère centralisé et spectaculaire de ces événements ne doit pas masquer les milliers de manifestations, festives ou sérieuses, qui essaiment en France sous le label du bicentenaire symbolisé par le logo de l'homme volant du peintre Folon.
Parallèlement, le bicentenaire s'accompagne d'une floraison éditoriale qui actualise, non sans polémiques, la connaissance historique de la Révolution.

10 juillet
Création au festival de Montpellier de *Roméo et Juliette*, opéra de Pascal Dusapin (un élève de Xenakis) sur un livret d'Olivier Cadiot.

13 juillet
Élevé sur les plans de l'architecte Carlos Ott, l'Opéra-Bastille est inauguré à Paris à l'occasion des cérémonies du bicentenaire de la Révolution. L'Américain Cy Twombly a réalisé le rideau de scène; la sculpture *Le Monde numéro 24* de Jean Tinguely et Niki de Saint-Phalle est installée dans le foyer du parterre; une peinture de Jean-Paul Riopelle décore le bar.

août
Pierre Bourgeade: *L'Empire des livres.*

26 août
Inauguration de la Fondation de l'Arche de la fraternité (située au sommet de l'Arche de la Défense construite par Otto von Spreckelsen), créée pour promouvoir les Droits de l'homme, véritables héros de ce bicentenaire.

19 septembre
Un DC10 de la compagnie UTA explose en vol au-dessus du Niger, causant 170 victimes; l'enquête montrera plus tard que c'est un attentat attribué aux services libyens mais le délai et l'éloignement de l'événement diminuent largement l'impact de ce qui est le plus grave acte de terrorisme commis contre des intérêts français.

20 septembre
Inauguration du TGV Atlantique.

octobre
Un collège de Creil (Oise) exclut trois élèves musulmanes qui refusent d'enlever en classe leur foulard islamique dissimulant leurs cheveux. C'est le début d'une polémique qui mobilise l'opinion, jusqu'à requérir l'avis du Conseil d'État, lequel statue le 27 novembre, de façon nuancée, sur l'interdiction des signes religieux ostentatoires. Une des originalités des débats est de rapprocher des

points de vue de gauche avec ceux d'une droite conservatrice traditionnellement hostile à l'islam.

FOULARD, ISLAM ET LAÏCITÉ

La querelle scolaire de l'enseignement privé de 1984 semblait apaisée quand la question du foulard rallume les passions laïques: le port d'un signe vestimentaire distinctif pour des raisons religieuses paraît être une violation caractérisée des idéaux de la laïcité pour ceux qui souhaitent maintenir fermement l'école en dehors de toute influence religieuse. Ce point de vue est renforcé par la position féministe qui voit dans le foulard (improprement appelé tchador) le symbole d'une religion rétrograde hostile aux femmes.
D'autres font remarquer que l'islam français (3 à 4 millions de personnes) se voit imposer des devoirs, alors que le respect de ses droits élémentaires (construction de mosquées) reste problématique. Il ne faut donc pas s'étonner que des militants intégristes pratiquent une stratégie de la tension, tant que l'islam restera confiné dans un statut de seconde zone. D'autre part, la politique de fermeté (exclusion des fillettes) pénalise en premier celles qu'elle entend protéger et sous-estime l'efficacité des valeurs de liberté et de dignité diffusées par l'école, dès lors qu'on la fréquente.
Cette polémique ne réglera pas le problème qui renaîtra à intervalles réguliers, envenimée par l'explosion de l'islamisme algérien à partir de 1992; elle n'en apparaît pas moins comme une curiosité française aux yeux des autres pays européens qui ont une approche beaucoup plus pragmatique de ces questions.

19 octobre 1989-1ᵉʳ janvier 1990
Le musée national d'Art moderne, Centre Georges-Pompidou, consacre une rétrospective au peintre hollandais Bram Van Velde. Après une courte période expressionniste en Allemagne, l'artiste s'installe à Paris en 1925 et peint des natures mortes au chromatisme violent en écho aux œuvres fauves qu'il découvre alors. Il évolue ensuite vers l'abstraction lors d'un séjour à Majorque de 1932 à 1936 et renonce bientôt à donner titre et date à ses toiles pour affirmer leur existence autonome, irréductible à toute signification. Après 1965, le peintre abandonne définitivement l'huile pour la gouache, qu'il étale en couches successives, créant ainsi des effets de superpositions et de coulures, et dont l'aspect mat rend plus sensibles la surface même du support, son absence de profondeur. L'écrivain Samuel Beckett a consacré plusieurs textes à l'œuvre de Bram Van Velde, contribuant activement à sa reconnaissance.

novembre
Jean Vautrin reçoit le prix Goncourt pour *Un grand pas vers le Bon Dieu.*

9 novembre
La chute du Mur de Berlin marque la fin du rideau de fer qui divisait l'Europe en deux blocs.

3 décembre
Le Front national remporte l'élection législative partielle de Dreux.

11 décembre
Le Parlement européen lève l'immunité parlementaire de Jean-Marie Le Pen pour qu'il puisse répondre devant la justice de son calembour de septembre 1988 « Durafour-crématoire ».
Transfert au Panthéon des cendres de Condorcet, de l'abbé Grégoire et de Monge: un noble, un clerc et un roturier qui ont été des hommes de compromis et de science incarnant une Révolution au service de l'homme.

22 décembre
Adoption de la loi limitant les dépenses électorales et contrôlant le financement des partis; faute d'adhérents réellement cotisants, les partis politiques de droite comme de gauche ont dû se résoudre à des expédients illégaux pour faire face aux dépenses exigées par la visibilité politique: d'où d'abondantes « affaires » n'épargnant aucune formation du paysage politique.

autres événements
• Paul Chemetov et Borja Huidobro achèvent la construction du ministère de l'Économie et des Finances à Paris, commencée en 1982, quai de Bercy. Des sculptures de Bourdelle et de César ornent les jardins. Alechinsky réalise une peinture monumentale, *Fluctuation*, pour décorer le hall.

1990

janvier
Daniel Pennac: *La Petite Marchande de prose*, troisième roman d'une trilogie qui narre les aventures de la tribu Malaussène à Belleville.

10 janvier
Une réforme limitant le secteur hospitalier privé dans lequel les honoraires sont libres déclenche un

mouvement de protestation des chefs de clinique et des internes.

24 janvier
Inauguration à Angoulême du Centre national de la bande dessinée et de l'image, construit dans une ancienne usine par l'architecte Roland Castro.

février
Christian Bobin : *La Femme à venir.*

mars
Hervé Guibert : *À l'ami qui ne m'a pas sauvé la vie.* L'écrivain malade du sida vend 146 000 exemplaires les dix premiers mois.

15-18 mars
Lutte de clans (Jospin, Fabius) au congrès du PS à Rennes.

17 mars
Première représentation publique à l'Opéra-Bastille : *Les Troyens* d'Hector Berlioz, dirigé par Myung Whun Chung, mis en scène par Pier Luigi Pizzi.

28 mars
Sortie du film *Cyrano de Bergerac* de Jean-Paul Rappeneau, brillante adaptation de la pièce d'Edmond Rostand. Gérard Depardieu obtiendra le prix du meilleur acteur à Cannes et le film 10 césars le 9 mars 1991.

30 mars-28 mai
À Paris, les galeries nationales du Grand Palais présentent une rétrospective de l'œuvre de Bazaine.

4 avril
Christian Nucci bénéficie d'un non-lieu et de la loi d'amnistie (22 décembre 1989) dans l'affaire Carrefour du développement.

6 avril
Décision des banques de remplacer les cartes bancaires à piste magnétique par les cartes à puce dotées d'un microprocesseur, inventées en 1974 par Roland Moreno.

mai
Emmanuel Hocquard : *Les Élégies.*

8-9 mai
Le cimetière juif de Carpentras est profané avec exhumation d'un corps ; le sentiment d'horreur saisit la France entière : le 14, 200 000 personnes, dont François Mitterrand et Michel Rocard, manifestent à Paris à l'appel du CRIF. Compte tenu de ses déclarations antisémites fréquentes, le Front national est mis en cause ; puis les soupçons porteront sur des jeunes amateurs de jeux de rôles sataniques ; enfin, plusieurs années après, des skinheads avoueront avoir commis ce forfait.

25-27 mai
Le premier festival international du livre d'aventures et de voyages « Étonnants voyageurs » se déroule à Saint-Malo. Fondé par Michel Le Bris, ancien directeur de *La Cause du peuple*, il se renouvellera chaque année avec un succès croissant.

juin
Selon le recensement, la France compte 58 400 000 habitants.
Le CAPC (Centre d'arts plastiques contemporain) de Bordeaux s'installe dans les anciens entrepôts à vins Lainé réaménagés par les architectes Denis Valode et Jean Pistre. Les entrepôts Lainé deviennent à la fois musée permanent et lieu d'expositions temporaires, comme pour le salon du livre de Bordeaux. À Grenoble également, le Centre d'art contemporain, « le magasin », investit une ancienne usine qui devient un lieu d'expositions.
Paul Veyne : *René Char en ses poèmes.*

19-21 juin
Au sommet franco-africain réuni à La Baule, la France annonce son intention de coupler les remises de dette avec les efforts en faveur du respect des Droits de l'homme.

24 juin
Les Champs-Élysées sont les champs d'un jour pour une moisson de blé fauchée par les agriculteurs du CNJA devant une foule enthousiaste.

Les agriculteurs

Comment les nommer ? Paysans, agriculteurs, exploitants agricoles, ruraux ? Le flou lexical contemporain traduit bien la crise d'identité de ce monde ancestral qui se confondait hier dans chaque pays avec le sol et l'histoire.
Pas moins de trois rythmes temporels sont nécessaires pour appréhender l'ampleur et la diversité des mutations vécues par la paysannerie. Le temps long, correspondant à la mémoire vive des générations présentes, a vu passer cette population d'une situation de primauté (le secteur primaire représente 40 % des actifs dans les années 20) à celle d'une infime minorité : l'exode

rural a vidé les campagnes, divisé par cinq le nombre des agriculteurs en quarante ans et aujourd'hui 800 000 actifs agricoles tiennent à bout de bras une agriculture qui n'a jamais autant produit. À l'opposé, le temps court – à l'échelle annuelle – reste le cadre majoritaire des activités de production et de commercialisation, qui dépendent encore fortement des aléas climatiques, pour assurer une abondance et une variété de produits jamais démenties pour notre consommation alimentaire. Entre les deux, le temps « moyen » est celui des changements qui, à l'échelle d'une génération, ont modifié en profondeur les façons de vivre et de travailler de la population agricole : la mécanisation a libéré notamment les femmes et les adolescents de tâches répétitives comme la traite, permettant aux unes plus de disponibilité et aux autres une scolarité plus longue que le seul certificat d'études ; cette modernisation a un corrélat : l'endettement massif des agriculteurs pour financer leurs investissements et, derrière le mythe de l'exploitation familiale indépendante, le pouvoir croissant des banques sur leur destinée. Ensuite, la construction européenne s'est fondée dès le début sur une politique agricole commune et c'est à une population volontiers taxée de traditionaliste qu'on a demandé en premier d'intégrer l'élargissement des horizons nationaux dans la gestion quotidienne de ses exploitations avec les problèmes aigus de concurrence entre pays de niveaux de vie – donc de coûts salariaux – très différents. Enfin, l'agriculture d'un pays occidental comme la France est de plus en plus un maillon du complexe industrialo-alimentaire transnational représenté par des entreprises qui, par la fourniture des bêtes ou des semences ou par les contrats de commercialisation, ont institué une sorte de salariat éclaté parmi les agriculteurs qu'elles contrôlent. C'est donc une révolution qui a secoué en trente-quarante ans une catégorie sociale française, à un rythme de changement probablement supérieur à celui vécu par le reste de la population.

Les paysans ont été accompagnés dans leurs mutations par toutes sortes de dispositifs d'aides nationales et européennes, que leurs représentants ont su solliciter, obtenir et maintenir. En effet, les agriculteurs français bénéficient de deux atouts : une surreprésentation institutionnelle qui en fait la catégorie la mieux représentée, notamment par le biais des conseillers généraux et des sénateurs qui savent choyer leur électorat rural ; ensuite, la variété et l'influence des organisations syndicales agricoles comme la FNSEA, le CNJA, la Confédération paysanne, souvent fécondées par l'Action catholique des années 50. Mieux défendus que bien des catégories de la population active, les agriculteurs peinent cependant à éviter un unanimisme qui masque des situations très inégalitaires parmi eux et souvent les plus nantis de l'agriculture bénéficient d'avantages destinés à ceux qui le sont moins.

La minorité agricole entretient en cette fin de siècle des rapports complexes avec le reste de la population : passons sur l'imaginaire rural traditionnel – décliné à satiété par la publicité – dont on les gratifie dans la nostalgie d'un monde que nous avons définitivement perdu ; insistons plutôt sur le décalage bien réel avec le reste de la population pour le style de vie : revenus aléatoires, isolement du cadre de vie, modicité du temps libre à l'époque des 35 h hebdomadaires. La conscience de la responsabilité des pratiques imposées à l'agriculture dans la chaîne alimentaire et ses problèmes de santé publique (épidémie de « vache folle »...) est une nouveauté qui ne trouve pas encore de solutions fiables, hormis l'application radicale des principes de précaution (abattage de troupeaux, retrait total des produits incriminés) ; de même, la société réalise que l'ampleur spatiale des activités de cette poignée d'actifs leur confère un rôle majeur dans l'entretien et le maintien des paysages ruraux, dont le monde urbain aime à user pour ses loisirs mais pour lesquels il n'est pas prêt à consentir des sacrifices financiers.

27 juin

Nouvelle loi française sur l'internement, qui remplace celle du 30 juin 1838 inspirée par Esquirol, mais sans la modifier en profondeur. Elle institue toutefois une Commission départementale des hospitalisations psychiatriques, qui doit contrôler les hospitalisations d'office.

30 juin

Adoption de la loi Gayssot renforçant la répression des délits de racisme et de négationnisme.

14 juillet

Le service militaire est réduit à dix mois : c'est une première étape, en fait, vers la disparition de la conscription nationale.

2 août

L'Irak envahit et annexe le Koweit. La communauté internationale sous commandement américain organise la riposte. La France participe au mouvement et envoie des troupes.

2 octobre
Remaniement ministériel: Louis Mermaz remplace Henri Nallet à l'Agriculture qui remplace Pierre Arpaillange à la Justice. Aux Affaires européennes, Élisabeth Guigou remplace Édith Cresson. Bruno Durieux est ministre délégué à la Santé et Georges Kiejman délégué à la Justice.

6 octobre
Émeutes dans la banlieue lyonnaise de Vaulx-en-Velin: les périphéries des grandes villes deviennent des zones globales d'exclusion, qui nourrissent un sentiment aigu d'abandon et de différence; une floraison d'études, dont le caractère ethnologique dit la distance existant avec le reste de la société, tente de cerner le problème. L'architecte Roland Castro (ancien gauchiste) propose des solutions dans le cadre de Banlieues 89. En décembre, un ministère de la Ville (Michel Delebarre) lance un plan de rénovation de cinq ans.

novembre
Mécontentement des lycéens devant leurs conditions d'études; la population scolaire, qui a grandi avec la crise, ne veut plus renverser la société mais exige des moyens humains et matériels pour y réussir. Seulement, les manifestations lycéennes se terminent régulièrement par des pillages et des dégradations imputables aux bandes venues des banlieues. Un plan d'urgence est décidé par le ministre Jospin.
Jean Rouaud reçoit le prix Goncourt pour *Les Champs d'honneur*.

décembre
La fiscalité s'enrichit d'un nouveau sigle: CSG (contribution sociale généralisée), appliquée à l'ensemble des revenus et destinée au financement de la Sécurité sociale. La taxe entrera en vigueur en février 1991.
Création par le ballet de l'opéra national de Lyon de *Roméo et Juliette*, chorégraphie d'Angelin Preljocaj sur la musique de Prokofiev, avec des costumes et décors du dessinateur Bilal.
Sortie du film *Uranus* de Claude Berri, d'après le roman de Marcel Aymé publié en 1948.

autres événements
• La Cité de la musique, construite par l'architecte Christian de Portzamparc, est inaugurée à Paris. Conçue comme un village, elle comprend le Conservatoire supérieur national de musique et de danse, une salle de concerts ainsi que le musée de la Musique.

1991

12 janvier
Bernard Pivot lance une nouvelle émission, *Bouillon de culture*, qui se substitue à *Apostrophes*.

17 janvier
Guerre du Golfe. Après l'échec d'un ultime plan de paix proposé par la France, l'opération *Tempête du désert* commence contre l'Irak: elle durera jusqu'à la fin de février. La France y participe avec des chasseurs du porte-avions *Clemenceau* et la division Daguet. L'ampleur des moyens médiatiques, symbolisée par la chaîne américaine CNN, mobilise l'opinion publique mais ne fournit en définitive que peu d'informations réelles. Après coup, elle suscitera les premières réflexions de fond sur une information mise en scène et manipulée à l'échelle mondiale.
L'engagement militaire français suscite l'opposition d'un courant pacifiste particulièrement hétéroclite comprenant l'extrême gauche, le PC, des Verts mais aussi l'extrême droite. Le caractère féroce de la dictature de Saddam Hussein accrédite l'idée d'une guerre juste et compense le peu d'enthousiasme qu'inspire l'engagement au côté des États-Unis, ce qui rend le courant pacifiste minoritaire; il recevra néanmoins l'appui de Jean-Pierre Chevènement qui démissionne le 29 janvier du ministère de la Défense (remplacé par Philippe Marchand).

février
Gérard Macé: *Vies antérieures*.

février 1991-mars 1992
Parution d'une monumentale *Histoire des femmes en Occident*, sous la direction de Georges Duby et Michelle Perrot, qui comptera cinq tomes.

23-25 février
L'interdiction de la station privée Télé Free Dom provoque une violente émeute à la Réunion qui fait 11 morts.

mars
Dominique Schnapper, *La France de l'intégration. Sociologie de la nation en 1990*.
Sortie du film de Claude Chabrol, *Madame Bovary*.

26 mars
À la suite de la mort d'un jeune Maghrébin abattu par un vigile, émeutes à Sartrouville (Yvelines) durant trois jours. En juin, c'est au tour du Val-Fourré, cité de Mantes-la-Jolie, de s'enflammer: un adolescent et une femme policier sont tués.

avril
Premiers succès des chanteurs ou des groupes de musique rap : MC Solaar, NTM, IAM...

UNE CULTURE NÉE DE LA BANLIEUE : LE RAP

On désigne pompeusement par l'expression « cultures urbaines » (l'adjectif « suburbaines » serait plus adéquat) une somme de pratiques culturelles nées dans les quartiers ethniques défavorisés des métropoles nord-américaines et adoptées autant qu'adaptées en Europe : elles recouvrent trois domaines, la danse avec la break-dance, le muralisme avec les tags et les graffs, et enfin la chanson avec le rap. La première reste de diffusion limitée par les qualités physiques qu'elle exige mais elle est peu à peu intégrée à la chorégraphie contemporaine (les Rencontres nationales des danses urbaines à la Grande Halle de la Villette en avril 1997 en sont l'illustration). La deuxième forme reste majoritairement cantonnée dans la clandestinité illégale mais le rap connaît un succès et une expansion étonnants.
Au départ, cette forme de chant phrasé et syncopé ne semble pas avoir une vocation universaliste : le rap trouve son origine dans le style de prédication évangélique des Noirs américains et dans les joutes oratoires de la rue des ghettos, ce qui explique la rapidité de débit d'une parole souvent confisquée. Mais cette expression caractéristique du communautarisme américain va féconder les potentiels jusque-là latents des cités de banlieues françaises : le rap de France est francophone et intègre rapidement les traits de la culture arabo-africaine des banlieues. Si le raffinement des textes d'un MC Solaar (Claude M'Barali, de Villeneuve-Saint-Georges, d'origine tchadienne) permet une récupération aisée, le style délibérément voyou et la violence des textes de NTM ancrent le rap dans une relative marginalité, ce qui n'empêche pas des liens fructueux avec le show-business. Enfin, on notera l'implantation provinciale de groupes dont le succès revalorise les populations juvéniles frappées par l'exclusion : Zebda – le beur(re) en arabe – à Toulouse, IAM à Marseille...

5 avril
Après la victoire des forces alliées sur l'Irak, la France saisit le Conseil de sécurité de l'ONU sur le sort des populations kurdes, invoquant le « devoir d'ingérence humanitaire ».

25 avril
Importante exposition André Breton, *La Beauté sera convulsive*, au Centre Georges-Pompidou : 530 œuvres ayant appartenu à André Breton ou qu'il a particulièrement aimées.

mai
Sortie du film *Jacquot de Nantes*, consacré à Jacques Demy, par sa compagne Agnès Varda.

13 mai
Promulgation d'un statut particulier pour la Corse.

15 mai
À la demande de François Mitterrand, Michel Rocard démissionne. Édith Cresson est nommée Premier ministre : c'est la première femme chef de gouvernement en France.

25 mai
Gouvernement d'Édith Cresson : Soisson (Fonction publique et Modernisation de l'administration), P. Joxe (Défense), Marchand (Intérieur), Bianco (Affaires sociales et Intégration), M. Aubry (Travail, Emploi et Formation professionnelle), Strauss-Kahn (Industrie et Commerce extérieur), Quilès (Équipement, Logement, Transports et Espace), É. Avice (Coopération et Développement), F. Bredin (Jeunesse et Sports).
Conservent leurs portefeuilles : Jospin (Éducation nationale), Bérégovoy (Économie, Finances et Budget), R. Dumas (Affaires étrangères), Delebarre (Ville et Aménagement du territoire), Nallet (Justice), Lang (Culture et Communication), Mermaz (Agriculture et Forêt), Le Pensec (Dom-Tom), Curien (Recherche et Technologie), Poperen (Relations avec le Parlement), Lalonde (Environnement).

ÉDITH CRESSON

De formation HEC, Édith Cresson (née en 1934) s'est engagée dans la Convention des institutions républicaines, pépinière de fidèles mitterrandistes. Le premier secrétaire apprécie sa capacité d'agir, loin des débats idéologiques qui l'ennuient. Implantée dans la Vienne, elle réussit à conquérir la mairie de Châtellerault en 1983, en plein reflux socialiste. Elle occupe divers postes ministériels (Agriculture, Industrie, Affaires européennes), quand François Mitterrand l'impose comme Premier ministre en mai 1991, opération audacieuse sur le plan du féminisme mais mission impossible. L'hostilité des barons socialistes est patente et Édith Cresson peine à trouver un style compatible avec une fonction qu'elle quitte au bout de onze mois avant de devenir Commissaire européen en 1994. Une affaire de favoritisme qui lui est imputée entraîne la démission de la Commission de Bruxelles en 1999.

31 mai
La Cour de cassation déclare illicite la pratique des mères porteuses, estimant qu'elle « contrevient au principe de l'indisponibilité du corps humain ».

21 juin
Réforme du code pénal : le délit d'homosexualité est supprimé ; le harcèlement sexuel devient passible d'une peine d'emprisonnement.

25 juin
La proclamation de l'indépendance de la Croatie et de la Slovénie marque l'agonie de la Yougoslavie et le début des guerres menées par le belliciste régime serbe de Slobodan Milosevic : c'est tout un dogme diplomatique français qui s'effondre, fondé sur la cohabitation de ces peuples dans le cadre yougoslave et l'amitié franco-serbe ancestrale. La difficulté de cette révision sera sensible chez François Mitterrand.

juillet
Pierre Michon : *Vie de Joseph Roulin.*

21 septembre
Après Jacques Chirac qui parle d'« overdose et d'odeur » (19 juin) à propos de l'immigration, Valéry Giscard d'Estaing évoque l'« invasion » et la nécessité d'un droit du sang. L'exemple donné à ce niveau marque la fin des tabous : un vieux pays d'immigration comme la France en vient à considérer cette question au mieux comme un problème, au pire comme un fléau. 15 millions de Français, selon une estimation, auraient un de leurs ascendants directs d'origine étrangère.

29 septembre
Énorme manifestation d'agriculteurs à Paris suivie d'une agitation en province pour protester contre la PAC (politique agricole commune) et différents projets européens.

21 octobre
L'affaire du sang contaminé qui a provoqué le décès par sida de plusieurs centaines d'hémophiles entre dans une phase judiciaire : trois responsables de la santé (le professeur Jacques Roux, les docteurs Robert Netter et Michel Garretta) sont inculpés. La polémique s'enfle sur la responsabilité éventuelle des ministres de tutelle.

7 novembre
Édith Cresson annonce la délocalisation d'un certain nombre d'administrations situées en région parisienne : la décision sans concertation provoque un tollé, notamment à l'ENA censée déménager à Strasbourg.

9-10 décembre
La construction européenne s'accélère : le sommet des Douze réuni à Maastricht (Pays-Bas) approuve le traité d'union économique et monétaire.

10 décembre
Pierre-Gilles de Gennes reçoit le prix Nobel de physique.

18 décembre
Sortie du film *Tous les matins du monde* d'Alain Cornau sur un scénario de Pascal Quignard, la partie musicale étant assurée par l'interprète catalan Jordi Savall. Le succès considérable achève de sortir le mouvement de retour à la musique ancienne (improprement dite « baroque ») de la confidentialité.

26 décembre
En Algérie, le FIS (Front islamique du salut) remporte les élections législatives : elles seront annulées le 12 janvier suivant par le parti-État FLN. Pour les islamistes algériens, il ne reste que la violence.

31 décembre
L'URSS cesse d'exister. Même si ce n'est pas la fin de l'Histoire, c'est la déstabilisation de toute une partie du monde ; pour le PC, c'est son cadre originel de pensée et d'action qui s'efface ; le 27 novembre, Charles Fiterman, ancien ministre, avait plaidé pour que son parti aille plus loin et plus vite dans ses changements internes.

1992

janvier
Fabius devient premier secrétaire du parti (le 9), Emmanuelli lui succède à la présidence de l'Assemblée nationale ; le 14, le juge Van Ruymbeke perquisitionne les locaux du PS pour une enquête sur les fausses factures d'Urba ; G. Monate, son président, est condamné le 31.
Julien Gracq : *Les Carnets du grand chemin.*

février
Lady Macbeth de Mzensk, l'opéra de Chostakovitch composé en 1930-1932, est donné pour la première fois en France à l'Opéra-Bastille dans une mise en scène d'André Angel.
Daniel Pennac: *Comme un roman.*

8-23 février
Jeux Olympiques d'hiver à Albertville: selon l'exemple de Jean-Paul Goude le 14 juillet 1989, le chorégraphe Philippe Decouflé orchestre les cérémonies d'ouverture.

mars
Les étudiants manifestent contre la réforme universitaire et lycéenne de Lionel Jospin.
Paul Bénichou, auteur d'un classique de l'histoire des idées au XVIIᵉ, *Morales du grand siècle* (1948), achève son étude du romantisme français avec un quatrième volume, *L'École du désenchantement.*

9 mars
Création au théâtre national populaire de Villeurbanne de *Pandora* de Jean-Christophe Bailly, auteur des *Céphéides*, pièce jouée au festival d'Avignon en 1983. L'auteur de *Beau fixe* fait paraître la même année un récit, *Description d'Olonne.*

27-31 mars
Fermeture du site des usines Renault à Boulogne-Billancourt.

1ᵉʳ avril
Dans l'affaire Carrefour du développement révélée le 28 avril 1986, Yves Chalier, chef de cabinet du ministre de la Coopération Christian Nucci, est condamné à cinq ans de prison.

2 avril
Démission d'Édith Cresson: Pierre Bérégovoy lui succède.
Gouvernement Bérégovoy: Lang (Éducation nationale et Culture), Delebarre (Fonction publique et Réforme administrative), Vauzelle (Justice), Quilès (Justice), Sapin (Économie et Finances), S. Royal (Environnement), Bianco (Équipement, Transport et Logement), Mermaz (Agriculture), Teulade (Affaires sociales), Kouchner (Santé et Action humanitaire), Tapie (Ville), Zuccarelli (P & T), Kiejman (délégué aux Affaires étrangères).
Conservent leurs portefeuilles: R. Dumas (Affaires étrangères), P. Joxe (Défense), Charasse (Budget), Strauss-Kahn (Industrie et Commerce extérieur), M. Aubry (Travail et Emploi), Le Pensec (Dom-Tom), Curien (Recherche), F. Bredin (Jeunesse et Sports), É. Guigou (Affaires européennes).

PIERRE BÉRÉGOVOY

Pierre Bérégovoy (1925-1993) est un des rares dirigeants socialistes d'origine modeste. Fils d'un Russe blanc immigré, Pierre Bérégovoy part dans la vie avec un CAP d'ajusteur; il commence à travailler à la SNCF, participe à la Résistance, puis entre à Gaz de France, où il mène une brillante carrière de cadre autodidacte. Son engagement logique aurait dû être le PC mais ce fils de menchevik choisit la SFIO, puis le PSA-PSU car il a trouvé un maître en Pierre Mendès France. Il rejoint le PS en 1971 et entre au secrétariat national. Désormais proche de François Mitterrand, il s'implante dans la Nièvre: il est maire de Nevers en 1983 et député en 1986, mandats conquis dans des contextes difficiles.
Après avoir été ministre de la Solidarité et des Affaires sociales en 1982, il devient l'inamovible ministre de l'Économie de 1984 à 1986, puis de 1988 à 1992: il applique avec constance son credo mendésien de rigueur budgétaire, d'inflation maîtrisée et de franc fort; nommé trop tard à Matignon après le désastreux épisode Cresson, il ne peut empêcher la défaite de 1993. Il est alors accusé d'avoir bénéficié d'un prêt gratuit d'un million de francs (pour s'acheter un appartement) de la part de Roger-Patrice Pelat, un proche de François Mitterrand compromis dans des délits d'initiés. L'ampleur limitée de la somme devait faire sourire dans un milieu mitterrandien habitué à un train de vie autrement plus conséquent. Mais Pierre Bérégovoy, incapable de prouver sa bonne foi, ne supporte pas la situation et se suicide à Nevers le 1ᵉʳ mai 1993.

12 avril
La Cinq, chaîne de télévision privée, cesse d'émettre.
Le parc Eurodisney est inauguré à Marne-la-Vallée.

13 avril
15 historiens signent une pétition protestant contre le non-lieu prononcé en faveur de Paul Touvier, inculpé depuis 1989 de crime contre l'humanité.

5 mai
Une tribune s'effondre durant le match Bastia-Olympique de Marseille à Furiani (Haute-Corse): l'accident fait 15 morts et des centaines de blessés.

6 mai
Divorce dans le syndicalisme enseignant: le SNES (Syndicat national de l'enseignement secondaire), proche du PC, quitte la FEN (Fédération de l'Éducation nationale) et constitue une organisation parallèle, la FSU (Fédération syndicale unitaire). Le monde enseignant est encore un des secteurs où le taux de syndicalisation est important.

23 mai
Bernard Tapie, nouveau ministre de la Ville, démissionne, à l'annonce de sa mise en examen pour abus de biens sociaux; après maintes péripéties judiciaires, il sera condamné le 28 novembre 1995 à deux ans de prison, dont huit mois ferme et trois ans d'inéligibilité dans le cadre de l'affaire du match de football truqué OM-Valenciennes.

23 juin
Le Parlement réuni en congrès à Versailles vote la révision de la Constitution nécessaire à l'application du traité de Maastricht qui prévoit le vote des citoyens de l'Union européenne aux élections municipales.

28 juin
François Mitterrand effectue un voyage éclair dans Sarajevo encerclée depuis avril par les forces serbes. Les informations sur la purification ethnique pratiquée par les Serbes dans les zones qu'ils reconquièrent, la dureté du sort des civils dans la ville assiégée font peu à peu basculer l'opinion française en faveur des Bosniaques.

juillet
Inauguration de l'Historial de la Grande Guerre, à Péronne (Somme), dû à l'architecte Henri Ciriani. Une nouvelle génération de musées d'histoire: l'équivalent pour la Première Guerre mondiale du mémorial de Caen pour la Seconde.

16 juillet
La commémoration de la rafle du Vel'd'Hiv' de juillet 1942 (13 000 juifs arrêtés à Paris et déportés) déclenche un débat entre ceux qui souhaitent que l'État reconnaisse sa responsabilité dans les actes commis par la police de Vichy et ceux qui estiment que la République ne saurait rendre des comptes pour les crimes de «l'État français» (vichyssois) défini comme une parenthèse; François Mitterrand défend la seconde position, fidèle en cela au point de vue du général de Gaulle mais il est contredit par les historiens qui ont prouvé la continuité des administrations en cause durant cette période. Le président sera d'ailleurs hué par une partie de la foule lors des cérémonies.

11 septembre
François Mitterrand est opéré d'un cancer à la prostate décelé «récemment». On apprendra en 1996 que le président était atteint d'un cancer dès l'automne 1981 mais qu'il interdit d'en parler, quitte à faire établir des bulletins de santé mensongers par son médecin personnel, le docteur Gubler. De fait, François Mitterrand bénéficia d'une rémission de dix ans assez exceptionnelle.

20 septembre
Le référendum annoncé en juin sur la ratification du traité de Maastricht (9-10 décembre 1991) donne une courte majorité de oui (51,05 %). Ce score médiocre contraste avec les positions pro-européennes des principaux partis, ce qui suggère un décalage entre la représentation nationale et l'opinion publique. Par ailleurs, le clivage des non et des oui traverse les familles politiques: le RPR avec la tendance anti-Maastricht de Charles Pasqua et Philippe Séguin, la gauche socialiste avec le non de Jean-Pierre Chevènement qui fondera le Mouvement des citoyens.

28 septembre
Réalisation franco-allemande, Arte remplace la cinquième chaîne de télévision.

2 octobre
Remaniement ministériel: Mermaz est chargé des Relations avec le Parlement; J.-P. Soisson lui succède à l'Agriculture.
René Monory est élu à la présidence du Sénat.

13 octobre
Georges Charpak est prix Nobel de physique.

20 octobre
Nicole Notat succède à Jean Kaspar à la tête de la CFDT.

23 octobre
Verdicts dans l'affaire du sang contaminé concernant les anciens responsables de la santé. Pour tromperie sur la qualité substantielle d'un produit, les docteurs Michel Garretta et Jean-Pierre Allain sont condamnés à quatre ans de prison; le professeur Jacques Roux est condamné à quatre ans avec sursis pour non-assistance à personne en danger; le docteur Robert Netter est relaxé.

novembre
Le PS et le RPR cohabitent aussi dans les affaires: Pierre Botton, gendre du maire RPR de Lyon Michel Noir, et Jean-Michel Boucheron, maire PS d'Angoulême, en fuite en Argentine, sont compromis dans des détournements de fonds.
Louis Calaferte: *La Mécanique des femmes.*
Patrick Chamoiseau, écrivain antillais, reçoit le prix Goncourt pour *Texaco.*
L'écrivain Henri Thomas qui, dans l'année, a publié un roman de jeunesse, *Le Cinéma dans la grange*, des pages de carnets, *La Joie de cette vie*, et des nouvelles, *Le Crapaud dans la tour*, reçoit le prix Novembre.

19-20 décembre
Une résolution de l'Assemblée nationale et du Sénat renvoie devant la Haute Cour de justice les ministres Laurent Fabius, Georgina Dufoix et Edmond Hervé pour examiner leurs responsabilités dans le scandale du sang contaminé.

autres événements
• À Paris, le parc André-Citroën est aménagé sur le site de l'ancienne usine automobile par les paysagistes Gilles Clément et Alain Provost et les architectes Jean-Paul Viguier, Jean-François Jodry et Patrick Berger.

1993

1er janvier
Entrée en vigueur du grand marché unique européen entre les Douze.

8 janvier
Renforçant la loi Malhuret du 22 juillet 1987, une nouvelle loi officialise la pratique d'un exercice conjoint, par les parents divorcés, de l'autorité parentale sur les enfants nés du mariage.

17 février
Michel Rocard propose un « big bang » à la gauche qui ouvrirait le PS aux déçus du PC, aux centristes, aux écologistes... L'initiative fera long feu mais l'influence de Rocard sur le PS militant est incontestable.

mars
Le général français Morillon qui commande la Forpronu (Forces de protection des Nations unies, créées en février 1992) symbolise la présence militaire difficile dans la guerre de l'ex-Yougoslavie.

1er mars
Selon le nouveau code de procédure pénale, on ne dira plus « inculpation » mais « mise en examen ».

4 mars
Les écoutes téléphoniques illégales organisées par la cellule antiterroriste de l'Élysée sont dénoncées par la presse et font l'objet d'une instruction judiciaire: loin de traquer les poseurs de bombes, le « cabinet noir » présidentiel surveillait surtout des personnalités et des journalistes.

21, 28 mars
Au premier tour des élections législatives, le PS enregistre un sévère recul: 17,4 % des suffrages. Le second tour confirme le premier: le RPR rassemble 242 sièges (+ 115), l'UDF 206 (+ 77); le PS n'en possède plus que 67 (- 215) et le PC 25 (- 2).

29 mars
François Mitterrand charge Édouard Balladur de constituer le nouveau gouvernement. C'est la deuxième cohabitation en moins de dix ans.
Gouvernement Balladur: S. Veil (Affaires sociales, Santé et Ville), Pasqua (Intérieur et Aménagement du territoire), Méhaignerie (Justice), Léotard (Défense), Juppé (Affaires étrangères), Bayrou (Éducation nationale), Alphandéry (Industrie, P & T), Longuet (Commerce extérieur), Bosch (Équipement, Transports et Tourisme), Madelin (Entreprises et Développement économique, chargé des PME, du Commerce et de l'Artisanat), M. Giraud (Travail, Emploi et Formation professionnelle), Toubon (Culture et Francophonie), Sarkozy (Budget), Puech (Agriculture et Pêche), Fillon (Enseignement supérieur et Recherche), Barnier (Environnement), Rossinot (Fonction publique), Charette (Logement), Roussin (Coopération), Perben (Dom-Tom), M. Alliot-Marie (Jeunesse et Sports), Carignon (Communication), Mestre (Anciens Combattants).

Édouard Balladur

Les origines exotiques d'Édouard Balladur (une famille caucasienne protégée par la France au temps de l'Empire ottoman) ne semblent pas avoir beaucoup compté pour ce jeune Smyrniote (né en 1929), qui grandit à Marseille en parfait fils de la grande bourgeoisie. Il « monte » à Paris, fait l'ENA et entre au Conseil d'État. En 1963, il est au cabinet de Georges Pompidou (où il côtoie Jacques Chirac) et devient un des plus fidèles collaborateurs du futur président. Il est secrétaire général adjoint puis en titre de l'Élysée mais la mort de Georges Pompidou signifie une traversée du désert ; il se tourne vers le secteur privé mais rejoint Chirac en 1980. Ministre de l'Économie en 1986, il commence à se faire connaître du public. Premier ministre de la deuxième cohabitation, il s'entend relativement bien avec François Mitterrand, défend les équilibres financiers et le franc mais l'opinion ne voit que le maintien d'un chômage massif, approchant les 3,5 millions. L'image personnelle d'Édouard Balladur, sérieux et distant, lié à la bourgeoisie financière, est aux antipodes des aspirations de ceux qui vivent la « fracture sociale » ; lui pense pourtant à un destin présidentiel, en concurrence donc avec « son ami de trente ans » Jacques Chirac. En janvier 1995, des appuis du côté du RPR (Pasqua, Sarkozy), des sondages apparemment favorables le convainquent mais il est largement distancé par Jacques Chirac qui a axé sa campagne sur les problèmes sociaux. Il soutient néanmoins son rival au second tour.

3 avril
Michel Rocard devient président de la direction provisoire du PS. Lionel Jospin annonce qu'il prend ses distances avec l'action politique.

1er mai
Suicide de Pierre Bérégovoy ; lors de ses obsèques le 4, François Mitterrand s'en prend aux journalistes, coupables selon lui d'avoir pu « livrer aux chiens l'honneur d'un homme ».

8 juin
Assassinat par un déséquilibré de René Bousquet, secrétaire général de la police de Vichy en 1942-1943, accusé de crimes contre l'humanité.

24 juin
Adoption définitive par les députés d'un nouveau code de la nationalité : il introduit la démarche volontaire de demande de la nationalité pour les enfants nés en France de parents étrangers et augmente le délai pour les naturalisations par mariage.

8 juillet
Loi sur les privatisations qui concerneront Rhône-Poulenc, Elf-Aquitaine, BNP, banque Hervet. Viendront l'année suivante : UAP, AGF, Bull.

19 juillet
Les membres du gouvernement seront judiciairement responsables devant la Cour de justice de la République qui remplace la Haute Cour.

août
Contrôle d'identité facilité, restriction du regroupement familial, reconduite aux frontières, les mesures pleuvent sur les immigrés toujours assimilés au danger islamiste.

8 septembre 1993-2 janvier 1994
Le musée d'Orsay présente l'exposition *De Cézanne à Matisse. Chefs-d'œuvre de la fondation Barnes.* Pour la première fois ces œuvres sont exposées en France.

15 septembre
Cinq groupes industriels publics ou privés annoncent simultanément des réductions d'emplois : 13000 licenciements dont 4000 à Air France : l'opinion publique a nettement l'impression que la gestion des entreprises consiste désormais à atteindre le niveau minimal de l'emploi, avec une totale indifférence pour les conséquences sociales.

novembre
Les Français résidant en Algérie deviennent une cible privilégiée du GIA (Groupe islamique armé).

20 décembre
Le Parlement adopte la révision de la loi Falloux (15 juin 1850) afin de permettre le financement des écoles privées sous contrat par les collectivités locales, en dépit de l'opposition de Mitterrand.

1994

16 janvier
À Paris, une grande manifestation pour la défense de l'école publique rassemble 200000 personnes.

24 janvier
Création d'*Explosante fixe...* de Pierre Boulez au théâtre du Châtelet.

25-28 janvier
Au 28e congrès du PC, Georges Marchais cède la place à Robert Hue au poste de secrétaire général.

Robert Hue

Robert Hue est né en 1946. Cet infirmier, maire depuis 1977 de Montigny-lès-Cormeilles (Val-d'Oise), reste un inconnu du public et même du PC puisqu'il n'est entré au comité central qu'en 1987 et au bureau politique en 1990. Alors qu'il hérite d'une situation catastrophique, il réussit une modernisation en abandonnant les clichés léninistes (le comité central devient le conseil national, les anciens exclus sont réintégrés) et impose son image dans les médias. Il stabilise le score communiste à la présidentielle de 1995, ce qui est un succès compte tenu de son accession récente, et bénéficie du retour de la gauche au pouvoir en 1997. Mais malgré la participation de ministres communistes, il est douteux que le PC pèse de façon significative sur les événements et ne dépende pas du bon vouloir de son allié socialiste.

février
Sortie du film de Jacques Rivette, *Jeanne la Pucelle*, avec Sandrine Bonnaire dans le rôle de Jeanne d'Arc.
Pascal Quignard : *Le Sexe et l'effroi.*

4 février
Mécontentement des marins-pêcheurs inquiets des réglementations sur la taille des filets et la concurrence, notamment espagnole : une violente manifestation à Rennes provoque l'incendie accidentel du parlement de Bretagne ; le monument sera reconstruit à l'identique.

25 février
La députée du Var Yann Piat, passée du FN à l'UDF, est assassinée par des truands.

mars
Lycéens et étudiants protestent contre le projet de CIP (contrat d'insertion professionnelle) permettant de rétribuer à 80 % du Smic un jeune embauché. Le 30 mars, Édouard Balladur retire le projet.

17 mars
Ouverture du procès de Paul Touvier, jugé pour complicité dans l'exécution de sept otages juifs en juin 1944 ; il sera condamné à la réclusion à perpétuité et mourra en juillet 1996 sans manifester de repentir : c'est le premier Français à être condamné pour crime contre l'humanité.

avril
Alain Besançon : *L'Image interdite.*

6 avril
Début du génocide des Tutsis par les Hutus au Rwanda, ex-colonie belge : il y aura des centaines de milliers de morts. La France intervient militairement fin juin avec l'opération *Turquoise.*

7 avril
François de Grossouvre, conseiller de François Mitterrand de 1981 à 1985, se suicide dans son bureau de l'Élysée.

mai
Les intellectuels se mobilisent pour la Bosnie et souhaitent la levée de l'embargo sur les armes en sa faveur ; Bernard-Henri Lévy et le professeur Léon Schwartzenberg prônent la constitution d'une liste « Sarajevo » aux élections européennes, ne serait-ce que pour mobiliser les médias. Michel Rocard se reconnaît dans la démarche.

6 mai
Projet datant de deux siècles, le tunnel sous la Manche est inauguré par la reine d'Angleterre Élisabeth II et François Mitterrand. Techniquement, c'est une réussite ; économiquement, le résultat sera plus laborieux.

11 mai
Ouverture à Paris, boulevard Raspail, de la Fondation Cartier pour l'art contemporain dans un nouveau bâtiment conçu par l'architecte Jean Nouvel.

12 juin
Aux élections européennes (47,29 % d'abstentions), les listes protestataires de Philippe de Villiers et de Bernard Tapie recueillent respectivement 12,33 % et 12,03 %. Le Pen (10,5 %), PC (6,88 %), PS (14,49 %), RPR-UDF (25,58 %). La liste L'Europe commence à Sarajevo ne recueille que 2,9 % des suffrages.
Michel Rocard, tirant les leçons de l'échec socialiste, ne s'estime plus le candidat « naturel » du PS ; il est remplacé par Henri Emmanuelli à la direction du parti.

21 juin
Inauguration de la Grande Galerie de l'évolution au jardin des Plantes de Paris, rénovée par l'architecte Paul Chemetov.

25 juillet
Mise en examen du ministre de la Communication démissionnaire Alain Carignon, maire de Grenoble.

29 juillet
La loi sur les règles de filiation, inconnues jusqu'alors et dues à la procréation médicalement assistée, est votée. En cas d'intervention d'un tiers donneur (de spermatozoïdes ou d'ovules), aucun lien de filiation ne peut être établi entre le donneur et l'enfant issu de la procréation. Avant de recourir à la procréation médicalement assistée, le couple (époux ou concubins) doit donner son consentement, qui interdit toute contestation de filiation.

15 août
Un fantôme du terrorisme des années 70 est arrêté : le Soudan livre Illitch Ramirez Sanchez, dit Carlos, à la France.

septembre
Une jeunesse française de Pierre Péan révèle le passé de droite et les sympathies vichyssoises de François Mitterrand (entré dans la Résistance début 1943) ; la décision du président, qui a visiblement souhaité ce livre, d'assumer son passé quel qu'il soit, tranche avec les légendes pieuses qui avaient cours dans la mitterrandie : comme si l'homme, à la fin de sa vie et de son pouvoir (pour lui la même chose, probablement), s'en tenait à une mise en ordre du passé sur le seul critère de sa personne. Ce cynisme tranquille troublera plus d'un militant du PS.
Jorge Semprun : *L'Écriture ou la vie.*

octobre
Philippe Sollers : *La Guerre du goût*, écrits critiques.

4 novembre
Après Jean-Marie Le Pen, Robert Hue et Dominique Voynet en septembre et octobre, Jacques Chirac annonce sa candidature à la présidentielle le 4 ; Jacques Delors, favori des sondages, hésite et finalement se désiste (11 décembre) pour des raisons d'âge et pour ne pas gêner la carrière de sa fille Martine Aubry.

décembre
Achèvement du *Trésor de la langue française*, monumental dictionnaire de la langue française du XIXᵉ et XXᵉ siècle, conçu par le CNRS en 1957, alors que se posait la question de remplacer le Littré, tombé dans le domaine public.

18 décembre
Découverte en Ardèche d'une merveille de l'art préhistorique, la grotte Chauvet, dont l'intérêt équivaut à celle de Lascaux ; l'exposition rapide des peintures sur le site Internet du ministère de la Culture offre un saisissant raccourci de l'histoire de la communication.

autres événements
• L'architecte suisse Mario Botta achève la construction de la cathédrale d'Évry, dans l'Essonne, la seule construite en France au XXᵉ siècle.
• Le Centre Georges-Pompidou présente l'exposition *Féminin-masculin : le sexe de l'art.* Ce type d'exposition transversale déclinera quatre ans plus tard le thème du temps *(Le Temps, vite)* lors de la réouverture du Centre.

1995

janvier
France Telecom, Lyonnaise des Eaux et Bouygues entrent en concurrence sur un nouveau marché. Il s'agit de convaincre dans les cinq ans à venir 20 millions de Français qu'ils ont absolument besoin d'un téléphone portable.
Préparation de la présidentielle : Lionel Jospin se dit disponible, Henri Emmanuelli également, Philippe de Villiers tente une candidature souverainiste de droite (récusant la suprématie des institutions européennes sur les institutions françaises), Charles Pasqua soutient Édouard Balladur qui se déclare candidat le 18 janvier, fractionnant aussitôt le mouvement gaulliste ; Antoine Waechter, désigné par les Verts, échouera à rassembler les 500 signatures d'élus nécessaires.
Première émission de la série documentaire *Un siècle d'écrivains* sur France 3.
François Furet : *Le Passé d'une illusion. Essai sur l'idée communiste au XXᵉ siècle.*
Pierre Bergounioux : *Miette.*

1ᵉʳ janvier
L'Europe des Douze devient celle des Quinze avec l'entrée de l'Autriche, de la Suède et de la Finlande.

12 janvier
Inauguration de la Cité de la musique.

5 février
Jospin sera le candidat du PS à la présidentielle.

22 février
François Mitterrand nomme son ami Roland Dumas à la présidence du Conseil constitutionnel pour succéder à Robert Badinter.

1ᵉʳ mars
Jacques Chirac met sa campagne sous le signe de « la fracture sociale » et cette image progressiste, loin de l'ultra-libéralisme qu'il prônait en 1986, séduit une fraction de l'électorat : les moins de 30 ans qui n'ont connu que le pouvoir mitterrandien voient en Jacques Chirac une forme de persévérance et une possibilité d'alternance.

30 mars
La Bibliothèque nationale de France est inaugurée par François Mitterrand (l'ouverture au public est prévue pour 1997). La conception des bâtiments de Dominique Perrault inspire beaucoup de réserve tant auprès des conservateurs que des futurs usagers.

avril
Georges Duby : *Dames du XIIᵉ siècle*, tome I.

20 avril
Transfert des cendres de Pierre et Marie Curie au Panthéon : Marie Curie est la première femme à y entrer en raison de ses propres mérites.

23 avril
Au premier tour de l'élection présidentielle, l'abstention est de 21,62 %. Jospin arrive en tête avec 23,30 % des suffrages exprimés contre 20, 84 % à Chirac, 18,58 % à Balladur, 15 % à Le Pen, 8, 64 % à Hue, 5,30 % à la trotskiste A. Laguiller, 4, 74 % à Villiers, 3,32 % à D. Voynet.
Balladur appelle à voter pour Chirac.

1er mai
Un jeune Marocain meurt noyé dans la Seine où il a été jeté par trois skinheads venus défiler avec le Front national. Le 3, plusieurs milliers de personnes se rassemblent sur les lieux du meurtre après que François Mitterrand est venu rendre hommage à la victime.

7 mai
Jacques Chirac est élu président de la République avec 52,64 % des suffrages contre 47,36 % à Lionel Jospin. Il y a 20, 33 % d'abstentions et 5, 97 % de bulletins blancs ou nuls.

Jacques Chirac

Issu d'un milieu bourgeois, Jacques Chirac (né en 1932) reçoit la formation classique des jeunes ambitieux de la politique, Sciences-Po, Harvard et l'ENA, entrecoupée d'une expérience militaire d'officier pendant la guerre d'Algérie. Brillant, l'homme rejoint assez vite la garde rapprochée de Georges Pompidou, alors Premier ministre. C'est sous son égide qu'il débute en 1967 une carrière d'élu de la Corrèze, cette terre à laquelle il vouera une indéfectible fidélité, et qu'il devient un jeune secrétaire d'État. Il a 35 ans et enchaîne les responsabilités ministérielles : il est à l'Intérieur en 1974, poste stratégique au moment du décès de Pompidou. Il refuse de soutenir la candidature de Chaban-Delmas et choisit, lui gaulliste, Giscard d'Estaing. Premier exemple d'un choix dans lequel la stratégie personnelle a supplanté l'idéologie ; à vrai dire, Jacques Chirac, s'il a souvent présidé aux destinées du parti héritier de De Gaulle, n'a jamais été un gaulliste rigide et sa pensée politique épousera bien des inflexions au cours de sa carrière. Il est donc Premier ministre en 1974 mais les rapports avec le président Giscard d'Estaing se dégradent assez vite et il choisit de rompre en 1976. S'il pense à briguer la présidence de la République, il sait être patient et consolide triplement sa position ; il prend le contrôle du mouvement gaulliste qu'il rénove en en faisant le RPR ; il se fait élire maire de Paris le 25 mars 1977, ce qui lui donne une stature internationale ; enfin, il maintient ses liens avec la France profonde en restant l'inamovible député corrézien. Dans ce parcours, sa candidature en 1981 est juste un galop d'essai : il obtient 18 % des voix et se désiste « à titre personnel » pour Valéry Giscard d'Estaing.
À partir de 1981, il souhaite incarner l'opposition au socialisme mitterrandien et se réclame de l'ultra-libéralisme ; il commet l'erreur de revenir à Matignon en 1986, ce qui, dans le contexte de la première expérience de cohabitation, se révèle hasardeux : en effet, il y amoindrit son image de challenger face à Mitterrand et essuie l'échec de la réélection du président. Il lui faut batailler alors contre des rivaux au sein de son parti (Pasqua, Séguin). Prudemment, il se préserve lors de la deuxième cohabitation en laissant la charge à Édouard Balladur mais cet « ami de trente ans » va devenir un redoutable rival, donné gagnant à la présidentielle de 1995. Au prix d'un virage idéologique, Jacques Chirac renoue avec l'esprit du gaullisme populaire, place en tête de son programme la lutte contre « la fracture sociale » et enfin obtient le succès en 1995 contre Lionel Jospin. Devenu président, il lui reste à assumer ses promesses, celles d'un travaillisme à la française ; dans ce défi, il commet deux erreurs : celle de choisir Alain Juppé, manifestement inadapté à la situation, notamment lorsque « la fracture sociale » cesse d'être un thème électoral et devient un puissant mouvement de protestation. La deuxième erreur est de procéder en 1997 à une dissolution anticipée de l'Assemblée nationale, opération boomerang qui lui impose une cohabitation avec son rival. La mise sur la touche de Jacques Chirac par un gouvernement de gauche dopé par les succès symboliques (le foot) et économiques (l'emploi) ne nuit pas outre mesure à son image qui devient celle d'un garant, désormais à l'abri des risques de la décision. Ce rôle de sage lui convient-il ?
L'inégalité de son flair politique autant que la constance de son ambition autorisent toutes les hypothèses.

16 mai
Jacques Chirac démissionne de ses fonctions de maire de Paris mais reste conseiller municipal. Le 22, Jean Tiberi, député RPR et premier adjoint, est élu maire par 98 voix sur 163.

18 mai
Alain Juppé est nommé Premier ministre.
Composition du gouvernement: Toubon (Justice), Madelin (Économie et Finances), Bayrou (Éducation nationale, Enseignement supérieur, Recherche et Insertion professionnelle), Pons (Aménagement du territoire, Équipement et Transports), Charette (Affaires étrangères), Millon (Défense), J.-L. Debré (Intérieur), Romani (Relations avec le Parlement), Barrot (Travail, Dialogue social et Participation), Arthuis (Développement économique et Plan), Goasguen (Réforme de l'État, Décentralisation et Citoyenneté), Puech (Fonction publique), É. Hubert (Santé et Assurance maladie), Raoult (Intégration et Lutte contre l'exclusion), C. Codaccioni (Solidarité entre les générations), Vasseur (Agriculture et Alimentation), Galland (Industrie), Périssol (Logement), Raffarin (PME, Commerce et Artisanat), Fillon (Technologies de l'information et Poste), Peretti (Outre-mer), C. Lepage (Environnement), Drut (Jeunesse et Sports), F. de Panafieu (Tourisme), Pasquini (Anciens Combattants). 12 femmes, dont 4 ministres (Colette Codaccioni, Élisabeth Hubert, Corinne Lepage et Françoise de Panafieu), participent à ce gouvernement.

ALAIN JUPPÉ

Cet enfant du baby boom, né en 1945 dans les Landes, est d'abord un fort en thème qui parcourt un cursus d'excellence à toute allure: Normale sup, agrégation, ENA, inspection des Finances... Ce jeune Rastignac a de quoi s'imposer sur la place de Paris et devient un collaborateur proche de Jacques Chirac maire de la capitale; il inspire le programme ultra-libéral de la droite en 1986, est élu député à Paris mais son libéralisme affiché se heurte au gaullisme plus « social » que défendent Pasqua et Séguin. Il est ministre du Budget du gouvernement Chirac, puis aux Affaires étrangères en 1993; entre-temps, il bataille pour s'imposer à la tête du RPR (secrétaire général en 1988, il incarne la génération des « quadras ») et connaît la consécration en 1995, en devenant Premier ministre à Paris et maire à Bordeaux. Il déclenche de vives oppositions contre son plan de réforme de la Sécurité sociale, dans sa gestion des grandes grèves de novembre-décembre 1995 et son attitude devant le mouvement des sans-papiers l'isole de l'opinion. Comme il n'a pas que des amis au RPR, l'échec des élections anticipées de 1997 le renvoie à Bordeaux, base de repli d'une carrière qui, compte tenu de son âge, n'est pas forcément terminée.

11, 18 juin
Élections municipales. Le premier tour est marqué par un fort taux d'abstention (pour un scrutin local) et par des résultats du Front national lui permettant de se maintenir dans 116 villes de plus de 30 000 habitants.
Au second tour, le Front national perd Dreux mais gagne Marignane, Orange et Toulon sans compter Nice où l'emporte un transfuge du FN (Jacques Peyrat); Paris, jusque-là fief exclusif de la droite, connaît une percée de la gauche dans six arrondissements.

13 juin
Jacques Chirac annonce la reprise des essais nucléaires dans le Pacifique, censés être les derniers. Vives protestations des États riverains du Pacifique. L'organisation Greenpeace envoie le bateau *Rainbow Warrior II* dans la zone pour mener une campagne de protestation.

juillet
Multiplication des incidents entre soldats de la Forpronu et Serbes; le 11 juillet, l'enclave musulmane de Srebrenica est prise par les Serbes. Malgré la protection de l'ONU, des milliers de musulmans sont séparés de leurs familles et disparaissent: ce sera le plus grave massacre commis en Europe depuis 1945.

16 juillet
Jacques Chirac se démarque de François Mitterrand (et du général de Gaulle) en reconnaissant les « fautes commises par l'État » français dans la déportation des juifs pendant la guerre.

25 juillet
Un attentat à la bombe à la station de RER Saint-Michel fait 8 morts. Un autre attentat a lieu le 17 août à l'Étoile (17 blessés), un troisième est déjoué sur la voie du TGV; ils sont revendiqués par le GIA. Le plan Vigipirate est déclenché.

29 août
En réponse au carnage de Sarajevo, les Occidentaux bombardent intensivement les positions serbes et

multiplient les tirs d'artillerie lourde. Cette première opération d'envergure contribuera à faire accepter aux Serbes le processus de négociation.

septembre
Nathalie Sarraute : *Ici.*

1er-5 septembre
Deux navires écologistes sont arraisonnés par la marine nationale aux abords de l'atoll de Mururoa ; le premier essai nucléaire a lieu le 5. La Nouvelle-Zélande et le Chili rappellent leurs ambassadeurs.

29 septembre
Démantèlement du commando islamiste responsable des attentats de l'été ; son chef, Khaled Kelkal, originaire de la banlieue lyonnaise, est abattu dans les monts du Lyonnais. Il y aura encore deux attentats en octobre à Paris mais pas de morts.

octobre
Le mouvement indépendantiste corse se livre à une lutte fratricide entre tendances rivales du FLNC : derrière un discours grandiloquent et une prolifération de sigles, se profilent les rivalités pour le contrôle de l'île.

14, 15 octobre
Jospin est plébiscité au poste de premier secrétaire du PS ; le lendemain, c'est Juppé qui est élu président du RPR.

7 novembre
Alain Juppé présente sa démission, alors que le débat budgétaire est engagé à l'Assemblée avant d'être chargé de former un nouveau gouvernement.
Second gouvernement Juppé : Arthuis (Économie et Finances), Douste-Blazy (Culture), Borotra (Industrie, Postes et Télécommunications), Gaudin (Aménagement du territoire, Ville et Intégration), Perben (Fonction publique, Réforme de l'État et Décentralisation).
Conservent leurs portefeuilles : Toubon (Justice), Bayrou (Éducation nationale, Enseignement supérieur et Recherche), Millon (Défense), Pons (Équipement, Logement, Transports et Tourisme), Charette (Affaires étrangères), Barrot (Travail et Affaires sociales), J.-L. Debré (Intérieur), Romani (Relations avec le Parlement), Vasseur (Agriculture, Pêche et Alimentation), Raffarin (PME, Commerce et Artisanat), C. Lepage (Environnement).

9 novembre
Un mouvement de grève étudiante, amorcé à Rouen en octobre, s'étend à d'autres universités à la faveur d'une journée d'action contre le budget 1996 et le manque de moyens matériels en général. De nombreux étudiants sont inscrits dans des filières de sciences humaines sans débouchés ; la proximité des banlieues et l'arrivée des générations beures sans illusions quant à leur insertion professionnelle alourdissent le climat.
Le ministre de l'Éducation François Bayrou tente un plan d'urgence, reçoit la « coordination étudiante » mais n'arrive guère à calmer le jeu car le mouvement étudiant se fond dans le mouvement social.

14-15 novembre
Le 14, les syndicats manifestent unitairement pour la défense de la Sécurité sociale. Le lendemain, Alain Juppé, présentant son plan de financement de la protection sociale, engage sa responsabilité et annonce qu'il aura recours aux ordonnances. Le gouvernement, qui cherche à ralentir sinon à stopper la progression des dépenses de santé, entend généraliser l'usage d'un carnet médical. Il veut également créer un nouvel impôt : la CRD (contribution aux remboursements des dettes) sur une base élargie.

28 novembre-fin décembre
Le plan Juppé réalise l'unité d'action CGT-FO-FSU : manifestation commune à Paris. La CFDT seule ne condamne pas aussi nettement la politique du Premier ministre ; la grève se répand dans le secteur public : RATP, SNCF, La Poste et EDF-GDF, suivis par les enseignants début décembre. Paris et les grandes villes sont paralysées. L'apogée du mouvement sera atteint entre le 12 et 16 décembre. Trois caractéristiques à ce mouvement, le plus vaste depuis Mai 68 :
Seul le secteur public a encore les capacités de faire grève ; la peur du licenciement a de fait interdit la grève dans les entreprises privées.
Longtemps considérés comme privilégiés parce que protégés du chômage, les salariés du public soulignent que cela ne justifie pas la médiocrité de nombre de leurs rémunérations.
La réaction des populations pourtant gênées dans leur vie quotidienne est relativement solidaire, comme si les grévistes luttaient par procuration au nom de catégories empêchées.
L'épuisement et la tenue d'un sommet social sans résultats significatifs provoquent la reprise à partir du 18. Le Premier ministre, qui a obtenu le droit de légiférer par ordonnances pour réformer la Sécurité sociale, se veut « droit dans ses bottes » et maintient ses projets.

23 décembre
Suicide collectif dans le Vercors de 16 membres de la secte de l'Ordre du Temple solaire. Des massacres similaires avaient eu lieu dans la secte en Suisse et au Canada en 1994. La veille, une commission parlementaire (Gest et Guyard) a remis son rapport sur l'état du phénomène des sectes: malgré des prudences méthodologiques dûment expliquées, elle établit une liste de 173 sectes sur la base de rapports fournis par les Renseignements généraux.

1996

janvier
Parution aux PUF d'un monumental *Dictionnaire du darwinisme et de l'évolution*, sous la direction de Patrick Tort.

2 janvier
Le journal *Libération* affirme qu'un rapport de la Cour des comptes met gravement en cause la gestion financière de l'ARC (Association pour la recherche sur le cancer, créée en 1962): sous la direction de Jacques Crozemarie, l'ARC n'aurait consacré que 30 % des fonds collectés à ses fins officielles, alors que ses dirigeants bénéficiaient d'un train de vie somptuaire. Le scandale est retentissant, car il touche une institution jusque-là insoupçonnable agissant pour une cause indiscutable. C'est tout le travail désintéressé de milliers de bénévoles et celui d'associations de même type qui devient suspect.

4 janvier
Nicole Notat et la direction de la CFDT sont critiquées par une minorité qui leur reproche leur tiédeur dans l'opposition au plan Juppé. La demande d'un congrès extraordinaire est repoussée et la minorité s'en va rejoindre un nouveau syndicat qui a émergé comme acteur militant du mouvement de décembre: SUD (Solidaires, unis et démocratiques).

8 janvier
Mort de François Mitterrand.

11 janvier
La journée de deuil national revêt trois visages symboliques.
Une cérémonie officielle en présence de 70 chefs d'État se déroule à Notre-Dame: comme pour de Gaulle en 1970, la République laïque semble incapable d'organiser un hommage officiel ailleurs que dans un lieu de culte.
À Jarnac (Charente), aux obsèques religieuses privées assistent sa veuve Danielle Mitterrand et ses fils mais aussi Mazarine, la fille du président défunt et d'Anne Pingeot.
À la Bastille enfin, se rassemble la foule des anonymes qui, par-delà l'homme, rend hommage à celui qui incarna l'espérance de gauche.

12 janvier
En Corse, le FLNC-Canal historique organise une conférence de presse nocturne dans le maquis qui est aussi une parade de 600 hommes puissamment armés; même s'il s'avère qu'il s'agit pour la plupart de figurants encagoulés, l'exhibition d'armes de guerre (dont des lance-roquettes) en toute impunité en dit long sur la déliquescence de l'État de droit dans l'île.

18 janvier
Le livre *Le Grand Secret* du docteur Claude Gubler – médecin personnel de François Mitterrand de 1966 à 1994 – dévoile la véritable histoire de la maladie du président et l'organisation du mensonge officiel; il prétend que, dès 1994, François Mitterrand n'était plus en état d'assurer ses fonctions, ce qui laisse sceptiques les témoins de l'activité présidentielle. Le livre, diffusé sur Internet, est saisi à la demande de la famille du disparu et l'auteur poursuivi pour violation du secret professionnel.

29 janvier
Fin de l'occupation d'immeubles laissés vides à Paris par des mal-logés, notamment rue du Dragon dans le VIᵉ; le dynamisme de l'association Droit au logement est typique d'un nouveau militantisme spécialisé et médiatique.

février
Jacques Le Goff: *Saint Louis*.

1ᵉʳ mars
Le metteur en scène Georges Lavaudant est nommé directeur du théâtre national de l'Odéon.

18 mars
À Paris, des immigrés africains sans papiers occupent l'église Saint-Ambroise (XIᵉ arrondissement) pour obtenir leur régularisation; leur mouvement ira de lieu en lieu au fil des expulsions; ils sont accueillis par Ariane Mnouchkine à la Cartoucherie de Vincennes.

20 mars
La violence dans les établissements scolaires (racket, bagarres, incivilité...) à l'ordre du jour du Conseil des ministres: le ministre François Bayrou annonce 19 mesures.

Les savants britanniques reconnaissent un lien entre l'encéphalite spongiforme bovine, dite « maladie de la vache folle » et la maladie de Creutzfeld-Jacob, mortelle chez l'homme. Les exportations de viande bovine britannique sont suspendues et on prévoit l'abattage de 3 millions de bovins. La difficulté de contrôler la composition de l'alimentation animale (présence de « farines » animales tirées des carcasses abattues) et l'extrême fluidité de la circulation des produits commerciaux agricoles jettent le discrédit sur un certain type de progrès scientifique et sur la mondialisation croissante des échanges.

27 mars
Enlèvement de sept moines français du monastère de Tibehirine (sud d'Alger). Le GIA (Groupe islamique armé) revendique leur enlèvement et leur décapitation deux mois plus tard ; les corps seront retrouvés le 30 mai.

4 avril
Le gouvernement fait connaître ses ordonnances pour maîtriser les dépenses de santé de la Sécurité sociale, suscitant l'opposition des milieux médicaux. L'opinion publique semble admettre que le « trou de la Sécu » exige des réformes contraignantes, ce qu'elle se refusait à faire fin 1995.

18 avril
Roger Garaudy, ancien communiste au parcours intellectuel complexe, fait savoir que son ouvrage négationniste paru fin 1995, *Les Mythes fondateurs de la politique israélienne*, a reçu le soutien de l'abbé Pierre, lequel, interrogé, persiste et signe ; cette lamentable affaire est la première atteinte portée à l'homme le plus populaire de l'humanitaire français.

9 mai
Création d'un observatoire interministériel sur les sectes.

22 mai
Le projet de loi relatif à l'intégration urbaine prévoit la création de 38 zones franches de banlieues dans lesquelles les entreprises seraient exonérées d'impôts et de charges pendant cinq ans : une logique qui traduit la distance qui sépare la banlieue du reste de l'espace national.

28 mai
Jacques Chirac annonce la suppression du service militaire obligatoire et son remplacement par un bref « rendez-vous citoyen » mixte d'information sur la Défense nationale : c'est un bastion républicain qui tombe, miné de longue date par une professionnalisation de l'armée qui n'a plus besoin de la conscription.

10 juin
Un plan de restructuration de la SNCF prévoit la dissociation de la gestion du réseau ferré de celle du trafic ; l'endettement (175 milliards de francs) est partagé entre les deux entités. Après une enquête massive, la SNCF part à la reconquête d'une clientèle qui la boude de plus en plus.

24 juin
En proie à des difficultés, le Crédit lyonnais annonce des milliers de licenciements. Le 8 août, le ministre de l'Économie Jean Arthuis demande des poursuites judiciaires contre les dirigeants responsables de la quasi-faillite de la banque.

27 juin
Le maire de Paris Jean Tiberi et sa femme sont dans le collimateur de la justice ; une perquisition ordonnée par le juge Éric Halphen à leur domicile est empêchée par la police elle-même. C'est le début d'un feuilleton judiciaire interminable, croisant des attributions d'HLM, des emplois fictifs, des faux électeurs, dans lequel Xavière Tiberi est souvent en première ligne.

3 juillet
L'interdiction de l'amiante dont le caractère cancérigène a été établi est décidée ; c'est le fruit d'un patient militantisme dont le Comité anti-amiante de la faculté de Jussieu a été le fer de lance. Reste à désamianter des centaines de bâtiments.

1er août
Mgr Claverie, évêque d'Oran (Algérie), est tué par une bombe.

17 août
La première cosmonaute française, Claudie André-Deshayes, part pour deux semaines dans la station russe Mir.

23 août
Le gouvernement fait expulser 220 sans-papiers réfugiés dans l'église Saint-Bernard (XVIIIᵉ arrondissement) ; l'assaut, donné à coups de hache aux portes du sanctuaire, choque l'opinion sensible à l'archaïque droit d'asile des édifices religieux et à leur inviolabilité. L'opération est d'autant plus désastreuse pour l'image du gouvernement que sur 220 Africains arrêtés, seulement 8 peuvent être reconduits à la frontière, les autres étant des cas

insolubles au regard d'une législation contradictoire. De ce mouvement émergent une figure et un objet: celle d'Ababacar Diop, leader du mouvement et informaticien, et le téléphone portable dont c'est la première utilisation massive à des fins militantes.

18 septembre
La chambre d'accusation de la cour d'appel de Bordeaux renvoie en Cour d'assises Maurice Papon, ancien secrétaire général de la préfecture de Gironde, pour complicité dans la déportation d'un millier de juifs pendant la guerre.

19-22 septembre
Cinquième voyage du pape Jean-Paul II en France qui préside les cérémonies du 1500ᵉ anniversaire du baptême de Clovis, événement inscrit sur la liste des célébrations nationales.

octobre
Jean Clair, directeur du musée Picasso, publie *Éloge du visible, fondements imaginaires de la science* et *Malinconia. Motifs saturniens dans l'art de l'entre-deux-guerres.*
Henri Zerner: *L'Art de la Renaissance en France.*

1er octobre
Après la présidence de la Cnam en juillet, Nicole Notat obtient celle de l'Unedic: la CFDT apparaît de plus en plus comme un syndicat de cogestion. Sa secrétaire nationale sera bousculée lors d'une manifestation syndicale le 17 et injuriée dans des termes prouvant que syndicalisme et machisme ne sont pas incompatibles.

7 octobre
Jacques Chirac annonce la construction d'un musée des Civilisations et des Arts premiers qui puisera ses collections dans celles du musée de l'Homme et du musée des Arts africains et océaniens; outre l'intérêt personnel de Jacques Chirac pour ce type d'art, s'ajoute l'indispensable lien entre présidence et création de musée depuis Pompidou.

18 octobre
Une révolution minuscule du quotidien: le numéro de téléphone à 10 chiffres; et un exploit technique pour France Telecom.

19-25 octobre
Jacques Chirac effectue un voyage au Proche-Orient. Le 22, il se heurte assez durement aux Israéliens; l'incident amène les excuses du Premier ministre B. Netanyahou; il est le premier chef d'État à se rendre dans les territoires de l'Autorité palestinienne (Ramallah et Gaza).

25 octobre
Le livre de Brigitte Vital-Durand, *Domaine privé,* affirme que certains biens juifs spoliés pendant la guerre font toujours partie du domaine immobilier de la ville de Paris; la mairie proteste mais décide d'une enquête. La question des avoirs juifs confisqués pendant l'Occupation et dont l'administration d'après-guerre ne semble pas avoir facilité la restitution devient une préoccupation; elle correspond à une mémoire réactivée par le cinquantenaire de la Shoah et la disparition des témoins.

4-9 novembre
La conférence des évêques de France élit pour président Mgr Billé, adopte des rapports critiquant les écarts sociaux ou s'inquiétant de la transmission de la foi quand sévit l'inculture religieuse.

12 novembre
Axa et UAP fusionnent pour devenir le n°2 mondial de l'assurance. La tendance est au regroupement des grandes sociétés pour atteindre un niveau mondial, dont il n'est pas évident qu'il soit gage d'efficacité.

20-30 novembre
Conflit social dans le transport routier; les chauffeurs bloquent avec efficacité les axes de circulation pour obtenir des négociations sur leurs horaires de travail. La France est vulnérable devant une profession émiettée, socialement retardataire mais indispensable à son économie.

23 novembre
Transfert des cendres d'André Malraux au Panthéon.

26 novembre
Ce fut un serpent de mer économique international mais une longue patience est récompensée: la Russie indemnisera les porteurs d'emprunts russes confisqués par Lénine.

décembre
Annie Ernaux: *La Honte.*

3 décembre
Attentat dans le RER à la station Port-Royal: 4 morts; le plan Vigipirate est réactivé. La violence de la guerre civile algérienne déborde toujours sur la France.

14 décembre
Seconde inauguration par Jacques Chirac de la Bibliothèque nationale de France, dont le nouveau site s'appelle François-Mitterrand.

18 décembre
Annulation des élections municipales de Vitrolles (Bouches-du-Rhône), ville susceptible d'être conquise par le FN.

autres événements
• La Maison européenne de la Photographie ouvre à Paris.

1997

janvier
Louis-René Des Forêts: *Ostinato*.
Jacques Réda: *La Liberté des rues*.

2 janvier
Création au Collège de France d'une chaire d'anthropologie théâtrale destinée au théoricien du théâtre polonais Jerzy Grotowski.

13 janvier
Un froid sec facilite la montée de la pollution atmosphérique à Paris et dans les grandes villes: la mesure de la pureté de l'air, les dispositifs d'alerte et les restrictions de circulation deviennent des enjeux de la vie municipale.

20 janvier
Jacques Chirac confie au premier président de la Cour de cassation Pierre Truche une mission de réflexion sur la réforme de la justice; cette commission doit rendre ses avis en juillet.

25 janvier
Alain Juppé crée un groupe de travail pour étudier les spoliations des biens juifs pendant la guerre et le maintien éventuel de certains dans les mains de l'administration; le président de ce groupe de travail est Jean Mattéoli, président du Conseil économique et social. Parallèlement, les banques suisses annoncent le versement de 100 millions de francs suisses pour un fonds en faveur des victimes de la Shoah; ce geste volontaire marque une prise de conscience du rôle trouble joué par les institutions helvétiques pendant cette époque.

28 janvier
Parmi une dizaine d'autres, le FLNC-Canal historique revendique un attentat à Nice.

février
Philippe Delerm: *La Première Gorgée de bière et autres plaisirs minuscules*, un best-seller inattendu.

11 février-25 mars
Un comité de 66 cinéastes autour de leur collègue Arnaud Desplechins lance une campagne contre le projet de loi du ministre de l'Intérieur Jean-Louis Debré réglementant le séjour des étrangers (obligation du certificat d'hébergement); ils appellent à la désobéissance civile pour lutter contre les expulsions et organisent une importante manifestation le 9 mars. La loi est votée en deuxième lecture le 25 mars.

16 février
Élection de Catherine Mégret à la mairie de Vitrolles, à la place de Bruno, son mari, qui devient son conseiller. Le nouveau maire défraie la chronique en tenant des propos racistes dans un journal allemand.

27 février
Renault annonce son intention de fermer son usine de Vilvorde (région de Bruxelles), où travaillent 3000 personnes, et de supprimer 2 800 emplois en France: la politique de Louis Schweitzer, PDG de Renault, provoque une riposte des syndicats français et belge et une manifestation de 80000 personnes à Bruxelles le 16 mars.

10 mars
Au théâtre du Châtelet à Paris, création de *60ᵉ parallèle*, opéra de Philippe Manoury sur un livret du dramaturge Michel Deutsch.
Patrick Modiano: *Dora Bruder*.

19 mars
Mort de Jacques Foccart, symbole de la politique élyséenne occulte en Afrique: il avait servi dans l'ombre et la continuité le général de Gaulle, Pompidou et Chirac; en même temps, un de ses protégés disparaît, balayé par la rébellion: Mobutu au Zaïre.

29-31 mars
La mairie de Strasbourg refuse d'interdire, au nom de la démocratie, la tenue du congrès du Front national mais organise elle-même une campagne de protestation contre les thèses du parti d'extrême droite.

10 avril
Des troupes françaises participent à l'opération *Alba* sous commandement italien pour ramener le calme politique en Albanie et prévenir l'émigration massive de ses ressortissants.

21 avril

En quête d'une nouvelle légitimité pour son gouvernement, Jacques Chirac annonce la dissolution de l'Assemblée nationale, anticipant d'un an les élections législatives.

25 mai

Dix huit mois après le mouvement social de novembre-décembre 1995, les résultats du premier tour créent la surprise en donnant l'avantage à la gauche (44,5 %) pourtant peu préparée: PS (25,5 %), PC (9,91 %), Verts (3,59 %), alors que la droite rassemble 36,16 % des suffrages (RPR 16,81 % et UDF 14,7 %); le FN obtient 14,94 % et se maintient dans 133 circonscriptions.

29 mai-29 septembre

À Paris, le Centre Georges-Pompidou présente une rétrospective de l'œuvre de Fernand Léger.

1ᵉʳ juin

Au second tour des législatives, la gauche obtient la majorité: 320 sièges dont 249 PS, 37 PC, 8 Verts… contre 256 pour la droite; le FN, laminé par le type de scrutin, n'a qu'un député; une timide féminisation se manifeste avec 63 députées, soit 11 % du total.

4 juin

Gouvernement de Lionel Jospin qui comprend quatre ministres ou secrétaires d'État communistes et un Vert; un tiers des postes sont confiés à des femmes: M. Aubry (Emploi et Solidarité), É. Guigou (Justice), Allègre (Éducation nationale, Recherche et Technologie), Chevènement (Intérieur), Védrine (Affaires étrangères), Strauss-Kahn (Économie, Finances et Industrie), Richard (Défense), Gayssot (Équipement, Transports et Logement), C. Trautmann (Culture et Communication), Le Pensec (Agriculture et Pêche), D. Voynet (Aménagement du territoire et Environnement), Vaillant (Relations avec le Parlement), Zuccarelli (Fonction publique, Réforme de l'État et Décentralisation), Buffet (Jeunesse et Sports), Moscovici (Affaires européennes), S. Royal (Enseignement scolaire).

Lionel Jospin

Il est des hommes qui attendent presque l'âge de la retraite pour se révéler, comme s'il leur avait manqué l'occasion d'un défi exceptionnel pour donner enfin leur pleine mesure.

Lionel Jospin naît à Meudon en 1937, dans une famille protestante de la classe moyenne: le moment venu (c'est-à-dire en 1995), on trouvera des traces explicatives de son comportement dans cet héritage religieux, mais lui s'en défend, du moins publiquement. Les convictions pacifistes de son père SFIO, le sens social de sa mère sage-femme ont dû compter tout autant. Comme Michel Rocard, il associe un engagement au PSU à la fréquentation de l'ENA, dont il sort diplomate. Mais le Quai d'Orsay ne le séduit guère, puisqu'il lui préfère un modeste poste d'enseignant dans un IUT de Sceaux. En fait, il vient d'être recruté pour le nouveau PS et en une dizaine d'années, il en devient un des piliers, chargé notamment des relations toujours sensibles avec le PC. En 1981, il est élu premier secrétaire laissant à d'autres les premiers rôles au gouvernement; en 1988, il accède à un grand ministère, l'Éducation nationale, où il ne laisse pas un souvenir très marquant avant d'être emporté par la défaite de 1993 aux législatives. Alors qu'il est très tenté de tout abandonner – il songe même à un retour dans le corps diplomatique –, une conjoncture particulière le pousse en avant à la présidentielle de 1995: en effet, Michel Rocard se met en retrait après un échec aux élections européennes de 1994 et Jacques Delors, grand favori du PS, se désiste: reste Lionel Jospin.

Relever le défi contre un Jacques Chirac gonflé à bloc était mission impossible: Lionel Jospin s'en acquitte avec une pugnacité (47,4 % des voix) et une indépendance d'esprit vis-à-vis de François Mitterrand qui surprendront: on avait quitté un dirigeant du PS mitterrandien, on retrouve un homme d'État.

Cette révélation aurait pu rester sans conséquence, mais la bévue de la dissolution de 1997 le propulse à Matignon, après la large victoire de la gauche. Il bénéficie alors d'une troisième faveur du destin, quand la conjoncture économique redevient enfin favorable, le plaçant au beau fixe permanent des sondages. De là à l'imaginer président en 2002, il n'y a qu'un pas que les militants du PS franchissent volontiers.

5-18 juin

Premières interventions de Lionel Jospin sur la scène internationale, d'abord au congrès des partis socialistes européens en Suède (5-7 juin), où il aborde la question du passage à la monnaie unique; les 16-18 juin au sommet européen d'Amsterdam, où les Quinze adoptent un traité faisant suite à celui de Maastricht.

10 juin-19 octobre
À Paris, la galerie nationale du Jeu de Paume présente une rétrospective de l'œuvre de César.

17 juin
La gendarmerie lance une vaste opération contre les milieux pédophiles et le trafic de cassettes pornographiques impliquant des enfants: 527 personnes sont interpellées et 180 mises en examen. L'opinion publique est très sensibilisée à ce problème depuis l'arrestation de Marc Dutroux, meurtrier de fillettes en Belgique (août 1996) et les révélations sur l'existence de réseaux organisés. Les soupçons vont vite et provoquent quelques cas de suicide.

19 juin
Déclaration de politique générale du Premier ministre devant l'Assemblée. Lionel Jospin propose un nouveau pacte européen et un pacte de développement et de solidarité. Son programme de gouvernement comporte 45 mesures essentielles, notamment: la création de 700000 emplois pour les jeunes, la mise en place avant cinq ans de la semaine de 35 heures sans perte de salaire, une augmentation de 4 % du Smic au 1er juillet, le versement des allocations familiales sous conditions de ressources, de nouvelles lois sur l'immigration avec le retour au « droit du sol », une indépendance accrue de la justice et la transparence de la police. Le Premier ministre affirme qu'il n'y aura « ni pause, ni recul, ni remaniement ». Son programme est approuvé par 297 voix contre 252.
La défaite surprise de la droite aux législatives provoque une crise au RPR: les partisans de Philippe Séguin souhaitent l'éviction d'Alain Juppé de la direction du mouvement. Chez les libéraux, montée d'Alain Madelin qui transforme le Parti républicain en Démocratie libérale.

24 juin
Claude Allègre présente sa vision des problèmes de l'Éducation nationale: ses propos sur la bureaucratisation de l'institution et sur le nécessaire « dégraissage du mammouth », complétés par des attaques sur l'absentéisme supposé excessif des enseignants vont déclencher une brouille avec ces derniers et instaurer un climat détestable qui ne se démentira pas.

25 juin
Décès à 87 ans du commandant Cousteau, ambassadeur de la « planète bleue ».

LES GARDIENS DE LA NATURE

Ils sont quatre hommes, spécialistes des sciences de la Terre, qu'ils ont aimée d'un amour exigeant tout au long de leur vie, assez chargée d'ans pour les ériger en patriarches populaires de la planète. Le premier, Jacques-Yves Cousteau (1910-1997), était l'homme de la mer et des fonds sous-marins; le deuxième, Haroun Tazieff (1914-1998) avait choisi le feu et les volcans; le troisième, Paul-Émile Victor (1907-1995) avait les mondes arctiques comme deuxième patrie; enfin, Théodore Monod (1902-2000) sillonnait les déserts depuis soixante-dix-huit ans...
À eux quatre, ils résumeraient une géographie élémentaire symbolique à la Bachelard, s'il ne leur manquait le monde aérien. Savants éminents dans leur discipline, hommes de terrain autant que de laboratoire, ils laissent des lieux et des instruments de recherche fondamentaux; pourtant, ils sont devenus des vedettes du grand public, jusqu'à atteindre une sorte d'intouchabilité: c'est qu'ils ont été des pédagogues hors pair, passant une part notable de leur temps à raconter, dessiner, écrire, filmer... Le Monde du silence *de Cousteau,* Les Rendez-vous du diable *de Tazieff, mais aussi l'album enfantin* Apoutsiak l'Esquimau *de Paul-Émile Victor ou* Méharées *de Monod ont éveillé des vocations. Ils ont eu le privilège de vivre vieux, sans que jamais leur passion ne fléchisse, et une telle constance a convaincu du caractère infiniment précieux de leur champ d'étude; en effet, par-delà leurs différences considérables (engagement politique, rapport aux médias...), ils se sont réunis en une défense et illustration de l'écologie planétaire, à une époque où le mot ne sortait pas des laboratoires.*

28 juin
Paris accueille l'Europride, manifestation internationale de la fierté homosexuelle: 300000 personnes y participent.

20 juillet
Lionel Jospin se déclare plutôt chiraquien dans son appréciation des responsabilités de l'État lors de la déportation des juifs parisiens (commémoration de la rafle du Vel'd'Hiv' en 1942).

28 juillet
La Cour d'appel de Lyon condamne un membre de l'église de scientologie pour sa responsabilité dans le suicide d'un ancien adepte; mais la décision de justice ne conteste pas le titre de religion à la secte.

août
Faut-il abroger les lois Pasqua (1993) et Debré (1996) sur le séjour des étrangers ? Ou bien suffit-il d'en gommer les dispositions contradictoires et surtout d'en imposer une application égalitaire dans toutes les préfectures de France ? Sur la base d'un rapport du sociologue Patrick Weil, Lionel Jospin opte pour la seconde solution, au grand dam des associations de solidarité.

5 août
Décès à 122 ans de Jeanne Calment, doyenne de l'humanité. Elle avait vu son père vendre des couleurs à Van Gogh et avait réussi à vendre à 90 ans son appartement arlésien en viager.

18-24 août
Près d'un million de personnes participent aux JMJ (Journées mondiales de la jeunesse) à Paris en présence du pape Jean-Paul II. Même si le public n'est pas constitué que de jeunes au sens strict, le succès de ce rassemblement est indéniable et pose d'intéressantes questions à l'Église catholique. Si la jeunesse acclame le pape avec enthousiasme, elle prend plus que des distances par rapport à la morale préconisée dans ses discours : Jean-Paul II justifie en effet l'interdiction du préservatif contre le sida au nom de la fidélité conjugale et de rapports sexuels dans le cadre exclusif du mariage. Les JMJ marqueront-elles un retour des jeunes dans les paroisses ou sont-elles une forme d'expression publique de la foi qui leur suffit jusqu'au prochain rassemblement ? Aucun renforcement notable de la pratique des jeunes ne sera constaté dans les trois ans suivants. Les JMJ de Rome en août 2000 seront aussi un succès.

20 août
Après les travaux d'utilité collective puis les contrats emplois solidarité, lancement des contrats emplois jeunes pour lutter contre le chômage ; 350 000 créations sont prévues, notamment dans les emplois de proximité.

31 août
La princesse de Galles Diana et son compagnon Dodi al-Fayed se tuent avec leur chauffeur dans un accident de voiture à Paris, alors qu'ils tentaient de fuir les paparazzi. L'émotion en Grande-Bretagne est considérable et la princesse reçoit un hommage populaire qui surprend les observateurs.

septembre
Michel Winock : *Le Siècle des intellectuels.*
Claude Simon : *Le Jardin des plantes.*

8 septembre
Privatisation partielle de France Telecom : l'État vend 37,7 % du capital.

30 septembre
L'épiscopat français fait une déclaration solennelle de repentance devant les autorités du judaïsme français réunies au mémorial de l'ancien camp de Drancy pour les fautes commises par l'Église pendant l'Occupation. La repentance, mélange de retour critique sur le passé et de confession publique, est devenue une manifestation typique de la fin du siècle.

octobre
Immigration toujours : 140 000 dossiers de demande de régularisation sont déposés au 31 octobre (délai de rigueur) mais seule la moitié pourrait être satisfaite. Les projets législatifs de Jean-Pierre Chevènement sur l'immigration et la nationalité provoquent des réactions diverses ; le Haut Conseil à l'intégration présidé par Simone Veil et le Conseil d'État les approuvent, le milieu associatif se dit déçu par le conservatisme global des textes.

3 octobre
Lionel Jospin annonce les 35 heures en 2000 pour les grandes entreprises et en 2002 pour les PME. Les syndicats applaudissent, le patronat proteste : Jean Gandois démissionne du CNPF qu'il présidait depuis 1994. Ernest-Antoine Seillière lui succédera en décembre.

8 octobre
Ouverture du procès de Maurice Papon après des années de procédures dilatoires. Les premiers échanges retracent la carrière de Maurice Papon et mettent en cause son rôle de préfet de police dans le massacre d'octobre 1961 à Paris des manifestants algériens pro-FLN. Si cette question n'est pas à l'ordre du jour du procès, elle souligne certaines continuités dans l'administration de la France de Vichy et des régimes qui lui ont succédé.

15 octobre
Le prix Nobel de physique est attribué à Claude Cohen-Tannoudji.

novembre
Le *Livre noir du communisme*, publié sous la direction de Stéphane Courtois (700 000 exemplaires vendus, 33 traductions) soulève des polémiques dans l'opinion publique et la communauté historienne : quatre-vingts ans après la révolution d'Octobre, cet ouvrage fait le bilan humain de

toutes les expériences politiques qui s'en sont réclamées. Peut-on additionner des bilans correspondant à des époques et à des situations différentes, au risque d'une comptabilité macabre et d'une relativisation du nazisme? «Ce livre événement, au-delà des débats et des polémiques, a profondément modifié notre vision du système communiste» (*L'Histoire*, octobre 2000).
Le prix Femina est attribué à Dominique Noguez pour *Amour noir*.

10 novembre
Manifestation de solidarité envers le peuple algérien plongé dans la guerre civile. La communauté algérienne de France, même traversée par les courants intégristes, est moins impliquée dans le soutien aux rebelles que la génération de la lutte pour l'indépendance. L'inquiétude pour les familles menacées par des massacres atroces et aléatoires prime largement, d'autant que la circulation des personnes entre les deux pays est largement bloquée. Quelques initiatives permettent d'accueillir des intellectuels particulièrement visés par le GIA mais c'est la majorité des Algériens qui pourraient prétendre au statut de réfugiés. Globalement, la férocité de cette guerre fratricide dans un pays resté proche de la France envers et contre tout est une douloureuse interrogation pour tous ceux qui, depuis la Toussaint 1954 ont «l'Algérie au cœur».

21-23 novembre
Congrès unanimiste du PS à Brest: François Hollande, compagnon de la ministre Ségolène Royal, succède à Lionel Jospin au poste de premier secrétaire.

2 décembre
Un intermédiaire (en fuite) de la société Elf aurait versé en 1992 une commission de 45 millions de francs à Christine Deviers-Joncour, alors compagne du ministre Roland Dumas, pour avoir facilité la vente de frégates françaises à Taiwan; Roland Dumas, pour l'heure président du Conseil constitutionnel, se défend de toute malversation mais les ingrédients d'un feuilleton à scandale sont réunis.

15 décembre
Des comités de chômeurs occupent des antennes Assedic, des ANPE ou divers lieux stratégiques en province et à Paris: ils réclament une prime de 3000 F pour Noël. La nouveauté de la démarche montre que le chômage est devenu un état permanent, générant des revendications de type salarial chez les intéressés qui ne débouchera pas sur la formation d'un syndicalisme spécifique. La ministre Martine Aubry invite les préfets à prendre les mesures sociales d'urgence qui s'imposent sur le terrain mais sans proposer de solution d'ensemble. Un milliard de francs seront débloqués en janvier pour financer la lutte contre l'extrême détresse.

1998

12 janvier
Alors que le procès Papon a repris à Bordeaux, le rapport Mattéoli sur la spoliation des biens juifs est remis au Premier ministre.

28 janvier
Inauguration du Stade de France par Jacques Chirac: le grand disque plat posé sur la plaine Saint-Denis se veut aussi le symbole d'un autre avenir pour la Seine-Saint-Denis, département-banlieue mal aimé. Les enseignants et les parents d'élèves y manifesteront tout le printemps pour obtenir un plan spécial d'aide afin de rattraper le retard du département en matière d'éducation.

2 février
Vingt ans après, les antinucléaires remportent une victoire: le surgénérateur de Creys-Malville, cible de manifestations considérables en 1976-1977 va fermer, n'ayant jamais pu fonctionner plus de six mois consécutifs sans accroc. Un gâchis financier et industriel colossal, qui marque aussi un échec pour une technologie française de l'atome.

6 février
Claude Érignac, préfet de la région Corse, est abattu dans une rue d'Ajaccio: c'est la première fois que les nationalistes insulaires s'en prennent physiquement au principal représentant de l'État dans l'île. Vives réactions en Corse et sur le continent mais la loi du silence protège encore efficacement les clandestins terroristes. L'écart est flagrant entre la gravité des actes commis et la médiocrité d'ensemble d'une mouvance nationaliste, divisée en de multiples factions, confuse dans ses buts et marquée par des dérives délinquantes.

10 février
L'Assemblée nationale adopte le projet de loi sur les 35 h de Martine Aubry: c'est la plus importante avancée de ce type depuis les 40 h du Front populaire.

14 février
Émergence d'un lobby d'un genre nouveau: 150000 chasseurs manifestent contre les directives euro-

péennes de protection de la nature en général et contre la ministre de l'Environnement en particulier. Ce mouvement populiste est porté par Chasse Pêche Nature Traditions et reçoit le soutien de l'extrême droite et du PC pour des raisons électorales.

18 février

Treize ans après la commémoration de sa révocation, c'est l'édit de Nantes (1598) mettant fin aux guerres de Religion et autorisant le protestantisme en France qui est à l'honneur. Jacques Chirac préside la cérémonie à l'Unesco, tout comme François Mitterrand en 1985, et inaugure une année de manifestations protestantes ou laïques sur le thème de la tolérance, de la médiation des conflits et du « vivre ensemble » : préoccupations qui s'inscrivent facilement dans l'actualité la plus récente.

6 mars

Émule de la brebis écossaise Dolly, la vache clonée Marguerite (de l'Institut national de la recherche agronomique) est la vedette du salon de l'Agriculture : l'Europe suit le modèle américain familier des OGM (organismes génétiquement modifiés). Les potentialités des biotechnologies appliquées au vivant séduisent ou effraient, mais posent le problème éthique des limites. Celles-ci doivent-elles concerner la recherche ou ses applications ? Peut-on dissocier l'une des autres ?

15 mars

Aux élections régionales, le taux d'abstention s'élève à 42,03 %. La gauche, avec 36,58 % (-5,77 points par rapport aux législatives de 1997), obtient la majorité des sièges (745) dans 10 régions. La droite, avec 35,98 % (716 sièges), a la majorité dans 7 régions, tandis que le FN obtient 15,16 % (277 sièges), les divers, dont Chasse Pêche Nature Traditions, 5,25 % (41 sièges), et l'extrême gauche, dont Lutte ouvrière, 4,32 % (43 sièges).
Le Front national, placé en position d'arbitre pour l'élection des présidents de région, fait des ouvertures à la droite ; si les directions nationales du RPR et de l'UDF refusent, sur le terrain, des accords sont passés qui permettront l'élection avec les voix d'extrême droite des présidents des régions Bourgogne, Centre, Languedoc-Roussillon, Rhône-Alpes et Picardie. Dans les deux premières régions, les présidents élus, désavoués par leurs partis, démissionneront, Charles Millon résistera en Rhône-Alpes jusqu'en janvier 1999 en tentant de former son propre parti La Droite, les deux autres se maintenant.
Cet épisode marque l'apogée du FN dans le jeu politique et va renforcer les partisans d'une alliance FN-droite classique, porteuse du germe de scission entre mégrétistes et lepénistes.

20 mars

Création française de *The Shadows of Time*, œuvre symphonique d'Henri Dutilleux par l'orchestre symphonique de Boston sous la direction de Seiji Ozawa.

22 mars

Résultat du second tour des élections cantonales (55,03 % de participation) : la droite obtient 44,77 % et la gauche, avec 47,32 %, réalise son meilleur score sous la Vᵉ République en doublant le nombre de ses élus et en faisant basculer 10 départements.

avril

Divers collectifs de sans-papiers exclus des régularisations de 1997 occupent des édifices religieux catholiques ou protestants, souvent avec l'accord de leurs responsables. Un mouvement de parrainage de clandestins par des personnalités du monde du cinéma et du spectacle se dessine, tandis que la gauche « raisonnable » estime irresponsable de s'opposer aux expulsions des étrangers en situation irrégulière.

2 avril

Maurice Papon est condamné à dix ans de réclusion criminelle et autant de privation de ses droits civiques pour complicité de crime contre l'humanité ; il reste en liberté, le temps que son pourvoi en cassation soit examiné. Malgré d'innombrables obstacles, la longue patience des victimes a été récompensée. Le haut niveau des débats d'où n'ont été absents ni l'histoire ni l'émotion a abouti à un verdict modéré, prouvant que l'accusé ne devenait pas le coupable expiatoire de tous les crimes impunis de la Collaboration.
Jean-Marie Le Pen est condamné à deux ans de privation de ses droits civiques pour avoir agressé une candidate PS à Mantes-la-Jolie, ce qui le neutralise politiquement pour un certain temps.

21 avril

Dix ans après les accords Matignon et le référendum sur la Nouvelle-Calédonie, le gouvernement, le FLNKS et le RPCR signent un accord à Nouméa portant sur l'indépendance progressive du territoire en quinze ou vingt ans. Les obstacles constitutionnels seront levés par le congrès réuni à Versailles le 6 juillet.

27 avril

Commémoration de l'abolition de l'esclavage par la IIᵉ République en 1848.

mai
Les projets visant à donner un cadre juridique pour les unions libres hétéro- ou homosexuelles commencent à mobiliser les milieux hostiles: 12000 maires sollicités par une association chrétienne conservatrice signent une pétition contre le PACS (pacte civil de solidarité, destiné aux couples non mariés homo- ou hétérosexuels), appuyée par les inquiétudes exprimées par l'épiscopat.

15 mai-4 octobre
Le musée d'Art moderne de la ville de Paris présente l'exposition *Christian Boltanski. Dernières années*, où une pièce monumentale intitulée *Menschlich* regroupe environ 1500 photographies d'êtres humains anonymes que l'artiste a utilisées dans plusieurs de ses œuvres. L'exposition met en évidence l'importance qu'a toujours eue pour lui la question de la perte de l'identité, de la disparition de l'individu dans la masse.

29 mai
L'Assemblée nationale vote la reconnaissance du génocide arménien de 1915; la Turquie proteste et le Sénat ne ratifiera pas cette loi.

juin
Le mois est placé sous le signe de la Coupe du monde de football, dont les matches ont lieu dans différentes villes de France: le tenant du titre, le Brésil, est grand favori. Les critiques pleuvent contre l'entraîneur de l'équipe de France, Aimé Jacquet. Parallèlement, les rencontres provoquent des problèmes de sécurité publique à cause des hooligans européens: le 21 juin à Lens, un gendarme est grièvement blessé par des supporteurs allemands.

juillet
Le festival d'Aix-en-Provence prend un nouvel essor sous l'impulsion de son nouveau directeur Stéphane Lissner. Pierre Boulez dirige *Le Château de Barbe Bleue* de Bartok, dans une mise en scène de la chorégraphe Pina Bausch; Peter Brook met en scène *Don Giovanni* de Mozart.
Le chômage est passé durablement sous la barre des 3 millions de demandeurs d'emplois.

8 juillet
Le Tour de France cycliste n'est possible que par un dopage constant et renouvelé des coureurs: des arrestations parmi le personnel médical prouvent cette évidence et montrent que ces pratiques existent au vu et au su de tous.

12 juillet
Parvenue contre toute attente en finale, l'équipe française de football bat le Brésil 3 à 0 et remporte la Coupe du monde pour la première fois depuis sa création. L'enthousiasme populaire est extraordinaire et prend place dans les grandes heures de l'euphorie française: le soir, 1,5 million de personnes acclament les vainqueurs promus au rang de héros nationaux. Cet événement dépasse le cadre sportif et devient un témoin sociologique de l'état de la France: unanimisme des grandes communions fraternelles, légitimation d'un métissage par la physionomie «black-blanc-beur» des Bleus, optimisme contagieux redonnant confiance au pays tout entier.

22-23 juillet
Le gouvernement socialiste organise la privatisation-fusion du groupe Matra avec Aerospatiale dans le but de constituer le cinquième groupe mondial: la tendance à toujours plus de concentration rend caduque l'idée de nationalisation, puisque le cadre national est désormais insuffisant pour les stratégies des grandes entreprises.

1er août
Le problème des étrangers sans papiers reste lancinant et les occupations d'édifices religieux maintiennent la pression sur le gouvernement, amené à assouplir les modalités de régularisation des étrangers déboutés.
La situation habituellement tendue au Kosovo serbe tourne à la guerre ouverte.

17 août
Les pare-brise des voitures les moins polluantes arborent une pastille verte qui leur permettra de rouler même les jours de restriction de la circulation.

1er septembre
Ouverture du procès du réseau Chalabi, accusé de soutenir les maquis islamistes algériens; le nombre des prévenus (138), la diversité des implications et les conditions techniques du procès déclenchent les protestations des avocats chargés de la défense. En janvier 1999, les plus lourdes peines du verdict sont trois condamnations à huit ans de prison; 87 personnes au total sont condamnées (parfois avec sursis) et 51 relaxées, ce qui relativise l'importance du procès.

2 septembre
Un grave accident d'anesthésie plonge le ministre de l'Intérieur Jean-Pierre Chevènement dans le coma. Sauvé, il sortira de l'hôpital le 27 octobre.

9 septembre
La gestion de la MNEF (Mutuelle nationale des étudiants de France) fait l'objet d'un rapport de la Cour des comptes. Ce bastion historique du mutualisme étudiant est devenu depuis les années 80 un réseau assez opaque d'entreprises sans rapport évident avec sa vocation initiale et il passe pour être la pépinière des cadres du PS, voire leur base arrière en cas de revers. Le président démissionnaire Olivier Spithakis est rapidement mis en examen et écroué.

15 septembre-22 novembre
La galerie nationale du Jeu de Paume présente à Paris une rétrospective de l'œuvre d'Alechinsky.

23 septembre
Jean-Yves Haberer est mis en examen pour son rôle dans la faillite du Crédit lyonnais qu'il a dirigé entre 1983 et 1993. La banque, sous perfusion étatique, doit être privatisée en 1999.

15 octobre
Inauguration d'une 14ᵉ ligne de métro tout automatique à Paris: Météor annonce la RATP de demain.

novembre
Michel Houellebec reçoit le prix Novembre pour *Les Particules élémentaires*, paru en août.

2 novembre
La France s'associe à l'offensive judiciaire contre l'ex-dictateur chilien Pinochet retenu à Londres à la demande de la justice espagnole.

5 novembre
À Craonne (Aisne), haut lieu des boucheries de 14-18, Lionel Jospin réhabilite la mémoire des soldats mutinés en 1917 et fusillés pour l'exemple; Jacques Chirac désapprouve le geste, sans qu'on sache s'il s'agit d'une conviction propre ou d'un besoin de se démarquer de son Premier ministre. Le 10, Abdoulaye Ndiaye meurt à 104 ans: il était le dernier tirailleur sénégalais vivant et allait recevoir la Légion d'honneur.

30 novembre
Hoechst et Rhône-Poulenc unissent leurs destinées d'entreprises, Total rachète le belge Fina: les grands groupes industriels continuent à se mondialiser.

6 décembre
Crise ouverte au Front national entre Jean-Marie Le Pen et les partisans de Bruno Mégret: la querelle de succession se double d'une divergence de fond sur les rapports entre le mouvement et les partis de droite traditionnels: forts de l'expérience des conseils régionaux, les mégrétistes souhaitent une politique d'alliance, que refuse Le Pen.

1999

janvier
Au Kosovo, massacres en série perpétrés par l'armée et la police fédérale yougoslaves, guérilla de l'UCK (Armée de libération du Kosovo) et exode des populations civiles; le 29, le groupe de contact (Occidentaux et Russie) sur l'ex-Yougoslavie appelle les Serbes et les Kosovars à se rencontrer à Rambouillet le 6 février.

1ᵉʳ janvier
Entrée en vigueur de l'euro, monnaie unique de 11 États de l'Union européenne; l'événement est historique mais la réalité immédiate du fait ne dépasse guère le double étiquetage des prix ou l'apparition de la colonne euro sur les relevés bancaires.

14-23 janvier
Le ministre de l'Éducation nationale présente ses orientations concernant les programmes des lycées et une charte pour l'école du XXIᵉ siècle qui déclenchent immanquablement l'exaspération des enseignants; même si d'aucuns estiment que tout n'est pas négatif dans les analyses et les propositions de Claude Allègre, le blocage de la communication avec le monde enseignant est tel que l'action réformatrice du ministère est vouée à l'échec. Pour nombre d'enseignants, le premier objectif est d'obtenir la démission du ministre, toujours soutenu par son ami Lionel Jospin.
En même temps, la confrontation des établissements scolaires à une forme de violence juvénile endémique achève de plonger les enseignants dans le désarroi.

23-24 janvier
Le congrès extraordinaire du Front national tenu par les partisans de Bruno Mégret aboutit à une scission irrémédiable: il y a désormais deux FN, l'un dit Mouvement national (Mégret) et l'autre, dit d'Unité française (Le Pen), qui engagent une guérilla judiciaire fratricide et qui tentent de rallier chacun cadres et élus du mouvement.

31 janvier
Importante manifestation (100000 personnes) contre le projet de PACS: les observateurs consta-

tent un certain œcuménisme interreligieux puisque les sensibilités intégristes ou conservatrices du catholicisme, du protestantisme, du judaïsme et de l'islam sont représentées dans la défense du mariage; on entend aussi des slogans homophobes du type « les homos au bûcher ! ». En fait l'opposition au PACS conjugue des interrogations légitimes sur l'évolution de la conjugalité et de la famille – quelles limites légales ? – et un refus viscéral de toute reconnaissance officielle du fait homosexuel.

février

Les violences suburbaines affectent les derniers services publics présents dans les banlieues les plus dures: les bus, les pompiers. Ces derniers manifestent à Villeurbanne le 4 à la suite de l'explosion d'un véhicule incendié qui a blessé 6 des leurs.

La neige et les avalanches tuent une soixantaine de personnes dans les Alpes.

1er-5 février

Congrès de la CGT: Bernard Thibault, le cheminot leader des luttes de fin 1995, est élu secrétaire national en remplacement de Louis Viannet.

9 février

Ouverture du procès du sang contaminé devant la Cour de justice de la République: comparaissent devant 15 juges (3 magistrats et 12 parlementaires) les trois anciens ministres, Georgina Dufoix, Laurent Fabius (Premier ministre) et Edmond Hervé. Réunie pour la première fois, la Cour ne donne pas une impression immédiate de maîtriser les débats, devant la pugnacité d'un Laurent Fabius. Un mois plus tard, le verdict prononce la relaxe de Georgina Dufoix et de Laurent Fabius mais condamne avec dispense de peine Edmond Hervé pour ne pas avoir ordonné le dépistage ou la destruction de stocks sanguins litigieux antérieurs au 1er août 1985 et ne pas avoir rappelé les transfusés.

RESPONSABILITÉ, CULPABILITÉ ET JUSTICE

Les deux dernières décennies du siècle sont marquées par une intense activité de la justice, n'épargnant aucun milieu et aucun sujet: « République des juges », judiciarisation de la société, réflexe de la mise en examen qui, depuis qu'elle n'est plus inculpation, semble devenue l'inévitable servitude de toute notoriété…, la liste est longue des observations parfois inquiètes qui pointent une mutation de la société française.

L'événement symbolique de cette évolution est bien évidemment la comparution devant la Cour de justice de la République d'un ancien Premier ministre et de deux membres de son gouvernement pour répondre de leurs actes lors de l'affaire dite du « sang contaminé » ; mais il ne faut pas négliger les multiples procédures engagées contre de présumés responsables de divers graves accidents : un chef d'établissement scolaire pour non-dénonciation d'un enseignant à tendances pédophiles, un responsable EDF pour un lâchage d'eau meurtrier par les services de sa circonscription, un guide de montagne dont le groupe d'enfants a été emporté par une coulée de neige… Autant de cas de procès improbables, il y a seulement vingt ans : avait-on inculpé les responsables de la préfecture de l'Isère pour avoir laissé fonctionner un dancing à la sécurité déficiente, dont l'incendie tua 146 jeunes en novembre 1970 ? La tragédie des enfants nés malformés jusqu'au début des années 60 à cause de la thalidomide administrée à leurs mères enceintes a-t-elle connu un épisode judiciaire à la mesure du drame ? Aujourd'hui, ce serait sûrement le cas.

L'inflation judiciaire française a commencé par une exigence éthique, que la gauche défendait de longue date lorsqu'elle était dans l'opposition : la lutte contre les avantages indus des détenteurs du pouvoir politique. Posture morale dangereuse, car la gauche va devenir la première cible de la justice égalitaire qu'elle souhaitait : les affaires des Irlandais de Vincennes, du Rainbow Warrior, *du Carrefour du Développement lors du premier septennat de François Mitterrand, puis les démêlés de Bernard Tapie ou de Roland Dumas montrent que désormais la responsabilité gravit la chaîne hiérarchique, sans qu'en soit préservé le sommet par le sacrifice de quelques subalternes. Et la leçon vaut pour toute la classe politique.*

Cet acquis égalitaire va nourrir la propension à confier à la justice une mission parfois extrême, à savoir expliquer les raisons d'accidents tragiques et faire en sorte qu'ils ne se reproduisent pas. La confiance de la société dans ses capacités scientifiques et techniques devient telle qu'un dysfonctionnement apparaît forcément comme le produit d'une faute humaine, nécessairement identifiable et donc punissable. Ce nouveau scientisme prospère sur le déclin des conceptions transcendantes des événements : ni Dieu, ni le destin, ni le hasard ne peuvent désormais suffire à expliquer la mort inopinée d'innocents dans cette vision anthropocentrique exclusive. La justice devient une force correctrice des imperfections du monde et on se demande si, lors des drames, la procédure judi-

ciaire ne tend pas à remplacer le travail de deuil assuré hier par les institutions religieuses aux réponses jugées insuffisantes aujourd'hui.
L'affirmation du couple responsabilité-culpabilité dans le fonctionnement social est lourde de conséquences: elle contribue à discréditer tout niveau supérieur de hiérarchie, car, en cas de mise en cause, la défense légitime risque d'être interprétée comme une crispation sur les privilèges du pouvoir et un refus d'assumer ses responsabilités. Et la médiatisation instruit les dossiers beaucoup plus vite que les juges, et toujours au détriment de la présomption d'innocence.
Ensuite, la hantise de la mise en examen déshonorante conduit à des principes de précaution de plus en plus lourds, voire à l'abandon d'activités ou de mandats: un simple accident survenu dans un square pouvant conduire un maire ou un responsable d'association sur le banc des accusés, il y a lieu de s'inquiéter sur les vocations à venir d'élus et de bénévoles, et donc sur le risque d'un étiolement de la société civile. Enfin, l'idée que tout accident relève forcément, sinon dans sa cause, au moins dans ses effets, d'une responsabilité humaine renvoie à une proclamation de la toute-puissance humaine qui se heurtera toujours à un cas inédit et donc provoquera une fuite en avant: l'acharnement judiciaire n'évitera pas les frustrations douloureuses et se retournera à terme contre l'idée même de justice.

16 février
Une Malienne est condamnée à huit ans de prison pour avoir excisé 58 fillettes, à la demande de leurs parents restés fidèles à cette coutume ancestrale nullement imposée par l'islam. 23 parents sont condamnés à des peines avec sursis.

23 février
Échec de la conférence de Rambouillet sur le Kosovo. La logique de guerre semble inéluctable.

9 mars
Début d'un «raid» (OPE, offre publique d'échange) de la BNP sur le couple Paribas-Société générale: l'idée d'un couple à trois ne séduit pas les intéressés.

10 mars
Un projet de révision constitutionnelle garantissant la parité des sexes en politique est définitivement adopté par le Parlement.

Femmes et parité

Les débats sur l'organisation volontariste de la parité homme-femme en politique sont d'abord un miroir de la situation des femmes en France, une génération après la naissance du MLF.
Premier constat: la France a recensé avec constance pendant toute cette période les «premières à...», c'est-à-dire la chute des bastions encore exclusivement masculins; première femme à accéder à la dignité d'ambassadeur (sic)*: Marcelle Campana en 1972; première polytechnicienne et major de l'École: Anne Chopinet en 1972; première académicienne: Marguerite Yourcenar en 1980; première préfète: Yvette Chassagne en 1981; première présidente d'une Église réformée: Thérèse Klipffel en 1982; première Premier ministre: Édith Cresson en 1991; première responsable nationale d'un syndicat: Nicole Notat en 1992; première cosmonaute Claudie André-Deshayes en 1996, etc. Arbres qui jalonnent la route du progrès ou qui cachent une tout autre forêt?*
Car le deuxième constat nuance fortement l'optimisme né des prouesses citées. En 1999, un rapport parlementaire établit qu'en moyenne les salaires féminins sont de 27 % inférieurs à ceux des hommes et que les femmes ne représentent que 7 % des cadres dirigeants des 5000 entreprises les plus importantes. Par ailleurs, l'Assemblée nationale élue en 1997 compte 10,2 % de députées, ce qui est un progrès mais qui peut se lire aussi comme 89,8 % de députés masculins; passons pudiquement sur le Sénat et reconnaissons que la composition d'un gouvernement offre un exemple encourageant – un tiers des postes à des femmes en 1997 – mais la situation est toujours fragile: en novembre 1995, 13 femmes sur 17 nommées avaient fait les frais d'un remaniement ministériel du gouvernement Juppé. Sur un plan plus quotidien, les statisticiens montrent que la répartition des tâches ménagères n'évolue qu'avec une infinie lenteur, en minutes par décennie! Ajoutons enfin la féminisation majoritaire de secteurs professionnels comme l'enseignement, les soins, le social, ce qui ajoute une logique de ségrégation succédant à celle du rejet: la cohabitation professionnelle égalitaire des sexes est encore un idéal.
Le troisième constat est un paradoxe: l'idée d'instituer par voie légale une parité homme-femme parmi les élus pour combler le retard et donner l'exemple au reste de la société ne fait pas l'unanimité, chez les hommes, ce qui est logique, mais aussi chez les femmes ce qui l'est moins. L'institution de quotas est rejetée par certaines comme une mesure humiliante, promouvant des femmes sur la base de

leur identité sexuelle et non sur leurs mérites et capacités. En outre, les détractrices y voient une atteinte à l'universalité de la démocratie et une ouverture à la représentation par communautés (ethniques, religieuses, sexuelles…). Les arguments sont pertinents mais comment lutter contre le retard significatif de la France en matière de discrimination sexuelle? Les femmes hostiles à la parité ne sont-elles pas des privilégiées, qui font, au nom de leurs principes, bon marché de l'exclusion vécue par leurs sœurs anonymes?

15 mars
Édith Cresson figure en bonne place dans les critiques qui amènent la Commission européenne de Jacques Santer à démissionner en bloc.

23 mars
Le feuilleton Elf-frégates de Taiwan-Roland Dumas continue sous l'effet des révélations de son ex-maîtresse qui transforme son dépit en fonds de commerce délateur très médiatique. Roland Dumas, assailli, se résout à se mettre en congé du Conseil constitutionnel qu'il préside. Personne n'imaginait que Roland Dumas vivait dans l'austérité; mais la divulgation de son train de vie financé de façon occulte dépasse l'admissible.
L'OTAN décide de déclencher des opérations militaires contre la Serbie, essentiellement des bombardements aériens; la France participe à cette opération dite *Force déterminée*, se plaçant ponctuellement dans le commandement de l'OTAN. Tout comme en 1991 contre l'Irak, la guerre ne fait pas l'unanimité, la Serbie conservant des défenseurs en France.

24 mars
L'incendie d'un camion dans le tunnel du mont Blanc provoque une quarantaine de morts et entraîne la fermeture durable du tunnel.

avril
La poursuite des opérations contre la Serbie aggrave un désastre humanitaire: les Kosovars fuient en masse le théâtre des opérations et viennent s'entasser dans l'Albanie et la Macédoine limitrophes au risque de les déstabiliser. L'initiative alliée ne réalise-t-elle pas involontairement les buts de l'ennemi: vider le Kosovo des non-Serbes? La France accueille ses premiers réfugiés.
Le type de guerre aérienne et technologique pratiqué par l'OTAN minimise les pertes alliées mais n'évite pas de sanglantes bavures qu'exploite habilement la propagande serbe.

6-29 avril
L'Assemblée nationale puis le Sénat adoptent le principe d'une révision constitutionnelle permettant la reconnaissance par la France de la Cour pénale internationale instaurée pour juger tout crime de guerre et crime contre l'humanité commis sur le territoire des pays signataires.
Nouvelle-Calédonie, construction européenne, parité hommes-femmes, réforme de la magistrature, langues régionales, durée du mandat présidentiel: la Constitution de la Vᵉ République est souvent un obstacle qu'on lève au coup par coup. Rédigée à une époque où le cadre des États primait, elle est de plus en plus confrontée aux logiques supranationales et à une autre réalité de la nation et de la société.

9-16 avril
Charles Pasqua fera cause commune avec Philippe de Villiers aux élections européennes de juin; Philippe Séguin quitte la présidence du RPR et renonce à conduire la liste commune RPR-Démocratie libérale; le reste de l'UDF fera bande à part… Deux ans après l'échec de la dissolution de l'Assemblée, la droite se cherche et ne se trouve pas.

19-20 avril
Incendie en Corse d'une paillote (un restaurant de plage) construite illégalement sur le domaine public: l'acte a été commis par des gendarmes qui mettent en cause leur hiérarchie et le préfet Bernard Bonnet, successeur de Claude Érignac. Lionel Jospin relève de ses fonctions Bernard Bonnet qui est mis en examen et écroué. En mai, le commando responsable du meurtre de Claude Érignac est arrêté mais le tueur présumé, Yvan Colonna, disparaît au moment d'être appréhendé.

5 mai
Le projet de loi sur la CMU (couverture médicale universelle) est adopté par l'Assemblée.

7 mai
La France décide de ratifier la charte européenne des langues régionales et minoritaires, vieille revendication des militants régionalistes; le président Chirac saisit le Conseil constitutionnel pour vérifier la compatibilité de la charte et de la Constitution: la ratification est ajournée.

25 mai
Ouverture du procès de Jacques Crozemarie, ancien président de l'ARC, accusé de détournement de fonds; il sera condamné le 19 octobre à quatre ans de prison.

juin
Après la « vache folle », des poulets belges contaminés par de la dioxine et des canettes françaises de Coca-Cola suspectes défraient la chronique et posent la question de la sécurité alimentaire : comment contrôler les filières transnationales de l'industrie agroalimentaire, comment éviter que la loi du profit maximum ne conditionne le choix des produits engraissant les animaux ? Ces affaires jettent le discrédit sur les progrès techniques permettant une agriculture de masse et à bas prix et font la promotion du biologique, nouveau sésame publicitaire des marchés. Le français y gagne un nouveau mot : « traçabilité », c'est-à-dire contrôle du circuit de fabrication d'un aliment.

3 juin
Fin de la guerre du Kosovo. La France participe à la reconstruction humaine et matérielle de la province avec les contingents de soldats de la KFOR (force internationale de sécurité) et la nomination, en juillet, de Bernard Kouchner, alors secrétaire d'État à la Santé, comme administrateur civil du Kosovo.

10 juin
À l'unanimité, les députés reconnaissent que les opérations militaires d'Algérie entre 1954 et 1962 étaient bien des faits de guerre et pas seulement des opérations de maintien de l'ordre.

13 juin
Victoire des abstentionnistes (53,24 %) et de la gauche (38,45 %) aux élections européennes : le PS recueille 21,95 %, les Verts, dont la liste est conduite par Daniel Cohn-Bendit, avec 9,72 % devancent nettement le PC qui n'obtient que 6,78 % ; relative percée de l'extrême gauche avec 5,18 %.
La division et les reclassements hasardeux provoquent un sévère échec à droite : les souverainistes avec 13,05 % dépassent la liste RPR-DL (12,82 %) et l'UDF (9,28 %), tandis que l'extrême droite paie le prix de la scission : seul le FN lepéniste est représenté (5,69 %). Une surprise : le score de Chasse Pêche Nature Traditions (6,77 %) dont la problématique, limitée au départ, va évoluer vers la défense poujadiste de la ruralité.
La députée française Nicole Fontaine (UDF-Parti populaire européen) est élue présidente du Parlement européen.

19 juin
Mort à 90 ans d'Henri d'Orléans, descendant de Louis-Philippe et prétendant au trône de France.

5 juillet
Alors que la bataille bancaire BNP-Société générale-Paribas s'enlise, le groupe Elf est la cible de l'ambition de Total-Fina.

6 juillet
La France compte 60 082 000 habitants selon le recensement de mars : le chiffre englobe les Dom-Tom, habituellement décomptés à part, ce qui permet de franchir la barre symbolique des 60 millions.

14 juillet
Pressé par l'UDF d'instaurer le quinquennat présidentiel, Jacques Chirac estime que ce serait une erreur.

6-8 août
Lors de la rencontre estivale traditionnelle de Corte, les différents courants nationalistes corses appellent à l'unité et à la réconciliation : le meurtre du préfet Érignac et la pantalonnade des paillotes auront signifié pour la Corse et l'État des points de non-retour, dont la simultanéité permet d'envisager un changement de fond dans leurs rapports.

11 août
L'éclipse totale du Soleil traverse la France : malgré un temps mitigé, c'est l'événement de l'été.

12 août
Les États-Unis taxent de façon prohibitive l'importation du fromage de Roquefort pour riposter aux restrictions européennes sur le bœuf américain aux hormones : des militants aveyronnais de la Confédération paysanne saccagent le nouveau restaurant McDonald de Millau. L'arrestation de José Bové, responsable de la Confédération, popularise le mouvement et déclenche un élan de soutien national et international autour de la mondialisation. José Bové va jouer habilement de toutes les mythologies convergeant sur sa personne : l'écologie militante, le Larzac, le combat contre le Goliath américain, la non-violence et l'internationalisme...

septembre
Parution du *Dictionnaire d'histoire et de philosophie des sciences*, qui réunit 160 auteurs sous la direction de Dominique Lecourt.

octobre
Maurice Papon aura jusqu'au bout tenté d'échapper à la justice ; alors qu'il était libre dans l'attente de son pourvoi en cassation, il refuse de se présenter à la prison à la veille de sa comparution, prend

la fuite en Suisse et se fait arrêter dans un hôtel de luxe. Déchu automatiquement de son pourvoi, il est aussitôt emprisonné.
Exposition Henri Michaux à la Bibliothèque nationale.

19 octobre
Martine Aubry présente après force amendements son deuxième projet de loi sur les 35 heures, qui est voté en première lecture par l'Assemblée nationale. E.-A. Seillière et le Medef (Mouvement des entreprises de France, nouveau sigle du patronat depuis octobre 1998) protestent, Jacques Chirac juge l'idéologie de la loi dépassée.

26 octobre
Il faudra modifier la Constitution pour réformer le Conseil supérieur de la magistrature: un congrès est prévu le 24 janvier 2000.
Un guide de montagne comparaît devant le tribunal de Gap pour homicides et blessures involontaires: la randonnée d'enfants qu'il conduisait avait été emportée par une coulée de neige (9 morts). Le problème de la responsabilité humaine face aux risques naturels est posé, ainsi que la nécessité du port des menottes lors de l'arrestation – sans violence – du guide, ce qui accrédite l'idée de culpabilité avant toute procédure.

novembre
Jean Echenoz reçoit le prix Goncourt pour *Je m'en vais*, publié en septembre.

2 novembre
Dominique Strauss-Kahn, ministre de l'Économie et des Finances dont les avis pèsent lourd dans le gouvernement Jospin, démissionne après avoir été impliqué dans les affaires de la MNEF et soupçonné d'avoir perçu des rémunérations substantielles dans des conditions floues. L'exigence jospinienne d'une totale transparence a son prix: priver le gouvernement d'un collaborateur indiscuté tant au plan national qu'international et accessoirement remettre en selle Laurent Fabius. Le remplacement par le secrétaire d'État au Budget, Christian Sautter, ne sera en effet qu'éphémère.

6 novembre
L'effet Bleu marche aussi pour le rugby: contre toute attente, la France atteint les finales de la Coupe du monde mais se fait battre par l'Australie.

12-13 novembre
Pluies diluviennes et inondations en Languedoc: 35 morts.

En application des travaux de la commission Mattéoli, Lionel Jospin annonce qu'une commission de restitution des biens juifs spoliés sera mise en place et que les orphelins des déportés juifs seront indemnisés – cinquante-cinq ans après...

15 novembre
Loi sur le PACS (Pacte civil de solidarité). Le PACS est un contrat conclu devant le greffe du tribunal d'instance par deux personnes physiques majeures, de sexe différent ou de même sexe, qui permet d'organiser leur vie commune. Si le PACS a donné lieu à de violentes contestations et manifestations, c'est qu'il a d'abord été perçu comme une atteinte aux fondements mêmes de ce qui constitue encore l'image de la cellule familiale, en dépit du nombre de familles éclatées (174000 divorces ont été prononcés par les tribunaux pour la seule année 1995). Par ailleurs, la possibilité de légalisation des couples homosexuels a souvent été comprise comme un encouragement à l'homosexualité. Le Parlement et la justice semblent, à première vue et dans ce cas précis, avoir précédé les mentalités profondes, même si les situations de concubinage de longue durée se multiplient, y compris dans le cas de procréation d'un ou plusieurs enfants par les couples de concubins. Le PACS semble apporter pour ces nombreux couples des solutions juridiques, fiscales, de protection sociale et de succession en cas de décès, qui répondent à leur attente en résolvant le problème de précarité qu'induit le concubinage hétérosexuel ou homosexuel. Le pacte se dissout automatiquement dans quatre cas: par un commun accord, sur demande unilatérale de l'un des partenaires, par le mariage ou par le décès de l'un des partenaires.

30 novembre
L'ouverture du sommet de l'OMC (Organisation mondiale du commerce) à Seattle est l'occasion de manifestations auxquelles participent José Bové et la Confédération paysanne. La mondialisation est contestée (mais aussi pratiquée de façon militante) par les réseaux citoyens prônant plus la régulation du capitalisme que son abolition: allégement de la dette du Sud, commerce équitable et éthique, taxation des transactions financières internationales.

4 décembre
Michèle Alliot-Marie est élue présidente du RPR contre Jean-Paul Delevoye, sénateur peu connu mais fort du soutien de l'Élysée; elle prend rapidement position contre le projet instituant la parité des sexes en politique.

12 décembre
Naufrage d'un pétrolier au large du Finistère et déclenchement d'une marée noire inédite, diffuse et à répétition au fil des fuites du pétrole contenu dans les cuves du bateau coulé. Les dégâts écologiques sur 400 km de côtes sont considérables et vont exiger des mois de travaux. La toxicité des produits déversés s'est révélée plus dangereuse que dans les catastrophes précédentes. L'*Erika* était affrété par Total-Fina. Plus habituée à communiquer sur les raids boursiers que sur les accidents, l'entreprise choque l'opinion en se déclarant non responsable de la catastrophe. Elle révisera sa stratégie et prendra en charge durant l'été 2000 les délicates opérations de pompage du fuel de l'épave.
Les suites judiciaires de la catastrophe s'annoncent particulièrement complexes.

13 décembre
28 élus corses (dont des nationalistes) sont reçus à Matignon par Lionel Jospin, pour tenter d'ouvrir un processus d'apaisement et de développement de l'île.

26-28 décembre
Deux tempêtes consécutives d'une exceptionnelle violence ravagent la France et l'Europe occidentale: la première affecte la moitié Nord du pays, dont Paris, tandis que la seconde touche le Centre-Ouest et le Sud-Ouest; il y a une centaine de morts en Europe, des secteurs économiques sinistrés, de longues coupures d'électricité et de graves dégâts au patrimoine mais ce sont surtout les forêts, les jardins et les parcs ravagés qui impressionnent le plus une opinion publique bouleversée par l'ampleur de cette catastrophe naturelle.

2000

janvier
Plusieurs faits divers dans les établissements scolaires témoignent d'une montée de la violence dans la vie scolaire: agressions, mauvais traitements, racket jusqu'à la tentative de meurtre: le 13, trois collégiens jettent par-dessus une rambarde d'escalier un camarade de 6ᵉ qui résistait à leurs exigences. Le plan anti-violence du ministre Allègre prévoit l'embauche de 20000 aides-éducateurs (contrat emploi-jeune à durée limitée).

janvier-mai
Deux expositions sont consacrées à l'œuvre de Buren: au musée d'Art moderne de Lille Métropole, à Villeneuve-d'Ascq: *Daniel Buren, Une traversée, Peintures, 1964-1999* et à l'Institut d'art contemporain FRAC Rhône-Alpes; à Villeurbanne: *Cabanes éclatées, 1999-2000, Travaux situés.*

1er janvier
Réouverture après travaux du Centre Georges-Pompidou.

11 janvier
Lancement d'une campagne d'information sur la contraception, la première depuis vingt ans. Les années sida ont tellement associé le préservatif à la prévention de cette maladie que l'aspect anticonceptionnel n'était plus si évident chez les jeunes; ce qui explique un nombre encore relativement important d'avortements (environ 150000 IVG légales).

18 janvier
Le congrès devant réviser la Constitution pour réformer la magistrature est ajourné par Jacques Chirac, faute d'un consensus suffisant.

février
Dans son livre *Médecin-chef à la prison de la Santé*, Véronique Vasseur attire l'attention sur la misère sanitaire et sociale du système pénitentiaire français (en moyenne 120 suicides annuels).

7 février
La commission interministérielle sur les sectes présidée par Alain Vivien recommande de ne pas élaborer de loi anti-sectes mais d'aménager la législation actuelle, quitte à aller jusqu'à la dissolution des groupes paraissant les plus dangereux (Ordre du Temple solaire, église de scientologie).

9 février
L'économie française va bien: chômage en baisse (environ 2,5 millions personnes), reprise des activités, donc plus de recettes fiscales que prévu; cet excédent budgétaire dépasse 30 milliards de francs selon la nouvelle secrétaire d'État au Budget, Florence Parly.

mars
Le monde enseignant se mobilise contre divers points de la réforme des lycées et collèges, avec une journée d'action bien suivie le 16; une cible commune: le ministre.
Pierre Guyotat: *Progénitures.*
Jean-Christophe Bailly: *Basse continue*, poème.

27 mars
Lionel Jospin remanie son gouvernement pour remplacer quelques ministres usés et contestés, renfor-

cer les champs d'action de l'État, tout en préservant les équilibres de la majorité plurielle: départ de Claude Allègre, Christian Sautter, de Catherine Trautmann et d'Émile Zuccarelli; arrivée de Jack Lang (Éducation nationale), de Laurent Fabius (Économie), de Catherine Tasca (Culture), de Michel Sapin (Fonction publique), de Roger-Gérard Schwartzenberg (Recherche), Jean-Luc Mélenchon (Enseignement professionnel), Guy Hascoët (Vert, Économie solidaire) et Michel Duffour (PC, Patrimoine et Décentralisation culturelle).

avril
La préparation des élections municipales de 2001 suscite pour Paris des annonces de candidature. Si la situation de la gauche paraît simple avec le candidat Bertrand Delanoë resté seul en lice au PS après le retrait de Jack Lang pour cause de ministère, en revanche, la droite connaît pléthore d'ambitions: bien que cerné par les affaires judiciaires (HLM, faux électeurs, plus les problèmes liés à son épouse), le maire sortant Jean Tiberi entend se représenter; Françoise de Panafieu fait figure d'élue de terrain, Édouard Balladur profiterait bien de l'occasion pour sortir de sa retraite; enfin, l'ancien maire d'Épinal Philippe Séguin attend son heure: le 27 mai, il reçoit l'investiture du RPR; les autres candidats se retirent, à l'exception de Jean Tiberi.

4 avril
La loi sur la chasse proposée par Dominique Voynet après la mission de médiation menée par le député Patriat est votée en première lecture par l'Assemblée nationale; les parlementaires de droite comme de gauche sont soumis à d'incessantes pressions de la part du lobby des chasseurs (Chasse Pêche Nature Traditions, sociétés locales) qui les menacent de représailles électorales. La loi sera transformée par le Sénat en mai mais restaurée en juin lors de l'adoption définitive par l'Assemblée.

19 avril
Un attentat contre un McDonald des Côtes-d'Armor fait un mort – une serveuse du restaurant. Cet acte, antithèse de l'action des éleveurs contre le McDonald de Millau, discrédite le mouvement autonomiste clandestin breton.
L'identité régionale s'exprime bien davantage par une action culturelle très active, où les festivals musicaux jouent le premier rôle.

23 avril
Des Français figurent parmi les otages capturés par un groupe de Philippins musulmans, mi-guérilleros, mi-bandits: certains seront libérés en août grâce à une médiation libyenne.

mai
Pascal Quignard: *Terrasse à Rome*, grand prix du roman de l'Académie française en novembre.

3-4 mai
Adoption définitive de la loi organisant la parité hommes-femmes aux élections (première application en 2001) et vote d'une proposition de loi pour le vote des étrangers non membres de l'Union européenne; dans le dernier cas, c'est le début d'un marathon législatif...

7 mai
Un obscur club amateur de foot de 4ᵉ division arrive en finale de la Coupe de France de football: Calais est certes battu par Nantes mais il aura montré que le foot peut ne pas être seulement régi par l'argent et le vedettariat.

25 mai
Décision de détruire la récolte de champs de colza cultivé avec des semences OGM (organismes génétiquement modifiés): ceux-ci sont-ils l'avenir de l'agriculture comme le pense l'Amérique mondialiste ou une pollution à combattre, au même titre que la marée noire? L'air du temps pousse le gouvernement français vers la deuxième solution, surtout lorsque le procès de José Bové et de ses camarades, le 30 juin, transforme Millau en un deuxième «Seattle» antimondialiste. Mais la France pourra-t-elle encore longtemps cultiver son pré carré en toute souveraineté?

10 juin
Johnny Halliday au pied de la tour Eiffel: 400000 spectateurs pour quarante ans de scène.

JOHNNY HALLIDAY

Jean-Philippe Smet, dit Johnny Halliday (né en 1943), est là, semblable à lui-même, et pourtant chaque année un peu plus buriné. La silhouette vêtue de cuir reste svelte, elle qui enflamme la foule de ses fans au cours de spectacles aussi gigantesques que millimétrés, au Zénith, au palais omnisport de Bercy ou au Stade de France. Il y a une énigme Johnny en France depuis quarante ans. Pourquoi ce chanteur, qui ne fut pas le seul pionnier du rock'n roll dans notre pays, qui interprète le plus souvent les musiques et les textes des autres, qui ne s'est jamais engagé dans la moindre grande cause, a-t-il pu atteindre la consécration, être l'artiste populaire par excellence, fédérant les générations depuis 1960? Trois raisons à cette longévité triomphante. D'abord le caractère paradoxalement lisse du personnage: son allure, ses mariages, son train de vie... constituent un dosage de provocations raisonnables capable de retenir l'attention des médias à intervalles réguliers mais jamais de formaliser durablement l'opinion à son encontre. Ensuite, viendrait la capacité de ne pas s'attacher exclusivement à un style musical mais d'épouser avec talent les tendances successives de l'époque (rock, yéyé, hippy...) avec un effet cumulatif qui permet de garder les générations du public ancien tout en gagnant des nouvelles. Enfin et surtout, Johnny est un immense professionnel du spectacle, sachant trouver et mobiliser hommes et moyens au service de quelques heures de spectacles événements, qui ne déçoivent jamais leurs spectateurs. Ce sens et ce respect du public sont peut-être le véritable génie de Johnny.

21 juillet
L'assemblée territoriale corse sera dotée d'un « pouvoir d'adaptation des lois » et donc d'un pouvoir législatif propre d'ici 2004. Manifestant son désaccord, le ministre de l'Intérieur J.-P. Chevènement démissionne peu après. Daniel Vaillant lui succède.

25 juillet
Le crash d'un Concorde d'Air France au décollage fait 113 morts. Le gouvernement décide de suspendre tous les vols de l'avion supersonique.

24 septembre
Approuvé en Conseil des ministres le 7 juin, débattu au Parlement dans le courant du même mois, le projet de révision constitutionnelle est soumis à référendum. À la question « Approuvez-vous le projet de loi constitutionnelle fixant la durée du mandat du président de la République à cinq ans? », 70 % des Français s'abstiennent, 18,5 % des inscrits votent oui et 6,8 % votent non.

18 octobre
Remaniement ministériel du gouvernement Jospin: Élisabeth Guigou devient ministre de l'Emploi et de la Solidarité; Marylise Lebranchu lui succède au ministère de la Justice.

30 octobre
Jean-Jacques Schuhl obtient le prix Goncourt pour *Ingrid Caven*.

31 octobre
Le naufrage du navire *Ievoli Sun* au nord-ouest du Cotentin qui répand 4 000 tonnes de styrène (produit toxique et inflammable) fait craindre une catastrophe écologique encore plus grave que celle de l'*Erika* en 1999.

14, 21 novembre
Le Premier ministre Lionel Jospin renforce les mesures contre la maladie de la « vache folle »: interdiction de l'utilisation des farines animales dans l'alimentation de tous les animaux (porcs, volailles, poissons); élimination des stocks de farines carnées (740 000 tonnes). Le 21, Jean Glavany, ministre de l'Agricultute et de la Pêche, présente un plan d'urgence d'aide aux professionnels atteints de plein fouet par la crise de confiance des consommateurs.

7 décembre
L'écrivain chinois naturalisé français Gao Xingjian reçoit le prix Nobel de littérature. Au cours de son discours à Stockholm, il définit les valeurs à l'origine de son œuvre: « En considérant mon expérience de l'écriture, je peux dire que le fondement de la littérature, c'est la reconnaissance de sa propre valeur par l'homme, le moment de l'écriture étant déjà celui de l'affirmation de l'homme. [...] Lorsque la loi immense de l'histoire s'exerce sur les êtres sans leur offrir de choix, l'homme doit aussi laisser la trace de sa voix. Le genre humain ne possède pas que l'histoire, la littérature lui a aussi été laissée, c'est un peu de nécessaire confiance en lui-même que conserve l'homme malgré son insignifiance. »

Document de couverture
Extrait de Guillaume de Machaut, *Œuvres poétiques.*
Bibliothèque nationale de France, Paris. Photo © BNF.
Jean Clouet, *François Ier, roi de France* (détail).
Musée du Louvre, Paris. Photo © RMN-H. Lewandowski.
Eugène Delacroix, *La Liberté guidant le peuple* (détail).
Musée du Louvre, Paris. Photo © RMN-H. Lewandowski.
Paris, 1935. Photo © David Seymour/Magnum (détail).

Document Logo Quarto
Jacques Sassier

Édition
Françoise Cibiel
Antoine Jaccottet • Brigitte de la Broise • Cécile Meissonnier • Jean-Louis Panné
et
Bénédicte Delorme-Montini • Julie Gazier • Nicolas Sauvage

Maquette
Cécile Meissonnier • Nicolas Sauvage

Achevé d'imprimer
par Maury-Eurolivres S.A.,
45300 Manchecourt
le 20 février 2001.
Dépôt légal : février 2001.
Numéro d'imprimeur : 72206.
ISBN 2-07-073756-X / Imprimé en France.

67154

QUAND ? QUI ? COMMENT ? OÙ ?
LA FRANCE AU JOUR LE JOUR

En deux volumes, le *Journal de la France et des Français* donne une Histoire de France chronologique, rédigée, méthodique et organisée, saisie dans sa continuité de Clovis (481) à l'an 2000. Non seulement une histoire politique, mais une histoire culturelle, religieuse, sociale ou économique.

Une somme impressionnante d'événements, de biographies et de générations, reliés entre eux, fait la richesse du volume *Journal*, qui peut se lire en continu, comme un récit, ou se consulter comme un dictionnaire.

Le volume *Index* renvoie directement aux dates qui figurent en haut de page du volume *Journal* et fournissent un repérage très rapide.

Par leur ampleur, *Journal* et *Index* sont des outils sans précédent qui permettront au lecteur de découvrir, de redécouvrir ou de saisir dans sa totalité une Histoire de France enfin ininterrompue.